କାଶୀତଣ୍ଡୀ

କାଶତଣ୍ଡୀ

ଅକ୍ଷୟ ସାମଲ

ବ୍ଲାକ୍ ଇଗଲ୍ ବୁକ୍ସ

ଭୁବନେଶ୍ୱର, ଓଡ଼ିଶା

BLACK EAGLE BOOKS
Dublin, USA

କାଶତଣ୍ଡୀ / ଅକ୍ଷୟ ସାମଲ

ବ୍ଲାକ୍ ଇଗଲ୍ ବୁକ୍ସ : ଭୁବନେଶ୍ୱର, ଓଡ଼ିଶା ● ଡବ୍ଲିନ୍, ଯୁକ୍ତରାଷ୍ଟ୍ର ଆମେରିକା

BLACK EAGLE BOOKS

USA address:
7464 Wisdom Lane
Dublin, OH 43016

India address:
E/312, Trident Galaxy, Kalinga Nagar,
Bhubaneswar-751003, Odisha, India

E-mail: info@blackeaglebooks.org
Website: www.blackeaglebooks.org

First International Edition Published by
BLACK EAGLE BOOKS, **Shiva ratri, 2025**

KASHATANDI
by Akshya Samal
Malada, Bhandaripokhari, Bhadrak

Cover & Interior Design: Ezy's Publication

ISBN- 978-1-64560-650-5 (Paperback)

Printed in India & the United States of America

ନାଟ୍ୟକାର ୪ ଅନିରୁଦ୍ଧ ପରିଡ଼ାଙ୍କ ସ୍ମୃତିରେ

ସମ୍ମାନନୀୟ ମାଷ୍ଟେ;

ଆପଣ ମୋର ଗପ ଓ କବିତା ବହି ପଢ଼ି ଉପନ୍ୟାସଟିଏ ଲେଖିବା ପାଇଁ ଅନୁରୋଧ କରିଥିଲେ। ସହରର ଅତି ଆଡ଼ମ୍ବରପୂର୍ଣ୍ଣ ଚାକଚକ୍ୟ ପରିବେଶ ପ୍ରତି ଆକୃଷ୍ଟ ନହୋଇ ବଜାର ସଭ୍ୟତାକୁ ଅନ୍ଧ ଭାବରେ ଅନୁକରଣ ନକରି ଉଗ୍ର ଅତ୍ୟାଧୁନିକତାର ପ୍ରଭାବରେ ବଶବର୍ତ୍ତୀ ନ ହୋଇ ମଫସଲରେ ପ୍ରଚଳିତ ଚଳଣି, ଆମ ସଂସ୍କୃତି, ପଲ୍ଲୀବସ୍ତିର ପରମ୍ପରା ଓ ଆଦବ କାଇଦାକୁ ବଜାୟ ରଖି ଗାଁ ଗହଳିର ଅଜ୍ଞାତ କୁଳଶୀଳ, ଅନାମଧେୟ, ଅନଗ୍ରସର, ନିମ୍ନସ୍ତରରେ, ତଳପାହାଚରେ ରହିଥିବା ସାଧାରଣ ମଣିଷମାନଙ୍କ କଥା ଲେଖିବାକୁ ଉପଦେଶ ଦେଇଥିଲେ। ଆହୁରି ମଧ୍ୟ କହିଥିଲେ ଓଡ଼ିଆ ଜନଜୀବନ ଓ ଓଡ଼ିଶାର ମାଟି, ପାଣି, ପବନ ସହ ଏବଂ ଓଡ଼ିଶାର ସଂସ୍କୃତି ଆଉ ଓଡ଼ିଆ ଘରର ପରମ୍ପରା ସବୁ ସେହି ଉପନ୍ୟାସର ମୁଖ୍ୟ ଉପଜୀବ୍ୟ ହେବା ଆବଶ୍ୟକ। ସେତେବେଳେ ସମୟର ଅଭାବ ଓ ନିଜ କାର୍ଯ୍ୟ ବ୍ୟସ୍ତତା ଯୋଗୁ ଆପଣଙ୍କ କଥା ରଖିପାରି ନଥିବାରୁ ମୁଁ ଆନ୍ତରିକତାର ସହିତ ଅତ୍ୟନ୍ତ ଦୁଃଖିତ। ବର୍ତ୍ତମାନ ଆପଣଙ୍କ ଅନୁରୋଧ ରକ୍ଷା କରିବାକୁ ହେଉ କିମ୍ବା ମୋ ନିଜ ମନର ଭାବାବେଗକୁ ପ୍ରକାଶ କରିବାକୁ ଯାଇ ବହିଟିକୁ ଲେଖୁଛି।

ଏକବିଂଶ ଶତାଧୀରେ ଶିକ୍ଷାର ବହୁଳ ପ୍ରସାର ଘଟିଛି ଓ ଶିକ୍ଷା ବିପୁଳ ବିସ୍ତାରଲାଭ କରିଛି। ସବୁ ରାଜସ୍ୱ ଗ୍ରାମରେ ନିମ୍ନ ପ୍ରାଥମିକ ଓ ମଧ୍ୟ ପ୍ରାଥମିକ ପ୍ରତ୍ୟେକ ପଞ୍ଚାୟତରେ ମଧ୍ୟ ଇଂରାଜୀ ଓ ଉଚ୍ଚ ବିଦ୍ୟାଳୟ ଏବଂ ସବୁ ବ୍ଲକରେ ମହାବିଦ୍ୟାଳୟମାନ ସ୍ଥାପିତ ହେଲାଣି। ଏବେ କେବଳ ସହରର ବାସିନ୍ଦା ନୁହଁନ୍ତି ଅଧିକନ୍ତୁ ଗ୍ରାମାଞ୍ଚଳର ନିରାଟ ମଫସଲ ନିପଟ ପଲ୍ଲୀବସ୍ତିର ଲୋକମାନେ ମଧ୍ୟ ଉଚ୍ଚ ଶିକ୍ଷିତ ହେଲେଣି। ଦେଶରେ ଆନୁପାତିକ ହାରରେ ଶିକ୍ଷିତଙ୍କ ସଂଖ୍ୟା ବଢ଼ୁଥିବା ବେଳେ ମୁଁ କିନ୍ତୁ ସେଥିରେ ବ୍ୟତିକ୍ରମ ଆଣିଛି। ମୋ ବହିର ନାୟିକା ଏକ ଅଖ୍ୟାତ

ପଲ୍ଲୀର ଅଖ୍ୟାତ କୁଳଶୀଳ ଅଶିକ୍ଷିତା ଯୁବତୀ। ଯିଏକି ହାଇସ୍କୁଲ ବାରଣ୍ଡା ସୁଦ୍ଧା ମାଡ଼ିନାହିଁ। ସିଏ ନିମ୍ନ ମଧ୍ୟବିତ୍ତ ପରିବାରର, ନିଜ ସମ୍ପ୍ରଦାୟର ଆପଣଙ୍କ କୁଳର, କ୍ଷୁଦ୍ରତମ ଗାଁଟିର ଛୋଟ ଜାତିର ଝିଅଟିଏ।

ଆପଣଙ୍କ ଉପଦେଶକୁ ମାନି ବିଷୟ ବସ୍ତୁର କାହାଣୀ ପାଇଁ ଏପରି ଗୋଟିଏ ଛୋଟିଆ ଗାଁକୁ ଚୟନ କରିଛି। ଯାହାକୁ ଗାଁ ନ କହି ସାଇଟିଏ କହିଲେ ସେମିତି କିଛି ମାରାତ୍ମକ ଭୁଲ ହେବନାହିଁ। ଆଠଘର ଦରିଦ୍ର ବ୍ରାହ୍ମଣ ପରିବାର ଓ ଅଠର ଘର ଗରିବ କୈବର୍ତ୍ତଙ୍କୁ ନେଇ ଯେଉଁ ବସ୍ତିଟି ଗଢ଼ି ଉଠିଛି। ଯେଉଁ ଗାଁକୁ ନିତି ଦିନିଆ ରାସ୍ତାଟିଏ ନାହିଁ। ବର୍ଷା ରତୁରେ ଯେଉଁ ଗାଁଟି ଅନ୍ୟ ଅଞ୍ଚଳଠାରୁ ବିଚ୍ଛିନ୍ନ ହୋଇ ସମୁଦ୍ର ମଧ୍ୟରେ ଦ୍ୱୀପଟିଏ ପରି ପ୍ରତୀୟମାନହୁଏ। ଯିବା ଆସିବା କରିବା ଲାଗି ଯେଉଁ ଗାଁର ଲୋକମାନେ ବର୍ଷକ ବାରମାସ ସାରା ବିଲହିଡ଼ ଉପରେ ନିର୍ଭର କରିଥାଆନ୍ତି। ଆଧୁନିକତା, ଶିକ୍ଷା, ସଭ୍ୟତା ଯେଉଁ ଗାଁ ଲାଗି ଏପର୍ଯ୍ୟନ୍ତ ଅପହଞ୍ଚ ହୋଇରହିଛି। ଯେଉଁ ଗାଁର କୌଣସି ପୁଅ କଲେଜରେ ପଢ଼ିନାହିଁ କିମ୍ବା କେହି ଝିଅ ସ୍କୁଲ ପାଠ ଶେଷ କରିପାରିନାହିଁ। ବଣ ଖମଣ ଘେରା ପଙ୍କ ପାଣି ଢଙ୍କା। କାଦୁଅ ସଡ଼ସଡ଼ ନିପଟ ମଫସଲର ସେହି ନିଷ୍କପଟ, ନିରୀହା, ସରଳା, ଅଶିକ୍ଷିତା ଯୁବତୀଟିର ବିପକ୍ଷରେ ନାୟକ ହୋଇଛି ଜଣେ ଖ୍ୟାତିସମ୍ପନ୍ନ ଖାନଦାନ ପ୍ରସିଦ୍ଧ ବୁନିଆଦି ବଂଶଜ, ପ୍ରତିପତିଶାଳୀ ସମ୍ଭ୍ରାନ୍ତ ପରିବାରର ଉଚ୍ଚ ଶିକ୍ଷିତ ଯୁବକ। ସିଏ ମଧ୍ୟ ସରକାରୀ ଚାକିରିରେ ଉଚ୍ଚ ପଦବୀରେ ଅବସ୍ଥାପିତ।

ସଂଯୋଗବଶତଃ କୌଣସି ଜ୍ୟୋତିଷ୍କଙ୍କ ପରାମର୍ଶ ଅନୁସାରେ ନିଜର ଗ୍ରହଜନିତ ରିଷ୍ଟ ଖଣ୍ଡନ ପାଇଁ ସମ୍ପୃକ୍ତ ଯୁବକ ଜଣକ ପୁଣ୍ୟ କର୍ତ୍ତିକମାସରେ ଠାକୁରଙ୍କୁ ଦର୍ଶନ ନିମିତ୍ତ ସେହି ଗାଁର ଧବଳେଶ୍ୱରଙ୍କ ମନ୍ଦିରକୁ ଆସିଛି। ସେହି ସମୟରେ ମନ୍ଦିରର ପୂଜକଙ୍କ ଅନୁପସ୍ଥିତିର ସୁଯୋଗ ନେଇ ସେହି ଗାଁର ଉକ୍ତ ଯୁବତୀଟି ସେହି ଯୁବକଙ୍କୁ ଠାକୁରଙ୍କ ପାଦୁକ ଦେଇଛି ଓ ତାଙ୍କ କପାଳରେ ଠାକୁରଙ୍କ ବିଭୂତି ଟିପା ଲଗାଇ ଦେଇଛି। ସେଠାରୁ ଫେରିବା ପୂର୍ବରୁ ଯୁବକ ଜଣକ ଠାକୁରଙ୍କ ଥାଳିରେ ଦେବା ପାଇଁ ସେହି ଯୁବତୀଟିର ହାତକୁ ମୁଦ୍ରା କୋତୋଟି ବଢ଼ାଇ ଦେଇ ବିଦାୟ ନେଇଛି। ଏହିପରି ଏକାଧିକ ବାର ଦେଖା ସାକ୍ଷାତ ଓ ଦେବାନେବା ମାଧ୍ୟମରେ ଯୁବତୀଟି ସେହି ଯୁବକଙ୍କ ପ୍ରତି ଆକୃଷ୍ଟ ହୋଇପଡ଼ିଛି। ମନ୍ଦିରରେ ବାରମ୍ବାର ଭେଟ ହେବା ଦ୍ୱାରା ଯୁବତୀଟିର ମନରେ ସେହି ଅଚିହ୍ନା, ଅଜଣା, ଅପରିଚିତ ଯୁବକଙ୍କ ପ୍ରତି ଅନୁରାଗ ଜାତ ହୋଇଛି। ଅନୁରାଗତ ପ୍ରେମର ଅଙ୍କୁର। ସେହି ପ୍ରେମ ପୁଣି ଏକ ପାଖିଆ। ଯୁବତୀଟି ମନପ୍ରାଣ ଦେଇ ସେହି ଯୁବକଙ୍କୁ ଭଲ ପାଇବସିଛି। ବିନା ବିଚାରରେ କିଛି ନ ବୁଝି ନ ସୁଝି ତା' ହୃଦୟ ସିଂହାସନରେ ତାଙ୍କୁ ବସାଇ ପୀତିର ନୈବେଦ୍ୟ ବାଢ଼ି ଦେଇଛି। କାରଣ ପ୍ରେମ ଅନ୍ଧ। ପ୍ରେମ ଜାତି ମାନେନା। ପ୍ରେମ ଶିକ୍ଷାଗତ ଯୋଗ୍ୟତାର ତାରତମ୍ୟ ବୁଝେନା। ପ୍ରେମ ସାମାଜିକ ପ୍ରତିବନ୍ଧକୁ ଖାତିର କରେନା। ସେଥିପାଇଁ ପଲ୍ଲୀ କବି ନନ୍ଦ କିଶୋର କହିଛନ୍ତି–
"ପ୍ରୀତି ନ ମାନଇ ଜାତି ସଜନୀଲୋ

ପ୍ରୀତି ନ ଲୋଡ଼ଇ ପଦ।
ଦେଶ, କାଳ, ପାତ୍ର ବିଚାର ନ ରହେ
ପିଇ ଦେଲେ ପ୍ରୀତିମଦ।" (ଶର୍ମିଷ୍ଠା)

ସମ୍ପୃକ୍ତ ଯୁବକ ଜଣକ ତାକୁ ଭଲ ପାଉଛନ୍ତି କି ନାହିଁ ତାହା ସିଏ ଜାଣେନା। ସିଏ ନିଜେ ଉକ୍ତ ଯୁବକଙ୍କର ପସନ୍ଦ ହେବକି ନାହିଁ ସେ କଥା ବୁଝିବାକୁ ସିଏ ଆଦୌ ପ୍ରସ୍ତୁତ ନୁହେଁ। ସିଏ ଭଲ ପାଉଥିବା ପୁରୁଷଟିର ନାୟିକା ହେବାର ଯୋଗ୍ୟତା ତା'ର ଅଛି କି ନାହିଁ ସେ ବିଷୟ ବିଚାର କରି ଦେଖିବାକୁ ସିଏ ରାଜି ନୁହେଁ। ସିଏ କେବେ ଭାବିନାହିଁ କିମ୍ବା ଚିନ୍ତା କରିନି ସେ ଯୁବକ ଜଣକ ତାକୁ ପ୍ରେମିକା ଭାବରେ ଗ୍ରହଣ କରିବେ କି ନାହିଁ। ଭାବପ୍ରବଣତାର ବଶୀଭୂତ ହୋଇ ସିଏ ତାଙ୍କୁ ନିଜ ମନମନ୍ଦିର ଭିତରେ ଆପଣା ହୃଦୟ ସିଂହାସନରେ ଦେବତାର ଆସନରେ ବସାଇ ପୂଜାକରେ। ନିଜେ

ପୂଜାରିଣୀ ସାଜି ଆନ୍ତରିକ ଭରା ପ୍ରୀତିର ନୈବେଦ୍ୟ ବାଢ଼ି ଆରାଧନା ଜଣାଏ । ତାଙ୍କୁ ଜୀବନସାଥୀ ରୂପେ ପାଇବା ପାଇଁ ଆଶାର ସଲିତା ଜାଳି ତାଙ୍କ ପ୍ରତୀକ୍ଷାରେ ସମୟ ବିତାଇଦିଏ । ତା'ମନର ମଣିଷ ସହିତ ତା'ର ମିଳନ ହେଉ ବା ନହେଉ ସିଏ କିନ୍ତୁ ତାଙ୍କୁ ପାଇବା ଲାଗି ଆଶାର ସଲିତାକୁ ସେତେଦିନ ଯାଏ ଜଳାଇ ରଖ୍ଥ୍‌ବ, ଯେ ପର୍ଯ୍ୟନ୍ତ ସେମାନଙ୍କ ଜୀବନର ଗତିପଥରେ ସେଭଳି କୌଣସି ବଡ଼ ଧରଣର ପରିବର୍ତ୍ତନ ନ ଆସିଛି । ଯେତେବେଳ ଯାଏ ସିଏ ଭଲ ପାଉଥ୍‌ବା ପୁରୁଷଟି ବାଟଭାଙ୍ଗି ଅନ୍ୟ ପଥର ପଥିକ (ଯାତ୍ରୀ) ନହୋଇଛନ୍ତି ସେତେଦିନ ପର୍ଯ୍ୟନ୍ତ ସିଏ ତାଙ୍କୁ ପାଇବାର ଆଶା ପରିତ୍ୟାଗ ନକରି ତାଙ୍କ ଫେରିଲା ବାଟକୁ ଚାହିଁ ରହିଥ୍‌ବ ।

ମୋର ଦୁର୍ଭାଗ୍ୟକୁ ଆପଣ ଏହା ମଧ୍ୟରେ ଇହଧାମ ଛାଡ଼ି ଆଉ ଅନ୍ୟ କେଉଁ ଧାମର ମାୟାରେ ମାତି ସାରିଲେଣି । ଆପଣ ଥ୍‌ଲେ ବହିଟିକୁ ପଢ଼ି କେବଳ ମୋ ଉଦ୍ୟମର ପାରିଲା ପଣକୁ ପ୍ରଶଂସା ନକରି ଅଧ୍‌କନ୍ତୁ ସୁଚିନ୍ତିତ ମତାମତ ଦେଇ ଦୋଷତ୍ରୁଟିକୁ ସୁଧାରିବାର ଉପାୟ ବତାଇ ଦେଇଥାଆନ୍ତ । କାରଣ ଜଣେ ନାଟ୍ୟକାର ଏବଂ ମଞ୍ଚ ନିର୍ଦ୍ଧେଶକ ଭାବରେ ଆପଣଙ୍କର 'ଅସବର୍ଣ୍ଣ' ନାଟକର ଅଭିଜ୍ଞତା ଥ୍‌ଲା । ସେହି ଭରସାରେ ଆପଣଙ୍କ ଜାତିର ଏକ କୈବର୍ତ୍ତ ସାଇର ଚଳଣିକୁ ବହିର ମୁଖ୍ୟ ଉପଜୀବ୍ୟ ଭାବରେ ଗ୍ରହଣ କରିବାକୁ ନିର୍ବାଚନ କରିଛି । ଆପଣଙ୍କ ପରିବାର ପରି ଗୋଟିଏ ନୈଷ୍କିକ ଗରିବ କେଉଟ ଘରର ଅପାଟୋଇ ଝିଅକୁ ଉପନ୍ୟାସର ନାୟିକା ଭୂମିକାରେ ଅପତର୍ଣ୍ଣ କରାଇବାର ନିଷ୍ପତ୍ତି ନେଲି । ନାୟିକା ପ୍ରଧାନ ଉପନ୍ୟାସଟିରେ ନାୟିକା ମନଗହନର ଗୋପନ ଅକୁହା କଥାକୁ ପ୍ରକାଶ କରିବାର ଅଭିଲାଷ ମୋ ମନରେ ପୋଷଣ କରିଛି । ସେହି ଅଭିଲାଷକୁ ପୂରଣ କରିବା ଲାଗି ଉଦ୍ୟମ ସ୍ୱରୂପ ଦୂରରୁ ଥାଇ ଗୋଟିଏ କେଉଟ ବସ୍ତିର ବାସିନ୍ଦାଙ୍କ ଆଚରଣକୁ ନିରୀକ୍ଷଣ କରି ଦେଖ୍‌ବାକୁ ଓ ସେମାନଙ୍କର ବ୍ୟବହାରକୁ ଅନୁଧ୍ୟାନ କରି ବୁଝିବାକୁ ଏବଂ ସେମାନଙ୍କ ଚଳଣିକୁ ଲକ୍ଷ୍ୟ କରି ସେ ପ୍ରସଙ୍ଗକୁ ମୋ ମନରେ ଅନୁସରଣ ପୂର୍ବକ ଅନୁଶୀଳନ କରି ସଫଳତା ହାସଲ ଦିଗରେ ଯେତିକି ସକ୍ଷମ ହୋଇଛି ତାକୁ ପାଥେୟ କରି ଲେଖ୍‌ବାକୁ ଅଗ୍ରସର ହୋଇଛି ।

କେଉଟ ସମାଜରେ ପ୍ରଚଳିତ ପାରମ୍ପାରିକ ଚଳଣିର ଅନୁଭୂତିକୁ ଅନୁସନ୍ଧାନ କରି ଯେତେ ପରିମାଣରେ ଅଭିଜ୍ଞତା ହାସଲ କରିବାକୁ ସମର୍ଥ ହୋଇଛି ତାକୁ ମୂଳଧନ ଭାବରେ ପୁଞ୍ଜି କରି ଲିପିବଦ୍ଧ କରିବାକୁ ଯତ୍ନ କରିଛି । ସେହି କୈବର୍ତ୍ତ ଘର ଝିଅଟିର ମନୋଭାବକୁ ଉପଲବ୍ଧ କରିବାକୁ ଯାଇ ଯେତେଦୂର ମୋ ଅନୁଭବକୁ ଆଣି ପାରିଛି ଏବଂ ତା'ର ମନସ୍ତତ୍ତ୍ୱକୁ ପଢ଼ିବାକୁ ଚେଷ୍ଟାକରି ମୁଁ ଯେତେବାଟ ସେ ବିଷୟର ସାରାଂଶକୁ ଗ୍ରହଣ କରିବାକୁ ସକ୍ଷମ ହୋଇଛି । ତା' ମରମ ତଳର ଗୋପନ ଅବ୍ୟକ୍ତ ଭାଷାକୁ ହୃଦୟଙ୍ଗମ କରିବାକୁ ପ୍ରୟାସ କରି ତାକୁ ଅବତାରଣା କରିବାରେ କେତେ ମାତ୍ରାରେ ସକ୍ଷମ ହୋଇଛି ଓ ତାକୁ ରୂପ ଦେବାକୁ ଯାଇ ମୋ ସାମର୍ଥ୍ୟପଣ କେତେଦୂର ପର୍ଯ୍ୟନ୍ତ ସଫଳ ହୋଇଛି ? କୈବର୍ତ୍ତ ସମାଜରେ ପ୍ରଚଳିତ ଥ୍‌ବା କୁସଂସ୍କାର ଜନିତ ସମସ୍ୟାକୁ ଓ କେଉଟ ଘରମାନଙ୍କର ଭିତିରି କଥା ଏବଂ ଆପଣଙ୍କ ଜାତିରେ ମାନି ଆସୁଥ୍‌ବା ଅନ୍ଧ ବିଶ୍ୱାସକୁ ନିରୂପଣ କରି ତାକୁ ଉପସ୍ଥାପନ କରିବାକୁ ସିଦ୍ଧାନ୍ତ ନେଇ ମୁଁ କେତେ ନିର୍ଭୁଲ ତଥ୍ୟ ପ୍ରଦାନ କରିପାରିଛି ଆଉ ସେହି ସମସ୍ୟାର ସମାଧାନ ଲାଗି ସୂତ୍ର ଉନ୍ମୋଚନ କରିଥ୍‌ବା ଦିଗ ପ୍ରତି ମୁଁ କେତେ ମାତ୍ରାରେ ପାରଙ୍ଗମତା, ସଚେତନତା, ନିଷ୍ଠାପରତା ଓ ଦୃଢ଼ତା ପ୍ରତିପାଦନ କରିପାରିଛି । ଆପଣ ଥ୍‌ଲେ ବହିଟିକୁ ପଢ଼ି ସେ କଥା ଭଲଭାବରେ କହିପାରି ଥାଆନ୍ତେ । କାରଣ ଆପଣ- ଆପଣଙ୍କ ଜାତିର କଥା, ଆପଣଙ୍କ କୁଳବେଉସା କଥା, ଆପଣଙ୍କ ପରମ୍ପରା କଥା, ଆପଣଙ୍କ ଚଳଣି କଥା, ଆପଣଙ୍କ ପର୍ବପର୍ବାଣୀ, ଆଚାର, ବିଚାର, କଥ୍‌ତ ଭାଷା, ଆପଣଙ୍କ ସମାଜରେ ପ୍ରଚଳିତ ବ୍ୟବହାର, ନ୍ୟାୟ ନିଶାପ କଥା ଓ ସର୍ବୋପରି ଆପଣଙ୍କ ସଂସ୍କୃତିର କଥା ଏବଂ ସଂସ୍କାର କଥା ଯାହାକି ବିଷୟବସ୍ତୁର ଗତିଶୀଳତା ପାଇଁ ନିହାତି ଆବଶ୍ୟକ । ସେ ସମ୍ପର୍କରେ ମୋ ଅପେକ୍ଷା ଆପଣଙ୍କର ଯଥେଷ୍ଟ ଅଧ୍‌କ ଅଭିଜ୍ଞତାଥ୍‌ଲା । ଯେହେତୁ ତାହା ଆପଣଙ୍କ ସମ୍ପ୍ରଦାୟର କଥା । ପ୍ରତ୍ୟେକ ବ୍ୟକ୍ତି ଆପଣା ଜାତିଆଣ କଥା ଅନ୍ୟମାନଙ୍କଠାରୁ

ବେଶୀ ଜାଣିଥାଆନ୍ତି । ସେ ଦୃଷ୍ଟିରୁ ସେ ବିଷୟ ସମ୍ପର୍କରେ ଅଧିକ ନିର୍ଭୁଲ ତଥ୍ୟ ଓ ସଠିକ କଥା ଯାହାକି ବହିର କଳେବର ପରିପୁଷ୍ଟ ଲାଗି ଅତ୍ୟନ୍ତ ପ୍ରୟୋଜନ ଥିଲା । ଯେଉଁ କଥା, କାହାଣୀର ଅବତାରଣା ପାଇଁ ନିହାତି ଅପରିହାର୍ଯ୍ୟ । ତାକୁ ଉପସ୍ଥାପନା କରିବାରେ ଆପଣଙ୍କ ପରାମର୍ଶ ମୋତେ ଅନେକ ଅଧିକ ପରିମାଣରେ ସାହାଯ୍ୟ କରିପାରି ଥାଆନ୍ତା ଏବଂ ତାହା ମୁଁ ଅକ୍ଲେଶରେ ଆପଣଙ୍କ ପାଖରୁ ଅତି ସହଜରେ ଅବଗତ ହୋଇପାରି ଥାଆନ୍ତି ।

ଯୋରକଡ଼, ନଇପଠା, ଦୂର ପ୍ରାନ୍ତର ଓ ଗହୀର ପାତରେ ଫୁଟିଥିବା କାଶତଣ୍ଡୀ ଫୁଲକୁ ଦେଖି ସମସ୍ତେ ଖୁସି ହୁଅନ୍ତି । ମନରେ ସଭିଏ ଆନନ୍ଦ ଅନୁଭବ କରିଥାଆନ୍ତି । ପ୍ରକୃତିରାଣୀର ଶୋଭା ବଢ଼ାଉଥିବା କାଶତଣ୍ଡୀ ଫୁଲର ରୂପ-ସମ୍ଭାର ଦର୍ଶକଙ୍କୁ ଆମୋଦିତ, ବିମୋହିତ ଓ ଅନୁପ୍ରାଣିତ କରେ । ଉସ୍ସାହିତ କରିଥାଏ ମଧ୍ୟ । ଦେଖଣାହାରିର ମନରେ, ପ୍ରାଣରେ, ହୃଦୟରେ ଓ ଅନ୍ତରରେ ପ୍ରେରଣା ଜଗାଇ (ତାଙ୍କୁ) ସେମାନଙ୍କୁ ଅନୁପ୍ରାଣିତ କରିଥାଏ । ମାତ୍ର ଏତେ ସୁନ୍ଦର ଦିଶୁଥିବା ସେହି ଅପରୂପ ସୌନ୍ଦର୍ଯ୍ୟ ମୟୀ (ଭରା) ଫୁଲ କୌଣସି ଠାକୁର (ଦେବତା)ଙ୍କ ପୂଜାରେ କେବେ ବି ଲାଗେନାହିଁ କିୟା ସେ ଫୁଲର ବାସ୍ନା ମଧ୍ୟ ନଥାଏ । ସେଥିପାଇଁ କେହି ତାକୁ ଆଦରରେ, ଆଗ୍ରହ ଅନ୍ତରରେ, ଆନନ୍ଦ ମନରେ ତୋଳି ଆଣି ଶରଧାରେ, ସରାଗରେ ସାଇତି ରଖେନା । ସେ ସେମିତି ଅଲୋଡ଼ା, ଅଖୋଜା, ଅଦରକାରୀ ହୋଇ ଫୁଟିବାର କିଛି ଦିନ ପରେ ଆପଣାଛାଁୟଁ ମଉଳିଯାଏ । ଝାଉଁଳି ପଡ଼େ । ଅବିକଳ ସେହି କାଶତଣ୍ଡୀ ଫୁଲ ପରିତ ଆପଣଙ୍କ ଜୀବନ । କାଶତଣ୍ଡୀ ଫୁଲକୁ ଦେଖି ଦର୍ଶକ ସବୁ ଆନନ୍ଦ ଅନୁଭବ କରିଥିଲା ପରି ଆପଣଙ୍କ ରଚିତ ନାଟକକୁ ପଢ଼ି ପାଠକମାନେ ଖୁସି ହୁଅନ୍ତି । ଆପଣଙ୍କ ନିର୍ଦ୍ଦେଶିତ ନାଟକର ମଞ୍ଚରେ ଅଭିନୟ ଦେଖି ଦର୍ଶକମଣ୍ଡଳି ଆନନ୍ଦ ଅନୁଭବ କରନ୍ତି ଓ ଆତ୍ମତୃପ୍ତି ଲାଭ କରିଥାଆନ୍ତି । ଅନେକ ନିରକ୍ଷରଙ୍କୁ ନେଇ ଆପଣ ଯେଭଳି ଭାବରେ ନାଟକଗୁଡ଼ିକ ସବୁ ମଞ୍ଚସ୍ଥ କରନ୍ତି ସେ କଥା ଭାବିଲେ ଆଜି ଆଶ୍ଚର୍ଯ୍ୟାନ୍ୱିତ ତଥା ବିସ୍ମିତ ହେବାକୁ ଆମେମାନେ ସବୁ ବାଧ୍ୟ ହେଉ । ହେଲେ ଆପଣଙ୍କ ବ୍ୟଥା କେହି କେବେ ହେଲେ ବୁଝନ୍ତିନାହିଁ, ଭାବନ୍ତି ନାହିଁ କିୟା ମନେ ପକାନ୍ତିନାହିଁ । କେମିତି କଟିଛି ଆପଣଙ୍କ ଦୁଃଖ, କଷ୍ଟ ଓ ଦୁର୍ଦ୍ଦଶା ଦୁର୍ବିପାକ ଭରା ଯନ୍ତ୍ରଣା ଦାୟକ ଜୀବନ । କେତେ ବ୍ୟଥା, ଦୈନ୍ୟତା ଭିତରେ ଆପଣ ହତସନ୍ତ ହୋଇଛନ୍ତି । କେତେ ନିର୍ଯ୍ୟାତନା, ଲାଞ୍ଛନା ଓ ଅକଥନୀୟ ଦୁର୍ଦ୍ଦଶା ଭୋଗିଛନ୍ତି । ଅଭାବ, ଅନାଟନ ଓ କଷଣର କଷାଘାତରେ କେତେ ଜର୍ଜରିତ ହୋଇଛନ୍ତି । କେତେ ହଇରାଣ ହରକତ ହୋଇଛନ୍ତି । କେତେ ହରାଇଛନ୍ତି । କେତେ ତ୍ୟାଗ କରିବାକୁ ପଡ଼ିଛି ଆପଣଙ୍କୁ ।

ମା ବାକ୍‍ଦେବୀ କାହିଁକି ଏହି ଗରିବ, ଦୀନ, ଦାରିଦ୍ର ପ୍ରପିଡ଼ିତ, ଦରିଦ୍ର, ଦୁଃଖୀ, ନିଃସ୍ୱ, ଅସହାୟ, କାଙ୍ଗାଲ, ସମ୍ୱଳହୀନ, ଅଭାବଗ୍ରସ୍ତ, ରୁଗ୍ଣ, ଅକର୍ମା, ଅକ୍ରମଣ୍ୟ, ଅପାରଗ, ଦୁଃସ୍ଥମାନଙ୍କ ପ୍ରତି ସଦୟ ହୁଅନ୍ତି । ତାଙ୍କ କୃପାଦୃଷ୍ଟି ସେମାନଙ୍କ ଉପରେ ବର୍ଷଣ କରନ୍ତି । ସେହିମାନଙ୍କୁ ତାଙ୍କର ବରପୁତ୍ର ଭାବରେ ମନୋନୀତ କରନ୍ତି ? ବିଦ୍ୟାର ଅଧିଷ୍ଠାତ୍ରୀ ଦେବୀ ବାକ୍‍ଦେବୀ ଓ ଧନର (ଐଶ୍ୱର୍ଯ୍ୟ) ପ୍ରଦାନକାରୀ ମା' ଲକ୍ଷ୍ମୀ ସପତ୍ନୀ ହୋଇଥିବାରୁ ଦୁହେଁ ଏକତ୍ର ରହିବା ସମ୍ଭବ ହୁଏନା । ସେଥି ସକାଶେ ବିଦ୍ୟାଦାତ୍ରିକର ବରପୁତ୍ରମାନେ ଅଭାବରେ ସାରା ଜୀବନ ସନ୍ତୁଲି ହୋଇଥାଆନ୍ତି । ଆର୍ଥିକ ଦୁରାବସ୍ଥା ଗ୍ରସ୍ତ ପ୍ରତି ତାଙ୍କ ଶୁଭାଶିଷ ପ୍ରଦାନ କରନ୍ତି । ତାଙ୍କ କରୁଣା ସେମାନଙ୍କ ଉପରେ ଅଜାଡ଼ି ଦିଅନ୍ତି । ତାଙ୍କ ଆଶୀର୍ବାଦ ସେମାନଙ୍କୁ ଦିଅନ୍ତି କ'ଣ ସେମାନଙ୍କୁ ଦହଗଞ୍ଜ କରିବାକୁ ? ଲୋକହସା କରିବାଲାଗି ? ଉପହାସିତ ହେବା ନିମିଉ ? ପରିହାସ ଶୁଣିବାକୁ ? ଅପମାନିତ ହେବାପାଇଁ ? ହଇରାଣ ହରକତ ହେବାକୁ ସେକଥା ଆଦୌ ବୁଝି ହୁଏନାହିଁ ।

ଲିଭା ଦୀପାଲିର ପୋଡ଼ା ସଲିତା ଭଳି ନିଜେ ଜଳିଜଳି ନିଜର ଚତୁଃପାର୍ଶ୍ୱକୁ ଆଲୋକିତ କରିବାକୁ ଚେଷ୍ଟା କରିଛନ୍ତି । ଅଜ୍ଞାନ ରୂପକ ଅନ୍ଧାକାରକୁ ଦୂରକରି ଜ୍ଞାନାଲୋକ ଜାଳିବାକୁ ଉଦ୍ୟମ ଅବ୍ୟାହତ ରଖି ନିଜେ ଆଲୋକ ବର୍ତ୍ତିକାଟିଏ ପରି ଜଳି ପାଉଁଶ ହୋଇ ଯାଇଛନ୍ତି । ସେଥିପାଇଁ କେହି ଆପଣଙ୍କୁ ପ୍ରେରଣା ଦେଇନାହିଁ । ଉସ୍ସାହିତ କରିନାହିଁ

ସହାନୁଭୂତି ଜଣାଇ ନାହିଁ । ସାମାନ୍ୟତମ ସାନ୍ତ୍ୱନା ସୁଦ୍ଧା ପ୍ରଦାନ କରନ୍ତିନି ବରଂ ଉପହାସ କରିଛନ୍ତି । ବିଦ୍ରୁପ ଶୁଣାଇଛନ୍ତି । ଅନ୍ୟମାନଙ୍କ ସମାଲୋଚନା ମଧ୍ୟ ସହିଛନ୍ତି । ପରିହାସିତ ହୋଇଛନ୍ତି । ପ୍ରତିବଦଳରେ ଆପଣ କ'ଣ ପାଇଛନ୍ତି ଏ ସମାଜଠାରୁ ? କ'ଣ ନେଇଛନ୍ତି ଏ ସଂସାରରୁ ? ଏ ଦୁନିଆ ଆପଣଙ୍କୁ କ'ଣ ଦେଇଛି ? ସେ କଥା କେହି ବୁଝିଛନ୍ତି କି ? ସେ ବିଷୟରେ କେହି କିଛି କେବେ ଭାବିଛନ୍ତି କିମ୍ବା ଚିନ୍ତା କରିବାକୁ ଆଗ୍ରହ ଦେଖାଇଛନ୍ତି କି ? ତା'ର ହିସାବ କେହି ରଖିଛନ୍ତି ? ସେମିତିଡ଼ ଏ ଉପନ୍ୟାସର ନାୟିକାଟିର ଜୀବନ । ଠିକ ଆପଣଙ୍କ ପରି । କାଶତଣ୍ଡୀ ଫୁଲଭଳି ସେହି ନିପଟ ମଫସଲର ଗାଁଉଲି ପରିବେଶରେ, ଅନଗ୍ରସରର ପରିବାରର ଅଶିକ୍ଷିତା ଗରିବ ଝିଅଟି ଯିଏ ତା'ର ଅନିନ୍ଦିତା ଅପରୂପ ସୌନ୍ଦର୍ଯ୍ୟରେ ଖାଲି ତାଙ୍କ ଛୋଟିଆ କେଉଟ ବସ୍ତିକୁ କମ୍ଭା, କ୍ଷୁଦ୍ର ବ୍ରାହ୍ମଣ ସାଇଟିକୁ ନୁହେଁ ବରଂ ଆଖପାଖ ଦଶ, ବାରଖଣ୍ଡ ଗାଁର ଦୃଷ୍ଟି ଆକର୍ଷଣ କରି ପାରିଥିଲା । ଯାହାର ଉଦ୍ରୋଚିତ ବ୍ୟବହାରରେ ପଡ଼ୋଶୀମାନେ ତା' ପ୍ରତି ଆକର୍ଷିତ ହୋଇ ପଡ଼ୁଥିଲେ । ଯାହାର ମାର୍ଜିତ ଶିଷ୍ଟାଚାର ଲାଗି ଲୋକମାନେ ତା' ପ୍ରଶଂସାରେ ଶତମୁଖ ହେଉଥିଲେ । ଯାହାର ସୁଗୁଣ ନିହିତ ଶାଳୀନତାପୂର୍ଣ୍ଣ ଚରିତ୍ରବଳାକୁ ସମସ୍ତେ ତାରିଫ କରୁଥିଲେ । ବାହାବା ଦେଉଥିଲେ ଯାହାର ଚାଲି ଚଳଣିକୁ । ସେମାନେ କେହି ତା'ର ଖବର ରଖିଛନ୍ତି କି ? ତା' ବିପଦ ଭରା ନିର୍ଯାତିତ ଜୀବନର କରୁଣ କାହାଣୀ ପ୍ରତି କେହି ଦୃଷ୍ଟି ଦେଇଛନ୍ତି କି ? କେହି ତା'ର ଦୁଃଖପୂର୍ଣ୍ଣ ଭାଗ୍ୟ ବିପର୍ଯ୍ୟୟରେ ତା' ପ୍ରତି ସାମାନ୍ୟତମ ସହାନୁଭୂତି ଦେଖାଇଛନ୍ତି କି ? ସମବେଦନା ଜଣାଇଛନ୍ତି କି ? କେହି ତା' ଯନ୍ତ୍ରଣା ଦାୟକ ପରିସ୍ଥିତିରେ ତାକୁ ଅନୁକମ୍ପାପୂର୍ଣ୍ଣ କଥା ପଦେ କହିଛନ୍ତି କି ? ମୁଁ କିନ୍ତୁ ସେ କଥାକୁ ସାଉଁଟିବାକୁ ଚେଷ୍ଟା କରିଛି । ତେବେ କେତେ ପରିମାଣରେ ସଫଳ ହୋଇଛି ତାହା ଜାଣେନା କିମ୍ବା ସେ ଦିଗରେ କେତେଦୂର ଅଗ୍ରଗତି କରିଛି ସଠିକ କରି କହିପାରିବି ନାହିଁ ।

ଏ ଦୁନିଆକୁ ମୁଁ ଯେମିତି ଦେଖିଛି । ଏ ସଂସାରକୁ ଯେପରି ଭାବରେ ବୁଝିଛି । ଏ ଜଗତକୁ ଯେଉଁ ଦୃଷ୍ଟି କୋଣରୁ ନିରୀକ୍ଷଣ କରିଛି । ଯେମିତି ବିଚାର କରିଛି, ସମଝିଛି ଯେପରି । ଏ ସମାଜକୁ ଯେଉଁ ରକମ ଗ୍ରହଣ କରିଛି । ତାକୁ ରୂପ ଦେବାକୁ ଚେଷ୍ଟା କରିଛି । ତେବେ ସଫଳ ହୋଇଛି କି ନାହିଁ ଜାଣେନା ? ତାହା ପାଠକମାନଙ୍କ ଉପରେ ନିର୍ଭର କରେ ।

ଏବେ ମୋ ପ୍ରଚେଷ୍ଟାର ସଫଳତା ଓ ଅପାରଗତାକୁ ପାଠକ ମହଲ ସମାଲୋଚନା ମାଧମରେ ପ୍ରକାଶ କରିବେ । ହେଲେ ଆପଣଙ୍କ ପରି ସହୃଦୟତାର ସହିତ ମୋତେ କେହି ସେ ବିଷୟରେ ସଚେତନ କରାଇ ଦେବେନି । ଯାହାକି ଆପଣ ଅତି ସହଜରେ ସରଳ ଉପାୟରେ ସୁଗମ ପଦ୍ଧତିରେ ବୋଧଗମ୍ୟ ଭାଷାରେ ସୁଲଭ କଥାରେ ପ୍ରାଞ୍ଜଲ କରି (ଭାବରେ) ମୋତେ କହିପାରି ଥାଆନ୍ତେ ଏବଂ ତାହା କେବଳ ଆପଣଙ୍କ ଦ୍ୱାରାହିଁ ସମ୍ଭବ ହୋଇ ପାରିଥାଆନ୍ତା । ସେତକ ଜାଣିବାର ସୁଯୋଗ ମୋ ଭାଗ୍ୟରେନାହିଁ । ଯେଉଁଥି ପାଇଁକି ବହିଟିକୁ ଲେଖିବା ପୂର୍ବରୁ ଆପଣ ମୋଠାରୁ ଦୂରକୁ ଚାଲିଗଲେ । ବହୁତ ଦୂରକୁ । ଅଫେରନ୍ତା ସୀମା ଆରପାରିକୁ । ଏଇନେ ବିଧିର ବିଧାନକୁ ବିନା ଆପଉିରେ ମାନିନେଇ କୌଣସି ପ୍ରତିବାଦ, ଅଭିଯୋଗ ନ ଆଣି ତାହାକୁ କପାଳ ଲିଖନ ଭାବରେ ଗ୍ରହଣ କରି ଆପଣଙ୍କ ଅବର୍ତ୍ତମାନରେ ଅସବର୍ଣ ପ୍ରେମ ଉପରେ ଆଧାରିତ ନାୟିକା ପ୍ରଧାନ ଉପନ୍ୟାସଟିକୁ ଲେଖ୍ (ସାରି) ଆପଣଙ୍କୁ ଉତ୍ସର୍ଗ କରୁଛି । କାରଣ ଉପନ୍ୟାସଟିଏ ଲେଖିବା ପାଇଁ ଆପଣ ମୋତେ ଯେଉଁ ପ୍ରେରଣା ଦେଇଛନ୍ତି ଓ ଯେତେ ପରିମାଣରେ ଉତ୍ସାହିତ କରିଛନ୍ତି ତାହାର ପ୍ରତିଦାନରେ ଏହି ବହିଟିକୁ ଲେଖିସାରି ଆପଣଙ୍କୁ ଉତ୍ସର୍ଗ କରିବା ବ୍ୟତୀତ ଅନ୍ୟ କୌଣସି ବିକଳ୍ପ (ବ୍ୟବସ୍ଥା) ଆବିଷ୍କାର କରିପାରିଲି ନାହିଁ । ଆହୁରି ମଧ୍ୟ ଜଣେ ଲେଖକର ଜୀବନ (ଯାପନ ଶୈଳୀ) କେତେ ଦୁଃଖପ୍ରଦ, ସଂଘର୍ଷମୟ, ନିର୍ଯାତନା ଭରା, ଯନ୍ତ୍ରଣାସିକ୍ତ, ଦୁର୍ଯୋଗ ମଣ୍ଡିତ, ହତାଶା ଜର୍ଜରିତ, ବିପଦ ସଙ୍କୁଳ, ଅବସାଦ ପରିପୂର୍ଣ୍ଣ, ଅବସର ରହିତ, ଆନନ୍ଦ ବିହୀନ, ସୁଖଶାନ୍ତି ବିବର୍ଜିତ, ବିପର୍ଯ୍ୟୟ ଓ ୫ଢ଼ଉଣ୍ଡା ପୂର୍ଣ୍ଣ ତଥା ଖୁସି ଏବଂ ସନ୍ତୋଷ ବ୍ୟାହତକର ତାହା ଆପଣ ନିର୍ଣ୍ଣିତ ଭଲ ଭାବରେ ମର୍ମେ ମର୍ମେ ଅନୁଭବ କରିଥିବେ । ଯେହେତୁ ଆପଣ

ନିଜେ ଜଣେ ଲେଖକ ଥିଲେ । ହୁଏତ ଅନ୍ୟମାନେ ସେ କଥାକୁ ବିଶ୍ୱାସ କରିବେ ନାହିଁ । ନକରନ୍ତୁ ସେଥିରେ କିଛି ଯାଏ ଆସେ ନାହିଁ । କାହିଁକିନା ଲେଖକମାନଙ୍କ ବ୍ୟତୀତ ସେ କଥା ଅନ୍ୟମାନଙ୍କର ଆଦୌ ବୋଧଗମ୍ୟର ବିଷୟ ନୁହେଁ ।

ଆହୁରି ମଧ୍ୟ ଉପନ୍ୟାସର ଧର୍ମ ପାଳନ କରିବାକୁ ଯାଇ ଅନେକ କ୍ଷେତ୍ରରେ ସ୍ୱାଭିକ ଆଲୋଚନାରୁ ନିବୃତ ରହିବାକୁ ଏକ ପ୍ରକାର ବାଧ୍ୟ ହୋଇଛି । କାରଣ ପ୍ରତ୍ୟେକ କ୍ଷେତ୍ରରେ, ସବୁ କର୍ମରେ (କର୍ତ୍ତବ୍ୟରେ) ଓ ସମସ୍ତ ପରିସ୍ଥିତିରେ ତଥା ପରିବେଶର ଏକ ନିର୍ଦ୍ଦିଷ୍ଟ ନୀତି ନିୟମ, ଆଦର୍ଶ ତଥା ଆକଟ ଏବଂ ଆଚରଣର ଗୋଟିଏ ସୀମା ରହିଛି । ସେହି ଲକ୍ଷ୍ମଣ ରେଖା ପରିସର ମଧ୍ୟରେ ଆବଦ୍ଧ ରହି ସମସ୍ତଙ୍କୁ କାର୍ଯ୍ୟ ସମ୍ପାଦନ କରିବାକୁ ହୋଇଥାଏ । ଯାହାକି ମୋ ଲାଗି ମଧ୍ୟ ପ୍ରଜୁଯ୍ୟ ।

ଲେଖିବା ଗୋଟିଏ ରୋଗ । ସେ ରୋଗ ଥରେ ଧରିଲେ କିଛି ନ ଲେଖି କେବେ ନିରବରେ ରହି ହୁଏନାହିଁ । ଲେଖିବା ନିଶାର ଭୂତଟା ମୋତେ ମାଡ଼ିବସି ମୋ ଜୀବନକୁ ଧ୍ୱଂସ ବିଧ୍ୱଂସ୍ତ ତଥା ବିପର୍ଯ୍ୟସ୍ତ କରିଦେଇଛି । ଲେଖିବାକୁ ହେଲେ ଏତେ ତ୍ୟାଗ କରିବାକୁପଡ଼େ । ଏତେ ଗୁଢ଼େ ହରାଇବାକୁ ହୁଏ । ଏତେ ଲାଞ୍ଛନା ଓ ଦୁର୍ଦ୍ଦଶା ଭୋଗନ୍ତି ଏବଂ ଏତେ ଦୁଃଖ କଷ୍ଟ ତଥା ନିର୍ଯ୍ୟାତନା ସହିବାକୁ ପଡ଼େ ବୋଲି ଯଦି ଆଗରୁ ଜାଣି ଥାଆନ୍ତି ତେବେ ଲେଖକଟିଏ ହେବାକୁ କେବେ ଇଚ୍ଛା କରିନଥାଆନ୍ତି କିମ୍ୱ ଆଗ୍ରହ ପ୍ରକାଶ କରି ନଥାଆନ୍ତି । ଅବା ଆଶା ପୋଷଣ କରି ନଥାଆନ୍ତି । ଅଥବା ସେପରି କର୍ମକୁ ଆଦରିନେଇ ନଥାନ୍ତି । କେଉଁ ଜନ୍ମରେ କି ପାପ କରିଥିଲି ଯେଉଁ ଅପରାଧ ପାଇଁ ଭଗବାନ ମୋତେ କଳାକାରଟିଏ କଲେ କେବଳ ଜୀବନସାରା ହନ୍ତସନ୍ତ ହେବାଲାଗି । ଜଣେ ଲେଖକର ଆମ୍ ଗ୍ଲାନିର କଥା ଜାଣିବା ପାଇଁ ଆପଣ ଖୁବ୍ ଭଲଭାବରେ ସମର୍ଥ ଓ ଲେଖକମାନଙ୍କ ଅନ୍ତର୍ଦାହର ସ୍ୱରକୁ ମଧ୍ୟ ଆପଣ ଅତି ପରିଷ୍କାର ଭାବରେ ଶୁଣିବା ଲାଗି ସକ୍ଷମ ତଥା ଲେଖକର ଭାବାଦର୍ଶ ବୁଝିବାକୁ (ଅବଗତ ହେବାକୁ) ଆପଣ ବେଶ ପାରଙ୍ଗମ ଅଟନ୍ତି । ସେହି ଦୃଷ୍ଟିରୁ ବହିଟିକୁ ଆପଣଙ୍କୁ ଅର୍ପଣ କରିବାକୁ ଶ୍ରେୟସ୍କର ମଣୁଛି ଆଉ ବହିର ନାୟିକା ସେହି ସରଳା, ନିରୀହା, ଅସହାୟା, ନିଷ୍କପଟ ପଲ୍ଲୀ ବାଲିକାଟି ତା' ମନ ମଣିଷର ଫେରିଲା ବାଟକୁ ଅତ୍ୟନ୍ତ ଆଗ୍ରହର ସହିତ ଚାହିଁ ରହିଲା ପରି ଆପଣଙ୍କ ଆଶୀର୍ବାଦ ପାଇବା ପାଇ ମୋ ଆଶାର ସଲିତାକୁ ପ୍ରଜ୍ୱଳିତ କରି ରଖିଛି । ଆପଣଙ୍କ ଆଶିଷ ଆଶାୟୀ ଅକ୍ଷୟ ।

ସ୍ୱୀକାରୋକ୍ତି

ତୁମେ ସତୀ;

ତୁମ ନାଁ ସତୀ। ତୁମେ କାୟମନୋବାକ୍ୟରେ ସତୀ। ମନ-ପ୍ରାଣରେ ସତୀ। ଇଚ୍ଛା-ଆଗ୍ରହରେ ସତୀ। ଚିନ୍ତା-ଚେତନାର ସତୀ। ଆମ୍ଭା-ଆମ୍ଭିୟତାରେ ସତୀ। ଆନ୍ତରିକତାରେ ଓ ହୃଦୟବତ୍ତାରେ ସତୀ। ଆଚାର ଆଉ ଆଚରଣରେ ହେଉ ଅବା ବିଚାର ଏବଂ ବ୍ୟବହାରରେ ତୁମେ ସତୀ। ଆବଶ୍ୟକ ସମୟରେ କୃଷ୍ଣ-ରାମ ଓ ଅଗ୍ରଜ ବଳରାମ କନିଷ୍ଠ ଲକ୍ଷ୍ମଣ ହୋଇ ପାରିଥିବା ବେଳେ କୃଷ୍ଣଙ୍କ ଅଷ୍ଟପାଟବଂଶୀୀମାନେ ରାଜାଙ୍କ ଝିଅ (ରାଜ କନ୍ୟା) ଓ ରାଜାଘରର ବୋହୂ (ରାଜରାଣୀ) ହୋଇ ସୁଦ୍ଧା କେହି ଜଣେ ହେଲେ ସୀତା ହେବାକୁ ସକ୍ଷମ ହୋଇପାରି ନଥିବା ସ୍ଥଳେ ଗୋପଗୋପାଲୁଣୀ ରାଧା କେବଳ ନିଜର ଉତ୍ସର୍ଗୀକୃତ ଜୀବନ, ସମର୍ପିତ ପ୍ରାଣ, ଅନାବିଳ ପ୍ରେମ ଓ ନିରାଶକ୍ତ ଭଲ ପାଇବା ଲାଗି ସୀତା ହେବାକୁ ସମର୍ଥ ହେଲେ। ସେହିପରି ତୁମର ଜନ୍ମ ନିଜ ସମ୍ପ୍ରଦାୟରେ, ନିମ୍ନ (ଶ୍ରେଣୀରେ) କୁଳରେ। ଛୋଟ ଜାତିରେ। ତଥାପି ନିଜର ନିଷ୍ଠାପରତା, ନୀତି ନିଷ୍ଠତା ଓ ପରାକାଷ୍ଠା ବଳରେ ତୁମେ (ଶସ୍ୟ) କ୍ଷେତରୁ ଜାତ ଭୂମିକନ୍ୟା ସୀତାଙ୍କ ପରି ସତୀ- ମହାସତୀ ଓ ପରମସତୀ ଆଉ ମାନମୟୀ (ମାନିନୀ) ମଧ୍ୟ। ମାନ ଆଉ ଅଭିମାନ ସମାହାରର ପ୍ରତୀକ ତୁମେ ସତୀ। ତୁମେ ନାୟକ ମନର- ମାନସୀ ନହୋଇପାର। ତୁମେ ଦକ୍ଷପ୍ରଜାପତିଙ୍କ କନିଷ୍ଠା କନ୍ୟା ସତୀ ନହୁଅ। ପିତା ଦକ୍ଷଙ୍କ ମୁଖରୁ ସ୍ୱାମୀ ଶିବଙ୍କ ଅବମାନନା ସହି ନପରି ଦକ୍ଷ ଯଜ୍ଞ କୁଣ୍ଡରେ ଝାସଦେଇ ଆପଣା ପ୍ରାଣ ଉତ୍ସର୍ଗ କରି ନପାର। ତୁମ ମୃତ୍ୟୁ ସମ୍ବାଦ ଶୁଣି କୋପିତ ଶିବଙ୍କ କ୍ରୋଧରୁ ବୀରଭଦ୍ର ସୃଷ୍ଟି (ଜନ୍ମ) ନ ହୁଅନ୍ତୁ ଓ ତାଙ୍କ ଦ୍ୱାରା ଦକ୍ଷଙ୍କ ଶିରଚ୍ଛେଦ ନହେଉ। ତଥାପି ତୁମେ ମୋ ବହିର ନାୟିକା। ମୋ ମାନସ କନ୍ୟା। କଳ୍ପନା ସମ୍ଭୂତା ତୁମେ। ମନଗହୀର ଚାଷରୁ ତୁମର ଉତ୍ପତ୍ତି ଅବିକଳ ବିଦେହର ରାଜକନ୍ୟା ସୀତାଙ୍କପରି। ତୁମର ଉପମା ନାହିଁ। ତୁମର ତୁଳନା ନାହିଁ। ତୁମେ ଅନୁପମା। ତୁମେ ଅତୁଳନୀୟା।

ମାତ୍ର ତୁମର ଜନ୍ମ ନିମ୍ନମଧବିତ୍ତ ପରିବାରରେ । ନିଜ ସମ୍ପ୍ରଦାୟରେ । ଛୋଟ ଜାତିରେ । କୈବର୍ତ୍ତ କୁଳରେ । କୈବର୍ତ୍ତ କନ୍ୟା ସତ୍ୟବତୀଙ୍କ ପରି ସୋମବଂଶର ରାଜବଧୂ ହେବାଭଳି ସୌଭାଗ୍ୟବତୀ ତୁମେ ହୋଇନପାର । କେଉଟ ଘର ଝିଅ କାରୁବାକୀଙ୍କ ଭଳି କଳିଙ୍ଗ ସାମ୍ରାଜ୍ୟର ସାମ୍ରାଜ୍ଞୀ ହେବା ତୁମ ଭାଗ୍ୟରେ ନଥାଇପାରେ । ତୁମ ରୂପରେ ଆକୃଷ୍ଟ ହୋଇ ରଷି ପରାଶର ଅସମୟରେ ମାୟାର କୁହୁଡ଼ି ସର୍ଜନା (ସୃଷ୍ଟି) ନକରି ପାରନ୍ତି । ତୁମ ସୌନ୍ଦର୍ଯ୍ୟରେ ମୁଗ୍ଧ ହୋଇ ମଗଧ ସମ୍ରାଟ ଅଶୋକ କଳିଙ୍ଗ ଯୁଦ୍ଧ ସଙ୍ଘଠିତ କରିନପାରନ୍ତି । ତୁମ ପାଇଁ ଦେବବ୍ରତ ଭୀଷଣ ପ୍ରତିଜ୍ଞା କରି ଭୀଷ୍ମକୁ ରୂପାନ୍ତରିତ ନହୁଅନ୍ତ । ତୁମ ପ୍ରଭାବରେ ପ୍ରଭାବିତ ହୋଇ ଚଣ୍ଡାଶୋକ ଧର୍ମାଶୋକରେ ପରିଣତ ନହୋଇ ପାରନ୍ତି । ତଥାପି ନିଜ ମହିମାରେ ମହିମାନ୍ଵିତା ତୁମେ ମହୀୟସୀ । ଆପଣା ଗାରିମାରେ ଗୌରବମୟୀ ତୁମେ ଗରିୟସୀ । ତୁମ ଗୁଣରେ ତୁମେ ଧନ୍ୟା । ଆପଣା ମହତ ପଣିଆରେ ତୁମେ ଅନନ୍ୟା ।

ତୁମ ବାପାଙ୍କ ଆର୍ଥିକ ଦୁରାବସ୍ଥା ପାଇଁ ତୁମେ ଅଧିକ ପାଠ ପଢ଼ିବାକୁ ସୁବିଧା ପାଇଲାନାହିଁ । ତୁମ ମା' ତୁମ ବାପାଙ୍କୁ ଚାଷକାମରେ ସହଯୋଗ କରିବାରୁ ଘରର ପ୍ରଥମ ସନ୍ତାନ ଭାବରେ ତୁମ ଉପରେ ଘର ଚଲାଇବାର ଦାଇତ୍ଵ ନ୍ୟସ୍ତ ରହିଲା । ଗୃହ କର୍ମରେ ବ୍ୟସ୍ତରହି ପୁସ୍ତକ ପଠନ ଜନିତ ଜ୍ଞାନଲାଭ ସୁଯୋଗରୁ ତୁମେ ବଞ୍ଚିତା ହେଲ । ସେହି ଅଳ୍ପ ପାଠ, ସ୍ଵଳ୍ପ ଅଭିଜ୍ଞତା ଓ ସୀମିତ ଜ୍ଞାନର ପରିସର ମଧରେ ରହି ସୁଦ୍ଧା ତୁମେ ତୁମର ମହନୀୟତା ପରିସ୍ଫୁଟ କରିବାରେ (ଯେମିତି) ସଫଳ ହୋଇ ପାରିଛ ସେ ସକାଶେ ଧନ୍ୟବାଦାର୍ହ । ଆହୁରି ମଧ ତୁମେ ଭାରି ଆତ୍ମାଭିମାନିନୀ । ତୁମର ଭାଗ୍ୟ ଉପରେ ଅଭିମାନ । ଭଗବାନଙ୍କ ଉପରେ ଅଭିମାନ ଆଉ ମନର ମଣିଷ ଉପରେ ଅଭିମାନ । ଦାରିଦ୍ର, ଦୁଃଖ, ଯନ୍ତ୍ରଣା, ଗଞ୍ଜଣା, ଯାତନା, ବେଦନା ଭିତରେ ରହି ମଧ ତୁମେ ଯେପରି ନୈତିକତାର ପରାକାଷ୍ଠା ପ୍ରତିପାଦନ କରି ଆପଣା ମର୍ଯ୍ୟାଦା ଓ ସ୍ଵାଭିମାନକୁ ରକ୍ଷା କରିବା ସହିତ ପ୍ରତିଭା ନିପୁଣା ଆଦର୍ଶ ସ୍ଵାନିୟା ବ୍ୟକ୍ତିତ୍ଵର ଅଧିକାରିଣୀ ହେବାକୁ ସକ୍ଷମ ହୋଇପାରିଛ ସେଥିପାଇଁ ତୁମେ ଧନ୍ୟବାଦର ପାତ୍ରୀ ହେବା ଲାଗି ଯୋଗ୍ୟତମା । ପ୍ରତ୍ୟାଶା ନଥାଇ ତୁମର ତ୍ୟାଗ । ପ୍ରେମିକଠାରୁ ପ୍ରତିଶ୍ରୁତି ନ ପାଇଁ ମନ ମଣିଷର ପ୍ରତୀକ୍ଷାରେ ଜାଗର (ସଲିତା) ଜାଳି ତାଙ୍କ ଫେରିଲା ବାଟକୁ ଚାହିଁ ରହିବାର ନିଷ୍ଠା । କୁମାରୀ ଜୀବନରେ ତୁମର ଆଦର୍ଶ, ନୀତିନିଷ୍ଠତା ସମାଜ ପାଇଁ ଅନୁକରଣୀୟ, ଅଭିନନ୍ଦନୀୟ । ତୁମେ ଏଭଳି ସୁଗୁଣର ଅଧିକାରିଣୀ ଯାହାକି (ଉଗ୍ର) ଅତ୍ୟାଧୁନିକା ଉଚ୍ଚଶିକ୍ଷିତା ଝିଅଙ୍କଠାରେ ଦେଖିବାକୁ ମିଳେନା । ପରିବାର ପାଇଁ ତୁମର ତ୍ୟାଗ । ନିଜର ଲକ୍ଷ୍ୟ ହାସଲ ଲାଗି ତୁମର (ନିଷ୍ଠା) ପ୍ରଚେଷ୍ଟା, ସମାଜ (ସଂସାର) ସକାଶେ ତୁମର ଆଦର୍ଶ ଓ ଶୃଙ୍ଖଳିତ ଜୀବନ ଯାପନ ଲାଗି ଆବଶ୍ୟକ କରୁଥିବା ନିୟମାନୁବର୍ତିତା ଏବଂ ନିଷ୍ଠାପରତାରେ ମୁଁ ବିସ୍ମିତ ଓ ଆଶ୍ଚର୍ଯ୍ୟାନ୍ଵିତ । ସେଥିପାଇଁ ତୁମକୁ ନତ ମସ୍ତକରେ ଅଭିନନ୍ଦନ ଜଣାଉଛି ଆଉ ଜ୍ଞାପନ କରୁଛି ପ୍ରଣାମ । ସହସ୍ର ପ୍ରଣାମ । ଶତ ସହସ୍ର ପ୍ରଣାମ ।

—ବିନୀତ ଲେଖକ

ପ୍ରତିଷ୍ଠିତ କେତେ ପ୍ରବୀଣମାନଙ୍କ ଲେଖନୀ ମୁନରୁ ସାହିତ୍ୟ କାନନେ
ଫୁଟି ମହକିଛି କେତେ ପାରିଜାତ ଫୁଲ,
ଯୋର କଡ଼ ଆଉ ନଈପଠା ଧାର ଗହୀର ପାଚର ବାସନା ବିହୀନ
ଶୁଭ୍ର କାଶତଣ୍ଡୀ ହୋଇ ପାରିବକି ସେଫୁଲର ସମତୁଲ।

ଅସ୍ତ ଯାଉଥିଲେ ସୂର୍ଯ୍ୟ। ପଶ୍ଚିମପଟ ଆକାଶର ଦୂର ଦିଗ୍‌ବଳୟ ପାଖେ। ଆକାଶ ଯେଉଁଠୁ ପୃଥିବୀ ସହିତ ମିଶିଗଲା ପରି ଦିଶେ। ସେଇଠୁ ଠାଇ ସେ ତାଙ୍କ ଅନ୍ତିମ କିରଣ ପୃଥିବୀ ଉପରକୁ ବିଞ୍ଚ ଦେଉଥିଲେ। ବିଦାୟ କାଲୀନ ସୂର୍ଯ୍ୟଙ୍କର ଶେଷ ରଶ୍ମି ଧରାପୃଷ୍ଠକୁ ଲୋହିତ ବର୍ଷରେ ରଙ୍ଗାଇ ଦେଉଥିଲା। ପୃଥିବୀ ସେହି ଭାଉଆ ରଙ୍ଗ ଯୋଗୁ ଗୈରିକ ବସନ ପରିହିତ ମହିମା ଧର୍ମାଲୟୀ ଅଲେଖ ସନ୍ୟାସୀଟିଏ ପରି ଦିଶୁଥିଲା।

ବୈଦିକ ଯୁଗର ଆର୍ଯ୍ୟମାନେ ଜୀବନର ଚତୁର୍ଥାବସ୍ଥାରେ ବାନପ୍ରସ୍ଥ ଆଚରଣ କରୁଥିଲେ। ପ୍ରାଚୀନ ଭାରତୀୟ ବୈଦିକ ସଂସ୍କୃତିରେ ଯେଉଁ ଚତୁରାଶ୍ରମ ବ୍ୟବସ୍ଥା ପାଳନ କରାଯାଉଥିଲା, ସେଥିରେ ଅନ୍ତିମ ଆଶ୍ରମ ଥିଲା ସନ୍ୟାସ ଆଚରଣ। କାରଣ ଚାରୋଟି ଆଶ୍ରମ ମଧ୍ୟରୁ ଯଥା- ବ୍ରହ୍ମଚର୍ଯ୍ୟ, ଗୃହସ୍ଥ, ବାନପ୍ରସ୍ଥ ଓ ସନ୍ୟାସ। ଏହି ଚାରୋଟି ଆଶ୍ରମ ଭିତରୁ ତିନୋଟି ଆଶ୍ରମୀ ଗୃହସ୍ଥ ଉପରେ ନିର୍ଭର କରିଥାନ୍ତି। ଆମର ଚତୁର୍ବର୍ଗ ଯଥା- ଧର୍ମ, ଅର୍ଥ, କାମ, ମୋକ୍ଷ ଗୃହସ୍ଥମାନେ ପାଳନ କରିଥାଆନ୍ତି। ଆହୁରି ମଧ୍ୟ ବୈଦିକ ସଂସ୍କୃତିରେ ଯେଉଁ ଚତୁରାଶ୍ରମ କଥା କୁହାଯାଇଛି, ସେ ସମ୍ପର୍କରେ ଶାସ୍ତ୍ର କହେ- "ନଭାୟ୍ୟଯ୍ୟା ସମମିତଂ ନ ଚ ଧର୍ମୋ ଦୟାସମଃ, ନ ସ୍ୱାତନ୍ତ୍ର୍ୟ ସମଂ ସୌଖଂ ଗାର୍ହସ୍ୟାନ୍ନାଶ୍ରମୋ ବରଃ।" ପ୍ରାଣିଭଳି ମିତ୍ର ନାହିଁ, ଦୟାସମ ଧର୍ମ ନାହିଁ, ସ୍ୱାଧୀନତା ଭଳି ସୁଖ ନାହିଁ। ଗାର୍ହସ୍ୟ ଠାରୁ ଶ୍ରେଷ୍ଠତମ ଆଶ୍ରମ ନାହିଁ। ଘର ହେଉଛି ଗୃହସ୍ଥ ଧର୍ମ ପାଳନର ମୂଳପୀଠ। ଗୃହକର୍ତ୍ତା ପାଇଁ ଘର ହେଉଛି ମନ୍ଦିର ବା ଆଶ୍ରମ, ମସ୍‌ଜିଦ, ଗୀର୍ଜା, ଚର୍ଚ୍ଚ, ଗୁରୁଦ୍ୱାର। ଗାର୍ହସ୍ୟ ଧର୍ମରେ ପୁରୁଷାର୍ଥ ସହ ଧର୍ମ, ଅର୍ଥ, କାମ ଓ ମୋକ୍ଷ ଲାଭ ହୁଏ। ଏଣୁ ଏହାକୁ ସର୍ବଶ୍ରେଷ୍ଠ ଆଶ୍ରମ କୁହାଯାଏ।

ସଂସାର ଜଞ୍ଜାଳରୁ ମୁକ୍ତି ପାଇବା ପାଇଁ ଏବଂ ପରମାତ୍ମାଙ୍କ ସାନ୍ନିଧ୍ୟ ଲାଭ ପାଇବା ସକାଶେ ବହୁଲୋକ ଘରସଂସାର ଛାଡ଼ି ତରୁଣ ବୟସରେ ସନ୍ୟାସୀ ହୋଇଯିବାର ଦେଖାଯାଏ। ସନ୍ୟାସୀ କହିଲେ ବାସ (ଘର) ଛାଡ଼ିବା ନୁହେଁ, ପରନ୍ତୁ ବାସନା (କାମନା) ଛାଡ଼ିବା। ସନ୍ୟାସୀ ଅବା ଗୃହୀ ପରସ୍ପରଠାରୁ କେହି କମ ନୁହନ୍ତି। ସ୍ୱଧର୍ମ ଆଚରଣରେ ହିଁ ନିଜର ଶ୍ରେଷ୍ଠତା ପ୍ରତିପାଦିତ ହୁଏ। ଆହୁରି ମଧ୍ୟ ସଂସାର ସହ ସନ୍ୟାସର ଅଭେଦ ସଂପର୍କ। ପ୍ରକୃତ ସଂସାରୀ- ସଠିକ୍ ସନ୍ୟାସୀ ଏବଂ ଯଥାର୍ଥ ସନ୍ୟାସୀ ହିଁ ବାସ୍ତବ ସଂସାରୀ। କାରଣ ଏ ଉଭୟର ଆତ୍ମିକ ମିଳନରେ ସଂସାର ନାମକ ଏକ ଦିବ୍ୟ ପ୍ରକାଶ ଶୋଭନୀୟ ହୋଇଥାଏ। ତେଣୁ ସଂସାର ବିଗିଡ଼େ ନାହିଁ। କାରଣ ତାହା ବେଗାର ବାଗୁଡ଼ି ଖେଳର ବିପ୍ଲାମ୍ବରେ ମୋଟେ ମାତେ ନାହିଁ।

ବାସ୍ତବରେ ପରିବାର ଠାରୁ ପ୍ରଥମ ଓ ଶ୍ରେଷ୍ଠ ସାମାଜିକ ଅନୁଷ୍ଠାନ କିଛି ନଥାଇ ପାରେ। ତେଣୁ ପ୍ରତ୍ୟେକ ମହାପୁରୁଷ ସମସ୍ତ ସାଧନାକୁ ଗୋଟିଏ ପାଖରେ ରଖିଲା ବେଳେ ପରିବାରକୁ ଆଉ ଗୋଟିଏ ପାଖରେ ରଖିଛନ୍ତି। କାରଣ ପରିବାର ଭଲ ହେଲେ ସମାଜ ଭଲ ମଣିଷଟିଏ ପାଇବ।

ଯେଉଁମାନେ ସବୁକିଛି ତ୍ୟାଗ କରି ଅର୍ଥାତ ସଂସାରରୁ ଅଲଗା ରହି ସନ୍ୟାସୀ ହୁଅନ୍ତି। ସେମାନଙ୍କ ଭିତରେ ପ୍ରାୟତଃ ସୂକ୍ଷ୍ମ ଅହଂକାର ବିରାଜମାନ କରୁଥାଏ। ଯାହାକି ଗୃହସ୍ଥଙ୍କ ଭିତରେ ନଥାଏ। ଗୃହସ୍ଥମାନେ ପରସ୍ପର ସହିତ ମିଶି ଯାଆନ୍ତି। ଯାହାକି ଅନେକ ସମୟରେ ସନ୍ୟାସୀଙ୍କ ଦ୍ୱାରା ସମ୍ଭବ ହୁଏ ନାହିଁ।

ଏଟିକି ବୁଝିବାକୁ ହେବ ଘର ସଂସାର ଛାଡ଼ି କୁଅଡ଼େ ଚାଲିଗଲେ ଜଞ୍ଜାଳରୁ କେବେ ମୁକ୍ତି ମିଳେନା। ଜଞ୍ଜାଳ ଯେପର୍ଯ୍ୟନ୍ତ ଆମ ଭିତରେ ଥାଏ ସେ ପର୍ଯ୍ୟନ୍ତ ଆମକୁ ଛଟପଟ କରୁଥାଏ। ସେଥିସକାଶେ ମହାପୁରୁଷମାନେ କହିଛନ୍ତି ଘର ଅର୍ଥାତ ବାସ ଛାଡ଼ନା ବରଂ ବାସନା ଛାଡ଼। କାମନାକୁ ପରିତ୍ୟାଗ କର। ଟିକିଏ ଶାନ୍ତି ପାଇବା ପାଇଁ ଗୃହତ୍ୟାଗ କରିବା ଆଦୌ ଜରୁରୀ ନୁହେଁ। ଏଇ ଘର ସଂସାର ଭିତରେ ରହି ଶାନ୍ତିର ସନ୍ଧାନ କରିବା ହିଁ ପ୍ରତ୍ୟେକ ମଣିଷର ଚତୁର ପଣିଆ।

ସେଥିପାଇଁ ଶ୍ରୀ ଚୈତନ୍ୟ ତାଙ୍କ ଶିଷ୍ୟ ଜଗାଇ, ମାଧାଇ ଦ୍ୱୟଙ୍କୁ ସଂସାର ଛାଡ଼ି ସନ୍ୟାସ ବ୍ରତ ଗ୍ରହଣ କରିବାକୁ କହିନଥିଲେ। ସଂସାରରେ ରହି ସମୟ ସୁବିଧା ଦେଖି ହରିନାମ ଉଚ୍ଚାରଣ କରିବାକୁ ପରାମର୍ଶ ଦେଇ କହିଥିଲେ– "ମାଗୁର ମାଛର ଝୋଲ, ରମଣୀ ଧରିଆ କୋଲ, ବେଟା ହରିଆ ହରିଆ ବୋଲ" ଅର୍ଥାତ ସଂସାର ନଛାଡ଼ି ସଂସାରର ଭଲମନ୍ଦ ବିଚାର କରି ଠିକ୍ ମାର୍ଗ ଗ୍ରହଣ କର।

ମହାଭାରତ ଯୁଦ୍ଧ ଚାଲିଥାଏ। ପିତାମହ ଭୀଷ୍ମ କୌରବ ପକ୍ଷର ସେନାପତି ଥାଆନ୍ତି। ସେ ଜାଣି ସାରିଥାଆନ୍ତି ଯେ ତାଙ୍କର ମୃତ୍ୟୁ ସୁନିଶ୍ଚିତ। କାରଣ ସେ ପାପାଚାରୀ କୌରବଙ୍କ ପକ୍ଷରେ ରହି ଯୁଦ୍ଧ କରୁଛନ୍ତି ଏବଂ ସ୍ୱୟଂ କୃଷ୍ଣ ଧର୍ମ ସଂସ୍ଥାପନା ଲାଗି ଧର୍ମପ୍ରାଣ ପାଣ୍ଡବମାନଙ୍କ ପକ୍ଷରେ। ତେବେ ତାଙ୍କର ଭାରି ଇଚ୍ଛା ଯଦି ସେ କୃଷ୍ଣଙ୍କ ହାତରେ ମରିପାରନ୍ତେ, ତା'ହେଲେ ନିଃସନ୍ତାନ ସତ୍ତ୍ୱେ ପୁତ୍ ନର୍କରୁ ଉଦ୍ଧାର ହେବା ସହିତ ସ୍ୱର୍ଗଲାଭ ସୁନିଶ୍ଚିତ। ମାତ୍ର କୃଷ୍ଣ ତାଙ୍କୁ ମାରିବେ ବା କାହିଁକି ? ସେ ତ ଅର୍ଜୁନଙ୍କ ରଥରେ ସାରଥ୍ୟ ମାତ୍ର ଏବଂ ଅସ୍ତ୍ର ଉତ୍ତୋଲନ ନକରିବା ନିମନ୍ତେ ବଡ଼ଭାଇ ବଳରାମଙ୍କ ନିକଟରେ ପ୍ରତିଜ୍ଞାବଦ୍ଧ। ଭୀଷ୍ମ ସ୍ଥିର କରନ୍ତି ଯଦି ସେ କୃଷ୍ଣଙ୍କୁ ଆକ୍ରମଣ କରନ୍ତି ତେବେ ସେ ଆକ୍ରମଣ ଦ୍ୱାରା ଆଘାତପ୍ରାପ୍ତ କୃଷ୍ଣ ହୁଏତ କ୍ରୋଧର ବଶବର୍ତ୍ତୀ ହୋଇ ତାଙ୍କୁ ମାରି ପାରନ୍ତି। ତେଣୁ ଦିନେ ଯୁଦ୍ଧ ଚାଲିଥିବା ବେଳେ ସେ ଯୁଦ୍ଧର ସମସ୍ତ ନୀତି ନିୟମକୁ ଲଙ୍ଘନ କରି ନିରସ୍ତ୍ର ସାରଥ୍ୟ କୃଷ୍ଣଙ୍କ ଉପରକୁ ଅସ୍ତ୍ର ପ୍ରୟୋଗ କରନ୍ତି। ଭୀଷ୍ମଙ୍କ ଶର ପ୍ରହାର ଦ୍ୱାରା କୃଷ୍ଣ ଆହତ ହୁଅନ୍ତି। କ୍ରୋଧରେ ଅଧୀର ହୋଇ ଭୀଷ୍ମଙ୍କ ନିକଟକୁ ଚକ୍ରଧରି ଦୌଡ଼ି ଯିବା ସମୟରେ ଚିନ୍ତାକଲେ (ସେ) ମୁଁ ବଡ଼ଭାଇଙ୍କ ପାଖରେ ସତ୍ୟଭଗ୍ନ ହେବି। ତା'ପରେ ଭୀଷ୍ମଙ୍କ ପରି ଜଣେ ମହାପାପୀଙ୍କୁ ବଧ କରି କାହିଁକି ଅକାରଣେ ପାପରେ ଭାଗୀ ହେବି। ବଡ଼ ଭାଇ ବଳରାମଙ୍କ ପାଦଛୁଇଁ ଶପଥ ନେଇଥିବା ହେତୁ କୃଷ୍ଣ କ୍ରୋଧ ସମ୍ୱରଣ କରି ଭୀଷ୍ମଙ୍କ ଦୋଷକୁ କ୍ଷମାକରି ଦେଇ ତାଙ୍କ ପ୍ରତି କୌଣସି ଅସ୍ତ୍ର ପ୍ରୟୋଗ ନକରି ରଥ ଚାଲନାରେ ମନ ନିବେଶ କଲେ। କାରଣ ତାଙ୍କରତ ପୁଣି ଗୋଟେ ଆଦର୍ଶ, ନୀତି ଓ ନିୟମ ଅଛି। କାହାକୁ ମାରିବେ ଆଉ କାହାକୁ ନ ମାରିବେ। ଭୀଷ୍ମଙ୍କ ପରି ଜଣେ ପାପୀଙ୍କୁ ହତ୍ୟା କରି ନିଜକୁ କାହିଁକି ଅକାରଣେ ମହାପାତକରେ କଳୁଷିତ କରିବେ। କୃଷ୍ଣ ଭଗବାନଙ୍କ ବିଚାରରେ ଭୀଷ୍ମ ପିତାମହ ଏଇଥି ପାଇଁ ପାପୀ ଯେ ସେ ବିବାହ କରି ନାହାନ୍ତି। ସଂସାରକୁ ଆସି ଘର ସଂସାର କରିନାହାନ୍ତି। ସଂସାର ବ୍ରତ, ସଂସାର ଧର୍ମ, ସଂସାର କର୍ମ ପାଳନ କରି ନାହାନ୍ତି। ସେ ତ ନିର୍ଘାତ ପାପୀ। କେବଳ ଖାଲି ପାପୀ ନୁହନ୍ତି, ମହାପାପୀ। ଜଣେ ପିତାର ପୁତ୍ ହୋଇ କୌଣସି ପୁତ୍ରର ପିତା ହେବାକୁ ଇଚ୍ଛା କରି ନାହାନ୍ତି। ଗୋଟିଏ ମା' କୋଳରେ ନିଜେ ଜନ୍ମ ହୋଇ ନିଜର ଔରସ ଜାତ ସନ୍ତାନକୁ କୌଣସି ମା'କୋଳରେ ଜନ୍ମ

ହେବାକୁ ଆଗ୍ରହ ପ୍ରକାଶ କରି ନାହାନ୍ତି । ସଂସାର ଯାତନାରେ ଘାରି ହୋଇ ନାହାନ୍ତି । ସଂସାର ଜଞ୍ଜାଳର ବିଷ ପିଇ ନାହାନ୍ତି । ସଂସାରର ସୁଖ ଦୁଃଖରେ ସହଭାଗୀ ହୋଇ ନାହାନ୍ତି । ସଂସାର ନିର୍ଯ୍ୟାତନା ଭୋଗି ନାହାନ୍ତି । ସଂସାରର ଦୁର୍ଦ୍ଦଶା ଦୁର୍ବିପାକରେ ଭାଗୀଦାରୀ ହୋଇ ନାହାନ୍ତି । ବରଂ କାଶୀ ଜ୍ୟେଷ୍ଠା ରାଜକନ୍ୟା ଅମ୍ବାଙ୍କ ବିବାହ ନିବେଦନକୁ ପ୍ରତ୍ୟାଖ୍ୟାନ କରି ଓ ତାଙ୍କୁ ସ୍ୱୟମ୍ବର ସଭାରୁ ବଳପୂର୍ବକ ତାଙ୍କ ହାତଧରି ଟାଣି ଆଣିବା ଦ୍ୱାରା ତାଙ୍କ ଅଙ୍ଗ ସ୍ପର୍ଶ ପୂର୍ବକ ତାଙ୍କୁ ଅପବିତ୍ରା କରି (ଅନ୍ୟ ପୁରୁଷ ଗ୍ରହଣ ଅଯୋଗ୍ୟା କରି) ତାଙ୍କର ବିଫଳ ଦାମ୍ପତ୍ୟ ଜୀବନର ଓ ଆତ୍ମହତ୍ୟାର (ଆମ୍ରତ୍ୟାଗର) କାରଣ ହୋଇ ଖାଲି ତ ପାପୀ ନୁହଁ ବରଂ ମହାପାତକ ଅର୍ଜନ କରିଛନ୍ତି । ସେପରି ଜଣେ ମହାପାପୀଙ୍କୁ ମାରି କୃଷ୍ଣ ନିଜକୁ କଳଙ୍କିତ କରିବାକୁ ଇଚ୍ଛା କିମ୍ବା ଆଗ୍ରହ ପ୍ରକାଶ କଲେ ନାହିଁ ।

ଯଦି କୃଷ୍ଣ ଭଗବାନଙ୍କ କଥାକୁ ଧରାଯାଏ ତା'ହେଲେ ପାପୀର ସଂଖ୍ୟା ବଦଳି ଗଲାପରି ଲାଗୁଛି । କିନ୍ତୁ ସଂସାରରେ ରହିଲେ ଅଜ୍ଞାନରେ ଅବା ସଜ୍ଞାନରେ (ଜ୍ଞାତ ସାରରେ) ପାପ ହୋଇଯାଏ ବୋଲି ସନ୍ୟାସୀମାନେ କହନ୍ତି । ସେଥିପାଇଁ ସେମାନେ ଗୃହତ୍ୟାଗୀ । ସନ୍ୟାସୀ ଆଉ ଗାର୍ହସ୍ଥ୍ୟ ଏ ଦୁହିଙ୍କ ମଧ୍ୟରୁ ପ୍ରକୃତରେ କିଏ ଶ୍ରେଷ୍ଠ । ଯଦି ବିଚାର କରାଯାଏ, ତା'ହେଲେ ନିଶ୍ଚୟ କୁହାଯିବ ଯେ, ଗାର୍ହସ୍ଥ୍ୟ ଜୀବନ ହିଁ ପ୍ରକୃତ ତପସ୍ୟା । କାରଣ ଗାର୍ହସ୍ଥ୍ୟ ଜୀବନରେ ଧୈର୍ଯ୍ୟ, ସଂଯମତା, ସହିଷ୍ଣୁତା ସବୁ କିଛିର ପରୀକ୍ଷା ପ୍ରତି ମୁହୂର୍ତ୍ତରେ ହୁଏ । ସନ୍ୟାସ ଜୀବନରେ କାର୍ଯ୍ୟ କ'ଣ ? ସନ୍ୟାସୀ ଜନପଦ ବାହାରେ ରହିବ । ଇଚ୍ଛା ହେଲେ ଧ୍ୟାନରେ ବସିବ । ଭିକ୍ଷା କରି ଖାଦ୍ୟ ସଂଗ୍ରହ କରିବ କିମ୍ବା ତାଙ୍କ ପାଖରେ ଥିବା କେଉଁ ଦୟାଳୁ ଭକ୍ତ ଖାଦ୍ୟ ନେଇ ପହଞ୍ଚାଇବ । ଏକରକମ ସନ୍ୟାସୀମାନେ ହେଲେ ପରାଙ୍ଗପୁଷ୍ଟଜୀବ । ଅନ୍ୟର ପରିଶ୍ରମରୁ ଉପାର୍ଜିତ ଖାଦ୍ୟ ସେମାନେ ଭକ୍ଷଣ କରିଥାଆନ୍ତି । ଗୃହସ୍ଥ କିନ୍ତୁ ନିଜେ ଦିନରାତି ପରିଶ୍ରମ କରି ନିଜକୁ ଓ ନିଜ ପରିବାରକୁ ପ୍ରତିପୋଷଣ କରିବାକୁ ବାଧ୍ୟ । ତା'ର କାର୍ଯ୍ୟ ଅସୀମ । ପ୍ରକୃତରେ ଯିଏ ଗାର୍ହସ୍ଥ୍ୟ ଜୀବନର ଅଭିଜ୍ଞତା ପାଇଛି । ସେ ନିଜେ ସନ୍ୟାସୀ ଠାରୁ ମଧ୍ୟ ଅଧିକ ଜ୍ଞାନୀ । ଅଭିଜ୍ଞତା ଲବ୍ଧ ଜ୍ଞାନ ହେଉଛି ପ୍ରକୃତ ଜ୍ଞାନ କାରଣ ତାହା ବହୁ ପରୀକ୍ଷିତ ସତ୍ୟ । ସନ୍ୟାସୀର କାର୍ଯ୍ୟ ଶେଷ ହୋଇଥାଏ ସନ୍ୟାସୀ ହେବା ପରେ (ଦୀକ୍ଷା ନେବା ପରେ) । ତା'ପରେ ତା'ର କର୍ତ୍ତବ୍ୟ ବା ଦାୟିତ୍ୱ କିଛି ନଥାଏ । ଗୃହସ୍ଥର ଦାୟିତ୍ୱ, କର୍ତ୍ତବ୍ୟ ତା'ର ମୃତ୍ୟୁ ପର୍ଯ୍ୟନ୍ତ ଥାଏ । ଆହୁରି ବି ଦେଖାଯାଇଛି ପୃଥିବୀର ବହୁ ସଫଳତମ ବ୍ୟକ୍ତି ଅବିବାହିତ ବା ସ୍ତ୍ରୀ ରହିତ ଅଥବା ସଂସାରରୁ ମୁକ୍ତ । ସେ ରାଜା, ରାଷ୍ଟ୍ରପତି, ପ୍ରଧାନମନ୍ତ୍ରୀ ଯେ କେହି ହୁଅନ୍ତୁ । ବୁଦ୍ଧଦେବ ମଧ୍ୟ ସଂସାର କରିସାରି ସନ୍ୟାସୀ ହେଲେ । ଇତିହାସର ପୃଷ୍ଠା ତାଙ୍କ ଜୟ ଜୟ କାରରେ ଭରିଗଲା । ସେଠି କିନ୍ତୁ କେହି ବୁଝିବାକୁ ଚେଷ୍ଟା କଲେନି ତାଙ୍କର ସିଦ୍ଧି ପ୍ରାପ୍ତିର ପନ୍ଥାତରେ ରହିଛି ଗୋପାଭଲି ନାରୀଟିର ଅନିଚ୍ଛାକୃତ ତ୍ୟାଗ । କେତେ ବିନିଦ୍ର ରଜନୀରେ ଚକ୍ଷୁରୁ ବହି ଯାଇଥିବ ଅଶ୍ରୁର ଶ୍ରାବଣ ବା ସବୁବେଳେ ଅନାଗତ ଭବିଷ୍ୟତ ଚିନ୍ତାରେ ପୁତ୍ର ରାହୁଲକୁ କୋଳାଗ୍ରତ କରି ପ୍ରବୋଧନା ଦେବାର ବାହାନା । ଆଦର୍ଶ ସେତେବେଳେ ପ୍ରତିଷ୍ଠା ପାଏ, ଯେତେବେଳେ କିଛି ନିରୀହ ଜୀବନ ବଳି ପଡ଼େ ନିଶ୍ଚୟ । ବିଡ଼ମ୍ବନା ଏଇଆ ଯେ ଇତିହାସ କେବେବି ସେ ଆଦର୍ଶ ପଛରେ ଥିବା ଲହୁ ଓ ଲୁହର ହିସାବ ଦିଏନା । ତେଣୁ ଯେଉଁମାନେ ନିଜକୁ ଆଦର୍ଶବାନ ବୋଲି ପ୍ରତିଷ୍ଠିତ ଦେବାକୁ ଅନ୍ୟକୁ ବଳି ପକାନ୍ତି, ସେମାନେ ପୁଣ୍ୟାତ୍ମା ହେଲେ କେମିତି ? ସେମାନେ ବି ପାପୀ । ରନ୍ନାକର ମଣିଷ ମାରୁଥିଲା । ତା'ର ଗୋଟିଏ ନିର୍ଦ୍ଦିଷ୍ଟ ଉଦ୍ଦେଶ୍ୟ ଥିଲା ପରିବାର ପ୍ରତିପୋଷଣ । ଆଉ ସହଜ ବାଟରେ ଓ ସରଳ ଉପାୟରେ (ଅର୍ଥ) ରୋଜଗାର କରିବା ସେଇଟା ତା'ର ନିକୁଛିଆ ମନରେ ତା' ପାଇଁ ଆଦର୍ଶର କଥା ଥିଲା । ସେ ଯେତେବେଳେ ତା' ନିଜ ଭୁଲ୍ ବୁଝି ପାରିଛି, ସେତେବେଳେ ନିଜକୁ ଭଗବତ ପଥରେ ନେଇ ଯାଇଛି । କିନ୍ତୁ କେଉଁ ସନ୍ୟାସୀ ନିଜ ଭୁଲକୁ ବୁଝିପାରି ପୁଣି ସତ୍ ପଥକୁ ଫେରିଲାଣି କି ? ଗାନ୍ଧିଜୀ ମାତ୍ର ସଇଁତିରିଶ ବର୍ଷରେ ବ୍ରହ୍ମଚର୍ଯ୍ୟ ଆରମ୍ଭ କଲେ । ସେ ହିଁ ପ୍ରକୃତ ସନ୍ୟାସୀ । ସେ ଗୃହତ୍ୟାଗ କରି ନାହାନ୍ତି । କାହାରି ମନରେ (ପତ୍ନୀ ଓ ପୁତ୍ରମାନଙ୍କ ମନରେ) ଆଘାତ ଦେଇ ନାହାନ୍ତି । ନିଜ ଆଦର୍ଶକୁ

କାହା ଉପରେ ଲଦି ଦେଇ ନାହାନ୍ତି । ନିଜର କର୍ତ୍ତବ୍ୟ କରିଛନ୍ତି । ଏତେ ନିଃସ୍ୱାର ସହ କରିଛନ୍ତି ଯେ ଗୋଟିଏ ରାଷ୍ଟ୍ର ତାଙ୍କୁ ଜାତିର ପିତାର ମର୍ଯ୍ୟାଦା ଦିଏ । ସାରା ବିଶ୍ୱ ଯାହାଙ୍କ ଆଦର୍ଶକୁ ସଲାମ କରେ । ତାହାକୁ ଏବେ ବୁଝନ୍ତୁ । ପ୍ରକୃତରେ ପାପୀ କିଏ ? ଋଷି ଅରବିନ୍ଦ ସଂସାର କରିସାରି ସନ୍ନ୍ୟାସୀ ହୋଇଥିଲେ ।

ପ୍ରତ୍ୟେକ ମଣିଷ ଉପାସନା କରିବା ଆବଶ୍ୟକ । ଉପାସନା ଅର୍ଥ କେବଳ ମନ୍ଦିର, ମସଜିଦ୍, ମଠ, ଆଶ୍ରମ, ସାଧୁ, ସନ୍ନ୍ୟାସୀ, ଗୀର୍ଜା, ବାଆଜୀ ବ୍ୟାପାର ନୁହେଁ । ପ୍ରତ୍ୟେକ ସ୍ଥାନ ହିଁ ଉପାସନାର କ୍ଷେତ୍ର ଓ ସବୁ ସମୟ ଏବଂ ଅବସ୍ଥା ବି ଉପାସନାର ବେଳ । ବେଳେବେଳେ ଉପାସନାର ସାରମର୍ମ ବୁଝି ନ ପାରି ଗୋଷ୍ଠୀ କନ୍ଦଳ ସୃଷ୍ଟି ହୁଏ । କେଉଁ ପରିବାର ବିଭାଜିତ ହୋଇଥାଏ । ବାସ୍ତବରେ ନିଜ ନିଜ କର୍ମକ୍ଷେତ୍ର ହିଁ ଉପାସନା ପୀଠ । କର୍ମକ୍ଷେତ୍ରରେ ହିଁ ସତ୍ ଉପାୟରେ ନିଜର କର୍ତ୍ତବ୍ୟ କରିବା ଉଚିତ । ସେହି କର୍ତ୍ତବ୍ୟରେ ପରମାତ୍ମା ସନ୍ତୁଷ୍ଟ ହୁଅନ୍ତି । ତେଣୁ ନିଜ ନିଜର କର୍ମ କ୍ଷେତ୍ର ହିଁ ସର୍ବଶ୍ରେଷ୍ଠ ଉପାସନା ସ୍ଥଳୀ ।

ଜଣେ ଜ୍ଞାନ ଆହରଣ (ପାଇଁ) କରିବାକୁ ଶାସ୍ତ୍ର ପଠନରେ ମନୋନିବେଶ କରିପାରେ । ମାତ୍ର କର୍ମକୁ ଭୁଲିଗଲେ ଚଳିବ ନାହିଁ । କର୍ତ୍ତବ୍ୟ ଜ୍ଞାନ ହିଁ ଧର୍ମ ବିଷୟକ ଶ୍ରେଷ୍ଠ ଜ୍ଞାନ । ବୟସ ବୃଦ୍ଧି ସହିତ କର୍ମର ସୋପାନରେ ପରିବର୍ତ୍ତନର ଆବଶ୍ୟକତା ରହିଛି । ବାଳକ ସମୟରେ ଜଣେ ପାଠ ପଢ଼ାରେ ମନ ନିବେଶ କରିବ, ଯୌବନରେ ଧନ ଅର୍ଜନ ଓ ବାର୍ଦ୍ଧକ୍ୟରେ ଧର୍ମକର୍ମରେ ମନଦେବା ଉଚିତ । ତେଣୁ ବୈଦିକ କାଳରେ ଚତୁରାଶ୍ରମର ବ୍ୟବସ୍ଥା କରାଯାଇଥିଲା । ଚାରୋଟି ଯାକ ଆଶ୍ରମ ଭିତରୁ ଗୃହସ୍ଥ ଆଶ୍ରମର ଶ୍ରେଷ୍ଠତ୍ୱକୁ ସ୍ୱୀକାର କରାଯାଏ । କାରଣ ଏହା ଅନ୍ୟ ତିନୋଟି ଆଶ୍ରମକୁ ସହାୟତା ଦେଇଥାଏ । ସେଥିପାଇଁ ଗୃହତ୍ୟାଗୀ ସନ୍ନ୍ୟାସୀ ହେବାର ଆବଶ୍ୟକତା ଏ ତରୁଣ ବୟସରୁ ଆଦୌ ନାହିଁ । ଯେଉଁଥିପାଇଁ ମହାଭାରତରେ କୃଷ୍ଣ ଅର୍ଜୁନଙ୍କୁ କହିଛନ୍ତି- "ଦାନ୍ତସ୍ୟ କିମରଣ୍ୟେ ନ ତଥା ଶ୍ରମେଣ ଭାରତ । ଯତ୍ରୈବ ନିବସେଦାନ୍ତସ୍ତ ଦରଣ୍ୟଂ ସ ଚାଶ୍ରମଃ" (ମହାଭାରତ) । ଅର୍ଥାତ୍ ହେ ଭାରତ- ଯେ ସଂଯମୀ ତାଙ୍କର ଅରଣ୍ୟ କି ଆବଶ୍ୟକ । ସଂଯମୀ ଯେଉଁଠାରେ ରହନ୍ତୁ ସେହି ସ୍ଥାନ ତାଙ୍କ ପକ୍ଷରେ ଅରଣ୍ୟ ପୁଣି ଆଶ୍ରମ ମଧ୍ୟ । ସେଥିପାଇଁ କେବଳ ଜୀବନର ଚତୁର୍ଥାବସ୍ଥାରେ ସନ୍ନ୍ୟାସ ବ୍ରତ ଗ୍ରହଣ କଲେ ଚଳିବ । କଥା ତ ଅଛି – "ପତ୍ନୀ ନିବେଶୀ ପୁତ୍ର ପାଶେ, ଅରଣ୍ୟ ଚଳିବ ସନ୍ନ୍ୟାସେ ।"

ମନୁଷ୍ୟକୁ ପ୍ରକୃତ ସୁଖ ଶାନ୍ତି ଲାଭ କରିବାକୁ ହେଲେ ପଚିଶ ପ୍ରକୃତି, ଏକାଦଶ ଇନ୍ଦ୍ରିୟ, ପାଞ୍ଚମନ ଓ ଷଡ଼ରିପୁ ଆଦି କେତୋଟି ଶକ୍ତିକୁ ଜୟ କରିବାକୁ ହେବ । ପଚିଶ ପ୍ରକୃତି ହେଉଛି- କ୍ଷୁଧା, ତୃଷ୍ଣା, ଆଳସ୍ୟ, ଆହାର, କ୍ରୋଧ, ଲୋଭ, ହାସ୍ୟ, ଲଜ୍ଜା, ହିଂସା, ଚଞ୍ଚକତା, କୂଟକପଟ, ଆଶା, ବିରସ, ମୈଥୁନ, ଅଶାନ୍ତି, ସମ୍ବନ୍ଧ, ରସ, ସ୍ୱର୍ଶ, ବିତୃଷ୍ଣା, ଭୟ, ଅଭିମାନ, ରୂପ, ଗନ୍ଧ, ଲାଳସା, ବିବେଚନା । ପାଞ୍ଚମନ ହେଉଛି- ମନ, ସୁମନ, ବିମନ, କୁମନ, ଅମନ । ପଞ୍ଚଭୂତ ହେଉଛି- ପୃଥିବୀ, ଅପ୍, ତେଜ, ବାୟୁ ଓ ଆକାଶ । ମଣିଷ ନିକଟରେ ଥିବା ଛଅଟି ଶତ୍ରୁ ହେଉଛି- କାମ, କ୍ରୋଧ, ମୋହ, ହିଂସା ଓ ମାୟା । ମନୁଷ୍ୟ ଜୀବନ ଧାରଣର ମୂଳ ଆଧାର ହେଲା ଜୀବନ ଶକ୍ତି । ପୁରୁଷ ଜୀବନର ମହାଶକ୍ତି ହେଉଛି ବୀର୍ଯ୍ୟ । ଏହାକୁ ନଚିହ୍ନି ପାରି ଆଜିର ମଣିଷ କୁପଥଗାମୀ ହେଉଛି । ଏହାଦ୍ୱାରା ମଣିଷର ବୁଦ୍ଧି, ବିବେକ, ଜ୍ଞାନ ଓ ସ୍ମରଣ ଶକ୍ତି ବୃଦ୍ଧି ପାଇଥାଏ । ବୀର୍ଯ୍ୟ ରକ୍ଷାଦ୍ୱାରା ସୁଖ ଓ ଆନନ୍ଦ ଲାଭହୁଏ । ବୀର୍ଯ୍ୟକ୍ଷୟ ହେବା ଦ୍ୱାରା ଦୁଃଖ, ଶୋକ, ରୋଗ, ଅକାଳ ମୃତ୍ୟୁ ହୁଏ । ଯେଉଁ ବ୍ୟକ୍ତି ବୀର୍ଯ୍ୟ ରକ୍ଷାକରେ ସେ ନିରୋଗୀ, ଜ୍ଞାନୀ ଓ ବଳବାନ ହୋଇ ଜୀବନରେ ସୁଖ ଭୋଗ କରନ୍ତି ।

ପୂର୍ବ କାଳରେ ଯିଏ ଆତ୍ମସଂଯମ ଓ ବ୍ରହ୍ମଚର୍ଯ୍ୟ ବ୍ରତ ପାଳନ କରୁଥିଲା ସେ ସମାଜରେ ନମସ୍ୟ ହେଉଥିଲେ । ବ୍ରହ୍ମଚର୍ଯ୍ୟ ବ୍ରତ ପାଳନ କଲେ ମନୁଷ୍ୟ ଧୀ-ଶକ୍ତି ସଂପନ୍ନ ଓ କର୍ମଠ ହୁଏ । ଗୁରୁମାନେ ଶିଷ୍ୟମାନଙ୍କୁ କହୁଥିଲେ- ଅବିବାହିତ ଅବସ୍ଥାରେ ତୁମେ ହେଉଛ ଯୋଗୀ । କାରଣ ଯୌବନାବସ୍ଥାରେ ଇନ୍ଦ୍ରିୟଗଣ ଖୁବ୍ ସତେଜ ଥାଆନ୍ତି ଓ ବାର୍ଦ୍ଧକ୍ୟ ଅବସ୍ଥାରେ

ଶିଥିଳ ହୋଇ ଯାଆନ୍ତି । ତେଣୁ ଇନ୍ଦ୍ରିୟ ଗଣଙ୍କୁ ଦମନ କରି ବ୍ରହ୍ମଚର୍ଯ୍ୟ ପାଳନ କଲେ ତାଙ୍କୁ ଯୋଗୀ କହିଥାଆନ୍ତି । ବାର୍ଦ୍ଧକ୍ୟ ଅବସ୍ଥାରେ ଏହା ପାଳନ କଲେ କିଛି ଫଳ ହୁଏ ନାହିଁ । ଯେଉଁମାନେ ସଂସାରରେ ବ୍ରହ୍ମଚର୍ଯ୍ୟ ବ୍ରତ ପାଳନ କରିଛନ୍ତି ସେମାନେ ସୁଖ୍ୟାତି ଅର୍ଜନ କରିଛନ୍ତି । ଭକ୍ତରାଜ ହନୁମାନ, ପିତାମହ ଭୀଷ୍ମ ବ୍ରହ୍ମଚର୍ଯ୍ୟ ବଳରେ ମୃତ୍ୟୁ ଉପରେ ବିଜୟ ହାସଲ କରି ପାରିଥିଲେ । ଯୋଗୀ ବିବେକାନନ୍ଦ ସାରା ବିଶ୍ୱରେ ସ୍ୱାମୀଜୀ ରୂପରେ ପରିଚିତ ହୋଇ ପାରିଥିଲେ । ତ୍ରେତୟା ଯୁଗରେ ଲକ୍ଷ୍ମଣ ବ୍ରହ୍ମଚର୍ଯ୍ୟ ବ୍ରତ ପାଳନ କରି ଇନ୍ଦ୍ରଜିତ ଭଳି ଦୁର୍ଜୟ ରାକ୍ଷସକୁ ବଧ କରିବାରେ ସଫଳ ହୋଇଥିଲେ । ଆବାଳ ବୃଦ୍ଧବନିତା ନିର୍ବିଶେଷରେ ସମସ୍ତେ ବ୍ରହ୍ମଚର୍ଯ୍ୟ ବ୍ରତ ପାଳନ କରି ପାରିବେ । ବ୍ରହ୍ମଚର୍ଯ୍ୟ ରକ୍ଷିବା ପାଇଁ ମୁଖ୍ୟତଃ ପଚିଶ ପ୍ରକୃତି, ଏକାଦଶ ଇନ୍ଦ୍ରିୟ, ପାଞ୍ଚମନ ଓ ଷଡ୍‌ରିପୁ ଉପରେ ବିଜୟ ଲାଭ କରିବାକୁ ପଡ଼ିଥାଏ । ଯେଉଁମାନେ ଏମାନଙ୍କ ଉପରେ ବିଜୟ ପ୍ରାପ୍ତ କରି ସାରିଛନ୍ତି ସେମାନେ ସାରା ସଂସାର ଉପରେ ବିଜୟ ଲାଭ କରି ସାରିଛନ୍ତି ।

"ଜାତସ୍ୟ ହିଁ ଧ୍ରୁବୋ ମୃତ୍ୟୁ ।" ଏହା ଶ୍ରୀମଦ୍ ଭାଗବତର ଗୋଟିଏ ଧାଡ଼ି । (୨୭/ ୨ ଶ୍ଲୋକ) । ଏ ଧରାଧାମରେ ଯେ ଜନ୍ମ ନେଇଛି ତା'ର ମୃତ୍ୟୁ ଅନିର୍ବାର୍ଯ୍ୟ । ଏଥି ପାଇଁ ଏକଦା ସଦ୍‌ଗୁରୁ ନିଗମାନନ୍ଦ କହିଥିଲେ– "ଜୀବନ ଆଉ କିଛି ନୁହେଁ କେବଳ ଏକ ଭଲ ମୃତ୍ୟୁ ପାଇଁ ପ୍ରସ୍ତୁତି ।" ମନୁଷ୍ୟ ହେଉ ଅଥବା ଦେବତା । ଏ ସଂସାରରେ ପ୍ରତ୍ୟେକ ପ୍ରାଣୀ ଅନିତ୍ୟ । ମୃତ୍ୟୁ ଜୀବନର ଧ୍ରୁବସତ୍ୟ । ଅନ୍ୟ ସବୁ କିଛି ଅଳିକ ।

ନା, ପ୍ରକୃତରେ ମୃତ୍ୟୁ ବୋଲି କିଛି ନାହିଁ । ମାତ୍ର ଶବ୍ଦଟିଏ ଅଛି ବୋଲି ତା'ର ନିଗୂଢ଼ ଅର୍ଥଟିଏ ମଧ୍ୟ ରହିଛି । ଯାହା ନଥାଏ ତା'ର ବିକଳ୍ପ ଖୋଜିବା ଅନୁଚିତ । ଏ ଯେମିତି ଆମେ ଶୋଇଛେ ଓ ଆମକୁ ସତେଜ ଲାଗିଲା ପରେ ଉଠୁଛନ୍ତି । ତନ୍ଦ୍ରାରେ ନିଦ୍ରା ଘାରି ଯାଉଛି । ଠିକ୍ ସେହିପରି ଶରୀରର ପ୍ରତ୍ୟେକ ଅଙ୍ଗରେ କ୍ଲାନ୍ତି ଆସିଲେ, ଶିଥିଳତା ଅନୁଭବ କଲେ ଆମେ ଏକ ଗଭୀର ନିଦ୍ରାକୁ ଆପ‌ଣେଇ ନେଉ । ଆମ ଶରୀରର ପ୍ରତ୍ୟେକ ସ୍ନାୟୁବିକ କଣିକାରେ ଜୀବକୋଷର ନଷ୍ଟ ହେବା ଓ ପୁନର୍ବାର ତିଆରି ହେବା ପ୍ରକ୍ରିୟା ଚାଲିଛି । ମନୁଷ୍ୟର ସମ୍ପୂର୍ଣ୍ଣ ଶରୀର ମଧ୍ୟ ବିଶ୍ରାମ ଚାହେଁ । ଅଧିକ କର୍ମକ୍ଷମ ହେବା ପାଇଁ ମୃତ୍ୟୁଭଳି ଅଭୟ ପ୍ରଦାନକାରୀ ସୁଚିନ୍ତିତ ବ୍ୟବସ୍ଥାକୁ ଆମେ ଗ୍ରହଣ କରିଥାଉ ।

ଆମୀୟ ଲୋକର ମୃତ୍ୟୁ ହେଲେ କାତର ହୋଇ କାନ୍ଦୁ । କାରଣ ମୃତ୍ୟୁକୁ ଆମେ ଅନ୍ୟ ନିକଟରେ ଦେଖୁ । କେବେବି ନିଜ ପାଖରେ ଦେଖି ପାରୁନା । ଯଦି କେବେ ଜାଣୁ ନିଜର ମୃତ୍ୟୁ ନିକଟତମ ହେଲାଣି, ତେବେ ଭୋକ, ଶୋଷ, ନିଦ ସବୁ ହଜିଯାଏ । ପଦ, ପ୍ରତିଷ୍ଠା, ସଂପତ୍ତି, ଆମ୍ୀୟ ସ୍ୱଜନ, ସଂସାରର ନିବିଡ଼ ବନ୍ଧନ, ସବୁକିଛି ନଭବଢ଼ିରେ ଅଟକ଼ା ଖସିଲା ପରି ଧୀରେ ଧୀରେ ଭୁଶୁଡ଼ି ପଡ଼େ । ସଂସାରରୁ ଚିର ବିଦାୟ ଜନିତ ବିଚ୍ଛେଦ ଯନ୍ତ୍ରଣା ହୃଦୟକୁ କୋରି ପକାଏ । ଅନ୍ୟର ମୃତ୍ୟୁରେ କାନ୍ଦୁଥିବା ମଣିଷ ଯେ ଦିନେ ସେହି ମରଣର ହାତଧରି ଚାଲିବ ଏକଥା କେବେ ଚିନ୍ତା ବି କରିନଥିବ । ଯେତେ ଯାହା କଲେବି ଠିକଣା ସମୟରେ ମୃତ୍ୟୁ ଆସେ । ବହୁଦିନ ଧରି ଅପେକ୍ଷା କରିଥିବା ମିତ୍ର ତା'ର ମିତ୍ରକୁ କୋଳାଗ୍ରତ କରି ପାଖୋଟି ନେଲାଭଳି ମୃତ୍ୟୁ ଆମକୁ ଆଉ ଏକ ନୂଆ ଦୁନିଆକୁ ନେଇଯାଏ । ଯେଉଁଠି ଏ ଦୁନିଆର ଜଞ୍ଜାଳ, ଝିଞ୍ଜଟ ନଥାଏ । ଦେହ ରୂପକ ଘରକୁ ଏଠି ଛାଡ଼ିଦିଏ । ଆଉ ଗୋଟିଏ ନୂଆ ଘରେ (ଶରୀରରେ) ପହଞ୍ଚାଇ ଦିଏ । ଏ ଜୀବନ ପାଇଁ ଆମର ଆଉ ନିଦ ଭାଙ୍ଗେନା । ଶାନ୍ତିରେ ଶୋଇଯାଉ । ଏହା କେବଳ ମୃତ୍ୟୁ ହିଁ ଦେଇଥାଏ । ସେଇଥ୍ପାଇଁ କିଛି ଲୋକ ଦୁଃଖ ଯନ୍ତ୍ରଣାରେ ପଡ଼ି ମୃତ୍ୟୁକୁ ଖୋଜି ଥାଆନ୍ତି ।

ସଂସାର ଯାହା ନଦେଇ ପାରେ ତାହା କେବଳ ମୃତ୍ୟୁ ହିଁ ଦିଏ । ମୃତ୍ୟୁ ଆମର ସେଥ୍ପାଇଁ ଅତି ଆପଣାର ମିତ୍ରଟିଏ । ମିତ୍ର ସବୁବେଳେ ସୁଖଦିଏ । ଆମର ମଙ୍ଗଳ କାମନା କରୁଥାଏ । ମିତ୍ରପରି ମୃତ୍ୟୁ ମଧ୍ୟ ଜନ୍ମାରୁ ଆମସହ ଛାଇଭଳି ଚାଲିଛି । ସଂସାରରେ ହୁଏତ କେହି ନିନ୍ଦା, ଘୃଣା, ହତାଦର କରି ପାରନ୍ତି । ମାରାତ୍ମକ ରୋଗହେଲେ ଘୃଣାରେ ନିଜର ଲୋକମାନେ ଦୂରେଇ ରହନ୍ତି ଛୁଅଁନ୍ତିନି । କିନ୍ତୁ ମୃତ୍ୟୁ ପାଖରେ ସେପରି ଭାବନା ନଥାଏ । ଶରୀର ଦୁର୍ଗନ୍ଧ

ହେଉଥିଲା ବେଳେ ମଣିଷକୁ ସେ ଆପଣେଇ ନିଏ । ସେ ବିଚାର କରେନା ଯେ ସୁସ୍ଥ ଲୋକକୁ ଡେରିରେ ନେବି । ଅସୁସ୍ଥ ଲୋକକୁ ଶୀଘ୍ର ନେବି । କିଛି ମନ୍ଦକର୍ମ ପାଇଁ ଲୋକମାନେ ଆମକୁ ତାଚ୍ଛଲ୍ୟ ତଥା ବିଦ୍ରୂପ କରି ପାରନ୍ତି । ପାଖ ମାଡ଼ନ୍ତିନି । ମାତ୍ର ମୃତ୍ୟୁ ପାଖରେ ନିନ୍ଦା-ପ୍ରଶଂସା ସମାନ । ଧନୀ ଦରିଦ୍ରର ଭେଦଭାବ ନଥାଏ । ଜଣେ ଶେଠକୁ ସେ ଆଲିଙ୍ଗନ କରେ ପୁଣି ଭିକାରିକୁ ବି । ସେ ଜାତି-ଭେଦ ଦେଖେନା । ବ୍ରାହ୍ମଣ, କ୍ଷତ୍ରିୟ, ବୈଶ୍ୟ, ଶୂଦ୍ର, ହରିଜନ, ଲଘୁଜନ, ଚଣ୍ଡାଳ, ପତିତ, ଯୋଗ୍ୟ, ଅଯୋଗ୍ୟ, ଶକ୍ତିହୀନ, ବଳଶାଳୀ ତା ଆଖିରେ ସମସ୍ତେ ସମାନ । ମୃତ୍ୟୁ ହେଉଛି ଶ୍ରେଷ୍ଠ ନ୍ୟାୟ ଦାତା ଓ ମହାନ ବିଚାରକ । ମୃତ୍ୟୁର ସମ୍ବିଧାନରେ ସଂପ୍ରଦାୟ ଭେଦଭାବ ନାହିଁ । ସେ ହିନ୍ଦୁ, ମୁସଲିମ, ଖ୍ରୀଷ୍ଟିଆନ, ବୌଦ୍ଧ, ଜୈନ ସମସ୍ତଙ୍କୁ ସମାନ ଦୃଷ୍ଟିରେ ଦେଖେ । ରୋଗୀ, ଭୋଗୀ, ବୈରାଗୀ, ସୁସ୍ଥ, ଅସୁସ୍ଥ, ଗୋରା-କଳା, ଡେଙ୍ଗା-ଗେଡ଼ା, ସୁନ୍ଦର-ଅସୁନ୍ଦର ଆଦି ଶରୀରର ପ୍ରଭେଦ ବୁଝେନା । ସୃଷ୍ଟିର ପ୍ରତ୍ୟେକ ପ୍ରାଣୀ ତା'ର ନିଜର । ପାପ, ପୁଣ୍ୟ, ଧର୍ମ, ଅଧର୍ମ, ପଦ, ପ୍ରତିଷ୍ଠା ଇତ୍ୟାଦି ପାଇଁ ମଣିଷର ଭେଦ ସୃଷ୍ଟି ଥାଇପାରେ, ମାତ୍ର ମୃତ୍ୟୁର ଦୃଷ୍ଟିଭଙ୍ଗୀ ସମସ୍ତଙ୍କ ପାଇଁ ସମାନ । ତା' ବିଚାରରେ ସ୍ଥାନ, କାଳ, ପାତ୍ର, କିଛି ନାହିଁ । ସ୍ୱର୍ଗ ହେଉକି ସମୁଦ୍ର । ତୁଳିତଣ୍ଡ ଶଯ୍ୟା ହେଉକି ଶ୍ୟାମଳ ଭୂମି । ଦୁର୍ଗମ ଗିରି କାନନ ହେଉକି ସୁଗମ ଲୋକାରଣ୍ୟ, ସବୁଠି ସେ ଅତି ସହଜରେ ପହଞ୍ଚିଯାଏ । ସଂସାରରେ ତା' ପାଇଁ ଅପହଞ୍ଚ କିଛି ନାହିଁ । ତିଥି, ବାର, କାଳବେଳା, ଶୁଭ ସମୟ ଇତ୍ୟାଦିକୁ ମଣିଷ ହୁଏତ ଗଣନା କରୁଥାଏ । ହେଲେ ମୃତ୍ୟୁ ପାଇଁ ପ୍ରତିଟି କ୍ଷଣ ପବିତ୍ର । ସେ ଆସିଲା ବେଳେ ଗ୍ରହ, ନକ୍ଷତ୍ର, ଦିନ, ରାତି, ପାହାନ୍ତା, ସନ୍ଧ୍ୟା, ଶୁଭ, ଅଶୁଭ, ଲଗ୍ନ, ଶୁଭଲଗ୍ନ, ଅମୃତବେଳା, ଅଶୁଭ ମୁହୂର୍ତ୍ତ, ମାହେନ୍ଦ୍ର ଲଗ୍ନ, ବାର, ତିଥି କିଛି ବିଚାର କରେନା । ତା'ର ଯେବେ ଇଚ୍ଛାହୁଏ ଯାହାକୁ ନେବା କଥା ନେଇଯାଏ । ଶିଶୁ, ବାଲ୍ୟ, କିଶୋର, ଯୁବକ, ବୃଦ୍ଧ, ରୋଗଗ୍ରସ୍ତ ଓ ନିରୋଗ ଶରୀର କୌଣସି ଅବସ୍ଥା ଭେଦ ତା'ର ନଥାଏ ।

ଆମେ ହୁଏତ ବିଶ୍ରାମ ନେଇପାରୁ । ମାତ୍ର ମୃତ୍ୟୁ କେବେ ବିଶ୍ରାମ କରେନା, ଅତି ସତର୍କତାର ସହିତ ଜଗି ବସିଥାଏ ତା'ର ମିତ୍ରକୁ ଭେଟିବା ପାଇଁ । ସାକ୍ଷାତ କରିବା ଲାଗି । ଅନେକ ସମୟରେ ଆମେ ମୃତ୍ୟୁକୁ ଭୟକରୁ, ଘୃଣା କରୁ, କାରଣ ମୃତ୍ୟୁ ଯେ ଆମକୁ ପ୍ରତିକ୍ଷଣରେ ଗ୍ରାସ କରୁଛି । ଏକଥା ଜାଣି ପାରୁନୁ । ବାଲ୍ୟକାଳର ମୃତ୍ୟୁରେ ଯୌବନ ଆସେ । ଯୌବନର ମୃତ୍ୟୁରେ ପ୍ରୌଢତ୍ୱ ଆସେ । ତା'ପରେ ଆସେ ବାର୍ଦ୍ଧକ୍ୟ । ଏଠି ଗୋଟିଏ ଅବସ୍ଥାର ମୃତ୍ୟୁରେ ନୂଆ ଅବସ୍ଥା ପ୍ରାପ୍ତ ହୁଏ ଶରୀର । ଆମେ କିନ୍ତୁ ମୃତ୍ୟୁ ସହିତ ଲୁଚକାଳି ଖେଳୁଛୁ । ଦେହରେ ବୟସର ଛାପକୁ ଲୁଚଉଛୁ । କେଶଠାରୁ ବେଶ ପର୍ଯ୍ୟନ୍ତ ସବୁକିଛିର ପରିବର୍ତ୍ତନ କରୁଛୁ । ବୟସର ହିସାବ ମଣିଷ ପାଖରେ ଭୁଲ ହୋଇପାରେ । ମାତ୍ର ମୃତ୍ୟୁର ସେ ଭୁଲ ହୁଏନା । ଯିଏ ନିଶ୍ଚୟ ଆସୁଛି ତାକୁ କାହିଁକି ପ୍ରତ୍ୟାଖ୍ୟାନ କରିବା ବରଂ ମିତ୍ର ପଣରେ ତା' ବାହୁ ବନ୍ଧନକୁ ଯିବା ପାଇଁ ସବୁବେଳେ ପ୍ରସ୍ତୁତ ରହିବା । ଆମେ ମୃତ୍ୟୁ ମିତ୍ରକୁ ଭୁଲି ଯାଉବୋଲି ଅନ୍ୟାୟ ଅନୀତି କରିବସୁ । ପ୍ରତିକ୍ଷଣରେ ତା'ର ଉପସ୍ଥିତିକୁ ଅନୁଭବ କଲେ ଆଉ ମନ୍ଦକର୍ମ କରିବାକୁ ମନ ବଳିବନି । ଯୋଉ ମୃତ୍ୟୁ ମିତ୍ର ପଣରେ ଆମ ପାଖକୁ ନିଶ୍ଚୟ ଆସୁଛି ତାକୁ ଆପଣେଇ ନେଲେ ତା'ର ଆବିର୍ଭାବ ଆଉ ଯନ୍ତ୍ରଣା ଦବନି । ସମସ୍ତ ସୁଖ ସମୃଦ୍ଧି ଥାଇ ମଧ୍ୟ ଯିଏ ମୃତ୍ୟୁକୁ ଆପଣାର ଭାବିନିଏ ମୃତ୍ୟୁ ତା' ପାଖରେ ହାରିଯାଏ । ତେବେ ମୃତ୍ୟୁ ମିତ୍ରକୁ ସ୍ୱାଗତ କରିବା ପୂର୍ବରୁ ଜୀବନର ଅସଲ ରହସ୍ୟକୁ ବୁଝି ନେବା ଆବଶ୍ୟକ (ଉଚିତ) ।

ଯେଉଁ ମନୁଷ୍ୟର ଶରୀର ଚିର ଯୌବନ, ଦୀପ୍ତିବାନ ସେ ସାମୂହିକ ମୃତ୍ୟୁ ଭଳି ନିଦ୍ରା ଯିବାକୁ ଚାହେଁନା । ତଥାପି କାଳେ କାଳେ ମନୁଷ୍ୟ ଚିନ୍ତାକରେ ଜନ୍ମ ନେଇଛି ମାନେ ମୃତ୍ୟୁ ଲଭିବ । ଏହା ଆଉ ଏକ ସୁନ୍ଦର ଜୀବନ ସୃଷ୍ଟି ହେବାର ଆଶ୍ୱର୍ଦ୍ଧାର ଝଲକ । କୀଟଠାରୁ ମନୁଷ୍ୟ ପର୍ଯ୍ୟନ୍ତ ଚଉରାଅଶୀ ଲକ୍ଷ ଜରାୟୁରେ ପ୍ରବେଶ କରି କରି ଆମେ ମାନବ ରୂପରେ ଜନ୍ମ ଲଭିଛନ୍ତି ବୋଲି ସ୍ୱାମାଜୀ ଶ୍ରୀ ଶିବାନନ୍ଦ କହନ୍ତି । ପ୍ରାୟ ପ୍ରତ୍ୟେକ ଯୋଗୀ ମୁନି ଏଥିରେ ଏକମତ । ତେବେ

ପ୍ରତ୍ୟେକ ମୃତ୍ୟୁରେ ବିଲୟ ହୁଏ କାହାର ? ଜୀବ ଭିତରେ ଥିବା ଦୁଷ୍ଟବୁଦ୍ଧି, ଅକର୍ମଣ୍ୟ ଚେତନାର କେବଳ । ଜନ୍ମ ମୃତ୍ୟୁର ଚକ୍ର ଆମର ଉତ୍ତରୋତ୍ତର ଉନ୍ନତି ଘଟାଇବାରେ ସହାୟକ ହୋଇଥାଏ । ଜୀବ ସବୁ ଜନ୍ମରେ ଅଧିକ ଆନନ୍ଦ ପାଇବା ପାଇଁ ଆଗଭର ହୋଇ ଚାଲେ । ଟିକେ ଗଭୀର ଭାବରେ ନିରୀକ୍ଷଣ କଲେ ଆମେ ସେହି ତୃଷ୍ଣାକୁ ହୃଦୟଙ୍ଗମ କରିପାରିବା । ସଂସାରରେ ସବୁ ବୁଦ୍ଧିମାନ ବ୍ୟକ୍ତି ବୁଦ୍ଧଙ୍କ ଆଦର୍ଶରେ ଅନୁପ୍ରାଣିତ ହେବାର ଦେଖାଯାଏ । ବୁଦ୍ଧଙ୍କ ମତରେ ସଂସାର ଦୁଃଖମୟ । ଏଥାରେ ସମସ୍ତେ ଘାଣ୍ଟିଚକଟି ହୋଇ ବାରମ୍ବାର ଜନ୍ମମୃତ୍ୟୁ ଚକ୍ରରେ ପଡୁଛନ୍ତି । ତାହା ମଧ୍ୟ ଠିକ୍ । ମାତ୍ର ଶହସ୍ର ବର୍ଷ ଅନ୍ତରରେ ଆଦି ଶଙ୍କର ମତବ୍ୟକ୍ତ କଲେ "ସଂସାର ଦୁଃଖମୟ ନୁହେଁ, ତାହା ଏକ ମିଥ୍ୟା, ଭ୍ରାନ୍ତିକର ସତ୍ୟ" । ମନୁଷ୍ୟକୁ ସହଜ ହେଲା ସେହି ସରଳତାକୁ ଅତିକ୍ରମ କରିବାକୁ । ତାଙ୍କ ଶିଷ୍ୟଗଣଙ୍କୁ ବୁଝାଇ ଦେଲେ ସଂସାରରେ ବାସ କରିବା ମାତ୍ର ଅତ୍ୟନ୍ତ ପରିମାର୍ଜିତ ମନୁଷ୍ୟ ରୂପରେ । ପଦ୍ମ ପତ୍ରରେ ଢଳଢଳ ହେଉଥିବା ଜଳପ୍ରାୟ ଯାହା ମିଥ୍ୟା ସେହି କାଳ ଯେପରି ଆମକୁ କବଳିତ କରି ନରଖେ । ସେହି ସୋପାନଟିକୁ ଲଙ୍ଘିଯିବା ପାଇଁ ଆମେ ସତତ ଚେଷ୍ଟିତ ହେବା ।

କାଳଜୟୀ ଯୋଗୀ ଅରବିନ୍ଦଙ୍କ ଭାଷାରେ ମାନବର କ୍ରମ ବିବର୍ତ୍ତନ ଘଟିବ । ଫଳରେ ଦିନେ ସିଏ ଅତି ମାନବର ରୂପ ନେବ ଓ ସଂସାରରେ ଅତିମାନସ ଶକ୍ତିର ରୂପାନ୍ତର ହେବ । ଏହି ସମାଜ ମଧ୍ୟରେ ରହି ଦୟା, କ୍ଷମା, ସହନ ଶୀଳତା, ଉଦାରତାର ଅଧିକାରୀ ହୋଇ ମଣିଷ ରୂପାନ୍ତରିତ ହେବ ଏହା ନିଃସନ୍ଦେହ । ଅତ୍ୟନ୍ତ ପ୍ରଭାବଶାଳୀ ବୌଦ୍ଧ ଧର୍ମକୁ କ'ଣ ବୈଷ୍ଣବ ଗଣ ଏତେ ସହଜରେ ଲୁପ୍ତ କରିଦେଇ ପାରିଥାନ୍ତେ ? ନା –ନା– ଯ୍ୟା ପଛରେ ମଧ୍ୟ ସ୍ରଷ୍ଟାଙ୍କ ମହନୀୟତା ଲୁକ୍କାୟିତ । ଖୁବ୍ ମନ୍ଥର ଗତିରେ ଧୀରେ ଧୀରେ ଆଲୋଡ଼ନ ସୃଷ୍ଟି କରିବା ପାଇଁ ଏହା ଆଗଭର ହେଉଛି ।

ଯଦି ଆମେ ଅକ୍ଷରକୁ ବ୍ରହ୍ମ, ଶବ୍ଦକୁ ବ୍ରହ୍ମ କଳ୍ପନା କରୁ ତେବେ ସଂସାରରେ ସମସ୍ତ ଶବ୍ଦ ଈଶ୍ୱର ଦତ୍ତ । ଏହି ପରିପ୍ରେକ୍ଷୀରେ ମୃତ୍ୟୁଞ୍ଜୟ ଶବ୍ଦଟିକୁ ବିଶ୍ଳେଷଣ କରିବା । ଯିଏ ମୃତ୍ୟୁକୁ ଡରି ନାହାନ୍ତି ତାକୁ ଜୟ କରିଛନ୍ତି ସିଏ ମୃତ୍ୟୁଞ୍ଜୟୀ । ଆମେ ଶୁଣୁ କେଉଁ ଆବହମାନ କାଳରୁ ସିଦ୍ଧ ସାଧକମାନେ କୌଣସି ଅଭେଦ୍ୟ, ଦୁର୍ଭେଦ୍ୟ ସ୍ଥାନରେ ଲୁକ୍କାୟିତ ଭାବେ ସାଧନାରତ । ଏଥିରୁ ଏହା ସ୍ପଷ୍ଟ ଭାବରେ ପ୍ରତିପାଦିତ ହୁଏ ଯେ କାଳାନ୍ତରରେ ବା ଚତୁର୍ଯୁଗର ପରିସମାପ୍ତିରେ ମଧ୍ୟ ମନୁଷ୍ୟ ମୃତ୍ୟୁ ଉପରେ ବିଜୟ ଲାଭ କରିପାରେ । ସେଥିପାଇଁ ପ୍ରଭୁ ମୃତ୍ୟୁଞ୍ଜୟ ଶବ୍ଦଟିର ସୃଷ୍ଟି କରିଛନ୍ତି । ମନୁଷ୍ୟର ଶରୀର ବିଶାଳ, ଢେର ବିଶାଳ । ଏହା ଆମର ଚର୍ମଚକ୍ଷୁଠାରୁ ବହୁଦୂର ପରିବ୍ୟାପ୍ତ । ସେହି ଅକଳ୍ପନୀୟ ବିଶାଳତା ଯୋଗୁ ସେ ଦୂରରେ ଥାଇ ମଧ୍ୟ କୋଣ ଅନୁକୋଣରେ ନିଜର ସତ୍ତାକୁ ଜାହିର କରିପାରେ । ମସ୍ତିଷ୍କର ସୂକ୍ଷ୍ମାତିସୂକ୍ଷ୍ମ ତରଙ୍ଗ ଦ୍ୱାରା ଯାହା ଇଚ୍ଛା ତାହା ଜିଣିପାରେ ।

ପ୍ରଭୁ ଯଦି ଏକ ବିନ୍ଦୁଟିଏ । ତେବେ ସେହି ବିନ୍ଦୁର ଚିଉ ଶକ୍ତିରୁ ସେ ଆମକୁ ସୃଷ୍ଟି କରିଛନ୍ତି ଓ ସ୍ୱୟଂ ଠାରୁ ଅନେକ ଦୂରକୁ ଯିବା ପାଇଁ ପ୍ରେରଣା ଦେଇଛନ୍ତି । ବିଗ୍‌ବେଙ୍ଗ ବିଜ୍ଞାନ ସମ୍ମତ ମତାନୁଯାୟୀ– ସୃଷ୍ଟି ଗୋଟିଏ ମୂଳ ପିଣ୍ଡରୁ ବିଭାଜିତ ହୋଇ ଅନେକରେ ରୂପାନ୍ତରିତ ହେଲା ଓ ବର୍ଦ୍ଧମାନ ପର୍ଯ୍ୟନ୍ତ ବ୍ରହ୍ମାଣ୍ଡ ବିସ୍ତାର ଲାଭ କରି ଚାଲିଛି । ଯିଏ ବ୍ରହ୍ମାଣ୍ଡର ଆଦିର (ଆବିର୍ଭାବ) ପୂର୍ବରୁ ଅଛନ୍ତି ତାଙ୍କର ବିଲୟ ନାହିଁ । ସିଏ ହେଉଛନ୍ତି ପରମ ପୁରୁଷ ପରମାତ୍ମା । ଆମେ ଜନ୍ମନେଇ ବାରମ୍ବାର ସୁଖ ଓ ଆନନ୍ଦର ସନ୍ଧାନୀ ହୋଇ ପୁଣି ସିଏ ତାଙ୍କରି ପାଖକୁ ଲେଉଟି ଯିବାର ଆଶାୟୀ । ଚିରକାଳରେ ବିଦ୍ୟମାନ ଆତ୍ମା ପରମାତ୍ମାଙ୍କର ଅଂଶ ମୃତ୍ୟୁଞ୍ଜୟ ଅଟେ । ଏହି ଜୀବନ ଚକ୍ର ଯାତ୍ରାରେ ପୃଥିବୀ ଆମ ପାଇଁ କ୍ଷୁଦ୍ର ତୀର୍ଥସ୍ଥଳୀଟିଏ ମାତ୍ର । ଆମେ ଜ୍ଞାନଲାଭ କଲାପରେ ପୁଣି ନିଜ ଘରକୁ ବାହୁଡ଼ି ଯିବା । ବୈଦିକ ଯୁଗରେ ବିଦ୍ୟାର୍ଥୀମାନେ ଗୁରୁକୁଳ (ଆଶ୍ରମ)ରେ ରହି ଅଧ୍ୟୟନ କରୁଥିଲେ ଓ ଜ୍ଞାନ ଲାଭ ପରେ ଗୁରୁକୁଳରୁ ସ୍ୱଗୃହକୁ ଫେରି ଆସିଲାପରି, ପ୍ରକୃତରେ ଯଦି ମୃତ୍ୟୁରୁ ତ୍ରାହି ପାଇବାକୁ କୌଣସି ଉପାୟ ଥାଆନ୍ତା ତା'ହେଲେ ମନୁଷ୍ୟ ତାକୁ ଆଶ୍ରୟକରି ମୃତ୍ୟୁରୁ ନିବୃତ୍ତ ଯାଇପାରନ୍ତା । ନତୁବା ମୃତ୍ୟୁକୁ ଏଡ଼ାଇ ଯିବା ପାଇଁ ଉଦ୍ୟମ କରି ଥାଆନ୍ତା । ଯଥାର୍ଥରେ ଆମେମାନେ ଏଥାରୁ ଅନୁଭୂତି ଓ

ଅଭିଜ୍ଞତା ଏବଂ ଚେତନାର ବିକାଶ ହାସଲ କରି ପୁଣି ଜୀବନ ଚକ୍ରରେ ମୂଳ ଜାଗାକୁ ଫେରି ଯାଇଥାନ୍ତି । ସେଥିପାଇଁ ମୃତ୍ୟୁର ବିକଳ୍ପ କିଛି ନାହିଁ । ମୃତ୍ୟୁର ବିକଳ୍ପ କ'ଣ ? ଆମେ ଜାଣିବାରେ ବିପରୀତ ଅଛି । ତାହା ଜୀବନ । ହେଲେ ବିକଳ୍ପ କେଉଁଠୁ ଆସିବ ? ନାହିଁ ବୋଲିତ ରାଜ କୁମାର ଗୌତମ ସବୁଛାଡ଼ି ତାହା ଖୋଜିବାକୁ ଜଙ୍ଗଲକୁ ପଳେଇଲେ । ପାଇ ନାହାନ୍ତି ତ ନିଶ୍ଚୟ । ନ ହେଲେ ସେ ବୁଦ୍ଧ ହୋଇ କପିଲବାସ୍ତୁ ଫେରିଲେ । କହିଲେ- "କାମନାର ବିନାଶରେ ଦୁଃଖର ବିନାଶ" । ଯଦି ପ୍ରଶ୍ନ କରାଯାଇ ପାରିଥାନ୍ତା, ହେ ପ୍ରଭୁ ଆପଣତ ଯାଇଥିଲେ ମୃତ୍ୟୁର ବିକଳ୍ପ ଖୋଜିବାକୁ, ଦୁଃଖର ଠିକଣା ଧରି ଫେରିଲେ କାହିଁକି ?

ମଣିଷ ପାଇଁ ଦରିଆ ପରି ବ୍ୟାପ୍ତ ଏବଂ ଆକାଶ ଭଳି ଅସୀମ 'ଭାବ'କୁ ଭାଷାରେ କହିବା ପ୍ରାୟ ଅସମ୍ଭବ । କାରଣ ତାକୁ ମିଳିଥିବା ଶବ୍ଦର ପରିମାଣ ଶୂନ୍ୟତାରୁ ମୁଠାଏ କି ସଲିଲରୁ ଆଞ୍ଜୁଲାଏ ପରି । ଯୁଗ ଯୁଗ ଧରି କିଛି ସଣ୍ଡୀ ଶିଖିଥାଏ ବୋଲି ସେଟିକିରେ ସେ ପୁରାଣ, ଦର୍ଶନ, ପ୍ରୀତି, ପ୍ରଣୟ, ପ୍ରେମ, ବିରହ, ଚୋରି, ଜନାକାରି, ଜୁଆଚୋରି- ସବୁ ଚଲେଇ ଦିଏ । ଯୁଗ ଓ ଅନୁଭବକୁ ନେଇ ତା 'ଭାବ' ତ ନିରନ୍ତର ବଢ଼ୁଥାଏ । ଭାଷା ବି ବଦଳୁ ଥାଏ ଅହରହ । ସେ ଅଖଣ୍ଡରେ ପଡ଼ିଯାଏ ଶବ୍ଦକୁ ନେଇ । ଭାବକୁ ଅବିଶ୍ୱାସ କରି ନଥିବା ମଣିଷ ସବୁଠୁଁ ଅଧିକ ଡାଉଟ କରେ ଶବ୍ଦକୁ । ଏକା ଶବ୍ଦ, ଅଥଚ ବକ୍ତା ଶ୍ରୋତାର ମନ ମିଶେନି । ଏ ଗ୍ରହାଚାର ଯାତନାରୁ ଭଗବାନ ବି କାହାରିକି ଉଦ୍ଧାର କରି ପାରନ୍ତି ନି । ମଣିଷର ଆଉ ଏକ ଅଦ୍ଭୁତ ଖୋଇ ହେଲା, ସେ ଅନୁଭବ ଗୁଡ଼ିକୁ ତ୍ବରିତ ଭୁଲେ ଏବଂ ଅଧିକରୁ ଅଧିକ ଅନୁମାନରେ ବଞ୍ଚେ ।

ସେଥିପାଇଁ ଉଇଲ ଡୁରାଣ୍ଟ କହିଲେ- "Every birth is a prelude to death and decoy" ଆମ ଶାସ୍ତରେ ବି ସ୍ବର ନିତ୍ୟମ୍ ଅନିତ୍ୟତାମ୍ କଥା କୁହାଗଲା । ଶାସ୍ତ ତ କହିଲା- "ଯଥା ଫଳନାଂ ପକ୍ୱନାଂ ନାନ୍ୟତ୍ର ପତନାଦ୍ ଭୟମ୍" ଏବଂ "ନରସ୍ୟ ଜାତସ୍ୟ ନାନ୍ୟତ୍ର ମରଣାଦ୍ ଭୟମ୍" । ଫଳ ପାଚିଲେ ତା'ର ଯେପରି ପତନ ବ୍ୟତୀତ ଅନ୍ୟ ଭୟ ନାହିଁ । ସେହିପରି ମନୁଷ୍ୟ ଜନ୍ମ ହେଲେ ତା'ର ମୃତ୍ୟୁ ବ୍ୟତୀତ ଅନ୍ୟ ଭୟନାହିଁ । ତା'ପରେ ମୃତ୍ୟୁକୁ ଭୟ କରିବା ଆଦୌ ଉଚିତ ନୁହେଁ । କାହିଁକି ନା ପ୍ରତି ଜୀବନ ଏକ ଧାରାବାହିକ ବିଦାୟ ସଂଗୀତ । ଜୀବନ ପ୍ରତି ମୁହୂର୍ତ୍ତରେ ବିଦାୟ ଗୀତ ଗାଇ ଗାଇ ବହି ଯାଉଛି ଏକ ଅନିବାର୍ଯ୍ୟ ମୃତ୍ୟୁ ଆଡ଼କୁ । ପ୍ରତିଟି ଜୀବନ ମୃତ୍ୟୁରୁ ଜନ୍ମ, ମୃତ୍ୟୁ ହିଁ ଜୀବନର ଜନନୀ । ଦୁଷ୍ଟ ପିଲା ମା' ବାପ ଏବଂ ଶିକ୍ଷକଙ୍କୁ ଡରିବା ପରି ଜୀବନ ଡରେ ମୃତ୍ୟୁକୁ । ମୃତ୍ୟୁ ଜୀବନର ପ୍ରଥମ ଏବଂ ପ୍ରଧାନ ଭୟ । ଆଉ ଯେତେ ଡର ଯେମିତି ଖାଦ୍ୟ ପାନୀୟ, ବାସଗୃହ, ସାଂପ୍ରଦାୟିକ ବିଭେଦ ଇତ୍ୟାଦିକୁ ଜୀବ ଏତେ ଡରେ ନାହିଁ । ଯେତେ ଡରେ ମୃତ୍ୟୁକୁ, ଦିନ ପରେ ଦିନ, ମାସପରେ ମାସ ବିତିଯାଏ । ଯାହା ଆଉ ଫେରିବାର ନଥାଏ । ସେଥିପାଇଁ ଭକ୍ତକବି ଯାହା ଲେଖିଛନ୍ତି । ରେ ଆତ୍ମନ- ନିଦ୍ରା ପରିହରି । ଫେଡି ଚିନ୍ତାର ଲୋଚନ କରକର ନିରୀକ୍ଷଣ ନିଶବ୍ଦେ ଜୀବନ ସ୍ରୋତ ଧାଉଛି କିପରି, ଭେଟିବାକୁ ମୃତ୍ୟୁସିନ୍ଧୁ କରାଳ ଲହରୀ । ପୁଣି ସାହିତ୍ୟିକ ରବି କାନୁନ୍‌ଗୋ ଲେଖିଛନ୍ତି- ମୃତ୍ୟୁ ପଟାରେ ଜୀବନକୁ ତତେ ଲୋକେ ଭଲପାଆନ୍ତି କାହିଁକି ? ମୋତେ ଡରନ୍ତି କାହିଁକି ?

ସତରେ ଜୀବନର ଗତି ପଥରେ ଏତେ ମାୟାଜାଲ ସୃଷ୍ଟିହୁଏ କାହିଁକି ? କିଏ ସୃଷ୍ଟିକରେ ଏହି ମାୟାଜାଲ ? ହୁଏତ ବୁଢ଼ିଆଣୀ ନିଜ ଜାଲ ନିଜେ ବୁଣିବା ପରି ପ୍ରତ୍ୟେକ ଜୀବନ ଅଧିକ ସୁଖ, ଅଧିକ ବିଲାସ ପାଇଁ ନିଜେ ହିଁ ମାୟାର ଜାଲ ବୁଣେ । ବୁଢ଼ିଆଣୀ ଜାଲରେ ମାଛି ପଡ଼ି ପ୍ରାଣ ହରାନ୍ତି ସିନା, ବୁଢ଼ିଆଣୀ କିନ୍ତୁ ନିରାପଦ ରହେ । ଅଥଚ ମଣିଷ ପରି ଜୀବ ନିଜ ବୁଣାଜାଲରେ ନିଜେ ଏମିତି ପଡ଼େ ଯେ କେବଳ ମରଣ ହିଁ ତାକୁ ମୁକ୍ତି ଦେଇପାରେ ।

ଜୀବନକୁ ଏକ ବ୍ୟବସାୟ ମନେକରି ମଣିଷ ଜୀବନରେ ଅଧିକ ଲାଭ, ଅଧିକ ସୁଖ ପାଇଁ ଗଛ କାଟେ, ଜଙ୍ଗଲ ନଷ୍ଟକରେ, ଜୀବହତ୍ୟା କରେ, ମଣିଷ ମାରେ । ଦୁର୍ବଳ ମଣିଷକୁ ଶୋଷଣ କରି ଗାଆଁରେ ଗ୍ରାମ ଦେବୀ ମନ୍ଦିର ତୋଲିବାଠାରୁ ଆରମ୍ଭ କରି ଜଗନ୍ନାଥ ମନ୍ଦିର ଗଢ଼େ ।

ଜଣେ ଭାରତୀୟ ଅବଶ୍ୟ ଅତି ସହଜରେ ବୁଝି ପାରିବ ଯେ ଜନ୍ମ ନେବାର ଅର୍ଥ ହେଲା, ମହାଯାତ୍ରା ଉସ୍ସବର ଅଭ ଆରମ୍ଭ ମାତ୍ର । ଜଣେ ଜନ୍ମ ଗ୍ରହଣ କରିପାରେ, କିନ୍ତୁ ଜନ୍ମ ହେଲେ ତା'ର ମୃତ୍ୟୁ ସୁନିଶ୍ଚିତ । ବିଭିନ୍ନ ଧର୍ମରେ, ଦାର୍ଶନିକ ତତ୍ତ୍ୱ ମାଧ୍ୟମରେ ମୃତ୍ୟୁ ବିଷୟରେ ବହୁ ଭାବରେ ଅଧିକ କଥା କୁହାଯାଇଛି । ସେ ସବୁର ସାରାଂଶ ହେଲା ମୃତ୍ୟୁ, ଆତ୍ମା ପୁରୁଷର ଦୀର୍ଘ ଯାତ୍ରା ପଥରେ ଏକ ସାମୟିକ ଓ ସଂକ୍ଷିପ୍ତ ବିଶ୍ରାମର ସାରଣୀ ପ୍ରସ୍ତୁତ କରିଥାଏ । ଅନ୍ୟ ଧର୍ମ ମାନଙ୍କରେ ମୃତ୍ୟୁକୁ ଏକ ଦୀର୍ଘ ବିଶ୍ରାମର ସମୟ ବୋଲି ଅଭିହିତ କରାଯାଇଛି । ଏହା ବ୍ୟତୀତ ମୃତ୍ୟୁ ବିଷୟରେ ଅନେକ ଟୀକା ଟିପ୍ପଣୀ ମଧ୍ୟ ଜ୍ଞାନୀ ଗୁଣୀ ଜନମାନଙ୍କଠାରୁ ଶୁଣିବାକୁ ମିଳିଥାଏ । ପିଟର ପ୍ୟାନ କହନ୍ତି– "ମୃତ୍ୟୁ ଏକ ଦୁଃସାହସିକ, ପ୍ରଚଣ୍ଡ ଅଭିଯାନର ବ୍ୟାପାର" । କେହି କେହି କହନ୍ତି ଯଦି ମୃତ୍ୟୁ ନ ଥାଆନ୍ତା ତେବେ କିଏ ବା କାହିଁକି ଜୀବନକୁ, ବଞ୍ଚି ରହିବାକୁ ଏତେ ଭଲ ପାଉଥାନ୍ତା ? ପୁଣି କୁହାଯାଇଛି ମୃତ୍ୟୁ ଏକ ଅନାବଶ୍ୟକ ଚିନ୍ତା । କାରଣ ଆମେ ଥିବା ପର୍ଯ୍ୟନ୍ତ ମୃତ୍ୟୁ ଏକ ଅଦୃଶ୍ୟ ଉପସ୍ଥିତି । ଆମେ ଚାଲିଗଲା ପରେ ସେ ପ୍ରକଟ ହୋଇପାରେ । ତେଣୁ ଯାହା ଆମ ଜୀବନ କାଳ ଭିତରେ ଆମ ସମ୍ମୁଖରେ ଉପସ୍ଥିତ ହେବାର ନାହିଁ, ତା' ଲାଗି କାହିଁକି ଏତେ ଗୁଢ଼େ ଅନୁଶୋଚନା ? ପୁନଶ୍ଚ ମୃତ୍ୟୁ ଯଦି କେବଳ ଘଡ଼ିଏ ବିଶ୍ରାମ ଯିବାର ଆଧାର ତେବେ ଆତ୍ମା ପୁରୁଷ ସେହି ସଂକ୍ଷିପ୍ତ ବିଶ୍ରାମ ମୁଦ୍ରାରୁ ଉଠି ଚିର ଜାଗ୍ରତ ଆଧ୍ୟାତ୍ମିକ ଅବସ୍ଥାରେ ଉପନୀତ ହୋଇପାରେ । ତେଣୁ ମୃତ୍ୟୁ ଲାଗି କାହିଁକି ବିଷାଦର ମହାପର୍ବ ? ଯଦିଓ ସମସ୍ତେ ସ୍ୱର୍ଗ ଯାତ୍ରାକୁ ରାଜି, ମାତ୍ର ମୃତ୍ୟୁ ଲାଗି କାତର । 'ମୃତ୍ୟୁ' ଏପରି ଏକ ଭୟଙ୍କର ଶବ୍ଦ ଯେ ତାକୁ ଉଚ୍ଚାରଣ କରିବା ତ ଦୂରର କଥା, ଗ୍ରହଣ କରିବାକୁ ମଧ୍ୟ ଜୀବିତ ପ୍ରାଣୀ ସର୍ବଦା ଭୟାର୍ତ୍ତ । ଯୁଗଯୁଗ ଧରି ମୃତ୍ୟୁ ସମ୍ବନ୍ଧରେ ଅନେକ ତାତ୍ତ୍ୱିକ ବିଶ୍ଳେଷଣ କରି ତଜ୍ଜନିତ ଭୟରୁ ମୁକ୍ତି ପାଇବା ଉଦ୍ଦେଶ୍ୟରେ ବୌଦ୍ଧିକ ଆଲେଖ୍ୟମାନ ପ୍ରସ୍ତୁତ କରାଯାଇଛି । କିନ୍ତୁ ଏହି ସବୁ କଳାକୌଶଳ, ବାଗ୍ମିତା ଶବ୍ଦର ଯାଦୁଖେଳ ସତ୍ତ୍ୱେ ମୃତ୍ୟୁ ପ୍ରତି ଥିବା ପ୍ରଚଣ୍ଡ ଭୟ ଆଜି ମଧ୍ୟ ଆମ ଅବଚେତନ ସ୍ତରରେ ମଧ୍ୟ ଜମାଟ ବାନ୍ଧି ରହିଛି । କାରଣ ମୃତ୍ୟୁ ଏପରି ଏକ ଅବୋଧ୍ୟ ଉପାଖ୍ୟାନ ଯେ ତା'ର ଅଭ୍ୟନ୍ତରରେ ସତ୍ୟାସତ୍ୟ ଚିରକାଳ ଅନୁଦ୍‍ଘାଟିତ ରହିଯାଇଛି । ସେଥିପାଇଁତ ମୃତ୍ୟୁକୁ ଘୃଣା ନକରିବା ଉଚିତ ଆଉ ମୃତ୍ୟୁକୁ ଭୟ କରିବା ମଧ୍ୟ ଉଚିତ ନୁହେଁ । ମୃତ୍ୟୁକୁ ଭୟ ନ କରିବା ପାଇଁ ଓ ତାକୁ ନ ଡରିବା ଲାଗି ଇଂରେଜ କବି ଜନ୍ ଡନ ତାଙ୍କ କବିତା 'ଡେଥ୍ ବିନଟ୍ ପ୍ରାଉଡ'ରେ ମୃତ୍ୟୁକୁ ଯେପରି ଭାବରେ ଅପଦସ୍ତ କରିଛନ୍ତି ତା'ର ତୁଳନା ନାହିଁ । ସେ କହିଛନ୍ତି– 'ହେ ମୃତ୍ୟୁ ତୋର ଅହଂକାର ମୂଲ୍ୟହୀନ ଏବଂ ତୁ ଯେଉଁ କ୍ଷଣଭଙ୍ଗୁର ଶରୀରକୁ କବଳିତ କରୁ ଏଥିରେ ତୋର କିଛି ବାହାଦୁରୀ ନାହିଁ ।' ଆଉ ତା ବାଦ୍ ମୃତ୍ୟୁ ପରେ କୌଣସି ଜନପ୍ରାଣୀ ଫେରିଆସି ପୃଥିବୀର ଅଧିବାସୀମାନଙ୍କୁ ଏଯାବତ୍ କହିପାରି ନାହିଁ ଯେ ସେ ଯାଇ ପହଞ୍ଚିଥିବା ନୂଆ ଇଲାକାର ହାଲଚାଲ କ'ଣ ଏବଂ ସେଠାକୁ ଯିବା ପୂର୍ବରୁ ଆମକୁ କି ପ୍ରକାର ପ୍ରସ୍ତୁତି, ପ୍ରତିଷେଧକ ବା ପ୍ରତି ବିଧାନର ବ୍ୟବସ୍ଥା କରିବା ଦରକାର ପଡ଼ିବ ।

ନିରୁଦ୍ଦେଶ୍ୟ ନୁହେଁ ଏ ଜୀବନ । ଆଉ ସେଥିପାଇଁ ନୁହେଁ ଏହା ନିଃସଙ୍ଗ । ବହୁ ବିଭିନ୍ନତା ବୈଷମ୍ୟ, ବୈମନସ୍ୟ(ବି)ର ତ ଏ ଏକ ଚମତ୍କାର ବହୁବ୍ରିହୀ । ଏକ ମଧୁମାଲତୀ, ଫଗୁଣର ଏକ ଫଗୁ ଫୁଆରା । ସେଥିପାଇଁ ଏ ମୃତ୍ୟୁ ସହ ଦୁଇ ସମାନ୍ତରାଳ ସରଳରେଖା ପରି ଗତି ନକରି ମୃତ୍ୟୁକୁ ଧରି, ଖୁବ ନିବିଡ଼ ଭାବେ ଆଲିଙ୍ଗନ କରି, ତା ସହ ଏକ ମୁଗ୍ଧା ନାୟିକା ପରି ଆଲାପ କରି ଚାଲୁଥାଏ । କାରଣ ସେ ଭଲକରି ପରମ ସତ୍ୟଟିକୁ ବୁଝିଥାଏ– ମୋର ଆରମ୍ଭରେ ହିଁ ମୋର ଶେଷ ନିହିତ । ପୁଣି ମୋର ଆରମ୍ଭ ହିଁ ମୋର ଶେଷ । ଏ ଆରମ୍ଭ ଓ ଶେଷ ଅଭିନ୍ନ, ଅକାତର । ଅପ୍ରିୟମାଣ ତଥା ଅସଂଦିଗ୍ଧ । 'ଆରମ୍ଭ'ର ଆଦରରେ ଶେଷ 'ଆରମ୍ଭ' ହୋଇଯାଏ ଆଉ 'ଶେଷ' ଅଶେଷ ହେବା ପାଇଁ 'ଆରମ୍ଭ'ରେ ବିବର୍ତ୍ତିତ ହେବାକୁ ଶ୍ରେୟ ମନେ ଏବଂ ହୋଇଯାଏ ବି ।

କାହାଣୀ ଅନୁସାରେ ଆମ୍ଭା ଚର୍ମଣ୍ତୀ ନଦୀ ପାରହେବା ସମୟରେ ବା 'ଲେଥେ' ନଦୀ ଅତିକ୍ରମ କରିଲା ବେଳେ, ଆଞ୍ଜୁଳାଏ ଜଳପାନ କରି ସବୁ ପଞ୍ଚକଥା ସଂପୂର୍ଣ୍ଣ ରୂପେ ପାଶୋରି ଯାଏ । କେବଳ ନିଷ୍କ୍ରାନ୍ତ ହୋଇଯାଇଥିବାର ଶୂନ୍ୟତା, ପଛରେ ରହିଯାଇଥିବା ପ୍ରିୟ ପରିଜନଙ୍କୁ ଯନ୍ତ୍ରଣାରେ ନାରଖାର କରିଦିଏ ଯାହା । ତେଣୁ ଯେତେ ସବୁ ବିଧିବିଧାନ, ଯଥା– କ୍ରିୟା, ଶୁଦ୍ଧି, ଶ୍ରାଦ୍ଧ, ତର୍ପଣ, ଜଳଦାନ, ପିଣ୍ଡଦାନ, ତୀର୍ଥ ସ୍ଥଳରେ ଅସ୍ଥି ବିସର୍ଜନ, ମନ୍ତ୍ର ଉଚ୍ଚାରଣ, ପାରାୟଣ, ପ୍ରବଚନ ସବୁ କେବଳ ନିଜକୁ ସାନ୍ତ୍ୱନା ଦେବା ଲାଗି ମଣିଷର ନିଜସ୍ୱ ବୌଦ୍ଧିକ ଉଦ୍ଭାବନ ମାତ୍ର । ସମାଜରେ, ପରିବାରରେ ବ୍ୟକ୍ତିର ମୃତ୍ୟୁ ଜନିତ ସୃଷ୍ଟି ହେଉଥିବା ବିପଦ୍ ବା ଅନ୍ୟାନ୍ୟ ଅଘଟଣକୁ ଅତି ସହଜରେ ପ୍ରତିହତ କରିବାରେ ଏମାନେ ସବୁ ରକ୍ଷା କବଚ ଭଳି କାମ କରିପାରନ୍ତି । ଭୟର ମାତ୍ରା କିଛି ଅଂଶରେ ଲାଘବ ହୋଇଯାଏ । ମୃତ୍ୟୁ ଭୟରୁ ଉଦ୍ଧାର ପାଇବା ପାଇଁ ଅମରତ୍ୱ ପର୍ଯ୍ୟାୟଭୁକ୍ତ କାର୍ଯ୍ୟ ମାନଙ୍କରେ ନିଜକୁ ସାମିଲ କରି ଦାନ, ଧର୍ମ ପରୋପକାରୀ ସଂସ୍ଥା ବା ଦାତବ୍ୟ ଅନୁଷ୍ଠାନ ଗଠନ କରିବା, ସ୍ମୃତିସ୍ତମ୍ଭ ନିର୍ମାଣ, ନାମଫଳକ ଉଦ୍ଘାଟନ କରିବା ଇତ୍ୟାଦିରେ ନିଜର ପ୍ରଭୂତ ସମ୍ବଳର ଉଦାର ବିନିଯୋଗ ମଧ୍ୟ ମଣିଷମାନେ କରିପାରନ୍ତି । ମୃତ୍ୟୁ ଭୟରୁ ରକ୍ଷା ପାଇବା ଲାଗି ପୂର୍ବକାଳରେ ପ୍ରତାପଶାଳୀ ରାଜା ମାହାରାଜାମାନେ ନିଜ ସମାଧି ଭିତରେ ଦାସଦାସୀ, ଧନଧାନ୍ୟ, ପ୍ରିୟବସ୍ତୁ ଓ ସଂପଦ ସହ ରହିବାର ବ୍ୟବସ୍ଥା କରୁଥିଲେ । ମୃତ୍ୟୁର ଅଜଣା ଉପତ୍ୟକାରେ ସମସ୍ତ ଦୈହିକ, ଭୌତିକ ସୁଖ ମିଳିପାରିବାର ଉପଚାର ନିଜ ପାଖରେ ରଖିବାକୁ ଯତ୍ପରୋନାସ୍ତି ଚେଷ୍ଟା କରୁଥିଲେ ।

ବିଉଶାଳୀ ଲୋକର ଭୟ ତା'ଦେହ ନିଷିଦ୍ଧ ହୋଇଗଲେ ଉପଭୋଗର ସମସ୍ତ ଉପାଦାନ ଓ ସାଧନ ମଧ୍ୟ ଶେଷ ହୋଇଯିବ । ଏଠାରେ ଉପଭୋଗର ଅର୍ଥ ହେଲା, ପଞ୍ଚଇନ୍ଦ୍ରିୟ ମାଧ୍ୟମରେ ଭୌତିକ ସ୍ତରରୁ ସଂଗ୍ରହ କରାଯାଇପାରୁଥିବା ସୁଖଦ, ଅନୁଭୂତି ମାନଙ୍କର ସଂଯୋଗ ଓ ସଂଯୋଜନା । ତେଣୁ ମଣିଷ ବିକଳରେ ଧନ ସଞ୍ଚୟଖୋ । ପୁତ୍ର ପୌତ୍ରାଦିମାନଙ୍କର ସୁଖ ସମୃଦ୍ଧି ମଧ୍ୟରେ ନିଜେ ବଞ୍ଚରହିବ ବୋଲି ଏକ ବିଚିତ୍ର ଯୁକ୍ତିରେ ଭରସା ମଧ୍ୟ କରିପାରେ । ଦୁଃଖୀ ଲୋକ ମଧ୍ୟ ମୃତ୍ୟୁ ଭୟରୁ ମୁକ୍ତ ନୁହେଁ । ସେ ବଞ୍ଚ ରହିଥିବା ଯାଏ, ତା'ର ଭାଗ୍ୟ ବଦଳିଯିବ, ଏକ ବିଚିତ୍ର ଋତୁରେ, ଏକ ରଙ୍ଗିନ ଉଷାକାଳରେ, ସୁଖର ମଳୟ ବହି ଆସିବ । ବସନ୍ତ ଋତୁ ଛାଇଯିବ । ପିକ ରାବିବ, ଫୁଲ ବାସିବ । ଏଇମିତିଆ ଏକ ଅବାନ୍ତର ସମ୍ଭାବନାକୁ ଆଧାର କରି ସେ ଦୁଃଖ ଯନ୍ତ୍ରଣାରେ ବଞ୍ଚ ରହିବାକୁ ବଦ୍ଧପରିକର । ମରିଗଲେ ତ ତା'ର ସବୁ ସମ୍ଭାବନା ମଧ୍ୟ ନିଷିଦ୍ଧ ହୋଇଯିବ । ତା'ର ମଧ୍ୟ ମୃତ୍ୟୁକୁ ଭୟ । ରାଜାଠାରୁ ଭିକାରି ପର୍ଯ୍ୟନ୍ତ ସବୁ ଜୀବିତ ପ୍ରାଣୀ ମୃତ୍ୟୁ ଭୟରେ ଜର୍ଜରିତ । ବଞ୍ଚ ରହିବାକୁ ହେଉପଛେ ଦୁଃଖ ଯନ୍ତ୍ରଣା, ନିର୍ଯାତନା, ଅତ୍ୟାଚାରିତରେ ସୁଦ୍ଧା ପ୍ରଚୁର ମୋହ । କୌଣସି କାରଣରୁ ଦେହ ଯଦି ଚିରଦିନ ଲାଗି ଅପହୃତ ହୋଇଯିବା ବଦଳରେ 'ଚିର ବିଦ୍ୟମାନ' ହୋଇଯାଏ । ମାନେ ଆମେ ଯେଉଁ ଅର୍ଥରେ ମୃତ୍ୟୁକୁ ବୁଝିଥାଉ, ତା'ର ଭୀଷଣତାକୁ ପରିକଳ୍ପନା କରିଥାଉ ଓ ତା'ର ବିଭତ୍ସତାକୁ ଭୟକରି ବିବ୍ରତ ହୋଇଥାଉ, ସେହି ଅର୍ଥର ସଂପୂର୍ଣ୍ଣ ବିପରୀତ ଘଟଣାମାନ ଯଦି ସଂଘଟିତ ହୁଏ ।

ଶରୀର ଏବଂ ଆମ୍ଭାର ଯୋଗ (ମିଳନ) ହେଉଛି ଜୀବନ ଏବଂ ଏହି ଦୁଇଟିର ବିଚ୍ଛେଦ ବା ବିଯୋଗ ହେଉଛି ମୃତ୍ୟୁ । ଯୋଗ ବିଯୋଗର ଏହି ଖେଳ ଯୁଗ ଯୁଗରୁ ଚାଲିଆସିଛି । ମଣିଷ ଶରୀର ଛାଡ଼ିବା ବେଳେ ତା'ର ସମ୍ବନ୍ଧୀ, ସଂପର୍କୀୟ, ଜ୍ଞାତି ପରିଜନ ସମସ୍ତେ ଦୁଃଖରେ ଭାଙ୍ଗିପଡ଼ନ୍ତି । ଆମ୍ଭା ଅଜର, ଅମର, ଅବିନାଶୀ– ଏହି ତତ୍ତ୍ୱକୁ ନଜାଣିବା ଫଳରେ ଆମେ କାନ୍ଦୁ କିମ୍ବା ଦୁଃଖ ଅନୁଭବ କରୁ । ଶ୍ରୀମଦ୍ ଭଗବତ ଗୀତାର ଭାଷାରେ ପୁରୁଣା ବସ୍ତ୍ର ପରିହାର କରି ନୂତନ ବସ୍ତ୍ର ପରିଧାନ କରିବା ପରି ଅବିନାଶୀ ଆମ୍ଭା ପୁରୁଣା ଶରୀରକୁ ତ୍ୟାଗ କରି ମୃତ୍ୟୁ ପରେ ନୂତନ ଶରୀର ଧାରଣ କରେ । ଦୀର୍ଘ ବର୍ଷଧରି ଆମ୍ଭା ଯେଉଁ ଶରୀରରେ ଅବସ୍ଥାନ କରୁଥିଲା ତାହା ପ୍ରତି ଆସକ୍ତି ରହିବା ସ୍ୱାଭାବିକ । ମୃତ୍ୟୁ ପରେ ମଧ୍ୟ ପୁରୁଣା ପରିବାର, ପରିବେଶ, ସଂସ୍କାର ସହିତ ଆମ୍ଭାର ସଂପର୍କ ରହିଥାଏ । ନୂତନ ଶରୀର ଧାରଣ କରିବା ପରେ

ପୁରୁଣା ସଂପର୍କ କଟିଯାଏ । ପ୍ରାଚୀନ ଗବେଷଣାରୁ ଜଣାଯାଏ ଯେ, ମନୁଷ୍ୟାତ୍ମା ଶରୀର ଛାଡ଼ିବା ବେଳେ ଏବଂ ଗର୍ଭରେ ଥିବାବେଳେ ତାହାର ଗ୍ରହଣ ଶକ୍ତି (Catching Power) ସର୍ବାଧିକ ଥାଏ । ତେଣୁ ମୃତ୍ୟୁ ସମୟରେ କନ୍ଦାକଟା କଲେ କିମ୍ବା ଅତ୍ୟନ୍ତ ଦୁଃଖ ପରିବେଶ ସୃଷ୍ଟି ହେଲେ ତାହା ଆତ୍ମାକୁ ଅଶାନ୍ତି ଓ ଦୁଃଖୀ କରିଥାଏ ।

ମୃତ୍ୟୁର ଭୟ ଆତ୍ମାକୁ ସର୍ବଦା ଗ୍ରାସ କରିଥାଏ । ମୃତ୍ୟୁ ପ୍ରକୃତରେ ଆଦୌ ଭୟଙ୍କର ନୁହେଁ ବରଂ ଏହାର ଭୟ ହିଁ ମହା ଭୟଙ୍କର । ମୃତ୍ୟୁ ଥରେ ମାତ୍ର ଆସେ, ପରନ୍ତୁ ଏହାର ଭୟ ବାରମ୍ବାର ଆମକୁ ଆକ୍ରାନ୍ତ କରିଥାଏ । ଯେଭଳି ମଣିଷ-ଶିଶୁ, କିଶୋର, ଯୁବକ, ପ୍ରୌଢ଼ ଓ ବୃଦ୍ଧ ହୋଇଥାଏ । ଠିକ୍ ସେହିପରି ଆମର ଶରୀର ତ୍ୟାଗ କରିବା ମଧ୍ୟ ଏକ ପରିବର୍ତ୍ତନ ପ୍ରକ୍ରିୟା । ଯାହାକି ସ୍ୱାଭାବିକ । ବାଲ୍ୟକାଳର ମୃତ୍ୟୁ ହେଲେ ହିଁ କୈଶୋର କିମ୍ବା ଯୌବନ ଆସେ । ଠିକ୍ ସେହିପରି ଆମ୍ଭ ପୁରୁଣାକୁ ପରିବର୍ତ୍ତନ କରି ନୂତନ ଶରୀର ଧାରଣ କଲେ ଏହା ବାସ୍ତବରେ ଖୁସି ଏବଂ ଆନନ୍ଦର କଥା । ପରନ୍ତୁ ଦେହ ପ୍ରତି ଅତ୍ୟଧିକ ଆସକ୍ତି କାରଣରୁ ଏହି ଗୂଢ଼ ତତ୍ତ୍ୱକୁ ବୁଝି ନପାରି ମଣିଷ ମୃତ୍ୟୁ ନାଁରେ ଭୟଭୀତ ଏବଂ ବିଚଳିତ ହୁଏ ତଥା ଆତ୍ମୀୟର ମୃତ୍ୟୁ ଆମକୁ ଦୁଃଖ ଓ କଷ୍ଟ ଦେଇଥାଏ ।

କୁହାଯାଏ ସୃଷ୍ଟିର ଆଦିକାଳ ସତ୍ୟଯୁଗରେ ମୃତ୍ୟୁକୁ ମହୋତ୍ସବ ଭାବେ ପାଳନ କରାଯାଉଥିଲା । କାରଣ ସେ ଯୁଗରେ ଆତ୍ମାଗଣ ନଷ୍ଟ ମୋହାଥିଲେ । ପ୍ରତ୍ୟେକ ବିଦାୟୀ ଆତ୍ମାକୁ ଗୀତ ସଂଗୀତ ଧ୍ୱନି ସହ ସୁସଜ୍ଜିତ କରି ବିଦାୟ ଦିଆଯାଉଥିଲା । ନୃତ୍ୟ ଗୀତର ଆନନ୍ଦ ଉଲ୍ଲାସରେ କାଶୀରେ ମୃତକଙ୍କ ଶବାଧାରକୁ ଶୋଭାଯାତ୍ରାରେ ନିଆଯାଉଥିବା କଥା ଚୀନ ପରିବ୍ରାଜକ ହୁଏନ୍‌ସାଂ ନିଜର ଭ୍ରମଣ ବୃତ୍ତାନ୍ତରେ ଉଲ୍ଲେଖ କରିଛନ୍ତି । ପରମାତ୍ମାଙ୍କ ଜ୍ଞାନ ଆଧାରରେ ବଞ୍ଚି ଥାଉ ଥାଉ ମୃତ୍ୟୁର ଅଭ୍ୟାସ ଅର୍ଥାତ୍ ଦେହ ଅଭିମାନକୁ ତ୍ୟାଗ କରି ଦେହାତୀତ ଅବସ୍ଥାର ଅଭ୍ୟାସ କଲେ ମୃତ୍ୟୁ ଭୟ କିମ୍ବା ମୃତ୍ୟୁ (ଜନିତ) ଦୁଃଖରୁ ମଣିଷକୁ ନିବୃତ୍ତି ମିଳିବ । ପରମାତ୍ମା ପ୍ରଦତ୍ତ ରାଜଯୋଗର ଅଭ୍ୟାସ ଦ୍ୱାରାହିଁ ଏହା ସମ୍ଭବ ।

'ମୃତ୍ୟୋର୍ବିଭେଷି କିଂ ମୂଢ଼ାଭୀତଂ ମୁଞ୍ଚତି କିଂ ଯମଃ, ଅଜାତଂ ନୈବ ଗୃହ ପାତି କୁରୁ ଯତ୍ନମଜନ୍ମନି' ରେ ମୂର୍ଖ, ମରଣକୁ କାହିଁକି ଭୟ କରୁଅଛୁ ? ଭୟ କରିବା ବ୍ୟକ୍ତିକୁ ଯମ କ'ଣ ପରିତ୍ୟାଗ କରିବ ? ଜନ୍ମ ଲାଭ ନକରିବା ବ୍ୟକ୍ତିକୁ ଯମ କେବଳ ନିଏ ନାହିଁ । ତେଣୁ ପୁନଃଜନ୍ମ ଲାଭ ନ କରିବା ପାଇଁ ଯତ୍ନ କର ।

ତା'ପରେ ଅନେକ ଏହା ଜାଣିଥିଲେ ସୁଦ୍ଧା ଅମରତ୍ୱ ଆଶା କରନ୍ତି । ମାତ୍ର ଏହା କେବେବି ସମ୍ଭବ ନୁହେଁ । ଏଥ ସକାଶେ ବାଡ଼େଇ ଛାତି ହେଲେ କିଛି ଲାଭ ହୁଏନାହିଁ । ଜନ୍ମ, ମୃତ୍ୟୁ ଓ ଆଉଥରେ ଜନ୍ମର କରାଳ ବଳୟ ଭିତରେ ଜଡ଼ରୁ ଜଗତ ପର୍ଯ୍ୟନ୍ତ ସମସ୍ତେ ଘୁରୁ ଥାଆନ୍ତି । ଏହି ପରିପ୍ରେକ୍ଷାରେ ଦୁଇଟି ପଦ୍କ୍ତି- "ଆଙ୍ଗୁଳି ଭିତରେ କଣା, ମାୟାରୁ ଆଙ୍ଗୁଲେ ହାତେ ଧରିଥିଲେ ହୋଇ ଯାଉ ବାଟବଣା । ପାଣି ୟ‍ରି ୟ‍ରି ଯାଏ ଛାଁ, ମୋହ ଗହଳିରେ ଆତ୍ମା ହଜିଯାଏ ଆଗେ ହଜେ ନିଜ ନାଁ ।"

ଆହୁରି ମଧ୍ୟ ମୃତ୍ୟୁ ହିଁ ମଣିଷର ଶେଷ ବିଶ୍ରାମ ଏବଂ ମଶାଣି ହେଉଛି ପ୍ରକୃଷ୍ଟ ଅବସର ସ୍ଥଳ ।

ସେଥିପାଇଁ ବୈଦିକ ଆର୍ଯ୍ୟମାନେ ଯୌବନରେ ଘର ସଂସାର କରି ଜୀବନର ଚତୁର୍ଥାବସ୍ଥା ଆସିଗଲେ ବାନପ୍ରସ୍ଥ ଆଚରଣ କରୁଥିଲେ । କାରଣ "ଏବଂ ସ୍ୱଭରଣା କଦ୍ଧଂ ତତ୍କାଳ ତ୍ରାଦୟସ୍ଥା, ନାଦ୍ରିୟନ୍ତେ ଯଥା ପୂର୍ବ କୀନାଶାଇବ ଗୋଜରମ୍ ।" କୃପଣ କୃଷକ ହଡ଼ା ବଳଦକୁ ଉପେକ୍ଷା କଲାପରି ପରିବାର ପାଳନ ପୋଷଣରେ ଅସମର୍ଥ ଦେଖ ସ୍ତ୍ରୀ, ପୁତ୍ର ଆଦି ପୂର୍ବପରି ଆଦର କରନ୍ତିନାହିଁ । ନିଜ ପରିବାର ଓ ଜ୍ଞାତି କୁଟୁମ୍ବଙ୍କ ସଙ୍ଗରେ ରହି ସେମାନଙ୍କ ଦ୍ୱାରା ଅନାଦୃତ, ଉପେକ୍ଷିତ, ଅବହେଳିତ ହେବା ଅପେକ୍ଷା ସେମାନଙ୍କୁ ପରିତ୍ୟାଗ କରି ଜଙ୍ଗଲକୁ ଯାଇ ଆଶ୍ରମରେ ରହି ବାନପ୍ରସ୍ଥ ଆଚରଣ କରି ପ୍ରଭୁଙ୍କ ଚିନ୍ତାରେ ବାର୍ଦ୍ଧକ୍ୟ ଜୀବନ ବିତାଇ ଦେବା ଶ୍ରେୟସ୍କର । ସେ ସକାଶେ କଠିନ ଶ୍ରମ ସ୍ୱୀକାର କରି ତୋଳିଥିବା ଘର, ବହୁ ପରିଶ୍ରମ ଦ୍ୱାରା ଅର୍ଜିଥିବା ଧନ, ଉଦ୍ଯୋଗରୁ ପାଇଥିବା ସମ୍ପତ୍ତି, ବ୍ୟକ୍ତିତ୍ୱ ବଳରେ ହାସଲ କରିଥିବା ସାମାଜିକ ପ୍ରତିଷ୍ଠା, ନିଷ୍ଠା ବଳରେ ପାଇଥିବା ଖ୍ୟାତି । ପ୍ରତିବଦ୍ଧତାରୁ ମିଳିଥିବା ସୁନାମ, ନିଜ ବୁଦ୍ଧି ପ୍ରୟୋଗ

କରି ଗଢ଼ିଥିବା ପରିବେଶ, ଭାଗ୍ୟ ଜୋରୁ ଲାଭ କରିଥିବା ରୂପବତୀ ପତ୍ନୀ, ସୁଗୁଣ ନିହିତା କନ୍ୟା, ସାମର୍ଥ୍ୟ ପଣଥିବା ବିଚକ୍ଷଣ ବୁଦ୍ଧି ସଂପନ୍ନ ପୁତ୍ର, ସେବା ପରାୟଣା ଗୁଣବତୀ ପୁତ୍ରବଧୂ, ଆଜ୍ଞାଧୀନ ଭୃତ୍ୟ, ହିତାକାଂକ୍ଷୀ ଜ୍ଞାତି ପରିଜନ, ବନ୍ଧୁ ବାନ୍ଧବ, ସାଙ୍ଗ ସାଥୀ ସମସ୍ତଙ୍କୁ ସ୍ୱଇଚ୍ଛାରେ ପରିତ୍ୟାଗ କରି ସନ୍ନ୍ୟାସୀ ଜୀବନ ବିତାଇବା ଲାଗି ଅରଣ୍ୟକୁ ଗମନ କରୁଥିଲେ। କାରଣ "ନ ମୁତ୍ରୋ ହି ସହାୟାର୍ଥଂ ପିତା ମାତା ଚ ତିଷ୍ଠତଃ। ନ ପୁତ୍ରୋ ଦାରାନ୍ ଜ୍ଞାତିଃ ଧର୍ମସ୍ତିଷ୍ଟତି କେବଳଃ।" ପରଲୋକରେ ସାହାଯ୍ୟ କରିବା ପାଇଁ ପିତା, ମାତା, ପୁତ୍ର, ସ୍ତ୍ରୀ ବା ଜ୍ଞାତି ଅଥବା ପ୍ରିୟ ପରିଜନ ଲୋକମାନେ କେହି ନ ଥାଆନ୍ତି। କେବଳ ଧର୍ମ ହିଁ ଥାଏ। "ଏକ ଏବ ସୁହୃଦ୍ ଧର୍ମୋ ନିଧନେଽପ୍ୟନୁଯାତି ଯଃ, ଶରୀରେଣ ସମଂ ନାଶଂ ସର୍ବ ମନ୍ୟଦ୍ଧି ଗଚ୍ଛତି।" ଜଗତରେ ଧର୍ମ ହେଉଛି ଏକ ମାତ୍ର ବନ୍ଧୁ ଓ ପରମ ମିତ୍ର। କାରଣ ଶରୀର ବିନାଶ ପ୍ରାପ୍ତ ହେଲେ ଅନ୍ୟ କେହି କିୟା କିଛି ସାଙ୍ଗରେ ଯାଏ ନାହିଁ, କେବଳ ଧର୍ମ ହିଁ ଏକମାତ୍ର ସାଙ୍ଗରେ ଯାଏ। ସେଥିପାଇଁ ଧର୍ମ ଅର୍ଜନ ସକାଶେ ସେମାନେ ଜଙ୍ଗଲର ନିରବ ନିଃଶବ୍ଦ ପରିବେଶରେ ଆଶ୍ରମ ତୋଳି ସେହି ପର୍ଣ୍ଣ କୁଟୀରରେ ବନବାସୀ ଜୀବନ ବିତାଉଥିଲେ। ସେହି ନିକାଞ୍ଚନ ସ୍ଥାନରେ ରହି ପ୍ରଭୁଙ୍କ ଚିନ୍ତନରେ ସେମାନଙ୍କର ଶେଷ ଜୀବନର ଅନ୍ତିମ ସମୟ କଟି ଯାଉଥିଲା।

ମୁକ୍ତି କାମୀ ଏହି ମଣିଷମାନେ ଜାଣିଥିଲେ ମୋକ୍ଷ ଲାଭ ହେଉଛି ମାନବ ଜୀବନର ଅନ୍ତିମ ଅଭିଳାଷ। ସେହି ଲକ୍ଷ୍ୟ ପୂରଣ ପାଇଁ ବିଭୁକୃପା ନିତ୍ୟାନ୍ତ ଆବଶ୍ୟକ। ପରମେଶ୍ୱରଙ୍କ ଦୟା ବିନା ମୁକ୍ତି ଲାଭ ମଣିଷ ପକ୍ଷରେ କେବେବି ସମ୍ଭବ ନୁହେଁ। ଈଶ୍ୱରଙ୍କ ଶରଣାପନ୍ନ ହୋଇ ତାଙ୍କ ନାମ ଶ୍ରବଣ, ଚିନ୍ତନ, ଭଜନ, କୀର୍ତ୍ତନ ବ୍ୟତୀତ ପ୍ରଭୁଙ୍କ କୃପା ମିଳିବା ଅସମ୍ଭବ। ଧର୍ମାର୍ଥ କାମ ମୋକ୍ଷାଖ୍ୟଂ ଯ ଇଚ୍ଛେଦ ଶ୍ରେୟ ଆତ୍ମନଃ, ଏକମେବ ହରେସ୍ତତ୍ର କାରଣଂ ପଦ ସେବନମ। ଯେଉଁ ଲୋକ ନିଜ ପାଇଁ ଧର୍ମ, ଅର୍ଥ, କାମ ଓ ମୋକ୍ଷ ରୂପକ ପୁରୁଷାର୍ଥର ଅଭିଳାଷ କରେ, ଏସବୁ ପାଇବା ପାଇଁ ତା'ର ଏକମାତ୍ର ଉପାୟ ହେଉଛି ଶ୍ରୀହରିଙ୍କ ଚରଣରେ ଆଶ୍ରିତ ହେବା। ମୃଗତୃଷ୍ଣା ସମଂ ବୀକ୍ଷ୍ୟ ସଂସାର କ୍ଷଣଭଙ୍ଗୁରମ୍ ସଜନୈଃ ସଙ୍ଗତଂ କୁର୍ଯ୍ୟାତ ଧର୍ମାୟ ଚ ସୁଖାୟଚ। "ଏହି ସଂସାରକୁ ମୃଗତୃଷ୍ଣ ପରି କ୍ଷଣଭଙ୍ଗୁର ଦେଖ୍ ଧର୍ମ ତଥା ସୁଖଲାଭ ନିମନ୍ତେ ସାଧୁ ସଙ୍ଗତି କରିବା ବିଧେୟ। "ଶରୀରେ ଜର୍ଜରୀଭୂତେ ବ୍ୟାଧ୍ୟଗ୍ରସ୍ତ କଳେବରେ, ଔଷଧଂ ଜାହ୍ନବିତୋୟ ବୈଦ୍ୟା ନାରାୟଣୋ ହରିଃ" ଆଉ ଶରୀର ଯେତେବେଳେ ଜରାଜୀର୍ଣ୍ଣ ହୋଇପଡ଼େ, ରୋଗ ତାହାକୁ ପୂର୍ଣ୍ଣଗ୍ରାସ କରି ରହେ। ସେତେବେଳେ ଗଙ୍ଗାଜଳ ହିଁ ପ୍ରଧାନ ଔଷଧ ଏବଂ ନାରାୟଣ ହରି ହିଁ ବୈଦ୍ୟ ଅଟନ୍ତି। "ଯଥାହି ପୁରୁଷ ସେୟହି ବିଶ୍ୱୋ ପାଦେ ସମର୍ପଣମ୍ ଯଦେଷ ସର୍ବ ଭୂତାନାଂ ପ୍ରିୟ ଆମ୍ରେଶ୍ୱରଃ ସୁହୃଦ।" ଏହି ମନୁଷ୍ୟ ଜନ୍ମରେ ଶ୍ରୀଭଗବାନଙ୍କ ଚରଣରେ ଶରଣ ପଶିବା ହିଁ ଜୀବନର ଏକ ମାତ୍ର ସଫଳତା ଅଟେ। କାରଣ ଭଗବାନ ସବୁ ପ୍ରାଣୀମାନଙ୍କର ପାଳକ। ହିତୈଷୀ, ବନ୍ଧୁ, ପ୍ରିୟତମ ଓ ଆତ୍ମା ଅଟନ୍ତି। ଆହୁରି ମଧ୍ୟ ସେମାନେ ଭଲ ଭାବରେ ଜାଣିଥିଲେ ଏପରି ସମୟ ଆସିବ ଯେତେବେଳେ ତାଙ୍କୁ ସଂସାରର ମୋହ, ମାୟାର ବନ୍ଧନ ତୁଟାଇ ମୋକ୍ଷ ଲାଭ ପାଇଁ ବନକୁ ଗମନ କରବାକୁ ପଡ଼ିବ। ସଂସାର ପ୍ରତି ବିତସ୍ପୃହ ଥିବା ସେହି ବ୍ୟକ୍ତିମାନେ ଯେଉଁମାନେ ସନ୍ନ୍ୟାସୀ ଜୀବନ ବିତାଇ ଦେବାକୁ ନିଜକୁ ପ୍ରସ୍ତୁତ କରି ରଖ୍ଥୁଲେ।

ବାସ୍ତବ ଜୀବନ ହେଉଛି ଅନ୍ୟର କ୍ଷତି ଚିନ୍ତା ନ କରି, ଅନ୍ୟର ଅନିଷ୍ଟ ନ ପହଞ୍ଚାଇ, ଅନ୍ୟକୁ ଅସୁବିଧାରେ ନ ପକାଇ, ଅନ୍ୟଲାଗି ଅଡୁଆ ସୃଷ୍ଟି ନ କରି, ଅନ୍ୟ ଲାଗି ବିପଦ ନ ଘଟାଇ ନିଜେ କର୍ତ୍ତବ୍ୟନିଷ୍ଠ ହେବା।

ସେଥିପାଇଁ ସେମାନେ କେବେ ପରଘର ଭାଙ୍ଗି ନିଜ ପାଇଁ ପ୍ରାସାଦ ତୂଲ୍ୟ ବାସଭବନ ନିର୍ମାଣ ଲାଗି ଇଚ୍ଛା ପୋଷଣ କରୁ ନ ଥିଲେ। ଅନ୍ୟର କ୍ଷତି କରି ନିଜ ଲାଗି ଆବଶ୍ୟକଠାରୁ ଅଧିକ ଧନ ଗୋଟାଉ ନ ଥିଲେ। କୂଟ କପଟରେ ନିଜ ଢୋଲ ନିଜେ ବଜାଇ ନିଜର ବଡ଼ତିପଣ ଜାହିର ବା ପ୍ରଚାର କରିବା କିୟା ତୁଚ୍ଛା ଖ୍ୟାତି ଅର୍ଜିବାର ମନବୃଭି ସେମାନଙ୍କର ନ ଥିଲା। ସେମାନେ ଧର୍ମକୁ ଜଗି ଚଲୁଥିଲେ। ନୀତି ନିୟମ ମାନି ବଞ୍ଚୁଥିଲେ। ନ୍ୟାୟପରାୟଣ ହୋଇ ସର୍ବନିମ୍ନ ଆବଶ୍ୟକ ସାଉଟୁ ଥିଲେ। ନିଜର ଖ୍ୟାତି ବଢ଼ାଇବା ପାଇଁ ପରନିନ୍ଦା ଗାଇ ବୁଲୁ ନ ଥିଲେ। ଅନ୍ୟର

କୁସ୍ରା ରଟନା କରିବା ପାଇଁ ତାଙ୍କ ଜିଭ ଲେଉଟୁ ନଥିଲା । ପରତନ୍ତ୍ର କାଟିବାକୁ ତାଙ୍କ ହାତ ଯାଉନଥିଲା । ପରଧନ ହରଣ କରିବା ସେମାନଙ୍କର ନୀତି ନଥିଲା । ଅନ୍ୟର ବିଡ଼ ହଡ଼ପ କରିବା ସୋମାନେ ଜାଣି ନ ଥିଲେ । ଆଉ କାହାର ପ୍ରାପ୍ୟକୁ କୌଶଳରେ ଆୟତ୍ତସାତ କରିବାର ମନବୃତ୍ତି ସେମାନେ କେବେ ମନରେ ପୋଷଣ କରୁନଥିଲେ । କାରଣ ନୀତିବାକ୍ୟ କହୁଛି "ମୂକଃ ପରୋପବାଦୋ ପରଦାର ନିରୀକ୍ଷଣେନ୍ଧଃ, ପଙ୍ଗୁ ପରଧନ ହରଣେ ସଜୟତି ଲୋକତ୍ରୟେ ପୁରୁଷଃ ।" ପରନିନ୍ଦା ଗାଇବାରେ ଯିଏ ମୂକ, ପରସ୍ତ୍ରୀକୁ ନିରୀକ୍ଷଣ କରିବାରେ ଯିଏ ଅନ୍ଧ, ପରଧନ ହରଣ କରିବାରେ ଯିଏ ପଙ୍ଗୁ ସେ ତ୍ରିଭୁବନରେ ବିଜୟୀ ପୁରୁଷ ଅଟେ । ଅନ୍ୟର ଅଧିକାରକୁ କରାୟତ କରି ନେବାକୁ ସେମାନେ ଅମଣିଷ ପଣିଆର କର୍ମ ଭାବରେ ଦେଖୁଥିଲେ । ସେମାନେ ପଛପଟରୁ ଛୁରି ମାରିବା ଶିଖ୍ଧ ନଥିଲେ । ଭିତରେ ଚେରକାଟି ଉପରେ ପାଣି ଛିଞ୍ଚିବାର କାଇଦା ସେମାନେ ଆୟତ୍ତ କରି ନଥିଲେ । ଅନ୍ୟର ଗୋଡ଼ାଣିଆ ହୋଇ ଗୁହାରିଆ ସାଜି ଫାଇଦା ହାସଲ କରିବାକୁ ସେମାନେ ଘୃଣା କରୁଥିଲେ । ସ୍ତାବକଙ୍କ ପରି ଚାଟୁକାର ହେବାକୁ ସେମାନେ ପସନ୍ଦ କରୁନଥିଲେ । କୌଶଳରେ ସାମାଜିକ ପ୍ରତିଷ୍ଠା ପାଇବାକୁ ବ୍ୟାକୁଳ ହେଉ ନଥିଲେ । ଆଗ୍ରହ ପ୍ରକାଶ କରୁନଥିଲେ ସଂପ୍ରଦାୟର (ଗୋଷ୍ଠୀର) ମୁଖ୍ୟଆ ହେବାକୁ ଅସମୟରେ । ସମାଜର ମୁରବିଙ୍କ କଥାମାନି ବୟୋଜ୍ୟେଷ୍ଠଙ୍କୁ ସମ୍ମାନ ଜଣାଇ ଧର୍ମ ବାଟରେ ସେମାନେ ଚଲୁଥିଲେ । ପରିବାର ପ୍ରତି ପୋଷଣ କରୁଥିଲେ ନିଃସ୍ୱାର୍ଥପର ଭାବରେ । କର୍ମ କରୁଥିଲେ ନିଷ୍କାମ ମନବୃତ୍ତି ନେଇ । କାରଣ ସେମାନେ ଥିଲେ ବୈଦିକ ଆର୍ଯ୍ୟ ।

ଶ୍ରୀମଦ୍ ଭଗବତ ଗୀତା ସମସ୍ତ ଉପନିଷଦର ସାର । ଏଥିରେ ଅଛି ସ୍ୱୟଂ ଭଗବାନଙ୍କର ମୁଖ ନିଃସୃତ ବାଣୀ । ଅଣୁରୁ ମହାନ ଆକୃତି ବିଶିଷ୍ଟ ଯେତେ ଜୀବ ଅଛନ୍ତି ସେମାନେ ବାଟ ହୁଡ଼ିଛନ୍ତି ବୋଲି ସଂସାରକୁ ଆସିଛନ୍ତି କର୍ମ କରିବା ପାଇଁ । ଭୂଲୋକ ହେଉଛି କ୍ଷେତ୍ର ଓ ପ୍ରାଣୀମାନେ ନିମିତ୍ତ ମାତ୍ର କର୍ତ୍ତା । ଜୀବ ଜଗତରେ ମନୁଷ୍ୟ ଜନ୍ମ ଶ୍ରେଷ୍ଠ । ଏକଥାକୁ କାମୀ ବୁଦ୍ଧି ପ୍ରକାରେତ ନିଷ୍କାମୀ ବୁଦ୍ଧି ଭିନ୍ନ ରୂପରେ । ମନୁଷ୍ୟ ଦେହର ଅବୟବ ଗୁଡ଼ିକ ସହିତ ମନ ଓ ବୁଦ୍ଧି ଇତର ପ୍ରାଣୀଙ୍କଠାରୁ ଉନ୍ନତ ବୋଲି ସେ ନିଜର କାମନା ପୂରଣ କରିବା ପାଇଁ ଯେତେ ପ୍ରକାର କର୍ମ କରିପାରେ । ତାହା ପଶୁପକ୍ଷୀମାନେ କରି ପାରିବେ ନାହିଁ । ସଂସାରର ବିଷୟ ଗୁଡ଼ିକୁ ଭୋଗ କରିବାକୁ ଇଚ୍ଛା କରୁଥିବା ଲୋକେ ଏଇଥି ପାଇଁ ନିଜକୁ ସେମାନଙ୍କଠାରୁ ଭିନ୍ନ ଓ ଉନ୍ନତ ବୋଲି ଭାବନ୍ତି । ସଂସାର ତ୍ୟାଗୀର ଭାବନା ଅଲଗା । ତ୍ୟାଗୀ, ଯୋଗୀ, ଭୋଗୀ, ବିଯୋଗୀ ସମସ୍ତଙ୍କର ବୁଝିବା ଆବଶ୍ୟକ ଯେ ଏ ଭୂମଣ୍ଡଳ ହେଉଛି କର୍ମଭୂମି । ଯାହା ଆଜି କରାଯାଉଛି ତାହା ନୂତନ ଭାବରେ କେହି କରୁନାହିଁ । ଆଗରୁ ହେଉଥିଲା ଓ ଆଗକୁ ବି ହେବ । ପିଢ଼ି ପରେ ପିଢ଼ି ଜନ୍ମ ହେଉଥିବେ ଓ ପୂର୍ବରୁ ଅନୁସୃତ ହୋଇଥିବା କର୍ମମାନ କରୁଥିବେ । ଏଣୁ ଏଥିରେ କର୍ତ୍ତାଭାବ ରହିବା (ମନକୁ ଆଣିବା) ଉଚିତ ନୁହେଁ । ସକଳ ପଦାର୍ଥର ସୃଷ୍ଟି ପରି କର୍ମ ମଧ୍ୟ ଏକ ସୃଷ୍ଟି । ଈଶ୍ୱର ସ୍ୱୟଂ ଏହାର କର୍ତ୍ତା ଆମେ ସମସ୍ତେ ନିମିତ୍ତ ମାତ୍ର ।

ସାଧୁସନ୍ତ ତଥା ମୁନି ରଷିମାନଙ୍କ ମତାନୁସାରେ ଭଗବାନଙ୍କର ଏ ସୁନ୍ଦର ସୃଷ୍ଟିର ରହସ୍ୟ ବଡ଼ ବିଚିତ୍ର । ପ୍ରତ୍ୟେକ ସୃଷ୍ଟି ପଛରେ ତାଙ୍କର ଏକ ନିଶ୍ଚିତ ଉଦ୍ଦେଶ୍ୟ ରହିଛି । ଯିଏ ଯାହା କରିପାରିବ ସେ ତାକୁ ସେହି କାର୍ଯ୍ୟ ହିଁ ଦିଅନ୍ତି । ଯିଏ ଭାବେ ଯେ ତା' ବିନା କର୍ମ ଚଲିବ ନାହିଁ । ସେ ଅବଶ୍ୟ ଭୁଲ ବୁଝେ । କର୍ମର ପରିକଳ୍ପନା ଜୀବ ସୃଷ୍ଟି ସହିତ କରାଯାଇଛି । କର୍ମର ସୃଷ୍ଟି କରାଯାଇଛି ଜୀବମାନଙ୍କର ମୁକ୍ତି ଓ ବନ୍ଧନ ଉଭୟଙ୍କୁ ଦୃଷ୍ଟିରେ ରଖି । କର୍ମରେ ଲିପ୍ତ ହେଲେ ଜଣେ ବନ୍ଧନରେ ପଡ଼ିବ । ଗୃହ ପାଲିତ ପଶୁପରି ସବୁ କରି ମଧ୍ୟ ତହିଁରେ ଲିପ୍ତ ନ ହେଲେ ମୁକ୍ତି ଅବଶ୍ୟ ମିଳିବ । ଜୀବନ ଧାରଣ କରିବା ପାଇଁ କର୍ମର ଆବଶ୍ୟକତା ରହିଛି । କର୍ମରୁ ମୁକ୍ତି ହିଁ ପୁନଜନ୍ମରୁ ମୁକ୍ତି । ପରମାତ୍ମା କାହିଁକି ସଦମୁକ୍ତ ସେକଥା ଭଗବାନ କହିଛନ୍ତି- "ନ ମେ କର୍ମାଣି ଲଂପନ୍ତି ନ ମେ କର୍ମ ଫଳେ ସ୍ପୃହା ।" ଏହାହିଁ ମୁକ୍ତିର ଉପାୟ । ଜଣେ ଜୀବନ କାଳରେ ବନ୍ଧନ କିମ୍ବା ମୁକ୍ତି ପାଇଁ କର୍ମ କରିବ, ତାହା ତା'ର ନିଷ୍ପତ୍ତି ଉପରେ ନିର୍ଭର କରେ ।

କର୍ମ ବନ୍ଧନରୁ ମୁକ୍ତ ହେବାର ୨ଟି ଉପାୟ ଅଛି । ତାହା ହେଲା କର୍ମର ତତ୍ତ୍ୱ ଜାଣି ନିଃସ୍ୱାର୍ଥପର ଭାବରେ କର୍ମ କରିବା ଏବଂ ତତ୍ତ୍ୱ ଜ୍ଞାନକୁ ଅନୁଭବ କରିବା । ଅନୁକୂଳ ଏବଂ ପ୍ରତିକୂଳ ପରିସ୍ଥିତିରେ ସୁଖୀ-ଦୁଃଖୀ ହେବା ଉଚିତ ନୁହେଁ । କାରଣ ଏଥିରେ ସୁଖୀ-ଦୁଃଖୀ ହେଉଥିବା ମନୁଷ୍ୟ ସଂସାରର ଊର୍ଦ୍ଧ୍ୱକୁ ଉଠି ପରମ ଆନନ୍ଦ ଅନୁଭବ କରିପାରେ ନାହିଁ । ଯେ କୌଣସି ସାଧନା ଅବଲମ୍ୱନ କଲେ ମଧ୍ୟ ଅନ୍ତଃକରଣରେ ସମତା ଆସିବା ନିତାନ୍ତ ଆବଶ୍ୟକ । ସମତା ନ ଆସିବା ପର୍ଯ୍ୟନ୍ତ, ମନୁଷ୍ୟ ସମ୍ପୂର୍ଣ୍ଣ ନିର୍ବିକାର ହେବା ଅସମ୍ଭବ । ଭଗବାନ ସବୁକିଛି- ହୃଦୟରେ ଏତିକି ସ୍ୱୀକାର କରିବା ସର୍ବଶ୍ରେଷ୍ଠ ସାଧନା । ଅନ୍ତଃକାଳୀନ ଚିନ୍ତନ ଅନୁସାରେ ମନୁଷ୍ୟର ଆଗାମୀ ଗତି ହୋଇଥାଏ । ତେଣୁ ମନୁଷ୍ୟ ସଦାସର୍ବଦା ଭଗବାନଙ୍କୁ ସ୍ମରଣ କରି ସ୍ୱକର୍ତ୍ତବ୍ୟ ପାଳନ କରିବା ଉଚିତ । ଯାହା ଫଳରେ ଅନ୍ତଃ କାଳରେ ଭଗବତ ପ୍ରେମ ଜାଗ୍ରତ ହୋଇ ପାରିବ ।

ଆମେ ସନାତନ କଥାଟି ଭୁଲି ଯାଇଥାଆନ୍ତି ଯେ ସଂସାର କର୍ମଭୂମି । ଏଠି ଅହରହ କର୍ମ ଚାଲିଛି ଅନାଦି କାଳରୁ ଓ ଚାଲିଥିବ ଅନନ୍ତ କାଳଯାଏ । ଜଣଙ୍କ କର୍ମ କରିବା ଅଥବା ନ କରିବା, ଜିଇବା ଓ ମରିବାରେ ଭୂମଣ୍ଡଳରେ କର୍ମ କଦାପି ଅଟକି ଯିବ ନାହିଁ । ପ୍ରାଣୀ ମାତ୍ରକେ ସମସ୍ତେ ନିଜ ଦକ୍ଷତାକୁ ନେଇ କିଛିନା କିଛି କର୍ମ କରିବାରେ ଲାଗିଛନ୍ତି, ଲାଗିଥିଲେ ଓ ଲାଗିଥିବେ । ଏହାହିଁ ସମସ୍ତଙ୍କର ସ୍ୱଭାବ । ଯେହେତୁ ଭୂଲୋକ କର୍ମଭୂମି । ଏଠାରେ ଯିଏ ରହିବ ସେ ଅବଶ୍ୟ କିଛିନା କିଛି କର୍ମ କରିବ । ସଂସାରରେ କିଛି କର୍ମ ନକରି କୌଣସି ବ୍ୟକ୍ତି ବା ଜୀବ ମୁହୂର୍ତ୍ତେ ସୁଦ୍ଧା ରହି ପାରିନାହିଁ । ମଲେ ଯାଇ କର୍ମରୁ ନିଷ୍କୃତି ମିଳିବ । ତା'ପରେ ଆଳସ୍ୟରୁ ନୁହେଁ, କର୍ମରୁ ପ୍ରକୃତ ସନ୍ତୋଷ ମିଳେ । ମଣିଷ କର୍ମକରେ କିଛି ସୁଖ ଲାଭ ଆଶାରେ । ପ୍ରାପ୍ତି ଅପ୍ରାପ୍ତି ସବୁ ପ୍ରକୃତିର ଓ ପାର୍ଥିବ ।

"ନ ମେ ପାଥାସ୍ତି କର୍ତ୍ତବ୍ୟଂ ତ୍ରିଷୁ ଲୋକେଷୁ କିଞ୍ଚନ, ନାନବାସ୍ତମ ବାପ୍ତବ୍ୟଂ ବର୍ତ୍ତ ଏବ ଚ କର୍ମଣୀ" ଗୀତା ୨୨/୩ (କର୍ମଯୋଗ) ଅର୍ଜୁନଙ୍କୁ ଭଗବାନ ଶ୍ରୀକୃଷ୍ଣ କହୁଛନ୍ତି । ହେ ପାର୍ଥ । ଏହି ତିନି ଲୋକରେ ମୋ ପାଇଁ କୌଣସି କାର୍ଯ୍ୟ ଅଛି, ଯାହା ମୋତେ କରିବାକୁ ହେବ । ନା ମୋ ପାଇଁ କୌଣସି ବସ୍ତୁର ଅଭାବ ରହିଛି ଏବଂ ନା ଆବଶ୍ୟକତା ରହିଛି । ତଥାପି ମୁଁ ନିଜକୁ କର୍ମରେ ନିୟୋଜିତ କରି ରଖିଛି । ସୃଷ୍ଟି ସମୃଦ୍ଧିଶାଳ, ତେଣୁ କର୍ମ ହିଁ ସୃଷ୍ଟିକୁ କ୍ରିୟାଶୀଳ କରିଥାଏ । ଭଗବାନ ଶ୍ରୀକୃଷ୍ଣ କହୁଛନ୍ତି- ନିଜ ପାଇଁ କିଛି ପାଇବାକୁ ନଥିଲେ ମଧ୍ୟ କିଛି କରିବାର ଆବଶ୍ୟକତା ନଥିଲେ ସୁଦ୍ଧା ସମସ୍ତଙ୍କ ପାଇଁ ଆଦର୍ଶ ଭାବେ କର୍ମ କରିବାକୁ ହେବ । ସମର୍ପିତ କର୍ମଯୋଗ ଦ୍ୱାରା ଉତ୍ସର୍ଗୀକୃତ ଭାବରେ କାର୍ଯ୍ୟ କଲେ ଅନ୍ୟମାନଙ୍କର ଦୁଃଖ ଦୂର କରିହେବ । "ଯଦିହ୍ୟ ହଂ ନବର୍ତ୍ତେୟଂ ଜାତୁ କର୍ମଣ୍ୟ ତହିତଃ, ୟ ମମବର୍ମାନୁ ବର୍ତ୍ତନ୍ତେ ମନୁଷ୍ୟାଃ ପାର୍ଥ ସର୍ବଶଃ" ଗୀତା ୨୩/୩ (କର୍ମଯୋଗ) ଭଗବାନ ଶ୍ରୀକୃଷ୍ଣ କହୁଛନ୍ତି- ହେ ପାର୍ଥ ମୁଁ ଯଦି ଆଳସ୍ୟ ପୂର୍ବକ ସଦାସର୍ବଦା କର୍ମରେ ନିଯୁକ୍ତ ନ ରହିବି, ତେବେ ଲୋକେ ମୋତେ ହିଁ ଅନୁକରଣ କରିବେ । ତାତ୍ପର୍ଯ୍ୟ ହେଉଛି ଆଧ୍ୟାତ୍ମିକ ଜୀବନର ଉନ୍ନତି ପାଇଁ ଏବଂ ସାମାଜିକ ଶାନ୍ତି, ସନ୍ତୁଳନ ରଖିବା ପାଇଁ କିଛି ପରମ୍ପରା ଗତ କୂଳାଚାର ରହିଛି, ଯାହା ପ୍ରତ୍ୟେକ ସଭ୍ୟ ବ୍ୟକ୍ତିଙ୍କ ପାଇଁ ହୋଇଥାଏ ।

"ଉସ୍ମୀ ଦେୟୁରିମେ ଲୋକାନ କୁର୍ଯ୍ୟାଂ କର୍ମ ଚେଦହମ୍ । ସକାରସ୍ୟ ଚ କର୍ତ୍ତା ସ୍ୟାମୁପହନ୍ୟାମିମାଃ ବ୍ରଜାଃ ।" ୨୪/୩ (କର୍ମଯୋଗ) ଅର୍ଥାତ ଅର୍ଜୁନଙ୍କୁ ଭଗବାନ ଶ୍ରୀକୃଷ୍ଣ ଶିକ୍ଷା ଦେବା ପାଇଁ ଯାଇ କହିଛନ୍ତି । ମୁଁ ଯଦି କର୍ମ ନ କରି ବସିରୁହେ । ତେବେ ସମଗ୍ର ସଂସାର ଧ୍ୱଂସ ପାଇଯିବ ଏବଂ ମୁଁ ହିଁ ଏ ସମସ୍ତ ବିଶୃଙ୍ଖଳା ଓ ଧ୍ୱଂସର କାରଣ ହେବି । ଭଗବାନ ଏଠାରେ କର୍ତ୍ତବ୍ୟ ନିଷ୍ଠା ଓ ସମୟାନୁବର୍ତ୍ତିତା ଗୁରୁତର-ଆବଶ୍ୟକତା ସମ୍ପର୍କରେ କହିଛନ୍ତି । ନିୟମ ଅନୁଯାୟୀ କର୍ମ କରିବା ଦ୍ୱାରା ଲୋକ ସୁରକ୍ଷିତ ରହିବେ । "ସକ୍ତାଃ କର୍ମଣ୍ୟ ବିଦ୍ୱାଂ ସୋ ଯଥା କୁର୍ବନ୍ତି ଭାରତ । କୁର୍ଯ୍ୟା ଦ୍ୱିଦ୍ୱାସ୍ତଥା ସକ୍ତଷ୍ଟୀ କାଂସୁ ଲୋକ ସଂଗ୍ରହମ୍" । ୨୫/୩ (କର୍ମଯୋଗ) ଅଜ୍ଞାନୀ ଜନ ଫଳ ପାଇବା ଆସକ୍ତିକୁ ନେଇ କର୍ମ କରିଥାଆନ୍ତି । ବୁଦ୍ଧିମାନ ବ୍ୟକ୍ତି ଅନାସକ୍ତ ଭାବେ ଅନ୍ୟ ଲୋକଙ୍କୁ ଉଚିତ ମାର୍ଗରେ ଚାଲିବା

ପାଇଁ କାର୍ଯ୍ୟ କରିଥାଆନ୍ତି । କେଉଁ କାର୍ଯ୍ୟଦ୍ୱାରା ଜଗତର କଲ୍ୟାଣ ହେବ, ନିଜ ବ୍ୟତୀତ ଅନ୍ୟ ଲୋକମାନଙ୍କର ବିକାଶ ହେବ ସେହି ଭଲି କାର୍ଯ୍ୟ ହିଁ ବିଦ୍ୱାନ ଲୋକ କରିଥାଆନ୍ତି ।

ଜଣେ ସଂସାରକୁ ଆସିବ ଜୀବନ ନେଇ । ବଞ୍ଚିବ, ମରିବ, ତା'ରି ଭିତରେ ସମସ୍ତଙ୍କ ମୋହ ଯେ ସବୁ ସୁଖ ନିଜ ପାଇଁ ସାଉଁଟି ନେବ । ଆମେ ବୁଝିବାକୁ ପ୍ରସ୍ତୁତ ନୁହନ୍ତି ଯେ ପ୍ରକୃତି ଦେଉ ସକଳ ପଦାର୍ଥ ପୃଥିବୀରେ ବସବାସ କରୁଥିବା ସକଳ ପ୍ରାଣୀଙ୍କ ପାଇଁ । ଏଠି ସଞ୍ଚୟବା ଅର୍ଥ ଅନ୍ୟମାନଙ୍କ ଭାଗରୁ ଆଣି ନିଜ ପାଖରେ ରଖିବା । ବୋଝ ଯେତେ ବଡ଼ ଓଜନ ସେତେ ବେଶୀ ହେବ । ବୋହିବାକୁ ସେହି ଗୋଟିଏ ମୁଣ୍ଡ କିମ୍ୱା ଗୋଟିଏ ପିଠି ଅଥବା ଦୁଇଟି କାନ୍ଧ– ଏକ ଜଣକର । କାହା ଆଖିରେ ଏହା ଦୁଃଖ ତ କାହା ଦୃଷ୍ଟିରେ ମହାସୁଖ ।

ଯେଉଁମାନେ ଜୀବନର ଚତୁର୍ଥୀଅବସ୍ଥାରେ ବାନପ୍ରସ୍ଥ ଆଚରଣ କରୁଥିଲେ ସେମାନେ ସମସ୍ତେ ଥିଲେ ବୟୋଜ୍ୟେଷ୍ଠ ବା ପରିବାରର ମୁଖ୍ୟଆ । ଏକ ପ୍ରକାର ସମାଜର ମୁରବି ମଧ୍ୟ । ସେମାନଙ୍କ ଏପରି ଆଚରଣକୁ ଦେଖି ପରବର୍ତ୍ତୀ ପିଢ଼ି ବା ସେମାନଙ୍କ ପିଲାମାନେ ସେପରି ହେବାକୁ ଚେଷ୍ଟା କରୁଥିଲେ ଏବଂ ହେଉଥିଲେ ମଧ୍ୟ । ସେମାନଙ୍କ ଆଦର୍ଶରେ ଅନୁପ୍ରାଣିତ ସେମାନଙ୍କ ଭବିଷ୍ୟତ ବଂଶଧରମାନେ ସେମାନଙ୍କ ରୀତିନୀତିକୁ ଅନୁସରଣ କରୁଥିଲେ ଓ ସେମାନଙ୍କ ପରି ଜୀବନ ଯାପନ କରୁଥିଲେ । ଏବେ କିନ୍ତୁ ଅଭିଭାବକମାନେ ସେମାନଙ୍କ ପିଲାମାନଙ୍କ ସହିତ ଖୁବ କମ ସମୟ ବିତାଉଛନ୍ତି । ଯାହାଦ୍ୱାରା ସେମାନେ ପିଲାର ପ୍ରକୃତ ଅସୁବିଧା ବିଷୟରେ ପ୍ରାୟତଃ କିଛି ଜାଣି ପାରନ୍ତି ନାହିଁ । ବର୍ତ୍ତମାନ ଉତ୍ଶୃଙ୍ଖଳ ଆଚରଣ ଓ ବିଶୃଙ୍ଖଳିତ ଜୀବନଶୈଳୀ ପ୍ରତି ଅଭିଭାବକମାନେ ସେମାନଙ୍କ ପିଲାମାନଙ୍କୁ ଦାୟୀ କରୁଥିଲା ବେଲେ ପ୍ରକୃତରେ ଦୋଷ ହେଉଛି ଅଭିଭାବକମାନଙ୍କର ।

ଆମ ପିଲାମାନଙ୍କ ଜୀବନ କାଳ ମଧ୍ୟରେ କେତେ ପ୍ରକାର ଅଭିଭାବକ ବା ମୁରବି ଅଛନ୍ତି, ସେଦିଗ ପ୍ରତି ପ୍ରଥମେ ବିଚାର କରିବା । କେଉଁ ପ୍ରକାର ଅଭିଭାବକ ପରିବାରର ଆଦର୍ଶ ହୋଇପାରନ୍ତି, ସେକଥା ଆଗ ଦେଖିବା । କେଉଁ ପ୍ରକାର ଅଭିଭାବକମାନଙ୍କର ଆଦର୍ଶରେ ଆଜିର ସମାଜ ଗତି କରୁଛି । ପ୍ରତ୍ୟେକ ପରିବାରରେ ପିତା, ଯଦି ପିତା (ବାପା) ମୃତ କିମ୍ୱା ପ୍ରବାସୀ ହୋଇଥାଏ, ତେବେ ସେ କ୍ଷେତ୍ରରେ ସ୍ଥଳ ବିଶେଷରେ ମାତା, ଅଭିଭାବକ– ଅଭିଭାବିକା ରୂପେ କାର୍ଯ୍ୟ କରନ୍ତି । ଯେଉଁ ଅଭିଭାବକ ସବୁବେଲେ ଉକ୍ତ ଅଭାବ ଅନଟନ ମଧ୍ୟରେ କାଲାତିପାତ କରୁଥାଏ, ତା'ର କେବଲ ଅନ୍ନଚିନ୍ତା (ଅନ୍ନଚିନ୍ତା ଚମକ୍ରାର) ଛଡ଼ା ଅନ୍ୟ ବିଷୟରେ ଚିନ୍ତା କରିବାକୁ ଅବସର ନଥାଏ । ସେପରି ଅଭିଭାବକ ତା'ର ପିଲାମାନଙ୍କୁ କ'ଣ ଶିକ୍ଷା, ଦେଇପାରିବ ? ଦୁଇ ଟଙ୍କିଆ ଚାଉଳ ଆଉ ଇନ୍ଦିରା ଆବାସ ଓ ମୋ କୁଡ଼ିଆ ଏବଂ ମଧୁବାବୁ ପେନସନ (ଭଉା ପାଇବା ବୟସ ହୋଇ ନଥିଲେ ସୁଦ୍ଧା) ଆଡ଼କୁ ଅନାଇ ରହିବ । ମାଗିଖିଆ କର୍ମକୋଢ଼ି ଅଭିଭାବକଟି ତା'ର ପିଲାମାନଙ୍କୁ କିପରି ଆତ୍ମନିର୍ଭର ଶୀଲତାର ଦୀକ୍ଷା ଦେଇ ପାରିବ ବରଂ ସେମାନଙ୍କୁ ନିଜଭଲି କର୍ମକୋଢ଼ି ହେବାକୁ ବା ସେଇ ପ୍ରକାର ନାକାରାତ୍ମକ ଜୀବନ ଶୈଳୀଟି ପାଇଁ ପରୋକ୍ଷ ଭାବରେ ପ୍ରବର୍ତ୍ତାଉଥିବ । ଆଉ ଛୋଟ ଧରଣର ବନ୍ୟା ଓ ସାମାନ୍ୟ ପବନ ଦ୍ୱାରା ନିଜର କିଛି କ୍ଷତି ହୋଇ ନଥିବା ସ୍ଥଲେ ଯେଉଁ ଅଭିଭାବକ ବା ଗୃହକର୍ତ୍ତା ସରକାରୀ ସାହାଯ୍ୟ (ରିଲିଫ ଓ ଘରଭଙ୍ଗା ତଥା ଜମି ଧୋଇଯିବା ଏବଂ ଫସଲ ଅଗାଡ଼ି ହୋଇଯିବା କ୍ଷତି ପୂରଣ) ବାବଦ ଟଙ୍କାକୁ ଚାତକ ପରି ଚାହିଁ ରହିଥାଏ । ସେପରି ମୁରବିମାନେ ସେମାନଙ୍କ ପିଲାମାନଙ୍କୁ କିଭଲି ଶିକ୍ଷା ଦେଇ ପାରିବେ ? କିମ୍ୱା କିପରି ଆଦର୍ଶ ସେମାନଙ୍କ ଆଗରେ ରଖି ପାରିବେ ଅଥବା ସ୍ୱାବଲମ୍ୱୀ ହେବାକୁ କିପରି ପ୍ରବର୍ତ୍ତାଇ ପାରିବେ ?

ମାତ୍ର ସ୍କୁଲରେ ପୋକଖିଆ ଡାଲି, ଗୋଡ଼ିମିଶା ଭାତ ଓ ପଚା ଅଣ୍ଡା ଖାଇ ପାଠ ପଢ଼ୁଥିବା ପିଲାଟିକୁ ତା'ର ତଥାକଥିତ ଶିକ୍ଷକ ନାମକ ଅଭିଭାବକ ଗୋଷ୍ଠୀ କ'ଣ ଶିଖାଇବେ ? ଆହୁରି ମଧ୍ୟ ପିଲାଙ୍କ ମଧ୍ୟାହ୍ନ ଭୋଜନ ଚାଉଳକୁ କଲା ବଜାରରେ ବିକୁଥିବା ଓ ଆବଶ୍ୟକଠାରୁ ଅଧିକ ଖାଦ୍ୟ ସାମଗ୍ରୀ ପାଇବା ପାଇଁ ମିଥ୍ୟାର ଆଶ୍ରୟ ନେଇ ପିଲାମାନଙ୍କ

ଉପସ୍ଥାନ ଖାତାରେ ପ୍ରକୃତ ପିଲାଙ୍କଠାରୁ ଯଥେଷ୍ଟ ଅଧିକ ସଂଖ୍ୟକ ପିଲା ଦର୍ଶାଇ ପାରୁଥିବା ଶିକ୍ଷକ ରୂପୀ ଅଭିଭାବକମାନେ ଛାତ୍ରମାନଙ୍କୁ ସଚ୍ଚୋଟତା ସଂପର୍କରେ କ'ଣ ଶିକ୍ଷା ଦେଇ ପାରିବେ ? ବିଦ୍ୟାଳୟର ପ୍ରାର୍ଥନା ସଂଗୀତରେ "ସତ କହିବାକୁ କିଆଁ ଡରିବି, ସତ କହି ପଛେ ମଲେ ମରିବି। ସତ୍ୟ ପଥେ ଧର୍ମ ପଥେ ଘେନିଯାଅ ମୋତେ। ମୋତେ ଏତିକି ଶିଖାଅ ସାଇଁ ହେ। ମୋର ଧନ ଜନ ଲୋଡ଼ା ନାହିଁ ହେଁ।" (ଧନ ଆବଶ୍ୟକ ନାହିଁ କହୁଥିବା ଶିକ୍ଷକମାନେ ଦୁର୍ନୀତି ଉପାୟରେ ମଧ୍ୟାହ୍ନ ଭୋଜନ ସାମଗ୍ରୀ   ବିକ୍ରିକରି ଧନ ଉପାର୍ଜନ ପାଇଁ ଅପଚେଷ୍ଟା କରିଥାଆନ୍ତି)। ବୋଲାଉ ଥିବା ଶିକ୍ଷକ ଜଣକ ଏପରି କର୍ମ ଦ୍ୱାରା ପିଲାମାନଙ୍କୁ କିଭଳି ସତକଥା କହିବା ଲାଗି ଶିଖାଉଛନ୍ତି ବା ଅନୁପ୍ରାଣିତ କରୁଛନ୍ତି ତାହା ଆଦୌ ବୁଝି ହେଉନି ? ଏପରି ଅବସ୍ଥା (ବ୍ୟବସ୍ଥା) ପ୍ରକୃତରେ ଆମ ରାଜ୍ୟରେ ଦାରିଦ୍ର୍ୟ ହ୍ରାସ କରୁଛି ନା ଦରିଦ୍ର୍ୟତାକୁ ବଢ଼ାଉଛି ? କର୍ମ କୁଶଳତା ସୃଷ୍ଟି କରୁଛି ନା କର୍ମ ବିମୁଖତା ପାଇଁ ଉସ୍କାଉଛି ? କର୍ମ ତତ୍ପରତା ଲାଗି ପ୍ରେରଣା ଯୋଗାଉଛି ନା ନିଷ୍କ୍ରିୟତା ଆଡ଼କୁ ଟାଣି ନେଉଛି ? ରାଜନୀତିକ ନେତା ଓ ସରକାରୀ ଅଧିକାରୀ ବର୍ଗ ତ ଏ ଦିଗରେ ମାତବରି ଆଉ ମୁରବିଗିରି ଦେଖାଉଛନ୍ତି। ଏହା କ'ଣ ପ୍ରକୃତରେ ମୁରବି ପଣିଆ ? ଆମ ରାଜ୍ୟରେ କୌଣସି ରାଜନୈତିକ ଦଳ ଭିତରେ ସଙ୍ଘ ମୁରବିତ୍ୱ ଅଛିକି ? କିଏ ମାନୁଛି କାହାକୁ ? ସେଇଠାରୁ ଏ ବେମୁରବି ପଣିଆ ସବୁ ଆଡ଼କୁ ସଂକ୍ରମିତ ହେଉଛି। ପରିବାରରେ ମୁରବି ନାହାଁନ୍ତି। ସମାଜରେ ବା ସଂସ୍କୃତି କ୍ଷେତ୍ରରେ, ସାହିତ୍ୟରେ ବା ଆଉ କୌଣସି କ୍ଷେତ୍ରରେ ମୁଖିଆ ବା ମୁରବି ପଣିଆ ପ୍ରତି ଯଥୋଚିତ ମର୍ଯ୍ୟାଦା ନାହିଁ। ବିଳାସବୋଧ ବା ଉପଭୋଗ ତୃଷ୍ଣା ସମସ୍ତଙ୍କୁ ସଂପୂର୍ଣ୍ଣ ଭାବରେ ଆକ୍ରାନ୍ତ କରି ସାରିଲାଣି। ତେଣୁ ଆଜି ପରିବାରରେ ବିଶୃଙ୍ଖଳା, ଗାଁରେ ବିଶୃଙ୍ଖଳା, ସମାଜରେ ବିଶୃଙ୍ଖଳା ରାଜ୍ୟ ଓ ରାଷ୍ଟ୍ର ମଧ୍ୟ ବିଶୃଙ୍ଖଳା ଗ୍ରସ୍ତ। ଆଇନ ଅଛି ମାତ୍ର ସେ ଆଇନକୁ ମାନୁଛି କିଏ ? ଏଯାବତ୍ ତଥାକଥିତ ମୁରବି ବୋଲାଉଥିବା ଲୋକମାନେ ହିଁ ପ୍ରଥମେ ଆଇନକୁ ଭାଙ୍ଗୁଛନ୍ତି। ଆମେ ଜାଣୁ ସାମାଜିକ, ସାଂସ୍କୃତିକ ଓ ରାଷ୍ଟ୍ରୀୟ ଶୃଙ୍ଖଳା ପାଇଁ ଉପଯୁକ୍ତ ଶିକ୍ଷା ବ୍ୟବସ୍ଥା ଦରକାର। ମାତ୍ର ବିଡ଼ମ୍ବନାର ବିଷୟ ଆଜିର ଶିକ୍ଷା କ୍ଷେତ୍ରରେ ମୁରବି କିଏ ? ଶିକ୍ଷକ, ଶିକ୍ଷାବିତ୍ ମୁରବି ନା ରାଜନେତା ମାନେ ମୁରବି। ମୁରବି ବିହୀନତା ଓ ଅରାଜକତାର ଆଉ ଏକ କେନ୍ଦ୍ରସ୍ଥଳ 'ଶିକ୍ଷାକ୍ଷେତ୍ର' ଯେଉଁ କ୍ଷେତ୍ର ମାନବିକତା (ମଣିଷତା) ନୈତିକତା କର୍ତ୍ତବ୍ୟ ପରାୟଣତା ଭରିଥାଏ ବିଦ୍ୟାର୍ଥୀଙ୍କ ମଧରେ । ସେଗୁଡ଼ିକରେ ଘୋର ବିପର୍ଯ୍ୟୟ ପରିଲକ୍ଷିତ ହେଉଛି। ସର୍ବନିମ୍ନ ସ୍ତରରୁ ସର୍ବୋଚ୍ଚସ୍ତର ପର୍ଯ୍ୟନ୍ତ କେହି କାହାରିକୁ ମାନ୍ୟତା ଦିଅନ୍ତି ନାହିଁ। ଅବକ୍ଷୟର ଶିକାର ହୋଇଥିବା ଶିକ୍ଷକ, ଶିକ୍ଷାର୍ଥୀ ଅନୁତପ୍ତ ହେବା ପରିବର୍ତ୍ତେ ବିଶେଷ ଭାବରେ ଆନନ୍ଦିତ। ଶିକ୍ଷା ଦାନରେ ଶିକ୍ଷକଙ୍କ ଅପାରଗତା, ବିଦ୍ୟାର୍ଥୀଙ୍କ ଅସହିଷ୍ଣୁତା ସରକାରଙ୍କ ଆସ୍ଫର୍ଦ୍ଦା, ପ୍ରଶାସନିକ କ୍ଷେତ୍ରରେ ଦାୟିତ୍ୱ ହୀନତା, ସର୍ବୋପରି ପ୍ରଧାନ ଶିକ୍ଷକଙ୍କ ଅଯୋଗ୍ୟତା ଏହି କ୍ଷେତ୍ରରେ ମୁରବି ପଣିଆ ନିରବତାର ଏକ ସ୍ପଷ୍ଟ ପ୍ରମାଣ ଦର୍ଶାଏ। ଶିକ୍ଷକମାନଙ୍କ ମଧ୍ୟରେ ମୁରବି ପଣିଆ କ୍ଷତିଗ୍ରସ୍ତ, ଅସଂଯତ ଓ ଉସୃଙ୍ଖଳ ବିଦ୍ୟାର୍ଥୀଙ୍କୁ ବାଟକୁ ଆଣିବାକୁ ଶିକ୍ଷକ ଦ୍ୱିଧାଗ୍ରସ୍ତ ହେବା ଫଳରେ ଏ ପ୍ରକାର ଅସ୍ୱସ୍ତିକର ପରିବେଶ ଓ ରୁଚିହୀନ ସଂପର୍କ ମଧ୍ୟରେ ସୃଷ୍ଟ ଭବିଷ୍ୟତର ଶତାୟୁ ପୁରୁଷ ହେବାକୁ ବର ପାଇଥିବା ବଂଶଧର ଗଭୀର ଭାବରେ ପ୍ରମାଦ ଗ୍ରସ୍ତ।

ପରାଧୀନତା ଏବଂ ଯାବତ ଶାସନିକ ଅବିଚାରର ଶୃଙ୍ଖଳ ଭିତରେ ରହିସୁଦ୍ଧା ସମାଜରେ ମୁରବି ଅଭାବ ହୋଇ ନଥିଲା । ସ୍ୱାଧୀନତା ପରେ ସେମାନେ ଉଭାନ ହୋଇଗଲେ କାହିଁକି ? ଏହାର ଉତ୍ତର ଯିଏ ଖୋଜିବ ଖୋଜୁ। ସମାଜରେ କ୍ଷୟର ଧାରା ଆଜି ନଭ ଅତଡ଼ା ଭୁଶୁଡ଼ିଲା ପରି ହୋଇଯାଇଛି। ସାପ ଚୁଚୁନ୍ଦ୍ରାକୁ ଦୟା କରେ ନାହିଁ । ଆଜିର ସମାଜରେ ଯିଏ ପହଁରି କରି କୂଳ ଛୁଇଁବାକୁ ଅକ୍ଷମ ତା'ର ମରଣ ସୁନିଶ୍ଚିତ। ସମାଜ ଆଗକୁ ଯିବା କଥା ଯିବ ହିଁ ଯିବ । ଆଜିର ସମାଜରେ ଅବକ୍ଷୟ ଆମ ପାଇଁ ଅସହାୟତା ନୁହେଁ। କାରଣ ଏହା ହେଉଛି ଅନିବାର୍ଯ୍ୟ। ଯାହା କରିବାକୁ ଯାଉଛନ୍ତି ସେତିକି ମାତ୍ର ପ୍ରତିପାଦନ କରିପାରି ନଥିବା ନିର୍ବେଦମାନଙ୍କୁ ଆମେ ବେଦ-ସଭାକୁ ବରଣ କଲୁ । କାରଣ ସେମାନେ

ଲୋକ ପ୍ରତିନିଧି । ମାଲ ଦେବେ ବା ଦିଆଇବେ । କୌଣସି ବୌଦ୍ଧିକ ଜ୍ଞାନର ଅଭିବୃଦ୍ଧି ପାଇଁ ଆମେ ତାକୁ ଭୋଟ ଦେଇନାହୁଁ । ବେଦ ଶୁଣିବାକୁ ଇଚ୍ଛା ନାହିଁ ମାତ୍ର ସଭା ଦେଖିବାକୁ ହୁକୁ ହୁକୁ ହେଲୁ । ସେମାନେ ସେଠି ଯାହା କହିଲେ ତାକୁ ବେଦ ବୋଲି ଭାବିଲୁ । ଏ ଅବସ୍ଥା ସହିତ ମୁକାବିଲା କରି ନ ପାରି ମୁରବିମାନେ ମୂର୍ଖ ହେବାକୁ ପସନ୍ଦ କରିଥିବେ ।

ମଧ୍ୟବିତ୍ତ ଓ ଉଚ୍ଚ ମଧ୍ୟବିତ୍ତର ଅଭିଭାବକମାନେ ପୂରାପୂରି ସ୍ୱାର୍ଥକୈନ୍ଦ୍ରିକ । ବସ୍ତୁ ବୁଭୁକ୍ଷା ସେମାନଙ୍କୁ କବଳିତ କରିଛି । ସେହି ବର୍ଗଟି ଯାବତୀୟ ଅନୈତିକ ଓ ଅସାମାଜିକ ମାର୍ଗକୁ ଆପଣାଇ ନେଉଛନ୍ତି । ଫଳରେ ସେସବୁ ପରିବାରର ପିଲାମାନେ ସେମାନଙ୍କ ପିତା, ମାତା ତଥା ମୁରବିମାନଙ୍କ ଠାରୁ ଈର୍ଷା, ଅସୂୟା, ପ୍ରତିଯୋଗୀ ପ୍ରବୃତ୍ତି ଅନ୍ୟକୁ ଠକିବାର ବା ଲୁଟିବାର କୁଟିଳ କଳାକୌଶଳ ଗୁଡ଼ିକୁ ଉତ୍ତରାଧିକାର ସୂତ୍ରରେ ଆବରି ନେଉଛନ୍ତି । ଅନ୍ୟକୁ ଦରିଦ୍ରତର କରି ନିଜେ ଧନୀ ହେବାର ସୂତ୍ର ଶିକ୍ଷା କରୁଛନ୍ତି । ଆବେଗ ହୃଦୟବର୍ତ୍ତା, ଭାବପ୍ରବଣତା, ସ୍ନେହ, ମମତା ସବୁ ସେ ପରିବାରର ପିଲାମାନଙ୍କ ପାଇଁ ସିଲାବସ ବହିର୍ଭୂତ ବିଷୟବସ୍ତୁ ପାଲଟି ଗଲାଣି । ଏହା ଫଳରେ ବାପ–ପୁଅ ମଧ୍ୟରେ ବ୍ୟବଧାନ । ଭାଇ–ଭାଇ ମଧ୍ୟରେ ମାଲି ମକଦ୍ଦମା, ବିରାଦରି ଭିତରେ ବିବାଦୀୟତା । ଘରେ ଘରେ ପରିବାରରେ ଅଶାନ୍ତି ଲାଗି ରହୁଛି । ବିଳାସୀ ଧନିକ ବର୍ଗର ଅଧିକାଂଶ ପିଲା ଉଦ୍‌ଭ୍ରାନ୍ତ, ବିଭ୍ରାନ୍ତ ଓ ଦିଗ୍‌ଭ୍ରାନ୍ତ । କକ୍ଷ୍ୟଚ୍ୟୁତ ଏବଂ ଲକ୍ଷ୍ୟଚ୍ୟୁତ ମଧ୍ୟରେ କ୍ରମେ କ୍ରମେ ବିଲୟ ଆଡ଼କୁ ଅଗ୍ରସର ହେଉଛନ୍ତି । ଅନେକ ସ୍ଥଳରେ ସେମାନେ ନିଶାଗ୍ରସ୍ତ, ନିଶାଚର ନ ହେଲେ ମଦ୍ୟାସକ୍ତ ମଧୁଚକ୍ରୀ । ଯେଉଁ ଯୁବଗୋଷ୍ଠୀ ଦେଶର ଭବିଷ୍ୟତ ସେମାନେ ବର୍ତ୍ତମାନ କେବଳ ଉପଭୋଗ ପଛରେ ଧାଇଁବାରେ ଲାଗିଛନ୍ତି । ନେହରୁ ତ ତାଙ୍କ ଆମ୍‌ଜୀବନୀରେ ବଡ଼ ଲୋକ ପିଲାମାନଙ୍କ ବିଷୟରେ ଲେଖିଛନ୍ତି– (Sons of greatmen are apt, to be spoiled) କୃଷକଙ୍କ ପିଲାମାନଙ୍କ ଅବସ୍ଥା ସେୟା ହେଲା ।

ଉଚ୍ଚ ମଧ୍ୟବିତ୍ତ ବା ଧନୀ ପରିବାରର ଅଭିଭାବକ ବା ମୁରବିଙ୍କୁ ଦେଖିଲେ ଆମେ ସ୍ପଷ୍ଟ ଭାବରେ ଜାଣି ପାରିବା, ସେମାନଙ୍କୁ ପ୍ରକୃତରେ ଭ୍ରାନ୍ତ ଉପଭୋଗ ବାଦ ଗ୍ରାସ କରିଯାଇଛି । ସେମାନଙ୍କ ପାଖରେ ସମାଜ କିମ୍ବା ସଂସ୍କୃତି ବଡ଼ ନୁହେଁ । ବଡ଼ କେବଳ ପୁଞ୍ଜି । ସେମାନେ ଅର୍ଥ ବଳରେ ଦେଶ ଶାସନର ବାଡ଼ ଡୋରି ଓ ସମାଜ ଜୀବନର ଭାଗ୍ୟ ଡୋରିକୁ କେତେ ସହଜରେ କରାୟତ କରି ପାରୁଛନ୍ତି । ବିଧାୟକ ଓ ସାଂସଦମାନଙ୍କୁ ପକେଟ ଭିତରେ ରଖି ପାରିଛନ୍ତି । ନିଜେ ମଧ୍ୟ ଇଚ୍ଛାକଲା ମାତ୍ରେ ମନ୍ତ୍ରୀପଦ ଅକ୍ତିଆର କରି ଲାଜ ସରମ ଭୁଲି ରାଜପଣ ଜାହିର କରୁଛନ୍ତି । ସେମାନେ ରାଷ୍ଟ୍ର ସାରା ଚରମ ଦୁର୍ନୀତିର ଚକ୍ରବ୍ୟୁହ ରଚନାକୁ ସାକାର କରିପାରୁଛନ୍ତି । ସେମାନଙ୍କ ପାଖରେ କେତେ କେତେ ଉଚ୍ଚପଦସ୍ଥ ସରକାରୀ କର୍ମଚାରୀ, କେତେ ପୋଲିସ ଅଫିସର ଓ ପ୍ରଶାସକ ଅଧିକାରୀ ଆଣ୍ଠୁମାଡ଼ି ରହୁଛନ୍ତି । ସତ୍ ସମାଜବାଦ ନୁହେଁ ନୂତନ ପୁଞ୍ଜିବାଦର ପ୍ରଭୁପଣ ବିସ୍ତାର ପାଇଁ ଏମାନେ ସଦା ସର୍ବଦା ବ୍ୟାକୁଳ । ସେମାନଙ୍କ ଠାରୁ ସେମାନଙ୍କ ପିଲାମାନେ ତା’ହେଲେ ଶିଖିବେ କ’ଣ ? ସେମାନଙ୍କ ପିଲାମାନେ ମଧ୍ୟ ସେଇ ଉପଭୋଗୀ ମାର୍ଗର ପଥିକ । ସେମାନଙ୍କ ପିଲାମାନେ ଯେତେ ବ୍ୟଭିଚାର ବା ଅନାଚାର କଲେ ସୁଦ୍ଧା ଆଇନ ଏମାନଙ୍କ କ୍ଷେତ୍ରରେ ନିରବ । ଧନ କୁବେରମାନେ ରାଷ୍ଟ୍ରର ଲଗାମ ଧରି ଦେଶବାସୀଙ୍କୁ, ରାଜନୀତିକୁ, ପ୍ରଶାସନକୁ ନଚାଉଛନ୍ତି । ସେମାନଙ୍କ ପିଲାମାନେ ନିର୍ଦ୍ଦିଷ୍ଟ ଭାବରେ ସେମାନଙ୍କୁ ଅନୁକରଣ କରିବେ ଓ କରୁଛନ୍ତି ମଧ୍ୟ ।

ଅର୍ଥର ଦାସ ପାଲଟି ଗଲେ ମଣିଷପଣିଆ ଆପେ ଆପେ ଲୋପ ପାଇଯାଏ । ଆମେ ଆମର ପରମ୍ପରା, ସଂସ୍କୃତି ଓ ଧର୍ମଭାବ ଭୁଲିଯାଉଛୁ । ଆମର ଶିକ୍ଷା ଆମକୁ ଅମଣିଷ କରି ଦେଉଛି । ଆମେ ବିବେକଶୀଳ ମଣିଷ ହୋଇ ପାରୁ ନାହାନ୍ତି । ଆଜିର ଶିକ୍ଷା ବ୍ୟବସ୍ଥା ଆମକୁ ସଚ୍ଚୋଟତା, ନିର୍ଲୋଭିତା ଓ ସ୍ୱାଭିମାନ ବିଷୟରେ ଉପଯୁକ୍ତ ଶିକ୍ଷା ଦେଇ ପାରୁନାହିଁ । ଘରର ମୁରବିମାନେ ନିଜେ ପ୍ରଥମେ ସଂସ୍କୃତି ସଚେତନ ହେଲେ ସେମାନଙ୍କ ମନରୁ ଭ୍ରାନ୍ତ ଉପଭୋଗ ବାଦ ଲୋପ ପାଇ ପାରିବ ଓ ସେମାନେ ସମଭୋଗୀ ଏବଂ ସମଭାଗୀ ଆଦର୍ଶ ପ୍ରତି ଅଙ୍ଗୀକାରବଦ୍ଧ ହେଲେ ଯାଇ

ସେମାନଙ୍କ ପିଲାମାନେ ସେମାନଙ୍କ ଠାରୁ ସମୁଚିତ ଶିକ୍ଷା ଲାଭ କରିପାରିବେ। ତେଣୁ ଏହି ଭ୍ରାନ୍ତ ଉପଭୋଗବାଦକୁ ବର୍ଜନ କରି ମୂଲ୍ୟ ବୋଧର ପରମାର୍ଥକୁ ଅର୍ଜନ କରିବାରେ ମାନବିକ ମନ୍ତ୍ରସିଦ୍ଧି ହାସଲ କରିବେ। ଆଗକାଲରେ ଯୌଥ ପରିବାରରେ ମୁରବିମାନଙ୍କୁ ଅଭିଜ୍ଞ ପୁରୁଷ ଭାବରେ ଧରି ନିଆ ଯାଇଥିଲା। ସେହି ମୁରବିରୂପୀ ଅଭିଜ୍ଞ ପୁରୁଷର ପରିବାର ପ୍ରତି କର୍ତ୍ତବ୍ୟ ଅଧିକ, ଦାୟିତ୍ୱ ଅଧିକ ଓ ଅଧିକାର ମଧ୍ୟ ଅଧିକ ଥିଲା। ଅଧିକାର କହିଲେ ପରିବାରର ଧନ ସଂପତ୍ତି ଉପରେ ଅଧିକାର ନୁହେଁ। ବରଂ ପାରିବାରିକ କାର୍ଯ୍ୟ ସମୀକ୍ଷା କରିବାର ଅଧିକାର। ସଚ୍ଚା ଅଭିଭାବକତ୍ୱ ସାବ୍ୟସ୍ତ କରିବାର ଅଧିକାର ଓ ପାରିବାରିକ ଦାବି ସଂପର୍କରେ ଚୂଡ଼ାନ୍ତ ନିଷ୍ପତ୍ତି ନେବାର ଅଧିକାରକୁ ବୁଝାଏ। ଏବେତ ପ୍ରତ୍ୟେକ କ୍ଷେତ୍ରରେ ବିଷୟ ଓ ବ୍ୟକ୍ତି କୈନ୍ଦ୍ରିକତାର ବୁଢ଼ିଆଣୀ ଜାଲ ଘେରି ରହିଛି। ଏପରି ଅବସ୍ଥାରେ ସଂସାରରେ ନିଜଗୁଣେ ଉଚ୍ଚାରିତ ଆଦର୍ଶର ଆଚରଣ ସିଦ୍ଧ ଜଣେ ବିଜ୍ଞ ବ୍ୟକ୍ତିଙ୍କୁ ଦେଖିବାକୁ ମିଳୁନାହିଁ। ଭବିଷ୍ୟତରେ ଯେ ଦେଖିବାକୁ ନମିଳିବ ସେପରି କିଛି ନିଦ୍ଧିଷ୍ଟତା ନାହିଁ। ଆଜିର ପିଲା ଆସନ୍ତାକାଲିର ଅଭିଭାବକ। ସେମାନଙ୍କ ଭିତରୁ ଉଚ୍ଚକୋଟୀର ଅଭିଭାବଟିଏ ଯେ ବାହାରିବ, ସବୁ ବିଭ୍ରାଟ ଓ ବିଡ଼ମ୍ବନା ସତ୍ତ୍ୱେ ଆଶା କରିବା ନିଷ୍ଫଲ ନୁହେଁ। ଆମମାନଙ୍କର ସେ ବିଷୟ ପ୍ରତି ଦୃଢ଼ ବିଶ୍ୱାସ ଥିଲେ ହେଲା।

ପୃଥିବୀର ଜନ୍ମ ଆଧୁନିକ ଯୁଗରେ ନୁହେଁ। ବୈଦିକ ଯୁଗର ବହୁ ପୂର୍ବରୁ ତା'ର ସୃଷ୍ଟି। ସେ କାଲର ମଣିଷ ଏବେକୁ ବଦଲି ଯାଇଛି। ବଦଲି ଯାଇଛି ତା'ର ଆଚାର, ଆଚରଣ ଓ ଉଚ୍ଚାରଣ, ବିଚାର, ବ୍ୟବହାର ଏବଂ ନିଜ ବ୍ୟକ୍ତିତ୍ୱ ପ୍ରତି ପରାକାଷ୍ଠା। ନୀତି ଆଉ ନୈତିକତା ନିୟମ ଓ ନିଷ୍ଠାପରତା। ଜଳବାୟୁର ପରିବର୍ତ୍ତନ ଘଟିଛି। ଶିକ୍ଷା, ସଭ୍ୟତା, ସଂସ୍କୃତି, ପରମ୍ପରାର ପରିବର୍ତ୍ତନ ହୋଇଛି। କେବଲ ବଦଲି ନାହିଁ ପୃଥିବୀ। ଯେପରି ଥିଲା ବୈଦିକ କାଲରୁ, ରହିଛି ଏବେ ମଧ୍ୟ ସେହିପରି। ସେହିଭଳି ରହିଥିବ ଅନନ୍ତ କାଲଯାଏ। ଲୋକମାନଙ୍କର ଚଲଣି ଓ ଚରିତ୍ର ପରି ତା'ର ରୀତିନୀତିରେ କୌଣସି ପରିବର୍ତ୍ତନ କେବେ ହୋଇନାହିଁ। ତା' ଆବର୍ତ୍ତନ ଗତି ଓ ବିବର୍ତ୍ତନ ଗତିର ମଧ ନୁହେଁ। ଯେପରି ଆହ୍ନିକ ଗତିଦ୍ୱାରା ଦିନରାତି ହେଉଥିଲା ଓ ବାର୍ଷିକ ଗତି ବଲରେ ରତୁ ପରିବର୍ତ୍ତନ। ସେମିତି ଏବେବି ହେଉଛି। ସେହିପରି ଗ୍ରୀଷ୍ମ, ବର୍ଷା, ଶରତ, ଶିଶିର, ଶୀତ ଓ ବସନ୍ତ ଆସୁଛନ୍ତି ପୁଣି ଫେରୁଛନ୍ତି। ନିୟମର ଶୃଙ୍ଖଲକୁ ମାନି। ବୈଦିକ ଆର୍ଯ୍ୟ ଜୀବନର ଶେଷ ଭାଗରେ ବାନପ୍ରସ୍ଥ ଆଚରଣ ପାଇଁ ଜଙ୍ଗଲର ନିକାଞ୍ଚନ ସ୍ଥାନରେ ଆଶ୍ରମ କରି ସନ୍ନ୍ୟାସୀ ଜୀବନ ବିତାଇଲା ଭଳି, ବୈଦିକ ଯୁଗଠାରୁ ଆହୁରି ଅନେକ ଆଗରୁ ସୃଷ୍ଟି ହୋଇଥିବା ପୃଥିବୀ ଦିବସର ଶେଷ ସମୟରେ ଆଲୋକର କୋଲାହଲ, ବ୍ୟସ୍ତ, ବିବ୍ରତ, ଧାଁ ଦଉଡ଼ ପରିବେଶକୁ ପରିତ୍ୟାଗ କରି ରାତିର ନିରବ ନିଷଧ କୋଲରେ ଆଶ୍ରମ ଜୀବନ ବିତାଇବା ପାଇଁ ସତେ ଯେପରି ଗେରୁଆ ଲୁଗା ପିନ୍ଧି ସନ୍ନ୍ୟାସୀ ଜୀବନ ଆରମ୍ଭ କରିବାକୁ ପ୍ରସ୍ତୁତ ହେଉଥିଲା।

ସାଧୁ ସନ୍ନ୍ୟାସୀମାନେ ଗେରୁଆ ବସ୍ତ୍ର ପରିଧାନ କରିବାର କାରଣ ହେଲା– ସାଧୁ, ସନ୍ନ୍ୟାସୀ, ଯୋଗୀ, ରକ୍ଷି ଓ ମୁନି ନିବେଶିତ ଏହି ଭାରତୀୟ ସଂସ୍କୃତି ସମଗ୍ର ବିଶ୍ୱରେ ଶ୍ରେଷ୍ଠ ମର୍ଯ୍ୟାଦା ଲାଭ କରିଛି। ବିଷୟାସକ୍ତିର ପରିତ୍ୟାଗ, ଦେହ ଓ ମନର ପବିତ୍ରତା, ଈଶ୍ୱରଙ୍କ ପ୍ରତି ଐକାନ୍ତିକ ନିଷ୍ଠା, ଆଚରଣ ଏବଂ ଉଚ୍ଚାରଣ ମଧ୍ୟରେ ସମତା, ସାଧୁ, ସନ୍ନ୍ୟାସୀ ମାନଙ୍କର ହୃଦୟର ଆଧାର ସ୍ତମ୍ଭ। ଜ୍ୟୋତିର୍ବିଜ୍ଞାନୀଙ୍କ ମତରେ ମଣିଷର ମନ ଉପରେ ବିଭିନ୍ନ ରଙ୍ଗର ଭିନ୍ନ ଭିନ୍ନ ପ୍ରଭାବ ରହିଛି। ମନ ହିଁ ମନୁଷ୍ୟର ବନ୍ଧନ ଏବଂ ମୋକ୍ଷର କାରଣ। ମନ ବିଷୟାସକ୍ତ ହେଲେ ଯାଇ ବନ୍ଧନର ହେତୁ ହୁଏ ଏବଂ ବିଷୟରେ ବୈରାଗ୍ୟ ଜନ୍ମିଲା ମାତ୍ରେ ମୁକ୍ତ ହୋଇଯାଏ। ତେଣୁ ଶାସ୍ତ୍ରରେ କୁହାଯାଇଛି "ମନ ଏବ ମନୁଷ୍ୟାଣାଂ କାରଣଂ ବନ୍ଧମୋକ୍ଷ ଯୋଃ।" ଗୈରିକ ବା ଗେରୁଆ ବର୍ଣ୍ଣ ଚନ୍ଦ୍ର ଗୁରୁଙ୍କର। ଚନ୍ଦ୍ର ହେଉଛି ମନ କାରକ ଗ୍ରହ ତଥା ଚନ୍ଦ୍ର ହେଉଛନ୍ତି ମନର ଦେବତା। ଚନ୍ଦ୍ର ସର୍ବଦା ଶୀତଲ ଓ ମନକୁ ସ୍ଥିର ରଖେ। ତେଣୁ ସାଧୁ ସନ୍ନ୍ୟାସୀମାନେ

ମନକୁ ସ୍ଥିର ରଖିବା ନିମନ୍ତେ ଗୈରିକ ବସ୍ତ୍ର ପରିଧାନ କରି ଥାଆନ୍ତି । ଏହି ବସ୍ତ୍ର ପରିଧାନ କଲେ ବୈରାଗ୍ୟ ଆସେ । କାମନା ବାସନା ମଧ୍ୟ ଲୋପ ପାଏ । ରଙ୍ଗ ସଂପର୍କରେ ଜ୍ୟୋତିର୍ବିଜ୍ଞାନରେ ଉଲ୍ଲେଖ ଅଛି– ରକ୍ତ ଶ୍ୟାମ ବର୍ଣ୍ଣ ଅଟେ ରବିର । ଗେରୁଆ ବର୍ଣ୍ଣ ଚନ୍ଦ୍ର ଗୁରୁଙ୍କର । ରକ୍ତ ଗୌର ବର୍ଣ୍ଣ ମଙ୍ଗଳର ଦେହ । ବୁଧ ଦୁର୍ବାଦଳ ଶ୍ୟାମ ନିର୍ଣ୍ଣୟ । ଶୁକ୍ର ଶ୍ୟାମ ବର୍ଣ୍ଣ, ରାହୁ, କେତୁ ଦେହ କାଳିଆ ଜାଣ ।

ମଣିଷର ଚତୁର୍ଥାବସ୍ଥା ପରେ ତା'ର ପଞ୍ଚମତ୍ୱ ପ୍ରାପ୍ତି ହୋଇଥାଏ । ସେତେବେଳେ ସେ ଏହି ସୁନ୍ଦର ପୃଥିବୀର ମନୋରମ ଦୃଶ୍ୟ, ପ୍ରିୟ ପରିଜନ, ବନ୍ଧୁ ବାନ୍ଧବ, ପରିଚିତ, ପରିବାର, ଆମ୍ଭୀୟ, ଅନ୍ତରଙ୍ଗ, ଜ୍ଞାତି, କୁଟୁମ୍ବ, ସାଙ୍ଗ, ସାଥୀ ଓ ନିଜ ପିଲାଛୁଆଙ୍କ ପ୍ରତିଥିବା ଆକର୍ଷଣ, ଧନପ୍ରତି ଥିବା ମୋହ, ସଂପତ୍ତି ଏବଂ ସଂସାରର ମାୟା ସବୁକୁ ତୁଟାଇ ଫେରି ଗଲା ପରି ଦିବସର ଚତୁର୍ଥ ପ୍ରହରର ଅନ୍ତିମ ଭାଗରେ ପଞ୍ଚମ (ରାତିର ପ୍ରଥମ ପ୍ରହର) ପ୍ରହରରେ ପ୍ରବେଶ କରିବା ପାଇଁ (ପଞ୍ଚମତ୍ୱ ପ୍ରାପ୍ତି ଲାଗି ପ୍ରସ୍ତୁତ ହେବାକୁ) ପୃଥିବୀ ଦିବସର ଆଲୋକ ଓ କୋଲାହଲ ପରିତ୍ୟାଗ କରି ରାତିର ଗଭୀର ନିରବତା କୋଳରେ ଆଶ୍ରୟ ନେବା ପାଇଁ ସଂସାର ତ୍ୟାଗୀ ସନ୍ୟାସୀଙ୍କ ପରି ଗୈରୀକ ବସ୍ତ୍ରରେ ଆବୃତ ହୋଇଥିଲା । କାରଣ ବାର୍ଦ୍ଧକ୍ୟର ସମୟ ବନ ବାସର, ଧର୍ମ ଆଚରଣର ଓ ତ୍ୟାଗ ମନୋଭାବର ସମୟ, ମନ୍ତ୍ରଣା ଦେବା, ଯୋଜନା ବନାଇବା, ଆସକ୍ତି ପୋଷଣ କରିବାର ବେଳ ନୁହେଁ ।

ସେଥିପାଇଁ କେବଳ ଧନ, ସଂପତ୍ତି, ଗୃହ, କୁଟୁମ୍ବ, କ୍ଷମତା, ପ୍ରତିପତ୍ତି, ପରିବାର ଓ ପ୍ରିୟ ଜନଙ୍କୁ ପରିତ୍ୟାଗ କରି ବନବାସୀ ହେଲେ, ଗେରୁଆ ପିନ୍ଧି, ନିଶଦାଢ଼ି ରଖି, ଚିତା ତଇତନ ହୋଇ ଦୁନିଆକୁ ସଂସାର ବିରାଗୀ ସନ୍ୟାସୀ ବୋଲି ପରିଚୟ ଦେବାକୁ ଯାଇ ଲୋକଦେଖାଣିଆ ଭାବେ ହରିନାମ ଭଜି ହେଲେ ମୁକ୍ତି ମିଳେନା । ନିଜକୁ ରକ୍ଷିବୋଲି ଦେଖାଇ ହେବା ଓ ପ୍ରକୃତରେ କାୟ ମନୋବାକ୍ୟରେ ରକ୍ଷି ହେବା ସମାନ କଥା ନୁହେଁ । ସୀତା ହରଣ ବେଳେ ଲଙ୍କାର ରାଜା ରାବଣ ଜଟାଜୁଟ ହୋଇ ଗେରୁଆ ବସ୍ତ୍ର ପରିଧାନ କରି, ଦ୍ୱାଦଶ ତିଳକ ଧାରଣ ପୂର୍ବକ, କପାଳରେ ହରିମନ୍ଦିର ଚିତାକାଟି ସନ୍ୟାସୀ ବେଶରେ ପଞ୍ଚବଟିକୁ ଆସିଥିଲେ । ସେପରି ସନ୍ୟାସୀ ହେଲେ କିୟା ରାବଣଙ୍କ ପରି କପଟ ଭାବ ମନରେ ପୋଷଣ କରି ବେଶଭୂଷାରେ ସନ୍ୟାସୀ ହେଲେ ହେବ ନାହିଁ । ପ୍ରକୃତରେ ନିଷ୍ଠାର ସହିତ ବାସ୍ତବରେ ସନ୍ୟାସ ବ୍ରତ ଆଚରଣ କରିବାକୁ ପଡ଼ିବ ।

ଈଶ୍ୱର ଅଛନ୍ତି ଓ ନିଶ୍ଚୟ ମିଳିବେ । ଏହା କେବଳ ବିଶ୍ୱାସ ନା ବାସ୍ତବତା । ସବୁ କାମନା କେବେନା କେବେ ଅବଶ୍ୟ ପୂର୍ଣ୍ଣହୁଏ । ଏଇ ଜନ୍ମରେ ହେଉ ଅଥବା ପରଜନ୍ମରେ । ସତ୍କର୍ମ କରିବା ଲାଗି ଉଚ୍ଚ କୁଳରେ ଜାତହେବା ନିହାତି ଆବଶ୍ୟକ ନୁହେଁ । ଦେହରେ ମନ ସହିତ ଅବୟବ ସମସ୍ତଙ୍କର ଅଛି । ଜୀବନ କାଳରେ ସମସ୍ତେ କିଛିନା କିଛି କର୍ମ କରି ଥାଆନ୍ତି । ଦେହ ପରିଚୟକୁ ବାସ୍ତବ ବୋଲି ଭାବି ଅନେକ ସେଇ ଦେହ ପାଇଁ କର୍ମ କରନ୍ତି । ଭୁଲି ଯାଆନ୍ତି ଯେ ସେମାନେ ଯଥାର୍ଥରେ ଆମ୍ଭ ସ୍ୱରୂପ । ଜୀବନରେ ସାଧୁସଙ୍ଗ ପରୋପକାର ଇତ୍ୟାଦି କରିବାକୁ କେହି ଇଚ୍ଛା ସୁଦ୍ଧା କରନ୍ତି ନାହିଁ । ନୀତମନା ସବୁବେଳେ ନିଜ ସ୍ୱାର୍ଥ ସାଧନରେ ବ୍ୟସ୍ତରହେ । କର୍ମର ଛାୟା ସମସ୍ତଙ୍କୁ ଦିଶେ । ପ୍ରକୃତ ସେବକ କେବେ ଅନ୍ୟକୁ ଦେଖାଇବା ପାଇଁ ସେବା କରେ ନାହିଁ କିୟା ସେଥିପାଇଁ ସେ ପାରିଶ୍ରମିକ ନିଏ ନାହିଁ । ଏପରି ନିଷ୍କାମ କର୍ମ ହିଁ ବାସ୍ତବରେ ପ୍ରଭୁଙ୍କ ସେବା । ଏବକୁ କାଳରେ ଅର୍ଥ କେତେ ବଦଳି ଯାଇଛି ସତେ । ପାରିଶ୍ରମିକ ପରେ ବି ସେବକେ ଚାହିଁ ବସନ୍ତି ଗରାଖଙ୍କ ହାତ ଗୁଞ୍ଜାକୁ ।

ଆହୁରି ମଧ୍ୟ ଜନକର ଗୁଣ ସମାଜରେ ତା'ର ପରିଚୟ ସୃଷ୍ଟି କରିଥାଏ। ନିଜର ବେଶଭୂଷା ଓ ପୋଷାକକୁ ଜଗିବା ଅପେକ୍ଷା ଗୁଣ ପ୍ରତି ଦୃଷ୍ଟିଦେବା ନିହାତି ଜରୁରୀ। ଜଣେ ସନ୍ତ କିପରି ହେବା ଦରକାର। ତାହାହେଲା ଜଣେ ସନ୍ତଙ୍କ ପାଖରେ ଅତି କମ୍‌ରେ ପାଞ୍ଚଟି ଗୁଣଥାଏ। ସେ ଗୁଣସବୁ ହେଲା- ଶ୍ରୀରାମଙ୍କ ସ୍ୱାଭାବ। ଶ୍ରୀକୃଷ୍ଣଙ୍କର ପ୍ରଭାବ। ଶିବଙ୍କର ସଦ୍‌ଭାବ। କାମନାର ଅଭାବ ଓ ନାମ ପ୍ରତି ଲୋଭ। ରାମଙ୍କର ସ୍ୱଭାବ ଥିଲା- ବିନା କାରଣରେ ଦୟାର ପାତ୍ରକୁ ଦୟା କରିବା। ଭକ୍ତଙ୍କୁ ଉଚ୍ଚ ଆସନ ଦେବା। ପତିତଙ୍କୁ ଉଦ୍ଧାର କରିବା। ଦୀନ ପ୍ରତି ଦୟା କରିବା। ଗୁରୁ ବିଶ୍ୱାମିତ୍ରଙ୍କ ଆଦେଶ ପାଳନ ଠାରୁ ପ୍ରତ୍ୟେକଙ୍କ ପାଇଁ କରିଥିବା ଆଚରଣ ଯୁଗଯୁଗ ପାଇଁ ପ୍ରଶଂସନୀୟ। ଦୀନ ଦରିଦ୍ରକୁ ଦୟା କରିବା। ଜଟାୟୁ, ଶବରୀ ଭଲି ଚରିତ୍ରମାନଙ୍କୁ ଉଚ୍ଚ ଆସନ ଦେବା ପ୍ରଭୁଙ୍କର ସ୍ୱଭାବ। ଏହି ଗୁଣକୁ ସନ୍ତମାନେ ଗ୍ରହଣ କରିବା ଦରକାର।

ସନ୍ତଙ୍କର ଅନ୍ୟ ଏକ ଗୁଣ କୃଷ୍ଣଙ୍କର ପ୍ରଭାବପରି ହେବା ଉଚିତ। ପୂତନା ମାଆ ରୂପରେ କୃଷ୍ଣଙ୍କ ପାଖକୁ ଆସିଲା। ମାଆଙ୍କୁ କେହି ହତ୍ୟା କରନ୍ତି ନାହିଁ। ଭଗବାନ କୃଷ୍ଣ ଜାଣିଲେ ପୂତନାର କପଟତା। ତେଣୁ କ୍ଷୀର ସହିତ ପଞ୍ଚପ୍ରାଣ ଶୋଷିଲେ। ବିଷଦାନକାରୀ ପୂତନା ସବୁଦିନ ପାଇଁ ଗଲା। ମାତ୍ର କୃଷ୍ଣଙ୍କୁ କ୍ଷୀର ଦେଇଥିବାରୁ ତା'ର ସଦ୍‌ଗତି ହେଲା। ଏହା ପ୍ରଭୁଙ୍କର ପ୍ରଭାବ। ସନ୍ତଙ୍କର ମଧ୍ୟ ପ୍ରଭାବ ଏମିତି ବିଚାରଶୀଳ ହେବା ବିଧେୟ। ତୃତୀୟରେ ଶିବଙ୍କର ସଦ୍‌ଭାବ। ଭଗବାନ ଶିବଙ୍କର ପରିବାରରେ ଅଛନ୍ତି ଗଣେଶ, କାର୍ତ୍ତିକେୟ, ପାର୍ବତୀ। ସମସ୍ତଙ୍କ ବାହନଙ୍କ ମଧ୍ୟରେ ଖାଦ୍ୟ-ଖାଦକର ସଂପର୍କ। ଗଣେଶଙ୍କ ମୂଷାକୁ କେବେ ଶିବଙ୍କ ସାପ ଗୋଡ଼ାଏନି। ପ୍ରଭୁଙ୍କର ସାପକୁ କେବେ କାର୍ତ୍ତିକେୟଙ୍କ ମୟୂର ଆକ୍ରମଣ କରେ ନାହିଁ କିମ୍ବା ପାର୍ବତୀଙ୍କ ସିଂହ କେବେ ବାସୁଆକୁ ହିଂସା କରେ ନାହିଁ। ଏହା ଶଙ୍କର ଭଗବାନଙ୍କ ସଦ୍‌ଭାବର ପରିଚୟ। ସନ୍ତଙ୍କର ଚତୁର୍ଥ ଲକ୍ଷଣ ହେଉଛି କାମନାର ଅଭାବ। ଯାହା ଥିଲା ଗୌତମ ବୃଦ୍ଧଙ୍କ ଦର୍ଶନ। ସଂସାରରେ କାମନା ଓ ବିଷୟ ଭୋଗର ବାସନା ଯେତିକି କମ ଥିବ ଆନନ୍ଦ ସେତିକି ଅଧିକ ମିଳିବ। ଆବଶ୍ୟକତା ମୁତାବକ ଧନ, ସଂପତ୍ତି ଘର ଆଦିରେ ସୁଖ ଅଛି। ଆବଶ୍ୟକତା ଠାରୁ ଅଧିକ ହେଲେ ତାହା ସୁଖ ପରିବର୍ତ୍ତେ ଦୁଃଖ ଦିଏ। ପାର୍ଥିବ କାମନା ଶୂନ୍ୟ ହେବା ସାଧୁଙ୍କର ଏକ ବଡ଼ ଲକ୍ଷଣ। ଆମେ ଧନ ରୋଜଗାର କରୁ କିନ୍ତୁ ତାହା ଖର୍ଚ୍ଚ କରିବାକୁ କୁଣ୍ଠିତ ହେଉ। ଦାନ ଦେବାକୁ ଭଲ ପାଉନା। ଏହାର ମୂଳରେ ରହିଛି କାମନା। ଯାହାର କାମନା ଯେତିକି କମ ସେ ଲୋକ ସେତିକି ତ୍ୟାଗୀ ଓ ଦାନଶୀଳ। ସାଧୁଙ୍କର ପଞ୍ଚମ ଲକ୍ଷଣଟି ହେଉଛି ନାମ ପ୍ରତି ଲୋଭ। ଆମର ଲୋଭ ରହିଛି- ଧନ, ସଂପତ୍ତି, ପଦ, ପ୍ରତିଷ୍ଠାରେ। ଆମେ ପ୍ରଭୁଙ୍କ ପାଖରେ ଶରୀରକୁ ରଖୁଛେ। ହେଲେ ମନ କୁଆଡ଼େ କୁଆଡ଼େ ବୁଲୁଛି। କିନ୍ତୁ ସ୍ଥିର ମନରେ ନାମ ସ୍ମରଣ କରିବା ଜରୁରୀ ମନେହୁଏ।

ତ୍ୟାଗ ଓ ଭୋଗ- ଏ ଗୁଡ଼ିକର ପ୍ରାଞ୍ଜଳ ସଂସ୍କୃତ ବ୍ୟାଖ୍ୟା କେତେ ଶାସ୍ତ୍ରରେ ଓ କେତେ ବାଗରେ ଲେଖା ହେଇଛି। ଯା'କୁ ବିଶ୍ୱାସ କଲେ- ଭାରତ ଥିଲା ବେଦଭୂମି, ସବୁଠୁ ପବିତ୍ର। ଶଙ୍ଖ ଗୁଡ଼ିକ କେବେ ହୁଏତ ଯୁଗଧର୍ମୀ ଥିଲେ। ଏବକୁ ମୂଲ୍ୟହୀନ ହୋଇ ମନ୍ତ୍ରପ୍ରାୟ ପୂଜା ପାଉଛନ୍ତି। କାରଣ ସମୟକୁ ଘେନି ମନ ବଦଳି ଯାଇଛିତ, ମନ୍ତ୍ର କେମିତି କାମ କରିବ ? ସନ୍ନ୍ୟାସ ଓ ତ୍ୟାଗ କାହାକୁ କହନ୍ତି। କୁରୁକ୍ଷେତ୍ର ଯୁଦ୍ଧ ପଡ଼ିଆରେ ଏକଥା ଅର୍ଜୁନ ପଚାରିଲେ। କୃଷ୍ଣ ଭଗବାନ ତାଙ୍କୁ ବଢ଼ିଆ ବୁଝେଇଥିଲେ- "କାମ୍ୟାନାଂ କର୍ମଣାଂ ନ୍ୟାସଂ ସନ୍ନ୍ୟାସଂ କବୟୋ ବିଦୁଃ ସର୍ବକର୍ମ ଫଲତ୍ୟାଗଂ ପ୍ରାହୁସ୍ତ୍ୟାଗଂ ବିଚକ୍ଷଣା।" (ଗୀତା ୧୮/୨୬) କେତେକ ପଣ୍ଡିତ କାମ୍ୟ କର୍ମମାନଙ୍କର ତ୍ୟାଗକୁ ସନ୍ନ୍ୟାସ ବୋଲି କହନ୍ତି ଏବଂ ଅନ୍ୟ ବିଚାର କୁଶଳ ପୁରୁଷମାନେ ସକଳ କର୍ମର ଫଲ ତ୍ୟାଗକୁ ତ୍ୟାଗ ବୋଲି କହନ୍ତି।

ଭୋଗ ଓ ବୈରାଗ୍ୟର ମଧ୍ୟମ ଅବସ୍ଥାକୁ ତ୍ୟାଗ କୁହାଯାଏ। ଭୋଗକୁ ତ୍ୟାଗ କରାଯାଏନି ବରଂ ଭୋଗ ମଧ୍ୟରେ ତ୍ୟାଗ କରାଯାଏ। ଭୋଜନ ତ କରାଯାଏ ମାତ୍ର ଭୋଜନ ମଧ୍ୟରେ ଖାଦ୍ୟର ସ୍ୱାଦକୁ ତ୍ୟାଗ କରାଯାଏ। ସେଇମିତି ଖାଇବା

ପାଇଁ ବଞ୍ଚିବା ନୁହେଁ। ଜିଇବା ପାଇଁ ଖିଆଯାଏ। ସୁତରାଂ ନିଷ୍କାମ ଭୋଗହିଁ ତ୍ୟାଗ, ଜୀବନ ଗତିଶୀଳ ହୁଏ ଭୋଗରୁ ତ୍ୟାଗ ଆଡ଼େ। ତ୍ୟାଗରେ ଥାଏ ଗ୍ରହଣ ଅବା ତ୍ୟଜନର ବିକଳ୍ପ। ପୁଣି ତ୍ୟାଗରେ ଥାଏ କ୍ଲେଶ ଓ କଷ୍ଟ। ପାର୍ଥିବ ବସ୍ତୁକୁ ପରିହାର କରିବାରେ ସୁଖ ବୃଦ୍ଧି ଘଟିନଥାଏ। ବରଂ ଏହା ଆମକୁ ସଂଲିପ୍ତ କରାଏ ଭୋଗରେ। ଭୋଗବାଦୀ ହେବାର କ୍ଷଣିକ ଆନନ୍ଦର ଆଶା ଜୀବନକୁ ଛାରଖାର କରିଦିଏ। ପିପାସା ଅପ୍ରଶମିତ, ବୃଦ୍ଧି ପାଇଥାଏ ରକ୍ତବୀଜ ଭଳି। ପିପାସାକୁ ବିକ୍ଷତ କରୁଥିବା ବ୍ୟକ୍ତି ନିଜେ ବିକ୍ଷତ ହୋଇ ଶେଷରେ ତା'ର ଶିକାର ବନିଯାଏ। ଭୋଗର ଅସଲ ମୁଖା ଯେତିକି ଯେତିକି ଖୋଲିଚାଲେ ତ୍ୟାଗ ପ୍ରବୃତ୍ତିର ପ୍ରାବଲ୍ୟ ସେତିକି ଅଧିକ ହୁଏ। ଧୀରେ ଧୀରେ ତ୍ୟାଗ ବ୍ରତରୂପ ନେଇ ବୈରାଗ୍ୟ ଅଭିମୁଖୀ ହୁଏ। କଣ୍ଠା ତଥା ଅପରିପକ୍ବ ବୟସରେ ପିଲାଟିର ରୁଚି ରହିଥାଏ। ମାତ୍ର ସେ ଯେତେବେଳେ ତରୁଣ ବୟସରେ ପାଦଥାପେ କଣ୍ଠା ପ୍ରତି ଆସକ୍ତି ତୁଟିଯାଏ। କଣ୍ଠାର ଆସକ୍ତି ସିନା ଚାଲିଯାଏ ହେଲେ ଧନପ୍ରତି ଆସକ୍ତି ବଢ଼ିଚାଲେ।

ଗୀତାଜ୍ଞାନକୁ ଶ୍ରେଷ୍ଠ ବୋଲି କୁହାଯାଏ। କାରଣ ଏଥିରେ ପାଠ ବେଶି ପ୍ରବଚନ ମୋଟୁରୁ ନାହିଁ। ତାକୁ ମାନି କାମ କଲେ ଅର୍ଜୁନଙ୍କ ପରି ସମୟ ଓ ସମର ସବୁକୁ ଜିଣି ହେବ।

ଭାଗବତରେ କୁହାଯାଇଛି "ଧର୍ମସ୍ବନୁଷ୍ଠିତ ପୁଂସା ବିଶ୍ବକ୍ ସେନ କଥାସୁଜଃ, ଯଦି ନୋପାଦଯେତ୍ ରତିଂ ଶ୍ରମଏ, ବହି କେବଳଂ," ଅର୍ଥାତ୍ ଦାନ, ଧର୍ମ ପୂଜାପାଠ ଆଦି ପ୍ରଭୁଠାରେ ମନ ଲାଗିବାର ଏକ ପ୍ରୟାସ। ଯଦି ତାଦ୍ବାରା ପ୍ରଭୁ ପାଦାଶ୍ରୟୀ ମନ ନ ହେଲା, ତେବେ ଏହା କେବଳ ଶ୍ରମ ମାତ୍ର। ମୋକ୍ଷ୍ୟ ଲାଭ ପାଇଁ ନିଷ୍ଠାର ସହିତ ପ୍ରଭୁଙ୍କ ଚିନ୍ତନରେ ଜୀବନ ବିତାଇଦେବାକୁ ହୁଏ। ଆବଶ୍ୟକ ହୋଇଥାଏ ଭକ୍ତିର ପରାକାଷ୍ଠା। ଭକ୍ତି ବିନା କେହି କେବେ ସଦ୍‌ଜ୍ଞାନ ପାଇନାହିଁ। ଭକ୍ତି ନଅ ପ୍ରକାର। (୧) ସତ୍‌ସଙ୍ଗ, (୨) ହରିକଥା ଶୁଣିବାରେ ଶ୍ରଦ୍ଧା, (୩) ସକଳ ଅଭିମାନ ଛାଡ଼ି ଗୁରୁଙ୍କ ସେବା କରିବା, (୪) ନିଷ୍କପଟ ଭାବରେ ପ୍ରଭୁଙ୍କ ଗୁଣଗାନ କରିବା, (୫) ଏକାଗ୍ର ଭାବରେ ମନ୍ତ୍ର ଜପ କରିବା ଓ ଦୃଢ଼ ବିଶ୍ବାସ ରଖିବା, (୬) ଇନ୍ଦ୍ରିୟ ନିଗ୍ରହ, ସଦାଚାର ଓ ବୈରାଗ୍ୟ, (୭) ସମସ୍ତଙ୍କ ପ୍ରତି ସମଭାବ ରଖିବା, (୮) କାହାରି ଦୋଷ ନ ଦେଖିବା ଓ ସଦା ସନ୍ତୁଷ୍ଟ ରହିବା, (୯) ସରଳ ବିଶ୍ବାସ ଓ ଈଶ୍ବରଙ୍କ ଠାରେ ଆସ୍ଥା ରଖିବା। ପ୍ରଭୁଙ୍କ ନାମ ଭଜନରୁ, ଚିନ୍ତନରୁ ଆତ୍ମଶୁଦ୍ଧି ହୋଇଥାଏ। "ତୃଣାଦପି ସୁନୀ, ତେନ ତରୋରପି ସହିଷ୍ନୁନା, ଅମାନିନା ମାନଦେନ କୀର୍ତନୀୟଃ ସଦାହରିଃ।" ଘାସଠାରୁ ଅଧିକ ଅବନତ ଏବଂ ବୃକ୍ଷଠାରୁ ଅଧିକ ସହିଷ୍ଣୁ ହୋଇ ନିଜେ ଅଭିମାନ ତ୍ୟାଗ କରି ଓ ଅପରକୁ ସମ୍ମାନ ପ୍ରଦର୍ଶନ ପୂର୍ବକ ସର୍ବଦା ଶ୍ରୀହରିଙ୍କ କୀର୍ତନ କରିବା ଉଚିତ। ମାତ୍ର ତ୍ୟାଗ ବ୍ୟତିରେକେ ଭକ୍ତି ସମ୍ଭବ ନୁହେଁ। ଲୋଡ଼ାପଡ଼େ ତ୍ୟାଗ କରିବାକୁ ପାର୍ଥିବ ପଦାର୍ଥ। ଏପରିକି ନିଜର ପାର୍ଥିବ ଶରୀରଟିକୁ ମଧ୍ୟ। ଜନ୍ମ ବେଳେ ଲଙ୍ଗଳା ଦେହଟିକୁ ଆମେ ଆଣି ଥାଆନ୍ତି। ଗଲା ସମୟରେ ସେତକକୁ ସାଙ୍ଗରେ ନେବାକୁ ଆମର ସାମର୍ଥ୍ୟ ନଥାଏ। ଆତ୍ମା ଅବିନାଶୀ, ତା'ର କ୍ଷୟ ନାହିଁ। ଆତ୍ମା ମଣିଷ ନୁହେଁ, ଜୀବରୁ ଜଡ଼ ପର୍ଯ୍ୟନ୍ତ ସକଳ ଦେହରେ ସେ ଥାଏ। ଏ ଜଗତ ଆତ୍ମାମୟ। ତା'ର ରୂପ କିୟା ଆକୃତି ନାହିଁ। ଯେମିତି ମଣିଷର ତଥା ଜୀବଜନ୍ତୁଙ୍କର ଅଛି। ସେ ଅସ୍ତ୍ରେ ଦିଗଢ଼ ହେବା ତ ଦୂରର କଥା, ଟିକିଏ ଖଣ୍ଡିଆ ଖାବରା ବି ହୁଏ ନାହିଁ। ସେ ଶୁଖିଲା ନୁହେଁ କିୟା ଓଦା ମଧ୍ୟନୁହେଁ। ନିଆଁ ତାକୁ ପୋଡ଼ି ପାରେନା କି ପାଣି ତାକୁ ଭିଜାଇ ପାରେନା। ପବନ ତାକୁ ଉଡ଼େଇ ପାରେନା କିୟା ଖରା ତାକୁ ଶୁଖେଇ ପାରେନି। ସେ ମିଳାଇ ଯାଏ ମହାଶୂନ୍ୟରେ, ପରମାତ୍ମାଙ୍କ ଚରଣ କମଳରେ। ଆମେ ଅତି ଯତ୍ନରେ ସଜାଇ ରଖିଥିବା ଦେହଟିକୁ ଛାଡ଼ି ଦେଇ।

ଜନମେ ଜୀବ ଏକାକୀ, ମରଣେ ପୁଣି ଏକାଳୀ, ଏକାକୀ ଭୋଗେ ଜଗତେ କ୍ଲେଶ ଯାବତ। ସେ ଜୀବ ଏକାକୀ ପୁଣି ତରଇ ଦୁର୍ଗତି ଶ୍ରେଣୀ। ଜୀବସଦା ଏକା ଏହା ଦେବ ଗୁରୁଙ୍କ ମତ। ଜୀବ ତ ଏକା ଆସିଛି ପୁଣି ଏକୁଟିଆ ଫେରିବ। ଧନ, ସମ୍ପତ୍ତି, ସ୍ତ୍ରୀ, ପରିବାର କିୟା ଏପରିକି ନିଜ ଶରୀରଟିକୁ ସାଙ୍ଗରେ ନେବା କ'ଣ କେବେ ସମ୍ଭବ

ହେବ। "ସ୍ୱୟଂ କର୍ମ କରୋତ୍ୟାମା ସ୍ୱୟଂ ତତ୍‌ଫଳ ମଶ୍ନୁତେ। ସ୍ୱୟଂ ଭ୍ରମତି ସଂସାରେ ସ୍ୱୟଂଃସ୍ମାଦ୍ ବି ମୁଚ୍ୟତେ। ଜୀବ ନିଜେ କାମକରେ ଓ ତା'ର ଶୁଭାଶୁଭ ଫଳ ନିଜେ ହିଁ ଭୋଗ କରେ। ଏହି ସଂସାରରେ ଘୁରିବୁଲେ ଓ ନିଜେ ମୋକ୍ଷ ପ୍ରାପ୍ତ ହୁଏ।

ମଣିଷ ଯେପର୍ଯ୍ୟନ୍ତ ନିଜକୁ ଜାଣି ନ ପାରେ। ସେ ପର୍ଯ୍ୟନ୍ତ ଭ୍ରମରେ ରହେ। ଅଜ୍ଞାନକୁ ଜ୍ଞାନ ବୋଲି ଭାବେ। ଅବିଦ୍ୟାକୁ ବିଦ୍ୟା ବୋଲି ମନେକରେ। ଅସତ୍ୟକୁ ସତ୍ୟ ବୋଲି ସ୍ୱୀକାର କରେ। ଗୋଟିଏ ଜୀବ (ମଣିଷ, ପଶୁ, ପକ୍ଷୀ, କୀଟ, ପତଙ୍ଗ, ତରୁଲତା ପ୍ରଭୃତି) ଯେଉଁ ଯୋନିରେ, ଯେଉଁ କୁଳରେ, ଯେଉଁ ସଂପ୍ରଦାୟରେ ଜନ୍ମଲାଭ କରିଥାଉନା କାହିଁକି, ତାଙ୍କର ପ୍ରକୃତ ପରିଚୟ ହେଲା। ସେ ପରମାମ୍ଯାଙ୍କ ଅଂଶ ସ୍ୱରୂପ। ତେଣୁ ପ୍ରତ୍ୟେକ ପ୍ରାଣୀର ପ୍ରକୃତ ପରିଚୟ ହେଉଛି ସମସ୍ତେ ଜଣେ ଜଣେ ଜୀବାମ୍ଯା ବା ଆମ୍ଯା। କର୍ମ ଅନୁଯାୟୀ ଯିଏ ଯେଉଁ ଯୋନି ଧାରଣ କରେ ତାକୁ ସେପରି ପରିଚୟ ମିଳେ। ଯଦି ଏକ ଜୀବାମ୍ଯା ମନୁଷ୍ୟ ଯୋନି ଧାରଣ କରେ ତାକୁ ମଣିଷ ବୋଲି କୁହାଯାଏ।

ଅନେକଙ୍କ ମନରେ ପ୍ରଶ୍ନ ଉଠେ, ଏହି ଜୀବାମ୍ଯା କ'ଣ ? ଏହାର ଉତ୍ତର ହେଉଛି ଆପଣ ନିଜେ ବା ମୁଁ ନିଜେ। ଯେପରି ଚାଳକ ବିନା ଏକ ଗାଡ଼ି ବା ବିମାନ ଗତି କରିପାରେନାହିଁ, ଠିକ୍ ସେପରି ଆମ୍ଯାବିନା ଯେ କୌଣସି ଶରୀର ବା ଦେହ ତା'ର କୌଣସି କାର୍ଯ୍ୟ ସମ୍ପାଦନ କରି ପାରେ ନାହିଁ। ଏହି ଜୀବାମ୍ଯାର ଜନ୍ମ ଏବଂ ମୃତ୍ୟୁ ନାହିଁ। ଆମମାନଙ୍କ ସମ୍ମୁଖକୁ ଆସୁଥିବା ସବୁ ଅବସ୍ଥା ବିନାଶୀ। ସବୁ ପରିସ୍ଥିତି ବି ବିନାଶୀ, ସମସ୍ତ ଘଟଣା, ସ୍ଥାନ, କାଳ, ବସ୍ତୁ, ବ୍ୟକ୍ତି, ପରିସ୍ଥିତି ପ୍ରଭୃତି ସମୟ କ୍ରମେ ବଦଳି ଯାଏ। କିନ୍ତୁ ଜୀବାମ୍ଯାର କୌଣସି ପରିବର୍ତ୍ତନ ଘଟେ ନାହିଁ। ଆମେ ଯେଉଁ ଜନ୍ମ ଓ ମୃତ୍ୟୁର କଥା କହୁ ତାହା ପ୍ରକୃତରେ ଶରୀରର ଜନ୍ମ ମୃତ୍ୟୁ, କିନ୍ତୁ ଆମ୍ଯା ଚିରସତ୍ୟ ଏବଂ ଅବିନାଶୀ।

ସୂର୍ଯ୍ୟ, ଚନ୍ଦ୍ର, ଗ୍ରହ, ନକ୍ଷତ୍ର ଦୁନିଆର ଉର୍ଦ୍ଧ୍ୱରେ ଲାଲ ରଙ୍ଗର ଆକାଶ ଯେଉଁ ସ୍ଥାନରେ ସ୍ୱୟଂ ପ୍ରକାଶିତ। ସେଠାରେ ସ୍ୱୟଂ ପରମ ପିତା ପରମାମ୍ଯା ଶିବଙ୍କ ନିବାସ ସ୍ଥାନ। ସେହି ସ୍ଥାନକୁ ପରମ ଧାମ, ଶାନ୍ତି ଧାମ, ମୁକ୍ତି ଧାମ, ବ୍ରହ୍ମ ଲୋକ ଶିବାଳୟ କୁହାଯାଏ। ସେଠାରେ ପରମାମ୍ଯାଙ୍କ ସହିତ ସର୍ବ ଆମ୍ଯାଙ୍କର ନିବାସ ସ୍ଥାନ। କିନ୍ତୁ ପରମାମ୍ଯାଙ୍କୁ ଛାଡ଼ିଦେଲେ ଆମେ ସମସ୍ତେ ଏହି ଧରାରେ ଜନ୍ମ ଗ୍ରହଣ କରି ନିଜ ନିଜ ଜୀବନକାଳ ସମୟରେ ଅଭିନୟ କରୁ। ତେଣୁ ଆମ୍ଯାକୁ ଜୀବାମ୍ଯା (ଜୀବ+ ଆମ୍ଯ) କୁହାଯାଏ।

ଆମ୍ଯାଟି ପ୍ରାଣକୁ ସାଙ୍ଗରେ ନେଇ ଦେହରେ ପଶିଲେ ଜଣେ ଜନ୍ମ ହେବାକୁ ଯୋଗ୍ୟ ହୁଏ। ଆଉ ସେହି ଆମ୍ଯା ଗଳାବେଲେ ଦେହରୁ ପ୍ରାଣକୁ ସାଙ୍ଗରେ ନେଇ ଚାଲିଯାଏ। ତେଣୁ ସେ ଏକା ସତ୍ୟ। ସବୁବେଲେ ଥାଏ। ଏ ଦେହ ମିଛ, ସେ ଆଜି ଅଛି, କାଲିକୁ ନାହିଁ। ମଣିଷ (ଜୀବ) ଆଉ ଆମ୍ଯା ପରସ୍ପରର ପରିପୂରକ। ମଣିଷ (ଜୀବ) ଆସିବେ, ପୁଣି ମଣିଷ (ଜୀବ) ଯିବେ। କିନ୍ତୁ ଆମ୍ଯା ଥିବ ଚିରକାଲ। ଅବନୀର କାଳ ପୂରିଗଲେ ସେ ରହିଥିବ ମହାକାଲ ହୋଇ।

ଶରୀରର ଅନ୍ୟନାମ 'ପୁର'। ପୁରରେ ବାସ କରେ ବୋଲି ଆମ୍ଯାର ନାମ ପୁରୁଷ ବା ଆମ୍ଯା ପୁରୁଷ। ଏହି ପୁରରେ ପାଞ୍ଚ ମନ, ପାଞ୍ଚ ପ୍ରାଣ, ପଚିଶ ପ୍ରକୃତି, ଦଶ ଇନ୍ଦ୍ରିୟ ସହ ସ୍ଥୁଲ ଶରୀର ଅର୍ଥାତ ରସ, ରକ୍ତ, ମାଂସ, ମେଦ, ତେଜ, ଓଜ, ବାତ, କଫ, ପିଉ ଇତ୍ୟାଦି ବିଦ୍ୟମାନ। ଭଗବତ ଗୀତାରେ ମଧ୍ୟ କୁହାଯାଇଛି "ଆମ୍ଯାନଂ ରଥୀନାଂ ବିଧ୍ୱ, ଶରୀରଂ ରଥମେବ ତୁ, ବୁଦ୍ଧି ତୁ ସାରଥି ବିଧ୍ୱ ମନ ପ୍ରଗହମେବ ଚ।" ଅର୍ଥାତ୍ ଶରୀର ରୂପକ ରଥରେ ଆମ୍ଯା ରଥୀ, ଇନ୍ଦ୍ରିୟମାନେ ଅଶ୍ୱ, ମନରୂପକ ଲଗାମକୁ ବୁଦ୍ଧି ବା ବିବେକ ନିୟନ୍ତ୍ରଣ କରୁଛି। ତଥାପି ଜୀବ ମାତ୍ରେ ହିଁ ପଞ୍ଚ ବିକାରର ବଶବର୍ତ୍ତୀ ହୋଇ ବାରମ୍ୱାର ଝୁଣ୍ଟିପଡ଼େ। ଜୀବନ ରାସ୍ତା ଅତିକ୍ରମ କଲାବେଲେ ଯେଉଁମାନେ ଖୁବ୍ ସତର୍କତାର ସହ ସଂଯମ ଆଚରଣ ପୂର୍ବକ ହାତେ ମାପି ଚାଖଣ୍ଡେ ଚାଲନ୍ତି ସେମାନେ ଜୀବନ ଯୁଦ୍ଧରେ ବିଜୟୀ ହୋଇଥାଆନ୍ତି।

ମଣିଷ ଜୀବନର ଶ୍ରେଷ୍ଠ ଲକ୍ଷ୍ୟ ହେଲା ନିଜକୁ ଚିହ୍ନିବା। ସଂସାରରେ ସମସ୍ତଙ୍କର ପରିଚୟ ଶରୀରକୁ ନେଇ। ନିଜ ପରିବାରରେ ଜଣକର ବିବିଧ ପରିଚୟ- ପୁଅ, ପୁତୁରା, ଭାଇ, ବାପ, ଦାଦା, ଜେଜେ ଇତ୍ୟାଦି ହେଲେ ମଧ୍ୟ ତା'ର

ନାଁ'ଟିଏ ଥାଏ । ସମାଜରେ ଚଳିବା ପାଇଁ ଏସବୁ ଅବାସ୍ତବ ଓ ଅଳିକ । ନିଜର ସ୍ଥାୟୀ ପରିଚୟ କେବଳ ଆମ୍ଭା ଯାହା ଯୋଗୁ ଏ ଶରୀର ସଂସାରକୁ ଆସିଛି । ନିଜର ଆମ୍ଭା ସ୍ବରୂପର ଅନୁସନ୍ଧାନ ମନୁଷ୍ୟ ଜୀବନର ଅତ୍ୟାବଶ୍ୟକ କର୍ମ ହେଲେ ମଧ୍ୟ ଅନେକ ସେ ବିଷୟରେ ଭାବି ନଥାଆନ୍ତି । ଏହାଦ୍ବାରା ମନୁଷ୍ୟ ଜୀବନ ଗୃହପାଳିତ ପଶୁର ଜୀବନ ସହିତ ସମାନ ହୋଇଯାଏ ।

ଅଜ୍ଞାନତା କାରଣରୁ ମଣିଷ ନିଜକୁ ଶରୀର ବୋଲି ଭାବେ । ସମସ୍ତ ଇନ୍ଦ୍ରିୟ ଦ୍ବାରା ଅନୁଭୂତ ହେଉଥିବା ଅବସ୍ଥାକୁ ସତ୍ୟ ବୋଲି ମନେ କରେ । ଜଗତଗୁରୁ ଶଙ୍କରାଚାର୍ଯ୍ୟ କହିଛନ୍ତି- ବ୍ରହ୍ମ ସତ୍ୟ, ଜଗତ ମିଥ୍ୟା । ମିଥ୍ୟା ତାହାକୁ କୁହାଯିବ ଯାହାର ସ୍ଥାୟିତ୍ବ ନାହିଁ । ବ୍ରହ୍ମ ସିଏ, ଯାହାର କେବେ ଜନ୍ମ ମୃତ୍ୟୁ ନାହିଁ । ସେହି ବ୍ରହ୍ମର କୌଣସି ଆକାର, ରୂପ, ଗନ୍ଧ, ସ୍ବାଦ, ସ୍ପର୍ଶାନୁଭବ ନାହିଁ । ବ୍ରହ୍ମ ସର୍ବତ୍ର ବିଦ୍ୟମାନ । ବ୍ରହ୍ମ ହିଁ ସତ ସ୍ବରୂପ । ଏହାକୁ ଜାଣିବାର ପ୍ରୟାସ କଲେ ଜୀବ ମୁକ୍ତି ପଥରେ ଅଗ୍ରସର ହୁଏ । ଆମ୍ଭା ବା ବ୍ରହ୍ମ ଅଥବା ଜୀବାମ୍ଭାକୁ ଜାଣିବା ଲାଗି ପ୍ରତ୍ୟେକ ମନୁଷ୍ୟ ଚେଷ୍ଟା କରିବା ଉଚିତ । ଏଥିରେ ହିଁ ଜୀବର ପ୍ରକୃତ ସୁଖ ଏବଂ ଶାନ୍ତି ନିହିତ ରହିଛି ।

ବ୍ରହ୍ମ ଏବଂ ବିଶ୍ବକୁ ବୁଝିବାର କ୍ଷମତା ହେଉଛି ବିଦ୍ୟା ଓ ନବୁଝି ପାରିବା ହେଉଛି ଅବିଦ୍ୟା । ବିଦ୍ୟା ଓ ଅବିଦ୍ୟା, ଜୀବନର ମୂଳଲକ୍ଷ୍ୟ ଈଶ୍ବର ପ୍ରାପ୍ତି ବା ମୁକ୍ତି । ଏହାକୁ ବୁଝିବା ଓ ଏଥିଲାଗି ସାଧନା କରିବା ପାଇଁ ଜୀବନ ଧାରଣର ଆବଶ୍ୟକତା ରହିଛି । ଅତଏବ ବଞ୍ଚିବା ପାଇଁ ଅବିଦ୍ୟ ତଥା ମୁକ୍ତି ଲାଗି ବିଦ୍ୟାର ନିର୍ଦ୍ଧାରଣ କରାଯାଇଛି । ବେଦବାଣୀ ହେଲା- "ଯତ୍କର୍ମ ତନ୍ନବନ୍ଧାୟ ଯା ବିଦ୍ୟା ସା ବିମୁକ୍ତୟେ" ଅର୍ଥାତ୍ ସଂସାରିକ କର୍ମ ଜନ୍ମ ମୃତ୍ୟୁର ଚକ୍ରରେ ବନ୍ଧନ ଲାଗି ଉଦ୍ଦିଷ୍ଟ ନୁହେଁ । ମୁକ୍ତିରେ ହିଁ ଏହାର ବାସ୍ତବତା ନିହିତ । ସେହିପରି ମୁକ୍ତି ନିମନ୍ତେ ବିଦ୍ୟା ମଧ୍ୟ ବିହିତ । କର୍ମ ଅବିଦ୍ୟା ଏବଂ ଆମ୍ଭଜ୍ଞାନ ବିଦ୍ୟା ସାଧନ ପାଇଁ ଭୌତିକ ଶରୀରର ଆବଶ୍ୟକତା ଥିବା ସ୍ଥଲେ ଏହାକୁ ରକ୍ଷା କରିବାକୁ ଆବଶ୍ୟକୀୟ କର୍ମ ବିଷୟକ ଜ୍ଞାନକୁ ମୋଟା ମୋଟି ଅବିଦ୍ୟା ବୋଲି କୁହାଯାଏ । ସେହିପରି ଆମ୍ଭା ପରମାମ୍ଭା ସମ୍ବନ୍ଧୀୟ ଜ୍ଞାନକୁ ବିଦ୍ୟା ବୋଲି କହନ୍ତି । ଈଶା ବା ସେୟାପନିଷଦର ନବମ, ଦଶମ ଓ ଏକାଦଶ ମନ୍ତ୍ରମାନଙ୍କରେ ବିଦ୍ୟା ଓ ଅବିଦ୍ୟାର ସ୍ବରୂପକୁ ବୁଝାଇ ଦିଆଯାଇଛି । ବ୍ୟକ୍ତି ଜୀବନ କାଲରେ ଉଭୟ ବିଷୟରେ ଜାଣିବା ଆବଶ୍ୟକ । ସଂସାର କର୍ମଭୂମି ହୋଇ ଥିବାରୁ ତହିଁରେ ଥିବା ସମସ୍ତ ଜୀବ କର୍ମ କରିବାକୁ ବାଧ୍ୟ । କର୍ମରେ କର୍ତୃତ୍ବ ଅଭିମାନ ପୋଷଣ କରିବା ହେତୁ ପ୍ରାଣୀମାନେ କର୍ମ ଜନିତ ସଂସାର ବନ୍ଧନରେ ଆବଦ୍ଧ ହୁଅନ୍ତି । କର୍ମକୁ କରଣୀୟ ମନେକରି ତ୍ୟାଗ ପୂର୍ବକ ଈଶ୍ବରାର୍ପଣ କରିଦେଲେ ତାହା ଅକର୍ମ ହୋଇଯିବ । ଅତଏବ ସଂସାରିକ କର୍ମ କରି ସୁଦ୍ଧା ଜଣେ ମୁକ୍ତି ପାଇ ପାରିବ । ସେଥିପାଇଁ ଭାଗବତରେ କୁହାଯାଇଛି- "ଅକର୍ମେ ବାସୁଦେବ ପ୍ରୀତି, କର୍ମ କରିଲେ କ୍ଷୟଯାନ୍ତି" । ମାତ୍ର କର୍ମ ଭୂମିରେ କର୍ମ ନକରିବା ଦୋଷାବହ । ତେଣୁ କୁହାଯାଇଛି- ଜୀବନରେ ଜଣଙ୍କ ଲାଗି ବିଦ୍ୟା ଓ ଅବିଦ୍ୟା ଉଭୟର ଆବଶ୍ୟକତା ଅଛି । ଅବିଦ୍ୟା ମନୁଷ୍ୟକୁ ମୃତ୍ୟୁ ପର୍ଯ୍ୟନ୍ତ ରକ୍ଷାକରିବ । ଏହା ଅକର୍ମରେ ପରିଣତ ହେଲେ ମୃତ୍ୟୁକୁ ମଧ୍ୟ ପାର କରାଯାଇ ପାରେ । ବେଦରେ କୁହାଯାଇଛି- "ପ୍ରଜ୍ଞାନଂ ବ୍ରହ୍ମ" ଅତଏବ ଜ୍ଞାନଦ୍ବାରା ବ୍ରହ୍ମକୁ ଜାଣି ପାରିଲେ ଜଣେ ଜନ୍ମ ମରଣ ଚକ୍ରରୁ ରକ୍ଷାପାଇ ପାରିବ । ଏଥିରୁ ସ୍ପଷ୍ଟ ଭାବରେ ସୂଚନା ମିଳୁଛି ଯେ ଜୀବନକୁ ସୁଚାରୁରୂପେ ବଞ୍ଚିବା ଏବଂ ମରଣ ପରେ ସଂସାର ବନ୍ଧନରୁ ମୁକ୍ତ ହେବାର ସକଳ ଉପାୟ ବେଦ ବାଙ୍ମୟରେ ଅବଶ୍ୟ ରହିଛି ।

"ତେ ତଂ ଭୁକ୍ଭା ସ୍ବର୍ଗ ଲୋକେ ବିଶାଲଂ କ୍ଷୀଣେ ପୁଣ୍ୟେ ମର୍ଭ୍ୟଲୋକଂ ବିଶନ୍ତି । ଏକଂ ତ୍ରୟୀ ଧର୍ମ, ମନୁପ୍ରଶନ୍ନା ଗତାଗତଂ କାମକାମା ଲଭେନ୍ତେ ।" ଅର୍ଥାତ୍ ଭଗବାନ କହୁଛନ୍ତି- ସେମାନେ ସେହି ବିଶାଲ ସ୍ବର୍ଗ ଲୋକର ଭୋଗ ଉପଭୋଗ କରିସାରି ପୁଣ୍ୟକ୍ଷୟ ହେଲେ, ମୃତ୍ୟୁ ଲୋକକୁ ଆସନ୍ତି । ଏହିପରି ତିନି ବେଦରେ ବର୍ଣ୍ଣିତ ସକାମ ଧର୍ମର ଆଶ୍ରିତ ଭୋଗ କାମ ମନୁଷ୍ୟ ଜନ୍ମ ଗ୍ରହଣ ଲାଭ କରନ୍ତି । କାରଣ ପ୍ରଭୁ ପୁଣି କହୁଛନ୍ତି "ମୟି ସର୍ବାଣି ଭୂତାନି ସର୍ବଭୂତେଷୁ ଚାପ୍ୟହମ୍, ସ୍ଥିତ ଇତ୍ୟୁଢ଼ିକାନୀ ହି ମା ତେ ଭୁବତ୍ର ସଂଶୟଃ ।" ମୋଠାରେ ସକଳ ଜୀବ ଅବସ୍ଥିତ । ମୋସ୍ଥିତି ସକଳ

ଜୀବେ ଜାଣିବ ନିଶ୍ଚୟ। ଏହା ନିଃସଂଶୟ ନାରାୟଣ ଭାବ ଭବେ। ଭଗବାନ ଶ୍ରୀକୃଷ୍ଣ ହସ୍ତିନାରୁ ଦ୍ଵାରିକାକୁ ପ୍ରତ୍ୟାବର୍ତ୍ତନ ପଥରେ ମୁନିଶ୍ରେଷ୍ଠ ଉଦ୍ଧଙ୍କ ତାଙ୍କଠାରୁ ଆଧ୍ୟାତ୍ମିକ ବିଷୟ ଶ୍ରବଣ କରିବାକୁ ଅନୁରୋଧ କରିବାରୁ ସେ ତାଙ୍କୁ ଏହା କହିଛନ୍ତି।

ପ୍ରବୃତ୍ତି ଓ ନିବୃତ୍ତି, କର୍ତ୍ତବ୍ୟ ଓ ଅକର୍ତ୍ତବ୍ୟ, ଭୟ ଓ ଅଭୟ ଏବଂ ବନ୍ଦନ ଓ ମୋକ୍ଷକୁ ଜାଣିଗଲେ ସଂସାରରୁ ସମ୍ପର୍କ ଛିନ୍ନ ହୋଇଯାଏ। ଯଦି ବ୍ୟକ୍ତି ଏସବୁ ଜାଣି ସାରିବା ପରେ ମଧ୍ୟ ତା ସଂପର୍କ ଛିନ୍ନ ହେଲା ନାହିଁ, ତେବେ ସେ ବାସ୍ତବରେ ତାହା ଜାଣି ନାହିଁ, କେବଳ ଶିଖ୍ ଯାଇଛି। ତେଣୁ ଯେଉଁ ବୁଦ୍ଧି ପ୍ରବୃତ୍ତି ଓ ନିର୍ବୃତ୍ତିକୁ, କର୍ତ୍ତବ୍ୟ ଓ ଅକର୍ତ୍ତବ୍ୟକୁ, ଭୟ ଓ ଅଭୟକୁ ତଥା ବନ୍ଦନ ଓ ମୋକ୍ଷକୁ ଜାଣେ ସେହି ବୁଦ୍ଧି ସାତ୍ତ୍ଵିକୀ ଅଟେ। ସାତ୍ତ୍ଵିକୀ ବୁଦ୍ଧି ଉଦୟ ହେଲେ ଜୀବାତ୍ମାକୁ ଜାଣିପାରିବା ସମ୍ଭବ ହେବ।

ମଣିଷର ଅବିଶ୍ୱାସର ଦୁଇଟା କ୍ଷେତ୍ର। ଜନ୍ମାନ୍ତର ବାଦ ଓ ଈଶ୍ଵରଙ୍କ ଅସ୍ତିତ୍ୱ। ତଥାପି ଜନ୍ମାନ୍ତରରେ ବିଶ୍ୱାସ ରଖିବାକୁ ହେବ। ଏଇଥ୍ ପାଇଁ ଯେ ସୃଷ୍ଟିରେ କୌଣସି ପଦାର୍ଥ ସମୂଲେ ନଷ୍ଟ ହୁଏ ନାହିଁ। ଚାପ, ତାପ ଓ କାଲର ପ୍ରଭାବରେ ବସ୍ତୁର ରୂପାନ୍ତର ହେବା ସଂପୂର୍ଣ୍ଣ ରୂପେ ବିଜ୍ଞାନ ସଙ୍ଗତ। ପ୍ରାଣୀର ମନ ଗୋଟିଏ ବାୟୁହୀନ ବେଲୁନ୍ ପରି। ବେଲୁନ୍‌ରେ ବାୟୁ ପଶିଲେ ତା' ଭିତରେ ଚାପ ସୃଷ୍ଟି ହୁଏ ଓ ତା'ର ଆକାର ବଢ଼େ। ତହିଁରେ ଥିବା ଚିତ୍ର ଗୁଡ଼ିକ ସ୍ୱଷ୍ଟତର ହୋଇ ଦେଖାଯାଆନ୍ତି। ସେହିପରି ଭାବ ଓ ତହିଁରୁ ସୃଷ୍ଟି ଭାବନା ମନ ଉପରେ ଚାପ ପ୍ରୟୋଗ କରି ତା'ର ରୂପାନ୍ତର କରିଦିଅନ୍ତି। ମନ ଶକ୍ତି ସ୍ୱରୂପ ହୋଇ ଥିବାରୁ ବିନଷ୍ଟ ହୁଏ ନାହିଁ, ବରଂ ନିଜେ ରହିବା ଲାଗି ଶରୀର ରୂପୀ ଆଧାରଟିଏ ଲୋଡ଼େ। ଜଣକ ଜୀବନ କାଲର ଭାବନା ଶେଷରେ ଭାବ ଅବସ୍ଥାକୁ ପ୍ରାପ୍ତ ହୋଇ ଆମ୍ଭ ସହିତ ଲୀନ ହେଉଥିବା ହେତୁ ସେହି ଭାବର ପ୍ରଭାବରେ ଜୀବାତ୍ମା ପୁନର୍ବାର ଶରୀର ଗ୍ରହଣ କରିବା ନିଶ୍ଚିତ।

ବୃହଦାରଣ୍ୟକ ଉପନିଷଦରେ ଜୀବାତ୍ମାର ଭୂଲୋକକୁ ଆସିବାର ଉପାୟ ରଷି ବତାଇଛନ୍ତି। ଜୀବାତ୍ମାଟି ମହାକାଶରୁ ଅନ୍ତରୀକ୍ଷ ଦେଇ ପୃଥ୍ୱୀବାର ବାୟୁ ମଣ୍ଡଲକୁ ଆସେ। ଏଠି ଥାଏ ମେଘ, ତା'ପାଇଁ ଜଲର ସଂସର୍ଗ। ତା'ରି ଭିତରେ ଭ୍ରମୁଁ ଭ୍ରମୁଁ ବର୍ଷା ବିନ୍ଦୁରେ ସେ ଓହ୍ଲାଏ ମେଦିନୀକୁ। ଏଇଠୁ ତା'ର ସଞ୍ଚାର ହୁଏ ଶସ୍ୟକୁ। ତହିଁରୁ ପୁରୁଷ ଶରୀରକୁ ସାହାରା କରି ସେ ଶେଷରେ ପହଞ୍ଚେ ନାରୀ ଗର୍ଭରେ। ସେଟି ବି ସେ ରହେ ଜଲ ତତ୍ତ୍ୱର ଆବର୍ତ୍ତରେ। କେତେ ବର୍ଷା ବିନ୍ଦୁ ନଦୀ, ସମୁଦ୍ର ଓ ଜଲାଶୟମାନଙ୍କରେ ପଡ଼ନ୍ତି। ଜୀବାତ୍ମା ଯଦି ସେଇ ଜଲବିନ୍ଦୁକୁ ଆଶ୍ରା କରିଥାଏ। ତେବେ ପୁଣି ବାୟୁ ମଣ୍ଡଲକୁ ଫେରି ଯିବା ହିଁ ସାର। ମାଟି ଛୁଇଁବା ପାଇଁ ତାକୁ ଆହୁରି ଚେଷ୍ଟା କରିବାକୁ ପଡ଼ିଥାଏ। ଏ ସତ୍ୟକୁ ଭୌତିକ ବିଜ୍ଞାନ ମାନିବ, ଇଏ ରଷି ବାକ୍ୟ।

କେତେ ଲୋକ ପୁନଃଜନ୍ମରେ ବିଶ୍ୱାସ କରନ୍ତି ନାହିଁ। ଶଙ୍କରାଚାର୍ଯ୍ୟ ତ ଲେଖିଲେ "ପୁନରପି ଜନମଂ, ପୁନରପି ମରଣଂ, ପୁନରପି ଜନନୀ ଜଠରେ ଶୟନମ୍।" ତା'କୁ ପଢ଼ି, ଶୁଣି ଓ ବୁଝି ସୁଦ୍ଧା ସେମାନେ ପୁନଃଜନ୍ମର ବିଶ୍ୱାସୀ ନୁହନ୍ତି। ଏହା ନିରାଟ ସତ ଯେ କାହାରି ବିଶ୍ୱାସ ଅବିଶ୍ୱାସକୁ ନେଇ ସଂସାର ଚଲେ ନାହିଁ। ତା'ର ପରିଚାଲନା ପାଇଁ ବିଧାତା ନିୟମ ତିଆରି କରିଛନ୍ତି। ଆମେ ଯେପରି କୌଣସି କାମ କରିବା ଆଗରୁ ଯୋଜନା କର୍ତ୍ତୁ, ସେହିପରି ସୃଷ୍ଟିକର୍ତ୍ତା ପ୍ରଥମେ ସୂତ୍ରକୁ ଜାଣି ଜଗତ ନିର୍ମାଣ କରିଛନ୍ତି। ସୃଷ୍ଟି ଏପରି ଯେ ଏଠାରେ କୌଣସି ପଦାର୍ଥର ସଂପୂର୍ଣ୍ଣ ବିନାଶ କଦାପି ହୋଇ ପାରିବ ନାହିଁ। ଅଥଚ ସମସ୍ତ ପଦାର୍ଥର ରୂପାନ୍ତର ଅବଶ୍ୟମ୍ଭାବୀ। ଆମେ ଜାଣୁ ବା ନ ଜାଣୁ ପଦାର୍ଥମାନଙ୍କର ରୂପ ଅହରହ ପରିବର୍ତ୍ତିତ ହୋଇଥାଏ। ଆଖି ଆଗରେ ଜଣକୁ ଦେଖୁ ଦେଖୁ ବି ତା ଶରୀରର କେତେ ଜୀବକୋଷ ନଷ୍ଟ ହୋଇ ଆହୁରି କେତେ ତିଆରି ହେଉଛନ୍ତି। ପ୍ରତି ମୁହୂର୍ତ୍ତରେ ଶରୀରରେ ସନ୍ନିବିଷ୍ଟ ସକଲ ତତ୍ତ୍ୱର ପରିବର୍ତ୍ତନ ଘଟୁଥିଲେ ବି ଆମେ ସେଥିପାଇଁ ସଚେତନ ନଥାଉ। ଶରୀର ଅଥବା ପଦାର୍ଥ ପାଇଁ ଏ ନିୟମ ଯେପରି ପ୍ରଯୁଜ୍ୟ ସେହିପରି ସକଲ ଶକ୍ତିମାନଙ୍କ ଲାଗି ମଧ୍ୟ ପ୍ରଯୁଜ୍ୟ। ମନ, ବୁଦ୍ଧି ଇତ୍ୟାଦିର ପରିବର୍ତ୍ତନ ସମସ୍ତେ ଲକ୍ଷ୍ୟ କରିଥିବେ। ପ୍ରାଣ ଓ ଆତ୍ମା ମଧ୍ୟ ଏ ନିୟମରୁ ବହିର୍ଭୂତ ନୁହନ୍ତି। ପ୍ରାଣର ବଲ ହିଁ ଶରୀର ବଲ। ପ୍ରାଣ ଶକ୍ତିହୀନ ହେଲେ ଶରୀର ଦୁର୍ବଲ ହୁଏ। ଏହା ସମସ୍ତଙ୍କର

ଗୋଚରର କଥା । ବାକି ରହିଲା ଆତ୍ମା । ପ୍ରତ୍ୟେକ କର୍ମ କରନ୍ତି ଓ କିଛି ଫଳ ଭୋଗ କରନ୍ତି । ମନର ସହାୟତାରେ ଆତ୍ମା ତାହାଁରେ ଲିପ୍ତ ହୋଇ ନିଜର ନିର୍ମଳତାକୁ ହରାଏ । ଏହାହିଁ ତା'ର ପରିବର୍ତ୍ତନ । ଯେ ପର୍ଯ୍ୟନ୍ତ ଆତ୍ମା ସଂପୂର୍ଣ୍ଣ ନିର୍ମଳ ହୋଇନାହିଁ ସେ ପର୍ଯ୍ୟନ୍ତ ସେ ପରମାତ୍ମାଙ୍କୁ ପାଇବ ନାହିଁ ଏହାହିଁ ଧ୍ରୁବ ସତ୍ୟ ।

ପଞ୍ଚ ତତ୍ତ୍ୱ (ରକ୍ତ, ମେଦ, ଅସ୍ଥି, ମଜ୍ଜା, ନାୟୁ ବା ନାଡ଼ି)ର ଉପାଦାନରେ ଗଢ଼ା ପଞ୍ଚ ପ୍ରକୃତି (କାମ, କ୍ରୋଧ, ଲୋଭ, ମୋହ ଓ ହିଂସା)ର ସଭା ପଞ୍ଚଭୂତ (କ୍ଷିତି, ଅପ, ତେଜ, ବାୟୁ, ଆକାଶ)ରେ ଲୀନ ହୋଇଯାଏ । ପଞ୍ଚମହାଭୂତରୁ ପ୍ରାଣୀଙ୍କ ଶରୀର ତିଆରି ହୁଏ । ପୃଥ୍ୱୀରେ ଚଳାଚଳ ହୁଅନ୍ତି ନାନା ଜାତିର ଜୀବ । ଜୀବନ କାଳ ଅତୀତ ହେବା ପରେ ପୁଣି ସେହି ଦେହ ମିଶେ ପଞ୍ଚ ମହାଭୂତରେ । ଅଦୃଶ୍ୟ ଅବ୍ୟକ୍ତ ହୋଇ ଯାଏ ପ୍ରାଣୀ । ପ୍ରତିଦିନ କେତେ ଜନ୍ମ ହୁଅନ୍ତି, କେତେ ମରନ୍ତି । ଜୀବନ ଚଳୁଥାଏ ଜଗତରେ । ଏଇ କଥାକୁ ବୁଝାଇ ଭଗବାନ ଶ୍ରୀକୃଷ୍ଣ ଅର୍ଜୁନଙ୍କୁ କହିଲେ– "ଅବ୍ୟକ୍ତା, ଦୀନି ଭୂତାନି ବ୍ୟକ୍ତ ମଧ୍ୟାନି ଭାରତ ।" ସଂସାରରେ ଦେଖା ଯାଉଥିବା ଜୀବମାନେ ବ୍ୟକ୍ତ । ଜନ୍ମ ପୂର୍ବରୁ ଏମାନେ ଅଦୃଶ୍ୟ, ତେଣୁ ଅବ୍ୟକ୍ତ । ସେମିତି ମୃତ୍ୟୁ ପରେ ବି ଅବ୍ୟକ୍ତ ଏଇ ଦୁଇ ଅବ୍ୟକ୍ତ ଅବସ୍ଥାର ମଧ୍ୟବର୍ତ୍ତୀ ଅବସ୍ଥା ଦୃଶ୍ୟମାନ ହେତୁ ବ୍ୟକ୍ତ । ତେଣୁ ପ୍ରାଣୀମାନେ (ଭୂତାନି) କେବଳ ମଧ୍ୟାବର୍ତ୍ତୀ କାଳରେ ଦୃଶ୍ୟମାନ (ବ୍ୟକ୍ତ ମଧ୍ୟାନି) ମାତ୍ର ।

ପଞ୍ଚ ଭୂତରେ ଆକାଶ ହେଉଛି ସର୍ବ ପ୍ରଥମ ଓ ସୃଷ୍ଟାତି ସୂକ୍ଷ୍ମ ଅଟେ । ଆକାଶରୁ ବାୟୁ, ବାୟୁରୁ ତେଜ, ତେଜରୁ ଜଳ ଏବଂ ଜଳରୁ ଧରିତ୍ରୀର ଉତ୍ପତ୍ତି ହୋଇଛି । ଧରିତ୍ରୀରୁ ମାନବାଦି ଜୀବଙ୍କର ଜନ୍ମ ହୋଇଛି । ପଞ୍ଚ ପ୍ରକୃତି– ପଞ୍ଚଭୂତରେ ଲୀନ ହେଲାପରେ ପଡ଼ିରହେ ଖାଲି ମାଟିଘଟ । ଯାହାକୁ ମଡ଼ା, ମୁର୍ଦ୍ଦାର, ଶବ ଯାହାବି କୁହ ତାକୁ ପୋଡ଼, ପୋତ କିମ୍ବା ଶ୍ମଶାନରେ ପକାଅ । ଯେଉଁଠି ଯେପରି ନୀତି ଚଳେ, ଯେଭଳି ନିୟମ ଆମେ ମାନି ଥାଆନ୍ତି । ଯେପରି ପଦ୍ଧତି ଅନୁସରଣ କରିଥାଆନ୍ତି । ଜ୍ଞାତି, କୁଟୁମ୍ବ, ବନ୍ଧୁ, ବାନ୍ଧବ ଦଶାହ କର୍ମ ପାଳନ କରି ଶୁଦ୍ଧି କ୍ରିୟା ସମାପନ କରିବେ । ସେଇଠୁ ସବୁ ଶେଷ । ମୃତ୍ୟୁ ସମ୍ବାଦ ପ୍ରଚାର ବେଳେ କଥା ପଡ଼ିବ ପାଞ୍ଚ ଆଢ଼େ । ପଚିଶ ଲୋକଙ୍କ ମୁହଁରେ– ଅମୁକ ଗାଁର ଧମୁକ ମରିଗଲା । ସେ ସମ୍ବ୍ୟକର ପୁଅ, ପୁତୁରା, ଭଣଜା, କିମ୍ବା ନାତିଥିଲା । ସେ ଏମିତି ଥିଲା ଏତେ ବଡ଼, ଏତେ ବିଖ୍ୟାତ, ତା'ର ସେମିତି ଥିଲା– ସେତେ ବେଶୀ, ତା'ପରେ ସେ ନାହିଁ । ତା' କଥା ନାହିଁ, ଆଉ ନଥିବ ତା' ବିଷୟରେ ଆଲୋଚନା । ଶୁଣିବାକୁ ମିଳିବନି ତା' ସଂପର୍କରେ ସମାଲୋଚନା । ପ୍ରାଣବାୟୁ ଶୂନ୍ୟରେ ମିଳାଇ ଗଲାପରି ତା' କଥା ସବୁ ମିଳାଇ ଯିବ ମହାକାଳ ଗର୍ଭରେ ।

ମଣିଷର ଜୀବନ ଗୋଟିଏ ସୁବାସିତ ଫୁଲ ଗଛ । ଏଫୁଲ ଗଛଟିକୁ ଧରି ରଖ୍ଥିବା ମାଟି ହେଉଛି ପରମାତ୍ମା । ଯେତେଦିନ ଯାଏ ଗଛର ମୂଳଟି ମାଟିରେ ଥାଏ, ସେତେଦିନ ଯାଏ ସୁସ୍ଥ, ସବଳ, ରହେ । ଉପୁଡ଼ି ପଡ଼ିଲେ ଗଛ ଝାଉଁଳି ଯାଏ । ଫୁଟିବାକୁ ଅପେକ୍ଷା କରିଥିବା କଢ଼ସବୁ (ଜୀବିତାବସ୍ଥାରେ ମନରେ ଥିବା କଳ୍ପନା ପରି) ମଉଳି ଯିବ । ସଂସାରରେ ସମସ୍ତଙ୍କ ଜୀବନ ଠିକ୍ ଏହି ସୂତ୍ରରେ ପରିଚାଳିତ । ପରମାତ୍ମାଙ୍କୁ ଛାଡ଼ିଦେଲେ କାହାରି ସ୍ଥିତି ନାହିଁ । ଜୀବନରେ ଶାନ୍ତି ମଧ୍ୟ ନାହିଁ । କାରଣ ଶାନ୍ତିର ପ୍ରକୃତ ଉତ୍ସ ହେଉଛନ୍ତି ପରମାତ୍ମା । ସଫଳତା ଓ ବିଫଳତା ପ୍ରତ୍ୟେକଙ୍କର ଜୀବନରେ ଥାଏ । କିଏ ଜୀବନରେ ଅଧିକ ସଫଳତା ହାସଲ କରି ପାରୁଥିଲା ବେଳେ କିଏ ଟିକେ କମ୍ ସଫଳ ହୋଇଥାଏ । ଯେତେବେଳେ ବିଫଳତା ଆସୁଛି ଆଶାର ଫୁଲ ସବୁ ମଉଳି ଯାଉଛି । ସେତେବେଳେ ତାଙ୍କୁ ସ୍ମରଣ କର । ଦୁଃଖ କଷ୍ଟ ସମସ୍ତଙ୍କ ଜୀବନରେ ଆସେ ଓ ଆଶାର ସ୍ୱପ୍ନରେ ସମସ୍ତେ ବିଭୋର ହୁଅନ୍ତି । ଯେହେତୁ ଜଗତରେ କିଛି ହେଲେ ସ୍ଥାୟୀ ନୁହେଁ । ସେମିତି କଷ୍ଟ (ଦୁଃଖ) ବି ସ୍ଥାୟୀ ନୁହେଁ ତଥାପି ପାଞ୍ଚ ଗୋଟି ଦୁଃଖ ପ୍ରତ୍ୟେକଙ୍କ ଜୀବନରେ ଥାଏ । ଗର୍ଭବାସ, ଜନ୍ମ, ଜରା, ବ୍ୟାଧି ଓ ମରଣ । ଏଥିରୁ କୌଣସିଟିର ଅନୁଭୂତି କଦାପି ସୁଖ ନୁହେଁ, ଦୁଇ ଦୁଃଖର ମଧ୍ୟବର୍ତ୍ତୀ କାଳରେ କିଞ୍ଚିତ ସୁଖ ପାଇଁ ମଣିଷ ଆଶାବାନ୍ଧେ । ସେତିକି ମିଳିଗଲେ ଦୁଃଖକୁ ଭୁଲି ଯିବାକୁ

ଜଣେ ଚେଷ୍ଟାକରେ । କିନ୍ତୁ ବାସ୍ତବରେ ଦୁଃଖ କଷ୍ଟର ଅନୁଭୂତି ସଂପୂର୍ଣ୍ଣ ରୂପେ ଭୁଲି ହୁଏନାହିଁ । ସଂସାର ଦୁଃଖମୟ ବୋଲି ଅନୁଭବ କରି ରାଜପୁତ୍ର ଗୌତମ ସଂସାର ତ୍ୟାଗୀ ହେଲେ ଓ ସୁଖ ଶାନ୍ତିର ମାର୍ଗ ପାଇଗଲେ ।

ଏକଥା ପ୍ରକୃତରେ ବୁଝିଥିଲେ ବୈଦିକ ଆର୍ଯ୍ୟମାନେ । ସେଥିପାଇଁ ସେମାନେ ଏପରି ଥିଲେ– "ଅନିତ୍ୟାନି ଶରୀରାଣି ବିଭବେ ନୈବ ଶାଶ୍ୱତଃ ନିତ୍ୟଂ ସନ୍ନିହିତେ । ମୃତ୍ୟୁ କର୍ତ୍ତବ୍ୟା ଧର୍ମ ସଂଗ୍ରହଃ" । ସମସ୍ତଙ୍କ ଶରୀର ଅନିତ୍ୟ ଅଟେ । ଧନ, ସଂପତ୍ତି ଚିରସ୍ଥାୟୀ ନୁହେଁ । ମୃତ୍ୟୁ ସର୍ବଦା ନିକଟତର । ତେଣୁ ଧର୍ମ ସଞ୍ଚୟ କରିବା ଉଚିତ । ମାତ୍ର ଆଧୁନିକ ମଣିଷମାନେ ସେପରି ନୁହନ୍ତି । ସେମିତି ହୋଇ ପାରିବେନି । କାରଣ "ବିଦ୍ୟା ମିତ୍ରଂ ପ୍ରବାସେସୁ, ଭାର୍ଯ୍ୟା ମିତ୍ରଂ ଗୃହେଷୁଚ, ବ୍ୟାଧିତଃ ଔଷଧଂ ମିତ୍ରଂ, ଧର୍ମୋମିତ୍ରଂ ମୃତ ସ୍ୟତ ।" ପ୍ରବାସରେ ବିଦ୍ୟା, ଗୃହରେ ପତ୍ନୀ, ରୋଗରେ ଔଷଧ ଓ ମୃତ ବ୍ୟକ୍ତିର ଧର୍ମ ହିଁ ମିତ୍ର । ସେଥିପାଇଁ ବୈଦିକ ଆର୍ଯ୍ୟମାନେ ଜୀବନର ଶେଷ ଭାଗରେ ସନ୍ନ୍ୟାସ ବ୍ରତ ଆଚରଣ କରି ଧର୍ମ ଅର୍ଜନ କରୁଥିଲେ । କିନ୍ତୁ ଆଧୁନିକ ମଣିଷମାନେ ଶେଷ ନିଃଶ୍ୱାସ ତ୍ୟାଗ ପର୍ଯ୍ୟନ୍ତ ଧନ ଅର୍ଜନରେ ମନନିବେଶ କରୁଛନ୍ତି ।

ଆମ ଶରୀର ପଞ୍ଚକୋଷୀ– ଅନ୍ନମୟ କୋଷ, ପ୍ରାଣମୟ କୋଷ, ମନୋମୟ କୋଷ, ବିଜ୍ଞାନମୟ କୋଷ ଓ ଆନନ୍ଦମୟ କୋଷ । ପଞ୍ଚକୋଷର ଆରପାରିରେ ବ୍ରହ୍ମ ବା ଆତ୍ମା ଅଥବା ପରମାତ୍ମା । ତ୍ରିଗୁଣାଶ୍ରୟୀ ଏହି ପଞ୍ଚକୋଷ ଅନ୍ନମୟ ଠାରୁ ଯେତେବେଳେ ଆନନ୍ଦମୟ କୋଷ ଆଡ଼କୁ ଜଣେ ଯାଏ ସେ ସେତେ ଆନନ୍ଦ ପାଏ । ତମଃ ଓ ରଜୋଗୁଣକୁ ଅତିକ୍ରମ କରି ସତ୍ତ୍ୱ ଗୁଣର ନିକଟବର୍ତ୍ତୀ ହୁଏ । ତାକୁ ମଧ୍ୟ ସତ୍ତ୍ୱଗୁଣ ଛାଡ଼ି ଗୁଣାତୀତ ଦେବାକୁ ହୁଏ, ପରମାତ୍ମାଙ୍କୁ ଲାଭ କରିବାକୁ । ବ୍ରହ୍ମ ବା ପରମାତ୍ମା (ଶିବ) ବିନା ଜୀବ ଶବ ସଦୃଶ ।

କିନ୍ତୁ ତାହା ନକରି ଯେଉଁମାନେ ମୋ ଦେହ, ମୋ ଘର ଆଦି ଅହଂକାରରେ ଘାରି ହେଉଥିବା ବିଚରା ମଣିଷକୁ ଦେଖ । "ଅସତୀବ ହସତ୍ୟନ୍ତଃ ଭର୍ତ୍ତାରଂ ପୁତ୍ର ବତ୍ସଲଂ, ମୃତ୍ୟୁ ଶରୀର ଗୋପ୍ତାରଂ ସ୍ୱୀକର୍ତ୍ତାର ବସୁନ୍ଧରା ।" ଅର୍ଥାତ୍ ଅସତୀ ସ୍ତ୍ରୀର ପୁତ୍ରକୁ ନିଜ ପୁତ୍ର ଭାବି ଗେଲ କରିବାରେ ମସ୍ଗୁଲ ବିଚରା ସ୍ୱାମୀକୁ ଦେଖ ଅସତୀ ସ୍ତ୍ରୀ ମୁରୁକି ମୁରୁକି ହସିଲା ପରି, ମୋର ମୋର କହି ମସ୍ଗୁଲ ଥିବା ଲୋକଙ୍କୁ ଶରୀର ଭିତରେ ଥାଇ ମୃତ୍ୟୁ ହସୁଥାଏ । ତା' ବାଦ ସଂସାରରେ ଘରକରି ରହିବା କେବେବି ସୁଖପ୍ରଦ ନୁହେଁ ବରଂ ଯନ୍ତ୍ରଣା ଦାୟକ । ଯେତେବେଳେ ମହାଭାରତରେ ଯକ୍ଷ ଯୁଧିଷ୍ଠିରଙ୍କୁ ପ୍ରଶ୍ନ କଲେ "ଆଉ ଖବର କ'ଣ"ର ଉତ୍ତରରେ ଧର୍ମରାଜ କହିଥିଲେ "ପୃଥ୍ୱୀ ବିଭାଣ୍ଡଂ ଗଗନ ପିଧାନଂ, ସୂର୍ଯ୍ୟାଗ୍ନି ରାତ୍ରୀଦିବା ଇନ୍ଧେନେନ ମାସର୍ତ୍ତୁଦର୍ବୀ ପରିଘଟନେନ, ଭୂତାନି କାଲ ପଚତିତି ବାର୍ତ୍ତା ।" ଯକ୍ଷ ପ୍ରଶ୍ନରେ ଏପରି ଉତ୍ତର ଦେଇ ଯୁଧିଷ୍ଠିର କହିଥିଲେ– ପୃଥ୍ୱୀ ଏକ ହାଣ୍ଡି, ଆକାଶ ହେଉଛି ଘୋଡ଼ଣି, ସୂର୍ଯ୍ୟ, ଅଗ୍ନି ଦିନ ରାତି ହେଉଛନ୍ତି ଇନ୍ଧନ, ମାସ ଓ ରତୁର ଚଟୁ ଚଲାଇ ଏହି ହାଣ୍ଡିରେ ପ୍ରାଣୀମାନଙ୍କୁ ରାନ୍ଧି ଚାଲିଛି କାଲ ଏହାହିଁ ଖବର । "କାଲଃ ପଚତି ଭୂତାନି କାଲଃ ସଂହରତେ ପ୍ରଜାଃ, କାଲ ସୁପ୍ତେସୁ କର୍ଗର୍ତ୍ତ କାଲୋ ହିଁ ଦୁରତିକ୍ରମଃ ।" ପଞ୍ଚଭୂତ (ପୃଥ୍ୱୀ, ଜଳ, ତେଜ, ବାୟୁ, ଆକାଶ ବା ଜୀବ)କୁ କାଲ ଅନନ୍ୟ ରୂପରେ ପରିଣତ କରିପାରେ । କାଲ ହିଁ ସମସ୍ତ ପ୍ରାଣୀଙ୍କୁ ନାଶ କରିପାରେ । ସଂସାର ପ୍ରଲୟ ହୋଇଯିବା ପରେ ବା ସ୍ୱପ୍ନାବସ୍ଥାରେ କାଲ ହିଁ ରହିଥାଏ । ଏହା ନିର୍ଦ୍ଦିଷ୍ଟ ଯେ କାଲକୁ କେହି ନାଶ କରିପାରନ୍ତି ନାହିଁ । ପୁନଶ୍ଚ "ସଂସାର ଜଳ ରୂପେଣ, ମୀନ ରୂପେଣ ମାନବାଃ । ଜଞ୍ଜାଲ ଜାଳ ରୂପେଣ, କାଲ ରୂପେଣ ଧୀବରଃ" ସଂସାର ରୂପକ ଜଳରେ ମାଛ ରୂପକ ମଣିଷମାନଙ୍କୁ, କାଲରୂପକ କୈବର୍ତ୍ତ ଜଞ୍ଜାଲ ରୂପକ ଜାଲରେ ପକାଇ ଯନ୍ତ୍ରଣା ଦେଉଛି କେବଳ । ଏକେତ ଧରା ପୃଷ୍ଠରେ ପ୍ରାଣୀ ଜଗତ ପୃଥ୍ୱୀ ରୂପକ ହାଣ୍ଡିରେ ସନ୍ତୁଲି ହେଉଛି ଓ ଜଞ୍ଜାଲ ରୂପକ ଜାଲରେ ପଡ଼ି ଘାଣ୍ଟି ହେଉଛି । "ନଳିନୀ ଦଲଗତ ଜଲମତି ତରଲଂ, ତଦ୍ବଜ୍ଜୀବନ ମତିଶ୍ଚପଲମ୍ । ବିଧି ବ୍ୟାଧି ବ୍ୟାଲଗ୍ରସ୍ତଂ ଲୋକଂ ଶୋକହତଂ ଚ ସମପ୍ତମ୍ ।" ପଦ୍ମପତ୍ର ସ୍ଥିତ ଅତିଶୟ ତରଲ ଜଲ ବିନ୍ଦୁ ପରି ଜୀବନ ଅତିଶୟ ଚଞ୍ଚଲ ଅଟେ । ସବୁ ଲୋକ ବ୍ୟାଧି ରୂପକ ସର୍ପଦ୍ୱାରା ଗ୍ରସ୍ତ ଅର୍ଥାତ୍ କେହି ରୋଗମୁକ୍ତ ନୁହନ୍ତି ଏବଂ ଦୁଃଖ ଶୋକରେ ଅଭିଭୂତ ହୁଅନ୍ତି ବୋଲି ଜାଣ ।

ବର୍ତ୍ତମାନ ଜଳବାୟୁ ପରିବର୍ତ୍ତନ, ବିଶ୍ୱ ତାପମାନ, ଆତଙ୍କବାଦ, ପୁଞ୍ଜିବାଦ, ଏକଛତ୍ରବାଦ, ସାମରିକ ବାଦ, ଶୋଷଣ, ନିର୍ଯ୍ୟାତନା, ପୀଡ଼ନ, ଧର୍ଷଣ ଆଦି ସମସ୍ୟା ଯେପରି ଭାବରେ କାୟା ବିସ୍ତାର କରି ଚାଲିଛି । ସେଥିରେ ପୃଥିବୀ ପୃଷ୍ଠରେ ବାସ କରିବା ମଣିଷ ଓ ସମସ୍ତ ପ୍ରାଣୀ ଜଗତ ଲାଗି କଷ୍ଟକର ହୋଇ ପଡ଼ିଛି । ସେମାନେ ଏହାଦ୍ୱାରା ଉକ୍ତ ଭାବରେ ପ୍ରଭାବିତ ହେଉଛନ୍ତି । କେଉଁଠି ଜଳବାୟୁ ପରିବର୍ତ୍ତନ ଯୋଗୁ ମଣିଷ ଓ ଜନ୍ତୁ ଜଗତ କ୍ଷୟ ପାଉଛନ୍ତି ତ କେଉଁଠି ଆତଙ୍କବାଦରେ ଅନେକ ନିରୀହ ମଣିଷ ପ୍ରାଣ ହରାଉଛନ୍ତି । ପୁଞ୍ଜିବାଦ ପ୍ରଭାବରେ ଅନେକ ଲୋକ ବଞ୍ଚିବାର ସମ୍ବଳ ହରାଇ ଉକ୍ତ ଦାରିଦ୍ର୍ୟରେ ସନ୍ତୁଳି ହୋଇ ଅକାଳ ମୃତ୍ୟୁ ବରଣ କରୁଛନ୍ତି ତ କେଉଁଠି ପୁଣି ଜୀବନର ସହାୟକ ଉପାଦାନ ଭାବେ ପରିଗୃହୀତ ଜଳ, ଜମି, ଜଙ୍ଗଲ ଓ ବାୟୁ ଆଦି ବିଷାକ୍ତ ହୋଇ ଚାଲିଛି ।

ନଦୀ ସବୁ ପ୍ରଦୂଷିତ । ଜମିର ଉର୍ବରତା ନଷ୍ଟ ହୋଇ ଚାଲିଛି । ଜଙ୍ଗଲ ଲୋପ ପାଇଯାଉଛି । ବାୟୁ ପ୍ରଦୂଷଣରୁ ଅନେକ ରୋଗର ଉତ୍ପତ୍ତି ହେଉଛି । ଏସବୁର ମୁକାବିଲା କରିବାକୁ ସାଧାରଣ ମଣିଷର ଶକ୍ତି ନାହିଁ । ବିକାଶ ଓ ପ୍ରଗତି ସମୃଦ୍ଧି ଏବଂ ଅଭିବୃଦ୍ଧି ଆଳରେ ପ୍ରଭାବଶାଳୀ ଲୋକମାନେ ଯେଉଁ ଶିକ୍ଷା ସଭ୍ୟତା ଓ ସଂସ୍କୃତିର ସଂସ୍ଥାପନା କରି ଚାଲିଛନ୍ତି ତାହା ସମସ୍ତଙ୍କ ପାଇଁ ମଙ୍ଗଳଦାୟକ ହେବା ପରିବର୍ତ୍ତେ ସାମୂହିକ ବିନାଶ ଆଡ଼କୁ ବାଟ କଢ଼ାଇ ନେଉଛି । ମଣିଷ ସ୍ଥାନ, କାଳ, ପାତ୍ରକୁ ଭୁଲିଯାଇ ଯେଉଁଠି ପାର ସେଠି ଯା' ଇଚ୍ଛା ତାହା କରୁଥିବାରୁ ତା'ର ଅନେକ ପଦକ୍ଷେପ ତା'ପାଇଁ ବୁମେରାଂ ହେଉଛି । ଆଜିର ଆଧୁନିକ ଜ୍ଞାନ ସଂପନ୍ନ ମଣିଷ ନିଆଁ ପାଣି ଓ ପବନ ପରି ଶକ୍ତିମାନଙ୍କୁ ନିଜ ନିୟନ୍ତ୍ରଣରେ ରଖିପାରୁଛି ବୋଲି ଭାବି ଆମ୍ ସନ୍ତୋଷ ଲାଭ କରୁଛି । ସୁନା, ରୂପା, ହୀରା, ନୀଲାରୁ ଆରମ୍ଭ କରି ସମସ୍ତ ପ୍ରକାର ମୂଲ୍ୟବାନ ପଥର ଓ ଧାତୁ ଉପରେ ମାଲିକାନା ଜାହିର କରି ଧନୀ ବୋଲି ଗର୍ବ କରୁଛି । ନାନାଦି ଜ୍ଞାନ କୌଶଳ ବା ପ୍ରଯୁକ୍ତି ବାହାର କରି କ୍ଷୁଧା, ତୃଷ୍ଣା ମେଣ୍ଟାଇବାକୁ ଖାଦ୍ୟ ଓ ପାନିୟର ବିନା ବ୍ୟବହାରରେ ଚଲି ପାରୁଛି କି ?

ତା'ପରେ ସଂସାରରେ ମୃତ୍ୟୁ ସମସ୍ତଙ୍କର ହୁଏ, ମାତ୍ର ଏମିତି କିଛି ଲୋକ ଜନ୍ମ ହୋଇ ଥାଆନ୍ତି, ଯେଉଁମାନେ ମୃତ୍ୟୁ ପରେ ମଧ୍ୟ ଜନମାନସରେ ଅମର ହୋଇ ରହି ଯାଆନ୍ତି । ନିନ୍ଦା ଦ୍ୱାରା ବିଚଳିତ ବା ପ୍ରଶଂସା(ଦ୍ୱାରା) ଯୋଗୁ ଉତ୍ଫୁଲ୍ଲିତ ନ ହୋଇ କାର୍ଯ୍ୟ କର । ମୃତ୍ୟୁର ବହୁବର୍ଷ ପରେ ଜଣେ ଯେମିତି ମନେ ପଡ଼ନ୍ତି ସେଥିରୁ ଜଣାପଡ଼େ ସେ କିଭଳି ବ୍ୟକ୍ତିତ୍ୱ ଥିଲେ । ସେହି ଲୋକମାନଙ୍କୁ ସଂସାର କାର୍ଥିମାନ ବୋଲି କହିଥାଏ । "ଧନ୍ୟ ନରାଃ ଯେ ମୃତାଃ" ଯିଏ ଜାତି ଓ ବଂଶର ଉନ୍ନତି କରି ମରେ ତାର ଜନ୍ମ ଧନ୍ୟ ଅଟେ । "ପରିବର୍ଦ୍ଧନୀ ସଂସାରରେ ମୃତଃ କୋବା ନ ଜାୟତେ । ସଜାତୋ ଯେନ ଜାତେନ ଯାତିବଂଶ ସମୁନ୍ନତିମ୍ ।" କାରଣ ପରିବର୍ଦ୍ଧନଶୀଲ ଏ ସଂସାରରେ କାହାର ବା ମରଣ ନହୁଏ । "ଚଳ ବିତ୍ତଂ ଚଳ ଚିତ୍ତଂ ଚଳେ ଜୀବିତ ଯୌବନେ, ଚଳାଚଳ ମିଦଂ ସର୍ବଂ କାର୍ଭିର୍ଯ୍ୟସ୍ୟ ସଜୀବତା ।" ଧନ, ମନ ଜୀବନ ଓ ଯୌବନ ସବୁ ଅସ୍ଥିର ଓ କ୍ଷୀଣ(ଅକ୍ଷ) ସ୍ଥାୟୀ, ଯେ କାର୍ଥିମାନ ସେ କେବଳ ଚିରଜୀବୀ ହୁଏ । କାରଣ "ଅସ୍ଥିର ଜୀବିତଂ ଲୋକେ, ଅସ୍ଥିରେ, ଧନ ଯୌବନେ, ଅସ୍ଥିରାଃ ପୁତ୍ର ଦାରାଶ୍ଚ, ଧର୍ମଃ କାର୍ଭି ଦ୍ୱୟଂସ୍ଥିରମ୍ ।" ସଂସାରରେ ଜୀବନ, ଧନ, ଯୌବନ, ପୁତ୍ର, ପତ୍ନୀ ଏ ସକଳ ଅସ୍ଥିର ମାତ୍ର ଧର୍ମ ଓ କାର୍ଭି, ଏଦୁହେଁ ସ୍ଥିର ଅଟନ୍ତି । କେବଳ ସତ୍ କର୍ମ ଦ୍ୱାରା ବ୍ୟକ୍ତି ଜନମାନସରେ ଚିରସ୍ମରଣୀୟ ହୋଇ ରହେ । "ସର୍ବେ ଚଳିବେ କାଳବଳେ, ଯଶ ରହିବ ମହିତଲେ । ବୃକ୍ଷର ତଳେ ଯେହ୍ନେ ଆସି, ପଥିକ ବିଶ୍ରାମନ୍ତି ବସି । ପୁଣି ଚଳନ୍ତି ଶ୍ରମସାରି, ସେ ବୃକ୍ଷ ନୁହଇ କାହାରି । ତେମନ୍ତେ ମାୟା ଏ ସଂସାର, କେପିତା କେ କାହା କୁମର ।" "ବନେ ରଣେ, ଶତ୍ରୁ କଳାଗ୍ନି ମଧ୍ୟେ ମହାର୍ଣ୍ଣବେ ପର୍ବତ ମସ୍ତକେ ବା, ସୁପ୍ତ ପ୍ରମତ୍ତଂ ବିଷମସ୍ଥିତିଂ ବା ରକ୍ଷନ୍ତି ପୁଣ୍ୟାନି ପୁରା କୃତାନି ।" ସତକର୍ମ ବା ଧର୍ମାଚରଣ ଏଇଥି ଲାଗି କରଣୀୟ ଯେ ବଣରେ ହେଉ କିମ୍ବା ରଣକ୍ଷେତ୍ରରେ ହେଉ, ଶତ୍ରୁ କିମ୍ବା ଜ୍ୱଳାଗ୍ନି ଦ୍ୱାରା କବଳିତ ହେଉ । ମହା ସମୁଦ୍ରରେ କିମ୍ବା ପର୍ବତ ଶିଖରରେ ସୁପ୍ତ, ଅସାବଧାନ କିମ୍ବା ବିଷମ ସ୍ଥିତିରେ ଥିଲେ ମଧ୍ୟ ପୂର୍ବାର୍ଜିତ ପୁଣ୍ୟଫଳ ବ୍ୟକ୍ତିଙ୍କୁ ସର୍ବଦା ରକ୍ଷା କରିଥାଏ । ସେଥିପାଇଁ ନୀତି

ବାକ୍ୟ ଅଛି "ଶତଂ ବିହାୟ ଭୋକ୍ତବ୍ୟଂ ସହସ୍ରଂ ସ୍ନାନମ୍ ଚରେତ୍ ଲକ୍ଷଂ ବିହାୟ ପଟବ୍ୟଂ କୋଟିତ୍ୟକ୍ତ ହରିଂ ଭଜେତ୍" ଶତ ସଂଖ୍ୟକ କାର୍ଯ୍ୟ ଛାଡ଼ି ଭୋଜନକରିବ, ସହସ୍ର ସଂଖ୍ୟକ କାର୍ଯ୍ୟ ପରିତ୍ୟାଗ କରି ସ୍ନାନ, ଲକ୍ଷ ପରିମିତ କାର୍ଯ୍ୟ ତ୍ୟାଗକରି ଦାନ, କୋଟି ସଂଖ୍ୟକ କାର୍ଯ୍ୟ ଛାଡ଼ି ଭଗବନଙ୍କର ଆରାଧନା କରିବ ।

"କୀର୍ତ୍ତି ଯସ୍ୟ ସ ଜୀବତୀ" ନ୍ୟାୟରେ ସେମାନେ ନିଜସ୍ୱ ସତ୍ କର୍ମ ଦ୍ୱାରା ଲୋକମାନଙ୍କ ମନରେ ମଳାପରେ ସୁଦ୍ଧା ଚିର ସ୍ମରଣୀୟ ହୋଇ ଥାଆନ୍ତି । ଏହି ବ୍ୟକ୍ତିମାନେ ମଣିଷ ସମାଜ ପାଇଁ କିଛି ମଙ୍ଗଳକର କାର୍ଯ୍ୟ କରିବା ଫଳରେ ଅମରତ୍ୱ ଲାଭ କରନ୍ତି । ଜୀବନ କେତେ ଦୀର୍ଘ ହେବ, ତାହା ତୁମ ହାତର କଥା ନୁହେଁ । କିନ୍ତୁ ତାହା କେତେ ପ୍ରଶସ୍ତ ଓ ଗଭୀର ହେବ ତାହା ତୁମ ଉପରେ ନିର୍ଭର କରେ । "ଯେନ ଖଣ୍ଡା ସମାରୂଢଃ ପରିତପ୍ୟେତ କର୍ମଣା, ଆଦାଦେବ ନତତ୍ କୁର୍ଯ୍ୟା ଦଧ୍ରବେ ଜୀବିତେ ସତି ।" ଏହି ଜୀବନର କୌଣସି ସ୍ଥାୟିତ୍ୱ ନାହିଁ । ଏଣୁ ଯେଉଁ କର୍ମ କଲେ ପରେ ଖଟିଆ ଉପରେ ବସି ପଶ୍ଚାତାପ କରିବାକୁ ପଡ଼ୁଥାଏ, ସେପରି କାର୍ଯ୍ୟ କରିବା ଉଚିତ ନୁହେଁ । "ସଜୀବତି ଗୁଣାୟସ୍ୟ, ଯସ୍ୟ ଧର୍ମଃ ସଜୀବତି, ଗୁଣଧର୍ମ ବିହୀନସ୍ୟ ଜୀବିତଂ ନିଷ୍ପ୍ରୟୋଜନମ୍ ।" ଏହି ସଂସାରରେ ଗୁଣୀ ଓ ଧର୍ମାତ୍ମା ବ୍ୟକ୍ତିଙ୍କର ଜୀବନ ଯଥାର୍ଥ ଅଟେ । ଗୁଣ ଓ ଧର୍ମ ରହିତ ବ୍ୟକ୍ତିଙ୍କ ଜୀବନ ନିଷ୍ଫଳ ଅଟେ ।

ଆମ ସମାଜରେ ପ୍ରତ୍ୟେକ ବ୍ୟକ୍ତି ନିଜର ବର୍ତ୍ତମାନକୁ ନେଇ ସର୍ବଦା ବ୍ୟସ୍ତ ଓ ଚଳଚଞ୍ଚଳ । ବର୍ତ୍ତମାନକୁ ସରସ, ସୁନ୍ଦର ଓ ସୁଖମୟ କରି ଗଢ଼ି ତୋଳିବାକୁ ସେ ସତତ ଉଦ୍ୟମ ଜାରି ରଖିଥାଏ । ସେଥିପାଇଁ ସେ ଆରମ୍ଭରୁ ହିଁ ଏକ ନିର୍ଦ୍ଦିଷ୍ଟ ଲକ୍ଷ୍ୟପଥ ନିର୍ଦ୍ଧାରଣ କରି ସେହି ରାସ୍ତାରେ ଆଗକୁ ବଢ଼ିବାର ଉପକ୍ରମ କରିଥାଏ । ଅର୍ଥାତ୍ ଏକ ନିର୍ଦ୍ଦିଷ୍ଟ ବୟସରେ ସେ ଶିକ୍ଷାର୍ଜନ କରିବା ସହ ନିଜର ପରବର୍ତ୍ତୀ ବୃତ୍ତିଗତ ନିଷ୍ଠି ଗ୍ରହଣ କରିଥାଏ । ମୋଟ ଉପରେ ସେ ଯେଉଁ ବୃତ୍ତିକୁ ଗ୍ରହଣ କରୁ ପଛକେ ନିଜକୁ ଉପାର୍ଜନକ୍ଷମ କରିବାକୁ ସମର୍ଥ ହୋଇଥାଏ । ସେ ଚାକିରି କରୁ କି ବେପାର ବଣିଜ କିୟ, କୃଷିକୁ ଉପାର୍ଜନର ମାଧ୍ୟମ ଭାବେ ଗ୍ରହଣ କରୁ ସେଥିରେ ସେ ନିଜ ପରିବାର ପ୍ରତିପୋଷଣ କରିଥାଏ । ପିଲାଛୁଆଙ୍କୁ ପାଠ ପଢ଼ାଇବା ଠାରୁ ଅନ୍ୟାନ୍ୟ ସକଳ କାର୍ଯ୍ୟ ନିର୍ବାହ କରିଥାଏ । ବଳକା ଅର୍ଥକୁ ସଞ୍ଚୟ କରି ସେ ଘରଦ୍ୱାର ନିର୍ମାଣ, ଜମିବାଡ଼ିଠାରୁ ଆରମ୍ଭ କରି ବିଭିନ୍ନ ବିଳାସ ବ୍ୟସନ ସାମଗ୍ରୀ କ୍ରୟ କରିବାରେ ସେ ସେହି ଅର୍ଥକୁ ବ୍ୟୟ କରିଥାଏ । ନିଜ ଜୀବନ ଯାପନର ମାନକୁ ଉଚ୍ଚରୁ ଉଚ୍ଚତର କରିବାକୁ ସେ ସର୍ବଦା ପ୍ରୟାସ କରିଥାଏ । ଗରିବ ହେଉକି ଧନୀ, ସୁଖ ଓ ଶାନ୍ତିରେ ରହିବାକୁ ସବୁ ମଣିଷଙ୍କ ଭିତରେ ଏକ ଅସାଧାରଣ ଲାଳସା ଭରି ରହିଥିବାରୁ ସେହି ଲାଳସାକୁ ଚରିତାର୍ଥ କରିବାକୁ ଏତେ ଧାଁଧପଡ଼ ଚାଲିଛି ଯେମିତି । ନିଜକୁ ଓ ନିଜ ପରିବାରକୁ କିଏ ବେଶୀ ହସ ଖୁସିରେ ରଖି ପାରିବ, ସୁଖ ସ୍ୱାଚ୍ଛନ୍ଦ୍ୟ ଯୋଗାଇ ଦେଇ ପାରିବ । ସେଥିନେଇ ଗୋଟେ ପାରସ୍ପରିକ ପ୍ରତିଯୋଗିତା ଆରମ୍ଭ ହୋଇଯାଇଛି । ଯେମିତି ପଡ଼ିଶା ଘରଠୁ ଆରମ୍ଭ କରି ଗାଁ ଗଣ୍ଡା ଓ ସହର ବଜାର ସବୁଟି ସ୍ୱାତସକୁ ନେଇ ପରସ୍ପର ସହ ପ୍ରତିଯୋଗିତା ଲାଗିଛି । ଜଣେ ଅନ୍ୟ ଜଣକୁ ଟପି ଆଗକୁ ଚାଲିଯିବାର ମାନସିକତା । "ମହାରେ ଥବ ଯେତେଦିନ, ଆନନ୍ଦ କରୁଥବ ମନ" ନ୍ୟାୟରେ ଯେତେ ଦିନ ସଂସାରରେ ବଞ୍ଚିଥବ ସେତେ ଦିନ ନିଜକୁ ହସଖୁସି ଭିତରେ ଅତିବାହିତ କରିବାରେ କୁଣ୍ଠା କରିବା କାହିଁକି ଯେ, ଆପଣାର ବୁଦ୍ଧିବିଦ୍ୟା ଖଟେଇ ଆର୍ଥିକ ଦୃଷ୍ଟିରୁ ବେଶ ସ୍ୱଚ୍ଛଳ ଓ ସୁଦୃଢ଼ ହୋଇ ପାରିଥିବା ଏବଂ ଖୁବ୍ ଧୁମଧାମରେ ପୁଅ-ଝିଅଙ୍କ ବିବାହ ଓ ଚାକଚକ୍ୟ ପୂର୍ଣ୍ଣ ଗୃହ ନିର୍ମାଣ କରିବାକୁ ସକ୍ଷମ ହୋଇ ପାରିଥିବା ତଥା ସହର ବଜାରରେ ଏକାଧିକ ଜମି (ପ୍ଲଟ) ଓ ନାମୀ ଦାମୀ ଗାଡ଼ି କିଣିବାକୁ ସମର୍ଥ ହୋଇ ପାରିଥିବା ଅନେକ ଲୋକ ଜୀବନ ଯୁଦ୍ଧରେ କୁଆଡ଼େ ଦିଗ୍‌ବିଜୟୀ ହୋଇ ପାରିଛନ୍ତି ବୋଲି କୁହନ୍ତି । ଠିକ୍ ସେହିପରି ମୁଣ୍ଡ ଖିଆ ତୁଣ୍ଡରେ ମାରୁଥିବା ନିହାତି ଆର୍ଥିକ ଅନଗ୍ରସର ଲୋକଟେ ବି ସାଂସାରିକ ଜୀବନରେ ନିଜ କର୍ତ୍ତବ୍ୟ ଓ ଦାୟିତ୍ୱ ନିର୍ବାହକୁ ନେଇ ବେଶ ଉଲ୍ଲସିତ ଓ ଉତ୍ସାହିତ ରହିଥାଏ ।

ଉପର ବର୍ଣ୍ଣିତ ସମସ୍ତ ବିଷୟ ପ୍ରତ୍ୟେକ ବ୍ୟକ୍ତିର ବର୍ତ୍ତମାନ ଜୀବନ ଲାଗି ବେଶ ଗୁରୁତ୍ୱପୂର୍ଣ୍ଣ ହୋଇଥିବା କାରଣରୁ ସେ ଏହାକୁ ବେଶ୍ ନିଷ୍ଠା ଓ ଆନ୍ତରିକତାର ସହ ସଂପନ୍ନ କରୁଛି। ସବୁ ମଣିଷ ବି ଏହି ମାନବୋଚିତ ଓ ସାଂସାରିକ କ୍ରିୟାକଳାପ କେବଳ ବର୍ତ୍ତମାନ ପାଇଁ ହିଁ ସମ୍ପନ୍ନ କରୁଛି। ଏଥିରେ ବିଚିତ୍ରତା ବୋଲି କିଛି ନାହିଁ, କେବଳ ବର୍ତ୍ତମାନର ଜୀବନକୁ ସୁଖମୟ କରିବାକୁ ଯାଇ ସେ କେତେବେଳେ ଚୋରି କରୁଛି, ଲାଞ୍ଚ ନେଉଛି ତ କେତେବେଳେ ଠକାମି, କଳାବଜାରୀ ଓ ପ୍ରିୟାପ୍ରୀତି ତୋଷଣ ଭଳି ନାନା ଫନ୍ଦିଫିକର କାର୍ଯ୍ୟ କରିବାକୁ ଉଚିତ ମଣୁଛି। ଗୁଣ୍ଡାମି, ଭଣ୍ଡାମି, ଅନ୍ୟାୟ, ଅତ୍ୟାଚାର, ଶୋଷଣ, ହତ୍ୟା ଓ ଦୁଷ୍କର୍ମରେ ଜଡ଼ିତ ଲୋକେ ନିଜ କୃତ କର୍ମକୁ ନେଇ କୃତିତ ମନସ୍ତାପ କରୁଥିବା ଦେଖାଯାଏ। ସେମାନଙ୍କୁ ଯେତେ ସଚେତନ କଲେ ବି ସେମାନଙ୍କଠାରେ ଶୁଭ ବୁଦ୍ଧି ଉଦିତ ହେବାର ଦେଖାଯାଏ ନାହିଁ। ସେଥିପାଇଁ ନିଶାଗ୍ରସ୍ତ ଲୋକଟେ ବିଭିନ୍ନ ପ୍ରକାର ନିଶା ସେବନ କରିଥାଏ। ଦୁଶ୍ଚରିତ୍ର ଓ ଦୁର୍ନୀତି ଗ୍ରସ୍ତ ଲୋକଟେ ନାନା ଅପକର୍ମ କରିଥାଏ ଏବଂ ଅତ୍ୟାଚାରୀ ଲୋକଟେ ନାନା ଅନ୍ୟାୟ ଓ ଅତ୍ୟାଚାରରେ ନିଜକୁ ଲିପ୍ତ ରଖିଥାଏ। ଏସବୁ ସେ ଯାହା କିଛି କରିଥାଏ ସେସବୁ କେବଳ ନିଜର ବଡ଼ପଣ ଓ ପାରିବା ପଣିଆର ନିଦର୍ଶନ ବୋଲି ସେ ବିବେଚନା କରିଥାଏ। ଏଥିପାଇଁ ହିଁ ସେ ସମାଜର କାହାରି ନିନ୍ଦା କିମ୍ବା ପ୍ରଶଂସାକୁ ଆଦୌ ଭୂକ୍ଷେପ କରିନଥାଏ। ଏମାନେ ସଦାସର୍ବଦା ବର୍ତ୍ତମାନ ବିଶ୍ୱାସୀ। ଭଲ ଖାଇବା, ଭଲ ପିନ୍ଧିବା, ଭଲ ଘରେ ରହିବା, ବିଳାସ ବ୍ୟସନରେ ଦିନ ବିତାଇ ଦେବାରେ ଏମାନଙ୍କର ଆନନ୍ଦ। ଏମାନଙ୍କ ଭାବନା ଓ ଚିନ୍ତାଧାରା ବେଶ ସଙ୍କୁଚିତ ଓ କୁତ୍ସିତ। ସେହିପରି ନିଜ ପରିବାର, ପ୍ରିୟ ପରିଜନ ଓ ବନ୍ଧୁ ବାନ୍ଧବଙ୍କ ସୁଖ ଶାନ୍ତି ଲାଗି ଏମାନେ ଦିନରାତି ବି ବେଶ ଚିନ୍ତିତ ଥାଆନ୍ତି। ଏସବୁ ସତ୍ତ୍ୱେବି ଏମାନଙ୍କୁ କେତେବେଳେ ନିନ୍ଦା ତ କେତେବେଳେ ପ୍ରଶଂସାର ପୁରସ୍କାର ମିଳିଥାଏ। ଅଥଚ ଏମାନେ କେବେବି ସମାଜର ଅନ୍ୟ କାହା କଥା ଚିନ୍ତା କରନ୍ତିନି କି କାହାରି ସୁଖ ଦୁଃଖରେ ଭାଗୀଦାରି ହୁଅନ୍ତି ନାହିଁ। ଏମାନଙ୍କର ସାମାଜିକ ଅବଦାନ କିଛି ନଥାଏ। ସମାଜ ତଥା ସମାଜରେ ବସବାସ କରୁଥିବା ମଣିଷଙ୍କ ପ୍ରତି ଏମାନେ ସର୍ବଦା ଉଦାସୀନ। ସେବା, ତ୍ୟାଗ ଓ ପରୋପକାରର ମୂଲ୍ୟ ଏମାନେ ବୁଝନ୍ତିନାହିଁ। ଏମାନେ ଆତ୍ମସ୍ୱାର୍ଥୀ ହୋଇ ଥିବାରୁ ଅନ୍ୟ କାହାରି ସ୍ୱାର୍ଥ କଥା ଏମାନେ ଚିନ୍ତା କରନ୍ତିନାହିଁ। ତେଣୁ ଏମାନଙ୍କ ଜୀବନ ବର୍ତ୍ତମାନରେ ହିଁ ସୀମିତ।

ସଂସାରରେ ଧନୀ-ଗରିବ ନିର୍ବିଶେଷରେ ସମସ୍ତେ ବର୍ତ୍ତମାନର ସାଂସାରିକ କ୍ରିୟା କର୍ମ ହିଁ ସଂପନ୍ନ କରିଥାନ୍ତି। ବର୍ତ୍ତମାନ ସର୍ବସ୍ୱ ତଥା ସଂକୀର୍ଣ୍ଣ ଚିନ୍ତାଧାରା ସଂପନ୍ନ ବ୍ୟକ୍ତିମାନେ କେବଳ ବର୍ତ୍ତମାନର ଜୀବନ ଜୀଇଁବାକୁ ଶ୍ରେୟ ମଣନ୍ତି। ବର୍ତ୍ତମାନକୁ କିପରି ସରସ ସୁନ୍ଦର ଓ ସୁଖମୟ କରିହେବ ସେଥିଲାଗି ଉଦ୍ୟମ କରିଥାନ୍ତି। ସେମାନଙ୍କ ଅବର୍ତ୍ତମାନରେ ବଞ୍ଚ ରହିବାକୁ ସେମାନେ ଦୁନିଆରେ କୌଣସି ସତ୍କର୍ମ ସମାପନ କରିନଥାଆନ୍ତି। ମାତ୍ର ଯେଉଁମାନେ ଉଚ୍ଚାଭିଳାଷୀ ଓ ଦୂରଦୃଷ୍ଟି ସଂପନ୍ନ ମଣିଷ ସେମାନେ ବର୍ତ୍ତମାନର ଜୀବନ ଜିଇଁବା ଅପେକ୍ଷା ଅବର୍ତ୍ତମାନରେ ଜିଇ ରହିବାକୁ ଅଧିକ ଶ୍ରେୟ ମଣିଥାନ୍ତି। ସେଥିଲାଗି ସେମାନେ ସେମାନଙ୍କ ଜୀବନକୁ ଜନସେବାରେ ଉତ୍ସର୍ଗ କରିଥାନ୍ତି। ସେବା ତ୍ୟାଗ ଓ ପରୋପକାର ଭଳି ଈଶ୍ୱରୀୟ ଗୁଣରେ ନିଜକୁ ବିଭୂଷିତ କରାଇ ମାନବ ସେବାକୁ ମାଧବ ସେବା ବୋଲି ଧରିନେଇ ଥାଆନ୍ତି। ଇତର ପଶୁପକ୍ଷୀ ଓ କୀଟପତଙ୍ଗଙ୍କ ପରି ନିତିଦିନିଆ କର୍ମ ସଂପନ୍ନରେ ମଣିଷ ଜୀବନର ଯଥାର୍ଥତା ନଥାଏ। ଦୁଃସ୍ଥ ଓ ଅସହାୟ ମଣିଷର ମଙ୍ଗଳ ଲାଗି ଯେଉଁମାନେ ଉତ୍ସର୍ଗୀକୃତ ଓ ସମର୍ପିତ ତଥା ଦେଶ ଓ ଦଶର ହିତରେ ଯେଉଁମାନେ ସେମାନଙ୍କ ଜୀବନକୁ ଜଳାଞ୍ଜଳି ଦେଇ ପାରିଛନ୍ତି ସେମାନଙ୍କ ବର୍ତ୍ତମାନର ଜୀବନ ଅପେକ୍ଷା ଅବର୍ତ୍ତମାନର ଜୀବନ ଅଧିକ ଗରୀୟାନ ଓ ପ୍ରତିଭାଦୀପ୍ତ। ଆଜି ଅନେକ ମହାନ୍ ଓ ପ୍ରାତଃ ସ୍ମରଣୀୟ ବ୍ୟକ୍ତି ଆମ୍ଭ ଗହଣରେ ନାହାନ୍ତି। ଯେଉଁମାନଙ୍କ ଅନୁପସ୍ଥିତି ତଥା ଅବର୍ତ୍ତମାନକୁ ଲୋକେ ମର୍ମେ ମର୍ମେ ଅନୁଭବ କରୁଛନ୍ତି। କୋଟି କୋଟି ଲୋକଙ୍କ ହୃଦୟରେ ସେମାନେ ଆଜି ବି ବଞ୍ଚ ରହିଛନ୍ତି, ସେମାନଙ୍କ ତ୍ୟାଗ ଓ ଅବଦାନକୁ ଲୋକେ ପ୍ରତି ମୁହୂର୍ତ୍ତରେ ମନେ ପକାଉଛନ୍ତି। ତେଣୁ ବ୍ୟକ୍ତିଟିଏ କେବଳ

ନିଜ ସଂସାରିକ କର୍ମ ସଂପାଦନ କଲେ ଚଳିବ ନାହିଁ ବରଂ ତାଙ୍କୁ ମାନବୋଚିତ ଧର୍ମ ପାଳନ କରିବାକୁ ପଡ଼ିବ । ତାଙ୍କୁ ତା'ର ଅବର୍ତ୍ତମାନରେ ବଞ୍ଚି ରହିବାକୁ ହେଲେ କିଛି ସୁକର୍ମ କରିବାକୁ ପଡ଼ିବ । ଅର୍ଥ ଉପାର୍ଜନ ଓ ଜୀବିକା ନିର୍ବାହ ଭିତରେ ମଣିଷ ଜୀବନ ସୀମାବଦ୍ଧ ନୁହେଁ । ମଣିଷ ସମାଜର ହିତ ଲାଗି ତାଙ୍କୁ ଏମିତି ଅନେକ କିଛି କରିବାକୁ ପଡ଼ିବ । ଯାହାଦ୍ୱାରା ସେ ତା'ର ଅବର୍ତ୍ତମାନରେ ମଧ୍ୟ ଜନମାନସରେ ବଞ୍ଚି ରହି ପାରିବାର ସୌଭାଗ୍ୟ ହାସଲ କରିପାରିବ । ଏହାହିଁ ତ ମଣିଷ ଜୀବନର ସାର୍ଥକତା ।

ଆହୁରି ମଧ୍ୟ ଏପରି କିଛି କାର୍ଯ୍ୟ ଅଛି ଯେଉଁଥିରେ ଆମ୍ସ୍ୱାର୍ଥ ଅଧିକ ଥିବାରୁ ଏବଂ ସମାଜର ଉପକାର ପ୍ରସଙ୍ଗ କମ୍ ଥିବାରୁ ତାହା କୀର୍ତ୍ତିର ସ୍ୱରୂପ ନେଇ ପାରେ ନାହିଁ । ଗୋପବନ୍ଧୁଙ୍କ ଜନସେବା ଅକ୍ଷୟ କୀର୍ତ୍ତିଭାବେ ଆଜି ପର୍ଯ୍ୟନ୍ତ ଜନ ମୁଖରେ ପ୍ରକାଶିତ । କିନ୍ତୁ କୌଣସି ନଦୀରେ ପୋଲ ତିଆରି କରିଥିବା କଣ୍ଟ୍ରାକ୍ଟର ଲୋକମାନଙ୍କ ଗମନ ଗମନ ପାଇଁ ସୁବିଧା କରିଥିଲେ ମଧ୍ୟ ତାହା ତାଙ୍କ କୀର୍ତ୍ତି ଭାବେ ସ୍ମୃତିଶୀଳ ହୁଏ ନାହିଁ । କାରଣ ସେଥିରେ ସମାଜ ମଙ୍ଗଳ ବା ଜନସେବା ଠାରୁ ନିଜର ହିତ ବା ସ୍ୱାର୍ଥ ହାସଲ ଅଧିକ ପରିମାଣରେ ରହିଥାଏ ।

କୀର୍ତ୍ତିର ମୂଳାଧାର ନିଃସ୍ୱାର୍ଥପର ସେବା । ଏଥିପାଇଁ ବ୍ୟାସଦେବ କହିଛନ୍ତି "ପରୋପକାରାୟ ପୁଣ୍ୟାୟ ।" କୀର୍ତ୍ତିପାଇଁ ଜ୍ଞାତ ବା ଅଜ୍ଞାତରେ ନିଜର ଅଧିକାର ପରିସର ମଧ୍ୟରେ ରହି ଯେଉଁ ସମାଜ ସେବା କରାଯାଏ ଏବଂ ତାହା ନିଜର ବୃତ୍ତି ବା କର୍ମ ପର୍ଯ୍ୟାୟ ଭୁକ୍ତ ହୋଇଥିଲେ ତାକୁ ଅନ୍ୟ ଭାଷାରେ ସ୍ୱଧର୍ମ ବୋଲି କୁହାଯାଏ । କୀର୍ତ୍ତିର ବିପରୀତ କର୍ମ ଅପକୀର୍ତ୍ତି ବା ପାପ (ଅପକର୍ମ) । ସ୍ୱଧର୍ମ ରକ୍ଷା କରି କୀର୍ତ୍ତି ପ୍ରତିଷ୍ଠାର କର୍ମନକଲେ ପାପହିଁ ମନୁଷ୍ୟକୁ କବଳିତ କରେ । ସ୍ୱଧର୍ମ ଓ କୀର୍ତ୍ତିମାନ କର୍ମକୁ ତ୍ୟାଗ କଲେ ଜଗତର ଲୋକେ ଅପକୀର୍ତ୍ତିକୁ କେବଳ ଆଲୋଚନା କରିବେ ଏବଂ ପଳାତକ କହି ନିନ୍ଦା କରିବେ । ଯେକୌଣସି ସତ୍ ପୁରୁଷର ଲକ୍ଷ୍ୟ ତା' କୃତକର୍ମରୁ ସୃଷ୍ଟ କୀର୍ତ୍ତିକୁ ନଷ୍ଟ ହେବାକୁ ନ ଦେବା । କାରଣ କୀର୍ତ୍ତି ହିଁ ସଂସାରରେ ମନୁଷ୍ୟକୁ ମାତୃତୁଲ୍ୟ ବଞ୍ଚେଇ ରଖେ । ମାତ୍ର ଅକୀର୍ତ୍ତି ବଞ୍ଚଥିବା ଲୋକର ଜୀବନକୁ (ଶତ୍ରୁତୁଲ୍ୟ) ନାଶ କରିଥାଏ । ଥରେ କୀର୍ତ୍ତିରେ କଳଙ୍କ ଲାଗିଲେ ତାହା ମୃତ୍ୟୁଠାରୁ ଅଧିକ ଯନ୍ତ୍ରଣା ଦିଏ । କାରଣ ଅପକୀର୍ତ୍ତିର କାଦୁଅ ଛିଟା ଜୀବନ ଥିବା ବେଳେ ପଡ଼େ ଓ ମୃତ୍ୟୁପରେ ମଧ୍ୟ ଏହା ଅପକୀର୍ତ୍ତି ରୂପରେ ଆମ୍ ଦୋଷକୁ ଦର୍ଶାଇଥାଏ । ଯେଉଁଥି ପାଇଁ କି ତାଙ୍କ ଉପରେ ମୃତ୍ୟୁଭୟ ଓ କାପୁରୁଷତାର ତଥା ପଳାତକର ଯେଉଁ ଅପବାଦ ବା ଅପକୀର୍ତ୍ତି ଆରୋପ କରାଯାଇଥିଲା ଏବଂ ସେଥି ଯୋଗୁଁ ତାଙ୍କ ମନରେ ଯେଉଁ ନୈରାଶ୍ୟ ସୃଷ୍ଟି ହୋଇଥିଲା । ବିଶେଷତଃ ନିଜମାତା ଲେଟିସିଆଙ୍କ ବିରାଗକୁ ସହ୍ୟ କରି ନପାରି ଫ୍ରାନ୍ସର ସମ୍ରାଟ ନେପୋଲିଅନ୍ ବୋନାପାର୍ଟ ଏଲ୍ବାରୁ ଫ୍ରାନ୍ସକୁ ଫେରି ଆସିବାକୁ ସିଦ୍ଧାନ୍ତ (ନିଷ୍ପତ୍ତି) ନେଇଥିଲେ । (ନେପୋଲିଅନ୍ଙ୍କ ମାତା ଲେଟିସିଆ ଚାହୁଁଥିଲେ ଏଲ୍ବାରେ ଏପରି ଏକ ଅଖ୍ୟାତ ଜୀବନ ବିତାଇବା ଅପେକ୍ଷା ତାଙ୍କ ପୁତ୍ର ଯୁଦ୍ଧ କ୍ଷେତ୍ରରେ ପ୍ରାଣ ହରାଇଥିଲେ ବରଂ ଭଲ ହୋଇଥାଆନ୍ତା) ।

ତା'ପରେ ପାପ ପୁଣ୍ୟକୁ ଧନପରି ବାଣ୍ଟିଲେ ତାହା କ୍ଷୟ ହୁଏ । ଦେଖାଯାଏ ଯେ ଲୋକେ ନିଜ ଭଲକାମର ପ୍ରଚାର ଯେତେ କରନ୍ତି, ମନ୍ଦ କାମକୁ ସେଟିକି ଲୁଚାନ୍ତି । ଫଳରେ ଭଲ କାମର ଭଲ ଫଲ ମିଲେନାହିଁ ଓ ମନ୍ଦ ସଞ୍ଚିତ ହେଉଥାଏ । ଏହା କେବଳ ନିଜ ଅଧୋଗତିର ମାର୍ଗକୁ ପ୍ରଶସ୍ତ କରେ । ଅହଂକାର (ମୁଁ ତ୍ୱ ର ଭାବ) ସମସ୍ତଙ୍କର ଥାଏ । ଏହା ପ୍ରତ୍ୟେକ କର୍ମ ଓ ଫଲ ସହିତ ଆମ୍ଆକୁ ସଂଶିଷ୍ଟ କରେ ।

ଭାଗବତରେ କୁହାଯାଇଛି "ରିପୁ ନ ସାଧନ୍ତି ଯେ ପ୍ରାଣୀ, ତାହାଙ୍କୁ ମନୁଷ୍ୟ ନଗଣି ।" (୧୦ମ ସ୍କନ୍ଦ ୨୬ ଅଧ୍ୟାୟ) କାମ, କ୍ରୋଧ, ଲୋଭ, ମୋହ, ମଦ ଓ ହିଂସା । ଏଇ ଷଡ୍ରିପୁ, କାମର ସହାୟକ- ସ୍ତ୍ରୀ ସଂସର୍ଗ । କ୍ରୋଧ ଗୁଣର ସହାୟକ- ନିଷ୍ଠୁର ବଚନ । କୁହାଯାଏ କ୍ରୋଧ ମଣିଷର ପ୍ରଥମ ବଇରୀ । କ୍ଷଣକେ ଚେତନା ନିଅଇ ହରି । ଲୋଭର ସହାୟକ- ଇଚ୍ଛା ଓ ଦମ୍ଭ । ମୋହର ସହାୟ- ଆସକ୍ତି ଓ ନିଜ ଅଧୀନକୁ ଆଣିବାର ମାନସିକତା ବା ନିଜେ

ଅକ୍ଲିଆର କରିନେବାର ମନବୃଭି କିୟା ମମପିତା ମମମାତା ମମେୟଂ ଗୃହିଣୀ ଗୃହମ୍ ଏବଂ ବିଧ ମମତ୍ୱ ଯତ୍ ସମୋହ ଇତି କୀର୍ତ୍ତିତଃ। ମୋ ପିତା, ମୋ ମାତା, ମୋ ଗୃହିଣୀ, ମୋ ଗୃହ— ଏହିପରି ମୋର ଓ ମୋର ଜ୍ଞାନକୁ ମୋହ କୁହାଯାଏ। ହିଂସାର ସହାୟକ ପରଶ୍ରୀକାତରତା, ଘୃଣା ଓ ଅସୁହ୍ୟା ଭାବ। ମଦର ସହାୟକ— ଅହଂଭାବ ବା ନିଜର ଆମ୍ ବଡ଼ିମା। "ଆତତାଂ କଥିତଃ ପନ୍ଥା ଇନ୍ଦ୍ରିୟାଣାଂ ମସଂଯମଃ, ତଜ୍ଜୟଃ ସଂପଦାଂ ମାର୍ଗୋଯେନେଷ୍ଟଂ ତେନ ଗମ୍ୟତାମ୍ୟ।" ଇନ୍ଦ୍ରିୟମାନଙ୍କୁ ଜୟ କରିନପାରିବା ହିଁ ବିପଦର ମାର୍ଗ ଏବଂ ସେମାନଙ୍କୁ ଜୟ କରିବା ସୁଖର ମାର୍ଗ ଅଟେ। ତୁମର ଯେଉଁ ମାର୍ଗରେ ଯିବାର ଇଚ୍ଛା ସେହି ମାର୍ଗରେ ଯାଅ।

ସୂର୍ଯ୍ୟ ବୁଡ଼ ବୁଡ଼ ହେଉଥିଲେ। ଦିବସ ବିଦାୟ ନେଉଥିଲା। ନିର୍ଦ୍ଧାରିତ କାର୍ଯ୍ୟସାରି ବସାକୁ ଫେରିଆସି ପକ୍ଷୀ ଜଗତ ପରସ୍ପରକୁ ପୁନଃ ଭେଟିବାର ଆନନ୍ଦ ଜନିତ କଳରବରେ ମାତିଥିଲେ। ବୃକ୍ଷ ଗୁଡ଼ିକର ଉପରିଭାଗ ସେମାନଙ୍କ କଳରବ ଦ୍ୱାରା ମୁଖରିତ ହେଉଥିଲା। ସତେ ଯେମିତି ସେମାନେ ଦିବସକୁ ମେଲାଣି ଦେବା ପାଇଁ ସମବେତ କଣ୍ଠରେ ବିଦାୟକାଳୀନ ସଂଗୀତ ଗାନ କରୁଥିଲେ। ଯୋର ପଠାରୁ ଗୋରୁପଲ ଗୋଠକୁ ଫେରି ଆସୁଥିଲେ। ସେମାନଙ୍କ ବୋବାଲି (ହମ୍ବା ରଡ଼ି) ବିଦାୟ ନେଉଥିବା ଦିବସର ଜୟଗାନ ଲାଗି ସ୍ଲୋଗାନ ପରି ମନେ ହେଉଥିଲା। ବୁଡ଼ି ଯାଉଥିଲେ ସୂର୍ଯ୍ୟ। ସରି ଆସୁଥିଲା ଦିନ।

ଅସ୍ତଗାମୀ ସୂର୍ଯ୍ୟଙ୍କର କିରଣ ଦ୍ୱାରା ପୃଥିବୀ ପୃଷ୍ଟର ଛାଇ ସବୁ ପୂର୍ବ ଦିଗକୁ ବଡ଼ି ବଡ଼ି ଯାଉଥିଲା। ନିରକ୍ଷୀୟ ଅଞ୍ଚଳର ବିଷୁବ ମଣ୍ଡଳୀୟ ବୃକ୍ଷ ଗୁଡ଼ିକ ସୂର୍ଯ୍ୟ କିରଣ ପାଇବା ପାଇଁ ଉଚ୍ଚତାରେ ବଡ଼ିବା ଲାଗି ଯେପରି ସେମାନଙ୍କ ମଧ୍ୟରେ ପ୍ରତିଯୋଗିତା କରିଥାନ୍ତି। ସେହିପରି ପ୍ରତିଯୋଗିତା ଲାଗିଛି ଛାଇମାନଙ୍କ ମଧ୍ୟରେ ପୂର୍ବ ଦିଗକୁ ଲମ୍ବ ଯିବାକୁ। ମାଡ଼ି ଯିବାକୁ ଆଗକୁ, ଆହୁରି ଆଗକୁ। ଯେପରି ସୂର୍ଯ୍ୟ ରଶ୍ମି ଥିବା ପର୍ଯ୍ୟନ୍ତ ସେ ଛାଇମାନଙ୍କର ବଡ଼ିବା ପ୍ରତିଯୋଗିତାର ଶେଷ ନାହିଁ। ସେମିତି ମଣିଷମାନେ ନିଜର ସ୍ୱାର୍ଥ ହାସଲ ପାଇଁ ପ୍ରତିଯୋଗିତାରେ ସାମିଲ ହୁଅନ୍ତି, ସେହିପରି ଏ ଛାଇମାନେ ସବୁ।

ପ୍ରତିଯୋଗିତା ସଜୀବମାନଙ୍କର ସହଜାତ ପ୍ରବୃତି। ଜଣେ ପଙ୍ଗୁ ପ୍ରତିଯୋଗିତାରେ ଭାଗ ନେଇ ପାରେନା। ଅକର୍ମଣ୍ୟର ପ୍ରତିଯୋଗିତା ପାଇଁ ସାମର୍ଥ୍ୟ ନଥାଏ। ବିକଳାଙ୍ଗ ପ୍ରତିଯୋଗିତାକୁ ଭୟ କରେ। ଆହତ ପ୍ରତିଯୋଗିତା ଠାରୁ ଦୂରେଇ ରହେ। ଦୁର୍ବଲ ପ୍ରତିଯୋଗିତା ପାଇଁ ସାହସ ଯୁଟାଇ ପାରେନା। ନିକମା, ଅଲସୁଆ, ଭିନ୍ନକ୍ଷମ ପ୍ରତିଯୋଗିତାର କଳ୍ପନା ବି କରିପାରିନଥାନ୍ତି। ଭୀରୁ ଓ କାପୁରୁଷମାନେ ପ୍ରତିଯୋଗିତାର ପାଖ ମାଡ଼ି ନଥାଆନ୍ତି, ଠାପୁଆମାନେ ସୁଦ୍ଧା। କିନ୍ତୁ ଜଣେ ସୁସ୍ଥ, ସବଳ ଯାହାର ଶରୀର ସୁଗଠିତ। ଦେହରେ ଶକ୍ତି ଅଛି। ମାଂସପେଶୀ ସୁଦୃଢ଼। ଅମାପ ଉସ୍ଆହ ଭରି ରହିଛି ମନରେ। ଯାହାର ଇଚ୍ଛା ଶକ୍ତି ପ୍ରବଳ। ବାହୁବଳୀ। ଜିତିବାର ଦୁର୍ବାର ଆଶା ଅଛି। ଅତୁଟ ଭରସା ରହିଛି ନିଜର ଅପ୍ରତିହତ ଆମ୍ ବିଶ୍ୱାସ ଉପରେ, ନିଜର ଶକ୍ତି ସାମର୍ଥ୍ୟ ପ୍ରତି। ପୂରା ଦମରେ ଲାଗି ପାରିବ ପ୍ରତିଯୋଗିତାରେ। ସିଏ କାହିଁକି ସେଥିପାଇଁ ପଛାଇବ। ପ୍ରତିଯୋଗିତାକୁ ହାତଛଡ଼ା କରିବ କିୟା ପ୍ରତିଯୋଗିତା ପାଇଁ ପଛଘୁଞ୍ଚାଦେବ। ଅଥବା ସେ ସ୍ଥାନ ଛାଡ଼ି ପଳାଇବ। ପରିତ୍ୟାଗ କରିବ ପ୍ରତିଯୋଗିତାକୁ। ଯେହେତୁ ସେ ବଳଶାଳୀ, ଶକ୍ତିମାନ, ସକ୍ଷମ, କୌଶଲୀ, ପ୍ରଶିକ୍ଷିତ, ତା'ର ବୁଦ୍ଧି ଅଛି। ରହିଛି ସାମର୍ଥ୍ୟ ପଣ, ଦୃଢ଼ତା ଅଛି ନିଜ ଉପରେ। କାଇଦା ତାକୁ ଜଣା। ବାଗକୁ ଆୟଉ କରିଛି। ଶିକ୍ଷିଛି ଜିତିବାର ଉପାୟ। ଜାଣିଛି ହରାଇ ଦେବାର ଖଞ୍ଜା। ବାଜି ଜିତିବାର ବାଟ ତାକୁ ଜଣା। ସେ ପାରିଲାର,

ସେଥିପାଇଁ ସେ ପ୍ରତିଯୋଗିତାରେ ଭାଗ ନେବ ହିଁ ନେବ । ନିର୍ଭୀକ ଭାବରେ, ଦମ୍ଭର ସହିତ, ଗାରିମା ପ୍ରଦର୍ଶନ କରି, ଆଣ୍ଠ ଦେଖାଇ, ବାହାସ୍ଫୋଟ ମାରି, ବେପରବାଏ ଭାବେ, କାହିଁକିନା ।

ଖାଲି ନିଷ୍ଠାରେ ରହିଲେ, ପରିଶ୍ରମ କଲେ, ଉଦ୍ୟମ ଅବ୍ୟାହତ ରଖିଲେ, ପ୍ରଶିକ୍ଷିତ ହୋଇଥିଲେ କିମ୍ବା ଅଭ୍ୟସ୍ତ ଥିଲେ ସବୁ କ୍ଷେତ୍ରରେ ଜିତି ହୁଏନା ବା ପ୍ରତ୍ୟେକ କ୍ଷେତ୍ରରେ ମିଳେନା ସଫଳତା । ଯେପରି ଭୀମ, ଅର୍ଜୁନଙ୍କ ପରି ବାହୁବଳୀ, ଶକ୍ତିମାନ, ଅବ୍ୟର୍ଥ ଧନୁର୍ଦ୍ଧର । ନିପୁଣ ଯୋଦ୍ଧା କିମ୍ବା ଯୁଧିଷ୍ଠିରଙ୍କ ଭଳି ସତ୍ୟ ନିଷ୍ଠ, ବିଜ୍ଞ, ଜ୍ଞାନି, ବିବେକୀ, ଧାରସ୍ଥିର, ଶାନ୍ତଶିଷ୍ଟ, ଧୌର୍ଯ୍ୟବାନ ଓ ସହଦେବଙ୍କ ପରି ଭବିଷ୍ୟଜ୍ଞତା ହୋଇଥିଲେ ସୁଦ୍ଧା ଯଦି କୃଷ୍ଣଙ୍କ କୃତବୁଦ୍ଧି, କପଟନୀତି ପ୍ରୟୋଗ କରାନଯାଏ ତେବେ ସଂସାର କୁରୁକ୍ଷେତ୍ର ଜିତି ହେବନାହିଁ । ଶିଖଣ୍ଡୀକୁ ଦେଖି ଅସ୍ତ୍ରତ୍ୟାଗ କରିଥିବା ବେଳେ ଯୁଦ୍ଧନୀତି ଲଙ୍ଘନ କରି ଭୀଷ୍ମଙ୍କୁ ଶରପ୍ରହାର ଦ୍ୱାରା ନିଷ୍କ୍ରିୟ କରି ଶର ଶଯ୍ୟାରେ ଶୁଆଇ ଦେଇ, ଏକମାତ୍ର ପୁତ୍ର ନିଧନ ସମ୍ବାଦ ଶୁଣି ରଥରୁ ଓହ୍ଲାଇ ଦୋଣ ଧ୍ୟାନ ମଗ୍ନ ଥିବା ସମୟରେ ତାଙ୍କ ଶିରଚ୍ଛେଦ କରି, ବିରଥୀ କର୍ଣ୍ଣଙ୍କ ଉପରକୁ ଶରପେଷି, ଦୁର୍ଯ୍ୟୋଧନଙ୍କ ଜାନୁରେ ଗଦାଘାତ କରିବାକୁ ପଡ଼ିବ । ଗଦାଯୁଦ୍ଧରେ ନାଭିର ତଳକୁ ଆଘାତ କରିବା ନିୟମ ବିରୋଧ ହେଲେ ସୁଦ୍ଧା, ନଇଁ ପଡ଼ିଥିବ ଯେତିକି ବେଳେ ବିଧାଏ ମାରିବ ସେତିକି ବେଳେ ନୀତିରେ କାର୍ଯ୍ୟ କରିବାକୁ ପଡ଼ିବ । ସଫଳତା ପାଇଁ ଲୋଡ଼ା ହୋଇଥାଏ ପେଞ୍ଚନୀତି, ଖଲବୁଦ୍ଧି, କୁଟୀଳତା, ବଳ ନ ପାଇଲେ କୌଶଳ କରି, ଅକଲରେ ପକାଇ ନ ପାରିଲେ କୃତବୁଦ୍ଧି ପ୍ରୟୋଗ କରି, ଟୁଟି ଧରି ନ ପାରିଲେ ପାଦତଳେ ପଡ଼ି, କାମ ହାସଲ କରିବାକୁ କେତେ ବାଗ, ବରଗ, ଫଦି, ଫିକର, କଳ, କୌଶଳ, ଛକା, ପଞ୍ଜା, ପେଞ୍ଚ, ପାଞ୍ଚ, ମାରପେଞ୍ଚ, କୂଟ, କପଟ, ଚାତୁରୀ, ଚାଲବାଜି ଲୋଡ଼ା ହୋଇଥାଏ ।

ମୁକୁଟ ବୁଦ୍ଧିର ଓ ଖଣ୍ଡା ଶରୀର ବଳର ସ୍ମାରକୀ ଭାବେ ପରିଚିତ । ଏ ଦୁଇଟି ଶକ୍ତି ସମନ୍ୱିତ ଥିବାରୁ ଜଣେ ତ ରାଜା ବନିଥାଏ । ବାକି ଗୁଡ଼ା ପ୍ରବଣତାରେ ଦୁର୍ବଳତାରେ ଛଦି ହୋଇ ଅଧା ବାଟରେ ଆଣ୍ଠେଇ ପଡ଼ନ୍ତି । ମହାଭାରତ ଯୁଦ୍ଧରେ ଖାଲି ବଳ ନୁହେଁ, ବୁଦ୍ଧିର ବି ଢେର ଖେଳ ଖେଳାଯାଇଥିଲା । ଏକୁ ପରାଜିତମାନେ କପଟ ବୋଲି ବି ଆକ୍ଷେପ କରିଥାନ୍ତି । ସତ୍ୟ, ସରଳତା- କୁଟିଳତା ଓ ଜଟିଳତାକୁ ସିଧାସଳଖ ସହଜରେ ଜାଣିପାରେ ନାହିଁ । ରାମକୃଷ୍ଣ ତ କହିଲେ "ସବୁଟି ହରି ପ୍ରକାଶ, ଯିବୁ କି ତେଣୁ ତୁ ସଭିଙ୍କ ପାଶ, ମୋ ବାଛାଧନ ଗଲେ ହେବୁଟି ନିରାଶ, ବାଘ ମଧ୍ୟେ ହରିଛନ୍ତି, ଯିବୁକି ତେଣୁ ତୁ ବାଘର କଟି, ମୋ ବାଛାଧନ କୁସଙ୍ଗ ଜାଣ ସେମିତି" । ସଂସାର ଚଲାଇବାରେ ତେଣୁ ମାନସିକ ପଟୁତା ଢେର ଗୁରୁତ୍ୱପୂର୍ଣ୍ଣ । ନର ମାୟାତ ନାରାୟଣକୁ ଅଗୋଚର । ମାତ୍ର ବୁଦ୍ଧିଆ ଲୋକଟେ ତା'ର ଆଚରଣକୁ ନିରେଖି ନିରେଖି ଭିତର ଅଲିଆର ଟେର ପାଇଯାଏ । କେତେ ଛଲନା ଓ ଛଲ ଆଉ ବାହାନା ଏମିତି ଧରା ପଡ଼ିଯାଇଛି । ସତିଆ ବୋଲାଉଥିବା ଯୁଧିଷ୍ଠିର ଶେଷକୁ ତ କହିଥିଲେ "ନର ବା ଗୁଞ୍ଜରେ ଅଶ୍ୱଥାମା ହତ ।"

"ଯସ୍ୟ ନାସ୍ତି ସ୍ୱୟଂପ୍ରଜ୍ଞା ଶାସ୍ତତସ୍ୟ କରୋତି କିଂ ? ଲୋଚନସ୍ୟ ବିହୀନସ୍ୟ ଦର୍ପଣ କିଂ କରିଷ୍ୟତି ।" ନିଜର ପ୍ରଜ୍ଞାଶକ୍ତି ନଥିବା ଲୋକର ଶାସ୍ତ (ପଠନ) ଦ୍ୱାରା କିଛି ଲାଭ ହୁଏନା । ଯେପରି ଅନ୍ଧ ଦର୍ପଣ ଦ୍ୱାରା ଉପକୃତ ହୋଇ ନଥାଏ । ବର୍ତ୍ତମାନ ଆଧୁନିକ ଯୁଗରେ ଏ କଥା ସବୁ ମୂଲ୍ୟହୀନ ସାବ୍ୟସ୍ତ ହେଲାଣି । କାହିଁକିନା ଏହା ହେଲା ପୁରୁଣା ଯୁଗର ପାଠ । ପୁରୁଣା ସମୟର କଥା । ପ୍ରତିଭା ନଥିବା ଲୋକ ଏଇନେ ପୂଜ୍ୟ ପୂଜାର ଅଧିକାରୀ । ସମାଜରେ ବିଶୃଙ୍ଖଳା ସୃଷ୍ଟିକାରୀ ସମାଜସେବୀ । ସଂସାରର ଅନିଷ୍ଟକାରୀ ଅପରାଧୀମାନେ ମହାପୁରୁଷ । ଜନସାଧାରଣଙ୍କର କୌଣସି ଉପକାର କରିନଥିବା ବ୍ୟକ୍ତି, ନେତା ମାନ୍ୟତା ପ୍ରାପ୍ତ ନାଗରିକ । ସର୍ବସାଧାରଣ ସମ୍ପତି ଆମ୍ନସାତ କରୁଥିବା ଲୋକଟି ମାନ୍ୟଗଣ୍ୟ ତାଲିକଭୁକ୍ତ । ପରଦ୍ରବ୍ୟ ଅପହରଣକାରୀ ବୁଦ୍ଧିମାନ । ଖଟମିଛ କହି ନିଜଲାଗି ସୁଯୋଗ ସୃଷ୍ଟି କରୁଥିବା ଲୋକମାନେ ବିଚକ୍ଷଣ । ଅନ୍ୟକୁ ଅସୁବିଧାରେ ପକାଉଥିବା ବ୍ୟକ୍ତି ପରୋପକାରୀ । ଅନ୍ୟର ବିଉହଡ଼ପ କରି ପାରୁଥିବା ଲୋକଟି ଧାର୍ମିକ

ବ୍ୟକ୍ତ (ଧର୍ମପରାୟଣ) ଅନ୍ୟର ପ୍ରାପ୍ୟକୁ କୌଶଳରେ ନିଜ ଅଧିକାରକୁ ନେଇ ପାରୁଥିବା ବ୍ୟକ୍ତି ଜଣକ ମହାତ୍ମା। ଲୋକମାନଙ୍କୁ ଉପଯୁକ୍ତ ନ୍ୟାୟ ଦେଇ ପାରୁନଥିବା ପ୍ରଶାସକ ସୁଶାସକ ବା ନ୍ୟାୟବାନ ଶାସନକର୍ତ୍ତା।

ଆମ ଦେଶର ଗଣତାନ୍ତ୍ରିକ ବିଧିବ୍ୟବସ୍ଥା ଉପରେ ସମୀକ୍ଷା କଲାବେଳେ ରାଷ୍ଟ୍ର ଭକ୍ତିର ଆଧୁନିକ ପରିଭାଷା ଉପରେ ଆଲୋକପାତ କରିବା ଉଚିତ ହେବ। ପ୍ରାଚୀନ କାଳରେ ରାଷ୍ଟ୍ରଭକ୍ତି ବା ଦେଶଭକ୍ତିକୁ ଦେଶ ପ୍ରତି ନିଷ୍ଠା ଭାବେ ଗ୍ରହଣ କରାଯାଉଥିଲା। ରାଷ୍ଟ୍ରଭକ୍ତ ବା ଦେଶଭକ୍ତ ହେବା ଗୌରବର କଥା ଥିଲା। ଏବେ କିନ୍ତୁ ରାଷ୍ଟ୍ରଭକ୍ତିର ପରିଭାଷା ବଦଳି ଯାଇଥିବା ଭଳି ମନେ ହେଉଛି। ଏବେ ଦେଶ ବା ରାଷ୍ଟ୍ର ପ୍ରତି ନିଷ୍ଠାକୁ ରାଷ୍ଟ୍ରଭକ୍ତି ଭାବେ ଗ୍ରହଣ କରାଯାଉନାହିଁ। ଅପର ପକ୍ଷରେ କୌଣସି ନେତା ବା ଦଳ ପ୍ରତି ନିଷ୍ଠାକୁ ରାଷ୍ଟ୍ରଭକ୍ତି ବୋଲି ଗ୍ରହଣ କରାଯାଉଛି। ଅପରାଧ ପୃଷ୍ଠଭୂମି ଥିବା ଏବଂ ଦେଶର ସଂପତ୍ତିକୁ ହଡ଼ପ କରିଥିବା ଅଭିଯୋଗରେ ଅଭିଯୁକ୍ତଙ୍କୁ ରାଷ୍ଟ୍ରଭକ୍ତ ଭାବେ ପରିଚୟ ଦିଆଯାଉଛି। ତ୍ୟାଗ, ସମର୍ପଣ ଭାବ ସଂପନ୍ନ ବ୍ୟକ୍ତି ଯେଉଁମାନେ ରାଷ୍ଟ୍ର ବା ଦେଶ ପାଇଁ ସମର୍ପିତ ସେମାନେ ସବୁପ୍ରକାର ଅବହେଳାର ଶିକାର ହେଉଛନ୍ତି। ଯେଉଁମାନେ ବନ୍ଦୁକ ମୁନରେ ସମାଜବାଦ ପ୍ରତିଷ୍ଠାର କଥା କହୁଛନ୍ତି, ସେମାନେ ନିଜକୁ ନିଜେ ରାଷ୍ଟ୍ର ଭକ୍ତିର ପତାକାକୁ ଊର୍ଦ୍ଧ୍ୱକୁ ତୋଳି ଧରୁଛନ୍ତି। ଯେଉଁମାନେ ଦେଶ ବିରୋଧରେ ବିଚ୍ଛିନ୍ନତାବାଦୀ ଶକ୍ତିସହ ହାତ ମିଳାଉଛନ୍ତି, ସେମାନେ ମଧ୍ୟ ଆତ୍ମଘୋଷିତ ଦେଶ ଭକ୍ତର ପରିଚୟ ଦେଉଛନ୍ତି। ଯେଉଁମାନେ ଧର୍ମାନ୍ଧତା – ଉନ୍ମାଦତା ସୃଷ୍ଟି କରୁଛନ୍ତି ସେମାନେ ସୁଦ୍ଧା ନିଜକୁ ରାଷ୍ଟ୍ରଭକ୍ତ ବା ଦେଶ ଭକ୍ତର ପରିଚୟ ଦେବାକୁ ଭୁଲୁ ନାହାନ୍ତି। ଗଣତନ୍ତ୍ର ଏବଂ ଗଣତାନ୍ତ୍ରିକ ମୂଲ୍ୟବୋଧ, ଶାସନର ଚରିତ୍ର, ଧର୍ମ ଏବଂ ଧାର୍ମିକତା, ରାଷ୍ଟ୍ରଭକ୍ତି ବା ଦେଶ ଭକ୍ତି ଏବଂ ନୈତିକତାର ପରିଭାଷା ଯେପରି ବଦଳି ବଦଳି ଯାଉଛି। ସରକାର ଗଠନ କରୁଥିବା ରାଜନୈତିକ ଦଳ ଏବଂ ସରକାର ଗଠନ କରି ପାରୁନଥିବା ଦଳର ଚରିତ୍ର ଲୋକାଭିମୁଖୀ ବା ଜନବାଦୀ ନହୋଇ ଶାସକୀୟ ହେଉଥିବାରୁ ସରକାରଙ୍କ ପ୍ରତି ଆସ୍ଥା ଓ ବିଶ୍ୱାସରେ ବିରୋଧାଭାସ ଲାଗି ରହୁଛି। ସମୟ ଆସିଛି ଗଣତନ୍ତ୍ରକୁ ସୁଦୃଢ଼ କରିବା ପାଇଁ ବଦଳୁଥିବା ବ୍ୟକ୍ତି ଚରିତ୍ର ଏବଂ ସରକାରୀ ଚରିତ୍ରକୁ ଗଣତାନ୍ତ୍ରିକ କରିବା ପାଇଁ ଆଉ ଏକ ଆନ୍ଦୋଳନ ଜରୁରୀ ହୋଇ ପଡ଼ିଛି।

ପାଠ ହେଉନି, ଘୋଷିଲେ ମନେ ରହୁଛି କିମ୍ଭ। ପଢ଼ାରେ ମନ ଲାଗୁନି। ସାଙ୍ଗମେଳରେ ବୁଲାବୁଲି କରି ସମୟ କଟୁଛି। ତା' ବୋଲି ନାମଜାଦା ବାପର ଗେହ୍ଲାପୁଅ ପରୀକ୍ଷାରେ ଫେଲ ହେବ। କେବେ ନୁହେଁ, ସେ କେମିତିକା କଥା, ତା' କିପରି ହେବ। ଅମୁକ ବାବୁଙ୍କ ପୁଅ ପୁଣି ଫେଲ ହେବ ? ହେଲା ପରୀକ୍ଷା କେନ୍ଦ୍ରରେ ତା' ଲାଗି ସୁବ୍ୟବସ୍ଥା। କପି କରିବ, ବହିଦେଖି ଟିପିବ। ପଢ଼ିଥିବା ପ୍ରଶ୍ନର ଉତ୍ତର ବହିର କେତେ ପୃଷ୍ଠାରେ ବା କେଉଁଠି ଅଛି ତାହା ତାକୁ ଜଣାନାହିଁ। ତାହା ସେ ଜାଣିବ କେମିତି ? ତାଙ୍କର ତ ପାଠପଢ଼ା ବହି ସହିତ ଦେଢ଼ଶୁର ଭାଇ ବୋହୂର ସଂପର୍କ। ବହିସିନା ଖୋଲିଥିଲେ ଜାଣିଥାଆନ୍ତେ ପଢ଼ିଥିବା ପ୍ରଶ୍ନ କେଉଁଠୁ ପଢ଼ିଛି। ସେଥିପାଇଁ କପି ଯୋଗାଇ ଦେବେ କେତେକ ସୁବିଧାବାଦୀ ଶିକ୍ଷକ। ଯେଉଁମାନେ ଭବିଷ୍ୟତରେ ରାଜ୍ୟପାଳଙ୍କ ଦ୍ୱାରା ଓ ରାଷ୍ଟ୍ରପତିଙ୍କ ଠାରୁ କୃତି (ଆଦର୍ଶ) ଶିକ୍ଷକ ଭାବରେ ପୁରସ୍କୃତ ହେବାର ଆଶା ରଖିଥିବେ ଓ ହେଉଛନ୍ତି ମଧ୍ୟ। ସେହିମାନେ ଆଉ ପ୍ରମୋଶନ ସୁବିଧା ମଧ୍ୟ ହାତେଇବା ଲାଗି ଆକାଂକ୍ଷିତ ଶିକ୍ଷକ ବିଚରାଟି। ସେ ବାଗରେ ପିଲା ନ ପାରିଲେ ଖାତା ଦେଖା ବେଲେ ଧରାଧରି। ଲାଞ୍ଚ କାରବାର, ନହେଲେ ଖାତାକାମ (ବୋର୍ଡ ଅଫିସରେ ଗଫଲତି) ଯେମିତି ହେଉ ସେ ପ୍ରଥମ ଶ୍ରେଣୀରେ ପାଶ୍ କରିବ। ତାଙ୍କ ସମର୍ଥକମାନେ ଯୁକ୍ତି ବାଢ଼ନ୍ତି, ତା' ବାପାଙ୍କୁ ଦେଶ ସେବା କାମରେ ସହଯୋଗ ଦେଇ ସେ ସମୟ ସାରିଲେ। ଲୋକମାନଙ୍କର ମଙ୍ଗଳ ପାଇଁ ବ୍ୟସ୍ତ ରହିଲେ। ଜନସାଧାରଣଙ୍କ ଉପକାର ବିଷୟ ଚିନ୍ତା କରି ତାଙ୍କର ବେଲଗଲା। ଗରିବମାନଙ୍କ ଉନ୍ନତି କଥା ବୁଝି ବୁଝି ସେ ନ୍ୟସ୍ତ ହେଲେନି। ଅସହାୟମାନଙ୍କ ପାଇଁ ସର୍ବଦା ସଂଗ୍ରାମ କଲେ। ସେମାନଙ୍କ ହାରି ଗୁହାରୀ ଶୁଣିବାରେ ତାଙ୍କର ଦିନ ଗଲା। ତାକୁ କାହୁଁ ଫୁର୍ସତ ମିଳିବ ଯେ ସେ ପାଠ ପଢ଼ିବେ ? ବହି ଘୋଷିବେ ଆରାମରେ ଘରେ ବସିରହ ?

ସେଥିପାଇଁ ତାଙ୍କୁ ପରୀକ୍ଷାରେ ପ୍ରଶ୍ନ ପତ୍ର ଉତ୍ତର ଯୋଗାଇ ଦିଆଯାଉ । ବହି ଭିତରେ ପ୍ରଶ୍ନର ଉତ୍ତର ଥିବ ପୃଷ୍ଠା ଚିହ୍ନଟ କରିଦିଅ । ତାଙ୍କୁ ଯେପରି ଉତ୍ତର ଲେଖିବାକୁ ଅସୁବିଧା ନହୁଏ । ସେ ଯେତେବେଳେ ଆମମାନଙ୍କ ଲାଗି ତାଙ୍କ ପାଠପଢ଼ା ପ୍ରତି ନଜର ନ ଦେଇ ଆମ କାମରେ ସମୟ ସାରିଲେ । ସେପରି ସ୍ଥଳେ ଆମରତ ପୁଣି ତାଙ୍କ ପ୍ରତି କିଛି କର୍ତ୍ତବ୍ୟ ଅଛି ନା ନାହିଁ । ଦାନର ତ ପୁଣି ପ୍ରତିଦାନ ରହିବା ଦରକାର । ତାଙ୍କଠାରୁ ସାହାଯ୍ୟ ପାଇ ଆମେ କିପରି ବେଇମାନୀ କରି ପାରିବା । ତାଙ୍କ ପ୍ରତି ଅକୃତଜ୍ଞ ହେବା । ତାଙ୍କୁ ପୁଣି ସାହାଯ୍ୟ କରିବା ଆମମାନଙ୍କର ଉଚିତ ନା ନାହିଁ । ସିଏ ଯେପରି ପରୀକ୍ଷାରେ ଭଲ ନମ୍ବର ରଖି ପାସ୍ କରିବେ । ଆମ ଅଞ୍ଚଳର ନା ରଖିବେ, ତାଙ୍କ ବାପାଙ୍କ ଖ୍ୟାତି ଅତୁଟ ରହିବ । ସେପରି କାମ ପାଇଁ ତାଙ୍କୁ ତାଙ୍କ ଦଳର ଉପର ମହଲରୁ ଓ ଜନ ସାଧାରଣଙ୍କଠାରୁ ମଧ୍ୟ ପ୍ରୋତ୍ସାହନ ମିଳିଥାଏ ।

ସ୍ୱାର୍ଥର ପୂର୍ତ୍ତି ପାଇଁ ଗଲତ ତଥା ସଂସ୍କାରଚ୍ୟୁତ ଲୋକଙ୍କ ପ୍ରଶଂସାରେ ବହୁତ କିଛି ବୋଲିବା ତଥା ଲେଖିବା ଏକ ନିନ୍ଦନୀୟ ବା ଘୃଣ୍ୟ କାର୍ଯ୍ୟ ବୋଲି ବିବିଧ ଧର୍ମଗ୍ରନ୍ଥରେ କୁହାଯାଇଛି । ସ୍ୱାର୍ଥ ବଶତଃ କାହାଚ୍ଚୁ ମିଛଟାରେ ପ୍ରଶଂସା ପାଇଁ କାନେଇବା ବ୍ୟକ୍ତିଙ୍କୁ ଯେମିତି କ୍ଷତି ପହଞ୍ଚାଏ ଶୁଣାଉଥିବା ଲୋକଟିକୁ ବି ସେତିକି ମାତ୍ରାରେ ଏହାର କୁପରିଣାମକୁ ଭୋଗିବାକୁ ହୁଏ । ୟାର ଏକ ବଳିଷ୍ଠ ଉଦାହରଣ ଦେଖିବାକୁ ମିଳେ ତ୍ରେତୟା ଯୁଗରେ ସୀତା ହରଣ ସମୟରେ । ଖ୍ୟାତି ସଂପନ୍ନ ଧନିକ ଗୋଷ୍ଠୀର ପିଲାମାନେ ବିନା ପରିଶ୍ରମରେ ଆଦୌ କଷ୍ଟ ସ୍ୱୀକାର ନକରି ସଫଳ ହେଉଥିଲା ବେଳେ ବିଚରା ଗରିବ ପିଲାଟି ବହୁଶ୍ରମ ସ୍ୱୀକାର କରି ବହି ଘୋଷି ମଧ୍ୟ ସେମିତି ଆଖିଦୃଶିଆ ସଫଳତା ପାଇନଥାଏ । ତା' ବାପା ଯଦି ରାଜନୀତିରେ ସଂପୃକ୍ତ ଥାଇ ଦେଶସେବା ନାମରେ ସରକାରୀ ଜାଗା ଜବର ଦଖଲ, ସରକାରୀ ଧନ ଆମ୍ସାତ, ସର୍ବସାଧାରଣଙ୍କ ପାଇଁ ଥିବା ସଂପତ୍ତିକୁ ନିଜ ଅକ୍ତିଆରରେ ରଖିବା ପ୍ରଭୃତି କାମରେ ତା' ବାପାକୁ ସହଯୋଗ କରୁଥିଲେ ସୁଦ୍ଧା ।

ବର୍ତ୍ତମାନ ଦେଶ ସେବା ଅର୍ଥ ଆଉ ଜନତା ବା ଜନ ସାଧାରଣଙ୍କ ସେବାନୁହେଁ । ଦେଶ ସେବା ହେଲା– ନିଜ ସେବା, ନିଜ ପରିବାରର ସେବା ଓ ନିଜ ଅନୁଗତମାନଙ୍କୁ ସୁବିଧା ଯୋଗାଇ ଦେବା । ନିଜ ପାଇଁ ଅସତ ଉପାୟରେ, ଅନ୍ୟାୟ ଭାବରେ, ଅପକର୍ମ ମାର୍ଗରେ, ଅଯୁକ୍ତିକର ପନ୍ଥାରେ, ଅବିବେକିତା ପଦ୍ଧତିରେ ସଂପତ୍ତି ଠୁଲ କରିବା । ନିଜ ତଥା ନିଜ ପରିବାର ଲାଗି ସୁବିଧା ହାସଲ କରିବା । ନିଜ ଅନୁଗତମାନଙ୍କ ଅନ୍ୟାୟ କାମକୁ ଯୁକ୍ତିସିଦ୍ଧ କରି ଦେଖାଇବାକୁ ପଥ ସୁଗମ କରିନେବା । ତା'ବାଦ୍ ଅପହରଣ କରିଥିବା ସରକାରୀ ଅର୍ଥରୁ କିଛି ଅଂଶ ନିଜ ଚେଲାମାନଙ୍କ ମଧ୍ୟରେ ନିଜ ଲାଗି ଅଧିକ ସୁବିଧାର ଲକ୍ଷ୍ୟ ରଖି ବାଣ୍ଟିଦେବା । ଆଉ ସେହି ଦାନର ପଟିଆରା ବଳରେ ସେମାନଙ୍କ ମାଧ୍ୟମରେ ନିଜର ସ୍ୱାର୍ଥ ହାସଲ କରି ନେବାକୁ ବାଟ ପରିଷ୍କାର ରଖିବା । ସେହି ଚେଲା ଚାମୁଣ୍ଡାମାନେ ଦେଶର ନାଗରିକ ନୁହନ୍ତି କି ? ରାଜ୍ୟ ବା ଦେଶର ବାସିନ୍ଦା ନୁହନ୍ତି କି ? ସେମାନଙ୍କୁ ସାହାଯ୍ୟ କରିବା (ସେବା ଯୋଗାଇ ଦେବା) ଦେଶ ସେବା ହେଲାନିକି । କାରଣ ସେହିମାନେ ଜନ ସମୁଦାୟର (ଦେଶବାସୀଙ୍କର) ଅଂଶ ବିଶେଷ ନୁହନ୍ତି କି ? ସେମାନଙ୍କ ସେବା ଅର୍ଥାତ ସେମାନଙ୍କୁ କିଛି ପରିମାଣରେ ସୁବିଧା ଯୋଗାଇ ଦେବା ଜନତାର ସେବା ବା ଦେଶବାସୀଙ୍କ ସେବା ସହିତ ସମାନ ନୁହେଁ କି ? ଯଦିଓ ସେମାନେ ସମୁଦାୟ ଜନସଂଖ୍ୟାର ଅଳ୍ପ ପରିମାଣର ବା ଅଂଶବିଶେଷ ହେଲେ ସୁଦ୍ଧା, କେବେ ସାଧାରଣ ଜନତାଙ୍କ ସେବାକୁ ଦେଶସେବା କୁହାଯାଉଥିଲା । ସେମାନଙ୍କୁ ନିଃସ୍ୱାର୍ଥପର ଭାବରେ, ସେମାନଙ୍କ ଠାରୁ କିଛି ପାଇବାର କିମ୍ଭ କୌଣସି ସ୍ୱାର୍ଥ ହାସଲ ଲାଗି ସହଯୋଗର ଆଶା ନରଖି ସହାୟତା କରିବାକୁ ଜନତାର ସେବା ଭାବେ ଗଣା ଯାଉଥିଲା । ବର୍ତ୍ତମାନ କିନ୍ତୁ ଦେଶସେବାର ସଂଜ୍ଞା ପୁରାପୁରି ବଦଲି ଗଲାଣି । ନିଜସେବା, ନିଜ ପରିବାରର ସେବା ଓ ନିଜ ଅନୁଗତମାନଙ୍କର ସେବା ଯାହା ବିନିମୟରେ କିଛି ମିଳିବାର ସୁବିଧା ସୁଯୋଗ ଥିବ ତାହା ହେଲା ଆଜିକାର ଦେଶସେବା । ସେ କାମ ସୁଚାରୁ ରୂପେ ତୁଲାଇ ପାରୁଥିବା ବ୍ୟକ୍ତି ଜଣକ ହେଲେ ଏଇନେ ସଚ୍ଚା ଦେଶସେବକ ବା ସମାଜସେବୀ । ନିଜ

ପରିବାରର ସେବା ଓ ଆପଣା ଅନୁଗତମାନଙ୍କୁ ସୁବିଧା ଯୋଗାଇ ଦେବା, ନିଜ ପାଇଁ ଅସତ ଉପାୟରେ ଅନ୍ୟାୟ ଭାବରେ ଅପକର୍ମ ମାର୍ଗରେ ଅଯୁକ୍ତିକର ପନ୍ଥାରେ, ଅବିବେକିତା ପଦ୍ଧତିରେ ସଂପତ୍ତି ଠୁଳ କରିବା ବର୍ତ୍ତମାନ ସମାଜ ବା ଜନସଧାରଣଙ୍କର ସେବା କରିବା ।

ଯଦି ସେପରି ନେତାଙ୍କ ପିଲା କୁସଙ୍ଗରେ ପଡ଼ି ନିଶାପାଣି ଅଭ୍ୟାସ କିମ୍ବା ସମାଜ ବିରୋଧୀ କାମକରେ । ଅନ୍ୟମାନଙ୍କର କ୍ଷତି ହେଲାଭଳି ଆଚରଣ ଦେଖାଏ, ଅନ୍ୟକୁ ଅପମାନ ହେବା ପରି ବ୍ୟବହାର ପ୍ରଦର୍ଶନ କରେ, ଭାଷାରେ ସଞ୍ଜମତା ନରଖେ, କଥାରେ ଶାଳୀନତା ନଥିଲେ, ଶିଷ୍ଟାଚାର ଜାଣିନଥିଲେ, ଭଦ୍ରାମି ଶିଖ୍ନଥିଲେ ସୁଦ୍ଧା ତାଙ୍କ ସମର୍ଥକମାନେ ତା'ର ବିରୋଧ ନକରି ବରଂ ସେଥିପାଇଁ ତାକୁ ଉତ୍ସାହିତ କରିଥାଆନ୍ତି ।

ସେହି ଫାଉମରାମାନେ ପ୍ରଚାର କରନ୍ତି ତା' ସପକ୍ଷରେ । ସେ ପାଠ ନ ପଢ଼ି ଭେଗା ବଜାରିଙ୍କ ସାଙ୍ଗରେ ଛତରାଙ୍କ ପରି ବୁଲୁଥିଲେ ବି ତା' ନାମରେ ପ୍ରଚାର କରାଯାଏ- ସେ ଭଲ ପଢ଼େ, ମେଧାବୀ ଛାତ୍ର ସିଏ, ଉଚ୍ଚଶିକ୍ଷିତ, ଅଗାଧ ପାଣ୍ଡିତ୍ୟ ତା'ର, ତା'ର ପ୍ରତ୍ୟେକ ବିଷୟରେ ପ୍ରଚଣ୍ଡ ଜ୍ଞାନ, ଜ୍ଞାନର ଅନେକ ଗଭୀରକୁ ତା'ର ପ୍ରବେଶ ରହିଛି । ତା' ବାପାଙ୍କ ପରି ସେ ଜ୍ଞାନରେ ସମୁଦ୍ର ନୁହତ ମହାସାଗର ଜାଣି । "ପରୈଃ ପ୍ରୋକ୍ତା ଗୁଣାୟସ୍ୟ ନିର୍ଗୋଣୋଽପି ଗୁଣୀ ଉବେତ । ଇନ୍ଦ୍ରୋଽପି ଲଘୁତାଂ ଯାତି ସ୍ୱୟଂ ପ୍ରଖ୍ୟାତି ତେ ଗୁଣୈଃ" । ଯେଉଁ ବ୍ୟକ୍ତିର ଗୁଣକୁ ଅନ୍ୟମାନେ ପ୍ରଚାର କରନ୍ତି ସେ ବ୍ୟକ୍ତି ଗୁଣହୀନ ହେଲେ ମଧ୍ୟ ଗୁଣବାନ ବୋଲି କଥିତ ହୁଏ । ନିଜେ ନିଜର ଗୁଣକୁ ପ୍ରଚାର କଲେ ଇନ୍ଦ୍ର ମଧ୍ୟ କ୍ଷୁଦ୍ର ହୁଅନ୍ତି । (ଅବଶ୍ୟ ଏହି ସୁବିଧାବାଦୀମାନଙ୍କ କହିବା ବ୍ୟତୀତ ତା' ବାପା କୌଣସି ସ୍ଥାନରେ କିମ୍ବା କୌଣସି କ୍ଷେତ୍ରରେ ଅଥବା କୌଣସି ପରିସ୍ଥିତି ଓ ପରିବେଶରେ ନିଜ ଜ୍ଞାନ ଗରିମାର ପ୍ରମାଣ ବା ପରିଚୟ ଏପର୍ଯ୍ୟନ୍ତ ଦେଇପାରି ନାହାନ୍ତି ।)

ସେ ଲୋକମାଙ୍କ ପାଇଁ କାମକରେ । ଦେଶ ଲାଗି ମଧ୍ୟ । ତା'ର ଭାରି ସାହାଯ୍ୟକାରୀ ମନବୃତ୍ତି । ଲୋକମାନଙ୍କ ଅସୁବିଧା କଥା ଶୁଣିଲେ ସେ ନିଶ୍ଚିନ୍ତ ହୋଇ ରହି ପାରେନା । ସ୍ଥିର ହୋଇ ବସି ରହେନା । ଅନ୍ୟର ଦୁଃଖ ସେ ସହି ପାରେନା । ପରର ନିର୍ଯ୍ୟାତନା ତା' ଦେହରେ ଯାଏନା । କାହାର ଅସୁବିଧା ତା' ଦୃଷ୍ଟିରେ ପଡ଼ିବା ମାତ୍ରେ ସେ ତା'ର ନିରାକରଣ ପାଇଁ ସ୍ୱତଃ ପ୍ରବୃତ୍ତ ଆଗଭର ହୋଇ ବାହାରି ପଡ଼େ । ସମସ୍ୟା ଦୂର କରିବା ଲାଗି ଚେଷ୍ଟା କରେ । ଉଦ୍ୟମ ଅବ୍ୟାହତ ରଖେ । କେହି ବିପଦରେ ପଡ଼ିବା ଘଟଣା ତା' ଆଖିରେ ଯାଏନା । ଖବର ପାଇଲା ମାତ୍ରେ ଖାଇବା ଜାଗାରୁ ଉଠିଆସେ । ଶୋଇବା ସ୍ଥାନ ପରିତ୍ୟାଗ କରି ଆସି ରାତି ଅଧରେ ପାଖରେ ହାଜର ହୁଏ । ବିପଦ ବେଳେ ପାଖରେ ଠିଆ ହୁଏ । ଅସହାୟ ପ୍ରତି ସହାୟତା ପ୍ରଦାନ କରେ । ନିସହାୟଙ୍କ ଆଡ଼କୁ ସାହାଯ୍ୟର ହାତ ବଢ଼ାଇ ଦିଏ । ଅନ୍ୟର ଦୁଃଖ ତା' ନଜରକୁ ଆସିଲେ ସେ ତତ୍ପର ହୋଇ ଉଠେ । ଅନ୍ୟର ଦୀନତା ତା' ଦୃଷ୍ଟିରେ ପଡ଼ିଲେ ସେ ନିଜକୁ ସମ୍ଭାଳି ପାରେନା । ତା'ଲାଗି ଆମେ ସବୁ ପ୍ରକାର ସୁବିଧା ପାଉଛନ୍ତି । ଆମର କେଉଁଠାରେ କିଛି ଅସୁବିଧା ହେଉନି । ଅନେକ ରକମର ମଙ୍ଗଳକର କାର୍ଯ୍ୟମାନ ତା ଯୋଗୁ ଆମ ଏଠି ହୋଇ ପାରୁଛି । ବିପଦ ଆପଦକୁ ସେ ଜାଣି ସାହା ଭରସା, ତା'ପରି ଆଉ ଜଣେ କିଏ ଅଛି ? ସେ ଜାଣିଥା ଏକା କୋଟିଏରେ ଗୋଟିଏ ।

ଏପରି ଉଡ଼ା କଥାକୁ ପୂରା ମାତ୍ରରେ ବିଶ୍ୱାସ କରିବା ଲୋକମାନଙ୍କର ଅଭାବ ଆମ ସମାଜରେ ନାହିଁ । ଏକଥାବି ତା' ସପକ୍ଷରେ କୁହାଯିବାର ଶୁଣିବାକୁ ମିଳେ । ହୋଇଥିବ, ସେ ଯେତେବେଳେ ଅମୁକ ବାବୁଙ୍କ ପୁଅ । ବାବୁଗ୍ଙ୍କ ପିଲା, ସେ ନ ପଢ଼ି କ'ଣ ତୁମ ଆମ ପରି ହୋଇ ଥାଆନ୍ତା । ସେ ତ ଆଉ ମୁଲିଆ ମଜୁରିଆ ଘରେ ଜନ୍ମ ହୋଇନାହିଁ । କଥାରେ ନାହିଁ, ଯାହା ବାପ ଚଢ଼େ ଘୋଡ଼ା, ତା' ପୁଅକୁ ମାଲୁମ ଥୋଡ଼ା । ଅର୍ଥାତ୍ ଘୋଡ଼ା ଚଢ଼ା ବାପର ପୁଅ ଅନ୍ୟ ପିଲାମାନଙ୍କ (ସାଧାରଣ ଘରର ଛୁଆଙ୍କ) ଅପେକ୍ଷା ପ୍ରତ୍ୟେକ କ୍ଷେତ୍ରରେ ଅଧିକ ପାରଙ୍ଗମ ହୋଇଥାଏ । ଯେତେହେଲେ ସେ ତ ତୁମ ଆମ ଘର ପରି ଗରିବ ଖଟିଖିଆ ଘରେ ଜନମ ହୋଇନାହିଁ । ତା'ର ଜନ୍ମ କେତେ ବଡ଼ ବୁନିଆଦି ଘରେ । ଖାନ୍ଦାନୀ

ପରିବାରରେ। ସେ ନ ହେବେ କିପରି ? ସେପରି ମନଗଢ଼ା କଥାକୁ ପୂରାମାତ୍ରାରେ ବିଶ୍ୱାସ କରିବାର ମାନସିକତା ଏପର୍ଯ୍ୟନ୍ତ ଆମ ମନରେ ବସା ବାନ୍ଧି ରହିଛି ଓ ଆମ ସମାଜରେ ରହି ଆସିଛି। ରହିଥିବ ଆଗାମୀ ଦିନକୁ ମଧ୍ୟ। ସେପରି ମନବୃଭିର ପରିବର୍ତ୍ତନ ହେବ ନାହିଁ ଆମ ମାନଙ୍କର, ପୃଥିବୀର ଆହ୍ନିକ ଓ ବାର୍ଷିକ ଗତିପରି। ସେମିତି ବିଚାର ଧାରା ଗଢ଼ି ଆସିଛ ଜଳସ୍ରୋତ ସାଗର ଅଭିମୁଖେ ଗତିକଲା ପରି। ଅପରିବର୍ତ୍ତିତ ସେ କଥାର ପ୍ରବାହ। ଏ ପ୍ରସଙ୍ଗରେ ଇମାନ୍ୟୁଏଲ କାଣ୍ଟଙ୍କ କଥାଟିଏ ମନେପଡ଼େ "ପାଟରନାଲିଜିମ୍ ଇଜ ଦି ଗ୍ରେଟେଷ୍ଟ ଡେସ୍ପଟିଜିମ୍ ଇମାଜିନେବଲ।" ଅର୍ଥାତ୍ ପିତୃତ୍ୱ ବାଦ ସବୁଠୁ ବଡ଼ ସ୍ୱେଚ୍ଛାଚାରିତା।

କାମକୁ ପାରଙ୍ଗମ ନୁହେଁ, ଅଫିସରେ ଉପସ୍ଥାନ ବି ଭଲ ନାହିଁ। ସହକର୍ମୀମାନଙ୍କ ପ୍ରତି ବ୍ୟବହାର ମଧ୍ୟ ସନ୍ତୋଷ ଜନକ ନୁହେଁ। ସେଠି ଧରାଧରି ତେଲାତେଲି। ପ୍ରମୋଶନ ପାଇଁ। ସମାଜରେ ପ୍ରତିଷ୍ଠିତ ହେବାର ଯୋଗ୍ୟତା ନାହିଁ। ସେମିତି ଆଖୁଦୁର୍ଶିଆ ବ୍ୟକ୍ତିତ୍ୱର ଅଧିକାରୀ ନୁହେଁ। ତା' ବୋଲି ସେ ଅଜଣା, ଅଶୁଣା, ଅପରିଚିତ ହୋଇ ରହିଜିବ। ତାହା କେମିତି ସମ୍ଭବ ? ସେଠି କାମ ଦେବ ପେଞ୍ଜ। ନିଜର ପରାକାଷ୍ଠା ବଳରେ ଯିଏ ଆଗରେ ଅଛି। ତା' ନାମରେ ଚୁଗୁଲି କହିବାକୁ ଯୋଗାଡ଼ ହେବେ ଦଳେ ଗୋଡ଼ାଣିଆ। ଗୁହାରିଆ ସେମାନେ ପ୍ରଚାର କରିବେ ଆଗରେ ଥିବା ଲୋକଟିର ବିରୋଧରେ ମନଗଢ଼ା କଥା କହି। ସେ ଏମିତି କଲା, ସେମିତି କଲା, ଖାଇଗଲା, ନେଇଗଲା, ସେ ପରଘରପଶା। ଘରଭଙ୍ଗା। କୁଟୁଲିଆଚା। ନିଉଚ୍ଛୁଣାଚାଏ ପରା। ତା'ର ସବୁବେଳେ ପକ୍ଷପାତ ନିଶାପ। ତା'ପରେ ସେ ଆପେକୁ ଆପେ ବଦନାମ ହେବ। ନିଜର ଦୁର୍ନାମ ଘୋଡ଼ାଇବା ଲାଗି ଲାଜରେ ମୁହଁଛପା ଦେଇ ଲୁଚି ବୁଲିବ। ସଂକୋଚରେ ବାଧ୍ୟହୋଇ ଆମ୍ଗୋପନ କରିବ। ଘର କଣରେ ମୁହଁ ଲୁଚାଇ କଣପଶା ହେବ। ତା'ପରେ ତୁମ ଲୋକମାନେ ଆରମ୍ଭ କରିଦେବେ– "ଅମୁକ ବାବୁଙ୍କୁ ନିଶାପକୁ ଡାକୁନା।" ପକ୍ଷକୁ ବୁଝାଇ ଦେବେ। ସେ ନିଶାପକୁ ଆସିଲେ ତୋ'ପଟ ହୋଇ ରହିବେ। ତାଙ୍କୁ ନିଶାପ ପାଇଁ ମାନିଲେ ତୋ' ଲାଗି ସବୁ ପ୍ରକାର ସୁବିଧା ହେବ ଜାଣିଥା। ତୁ ଉଜାଡ଼ିଅ ପାଇବୁ। ଦାଣ୍ଡପଟ କୋଠା ଘରଟାବି। ମଝି ବିଲ ବଡ଼ କିଆରୀ ସହିତ ବଡ଼ ଚକଟାବି ହେବ ତୋର। ତୋ' ଭାଗରେ ପଡ଼ିବ ଦୁଆଁଲିଆ ଗାଈ, ଛଡ଼ା ବାଛୁରୀ, ଦାମୁଡ଼ିଆ ବଳଦ। ତୋ'ର ଲାଭ ହେବ ପ୍ରଚୁର। ତାଙ୍କ ସମର୍ଥକମାନଙ୍କ ଦ୍ୱାରା ତାଙ୍କ ନାମରେ ପ୍ରଚାର କରାଯାଏ ସେ ଏମିତି ପକ୍ଷପାତ ନିଶାପ କଲାପରେ ସୁଦ୍ଧା। "ସେ ଭାରି ସଜୋଟ। ନିରପେକ୍ଷ ନିଶାପ ତାଙ୍କର। ଧର୍ମକୁ ଜଗି କଥା କହନ୍ତି। ନିଷ୍ଠାରେ ଥାଆନ୍ତି ସବୁବେଳେ। ପୂରା ସତ ଛଡ଼ା ମିଛ କେବେ ତାଙ୍କ ପାଟିରେ ପଶେନା। ଖତ କହିବାକୁ ତାଙ୍କ ଜିଭ ଲେଉଟେନା। ହଁ"

ତାଙ୍କୁ ନ ଡାକି ଯଦି ତୁ ଅନ୍ୟ କାହାକୁ ନିଶାପକୁ ଡାକିବୁ ତେବେ ଜାଣିଥା ଉଜାଡ଼ିଅ ଦି' ଭାଗ ହେବ। ବଡ଼ କିଆରି ମଝିରେ ପଡ଼ିବ ହିତ। ବଡ଼ ଚକଟା ବି ଦି'ଭାଗ ହେବ। ଜଣକର ଦୁଆଁଲିଆ ଗାଈ ହେଲେ ଅନ୍ୟ ଜଣକର ଦାମୁଡ଼ିଆ ବଳଦ। ସେଥିରେ ତୋ'ର ଫାଇଦା କ'ଣ ? ତୁ ସେମିତି ନିଶାପକୁ କାହିଁକି ମାନିବୁ ? ତାଙ୍କୁ ହଁ ଡାକ। ଯେଉଁ କାମ କରିବାକୁ ଭାବୁଛ। ସେଥିପାଇଁ ତାଙ୍କ ପରାମର୍ଶ ନିଅ। ତାଙ୍କୁ ନ ପଚାରି କୌଣସି କାମ ଆରମ୍ଭ କରନାହିଁ। ତାଙ୍କ ମତ ନ ନେଇ କିମ୍। ତାଙ୍କୁ ନଜଣାଇ ତୁମେ କାହିଁକି ଅକାରଣେ ଠକାମିରେ ପଡ଼ିବ। ଖାଲରେ ପଡ଼ି ଘାଣ୍ଟିହେବ। ଭୋଗିବ, ଯନ୍ତ୍ରଣା ପାଇବ। ତୁମକୁ କଷ୍ଟ ହେବ। ସିଏ ଭାରି ଭଦ୍ର, ଶାନ୍ତ, ସଜୋଟ, ଶିକ୍ଷିତ, ନିର୍ଲୋଭି, ଉଦାରମନା, ମହତ ପଣିଆ ତାଙ୍କଠି ଅଛି। ଆଉ ସିଏ ଭାରି ପାରିଲାର ନିରପେକ୍ଷ ମଧ୍ୟ, ତାଙ୍କୁ ନିଶାପପତି ମାନ।

ନିରପେକ୍ଷତା ଏକ ଅସମ୍ଭବ ଗଛର ଫଳ। ଯାହାକୁ କେହି କେବେ ଦେଖିନଥିବେ କି ଚାଖି ନଥିବେ। ସଂସାରରେ ପ୍ରକୃତି ନିରପେକ୍ଷ। ଅନ୍ତରୀକ୍ଷ ନିରପେକ୍ଷ। ନିରପେକ୍ଷ ଜଳବାୟୁ। ବରଷାର ଧାରା। ସୂର୍ଯ୍ୟଙ୍କ କିରଣ। ଚନ୍ଦ୍ରଙ୍କ ଜୋସ୍ନା। ଫୁଲର ସୁବାସ, ନିରପେକ୍ଷ ମାତାର ଜରାୟୁ। ଅଭିଶାପ ନିରପେକ୍ଷ। ଆଶା ବି ନିରପେକ୍ଷ। ନିରପେକ୍ଷ ମଣିଷର ଆୟୁ।

ନିରପେକ୍ଷ ସାଧୁ ସନ୍ତଙ୍କ ହୃଦୟ। ମହାପୁରୁଷଙ୍କ ମନ। ମହାତ୍ମାଙ୍କ ଅନ୍ତର। ମୁନି ଋଷିଙ୍କ ଆତ୍ମା। ଆଉ ନିରପେକ୍ଷ ଆମର ସିଏ, ଅବଶ୍ୟ ନିରପେକ୍ଷତା କାହାର କେବେ କିଛି ଉପକାର କରେ ନାହିଁ ବା ତାହା ତା'ର ଏଜେଣ୍ଡା ବି ନୁହେଁ।

ରାଜନୀତିରେ– ସେଠି ଜନ ସମର୍ଥନ ଯୋଗାଡ଼ କରିବା ପାଇଁ ପାଠ କାମ ଦିଏନା। କାମକରେ ଶାଠ। ବିଦ୍ୟା ଅପେକ୍ଷା ସେ କ୍ଷେତ୍ରରେ ବୁଦ୍ଧିର ପ୍ରୟୋଜନ ଅଧିକ। ବିଶେଷତଃ ଖଳ ବୁଦ୍ଧିର, କପଟ ନୀତିର, କଳ, କୌଶଳ, ବଳ– ବାହୁବଳ, ଅର୍ଥବଳ, ଜନବଳ, ସମର୍ଥନ ବଳ, କାରାସାଦି ବଳ, ପେଞ୍ଚ ପାଞ୍ଚ, କୂଟ ବୁଦ୍ଧି, ପଞ୍ଚରୁ ଗୋଡ଼ ଟଣା, ଝିଙ୍କାଝିଙ୍କି, ଠେଲା ପେଲା, କଥାରେ ବାହାସ୍ଫୋଟ ନ ମାରି ପାରିଲେ ସେଠି ଚଳିବନି। ଭାଷଣରେ ଧୂଆଁବାଣ ମାରି (କଥାରେ) ଭାଷାରେ ପାଣିରେ ସର ପକାଇ ଦେବ। ହେଇ ଖାଇଗଲା ପୋଲ କାମରୁ। ସେଥିପାଇ କାମ ନିମ୍ନମାନର ହେଉଛି। ରାସ୍ତା କାମରେ ଠିକାଦାରଠୁ ଚାନ୍ଦା ନେଲା, ପଣି ଖାଇଲା। ସେଥିଲାଗି ସଡ଼କର ଚଉଡ଼ା କମିଗଲା। ଡିଲରଠୁ ମାସିକା ବାରି ଖାଉଛି। ତୁମେ ଚିନି ପାଉନ। ତୁମ ପାଇଁ ଗହମ ନାହିଁ। ଡିଲର କିରାସିନି ଦେବାକୁ ମନା କରୁଛି, ତାଆରି ବଳ ପାଇ। ଆଉ ତୁମେ ନିଜେ କହି ବୁଲିବ କେବଳ ତୁମମାନଙ୍କ ଲାଗି ମୋର ବିଡିଓଙ୍କ ସହିତ ଝଗଡ଼ା, ତହସିଲଦାର ଉପରକୁ ହାତ ଉଠାଇ ଥାନ୍ତି ଖାସ ତୁମ ଲାଗି। ଯାହା ହେଉ କଥାଟା ଅଙ୍କେ ରକ୍ଷା ହୋଇଗଲା। ନ ହେଲେ ଏତେ ବେଳକୁ ମହାଭାରତ ସୃଷ୍ଟି ହୋଇ ସାରନ୍ତାନି। ଆମ ଗାଁ କେଶ୍ ପାଇଁ ଥାନାରେ ଲଙ୍କାକାଣ୍ଡ ହୋଇଗଲା। ଥାନା ବଡ଼ବାବୁଙ୍କ ସହିତ ମୋର ଗଡ଼ାପଡ଼ା। ସବରେଜିଷ୍ଟର ସାଙ୍ଗରେ ହାତାହାତି ଖାଲି ତୁମରିମାନଙ୍କ ଲାଗି, ନ ହେଲେ ମୋର ଏଥରେ ଫାଇଦା କ'ଣ? ପଇସାକର ଲାଭ ଅଛି ମୋର? କେବଳ ତୁମେମାନେ ସବୁ ସେକଥା ବୁଝିଲେ ହେଲା। ନହେଲେ ମୋର ଦୁର୍ଯୋଗ ବୋଲି ଧରି ନେବାକୁ ମୁଁ ବାଧ୍ୟ ହେବି। ତା'ପରେ ବିରୋଧୀ ପାର୍ଟିର ପ୍ରାର୍ଥୀ ଆପଣା ଛାଁ ଯିବ ତଳକୁ। ସେଇଠୁ ତୁମ ଲୋକମାନେ ମଡ଼ାଇବେ ଜନତାଙ୍କୁ ମିଛ ପ୍ରତିଶ୍ରୁତି ଦେଇ ତୁମେ ଏଇ ମୌକାରେ ଲଗାଇ ଦେବ ତୁମ ଲୋକମାନଙ୍କୁ। ସେମାନେ ଗାଇବୁଲିବେ ତୁମ ଯଶ। ତୁମ କରାମତି ବଖାଣିବେ। ଲୋକମାନଙ୍କ କାନରେ ତୁମ ମିଛ ପାରିଲା ପଣ ପ୍ରଚାର କରିବେ। ଯେଉଁ କାମ ତୁମ ଦ୍ୱାରା କେବେବି ହେବା ସମ୍ଭବ ନୁହେଁ। ସେମାନେ ସେଇକଥାକୁ ହିଁ ଉପସ୍ଥାପନ କରି ବସିବେ, ଅଭିନବ ଉପାୟରେ। ସେ ଅଫିସରେ ତୁମର କାମ ଅଛି। ତାଙ୍କର ସେ ଅଫିସର ସହିତ ଭଲ ସମ୍ପର୍କ ଅଛି। ତାଙ୍କୁ କହୁନା, ଥରକରେ ତୁମ କାମ ହେଲା ବୋଲି ଜାଣ। ରଣ ଆସିବ। ତାଙ୍କର ବ୍ୟାଙ୍କ ମ୍ୟାନେଜର ସହିତ ଦୋସ୍ତି ଅଛି। ସେ ଖାଲି କହିଦେଲେ ତୁମ ରଣ ଆବେଦନ ମଞ୍ଜୁର। ତହସିଲଦାର ତ ତାଙ୍କର ବନ୍ଧୁ ସମ୍ପର୍କ, ବିଡିଓ ପା ତାଙ୍କ ପାଠପଢ଼ା ସାଙ୍ଗ, ସହପାଠୀ। ତାଙ୍କୁ ନ ପଚାରି କଲେକ୍ଟର କିଛି କରେ? ତୁମେ ଜାଣିନ ତାଙ୍କର ଖାତିର କେତେ? ତାଙ୍କର କେତେ ଚିହ୍ନାଜଣା। ତାଙ୍କ ହାତ କେଉଁଠିକୁ ଯାଏ ପାଏ। କମି ଲୋକସିଏ? କମି ଆଉେ ତାଙ୍କର ପରିଚୟ। କମି କଥା ତାଙ୍କୁ ଜଣା। ଗାଁ କନିଆ ସିଙ୍ଘାଣି ନାକି ଭାବି ଆମେ ତାଙ୍କୁ ପଚାରୁ ନାହାନ୍ତି। ନ ହେଲେ ସିଏପା...।

ତେଣିକି ଜନ ସମର୍ଥନ ତୁମ ଆଡ଼କୁ ମୁହାଁଇବ। ତୁମେ ନିର୍ବାଚନ ଜିତିବ ଶୁଙ୍ଖଲାଚାରେ। କିଛି ଉନ୍ନତିମୂଳକ କାର୍ଯ୍ୟ ତୁମ ଅଞ୍ଚଳରେ ନ କରି। ଲୋକମାନଙ୍କୁ କୌଣସି ପ୍ରକାର ସୁବିଧା ଯୋଗାଇ ନ ଦେଇ, ତୁମେ ପାଇଥିବା ଚିହ୍ନରେ ମୋହର ପଡ଼ିବ ଆପେକୁ ଆପେ। ଯଦି ଏକା ଦଳରେ ତୁମ ଆଗରେ କେହି ଥାଆନ୍ତି, ସେଥିପାଇଁ ବି ଉପାୟ ଅଛି। ସର୍ବୋଚ ନେତାଙ୍କ କାନରେ ଫୋଡ଼ିବ– "ସିଏନା ଆପଣଙ୍କ ନାମରେ ଦୁର୍ନାମ ଗାଇ ବୁଲୁଛି।" ସେଇଠୁ ଉପର ନେତା ତାଙ୍କୁ ସନ୍ଦେହ ଦୃଷ୍ଟିରେ ଦେଖିବା ଆରମ୍ଭ କରିବେ। ତାଙ୍କର ସେ ସନ୍ଦେହ ଦୃଢ଼ିଭୂତ ହେବ ଯେତେବେଳେ ତୁମ ଗୋଡ଼ାଣିଆମାନେ ତା' ବିରୋଧରେ ସେ ନେତାଙ୍କ ପାଖରେ ସାକ୍ଷୀଦେବେ। "ହଁ ଆଜ୍ଞା ସିଏ ପା କହି ବୁଲୁଛି ଆପଣ କୁଆଡ଼େ ବନ୍ୟା ପାଣିରୁ ଖାଇଗଲେ। ସେଥିପାଇଁ ରିଲିଫ ଯେତେ ପରିମାଣରେ ମିଳିବା କଥା ସେତେ ମିଳିଲାନି। ପିଲାଙ୍କ ମଧ୍ୟାହ୍ନ ଭୋଜନ ଚାଉଳ ବିକି ଆପଣ ମ୍ୟାଡମଙ୍କ ଲାଗି ଗହଣା କିଣିଲେ। ପିଲାମାନଙ୍କ ସ୍କୁଲ୍ ଡ୍ରେସ କିଣା ବାବଦ ଟଙ୍କା,

ସାଇକେଲ ବାବଦ ଅର୍ଥ ସବୁ ଆପଣଙ୍କ ପକେଟକୁ ଗଲା ।" ସେଇଠୁ ତ କଟେ ପୁଅ ବାଆର । ତାଙ୍କ ସଦେହ ରୂପାନ୍ତରିତ ହେବ କ୍ରୋଧକୁ । ସିଏ ବଳିପଡ଼ିବେ । ତଳକୁ ଖସିବେ । ତୁମେ ଉଠିବ ଉପରକୁ । ତୁମେ ଆଗକୁ ମାଡ଼ି ଚାଲିବ । ଅସ୍ତଗାମୀ ସୂର୍ଯ୍ୟଙ୍କ ଅନ୍ତିମ କିରଣ ଦ୍ୱାରା ଛାଇଗୁଡ଼ିକ ପୂର୍ବ ଦିଗକୁ ମାଡ଼ି ଗଲା ପରି । ତୁମେ ଆଧୁନିକ (ଯୁଗର) ସମୟର ମଣିଷ । ପେଞ୍ଚ ପାଞ୍ଚ କରି, ବୁଦ୍ଧି ଅକଲ ଖଟାଇ, ପରନିନ୍ଦା ଗାଇ, ଅନ୍ୟ ନାଁ'ରେ ଚୁଗୁଲି କରି, ପଛରୁ ଛୁରିମାରି ବିଶ୍ୱାସରେ ବିଷଦେଇ, ଗୋଡ଼ଟାଣିଧରି, କୃତଘ୍ନ ହୋଇ ଉଠିବ ଉପରକୁ, ପ୍ରତିଷ୍ଠିତ ହେବ, ଖ୍ୟାତି ଅର୍ଜନ, ଖାତିର ବଢ଼ାଇବ । ନିଜ ନାମକୁ ବିଖ୍ୟାତ କରାଇବ । ଧନ କମାଇବ । ଠୁଲାଇବ ସଂପତ୍ତି । ଗଦାଇବ ଅର୍ଥ । ସୌଭାଗ୍ୟ ବେଳେ ସୁଦିନରୁ ଫାଇଦା ଉଠାଇ । ଶୁଭ ସମୟକୁ ହାତଛଡ଼ା ନକରି, ଅନୁକୂଲ ବେଳାରେ ବ୍ୟାଙ୍କ ବାଲାନ୍ସରେ ଅଙ୍କ ପରେ ଅଙ୍କ ଯୋଡ଼ାହେବ । ସହରର ମୁଖ୍ୟଛକ ମାନଙ୍କରେ ମୁଣ୍ଡ ଟେକି ଠିଆ ହେବ ତୁମର ବହୁତଲ ବିଶିଷ୍ଟ ପ୍ରାସାଦତୁଲ୍ୟ କୋଠାମାନ । ତାଙ୍କ ପାଇଁ (ପୂର୍ବୋକ୍ତ ନେତା) ଥିବା ଦଳୀୟ ଟିକଟ ତୁମେ ପାଇବ ନିର୍ଦ୍ୱନ୍ଦ୍ୱରେ । ଭୋଟ ପାଇ ନିର୍ବାଚନ ଜିତି ହେବ ମାନ୍ୟଗଣ୍ୟ ବ୍ୟକ୍ତି । ଭାଗ୍ୟରେ ଥିଲେ ଭଗବାନ ପ୍ରସନ୍ନ ହେଲେ ମନ୍ତ୍ରୀ ପଦ ମିଳିବା ଅସମ୍ଭବ ନୁହେଁ । ତୁମେ ବୈଦିକ ଆର୍ଯ୍ୟ ନୁହଁ । ତୁଚ୍ଛାଟାରେ ନିଶାକୁ ଜଳିବ କାହିଁକି ?

ବୈଦିକ ଆର୍ଯ୍ୟଙ୍କ ପରି ବନବାସୀ ଜୀବନ ବିତାଇବା ପାଇଁ ଜଙ୍ଗଲକୁ ଯିବ । ଗେରୁଆ ପିନ୍ଧିବ । ଚନ୍ଦନରେ ସଜାଇବ ନିଜକୁ । ଦ୍ୱାଦଶ ତିଲକ ଘେନିବ । କପାଳରେ ହରି ମନ୍ଦିର ଚିତା କାଟିବ । ଫଳ, ମୂଲ, ହବିଷ୍ୟାନ୍ନ କିମ୍ବା ନିରାମି ଖାଇବ । ଆଶ୍ରମରେ ରହିବ । କୁଡ଼ିଆର ଆଶ୍ରମ । ପତ୍ରକୁଡ଼ିଆ କିମ୍ବା ଛଣ (ନଡ଼ା) ଛପର ଘର । ପବନ ଦେଲେ ଘରର ଛପର ଉଡ଼ିଯିବ କିମ୍ବା ବଣର ମାଙ୍କଡ଼ ଡେଇଁ ଚାଲରେ କଣା କରିଦେବେ । ଦିନରେ ସୂର୍ଯ୍ୟାଲୋକ ଓ ରାତିରେ ଚନ୍ଦ୍ର କିରଣ ପଡ଼ୁଥିବ । ଅନ୍ଧାର ପକ୍ଷ ରାତିରେ ଶୋଇଲେ ଚାଲର କଣା ବାଟେ ଆକାଶର ତାରାମାନେ ଦିଶୁଥିବେ । ମେଘ ହେଲେ ଚାଲର କଣା ବାଟେ ବର୍ଷା ପାଣି ଗଳି ତଳକୁ (ଚଟାଣକୁ) ଓଦା କରିଦେବ । ତଲେ (ଚଟାଣ ଉପରେ) ବିଛଣା ପାରି ଶୋଇବ । ନିଶ ଦାଢ଼ି ରଖିବ । ମୁହଁ ଅସନା ଦିଶିବ । ମାଥାର କେଶ ବଢ଼ି ଜଟା ହେବ । ରଷିକ ପରି ଲମ୍ବାଚୁଲ ରଖି ମାଥାରେ ପଗଡ଼ି ବାନ୍ଧିବାକୁ ପଡ଼ିବ । ରଙ୍ଗ ନ ହେଲେ କେଶ ପାଟି ଧଲା ପାଲଟି ଯିବ । ବ୍ୟକ୍ତି ହେବ ପକ୍ଵ କେଶ ଧାରୀ ମଣିଷ । ଭଗବାନଙ୍କ ଆରାଧନା ନିମିଉ ହରିନାମ, କୃଷ୍ଣନାମ, ରାମନାମ, ଅଥବା ବିଷ୍ଣୁନାମ ଓ ନାରାୟଣଙ୍କ ନାମ ଜପ କରିବ । ଭଜି ହେଉଥିବ ବୈକୁଣ୍ଠ ନିବାସୀ ପରଂବ୍ରହ୍ମଙ୍କୁ । ନିଶାରେ ରହିବ । ବ୍ରତ ପାଲିବ । ସନ୍ନ୍ୟାସ ବ୍ରତ, ଯତିର ଜୀବନ ବିତାଇବାକୁ ପଡ଼ିବ । ବ୍ରହ୍ମଚର୍ଯ୍ୟ ଆଚରଣ କରିବ । କଠୋର ବ୍ରହ୍ମଚର୍ଯ୍ୟ ନିୟମ ମାନିବ । ବାସ୍ତବରେ "ନ ତ ପସ୍ତପ ଇତ୍ୟାହୁର୍ବ୍ରହ୍ମଚର୍ଯ୍ୟଂ ପରତପଃ, ଉର୍ଧ୍ୱରେତ ଭବେଦ୍ୟସ୍ତୁ ସଦେବୋ ନତୁ ମାନବଃ ।" ଯାହାକୁ ଲୋକେ ତପସ୍ୟା ବୋଲି କହନ୍ତି । ତାହା ବାସ୍ତବରେ ତପସ୍ୟା ନୁହେଁ । ବାସ୍ତବିକ ବ୍ରହ୍ମଚର୍ଯ୍ୟ ହିଁ ତପସ୍ୟା ଅଟେ । ଉର୍ଧ୍ୱରେତା ମଣିଷ, ମନୁଷ୍ୟ ନୁହେଁ, ଦେବତା ଅଟନ୍ତି । ମନେ ରଖିବାକୁ ହେବ ଜଗତରେ ବ୍ରହ୍ମଚର୍ଯ୍ୟଠାରୁ ଯଶସ୍କର ତପସ୍ୟା କିଛି ନାହିଁ । ଆଉ ସାଧନା ବିନା ସିଦ୍ଧି କିମ୍ବା ସିଦ୍ଧି ବ୍ୟତିରେକେ ଯଶ ପ୍ରାପ୍ତି ହୁଏ ନାହିଁ ।

ସେଥିରୁ ମିଳିବ କ'ଣ ? କ୍ଷତି କ'ଣ ମୋକ୍ଷ ନହୋଇ ପାରିଲେ । ତୁଚ୍ଛା ମୁକ୍ତି ପାଇଁ କାହିଁକି ଅକାରଣେ କରିବ ଏ କୁଚ୍ଛ ସାଧନା ? ଯୋଗ ସାଧିବ ଏକାଗ୍ରତାର ସହିତ । ନିଶାରେ ରହି, ମନ ଚୈତନ୍ୟକୁ ଏକ କରି, ପାଞ୍ଚ ମନ ପଟିଶ ପ୍ରକୃତିକୁ ରଖିବ ନିଜ ଆୟତ୍ତରେ । ଯୋଗ ସାଧିବା କ'ଣ କେବେ ହେଲେ ସହଜ କଥା ନା ସରଲ ବ୍ୟାପାର ? ସାଧନା ପାଇଁ ମନ ସଂଯମ ଏକାନ୍ତ ଆବଶ୍ୟକ । ଏଥିପାଇଁ ଶମ (ମାନସିକ ଶାନ୍ତି), ଦମ (ଇନ୍ଦ୍ରିୟ ସଂଯମ), ଉପରତି (କାମନା ତ୍ୟାଗ), ତିତିକ୍ଷା (ମାନସିକ ସ୍ଥିରତା), ଶ୍ରଦ୍ଧା (ଗୁରୁଙ୍କ ଉପରେ ଅଖଣ୍ଡ ବିଶ୍ୱାସ) ଓ ସମାଧାନ (ମାନସିକ ଏକାଗ୍ରତା) ଉପରେ ଗୁରୁତ୍ୱ ଆରୋପ କରା ହୋଇଛି । ଏହା ମଧ୍ୟରୁ ଶମ ଓ ଦମ ସାଧନା ଜଗତର ଦ୍ୱାରପାଲ ରୂପେ

କାର୍ଯ୍ୟ କରନ୍ତି । ଶ୍ରୀକୃଷ୍ଣ ପାର୍ଥଙ୍କୁ ମନ ସଂଯମ ବିଷୟରେ ଗୀତାରେ କହିଲା ବେଳେ ଅର୍ଜ୍ଜୁନ ତାଙ୍କର ଉତ୍ତର ଏହିପରି ଭାବେ ଦେଇଥିଲେ । "ଚଞ୍ଚଳମ୍ ହି ମନଃ କୃଷ୍ଣ ପ୍ରମାଥି ବଳବତ୍ ଦୃଢ଼ମ୍" । ଏହାର ଅର୍ଥ – ହେ କୃଷ୍ଣ ମନ ଅତି ଚଞ୍ଚଳ, କ୍ଷିପ୍ର, ବିଭ୍ରାନ୍ତକାରୀ, ସବଳ ଓ ଦୃଢ଼ । ଶ୍ରୀକୃଷ୍ଣ କହିଛନ୍ତି ହେ କୌନ୍ତେୟ ମନ ସଂଯମ ପାଇଁ ଅଭ୍ୟାସ ଓ ବୈରାଗ୍ୟ ଦରକାର । ଏପରି କଷ୍ଟ ସାଧ୍ୟ ଯୋଗ ସାଧନା କଲେ କ'ଣ ଭଲ ଲାଗିବ ନା ସେଥିରୁ କିଛି ଲାଭ ମିଳିବ ? ବିନା ପଲଙ୍କରେ ଶୋଇବ କେମିତି ? କ'ଣ ଭୂଇଁରେ ଲୁଗାପାରି ? ଗଦି ବିଛଣା ନ ହେଲେ ନିଦ ଆସିବକି ? ବିଶ୍ୱବାକୁ ପଙ୍ଖା ନଥିଲେ ରହି ପାରିବତ ? ସେଠିତ ମନ ମୋହିବାକୁ ପ୍ରିୟା କିୟା ପ୍ରେୟସୀ ନଥିବେ । ଆଜ୍ଞା ପାଳନ କରିବାକୁ ଭୃତ୍ୟ, ଆଦେଶ ମାନିବାକୁ ଚାକର । ପଲାଉ, ବିରିଆନି ରାନ୍ଧିବାକୁ ପୁଢ଼ାରି କି ଖାସନାମା, ପାଟି ସୁଆଦ ଲାଗି ମାଂସ, ମାଛ ଅବା ଛେନାରେ ତିଆରି ମିଠା । ମାତ୍ର ଶାସ୍ତ୍ର କହେ "ନାହାର ଚିନ୍ତୟେତ ପ୍ରାଜ୍ଞୋ ଧର୍ମମେକଂ ହି ଚିନ୍ତୟେତ, ଆହାରଃ ହି ମନୁଷ୍ୟାଣଂ ଜନ୍ମନା ସହ ଜାୟତେ" । ବୁଦ୍ଧିମାନ ମନୁଷ୍ୟ ଭୋଜନର ଚିନ୍ତା କରିବା ଉଚିତ ନୁହେଁ । କେବଳ ଗୋଟିଏ ବିଷୟରେ ଚିନ୍ତା କରିବା ଉଚିତ । ତାହା ହେଲା ଧର୍ମ ସମନ୍ଧୀୟ । ଏହା ନିର୍ଦ୍ଦିଷ୍ଟ ଯେ ମନୁଷ୍ୟର ଆହାର ତା'ର ଜନ୍ମ ହେବା ସାଙ୍ଗରେ ଆସିଥାଏ । ନିଜର ସ୍ତୁତି ଗାଇବାକୁ ଚାଟୁକାର । ପଛରେ ନଥିବେ ଗୋଡ଼ାଣିଆ, ଗୁହାରିଆ, ପାଖରେ ନଥିବେ ଖୁସାମତିଆ । ବତି ପେଲା, ପିନ୍ଧା ଟେକାମାନେ ପ୍ରଶଂସା ଗାଇ ବୁଲୁ ନଥିବେ । ଧନ ଠୁଲାଇବା ପାଇଁ ପେଞ୍ଚବୁଦ୍ଧି ସେଠି କାମ ଦେବନି । ମନଗଢ଼ା କାହାଣୀ କୌଣସି କାମରେ ଲାଗିବନି । କାରଣ ତାହା ଶୁଣିବାକୁ ଆବଶ୍ୟକ ହେଉଥିବା କୋଟିଆ, ବେଟିଆ, ଟେଲା ଚାମଣ୍ଡାମାନେ ନଥିବେ । ଚାନ୍ଦା ଦେବାକୁ ଠିକାଦାର କିୟା ଦୁର୍ନୀତି ଗ୍ରସ୍ତ ଅଫିସର ବି । ମାସିକିଆ ବାରିଦେବା ଲାଗି ଡିଲର । ହୁକୁମ କାର୍ଯ୍ୟକାରୀ କରିବାକୁ ବରିଷ୍ଠ ପ୍ରଶାସକ ଅଧିକାରୀମାନେ ମଧ୍ୟ ନଥିବେ । ସେଠି ଯିବା ଆସିବା ପାଇଁ ଗାଡ଼ି ନଥିବ, ନଥିବ ନିଜ କଳ୍ପିତ ସାମ୍ରାଜ୍ୟ । ଯେଉଁଠି ସିଏ ଏକ ଛତ୍ରପତି ହୋଇ ପାରିବ ନାହିଁ । ସେଥିରୁ ତାକୁ କ'ଣ ମିଳିବ ? ମୁକ୍ତିଲାଭ ଅବା ମୋକ୍ଷ ପ୍ରାପ୍ତି ବୈଦିକ ଆର୍ଯ୍ୟଙ୍କର ଆବଶ୍ୟକ ଥିଲା । ତା'ର ନୁହେଁ, କାରଣ ସିଏ ବୈଦିକ ଯୁଗର ମଣିଷ ନୁହେଁ । ସିଏ ହେଲା ଆଧୁନିକ ଯୁଗର ସଭ୍ୟ ସୁଶିକ୍ଷିତ ଭଦ୍ର ବେଶଧାରୀ ଲୋକ ବା ବ୍ୟକ୍ତି । ତାକୁ କ'ଣ ଏ କୋଲାହଲ ପୂର୍ଣ୍ଣ ଧା' ଦଉଡ଼ ପରିବେଶକୁ ପରିତ୍ୟାଗ କରି ନିର୍ଜନ, ନିଶବ୍ଧ ବନଦେଶ (ଅରଣ୍ୟ) ଭଲ ଲାଗିବ କିୟା ସେପରି ପରିବେଶ ଓ ପରିସ୍ଥିତି ତାକୁ ଶାନ୍ତି ଦେଇପାରିବ ?

ଆହୁରି ମଧ୍ୟ ଏକୁଟିଆ ଭାବଟା ସତରେ ବଡ଼ ବିରକ୍ତିଆ, ଉଦାସିଆ ଲାଗେ, ତାକୁ ବି ତାହା ଲାଗିବ । କହିବ "ଏ କୋ ହଂ ବହୁ ସ୍ୟାମ ।"

ବିଜନତାର ବିମୁଗ୍ଧତା ଗୋଲିଆ ଘାଣ୍ଟ ଏ ଡାଲମା ଜାତୀୟ ସଂସାରିକଙ୍କ ଠେଇଁ କାହିଁ । କବିତ ଲେଖିଲେ (O Solitude, where are thy charms, that sages have in thy foce) "ବିଜନତା କାହିଁ ତୋ ବେଶ ମୋହନ, ଯେବେଶେ ମୋହିଲୁ ତୁ ମୁନି ନୟନ ବରଂ ନିବାସ ଭଲ ରଣକ୍ଷେତ୍ରରେ, ଭୟରେ ସଦା ଯହିଁ ହୃଦୟ ଥରେ । ମାତ୍ର ଏ ଭୀମସ୍ତଳେ ରାଜ୍ୟ ପ୍ରାପତି, ଅଟଇ ମୋ ବିଚାରେ ଅଧମ ଗତି ।" ବିଜନତା କାହାକୁ ମୁଗ୍ଧ କରେତ କାହାକୁ ଭୟଙ୍କର ବା ବିରକ୍ତିକର । କିଏ ଠିକ୍, କିଏ ଭୁଲ ? ସଂସ୍କାର ପ୍ରସୂତ, 'ରୁଚି' ନିୟନ୍ତ୍ରିତ ଜୀବ ରୁଚିର ଭିନ୍ନତା ଅନୁଯାୟୀ ପରିବେଶକୁ ଆପଣେଇ ଥାଏ ବା ଆଡ଼େଇ ଥାଏ । ତଦନୁଯାୟୀ ସମସ୍ତେ ଠିକ୍ ଓ ସମସ୍ତେ ଭୁଲ । "ଅନବସ୍ଥିତ କାର୍ଯ୍ୟ ସ୍ୟ ନଜନେ ନବନେ ସୁଖମ୍, ଜନେ ଦହିତ ସଂସର୍ଗାଦ୍ବନଂ ସଙ୍ଗବର୍ଜନାତ୍ ।" ଅବ୍ୟବସ୍ଥିତ କାର୍ଯ୍ୟ କରୁଥିବା ଲୋକ ଜନଗହଳିରେ ବା ଅରଣ୍ୟରେ କେଉଁଠିବି ସୁଖରେ ରହିପାରେ ନାହିଁ, କାରଣ ଜନଗହଳି ହେଲେ ସେ ବ୍ୟତିବ୍ୟସ୍ତ ହୁଏ । ଅରଣ୍ୟରେ ନିର୍ଜନତା ହେତୁ ମଧ୍ୟ ବ୍ୟସ୍ତ ହୁଏ ।

ବର୍ତ୍ତମାନକୁ ନେଇ ସୁଖରେ ଜିଇଥିବା ବ୍ୟକ୍ତି ଲୋକ ଗହଳି ମଧ୍ୟରେ ଥାଇ ମଧ୍ୟ ଏକାନ୍ତବାସୀ ହୋଇ ପାରନ୍ତି। ଅନ୍ୟ ପକ୍ଷରେ ନିର୍ଜନ ବନ ପ୍ରଦେଶରେ ବାସ କରି ସୁଦ୍ଧା ଅତୀତ ଓ ଭବିଷ୍ୟତର ମାୟାଜାଲ ମଧ୍ୟରେ ବାନ୍ଧି ହୋଇ ଯାଇଥିବା ବ୍ୟକ୍ତି କଦାପି ନିଜକୁ ଏକାକୀ ବୋଲି ଭାବି ପାରିବ ନାହିଁ। କାରଣ ସେ ବୁଢ଼ିଆଣୀ ଜାଲର ଅଡୁଆ ସୂତା ଖିଅଭଳି ପ୍ରହେଲିକା ଭିତରେ ହିଁ ଇତସ୍ତତଃ ହେଉଥାନ୍ତି। ବର୍ତ୍ତମାନ ଉପରେ ନିର୍ଭରଶୀଳ ବ୍ୟକ୍ତି ହିଁ ସଚେତାବସ୍ଥାରେ ରହିବାରେ ସକ୍ଷମ ହୋଇଥାନ୍ତି। "ବଲିଭିର୍ମୁଖମାକ୍ରାନ୍ତଂ ପଲିତୈରଙ୍କିତଂ ଶିରଃ। ଗାତ୍ରାଣି ଶିଥିଳାୟନ୍ତେ ତୃଷ୍ଣୈକା ତରୁଣାୟତୋ।" ବାର୍ଦ୍ଧକ୍ୟ ହେତୁ ମୁଖର ଚର୍ମ କୁଞ୍ଚିତ ହୋଇଯାଏ। ମସ୍ତକର କେଶ ପକ୍କ ହୋଇଯାଏ ଓ ସର୍ବାଙ୍ଗ ଶିଥିଳ ହୋଇଯାଏ। ତଥାପି ନିତ୍ୟନୂତନ ବିଷୟ ଭୋଗରେ ତୃଷ୍ଣାହିଁ ଉତ୍ତରୋତ୍ତର ବୃଦ୍ଧିଲାଭ କରିଥାଏ। ସେଥିପାଇଁ ମହର୍ଷି ବାଲ୍ମୀକି ହେଲେ ତା' ମନ ବୁଝିବ ନାହିଁ। ତା'ର ଦସ୍ୟୁ ରତ୍ନାକରର ବୃଭି ଆବଶ୍ୟକ। ତା'ର ନିଷ୍ଠା ଦରକାର ନାହିଁ। ତା'ର ସଫଳତା ପ୍ରୟୋଜନ। ସେ ସଫଳତା ଯେପରି ଭାବରେ ମିଳୁ। ସେ ସଫଳତା ପ୍ରାପ୍ତି ଯେଉଁ ଉପାୟରେ ହେଉ। ସେ ସଫଳତା ହାସଲ ଯେଉଁ ପଦ୍ଧତିରେ ଆସୁ। ଯେଉଁ ମାର୍ଗରେ ମିଳୁ ସେଥିରେ କିଛି ଯାଏ ଆସେ ନାହିଁ। ତା'ର କେବଳ ସଫଳତା ହିଁ କାମ୍ୟ। ଏକମାତ୍ର ଲକ୍ଷ୍ୟ ସଫଳତା ହାସଲ କରିବା। ଉଦ୍ଦେଶ୍ୟ ସଫଳତା ଅକ୍ତିଆର କରିନେବା କଳରେ ପକାଇ। ବଳ ପ୍ରୟୋଗ କରି। ଶକ୍ତି ଖଟାଇ। ନିଜ ସାମର୍ଥ୍ୟ ଦ୍ୱାରା ନ ପାରିଲେ ଆବଶ୍ୟକ ହେଲେ କୌଶଳରେ। ତା' ମନବୃଭି ସେପରି। ତେଣୁ ସେ ଏମିତି।

ଆହୁରି ମଧ୍ୟ ସଫଳତାର ସଂଜ୍ଞା ବଡ଼ ବିଚିତ୍ର। ଦୃଷ୍ଟିକୋଣ ମଧ୍ୟ ଏହାର ବ୍ୟାପକ। ଏଣୁ ଲୋକ ଚକ୍ଷୁରେ ସଫଳତା ପାଇ କିଏ ବିଫଳ ଓ କେହି ବିଫଳ ହୋଇବି ସଫଳ ହୋଇଥାଏ। କାରଣ ସକ୍ସେସ୍ ହାଜ ମେନି ଫାଦର୍ସ, ଫେଲିୟୋର ଇଜ୍ ଅଫାନ୍। ସଫଳତାର ପିତୃତ୍ୱ ପାଇଁ ଥାଆନ୍ତି ଅନେକ ଦାବିଦାର। କିନ୍ତୁ ବିଫଳତା ଏକ ଅନାଥ ଶିଶୁପରି। ସେଣ୍ଟ ହେଲେନା ଦ୍ୱୀପରେ ଅଜ୍ଞାତ ମୃତ୍ୟୁ ବରଣ କରିଥିବା ନେପୋଲିଅନ। ଯୁଦ୍ଧ ଫେରନ୍ତା ରାସ୍ତାରେ ମୃତ୍ୟୁ ଲଭିଥିବା ବିଶ୍ୱବିଜୟୀ ଯୁବକ ଆଲେକ୍ଜାଣ୍ଡାର। ହେମଲକ ବିଷରେ ହତ୍ୟା କରା ଯାଇଥିବା ସକ୍ରେଟିସ୍। ସିନେଟ ଗୃହ ମଧ୍ୟରେ ନିଜର ପରମ ବନ୍ଧୁମାନଙ୍କ ଦ୍ୱାରା ଗୁପ୍ତ ହତ୍ୟାର ଶିକାର ହୋଇଥିବା ଜୁଲିଅସ ସିଜର। କୋଣାର୍କ ମନ୍ଦିର ମୁଣ୍ଡି ମାରିବା ପରେ ଆତ୍ମହତ୍ୟା କରିଥିବା ଧର୍ମପଦ। ଦୁଇଟି ବରଡ଼ାଳରେ ଦିଗୋଡ଼କୁ ବାନ୍ଧି ଫାଡ଼ିଦେଇ ହତ୍ୟା କରାଯାଇଥିବା ଜୟୀ ରାଜଗୁରୁ। ସୁରା ସାକୀରେ ଜୀବନ ବିତାଇ ଥିବା ମୋଗଲ ବାଦଶାହ ଜାହାଙ୍ଗିର ଓ ଶାହାଜାହାନ ପ୍ରମୁଖଙ୍କ ଜୀବନର ଆଲୋଚନରେ କିଏ ସଫଳ ଓ କାହାକୁ ବିଫଳ କୁହାଯିବ।

ସଫଳତାର ଅନେକ ଦିଗ ଅଛି। ଅନେକ ଲୋକ ବିବିଧ ଉପାୟରେ ସଫଳ ହୋଇଥାଆନ୍ତି। କିନ୍ତୁ ଏସବୁର ମୂଳ କାରଣ ୪ଟି। ତନ, ମନ, ଜନ ଓ ଧନ। ସୁସ୍ଥ ତନ(ଶରୀର) ଶାନ୍ତମନ, ସୁଖରେ ଦୁଃଖରେ ସହଭାଗିତା କରୁଥିବା ଆତ୍ମୀୟ ପରିଜନ ଓ ନିଜର ପରିବାରର ତଥା ସମାଜର କାର୍ଯ୍ୟ କରିବା ପାଇଁ ଆବଶ୍ୟକ ଧନଥିଲେ ଆମେ ସଫଳ ବ୍ୟକ୍ତିଏ ବୋଲି କହିବା। ଏହି ଚାରୋଟି ଉପାୟକୁ ସିଦ୍ଧ କରିବା ପାଇଁ ଯିଏ ଯେତେ ସମର୍ଥ ସେ ହିଁ ସମାଜରେ ସଫଳ ବୋଲି ଆମେ ବିବେଚନା କରୁ। ଏଥୁରୁ ଗୋଟିଏ ଅଭାବ ହେଲେ କେଉଁଠି ନା କେଉଁଠି କିଛି ଅଭାବ ଅଛି ବୋଲି ଆମେ ଅନୁଭବ କରୁ। ଜଣେ ବ୍ୟକ୍ତି ପାଖରେ ପ୍ରଚୁର ଧନ ଅଛି, କିନ୍ତୁ ରୋଗମୟ ଶରୀର, ପାରିବାରିକ ଅଶାନ୍ତି ଆଦି ଯଦିଥାଏ ତେବେ ତାକୁ ଆମେ ପୂର୍ଣ୍ଣତଃ ସୁଖୀ ବୋଲି କେମିତି କହିବା। ଆଜିର ଯୁଗରେ ବ୍ୟକ୍ତି ପଦପଦବୀ ପାଇଁ ଅନେକ ପରିଶ୍ରମ କରେ। ତେବେ କେମିତି ନୈତିକ ହେଉ ବା ଅନୈତିକ ହେଉ ସେଥିରେ ସମର୍ଥ ହୋଇଥାଏ। ମାତ୍ର ପାରିବାରିକ ଅଶାନ୍ତି, ଅନିୟନ୍ତିତ ଜୀବନ ପାଇଁ ରୋଗମୟ ଶରୀର ଯଦିଥାଏ ତେବେ ସେ ପୂର୍ଣ୍ଣତଃ ସଫଳ ନୁହେଁ। ଅର୍ଥର ଆହରଣରେ ପୂର୍ଣ୍ଣ ଜୀବନ ଅତିବାହିତ କରି ପରିବାର ପରିଜନକୁ ଭୁଲିଯାଇଥାଏ। ତେବେ ସାମାଜିକ ଜୀବନ ମଧ୍ୟ ଅଶାନ୍ତ ହୋଇଉଠେ। ବେଳେ ବେଳେ ଅମୂଲ୍ୟ ଜୀବନକୁ ବିନାଶ କରିବାକୁ ନିଷ୍ଠୁନିଏ।

ଜବାହରଲାଲ ନେହରୁ ପାଖାପାଖି ୧୮ବର୍ଷ ଆମ ଦେଶର ପ୍ରଧାନମନ୍ତ୍ରୀ ରହିଲେ। ଏମିତି ଧାରଣା ସୃଷ୍ଟି ହେଲା ଯେ ନେହରୁଙ୍କ ପରେ ଆଉ କିଏ ଏ ଦେଶକୁ ଚଲାଇ ପାରିବ ? (ଅବଶ୍ୟ ନେହରୁ ଦେଶକୁ ସଠିକ୍ ମାର୍ଗରେ ଆଦୌ ଚଲାଇ ପାରୁ ନଥିଲେ)। "ଆଫ୍ଟର ନେହରୁ ହୁ।" ନେହରୁଙ୍କ ପରେ କିଏ, ବହି ଲେଖା ଗଲା। ମାତ୍ର ତାଙ୍କ ପାଖେ କାମ କରୁଥିବା ଟିକି ମଣିଷ ଶାସ୍ତ୍ରୀ ତାଙ୍କର ଅଠର ମାସ ପ୍ରଧାନମନ୍ତ୍ରିତ୍ୱ ସମୟରେ ଜନତାର ପ୍ରବଣତାକୁ ପ୍ରତ୍ୟେକ କ୍ଷେତ୍ରରେ ଏପରି ଭାବରେ ଜିତିଗଲେ ଯେ ନେହରୁ ତାଙ୍କ ପାଖରେ ଫିକା ପଡ଼ିଗଲେ। ସେହିପରି ମୋଗଲ ବାଦଶାହ ହୁମାୟୁନ୍ଙ୍କୁ ପରାସ୍ତ କରି ଦିଲ୍ଲୀ ସିଂହାସନ ଅକ୍ତିୟାର କରିଥିବା ଶେରସାହ ସୁରୀ ୧୫୪୦ ରୁ ୧୫୪୫ ମାତ୍ର ପାଞ୍ଚବର୍ଷ ଶାସନ କରି ଜମିଜମା ବନ୍ଦୋବସ୍ତ, ରାଜସ୍ୱ, ପ୍ରଶାସନ ଏବଂ ଯୋଗାଯୋଗ ଓ ସଡ଼କ ପରିବହନ କ୍ଷେତ୍ରରେ ଅନେକ ଯୁଗାନ୍ତକାରୀ ପଦକ୍ଷେପ ନେଇଥିଲେ। ଯାହା ଫଳରେ ସେ ଇତିହାସରେ ଜଣେ ସଫଳ କାମୀ ଶାସକ ଭାବରେ ଅମର ହୋଇ ରହିଛନ୍ତି। ସେପରି ସ୍ଥଳେ ଔରଙ୍ଗଜେବ ୧୬୫୧ ରୁ ୧୭୦୧ ପର୍ଯ୍ୟନ୍ତ ଦୀର୍ଘ ୫୦ ବର୍ଷ କାଳ ଦିଲ୍ଲୀର ସୁଲତାନ ରହି ପ୍ରଜାମାନଙ୍କର କୌଣସି ଉପକାର ନକରି ବରଂ ଧର୍ମାନ୍ଧତାର ରକ୍ତ ଛିଟାରେ ସେ ଶାସନ ଗାଦିକୁ ସଲବଲ କରିଦେଇ ମୋଗଲ ସାମ୍ରାଜ୍ୟର ପତନ ଘଟାଇଥିଲେ। ଓଡ଼ିଶାର ଚୋଡ଼ଗଙ୍ଗ ଦେବ ୧୦୭୬ ରୁ ୧୧୪୭ ସୁଦୀର୍ଘ ୭୦ ବର୍ଷ ରାଜତ୍ୱ କରି ଦୃଢ଼ ଶାସନ ଏବଂ କଳା ସ୍ଥାପତ୍ୟର ଉକ୍ରୁଷ ସ୍ଥାପନ କରିଥିଲେ ସୁଦ୍ଧା ଖାରବେଲଙ୍କ ଖ୍ରୀ:ପୂ ୪୦ରୁ ଖ୍ରୀ:ପୂ ୨୭ ପର୍ଯ୍ୟନ୍ତ ମାତ୍ର ତେର ବର୍ଷର ଶାସନ ତାଙ୍କୁ କଳିଙ୍ଗର ସର୍ବଶ୍ରେଷ୍ଠ ସମ୍ରାଟ ଭାବରେ ପ୍ରତିଷ୍ଠିତ କରି ପାରିଥିଲା। ତେଣୁ ସଫଳତା ଆସିଲା କେଉଁଠୁ ଯାଏ ବି କେମିତି କେହି ଜାଣେନା।

ଭାରତ ସ୍ୱାଧୀନତା ପାଇଁ ଏଦେଶର ଦୁଇ ସହିଦ ମାହାତ୍ମା ଗାନ୍ଧୀ ଓ ସୁଭାଷ ବୋଷ ଦୁଇ ଭିନ୍ନ ଭାବରେ ଏ ଦେଶରେ ପୂଜିତ, ଚର୍ଚ୍ଚିତ। ଜଣେ ସୈନିକର ଯୁଦ୍ଧର ଘନଘଟା ବେଶରେ ତ ଜଣେ ଅହିଂସାର ସନ୍ତଭାବେ, ମାତ୍ର ଦୁହିଁଙ୍କର ଲକ୍ଷ୍ୟ ଏକ। ତେଣୁ ମାଧ୍ୟମ ସଫଳତା ଓ ବିଫଳତାର କାରଣ ବହୁ ସମୟରେ ବନିଥାଏ ଯେମିତି, ପରିଚୟ ବି ଦେଇଥାଏ ସେମିତି ତଥାକଥିତ ଅମରତ୍ୱ ଓ ସଫଳତା ଦୁଇ ଭିନ୍ନ କଥା ବୋଲି ଗ୍ରହଣ କରାଯିବ। ଆଉ ଅମରତ୍ୱ ଲାଭ କରିଥିବା ବ୍ୟକ୍ତିମାନେ ସଫଳତାର ସୁଫଳ ଭୋଗ କରି ପାରି ନାହାଁନ୍ତି ମାତ୍ର ସେଇ ଆଶା ଓ ଝଲକରେ ଲହୁଲୁହାଣ ହୋଇ ଫେରି ଯାଇଛନ୍ତି।

ଜାଗା, ଘର, ଗାଡ଼ି, ବ୍ୟାଙ୍କ ସଞ୍ଚୟ, ପଦ, ପଦବୀ ଓ ମାନସମ୍ମାନ–ଏ ସମସ୍ତ କ'ଣ ପ୍ରକୃତ ସଫଳତା ? ଏପରି ସଫଳତାର ଗୋପନୀୟତା, ସ୍ଥିତାବସ୍ଥା ରକ୍ଷା ବୃଦ୍ଧି ଓ ରକ୍ଷଣାବେକ୍ଷଣା ତ ସମସ୍ୟାଯୁକ୍ତ। ଏହିପରି ସଫଳତା ଚନ୍ଦ୍ରଙ୍କ ପରି ବଢ଼େ ଓ ଛିଡ଼େ। ସଫଳତାରେ ସଂଯମୀ ନ ହେଲେ ଏହା ସ୍ଖଳନ ବ୍ୟାଧି ପଥରେ ନେଇଯାଏ। ଜୀବନ ସଂଜ୍ଞା ଭୁଲାଇ, ଈଶ୍ୱରଙ୍କ ନିକଟରୁ ଦୂର କରିଦିଏ। ଅଥଚ ଦୁଃଖରୁ ଜଣେ ପାଇଥାଏ ଜୀବନର ଅର୍ଥ ଓ ଈଶ୍ୱରଙ୍କ ସାନ୍ନିଧ୍ୟ। ନିଜକୁ ଓ ନିଜ ଚାରି ପାଖକୁ ନିର୍ମଳ ରଖି ଗରିବଟିଏର ଜୀବନ ବି ସଫଳ ହୋଇପାରେ। ଯାହାର ବ୍ୟକ୍ତିଗତ ଜୀବନରେ ସର୍ବନିମ୍ନ ଆବଶ୍ୟକତା, ସେହିଁ ପ୍ରକୃତ ସଫଳ। ଐଚ୍ଛିକ ସ୍ଥିତିରେ ପହଞ୍ଚିବା ହିଁ ସଫଳତା। ଅନେକଙ୍କ ମତରେ ନାମୀ ଚଳଚ୍ଚିତ୍ର ତାରକା, ଲୋକପ୍ରିୟ ନେତା ଓ ଖ୍ୟାତିନାମା କ୍ରୀଡ଼ାବିତମାନେ ସଫଳତାର ପ୍ରତିଭୂ। ତେବେ ପ୍ରୋକ୍ତ ଆଇକନମାନେ ନିଜ ଅନ୍ତରେ କ'ଣ ଗୋଟିଏ ଅଭାବ ରହିଛି ବୋଲି ଖୋଲାଖୋଲି କହି ବୁଲନ୍ତି। ସବୁ କିଛି ଥାଇ ବି ଭିତରେ ଅନୁଭବ କରନ୍ତି ସାଂଘାତିକ ଶୂନ୍ୟତା। ବ୍ୟାଙ୍କରେ ମୋଟା ଅଙ୍କ ଅର୍ଥରାଶି ଜମା କରିବା ଏବଂ ସୋସିଆଲ ମିଡ଼ିଆରେ ଅସଂଖ୍ୟ ଅନୁଗାମୀ ସୃଷ୍ଟି କରିବା ଆମର ସଫଳତାକୁ ବୁଝାଏ ନାହିଁ। ବ୍ୟକ୍ତିଗତ, ମାନସିକ, ଆବେଗିକ, ଆର୍ଥିକ, ସାମାଜିକ ଓ ଆଧ୍ୟାମିକ ଜୀବନର ପ୍ରତିଟି କ୍ଷେତ୍ରରେ ସଫଳତାକୁ ଅନୁଭବ କରିବା ନିହାତି ଜରୁରୀ। ଏପରିକି ଜୀବନର ଗୋଟିଏ ବିଭବକୁ ଯଦି ବାଦ ଦିଆଯାଏ ଅନ୍ତରରେ ସୃଷ୍ଟିହୁଏ ଶୂନ୍ୟତା। ଯାହାକୁ ପୂରଣ କରିବା ଆମ ପକ୍ଷେ କାଠିକର ପାଠ

ହୋଇଥାଏ । ଯେଉଁ ସଫଳତା ନିଜ ତଥା ବନ୍ଧୁ ପରିଜନ ଓ ସାଙ୍ଗସାଥୀଙ୍କ ପାଇଁ ଶାଶ୍ୱତ ଆନନ୍ଦ ଓ ଆତ୍ମବୋଧ ଜାତକରେ ତାହା ବାସ୍ତବ ସଫଳତାର ପଦବାଚ୍ୟ । ସୁତରାଂ ହୃଦବୋଧତା ଏବଂ ସ୍ୱଚ୍ଛ ନିର୍ମଳ ତଥା କଳୁଷମୁକ୍ତ ମନ ହେଉଛି ସଫଳତାର ମାପକାଠି । ନିର୍ଦ୍ଦିଷ୍ଟ ଲକ୍ଷ୍ୟ ନିର୍ଦ୍ଧାରଣରେ ସହାୟତା କରୁଥିବା ଜୀବନର ଦିଗହିଁ ଆଧ୍ୟାତ୍ମିକତା । ଏହି ପରିପ୍ରେକ୍ଷାରେ ଆଧ୍ୟାତ୍ମିକ ଗୁରୁ ପରମହଂସ ଯୋଗାନନ୍ଦଙ୍କ ମତ ପ୍ରଣିଧାନଯୋଗ୍ୟ । ଯୋଗୀର ଆତ୍ମ ଜୀବନୀ ନାମକ ତାଙ୍କ ରଚିତ ଏକ ମହାର୍ଘ ପୁସ୍ତକଟିରେ ସଫଳତା କ'ଣ ତାହା ସେ ବେଶ ପ୍ରାଞ୍ଜଳ ଭାବରେ ଅବତାରଣା କରିଛନ୍ତି । ତାଙ୍କ ମତରେ ସଫଳତା ବୁଝାଏ ଆମର ଆଭ୍ୟନ୍ତରୀଣ ବିଜୟକୁ । ଆଧ୍ୟାତ୍ମିକ ଓ ଭୌତିକ ସାଧନ ହାସଲ କରିବା ଓ ଉଚିତ ମାର୍ଗର ଅନୁଗାମୀ ହେବାରେ ଦିଗଦର୍ଶନ ହେଉଥିବା ଅନ୍ତର୍ନିହିତ ଶକ୍ତି ସାମର୍ଥ୍ୟ ପ୍ରତି ସଚେତନ ହେବା ଲାଗି ମନକୁ ଶୃଙ୍ଖଳିତ କରିବା ସଂଗେ ସଂଗେ ଆତ୍ମ ସଜାଗତାକୁ ସଂସ୍କାରିତ କରିବାକୁ ପଡ଼ିଥାଏ ଆମକୁ । କେହି ଯଦି ଆମକୁ ପର୍ଯ୍ୟାୟ କ୍ରମେ ଏଭଳି କରିବାକୁ ନିର୍ଦ୍ଦେଶ ଦିଅନ୍ତି ତାହାହେଲେ ଆମର ସବୁ ପ୍ରକାର ସମସ୍ୟାର ସମାଧାନ ଅଚିରେ ହୋଇଯିବ । ସେଠି କୌଣସି ପ୍ରକାର ଅନ୍ତର୍ଦ୍ୱନ୍ଦ୍ୱ କି ଏକାଧିକ ରୁଚିର ବିକଳ୍ପ ରୁହେନି । କେବଳ ରୁହେ ସୁଖ ଶାନ୍ତିର ସିଧାସଳଖ ମାର୍ଗଟିଏ । ତେବେ ଏହିଭଳି ଭାବେ ଜୀବନ ପୁସ୍ତିକା ଲେଖା ଯାଏନି । ସୁଖୀ ଓ ସାର୍ଥକ ଜୀବନ ପାଇଁ ସବୁ ପ୍ରକାର ଉପାଦାନକୁ ମାପାନୁସାରେ ବିନିଯୋଗ କରିବାକୁ ହୁଏ ।

ଆଜିକାଲି ମିଛ ସଫଳତା (ଧରାଧରି)ର ପ୍ରାବଲ୍ୟ କେତେ ଜଣଙ୍କୁ ଅତି ମାତ୍ରାରେ ଧନୀ କରିଛି ଓ ଅନେକଙ୍କୁ ଅସହ୍ୟ ଗରିବୀ ଦେଇଛି । ଏହା ବିରୋଧରେ ସଂଗ୍ରାମ ସାମ୍ୟବାଦର ସଫଳ ରୂପାୟନ । ଭଲ କାମ ପାତାଳ ଫୁଟେଇ ଦିଶେ । ଅଧୁନା ମାତ୍ରାଧିକ ଡାକି ବଜେଇ ସଫଳତାର କାହାଣୀ ବଖାଣିବା ସାମର୍ଥ୍ୟର ପରିଚୟ ହୋଇଛି । ବ୍ୟକ୍ତି ଦଳଗତ ଉଦ୍ଦେଶ୍ୟ ରଖି ଗୋଲିଆ ପାଣି (କୋଲାହଳ)ରୁ ସଫଳତା ପାଇଁ କେତେକ ବ୍ୟଗ୍ର । ଏଣୁ ସେମାନେ ଅସ୍ଥିର । ଅସ୍ଥିରତାରେ ବା ସଫଳତା କେଉଁଠି ? ନିରବତାରେ ଭଲ କାମଟିଏ ସାଧିତ ହୁଏ । ସ୍ଥାୟୀ ରହେ ଓ ଅନୁଭବ ହୁଏ ସଭିଙ୍କୁ । ଯିଏ କର୍ମ ତତ୍ପର ଥାଇ ନିଜକୁ କିଛି ନୁହେଁ ଭାବନ୍ତି, ଈଶ୍ୱର ତାଙ୍କ ଦ୍ୱାରା ଭଲକାମ କରାଇଥାନ୍ତି । ମହାଭାରତର ଗାଣ୍ଡିବଧାରୀ ଅର୍ଜୁନ ଓ ଭାରତ ବର୍ଷର ଜାତିର ଜନକ ମହାତ୍ମା ଗାନ୍ଧୀ ଏବଂ ଓଡ଼ିଶାର ଉକ୍କଳ ମଣି ଗୋପବନ୍ଧୁଙ୍କ ପରି ଚିର ଜାଜୁଲ୍ୟମାନ ଦୃଷ୍ଟାନ୍ତ ଅଛନ୍ତି । ପ୍ରକୃତିର ନିୟମ- ଖରାପ ଟିଷ୍ଟି ରହିପାରେନାହିଁ । ଭଲକାମ ସଂପର୍କରେ ସୂର୍ଯ୍ୟ ଚନ୍ଦ୍ର ଆତଯାତ ପର୍ଯ୍ୟନ୍ତ ଲୋକ ମୁଖରୁ ନିଃସୃତ ହୋଇଥାଏ- ତଥା ଉପୟନ୍ନ ପରମାର୍ଥଙ୍କ ସଫଳତା ବାଷ୍ଟିହୋଇ ବଢ଼ିଚାଲେ । ତେଣୁ ଆଶା ରଖିବା ଆଗକୁ ସଫଳତା ନିଶ୍ଚୟ ।

ଜ୍ଞାନୀ ଗୁଣୀମାନେ ମଧ୍ୟ ନିଜ ପ୍ରଚେଷ୍ଟାରେ ବେଳେ ବେଳେ ବିଫଳ ହୁଅନ୍ତି । କିନ୍ତୁ ଉତ୍ସାହ ହରାନ୍ତି ନାହିଁ । କାରଣ ବିଫଳତା ନ ଥିଲେ ସଫଳତା ନ ଥାନ୍ତା । ସଫଳ ବାନପ୍ରସ୍ଥରେ ଡହଲ ବିକଳ ମନ ଧନ୍ଦି ହେଉଛି ପ୍ରକୃତ ସଫଳତା । ମନ ବଦଳୁ ଥିବାରୁ ସଂସାର କନ୍ଦବଟ ମୂଲେ ଏହା ଖୋଜୁଥିବା ସଫଳତା କାଲେ ପ୍ରାପ୍ତ ହେଉଛି । କୁହାଯାଇଥାଏ ପ୍ରତ୍ୟେକ ବିଫଳତା- ସଫଳତା ଦିଗରେ ସିଢ଼ି ସଦୃଶ । ବିଫଳତାର ତିକ୍ତ ଅନୁଭୂତିକୁ ପାଥେୟ କରି ଜଣେ ସଫଳତାର ଶିଖର ଚଢ଼େ । ଆହୁରି ମଧ୍ୟ ସର୍ବଦା ସଫଳ ହେଉଥିବା ଲୋକ ନିଜ ଦୁର୍ବଳତାକୁ ଜାଣିପାରେ ନାହିଁ । ସଫଳତାର ଏହା ଏକ ଦୁର୍ବଳ ଦିଗ ।

ଜୀବନରେ ବିଫଳତା ବୋଲି କିଛି ନାହିଁ । କୌଣସି ଏକ ଲକ୍ଷ୍ୟକୁ ହାସଲ କରିପାରିଲେ ଯେ ଜଣେ ସଫଳ ଓ ନ କରି ପାରିଲେ ବିଫଳ ବୋଲି ଭାବିବା ଭୁଲ । କାରଣ ବହୁଲୋକ ଛୋଟିଆ ଲକ୍ଷ୍ୟକୁ ହାସଲ କରିବାରେ ବିଫଳ ହୋଇ ବହୁତ ବଡ଼ ସ୍ଥାନରେ ପହଞ୍ଚ ପାରିଛନ୍ତି । ତା'ହେଲେ ସେମାନଙ୍କୁ କ'ଣ ଆମେ ବିଫଳ ବୋଲି କହିବା ? ପ୍ରତ୍ୟେକ ମଣିଷ ଭିତରେ ଅସୀମ ସମ୍ଭାବନା ରହିଛି । ନିଜ ସାମର୍ଥ୍ୟର ଅନ୍ୱେଷଣ କରିବା ଉଚିତ । କେବେ ବି କୌଣସି ଲକ୍ଷ୍ୟ ଆମ

ସାମର୍ଥ୍ୟଠାରୁ ବଡ଼ ନୁହେଁ। ଗୋଟିଏ ଲକ୍ଷ୍ୟ ହାସଲ କରିବାରେ ବିଫଳ ହେଲେ ଆମେ ଯେ ଜୀବନରେ ସଫଳ ହୋଇ ପାରିବା ନାହିଁ। ଏପରି ଧାରଣା ନିଶ୍ଚିତ ଭାବେ ଭ୍ରମାତ୍ମକ। ସଫଳତା ପାଇଁ ଦରକାର ଅସୀମ ସ୍ଥିରତା। ନିଜ ଉପରେ ଅଖଣ୍ଡ ବିଶ୍ୱାସ, ଅଟୁଟ ଧୈର୍ଯ୍ୟ ଓ ନିରବଚ୍ଛିନ୍ନ ଅଧ୍ୟବସାୟ। ଖାଲି ଜଣେ ନିଜ ଲକ୍ଷ୍ୟ ସ୍ଥଳରେ ପହଞ୍ଚିଲେ ସଫଳ ହୋଇ ଯାଏନା। ବ୍ୟକ୍ତିର ବ୍ୟବହାର ହିଁ ତା'ର ସଫଳତାର ମାପକାଠି। ଯଦି ଗୋଟିଏ ଲୋକ ବହୁତ ବଡ଼ ପୁରସ୍କାର ପାଇଥାଏ, କିନ୍ତୁ ତା'ର ପରିବାର, ପଡ଼ୋଶୀ ଓ ଲୋକମାନଙ୍କ ପ୍ରତି ତା'ର କର୍ତ୍ତବ୍ୟକୁ ଭୁଲିଯାଏ, ତେବେ ତାକୁ କେବେ ସଫଳ ବ୍ୟକ୍ତି ବୋଲି କୁହାଯିବ ନାହିଁ। ସଫଳତା କେବେ ଏକ ସଙ୍କୁଚିତ ଶବ୍ଦ ନୁହେଁ, ପରନ୍ତୁ ଏହା ଏକ ଉନ୍ମୁକ୍ତ ସଂପ୍ରସାରିତ ମାନସିକତାକୁ ବୁଝାଏ। ପ୍ରକୃତ ସଫଳତା ପାଇବାକୁ ହେଲେ ଆମକୁ ପ୍ରଥମେ ଭଲ ମଣିଷଟିଏ ହେବା ନିହାତି ଦରକାର ଏବଂ ସେଥିପାଇଁ ଆମର ଚାରିତ୍ରିକ ବିକାଶ ଅପରିହାର୍ଯ୍ୟ। ଏ ଦୁନିଆରେ କୌଣସି ଜିନିଷ ଅସମ୍ଭବ ନୁହେଁ। ଯଦି ଆମ ପାଖରେ ସତ୍ୟ, ନିଷ୍ଠା, ଉଦ୍‌ଯୋଗ ଓ ବିଶ୍ୱାସ ରହିଛି। ପ୍ରକୃତରେ ଦେଖିବାକୁ ଗଲେ ଆମେ ଯାହାକୁ ସଫଳତା ବୋଲି କହୁ, ଏହା ଏକ ଦୁର୍ବଳ ମାନସିକତା ମାତ୍ର।

କୌଣସି ଜିନିଷ ପାଇଁ ଆମ ପ୍ରୟାସ ସଫଳହେଲେ ଆମ ଦୃଷ୍ଟିରେ ତାହା ସଫଳତା ଅଟେ ଏବଂ ଯଦି ପ୍ରୟାସ ବିଫଳ ହୁଏ ଆମ ଦୃଷ୍ଟିରେ ତାହା ବିଫଳତା ଅଟେ। ତେଣୁ ଉଭୟ ସଫଳତା ଓ ବିଫଳତାରେ ପ୍ରୟାସ ବା ଉଦ୍ୟମ ଲୁଚି ରହିଥାଏ। ଆମକୁ ଏଠି ଗୋଟିଏ କଥା ମନେ ରଖିବାକୁ ହେବ ଯେ କୌଣସି କାର୍ଯ୍ୟ ପାଇଁ ଆମେ କରିଥିବା କୌଣସି ପ୍ରୟାସ କେବେବି ବୃଥା ଯାଏ ନାହିଁ। ଆନ୍ତରିକତାର ସହିତ ଓ ସହୃଦୟତାର ସହିତ କରାଯାଇଥିବା ପ୍ରତ୍ୟେକ ପ୍ରୟାସ ଆମକୁ କୌଣସି ନା କୌଣସି କାର୍ଯ୍ୟରେ ବା ଲକ୍ଷ୍ୟ ହାସଲରେ ସାହାଯ୍ୟ କରେ। ପ୍ରତ୍ୟେକ ବିଫଳ ପ୍ରୟାସ ମଧ୍ୟରେ ଏକ ସଫଳ ଶିକ୍ଷା ଓ ଅଭିଜ୍ଞତା ଲୁଚି ରହିଥାଏ। ପ୍ରକୃତରେ ଦେଖିବାକୁ ଗଲେ ଜିତିବାରେ ବା ହାରିଯିବାରେ କୌଣସି ମୂଲ୍ୟ ନଥାଏ। ପ୍ରକୃତ ମୂଲ୍ୟଥାଏ ଶିଖିବାରେ ଓ ଅଭିଜ୍ଞତା ହାସଲ କରିବାରେ ଏବଂ ସେ ଶିକ୍ଷା ଓ ଅଭିଜ୍ଞତା ସହ ଆଗକୁ ବଢ଼ିବାରେ। କିଛି ନ ଜାଣିବା ଲଜ୍ଜାର ବିଷୟ ନୁହେଁ, ମାତ୍ର କିଛି ନଶିଖିବାର ଇଚ୍ଛା ଲଜ୍ଜାର ବିଷୟ। ଆହୁରି ମଧ୍ୟ ଲୋକ ଏକଥା ଜାଣିବାକୁ ଚାହିଁ ନଥାଆନ୍ତି ଯେ ତୁମେ କେତେ ଜାଣିଛ। ଏକଥା ଜାଣିବାକୁ ଚାହାଁନ୍ତି ଯେ ତୁମେ କେତେ ମନେ ରଖିଛ। ବେଳେ ବେଳେ ଜୀବନରେ ଜିତିବା ଠାରୁ ହାରିଯିବା ବେଶୀ ଗୁରୁତ୍ୱପୂର୍ଣ୍ଣ ପାଲଟି ଥାଏ। ଯଦି ସେ ହାରିବାରୁ ଏକ ଉନ୍ନତ ଚରିତ୍ର ଏବଂ ନିଜକୁ ଆବିଷ୍କାର କରିବାର ଉଦ୍ୟମର ଜନ୍ମ ହୋଇପାରେ।

ସ୍ୱାମୀ ବିବେକାନନ୍ଦଙ୍କ ଭାଷାରେ ଆମେ ନିଜେ ହିଁ ନିଜର ଭାଗ୍ୟବିଧାତା। ଆମର କୌଣସି ପରିସ୍ଥିତି ପାଇଁ ଆମେ କାହାକୁ ଦୋଷଦେବା ଅନୁଚିତ। ପବିତ୍ରତା, ଅଧ୍ୟବସାୟ, ଅନୁରାଗ, ଧୈର୍ଯ୍ୟ, ନିଷ୍ଠାପରତା ଓ ଉଦ୍ୟମ ସଫଳତାର ମୂଳ କାରଣ। ପ୍ରକୃତ ସଫଳତା ଏକ ବିଫଳ ପରିସ୍ଥିତିରୁ ହିଁ ଜନ୍ମ ନେଇଥାଏ। ବିଫଳତା ବିନା ସଫଳତାକୁ ଅନୁଭବ କରାଯାଇ ନ ପାରେ।

ମହାଭାରତର କଥା। କୁରୁକ୍ଷେତ୍ରରେ କୌରବ ଓ ପାଣ୍ଡବଙ୍କ ମଧ୍ୟରେ ସଂଗ୍ରାମ ଚାଲିଥାଏ। କୌରବଙ୍କ ପକ୍ଷରେ ପିତାମହ ଭୀଷ୍ମଙ୍କ ଶରଶଯ୍ୟା ପରେ ଆଚାର୍ଯ୍ୟ ଦ୍ରୋଣ ଥାଆନ୍ତି ସେନାପତି। ପାଣ୍ଡବମାନଙ୍କ ପକ୍ଷରେ ସେନାପତି ଥାଆନ୍ତି ଦ୍ରୌପଦୀଙ୍କ ଭାଇ ପାଞ୍ଚାଲ ଯୁବରାଜ ଧୃଷ୍ଟଦ୍ୟୁମ୍ନ। ମାତ୍ର ଧୃଷ୍ଟଦ୍ୟୁମ୍ନ ଦ୍ରୋଣଙ୍କ ସମକକ୍ଷ ଯୋଦ୍ଧା ନଥିବାରୁ ଆର୍ଯ୍ୟାବର୍ତ୍ତର ସର୍ବଶ୍ରେଷ୍ଠ ଧନୁର୍ଧର ତଥା ଆଚାର୍ଯ୍ୟ ଦ୍ରୋଣଙ୍କ ଅତିପ୍ରିୟ (ପଟ) ଶିଷ୍ୟ ଅର୍ଜୁନ କୌରବ ସେନାପତିଙ୍କ ସହିତ ଯୁଦ୍ଧ କରୁଥିଲେ। ସେଦିନ କୁରୁକ୍ଷେତ୍ରରେ କୌରବଙ୍କ ସେନାପତି ଦ୍ରୋଣ ଓ ଅର୍ଜୁନଙ୍କ ମଧ୍ୟରେ ଭୀଷଣ ସଂଗ୍ରାମ ଚାଲିଥାଏ। ଉଭୟ ଶ୍ରାବଣ ମାସର ବର୍ଷାଧାରା ପରି ଶରବୃଷ୍ଟି କରୁଥାଆନ୍ତି। କିଏ ଗୁରୁ କିଏ ଶିଷ୍ୟ ଜାଣି ହେଉନଥାଏ। କିଛି ସମୟ ପରେ ଦେଖାଗଲା ଦ୍ରୋଣ କ୍ରମେ କ୍ରମେ ହାରିହାରି ଯାଉଛନ୍ତି ଆଉ ଅର୍ଜୁନ ଆସ୍ତେ ଆସ୍ତେ ଜିତି ଜିତି ଚାଲିଛନ୍ତି। ଏହା

ଦେଖି ଦୁର୍ଯ୍ୟୋଧନ ଦ୍ରୋଣଙ୍କୁ ପ୍ରଶ୍ନକଲେ- "ଆଚାର୍ଯ୍ୟ ଆପଣ କ'ଣ ଏପରି ଜଣେ ଗୁରୁ ଯିଏ କି ନିଜ ଶିଷ୍ୟଙ୍କଠାରୁ ପରାଜିତ ହେଉଛନ୍ତି ।" ଏହାଶୁଣି ଦ୍ରୋଣାଚାର୍ଯ୍ୟ ଉତ୍ତର ଦେଇଥିଲେ- "ଦୁର୍ଯ୍ୟୋଧନ ମୋର ଅର୍ଜୁନଠାରୁ ହାରିଯିବା ପାଇଁ ଦାୟୀ ହେଉଛ ତୁମେ ।" ଦ୍ରୋଣଙ୍କ ଉତ୍ତର ଶୁଣି ଦୁର୍ଯ୍ୟୋଧନ ଆଶ୍ଚର୍ଯ୍ୟ ଚକିତ ହୋଇ ପ୍ରଶ୍ନକଲେ- "ଆପଣ ଏପରି କ'ଣ କହୁଛନ୍ତି । ଆପଣଙ୍କ ହାରିଯିବା ପାଇଁ ମୁଁ ଦାୟୀ ?" ଦ୍ରୋଣ କହିଲେ ହିଁ ତୁମେ ହିଁ ଦାୟୀ । ଦୁର୍ଯ୍ୟୋଧନ ପଚାରିଲେ "କେମିତି ମୁଁ ଦାୟୀ ହେଲି" । ଦ୍ରୋଣ ବୁଝାଇ ଦେଲେ- "ପଶା ଖେଳରେ ପରାଜିତ ହୋଇ ପାଣ୍ଡବମାନେ ରାଜ୍ୟ ହରାଇ ବନବାସ ଗଲେ । ଜଙ୍ଗଲରେ ଜୀବନ ଧାରଣ ଲାଗି ସେମାନଙ୍କୁ ପ୍ରତିମୁହୂର୍ତ୍ତରେ ସଂଗ୍ରାମ କରିବାକୁ ପଡ଼ିଛି । ଜଙ୍ଗଲରେ ହିଂସ୍ର ଜନ୍ତୁଙ୍କ କବଳରୁ ଆମ୍ନରକ୍ଷା ସହିତ ଖାଦ୍ୟ ସଂଗ୍ରହ ନିମିତ୍ତ ଓ ସେମାନଙ୍କୁ ନିରାପଦ ଜୀବନ ଯାପନ ଲାଗି ସବୁବେଳେ ସଂଗ୍ରାମ କରିବାକୁ ପଡ଼ିଲା । ଫଳରେ ସେମାନେ ସଫଳ ସଂଗ୍ରାମୀ ଭାବେ ଜୀବନ ଅତି ବାହିତ କଲେ ଏବଂ ସଂଗ୍ରାମ କରିବା ସେମାନଙ୍କର ଦୈନନ୍ଦିନ ଅଭ୍ୟାସରେ ପରିଣତ ହୋଇଗଲା । ଏବେ ସଂଗ୍ରାମ କରିବା ଲାଗି ସେମାନଙ୍କୁ ଅଧିକ ପରିଶ୍ରମ କରିବାକୁ ପଡ଼ୁନାହିଁ । ପକ୍ଷାନ୍ତରେ ଆମେ ରାଜ ଉଆସରେ ରହି ଆରାମରେ ରାଜଭୋଗ ସୁଯୋଗ ପାଇ ଅଳସୁଆ ଓ କର୍ମଭୀରୁ ହୋଇଗଲେ । ବର୍ତ୍ତମାନ ଯୁଦ୍ଧ କରିବାକୁ ଆମକୁ ବହୁତ କଷ୍ଟ କରିବାକୁ ପଡ଼ୁଛି, ଯାହା ଆମକୁ ବାଧୁଛି । ସେପରି ସ୍ଥଲେ ପାଣ୍ଡବମାନେ ଜଙ୍ଗଲର ପ୍ରତିକୂଳ ପରିବେଶଷରେ ରହି କର୍ମଠ ଓ ପରିଶ୍ରମୀ ହୋଇ ପାରିଛନ୍ତି । ବାରମ୍ବାର ବିଫଳତା ସେମାନଙ୍କୁ ସଫଳତାର ସୂତ୍ର ଖୋଜିବାରେ ସହାୟକ ହୋଇପାରିଛି ଓ ସେମାନେ ବିଫଳତା ମଧ୍ୟରୁ ସଫଳତାର ସିଡ଼ି ଚଢ଼ିବା ଶିଖି ଯାଇଛନ୍ତି । ପଶାଖେଳରେ ପରାଜିତ କରି ରାଜ୍ୟରୁ ବିତାଡ଼ିତ କରି ଜଙ୍ଗଲକୁ ପଠାଇ ଦେଇ ତୁମେ ସେମାନଙ୍କୁ ବିଫଳତା ମଧ୍ୟରୁ ସଫଳତାର ମାର୍ଗ ହାସଲ କରିବାରେ ପକ୍ଷାନ୍ତରେ ସାହାଯ୍ୟ କଲ । ବର୍ତ୍ତମାନର ଯୁଦ୍ଧ- କର୍ମଠ ଓ କଷ୍ଟ ସହିଷ୍ଣୁ ଏବଂ କର୍ମ ତତ୍ପର ପାଣ୍ଡବମାନଙ୍କ ପକ୍ଷରେ ସହଜସାଧ୍ୟ କର୍ମ ଭାବରେ ପରିଗଣିତ ହେଉଥିବା ହେତୁ ତାହା ସେମାନଙ୍କୁ କଷ୍ଟକର ବୋଧ ହେଉନାହିଁ ଓ ସେମାନେ ହତୋସାହ ନ ହୋଇ ଅଦମ୍ୟ ଉଲ୍ଲାହର ସହିତ ଯୁଦ୍ଧ କରୁଥିବା ବେଳେ ଆମକୁ ତାହା ଅତି କଷ୍ଟସାଧ୍ୟ ମନେ ହେଉଛି ଏବଂ ଆମେମାନେ ଅଧିକ ପରିଶ୍ରମ ହେତୁ ହତୋସାହ ହୋଇପଡୁଛନ୍ତି । ତେଣୁ ଏ ଯୁଦ୍ଧ ଆମ ପାଇଁ କଷ୍ଟସାଧ୍ୟ ଓ ଯନ୍ତ୍ରଣାଦାୟକ ହୋଇଥିଲା ବେଳେ ତାହା ପାଣ୍ଡବମାନଙ୍କ ଲାଗି ଦୈନନ୍ଦିନ କର୍ମଭାବରେ ପରିଣତ ହେଉଛି । ଯାହା ଫଳରେ ଅଧିକ କଷ୍ଟସାଧ ଓ ଯନ୍ତ୍ରଣାଦାୟକ ସଂଗ୍ରାମରେ ମୁଁ ହାରି ଯାଉଥିବା ସମୟରେ ପ୍ରତିଦିନ ପ୍ରତି ମୁହୂର୍ତ୍ତରେ ଜୀବନ ସଂଗ୍ରାମରେ ଅଭ୍ୟସ୍ତ ଅର୍ଜୁନ ଜୟଲାଭ କରୁଛି । ଏଥିରେ ବିଚିତ୍ରତା କିମ୍ବା ଅସ୍ୱାଭାବିକତା ଅବା ଆଶ୍ଚର୍ଯ୍ୟ ହେବାରେ କିଛି ନାହିଁ ।

ମୂଲ୍ୟ ବୋଧ ସଂପନ୍ନ ମନୁଷ୍ୟ ହିଁ ସଫଳ ମଣିଷ । କାମନା କରୁଥିବା ଜିନିଷ ପାଇଲେ ସଫଳତା ମିଳେ । ସୁଖ ହେଉଛି ପାଇଥିବା ଜିନିଷକୁ ପସନ୍ଦ କରିବା । ଜଣେ ପ୍ରକୃତ ଅର୍ଥରେ ସଫଳ ହେଲେ ଯାଇ ଅନ୍ୟକୁ ବା ସମାଜକୁ ସଫଳ ଦିଗରେ ପ୍ରେରିତ କରିପାରିବ । ହିଂସା, ଦୁଃଖ, ଗରିବୀ, ଅଶାନ୍ତି ରୋଗବ୍ୟାଧିମୁକ୍ତ ବିଶ୍ୱପାଇଁ ପାରସ୍ପରିକ ସଫଳତା ନିହାତି ଜରୁରୀ । ଏ ସଂପର୍କରେ ଯିଏ ବିଭିନ୍ନ କାରଣ ଦର୍ଶାଇଲା ପରେ ବି ବୁଝୁନି । ତାକୁ ବଳ ପ୍ରୟୋଗରେ ବୁଝାଇଲେ ଯାଇ ସଫଳତା । ଯୁଦ୍ଧରେ ତେଣୁ ସଫଳତା ଓ ଶାନ୍ତି ଛପି ରହିଥାଏ । "ଯାଦୃଶୀ ଭାବନା ଯସ୍ୟ- ସିଦ୍ଧିର୍ଭବତି ତା ଦୃଶୀ ।" ସେଥିପାଇଁ ମଣିଷ ବା ବ୍ୟକ୍ତି ପ୍ରଥମେ ବାଲ୍ମିକି ନ ହୋଇ ରନ୍ନାକର ହେବା ଉଚିତ । ଯିଏ ନିଜର ସ୍ୱାର୍ଥ ହାସଲ ଲାଗି ନୁହେଁ ସଂସାର, ସମାଜ ଓ ଦୁନିଆ ପାଇଁ ସଫଳ ସଂଗ୍ରାମ ଜାରି ରଖି ପାରିବ । କାରଣ ବାଲ୍ମିକିମାନଙ୍କ ଦ୍ୱାରା ସଂଗ୍ରାମ ସମ୍ଭବ ହୋଇ ନଥାଏ । ରନ୍ନାକର ମାନେ ହିଁ ସଫଳ ସଂଗ୍ରାମ ଲାଗି ସମର୍ଥ । ଅବଶ୍ୟ ସେ ସଂଗ୍ରାମ ନିଜର ବ୍ୟକ୍ତିଗତ ସ୍ୱାର୍ଥ ହାସଲ ଲାଗି ନ ହୋଇ ସଂସାର, ସମାଜ ଓ ମଣିଷ ଜାତିର ମଙ୍ଗଲ ନିମିତ୍ତ ହେବା ଉଚିତ ।

ଆହୁରି ମଧ୍ୟ ପ୍ରତ୍ୟେକ ସଭ୍ୟତା, ସୁସ୍ଥ ସମାଜ ଓ ସମତାଭିତ୍ତିକ ଦୁନିଆ (ସଂସାର) ପ୍ରତିଷ୍ଠା ଲାଗି ମହର୍ଷ

ବାଲ୍ମିକିଙ୍କ ଲେଖନୀ ପୂର୍ବରୁ ଦସ୍ୟୁ ରନ୍ନାକରର ଖଣ୍ଡାଟି ଆଗ ଦରକାର। ରନ୍ନାକର କହିଲେ ମୁଁ ବୁଝେନା ଚୋର, ଖୁନି, ଖଣ୍ଡ, ଦସ୍ୟୁ, ଗଣ୍ଡିକଟା, ଲୁଟେରା, ପକେଟମାର, ନୃଶଂସ, ହତ୍ୟାକାରୀ, ମଣିଷମରା କିୟା ଡକାୟତ। ରନ୍ନାକର ମାନେ ମୁଁ ଜାଣେ ଜଣେ ସୁସ୍ଥ, ସବଳ, ହୃଷ୍ଟପୁଷ୍ଟ ନିର୍ଭୀକ ସାହାସୀ ଉସ୍ଥାହୀ ଯୁବକକୁ। ଯିଏ ଗୋଟିଏ ଗାଲରେ ଚାପୁଡ଼ା ଖାଇଲେ ଯାହାର ହାତଟି ସେ ଚାପୁଡ଼ାର ପ୍ରତିଶୋଧ ନେଇ ପାରୁଥିବ। ଯିଏ ମଥା ଉଚ୍ଚ ରଖି କଥା କହି ପାରୁଥିବ। କାହାକୁ ଭୟ ନକରି ଯିଏ ଦାବି ହାସଲ ଲାଗି ଆଗେଇ ଆସିପାରୁଥିବ। ଯିଏ ଆଦର୍ଶକୁ ସୁରକ୍ଷା ଦେବା ଲାଗି ହସି ହସି ଯୁଦ୍ଧ କ୍ଷେତ୍ରକୁ ଡେଇଁ ପଡ଼ି ସଂଘର୍ଷ କରିପାରୁଥିବ ନିର୍ଭିକ ଭାବରେ। ଭୟଶୂନ୍ୟ ଅନ୍ତରରେ ଯିଏ ସଂଗ୍ରାମ ଜାରି ରଖିଥିବ ସମାଜର ହିତ ପାଇଁ। ନିଜର ବ୍ୟକ୍ତିଗତ ସ୍ୱାର୍ଥ ଲାଗି ଯିଏ କେବେବି ଅନ୍ୟ କାହାର ହାତଟେକା ସମର୍ଥକ, ଅନ୍ଧ ସ୍ତାବକ, ଖୋସାମନ୍ତିଆ ହେବାକୁ ଘୃଣା କରୁଥିବ। ଅବହେଳିତ, ଲାଞ୍ଛିତ, ଅପମାନିତ, ନିର୍ଯାତିତ ହୋଇ ବଞ୍ଚରହିବା ଅପେକ୍ଷା ଯିଏ ଶ୍ମଶାନକୁ ଅଧିକ ଶ୍ରେୟସ୍କର ମଣୁଥିବ। ଅପମାନକୁ ନିର୍ବିକାର ଚିତ୍ତରେ ମଥାନତକରି ନିରବରେ ସହି ନ ଯାଇ ଯିଏ ପ୍ରାଣପାତ ଲାଗି ସଦା ଜାଗ୍ରତ ଥିବ ଓ ମରାଣିକୁ ସର୍ବୋତ୍କୃଷ୍ଟ ସ୍ଥାନ ବୋଲି ବିବେଚନା କରୁଥିବା ମଣିଷ ପ୍ରଥମେ ଅନ୍ୟାୟ ବିରୋଧରେ ସଂଗ୍ରାମ କରି ଶିଖୁ। ପରେ ଅବିଚାରର ପ୍ରତିରୋଧ ଲାଗି ପ୍ରଚାର କରିବ। ଆବଶ୍ୟକ ହେଲେ ଅପକର୍ମର ବିଲୋପ ପାଇଁ ଲେଖନୀ ଚାଳନା କରି ବାଲ୍ମିକି ହେବ।

କାରଣ ଶାସ୍ତ୍ରରେ କୁହାଯାଇଛି। “ପରୋପକାରାର୍ଥଂ ଫଳନ୍ତି ବୃକ୍ଷାଃ। ପରୋପକାରାର୍ଥଂ ବହନ୍ତି ନଦ୍ୟାଃ। ପରୋପକାରାର୍ଥଂ ଦୁହନ୍ତି ଗଦ୍ୟାଃ। ପରୋପକାରାର୍ଥଂ ଇଦମ୍ ଶରୀର।” ଅର୍ଥାତ୍ ବୃକ୍ଷ ଯେପରି ଅନ୍ୟର ଉପକାର ଲାଗି ଫଳ ଧାରଣ କରୋ। ନଦୀ ଜଳ ଦାନ କରି ବହିଯାଏ। ଗାଇ କ୍ଷୀର ପ୍ରଦାନ କରେ। ସେହିପରି ଅନ୍ୟର ଉପକାର କରିବା ଲାଗି ମଣିଷର ଜନ୍ମ। ଅନ୍ୟର କ୍ଷତି କରିବା ପାଇଁ ନୁହେଁ।

ପ୍ରତିଷ୍ଠିତ ହେବା ପାଇଁ, ସଫଳତା ପାଇବା ଲାଗି, ସୁବିଧା ହାସଲ କରିବାକୁ ସୁଯୋଗକୁ ଅକ୍ତିଆର କରି ନେବାକୁ, ସାଫଲ୍ୟକୁ ନିଜ ଅଧିକାର ଭୁକ୍ତ କରିବାକୁ, ଫାଇଦାକୁ ନିଜ ଅଧୀନକୁ ଆଣିବା ପାଇଁ ପ୍ରତିଯୋଗିତାରେ ଅବତିନ୍ନ ହେବାକୁ ପଡ଼େ। କିନ୍ତୁ ଖାଲି ପ୍ରତିଯୋଗିତାରେ ଜିତିଗଲେ, କୌଶଳରେ ପ୍ରତିଷ୍ଠିତ ହେଲେ, ସୁଯୋଗକୁ କୌଣସି ଉପାୟରେ ଅକ୍ତିଆର କରିନେଲେ, କେବଳ ଏହି କ୍ଷେତ୍ର ମାନଙ୍କରେ ସଫଳତା ପ୍ରାପ୍ତି ହେଲେ ହେବନାହିଁ। ପୂର୍ଣ୍ଣ ବିକାଶ ଆବଶ୍ୟକ– ଶାରୀରିକ, ମାନସିକ, ବୌଦ୍ଧିକ, ସାମାଜିକ, ଆବେଗିକ, ଭାଷାଗତ ସବୁ ପ୍ରକାର ବିକାଶ। ଶାରୀରିକ ଓ ଅଙ୍ଗ ଚାଳନାର ଦକ୍ଷତା, ଭାଷାଗତ ଦକ୍ଷତା, ବୌଦ୍ଧିକ ବା ଜ୍ଞାନାତ୍ମକ ବିକାଶ, ସାମାଜିକ ବିକାଶ, ସୃଜନଶୀଳତା ଓ ସୌନ୍ଦର୍ଯ୍ୟ ବୋଧର ବିକାଶର ଆବଶ୍ୟକ ଅପରିହାର୍ଯ୍ୟ ହୋଇଥାଏ।

ପ୍ରତିଯୋଗିତା ପାଇଁ ଏ ସଂସାର ହେଉଛି ପ୍ରକୃତ କ୍ଷେତ୍ର, ଉକ୍ରୁଷ୍ଟ ସ୍ଥାନ, ସର୍ବୋତ୍ତମ ଭିତ୍ତିଭୂମି। ପ୍ରତିଯୋଗିତା ସମାଜର ପ୍ରତ୍ୟେକ ସ୍ତରରେ ଲାଗିଛି। ଶିକ୍ଷା କ୍ଷେତ୍ରରେ ପ୍ରଥମ ସ୍ଥାନ ଦଖଲ ପାଇଁ, ଚାକିରିରେ ସର୍ବୋଚ୍ଚ ପଦବୀ ଲାଗି, ସାମାଜିକ କ୍ଷେତ୍ରରେ ପ୍ରତିଷ୍ଠା ପାଇବାକୁ, ସଂସାରରେ ଧନ ଠୁଲାଇବା ଉଦ୍ଦେଶ୍ୟରେ, ରାଜନୀତିରେ ଆଗକୁ ବଢ଼ିବା ଅଭିପ୍ରାୟ ନେଇ, ଖ୍ୟାତି ସଂପନ୍ନ ହୋଇ ଉପରକୁ ଉଠିବାକୁ, ଖେଳ କୁଦରେ ଜିତିବା ଲକ୍ଷ୍ୟରେ।

ସେହିପରି ପ୍ରତିଯୋଗିତା ଲାଗିଛି ଧବଳେଶ୍ୱର ମନ୍ଦିର ସାମ୍ନା ପଡ଼ିଆରେ। ଯେପରି ଧବଳେଶ୍ୱରଙ୍କ ମନ୍ଦିର ଛାଇ ପାଶ୍ୱବର୍ତ୍ତୀ ବୃକ୍ଷ ଗୁଡ଼ିକର ଛାଇକୁ ଟପି ମାଡ଼ି ଚାଲିଛି ଆଗକୁ, ପୂର୍ବ ଦିଗକୁ। ସେମିତି କେଉଁ ପଟ ଜିତିବ ଲାଗିଛି

ପ୍ରତିଯୋଗିତା ଦୁଇ ଦଳ ମଧ୍ୟରେ । ଦୁଇଟି ଯାକ ଦଳ ଗୋଟିଏ ଗାଁର ପିଲା । ସେମାନଙ୍କ ଭିତରେ ପ୍ରତିଯୋଗିତା ହାର-ଜିତକୁ ନେଇ । ସେମାନଙ୍କ ଖେଳକୁ ମନ୍ଦିରର ମୁଖଶାଳାରେ ବସି ସୁନି ଅନାଇ ରହିଥିଲା । ସୁନି– ସୁନୀତା ତ୍ରିପାଠୀ । ନଟବର ତ୍ରିପାଠୀଙ୍କ ବଡ଼ଝିଅ । ଡେଙ୍ଗା, ପାତଳି, ସଫା ଶ୍ୟାମଳ ବର୍ଣ୍ଣର ଝିଅଟିଏ । ସାଧାରଣ ଝିଅମାନଙ୍କ ଠାରୁ ଟିକେ ବେଶୀ ଉଚ୍ଚ । ପତଳା ସ୍ୱାସ୍ଥ୍ୟ ପାଇଁ ଅଧିକ ଉଚ୍ଚା ଜଣାପଡ଼େ । ବୟସ କୋଡ଼ିଏ ଡେଇଁଛି । ଲମ୍ବା ମୁହଁ, ପାନପତର ପରି । ପ୍ରଶସ୍ତ କପାଳ, କମନୀୟ ଆଖି, ମନୋରମ ଭ୍ରୁଲତା, ପୂରିଲା ଗାଲ, ଠିଆ ନାକ । ଓଠତଳ ହନୁହାଡ଼ ଗୋଜିଆ । ଛାମୁଦାନ୍ତ ବଡ଼ବଡ଼, କିନ୍ତୁ ସେ ମୁଖୁଦାନ୍ତୀ ନୁହେଁ ।   ହସିଦେଲେ କିମ୍ୱା କଥା କହିଲା ବେଳେ ସଫା ଦାନ୍ତ ଗୁଡ଼ିକ ବାହାରକୁ ଚିକ୍ ଚିକ୍ ଦିଶେ । ସରୁ ସରୁ ହାତ, ହାତ ଟିକେ ସ୍ୱାଭାବିକ ଠାରୁ ସାମାନ୍ୟ ଅଧିକ ଲମ୍ବ । ସେ ପତଳା ହେଲେ ସୁଦ୍ଧା ରୋଗା ନୁହେଁ । ଦେଖିବାକୁ ରୂପସୀ ନ ହେଲେ ବି ତାକୁ ଅସୁନ୍ଦରୀ କୁହାଯିବନି । ସାଧାରଣ ଝିଅଟିଏ । ଦେଖିଲା ଲୋକର ଅପସଦ ହେବନାହିଁ, ଚଳିବ । କାରଣ "ଯୌବନେ ସର୍ବଂ ରମ୍ୟା ।" ନୀତିରେ, ଯୌବନ ସମୟରେ ଅସୁନ୍ଦରୀ ମାନେ ମଧ୍ୟ ଲୋଭନୀୟା ଦିଶନ୍ତି ।

ଗାଁ ପିଲାମାନଙ୍କୁ ଦେଖି ସେମାନଙ୍କ ଖେଳକୁ ନିରୀକ୍ଷଣ କରି ସୁନିର ତା' ନିଜ ପିଲାଦିନ କଥା ମନରେ ପଡ଼ୁଥିଲା । ଯେତେବେଳେ ସେମାନେ ଦୁଇ ଦଳ ହୋଇ ଖେଳରେ ମାତି ଯାଉଥିଲେ । ଗୋଟିଏ ଗାଁର ପିଲା, ଦୁଇ ଭାଗ ହୋଇ ଖେଳୁଥିଲେ । ବୋହୁଚୋରି, ଖପରା ଡିଆଁ, ଗୁଡ଼ୁଗୁଡ଼ୁ ଝାଁ ଏମିତି କେତେ । ସେଇକଥା ମନକୁ ଆସିଲେ, ଆଗରେ ଉଭାହୁଏ ନିଜ ଅତୀତ ଦିନର କଥା । ସେତେବେଳେ ସିଏ ପିଲା, କିଛି ହାସଲ କରିନେବା ପାଇଁ ସେ ବ୍ୟାକୁଳ ହେଉ ନ ଥିଲା । ହରାଇ ବସିବାର ଆଶଙ୍କା ନ ଥିଲା ମନରେ । ଆଶଙ୍କା ନ ଥିଲେ ଶଙ୍କା ବା କାହୁଁ ଆସିବ ? ସେଥିଲା ନିର୍ଭୀକା । ନିଃସଙ୍କୋଚରେ ଖେଳୁଥିଲା ସାଇପିଲାମାନଙ୍କ ସାଙ୍ଗରେ । କେବେ କେମିତି ଗାଁ ଛୁଆଁଙ୍କ ମେଳରେ ।

ଗାଁ ଦାଣ୍ଡରେ ବାଲି ଗୋଟାଇ ଆଣି ଘର ତିଆରି କରୁଥିଲେ । ଶଢ଼େଇରେ ଦାଣ୍ଡ ଧୂଳିରେ ରାନ୍ଧୁଥିଲେ ଭାତ, ଡାଲି, ତରକାରୀ, ଭାଜି ଏମିତି କେତେ ରକମର ରନ୍ଧାବଢ଼ା ଘର କରଣା । ତାଙ୍କରି ଭିତରୁ ହେଉଥିଲେ ବାପ, ମା, ମିଛି ମିଛିକା ସଂସାର ସେମାନେ ଗଢ଼ୁଥିଲେ । ଖେଳ ଶେଷରେ ଭାଙ୍ଗୁଥିଲେ । ପୁଣି ପରଦିନ ତିଆରି କରୁଥିଲେ । ଜାତି ଜାତିକା ପିଠା, ରକମ ରକମ ବ୍ୟଞ୍ଜନ, ପ୍ରକାର ପ୍ରକାର ଖାଦ୍ୟ ସାମଗ୍ରୀ । ସେମାନଙ୍କ ପିଲାମାନେ ଆସିଖାଇବେ । ସବୁ ହେଉଥିଲା ଖେଳରେ । ହେଇ ପିଲାମାନେ ଆସି ପହଞ୍ଚ ଗଲେଣି । ସାରୁ ପତରରେ ବଢ଼ା ହେଉଥିଲା ଶଢ଼େଇ ରନ୍ଧା ଭାତ, ଡାଲି, ଓ ତରକାରୀ । ପିଲାମାନେ ଖାଇ ବସୁଥିଲେ । ସେମାନଙ୍କ ଭିତରୁ ମା' ହେଉଥିବା ପିଲାଟି ପାଖରେ ବସି ଛୁଆମାନଙ୍କୁ ବଲେଇ ବଲେଇ ଖୁଆଉଥିଲା । ଯେମିତି ମା'ମାନେ ପିଲାମାନଙ୍କୁ ଖୁଆଇ ଥାଆନ୍ତି । ବିଶ୍ୱ ଦେଉଥିଲା କାଗଜ ପଟି ବିଶ୍ୱଣାରେ । ସଂଗେ ସଂଗେ ରନ୍ଧା ହୋଇଛି । ଶୀତଳ ହେବ ବୋଲି, ପିଲାମାନେ ଗରମ ଗରମ ଖାଇବେ କେମିତି ? ଯଦିବା ଭୋକ ଆତୁରରେ ଖାଇଦେବେ ତେବେ ପେଟ ବିଗିଡ଼ି ଯିବ ନିଶ୍ଚୟ ।

ସେହି ପିଲାବେଳ । ମନରେ ଚିନ୍ତା ନ ଥିଲା । ଦକ ନ ଥିଲା, ନ ଥିଲା କାମର ଦାୟିତ୍ୱ । ବିଛଣାରୁ ଉଠିଲେ ମା', ଦାନ୍ତ ଘଷି ଦେଉଥିଲା । ମୁହଁ ଧୋଇ ଖୁଆଇ ଦେଉଥିଲା । ବଲେଇ ବଲେଇ ଆ ଜହ୍ନ ମାମୁ ଗୀତଗାଇ, ମନ ଭୁଲାଇ, କେତେ ବାଗରେ, କେତେ ପ୍ରକାରେ, କେତେ ରକମର କଥା କହି । ସେ ଖାଇସାରି ଦାଣ୍ଡରେ ଧୂଳି ଆମ୍ଫୁଡ଼ି ଖେଳୁଥିଲା, ସାଇ ପିଲାମାନଙ୍କ ସହିତ ।

ଖାଇବା, ଖେଳିବା । "ଧୋ-ରେ ବାଇଆ", ଗୀତ ଶୁଣି ମା' ପଣତ ଘୋଡ଼ାଇ ହୋଇ ଶୋଇବା ଆଉ ବେଳେ ବେଳେ ମା' ସହିତ ଅଝଟ ଲଗାଇବା । ମା' କାନିଧରି ଟାଣିବା । ନ ହେଲେ ରାହାଧରି କାନ୍ଦିବା । ନ ଥକିନା ତଳେ ମାଟି ଉପରେ ଗଡ଼ିବା । କାରଣ "ଦୁର୍ବଳସ୍ୟ ବଳଂରାଜା, ବାଳାନାଂ ରୋଦନ ବଳମ୍, ବଳଂ ମୂର୍ଖସ୍ୟ ମୌନତ୍ୱ, ଚୌରାଣାମ୍

ନୂତଂ ବଲମ୍।" ଦୁର୍ବଲ ଲୋକମାନଙ୍କର ରାଜା ବଲ ଅର୍ଥାତ୍ ସହାୟକ ଅଟନ୍ତି। ଶିଶୁମାନଙ୍କର କ୍ରନ୍ଦନ ବଲ ଅଟେ। ମୂର୍ଖମାନଙ୍କର ମୌନଭାବ ବଲ ଅଟେ ଅର୍ଥାତ୍ ମୂର୍ଖ ଲୋକଙ୍କୁ କିଛି ନ ପଚାରିଲେ ସେ କେବଲ ତୁନି ହୋଇ ରହେ। ଚୋରମାନଙ୍କର ମିଥ୍ୟା କଥନ ବଲ ଅଟେ। ଏତିକି ବ୍ୟତୀତ ତା'ର ଆଉ ଅନ୍ୟ କେଉଁ କାମର ଦାୟିତ୍ୱ ନଥିଲା। ସେ ଜିଦ୍‍ଖୋର ନଥିଲା। ଜିଗର ଲଗାଇ ନଥିଲା। ମନଥିଲା ଚିନ୍ତା ଶୂନ୍ୟ। ଭୟ ଶୂନ୍ୟ, ଆଶଙ୍କା ରହିତ। ଫାଙ୍କା ଫାଙ୍କା ମେଘମୁକ୍ତ ଆକାଶପରି।

କାଗଜ ଡଙ୍ଗାରେ ସ୍ୱପ୍ନ ଭରି ନଉ ପାରି ହେବାର ବୟସ। ସାଧବ ବୋହୂ ସଙ୍ଗେ ବୋହୂ ବୋହୂକା ଖେଳିବାର ବୟସ। ଫଗୁଣର ଅଭିର ବୋଲି ଲୁଚକାଲି ଖେଳିବାର ବୟସ। ଜହ୍ନ ରାତିରେ ଜହ୍ନିଫୁଲ ସଙ୍ଗେ ଗପ କରିବାର ବୟସ। ପ୍ରଜାପତି ପଛରେ ଉଡ଼ି ବୁଲିବାର ବୟସ। ଗଛ ଭାଇ, ଫୁଲ ନାନୀ, ବାଇ ଚଢ଼େଇ, ନୀଳ ଆକାଶ, ବରଷା ରାଣୀ, ଆଉ ପୃଥିବୀ ମା' ସହିତ ମିଶିବା, ଖେଳିବା, ସେମାନଙ୍କ କଥା ଭାବିକା, ମା' କୋଳରେ ଶୋଇ ରହି ସେମାନଙ୍କ କଥା ମନେ ପକାଇବା, ଆଉ ସପନରେ ସେମାନଙ୍କୁ ଦେଖିବା।

ସେ ନଟବର ତ୍ରିପାଠୀଙ୍କ ବଡ଼ ଝିଅ, ତାଙ୍କ ଘରର ପ୍ରଥମ ସନ୍ତାନ। ସୁନୀତା ତ୍ରିପାଠୀ। ତା' ବାପା ହୃଦୟର ମଣି। ରକ୍ଷୁଣୀ ଧନ ତା' ଜେଜେ ମା'ର।

କେତେ ଗେହ୍ଲାରେ, ଆଦରରେ, ଅଲିଅଳରେ ସେ ବଢ଼ିଥିଲା। କେତେ ସ୍ନେହ ଶ୍ରଦ୍ଧା ପାଇଥିଲା ଘରୁ, ସଂପର୍କୀୟଙ୍କ ଠାରୁ, ବନ୍ଧୁ ବାନ୍ଧବଙ୍କ ପାଖରୁ, ତା' ତଲ ଭାଇ ଜନ୍ମ ନ ହେବା ପର୍ଯ୍ୟନ୍ତ।

ତା' ତଲ ଭାଇ ସୁରେନ୍ଦ୍ର। ଡାକନାମ ସୁରିଆ। ତା' ଜନ୍ମ ପରେ ଶରଧା, ସେନେହ, ଆଦର ଭାଗ ହୋଇଗଲା। ଦୁଇଭାଗ, ସମାନ ହୋଇ ନୁହେଁ। ବଡ଼-ଛୋଟ ହୋଇ, ବଡ଼ ଭାଗଟା ପଡ଼ିଲା ସୁରିଆ ପଟରେ। ତା' ଆଢ଼େ ଛୋଟ ଫାଲକ। ସେଥିରେ ସେ ଖୁସି, ସେହ୍ନ ଶ୍ରଦ୍ଧା, ଆଦରରୁ ଅଲ୍ପ ପାଇ ସୁଦ୍ଧା। ଯେତେହେଲେ ସେ ତା' ଭାଇ, ସେ ଟିକେ ଅଧିକ ଆଦର ପାଇଲା। ବେଶୀ ଶରଧା ନେଲା। ଗେହ୍ଲା ହେଲା– ସେଥିରେ ତା'ର କ୍ଷତି କ'ଣ ? ସେଇଟ ତାକୁ ସାହା ଭରସା ହେବ ଆଗକୁ, ବଡ଼ ହେଲେ। ତା'ର ବାହାଘର ପରେ ଭାରଥୋର ନେଇଯିବ ତା' ଶାଶୂ ଘରକୁ। ଯେମିତି ସବୁ ଭାଇମାନେ ଭଉଣୀ ଘରକୁ ଯାଇଥାଆନ୍ତି। ସେମିତି।

ତା' ତଲ ଭାଇ ତା ଠୁଁ ଅନେକ ସାନ। ଆଠ ବର୍ଷର ବ୍ୟବଧାନ ସେମାନଙ୍କ ମଧ୍ୟରେ। ସେହି ଆଠବର୍ଷ ସେ ତା' ବାପା, ମା', ଜେଜେ ମା', କ୍ଷାତି, କୁଟୁମ୍ବ, ବନ୍ଧୁ, ବାନ୍ଧବଙ୍କଠାରୁ ସ୍ନେହ ଶ୍ରଦ୍ଧା ପାଇଛି। ବହୁତ ଆଦର, ଅନେକ ଶୁଭେଚ୍ଛା।

ସେତେବେଲେ ସିଏ ତୃତୀୟ ଶ୍ରେଣୀରେ ପଢ଼ୁଥିଲା। ଦିନେ ସ୍କୁଲରୁ ଫେରି ଘରେ ପହଞ୍ଚ ଦେଖିଲା। ବାପା ଦାଣ୍ଡ ପିଣ୍ଡାରେ ବସିଛନ୍ତି ନିରବରେ। ଜେଜେ ମା' ତାକୁ କୋଲେଇ ନେଲା, ତା' ମା ପାଖକୁ ଛାଡ଼ିଲା ନାହିଁ। ସେଇଦିନ ଠାରୁ ସେ ଜେଜେମା ପାଖରେ ଶୋଇଲା। ତା' ସାଙ୍ଗରେ ଖାଇଲା, ତା' ପାଖରେ ଅଲିକଲା, ଆପଉ ବାଢ଼ିଲା। ଅଭିଯୋଗ ଉଠାଇଲା, ଅଝଟ ଧରିଲା, ସେ ଚାହୁଁଥିବା ଜିନିଷଟି ନପାଇଲେ। ସେ ଇଚ୍ଛା କରୁଥିବା ପଦାର୍ଥଟି ତାକୁ ନ ମିଲିଲେ। ତା'ର ଆଗ୍ରହ ଥିବା ଦ୍ରବ୍ୟଟି ସେ ହାସଲ ନ କରିବା ପର୍ଯ୍ୟନ୍ତ। ସବୁକିଛି ଜେଜେମା ନିକଟରେ। ଦୁଇ ଦିନ ପରେ ସେ ଜାଣିଲା ମା' ପାଖକୁ ତାକୁ ଛଡ଼ା ନ ଯିବାର କାରଣ। ଯେତେବେଲେ ତା' ଜେଜେ ମା' ତାକୁ ସାଙ୍ଗରେ ନେଇ ଅନ୍ଦୁଡ଼ିଘର ଦୁଆର ମୁହଁରେ ଠିଆ କରାଇ ତା' ଭାଇକୁ ଦେଖାଇ କହିଲା। 'ସୁନି' ଇୟେ ତୋ' ଭାଇ। ବଢ଼ିଗଲେ ତୋ' ଶାଶୂଘରକୁ ଯିବ ବୋଢ଼ ଭାର ଧରି। ରଜରେ ଆମ୍ବ, ପଣସ, ଦୁତିଆକୁ ନଡ଼ିଆ, ସୋଲା, ମଟର, ପ୍ରଥମାଷ୍ଟମୀରେ ନୂଆ ଲୁଗା, ଶାମ୍ବ ଦଶମୀ ଦିନ ମିଠା ଓ ପିଠାପଣା ଧରି। ଜେଜେମା କଥାଶୁଣି, ସାନ

ଭାଇଟିର ନାଲି ଟୁକୁଟୁକୁ ଚେହେରା ଦେଖି ସେ ଖୁସି ହେଲା । ଆନନ୍ଦରେ ନାଚିଲା । ହସି ହସି ଗଡ଼ିଗଲା । ଅଳି କରୁଥିବା ଜିନିଷଟି ପାଇଗଲା ପରେ କୁନି ପିଲାମାନେ ଯେମିତି ହୋଇଥାଆନ୍ତି ।

ତା'ର ସେ ଭାଇ ଗାଁ ପିଲାମାନଙ୍କ ସହିତ ଖେଳୁଛି । ଧବଳେଶ୍ୱରଙ୍କ ମନ୍ଦିର ସାମ୍ନା ପଡ଼ିଆରେ ତାକୁ ଓ ତା' ଖେଳକୁ ଦେଖି ତା'ର ମନେ ପଡୁଥିଲା ତା' ନିଜ ପିଲା ବେଳ । ଆଜି ସେ ବି ଖେଳୁ ଥାଆନ୍ତା । ତା'ପରି ପିଲାଟିଏ ହୋଇଥିଲେ । ଏ ଖେଳ ନୁହେଁ । ଆଉ ଅନ୍ୟ ଖେଳ । ଇୟେ ହେଲା ପୁଅ ପିଲାଙ୍କ ଖେଳ । ସେ ଖେଳି ଥାଆନ୍ତା ଗାଁ ଝିଅଙ୍କ ମେଳରେ । ଯେମିତି ସେ ପିଲାବେଳେ ଖେଳୁଥିଲା । ଯେଉଁ ଖେଳରେ ସେ ହୋଇଥିଲା ବର । ତାଙ୍କ ଗାଁ ଝିଅଙ୍କ ଭିତରେ ସେ ଥିଲା ସବୁଠୁ ଉଚ୍ଚା । ସେଥିପାଇଁ ସେ ବରହୁଏ ଆଉ କନିଆ ହୁଏ ଚମ୍ପାଗୋରୀ, ଗୁଣ୍ଡୁଣୀହାତୀ ସତୀ । ତାଙ୍କ ଗାଁ ଆର ସାଇର ଝିଅ ସତୀ । ତାଙ୍କରି ଭିତରୁ ହୁଅନ୍ତି ବ୍ରାହ୍ମଣ, ଜ୍ୟୋତିଷ, ବରଯାତ୍ରୀ ଏବଂ କନ୍ୟା ପକ୍ଷର ଲୋକ । ଗାଁ ଦାଣ୍ଡରେ ବେଦୀ ବନ୍ଧା ହେଉଥିଲା । ସେ ବର ବେଶ ହୋଇ ଆସୁଥିଲା । କୋଇଲି ସୁତାରେ ପଡୁଥିଲା ହାତଗଣ୍ଠି । ସତୀ ଓଢ଼ଣା ଟାଣି ବସୁଥିଲା । ସେ ଆସି ତା' ପାଖରେ ବସି ତା' ମାନ ଭାଙ୍ଗିବା ଲାଗି ତା' ଓଢ଼ଣା ଖୋଲି ଦେଉଥିଲା । ତା'ପରେ ପିଲାଛୁଆ । ଘର ସଂସାର । ଘର କରଣା । ସତୀ ସାରୁ ପତରରେ ବାଢ଼ି ଦେଉଥିଲା, ଶଢ଼େଇ ହାଣ୍ଡିରେ ରନ୍ଧା ହୋଇଥିବା ଗାଁ ଦାଣ୍ଡ ଧୂଳିର ଭାତ, ତରକାରୀ । ପିଲାମାନଙ୍କ ସହିତ ସେ ଖାଇ ବସୁଥିଲା । ସତୀ ପାଖରେ ବସି ବିଞ୍ଚୁଦିଏ ଆଉ ବଳେଇ ବଳେଇ ଖୁଆଏ । ଘରେ ଯେମିତି ମା'ମାନେ ବାପାଙ୍କୁ ଖୋଇ ଥାଆନ୍ତି । ନେଉଆ ପତରର ପାନ ପତର ବାଉଁଶ ଚେରର ଗୁଆଦିଆ ଖିଲି ପାନ ପାଟିରେ ଜାକି ସୁନି ଯାଏ ବିଲକୁ କାମ କରିବାକୁ, ଘରର ବାପାଙ୍କ ପରି ।

ସେଇବେଳ, ଯେତେବେଳେ ମନରେ ଆଉ କିଛି ଦକ ନଥିଲା । କେବଳ ଖେଳ କୁଦ । ଆଉ ଗାଁ ଚାଟଶାଳୀରେ କ, ବ, ଚ, ପାଠ ।

ସେଦିନ ତ ଯାଇଛି । ଏବେ ଯେତେ ଚେଷ୍ଟା କଲେ, ଆଗ୍ରହ ଥିଲେ, ଉଦ୍ୟମ ଜାରି ରଖିଲେ, ଯେତେ ଇଚ୍ଛା ଥିଲେ ମନରେ ଅବେଗ ଜନ୍ମିଲେ ସୁଦ୍ଧା ସେ ଆଉ ପିଲା ହୋଇ ପାରେନା । ପିଲାବେଳ କେବେ ଆଉ ଫେରି ଆସେନା । ଫେରିବା ବି ସମ୍ଭବ ନୁହେଁ । ଅତୀତ କ'ଣ କେବେ ଫେରେ ? କିମ୍ବା ବର୍ତ୍ତମାନ ସଙ୍ଗେ ସଙ୍ଗେ ଅତୀତକୁ ବଦଳିଯାଏ ? କେବେ ନୁହେଁ । ବର୍ତ୍ତମାନ ଅତୀତ ହୁଏ ପରେ । ସେଥିପାଇଁ ସମୟର ବ୍ୟବଧାନ ଆବଶ୍ୟକ ହୁଏ ।

ବର୍ତ୍ତମାନ ଉପରେ ସମସ୍ତ ତତ୍ତ୍ୱ ପର୍ଯ୍ୟବସିତ । ଏହି ବର୍ତ୍ତମାନ ହିଁ ସକଳ ତତ୍ତ୍ୱକୁ ଧାରଣ କରି ରହିଛି । ଅତୀତ-ବିସ୍ତୃତିର ଅତଳ ଗର୍ଭରେ ଲୀନ । ଅତୀତକୁ ଝୁରି ହେଲେ ଫଳ ଏଇଆ ହେବ ଯେ ବର୍ତ୍ତମାନ ଅନ୍ଧକାରାଚ୍ଛନ୍ନ ହୋଇଯିବ । ଏହି କାରଣରୁ ଅତୀତକୁ ବୁଦ୍ଧିମାନ ବ୍ୟକ୍ତି କେବେ ଝୁରି ହୁଅନ୍ତି ନାହିଁ କିମ୍ବା ଅନିର୍ଦ୍ଦିଷ୍ଟ ଭବିଷ୍ୟତ ଉପରେ ଦୃଷ୍ଟି ନିବଦ୍ଧ କରି ଭ୍ରମର ମାୟା ଜାଲରେ ଫସି ଯାଆନ୍ତି ନାହିଁ । ଅତୀତ ଗତାୟୁ ଓ ଭବିଷ୍ୟତ ଏପର୍ଯ୍ୟନ୍ତ ଦ୍ୱାର ଦେଶରେ ଉପସ୍ଥିତ ହୋଇନାହିଁ । ଯଦି ଆମେ ଭ୍ରମ ଜାଲରେ ପଡ଼ି ବର୍ତ୍ତମାନକୁ ବି ନଷ୍ଟ କରିଦେବା, ତେବେ ଆମର ଭବିଷ୍ୟତ ମଧ୍ୟ ନଷ୍ଟ ହୋଇଯିବ । ମନେ ରଖିବା ଉଚିତ ବର୍ତ୍ତମାନର ଭିତ୍ତିଭୂମି ଉପରେ ହିଁ ଭବିଷ୍ୟତ ନିର୍ଭର କରିଥାଏ । ଯାହାର ବର୍ତ୍ତମାନ ନାହିଁ । ସେମାନନ୍କଙ୍କର ଭବିଷ୍ୟତ ଆସିବ କୁଆଡୁ, ଏ ମୁହୂର୍ତ୍ତରେ ଯାହା ଉପଯୁକ୍ତ ତାହା ବର୍ତ୍ତମାନ ହିଁ ବିଧାନ କର । ବିଜ୍ଞ ବ୍ୟକ୍ତିମାନେ ଅତୀତ ବିଷୟରେ ଅନୁଶୋଚନା କରନ୍ତି ନାହିଁ, ଯହା ଯାଇଛି ତାହା ଯାଇଛି । ସେଥ ପାଇଁ ଶ୍ଲୋକ ଅଛି- "ଅସ୍ମିନ କାଲେ ତୁ ଯଦ୍ୟନ୍ତ ତଦିଦାନୀ ବିଧୀୟତାମ୍ । ଗତଂ ତୁ ନାନୁଶୋଚନ୍ତି ଗତଂ ତୁ ଗତମେ ବହି ।"

ବର୍ତ୍ତମାନର ସମସ୍ୟା ଓ କଳଙ୍କକୁ ଲୁଚାଇବା ଲାଗି ଅତୀତର ଜୟଗାନ କରିବା ହେଉଛି ଆମମାନଙ୍କର ଏକ ଅତି ମଜ୍ଜାଗତ ଖୋଇ । ମଣିଷ ନିଜ ଭବିଷ୍ୟତ ବିଷୟରେ ଅନ୍ଧକାରରେ ଥିବାରୁ ଅତୀତ ବିଷୟରେ ବ୍ୟାଖିବାକୁ ଆଗ୍ରହୀ ହୋଇଥାଏ । ଅତୀତରୁ ସେ କୁଆଡ଼େ ବଞ୍ଚବାର ନୂଆ ନୂଆ ପ୍ରେରଣା ପାଏ ବୋଲି ଅନେକ ଲୋକ ମତ ଦିଅନ୍ତି । କିନ୍ତୁ

ଅଧିକାଂଶ ସମୟରେ ବିଶେଷ କରି ଭାରତରେ ଅତୀତ ଲୋକଙ୍କୁ ପ୍ରେରିତ କରିବା ଅପେକ୍ଷା ପରିଶ୍ରମ କାତର ଅଧିକ କରି ଚାଲିଛି । କେବଳ ସେତିକି ନୁହେଁ ଏହା ଲୋକମାନଙ୍କୁ ନିଜ ନିଜ ଭିତରେ ଲଢ଼ାଉଛି ଏବଂ ଉଭୟ ସାଧାରଣ ଲୋକ ଓ ନେତାଙ୍କୁ ନିଜ ନିଜ କର୍ତ୍ତବ୍ୟଠାରୁ ଲୁଟି ଭାଷଣବାଜି କରିବାରେ ବାହାନା ମଧ୍ୟ ଯୋଗାଇ ଦେଉଛି । ଅତୀତର ମୋହରେ ଆବିଷ୍ଟ ରହିବା ଆଦୌ ଗ୍ରହଣୀୟ ନୁହେଁ । ବର୍ତ୍ତମାନ ଓ ଭବିଷ୍ୟତ ପାଇଁ ଜଣେ ସଚେତନ ମଣିଷ ଭାବେ ଜୀବନ ବିତାଇବା ଆମର ଲକ୍ଷ୍ୟ ହେଉ । ଅତୀତ ହେଉଛି ବର୍ତ୍ତମାନର ଗତିଶୀଳତା ପାଇଁ ଏକ ପାଦଟୀକା । ସେଠାରୁ କିଛି ଶିକ୍ଷାଲାଭ କରାଯାଇ ପାରେ । କିନ୍ତୁ ତାକୁ ନେଇ ମୋହଗ୍ରସ୍ତ ହେଲେ ବର୍ତ୍ତମାନ ଓ ଭବିଷ୍ୟତ କ୍ଷତିଗ୍ରସ୍ତ ହେବାର ସବୁ ପ୍ରକାର ଆଶଙ୍କା ରହିଛି । ଅତୀତ ପ୍ରତି ଓ ଅତୀତର ଲୋକମାନଙ୍କ ପ୍ରତି ଆମର ପ୍ରବଳ ଆଗ୍ରହ । ଏପରି ଆଗ୍ରହ ଖରାପ ନୁହେଁ । ମାତ୍ର ସେ ଆଗ୍ରହ ଯଦି ବର୍ତ୍ତମାନର ଆମର ଆଗ୍ରହକୁ ଚପିଯାଏ । ତେବେ ଏକ ବିଚିତ୍ର ପରିସ୍ଥିତି ସୃଷ୍ଟି ହୁଏ ।

ଭାରି ଇଚ୍ଛାହୁଏ ଅତୀତକୁ ଫେରି ଯିବାକୁ । ପୁଣିଥରେ ପିଲାଟିଏ ହୋଇ ଯିବାକୁ । ମନ ଚାହେଁ ଜେଜେମା ପାଖରେ ବସି ବୁଢ଼ି ଅସୁରୁଣୀ ଗପ ଶୁଣିବାକୁ । ଆୟ୍ୟା ଡାକେ ରାକ୍ଷସ ଓ ରଜା ଝିଅ କଥା ମନେ ପକାଇବାକୁ । ପ୍ରାଣ ଲୋଡ଼େ କଳୁରାଇବେଣ୍ଟ କଥା ମନରେ ହେଜିବାକୁ । ଅନ୍ତର ଖୋଜେ ମା' କାଖରେ କାଖ ହୋଇ ମନ ଭୁଲାଣିଆ କଥା ଶୁଣି ସୁଦ୍ଧା ନଖାଇବା ପାଇଁ ଅଟଟ କରିବାକୁ । ହୃଦୟ ଆଶା କରେ ବାପାଙ୍କ କାନ୍ଧରେ ଚାନ୍ଦୁ ହୋଇ ଜହ୍ନ ଦେଖିବାକୁ । ଜେଜେକୁ ଘୋଡ଼ାକରି ତା' ପିଠିରେ ବସିବାକୁ ଆଉ ନାଉ ହେବାକୁ ତା' ପିଠିରେ । ଜେଜେମା କୋଳରେ ଶୋଇ ପଡ଼ିବାକୁ ତା' ଲୁଗା କାନି ଘୋଡ଼େଇ ହୋଇ । ଧୋ-ରେ -ବାଇଆ ଗୀତ ଶୁଣି ।

ଅତୀତ ଆଉ ଫେରିବ ନାହିଁ ବୋଲି ଜାଣି ସୁଦ୍ଧା ମଣିଷ ଜୀବନ ସାରା ନିଜ ଅତୀତକୁ ବାରମ୍ବାର ଝୁରି ହେଉଥାଏ । ତେଣୁ ଅତୀତ ପ୍ରତି ମଣିଷର ଆବେଗ କିଛି କମ ନୁହେଁ । ଏହାର କାରଣ ହେଉଛି, ମଣିଷ ନିଜର ଭବିଷ୍ୟତ ବାବଦରେ ସବୁବେଳେ ଅନ୍ଧାରରେ ଥାଏ ଏବଂ ବର୍ତ୍ତମାନର ସମ୍ମୁଖୀନ ହେବାକୁ ସେ ସବୁବେଳେ ଭୟକରେ । ତେଣୁ ଅତୀତ ସବୁବେଳେ ତା' ପାଇଁ ନିରାପଦ ଓ ସୁଖକର । ସାଧାରଣତଃ କୁହାଯାଇଥାଏ, ଯାହା ବିତି ଯାଇଛି ତାହା ସୁଖକର । ତେଣୁ ଅତୀତର ସ୍ମୃତିଚାରଣ କରି ସେ ଆନନ୍ଦିତ ଓ ମୋହବିଷ୍ଟ ହୁଏ । ଅତୀତରୁ ସେ କୁଆଡ଼େ ବର୍ତ୍ତମାନର ପରିସ୍ଥିତିରେ ବଞ୍ଚିବାର ନୂଆ ନୂଆ ପ୍ରେରଣା ପାଏ । ତେବେ ଏହା ଏକ ବିତର୍କର ବିଷୟ ନିଶ୍ଚୟ । ଶାସ୍ତ୍ରରେ ଅଛି ଅତୀତକୁ ସାକ୍ଷୀରଖି ଗଢ଼ିଯାଅ ବର୍ତ୍ତମାନ । ଅତୀତକୁ ମହିମା ମଣ୍ଡିତ କରି ସାମ୍ପ୍ରତିକ ସମୟରେ କୌଣସି ବିଷୟରେ ବିଶ୍ଳେଷଣ କରିବା ସମ୍ଭବ ନୁହେଁ । ପଛକୁ ଚାହିଁବାକୁ ହିଁ ପଡ଼ିବ । ଅତୀତର ପୃଷ୍ଠାରେ ହିଁ ବର୍ତ୍ତମାନର ସମସ୍ୟାର କାରଣ ଲୁଟି ରହିଛି । ସେହି ଅତୀତର ସମୀକ୍ଷାରୁ ଆଜି ସମସ୍ୟାର ସମାଧାନ ମିଳି ପାରିବ । ଅତୀତର ସମୀକ୍ଷା ମଧ୍ୟରେ ହିଁ ଅଛି ବର୍ତ୍ତମାନର ସମସ୍ୟାରୁ ମୁକ୍ତ ହେବାର ମନ୍ତ୍ର । ତେବେ ମଧ୍ୟ ଆମକୁ ମନେ ରଖିବାକୁ ହେବ ଯେ ଅତୀତରେ ସବୁକିଛି ସୁନ୍ଦର ଥିଲା ବା ନିର୍ଭୁଲ ଥିଲା କିମ୍ବା ଆଦର୍ଶ ପଣିଆରେ ଭରପୁର ଥିଲା– ଏହା କଦାପି ସତ ନୁହେଁ । ସେଠିରେ ଥିବା ଭୁଲ ଓ ଅନ୍ଧବିଶ୍ୱାସରେ ପ୍ରଭାବିତ ହେବାପରି କର୍ମ କରିବା ଆଦୌ ଠିକ୍ ନୁହେଁ । ଯାହା ଅତୀତ ତାହା ଇତିହାସ ହୋଇଯାଏ । ସମୟ ସ୍ରୋତରେ କ୍ରମେ ତାହା ବିସ୍ମୃତିରେ ହଜିଯାଏ । ତେଣୁ ଇତିହାସ ହେଉଛି ଯେକୌଣସି ଜାତି ପାଇଁ ପଛକୁ ଚାହିଁବାର ଏକ ଉପାଦାନ । ଜର୍ମାନ ଲୋକଙ୍କ ମତରେ- ଯେଉଁ ଜାତି ଅତୀତକୁ ମୁହଁ ଫେରାଇ ଯେତିକି ପଛକୁ ଚାହେଁ, ସେ ଜାତି ସେତିକି ଅନୁନ୍ନତ । ଏପରି ମାନସିକତା ଯୋଗୁ ବୋଧହୁଏ ଜର୍ମାନ ଦେଶ ଦ୍ୱିତୀୟ ବିଶ୍ୱଯୁଦ୍ଧରେ ଧ୍ୱସ୍ତବିଧ୍ୱସ୍ତ ହୋଇ ଯାଇଥିଲେ ସୁଦ୍ଧା ଆଜି ପୃଥ୍ୱୀର ଏକଶ୍ରେଷ୍ଠ, ଉନ୍ନତ ଦେଶରେ ପରିଣତ ହୋଇପାରିଛି । ସବୁବେଳେ ଅତୀତକୁ ଝୁରି ହେଉଥିବା ଲୋକମାନେ ସହଜରେ ବର୍ତ୍ତମାନକୁ ଭଲରୂପେ ଦେଖି ପାରନ୍ତି ନାହିଁ । ଅତୀତର ଉଜ୍ଜ୍ୱଳ ଆଲୋକରେ ସେମାନେ ଏପରି ଅନ୍ଧ ହୋଇ ଯାଇଥାଆନ୍ତି ଯେ କଥା କଥାକେ ବା ଭାଷଣ ମାଧ୍ୟମରେ ସେ କଥାକୁ ଅବତାରଣା କରି ବସନ୍ତି । ସମସ୍ତେ ଅତୀତକୁ ଝୁରନ୍ତି । ମନକୁ ଦୃଢ଼ କରିବା ପାଇଁ ଅତୀତର ଯଶଗାନ କରନ୍ତି ।

କାଳ କେବେ ବି କିଲାଟିଏ ଫୋଟି କାହା ପାଖରେ ଅଟକି ପାରେନା ଏବଂ ସାଙ୍ଗରେ ଆଉ କାହାରିକୁ ଅଟକାଇ ପାରେନା। କିନ୍ତୁ ତହିଁରୁ କିଛି ସ୍ମୃତି ଆମ ପାଖରେ ରହିଯାଏ ବୋଲି ଆମେ ଛଟପଟ ହେଉ। ସ୍ମୃତି ହେଉଛି ଅଟଳ ଅଧ୍ୟୁଲିପରି। ତାକୁ ଯାଚିଲେ ସେ ଯୁଗର ସଉଦା ଏ ଯୁଗରେ ମିଳେ ନାହିଁ।

ଅତୀତ ଉତ୍ତମ ଏବଂ ଭାରି ଉପାଦେୟ ଥିଲା। ପୃଥିବୀ ଥିଲା ଧନଧାନ୍ୟ, ସୁଖ ଶାନ୍ତି, ଶସ୍ୟ ସଂପଦ, ସତ୍ୟ ଓ ସୌହାର୍ଦ୍ଦରେ ଭରା। ଗାଈ ଗୋଟିଏ ପାଳିଲେ ଗୋଟେ ହେଉଥିଲା ଓ ଶସ୍ୟ ମୁଠାଏ ବୁଣିଲେ ବେତାଏ ହେଉଥିଲା। ବୋଉ ହାତରନ୍ଧା ତରକାରୀ ସବୁଠୁ ସୁଆଦିଆ ଲାଗୁଥିଲା। ଖାଲି ବୋଉ ହାତରନ୍ଧା ତରକାରୀ ନୁହେଁ ବୋଉ ହାତର ପତର ପୋଡ଼ା, ଶାଗ ଖରଡ଼ା, ବଡ଼ି ଚୁରା, ବାଇଗଣ ଭରତା, ଆଳୁଛେଚା, ନାଉ ସନ୍ତୁଲା, ବୋଇତାଳୁ ଘାଣ୍ଟ, କଖାରୁ ରାଇତା, ଭେଣ୍ଡି ଭଜା, ଜହ୍ନି ପୋଡ଼ା, ଛୁଇଁଶା ବେସର ଦିଆ, ରୁନା (ଭୁଷ) ମାଛ ହଳଦୀ ପାଣି, ବଡ଼ମାଛ ଝୋଲ, କାଞ୍ଜି ପାଣି, ରସୁଣ ଛୁଙ୍କ ଦିଆ ଡାଲି ବଘରା ସବୁକିଛି ଏବଂ କାର୍ତ୍ତିକ (ମାସ) କେତେ ପବିତ୍ର ଥିଲାଟି ସତେ। କେବଳ କାର୍ତ୍ତିକ ନୁହେଁ, କାର୍ତ୍ତିକର ପଞ୍ଚୁକ, ମକର, ତ୍ରିବେଣୀ, ଶ୍ରୀପଞ୍ଚମୀ, ଜାଗର, ହୋଲି, ଚଇତି ପୂର୍ଣ୍ଣମୀ, ବିଷୁବ (ପଣା) ସଂକ୍ରାନ୍ତି, ଅଶୋକାଷ୍ଟମୀ, ରାମନବମୀ, ସାବିତ୍ରୀ, ରଜ, ରଥ, ଗହ୍ମା, ଜନ୍ମାଷ୍ଟମୀ, ରାଧାଷ୍ଟମୀ, ଇନ୍ଦୁ, ପାର୍ବଣ, କୁଆଁର, ଶ୍ୟାମାପୂଜା ବା ଦୀପାବଳି। ସବୁଥିଲା ଶୁଦ୍ଧ, ପୂତଃ, ପବିତ୍ର ଓ ନିର୍ମଳ ତଥା ନିଷ୍ଠାପରରେ ଭରା। ଲାଗେ ଯେମିତି ଅତୀତଟା ଭାରି ନିରାପଦ। ଆବଡ଼ା ଖାବଡ଼ା ବାସ୍ତବତା ଭିତରୁ କେଜାଣି କାହିଁକି ଆମକୁ କେବଳ ଭଲ ଗୁଡ଼ିଏ ଦେଖାଯାଏ। ଯଶ ସାଉଁଲେଇବା ଅଭ୍ୟାସ ସମସ୍ତଙ୍କର। ସୁନାରେ ପୁତ୍‌ଦିଆ ହେଲା ପରି ସେଥିରେ କିଛି ମିଛ ମିଶେଇ ଆମେ ତାହା ଅଧିକ ଚିକ୍‌ଚିକ୍ କରେଇ ପାରୁ। "All Changes, even the most longed for have their melancholy, for what we leave behind us is a part of ourselves. It is not necessary to Change if survival is not mandatory" - W. Edwards Deming , Thank you Michelle.

ଅଭ୍ୟାସ ବଦଲେଇବାକୁ ସମସ୍ତେ କାତର ଏବଂ ବଞ୍ଚିବାକୁ ତତୋଧିକ ଆତୁର। ବଞ୍ଚିବାକୁ ଯଦି ଇଚ୍ଛା ନାହିଁ, ତା' ହେଲେ ନ ବଦଳ। ଆମ ଦେଶ ଭାରତ ବା ରାଜ୍ୟ ଓଡ଼ିଶାର ଗାଁ ଗଣ୍ଡାକୁ ଆଖି ପକାଇଲେ କେତେ ପରିବର୍ତ୍ତନର କେତେ ବିଚିତ୍ର ରୂପ ଦେଖିବାକୁ ମିଳୁଛି। ଆଗେ ଦାଣ୍ଡରେ ବୁଲୁଥିବା ଷଣ୍ଢ ଏବେ ହାଇଓ୍ୱେରେ ଶୋଇ ଘୁଡ୍‌ଘୁଡ଼ି ମାରୁଛି। ଆଗେ ହିଡ଼ରେ ରାସ୍ତା ହେଉଥିଲା ଏବଂ ଏବେ ରାସ୍ତାରେ ଖଳାକାମ ଚାଲିଛି। ଅଧାଲଙ୍ଗଳା ସାଧୁମାନେ ବି କୌପୁନୀରେ ସେଲଫୋନ ଧରି ବୁଲୁଛନ୍ତି। ହାଟ ବଜାରଠାରୁ ଅଧିକ ବେଶୀ ତେରିମେରି ଦେଖିବାକୁ ମିଳୁଛି ପାର୍ଲାମେଣ୍ଟ କି ଆସେମ୍ବ୍ଲି ଭିତରେ ଚପଲ ଫିଙ୍ଗା ଫିଙ୍ଗି ଚାଲିଛି। ଆଗ ଜମାନାର 'ପାଞ୍ଚ ଆଇନ' ଆଉ କାମ ଦେଉନି। ଟିକେ କଡ଼େଇ ଦେଇ ପବ୍ଲିକ୍‌ରେ ଏକ କରିବା ସୁଚାରୁରୂପେ ସମ୍ଭବ ହେଉଛି। ଚାରିଆଡ଼େ ବଦଲା ବଦଲା ରୂପ। ଏବେ କିଏ ମନା କରି ପାରିବ ଆମେ ସ୍ୱାଧୀନ, ଆଧୁନିକ ଓ ସଭ୍ୟ ନୋହୁଁ ବୋଲି। ଅଭ୍ୟାସ ବଦଲାଇବାକୁ କେହି ଭଲ ପାଆନ୍ତି ନାହିଁ। ମାତ୍ର ବଞ୍ଚି ରହିବାକୁ ଯାଛଡ଼ା ସାଧନ ଆଉ କିଛି ନାହିଁ। ଆମ ପରି ସ୍ୱାଧୀନ ଓ ଗଣତାନ୍ତ୍ରିକ ଭାରତରେ ଏକଥା ସମସ୍ତେ ଯେତେ ବୁଝନ୍ତି ଆମେ ଓଡ଼ିଆମାନେ ତହିଁରୁ ଢେର କମ ବୁଝୁ। ଜାତିର ସଂପଦ କ'ଣ ପଚାରିଲେ ଉତ୍ତର ମିଳେ– ଜଗନ୍ନାଥ। ପରିଚୟ ପ୍ରତିଷ୍ଠା କରିବା ପ୍ରୟାସ ପ୍ରାୟ କିଛି ନାହିଁ।

ଅଧିକାଂଶ ସମୟରେ ଆମେମାନେ ଅତୀତକୁ ନେଇ ଅନେକ ଆକାଶ ଛୁଆଁ କଥା କହୁ। ସେତେବେଳେ ଆମେମାନେ ଏତେ ଭାବପ୍ରବଣ ହୋଇ ଯାଉ ଯେ ନିଜର ସ୍ଥିତାବସ୍ଥା ଓ ହିତାହିତ ଜ୍ଞାନ ଭୁଲିଯାଉ। ଅନେକ ଲୋକ କହନ୍ତି ଆମର ପୂର୍ବେ ଜମିଦାରୀ ଥିଲା ଓ ଆମେ ଏକ ଜମିଦାର ପରିବାରର ବଂଶଧର। ଏଭଳି କହି ସେମାନେ ବହୁତ ଗର୍ବ ଅନୁଭବ କରନ୍ତି। ଏବେ କିନ୍ତୁ ସେସବୁ ନଥିଲେ ମଧ୍ୟ ସେହି ଅତୀତର କଥାକୁ ବୃଥା ସ୍ମରଣ କରି ସେହି ସାମନ୍ତବାଦ

ସୁଲଭ ଆଚରଣ କରି ଓ ସେହି ମାନ୍ଧାତା ଅମଳର ବାକ୍ୟାଳପ ଦ୍ୱାରା ସେମାନେ ସମାଜରେ ଉପହାସିତ ହୁଅନ୍ତି। ବର୍ତ୍ତମାନ କିଛି କାମ ଧନ୍ଦା ନକରି, ପୂର୍ବ ପୁରୁଷଙ୍କ ଧନରେ ମଉଜ କରି, ପୂର୍ବ ପୁରୁଷଙ୍କ ଜରାଜୀର୍ଣ୍ଣ କୋଠାରେ ସେମାନେ ଅକର୍ମାଙ୍କ ପରି ବଞ୍ଚ ରହନ୍ତି। ସେଥିପାଇଁ ତ କବିବର ଲେଖିଲେ- ପୂର୍ବ ପୁରୁଷର କୀରତି ବିଶାଳ, ବିକିଭାଙ୍ଗି ଖାଉଥିବ କେତେ କାଳ। ସେମାନେ ଆଚରଣରେ, ଉଚ୍ଚାରଣରେ ଅଯଥା ବୃଥା ଆଭିଜାତ୍ୟର ବଡ଼ିମା ଦେଖାଇ ବର୍ତ୍ତମାନର ସମ୍ମୁଖୀନ ହୋଇପାରନ୍ତି ନାହିଁ। ଏହା ନିଷ୍ଠୁର ଭାବରେ ସେମାନଙ୍କର ବ୍ୟର୍ଥ ଅତୀତ। ଏବେ ସେସବୁର ବିଭବ ନାହିଁ, ଉଦ୍ୟୋଗ ନାହିଁ, କର୍ମ ପ୍ରବଣତା ନାହିଁ ଓ ମୋଟା ମୋଟି ସେ ବେଳର ସୌଭାଗ୍ୟମୟ ସମୟ ବି ନାହିଁ। ତାହା ହେଲେ ଆଜି ଆଉ ଅଛି କ'ଣ? ଅଛି କଣ କେବଳ ବକ୍ତୃତାର ଆଡ଼ମ୍ବର, ଜ୍ଞାନର- ଅହମିକା, କର୍ମ ନିସ୍ସାର ବିଡ଼ମ୍ବନା। ସଭାସମିତିର ପ୍ରହସନ। ବ୍ୟସ୍ତ ବିବ୍ରତ ଜୀବନଚର୍ଯ୍ୟା। ଦେଖାଶିଖା ଆଚରଣ। (ପରସ୍ପର) ଅନ୍ୟ ପ୍ରତି ଈର୍ଷା ଓ ବିଧୁ ବିଧାନର ବୃଥା ପ୍ରବଞ୍ଚନା। ଏ ବିଷୟରେ ସମୀକ୍ଷା କରିବାର ଆବଶ୍ୟକତା ରହିଛି। ଯଦି ଅତୀତର ଉତ୍ସବ ଆମକୁ ବର୍ତ୍ତମାନର ପରିପେକ୍ଷୀରେ କର୍ମତତ୍ପର ନକରି ପାରିଲା। ତେବେ ସେଇ ଅତୀତକୁ ନେଇ ଭାବ ବିହ୍ୱଳ ହେବା ଏକ ପ୍ରକାର ପାଗଲାମି ନୁହେଁ କି? ଅତୀତ ପ୍ରତି ଅତ୍ୟଧିକ ଉନ୍ମୁଖ ହୋଇ ବର୍ତ୍ତମାନର ଆହ୍ୱାନକୁ ଅଣଦେଖା କରିବାର ଆବଶ୍ୟକତା କେଉଁଠି? ଆସନ୍ତୁ ଏହି ପ୍ରଶ୍ନଟି ଆମେ ଏବେ ନିଜକୁ ପଚାରିବା। ଯେଉଁ ମଣିଷମାନେ ଅତୀତରୁ ଶିକ୍ଷା ନେଇ ନିଜର ବର୍ତ୍ତମାନକୁ ଯେମିତି ସଂଶୋଧନ କରିପାରନ୍ତି ନୂଆ ଦିଗରେ ନେଇପାରନ୍ତି ସେମାନେ ସେତିକି ଭଲ ମଣିଷ ଭାବରେ ବଞ୍ଚନ୍ତି, ଏଇଟା ନିରାଟ ସତ୍ୟ।

କଳିଙ୍ଗ ଯୁଦ୍ଧକୁ ନେଇ ଆଲୋଚନା କରି ଲୋକମାନେ ଛାତି ଫୁଲାନ୍ତି। ଗର୍ବ କରନ୍ତି ଯେ ଆମେ ଚଣ୍ଡାଶୋକକୁ ଧର୍ମାଶୋକରେ ପରିବର୍ତ୍ତନ କରି ଦେଇଥିଲୁ। ଗର୍ବ କରନ୍ତୁ, କିନ୍ତୁ ଆଉ କେତେ ଦିନ? ଅତୀତର କଥାକୁ ନେଇ ଗର୍ବ କରିବା କ'ଣ ଏକ ପେସାକି? ଏହା ଦ୍ୱାରା କିଛି ରୋଜଗାର ହୁଏକି? ଏହା ଲୋକମାନଙ୍କ ମୁହଁକୁ ଦାନା ଦିଏ ନାହିଁ କିମ୍ବା ଦେହକୁ କନା ଦିଏ କି? ତେଣୁ ଅତୀତକୁ ନେଇ ଗର୍ବ କରିବା ଅପେକ୍ଷା ଗର୍ବ କରିବା ଭଳି ନୂଆ କିଛି କାମ ବର୍ତ୍ତମାନ ଆମର ଲକ୍ଷ୍ୟ ହେଉ, ମାତ୍ର ସେକଥା କାହାରି ମନେ ରହେ ନାହିଁ। କାରଣ ଆମେ କର୍ମଭୀରୁ, ପରିଶ୍ରମ କରି କାମ କରିବା ଅପେକ୍ଷା ଭାଷଣ ଦେବାର କଳା ଆଜିକାଲି ଆମମାନଙ୍କୁ ଅଧିକ ଜଣା।

ଆଜିର ମଣିଷ କାହିଁକି ଅତୀତ ମନସ୍କ ହୁଏ। ଏଭଳି ଏକ ପ୍ରଶ୍ନ ଆଜି ଆମ ମନରେ ଉଙ୍କି ମାରିବା ସ୍ୱାଭାବିକ। ଏହାର କାରଣ ହେଉଛି, ଯେଉଁମାନେ ଯୋଜନାବଦ୍ଧ ଭାବରେ ବର୍ତ୍ତମାନ ପରିସ୍ଥିତିରେ କିଛି କରି ପାରୁନାହାନ୍ତି, ସେମାନେ ଅତୀତର ଗୁଣାବଳିକୁ ସ୍ମରଣ କରି ନିଜକୁ କେବଳ ସାନ୍ତ୍ୱନା ଦେଉଛନ୍ତି। ଯେଉଁମାନଙ୍କ ମନରେ ଅତୃପ୍ତିର ଦୀର୍ଘଶ୍ୱାସ ରହିଛି, ସେମାନେ ବର୍ତ୍ତମାନ ଅବସ୍ଥାରେ ସ୍ୱଅର୍ଜିତ ଦୁଃଖରେ ଜୁଡ଼ୁବୁଡ଼ୁ। ସେସବୁରୁ ସାମୟିକ ମୁକ୍ତି ପାଇଁ ସେମାନେ ଯାଇ ଅତୀତର ଖୋସା ଭିତରେ ଆତ୍ମଗୋପନ କରିଥାନ୍ତି। ବର୍ତ୍ତମାନର ଅବସ୍ଥାରେ କୂଳକିନାରା ପାଉନଥିବା ପଳାୟନପନ୍ଥୀ ମଣିଷମାନେ ଅତୀତକୁ ଜାବୁଡ଼ି ଧରି ବାହୁନନ୍ତି। ସେମାନେ ସ୍ଥିତାବସ୍ଥାରେ ଅନୁକୂଳ ଅବସ୍ଥା ବାବଦରେ ସନ୍ଦିହାନ ହୁଅନ୍ତି। ବର୍ତ୍ତମାନର ସକଳ ପ୍ରୟାସକୁ ନାକାରାତ୍ମକ ବା ନାସ୍ତିବାଚକ ଅର୍ଥରେ ଗ୍ରହଣ କରି ବିଚଳିତ ହୋଇ ପଡ଼ନ୍ତି। ଆଗରେ ଲମ୍ଥିଥିବା ଜୀବନର ରଙ୍ଗୀନ, ମଧୁମୟ ଓ ସୁବାସିତ ସମୟକୁ ବୁଝି ପାରନ୍ତିନାହିଁ। ଅତୀତ ସବୁବେଳେ ମୃତ। ବକ୍ତୃତାରେ ଯେତେ ଉଦାହରଣ ଦେଇ କହିଲେ ବା ପ୍ରବନ୍ଧରେ ଯେତେ ଉପଲକ୍ଷ୍ୟ ଥୋଇ ଯେତେ ବାଗେଇ ବନେଇ ଚୁନେଇ ଲେଖିଲେ ସୁଦ୍ଧା ପ୍ରକୃତରେ ଅତୀତର ଜୀବନ ସ୍ପନ୍ଦନ ନାହିଁ। ତାକୁ ନେଇ ମୋହଗ୍ରସ୍ତ ହେଲେ ମଣିଷର ବର୍ତ୍ତମାନ ଓ ଭବିଷ୍ୟତ ଭୟଙ୍କର ଭାବେ କ୍ଷତି ହୁଏ, ତାହା ବିଗିଡ଼ି ଯାଏ। ଅତୀତ ସୁଖନତାକୁ ପରିହାର କରି ଭବିଷ୍ୟ ଦୃଷ୍ଟି ସଂପନ୍ନ ହୋଇ ବର୍ତ୍ତମାନର ଆହ୍ୱାନକୁ ସ୍ୱୀକାର କରି କର୍ମପ୍ରବଣ ହେବା ବାଞ୍ଛନୀୟ। ସେଥିପାଇଁ ଅତୀତର ମୋହରୁ ନିଜକୁ ମୁକ୍ତ

କରିବାର ଆବଶ୍ୟକତା ରହିଛି । ବର୍ତ୍ତମାନ ପରିପ୍ରେକ୍ଷୀରେ ଯାହା ଆହ୍ୱାନ ହୋଇ ଠିଆ ହୋଇଛି । ସେସବୁ ଶାନ୍ତ ଓ ସନ୍ତୁଷ୍ଟ ଚିତ୍ତରେ ସ୍ୱୀକାର ଓ ସଂପାଦନ କରିବା ସବୁ ଦୃଷ୍ଟିରୁ ମଙ୍ଗଳକର । ଅତୀତର ଗୁଣଧ ବନ୍ଦାପନା କରିବା ହେଉଛି ଓଡ଼ିଆ ଜାତିପରି ଅନେକ ଐତିହ୍ୟ ସଂପନ୍ନ ଜାତିର ଏକ ସହଜାତ ପ୍ରବୃତ୍ତି । କିନ୍ତୁ କେବେ ଦିନେ ଆମ ଓଡ଼ିଆ ଜାତି କୋଣାର୍କ ପରି ବିଶ୍ୱ ଐତିହ୍ୟ ନିର୍ମାଣ କରିଥିଲା ବୋଲି ଭାବି ଆଳସ୍ୟ ଭିତରେ ବର୍ତ୍ତମାନର ଜୀବନକୁ ଅତିବାହିତ କରିଦେବା କଦାପି ଶ୍ରେୟସ୍କର ନୁହେଁ । ମନେରଖିବା ଉଚିତ ଯେ ଅତୀତ ହେଉଛି ବର୍ତ୍ତମାନର ଗତିଶୀଳତା ପାଇଁ ଏକ ପାଦଟୀକା, ଏକ ପ୍ରେରଣା ମାତ୍ର । ନିଜ ଜୀବନକୁ ଅର୍ଥପୂର୍ଣ୍ଣ ନକରି ସେହି ଅତୀତର ମୋହରେ ଅବିଷ୍ଟ ରହିବା ଆଦୌ ଗ୍ରହଣୀୟ ନୁହେଁ । ଏଣୁ ଏହି ନୂତନ ଜୀବନରେ ବର୍ତ୍ତମାନ ଓ ଭବିଷ୍ୟତ ସଚେତନ ମଣିଷଟିଏ ହେବାକୁ ଚେଷ୍ଟା କରିବା ହିଁ ଆମମାନଙ୍କ ଜୀବନର ଲକ୍ଷ୍ୟ ହେଉ ।

ଅତୀତ । ନା, ସେ ସମୟ ଆଉ ଫେରେନା । ଫେରି ପାରିବନି । ଫେରିବା ସମ୍ଭବ ନୁହେଁ । ଅଣ ଲେଉଟା ସେ ସମୟ । ଅପହଞ୍ଚ ସେ ଇଲାକା । ଅଫେରା ସେ ବୟସ । ଅଣ ବାହୁଡ଼ା ସେ ବେଳ । ମନ କିନ୍ତୁ ତାକୁ ଭାଲିହୁଏ । ତା'ଲାଗି ବ୍ୟାକୁଳ ହୁଏ । ଆକୁଳ ଚିତ୍ତରେ ତାକୁ ଖୋଜିବସେ । ସେ କିନ୍ତୁ ଫେରେନା । ରୂକୁଣା ରଥପରି ଅଣବାହୁଡ଼ା (ଅଣଲେଉଟା) ସେ ସମୟ ।

ଶେଷ ଶୈଶବର ସ୍ମୃତି । କୈଶୋରର ଅନୁଭୂତି । ପୌଗଣ୍ଡର ଅନୁଭବ । ଆଦ୍ୟ ଯୌବନର ପହିଲି ଦିନଗୁଡ଼ିକର ଅଭୁଲା ଘଟଣାବଳୀ । ପ୍ରଥମ ପ୍ରଣୟିନୀ ପରଶର ମାଦକତା ମନଟାକୁ ଭୁଲି ପାରେନା । ପ୍ରାଣ ପାସୋରି ଦିଏନା । ଆତ୍ମା ତା'ଲାଗି ବ୍ୟାକୁଳ ହୁଏ । ଆକୁଳ ହୃଦୟରେ ଅଥୟ ହୁଏ ଅନ୍ତର । ଫେରିଯିବାକୁ ଉପାୟ ନଥାଏ । ସେ କିଂ କର୍ତ୍ତବ୍ୟ ବିମୂଢ଼ ହୋଇ ଚାହିଁ ରହେ, ଅନାଇଥାଏ । ଆଉ ତାକୁ ଖାଲି ମନେ ପକାଏ । ହୃଦୟ ଭିତରେ ଗୁଣିହୁଏ ସେ ଅନୁଭୂତିକୁ, ଅନୁଭବକୁ, ମାଦକତାକୁ, ଅତୀତକୁ । ଅତୀତର ଘଟଣାକୁ ଯାହା ଘଟିଥାଏ ତା' ଜୀବନରେ । ସେ ସମୟକୁ, ସେ ବୟସକୁ, ପିଲାବେଳକୁ, ପିଲାଦିନର ସ୍ମୃତିକୁ ।

ଦେହରେ ଘା'ଟିଏ ହେଲେ ଶୁଖିଯାଏ । କିଛି ଦିନ ପରେ ତା'ର ଚିହ୍ନବି ଲିଭିଯାଏ । ବେଳେ ବେଳେ ଚିହ୍ନ ଲିଭିବାକୁ କିଛି ମଲମ ବା ଔଷଧ ମଧ୍ୟ ବ୍ୟବହାର କରୁ । ହେଲେ ମନରେ କ୍ଷତଟିଏ ହେଲେ ବା ଦାଗ ଲାଗିଲେ ଲିଭିବା ଭାରି କଷ୍ଟ । ଏମିତି ବହୁ ଛୋଟ ବଡ଼ ଦାଗ ଲାଗିଛି ଆମ ମନରେ । ଜନ୍ମରୁ ଏଯାଏ କେତେ ଘଟଣା ଦୁର୍ଘଟଣାକୁ ଆମେ ଅତିକ୍ରମ କରି ଆସିଛନ୍ତି । ତା' ମଧ୍ୟରୁ କେତେକ ଦାଗ ଟିକିଏ ଗାଢ଼ ଆଉ କେତେକ ହାଲୁକା । ଯେମିତି ଦେହକୁ ଅନେଇଲେ ମନେ ପଡ଼େ– ଅମୁକ ଜାଗାରେ ଝୁଣ୍ଟି ପଡ଼ିଥିଲି । ଆଣ୍ଟୁ ଖଣ୍ଡିଆର ଚିହ୍ନ ଦିଶୁଛି । କୋଉଠି ସାଙ୍ଗଟିଏ ଟେକା ମାରିଲା । ସେ ଚିହ୍ନ ଗୋଟିଗୋଟି କରି ଦେଖାଯାଏ । ଆମେ ତାକୁ ସ୍ମୃତି ବୋଲି କହୁ । ମନର ଏହି ଦାଗ ଗୁଡ଼ିକ ନଡ଼ିଆ ଓ ତାଳ ଗଛର ବାହୁଙ୍ଗା ପରି ପୁରୁଣା, ନଡ଼ିଆ ଗଛର ମୂଳକୁ ଦେଖିଲେ ବାହୁଙ୍ଗା ଚିହ୍ନ ସବୁଥିବ । ବାହୁଙ୍ଗାଟିଏ ପ୍ରଥମେ ନୂଆ କରି କଅଁଲେ । ଗଛ ପାଇଁ ଖାଦ୍ୟ ଯୋଗାଡ଼ କରେ । ତା' ପରକୁ ପର ତା'ର ନୂଆ ବାହୁଙ୍ଗା ବି କଅଁଳୁଥାଏ । ପ୍ରତିଟି ବାହୁଙ୍ଗା କ୍ରମେ କ୍ରମେ ବୁଢ଼ା ହୋଇଯାଏ । ଶେଷରେ ଖସିପଡ଼େ । ଗଛରୁ ଖସିପଡ଼ିଥିବା ବାହୁଙ୍ଗାଟି ଗଛ ପାଇଁ ଚିହ୍ନଟିଏ ରଖିଯାଏ । ଗଛ ଯେତିକି ବଡ଼ ହୁଏ ଚିହ୍ନ ସେତିକି ଲିଭିଲିଭି ଆସେ । ସେମିତି ଆମ ଜୀବନ । ପ୍ରତିଟି ମୁହୂର୍ତ୍ତରେ ଆମେ କେତେ ସମସ୍ୟାର ସମ୍ମୁଖୀନ ହେଉ । ଏସବୁ ନଡ଼ିଆ ଗଛର ବାହୁଙ୍ଗା ଭଳି । ଘଟଣା ଠାରୁ ଦିନ ଯେତିକି ଯେତିକି ଦୂରେଇ ଯାଉଥିବ ସ୍ମୃତି ସେତିକି ସେତିକି ଲିଭି ଆସୁଥିବ । ଆମେ ଯୋଉ ଘଟଣା ସହିତ ଯେତିକି ଅଧିକ ପରିମାଣରେ ଜଡ଼ିତ ଥାଉ । ସେହି ଘଟଣା ସେତିକି ଗାଢ଼ ହୋଇ ମନରେ ଥାଏ । ଯେମିତି ସ୍ଲେଟରେ ଲେଖିଲା ବେଳେ ହାଲୁକା କରି ଲେଖିଲେ ଶୀଘ୍ର ଲିଭିଯାଏ । ଗାଢ଼ କରି ବା ମାଡ଼ିକି ଲେଖିଲେ କଷ୍ଟରେ ଲିଭେ ।

ସ୍ମରଣ ଓ ତତ୍‌ଜନିତ ମାନସିକ ପ୍ରତିକ୍ରିୟାରୁ ବ୍ୟକ୍ତିତ୍ୱର କିସମ ମପା ଏକ ସଟିକ୍‌ ପରିଣତି । ସ୍ମତି ଯେ ସର୍ବଦା ଆନନ୍ଦ ଦାୟକ ତା' ଆଦୌ ନୁହେଁ । କିଛି ସ୍ମୃତି ଯେ କିଛି ମଣିଷକୁ ଜୀବନବ୍ୟାପୀ ଦଗ୍‌ଧ କରୁଥାଏ ୟେ ଆଦୌ ଏକ ଅମୂଳକ କଥା ନୁହେଁ । ଗୀତାରେ ସେଇଥ୍ୟପାଇଁ କୁହାଯାଇଛି "ଗତାସୂନ ଗତାସୁଁଣ ନାନୁଶୋଚନ୍ତି ପଣ୍ଡିତାଃ।" ଯାହା ଅତୀତ ହୋଇ ଯାଇଛି ତା'ର ଶୋଚନା ଜ୍ଞାନୀ କରେନାହିଁ । ମାତ୍ର କେତେ ଲୋକ ଏମିତି ତ ଉଲ କରି ଅସୁଖ ଜାଗ୍ରତକାରୀ ସ୍ମୃତିକୁ ବିସୋରି ଦେଇ ପାରନ୍ତି ? ପାସୋରି ଦେଇପାରନ୍ତି । ବଡ଼ କଷ୍ଟ କଥା ୟେ ବରଂ ଏକୁ ଏକ ସାଧନା କୁହାଯାଇପାରେ । କବିବର ସେଇଥ୍ୟ ପାଇଁ ଲେଖିଲେ "ସ୍ମୃତି ତ କଦାପି ନୁହେଁ ଫିଙ୍ଗିବାର, ପାରିଲେ ଫିଙ୍ଗି ସେ ଲଭନ୍ତା ନିସ୍ତାର" (ନନ୍ଦିକେଶରୀ) ହଜି ଯାଇଥିବା କେତେ ପ୍ରାଣଛୁଆଁ ଗାଥା ଓ କଥା ମନକୁ ଚହଲାଇ ଦିଏ ଯେମିତି ସଦ୍ୟ ଘଟୁଥିବା ଦୁଃଖଦ ଘଟଣା ପରି ଲୁହବି ବୁହାଇ ଦିଏ ସେମିତି ।

ଅତୀତ ବେଳେବେଳେ ଆସି ତା' ଆଗରେ ଉଭାହୁଏ । ମୂର୍ତ୍ତିମନ୍ତ ହୋଇ ତାକୁ ଡାକେ । ଆହ୍ୱାନ କରେ । ଇସାରା ଦିଏ, ହାତଠାରେ, ଆ, ମୋ ସହିତ ଖେଳିବୁ, ନାଚିବୁ, ଗାଇବୁ, ଡେଇଁବୁ, କଙ୍କି ଧରିବୁ, ପ୍ରଜାପତି ପଛରେ ଗୋଡ଼ାଇବୁ । ଭାଁରମାନଙ୍କୁ ହୁରୁଡ଼ାଇବୁ, ବନ୍ଦିର କ୍ଷୀରରେ ଫୋଟକା କରି ଉଡ଼ାଇବୁ, ମୋ କୋଳରେ ଶୋଇବୁ, ପିଲାମାନେ ଯେପରି ଶୁଅନ୍ତି ଜେଜେମାଙ୍କ କୋଳରେ, ତା କାନି ଢାଙ୍କି ହୋଇ । ଗୀତ ଶୁଣିବୁ ଧୋଅରେ ବାଇଆ ଗୀତ । ଶିଶୁମାନେ ଯେଉଁ ଗୀତ ଶୁଣନ୍ତି । ଗପ ଶୁଣିବୁ । ଛୁଆମାନେ ଯେଉଁ ଗପ ଶୁଣିଥାଆନ୍ତି । ରଜା ଝିଅ ଓ ବୁଢ଼ି ଅସୁରୁଣୀ କଥା । ପିଲାଟିଏ ହୋଇଯିବୁ । ଯେମିତି ହୋଇଥିଲୁ ବାଲ୍ୟ ବେଳେ । ସେମିତି ମିଶିଯିବୁ ମୋ ଦେହରେ । ମୋ ଶରୀରରେ ବିଲୀନ ହୋଇଯିବୁ । ନିଜସ୍ୱ ସତ୍ତା ହରାଇ ଦେବୁ । ନିଜର ସ୍ୱାତନ୍ତ୍ୟତା ରଖିବୁ ନାହିଁ । ଆପଣାର ମୌଳିକତା ହଜାଇ ଦେବୁ ସେମିତି । ଯେମିତି ସେତେବେଳେ କରୁଥିଲୁ, ହେଉଥିଲୁ ମୋସହିତ । କିନ୍ତୁ ସେ ପାରେନା ।

ଧବଳେଶ୍ୱରୀଙ୍କ ମନ୍ଦିର ମୁଖଶାଲାରେ ବସି ସୁନି ଭାବୁଥିଲା । ଚାହିଁ ରହିଥିଲା ପିଲାମାନଙ୍କୁ । ଯେଉଁମାନେ ପଡ଼ିଆରେ ଖେଳୁଥିଲେ । ସେ ଖେଳ ଆଢ଼କୁ ଏବଂ ମନ୍ଦିର ସାମ୍ନା ଦେଇ ତାଙ୍କ ଗାଁକୁ ପଢ଼ିଥିବା ରାସ୍ତାକୁ ।

ପିଲାମାନଙ୍କ ଖେଳଦେଖି ନିଜ ପିଲାବେଳର ସ୍ମୃତି ତାର ମନେ ପଡ଼ୁଥିଲେ ସୁଦ୍ଧା ସେ ସେଥିରେ ଖୁସି ହୋଇ ପାରୁ ନଥିଲା । ସେମାନଙ୍କ ଉପରକୁ ଚିଢ଼ି ଉଠୁଥିଲା । ବିରକ୍ତ ହେଉଥିଲେ ସୁଦ୍ଧା ବିରକ୍ତି ଭାବ ପ୍ରକାଶ କରି ପାରୁନଥିଲା ବାହାରକୁ । ନିଜର ବିରକ୍ତି ଭାବକୁ ମନ ଭିତରେ ଗୋପନ ରଖି ଖେଳ ପଡ଼ିଆ ଓ ରାସ୍ତା ଆଢ଼କୁ ଅନାଇ ବସିଥିଲା ।

ତା' ଭାଇ ସୁରିଆ ମଧ୍ୟ ଖେଳୁଛି ଗାଁ ପିଲାମାନଙ୍କ ସହିତ । ଗୋଟିଏ ଗାଁର ପିଲା ଖେଳୁଛନ୍ତି । ପ୍ରତିଯୋଗିତାତ୍ମକ ଖେଳ ନୁହେଁ । ମିଲିମିଶି ଖେଳୁଥିଲେ । ଖୁସି ବାସିଆ ଯଦିଓ ଏ ଖେଳରେ ହାର-ଜିତର ଆଶାରଖି ସେମାନେ ଖେଳୁଛନ୍ତି । ସେ ପ୍ରତିଯୋଗିତା ସଂଘର୍ଷ ମୂଳକ ନ ହୋଇ ନିଜ ନିଜ ଭିତରେ ବନ୍ଧୁତ୍ୱପୂର୍ଣ ପ୍ରତିଯୋଗିତା । ଦ୍ୱନ୍ଦ୍ୱାତ୍ମକ ନୁହେଁ, ପିଲାଖେଳ ପରି, ଚପଳ ବୟସ ବେଳର ।

ସଂସାରରେ ପ୍ରତିଯୋଗିତା ଲାଗିଥିଲେ ସୁଦ୍ଧା, ଦୁନିଆ ପ୍ରତିଯୋଗିତା ପାଇଁ ଉପଯୁକ୍ତ କ୍ଷେତ୍ର ହୋଇଥିଲେ ମଧ୍ୟ, ସବୁକ୍ଷେତ୍ରରେ ସବୁ ପରିସ୍ଥିତିରେ, ସବୁବେଳେ ପ୍ରତିଯୋଗିତା ମନୋଭାବ ନେଇ ସବୁକାମ କରାଯାଏନା । ଯେଉଁଠି ନିଜକୁ ପ୍ରତିଷ୍ଠିତ କରି ସେହି ପ୍ରତିଷ୍ଠା ବଳରେ ସେଇ ଖାତିରେ ନିଜର କୌଣସି ବ୍ୟକ୍ତିଗତ ଫାଇଦା ଉଠାଇ ହୁଏ ନାହିଁ । ଯେଉଁଠି କେବଳ ଦେବାକୁ ପଡ଼େ, କିଛି ପାଇବାର ଆଶା ନଥାଏ ବରଂ ହରାଇ ବସିବାର ଆଶଙ୍କା ରହିଥାଏ ଅଧିକ । ସାମାନ୍ୟ ଧରଣର କିଛି ମିଳିବାର କୌଣସି ସୁରାକ ଦୃଷ୍ଟିରେ ପଡ଼େନା । କିଛି ହାସଲ କରିବାର ସମ୍ଭାବନା କିୟା ସୁଯୋଗ ନଥାଏ । ଏପରି କ୍ଷେତ୍ର ଯଥା ସଞ୍ଚୟ କରି ରଖିଥିବା ପାଣିରୁ ଗରିବଙ୍କୁ ଅର୍ଥଦାନ । ନିଜେ ନଖାଇ ଭୋକିଲାକୁ ଅନ୍ନଦାନ । ନିଜ ଲାଗି ଆଣିଥିବା ପାଣିରୁ ତୃଷିତକୁ ଜଳ ଦାନ । ଆଉ ରୋଗୀର ସେବା କରିବା, ବିପଦ ଗ୍ରସ୍ତକୁ ସାହାଯ୍ୟ କରିବା,

ଅସହାୟ ପଛରେ ଠିଆହୋଇ ସହାନୁଭୂତି ପ୍ରଦର୍ଶନ କରିବା, ସହଯୋଗର ହାତ ବଢ଼ାଇ ଦେବା ଆବଶ୍ୟକ ହେଉଥିବା କ୍ଷେତ୍ର ଆଡ଼କୁ। ପ୍ରତିଦାନ ଆଶା ନରଖି କିଛି ଦାନ। କିଛି ନ ପାଇ ଓଲଟି ଦେବା, ଏମିତି କେତେ।

ସ୍ୱାର୍ଥ ପାଇଁ ଲଢ଼େଇ ଏକ ଆଦିମ, ପ୍ରକୃତିଗତ ପରିଣତି। ତ୍ୟାଗରେ, ନିବୃତ୍ତିରେ ଲଢ଼େଇ କାହିଁ, ତେବେ ସ୍ୱାର୍ଥ ଓ ସୁବିଧା ହାସଲ ନେଇ ଲଢ଼େଇ ଆଦିମ କାଳରୁ ଅତ୍ୟାଧୁନିକ ଯୁଗଯାଏ ବ୍ୟାପ୍ତ।

ଦାନ– ମୁଖ୍ୟତଃ ତିନି ପ୍ରକାର। ନିତ୍ୟ, ନୈମିଭିକ ଓ କାମ୍ୟ। ପ୍ରତିଫଳର ଆଶା ନରଖି ପ୍ରତିଦିନ ଯେଉଁ ଦାନ କରାଯାଏ, ତାହାକୁ ନିତ୍ୟଦାନ କୁହାଯାଏ। ବିଶେଷ ଅବସରରେ ଯେଉଁ ଦାନ ଦିଆଯାଏ, ତାହାକୁ ନୈମିଭିକ ଦାନ ଏବଂ କାମନା ସମ୍ୱଧିତ ଦାନକୁ କାମ୍ୟ ଦାନ କୁହାଯାଏ। ଭଗବତ ଗୀତାରେ ସ୍ୱାତ୍ୱିକ, ରାଜସିକ ଓ ତାମସିକ– ତିନି ପ୍ରକାର ଦାନର ଉଲ୍ଲେଖ ରହିଛି। ଦେଶ, କାଳ, ପାତ୍ର ଅନୁସାରେ ଆପଣା କର୍ତ୍ତବ୍ୟ ବୋଲି ବିବେଚନା କରି ଦିଆଯାଉଥିବା ଦାନକୁ ସ୍ୱାତ୍ୱିକ ଦାନ କୁହାଯାଏ। କୌଣସି କାମନା ପୂର୍ତ୍ତି ବା ଲାଭ ଆଶାରେ ଦିଆଯାଉଥିବା (କାମନା ସମ୍ପର୍କିତ) ଦାନକୁ ରାଜସିକ ଦାନ କୁହାଯାଏ। ଅନୁଚିତ ସ୍ଥାନ, କାଳ, ପାତ୍ରରେ ଶ୍ରଦ୍ଧା ରହିତ ଭାବେ ଦିଆ ଯାଇଥିବା ଦାନ ତାମସିକ ଦାନ ଅନ୍ତର୍ଭୁକ୍ତ। ପୁରାଣ ଶାସ୍ତ୍ରରେ ବର୍ଣ୍ଣିତ ଅଛି ଗୁରୁ, ମିତ୍ର, ଚରିତ୍ରବାନ ବ୍ୟକ୍ତି ଦରିଦ୍ର, ଅସହାୟ ବିଶେଷ ଗୁଣଯୁକ୍ତ ବ୍ୟକ୍ତିଙ୍କୁ ତାଙ୍କ ଦାନର ପୁଣ୍ୟଫଳ ଅବଶ୍ୟ ମିଳିଥାଏ। କିନ୍ତୁ ଧୂର୍ତ୍ତ, ଚଞ୍ଚକତାକାରୀ, ଜୁଆଡ଼ି, ଲମ୍ପଟ, ଚୋର, କୃପଣ, ଧର୍ମଦ୍ରୋହୀ କିମ୍ବା ଏହି ଧରଣର ବ୍ୟକ୍ତିକୁ ଦିଆଯାଉଥିବା ଦାନ ଅପାତ୍ର ଦାନ ସହ ସମାନ। (ଅପାତ୍ର ଦାନ ତୈଲ ସମୃଦ୍ଧ ଦେଶରେ ତୈଲଦାନ, ବର୍ଷା ରୁତୁରେ ଜଳଦାନ, କୃପଣକୁ ଅର୍ଥଦାନ ଆଦି)। ଧର୍ମଶାସ୍ତ୍ରରେ ମଧ୍ୟ ଏହା ଉଲ୍ଲେଖ ଅଛି ଯେ, ମାଗିବା ପୂର୍ବରୁ ଦାନ ଦେବା ଅତି ଉତ୍ତମ। ଆଶ୍ୱାସନା ଦେଇ ଦାନ ନ ଦେବା ବ୍ରହ୍ମହତ୍ୟା ସହ ସମାନ। ଦାନଦେବା ପରେ ପଶ୍ଚାତାପ ଏହାକୁ ନିଷ୍ଫଳ କରି ଦେଇଥାଏ। ଗୋ, ଭୂମି ଓ ସରସ୍ୱତୀ (ବିଦ୍ୟା) ଦାନ – ଏହି ତିନି ଦାନକୁ ସର୍ବୋତ୍ତମ ଦାନ କୁହାଯାଏ। ସ୍ୱଚ୍ଛ ମନରେ ଯାହା ଦାନ କରାଯାଇଥାଏ ତାହା ସମ୍ପୃକ୍ତ ବ୍ୟକ୍ତି ପାଖକୁ ଭବିଷ୍ୟତର ସମ୍ପତ୍ତି ହୋଇ ରହିଥାଏ। କୌଣସି ଦାନ ବୃଥା ଯାଏ ନାହିଁ। ଆଉ କିଛି ହେଉ ବା କିଛି ନ ହେଉ ଅତନ୍ତଃ ଦାନ ଦାତାର ଅନ୍ତରକୁ ପବିତ୍ର କରିଥାଏ। ପ୍ରକୃତରେ ଯିଏ ଦାନ ନକରନ୍ତି ସେ ଅନ୍ତରର ଶାଶ୍ୱତ ସନ୍ତୋଷକୁ ଉପଲବ୍ଧ କରି ପାରନ୍ତି ନାହିଁ।

ଏଇନେ ମାଲିକ ହେବାକୁ ଆମ ମଧରେ ଚାଲିଛି ଅଣନିଃଶ୍ୱାସୀ ଦୌଡ଼। ମାତ୍ର ମାଲୀଟିଏ ହେବାକୁ କାହାର ଆଗ୍ରହ ବା ଉଦ୍ଦେଶ୍ୟ ଆଦୌ ନାହିଁ। ଫୁଲ ବଗିଚାର ମାଲୀ ହେଉ ଅବା ସମାଜର ମାଲୀ ହେଉ। ଆଜି ସମୟରେ ଅଧିକ ଆବଶ୍ୟକତା ହେଉଛି ମାଲିକ ଅପେକ୍ଷା ମାଲୀଟିଏର। ମାଲୀ ହେବାରେ ଥାଏ ଅଧିକ ଗୌରବ। କାରଣ ମାଲୀ ହେବା ଏକ ସାଧନା। ସେଥିରେ ତ୍ୟାଗ ଅଛି, ତୃପ୍ତି ବି ଅଛି। ମାଲୀ ଅର୍ଥ ମାଲୀ ଯେପରି ବଗିଚାର ଯତ୍ନ ନିଏ। ଫୁଲ ଗଛକୁ ସାର ପାଣି ଦେଇ ବଢ଼ାଇଥାଏ। ସେପରି ସମାଜର ଉପକାର କରିବାକୁ ହେବ। ମାଲୀପରି ଫୁଲ ଗଛକୁ ବଢ଼ାଇବ। ଫୁଲ ଫୁଟାଇବ। କିନ୍ତୁ ଫୁଲ ତୋଳିବ ନାହିଁ କିମ୍ବା ଫୁଲ ଉପରେ ଅଧିକାର ସାବ୍ୟସ୍ତ କରିବାର ମନୋବୃତ୍ତି ତା'ର ନ ଥିବ। ସେମିତି ସମାଜର ମାଲୀ ହୋଇ ସଂସାରର ସୁବିଧା ପାଇଁ କର୍ମ କରିଯିବ। କିନ୍ତୁ ଲାଭ ଆଶା ରଖିନଥିବ। ସେଥିପାଇଁ ସମାଜର ମାଲୀ ହେଲେ ଏହା ମଧ ଏକ ପ୍ରକାର ମୋକ୍ଷର ମାର୍ଗ। ଚାଣକ୍ୟମାନେ ଗଢ଼ିଥାନ୍ତି– ଚନ୍ଦ୍ରଗୁପ୍ତମାନଙ୍କୁ। ସମର୍ଥ ଗୁରୁ ରାମଦାସମାନେ ହିଁ ତିଆରି କରନ୍ତି ଛତ୍ରପତି ଶିବାଜୀମାନଙ୍କୁ। ଆରିଷ୍ଟୋଟଲମାନେ ଆଲେକଜାଣ୍ଡାରମାନଙ୍କୁ। ବିବେକାନନ୍ଦଙ୍କୁ ସୃଷ୍ଟି କରନ୍ତି ରାମକୃଷ୍ଣମାନେ। ଆଜି ଆଉ ନାହାନ୍ତି ଚାଣକ୍ୟ, ରାମଦାସ, ଆରିଷ୍ଟୋଟଲ ଆଉ ନାହାନ୍ତି ମଧ ରାମକୃଷ୍ଣ। ଏଣୁ ଶିବାଜୀମାନଙ୍କ ଅନୁପସ୍ଥିର ସୁଯୋଗ ନେଇ ବଢ଼ି ବଢ଼ି ଚାଲିଛି ଆଉରଙ୍ଗଜେବମାନଙ୍କ ଦୌରାମ୍ୟ। ସେଥିପାଇଁ ସଙ୍କଟ ଗ୍ରସ୍ତ ଏ ସମାଜ। ଏଣୁ ଏଭଳି ଅଭାବନୀୟ ପରିସ୍ଥିତିରେ ମାଲୀର ତାତ୍ପର୍ଯ୍ୟ ଅପରିହାର୍ଯ୍ୟ। ସେଥିପାଇଁ ନିଜେ ମାଲୀ ହେବା ସହିତ ଅନ୍ୟମାନଙ୍କୁ ମାଲୀ ହେବାକୁ ପ୍ରବର୍ତ୍ତାଇବା। ମାଲୀ ହୋଇ ସମାଜରେ ସୁରଭି ବାଣ୍ଟିବା,

ସଂସାରର ସୌନ୍ଦର୍ଯ୍ୟ ବଢ଼ାଇବା, ଗଢ଼ିବା ଏକ ସୁସ୍ଥ, ମନୋରମ ସମାଜଟିଏ । ମାଳୀଟିଏ ହୋଇ ଜୀବନ ବିତାଇ ଦେବା ପଛେ ମାଲିକ ହେବା ପାଇଁ କେବେବି ଆଗ୍ରହ ପ୍ରକାଶ କରିବା ନାହିଁ ।

ଆହୁରି ମଧ୍ୟ ଆମେ କୌଣସି କାମଟିଏ କରିଦେଇ ମତାମତ ଚାହୁଁ । ସେହି ମତାମତ ଭିତରେ ଲୁଚି ରହିଥାଏ ନିଜର ପ୍ରଶଂସା । କେହି ଯଦି ଆମକୁ ପ୍ରଶଂସା କଲେ ତ ଆନନ୍ଦର ସୀମା ନାହିଁ । ଆମେ ଚଲାଉଥିବା ଗାଡ଼ି, ତୋଳିଥିବା ଘର, କିଣିଥିବା ଜମି, ପାଇଥିବା ପୁରସ୍କାର, ପଢ଼ିଥିବା ପାଠ, ଅର୍ଜନ କରିଥିବା ଜ୍ଞାନ, କରିଥିବା ଚାକିରି, ପିନ୍ଧିଥିବା ପୋଷାକ, ଉପାର୍ଜନ କରୁଥିବା ଅର୍ଥର ପରିମାଣ, ଲେଖିଥିବା ପୁସ୍ତକ ବା ପ୍ରତିପାଦନ କରିଥିବା ଲେଖାର ଶୈଳୀ । ଅନୁକରଣ କରିଥିବା ବାକ୍ୟ ସମୂହ । ବ୍ୟବହାର କରିଥିବା ଶବ୍ଦମାନ । ନିର୍ବାଚନ କରିଥିବା ବିଷୟବସ୍ତୁ । ପ୍ରୟୋଗ କରିଥିବା ଉପଲକ୍ଷ୍ୟର ଉଦାହରଣ । ଦେଇଥିବା ଭାଷଣ । କହୁଥିବା କଥା । ଉଚ୍ଚାରଣ କରୁଥିବା ଭାଷା, ଆଚରଣ କରୁଥିବା ଆଚାର, ବିଚାର, ବ୍ୟବହାର, ଆମ ଜୀବନ ଯାପନ ପଦ୍ଧତି । ଅନୁସରଣ କରୁଥିବା ଚାଲି ଚଲନର ଶୈଳୀ ଓ ଆୟତ୍ତ (ଧାରଣ) କରିଥିବା ଜ୍ଞାନ ଗରିମା ସବୁ କିଛିର ପ୍ରଶଂସା । ତାହା ନ କରି ଯଦି ନିନ୍ଦା କରନ୍ତି ତେବେ ଆମେ ପୂରା ଖ୍ୟସ୍ତ ହୋଇ ଯାଉ । ମାତ୍ର ଏଥିକି ବୁଝିବାକୁ ହେବ । ଆମେ ପ୍ରଶଂସା ପଛରେ ଗୋଡ଼ାଲେ ପ୍ରଶଂସା, ପ୍ରତିଷ୍ଠା ନାମ, ଯଶ ସହଜରେ ମିଳେନା ବରଂ ସତକର୍ମରେ ଲାଗି ରହିଲେ ଜଗତର ଉପକାରରେ ମନ ବଳାଇଲେ ପ୍ରତିଷ୍ଠା ଓ ପ୍ରଶଂସା ଆମ ପଛରେ ଗୋଡ଼ାଇବ ।

ତ୍ୟାଗ ଓ ସେବା–ଏ ଦୁଇଟି ଶବ୍ଦ ଭାରତୀୟଙ୍କ ମନରେ ଦାନାବାନ୍ଧି ରହିଛି ଛାୟା ମିରିଗ ପରି । ପ୍ରାତ୍ୟହିକ ଜୀବନର ଧର୍ମକର୍ମ ସେ ଏଥରେ ଚଲାଏ । ତ୍ୟାଗ ପାଇଁ ସେ ମନ୍ଦିରକୁ ଦାନଦିଏ ଏବଂ ଭୋଗ ପାଇଁ ସେ ତା ଚୁଷ୍ଟ ହୁଏ ଓ ସେବା ପାଇଁ ସେଇଠି (ବ୍ଲାକମନି) କଳାଧନ ଲୁଚାଏ । ଏ ଦୁଇଟି ଶବ୍ଦ ରାଜନୀତି ଓ ଶାସନରେ ପଶି ସବୁଠୁ ବେଶୀ ଉତ୍ପାଦ କରନ୍ତି । ଏତେ କୋଟି ଟଙ୍କା ଚାନ୍ଦା (ତ୍ୟାଗ) ନ ଦେଲେ ତୁମକୁ ପାର୍ଟି ଟିକଟ ମିଳିବ ନାହିଁ । କେମିତି ସେବା କରିବ, କର ବିନା ଜନ ପ୍ରତିନିଧି ନ ହୋଇ । ଏଗୁଡ଼ିକ ଏକଦମ ପ୍ରକୃତ ସମସ୍ୟା (ରିଏଲ ପ୍ରବଲେମ) । ତ୍ୟାଗକଲେ ମୋକ୍ଷ ମିଳେ ଓ ସେବାକଲେ ଧର୍ମୋପାର୍ଜନ ହୁଏ । ମାତ୍ର ପରିଶେଷରେ କେତେଜଣ ସ୍ୱର୍ଗକୁ ଯାଆନ୍ତି ବା ମୋକ୍ଷ ହୁଅନ୍ତି କେହି ଜାଣନ୍ତିନି । ଆମ ଦେଶରେ ଶାସକ ଓ ମନସ୍ତାତ୍ତ୍ୱିକ ଆୟୋଜନ ବି ଅନୁରୂପ । କେହି ଦାନ ଦେଲେ ସରକାର ତାକୁ ଟ୍ୟାକ୍ସରେ ରିବେଟ ଦିଅନ୍ତି । ଖର୍ଚ୍ଚବାର୍ଚ୍ଚ କଲେ ସେ ଧାର୍ମିକ ହୋଇପାରେ । ଠାକୁରଙ୍କ ପାଖରେ ବି କିଛି ଲୋକ ଭିଆଇପି ହୋଇ ଆଗେ ଦର୍ଶନ କରି ପ୍ରଭୁଙ୍କ କଲ୍ୟାଣ ଚାଙ୍ଗୁଡ଼ିରୁ ଆଗେ ଭକ୍ତି– ମାଲ ହାସଲ କରି ଫେରନ୍ତି ଏବଂ ନନ୍ ଭିଆଇପି ବା ଇତରମାନେ (କ୍ୟୁ) ଧାଡ଼ିରେ ଚାଲିଥିବାରୁ କିଛି କିଛି ପାଇଲେ ପାଆନ୍ତି ନ ହେଲେ ନାହିଁ । ଏମିତି ଅନେକ ଭିଆଇପି ଅଛନ୍ତି ସେମାନଙ୍କୁ ରାସ୍ତାରେ ଫୋପାଡ଼ିଲେ ବି କେହି ଚିହ୍ନିବେନି । ମାତ୍ର ସେମାନେ ଯେତେବେଳେ ବନ୍ଦୁକ ଘେରା ସଜରେ ବୁଲନ୍ତି ଲୋକେ ପଚାରନ୍ତି– କିଏ ମ ଇଏ । ଏପରି ହଙ୍କୁର କଲଚର ସହିତ ରହିଛି ଭାରତର ବୁନିୟାଦି ପରିଚୟ ।

ତା'ପରେ ସମାଜରେ ଉପକାର ହେଉଥିବା କର୍ମରେ ସେମିତି ଆଖିଦୁର୍ଶିଆ କିଛି ଲାଭ ନ ଥାଏ । ଥାଏ ଅନୁଭବରେ, ଆନ୍ତରିକଭରା ଆନନ୍ଦ ସିଏ । ସଚ୍ଚିଦାନନ୍ଦ, ଯାହା କେବେ ଟୁଟିବାର ନୁହେଁ, କେବେ ବିଫଳ ହୁଏନା । ତାକୁ ହାସଲ କରିହୁଏ ଦୃଢ଼ ଇଚ୍ଛା ଶକ୍ତି ବଳରେ । ଟାଣ ମନବଳ ଦ୍ୱାରା । ସୁଦୃଢ଼ ଆଗ୍ରହ ଯୋଗୁ । ନିଷ୍କପର ଉଦ୍ୟମରୁ । ଅଦମ୍ୟ ଉତ୍ସାହରେ । ସେଥିରୁ ମିଳିଥାଏ ଶାନ୍ତି । ସେ ଶାନ୍ତି ଦୀର୍ଘସ୍ଥାୟୀ । ସେ ଆନନ୍ଦ ସଚ୍ଚିଦାନନ୍ଦ । ମାନସିକ ଶାନ୍ତି, ହୃଦୟଭରା ଆନନ୍ଦ । ଅସରନ୍ତି ସୁଖ । ସେ ସୁଖ କେବେ ଟୁଟି ଯାଏନା, ସରି ଯାଏନା, କମିଯାଏନା, ଊଣା ହୁଏନା । ସେଥିରେ ଭଟ୍ଟା ପଡ଼େନା । ଶିଥିଳତା ଆସେନା । ଦୀର୍ଘସ୍ଥାୟୀ ହୋଇ ରହେ, ଜୀବନର ଶେଷ ସମୟ ପର୍ଯ୍ୟନ୍ତ । ଅନ୍ତିମ ମୁହୂର୍ତ୍ତ ଯାଏ ।

ଦେହରେ ପ୍ରାଣ ଥିବାଯାଏ ରହେ । ଆତ୍ମା ଏ ପିଣ୍ଡରେ ଖେଳୁଥିବା ପର୍ଯ୍ୟନ୍ତ । ପ୍ରାଣ ଉଲ୍ଲୁସୀ ପୁଲକ ମିଳିଥାଏ ପରୋପକାରରୁ, ସେବାରୁ । ନିଃସ୍ୱାର୍ଥପର ସାହାଯ୍ୟରୁ, ପ୍ରତ୍ୟାଶା ନ ରଖ୍ ଦାନରୁ । କାମନା ରଖ୍ କୌଶଳରେ ଲକ୍ଷ୍ୟ ପୂରଣ ଦ୍ୱାରା । ପେଞ୍ଚପାଞ୍ଚ କରି, ଖଳବୁଦ୍ଧି ପ୍ରୟୋଗ ବଳରେ ସ୍ୱାର୍ଥ ହାସଲରୁ, ମନସ୍ତାମନା ପୂର୍ଣ କରି ନିଜ ଇଚ୍ଛା ମୁତାବକ କାର୍ଯ୍ୟ କରିଗଲେ ସେପରି ଶାନ୍ତି, ସନ୍ତୋଷ ଅବା ଆନନ୍ଦ ମିଳିନଥାଏ ।

ହେଲେ ସେଥିପାଇଁ କାହାର ଆଗ୍ରହ ଅଛି ନା ଇଚ୍ଛା ରହିଛି । ଦୁଃସ୍ଥକୁ ସାହାଯ୍ୟ କରିବ । ରୋଗୀର କରିବ ସେବା । ଦୁର୍ବଳକୁ ସହଯୋଗ । ଅସହାୟ ପ୍ରତି ସହାୟତା ପ୍ରଦାନ । ନିରାଶ୍ରୟ ଅନାଥକୁ ଦେବ ଆଶ୍ରୟ । ଭୋକିଲାକୁ ଖାଇବାକୁ । ଶୋଷିତକୁ ଜଳ । ନିର୍ଯାତିତକୁ ଉଦ୍ଧାର କରିବ ଉପଯୁକ୍ତ ନ୍ୟାୟ ପ୍ରଦାନ କରି । ତୃଷିତକୁ ପିଆଇବା ଲାଗି, ବିପଦଗ୍ରସ୍ତକୁ ବିପଦମୁକ୍ତ କରିବାଲାଗି ଉଦ୍ୟମ ଅବ୍ୟାହତ ରଖ୍ବ । ଯେଉଁଥିରେ କିଛି ମୁନାଫା ନାହିଁ । ନିଜେ ପ୍ରତିଷ୍ଠା ପାଇବା କିୟ ପ୍ରତିଷ୍ଠିତ ହେବା ଅଥବା ପ୍ରସିଦ୍ଧି ଲାଭ କରିବା । ନିଷ୍କାମ କର୍ମ ଯୋଗୀ ସିଏ । କାମନା ନ ଥାଇ କର୍ତ୍ତବ୍ୟ । ସୁଯୋଗ ପାଇବନି ଅଥଚ ସାହାଯ୍ୟ କରିବ । ଲାଭ ନଥାଇ ଦାନ । ଫାଇଦା ନ ଦେଖ୍ ପରିଶ୍ରମ ଅକାରଣେ କରିବ ତୁଚ୍ଛାଟାରେ, ଏମାନେ ତ ବୈଦିକ ଆର୍ଯ୍ୟ ନୁହନ୍ତି । ଆଧୁନିକ ଯୁଗର ଗାନ୍ଧି କିୟ ଗୋପବନ୍ଧୁ ନିଃସ୍ୱାର୍ଥପର ଭାବରେ ଜନସେବା କରିବେ, ଅଥବା ଜନସାଧାରଣଙ୍କର ଉପକାର ହେଲା ଭଳି କିଛି କାର୍ଯ୍ୟ, ପ୍ରତ୍ୟାଶା ନ ରଖ୍, ଲାଭ ନ ଦେଖ୍, ଫାଇଦା ନ ପାଇ, ସୁଯୋଗ ମିଳିବାର ସୁରାକ ନ ଥାଇ ।

ମନ୍ଦିର ସାମ୍ନା ପଡ଼ିଆରେ ଖେଳୁଥିବା ପିଲାମାନେ ସେପରି ନୁହନ୍ତି । ଫାଉମରା କି ସ୍ୱାର୍ଥପର । ସେମାନେ ଖେଳୁଛନ୍ତି ଆନନ୍ଦ ପାଇଁ । ଖୁସି ମନାଇବାକୁ । ଆଗ୍ରହ ବଢ଼ାଇବା ଉଦ୍ଦେଶ୍ୟରେ । ଦେହ ଲାଗି ବ୍ୟାୟାମ । ମନ ରହିବ ଫୁର୍ତ୍ତି, ଶରୀର ହେବ ଚଳଚଞ୍ଚଳ । ଅଳସ ଭାବ ଛାଡ଼ିଯିବ । ମାନ୍ଦାମାନ୍ଦା ଲାଗିବ ନାହିଁ ସେଥିଲାଗି । ଆହୁରି ମଧ୍ୟ ଖେଳିବା ଦ୍ୱାରା ସକଳ ପ୍ରକାର ମାନସିକ ଅବସାଦ ଦୂର ହୋଇଯାଏ । ଶରୀର ସୁସ୍ଥ ରହେ । ମନ ପ୍ରଫୁଲ୍ଲ ରହେ । ମସ୍ତିଷ୍କ ଥଣ୍ଡା ରହେ । ବିଶେଷ କରି ନୂଆ କିଛି କରିବା ପାଇଁ ଉତ୍ସାହ ଆସିଥାଏ । ଏଥିରେ ତ' ସବୁ ପୀଡ଼ା ଦୂର ହୋଇଯାଏ । ଦୁଃଖ ଭୁଲି ହୋଇଯାଇ ନୂତନ ପ୍ରେରଣାରେ ଉଦ୍‌ବୁଦ୍ଧ ହୁଏ ହୃଦୟ ।

ଏ ଖେଳ ଦେଖ୍ ଚିଡ଼ି ଉଠେ ସୁନି । ଇୟେ କି ଖେଳ । ଏ ଖେଳ ତ' ଆଦିମ ଆଦିବାସୀ ଅନାର୍ଯ୍ୟମାନେ ଖେଳି ନଥିଲେ କିୟ ଦ୍ରାବିଡ଼ମାନେ ମଧ୍ୟ ନୁହନ୍ତି । ବୈଦିକ ଯୁଗରେ ଏ ଖେଳ ନ ଥିଲା । ବେଦ ଉପନିଷଦ ଯୁଗରେ ବି ନୁହେଁ। ଆର୍ଯ୍ୟମାନେ ଏ ଖେଳ ବିଷୟରେ ସମ୍ପୂର୍ଣ୍ଣ ଅଜ୍ଞଥିଲେ । ପୁରାଣ ଶାସ୍ତ୍ରମାନଙ୍କରେ ଏ ଖେଳର ବର୍ଣ୍ଣନା କରାଯାଇନି । ତାଳପତ୍ର ପୋଥିରେ ବି ନୁହେଁ । ଏ ଖେଳର ବିବରଣୀ ଲିପିବଦ୍ଧ ହୋଇନି ଇତିହାସରେ । ପୁରାଣ ପ୍ରସିଦ୍ଧ ରାଜାମାନେ ଏ ଖେଳ ଖେଳି ନଥିଲେ ରାମାୟଣ ଯୁଗ ହେଉ ବା ମହାଭାରତ ସମୟ । ଏ ଖେଳର ନାମ ଗନ୍ଧ ଭାଗବତ କିୟ ଗୀତାରେ ମଧ୍ୟ ନାହିଁ । ହିନ୍ଦୁରାଜା ବିଶେଷ କରି ରାଜପୁତମାନେ ସୁଦ୍ଧା ଏ ଖେଳ ଖେଳିନାହାନ୍ତି, ମୁସଲମାନ ସୁଲତାନ ଅବା ନବାବମାନେ । ମୋଗଲ ବାଦଶାହ କିୟ ସୁବାଦାରମାନଙ୍କୁ ଏ ଖେଳ ଜଣାନଥିଲା । ଏ ଖେଳ ଶିଖ୍ ନଥିଲେ ଦେଶୀୟ ରାଜାମାନେ । ମରହଟ୍ଟା ବର୍ଗୀମାନଙ୍କର ଏ ଖେଳ ବିଷୟରେ ସୁଦ୍ଧା ଧାରଣା ନ ଥିଲା । ଗଡ଼ଜାତ ହେଉ କି ମୋଗଲବନ୍ଦୀମାନଙ୍କୁ ଏ ଖେଳ ଖେଳୁ ଥିବାର କେହି ଦେଖ୍ନାହିଁ । ଏ ଖେଳ ଶିଖାଇଲେ ପଶ୍ଚିମରୁ ଆସିଥିବା ସେହି ବେପାରୀ ବଣିକ ଜାତି । ଯିଏ ବ୍ୟବସାୟ କରିବାକୁ ଆସି ଏଠି ଶାସକ ହୋଇଥିଲେ । ସେହି ଇଂରେଜମାନେ ତାଙ୍କରି ଶାସନ ବେଳୁ ଏ ଖେଳ ଚାଲିଛି । ଆରମ୍ଭ ସେହିମାନଙ୍କ ପାଖରୁ । ଆମ ଗାଁ ଦାଣ୍ଡରେ ପିଲାମାନେ ଖେଳୁଥିବା କାଉ ଖେଳପରି ଟିକିଏ ତଫାତ ରହିଛି । ସାମାନ୍ୟ ଧରଣର ପ୍ରଭେଦ । ତିନୋଟି କାଠି (ଷ୍ଟମ୍ପ) ପୋତି ଜଣେ ସରୁପଟା (ବ୍ୟାଟ) ଧରି ଜଗିବ । ଦୂରରୁ ଜଣେ (ବୋଲର) ଦୌଡ଼ି ଆସି ସାମ୍ନା ପଟରୁ ପକାଇବ ବଲ । ଜଗିଥିବା (ବ୍ୟାଟ୍‌ସମ୍ୟାନ)

ଖେଳାଳି ପଛରେ ଜଣେ (ଉଇକେଟ କିପର) ଛପି ବସିଥିବ । ତାକୁ ଛାଡ଼ି ଆଉ ନ' ଜଣ (ଫିଲ୍ଡର) ଥିବେ ଏଠି ସେଠି ପଡ଼ିଆ ସାରା ବିଛାଡ଼ି ହୋଇ । ବଲ୍‌ଟି ସେ ପଟାର ଆଘାତ ପାଇ ଫେରିଲାବେଲେ ତଳେ ପଡ଼ିବା ପୂର୍ବରୁ ଧରି ପାରିଲେ ଫାଇଦା ନହେଲେ ନାହିଁ । ପୁଣି ସଫଳତା ମିଲେ ପକାଉଥିବା ଖେଳାଳିଟି ଯଦି ବଲ ଦ୍ୱାରା ପୋତା ହୋଇଥିବା କାଠି ଉପରେ ଥିବା ବେଲକୁ ଖସାଇ ଦେଇ ପାରେ । ନତୁବା ବଲକୁ ପିଟି ଫେରାଇ ଥିବା ଖେଳାଳି ଦୁଇ ପଟରେ ପୋତା ହୋଇଥିବା କାଠି ମଝରେ ବଲକୁ କେହି ଧରିବାପୂର୍ବରୁ ଯେତେ ଥର ଦୌଡ଼ିପାରେ ଅଥବା ବଲକୁ ପଡ଼ିଆରେ ଚିହ୍ନ ଦିଆଯାଇଥିବା ସୀମାରେଖାକୁ ପାର କରିଦେଇପାରେ ।

କାଠର ପଟା ଆଉ ପଥର ପରି ଟାଣ ବଲ । ବାଜିଲେ ହାଡ଼ ଭାଙ୍ଗିବ । ଦେହରେ ହେବ ଜଖମ । ସେଥିପାଇଁ ସୁନି ତା' ଭାଇକୁ ମନାକରେ ଯେ ଖେଳ ନ ଖେଳିବା ଲାଗି ।

ସୁନି ତାକୁ ଯେତେ ବୁଝାଇଲେ ସୁଦ୍ଧା ସେ ତା' କଥାକୁ ଏ କାନରେ ପୂରାଇ ସେ କାନ ବାଟେ ବାହାର କରିଦିଏ । ସୁନି କଥାକୁ ପରୱା କରେନା । ତା' ତାଗିଦାକୁ ମାନେନା । ତା' ବାରଣ ପ୍ରତି ତା'ର ଖାତିର ନଥାଏ । ତା' ଆକଟକୁ ହେଟିଦିଏ । ମା'ର ଗେହ୍ଲା ପୁଅଟ, ମା' ମୁହଁ ପାଇଛି । ମା' ହିମତରେ ସେ ବଲିଆର । ସେଥିପାଇଁ ସୁନି କଥାକୁ ଫାଙ୍କି ଚାଲେ । ସୁରିଆର ଅବାଧତା ଲାଗି ସୁନି ଯେତେ ନ ଚିଡ଼େ, ତା'ଉପରେ ବେଶୀ ବିଗିଡ଼େ ଏହି ଖେଳ ପାଇଁ । ସୁନି ଏ ଖେଳ ଉପରେ, ଏ ଖେଳ ଖେଳୁଥିବା ତା' ଭାଇ ସୁରିଆ ଉପରେ ଓ ସେ ଖେଳରେ ଭାଗ ନେଇଥିବା ତାଙ୍କ ଗାଁ ପିଲାମାନଙ୍କ ଉପରେ ଏଇଥିପାଇଁ ବିରକ୍ତ ହୁଏ ।

ସୁନି ମନ୍ଦିର ସାମ୍ନାରେ ତାଙ୍କ ଗାଁକୁ ଯାଇଥିବା ରାସ୍ତାକୁ ଅନାଇଁ ବସିଥିଲା । ଜଣଙ୍କ ଅପେକ୍ଷାରେ, ଯାହାଙ୍କୁ ସେ ଅପେକ୍ଷା କରିଥିଲା । ସିଏ ତାଙ୍କ ଗାଁର ଲୋକ ନୁହଁନ୍ତି । ବାହାର ଗାଁର ମଣିଷ । ସେ ଅପେକ୍ଷା କରିଥିବା ଲୋକଟି ପାଖରେ ତା'ର କିଛି କାମ ନ ଥିଲା । ସେ ତା' ସାଙ୍ଗ ସତୀ ପାଇଁ ତାଙ୍କ ଅପେକ୍ଷାରେ ବସି ରହିଥିଲା ।

ଯାହା ପାଇଁ ଅପେକ୍ଷା । ସେ ଯଦି ନ ଆସିଲା । ଅପେକ୍ଷାରେ ଥିବା ବ୍ୟକ୍ତିଟି ତା' ସାକ୍ଷାତ ନ ପାଇଲେ । ତା' ଲାଗି ଦୀର୍ଘ ସମୟ ଅପେକ୍ଷାରେ ବସି ରହିଲେ ଧୈର୍ଯ୍ୟହରା ହୋଇପଡ଼େ । ଅଧୈର୍ଯ୍ୟ ହେଲେ ଅସୁୟାଭାବ ମନରେ ଉଦ୍ରେକ ହୁଏ । ଅସୁୟାଭାବ ଅନ୍ତରରେ ଜାଗ୍ରତ ହେଲେ ସମ୍ପୃକ୍ତ ବ୍ୟକ୍ତିଟି ତା' ପାରିପାର୍ଶ୍ୱିକ ପରିବେଶକୁ (ପରିସ୍ଥିତିକୁ) ସହି ପାରେନା । ଯଦି ସେ ପରିବେଶ ନିରବ, ନିଷ୍କଳ ନହୋଇ କୋଲାହଲ ସୃଷ୍ଟି କରୁଥାଏ, ତେବେ ସେ ପରିବେଶ ଉପରେ, ପରିସ୍ଥିତି ପ୍ରତି, ସର୍ବୋପରି ତା' ଚାରିପଟରେ କୋଲାହଲ ସୃଷ୍ଟିକାରୀଙ୍କ ଉପରେ ବିରକ୍ତ ହୋଇଥାଏ । ଯେମିତି କ୍ରୀଡ଼ାଜନିତ କୋଲାହଲ ସୃଷ୍ଟି କରୁଥିବା ତାଙ୍କ ଗାଁ ପିଲାଙ୍କ ଉପରେ ସୁନି ଚିଡ଼ି ଉଠୁଥିଲା ।

ଅପେକ୍ଷା କରିବା, କାହାରି ପ୍ରତୀକ୍ଷାରେ ବସିରହିବା ଭାରି ଯନ୍ତ୍ରଣା ଦାୟକ । ବିରକ୍ତିକର ମଧ ଅପେକ୍ଷାରତ ବ୍ୟକ୍ତିଟି ସବୁବେଲେ ଉଦ୍‌ବିଗ୍ନ ଅନ୍ତରରେ ପ୍ରତୀକ୍ଷା କରିଥିବା ଲୋକଟିର ଆସିବା ବାଟକୁ ଅନାଇଁ ରହିଥାଏ । ସେ ବାଟରେ ଯେ କେହି ଆସିଲେ ତା' ମନରେ ଧାରଣା ଜନ୍ମେ ବୋଧେ ସିଏ ଯାହା ପାଇଁ ଅପେକ୍ଷା କରିଛି ସେଇ ଲୋକଟି ଆସିଗଲା । ସେ ତା' ଆଖିର ଦୃଷ୍ଟିକୁ ସେ ପର୍ଯ୍ୟନ୍ତ ପ୍ରସାରିତ କରିଦିଏ, ଯେତେ ବାଟ ପର୍ଯ୍ୟନ୍ତ ଦୃଷ୍ଟିଶକ୍ତି ଯାଇପାରିବ । କଲି ପାରିବ ସେ ଲୋକଟିର ଚେହେରାକୁ । ଦୂର ଆଗନ୍ତୁକଟି ସେ ପ୍ରତୀକ୍ଷା କରିଥିବା ମଣିଷର ଅନୁରୂପ ଦିଶେ । ତା' ଦେହର ଆକୃତି ସହିତ ଆସୁଥିବା ଲୋକଟିର ଚେହେରା ଏକ ପ୍ରକାର ମିଶିଯାଏ । ସେ ମନେ ମନେ କେତେ କଥା ଭାବିଯାଏ । ନିରବରେ ଯୋଜନା ତିଆରି କରେ । ସେ ପହଞ୍ଚିଲା ମାତ୍ରେ କେଉଁଠୁ କିପରି ଢଙ୍ଗରେ କଥା ଆରମ୍ଭ କରିବ । କେମିତି ତାଙ୍କ ସହିତ କଥା ହେବ । ଆଲୋଚନା କରିବ କେଉଁ ବାକ୍ୟଗୁଡ଼ିକ ଶୁଣାଇ । ପ୍ରଥମେ ତ ତାଙ୍କ ଅପେକ୍ଷାରେ ଦୀର୍ଘ ସମୟ ଧରି ରହିବା ଯୋଗୁ ଧୈର୍ଯ୍ୟଚ୍ୟୁତି ପାଇଁ ତାଙ୍କ ଉପରେ

ବର୍ଷଯିବ ଟାଣ ଟାଣ କଥା କହି, କଟୁ ମନ୍ତବ୍ୟ ଦେଇ, କଠିନ ଶବ୍ଦ ବ୍ୟବହାର ଦ୍ୱାରା କଠୋର ବାକ୍ୟମାନ ପ୍ରୟୋଗ କରି । ତା'ପରେ ମାନ କରି ବସିବ । ଅଭିମାନରେ ମୁହଁକୁ ଫୁଲାଇ ଧାନଢାଁସା ହାଣ୍ଡିପରି । ତାଙ୍କ ସହିତ କଥା ନ ହେବା ପାଇଁ ଜିଦ୍ ଧରିବ, ରୁଷିବ, ଅକଡ଼ାଇବ, ଅଝଟ କରିବ ଛୋଟ ଅବୁଝା ପିଲାଙ୍କ ପରି । ସିଏ ଚାଟୁ କହି, ଅନୁନୟ ହୋଇ, କ୍ଷମା ମାଗି, କୋମଳ ଭାଷାରେ ସାନ୍ତ୍ୱନା ଦେବେ । ମାନଭଞ୍ଜନ ପାଇଁ ଉଦ୍ୟମ କରିବେ । ବାରମ୍ବାର କହୁଥିବେ- ରାଣଦେଇ, ନିୟମ ପକାଇ, ଶପଥ କରି, ହଲପ ଖାଇ । ଏଣିକି ଡେରି ନ ହେବା ପାଇଁ ଚେଷ୍ଟା କରିବି । ଏଥରକ ଯେପରି ବିଳମ୍ବ ହେଲା ଆଉ ସେପରି କେବେ ହେବନି । ଉତ୍ତର ନ ହେବା ଲାଗି ଉଦ୍ୟମ କରିବି, ଆଜି ମାଫ କର, କ୍ଷମାଦିଅ, ସୁନାଟା ପରା, ରାଣୀଟି ମୋର, ଏମିତି ଇତ୍ୟାଦି ।

ସେ ସେଇଠୁ ଆରମ୍ଭ କରିବ । "ମୁଁ ତୁମର କିଏ କି ? ମୋ ଲାଗି ତୁମେ କାହିଁକି ତୁଚ୍ଛାଟାରେ ତତ୍ପର ହେବ ? ମୋ ପାଇଁ ଅକାରଣେ ବ୍ୟସ୍ତ ହେବ । ମୋର କିଛି ହେଲେ ତୁମର କି କ୍ଷତି ହେବକି, ନା' କିଛି ଚାଲିଯିବ । ମୋ ପାଇଁ ତୁମର ଯାଏ ଆସେ କେତେ ? ମୁଁ ସିନା ତୁମ ଲାଗି ବ୍ୟସ୍ତ, ବିବ୍ରତ, ପ୍ରତୀକ୍ଷାରତ, ଧୈର୍ଯ୍ୟଚ୍ୟୁତ, ହେଲେ ତୁମ ମନରେ ମୋ ପ୍ରତି ଆଦୌ ଶରଧା ନାହିଁ । ଶରଧା ନଥିଲେ ସରାଗ ବା କାହୁଁ ଆସିବ ?

ଦୂର ଲୋକ ପାଖ ହୁଏ । ଏଥର ଦୃଷ୍ଟି ତୀକ୍ଷ୍ଣ ହୋଇଉଠେ । ଚିହ୍ନ ହୁଏ ସେ ଆଗନ୍ତୁକଙ୍କୁ । ସେ, ସିଏ ନୁହନ୍ତି । ତା' ପରେ ନିରାଶ ଓ ହତାଶାରେ ଦୀର୍ଘଶ୍ୱାସ ଛାଡ଼ିବା କେବଳ ସାର ହୁଏ ।

ରାଗ ହୁଏ । କ୍ରୋଧ ବଢ଼େ । ଅଭିମାନ ଟାଣ ହୁଏ । ଦୃଢ଼ କରେ ମନକୁ । ମଜବୁତ ସ୍ତରରେ ନିଜକୁ ରଖି ଭାବି ବସେ- ଆଜି ଆସନ୍ତୁ ସିଏ । ତାଙ୍କର ସବୁ ଦିନକୁ ମୋର ଦିନେ । ଏତେ ଭୁଲା ମନ, ଏମିତି ଖାମ ଖିଆଲି ବେହିସାବି ମଣିଷକୁ ନେଇ କେମିତି କ'ଣ କରାଯିବ ? ସିଦ୍ଧାନ୍ତ ନିଏ ମନେ ମନେ- ତାଙ୍କ ଅନୁରୋଧ, ଅନୁନୟ, ବିନୟ, ଗୁହାରି, ମିନତି, କାକୁତି କିଛି ବି ଶୁଣିବ ନାହିଁ, ରଖିବି ନାହିଁ ତାଙ୍କ ଭୁଲ ସ୍ୱୀକାରକୁ । ତାଙ୍କ କ୍ଷମା ପ୍ରାର୍ଥନା ପ୍ରତି କର୍ଣ୍ଣପାତ କରିବ ନାହିଁ । ଦୃଷ୍ଟି ଦେବିନି ତାଙ୍କ ନିରୀହ ଚାହାଁଣି ଭରା ଅନୁତପ୍ତ ମୁଖ ମଣ୍ଡଳକୁ । ଆଢ଼ ଆଖିରେ ତାଙ୍କୁ ଅନାଇବ ନାହିଁ ଏଥର । ନିଜ ଜିଦ୍‌ରେ ରହିବି ଅଟଳ ।

ତା' ପରେ ସୁଦ୍ଧା ସେ ଅପେକ୍ଷା କରେ । ପ୍ରତୀକ୍ଷାର ଶେଷ ହୁଏନା । ବାରମ୍ବାର ନିରାଶ ହୋଇ ସୁଦ୍ଧା ସେ ଆଶା ଛାଡ଼ି ପାରେନା । ତାଙ୍କ ଉପରୁ ତା'ର ଭରସା ତୁଟି ଯାଏନା । ଅପେକ୍ଷାରେ ଥିବା ସ୍ଥାନ ପରିତ୍ୟାଗ ନକରି ପୁଣି ଅପେକ୍ଷା କରେ । ପ୍ରତୀକ୍ଷାରେ ବସିରହେ, ଆସିବାର ନିର୍ଘଣ୍ଟ ସମୟ ଗଡ଼ିଗଲେ ମଧ୍ୟ । ଦେଇଥିବା ବେଳର କଣ୍ଠ ପୂରିଗଲେ ସୁଦ୍ଧା । ସେ ବୁଝେନା । ବାସ୍ତବତାକୁ ହେଜି ପାରେନା । ଅମାନିଆ ମନକୁ ମନାଇବା ପାଇଁ ଅକ୍ଷମ ହୁଏ । ଅସମର୍ଥ ହୁଏ ପରିସ୍ଥିତିକୁ ଉପଲବ୍ଧ କରିବାକୁ । ଆୟତ୍ତ କରି ପାରେନା ବିଶୃଙ୍ଖଳିତ ଇଚ୍ଛାକୁ, ଆଗ୍ରହକୁ, ଆବେଗକୁ, ସେଥିପାଇଁ ସେ ପ୍ରତୀକ୍ଷାରେ ବସିରହେ । ଅପେକ୍ଷା କରେ । ସାକ୍ଷାତ ନପାଇ ନିରାଶ ହୁଏ । ଥରେ ନୁହେଁ, ବାରମ୍ବାର । ଥରକୁ ଥର । ଅନେକ ଥର ।

ତଥାପି ଅପେକ୍ଷା କରିବାରୁ ସେ ବିରତ ହୁଏନା । ନିରବରେ ବସିରହେ ପ୍ରତୀକ୍ଷାରେ । ପରିପାର୍ଶ୍ୱିକ ପରିସ୍ଥିତିକୁ ଅନୁଧ୍ୟାନ କରି ଚିଡ଼ି ଉଠେ, ବିରକ୍ତ ହୁଏ । ନିରବ ରହେ, କାହାରିକୁ କିଛି କହିବା, ଆକଟିବା, ପରିସ୍ଥିତିକୁ ବଦଲାଇ ଦେବା, ପରିବେଶକୁ ପରିବର୍ତ୍ତନ କରିବା, ସମୟକୁ ନିୟନ୍ତ୍ରଣକୁ ଆଣିବା, ଶାନ୍ତ ରଖିବା ଆପଣା ମନକୁ । ନିଜକୁ ଅବିଚଳିତ ରଖିବା, ନିଜ ଉଦ୍‌ବେଗକୁ ସ୍ଥିର ରଖିବା ତା' ସାଧ୍ୟ ବାହାରେ । ତାକୁ ନିୟନ୍ତ୍ରଣ କରିବା ତା' ପକ୍ଷରେ ସମ୍ଭବ ନୁହେଁ । ତା' ଆୟତ୍ତ ବାହାରେ ସେ ସବୁ ପ୍ରବାହର ପ୍ରଭାବ । ଆଉ ଅଧିକ ସମୟ ଧୈର୍ଯ୍ୟଧରି ସେ ନିରବ ରହିବାକୁ ଏକ ପ୍ରକାର ବାଧ୍ୟହୁଏ । କାରଣ ତାହା ତା'ଲାଗି ତା'ନିଜର କ୍ଷମତା ପରିସରଭୁକ୍ତ ବିଷୟ ନୁହେଁ । ସେଥିପାଇଁ ସେ ଅକାରଣେ କାହିଁକି ନିଜ ଶକ୍ତି ବହିର୍ଭୂତ ଅସମ୍ଭବ ବିଷୟ ଲାଗି ମନସ୍ତାପ କରିବ ?

ଏହିଭଳି ପରିସ୍ଥିତିରେ ପଡ଼ିଥିଲା ସୁନି । ସେ ଚିଡ଼ି ଉଠୁଥିଲା ପିଲାଙ୍କ ଉପରେ । ଏହି ଲକ୍ଷ୍ମୀଛଡ଼ା ଖେଳ ଉପରେ । ଅପେକ୍ଷା କରିଥିବା ଲୋକଟି ଉପରେ । ତଥାପି ସେ ସ୍ଥାନ ଛାଡ଼ି ଆସୁନଥିଲା । ସୁନି ବସିରହିଥିଲା ଅପେକ୍ଷା କରି ।

ଦିନ ଦଶଟାରୁ ଅପରାହ୍ନ ପାଞ୍ଚଟା ପର୍ଯ୍ୟନ୍ତ ମୁଖଶାଳାରେ ବସିରହି ସିଏ ଆସୁନଥିବାରୁ ତାଙ୍କ ଅପେକ୍ଷାରେ ରହି ସମୟ ବିତି ଯାଇଛି । ଆଶା ଆଉ ଆଶଙ୍କା ଭିତରେ ସେ ବୁଡ଼ିଯାଏ । ଆଶା ରଖେ ସିଏ ଆସିବେ । ଆଶଙ୍କା ହୁଏ ଏତେ ଡେରି ହେଲାଣି ସିଏ ଆସି ନ ପାରନ୍ତି । ଆଶା ଓ ଆଶଙ୍କା ଭିତରେ ଲଢ଼େଇ । ସେ ସଂଘର୍ଷର ସମାପ୍ତି ନାହିଁ । ସେ ଲଢ଼େଇ ଶେଷ ହୁଏନା । ପାନିପଥ ଯୁଦ୍ଧ ପରି ଲାଗିରହେ ବର୍ଷ ବର୍ଷ ଧରି । ଶହ ଶହ ବରସ । ପନ୍ଦରଶହ ଛବିଶରୁ ସତରଶହ ଏକସଠି ପର୍ଯ୍ୟନ୍ତ । କିମ୍ବା ପ୍ୟୁନିକ ଯୁଦ୍ଧଭଳି ଅବା କ୍ରୁସେଡ୍ ଯୁଦ୍ଧ ପରି ଶତାବ୍ଦୀ ଶତାବ୍ଦୀ ଯାଏ ।

ସୁନି ବସିରହିଥିଲା । ଚାହିଁ ରହିଥିଲା ରାସ୍ତାକୁ । ତା' ଆଗରେ ପଡ଼ିଆ । ପଡ଼ିଆରେ ଗାଁ ପିଲା ଖେଳରେ ମାତିଥିଲେ । ସେହି ଖେଳ, ଯେଉଁ ଖେଳକୁ ସେ ପସନ୍ଦ କରେନା । ଯେଉଁ ଖେଳ ଉପରେ ସେ ଚିଡ଼େ, ବିରକ୍ତ ହୁଏ । ଯାହାକୁ ସେ ସହି ପାରେନା ସେହି ବିରକ୍ତିକର ଅସହଣୀ ଖେଳରେ ମାତିଥିବା ପିଲାମାନଙ୍କ ଚପଲାମି ଦେଖି ତା' ମନରେ ନିଜ ପିଲାବେଳର ସ୍ମୃତି ସଜାଗ ହୋଇ ଉଠୁଥିଲା । ତା'ଚପଲାମିର ଦିନଗୁଡ଼ିକ ଯେପରି ମୂର୍ତ୍ତିମନ୍ତ ହୋଇ ତା' ଆଗରେ ଉଭା ହୋଇଯାଉଥିଲା । ସେତେବେଳେ ତା' କଅଁଳମନ ସଂସାର ବିଷୟରେ ସମ୍ପୂର୍ଣ୍ଣ ଅଜ୍ଞଥିଲା । ଦୁନିଆର ଚାଲବାଜି କଥାକୁ ତା'ର ଅନଭିଜ୍ଞ ମନ ଧରି ପାରୁନଥିଲା । ସେ କେବଳ ବୁଝିଥିଲା– ମା'ର ପଣତ ଛାଇ ତଳେ ରହିବା । ଗାଁ ଦାଣ୍ଡରେ ସାଙ୍ଗପିଲାଙ୍କ ମେଲରେ ଖେଳି ସମୟ କଟାଇ ଦେବା । ସେତେବେଳେ ପାଇବାର ଆଗ୍ରହରେ ଉତ୍ଫୁଲ୍ଲିତ ହେବା ତା'ମନରେ ବସା ବାନ୍ଧି ନ ଥିଲା ହରାଇ ବସିବାର ଗ୍ଲାନିରେ ମ୍ରିୟମାଣ ହୋଇ ଅଧୀର ହେବା ସେ ଜାଣି ନଥିଲା ।

କୌଣସି ଉନ୍ମାଦନାର ବଶବର୍ତ୍ତୀ ହୋଇ ଆମ୍ହରା ହେଉନଥିଲା । କାହାରି ପ୍ରତୀକ୍ଷାରେ ବସି ରହି ଅପେକ୍ଷା କରୁନଥିଲା । ଏବେ ପରି ମନରେ ଗୋଟିଏ ରକମର ଭାବନା ଓ ଉପରକୁ ଆଉ ଅନ୍ୟ ପ୍ରକାର କଥା (ଚିନ୍ତା) ରଖ୍ ସେ କୌଣସି ସ୍ଥାନକୁ ଆସୁନଥିଲା । କୌଣସି ବାହାନାର ଆଶ୍ରୟ ନେଉନଥିଲା । କିଛି ବି ଆଲର ଉହାଡ଼ରେ ଲୁଚିବା ଶିଖ୍ ନଥିଲା, ଆଜି ଯେପରି ହୋଇଛି ।

ଅତୀତର ସ୍ମୃତି । ହଜିଗଲା ଦିନର ମାଦକତା । ଚାଲିଯାଇଥିବା ଆନନ୍ଦ ଦାୟକ ମୁହୂର୍ତ୍ତର ଆବେଗ । ଭୁଲି ହେଉ ନ ଥିବା ଅନୁଭୂତିର ପରଶ । ଅପାସୋରା ଅନୁଭବର କାହାଣୀ । ଅତିକ୍ରମ କରିଯାଇଥିବା ସମୟର ଅଭିଜ୍ଞତା । ଅତିକ୍ରାନ୍ତ ହୋଇଯାଇଥିବା ମୁହୂର୍ତ୍ତର ଅବେଗ । ବିତିଯାଇଥିବା ସୁଖଦ କିମ୍ବା ଯନ୍ତ୍ରଣାଦାୟକ ଦିନଗୁଡ଼ିକର ବିସ୍ତର କଥା । ଯାହାମନକୁ ଝୁରାଇ ଥାଏ । ଭାବନାକୁ ଦୋହଲାଇ ଦିଏ, ହଲାଇଦିଏ ଅନ୍ତରକୁ, ହୃଦୟକୁ ହୁଳଚୁଲ କରିଥାଏ । ଆତ୍ମାକୁ ଅତବ୍ୟସ୍ତ କରି ଚିନ୍ତାଧାରାକୁ ପଙ୍ଗୁ ବନାଇ ପ୍ରାଣକୁ ଥରାଇ ବାହାରି ଆସୁଥିବା ଦୀର୍ଘଶ୍ୱାସ କେବଳ ସେ କଥାର, ଘଟଣାର ବିପର୍ଯ୍ୟୟ କିମ୍ବା ସୁଖକର, ଶାନ୍ତିପ୍ରଦ, ପ୍ରୀତିଦାୟିନୀ ପ୍ରଭାବକୁ ସ୍ମରଣକୁ ଆଣେ । ବାସ୍ତବତାକୁ କେବେ ବି ନୁହେଁ । ତେଣୁ ତାକୁ ଭାବିବା ବୋକାମୀ । ସେ ପ୍ରକାର ଚିନ୍ତାଧାରାକୁ ସ୍ମରଣକୁ ଆଣିବା ଓଲୁ ପଣିଆର କଥା । ସେପରି ଭାବନା ନିକମା ଲୋକର ଅବାରିଆ କାମ । ଅଳସୁଆ ଓ ହୁଣ୍ଡା ତଥା ବୁଦ୍ଧୁମାନଙ୍କର ନିଅଣ୍ଡିଆ ବୁଦ୍ଧିର କୁଣ୍ଡାଖୁଆ ବିଦ୍‌ବୁଆର ମାହାମ୍ୟ ।

ସୁନି ବସିରହିଥିଲା ମୁଖଶାଳାରେ, ଚାହିଁରହିଥିଲା ରାସ୍ତାକୁ । କାଲେ ସିଏ ଡେରିରେ ଆସିବେ, ଯାହାଙ୍କୁ ସେ ଅପେକ୍ଷା କରିଥିଲା ।

ମନ୍ଦିର ଆଗରେ ପଡ଼ିଆ । ପଡ଼ିଆରେ ରାସ୍ତା । ପାଦଚଲା ବାଟ ଗାଁକୁ ପଡ଼ିଛି । ତା'ପାଖକୁ ବିଲ । ବିଲକୁ ଲାଗିଛି ଯୋର । ଯୋର ସେପଟେ ଗୋଚର ପଡ଼ିଆ । ଚାରଣ ଭୁଇଁ । ଗୋଗୁ ଚରନ୍ତି । ପଡ଼ିଆକୁ ଲାଗିଛି ଗାଁ । ଲକ୍ଷ୍ମୀ ବଜାର ଗାଁ ।

ସେହି 'ଲକ୍ଷ୍ମୀ ବଜାର'ରେ ଲୋକ ଗହଲି ଆରମ୍ଭ ହୋଇ ଗଲାଣି । ପ୍ରତିଦିନ ଉପର ଓଲି ସେଠି ଜନସମାବେଶ

ହୋଇଥାଏ । ରାତି ଆଠଟା ପର୍ଯ୍ୟନ୍ତ ଭିଡ଼ ଜମେ । କାରବାର ଚାଲେ । ବେପାର ବଣିଜ କାରବାର । ଦୁଇଟି ତେଜରାତି ଦୋକାନ, ତିନୋଟି ତେଲଭାଜି ଓ ଚାହା ଦୋକାନ । ଚାରୋଟି କ୍ୟାବିନରେ ଖୁଲିପାନ୍ ଦୋକାନ । ସେଥିରେ ଟେସନାରୀ ଜିନିଷ ମଧ ବିକ୍ରିହୁଏ । ଗୋଟିଏ ଦରଜି ଦୋକାନ । ଧାନ ପେଡ଼ା କଳ ଗୋଟିଏ । ଅଧ ଡାକେ ଲମ୍ଭ ବଜାରଟିର ଆୟତନ । ରାସ୍ତା କଡ଼ରେ ଉଠା ପରିବା ଦୋକାନ ବସେ । ଗାଁର ଲୋକମାନେ ଆବଶ୍ୟକ ହେଉଥିବା ସଉଦା ସେଠାରୁ କିଣି ଥାଆନ୍ତି । ସପ୍ତାହରେ ଦୁଇଥର ହାଟ ବସେ । ଛୋଟିଆ ହାଟଟିଏ । ଗାଉଁଲି ହାଟ ସେଇ ଲକ୍ଷ୍ମୀ ବଜାରକୁ ନେଇ ସୋମବାର ଓ ଶୁକ୍ରବାରରେ ବସିଥାଏ । ନିକଟସ୍ଥ ବିରଜା ହାଟ ବାରିର ପରଦିନ ବାସି ପରିବା କାରବାର ହୁଏ ।

ସୂର୍ଯ୍ୟ ବୁଡ଼ି ଗଲେଣି । ଲୁଚି ଗଲେଣି ମା' କୋଳରେ । ସେ ଯେପରି ପିଲାବେଳେ ବୁଢ଼ି ଅସୁରୁଣୀ ଗପ ଶୁଣୁଶୁଣୁ ଭୟରେ ଜେଜେ ମା' ଲୁଗା କାନି ମୁହଁରେ ଡାଙ୍କି ହୋଇ ମୁହଁ ଲୁଚାଏ । ଆଉ ଗପ ଶୁଣୁଶୁଣୁ ତା' ଆଖି ପତା ଲାଗିଯାଏ, ସେ ଶୋଇପଡ଼େ । ଯେମିତି ସେତେବେଳେ ନିଘିଟ ନିଘିଟ । ସେମିତି ସୂରୁଜ ଶୋଇଯିବେ ତାଙ୍କ ମା'ଙ୍କ ଲୁଗାକାନି ମୁହଁରେ ଡାଙ୍କି । ସୂର୍ଯ୍ୟ ଆଖି ବୁଜି ଦେବେ । ତାଙ୍କ କିରଣ ଆଉ ପୃଥିବୀ ଉପରେ ପଡ଼ିବ ନାହିଁ । ତେଣୁ ଅନ୍ଧାର ଘୋଟି ଆସିବ । ଆଉ ଛାଇ ଗୁଡ଼ିକ ପୂର୍ବଦିଗକୁ ମାଡ଼ିଯିବା ଲାଗି ନିଜ ନିଜ ମଧ୍ୟରେ ପ୍ରତିଯୋଗିତା କରିବେନି । ମୂଳରୁତ ସେମାନଙ୍କ ଛାଇ ଲିଭିଯିବ ଗୋଧୂଳି ଆଲୋକରେ । ଛାଇମାନେ ନିଜର ଅସ୍ତିତ୍ୱ ହରାଇ ସାରିବା ପରେ ଆଉ କିପରି ପ୍ରତିଯୋଗିତା କରିବାକୁ ସକ୍ଷମ ହେବେ । ମୃତ୍ୟୁ ସମୟରେ ପ୍ରାଣୀର ଜୀବାତ୍ମା ଶୂନ୍ୟରେ ମିଶିଗଲା ପରି ଛାଇଗୁଡ଼ିକ ମିଳାଇଯିବ ଗୋଧୂଳିର ଫିକା ଆଲୋକରେ । ସୂର୍ଯ୍ୟ ରଶ୍ମିରୁ ବଞ୍ଚିତ ହୋଇ ।

ତା'ପରେ ସେଇଠୁ ହେବ ରାତି । ବର୍ତ୍ତମାନ ସଞ୍ଜ ନଇଁ ନାହିଁ, ଡେରିଅଛି । ସାମାନ୍ୟ ଟିକେ ଫିକା ଆଲୋକରେ ଧରାପୃଷ୍ଠ ଆଲୋକିତ । ସୂର୍ଯ୍ୟାସ୍ତ ଓ ସଞ୍ଜ ମଝିରେ ଯେଉଁ ସମୟଯତକ ଫିକା ଆଲୋକରେ ପୃଥିବୀ ଆଲୋକିତ ହୋଇଥାଏ ତାକୁ କହନ୍ତି ଗୋଧୂଳି । ଦିନ ଓ ରାତିର ମିଳନ ସ୍ଥଳ ଗୋଧୂଳି । ଶୁଣିକୁ ହସ ଲାଗିଲା । ଏଥି ପାଇଁ ଯେ ସୂର୍ଯ୍ୟ ମା' କୋଳରେ ଶୋଇବା ପରି ଭାବନା ମନରେ ଆସି ଥିବାରୁ । ପିଲାଦିନ ପରି ସେ ଯେମିତି ମା' କୋଳରେ ଶୋଇ ଯାଉଥିଲା । ସୂର୍ଯ୍ୟଙ୍କ ଆବର୍ତ୍ତନ ବା ଆହ୍ନିକ ଗତି କଥା ସ୍କୁଲରେ ବହିରୁ ପଢ଼ିସୁଦ୍ଧା ସେ ସେପରି କଥା ଭାବି ପାରି ଥିବାରୁ ।

ଗୋଧୂଳି– ବିଶ୍ୱ ସ୍ରଷ୍ଟାଙ୍କର ବିଶ୍ୱବାସୀଙ୍କୁ ସର୍ବଶ୍ରେଷ୍ଠ ଦାନ । ଦିନ ଓ ରାତି ମଧ୍ୟରେ ସର୍ବୋତ୍କୃଷ୍ଟ ସମୟ ।

ଗୋଧୂଳି କେତେ ଅନୁପମା ଆଉ ନମନୀୟା । କେତେ ଆନନ୍ଦଦାୟକ ଏବଂ ସୁଖ ପ୍ରଦାନକାରୀ । ଗୋଧୂଳିରେ ସୂର୍ଯ୍ୟଙ୍କ କିରଣ ପୃଥିବୀ ପୃଷ୍ଠରେ ପଡ଼େନାହିଁ । ଅଥଚ ଅନ୍ଧାରରେ ପୃଥିବୀ ଲୁଚି ନ‌ଯାଇ ଧରାପୃଷ୍ଠ ଆଲୋକିତ ଥାଏ । ସେଥିପାଇଁ ସେ ଆଲୋକରେ (ସୂର୍ଯ୍ୟଙ୍କ ରଶ୍ମି ନ ଥିବାରୁ) ଖରାର ପ୍ରଖରତା ନଥାଏ କିମ୍ଵ ରହେନା ରାତ୍ରିକାଳୀନ ଶୀତଳତା । ଗୋଧୂଳି ଆଲୋକ ଓ ଅନ୍ଧକାର ମିଶ୍ରଣର ଏକ ଅଭିନବ ସମୟ । ଦିବସର ବ୍ୟସ୍ତତା, କର୍ମ ତତ୍ପରତା, ବ୍ୟଗ୍ରତା, ଉଦ୍‌ବିଗ୍ନତା ଓ ଅଣନିଃଶ୍ୱାସୀ ଧା– ଦଉଡ଼ ଗୋଧୂଳିରେ ନଥାଏ । ଗୋଧୂଳି ମନକୁ ଚଞ୍ଚଳ କରାଏ ନାହିଁ । କ୍ଲାନ୍ତି ଜନିତ ଅବସାଦ ନଥାଏ ଗୋଧୂଳିରେ । କୌଣସି ପ୍ରକାର ଅବସୋସ ମଧ ଗୋଧୂଳି ପ୍ରଦାନ କରେନାହିଁ । ଗୋଧୂଳି ବେଦନାଦାୟକ ନୁହେଁ ବରଂ ଆନନ୍ଦ ପ୍ରଦାନକାରୀ (ପ୍ରଦାୟକ) ଗୋଧୂଳିରେ ମନରେ ସ୍ଥିରତା ଆସେ । ଅବିଚଳିତ ରହେ ଅନ୍ତର ଗୋଧୂଳିର ପରଶ ପାଇ । ସାରାଦିନର ପରିଶ୍ରମ ପରେ ଥକି ପଡ଼ିଥିବା ଦେହରେ କ୍ଲାନ୍ତି ଅନୁଭବ କରୁଥିବା ଶରୀରରେ ଗୋଧୂଳି ସନ୍ତୋଷ ଭରିଦିଏ । ଗୋଧୂଳି ଉଦ୍‌ବିଗ୍ନ କରାଏନା କିମ୍ଵ ଉନ୍ମାଦନା ଜଗାଏନା

ପ୍ରାଣରେ । ରାତ୍ରିକାଳୀନ ଅବସାଦ ଓ ନିରାଶାଜନିତ ଅବସୋସ ନ ଥାଏ ଗୋଧୂଳିରେ । ଗୋଟିଏ ଦୃଶ୍ୟର ଶେଷ (ଦିନର) ଓ ପରବର୍ତ୍ତୀ ଦୃଶ୍ୟର ଆରମ୍ଭ ସ୍ଥଳ (ରାତିର) ହେଉଛି ଗୋଧୂଳି । ଗୋଧୂଳି ଦିନ ଓ ରାତିର ମିଳନ ପାଇଁ କ୍ଷେତ୍ର ପ୍ରସ୍ତୁତ କରେ ଆଉ ଭିତ୍ତିଭୂମି ମଧ ତିଆରି କରିଦିଏ । ଗୋଟିଏ କର୍ମମୟ ଓ ଜଞ୍ଜାଳପୂର୍ଣ୍ଣ ଦିବସର ଅବସାନ ପରେ ସେହି ଦିନଟିରେ ନିଜ କର୍ତ୍ତବ୍ୟ ବିଷୟରେ ସମୀକ୍ଷା କରିବା ଲାଗି ଗୋଧୂଳି ସୁଯୋଗ ଦିଏ । ଗୋଧୂଳିରେ ଜୀବ ଜଗତ ଦିବସକୁ ବିଦାୟ ଦେଇ ପ୍ରଦୋଷକୁ ସ୍ୱାଗତ ଜଣାଇବା ଲାଗି ଅବସର ପାଇଥାନ୍ତି । କର୍ମକ୍ଲାନ୍ତ ଦିବସ ପରେ ଆଗକୁ ଦୀର୍ଘ ବିଶ୍ରାମ ସମୟର ପ୍ରତିଶ୍ରୁତି ପ୍ରଦାନ କରିଥାଏ ଗୋଧୂଳି ।

ଗୋଧୂଳିରେ ହରାଇବାର ଆଶଙ୍କା ନ ଥାଏ ବରଂ ପାଇବାର ଆଗ୍ରହ ମନରେ ଶିହରଣ ସୃଷ୍ଟି କରେ । ଗୋଧୂଳି– ଦୁଃଖ, କଷ୍ଟ, କ୍ଷତି, ଯନ୍ତ୍ରଣା, ହତାଶା କିମ୍ବା ବେଦନାରେ ଜର୍ଜରିତ କରାଏନା ବରଂ ତୃପ୍ତିରେ ବିଭୋର ହେବାକୁ ପ୍ରେରଣା ଯୋଗାଇଥାଏ । ଗୋଧୂଳିର ଶାନ୍ତ ଆଉ କମନୀୟ ପରିବେଶ ମନରେ ବିଷାଦର ଅବସାନ ଘଟାଇ ପୁଲକ ଉତ୍ପନ୍ନ କରାଇବାର ପ୍ରେରଣା ପ୍ରଦାନ କରେ ।

କ୍ଲାନ୍ତି ଆଉ ଆରାମ । ଆଲୋକ ଓ ଅନ୍ଧାର । କୋଲାହଲ ଏବଂ ନିରବତା । ଚଞ୍ଚଳ ଓ ସ୍ଥିରତା । ଉଦ୍ୟୋଗ ଆଉ ଉଦ୍ୟାପନ । ଦୁଃଖ ଓ ଆନନ୍ଦ । ବିଷାଦ ଏବଂ ହର୍ଷ । ବେଦନା ଆଉ ସରସତା । ନିଷ୍କ୍ରିୟତା ଓ ପ୍ରେରଣା ମଧରେ ସୀମାରେଖା ଟାଣିଦେଇ ଗୋଧୂଳି ଆସିଥାଏ ।

ଗୋଧୂଳି ଶେଷଯାମର ଏହି ଅପରୂପ ପରିବେଶରେ ବୈଶାଖ ଶୁକ୍ଲ ଚତୁର୍ଦ୍ଦଶୀ ସ୍ୱାତୀ ନକ୍ଷେତ୍ର ସଂଯୁକ୍ତ ଶନିବାର ପ୍ରିୟ ଭକ୍ତର ମାନରକ୍ଷା ଲାଗି ପାପିଷ୍ଟ ଦୁରାଚାରୀ ହିରଣ୍ୟକଶ୍ୟପୁର ବିନାଶ ପାଇଁ କାଷ୍ଟସ୍ତମ୍ଭ ମଧରୁ ଆବିର୍ଭୂତ ହୋଇଥିବା ନରସିଂହ ଅବତାରଙ୍କୁ ଶତକୋଟି ପ୍ରଣାମ ।

ଯେଉଁ ଗୋଧୂଳି ମନକୁ ଚଞ୍ଚଳ ନ କରି ପ୍ରାଣରେ ସ୍ଥିରତା ଆଣେ । ଉଦ୍ୟୋଗୀ ଆତ୍ମାକୁ ଉଦ୍ବିଗ୍ନ ନ କରାଇ ଅନ୍ତରରେ ପୁଲକର ଅନୁଭବ ପ୍ରଦାନ କରାଇଥାଏ । ଶାନ୍ତି ପ୍ରଦାୟିନୀ, ଆନନ୍ଦ ପ୍ରବାହିନୀ, କମନୀୟା, ନମନୀୟା ଗୋଧୂଳିର ଏହି ଅନୁପମ, ମନୋରମ ପରିବେଶରେ, ସୁନି ମନରେ ସରସତା ଅନୁଭବ କରିପାରୁନଥିଲା । ତା' ହୃଦୟରେ ସରସତା ପରିବର୍ତ୍ତେ ବିଷାଦ ଭରି ଯାଇଥିଲା । ସେ ତା'ପାଖରେ ବସିଥିବା ସତୀ ଆଡ଼କୁ ଅନାଇ ଦେଖିଲା ସତୀ ଆଗକୁ ଚାହିଁ ବସି ରହିଛି । ସତୀ ପଡ଼ିଆରେ ଖେଳୁଥିବା ପିଲାମାନଙ୍କୁ କିୟ ଗାଁକୁ ଯାଇଥିବା ରାସ୍ତାକୁ ଅଥବା ଯୋର ଆଡ଼କୁ ଲମ୍ବିଥିବା ଧାନକ୍ଷେତକୁ, ଯୋରକୁ, ଯୋରକଡ଼ର କାଶତଣ୍ଡୀ ଫୁଲକୁ, ଯୋର ସେପଟ ଲକ୍ଷ୍ମୀ ବଜାର ଗାଁକୁ, ଯେଉଁ ଗାଁ ହେଉଛି ତା' ମାମୁଁ ଘର ଗାଁ ଆଡ଼କୁ ଚାହିଁ ବସିଥିଲା, ସୁନି ତାହା ଜାଣିପାରୁ ନଥିଲା । ହଲଚଲ ନାହିଁ । ନିରବ, ନିସ୍ତବ୍ଧ, ନିର୍ବିକାର, ସତୀ କେବଳ ଆଗକୁ ଅନାଇଁ ରହିଛି । ଯେମିତି ବୈଦିକ ଆର୍ଯ୍ୟମାନେ (ଆର୍ଯ୍ୟରୃଷି) ଆଶ୍ରମରେ ଧ୍ୟାନରେ ବସିଥିବା ପରି କିମ୍ବା ବୁଦ୍ଧଗୟାରେ ବୋଧଦ୍ରୁମ ତଳେ ଧ୍ୟାନମଗ୍ନ ଗୌତମ ବୁଦ୍ଧଙ୍କ ପରି ସତୀ ବସି ରହିଥିଲା । ସେ ଏକ ଧ୍ୟାନରେ ବସିଥିଲା ସତ ଅଥଚ ଆଖି ଖୋଲା ରଖିଥିଲା । ସତୀ କୁଆଡ଼କୁ ଅନାଇ ବସିଥିଲା ସେ କଥା କେବଳ ତାକୁହିଁ ଜଣା ।

ସତୀ ତାଙ୍କ ଗାଁ ଆର ସାଇ ସପନି ଦାସର ବଡ଼ଝିଅ । ତା' ପ୍ରାଣର ସଙ୍ଗିନୀ । ଅନ୍ତରଙ୍ଗ ବାନ୍ଧବୀ । ଆତ୍ମାର ମିତଣୀ । ତାଆରି ବୟସର ଡ଼ିଅଟିଏ । ସାଧାରଣ ଉଚ୍ଚା ଡେଙ୍ଗୀ ନୁହେଁ କି ବାଙ୍ଗିରୀ (ଗେଡ଼ି) ନୁହେଁ । ତା' ପରି ପାତିଲି ନୁହେଁ କିୟ ଅଧିକ ମୋଟି (ଫାପୁଲି) ନୁହେଁ । ମଧମ ଧରଣର, ଡଉଲ, ଡାଉଲ ସ୍ୱାସ୍ଥ୍ୟ । ତୋଫା ଗୋରୀ । ଗୋଲ ମୁହଁ । ଟଣା ଟଣା ଆଖି, ଢଳଢଳ ଚାହାଁଣି । ଡାହାଣ ଆଖର କୋଣକୁ ନାକ ପାଖରେ ଛୋଟିଆ କଳାଜାଇ ମଞ୍ଚ, ବାମ ଆଖି ଅପେକ୍ଷା ଡାହାଣ ଆଖିଟି ଟିକେ ବୁଜି ହେଲା ପରି । ସେଥିପାଇଁ ଡାହଣ ଆଖିଠାରୁ ବାମ ଆଖିଟି ସାମାନ୍ୟ ବଡ଼ ପରି ଦିଶେ । ଯାହା ତା' ମୁହଁର ସୌନ୍ଦର୍ଯ୍ୟ ବଢ଼ାଇବାରେ ସାହାଯ୍ୟ କରେ । ଇନ୍ଦ୍ରଧନୁ ପରି ଭୁଲତା । ପୁରିଲା ପୁରିଲା ଗାଲ । କିନ୍ତୁ

ପୁତୁଳା ନୁହେଁ । କଥା କହିଲେ କିମ୍ୱ ହସିଦେଲେ ଗାଲ ମଝିରେ ଭଉଁରୀ ସୃଷ୍ଟି ହୁଏ । ଠିଆନାକ କମ କରି ଥୁଆ ହେଲା ପରିଦିଶେ । ସରୁନାଲି ଓଠ ରଙ୍ଗ ବୋଲାହେଲା ଭଲି ଲାଗେ । ବଧୁଲି ଫୁଲ ପରି । ଛୋଟ ଛୋଟ ଦାନ୍ତ ଦିଧାଡ଼ି ପାଟିଲା ଡାଳିମ୍ୱ ମଞ୍ଜି ପରି । କମନୀୟ ଗ୍ରୀବା । ପ୍ରଶସ୍ତ କପାଳ । ଗହଳିଆ ଘନକଳା କେଶ । କୁଞ୍ଚକୁଞ୍ଚିଆ । ବଳିଲା ବଳିଲା ହାତ । କୁନ୍ଦରେ କଟା ହେଲାପରି ପାପୁଲି । ହାତର ଆଙ୍ଗୁଳି ଚମ୍ପା କଢ଼ଭଳି । ପାଦ ଦୁଇଟି ଛୋଟ ଛୋଟ ସାଉଁଲା ସାଉଁଲା । ଭାରି ମସୃଣ । ମାର୍ଗଶୀର ଓ ମାଘ ମାସ ଗୁରୁବାରମାନଙ୍କରେ ଘର ଦୁଆରେ ପିଠାଉରେ ଝୋଟି ପକାଯାଇ ଅଙ୍କା ଯାଇଥିବା ଲକ୍ଷ୍ମୀ ଠାକୁରାଣୀଙ୍କ ପାହୁଲ ପରି ।

ସତୀ ବସିଛି ନିରବରେ । ଅୟନ୍ତ ପର୍ବତ ଗୁମ୍ଫାର ମୂର୍ତ୍ତି ପରି । ଏଲୋରା ପାହାଡ଼ କାନ୍ତର ଚିତ୍ରଭଳି । ଅଭିଶାପ ଗ୍ରସ୍ତା ଅହଲ୍ୟାଙ୍କ ପଥର ମୂର୍ତ୍ତି ଯେପରି ବସି ରହିଛି ଗୌତମ ରଷିଙ୍କ ଆଶ୍ରମ ପ୍ରାଙ୍ଗଣରେ ।

ସତୀ ବସି ରହିଥିଲା ରାସ୍ତା ଆଡ଼କୁ ଅନାଇଁ । ତାକୁ ଦେଖୁଲେ ଲାଗୁଥିଲା ତା' ନିରିହ ଆଖ୍ରର ସରଳ ଚାହାଁଣି – ଯେପରି କିଛି କହିବାକୁ ବ୍ୟାକୁଳ ଅଥଚ ସେ କିଛି କହି ପାରୁ ନଥିଲା ।

ଆଜି ଯେଉଁ ସତୀ ତା' ପାଖରେ ବସିଛି । ସେ ସତୀ ପିଲା ବେଳର ସତୀ ନୁହେଁ । ଯିଏ ଗାଁ ଦାଣ୍ଡ ଧୁଲି ଖେଳବେଲେ କନିଆଁ ହେଉଥିଲା । ମୁଣ୍ଡରେ ଓଢ଼ଣା ଦେଇ ବସୁଥିଲା । ସୁନି ହେଉଥିଲା ବର । ମିଛି ମିଛିକା ସେ ଘର ସଂସାର । ଘରେ ଦେଖୁଥିବା ବ୍ୟବହାର ଓ ଶୁଣିଥିବା କଥା ସେମାନେ କହୁଥିଲେ ଏବଂ ସେମିତି ଚଲୁଥିଲେ । ଯେମିତି ମା'ମାନେ ବାପାଙ୍କୁ ଡାକନ୍ତି । ଶୁଣୁଛ, ମିଲା, ହଇହେ, ଶୁଭୁଛି ନା ନାହିଁ, ହେଇଟି, କୁଆଡ଼େ ଗଲକି । ସେମିତି ସତୀ ଡାକୁଥିଲା ତାକୁ । ପିଲାବେଳେ ଗାଁ ଦାଣ୍ଡରେ ଧୁଲି ଖେଳ ସମୟରେ । ଏବେ ସେ ଆଉ କନିଆଁ ହୁଏନା । ମୁଣ୍ଡରେ ଦିଏ ନାହିଁ ଓଢ଼ଣା । ଡାକେ ନାହିଁ ସେମିତି କିମ୍ୱ ସୁନି ତା' ପାଇଁ ବି ସେପରି ବର ହୁଏ ନାହିଁ । ଯେମିତି ଧୁଲିଖେଳରେ ହେଉଥିଲା । ସେ ସମୟ ଅତିକ୍ରାନ୍ତ ହୋଇଯାଇଛି । ସେମାନେ ଡେଇଁ ଆସିଛନ୍ତି ସେ ସମୟକୁ । ସେହି ବୟସକୁ । ସେମାନେ ଆଉ ପିଲା ହୋଇ ରହିନାହାଁନ୍ତି । ବର୍ତ୍ତମାନ ସେମାନଙ୍କର ଭରା ଯୌବନ ସମୟ । ଯୌବନ ଦୀପ୍ତ ଦେହରେ ତାଙ୍କର ଶୋଭାର ସମ୍ଭାର ଢେଉ ଭାଙ୍ଗୁଛି । ଭରପୁର ଯୌବନ ବୟସରେ ସେମାନଙ୍କର ଆଖ୍ ଝଲସା ଚେହେରା । ଏଇମାନେ ବାହାଘର କଥା କହିଲେ ସେମାନେ ଲାଜରେ ମୁହଁ ତଳକୁ ପୋତନ୍ତି । ମାଥାରେ ଓଢ଼ଣା ଦେବାକୁ ଏବେ ସଙ୍କୋଚ ଲାଗେ । ମିଛି ମିଛିକା ମାନ କରି ବସିବାକୁ ସରମ ବାଧା ଦିଏ । ସତୀ ଆଉ କନିଆଁ ହୋଇ ପାରେନା କିମ୍ୱ ସୁନି ତା' ଲାଗି ବର ।

ଗାଁ ଦାଣ୍ଡ ଧୁଲିରେ ଖେଳିବା ଦୂରେ ଥାଉ । ଏଇନେ ଦେହରେ ଟିକେ ଧୁଲି ପଡ଼ିଗଲେ ଦଶଥର ଝାଡ଼ି ହୁଅନ୍ତି । ହାତରେ ଧୁଲି ଲାଗିଲେ ସାବୁନରେ ହାତ ନ ଧୋଇଲେ ନ ଚଳେ ।

ସତୀ ଆଜି ସୁନି ପାଖରେ ବସିଛି ସତ ହେଲେ ତା' ପାଇଁ କନିଆଁ ହୋଇ ନୁହେଁ । ସତୀ ନିକଟରେ ସୁନି ବସିଥିଲେ ସୁଦ୍ଧା ବର ବେଶରେ ସଜେଇ ହୋଇନି । ଦୁହେଁ ଯାକ ଝିଅ । ଯୁବତୀ ବୟସର । ପୂର୍ଣ୍ଣ ଯୌବନ ଦୀପ୍ତ ଦେହରେ ଶୋଭାର ସୌନ୍ଦର୍ଯ୍ୟ ଭରପୁର । ସେମାନେ ବସିଛନ୍ତି ଧବଳେଶ୍ୱରଙ୍କ ମନ୍ଦିର ମୁଖଶାଲାରେ, ଜଣଙ୍କ ଅପେକ୍ଷାରେ ।

ଗୋଧୂଲି ସମୟରେ ମଠବାଡ଼ି ଓ ଦେବାଳୟମାନଙ୍କରେ ସନ୍ଧ୍ୟା ଆଳତି ହୋଇଥାଏ । ଗୃହସ୍ତମାନେ ଗୋଧୂଲି ମଉଳି ଗଲେ ସନ୍ଧ୍ୟା ଆଗମନ ସମୟରେ ଘରେ ସଞ୍ଜ ସଳିତା ଜାଲି ଥାଆନ୍ତି । ସୂର୍ଯ୍ୟାସ୍ତ ପରେ ଗୋଧୂଲି ଉପଗତ ହେବାରୁ ତାଙ୍କ ଗାଁର କେତେକ ଲୋକ ଯେଉଁମାନେ ସନ୍ଧ୍ୟା ଆଳତିରେ ଯୋଗ ଦେଇଥାଆନ୍ତି ସେମାନେ ମନ୍ଦିରକୁ ଆସିବା ଆରମ୍ଭ କରି ଦେଲେଣି । ସେମାନଙ୍କ ମଧ୍ୟରେ ଅଧିକାଂଶ ବୟସ୍କ ବ୍ୟକ୍ତିଥିଲେ । ଯୁବକ ଏବଂ ପିଲାଙ୍କ ସଂଖ୍ୟା ଥିଲା ଖୁବ୍ ଅଳ୍ପ ।

ମନ୍ଦିରକୁ ଆସୁଥିବା ବୟସ୍କ ଥିଲାବାଲା (ସଚଳ)ମାନେ ଧୋତି ପିନ୍ଧି ଥିଲେ । ଦେହରେ କାମିଜ, କାନ୍ଧରେ ଧୋତି ଚଦର ଚାରିଭାଙ୍ଗ ହୋଇ ପଡ଼ିଥାଏ । ଅଭାବ ଗ୍ରସ୍ତମାନେ ପିନ୍ଧିଥିଲେ ଗାମୁଛା, କଚ୍ଛାମାରି । ଦେହରେ, ଗଞ୍ଜି,

କାନ୍ଧରେ ଆଉ ଛୋଟ ଖଣ୍ଡେ । ସେମାନେ ଓଡ଼ିଶାର ଲୋକ ଓଡ଼ିଆ । ଦେହରେ ସେମାନଙ୍କର ଓଡ଼ିଆଙ୍କ ପୋଷାକ, ଚଳଣି ଓଡ଼ିଆଙ୍କ ଭଳି । ଓଡ଼ିଆଙ୍କ ପରି ସେମାନଙ୍କ ଢଙ୍ଗ, ଆଚାର, ବ୍ୟବହାର, ଚାଲି, ଚଳନ, ସବୁ ଓଡ଼ିଆଙ୍କ ପରି । ଆଉ ଯେଉଁ ସ୍ତ୍ରୀ ଲୋକମାନେ ଆସୁଥିଲେ ସେମାନେ ପିନ୍ଧିଥିଲେ ଶାଢ଼ି । ଯୁବତୀ ବୋହୂ ଭୁଆଶୁଣୀମାନଙ୍କର ଲୁଗାତଳେ ଥିଲା ଅନ୍ତର୍ବାସ, ଦେହରେ ମଧ୍ୟ । ବୟସ୍କ ସ୍ତ୍ରୀ ଲୋକମାନେ ପିନ୍ଧିଥିଲେ ଖାଲି ଖଣ୍ଡେଲେଖା ଶାଢ଼ି । ସେମାନଙ୍କ ମଧ୍ୟରେ ସତୀର ଜେଜେମା ଥିଲା ଥୁକୁଲୁ ଥାକୁଲୁ ବୁଢ଼ୀଟିଏ । ଆମୁଆ ମଣିଷ । ଦେଖାହେଲେ ହସିଦିଏ । ପାକୁଆ ପାଟି । ପାନଗୁଣ୍ଡ ଜାକି ଥାଏ କଲରେ । ସତୀପରି ତା' ବାମ ଆଖିଟି ଡାହଣ ଆଖିଠାରୁ ଟିକେ ବଡ଼ । ବୟସ ଷାଠିଏ ଟପିଲାଣି । ସାଧାରଣ ସ୍ତ୍ରୀ ଲୋକମାନଙ୍କଠାରୁ ସାମାନ୍ୟ କମ୍ ଉଚ୍ଚା । ଦେହର ବର୍ଣ୍ଣ ସଫା ଶ୍ୟାମଳ । ମୁଣ୍ଡରେ ଓଢ଼ଣା । ଚୁଲ ଅଧାରୁ ଅଧିକ ପାଚି ଗଲାଣି । କପାଳରେ ଛୋଟିଆ ସିନ୍ଦୂର ଟୋପା । ଠିକ୍ ଦୁଇ ଭ୍ରୁଲତା ମଝିରେ । ସିନ୍ଥିରେ ସିନ୍ଦୂର ଗାର । ପୁରିଲା ଗାଲ ଶୁଖି (ଆସିଲାଣି) ଗଲାଣି ବୟୋବୃଦ୍ଧି ଯୋଗୁ । ବାମ ନାକରେ ନିମକାଠି । କାନରେ ନୋଲି ଯାହାକୁ ମରହଟି ଯୁଗରେ ପିନ୍ଧୁଥିଲେ । ପିନ୍ଧିଛି ଖଣ୍ଡେ ଶାଢ଼ି । ଲୁଗା ତଳେ କିଛି ନାହିଁ । ତଥାପି ଦେହଟି ଢାଙ୍କି ହୋଇଛି ପୁରାପୁରି । ଶରୀରର କୌଣସି ଅଂଶ ବାହାରକୁ ଦିଶୁନି । ଓଡ଼ିଆ ଘରର ବୁଢ଼ି । ଖାଣ୍ଟି ଓଡ଼ିଆଣୀ ।

ସୁନିର ଜେଜେମା ବର୍ଷେ ହେଲା ସଂସାରରୁ ବିଦାୟ ନେଲେଣି । ଥିଲେ ଏମାନଙ୍କ ସହିତ ଆସି ଥାଆନ୍ତେ । ହୁଏତ ଅଶରୀରେ କେଉଁ ଗଛ କିମ୍ବା କୋଉ ଉହାଡ଼ରେ ରହି ଏମାନଙ୍କୁ ଦେଖୁଥିବେ ।

ଏମାନଙ୍କୁ ଦେଖିଲେ ଭଲ ଲାଗେ । ଏମାନଙ୍କ ବେଶଭୂଷା ମନକୁପାଏ । କଥା ଭାଷା ହୃଦୟକୁ ଛୁଏଁ । ଢଙ୍ଗ ଢାଙ୍ଗ ଅନ୍ତରରେ ପୁଲକ ଭରେ । ଆଚାର ଆଚରଣ ସବୁ ଶିକ୍ଷଣୀୟ ଭଳି । ବ୍ୟବହାର ଭାରି ଭଲ, ଭାରି ଖୁସି ଲାଗେ ଏମାନଙ୍କୁ ଦେଖିଦେଲେ, ଏମାନଙ୍କ ସହିତ ଭେଟ ହେଲେ ଆନନ୍ଦ ଭରି ଯାଏ ପ୍ରାଣରେ । ଏମାନେ ମୋ ବୋଉ, ମାଉସୀ, ପିଉସୀ, ଜେଜେମା, ଜେଠେଇ, ଆଇ, ଅପା, ନାନୀ, ଦେଇ, ଖୁଡ଼ୀ, ବଡ଼ ମା', ସାନ ମା, ଏମିତି କିଛି ସମ୍ପର୍କରେ । ହିସାବରେ, ପଡ଼ିଶା ଲେଖାରେ ।

ଆଉ ଯେଉଁ ଅଳ୍ପ ବୟସର ଝିଅ କେତୋଟି ଆସିଥିଲେ । ତାଆରି ବୟସର ଓ ତା'ଠାରୁ ସାନ । ପିନ୍ଧା ଚୁଡ଼ିଦାର ଓ ସାଲୁଆର, କେହିବି ନାଇଟ ଆଉ ଟପ୍ସ, ସେ ନିଜେ ବି ପିନ୍ଧିଛି ସେମିତି । ତା' ପାଖରେ ବସିଥିବା ସତୀ ମଧ୍ୟ । ଏ ପୋଷାକ ଓଡ଼ିଶାର ନୁହେଁ । ଓଡ଼ିଆ ଝିଅଙ୍କର ବା କେମିତି ହେବ ? ସୁନିର ମନେ ପଡ଼େ ତା' ପିଉସୀମାନଙ୍କ କଥା । ବାହାହେବା ପୂର୍ବରୁ ସେମାନେ ଶାଢ଼ି ପିନ୍ଧୁଥିଲେ । ଲମ୍ବାଚୁଲ ରଖୁଥିଲେ । ଖୋସା ଫିଟାଇ ଦେଲେ ଅଣ୍ଟା ପର୍ଯ୍ୟନ୍ତ କେଶ ପଡ଼ୁଥିଲା । ପିଠି ପୁରା ଢାଙ୍କି ହୋଇଯାଏ ମୁଣ୍ଡ କୁଣ୍ଢାଇଲା ବେଳେ । ଏବେକା ଝିଅଙ୍କ ପରି ସେମାନେ ଡ୍ରେସ ପିନ୍ଧୁ ନଥିଲେ । କାଟୁନଥିଲେ ମଥାର କେଶ । ଓଷା, ବ୍ରତ ପାଳୁଥିଲେ । ଉପାସ ବାର କରୁଥିଲେ । ମାନୁଥିଲେ ପରମ୍ପରାକୁ । ପୁରୁଣା ସଂସ୍କୃତି– ମରହଟି ଯୁଗର ହେଲେ ସୁଦ୍ଧା ତାକୁ ସମ୍ମାନ ଜଣାଉଥିଲେ । ସେମାନେ ଥିଲେ ଓଡ଼ିଆ ଘରର ଝିଅ ଅସଲ ଓଡ଼ିଆଣୀ । କବି ଚନ୍ଦ୍ରଶେଖର ଲେଖିଲେ– ଅନସୂୟା, ସାବିତ୍ରୀ ପ୍ରସୂତୀ ଏହି ଦେଶ, କି ଦୁଷ୍କୃତି ପରିପାକ ଫଳେ, ଧନ୍ୟ ବିଧୁ ପ୍ରସବିଲା କନ୍ୟା, ତୌର୍ଯ୍ୟତ୍ରିକ ପ୍ରବୀଣା ବହୁଲେ, ସ୍ୱୈର ଗତି, ଛିନ୍ନଗଳା, ଯୌବନର ସ୍ୱସ୍ତ ବିଜ୍ଞାପନ– ହାସ, ଭାଷ, ବେଶ ଭଙ୍ଗିମାରେ (ଏତ) ପଣ୍ଢିମାର ପ୍ରାଚ୍ୟ ସଂସ୍କରଣ । ଏ ଦେଶର ପୂର୍ବ ପୁଣ୍ୟଫଳେ, ଜନମିଲେ ଦେଶେ ସୁଗୃହିଣୀ, ଜନକ, ନାନକ, ବୁଦ୍ଧ, ଗାନ୍ଧୀ, ବ୍ୟାସ, ଯୀଶୁ, ଶଙ୍କର, ଜନନୀ, ଆର୍ଯ୍ୟଘର ଆଗାର ପୀଠ ଲକ୍ଷ୍ମୀ, ଲଜ୍ଜାବତୀ, ସମାନ ଧର୍ମିଣୀ, ପ୍ରାଣ ପୀଠେ ବହିବ କି ଆହା । ଲୁପ୍ତ ସ୍ରୋତା ସଂସ୍କୃତିର ସୁରତରଙ୍ଗିଣୀ ।

ଆଜିର ଡ୍ରେସପିନ୍ଧା, ଚୁଟିକଟା ଫେସନ ଆମ ଚଳଣିର ନୁହେଁ । ଏହା ପଣ୍ଢିମ ବେପାରିଙ୍କ ଚଳଣି । ପଣ୍ଢିମ ଇଉରୋପରେ ଗୋଟିଏ ଛୋଟିଆ ଦ୍ୱୀପ ଇଂଲଣ୍ଡ । ଦଲେ ବଣିକ ଆସିଥିଲେ ଭାରତରେ ବେପାର କରିବାକୁ । ସମୟ

ସେମାନଙ୍କୁ ସହାୟ ହେଲା । ଆମ ଦେଶର ଆଭ୍ୟନ୍ତର ପରିସ୍ଥିତି ସେମାନଙ୍କୁ ସୁଯୋଗ ଦେଲା । ପରିବେଶ ସେମାନଙ୍କ ସପକ୍ଷରେ ଅନୁକୂଳ ହେଲା । ସୁବିଧା ପାଇ ବେପାରୀରୁ ସେମାନେ ହେଲେ ଶାସକ । ତା'ପର କଥାଟ ଖୋଲି କହି ବସିଲେ ମହାଭାରତକୁ ବଳିଯିବ । କେବଳ ଗଜନିର ମହମ୍ମଦ ମାମୁଦ ଭାରତ ଆକ୍ରମଣ କରି ସୋମନାଥ ମନ୍ଦିର ଲୁଣ୍ଠନ କରି ବହୁତ ସୁନା, ରୁପା ନେଇ ଯାଇଥିଲେ । ଆଫଗାନ (ତୁର୍କ) ଓ ମୋଗଲମାନେ ଭାରତକୁ ଛଅଶହ ବର୍ଷ ଶାସନ କଲେ । ସେମାନେ ବହୁତ ମନ୍ଦିର ଭାଙ୍ଗିଲେ ଓ ଖଣ୍ଡା ମୁନରେ ଅନେକ ହିନ୍ଦୁଙ୍କୁ ମୁସଲମାନ କଲେ । ଅବଶ୍ୟ ଇଂରେଜମାନେ ପ୍ରଲୋଭନ ଦେଖାଇ ଓ ସୁବିଧା ଯୋଗାଇ ଦେଇ ହିନ୍ଦୁମାନଙ୍କୁ ଖ୍ରୀସ୍ଟାନ କରୁଥିଲେ । କିନ୍ତୁ ଏ ଦେଶର ସମ୍ପତ୍ତିକୁ ମୁସଲମାନମାନେ ତାଙ୍କ ଦେଶକୁ ବୋହି ନେଇ ଯାଇନଥିଲେ କିମ୍ବା କୌଣସି ଅନ୍ୟ ଦେଶକୁ ପଠାଇନଥିଲେ । ସେ ସମୟରେ ଯେକୌଣସି ସୁବେଦାରଙ୍କ ସମ୍ପତ୍ତି ଇଂଲଣ୍ଡ, ସ୍ପେନ ଓ ପର୍ତ୍ତୁଗାଲର ରାଜା କିମ୍ବା ରାଣୀଙ୍କ ସମ୍ପତ୍ତିଠାରୁ ବେଶିଥିଲା । ସେ ସବୁ ଦେଶର ରାଜା, ରାଣୀ ଅନେକ ଜଳଦସ୍ୟୁ ନିୟୋଜିତ କରି ସମୁଦ୍ରରେ ବ୍ୟାପକ ଲୁଟତରାଜ କରାଉଥିଲେ । ଫ୍ରାନ୍ସିସ ଡ୍ରେକ, ୱାଲଟର ରାଲେ, ଖ୍ରୀସ୍ଟୋଫର କଲମ୍ବସ, ଭାସ୍କୋଡାଗାମା ପ୍ରମୁଖ ସେ ସମୟରେ ନିଜ ଦେଶର ସମ୍ମାନିତ ବ୍ୟକ୍ତିମାନେ ଥିଲେ କୁଖ୍ୟାତ ଓ ଭୟଙ୍କର ଡକାୟତ (ଜଳଦସ୍ୟୁ) । ଏମାନଙ୍କର ଡକାୟତି ଧନର ସିଂହଭାଗ ସେ ଦେଶର ରାଜା ଓ ରାଣୀମାନେ ନେଉଥିଲେ । ଯେଉଁ ଦେଶର ରାଜା, ରାଣୀ, ଡକାୟତିରେ ସମ୍ପୃକ୍ତ ସେ ଦେଶ ଯେତେବେଳେ ଉପନିବେଶ ସ୍ଥାପନ କଲା ସେତେବେଳେ ଶାସନରେ ଡକାୟତି ସଂସ୍କୃତି ପ୍ରବେଶ ନ କରିବ କେମିତି ? ଇଂରେଜମାନେ ହେଲେ ବଣିକ ଜାତି । ସେଇଥିପାଇଁ ଫରାସୀ ସମ୍ରାଟ ନେପୋଲିୟନ ବ୍ରିଟିଶମାନଙ୍କୁ ତାଚ୍ଛଲ୍ୟ କରି "ଏକ ଦୋକାନୀମାନଙ୍କ ଜାତି" ବୋଲି କହିଥିଲେ । ବେପାରରେ ଲାଭ କରିବା ସେମାନଙ୍କର ପ୍ରଧାନ ଲକ୍ଷ୍ୟ । ତା' ବ୍ୟତୀତ ସେମାନେ ଅନ୍ୟ ଦିଗ ପ୍ରତି ସେତେଟା ଗୁରୁତ୍ୱ ପ୍ରଦାନ କରିନଥାନ୍ତି । ଭାରତ ଏହିଭଳି ଡକାୟତି ଶାସନର ଶିକାର ହେଲା । ମୋଗଲ (ଆକବରଙ୍କ ବ୍ୟତୀତ) ଓ ଆଫଗାନମାନେ ଅତ୍ୟାଚାରୀ ଓ ଧର୍ମାନ୍ଧ ଥିଲେ । ମାତ୍ର ଇଂରେଜମାନେ ଶୋଷଣ ପ୍ରକ୍ରିୟାକୁ ମନ୍ଦତମ ସ୍ତରକୁ ନେଇଗଲେ ।

ସ୍ୱାମୀ ବିବେକାନନ୍ଦ ଚିକାଗୋ ସମ୍ମିଳନୀ ପରେ ଭାରତ ଫେରି ସାମ୍ୟାଦିକଙ୍କ ପ୍ରଶ୍ନର ଉତ୍ତରରେ ଥରେ କହିଥିଲେ "Every nation has its own mission"– ପ୍ରତ୍ୟେକ ରାଷ୍ଟ୍ର ଏକ ନିଜସ୍ୱ ଲକ୍ଷ୍ୟ ରହିଛି । ଯାହାକୁ ହାସଲ କରିବା ପାଇଁ ସେହି ରାଷ୍ଟ୍ରଟି ଉଦ୍ୟମ କରିଥାଏ । ଇଂରେଜମାନଙ୍କ ଲକ୍ଷ୍ୟ ହେଲା ବେପାର କରି ଲାଭ ହାସଲ କରିବା । ସେମାନେ ସେଥିପ୍ରତି ଅଧିକ ଧ୍ୟାନ ଦେଇଥାଆନ୍ତି ।

ଇଂରେଜମାନେ ଭାରତକୁ ଆସିବା ପୂର୍ବରୁ ଭାରତ ଓ ଚାଇନା ପୃଥିବୀର ସବୁଠାରୁ ଧନୀ ରାଷ୍ଟ୍ର ଥିଲେ । ସେକ୍ସପିୟର ଭାରତକୁ ଗୋଲଡ଼େନ ଇଣ୍ଡିଆ ଆଖ୍ୟା ଦେଇଥିଲେ । ମୋଗଲମାନେ ଇଷ୍ଟଇଣ୍ଡିଆ କମ୍ପାନିକୁ ବେଙ୍ଗଲର ଦେଓ୍ୱାନି କ୍ଷମତା ଦେବା ପରେ ଶୋଷଣ ଆରମ୍ଭ ହୋଇଗଲା । ରବର୍ଟ କ୍ଲାଇବ ଏହାର ଶୁଭାରମ୍ଭ କରିଥିଲେ । ସିରାଜଉଦୌଲ୍ଲା ପରାସ୍ତ ହେବାପରେ ରାଜଧାନୀ ମୁର୍ଶିଦାବାଦ ଲୁଣ୍ଠନ ହେଲା । ସେନାପତି (କ୍ଲାଇବ)ଙ୍କଠାରୁ ଆରମ୍ଭ କରି ସୈନିକ ପର୍ଯ୍ୟନ୍ତ ସମସ୍ତେ ଲୁଟତରାଜରେ ମାତିଲେ । ଯେତେବେଳେ ସୁନାଭରି ଦୁଇଟଙ୍କା ଥିଲା । ସେଇ ସମୟରେ କ୍ଲାଇବ ଛଅଲକ୍ଷ ପନ୍ଦର ହଜାର ଟଙ୍କା ନେଇ ସାରିଲା ପରେ କହିଥିଲେ "ଭାରତର ଐଶ୍ୱର୍ଯ୍ୟ ତୁଳନାରେ ଏହା କିଛି ନୁହେଁ ।" ତେଣୁ କ୍ଲାଇବ – ରାଜା, ଜମିଦାର ଓ ବ୍ୟବସାୟୀଙ୍କଠାରୁ ଆଖ୍ତବୁଜା ପ୍ରଚୁର ଲାଭ ନେଲେ ।

ଭାରତ ବର୍ଷରେ ଗଚ୍ଛିତ ଥିବା ସୁନା ଉପରେ ବ୍ରିଟିଶମାନଙ୍କର ଲୋଲୁପ ଦୃଷ୍ଟି ପଡ଼ିଥିଲା । କାର୍ଲମାର୍କ୍ସ ତାଙ୍କର "କେପିଟାଲ" ପୁସ୍ତକରେ ଲେଖ୍ଛନ୍ତି ୧୭୫୨ରୁ ୧୭୬୪ ଭିତରେ (ଯେତେବେଳେକି ରବର୍ଟ କ୍ଲାଇବ ଭାରତରେ ଥିବା ଇଂରେଜମାନଙ୍କର ସର୍ବମୟକର୍ତ୍ତା ଥିଲେ) ସେମାନେ ତତ୍କାଳୀନ ମୂଲ୍ୟରେ ଭାରତରୁ ଦଶକୋଟି ଛୟାନବେ ଲକ୍ଷ

ବାଉନ ହଜାର ନଅଶହ ସତର ପାଉଣ୍ଡ ମୂଲ୍ୟର ସୁନା ଇଂଲଣ୍ଡକୁ ନେଇ ଯାଇଥିଲେ । ଯେଉଁ ଦେଶର ରାଜାରାଣୀ ଜଳପଥରେ ଜଳଦସ୍ୟୁ ନିଯୁକ୍ତ କରି ବାଣିଜ୍ୟତରୀ ଲୁଟନ୍ତି । ଯେଉଁ ଦେଶର ଶାସକବର୍ଗ ଅନ୍ୟ ଦେଶକୁ ଶାସନାଧୀନ କରି କେବଳ ଲୁଣ୍ଠନ କରିବା ଜାଣନ୍ତି । ସେଇ ଦେଶର ସମ୍ବିଧାନକୁ ଅନୁକରଣ କରି ଆମର ସମ୍ବିଧାନ ଗଢ଼ାଗଲା । ଆମେ ଭାରତୀୟମାନେ ଇଂରେଜମାନଙ୍କଠାରୁ ସେମାନଙ୍କର ଭଲ ଗୁଣକୁ ଶିଖିନପାରି ସେମାନଙ୍କ ଖରାପ ଗୁଣକୁ ଅନୁସରଣ କରିବାରେ ସିଦ୍ଧହସ୍ତ ହେଲୁ । ଇଂରେଜମାନେ ପୃଥିବୀର ଅଧିକାଂଶ ଦେଶକୁ ଆପଣା ଅଧିକାରଭୁକ୍ତ କରି ସେ ଦେଶର ଶାସନଦଣ୍ଡ ନିଜ ହାତ ମୁଠାରେ ରଖି ବିଜିତ ଦେଶକୁ ଶୋଷଣ କରୁଥିଲେ । ଆମ ଭାରତୀୟମାନଙ୍କର ଅନ୍ୟ ଦେଶକୁ ଅଧିକାର କରିବାର କ୍ଷମତା ନାହିଁ । ସେଥିପାଇଁ ଇଂରେଜମାନଙ୍କ ପରି ବିଶେଷତଃ ଇଉରୋପୀୟମାନଙ୍କ ଭଳି ଅନ୍ୟ ଦେଶକୁ ଶୋଷଣ କରିବାର ଯୋଗ୍ୟତା ହରାଇ ସେମାନଙ୍କଠାରୁ ଶିଖିଥିବା ଶୋଷଣ ନୀତି ପ୍ରୟୋଗ କରି ଆମ ନିଜ ଦେଶର ତହବିଲ ଲୁଟିବା, ଜନସାଧାରଣଙ୍କ ସମ୍ପତ୍ତି ହଡ଼ପ କରିବା, ଜନତାଙ୍କ ଲାଗି ଉଦ୍ଦିଷ୍ଟ ଅର୍ଥ ଆତ୍ମସାତ କରି ନେବାରେ ନିଜର ପାରଦର୍ଶିତାପଣ ସାବ୍ୟସ୍ତ କରିବାରେ ଅଭ୍ୟସ୍ତ ହୋଇଗଲୁ । ଲୁଟେରାଙ୍କ ସମ୍ବିଧାନ ଭାଣ୍ଡାରେ ତିଆରି ଆମର ସମ୍ବିଧାନ ଆମକୁ କେବଳ ଲୁଟିବା ପ୍ରକ୍ରିୟା ଶିକ୍ଷା ଦେବାକୁ ସମର୍ଥ ହେଲା ।

ଦେଶ ସ୍ୱାଧୀନ ଓ ଗଣତାନ୍ତ୍ରିକ ହେବାପରେ ଆମେ ଲକ-ଷ୍ଟକ-ବ୍ୟାରେଲ ବା ସମୁଦାୟ ଗାଏମୋଟ ଇଂଲିଶ ଆଇନକୁ ନିୟମ କରିନେଲୁ । ଫଳରେ ଆବଶ୍ୟକତାରୁ ଆଇନ ଯେ ଗଢ଼ାଯାଏ, ଭାରତୀୟ ମାନସିକତା ଏପରି ଅଭ୍ୟାସ ହାସଲ କରିପାରିଲାନାହିଁ । ଯେଉଁ ଆଇନ ବିରୋଧରେ ପରାଧୀନ ଥିବାବେଳେ ଦେଶ ପ୍ରତିବାଦ କରୁଥିଲା, ତାକୁ ହିଁ ଆମ ଗଣତନ୍ତ୍ର, ଆଇନର ଶାସନ କହି ସୁରକ୍ଷା କବଚ ପିନ୍ଧେଇଲା । ସ୍ୱାଧୀନତା ପରଠାରୁ ସରକାରଙ୍କ ସମସ୍ତ କାର୍ଯ୍ୟ ପରିଚାଳିତ ହେଉଛି ମୌଲିକ ଛାଞ୍ଚଭାବେ ଇଂରେଜ ଅମଲର ଆଇନକାନୁନ ଦ୍ୱାରା । ଭାରତୀୟମାନଙ୍କୁ ଦମନ କରିବା ପାଇଁ ୧୯୨୩ରେ ଇଂରେଜ ସରକାର ଭାରତରେ "ଅଫିସିଆଲ ସିକ୍ରେଟ ଆକ୍ଟ" ନାମକ ଏକ କଠୋର ଆଇନ ପ୍ରଣୟନ କରିଥିଲେ । ତାହାଥିଲା ୧୯୧୧ (୧୯୮୯ରେ ସଂଶୋଧିତ) ଇଂଲିଶ ଅମଲର ଭୁଲ ଆଇନ ଆଦି ଦେଶୀ ସରକାରୀ କର୍ମଚାରୀମାନେ ଚଲେଇ ରଖିଛନ୍ତି । ପ୍ରାୟତଃ ଦୁଇଟି କାରଣରୁ ଏକ- ବ୍ରିଟିଶ ପରମ୍ପରା ଦ୍ୱାରା ପରିଚାଳିତ ଏକ୍ଜିକ୍ୟୁଟିଭ ଏବେ ସୁଦ୍ଧା ଗଣତାନ୍ତ୍ରିକ ହୋଇନଥିବାରୁ ମୁକ୍ତ ପ୍ରଶାସନର ଅଭ୍ୟାସ ସେମାନେ ହାସଲ କରି ପାରିନାହାନ୍ତି । ଦୁଇ ହାକିମ ଗିରି ଚଲେଇ ଏବଂ (ନିଜର) ଆପଣା ଅପାରଗତା ଘୋଡ଼ାଇବା ବାହାନାରେ (ଗୋପନୀୟତା) ପରି ଗୋଟିଏ ନାଁ ସେମାନଙ୍କ ପାଇଁ ରହିଛି ଅମୋଘ ଅସ୍ତ୍ରଭାବେ । ଆମେ ଲକ୍ଷ୍ୟ କରି ପାରିବା ଯେ ବାତ୍ପୁରସିରେ ପ୍ରେସ୍କୁ ଯେପରି ଚତୁର୍ଥସ୍ତମ୍ଭ ବୋଲି କୁହାଯାଏ ଏବଂ ଆମ୍ ପ୍ରସାଦରେ ମସଗୁଲ ହୋଇ ଅନେକ ସେଥିରେ ହିଁ ମାତନ୍ତି । ସତକୁ ସତ ତାହା ଯଦି ସେହିପରି ସମ୍ବିଧାନିକ ସ୍ୱୀକୃତି ପାଇଥାଆନ୍ତା ପରିଣତି କ'ଣ ହୋଇଥାଆନ୍ତା । ସ୍ୱାଧୀନୋତ୍ତର ଭାରତରେ ବ୍ରିଟିଶ ଆଇନର ସମୃଦ୍ଧିକରଣ ହେଲା । ତାହାକୁ 'ଭାରତୀୟ' ଆଇନ ବୋଲି କୁହାଗଲା । ଫଳତଃ ସବୁ ଅନୁଷ୍ଠାନ ଆମ୍ଭରେ ଅଣଭାରତୀୟ ହୋଇଗଲେ । ନିଜ ବିନ୍ୟାସରେ ସମ୍ବିଧାନର ମୋହର ମାରି ତାହାକୁ ଭାରତୀୟ ବୋଲି ଜାହିର କରିବାକୁ ଲାଗିଲେ । ଅନ୍ତତଃ ମିଡ଼ିଆ ସେଥିରୁ ଉଦ୍ଧାର ପାଇଗଲା ।

ବିଖ୍ୟାତ ଇଂରାଜୀ ପ୍ରବନ୍ଧିକ ଏ.ଜି. ଗାର୍ଡିନର ତାଙ୍କର ଏକ ଲଳିତ ନିବନ୍ଧ "ଅଲ ଏବାଉଟ ଏ ଡଗ"ରେ ଆଇନର ଏକ ଉପାଦେୟ ଏବଂ ଶିକ୍ଷଣୀୟ ବିଶ୍ଳେଷଣ କରିଛନ୍ତି । ଏକ ଛୋଟ କାହାଣୀର ଅବତାରଣା ମାଧମରେ ଗାର୍ଡିନର ମତ ଦେଇଛନ୍ତି ଯେ ଆଇନକୁ ମଣିଷ ତିଆରି କରିଛି ନିଜ ପାଇଁ ଏବଂ ସମାଜ ଲାଗି । ଯଦି ଆଇନ ମାନବ ସମାଜର ସଂରକ୍ଷଣା ଏବଂ ନୈତିକତାର ପରିପନ୍ଥୀ ହୁଏ ତେବେ ସେ ଆଇନ ବର୍ଜନୀୟ ଅଥବା ପରିବର୍ତ୍ତନ ଯୋଗ୍ୟ । ଆଇନ ବା ବିଧି, ନୀତି ଓ ନ୍ୟାୟ ଏ ସମସ୍ତ ଆପ୍ତବାକ୍ୟ ନୁହେଁ କି ଦୈବବାଣୀ ନୁହେଁ ଏହା ମାନବକୃତ । ଏକ ଉନ୍ନତ ସୁସଂଯତ

ସୁଠାମ ସମାଜ ଗଠନ ପାଇଁ ତଥା ନୀତି ଓ ନ୍ୟାୟର ପ୍ରତିଷ୍ଠା ଏବଂ ଏହି ପ୍ରକ୍ରିୟାକୁ ଅବ୍ୟାହତ ରଖିବା ଆଇନର ଅନ୍ତର୍ନିହିତ ଉଦ୍ଦେଶ୍ୟ। କୌଣସି କ୍ଷେତ୍ରରେ ଆଇନ ଯଦି ଏହାର ଅନ୍ତରାୟ ହୁଏ ବା ଆଇନର ଅର୍ଥ, ଅନର୍ଥ ଓ ଅର୍ଥାନ୍ତର ଏହାର ଉଦ୍ଦେଶ୍ୟ ସାଧନରେ ବିଫଳ ରହେ ତେବେ ଆଇନର ସମୀକ୍ଷା କରି ତାହାର ପରିବର୍ତ୍ତନ କରାଯିବା ଆବଶ୍ୟକ।

ଗୋଟିଏ ପ୍ରବନ୍ଧରେ ବର୍ଟ୍ରଣ୍ଡ ରସେଲ ଲେଖିଥିଲେ- ସବୁ ବ୍ୟବସ୍ଥା ଭଲ, କିନ୍ତୁ ଯେତେବେଳେ ତାକୁ ଚଲାଇବାର ଭାର ମଣିଷ ହାତରେ ପଡ଼େ ସେତେବେଳେ ତାହା ଖରାପ ହୋଇଯାଏ। କାରଣ ମଣିଷର ଚେତନା ଯେତେ ବିକାଶ ହେଲେ ବି ମଣିଷର ଇନ୍ଦ୍ରିୟ(ପ୍ରକୃତି)ମାନେ ସେ ପୁରୁଣା ଅଭ୍ୟାସକୁ ଛାଡ଼ିବାକୁ ପ୍ରସ୍ତୁତ ନଥାଆନ୍ତି।

ଆମ ଦେଶ ଭାରତ ବର୍ଷ ତା'ର ଆଧ୍ୟାତ୍ମିକତା, ତା'ର ପ୍ରେମ-ଧର୍ମ, ନୈତିକତା ଏବଂ ଯୋଗୀ ଋଷିମାନଙ୍କ ସମାବେଶ ପାଇଁ ଆଜି ସମଗ୍ର ବିଶ୍ୱରେ ମାନ୍ୟତା ପାଇବାରେ ଲାଗିଛି। ଭାରତର ଇତିହାସ ହିଁ ଏକ ଧର୍ମର ଇତିହାସ। ଏ ଦେଶର ସମାଜ, ସଂହିତା, ରାଜନୀତି, ଧର୍ମ ଉପରେ ହିଁ ପ୍ରତିଷ୍ଠିତ। ଲକ୍ଷ ଲକ୍ଷ ବର୍ଷ ଧରି ଯାହା ହୋଇ ରହିଆସିଛି, ଆଉ ତାହା ହୋଇ ରହିବ ନାହିଁ, ଗୀତା-ଉପନିଷଦକୁ ଯଦି ଏ ଦେଶରୁ ବାଦ ଦିଆଯାଏ ତେବେ ଭାରତ ଆଉ ଭାରତ ହୋଇ ରହିବ ନାହିଁ। ଧର୍ମର ସାରାଂଶକୁ ଅର୍ଥାତ୍ ଈଶ୍ୱରିକତାକୁ ନେଇ ଆମ ଭାରତୀୟ ସଂସ୍କୃତି ଗଠିତ। ଭାରତ ଏକ ଧର୍ମର ଦେଶ। ଧର୍ମ ଏବଂ ନୈତିକତା ହିଁ ତାର ପ୍ରାଣ। ସେ ଧର୍ମରେ ସଞ୍ଚାଳିତ ହୁଏ। ସେ ଧର୍ମର ଅସ୍ତିତ୍ୱ ଉପରେ ପ୍ରତିଷ୍ଠିତ। ଧର୍ମ ହିଁ ଏଯାବତ୍ ଭାରତ ଭୂମିକୁ ରକ୍ଷା କରି ଆସିଛି। ଭାରତୀୟ ସଂସ୍କୃତିର ଭିତ୍ତି ସେତେ ସୁଦୃଢ଼ ହୋଇ ଥିବାରୁ ହିଁ ତାହା ବହୁ ବହିଃଶତ୍ରୁ ଆକ୍ରମଣର ତଥା ରାଜନୈତିକ ଉତ୍ଥାନ ପତନର ଘାତ ପ୍ରତିଘାତ ସହି ମଧ ଟିଷ୍ଟି ରହିପାରିଛି। ଅସ୍ଥାୟୀ ରାଜନୈତିକ ପରାଧୀନତା ଭାରତର ଆତ୍ମାକୁ ପରାହତ କରିପାରିନାହିଁ। କାଳସ୍ରୋତ ଭାରତୀୟ ସଂସ୍କୃତିର ଗୌରବକୁ କ୍ଷୁର୍ଣ୍ଣ କରି ପାରିନାହିଁ। ପ୍ରାଚୀନ ମିଶର-ଆସିରିଆ-ଗ୍ରୀସ୍ ତଥା ରୋମ ସଭ୍ୟତା ନିଜ ନିଜର ସତ୍ତା ହରାଇବାରେ ଲାଗିଲେଣି କିନ୍ତୁ ପ୍ରାଚୀନ ଭାରତୀୟ ସଭ୍ୟତା ଯୁଗ ଯୁଗ ଧରି ସଂଜୀବିତ ହୋଇ ରହିଆସିଛି।

ଆଜିର ସାମାଜିକ ଜୀବନ ଅଧୋଗତିର ଚରମ ସୀମାରେ ପହଞ୍ଚିସାରିଛି। ପ୍ରତିଟି କ୍ଷେତ୍ରରେ ଦେଖା ଦେଉଛି ଅବମୂଲ୍ୟାୟନ। ସମସ୍ତ ପ୍ରକାର ଅସାମାଜିକତାରେ ଆଜିର ଜୀବନ ବ୍ୟତିବ୍ୟସ୍ତ। ଏହା ବହୁବିଧ କାରଣ ସମ୍ମିଳିତ। ଆମ ଦେଶକୁ ବିଭିନ୍ନ ସମୟରେ ବୈଦେଶିକ ଶକ୍ତି ସବୁ ଆକ୍ରମଣ କରିଛନ୍ତି। ଆମର ସାମାଜିକ ଜୀବନ ବିପର୍ଯ୍ୟସ୍ତ ହୋଇଛି। ଶେଷରେ ଇଂରେଜଜାତି ଦୀର୍ଘ ଦୁଇଶହ ବର୍ଷ ଶାସନ କରି ଆମର ସାମାଜିକ ଜୀବନକୁ ବହୁଳ ଭାବରେ ପ୍ରଭାବିତ କରିଛନ୍ତି। ଯେଉଁ ଜାତି ଆଧ୍ୟାତ୍ମିକତାରେ ଉଦ୍ବୁଦ୍ଧ ହୋଇ ଉଚ୍ଚ ଆଦର୍ଶରେ ସାମାଜିକ ଜୀବନକୁ ଗଢ଼ିତୋଳି ଶାନ୍ତିମୟ ଜୀବନ ଯାପନ କରୁଥିଲେ, କ୍ରମେ ତା'ର ଅବକ୍ଷୟ ଦେଖାଦେଲା। ଶହ ଶହ ବର୍ଷ ବିଦେଶୀ ସଂସ୍କୃତିର ପ୍ରାଧାନ୍ୟରେ ଅବଦମିତ ହୋଇ ରହିଗଲା ଆମର ଭାରତୀୟ ଉଚ୍ଚ ଆଦର୍ଶମୟ ସଂସ୍କୃତି। ଭାରତ ଆଜି ସମଗ୍ର ବିଶ୍ୱରେ ପ୍ରସିଦ୍ଧି ଲାଭ କରିଛି। ତା'ର ଆଧ୍ୟାତ୍ମିକତା, ତା'ର ପ୍ରେମ, ତା'ର ଧର୍ମ, ତା'ର ଯୋଗୀ-ଋଷିମାନଙ୍କ ସମାବେଶ ପାଇଁ। ଭାରତ ଇତିହାସ ହିଁ ଏକ ଧର୍ମର ଇତିହାସ। ଭାରତ ସମାଜ ସଂହିତା ଓ ରାଜନୀତି ଧର୍ମ ଉପରେ ପ୍ରତିଷ୍ଠିତ। ଯଦି ଏ ଦେଶରୁ ଏ ସବୁକୁ ବାଦ ଦିଆଯାଏ ତେବେ ଏ ଦେଶ ଲକ୍ଷଲକ୍ଷ ବର୍ଷ ଧରି ସମଗ୍ର ବିଶ୍ୱରେ ଯେଉଁ ସମ୍ମାନ ଓ ଆଦର ପାଇ ଆସୁଥିଲା ତାହା ଆଉ ସେ ପାଇପାରିବ ନାହିଁ। ଗୀତା ଉପନିଷଦକୁ ଯଦି କାଢ଼ି ଦେବା ତେବେ ଏହି ଭାରତ ବର୍ଷ ଆଉ ଭାରତ ବର୍ଷ ହୋଇ ରହିବନାହିଁ। ଧର୍ମର ସାରାଂଶକୁ ଅର୍ଥାତ୍ ଈଶ୍ୱରିକତାକୁ ନେଇ ଆମ ଭାରତୀୟ ସଂସ୍କୃତି ଗଠିତ। ଏହି ଭାରତ ଏକ ଧର୍ମର ଦେଶ। ଧର୍ମହିଁ ତା ପ୍ରାଣ ଜୀବନର ଆଦର୍ଶ। ସେ ସର୍ବତା ଧର୍ମରେ ସଞ୍ଚାଳିତ ହୁଏ। ସେ ଧର୍ମର ଅସ୍ତିତ୍ୱ ଉପରେ ପ୍ରତିକୃତି। ଧର୍ମ ହିଁ ଭାରତକୁ ଏ ଯାବତ ରକ୍ଷା କରି ଆସିଛି। ଭାରତୀୟ ସଂସ୍କୃତିର ଭିତ୍ତି ଯେପରି ଦୃଢ଼ ହୋଇଥିବାରୁ ତାହା ବହିଃଶତ୍ରୁ ଆକ୍ରମଣର ତଥା ରାଜନୈତିକ ଉତ୍ଥାନ ପତନର ଘାତ ପ୍ରତିଘାତ ସହି ମଧ ଟିଷ୍ଟି ରହିପାରିଛି। ଅସ୍ଥାୟୀ ରାଜନୈତିକ

ପରାଧୀନତା ଭାରତର ଆମ୍ଭାକୁ ପରାହତ କରିପାରିନାହିଁ । କାଳସ୍ରୋତ ଭାରତୀୟ ସଂସ୍କୃତିର ଗୌରବକୁ କ୍ଷୁର୍ଣ୍ଣ କରିପାରିନାହିଁ ।

୧୯୨୦ ମସିହାରେ ଶ୍ରୀମା’ଙ୍କର ଏକ ପ୍ରଶ୍ନର ଉତ୍ତରରେ ଶ୍ରୀ ଅରବିନ୍ଦ କହିଥିଲେ ଭାରତର ସ୍ୱାଧୀନତା ଏକ ଅବଧାରିତ ସତ୍ୟ ମାତ୍ର ସ୍ୱାଧୀନତା ପରେ ଭାରତକୁ ଭାରତୀୟମାନଙ୍କଠାରୁ ରକ୍ଷା କରିବାକୁ ପଡ଼ିବ । ସତରେ ଶ୍ରୀ ଅରବିନ୍ଦଙ୍କ ଏ ଅଭିବ୍ୟକ୍ତି ଆଜିଲାଗି କେତେ ପ୍ରାସଙ୍ଗିକ ନୁହେଁ ସତେ ? ୧୯୨୦ ମସିହାର ଅର୍ଥାତ୍ ଭାରତର ସ୍ୱାଧୀନତାର ସତେଇଶ ବର୍ଷ ପୂର୍ବରୁ ଋଷି ଅରବିନ୍ଦ ଯେଉଁ କଥାଟି କହିଥିଲେ ଏବେ ତା’ର ତର୍ଜମା କଲାବେଳେ ହୃଦୟଙ୍ଗମ କରିହୁଏ ଯେ ପ୍ରକୃତରେ ସେ ଥିଲେ ଜଣେ ଆଗତ ଦ୍ରଷ୍ଟା ଓ ସିଦ୍ଧ ପୁରୁଷ । ତାଙ୍କ କଥା ସତ ହୋଇଛି । ସ୍ୱାଧୀନ ଭାରତର ନାଗରିକମାନେ ଏ ପର୍ଯ୍ୟନ୍ତ ପ୍ରକୃତ ମୁକ୍ତ ଚେତନାର ଅଧିକାରୀ ହୋଇ ପାରିଛନ୍ତି କି ? ଏହି ବିଡ଼ମ୍ବନାକୁ ଦୂର କରିବା ଲାଗି ପ୍ରତ୍ୟେକ ଭାରତୀୟ ସଂକଳ୍ପବଦ୍ଧ ହେବା ଆଜିକାର ସମୟର ଆହ୍ୱାନ ।

ଏ ସମ୍ପର୍କରେ ବରିଷ୍ଠ କଥାକାର ମନୋଜ ଦାସ ତାଙ୍କର "ଦୁ ସ୍ୱପ୍ନ ଭାରାକ୍ରାନ୍ତ ଭାରତ" ଶୀର୍ଷକ ପ୍ରବନ୍ଧରେ କହିଛନ୍ତି । ଆଧ୍ୟାତ୍ମିକତା ଦୃଷ୍ଟିରୁ ଭାରତ ହିଁ ମାନବତାର ଭବିଷ୍ୟତ ସେଥିରେ ଏ ଲେଖକର ତିଳେ ହେଲେ ସନ୍ଦେହ ନାହିଁ । ଏକ ମହତ୍ତ୍ୱର ଚେତନା ଭାରତବର୍ଷରେ ହିଁ ଉଦ୍ଭାସିତ । ସେଥିପାଇଁ ଭାରତର ପ୍ରସ୍ତୁତି ନାହିଁ । ଭାରତ ପରମ୍ପରାକୁ ପଛରେ ପକାଇସାରିଛି । କିନ୍ତୁ ବିକଳ୍ପ ଆଲୋକ ପ୍ରତି ଉନ୍ମୁଖ ହୋଇ ପାରିନାହିଁ । ତେଣୁ ନୈତିକ ଅପରାଧବୋଧ ନାହିଁ । ଅଛି ଯାହା କାନୁନ୍ ପ୍ରତି ଭୟ । କିନ୍ତୁ କାନୁନକୁ ପଙ୍ଗୁ କରିଦେବାର କୌଶଳ ଆଜିର ବିକଶିତ ବୁଦ୍ଧି ଉଦ୍ଭାବନ କରିପାରେ । କିନ୍ତୁ ଯେଉଁ ସତ୍ୟ ବିସ୍ତୃତ ଅଥଚ ଦୁର୍ଲଙ୍ଘ୍ୟ ତାହା ହେଲା କର୍ମ ଫଳରୁ ଅବ୍ୟାହତି ନାହିଁ । ପ୍ରଦୂଷିତ ବାତାବରଣ ଭଳି ପ୍ରଦୂଷିତ ଚେତନାର କ୍ଲେଶ ଭୋଗରୁ ମୁକ୍ତି ନାହିଁ । ତାହା ହିଁ ସ୍ୱାଧୀନ ଭାରତର ସମାସ୍ୟା ଓ ସଂକଟ ।

ଆମ ରାଜନେତାମାନଙ୍କ ଲୁଟିବା ପ୍ରକ୍ରିୟା ଏତେ ମନ୍ଦତମ ସ୍ତରକୁ ଯାଇପାରେ ଯାହାକି କଳ୍ପନାତୀତ ଅଟେ । ରାଜନେତାମାନେ ନିଜର ସ୍ୱାର୍ଥ ସାଧନ ଲାଗି ସରକାରୀ ତହବିଲ ଲୁଟିଲେ ଓ ନିଜର ଭବିଷ୍ୟତ ବଂଶଧରମାନଙ୍କ ଲାଗି ମଧ୍ୟ ଧନ ସଞ୍ଚିତ କରିରଖିଲେ । ବିଦେଶୀମାନେ ଭାରତ ଶାସନରେ ଯେତିକି ନିଷ୍ଠା ଦେଖାଇଥିଲେ ସ୍ୱଦେଶୀମାନେ ନିଜ ଦେଶ ପ୍ରତି ସେତିକି ନୈଷ୍ଠିକତା ଦେଖାଇପାରିଲେ ନାହିଁ । ବରଂ ଅଧିକ ସ୍ୱାର୍ଥଲାଲସୀ ହୋଇଗଲେ । ବଢ଼ିଲା ଶୋଷଣ, ବ୍ୟକ୍ତିଗତ ପୁଞ୍ଜି । କ୍ଷମତା ଓ ନ୍ୟାୟ ହୋଇଗଲେ ପରସ୍ପର ଶତ୍ରୁ । ଅଚିରେ ଭୁଶୁଡ଼ି ପଡ଼ିଲା ଗଣତାନ୍ତ୍ରିକ ମୂଲ୍ୟବୋଧ । ଅଶିକ୍ଷା, ଅସ୍ୱାସ୍ଥ, ଅବହେଳାର ବିରାଟ କାନ୍‌ଭାସ ଉପରେ ଭିନ୍ନ ଭିନ୍ନ ଯୋଜନାର ରଙ୍ଗ ଜମିଲା ଆମର ନୈତିକତା ଦେଶ ପ୍ରେମକୁ ଉପହାସ କରି । ରାଜନୀତିର ଉଦ୍ଦେଶ୍ୟ ହେଲା ଦଳକୁ ପୁଷ୍ଟ କରିବା, ଦଳର ଚିନ୍ତା ହେଲା ପ୍ରତିଶ୍ରୁତି ଦେବା, ବିକାଶର ନାଗରା ପିଟିବା, ଜନସମାବେଶ କରିବା, ଦେଶ ବନ୍ଦ କରିବା । ପ୍ରତିପକ୍ଷର କୁଶପୁଭୁଳିକା ଦାହ କରିବା ପରି କୁସିତ ପରମ୍ପରା ଭିତରେ ପ୍ରତିବାଦ ଜଣାଇବା । ସର୍ବୋପରି ଦଳପାଇଁ ଅନୈତିକ ପାଣ୍ଠି ସଂଗ୍ରହ କରିବା । ସୁପ୍ରିମୋ ବୋଲି ଜଣକୁ ଥାପି ତାକୁ ସ୍ତୁତି କରିବା । ଦେଶର ନାଗରିକ ଅଧିକାରର ପାଞ୍ଜି ପଢ଼ିବା ଭିତରେ ଗ୍ରାମରୁ ନଗର ଯାଏ ମିଛ ଦାନ ପତ୍ର ବାଣ୍ଟିବା । ଏ ସ୍ଥିତିରେ ଆକୁମାରୀ ହିମାଚଳ କାହିଁ କେଉଁଠି ଭାରତ ମାତା ପୂଜା ପାଇଲେ ନାହିଁ । ପାଇଲେ ଦେଶ ଲୁଣ୍ଠନକାରୀ । ଶୀତଳତାର ଶବ ଉପରେ ଦକ୍ଷତାର ଏଇ ଶୋଭା ଆଜି ମନ୍ତ୍ରପାଠ ପଢ଼ୁଛି ସ୍ୱଚ୍ଛତାର ।

ଟିକିଏ ଭଲଭାବରେ ଦେଖିଲେ ବୁଝି ହେଇ ଯିବ ଯେ ବ୍ରିଟିଶ ଶାସନ ଆଉ ଏବର ଶାସନ ଭିତରେ କ’ଣ ଫରକ ଅଛି । ବ୍ରିଟିଶ ସରକାର ମାରିବ ମାରିବ କହୁଥିଲା, ଆଉ ସତରେ ବି ମାରୁଥିଲା । କିନ୍ତୁ ଆମ ସରକାର ବଞ୍ଚେଇବ ବଞ୍ଚେଇବ କହୁଛି, ମାତ୍ର ସତରେ ମାରିଦେଉଛି । ବ୍ରିଟିଶ ସରକାର ହାତରେ ମାରୁଥିଲା । ଆମ ସରକାର ଭାତରେ ମାରୁଛି । ସେମାନେ କଳା କୋର୍ଟ ସୁଟ ପିନ୍ଧି ଧଳା ଶାସନ କରୁଥିଲେ । ଆମ ନେତାଏ ଧଳା ପୋଷାକ ପିନ୍ଧି କଳା ଶାସନ କରୁଛନ୍ତି । ସେମାନଙ୍କୁ କୁହାଯାଉଥିଲା ବିଦେଶୀ ଶାସକ । ଏବେ ଏମାନେ ଆମର ଦେଶୀ ଶାସକ ।

ସତରେ କ'ଣ ଏମାନେ ଦେଶୀ ଶାସକ ଭଳି ଲାଗୁଛନ୍ତି କି ? ନିର୍ବାଚନ ଘୋଷଣା ଠାରୁ ଫଳା ଫଳ ପ୍ରକାଶ ପର୍ଯ୍ୟନ୍ତ ଦେଶୀ, ଜିତିଗଲା ପରେ ବିଦେଶୀ।

ଉପରସ୍ତରର ନେତାମାନେ ଦଳକୁ ଚଲାଇବା ଲାଗି ପାଣ୍ଠି ସଂଗ୍ରହ ବେଳେ ଦେଶର ଭବିଷ୍ୟତ ପ୍ରତି ସୁଦ୍ଧା ଦୃଷ୍ଟି ଦେଲେନାହିଁ। ପ୍ରାକ୍ତନ ସିବିଆଇ ମୁଖ୍ୟ ଏ.ପି.ମୁଖାର୍ଜୀ (ଅରୁଣ ପ୍ରସାଦ ମୁଖାର୍ଜୀ) ତାଙ୍କର ଗୋଟିଏ ପୁସ୍ତକ (ଅନନୋନ ଫେସେଟ୍ସ ଅଫ ରାଜୀବ ଗାନ୍ଧୀ, ଜ୍ୟୋତିବସୁ ଆଣ୍ଡ ଇନ୍ଦ୍ରଜିତ ଗୁପ୍ତା)ରେ ଲେଖିଛନ୍ତି– ତତ୍କାଲୀନ ପ୍ରଧାନମନ୍ତ୍ରୀ ରାଜୀବ ଗାନ୍ଧୀ ତାଙ୍କୁ କହିଥିଲେ ସେ ଚାହାନ୍ତି ସମସ୍ତ ପ୍ରତିରକ୍ଷା ଚୁକ୍ତିର କମିଶନ ଟଙ୍କା ରାଜନୈତିକ ଦଳର ତହବିଲକୁ ଆସିବା ଉଚିତ୍। ରାଜୀବ ଜାଣନ୍ତି ମନ୍ତ୍ରୀ; ସେନାକର୍ତ୍ତା ଆଉ ବେସାମରିକ ଅଫିସରମାନେ ଏହି ଅର୍ଥ ଲୁଟ କରିଥାଆନ୍ତି। ଆଉ ସେଥିପାଇଁ ଆଇନ କରି ବ୍ୟବସାୟୀମାନେ ଯେପରି ଟଙ୍କା ସିଧାସଳଖ କୌଣସି ରାଜନୈତିକ ଦଳକୁ ଚାନ୍ଦା ହିସାବରେ ଦେଇପାରନ୍ତି ତା'ର ବ୍ୟବସ୍ଥା କରିବା କଥା ଭାବିଥିଲେ। କଫି ଖାଉ ଖାଉ ପ୍ରାକ୍ତନ ପ୍ରଧାନମନ୍ତ୍ରୀ (ତତ୍କାଲୀନ ସିବିଆଇ ଆଡିସନାଲ ଡିରେକ୍ଟର) ଅରୁଣ ପ୍ରସାଦ ମୁଖାର୍ଜୀଙ୍କୁ କହିଥିଲେ ଏହି ଆଇନ ହେଲେ ବୈଧ ଭାବରେ କମିଶନ(ର) ଟଙ୍କା ରାଜନୈତିକ ପାଣ୍ଠିକୁ ଆସିପାରିବ। ରାଜୀବଙ୍କ ଚିନ୍ତା ଓ ବିଚାର ଏବଂ ଧାରଣା ଥିଲା ଯେ କଂଗ୍ରେସ ଚିରକାଲ କ୍ଷମତାରେ ରହିବ ତେଣୁ ଟଙ୍କା ତାଙ୍କ ପାଖକୁ ଆସିବ।

ରାଜୀବ ଆହୁରି ମଧ୍ୟ କହିଥିଲେ– ପାର୍ଟି ଚଲାଇବାକୁ ବଡ଼ଧରଣର ପାଣ୍ଠି ଯୋଗାଡ଼ କରିବାକୁ ପଡ଼େ। ରାଜୀବ ଗାନ୍ଧି ସଚୋଟ ପଣିଆର ଓ ସ୍ୱଚ୍ଛ ଭାବମୂର୍ତ୍ତିର ହୋଇଥିବାରୁ ଏପରି ଏକ ଗୁରୁତ୍ୱପୂର୍ଣ୍ଣ କଥା କହି ପାରିଥିଲେ। ଏହି ପାଣ୍ଠି ସଂଗ୍ରହ ଲାଗି ଆମ ଦେଶର ପ୍ରଧାନମନ୍ତ୍ରୀମାନେ (ଦଳରମୁଖ୍ୟ) ଅନେକ ମାରାତ୍ମକ କର୍ମ କରିପାରନ୍ତି ଯାହାକି ଆଦୌ ବିଶ୍ୱାସ ଯୋଗ୍ୟ ନୁହେଁ। ଦଳ ପାଇଁ ପାଣ୍ଠି ସଂଗ୍ରହ ଦେଶର ପ୍ରଥମ ପ୍ରଧାନମନ୍ତ୍ରୀଙ୍କ ଅମଲରୁ ଆରମ୍ଭ ହୋଇଥିଲା। ପ୍ରାକ୍ ସ୍ୱାଧୀନତା ବେଳେ ଉଭୟ କେନ୍ଦ୍ର ଓ ବିଭିନ୍ନ ପ୍ରାଦେଶିକ ବିଧାନସଭା ପାଇଁ ଯେଉଁ ନିର୍ବାଚନ ହୋଇଥିଲା, ଅର୍ଥ ବଳରେ କଂଗ୍ରେସ ପ୍ରାର୍ଥୀମାନେ ସେ ନିର୍ବାଚନ ନ ଲଢ଼ିବା ପାଇଁ ଗାନ୍ଧିଜୀ ସେତେବେଳେ ଇଚ୍ଛା ପ୍ରକାଶ କରିଥିଲେ। ସେ କହିଥିଲେ "କଂଗ୍ରେସ ପ୍ରାର୍ଥୀମାନେ ନିର୍ବାଚନରେ ଅର୍ଥବ୍ୟୟ ନ କରି ତ୍ୟାଗ ଓ ସେବାର ପ୍ରତୀକ ଭାବରେ ଲୋକମାନଙ୍କଠାରୁ ସେମାନଙ୍କର ସମର୍ଥନ ହାସଲ କରିବା ଦରକାର।" ହେଲେ କ୍ଷମତା ଲୋଭରେ ଏକ ପ୍ରକାର ଅନ୍ଧ ହୋଇଯାଇଥିବା କଂଗ୍ରେସ ଦଳର ସେତେବେଳର ନେତୃବୃନ୍ଦ ଗାନ୍ଧୀଙ୍କର ସେ ପରାମର୍ଶ ପ୍ରତି ଗୁରୁତ୍ୱ ଦେଇନଥିଲେ। କଂଗ୍ରେସ ଦଳ ଅର୍ଥ ବଳରେ ନିର୍ବାଚନ ଜିତିବା ଲାଗି କୌଶଳ ପ୍ରୟୋଗ କରିଥିଲା। ସେଥିପାଇଁ ନିର୍ବାଚନ ଲଢ଼ିବା ଲାଗି ଓ ଦଳ ଚଲାଇବା ପାଇଁ ଅର୍ଥର ଆବଶ୍ୟକ ପଡ଼ିଲା। ସେ ସକାଶେ ଦଳପତିମାନେ ଦଳ ପାଇଁ ପାଣ୍ଠି ଯୋଗାଡ଼ର ଦାୟିତ୍ୱ ନିଜ ମୁଣ୍ଡ ଉପରକୁ ନେଉଥିଲେ। ଯେହେତୁ ଦେଶ ସ୍ୱାଧୀନ ହେବା ପରେ କଂଗ୍ରେସ ଦଳ ଅଧିକ ସମୟ ଦେଶକୁ ଶାସନ କରିଛି। ସେହିହେତୁ ସେହିଦଳର ସର୍ବୋଚ୍ଚ ନେତାମାନେ ଦଳ ପାଇଁ ବିଭିନ୍ନ ଉପାୟରେ ପାଣ୍ଠି ସଂଗ୍ରହ କରୁଥିଲେ, ଏପରିକି ଏହି ଦଳ ଦେଶର ପ୍ରତିରକ୍ଷା ଲାଗି ସାମରିକ ବିଭାଗ ପରି ଅତି ଗୁରୁତ୍ୱପୂର୍ଣ୍ଣ କ୍ଷେତ୍ରରେ ମଧ୍ୟ ଆବଶ୍ୟକ ହେଉଥିବା ଉପକରଣ ଖର୍ଦ୍ଦ ବେଳେ ବ୍ୟାପକ ଅର୍ଥ ଆତ୍ମସାତ କରୁଥିଲା।

ପ୍ରଥମେ ନେହରୁଙ୍କ ଅମଲରେ ୧୯୪୮ ମସିହାରେ ପ୍ରତିରକ୍ଷା ବିଭାଗ ପରି ଅତି ସମ୍ବେଦନ କ୍ଷେତ୍ରରେ ମଧ୍ୟ ଦୁର୍ନୀତି ହୋଇଥିଲା। ଏହି ବୃହତ୍ ଭ୍ରଷ୍ଟାଚାରର ଅଭିଯୋଗ ୧୯୪୮ ମସିହାରେ ତତ୍କାଲୀନ ଲଣ୍ଡନରେ ଅବସ୍ଥାପିତ ଭାରତର ହାଇକମିସନର ଭି.କେ କ୍ରିଷ୍ଣ ମେନନ (ଭେଙ୍ଗାଲି କ୍ରିଷ୍ଣନ କ୍ରିଷ୍ଣ ମେନନ)ଙ୍କ ବିରୋଧରେ ହୋଇଥିଲା। ଏହା 'ଜିପ୍ ସ୍କାଣ୍ଡଲ' ଭାବରେ ପ୍ରସିଦ୍ଧ। ଭାରତର ସ୍ଥଳସେନା ପାଇଁ ୨୦୦ ଟି ଜିପ୍ କିଣିବା ଲାଗି ଶ୍ରୀ କ୍ରିଷ୍ଣ ମେନନ ୮୦ ଲକ୍ଷ ଟଙ୍କାର ଚୁକ୍ତି ଏକ ଜାଲ କମ୍ପାନୀ ସହିତ ସ୍ୱାକ୍ଷର କରିଥିଲେ। ଏହି ଡିଲ୍‌ରେ ବ୍ୟାପକ ଅର୍ଥ ବାଟ ମାରଣା ହେବା ଯୋଗୁ

ମାତ୍ର ୧ ୫ ୫ଟି ସାମରିକ ଜିପ୍ ଭାରତରେ ପହଞ୍ଚ ପାରିଥିଲା। ଏହାପରେ ହରିଦାସ ମୁଦ୍ରା ଘୋଟାଲା, ମାରୁତି ଘୋଟାଲା, ବୋଫର୍ସ ବନ୍ଦୁକ ତୋପ କିଣା ଦେଇ ୟୁରିଆ ସାର ଦୁର୍ନୀତି, ଭିଭିଆଇପି ହେଲିକପ୍ଟର, ଅଗଷ୍ଟା ୱେଷ୍ଟଲାଣ୍ଡ କିଣିବା ପର୍ଯ୍ୟନ୍ତ ଲମ୍ବିଛି। ଜାମ୍ମୁ କାଶ୍ମୀର ଓ ଦେଶର ଉତ୍ତର ପୂର୍ବ ଅଞ୍ଚଳକୁ ମନ୍ତ୍ରୀ ଏବଂ ପଦସ୍ଥ ସାମରିକ ଅଫିସରମାନଙ୍କ ଗସ୍ତ ନିରାପଦ କରିବା ପାଇଁ ୬ ହଜାର ମିଟର ଉଚ୍ଚତାରେ ଉଡ଼ି ପାରୁଥିବା ୮ଟି ଅଗଷ୍ଟା ହେଲିକପ୍ଟର କ୍ରୟ ପାଇଁ ନିଷ୍ପତି ହୋଇଥିଲା ବେଲେ ୧ ୨ ଟି କିଣିବାକୁ ଚୁକ୍ତି ହୋଇଥିଲା। ଏଥିପାଇଁ ୮୦୦କୋଟି ଟଙ୍କା ବ୍ୟୟ ହେବ ବୋଲି ସେନା ପକ୍ଷରୁ ଆକଳନ କରାଯାଇଥିବା ବେଲେ ୩୬୦୦ କୋଟି ଟଙ୍କାର ଚୁକ୍ତି ସ୍ୱାକ୍ଷର ହୋଇଥିଲା। ପ୍ରକାଶଥାଉକି ଆତଙ୍କବାଦୀମାନଙ୍କ ରକେଟ ୪ ହଜାର ମିଟର ଉଚ୍ଚତା ପର୍ଯ୍ୟନ୍ତ ଯାଇପାରୁ ଥିବାରୁ ମନ୍ତ୍ରୀଙ୍କ ସୁରକ୍ଷା ଦୃଷ୍ଟିରୁ ୬ ହଜାର ମିଟର ଉଚ୍ଚତାରେ ଉଡ଼ି ପାରୁଥିବା ହେଲିକପ୍ଟର କ୍ରୟ ନିମନ୍ତେ ନିଷ୍ପତି ନିଆ ଯାଇଥିଲା।

ତେବେ କେଉଁ କାରଣରୁ ଏହାକୁ କମାଇ ୪ ୫ ୦ ୦ ମିଟର (୧ ୫,୦୦୦ଫୁଟ) ଉଚ୍ଚତାରେ ଉଡ଼ି ପାରୁଥିବା ହେଲିକପ୍ଟର କ୍ରୟଲାଗି ନିଷ୍ପତି ବଦଲିଲା ତାହା ରହସ୍ୟାବୃତ। ଏହି ଚୁକ୍ତିରେ ଯେଉଁ କମ୍ପାନୀକୁ ହେଲିକପ୍ଟର ପାଇଁ ବରାଦ ଦିଆଗଲା ସେ କମ୍ପାନୀ ଟେଣ୍ଡର ପ୍ରକ୍ରିୟାରେ ଅଂଶ ଗ୍ରହଣ କରିନଥିଲା। ହେଲିକପ୍ଟର କ୍ୟାବିନର ଉଚ୍ଚତା ୧.୮ ମିଟର ରହିବ ବୋଲି ବାଧ୍ୟତାମୂଳକ ହୋଇଥିଲା। ଅଗଷ୍ଟା ବ୍ୟତୀତ ଅନ୍ୟ କୌଣସି ହେଲିକପ୍ଟର କ୍ୟାବିନର ଉଚ୍ଚତା ୧.୮ ମିଟର ନ ଥିବାରୁ ୨୦୦୫ ମେ ୯ ତାରିଖରେ ସରକାର ଏପରି ନିଷ୍ପତି ନେଇଥିଲେ। କିନ୍ତୁ ଇଟାଲିର ଅଗଷ୍ଟା ୱେଷ୍ଟଲ୍ୟାଣ୍ଡ ଟେଣ୍ଡର ଦାଖଲ କରିଥିଲା। ହେଲେ ବ୍ରିଟେନର ଅଗଷ୍ଟା ୱେଷ୍ଟଲ୍ୟାଣ୍ଡ ଇଣ୍ଟରନ୍ୟାସନାଲ କମ୍ପାନୀକୁ ହେଲିକପ୍ଟର ଯୋଗାଇବାକୁ ବରାଦ ଦିଆଯାଇଥିଲା। ଏହି କାରବାରରେ ୩ ୧ ୮ ନିୟୁତ ୟୁରୋ ଅର୍ଥ ଲାଞ୍ଚ ଦିଆଯାଇଛି। ଆହୁରି ମଧ୍ୟ ଅଭିଯୋଗ ହୁଏ ଯେ ହେଲିକପ୍ଟର ଉଡ଼ାଣ ୬ହଜାର ମିଟରରୁ ୪ ୫ ୦ ୦ ମିଟରକୁ ଅର୍ଥାତ ୧ ୫,୦୦୦ଫୁଟ କମାଇ ଦିଆଯିବା ଦ୍ୱାରା ଅଗଷ୍ଟା ୱେଷ୍ଟଲ୍ୟାଣ୍ଡକୁ ସାମିଲ କରାଯାଇ ପାରିଥିଲା। ପ୍ରତିରକ୍ଷା କ୍ଷେତ୍ରପରି ଏତେ ସମ୍ବେଦନ ତଥା ଗୁରୁତ୍ୱପୂର୍ଣ୍ଣ ସଂସ୍ଥା ଲାଗି ସାମଗ୍ରୀ କ୍ରୟ ବେଲେ ଭାରତର ନେତାମାନଙ୍କ ଅର୍ଥ ଆତ୍ମସାତ ଦ୍ୱାରା ଦେଶର ସ୍ୱାର୍ଥକୁ କେବଳ ଜଲାଞ୍ଜଲି ଦିଆଯାଇନି ଅଧିକନ୍ତୁ ଦେଶର ପ୍ରତିରକ୍ଷା ପ୍ରତି ଜାଣି ଶୁଣି ବିପଦ ସୃଷ୍ଟି କରାଯାଇଛି। ଏହା ହେଲା ସ୍ୱାଧୀନ ଭାରତରେ ରାଷ୍ଟ୍ରନାୟକମାନଙ୍କ କର୍ମ ଓ ପନ୍ଥା ତଥା ଉଦ୍ଦେଶ୍ୟ।

ଭାରତୀୟ ରାଜନେତାମାନେ ବିଶେଷତଃ ବିଦେଶରୁ ଆମଦାନୀ ହେଉଥିବା ସାମଗ୍ରୀ କ୍ରୟ କ୍ଷେତ୍ରରୁ ହିଁ ଦୁର୍ନୀତି ଉପାୟରେ ଦଲ ପାଇଁ ପାଣ୍ଠି ସଂଗ୍ରହ କରିଥାଆନ୍ତି। ଏହାର କାରଣ ବିଦେଶରେ ଦୁର୍ନୀତି କରି ଅର୍ଥ ବାଟମାରଣା କଲେ ଦେଶବାସୀ ଏତେ ସହଜରେ ସେ ଦୁର୍ନୀତି ବିଷୟରେ ଜାଣିପାରିବେ ନାହିଁ। ଯଦିବା କୌଣସି ଉପାୟରେ ସେ ଦୁର୍ନୀତିର ସୁରାକ ପାଇ ଦେଶରେ ସେ ବିଷୟରେ କଥା ପ୍ରଘଟ ହୋଇଗଲା ତେବେ ପାର୍ଲାମେଣ୍ଟରେ ସେ ବିଷୟ ଉତ୍ଥାପନ ହେଲେ ସମ୍ପୃକ୍ତ ଦଲର ସଭ୍ୟମାନେ ଅଭିଯୋଗ ଆଣିଥିବା ଦଲକୁ ଘେରନ୍ତି। ବିଧେୟକ ସଭାରେ ହୋ ହାଲ୍ଲା କରି ସେ ବିଷୟରେ ଆଲୋଚନା କରାଇ ଦିଅନ୍ତିନାହିଁ। ସେ ଦୁର୍ନୀତି ବିରୋଧରେ କୌଣସି ବିଧେୟକ ଆଗତ ହେଲେ ସଭାରେ ସଭ୍ୟମାନଙ୍କ ମଧ୍ୟରେ (ଉଭୟ ଦଲର) ମାଡ଼ପିଟ ପର୍ଯ୍ୟନ୍ତ କଥାଯାଏ। ଶେଷ ପରିଣତି ସ୍ୱରୂପ ତା' ବିରୋଧରେ ତଦନ୍ତ କମିଶନ ବସେ। ତଦନ୍ତ ଲାଗି ନିର୍ଦ୍ଧାରିତ ସମୟ ଗଡ଼ିଗଲେ ପୁଣି କମିଶନଙ୍କ କାର୍ଯ୍ୟକାଲ ବୃଦ୍ଧି କରାଯାଏ। ତଦନ୍ତ ଶେଷ ହେଲା ବେଲକୁ ଦୁର୍ନୀତି କରିଥିବା ଦଲଟି କ୍ଷମତାରେ ନଥାଏ। ଯଦି ସରକାରରେ ଥାଏ ତେବେ ଅର୍ଡିନାନ୍ସ ଆଣି ତଦନ୍ତକୁ ବନ୍ଦ କରି ଦିଆଯାଏ। ନହେଲେ ତଦନ୍ତ ରିପୋର୍ଟ ପ୍ରକାଶ ପାଏ। କିନ୍ତୁ ସମ୍ପୃକ୍ତ ଦଲ ଉପରେ କୌଣସି କାର୍ଯ୍ୟାନୁଷ୍ଠାନ ନିଆଯାଏ ନାହିଁ। ଏହା ହେଉଛି ଆମର ଗଣତନ୍ତ ପଦ୍ଧତିରେ ଶାସନ ତଥା ଶାସକ ବର୍ଗଙ୍କର ଦେଶପ୍ରତି କର୍ତ୍ତବ୍ୟ।

ଭାରତର ପ୍ରଥମ ପ୍ରଧାନମନ୍ତ୍ରୀ ନେହରୁ ଲାଞ୍ଚଖୋର କଳାବଜାରୀମାନଙ୍କୁ ଦେଶର ପ୍ରଧାନ ଶତ୍ରୁ ଭାବେ ବର୍ଣ୍ଣନା କରିଥିଲେ ଏବଂ ସେମାନଙ୍କୁ ସର୍ବସାଧାରଣରେ ବଟି ଖୁଣ୍ଟରେ ଫାଶୀ ଦିଆଯିବା ଉଚିତ ବୋଲି କହିଥିଲେ । କିନ୍ତୁ ବିଡ଼ମ୍ବନାର କଥା ତାଙ୍କରି ପ୍ରଧାନମନ୍ତ୍ରୀତ୍ୱ କାଳରେ ପ୍ରତିରକ୍ଷା ବିଭାଗ ପାଇଁ ଇଂଲଣ୍ଡରୁ ଜିପ୍ କିଣାରେ ଦୁର୍ନୀତି, ନେହରୁଙ୍କ ଶାସନ କାଳରେ ପ୍ରତିରକ୍ଷା ମନ୍ତ୍ରୀଙ୍କର ଜିପ୍ କେଲେଙ୍କାରୀ ଓ ହରିଦାସ ମୁଦ୍ରା ଦୁର୍ନୀତି ଦୁଇଟି ଉଲ୍ଲେଖନୀୟ ଘଟଣା । ୧ ୯୫୮ ମସିହାରେ ଇନ୍ଦିରା ଗାନ୍ଧୀଙ୍କ ସ୍ୱାମୀ ଫିରୋଜ ଗାନ୍ଧୀ ନିଜ ଶ୍ୱଶୁର ନେହରୁଙ୍କ ଅର୍ଥମନ୍ତ୍ରୀ ଟିଟି କୃଷ୍ଣମାଚାରୀଙ୍କ ବିରୋଧରେ ମୁଦ୍ରା ସ୍କାମରେ ସମ୍ପୃକ୍ତ ଥିବା ଅଭିଯୋଗ କରିଥିଲେ । ସେତେବେଳେ କୃଷ୍ଣମାଚାରୀ ଇସ୍ତଫା ଦେଇଥିଲେ । ତେବେ ୧ ୯୬୪ରେ ସେ ପୁନଃ ଅର୍ଥମନ୍ତ୍ରୀ ଭାବେ ନିଯୁକ୍ତି ପାଇଥିଲେ । ୧ ୯୬୩ ମସିହାରେ ପବୀଣ ସମାଜବାଦୀ ନେତା ରାମ ମୋହନ ଲାଲ ଲୋହିଆ ପ୍ରଧାନମନ୍ତ୍ରୀ ନେହେରୁଙ୍କ ପାଇଁ ପ୍ରତିଦିନ ୨୫ ହଜାର ଟଙ୍କା ସରକାରୀ ତହବିଲରୁ ଖର୍ଚ୍ଚ ହେଉଥିବାର ଅଭିଯୋଗ ଉତ୍ଥାପନ କରି ପାର୍ଲିଆମେଣ୍ଟ ସଦନରେ ସୃଷ୍ଟିକରିଥିବା ଝଡ଼ ସର୍ବଜନ ବିଦିତ । ପଞ୍ଜାବର ମୁଖ୍ୟମନ୍ତ୍ରୀ ପ୍ରତାପ ସିଂ କାଇରନଙ୍କ ବିରୋଧରେ ଗୁରୁତର ଦୁର୍ନୀତି ଅଭିଯୋଗ ହୋଇଥିଲେ ମଧ ସେଗୁଡ଼ିକୁ ସେ ଅଣଦେଖା କରିଥିଲେ । ୧ ୯୬୩ ମସିହାରେ ଓଡ଼ିଶା ମୁଖ୍ୟମନ୍ତ୍ରୀ ବିଜୁ ପଟ୍ଟନାୟକ ନିଜର କମ୍ପାନୀ କଳିଙ୍ଗ ଟ୍ୟୁବକୁ ଅଯଥା ଅନୁକମ୍ପା ଦେଖାଇଥିବା ଅଭିଯୋଗ ପରେ ସେ ଇସ୍ତଫା ଦେବାକୁ ବାଧ୍ୟ ହୋଇଥିଲେ । ୧ ୯୬୨ ଚୀନ ଯୁଦ୍ଧ ବେଳେ ତାଙ୍କ କଳିଙ୍ଗ ଏୟାର ଲାଇନ୍ ସୈନ୍ୟମାନଙ୍କ ପାଇଁ ଯେଉଁ ଯୋତା କମ୍ବଳ ଭଳି ସାମଗ୍ରୀମାନ ନେଇ ଯାଉଥିଲା, ତାହାକୁ କଳା ବଜାରରେ ବିକ୍ରି କରି ଦିଆଗଲା ବୋଲି ବ୍ୟାପକ ଅଭିଯୋଗ ହୋଇଥିଲା । ଲାଲାବାହାଦୁର ଶାସ୍ତ୍ରୀଙ୍କ ପ୍ରଧାନମନ୍ତ୍ରୀତ୍ୱ କାଳରେ ବିଜୁଙ୍କ ଦୁର୍ନୀତିର ତଦନ୍ତ ପାଇଁ 'ଖାନ୍ନା କମିଶନ' ବସିଥିଲା । କମିଶନ ରାୟ ଦେଇଥିଲେ ବିଜୁ ପଟ୍ଟନାୟକ ଭାରତର ସବୁଠାରୁ ଦୁର୍ନୀତିଗ୍ରସ୍ତ ବ୍ୟକ୍ତି । ତାଙ୍କୁ କୌଣସି ଦାୟିତ୍ୱ ସମ୍ପନ୍ନ ପଦ ଦିଆଯିବା କଥା ନୁହେଁ, କିନ୍ତୁ ଅତି ପରିତାପର ବିଷୟ ୧ ୯୭୭ ମସିହାରେ ବିଜୁ କେନ୍ଦ୍ର ଜନତା ଦଳ ସରକାରର ଖଣି ଇଷ୍ପାତ ମନ୍ତ୍ରୀ ଓ ୧ ୯ ୯୦ରେ ଓଡ଼ିଶାର ପୁନର୍ବାର ମୁଖ୍ୟମନ୍ତ୍ରୀ ହୋଇଥିଲେ । ନେହେରୁଙ୍କ କନ୍ୟା ଇନ୍ଦିରା ଗାନ୍ଧୀଙ୍କ ସମୟରେ ନଗର ଓ୍ୱାଲା ଦୁର୍ନୀତି, ମାରୁତି ଦୁର୍ନୀତି, ଏ.ଆର୍. ଆନ୍ତୁଲେଙ୍କ ସମ୍ପୃକ୍ତିରେ ଘଟିଥିବା ସମେସ୍ତ ସ୍କାମ ପ୍ରଭୃତି ଦୁର୍ନୀତିର କୌଣସି କାର୍ଯ୍ୟାନୁଷ୍ଠାନ ହୋଇ ନଥିଲା ।

ଶୀତଳ ପଶ୍ଚିମ ବାୟୁ ଓ ଉଷ୍ଣ ଉତ୍ତର ଆଟ୍ଲାଣ୍ଟିକ ସ୍ରୋତ ଦ୍ୱାରା ସେ ଉଷ୍ଣ ବାୟୁର ମିଳନ ସ୍ଥଳ ହେଉଛି ଇଂଲଣ୍ଡ । ତେଣୁ ସେଠାରେ ଶୀତଳ ଓ ଉଷ୍ଣ ବାୟୁର ମିଳନ ଯୋଗୁ ବର୍ଷର ଅଧିକାଂଶ ସମୟରେ ଘନ କୁହୁଡ଼ି ଓ ଝିପ ଝିପ ବର୍ଷା ଲାଗିରହେ । ଫଳରେ ସୂର୍ଯ୍ୟ ପ୍ରାୟ ଦେଖା ଯାଆନ୍ତିନାହିଁ, କିମ୍ବା ପରିଷ୍କାର ଖରା ପଡ଼େନା । ତେଣୁ ଗ୍ରୀଷ୍ମ ପ୍ରଧାନ ଗ୍ରାମ ବହୁଳ ଆମ ଦେଶରେ- ଶୀତାର୍ତ, କ୍ଵଚିତ ସୂର୍ଯ୍ୟାଲୋକ ଦେଖୁଥିବା ଦେଶର ନୀତି ନିୟମକୁ ପ୍ରଚଳନ କଲେ ଯାହା ହେବାର କଥା ତାହାହିଁ ହେଇଛି । ବଡ଼ ବଡ଼ ଛାମୁଦାନ୍ତ ଥିବା ଏସ୍କିମୋ ମହିଳାଙ୍କର ଚାହିଦା ଢେର ବେଶୀ । କାରଣ ବଲ୍ଗା ହରିଣ ଚମଡ଼ାରେ ତମ୍ବୁ ତିଆରି ପାଇଁ ଦୃଢ଼ ଦାନ୍ତରେ ଚମଡ଼ାକୁ ଛିଣ୍ଡାଇ ସିଲେଇ କରିବାରେ ଏମାନଙ୍କର ଉପଯୋଗିତା ବେଶୀ । ସେମିତି ଚାହିଦା ଆମ ଦେଶବାସୀଙ୍କ ଉପରେ ଲଦି ହେବକି ? ସେମିତି ତାଙ୍କ (ଇଂରେଜମାନଙ୍କ) ନୀତିରୀତି ଆମ ପାଇଁ । ସୂର୍ଯ୍ୟ ଦେଖା ନଯାଇ ସକାଳୁ ବର୍ଷା ଲାଗି ରହିଲେ ଆମ ଦେଶରେ ସେ ଦିନ ବର୍ଷାଦିନ (ରେନ୍ ଡେ) ଭାବେ ଶିକ୍ଷାନୁଷ୍ଠାନ ଗୁଡ଼ିକ ବନ୍ଦରହେ । କିନ୍ତୁ ଇଂଲଣ୍ଡରେ ଯେଉଁ ଦିନ ପରିଷ୍କାର ସୂର୍ଯ୍ୟକିରଣ ପଡ଼େ, ସୂର୍ଯ୍ୟ ଦେଖାଯାଆନ୍ତି ଓ ଉଜ୍ଜ୍ୱଲ ଖରା ହୁଏ, ସେଦିନ ସେଠାରେ ଛୁଟି ଘୋଷଣା କରାଯାଇ ଉକ୍ତ ଦିନଟିକୁ ପର୍ବଦିନ ଭାବରେ ପାଳନ କରାଯାଏ । ସେଠି ସୂର୍ଯ୍ୟ ପ୍ରାୟତଃ ଦେଖା ଯାଆନ୍ତି ନାହିଁ (ଗ୍ରୀଷ୍ମ ରତୁକୁ ଛାଡ଼ି), ପରିଷ୍କାର ଖରା ଅନ୍ୟଦିନମାନଙ୍କରେ ଆଦୌ ପଡ଼େ ନାହିଁ । ତୁଷାରପାତ ସହିତ ସେଠାରେ ଶୀତ ଲାଗିରହିଥାଏ । କିନ୍ତୁ ଆମର ଏଠି ଝଡ଼ବର୍ଷା ଲାଗି ରହି ସୂର୍ଯ୍ୟ ଦେଖା ନ ହେବା ଦିନ ଅତି ଅଳ୍ପ (ପ୍ରାୟତଃ ବର୍ଷର ଅଧିକାଂଶ ଦିନରେ ଭାରତରେ ପରିଷ୍କାର ଖରା ପଡ଼େ ଓ ସୂର୍ଯ୍ୟ

ଭଲ ଭାବରେ ଦେଖାଯାଆନ୍ତି) । ଏପରି ପରସ୍ପର ବିରୋଧୀ ପାଣିପାଗ ସମ୍ପନ୍ନ ଦେଶର ଓ ସେହିପରି ପରିବେଶେ ଥିବା ଅଞ୍ଚଳର ନୀତି ନିୟମ ଆମ ପାଇଁ ଆଦୌ ପ୍ରଯୁଜ୍ୟ ନୁହେଁ ।

ଭାରତର ଶିଳ୍ପ, ବ୍ୟବସାୟ ଓ କୃଷିକୁ ଇଷ୍ଟ ଇଣ୍ଡିଆ କମ୍ପାନୀ ନିୟମିତ ଭାବେ ଧ୍ୱଂସ କଲା । ଭାରତରେ ତିଆରି ହେଉଥିବା ଜିନିଷ ଉପରେ ଏତେ ଟିକସ ଲଗାହେଲା ଯେ ସାଧାରଣ ଗ୍ରାହକଙ୍କ ପକ୍ଷରେ ତାହା କିଣିବା ସମ୍ଭବ ହେଲାନାହିଁ । ଟିକସ ସଙ୍ଗେ ବିଦେଶକୁ ରପ୍ତାନି ହେଉଥିବା ଜିନିଷ ଉପରେ ଶତକଡ଼ା ସତୁରି– ଅଶି ଶୁଲ୍କ ଲଗାଯିବାରୁ ଭାରତୀୟ ଜିନିଷ ଇଂଲଣ୍ଡ ଓ ଇଉରୋପରେ ବହୁତ ମହଙ୍ଗା ହୋଇଗଲା । ତେଣୁ ରପ୍ତାନି ବନ୍ଦ ହୋଇଗଲା । କିନ୍ତୁ ଇଂଲଣ୍ଡରୁ ଆସୁଥିବା ଜିନିଷରେ ଶୁଲ୍କ ଲାଗୁ ନ ହେବାରୁ ଆମଦାନି ହେଉଥିବା ଜିନିଷ ଶସ୍ତାରେ ମିଳିଲା । ଦେଶୀୟ ଜିନିଷ ବଦଳରେ ଇଂଲଣ୍ଡର ଜିନିଷ ଭାରତରେ ବିକ୍ରିହେଲା । ଭାରତୀୟ ଶିଳ୍ପ ଏକ ପ୍ରକାର ବନ୍ଦ ହୋଇଗଲା । ଭାରତୀୟ ଶିଳ୍ପ କାରିଗରମାନେ ହାତବାନ୍ଧି ବସିଲେ । ଇଂଲଣ୍ଡର ଶିଳ୍ପପତି ଓ ବ୍ୟବସାୟୀମାନେ ଭାରତରେ ବ୍ୟବସାୟ କଲେ ଏବଂ ଲାଭ ଇଂଲଣ୍ଡକୁ ଗଲା । କମ୍ପାନୀର କର୍ମଚାରୀଙ୍କ ଦରମାର ବଡ଼ ଅଂଶ ଓ ପୂରା ପେନ୍‌ସନ୍‌ ମଧ ଇଂଲଣ୍ଡକୁ ଗଲା । କମ୍ପାନୀ ସୈନ୍ୟବାହିନୀର ସମସ୍ତ ଖର୍ଚ (ଯୁଦ୍ଧ ସମେତ) ଭାରତୀୟମାନେ ବହନ କଲେ । ସରକାର ଭାରତର ଜଙ୍ଗଲକୁ ନିଜ ହାତକୁ ନେଇ ଶାଗୁଆନ ଓ ଦାମିକା ଗଛକୁ ଆଖ୍ ବୁଜି କାଟି ବିକ୍ରିଲେ । ଯାହା ଦ୍ୱାରା ସାରା ପୃଥିବୀରେ ଓ୍ୱାଲନଟ କାଠ ବଦଳରେ ଶାଗୁଆନ କାଠରେ ଜାହାଜ ତିଆରି ହେଲା । ଜମିଦାରୀ ବ୍ୟବସ୍ଥା ପ୍ରଚଳନ କରି ନିଲାମରେ ଜମିଦାରୀ ପଟ୍ଟା ଦିଆଗଲା । ଯିଏ ଅଧିକ ଦର ଡାକିଲା ସିଏ ପଟ୍ଟା ପାଇବାରୁ ସେଇ ଅନୁସାରେ ପ୍ରଜାମାନେ (ଚାଷୀ) ବହୁତ କରଦେବାକୁ ବାଧ୍ୟ ହେଲା । ଇଂରେଜ ଅଫିସର (ରାଜ୍ୟପାଳଙ୍କଠାରୁ ଏସ୍‌ଡିଓ ପର୍ଯ୍ୟନ୍ତ)ମାନଙ୍କୁ ବିଭିନ୍ନ ପ୍ରକାରେ ତୁଷ୍ଟିକରି ଜମିଦାରମାନେ ମନଇଚ୍ଛା କର ଆଦାୟ, ଅତ୍ୟାଚାର ଓ ସେମାନଙ୍କ ସମ୍ପତ୍ତି ଦଖଲକଲେ । ଫଳରେ ବୃହତ ବେଙ୍ଗଲ (ବେଙ୍ଗଲ, ଆସାମ, ବିହାର ଓ ଓଡ଼ିଶା)ର ପ୍ରାୟ ତିନିକୋଟି ଲୋକ ଦରିଦ୍ର ହୋଇଗଲେ । ତା' ସାଙ୍ଗକୁ ଇଷ୍ଟଇଣ୍ଡିଆ କମ୍ପାନୀର ଡାଇରେକ୍ଟରମାନେ ନିର୍ଦ୍ଦେଶ ଦେଲେ ଚାଷୀମାନେ କପା ଓ ପଶମ ଚାଷ କରିବେ କିନ୍ତୁ ସୂତାକାଟି ପାରିବେ ନାହିଁ । ଭାରତୀୟମାନଙ୍କୁ ଇଂରେଜମାନଙ୍କ କାରଖାନାରେ ଶ୍ରମିକ ଭାବରେ କାମ କରିବା ପାଇଁ ବାଧ୍ୟ କରାଗଲା । ଅଠର ଶହ ଚଉରାଶୀ ମସିହାରେ ଦୀନବନ୍ଧୁ ମିତ୍ରଙ୍କ ଦ୍ୱାରା ଲିଖିତ ବହି "ନୀଳ ଦର୍ପଣ" ଅନୁସାରେ ଭାରତୀୟ ଶିଳ୍ପ ଧ୍ୱଂସ ହେଲା, କୃଷି ବରବାଦ ହୋଇଗଲା, ଶିଳ୍ପୀ ବେକାର ହୋଇ ହାତବାନ୍ଧି ବସିଲେ । ମୁର୍ଶିଦାବାଦ ସହର ଲକ୍ଷ୍ମୀଛଡ଼ା ହେଲା । ମୁର୍ଶିଦାବାଦ ପଇସାରେ ଲଣ୍ଡନ ସହରର ବିକାଶ ହେଲା । ଭାରତୀୟ ଶିଳ୍ପକୁ ଧ୍ୱଂସ କରି ଗ୍ଲାସଗୋ, ଲଙ୍କାସାୟାର, ୟର୍କସାୟାର, ମାଞ୍ଚେଷ୍ଟର ଶିଳ୍ପକେନ୍ଦ୍ରମାନ ମୁଣ୍ଡ ଟେକିଲା । ଓ୍ୱିଲ୍ ଡ୍ୟୁରାଣ୍ଟ, ମାର୍ଟିନ ମେଣ୍ଟେଗୋମେରି, କୁହନ୍‌ପିଚ୍, ମୁନ୍, ଜେ.ଡି. ସପ୍ଟରଲ୍ୟାଣ୍ଡ, ରମେଶ ଚନ୍ଦ୍ର ଦତ୍ତ ଓ ଧର୍ମପାଲ ପ୍ରଭୃତି ଐତିହାସିକମାନେ ଏଇ ଶୋଷଣ ପ୍ରକ୍ରିୟାକୁ ବର୍ଣ୍ଣନା କରି ନିନ୍ଦା କରିଛନ୍ତି ।

ଅଠରଶହ ସତାବନ ମସିହା ସିପାହି ବିଦ୍ରୋହ ପରେ ଇଂଲଣ୍ଡ ସରକାର ଇଷ୍ଟ-ଇଣ୍ଡିଆ କମ୍ପାନୀଠାରୁ ଶାସନଭାର ନେଇଗଲା ଅର୍ଥାତ୍ ଭାରତକୁ କମ୍ପାନୀଠାରୁ କିଣିନେଲା । କିଣିବା ଟଙ୍କା ଓ ସୁଧ (ଶତକଡ଼ା ଦଶ-ପାଞ୍ଚ) ଭାରତୀୟଙ୍କଠାରୁ ଟିକସ ଆକାରରେ ଆଦାୟ କରାଗଲା । ପ୍ରଥମ ଥର ପାଇଁ ଆୟକର ଲାଗୁ କରାଗଲା । ଭାରତ ବିକ୍ରି ହୋଇଗଲା ଭାରତୀୟଙ୍କ ଟଙ୍କାରେ । ସିପାହି ବିଦ୍ରୋହ ଜନିତ ସମସ୍ତ ଖର୍ଚ ଭାରତରୁ ଆଦାୟ କରି ଇଂଲଣ୍ଡ ପଠାଗଲା । ପୁଣି ସୈନ୍ୟ ବାହିନୀ ଯେଉଁ ବାଟରେ ଗଲେ ସେ ସ୍ଥାନର ଲୋକମାନଙ୍କଠାରୁ ମାଗଣାରେ ଚାଉଳ, ଡ଼ାଲି, ତେଲ, ଘିଅ, ପନିପରିବା ଓ ମସଲା ଆଦାୟ କରି ଯୋଗାଇବା ପାଇଁ କଲେକ୍ଟରମାନଙ୍କୁ ଆଦେଶ ଦିଆହୋଇଥିଲା । ଏପରି ବ୍ୟବସ୍ଥା କମ୍ପାନୀ ଶାସନ ଆରମ୍ଭରୁ ଥିଲା ଓ ସ୍ୱାଧୀନତା ଆନ୍ଦୋଳନ ସମୟରେ ମଧ ବନ୍ଦ ହୋଇ ନଥିଲା । ସତର ଶହ ସତୁରି ମସିହାରେ ୟୁରୋପରେ ପ୍ରଚଳିତ ବେଠି ଓ ଗୋତି ଶ୍ରମିକ ବନ୍ଦୋବସ୍ତ ଭାରତକୁ ଅଣାଗଲା । ବେଠି କରେଇବାରେ ଅନେକ ରାଜା

ଓ ଜମିଦାର ଅଭ୍ୟସ୍ତ ହେଲେ । ରାଜତନ୍ତ୍ରରେ ବେଠି ବେଗାରିର ଚରମ ନିଦର୍ଶନ ହେଉଛି ଢେଙ୍କାନାଳର ଯତନନଗର ଓ ରଣପୁରର ବସନ୍ତ ମଞ୍ଜରୀ ନିବାସ । ଇଂରେଜ ଲାଟ୍, କମିଶନର, କଲେକ୍ଟର ଓ ଅନ୍ୟାନ୍ୟ ଅଫିସରମାନେ ଶିକାର ପାଇଁ ଆସିଲେ ବେଠିରେ ଲଗା ହେଉଥିବା ଗ୍ରାମବାସୀ ତୁମ ବଜାଇ ବାଘ, ହାତୀଙ୍କୁ ଘଉଡ଼ାଉ ଥିଲେ, ସେଥିରେ ଅନେକ ମରୁଥିଲେ । ସିମିଲାରୁ ତିନିଶହ ମାଇଲ ରାସ୍ତା ବେଠିରେ ହେଲା । ସତର ଶହ ତେସ୍ତରୀ ମସିହାରେ ବିଶିଷ୍ଟ ବାଗ୍ମୀ, ରାଜନୈତିକ, ଦାର୍ଶନିକ ଏଡ଼ମଣ୍ଡ ବର୍କ ଇଂରେଜ ସରକାରଙ୍କୁ ନିନ୍ଦାକରି ଚେତାବନୀ ଦେଇଥିଲେ । ଯେଭଳି ଭାବରେ ଶୋଷଣ କରାଯାଉଛି ତାଦ୍ୱାରା ଭାରତ ଧ୍ୱଂସ ହୋଇଯିବ । କେହି ସେଥିପ୍ରତି କର୍ଣ୍ଣପାତ କଲେ ନାହିଁ । ଐତିହାସିକ ବୁକସ୍ ଆଡାମସ୍ ହିସାବ କଲେ ଯେ ପଲାସୀ ବିଜୟରୁ ଓ୍ୱାଟର୍ଲୁ ଯୁଦ୍ଧ ମଧ୍ୟରେ ଭାରତରୁ ପାଞ୍ଚ ହଜାର କୋଟି ଟଙ୍କା ଇଂଲଣ୍ଡକୁ ଆସିଛି । ପରବର୍ତ୍ତୀ ସମୟରେ ଯେଉଁ ଟଙ୍କାରେ ଭାରତକୁ କିଣା ହୋଇଥିଲା ତା'ର ସୁଧ, ବ୍ୟବସାୟୀଙ୍କ ଲାଭ, କର୍ମଚାରୀଙ୍କ ପେନ୍‌ସନ୍ ମିଶି ହାରାହାରି ଶୀତଶହ କୋଟି ଟଙ୍କା ବର୍ଷକୁ ଇଂଲଣ୍ଡକୁ ଯାଉଥିଲା । ରେଲଓ୍ୱେ କମ୍ପାନୀକୁ ସରକାର କ୍ଷତି ହେଲେ କ୍ଷତିପୂରଣ ଦେବାକୁ ଚୁକ୍ତି କରିଥିଲେ । ସେମାନେ କ୍ଷତି ଦେଖାଇଲେ ଲୋକଙ୍କ ପଇସାରୁ ସେମାନଙ୍କୁ କ୍ଷତି ପୂରଣ ଦିଆ ହେଉଥିଲା । କେନାଲ ହେଲା ବାଣିଜ୍ୟ ପାଇଁ ଜଳ ସେଚନ କର ଏତେ ଥିଲା ଯେ ସାଧାରଣ ଚାଷୀ ତାଦ୍ୱାରା ଉପକୃତ ହୋଇପାରିଲେ ନାହିଁ ।

ଦରିଦ୍ର, ଧ୍ୱସ୍ତ ବିଧ୍ୱସ୍ତ ଅସଫଳ ଶିଳ୍ପ, ବାଣିଜ୍ୟ ଓ କୃଷି ଜନିତ କ୍ଷତିର ଫଳ ହେଲା । ବ୍ରିଟିଶ ସରକାରଙ୍କ ହିସାବ ଅନୁସାରେ ୧୮୦୦ ମସିହାରୁ ୧୮୨୫ ମଧ୍ୟରେ ୧୦ ଲକ୍ଷ । ୧୮୨୬ ରୁ ୧୮୫୦ ମଧ୍ୟର ୪୦ ଲକ୍ଷ । ୧୮୫୦ରୁ ୧୮୭୫ ମଧ୍ୟରେ ୬୦ ଲକ୍ଷ । ୧୮୭୫ରୁ ୧୯୦୦ ମଧ୍ୟରେ ୧ କୋଟି ୫୦ ଲକ୍ଷ ଲୋକ ଦୁର୍ଭିକ୍ଷରେ ମଲେ । ୧୯୪୧ରୁ ୧୯୪୩ ରେ ବେଙ୍ଗଲରେ ୩୦ଲକ୍ଷ ଲୋକ ମଲେ । ୧୮୬୬ ରେ ଓଡ଼ିଶାରେ ନ'ଅଙ୍କ ଦୁର୍ଭିକ୍ଷରେ ୧୦ ଲକ୍ଷ ଲୋକ ମଲେ । ସେତେବେଳର ଜନସଂଖ୍ୟାର ଶତକଡ଼ା ୧୦ ଭାଗରୁ ଅଧିକ ଲୋକ ମରିଥିବାର ହିସାବ ରେଭେନ୍‌ସା ସାହେବ କମିଶନର ଥିଲାବେଳେ ହିସାବ କରିଥିଲେ । ୧୮୬୫ ମସିହା ଜୁଲାଇ ମାସରେ ଟମାସ ଏଡ଼୍‌ଓ୍ୱାର୍ଡ ରେଭେନ୍‌। ନାମକ ଜଣେ ଅଭିଜ୍ଞତା ଅପରିପକ୍ୱ ବ୍ୟକ୍ତି ଓଡ଼ିଶାର କମିଶନର ଭାବରେ ଯୋଗଦାନ କରିଥିଲେ । ସାଧାରଣ ପ୍ରଶାସନ ସମ୍ପର୍କରେ ତାଙ୍କର ଅଭିଜ୍ଞତା ସ୍ୱଳ୍ପ ଥିଲା ଏବଂ ତାଙ୍କର ପୂର୍ବ ଅଭିଜ୍ଞତା କମିଶସନର ପଦବୀର ଆବଶ୍ୟକତା ଅନୁକୂଳ ମଧ୍ୟ ନ ଥିଲା । ସେ ପ୍ରଥମରୁ ଓଡ଼ିଆଙ୍କ ପ୍ରତି ଭ୍ରମାମ୍ଳକ ଧାରଣା ପୋଷଣ କରୁଥିଲେ । ଦୁର୍ଭିକ୍ଷ ଅନୁସନ୍ଧାନ କରିଥିବା କର୍ତ୍ତୃପକ୍ଷ ତାଙ୍କ ରିପୋର୍ଟରେ ବର୍ଣ୍ଣନା କରିଛନ୍ତି । ଏହି ଭଦ୍ର ବ୍ୟକ୍ତି ଓଡ଼ିଶାରେ ରେଲରାସ୍ତା ନିର୍ମାଣର ବିରୋଧୀ ଥିଲେ । ଦୁର୍ଭିକ୍ଷର କରାଲତା ସମ୍ପର୍କରେ ତାଙ୍କର କୌଣସି ଜ୍ଞାନ ନ ଥିଲା । ଦୁର୍ଭିକ୍ଷ ହେଉଥିବା ସମୟରେ ସେ ଦୀର୍ଘ ଦିନ ପାଇଁ ମୟୂରଭଞ୍ଜ ଗସ୍ତରେ ରହିଥିଲେ । ସ୍ଥାନୀୟ ଧନୀ ବ୍ୟବସାୟୀ ଏବଂ ଜମିଦାରମାନଙ୍କ ପାଖରେ ଯଥେଷ୍ଟ ଚାଉଳ ଗଚ୍ଛିତ ଥିବା ଭ୍ରମ (ଧାରଣା) ପୋଷଣ କରି ଉଚିତ୍ ସମୟରେ ଚାଉଳ ଆମଦାନୀ କରିବା ପ୍ରସ୍ତାବର ସପକ୍ଷରେ ନ ଥିଲେ । ଅଥଚ ଠିକ୍ ସମୟରେ ଚାଉଳ ଆମଦାନୀ କରାଯାଇଥିଲେ ଲକ୍ଷ ଲକ୍ଷ ଜୀବନ ରକ୍ଷା କରାଯାଇ ପାରିଥାଆନ୍ତା ।

ଭାରତ କଙ୍କାଳସାର ଦେଶ ହୋଇ ମଧ୍ୟ ପ୍ରଥମ ବିଶ୍ୱ ଯୁଦ୍ଧ ସମୟରେ ୧୦ ଲକ୍ଷ ସୈନ୍ୟ ଓ ଦ୍ୱିତୀୟ ବିଶ୍ୱଯୁଦ୍ଧ ବେଳେ ୨୫ ଲକ୍ଷ ସୈନ୍ୟ ଏବଂ ୪ ଲକ୍ଷ ଶ୍ରମିକ ସହିତ ଆୟର ଶତକଡ଼ା ୬୪ ଭାଗ ଯୁଦ୍ଧ ପାର୍ଶ୍ୱିକୁ ଦେଇଥିଲା । ଭାରତର ସଂସ୍କୃତି ଓ ଆର୍ଥିକ ଅବସ୍ଥାକୁ ଇଂଲଣ୍ଡ ଧ୍ୱଂସ କରିବା ପାଇଁ ସମସ୍ତ ଚେଷ୍ଟା ସତ୍ତ୍ୱେ ଆମର ପାଞ୍ଚ ହଜାର ବର୍ଷର ସଂସ୍କୃତି ବଞ୍ଚି ରହିଛି । ସ୍ୱାଧୀନତା ଆନ୍ଦୋଳନ ସମୟରେ ଇଂରେଜ ପ୍ରଶାସକମାନେ ଭାରତୀୟ ସ୍ୱାଧୀନତା ସଂଗ୍ରାମୀମାନଙ୍କୁ କଠିନ ଦଣ୍ଡ ଓ ଅକଥନୀୟ ନିର୍ଯାତନା ଦେଇ ଭାରତୀୟମାନଙ୍କ ପ୍ରତି ନିଷ୍ଠୁରତା ପ୍ରଦର୍ଶନ କରୁଥିଲେ । ଅନେକ କଷ୍ଟ ସ୍ୱୀକାର ଓ ବହୁ ଅମୂଲ୍ୟ ଜୀବନ ଦାନ ବିନିମୟରେ ଇଂରେଜମାନଙ୍କଠାରୁ ସ୍ୱାଧୀନତା ହାସଲ କରିବା ପରେ ମଧ୍ୟ ଆମର

ଇଂଲଣ୍ଡ ସହିତ ଶତ୍ରୁତା ନାହିଁ । ଏପରିକି ସ୍ୱାଧୀନ ଭାରତର ପ୍ରଥମ ଗଭର୍ଣ୍ଣର ଜେନେରାଲ ଇଂରେଜ ଲର୍ଡ ମାଉଣ୍ଟ ବାଟେନ ହୋଇଥିଲେ ଓ ଇଂରେଜ ସେନାପତି ସୁପର କମାଣ୍ଡର ଫିଲାଡ ମାର୍ଶାଲ ଆଚିନଲେକ ଥିଲେ ସ୍ୱାଧୀନ ଭାରତର ପ୍ରଥମ ସେନାଧ୍ୟକ୍ଷ । ଏହା ହିଁ ଭାରତୀୟ ସଂସ୍କୃତିର ବିଶେଷତ୍ୱ ଓ ଭାରତୀୟମାନଙ୍କର ମହନୀୟତା ।

ଏହାର ପ୍ରମୁଖ କାରଣ ହେଉଛି– ଭାରତୀୟ ଜାତୀୟତା ମହାନ ଏବଂ ଉଦାର ପରିବ୍ୟାପ୍ତ ଭାରତ ମହାସାଗର ପରି ଶାନ୍ତ ଏବଂ ସ୍ନିଗ୍ଧ । କାହିଁ କେତେ ହଜାର ବର୍ଷ ପୂର୍ବେ ପବିତ୍ର ବେଦ ମନ୍ତ୍ରରେ ରଷିମାନେ ସାରା ବିଶ୍ୱର ମଙ୍ଗଳ କାମନା କରିଛନ୍ତି । ସେମାନେ କୌଣସି ଗୋଷ୍ଠୀ କିମ୍ବା ବ୍ୟକ୍ତି ପ୍ରତି ଅନୁରକ୍ତି ପ୍ରକାଶ କରିନାହାନ୍ତି । ଆଜିକୁ ପ୍ରାୟ ୩୫୦୦ବର୍ଷ ପୂର୍ବେ ଭାରତ ମହାସାଗରର କୂଳେ କୂଳେ ଅବସ୍ଥିତ ରାଷ୍ଟ୍ର ସମୂହ ଯଥା– ଦକ୍ଷିଣରେ ଆଫ୍ରିକା, ପୂର୍ବରେ ଏସିଆ, ଦକ୍ଷିଣର ନିମ୍ନଭାଗରେ ଅଷ୍ଟେଲିଆ ଏବଂ ଭୂମଧ୍ୟସାଗରରେ ପ୍ରବେଶ କରି ୟୁରୋପରେ ଭାରତ ନିଜର ପ୍ରଭାବ ବିସ୍ତାର କରିଥିଲା । ଭାରତୀୟ ଉପମହାଦେଶ ସମେତ ଦକ୍ଷିଣ ଏସିଆ ରାଷ୍ଟ୍ର ସମୂହ ଏବଂ ଆଫ୍ରିକାରେ ଭାରତୀୟ ଧର୍ମ, ସଂସ୍କୃତି, କଳା ଏବଂ ପରଂପରା ଏତେ ଜୀବନ୍ତ ଓ ଚଳ ଚଞ୍ଚଳ ଥିଲା, ଏ ସମଗ୍ର ଅଞ୍ଚଳ ବୃହତ ଭାରତ ନାମରେ ପରିଚିତ ଥିଲା । ।

ଆମ ଦେଶ ଭାରତ ବର୍ଷ ତା'ର ଆଧ୍ୟାତ୍ମିକତା, ତା'ର ପ୍ରେମ-ଧର୍ମ, ନୈତିକତା ଏବଂ ଯୋଗୀ ରଷିମାନଙ୍କ ସମାବେଶ ପାଇଁ ଆଜି ସମଗ୍ର ବିଶ୍ୱରେ ମାନ୍ୟତା ପାଇବାରେ ଲାଗିଛି । ଭାରତର ଇତିହାସ ହିଁ ଏକ ଧର୍ମର ଇତିହାସ । ଏ ଦେଶର ସମାଜ, ସଂହିତା, ରାଜନୀତି, ଧର୍ମ ଉପରେ ହିଁ ପ୍ରତିଷ୍ଠିତ । ଲକ୍ଷ ଲକ୍ଷ ବର୍ଷ ଧରି ଯାହା ହୋଇ ରହିଆସିଛି ଆଉ ତାହା ହୋଇ ରହିବ ନାହିଁ । ଗୀତା– ଉପନିଷଦକୁ ଯଦି ଏ ଦେଶରୁ ବାଦ୍ ଦିଆଯାଏ ତେବେ ଭାରତ ଆଉ ଭାରତ ହୋଇ ରହିବ ନାହିଁ । ଧର୍ମର ସାରାଂଶକୁ ଅର୍ଥାତ ଈଶ୍ୱରିକତାକୁ ନେଇ ଆମ ଭାରତୀୟ ସଂସ୍କୃତି ଗଠିତ । ଭାରତ ଏକ ଧର୍ମର ଦେଶ ଏବଂ ନୈତିକତା ହିଁ ତା'ର ପ୍ରାଣ । ସେ ଧର୍ମରେ ସଞ୍ଚାଳିତ ହୁଏ । ସେ ଧର୍ମର ଅସ୍ତିତ୍ୱ ଉପରେ ପ୍ରତିଷ୍ଠିତ । ଧର୍ମ ହିଁ ଏଯାବତ ଭାରତ ଭୂମିକୁ ରକ୍ଷା କରିଆସିଛି । ଭାରତୀୟ ସଂସ୍କୃତିର ଭିତ୍ତି ସେତେ ସୁଦୃଢ଼ ହୋଇଥିବାରୁ ହିଁ ତାହା ବହୁ ବହିଃଶତ୍ରୁ ଆକ୍ରମଣର ତଥା ରାଜନୈତିକ ଉତ୍ଥାନ ପତନର ଘାତ ପ୍ରତିଘାତ ସହି ମଧ୍ୟ ଟିଷ୍ଣ ରହିପାରିଛି । ଅସ୍ଥାୟୀ ରାଜନୈତିକ ପରାଧୀନତା ଭାରତର ଆତ୍ମାକୁ ପରାହତ କରିପାରିନାହିଁ । କାଳସ୍ରୋତ ଭାରତୀୟ ସଂସ୍କୃତିର ଗୌରବକୁ କ୍ଷୁର୍ଣ୍ଣ କରିପାରିନାହିଁ । ପ୍ରାଚୀନ ମିଶର– ଆସିରିଆ – ଗ୍ରୀସ ତଥା ରୋମ ସଭ୍ୟତା ନିଜ ନିଜର ସତ୍ତା ହରାଇବାରେ ଲାଗିଲେଣି କିନ୍ତୁ ପ୍ରାଚୀନ ଭାରତୀୟ ସଭ୍ୟତା ଯୁଗ ଯୁଗ ଧରି ସଞ୍ଜୀବିତ ହୋଇ ରହିଆସିଛି ।

ଇତିହାସର ପ୍ରାଚୀନତମ କାଳରୁ ଆତ୍ମସଂଯମ ଓ ଇନ୍ଦ୍ରିୟ ଦମନ ଭାରତୀୟ ସଂସ୍କୃତିର ମୂଳମନ୍ତ୍ର ଭାବେ ରହି ଆସିଛି । ତ୍ୟାଗ ଓ ଜ୍ଞାନ ବଳରେ ଆତ୍ମସାକ୍ଷାତକାର ଲାଭ କରିବା ହିଁ ଆମ ଭାରତର ଲକ୍ଷ୍ୟ । ତ୍ୟାଗ ଓ ଅନାସକ୍ତିର ଆଦର୍ଶ ହିଁ ଭାରତ ବର୍ଷକୁ ଏକ ମହାନ ରାଷ୍ଟ୍ର ରୂପେ ତା'ର ସମସ୍ତ ଶକ୍ତି ଅକ୍ଷୁର୍ଣ୍ଣ ରଖିବାରେ ସାହାଯ୍ୟ କରି ଆସିଛି । ଭାରତ ହେଉଛି ସେହି ମହାଭାବର ବୀଜରୁ ସଂଜାତ ସହନଶୀଳତା, ସଦ୍‍ଯୁଗ ଓ ବିଶ୍ୱପ୍ରେମର ସୌରଭରେ ପରିପୂର୍ଣ୍ଣ ଏକ କୁସୁମ କାନନ । ଏ ଭାରତ ଭୂମି ସକଳ ଏକତ୍ୱ ଏବଂ ସର୍ବଧର୍ମର ସାର୍ବଜନୀନତାରେ ବିଶ୍ୱାସ କରେ ଓ ଏହା ହିଁ ଭାରତୀୟ ପରଂପରାର ବିଶେଷତ୍ୱ । ବିଶ୍ୱରେ ଏଭଳି କୌଣସି ଦେଶ ନାହିଁ ଯେଉଁ ଦେଶ କି ସହିଷ୍ଣୁତା ଗୁଣରେ ଆମ ଭାରତକୁ ବଳିଯିବ । ଭାରତର ହୃଦୟ ଅତି ବିଶାଳ । ତା'ର ପ୍ରେମାଲିଙ୍ଗନ ମଧ୍ୟରେ ଜଗତର ସକଳ ରାଷ୍ଟ୍ର ଆବଦ୍ଧ । ଦୀର୍ଘ ବର୍ଷ ଧରି ଏ ଭାରତ ଭୂମି କେତେକ ଲୋଲୁପ ଶକ୍ତିମାନଙ୍କ ଦ୍ୱାରା ନିର୍ଯାତିତ ହୋଇ ରହି ଆସିଥିଲା । କିନ୍ତୁ ସେମାନଙ୍କଠାରୁ ନିର୍ଯାତନା ଥିଲା ଆମ ପାଇଁ ସହିଷ୍ଣୁର ପରୀକ୍ଷା । ଭାରତ ଅତ୍ୟନ୍ତ ସମ୍ପଦଶାଳୀ ଓ ତା'ର ହୃଦୟ ଉଦାରତା ତଥା ବିଶ୍ୱ ପ୍ରେମରେ ପୂର୍ଣ୍ଣ । ସେ ସମଗ୍ର ଜଗତକୁ ପାଳନ ପୋଷଣ କରେ । ତା'ର ଭଣ୍ଡାର ଅସରନ୍ତି

ଭାରତୀୟ ସଂସ୍କୃତି କୌଣସି ମୃତ ସଂସ୍କୃତି ନୁହେଁ । ଏହି ସଂସ୍କୃତିର ଜୀବନୀ ଶକ୍ତି ଅସୀମ । ସମୟର ପରିବର୍ତ୍ତନ ସଙ୍ଗେ ସଙ୍ଗେ ଏହି ସଂସ୍କୃତିକୁ ଯୁଗୋପଯୋଗୀ କରି ପଢ଼ାଯାଇ ପାରୁଥିବ ଏବଂ ତା'ହେଲେ ନବଜୀବନ ସଞ୍ଚାର କରାଯାଇ ପାରୁଥିବ । ଏହିପରି ଏକ ମୌଳିକ ଜୀବନୀ ଶକ୍ତି ସର୍ବଦା ଅମର ହୋଇ ରହିଥିବା ଯୋଗୁ ଭାରତ ବର୍ଷ ତା'ର କେତେକ ଦୁର୍ବଳତା ସତ୍ତ୍ୱେ ମଧ ଲକ୍ଷ ଲକ୍ଷ ବର୍ଷ ଧରି ବଞ୍ଚିରହିବାରେ ସକ୍ଷମ ହୋଇପାରିଛି ।

ଫ୍ରାସୀ ବିଦ୍ୱାନ ସଲଭାଇନ ଲେଭିଙ୍କ ୧୮୯୦ ମସିହାରେ ପ୍ରକାଶିତ ଅମୂଲ୍ୟ ଗ୍ରନ୍ଥ "ଇଣ୍ଡିଆନ ଥ୍ୟଏଟଚର"ରେ ଉଲ୍ଲେଖ କରିଛନ୍ତି- ପ୍ରାଚୀନ କାଳରେ ଭାରତୀୟମାନେ ବିଦେଶକୁ ଯୁଦ୍ଧକରି ରାଜ୍ୟ ଜୟ କରିବା ଉଦ୍ଦେଶ୍ୟରେ ସେମାନେ ହାତରେ ମାରଣାସ୍ତ୍ର ନେଇ ଦରିଆପାରି ରାଷ୍ଟ୍ରରେ ପ୍ରବେଶ କରି ନଥିଲେ । ନିଜ ଧର୍ମର ମହତ୍ତ୍ୱ ଥିଲା ସେମାନଙ୍କ ମୂଳମନ୍ତ୍ର ଯାହା ଶାନ୍ତି ଓ ଭ୍ରାତୃଭାବ ଉପରେ ପ୍ରତିଷ୍ଠିତ । ଆଉ ପାଦେ ଆଗକୁ ଯାଇ ଉଇଲିୟମ ଡ଼ୁରାଣ୍ଟ ଯାହାଙ୍କ ରଚିତ "ଦି ଷ୍ଟୋରି ଅଫ୍ ସିଭିଲାଇଜେସନ୍" ମାନବ ସଭ୍ୟତାର ପ୍ରାମାଣିକ ଗ୍ରନ୍ଥ ଭାବେ ବିବେଚିତ । ସେ ଉଲ୍ଲେଖ କରିଛନ୍ତି- ଭାରତୀୟମାନେ ଧାର୍ମିକ ସଦ୍ଭାବନା ସହିତ କଳା ଓ ପରମ୍ପରା ଏବଂ ସଂସ୍କୃତି ସାଥିରେ ନେଇ ଯାଇଥିଲେ । ଯାହାର ଛାପ ଆମେ ଦକ୍ଷିଣ ଏସିଆ ରାଷ୍ଟ୍ର ସମୂହରେ ପାଇଥାଉ । ଇଣ୍ଡୋନେସିଆର ଜାତୀୟବାଦୀ ନେତା ତଥା ପ୍ରଥମ ରାଷ୍ଟ୍ରପତି ସୁକର୍ଷ ୧୯୪୬ ମସିହା ଜାନୁୟାରୀ ୪ ତାରିଖ ରେ 'ହିନ୍ଦୁ' ଖବରକାଗଜରେ ଗୋଟିଏ ନିବନ୍ଧରେ ଲେଖିଥିଲେ- In the vains of every one of my people flows the blood of Indian ancestory. Two thousand years ago people from India came to ours country with spirit of bratherly love. We then learnt to worship the very Gods that you still worship much later we turned to Islam, but we fashioned a culture the even today lorgely identical with your own. `

ମାର୍ କ୍ସଙ୍କ ଉକ୍ତି- History repeats itself, first as tragedy, second as farce. (ଏସବୁ ସତ୍ତ୍ୱେ ଇତିହାସର ପୁନରାବୃତ୍ତି ହୋଇଥାଏ । ପ୍ରଥମେ ଦୁଃଖଦ ଘଟଣା ଭାବେ ଏବଂ ଦ୍ୱିତୀୟଥର ତାହା ଏକ ହାସ୍ୟାସ୍ପଦ ପ୍ରହସନରେ ପରିଣତ ହୋଇଯାଏ) । ଯେଉଁ ସମଷ୍ଟି ଅତୀତରୁ କିଛି ଶିଖିନପାରେ ସେ ଭବିଷ୍ୟତରେ ନିଜ ଦୁର୍ଭାଗ୍ୟକୁ ଦୋହରାଏ । ଅକାରଣରେ ଅତୀତକୁ ସେମାନେ ପାଠବହିର ଇତିହାସ ବୋଲି ଭାବି ଆଲୋଚନା କରିବାକୁ ଶଙ୍କି ଯାଆନ୍ତି । ସୂଚନା ଆବଶ୍ୟକ ପଡ଼ିଲେ ଶୂନ୍ୟ ସ୍ଥାନକୁ ନିରୋଳା ପବନ ପୂରାଇ ନିଜ କଳ୍ପନାର ରୂପ ଅନୁଯାୟୀ ଫୁଲେଇବା କାମରେ ସବୁ ମଣିଷ ପାରଙ୍ଗମ । ଅତୀତରୁ ସତ ଖୋଜିବାକୁ ହେଲେ ବହୁ ଅନିଶ୍ଚିତତା ଓ ରହସ୍ୟ ଭେଦ କରିବାକୁ ହୁଏ । ସେଗୁଡ଼ିକ ବୁଝିବାକୁ ହେଲେ ମନକୁ ସବା ଆଗ ନିରପେକ୍ଷ କରାଯିବା ଉଚିତ । ଦ୍ୱିତୀୟ ଆବଶ୍ୟକ ହେଲା- ମନକୁ ବର୍ତ୍ତମାନ କାଳଠାରୁ ଦୂରଛଡ଼ା ନକଲେ ଇତିହାସର ତଥ୍ୟ ମାନ ଆମଠୁର ଦୂରଛଡ଼ା ହେବାକୁ ଓ ବିକୃତ ଦେଖାଯିବାକୁ ବାଧ୍ୟ । ଭାରତ ଯଦି ପଛେଇ ଯାଇଛି, ଉପନିବେଶବାଦର କର୍ତ୍ତୃତ୍ୱାଧୀନ ହୋଇଛି । ତା'ପାଇଁ ଚାଲାକ ଚତୁର ଇଂରେଜମାନେ ଯେତିକି ଦାୟୀ, ଭାରତୀୟମାନଙ୍କର ବିଶୃଙ୍ଖଳାଭାବ, ମାନସିକ ଦୁର୍ବଳତା ଓ ହୀନମନ୍ୟତା ସେତିକି ମାତ୍ରାରେ ଦାୟୀ । ଭାରତୀୟମାନେ ଯଦି ନିଜର ଅନ୍ତଃଶକ୍ତିକୁ ଅନୁଭବ କରନ୍ତି ତେବେ ସେମାନେ ଉଭୟ ଅନ୍ତଃଶତ୍ରୁ ଓ ବହିଃଶତ୍ରୁ ଶୋଷଣରୁ ଏକା ସମୟରେ ନିବୃତ୍ତି ପାଇପାରିବେ । ସ୍ୱାଧୀନତା ସଂଗ୍ରାମ ଯଦି ହୁଏ ବହିଃଶତ୍ରୁର କବଲରୁ ନିସ୍ତାର ପାଇବାର ମାର୍ଗ, ଜାତୀୟତା ଆନ୍ଦୋଳନ ହେବ ଅନ୍ତଃଶତ୍ରୁର ଅତ୍ୟାଚାର ଓ ଶୋଷଣରୁ ବି ମୁକ୍ତିପାଇବାର ଏକ ରାସ୍ତା । ତେଣିକି ଅନ୍ତଃଶତ୍ରୁ ଗାଁ ସାହୁକାର ହୁଅନ୍ତୁ ବା ଆମ ମନର ଜାତିବାଦୀ ନାରୀ ବିଦ୍ୱେଷୀ ବିଚାର ଦେଢ଼ ବା ଆମ ଘର ଚାରିପାଖ ଅବର୍ଜ୍ଜନା ହେଉ, ଅଥବା ସ୍ୱାର୍ଥପରତା ହେଉ । ଏଭଳି ଏକ

ବ୍ୟାପକ ଜାତୀୟତା ଆନ୍ଦୋଳନର ଅନ୍ୟତମ ପ୍ରମୁଖ ପ୍ରଣେତାଥିଲେ ଗାନ୍ଧିଜୀଙ୍କ ପୂର୍ବସୂରୀ ବିବେକାନନ୍ଦ । (ବୋଧେ ଗୌତମ ବୁଦ୍ଧ ଓ ବିବେକାନନ୍ଦଙ୍କ ପରେ ଗାନ୍ଧୀ ହିଁ ତୃତୀୟ ବ୍ୟକ୍ତି ଯିଏକି ଅହିଂସା ଓ ଅସହଯୋଗକୁ ଅସ୍ତ୍ରରୂପେ ବ୍ୟବହାର କରି ସତ୍ୟାଗ୍ରହୀ ହୋଇଥିଲେ ଏବଂ ରାଜନୀତିରେ ଅହିଂସା ଓ ସତ୍ୟାଗ୍ରହର ମାର୍ଗ ପ୍ରଚଳନ କରିଥିଲେ । ସତ୍ୟାଗ୍ରହ ଗାନ୍ଧୀଙ୍କର ଅନ୍ୟ ଏକ ଶକ୍ତିଶାଳୀ ଅସ୍ତ୍ରଥିଲା । କାରଣ ସତ୍ୟ ପ୍ରତି ଆଗ୍ରହ ହିଁ ସତ୍ୟାଗ୍ରହ) । ପ୍ରବୁଦ୍ଧ ଭାରତ, ଉତ୍ଥିତ ଭାରତ, ଦରିଦ୍ର ନାରାୟଣ କଥା କହିଲା ବେଳେ ସେ କେବେ ଇଂରେଜ ସରକାର ବିରୋଧରେ ସଂଗ୍ରାମ କରିବାକୁ କହୁନଥିଲେ ବରଂ ଜାତି ରୂପରେ ନିଜକୁ ପ୍ରସ୍ତୁତ କରିବାକୁ କହୁଥିଲେ । ଇଂରେଜ ସରକାର ବିରୋଧରେ ଲଢ଼ି ନା ସେ ଦୀର୍ଘକାଳ ଧରି ଜେଲ ଯାଇଥିଲେ ନା ଫାଶୀଦଣ୍ଡ ପାଇଥିଲେ । ତା'ସତ୍ତ୍ୱେ ଭାରତର ହୃତ ଆମ୍ଶକ୍ତିକୁ ଜାଗ୍ରତ କରିବାରେ ତାଙ୍କ ଯୋଗଦାନକୁ କେବେ କ'ଣ ଗୌଣ ବୋଲି କହିହେବ ? ଆଜି ବିବେକାନନ୍ଦ ଓ ଗାନ୍ଧୀଙ୍କର ଦେହାନ୍ତର ଅନେକ ଦଶନ୍ଧି ପରେ ଏକବିଂଶ ଶତାବ୍ଦୀରେ ଆମେ କ'ଣ କହି ପାରିବା ଯେ ଦେଶ ଗଠନରେ ଗାନ୍ଧୀଙ୍କ ତୁଳନାରେ ବିବେକାନନ୍ଦଙ୍କ ଯୋଗଦାନ ଊଣା ପରିମାପର ? କାରଣ ଗାନ୍ଧିଜୀ ଜେଲ ଯାଇଥିଲେ, ଆତତାୟୀ ଗୁଳିର ଶିକାର ହୋଇଥିଲେ । ଆଉ ବିବେକାନନ୍ଦ ଜେଲ ଯାଇନଥିଲେ । ପୁଣି ଏକଥା ବି କୁହାଯାଇ ନ ପାରେ ଯେ ବିବେକାନନ୍ଦ, ଗାନ୍ଧିଜୀଙ୍କ ତୁଳନାରେ ଅଧିକ ଯୁଗ ପୁରୁଷ । ଅସଲରେ ଗାନ୍ଧୀ ବା ବିବେକାନନ୍ଦଙ୍କୁ ଏଠି ପ୍ରତୀକ ରୂପରେ ହିଁ ନିଆଯାଇଛି । ଉପନିବେଶ ବାଦ ବିରୋଧରେ ଲଢ଼ିବା ଓ ନିର୍ମଳ ଦେଶ ଗଠନ କାମରେ ସମୂହ ଶକ୍ତିର ଉତ୍‌ଥାନ କରିବା (ଏକା) ସମାନ ମାତ୍ରାରେ ଲୋଡ଼ା ।

ଯଦି ନେତୃବର୍ଗ ଜାତି ଗଠନ ପ୍ରଶ୍ନକୁ ଊଣା ମନେ କରୁ ନଥିଲେ ତେବେ ସମସ୍ୟା ରହିଲା କେଉଁଠି ? ପ୍ରଥମତଃ ସବୁ ନେତୃବର୍ଗ ଗାନ୍ଧୀ ଓ ବିବେକାନନ୍ଦଙ୍କ ଅନୁରୂପ ନଥିଲେ । ଅର୍ଥାତ୍‌ ଅନେକ ନେତୃବର୍ଗ ସ୍ଥାନୀୟ ସ୍ତରରେ ଜାତି ଗଠନ ବିମର୍ଷ ରହିତ ସ୍ୱାଧୀନତା ସଂଗ୍ରାମକୁ ହିଁ ପ୍ରମୁଖତା ଦେଉଥିଲେ । ତେଣୁ କେତେକ ସ୍ତରରେ ସ୍ୱାଧୀନତା ସଂଗ୍ରାମରେ ଭାଗ ନେଇଥିବା ନେତା ବି ରୁଢ଼ିବାଦୀ, ଜାତିବାଦୀ, ସମ୍ପ୍ରଦାୟବାଦୀ ଓ ନାରୀ ବିରୋଧୀ ଏବଂ ସ୍ୱାର୍ଥାନ୍ଧ ହୋଇଥିବାର ଦେଖାଯାଏ । ସ୍ୱାଧୀନତାର ସମୟ ଯେତେ ଆସନ୍ନ ହେଲା (ଯେମିତି ୧ ୯୩୦–୪୦ ଦଶକ) ଏଭଳି ଫମ୍ପା ଆସ୍ଫାଳନକାରୀ ନେତୃବର୍ଗଙ୍କର ପ୍ରାଦୁର୍ଭାବ ବଢ଼ିଲା ଓ ବିଚାର ସମ୍ପନ୍ନ ନିଡ଼ା ନେତୃବର୍ଗଙ୍କର ମହତ୍ତ୍ୱ ଊଣା ହେଲା । ସ୍ୱାଧୀନୋତ୍ତର ଭାରତରେ ତ ସ୍ଥିତି ଏମିତି ଯେ ରାଜନୀତିକ ବର୍ଗ ଜାତି ଗଠନକୁ ଏକ ମହତ୍ତ୍ୱପୂର୍ଣ୍ଣ ବିମର୍ଷ ବୋଲି ବି ଭାବୁ ନାହାଁନ୍ତି । ରାଜନୀତିର ଅର୍ଥ ହୁଏତ ସରକାରରେ ରହିବା । ଅଥବା ସରକାରର ବିରୋଧ କରିବା ହୋଇଯାଇଛି । ଫଳରେ ଉପର ଠାଉରିଆ ଭାବେ ଆମେ ସ୍ୱାଧୀନତା ସଂଗ୍ରାମ ଓ ଜାତୀୟତାର ଗୁଣଗାନ କରନ୍ତି ସିନା ଆମମାନଙ୍କ ଅନ୍ତରରେ ତା'ର ମୁଖର ପରିପନ୍ଥୀ ସାଜନ୍ତି । ଏହା ପରିବାରଠାରୁ ଆରମ୍ଭ କରି ଅମଲାତନ୍ତ୍ର ଯାଏ ସମାଜର ସବୁସ୍ତରକୁ ସଂକ୍ରମିତ ହେବା ଫଳରେ ଜାତୀୟ ସଙ୍କଟର ମାତ୍ରା ନିରନ୍ତର ବୃଦ୍ଧିପାଉଛି । ପଡ଼ୋଶୀ ଓ ବିଦେଶୀ ଆକ୍ରମଣ ନୁହେଁ ବରଂ ଏହି ସଙ୍କଟ ଯୋଗୁ ଯେ ଆମେ ଦିନେ ଜାତୀୟ ବିନାଶର ସମ୍ମୁଖୀନ ହେବୁ ଏହା ଜଳଜଳ କରି ଦୃଶ୍ୟମାନ ହେଉଛି ।

ଗୋଟିଏ ଭୂଖଣ୍ଡକୁ ଆଶ୍ରୟ କରି ଏକତ୍ର ବାସ କରୁଥିବା ମଣିଷମାନଙ୍କ ଭାଷା, ବିଶ୍ୱାସ ଓ ସଂସ୍କୃତିକୁ ନେଇ ଜାତୀୟତାର ସୃଷ୍ଟି, ଜାତି ଥିଲେ ଜାତୀୟତା ନିର୍ମାଣ ହୁଏ । ଜାତୀୟତାରୁ ଜାତୀୟ ଜୀବନ ଗଠିତ ହୁଏ । ସଭ୍ୟତାର ଅଗ୍ରଗତିରୁ ରାଷ୍ଟ୍ରଗଠନ ଏକ ବିରାଟ ଲମ୍ଫର ଫଳଶ୍ରୁତି ।

ଭାରତୀୟମାନଙ୍କର ସଂକୀର୍ଣ୍ଣତା ମନୋଭାବ, ନିଜ ନିଜ ମଧ୍ୟରେ ଶତ୍ରୁତା । ଅନ୍ୟର ଶିରୀ ଦେଖ୍ ନ ପାରିବା ପ୍ରବୃତ୍ତି ଇଂରେଜମାନଙ୍କୁ ସୁଯୋଗ ଦେଲା । ସେମାନେ ମାଛ ତେଲରେ ମାଛ ଭାଜି ଖାଇଲେ । ଭାରତୀୟମାନଙ୍କୁ ପରସ୍ପର ବିରୋଧରେ ଲଗାଇ ଦେଇ ଫାଇଦା ମାରିନେଲେ । ଦେଶୀୟ ରାଜାମାନଙ୍କ ମଧ୍ୟରେ ଅନ୍ତର୍ଦ୍ୱନ୍ଦ୍ୱ, ଅସୁହ୍ୟା ଭାବର ବଂଶବର୍ତ୍ତୀ ହୋଇ କଳହରେ ମାତିଲେ ପରସ୍ପର ମଧ୍ୟରେ । ନିଜର ଶକ୍ତି ନ ଥିଲା ପ୍ରତିପକ୍ଷ ଉପରେ ପ୍ରତିଶୋଧ ନେବାଲାଗି । ଆପଣାର ଶତ୍ରୁକୁ ଜବତ କରିବାକୁ ଅସମର୍ଥ ହୋଇ, ରାଗ ଶୁଝାଇବାକୁ ଯାଇ ଇଂରେଜମାନଙ୍କ ସାହାଯ୍ୟ ଲୋଡ଼ିଲେ । ସେମାନେ ଏପରି ସୁଯୋଗର ଅପେକ୍ଷାରେ ଥିଲେ, ସୁଯୋଗକୁ ହାତଛଡ଼ା ନକରି ପକ୍ଷଭୁକ୍ତ ହେଲେ । ପୁରସ୍କାର ବାବଦକୁ ପାଇଲେ ବିଜିତ ରାଜ୍ୟରୁ ଖଣ୍ଡେ ଅଞ୍ଚଳ । ଉପହାର ମିଳିଲା ନଗଦ ଟଙ୍କା ସୁନା, ରୂପାର ଅଳଙ୍କାର । ଫାଇଦା ସ୍ୱରୂପ ରାଜସ୍ୱ ଆଦାୟ କରିବାର ଦେଓ୍ୱାନୀ କ୍ଷମତା ହାସଲ କଲେ । ବୁଦ୍ଧି ଖଟାଇ, ଅକଳରେ ପକାଇ, ଆବଶ୍ୟକ ସ୍ଥଳେ ବଳ ପ୍ରୟୋଗକରି । କେଉଁଠି କୌଶଳରେ ଗ୍ରାସ କଲେ ରାଜ୍ୟ ପରେ ରାଜ୍ୟ, ଶେଷରେ ସାରା ଭାରତକୁ ମାଡ଼ି ବସିଲେ । ବିରାଡ଼ି କଳିରେ ମାଙ୍କଡ଼ କଳି ଭାଙ୍ଗି ଦେବାକୁ ଯାଇ ନିଶାପ କଲା ପରି ଏ ପିଠା ଫାଲରୁ କଲେ, ସେ ପିଠା ଫାଲରୁ କଲେ ନ୍ୟାୟରେ ପିଠାଟକ ଗଲା ମାଙ୍କଡ଼ ପେଟକୁ । ବିଚରା ବିରାଡ଼ି ଦୁଇଟି କାନ ମୁଣ୍ଡ ଆଉଁଶି ନିରବ ରହିବାକୁ ବାଧ୍ୟ ହେଲେ, ନିଜ କର୍ମକୁ ନିନ୍ଦିଲେ । ଆପଣା କପାଳ ଆଦରି ଚୁପ୍ ଚାପ୍ ବସିବା ପରି ଇଂରେଜମାନଙ୍କ କୂଟନୀତିର ଶିକାର ହେଲେ ଭାରତୀୟ ଦେଶୀୟ ରାଜାମାନେ । ସେମାନେ କୂଟନୀତି ପ୍ରୟୋଗକରି କପଟ ବୁଦ୍ଧି ବଳରେ ହେଲେ ଏ ଦେଶର ମାଲିକ । ସେଥିପାଇଁ କେତେ ମାରପେଞ୍ଚ, କୂଟକପଟ, ଚାତୁରୀ ଚାଲବାଜୀ, ସାମନ୍ତ ମନ୍ତ୍ରିପ୍ରଥା । ରାଜସତ୍ଵ ଲୋପନୀତି । ଦେଶୀୟ ରାଜାମାନେ ପଡ଼ିଲେ ତାଙ୍କରି ଫାନ୍ଦରେ ସେମାନେ ହେଲେ ମାଲିକ ଭାରତୀୟମାନେ ହେଲେ ଚାକର ତାଙ୍କରି ପାଖରେ । ବେପାର କରିବାକୁ ଆସିଥିବା ବିଦେଶୀ ବଣିକ ମୌକା ମାରି ନେଇ ହେଲେ ଶାସକ । ଶାସିତ ହେଲେ ଏ ଦେଶର ମୂଳବାସିନ୍ଦା ଭାରତୀୟମାନେ ।

ଭାରତରେ ବାଣିଜ୍ୟ ବ୍ୟବସାୟ କରିବାକୁ ଇଂରେଜମାନେ ୪ର୍ଥ ମୋଗଲ ବାଦଶାହ ଜାହାଙ୍ଗୀରଙ୍କ ସମୟରୁ ଅନୁମତି ପାଇଥିଲେ ବି ୧୭୫୭ ମସିହାରୁ ବଙ୍ଗାଳାର ନବାବ ସିରାଜଉଦ୍ଦୌଲାଙ୍କୁ ପଲାସୀ ଯୁଦ୍ଧରେ ପରାସ୍ତ କରି ଭାରତ ଶାସନର ଭିତ୍ତିଭୂମି ସ୍ଥାପନ କଲେ । ତା'ପରେ ଗୋଟିଏ ପରେ ଗୋଟିଏ ଯୁଦ୍ଧରେ ବିଜୟ ଲାଭ କରି, ଊନବିଂଶ ଶତାଦ୍ଦୀର ମଧ୍ୟଭାଗ ବେଳକୁ ସାରା ଭାରତକୁ କରାଗତ କରିବାରେ ସକ୍ଷମ ହେଲେ । ପ୍ରତ୍ୟେକ ଭାରତୀୟ ମନେରଖିବା ଉଚିତ୍ ଯେ ଇଂରେଜମାନେ ଉକ୍ତ ଯୁଦ୍ଧ ଗୁଡ଼ିକୁ ବଳରେ ନୁହେଁ ବରଂ "ଡିଭାଇଡ଼ ଆଣ୍ଡ ରୁଲ୍" କୌଶଳରେ ଜିତି ଥିଲେ । ପ୍ରକାଶ ଥାଉ କି ପ୍ରଥମ (ପଲାସୀ) ଯୁଦ୍ଧରେ ତାଙ୍କର ସେନା ସଂଖ୍ୟା ସିରାଜଙ୍କ ସେନା ସଂଖ୍ୟାର କୋଡ଼ିଏ ଭାଗରୁ ମାତ୍ର ଏକଭାଗ ଥିଲା । ସେମିତି ଯଦି ସବୁ ଭାରତୀୟମାନେ ଏକମନ ଏକପ୍ରାଣ ହୋଇ ବିଦେଶୀମାନଙ୍କ ବିରୋଧରେ ଲଢ଼ିଥାଆନ୍ତେ, ତେବେ ମୂଳରୁ ହିଁ ବ୍ରିଟିଶ ଶାସନ ଭାରତରେ ଆଦୌ ସମ୍ଭବ ହୋଇ ପାରିନଥାଆନ୍ତା । ଇଂରେଜମାନେ ଶାସନ କ୍ଷେତ୍ରରେ ପ୍ରଥମେ ପାଦ ଥାପିଥିଲେ ଐତିହାସିକ ପଲାସୀ ଯୁଦ୍ଧରେ ବିଜୟୀ ହୋଇ । ପଲାସୀ ଯୁଦ୍ଧ ଅନୁଷ୍ଠିତ ହୋଇଥିଲା ୧୭୫୭ ମସିହାରେ । ଯା ପରେ ଆମ ଦେଶରେ ଇଷ୍ଟ-ଇଣ୍ଡିଆ କମ୍ପାନୀ ପାଇଁ ଶାସନ କରିବାର ରାସ୍ତା ଫିଟିଗଲା । ଏହି ପଲାସୀ ଯୁଦ୍ଧର ସୂତ୍ରପାତ ହୋଇଥିଲା ୧୭୫୭ ମସିହା ଜୁନ୍ ୨୩ ତାରିଖରେ ମୁର୍ସିଦାବାଦର ଦକ୍ଷିଣକୁ ୨୨ ମାଇଲ ଦୂର ନଦୀଆ ଜିଲ୍ଲାର ଭାଗୀରଥୀ ନଦୀ କୂଳରେ ପଲାସୀ ଗାଁ ନିକଟ ବିସ୍ତୃତ ଆମ୍ରକାନନରେ । ଏହି ଘମାଘୋଟ ଯୁଦ୍ଧରେ ଗୋଟେ ପଟେ ଥିଲେ କମ୍ପାନୀର ରବର୍ଟ କ୍ଲାଇବ ଓ ଆର ପଟରେ ଥିଲେ ବଙ୍ଗର ନବାବ ସିରାଜଉଦ୍ଦୌଲା । ସିରାଜଉଦ୍ଦୌଲାଙ୍କର ପଚାଶ ହଜାର ପଦାତିକ ଓ ଅଠାଇଶ ହଜାର ଅଶ୍ୱାରୋହୀ ସୈନ୍ୟ ସେଠାରେ ଉପସ୍ଥିତ ଥିଲାବେଳେ କ୍ଲାଇବଙ୍କ ଅଧୀନରେ ଆଠଶହ ଇଂରେଜ ସୈନ୍ୟ ଓ ବାଇଶ ଶହ ଭାରତୀୟ ସିପାହି । ତେବେ

ବେଶ୍ କମ୍ ସଂଖ୍ୟକ ସୈନ୍ୟଙ୍କ ନେତୃତ୍ୱ ନେଇ ବି କ୍ଲାଇବ ଐତିହାସିକ ବିଜୟ ହାସଲ କରିବାରେ ସମର୍ଥ ହୋଇଥିଲେ । ଅସଲରେ ଦେଖିଲେ ତାଙ୍କର ଏହି ଆଖିଦୃଶିଆ ଜିତାପଟର ପଛପଟରେ ଥିଲା ନବାବଙ୍କ ପ୍ରଧାନ ସେନାପତି ମିରଜାଫରଙ୍କ ସାଂଘାତିକ ବିଶ୍ୱାସ ଘାତକତା ଧୋକ୍କାବାଜି । ଅତି ସହଜରେ ବିକ୍ରୀ ହୋଇ ଇଂରେଜ ପଟକୁ ଢଳିଥିଲେ କୃତଘ୍ନ ମୀରଜାଫର । ବଙ୍ଗର ନବାବଙ୍କୁ ପ୍ରତାରିତ କରି ସେ ନବାବଙ୍କ ସେନାକୁ ଶୋଚନୀୟ ଭାବେ ପରାସ୍ତ କରାଇବାରେ ମୂଖ୍ୟ ଭୂମିକା ତୁଲାଇ ଥିଲେ । ଏହାଛଡ଼ା ବଙ୍ଗର ନବାବଙ୍କ ଘୋର ପରାଜୟ ପଛରେ ବି ଆଉ ଏକ ଠୋସ କାରଣ ରହିଛି । ତାହା ହେଉଛି ସମାଜର ଉଦାସୀନତା । ସମଗ୍ର ସମାଜ ବଙ୍ଗବାସୀ ଯଦି ସେତେବେଳେ ଏକଜୁଟ ହୋଇ ଲଢ଼ିଥାନ୍ତେ ତେବେ କ୍ଲାଇବଙ୍କ ବିଜୟ କେବେ ବି ସମ୍ଭବ ହୋଇ ପାରି ନଥାଆନ୍ତା । ସମାଜରେ ସେମାନଙ୍କର ଶାସକ କିଏ ବୋଲି ଜାଣିବାର କୌଣସି ମତଲବ ପ୍ରଜାଙ୍କର ନଥିଲା । କିଏ ହାରୁ କିମ୍ବା ଜିତୁ ତା'ର କୌଣସି ଫରକ ରାଜ୍ୟବାସୀଙ୍କ ଉପରେ ପଡ଼ିନଥିଲା । ସେଥିପାଇଁ ସମସ୍ତ ବଙ୍ଗବାସୀ ଏକଜୁଟ ହୋଇ ଇଂରେଜମାନଙ୍କୁ ବିରୋଧ କରିନଥିଲେ । ଯାହା ଫଳରେ କ୍ଲାଇବ ବିଜୟୀ ହୋଇଥିଲେ । ଇଂରେଜମାନେ ପ୍ରତ୍ୟେକ ଯୁଦ୍ଧରେ ଭାରତୀୟମାନଙ୍କୁ ବିଭାଜିତ କରାଇ ବିଜୟ ହାସଲ କରିଥିଲେ । ଏହାପରେ ୧୯୧୪ ମସିହା ପର୍ଯ୍ୟନ୍ତ କୌଣସି ବିଦ୍ରୋହରେ ଭାରତରୁ ଇଂରେଜମାନଙ୍କୁ ହଟାଇବା ପାଇଁ ଭାରତର ସବୁ ଶ୍ରେଣୀର ଲୋକେ ଏକଜୁଟ ହୋଇ ପାରିନଥିଲେ । ଏପରିକି ଭାରତର ପ୍ରଥମ ସ୍ୱାଧୀନତା ସଂଗ୍ରାମ କୁହାଯାଉଥିବା ୧୮୫୭ ମସିହାର ବିଦ୍ରୋହ ମଧ୍ୟ ଥିଲା ନିର୍ଦ୍ଦିଷ୍ଟ ଗୋଷ୍ଠୀର ଓ ଆରମ୍ଭ ହୋଇଥିଲା ନିର୍ଦ୍ଦିଷ୍ଟ କାରଣରୁ । ଓଡ଼ିଶାର ସୁରେନ୍ଦ୍ର ସାଏଙ୍କ ବିଦ୍ରୋହ ହେଉ ବା ପାଇକ ବିଦ୍ରୋହ ହେଉ ନିଶ୍ଚୟ ସେଇ ଶ୍ରେଣୀର ।

ଇତିହାସକାରମାନେ ମତଦିଅନ୍ତ ଯେ ବୈଦେଶିକ ଶତ୍ରୁମାନେ ଭାରତକୁ ଆକ୍ରମଣ କରି ବିଜୟଲାଭ କରିବାର କାରଣ କେବଳ ରାଜନୈତିକ ନଥିଲା । ଭାରତୀୟ ସୈନ୍ୟମାନେ ବିଦେଶୀ ସୈନ୍ୟଙ୍କ ଅପେକ୍ଷା ଅଧିକ ପରାକ୍ରମଶାଳୀ ଥିଲେ । କିନ୍ତୁ ସାମାଜିକ ଅନ୍ଧବିଶ୍ୱାସ ହିଁ ସେମାନଙ୍କ ପରାଜୟର କାରଣ ହେଲା । ପ୍ରଥମତଃ ଲୋକମାନଙ୍କର ଧାରଣା ଥିଲା ଯେ ମନ୍ଦିରର ମୂର୍ତ୍ତିରେ ଦୈବୀ ଶକ୍ତି ରହିଛି । ସେହି ଶକ୍ତି ଅପ୍ରସନ୍ନ ହେଲେ ସେମାନଙ୍କ ପରାଜୟ ସୁନିଶ୍ଚିତ । ପ୍ରକାଶ ଥାଉ କି ମନ୍ଦିର ପୂଜା ଆର୍ଯ୍ୟ ସମାଜର ପରମ୍ପରା ନୁହେଁ । ପ୍ରଥମ ଶତାବ୍ଦୀ ପରେ ରାଜାମାନଙ୍କ ଦ୍ୱାରା ମନ୍ଦିର ନିର୍ମାଣ ହେଲା ଓ ସେମାନଙ୍କ ମର୍ଜି ଅନୁସାରେ ନିୟମମାନ କରାଗଲା । ୭୧୨ ଖ୍ରୀଷ୍ଟାବ୍ଦରେ ମାତ୍ର କୋଡ଼ିଏ ବର୍ଷର ଜଣେ ଯୁବକ ମହମ୍ମଦ ବିନ କାଶୀମ ଅଳ୍ପ କେତେକ ସୈନ୍ୟଙ୍କ ସହିତ ଭାରତର ଉତ୍ତର ପଶ୍ଚିମ ଦିଗରୁ ସିନ୍ଧୁ ପ୍ରଦେଶକୁ ଆକ୍ରମଣ କଲେ । ସେତେବେଳେ ସିନ୍ଧୁ ପ୍ରଦେଶର ରାଜା ଦାହିର ବଡ଼ ପରାକ୍ରମଶାଳୀ ଥିଲେ । ଆକ୍ରମଣକାରୀ ସହିତ ରାଜା ଦାହିରଙ୍କର ଆଠଦିନ ଧରି ଯୁଦ୍ଧ ହେଲା । ଯୁଦ୍ଧରେ କାଶୀମର ସୈନ୍ୟମାନେ ପୃଷ୍ଠଭଙ୍ଗ ଦେବାରେ ଲାଗିଲେ । କିନ୍ତୁ ବିଧିର ବିଧାନ ଅନ୍ୟ ପ୍ରକାର ଥିଲା । ରାଜା ଦାହିରଙ୍କ ଜଣେ କର୍ମଚାରୀ ଧନରତ୍ନ ପାଇବା ଆଶାରେ କାସୀମଙ୍କ ନିକଟରେ ପହଞ୍ଚିଲା । ସେ ନିଜ ରାଜ୍ୟ ପ୍ରତି ବିଶ୍ୱାସ ଘାତକତା କରି କାଶୀମଙ୍କୁ ପରାମର୍ଶ ଦେଲେ "ଆପଣ କୌଣସି ପ୍ରକାରେ ନଗରର ମୁଖ୍ୟ ମନ୍ଦିର ଉପରେ ଉଡ଼ୁଥିବା ପତାକାକୁ ତଳକୁ ଖସାଇ ଦିଅନ୍ତୁ । ହିନ୍ଦୁମାନଙ୍କ ଦୃଢ଼ ବିଶ୍ୱାସ ଯେ ମନ୍ଦିର ପତାକା ଖସି ପଡ଼ିଲେ ସେମାନଙ୍କ ପରାଜୟ ସୁନିଶ୍ଚିତ ।" ସତକୁ ସତ ତାହା ହିଁ ଘଟିଲା । ମହମ୍ମଦ କାଶୀମ କୌଣସି ଉପାୟରେ ମୁଖ୍ୟ ମନ୍ଦିର ପତାକା ତଳକୁ ଖସାଇ ଦେଲେ । ଚାରିଆଡ଼େ ପ୍ରଚାରିତ ହେଲା ଯେ ମନ୍ଦିର ଦେବତା ଅସନ୍ତୁଷ୍ଟ ହୋଇଛନ୍ତି । ଏକଥା ଶୁଣି ରାଜା ଦାହିରଙ୍କ ସୈନ୍ୟମାନଙ୍କ ମନୋବଳ ଭାଙ୍ଗି ପଡ଼ିଲା । ସେମାନେ ଯୁଦ୍ଧ ଭୂମିରୁ ପଳାୟନ କଲେ । ରାଜା ସୈନ୍ୟମାନଙ୍କୁ ନିବର୍ତ୍ତାଇବା ବେଳେ ଜଣେ ଜ୍ୟୋତିଷୀ ରାଜାଙ୍କ ନିକଟକୁ ଯାଇ କହିଲା– ବର୍ତ୍ତମାନ ଯୁଦ୍ଧକଲେ ଆପଣଙ୍କ ପରାଜୟ ହେବ । ଶୁଭ ମୁହୂର୍ତ୍ତ ପାଇଁ ଆଉ ତିନିଦିନ ଅପେକ୍ଷା କରନ୍ତୁ । ରାଜା ଜ୍ୟୋତିଷୀଙ୍କ କଥାମାନି ନିରବ ରହିଲେ । ସେତେବେଳେ କାଶୀମ ପୁନର୍ବାର ଆକ୍ରମଣ କରି ବିନା ରକ୍ତ ପାତରେ ରାଜା ଦାହିରଙ୍କୁ ବନ୍ଦୀ କଲେ ଓ ପରେ ତାଙ୍କୁ

ହତ୍ୟା କଲେ। ଦାହିରଙ୍କ କଟା ମୁଣ୍ଡକୁ ଧରି ଆକ୍ରମଣକାରୀମାନେ ଉଲ୍ଲାସର ସହ ଭାରତ ଭୂମିରେ ବିଜୟ ପତାକା ଉତ୍ତୋଳନ କଲେ। ଧୀରେ ଧୀରେ ଭାରତର ପତନ ଆରମ୍ଭ ହେଲା।

ମନ୍ଦିରର ପତାକା ଅବନତ ହେବା ଦାହିରଙ୍କ ସୈନ୍ୟମାନଙ୍କ ପାଇଁ ଆଦୌ ଅଶୁଭ ସଙ୍କେତ ନଥିଲା। ସେମାନେ କୁସଂସ୍କାରର ବଶବର୍ତ୍ତୀ ହୋଇଥିବାରୁ ସେମାନଙ୍କ ମନୋବଳ ଭାଙ୍ଗି ପଡ଼ିବା ଯୋଗୁ ଆକ୍ରମଣ କାରୀମାନେ ଯୁଦ୍ଧରେ କୌଣସି ସଂଘର୍ଷ ନ କରି ବିଜୟୀ ହେଲେ। ଯୁଦ୍ଧ ଓ ଦେଶରକ୍ଷା କ୍ଷେତ୍ରରେ କଠୋର ରାଜନୈତିକ ନିଷ୍ପତ୍ତି ନ ନେଇ ଜ୍ୟୋତିଷୀଙ୍କ ଭବିଷ୍ୟ ବାଣୀ ଉପରେ ନିର୍ଭର କରିବା, ଶୁଭ ମୁହୂର୍ତ୍ତ ପାଇଁ ଅପେକ୍ଷା କରି ଦାହିରଙ୍କ ପରି ପରାକ୍ରମଶାଳୀ ରାଜାଙ୍କ ପତନ ଘଟିଲା। ପକ୍ଷାନ୍ତରେ ଇତିହାସକୁ ଲକ୍ଷ୍ୟକଲେ ଜଣାଯାଏ ଫରାସୀ ସମ୍ରାଟ ନେପୋଲିୟନ ପ୍ରତ୍ୟେକ ଯୁଦ୍ଧକୁ ଦ୍ରୁତ ପଦକ୍ଷେପ ନେଇ ଜିତୁଥିଲେ। ସୁଦିନ ଓ ସୌଭାଗ୍ୟକୁ ଅପେକ୍ଷା କରି ରହିବା ଦ୍ୱାରା ନୁହେଁ। ଆଉ ଜ୍ୟୋତିଷୀମାନେ ସିପାହି ବିଦ୍ରୋହ ସମୟରେ ମତ ଦେଇଥିଲେ ଯେ କମ୍ପାନୀ ଶାସନକୁ (୧୭୪୧ ରୁ ୧୮୪୧) ପର୍ଯ୍ୟନ୍ତ ଶହେ ବର୍ଷ ପୂରିଗଲା। ଆଉ ଏବେ ସେମାନେ ଶାସନ କ୍ଷେତ୍ରରେ ରହି ପାରିବେ ନାହିଁ। ଏହି ବିଶ୍ୱାସରେ ଅନୁପ୍ରାଣିତ ହୋଇ ଘଟିଥିବା ସିପାହି ବିଦ୍ରୋହର ପରିଣାମ କଥା ସମସ୍ତେ ଜାଣନ୍ତି।

ଐତିହାସିକ ବାଦାଉନୀ ସେହି ସମୟର ରାଜାମାନଙ୍କ ବିଷୟରେ ଟିପ୍ପଣୀ ଦେଇ ଲେଖିଛନ୍ତି "ସେତେବେଳେ ଭାରତୀୟ ହିନ୍ଦୁ ରାଜ୍ୟଗୁଡ଼ିକର ସମକକ୍ଷ ହେବା ପରି ବିଦେଶୀ ସୈନ୍ୟଙ୍କ ସାମର୍ଥ୍ୟ ନଥିଲା। ମାତ୍ର ଧାର୍ମିକ ଓ ମାନସିକ ଦୁର୍ବଳତା ଯୋଗୁ ସେମାନେ ରାଜନୈତିକ ସ୍ୱାଧୀନତା ହରାଇଲେ।" ଏହି ସମ୍ୱନ୍ଧରେ ଅଧିକ ସ୍ୱଷ୍ଟୀକରଣ ଦେଇ ଜଣେ ଇଂରେଜ ଐତିହାସିକ ଲେଖିଛନ୍ତି "ମହମ୍ମଦ ବିନ କାଶୀମଙ୍କ ଭାରତ ଆକ୍ରମଣ ଓ ବିଜୟ ଲାଭଠାରୁ ଆଜି ପର୍ଯ୍ୟନ୍ତ ଭାରତୀୟମାନେ ନିଜ ଭୁଲ୍‌ରୁ କିଛି ଶିକ୍ଷା ପାରିନାହାନ୍ତି।" ଫେଡରକ ହେଗେଲଙ୍କ ଉକ୍ତି "ଅଭିଜ୍ଞତା ଓ ଇତିହାସ ଏହା ଶିଖାଇଛି ଯେ ରାଷ୍ଟ୍ର ଓ ସରକାରମାନେ କେବେ ଇତିହାସରୁ କିଛି ଶିଖନ୍ତି ନାହିଁ କିମ୍ୱା ସେଥିରୁ କିଛି ଶିକ୍ଷା ସେହି ଅନୁସାରେ କାର୍ଯ୍ୟ କରନ୍ତି ନାହିଁ।" ଯେଉଁ ଦେଶର ଲୋକେ ଦେଶରକ୍ଷା କରିବା ପାଇଁ ନିଜ ଶକ୍ତି ଅପେକ୍ଷା ନିଜ ଭାଗ୍ୟକୁ ବେଶୀ ଗୁରୁତ୍ୱ ଦିଅନ୍ତି ସେହି ଦେଶର କି ଭବିଷ୍ୟତ ଅଛି? କାଶୀମଙ୍କ ଆକ୍ରମଣର ତିନିଶହ ବର୍ଷ ପରେ ମହମ୍ମଦ ଗଜନୀ ସେହି ଉପାୟରେ ଭାରତ ଆକ୍ରମଣ କରି ଲୁଷ୍ଠନ କଲେ। ଗଜନୀଙ୍କ ଆକ୍ରମଣର ଦେଢ଼ଶହ ବର୍ଷ ପରେ ମହମ୍ମଦ ଘୋରୀ ଭାରତର ଦେଶଦ୍ରୋହୀ ରାଜା ଜୟଚନ୍ଦ୍ରଙ୍କ ସହାୟତାରେ ବୀର ରାଜା ପୃଥ୍ୱୀରାଜଙ୍କୁ ପରାଜିତ କଲେ। ଭାରତର ଦୁର୍ବଳ ରାଜଶକ୍ତିର ସୁଯୋଗ ନେଇ ବୈଦେଶୀକ ଶତ୍ରୁମାନେ ଭାରତକୁ ପରାଧୀନ କଲେ। ପ୍ରସିଦ୍ଧ ଆରବଯାତ୍ରୀ ଆଲବେରୁଣୀ ଲେଖିଛନ୍ତି "ଭାରତ ଦେଶ ଅସଂଖ୍ୟ ଛୋଟ ଛୋଟ ରାଜ୍ୟରେ ବିଭକ୍ତ, ଜାତି ଭେଦ, ନାରୀ ଦୁର୍ଦଶା, ଛୁଆଁ ଅଛୁଆଁ, ବାଲ୍ୟବିବାହ, କର୍ମ ଅପେକ୍ଷା ଭାଗ୍ୟ ଉପରେ ଆସ୍ଥା। ଏସବୁ ଏହି ବିଶାଳ ଭୂଖଣ୍ଡର ଦୁର୍ଭାଗ୍ୟର କାରଣ ହୋଇଛି। "ଯବନମାନେ ବହୁବର୍ଷ ଭାରତକୁ ଲୁଷ୍ଠନ କଲେ। ଇଂରେଜମାନେ ଭାରତର ସାଂସ୍କୃତିକ ଗୌରବକୁ ନଷ୍ଟ କଲେ। ସ୍ୱାଧୀନତା ସଂଗ୍ରାମ ପରେ ଭାରତ ସ୍ୱାଧୀନ ହେଲା ସତ, କିନ୍ତୁ ରାଜନୈତିକ ଦଳଗୁଡ଼ିକ ପୂର୍ବକାଳର ଛୋଟ ଛୋଟ ରାଜାଙ୍କ ସ୍ଥାନ ଦଖଲ କରି ବସିଲେ। ସାମାଜିକ କୁସଂସ୍କାର ଦୂର ହେଲା ନାହିଁ। ମନେ ହୁଏ ଯେପରି ଭାରତ ଶହ ଶହ ବର୍ଷ ପଛକୁ ଫେରିଯାଇଛି।

କେତେଟା ବର୍ଷ ପାଇଁ ଅବା ଇଂରେଜମାନଙ୍କ ଶାସନ। ମୋଟେ ଦଶବର୍ଷ କମ୍ ଦୁଇଶହ ବର୍ଷ। ଓଡ଼ିଶାରେ ତ ଆହୁରି କମ୍ ସମୟ। ଦେଢ଼ ଶହ ବର୍ଷକୁ ଛଅ ବର୍ଷ କମ। ଇଂରେଜମାନେ ବଙ୍ଗଳା ଅଧିକାର କରିବାର ଦୀର୍ଘ ୪୧ ବର୍ଷ ପରେ ୧୮୦୩ ଖ୍ରୀଷ୍ଟାବ୍ଦ ଡିସେମ୍ୱର ମାସ ୧୭ ତାରିଖ ଦିନ ନାଗପୁର ରାଜା ରଘୁଜୀ ଭୌଁସଲେ ବ୍ରିଟିଶଥାରୁ ଯୁଦ୍ଧରେ ପରାସ୍ତ ହୋଇ ସେମାନଙ୍କ ସହିତ ସ୍ୱାକ୍ଷରିତ ଦେଓଗାଁ (ଦେବଗ୍ରାମ) ସନ୍ଧିଦ୍ୱାରା ଓଡ଼ିଶାର (କଟକ, ପୁରୀ,

ବାଲେଶ୍ୱର ସହିତ ୧୬ ଟି ଗଡ଼ଜାତର) ଶାସନ କ୍ଷମତା ମରହଟ୍ଟାଙ୍କ ହାତରୁ ଇଂରେଜମାନେ ହାସଲ କରିଥିଲେ। ସେଥିରେ ପଶ୍ଚିମ ବଙ୍ଗର ମେଦିନପୁର ବି ଥିଲା। ଜଙ୍ଗଲରେ ଯୁଦ୍ଧ, କ୍ୟାମ୍ପ କେଉଁଠି ପଡ଼େ କି ? ଓଡ଼ିଶାର ଅନ୍ତର୍ଦ୍ଧାନ ସେଇ ଐତିହାସିକ ଭୂମି ଦେଓଗାଁ ଏବେ ରାଉରକେଲା ମୁନିସପାଲିଟିର ୪ ନମ୍ବର ୱାର୍ଡ। ମନ୍ତ୍ରୀ ଓ ନେତାଙ୍କ ନାଁରେ ସହସ୍ର ନାମ ଫଳକ ବିରାଜୁଛି। ହେଲେ କେହି ଏଠି କାର୍ଡ଼ ସ୍ୱୟଂଟିଏ ହେଉ ବୋଲି ଭାବି ନାହାନ୍ତି। ରାଜନୈତିକ ଇଚ୍ଛାଶକ୍ତିର ଅଭାବ ଏହାର ମୁଖ୍ୟ କାରଣ।

ବିରାଟକାୟ ହାତୀକୁ ଯେପରି ମାଉନ୍ତ ବୋଲି ଛୋଟିଆ ମଣିଷ ବକ୍ଟେ ନିଜ ଇଚ୍ଛାରେ ଚଲାଏ, ବୋଲ ମନାଇଥାଏ, କାମରେ ଲଗାଇ ପାରେ। ସେହିପରି ବିରାଟ ପୃଥ୍ୱୀର ଅର୍ଦ୍ଧେକ ଅଞ୍ଚଳକୁ କ୍ଷୁଦ୍ର (ଛୋଟିଆ) ଇଂଲଣ୍ଡ ଦ୍ୱୀପର ଲୋକେ ଶାସନ କରିଥିଲେ କେତେଶହ ବର୍ଷ।

ଦେଶଟା ସେତେ ବଡ଼ ନୁହେଁ। ଇଲାକା ବାଡ଼ି ବେଶୀ ନାହିଁ। ଆକାରରେ ଓଡ଼ିଶାଠୁ ଟିକେ ବଡ଼। ଆୟତନରେ ଓଡ଼ିଶାର ଦେଢ଼ଗୁଣରୁ ସାମାନ୍ୟ କମ। ଓଡ଼ିଶାର ଆୟତନ ୧,୫୫,୭୦୧ ବର୍ଗ କିଲୋମିଟର। (ଯୁକ୍ତରାଜ୍ୟ) ବ୍ରିଟେନର କ୍ଷେତ୍ରଫଳ– ୨,୨୮,୩୫ ବର୍ଗ କିଲୋମିଟର। ଲୋକସଂଖ୍ୟା ବି ବେଶୀ ନୁହେଁ। ଓଡ଼ିଶାର ଲୋକ ସଂଖ୍ୟାର ଦେଢ଼ଗୁଣରୁ ସାମାନ୍ୟ ଅଧିକ। ଗ୍ରେଟ ବ୍ରିଟେନର ଲୋକ ସଂଖ୍ୟା ୫,୮୧,୮୦,୦୦୦। ଓଡ଼ିଶାର ଜନସଂଖ୍ୟା ୩,୧୬,୫୯,୭୩୬। ତଥାପି ବୁଦ୍ଧି ବଳରେ ମାହୁନ୍ତ ହାତୀକୁ ବୋଲ ମନାଇଲା ପରି ଇଂରେଜମାନେ ଅର୍ଦ୍ଧେକ ବିଶ୍ୱକୁ ଶାସନ କରିଥିଲେ କେତେ ଶହ ବର୍ଷ ବୁଦ୍ଧି ପ୍ରୟୋଗ କରି, ଅକଲ ଖଟାଇ, ଜ୍ଞାନ ବଳରେ।

ଏତେ ବଡ଼ ଦେଶ ଭାରତ। ଲୋକସଂଖ୍ୟା କାହିଁରେ କ'ଣ। କେତେଟା ବା ଇଂରେଜ ମଣିଷ ଶାସନ ପରିଚାଳନା କରିବେ କେମିତି। ସେଇଠୁ ଭାରତୀୟଙ୍କୁ ଇଂରାଜୀ ଭାଷା ଶିକ୍ଷା ଦେଲେ। ଭାରତର ସେତେବେଳର ବଡ଼ଲାଟ ଉଲିୟମ ବେଣ୍ଟିକଙ୍କ ଶାସନ ପରିଷଦର ଆଇନ ସଦସ୍ୟ ଲର୍ଡ ଟମାସ ବି ମାଇକେଲ (ମେକଲେ)ଙ୍କ ଅଭିମତ ସମ୍ବଳିତ ଟିପଣି (ମନିଟସ)କୁ ଗ୍ରହଣ କରି ତାଙ୍କ ସୁପାରିସ ଅନୁଯାୟୀ ୧୮୩୫ ଖ୍ରୀଷ୍ଟାବ୍ଦ ମାର୍ଚ୍ଚମାସ ୨ ତାରିଖରେ (ଅନ୍ୟମତରେ ୨ ଫେବୃଆରି) ଇଂରାଜୀ ଭାଷାକୁ ଶିକ୍ଷାର ମାଧମ ଘୋଷଣାକଲେ। ବେଙ୍ଗଲର ଚତୁର୍ଦ୍ଦଶ ତଥା ଭାରତର ପ୍ରଥମ ଗଭର୍ଣ୍ଣର ଜେନେରାଲ ଲର୍ଡ ଉଲିୟମ ବେଣ୍ଟିକ। ଉପାଧିସହ ପୂରାନାମ–ଲେଫ୍ଟନାଣ୍ଟ ଜେନେରାଲ ଲର୍ଡ ଉଲିୟମ ହେନରି କ୍ୟାଭେଣ୍ଡିସ ବେଣ୍ଟିକ। ସେ ଉଚ୍ଚ ଅଦାଲତରୁ ପାର୍ସିଆନ ଭାଷାକୁ ଉଠାଇ ଇଂରାଜୀ ପ୍ରଚଳନ କରିଥିଲେ। ଲର୍ଡ ବେଣ୍ଟିକ ଥିଲେ ବ୍ରିଟିଶ ପ୍ରଧାନମନ୍ତ୍ରୀ ଉଲିୟମ କ୍ୟାଭେଣ୍ଡିସ ବେଣ୍ଟିକଙ୍କ ଦ୍ୱିତୀୟ ପୁତ୍ର। ତାଙ୍କୁ ପ୍ରଥମେ ୧୮୦୩ ମସିହାରେ ମାଦ୍ରାସର ଗଭର୍ଣ୍ଣର ଭାବେ ନିଯୁକ୍ତି ମିଳିଥିଲା। ସାମରିକ ବାହିନୀର ସଂସ୍କାର ଉଦ୍ୟମ ପାଇଁ ୧୮୦୬ ମସିହାରେ ତାଙ୍କୁ ଫେରାଇ ନିଆଯାଇଥିଲା। ସିସିଲରେ କିଛି କାଲ କାର୍ଯ୍ୟ କଲା ପରେ ୧୮୨୮ ମସିହାରେ ତାଙ୍କୁ ବେଙ୍ଗଲର ଗଭର୍ଣ୍ଣର ଜେନେରାଲ ଭାବେ ନିଯୁକ୍ତି ମିଳିଥିଲା। ସେ ଆଗ୍ରା ଦୁର୍ଗର କିଛି ମାର୍ବଲ ବିକ୍ରି କରି ଦେଇଥିଲେ। ପୁଣି ତାଜମହଲକୁ ଭାଙ୍ଗି ମାର୍ବଲତକ ବିକିବା ପାଇଁ ଯୋଜନା କରିଥିଲେ। ସେହିସବୁ କାରଣରୁ ତାଙ୍କୁ ୧୮୩୫ ମସିହାରେ ଇଂଲଣ୍ଡ ଫେରାଇ ନିଆଯାଇଥିଲା। ସେ ନିଃସନ୍ତାନ ଥିଲେ। ୧୮୩୯ ମସିହା ଜୁନ ୧୭ ତାରିଖରେ ପ୍ୟାରିସରେ ତାଙ୍କର ପରଲୋକ ହୋଇଥିଲା।

ଅବଶ୍ୟ ୧୮୩୫ ମସିହାରେ ଲର୍ଡ ବେଣ୍ଟିକଙ୍କର ଭାରତୀୟମାନଙ୍କ ପାଇଁ ଇଂରାଜୀ ଭାଷା ଥିଲା ବଳିଷ୍ଠ ଅବଦାନ। ଆଜି ଭାରତୀୟମାନଙ୍କର ବିଦେଶରେ ସଫଳତା ପାଇଁ ଲର୍ଡ ବେଣ୍ଟିକ ଆମ ଲାଗି ଧନ୍ୟବାଦାର୍ହ। ଭାରତରେ ଇଂରାଜୀ ଭାଷାର ପ୍ରଚଳନ ଆଜି ଭାରତୀୟମାନଙ୍କୁ ସଫଳତା ତଥା ବିକାଶର ଶୀର୍ଷରେ ପହଞ୍ଚାଇ ପାରିଛି। ଭାରତରେ ଶିକ୍ଷା ତଥା ବିଜ୍ଞାନର ମୂଳରେ ଇଂରାଜୀ ଭାଷା ନିହିତଅଛି। ୧୮୮୦ ମସିହାରେ ଇଂରେଜମାନେ ଉଇଲିୟମ

ଫୋର୍ଟ କଲେଜ ପ୍ରତିଷ୍ଠା କରି ଭାରତର ଶିକ୍ଷା ବିକାଶକୁ ଆଉ ପାଦେ ଆଗେଇ ନେଲେ । ଅର୍ଥାତ୍ ବୈଷୟିକ ତଥା ବିଜ୍ଞାନ ଶିକ୍ଷାର ଏକ ଚିରସ୍ଥାୟୀ ବ୍ୟବସ୍ଥା କରିଦେଲେ । ଇଂରାଜୀ ଶିକ୍ଷା ଭାରତରେ ଯଦି ନିଜ ରୂପରେଖ ପ୍ରକଟ କରିନଥାଆନ୍ତା ତା' ହେଲେ ସମଗ୍ର ବିଶ୍ୱରେ ଭାରତର ସ୍ୱପରିଚୟ ଅଜ୍ଞାତ ହୋଇ ରହିଯାଇ ଥାଆନ୍ତା, ଏଥିରେ ତର୍କର ପ୍ରଶ୍ନ ନାହିଁ । ଇଂରାଜୀ ଶିକ୍ଷାର ପ୍ରସାର ଯୋଗୁ ଆମେ ଭାରତୀୟତା ତତ୍ତ୍ୱରେ ଉଦ୍‌ବୁଦ୍ଧ ହେଲେ । ଭାରତର ବିଭିନ୍ନ ପ୍ରାନ୍ତର ଜନଗଣ ଶିକ୍ଷା ମାଧ୍ୟମରେ ପରସ୍ପରର ନିକଟତର ହେଲେ ଏବଂ ପରସ୍ପର ସହିତ ବନ୍ଧନକୁ ସୁଦୃଢ଼ କଲେ । ଭିନ୍ନ ଭିନ୍ନ ସଂସ୍କୃତି ମଧ୍ୟରେ ଥିଲେ ମଧ୍ୟ ପରସ୍ପର ସହିତ ଭାବର ଆଦାନ ପ୍ରଦାନ କଲେ । ଭାରତୀୟତା ଆଦର୍ଶକୁ ସୁଦୃଢ଼ କଲେ। ସର୍ବପ୍ରଧାନ ବିଷୟ ହେଲା ଏହା ହିଁ ସ୍ୱାଧୀନତା ଆନ୍ଦୋଲନକୁ ସୁଗଠିତ ତଥା ଦୃଢ଼ୀଭୂତ କଲା । ଏହାର ଅନ୍ତରାଲେ ଥିଲା- ଭାରତୀୟମାନେ ରୁଷୋ, ଭୋଲଟାୟର, ମାଜିନି, ଗ୍ୟାରିବାଲଦି ପ୍ରଭୃତି ସ୍ୱାଧୀନତା ସଂଗ୍ରାମୀମାନଙ୍କ ଜୀବନ ଦର୍ଶନ ସହିତ ପରିଚିତ ହେଲେ । ଯାହାକି ଭାରତର ଇଂରାଜୀ ପଢ଼ୁଆ ଯୁବକମାନଙ୍କ ମଧ୍ୟରେ ଏକ ସ୍ଫୁଲିଙ୍ଗ ସୃଷ୍ଟି କରିଥିଲା । ଯାହା ହେଉ ଇଂରାଜୀ ଭାଷା ଭାରତୀୟମାନଙ୍କର ଶିକ୍ଷା, ସଂସ୍କୃତି, ଚିନ୍ତା, ଚେତନା, ବିଜ୍ଞାନ ଓ ଗବେଷଣା ଇତ୍ୟାଦି କ୍ଷେତ୍ରରେ ପ୍ରଭାବ ପକାଇଲା । ଏପରି ଭାବରେ ଯେ ସେମାନେ ଏକ ସୀମିତ କ୍ଷେତ୍ରରୁ ଏକ ବିସ୍ତାରିତ କ୍ଷେତ୍ରକୁ ଲମ୍ଫ ପ୍ରଦାନ କଲେ । ପ୍ରତିକ୍ରିୟାଶୀଳ, ମାନସିକତାକୁ ପଛରେ ଛାଡ଼ି ବିକାଶ ତଥା ପ୍ରଗତିର ମାର୍ଗ ପ୍ରଶସ୍ତ କରି ପାରିଥିଲେ। ଯାହାକି ଆଜି ଆମକୁ ଏକ ଉନ୍ନତ ଭାରତ ଦେଇପାରିଛି । ବର୍ତ୍ତମାନ ସମୟରେ ବିଜ୍ଞାନ, ଶିକ୍ଷା ଓ ଗବେଷଣା ଯେପରି ବୃଦ୍ଧି ପାଇଚାଲିଛି । ଇଂରାଜୀ ହଟାଓ ଆନ୍ଦୋଲନ ଆମର ମୂର୍ଖତା ସାବ୍ୟସ୍ତ କରିବ । ଇଂରାଜୀ ଭାଷାକୁ ଭାରତରୁ ହଟାଇ ଦେଲେ ଭାରତ Will go back to days of your ।

ମାତ୍ର ଦୁଃଖ ଓ ପରିତାପର ବିଷୟ ଯେଉଁ ଅଭିମୁଖ୍ୟକୁ ଆଖି ଆଗରେ ରଖି ଭାରତରେ ଇଂରାଜୀ ଶିକ୍ଷା ବ୍ୟବସ୍ଥା କାର୍ଯ୍ୟକାରୀ କରାଯାଇଥିଲା ତାହା ସମ୍ପୂର୍ଣ୍ଣ ଫଳପ୍ରଦ ହୋଇ ପାରିଲା ନାହିଁ। ଲର୍ଡ ମେକ୍‌ଲେ ଭାବିଥିଲେ ଭାରତର ଲୋକମାନେ ବେଶ ପୋଷାକରେ ହେବେ ଭାରତୀୟ । ଭାରତୀୟଙ୍କ ଖାଦ୍ୟ ଖାଇବେ, ଭାରତୀୟଙ୍କ ଢଙ୍ଗରେ ଚଳିବେ, ଚାଲି ଚଳଣ, ତଥା ହାବଭାବ ଭାରତୀୟଙ୍କ ପରି ହେବ । ସେମାନେ ଭାରତୀୟ ହୋଇ ରହିବେ । କିନ୍ତୁ ଶିକ୍ଷା, ଦୀକ୍ଷା, ଜ୍ଞାନ, ବିଦ୍ୟା, ବୁଦ୍ଧିରେ ଇଂରେଜମାନଙ୍କ ସହିତ ସମକକ୍ଷ ହେବେ । ଆଚାର, ଆଚରଣ, ଉଚ୍ଚାରଣ, ବିଚାର, ବ୍ୟବହାର, ବିବେକଶୀଳତା, ନୀତି, ନିଷ୍ଠାପରତା, ନୈତିକତା ଓ ଗରିମାରେ ହେବେ ଇଂରେଜମାନଙ୍କ ପରି । ଭାରତରେ ଇଂରାଜୀ ଭାଷାରେ ଶିକ୍ଷା ଦେଇ ଶିକ୍ଷିତ ବିଶେଷ କରି ଭାରତୀୟ କିରାଣି ଗୋଷ୍ଠିଟିଏ ସୃଷ୍ଟି କରିବାକୁ ସେ ଚାହୁଁଥିଲେ। ମେକ୍‌ଲେ ଆମ ଶିକ୍ଷା ନୀତିକୁ କିରାଣି ପ୍ରସବିନୀ କରିଦେଲେ ବୋଲି ଆମେ ଅଯଥା ତାଙ୍କ ଉପରେ ଦୋଷଲଦି ଦିଅନ୍ତି । ମାତ୍ର ଦୁଃଖ ଓ ପରିତାପର ବିଷୟ ସ୍ୱାଧୀନତାର ୭୦ବର୍ଷ ପରେ ସୁଦ୍ଧା ଆମ ଶିକ୍ଷାନୀତିରେ ସେପରି କିଛି ପରିବର୍ତ୍ତନ ହୋଇନାହିଁ । ମେକ୍‌ଲେଙ୍କ ଶିକ୍ଷାନୀତିକୁ ବାଦ ଦେଇ ଆମେ ଏକ ନୂତନ ଶିକ୍ଷାନୀତି ଏ ଯାବତ ପ୍ରବର୍ତ୍ତନ କରିବାକୁ ସମର୍ଥ ହୋଇ ପାରିନାହାନ୍ତି । ଏବେ ବି ରାସ୍ତାଘାଟର ନାଁ ବଦଲିନି । ଇତିହାସ ପୃଷ୍ଠାର ଲେଖା ବଦଲି ପାରିନି । ପରୀକ୍ଷା ଆଗରୁ ସେଇ ଲର୍ଡ ଡେଲ ହାଉସୀ, ଲର୍ଡ କର୍ଜନ ବା ମାଉଣ୍ଟ ବ୍ୟାଟେନଙ୍କ କଥା ମୁଖସ୍ଥ କରିବାକୁ ହେଉଛି ।

କିନ୍ତୁ ଫଳ ହେଲା ଓଲଟା । ଭାରତୀମାନେ ଇଂରାଜୀ ପାଠପଢ଼ି ଶିକ୍ଷିତ ହେଲେ ସତ । ଶିକ୍ଷିତ ଇଂରାଜୀ ପଢ଼ୁଆ ଭାରତୀୟମାନେ ଇଂରେଜମାନଙ୍କ ବାହାର ଆଡମ୍ବରକୁ ଅନୁକରଣ କରି ସେମାନଙ୍କ ପରି ପୋଷାକ ପିନ୍ଧିଲେ । ବେଶ ପୋଷାକରେ, ଚାଲି ଚଳଣିରେ, ଆଚାରରେ, ବ୍ୟବହାରରେ ଇଂରେଜମାନଙ୍କ ସହିତ ସମକକ୍ଷ ହେବାକୁ ଚେଷ୍ଟାକଲେ । ଇଂରେଜମାନଙ୍କୁ ଅନୁକରଣ କରି ଭାରତୀୟମାନେ ନିଜ ଦେଶୀୟ ପୋଷାକପତ୍ର ଛାଡ଼ି ସେମାନଙ୍କ (ଇଂରେଜମାନ)ଙ୍କ ପିନ୍ଧା ପୋଷାକରେ ନିଜକୁ ସଜ୍ଜିତ କରିଲେ । ଭାରତୀୟମାନଙ୍କର ଏପରି ଅନୁକରଣ ପ୍ରିୟତା ଦେଖି ଇଂରେଜମାନେ

ହସୁଥିଲେ ଓ ସେମାନଙ୍କୁ 'ବାବୁନ' ଆଖ୍ୟା ଦେଇଥିଲେ । ଇଂରେଜମାନଙ୍କ ମୁହଁରୁ 'ବାବୁନ' ସମ୍ବୋଧନ ଶୁଣି ସାହେବ ପୋଷାକରେ ସଜ୍ଜିତ ଭାରତୀୟମାନେ, ଇଂରେଜମାନଙ୍କ ନିକଟରେ ନିଜକୁ କୃତ୍ୟ କୃତ୍ୟ ମନେ କରି ଖୁସିରେ ଗଦ୍ ଗଦ୍ ହୋଇ ପଡୁଥିଲେ । ସେମାନେ ଭାବୁଥିଲେ ଇଂରେଜମାନେ ସେମାନଙ୍କୁ 'ବାବୁନ' ଅର୍ଥ ଦେଶୀୟ ଭାଷାରେ ବାବୁ ବୋଲି ସମ୍ବୋଧନ କରୁଛନ୍ତି । ମାତ୍ର ସେମାନେ ଜାଣି ପାରୁନଥିଲେ ଯେ ଇଂରେଜମାନେ ସେମାନଙ୍କୁ ପରିହାସରେ 'ବାବୁନ' ସମ୍ବୋଧନ କରୁଛନ୍ତି ବୋଲି । କାରଣ 'ବାବୁନ' ହେଉଛି ଆଫ୍ରିକାର ଏକ ପ୍ରକାର ମାଙ୍କଡ଼, ଯେଉଁମାନେ କି ଅତି ସହଜରେ ଅନ୍ୟମାନଙ୍କର ପ୍ରତ୍ୟେକ କାର୍ଯ୍ୟକୁ ଅନୁକରଣ କରିଥାଆନ୍ତି ।

ମାତ୍ର ଭାରତୀୟମାନେ ଜ୍ଞାନଗରିମାରେ, ଶିକ୍ଷା ସଭ୍ୟତାରେ, ବିଚାର ବୁଦ୍ଧିରେ, ନିଷ୍ଠା ନୈତିକତାରେ, ହାବଭାବରେ, ଜାତୀୟତାରେ, ନୀତିନିୟମ ପାଳିବାରେ, ସ୍ୱାଭିମାନରେ, ଆମ୍ ସମ୍ମାନ ଜ୍ଞାନରେ, ମୌଳିକତାରେ, ଶିଷ୍ଟାଚାର ପ୍ରଦର୍ଶନରେ, ଆଚରଣରେ ଓ ନୈତିକ ମୂଲ୍ୟବୋଧ ରକ୍ଷା କରିବାରେ ସେହି ଭାରତୀୟ ହୋଇ ରହିଗଲେ ମରହଟ୍ଟୀ ଯୁଗର ଭାରତୀୟଙ୍କ ପରି । ଇଂରେଜମାନଙ୍କ ପରି ନିଷ୍ଠାବାନ, ନୀତିବାନ, କର୍ତ୍ତବ୍ୟ ପରାୟଣ , ଦାୟିତ୍ୱଜ୍ଞାନ, ସମୟାନୁବର୍ତ୍ତିତା ନୀତିରେ ଉଦ୍‌ବୁଦ୍ଧ ହୋଇପାରିଲେ ନାହିଁ ।

ଆଉ ଶରୀର ଗଠନ– ଇଉରୋପୀୟ ଓ ଭାରତୀୟଙ୍କ ଚେହେରା ଭିନ୍ନ ଭିନ୍ନ । ଇଉରୋପୀୟମାନେ ହେଲେ– କକେସୀୟ ଗୋଷ୍ଠୀର – ଦୀର୍ଘକାୟ, ଗୌରବର୍ଣ୍ଣ । ଭାରତୀୟମାନେ କକେସୀୟ ଓ ମଙ୍ଗୋଲୀୟମାନଙ୍କ ମିଶ୍ରିତ ଗୋଷ୍ଠୀର– ସାଧାରଣ ଉଚ୍ଚତା ବିଶିଷ୍ଟ ଶ୍ୟାମଳବର୍ଣ୍ଣ । ଇଉରୋପ ଶୀତପ୍ରଧାନ ଅଞ୍ଚଳ ହୋଇଥିଲା ବେଳେ ଭାରତ ଗ୍ରୀଷ୍ମ ପ୍ରଧାନ ଦେଶ ।

ପୋଷିଥିବା ଶୁଆକୁ ପାଠ ପଢ଼ାଇଲେ ସେ ଯେପରି ପଢ଼ାଯାଇଥିବା ପାଠକୁ କେବଳ ଘୋଷି ମନରେ ରଖିପାରେ । ହେଲେ ପାଠର ସାରମର୍ମ ଆଦୌ କିଛି ବୁଝେନା କିମ୍ବା ନିଜର ପକ୍ଷୀ ପ୍ରକୃତି ଛାଡ଼ି ପାରେନା । ସେହିପରି ଭାରତୀୟମାନେ ଇଂରାଜୀ ପଢ଼ି ବହି ଘୋଷି ପରୀକ୍ଷାରେ ଉତ୍ତୀର୍ଣ୍ଣ ହୋଇ ସାର୍ଟିଫିକେଟ୍ ହାସଲ କଲେ କିନ୍ତୁ ପାଠର ପ୍ରକୃତ ଅର୍ଥ, ମୂଲ୍ୟ କିମ୍ବା ଉଦ୍ଦେଶ୍ୟ ଏମାନଙ୍କର ବୋଧଗମ୍ୟ ହୋଇପାରିଲା ନାହିଁ ।

ସ୍ୱାମୀ ବିବେକାନନ୍ଦଙ୍କ ମତରେ– ପାଠ ଘୋଷିଲେ ହୁଏ ନାହିଁ । ପାଠ ବୁଝିଲେ ହୁଏ । ଘୋଷା ପାଠ, ପାଠ ନୁହେଁ । ବୁଝିବା ପାଠ ହିଁ ପ୍ରକୃତ ପାଠ । ବୁଝିବା ପାଇଁ ଦରକାର ଜିଜ୍ଞାସା । ଜିଜ୍ଞାସାର ସାଧାରଣ ଅର୍ଥ– ଜାଣିବାର ଇଚ୍ଛା । ମାତ୍ର ଅସଲ ମର୍ମାର୍ଥ ହେଉଛି ବୁଝିବାର ଇଚ୍ଛା । ଯାହାର ବୁଝିବା ଇଚ୍ଛା ଯେତେ ଅଧିକ, ତା'ର ଜିଜ୍ଞାସା ସେତେ ଅଧିକ । ଆମେ ଅଧିକ ଜିଜ୍ଞାସାର ଅଧିକାରୀ ହେଲେ ପାଠ ଆମକୁ ଅଧିକ ମିଠା ଲାଗିବ । ପାଠରେ ବହୁତ ମିଠା ଅଛି । ଖାଲି ଚାଖ୍ ଜାଣିବା ଦରକାର । ଯାହାକି ଆମମାନଙ୍କଠାରେ ପରିଲକ୍ଷିତ ହୁଏ ନାହିଁ ।

୧୮୩୫ ମସିହାର କଥା । ଲର୍ଡ ମ୍ୟାକଲେ ପ୍ରଥମ ଥର ପାଇଁ ଭାରତରେ ପଦାର୍ପଣ କରି ସାରା ଦେଶ ପୂର୍ବରୁ – ପଶ୍ଚିମ ଓ ଉତ୍ତରରୁ – ଦକ୍ଷିଣ ତନ୍ନ ତନ୍ନ କରି ପରିକ୍ରମା କରି ଇଂଲଣ୍ଡର ପାର୍ଲାମେଣ୍ଟକୁ ରିପୋର୍ଟ ପଠାଇଲେ । ମୁଁ ସମଗ୍ର ଭାରତ ବର୍ଷ ଭ୍ରମଣ କଲି ମାତ୍ର କୁତ୍ରାପି ଗୋଟିଏ ହେଲେ ବି ଚୋର ମୋର ଦୃଷ୍ଟି ପଥାରୂଢ଼ ହୋଇନାହିଁ । ଅନୁରୂପ ଭାବେ କେଉଁଠି ଭିକ୍ଷା ମାଗୁଥିବା ଜଣେ ଭିକାରିକୁ ମୁଁ ଦେଖିନାହିଁ । ନିରକ୍ଷରଙ୍କ ସଂଖ୍ୟା ଏଠି ନଗଣ୍ୟ ଅର୍ଥାତ ଅଧିକାଂଶ ବ୍ୟକ୍ତି ଏଠି ସ୍ୱାକ୍ଷର ଓ ସ୍ୱାଭିମାନୀ । ଏଭଳି ସ୍ଥିତି ଯଦି ଭାରତ ବର୍ଷରେ ଲାଗି ରହେ ତେବେ ଭାରତରେ ଇଂରେଜ ଶାସନ ବ୍ୟବସ୍ଥା ଅଚିରେ ଭୁଶୁଡ଼ି ପଡ଼ିବ । ଅତଏବ ଇଂରେଜମାନଙ୍କୁ ଦୃଢ଼ ଓ ଦୀର୍ଘସ୍ଥାୟୀ କରିବାକୁ ହେଲେ ଏଠି ଇଂଲିଶ ଶିକ୍ଷା ବ୍ୟବସ୍ଥା ପ୍ରଚଳନ କରାଯାଉ । ଏହାଥିଲା ଲର୍ଡ ମାକ୍‌ଲେଙ୍କ ବ୍ରିଟିଶ ପାର୍ଲାମେଣ୍ଟକୁ ପ୍ରସ୍ତାବ । ଭାରତରେ ଶାସନ ମୁଖ୍ୟ ବଡ଼ଲାଟଙ୍କ ଅନ୍ୟତମ ପରାମର୍ଶଦାତା ଲର୍ଡ ମାକ୍‌ଲେ ୧୮୩୫ ମସିହା ଫେବୃଆରୀ ୨ ତାରିଖ ବ୍ରିଟିଶ ପାର୍ଲାମେଣ୍ଟରେ

ଦେଇଥିବା ଭାଷଣରେ ଯାହା କହିଥିଲେ– "ମୁଁ ଭାରତର କୋଣ ଅନୁକୋଣ ପରିଭ୍ରମଣ କଲାବେଳେ ଏପରି ଜଣେ କାହାରିକୁ ଦେଖିବାକୁ ପାଇଲି ନାହିଁ ଯିଏ ଭିକ ମାଗି ଚଳୁଛି କିମ୍ବା ଚୋରି କରୁଛି ଏହାହିଁ ଏ ଦେଶର ବିଶେଷ ସମ୍ପତ୍ତି। ଯେପର୍ଯ୍ୟନ୍ତ ଉଚ୍ଚ ନୈତିକ ମୂଲ୍ୟବୋଧ ଏବଂ ଉଚ୍ଚମାନର ବ୍ୟକ୍ତିମାନଙ୍କ ଦ୍ୱାରା ଏଠିକା ସମାଜ ଭରପୂର, ଏ ଦେଶର ଆଧ୍ୟାତ୍ମିକ ଓ ସାଂସ୍କୃତିକ ଐତିରୂପୀ ମେରୁଦଣ୍ଡକୁ ନଭଙ୍ଗାଯାଇଛି ସେ ପର୍ଯ୍ୟନ୍ତ ଏହାକୁ ଜୟ କରିବା ଅସମ୍ଭବ। ତେଣୁ ମୋର ମତ ହେଲା ଭାରତର ପ୍ରାଚୀନ ଏବଂ ପାରମ୍ପରିକ ଶିକ୍ଷା ବ୍ୟବସ୍ଥାକୁ ପରିବର୍ତ୍ତନ କରାଯାଇ ଇଂରାଜୀ ଶିକ୍ଷାର ପ୍ରଚଳନ କରାଯାଉ। ଏହାଦ୍ୱାରା ଭାରତୀୟମାନେ ଭାବିବେ ଯେ ଇଂରାଜୀ ଏବଂ ବିଦେଶୀ ଶିକ୍ଷା ତାଙ୍କର ପ୍ରାଚୀନ ଏବଂ ପାରମ୍ପରିକ ଶିକ୍ଷାଠାରୁ ଯଥେଷ୍ଟ ଉନ୍ନତ। ଏହାହେଲେ ସେମାନେ ତାଙ୍କର ଆତ୍ମସମ୍ମାନ ପ୍ରାଚୀନ ସଂସ୍କୃତିକୁ ହରାଇ ବସିବା ସହିତ ଆମେ ଯାହା ଚାହିଁବା ସେମାନଙ୍କୁ ସେଇ ମାର୍ଗରେ ନେଇ ପାରିବା ତଥା ଆଧିପତ୍ୟ ବିସ୍ତାର କରି ପାରିବା।"

୧୮୩୫ରେ ଇଂରାଜୀ ଶିକ୍ଷା ଆଇନ ଗୃହୀତ ହେବା ପରେ ମାକ୍ଲେଙ୍କ ଯୋଜନାନୁସାରେ ସଂସ୍କୃତିର ଆଧାର ସଂସ୍କୃତ ଭାଷାକୁ ଲୋପ କରିବା ପାଇଁ ରୀତିମତ ଷଡ଼ଯନ୍ତ୍ର ଚାଲିଲା। ଭାରତକୁ ସମ୍ପୂର୍ଣ୍ଣ ଭାବରେ ଦଖଲ କରିବାକୁ ହେଲେ ତାଙ୍କ ସଂସ୍କୃତି ଓ ପରମ୍ପରାର ମୂଳ ଭାଙ୍ଗାକୁ ଭାଙ୍ଗିବାକୁ ପଡ଼ିବ ଏବଂ ଏହାର ଆଧାର ହେବ ଇଂରାଜୀ ଶିକ୍ଷା। ଅନ୍ୟ ଭାବରେ କହିବାକୁ ଗଲେ ମାକ୍ଲେ ଆମ ସଂସ୍କୃତିର ଆଧାର ସଂସ୍କୃତ ଭାଷା ଓ ଶିକ୍ଷାକୁ ଲୋପ କରିବାକୁ ଚାହୁଁଥିଲେ। ମାକ୍ଲେଙ୍କ ପ୍ରସ୍ତାବ ଥିଲା ଯେତେ ଶୀଘ୍ର ଭାରତର ବିଦ୍ୟାଳୟଗୁଡ଼ିକରୁ ଏହା ଉଠାଇ ଦିଆଯିବ ଏବଂ ଏହି ପ୍ରାଚୀନ ଭାଷାରେ ପୁସ୍ତକ ପ୍ରକାଶନ ବନ୍ଦ କରାଯିବ ସେତେ ଶୀଘ୍ର ଇଂରେଜମାନେ ଭାରତକୁ କରାୟତ୍ତ କରିପାରିବେ। ଲର୍ଡ ମାକ୍ଲେଙ୍କ ସୁଚିନ୍ତିତ ଦୀର୍ଘ ସୂତ୍ରୀ ଯୋଜନା କାର୍ଯ୍ୟକାରୀ ହେଲା। ଅବିଳମ୍ବେ ସେହି ପ୍ରସ୍ତାବ କାର୍ଯ୍ୟକାରୀ ହେଲା ଓ ଇଂରେଜମାନେ ଆମକୁ ତାଙ୍କ ଶାସନ ତଳେ ରଖିବାକୁ ସମର୍ଥ ହେଲେ। ଯେଉଁ ଦେଶରେ ଚୋର, ଭିକାରି ଓ ନିରକ୍ଷର ନାହାନ୍ତି ବୋଲି ମ୍ୟାକ୍ଲେ କହିଥିଲେ। ଏବେ ସେହି ଦେଶରେ ମାଲମାଲ ଚୋର, ଅସଂଖ୍ୟ ଭିକାରି ଓ ଅଜସ୍ର ନିରକ୍ଷର କେମିତି ସୃଷ୍ଟି ହେଲେ। ଜାତୀୟ ଜୀବନରେ ଚରମ ଅବକ୍ଷୟ, ସାମାଜିକ ଚରିତ୍ରଗତ ସ୍ଖଳନ, ଦୁର୍ନୀତି, ବ୍ୟଭିଚାର, ବଳାତ୍କାର, ନାରୀନିର୍ଯ୍ୟାତନା, ହିଂସା ଓ ପ୍ରତିହିଂସା ଆଜି ଭାରତର ପ୍ରମୁଖ ବୈଶିଷ୍ଟ୍ୟ।

ଲର୍ଡ ମେକଲେ (୧୮୦୦-୧୮୫୯) ନିଜ ଦେଶ ଇଂଲଣ୍ଡରେ ଯେତେ ପରିଚିତ ତା'ଠାରୁ ଢେର ଅଧିକ ପରିଚିତ ଭାରତରେ। ୧୮୩୫ ମସିହାରେ ସେ ଗଭର୍ଣ୍ଣର ଜେନେରାଲ ପରିଷଦର ଆଇନ ସଭ୍ୟ ଭାବରେ ଏକ ସୁଦୀର୍ଘ ପରିପତ୍ର ପ୍ରସ୍ତୁତ କରିଥିଲେ। ଭାରତରେ ଆଧୁନିକ ପାଶ୍ଚାତ୍ୟ ଶିକ୍ଷାର ପ୍ରବର୍ତ୍ତନ ନିମନ୍ତେ ଏହି ପରିପତ୍ର (Minutes) ଏକ ଠୋସ ଆଧାର ଦେଲା। ମାଧ୍ୟମିକ ଶିକ୍ଷା ଓ ଉଚ୍ଚତର ଶିକ୍ଷା ପାଇଁ ଏଣିକି ଇଂରାଜୀ ମାଧ୍ୟମ ହେଲା। ତତ୍କାଳୀନ ଗଭର୍ଣ୍ଣର ଜେନେରାଲ ଲର୍ଡ ବେଣ୍ଟିକ ନୀତିଟିକୁ ଲାଗୁକଲେ। ଏହା ବ୍ୟତୀତ ପରିପତ୍ରରେ ଭାରତର ପାରମ୍ପରିକ ଶିକ୍ଷା ବଦଳରେ ପାଶ୍ଚାତ୍ୟ ଶିକ୍ଷା, ଯେମିତି ଗଣିତ, ବିଜ୍ଞାନ ଓ ସାମାଜିକ ପାଠକୁ ଦେଶରେ ପ୍ରବର୍ତ୍ତନ କରାଯିବ ବୋଲି ନିର୍ଦ୍ଦେଶ ଥିଲା। ସେହି କାରଣରୁ ଆଧୁନିକ ଭାରତରେ ଶିକ୍ଷା-ସମ୍ପର୍କିତ ପ୍ରତ୍ୟେକ ଆଲୋଚନାରେ ଲର୍ଡ ମେକଲେ ଆସନ୍ତି ଓ ଅପଖ୍ୟାତ ହୁଅନ୍ତି। ଦେଶର ସବୁ ସମସ୍ୟା ପାଇଁ ମେକଲେ ପ୍ରଣୀତ ଶିକ୍ଷା ବ୍ୟବସ୍ଥାକୁ ଦାୟୀ କରାଯାଏ। ଫଳରେ ଏକବିଂଶ ଶତାବ୍ଦୀରେ ମଧ୍ୟ ମେକଲେ ସାହେବ ବିସ୍ମୃତ ହୁଅନ୍ତି ନାହିଁ। ଲର୍ଡ ମେକଲେଙ୍କ ପୂରାନାମ ଥୋମାସ ବେବିଟାଟନ ମେକଲେ। ସେ ହ୍ୱିଗ ପାର୍ଟି (ରକ୍ଷଣଶୀଳ)ର ଜଣେ ରାଜନେତା ତଥା ଜଣେ ପ୍ରସିଦ୍ଧ ଐତିହାସିକ ଥିଲେ। ସେ ବ୍ରିଟିଶ ଇତିହାସ ଲେଖିଥିଲେ। ତହିଁରେ ସେ ସମଗ୍ର ସମାଜକୁ ଦୁଇ ଭାଗରେ ବିଭକ୍ତ କରିଥିଲେ– ସଭ୍ୟ ଓ ବର୍ବର। ତାଙ୍କ ମତରେ ୟୁରୋପ ଓ ତହିଁରେ ବ୍ରିଟିଶ ଜାତି ହେଉଛି ସଭ୍ୟତାର ଉତ୍କୃଷ୍ଟ ଉଦାହରଣ। ସେ ଅନୁଯାୟୀ ଭାରତ ଥିଲା ଏକ ସଭ୍ୟତା- ରହିତ ସମାଜ, ଯାହାକି ଇଂରେଜମାନଙ୍କ ତଦାରଖରେ ସଭ୍ୟତାକୁ

ହାସଲ କରିପାରିବ । ଭାରତର ଜ୍ଞାନ, ବ୍ୟବସ୍ଥାକୁ ସେ ଅତି ନିମ୍ନ ମାନର ବୋଲି ସିଦ୍ଧ କରିବାକୁ ଯାଇ ଲେଖିଥିଲେ–

It is, I belive, no exaggeration to say that all the historical information which has been collected from all the books written in the sanskrit language is less valuable then what may be found in the mast pallry abridge ment used at preparatory schools in England.

ଅର୍ଥାତ ସଂସ୍କୃତରେ ଲିଖିତ ସମସ୍ତ ପୁସ୍ତକର ସର୍ବମୋଟ ମୂଲ୍ୟ ଇଂଲ୍ୟଣ୍ଡର କୌଣସି ଏକ ପ୍ରାଥମିକ ବିଦ୍ୟାଳୟରେ ଗଚ୍ଛିତ ପୁସ୍ତକଠାରୁ ଊଣା ହେବ ।

ଊନବିଂଶ ଶତାଦ୍ଧୀର ଉତ୍ତରାର୍ଦ୍ଧରେ ଭାରତରେ ଏକ ଆଧୁନିକ ଶିକ୍ଷିତ ବର୍ଗର ଉନ୍ମେଷ ହେଲା । ଜାତୀୟତାବାଦୀମାନେ ଥିଲେ ଏହି ବର୍ଗର ଲୋକ । ସେମାନେ ମେକଲେଙ୍କ ପ୍ରଣୀତ ଶିକ୍ଷାନୀତିର ଇଂରାଜୀ ମାଧମ କଥାକୁ ବିରୋଧ କଲେ, ମାତ୍ର ୟୁରୋପୀୟ ଜ୍ଞାନ ବ୍ୟବସ୍ଥାର ପ୍ରଚଳନକୁ ସ୍ୱାଗତ କରିଥିଲେ । କାରଣ ଏହି ଜ୍ଞାନକୁ ଆଧାର କରି ଭାରତ ଆଧୁନିକ ପ୍ରଗତି ଓ ଶିଳ୍ପୋନ୍ନତି ଲାଭ କରିପାରିବ ବୋଲି ସେମାନେ ବିଶ୍ୱାସ କରୁଥିଲେ । ଦ୍ୱିତୀୟତଃ ଭାରତରେ ଆଗରୁ ବିଦ୍ୟମାନ ପାରମ୍ପରିକ ଶିକ୍ଷା ବ୍ୟବସ୍ଥା ଦେଶକୁ ବିଶ୍ୱ ପ୍ରଗତିର ଅଂଶୀଦାର କରିପାରିବ ନାହିଁ ବୋଲି ମନେ କରୁଥିଲେ । ମେକଲେ ଶିକ୍ଷାନୀତିର ବଡ଼ ଦୁର୍ବଳତା ଥିଲା ମାତୃଭାଷା ବା ଭାରତୀୟ ଭାଷାଗୁଡ଼ିକୁ ଆଧୁନିକ ଶିକ୍ଷାର ମାଧ୍ୟମ ନ କରିବା ।

ଏହା ପଛରେ ଯୁକ୍ତି ଦିଆଗଲା ଯେ ଭାରତୀୟ ଭାଷାଗୁଡ଼ିକର ଶବ୍ଦ ଭଣ୍ଡାର ଓ ଅଭିବ୍ୟକ୍ତି ସାମର୍ଥ୍ୟ ସୀମିତ । ଅବଶ୍ୟ ବିଦେଶୀ ଶାସନ ପାଖରୁ ଶିକ୍ଷାଦାନର ମାଧ୍ୟମକୁ ନେଇ ଏକ ବୈପ୍ଲବିକ ପଦକ୍ଷେପ ଆଶା କରାଯାଇ ପାରେନା । ଇଂରାଜୀ ଯେହେତୁ ଶାସକର ଭାଷା ଓ ବିଲାତରେ ତାହା ଶିକ୍ଷାର ମାଧ୍ୟମ ହୋଇ ସାରିଥିଲା ଭାରତରେ ତା'ର ପ୍ରତିରୋପଣ ବିଶେଷ କାଠିକର ନଥିଲା । ପୁନି ଭାରତରେ ଯେହେତୁ ଭାଷା ଅନେକ୍ୟ । ଅନେକ ଭାରତୀୟ ଭାଷାକୁ ଜ୍ଞାନ ବ୍ୟବସ୍ଥାର ମାଧ୍ୟମ କରାଯିବା ଏକ ବ୍ୟୟସାପେକ୍ଷ ପ୍ରକଳ୍ପ ଥିଲା । ଶିକ୍ଷା ବ୍ୟୟ ପ୍ରତି ସର୍ବଦା କାର୍ପଣ୍ୟ କରୁଥିବା ଉପନିବେଶବାଦୀ ସରକାର ବା ତା ପାଇଁ ଖର୍ଚ୍ଚ କରନ୍ତେ କେମିତି ?

ଯଦି ଊନବିଂଶ ଶତାଦ୍ଧୀର ସେହି ସନ୍ଧିକ୍ଷଣରେ ପାରମ୍ପରିକ ଶିକ୍ଷା ବଦଳରେ ପାଶ୍ଚାତ୍ୟ ଶିକ୍ଷା ଓ ଇଂରାଜୀ ମାଧମ ବଦଳରେ ଭାରତୀୟ ଭାଷା ଆଧୁନିକ ଶିକ୍ଷାର ମାଧମ ହୋଇଥାଆନ୍ତା, ଶିକ୍ଷା ହୁଏତ ପ୍ରକୃତ ଅର୍ଥରେ ଆଧୁନିକ ମୋଡ଼ ନେଇ ପାରିଥାଆନ୍ତା । ଲର୍ଡ ମାକ୍ଲେ ସାହେବଙ୍କ ଭଳି ପକ୍କା ଉପନିବେଶବାଦୀଙ୍କ ଠାରୁ ସେହି ବଦାନ୍ୟତା ଦାବି କରାଯାଇ ନପାରେ । ସେତିକି ହୋଇଥିଲେ ଭାରତୀୟ ଭାଷାଗୁଡ଼ିକର ଶବ୍ଦଭଣ୍ଡାର ବଢ଼ି ଥାଆନ୍ତା । ନୂଆଶବ୍ଦ ମିଶି ଥାଆନ୍ତେ, ପଶିଥାଆନ୍ତେ, ସୃଷ୍ଟି ହୋଇ ଥାଆନ୍ତେ । ସବୁଠାରୁ ବଡ଼ କଥା ଜ୍ଞାନ ବ୍ୟବସ୍ଥାର ମାଧ୍ୟମ ରୂପେ ଏକ ଚଳନ୍ତି ମିଶ୍ରିତ ଭାରତୀୟ ଭାଷାର ଉଦ୍ଭବ ହୋଇଥାଆନ୍ତା । ଯାହାକୁ ଆୟଉ କରିବା ଲାଗି କସରତ କରିବାକୁ ପଡ଼ି ନଥାନ୍ତା । ଅନ୍ୟ ପକ୍ଷରେ ଇଂରାଜୀ ଏକ ଭାଷା ସାହିତ୍ୟ ଭାବେ ଆଦର ଲାଭ କରିଥାନ୍ତା । କର୍ତ୍ତୃତ୍ୱର ଭାଷା ଭୟ ଓ ଗର୍ବ– ଅହଂକାରର ଭାଷା ହୋଇନଥାନ୍ତା । ଏକଥା ସତ ଯେ ଯୁଗ ସନ୍ଧିରେ ଉପନିବେଶବାଦୀ ଅନ୍ତକ୍ଷେପି ଓଡ଼ିଶା ଭଳି ରାଜ୍ୟରେ ପ୍ରକୃତ ଆଧୁନିକ ଶିକ୍ଷା ଆଗରେ ପ୍ରତିବନ୍ଧକ ସାଜିଥିଲା । ମାତ୍ର ସ୍ୱାଧୀନତା ଲାଭ ପରେ ଦେଶୀୟ ନେତୃତ୍ୱ ସେ ଦିଗରେ ଅନୁପୂରକ ହୋଇ ପାରିନାହିଁ । ଶିକ୍ଷା ସଂକ୍ରାନ୍ତ ଆଲୋଚନାବେଳେ ମେକଲେ ନୀତିର କେବଳ ସମାଲୋଚନା କରିବା ପଛରେ ଆମର ବର୍ତ୍ତମାନର ଅପାରଗତାକୁ ଘୋଡ଼େଇ ରଖିବା ଏକ କାରଣ ନୁହେଁକି ? ପାରମ୍ପାରିକ ଶିକ୍ଷାର ଅଯଥା ଗୁଣଗାନ ଓ ରୋମଣ୍ଟନ ପଛରେ ଜାତି ବୈଷମ୍ୟ ଓ ଲିଙ୍ଗଗତ ଅସାମ୍ୟର ସମର୍ଥନ ରହିଥାଏ । ଏସବୁ ପ୍ରଶ୍ନ ଅସୁଖକର ହେଲେବି ଏବର ଶିକ୍ଷା ଆଲୋଚନାକୁ ସମୀକ୍ଷାତ୍ମକ ଦୃଷ୍ଟି ଦେବ ବୋଲି ଆଶା କରାଯାଏ ।

ସେଥିପାଇଁ ପ୍ରାଚ୍ୟ ଜଗତର ବହୁ ପଣ୍ଡିତ କହନ୍ତି ଯେ ୟୁରୋପର ଗୋଟିଏ ଭଲ ପାଠାଗାରରେ ଯେତିକି ବିଦ୍ୟା ରହିଛି ସାରା ଭାରତ ଓ ଆରବକୁ ମିଶାଇ ଖୋଜିଲେ ବି ସେତିକି ମିଳିବ ନାହିଁ । (Notes- Lord Thomas Babington Macauleg-1920 Edition, The Educational records, part-1C 1781-1839, superintendent, Govt -printings, Calcutta) ମ୍ୟାକଲେଙ୍କ ଏ ମନ୍ତବ୍ୟ ଠିକ୍ ବା ଭୁଲ୍ ଅଢ଼େଇ ଶହ ବର୍ଷ ପରେ ତହିଁରୁ ସତ୍ୟ ବା ଅସତ୍ୟ ଅଣ୍ଟାଳିବାରେ କିଛି ମାନେନାହିଁ । ଇତିହାସ କେବଳ ପ୍ରତିଷ୍ଠାକୁ ସ୍ମୃତି ରୂପେ ଗ୍ରହଣ କରେ । ଯେମିତି ଆରମ୍ଭ ହୋଇଥାଉ, ଭାରତ ଓ ଇଂଲିଶ ଆଉ ଛଡ଼ାଛଡ଼ି ହୋଇ ପାରିବେନି । ୪ର୍ଥ ମୋଗଲ ସମ୍ରାଟ ଜାହାଙ୍ଗୀର (ଶାସନ କାଳ ୧୬୦୫ ରୁ ୧୬୨୭)ଙ୍କ ଠାରୁ । "ଅନରେବଲ ଇଷ୍ଟ-ଇଣ୍ଡିଆ କମ୍ପାନୀ" ସନନ୍ଦ ହାସଲ କଲା ଯେ- କମ୍ପାନୀ ବାହାଦୂର ଜହାଁପନାଙ୍କ ଇଲାକା ଭିତରେ ବେପାର ବଣିଜ କରି ପାରିବ । ସେଥିପାଇଁ ଯାହା ସାଲିଆନା ଦେବାକଥା ଦେବ । ଅଧିକନ୍ତୁ ଯେଉଁଠି ବେପାର କରିବ, ସେଠାକାର ଲୋକଙ୍କ ସୁଖ ସମ୍ପଦର ଦାଇତ୍ୱ ବିନେବ । (ହେଲାନି ସିନା ଆଜିକାର 'ପୋଷ୍କୋ' ବା 'ବେଦାନ୍ତ' ପରି) ଯେଉଁ ରୂପରେ ବା ଢଙ୍ଗରେ ଇଂରେଜ ଏ ଦେଶକୁ ଅକ୍ତିଆର ଓ ଶାସନ କରିଥାଉନା କାହିଁକି, ତା ପ୍ରଭାବରେ ଭାରତରୁ ବହୁ ଅଂଶ ପ୍ରଥମ ଥର ପାଇଁ ରେଜିମେଣ୍ଟାଲ (ଶୃଙ୍ଖଳିତ ଆଇନ) ମାନେ- ଆଇନ ଅଛିତ ବିଚାର ନିଷ୍ଣେ ହେବ- ଏ ଢଙ୍ଗ ସହିତ ପରିଚିତ ହେଲା । ବଡଲାଟ ବି ଆଇନଠାରୁ ବଡ଼ ଲାଗିଲେ ନାହିଁ । କାରଣ ପ୍ରଥମ ବ୍ରିଟିଶ ବଡଲାଟ ଓ୍ୱାରେନ ହେଷ୍ଟିସ (୧୧୧୩-୧୧୮୪)ଙ୍କ ମାତ୍ରାଧିକ ଅନ୍ୟାୟ ଉପାୟରେ ଅର୍ଥ ସଂଗ୍ରହ କରିଥିବାରୁ ତାଙ୍କ ବିରୋଧରେ ବ୍ରିଟିଶ ପାର୍ଲିଆମେଣ୍ଟରେ ମହା ଅଭିଯୋଗ (Impeachment) ଅଣା ଯାଇଥିଲା । ତା'ପୂର୍ବରୁ ରାଜାଙ୍କଠାରୁ ଆଇନ ବଡ଼ ହେବା ଅସମ୍ଭବ ଥିଲା ।

ଉପନିବେଶ ଶାସନ କାଳରେ ୧୭୫୨ରୁ ୧୮୫୮ ମଧ୍ୟରେ ଭାରତର ବଡଲାଟ କମ୍ପାନୀର ଜଣେ କର୍ମଚାରୀ ତାଙ୍କ ଉପରକୁ କମ୍ପାନୀର 'ବୋର୍ଡ ଅଫ୍ କଣ୍ଟ୍ରୋଲ' ଏବଂ ତା ଉପରକୁ 'ବୋର୍ଡ ଅଫ୍ ଡାଇରେକ୍ଟର୍ସ' ଥିଲେ । ୧୮୫ରୁ ୧୯୪୭ ପର୍ଯ୍ୟନ୍ତ କ୍ରାଉନ ଶାସନ କାଳରେ ଭାଇସରାୟଙ୍କ ଉପରକୁ 'ଭାରତ ମନ୍ତ୍ରୀ' ଯିଏକି ବ୍ରିଟିଶ କ୍ୟାବିନେଟର ଜଣେ ସଦସ୍ୟ । ଭାରତ ସଚିବ ତାଙ୍କ ଦେଶର ପ୍ରଧାନମନ୍ତ୍ରୀଙ୍କଠାରେ ଏବଂ ତା' ଉପରକୁ ବ୍ରିଟିଶ ପାର୍ଲିଆମେଣ୍ଟ ନିକଟରେ ଉତ୍ତରଦାୟୀ ରହୁଥିଲେ । ଭାରତୀୟମାନେ ତାଙ୍କ ଶାସନକୁ ପସନ୍ଦ କରୁଥିଲେ । କାରଣ ସେ ଶାସନ ଦୃଢ଼ ଓ ନିରପେକ୍ଷଥିଲା । ରାଜା ପାଇଁ ଯାହା ପ୍ରଜାଙ୍କ ଲାଗି ସେଇଆ । ସମସ୍ତଙ୍କ ପାଇଁ ନିୟମ ଠିକ ପାଳନ ଓ ସମାନ ଆଇନ ପ୍ରୟୋଗ କରାଯାଉଥିଲା । ପ୍ରକୃତ ଦୋଷୀ କଠୋର ଦଣ୍ଡ ପାଉଥିଲା । ନିର୍ଦ୍ଦୋଷ ଉପଯୁକ୍ତ ନ୍ୟାୟ ପାଉଥିଲା । ସେମାନଙ୍କ ବିଚାର ନିର୍ଭୁଲ ଥିଲା ଓ ସେମାନେ ସର୍ତ୍ତୋଥିଲେ । ଇଷ୍ଟ ଇଣ୍ଡିଆ କମ୍ପାନୀ କର୍ମଚାରୀ ଏପରିକି ବଡଲାଟ (ଗଭର୍ଣ୍ଣର ଜେନେରାଲ)ମାନେ ଶୋଷଣ କରୁଥିଲେ । ସେଥିପାଇଁ ସେମାନେ ଭାରତରେ ବ୍ରିଟିଶ ସାମ୍ରାଜ୍ୟର ସ୍ଥାପୟିତା ପଲାଶୀ ଯୁଦ୍ଧର ବିଜୟୀ ବୀର ରବର୍ଟ କ୍ଲାଭ ଯିଏକି ବ୍ୟକ୍ତିଗତ ଅନ୍ୟାୟ ଭାବେ ଅସତ ଉପାୟରେ ପ୍ରଚୁର ଅର୍ଥ ଭାରତରୁ ସ୍ୱଦେଶକୁ ନେଇ ଯାଇଥିଲେ । ସେଥିଲାଗି ତାଙ୍କୁ ଇଂରେଜମାନେ ତାଙ୍କ କୃତିତ୍ୱକୁ ବିଚାର ନ କରି ତାଙ୍କୁ ପ୍ରଶଂସା କରିବା ପରିବର୍ତ୍ତେ ତାଙ୍କ ଅସାଧୁ ପଣିଆ ପାଇଁ ତାଙ୍କୁ ପରିହାସରେ 'ନବାବ' ସୟୋଧନ (କହି) କରି ବିଦ୍ରୁତ କରୁଥିଲେ । ଯାହା ଫଳରେ କ୍ଲାଭ ତାଙ୍କ ନିଜ ଦେଶର ଲୋକମାନଙ୍କ ପରିହାସ ହସି ନ ପାରି ଆତ୍ମହତ୍ୟା କରିବାକୁ ବାଧ୍ୟ ହୋଇଥିଲେ ।

ଫାଷ୍ଟ ଭିସ୍କାଉଣ୍ଟ ଅଫ ହଲିଫାକ୍ ସାର ଚାର୍ଲ୍ସ ଉଡ଼ (୧୮୦୦ ମସିହା ଡିସେମ୍ବର ୨୦- ୧୮୮୫ ମସିହା ଅଗଷ୍ଟ ୮) ଥିଲେ ଜଣେ ବ୍ରିଟିଶ ଏମ୍.ପି. । ସେ କେବେ ଭାରତ ଶାସନ କରିବାକୁ ଆସି ନାହାନ୍ତି । ମାତ୍ର ଇତିହାସରେ ତାଙ୍କ ନାଁ ଅଛି । ଆଜି ଭାରତରେ ଶିକ୍ଷାର ରୂପ ଯାହା ତା' ମଞ୍ଜି ବୁଣିଥିଲେ ଉଡ଼ ସାହେବ । ୧୮୫୪ରେ ସେ ଥିଲେ ବୋର୍ଡ ଅଫ କଣ୍ଟ୍ରୋଲର ପ୍ରେସିଡେଣ୍ଟ । ଗଭର୍ଣ୍ଣର ଜେନେରାଲ ଅଫ ଇଣ୍ଡିଆ ଲର୍ଡ ଡେଲହାଉସୀଙ୍କ ପାଖକୁ ସେ

ଗୋଟିଏ ପରାମର୍ଶ (ଉଡ଼୍‌ସ-ଡେସ୍‌ପାଚ ଭାବେ ଖ୍ୟାତ) ପଠାଇଲେ। ସେଥିରେ ଲେଖାଥିଲା ଯେ ବେପାର ସାଙ୍ଗରେ ଲୋକଙ୍କ ସେବା କରିବାକୁ ସମ୍ରାଟଙ୍କ ପାଖରେ କଥା ଦେଇ କମ୍ପାନୀ କିଛି କରୁନାହିଁ। ଖାଲି ବେପାର କରୁଛି ଓ ସାମ୍ରାଜ୍ୟ ବଢ଼ୋଉଛି। କମ୍ପାନୀ ନିଜ ଆଚରଣ ସଜାଡ଼ୁ। ଇଣ୍ଡିଆରେ ଶିକ୍ଷାର ବିସ୍ତାର କରୁ। ଉଡ଼ଙ୍କ ପରାମର୍ଶ ବା ଆଦେଶ ଥିଲା ୧- କମ୍ପାନୀ ପ୍ରତି ପ୍ରଭିନ୍‌ସରେ ଗୋଟେ ଲେଖା ଶିକ୍ଷା ବିଭାଗ ଖୋଲୁ। ୨- କଲିକତା, ବମ୍ବେ ଓ ମାଡ୍ରାସରେ ଲଣ୍ଡନ ବିଶ୍ୱବିଦ୍ୟାଳୟ ପରି ବିଶ୍ୱବିଦ୍ୟାଳୟ ବସାଉ। ୩- ପ୍ରତି ଜିଲ୍ଲାରେ କମ୍‌-ସେ କମ୍ ଗୋଟିଏ ସ୍କୁଲ ସରକାର କରୁ। ୪- ଭାରତୀୟମାନେ ନିଜ ଉଦ୍ୟମରେ ଯଦି ଶିକ୍ଷା ଆହରଣ କରୁଥାଆନ୍ତି, ସେପରି ଉଦ୍ୟମକୁ ସରକାର ପ୍ରୋତ୍ସାହନ (ଗ୍ରାଣ୍ଡ -ଇନ୍-ଏଡ)ଦେଉ। ୫-'ଇଣ୍ଡିଆନ ନେଟିଭ'କୁ ସେମାନଙ୍କ ମଦରଟଙ୍ଗ (ମାତୃଭାଷା)ରେ ଶିକ୍ଷା ଦିଆଯାଉ। (ବିଶେଷଜ୍ଞଙ୍କ ମତ ଯେ ମାତୃଭାଷା ମାଧ୍ୟମରେ ଶିକ୍ଷା ହିଁ ସର୍ବଶ୍ରେଷ୍ଠ ଶିକ୍ଷା) ଫଟ କରି ଇଂଲିଶ ଶିଖେଇବା ଦରକାର ନାହିଁ। ସେମାନେ ଆପେ ଏବଂ ଆଗ୍ରହରେ ଶିଖିବେ।

ଆମେ ଜାଣୁ ଯେ ଭାଷା ହିଁ ଭାବର ବାହକ ଓ ଯଦି ଭାଷା ତ୍ରୁଟିପୂର୍ଣ୍ଣ ହୁଏ, ତେବେ ଭାବର ପ୍ରକାଶ ଅସମ୍ପୂର୍ଣ୍ଣ ରହିଯାଏ। ବିଭିନ୍ନ ମନସ୍ତାତ୍ତ୍ୱିକ ଓ ସାମାଜିକ ଗବେଷଣାର ନିଷ୍କର୍ଷରୁ ଏହା ବହୁକାଳରୁ ବାରମ୍ବାର ପ୍ରତିପାଦିତ। ସେଇଥିପାଇଁ ମନସ୍ତତ୍ତ୍ୱବିତ୍‌ମାନେ କହନ୍ତି, ପ୍ରାଥମିକସ୍ତରରେ ପିଲାଙ୍କୁ ମାତୃଭାଷାରେ ଶିକ୍ଷା ଦିଆଯିବା ଅନିବାର୍ଯ୍ୟ। ଏହା କୌଣସିମତେ ପରବର୍ତ୍ତୀ ସ୍ତରରେ ପିଲାଙ୍କ ପାଇଁ ଅନ୍ୟ ଭାଷା ଶିଖିବାରେ ପ୍ରତିବନ୍ଧକ ହୋଇନଥାଏ, ବରଂ ତାହାର ପରିପୂରକ ହୋଇଥାଏ। କିନ୍ତୁ ଆମେ ଏ କଥାଟି ସହଜରେ ହୃଦୟଙ୍ଗମ କରିନଥାଉ। ଏହି ମାନସିକତାରୁ ମୁକ୍ତି ପାଇଁ ଆନ୍ତରିକ ସଚେତନତାର ଆବଶ୍ୟକତା ରହିଛି, ଏହା ଫଳରେ ଭାଷା ଆଜିର ସଙ୍କଟରୁ ମୁକ୍ତ ହୋଇପାରିବ।

ଉଡ଼୍ ସାହେବଙ୍କ ପଞ୍ଚମ ପ୍ରସ୍ତାବ। ମଦର ଟଙ୍ଗର ଅର୍ଥ ଆଜି ଆମେ କହୁ 'ମାତୃଭାଷା'। ନିଜ ଭାଷାର ପ୍ରାଚୀନତା ଓ ଦମ୍ଭ ଦେଖାଇ ଯଦିଓ ଆଜିର ଭାରତୀୟମାନେ ପ୍ରତିଷ୍ଠା ଜାହିର କରୁଛନ୍ତି। କିନ୍ତୁ ସେତେବେଳେ ସମସ୍ତେ ଇଂଲିଶ ଶିଖିବା ଛଡ଼ା ଗତି ପାଇଲେନି। ଇଂଲିଶ ରାଜତ୍ୱ କଲା। ତା'ପରେ ଆମେ ସଂସ୍କୃତ ବି ପଢ଼ିଲୁ ଇଂଲିଶରେ। ଆଇନ ଉପରେ ଇଂଲିଶର ସବୁ ପ୍ରଭାବ। ତେଣୁ ଭାରତୀୟମାନେ ଆଇନରେ ବଞ୍ଚିଲେ ଇଂଲିଶ ହୋଇ ଓ ଜୀବନ ବଞ୍ଚିଲେ ନିଜ ଉପାୟରେ।

ଇଂରାଜୀ ଶିକ୍ଷା ପାଇ ସୁଦ୍ଧା ଏମାନଙ୍କର ଇଂରେଜମାନଙ୍କ ପରି ଜାତୀୟତା ଭାବରେ ଅନୁପ୍ରାଣିତ ହେବା କିମ୍ବା ନିଜ ମଧ୍ୟରେ ଏକତା ଭାବ ଉଦ୍ରେକ ହୋଇ ପାରିଲା ନାହିଁ। ଏମାନେ ପର ଗୋଡ଼ଟଣା ନୀତି ଛାଡ଼ି ପାରିଲେ ନାହିଁ। ପରଶ୍ରୀକାତରତାରେ ଭରପୂର ରହିଲା ଏମାନଙ୍କ ଅନ୍ତର। ଗୋଛି କଟାରେ ହେଲେ ନିପୁଣ। ପରସ୍ପରକୁ ସହଯୋଗ ଦେବା, ବିପଦ ବେଳେ କାହାକୁ ସାହାଯ୍ୟ କରିବା ଏମାନଙ୍କ ଜନ୍ମ ଜାତକରେ ରହିଲା ନାହିଁ। ନିଜ ଗେରସ୍ତ ପକ୍ଷେ ମରୁ ହେଲେ ସଉତୁଣୀ ରାଣ୍ଡ ହେଉ ନୀତିରେ ଏମାନେ ଚଳିଲେ। ଏପରିକି ସ୍ୱାଧୀନତା ସଂଗ୍ରାମ ସମୟରେ ସବୁ ଭାରତୀୟମାନେ ଏକ ମନ, ଏକ ପ୍ରାଣ ଓ ଆନ୍ତରିକତାର ସହିତ ଏକ ଆତ୍ମା ହୋଇପାରିନଥିଲେ। ଅନେକ ସୁବିଧାବାଦୀ ଭାରତୀୟ ସ୍ୱାଧୀନତା ସଂଗ୍ରାମକୁ ବିରୋଧ କରି ଇଂରେଜମାନଙ୍କୁ ଶାସନ ପରିଚାଳନା କ୍ଷେତ୍ରରେ ଓ ସ୍ୱାଧୀନତା ଆନ୍ଦୋଳନ ଦମନ କାର୍ଯ୍ୟରେ ସାହାଯ୍ୟ କରୁଥିଲେ। ପୂର୍ଣ୍ଣ ମାତ୍ରାରେ ସହଯୋଗ ଯୋଗାଇ ଦେଉଥିଲେ ସେମାନଙ୍କୁ। ଚାଟୁକାରଙ୍କ ପରି ଖୁସାମତିଆ ସାଜି ସ୍ତାବକଙ୍କ ଭଳି। ଖାସ ଏଇମାନଙ୍କ ସମର୍ଥନ ପାଇ ଭାଇସରାୟ ଲର୍ଡ ଲିନ୍‌ଲିଥ ଗୋ ଇଂଲଣ୍ଡକୁ ରିପୋର୍ଟ ପଠାଇଥିଲେ- "ଭାରତକୁ ଆହୁରି ଦେଢ଼ଶହ ବର୍ଷ ସାମରିକ ଶାସନ ଅଧୀନରେ ରଖ୍ଧହେବ।"

ବିଦେଶୀ ଶାସକଙ୍କ ଆଜ୍ଞାବହ ହୋଇ, ତାଙ୍କରି ଆଦେଶ ପାଳନ କରିବାକୁ ଯାଇ ସେମାନଙ୍କ ନିର୍ଦ୍ଦେଶରେ ନିଜର ସଂକୀର୍ଣ୍ଣ ସ୍ୱାର୍ଥ ହାସଲ ଲକ୍ଷ୍ୟରେ ଅବିବେକୀଙ୍କ ପରି ଅମନିଷକ୍‌ ଭଳି ଅପଣା ଦେଶବାସୀଙ୍କ ଉପରେ କେବଳ

ଭାରତୀୟମାନେ ହିଁ ଅତ୍ୟାଚାର କରିପାରନ୍ତି । ତାହା ନ ହୋଇ ଥିଲେ ଏତେ ବିରାଟ ଆୟତନ ବିଶିଷ୍ଟ ଭୂଖଣ୍ଡ ଓ ବିପୁଳ ଜନସଂଖ୍ୟା ବହୁଳ ଦେଶକୁ ଇଂଲଣ୍ଡ ପରି ଏକ କ୍ଷୁଦ୍ର ଦ୍ୱୀପର ସାମାନ୍ୟ କେତେଜଣ ସାମରିକ ବ୍ୟକ୍ତି ଓ କେତେକ ବଣିକ ଲୋକ ଦୁଇ ଶହ ବର୍ଷ ନିରଙ୍କୁଶ ଶାସନ କରିବାକୁ କେବେ ବି ସମର୍ଥ ହୋଇପାରି ନଥାଆନ୍ତେ ।

ଗାନ୍ଧିଜୀ କହୁଥିଲେ ପରାଧୀନ ଭାରତର "ଅନ୍‌ପଢ଼" ବା ପାଠ ପଢ଼ିନଥିବା ନିରକ୍ଷର ଲୋକମାନେ କେବେ ହେଲେ ବିଦେଶୀ ଶାସକଙ୍କର ଗୋଲାମ ହୋଇନଥିଲେ ବରଂ ଡିଗ୍ରୀଧାରୀମାନେ ବିଦେଶୀଙ୍କ ଗୋଲାମ ହୋଇ ସେମାନଙ୍କୁ ଶାସନ କ୍ଷେତ୍ରରେ ସାହାଯ୍ୟ କରିବାକୁ ଯାଇ ନିଜ ଦେଶବାସୀଙ୍କ ଉପରେ ଅକଥନୀୟ ଅତ୍ୟାଚାର କରୁଥିଲେ । ପୁଣି ଇଂରେଜମାନଙ୍କ ପାଖରେ ନୌକରୀ କରିବା ପାଇଁ ସେହି ଶିକ୍ଷିତ ଗୋଷ୍ଠୀଙ୍କ ମଧ୍ୟରେ ପ୍ରବଳ ପ୍ରତିଦ୍ୱନ୍ଦିତା ଚାଲିଥିଲା । ସେ ପ୍ରତିଦ୍ୱନ୍ଦିତା ଏତେ ତୀବ୍ର ଥିଲା ଯେ ନିଜ ଆଖିରେ ନଦେଖିବା ଲୋକ ତାହା ସହଜରେ ବିଶ୍ୱାସ କରିପାରିବ ନାହିଁ ।

୧୭୧୫ ଖ୍ରୀଷ୍ଟାବ୍ଦ ବେଳକୁ କଲିକତାରେ ଇଂରାଜୀ ଶିକ୍ଷାର ଆରମ୍ଭ । ମିଶନାରୀମାନେ ୧୮୨୩ରେ କଟକରେ ଏବଂ ସରକାର ୧୮୩୫ରେ ପ୍ରଥମେ ପୁରୀରେ ଇଂରାଜୀ ଶିକ୍ଷା ଆରମ୍ଭ କରିଥିଲେ । ପ୍ରଥମେ ଇଷ୍ଟ-ଇଣ୍ଡିଆ କମ୍ପାନୀ ଓ ପରେ ବ୍ରିଟିଶ ସରକାର କଲିକତାରୁ ଶାସନ କରୁଥିବାରୁ ଓଡ଼ିଶାବାସୀ କୌଣସି ସୁବିଧା ପାଇନଥିଲେ ।

ଏମାନେ ଇଂରାଜୀ ପଢ଼ି ଇଂରେଜମାନଙ୍କ ପରି ଫେସନ କଲେ । ଧୋତି ବଦଳରେ ପ୍ୟାଣ୍ଟ ପିନ୍ଧିଲେ । ପଞ୍ଜାବୀ ଓ ଫତେଇ ବଦଳରେ ପିନ୍ଧିଲେ ଅଧା ହାତଟିପା ଜାମା । ମୁଣ୍ଡରେ ପଗଡ଼ି ବଦଳରେ ଦେଲେ ଟୋପି । ପାଦରେ ଖଡ଼ମ ପରିବର୍ତ୍ତେ ବୁଟ । ଚାଲିଲେ ଓଡ଼ିଆ ସାହେବୀ ବେଶରେ । ସାହେବୀ ଫେସନ ଦେଖାଇ ହାତରେ ବାନ୍ଧିଲେ ଘଣ୍ଟା, ଟାଇ, ଚଷମା ବ୍ୟବହାର କଲେ । ଗୋଡ଼ ଫରକଟାଇ ଠିଆ ହେଲେ । ମୁହଁ ମୋଡ଼ି ସାହେବୀ ଠାଣିରେ କଥା କହିଲେ ବଙ୍କେଇ ବଙ୍କେଇ । ପକେଟରେ ପାନିଆ ରଖିଲେ । ରୁମାଲ ଖୋସିଲେ । ଚାମଚରେ ଖାଇଲେ । ଠିଆ ହୋଇ ମୂତିଲେ । ଜୁହାର ହେଲେ ଠିଆ ଠିଆ ହାତ ଉଠାଇ । ଅଣ୍ଟା ଭାଙ୍ଗିଲା ନାହିଁ । ମୁଣ୍ଡନଇଁଲା ନାହିଁ । ହାତ ଛୁଇଁଲା ନାହିଁ ବୟୋଜ୍ୟେଷ୍ଠଙ୍କ ପାଦ । ଦଣ୍ଡବତ, ଜୁହାର, ଓଲଗି ଓ ପ୍ରଣାମ ସ୍ଥାନରେ ନୂଆ ଶବ୍ଦଟିଏ ସୃଷ୍ଟି ହେଲା । ନମସ୍କାର ନଇଁବେ ନାହିଁ । ହାତ ଉଠାଇ ସମ୍ମାନ କ୍ଷାପନ କରିବେ, ତା ନାଁ ନମସ୍କାର । ଫୋର ଇନ୍‌ୱାନ ।

ଯୁଧିଷ୍ଠିରଙ୍କୁ ଯକ୍ଷ ପ୍ରଶ୍ନ କଲେ– "ଜଣେ ବ୍ୟକ୍ତି କିପରି ମହାନ ଓ ଶକ୍ତିଶାଳୀ ହୋଇପାରିବ ।" ଯୁଧ୍ୟିଷ୍ଠିରଙ୍କ ଉତ୍ତର ଥିଲା– ଭକ୍ତି ପୂର୍ବକ ମାତା, ପିତା, ଶିକ୍ଷକ ଓ ବରିଷ୍ଠମାନଙ୍କ ଚରଣ ସ୍ପର୍ଶ କରିବା ଏବଂ ସେମାନେ ସନ୍ତୁଷ୍ଟ ହୋଇ ଆଶୀର୍ବାଦ ଦେବାଯାଏ ସେମାନଙ୍କ ସେବା କରିବା ଦ୍ୱାରା ଜଣେ ମହାନତା ଓ ଶକ୍ତି ପ୍ରାପ୍ତ ହୁଏ । ଅନୁରୂପ ଭାବେ ମନୁସ୍ମୃତିରେ ବ୍ରହ୍ମାଞ୍ଜଳି ବିଷୟ ଉଲ୍ଲେଖ ହୋଇଛି । ତଦନୁସାରେ ବେଦ ଶିକ୍ଷା ଆରମ୍ଭଠାରୁ ଶେଷ ପର୍ଯ୍ୟନ୍ତ ପ୍ରତ୍ୟେକ ଦିନ ନିୟମିତ ଭାବେ ଜଣେ ଶିଷ୍ୟ ଗୁରୁଙ୍କ ପାଦ ସ୍ପର୍ଶ କରିବା ହେଉଛି ସର୍ବଶ୍ରେଷ୍ଠ ଅର୍ପଣ ବା ବ୍ରହ୍ମାଞ୍ଜଳି । ଏଥିରେ ପୁଣି ନିଦିଷ୍ଟ କରାଯାଇଛି ଯେ ବାମ ହାତରେ ବାମପାଦ ଓ ଡାହାଣ ହାତରେ ଡାହାଣ ପାଦକୁ ଛୁଇଁବାକୁ ପଡ଼ିବ । ଏହା ଫଳରେ ଶିଷ୍ୟର ଶାରୀରିକ କମ୍ପନ ଗୁରୁ ଗ୍ରହଣ କରିବା ସହ ଗୁରୁ ଯେତେବେଳେ ଶିଷ୍ୟର ମସ୍ତକ ଛୁଇଁ ଆଶୀର୍ବାଦ ଦିଅନ୍ତି ଶକ୍ତି ଶିଷ୍ୟର ଦେହରେ ପ୍ରବେଶ କରେ । ଶିଷ୍ୟ ପାଇଁ ଏହା ଏକ ଅଦୃଶ୍ୟ କବଚ ପରି କାର୍ଯ୍ୟ କରେ । ଶିଷ୍ୟ ବିନମ୍ରତା ପରି ଗୁଣଦ୍ୱାରା ଭୂଷିତ ହେବାବେଳେ ଗୁରୁ ବା ବରିଷ୍ଠ ଲୋକଙ୍କୁ ସେ ଉତ୍କର୍ଷ ଓ ଶ୍ରେଷ୍ଠ ବୋଲି ସ୍ୱୀକାର କରେ । ତେଣୁ ଚରଣ ସ୍ପର୍ଶ ଏକ ମହାନ ପରମ୍ପରା ଭାବେ ଆମ ସମାଜରେ ଗୃହୀତ ହୋଇଛି । ଚରଣ ସ୍ପର୍ଶ ହେଉଛି ଏକ ମହାନ, ଗୌରବ ମଣ୍ଡିତ ଭାରତୀୟ ପରମ୍ପରା । କୁରୁକ୍ଷେତ୍ର ଯୁଦ୍ଧରେ ଅବତୀର୍ଣ୍ଣ ହେବା ପୂର୍ବରୁ ପାଣ୍ଡବମାନେ ପିତାମହ ଭୀଷ୍ମଙ୍କ ପାଦସ୍ପର୍ଶ କରି ତାଙ୍କ ଆଶୀର୍ବାଦ ଭିକ୍ଷା କରିଥିଲେ । ଶ୍ରୀ ରାମଙ୍କ ବନବାସ ବେଳେ, ଭରତ ରାମଙ୍କ ପାଦୁକା ପୂଜାକରି ଶାସନ ଚଳାଇଥିଲେ । ସେଥିପାଇଁ ଚରଣସ୍ପର୍ଶକୁ ନିନ୍ଦିତ କରିବା ଠିକ୍ ନୁହେଁ କିମ୍ବା ଏହାକୁ ସ୍ୱାର୍ଥ ହାସଲକାରୀ ତୋଷାମଦିଆଙ୍କ କର୍ମ ଭାବରେ ଗଣନା କରିବା ଅନୁଚିତ ।

ଆହୁରି ମଧ୍ୟ ପାଦ ଛୁଇଁ ପ୍ରଣାମ କରିବାର ପରମ୍ପରା ଆମ ସମାଜର ବୋଧହୁଏ ଏକ ସର୍ବ ପୁରାତନ ପରମ୍ପରା । ପ୍ରଣାମ କରିବାର ଅଭିପ୍ରାୟ ଭିତରେ ଭକ୍ତି, ଭଲ ପାଇବା ଏବଂ ଉଭୟ ଭାବ ମଧ୍ୟ ସ୍ଥୂଳ ବିଶେଷରେ ରହିଥାଏ । କିଏ ହାତ ଯୋଡ଼ି ତ ଆଉ କିଏ ଆଣ୍ଠୁ ଭାଙ୍ଗି, ପୁଣି ଆଉ କିଏ ପାଦ ଛୁଇଁ ବା କେହି ଭୂମିରେ ମୁଣ୍ଡ ଲଗାଇ ଅଥବା ସାଷ୍ଟାଙ୍ଗ ପ୍ରଣାମ କରିଥାଆନ୍ତି । ଅନ୍ୟର ଉପସ୍ଥିତିକୁ ସ୍ୱୀକାର କରିବା, ତାଙ୍କୁ ସ୍ୱାଗତ କରିବା ସହ ତାଙ୍କ ଦର୍ଶନରେ ନିଜର ଖୁସି ଜାହିର କରିବାର ମାଧ୍ୟମ ହେଉଛି ପ୍ରଣାମ । ପ୍ରଣାମର ଅର୍ଥ ମୁଁ ତୁମ ଆଗରେ ନତ ମସ୍ତକ ପୂର୍ବକ ସମ୍ମାନ ପ୍ରଦର୍ଶନ କରୁଛି । ପ୍ରଣାମ ବା ନମସ୍କାରର ଅର୍ଥ-ନମ- 'ନ' ଅର୍ଥ ନାହିଁ ଓ 'ମ' ଅର୍ଥ ମୁଁ ବା ମୋର, ଅର୍ଥାତ୍ ମୁଁ କିଛି ନୁହେଁ ଏବଂ ତୁମେ ହିଁ ସବୁ । ଏହା ମନରୁ ଅହଂଭାବ ଦୂର କରି ଶାନ୍ତି ଓ ଏକାଗ୍ରତା ଆଣିଥାଏ । ପ୍ରକାର ଭେଦରେ ନମସ୍କାର ବା ପ୍ରଣାମକୁ ତିନି ଭାଗରେ ବିଭକ୍ତ କରାଯାଇଛି– କାୟିକ, ମାନସିକ, ବାଚନିକ । କାୟିକ ନମସ୍କାର ଅଙ୍ଗ ଭଙ୍ଗୀ ଦ୍ୱାରା ପ୍ରତିଫଳିତ ହୋଇଥାଏ ଏବଂ ଏଥିରେ ହସ୍ତଦ୍ୱୟ ଯୋଡ଼ି ନତମସ୍ତକ ଭାବରେ ଭକ୍ତି ନିବେଦନ କରାଯାଏ । ପିତା, ମାତା ଓ ଗୁରୁଜନମାନଙ୍କର ପାଦସ୍ପର୍ଶ କରି ପ୍ରଣାମ କରାଯାଏ ଏବଂ ଏ ପ୍ରକାର ନିବେଦନ ହେଉଛି ସର୍ବୋତ୍କୃଷ୍ଟ । ମାନସିକ ନମସ୍କାର ମନେ ମନେ ସ୍ମରଣ କରାଯାଉଥିବା ବେଳେ ବାଚନିକ ନମସ୍କାର କେବଳ ବାକ୍ୟ ମାଧ୍ୟମରେ କ୍ଷାପନ କରାଯାଇଥାଏ । ଭୂମିଗତ ସାଷ୍ଟାଙ୍ଗ ପ୍ରଣିପାତ କେବଳ ଈଶ୍ୱରଙ୍କ ନିକଟରେ ସମର୍ପିତ ହୁଏ । ଯେତେବେଳେ ପିତା, ମାତା, ଗୁରୁଜନ ଓ ଅନ୍ୟାନ୍ୟ ମାନ୍ୟଗଣ୍ୟ ବ୍ୟକ୍ତିଙ୍କୁ ନମସ୍କାର କରାଯାଏ । ସେମାନେ ମଧ୍ୟ ପ୍ରଣାମ ଜଣାଉଥିବା ବ୍ୟକ୍ତିକୁ ପ୍ରତି ନମସ୍କାର ଦ୍ୱାରା ଯଥାବିଧି ଆଶୀର୍ବାଦ ସୂଚକ ଆୟୁ, ବିଦ୍ୟା, ଧନ, ଯଶ ଓ ସୁଖଶାନ୍ତି ଅଭିବୃଦ୍ଧି ନିମିତ୍ତ ସ୍ୱୀକୃତି ପ୍ରଦାନ କରିଥାନ୍ତି । ଅଭିବାଦନ ଶୀଲସ୍ୟ ନିତ୍ୟଂ ବୃଦ୍ଧୋପସେବିନଃ, ଚତ୍ୱାରି ତସ୍ୟ ବର୍ଦ୍ଧନ୍ତେ ଆୟୁ, ବିଦ୍ୟା ଯଶୋବଲମ୍ । ନିଜର ଗୁରଜନମାନଙ୍କୁ ଆସନରୁ ଉଠି ନମସ୍କାର କରିବା ଓ ସେମାନଙ୍କୁ ଭକ୍ତି କରିବା ଦ୍ୱାରା ଲୋକର ଆୟୁ, ବିଦ୍ୟା, କୀର୍ତ୍ତି ଓ ବଳ ବର୍ଦ୍ଧିତ ହୁଏ । ପ୍ରତ୍ୟେକ ପ୍ରଭାତରୁ ଶଯ୍ୟା ତ୍ୟାଗକରି ମାତା, ପିତା, ଗୁରୁଙ୍କୁ ପ୍ରଣିପାତ କରିବା ଓ ସୂର୍ଯ୍ୟଙ୍କୁ ପ୍ରଣାମ କରିବା ଉଚିତ୍ । ଯେ ପ୍ରଣାମ କରେ ତା'ର ନିଜର ଉପକାର ହୋଇଥାଏ । କାରଣ କେବଳ ଭଗବାନ ହିଁ ପ୍ରଣାମ ଗ୍ରହଣ କରିଥାନ୍ତି । ଗୃହସ୍ଥ ଭାବିବା ଦରକାର ସେହି ଭଗବାନ ହିଁ ବିଭିନ୍ନ ରୂପ ଧାରଣ କରି ଆସିଛନ୍ତି । ତାଙ୍କର ସେବା କରିବା ମୋର ବିଧେୟ ।

ନମସ୍କାର ମୁଦ୍ରାରେ ପ୍ରଣତି ଜଣାଉଥିବା ବ୍ୟକ୍ତି ତା'ର ଡାହାଣ ହାତ ପାପୁଲି, ବାମ ହାତ ପାପୁଲି ସହ ଯୋଡ଼ି ପିତା, ମାତା, ଗୁରୁଜନ ଓ ଠାକୁରଙ୍କ ନିକଟରେ ମୁଣ୍ଡ ନୁଆଁଇ ପ୍ରଣତି ନିବେଦନ କରିଥାଏ । ଏଠାରେ ଦକ୍ଷିଣ ହସ୍ତର ପାପୁଲି 'ତତ୍' ଅର୍ଥାତ୍ ସର୍ବାତୀତ, ସର୍ବମୟ ଅଦୃଶ୍ୟସତ୍ତା ପରମାତ୍ମାଙ୍କର ପ୍ରତୀକ ଏବଂ ବାମ ହସ୍ତର ପାପୁଲିଟି ହେଲା 'ତ୍ୱମ' ବା ବ୍ୟକ୍ତିସତ୍ତା– ଆତ୍ମା ବା ମୁଁ ର ପରିଚାୟକ । ଏଠାରେ ଦକ୍ଷିଣ ହସ୍ତ ପାପୁଲି ମହାସମୁଦ୍ର ହେଲେ ବାମହସ୍ତ ପାପୁଲିଟି ତହିଁରୁ ସୃଷ୍ଟ ତରଙ୍ଗ । ଫଳତଃ ନମସ୍କାର ନିବେଦନ କରିବା ଦ୍ୱାରା ଜୀବାତ୍ମା ଓ ପରମାତ୍ମାଙ୍କ ମଧ୍ୟରେ ଐକ୍ୟ ସ୍ଥାପନ ହୋଇଥାଏ ଏବଂ ତାହା 'ତତ୍ତ୍ୱମ ଅସ୍ତି ବା ସେ ତୁମେ ବୋଲି ଏକତ୍ୱ ସୂଚିତ କରେ । ଏହା 'ଅହଂ' ବ୍ରହ୍ମୋସ୍ମି ବା ମୁଁ ବ୍ରହ୍ମ ଅଟେ ବୋଲି ମଧ୍ୟ ସୂଚନା ପ୍ରଦାନ କରେ । ତେଣୁ ଏହି ନମସ୍କାର ନିବେଦନ ଦ୍ୱାରା ଆମେ ଅନ୍ୟ ସହ ଅଭେଦତ୍ୱର ସୂଚନା ଦେବା ସହ ସୁଖଦୁଃଖରେ ଭାଗୀଦାର ହୋଇଥାଉ । ସମସ୍ତେ ସେହି ଏକ ଅନ୍ତର୍ନିହିତ ଆତ୍ମା ଯୋଗୁ ହିଁ ପରସ୍ପର ସହ ଭକ୍ତି, ଶ୍ରଦ୍ଧା ଓ ପ୍ରେମ ଦ୍ୱାରା ଅନୁବନ୍ଧିତ ହୋଇଥାନ୍ତି ।

ଯୋଡ଼ ହସ୍ତରେ ନମସ୍କାର କରିବାର ଆଉ ଗୋଟିଏ ଅର୍ଥ ହେଲା – ଡାହାଣ ହାତର ପାଞ୍ଚଟି ଆଙ୍ଗୁଳି ପଞ୍ଚ କର୍ମେନ୍ଦ୍ରିୟ ଯଥା– ପାଦ, ପାଣି, ବାକ୍ ପାୟୁ (ଗୁହ୍ୟଦ୍ୱାର) ଓ ଉପସ୍ଥ (ଜନନେନ୍ଦ୍ରିୟ) ରୂପେ ସୂଚିତ ହେଉଥିଲାବେଳେ ବାମହସ୍ତ ପଞ୍ଚ ଆଙ୍ଗୁଳି ପାଞ୍ଚ ଜ୍ଞାନେନ୍ଦ୍ରିୟ (ଚକ୍ଷୁ, କର୍ଣ୍ଣ, ନାସିକା, ଜିହ୍ୱା ଓ ତ୍ୱକ) ରୂପେ ପରିଚିତ ହୋଇଥାଏ । ଏହି ଦଶ

ଇନ୍ଦ୍ରିୟକୁ ଏକତ୍ର କରି ପିତା, ମାତା, ଗୁରୁଜନ ଓ ଠାକୁରଙ୍କୁ ନତମସ୍ତକ ସହ ନମସ୍କାର ନିବେଦନ କଲେ ତାହା ସମର୍ପଣ ଭାବ ବା ଶରଣାଗତିକୁ ବୁଝାଏ । ଆଧ୍ୟାତ୍ମିକ ଦୃଷ୍ଟିକୋଣରୁ ଅନ୍ତରାର୍ଥରେ ହୃଦୟ ସହିତ ଦୁଇହସ୍ତର ବୃଦ୍ଧାଙ୍ଗୁଲି ସଂଯୋଗକୁ ଭକ୍ତିଯୋଗ, ଉଭୟ ହସ୍ତ ଯୋଡ଼କୁ କର୍ମଯୋଗ ଓ ନତ ମସ୍ତକ ନିବେଦନ ଜ୍ଞାନ ଯୋଗକୁ ସୂଚିତ କରେ । ଏ ପ୍ରକାର ସଭକ୍ତି ପ୍ରଣାମ ବା ନମସ୍କାର ନିବେଦନକୁ ମଧ ଶାସ୍ତ୍ରରେ 'କରଶିରଃ' ସଂଯୋଗ ରୂପେ ଅଭିହିତ କରାଯାଇଛି ।

ଭଗବାନ ଯେ କି ସର୍ବବ୍ୟାପାକ ସର୍ବଭୂତେ ଆତ୍ମା (ଜୀବାତ୍ମା) ରୂପରେ ବିରାଜିତ, ଆମେ ସେହି ଏକ ଓ ସମାନ ଅନ୍ତର୍ନିହିତ ସଭା ଆତ୍ମାକୁ ହିଁ ପ୍ରଣାମ ବା ନମସ୍କାର ନିବେଦନ କରିଥାଉ; ଯାହାକି ସମ୍ପୂର୍ଣ୍ଣ ଆତ୍ମସମର୍ପଣ ଭାବରେ ପରିପ୍ରକାଶ ଅଟେ ।

ଆମ ଭାରତୀୟ ଧର୍ମମୟ ଜୀବନ ଓ ସଂସ୍କୃତିରେ ନମସ୍କାର ବା ନମସ୍ତେ ଉଚ୍ଚାରଣ କରି ପରସ୍ପରକୁ ଅଭିନନ୍ଦନ ଓ କୃତଜ୍ଞତା ଜଣାଇବା ପ୍ରଥା ବହୁ ପ୍ରାଚୀନ । ଜଣାଯାଏ ଏହା ପାକ୍ ବୈଦିକ ଯୁଗରୁ ପାରମ୍ପରିକ ରୀତିରେ ପ୍ରଚଳିତ ହୋଇ ଆସିଛି । ଆମ ଭାରତୀୟ ଦର୍ଶନରେ ହାତ ଯୋଡ଼ି ନମସ୍କାର ମୁଦ୍ରାରେ ନିବେଦନ କରିବା ହେଉଛି ପ୍ରକୃତରେ ଭକ୍ତି ଓ ଶ୍ରଦ୍ଧାର ସ୍ମାରକୀ ଏବଂ ଏକ ଆନ୍ତରିକ ଅଭିବ୍ୟକ୍ତି । ସାଧାରଣତଃ ଆମେ ଯୋଡ଼ ହସ୍ତରେ ପିତା, ମାତା, ସମ୍ମାନନୀୟ ବୟୋଜ୍ୟେଷ୍ଠ ବ୍ୟକ୍ତି, ଗୁରୁଜନ ଓ ଅତିଥିମାନଙ୍କୁ ଭକ୍ତି ସହକାରେ ସବିନୟ ନମସ୍କାର ନିବେଦନ କରିଥାଉ ।

ଏଭଳି ଏକ ଅଭିବାଦନର ଢଙ୍ଗ ବଛାଯିବା ଦରକାର ଯାହା କୌଣସି ମତ-ସମ୍ପ୍ରଦାୟ ଆଦିରୁ ଉର୍ଦ୍ଧ୍ୱରେ ଥିବ ଓ ଏଥିରେ ସାମ୍ପ୍ରଦାୟିକତାର ଗନ୍ଧ ବି ନ ଥିବ ଓ ସଙ୍କୁଚିତ ମନୋଭାବର ପରିଚାୟକ ହୋଇନଥିବ ଏବଂ ଅଭିବାଦନର ପ୍ରୟୋଗ ସବୁସ୍ଥଳରେ ଏବଂ ସବୁବେଳେ ଏପରିକି ସମସ୍ତଙ୍କ ପାଇଁ କରାଯାଇ ପାରିବ । ଶୁଦ୍ଧ ବାତାବରଣ ଏବଂ ସୁସ୍ଥ ଅବସ୍ଥାରେ ଆଲିଙ୍ଗନ କରାଯିବା, ମଥା ବା ହାତକୁ ଚୁମ୍ବନ ଦେବା, ପାଦଛୁଇଁ ସମ୍ମାନ ଓ ଶ୍ରଦ୍ଧା ପ୍ରକଟ କରାଯିବା ପାଇଁ ଉଚିତ ହୋଇପାରେ କିନ୍ତୁ ସବୁ ପରିସ୍ଥିତିରେ ହାତ ଯୋଡ଼ି 'ନମସ୍କାର' କରାଯିବା ସର୍ବାଧିକ ନିରାପଦ ଅଟେ । ବୈଦିକ କାଳରୁ ଅର୍ଥାତ ହଜାର ହଜାର ବର୍ଷ ପୂର୍ବରୁ ରଷି-ମୁନିମାନେ ଏପରିକି ସମସ୍ତ ଆର୍ଯ୍ୟ ପୁରୁଷ ଓ ମହିଳା ଅଭିବାଦନ ପାଇଁ ହାତ ଯୋଡ଼ି ନମସ୍କାର କରିବାର ରୀତିକୁ ଆପଣେଇ ଥିଲେ । ବେଦଉପନିଷଦ, ପୁରାଣ ଆଦି ଗ୍ରନ୍ଥମାନଙ୍କରେ 'ନମସ୍କାର' କଥା ଉଲ୍ଲେଖ ରହିଛି । ଆର୍ଯ୍ୟମାନଙ୍କର ମୂଳ ପରମ୍ପରା ଅନୁସାରେ ବେଦର ବୟସ ଅତି ପ୍ରାଚୀନ । ଅର୍ଥାତ୍ ଏହି ସମୟରୁ ବେଦ ଚଳିଆସିଛି ଓ ସେବେଠାରୁ ମଧ ଅଭିବାଦନ ଢଙ୍ଗ 'ନମସ୍କାର' ରହି ଆସିଛି । କିନ୍ତୁ ବିଗତ କେଇ ଶହ ବର୍ଷହେବ ଅନେକ ସମ୍ପ୍ରଦାୟ ଓ ଧାର୍ମିକ ସଂସ୍ଥାମାନେ ସେମାନଙ୍କ ଧର୍ମଗୁରୁଙ୍କୁ ପ୍ରସନ୍ନ କରିବା ପାଇଁ ଭିନ୍ନଭିନ୍ନ ପ୍ରକାରର ଅଭିବାଦନକୁ ଆପଣେଇ ନେଇଛନ୍ତି ଓ ବିଭିନ୍ନ ଶବ୍ଦର ସୃଷ୍ଟି କରିଛନ୍ତି । ନିଜର ଇଷ୍ଟକୁ ସ୍ମରଣ କରିବା ବା ତାଙ୍କର ଜୟଗାନ କରିବା ଏକ ଭିନ୍ନ କଥା । କିନ୍ତୁ ଅଭିବାଦନ ପାଇଁ ଏକ ସାର୍ବଜନୀନ ଶବ୍ଦର ବ୍ୟବହାର କରାଯିବା ଉଚିତ । ଏଥିପାଇଁ ନମସ୍କାରଠାରୁ ବଳି ଅନ୍ୟ କିଛି ବିକଳ୍ପ ମଧ ନାହିଁ । ପ୍ରତ୍ୟକ୍ଷ ଅଭିବାଦନ ପାଇଁ ନମସ୍କାର ଶବ୍ଦର ପ୍ରୟୋଗ କରାଯିବା ଉଚିତ । ନମସ୍କାର ଶବ୍ଦରେ ଭାବର ପୂର୍ଣ୍ଣତା ରହିଛି ଯାହା ଅଭିବାଦନ ପାଇଁ ବ୍ୟବହୃତ ଅନ୍ୟ କେଣସି ଶବ୍ଦରେ ନାହିଁ । ଏଣୁ ପ୍ରାକ୍‌କାଳରୁ ମିତ୍ର-ଶତ୍ରୁ, ସଜ୍ଜନ-ଦୁର୍ଜନ, ସ୍ତ୍ରୀ-ପୁରୁଷ, ବୟସ୍କ-ଯୁବକ, ଗୁରୁ-ଗୁରୁଜନ ସମସ୍ତଙ୍କୁ ନମସ୍କାର କରିବାର ବୈଦିକ ପରମ୍ପରା ରହିଛି । ବସ୍ତୁତଃ 'ନମସ୍କାର' ଏକ ଶବ୍ଦ ମାତ୍ର ନୁହେଁ ବରଂ ଏହା ଏକ ପୂର୍ଣ୍ଣ ବାକ୍ୟ ଅଟେ । ନମଃ+ତେ= ନମସ୍ତେ ବା ଓଡ଼ିଆରେ ନମସ୍କାର ଅର୍ଥାତ ମୁଁ ଆପଣଙ୍କୁ ସମ୍ମାନ ପ୍ରଦର୍ଶନ କରୁଛି, ମୁଁ ଆପଣଙ୍କୁ ପ୍ରଣାମ କରୁଛି, ମୁଁ ଆପଣଙ୍କ ହୃଦୟରେ ବିଦ୍ୟମାନ, ଦିବ୍ୟ ଆମ୍ବତତ୍ତ୍ୱଙ୍କ ପ୍ରତି ନତମସ୍ତକ ହେଉଛି । ବେଦରେ ନମସ୍କାର ଶବ୍ଦର ଅର୍ଥ ସ୍ପଷ୍ଟ ଭାବେ ଉଲ୍ଲେଖ କରାଯାଇଛି । ହିନ୍ଦୀ ଶବ୍ଦ ନମସ୍ତେରୁ ଆସିଥିବା ଏହି ନମସ୍କାର ଶବ୍ଦର ବ୍ୟବହାର ମଧ ବ୍ୟାପକ । ଯଜୁର୍ବେଦର ଷୋଡ଼ଶ ଅଧ୍ୟାୟ ନମସ୍ତେ ବା ନମସ୍କାର ଶବ୍ଦ "ନମସ୍ତେ ରୁଦ୍ର ମନ୍ୟବ"ରୁ ହିଁ ଆରମ୍ଭ ହୋଇଛି । ସେହିପରି "ଶିବୋ ନ ମାସ

ସ୍ୱାଧୀତିସ୍ତେ ପିତା ନମସ୍ତେସ୍ତୁ ମାମା ହିଁସି" ଉଲ୍ଲେଖ ରହିଛି। ବ୍ରହ୍ମବାଦିନୀ ଗାର୍ଗୀ ମହର୍ଷି ଯାଜ୍ଞ ବଳ୍କ୍ୟଙ୍କୁ "ନମସ୍ତେ ଯଜ୍ଞ ବଳ୍କ୍ୟାୟ" କହି ସମ୍ୱୋଧିତ କରିଥିବାର ଉଲ୍ଲେଖ ରହିଛି। କଠୋପନିଷଦରେ ମଧ ଯମାଚାର୍ଯ୍ୟ ତାଙ୍କ ଅତିଥି ନଚିକେତାଙ୍କୁ ନମସ୍ତେବ୍ରହ୍ମନ! ସ୍ୱସ୍ତିମାସି କହି ସମ୍ୱୋଧନ କରିଛନ୍ତି। ବାଲ୍ମିକି ରାମାୟଣରେ ମହର୍ଷି ବସିଷ୍ଠ ବିଶ୍ୱାବିତ୍ର ଋଷିଙ୍କୁ "ନମସ୍ତେତୁ ଗମିଷ୍ୟମି ମୈତ୍ରେଣ ଯକ୍ଷ ଚକ୍ଷୁଷା" କହି ନିଜର ମିତ୍ରଭାବକୁ ପ୍ରଦର୍ଶନ କରିଛନ୍ତି। ମହାଭାରତରେ ମଧ ଏଭଳି କଥା ଉଲ୍ଲେଖ ରହିଛି। ମହାରାଜା ଦୁର୍ଯ୍ୟୋଧନଙ୍କ ମାମୁ ଶକୁନି ରାଜା ଯୁଧିଷ୍ଠିରଙ୍କୁ "ନମସ୍ତେ ଭଗତର୍ଷଭ" କହି ସମ୍ମାନ ପ୍ରଦର୍ଶନ କରୁଥିବା କଥା ଉଲ୍ଲେଖ ରହିଛି। ସେହିପରି ରାଜା-ଯୁଧିଷ୍ଠିର ମଧ ଶ୍ରୀକୃଷ୍ଣଙ୍କୁ "ନମସ୍ତେ ପୁଣ୍ଡରିକାକ୍ଷ" ବୋଲି ସମ୍ୱୋଧନ କରି ସମ୍ମାନପ୍ରଦର୍ଶନ କରୁଥିବା କଥା ମହାଭାରତରେ ରହିଛି। ଅନେକ ପୌରାଣିକ ଗ୍ରନ୍ଥମାନଙ୍କରେ ନମସ୍ତେ ବା ନମସ୍କାର ପ୍ରୟୋଗ ସମ୍ମାନ ପ୍ରଦର୍ଶନ ଅର୍ଥରେ ଓ ଅଭିବାଦନ ପାଇଁ ବ୍ୟବହାର ହୋଇଥିବାର ନଜିର ରହିଛି। ଗରୁଡ ପୁରାଣ, ଦେବୀ ଭାଗବତ, ବ୍ରହ୍ମାଣ୍ଡ ପୁରାଣ, କୁର୍ମ ପୁରାଣ, ଶିବ ପୁରାଣରେ ଶହଶହ ଅଭିବାଦନ ଆଶିଶବାଦନ ପ୍ରସଙ୍ଗରେ ନମସ୍ତେ ବା ନମସ୍କାର ଶବ୍ଦର ପ୍ରୟୋଗ କରାଯାଇଛି। ସୂର୍ଯ୍ୟ ନମସ୍କାର ବେଳେ "ନମଃ ସବିତ୍ରେ ଜଗଦେକ ଚକ୍ଷୁଷେ" କୁହାଯାଇଥାଏ ଯାହାର ଆରମ୍ଭ ନମଃ ବା ନମସ୍କାରରୁ ଆରମ୍ଭ।

ବେଦ ସମ୍ପର୍କରେ ଜ୍ଞାନ ବାଣ୍ଟିଥିବା ତଥା ବେଦ ସମ୍ୱନ୍ଧରେ ଲୋକଙ୍କ ମନରେ ଚେତନା ଜାଗ୍ରତ କରାଇ ପାରିଥିବା ମହର୍ଷି ଦୟାନନ୍ଦ ସରସ୍ୱତୀ ପ୍ରାଚୀନ ପରମ୍ପରାକୁ ପୁନଃଜୀବିତ କରିବା ପାଇଁ ସତ୍ୟାର୍ଥ ପ୍ରକାଶ ନାମକ ପୁସ୍ତକର ରଚନା କରିଥିଲେ। ଏହି ସତ୍ୟାର୍ଥ ପ୍ରକାଶର ଅନ୍ତିମ ଭାଗରେ ଉଲ୍ଲେଖ କରାଯାଇଥିବା ସ୍ୱମନ୍ତବ୍ୟାମତବ୍ୟ ପ୍ରକାଶରେ ଦୟାନନ୍ଦ ସରସ୍ୱତୀ ନମସ୍ତେ ବା ନମସ୍କାରକୁ ସମସ୍ତଙ୍କୁ ଅଭିବାଦନ ପାଇଁ ବ୍ୟବହାର କରିଛନ୍ତି। ମହର୍ଷି ଦୟାନନ୍ଦ ୧୮୭୫ରେ ଆର୍ଯ୍ୟ ସମାଜରେ ନମସ୍ତେ ବା ନମସ୍କାରକୁ ଅଭିବାଦନ ପାଇଁ ବ୍ୟବହାର କରାଯିବା ବାଧ୍ୟତାମୂଳକ ବୋଲି କହିଥିଲେ ଏବଂ ଏହାକୁ ବୈଦିକ ଅଭିବାଦର ସଂଜ୍ଞା ପ୍ରଦାନ କରିଥିଲେ। ଦୟାନନ୍ଦଙ୍କ ପ୍ରେରଣାରେ ବିଭିନ୍ନ ଦେଶରେ ତାଙ୍କ ଅନୁଗାମୀମାନେ ମଧ ଏହି ଶବ୍ଦକୁ ଅଭିବାଦନ ପାଇଁ ଗୁରୁତ୍ୱ ଦେଇଥିଲେ। ଇଂଲଣ୍ଡରେ ଶ୍ୟାମଜୀ, କୃଷ୍ଣବର୍ମା, ଆମେରିକାରେ ଲାଲା ହରଦୟାଲ, ଲାଲା ଜିନ୍ଦାରାମ ଓ ସିଦ୍ଧରାମ, ଆଫ୍ରିକାରେ ଭାଇ ପରମାନନ୍ଦ ଓ ସ୍ୱାମୀ ଶଙ୍କରାନନ୍ଦ ଆଦି ଦୟାନନ୍ଦଙ୍କ ଅନୁଗାମୀମାନେ ବେଦର ପ୍ରଚାର ପ୍ରସାର କରିବା ସହ ନମସ୍ତେ ବା ନମସ୍କାର ପରମ୍ପରା ପ୍ରଚାର ପ୍ରସାର କରିଥିଲେ। ଆର୍ଯ୍ୟ ସମାଜର ଅନେକ ବିଦ୍ୱାନ, ପ୍ରଚାରକ, ମରିସସ, ତ୍ରିନିବାଦ, ଫିଜି, ଗାଏନା, ବର୍ମା, ନେପାଳ ଆଦି ଅନେକ ଦେଶରେ ନମସ୍ତେ ବା ନମସ୍କାର ଶବ୍ଦର ପ୍ରଚଳନ କରାଇଥିଲେ। ଏହାର ପରିଣାମ ସ୍ୱରୂପ ଭାରତୀୟ ଅଭିବାଦନ ଭାବେ ନମସ୍ତେ ବା ନମସ୍କାରକୁ ଗ୍ରହଣ କରାଯାଇଛି।

ମାତ୍ର ସମୟ ବଦଳିବା ସହ ଆମ ଚଳଣି ବି ବଦଳୁଛି। ଆଉ ଦ୍ରୁତଗତିରେ ଆମର ପ୍ରାଚୀନ ପରମ୍ପରା ସବୁର ଅବକ୍ଷୟ ଘଟୁଛି। ସେଇ କ୍ରମରେ ପାଦଛୁଇଁ ବା ଭୂମିରେ ମୁଣ୍ଡ ଲଗାଇ ପ୍ରଣାମ କରିବା କମିକମି ଯାଉଛି। ପୂର୍ବେ ଗୁରୁ ଦେଖା ହେଲେ ଶିଷ୍ୟ, ଶ୍ରଦ୍ଧା, ଭକ୍ତି ଓ ଭୟମିଶ୍ରିତ ଭାବରେ ଭୂମିରେ ଶୀରସ୍ୱର୍ଶ କରି ପ୍ରଣାମ କରୁଥିଲେ। ସେଭଳି ପ୍ରଣାମର ଉତ୍ତରରେ ଗୁରୁ ଅଜସ୍ର ଆଶୀର୍ବାଦ ଢାଳି ଦେଉଥିଲେ। ଏଇ ଭାବର ବନ୍ଦନ ଭିତରେ ଯେଉଁ ଆନନ୍ଦ ରହୁଥିଲା ତାକୁ ଉଭୟ ପକ୍ଷ ଅନୁଭବ କରି ପାରୁଥିଲେ, କିନ୍ତୁ ଏବେ ସେଭଳି ଭୂମିରେ ଶିର ଛୁଇଁ ପ୍ରଣାମ କରିବା ଦେଖା ଯାଉନାହିଁ। ଏହି ପରମ୍ପରାକୁ ପୁରୁଣା କାଳିଆ ବୋଲି କହି ଶିଷ୍ୟ ବା ଛାତ୍ର ଗୁରୁ ବା ଶିକ୍ଷକଙ୍କୁ ଦେଖିଲେ ପ୍ରଥମେ ଲୁଚୁଛନ୍ତି। ଯଦି ଦୈବାତ୍ ଗୁରୁଙ୍କ ନଜରରେ ପଡ଼ି ଯାଉଛନ୍ତି ତେବେ କେବଳ କାମ ଚଳାଇ ନେବା ପାଇଁ (ସାରିବା ଲାଗି) ଠିଆ ଠିଆ ହାତଯୋଡ଼ି ସାର ନମସ୍କାର ବୋଲି କହି ଦେଉଛନ୍ତି। କେବଳ ଗୁରୁ ନୁହେଁ ସବୁ ଗୁରୁଜନଙ୍କ ଅବସ୍ଥା ଏହିପରି। "ଏକାକ୍ଷର ପ୍ରଦାତାରଂ ଯୋ ଗୁରୁଂ ନାଭିବନ୍ଦତେ। ଶ୍ୱାନ ଯୋନି ଶତଂ ଭୁକ୍ତ୍ୱା ଚାଣ୍ଡାଲେ ସ୍ୱଭିଜାୟତେ।"

ଏକମାତ୍ର ଅକ୍ଷର ଶିକ୍ଷାଦାନ କରିଥିବା ଗୁରୁଙ୍କୁ ମଧ ଯେ ଭକ୍ତି ପୂର୍ବକ ପ୍ରଣାମ ନ କରେ, ସେ ଶତବାର କୁକୁର ଜନ୍ମ ଗ୍ରହଣ କରି ପରେ ଚଣ୍ଡାଳ ଜନ୍ମ ଲାଭ କରେ ।

ଏହାଦ୍ୱାରା ଆମମାନଙ୍କ ଭିତରେ ରହିଥିବା ଅନ୍ୟତମ ପ୍ରାଚୀନତମ ଶିଷ୍ଟାଚାର ମୂଳକ ପରମ୍ପରାର ଅବକ୍ଷୟ ଘଟୁଛି । ନୋବେଲ ପୁରସ୍କାର ପାଇଥିବା ଲେଖକ ପଲ.ଏସ୍.ବକ୍ ତାଙ୍କ ଆତ୍ମଜୀବନୀ 'ମାଇଁ ସେଭେରାଲ ୱାର୍ଲ୍ଡସ୍'ରେ ଭାରତୀୟମାନଙ୍କ ପ୍ରଣାମ କରିବାର ପରମ୍ପରାର ବହୁତ ପ୍ରଶଂସା କରିଛନ୍ତି । ତା'ପରେ କେବଳ ଭାରତୀୟମାନେ ନୁହନ୍ତି, ଜାପାନ ଓ ଚୀନ ଭଲି ଦେଶର ସମାଜରେ ପ୍ରଣାମ (ଟିକିଏ ଟିକିଏ ଭିନ୍ନତାର ସହିତ) କରିବାର ପରମ୍ପରା ରହିଛି । ସେ ସବୁ ଦେଶରେ ବି ଏହି ପ୍ରାଚୀନ ପରମ୍ପରାର ଅବକ୍ଷୟ ନେଇ ଚିନ୍ତା ପ୍ରକଟ କରାଯାଉଛି । ତେବେ ଏହିଠାରେ ପ୍ରଶ୍ନ ଉଠେ ଅବକ୍ଷୟର ଏହି ଧାରା ବନ୍ଦ ହେବ କେମିତି ? ଏହାର କେବଳ ଗୋଟିଏ ଉପାୟ ହେଲା ସେଇ ପୁରୁଣା ପରମ୍ପରାର ଅଭ୍ୟାସ ଆମେମାନେ ଯିଏ ଯେତେଦୂର ପାରିଲା କରିବା ଦରକାର । ଆମଠାରୁ ଆମ ପିଲାଏ ଶିଖିବେ । ସେମାନଙ୍କ ପ୍ରଣାମରେ ପ୍ରଣମ୍ୟମାନେ ସନ୍ତୁଷ୍ଟ ହୋଇ ଆଶୀର୍ବାଦର ଧାରା ବର୍ଷା କରିବେ । ଜନ୍ମଦିନମାନଙ୍କରେ ପିଲାମାନେ ଗୁରୁ, ଗୁରୁଜନମାନଙ୍କୁ ଆଣ୍ଠୁ ମାଡ଼ି ମଥା ନୁଆଇଁ ପାଦଛୁଇଁ ପ୍ରଣାମ କରିବାକୁ ପିଲାମାନଙ୍କୁ ଶିଖାଯାଉ । ଏମିତି କରିବା ଦ୍ୱାରା ପିଲାଟିର ଅନେକ ଗ୍ରହଦୋଷ ଖଣ୍ଡନ ହୁଏ ବୋଲି ଆମ ଜ୍ୟୋତିଷଶାସ୍ତ୍ରରେ ଲେଖାଅଛି ।

ଇଂରେଜମାନେ ହେଲେ ଇଂଲଣ୍ଡର ଲୋକ । ଇଂଲଣ୍ଡ ୟୁରୋପ ମହାଦେଶର ଉତ୍ତର-ପଶ୍ଚିମ କୋଣକୁ ସମୁଦ୍ର ଘେର ଭିତରେ ଥିବା ଗୋଟିଏ ଦ୍ୱୀପ । ୟୁରୋପ ମହାଦେଶଟି ଶୀତ ପ୍ରଧାନ ଅଞ୍ଚଳରେ ଅନ୍ତର୍ଭୁକ୍ତ । ସେଠାରେ ବର୍ଷର ଅଧିକାଂଶ ଦିନ ଘନକୁହୁଡ଼ି ଓ ଝିପିଝିପ୍ ବର୍ଷା ଲାଗିରହେ । କୋହଲା ପାଗ । ଶୀତରୁ ରକ୍ଷା ପାଇବା ପାଇଁ ସେମାନେ ପୂରାପ୍ୟାଣ୍ଟ, ପୂରାହାତ ଜାମା, କୋଟ ପିନ୍ଧନ୍ତି, ଟାଇ ଭିଡ଼ନ୍ତି, ଶୀତୁଆ ପବନ ବେକମୂଳର ଖୋଲାଥିବା ଫାଙ୍କ ବାଟେ ଜାମା ଭିତରକୁ ପଶି ନଯିବା ପାଇଁ । ସୂର୍ଯ୍ୟଙ୍କ ସହ ଦେଢ଼ଶୁର-ଭାଇବୋହୂ ସମ୍ପର୍କ ଥିବା ସେ ଦେଶରେ ଉଜ୍ଜ୍ୱଳ ସୂର୍ଯ୍ୟକିରଣ ପଡ଼ୁଥିବା ଦିନ ଖୁବ୍ କମ । ଶୀତୁଆ ପବନ ବାଜି ଆଖିରୁ ପାଣି ଗଡ଼ିବ ବୋଲି ସେମାନେ ଆଖିରେ ଚଷମା ପିନ୍ଧନ୍ତି । ପାଦରେ ମୋଜା, ବୁଟ କିମ୍ବା ପୁରା ଜୋତା ପିନ୍ଧନ୍ତି । ମୁଣ୍ଡରେ ଟୋପି, ଅତ୍ୟଧିକ ଠଣ୍ଡାରୁ ରକ୍ଷା ପାଇବା ଲାଗି ହାତ ଓଦା ନ କରି ଚାମଚ ଓ କଣ୍ଟା ଦ୍ୱାରା ଖାଇଥାଆନ୍ତି । ସେଠି ପ୍ରବଳ ଶୀତ ହୁଏ । ବରଫ ପଡ଼େ । ତୁଷାରପାତ ସେଠିକାର ସାଧାରଣ କଥା ।

ପକ୍ଷାନ୍ତରେ ଆମେ ହେଲୁ ଗ୍ରୀଷ୍ମ ପ୍ରଧାନ ଅଞ୍ଚଳର ଲୋକ । ଭାରତ ଉପର ଦେଇ କର୍କଟକ୍ରାନ୍ତି ଯାଇଛି । କର୍କଟକ୍ରାନ୍ତି ତଳର ଲୋକ ହୋଇ ପ୍ରଚଣ୍ଡ ଗରମରେ ରହିସୁଦ୍ଧା ଆମେ ନିଜ ଅକ୍ଷତାର ପରିଚୟ ଦେବାକୁ ଯାଇ ଶୀତ ପ୍ରଧାନ ଦେଶର ବାସିନ୍ଦାଙ୍କ ପରି ଚଳିବାକୁ କୁଣ୍ଠା ପ୍ରକାଶ କରୁନାହାଁନ୍ତି । ଦାଉଦାଉ ଖରାରେ ଛତା ନ ଧରି ମୁଣ୍ଡରେ ପଗଡ଼ି ନ ଭିଡ଼ି କେବଳ ଟୋପି ଦେଇ ଦୂରସ୍ଥାନକୁ ଯାତ୍ରା କରୁଛନ୍ତି । ପ୍ରବଳ ଗରମ ସତ୍ତ୍ୱେ ପୂରାପ୍ୟାଣ୍ଟ, ପୂରାହାତ ଚିପାଜାମା, ମୋଜା ଓ ବୁଟ ପିନ୍ଧୁଛନ୍ତି । ବୈଶାଖ୍ୟ, ଜ୍ୟେଷ୍ଠ ମାସରେ ହାତ ଓଦା ନ କରିବା ଲାଗି ଚାମଚରେ ଖାଉଛନ୍ତି । ପରଗୋଡ଼ାଣିଆ ନୀତି ଧରି ନିଜର ପ୍ରାକୃତିକ ପରିବେଶ ପ୍ରତି ଦୃଷ୍ଟି ନ ଦେଇ ପରିସ୍ଥିତି ଉପରେ ନଜର ନ ରଖି ନିଜର ତ୍ରୁଟି ବିଚ୍ୟୁତି ପ୍ରତି ସତର୍କତା ଅବଲମ୍ବନ ନ କରି ଅନ୍ୟର ଚଳଣିକୁ ଅନ୍ଧଭାବେ ଅନୁକରଣ କରି ନିଜ ନିର୍ବୋଧତାର ପ୍ରକାଶ ଦ୍ୱାରା ଆମେ ଲଜ୍ଜିତ ହେବା ପରିବର୍ତ୍ତେ ଗର୍ବ ଅନୁଭବ କରୁଛନ୍ତି । ନିଜକୁ ଗୌରବାନ୍ୱିତ ମନେ କରୁଛନ୍ତି । "ମାଥେ କାପଡ, ପାୟେ ତେଲ, ବଢଦ ସାଥେ ହୋଇବ ଗେଲ" ନୀତି ବାଣୀକୁ ଆମେ ଭୁଲି ଗଲୁଣି । ମଥାରେ ପଗଡ଼ି ବଦଳରେ ଟୋପି, ମୁଣ୍ଡରେ ଟାହିଆ ନବାନ୍ଧି ବେକରେ ଟାଇ ଭିଡ଼ିଲୁଣି । ଆଉ ପ୍ରେଜେଣ୍ଟେସନ ନାମରେ ଆମେ ଭୋଜନକର ଆଦାୟ କରୁଛୁ । ଏହା ବି ଇଷ୍ଟ-ଇଣ୍ଡିଆ କମ୍ପାନୀର ବେପାର ମନୋବୃତ୍ତିରୁ ଆମଦାନୀ ହୋଇଛି । କାରଣ ଯେଉଁମାନେ ଭୋଜି ଖାଇବାକୁ ଆସିବେ

ସେମାନେ ହାତରେ କିଛି ଗୋଟେ ଭେଟି ଧରି ନିଶ୍ଚୟ ଆସିବେ । ଇୟେ ଏକ ସମ୍ମାନଜନକ ଭିକ୍ଷା, ମାଗଣ ଓ ଦାନ । କଥା ତ ଅଛି 'ଉପଦେଶାହି ମୂର୍ଖାଣାଂ ପ୍ରକୋପାୟ ନ ଶାନ୍ତୟେ' । ଆମ ମୂର୍ଖାମିର ଯେ ଏକ ନମୁନା, ଆମ ମୂର୍ଖତା ଓ ଅଜ୍ଞତା ଆମ ସଂସ୍କାର, ପରମ୍ପରା, ସଂସ୍କୃତି, ପ୍ରଥା ଓ ପ୍ରବସ୍ଥା ଆଦିକୁ କେମିତି ବିକୃତ, ବିଭସ୍ତ ଓ ଅବାନ୍ତର କରୁଛି ଇୟେ ତା'ର ଏକ ଉଦାହରଣ ।

ଆଧୁନିକ ଶିକ୍ଷା, ସଭ୍ୟତା ନାମରେ ଆମର ପାରମ୍ପରିକ ସାମାଜିକ ବିଧ୍ୱବ୍ୟବସ୍ଥାକୁ ମଧ ଭୁଲିଯିବାକୁ ବସିଲୁଣି । ପ୍ରତ୍ୟେକ ସଭ୍ୟ ମଣିଷ ତା'ର ମାଆ, ମାଟି, ମାତୃଭାଷାକୁ ନେଇ ଗର୍ବ ଅନୁଭବ କରିଥାଏ । ମାତୃଗର୍ଭରୁ ଜନ୍ମ ହୋଇ ମାଆ ମାଟିର ପାଣି, ପବନରେ ପରିପାଳିତ ହୋଇ ମାତୃଭାଷା କଣ୍ଠସ୍ଥ କରି ଜଣେ ନିଜର ପରିଚୟ ସୃଷ୍ଟି କରିଥାଏ । ଅଥଚ ଆଜି ବଡ଼ ବିଡ଼ମ୍ବନାର କଥା ଯେ ଆମେ ଆଧୁନିକ ଶିକ୍ଷା ସଭ୍ୟତାର ଆକର୍ଷଣରେ ନିଜ ଜନ୍ମଦାତ୍ରୀ ମାଆର ସ୍ନେହ, ଆଦର, ମମତାକୁ ଅଣଦେଖା କରୁଛୁ । ମାତୃଭୂମିରେ ନିଜର ଦକ୍ଷତା ପ୍ରତିପାଦନ କରିବା ଅପେକ୍ଷା ଅର୍ଥ ଲୋଭରେ ବିଦେଶରେ ରହିବାକୁ ପସନ୍ଦ କରୁଛୁ ଏବଂ ସର୍ବୋପରି ମାତୃଭାଷାକୁ ଭୁଲି ଅନ୍ୟଭାଷାକୁ ପ୍ରାଧାନ୍ୟ ଦେଉଛୁ । ଏ ପ୍ରକାର ମାନସିକତାକୁ ଆମେ ସମ୍ଭ୍ରାନ୍ତପଣର ଅନ୍ଧାନୁକରଣ କହିଲେ ବୋଧେ ଭୁଲ ହେବ ନାହିଁ ।

ଗ୍ରୀସ୍ ଦେଶର ଗାଁ ଗୁଡ଼ିକର ଅତି ପୁରାତନ ଗଛ, ଝରଣା, ମନ୍ଦିରଗୁଡ଼ିକ ଦେଶଭକ୍ତ ବୀର ଓ ସହିଦମାନଙ୍କ ନାମରେ ନାମିତ ହୋଇଥିଲା । ଜାତୀୟତାର ଆବେଗ ଏକ ବଳିଷ୍ଠ ଶକ୍ତି ରୂପେ କାର୍ଯ୍ୟ କରିଥାଏ ସତ, ତେବେ ଯେତେ ଶକ୍ତିଶାଳୀ ହେଲେ ବି କୌଣସି ଦେଶରେ, ଦେଶ ବାହାରୁ ଆମଦାନୀ ହୋଇଥିବା ଧାରଣା ବା ଆଦର୍ଶକୁ ଜାତୀୟତାର ରଙ୍ଗ ଦିଆଗଲେ ତାହା କେବେ ହେଲେ ଜାତୀୟ ଆଶା ଆକାଂକ୍ଷାକୁ ପୂରଣ କରିନଥାଏ କିମ୍ବା ଦେଶର ବିକାଶକୁ ମାର୍ଗଦର୍ଶନ ଦେଇନଥାଏ । ନିଜ ଦେଶର ଜାତୀୟତା ହିଁ ଲୋକଙ୍କ ରକ୍ତରେ ଆଣି ଦେଇଥାଏ ଜାତୀୟତାଭାବ ।

ଓଡ଼ିଆଙ୍କ ଢଙ୍ଗରେ ସାହେବୀ ପଣିଆ । ଓଡ଼ିଆ ଖାଦ୍ୟ, ଶାଗ, ପଖାଳ ଛାଡ଼ି ଇଂରେଜମାନଙ୍କ ଖାଦ୍ୟକୁ ସାହେବୀ ବାଗରେ ଖାଉଛନ୍ତି । ସାହେବୀ ଢଙ୍ଗରେ ଚଲୁଛନ୍ତି । ସାହେବୀ ଛାନ୍ଦରେ ଡାକୁଛନ୍ତି । ଡାଡି, ମମି, ଅଙ୍କଲ, ଆଣ୍ଟି । ତେଣିକି ତା'ର ଅର୍ଥ ଯାହା ହୋଇଥାଉ ଓ ଯେପରି ବୁଝାଉ ପଛେ । ଡାଡିର ଅର୍ଥ ମୃତ ଓ ମମିର ମାନେ ସଂରକ୍ଷିତ ଶବ । ଆଉ ସେଦିନର ବୋଉଙ୍କଠାରୁ ମିଳୁଥିବା ସ୍ନେହ, ଶ୍ରଦ୍ଧା, ଆନ୍ତରିକତା, ଏବେର ମମିମାନଙ୍କ ପାଖରେ ତାହା ନାହିଁ । ସେସବୁ ମାନବୀକ ଗୁଣ ଫିକା ପଡ଼ିଗଲାଣି । ବୋଉ ହେଲା ଗୋଟିଏ ଅସରା କାହାଣୀ ଆଉ ମମି ଗୋଟିଏ ଅଙ୍କିତ ଅଙ୍କ । ବୋଉର କାହାଣୀ ଯେତେ କହିଲେ ମୋତେ ସରିବନି । ମମିର ଗଣିତକୁ ଯେତେ କଷୁଥିବ ସମସ୍ୟା ଛିଡ଼ିବନି ବରଂ ବଢ଼ିବଢ଼ି ଚାଲିଥିବ । ବୋଉର ଉଦାରତା ଯେତିକି ମମିର ଉଦାସୀନତା ସେତିକି । ବୋଉ ସବୁବେଳେ ମଥାରେ ଓଢ଼ଣା ଦେଇ ଘରେ ରହେ । ମମିମାନେ ମୁଣ୍ଡରୁ ଲୁଗା (କାଢ଼ି) ଖୋଲି ବାହାରେ ବହୁତ ସମୟ ବିତାଇବାକୁ ଓ ଘରେ ଖୁବ୍ କମ୍ ସମୟ ରହିବାକୁ ପସନ୍ଦ କରନ୍ତି । ଯଦି ବାହାରକୁ ଯିବାକୁ ସୁବିଧା ନ ମିଳେ ତେବେ ଝଗଡ଼ା କରନ୍ତି । ବୋଉ ନିଜେ ପିଠାପଣା କରି ନିଜ ହାତରନ୍ଧା ସମସ୍ତଙ୍କୁ ଖୁଆଏ । ମମିମାନେ ବଜାରରୁ କିଣି ଖାଇବାକୁ ଭଲ ପାଆନ୍ତି । ମମିମାନେ ଦୋକାନ ଜଲଖିଆ ଓ ଥଣ୍ଡା ପାନୀୟରେ କାମ ଚଲାଇ ଦିଅନ୍ତି । ବୋଉ ହାତ ତିଆରି ବିରିଚକୁଳି ଓ ପିଠାପଣାର ମହକ ମମିଙ୍କ ବଜାର କିଣା କେକ୍‌ରେ ନଥାଏ ।

ବୋଉ ଘରର ମୁରବି ମାନଙ୍କ ସେବା କରେ । ମମି ସେମିତି କରିବାକୁ ନାପସନ୍ଦ କରିଥାଆନ୍ତି ଓ ନିଜେ ସଜେଇ ହେବାକୁ ବହୁତ ଭଲ ପାଆନ୍ତି । ଘରକୁ ବନ୍ଧୁ ବାନ୍ଧବ ବା ଅତିଥିମାନେ ଆସିଲେ ବୋଉ ନିଜେ ରାନ୍ଧି ସେମାନଙ୍କୁ ପରସୁଥାଏ । ଖାଇ ବସିଲା ବେଳେ ବୋଉ ପାଖରେ ବସି ବିଞ୍ଚିଦିଏ ଓ ବଲେଇ ବଲେଇ ଖୁଆଏ । ଖାଇସାରିଲେ ବୋଉ ଅଇଁଠା ବାସନ ଉଠାଇ ନିଏ । ମମିମାନେ ଟିଭି ପାଖରେ ବସି ଖାଇବା ଜିନିଷ ରୋଷେଇ ଘରୁ ନେଇ ଆସ ବୋଲି

କହିଥାଆନ୍ତି । ପଛରେ ମାଗିଲେ ମମି ବିରକ୍ତ ହୁଅନ୍ତି ଏବଂ ଖାଇସାରିଲେ ଅଇଁଠା ବାସନ ଉଠାଇନେଇ ଟିଉଲ ପାଖରେ ରଖିଦେବାକୁ ବରାଦ କରନ୍ତି କିମ୍ବା ପୂଜାରୀ ଖାଇବାକୁ ଦେଇଥାଏ । ଦେହ, ପା' ଖରାପ ହେଲ ବୋଉ ପାଖଛାଡ଼ି ଯାଏନା, ପାଖରେ ବସି ସବୁବେଳେ ଦେହ ହାତ ଘଷିମୋଡ଼ି ଦିଏ । ସେତେବେଳେ କେହି କିଛି କହିଲେ ସେମାନଙ୍କ ଉପରକୁ ବିରକ୍ତ ହୁଏ । ଆଉ ତାଗିଦ କରିଥାଏ– ତା' ଦେହ ଭଲ ନାହିଁ, ତାକୁ କେହି କିଛି କୁହନି । ସ୍କୁଲରୁ ଫେରିଲେ ବୋଉ ପେଟ ଅଣ୍ଟାଲେ କିନ୍ତୁ ମମିମାନେ ଆଗ ପାଠର ହିସାବ ନିଅନ୍ତି, ଦେହ ଖରାପ ହେଲେ ମମିମାନେ ବିରକ୍ତ ହୁଅନ୍ତି ଓ ଘରର ଚାକର ଉପରେ ଦାୟିତ୍ୱ ଦେଇ ନିଜେ ବାହାରେ ଫିଲ୍ମ ଦେଖନ୍ତି । ପାର୍କରେ ବୁଲନ୍ତି, ପାଟ଼ି କିମ୍ବା କ୍ଲବରେ ଯୋଗ ଦିଅନ୍ତି । ବୋଉ ଡେରିରେ ଶୁଏ ଓ ବେଳ୍ସୁ ଉଠେ । ମମିମାନେ ଖରା ନ ପଡ଼ିବା ଯାଏ ବିଛଣା ଛାଡ଼ନ୍ତି ନାହିଁ ।

ବୋଉ ଆଖିରେ ଦୟା, ମମତା, ଓ କରୁଣା ଭରି ରହିଥିଲା ବେଳେ ମମିମାନଙ୍କ ଆଖିରେ ରହିଥାଏ ପ୍ରତିଯୋଗିତା, ପ୍ରତିହିଂସା ଓ ମେଞ୍ଜାଏ ପାଇବାର ଲାଳସା । ବୋଉ ସବୁବେଳେ ଘର କାମରେ ବ୍ୟସ୍ତଥାଏ ଓ ତା'ର ଅଧିକାଂଶ ସମୟ ରୋଷେଇ ଘରେ କଟେ । କିନ୍ତୁ ମମିମାନଙ୍କୁ ସାହାଯ୍ୟ ନ କଲେ ଘରେ ଉପବାସ ରହିବାକୁ ପଡ଼େ । କେବେ ନିଦ ବାଉଳାରେ ବିଛଣାରେ ମୁତି ଦେଲେ ବୋଉ ଓଦାରେ ଶୋଇ ଆମକୁ ଶୁଖିଲାରେ ଶୁଆଇ ପକାଏ । ସକାଳେ ଖରାରେ ଓଦା ବିଛଣା ଶୁଖାଇ ଥାଏ । ମମିମାନେ କିନ୍ତୁ ସେପରି କରିନଥାଆନ୍ତି କିମ୍ବା ସେ କାମ କରିବାକୁ ସେମାନଙ୍କର ସମୟ ନଥାଏ । ବୋଉମାନେ ପିଲାଙ୍କୁ କୋଳରେ ବସାଇ ଗେଲ କରନ୍ତି କିନ୍ତୁ ମମିମାନେ ପୋଷ କୁକୁରକୁ କୋଳରେ ବସାଇ ଗେଲ କରିବାକୁ ଖୁବ୍ ଭଲ ପାଆନ୍ତି । ବାହାରକୁ ଗଲେ ବୋଉ ଆମର ଫେରିଲା ବାଟକୁ ଅନାଇଁ ଥାଏ ଓ ଆମେ ଭଲରେ ଫେରୁ ବୋଲି ଠାକୁରଙ୍କୁ ଡାକୁଥାଏ । କିନ୍ତୁ ମମିମାନେ ଚାହାଁନ୍ତି ଆମମାନଙ୍କର ଯେପରି ଘରକୁ ଫେରିବା ଡେରି ହେଉ । ବୋଉମାନେ ବାପାଙ୍କ ବ୍ୟତୀତ ଅନ୍ୟ କାହା ସାଙ୍ଗରେ ବାହାରକୁ ଯିବାକୁ, ଯାନି– ଯାତରା ଦେଖିବାକୁ ଆଦୌ ଯାଇ ନ ଥାଆନ୍ତି । କିନ୍ତୁ ମମିମାନେ ପରପୁରୁଷ ସହିତ ବାହାରେ ବୁଲିବାକୁ ଅଧିକ ପସନ୍ଦ କରିଥାନ୍ତି ।

ଏବେକାର ମମିମାନେ ଗର୍ଭ ବେଦନା ବହନ କରିବାକୁ ଓ ପ୍ରସବକାଳୀନ ଯନ୍ତ୍ରଣା ଭୋଗିବାକୁ ନାରାଜ । ବକ୍ଷରୁ କ୍ଷୀର ପାନ ଦେବାକୁ (କରାଇବାକୁ) ସେମାନେ ଅମଙ୍ଗ । ସେ ସକାଶେ ଡବାକ୍ଷୀର ଅଭ୍ୟାସ କରାଇଛନ୍ତି । ପିଲାର ଅଳି ଅର୍ଦଳି ସହିବାକୁ ଅନିଚ୍ଛୁକ । ପିଲାର ଯନ୍ ନେବାକୁ ଆୟା ରଖିଛନ୍ତି । ଘରର ଯାବତୀୟ କାମ ପାଇଁ ଚାକରାଣୀ ରଖିଛନ୍ତି । ପିଲାକୁ ତେଲ ହଳଦୀ ଲଗାଇ ଦେବା, କାଖେଇବାଠାରୁ ଆରମ୍ଭ କରି ସ୍କୁଲରେ ଛାଡ଼ିବା ପର୍ଯ୍ୟନ୍ତ ସବୁ ଦାଇତ୍ୱ ଆୟା ଉପରେ ନ୍ୟସ୍ତ । ମମି ପାଖରେ କିଛି ମୁହୂର୍ତ ବି କଟାଇବା ପାଇଁ ସମୟ ପାଆନ୍ତି ନାହିଁ ଏ ବେକାର ପିଲାମାନେ । ଏବେ ଯନ୍ତ ଦୁନିଆରେ ପେଷି ହୋଇଥିବା ମମିମାନଙ୍କ ପାଖେ ସମୟ ନାହିଁ ଆପଣାର ପିଲାଙ୍କୁ ଟିକେ ଗେଲ କରିବାକୁ । ଫଳରେ ପିଲା ମା'ର ସ୍ନେହ ଶ୍ରଦ୍ଧା ପାଇବାରୁ ବଞ୍ଚିତ ହେଉଛି । ଲକ୍ଷ ଲକ୍ଷ ଟଙ୍କା ଦେଇ ପ୍ଲେ ସ୍କୁଲରେ ଛାଡୁଛନ୍ତି କେବଳ ପାଶ୍ଚାତ୍ୟ ସଭ୍ୟତାକୁ ଅନୁକରଣ କରି । ମମିକୁ ପିଲାର ଜନ୍ମ ତାରିଖ, ସମୟ, ମାସ ଓ ବାର ବି ଜଣାନଥାଏ । ରାଶି (ଜନ୍ମକୁଣ୍ଡଳି) ଆଉ ପ୍ରିୟ ଖାଦ୍ୟ ତ ଦୂରର କଥା । କେବେ ଯଦି ପିଲା ଅଝଟ କଲା ତାକୁ ଡରାଇ ଧମକାଇ ତା'ର କୋମଳ ମାନସିକତାକୁ ଆଘାତ କରାଯାଏ ।

ଆଉ ବାପାମାନେ ଆମେ ଅଝଟ କଲେ ଆମକୁ କାଖରେ କାଖ କରି କାନ୍ଧରେ ବସାଇ ଚାଦୁକରି ଆକାଶର ଚାନ୍ଦ ଦେଖାଇ, ପିଠିରେ ନାଉକରି ଦାଣ୍ଡ ଓ ଖଲା ବାଡ଼ିରେ ବୁଲାଇ ବୋଧ କରି ମନଭୁଲାଇ ଦେଇଥାଆନ୍ତି । ଡାଡିମାନଙ୍କଠାରୁ ସେପରି ଆଶା କରିବା ସାତ ସପନ । ବାପା ବାଡ଼ି ଗଛର ପାଚିଲା ମିଠାଫଳ ଆମ ପାଇଁ ରଖି ନିଜେ ଆମ୍ବିଲା ଓ ଖଟିଆ ଫଳ ଖାଇ ଥାଆନ୍ତି । ବଜାର ହାଟକୁ ଗଲେ ବାପାମାନେ ନିଜେ ଜଳଖିଆ ନ ଖାଇ ଆମ ପାଇଁ ଘରକୁ ସେଥରୁ ଆଣିଥାଆନ୍ତି । କିନ୍ତୁ ଡାଡିମାନେ ଆଗ ନିଜେ ଜଳଖିଆ କରି ଘରକୁ ଫେରି ସଫେଇ ଦିଅନ୍ତି

ପିଲାମାନଙ୍କ ଲାଗି କିଛି ଆଣିବାକୁ ଇଚ୍ଛାଥିଲା ମାତ୍ର ପଇସା ସରିଯିବାରୁ ଆଣି ହେଲାନି । ବାପାମାନେ ଆମକୁ ଯାନି ଯାତରା ଦେଖାଇବା ପାଇଁ ସାଙ୍ଗରେ ନିଅନ୍ତି ହେଲେ ଡାଡିମାନେ ତାଙ୍କ ମହିଳା (ଯୁବତୀ) ବାନ୍ଧବୀଙ୍କ ସହିତ ଯାତ୍ରା ବୁଲି ଦେଖ୍ବାକୁ ଅଧିକ ପସନ କରିଥାଆନ୍ତି । ପ୍ରଥମେ ନୂଆ ବସ୍ତ୍ରଟିଏ ନିଜେ ବ୍ୟବହାର କରିବା ପୂର୍ବରୁ ଆମକୁ ଆଗ ପିନ୍ଧାଇ ଥାଆନ୍ତି । କିନ୍ତୁ ଡାଡିମାନେ ସେମାନଙ୍କ ପୋଷାକ ଆମମାନଙ୍କ ନିକଟରୁ ଦୂରେଇ ରଖ୍ଥାଆନ୍ତି କାଲେ ପୋଷାକର ଇଷ୍ଟିଭାଙ୍ଗି ଅଡ଼ୁଆ ହୋଇଯିବ ବୋଲି । ବାପାମାନେ ଆମ ହାତ ଧରି ପ୍ରଥମେ ସ୍କୁଲକୁ ନେଇ ଶିକ୍ଷକଙ୍କ ସହିତ ପରିଚିତ କରାଇଥାଆନ୍ତି । ଆମେ କିପରି ଭଲ ପଢ଼ିବୁ ସେଥ୍ପାଇଁ ଅନେକ ଥର ଶିକ୍ଷକଙ୍କ ନିକଟରେ କାକୁତି ମିନତି ହୋଇ ଗୁହାରି କରିଥାଆନ୍ତି । କିନ୍ତୁ ଡାଡିମାନେ ଚାକର ହାତରେ ପିଲାଙ୍କୁ ସ୍କୁଲକୁ ପଠାଇ ଦେଇ ନିଜ ଧନ୍ଦାରେ ବ୍ୟସ୍ତ ଥାଆନ୍ତି ଓ ପିଲାକୁ ମଧ୍ୟ ଛୁଟି ପରେ ସେହି ଚାକରମାନେ ଘରକୁ ଆଣନ୍ତି । ରୋଗ ବଇରାଗ ହେଲେ ବାପା କାନ୍ଧରେ ବସାଇ କାଖ କରି ଆମକୁ ଡାକ୍ତରଙ୍କ ପାଖକୁ ନେଉଥିଲା ବେଲେ ଡାଡିମାନ ଚାକରମାନଙ୍କ ହାତରେ ଡାକ୍ତରଙ୍କ ପାଖକୁ ଚିଠିଟିଏ ଲେଖ୍ ପିଲାକୁ ପଠାଇ ଦେଇ ତାଙ୍କ କାମରେ ବାହାରି ଯାଇଥାଆନ୍ତି । କାରଣ ପିଲାମାନଙ୍କ କଥା ବୁଝିବାକୁ କିମ୍ୱା ସେମାନଙ୍କ ଲାଗି ସମୟ ଦେବାକୁ ତାଙ୍କୁ ଫୁରସତ୍ ନ ଥାଏ ।

କେବେ ସିନା ମାମୁ-ମାଇଁ, ଦାଦା-ଖୁଡ଼ୀ, ପିଉସା-ପିଉସୀ, ମଉସା-ମାଉସୀ ପିଲାମାନଙ୍କ ପାଇଁ, ସମ୍ପର୍କୀୟମାନଙ୍କ ଲାଗି ଚିନ୍ତିତ ଥିଲେ କିମ୍ୱା ସେମାନଙ୍କ ଭଲ ମନ୍ଦ କଥା ବୁଝୁଥିଲେ ଅଥବା ସେମାନଙ୍କ ବିପଦ ଆପଦରେ ସେମାନଙ୍କ ପାଖରେ ଆସି ଠିଆ ହେଉଥିଲେ, ସାହାଯ୍ୟ କରୁଥିଲେ, ସହାନୁଭୂତି ଦେଖାଉଥିଲେ, ଆଶ୍ୱାସନା ଦେଉଥିଲେ, ସମବେଦନା ଜ୍ଞାପନ କରୁଥିଲେ, ପ୍ରବୋଧ ପୂର୍ଣ୍ଣ କଥା କହୁଥିଲେ, ଆନ୍ତରିକତା ପ୍ରଦର୍ଶନ କରୁଥିଲେ, ସହଯୋଗ ଦେଉଥିଲେ। ବର୍ତ୍ତମାନ କିନ୍ତୁ ଅଙ୍କଲ ଓ ଆଣ୍ଟିମାନେ ଏତେ ମାତ୍ରାରେ ସ୍ୱାର୍ଥପର, ବ୍ୟକ୍ତିକେନ୍ଦ୍ରିକ ହୋଇ ଯାଇଛନ୍ତି ଯେ ସେମାନଙ୍କ କଥା ନ କହିବା ବରଂ ଭଲ ।

ଚାରୋଟି ଅର୍ଥ ବୁଝାଉଥିବା ଗୋଟିଏ ଶବ୍ଦ ହେଲା 'ଅଙ୍କଲ' ଫୋର ଇନ୍ ୱାନ- ଦାଦା, ମାମୁ, ପିଉସା, ମଉସାର ମିଶ୍ରଣ ଶବ୍ଦ। ସେହିପରି ଆଣ୍ଟି- ମାଇଁ, ଖୁଡ଼ୀ, ପିଉସୀ ଓ ମାଉସୀ ଚାରୋଟି ବୋଧର୍ଥକ ସମ୍ବୋଧନ। ଏହି ଚାରିଜଣ ଗୋଟିଏ ସ୍ଥାନରେ ଥିଲେ ଡାକୁଥିବା ବ୍ୟକ୍ତିଟି ପ୍ରକୃତରେ କାହାକୁ ସମ୍ବୋଧନ କରୁଛି କିଛି ବୁଝାପଡ଼େ ନାହିଁ। କିନ୍ତୁ ଡକାଯାଏ ଓଡ଼ିଆ ଘର ଡାକ- ଅପା, ନାନୀ, ଦେଇ ସମ୍ବୋଧନ କୁଆଡ଼େ ଗଲାଣି ଯାହା ପ୍ରଚଳନ ଥିଲା ମୂଲରୁ। ଏବେ ତାହା ଆଉ ଚଲୁନି। ବାହାରିଲା ନୂଆଡ଼ାକ।

ଆମେମାନେ ନିଜ ବୈଦିକ ସଂସ୍କୃତିକୁ ଭୁଲି ଅପସଂସ୍କୃତିକୁ ଆପଣେଇଲୁ। ନିଜ ପରମ୍ପରାକୁ ପାସୋରି ଦେଇ ଆଦରି ନେଲୁ ଅନ୍ୟର ଚଳଣି, ଆଦବ କାଇଦା, ଠାଣି ମାଣି, ଫେସନ ଚାହାଣି। ବୈଦିକ ଯୁଗର ପୁରାଣ କାଲର ବେଦ ଉପନିଷଦ ସମୟର, ପ୍ରାଗ ଐତିହାସିକ ବେଲର ସଂସ୍କୃତି, ଚଳଣି ପରମ୍ପରା ଲୋପ ପାଇଲା। ଆମେ ହେଲୁ ଦେଶୀ ସାହେବ- ବିଦେଶୀଙ୍କ ପୋଷାକ ପିନ୍ଧି, ଓଡ଼ିଆ ବାହାରିଲେ ସାହେବୀ ଢଙ୍ଗରେ। ଓଡ଼ିଆଣୀଙ୍କ ଦେହରେ ମେମ ସାହେବାଣୀଙ୍କ ପୋଷାକ। ପ୍ରାଚ୍ୟ-ପାଶ୍ଚାତ୍ୟର କି ଅପୂର୍ବ ମିଳନ। ସଂଯୋଗର କି ସୁନ୍ଦର ନମୁନା। ସମନ୍ୱୟ ଦୁଇଟି ଜାତି (ସମ୍ପ୍ରଦାୟ) ମିଶ୍ରଣର, ଭେଜାଲ, ବର୍ଣ୍ଣଶଙ୍କର।

ଭୋଗବାଦର ସଫଳତା ବହନ କରୁଥିବା ଜଗତୀକରଣ, ହଜାର ହଜାର ବର୍ଷର ମାତୃକୈନ୍ଦ୍ରିକ ଭାରତୀୟ ସାଂସ୍କୃତିକ ଚେତନାକୁ ନିସ୍ତବ୍ଧ କରିଦେଇଛି। ଜଗତୀକରଣ ଅବଧାରିତ ଧାର୍ଯ୍ୟ ସୁଅ ମୁହଁରେ ପତର ହୋଇ "ସ୍ୱଧର୍ମେ ନିଧନମ ଶ୍ରେୟଃ- ପର ଧର୍ମୋ ଭୟାବହଃ" ପ୍ରାସଙ୍ଗିକତା ହରାଇଛି। ଭାରତୀୟତା କୁହାଟ ଛାଡୁଛି। ମାତ୍ର ପାଶ୍ଚାତ୍ୟ କାବୁ କରି ଚାଲିଛି। ୟୁରୋପଯୋଗୀ ହେବା ଓ ନିଜର ଭେକ ଦେଖାକୁ ସ୍ୱାଗତ। କିନ୍ତୁ ବିପରୀତ ଆଚରଣରୁ ମନଃଶୁଦ୍ଧତା

ହରାଇଲେ, ନିଜର ଅସ୍ତିତ୍ୱ ଯେ ହରାଇବାକୁ ପଡ଼େ ତାହା ଦେଖାଦେଇଛି। ନିଜର ମହନୀୟତା ବଳରେ ଅନ୍ୟକୁ ଆକର୍ଷିତ କରିବା ଛାଡ଼ି ଆମେ ଅନ୍ୟର ମାଗି ଆଣିଥିବା ସଂସ୍କୃତିକୁ ବଡ଼ ମନେ କରୁଛୁ। ସରଳତାରେ ସୌନ୍ଦର୍ଯ୍ୟ ଛପିଥାଏ। ଦେଖାଣିଆ ପ୍ରବୃତ୍ତି ଭାରତୀୟ ସଂସ୍କୃତିର ପରିପନ୍ଥୀ, ଅନ୍ତରର ସୌନ୍ଦର୍ଯ୍ୟ ସ୍ୱତଃ ଅପରକୁ ପ୍ରଭାବିତ କରେ। ପାଶ୍ଚାତ୍ୟ ସଂସ୍କୃତିରେ ଭୋଗବାଦର କୁପରିଣତି ଆଜି ସମଗ୍ର ବିଶ୍ୱ ଅନୁଭବ କରୁଛି। ଅପସଂସ୍କୃତି, କୁଶିକ୍ଷାରୁ ବ୍ୟଭିଚାର, ଦୁଃସାଧ୍ୟ ରୋଗବ୍ୟାଧି ଓ ଅଶାନ୍ତି ବ୍ୟାପି ଚାଲିଛି। ଅତିଷ୍ଠ ପାଶ୍ଚାତ୍ୟ ଅଧିବାସୀ ପ୍ରାଚ୍ୟ ଅଭିମୁଖୀ ହୋଇ ଶାନ୍ତି ଖୋଜୁଥିବା ବେଳେ ଆମେ ଆମ ପ୍ରାଚୀନ ମୁନିରଷିଙ୍କ ମହାନ ବାଣୀକୁ ଭୁଲିଯାଉଛୁ।

ସାଧାରଣ ମନୁଷ୍ୟ ପୋଷାକୀ ସଭ୍ୟତାରେ ବିଶ୍ୱାସ କରେ। ସଭ୍ୟତାର ସାଜରେ ଚାକଚକ୍ୟ ଥାଏ। ଏହି ଆଖି ଝଲସା ପୋଷାକୀ ସଭ୍ୟତା ଦୃଷ୍ଟିରେ ମାୟାଞ୍ଜନ ଲଗାଇଦିଏ। ଦିନେ କୁରୁକ୍ଷେତ୍ର ସମରପରେ ଜ୍ୟେଷ୍ଠ ପାଣ୍ଡବ ଯୁଧିଷ୍ଠିର ଭୋଗ ସର୍ବସ୍ୱ ସିଂହାସନ ପ୍ରତି ବିମୁଖ ଓ ବୀତସ୍ପୃହ ହୋଇପଡ଼ିଲେ। ତାଙ୍କୁ ଅନୁସରଣ କରିଥିଲେ ଅନ୍ୟ ଚାରି ପାଣ୍ଡବ ଭ୍ରାତା ଓ ଧର୍ମପତ୍ନୀ ଦ୍ରୋପଦୀ। ଯୁଧିଷ୍ଠିର କାଳର ସର୍ବସଂହାରୀ ବ୍ୟକ୍ତିତ୍ୱ ପ୍ରତି ମଧ୍ୟମ ପାଣ୍ଡବ ଅର୍ଜୁନଙ୍କୁ ପ୍ରସ୍ତାବ ଦେଇଥିଲେ- "ସେ ଆସି ଖୋଜିବା ଆଗୁ ଏବଳର ମାୟା, ତେଜିହେ ବୀରେନ୍ଦ୍ର ଚାଲ ଖୋଜିବା କାଲକୁ।" ଆଜି କାଲ ପ୍ରତି ଏସଭ୍ୟ ସମାଜ ଅଚେତନ। ଜୀବନ ପ୍ରତି ବିପୁଳ ଲୋଭ। ଏ ବିପୁଳତା ଚେତନାକୁ ସୀମିତ କରେ। ଭଗବତ ଗୀତାରେ ବ୍ୟକ୍ତିକୁ ସ୍ଥିତପ୍ରଜ୍ଞ ହେବା ପାଇଁ ଭଗବାନ ଶ୍ରୀକୃଷ୍ଣ ଆହ୍ୱାନ ଦେଇଛନ୍ତି। ଚେତନା ସ୍ଥିତପ୍ରଜ୍ଞ ହେଲେ ଅନ୍ତରେ ଦେବଭାବ ଜାଗ୍ରତ ହୁଏ। ଏହି ଦେବାବତରଣ ସଭ୍ୟତାକୁ ପୋଷାକୀ ସାଜରୁ ମୁକ୍ତ କରି ଉଦ୍ଧରିତ ସ୍ତରକୁ ନେଇଯାଏ। ଆମେ ବର୍ତ୍ତମାନ ଯେଉଁ ସମାଜ ଓ ସଭ୍ୟତାରେ ବାସ କରୁଛୁ ତାହା ବହୁର୍ମୁଖୀ। ତେଣୁ ଆମ ଅନ୍ତର୍ଦୃଷ୍ଟିର ଉନ୍ମୋଚନ ହେବା ଆବଶ୍ୟକ। ଏ ଅନ୍ତର୍ଦୃଷ୍ଟି ବ୍ୟକ୍ତିକୁ ମାନବିକ ଚେତନା ସମୃଦ୍ଧିତ କରେ। ଆମେ ଏକ ପୋଷାକୀ ସାଜର ବଶବର୍ତ୍ତୀ ହୋଇ ଆମର ପ୍ରାଚୀନ ସଂସ୍କୃତିକୁ ଭୁଲି ଯାଉଛୁ। ଆମର ମହାପୁରୁଷଗଣ ଜାତିର ପିତା ମହାତ୍ମା ଗାନ୍ଧୀ ଓ ଉତ୍କଳମଣି ଗୋପବନ୍ଧୁଙ୍କ ଜୀବନଚର୍ଯ୍ୟା ତା'ର ପ୍ରମାଣ କରେ। ସେହିମାନେ ହିଁ ଆମ ସଭ୍ୟତା ଓ ସଂସ୍କୃତିର ଆଦର୍ଶ। ଆଦର୍ଶକୁ ଏକ କିତାବୀ ଭାଷାରେ ପରିଣତ କରି ବାସ୍ତବତାକୁ ଆମେ ବସ୍ତୁକୈନ୍ଦ୍ରିକ କରିସାରିଛୁ। ଆମ ସାହିତ୍ୟର ଚରିତ୍ରମାନେ ଏହି ବସ୍ତୁନିଷ୍ଠ ଭାବନାର ପ୍ରମାଣ। ବସ୍ତୁକୈନ୍ଦ୍ରିକ ଭାବନା ମଣିଷକୁ କ୍ଷଣିକ ସୁଖଦିଏ। ଏ କ୍ଷଣିକ ସୁଖ ଆମମାନଙ୍କୁ କାଳର ବଶବର୍ତ୍ତୀ କରେ। ଏହିକାଳ ଅତ୍ୟନ୍ତ କ୍ରୂର। ସେଥିପାଇଁ କବି ଲେଖିଲେ- "ଅତି କ୍ରୂର କାଳ ବଡ଼ ଅବିଶ୍ୱାସୀ, ହାବୋଡ଼ି ଯିବଟି ଆଚମ୍ୱିତେ ଆସି।" ବ୍ୟକ୍ତିକୁ ଯିଏ ଅନାୟାସରେ କବଳିତ କରେ, ଚେତନକୁ କଳୁଷିତ କରିଥାଏ, ଆମ ପୋଷାକୀ ସଭ୍ୟତା ଅଚିରେ କାଳର କବଳିତ ହୁଏ। ଏଥିରେ କୌଣସି ଦ୍ୱିରୁକ୍ତି ନାହିଁ। ସେଥିପାଇଁ ଏ ପୋଷାକୀ ସଭ୍ୟତାର ନାୟକ ନାୟିକା ଏକାନ୍ତ ନିଃସଙ୍ଗ। ରାଜରାସ୍ତାର ସୀମାହୀନ କୋଲାହଲ ଭିତରେ ମଧ୍ୟ ଏମାନେ ନିଃସଙ୍ଗତାର ଗ୍ରସ୍ତ।

ଅନ୍ତର୍ମୁଖୀ ଅସ୍ଥିରତା ହିଁ ଆଜିର ବ୍ୟକ୍ତି ମାନସର ଭାବନା। ଏଭାବନା ପୋଷାକୀ ସଭ୍ୟତାର ଲକ୍ଷଣ। ଏଥୁରୁ ଏ ଜୀବନ ଓ ଜଗତର ପରିତ୍ରାଣ ନାହିଁ। ଆମର ଚିନ୍ତାର ଇଲାକା ମଧ୍ୟ ଭିନ୍ନ। ପ୍ରକୃତି ପ୍ରତି ସମ୍ବେଦନା ଅର୍ଥହୀନ, ଜାତୀୟତା ବୋଧ ଖଣ୍ଡିତ, ବ୍ୟକ୍ତି ସ୍ୱାର୍ଥ ମଣ୍ଡିତ। ତେଣୁ ପଲ୍ଲୀଭିତ୍ତିକ ଭାରତବର୍ଷର ଗୋଷ୍ଠୀଗତ ଜୀବନ ଅସ୍ତମିତ, ମାନବିକ ମୂଲ୍ୟବୋଧ ତିରୋହିତ। ଆମ୍ସ୍ୱାର୍ଥର ଭୂମିର ଓ ଜର୍ଜରିତ ବ୍ୟକ୍ତିର ଅନ୍ତରାତ୍ମା। ଦୁଇ ଦୁଇଟି ବିଶ୍ୱଯୁଦ୍ଧ ସଭ୍ୟତାର ମେରୁଦଣ୍ଡ ଦୋହଲାଇ ଦେଇଛି। ପାଶ୍ଚାତ୍ୟ ଔପନ୍ୟାସିକ ସଲବେଲୋ ସାମ୍ପ୍ରତିକ ସ୍ୱାର୍ଥ ସର୍ବସ୍ୱ ମଣିଷକୁ, ଡାଙ୍ଗଲିଙ୍ଗମ୍ୟାନରେ ଚରମ ବ୍ୟଙ୍ଗ କରିଛନ୍ତି। ଏହି ସମାଜ ଓ ସଭ୍ୟତା ପତନର ଅତଳ ଗହ୍ୱରରେ ନିମଜ୍ଜିତ। ଉତ୍ଥାନ ପାଇଁ ମୋଟେ ପ୍ରଚେଷ୍ଟା ହେଉନାହିଁ କହିଲେ ଭୁଲ ହେବ। ମାତ୍ର ପରିମାଣ ଦୃଷ୍ଟିରୁ ତାହା ଅତ୍ୟନ୍ତ ନଗଣ୍ୟ। ବ୍ୟକ୍ତିକୁ

ଆମରବେଦ ଓ ଉପନିଷଦରେ ଅମୃତ ସନ୍ତାନ ରୂପେ ଆବାହନ କରାଯାଇଛି। ଅମୃତ ଫଳ ଏ ମାନବ ବିଷାକ୍ତ ବାଷ୍ପରେ ତିଳତଣ୍ଡୁଳିତ। ଆତଙ୍କ, ତ୍ରାସ ଓ ଉଦ୍‌ଜନିତ ଅବମୂଲ୍ୟାୟନ ସୀମାତିରିକ୍ତ। ଆମ୍ଭମାନଙ୍କୁ ସଭ୍ୟତା ଓ ପୋଷାକୀ ସାଜରୁ ମୁକ୍ତ କରିବାକୁ ପଡ଼ିବ। ସେଥିପାଇଁ ପାରସ୍ପରିକ ସୁସମ୍ପର୍କ ଓ ଉଚିତ ବୁଝାମଣା ଆବଶ୍ୟକ। ଆୟେମାନେ ସମୟର ଆହ୍ୱାନକୁ ସ୍ୱୀକାର କରି ମାନବୀୟ ମୂଲ୍ୟବୋଧକୁ ଆବାହନ କରିବା ଆବଶ୍ୟକ। ଆମର ପ୍ରାଚୀନ ସଂସ୍କୃତି ଓ ସଭ୍ୟତାର ପୁନଃରାବର୍ତ୍ତନ ପାଇଁ ସମ୍ମିଳିତ ଉଦ୍ୟମ ଅତ୍ୟନ୍ତ ଜରୁରୀ। ମୃତ୍ୟୁ ମଣିଷ ଜୀବନର ଶେଷ ସତ୍ୟ ହୋଇପାରେ। କିନ୍ତୁ ମୃତ୍ୟୁ ଜୀବନବ୍ୟାପୀ ତାକୁ କବଳିତ ନକରୁ। ଯୁଗ ଯନ୍ତ୍ରଣାରୁ ମୁକ୍ତ ହୋଇ ଆମେ ଆମର ପୋଷାକୀ ସଭ୍ୟତାକୁ ଏକ ଅନ୍ତରଙ୍ଗ ଆତ୍ମୀୟତା ଦେବା ଯାହା ଅମୃତର ପୁତ୍ର ମାନବ ଜାତିକୁ ନୂତନ ଜୀବନ୍ୟାସ ଦେବ। ସେଇ ଜୀବନ୍ୟାସର ଅମୃତ ମାଧୁରିମା ଆମ ସମୟର ପ୍ରମୁଖ ସ୍ୱର ହେଉ।

ଆମକୁ ଏ ପୋଷାକୀ ସଭ୍ୟତାକୁ ପରିତ୍ୟାଗ କରି ଆମର ପ୍ରାଚୀନ ଭାରତବର୍ଷର ତପୋବନ ସଂସ୍କୃତିକୁ ଫେରାଇ ଆଣିବାକୁ ପଡ଼ିବ। ଆମ ତପୋବନ ସଂସ୍କୃତି ତ୍ୟାଗର ଭିତ୍ତି ଉପରେ ପ୍ରତିଷ୍ଠିତ ଥିଲା। ସରଳ ଜୀବନ ଯାପନ ଓ ଉଚ୍ଚ ଚିନ୍ତା ପୋଷଣ କରିବା ଥିଲା ଏହାର ଭିତ୍ତି। କର୍ମଫଳ ଅପେକ୍ଷା କର୍ମର ପରିପାଳକ ଥିଲା ସେ ସଂସ୍କୃତିର ଧ୍ୟେୟ, ଶ୍ରୀମଦ୍ ଭାଗବତ ଗୀତାର ଏହା ମୂଳ ମର୍ମ ଥିଲା। ତ୍ୟାଗର ନିଷ୍ଠା ଏ ସଭ୍ୟତାର ଆଧାର ଥିଲା। ମୁନିରଷିଗଣ ଏଭାବରେ ସମାଜକୁ ଦୀକ୍ଷିତ କରୁଥିଲେ। ଆମର ଉପନିଷଦ-ଶ୍ରେୟ ଓ ପ୍ରେୟ ଭେଦରେ ଦୁଇଟି ସ୍ତର ଧାର ପରି ତୀକ୍ଷଣ। ମାତ୍ର ପ୍ରେୟ ପଥ ଅତ୍ୟନ୍ତ ଲୋଭନୀୟ ଥିଲା। କିନ୍ତୁ ଦୁଃଖ ଓ ପରିତାପର କଥା ଆମେ ସେ ପଥ ପରିତ୍ୟାଗ କରି ଏ ସଭ୍ୟ ବେଶଧାରୀ ପୋଷାକୀ ସଭ୍ୟତାକୁ ଅନୁସରଣ ପୂର୍ବକ ତା ପଛରେ ଅଶନିଃଶ୍ୱାସୀ ହୋଇ ଧାଉଁଥିଲେ ସୁଦ୍ଧା ଏବଂ ତାହା ଦେଖି ଓ ବୁଝିସାରି ମଧ୍ୟ ତଥାପି ଆମ ରାଇଜର ମଣିମା କହୁଛନ୍ତି- ଆମ ସଂସ୍କୃତି ସମ୍ପର୍ଷ ରାଜ୍ୟତା କୁଆଡ଼େ ସମୃଦ୍ଧି ପଥରେ ଦୌଡୁଛି। ହେଲେ ଆମମାନଙ୍କ ଅନୁନ୍ନତ ମଗଜ ଏତେ ସହଜରେ ଏବଂ ସମ୍ପୂର୍ଷ ଭାବରେ ସବୁକଥା ସମ୍ବ ପାରେନା ବୋଲିତ ଆମ ପ୍ରଗତିର ଗାଡ଼ି ଧୀରେ ଧୀରେ ଗଡ଼ୁଥାଏ। କେବେ ବି ଆଗକୁ ଶୀଘ୍ର ମାଡ଼ି ଯାଇ ପାରେନା। ତେବେ ଆମ ରାଜ୍ୟଟା ଯେ ଏବେ ମଧ୍ୟ ସଂସ୍କୃତି ସମ୍ପର୍ଷ ରାଜ୍ୟ ହୋଇ ଆଗପରି ରହିଛି। ଏକଥା ଆମେ ଛାତିରେ ହାତ ବାଡ଼େଇ ଜୋରର ସହିତ କହିପାରିବା ନାହିଁ। ସୃଷ୍ଟିକର୍ତ୍ତାଙ୍କ କୃପା ଓ ପୂର୍ବଜଙ୍କ କାର୍ଯ୍ୟ ଆମ ରାଜ୍ୟରେ ଏପରି ଖୁଦା ଖୁଦି ହୋଇ ରହିଛି ଯେ ଯାବତ ଚନ୍ଦ୍ରାର୍କେ କିଛି ନକରି ବି ଆମ ନେତାମାନେ କହି ପାରିବେ ଯେ ଆମ ରାଜ୍ୟରେ ପୂର୍ବଭଳି ସଂସ୍କୃତି ଅକ୍ଷୁଧନ୍ନ ରହିଛି। କେବଳ ଏ ସବୁର ପ୍ରସାର ପାଇଁ ଗ୍ରାମ, ସହର ଓ ନଗରାଦିରେ ମେଳା, ମଉଛବ କରି ଭାଷଣରେ ମଞ୍ଚ ଦୁଲ୍ଲକାଇ ଦେଲେ ସଂସ୍କୃତି ମାତ୍‌କରି ମାତବରିଆ ହୋଇଯିବ। ଆମର ଜୀବନ ଜୀବିକା- ଆମ କୃଷି, ପଶୁପାଳନ, କୁଟୀରଶିଳ୍ପ, ପ୍ରାକୃତିକ ସମ୍ପଦ, ଖଣିଖାଦାନ, ମାନବ ସମ୍ବଳ ସବୁ ଆଜି ଅବକ୍ଷୟ ମୁଖୀ। ଆମ ଦେଶର ୭୦ ପ୍ରତିଶତ ଲୋକ ଗ୍ରାମବାସୀ, ୬୦ ପ୍ରତିଶତ ଲୋକ କୃଷକ। ଏକ ଚତୁର୍ଥାଂଶରୁ ଅଧିକ ଲୋକ ଏବେ ବି ସର୍ବନିମ୍ନ ମୌଲିକ ଆବଶ୍ୟକତାରୁ ବଞ୍ଚିତ। ଏଠି ଅଧିକାଂଶ ମଣିଷ ଦୈନିକ ୨୫ ରୁ ୩୦ ଟଙ୍କା ମଧ୍ୟରେ ଅତ୍ୟନ୍ତ ଦୟନୀୟ ଭାବେ ଜୀବନ ନିର୍ବାହ କରୁଥିଲା ବେଳେ କତିପୟ ଧନିକ ଶ୍ରେଣୀର ଚଳଣିରେ ଉଲ୍ଲସିତ ହୋଇ ଆମ ମଣିମା ମାନେ କହୁଛନ୍ତି- "ଓଡ଼ିଶା (ଇଣ୍ଡିଆ) ସାଇନିଂ ବା ଓଡ଼ିଶା (ଭାରତ) ହସୁଛି।"

କିନ୍ତୁ ସମୃଦ୍ଧି କିପରି ଧାବମାନ ହେଲାଣି ସେ କଥା ଆମେ ବୋକାମାନେ ବୁଦ୍ଧୁ ଗୋଷ୍ଠୀ, ହୁଣ୍ଡା ସବୁ, ମୂର୍ଖପଲ, ଓଲୁଗୁଡ଼ାକ ଓ ନିର୍ବୁଦ୍ଧିଆମାନେ ଆଦୌ ବୁଝିପାରୁନୁ। ଦୁନିଆଟ ପରିବର୍ତ୍ତନଶୀଳ, ମାତ୍ର ସେ ପରିବର୍ତ୍ତନ ଆଗୁଆ ନା ପଛୁଆ ତା କଳିବା ହେଜିବା କଥା। ପରିବର୍ତ୍ତନର ବେଗ ଏତେ- ତୀକ୍ଷ ତା' କଳନା କରି ହେଉନାହିଁ।

ଇଂରାଜୀ ଲେଖକ ଇ.ଏମ୍. ଫୋଷ୍ଟର ତାଙ୍କ ଭାରତ ଭ୍ରମଣ ପୁସ୍ତକରେ ଲେଖ୍‌ଥିଲେ ଯେ "ଇଣ୍ଡିଆ ଇଜ ପ୍ରୋଗ୍ରେସିଭ ବଟ ହେଦର ଦି ପ୍ରୋଗ୍ରେସ ଇଜ ଫରୱାର୍ଡ ଅର ବ୍ୟାକଓ୍ୱାର୍ଡ।" ସତରେ ତାହା ହିଁ ସମୀକ୍ଷା ଓ ଚେତନାର କଥା। ମାତ୍ର ଏବେ ସେ ସମୀକ୍ଷା କାହିଁ। ଚେତନା ତ ସ୍ୱୟଂ ଅଚେତନ। ଯେତେବେଳେ ଆମ ମହାମାନ୍ୟ ସେ କଥା କହୁଛନ୍ତି ତାହା ତ ଜମା ଅନ୍ୟଥା ହୋଇ ପାରିବନି। ଦେଖୁନା କେମିତି ଏଣେ ସାଧାରଣ ଜନତାଙ୍କ ଦୃଷ୍ଟି ଏଡ଼ାଇବା ପାଇଁ ଇନ୍ଦିରା ଆବାସ ବଣ୍ଟା ଚାଲିଛି। ତେଣେ ନିଧଡ଼କ ଭାବେ ବାବୁମାନଙ୍କର ଉଆସମାନ ଗଢ଼ାହେଉଛି। ସବୁ କିସମର ବାସହୀନ ଲୋକମାନଙ୍କୁ ଉଦ୍ଧାରିବା ଲାଗି ଏଣେ ଏଇ ଯୋଜନା ସଫଳ ହେବ କି ? ରାଜନୀତିଠାରୁ ଆଉ କିଛି ଭଲ ବ୍ୟବସାୟ ନାହିଁ। ଆଉ ପଲିଟିକ୍ସ ଗୋଟେ ଇଣ୍ଡଷ୍ଟ୍ରି ହେଲାଣି। ଏହି ଇଣ୍ଡଷ୍ଟ୍ରିର ମାଲିକାନା ମିଳିଗଲେ କେବଳ ବ୍ୟବସାୟ କାହିଁକି ସାହିତ୍ୟ, ସଂସ୍କୃତି, ଧର୍ମ, ସମାଜ ସେବା ସବୁକୁ ନେଇ ଗୋଟେ ଗୋଟେ ଅଲଗା ଅଲଗା ଇଣ୍ଡଷ୍ଟ୍ରି ଖୋଲିହେଉଛି। ଟିକେ ମେଲା ମୁକୁଲା କରି ପ୍ରାଞ୍ଜଲ ଭାବରେ ବଖାଣିଲେ ଏବେ ଖଣି ଖୋଲିବା ସହିତ ପୋଲ ଗଢ଼ିବା ଭିତରେ ପଲିଟିକ୍ସ ଇଣ୍ଡଷ୍ଟ୍ରି ସକାଶେ ପୁଞ୍ଜି ଯୋଗାଡ଼ ହୋଇଯାଇ ପାରୁଛି। ଯଦି ସେ ବିଷୟରେ ସମ୍ୟକ ଧାରଣା ଅଛି ତେବେ ଗପ, କବିତା, କିଛି ଲେଖ୍‌ ପକାଅ। ପ୍ରବନ୍ଧ, ଉପନ୍ୟାସ, ରମ୍ୟରଚନା, ନାଟକ, ସମାଲୋଚନା କିୟ ଏକାଙ୍କିକା ହେଲେ ବି ଚଲିବ। ସ୍ୱାର୍ଥଲାଭ ଆଶାରେ ସେପରି ଲେଖା ଓ ଲେଖକଙ୍କୁ ତାରିଫ କରିବାକୁ ବ୍ୟକ୍ତି ବିଶେଷଙ୍କର ଓ ପୁରସ୍କାର ଦେବାକୁ ଅନୁଷ୍ଠାନର ଅଭାବ ନାହିଁ। ତୁମ ସମୃଦ୍ଧିର ମୂଳଦୁଆ ପଡ଼ିଗଲା ବୋଲି ତୁମେ ନିଶ୍ଚିତ ରୁହ, ଚିନ୍ତା କରନାହିଁ। ତା'ପରେ ବେଧଡ଼କ ପରି ତୁମେ ଗେଲ ହୁଅ, ଟହଲ ମାର, ବିଗତ ଦିନର ଶୁକୁଟା, ଗନ୍ଧିଆ, ପଚା, ହଗୁରାମାନେ ଏମିତି ଗୋଟେଇ, ଓଟାରି, ରୁଣ୍ଡେଇ ମୋଟେଇ ଯାଇ ଏବେ ଶୁକଦେବ ବାବୁ, ଗନ୍ଧର୍ବ ସାହେବ, ପଞ୍ଜାନନ ସାର ଓ ଚୌଧୁରୀ ହଗୁରି ବନି ପାରୁଛନ୍ତି। ଗରିବ ଗୁରୁବାଙ୍କ ମୁହଁରେ ପଲିଟିକାଲ ଚାଉଳର ତୋବଡ଼ା ବନ୍ଧା ହେବାଠୁ ଗରିବ କୁଆଡ଼େ କମି କମି ଯାଉଛନ୍ତି ବୋଲି ଚାରିଆଡ଼େ ସେହି ବାହାପିଆମାନେ ହୁରି ପକାଉଛନ୍ତି। ଏବେ ଉନ୍ନତ ବୋଲି କୁହାଯାଉଥିବା ରାଜ୍ୟକୁ ଦେଖିଲେ ଯେଉଁ ଚିତ୍ର ମିଳୁଛି ଓ ମନରେ ଯେଉଁ ଧାରଣା ସୃଷ୍ଟି ହେଉଛି ତାହା ହେଲା ରାଜ୍ୟସାରା କିସମ କିସମର କୋଟିପତିମାନେ ଆଡ୍ଡା ଜମାଇ ବସିଛନ୍ତି। ସାଇକେଲ ସଜାଡ଼ିବାକୁ ପଇସା ପାଇନଥିବା ପଚାପୁଖ ଗନ୍ଧିଆ ଦିନ କେଇଟାରେ ପଲିଟିକ୍ସ ଇଣ୍ଡଷ୍ଟ୍ରିରେ ପଶି ଦାମିନାମି ଗାଡ଼ି ଚଢ଼ି ଗନ୍ଧର୍ବ ସାର ହୋଇ ବୁଲଛନ୍ତି। ଶାସନ ଭିତରେ ଓ ବାହାରେ ମନ୍ତ୍ରୀ, ଯନ୍ତ୍ରୀ, ତନ୍ତ୍ରୀ କୋଟିପତି ହେବାତ ଏଇନେ ମାମୁଲି କଥା ହୋଇ ଗଲାଣି। ସେଥିପାଇଁ ଏବେ ଯାକତାଇ ଲୋକେ ବି ତାଙ୍କ ସହିତ ଟକ୍କର ଦେବାକୁ ଆଗୁସାର ହେଲେଣି।

ସେହି ଯୋଗୁ ଭାରତବର୍ଷରେ ଥିବା ଇଣ୍ଡିଆନ ମିରର (ଆଇନା) ଭଳି ଲୋକ ବା ଗଣ ମାଧ୍ୟମ ଭାରତରେ ଏଭଳି ରାଜନୀତିକୁ ଦେଖ୍‌ ମନେ କରନ୍ତି ଯେ ଏଭଳି ଏ ଦୟନୀୟ ରାଜନୀତି ପ୍ରଦର୍ଶନ ଦ୍ୱାରା ପରାଧୀନ ହୋଇ ରହିଥିବା ଜାତିଟି ସ୍ୱାଧୀନତା ଲାଭ କଲା ପରେ ବି ତା ଶାସକବର୍ଗଙ୍କ ପ୍ରତି ଅନୁରକ୍ତ ହୋଇପାରୁନି। ପରୋକ୍ଷରେ ଶାସନବର୍ଗଙ୍କ ପ୍ରତି ସମ୍ମାନ ଆଦୌ ବୃଦ୍ଧିପାଉନି।

ଏଇନେ ତ ଆମ ଦେଶରେ ତଥା ରାଜ୍ୟରେ ଆଜି ଅମୁକ କୋଟିପତି କାଲି ସମୁକ ଓ ପହରିଦିନକୁ ଧମୁକଙ୍କ ବେଲ ପାଖେଇ ଆସୁଛି। ଏସବୁ କଥା ଶୁଣି, ଏପରି ଦୃଶ୍ୟ ଦେଖ୍‌ ଏମିତିକା ଘଟଣା ଜାଣି ସାରିଲା ପରେ ସୁଦ୍ଧା ଆମ ରାଜ୍ୟ ଯେ ସମୃଦ୍ଧି ପଥରେ ଦୌଡ଼ୁନାହିଁ, ଏକଥା କହିବାକୁ କାହାର ସତ୍ ସାହସ ଅଛି ନା କାହା ବାପର ବହପ ଅଛି କିୟ କାହା ଜିଭରେ ହାଡ଼ ଅଛି ?

ସେହି ରାଜ୍ୟରେ ଉତ୍କଲମଣି ଗୋପବନ୍ଧୁ ଦାସ ମଧ ନେତା ହୋଇଛନ୍ତି। କିନ୍ତୁ ସେବା ଓ ତ୍ୟାଗର ପ୍ରତୀକ ସେ।

ତାଙ୍କର ଦୃଷ୍ଟାନ୍ତ ଆଜି କାହିଁ ? ଉକ୍ତଳର ପ୍ରଥମ ମନ୍ତ୍ରୀ, ନେତା, ଉଚ୍ଚଶିକ୍ଷିତ, ବିଦେଶ ଫେରନ୍ତା ମଧୁବାବୁଙ୍କ ପାଖରେ ପଟାନ୍ତର ନାହିଁ । ତାଙ୍କରି ପାଇଁ ଏ ଓଡ଼ିଶା ପ୍ରଦେଶ, ଓଡ଼ିଆ ଭାଷା । ସେ କ'ଣ, ରାଜନୀତି କରୁଥିଲେ, ଅର୍ଥୋପାର୍ଜନ ପାଇଁ ବରଂ ଓଡ଼ିଶା ଲାଗି ସେ ଧାର, କରଜରେ ବୁଡ଼ିଯାଇଥିଲେ । ନବକୃଷ୍ଣ ଚୌଧୁରୀ ମୁଖ୍ୟମନ୍ତ୍ରୀ ଥିଲା ବେଳେ ଥରେ ଗାଡ଼ିରେ ଯାଉଥିବା ସମୟରେ ରାସ୍ତାକଡ଼ରେ ଦେଖିଲେ ପୋଖରୀଟିରେ ବହୁତ ଦଳ ହୋଇଯାଇଛି । ଲୋକେ ହଇରାଣ ହେଉଛନ୍ତି ସ୍ନାନାଦି କାର୍ଯ୍ୟଲାଗି, ଗାଡ଼ି ଛିଡ଼ା କରାଗଲା । ମୁଖ୍ୟମନ୍ତ୍ରୀ ନିଜେ ପୋଖରୀ ଭିତରେ ପଶିଲେ ଦଳ ସଫା କରିବାକୁ । ଆରେ ଇଏ କ'ଣ ? ସଙ୍ଗେ ସଙ୍ଗେ ଦଳ ସଫା ହୋଇଗଲା ଓ ମୁଖ୍ୟମନ୍ତ୍ରୀଙ୍କ ଏତାଦୃଶ୍ୟ ସେବା, ସହଯୋଗ ବିନମ୍ରତା ତଡ଼ିତ୍ ଦେଶରେ ପ୍ରଚାର ହୋଇଗଲା । ହରେକୃଷ୍ଣ ମହତାବ ବାଲେଶ୍ୱର ମୁନିସିପାଲିଟିର ଚେୟାରମ୍ୟାନ ଥିଲାବେଳେ ଲୋକେ ଦେଖିଲେ ଜଣେ ଡେଙ୍ଗା ଲୋକ ପୋଖରୀରେ ପଶି ସଫା କରୁଛନ୍ତି । ତାଙ୍କୁ ଚିହ୍ନିନଥିବା ଲୋକମାନେ ପଚାରି ବୁଝିଥିଲେ । ସେ ହେଉଛନ୍ତି ମୁନିସିପାଲିଟିର ଚେୟାରମ୍ୟାନ । ତାଙ୍କୁ ସଫା କାର୍ଯ୍ୟରେ ସହଯୋଗ ଦେବାକୁ ଅନ୍ୟମାନେ ମଧ ପୋଖରୀରେ ପଶି ସଫା କାର୍ଯ୍ୟରେ ଲାଗିଗଲେ ।

ସାରା ଦେଶରେ ଓଡ଼ିଶା ଏକମାତ୍ର ରାଜ୍ୟ ଯେଉଁଠି ସରକାରୀ, ବେସରକାରୀ ଦପ୍ତର, କୋର୍ଟ, କଚେରି, ବେପାର, ବଣିଜ, କେଉଁଠି ହେଲେ ବି ଓଡ଼ିଆ ଭାଷା ଚଳେନାହିଁ । କାରଣ ନିଜ ରାଜ୍ୟରେ ନିଜ ଭାଷା ଜନନୀ ଜଣେ କ୍ଷମତା ଖୋର ମୁଖ୍ୟମନ୍ତ୍ରୀଙ୍କ ଅବିମୃଶ୍ୟକାରିତା ହେତୁ ସଂପୂର୍ଣ୍ଣ ବିପର୍ଯ୍ୟସ୍ତ ହୋଇ ପଡ଼ିଥିବାର ଦୁଃଖରେ ପିଡ଼ିତ । ଓଡ଼ିଶାର ଶାସନ ଓଡ଼ିଆରେ ଚାଲୁ ଓ ଓଡ଼ିଶା ସରକାରୀ ଭାଷା ଆଇନ ଯିଏ ଉଲ୍ଲଙ୍ଘନ କରେ ତାକୁ ଦଣ୍ଡମିଳୁ ଏହା ଏହି ନିରବତା ରାଜ୍ୟର ସର୍ବତ୍ର ନିନାଦିତ ହେବା ଉଚିତ୍ । ବୁଦ୍ଧଙ୍କ ଜନ୍ମସ୍ଥାନକୁ ଆକ୍ରମଣ କରି ବୌଦ୍ଧ ଧର୍ମର ଉସ୍ ଉଜାଡ଼ି ଦେବାକୁ ଯେଉଁ ଅଶୋକ ଅପଚେଷ୍ଟା କରିଥିଲେ । ସେ ପ୍ରାଣ ବିକଳରେ ବୌଦ୍ଧଧର୍ମ ଗ୍ରହଣ କଲାପରେ ଯେଉଁ ଓଡ଼ିଶା ତାଙ୍କୁ ଜୀବନରେ ନ ମାରି ଛାଡ଼ି ଦେଇଥିଲା, ସେହି ବୀରଭୂମି ଓଡ଼ିଶାରେ ପାଦ ଦେବାକୁ ସାହସ କରିଥିଲା ବିଲାତି ଇଷ୍ଟ-ଇଣ୍ଡିଆ କମ୍ପାନୀ ସାରା ଭାରତକୁ କୃଟନୀତି ବଳରେ ନିଜ କବ୍ଜାକୁ ନେଇ ସାରିଲା ପରେ । ମାତ୍ର ଓଡ଼ିଶାରେ ଗାଦି ଜମାଇବା ପୂର୍ବରୁ ଏକ ଆକସ୍ମିକ ଝଡ଼ ପରି ଜନବିଦ୍ରୋହ ଜାଗି ଉଠିଲା ବ୍ରିଟିଶ ବିରୋଧରେ ଏବଂ ଉତ୍ଖାତ ହୋଇଯିବା ଭୟରେ କମ୍ପି ଉଠିଲା ବ୍ରିଟିଶ । ଓଡ଼ିଶା ଇତିହାସର ଏକ ସଂକ୍ଷିପ୍ତ ବିବରଣୀ (A sketch of the history of orissa) ଶୀର୍ଷକ ନିବନ୍ଧରେ ବ୍ରିଟିଶ ଐତିହାସିକ ଶ୍ରୀ ଜି.ଟୟନବି ଏହା ସ୍ୱୀକାର କରିଛନ୍ତି । ପାଇକ ବିଦ୍ରୋହ ଭାବେ ପରିଚିତ ଭାରତର ଏହି ପ୍ରଥମ ସ୍ୱାଧୀନତା ସଂଗ୍ରାମରେ ଅସ୍ତ ବ୍ୟସ୍ତ ହୋଇ ଓଡ଼ିଆ ଜାତିପ୍ରତି ଇଂରେଜମାନେ ଏତେ ଭୟ ପାଇ ଯାଇଥିଲେ ଯେ, ଖୁରୁଧାରେ ଅବସ୍ଥାପିତ ସେମାନଙ୍କ ବିଚାରପତି ଡବ୍ଲୁ. ଫରେଷ୍ଟର କମିଶନର ରୋବର୍ଟ କେରଙ୍କ ୯-୯-୧୮୧୮ ରେ ଜଣାଇଥିଲେ କି ପୁଲିସ କିୟା ସେନାବାହିନୀ ଦ୍ୱାରା ଓଡ଼ିଆଙ୍କୁ କାବୁ କରି ହେବନି । ସୁତରାଂ ଓଡ଼ିଶାର ରାଜଶକ୍ତି ସହ ସନ୍ଧି ସ୍ଥାପନ କରାଯିବା ଉଚିତ୍ । ତଦନୁସାରେ ସେନାପତି ବକ୍ସି ଜଗବନ୍ଧୁଙ୍କ ସହ ବିଲାତିଏ ସନ୍ଧି ସ୍ଥାପନ କଲେ ।

ମାତ୍ର ଏହି ସନ୍ଧି ଓଡ଼ିଆ ଲୋକଙ୍କୁ ଅଡ଼ୁଆରେ ପକାଇଲା । ବିଲାତିଏ ହୋଇଗଲେ ସାରା ଓଡ଼ିଆ ଭାଷା ଭାଷୀ ଭାଲାକାର ସର୍ବମାନ୍ୟ ସରକାର । ତା'ପରେ କୃଟନୀତି ପ୍ରୟୋଗ କରି ବୀର ଓଡ଼ିଆ ଜାତିର ଐକ୍ୟ ଭାଙ୍ଗିଦେବାକୁ ସେମାନେ ସକ୍ଷମ ହୋଇଗଲେ । ଓଡ଼ିଆ ଭାଷାଭାଷୀ ଭୂଖଣ୍ଡକୁ ଭାଗ ଭାଗ କରି ପୂର୍ବରୁ ସେମାନେ ଦଖଲ କରିଥିବା ପଡ଼ୋଶୀ ଅଣ ଓଡ଼ିଆ ପ୍ରଦେଶ ଗୁଡ଼ିକରେ ମିଶାଇ ଦେଲେ । ଯଦ୍ଦାରା ସେହି ଅଣଓଡ଼ିଆ ପ୍ରଦେଶଗୁଡ଼ିକରେ ଓଡ଼ିଆ

ଭାଷାଭାଷୀମାନେ ସଂଖ୍ୟାଲଘୁ ହୋଇଗଲେ । ଏହି ଭାଷା ସଂଖ୍ୟାଲଘୁ ତାହା ହିଁ ସମଗ୍ର ଓଡ଼ିଆ ଜାତିକୁ ଜାଗ୍ରତ କରାଇଲା । ନିଜ ମାତୃଭାଷାର ଭିତ୍ତି ଉପରେ ନିଜ ମାତୃଭୂମି ଓଡ଼ିଶାର ପୁନର୍ଗଠନ ପାଇଁ ଓଡ଼ିଆଙ୍କ ଆନ୍ଦୋଳନକୁ ସମର୍ଥନ କରି ମହାତ୍ମା ଗାନ୍ଧୀ, ଯେ କି ଟିଳକ୍ୟଙ୍କ ବ୍ୟତୀତ ଓଡ଼ିଶାର କୁଳ ଗୌରବ ମଧୁସୂଦନ ଦାସଙ୍କୁ ହିଁ ନିଜର ପରମଗୁରୁ ବୋଲି ମାନୁଥିଲେ । ନିଜ ସମ୍ପାଦିତ ୟଙ୍ଗ ଇଣ୍ଡିଆରେ ୧୮-୨-୧୯୨୦ରେ ଲେଖିଥିଲେ ଭାଷାଭିତ୍ତିକ ସ୍ୱତନ୍ତ୍ର ଓଡ଼ିଶା ପ୍ରଦେଶ ଗଠନ ହେବା ଆବଶ୍ୟକ । କାରଣ ଅନ୍ୟଥା ଏହି ମହାନ ଜାତି ଭୋଗୁଥିବା ଅବନତିର ଅନ୍ତହେବ ନାହିଁ । କହିବା ନିଷ୍ପ୍ରୟୋଜନ ଯେ, ସ୍ୱତନ୍ତ୍ର ଓଡ଼ିଶା ପ୍ରଦେଶ ସୃଷ୍ଟି ହେବା ପୂର୍ବରୁ ଗାନ୍ଧିଙ୍କ ଯୋଗୁ ଭାରତୀୟ ଜାତୀୟ କଂଗ୍ରେସ ଓଡ଼ିଶାକୁ ଏକ ସ୍ୱତନ୍ତ୍ର ପ୍ରଦେଶର ମାନ୍ୟତା ଦେଇ ଉତ୍କଳ ପ୍ରଦେଶ କଂଗ୍ରେସ କମିଟି ଗଠନ କରିଥିଲା । ଯାହାର ପ୍ରଥମ ସଭାପତି ଥିଲେ ଉତ୍କଳମଣି ଗୋପବନ୍ଧୁ ଦାସ । ଅତଏବ ରାଜନୈତିକ ଭୂଗୋଳରେ ୧୯୩୬ରେ ଯେଉଁ ସ୍ୱତନ୍ତ୍ର ଓଡ଼ିଶା ସୃଷ୍ଟି ହେଲା ତା'ମୂଳରେ ଥିଲା ମାତୃଭାଷା ଓଡ଼ିଆ ।

କିନ୍ତୁ ସ୍ୱୀକାର କରିବାକୁ ହେବ, ୧୯୩୬ ଏପ୍ରିଲ ପହିଲାରେ ଭାଷା ଭିତ୍ତିରେ ସ୍ୱତନ୍ତ୍ର ଓଡ଼ିଶା ଗଠନ ହେବା ପରେ, ଏହି ପ୍ରଦେଶରେ ଓଡ଼ିଆ ଭାଷାର ଯେଉଁ ପ୍ରାଥମିକତା ରହିବା କଥା ତାହା ରହିଲା ନାହିଁ । ଏହାର କାରଣ ସ୍ୱତନ୍ତ୍ର ଓଡ଼ିଶା ପ୍ରଦେଶ ଆବିର୍ଭୂତ ହେବା ବେଳକୁ ଓଡ଼ିଆ ଆନ୍ଦୋଳନର ସର୍ବୋଚ୍ଚ ନାୟକ କୁଳବୃଦ୍ଧ ମଧୁସୂଦନ ଦାସ ଆଉ ଜୀବିତ ନ ଥିଲେ । ଭାରତରେ ସ୍ୱାଧୀନତା ସଂଗ୍ରାମ ତାହାର ତୁଙ୍ଗ ପର୍ଯ୍ୟାୟରେ ପହଞ୍ଚିଥିଲା ଓ ବିଲାତିଙ୍କ କବଳରୁ ମୁକ୍ତି ପାଇଁ ଓଡ଼ିଶାର ଜନନେତାମାନେ ପ୍ରାଣମୂର୍ଚ୍ଛା ଲାଗିଥିଲେ । ଗଡ଼ଜାତ ରାଜ୍ୟଗୁଡ଼ିକର ପ୍ରଜାମାନେ ମଧ ଲାଗିଥିଲେ ରାଜାମାନଙ୍କ କବଳରୁ ମୁକ୍ତିପାଇଁ । ବସ୍ତୁତଃ ଭାଷା ଭିତ୍ତିରେ ସ୍ୱତନ୍ତ୍ର ଓଡ଼ିଶା ପ୍ରଦେଶଗଠନ ହୋଇ ସେହି ବିଲାତି ଶାସନ କାଳରେ ଓଡ଼ିଶାରେ ଶାସନ ଚାଲିବା ଆରମ୍ଭ ହୋଇଯିବା ପରେ ଭାଷା ଉକ୍ରଷାର ଏପରି ଅବସାନ ଘଟିଗଲା ଯେ ଓଡ଼ିଆ ଜାତି ନିଜର ଭାଷା– ସର୍ବଭୌମିକତା ପାଇଁ ଯେଉଁ ସଂଗ୍ରାମ ଚଳାଇ ଥିଲା ତାହା ଅବଲୀଳା କ୍ରମେ ହଜିଯାଇଥିଲା । ଭୌଗୋଳିକ ସାର୍ବଭୌମତା ପାଇଁ ସମଗ୍ର ଭାରତ ଚଳାଇଥିବା ସ୍ୱାଧୀନତା ସଂଗ୍ରାମରେ ପଥହରା ହୋଇଗଲା ଆମ ଭାଷାର ପ୍ରଥମିକତା ଦେଶ ପ୍ରେମର ଉନ୍ମାଦନାରେ ସମୟର ସେହି କୁଟିଳ ଆବର୍ତ୍ତନରେ । ଦେଶ ସ୍ୱାଧୀନ ହେଲା ପରେ ତହିଁ ଉପରେ ପୁଣି କେନ୍ଦ୍ରୀଭୂତ ହେଲା ଦୃଷ୍ଟି ।

ଦେଶ ସ୍ୱାଧୀନ ହେଲା ୧୯୪୭ ଅଗଷ୍ଟ ୧୫ରେ । ସ୍ୱାଧୀନ ଭାରତରେ ପାଳିତ ହେଲା ପ୍ରଥମ ଉତ୍କଳ ଦିବସ ୧୯୪୮ ଏପ୍ରିଲ ପହିଲରେ । ତଦାନୀନ୍ତନ ପ୍ରତିନିଧି ସଭାର ଏକ ସ୍ୱତନ୍ତ୍ର ଅଧିବେଶନ ଆହୁତ ହୋଇଥିଲା ଏହି ମହାନ ଦିବସକୁ ସ୍ମରଣୀୟ କରି ରଖିବା ପାଇଁ । ଏଥରେ ଏହି ପ୍ରସ୍ତାବ ନିଆ ହୋଇଥିଲା କି ସମ୍ବିଧାନ ଗୃହୀତ ହେଲା ପରେ ଯେଉଁ ବିଧିବଦ୍ଧ ବିଧାନ ସଭା ଗଠିତ ହେବ ତାହାର ପ୍ରଥମ କର୍ତ୍ତବ୍ୟ ହେବ ଓଡ଼ିଶାର ଶାସନ ଓଡ଼ିଆରେ ଚାଲିବ ବୋଲି ବାଧ୍ୟତାମୂଳକ କରି ଆବଶ୍ୟକ ଆଇନ ପ୍ରଣୟନ କରିବା ।

ତଦନୁଯାୟୀ ପ୍ରଣୀତ ଓ ପ୍ରବୋଦିତ ହୋଇଥିଲା ଓଡ଼ିଶା ସରକାରୀ ଭାଷା ଅଧିନିୟମ ୧୯୫୪ ସେପ୍ଟେମ୍ବର ୭ ତାରିଖରେ ଓଡ଼ିଶା ବିଧାନସଭାରେ । ଓଡ଼ିଶା ସରକାରୀ ଭାଷାବିଲ ଆଗତ କରିଥିଲେ ତତ୍କାଳୀନ ମୁଖ୍ୟମନ୍ତ୍ରୀ ଶ୍ରୀ ନବକୃଷ୍ଣ ଚୌଧୁରୀ ଏବଂ ତା'ପରଦିନ ସେପ୍ଟେମ୍ବର ୮ ତାରିଖରେ ତାହା ପାସ ହୋଇଥିଲା । ୧୯୫୪ ରୁ ୨୦୧୬ ଏହି ୬୨ ବର୍ଷ ଭିତରେ ନବକୃଷ୍ଣଙ୍କଠାରୁ ନବୀନଙ୍କ ପର୍ଯ୍ୟନ୍ତ ୧୫ ଜଣ ମୁଖ୍ୟମନ୍ତ୍ରୀ ହେଲେଣି ମାତ୍ର ଓଡ଼ିଆ ଭାଷା ଏପର୍ଯ୍ୟନ୍ତ ସରକାରୀ ଭାଷା ହୋଇପାରିଲା ନାହିଁ । ଯେଉଁ ଭାଷା ଆମକୁ ନିର୍ଦିଷ୍ଟ ଭୂମି ଖଣ୍ଡିଏ ଦେଲା ଓ ଓଡ଼ିଶା ବୋଲି ରାଜ୍ୟଟିଏ ଦେଲା ଓଡ଼ିଆ ବୋଲି ପରିଚୟଟିଏ ଦେଲା ସେଇ ଭାଷାକୁ ଭୁଲିଗଲେ ଆମନେତା ଜାତୀୟ ନରମାନେ, ମନ୍ତ୍ରୀ ଜାତୀୟ ମଣିଷମାନେ । ନବକୃଷ୍ଣଙ୍କ ପରେ ଶ୍ରୀ ଜାନକୀ ବଲ୍ଲଭ ପଟ୍ନାୟକଙ୍କ ବ୍ୟତୀତ ଆଉ କେହି ମୁଖ୍ୟମନ୍ତ୍ରୀ ସେଥିରେ ମୁକ୍ତ

ଖେଳେଇଲେ ନାହିଁ । ୧୯୫୪ ସେପ୍ଟେମ୍ବର ୭ ତାରିଖରେ ବିଧାନସଭାରେ ଭାଷା ବିଲ୍ ଆଲୋଚନା ପ୍ରସଙ୍ଗରେ ତତ୍କାଳୀନ ମାନ୍ୟବର ବିଧାୟକ ନିଶାମଣି ଖୁଣ୍ଟିଆ କହିଥିଲେ "ସେଥିପାଇଁ ମୁଁ କହୁଛି ସରକାରଙ୍କୁ ଏହି ବିଲ୍ରେ ଯେଉଁ କ୍ଷମତା ଦିଆଯାଇଛି ତାକୁ ଯେ ସେମାନେ କେଉଁଦିନ କିପରି ପ୍ରୟୋଗ କରିବେ ଏଥିରେ ମୋର ଆଶଙ୍କା ରହୁଛି ଯେ ତାହା ଶୀଘ୍ର ହୋଇପାରିବ ନାହିଁ । ଏଣୁ ଗୋଟିଏ ନିର୍ଦ୍ଦିଷ୍ଟ ସମୟ ଧାର୍ଯ୍ୟ କରାଯାଉ । ଆଉ ମଧ୍ୟ ଯେଉଁ ଲୋକ ଏହାକୁ ଅମାନ୍ୟ କରିବ ତାକୁ ଦଣ୍ଡ ଦେବା ପାଇଁ ଏଥିରେ କିଛି ବ୍ୟବସ୍ଥା ନାହିଁ ।" ତା' ପରଦିନ ଅର୍ଥାତ ସେପ୍ଟେମ୍ବର ୮ ତାରିଖରେ ଭାଷା ବିଲ୍ ଆଲୋଚନା ପ୍ରସଙ୍ଗରେ ମାନ୍ୟବର ବିଧାୟକ ଶ୍ରୀ ପବିତ୍ର ମୋହନ ପ୍ରଧାନ କହିଥିଲେ– "ଏ ବିଲ୍ର ଦୋଷ ହେଉଛି ଏଥିରେ ପେନାଲ୍ ସେକ୍ସନ ନାହିଁ" । ଅନ୍ୟ ଜଣେ ମାନ୍ୟବର ବିଧାୟକ ଶ୍ରୀ ହରିହର ମିଶ୍ର ଆଲୋଚନାରେ ଭାଗ ନେଇ ଭାଷା ଆଇନ ଉଲ୍ଲଙ୍ଘନକାରୀଙ୍କ ପାଇଁ ଦଣ୍ଡବ୍ୟବସ୍ଥାକୁ ଆହୁରି ସ୍ପଷ୍ଟ ଓ ନିର୍ଦ୍ଦିଷ୍ଟ କରି କହିଥିଲେ– "ଯେଉଁ କର୍ମଚାରୀମାନେ ଏ ଆଇନର ଅବମାନନା କରିବେ ବା ଆଇନ ଅନୁସାରେ କାର୍ଯ୍ୟ ନ କରିବେ ସେମାନଙ୍କ ପାଇଁ ଦଣ୍ଡବିଧାନ ହେବା ଉଚିତ ।" ପ୍ରଥମେ ଅଳ୍ପ ପରିମାଣରେ ସେମାନଙ୍କ ଉପରେ ଜୋରିମାନା ହେଉ । ସେଥିରେ ଯଦି ନ ହୁଏ ଅଧିକ ପରିମାଣରେ ଜୋରିମାନା ହେଉ । ଏ ଦୁଇଟି ଯଦି ନ ହୁଏ ସେମାନଙ୍କୁ କାର୍ଯ୍ୟଚ୍ୟୁତି କରାଯିବା ଉଚିତ୍ ।

ସେତେବେଳର ଏହି ତିନିଜଣ ମାନ୍ୟବର ବିଧାୟକଙ୍କ ଦୂରଦୃଷ୍ଟିକୁ ଏବେ ଆମକୁ ସ୍ୱୀକାର କରିବାକୁ ପଡ଼ିବ । ବିଗତ ୬୭ ବର୍ଷ ଭିତରେ ଭାଷା ଆଇନକୁ କାର୍ଯ୍ୟକାରି କରିବାରେ ନା ନିର୍ଦ୍ଦିଷ୍ଟ ସମୟ ଧାର୍ଯ୍ୟ କରାଯାଇଛି, ନା ଦଣ୍ଡ ବ୍ୟବସ୍ଥା କରାଯାଇଛି, ନତୁବା କୌଣସି ଜଣେ ଆଇନ ଉଲ୍ଲଙ୍ଘନକାରୀକୁ ସାମାନ୍ୟତମ ଦଣ୍ଡରେ ଦଣ୍ଡିତ କରାଯାଇଛି । ଶ୍ରୀମଦ୍ଭାଗବତ ଅନୁସାରେ "ରାଜାର ସେବକ ଯେସନେ, ବଞ୍ଚି ଆଜ୍ଞା ଅଲଙ୍ଘନେ" ବଞ୍ଚିବାକୁ ହେଲେ ରାଜାଙ୍କ ଆଜ୍ଞାକୁ ଅଲଙ୍ଘନ କରିବାକୁ ହେବ । ତା' ଅର୍ଥ ଅଲଙ୍ଘନ ନକରି ଉଲ୍ଲଙ୍ଘନ କଲେ ମରିବାକୁ ହେବ । ଦଣ୍ଡର ଭୟ ନଥିଲେ ଆଇନ ତା' ବାଟରେ ନ ଯାଇ ବେଆଇନ ହୋଇଯାଏ । ସେଥିପାଇଁ ହିନ୍ଦୁ ଧର୍ମଶାସ୍ତ୍ରରେ କୁହାଯାଇଛି– "ସର୍ବ ଦଣ୍ଡଜିତୋ ଲୋକୋ ଦୁର୍ଲଭୋହି ଶୁଚିର୍ନର୍ଷ, ଦଣ୍ଡସ୍ୟ ହି ଭୟ୍ୟାସୁର୍ବଂ ଜଗତ ଭୋଗାୟ କଳ୍ପତେ ।" ଦୁନିଆରେ ଜଣେ ବି ହେଲେ ନିର୍ମଲ ଲୋକ ମିଳିବା ଦୁର୍ଲଭ, ସମସ୍ତେ ଦଣ୍ଡ ଭୟରେ ନିଜକୁ ଭଲ ବାଟରେ ନେଇଥାନ୍ତି ।

ଓଡ଼ିଆରେ ନ ଲେଖିଲେ ପ୍ରଥମ ମାସରେ ଦରମା ବନ୍ଦ ଏବଂ ତଥାପି ବି ଇଂରାଜୀ ରୋଗଟା ଯଦି ନ ଛାଡ଼ିଲା ଦ୍ୱିତୀୟ ମାସରେ ଗୋଟିଏ ବର୍ଷର ଇନ୍କ୍ରିମେଣ୍ଟ ବନ୍ଦ କରିଦେଲେ ନିଶ୍ଚୟ ରୋଗ ଛାଡ଼ି ପଳେଇବ । ତୃତୀୟ ପାନରେ କାର୍ଯ୍ୟଚ୍ୟୁତି ଭଳି କଡ଼ା ଓଷଦ ଦେବାକୁ ପଡ଼ିବ ନାହିଁ । ଏ ପ୍ରସଙ୍ଗରେ ମୂଳହିନ୍ଦୁ ଆଇନ ଶାସ୍ତ୍ର ମନୁସ୍ମୃତିରେ କୁହାଯାଇଛି– "ଯତ୍ର ଶ୍ୟାମ ଲୋହିତାକ୍ଷୋ ଦଣ୍ଡଶ୍ଚରତି ପାପହା, ପ୍ରଜାସ୍ତତ୍ର ନ ମୁହ୍ୟନ୍ତି ନେତା ଚେ ସ୍ୱାଧୁ ପଶ୍ୟତି ।" ନେତା ଆଇନର ନାଲି ଆଖି ଦେଖାଇ ଅବାଗିଆମାନଙ୍କୁ ବାଟକୁ ଆଣନ୍ତି । ଉଲ୍ଲଙ୍ଘନକାରୀକୁ ଅଲଙ୍ଘନକାରୀ କରି ରାଜ୍ୟ ଶାସନକୁ ଶୃଙ୍ଖଳିତ କରନ୍ତି । ଗାନ୍ଧିବାଦୀ ଶ୍ରୀଯୁକ୍ତ ଚୌଧୁରୀ ଗୋଟିଏ ମସ୍ତବଡ଼ ଭୁଲ କଲେ, ଭାଷା ଆଇନ ଉଲ୍ଲଙ୍ଘନକାରୀଙ୍କ ପାଇଁ ପ୍ରକୃତରେ ଦଣ୍ଡ ବ୍ୟବସ୍ଥା ନରଖି ।

ସରକାରୀ କାଗଜପତ୍ର କାମ କହିଲେ ଏହା ମୁଖ୍ୟତଃ ଅମଲାମାନଙ୍କର । ଦପ୍ତରୀଠାରୁ ଦପ୍ତରାଧୀଶଙ୍କ ଯାଏ, ଅର୍ଦ୍ଦଲୀଠାରୁ ଅଧିକାରୀଙ୍କ ପରିଯନ୍ତେ । ଏ ସମସ୍ତ ଦପ୍ତରଚରମାନେ ହେଲେ ସାଧାରଣଙ୍କ ସେବାୟତ ବା ପବ୍ଲିକ ସର୍ଭ୍ୟାଣ୍ଡ । ମନ୍ଦିରମାନଙ୍କରେ ଯେମିତି ପଣ୍ଡା ପଡ଼ିଆରୀ ଆଦି ଥାଆନ୍ତି ଦିଅଁଙ୍କ ସେବାପୂଜା ପାଇଁ, ଦପ୍ତରରେ ସେମିତି ବାବୁ, ସାନବାବୁ, ବଡ଼ବାବୁ, ତହୁଁ ବଡ଼ବାବୁ ଅତି ବଡ଼ ବାବୁ ଏବଂ ବାବୁଙ୍ଗିଲମାନେ ଥାଆନ୍ତି ସାଧାରଣଙ୍କ ସେବା ପାଇଁ । ସଂସ୍କୃତ ଭାଷା ଦେବଭାଷା ହୋଇଥିବାରୁ ଦେବତାମାନେ ହୁଏତ କେବଳ ସଂସ୍କୃତ ବୁଝନ୍ତି ବୋଲି କି କ'ଣ ଅପାଠୁଆ ପଣ୍ଡା ପୂଜକ ବି ଏଗୋ ହେଗୋ କହି ସଂସ୍କୃତ ଉଚ୍ଚାରଣ କରି ମାରତାଲି ଉଠାଥାଲି କହନ୍ତି । ଓଡ଼ିଆଙ୍କ ଭିତରେ ମାଗିକୁହା ଓଡ଼ିଆ ଭାଷା

ଦରିଦ୍ର। ଶଢ଼ ଗରିବଙ୍କ ସଂଖ୍ୟା ଦିନକୁ ଦିନ ଯେମିତି ବଢ଼ି ବଢ଼ି ଚାଲିଛି ଆଗକୁ ଓଡ଼ିଆକୁ ସରକାରୀ ଭାଷା ଦାବିର ସ୍ୱର କ୍ଷୀଣରୁ କ୍ଷୀଣତର ହୋଇଉଠିବ। ଓଡ଼ିଶାରେ ସାକ୍ଷରଙ୍କ ହାର ବଢ଼ିବା ସଙ୍ଗେ ସଙ୍ଗେ ଓଡ଼ିଆ ଶିକ୍ଷିତ ନିରକ୍ଷରଙ୍କ ସଂଖ୍ୟା ଯେ ଦିନକୁ ଦିନ ବଢ଼ି ବଢ଼ି ଚାଲିଛି ତାହା କୋଡ଼ ଜାଦୁ ବୋଲି କାହାକୁ ଦେଖାଯାଉନି। କୁଳ ଭାସି ଯାଉ ପଛେ କହିଲେ କୁଳ କୁଟୁମ୍ବକୁ ଲାଜ ହେବ ବୋଲି କହିବା ଲୋକ ବି କହୁନାହାନ୍ତି। ଇଂରାଜୀ ଭାଷା ବ୍ୟବହାର କରି ଗୋରା ସାହାବମାନେ ଜନସାଧାରଣଙ୍କୁ ଯେମିତି ପରାଧୀନ କରି ରଖିଥିଲେ ଏହି ସାବେନା ସାହାବଙ୍କର ଅବଚେତନ ମାନସିକତାରେ ରହିଛି ଯେ ସେଇ ଇଂରାଜୀ ଭାଷା ବ୍ୟବହାର କରି ଆମେ ବି ମଲି ମୁଷ୍ଟିଆ ଓଡ଼ିଆଗୁଡ଼ାଙ୍କୁ ପରାଧୀନ କରିରଖିବୁ।

ଅତଏବ ଏହି ଆଇନଟି ହିଁ ଓଡ଼ିଶାର ପିଣ୍ଡ ଆଇନ ଯାହା ଉପରେ ଓଡ଼ିଶା ରାଜ୍ୟ ଠିଆ। ସାରା ଓଡ଼ିଶାରେ ତୁରନ୍ତ ଏହା ପ୍ରଯୁକ୍ତ ହେଉ ବୋଲି ଘୋଷଣା କରି ଏହା ସ୍ପଷ୍ଟ କରି ଦିଆଯାଇଥିଲା କି, ଓଡ଼ିଶା ପ୍ରଦେଶରେ ସମସ୍ତ ବା ଯେକୌଣସି ସରକାରୀ କାର୍ଯ୍ୟ ପାଇଁ ଓଡ଼ିଆ ହିଁ ହେବ ସରକାରୀ ଭାଷା। ଅଥଚ ସେଦିନଠାରୁ ଆଜି ପର୍ଯ୍ୟନ୍ତ ଏହା ବସ୍ତୁତଃ ଅକାମି ହୋଇରହିଛି। ଫଳରେ ଓଡ଼ିଶାରେ ୧ ୯୩୬ ପୂର୍ବବର୍ତ୍ତୀ ଅବସ୍ଥା ସୃଷ୍ଟି ହୋଇଛି। ଓଡ଼ିଆ ଭାଷା ତା'ର କାର୍ଯ୍ୟକାରୀ ଶକ୍ତି ହରାଇଛି ଓ ଅଣଓଡ଼ିଆ ଭାଷା ବ୍ୟବହାରକାରୀମାନେ ଓଡ଼ିଆମାନଙ୍କ ଭାଗ୍ୟ ନିୟନ୍ତା ହୋଇ ନିଜ ନିଜ ଗୋଷ୍ଠୀ ସ୍ୱାର୍ଥ ହାସଲ କରି ଚାଲିଥିବା ବେଳେ ଇଂରାଜୀ ଭାଷା ଜାଣିଥିବା ଓଡ଼ିଆଏ ତଳିତଳାନ୍ତ ହୋଇ ଚାଲିଛନ୍ତି। ଓଡ଼ିଶାରେ ଓଡ଼ିଆ ଭାଷାର ବିପର୍ଯ୍ୟୟ ପାଇଁ ପୂର୍ବତନ ମୁଖ୍ୟମନ୍ତ୍ରୀ ବିଜୁ ପଟ୍ଟନାୟକ ହିଁ ମୁଖ୍ୟତଃ ଦାୟୀ। ମାତୃଭୂମି ଭାବେ ଓଡ଼ିଶା ତାଙ୍କର ଆନୁଗତ୍ୟର ଅଧିକାରିଣୀ ନଥିଲା। ଥିଲା ଆୟ ଓ କ୍ଷମତା ଅର୍ଜନର ଏକ ମାଧ୍ୟମ। ସେଥିପାଇଁ ନିଜ ପିଲାମାନଙ୍କୁ ସେ ଓଡ଼ିଶାରେ ରଖିନଥିଲେ ଓ ଓଡ଼ିଆଭାଷାଠାରୁ ଦୂରେଇ ବି ରଖିଥିଲେ। ମୁଖ୍ୟମନ୍ତ୍ରୀ ହେବା ପରେ ଓଡ଼ିଆ ଭାଷାରେ ଶାସନ ଚଲାଇବା ତାଙ୍କ ପାଇଁ ବିରକ୍ତିକର ଥିଲା। ସେ ମୁଖ୍ୟମନ୍ତ୍ରୀ ହେଲା ବେଳକୁ ଅଣଓଡ଼ିଆ ଅଫିସରମାନେ ବି ଓଡ଼ିଶାର ନିର୍ଣ୍ଣାୟକ ପଦମାନଙ୍କରେ ଥିଲେ। କଙ୍କଡ଼ାକୁ ଗୋଲିପାଣି ପରି ଏହି ଅଣଓଡ଼ିଆ ବଳୟ ବିଜୁବାବୁଙ୍କୁ ଏତେ ସୁହାଇଲା ଯେ ଶାସନ କ୍ଷେତ୍ରରେ ଓଡ଼ିଆ ଭାଷାର ଆଇନ ସ୍ୱୀକୃତ ଏକାଧିପତ୍ୟ ଲୋପ କରିବାକୁ ଓଡ଼ିଶା ସରକାରୀ ଭାଷା ଅଧିନିୟମର ସଂଶୋଧନ ପାଇଁ ସେ ତତ୍ପର ହୋଇଉଠିଲେ। ସମ୍ବିଧାନିକ ବ୍ୟବସ୍ଥା ହେତୁ ୧ ୯୫୪ ରେ ଓଡ଼ିଶା ସରକାରୀ ଭାଷା ଅଧିନିୟମ ପ୍ରଣୀତ ଓ ତତ୍କାଳ ପ୍ରଚୋଦିତ ହେଲା ପରେ ଏକ ସରକାରୀ ଭାଷା ଭାବେ ଇଂରାଜୀ ଭାଷାର ବିଧିବଦ୍ଧତା ନ ଥିଲା। କାରଣ ସମ୍ବିଧାନ ସ୍ପଷ୍ଟ କରି ଦେଇଥିଲା ଯେ ତାହା ଗୃହୀତ ହେବାର ୧୫ ବର୍ଷ ପରେ ସରକାରୀ ଭାଷା ରୂପେ ଇଂରାଜୀ ଭାଷା ଆାପେ ଆପେ ଅକାମି ହୋଇଯିବ ଅର୍ଥାତ ୧ ୯୬୫ ପରେ ଇଂରାଜୀ ଆଉ ସରକାରୀ ଭାଷା ରୂପେ ଚାଲିପାରିବ ନାହିଁ। ଯେଉଁ ରାଜ୍ୟରେ ତା' ପୂର୍ବରୁ ପ୍ରାନ୍ତୀୟ ଭାଷା ରାଜଭାଷା ହେବାକୁ ଆଇନ ପ୍ରଣୟନ ହେବ ସେ ରାଜ୍ୟରେ ଇଂରାଜୀ ଭାଷା ତତ୍କାଳ ସରକାରୀ ମର୍ଯ୍ୟାଦା ହରାଇବ। ମାତ୍ର ବିଜୁବାବୁ ଏହି ସାମ୍ବିଧାନିକ ବ୍ୟବସ୍ଥାକୁ ବି ଅକାମି କରିଦେଲେ। ବିଧାନସଭା କ୍ଷେତ୍ରରେ ଓଡ଼ିଆ ସାଙ୍ଗକୁ ଇଂରାଜୀ ଭାଷା ବି ଚାଲିବ ଓ ୧ ୯୬୫ ପରେ ବି ତାହା କାଏମ ରହିବ ବୋଲି ୧ ୯୬୩ରେ ଆମ ୧ ୯୫୪ ଭାଷା ଆଇନକୁ ସଂଶୋଧନ କରାଗଲା। ତଦ୍ୱାରା ଆଇନତଃ ଓଡ଼ିଶାରେ ସରକାରୀ ଭାଷା ଭାବେ ଲୋପ ହୋଇ ସାରିଥିବା ଇଂରାଜୀ ଭାଷା ପୁନରାୟ ସରକାରୀ ଭାଷାର ମାନ୍ୟତା ପାଇଲା ଓ ଓଡ଼ିଆ ଭାଷା ଇଂରାଜୀ ଭାଷାର ଆଧିପତ୍ୟ ତଳେ ଚାପି ହୋଇଗଲା।

ଯେଉଁ ଅଣଓଡ଼ିଆ ଭାଷା ପ୍ରାଦୁର୍ଭାବରୁ ମୁକ୍ତି ପାଇଁ ମଧୁବାବୁଙ୍କ ନେତୃତ୍ୱରେ ସାରା ଓଡ଼ିଆ ଜାତି ଗଢ଼ି ତୋଳିଥିଲା ଭାରତର ପ୍ରଥମ ଭାଷା ଆନ୍ଦୋଳନ। ସେହି ଅଣଓଡ଼ିଆ ପ୍ରାଦୁର୍ଭାବ ଏବେ ଏତେ ଅଧିକ ତୀବ୍ର ହୋଇ ଉଠିଛି ଯେ, ତା' କବଳରୁ ଓଡ଼ିଶାର ମୁକ୍ତି ପାଇଁ ଆମକୁ ନୂଆକରି ଭାଷା ଆନ୍ଦୋଳନ ଆରମ୍ଭ କରିବାକୁ ପଡ଼ିବ। ଏପରି ଅବସ୍ଥାରେ ଆମ ମାତୃଭାଷାର ସ୍ୱାର୍ଥ ରକ୍ଷା ପାଇଁ ଆନ୍ଦୋଳନ ଭିନ୍ନ ଅନ୍ୟ ପନ୍ଥା ନାହିଁ। ମାତ୍ର ଆମ ଭାଷା ବିରୋଧୀ ଏହି ସରକାର ଏତେ ଭୟଙ୍କର ଭାବେ ଅନମନୀୟ ଓ ଅବାଧ ଯେ ପାରମ୍ପରିକ ଶୈଳୀରେ କୌଣସି ଆନ୍ଦୋଳନ ଏହାକୁ ପ୍ରଭାବିତ କରିବାର

ସମ୍ଭାବନା ନାହିଁ । ଅଣଓଡ଼ିଆ ଭାଷା ଆଧିପତ୍ୟ କବଳରେ ପଡ଼ି ମା' ଓଡ଼ିଶା ତଳିତଳାନ୍ତ ହୋଇ ଗଲାଣି । ବିଲାତି ଶାସନ କାଳରେ ଅଣଓଡ଼ିଆଙ୍କ କବଳରେ ଓଡ଼ିଶା ଯେଉଁ ଦୁର୍ଦ୍ଦଶାରେ ପଡ଼ିଥିଲା, ବର୍ତ୍ତମାନ ସେହି ଦୁର୍ଦ୍ଦଶାରେ ପଡ଼ିଛି ।

ମା' ଆଉ ମାଟି ମଣିଷ ପାଇଁ ସବୁଠୁ ନିଜର । ମା' ଆଉ ମାଟି ସହ ମଣିଷ ଯେଉଁ ଭାଷାରେ କଥା ହୁଏ । ସେଇଟା ହେଉଛି ମାତୃଭାଷା ଓ ଏହି ମାତୃଭାଷା ହିଁ ମାଟିକୁ ପରିଚୟ ଦିଏ । ମାତୃଭାଷା ହେଉଛି ମା'ର ଭାଷା, ମାତୃଭାଷା ନିଜ ଜନ୍ମମାଟିର ଭାଷା । ମା'ର ଭାଷା ହିଁ ମାତୃଭାଷା । ଯେଉଁ ଭାଷା ଆମ ପ୍ରାଣରେ ଉଦ୍‌ବେଳନ ସୃଷ୍ଟିକରେ ତାହା ହିଁ ମାତୃଭାଷା । ଭାଷା ହିଁ ପ୍ରାଣ ଏବଂ ମନର କଥା କହେ । ହୃଦୟର ଆବେଗକୁ ପ୍ରତିଫଳିତ କରେ । ଆମ ପାଇଁ ଆମର ଜୀବନ ଯେମିତି ପ୍ରିୟତମ ସେମିତି ଆମର ଭାଷା । ଏହି ଭାଷା ହିଁ ଝରାଇଥାଏ ପଲ୍ଲୀବଧୂର କଣ୍ଠରୁ କବିତାର କଳଧ୍ୱନି । ସବୁଜ ଶସ୍ୟ କେଦାରରେ କୃଷକ କଣ୍ଠରୁ ଶୁଭେ ଅଲିଖିତ କବିତାର ଉଚ୍ଚାରଣ । ସଙ୍ଗୀତର ଲହରୀ ଏଇଥି ପାଇଁ ମାତୃଭାଷା ନିଷ୍କଳ ପରିପ୍ରକାଶର ଶ୍ରେଷ୍ଠ ମାଧ୍ୟମ ହୋଇଥାଏ ।

ମାତୃଭୂମି ଓ ମାତୃଭାଷାଠାରୁ ବଳି ମଣିଷର ଅଧିକ ଆପଣାର ଆଉ କିଛି ନାହିଁ । କାରଣ ମାତୃତ୍ୱର ଅନାବିଳ ଧାରା ସନ୍ତାନମାନଙ୍କୁ ଯେପରି ସ୍ନେହାପ୍ଲୁତ କରି ରଖିଥାଏ ଠିକ୍ ସେହିପରି ମାତୃଭୂମି ଓ ମାତୃଭାଷାର ମମତା ଅଖଣ୍ଡ ଐକ୍ୟ ବନ୍ଧନରେ ସମସ୍ତଙ୍କୁ ବାନ୍ଧି ରଖିଥାଏ । ସେ ସ୍ୱାକ୍ଷର ହୋଇଥାଉ କିମ୍ବା ନିରକ୍ଷର । ସମସ୍ତଙ୍କ ହୃଦୟରେ ସ୍ୱଭାଷା ପ୍ରତି ଏକ ଅପୂର୍ବ ଆବେଗ ଓ ମମତା ଭରି ରହିଥାଏ । ଉକ୍ତ ଉକ୍ତିକୁ ସ୍ମରଣ କରି ଗଙ୍ଗାଧର ମେହେର ଲେଖିଛନ୍ତି – 'ମାତୃଭୂମି ମାତୃଭାଷାର ମମତା ଯା ହୃଦେ ଜନମି ନାହିଁ, ତାକୁ ଯଦି ଜ୍ଞାନୀ ଗଣାରେ ଗଣିବା ଅଜ୍ଞାନ ରହିବେ କାହିଁ ।' ମାନବ ସଭ୍ୟତା ଓ ସଂସ୍କୃତିର ଏକ ଅମୂଲ୍ୟ ବୈଭବ ହେଉଛି ଭାଷା । ସମାଜରେ ଜଣେ ମଣିଷର ଭାବନାର ପରି ପ୍ରକାଶର ମାଧ୍ୟମ ହେଉଛି ଭାଷା । ବ୍ୟକ୍ତି ବ୍ୟକ୍ତି ମଧ୍ୟରେ ବାର୍ତ୍ତାଳାପର ମାଧ୍ୟମ ହେଉଛି ଭାଷା । ବିଶ୍ୱ ବିଖ୍ୟାତ ବୈଜ୍ଞାନିକ ଆଲବର୍ଟ ଆଇନଷ୍ଟାଇନଙ୍କୁ ପ୍ରଶ୍ନ କରାଯାଇଥିଲା ଯେ ତାଙ୍କ ଜୀବନର କେଉଁ ସମୟରେ ସେ ସର୍ବାଧିକ ଶିକ୍ଷା ଲାଭ କରିଥିଲେ– ଉତ୍ତରରେ ସେହି ମହାନ ବୈଜ୍ଞାନିକ ପ୍ରକାଶ କରିଥିଲେ ଯେ ତାଙ୍କ ଜନ୍ମ ଲାଭର ପ୍ରଥମ ତିନି ବର୍ଷ ମଧ୍ୟରେ ସେ ସବୁଠାରୁ ବେଶୀ ଶିକ୍ଷା ଲାଭ କରିଛନ୍ତି । ତିନି ବର୍ଷର ଶିଶୁଟିଏ ସର୍ବ ପ୍ରଥମେ ନିଜର ମାତୃଭାଷା ହିଁ ଶିକ୍ଷା କରିଥାଏ । ଏହି ଉଦାହରଣରୁ ମାତୃଭାଷାର ଉପାଦେୟତା ସହଜରେ ଅନୁମେୟ ।

ବିଶ୍ୱର ଜନପ୍ରିୟ ଗାନ୍ଧିବାଦୀ ଜନନାୟକ ତଥା ଭାରତରତ୍ନ ଡକ୍ଟର ନେଲ୍‌ସନ ମାଣ୍ଡେଲାଙ୍କ ମତରେ ଜଣେ ବ୍ୟକ୍ତି ସହିତ ତା'ର ହୃଦୟଙ୍ଗମ ହେଉଥିବା ଭାଷାରେ ବାର୍ତ୍ତାଳାପ କଲେ ବାର୍ତ୍ତାଟି ତା'ର ମସ୍ତିଷ୍କୁ ଯାଇଥାଏ । ମାତ୍ର ତା'ର ନିଜ ଭାଷାରେ ତାହା ସହିତ କଥା ହେଲେ ଏହା ତା'ର ହୃଦୟକୁ ସ୍ପର୍ଶ କରେ । ତେଣୁ ଦୁନିଆର ପ୍ରତ୍ୟେକ ବ୍ୟକ୍ତି ପାଇଁ ତା'ର ମାତୃଭୂମି ଯେଭଳି ବନ୍ଦନୀୟ, ତା'ର ମାତୃଭାଷା ସେହିଭଳି ମହନୀୟ ଓ ଗୌରବମୟ । ସୃଷ୍ଟିର କେଉଁ ପ୍ରାଗୈତିହାସିକ କାଳରୁ ମଣିଷ ସମାଜରେ ଭାଷା ବ୍ୟବହୃତ ହୋଇଆସୁଛି । ମଣିଷର ଅନାବିଳ ଆନ୍ତରିକ ଭାବନାର ପରିପ୍ରକାଶ କେବଳ ଭାଷା ମାଧ୍ୟମରେ ସମ୍ଭବପର ହୋଇପାରେ । ଆମର ଉଭୟ ବସ୍ତୁଗତ ଓ ଅମୂର୍ତ୍ତ ମହାର୍ଘ ଐତିହ୍ୟର ସଂରକ୍ଷଣ ଓ ବିକାଶ ନିମନ୍ତେ ଭାଷା ହେଉଛି ଏକ ବଳିଷ୍ଠ ଉପାଦାନ । ଜନଜୀବନର ପ୍ରତ୍ୟେକ ବିଭାଗ ଓ ବିଭବରେ ଭାଷା ଏକ ଗୁରୁତ୍ୱପୂର୍ଣ୍ଣ ଭୂମିକା ନିର୍ବାହ କରିଥାଏ । ବିଶେଷ କରି ଶିକ୍ଷା କ୍ଷେତ୍ରରେ ଭାଷାର ଏକ ମହତ୍ତ୍ୱପୂର୍ଣ୍ଣ ଭୂମିକା ରହିଛି । ସମାଜରେ ପାରସ୍ପରିକ ସହଯୋଗ ବୃଦ୍ଧି, ସାର୍ବଜନୀନ ଗୁଣବତ୍ତା, ଶିକ୍ଷାର ପ୍ରସାରଣ, ଅନ୍ତର୍ଭୁକ୍ତ ଜ୍ଞାନ, ସମାଜଗଠନ । ସାଂସ୍କୃତିକ ଐତିହ୍ୟର ସଂରକ୍ଷଣ ଓ ନିରବଚ୍ଛିନ୍ନ ବିକାଶ ନିମନ୍ତେ ବିଜ୍ଞାନ ଓ ପ୍ରଯୁକ୍ତିର ସଦ୍‌ବିନିଯୋଗକୁ ସୁନିଶ୍ଚିତ କରିବା ଉଦ୍ଦେଶ୍ୟରେ ଭାଷା ଏକ ବଳିଷ୍ଠ ଓ ସର୍ବଶ୍ରେଷ୍ଠ ମାଧ୍ୟମ ।

ସାମ୍ପ୍ରତିକ ବିଶ୍ୱାୟିତ ଯୁଗରେ ବିଶ୍ୱାୟନର ପ୍ରଭାବରେ ଭାଷା ପ୍ରତି ସଙ୍କଟ ସୃଷ୍ଟି ହୋଇଛି । ବିଂଶ ଶତାବ୍ଦୀର ପ୍ରଥମ ବର୍ଷରେ ବିଶ୍ୱରେ ପ୍ରାୟ ଦଶହଜାର ଭାଷାର ପ୍ରଚଳନ ହେଉଥିଲା ବୋଲି ଜଣାଯାଏ । ସେଥିମଧ୍ୟରୁ ଏବେ ବିଶ୍ୱରେ ପ୍ରାୟ

୬୯୦୦ ଗୋଟି ଭାଷା ବଳବତ୍ତର ରହିଛି ବୋଲି ୟୁନେସ୍କୋ ସୂତ୍ରରୁ ପ୍ରକାଶ। ଚଳିତ ଶତାବ୍ଦୀର ଶେଷ ବେଳକୁ ଏହା ମଧ୍ୟରୁ ଅର୍ଦ୍ଧାଧିକ ଭାଷା ଲୋପପାଇ ଯାଇଥିବ ବୋଲି ଆଶଙ୍କା ପ୍ରକାଶ କରାଯାଉଛି। ବିଶ୍ୱାୟନର ପ୍ରଭାବରେ ବିଶ୍ୱରେ ପ୍ରାୟ ପ୍ରତ୍ୟେକ ଭାଷା ସଙ୍କୁଚିତ ହେବାରେ ଲାଗିଥିବା ବେଳେ ସ୍ପାନିଶ ଓ ଇଂରାଜୀ ଭଳି ଦୁଇଗୋଟି ଭାଷାର ପ୍ରଭାବ ବିଶେଷ ଭାବେ ବିସ୍ତାରିତ ହେବାରେ ଲାଗିଛି। ଏବେ ସମଗ୍ର ବିଶ୍ୱରେ ଭାଷା ସୁରକ୍ଷା କ୍ଷେତ୍ରରେ ସଙ୍କଟ ଦେଖା ଦେଇଥିବା ବେଳେ ଭାରତ ବର୍ଷରେ ମଧ୍ୟ ଭାଷା ସଙ୍କଟ ସୃଷ୍ଟି ହୋଇଛି। ଆମ ମାତୃଭାଷା ଓଡ଼ିଆ ମଧ୍ୟ ବିଶ୍ୱ ବ୍ୟାପୀ ଭାଷା ସଙ୍କଟରୁ ବାଦ ପଡ଼ିନାହିଁ। ବିଶ୍ୱରେ ସବୁଠାରୁ ବେଶୀ ବ୍ୟବହୃତ ହେଉଥିବା ଭାଷା ହେଉଛି ଚାଇନିଜ। ଯାହାକୁ ପ୍ରାୟ ୧୧୮ କୋଟି ଲୋକ ବ୍ୟବହାର କରୁଛନ୍ତି। ବିଶ୍ୱରେ ସ୍ପାନିଶ ଭାଷା ବ୍ୟବହାରକାରୀଙ୍କ ସଂଖ୍ୟା ପ୍ରାୟ ୪୧ କୋଟି, ଯାହା ଦ୍ୱିତୀୟ ସ୍ଥାନରେ ରହିଛି। ୩୪ କୋଟି ଜନସାଧାରଣ ବ୍ୟବହାର କରୁଥିବା ଇଂରାଜୀ ଭାଷାର ସ୍ଥାନ ତୃତୀୟରେ ରହିଛି। ହିନ୍ଦୀ ଭାଷା ରହିଛି ଚତୁର୍ଥ ସ୍ଥାନରେ ଯାହାକୁ ପ୍ରାୟ ୨୬ କୋଟି ଲୋକ କଥିତ ଭାଷା ଭାବେ ବ୍ୟବହାର କରୁଛନ୍ତି। ୨୦୦୧ ଜନଗଣନା ଅନୁଯାୟୀ ଭାରତରେ ୧୨୨ ଗୋଟି ପ୍ରମୁଖ ଭାଷା ରହିଥିବା ବେଳେ ୧୫୯୯ ଗୋଟି ଅନ୍ୟାନ୍ୟ ଭାଷା ରହିଛି।

ସମଗ୍ର ବିଶ୍ୱରେ ସୁରେମିଆନ୍, ଈଜିପିସିଆନ୍, ବେବିଲୋନିଆନ୍, ହବ୍ରୁ, ଚାଇନିଜ, ଗ୍ରୀକ, ଲାଟିନ, ସଂସ୍କୃତ ଏବଂ ତାମିଲ ଭଳି ନଅ ଗୋଟି ଭାଷାକୁ ଶାସ୍ତ୍ରୀୟ ଭାଷା ଭାବେ ବିବେଚନା କରାଯାଉଛି। ଭାରତ ବର୍ଷରେ ଏ ପର୍ଯ୍ୟନ୍ତ ଛଅଗୋଟି ଭାଷାକୁ ଶାସ୍ତ୍ରୀୟ ଭାଷାର ମାନ୍ୟତା ମିଳିଛି। ଶାସ୍ତ୍ରୀୟ ମର୍ଯ୍ୟାଦା ଲାଭ କରିବାରେ ଓଡ଼ିଆ ହେଉଛି ଷଷ୍ଠ ଭାରତୀୟ ଭାଷା ଓ ପ୍ରଥମ ଭାରତୀୟ ଆର୍ଯ୍ୟ ଭାଷା।

ପ୍ରତ୍ୟେକ ରାଷ୍ଟ୍ର ନିରବଚ୍ଛିନ୍ନ ବିକାଶ ସୁନିଶ୍ଚିତ କରିବା ନିମନ୍ତେ ମାତୃଭାଷା ମାଧ୍ୟମରେ ଶିକ୍ଷାଦାନ ବ୍ୟବସ୍ଥା ହେବା ସହିତ ଅନ୍ୟ ଭାଷା ମଧ୍ୟ ଶିକ୍ଷା କରିବାର ଆବଶ୍ୟକତା ରହିଛି। ଜଣେ ବିଦ୍ୟାର୍ଥୀ ମାତୃଭାଷାରେ ଲିଖନ, ପଠନ ଓ ଗଣନାରେ ଦକ୍ଷତା ଅର୍ଜନ କରିବା ସହିତ ଦେଶୀୟ ଭାଷା ସମେତ ଅନ୍ୟ ଭାଷା ଶିକ୍ଷା କଲେ, ଏହା ସଂସ୍କୃତି, ସାମାଜିକ ମୂଲ୍ୟବୋଧ ଓ ପାରମ୍ପରିକ ଜ୍ଞାନ ପରିସରକୁ ପରିବ୍ୟାପ୍ତ କରିଥାଏ। ସାମାଜିକ ଅଭ୍ୟୁଦୟ ନିମନ୍ତେ ପ୍ରତ୍ୟେକ ନାଗରିକର ନିଜ ମାତୃଭାଷା ପ୍ରତି ଅସ୍ମିତା ଓ ସମତ୍ୱବୋଧ ସୃଷ୍ଟି ହେବା ଆବଶ୍ୟକ। ବିଶ୍ୱ ଶାନ୍ତି ପ୍ରତିଷ୍ଠା ଓ ବିଶ୍ୱ ନାଗରିକତା ସୃଷ୍ଟି ନିମନ୍ତେ ମାତୃଭାଷା ସମେତ ଅନ୍ୟାନ୍ୟ ଭାଷା ବିଶେଷ କରି ଦେଶୀୟ ଭାଷାମାନଙ୍କର ବିକାଶ ସାଧନ ଓ ସମୃଦ୍ଧିର ଯଥେଷ୍ଟ ଆବଶ୍ୟକତା ରହିଛି।

ଯଦି କେବଳ ଶବ୍ଦର ସନ୍ଧିବିଚ୍ଛେଦ ଓ ଉଚ୍ଚାରଣରୁ ସଟିକ୍ ଠଉରେଇ ହୁଅନ୍ତା ତେବେ ଭାଷା ସମ୍ପର୍କିତ ଅନେକ ସମସ୍ୟା ଓ ସନ୍ଦେହର ସମାଧାନ ମିଳିପାରୁ ଥାଆନ୍ତା। ମାତୃଭାଷା କ'ଣ ମା'ର ଭାଷା ନା' ମାଟିର ଭାଷା ଅଥବା ଜଣେ ମୂଳରୁ ନିଜ ପରିଚିତ ପରିବେଶରେ ଯେଉଁ ଭାଷା ବ୍ୟବହାର କରେ ତାହା। ତାହାହେଲେ ଗୋଟିଏ ଦେଶ ବା ରାଜ୍ୟ ଅଥବା ତା' ଅଞ୍ଚଳର ପ୍ରମୁଖ ଭାଷା ବାଲିଁରୁଆ ପ୍ରାକ୍ୟତାରୁ ମାତୃଭାଷା ଅଲଗା କେମିତି। ସେହିପରି ଦେଶୀ ଭାଷା ବା ଭର୍ଣ୍ଣାକୁଲାର ସହ ମାତୃଭାଷାର ସମ୍ପର୍କଟି କ'ଣ? ଯେ କୌଣସି ମାତୃଭାଷା ଚର୍ଚ୍ଚାରେ ଭାଷା, ଶାଖା ଭାଷା, ଉପଭାଷା ବୋଲି ଓ ସମ୍ପର୍କ ବା ସଂଯୋଜକ ଭାଷା ପ୍ରସଙ୍ଗ ଉଠିବ ହିଁ ଉଠିବ। ଏସବୁ ସହ ପରିବାର ସାଙ୍ଗ ସାଥୀ ମେଳ, ବହି, ଦପ୍ତର, ହାଟ ବାଟ ଓ ଘାଟରେ ବ୍ୟବହୃତ ହେଉଥିବା ଭାଷାର ଭିନ୍ନ ଭିନ୍ନ ଅବତାର କଥା।

ମାତୃଭାଷା ସେମିତି ଏକ ଶବ୍ଦ। କୁଳସଣ୍ଡଣା, ଧର୍ମ ଓ ଜାତି ପରି ଏହାବି ସ୍ପର୍ଶକାତର। ନିରପେକ୍ଷତା ଏବଂ ସାଧୁତା ସହ ଶବ୍ଦ ଅପେକ୍ଷା ଅର୍ଥ ବୁଝିବାକୁ ପ୍ରାର୍ଥନା। ଓଡ଼ିଆ ଅସ୍ମିତାର ପ୍ରଥମ ପରିଚୟ ଜଗନ୍ନାଥ ଓ ଦ୍ୱିତୀୟ-ଭାଷା। ପ୍ରଥମ ଭାରତୀୟ ଗଳ୍ପ ଓଡ଼ିଆରେ ଫକିର ମୋହନଙ୍କ ଲଛମନିଆ (୧୮୭୦) ସମୟର ଏହି ବ୍ୟବଧାନରେ ଆମେ ସବୁଠାରୁ ବଡ଼ କଣ ଦେଖିବାକୁ ପାଇଛୁ। ଓଡ଼ିଆର ନାଁ ହୋଇଛି– ମାତୃଭାଷା ଏବଂ ଫକିରମୋହନଙ୍କ କାଳରେ ଭାଷାର

କିଛି ବିପତ୍ତି ନ ଥିଲା, ଥିଲା ସାହିତ୍ୟର। ଏବେ ସାହିତ୍ୟର ବିପତ୍ତି ନାହିଁ, ଅଛି ଭାଷାର। ସାହିତ୍ୟର ଚିରହରିତ ବଜାର। ସରକାରୀ ମାମଲତି ଓ ପ୍ରୋତ୍ସାହନ, ପ୍ରକାଶନ ଏବଂ ପୁରସ୍କାରକୁ ମପାଗଲେ ଓଡ଼ିଆ ସମକକ୍ଷ କୃତିତ ଭାରତୀୟ ଭାଷା ମିଳିବ। କିନ୍ତୁ ଲୋକେ କାହିଁକି ତାହା ବ୍ୟବହାର କରୁନାହାନ୍ତି ବା ତାକୁ ନିଜର ବୋଲି ନ ଭାବନ୍ତି– ଏ ପ୍ରଶ୍ନ କେହି କାହାରିକୁ କରନ୍ତିନି। ମାତୃଭାଷା ବା ଶିଶୁର ପ୍ରଥମ ଭାଷା ମରେ କି ? ଏତେ ସହଜ ନୁହେଁ।

ମା' ଆମର ନିଜର। ତେଣୁ ମା' ପରି ମାତୃଭାଷାକୁ ଭଲ ପାଇବା କଥା। ହେଲେ ତାହା ହେଉଛି କେଉଁଠି ? ଦୋକାନର ହୋର୍ଡିଂରୁ ଖବର କାଗଜର ହେଡଲାଇନ ଯାଏ ଇଂରାଜୀ ଶବ୍ଦ ମାଲମାଲ। ଓଡ଼ିଆ ଲେଖିବାକୁ ଡର, ଇଂରାଜୀ କହିବାକୁ ଭୟ। ଓଡ଼ିଆରେ ଲେଖିଲା ବେଳେ ଶ ଓ ସ ଏବଂ ଷ କୁ ନେଇ ଝୁଣ୍ଟୁ ଓ ଇଂରାଜୀ କହିଲା ସମୟରେ ଟେନ୍ସ ଆଉ ଭାର୍ବ ଦ୍ୱାରା ଆମେ ବହୁମାତ୍ରାରେ ପୀଡ଼ିତ। ଇଂରାଜୀକୁ ଧରି ପାରୁଛନ୍ତି ନା ଓଡ଼ିଆକୁ ଛାଡ଼ି ପାରୁଛନ୍ତି। ସଭା ସମିତିରେ ଓଡ଼ିଆରେ କହିଲେ ନିଜକୁ ଛୋଟ ମନେ କରୁଛନ୍ତି। ଇଂରାଜୀ ବୁଝି ନ ପାରିଲେବି ଇଂରାଜୀ କହୁଥିବା ଲୋକଟିକୁ ସାର ସମ୍ବୋଧନ କରୁଛନ୍ତି। ମାତୃଭାଷାକୁ ବ୍ୟବହାର କରି ନ ପାରିବାର ଦୁର୍ବଳତାକୁ ଘୋଡ଼ାଇବା ପାଇଁ ଆମେ ଅନେକ ଯୁକ୍ତି ବାଢୁଛନ୍ତି। ଓଡ଼ିଆ ପଢ଼ିଲେ ଚାକିରି ନାହିଁ। ଓଡ଼ିଆ କହିଲେ ପୌରୁଷ ମିଳେନାର ପ୍ରଶ୍ନବାଣ ପ୍ରଶ୍ନକର୍ତ୍ତାକୁ ସହଜରେ ଫେରାଇ ଦେଇ ପାରୁଛୁ। ନିଜକୁ ଉଚ୍ଚଶିକ୍ଷିତ ବୋଲି ଦେଖାଇ ହେବାକୁ ଯାଇ ମାତୃଭାଷାକୁ ଅଚଳ, ଅଥର୍ବ ଓ ଅପାଂକ୍ତେୟ କରିବାରେ ଆମକୁ ଏକ ପୈଶାଚିକ ଆନନ୍ଦ ମିଳୁଛି। ଶବ୍ଦର ଅଭାବରୁ ଓଡ଼ିଶାବାସୀ ଓଡ଼ିଆ କହିପାରନ୍ତି ନି ନା କାରଣ ଆଉ କିଛି ।

ପରବର୍ତ୍ତୀ କାଳରେ ଇଂରେଜମାନେ ଏ ଦେଶରେ ପଦାର୍ପଣ କରିବା ସଙ୍ଗେ ସଙ୍ଗେ ସେମାନେ ତାଙ୍କ ନିଜ ଭାଷା ଇଂରାଜୀକୁ ରାଜଭାଷା ରୂପେ ପ୍ରଚଳନ କରିବାରୁ ଆମ୍ଭମାନଙ୍କର ସ୍କୁଲ କଲେଜରେ ଏହାକୁ ଶିକ୍ଷାର ମାଧ୍ୟମ ବୋଲି କହିଦେଲେ। ଦୀର୍ଘକାଳ, ଧରି ଭାରତବାସୀ ପରାଧୀନତାର ଶୃଙ୍ଖଳରେ ଆବଦ୍ଧ ହୋଇ ରହିବା ଫଳରେ ସେମାନେ ନିଜର ସ୍ୱକୀୟ ମୌଳିକତା ଓ ସଂସ୍କୃତିକୁ ଏକ ପ୍ରକାର ବିସ୍ମୃତ ହୋଇଗଲେ। ସେମାନେ ଇଂରାଜୀ ଭାଷାକୁ ଏପରି ଆଦରି ନେଲେ ଯେ ତାହା ଆମର ଶିକ୍ଷା ଓ ସାମାଜିକ ଜୀବନରେ ଓତଃପ୍ରୋତ ଭାବରେ ଜଡ଼ିତ ହୋଇ ରହିଲା। ଏହା ପଛରେ ଅବଶ୍ୟ କେତେକ ମନସ୍ତାତ୍ତ୍ୱିକ କାରଣ ଥିଲା। ଇଂରାଜୀ ଶିକ୍ଷାରେ ଶିକ୍ଷିତ ହୋଇ ପାଶ୍ଚାତ୍ୟ ଢାଞ୍ଚାରେ ନିଜକୁ ଗଢ଼ି ଲାଟ ସାହେବ ବୋଲାଇବା ଏବଂ ତାହା ଫଳରେ ଶାସିତମାନେ ଶାସକମାନଙ୍କର ନିକଟବର୍ତ୍ତୀ ହୋଇ ସେମାନଙ୍କର ଦୃଷ୍ଟି ଆକର୍ଷଣ କରିବା ଥିଲା ଉଦ୍ଦେଶ୍ୟ। ଇଂରାଜୀ ଶିକ୍ଷା ପ୍ରତି ଆମ୍ଭମାନଙ୍କର ଏଭଳି ମୋହ ପାଶ୍ଚାତ୍ୟରେ କେବଳ ଯେ କେତୋଟି ମନସ୍ତାତ୍ତ୍ୱିକ କାରଣ ବା ଭାବପ୍ରବଣତା ନିହିତ ଥିଲା ତାହା ନୁହେଁ, ଏହା ଥିଲା ଏକ ଫଳ ଦାୟୀ ତଥା ଲାଭଜନକ ଶିକ୍ଷା। ଜ୍ଞାନବିଜ୍ଞାନର ନବୀକରଣ ସହିତ ଚାକିରି କ୍ଷେତ୍ରରେ ମଧ୍ୟ ଏହା ସହାୟକ ହୋଇଥିଲା।

ଭାରତ ସ୍ୱାଧୀନ ହେବା ପରେ ବି.ବି.ସି. ଲଣ୍ଡନ ମହାତ୍ମା ଗାନ୍ଧୀଙ୍କ ପାଖରୁ ବିଶ୍ୱ ପାଇଁ ଗୋଟିଏ ସନ୍ଦେଶ ଦେବାକୁ ଅନୁରୋଧ ଜଣାଇଥିଲେ। ଏହା ଉତ୍ତରରେ ଗାନ୍ଧୀ କହିଲେ ଯେ– ବିଶ୍ୱକୁ କହି ଦିଅନ୍ତୁ କି ଗାନ୍ଧୀ ଏବେ ଆଉ ଇଂରାଜୀ ଜାଣନ୍ତି ନାହିଁ। ଏହି ସନ୍ଦେଶର ଉଦ୍ଦେଶ୍ୟ ଥିଲା– ଭାରତ ସ୍ୱାଧୀନ ହେବା ପରେ ଇଂରାଜୀ ଭାଷା ଇଂରେଜମାନଙ୍କ ସହିତ ଚାଲିଯିବ। ମାତ୍ର ଗାନ୍ଧୀଙ୍କ ସ୍ୱପ୍ନ ସ୍ୱପ୍ନରେ ରହିଗଲା।

ଦୀର୍ଘକାଳର ଇଂରେଜ ଶାସନରୁ ମୁକ୍ତି ପାଇବାର ପରବର୍ତ୍ତୀ ସମୟର ଏହି ଘଟଣା। କାଶୀ ବିଶ୍ୱବିଦ୍ୟାଳୟର ଦୀକ୍ଷାନ୍ତ ସମାରୋହ ଉତ୍ସବ ଅନୁଷ୍ଠିତ ହେଉଥାଏ। ଏଠାରେ ମୁଖ୍ୟ ଅତିଥି ରୂପେ ଯୋଗ ଦେବାକୁ ମହାତ୍ମା ଗାନ୍ଧୀଙ୍କୁ ଆମନ୍ତ୍ରଣ କରାଯାଇଥାଏ। ଉପସ୍ଥିତ ସଜ୍ଜନ ମଣ୍ଡଳୀ ଛାତ୍ରଛାତ୍ରୀଙ୍କ ନିକଟରେ ନିଜ ବିଦ୍ୱତାର ପରିଚୟ ଦେବାକୁ ଯାଇ ବକ୍ତାମାନେ ଇଂରାଜୀରେ ନିଜ ନିଜ ଅଭିଭାଷଣ ପ୍ରଦାନ କରିଥିଲେ। ଗାନ୍ଧିଜୀ ଅତ୍ୟନ୍ତ ବ୍ୟଥିତ ଭାବରେ ଏହା ଲକ୍ଷ୍ୟ

କରୁଥାନ୍ତି । ଇଂରେଜମାନଙ୍କ ଭାଷାକୁ ଆପଣେଇ ନେଇ ସଭାରେ ନିଜର ବାଗ୍ମିତା ଦେଖାଉଥିବା ଏହି ତଥାକଥିତ ବକ୍ତାମାନଙ୍କର ଅବିମୃଷ୍ୟକାରିତାକୁ ଧିକ୍କାର କରୁଥିଲେ ମନେ ମନେ । ଯେତେବେଳେ ଗାନ୍ଧିଜୀ ଉଦ୍‌ବୋଧନ ଦେଲେ ସେତେବେଳେ ସଜ୍ଜନମଣ୍ଡଳୀଙ୍କ ଉଦ୍ଦେଶ୍ୟରେ କହିଲେ ଗୋରା ସରକାର ଆମକୁ ଶାସନ କରୁଥିଲା ବେଳେ ମନଇଚ୍ଛା ଅତ୍ୟାଚାର କରୁଥିଲେ ଆମମାନଙ୍କ ଉପରେ । ଇଂରେଜମାନେ ସର୍ବଦା ଗର୍ବ ଅନୁଭବ କରୁଥିଲେ ଏଇଥି ପାଇଁ ଯେ ସେମାନେ ଭାରତୀୟମାନଙ୍କୁ ଗୋଲାମ ଭାବରେ ରଖିବାରେ ସକ୍ଷମ ହୋଇଛନ୍ତି । ତେବେ ସେମାନେ ଦେଶଛାଡ଼ି ଚାଲିଯିବାପରେ ଆମେମାନେ ଇଂରାଜୀ ଭାଷାର ଖୋଦ ଗୋଲାମ ପାଲଟିଯାଇଛୁ । ଇଂରେଜମାନେ ହିନ୍ଦୁସ୍ତାନୀଙ୍କୁ ଗୋଲାମ ବନାଇ ଦେଲେ । କିନ୍ତୁ ଇଂରାଜୀ ଭାଷାର ଗୋଲାମ ସ୍ୱୀକାର କରିବା ମୂଳରେ ଆମେ ସେମାନଙ୍କୁ (ଇଂରେଜମାନଙ୍କୁ) କଦାପି ଦାୟୀ କରି ନ ପାରୁ ।

ନିଜେ ଇଂରାଜୀ ଶିଖିବା ଓ ପିଲାମାନଙ୍କୁ ଇଂରାଜୀ ଶିଖାଇବା ମୂଳରେ ଆମେ କେତେ କଷ୍ଟ ସ୍ୱୀକାର ନ କରୁଛୁ ? ଯଦି କେହି ଆମକୁ କହୁଛି ଇଂରେଜଙ୍କ ଭଳି ଇଂରାଜୀ କୁହନ୍ତ । ସେ କ୍ଷେତ୍ରରେ ଆମେ ବହୁତ ଖୁସି ହୋଇ ଇଂରାଜୀ କହିବାରେ ଗର୍ବ ଅନୁଭବ କରୁଛୁ । ଏହାଠାରୁ ବଳି ଗୋଲାମୀର ଦୟନୀୟ ଅବସ୍ଥା ଆଉ କ'ଣ ହୋଇପାରେ ? ଇଂରାଜୀ ଭାଷା ପ୍ରତି ଆମର ଅହେତୁକ ମୋହରହିଛି । ଆମ ଲୋକମାନେ ଚୁପ୍ ଚାପ୍ ବସିରହି ଇଂରାଜୀ ଭାଷଣ ଶୁଣୁଛନ୍ତି ଏବଂ ଏହା ଭାବି ଆନନ୍ଦ ଅନୁଭବ କରୁଛନ୍ତି ଯେ କହୁଥିବା ବକ୍ତାମାନେ ଶୀର୍ଷ ସ୍ଥାନୀୟ ବ୍ୟକ୍ତି ବିଶେଷ । ସେମାନଙ୍କର ପାଣ୍ଡିତ୍ୟର ପଚାନ୍ତର ନାହିଁ । ଏହା ମୁଁ ଅସ୍ୱୀକାର କରୁନାହିଁ ଯେ ବକ୍ତାମାନେ ଇଂରାଜୀରେ ଯାହା କହିଲେ ତା'ର ଗୁରୁତ୍ୱ ନାହିଁ । କିନ୍ତୁ ଏଥରେ ସାଧାରଣ ଲୋକର କି ଲାଭ ? ଏହାତ ବିଜାତୀୟ ଭାଷା । ମହାତ୍ମା ଗାନ୍ଧୀଙ୍କଠାରୁ ଏହା ଶୁଣିବା ପରେ ବକ୍ତାମାନେ ଲଜ୍ଜା ଅନୁଭବ କରିଥିଲେ । ଆପଣାର କଥିତ ଭାଷାକୁ ହତାଦର କରି ଅନ୍ୟର ଭାଷାକୁ ଆଦରି ନେବା ବିଜାତୀୟ ଭାବଧାରାର ପ୍ରତୀକ ବୋଲି ଗାନ୍ଧିଜୀ ଭାବୁଥିଲେ । ପରାଧୀନତାର ବନ୍ଧନରୁ ଦେଶକୁ ମୁକ୍ତ କରିବା ପାଇଁ ସେ ଯେ ଅହିଂସା ସଂଗ୍ରାମର ସୂତ୍ରଧର ହୋଇଥିଲେ ଏହା କେବଳ ଅଗଣିତ ଭାରତୀୟଙ୍କର ମଙ୍ଗଳ ପାଇଁ ଉଦ୍ଦିଷ୍ଟ ଥିଲା । ଦାସତ୍ୱକୁ କୌଣସି ପ୍ରକାରେ ସେ ସହ୍ୟ କରିପାରୁନଥିଲେ । ଏହି ମହତ ବିଚାରବୋଧ ହେତୁ ମୋହନ ଦାସ କରମଚାନ୍ଦ ଗାନ୍ଧୀ ପାଲଟି ଯାଇଥିଲେ ଗାନ୍ଧୀ ମହାତ୍ମା । ସଭିଙ୍କର ପ୍ରିୟ 'ବାପୁ' । ଏହି ନାମରେ ହିଁ ସେ ଦେଶବାସୀଙ୍କ ନିକଟରେ ନିଜର ସ୍ୱତନ୍ତ୍ର ପରିଚୟ ସୃଷ୍ଟିରେ ସକ୍ଷମ ହୋଇଥିଲେ ।

"ଓଡ଼ିଆ ଏକଟା ଭାଷା ନୟ ।" କହି ଏ ଭାଷାକୁ ହତ୍ୟା କରିବାକୁ ଆଉ କ୍ରାନ୍ତିଚନ୍ଦ୍ରଙ୍କର ଆବଶ୍ୟକତା ନାହିଁ । ଆମେ ନିଜେ ଜଣେ ଜଣେ କ୍ରାନ୍ତିଚନ୍ଦ୍ର ସାଜି ନିଜ ଭାଷାକୁ ହତ୍ୟା କରିବାକୁ ପ୍ରକ୍ରିୟା ଆରମ୍ଭ କଲୁଣି । ଇଣ୍ଟରନେଟ, ପ୍ରଯୁକ୍ତି ବିଦ୍ୟା ଓ ଇଂରାଜୀର ଯୁଗରେ ଓଡ଼ିଆ ଭାଷା ଏକ ରକମ ଅଚଳ ହୋଇ ଗଲାଣି । ଇଂରାଜୀ ମିଡ଼ିୟମ ସ୍କୁଲରେ ପଢ଼ୁଥିବା ଆମ ପିଲାଙ୍କ ଓଡ଼ିଆ ଅଜ୍ଞତାକୁ ନେଇ ଆମେ ଗର୍ବ କରିବା ଶିଖିଗଲୁଣି । ରାଜଧାନୀ ଭୁବନେଶ୍ୱରରେ ଥିବା ସମସ୍ତ ପଞ୍ଚ ତାରକା ହୋଟେଲ ବା ବ୍ୟବସାୟିକ ପ୍ରତିଷ୍ଠାନର ନାମକରଣ ଇଂରାଜୀରେ ଲେଖାହେବା, 'ରେଭେନ୍ସା' ବିଶ୍ୱବିଦ୍ୟାଳୟର ନାମକରଣ ପରିବର୍ତ୍ତନ ନ ହେବା, ପୁରୀ ଶ୍ରୀକ୍ଷେତ୍ର ସମୁଦ୍ର କୂଳରେ ଥିବା ସମସ୍ତ ଦୋକାନର ସାଇନବୋର୍ଡ ବ୍ୟବସାୟିକ ଦୃଷ୍ଟି କୋଣରୁ ବଙ୍ଗଳାରେ ଲେଖାହେବା ଇତ୍ୟାଦି ଘଟଣା ଆମ ଭାଷାର ଶାସ୍ତ୍ରୀୟ ମାନ୍ୟତା ପ୍ରତି ଉପହାସ କରୁଛି । ଆମ ପାଇଁ ଏହା ଅପମାନ ଛଡ଼ା ଅନ୍ୟ କିଛି ହୋଇନପାରେ । ସରକାରଙ୍କର କ୍ୟାନସର, କୁଷ୍ଠ ଓ ଏଡ଼ସ ସଚେତନତା ପାଇଁ ପ୍ରଚୁର ବିଜ୍ଞାପନ କାର୍ଯ୍ୟକ୍ରମ ଅଛି । ମାତ୍ର 'ଭାଷା' ସାହିତ୍ୟର ସଚେତନତା ସୃଷ୍ଟି ପାଇଁ ସେମିତି କିଛି ପଦକ୍ଷେପ, ପ୍ରୋତ୍ସାହନ କିମ୍ୱା ପ୍ରସାର ସରକାରଙ୍କ ତରଫରୁ ନାହିଁ । ଏହା କ'ଣ ସରକାରଙ୍କର ଉଦାସୀନତା ନୁହେଁ କି ? ସାହିତ୍ୟକ୍ଷେତ୍ରରେ ଆମ ସାରସ୍ୱତ ଭଣ୍ଡାର ପୂର୍ଣ୍ଣ ଥିଲେ ମଧ ଆମେ ପଡ଼ୋଶୀର କାହାଣୀ ଆଣି ରିମେକ୍ କରି ଚଳଚିତ୍ର ନିର୍ମାଣ କରିବା, ଅନ୍ୟଭାଷାର

ସାହିତ୍ୟକୁ ଅନୁବାଦ କରିବାର ମାନସିକତା ଲୋପପାଇନାହିଁ। ଓଡ଼ିଆ ଭାଷାର ବହି ଓ ପତ୍ର ପତ୍ରିକା କିଣିବା, ଅର୍ଥର ଅପଚୟ ଏବଂ ତାହା ପାଠ କରିବା ସମୟର ଅପବ୍ୟବହାର ବୋଲି ଭାବିବା ଆମେ ଆରମ୍ଭ କଲେଣି।

କେତେକ ସାଧାରଣ ଶ୍ରେଣୀର ଛାତ୍ର ବିଶ୍ୱବିଦ୍ୟାଳୟ ସ୍ତରରେ ମାତୃଭାଷା ମାଧ୍ୟମରେ ଅଧ୍ୟୟନ କରୁଥିବାବେଲେ ଉଚିତର ଜ୍ଞାନ ପିପାସୁ ମେଧାବୀ ଛାତ୍ରମାନେ କେବଳ ଇଂରାଜୀ ମାଧ୍ୟମକୁ ହିଁ ପସନ୍ଦ କରୁଛନ୍ତି। ସର୍ବଭାରତୀୟ ପ୍ରତିଯୋଗିତା ମୂଳକ ପରୀକ୍ଷାରେ ଆଂଶିକ ଭାବେ ଆଞ୍ଚଳିକ ଭାଷା ସହିତ ହିନ୍ଦୀ ଭାଷାକୁ ଅନୁମୋଦନ କରାଯାଇଥିବା ବେଳେ ଅଧିକାଂଶ ଛାତ୍ର କେବଳ ଇଂରାଜୀ ମାଧ୍ୟମକୁ ହିଁ ବାଛି ନେଉଛନ୍ତି। କ୍ରମେ ଅଧିକରୁ ଅଧିକ ଇଂରାଜୀ ଭାଷା ପ୍ରତି ମୋହ ବଢ଼ିବାରେ ଲାଗିଛି। ଏହି ଇଂରାଜୀ ଭାଷା ଏବେ ଗ୍ରାମାଭିମୁଖୀ ହୋଇ ପଲ୍ଲୀ ଅଞ୍ଚଳରେ ତା'ର ପ୍ରାଧାନ୍ୟ ଓ ଆଦର ବଢ଼ାଇବାକୁ ଲାଗିଲାଣି। ବହୁ ସ୍ଥାନରେ ମଧ୍ୟ ଅଧିକ ସଂଖ୍ୟକ ଇଂରାଜୀ ମାଧ୍ୟମ ସ୍କୁଲମାନ ମୁଣ୍ଡ ଟେକିବାକୁ ଲାଗିଲେଣି। ସମ୍ପ୍ରତି ଓଡ଼ିଶାରେ ଇଂରାଜୀ ଭାଷାର ପ୍ରଚଳନ ଦୃଢ଼ ଭାବରେ ଚାଲିଛି କହିଲେ ଅତ୍ୟୁକ୍ତି ହେବନାହିଁ। ଦୃଷ୍ଟାନ୍ତ ସ୍ୱରୂପ ସ୍କୁଲ, କଲେଜ ଠାରୁ ବିଶ୍ୱବିଦ୍ୟାଳୟ ପର୍ଯ୍ୟନ୍ତ, ବିଭିନ୍ନ ପ୍ରକାର ଦୋକାନ, ବଜାରରେ, ଛୋଟ ବଡ଼ ଅଫିସ ମାନଙ୍କରେ ଲାଗିଥିବା ସାଇନ ବୋର୍ଡ ସବୁ ଏବେ ସୁଦ୍ଧା ଦେଶ ସ୍ୱାଧୀନ ହେବାର ୭୦ ବର୍ଷ ପରେ ମଧ୍ୟ ଇଂରାଜୀ ଭାଷାରେ ଲେଖା ହୋଇଥିବା ଦେଖିବାକୁ ମିଳୁଛି। ଖାଦ୍ୟ ସାମଗ୍ରୀର ପ୍ୟାକିଂକଭର ମଧ୍ୟ ଅଧିକାଂଶ ଇଂରାଜୀ ଭାଷାରେ ଛାପାଯାଉଛି। ଅଭିଭାବକମାନେ ଓଡ଼ିଆ ମାଧ୍ୟମ ସ୍କୁଲରେ ସେମାନଙ୍କ ପିଲାମାନଙ୍କୁ ପାଠ ପଢ଼ାଇବାକୁ ଆଗ୍ରହ ପ୍ରକାଶ କରୁନଥିବା ବେଳେ ଇଂରାଜୀ ମାଧ୍ୟମ ସ୍କୁଲରେ ମୋଟା ଅଙ୍କର ଅର୍ଥ ଦେଇପାଠ ପଢ଼ାଇବାକୁ ପସନ୍ଦ କରୁଛନ୍ତି। ଓଡ଼ିଶାରେ ବର୍ତ୍ତମାନ ଯାହା ଦେଖାଯାଉଛି ବାପା ମାଆମାନଙ୍କ ସମ୍ମୁଖରେ ତାଙ୍କ ପିଲାଏ ଇଂରାଜୀ ଭାଷାରେ କଥା ହେଲେ ସେମାନେ ନିଜକୁ ବେଶୀ ଖୁସି ଅନୁଭବ କରିବା ସହିତ ଗର୍ବିତ ମନେ କରୁଛନ୍ତି। ପୁଣି ପିଲାଏ ଜନ୍ମ ହେଉ ହେଉ ତାଙ୍କୁ ବାପା- ବୋଉ ଶିଖାଇବା ପରିବର୍ତ୍ତେ ଡାଡି–ମମି ବା ମମ–ଡାଡ ଶିଖାଯାଉଛି। ସ୍କୁଲକୁ ଯିବା ପୂର୍ବରୁ ପିଲାଟିକୁ ଘରେ ଏକ, ଦୁଇ, ତିନି, ଚାରି, ଶିକ୍ଷା ବଦଲରେ ଆରମ୍ଭରୁ ୱାନ, ଟୁ, ଥ୍ରୀ, ପୁନର୍ବ ଅ, ଆ, ଇ, ପରିବର୍ତ୍ତେ ଏ, ବି, ସି, ଡି ଇତ୍ୟାଦି ଶିକ୍ଷା ଦିଆଯାଉଛି। ଯାହାଫଳରେ ପିଲାଟି ଜନ୍ମରୁ ଇଂରାଜୀ ଭାଷା ସହ ଅଙ୍ଗାଙ୍ଗୀ ଭାବେ ଜଡ଼ିତ ହେବାରୁ ପରବର୍ତ୍ତୀ ସମୟରେ ଓଡ଼ିଆ ଭାଷା ପ୍ରତି ତା'ର ଆଉ ଆଗ୍ରହ ରହୁନାହିଁ। ଯେଉଁ ଉକ୍ଳରେ ଓଡ଼ିଆ ବୀର ପାଇକମାନେ ନିଜ ଜୀବନକୁ ବାଜି ଲଗାଇ ସ୍ୱାଧୀନତା ସଂଗ୍ରାମରେ ଝାସ ଦେଇଥିଲେ, କେତେ କେତେ ବୀର ସୈନିକ ସହିଦ ହେଇଥିଲେ। ଆଜି ସେହି ମହାନ ପୁରୁଷଙ୍କ ଯୋଗୁ ଦେଶସିନା ସ୍ୱାଧୀନ ହୋଇଛି, ଇଂରେଜମାନଙ୍କ ହୁକୁମ ଓ ପାଦଚିହ୍ନ ଓଡ଼ିଶା ମାଟିରୁ ସମ୍ପୂର୍ଣ ଭାବେ ଲିଭିଯାଇଛି। ହେଲେ ତାଙ୍କ ପ୍ରଚଳିତ ଇଂରାଜୀ ଭାଷା ଆଜି ପର୍ଯ୍ୟନ୍ତ ଓଡ଼ିଶା କ'ଣ ସମଗ୍ର ଭାରତ ବର୍ଷରୁ ତଥା ଭାରତୀୟଙ୍କ ହୃଦୟରୁ ଅପସରି ଯାଇନାହିଁ କିମ୍ବା ଅପସରି ଯିବାର ସମ୍ଭାବନା ମଧ୍ୟ ନାହିଁ।

ଶିକ୍ଷାର ଅନ୍ୟ ଏକ ଆସ୍ତିବାଚକ ଦିଗ ହେଉଛି ମାତୃଭାଷାର ଉନ୍ନତି। ଏହାଦ୍ୱାରା କେବଳ ଆଞ୍ଚଳିକ ଭାଷା ଓ ସାହିତ୍ୟର ଅଭିବୃଦ୍ଧି ଘଟିବ ନାହିଁ ବରଂ ସମସ୍ତଙ୍କ ମନରେ ସ୍ୱଦେଶୀ ଭାବନା ଜାଗ୍ରତ ହେବ। ଇଂରାଜୀ ଭାଷା ପ୍ରତି ଆମର ମୋହ ନ ତୁଟିଲେ ଅତୀତର ଉପନିବେଶବାଦ କାଲର ଘୃଣ୍ୟ ଦାସ ମନୋଭାବ ମନରୁ ଦୂର ହେବନାହିଁ। ଇଂରାଜୀ ଭାଷା ଆମକୁ ପାଶ୍ଚାତ୍ୟାଭିମୁଖୀ କରିବା ସଙ୍ଗେ ସଙ୍ଗେ ଜାତୀୟ ଐତିହ୍ୟ ଓ ସଂସ୍କୃତିଠାରୁ ଦୂରେଇ ଦେଇଛି। ତେଣୁ ଆଜି ସଂକ୍ଷେପରେ କହିଲେ ରୁଷଭଲି ଉନ୍ନତ ରାଷ୍ଟ ଇଂରାଜୀ ପରିବର୍ତ୍ତେ ନିଜର ସ୍ୱଦେଶୀ ଭାଷାରେ ପରିଚାଲିତ ହୋଇ ଆଧୁନିକ ବିଶ୍ୱରେ କମ ଅଗ୍ରଗତି କରିନାହିଁ। ତେଣୁ ମାତୃଭୂମିର ପୂର୍ବଗୌରବକୁ ଫେରାଇ ଆଣିବା ପାଇଁ ଆମମାନଙ୍କ ହୃଦୟରେ ସ୍ୱଦେଶୀୟ ଭାଷା ଜାଗ୍ରତ ଦେବା ନିତାନ୍ତ ଆବଶ୍ୟକ। ମାତ୍ର ଆଜି ଇଂରାଜୀ ଆମ ହୃଦୟର ଅତିପ୍ରିୟ ସ୍ଥାନକୁ ଜବରଦଖଲ କରିଛି ଏବଂ ଆମ ମାତୃଭାଷା ଗୁଡ଼ିକୁ ଗାଦିଚ୍ୟୁତ କରିଛି। ଇଂରେଜମାନଙ୍କ ସହ ଆମର ଅସମାନ ସମ୍ପର୍କ

ହେତୁ ଏହାଏକ ଅପ୍ରାକୃତି ସ୍ଥାନରେ ରହିଛି । ଭାରତୀୟ ଚିନ୍ତନର ଶ୍ରେଷ୍ଠତମ ବିକାଶ ଇଂରାଜୀ ବ୍ୟତୀତ ହେବା ଅସମ୍ଭବ । ଏହା ଭାରତୀୟ ପୁରୁଷତ୍ୱର ଅମର୍ଯ୍ୟାଦା କରି, ବିଶେଷ କରି ନାରୀତ୍ୱର ବିରୋଧାଚରଣ କରି ଆମ ପୁଅ ଝିଅଙ୍କୁ ଶିଖେଇଛି ଯେ ଇଂରାଜୀ ଜ୍ଞାନଛଡ଼ା ଉଚ୍ଚତର ସମାଜରେ ପ୍ରବେଶ ଅସମ୍ଭବ । ଏହା ସହିବାଠାରୁ ଲାଜ ଓ ଅପମାନ ଜନକ କଥା କିଛି ହୋଇ ନପାରେ । ଇଂରାଜୀ ଆସକ୍ତିକୁ ଦୂର କରିବା ସ୍ୱରାଜର ଏକ ଅପରିହାର୍ଯ୍ୟ ଉପାଦାନ । (ୟଙ୍ଗ ଇଣ୍ଡିଆ ୨ ଫେବୃୟାରୀ ୧୯୨୧, ଏମ.କେ. ଗାନ୍ଧି ଇଣ୍ଡିଆ ଅଫ ମାଇଁ ଡ୍ରିମସ୍ ଅହମଦାବାଦ, ନବଜୀବନ ଟ୍ରଷ୍ଟ ୨୦୦୯ ।)

ଯେଉଁ ଭାବରେ ଇଂରାଜୀ ଶିକ୍ଷା ଦିଆଯାଉଛି ଇଂରାଜୀ ଶିକ୍ଷିତ ଭାରତୀୟଙ୍କୁ ହୀନବୀର୍ଯ୍ୟ କରିଦେଉଛି । ଏହା ଭାରତୀୟ ଛାତ୍ରଙ୍କର ସ୍ୱାୟୁବିକ ଶକ୍ତିର ଅପଚୟ କରି ଆମକୁ ଅନୁକରଣକାରୀ କରିଦେଇଛି । ଆମ ମାତୃଭାଷାକୁ ସ୍ଥାନଚ୍ୟୁତ କରିବା ଆମ ବ୍ରିଟିଶ ସମ୍ପର୍କର ଏକ ସବୁଠାରୁ ଦୁଃଖକର ଅଧ୍ୟାୟ । କୌଣସି ଦେଶ ଗୋଟିଏ ଅନୁକରଣକାରୀ ଗୋଷ୍ଠୀ ସୃଷ୍ଟିକରି ବଡ଼ ହୋଇନାହିଁ ।

ଇଂରେଜମାନେ ପ୍ରକୃତରେ ଭାବିଥିଲେ ଯେ ପାରମ୍ପରିକ ବ୍ୟବସ୍ଥା ଅନାବଶ୍ୟକତାଠାରୁ ଖରାପ । ତାପରେ ଏହି ବ୍ୟବସ୍ଥାର ଲାଳନ ପାଳନ ହୋଇଛି । ଏହାର ଉଦ୍ଦେଶ୍ୟ ଥିଲା ଭାରତୀୟଙ୍କ ଶରୀର, ମନ ଓ ଆତ୍ମାକୁ ବାମନ କରିଦେବା । ଶହ ଶହ ଯୁବକ ଯୁବତୀ ବିଶ୍ୱାସ କରନ୍ତି ଯେ, ଇଂରାଜୀ ଛଡ଼ା ଭାରତରେ ସ୍ୱାଧୀନତା ଅସମ୍ଭବ । ଏହି ବ୍ୟାଧୀ ସମାଜକୁ ଏପରି ଗ୍ରାସ କଲାଣି ଯେ ଅନେକ କ୍ଷେତ୍ରରେ ଶିକ୍ଷାର ଏକମାତ୍ର ଅର୍ଥ ଇଂରାଜୀ ଜ୍ଞାନ, ଲକ୍ଷ ଲକ୍ଷ ଲୋକଙ୍କୁ ଇଂରାଜୀ ଶିକ୍ଷା ଦେବା ଅର୍ଥ ସେମାନଙ୍କୁ କ୍ରୀତଦାସ କରିବା । ମ୍ୟାକଲେ ଶିକ୍ଷା ବ୍ୟବସ୍ଥାର ଯେଉଁ ଭିତ୍ତି ଭୂମି ପକାଇଲେ ତାହା ଆମକୁ କ୍ରୀତଦାସ କରିଛି । ତାଙ୍କର ଏହି ଇଚ୍ଛାଥିଲା ବୋଲି ମୁଁ କହୁନାହିଁ, କିନ୍ତୁ ତା'ର ପରିଣାମ ଏହା ହୋଇଛି । ଏହା କ'ଣ ଦୁଃଖକର କଥା ନୁହେଁ ଯେ ଆମେ ସ୍ୱାୟତ ଶାସନ ବିଷୟରେ ବିଦେଶୀ ଭାଷାରେ କହୁଛେ ? ଆମର ମନେରଖିବାକୁ ହେବ ଯେ ଯେଉଁ ବ୍ୟବସ୍ଥାକୁ ୟୁରୋପୀୟମାନେ ଫୋପାଡ଼ି ଦେଇଛନ୍ତି ତାହାହିଁ ଆମ ଭିତରେ ପ୍ରଚଳିତ । ତାଙ୍କର ପଣ୍ଡିତ ଲୋକେ ନିୟମିତ ଭାବରେ ପରିବର୍ତନ କରୁଛନ୍ତି । ଆମେ ଅଜ୍ଞାନ ଭାବରେ ସେମାନେ ଫୋପାଡ଼ି ଦେଇଥିବା ବ୍ୟବସ୍ଥାକୁ ଜାବୁଡ଼ି ଧରିଛୁ । ମନେ ରଖିବାକୁ ହେବ ଯେ ଇଂରାଜୀ ଶିକ୍ଷା ପାଇ ଆମେ ଆମ ଦେଶକୁ ଦାସତ୍ୱ ବନ୍ଧନରେ ବାନ୍ଧିଛୁ । ଆମେ ଇଂରାଜୀ ପଢ଼ୁଆ ଭାରତୀୟମାନେ ଭାରତକୁ ଦାସ କରିଛେ । ଭବିଷ୍ୟତ ଜାତିର ଅଭିଶାପ ଇଂରେଜଙ୍କ ଉପରେ ନୁହେଁ ଆମ ଉପରେ ପଡ଼ିବ । ଆମେ ସଭ୍ୟତା ରୋଗ ଦ୍ୱାରା ଏତେ ବିବ୍ରତ ଯେ ଆମେ ଇଂରାଜୀ ଶିକ୍ଷା ଛଡ଼ା କିଛି କରି ପାରିବା ନାହିଁ ।

ବ୍ୟସ୍ତ ବହୁଳ ଜୀବନ, ପ୍ରତିଯୋଗିତାମୂଳକ ଜୀବନ ଶୈଳୀ ଓ ଅନୁକରଣର ନିଶା ଭିତରେ ଆମେ ପାସୋରି ଦେଉଛେ ଆମର ଗୌରବମୟ ସଂସ୍କୃତି ଏବଂ ପରମ୍ପରାକୁ । ଅବକ୍ଷୟ ଓ ବିଲୁପ୍ତିର ଦ୍ୱାର ଦେଶରେ ଆଜି ଦଣ୍ଡାୟମାନ ଆମ ସଂସ୍କୃତି ଓ ପରମ୍ପରା । ସବୁଜ ଶ୍ୟାମଳା ଓଡ଼ିଶା ଆଜି ଚାପି ହୋଇଯାଇଛି କଂକ୍ରିଟର ସୌଧତଳେ । ରୂପରେଖ ସମ୍ପୂର୍ଣ୍ଣ ପରିବର୍ତ୍ତନ । ଗାଁ ଠୁ ସହର, ଗାଁର ଭାଗବତ ଟୁଙ୍ଗି ଭାଙ୍ଗିଯାଇ ସେଠାରେ ନିର୍ମାଣ ହୋଇଛି ୟୁଥ କ୍ଲବ । ଦୁଇମହଲା ତିନି ମହଲା ଅଟ୍ଟାଳିକା ଆଗରେ ଗ୍ରୀନ ଲନ ହୋଇଛି ସତ କିନ୍ତୁ ଘର ଆଗରେ ତୁଳସୀ ଚଉଁରା ରହିବାର ପରମ୍ପରା ଉଚ୍ଛେଦ ହୋଇଛି । ଓଡ଼ିଆ ଘରର ଝିଅ ଆଉ ବେଣୀ ବାନ୍ଧୁ ନାହିଁ, ବବ୍ କାଟୁଛି, ଶାଢ଼ି ପିନ୍ଧୁନାହିଁ, ଜିନିସ ପିନ୍ଧୁଛି । ବିବାହ ପୂର୍ବରୁ, ଲିଭ ଇନ୍ ଟୁଗେଦରକୁ ସମର୍ଥନ କରୁଛି । ବିବାହିତା ଓଡ଼ିଆ ବଧୂ ସିନ୍ଦୁର ବଦଳରେ ଟିକିଲି ପିନ୍ଧୁଛି । ଶଙ୍ଖା ବଦଳରେ ଫ୍ୟାନ୍ସି ଇମିଟେସନ ବ୍ରେସଲେଟ ପିନ୍ଧୁଛି । ମାର୍ଗଶିର ମାସ ଗୁରୁବାରରେ ଦିନ ଆଠଟାରେ ଉଠି ନନ୍ଭେଜର ଆଇଟମ ତିଆରି କରୁଛି । ଚିତା କୁଟିବା ବଦଳରେ ଟାଟୁ ଫ୍ୟାସନକୁ ଆଦରି ନେଇଛି ଆଜିର ନାରୀ ସମାଜ । ଏ ସବୁର ଦୃଶ୍ୟ ଏବଂ ଜୀବନଶୈଳୀ ଆହ୍ୱାନ ଦେଉଛି ଯେ ଭାଷା ସାହିତ୍ୟ, ସଂସ୍କୃତି ଏବଂ ପରମ୍ପରା କ୍ରମଶଃ ବିଲୁପ୍ତ ହେବାକୁ ବସିଛି । ଥାଉ ତା'ର ନାମ, ଥାଉ ଉଚ୍ଚପଦ, ଥାଉ ତାର ପଛେ ଅତୁଳ ସମ୍ପଦ, ସବୁ

ଅକାରଣ, ସବୁ ବୃଥା ସିନା, ନ ବାଜିଲେ ହୃଦେ ଦେଶ ପ୍ରାତିବିଣା (ରାଧା ମୋହନ ଗଡ଼ନାୟକ) ।

କୁହାଯାଏ ରଗ୍‌ବେଦ (ମଣ୍ଡଳ ୧ - ସୁକ୍ତ ୧୩ - ମନ୍ତ ୯)ରେ ଉଚ୍ଚାରିତ ହୋଇଛି "ଇଳା ସରସ୍ୱତୀ ମହୀ ତ୍ରିସ୍ରୋ ଦେବୀର୍ମୟୋ ଭୁବଃ, ବର୍ହିଃ ସୀବନ୍ତ ସ୍ୱିଧଃ (ଇଳ) ବାଣୀ ସରସ୍ୱତୀ (ବିଦ୍ୟା ସଂସ୍କୃତି) ମହୀ (ଭୂମି) କଲ୍ୟାଣ କାରିଣୀ (ମୟୋଭୁବଃ) ଅହିଂସନୀୟ ଆଦରଣୀୟା (ଅସ୍ରଧଃ)" । ଏହି ମନ୍ତ ମାଧ୍ୟମରେ ମାତୃଭାଷା, ମାତୃ ସଂସ୍କୃତି ଓ ମାତୃଭୂମିର ନିରାଜନା କରାଯାଇଛି ।

ଆହୁରି ମଧ୍ୟ ଭାଷା ହେଉଛି ନଈପରି । ନଈପରି ଗଡ଼ିଯିବ । ଅନ୍ୟ ଭାଷାରୁ ଶଢ଼ ଆହରଣ କରି ଫୁଲିଯିବ । ଛୋଟ ଛୋଟ ନାଳର ପାଣି ଆସି ନଈରେ ମିଶିଲା ପରି । ଗୋଟିଏ ଜାଗାରେ ନଈ ବଢ଼ିଲେ ଅନ୍ୟ ଜାଗାରେ ଛିଡ଼ିଯାଏ । ଗୋଟିଏ ଭାଷା ସମୃଦ୍ଧ ହେଲେ ଅନ୍ୟଟି ବୁଡ଼ିଯାଏ । ପୃଥିବୀର ଇତିହାସରେ ଏଭଳି ଉଦାହରଣ ଅନେକ । ଅନେକ ମାତୃଭାଷା ଏମିତି ହଜି ଗଲାଣି । ଆଉ କିଛି ହଜିବା ପାଇଁ ପ୍ରସ୍ତୁତ ହେଉଛନ୍ତି । ପୃଥିବୀରେ ଏକଦା ପ୍ରାୟ ସାତ ହଜାର ଭାଷା ପ୍ରଚଳିତ ଥିଲା । କିନ୍ତୁ ତାହା କମି କମି ଏକବିଂଶ ଶତାଦ୍ଧୀର ଶେଷ ବେଳକୁ ଦେଢ଼ଶ ଭାଷା ତିଷ୍ଠି ରହିବ ବୋଲି କେତେକ ଭାଷା ବିଜ୍ଞାନୀ ମତ ପ୍ରକାଶ କରୁଛନ୍ତି ।

ମାତୃଭାଷାକୁ ରକ୍ଷା କରିବାକୁ ହେଲେ କ'ଣ କରାଯାଇ ପାରିବ ଏ ପ୍ରଶ୍ନର ଉତ୍ତର ନାହିଁ । ଉତ୍ତର ଖୋଜିବାର ବି ଆବଶ୍ୟକ ନାହିଁ । ନିଜେ ନିଜ ଭାଷାକୁ ଭଲ ନ ପାଇଲେ କିଏ କ'ଣ ଅନ୍ୟ ଗ୍ରହରୁ ଆସି ଆମ ପାଇଁ କିଛି କରିବ ? ଏବେ ସମୟ ଆସିଛି । ଆମେ ଭଲ ପାଉଥିବା ମାତୃଭାଷା ପାଇଁ କିଛି ଚିନ୍ତା କରିବା । ନିଜ ଅଜାଣତରେ ବା ଜାଣତରେ ଇଂରାଜୀ ଭାଷାର କୁଟୀଳ ବନ୍ଧନୀ ମଧ୍ୟକୁ ଓଡ଼ିଆ ଭାଷା ଠେଲି ହୋଇ ଯାଉଥିଲାବେଳେ ଆମକୁ ନିଜ ମାତୃଭାଷାର ଅସ୍ମିତା ରକ୍ଷା କରିବାକୁ ହେବ । ସର୍ବ ସମ୍ମୁଖରେ ସଗର୍ବରେ ସ୍ୱାଧୀନତାର ସହ ମାତୃଭାଷାକୁ ପଢ଼ିବା ଓ ଲେଖିବା ଏବଂ କହିବାକୁ ହେବ । ମା'ର ଭାଷା ହିଁ ମୋର ଭାଷା ବୋଲି କହି ମୁଣ୍ଡଟେକି ଚାଲିବାକୁ ହେବ ରାଜଦାଣ୍ଡରେ । ଯେଉଁଦିନ ଘରର ମାଲିକର ମାସିକ ବା ସାପ୍ତାହିକ ଚିଠା ଭିତରେ ଏକ ସାହିତ୍ୟ ପତ୍ରିକାର ଚିଠା ରହିବ, ସେହିଦିନ ଆମ ସାହିତ୍ୟର ବା ଭାଷାର ବିକାଶ ହୋଇଛି ବୋଲି ଆମେ କହି ପାରିବା ।

କେନ୍ଦ୍ର ସରକାର ହିନ୍ଦୀ ଭାଷାକୁ ପ୍ରୋସାହିତ କରିବ ଓ ରାଜ୍ୟ ସରକାର ଇଂଲିଶକୁ । ତାହାହେଲେ ଓଡ଼ିଆ କ'ଣ ଜାରଜ ସନ୍ତାନ (ବେଧଡ଼ଛୁଆ) ଦୀର୍ଘ ଦୁଇ ଦଶନ୍ଧି ଧରି ଶାସନ ମୁଖ୍ୟ ଥିବା ମୁଖ୍ୟମନ୍ତ୍ରୀ ଯେତେବେଲେ ଓଡ଼ିଆ କହି ପାରୁନାହାନ୍ତି ସେପରି ସ୍ଥଳେ ଓଡ଼ିଆ ଭାଷାର ଭାଗ୍ୟରେ ଆଉ କ'ଣ ଘଟିପାରିବ । ଜଣେ ମାତୃଭାଷା ଅଜ୍ଞାନୀକୁ ମୁଖ୍ୟମନ୍ତ୍ରୀ (ରାଜ୍ୟର ମୁଖ୍ୟ) କରି ମାତୃଭାଷାର ଉନ୍ନତି ପାଇଁ କ'ଣ କରାଯାଇ ପାରିବ ବୋଲି ଭାବିବା ହିଁ ପ୍ରଥମତଃ ବୋକାମୀ। ଓଡ଼ିଶା ଓ ଓଡ଼ିଆ ଭାଷା ପାଇଁ ଇତିହାସର ଏକ ରୋମାଞ୍ଚକର ଘଟଣା ଥିଲା । ୧୯୨୮ ମସିହା ବା କଂଗ୍ରେସ ଡାକରାରେ "ସାଇମନ କମିଶନ ଗୋ-ବ୍ୟାକ୍" ଆନ୍ଦୋଲନ ଚାଲୁଥିଲା ବେଲେ ଉକ୍ରଳ ସମ୍ମିଲନୀର ନେତୃତ୍ୱ ନେଉଥିଲେ ମଧୁବାବୁ । ଧ୍ୱଂସ ନରଚାଇ କୌଣସି ଦେଶ ବା ଖଣ୍ଡର ନୂଆ ସୀମା ନିଶ୍ଚୟ ସହଜ ସାଧ ବ୍ୟାପାର ନୁହେଁ ମାତ୍ର ଓଡ଼ିଶା ପାଇଁ ତାହା ସମ୍ଭବ ହୋଇଥିଲା ।

ଶେଷ ସ୍ୱାଧୀନ ଓଡ଼ିଆ ରାଜା ମୁକୁନ୍ଦ ଦେବଙ୍କ ପତନ (ଗୋହୀରା ଟିକିରି ଯୁଦ୍ଧ ୧୫୬୮ ଖ୍ରୀଷ୍ଟାବ୍ଦ)ଠାରୁ ଓଡ଼ିଶା ନିଜ ସୀମା ହରାଇ ସାରିଥିଲା । ୧୯୨୮ରେ କଂଗ୍ରେସ ଡାକରାରେ (ଏକରୁଥାଲ) ସାଇମଲ କମିଶନ ଗୋ-ବ୍ୟାକ ଆନ୍ଦୋଲନ ଚାଲିଥିଲା ବେଲେ ସେତେବେଲେ ସକାରମ୍କ ମନ୍‌ନେଇ ଇଂଲିଶ ହାକିମ ଓଡ଼ୋନେଲ କମିଟିର ମୁଖ୍ୟ ଓଡ଼ିଶାର ସୀମା କମିଶନର ସାମୁଏଲ ସାହେବ ଗୋଟିଏ ବୈଠକରେ ମଧୁବାବୁଙ୍କୁ ପଚାରିଲେ- "ମିଷ୍ଟର ଦାସ ଆପଣଙ୍କର ସବୁ ଦାବି ଠିକ୍ ବୋଲି ଧରିନିଅନ୍ତୁ । ତେବେ କୁହନ୍ତୁ ଓଡ଼ିଶାର ସୀମା କେଉଁଠୁ କେଉଁଯାଏ ରହିବ, ତାକୁ

କେମିତି ଚିହ୍ନିବା ?” ମଧୁବାବୁଙ୍କର ତକ୍ଷଣାତ ଉତ୍ତର ଥିଲା ଖୁବ୍ ସହଜ । ସେ କହିଲେ “ସାର ଯେଉଁଜନ ସମୁଦାୟ ଜଗନ୍ନାଥ ଦାସଙ୍କ ଭାଗବତ ଓ ବଳରାମ ଦାସଙ୍କ ଲକ୍ଷ୍ମୀ ପୁରାଣ ପଢ଼ନ୍ତି ସେମାନେ ଓଡ଼ିଆ ଏବଂ ସେମାନେ ଯେଉଁଠି ବଂଶନ୍ତି, ସେହି ଭୂମିଟି ଓଡ଼ିଶା । ଜାତି ପାଇଁ ଏପରି ଅସ୍ମିତାବୋଧର ଅନ୍ଵେଷଣ ବୋଧ ହୁଏ ଆଉ କେବେ ଦେଖ୍ବାକୁ ମିଳିବ ନାହିଁ । ଏଠି ସାହିତ୍ୟର ମହାନତା ଲକ୍ଷ୍ୟ କରିବା । ଗୋହିରା ଟିକିରି ଯୁଦ୍ଧଠାରୁ ୩୬୦ ବର୍ଷ ଅତୀତ ହୋଇ ସାରିଥାଏ । ଭୂଇଁ ବୁଲେନି, ବୁଲେ ମଣିଷ । ସାମ୍ରାଜ୍ୟ ଗଠନର ଏହା ହିଁ ଚରମ ସତ୍ୟ । ଯେଉଁ ଅଞ୍ଚଳଗୁଡ଼ିକ ମିଶି ରାଜନୀତିକ ଭାବେ ଆଜିର ଓଡ଼ିଶା, ତହିଁର ପ୍ରତିଟି ସ୍ଥାନର ଇତିହାସ ସମୃଦ୍ଧ । ସମଗ୍ର ଭୂମି ଆଫଗାନ, ମୋଗଲ, ମରହଟ୍ଟା ଶାସନ ବାଟେ ଇଷ୍ଟ-ଇଣ୍ଡିଆ କମ୍ପାନୀ ଅକ୍ତିଆରକୁ ଆସିଥିଲା । ୧୮୫୮ ମହାରାଣୀଙ୍କ ସନନ୍ଦ ପରେ ତାହା ବ୍ରିଟିଶ ଅଧୀନକୁ ଗଲା । ରେକର୍ଡ଼ କହେ ୧୮୦୩ ରେ ଗଞ୍ଜାମରୁ ବାହାରି କର୍ଣ୍ଣେଲ ହାରକେଟଙ୍କ କମାଣ୍ଡରେ ବ୍ରିଟିଶ ଫୌଜ କଟକ, ପୁରୀ ଏବଂ ବାଲେଶ୍ଵର ଏହି ତିନୋଟି ମୋଗଲ ବନ୍ଦି ଜିଲ୍ଲାକୁ ଅକ୍ତିଆର କରିନେଲେ । ୧୭୬୫ଠାରୁ କେବଳ ମେଦିନୀପୁରକୁ କମ୍ପାନୀ ଓଡ଼ିଶା କହୁଥିଲା ଓ ତହିଁର ବିସ୍ତାର ଥିଲା ବାଲେଶ୍ଵର ଯାଏ । ବାକି ଅଞ୍ଚଳ ଥିଲା ମରହଟ୍ଟା ଅକ୍ତିଆରରେ । ମୋଗଲବନ୍ଦୀ ଉପକୂଳ ଓଡ଼ିଶା ଅକ୍ତିଆର ପରେ ବ୍ରିଟିଶ ଫୌଜକୁ କ୍ୟାଲକାଟା ଓ ମାଦ୍ରାସ ଭିତରେ କରିଡ଼ରଟେ ମିଳିଗଲା । ପରବର୍ତ୍ତୀ ପାଞ୍ଚମାସ ଭିତରେ ୨ୟ ଆଙ୍ଗ୍ଲୋ-ମରହଟ୍ଟା ଯୁଦ୍ଧରେ ପରାଜିତ ମହାରାଜାଧିରାଜ ରାଜେଶ୍ଵର ସଓ୍ଵାଇ, ଶ୍ରୀ ଯଶୋବନ୍ତ ରାଓ ହୋଲକର ଓ ନାଗପୁର ରାଜା ରଘୁଜୀ ଭୋସଁଲେ-୨ ନିଜ ନିଜ ସାର୍ବଭୌମ କ୍ଷମତା ବ୍ରିଟିଶ ଜେନେରାଲ ଲେକ୍ଙ୍କୁ ସମର୍ପି ଇଷ୍ଟ-ଇଣ୍ଡିଆ କମ୍ପାନୀଠାରୁ ବଂଶ୍ୟତା ପ୍ରାର୍ଥନା କଲେ । ତା’ସହିତ କମ୍ପାନୀ ବାହାଦୂର ଆପେଆପେ ପାଇଗଲେ ସେମାନଙ୍କ ଅଧୀନରେ ଥିବା ସମଗ୍ର ମୋଗଲ ବନ୍ଦି ଓ ନଭର ପଶ୍ଚିମକୁ ଯେତେ ଅଞ୍ଚଳ । ଜେନେରାଲ ଲେକ୍ ଦଶହଜାର ଫୌଜ ନେଇ ଆସିଥିଲେ, ସମଗ୍ର ଓଡ଼ିଶା ଜୟକରିଗଲେ କେବଳ କଳାହାଣ୍ଡିକୁ ଛାଡ଼ି, ତାହା ବି ପରେ ମିଶିଗଲା ।

ଏଥିରେ ଖାସ ସେମିତି କିଛି ନାଟକୀୟତା ନାହିଁ । ଇଷ୍ଟ-ଇଣ୍ଡିଆ କମ୍ପାନୀ ଇଂଲଣ୍ଡରୁ ମହାରାଣୀଙ୍କ ଆଜ୍ଞାରେ ଭାରତ ଆସିଥିଲା । ଯାହା କଲେ ବି କମ୍ପାନୀ ମହାରାଣୀଙ୍କ ବଶ୍ୟବଦ ହୋଇରହିବ । କମ୍ପାନୀ ଦଖଲ କଲା କଲିକତା, ସୁତାନତି ଓ ଗୋବିନ୍ଦ ପୁର ଏମିତି ତିନୋଟି ଗାଁ । ସେଥିରୁ ଗୋଟିଏ ନା– କଲିକତାକୁ କ୍ୟାଲକଟ୍ଟା କହି ୧୭୧୨ରେ ତାହା ବ୍ରିଟିଶ ଇଣ୍ଡିଆର ରାଜଧାନୀ ହେଲା । ସତ, ମିଛ ଲେଖନ୍ତୁ ପଛେ ମହାରାଣୀଙ୍କ ଆଜ୍ଞାରେ ଦାୟିତ୍ଵ ସମ୍ପାଦନ କରୁଥିବା କମ୍ପାନୀପରି ସେମାନେ ଭାରତୀୟ ଯୁଦ୍ଧ ଓ ଜୟ-ପରାଜୟ ସବୁ ରେକର୍ଡ଼ କରୁଥିଲେ । ଶୃଙ୍ଖଳା ଓ ସ୍ଵେଚ୍ଛାଚାର ଭିତରେ ଲଢ଼େଇ ହେଲେ ଯାହା ହେବା କଥା ତାହାହିଁ ହେଉଥିଲା ସବୁକ୍ଷେତ୍ରରେ । ଆଜିର ଓଡ଼ିଶା– ଇଂରେଜ ଅକ୍ତିଆର କରିନଥିଲେ ଏ ଭୂଗୋଳର ଭାଗ୍ୟ କ’ଣ ହୋଇଥାଆନ୍ତା । ଏ କଥା ଅନୁମାନ କରିବା ମୁସ୍କିଲ । ସେଥିପାଇଁ ଗୋଟିଏ ଚୁକ୍ତି ଯେମିତି ହେଲେବି ଆଖିରେ ପଡ଼େ ଦେଓଗାଁ ଚୁକ୍ତି ୧୭ ଡିସେମ୍ବର ୧୮୦୩ । ଏ ଚୁକ୍ତି ନ ହୋଇଥିଲେ କିଏ ଜାଣେ ହୁଏତ ଆଉ କ’ଣ ହୋଇଥାଆନ୍ତା । ଆଜି ଓଡ଼ିଶାର ରାଜନୀତିକ ଭୂଗୋଳ ଏହି ଚୁକ୍ତି ସହିତ ଜଡ଼ିତ । ରାଜ୍ୟର ମୁଖ୍ୟ କହିଲେ ଯଦି ମୁଖ୍ୟମନ୍ତ୍ରୀଙ୍କୁ ବୁଝାଉଥାନ୍ତା । ତେବେ ପ୍ରଥମେ ସ୍ଵତନ୍ତ୍ର ଓଡ଼ିଶା ପ୍ରଦେଶ ପାଇଁ ଉଦ୍ୟମ କରିବାକୁ ଯାଇ ପ୍ରଚୁର ଅର୍ଥ ରୋଜଗାର କରି ମଧ୍ୟ ନିଃସ୍ଵ ପାଲଟି ଯାଇଥିବା, ସର୍ବସ୍ଵାନ୍ତ ହୋଇ ଯାଇଥିବା ମଧୁବାବୁ ଓଡ଼ିଶାର ମୁଖ୍ୟମନ୍ତ୍ରୀ ନଥିଲେ । ଇଂଲଣ୍ଡରେ ଗୋଲଟେବୁଲ ବୈଠକରେ ସ୍ଵତନ୍ତ୍ର ଓଡ଼ିଶା ପ୍ରଦେଶ ପାଇଁ ଯୁକ୍ତି ଉପସ୍ଥାପନ କରିବାକୁ ଯାଇ ନିଜର ରାଜକୋଷ ଶୂନ୍ୟ କରିଦେଇଥିବା ପାରଲା ରାଜା ଗଜପତି କୃଷ୍ଣ ଚନ୍ଦ୍ର ଦେବ ସେ ସମୟରେ ଓଡ଼ିଶାର ମୁଖ୍ୟମନ୍ତ୍ରୀ ନଥିଲେ କିୟା ଅଖଣ୍ଡ ଭାରତ କଂଗ୍ରେସ କମିଟି ଓ ତା’ର କର୍ଣ୍ଣଧାର ଗାନ୍ଧିଜୀଙ୍କ ନିକଟରେ ସ୍ଵତନ୍ତ୍ର ଓଡ଼ିଶା ପ୍ରଦେଶ ପାଇଁ ଦାବି ଉପସ୍ଥାପନ କରିଥିବା ଏବଂ ସେଥିପାଇଁ ସେମାନଙ୍କ ସହିତ ଯୁକ୍ତିବାଢ଼ି ନିଜର ରାଜନୈତିକ ଭବିଷ୍ୟତକୁ ଅନ୍ଧକାର ମଧକୁ

ଠେଲିଦେଇଥିବା ଡ଼କ୍ଟର ହରେକୃଷ୍ଣ ମହତାବ ମଧ ସେତେବେଳେ ଓଡ଼ିଶାର ମୁଖ୍ୟମନ୍ତ୍ରୀ ନ ଥିଲେ । ଆମେମାନେ କ'ଣ ସେମାନଙ୍କ ତ୍ୟାଗ ଓ କଷ୍ଟ ସ୍ୱୀକାରକୁ ଆଜି ଭୁଲିଯିବା କିୟ। ଅସ୍ୱୀକାର କରି ପାରିବା ?

ବଡ଼ ଦୁଃଖ ଓ କ୍ଷୋଭର କଥା ଓଡ଼ିଶାର (ବର୍ତ୍ତମାନର ଓ ପୂର୍ବର) ଏହି ତଥାକଥିତ ମଣିମା (ମୁଖ୍ୟମନ୍ତ୍ରୀ)ମାନେ ଓଡ଼ିଶାର ଉନ୍ନତି ପାଇଁ ପ୍ରକୃତରେ କାର୍ଯ୍ୟ କ୍ଷେତ୍ରରେ କିଛି ନ କରି କେବଳ ଭାଷଣରେ ଧୂଆଁବାଣ ମାରି ଚାଲିଛନ୍ତି । କେବଳ ଓଡ଼ିଶାର ମୁଖ୍ୟମନ୍ତ୍ରୀ ଗଣ କାହିଁକି ତାପୂର୍ବରୁ ଇଂରେଜମାନଙ୍କ ଶାସକ ସମୟରେ ମଧ ଏମାନେ ଅଯୋଗ୍ୟତାର ଓ ଅକର୍ମଣ୍ୟତାର ପରିଚୟ ଦେଇଛନ୍ତି । ଯେତେବେଳେ ଓଡ଼ିଆ ଭାଷାକୁ ବିଲୋପ କରିବା ପାଇଁ ଚକ୍ରାନ୍ତ ଚାଲିଲା ସେତେବେଳେ କୌଣସି ଓଡ଼ିଆ ଏହାର ସଫଳ ମୁକାବିଲା କରି ପାରି ନଥିଲେ ବରଂ କେତେ ଜଣ ଅଣ ଓଡ଼ିଆ ବିଶେଷ କରି ଇଂରେଜ ପ୍ରଶାସକ ତଥା ବାଲେଶ୍ୱରର ତତ୍କାଳୀନ କଲେକ୍ଟର ବିଶିଷ୍ଟ ଭାଷା ତତ୍ତ୍ୱବିତ୍ ସାର୍ ଜନ୍ ବିମସଙ୍କ ଦୃଢ଼ ଯୁକ୍ତି ଓ ଅକାଟ୍ୟ ପ୍ରମାଣ ଓଡ଼ିଆ ଭାଷାକୁ ରକ୍ଷା କରିବାରେ ସହାୟକ ହୋଇଥିଲା ।

ଉନବିଂଶ ଶତାଦ୍ଦୀର ମଧ୍ୟଭାଗରେ ଓଡ଼ିଆ ଭାଷାକୁ ବିଲୋପ କରିବା ପାଇଁ ବିଧିବଦ୍ଧ ଷଡ଼ଯନ୍ତ୍ର ହୋଇଥିଲା । ଏ ଦିଗରେ ସର୍ବପ୍ରଥମେ ନେତୃତ୍ୱ ନେଲେ ରାଜେନ୍ଦ୍ର ଲାଲ ମିତ୍ର । ବଙ୍ଗଳା, ବିହାର ଓ ଓଡ଼ିଶାକୁ ନେଇ ବେଙ୍ଗଲ ପ୍ରେସିଡେନ୍ସି ବା ବୃହତ ବେଙ୍ଗଲ ଗଠିତ ହୋଇଥିଲା । ଓଡ଼ିଶା–ବଙ୍ଗଳା ଅଧୀନରେ ଥିବାରୁ ଓ ଓଡ଼ିଆକୁ ଏକ ସ୍ୱତନ୍ତ୍ର ଭାଷାର ମାନ୍ୟତା ଦେବାର କୌଣସି ଅବଶ୍ୟକତା ନାହିଁ ବୋଲି ବଙ୍ଗୀୟ ଅମଲାମାନେ ଇଂରେଜ ପ୍ରଶାସକଙ୍କୁ ସେମାନଙ୍କ ପାରୁପର୍ଯ୍ୟନ୍ତ ପ୍ରଭାବିତ କରିବାକୁ ଚେଷ୍ଟା କରୁଥିଲେ । ସେତେବେଳେ ଓଡ଼ିଆମାନେ ଶିକ୍ଷା ସଚେତନତାର ବହୁତ ପଛରେ ଥିଲେ । ଶିକ୍ଷିତ ଓଡ଼ିଆମାନଙ୍କ ସଂଖ୍ୟା ଖୁବ୍ ସୀମିତ ଥିଲା । ଓଡ଼ିଆ ଭାଷା ଲୋପ କରିବା ଷଡ଼ଯନ୍ତ୍ର ନେତୃତ୍ୱ ନେଇଥିଲେ ଓଡ଼ିଶାରେ ଥିବା କେତେକ ବଙ୍ଗୀୟ ଅମଲା । ୧୮୬୯ ମସିହା ମାର୍ଚ୍ଚ ୧୬ ତାରିଖରେ ତତ୍କାଳୀନ ଐତିହାସିକ ରାଜେନ୍ଦ୍ର ଲାଲ ମିତ୍ର ଓଡ଼ିଶାର କଳା ସଂସ୍କୃତି ଉପରେ ଆଧାରିତ ଏକ ପୁସ୍ତକ ପ୍ରସ୍ତୁତି ଅବସରରେ ଲେଖିଥିଲେ ଯେ ଓଡ଼ିଆ ଭାଷାର ସ୍ଥିତି ହ୍ରାସ ନହେଲେ ଓଡ଼ିଶାର ପ୍ରଗତି ସମ୍ଭବ ନୁହେଁ । ସେତେବେଳକାର ଡେପୁଟି ଇନସପେକ୍ଟର ଅଫ୍ ସ୍କୁଲ ଉମାଚରଣ ହାଲଦାର ଓଡ଼ିଆ ଭାଷାକୁ ବଙ୍ଗଳା ପ୍ରିଣ୍ଟରେ ଲେଖିବା ନିମନ୍ତେ ଦାବି ଉପସ୍ଥାପନ କରିବା ଆରମ୍ଭ କରିଥିଲେ । ନିଆଁରେ ଘିଅ ଢାଲିଲା ଭଳି ଏହାର ବର୍ଷକ ମଧରେ ୧୮୭୦ ମସିହାରେ ଜିଲ୍ଲା ସ୍କୁଲ ଶିକ୍ଷକ କାନ୍ତିଚନ୍ଦ୍ର ଭଟ୍ଟାଚାର୍ଯ୍ୟଙ୍କ ପୁସ୍ତକ 'ଓଡ଼ିଆ ସ୍ୱତନ୍ତ୍ର ଭାଷାନୟ' ପ୍ରକାଶିତ ହୋଇ ଇନ୍ସପେକ୍ଟର ଅଫ୍ ସ୍କୁଲ ଆର୍.ଏଲ୍. ମାର୍ଟିନଙ୍କ ନିକଟକୁ ପଠାଯାଇଥିଲା । ଆହୁରି ମଧ ସ୍କୁଲରେ ପାଠ୍ୟ ପୁସ୍ତକ ବଙ୍ଗଳାରେ ପ୍ରକାଶନ ନିମନ୍ତେ ଡେପୁଟି ଇନ୍ସପେକ୍ଟର ଅଫ୍ ସ୍କୁଲ ଶିବଦାସ ଭଟ୍ଟାଚାର୍ଯ୍ୟ ଦସ୍ତଖତ ଅଭିଯାନ ଆରମ୍ଭ କରିଦେଇଥିଲେ । ଏହି ବରିଷ୍ଠ ଅମଲାମାନେ ସେତେବେଳେ କେତେକ ଇଂରେଜ ପ୍ରଶାସନଙ୍କ ଉପରେ ନିୟମିତ ଚାପ ପକାଇ ସେମାନଙ୍କୁ ପ୍ରଭାବିତ କରିବାରେ ବେଶ ସଫଳ ହୋଇଥିଲେ ।

ଉନବିଂଶ ଶତାଦ୍ଦୀର ମଧ ଭାଗରେ ବଙ୍ଗୀୟ ରାଜକର୍ମଚାରୀମାନେ ଓଡ଼ିଶା ଏବଂ ଆସାମ ଉଭୟ ରାଜ୍ୟରେ ବଙ୍ଗଳାକୁ ବିଦ୍ୟାଳୟ ଶିକ୍ଷାର ମାଧମ ରୂପେ ଗ୍ରହଣ କରାଇ ନେବାକୁ ଚକ୍ରାନ୍ତ କରିଥିଲେ । ଏଥିପାଇଁ ଉଭୟ ରାଜ୍ୟରେ ଭାଷା ସୁରକ୍ଷା ଆନ୍ଦୋଳନ ତୀବ୍ରତର ହୋଇଉଠିଥିଲା । ସେତେବେଳେ କଲିକତା ହାଇକୋର୍ଟର ତତ୍କାଳୀନ ମୁଖ୍ୟ ବିଚାରପତି ଗୁଣଗ୍ରାହୀ ସାର୍ ଉଇଲିୟମ ଜୋନ୍ସ ମାତୃଭାଷା ମାଧମରେ ବିଦ୍ୟାଳୟ ଶିକ୍ଷାର ଉତ୍କର୍ଷକୁ ପ୍ରତିପାଦନ କରି ଅସମୀୟା ଭାଷାର ସ୍ୱାତନ୍ତ୍ର୍ୟ ସପକ୍ଷରେ ସୁପାରିସ କରିଥିବାବେଳେ ବଙ୍ଗଳା ଛୋଟଲାଟ ଲର୍ଡ ଆସ୍ଲି ତତ୍କାଳୀନ ବାଲେଶ୍ୱରର କଲେକ୍ଟର ବିଶିଷ୍ଟ ଭାଷା ତତ୍ତ୍ୱବିତ୍ ସାର୍ ଜନ ବିମସଙ୍କ ଯୁକ୍ତି ଆଧାରରେ ଓଡ଼ିଆ ଭାଷା ସପକ୍ଷରେ ନିଜର ଯୁକ୍ତି ଉପସ୍ଥାପନ କରି ଓଡ଼ିଆ ଭାଷା ଓଡ଼ିଶାରେ ବିଦ୍ୟାଳୟ ଶିକ୍ଷାର ମାଧମ ହେବ ବୋଲି ଘୋଷଣା କରିଥିଲେ । ଫଳରେ ପୂର୍ବାଞ୍ଚଳରେ ଆସାମ ଏବଂ ଓଡ଼ିଶା ଏ ଦୁଇଟି ରାଜ୍ୟ ନିଜର ସ୍ୱାଭିମାନ ସହିତ ମାତୃଭାଷାର ସୁରକ୍ଷା କରିପାରିଥିଲା ।

ପ୍ରାୟ ତିନିଶହ ପଚାଶ ବର୍ଷ ଧରି ଦୁର୍ଦ୍ଦାନ୍ତ ମୁସଲମାନ ଆକ୍ରମଣରୁ ନିଜକୁ ସ୍ୱାଧୀନ ରଖିପାରିଥିବା ଶେଷ ଓଡ଼ିଆ ରାଜା ମୁକୁନ୍ଦ ଦେବ ୧୫୬୮ରେ ବଙ୍ଗର ଆଫଗାନ ନବାବ ସୁଲେମାନ(କରାନି) କରନାନୀଙ୍କ ସେନାପତି କଲା ପାହାଡ଼ ଆକ୍ରମଣରେ ପରାସ୍ତ ହେବା ପରେ ଓଡ଼ିଶା ବଙ୍ଗ ସହିତ ମିଶି ଯାଇଥିଲା । ଭାରତରେ ପ୍ରଥମ ଭାଷା ଭିତ୍ତିକ ରାଜ୍ୟ ଦୁଇଟି ଗଠିତ ହେଲା । ଓଡ଼ିଶା ଓ ସିନ୍ଧୁ (ବର୍ତ୍ତମାନ ପାକିସ୍ତାନରେ) ଦେଶୀୟ ରାଜ୍ୟ ସବୁ ଓଡ଼ିଶା ସହିତ ମିଶ୍ରଣ ହେଲା ଜାନୁଆରୀ ୧୯୪୮ ଏବଂ ମୟୂରଭଞ୍ଜ ମିଶ୍ରଣ ହେଲା ଜାନୁଆରୀ ୧୯୪୯ରେ । ଉନବିଂଶ ଶତାବ୍ଦୀର ଶେଷ ବେଳକୁ କଲିକତାର ଫୋଟ ଉଇଲିୟମ ଦୁର୍ଗରୁ ଓଡ଼ିଶାର ଜମିଦାରୀ ସବୁ ନିଲାମ ହୋଇଗଲା । 'ସୂର୍ଯ୍ୟାସ୍ତ ଆଇନ' ବଳରେ ସେ ସମୟରେ ତିଗିରିଆ ରାଜ୍ୟକୁ ଜଣେ ବେବର୍ତ୍ତା ନିଲାମରେ କିଣି ଶାସନ କରିବାକୁ ରାଜାଙ୍କୁ ଫେରାଇ ଦେଇଥିଲା । ମଧୁବାବୁ ବଙ୍ଗର ଲାଟ ସାହେବଙ୍କୁ ଏପରି ଅନ୍ୟାୟ ବନ୍ଦ କରିବା ପାଇଁ ନିବେଦନ କରିବା ପରେ ଏ ନୀତି ବନ୍ଦ ହେଲା । କିନ୍ତୁ ସେତେବେଳକୁ କଲିକତାର ବଙ୍ଗାଳୀ ବାବୁମାନେ ଓଡ଼ିଶାର ଜମିଦାର ହୋଇ ଯାଇଥିଲେ ବିନା ପ୍ରତିରୋଧରେ ।

ଓଡ଼ିଆ ଭାଷାକୁ ଏହି ବିପର୍ଯ୍ୟରୁ ଉଦ୍ଧାର କଲା ବାଲେଶ୍ୱରର କଲେକ୍ଟର ତଥା ଭାଷା ତତ୍ତ୍ୱବିଦ ସାରଜନ ବିମସ (୧୮୩୬-୧୯୦୨)ଙ୍କ ଗୁରୁତ୍ୱପୂର୍ଣ୍ଣ ମନ୍ତବ୍ୟ । ସେ ୧୮୬୯ ରୁ ୧୮୭୮ ପର୍ଯ୍ୟନ୍ତ ଓଡ଼ିଶାରେ କାର୍ଯ୍ୟ କରିଥିଲେ । ସେ ତାଙ୍କ ଆମ୍ଳୀବନୀରେ ଉଲ୍ଲେଖ କରିଛନ୍ତି ଏହି ନଅବର୍ଷ ତାଙ୍କ ଜୀବନର ସବୁଠାରୁ ଭଲ ସମୟ ଥିଲା ବୋଲି । ୧୮୬୯ ମସିହାରେ ସେ ବାଲେଶ୍ୱରର ପ୍ରଥମ ଗ୍ରେଡ୍ କଲେକ୍ଟର ହୋଇ ଓଡ଼ିଶା ଆସିଥିଲେ ।

୧୮୦୩ ମସିହାରେ ବ୍ରିଟିଶ ସୈନ୍ୟ ବାଲେଶ୍ୱର ଦଖଲ କଲାପରେ କ୍ୟାପଟେନ୍ ମର୍ଗାନ ଏଠାରେ ସାମରିକ ଶାସନକର୍ତ୍ତା ହେଲେ । ପରେ ସେ କଲେକ୍ଟର, ମାଜିଷ୍ଟେଟ, ସଲଟ ଓ କଷ୍ଟମସ ପ୍ରତିନିଧ୍ୟ ଭାବେ କାର୍ଯ୍ୟ ତୁଲାଇଲେ । ତାଙ୍କ ଅଧୀନରେ ଚାରିଜଣ ରାଜସ୍ୱ ଆଦାୟକାରୀ କର୍ମଚାରୀ ବାଲେଶ୍ୱର, ସୋର, ଭଦ୍ରକ ଓ ଦୋଲ ଗ୍ରାମଠାରେ ରହିଲେ । ୧୮୦୪ ମସିହାରେ ମର୍ଗାନ ବାଲେଶ୍ୱରର ପ୍ରଶାସନ ଦାୟିତ୍ୱ ମି କୋରଙ୍କୁ ହସ୍ତାନ୍ତର କରିଥିଲେ । ମି କୋର କଟକର ଜିଲ୍ଲାପାଳ ଓ ମାଜିଷ୍ଟେଟ ଥିଲେ ।୧୮୦୪ ମସିହାରୁ ୧୮୨୫ ମସିହା ଯାଏ ବାଲେଶ୍ୱର କଟକରୁ ଶାସିତ ହେବା ପରେ ୧୮୨୧ ମସିହାରେ କଟକ ଜିଲ୍ଲାପାଳଙ୍କ ପ୍ରତିନିଧ୍ୟ ଭାବେ ଜଣେ ଜ୍ୟେଷ୍ଠ ମାଜିଷ୍ଟେଟ ଏଠାରେ ଅବସ୍ଥାପିତ ହେଲେ । ୧୮୨୨ ମେ ୨୨ ତାରିଖରେ ହେନେରୀ ରିକେଟ୍ ସାହେବ ବାଲେଶ୍ୱରର ପ୍ରଥମ ଜିଲ୍ଲାପାଳ ଭାବେ ଦାୟିତ୍ୱ ନେଲେ । ରିକେଟ ଆଜି ସଲଟ ରୋଡ୍ କୁହାଯାଉଥିବା ନିମକି ସଡ଼କ ନିର୍ମାଣ କରିଥିଲେ।ସେ ଓ ପରେ ବାଲେଶ୍ୱରର ଜିଲ୍ଲାପାଳ ହୋଇଥିବା ଜନ ବୀମସ ଜନହିତୈଷୀ ପ୍ରଶାସକ ଥିଲେ ।

ବାଲେଶ୍ୱର ଜିଲ୍ଲା ଭାବେ ସ୍ୱୀକୃତି ପାଇଲା ୧୮୨୧ ମସିହାରେ । ବାଲେଶ୍ୱର ଜିଲ୍ଲା ଅଧୀନରେ ବଙ୍ଗଲାର ମେଦିନୀପୁର ଜିଲ୍ଲାର କେତେକ ପ୍ରଗଣା ମଧ୍ୟ ଅର୍ଥନୈତିକ ଡିଭିଜନ ଭାବେ ରହିଥିଲା । ୧୮୨୨ ରେ ହେନେରୀ ରିକେଟ ସାହେବ ବାଲେଶ୍ୱର ଜିଲ୍ଲାର ପ୍ରଥମ ଜିଲ୍ଲାପାଳ ଭାବେ ଯୋଗ ଦେଲେ । ରିକେଟ ସାହେବଙ୍କ ପତ୍ନୀ ଜେନ୍ ୨୨ ବର୍ଷରେ ୧୮୩୨ ମସିହାରେ ମରିଗଲେ । ରିକେଟ ତା'ର ୫୪ ବର୍ଷ ପରେ ୧୮୮୬ ରେ ମଲେ । ବୁଢ଼ାବଲଙ୍ଗ ନଈର ଅନତି ଦୂରରେ ଥିବା ବାରବାଟୀର ଗୋରାକବର ପରିସରରେ ତାଙ୍କୁ ସମାଧି ଦିଆଯାଇଥିଲା ।

କଳ୍ପନା କରନ୍ତୁ ଜଣେ ଇଂରେଜ କେଉଁ ପରିସ୍ଥିତିରେ ବ୍ୟାକରଣ ହୀନ ଗୋଟିଏ ଭାଷାକୁ କେବଳ ସ୍ୱାଧ୍ୟାୟ ଓ ଔଦାର୍ଯ୍ୟର ଶକ୍ତିରେ ଜାତୀୟ ପରିଚିତ ହେବାର ପ୍ରୟାସ କରିଥିଲେ । ଅବଶ୍ୟ ଜନ୍ ବିମସଙ୍କୁ ଇଂରେଜ ବ୍ୟାକରଣକାର ହଲ୍ଲମ ଓଡ଼ିଆ ଭାଷା ସପକ୍ଷରେ କିଛି ମାତ୍ରାରେ ସାହାଯ୍ୟ କରିଥିଲେ । ତତ୍ତୀୟ ଓଡ଼ିଆଙ୍କ ପାଇଁ ବଙ୍ଗାଳୀଙ୍କ ବିପକ୍ଷରେ ଯୁକ୍ତି ଉପସ୍ଥାପିତ କରିବା ପାଇଁ ଜଣେ ଇଂରେଜ ଥିଲେ ଜନ୍ ବିମସ । ଏମିତି କି ଜଣେ ଇଂରେଜ ବ୍ୟାକରଣକାର ହଲ୍ଲମ ଥିଲେ । ଭାବନ୍ତୁ ଶାସକ ବର୍ଗର ଜଣେ ବ୍ୟକ୍ତି ଶାସିତଙ୍କ ଭାଷାମାନଙ୍କ କି ବିଚକ୍ଷଣ ଦୃଷ୍ଟିରେ ପଢ଼ି, ମହତ୍ତ୍ୱାକାଂକ୍ଷୀ ଛିଦ୍ରାନ୍ୱେଷୀଙ୍କ ପ୍ରତି ଭ୍ରୁକ୍ଷେପ ନକରି ଓଡ଼ିଆର ଶ୍ରେଷ୍ଠତ୍ୱ ଉପସ୍ଥାପନ କରିବା ପାଇଁ ଅସ୍ତ୍ର ଧରିଥିଲେ । ଏବେ ଭାବିଲେ

କୂଳ କିନାରା ମିଳେ ନାହିଁ । ସେତେବେଳେ କେହି ବିମସଙ୍କର ବିଦ୍‌ବ୍‌ଭାର କୂଳ କିନାରା ଖୋଜି ପାଇ ନଥିଲେ । ସେମାନେ ଆଶ୍ଚର୍ଯ୍ୟଚକିତ ହୋଇ କେବଳ ଲକ୍ଷ୍ୟ କରିଥିଲେ ଯେ ସେମାନେ ଯାହା କହିପାରି ନ ଥିଲେ କିମ୍ବା ଯାହା କରିବା ପାଇଁ ସେମାନଙ୍କ ପାଖରେ ଶକ୍ତି ନଥିଲା । ତାହା ଜଣେ ଇଂରେଜ ତଥ୍ୟ– ପ୍ରମାଣ ସହିତ କରିବା ପାଇଁ ବାହାରି ଥିଲେ । ସେମାନେ (ଓଡ଼ିଆମାନେ) ତାଙ୍କୁ ଗଦ୍ ଗଦ୍ ହୋଇ ମହାମ୍ନା ଡାକିଥିଲେ । ହିତୈଷୀ ମଣି ସଂଖୋଲି ଥିଲେ ଓ ନିଜର ଅତି ଆପଣାର କରିନେଇଥିଲେ ।

କମ୍ପାରେଟିଭ ଗ୍ରାମାର ଅଫ ଫୋର ଲାଙ୍ଗୁଏଜେସ, ଭଲ୍ୟୁମ – ୧ରେ ସ୍ଥାନ ପାଇଥିବା ବିମସଙ୍କ ଯୁକ୍ତି ହେଲା– 'ଓଡ଼ିଆ ଲିପି ଆର୍ଯ୍ୟେତର ପଡ଼ୋଶୀଙ୍କ ଲିପି ସହିତ ତୁଳନୀୟ । କୁଟୀଳତାରେ ଏ ଲିପି ତେଲୁଗୁ, ତାମିଲ, ମାଲାୟାଲମ, ସିଂହଳୀ ଓ ବର୍ମିକ ଭଳି ଓଡ଼ିଆ ଭାଷାର ଲେଖନ କଳା ହୁଏତ ଦକ୍ଷିଣରୁ ଆସିଛି, ନତୁବା ମଧ୍ୟଭାରତରୁ, ଯଦିବା ଓଡ଼ିଆ ଲେଖନ କଳା ବଙ୍ଗଲାରୁ ଆସିଛି ବୋଲି ଯୁକ୍ତି ଚାଲିଛି । ଓଡ଼ିଆ ରାଜତନ୍ତ୍ର ଇତିହାସରୁ ଜଣାପଡ଼େ ଗଙ୍ଗବଂଶର ପ୍ରତିଷ୍ଠାତା ଚୋଡଗଙ୍ଗ ଦକ୍ଷିଣରୁ ଆସିଥିଲେ । ଏହି ବଂଶର ନରପତି ଗଣ ଗଙ୍ଗାରୁ – ଗୋଦାବରୀ ଯାଏ କ୍ଷେତ୍ର ଜୟ କରିଥିଲେ । ପରବର୍ତ୍ତୀକାଳରେ କପିଲେନ୍ଦ୍ର ଦେବ ମୁଖ୍ୟତଃ ରାଜମହେନ୍ଦ୍ରୀରେ ରହୁଥିଲେ ଓ କୃଷ୍ଣାନଦୀ କୂଳର କୋଣ୍ଡାପଲ୍ଲୀରେ ପ୍ରାଣତ୍ୟାଗ କଲେ । ତାଙ୍କ ରାଜତ୍ବର ବଡ଼ ଭାଗ ତେଲେଙ୍ଗା ଓ କର୍ଣ୍ଣାଟ କ୍ଷେତ୍ରରେ ଯୁଦ୍ଧ ବିଗ୍ରହରେ କଟିଥିଲା । ବିହାରର ମୁସଲମାନଙ୍କ ସହିତ ମଧ୍ୟ ତାଙ୍କର ସଂଘର୍ଷ ହୋଇଥିଲା । ଓଡ଼ିଶାର ପ୍ରାଚୀନ ଇତିହାସରେ ମଧ୍ୟ ଭାରତ ଓ ଦକ୍ଷିଣ ଭାରତ, ସହିତ ଓଡ଼ିଶାର ସଂସର୍ଗକୁ ନେଇ ବହୁଗାଥା ଲିପିବଦ୍ଧ । ଓଡ଼ିଶାର ରାଜାମାନେ ବସ୍ତୁତଃ କାଁଶ ବାଁଶ ନଦୀର ଅପର ପାର୍ଶ୍ୱକୁ ଯାଇନଥିଲେ । କାରଣ ଏହି କାଁଶ ବାଁଶ ନଦୀତୀର ପରେ ଜନଜାତି ଅଧ୍ୟୁଷିତ ଆରଣ୍ୟକ ଓ ପାର୍ବତ୍ୟ କ୍ଷେତ୍ର ଥିଲା । ସେହିଥିଲା ବଙ୍ଗକ୍ଷେତ୍ର ଓ ଓଡ଼ିଶା କ୍ଷେତ୍ର ମଧ୍ୟରେ ଅଲଂଘ୍ୟ ପ୍ରାକୃତିକ ବିଭାଜନ, ଓଡ଼ିଆଙ୍କ ସହିତ ବଙ୍ଗାଳୀଙ୍କ ସମ୍ପର୍କ ଅପେକ୍ଷାକୃତ ଆଧୁନିକ କାଳର । ତେଣୁ ଓଡ଼ିଆ ଭାଷା ବଙ୍ଗଳା– ନିଃସୃତ ବୋଲି ଚିନ୍ତା କରିବା ପ୍ରମାଦ ପୂର୍ଣ୍ଣ ଓ ଅସ୍ୱାଭାବିକ । ଓଡ଼ିଆଙ୍କ ଲେଖନ ଶୈଳୀ ମଧ୍ୟ ଭାରତୀୟ କୁଟୀଳ ଲିପିର ଏକ ସ୍ଥାନୀୟ ରୂପାନ୍ତରଣ । ଯାହାର ମୁଖ୍ୟ ଅବା ଏକମାତ୍ର କାରଣ ତାଲପତ୍ରକୁ ବାମ ହାତରେ ଧରି ଡାହାଣ ହାତରେ ଲେଖନୀ ଚଲାଇବାର କଳା, ବର୍ତ୍ତୁଳାତାର ଏହି କାରଣ । ତାଲପତ୍ର ଉପରେ ଶିରୋରେଖା ଏକେଟ ଲେଖନୀ– ଘୂର୍ଣ୍ଣନ ଅନୁକୂଳ ନୁହେଁ, ପୁଣି ତାଲପତ୍ରର ଶିରା ଫାଟି ଯିବାର ବିପଦ । ଏ ଅକ୍ଷର ଓ ଲେଖନ ଶୈଳୀ ଓଡ଼ିଶାର ସ୍ୱବିକଶିତ ଶୈଳୀ । ବଙ୍ଗଳା ସହିତ ଯାର କୌଣସି ସମ୍ପର୍କ ନାହିଁ ।

ବଙ୍ଗାଳୀମାନେ ବଡ଼ ଦମ୍ଭର ସହିତ କହୁଛନ୍ତି ଯେ ଓଡ଼ିଆ– ବଙ୍ଗାଳାର ଉପଭାଷା ବା ଏକ ପ୍ରକାର ଅଶୁଦ୍ଧ ବଙ୍ଗଳା । ସେମାନେ ଏକଥା ମଧ୍ୟ ଚିନ୍ତା କରୁଛନ୍ତି ଯଦି ଓଡ଼ିଆ– ବଙ୍ଗାଳାର ଉପଭାଷା ନୁହେଁ । ତେବେ କୌଣସି ମତେ ହୋଇଯାଉ । ଏକଥା ମଧ୍ୟ କହୁଛନ୍ତି ଏତେ କମ୍ ଲୋକସଂଖ୍ୟା ବିଶିଷ୍ଟ ଓଡ଼ିଆ କ୍ଷେତ୍ର ଗୋଟିଏ ସ୍ୱତନ୍ତ୍ର ଭାଷା ଚଲାଇ ପାରିବ ନାହିଁ ବରଂ ଓଡ଼ିଆ–ବଙ୍ଗାଳାରେ ମିଶିଗଲେ ବଙ୍ଗାଳାର ସାହିତ୍ୟ ଭଣ୍ଡାର ଦ୍ୱାରା ସମୃଦ୍ଧ ହେବ । ଏହା ଗୋଟିଏ ଅଲିକ ଚିନ୍ତା । ପ୍ରଥମତଃ ଓଡ଼ିଶାର ଓଡ଼ିଆ ଭାଷୀ ଜନସଂଖ୍ୟା କେତେ ତାହା ବଙ୍ଗାଳୀ ମାନେ ଜାଣନ୍ତି ନାହିଁ । କେବଳ ଉପକୂଳ ତଟୀୟ ଓଡ଼ିଶାର ଓଡ଼ିଆଭାଷୀ ଲୋକ ନୁହଁନ୍ତି । ଦକ୍ଷିଣ ଓ ପଶ୍ଚିମକୁ ବ୍ୟାପ୍ତ ଗୋଟିଏ ବିଶାଳ କ୍ଷେତ୍ରରେ ଜନଜାତୀୟ ଲୋକେ ଓ ବିସ୍ତୃତ ଗଡ଼ଜାତରେ ଲୋକେ ଓଡ଼ିଆ କହନ୍ତି । କେବଳ ଜନସଂଖ୍ୟାର ଆଧାରରେ ଭାଷା ବଞ୍ଚିବାର ଯୁକ୍ତି ଗ୍ରହଣ ଯୋଗ୍ୟ ନୁହେଁ । ସେମିତି ହୋଇଥିଲେ ଡଚ, ପର୍ତ୍ତୁଗୀଜ, ଆଧୁନିକ ଗ୍ରୀକ, ପୋଲିସ ଓ ଚେକ୍ ଭାଷାଗୁଡ଼ିକ ଲୋପ ପାଇ ସାରନ୍ତାନି । ଏବେ ବଙ୍ଗାଳୀମାନେ ଓଡ଼ିଆ ଭାଷାର ବିଲୋପ କାମନା କରୁଛନ୍ତି । କାରଣ ତାହା ସମ୍ଭବ ହେଲେ ଓଡ଼ିଶା କ୍ଷେତ୍ରର ପ୍ରକୃତ ନିୟନ୍ତ୍ରଣ ତାଙ୍କ ହାତକୁ ଆସିବ ଓ ସେହି କ୍ଷମତା ବଳରେ ଅନଗ୍ରସର ଦରିଦ୍ର କୃଷକ ଓଡ଼ିଆଙ୍କୁ ସେମାନେ ତାଙ୍କର ଶୋଷଣ କଳରେ ପେଷି ନିଜକୁ ଓ ନିଜର ଅସ୍ତିତ୍ୱକୁ ପରିପୁଷ୍ଟ କରିବେ । ଇଏ

ବଙ୍ଗାଳୀଙ୍କ ରାଜନୀତି, ଏଥରେ କୌଣସି ସୁସ୍ସୁଚିନ୍ତା ନାହିଁ । ସତ୍ୟ ଓ ଜ୍ଞାନର ଆଲୋକରେ ଆମକୁ ବଙ୍ଗାଳୀ ଥଓରିର ବିକୃତି ଜଳଜଳ କରି ଦିଶିଯାଉଛି । ଆମକୁ ଇୟା ବିରୋଧରେ ଟ୍ରୁଥ ଆଣ୍ଡ ନେଲ ଲଢ଼ିବାକୁ ହେବ । ଆମକୁ ଓଡ଼ିଶାର ହତଭାଗ୍ୟ ଓଡ଼ିଆ ଭାଷୀଙ୍କୁ ବଞ୍ଚାଇବାକୁ ହେବ । ତାଙ୍କର ଭାଷାକୁ ପ୍ରତିଷ୍ଠିତ କରିବାକୁ ହେବ । ଓଡ଼ିଆ ଭାଷାକୁ ଏଭଳି ଶକ୍ତି ଦେବାକୁ ହେବ ଯେପରିକି ଦୁରଭିସନ୍ଧି ଗ୍ରସ୍ତ ଚକ୍ରାନ୍ତକାରୀ ବଙ୍ଗାଳୀମାନେ ଅଯଥା ଭାଷା ସମସ୍ୟା ସୃଷ୍ଟି କରି ଏଭାଷାର ସଂପ୍ରେଷଣ କ୍ଷମତାକୁ ନଷ୍ଟ ନ କରନ୍ତି । ଓଡ଼ିଆ ଭାଷାର ସ୍ୱାତନ୍ତ୍ର୍ୟ ବିଷୟରେ ଆମର ସଦେହ ନାହିଁ ।

ଓଡ଼ିଆ ଭାଷାର ଅସ୍ତିତ୍ୱ ପ୍ରତିଷ୍ଠା ପାଇଁ ଏହା ଥିଲା ଜଣେ ବିଚକ୍ଷଣ ଇଂରେଜ ପ୍ରଶାସକଙ୍କ ଅବଦାନ । ଓଡ଼ିଆ ଭାଷା ଆନ୍ଦୋଳନର ଇତିହାସରେ ଏ ଅବଦାନ ଏକାଧାରରେ ରଣ ଓ ରଣ କୌଶଳ । ସେତେବେଳେ ଭାଷା ତାତ୍ତ୍ୱିକ ଅନୁସନ୍ଧାନ ଯେତିକି ସୂତ୍ର ବିକଶିତ କରିଥିଲା । ସେଟିକୁ ମୂଳକରି ଗୋଟିଏ ଜାତିର ଅସ୍ତିତ୍ୱ-ରଚନାକୁ ଯେଭଳି ଗୋଟିଏ ବ୍ୟାପକ ଅର୍ଥ ଦିଆ ଯାଇପାରେ ଓ ପଡ଼ୋଶୀର ଦୁରଭିସନ୍ଧିକୁ ଅବଲୀଳା କ୍ରମେ ପଣ୍ଡକରି ଦିଆଯାଇପାରେ ଏ କଳ୍ପନା ଆଜି ଅବିଶ୍ୱାସ୍ୟ ମନେହେଉଛି । କିନ୍ତୁ ସ୍ୱୀକାର କରିବାକୁ ହେବ ଯେ ବିମସ୍ଙ୍କ ପର ସମୟରୁ ଏ ଯାବତ୍ ଓଡ଼ିଆ ଭାଷା ପଣ୍ଡିତମାନେ ଭାରତୀୟ ପ୍ରାକୃତ ଭାଷାମାନଙ୍କର ତୁଳନାତ୍ମକ ଅଧ୍ୟୟନ କରି ଓଡ଼ିଆ ଭାଷାର ବିଶେଷତ୍ୱ ପ୍ରତିଷ୍ଠା ପାଇଁ କାର୍ଯ୍ୟ କରିବାକୁ ଆଗେଇ ଆସି ନାହାନ୍ତି । ବିମସ୍ ଯେଉଁ ସୂତ୍ରଗୁଡ଼ିକ ବିକଶିତ ହେବାର ଆଶା କରି ଚାଲିଗଲେ ସେ ସୂତ୍ରଗୁଡ଼ିକ ଏହା ମଧ୍ୟରେ ବହୁ ସମକାଳୀନ ସମୃଦ୍ଧି ଲାଭ କଲେଣି । ଭାଷାର ବ୍ୟାବହାରିକତାରେ ବି ପରିବର୍ଦ୍ଧନ ହେଲାଣି । ଅତ୍ୟନ୍ତ ଦୁଃଖର ସହିତ କହିବାକୁ ହେଉଛି ଓଡ଼ିଆ ଭାଷାର ପ୍ରାମାଣିକ ବ୍ୟାକରଣ ଏ ପର୍ଯ୍ୟନ୍ତ ଲେଖା ହୋଇପାରିନାହିଁ । ଏହି ପରିପ୍ରେକ୍ଷୀରେ ବିମସ୍ଙ୍କୁ ଓଡ଼ିଆଙ୍କ ଜାତୀୟ ଇତିହାସରେ ଜଣେ ଅସ୍ତିତ୍ୱ ନିର୍ମାଣର ନାୟକୀୟ ଭୂମିକାରେ ପୂଜ୍ୟ ପୂଜା ଅର୍ପଣ କରିବାକୁ ହେବ । ବିମସ୍ ନଥିଲେ ଓଡ଼ିଆ ଭାଷା ବୋଧ ହୁଏ ରହି ପାରିନଥାଆନ୍ତା । କିଏ ଇଂରେଜ ଓ ବଙ୍ଗାଳୀଙ୍କୁ ଭାଷା ତତ୍ତ୍ୱର ଆଧାରରେ ଓଡ଼ିଆ ଭାଷାର ମର୍ଯ୍ୟାଦା ବୁଝାଇ ପାରିଥାନ୍ତା । କିଏ ଓଡ଼ିଆ ଜାତିର ପ୍ରତିଷ୍ଠା ପାଇଁ ନିଜର ସ୍ୱାର୍ଥକୁ ଜଳାଞ୍ଜଳି ଦେଇ କ୍ଷୁବ୍ଧ ଇଂରେଜମାନଙ୍କ ରୋଷର ଶିକାର ହୋଇଥାଆନ୍ତା ।

ତଥ୍ୟ ପ୍ରମାଣ ଆଧାରରେ ଓଡ଼ିଆ ଭାଷାର ସ୍ୱାତନ୍ତ୍ର୍ୟ ଉପସ୍ଥାପନ କରିବାରେ ପ୍ରଥମ ଓ ପ୍ରଧାନ ଅନ୍ତରାୟ ଥିଲା ଓଡ଼ିଆ ବ୍ୟାକରଣର ଅଭାବ । ଇୟାବାଦ ଓଡ଼ିଆ ଭାଷାର ତତ୍ଭବ –ପ୍ରାଚୁର୍ଯ୍ୟ ସହିତ ପରିଚିତ ହେବାର ମୁକ୍ତ ସୁଯୋଗ କୌଣସି ଓଡ଼ିଆ ପାଇ ନ ଥିଲେ କିମ୍ବା ପାଇବାକୁ ଯତ୍ନ ବା ଚେଷ୍ଟା କରିନଥିଲେ । ବିମସ୍ଙ୍କ ପାଖରେ ଏହି ସ୍ଥିତି– ସଂଭୂତ ଏକ ଅଶ୍ରୁତି ଥିଲା । ଯାହାକୁ ସେ ସୁଯୋଗକୁ ବଦଳାଇ ଦେଇଥିଲେ । ତତ୍ଭବକୁ ମୂଳ କରି ଧରି ବିମସ୍ ଓଡ଼ିଆ ଭାଷା ତତ୍ତ୍ୱର ପ୍ରଥମ ବିଲଡିଂ ବ୍ଲକ୍‌ଗୁଡ଼ିକୁ ତିଆରି କରିଥିଲେ । ତାଙ୍କୁ ଓଡ଼ିଆ ଭାଷାର ବ୍ୟାକରଣ ରଚନାର ପ୍ରଥମ ଦିଗ ନିର୍ଦ୍ଦେଶିକା ଭାବରେ ଗ୍ରହଣ କରାଯାଇ ପାରେ । ଏହାକୁ ମୂଳପୁଞ୍ଜି କରି କାନ୍ତି ଚନ୍ଦ୍ରଙ୍କ ଭ୍ରାନ୍ତିର ମୁକାବିଲା କରିବା ପାଇଁ ଏସିଆଟିକ ସୋସାଇଟି ସମ୍ମୁଖରେ ବିମସ ତଥ୍ୟ ଉପସ୍ଥାପନ କରିଥିଲେ ।

ଇଷ୍ଟ-ଇଣ୍ଡିଆ କମ୍ପାନୀର ଶେଷ ଦଳର ଛାତ୍ର ଥିଲେ ଜନ୍ ବିମସ୍ । ସଭିଲସର୍ଭିସ୍ ପରୀକ୍ଷାରେ ତାଙ୍କର ବିଷୟ ଥିଲା ଗଣିତ, ଆଇନ ଓ ରାଜନୀତିକ ସହ ସଂସ୍କୃତ, ପାର୍ସି ଏବଂ ହିନ୍ଦୁସ୍ତାନୀ । ସେ ସଂସ୍କୃତ ଓ ପାର୍ସିରେ ସ୍ୱର୍ଣ୍ଣପଦକ ଲାଭ କରିଥିଲେ । ସେ ଭାରତରେ ୩୫ ବର୍ଷ ରହିଥିଲେ । ୧୮୫୮ ଫେବ୍ରୁଆରୀ ୨ ତାରିଖରେ ଇଂଲଣ୍ଡରୁ ଆସି କଲିକତାରେ ପହଞ୍ଚିଥିଲେ ।

ବିମସ୍ ୧୮୬୨ରୁ ଆର୍ଯ୍ୟଭାଷାମାନଙ୍କର ତୁଳନାତ୍ମକ ଅନୁସନ୍ଧାନ ଆରମ୍ଭ କରିଥିଲେ । କାନ୍ତିଚନ୍ଦ୍ରଙ୍କ ରଚନାର ପ୍ରତିକ୍ରିୟା ସମ୍ବଳିତ ତାଙ୍କର ଉପସ୍ଥାପନ ବେଳକୁ ସେ ତାଙ୍କର ଅନୁସନ୍ଧାନ କାର୍ଯ୍ୟ ତ୍ୱରାନ୍ୱିତ କରି ସାରିଥିଲେ । ୧୮୬୯ରେ ବାଲେଶ୍ୱରରେ ପହଞ୍ଚିବା ପରେ ଓଡ଼ିଆ, ବଙ୍ଗଳା ଓ ସଂସ୍କୃତରେ ପ୍ରବୀଣ ଜଣେ ଓଡ଼ିଆ ସହାୟକ ଭାବରେ ଫକିର ମୋହନଙ୍କୁ ପାଇଥିଲେ । ବିମସ୍ଙ୍କ ଓଡ଼ିଆ ଭାଷା ଦୃଷ୍ଟିରୁ ଜଣେ ନିର୍ମାତା ଭାବରେ ଫକିରମୋହନ ପରୋକ୍ଷରେ ରହି କିଭଳି ପ୍ରଭାବ ସୃଷ୍ଟି କରିଥିବେ ତା'ର

ଆକଳନ ସମ୍ଭବ ନୁହେଁ । ଅନୁମାନ କରାଯାଇପାରେ ଓଡ଼ିଆ ଭାଷାର ତତ୍ସମ ଓ ତତ୍ଭବ ଶବ୍ଦମାନଙ୍କର ଗଠଣ ତଥା ପ୍ରୟୋଗକୁ ନେଇ ଫକିରମୋହନ ହିଁ ଥିଲେ ବିମ୍ସଙ୍କ ମୁଖ୍ୟ ଉପଦେଷ୍ଟା । କିନ୍ତୁ ଫକିର ମୋହନ କାନ୍ତିଚନ୍ଦ୍ରଙ୍କ ଆକ୍ରମଣର ସଠିକ୍ ଉତ୍ତର ଦେବା ଅବସ୍ଥାରେ ନ ଥିଲେ କିମ୍ବା ସେପରି ଦକ୍ଷତା ତାଙ୍କର ନଥିଲା। ଓଡ଼ିଶାରେ ଆଉ କେହି ଯୋଗ୍ୟ ବ୍ୟକ୍ତି ନଥିଲେ ଯିଏ ଦକ୍ଷତାର ସହିତ ବିମ୍ସଙ୍କ ଯୁକ୍ତିକୁ ଆଗକୁ ବଢ଼ାଇ ନେଇ ପାରିଥାନ୍ତେ । ତେଣୁ ସେ ଦାଇତ୍ୱ ବିମ୍ସ୍ ନିଜ ଉପରକୁ ନେଇଗଲେ । ଏ କମ୍ପାରେଟିଭ ଗ୍ରାମାର ଅଫ ଦି ମର୍ଡ଼ନ ଆର୍ଯ୍ୟାନ ଲାଙ୍ଗୁ ଏଜେସ୍ ସମ୍ବତ୍ ୧୮୭୧ ରୁ ୧୮୭୩ ମଧ୍ୟରେ ପ୍ରକାଶିତ ହେଲା ଏବଂ ବିମ୍ସଙ୍କ ପ୍ରମାଣିକ ଭାଷାତତ୍ତ୍ୱ ଓଡ଼ିଆକୁ ସ୍ୱତନ୍ତ୍ର ଆସନରେ ଅଧିଷ୍ଠିତ କରିବାରେ ସକ୍ଷମ ହେଲା ।

ଓଡ଼ିଶାର ପରମ ହିତୈଷୀ ଜନ୍ ବିମ୍ସ୍ ଯାହାଙ୍କୁ ବ୍ୟାସକବି ଫକିର ମୋହନ ଶ୍ରଦ୍ଧା ଓ କୃତଜ୍ଞତା ବଶତଃ ମହାତ୍ମା ବିଶେଷଣରେ ବିଭୂଷିତ କରିଥିଲେ । ବାସ୍ତବରେ ସିଏ ହିଁ ପ୍ରତିଟି ଓଡ଼ିଆ ଭାଷୀଙ୍କର ଶ୍ରଦ୍ଧା ସମ୍ମାନର ଦାବିଦାର । ଯେମିତି ଦାବିଦାର ରାଜା ଇନ୍ଦ୍ରଦ୍ୟୁମ୍ନ ପ୍ରତିଟି ଜଗନ୍ନାଥ ଭକ୍ତର ଶ୍ରଦ୍ଧାର୍ଘ୍ୟ ଏବଂ ନୈବେଦ୍ୟର ଓ ସ୍ୱତନ୍ତ୍ର ଓଡ଼ିଶା ପ୍ରଦେଶ ଗଠନ ପାଇଁ ମଧୁବାବୁ । ପ୍ରତିବେଶୀ ବଙ୍ଗାଳୀମାନଙ୍କ ଚକ୍ରାନ୍ତ ଏବଂ ବିଦେଶୀ ପ୍ରଶାସନର ଉଦାସୀନତା ଯୋଗୁ ଯେତେବେଳେ ଓଡ଼ିଆ ଭାଷାର ଅସ୍ତିତ୍ୱ ସଙ୍କଟାପନ୍ନ ଥିଲା ସେତେବେଳେ ଏହି ବ୍ରିଟିଶ ପ୍ରଶାସକ ଜଣକ କେବଳ ଯୁକ୍ତି ବାଢ଼ି ନୁହେଁ ତଥ୍ୟ ଓ ତତ୍ତ୍ୱ ଆଧାରିତ ପ୍ରମାଣ ଦେଇ ଓଡ଼ିଆ ଭାଷାର ପ୍ରାଚୀନତା ଏବଂ ସ୍ୱତନ୍ତ୍ର ପ୍ରତିଷ୍ଠା କରିଥିଲେ। ସେ ଦିନ ଯଦି ଜନ୍ ବିମ୍ସ ଓଡ଼ିଆ ଭାଷାର ସୁରକ୍ଷା ପାଇଁ ଏଭଳି ଦୃପ୍ତ ପଦକ୍ଷେପ ନେଇ ନ ଥାଆନ୍ତେ ତା ହେଲେ ନଅଙ୍କ ଦୁର୍ଭିକ୍ଷର ନିଷ୍ଠୁରତମ ମାଡ଼ରୁ ବର୍ତ୍ତି ଯାଇଥିବା କଙ୍କାଳ ସାର ଓଡ଼ିଆ କୋଣାର୍କ, ପୁରୀ, ଲିଙ୍ଗରାଜ ଓ ରାଜା ରାଣୀ ମନ୍ଦିରଗୁଡ଼ିକର ବୈଭବମୟ ପରମ୍ପରା ସତ୍ତ୍ୱେ ପ୍ରତିବେଶୀମାନଙ୍କର ଚକ୍ରବ୍ୟୂହରୁ ନିଜକୁ ମୁକୁଳାଇବା ଅସମ୍ଭବ ହୋଇଥାଆନ୍ତା। ଜନ୍ ବିମ୍ସ୍ "A comparative Grammar of the modern Aryan Language of India" ଗ୍ରନ୍ଥଲେଖି ଓଡ଼ିଆ ଭାଷାର ବୈଶିଷ୍ଟ୍ୟ ଯେଭଳି ପ୍ରମାଣିତ କରିଥିଲେ ସେହିପରି ଓଡ଼ିଆ ଲୋକଗୀତ । କାବ୍ୟପୁରାଣ ଏବଂ ସ୍ଥାପତ୍ୟ ଶିଳ୍ପଶାସ୍ତ୍ର ପ୍ରତି ମଧ୍ୟ ଜନ୍ ବିମ୍ସଙ୍କର ପ୍ରଚୁର ଶ୍ରଦ୍ଧା ଥିଲା । ସେ ତାଙ୍କର ଓଡ଼ିଆ ଲୋକଗୀତ (Falkiore if Orissa) ପ୍ରବନ୍ଧରେ ଲେଖିଛନ୍ତି । ଓଡ଼ିଆ ଲୋକମାନେ ଲାଜୁଆ ସ୍ୱଭାବର । ସେଥିପାଇଁ ସେମାନେ ନିଜ ଢୋଲ ନିଜେ ପିଟିବାକୁ ସଙ୍କୋଚ ପ୍ରକାଶ କରିଥାଆନ୍ତି । ମାତ୍ର ତାଙ୍କର ଲୋକ ସାହିତ୍ୟ ଅତ୍ୟନ୍ତ ସମୃଦ୍ଧ । ଓଡ଼ିଶାର ସାଧାରଣ ଲୋକୋକ୍ତିରେ ସୁଦ୍ଧା ବର୍ଷ ବର୍ଷର ଜ୍ଞାନ ଓ ଅଭିଜ୍ଞତାପୂର୍ଣ୍ଣ ତଥ୍ୟ ଭରି ରହିଛି । ଆମକୁ ସ୍ମରଣ ରଖିବାକୁ ହେବ ଜନ୍ ବିମ୍ସ ଯଦି ଦୃଢ଼ ଭାବରେ ହସ୍ତକ୍ଷେପ କରି ବ୍ୟାକରଣ ଅସ୍ତରେ ଓଡ଼ିଆ ଭାଷାର ସୁରକ୍ଷା ଲାଗି ସେଦିନ ବୌଦ୍ଧିକ ଏବଂ ପ୍ରଶାସନିକ ସ୍ତରରେ ଉଦ୍ୟମ କରି ନ ଥାଆନ୍ତେ ତା'ହେଲେ ସରକାରୀ ସ୍କୁଲ ଓ ଦପ୍ତରଗୁଡ଼ିକରୁ ଏହି ଭାଷା ଚିରକାଳ ଲାଗି ଉଠିଯାଇଥାଆନ୍ତା ଏବଂ ଭାଷାଭିତ୍ତିକ ସ୍ୱତନ୍ତ୍ର ପ୍ରଦେଶ ଗଠନର ସୌଭାଗ୍ୟ ଓଡ଼ିଶା ପକ୍ଷେ ସୁଦୂର ପରାହତ ହୋଇ ପଡ଼ିଥାଆନ୍ତା ।

ଏସବୁ ପ୍ରମାଣ ଦ୍ୱାରା ସେ ସମୟରେ ଶିକ୍ଷାୟତନରୁ ଓ କୋର୍ଟ କଚେରି ତଥା ଦପ୍ତରରୁ ଓଡ଼ିଆ ଭାଷା ବିଲୁପ୍ତ ହେଲାନାହିଁ । ଦେଶର ପ୍ରଥମ ଭାଷାଭିତ୍ତିକ ରାଜ୍ୟ ହେଉଛି ଓଡ଼ିଶା । କିନ୍ତୁ ଦୁଃଖ ଓ ପରିତାପର ବିଷୟ ଏଇନେ ରାଜ୍ୟର ପ୍ରଶାସନ କୋଟ, କଚେରି ବିନା ଓଡ଼ିଆରେ ଚାଲିଛି । ଓଡ଼ିଶା ରାଜ୍ୟର ମୁଖ୍ୟ ଓଡ଼ିଆ କହିପାରୁ ନାହାନ୍ତି । ପାଉଆ ଶିକ୍ଷିତମାନେ ସଭା ସମିତିରେ ଓଡ଼ିଆ ଅପେକ୍ଷା ଇଂରାଜୀରେ କହିବାକୁ ଅଧିକ ପସନ୍ଦ କରୁଛନ୍ତି । ଓଡ଼ିଆଣୀମାନେ ଓଡ଼ିଆ ରାନ୍ଧଣା ଭୁଲଗଲେଣି । ଏବେ ରାଜ୍ୟରେ ଗାଁ ଗାଁରେ ସରକାର ସ୍ୱୀକୃତ ସ୍କୁଲମାନ ଥାଉ ଥାଉ ଅଣସରକାରୀ ଇଂରାଜୀ ମାଧ୍ୟମ ସ୍କୁଲମାନ ବ୍ୟାପକ ମାତ୍ରାରେ ଖୋଲୁ ଥିବାର ଦୃଷ୍ଟିଗୋଚର ଦେଉଛି । ଆଉ ଗାଁ ମାନଙ୍କରେ ସରକାରୀ ସ୍କୁଲଠାରୁ ସରକାର ସ୍ୱୀକୃତ ମଦ ଦୋକାନ, ଦେବାଳୟ ଓ ମଦ୍ୟାଳୟ ସଂଖ୍ୟା ବିଦ୍ୟାଳୟଠାରୁ ଅଧିକ ହେଲାଣି ।

ଅବଶ୍ୟ ବିମ୍ସଙ୍କ ବ୍ୟତୀତ ଫକିର ମୋହନ, ମଧୁସୂଦନ ରାଓ, ରାଜା ବୈକୁଣ୍ଠ ନାଥ ଦେ, ଗୌରୀ ଶଙ୍କରରାୟ, ପ୍ୟାରିମୋହନ ଆଚାର୍ଯ୍ୟ ପ୍ରଭୃତି ଓଡ଼ିଆ ଭାଷାର ପ୍ରାଚୀନତା ଓ ସ୍ୱତନ୍ତ୍ରତାର ପ୍ରମାଣ ଦେବା ଲାଗି ପୁରାଣ ତାଲପତ୍ର ପୋଥି

ଉପସ୍ଥାପନ କରିଥିଲେ । ଆଉ ଜଣେ ଅଣଓଡ଼ିଆ ବଙ୍ଗାଳୀ ହେଲେ ମଧ୍ୟ ସେ ଦିନ ଉପେନ୍ଦ୍ର ଭଞ୍ଜଙ୍କ କାବ୍ୟ ସମ୍ଭାରରେ ମୁଗ୍ଧ ହୋଇ ବିଶିଷ୍ଟ ଶିକ୍ଷାବିତ୍ ତଥା ଓଡ଼ିଶା ସ୍କୁଲ ସମୂହର ଇନସପେକ୍ଟର ଭୂଦେବ ମୁଖୋପାଧ୍ୟାୟ ମୁକ୍ତ କଣ୍ଠରେ ସ୍ୱୀକାର କରି ଏଜୁକେସନ ଗେଜେଟ୍‌ରେ ଲେଖିଥିଲେ– "ସେଇଦିନ ରାଧାନାଥ ଆଛେ ତମ ମନେ, ସେଇଦିନ ପ୍ରୟବର ମମ ସନ୍ନିଧ୍ୟାନେ । ଆସିୟା ଅଗାଧ ସୁଖେ, ହରଷିତ ସ୍ମିତ ମୁଖେ" ଉପେନ୍ଦ୍ର ଭଞ୍ଜର ସେହି କବିତା ସୁନ୍ଦର, ଶୁନାୟେ ଯା ମୋହିୟାଛିଲ ଆମାର ଅନ୍ତର । ପ୍ରଥମେ ରାଧାନାଥ ବଙ୍ଗାଳାରେ ଲେଖିଥିଲେ । ଚିଲିକା ଭ୍ରମଣରେ ଯାଇଥିବା ଉପରିସ୍ଥ ଗ୍ରାହକ ଅଫିସରଙ୍କୁ ଏ ଭାଷାର କବି ଉପେନ୍ଦ୍ରଭଞ୍ଜଙ୍କ କବିତା ଶୁଣାଇଥିଲେ । ରାଜଜେମା ଲାବଣ୍ୟବତୀ ସ୍ନାନରତା, ତା'ପାଖରେ ଫୁଟିଛି ପଦ୍ମ; ଭ୍ରମୁଛନ୍ତି ଭ୍ରମର । ଭଞ୍ଜ କହୁଛନ୍ତି "ଦେଖରେ ନଳିନୀ ନଳିନୀ ନଳିନୀରେ ପୂରିତ, ଭ୍ରମନ୍ତି ଭ୍ରମରେ ଭ୍ରମରେ ଭ୍ରମରେ ଏ ଶୋଭିତ ।" ନଳିନୀ ଅର୍ଥରେ ପୁଷ୍କରିଣୀ, ପଦ୍ମ ଓ ସୁନ୍ଦରୀ ପଦ୍ମିନୀ ଜାତୀୟା ଜେମା । ତା' ଦେହରୁ ଅନେକ ପଦ୍ମର ସୁଗନ୍ଧ । ଏକ ଜାଗାରେ ଅନେକ ପଦ୍ମର ଭ୍ରମରେ ଭ୍ରମରମାନେ ତା'ର ଚାରିପାଶ୍ୱରେ ଭଇଁରୀରେ ପଡ଼ି ଭ୍ରମୁଛନ୍ତି । ଭାବ, ଭାଷା, ସଙ୍ଗୀତ ବୁଝାଇବା ପରେ ଭୂଦେବ ମୁଖାର୍ଜୀ କହିଲେ– ରାଧାନାଥ ଏ କବିର ଭାଷାରେ କବିତା ନ ଲେଖି ତୁମେ ବଙ୍ଗାଳାରେ କବିତା ଲେଖୁଛ କାହିଁକି । ସେହି ଭୂଦେବ ମୁଖୋପାଧ୍ୟାୟଙ୍କ ପ୍ରେରଣାରେ ଉଦ୍‌ବୁଦ୍ଧ ହୋଇ ପ୍ରଥମେ ବଙ୍ଗାଳା ଭାଷାରେ ଲେଖୁଥିବା ରାଧାନାଥ ରାୟ ପରେ ଓଡ଼ିଆ ଭାଷାରେ ଲେଖିଥିଲେ ନିଜ କାବ୍ୟ ଚିଲିକାରେ ସେ ଲେଖିଥିଲେ କବି ସୂର୍ଯ୍ୟ ଓ କବି ସମ୍ରାଟଙ୍କୁ ଲକ୍ଷ୍ୟକରି "ଭାଗ୍ୟବାନ ବେନି ବାଣୀଙ୍କ କୁମାର, କବି ବଳଦେବ ଭଞ୍ଜ ବୀରବର" ନାଉରୀ କଣ୍ଠରେ ଭଞ୍ଜ ଓ କବି ସୂର୍ଯ୍ୟ ସଂଗୀତ ଶୁଣି ସେ ଏକଥା ଲେଖିଥିଲେ ।

ଅନ୍ୟ ମତରେ ଓଡ଼ିଆ ଭାଷା ଏକ ପ୍ରାଚୀନ ଆର୍ଯ୍ୟଭାଷା । ବୈଦିକ ଯୁଗରୁ ଏହି ଭାଷାର ଉନ୍ମେଷ ଘଟି ବିକାଶ ଧାରାରେ ଏହା ଖ୍ରୀଷ୍ଟପୂର୍ବ ଷଷ୍ଠ ଶତାବ୍ଦୀରୁ ଲିଖିତ ଭାଷାର ମର୍ଯ୍ୟାଦା ଲାଭ କରିଥିଲା । ପରବର୍ତ୍ତୀ କାଳରେ ଏହି ଭାଷାରେ ସାହିତ୍ୟ ସୃଷ୍ଟିର ପରମ୍ପରା ପ୍ରତିଭାତ ହୋଇଥିଲା । କ୍ରମେ ଚର୍ଯ୍ୟାଗୀତି ଓ ସିଦ୍ଧ ସାହିତ୍ୟ ସୃଷ୍ଟି ହୋଇ ଓଡ଼ିଆ ଭାଷାର ଗୌରବ ବୃଦ୍ଧି ହୋଇଥିଲା । ପଞ୍ଚଦଶ ଶତାବ୍ଦୀରେ ଏହି ଭାଷାରେ ମହାଭାରତ ସୃଷ୍ଟି ହୋଇ ଏହା ପୂର୍ଣ୍ଣ ବିକଶିତ ଭାଷାର ମାନ୍ୟତା ଲାଭ କଲା । ଏହି ଭାଷାର ଭାଷାତାତ୍ତ୍ୱିକ ଅଧ୍ୟୟନରୁ ପ୍ରମାଣିତ ହୁଏ । ଓଡ଼ିଆ ଗୋଟିଏ ପୁରାତନ ଶାସ୍ତ୍ରୀୟ ଭାଷା । ବୈଦିକ ଭାଷା ଓ ସଂସ୍କୃତ ଭାଷା ଯେତେବେଳେ ନିୟମାବଦ୍ଧ ହୋଇ ଏକ ନିର୍ଦ୍ଦିଷ୍ଟ ଗୋଷ୍ଠୀର ମୌରସୀ ସମ୍ପତ୍ତି ରୂପେ ବିବେଚିତ ହେଲା ସେତିକି ବେଳରୁ ଓଡ଼ିଆ ଭାଷାର ଜନ୍ମ । ଯେଉଁ ଆର୍ଯ୍ୟଗୋଷ୍ଠୀ ଏହି ଭାଷାକୁ ବ୍ୟବହାର କରୁଥିଲେ ସେମାନେ ଉତ୍ତର ପଶ୍ଚିମ ଭାରତ ଭୂଖଣ୍ଡ ପରିତ୍ୟାଗ କରି, ମହୋଦଧି ତଟସ୍ଥ ଉତ୍ତର ଭୂଖଣ୍ଡରେ ବାସକଲେ । ସେମାନଙ୍କ କଥିତ ଭାଷାକୁ ପ୍ରାକୃତ, ଔଡ଼ୀ ପ୍ରାକୃତ, ଔଡ୍ର ମାଗଧୀ ବା ଅର୍ଦ୍ଧ ମାଗଧୀ କୁହାଯାଉଥିଲା । ଭାଷା ବିଜ୍ଞାନୀମାନେ ଏହି ଔଡ୍ର ମାଗଧୀ ଭାଷାର ପ୍ରବୃତି ବିଶ୍ଳେଷଣ ପୂର୍ବକ ଏହାକୁ ପୂର୍ବାଞ୍ଚଳର ପ୍ରଥମ ଆର୍ଯ୍ୟ ଭାଷା ବୋଲି ବ୍ୟକ୍ତ କରିଛନ୍ତି । ଖ୍ରୀଷ୍ଟପୂର୍ବ ଷଷ୍ଠ ଶତାବ୍ଦୀବେଳକୁ ବ୍ରାହ୍ମୀଲିପିରୁ ଓଡ଼ିଆ ଲିପିର ଉନ୍ମେଷ ଘଟିଥିଲା ।

ତା'ପରେ କୌଣସି ଭାଷା ଅନ୍ୟ ଏକ ଭାଷାଠାରୁ ନ୍ୟୂନ ନୁହେଁ । କାରଣ ମଣିଷର ପୂର୍ବ ଇତିହାସକୁ ଅନୁଧ୍ୟାନ କଲେ ଭାଷାର ଉତ୍ପତ୍ତି କେବେ ହୋଇଥିଲା ତାହାର ଆଜି ପର୍ଯ୍ୟନ୍ତ ସଠିକ ଉତ୍ତର ମିଳି ପାରିନାହିଁ । ମନୁଷ୍ୟର ପ୍ରଥମ ଭାଷା କ'ଣ ହୋଇପାରେ ଏକଥା ବିଚାରକୁ ନେଲେ ଧରିନେବାକୁ ହେବ ମଣିଷର ପ୍ରଥମ ଶବ୍ଦ 'ଉଁ' ବୋଲି କହିବା ସହିତ ଠାରନାର କରିବା ହିଁ ପ୍ରଥମ ଭାଷା । ଯାହା ହେଉ ଭାଷା ମଣିଷର ସକାରାତ୍ମକ ମାନସିକତା ବୃଦ୍ଧି ପାଇବା ଅବସରରେ ତଥା ତା'ର ବୌଦ୍ଧିକ ସମୃଦ୍ଧି ହେବା କାଳରେ ପରିବେଶ ଅନୁଯାୟୀ ନିଜର ମୁଖ ମଧ୍ୟରେ ସୃଷ୍ଟ ଧ୍ୱନି ଏକ ନିର୍ଦ୍ଦିଷ୍ଟ ଉଚ୍ଚାରଣରେ ସୃଷ୍ଟି ହେବା ହିଁ ମଣିଷର ପ୍ରଥମ ଭାଷା । ପରିବେଶ ଓ ପରିସ୍ଥିତିକୁ ପ୍ରକାଶ କରିବାକୁ ଯାଇ ସୃଷ୍ଟି ହୋଇଥିବା ଧ୍ୱନି ନିର୍ଦ୍ଦିଷ୍ଟ ଭାବରେ ଉକ୍ତ ପରିବେଶକୁ ଓ ପରିସ୍ଥିତିକୁ ଚିହ୍ନିତ କରି ଅର୍ଥ ପ୍ରକାଶ କରିବାକୁ ଯେଉଁ ସବୁ ଭିନ୍ନ ଭିନ୍ନ ଧ୍ୱନି ସୂଚୀତ କଲା, ସେ ସବୁ ପରବର୍ତ୍ତୀ ସମୟରେ ଉକ୍ତ

ସ୍ଥାନର ଏକାଟି ରହିଥିବା ମଣିଷର ପ୍ରଥମ ଭାଷା ତଥା ପ୍ରଥମ ଶବ୍ଦ ସବୁ । ଏଣୁ ଭିନ୍ନଭିନ୍ନ ପରିବେଶକୁ ବୁଝାଇବାକୁ ଯାଇ ଯେଉଁ ସଂଗଠିତ ଧ୍ୱନି ପ୍ରକାଶିତ ହେଲା ସେଇସବୁ ସ୍ଥାନ– ବିଶେଷରେ ଶବ୍ଦ ଯୋଜନା ବୋଲି ପଣ୍ଡିତ ଗଣ ମତ ଧାରଣ କରନ୍ତି । ଏଣୁ ଆମର ଭାରତ ଭୂଖଣ୍ଡର ଭାଷା ସ୍ୱତଃ ଏତିକି ପ୍ରମାଣ କରେ ଯେ ଆମର ଭାଷା ନିଶ୍ଚୟ ଭାବରେ ବିଭିନ୍ନ ଗୋଷ୍ଠୀର ଭିନ୍ନ ଭିନ୍ନ ଉଚ୍ଚାରିତ ଧ୍ୱନି ସବୁଠାରୁ ଭିନ୍ନ ଏବଂ ଭାରତ ଭୂଖଣ୍ଡରେ ଭିନ୍ନ ଗୋଷ୍ଠୀ ଭିନ୍ନଭିନ୍ନ ସ୍ଥଳ ବିଶେଷରେ ରହିଆସିଥିଲେ ଏବଂ ସେସବୁ ଧ୍ୱନି ପ୍ରତ୍ୟେକ ଗୋଷ୍ଠୀର ଭିନ୍ନଭିନ୍ନ ଧ୍ୱନି–ଶବ୍ଦ ଯାହାକି ପରବର୍ତ୍ତୀ କାଳରେ ସେ ସବୁ ଭିନ୍ନ ଗୋଷ୍ଠୀର ଭିନ୍ନ ଭାଷା ଭାବେ ପରିଚିତ ଲାଭ କରିଥିଲା । ଆଉ ମଧ୍ୟ ସେହି ଭାଷା କ୍ରମଶଃ ମାର୍ଜିତ ହେବା ପ୍ରକ୍ରିୟା ଭିତରେ ଗତିକଲେ । ଅଧୁନା ଏକ ପରିମାର୍ଜିତ ତଥା ସମୃଦ୍ଧିଶାଳୀ ଭାଷା ଭାବେ ନିଜର ରୂପ ତଥା ସଂଜ୍ଞା ପ୍ରକଟ କରି ଆସୁଛି । ଭାରତ ଭୂଖଣ୍ଡ ମଧ୍ୟରେ ଅନେକ ଗୋଷ୍ଠୀ ଅର୍ଥାତ୍ ଅନେକ ଦେଶ କ୍ରମଶଃ ଭାରତ ଗଠନ କରିଥିବାର ଏହାହିଁ ପ୍ରମାଣ । ଅର୍ଥାତ ଭିନ୍ନ ଗୋଷ୍ଠୀ–ଜାତି କ୍ରମଶଃ ନିଜର ପରିସୀମାକୁ ନେଇ ପରିଚିତି ଲାଭ କରିବା ପ୍ରକ୍ରିୟା ଭିତରେ ଭାରତ ସୃଷ୍ଟି ହୋଇଛି । ଏଣୁ ଭାରତ ହେଉଛି ଦେଶମାନଙ୍କ ଦେଶ– ଏହା ହିଁ ପ୍ରମାଣସିଦ୍ଧ । ସେମାନଙ୍କ କଥିତ ଭାଷା, ଅନ୍ୟଠାରୁ ଭିନ୍ନ । ଏପରିକି ସେ ସବୁ ଭାଷାର ଲିପି ନାହିଁ । ଆମ ଦେଶରେ ସାମ୍ୱିଧାନିକ ଭାଷା ସବୁର ଲିପି କ୍ରମଶଃ ସୃଷ୍ଟି ହେଲା । ଏବେ ସୁଦ୍ଧା ଆଦିମ ଗୋଷ୍ଠୀମାନଙ୍କର ଭାଷା ଯଥା– ମୁଣ୍ଡା, ଖଡ଼ିଆ, ଓରାମ, କନ୍ଦ, ଗାଦବା, ଶବର ଇତ୍ୟାଦି ଭାଷାର ଲିପି ନାହିଁ ।

ସବୁ ଭାଷାର ଗୋଟିଏ କଥିତ ଭାଷା ଓ ଆଉ ଗୋଟିଏ ମାନକ ଭାଷା (ଷ୍ଟାଣ୍ଡର୍ଡ ଲାଙ୍ଗୁଏଜ)ଥାଏ । କଥିତ ଭାଷାରେ ଲୋକମାନେ ଦୈନିନ୍ଦିନ କଥାବାର୍ତ୍ତା କରିଥାନ୍ତି । କଥିତ ଭାଷା ଆଞ୍ଚଳିକ ଭେଦରେ ଭିନ୍ନ ହୋଇଥାଏ । ଆଞ୍ଚଳିକ କଥିତ ଭାଷା ଭିନ୍ନ ଉଚ୍ଚାରଣ ଓ ପଡ଼ୋଶୀ ଭାଷା କିମ୍ବା ସ୍ଥାନୀୟ ଆଦିବାସୀ ଭାଷାରୁ ଆନୀତ କିଛି ଶବ୍ଦର ବ୍ୟବହାର ଯୋଗୁ ଅନ୍ୟ ଅଞ୍ଚଳର ସମ– ଭାଷାଭାଷୀ ଲୋକଙ୍କର ସହଜରେ ବୋଧଗମ୍ୟ ହୁଏ ନାହିଁ । ତେଣୁ ସମସ୍ତଙ୍କ ବୋଧଗମ୍ୟ ହେବାଭଳି ଉନ୍ନତ ଶ୍ରୁତିମଧୁର ତଥା ବ୍ୟାକରଣ ସମ୍ମତ ଶବ୍ଦ ଓ ବାକ୍ୟମାନଙ୍କ ସମଷ୍ଟିରେ ଭାଷା ସୃଷ୍ଟି ହୋଇଛି । ଏହି ଭାଷାରେ ବହିପତ୍ର ଲେଖାଯାଏ । ଖବର କାଗଜ ଓ ପତ୍ର ପତ୍ରିକା ପ୍ରକାଶିତ ହୁଏ । ଏହା ପାଠ୍ୟ ପୁସ୍ତକ ଓ ସାହିତ୍ୟ ପୁସ୍ତକର ମାଧ୍ୟମ ଭାବେ ବ୍ୟବହୃତ ହୁଏ ।

ଭାଷାଗତ ସଂପ୍ରେଷଣ ଶକ୍ତି ଓ ସୌନ୍ଦର୍ଯ୍ୟ କଥା ଭାବିଲେ ଜଣାପଡ଼ିବ କିପରି ମଧ୍ୟ ଯୁଗୀୟ ଉପେନ୍ଦ୍ରଭଞ୍ଜ ଓ ତାଙ୍କର ସମକାଳୀନ କବିମାନଙ୍କ କାବ୍ୟଭାଷା ତିନିଶହ ବର୍ଷ ପରେ ବି ଲୋକ ମୁଖରେ ସୁରକ୍ଷିତ ଅଛି ଓ ତା'ର ଅର୍ଥ ବିଜ୍ଞପ୍ତି ଏବେ ମଧ୍ୟ ଲୋକଗ୍ରାହ୍ୟ ହୋଇ ରହିଛି । ଉପେନ୍ଦ୍ର ଭଞ୍ଜଙ୍କର ସମକାଳୀନ ଯେଉଁ ବିଦ୍ୟାପତିଙ୍କ କଥା ବଙ୍ଗାଳୀଏ କହୁଛନ୍ତି, ସିଏ କ'ଣ ବଙ୍ଗାଳାରେ ଲେଖିଥିଲେ । ବିଦ୍ୟାପତି ପୂର୍ବୀ ହିନ୍ଦିରେ ବା ଭୋଜପୁରୀରେ ଲେଖିଥିଲେ । ଯେଉଁ ସମୟରେ ଓଡ଼ିଆ ଏକ ସ୍ଥିର ଓ ସମ୍ପନ୍ନ ଭାଷାରେ ପରିଣତ ହୋଇ ସାରିଥିଲା । ସେତେବେଲେ ବଙ୍ଗାଳାର ଅସ୍ତିତ୍ୱ ନ ଥିଲା । ବଙ୍ଗାଖଣ୍ଡର ଲୋକେ ପୂର୍ବୀହିନ୍ଦିର ବିଭିନ୍ନ ଅପଭ୍ରଂଶରେ କଥା କହୁଥିଲେ । ଯେଉଁ ଭାଷାକୁ ବଙ୍ଗାଳା ବୋଲି କୁହାଯାଉଛି ସିଏ ଅଣ୍କକାଳର ଭାଷା । ସପ୍ତଦଶ ଶତାବ୍ଦୀ ଶେଷ ହେବା ପର୍ଯ୍ୟନ୍ତ ବଙ୍ଗାଳାର ସ୍ୱତନ୍ତ୍ର ଅସ୍ତିତ୍ୱ ପୂର୍ଣ୍ଣ ଗଠିତ ହୋଇନଥିଲା । ସେଇଟି ୧୭୦୦ ବର୍ଷର ପୁରାତନ ଭାଷା ଓଡ଼ିଆ ୪ର୍ଥ ଶତାବ୍ଦୀରେ ଆରମ୍ଭ ହୋଇଥିଲା ଓ ଏକାଦଶ ଶତାବ୍ଦୀରେ ଏହାର ଲିପି ପ୍ରସ୍ତୁତ ହୋଇସାରିଥିଲା ଏବଂ ଓଡ଼ିଆର ପୂର୍ଣ୍ଣ ବିକାଶ ଚତୁର୍ଦ୍ଦଶ ଶତାବ୍ଦୀ ବେଳକୁ ହୋଇ ସାରିଥିଲା । ଓଡ଼ିଆ ଭାଷାର ଉତ୍ପତ୍ତି ୨୦୦୦ ବର୍ଷରୁ ଊର୍ଦ୍ଧ୍ୱ । ସଂସ୍କୃତ ବ୍ୟତୀତ ଆର୍ଯ୍ୟ ଗୋଷ୍ଠୀର ବହୁ ଭାରତୀୟ ଭାଷାରେ ଲିପିର ବିକାଶ ହୋଇନଥିବା ବେଳେ ଓଡ଼ିଆ ଭାଷାର ଆଧୁନିକ ରୂପ ବିକଶିତ ହୋଇଛି ।

କେଶ ସ୍ତୁପକୁ ବୁଦ୍ଧଦେବଙ୍କ ପ୍ରଥମ ଓଡ଼ିଆ ଶିଷ୍ୟ ବଣିକ ତପସ୍ସୁ ନିର୍ମାଣ କରିଥିଲେ । ତପସ୍ସୁ ଖ୍ରୀଷ୍ଟପୂର୍ବ ଷଷ୍ଠ ଶତାବ୍ଦୀରେ ବୁଦ୍ଧଦେବଙ୍କ କେଶ ଆଣି ଏହି ସ୍ତୁପରେ ରଖିଥିଲେ । ସେଥିପାଇଁ ଏହାର ନାମ କେଶସ୍ତୁପ । ଏହି ସ୍ତୁପରେ 'କେଶଷ୍ଟୁପ' ଓ

'ଭେଖ୍ତୁ ପସଦାନମ୍' ବ୍ରାହ୍ମୀ ଲିପିରେ ଖୋଦିତ ହୋଇଛି । ଏଥୁରୁ ପ୍ରମାଣିତ ହୁଏ ଖ୍ରୀଷ୍ଟପୂର୍ବ ଷଷ୍ଠ ଶତାବ୍ଦୀ ବେଲକୁ ବ୍ରାହ୍ମୀଲିପିରୁ ଓଡ଼ିଆ ଲିପି ଜନ୍ମ ନେଲାଣି । ଏହାର ତିନିଶହ ବର୍ଷ ପରେ ଭରତ ମୁନି ନାଟ୍ୟ ଶାସ୍ତ ପ୍ରଣୟନ କଲେ । ସେହି ନାଟ୍ୟଶାସ୍ତରେ ଉତ୍କଭାଷାର ବିକାଶ ସମ୍ପର୍କରେ ବହୁ ସୂଚନା ରହିଅଛି । ତତ୍କାଲୀନ ଭାରତରେ ପ୍ରଚଲିତ ସାତଗୋଟି ଭାଷା ମଧ୍ୟରେ ଭରତମୁନି ଓଡ଼ିଆଭାଷା ବା ଅଦ୍ଧମାଗଧୀକୁ ଅନ୍ତର୍ଭୁକ୍ତ କରିଛନ୍ତି । ଖ୍ରୀଷ୍ଟପୂର୍ବ ଷଷ୍ଠଶତାବ୍ଦୀର ଅଭିଲେଖିକ ପ୍ରମାଣ ଓ ଖ୍ରୀଷ୍ଟପୂର୍ବ ତୃତୀୟ ଶତାବ୍ଦୀର ଶାସ୍ତୀୟ ପ୍ରମାଣରୁ ଉପଲବଧ୍ ହୁଏ ଓଡ଼ିଆ ଭାଷା କ୍ରମେ ସଂସ୍କାରିତ ହୋଇ ପୁରାତନକୁ ପରିହାର କରିଥିଲା ତଥା ନୂତନକୁ ଗ୍ରହଣ କରିଥିଲା । ପରବର୍ତ୍ତୀ କାଲରେ ଏହା କ୍ରମେ କ୍ରମେ ବିକଶିତ ହୋଇଥିଲା ବୋଲି ଖ୍ରୀଷ୍ଟପୂର୍ବ ତୃତୀୟ ଶତାବ୍ଦୀର ଅଶୋକଙ୍କ ଧଉଲି ଶିଲାଲେଖ ଖ୍ରୀଷ୍ଟପୂର୍ବ ପ୍ରଥମ ଶତାବ୍ଦୀର ଖାରବେଲଙ୍କ ହାତୀ ଗୁମ୍ଫା ଶିଲାଲେଖ ଓ ଖ୍ରୀଷ୍ଟାଦ୍ଧ ପଞ୍ଚମ ପର୍ଯ୍ୟନ୍ତ ବିଭିନ୍ନ ରାଜାଙ୍କ ଦ୍ୱାରା ପ୍ରଦତ୍ତ ତାମ୍ର ପତ୍ରରୁ ଜଣାଯାଏ । ଗୌରବର କଥା ଷଷ୍ଠ-ସପ୍ତମ ଶତାବ୍ଦୀ ବେଲକୁ ଓଡ଼ିଆ ଭାଷା ପ୍ରଞ୍ଚାର ଐଶ୍ୱର୍ଯ୍ୟମୟ ଆଭାସରେ ଉଦ୍ଭାସିତ ହୋଇ ସାହିତ୍ୟ ସୃଷ୍ଟି କରିବାକୁ ସମର୍ଥ ହୋଇଥିଲା । ସେହି ପ୍ରାଚୀନ ଓଡ଼ିଆ ସାହିତ୍ୟ ହେଉଛି 'ଚର୍ଯ୍ୟାଗୀତ' । ଚର୍ଯ୍ୟଗୀତର ଭାଷା ତାତ୍ତ୍ୱିକ ଅଧ୍ୟୟନରୁ ଓଡ଼ିଆ ଭାଷାର ପ୍ରଗତି ଓ ପ୍ରୌଢତାର ପରିଚୟ ଉପଲବଧ୍ ହୋଇଅଛି । ଲୋକ ସାହିତ୍ୟ ପ୍ରାଚୀନ ଯୁଗର ଆଦିତମ ସୃଷ୍ଟି ହେଲେ ବି ସମୟର ପରିବର୍ତ୍ତନ ସହ ତାଲଦେଇ ଗତି କରିଚାଲିଛି । ବିପର୍ଯ୍ୟସ୍ତ ଭାବେ ରଚିତ ହୋଇଥିବା ଏହି ଅଲିଖିତ ଲୋକ ସାହିତ୍ୟକୁ ବାଦ୍ଦେଲେ ବିଧୃବଦ୍ଧ ସାହିତ୍ୟ କେବେ କିଭଲି ଓ କାହା ଦ୍ୱାରା ପ୍ରଥମେ ରଚିତ ହୋଇଥିଲା ଏବଂ ତା'ର ସ୍ୱରୂପ କ'ଣ ଥିଲା ତାହା ଜାଣିବାକୁ ବାକିଅଛି । ଓଡ଼ିଆ ଭାଷା ସେହି ସମୟରେ ସଂଯୋଗାବସ୍ଥାରୁ ବିଯୋଗାବସ୍ଥାକୁ ଗତି କରି ବିକଶିତ ହୋଇଥିଲା । ଚର୍ଯ୍ୟାଗୀତି ପରେ ସିଦ୍ଧ ସାହିତ୍ୟ ସୃଷ୍ଟି ହୋଇ ଓଡ଼ିଆ ଭାଷାର ଗୌରବ ବୃଦ୍ଧି ହୋଇଥିଲା । ଏହି ସିଦ୍ଧ ସାହିତ୍ୟଗୁଡ଼ିକ ହେଉଛି – ଶିଶୁବେଦ, ସପ୍ତାଙ୍ଗଯୋଗ, ଗୋରେଖ ଗୀତା, ଷଡ଼ଚକ୍ର ସାଧନା ଓ ନାଥ ସାହିତ୍ୟ ପ୍ରଭୃତି । ଏହା ବ୍ୟତୀତ ଏହି ସମୟରେ ବହୁ କଥ୍ତ ଲୋକ ସାହିତ୍ୟ ମଧ୍ୟ ସୃଷ୍ଟି ହୋଇଥିଲା । ଏହି ସିଦ୍ଧ ସାହିତ୍ୟ ଓ ଲୋକ ସାହିତ୍ୟର ଭାଷା ଚର୍ଯ୍ୟାଗୀତର ଭାଷାଠାରୁ ଉନ୍ନତ । ଭାଷାବିତ୍ମାନେ ଓଡ଼ିଆ ଭାଷାର ଏତାଦୃଶ ବିକାଶକୁ ଭାଷା ସ୍ଥିରୀକରଣ କହିଥାନ୍ତି । ଏହି ସମୟରେ ଶିଲାଲେଖ ଓ ତାମ୍ର ଲେଖରୁ ଓଡ଼ିଆ ଭାଷାର ବିକଶିତ ସ୍ୱରୂପ ଉପଲବଧ୍ ହୋଇଥାଏ । ଚତୁର୍ଦ୍ଦଶ ଶତାବ୍ଦୀରେ କଲସା, ଚଉତିଶା, ନାନାଦି ଓଷାବ୍ରତ କଥା ଅନ୍ୟାନ୍ୟ କେତେକ ଚଉତିଶା ଓଡ଼ିଆ ଭାଷାରେ ରଚିତ ହୋଇଥିଲା । ଏଗୁଡ଼ିକୁ ସାରଲା ପୂର୍ବ ସାହିତ୍ୟ କୁହାଯାଏ ।

ଗୋଟିଏ ଦିଗରେ ବ୍ରାହ୍ମଣ୍ୟ ବୈଷ୍ଣବ ଚେତନା ଓ ଅନ୍ୟ ଦିଗରେ ବ୍ରହ୍ମବ୍ରଜ୍ଜାନୀ ସାଧନାର ସଂଘାତରୁ ଧର୍ମର ସମନ୍ୱୟ ଓ ଆଧ୍ୟାମ୍ଳିକ ସମୀକରଣ ଜନିତ ସ୍ୱରୂପ ଜନ୍ମ ନେଇଥିଲା । 'ନାଥ-ଶୈବ'ର ଏ ପବିତ୍ର ଆଧ୍ୟାମ୍ଳିକ ଚେତନା । ଏହି ଧର୍ମଧାରାର ଉପାସ୍ୟ ଦେବତା, ଆଦିନାଥ ଶିବ । ଶିବ ଯୋଗେଶ୍ୱର ହୋଇଥିବାରୁ ତାଙ୍କର ଉପାସକମାନଙ୍କୁ 'ଯୋଗୀ' କୁହାଯାଏ । ନାଥ ଯୋଗୀମାନେ ଶିବ ଗୋତ୍ରୀ । ଗୋରେଖ ସଂହିତାରେ ୮୪ ଜଣ ସିଦ୍ଧ ସାଧକଙ୍କ ନାମ ରହିଛି । ନାଥ ପନ୍ତୀମାନଙ୍କ ମଧ୍ୟରେ କେତେକ ଚର୍ଯ୍ୟାପଦର କବି ରହିଛନ୍ତି । ସେମାନଙ୍କ ମଧ୍ୟରେ କାହ୍ନୁପା, ଲୁଇପା, ହାଡ଼ିପା, ଶବରୀପା, ତନ୍ତିପା, ଆଦି ପ୍ରମୁଖ ସାଧକ କବି । ସମ୍ଭବତଃ ଓଡ଼ିଶାର ହିଂସ୍ର ଶାସକମାନଙ୍କ ଭୟରେ ଏମାନେ ବୌଦ୍ଧରୁ ନାଥକୁ ରୂପାନ୍ତରିତ ହୋଇଥିଲେ । ସେମାନଙ୍କ 'ମୋକ୍ଷ' ଲଭିବାର ମୋହ ଏଭଲି ଆକୁଲ କରିଥିଲା ।

ଫଲତଃ ସାଂସାରିକ ଅଜ୍ଞାନତାକୁ ଦୂରେଇ ନିର୍ବାଣ ପ୍ରାପ୍ତିର ନୂତନ ମାର୍ଗ ନାଥ ଚେତନା ଭିତରେ ଆବିଷ୍କାର କରିଥିଲେ । ବିଶେଷ କରି ଅମରକୋଶ ଗୀତା ଗୋରେଖ ସଂହିତା, କୁମାରୀତନ୍ତ ଆଦି ଗ୍ରନ୍ଥରେ ନାଥ ସିଦ୍ଧା ଚାର୍ଯ୍ୟମାନଙ୍କ ନାମୋଲ୍ଲେଖ ରହିଛି । ନାଥ ଧର୍ମର ମସ୍ୟେନ୍ଦ୍ରନାଥ ହେଉଛନ୍ତି ଆଦିନାଥ । 'ମସ୍ୟେନ୍ଦ୍ର ଗୀତା' ତାଙ୍କର ପ୍ରସିଦ୍ଧ ରଚନା । ମସ୍ୟେନ୍ଦ୍ରନାଥଙ୍କ ପରମ (ଶ୍ରେଷ୍ଠ) ଶିଷ୍ୟ ହେଉଛନ୍ତି ସିଦ୍ଧ ସାଧକ ଗୋରେଖ ନାଥ । ସେ ହଠଯୋଗ, ଗୋରେଖ ସଂହିତା, ଆମ୍ବୋଧ, ଜ୍ଞାନ ଚୌତିଶା, ଗୋରେଖ ଗଣେଶ ସମ୍ବାଦ, ଜ୍ଞାନାମୃତ ଯୋଗ, ଯୋଗମଞ୍ଜରୀ ଗୋରେଖବାଣୀ, ଶିଶୁବେଦ

ପ୍ରଭୃତି ଗ୍ରନ୍ଥର ସ୍ରଷ୍ଟା । ତାଙ୍କ ରଚିତ ଶିଶୁବେଦ ଏକ ପ୍ରାମାଣିକ ଗଦ୍ୟଗ୍ରନ୍ଥ । ଯାହାକି ପଦ୍ୟରୁ ଗଦ୍ୟକୁ ରୂପ ପରବର୍ତ୍ତନର ଆଦ୍ୟ ପ୍ରାମାଣିକ ପ୍ରୟାସ । ଓଡ଼ିଆ ଗଦ୍ୟର ପ୍ରାରମ୍ଭିକ ବିକାଶଧାରାକୁ ଶିଶୁବେଦର ଅବଦାନ ଅନନ୍ୟ । ଏହି ଦୃଷ୍ଟିରୁ ଗୋରେଖ ନାଥ ଓଡ଼ିଆ ଗଦ୍ୟ ସାହିତ୍ୟର ଆଦ୍ୟ ପୁରୁଷ, ପ୍ରବର୍ତ୍ତକ ଓ ସ୍ରଷ୍ଟା । ।

ସାହିତ୍ୟର ରୂପ ଓ ଆଧାର ପରିବର୍ତ୍ତନ ମୂଳରେ ବିଦ୍ୟମାନ ଥାଏ ସ୍ରଷ୍ଟାର ଏକ ବିଶେଷ ପ୍ରୟୋଜନ ବୋଧ । ସେହି ପ୍ରୟୋଜନକୁ ନିଦ୍ଧାରିତ ରୂପରେ ରୂପ ପ୍ରଦାନ କରେ ସାହିତ୍ୟ ସୃଷ୍ଟିର ବିଶେଷ ଆଭିମୁଖ୍ୟ । ଏହା କେବେ ଏକ କୌଶଳ ନୁହେଁ କି ଆୟାସସାଧ୍ୟ ବ୍ୟାପାର ନୁହେଁ ବରଂ ସ୍ରଷ୍ଟାର ଭାବକୁ ପ୍ରକାଶକ୍ଷମ କରିବାର ସ୍ୱଭାବସିଦ୍ଧ ମାଧ୍ୟମ । ତେଣୁ ଓଡ଼ିଆ ସାରସ୍ୱତର ଆଦ୍ୟ ପର୍ଯ୍ୟାୟର ଚର୍ଯ୍ୟାଗୀତିକା, ନାଥ ଓ ଶୈବ ସାହିତ୍ୟ ସମୂହ ବସ୍ତୁତଃ ସାହିତ୍ୟ ସୃଷ୍ଟି କେବଳ ନୁହେଁ ବରଂ ଧର୍ମ ପ୍ରଚାର ଉଦ୍ଦେଶ୍ୟ ଆଧାରରେ ଏସବୁ ସାମାଜିକ ଆବଶ୍ୟକତାରୁ ରଚିତ ହୋଇଛି । ଧର୍ମର କଥା ଉପସ୍ଥାପନା କରିବା ଛଳରେ ସ୍ରଷ୍ଟାମାନେ ନିଜ ନିଜର ମାର୍ଗରେ ଯେଉଁ ମାଧ୍ୟମ ଅବଲମ୍ବନ କରିଛନ୍ତି ତାହାର ନେପଥ୍ୟେ ପରବର୍ତ୍ତୀ ଓଡ଼ିଆ ସାହିତ୍ୟ ସୃଷ୍ଟିର ମୂଳଦୁଆ ପ୍ରତିଷ୍ଠାରେ ସହାୟକ ହୋଇଛି । ଏହା କେହି କେବେ ଅସ୍ୱୀକାର କରିପାରିବେ ନାହିଁ ।

ତେଣୁ ବିଭିନ୍ନ ଧର୍ମର ସିଦ୍ଧାଚାର୍ଯ୍ୟ, ସିଦ୍ଧସାଧକ, ଉପାସକ ଗଣ ଧର୍ମର ମହିମା ପ୍ରତିଷ୍ଠା କରିବାକୁ ଯାଇ ନିଜ ଜ୍ଞାତରେ ହେଉ ବା ଅଜ୍ଞାତରେ ହେଉ ଅଷ୍ଟମ ଶତାଦ୍ଦୀଠାରୁ ଆରମ୍ଭ କରି ପଞ୍ଚଦଶ ଶତାଦ୍ଦୀ ମଧ୍ୟରେ ଓଡ଼ିଆ ସାହିତ୍ୟ ଓ ସଂସ୍କୃତିକୁ ପ୍ରଦାନ କରିଯାଇଛନ୍ତି ଏକ ବଳିଷ୍ଠ ସାରସ୍ୱତ ପୃଷ୍ଠଭୂମି । ସେହି ପୃଷ୍ଠଭୂମିରେ ପରବର୍ତ୍ତୀ ସ୍ରଷ୍ଟାଗଣ ସେମାନଙ୍କ କୃତିତ୍ୱକୁ ସଫଳ ସମ୍ପାଦନା କରିବାରେ ସମର୍ଥ ହୋଇଛନ୍ତି । ମାଟିର କବି ସ୍ରଷ୍ଟା ସାରଳା ଦାସ ମହାଭାରତ ଭଳି ମହାକାବ୍ୟ ସୃଷ୍ଟି କରିବାରେ ସମର୍ଥ ହୋଇଥିଲେ ।

ପଞ୍ଚଦଶ ଶତାଦ୍ଦୀରେ ମାଟିର ମହାକବି ସାରଳା ଦାସ ବିଶାଳ ଓଡ଼ିଆ ମହାଭାରତ ରଚନା କରିଥିଲେ । ସେହି ସମୟରେ ଅଭିଲେଖ, ସନନ୍ଦ ଓ ଘୋଷଣାପତ୍ରରେ ମଧ୍ୟ ଓଡ଼ିଆ ଭାଷାର ମୌଳିକ ସ୍ୱରୂପ ପ୍ରକାଶିତ । ସାରଳା ମହାଭାରତର ଶବ୍ଦ ସମ୍ଭାରରୁ ଓଡ଼ିଆ ଭାଷାର ବ୍ୟାପକତା ଅନୁଭବ ହୋଇଥାଏ । ସାରଳାଙ୍କ ପରବର୍ତ୍ତୀ ପଞ୍ଚସଖା ଯୁଗରେ ଓଡ଼ିଆ ଭାଷାରେ ବ୍ୟାପକ ସାହିତ୍ୟ ସୃଷ୍ଟି ହୋଇ ଓଡ଼ିଆ ଭାଷା ବିକାଶର ଚରମ ସୀମା ସ୍ପର୍ଶ କରିଥିଲା । ଗବେଷକ ବୃନ୍ଦ ଏହି ଯୁଗରେ ସୃଷ୍ଟି ଓଡ଼ିଆ ଭାଗବତର ଭାଷାକୁ ଓଡ଼ିଆ ଭାଷାରେ ସୃଷ୍ଟ ସାହିତ୍ୟ ମଧ୍ୟରେ ଶ୍ରେଷ୍ଠତ୍ୱର ମର୍ଯ୍ୟାଦା ପ୍ରଦାନ କରିଛନ୍ତି । ସେହି ସମୟରେ ଅଭିଲେଖ ସମୂହରୁ ବିକଶିତ ପରିମାର୍ଜିତ ଓଡ଼ିଆ ଭାଷାର ନିଦର୍ଶନ ମିଳିଥାଏ । ଏହି ଯୁଗରେ ଓଡ଼ିଆ ଭାଷାର ବ୍ୟାକରଣ ସୁନିୟନ୍ତ୍ରିତ ହୋଇ ଉଚ୍ଚାରଣ ନିର୍ଦ୍ଦିଷ୍ଟ ହେଲା ଏବଂ ଓଡ଼ିଆ ଭାଷା ନିର୍ମାଣ ଆଧାରିତ ରୂପ ଧାରଣ କଲା । ସ୍ରଷ୍ଟା ବା ନିର୍ମାତାଙ୍କ ଶିକ୍ଷା, ଦୀକ୍ଷା, ରୁଚି, ଜ୍ଞାନ ଅନୁଯାୟୀ ଶାଖାଭିତ୍ତିରେ ସାରଳାଙ୍କ ଭାଷା, ବଳରାମଙ୍କ ଭାଷା, ଜଗନ୍ନାଥଙ୍କ ଭାଷା ଆଦି ନାମ ଗ୍ରହଣ ପୂର୍ବକ ଓଡ଼ିଆ ଭାଷା ଅଭୂତ ପୂର୍ବ ସାମାଜିକ ସ୍ୱୀକୃତି ଲାଭ କଲା । ଏହି ଧାରାରେ ଅଗଣିତ କବି କୋବିଦ, କାବ୍ୟ କବିତା ରଚନା କରି ଓଡ଼ିଆ ଭାଷାକୁ ସୁରଭିତ କଲେ ତଥା ସର୍ବ ଭାରତୀୟ ସ୍ତରରେ ସମ୍ମାନ ଜନକ ଭାଷା ରୂପେ ପ୍ରତିଷ୍ଠିତ କଲେ । ଅନ୍ୟ ଭାଷାରେ ଉଲ୍ଲେଖ କଲେ ଏହି ଯୁଗରେ ଓଡ଼ିଆ ଭାଷା ଶୁଦ୍ଧତା ଓ ଶ୍ଳୀଳତାକୁ ଅଙ୍ଗୀକାର କରି ଶାସ୍ତ୍ରୀୟ ଆଦର୍ଶକୁ ଆପଣେଇ ନେଲା । ଏହି ସମୟରେ ଓଡ଼ିଆ ଭାଷା କେତୋଟି ଉପ ଭାଷା ସୃଷ୍ଟି କଲା । ଯାହା ଅଗଣିତ ସଂଖ୍ୟାଲଘୁଙ୍କ ଭିତରେ ପ୍ରଚଳିତ ଥିଲା । ଓଡ଼ିଆ ଭାଷାର ଶାସ୍ତ୍ରୀୟ ଧାରାରୁ ବହୁ ପୁରାଣ, ସଂହିତା, ଗୀତା, ଯୋଗଶାସ୍ତ୍ର, ମାଲିକା ପ୍ରଭୃତି ଉଚ୍ଚାଙ୍ଗ ସାହିତ୍ୟ ସୃଷ୍ଟି ହୋଇଥିଲା । ଏହାପରେ ସଂସ୍କୃତ ସାହିତ୍ୟର ଆଳଙ୍କାରିକ ବିଦଗ୍ଧତାରେ ମୁଗ୍ଧ ହୋଇ ଓଡ଼ିଶାର କବି କୋବିଦ ବୃନ୍ଦ ଅଗଣିତ ଉଚ୍ଚକୋଟୀର କାବ୍ୟ ରଚନା ପୂର୍ବକ ଓଡ଼ିଆ ଭାଷାକୁ ସଂସ୍କୃତ ସାହିତ୍ୟର ଭାଷା ସାହିତ୍ୟ ସମକକ୍ଷ କରିଦେଲେ । ଶବ୍ଦାଡମ୍ବର ଶୋଭିତ ଓଡ଼ିଆ କାବ୍ୟ ସମୂହରେ

ବ୍ୟାକରଣ ଓ ଅଳଙ୍କାରର ପ୍ରାଧାନ୍ୟ ବୃଦ୍ଧିହେଲା । ଓଡ଼ିଆ ଭାଷାର ଏହି ରମଣୀୟ ଶୋଭାରେ ଆକୃଷ୍ଟ ହୋଇ ଅଗଣିତ ସ୍ରଷ୍ଟା ଉଚ୍ଚକୋଟୀର ସାହିତ୍ୟ ସୃଷ୍ଟି ପୂର୍ବକ ଓଡ଼ିଆ ଭାଷାକୁ ଗୌରବ ମଣ୍ଡିତ କଲେ ।

ସାହିତ୍ୟ ହେଉଛି ମାନବ ଜୀବନର ଏକ ଅଙ୍ଗ ସ୍ୱରୂପ । ମାନବିକ ସମ୍ବେଦନ, ଆବେଦନ, ସୁଖ, ଦୁଃଖ, ଆନନ୍ଦ, ଅଶ୍ରୁ ଆଦିର କଳାତ୍ମକ ଅଭିବ୍ୟକ୍ତି ସାହିତ୍ୟ ରୂପରେ ପରିଚିତ । ସାହିତ୍ୟ ହୁଏ ସାମାଜିକ ଓ ଜାତୀୟ ଜୀବନର କଳାତ୍ମକ ପରିଭାଷା । ସେଥିପାଇଁ ସାହିତ୍ୟ ସମାଜର ଦର୍ପଣ । ମନୁଷ୍ୟ ସବୁବେଳେ ନିଜକୁ ଅନ୍ୟ ପାଖରେ ବ୍ୟକ୍ତ କରିବାକୁ ଚାହେଁ, ନୋହିଲେ ସେ ଥୟ ଧରି ରହିପାରେ ନାହିଁ । ଏହି ଅଭିବ୍ୟକ୍ତିରେ ତା'ର ଜାଣତରେ ହେଉ ବା ଅଜାଣତରେ ହେଉ ସମାଜର ଚିତ୍ର ଛାଏଁ ଛାଏଁ ଉକୁଟି ଆସେ । କାରଣ ସାହିତ୍ୟ ହେଉଛି ଅନୁଭୂତିର କଳାତ୍ମକ ରୂପରେଖ, ଅନୁଭବକୁ କଳ୍ପନାର ପୁଟଦେଇ ଭିନ୍ନ ଭିନ୍ନ ଅଭିବ୍ୟକ୍ତିରେ ସାହିତ୍ୟକୁ ପଦ୍ୟ, ଗଦ୍ୟ, ନାଟକ, ଗଳ୍ପ ଆଦି ନାମରେ ନାମିତ କରେ । ସ୍ରଷ୍ଟା ଯେଉଁ ସମାଜରେ ବାସକରେ, ପରିବେଶ ଓ ପରିପାର୍ଶ୍ୱ ଭିତରେ ଜୀବନ ନିର୍ବାହ କରେ, ସେହି ସମାଜର ଘଟଣା, ରୀତିନୀତି, ସାମାଜିକ ଚଳଣି ସମୂହର ତିକ୍ତ ମଧୁର ଅନୁଭୂତି ତା' ସୃଷ୍ଟିର ମୂଳପୁଞ୍ଜି ହୁଏ । ଅନୁଭୂତିକୁ ଆଧାର କରି ସାହିତ୍ୟ ରଚନା କଲାବେଳେ ତାହା ସାମାଜିକ ଜୀବନରୁ ଜାତୀୟ ଜୀବନର ପ୍ରତିରୂପ ରୂପେ ପ୍ରକାନ୍ତରେ ପ୍ରତିଫଳିତ ହୁଏ ।

ସାହିତ୍ୟର ଅନେକ ବିଭାଗ ଭିତରେ ପଦ୍ୟ ହେଉଛି ସର୍ବପ୍ରଥମ ସର୍ବପ୍ରାଚୀନ । ବିଶ୍ୱର ପ୍ରତ୍ୟେକ ଭାଷାର ସାହିତ୍ୟ ପ୍ରଥମେ ପଦ୍ୟରୁ ହିଁ ଆରମ୍ଭ ହୋଇଛି । ଲିପିର ଉଦ୍ଭବ ପୂର୍ବରୁ ତଥା ସାହିତ୍ୟ ଏକ ନିର୍ଦ୍ଦିଷ୍ଟ ରୂପ ଧାରଣ କଲା ଆଗରୁ ମନୁଷ୍ୟ ସେତେବେଳେ ତା' ହୃଦୟର ଗୋପନ ଭାବରାଶିକୁ ସଙ୍ଗୀତ ମାଧ୍ୟମରେ ପ୍ରକାଶ କରୁଥିଲା । ପରେ ଯେତେବେଳେ ଲିଖିତ ସାହିତ୍ୟ ସୃଷ୍ଟି ହେଲା, ସେତେବେଳେ ପଦ୍ୟ ସେଥିରେ ପ୍ରଥମ ସ୍ଥାନ ଅଧିକାର କଲା । ପ୍ରତ୍ୟେକ ସାହିତ୍ୟର ବିଭିନ୍ନ ବିଭାଗ ମଧ୍ୟରୁ କବିତା ବିଭାଗଟି ସବୁ ବିଭାଗଠାରୁ ଅଧିକ ଚଲଚଞ୍ଚଳ । କୁହାଯାଏ ଏ ସୃଷ୍ଟିର ପ୍ରତ୍ୟେକ ମଣିଷ ଜଣେ ଜଣେ କବି । ତା'ର ଚିନ୍ତା ଓ ଚେତନା ନିଜସ୍ୱ ଢଙ୍ଗରେ ତା' ଅଲକ୍ଷ୍ୟରେ ମହୁମାଛି ଭ୍ରମର ଭଳି ସେ ଗୁଣୁଗୁଣୁ ହୋଇ ଗାଉଥାଏ । ରାଗ, ରୁଷା, ଅଭିମାନ, ହେଉ ଅବା ସୁଖ, ଦୁଃଖ, କାନ୍ଦ, ଶାନ୍ତ, କ୍ରୋଧ, ଜୟ, ପରାଜୟ ସବୁ ତା'ର ନିଜସ୍ୱ ଓ ସ୍ୱତନ୍ତ୍ର । ଏ ବିଶାଳ ପୃଥିବୀର ମାନଚିତ୍ର ତା'ର ଶିବଙ୍କ ପରି ତା' ତୃତୀୟ ନୟନରେ ଦର୍ଶନ କରି ସେ ରଙ୍ଗ ତୂଳୀରେ ଆଙ୍କି ଚାଲେ, ପୁଣି ମୁଗୁନି ପ୍ରସ୍ତରରେ ଶିଳାନ୍ୟାସ କରେ ରସଘନ ଅଭଙ୍ଗ ମୂର୍ତ୍ତି ଅବା ତା'ର ଲେଖନୀ ଦ୍ୱାରା ତାଳପତ୍ରରେ ଫୁଟି ଉଠେ ବିବିଧ ବର୍ଣ୍ଣାଢ୍ୟର ରୂପ ବୈଚିତ୍ର୍ୟର ଚିତ୍ର ପଟ । ଏ ବିଶ୍ୱର ନାନାବର୍ଣ୍ଣର, ନାନା ବାସ୍ନାର, ନାନା ଚିତ୍ର ସୌନ୍ଦର୍ଯ୍ୟର, ବିଭିନ୍ନ କରଣର ଏକତ୍ରୀକରଣକୁ ପାଥେୟ କରି କବିର ଅବଚେତନ ମନ ଗତିଶୀଳ । ବିଶ୍ୱର ବ୍ୟାପକତ୍ୱ ନେଇ କବି ପାଲଟେ ବହୁମୁଖୀତାର ଉଦାହରଣ । ତା'ର ଚେତନାବୋଧ ହୁଏ ସୁବିସ୍ତୃତ ଓ ସୀମାହୀନ ଦିଗନ୍ତର ଏକ ସ୍ପଷ୍ଟ ଆଭାଷ । ସତରେ କବି ପ୍ରାଣ ଓ ହୃଦୟର ସ୍ପନ୍ଦନ ଏବଂ ସ୍ପନ୍ଦନର ଅଭିବ୍ୟକ୍ତି କେତେ ଛଳନା ଶୂନ୍ୟ, ମୁକ୍ତ, ନିର୍ବିକାର, ନିର୍ଲିପ୍ତ, ଆଉ ସ୍ଥିତ ପ୍ରଜ୍ଞତାର ମୂର୍ତ୍ତିମନ୍ତ ପ୍ରତୀକ ଭାବିଲେ ବିସ୍ମୟ ଲାଗେ ।

ଆଜିର କବିତାରେ ଯେଭଳି ଆଶା ଓ ନୈରାଶ୍ୟ, ଅନ୍ତର୍ମୁଖୀତା ଓ ବହୁମୁଖୀତା ପାର୍ଥିବ ଜୀବନର ସଂଗ୍ରାମ, ଆଧ୍ୟାତ୍ମିକ ଜୀବନର ଅକଳନ ତୃଷା ନେଇ ସର୍ଜନା । ସେଥିରେ ବେଳେବେଳେ ପୁଣି ସଂଶୟ, କ୍ଲାନ୍ତି ଓ ସନ୍ଧାନର ବିସ୍ଫୋରଣ ଘଟୁଛି । ତାହା ହେଉଛି କବିର ଅପ୍ରତ୍ୟାଶିତ ଅପ୍ରତିହତ ଅନ୍ୱେଷଣର ଏକ ଜ୍ୱଳନ୍ତ ବିଶ୍ଳେଷଣ । ଯାହାର ନିଜସ୍ୱ ବିଶ୍ୱରେ ସ୍ଖଳ, ଅସ୍ଖଳ, ବନ୍ଧନ ଓ ବନ୍ଧନ ହୀନତା, ସ୍ଥିତ ପ୍ରଜ୍ଞତା ଓ ବିକ୍ଷିପ୍ତତା ଭରିରହିଛି । ଅଛି ଅଛିରେ ଓ ନାହିଁ ନାହିଁରେ ଯେଉଁ ଚକ୍ରାବର୍ତ୍ତ ସୃଷ୍ଟି ହୁଏ ତାହାର ପୃଷ୍ଠଭୂମିରେ ଗଢ଼ାହୁଏ, କବିତାର ନବ କୋଣାର୍କ । ଆଜି ଏକ ନୂତନ ନବ ସନ୍ଧାନେ ଧରମାର ଶିଖୀତ୍ୱର ପରିପ୍ରକାଶ ଘଟେ । ପ୍ରବାହମାନ ସମୟର ଧର୍ମ ମଣ୍ଡିତ, ସମାଜଗତ, ରାଜନୀତିଗତ ବା

ନୀତିଗତ ଆଲୋଚନ କବିତର ଜୀବନ ଓ ଦର୍ଶନକୁ, ନିର୍ବିକାର ବିଚାର ବୋଧକୁ ତୀକ୍ଷ୍ଣ ଅନୁଭବର ଶକ୍ତିରେ ଭରିଦିଏ। ନିଶ୍ଚକ କବିଟିଏ ବଞ୍ଚିରହେ ନିଜସ୍ୱ ଇଲାକାରେ। ଶାଁବାଲୁଆର କୁସ୍ତିତ ରୂପ ରୂପାନ୍ତରିତ ହୁଏ ପ୍ରଜାପତିରେ। ତେଣୁ ପ୍ରତିଟି କବିର ବ୍ୟକ୍ତିସତ୍ତା ହେଉଛି ରୂପକଳ୍ପସର୍ଜନା। ସେମାନେ ନିଜ ନିଜର ବ୍ୟକ୍ତି-ବିଶ୍ୱ ମଧ୍ୟରେ ନୂତନ ବୃତ୍ତ ସର୍ଜନା କରି ବୁଢ଼ିଆଣୀ ଭଲି ନିଃଶବ୍ଦରେ ମାୟାଜାଲରେ ନିଜକୁ ସୁରକ୍ଷିତ ରଖନ୍ତି। ପ୍ରତ୍ୟେକ ସ୍ରଷ୍ଟାର ବ୍ୟକ୍ତି-ବିଶ୍ୱ ଚେତନା ଓ ଅନୁସନ୍ଧିସ୍ସୁକୁ ଉତ୍ତମ ରୂପେ ବୁଝିନେବାକୁ ହେଲେ ଅତ୍ୟନ୍ତ କିଛି କବିଙ୍କ କବିତାର ସୂକ୍ଷ୍ମ କୋଣରେ ଲୁକ୍କାୟିତ ଆମ୍ଭାକୁ ଚିହ୍ନିବା ଓ ରୂପ କଳ୍ବର ଭାସ୍କର୍ଯ୍ୟକୁ ଅନୁଭବ କରିବା।

ଗୋଟିଏ ଆଦିମ ମଣିଷର ଭାବାକୁଲତାରୁ ଭାଷାର ଜନ୍ମ ହୁଏତ ଖ୍ରୀ.ପୂ.୧୦ ରୁ ୭ ହଜାର ବର୍ଷ ମଧ୍ୟରେ ଘଟିଥିବ। ଭାଷାର ଜନ୍ମ ଜାତକ ପ୍ରସ୍ତୁତ ହେବା ପରେ ସେଇ ଭାଷା ଓରଫ 'ଭାବରୂପ'କୁ ଲିପିବଦ୍ଧ କରିବାକୁ ମଣିଷ ପୁଣି ପ୍ରୟାସ ଆରମ୍ଭ କରିଥିବ। ତାହା ହୁଏତ 'ଚିତ୍ରଲିପି' ଓ ତା'ମଧ୍ୟରୁ ଜନ୍ମ ନେଇଥିବ 'ଭାଷାଲିପି'। ଖ୍ରୀଃପୂଃ ୭୦୦୦ ବର୍ଷ ବେଳକୁ ଏଭଳି ଧାରାର ଲିପି ଇଜିପ୍ଟ ଓ ମେସୋପଟାମିଆରେ 'କ୍ୟୁନଫର୍ମ' ଲିପି ଦେଖିବାକୁ ମିଳିଥିଲା। କଞ୍ଚା କାଦୁଅରେ ଲିଖିତ ଲିପି ଯାହାକି ବିଶ୍ୱର ପ୍ରଥମ ଭାଷାଲିପି ରୂପେ ପରିଚିତ। 'ଧ୍ୱନି' ଉଚ୍ଚାରଣର ପାର୍ଥକ୍ୟ ସୃଷ୍ଟିରୁ ଭାଷାରେ ସୃଷ୍ଟି ହୋଇଛି ଭିନ୍ନତା ଓ ସ୍ୱତନ୍ତ୍ରତା। ଭାଷାକୁ ଅନୁସରଣ କରୁଥିବା 'ଲିପି'ରେ ବି ଅନୁରୂପ ଭିନ୍ନତା ସୃଷ୍ଟି ହେବା ସ୍ୱାଭାବିକ ଘଟଣା। କିନ୍ତୁ ଭାବ ପରିପ୍ରକାଶ ପ୍ରାୟ ଏକ ପ୍ରକାର। ଆଦିମ ଅବସ୍ଥାରେ ସବୁ ଦେଶର ଲୋକକଥା ଓ ଲୋକ ସାହିତ୍ୟ ସମେତ କ୍ଲାସିକ ସାହିତ୍ୟର ବିଷୟ ସାମଞ୍ଜସ୍ୟ ଏକ ପ୍ରକାର ମନେହୁଏ।

ପରବର୍ତ୍ତୀ କାଳରେ ଆରବୀ, ପାରସିକ, ପର୍ତ୍ତୁଗୀଜ, ଫରାସୀ ଓ ଇଂରାଜୀ ଭାଷାର ପ୍ରଭାବ ଓଡ଼ିଆ ଭାଷା ଉପରେ ପଡ଼ି ଭାଷାର ସ୍ୱରୂପ ପରିବର୍ତ୍ତନ ହୋଇଗଲା। ଭାଷାବିତ୍‌ମାନେ ଏହି ପରିବର୍ତ୍ତନକୁ ଭାଷାର ବିକାଶ ବୋଲି ବିବେଚନା କରିଛନ୍ତି। ଏହାପରେ ଆଧୁନିକତାର ସ୍ପର୍ଶରେ ଓଡ଼ିଆ ଭାଷା ଆମ୍ଳିକ ସନନ୍ଦ ଭାବରେ ପ୍ରତିଭାତ ହେଲା। ଏହି ଭାଷାରେ ଅସଂଖ୍ୟ କାବ୍ୟ, କବିତା, ନାଟକ, ଏକାଙ୍କିକା, ଗଳ୍ପ, ଉପନ୍ୟାସ, ପ୍ରବନ୍ଧ, ପାଠ୍ୟ ପୁସ୍ତକ, ପତ୍ରପତ୍ରିକା ପ୍ରକାଶିତ ହୋଇ ଅନ୍ତର୍ଜାତୀୟ ସ୍ତରରେ ଓଡ଼ିଆ ଭାଷା ପ୍ରତିଷ୍ଟିତ ହେଲା। ଓଡ଼ିଶାରେ ପ୍ରାକ୍‌ସ୍ତୟ ଶିକ୍ଷାର ପ୍ରଚଳନ ଫଳରେ ଓଡ଼ିଆ ସ୍ରଷ୍ଟାଗଣ ନବୀନ ସାହିତ୍ୟ ସୃଷ୍ଟିରେ ମନୋନିବେଶ କରିଥିଲେ। ଓଡ଼ିଆ ସାହିତ୍ୟ ସମାଜ ସହିତ ଅଙ୍ଗାଙ୍ଗୀ ଭାବେ ଜଡ଼ିତ ହୋଇ ଭାଷା, ଜାତୀୟତା, ସମାଜ ସଂସ୍କାର ଓ ବିଶ୍ୱାସ ଚେତନାରେ ରସାଣିତ ହେଲା। ପ୍ରତ୍ୟେକ ସ୍ରଷ୍ଟା ଓ ଅଗଣିତ ପାଠକ ମାତୃଭୂମି, ମାତୃଭାଷା, ଜାତୀୟ ଐତିହ୍ୟ ଓ ଓଡ଼ିଆ ସଂସ୍କୃତିକୁ ଶ୍ରେୟ ମଣିଲେ। ଓଡ଼ିଆ ସାହିତ୍ୟର ଧାରା ସ୍ୱାଭାବିକ ଭାବରେ ବଦଳି ଯାଇ ନୂତନ ରୂପଧାରଣ କଲା। ସାହିତ୍ୟରେ ପାରମ୍ପରିକ ଭାଷା ଶୈଳୀ ପରିବର୍ତ୍ତିତ ହୋଇଗଲା। ଏହିପରି ଭାବରେ ବୈଦିକ ଯୁଗରୁ ଓଡ଼ିଆ ଭାଷାର ଉନ୍ମେଷ ଘଟି ସଂପ୍ରତି ଏକବିଂଶ ଶତାଘୀରେ ସ୍ୱକୀୟ ପ୍ରାଚୀନତା, ମୌଳିକତା ଓ ଶାସ୍ତ୍ରୀୟତାକୁ ପରିପ୍ରକାଶ କରିପାରିଛି। ବୈଦିକ ଯୁଗରୁ ଓଡ଼ିଆ ଭାଷାର ଉତ୍ପତ୍ତି ଘଟି କ୍ରମବିକାଶ ଧାରାରେ ସଂପ୍ରତି ପ୍ରାଚୀନ, ମୌଳିକ ଓ ଶାସ୍ତ୍ରୀୟ ଭାଷାରୂପେ ପ୍ରତିଷ୍ଟିତ।

ସୃଷ୍ଟିର ପରିବର୍ତ୍ତନ ସହ ତାଳଦେଇ ଭାଷାର ପରିବର୍ତ୍ତନ, କାରଣ ମଣିଷର ସାମାଜିକ ଜୀବନ ବଦଳିବା ସହ ମୁଖନିସ୍ତ ଭାଷା ବଦଲିଯାଏ। ଓଡ଼ିଆ ଭାଷାର ଜନ୍ମ ଆଧୁନିକ ଭାରତୀୟ ଭାଷାର ଏକ ଭିନ୍ନ ଜାତୀୟ ପରିଚିତି ତଥା ପରିଭାଷାରୁ ସମ୍ଭବ ହୋଇଛି। ଖ୍ରୀଷ୍ଟାବ୍ଦ ୧୦୦୦ ର ପରବର୍ତ୍ତୀ ସମୟରୁ ଭାଷା ଜାତିର ସ୍ୱତନ୍ତ୍ର ପରିଚୟ ହୋଇଥିବାରୁ ଉତ୍କଳ, କଳିଙ୍ଗ, ଓ ଉତ୍ର ନାମରେ ଅତୀତରେ ପରିଚିତ ଥିଲେ ବି ଇଂରେଜମାନଙ୍କ ଆଗମନ ପରେ ଭାରତୀୟ ଜାତୀୟତାର ପ୍ରେକ୍ଷାପଟରେ ଓଡ଼ିଶା ଏକ ରାଜ୍ୟ ବା ପ୍ରଦେଶର ପରିଚୟ ସହିତ ଓଡ଼ିଆ ପାଇଛି ଏକ ଆଧୁନିକ ଆଞ୍ଚଳିକ ଭାଷାର ଗୌରବ। ସଂସ୍କୃତ ଦେବନାଗରୀ ଲିପିରୁ ଓଡ଼ିଆ ଲିପିର ବର୍ତ୍ତୁଳ ରୂପ ଆକାରର ଆମ୍ ପ୍ରକାଶ ଘଟିଥିଲା।

ଦେବନାଗରୀ ଲିପିର ପରିବର୍ତ୍ତିତ ରୂପ ବ୍ରାହ୍ମୀଲିପି ଓ ବ୍ରାହ୍ମୀଲିପିର ପରିବର୍ତ୍ତିତ ସ୍ତର ହେଉଛି ଗୁପ୍ତଲିପି । ପରେ ଗୁପ୍ତଲିପି ପରିବର୍ତ୍ତିତ ହୋଇ ପୂର୍ବ ଭାରତୀୟ ଲିପିର ରୂପ ନେଇ ଆମ୍ଭ ପ୍ରକାଶ କରିଛି ଓ ଏହାର କ୍ରମ ପରିଣତିରୁ ଆଧୁନିକ ଓଡ଼ିଆ ଲିପିର ଜନ୍ମ ଘଟିଛି । ଭାଷାର ପରିବର୍ତ୍ତନ ସହ ଲିପିର ପରିବର୍ତ୍ତନ ହେତୁ ଖ୍ରୀଷ୍ଟାବ୍ଦ ୧୧୦୦ରୁ ଆଧୁନିକ ଓଡ଼ିଆ ଭାଷା ଓ ଲିପିର ଉନ୍ମେଷ ଘଟିଛି ଓ ତ୍ରୟୋଦଶ ଶତାବ୍ଦୀ ବେଳକୁ ଆଧୁନିକ ଓଡ଼ିଆ ଲିପିର ଓ ଭାଷାର ସ୍ୱତନ୍ତ୍ରତା ପ୍ରକଟିତ ହୋଇ ୧୪୦୦ ଶତାବ୍ଦୀ ବେଳକୁ ଭାଷା ଓ ଲିପିର ବିକଶିତ ରୂପ ଦେଖ୍ୱବାକୁ ମିଳିଥାଏ । ସମୟର ପରିବର୍ତ୍ତନ ସହ ଖାପ ଖୁଆଇ ଓଡ଼ିଆ ଲିପି କ୍ରମେ କ୍ରମେ ଅଧିକ ବର୍ତ୍ତୁଲ, ପରିଚ୍ଛନ, ସ୍ୱଷ୍ଟ ଓ ସ୍ୱତନ୍ତ୍ର ରୂପ ଧାରଣ କରିପାରିଛି ।

ଭାଷା ସହିତ ସାହିତ୍ୟର ସମ୍ପର୍କ ଦେହ ଓ ପ୍ରାଣର ସମ୍ପର୍କ ଭଳି । ଭାଷା ଯେଉଁଟି ସାହିତ୍ୟ ସେଇଟି କାୟା ଛାୟା ଭଳି ଆମ୍ଭ ପ୍ରକାଶ କରେ । ତେଣୁ ଓଡ଼ିଆ ଭାଷା ଓ ସାହିତ୍ୟ ସୁସମୃଦ୍ଧ ଓ ସୁପ୍ରାଚୀନ, ପୃଥ୍ୱୀର ଅନ୍ୟାନ୍ୟ ଭାଷା ଭଳି ପଦ୍ୟ ହିଁ ଏହାର ଆଦ୍ୟରୂପ । ମଣିଷର ରସମୟ, ଭାବମୟ, ଅଭିବ୍ୟକ୍ତିକୁ ନେଇ ସାହିତ୍ୟର ଗତି । ମଣିଷ ହେଉଛି ସାହିତ୍ୟର ମୁଖ୍ୟ ଉପାଦାନ ଓ ମଣିଷକୁ ଛାଡ଼ି ସାହିତ୍ୟର କଳ୍ପନା କରାଯିବା ଅସମ୍ଭବ । ମଣିଷ ପ୍ରକୃତି ଓ ପରିବେଶ ସହ ସଂଗ୍ରାମ କରି, ଆରଣ୍ୟକ ଜୀବନରେ ଘାତ ପ୍ରତିଘାତ ଦେଇ କୃଷି ସଭ୍ୟତା ଓ ଗୋଷ୍ଠୀବଦ୍ଧ ଜୀବନରୁ ନଗର ସଭ୍ୟତାକୁ ଆସିଛି । ତା' ସହିତ ସଂସ୍କୃତିର ଘଟିଛି ଉନ୍ମେଷ ଓ ବିକାଶ । ସେହି ସଂସ୍କୃତି ସହ ସୃଷ୍ଟି ହୋଇଛି ସାହିତ୍ୟ ।

ମାତ୍ର ଅନ୍ୟ କେତେକଙ୍କ ମତରେ ଶାସ୍ତ୍ର ଓ ଏଥିରୁ ଗଠିତ ଶବ୍ଦଗୁଡ଼ିକ ପବିତ୍ର ଶବ୍ଦ । ଶାସ୍ତ୍ରର ବ୍ୟୁତ୍ପତ୍ତିଗତ ଅର୍ଥ- ଶାସ୍ତ୍ରିଇତି ଶାସ୍ତ୍ରମ୍ (ଶାସନ କରେ ବୋଲି ଏହାର ନାମ ଶାସ୍ତ୍ର ଅର୍ଥାତ ଲୋକେ ଏହାକୁ ମାନନ୍ତି) । ଏହା ଜ୍ଞାନାମ୍ଲକ ଓ ତଥ୍ୟାମ୍ଲକ ସାହିତ୍ୟ । ସାହିତ୍ୟ ଦୁଇ ଶ୍ରେଣୀର । ଜ୍ଞାନାମ୍ଲକ ଓ କଳାମ୍ଲକ । ଇତିହାସ, ଭୂଗୋଳ, ଭୂତତ୍ତ୍ୱ, ନୃତତ୍ତ୍ୱ, ଚିକିତ୍ସା ବିଜ୍ଞାନ, ଯାନ୍ତ୍ରିକୀ, ପ୍ରାଣୀ ବିଜ୍ଞାନ, ଉଦ୍ଭିଦ ବିଜ୍ଞାନ, ରସାୟନ ବିଜ୍ଞାନ, ପଦାର୍ଥ ବିଜ୍ଞାନ, ଜ୍ୟୋତିର୍ବିଜ୍ଞାନ, କୃଷି ବିଜ୍ଞାନ, ଅର୍ଥନୀତି ପ୍ରଭୃତି ଜ୍ଞାନାମ୍ଲକ ସାହିତ୍ୟର ଅନ୍ତର୍ଗତ । ଏସବୁ ବିଷୟରେ ରଚିତ ଗ୍ରନ୍ଥକୁ ଶାସ୍ତ୍ର କୁହାଯାଏ । ପୂର୍ବକାଳରେ ଅର୍ଥଶାସ୍ତ୍ର, ଆନ୍ୱିକ୍ଷିକୀ, ଦର୍ଶନ, ବ୍ୟାକରଣ, ଶିକ୍ଷା, ଜ୍ୟୋତିଷ, କଳ୍ପ, ସ୍ମୃତି, ଧନୁର୍ବେଦ, ଆୟୁର୍ବେଦ, କୃଷି, ଗୃହ୍ୟ, ଶକୁନ କର୍ମତତ୍ତ୍ୱ ଆଦି ବିଷୟରେ ବହୁଶାସ୍ତ୍ର ଉଚିତ ହୋଇଥିଲା । କଳାମ୍ଲକ ସାହିତ୍ୟ ହେଉଛି- କାବ୍ୟ, କବିତା, ଗଳ୍ପ, ଉପନ୍ୟାସ, ନାଟକ, ପୁରାଣ, ଧର୍ମୋପାଖ୍ୟାନ ପ୍ରଭୃତି । ଏ ଶ୍ରେଣୀର ସାହିତ୍ୟ ସାଧାରଣତଃ କଳ୍ପନା ଉପରେ ଆଧାରିତ । ଯାହା କଳ୍ପନା ଉପରେ ଆଧାରିତ ତାହା ଶାସ୍ତ୍ର ନୁହେଁ । ଜୀବନରେ ଶାସ୍ତ୍ର ସାହିତ୍ୟ ଯେତେ ଦରକାରୀ, କଳ୍ପନା ସାହିତ୍ୟ ତା ତୁଳନାରେ କିଛି ନୁହେଁ । ଶାସ୍ତ୍ରର ଭାଷା- ଶାସ୍ତ୍ରୀୟ ଭାଷା । ଅର୍ଥାତ ଯେଉଁ ଭାଷରେ ଶାସ୍ତ୍ର ରଚନା କରାଯାଇଥାଏ ତାହାକୁ ଶାସ୍ତ୍ରୀୟ ଭାଷା କୁହାଯାଏ । ଓଡ଼ିଆ ଭାଷାରେ ଶାସ୍ତ୍ର ରଚିତ ହୋଇନାହିଁ । ଯାହା ବା ହୋଇଛି ତାହା ନିତାନ୍ତ ନଗନ୍ୟ ବା ପିଲାଙ୍କ ପଢ଼ାବହି ମାତ୍ର । ତାହା ପୁଣି ଉଚ୍ଚ ବର୍ଗର ପିଲାଙ୍କ ପକ୍ଷେ ଅସ୍ପୃଶ୍ୟ । ତେଣୁ ଓଡ଼ିଆ ଏକ ଶାସ୍ତ୍ରୀୟ ଭାଷା ନୁହେଁ । ଏହା ଏକ ପ୍ରାଚୀନ ଭାଷା ଏବଂ ପ୍ରାଚୀନ ଭାଷା ହିସାବରେ ମାନ୍ୟତା ପାଇଛି । ଏକ ପ୍ରାଚୀନ ଭାଷାକୁ ଶାସ୍ତ୍ରୀୟ ଭାଷା କୁହାଯିବା ଦ୍ୱାରା ପବିତ୍ର ଶାସ୍ତ୍ର' ଶବ୍ଦର ଅପବିତ୍ରୀକରଣ ହେଉଛି । ଓଡ଼ିଆକୁ 'ଶାସ୍ତ୍ରୀୟଭାଷା' କହିବାକୁ ହେଲେ ଏଥିରେ ବିଭିନ୍ନ ବିଦ୍ୟାର ଶାସ୍ତ୍ରମାନ ଲେଖାହେବା ଦରକାର ଏବଂ ସେସବୁର ପଠନ ପାଠନ ଓ ବ୍ୟବହାର ହେବା ଆବଶ୍ୟକ । ଖାଲି ମୁହଁରେ କହିଦେଲେ କିମ୍ଭ ସରକାରୀ ସ୍ତରରେ ଶାସ୍ତ୍ରୀୟ ମାନ୍ୟତା ପ୍ରଦାନ ପାଇଁ ସ୍ୱୀକୃତି ମିଳିଗଲେ କୌଣସି ଭାଷା କେବେ ଶାସ୍ତ୍ରୀୟ ହୋଇ ପାରେ ନାହିଁ ।

ଭାଷା କଳାଦି ଲୋକରୁ ବିକଶିତ ହୋଇ ଶାସ୍ତ୍ରୀୟତାର ଆସନରେ ଅଧିଷ୍ଟିତ ହୋଇଥାଏ । ଏହା ମର୍ମକ୍ଷ ବିଦ୍ୱାନମାନଙ୍କର ମତ । ସାଢ଼େ ଛଅ ହଜାର ବର୍ଷ ତଳେ ସଂସ୍କୃତ ଓ ଅଢ଼େଇ ହଜାର ବର୍ଷରୁ ବିକଶିତ ହୋଇ ଆସୁଥିବା କେଉଁ ଲୋକ ଭାଷାରୁ ଉଦ୍ଭିବତ ? ତାହା ସମରକନ୍ଦରୁ ଆରମ୍ଭ କରି କାଶୀ ପ୍ରଦେଶ ମଗଧ ମାରାଗୁଡ଼ା ଶ୍ରୀଆପୁର, ଉଉର

କୋଶଳ ଦକ୍ଷିଣ କୋଶଳର ଲୋକଭାଷା କୋଶଳୀ । ତାହା ସକାଶେ ଚିନ୍ତା କରିବାର ନାଟକ ନୁହେଁ । କେବେ ଆମର ଆଖ୍ ଖୋଲିବ ଯେ ଆମେ ଭାବିବାକୁ ମନ କରିବା, ବେଳ ପାଇବା ସବୁଟି 'ରାଜନୀତି' । ତାହା ଭିତରେ ପଲିଟିକ୍ସ ଯେ, ସାହିତ୍ୟ, ସଂସ୍କୃତି, କଲାଦିର ବିକାଶ ଯେତେ ନୁହେଁ ତାକୁ ଡାଲକରି କୋଶଳ ପ୍ରବେଶ ହେଲେ କିଏ ନେତା, ମନ୍ତ୍ରୀ, କିଏ କ'ଣ ହେବେ ତହିଁର ଚିନ୍ତା ପ୍ରଖର ପ୍ରବଲତର । ସେମିତି ଓଡ଼ିଆ ଭାଷାର ଉନ୍ନତି କେବେ ବି ପ୍ରକୃତ ଚିନ୍ତା ନୁହେଁ । ବାସ୍ତବ କଥା (ଲକ୍ଷ୍ୟ ହେଲା ଶାସ୍ତ୍ରୀୟ ଭାଷାର ମାନ୍ୟତା ପାଇଲେ କେନ୍ଦ୍ରରୁ ସେ ବାବଦକୁ ମିଲିବାକୁ ଥିବା (ଟଙ୍କା) ଅର୍ଥକୁ କିପରି କିଭଲି ଭାବେ (ଉପାୟରେ) ଆମ୍ସାତ କରିହେବ ସେହି ଚିନ୍ତାରେ ସେମାନେ ମଜଗୁଲ ।

ଓଡ଼ିଆ ଜାତିର ୧୫୦୦ ରୁ ୨୦୦୦ କାହିଁକି ତା'ଠାରୁ ବହୁ ଅଧିକ ବର୍ଷର ଲିପିବଦ୍ଧ ଇତିହାସ ରହିଛି । ମହାଭାରତ ଯୁଦ୍ଧରେ ଓଡ଼ିଆ ବୀରବୃନ୍ଦ ସମର ବିଶାରଦ ଥିଲେ ବୋଲି ସଂସ୍କୃତ ମହାଭାରତରେ ଉଲ୍ଲିଖିତ । ପ୍ରାଚୀନ କାଲରୁ ଓଡ଼ିଆମାନେ ନୌବାଣିଜ୍ୟ କୁଶଳୀ ସମରନିପୁଣ ଜାତି ଭାବରେ ବିଶ୍ୱ ଦରବାରରେ ପରିଚିତ । ଓଡ଼ିଆମାନେ ନୌବାଣିଜ୍ୟ ମାଧମରେ ଆବିଶ୍ୱ ଭାରତୀୟ ସଂସ୍କୃତିର ପ୍ରସାର ଘଟାଇଥିଲେ । ଖ୍ରୀଷ୍ଟପୂର୍ବ କାଲରୁ ଓଡ଼ିଆମାନେ ଦରିଆପାରି ଦେଶଗୁଡ଼ିକରେ ଉପନିବେଶ ସ୍ଥାପନ କରିଥିଲେ । ଜୈନ ତୀର୍ଥଙ୍କର ମହାବୀର ଖ୍ରୀ.ପୂ. ଷଷ୍ଠ ଶତାଦ୍ଦୀରେ ଓଡ଼ିଶାରେ ଚାରିଗୋଟି ଚତୁର୍ମାସ୍ୟ ବ୍ରତ ପାଲନ କରିଥିଲେ । ଖ୍ରୀଷ୍ଟପୂର୍ବ ଷଷ୍ଠ ଶତାଦ୍ଦୀରେ ଓଡ଼ିଆ ବଣିକ ତପସୁ ଓ ଭଲ୍ଲିକ ବୁଦ୍ଧଦେବଙ୍କର ପ୍ରଥମ ଶିଷ୍ୟ ହେବାର ସୌଭାଗ୍ୟ ଲାଭ କରିଥିଲେ । ବିଶ୍ୱର ପ୍ରଥମ ବୌଦ୍ଧ ସ୍ତୂପ ସେହି ଶତାଦ୍ଦୀରେ ବୁଦ୍ଧଦେବଙ୍କ ଜୀବଦଶାରେ ଓଡ଼ିଶାର ତାରାପୁର ପାହାଡ଼ରେ ତପସୁଙ୍କ ଦ୍ୱାରା କେଶସ୍ତୂପ ନାମରେ ପ୍ରତିଷ୍ଠିତ ହୋଇଥିଲା । ଖ୍ରୀ.ପୂ. ଚତୁର୍ଥ ଶତାଦ୍ଦୀରେ ମେଘାସ୍ଥିନିସ୍ ସ୍ୱୀୟ ବିବରଣୀରେ ଓଡ଼ିଆମାନଙ୍କୁ ସମର କୁଶଳୀ ଭାବେ ବର୍ଣ୍ଣନା କରିଅଛନ୍ତି । ଖ୍ରୀ.ପୂ. ୨୬୧ରେ ସଂଘଟିତ କଲିଙ୍ଗ ଯୁଦ୍ଧ ବିଶ୍ୱର ବିରଲ ମହାସମର ନାମରେ ଖ୍ୟାତ । ସେହି ସମୟରେ ଧଉଲି ଓ ଜଉଗଡ଼ ଶିଲାଦେଶ ଅଦ୍ୟାବଧ୍ ସଂରକ୍ଷିତ । ଖ୍ରୀ.ପୂ. ପ୍ରଥମ ଶତାଦ୍ଦୀର ହାତୀଗୁମ୍ଫା ଶିଲାଲେଖରୁ ଖାରବେଲ ଆଧାରିତ ଓଡ଼ିଆଙ୍କ ଜାତୀୟଗାଥା ପ୍ରତିପାଦିତ । ଏତଦ୍ ଭିନ୍ନ ପ୍ଲାନୀଙ୍କ 'ନାଚୁରାଲ ହିଷ୍ଟ', ଟଲେମୀଙ୍କ 'ଭୌଗୋଲିକ ବିବରଣୀ', ସ୍ଟାବୋଙ୍କ 'ଇଣ୍ଡିଆ', ଆରିଅନଙ୍କ 'ଇଣ୍ଡିକା' ଭରତ ମୁନିଙ୍କ 'ନାଟ୍ୟଶାସ୍ତ' ପ୍ରଭୃତିରୁ ଓଡ଼ିଆଙ୍କ ସମ୍ପର୍କରେ ଅନେକ ତଥ୍ୟ ମିଲିଥାଏ । ଏଥିରୁ ଜଣାଯାଏ ଓଡ଼ିଆ ଜାତିର ପାଞ୍ଚହଜାର (ଅନ୍ୟ ମତରେ ୨୬୦୦) ବର୍ଷର ଲିପିବଦ୍ଧ ଇତିହାସ ଓ ସଂସ୍କୃତି ରହିଛି ।

ବେଦରେ ଭାଷାକୁ ପ୍ରବହମାନ ନଦୀ ସହିତ ତୁଲନା କରାଯାଇଛି । "ସାମ୍ୟକ ସ୍ରବନ୍ତି ସରିତୋ ନ ଧେନା ଅନ୍ତହୃଦୌ ମନସୀ ପୂୟ ମାନ୍ୟଃ" ଅର୍ଥାତ୍ ନଦୀ ଯେପରି ତାହାର ସୁଦୀର୍ଘ ନିରନ୍ତର ପ୍ରବହମାନ ଧାରାରେ ଜଲକୁ ସ୍ୱଚ୍ଛ ଓ ଶୁଦ୍ଧ କରିଥାଏ, ସେହିପରି ପରମ୍ପରା ଗତ ପ୍ରବହମାନ ଧାରା ଭାଷାକୁ ସରସ ଓ ଶୁଦ୍ଧ କରିଥାଏ । କୌଣସି ଭାଷା ଉଦ୍ଭିତ କାଲରୁ ଯେଉଁ ରୂପରେ ଜନ୍ମ ନେଇଥାଏ ପରମ୍ପରାଗତ ପ୍ରବହମାନ ଧାରାରେ ବିକଶିତ ସ୍ୱରୂପ ଧାରଣ କରି ଅଗ୍ରସର ହୁଏ । ଭାଷା ପରିବର୍ଦ୍ଧନଶୀଲ ହୋଇଥିବାରୁ ସୁଦୀର୍ଘ ପ୍ରବହମାନ ଧାରାରେ ସଂସ୍କାରିତ ହୋଇ ପରିବର୍ତ୍ତିତ ରୂପ ଧାରଣ କରିଥାଏ । ସଂସ୍କାରିତ ପ୍ରକ୍ରିୟା ଦ୍ୱାରା ଭାଷା ମାର୍ଜିତ ହେଲେ ତାହାକୁ ଶୁଦ୍ଧ, ଶ୍ଲୀଲ, ସାଧୁ, ଉତ୍କୃଷ୍ଟ ବା ଶାସ୍ତ୍ରୀୟ ଭାଷା କୁହାଯାଏ । ଏହି ପୁରୋଦୃଷ୍ଟିରେ ବାରମ୍ୱାର ମାର୍ଜିତ ହୋଇ ପୁରାତନ ଭାଷା ସର୍ବଦା ନିତ୍ୟ ନୂତନ ରୂପ ଧାରଣ କରିଥାଏ । ତେଣୁ ଭାଷା ପୁରାତନ ହେଲେ ମଧ ନବୀନ ଓ କାଲାତୀତ ହେଲେ ସୁଦ୍ଧା ଅଦ୍ୟଚନ । ସେଥିପାଇଁ ବେଦରେ ଭାଷାକୁ 'ପୁରାଣୀ ସୁବତୀ' ଆଖ୍ୟା ଦିଆଯାଇଛି । ଆମ ଓଡ଼ିଆ ଭାଷାର ଉନ୍ମେଷ ବୈଦିକ ଯୁଗରୁ ଘଟିଛି । ଏହି ଭାଷା ସ୍ୱକୀୟ, ସୁଦୀର୍ଘ ପ୍ରବହମାନ ଧାରାରେ ଅରୁଚିକର ଭାଷା ବିଭବକୁ ପରିହାର ପୂର୍ବକ ରୁଚିକର ଭାଷା ବିଭବ ଆହରଣ କରି ନିତ୍ୟନୂତନ ଶୁଦ୍ଧ ଓ ଶାସ୍ତ୍ରୀୟ ଭାଷା ସ୍ୱରୂପରେ ପ୍ରତିଭାତ । ଅନ୍ୟ ଭାଷାରେ ଉଲ୍ଲେଖ କଲେ ବେଦବର୍ଣ୍ଣିତ ଭାଷା ଲକ୍ଷଣ ଅନୁସାରେ ଓଡ଼ିଆ ଭାଷା ଏକ ସ୍ୱଚ୍ଛନୀରା ସ୍ରୋତସ୍ୱିନୀ ସଦୃଶ ନିରନ୍ତର ପ୍ରବହମାନ ରହି ଶୁଦ୍ଧ, ଶ୍ଲୀଲ, ସରସ ଓ ଉତ୍କୃଷ୍ଟ

ଭାଷା ସ୍ୱରୂପରେ ଶାସ୍ତ୍ରୀୟ ମର୍ଯ୍ୟାଦା ବିଭୂଷିତ । କୌଣସି ଭାଷାକୁ ଚିହ୍ନିବା ପାଇଁ ଭାଷା ବିଜ୍ଞାନ ହିଁ ମାଧ୍ୟମ । ଭାଷା ବିଜ୍ଞାନ ଆଧାରରେ ଭାଷାର ଯଥାର୍ଥ ସ୍ୱରୂପ ନିର୍ଣ୍ଣୟ କରାଯାଇଥାଏ । ଭାଷା ବିଜ୍ଞାନକୁ ଆଧାର କରି ଭାଷାକୁ ଜାଣିହୁଏ । (ପ୍ରକାଶ ଥାଉକି ଓଡ଼ିଆ ଭାଷାରେ ୩୪ଟି ବ୍ୟଞ୍ଜନ ବର୍ଷ ଓ ୧୬ ଟି ସ୍ୱରବର୍ଷ ରହିଛି ।)

ଓଡ଼ିଆ ଜାତିର ମହତ୍ତ୍ୱପୂର୍ଣ୍ଣ ସାହିତ୍ୟ ରଚନା ପରମ୍ପରା ସିଦ୍ଧାଚାର୍ଯ୍ୟଙ୍କ ରଚିତ 'ଚର୍ଯ୍ୟାଗୀତି'ରୁ ଆରମ୍ଭ ହୋଇଥିଲା ଏବଂ ସାରଳା ତଥା ତତ୍ପରବର୍ତ୍ତୀ ପଞ୍ଚସଖା ଯୁଗ ପର୍ଯ୍ୟନ୍ତ ଏହି ଧାରା ଅବ୍ୟାହତ ରହିଥିଲା । ଦୀର୍ଘ ଏକହଜାର ବର୍ଷର ଏତାଦୃଶ ପ୍ରାଚୀନ ମହତ୍ତ୍ୱପୂର୍ଣ୍ଣ ସାରସ୍ୱତ ସଂରଚନା ଧାରା ଅନ୍ୟ ଭାଷାମାନଙ୍କରେ ବିରଳ । ମହନୀୟତା ହେଉଛି ଓଡ଼ିଆ ଭାଷାରେ ଅଦ୍ୟାବଧି ମହତ୍ତ୍ୱପୂର୍ଣ୍ଣ ସାହିତ୍ୟ ରଚନାର ଧାରା ଅବ୍ୟାହତ ରହିଛି । ଷଷ୍ଠ ଶତାଦ୍ଦୀରେ ଓଡ଼ିଆ ଭାଷାର ପ୍ରଥମ ସାହିତ୍ୟ 'ଚର୍ଯ୍ୟାଗୀତି' ରଚନା ଆରମ୍ଭ ହୋଇଥିଲା । ସେହି ସମୟରେ ସଂସ୍କୃତ ବ୍ୟତୀତ ଅନ୍ୟ କୌଣସି ପ୍ରାନ୍ତୀୟ ଭାଷାରେ ସାହିତ୍ୟ ରଚନା ଆରମ୍ଭ ହୋଇନଥିଲା । ହାଡ଼ିପା, କାହ୍ନୁପା, ଲୁଇପା, ଶବରୀପା ଆଦି ୮୪ ଜଣ ସିଦ୍ଧାଚାର୍ଯ୍ୟଙ୍କ ଦ୍ୱାରା ରଚିତ ଦୋହା 'ଚର୍ଯ୍ୟାଗୀତି'କୁ ରୁଦ୍ଧିମନ୍ତ କରିଥିଲା । ଚର୍ଯ୍ୟାଗୀତି ପରର ସକଳ ଓଡ଼ିଆ ସାହିତ୍ୟ ଓଡ଼ିଆ ଭାଷାର ନିଜସ୍ୱ ଅଟେ ।

ଏ ପର୍ଯ୍ୟନ୍ତ ଯେତିକି ତଥ୍ୟ ଆବିଷ୍କୃତ ହୋଇଛି ତଦନୁଯାୟୀ ଦଶମ ଶତାଦ୍ଦୀ ପୂର୍ବରୁ ରଚିତ ହୋଇଥିବା ବୌଦ୍ଧଗାନ ଦୋହାକୁ ଓଡ଼ିଆ ସାହିତ୍ୟର ପ୍ରାଚୀନତମ ରଚନା ବୋଲି ଧରାଯାଏ । ବଙ୍ଗୀୟ ପଣ୍ଡିତ ମହାମହୋପାଧ୍ୟାୟ ହରପ୍ରସାଦ ଶାସ୍ତ୍ରୀଙ୍କ ଦ୍ୱାରା ଏହି ଗ୍ରନ୍ଥଟି ଆବିଷ୍କୃତ ହୋଇଥିଲା । ଏହା ୮୪ ଜଣ ବୌଦ୍ଧ ସିଦ୍ଧାଚାର୍ଯ୍ୟଙ୍କ ଦ୍ୱାରା ଭିନ୍ନ ଭିନ୍ନ ସମୟରେ ଓ ଭିନ୍ନ ଭିନ୍ନ ସ୍ଥାନରେ ରଚିତ ହୋଇଥିଲା । ଏହି ସିଦ୍ଧାଚାର୍ଯ୍ୟମାନଙ୍କ ମଧ୍ୟରେ ଲୁଇପା, କାହ୍ନୁପା, ହାଡ଼ିପା, ବିରୂପା, ଡ଼ୋମ୍ବିପା, ଶବରପା ପ୍ରମୁଖ ପ୍ରଧାନ । ବୌଦ୍ଧ ସିଦ୍ଧାଚାର୍ଯ୍ୟମାନେ ଭଗବାନ ବୁଦ୍ଧଙ୍କ ପାଦପଦ୍ମରେ ନିଜକୁ ସମର୍ପଣ କରି 'ପାଦ' ବା 'ପା' ହୋଇଥିଲେ । ନିଜକୁ ଏହି ପାଦ ବା ପା ଉପାଧ୍ୟରେ ଭୂଷିତ କରୁଥିଲେ । ଏମାନଙ୍କ ସୃଷ୍ଟିକୁ ଚର୍ଯ୍ୟାଗୀତିକା କୁହାଯାଏ । ଅର୍ଥାତ ୮୪ଜଣ ବୌଦ୍ଧ ସିଦ୍ଧାଚାର୍ଯ୍ୟଙ୍କ କବିତାର ସମାହାର ହେଉଛି 'ଚର୍ଯ୍ୟାଗୀତିକା' ଏହାର ଭାଷା ହେଉଛି ଅପଭ୍ରଂଶ । ଚର୍ଯ୍ୟାର ଅର୍ଥ ହେଉଛି ଆଚରଣ ବା ଆଚାର, ଏହି ଆଚାର / ଆଚରଣ ହେଉଛି ସାଧକର ଯୋଗ ସାଧନ ପଦ୍ଧତିର ଆଚରଣ । ଚର୍ଯ୍ୟାର ଅନ୍ୟ ଏକ ଅର୍ଥ ଅଧ୍ୟୟନ ବା ସମୀକ୍ଷା । ଏପରିକି ଚର୍ଯ୍ୟାଗୀତିକାର ଗାନ ମାଧୁର୍ଯ୍ୟ ହେତୁ ଏହାକୁ ଚର୍ଯ୍ୟା କୁହାଯାଏ । ଚର୍ଯ୍ୟାଗୀତିକା ସିଦ୍ଧାଚାର୍ଯ୍ୟମାନଙ୍କ ହୃଦୟ ବୃତ୍ତିର ନିବିଡ଼ ଭାବାବେଗର ମନ୍ଦ୍ର ପରିପ୍ରକାଶ । ଏଥିରେ ବୌଦ୍ଧ ଧର୍ମର ତାତ୍ତ୍ୱିକ ଅବତାରଣା କରାଯାଇଛି । ଅନେକ ଆଲୋଚକ ଏହାକୁ ନିଜନିଜ ଭାଷାର ଆଦିମତମ ରୂପବୋଲି ଦାବି କରନ୍ତି । ସ୍ୱର୍ଗତ ଡକ୍ତର କରୁଣାକର ଏହା ଓଡ଼ିଆ ଭାଷାର ପ୍ରାଚୀନ ଗ୍ରନ୍ଥ ବୋଲି ଦୃଢ଼ ମତବ୍ୟକ୍ତ କରିଛନ୍ତି । ବୌଦ୍ଧଗାନ ଓ ଦୋହାର ରଚନା ପରେ ଓଡ଼ିଆ ସାହିତ୍ୟ କ୍ଷେତ୍ରରେ ନାଥ ସମ୍ପ୍ରଦାୟର ଅଭ୍ୟୁଦୟ ଘଟିଥିବା ଜଣାଯାଏ । ନାଥ ସାହିତ୍ୟ ଭାରତୀୟ ଧର୍ମଧାରାରେ ଏକ ଯୋଗ ଭିତ୍ତିକ ପ୍ରାଚୀନ ଧର୍ମାଚାର । ସିଦ୍ଧ ସାହିତ୍ୟ, ନାଥ ସାହିତ୍ୟ, ସାରଳା ପୂର୍ବ ସାହିତ୍ୟ, ସାରଳା ସାହିତ୍ୟ, ପଞ୍ଚସଖା ସାହିତ୍ୟ, କାବ୍ୟ ଯୁଗୀୟ ସାହିତ୍ୟ ଓ ଆଧୁନିକ ସାହିତ୍ୟ ସକଳ ହେଉଛି ଓଡ଼ିଆ ଭାଷାର ମୌଳିକ ସୃଷ୍ଟି । ଗତାନୁଗତିକ କାବ୍ୟଧାରା ବଦଳରେ ଓଡ଼ିଆ ଭାଷାର ସ୍ରଷ୍ଟାଗଣ ଯୁଗେ ଯୁଗେ ପରମ୍ପରାର ପରିଧ ଭିତରେ ଆମ୍ଳିକ ସନନ୍ଦ ଭାବରେ ପ୍ରତିଭାତ ହୋଇ ଯୁଗୋପଯୋଗୀ ସାହିତ୍ୟ ସୃଷ୍ଟି କରିଛନ୍ତି । ସେମାନେ କୌଣସି ଭାଷାଦ୍ୱାରା ପ୍ରଭାବିତ ନ ହୋଇ ଓଡ଼ିଆ ସମାଜ ସହିତ ସାହିତ୍ୟକୁ ଅଙ୍ଗାଙ୍ଗୀ ଭାବରେ ଜଡ଼ିତ କରାଇ ଓଡ଼ିଆ ସ୍ୱାଭିମାନର ଉଜ୍ଜ୍ୱଳ ସ୍ୱାକ୍ଷର ଛାଡ଼ି ଯାଇଛନ୍ତି । ଓଡ଼ିଆ ଏକ ପ୍ରାଚୀନ ଶାସ୍ତ୍ରୀୟ ଭାଷା । ଓଡ଼ିଆ ଭାଷାର ପ୍ରାଚୀନତା, ନିରବଚ୍ଛିନ୍ନ ପ୍ରବାହ ପରମ୍ପରା, ଆହରଣ ଶୀଳତା, ସଂରଚନାମ୍ଳକ ଧାରା, ଭାଷାତତ୍ତ୍ୱ, ଉଚ୍ଚାଙ୍ଗ ବ୍ୟାକରଣ, ମୌଳିକ ମହତ୍ତ୍ୱପୂର୍ଣ୍ଣ ସାରସ୍ୱତ ପରମ୍ପରା ଓ ଇତିହାସ, କାବ୍ୟ ବିଜ୍ଞାନ, ରୂପବିଜ୍ଞାନ, ଶଦ୍ଦ ବିଜ୍ଞାନ, ଅର୍ଥବିଜ୍ଞାନ, ଧ୍ୱନିବିଜ୍ଞାନ, ଲିପିବିଜ୍ଞାନ, ଶୈଳୀବିଜ୍ଞାନ

ପ୍ରଭୃତି ଅନ୍ବେଷଣ, ଅନୁଧ୍ୟାନ, ଅଧ୍ୟୟନ ଓ ଅନୁଶୀଳନ ଦ୍ୱାରା ପ୍ରମାଣିତ ହୋଇଥାଏ । ଓଡ଼ିଆ ଏକ ଶୁଦ୍ଧ, ଶ୍ଳୀଳ ଓ ଶାସ୍ତ୍ରୀୟ ଭାଷାବୋଲି ଏହି ସୂତ୍ର ଆଧାରରେ ଗ୍ରହଣ ଯୋଗ୍ୟ ହେବା ନିଶ୍ଚିତ ।

ବୈଷ୍ଣବମାନେ ଦାବି କରନ୍ତି 'ବିଦ୍ୟା ଭାଗବତା ବଧ୍ୟ' । ଜଣେ ବୈଷ୍ଣବ ବିଦ୍ୱାନର ବିଦ୍ବତା ପରୀକ୍ଷିତ ହୁଏ ତା'ର ଭାଗବତ ଜ୍ଞାନରୁ । ଓଡ଼ିଆ ଭାଷାରେ ଭାଗବତ ଅନୁବାଦ କରି ବଟ ଗଣେଶଙ୍କ ସମ୍ମୁଖରେ ନିୟମିତ ତାର ବ୍ୟାଖ୍ୟାମ୍ୟକ ପ୍ରବଚନ ଦେଇ ଜଗନ୍ନାଥ ଦାସ ସେ ପରୀକ୍ଷାରେ ନିଜ ପ୍ରତିଭାର ସର୍ବୋଚ୍ଚ ଉତ୍କୃଷ୍ଟ ପ୍ରମାଣ କରି ପାରିଥିଲେ । ସେଥିପାଇଁ ଭାଷା ଆନ୍ଦୋଳନର ଅନେକ ବର୍ଷ ପରେ ବିଂଶ ଶତାବ୍ଦୀର ବିଂଶ ଦଶକରେ 'Typical selections from oriya literature'ର ଖ୍ୟାତନାମା ସଂକଳୟିତା ବିଜୟଚନ୍ଦ୍ର ମଜୁମଦାର ଲେଖ୍ଛନ୍ତି– "ଏକଦା ଓଡ଼ିଶାରେ ସ୍ୱାକ୍ଷର ସଂଖ୍ୟା ବଙ୍ଗଳା ତୁଳନାରେ ଅଧିକ ଥିଲା" ଏହାର କାରଣ ଦର୍ଶାଇବାକୁ ଯାଇ ସେ କହିଛନ୍ତି– ଯେତେବେଳେ (ଓଡ଼ିଶାର) ସାଧାରଣ ଲୋକେ ଜାଣିଲେ ଯେ ପବିତ୍ର ଗ୍ରନ୍ଥମାନଙ୍କ ଭିତରେ ପବିତ୍ରତମ ବୋଲାଉଥିବା ଭାଗବତ ଏବେ ସେମାନଙ୍କ ହାତ ପାଆନ୍ତରେ ପହଞ୍ଚିଛି । ସେମାନେ ମାତୃଭାଷା ପଢ଼ିବା ପାଇଁ ପ୍ରବଳ ଉସ୍ତାହ ଓ ଅଭିକ୍ରମ ଦେଖାଇଛନ୍ତି । ଏଇଥିପାଇଁ ବଙ୍ଗଳା ଅପେକ୍ଷା ଓଡ଼ିଶାର ସାଧାରଣ ଲୋକଙ୍କ ଭିତରେ ପଠନ ଓ ଲିଖନ କଳାର ଅଧିକ ପ୍ରସାର ହୋଇପାରିଛି । 'ପ୍ରାକୃତ ଭାଷା ଏ ପ୍ରବନ୍ଧ, ଯିତେ ଅନ୍ଧାର ଭବବନ୍ଧ ।' ଦଶମ ସ୍କନ୍ଦରେ ଏପରି ଦାବି କରୁଥିବା ଜଗନ୍ନାଥ ପ୍ରାକୃତ ଭାଷାରେ ସଂସ୍କୃତ 'ଶ୍ରୀମଦ୍ ଭାଗବତକୁ ଅନୁବାଦ କରିଛନ୍ତି । ଲୋକଶ୍ରୁତି ଅନୁଯାୟୀ ନିଜର ଅଶିକ୍ଷିତା ବିଧବା ମାତା ପଦ୍ମାବତୀଙ୍କ ଆନନ୍ଦ ପାଇଁ । ଏହାଦ୍ୱାରା ସେ କେବଳ ପଦ୍ମାବତୀଙ୍କର ନୁହେଁ ଲକ୍ଷ ଲକ୍ଷ ଓଡ଼ିଆ ନରନାରୀଙ୍କ ହୃଦୟରେ ଭାଗବତ ଶ୍ରବଣ ଓ ପଠନର ଅନ୍ତିମ ଫଳଶ୍ରୁତି ଯେ (ଅନ୍ଧାର ଭବବନ୍ଧ) ଅପସାରଣ ଏ ବିଶ୍ୱାସ ଜନ୍ମାଇ ପାରିଛନ୍ତି । ବାପ, ମା'ଙ୍କୁ ତାଙ୍କ ମୃତ୍ୟୁଶଯ୍ୟାରେ ପୁଅ ଦି ପଦ ଭାଗବତ ଶୁଣାଇବ । ଶାଶୂ– ଶ୍ୱଶୁରଙ୍କ ପାଖରେ ସନ୍ଧ୍ୟାରେ ବୋହୂ ଦିପଦ ଭାଗବତ ବୋଲିବ । ଖାସ ଏହି ଆଶାରେ ଏକଦା ଅନେକ ଓଡ଼ିଆ ନିଜ ପିଲାଙ୍କୁ ସ୍ୱାକ୍ଷର କରୁଥିଲେ । ଏହି ଧାରାରେ ସୁନୀତି କୁମାର ଚାଟାର୍ଜୀ ଓଡ଼ିଆ ଭାଷା ବଙ୍ଗଳା ଭାଷାର ବଡ଼ ଭଉଣୀ ବୋଲି ମାନିବାକୁ ବାଧ୍ୟ ହୋଇଛନ୍ତି ।

ସେତେବେଳେ ଅତିବଡ଼ୀଙ୍କ ବୟସ ମାତ୍ର ୧୮ ବର୍ଷ । ଏହି ତରୁଣ ବୟସରେ ରଚିତ ଭାଗବତ ଉଭୟ ବିଷୟ ବସ୍ତୁ, ଆଙ୍ଗିକ ଓ ଆମ୍ନିକ କ୍ଷେତ୍ରରେ ଯୁଗାନ୍ତକାରୀ ବିପ୍ଲବ ଆଣିଥିଲା । ପ୍ରଥମତଃ ଏହା ସଂସ୍କୃତ ଭାଗବତର ଆକ୍ଷରିକ ଅନୁବାଦ ନୁହେଁ । ସ୍ଥଳ ବିଶେଷରେ ଏଥିରେ ମର୍ମାନୁବାଦ ଏପରିକି ବ୍ୟାଖ୍ୟାନୁବାଦ ଅଛି । ଏହି ଦୃଷ୍ଟିରୁ ଭାଗବତ ନିଛକ ଅନୁବାଦ ନୁହେଁ ଏକ ମନୋରମ ଅନୁସୃଜନ । ବିଷୟବସ୍ତୁ ଭାବ, ଭାଷା ସବୁ କ୍ଷେତ୍ରରେ ସ୍ରଷ୍ଟାଙ୍କ ମୌଲିକତାର ଛାପ ରହିଛି । ୧୦ମ ସ୍କନ୍ଦରେ ଗୋପାଲୀଲା ପ୍ରସଙ୍ଗରେ ଶ୍ରୀକୃଷ୍ଣଙ୍କ ସ୍ଥାନ ଶ୍ରୀ ଜଗନ୍ନାଥ ଗ୍ରହଣ କରିଛନ୍ତି । ମୂଳ ସଂସ୍କୃତ ଭାଗବତର ଏକାଦଶ ସ୍କନ୍ଧ ୩୧ଟି ଅଧ୍ୟାୟରେ ବିଭକ୍ତ । କିନ୍ତୁ ଓଡ଼ିଆ ଭାଗବତର ଏକାଦଶ ସ୍କନ୍ଦରେ ୩୨ଟି ଅଧ୍ୟାୟ ରହିଛି । ଜଗନ୍ନାଥ ଦାସଙ୍କ ଜନ୍ମ ରାଧାଷ୍ଟମୀ ବୋଲି ଧରି ନିଆଯାଏ । (ଶ୍ରୀ ଜଗନ୍ନାଥ ଚରିତ୍ରା ମୃତ) ରଚୟିତା ଦିବାକର ଦାସ ବିଶ୍ୱାସ କରନ୍ତି ଜଗନ୍ନାଥ ଦାସଙ୍କ ଜନ୍ମ ଶ୍ରୀ ରାଧାଙ୍କ ହାସ୍ୟରୁ । ମାତ୍ର କୌତୁହଳର ବିଷୟ ଭାଗବତରେ ଗୋପୀମାନେ ଅଛନ୍ତି କିନ୍ତୁ ରାଧା କେଉଁଠି ହେଲେ ନାହାନ୍ତି । ଆଙ୍ଗିକ ଦୃଷ୍ଟିରୁ ଭାଗବତର ଅନନ୍ୟତା ଆହୁରି ରୋମାଞ୍ଚକର । ବିଷୟବସ୍ତୁର ବଳିଷ୍ଠ ରୂପାୟନ ପାଇଁ ତଥା ଆମ୍ନିକର ସଫଳ ଉନ୍ମୋଚନ ଲାଗି ଯଥାଯଥ ଆଙ୍ଗିକଟିଏ ନିର୍ମାଣ କରିପାରିବା ଯଥେଷ୍ଟ ସର୍ଜନଶୀଳତାର ଅପେକ୍ଷା ରଖେ । ତତ୍ଭବ, ତତ୍ସମ ଓ ଦେଶଜ ଶବ୍ଦର ସମୁଚିତ ମିଶ୍ରଣ, ଶବ୍ଦ ସଂଯୋଜନାରେ ଅନୁପ୍ରାସିକତା ସହିତ ନବାକ୍ଷରୀ ଛନ୍ଦ ଏବଂ ଗୁଞ୍ଜରି ରାଗର ଅନୁରଣନ, ମଧ୍ୟେ ମଧ୍ୟେ ଦକ୍ଷ ତୂଳିକାରେ ଜୀବନ୍ତ ଶବ୍ଦ– ଚିତ୍ର ଅଙ୍କନ ଏପରି ଏକ ଅଦ୍ଭୁତ ଭାବ ରସାୟନ ପ୍ରସ୍ତୁତି କରିଥାଏ ଯେ ବୁଢ଼ୁ ନବୁଢ଼ୁ ଭାଗବତର ଅର୍ଦ୍ଧଶିକ୍ଷିତ ସରଳ ଗ୍ରାମୀଣ ପାଠକ ଅଥବା ଅଶିକ୍ଷିତ ଶ୍ରୋତାଙ୍କ ଅନ୍ତରକୁ ଅଙ୍ଗିକାର ଉଷ୍ଣ ଅଳ୍ପ ସମୟ ଭିତରେ ସମ୍ମୋହିତ କରିଦିଏ । ବେଦବେଦାନ୍ତ

ପ୍ରବୀଣ, ଓଡ଼ିଆ ଭାଷା ଶିଖି ଓଡ଼ିଆ ଭାଗବତର ଟୀକା 'ଭାଗବତ-ଧର୍ମସାର' ରଚନା କରିଥିବା ସନ୍ତ ବିନୋବା ଭାବେ ଓଡ଼ିଆ ଭାଗବତ ପାରାୟଣ ବେଳେ ଆମ୍ଭବିସ୍ତୃତ ହୋଇଯାଉଥିଲେ ଏବଂ ତାଙ୍କ ଆଖିରୁ ଆନନ୍ଦାଶ୍ରୁ ଝରି ପଡୁଥିଲା। ଏକଥା ସ୍ୱର୍ଗତ ମନମୋହନ ଚୌଧୁରୀ ତାଙ୍କର 'କ୍ରାନ୍ତି ଯାତ୍ରା' ପୁସ୍ତକରେ ବର୍ଣ୍ଣନା କରିଛନ୍ତି। ବଙ୍ଗଳା ଓ ହିନ୍ଦୀ ଅକ୍ଷରରେ ମୁଦ୍ରିତ ହୋଇ ବଙ୍ଗଳା ଓ ମଧ୍ୟଭାରତରେ ଏକଦା ଲୋକପ୍ରିୟତା ହାସଲ କରିଥିଲା ଓଡ଼ିଆ ଭାଗବତ।

ଆଉ ଜଗନ୍ନାଥ ଦାସ ନିଜ ଦେଶବାସୀଙ୍କର ଯେଉଁ ଉପକାର ସାଧନ କରିଛନ୍ତି ତାହା ଅତୁଳନୀୟ। ସେ ତାଙ୍କ ଗ୍ରନ୍ଥରେ ଯେଉଁସବୁ ମୂଲ୍ୟବୋଧ ଉପଦେଶ ଆକାରରେ ରଖିଯାଇଛନ୍ତି ଲକ୍ଷ ଲକ୍ଷ ଲୋକଙ୍କ ଚରିତ୍ର ଗଠନରେ ତାହା ସହାୟକ ହୋଇଛି ଓ ହେଉଛି।

ପ୍ରତ୍ୟେକ ବ୍ୟକ୍ତି ତଥା ଜାତିର ନିଜ ମାତୃଭାଷା ଉପରେ ଜନ୍ମଗତ, ସ୍ୱଭାବଗତ ଓ ସଂସ୍କୃତିଗତ ଅଧିକାର ରହିଛି। ମାତୃଭାଷା କହିଲେ ଅନେକ ମାଆର ଭାଷା ବୋଲିବୁଝନ୍ତି। ମାତୃଭାଷା ପ୍ରକୃତରେ ଜଣେ ବ୍ୟକ୍ତିର ମୂଳଭାଷା ବା ମାତୃଭୂମିର ଭାଷା। ମାତୃଭୂମିର ଭାଷା ମାଆର ଭାଷାଠାରୁ ଆହୁରି ବୃହତର। ଗଭୀରତାର ଓ ବ୍ୟାପକତର ପରିଧିଟିଏ ଆଡକୁ ଆଙ୍ଗୁଳି ନିର୍ଦ୍ଦେଶ କରେ। ମାତୃଭୂମିର ଭାଷା ଅପରିମିତ ବ୍ୟକ୍ତିଙ୍କର, ଅସଂଖ୍ୟ ପିଢ଼ିର ଭାଷା। ତା' ମଧ୍ୟରେ କେବଳ ଅଗଣିତ ମାଆ ନୁହନ୍ତି, ଅଗଣିତ ମାତା, ପିତା, ପିତାମହ, ପ୍ରପିତାମହ, ମାତା ମହୀ ଓ ଅନେକ ପୂର୍ବ ପୁରୁଷ ଅନ୍ତର୍ଭୁକ୍ତ ।

ଯିଏ ଯେତେ ଭାଷା ଶିଖିଥାଉ ହଠାତ୍ ଝୁଣ୍ଟିପଡ଼ି କଚାଡ଼ି ପଡ଼ିଲେ ବା ସେମିତି କିଛି ବିପଦରେ ପଡ଼ିଗଲେ ତା' ପାଟିରୁ ଆପୋଶା ଛାଏ ବାହାରି ପଡ଼ିଥାଏ ତା' ନିଜ ମାତୃଭାଷାରେ କଥିତ ଭାଷା। ତେଣୁ ବିଚାର କଲେ ବାସ୍ତବ ପ୍ରେମର ଭାଷା ଚୁପ୍ ଚୁପ୍ ଗୋପନ କଥା କେବଳ ମାତୃଭାଷାରେ ହିଁ ସରଳ, ରସାଳ, ମଧୁର, ପ୍ରାଣଛୁଆଁ ତଥା ସ୍ୱାଭାବିକ ହୋଇଥାଏ। ବାସ୍ଲ୍ୟ ରସରେ ବାପାମାଆ ତାଙ୍କ ଶିଶୁ ସନ୍ତାନକୁ ନିଜ ମାତୃଭାଷାରୁ ଉପ୍ଯନ୍ନ ଗୁଲୁଗୁଲିଆ ମନଛୁଆଁ ଆଲାପ କଥା ସୃଷ୍ଟି କରିଥାଆନ୍ତି (କହିଥାଆନ୍ତି)। ପିଲାଟି ସେଥିରୁ ଅପାର ଆନନ୍ଦ ଲାଭକରେ। ଶିଶୁଟି ଯେତେବେଳେ ମାତୃଗର୍ଭରୁ ଭୂମିଷ୍ଠ ହୁଏ ତା'ର ପ୍ରଥମ ଉଚ୍ଚାରିତ ଶବ୍ଦ କୁଆଁ କୁଆଁ ହୋଇଥିଲେ ମଧ୍ୟ ପରେ ମା' ଡାକରୁ ଆରମ୍ଭ ହୋଇଥାଏ। ଏଣୁ ମାତୃଭାଷା ଶିଶୁଟିଏ ଲାଗି ମାତୃସ୍ତନର କ୍ଷୀର ଭଳି, ଯାହାକୁ ସେ ପାନ କରି ସୁସ୍ଥ ରହେ ଓ ସବଳ ହୋଇଥାଏ। ମାତୃଭାଷା ହିଁ ଶିଶୁ ଓଠର ପ୍ରଥମ କଅଁଳ ହସରେଖା। ମା'ର ପହିଲି ଚୁମ୍ବନ ଓ ପ୍ରେମିକାର ପ୍ରଥମ ଆଖିଠାର ଭଳି ମର୍ମସ୍ପର୍ଶୀ। ଚତୁର୍ନବ୍ୟ ରୀତିରେ ମାତୃଭାଷା ନିଜର ସ୍ୱତନ୍ତ୍ର ରକ୍ଷାକରେ। ସେହି ବିଶେଷ ରୀତି ହେଉଛି ସରଳତା, ସ୍ୱାଭାବିକତା, ସୁଗମତା, ସୁଶୀଳତା, ସାବଲୀଳତା, ସୁସଙ୍ଗତା, ଶୀଳଭଦ୍ରତା, ସୁଦେରତା, ସୁଠାମତା, ସୁମଧୁରତା, ସହଯୋଗିତା, ସ୍ୱାବଲମ୍ବିତା, ସହବଦ୍ଧତା, ସବାନ୍ଧବତା, ସହୃଦୟତା, ସଙ୍ଗୋପନୀୟତା ଓ ଆତ୍ମୀୟତା। ଓଡ଼ିଆ ଭାଷା, ଓଡ଼ିଆ ଜାତିର ମାତୃଭାଷା, ଓଡ଼ିଆ ଓ ଓଡ଼ିଆଣୀଙ୍କ ସରଳ ଆତ୍ମ ପ୍ରକାଶର ମାଧ୍ୟମ। କହିବା, ପଢ଼ିବା, ଲେଖିବା ଏହି ତିନୋଟି ବଳିଷ୍ଠ କ୍ରିୟା ମାଧ୍ୟମରେ ଆମ ମାତୃଭାଷା ସବୁଭାଷା ପରି ବଳିଷ୍ଠ ହୁଏ।

ମାତୃଭାଷା ହିଁ ପ୍ରାକୃତିକତାର କୋମଳ ସ୍ୱରୂପ ପରି। ନିର୍ଝରର କୁଳୁକୁଳୁ ସ୍ୱର, ବନାନୀ ମଧ୍ୟରେ ପକ୍ଷୀକୁଳର କଳଗୀତି। ବନଲତା କୁଞ୍ଜର ମର୍ମର ସଂଗୀତ, ଶିଶୁର ଦରୋଟି ବଚନ, ପ୍ରିୟାର ଫିସ ଫିସ କଥା ପରି ମଧୁର, ଅମୃତମୟ। ମାତୃଭାଷା ହିଁ ଦୁଃଖିନୀ ଜାୟାର ଆର୍ତ୍ତସ୍ୱର। ବିଲାପର ତା ଅଧ୍ୱବିନ୍ଦ୍ର ଓ ପରିବର୍ଦ୍ଧାର ମର୍ମାନ୍ତିକ ଦହନ। ସରହତା ମୃଗଣୀର ଆର୍ତ୍ତସ୍ୱର ସନ୍ତାନ ହରା ଜନନୀର କୈବଲ୍ୟ, କ୍ଷୁଧାତୁର ପ୍ରାଣୀର ଆର୍ତ୍ତନାଦ, ଦୁର୍ଘଟଣା ଗ୍ରସ୍ତ ଯାତ୍ରୀର କାରୁଣ୍ୟ। ମାତୃଭାଷା ହିଁ ପ୍ରଥମ ଅନୁଭବର ସକାଳରେ ଦୂର୍ବ୍ୱଘାସ ଉପରେ ଝଲସିତ ପ୍ରଥମ କାକର ମୁକ୍ତା ଓ ପହିଲି ସୂର୍ଯ୍ୟୋଦୟ, ନୂତନ ନିର୍ଘରିଣୀର ପ୍ରଥମ ଝରଣା। ମାତୃଭାଷା ହିଁ ଗାଈ ପଲ୍ଲାରେ ତା' ପ୍ରଥମ ବାଛୁରୀର ପ୍ରଥମ ଚିରଛୁଆଁ ଓ ପହିଲି ଶିହରଣ, ବୀଜର ଅଙ୍କୁରୋଦଗମ ଓ ପ୍ରଥମ ମୁକୁଳୟନ। ମୁଦା ଆଖିପତା ଖୋଲି ଯିବାର ପହିଲି ଚାହାଁଣି ଆମର

ପ୍ରିୟ ମାତୃଭାଷା। କବିର ପ୍ରଥମ କବିତାର ଆଦ୍ୟ ଅକ୍ଷରାୟନ ଓ ଶବ୍ଦାୟନ। ଶିଳ୍ପୀର ପ୍ରଥମ ଚିତ୍ରର ଆଦ୍ୟ ତୁଳୀ ସ୍ପର୍ଶ, ସାଧକର ପ୍ରଥମ ଓଁ, ସନ୍ନ୍ୟାସୀର ପହିଲି ଅଂଶର ଅନୁଭବ। ଗୋଲାପ, ଚମ୍ପକର ପହିଲି ବାସ୍ନା। କୃଷକ ଶ୍ୟାମ କେଦାରର ପ୍ରଥମ ଶସ୍ୟ କେଣ୍ଡା, ବିଜ୍ଞାନୀର ପହିଲି ଉଦ୍ଭାବନ ପରି ଆମ ମାତୃଭାଷା। ମାତୃଭାଷାରେ ଆମ୍ଭିକ ଆସ୍ଥା ଓ ବିଶ୍ୱାସର ଅଭିବୃଦ୍ଧି ଘଟେ। ମାତୃଭାଷା ଦେଇ ବିଶ୍ୱ ଦର୍ଶନକ୍ରିୟା ସରଳତର ହୁଏ। ଦାସିଆ ଜାଉ–ଶାଗ ଥାଲିରେ ଜଗନ୍ନାଥ ଦର୍ଶନ ହିଁ ମାତୃଭାଷାର ସାତ୍ତ୍ୱିକ ସ୍ୱରୂପ ପରି। ମାତୃଭାଷା ଦେଇ ହୃଦୟର ବାସ୍ତବ ରୂପ ପ୍ରସ୍ଫୁଟିତ ହୁଏ। ମାତୃଭାଷା ହେଉଛି ଦିଗ୍‌ବିଜୟୀର ପ୍ରଥମ ସଫଳତା ଓ ପ୍ରଥମ ବିଫଳତାର ସ୍ୱର। ମାତୃଭାଷା ହିଁ ଶ୍ରୀ ଜଗନ୍ନାଥ ଦର୍ଶନର ପ୍ରଥମ ବୈଚିତ୍ର୍ୟମୟ ଅନୁଭୂତି ଓ ଅନୁଭବର ପ୍ରଥମ ସ୍ୱୀକୃତି। ସମସ୍ତ ସ୍ୱାଭାବିକ ପ୍ରକ୍ରିୟାର ପ୍ରଥମ ଅନ୍ତର ଉଚ୍ଚାରଣ ହିଁ ମାତୃଭାଷା। ଙ୍କାରୀତ ଅବିରତ ସୁରଝଙ୍କାର ମାତୃଭାଷାର ଅନ୍ତଃସ୍ୱରୂପ, ଜନନୀ ଜନ୍ମଭୂମିର ପ୍ରଥମ ବନ୍ଦନା, ପୂର୍ଣ୍ଣଜ୍ଞାନ, ପୂର୍ଣ୍ଣାନୁଭବ, ପରିପୂର୍ଣ୍ଣ ଇଚ୍ଛା, ବନ୍ଦେ ଉତ୍କଳ ଜନନୀ ହିଁ ମାତୃଭାଷା। ପୂର୍ଣ୍ଣ ସମର୍ପଣ, ପୂର୍ଣ୍ଣସମାଧି ହିଁ ମାତୃଭାଷାର ଅନ୍ତରୀଣ ଉପଲବ୍ଧ। କବିଙ୍କ ଭାଷାରେ ଭାଷା ଏକ ହିଁ ଧ୍ୟାନ, ଭାଷା ପରା ଏକ ଖିଲ ତପସ୍ୟା ନାମ। ଭାଷାତ ନିଦିଧ୍ୟାସନ ମାତୃଭାଷା ତ ସରସ୍ୱତୀଙ୍କର ବୀଣାଙ୍କାର, ଅମୃତଝରା, ଅବଦାନ । ମାତୃଭାଷା ତ ଶୋଣିତ ବିନ୍ଦୁ। ମାତୃଭାଷା ଯେ ହୃଦୟଆକାଶର ଶାଶ୍ୱତ ନୂଆ ଇନ୍ଦୁ। ଭାଷାପରା ଆମ ଭିତରର ଅନୁଭବ। ଭାଷା ହିଁ ଆମ ଦିବ୍ୟଭାବ।

ଶିଶୁଟିଏ ଯେଉଁ ଭାଷାରେ କଥା କହିବା ଆରମ୍ଭ କରେ । ସେହି ଭାଷାରେ ତା'ର ଶିକ୍ଷା ଶେଷ ନ ହେଲେ ବି ଯଦି ଆରମ୍ଭ ହୁଏ ତାହେଲେ ସେଇ ଭାଷାର ସହଜରେ ଅପମୃତ୍ୟୁ ହୁଏ ନାହିଁ। ଭାଷାବିତ୍‌ମାନେ କହନ୍ତି ମାତୃଭାଷା ସାମନ୍ତବାଦୀ ନୁହେଁ, ସାମ୍ୟବାଦୀ, ପଣ୍ଡିତ, ମୂର୍ଖ, ଧନୀ, ନିର୍ଧନୀ, ଜାତି–ଅଜାତି ନଥା'ନ୍ତି। ବନ୍ଧୁ ବାନ୍ଧବ, ସମାଜ ପରିବାର, ଜ୍ଞାତି କୁଟୁମ୍ବଙ୍କୁ ଏକାଠିକରେ ମାତୃଭାଷା । ମନ, ହୃଦୟ–ଆତ୍ମା, ସୁଖ, ଦୁଃଖର ଭାବ ଓ ଭାବନାର ସ୍ୱର ହିଁ ମାତୃଭାଷାରେ ସ୍ୱାଭାବିକ ଭାବରେ ପ୍ରକାଶିତ ହୁଏ। ତେଣୁ ଗାନ୍ଧୀ ତାଙ୍କ ଆତ୍ମ ଜୀବନୀକୁ ପ୍ରଥମେ ନିଜ ମାତୃଭାଷା ଗୁଜୁରାଟୀରେ ଲେଖିଥିଲେ ଏବଂ କେବଳ ହିନ୍ଦୁ, ମୁସଲମାନଙ୍କୁ ଏକାଠି ରଖିବା ପାଇଁ ଓ ଭାରତ ବିଭାଜନ ରୋକିବା ଲାଗି ସେ ହିନ୍ଦୁସ୍ତାନୀ ବା ଉର୍ଦ୍ଧୁମିଶା ହିନ୍ଦୀକୁ ଭାରତର ଜାତୀୟଭାଷାର ସମ୍ମାନ ଦେବାକୁ ଚାହୁଁଥିଲେ।

ପ୍ରତ୍ୟେକ ମଣିଷର ମାଆଟିଏ ଥାଏ, ମାତୃଭାଷାଟିଏ ବି ଥାଏ। ଜଣଙ୍କ ଗର୍ଭରୁ ସେ ଜନ୍ମ ହୋଇଥାଏ। ଅନ୍ୟଟିକୁ କଣ୍ଠସ୍ଥ କରି ସେ ନିଜ ପାଇଁ ପରିଚୟଟିଏ ସୃଷ୍ଟି କରିଥାଏ। ଉଭୟ ମାତା ଓ ମାତୃଭାଷା ଯେମିତି ଯେଉଁ ରୂପରେ ଥାଆନ୍ତୁ ନା କାହିଁକି, ସେମାନଙ୍କୁ ନେଇ ସୁଯୋଗ୍ୟ ସନ୍ତାନଟିଏ ସବୁବେଳେ ଗର୍ବ ଓ ଗୌରବ ବୋଧକରେ। ଏ ଦୁଇ ଆଦି ଶକ୍ତିର ଆଶୀର୍ବାଦ ଲାଭକରି ସେ ଚଢ଼ିଚାଲେ ସକଳ ସଫଳତାର ପାହାଚ ପରେ ପାହାଚ ଅଥଚ ସମୟର ଦୁର୍ଭାଗ୍ୟ, ଆଧୁନିକତାର ମିଥ୍ୟା ମୋହରେ ପଡ଼ି ଏଇ ସନ୍ତାନମାନଙ୍କ ମଧ୍ୟରୁ କେତେକ ନିଜକୁ ଆଧୁନିକ ବୋଲାଇବା ପାଇଁ ଆପଣାର ସଂସ୍କାରକୁ ବିସ୍ମରି ଯାଆନ୍ତି। ନିଜ ପାଇଁ ସଭ୍ୟ ସମ୍ଭ୍ରାନ୍ତ ଆଦି ସ୍ୱତନ୍ତ୍ର ପରିଚୟ ସୃଷ୍ଟି କରିବାର ଲୋଭ ଏମାନଙ୍କୁ ଏମିତି ଉଚ୍ଛାଟ କରେ ଯେ ସେମାନେ ନିଜ ମାଆ ଓ ମାତୃଭାଷା ଉଭୟଙ୍କ ପରିଚୟ ଭିତ୍ତିରେ ପରିଚୟ ଦେବାକୁ ନିଜ ମର୍ଯ୍ୟାଦାର ପରିପନ୍ଥୀ ବୋଲି ବିଚାରନ୍ତି। ଭାଷା କୌଣସି ବ୍ୟକ୍ତି ଓ ସମାଜ ପରିଚୟର ଏକ ମହତ୍ତ୍ୱପୂର୍ଣ୍ଣ ଅଙ୍ଗ, ସଂସ୍କୃତିର ସଜୀବ ସଂବାହିକା। ଦେଶରେ ପ୍ରଚଳିତ ବିବିଧ ଭାଷା ଏବଂ ବୋଲି ଆମ ସଂସ୍କୃତିର ଉଦାତ୍ତ ପରମ୍ପରା ଉତ୍କୃଷ୍ଟ ଜ୍ଞାନ ଏବଂ ବିପୁଳ ସାହିତ୍ୟକୁ ଅନୁକ୍ଷଣ କରିବା ସହିତ ବୈଚାରିକ ନବ ସୃଜନ ପାଇଁ ମଧ୍ୟ ପରମ ଆବଶ୍ୟକ। ବିବିଧ ଭାଷାରେ ଉପଲବ୍ଧ ଲିଖିତ ସାହିତ୍ୟ ଅପେକ୍ଷା ଅନେକଗୁଣ ଅଧିକ ଜ୍ଞାନ ଗୀତ, କାହାଣୀ ତଥା ଲୋକକଥା ମୌଖିକ ପରମ୍ପରା ରୂପେ ବିଦ୍ୟମାନ। ଆଜି, ବିଭିନ୍ନ ଭାରତୀୟ ଭାଷା ଓ ବୋଲିର, ପ୍ରଚଳନ ଓ ଉପଯୋଗ କମ ହେଉଛି। ସେହି ଶବ୍ଦର ଲୁପ୍ତାଭିମୁଖୀ ଏବଂ ବିଦେଶୀ ଭାଷାର ଶବ୍ଦ ପ୍ରତିସ୍ଥାପନ ଏକ ଗମ୍ଭୀର ସମସ୍ୟା ସୃଷ୍ଟି କରିଛି। ଆଜି ଅନେକ ଭାଷା ଓ ବୋଲି ବିଲୁପ୍ତ ହୋଇ ଯାଇଛି ଏବଂ

ଅନେକଙ୍କ ଅସ୍ତିତ୍ୱ ସଙ୍କଟରେ। ବିଲୟରେ ହେଲେ ମଧ ବିଲୁପ୍ତ ଭାଷା ଓ ବୋଲିର ସଂରକ୍ଷଣ କରିବାକୁ ପଡ଼ିବ ଆମକୁ। ଅନ୍ୟଥା ଆମେ ଆଗାମୀ ପିଢ଼ି ସକାଶେ ଉତ୍ତରଦାୟୀ ରହିବା।

ମଣିଷ ପାଇଁ ଦରିଆ ପରି ବ୍ୟାପ୍ତ ଏବଂ ଆକାଶ ଭଳି ଅସୀମ ଭାବକୁ ଭାଷାରେ କହିବା ପ୍ରାୟ ଅସମ୍ଭବ। କାରଣ ତାକୁ ମିଳିଥିବା ଶବ୍ଦର ପରିମାଣ ଶୂନ୍ୟତାରୁ ମୁଠାଏ କି ସାଗରକୁ ଆଣ୍ଠୁଲାଏ ପରି। ଯୁଗ ଯୁଗ ଧରି କିଛି ସଣ୍ତଣ ଶିଖିଥାଏ ବୋଲି ସେଟିକିରେ ସେ ପୁରାଣ ଦର୍ଶନ ପ୍ରୀତି, ପ୍ରଣୟ ପ୍ରେମ, ବିବାହ, ଚୋରି, ଜନାକାରି, ଝୁଆଁଚୋରି ସବୁ ଚଳେଇ ନିଏ। ଯୁଗ ଓ ଅନୁଭବକୁ ନେଇ ତା 'ଭାବ'ଟ ନିରନ୍ତର ବଢ଼ୁଥାଏ। ଭାଷା ବି ବଦଳୁଥାଏ ଅହରହ। ସେ ଅଖଣ୍ତରେ ପଡ଼ିଯାଏ ଶବ୍ଦକୁ ନେଇ। ଭାବକୁ ଅବିଶ୍ୱାସ କରିନଥିବା ମଣିଷ ସବୁଠୁ ଅଧିକ ଡାଉଟ କରେ ଶବ୍ଦକୁ, ଏକ ଶବ୍ଦ, ଅଥଚ ବକ୍ତା ଶ୍ରୋତାର ମନ ମିଶେନି। ଏ ଗ୍ରହାଚାର ଯାତନାରୁ ଭଗବାନ ବି କାହାରିକୁ ଉଦ୍ଧାର କରିପାରନ୍ତିନି। ଏ ଅବସ୍ଥାରୁ ମଣିଷକୁ ରକ୍ଷା କରିବାକୁ ଅଭିଧାନ ବେଳେ ବେଳେ ସକ୍ଷମ ହୁଏ।

ଯେତେବେଳେ ବିଜୟଲକ୍ଷ୍ମୀ ପଣ୍ଡିତ ରାଷ୍ଟ୍ରଦୂତ ଭାବରେ ରଷିଆରେ ପହଞ୍ଚ ନିଜର ପରିଚୟ ଇଂରାଜୀ ଭାଷାରେ ଲେଖି ସ୍ତାଲିନଙ୍କ ପାଖକୁ ପଠାଇଲେ, ସ୍ତାଲିନ ତାଙ୍କର ପ୍ରଦତ ପରିଚୟ ପତ୍ରଟିକୁ ଫୋପାଡ଼ି ଦେଇ ପ୍ରଶ୍ନ କରିଥିଲେ। ତୁମର କ'ଣ ନିଜର ମାତୃଭାଷା ବା ରାଷ୍ଟ୍ରଭାଷା ନାହିଁ। ବାସ୍ତବରେ ବିଚାର କଲେ ନିଜ ଭାଷାରେ ନିଜକୁ ପ୍ରକାଶ କରିବା ଯେତେ ସହଜ, ସେପରି ଅନ୍ୟ ଭାଷାରେ କରିଦେବା ଅତ୍ୟନ୍ତ କଷ୍ଟ। ଉପେନ୍ଦ୍ର ଭଞ୍ଜ ଯଦି ଇଂରାଜୀ ଭାଷାରେ ଲେଖି ଥାଆନ୍ତେ ବା ସେକ୍ସପିୟର ଯଦି ଜାପାନୀ ଭାଷାରେ ଲେଖିଥାଆନ୍ତେ ତେବେ ସେମାନେ ନିଜ ନାମର ସାର୍ଥକତା ରକ୍ଷାପାରି ନଥାନ୍ତେ। ତେଣୁ ଫକିରମୋହନ ଯଥାର୍ଥରେ କହିଛନ୍ତି ଯେ "ପଢ଼ିଲି ନାନା ଦେଶଭାଷା, କାହିଁତ ନ ପୂରିଲା ଆଶା, ହେଉ ପଛକେ ସେ ନିକୃଷ୍ଟ, ମୋ ମାତୃଭାଷା ମୋତେ ଶ୍ରେଷ୍ଟ।" ସେଥିପାଇଁ ବିଖ୍ୟାତ ବୈଜ୍ଞାନିକ ଆଇନଷ୍ଟାଇନ୍‌କୁ ତାଙ୍କ ଆତ୍ମଜୀବନୀ ଇଂରାଜୀ ଭାଷାରେ ଲେଖିବା ପାଇଁ ଯେତେ ଅନୁରୋଧ କରାଯାଇଥିଲେ ମଧ ସେ ତାଙ୍କ ଜୀବନୀ ପୁସ୍ତକ ତାଙ୍କ ନିଜ ମାତୃଭାଷା ଜର୍ମାନୀ ଭାଷାରେ ହିଁ ଲେଖିଥିଲେ। ଆଉ ଗାନ୍ଧିଜୀ ସମସ୍ତ ଅନୁରୋଧ ଓ ଆବେଦନକୁ ପ୍ରତ୍ୟାଖ୍ୟାନ କରି ଦେଇ ତାଙ୍କ ଜୀବନୀ 'ମୋର ସତ୍ୟାନୁସନ୍ଧାନ'କୁ ତାଙ୍କ ମାତୃଭାଷା ଗୁଜୁରାଟୀ ଭାଷାରେ ଲେଖିଥିଲେ।

ଗୋଟିଏ ଭାଷାରେ ସାହିତ୍ୟର ସୃଷ୍ଟି ଓ ସ୍ୱୟଂ ଉକ୍ତ ଭାଷାର ସୃଷ୍ଟି ଏକ ସମୟରେ ହୋଇ ନ ଥାଏ। ଭାଷାଟିଏ ସୃଷ୍ଟି ହେବା ପରେ ତା'ର ସାହିତ୍ୟ ସୃଷ୍ଟି ହୋଇଥାଏ ଓ ଆହୁରି ପରବର୍ତ୍ତୀ କାଲରେ ତା'ର ଲିପି ସୃଷ୍ଟି ହେବା ସ୍ୱାଭାବିକ। ଭାଷାକୁ ବିଧିବଦ୍ଧ ଭାବେ ନିୟମସିଦ୍ଧ ଓ ପୂର୍ଣ୍ତାର ରୂପ ଦେବାକୁ ଏହାର ବ୍ୟାକରଣ ଆହୁରି ପରବର୍ତ୍ତୀ କାଲରେ ରଚିତ ହୁଏ। ଉକ୍ତଭାଷା ଏହାର ଲିପି ଓ ବ୍ୟାକରଣରେ କାଲକ୍ରମେ ସଂସ୍କାର ପ୍ରକ୍ରିୟା ସଂଘଟିତ ହୋଇ ଏହା ବିକଶିତ ହୋଇଥାଏ। ମୋହନ ପ୍ରସାଦ ଠାକୁରଙ୍କ ଓଡ଼ିଆ ଭୋକାବୁଲାରି (୧୮୧୧) ଆମ ଭାଷାର ପ୍ରଥମ ଅଭିଧାନ। ବର୍ତ୍ତମାନ ଏହାର ପୁନଃ ପ୍ରକାଶନ କରୁଛନ୍ତି ରାଉରକେଲାର ପ୍ରମୁଖ ସାହିତ୍ୟ ଅନୁଷ୍ଠାନ ପ୍ରଗତି ଉକ୍ଲସଂଘ। ଆମସ ସଟନ (Amos Sutton, ୧୮୦୨–୧୮୫୪) ଜଣେ ପାଦ୍ରୀ–ବାଇବେଲ ଓଡ଼ିଆରେ ପ୍ରକାଶ କଲେ ଏବଂ ଓଡ଼ିଆରେ ଖଣ୍ଡିଏ ଅଭିଧାନ ଓ ବ୍ୟାକରଣ ପ୍ରସ୍ତୁତ କଲେ। ଚତୁର୍ଭୁଜ ପଟ୍ଟନାୟକଙ୍କ 'ଶବ୍ଦନିଧି' ପ୍ରକାଶ ହେଲା ୧୮୮୪ରେ। ସେଥିରେ ଶବ୍ଦ ଗୁଡ଼ିକ ସ୍ଥିର ଆଭିଧାନିକ ଶୃଙ୍ଖଳା ଓ ବିନ୍ୟାସ ପାଇଲେ। ୧୮୯୧ ରେ ଜଗନ୍ନାଥ ରାଉଙ୍କର ଏକ ବୃହତ ସଂକଳନ 'ଉକ୍ଲ ଅଭିଧାନ' ପ୍ରକାଶ ପାଇଲା। ଭାଷାର ଦାବିକି ଶବ୍ଦର ଦାବି ଯାହା ହେଉ (ସେକଥା ଆମେ କହି ପାରିବୁନି) କିନ୍ତୁ ଗୋପୀନାଥ ନନ୍ଦଶର୍ମା, ମୃତ୍ୟୁଞ୍ଜୟ ରଥ, କାଳୀ ଚରଣ ପଟ୍ଟନାୟକ, କୃଷ୍ଣ ଚନ୍ଦ୍ର କର, ଦାମୋଦର ମିଶ୍ର, ମାୟାଧର ମାନସିଂହଙ୍କ ପରି ସବୁ କୃତବିଦ ପୁରୁଷ ଅଭିଧାନ, ଭାଷାକୋଷ ବା ଶବ୍ଦ କୋଷମାନ ତିଆରି କରିଛନ୍ତି।

ଶ୍ତାଲତାବୋଧ ଅଭିଧାନ ପାଇଁ ଅପରିହାର୍ଯ୍ୟ ହୋଇପାରେ, ଭାଷା ପାଇଁ ନୁହେଁ। ଅଭିଧାନରେ ଥାଏ ପଣ୍ଡିତଙ୍କ

କସରତ ଏବଂ ଭାଷା ଚାଲେ ଲୋକଙ୍କ ସ୍ୱାଭାବିକତା ସହିତ । ପୂର୍ଣ୍ଣଚନ୍ଦ୍ର ଭାଷା କୋଷର ଐତିହାସିକ ବାହାଦୁରି ହେଲା ଯେ ଏହା ସମଗ୍ର ଭାରତୀୟ ଭାଷାର ପ୍ରଥମ ଏନ୍‌ସାଇକ୍ଲୋପିଡ଼ିଆ ।

ଏହି ହିସାବରେ ଓଡ଼ିଆ ଭାଷା ପ୍ରାୟ ଦୁଇ ହଜାର ବର୍ଷ ପୂର୍ବରୁ ସୃଷ୍ଟି ହୋଇଥିବା ସମ୍ଭବ । କାରଣ ପ୍ରାୟ ଅଢ଼େଇ ହଜାର ବର୍ଷ ପୂର୍ବରୁ ଉର୍ଦ୍ଧ୍ୱକାଳ ତଳେ ଆମ ପୂର୍ବପୁରୁଷମାନେ ଏକ ସଭ୍ୟ ଓ ସୁପରିଚିତ ଜାତି ଭାବରେ ସମଗ୍ର ଆର୍ଯ୍ୟାବର୍ତ୍ତରେ ପ୍ରତିଷ୍ଠିତ ହୋଇ ସାରିଥିଲେ । ଏକ ସଭ୍ୟ ଓ ସୁପ୍ରତିଷ୍ଠିତ ଜାତି ମୁହଁରେ ଭାବ ପ୍ରକାଶ ଲାଗି କୌଣସି ଭାଷା ନଥିବା କେବେ ବିଶ୍ୱାସଯୋଗ୍ୟ ଓ ଯୁକ୍ତିସଂଗତ ନୁହେଁ ।।

ପୃଥ୍ୱୀ ପୃଷ୍ଠରେ ଯିଏ ପ୍ରଥମ କରି ପଦାର୍ପଣ କରି ଆସେ ବା ମା'ର ଜଠରୁ ଜନ୍ମ ହୁଏ ସେ କିଛି ନେଇ ଆସେ ନାହିଁ କେବଳ ମା' ପେଟରୁ ଭାଷାକୁ ହିଁ ନେଇ ଆସେ । ସେ ଯେଉଁଠାରେ ଜନ୍ମ ହୁଏ ସେହି ଭାଷାଟି ହିଁ ତା'ର ମାତୃଭାଷା ବୋଲାଯାଏ । ସେ ସେହି ଭାଷାରେ ତା'ର ପରିଚୟ ସୃଷ୍ଟିକରେ । ଭାଷା କେବଳ ସାହିତ୍ୟିକ ମାନଙ୍କର ଭାଷା ନୁହେଁ । ଭାଷା ହେଉଛି ସାଧାରଣ ଜନତାର ଭାଷା, ତାହା ହେଉଛି ମାତୃଭାଷା, ମାତୃଭାଷା ସାହିତ୍ୟିକ ମାନଙ୍କର ଭାଷା ନୁହେଁ । ବୈଦିକ ସଂସ୍କୃତ ଭାଷାର କଥିତ ରୂପ ବା ଲୌକିକ ସଂସ୍କୃତ କାଳକ୍ରମେ ଅପଭ୍ରଂଶ ହୋଇ ଯେଉଁ ଭିନ୍ନ ଭିନ୍ନ ରୂପ ପରିଗ୍ରହଣ କରିଥିଲା ସେଗୁଡ଼ିକୁ ଆମେ ପ୍ରାକୃତଭାଷା ବୋଲି କହୁଛୁ । ଆମେ ଜାଣୁ ସମସ୍ତ ଭାରତୀୟ ଭାଷାର ଜନ୍ମଦାତ୍ରୀ ହେଉଛି ସଂସ୍କୃତ । ଓଡ଼ିଆ ଭାଷା ଏହି ସଂସ୍କୃତ ଉସ୍ରିତ ଏକ ପ୍ରାକୃତ ଭାଷା (ଅର୍ଦ୍ଧ ମାଗଧୀ ବା ପୂର୍ବୀ ମାଗଧୀ)ରୁ ହୁଏତ କିଛି କିଛି ଶବ୍ଦ ଆହରଣ କରି ବ୍ୟୁପୃଥି କ୍ରମେ ସେଗୁଡ଼ିକର ପରିବର୍ତ୍ତନ ରୂପକୁ ପରିଗ୍ରହଣ କରିଛି । ମାତ୍ର ଓଡ଼ିଆ ଭାଷା ଏକ ନିଜସ୍ୱ ବହୁ ପ୍ରାଚୀନତର ମୌଳିକ ଅସ୍ତିତ୍ୱକୁ ପ୍ରମାଣିତ କରେ ।

ମହାଭାରତରେ କଳିଙ୍ଗ ସେନା ଶବ୍ଦର ବ୍ୟବହାର ଓ ଖ୍ରୀଷ୍ଟପୂର୍ବ ଚତୁର୍ଥ ଶତାଦ୍ରୀରେ ରଚିତ ଭରତ ମୁନିଙ୍କ ନାଟ୍ୟଶାସ୍ତ୍ର'ରେ ବର୍ଣ୍ଣିତ ଥିବା 'ଉତ୍ର ବି ଭାଷା' ହିଁ ଓଡ଼ିଆ ଭାଷାର ପଟ୍ଟରୂପ । ପ୍ରାଚୀନ ଉତ୍କଳକୁ–କଳିଙ୍ଗ ବୋଲି ସମ୍ବୋଧନ କରାଯାଉ ଥିଲା ବୋଲି ପ୍ରାଚୀନ ସଂସ୍କୃତ, ପ୍ରାକୃତ ତଥା ପାଲି ଭାଷାରେ ଲିଖିତ ଗ୍ରନ୍ଥମାନଙ୍କରୁ ଜଣାପଡ଼େ । ଓଡ଼ିଆକୁ ଭରତ ମୁନି ତାଙ୍କ ନାଟ୍ୟ ଶାସ୍ତ୍ରରେ ଅର୍ଦ୍ଧ ମାଗଧୀ ଅର୍ଦ୍ଧ ଓଡ଼ିଆ–ମାଗଧୀ ଓ ଅର୍ଦ୍ଧ ମାଗଧୀ ପ୍ରତ୍ୟେକକୁ ଗୋଟିଏ ଗୋଟିଏ ସ୍ୱତନ୍ତ୍ର ଭାଷା ରୂପେ ବିବେଚନା କରିଛନ୍ତି । ଖ୍ରୀ.ପୂ.ଅଷ୍ଟମ ଶତାଦ୍ରୀରେ ଜୈନ ତୀର୍ଥଙ୍କର ପାର୍ଶ୍ୱନାଥ କଳିଙ୍ଗରେ ଅର୍ଦ୍ଧ ମାଗଧୀ ଭାଷାରେ ଧର୍ମପ୍ରଚାର କରିଥିଲେ । ସେତେବେଳେ କଳିଙ୍ଗର ଲୋକେ ଅର୍ଦ୍ଧ ମାଗଧୀ ଭାଷା ବୁଝୁଥିଲେ । କାରଣ ଉତ୍ର ବି ଭାଷା ଥିଲା ଅର୍ଦ୍ଧ ମାଗଧୀ ଜୈନ-ପ୍ରାକୃତର ଦେଶ ଭାଷା । ପୁନଶ୍ଚ ବୌଦ୍ଧମାନଙ୍କର ଅନ୍ୟତମ ଧର୍ମଗ୍ରନ୍ଥ ଲଳିତବିସ୍ତରରୁ ଜଣାଯାଏ ଯେ ବୁଦ୍ଧଦେବ ଉତ୍ରଲିପି ବା ଉତ୍ରଲିପି ସମେତ ୬୪ ପ୍ରକାର ଲିପି ଶିକ୍ଷା କରିଥିଲେ । ଏହି ଉତ୍ର ଲିପି ନିଶ୍ଚୟ ଉତ୍ର ବିଭାଷୀର ହିଁ ଲିପି । ପ୍ରାଚୀନ କାଳରେ ଓଡ଼ିଶା ପ୍ରଦେଶ ଉତ୍ର, କଂଗୋଦ, କଳିଙ୍ଗ, ଉତ୍କଳିଙ୍ଗ, କୋଶଳ, ତୋଷଳ, ଉତ୍କଳ, ତ୍ରିକଳିଙ୍ଗ, କାନ୍ତାର ପ୍ରଭୃତି ବିଭିନ୍ନ ନାମରେ ପରିଚିତ ଥିଲା । ଏଟି-ଚେଟ୍ର, ଶୀର, ଭୌମ, ସୋମ, ଗଙ୍ଗ, ସୂର୍ଯ୍ୟ, କେଶରୀ ଓ ଭୋଇ ବଂଶ ନୃପତି ଗଣ ରାଜତ୍ୱ କରିଥିଲେ । ଏପରିକି ଖ୍ରୀଷ୍ଟପୂର୍ବ ଷଷ୍ଠ ଶତାଦ୍ରୀର ବୈଦିକ ସୂତ୍ରକାର ବୌଦ୍ଧାୟନଙ୍କ ମତରେ ବୈଦିକ ଯୁଗ ପୂର୍ବରୁ ମଧ କଳିଙ୍ଗର ଅସ୍ତିତ୍ୱ ପ୍ରତିଷ୍ଠିତ ଥିଲା । ସଂସ୍କୃତ ମହାଭାରତର ଆଦି (ଆଦ୍ୟ) ପର୍ବରେ କଳିଙ୍ଗ ଏକ ମହାନ ତୀର୍ଥଭୂମି ବୋଲି ବର୍ଣ୍ଣିତ ହୋଇଛି, କପିଳ ସଂହିତା'ରେ ଉଲ୍ଲେଖ ଅଛି ଯେ ବର୍ତ୍ତମାନଙ୍କ ମଧ୍ୟରେ ଭାରତ ଶ୍ରେଷ୍ଠ ଏବଂ ଦେଶଗୁଡ଼ିକ ମଧ୍ୟରେ ଉତ୍କଳ ଶ୍ରେଷ୍ଠ । ପୁଣି କୌଟିଲ୍ୟଙ୍କ ଅର୍ଥଶାସ୍ତ୍ର କହେ ଯେ କଳିଙ୍ଗର ହାତୀମାନେ ହେଉଛନ୍ତି ବିଶ୍ୱର ସର୍ବଠୁ ଶ୍ରେଷ୍ଠ ଜାତିର ହାତୀ । କୂର୍ମ ପୁରାଣରେ ଉଲ୍ଲେଖ ଅଛି । ଉତ୍ର ଦେଶରେ ସର୍ବ ପାପହର ଶ୍ରୀ ପୁରୁଷୋତ୍ତମ ଦେବ ପୂଜିତ ହେଉଛନ୍ତି । ଭାରତର ସଂସ୍କୃତିର ଗୌରବ ରାମାୟଣ ଓ ମହାଭାରତରେ ଓଡ଼ିଶା ଭୂଖଣ୍ଡର ଭୂୟସୀ ପ୍ରଶଂସା

କରାଯାଇଛି । ଏତଦ୍‌ଭିନ୍ନ ତ୍ରିକାଣ୍ଡ କୋଷ, ଅନର୍ଦ୍ଧାରାଘବ, ଶକ୍ତି ସଙ୍ଗମତନ୍ତ୍ର, ତନ୍ତ୍ରୟାମଳ, ବ୍ରହ୍ମ ପୁରାଣ, ସ୍କନ୍ଦ ପୁରାଣ, ହରିବଂଶ, ମସ୍ୟ ପୁରାଣ, ବୌଦ୍ଧାୟନସୂତ୍ର, ଦିଗବିଜୟ ପ୍ରକାଶ, ଦଶକୁମାର ଚରିତ, ବୃହତ ସଂହିତା, କପିଲ ସଂହିତା ଓ ସାରଳା ମହାଭାରତ ପ୍ରଭୃତି ଅଗଣିତ ଶାସ୍ତ୍ରରେ ତଥା ଶିଲାଲେଖାରେ ତାମ୍ରପତ୍ର ଓ ବିଦେଶୀ ପରିବ୍ରାଜକଙ୍କ ବିବରଣୀ ଅନୁଯାୟୀ ଏହି ଭୂଖଣ୍ଡ ଏକ ସାମରିକ ଶକ୍ତି ସମ୍ପନ୍ନ, ଐଶ୍ୱର୍ଯ୍ୟ ପରିପୂର୍ଣ୍ଣ ଉକୃଷ୍ଟ କଳା ଓ କୌଶଳ ଜ୍ଞାତ ସାମୁଦ୍ରିକ, ବାଣିଜ୍ୟ ସମୃଦ୍ଧ ରାଜ୍ୟ ରୂପେ ଚିତ୍ରିତ ।

ଚୀନ ପରିବ୍ରାଜକ ହୁଏନସାଂ ମହାଯାନ ବୌଦ୍ଧଧର୍ମ ଅଧ୍ୟୟନ କରିବାକୁ ଭାରତ ଆସିଥିଲେ । ତାଙ୍କୁ ଭାରତ ଆସିବାକୁ ଅନୁମତି ନ ମିଳିବାରୁ ସେ ନିଜ ଦେଶରୁ ଲୁଚି ଚାଲିଆସି ଗାନ୍ଧାରରେ ୬୩୦ ଖ୍ରୀଷ୍ଟାବ୍ଦରେ ପହଞ୍ଚିଥିଲେ । ସେତେବେଳେ କନୋଜରେ ସମ୍ରାଟ ଥିଲେ ହର୍ଷବର୍ଦ୍ଧନ, ଭାରତକୁ ଆସିବାକୁ ହର୍ଷ ତାଙ୍କୁ ନିମନ୍ତ୍ରଣ କରିଥିଲେ । ୬୩୯ ରୁ ୬୪୧ ଖ୍ରୀଷ୍ଟାବ୍ଦ ମଧ୍ୟରେ ସେ ଓଡ଼ିଶା ଭ୍ରମଣ କରିଥିଲେ । ହୁଏନସାଂଙ୍କ ବିବରଣୀ ଅନୁସାରେ ତକ୍କାଳୀନ ଓଡ଼ିଶାର ଅଧିବାସୀ ମହାଯାନ ପନ୍ଥୀ ଥିଲେ । ବୌଦ୍ଧଧର୍ମ ସହିତ ଓଡ଼ିଶାର ସମ୍ପର୍କ ବୁଦ୍ଧଙ୍କ ସମୟରୁ । ତପସୁ ଓ ଭଲ୍ଲିକ ନାମରେ ଉକ୍କଳର ଦୁଇ ବଣିକ ମଧ୍ୟ ଭାରତ ଦେଇ ନିଜ ବାଣିଜ୍ୟିକ ଦ୍ରବ୍ୟ ସହିତ ଗଲାବେଳେ ବୁଦ୍ଧଙ୍କୁ ଭେଟି ଚାଉଳରେ ତିଆରି ପିଠା ଓ ମହୁ ଭେଟି ଦେଇଥିଲେ ଏବଂ ବୁଦ୍ଧଙ୍କ ଶିଷ୍ୟତ୍ୱ ଗ୍ରହଣ କରିଥିଲେ । ଖ୍ରୀ.ପୂର୍ବ ୨୬୧ରେ କଳିଙ୍ଗ ଯୁଦ୍ଧ ହୋଇଥିଲା ଏବଂ ଯୁଦ୍ଧପରେ ସମ୍ରାଟ ଅଶୋକ ବୌଦ୍ଧ ଧର୍ମରେ ଦୀକ୍ଷିତ ହୋଇ ବୌଦ୍ଧଧର୍ମର ପ୍ରସାର କରେଇ ଥିଲେ । ଧଉଳିରେ ଥିବା ପଥରରେ ଖୋଦିତ ହାତୀ ବୁଦ୍ଧଙ୍କର ଜନ୍ମକୁନେଇ ଥିବା କିମ୍ବଦନ୍ତିର ପ୍ରତୀକ ଏବଂ କଳିଙ୍ଗବାସୀଙ୍କୁ ବୁଦ୍ଧଙ୍କମନେ ପକାଇବା ପାଇଁ ଉଦ୍ଦିଷ୍ଟ । ଐତିହାସିକ ତାରାନାଥ ରନ୍ଗିରିର ବୌଦ୍ଧ ମଠ ଏକ ପାହାଡ଼ ଉପରେ ନିର୍ମିତ ହେବା ଏବଂ ସେଠାରେ ହୀନଯାନ ଓ ମହାଯାନ ସମ୍ପ୍ରଦାୟର ତିନିଖଣ୍ଡ ଲେଖାଁ ଧର୍ମପୁସ୍ତକ ଥିବାର ଉଲ୍ଲେଖ କରିଛନ୍ତି ।

ଓଡ଼ିଶାର ସୀମା– ଉତ୍ତରରେ ଗଙ୍ଗା, ଦକ୍ଷିଣରେ ଗୋଦାବରୀ, ପୂର୍ବରେ ମହୋଦଧି ଓ ପଶ୍ଚିମରେ ଅମର କଣ୍ଟକ ପର୍ବତମାଳା । ଏଥିରେ ମେଦିନୀପୁରର ସିଂହଭୂମି, ବାଙ୍କୁଡ଼ା, ମୟୁରଭଞ୍ଜ, ବାଲେଶ୍ୱର ପ୍ରଭୃତି ଅଞ୍ଚଳକୁ କହନ୍ତି ଉକ୍କଳ । ତହିଁର ଦକ୍ଷିଣାଂଶକୁ କଳିଙ୍ଗ, ପଶ୍ଚିମାଞ୍ଚଳକୁ କୋଶଳ କୁହାଯାଉଥିଲା ।

ମେଘାସ୍ତିନିସଙ୍କ ବିବରଣୀକୁ ଆଧାର କରି ପ୍ଲିନୀ ଭାରତର ଯେଉଁ ଭୂଗୋଳ ନିର୍ଣ୍ଣୟ କରିଛନ୍ତି । ତଦନୁସାରେ କଳିଙ୍ଗର ସୀମା ଉତ୍ତରରେ ଗଙ୍ଗା, ଦକ୍ଷିଣରେ ଗୋଦାବରୀ, ପୂର୍ବରେ ସମୁଦ୍ର ଓ ପଶ୍ଚିମରେ ପର୍ବତମାଳା ଥିଲା । କଳିଙ୍ଗ ହାମ ଓଡ଼ିଶାର ସୀମା–ପୁରାଣ ବର୍ଣ୍ଣନାନୁସାରେ ନିର୍ଣ୍ଣୟ କରିଛନ୍ତି । ଐତିହାସିକ ବର୍ଣ୍ଣନା ବ୍ୟତୀତ ବୈଦିକ ସାହିତ୍ୟରେ ମଧ୍ୟ କଳିଙ୍ଗର ନାମ ପରିପୃଷ୍ଟ ହୋଇଛି । ଐତରୀୟ ବ୍ରାହ୍ମଣରେ କଳିଙ୍ଗର ନାମୋଲ୍ଲେଖ ରହିଛି । ମହାଭାରତ ଯୁଦ୍ଧରେ କଳିଙ୍ଗ ସେନା କୌରବଙ୍କ ପକ୍ଷରେ ରହି ଓ ଉତ୍ତରସେନା ପାଣ୍ଡବଙ୍କ ପକ୍ଷରେ ରହି ଯୁଦ୍ଧ କରୁଥିଲେ । ୧୭୫୯ରେ ଇଂରେଜମାନଙ୍କ ସହିତ ୧୭୬୬ରେ ଫରାସୀମାନଙ୍କ ସହିତ ଓ ୧୮୮୧ରେ ଢେଙ୍କାନାଳର ଷାଠିଏ ବାଟିଆ ରଣାଙ୍ଗନରେ ବୀର ଓଡ଼ିଆ ପାଇକ ବୃନ୍ଦ ଯେଉଁ ସାମରିକ ପରାକାଷ୍ଠା ଦେଖାଇଲେ ତାହାର ପଞ୍ଜାନ୍ତର ନାହିଁ । ଶେଷରେ ୧୮୦୩ରେ ଇଂରେଜମାନେ ପ୍ରତାରଣା ପୂର୍ବକ ଓଡ଼ିଶା ଅଧିକାର କରିଥିଲେ । ଏହିଭଳି ବହୁ ଶାସ୍ତ୍ରୀୟ ଦୃଷ୍ଟାନ୍ତ ବ୍ୟତୀତ ଭାଷା ଓ ତାଇଁକ ଦୃଷ୍ଟିରୁ ମଧ୍ୟ ଓଡ଼ିଆ ଭାଷାର ପ୍ରାଚୀନତା ବଳିଷ୍ଠ ଭାବରେ ପ୍ରତିପାଦନ କରାଯାଇ ପାରିଛି । କିନ୍ତୁ ଓଡ଼ିଶା ଇଂରେଜଙ୍କ ଶାସନ କାଳରେ ବଙ୍ଗ, ମାଦ୍ରାଜ, ବିହାର ଓ ମଧ୍ୟ ପ୍ରଦେଶରେ ଚାରିଭାଗ ହୋଇ ରହି ଯାଇଥିବାରୁ କତିପୟ ବଙ୍ଗାଳୀ ଓଡ଼ିଆ ଭାଷାର ବିଲୋପ ଲାଗି ହୀନ ଉଦ୍ୟମ କରିଥିଲେ ।

ଖାଲି ଓଡ଼ିଆ ଭାଷା ନୁହେଁ ଓଡ଼ିଆ ଶିଳ୍ପୀ ସୃଷ୍ଟି କରିଥିବା କାରୁକାର୍ଯ୍ୟ ପୂର୍ଣ୍ଣ ମନ୍ଦିର ମଧ୍ୟ ଏ ଜାତିର ପ୍ରାଚୀନ ଗୌରବକୁ ପ୍ରମାଣ କରୁଛି । ଶିଳାଚିତ୍ରରୁ ଆରମ୍ଭ କରି ଜୀବନ୍ତ କାୟାର କମନୀୟତା ପର୍ଯ୍ୟନ୍ତ ଏ ମାଟିର କଳା ଉକୃଷ୍ଟ ଥିଲା ବୋଲି ରାଜ୍ୟର ନା ଥିଲା ଉକ୍କଳ । ସମଗ୍ର ଉତ୍ତର ଭାରତ ବିଦେଶୀ ଶାସନଭୁକ୍ତ ହୋଇଥିଲା ବେଳେ ଓଡ଼ିଶା ସ୍ୱାଧୀନ ଥିଲା । ଓଡ଼ିଶାର

ନୌବାଣିଜ୍ୟ ମଧ୍ୟ ଉନ୍ନତ ଥିଲା । ପ୍ରେମ, ସଦ୍‌ଭାବ, ସଂପ୍ରୀତି ଓ ସୃଜନଶୀଳ ବ୍ୟକ୍ତିତ୍ୱର ପରିବେଶ ମଧ୍ୟରେ ଏ ଜାତି ବଞ୍ଚିରହି ପାରିଛି । ଏତେ ବଡ଼ ଐତିହ୍ୟ ସମ୍ପନ୍ନ ଜାତି ଯେ ଘଟଣା ଚକ୍ରରେ ଦିନେ ନିଷ୍ପେଷିତ ହୋଇ ତା'ର ଜାତୀୟ ଗୌରବ ହରାଇ ବସିବ ଏହା କେହି କେବେ କଳ୍ପନା ସୁଦ୍ଧା କରି ନ ଥିଲେ । ମହାକାଳ ବକ୍ଷରେ କିପରି ଏକ ଜାତି ଉତ୍ଥାନ ଓ ପତନ ଦେଇ ଗତିକରେ ତାହାର ଜ୍ୱଳନ୍ତ ଉଦାହରଣ ହେଉଛି ଓଡ଼ିଆ ଜାତି । ୧୫୬୮ ମସିହାରେ ଓଡ଼ିଶାର ଶେଷ ସ୍ୱାଧୀନ ରାଜା ମୁକୁନ୍ଦଦେବଙ୍କ ପରାଜୟ ଓ ନିଧନ ପରେ ଓଡ଼ିଶାର ଭାଗ୍ୟରବି ଅସ୍ତମିତ ହୋଇଗଲା । ପର୍ଯ୍ୟାୟ କ୍ରମେ ଓଡ଼ିଶା– ଆଫଗାନ, ମୋଗଲ ଓ ମରହଟ୍ଟା ଶାସନାଧୀନ ହେବା ପରେ ୧୮୦୩ ମସିହାରେ ଇଂରେଜମାନେ ଓଡ଼ିଶା ଅଧିକାର କଲେ । ବହୁ ଆନ୍ଦୋଳନ, ନିବେଦନ ପରେ ୧୯୩୬ ମସିହା ଏପ୍ରିଲ ପହିଲା ଦିନ ନୂତନ ଓଡ଼ିଶା ପ୍ରଦେଶ ଆମ୍ର ପ୍ରକାଶକଲା । ଓଡ଼ିଆ ଯୋଗୁ ଓଡ଼ିଶା ହେଲା ୧୯୩୬ରେ । ଭାରତ ହେଲା ୧୯୪୭ରେ । ସେଥିରେ ଓଡ଼ିଶା ରହିଲା ଗୋଟିଏ ଭାଷା, ଗୋଟିଏ ରାଜ୍ୟ । ସୀମା ଓ ଭାଷାକୁ ନେଇ ବିବାଦ ଦରକାର ନଥିଲା । ଗଡ଼ଜାତ ମିଶେଇ ଇଂଲିଶ ଶାସନରେ ଥିବା ଓଡ଼ିଆ ନୂଆ ଭାରତରେ ରାଜ୍ୟଟିଏ ହେଲା । ତାହା ସମ୍ଭବ ହେଲା ତତ୍‌କାଳୀନ ମୁଖ୍ୟମନ୍ତ୍ରୀ (ପ୍ରଧାନମନ୍ତ୍ରୀ) ହରେକୃଷ୍ଣ ମହତାବଙ୍କ ଯୋଗୁ । ଯାହା ଛିଣ୍ଡିଗଲା ବୋଲି କହୁ, ସେଗୁଡ଼ିକ ଆମ କଳ୍ପନା ଓ ଚିହ୍ନ । ଯୁକ୍ତିସିଦ୍ଧ ଭାବେ ଆଶା କରିଛୁ, ମାତ୍ର ପାଇ ନାହୁଁ । ସେହି କ୍ଷତରେ ଭାରତୀୟତା ସିଲ ମାରିବା ଛଡ଼ା ଓଡ଼ିଶା ଗଠନରେ ଏସ‌ଆର‌ସି ସୀମା‌କମିଶନର କିଛି ପ୍ରୟୋଜନ ନ‌ଥିଲା । ମଧୁବାବୁ ସେ କାମ ଆଗରୁ ହାସଲ କରି ନେଇଥିଲେ ବ୍ରିଟିଶ ସରକାରଙ୍କ ହାତରୁ । ଧରାଯାଉ 'ନ ଅଙ୍କ (୧୮୬୬)। 'ଗ୍ରେଟ୍ ବେଙ୍ଗଲ ଫାମିନ'ର ଓଡ଼ିଆ ନାଁ ଘଟି ନଥାନ୍ତା । ତା'ହେଲେ ସ୍ୱତନ୍ତ୍ର ଓଡ଼ିଶା ହୋଇ ପାରିଥାନ୍ତା କି ? କିଏ ଜାଣେ– ୧୯୩୬ରେ ଯଦି ଓଡ଼ିଶା ହୋଇନଥାନ୍ତା ସ୍ୱାଧୀନତା ପରେ ତାହା ସମ୍ଭବ ହୋଇଥାନ୍ତା କି– ଶୂନ୍ୟତାର ଏକ ଲମ୍ବା ପ୍ରଶ୍ନ ।

ବର୍ତ୍ତମାନ ଏହାର ଜିଲ୍ଲା ସଂଖ୍ୟା ୩୦ ଓ ୩୧୪ ବ୍ଲକ । କ୍ଷେତ୍ରଫଳ ୧,୫୫, ୭୦୧ ବର୍ଗ କିଲୋମିଟର । ଓଡ଼ିଶାର ଗାଁ ସଂଖ୍ୟା ପ୍ରାୟ ଷାଠିଏ ହଜାର । ୨୦୦୦ ଜନ‌ଗଣନା ଅନୁସାରେ ଓଡ଼ିଶାରେ ପ୍ରଚଳିତ ସମୁଦାୟ ଭାଷା ଓ ଉପଭାଷା ସଂଖ୍ୟା ୧୫୨ । ସେଥିରୁ ଭାଷା ୩୦ଟି ହୋଇଥିବାବେଳେ ଉପଭାଷା ୧୨୨ ଟି । ୧୯୪୯ ମସିହା ୧୯ ଅଗଷ୍ଟରେ ଏକଦା ଆମ ରାଜଧାନୀ ଥିବା କଟକରୁ, ଜର୍ମାନୀ ସ୍ଥପତି ଅଟ୍ଟୋକୋନିଗ୍‌ବର୍ଗରଙ୍କ ଡିଜାଇନରେ ୧୯୪୮ରେ ପ୍ରତିଷ୍ଠିତ ବ୍ୟବସ୍ଥିତ– ଭୁବନେଶ୍ୱର ସହରକୁ ସ୍ଥାନାନ୍ତରିତ ହୋଇଥିଲା । ଏହା ସତ୍ତ୍ୱେ ଆଜି ମଧ୍ୟ ବହୁ ଓଡ଼ିଆ ଭାଷା ଭାଷୀ ଅଞ୍ଚଳ ଯଥା– ମେଦିନୀପୁର, କଷ୍ଟାଇ, ଦାନ୍ତୁନ, ସିଂହଭୂମି, ବୀରଭୂମି, ରାଞ୍ଚି, ଷଢେଇକଳା ଓ ଖରସୁଆଁ ଆଦି ବହୁ ନିରୋଳା ଓଡ଼ିଆ ଭାଷା ଭାଷୀ ଅଞ୍ଚଳ ବିଚ୍ଛିନ୍ନାଞ୍ଚଳ ହୋଇ ରହିଯାଇଛି । ଏବେ ମଧ୍ୟ ସେସବୁ ଅଞ୍ଚଳରେ ପ୍ରାୟ ୨୦ ଲକ୍ଷ ଲୋକ ଦ୍ୱିତୀୟ ଶ୍ରେଣୀ ନାଗରିକ ଭାବେ ଜୀବନ ଅତିବାହିତ କରୁଥିଲେ ସୁଦ୍ଧା ଓଡ଼ିଆ ଭାଷା ଓ ଓଡ଼ିଆ ସଂସ୍କୃତିକୁ ବଞ୍ଚାଇ ରଖି ଜଗନ୍ନାଥ ଦାସଙ୍କ ଭାଗବତ ପଢୁଛନ୍ତି । ରଜପର୍ବ ପାଳନ କରୁଛନ୍ତି, କୁମାରୀ ଝିଅମାନେ ସେମାନଙ୍କ ଭାଇମାନଙ୍କ ମଙ୍ଗଳ କାମନା କରି ଖୁଦୁରୁକୁଣୀ ଓଷା କରୁଛନ୍ତି । ଘୋଡ଼ନାଚ, ଓଡ଼ିଶୀ ଓ ସମ୍ବଲପୁରୀ ନୃତ୍ୟରେ ନିଜକୁ ହଜାଇ ଦେଇ ଓଡ଼ିଆ ଭାଷା ଓ ସଂସ୍କୃତିର ଚିହ୍ନକୁ ଏପର୍ଯ୍ୟନ୍ତ ମଧ୍ୟ ଅକ୍ଷୁଣ୍ଣ ରଖିଛନ୍ତି । ତଥାପି ଆଜି ଅତୀତ ଉ‌ତ୍କଳର ସେ ଗୌରବମୟ ଇତିହାସ କଥା ମନେ‌ପଡ଼େ । ୧୧୧୨ ଖ୍ରୀଷ୍ଟାବ୍ଦରେ ଓଡ଼ିଶା ଏକ ବିଶାଳ ସୁସଂଗଠିତ ହିନ୍ଦୁ ରାଜ୍ୟର ମାନ୍ୟତା ଲାଭ‌କରି ୧୫୬୮ ଖ୍ରୀଷ୍ଟାବ୍ଦ ପର୍ଯ୍ୟନ୍ତ ନିଜର ସ୍ୱାଧୀନତା ବଜାୟ ରଖିଥିଲା । ୧୫୬୮ ଖ୍ରୀଷ୍ଟାବ୍ଦରେ ଶେଷ ସ୍ୱାଧୀନ ନରପତି ମୁକୁନ୍ଦ ଦେବଙ୍କ ପରାଜୟ ଓ ନିଧନ ପରେ ବିଶାଳ ଉତ୍କଳ ସାମ୍ରାଜ୍ୟ କ୍ରମଶଃ ଖଣ୍ଡବିଖଣ୍ଡିତ ହୋଇଗଲା । ପ୍ରଥମେ ଆଫଗାନ ଏବଂ ପରେ ପ୍ରାୟ ୧୭୫ ବର୍ଷ କାଳ ଓଡ଼ିଶା ମୋଗଲଙ୍କ ଶାସନାଧୀନ ହେବାପରେ ମରହଟ୍ଟାମାନେ ୧୭୫୧ ଖ୍ରୀଷ୍ଟାବ୍ଦରେ ଓଡ଼ିଶାର ଶାସନ ଭାର ଗ୍ରହଣ କଲେ । ୧୮୦୩ ମସିହାରେ ବ୍ରିଟିଶମାନେ ମରହଟ୍ଟାଙ୍କଠାରୁ ଓଡ଼ିଶାର ଶାସନ‌ଭାର ଛଡ଼ାଇ ନେଲେ । ସେମାନେ ନିଜର ସୁବିଧା ଦୃଷ୍ଟିରୁ କେବଳ କଟକ, ପୁରୀ ଓ ବାଲେଶ୍ୱରକୁ ନିଜ ଶାସନାଧୀନରେ ରଖି

ଦେଶୀୟ ରାଜାମାନଙ୍କ ସହ ସ୍ୱତନ୍ତ୍ର ଚୁକ୍ତି କରିଥିଲେ । ଫଳତଃ ଓଡ଼ିଶା ବିଭକ୍ତୀକରଣ ପୂର୍ଣ୍ଣତା ଲାଭ କରିଥିଲା । ପରବର୍ତ୍ତୀ ସମୟରେ ବ୍ରିଟିଶମାନେ କଳାହାଣ୍ଡି, ପାଟଣା, ସୋନପୁର, ସମ୍ବଲପୁର ଓ ବାମଣ୍ଡା ରାଜ୍ୟ ସମୂହକୁ ମଧ୍ୟପ୍ରଦେଶରେ ଅନ୍ତର୍ଭୁକ୍ତ କରିଦେଲେ । ଉପରୋକ୍ତ ବିଭକ୍ତୀକରଣ ଦ୍ୱାରା ଓଡ଼ିଆମାନେ ସୁଦୂର କଲିକତା, ମାଦ୍ରାଜ ନାଗପୁରଠାରୁ ଶାସିତ ବୃହତ ପ୍ରଦେଶଗୁଡ଼ିକରେ ସଂଖ୍ୟା ନ୍ୟୂନ ହୋଇଗଲେ । ଏହାଦ୍ୱାରା ଆମେ ଭୁଲିଗଲୁ ଆମ ଦାମ୍ଭିକତା ଓ ସ୍ୱାଭିମାନ । ଆଫଗାନ, ମୁସଲମାନ, ମରହଟ୍ଟା ଓ ଇଂରେଜ ଶାସନ ସମୟରେ ଏଜାତି କାଉଳ ବାଉଳ ହୋଇଯାଇଛି । ଅନେକ ସ୍ୱପ୍ନ ଓ ପ୍ରତାରଣାକୁ ପାଥେୟ କରି ଆମକୁ ଦୀର୍ଘ ଦିନ ଧରି ଅପେକ୍ଷା କରିବାକୁ ପଡ଼ିଛି ।

ଓଡ଼ିଶାର ବିଭକ୍ତୀକରଣ ଫଳରେ, ପ୍ରାଦେଶିକ ସରକାରମାନେ ଓଡ଼ିଶା ଲୋକଙ୍କ ସ୍ୱାର୍ଥରକ୍ଷା ପାଇଁ ଉଦାସୀନ ହେଲେ । ଏଭଳି ଘଡ଼ିସନ୍ଧି ମୁହୂର୍ତ୍ତରେ ଊନବିଂଶ ଶତାଧୀର ଆଦ୍ୟ ଭାଗରେ ଚକ୍ରାନ୍ତ କରି ସମୃଦ୍ଧ ଥିବା ଓଡ଼ିଆ ଭାଷାକୁ ସରକାରୀ ଦପ୍ତର, କଚେରି ଓ ବିଦ୍ୟାଳୟଗୁଡ଼ିକରୁ ବିଲୋପ କରାଗଲା । ସୁତରାଂ ଓଡ଼ିଆ ଭାଷାଭାଷୀ ଅଞ୍ଚଳରେ ଯଥାକ୍ରମେ ହିନ୍ଦୀ, ତେଲୁଗୁ ଓ ବଙ୍ଗଳା ଭାଷାର ପ୍ରଚଳନ ହେଲା । ପ୍ରଥମେ ମେଦିନୀପୁର ଓ ବାଙ୍କୁଡ଼ା ଅଞ୍ଚଳରୁ ୧୮୫୦ ମସିହାରୁ ୧୮୭୦ ମସିହା ମଧ୍ୟରେ ପ୍ରାୟ ୨୦ ବର୍ଷ ଭିତରେ ଓଡ଼ିଆ ଭାଷାକୁ ସମ୍ପୂର୍ଣ୍ଣ ରୂପେ ବିଲୋପ କରି ଦିଆଗଲା । ଏଥିରେ କୃତକାର୍ଯ୍ୟ ହେବାରୁ ପରବର୍ତ୍ତୀ ପର୍ଯ୍ୟାୟରେ ଓଡ଼ିଆ ଭାଷାକୁ ବିଲୋପ କରିବା ନିମନ୍ତେ ବିଧିବଦ୍ଧ ଉଦ୍ୟମ ହେଲା । ଠିକ୍ ଏହି ସମୟରେ ବାଲେଶ୍ୱରର କଲେକ୍ଟର ତଥା ଭାଷାତତ୍ତ୍ୱବିତ୍ ସାର ଜନବିମ୍ସ ଗୁରୁଗମ୍ଭିର କଣ୍ଠରେ ଏକଥା ଘୋଷଣା କଲେ– Looked at from the purely linguistic side there is no about that oriya has ampleproof of its in dividuality-Look at a period, when oriya was already settied and fixed language Bengali did not exist at all' କହିବା ବାହୁଲ୍ୟ ଯେ ମହାମ୍ୟା ବିମ୍ସଙ୍କର ଏହି ମନ୍ତବ୍ୟ ଓଡ଼ିଆ ଭାଷା ବିରୋଧୀ ଆନ୍ଦୋଳନର ଯବନିକା ପକାଇଲା ଏବଂ ଓଡ଼ିଆ ଭାଷା ଶିକ୍ଷାୟତନ ଓ କଚେରିରୁ ବିଲୁପ୍ତ ହେଲା ନାହିଁ । ଏଠାରେ ଉଲ୍ଲେଖ ଯୋଗ୍ୟ ଯେ ଓଡ଼ିଶାର ତତ୍କାଳୀନ କମିଶନର ରେଭେନ୍ସା ସାହେବଙ୍କ ସାହାଯ୍ୟ ଓ ସହାନୁଭୁତି ଯୋଗୁ ଓଡ଼ିଆ ଭାଷା ଓ ସାହିତ୍ୟର ନବ ଉନ୍ମେଷ ଓ ଉତ୍ତରଣ ହେଲା ବୋଲି କହିଲେ ଭୁଲ ହେବ ନାହିଁ । ଓଡ଼ିଶା ଡିଭିଜନରେ ଜନବିମ୍ସ ଓ କମିଶନର ରେଭେନ୍ସା ସାହେବଙ୍କ ପରି ମାଦ୍ରାଜ ସରକାରଙ୍କ ଅଧୀନରେ କାର୍ଯ୍ୟ କରୁଥିବା ଟି.କେ.ମଲଟବି (T.K.maltaby) ଜଣେ ଭାଷାତତ୍ତ୍ୱବିତ ଥିଲେ । ସେ ୧୮୭୩ ମସିହାରେ (A practical Hand Book of the oriya Language) ନାମକ ଏକ ପୁସ୍ତକ ରଚନା କରି ସେଥିରେ ଓଡ଼ିଆ ଭାଷାର ମହତ୍ତ୍ୱ ଓ ପ୍ରାଚୀନତ୍ୱ ବିଷୟରେ ଅବତାରଣା କରିଥିଲେ । ସେ ମାଦ୍ରାଜ, ବଙ୍ଗଳା, ମଧ୍ୟପ୍ରଦେଶ ଓ ଦେଶୀୟ ରାଜ୍ୟଗୁଡ଼ିକରେ ବସବାସ କରୁଥିବା ପ୍ରାୟ ୯୦ ଲକ୍ଷ ଓଡ଼ିଆଙ୍କୁ ଏକ ଶାସନାଧୀନ କରିବା ପାଇଁ ବଳିଷ୍ଠ ଯୁକ୍ତି ଉପସ୍ଥାପନା କରିଥିଲେ । ଏଠାରେ ଉଲ୍ଲେଖ ଯୋଗ୍ୟ ଯେ ଓଡ଼ିଆ ଭାଷାଭାଷୀ ଅଞ୍ଚଳର ଏକତ୍ରୀକରଣ ଓ ସ୍ୱତନ୍ତ୍ର ଓଡ଼ିଶା ପ୍ରଦେଶ ଗଠନ ପାଇଁ ବଡ଼ଲାଟ ଲର୍ଡ କର୍ଜନ, ଓଡ଼ିଶା କମିଶନର ମି. କୋକ, ଚିଫ କମିଶନର ଏଣ୍ଡ ଫ୍ରେଜର, ଭାରତ ସଚିବ ସାର ସ୍ୱାଫୋର୍ଟ, ନର୍ଥକୋର୍ଟ ଏବଂ ଆକାଉଣ୍ଟାଣ୍ଟ ଜେନେରାଲ ମେଜର ତେନ୍ସିଙ୍କ ଅବଦାନକୁ ମଧ୍ୟ ଭୁଲି ହେବ ନାହିଁ । ହୋଏର୍ଶ୍ୱଲେ, ଜନବିମ୍ସଙ୍କ ସହାୟତାରେ ଓଡ଼ିଆ ସ୍ୱତନ୍ତ୍ର ଭାଷାର ମାନ୍ୟତା ପାଇଲା ।

ଭାଷା ଆନ୍ଦୋଳନରୁ ଓଡ଼ିଆ ଜାତୀୟତାର ଜନ୍ମ । ଏହିଠାରୁ ହିଁ ଜନ୍ମନେଲା ସ୍ୱତନ୍ତ୍ର ଓଡ଼ିଶା ପ୍ରଦେଶ ଗଠନ ପାଇଁ ବିଧିବଦ୍ଧ ଉଦ୍ୟମ । ସ୍ୱତନ୍ତ୍ର ଓଡ଼ିଶା ପ୍ରଦେଶ ସବୁ ଶ୍ରେଣୀର ବ୍ୟକ୍ତି ଏବଂ ବିଭିନ୍ନ ପ୍ରଦେଶରେ ଥିବା ଓଡ଼ିଆ ଭାଷାଭାଷୀ

ଅଞ୍ଚଳର ଲୋକମାନଙ୍କ ଦୀର୍ଘ ଦିନର ତପସ୍ୟା ଓ ସଂଗ୍ରାମର ଫଳ । ଏଥିରେ ବିଦ୍ୟମାନ ବିଭିନ୍ନ ସଂଗଠନ, ପତ୍ରପତ୍ରିକା, ବୁଦ୍ଧିଜୀବୀ, ସାହିତ୍ୟ ସାଧକ, ଜନନେତା, ରାଜା, ଜମିଦାରଙ୍କଠାରୁ ଆରମ୍ଭ କରି ସାଧାରଣ ପ୍ରଜା ଓ ଉତ୍କଳ ହିତୈଷୀ । ଇଂରେଜ ପ୍ରଶାସକ ଏବଂ ବିଭିନ୍ନ ଅଣଓଡ଼ିଆ ବ୍ୟକ୍ତି ବିଶେଷଙ୍କ ମହତ୍ତ୍ୱପୂର୍ଣ୍ଣ ଅବଦାନ । ମଧୁସୂଦନ ଦାସ ଓଡ଼ିଆ ଜାତୀୟତାର ଜନକ । ସେ ମୁମୂର୍ଷୁ ଓଡ଼ିଆ ପ୍ରାଣରେ ଭରିଦେଇଥିଲେ ଜାତି ପ୍ରେମ ବହ୍ନି । ଉତ୍କଳ ସମ୍ମିଳନୀ ନାମକ ଏକ ମଞ୍ଚରୁ ସେ ଓଡ଼ିଆ ଭାଷା ଭାଷୀ ଅଞ୍ଚଳର ଏକତ୍ରୀକରଣ କରିବା ପାଇଁ ନେଇଥିଲେ ଅଗ୍ନେୟ ଶପଥ ଏବଂ ଶେଷ ନିଃଶ୍ୱାସ ତ୍ୟାଗ କରିବା ପର୍ଯ୍ୟନ୍ତ ନିଜ ସାଧନାରୁ ବିରତ ନ ଥିଲେ । ଉତ୍କଳମଣି ଗୋପବନ୍ଧୁ ଥିଲେ ଓଡ଼ିଶାରେ ଜାତୀୟ କଂଗ୍ରେସର ଭଗୀରଥ । ଏହି ଜାତିକୁ ଜାତୀୟ ମହାସ୍ରୋତରେ ମିଶାଇ ସ୍ୱତନ୍ତ୍ର ଓଡ଼ିଶା ପ୍ରଦେଶ ଗଠନ ପାଇଁ ତାଙ୍କ ଏକନିଷ୍ଠ ଉଦ୍ୟମ ପ୍ରଶଂସନୀୟ । ବିଚ୍ଛିନ୍ନାଞ୍ଚଳ ଓଡ଼ିଶାରେ ସେ ସୃଷ୍ଟିକଲେ ଜାତୀୟତାର ଉଦ୍ଦାଳ ତରଙ୍ଗ । ସ୍ୱତନ୍ତ୍ର ଓଡ଼ିଶା ପ୍ରଦେଶର ପ୍ରଥମ ପ୍ରଧାନମନ୍ତ୍ରୀ ମହାରାଜ କୃଷ୍ଣଚନ୍ଦ୍ର ଗଜପତି ଥିଲେ ଓଡ଼ିଶା ପ୍ରଦେଶ ଗଠନର ଶେଷ ବିଧାନୀ । ତାଙ୍କ ଅକାଟ୍ୟ ଯୁକ୍ତିଦ୍ୱାରା ଇଂରେଜ ସରକାର ପ୍ରଭାବିତ ହେଲେ । ଫଳତ ଜୟପୁର ଓ ପାରଲାଖେମୁଣ୍ଡି ଜମିଦାରୀର ମିଶ୍ରଣ ଓଡ଼ିଶା ସହ ସମ୍ଭବ ହେଲା । ଯେଉଁଥିପାଇଁ କି ପାରଲାଖେମୁଣ୍ଡି ଅଞ୍ଚଳ ମାଦ୍ରାଜକୁ ଗଲା ନାହିଁ ବୋଲି ଜି.ଭି. ରାମମୂର୍ତ୍ତି ସ୍ୱତନ୍ତ୍ର ଓଡ଼ିଶାପ୍ରଦେଶ ଗଠନ ଦିନି ରଷିକୁଲ୍ୟା ନଦୀ ପହଁରି ମାଦ୍ରାଜକୁ ଚାଲିଯାଇଥିଲେ । ଦକ୍ଷିଣରେ ବିଜୟନଗର ପର୍ଯ୍ୟନ୍ତ ଓଡ଼ିଆ ଅଞ୍ଚଳ ଆନ୍ଧ୍ରରେ ରହିଗଲା । ଗଙ୍ଗାଧର ମେହେରଙ୍କ ନେତୃତ୍ୱରେ ପାଞ୍ଚ ଜଣିଆ ପ୍ରତିନିଧି ଦଳ ବଡ଼ଲାଟଙ୍କୁ ଭେଟିନଥିଲେ ପଶ୍ଚିମ ଓଡ଼ିଶା ଓଡ଼ିଶାରେ ରହିନଥାନ୍ତା । ଆଉ ଆଧୁନିକ ଓଡ଼ିଶାର ନିର୍ମାତା ହେଉଛନ୍ତି ଡ. ହରେକୃଷ୍ଣ ମହ୍ତାବ । ତାଙ୍କ ବ୍ୟକ୍ତିଗତ ଉଦ୍ୟମ ଦ୍ୱାରା ଗଡ଼ଜାତ ରାଜ୍ୟ ସମୂହର ମିଶ୍ରଣ ଓଡ଼ିଶା ସହ ସମ୍ଭବ ହୋଇ ଆଜିର ଓଡ଼ିଶା ଏକ ସ୍ୱତନ୍ତ୍ର ରୂପରେଖ ନେଲା ।

ସେଦିନ କଟକ ରେଭେନ୍ସା କଲେଜ ହଲରେ ଓଡ଼ିଶାର ପ୍ରଥମ ଗଭର୍ଣ୍ଣର ସାର ଜନ ଅଷ୍ଟିନ୍ ହାବ୍‌ବାକ ନିଜ ଅଭିଭାଷଣରେ କେତେ ଉଦ୍‌ଘାପନାମୟ କଥା କହିଥିଲେ । ସେଥିରୁ ଧାଡ଼ିଏ ହେଲା– ବ୍ରିଟିଶ ସମ୍ରାଟ ମହାମହିମ ୬ଷ୍ଠ ଜର୍ଜ ଏବଂ ହିଜ ଏକ୍ସେଲେନ୍ସି ଭାଇସରାୟ ଲର୍ଡ ଲିନ୍‌ଲିଥଗୋଙ୍କ ମହାନୁଭବତା ତଥା ଅନୁକମ୍ପାରୁ ଏହି ସ୍ୱତନ୍ତ୍ର ପ୍ରଦେଶ ସୃଷ୍ଟି ସମ୍ଭବ ହୋଇଛି । ଅତୀତରେ ଥିବା ତୁମର ଭାଷା ଓ ପରିଚୟ ଆଜି ନାରଖାର ହୋଇଯାଇଛି । ଏବେ ନିଜ ଭାଷା, ନିଜ ଜୀବନଚର୍ଯ୍ୟା ଓ ନିଜ ସାଂସ୍କୃତିକ ବିଭବ ଇତ୍ୟାଦିର କଥା ନିଜେ ବୁଝିବା ତୁମର ଦାୟିତ୍ୱ । ପ୍ରଥମେ କୋରାପୁଟ, ଗଞ୍ଜାମ, କଟକ, ପୁରୀ, ବାଲେଶ୍ୱର ଓ ସମ୍ବଲପୁର ଏଇ ଛ'ଗୋଟି ଜିଲ୍ଲାକୁ ନେଇ ସ୍ୱତନ୍ତ୍ର ଓଡ଼ିଶା ପ୍ରଦେଶ ଗଠିତ ହେଲା । ସେତେବେଲେ ଓଡ଼ିଆ ଅଞ୍ଚଳରେ ୨୬ ଗୋଟି ଦେଶୀୟ ରାଜ୍ୟ ଥିଲା । ସେହି ଗଡ଼ଜାତଗୁଡ଼ିକ ହେଲା– ଢେଙ୍କାନାଳ, ନୀଳଗିରି, ତାଲଚେର, ନୟାଗଡ଼, ରେଢ଼ାଖୋଲ, ଆଠଗଡ଼, ପାଲଲହଡ଼ା, ବାମଣ୍ଡା, ଗାଙ୍ଗପୁର, ରଣପୁର, ହିନ୍ଦୋଲ, ଦଶପଲ୍ଲା, ସୋନପୁର, ଖଣ୍ଡପଡ଼ା, ଆଠମଲ୍ଲିକ, ବୌଦ୍ଧ, ବଣାଇଁ, ବଡ଼ମ୍ବା ନରସିଂହପୁର, କଳାହାଣ୍ଡି, ଷଢ଼େଇକଳା, ତିଗିରିଆ, କେନ୍ଦୁଝର, ପାଟଣା, ମୟୂରଭଞ୍ଜ, ଖରସୁଆଁ । ଏଥିମଧ୍ୟରୁ ମୟୂରଭଞ୍ଜ, ପାଟଣା ଓ କଳାହାଣ୍ଡିର ଶାସକଙ୍କୁ ମହାରାଜା କୁହାଯାଉଥିଲା । ମହାରାଜାମାନେ ବ୍ରିଟିଶ ଶାସକମାନଙ୍କୁ ସାକ୍ଷାତ କରିବାକୁ ଗଲେ ସେମାନଙ୍କୁ ୯ଥର ତୋପ ଫୁଟାଇ ସମ୍ମାନ ଦିଆଯାଉଥିଲା । ଅନ୍ୟ ରାଜାମାନଙ୍କୁ କେବଳ ସିଂହାସନ ଆରୋହଣ ଦିନ ପଲଟିକାଲ ଏଜେଣ୍ଟମାନେ ସାଲ୍ୟୁଟ ମାରୁଥିଲେ । ଅନ୍ୟଦିନଗୁଡ଼ିକରେ ପଲଟିକାଲ ଏଜେଣ୍ଟମାନେ ରାଜାମାନଙ୍କ କାର୍ଯ୍ୟକଲାପ ପ୍ରତି ଦୃଷ୍ଟି ଦେଉଥିଲେ । ଏହି ଇଂରେଜ ପଲଟିକାଲ ଏଜେଣ୍ଟମାନେ ରାଜାଙ୍କୁ ଭୁଲତଥ୍ୟ ଜଣାଇ ନିଜସ୍ୱାର୍ଥ ସାଧନ କରୁଥିଲେ ।

ଦେଶ ସ୍ୱାଧୀନ ହେବା ପରେ ଷଢ଼େଇକଳା ଓ ଖରସୁଆଁକୁ ବାଦଦେଇ ୨୪ ଗୋଟି ଦେଶୀୟ ରାଜ୍ୟ ଓଡ଼ିଶାରେ ମିଶିଯାଇ ଆଜିର ଓଡ଼ିଶା ପ୍ରଦେଶ ଗଠିତ ହୋଇଛି । ବର୍ତ୍ତମାନ ଓଡ଼ିଶା ଭାରତବର୍ଷର ପୂର୍ବ ଉପକୂଳରେ ଅବସ୍ଥିତ ଏକ ପ୍ରଦେଶ । ୪୮୦ କିଲୋମିଟର ପରିବ୍ୟାପ୍ତ ସୁଦୀର୍ଘ ବେଲାଭୂମି, ପ୍ରଚୁର ଖଣିଜ ସମ୍ପଦ, ଜଙ୍ଗଲ ସମ୍ପଦ ଓ ମାନବ

ସମୟଲରେ ପରିପୂର୍ଣ ଆମରାଜ୍ୟ । ପ୍ରକୃତି ତା'ର ସମ୍ପଦ ଦାନ କରିବାରେ ସତେ ଯେପରି କିଛି କାର୍ପଣ୍ୟ କରିନାହିଁ । ଏସବୁ ସତ୍ତ୍ୱେ ଓଡ଼ିଶା ଆଜି ଅବହେଳିତ ଓ ଅନଗ୍ରସର । ଏକ ସଂଘୀୟ ବ୍ୟବସ୍ଥାରେ ଆର୍ଥିକ ଓ ସାମାଜିକ ଦୃଷ୍ଟିକୋଣରୁ ଦୁର୍ବଳ ରାଜ୍ୟ ଭାବେ ଓଡ଼ିଶା ପ୍ରତି କେନ୍ଦ୍ର ସାମନ୍ତବାଦୀ ଆଭିମୁଖ୍ୟରେ କୌଣସି ପରିବର୍ଦ୍ଧନ ଆସିନାହିଁ ବୋଲି ମନେ ହୁଏ । ଦେଶର ଅନ୍ୟ ପ୍ରଦେଶକୁ ବିକାଶ ପାଇଁ ଟଙ୍କା ମିଳୁଛି ଅଥଚ ଓଡ଼ିଶା କଥା ଉଠିଲାବେଲକୁ 'ଟଙ୍କା ଗଛରେ ଫଳୁ ନାହିଁ' ବୋଲି ମନ୍ତବ୍ୟ ଶୁଣିବାକୁ ମିଳୁଛି । ସମ୍ୱିଧାନ ଫେଡ଼େରାଲ ବ୍ୟବସ୍ଥା କଥା କହୁଥିବାବେଳେ କ୍ରମେ କ୍ରମେ ଏହା 'ୟୁନିଟାରି' ହୋଇଯାଇଛି । ଟିକସ ଆୟ ଓ ଆଇନ ତିଆରି ରାଜ୍ୟଠାରୁ ହାତଛଡ଼ା ହୋଇ ଓଡ଼ିଶା ପରି ରାଜ୍ୟଗୁଡ଼ିକ ହୀନମନ୍ୟତା ଭୋଗୁଛନ୍ତି । ଅଥବା ଆଉ କେତେକ ରାଜ୍ୟ ବିଭିନ୍ନ ଭାବେ ବ୍ଲାକ୍‌ମେଲ କରି ନିଜ ଦାବି ହାସଲ କରୁଛନ୍ତି । ଗଣତନ୍ତ୍ରର ୭୮ ବର୍ଷ ପରେ କେନ୍ଦ୍ରରେ ଯେଉଁ ସରକାର ଥାଉନା କାହିଁକି ଓଡ଼ିଶା ସବୁଠାରୁ ଅଧିକ ପାତରଅନ୍ତର ଶିକାର ହୋଇଛି । ଫଳରେ ଦେଶରେ କୃଷି, ଶିକ୍ଷା ଓ ସେବା ଏବଂ ଗମନା ଗମନ କ୍ଷେତ୍ରରେ ଓଡ଼ିଶା ସବୁଠାରୁ ପଛୁଆ ରାଜ୍ୟ ହୋଇ ରହିଛି । ଆଉ ଦାରିଦ୍ର, ବି.ପି.ଏଲ ଓ ବେକାରୀରେ ଏକନମ୍ବର ଅମର୍ଯ୍ୟାଦା ହାସଲ କରିଛି । ଖଣିଜ ସମ୍ପଦ, ଜଳ, ବିସ୍ତୃତ ସାଗରତଟ, ଶ୍ରମଶକ୍ତି ଏବଂ ଅନ୍ୟାନ୍ୟ ସୁଯୋଗ ସତ୍ତ୍ୱେ ଓଡ଼ିଶାକୁ କୌଣସି ରାଜନୀତିକ ଦଳ ପ୍ରଗତିର ଦିଗଦର୍ଶନ ଦେଇପାରିନାହାନ୍ତି ଅଥଚ ଗୁଜରାଟ, ପଞ୍ଜାବ, ହରିୟାନା ଆଦି ରାଜ୍ୟରେ ଓଡ଼ିଶା ପରି କୌଣସି ପ୍ରାକୃତିକ ବିଭବ ନ ଥାଇ ମଧ ସେଗୁଡ଼ିକ ସମୃଦ୍ଧ । ଆହୁରି ଅନେକ ରାଜ୍ୟ ନିଜ ନିଜ ଦାବି ହାସଲ ପାଇଁ କେନ୍ଦ୍ର ଉପରେ ଦୋଷାରୋପ କରି ଓଡ଼ିଶା ପରି ନିଜ ଦୁର୍ବଳତା ଲୁଚାଇବାର ବାହାନା ନିଅନ୍ତି ନାହିଁ । ଓଡ଼ିଶାର ଲୋକେ ଠିକ୍ ସେମିତି ଏମ.ପି., ଏମ୍.ଏଲ.ଏ. ମାନଙ୍କୁ ନିର୍ବାଚିତ କରନ୍ତି ଯେମିତି ଆନ୍ଧ୍ର, ତାମିଲନାଡ଼ୁ, ପଶ୍ଚିମବଙ୍ଗ, ବିହାର ବା ଗୁଜରାଟରେ ହୁଏ । ତା'ପରେ ବି ଦିଲ୍ଲୀ ମସନଦରେ ଓଡ଼ିଆଙ୍କ ସ୍ୱର ପହଞ୍ଚେନି କାହିଁକି ? ଆମ ନେତାମାନଙ୍କର ଦିଲ୍ଲୀରେ ଲବି ନାହିଁ ଏବଂ ରାଜ୍ୟର ସ୍ୱାର୍ଥ କ'ଣ ଏକଥା ସେମାନେ କେବେ ଏକଜୁଟ ହୋଇ ଚିହ୍ନିବାକୁ ଚେଷ୍ଟା କରି ନାହାନ୍ତି । ପ୍ରତିକାରତ ଅନେକ ଦୂରର କଥା । ସର୍ବଭାରତୀୟ ସ୍ତରରେ ଓଡ଼ିଶାର ପରିଚୟ ଅତି ନଗଣ୍ୟ । ସ୍ୱାଧୀନତାର ୬୪ବର୍ଷ ପରେ ସୁଦ୍ଧା ଜଣେ ହେଲେ ଓଡ଼ିଆ ଦେଶର ରାଷ୍ଟ୍ରପତି, ଉପ-ରାଷ୍ଟ୍ରପତି, ପ୍ରଧାନମନ୍ତ୍ରୀ, ଉପ-ପ୍ରଧାନମନ୍ତ୍ରୀ, ଯୋଜନା ବୋର୍ଡ଼ର ଉପାଧ୍ୟକ୍ଷ କିମ୍ବା ରାଜ୍ୟସଭାର ସ୍ୱତନ୍ତ୍ର ସଭ୍ୟ ପଦ ମଣ୍ଡନ କରିପାରିଲେ ନାହିଁ । ଅଥଚ ଏ ପ୍ରଦେଶରେ ଡକ୍ଟର ପ୍ରାଣକୃଷ୍ଣ ପରିଜା। ଡକ୍ଟର ହରେକୃଷ୍ଣ ମହତାବ, ଡ଼କ୍ଟର ଶ୍ରୀରାମ ଚନ୍ଦ୍ର ଦାଶଙ୍କ ପରି ପ୍ରତିଭାବାନ ଖ୍ୟାତି ସମ୍ପନ୍ନ ବ୍ୟକ୍ତି ବିଶେଷଷଙ୍କ ଅଭାବ ନ ଥିଲା କିମ୍ବା ଆଜି ମଧ ନାହିଁ। ତେବେ ଏ ରାଜ୍ୟ ପ୍ରତି କେନ୍ଦ୍ର ଅବହେଲା କାହିଁକି । ଏହାର ଗୋଟିଏ ଉଭର ହେଉଛି ଓଡ଼ିଆଙ୍କ ଭିତରେ ସତେନତାର ଘୋର ଅଭାବ । ସେଥିପାଇଁ ଓଡ଼ିଆମାନେ ସ୍ୱାଧୀନ ଭାରତରେ ସେମାନଙ୍କର ନ୍ୟାୟ୍ୟଦାବି ହାସଲ କରିପାରି ନାହାନ୍ତି । କେବଳ ପୃଥ୍ୱୀବାର ୬୫୦୦ଟି ଭାଷା ମଧରୁ ୩୧ତମ ସ୍ଥାନରେ ଥିବା ଓଡ଼ିଆ ଭାଷା ନିକଟରେ ଶାସ୍ତ୍ରୀୟ ଭାଷାର ମର୍ଯ୍ୟାଦା ପାଇଛି ।

ଏଠି ଜଣେ ଇଂରେଜ ବଡ଼ଲାଟଙ୍କ କଥା ମନେ ପଡ଼େ । ବଡ଼ଲାଟ ଲର୍ଡ କର୍ଜନ ଓଡ଼ିଶାର ଲୋକମାନଙ୍କୁ ଦେଖି କହିଥିଲେ– 'ଓଡ଼ିଶାର ଲୋକମାନଙ୍କୁ ଦେଖ। କେହି କେବେ ଚିନ୍ତା କରିନାହିଁ ସେମାନେ ଚାହାଁନ୍ତି କ'ଣ ? ସେମାନେ ଯଦି ବିଦ୍ରୋହ କରୁଥାଆନ୍ତେ, ତେବେ ସମସ୍ତେ ସେମାନଙ୍କ କଥା ଶୁଣନ୍ତେ ।' ଏହା ଥିଲା ବିଂଶ ଶତାଦ୍ଵୀର ପ୍ରଥମ ଦଶକରେ ଓଡ଼ିଆଙ୍କ ଉଦ୍ଦେଶ୍ୟରେ ଭାଇସରାୟ ଲର୍ଡ କର୍ଜନଙ୍କ ମନ୍ତବ୍ୟ । ଏହା ମଧରେ ଦୀର୍ଘଦିନ ଶହେ ବର୍ଷ ଅତିକ୍ରାନ୍ତ ହୋଇ ଆମେ ଏକବିଂଶ ଶତାଦ୍ଵୀର ପ୍ରଥମ ଦଶକରେ ଉପନୀତ । ତଥାପି ଏବେ ମଧ ଲର୍ଡ କର୍ଜନଙ୍କ ଏହି ଉକ୍ତି ଆମ ପାଇଁ ପ୍ରଯୁଜ୍ୟ । ଆମେ ପରସ୍ପରର ଗୋଛି କଟାକଟି ନେଇ ବ୍ୟସ୍ତ । ତେଣୁ ରାଜ୍ୟର ସାମୁହିକ ଉନ୍ନତି କଥା ଚିନ୍ତା କରିବା ପାଇଁ ଆମ ପାଖରେ ସମୟ ନାହିଁ । ୧୮–୫–୧୯୨୬ରେ ଉକ୍ଳମଣି ଗୋପବନ୍ଧୁଙ୍କ ନିକଟକୁ ଖଣ୍ଡିଏ ଚିଠିରେ ଗାନ୍ଧିଜୀ

ଲେଖିଥିଲେ। ଏକ ଦୁଃସ୍ୱପ୍ନ ପରି ଓଡ଼ିଶା ମୋତେ ଗୋଡ଼ାଉଛି। କେଡେ ସୁନ୍ଦର ରାଜ୍ୟ, ଅଥଚ ଦାରିଦ୍ର୍ୟ ପ୍ରପୀଡିତ। ଏହାର ଲୋକେ ଭଲ; ମାତ୍ର ଅସହାୟ। ଓଡ଼ିଶାରେ ଅନ୍ୟାନ୍ୟ ବିଷୟ ଅନୁଧ୍ୟାନ ସହ ଦୁର୍ଭିକ୍ଷ ପ୍ରପୀଡିତ ଲୋକଙ୍କୁ ଦେଖିଲି, ଶହ ଶହ ନରନାରୀ ବାଲକ ବାଲିକା ଅସ୍ଥିକଙ୍କାଳ ସାର ହୋଇଛନ୍ତି। ଦେହରେ ଟିକିଏ ହେଲେ ମାଂସ ନାହିଁ। ଏଭଳି ଦୃଶ୍ୟ ମୋତେ ବିଚଳିତ କରିଦେଲା ଓ ମୋର କଲିଜା ଛିଡ଼ିଯିବା ପରି ଲାଗିଲା। ଓଡ଼ିଶାରେ ଯାହା ଘଟିଛି ତାହା ଯଦି ଲାଗିରୁହେ ଅର୍ଥାତ ଖାଦ୍ୟ ନ ପାଇ ଲୋକେ ଅନାହାରରେ ମରନ୍ତି ତେବେ ଆମେ ସ୍ୱରାଜ୍ୟ ପାଇଲୁ କି ନାହିଁ ଏଥିରେ କ'ଣ ଫରକ ରହିବ? ଯଥାର୍ଥ ସ୍ୱରାଜ୍ୟରେ ଜଣେ ହେଲେ ବ୍ୟକ୍ତିଙ୍କୁ ବିନା ଦୋଷରେ କିୟ୍ୱା ତା'ର ଇଚ୍ଛା ବିରୋଧରେ ଭୋକିଲା କି ଫୁଙ୍ଗୁଲା ରହିବାକୁ ଦିଆଯିବ ନାହିଁ। ସେତେବେଳେ ଓଡ଼ିଶାର କରୁଣଚିତ୍ର ଦେଖି ୧୯୨୧ ଅପ୍ରେଲ ୧୦ତାରିଖ ନବଜୀବନ ପତ୍ରିକାରେ ଏହି ମର୍ମୋକ୍ତି ପ୍ରକାଶ କରିଥିଲେ ଜାତିର ଜନକ ମହାମାନବ ମହାତ୍ମା ଗାନ୍ଧୀ। ବିପନ୍ନ ଓଡ଼ିଶାର ଚିନ୍ତା ମୋତେ ଶୟନେ, ସ୍ୱପ୍ନେ ଓ ଜାଗରଣେ ସର୍ବଦା ଘାରୁଛି। ଭୂତର ଆବେଗ ପରି ଓଡ଼ିଶା ମୋ ମନକୁ ଆଚ୍ଛନ୍ନ କରିରହିଛି। ଏପରି ଏକ ଗୌରବବୋଜ୍ଜ୍ୱଲ ତଥା ବୀରତ୍ୱପୂର୍ଣ୍ଣ ଦେଶ ତଥାପି ଦାରିଦ୍ର୍ୟ ପ୍ରପୀଡିତ। ଏହାର କର୍ମୀମାନେ ବହୁତ ଭଲ କିନ୍ତୁ ଅସହାୟ। ବିହାରର ଚମ୍ପାରଣ ଲୋକଙ୍କ ଭଳି ଦରିଦ୍ର ଓ ଉପେକ୍ଷିତ ଲୋକ ଆଉ କେଉଁଠି ନଥିବେ ବୋଲି ତାଙ୍କର ଯେଉଁ ଧାରଣା ଥିଲା ଓଡ଼ିଶା ଆସିବା ପରେ ତାହା ବଦଳିଲା।

୧୯୨୦ ଦଶକରେ ଗାନ୍ଧିଜୀ କହିଥିଲେ ଯେ ଓଡ଼ିଶା ହେଉଛି ଭାରତବର୍ଷର ଦାରିଦ୍ର୍ୟର ପ୍ରତିଚ୍ଛବି। ଦେଶର ଯେ କୌଣସି ଅଞ୍ଚଳ ଅପେକ୍ଷା ଓଡ଼ିଶାର ଦାରିଦ୍ର୍ୟ ଅଧିକ ଉତ୍କଟତର। ୧୯୩୮ ମସିହାରେ ଗାନ୍ଧୀ ସେବାସଂଘର ସମ୍ମିଳନୀ ଅବସରରେ ବେରବୋଇ ଗାଁରେ ୭ଦିନ ଚାଞ୍ଛଡ଼ା କୁଡ଼ିଆରେ ରହିବା ବେଳେ ଗାନ୍ଧିଜୀ କୃଷି ଓ ଗ୍ରାମ୍ୟଶିକ୍ଷ ପ୍ରଦର୍ଶନୀ ଉଦ୍ଘାଟନ ଅବସରରେ କହିଥିଲେ, ଓଡ଼ିଶାର ଦାରିଦ୍ର୍ୟ ପାଇଁ ନିଶା (ଅଫିମ), ଆଳସ୍ୟ ଓ ଜଡ଼ତା ଦାୟୀ। କିଛି ଦିନ ତଳେ ଅର୍ଥନୀତିରେ ନୋବେଲ ପୁରସ୍କାର ପ୍ରାପ୍ତ ଅର୍ଥନୀତିଜ୍ଞ ଡ. ଅମର୍ତ୍ୟ ସେନଙ୍କୁ ଦେଶର ଦାରିଦ୍ର୍ୟ ସମ୍ପର୍କରେ ପ୍ରଶ୍ନ କରାଯାଇଥିଲା। ଏହାର ଉତ୍ତରରେ ୭୮ ବର୍ଷ ତଳେ ଗାନ୍ଧିଜୀ ବେରବୋଇରେ ଦାରିଦ୍ର୍ୟର ଯେଉଁ କାରଣ କହିଥିଲେ ଅମର୍ତ୍ୟସେନ ତାହାକୁ ଦୋହରାଇଛନ୍ତି। ଏବେ ପ୍ରଶ୍ନ ଉଠୁଛି ଦେଶର ଦାରିଦ୍ର୍ୟ ରାଜ୍ୟଗୁଡ଼ିକ ତାଲିକାରେ ଶୀର୍ଷ ସ୍ଥାନରେ ରହିବା ପାଇଁ ବିହାର ସହ ଅହରହ ପ୍ରତିଯୋଗିତା କରୁଥିବା ଓଡ଼ିଶା ଦାରିଦ୍ର୍ୟରୁ ମୁକ୍ତିଲାଗି କ'ଣ ନିଶା, ଆଳସ୍ୟ ଓ ଜଡ଼ତାକୁ ଛାଡ଼ି ପାରିଛି? ଏହାର ଉତ୍ତରରେ ଯେକେହି କହିବେ ଯେ ଓଡ଼ିଶାରେ ନିଶା, ଆଳସ୍ୟ ଓ ଜଡ଼ତା ସ୍ୱାଧୀନତା ପରେ କମିବା ପରିବର୍ତ୍ତେ ବଢ଼ିଛି, ତେବେ ଦାରିଦ୍ର୍ୟ ଦୂରୀକରଣ ପାଇଁ ଯେଉଁମାନେ ଗଲାଫଟ୍କା ଚିକ୍ରା କରୁଛନ୍ତି ଓ ଆଉ ଯେଉଁ ଧଲାହାତୀମାନେ ଦିଲ୍ଲୀ, ଭୁବନେଶ୍ୱରରେ ଯୋଜନାର ଏଭେରେଷ୍ଟ ଶୃଙ୍ଗ ତିଆରି କରୁଛନ୍ତି ସେମାନଙ୍କୁ ଦାରିଦ୍ର୍ୟରୁ ମୁକ୍ତି ଦେବା ପାଇଁ କ'ଣ ଏ‍ଇ ରାଜନେତା, ପ୍ରଶାସନିକ ଅଧିକାରୀଙ୍କୁ ଗାନ୍ଧିଜୀଙ୍କ ପ୍ରଦର୍ଶିତ ମାର୍ଗ ଦିଶୁନାହିଁ?

ଓଡ଼ିଶାର ଦାରିଦ୍ର୍ୟ, ଦୁର୍ଦ୍ଦଶା ଓ ଦୁରବସ୍ଥାର ପ୍ରଭାବ ଗାନ୍ଧିଜୀଙ୍କ ଉପରେ ଏତେ ମାତ୍ରାରେ ପଡ଼ିଥିଲା ଯେ ସେ ନିଜର ବେଶଭୂଷା ଓ ଚଳଣି ବଦଲାଇ ଆଣ୍ଠୁଲୁଟା ଖଦିଖଣ୍ଡେ ପିନ୍ଧିବାକୁ ବାଧ୍ୟ ହେଲେ।

ମାତୃଭାଷା ଓ ମାତୃଭୂମିର ଉନ୍ନତି ପାଇଁ ଆମ ମଧ୍ୟରେ ଯେଉଁ ଏକତା ଓ ଶୃଙ୍ଖଳା ଆବଶ୍ୟକ ତା'ର ଘୋର ଅଭାବ ରହିଛି। ଭାଷା ପୃଷ୍ଠପୋଷକତା ଲାଭକଲେ ବିକଶିତ ହୋଇପାରେ। ରାଜ୍ୟ ତଥା ରାଷ୍ଟ୍ର ଶାସନରେ ଥିବା ଶାସକଗଣ ଭାରତୀୟ ଭାଷାର ବିକାଶ କେବେ ହେଁ ଚାହାନ୍ତି ନାହାନ୍ତି। ନୂତନ ଓଡ଼ିଶା ପ୍ରଦେଶ ଗଠନ ପାଇଁ ମଧୁବାବୁ, ଗୋପବନ୍ଧୁ ଓ ପାରଲା ମହାରାଜାମାନେ ଯେଉଁ ଜାତୀୟ ଏକତା ଓ ଶୃଙ୍ଖଳାର ବୀଜବପନ କରିଥିଲେ ତାହା ଆଜି କୁଆଡ଼େ ଗଲା? ଆମର ଚାରିତ୍ରିକ ଅଭାବ ଯୋଗୁ ଆମେ ଯେଉଁ ପରିମାଣରେ ଦ୍ରୁତ ଗତିରେ ଆଗେଇ ପାରନ୍ତେ ତାହା ହୋଇ ପାରୁନାହିଁ। ଓଡ଼ିଶାର ଏହି ଅଧୋଗତି ପାଇଁ ନିର୍ଦ୍ଦିଷ୍ଟ ଭାବେ କାହାକୁ ଦାୟୀ କରାଯାଉନାହିଁ। ସମାଜର ସବୁ ବର୍ଗର ଲୋକେ ଉଣା

ଅଧିକେ ଏଥିପାଇଁ ପ୍ରତ୍ୟକ୍ଷ ବା ପରୋକ୍ଷ ଭାବେ ଦାୟୀ। ରାଜ୍ୟର ସମସ୍ୟାକୁ ଯଦି ନିଜର ବ୍ୟକ୍ତିଗତ ସମସ୍ୟା ବୋଲି ଓଡ଼ିଆମାନେ ଚିନ୍ତା କରିବେ, ତେବେ ଓଡ଼ିଶାର ଦୁଃଖ ଅଚିରେ ଦୂର ହେବ।

ଓଡ଼ିଶା ଶାସନର ମୁଖ୍ୟ ତଥା ମୁଖ୍ୟମନ୍ତ୍ରୀ ମନରୁ ଦି'ପଦ ଓଡ଼ିଆ କହିବା ତ ଦୂରର କଥା, ସାଧାରଣ ଲୋକଙ୍କର ଦୁଃଖ ଦୁର୍ଦଶା ଓ ଅଭିଯୋଗ ମଧ ସେ ଶୁଣନ୍ତି ନାହିଁ। ସରକାରୀ ଭାବେ ଖୋଲା ଯାଇଥିବା ଅଭିଯୋଗ ପ୍ରକୋଷ୍ଠକୁ ମଧ ସେ ଯାଆନ୍ତି ନାହିଁ। ତା'ଛଡ଼ା ନିଜ ଅଧୀନରେ ଥିବା ବିଭାଗ ସମ୍ପର୍କିତ ପ୍ରଶ୍ନୋତ୍ତର ଆଲୋଚନାରେ ମଧ ତାଙ୍କର ଭାଗୀଦାରି ନଥାଏ। ବିଧାନସଭାରେ ଅଧିକାଂଶ ସମୟରେ ଅନୁପସ୍ଥିତ ରହୁଥିବା ଏପରି ଜଣେ ମୁଖ୍ୟମନ୍ତ୍ରୀ ଇତିହାସରେ ବି ସେ ଦେଖାନଥିବାର କଟୁ ମନ୍ତବ୍ୟ ଦେଇଥିଲେ ବିରୋଧୀ ଦଳ ନେତା। ମୁଖ୍ୟମନ୍ତ୍ରୀ ନିଜ ବିଭାଗ ସଂକ୍ରାନ୍ତୀୟ ପ୍ରଶ୍ନର ଉତ୍ତର ସେ ଗୃହରେ ଉପସ୍ଥିତ ଥିବା ସମୟରେ ସୁଦ୍ଧା ତାଙ୍କ ତରଫରୁ ଅନ୍ୟ ମନ୍ତ୍ରୀ ଉତ୍ତର ଦିଅନ୍ତି। ତା'ଛଡ଼ା ଅଧିକାଂଶ ସମୟରେ ତାଙ୍କ ଦଳୀୟ ବିଧାୟକଙ୍କୁ ମୁଖ୍ୟମନ୍ତ୍ରୀଙ୍କ ବିଭାଗ ସମ୍ପର୍କୀୟ ପ୍ରଶ୍ନ ସମୟରେ ଅନୁପସ୍ଥିତ ରହିବା ଦେଖାଯାଏ। ଯାହା ସ୍ପଷ୍ଟ ଭାବରେ ଏକ ପ୍ରାୟୋଜିତ ଅନୁପସ୍ଥିତ। ଯେଉଁ ରାଜ୍ୟରେ ମନ୍ତ୍ରୀ ଓ ବିଧାୟକମାନଙ୍କ ଚିତ୍ର ଓ ଚରିତ୍ରରେ ବାରମ୍ବାର ପ୍ରଶ୍ନବାଚୀ ସୃଷ୍ଟି ହେଉଛି ଏବଂ ଯେଉଁ ରାଜ୍ୟରେ ମୁଖ୍ୟମନ୍ତ୍ରୀଙ୍କ ସହ ମନ୍ତ୍ରୀ ଓ ବିଧାୟକଙ୍କ ମଧରେ ଆଲୋଚନା ମାଧମରେ ଭାବର ଆଦାନ ପ୍ରଦାନ ହୁଏ ନାହିଁ। ଯେଉଁ ରାଜ୍ୟରେ ମୁଖ୍ୟମନ୍ତ୍ରୀ ସବୁବେଳେ ଆକାଶରେ (ମାର୍ଗରେ) ଗ୍ରସ୍ତ କରୁଥିବାରୁ ତଳେ ମାଟିରେ ଥିବା ଲୋକମାନଙ୍କର ଭଲ ମନ୍ଦରେ ଭାଗୀଦାର ହେବାର ଅବକାଶ ପାଆନ୍ତି ନାହିଁ। ସେ ରାଜ୍ୟରେ ପ୍ରଶାସକ ଓ ପ୍ରଶଂସକମାନଙ୍କ ଚରିତ୍ର ଅବକ୍ଷୟମୁଖୀ ହେବା ସ୍ୱାଭାବିକ। "ଯଦ୍ ଯଦ୍ ଆଚରିତ ଶ୍ରେଷ୍ଠଃ, ତଦେବ ଇତରଜନାଃ!" ନ୍ୟାୟରେ ବଡ଼ବଡ଼ିଆଙ୍କ ମାର୍ଗ ଅନୁସରଣ କରି ରାଜ୍ୟର ଲୋକ ଚରିତ୍ର ମଧ ନିମ୍ନଗାମୀ ହେବାରେ ଲାଗିଛି। ଗରିବଙ୍କ ପାଇଁ ଊର୍ଦ୍ଧ୍ୱସ୍ତ ଇନ୍ଦିରା ଆବାସ ବା ମୋ କୁଡ଼ିଆ ହେଉ, ବାର୍ଦ୍ଧକ୍ୟଭତ୍ତା ହେଉ ବା ନିଜକୁ ଦରିଦ୍ର ଦର୍ଶାଇ ଜାତୀୟ ଖାଦ୍ୟ ସୁରକ୍ଷା ଯୋଜନାରେ ସାମିଲ ହେବାପାଇଁ ନିମ୍ନ ପ୍ରତିଯୋଗିତା ସଙ୍କେତ ଦିଏ ଯେ ଆମ ରାଜ୍ୟର ଲୋକ ଚରିତ୍ର ଏବେ ଅବକ୍ଷୟଗାମୀ 'କଳିଙ୍ଗ ସାହସିକା'ର ସ୍ୱାଭିମାନ ଏବେ-ଭୂ-ଲୁଣ୍ଠିତ। ଟଙ୍କାକିଆ ଚାଉଲ ରାଜ୍ୟବାସୀଙ୍କୁ ଭିକାରିରେ ପରିଣତ କରିଦେଇଛି। ନିଜ ସ୍ୱାଭିମାନକୁ ପଛକୁ ରଖି ଅନ୍ୟ ପାଖରେ ହାତ ପତାଇବା ପାଇଁ ଓଡ଼ିଆମାନେ ସାମାନ୍ୟତମ କୁଣ୍ଠାବୋଧ କରୁନାହାଁନ୍ତି। ଠିକ୍ ଯେପରି ସ୍ୱତନ୍ତ୍ର ରାଜ୍ୟ ପାହ୍ୟା, ଯାହା ପାଇଁ ଆମ ସରକାର କେନ୍ଦ୍ର ପାଖରେ ହାତ ପତେଇ ଚାଲିଛନ୍ତି।

ଆଉ ନାରୀ। ଓଡ଼ିଆ ଘରର ବୋହୁ ଏବେର ନାରୀମାନଙ୍କ ପରି ଅଙ୍ଗଭୂଷଣ ପ୍ରଦର୍ଶନ ନିମିତ୍ତ ମଥାରୁ ଓଢ଼ଣା ଖୋଲୁ ନ ଥିଲେ। ସୁନାଟେନକୁ ଶାଢ଼ି ଉପରେ ରଖୁ ନ ଥିଲେ, ତାହା ରହୁଥିଲା ଲୁଗା ଭିତରେ। ସେ ଅଳଙ୍କାର ଭୂଷଣର ସୌନ୍ଦର୍ଯ୍ୟ କେବଳ ସ୍ୱାମୀ ଅବଲୋକନ କରୁଥିଲେ, ଉପଭୋଗ ମଧ। କାରଣ ସେ ଅଧିକାର କେବଳ ତା'ର ଥିଲା। ଅନ୍ୟ ବାହାର ଲୋକଙ୍କର ନୁହେଁ।

ପରଦା ପ୍ରଥାର କଡ଼ାକଡ଼ି ପ୍ରଚଳନ ଥିଲା। ଏମିତି ଖୋଲା ମେଲାରେ ଝିଅ ବୋହୂମାନେ ବାହାରେ ବୁଲୁ ନଥିଲେ। ଏବେ ନିଭୃତ ସ୍ଥାନଗୁଡ଼ିକୁ ସୁରକ୍ଷିତ ନମଣି ଆମେ ସ୍ପଷ୍ଟ ଦିବାଲୋକରେ ବିଚ ରାସ୍ତାରେ ପର୍ଦା ପଛରେ କରାଯାଉଥିବା କର୍ମକୁ ସମ୍ପାଦନ କଲେ। ଏହା ଅନ୍ୟମାନଙ୍କ ସ୍ୱଚ୍ଛନ୍ଦ ବିଚରଣର ସ୍ୱାଧୀନତାକୁ କ୍ଷୁଣ୍ଣ କରୁନାହିଁ କି? ପର୍ଦା ସଂସ୍କୃତିକୁ ହଟାଇ ତା' ସ୍ଥାନରେ ବା, ବ୍ରିଫ, ବିକିନି ସଂସ୍କୃତିକୁ ଆପଣେଇଲେ, ଆମେ ଉଗ୍ର ଆଧୁନିକ ହୋଇପାରିବା ସିନା ଯୁଗ ଯୁଗର ଭାରତୀୟ ସଂସ୍କୃତି ମାନସିକତାକୁ ଗୋଢ଼ଠୋ ମାରି ହଟାଇପାରିବା ନାହିଁ। ସେଥିପାଇଁ ତ ଆମେ ପର୍ଦାରେ ମୁଖକୁ ଢାଙ୍କି ରଖୁଛନ୍ତି କାଲେ ପରିଚୟ ପଦରେ ପଡ଼ିଯିବ ବୋଲି। ଆମର ଅବାଞ୍ଛିତ ନିଷ୍ଠୁରିକୁ ମଦମତ୍ତ ହୋଇ ଅନ୍ୟ ଉପରେ ଲଦି ଦେବା ଦ୍ୱାରା ଆମେ କେବଳ ଜନସାଧାରଣଙ୍କ ବିରାଗ ଭାଜନ ହେବା ତା ନୁହେଁ ବରଂ ଭବିଷ୍ୟତରେ

ପ୍ରେମିକା ଦ୍ୱାରା ପ୍ରତାରିତ ହେଲେ କି ଠକାମିର ଶିକାର ହେଲେ କାହାର ସହାନୁଭୂତି ଲାଭର ଯୋଗ୍ୟ ହେବାନି । ଫଳରେ ମୁହଁ ଦେଖାଇ ନ ପାରି ଆତ୍ମହତ୍ୟାର ପଥକୁ ବାଛିନେବା କ'ଣ ଶ୍ରେୟ ହେବ ? ପାଶ୍ଚାତ୍ୟ ସଂସ୍କୃତି ଅନୁକରଣର ଏହା ଏକ ଗତାନୁଗତିକ ଧାରା । ଭଲମନ୍ଦ ନ ବିଚାରି ଆଜି ବିବାହିତ ପୁଅ-ଝିଅମାନେ ନିଜର ପ୍ରଥମ ପ୍ରେମକୁ ଭୁଲି ନପାରି ପରକୀୟା ପ୍ରୀତିରେ ଉଦବୁଡୁବୁ ହେଉଛନ୍ତି । ଯଦ୍ୱାରା କି ନିଜର ସଂସାରଟି ଉଜୁଡି ଯାଉଛି । ପୁରୁଣା କାଳିଆ ପର୍ଦା ପ୍ରଥାକୁ କୋଣଠେସା କରି ଆମେ ଯେଉଁ ନୂତନ ସାମାଜିକ ବ୍ୟବସ୍ଥାକୁ ଆପଣେଇ ନେଇଛନ୍ତି ସେଥିରେ ଲାଭ କେତେ କ୍ଷତି କେତେ ? ଶହ ଶହ ବର୍ଷର ପରମ୍ପରା ଯାହା ଆଜି ଆମ ଦୃଷ୍ଟିରେ କୁସଂସ୍କାର ପାଲଟିଛି । ତା'ର ସାମାଜିକ ପ୍ରଭାବ ଏ ପ୍ରକାର ସ୍ୱାଧୀନତା ନାମକ ସ୍ୱୈରାଚାର ଜନିତ ସାମାଜିକ ପ୍ରଭାବଠାରୁ କୌଣସି ଗୁଣରେ ନିମ୍ନମାନର ଥିଲାକି ? ମାନବାଧିକାର କ୍ଷୁଣ୍ଣ ହେବାର ଦ୍ୱାହିଦେଇ ଆମେ ସମାଜରେ ଯେଉଁ ବ୍ୟଭିଚାରକୁ ପ୍ରଶ୍ରୟ ଦେଇଛନ୍ତି ଏହା ଅନ୍ୟ ଜଣଙ୍କର ଅଧିକାର କ୍ଷୁଣ୍ଣ କରୁନାହିଁକି ? ସମସ୍ତ ଚିନ୍ତାଶୀଳ ବ୍ୟକ୍ତି ଏସବୁକୁ ନିରବ ସମର୍ଥନ ଜଣାଇ ଅଧଃ ପତନର ଭାଗୀଦାର ହେବା ପରିବର୍ତ୍ତେ ଏକ ସଙ୍ଗଠିତ ବିରୋଧ ପ୍ରଦର୍ଶନ କରିବା ଶ୍ରେୟସ୍କର ତଥା ଏକ ଆହ୍ୱାନ ।

ବୈଦେଶିକ ଶାସକମାନେ ଓଡ଼ିଶାକୁ ଆସିଥିଲେ ଅନେକ ଡେରିରେ । ତୁର୍କ ମୁସଲମାନମାନେ ଉତ୍ତର ଭାରତକୁ ଶାସନ କରୁଥିବା ସମୟରେ ଓଡ଼ିଶା ସ୍ୱାଧୀନ ଥିଲା । ମୋଗଲ ବାଦଶାହା ଆକବରଙ୍କ ଶାସନ କାଳରେ ଓଡ଼ିଶା ପରାଧୀନ ହେଲା । ସୁବାଦାର (ନବାବ)ମାନଙ୍କ ଦ୍ୱାରା ଓଡ଼ିଶାକୁ ଶାସନ କରାଯାଉଥିଲା । ଆମେ ପଠାଣଙ୍କ ପାଖରୁ ଲୁଙ୍ଗିପିନ୍ଧା ଶିଖିଥିଲୁ ।

କିନ୍ତୁ ଛାଡ଼ିନଥିଲୁ ଆମ ଚଳଣି, ଓଡ଼ିଆମୀ । ଓଡ଼ିଶାର ଚଳଣି । କେଇଟା ଦିନ ଇଂରେଜମାନେ ଓଡ଼ିଶାକୁ ଶାସନ କଲେ । ମୋଟେ ଦେଢଶହ ବର୍ଷକୁ ଛଅବର୍ଷ କମ୍ । ଅବଶ୍ୟ ତା'ପୂର୍ବରୁ ଅଳ୍ପ କେତେଦିନ ପାଇଁ ମରହଟ୍ଟା ବର୍ଗୀମାନେ ଆମକୁ ତାଙ୍କ ନିୟନ୍ତ୍ରଣରେ ରଖିଥିଲେ । ଆମେ ସେମାନଙ୍କ ଚଳଣିକୁ ସେତେଟା ଆଦରି ନଥିଲୁ । ଯେମିତି ଇଂରେଜମାନଙ୍କ ଦ୍ୱାରା ପ୍ରଭାବିତ ହୋଇଛୁ ।

ସତେ ଅବା ଇଂରେଜମାନେ ଓଡ଼ିଶାକୁ ଅଧିକାର କରିବା ପୂର୍ବରୁ ଓଡ଼ିଶାରେ ସଭ୍ୟତା ବୋଲି କିଛି ନଥିଲା । ପରମ୍ପରା ସଂସ୍କୃତି କ'ଣ ଓଡ଼ିଆଙ୍କୁ ଆଦୌ ଜଣାନଥିଲା । 'ସମକରୋତି ଇତି ସଂସ୍କୃତି' ସେଇ ଅନୁଯାୟୀ, ସମ୍ କରୋତି । ସମର ଅର୍ଥ ମଙ୍ଗଳ । ଯାହା ମଙ୍ଗଳ କରେ । ତାହା ସଂସ୍କୃତି, ମଣିଷର, ସମାଜର ଦେଶର ତଥା ଜାତିର ମଙ୍ଗଳ ଆଦୌ ନ ଥିଲା ଓଡ଼ିଶାର କିଛି ପରମ୍ପରା କିମ୍ବ ନିଜସ୍ୱ ମୌଳିକତା ଅବା ଚଳଣି ।

ସଭ୍ୟତା ଓ ସଂସ୍କୃତି-ଦୁଇଟିର ରୂପ ଏକା ନୁହଁ । ସଭ୍ୟତା ଦେଖାଯାଏ ଏବଂ ସଂସ୍କୃତି ଅନୁଭବ କରିହୁଏ, ଫୁଲ ଓ ତା'ର ସୁଗନ୍ଧ ପରି ।

ସଂସ୍କୃତି ହେଉଛି ଗୋଟିଏ ଜାତିର ପରିଚୟ । ମଣିଷର ସବୁକର୍ମ ସଂସ୍କୃତି ଦ୍ୱାରା ପ୍ରଭାବିତ ହୋଇଥାଏ । ଧର୍ମ, ଭାଷା, ସାହିତ୍ୟ, ଜୀବନଯାପନ ଶୈଳୀ, ଆଚାର, ବିଚାର, ବ୍ୟବହାର ଓ ଦର୍ଶନ ଏସବୁ ସଂସ୍କୃତିର ଅନ୍ତର୍ଗତ । ଗୋଟିଏ ଜାତିର ସ୍ୱଭାବ, ଚରିତ୍ର, ସହନଶୀଳତା, ସାହସ, ଆତ୍ମବିଶ୍ୱାସ ଏବଂ ନ୍ୟାୟ ଓ ଅନ୍ୟାୟ ମଧରେ ଥିବା ପାର୍ଥକ୍ୟ ବୁଝିବାର ଶକ୍ତି ତଥା ସତ୍ୟ ନିଷ୍ଠା ଓ ମାନବିକ ଦୃଷ୍ଟିକୋଣ ସବୁ ସଂସ୍କୃତିକୁ ଆଧାର କରି ଗଢ଼ି ଉଠିଥାଏ ।

ସାଧାରଣ ଭାବେ ଆମମାନଙ୍କ ଧାରଣା ଯେ ସଂସ୍କୃତିର ଅର୍ଥ ହେଲା-ଚିତ୍ରକଳା, ସଂଗୀତ ଓ ସ୍ଥାପତ୍ୟ । ଅନେକ ଭାଷାକୁ ବି ସଂସ୍କୃତି କହନ୍ତି । ଏହା ଅନସ୍ୱୀକାର୍ଯ୍ୟ ଯେ ଏସବୁ ସଂସ୍କୃତିର ଅଂଶ ବିଶେଷ । କିନ୍ତୁ ସାମଗ୍ରିକ ଭାବେ ସଂସ୍କୃତିର ସଂଜ୍ଞା ବହୁତ ବ୍ୟାପକ । ବିଦ୍ୱାନମାନଙ୍କ ମତରେ ସଂସ୍କୃତି ଏକ ସର୍ବ ବ୍ୟାପକତାର ପରିଚାୟକ । ଯାହା ସବୁ ମାନବ ଜାତିଦ୍ୱାରା ସୃଷ୍ଟ ଏବଂ ବ୍ୟବହୃତ, ସେସବୁ ସଂସ୍କୃତି । ବିଶିଷ୍ଟ ନୃତତ୍ତ୍ୱବିତ୍ ଟାଇଲର କହନ୍ତି ମନୁଷ୍ୟ ସାମାଜିକ ପ୍ରାଣୀ ଭାବେ ଅର୍ଜନ କରିଥିବା ସମସ୍ତ ଜ୍ଞାନ, ବିଶ୍ୱାସ, ନୈତିକତା, ନିୟମ, ପ୍ରଥା ଇତ୍ୟାଦିର ସମାହାର ହିଁ ସଂସ୍କୃତି । ଏଠାରୁ ସଂସ୍କୃତିର

ବ୍ୟାପକତା ସହଜରେ ଅନୁମେୟ । ସାମାଜିକ ପ୍ରାଣୀ ଭାବେ ଆମେ ଯାହା ଶିଖୁ ଏବଂ ପରବର୍ତ୍ତୀ ପିଢ଼ିକୁ ସାମାଜିକ ବ୍ୟବସ୍ଥା ଅନୁଯାୟୀ ସଞ୍ଚାରିତ କରୁ ତାହାର ନାମ ହିଁ ସଂସ୍କୃତି । ସଂସ୍କୃତି ସାଧାରଣତଃ ସାଙ୍କେତିକ ଭାବେ ପରବର୍ତ୍ତୀ ପିଢ଼ିକୁ ସଞ୍ଚାରିତ ହୋଇଥାଏ । ବିଦ୍ୱାନମାନଙ୍କ ମତରେ ସଂସ୍କୃତିର ମୁଖ୍ୟତଃ ଛଅଟି ବିଭାଗ ଥାଏ । ଯଥା- ବ୍ୟାବହାରିକ, ଅର୍ଥନୈତିକ, ରାଜନୈତିକ, ଆନୁଷ୍ଠାନିକ, ସୌନ୍ଦର୍ଯ୍ୟ ତାତ୍ତ୍ୱିକ ଏବଂ ମାନବ ମୂଲ୍ୟବୋଧଭିତ୍ତିକ ।

ଏଠି ପ୍ରଶ୍ନ ଉଠେ, ସଂସ୍କୃତିର ସୁରକ୍ଷା କରିବା ଆମ ପାଇଁ କାହିଁକି ଆବଶ୍ୟକ । ପ୍ରକୃତ କଥା ହେଲା ସଂସ୍କୃତି ଏକ ଜାତିର ବା ଜନସମୁଦାୟର ପରିଚୟ । ଆମେ ଆମର ସଂସ୍କୃତିକୁ ନେଇ ଅନ୍ୟମାନଙ୍କ ସମ୍ମୁଖରେ ଉପସ୍ଥାପିତ କରି ନିଜର ପରିଚୟ ଦେଇଥାଉ ଏବଂ ଅନ୍ୟଠାରୁ ଭିନ୍ନ ବୋଲି ପ୍ରତିପାଦିତ କରିଥାଉ । ତେଣୁ ସଂସ୍କୃତି ସହିତ ଜାତୀୟତା ନିବିଡ଼ ଭାବେ ଜଡ଼ିତ । ଯେଉଁଠି ସଂସ୍କୃତି ନାହିଁ ସେଇଠି ଜାତି ପରିଚୟ ବି ନାହିଁ । ଅତଏବ ଯଦି ଆମେ ଆମ ଜାତି ଓ ଜାତୀୟତାକୁ ବଞ୍ଚାଇବାକୁ ଚାହୁଁ ତେବେ ଆମେ ଆମ ସଂସ୍କୃତିର ସୁରକ୍ଷା କରିବା ଏକାନ୍ତ ଆବଶ୍ୟକ । ଏଠି ଗୋଟିଏ କଥା ମନକୁ ଆସେ ଯେ କେତେବେଳେ ସଂସ୍କୃତିର ସୁରକ୍ଷା ଚିନ୍ତା ମଣିଷମନକୁ ଆସେ ଓ କାହିଁକି ? ଯେତେବେଳେ କୌଣସି କାରଣରୁ ସଂସ୍କୃତିର ଅବକ୍ଷୟ ହେବାର ଆଶଙ୍କାଥାଏ, ସେତେବେଳେ ଏ ଚିନ୍ତାଟି ଜାତିକୁ ଗ୍ରାସକରେ । ଏ ପରିପ୍ରେକ୍ଷୀରେ ଓଡ଼ିଶାର ଜାତୀୟତା ଆନ୍ଦୋଳନକୁ ଉଦାହରଣ ରୂପେ ନିଆଯାଇ ପାରେ। ଊନବିଂଶ ଶତାଦ୍ଦୀର ଶେଷ ଭାଗରେ ଯେତେବେଳେ ଓଡ଼ିଶା ଭୌଗୋଳିକ, ରାଜନୈତିକ ଏବଂ ସାଂସ୍କୃତିକ କାରଣରୁ ଖଣ୍ଡ ବିଖଣ୍ଡିତ ହୋଇ ଯାଇଥିଲା, ଓଡ଼ିଶାର ତତ୍କାଳୀନ ସ୍ୱାଭିମାନୀ ଜନନାୟକମାନେ ଏକ ଓଡ଼ିଶାର ଡାକଦେଇଥିଲେ । ଓଡ଼ିଶା ରାଜ୍ୟ ସେତେବେଳେ ମାଡ୍ରାସ ପ୍ରେସିଡେନ୍ସି, ବଙ୍ଗଳା ପ୍ରେସିଡେନ୍ସି ଓ କେନ୍ଦ୍ରୀୟ ପ୍ରଦେଶ ଭିତରେ ଭାଗ ଭାଗ ହୋଇ ରହିଥିଲା । ଯାହାଫଳରେ ଓଡ଼ିଆ ଭାଷା ଓ ସଂସ୍କୃତି ପ୍ରାୟ ଅବଲୁପ୍ତ ହେବାକୁ ବସିଥିଲା । ଏହାର ସୁଯୋଗ ନେଇ କିଛି ଲୋକ ଓଡ଼ିଆ ଭାଷା ଓ ଉତ୍କଳୀୟ ସଂସ୍କୃତିର ଅଦ୍ୱିତୀୟତା ବାବଦରେ ପ୍ରଶ୍ନ ଉଠାଇଲେ । ତତ୍କାଳୀନ ଓଡ଼ିଆ ଭାଷା ଓ ସଂସ୍କୃତି ଯେତେବେଳେ ଅବକ୍ଷୟର ପରିଧି ଭିତରକୁ ଆସିଯାଇଥିଲା ଠିକ୍ ସେତିକି ବେଳେ 'ଉତ୍କଳ ସମ୍ମିଳନୀ' ଜନ୍ମ ନେଇଥିଲା ଏବଂ ମଧୁବାବୁ, ଫକୀର ମୋହନ, ରାଧାନାଥ ରାୟ ପ୍ରମୁଖ ମନୀଷୀମାନେ ଆପ୍ରାଣ ଚେଷ୍ଟାକରି ଓଡ଼ିଆ ଭାଷା ଏବଂ ସଂସ୍କୃତିକୁ ବଞ୍ଚାଇ ରଖିବା ପାଇଁ ଉଦ୍ୟମ କରିଥିଲେ ।

ମନେ ହୁଏ ଏବେ ଓଡ଼ିଆ ଭାଷା ଓ ସଂସ୍କୃତି କ୍ରମେ କ୍ରମେ ସଙ୍କୁଚିତ ହୋଇ ଅବକ୍ଷୟ ଆଡ଼କୁ ଆଗେଇ ଚାଲିଛି । ସେ ସମୟ ଓ ବର୍ତ୍ତମାନ ସ୍ଥିତି ଭିତରେ ଏତିକି ଫରକ ଯେ ସେତେବେଳେ ଓଡ଼ିଆ ଭାଷା ଓ ସଂସ୍କୃତି ଅପର ଶକ୍ତି ଦ୍ୱାରା ନିଷ୍ପେଷିତ ହେଉଥିଲା ଏବଂ ବର୍ତ୍ତମାନ ଏହା ଖୋଦ ଓଡ଼ିଆମାନଙ୍କ ଦ୍ୱାରା ଅବହେଲାର ଶିକାର ହୋଇ ଅବକ୍ଷୟ ଆଡ଼କୁ ଗତିକରୁଛି । ୧୯୩୬ରେ ଓଡ଼ିଶା ଭାରତର ପ୍ରଥମ ଭାଷାଭିତ୍ତିକ ପ୍ରଦେଶ ଭାବେ ଗଢ଼ାହୋଇ ଥିଲେ ହେଁ ୧୯୫୪ରେ ନବକୃଷ୍ଣ ଚୌଧୁରୀଙ୍କ ମୁଖ୍ୟମନ୍ତ୍ରିତ୍ୱରେ ଓଡ଼ିଶା ସରକାରୀ ଭାଷା ଅଧିନିୟମ ୧୯୫୪ ପ୍ରଣୟନ କରାଯାଇଥିଲା । କିନ୍ତୁ ଏଯାବତ ଓଡ଼ିଆ ଭାଷାକୁ ଯେଉଁ ପ୍ରୋତ୍ସାହନ ମିଳିବା କଥା ତାହା ମିଳିପାରୁ ନାହିଁ । ଏହାର କାରଣ ଶିକ୍ଷିତ ଏବଂ ଉପର ମଧ୍ୟ ଶ୍ରେଣୀର ନାଗରିକମାନେ ଓଡ଼ିଆ ଭାଷା ଓ ସଂସ୍କୃତିର ସୁରକ୍ଷା ଏବଂ ପୁନରୁତ୍ଥାନ ପାଇଁ ବୀତସ୍ପୃହ ଓ ପରବର୍ତ୍ତୀ ପିଢ଼ିକୁ ଓଡ଼ିଆ କହିବା ଏବଂ ଓଡ଼ିଶାର ସଂସ୍କୃତିକୁ ଆଦର କରିବାକୁ ଶିଖାଇବା ପ୍ରତ୍ୟେକ ଓଡ଼ିଆଙ୍କର କର୍ତ୍ତବ୍ୟ । ଆଜିର ପିଲାମାନେ ଓଡ଼ିଶାର ପର୍ବପର୍ବାଣି, ଯାନିଯାତ୍ରା, ବ୍ରତ, ଉପବାସ ଏବଂ ଅନ୍ୟାନ୍ୟ ପରମ୍ପରା ବିଷୟରେ ଅନେକାଂଶରେ ଅଜ୍ଞ ଓ ଏହି ମାନସିକତାରେ ପରିବର୍ତ୍ତନ ନ ଘଟିଲେ ଓଡ଼ିଆ ଭାଷା ଓ ସଂସ୍କୃତି କ୍ରମେ ଲୋପ ପାଇଯିବ । ଏଇ କାରଣରୁ ଏହି ଘଡ଼ିସନ୍ଧି ସମୟରେ ଏକ ସାଂସ୍କୃତିକ ଚେତନା ସୃଷ୍ଟି କରିବା ପାଇଁ ଉଦ୍ୟମ ହେବା ଦରକାର । ଯାହା ଫଳରେ ସାଂସ୍କୃତିକ, ଚେତନାର ସୁରକ୍ଷା ହୋଇପାରିବ ।

ଆମେ ଜାଣୁ ଯେ ପ୍ରକାର ଭେଦରେ ସଂସ୍କୃତି ଦୁଇ ପ୍ରକାର—ମୂର୍ଭ ବା ସ୍ପର୍ଶନୀୟ। ଅମୂର୍ଭ ବା ଅସ୍ପର୍ଶନୀୟ। ଉତ୍କଳୀୟ ସଂସ୍କୃତିର ମୂର୍ଭ ବା ସ୍ପର୍ଶନୀୟ ସଂସ୍କୃତି ଭିତରେ ରହିଛି ଆମର ଅନେକ ମନ୍ଦିର, ମସଜିଦ୍, ଗିର୍ଜା, ଗୁମ୍ଫା ଏବଂ ଅନ୍ୟାନ୍ୟ କାର୍ଭିରାଜି। ଆମେ ଏହାର ସୁରକ୍ଷା କାହିଁକି ଏବଂ କାହାପାଇଁ କରିବା ଆବଶ୍ୟକ। ଏହିସବୁ କାର୍ଭିରାଜି ଭିତରେ ଏକ ଜାତିର ଇତିହାସ ଲୁଚି ରହିଥାଏ। କୋଣାର୍କର ସୂର୍ଯ୍ୟ ମନ୍ଦିରକୁ ଏକ ଉଦାହରଣ ଭାବେ ନିଆଯାଉ। ଏହି ମନ୍ଦିର ପଛରେ ଅନେକ ଇତିହାସ ଓ କିମ୍ଦନ୍ତୀ ରହିଛି ଯାହା ଓଡ଼ିଆ ପ୍ରାଣକୁ ସର୍ବଦା ଗର୍ବିତ କରେ। ଏହାର ସୁରକ୍ଷା ନ ହେଲେ ଏ ଇତିହାସ ଓ କିମ୍ଦନ୍ତୀ ସମୂହର ବିଲୁପ୍ତି ଘଟିବା ସ୍ୱାଭାବିକ। ଆଗାମୀ ବଂଶଧରଙ୍କ ପାଇଁ ଏଇ ଇତିହାସ ଓ କିମ୍ଦନ୍ତୀଗୁଡ଼ିକ ଏକାନ୍ତ ଶିକ୍ଷଣୀୟ ହୋଇଥିବାରୁ ଏଇମୂର୍ଭ ବା ସ୍ପର୍ଶନୀୟ ସଂସ୍କୃତିର ସୁରକ୍ଷା ନିହାତି ଆବଶ୍ୟକ। ଯଦି ଅଶୋକଙ୍କ ଧଉଲି ଏବଂ ଜଉଗଡ଼ର ଶିଲାଲେଖ ବା ଖାରବେଲଙ୍କ ହାତୀ ଗୁମ୍ଫା ଶିଲାଲେଖ ସୁରକ୍ଷିତ ରହିନଥାଆନ୍ତା। ଓଡ଼ିଶାର ପ୍ରାଚୀନ ଜନଜୀବନ ତଥା ସାଂସ୍କୃତିକ ବୈଶିଷ୍ଟ୍ୟ ଆମମାନଙ୍କ ଗୋଚରରେ ନ ଥାନ୍ତା। ଅଥବା ଆମର ଭବିଷ୍ୟତ ବଂଶଧରମାନଙ୍କୁ ପ୍ରଭାବିତ କରିପାରନ୍ତା ନାହିଁ।

ଅମୂର୍ଭ ବା ଅସ୍ପର୍ଶନୀୟ ସଂସ୍କୃତି ଭାଷା, ସାହିତ୍ୟ, ଇତିହାସ, କଳା, ଅଭିନୟ, ଭାସ୍କର୍ଯ୍ୟ, ଚାଲିଚଳଣ, ସାମାଜିକ ଜୀବନ, ପର୍ବପର୍ବାଣି, ଯାନିଯାତ୍ରା, ଓଷାବ୍ରତ ଏପରିକି ଛୋଟି ମୁରୁଜରେ ବି ପ୍ରତିବିମ୍ବିତ ଓ ପ୍ରତିଫଳିତ। କେତେକ ଅମୂର୍ଭ ସଂସ୍କୃତି ଲିପିବଦ୍ଧ ନହୋଇ କେବଳ ପୁରୁଷାନୁକ୍ରମେ ମୁହଁରୁ ମୁହଁକୁ ବ୍ୟାପ୍ତ ହୋଇଛି। ଲିପିବଦ୍ଧ ହେଉ ବା ନହେଉ ଏହି ସାଂସ୍କୃତିକ ବିଭବଗୁଡ଼ିକ ଆମର ପରମ୍ପରାକୁ କାଲେ କାଲେ ଉନ୍ନତ ଓ ରଦ୍ଧିମନ୍ତ କରିଆସିଛି। ଏସବୁର ସୁରକ୍ଷା ନ ହେଲେ ସଂସ୍କୃତିର ସୁରକ୍ଷା ଅସମ୍ଭବ।

ସଂସ୍କୃତିକୁ ମଧ୍ୟ ପରମ୍ପରା ଭାବରେ ଗ୍ରହଣ କରାଯାଇଥିବା ବୁଝାପଡ଼େ। ଶ୍ରୀମଦ୍ଭଗବତ ଗୀତାରେ, ପରମ୍ପରା, ପୁରୁଷାନୁକ୍ରମିକତା ଅର୍ଥରେ ବ୍ୟବହୃତ (ଏବଂ ପରମ୍ପରା ପ୍ରାପ୍ତ ମିମଂ ରାଜର୍ଷୟୋ ବିଦୁଃ) କୌଣସି କଥା ଅପରିବର୍ଭନୀୟ ଭାବେ ପୁରୁଷ ପୁରୁଷ ଧରି ଲୋକମାନଙ୍କ ଦ୍ୱାରା ପାଳନ ହେବା ହେଉଛି ପରମ୍ପରା। ଏହା ସଂସ୍କୃତିର ଏକ ଅଂଶ। ତେବେ ସଂସ୍କୃତି କହିଲେ କ'ଣ ବୁଝାପଡ଼େ? ରୋମାନ– ଗ୍ରୀକ ପରମ୍ପରାରେ ବ୍ୟବହୃତ 'କଲଚର' ଶବ୍ଦ ଆମେ ବ୍ୟବହାର କରୁଥିବା 'ସଂସ୍କୃତି'ର ଭାବ ଅର୍ଥରେ ୧୫୧୦ମସିହାରୁ ପାଶ୍ଚାତ୍ୟ ଜଗତରେ ବ୍ୟବହାର ହେଉଅଛି ବୋଲି ହର୍ବଟରିଡ ଲେଖିଛନ୍ତି। 'କଲଚର' ସମ୍ବନ୍ଧରେ ଟଏନବୀଙ୍କଠାରୁ ଟି.ଏସ.ଏଲିୟଟ୍ଙ୍କ ପର୍ଯ୍ୟନ୍ତ ଅନେକ ମନୀଷୀ ପୁସ୍ତକମାନ ଲେଖିଅଛନ୍ତି। କିନ୍ତୁ 'କଲଚର' କ'ଣ; ତାହା ଆଜି ଯାଏ ପାଠକମାନଙ୍କ ପକ୍ଷେ ଅବୁଝା ରହିଛି।

ଆଗେ ମଣିଷ ତା'ପରେ ଭାଷା ଓ ସଂସ୍କୃତି ବୋଲି କେହି କେହି କହି ଥାଆନ୍ତି। ସଂସ୍କୃତିକୁ ସଂସ୍କାର ପ୍ରାପ୍ତ ମଣିଷର ଚଳଣି ଓ ଜୀବନ ଦୃଷ୍ଟିବୋଲି ଅନେକ ଚିହ୍ନିତ କରିଥାନ୍ତି। ସଂସ୍କାରପ୍ରାପ୍ତ ମଣିଷର 'ସଂସ୍କୃତି'କୁ ଚିରସ୍ଥାୟୀ କରିପାରିଥିବା ଭାଷା ହିଁ 'ସଂସ୍କୃତି'। ଏଇଥିପାଇଁ ସଂସ୍କୃତ ଭାଷାରେ ଲେଖାଯାଇଥିବା ବେଦ, ଉପନ୍ୟାସ, ସଂହିତା, ଆରଣ୍ୟକ, ଉପନିଷଦ, ପୁରାଣ, ଉପପୁରାଣ, ରାମାୟଣ, ମହାଭାରତ ଆଦି ଗ୍ରନ୍ଥ ଓ ବିଭିନ୍ନ ଶାସ୍ତାଦିରେ ଭାରତୀୟ ସଂସ୍କୃତିର ସଙ୍କେତ ପ୍ରତିଫଳିତ ହୋଇଛି ବୋଲି କୁହାଯାଇଥାଏ। ତାହା କ'ଣ ବୋଲି ବିବେଚନା କରାଗଲା ବେଲେ ମଣିଷର ଜୀବନ ଚଳଣିର ଉପକରଣ ଓ ଜୀବନ ଧାରାକୁ ଉପରଲିଖିତ କୃତି ଗୁଡ଼ିକରୁ ଦେଖାଇ ଦିଆଯାଇଥାଏ। ଏ ଧରଣର ଉଦାହରଣରୁ 'ସଂସ୍କୃତି' କ'ଣ ବୋଲି ଚିହ୍ନହୁଏ, କିନ୍ତୁ ତାହା କ'ଣ ତାହା ଜାଣିହୁଏ ନାହିଁ। ପାଶ୍ଚାତ୍ୟରେ 'କଲଚର' ସମ୍ବନ୍ଧରେ ଉଲି ଡୁରାନ୍ତ କହିଛନ୍ତି– ଏହା 'ଏଗ୍ରିକଲଚ'ର ସୂଚନା। ଭାରତ ବର୍ଷରେ 'ସଂସ୍କୃତି'ର ଆଉ ଗୋଟିଏ ଶବ୍ଦ ପ୍ରଚଲିତ, ତାହା 'କୃଷ୍ଟି'। ଏହି 'କୃଷ୍ଟି' ଭିତରେ 'କୃଷି'ର ବ୍ୟଞ୍ଜନା ବିଦ୍ୟମାନ। ହର୍ବଟରିଡଙ୍କ ମତରେ 'କଲଚର ଇଜ ଏ ନାଚୁରାଲ ଗ୍ରୋଥ। ଇଟ୍ଉଇଲ କମ୍ ଆଜ ନାଚୁରାଲି ଆଜ ଦି ଫ୍ରୁଟ୍ ଟୁ ଦି ୱେଲ ପ୍ଲାଣ୍ଟେଡ୍ ଟ୍ରି।'

ଅର୍ଥାତ ସଂସ୍କୃତି ଏକ ସ୍ୱାଭାବିକ ଅଭିବୃଦ୍ଧି । ଉଦ୍ୟାନ ବୃକ୍ଷରେ ସ୍ୱାଭାବିକ ରୀତିରେ ଫଳ ଆସିବା ଭଲି କଥା । ତେଣୁ ବ୍ୟକ୍ତି ସହ ସଂସ୍କୃତି ନିତ୍ୟ ବିଦ୍ୟମାନ । ଅନ୍ୟ ଅର୍ଥରେ ସଂସ୍କାରିତ ବ୍ୟକ୍ତିର ଶାଶ୍ୱତ ଜୀବନ ଏବଂ ଜଗତ ସୃଷ୍ଟିକୁ ଅଭିବ୍ୟକ୍ତି ଦେବାର ଅନ୍ତଃ ପ୍ରେରଣା ଶକ୍ତି । ଯେଉଁମାନେ ଯାହା ପୁରାତନ, ପରମ୍ପରା, ପ୍ରଥା ବା ନିର୍ମିତ ବସ୍ତୁକୁ ସଂସ୍କୃତି କହିଥା'ନ୍ତି । ସେମାନେ ସଂସ୍କୃତି ରୂପକ ଶକ୍ତିର ଅନ୍ତଃ ପ୍ରେରଣାକୁ ଅସ୍ୱୀକାର କରିଥାନ୍ତି । ମନେ ରଖିବାକୁ ହେବ, ସଂସ୍କୃତିର ଉସ୍ସ ମାନବର ଚେତନା, ଯାହାର ବିକାଶ ଓ ପ୍ରବାହ ସମ୍ଭବପର ହୁଏ ବୋଧ ଶକ୍ତିର ଶିକ୍ଷାଦ୍ୱାରା ଅନ୍ୟଭାବେ କହିଲେ ହେବ । 'ସଂସ୍କୃତି' ଏକ ପୁରାତନ ପୁଷ୍କରିଣୀର ଜଳ ନୁହେଁ ବରଂ ଏକ ଗତିଶୀଳ ନଦୀ । ବୋଧ ଜ୍ଞାନର ଅଭାବ ନଦୀର ଶୁଷ୍କତା, ବିପରୀତରେ ନଦୀର ପ୍ରବହମାନତା । ତେଣୁ 'ସଂସ୍କୃତି' ନିତ୍ୟ, କାଳ ବା ଯୁଗୋପଯୋଗିତା ଦୃଷ୍ଟିରୁ ପରିବର୍ତନଶୀଳ ।

ସଂସ୍କୃତି ସାମାଜିକ ବ୍ୟକ୍ତିର ଭିତିରି ଶକ୍ତି । ତାହା ଅଦୃଶ୍ୟ; କିନ୍ତୁ ଭାଷା, ଚିତ୍ର ରେଖା ଆଦି ମାଧ୍ୟମରେ ତହିଁର ଅଭିବ୍ୟକ୍ତି । ଯେପରି ବିଜୁଳି ଶକ୍ତିରେ ବଲ୍ବ ଜଳେ, କଳକାରଖାନା ଚାଲେ; କିନ୍ତୁ ପରିଣତ ରୂପରୁ କେବଳ ଶକ୍ତିର ପରିକଳ୍ପନା କହିହୁଏ । କିନ୍ତୁ ତାହାକୁ ଦେଖିହୁଏ ନାହିଁ । 'ସଂସ୍କୃତି' ଠିକ୍ ଏହିଭଳି ବ୍ୟକ୍ତି ଭିତରର ଏକ ପ୍ରବହମାନ ଶକ୍ତି । ସାମାଜିକ ଜନ ସଂସ୍କାରର-ଜୀବନ ବାର୍ତ୍ତା ରୂପେ ଏହି ସଂସ୍କୃତି ଶକ୍ତି ସମୟ ପରିପ୍ରେକ୍ଷୀରେ ଭିନ୍ନ ଭିନ୍ନ ଫୁଲରୂପେ ଫୁଟିଛି । ତେଣୁ ସଂସ୍କୃତି ପରିବର୍ତନଶୀଳ । 'ସଂସ୍କୃତି' ବା 'କୃଷ୍ଟି' ଯଦିହୁଏ ମାନବ ସଭ୍ୟତାକୁ ତ୍ୱରାନ୍ୱିତ କରାଇବାର କ୍ରମବିକଶିତ ଶକ୍ତି, ତେବେ ତାହାର ଆଦ୍ୟ ପର୍ବର ଫୁଲ ହେଉଛି କୃଷ୍ଟି । ସଂସ୍କୃତି ଶକ୍ତିରୁ ଫୁଟିଥିବା ଆଜିର ସଭ୍ୟତା ଫୁଲ କାହାକାହା ରୁଚିକୁ ଭଲ ନଲାଗି ପାରେ । ଏହାକୁ ଆଳ କରି ସଂସ୍କୃତିର ଅବକ୍ଷୟ ଘଟୁଛି ବୋଲି କହି ହେବନାହିଁ ବରଂ କହିହେବ ସଭ୍ୟତାର ଅବକ୍ଷୟ । 'ସଂସ୍କୃତି' ମଣିଷ ଭିତରର ଏକ ଶକ୍ତି, ତାହା ଶାଶ୍ୱତ । ତହିଁର ଗତି ଅଛି; କିନ୍ତୁ କ୍ଷୟ-ବୃଦ୍ଧି କେବଳ ତା'ରି ଆଧାରରେ ଦୃଶ୍ୟ ହେଉଥିବା ସଭ୍ୟତାର ସାମାଜିକ ଚଳଣିରୁ କଳ୍ପିତ ମାତ୍ର । ଏଇ କଥାକୁ ନିତ୍ୟାନନ୍ଦ ମହାପାତ୍ର ଏଭଳି ଲେଖିଛନ୍ତି । ସଭ୍ୟତା ସଂସ୍କୃତିର ବାହ୍ୟ ପ୍ରକାଶ । ସଂସ୍କୃତି ବିଚାର ଆଉ ସଭ୍ୟତା ଆଚାର, ବିଚାର ହେଉଛି ମାନବିକ ବୋଧଶକ୍ତିର ପ୍ରବାହ ମାତ୍ର ।

ଐତିହାସିକ - ଆର୍ଣ୍ଟ ଟୟନବିଙ୍କ ମତରେ ଗୋଟିଏ ସଭ୍ୟ ଜାତିର ସଭ୍ୟତାକୁ ବାହାରୁ କେହି ହତ୍ୟା କରନ୍ତି ନାହିଁ । ଏହା ଆମ୍ଭହତ୍ୟା ଯୋଗୁ ହୋଇଥାଏ ।

ବହୁବର୍ଷ ତଳେ ପ୍ରଖ୍ୟାତ ଦାର୍ଶନିକ ବତ୍ରାଣ୍ଡ ରସେଲ ବିଦ୍ରୁପ କରି କହିଥିଲେ, ପ୍ରାଚ୍ୟ-ପାଶ୍ଚାତ୍ୟର କେବଳ ଚାରାପ ଗୁଣଟକ ଅନ୍ଧଭାବେ ଅନୁକରଣ କରୁଛି, ଯାହା ଆଜି ସତ୍ୟ ବୋଲି ଆମେ ହିଁ ପ୍ରମାଣ କରୁଛନ୍ତି ।

ରୁଡୟାର୍ଡ କିପ୍ଲିଙ୍ଗ ଲେଖିଛନ୍ତି- ପୂର୍ବ- ପୂର୍ବ ହୋଇରହିବ । ପଶ୍ଚିମ- ପଶ୍ଚିମ ହୋଇ ରହିବ । ଦୁହେଁ କେବେ ବି ପରସ୍ପରକୁ ଭେଟିବେ ନାହିଁ । ଏହା ଯେଉଁ କବିତାର ଅଂଶ ତାହାର ମୂଳଥିଲା ଗୋଟିଏ ଗପ । କିନ୍ତୁ ପଦ୍ୟାଂଶଟିର ବହୁଳ ବ୍ୟବହାର ହୋଇଛି ପ୍ରାଚ୍ୟ ଓ ପାଶ୍ଚାତ୍ୟ ଜଗତର ଚିରସ୍ଥାୟୀ ସାଂସ୍କୃତିକ ଭିନ୍ନତାକୁ ନେଇ । ସତେ ଯେପରି ଏ ପାର୍ଥକ୍ୟ କେବେ ବି ଦୂର ହେବାର ନାହିଁ । କିନ୍ତୁ ଆଧୁନିକତାର ସ୍ପର୍ଶରେ ପୂର୍ବ ଯେ ପଶ୍ଚିମ ପାଖକୁ ସାଂସ୍କୃତିକ ଓ ମନସ୍ତାତ୍ତ୍ୱିକ ସ୍ତରରେ ଦ୍ରୁତ ଗତିରେ ମାଡ଼ି ମାଡ଼ି ଚାଲିଛି ଏହା ସ୍ପଷ୍ଟ । ଜଳବାୟୁର ଭିନ୍ନତା ଲୋକମାନଙ୍କ ଚଳଣି ଉପରେ ପ୍ରଭୂତ ପ୍ରଭାବ ସ୍ପଷ୍ଟ ବାରି ହୋଇଯାଏ । ୟୁରୋପର ଲୋକମାନଙ୍କ ଚଳଣି ମୁଖ୍ୟତଃ ଘରର ଚାରିକାନ୍ଥ ଭିତରେ ଆବଦ୍ଧ ଥିଲାବେଳେ ଆମର ସବୁ କିଛି ହାଟ ବଜାର ଠାରୁ ଆରମ୍ଭ କରି ନାଚ-ଗୀତ ଯାଏ ଖୋଲା ପଡ଼ିଆରେ । ଏବେ ସେମାନଙ୍କଠାରୁ ଦେଖି ଶିଖି ଶୀତ ଦିନରେ ବି ଆମେ ଶୀତତାପ ନିୟନ୍ତ୍ରଣ କକ୍ଷରେ ଅଫିସ କାମଠୁ ଆରମ୍ଭ କରି ନାଚ, ଗୀତ, ସଭାସମିତି କରିବା ଆରମ୍ଭ କରୁଛୁ । ସେହିଭଳି ଆଜିର ସମୟରେ ୟୁରୋପର ଦେଶସବୁ ଉନ୍ନତ ବିଉଶାଳୀ ହୋଇଥିଲା ବେଳେ ଆମ ଦେଶ

ଅନୁନ୍ନତ ଓ ଦରିଦ୍ର ପ୍ରପୀଡ଼ିତ ଅବସ୍ଥାରେ ଅଛି । ଉପରୋକ୍ତ ବାହ୍ୟ ଦୃଶ୍ୟମାନ ଭିନ୍ନତା ସତ୍ତ୍ୱେ ୟୁରୋପୀୟ ଓ ଭାରତୀୟମାନଙ୍କ ଜୀବନଶୈଳୀ ମଧ୍ୟରେ ଆଉ ଏକ ଗଭୀରତର ଭିନ୍ନତା ଅଛି । ସେଇଟି ହେଲା ଜୀବନଧାରାର କ୍ଷିପ୍ରତା ।

ଇଂରେଜମାନଙ୍କ ଶାସନ କାଳରେ ସେମାନଙ୍କ ଉପସ୍ଥିତିରେ ଆମେ ସେମାନଙ୍କୁ ଘୃଣା କରୁଥିଲୁ । ସେମାନଙ୍କ ଆଦବ କାଇଦାକୁ ଖରାପ ଦୃଷ୍ଟିରେ ଦେଖୁଥିଲୁ ଓ ସେମାନଙ୍କ କ୍ଷମତା ଜାହିରକୁ ବିରୋଧ କରୁଥିଲୁ । କିନ୍ତୁ ବ୍ରିଟିଶ ଶାସନ ଲୋପ ହୋଇ ଦେଶ ସ୍ୱାଧୀନ ହେବା ପରେ ଇଂରେଜମାନେ ଏଠାରୁ ବିଦାୟ ନେଇ ଚାଲିଗଲା ପରେ ଆମେ ଭାରତୀୟମାନେ ସେମାନଙ୍କୁ ଅନୁସରଣ କରି ସେମାନଙ୍କ ପରି ବେଶପୋଷାକରେ ସଜ୍ଜିତ ହୋଇ ସାହେବଙ୍କ ପରି ହେବାକୁ ବୃଥା ଉଦ୍ୟମ କରୁଛନ୍ତି । ମାତ୍ର ସେମାନଙ୍କ ସ୍ୱାଭାବକୁ ଅନୁକରଣ କରୁନାହାନ୍ତି । ସେମାନଙ୍କ ଭଲି ଚରିତ୍ରବାନ, ସ୍ୱଷ୍ଟବାଦିତା, ନିଷ୍ଠାପରତା ଗୁଣକୁ ନ ଆଦରି ସେମାନଙ୍କ ବାହ୍ୟ ଆଡ଼ମ୍ବରକୁ ଅନ୍ଧଙ୍କ ପରି ଆଦରି ନେବାକୁ ଚେଷ୍ଟା କରୁଛନ୍ତି ଯାହା ସେମାନଙ୍କ ଅବର୍ତ୍ତମାନରେ ଆମେ ସେମାନଙ୍କ ଚଳଣିକୁ ବୁଦୁଙ୍କ ଭଲି ଅନୁକରଣ କରୁଛନ୍ତି ।

ଇଂରେଜମାନେ ପୁରାତନ ସଭ୍ୟଜାତି ନୁହନ୍ତି କିମ୍ବା ସେମାନଙ୍କ ସଭ୍ୟତା ବେଶିଦିନର ନୁହଁ । ଯେତେବେଳେ ଜୁଲିୟସ ସିଜର ଇଂଲଣ୍ଡ ଅଧିକାର କରିଥିଲେ 'ସେତେବେଳକାର ଇଂଲଣ୍ଡ ଯୁବରାଜ କେସିଭେଲାଉସ୍, ସିଜରଙ୍କ ଗାଲ ଅଧିକାର ବେଳେ ଗାଲରେ ବାସ କରୁଥିବା ରୋମୀୟମାନଙ୍କୁ ବିପର୍ଯ୍ୟସ୍ତ କରିଥିବାରୁ ଗାଲଠାରୁ ସିଜର ଜଳଜାହାଜ ସାହାଯ୍ୟରେ ଖ୍ରୀଷ୍ଟପୂର୍ବ ୫୪ରେ ବ୍ରିଟେନ ମଧ୍ୟରେ ପ୍ରବେଶ କରି ସେଠାକାର ଯୁବରାଜଙ୍କ ସୈନ୍ୟବାହିନୀକୁ ଶୋଚନୀୟ ଭାବେ ପରାସ୍ତ କରିଥିଲେ । କିନ୍ତୁ ସେଠାକାର ଅଧିବାସୀମାନେ ନିତାନ୍ତ ଅସଭ୍ୟ ଓ ଅନାର୍ଯ୍ୟଙ୍କ ପରି ଜୀବନଯାପନ କରୁଥିବାରୁ ସିଜର ସେ ଅନୁନ୍ନତ ଦେଶକୁ ନିଜ ଶାସନାଧୀନରେ ରଖିବାକୁ ପସନ୍ଦ ନ କରି ସେଠାରେ ଶାସନର କୌଣସି ବନ୍ଦୋବସ୍ତ କରି ନଥିଲେ ଓ ସେ ସ୍ଥାନ ପରିତ୍ୟାଗ କରି ରୋମ୍ ଫେରି ଯାଇଥିଲେ ।

ଅବଶ୍ୟ ସିଜରଙ୍କ ପରେ ଅନ୍ୟ କୌଣସି ବୈଦେଶିକ ଶକ୍ତି ଇଂଲଣ୍ଡକୁ ଅଧିକାର କରିବାକୁ ସମର୍ଥ ହୋଇପାରିନାହିଁ । ଏପରିକି ବିଶ୍ୱବିଜୟୀ ବୀର ଫରାସୀ ସମ୍ରାଟ ନେପୋଲିୟନ ବୋନାପାର୍ଟ କିମ୍ବା ଦ୍ୱିତୀୟ ବିଶ୍ୱଯୁଦ୍ଧର କର୍ଣ୍ଣଧାରା ଜର୍ମାନ ଚାନସଲର ଆଡଲଫ ହିଟଲର । ଇଂଲଣ୍ଡ ଅନେକ ଯୁଦ୍ଧରେ ପରାସ୍ତ ହୋଇଛି । ସେମାନେ ଯୁଦ୍ଧରେ ହାରିଯାଇ ସାଗର ବେଷ୍ଟିତ ନିଜ ଦ୍ୱୀପ ଦେଶରେ ଆତ୍ମଗୋପନ କରିରହନ୍ତି । ତା'ର ଶକ୍ତିଶାଳୀ ନୌବାହିନୀ କୌଣସି ବୈଦେଶିକ ଶକ୍ତିକୁ ସେଠାରେ ପହଞ୍ଚିବାର ସୁଯୋଗ ଦିଏ ନାହିଁ । ସେଥିପାଇଁ ଫରାସୀ ସମ୍ରାଟ ନେପୋଲିଅନ ଥରେ କହିଥିଲେ- "ମୁଁ ଯଦି ଥରେ ମାତ୍ର ଇଂଲଣ୍ଡରେ ପାଦ ରଖିବାକୁ (ଥାପିବାକୁ) ସୁଯୋଗ ପାଆନ୍ତି ତା'ହେଲେ ଇଂଲଣ୍ଡର ନାମକୁ ପୃଥିବୀ ପୃଷ୍ଠରୁ ସବୁଦିନ ପାଇଁ ଲିଭାଇ(ପୋଛି) ଦିଅନ୍ତି ।"

ସିଜରଙ୍କ ଇଂଲଣ୍ଡ ଅଧିକାର ସମ୍ଭବତଃ ଆର୍ଯ୍ୟାବର୍ତ୍ତରେ ମୌର୍ଯ୍ୟ ରାଜତ୍ୱ ଓ ଗୁପ୍ତଯୁଗର ମଧ୍ୟବର୍ତ୍ତୀ ସମୟ । ସେତେବେଳେ ଆର୍ଯ୍ୟାବର୍ତ୍ତ କେତେ ଉନ୍ନତ ଥିଲା ତା'ର ପ୍ରମାଣ ଇତିହାସରୁ ମିଳିପାରିବ । ସେ ସମୟରେ ବୀର ଖାରବେଲ ଓଡ଼ିଶାରେ (କଳିଙ୍ଗ) ରାଜତ୍ୱ କରୁଥିଲେ । କାରଣ ଉଭୟ ସିଜର ଓ ଖାରବେଲ ଖ୍ରୀଷ୍ଟପୂର୍ବ ପ୍ରଥମ ଶତାଧିର (୧୦୦) ବ୍ୟକ୍ତି (ଶାସକ) । ଜୁଲିୟସ ସିଜର ଖ୍ରୀଷ୍ଟପୂର୍ବ ୧୦୦ ରୁ ଖ୍ରୀଷ୍ଟପୂର୍ବ ୪୪ ପର୍ଯ୍ୟନ୍ତ ଓ ଖାରବେଲ ଖ୍ରୀଷ୍ଟପୂର୍ବ ୪୦ ରୁ ଖ୍ରୀଷ୍ଟପୂର୍ବ ୨୧ ପର୍ଯ୍ୟନ୍ତ ରାଜତ୍ୱ କରିଥିଲେ । ଖାରବେଲ ୨୪ ବର୍ଷ ବୟସରେ ସିଂହାସନ ଆରୋହଣ କରିଥିଲେ । ଦୁହେଁ ସମସାମୟିକ ହେଲେ ମଧ୍ୟ ସିଜରଙ୍କ ମୃତ୍ୟୁର ୪ବର୍ଷ ପରେ ଖାରବେଲଙ୍କ ରାଜତ୍ୱ ଆରମ୍ଭ ହୋଇଥିଲା । ଜୁଲିୟସ ସିଜରଙ୍କ ପରି ଖାରବେଲ ମଧ୍ୟ ଯୋଦ୍ଧା, ସାମ୍ରାଜ୍ୟ ନିର୍ମାତା ଓ ଦିଗବିଜୟୀ ବୀର ଥିଲେ । ଆହୁରି ମଧ୍ୟ ଖାରବେଲ ସୁଶାସକ ଥିଲେ । ଖାରବେଲଙ୍କ ରଜତ୍ୱ କାଳରେ ଓଡ଼ିଶା ଗୌରବର ଚରମ ସୀମାରେ ପହଞ୍ଚି ପାରିଥିଲା । ଖ୍ରୀଷ୍ଟପୂର୍ବ ପ୍ରଥମ ଶତାଧୀରେ ଚେଦୀବଂଶର ତୃତୀୟ ଦାୟଦ କଳିଙ୍ଗ ସମ୍ରାଟ ଖାରବେଲ, ସମଗ୍ର ଭାରତ ବର୍ଷର ଅଧିକାଂଶ ରାଜ୍ୟ ବିନା ରକ୍ତପାତରେ ଜୟଲାଭ

କରିଥିଲେ । ତାଙ୍କ ପରେ କେଶରୀ ବଂଶ, ଗଙ୍ଗବଂଶ ଓ ସୂର୍ଯ୍ୟବଂଶର ରାଜାମାନଙ୍କର ସୁଶାସନ ଓଡ଼ିଶାର କଳା, ସଂସ୍କୃତି ଓ ସାହିତ୍ୟକୁ ଗୌରବ ମଣ୍ଡିତ କରିପାରିଥିଲା । ଭାରତବର୍ଷ ପୃଥିବୀର ଅନ୍ୟତମ ପ୍ରାଚୀନ ସଂସ୍କୃତି ଓ କଳାର ଦେଶ । ଏହି ଦେଶରେ ସଙ୍ଗୀତ, ନୃତ୍ୟ, ବାଦ୍ୟ, ଗଣିତ, ଜ୍ୟୋତିଷ, ଚିକିତ୍ସା ଏବଂ ବିଜ୍ଞାନରେ ଉକର୍ଷ ସାଧିତ ହୋଇଥିଲା । ଭାରତର ପ୍ରାଚୀନ ମୁନି, ଋଷିମାନେ ତପସ୍ୟା ବଳରେ ଜ୍ଞାନ ଆହରଣ କରି ଅନ୍ୟମାନଙ୍କୁ ବିତରଣ କରିଥିଲେ । ଆମ ଦେଶର ସଂସ୍କୃତ ଭାଷା ପୃଥିବୀର ଅନ୍ୟ ଭାଷାମାନରଙ୍କର ମାଆ କହିଲେ ଅତ୍ୟୁକ୍ତି ହେବନାହିଁ । ସେଥିପାଇଁ ଭାରତକୁ ବିଶ୍ୱ ସଭ୍ୟତାର ଅଣ୍ଟୁଡ଼ିଶାଳ ବୋଲି କୁହାଯାଏ । ଆଉ ସଂସ୍କୃତ ଭାଷା ବିଶ୍ୱର ସର୍ବଶ୍ରେଷ୍ଠ ଭାଷା ବୋଲି ମ୍ୟାକ୍ସ ମୁଲର ମତବ୍ୟକ୍ତ କରିଛନ୍ତି । ମହାତ୍ମା ଗାନ୍ଧୀ କହନ୍ତି- ସଂସ୍କୃତ ଭାଷା ନ ପଢ଼ି କେହି ପ୍ରକୃତ ଅର୍ଥରେ ଭାରତୀୟ ବା ଜ୍ଞାନୀ ହୋପାରିବ ନାହିଁ । କେବଳ ଏତିକି ନୁହେଁ ଏହା ଭାରତର ପ୍ରାନ୍ତୀୟ ଭାଷା ଗୁଡ଼ିକର ପ୍ରାଣଶକ୍ତି । ଏହି ପ୍ରାଣ ପ୍ରବାହ ବାଧା ପ୍ରାପ୍ତ ହେଲେ ଆଞ୍ଚଳିକ ଭାଷାଗୁଡ଼ିକ ଭୀଷଣ ଭାବେ କ୍ଷତିଗ୍ରସ୍ତ ହେବେ । ସେ ଆହୁରି ମଧ କହିଥିଲେ- ସେତିକିବେଳେ ମୁଁ ଯେତିକି ସଂସ୍କୃତ ଶିଖିଥିଲି, ସେତକ ଶିଖିନଥିଲେ ଆଜି ସଂସ୍କୃତ ଶାସ୍ତ୍ରୁ ଯେତିକି ରସ ନେଇ ପାରୁଛି ସେତକ ମୋ ଦ୍ୱାରା ହୋଇନଥାନ୍ତା ବରଂ ମୁଁ ସଂସ୍କୃତ ବେଶୀ ଶିଖ୍ ପାରିଲି ନାହିଁ ବୋଲି ପସ୍ତାଉଛି । କାରଣ ମୁଁ ପରେ ବୁଝିଛି ଯେ କୌଣସି ହିନ୍ଦୁ ବାଳକ ସଂସ୍କୃତରେ ସରସ ଜ୍ଞାନ ବିନା ରହିବା ଉଚିତ ନୁହେଁ । (ସତ୍ୟର ପ୍ରୟୋଗ ପୃ୧୩)

ନେହରୁ ମଧ ଏକଦା କହିଥିଲେ- ମୋତେ ଯଦି ପଚରାଯାଏ ଭାରତର ସବୁଠାରୁ ମୂଲ୍ୟବାନ ସମ୍ପଦ କ'ଣ ଏବଂ ସବୁଠାରୁ ସୁକ୍ଷ୍ମତମ ଐତିହ୍ୟ କ'ଣ ? ମୁଁ ବିନା ଦ୍ୱିଧାରେ କହିପାରେ ତାହା ହେଉଛି ସଂସ୍କୃତ ଭାଷା ଓ ସାହିତ୍ୟ । ଯେପର୍ଯ୍ୟନ୍ତ ଆମ ସଂଭ୍ରାନ୍ତ ଭାଷା ଯାହାକୁ ଆମେ ଉତ୍ତରାଧିକାର ସୂତ୍ରରେ ପାଇଛେ ତାହା ଆମ ଜନମାନସକୁ ପ୍ରଭାବିତ କରି ରଖିଥିବ, ସେ ପର୍ଯ୍ୟନ୍ତ ଆମ ଦେଶ ମହାନ ହୋଇ ରହିଥିବ । ସ୍ୱାଧୀନ ଭାରତର ଦୁଇ କର୍ଣ୍ଧାର ଗାନ୍ଧୀ ଓ ନେହରୁଙ୍କ ସଂସ୍କୃତ ପ୍ରତି ଏତେ ସମ୍ମାନ ଓ ଅନୁରାଗ ସତ୍ତ୍ୱେ ଆଜି ଦେଶରେ ଏହି ମହାନ ଭାଷା ପ୍ରତି ଏତେ ଅବହେଲା କାହିଁକି ? ତାହା ହିଁ ପ୍ରଶ୍ନ । ସଂସ୍କୃତ ଆମ ଜାତୀୟ ସଂହତିର ପ୍ରତୀକ ଏବଂ ସାଂସ୍କୃତିକ ଚେତନାର ଦ୍ୟୋତକ । ସଂସ୍କୃତି ସମୃଦ୍ଧ ଓଡ଼ିଶା ମଧ ସଂସ୍କୃତ ଶିକ୍ଷା କ୍ଷେତ୍ରରେ ଅଗ୍ରଣୀ ଭୂମିକା ଗ୍ରହଣ କରିଥିଲା ।

ବହୁକାଳ ପୂର୍ବରୁ ରୁଷିଆର କାମେରନ ଥ୍ୟେଟରରେ ମହାକବି କାଳିଦାସଙ୍କ ପ୍ରସିଦ୍ଧ, ଅଭିଜ୍ଞାନ 'ଶକୁନ୍ତଳମ' ନାଟକ ୟୁକ୍ରେନୀୟ ଭାଷାରେ ଅନୂଦିତ ହୋଇ ମଞ୍ଚସ୍ଥ ହୋଇଛି ଓ ବିପୁଳ ଆଦର ଲାଭ କରିଛି । ସେହିପରି ମହାକବି କାଳିଦାସଙ୍କ 'ମେଘଦୂତମ' ଖଣ୍ଡ କାବ୍ୟର ଜର୍ମାନ ଭାଷାରେ ଅନୁବାଦ କରି ଜର୍ମାନ ଲେଖକ 'ଗେଟେ' ଅମର ହୋଇଯାଇଛନ୍ତି । 'ମେଘଦୂତମ'ର ଅନ୍ତର୍ନିହିତ ଆବେଗ ଓ ଉଚ୍ଛ୍ୱାସ ଗେଟେଙ୍କ ଲେଖନୀରେ ଜୀବନ୍ତ 'ଭାରତୀୟ ଜୀବନ ଯାତ୍ରାର ପବିତ୍ର, ସଂଯମ ଓ ନୀତିବାଦୀ ଜୀବନ ଧାରା, ନିଛକ ପ୍ରତିଛବି ସଂସ୍କୃତ ସାହିତ୍ୟରେ ବିଶ୍ୱବାସୀ ଜାଣିବାର ସୁଯୋଗ ପାଇ ପାରିଛନ୍ତି । ଯାବତ୍ ଭାରତ ବର୍ଷଂ ସ୍ୟାତ ଯାବତ୍ ବିନ୍ଧ୍ୟ ହିମାଚଲୁ, ଯାବତ୍ ଗଙ୍ଗା ଚ ଗୋଦା ଚ ତାବଦେବ ହିଁ ସଂସ୍କୃତମ୍।' ଯେଉଁଭାଷା ଦେବଭାଷା ଭାବରେ ଅମୃତ ଜୀବନର ପ୍ରେରଣା ଦିଏ। ସଂସ୍କୃତ ଭାଷା ଓ ସାହିତ୍ୟ ବିଶ୍ୱରେ ଅତୁଳନୀୟ । ଅନ୍ୟ କୌଣସି ଦେଶରେ ଏହି ଭାଷା ଥିଲେ ସେମାନେ ନିଜକୁ ପରମ ସୌଭାଗ୍ୟଶାଳୀ ବୋଲି ମନେ କରି ଥାଆନ୍ତେ ।

ସଂସ୍କୃତ ଏକ ପବିତ୍ର ଦେବଭାଷା ଏବଂ ଅନାଦି କାଳରୁ ପରିଚିତ । ଏହାର ପ୍ରବକ୍ତା ସାଂସଦ ଲକ୍ଷ୍ମୀକାନ୍ତ ମୈତ୍ରଙ୍କ ମତରେ ସଂସ୍କୃତ ପୃଥିବୀର ସବୁଭାଷାର ମାତାମହୀ ଏବଂ ସବୁଠାରୁ ବିଜ୍ଞାନ ସମ୍ମତ ଭାଷା । କିନ୍ତୁ ଏପରି ଦାବି ପଛରେ ଯୁକ୍ତି ଦୁର୍ବଳ ଥିଲା । କାରଣ ଭାରତରେ ଯେଉଁ ୧୬୫୨ ଭାଷା, ସେମାନଙ୍କ ମଧରୁ ଅଧିକାଂଶଙ୍କର ମୂଳ ସ୍ରୋତ ଥିଲା ଇଣ୍ଡୋ- ଆର୍ଯ୍ୟାନ, ଦ୍ରାବିଡ଼ିଆନ (ସଂସ୍କୃତ ଠାରୁ ପୁରୁଣା), ଅଷ୍ଟ୍ରୋ- ଏସିଆଟିକ, ତବ୍ଦତ- ବର୍ମା, ଆସାମିଜ ଓ ଆଣ୍ଡାମାନ

ନିକୋବରୀ ଫାମିଲ । ଏହାଛଡ଼ା ଲକ୍ଷ ଲକ୍ଷ ଲୋକ କହୁଥିଲେ ସାନ୍ତାଲୀ, କୁଇ, ସଉରା, ଅଙ୍ଗାମି ଓ ବୋଡ଼ୋ ଭାଷା– ସଂଖ୍ୟାଲଘୁଙ୍କ ଭାଷାକୁ ଆରବିକ୍ ଓ ଫାର୍ସି ପ୍ରଭାବିତ କରିଥିଲା । ୧୯୪୯ ସେପ୍ଟେମ୍ବର ୧୪ ତାରିଖ ଥିଲା ସମ୍ବିଧାନ ସଭାର ଆଉ ଏକ ଐତିହାସିକ ଦିବସ । ସେଦିନ ପ୍ରମୁଖ ଆଦିବାସୀ ନେତା ଜୟପାଲ ସିଂ ଜନଗଣନା (ସେନ୍‌ସସ୍ ଇଣ୍ଡିଆ) ରିପୋର୍ଟରେ ଉଲ୍ଲିଖିତ ୧୭୬ ଆଦିବାସୀ ଭାଷାର ସୁରକ୍ଷା ସ୍ୱୀକୃତି ପ୍ରସଙ୍ଗ ଉଠାଇ ଥିଲେ ଏବଂ କହିଥିଲେ ଆଦିବାସୀମାନେ ଯେଉଁ ରାଜ୍ୟରେ ରହନ୍ତି ସେଠାର ଭାଷା ଶିଖନ୍ତି ଓ କହନ୍ତି । ଯେମିତି କୁଇଭାଷୀ କହନ୍ତି ଓଡ଼ିଆ, ସାନ୍ତାଲୀ କହନ୍ତି ବଙ୍ଗଳା । କିନ୍ତୁ ଆଜିର ସମ୍ବିଧାନ ସଭାରେ ଜଣେ ବି ସଦସ୍ୟ ନାହାନ୍ତି ଯେ କି ତାଙ୍କ ରାଜ୍ୟ ବା ଅଞ୍ଚଳର ଆଦିବାସୀଙ୍କ ଭାଷାରେ ଦିପଦ କହିପାରିବେ ।

କିନ୍ତୁ ହତଭାଗ୍ୟ ଏ ଦେଶ ଏହି ଗୌରବଶାଳିନୀ ଭାଷା ସାମ୍ରାଜ୍ଞୀ ସଂସ୍କୃତ ତାହାର ନିଜର କେତେକ ଦାୟାଦଙ୍କ ପାଇଁ ଏବେ ହତାଦରର ଶିକାର ହେଉଛି । ଅଥଚ କେତେଟା ବର୍ଷର ଇଂରେଜମାନଙ୍କ ଅତ୍ୟାଚାର ପୂର୍ଣ୍ଣ ଓ ଶୋଷଣ ଧର୍ମୀ ଶାସନ ପୂର୍ବ ଗୌରବକୁ ଭୁଲାଇ ଓଡ଼ିଆମାନଙ୍କୁ ତା' ନିଜ ଆଡ଼କୁ ଟାଣିନେବାକୁ ସକ୍ଷମ ହେଲା । ପ୍ରକାଶଥାଉକି ୧୮୨୨ ରେ ପ୍ରଥମେ ଇଂରେଜ ଶାସକ ମିଶନାରୀମାନଙ୍କ ଦ୍ୱାରା ଓଡ଼ିଶାରେ ଇଂରାଜୀ ଶିକ୍ଷାର ପ୍ରଚଳନ କଲେ ।

୧୯୩୧ରେ ଲଣ୍ଡନରେ ଅନୁଷ୍ଠିତ ଗୋଲଟେବୁଲ ବୈଠକରେ ଗାନ୍ଧୀ ତାଙ୍କର ଏକ ଭାଷଣରେ କହିଥିଲେ – ଶିକ୍ଷାରୂପୀ ସୁନ୍ଦର ବୃକ୍ଷକୁ ବ୍ରିଟିଶ ଶାସକ କାଟି ପକାଇଲା । ସେଥିପାଇଁ ଭାରତରେ ଏବେ ଅଶିକ୍ଷିତଙ୍କ ସଂଖ୍ୟା ଶହେ ବର୍ଷ ତଳେ ଯାହାଥିଲା ତା' ଠାରୁ ଅଧିକ । ବୈଠକରେ ତୁରନ୍ତ ଗାନ୍ଧୀଙ୍କ ତର୍କର ପ୍ରତିବାଦ କରି ତତ୍କାଳୀନ ବ୍ରିଟିଶ ସାଂସଦ ଫିଲିପ କହିଲେ "ଇଂରେଜମାନେ ଅର୍ଥାତ ଆମେ ଭାରତରେ ଜନସାଧାରଣଙ୍କୁ ଶିକ୍ଷିତ କରିଛୁ । ତେଣୁ ଆପଣ ବକ୍ତବ୍ୟ ସପକ୍ଷରେ ପ୍ରମାଣ ଦିଅନ୍ତୁ । ନଚେତ କ୍ଷମା ପ୍ରାର୍ଥନା କରି ଏହାକୁ ପ୍ରତ୍ୟାହାର କରନ୍ତୁ ।" ଗାନ୍ଧିଜୀ ଦୃଢ଼ତାର ସହ କହିଲେ– 'ମୁଁ ଯାହା କହିଛି ତାହାକୁ ପ୍ରମାଣ କରିବା ପାଇଁ ପ୍ରସ୍ତୁତ ଅଛି ।' ପରେ ସମୟ ଅଭାବରୁ ଏହି ବିତର୍କକୁ ଏଠାରେ ବନ୍ଦକରି ଦିଆଯାଇଥିଲା । ପରବର୍ତ୍ତୀ ସମୟରେ ଗାନ୍ଧିଜୀଙ୍କର ଅନୁଗାମୀ ଧରମପାଲ ବ୍ରିଟିଶ ମ୍ୟୁଜିୟମକୁ ଯାଇ ଏ ସଂକ୍ରାନ୍ତ ନଥିପତ୍ର ସଂଗ୍ରହ କରି 'ଦି ବ୍ୟୁଟି ଫୁଲ ଟ୍ରି' ନାମକ ଏକ ପୁସ୍ତକ ଲେଖିଥିଲେ । ୧୮୭୦ ବେଳକୁ ବ୍ରିଟିଶ ସରକାର ଭାରତୀୟ ଶିକ୍ଷା ବ୍ୟବସ୍ଥାକୁ ସମ୍ପୂର୍ଣ୍ଣ ଧ୍ୱଂସ କରି ସାରିଥିଲେ । ଗାଁ ଗାଁରେ ଥିବା ଲକ୍ଷ ଲକ୍ଷ ଗୁରୁକୁଳ ଏବଂ ସଂସ୍କୃତ ଶିକ୍ଷାନୁଷ୍ଠାନଗୁଡ଼ିକ ବଦଳରେ ନୂତନ ଭାବେ ଇଂରାଜୀରଗରିମା ବହନ କରୁଥିବା ଶିକ୍ଷାନୁଷ୍ଠାନ ସରକାରୀ ପୃଷ୍ଟପୋଷକତାରେ ଗଢ଼ିଉଠିଲା । ସଂସ୍କୃତ ଭାଷାର ଅବକ୍ଷୟର ଆରମ୍ଭ ହେଲା ।

ସଂସ୍କୃତ ଶିକ୍ଷାର ଯାହା କିଛି ମର୍ଯ୍ୟାଦା ଅବଶେଷ ଥିଲା ସ୍ୱାଧୀନ ଭାରତର ଆମ ନିଜ ସରକାର ତାକୁ ନଷ୍ଟ କରିବା ପ୍ରକ୍ରିୟା ଆରମ୍ଭ କଲେ ଯାହା ଏ ପର୍ଯ୍ୟନ୍ତ ଚାଲିଛି । ଏହା ନିର୍ବିବାଦ ଯେ ଆମ ପ୍ରାଚୀନ ସଂସ୍କୃତିର ପରିଭାଷା ହେଉଛି ସଂସ୍କୃତ 'ସଂସ୍କୃତି ସଂସ୍କୃତାଶ୍ରିତା' ବୋଲି କୁହାଯାଇଛି । ପୃଥିବୀର ସବୁଭାଷାମାନଙ୍କ ମଧ୍ୟରେ ସଂସ୍କୃତ ହେଉଛି ପ୍ରାଚୀନତମ ଏବଂ ସମୃଦ୍ଧ । ଏହା କେବଳ ଭାରତୀୟ ଭାଷାମାନଙ୍କର ଜନନୀ ନୁହେଁ ବିଦେଶୀ ଓ ୟୁରୋପୀୟ ଭାଷାଗୁଡ଼ିକର ଅନେକ ଶବ୍ଦ ସଂସ୍କୃତରୁ ଆନିତ– ଏକଥା ବହୁଧା ପ୍ରମାଣିତ ହୋଇସାରିଛି ।

ଭାରତର ପ୍ରାଚୀନୀ ଭାଷା ସଂସ୍କୃତର ଆଦର ଆମ ଦେଶରେ ବିଶେଷ ଭାବରେ ନାହିଁ କହିଲେ ଚଳେ । ଆର୍ଯ୍ୟ ଭାରତର ସଂସ୍କୃତି, ଐତିହ୍ୟ ରୀତିନୀତି ଓ ରାଷ୍ଟ ଗଠନ କ୍ଷେତ୍ରରେ ଏହି ଭାଷାରେ ଲିଖିତ ଗ୍ରନ୍ଥଗୁଡ଼ିକରୁ ଆମେ ବହୁ ତଥ୍ୟ ଉପଲବ୍ଧ କରିଥାଉ । ବେଦ, ବେଦାନ୍ତ ସ୍ମୃତିଶାସ୍ତ, ପୁରାଣ ଓ ଅନ୍ୟାନ୍ୟ ଗ୍ରନ୍ଥରୁ ଭାରତର ମହିମାମୟ ଚରିତ୍ର ପରିଚୟ ମଧ୍ୟ ମିଳିଥାଏ । ଏବେ ଭାରତରେ ଓ ବିଶେଷ ଭାବରେ ଅନ୍ୟାନ୍ୟ ରାଷ୍ଟରେ ଦ୍ରୁତ ଗତିରେ ବୈଷୟିକ ଶିକ୍ଷା ଜଗତରେ ସଂସ୍କୃତ ମର୍ଯ୍ୟାଦାପୂର୍ଣ୍ଣ ସ୍ଥାନ ଅଧିକାର କରିବାକୁ ଯାଉଥିବା ଜଣାଯାଏ ।

କୁହାଯାଇଛି କି ଦ୍ରୁତଗତିରେ ବିକାଶ ଲାଭ କରିଥିବା ବୈଷୟିକ ଜ୍ଞାନ ସଂସ୍କୃତର ଆବଶ୍ୟକତା ଅନୁଭୂତ ହେଉଛି । ଏ ସମ୍ପର୍କରେ ମାଲେସିଆରେ ହାଇକମିଶନର ଭାବେ ନିଯୁକ୍ତ ପିଦ୍ୟୁଲ କୁମାର ଗୁରୁତ୍ୱପୂର୍ଣ୍ଣ ସୂଚନା ଦେଇ କହିଛନ୍ତି ଯେ ଆର୍ଟିଫିସିଆଲ ଇଣ୍ଟେଲିଜେନ୍ସ ପାଇଁ ସଂସ୍କୃତକୁ ପ୍ରମୁଖ ଭାଷା ଭାବେ ଗ୍ରହଣ କରାଯାଇ ପାରିବ । ଏ ଆଇ'ର ସ୍ୱୟଂ ଚାଲିତ କାରବାରକୁ ଏହି ଭାରତୀୟ ଭାଷାର ଉଚ୍ଚାରଣ ପରିଚାଲିତ କରିପାରିବ । ବିଭିନ୍ନ ଭାଷା ଉପରେ ଗବେଷଣା ପରେ ବୈଜ୍ଞାନିକମାନେ ଏହି ସିଦ୍ଧାନ୍ତରେ ଉପନୀତ ହୋଇଥିବା ସେ ପ୍ରକାଶ କରିଛନ୍ତି । ଉଲ୍ଲେଖନୀୟ ଯେ ଦକ୍ଷିଣ -ପୂର୍ବ ଏସିଆରେ ଏକାଦଶ ଶତାବ୍ଦୀରେ ସଂସ୍କୃତ ଭାଷା କଥିତ ଭାଷା ଥିବାର କୁହାଯାଏ । ବିଶେଷତଃ ଇଣ୍ଡୋନେସିଆ, ବାଲି, ସୁମାତ୍ରା, ମାଲେସିଆ, ଥାଇଲାଣ୍ଡ, କାମ୍ବୋଡିଆ ପ୍ରଭୃତି ଦେଶରେ ସଂସ୍କୃତ ଭାଷାର ପଦଚିହ୍ନ ସ୍ପଷ୍ଟ ଭାବେ ଦେଖିବାକୁ ମିଳେ । ଏହିସବୁ ଦେଶଗୁଡ଼ିକରେ ସଂସ୍କୃତ ଏବଂ ଏହାର ପରିଭାଷାର ବିଚାର, ବ୍ୟାଖ୍ୟାନ ଓ ବ୍ୟାପକତାର ବହୁ ପ୍ରମାଣ ଉପଲବ୍ଧ ହୁଏ । ଶ୍ରୀ ପିଦ୍ୟୁଲ କୁମାରଙ୍କ ଯୁକ୍ତିପୂର୍ଣ୍ଣ ତଥ୍ୟ ଭାରତ ସରକାରଙ୍କୁ ମଧ୍ୟ ପ୍ରଭାବିତ କରିପାରିଛି । ଉଲ୍ଲେଖନୀୟ ଯେ ଆନ୍ତର୍ଜାତିକ ସ୍ତରରେ ସଂସ୍କୃତ ଭାଷାକୁ ନେଇ ଗବେଷଣା ଚାଲିଥିବା କଥା ଅନେକଙ୍କୁ ଜଣାନଥିବା । ସଂସ୍କୃତର ଉଚ୍ଚାରଣ ସହିତ ଲେଖନୀ ଶୈଲୀ ବିଜ୍ଞାନ ସମ୍ମତ ଭାବରେ ସଂଯୁକ୍ତ ହୋଇଛି ବୋଲି କୁହାଯାଇପାରେ । ଶବ୍ଦ ଉଚ୍ଚାରଣରୁ କାର୍ଯ୍ୟ ସାଧନ ଓ ଘଟଣାର ସୂଚନା ଭିତରେ ବିଜ୍ଞାନ ସମ୍ମତ ଯୋଗାଯୋଗ ରହିଛି । ସଂସ୍କୃତର ଧ୍ୱନିଶାସ୍ତ୍ର ବିଚିତ୍ର ଭାବରେ ଲେଖନ ଶୈଲୀକୁ ପ୍ରଭାବିତ କରିପାରିଛି । ଇଂରାଜୀ, ଫରାସୀ ଭାଷାର ଉଚ୍ଚାରଣ ସହ ଲେଖିବା ଶୈଲୀ ଓ ବିଜ୍ଞାନ ସମ୍ପର୍କ ରହିପାରେ ନାହିଁ । ସଂସ୍କୃତ ଭାଷାରେ କମ୍ପ୍ୟୁଟର କାର୍ଯ୍ୟକ୍ରମ କ୍ଷେତ୍ରରେ ବିକାଶ ଘଟିବାର ବହୁତ ଆଶା କରାଯାଏ । ଯାହା ମନେ ହୁଏ ଆଗାମୀ ଦିନରେ ସଂସ୍କୃତ ହିଁ ଆର୍ଟିଫିସିଆଲ ଇଣ୍ଟେଲିଜେନ୍ସର ମେସିନ ଏଜେଣ୍ଟ ଭାବରେ କାର୍ଯ୍ୟ କରିପାରେ ।

ବିଶ୍ୱବାସୀଙ୍କ ଆଗରେ ୧୮୯୩ ସେପ୍ଟେମ୍ବର ୧୧ ତାରିରେ ଆମେରିକାର ସିକାଗୋ ସହରରେ ଧର୍ମ ମହାସମ୍ମିଳନୀରେ ଭାରତର ସଂସ୍କୃତିକୁ ପ୍ରତିପାଦିତ କରିଥିଲେ ସ୍ୱାମୀ ବିବେକାନନ୍ଦ, ଯାହାର ପ୍ରାଣ ହେଉଛି ସଂସ୍କୃତ ଭାଷା । ଇଂରେଜ ଶାସକ ସଂସ୍କୃତର ବିନାଶ ପାଇଁ ଏକପକ୍ଷରେ ଉଦ୍ୟମ କରୁଥିଲା ବେଲେ ଅପର ପକ୍ଷରେ ଜର୍ମାନୀର ମାକ୍ ମୁଲରଙ୍କ ପରି ବିଦେଶୀ ବିଦ୍ୱାନମାନେ ବେଦ, ଉପନିଷଦ, ରାମାୟଣ, ମହାଭାରତ ଏବଂ ବିଶ୍ୱର ସର୍ବଶ୍ରେଷ୍ଠ ଗ୍ରନ୍ଥର ମାନ୍ୟତା ପାଇଥିବା ଶ୍ରୀମଦ୍ ଭାଗବତ ଗୀତାକୁ ନେଇଗଲେ ସେମାନଙ୍କର ବିଶ୍ୱବିଦ୍ୟାଳୟରେ ଗବେଷଣା ପାଇଁ । ଏବେ ପୃଥିବୀର ଅନେକ ବିଶ୍ୱବିଦ୍ୟାଳୟରେ ସଂସ୍କୃତ ଭାଷା ଜ୍ଞାନ ଉପରେ ଗବେଷଣା ହେଉଥିଲା ବେଲେ ଆମ ଦେଶରେ ଏହାର ଆଦର କମିବାରେ ଲାଗିଛି । 'ନାସା'ର ବୈଜ୍ଞାନିକ ଗିନ୍ବ୍ରିରସ ମତ ଦେଇଛନ୍ତି ଯେ କମ୍ପ୍ୟୁଟର ପାଇଁ ସଂସ୍କୃତ ହେଉଛି ସର୍ବାପେକ୍ଷା ସହଜ ଭାଷା ।

ଏପରିକି ମଧୁବାବୁ କଲିକତାରୁ ଫେରି ଜାତୀୟ ଆନ୍ଦୋଲନର ନେତୃତ୍ୱ ନେଲାବେଲକୁ ଓଡ଼ିଆ କହିଲେ କେବଳ ଜଳେଶ୍ୱରଠାରୁ ଚିଲିକା ପର୍ଯ୍ୟନ୍ତ ଅର୍ଥାତ- ବାଲେଶ୍ୱର, କଟକ ଓ ପୁରୀ ପର୍ଯ୍ୟନ୍ତ ଥିଲା ମୋଗଲବନ୍ଦୀ ଓଡ଼ିଶା । ଗଡ଼ଜାତ ରାଜ୍ୟସବୁ ରାଜାମାନଙ୍କ ପ୍ରତ୍ୟେକ ଶାସନାଧୀନ ଥିଲା ଏବଂ ସେମାନଙ୍କ ସହିତ ସମନ୍ୱୟ ରକ୍ଷା କରୁଥିଲେ ବ୍ରିଟିଶ ସରକାରଙ୍କ ଜଣେ ପଦାଧିକାରୀ । ସେତେବେଲେ ଓଡ଼ିଶାର ସାକ୍ଷର ସଂଖ୍ୟା ଦଶଭାଗ ହୋଇଥିବ । ବିଂଶ ଶତାବ୍ଦୀ ପ୍ରାରମ୍ଭରେ ସାକ୍ଷର ସଂଖ୍ୟା ଓ ଯୋଗାଯୋଗ ବ୍ୟବସ୍ଥା ପ୍ରାଥମିକ ସ୍ତରରେ ଥିଲା । ୧୯୦୦ ମସିହାରେ ଭାଇସରାୟ ଲର୍ଡ

କର୍ଜନ ରେଲଯୋଗେ କଲିକତାରୁ ଓଡ଼ିଶା ଆସିବା ଏକ ଯୁଗାନ୍ତକାରୀ ଘଟଣା ଥିଲା । ଶିକ୍ଷା ଯୋଗାଯୋଗ ପ୍ରାଥମିକସ୍ତରେ ଥିବାରୁ ସାମାଜିକ ଗତିଶୀଳତା ଅତିକମ୍ ଥିଲା । ତଥାପି ମଧୁବାବୁଙ୍କ ଉଦାରବାଦୀ ଚିନ୍ତା ଓ ଦେଶପ୍ରୀତି ଏବଂ ଗୋପବନ୍ଧୁଙ୍କ ସମର୍ପିତ ଉଦ୍ୟମ ଲୋକମାନଙ୍କୁ ଉଦ୍‌ବୁଦ୍ଧ କରିଥିଲା । ଗୋପବନ୍ଧୁଙ୍କ ଦ୍ୱାରା ସତ୍ୟବାଦୀଠାରେ ସ୍ଥାପନ କରାଯାଇଥିବା ବନବିଦ୍ୟାଳୟ ଥିଲା ଜାତିପ୍ରେମ ବହ୍ନି ପ୍ରଜ୍ୱଳିତ କରିବା ସହିତ ସ୍ୱାଧୀନତାର ମନ୍ତ୍ରଦ୍ୱାରା ଦେଶବାସୀଙ୍କୁ ଉଦ୍‌ବୁଦ୍ଧ ଓ ଅନୁପ୍ରାଣିତ କରିବା । ଗୋଟିଏ ଦିଗରେ ଗୋପବନ୍ଧୁଙ୍କ ନେତୃତ୍ୱରେ କଂଗ୍ରେସ ଅସହଯୋଗ ଆନ୍ଦୋଳନ ଶକ୍ତିଶାଳୀ ହେଲା ତ ଅନ୍ୟ ଦିଗରେ ଛୋଟଲାଟ, ବଡ଼ଲାଟ ଓ ଅନ୍ୟ ଉଚ୍ଚ ପଦାଧିକାରୀମାନଙ୍କୁ ଓଡ଼ିଆମାନେ ସେମାନଙ୍କର ଆପତ୍ତି ଅଭିଯୋଗ ଜଣାଇଲେ ।

ଇଷ୍ଟ– ଇଣ୍ଡିଆ କମ୍ପାନୀ ବଙ୍ଗଳା, ବିହାର ଓ ଓଡ଼ିଶାର ଦେୱାନୀ ପାଇଲା ୧୭୬୫ରେ ଏବଂ ପୋର୍ଟଉଇଲିୟମ ଦୁର୍ଗରୁ ଏହା ଓଡ଼ିଶା, ବିହାର ଓ ବଙ୍ଗାଳାକୁ ଶାସନ କଲା ୧୭୧୪ରୁ । ଓଡ଼ିଶାରେ ଇଂରାଜୀ ଶିକ୍ଷା ଆରମ୍ଭ ହେଲା ୧୮୩୫ରେ । ଟି.ଏଫ.ରେଭେନ୍‌ସ୍‌ଙ୍କ ଉଦ୍ୟମରେ କଟକରେ ୧୮୬୭ରେ ପ୍ରଥମ ହାଇସ୍କୁଲ ସ୍ଥାପନ କରାଗଲା । ଭାରତ ପାଇଁ ଥିବା ସେକ୍ରେଟାରୀ ଅଫ ଷ୍ଟେଟ୍‌ସ , ଷ୍ଟାଫୋର୍ଡ ନର୍ଥକୋଟ ୧୮୬୭ ରେ ବ୍ରିଟିଶ ସରକାରଙ୍କୁ ଲେଖିଥିଲେ ଓଡ଼ିଶାକୁ ବଙ୍ଗାଳାରୁ ପୃଥକ କରାଯାଉ ଓ ଓଡ଼ିଶା ପ୍ରଦେଶ ଗଠନ କରିବା ପାଇଁ ପ୍ରସ୍ତାବ ଦେଇଥିଲେ । ସେ ପ୍ରସ୍ତାବରେ ବଙ୍ଗାଳୀ ଓ ପୋର୍ଟ ଉଇଲିୟମରେ ଅବସ୍ଥାନ କରୁଥିବା ଶାସନକର୍ତ୍ତାଙ୍କ କବଳରୁ ଓଡ଼ିଶାକୁ ମୁକ୍ତ କରିବା ପାଇଁ ଉଦ୍ଦିଷ୍ଟ ଥିଲା । ୧୮୯୩ରେ ଉପକୂଳ ଓଡ଼ିଶାରେ ରେଲଚଳାଚଳ ଆରମ୍ଭ ହେଲା । ଦାବିହେଲା ଓଡ଼ିଶା ସହିତ ବିଚ୍ଛିନ୍ନତା ଅଞ୍ଚଳର ଓଡ଼ିଆ ଭାଷୀ ଅଞ୍ଚଳ ସବୁକୁ ମିଶାଇବା ପାଇଁ । ସମ୍ବଲପୁର ଓଡ଼ିଶାକୁ ଫେରିଲା ୧୯୦୬ରେ । ରିସ୍‌ଲେଙ୍କ ଚିଠିରେ ବଡ଼ଲାଟ କର୍ଜନ ୧୯ ଜୁଲାଇ ୧୯୦୫ରେ ଗଞ୍ଜାମ ଓ ବିଶାଖାପାଟଣା ଓଡ଼ିଶାକୁ ଫେରାଇବାକୁ ସୁପାରିସ କଲେ । ସମ୍ବଲପୁର ଅଞ୍ଚଳ ଓଡ଼ିଶାରେ ମିଶିବାର ପ୍ରାୟ କୋଡ଼ିଏ ବର୍ଷ ପରେ ଗଞ୍ଜାମ ଅଞ୍ଚଳ ମାଦ୍ରାଜରୁ ଓଡ଼ିଶାକୁ ସ୍ଥାନାନ୍ତରିତ ହେଲା । କିନ୍ତୁ ଯେଉଁ ସବୁ ଅଞ୍ଚଳ ବିହାର, ମଧ୍ୟପ୍ରଦେଶ, ବଙ୍ଗାଳାଦେଶ ଓ ମାଦ୍ରାଜରେ ରହିଗଲା । ସେସବୁ ଅଞ୍ଚଳ ଏପର୍ଯ୍ୟନ୍ତ ସେହି ପ୍ରଦେଶଗୁଡ଼ିକରେ ଅଛି । ଏହି କାରଣରୁ ଓଡ଼ିଶା ବାହାରେ ରହିଥିବା ଓଡ଼ିଆ ଭାଷୀମାନେ ନିଜର ଭାଷା ଓ ସଂସ୍କୃତି ହରାଇ ସଂଖ୍ୟା ଗରିଷ୍ଠଙ୍କ ନିର୍ଯ୍ୟାତନା ସହ୍ୟ କରି ଏବେ ବି ନ୍ୟାୟ ପାଇବା ଆଶାରେ ରହିଛନ୍ତି । ସମ୍ବିଧାନ ଅନୁସାରେ ସଂଖ୍ୟାଲଘୁ ଭାଷାଭାଷୀମାନଙ୍କୁ ସେମାନଙ୍କ ମାତୃଭାଷାରେ କହିବା, ପଢ଼ିବା, ଲେଖିବା ପାଇଁ ଅଧିକାର ଥିଲେ ମଧ୍ୟ ଶାସନର ଅବହେଳା ଯୋଗୁ ସେମାନଙ୍କୁ ନିଜ ଭାଷା ବ୍ୟବହାର କରିବା ପାଇଁ ସୁଯୋଗ ମିଳୁନାହିଁ ।

ଏ ପ୍ରସଙ୍ଗରେ ଉଲ୍ଲେଖ କରାଯାଇ ପାରେ ଯେ ୧୮୬୭ ମସିହାରେ ସେକ୍ରେଟାରୀ ଅଫ ଷ୍ଟେଟ୍‌ସ ନର୍ଥକୋଟଙ୍କ ଓଡ଼ିଶା ଅଞ୍ଚଳକୁ ଯଦି ଏକ ପ୍ରଶାସନିକ ଅଞ୍ଚଳଭାବେ ଗ୍ରହଣ କରିବା ପ୍ରସ୍ତାବକୁ ସେତେବେଳେ ବଡ଼ଲାଟ ଗ୍ରହଣ କରିଥାନ୍ତେ, ତେବେ ଓଡ଼ିଆଙ୍କର ଜାତୀୟତା ସଙ୍କୁଚିତ ହୋଇ ନଥାଆନ୍ତା । ଓଡ଼ିଶାର ତତ୍‌କାଳୀନ କମିଶନର ଟି.ଏଫ. ରେଭେନ୍‌ସ ଓଡ଼ିଶାର ଶିକ୍ଷାର ପ୍ରସାର ସହିତ କଟକରେ ମେଡିକାଲ ସ୍କୁଲ ସ୍ଥାପନ କରିବା ଏକ ମହାନ କାର୍ଯ୍ୟ । ମୟୂରଭଞ୍ଜ ରାଜା ଏଥିପାଇଁ ଅର୍ଥଦାନ କରିଥିବାରୁ ଶିକ୍ଷାର ପ୍ରସାର ହେଲା । ରେଭେନ୍‌ସ କଲେଜ ତାଙ୍କ ଉଦ୍ୟମର ଫଳଶ୍ରୁତି । ଓଡ଼ିଆଭାଷୀମାନଙ୍କ ଭାଷା ଆନ୍ଦୋଳନ ଯେଉଁ ସାହେବମାନଙ୍କ କୃପାଦୃଷ୍ଟିରୁ ସଫଳ ହୋଇଥିଲା, ସେମାନଙ୍କ ମଧ୍ୟରେ ଅଛନ୍ତି– ନର୍ଥକୋଟ, ଟି.ଏଫ. ରେଭେନ୍‌ସ, ଜନବିମ୍‌ସ, ଗ୍ରିୟରସନ । ସେଥିପାଇଁ କାନ୍ତିଲାଲ ଭଟ୍ଟାଚାର୍ଯ୍ୟ ଏବଂ ରାଜେନ୍ଦ୍ର ଲାଲ ମିତ୍ରଙ୍କ ପରି ଅଳ୍ପ କେତେକ ବଙ୍ଗୀୟ କର୍ମଚାରୀଙ୍କ ଓଡ଼ିଆ ଭାଷା ବିରୋଧୀ ଆନ୍ଦୋଳନ ଦୟନୀୟ ଅବସ୍ଥାରେ ବନ୍ଦ ହୋଇଗଲା । ଓଡ଼ିଶା ସ୍ୱତନ୍ତ୍ର ପ୍ରଦେଶ ହୋଇସାରିଛି ଓ ଭାରତ ଏକ ସ୍ୱାଧୀନ ରାଷ୍ଟ୍ର । ତଥାପି ଓଡ଼ିଆମାନେ ସେମାନଙ୍କର ନ୍ୟାୟ୍ୟ ଦାବି ହାସଲ କରି ପାରିନାହାନ୍ତି । ଓଡ଼ିଆମାନେ ନିଜର ଜାତୀୟତାର

ସୁରକ୍ଷା ନିମନ୍ତେ ଅନେକ ତ୍ୟାଗ ଓ ଆମ୍ଵବଳି ଦେବାକୁ ମଧୁସୂଦନ ଦାସ ଓ ଗୋପବନ୍ଧୁ ଦାସଙ୍କ ନେତୃତ୍ୱରେ ଯେପରି ସେ ସମୟରେ ଆଗଭର ହେଉଥିଲେ ସେପରି ନେତା ଓଡ଼ିଶାରେ ଆଉ ନାହାନ୍ତି କିମ୍ବା ସେଭଳି ମନବୃତ୍ତିର ଜନସାଧାରଣ ମଧ୍ୟ ଓଡ଼ିଆଙ୍କ ମଧ୍ୟରେ ଆଉ ଜନ୍ମ ଗ୍ରହଣ କରୁନାହାନ୍ତି ।

ଗୋଟିଏ ଜାତି ପାଇଁ ଅଶୀ ବର୍ଷର କାଳଖଣ୍ଡ ନିର୍ଣ୍ଣିତ ଭାବରେ ଖୁବ୍ ତାତ୍ପର୍ଯ୍ୟପୂର୍ଣ୍ଣ । ଓଡ଼ିଆ ଜାତିର ଅସ୍ମିତାର ଅୟମାରମ୍ଭ ହୋଇଥିଲା ୧୯୩୬ ମସିହାରେ । ତା' ପୂର୍ବରୁ ଯଦିଓ ଏ ଜାତିର ପରାକାଷ୍ଠା ଏବଂ ମହିମାକୁ ନେଇ ଇତିହାସ ମୁଖରିତ ହୋଇଛି କିନ୍ତୁ ଆଧୁନିକ ଭାରତ ବର୍ଷରେ ୧୯୩୬ ମସିହାକୁ ଏହାର ଆଦିପର୍ବ ଭାବରେ ବିଚାର କରାଯାଏ । ଭାଷା ଭିତ୍ତିରେ ଓଡ଼ିଆ ରାଜ୍ୟ ଗଠନ ଦ୍ୱାରା ଏ ଜାତିକୁ ମିଳିଥିଲା ସ୍ୱତନ୍ତ୍ର ସ୍ୱୀକୃତି । ବ୍ରିଟିଶ ଶାସନ ବ୍ୟବସ୍ଥାରେ ଖଣ୍ଡ ବିଖଣ୍ଡିତ ଏ ଜାତି ସେତେବେଳେ ଦେଶର ରାଜନୈତିକ ଭୂଗୋଳ ଭିତରେ ସ୍ୱତନ୍ତ୍ର ସ୍ଥାନ ଅଧିକାର କଲା, ଯାହା ପରବର୍ତ୍ତୀ ଅବସ୍ଥାରେ ଆହୁରି ବିସ୍ତାରିତ ହେଲା । ଗଡ଼ଜାତ ଅଞ୍ଚଳଗୁଡ଼ିକର ମିଶ୍ରଣ ଫଳରେ ଯାହା ସମ୍ଭବ ହୋଇପାରିଥିଲା ତତ୍କାଳୀନ ଓଡ଼ିଶା ପ୍ରଧାନମନ୍ତ୍ରୀ (ମୁଖ୍ୟମନ୍ତ୍ରୀ) ଡ଼. ହରେକୃଷ୍ଣ ମହତାବଙ୍କ ଆନ୍ତରିକ ଓ ଦୃଢ଼ ନିଷ୍ଠା ଫଳରେ । ଏ ଜାତିର ପ୍ରକୃତ ବିଧାଣୀ ହେଉଛନ୍ତି ଉତ୍କଳ ଗୌରବ ମଧୁସୂଦନ ଦାସ । ତାଙ୍କରି ତ୍ୟାଗ ଓ ଏକନିଷ୍ଠ ଉଦ୍ୟମ ଫଳରେ ଓଡ଼ିଆ ଜାତିକୁ ପରିଚୟ ମିଳିଥିଲା ଏବଂ ଏକ ସ୍ୱତନ୍ତ୍ର ରାଜ୍ୟ ଭାବରେ ଓଡ଼ିଶା ଆମ୍ବପ୍ରକାଶ କରିଥିଲା ମାତ୍ର ଦୁର୍ଭାଗ୍ୟ ଓଡ଼ିଶାର ଏହି ଜନ୍ମଲଗ୍ନକୁ ଦେଖିବାକୁ ମଧୁବାବୁ ସେତେବେଳକୁ ବଞ୍ଚି ନଥିଲେ । ୧୯୩୪ ମସିହା ଫେବ୍ରୁଆରୀ ୪ ତାରିଖ (୧) ତାରିଖ ସକାଳ ଏଗାରଟା ସମୟରେ ମୃତ୍ୟୁ ସହିତ ସଂଗ୍ରାମ କରୁଥିବାବେଳେ ତାଙ୍କ ମୃତ୍ୟୁ ଶଯ୍ୟା ପାଖରେ ବସିଥିବା ତାଙ୍କର ଘନିଷ୍ଠ ସହଯୋଗୀ ବ୍ରଜସୁନ୍ଦର ଦାସଙ୍କୁ ମଧୁବାବୁ ପଚାରିଲେ– 'ମୋ ସ୍ୱପ୍ନର ଓଡ଼ିଶା ସାକାର ହେବତ ? ସେ ଓଡ଼ିଶା ଭିତରେ ମୋର ପ୍ରିୟ ଓଡ଼ିଆବାସୀ ସମ୍ମାନ ଓ ସ୍ୱାଭିମାନର ସହ ବଞ୍ଚିପାରିବେ ତ ?' ସେତେବେଳେ ମଧୁବାବୁଙ୍କ ମନରେ ଏପରି ସଂଶୟ ଥିଲା ଯାହା ଆଜି ସତ୍ୟ ବୋଲି ପ୍ରମାଣିତ ହୋଇଛି ।

ତା'ପରେ କିଛି ସମୟ ନିରବ ରହି ମଧୁସୂଦନ ପଚାରିଲେ 'ନୀଳକଣ୍ଠ କାହିଁ ?'

ନୀଳକଣ୍ଠ ଖବର ପାଇ ପାଟଣାରୁ ଧାଇଁ ଆସି ପହଞ୍ଚିଥିଲେ । ତାଙ୍କୁ ଦେଖି ମଧୁସୂଦନ କହିଲେ– "ଓଡ଼ିଶା ଚଳାଇବା ପାଇଁ ଆଉ ଜଣେ କେହି ଲୋକ ଅଛି ?" ଗୋପବନ୍ଧୁତ ଫାଙ୍କି ଦେଇ ଚାଲିଗଲା ।

ନୀଳକଣ୍ଠ କହିଲେ– 'ଆପଣ ଅଛନ୍ତି ପରା ।'

ମଧୁସୂଦନଙ୍କ ଉତ୍ତର ଥିଲା– ମୋ କଥାରେ ତୁମେ ଚଳିବ । ମୋର ଏ ବିଶ୍ୱାସ ଅଛି । ଟିକିଏ ରହି ପୁଣି କହିଲେ– 'ହଁ ମୋର ସମ୍ପୂର୍ଣ୍ଣ ବିଶ୍ୱାସ ତୁମେ ଚଳିବ । ତୁମର ଏଇ କଥା ମୁଁ ଜାଣେ ।' ସମସ୍ତେ ଘେରି ଥାଆନ୍ତି । ନୀଳକଣ୍ଠ ପଚାରିଲେ– 'ଓଡ଼ିଶାବାସୀଙ୍କ ପାଇଁ ଆପଣଙ୍କର କୌଣସି ବାର୍ତ୍ତା ଅଛି ? ସମସ୍ତେ ଚୁପ୍, ବାଷ୍ପାକୁଳ ପରିବେଶ । ଶେଷକୁ ମଧୁସୂଦନ କ୍ଷୀଣ କଣ୍ଠରେ ସେଠାରେ ଉପସ୍ଥିତ ଲୋକଙ୍କୁ କହିଲେ– 'ମୋ ପରେ ନୀଳକଣ୍ଠ ହେବ ଓଡ଼ିଶାର ମୁରବୀ । ତୁମେମାନେ ସମସ୍ତେ ତା'କଥା ମାନିବ । ମୁଁ ତ ଯାଉଛି । ମନେ ରଖିଥିବ ଜଣେ ଓଡ଼ିଆ ଥିଲା ।'

ଗୋଟିଏ ଜାତିର ଉତ୍ଥାନ ଏବଂ ସମୃଦ୍ଧି ଅନେକାଂଶରେ ନିର୍ଭର କରେ ତା'ର ଦାମ୍ଭିକତା ଏବଂ ନିର୍ଭୀକତା ଉପରେ । ଇତିହାସର ଗୋଟିଏ କାଳଖଣ୍ଡରେ ଓଡ଼ିଆ ଜାତି ଏକ ପରାକ୍ରମୀ ଜାତି ଥିଲା । ଗଙ୍ଗାରୁ ଗୋଦାବରୀ ପର୍ଯ୍ୟନ୍ତ ଏହାର ପରାକ୍ରମ ବିସ୍ତାରିତ ହୋଇଥିଲା । କିନ୍ତୁ ଓଡ଼ିଶାର ଶେଷ ସ୍ୱାଧୀନ ରାଜା ମୁକୁନ୍ଦ ଦେବଙ୍କର ୧୫୬୮ ମସିହାରେ ମୃତ୍ୟୁ ପରେ ଦୀର୍ଘ ୩୮୦ ବର୍ଷ ଧରି ଓଡ଼ିଶା ଆଫଗାନ, ମୋଗଲ, ମରହଟ୍ଟା ଏବଂ ଇଂରେଜ ଶାସନ ଭିତରେ ତା'ର ପରାକ୍ରମକୁ ହରାଇ ବସିଥିଲା । ସ୍ୱାଧୀନ ଭାରତରେ ଗଣତାନ୍ତ୍ରିକ ବ୍ୟବସ୍ଥା ଭିତରେ ଏ ଜାତି ତା'ର ଦାମ୍ଭିକତା ଏବଂ ପରାକ୍ରମକୁ ପ୍ରତିପାଦିତ କରାଇବାର ବେଶ ସୁଯୋଗ ଥିଲା ମାତ୍ର ତାହା ହୋଇପାରିନାହିଁ । ଏଥିପାଇଁ ଓଡ଼ିଶାର ନେତୃତ୍ୱ

ଯେତିକି ଦାୟୀ ଠିକ୍ ସେହିପରି ଦାୟୀଦାର ହେଉଛନ୍ତି ରାଜ୍ୟର ବୁଦ୍ଧିଜୀବୀ ଏବଂ ମଧ୍ୟବିତ୍ତ ଶ୍ରେଣୀ । ଜାତିଭିତରେ ଦମ୍ଭ, ନିର୍ଭୀକତା ଏବଂ ସ୍ୱାଭିମାନୀ ଭାବ ଜାଗ୍ରତ କରାଇବା କ୍ଷେତ୍ରରେ ସେମାନେ କେବଳ ଅସଫଳ ହୋଇନାହାନ୍ତି ଅପରନ୍ତୁ ସ୍ୱାର୍ଥ ସର୍ବସ୍ୱ ହୋଇ ଏ ଜାତି ପ୍ରତି ଅନ୍ୟାୟ କରିଛନ୍ତି । ବିକାଶ ଏବଂ ପ୍ରଗତିର ବିକଳ୍ପ ମାର୍ଗରେ ଓଡ଼ିଶାକୁ ନେବାର ସ୍ୱରକୁ ସେମାନେ ପଦଦଳିତ କରିଛନ୍ତି ତାକୁ ବିକଶିତ ହେବାର ସୁଯୋଗ ଦେଇ ନାହାନ୍ତି । ବ୍ୟବସ୍ଥାକୁ ପ୍ରଶ୍ନ କରିବା ମାଧ୍ୟମରେ ବିକଳ୍ପର ସନ୍ଧାନ ମିଳେ । ବ୍ୟବସ୍ଥାକୁ ପ୍ରଶ୍ନ କରିବାର ପ୍ରକ୍ରିୟାଟି ଆଜି ବିଲୁପ୍ତ ପ୍ରାୟ । ରାଜନୀତି, ଶାସନ, ପ୍ରଶାସନ, ଶିକ୍ଷା ଜଗତ ଭିତରେ ପ୍ରଶ୍ନ ପଚାରିବାକୁ ଏକ ଅପରାଧ ବା ଅବମାନନା ବୋଲି ବିଚାର କରାଯାଉଛି । ଯେଉଁଠି ପ୍ରଶ୍ନ ନାହିଁ, ସେଠି ବିକଳ୍ପ କାହୁଁ ଆସିବ ? ଆଉ ଯଦି ବିକଳ୍ପର ସର୍ଜନା ନାହିଁ ସେଠି ଉଦ୍ଦୀପ୍ତ ଭାବକୁ ଆଶା କରିବା ବୃଥା । ଏଗୁଡ଼ିକର ଅବର୍ତମାନରେ ପ୍ରଗତି ଏବଂ ବିକାଶ ଯେଉଁ ଢଙ୍ଗରେ ହେବା କଥା ତାହା ନ ହେବା ସ୍ୱାଭାବିକ । ଗୋଟିଏ ଜାତିର ଉତ୍ଥାନ ଏବଂ ଗୋଟିଏ ରାଜ୍ୟର ସମୃଦ୍ଧି ନିର୍ଭର କରେ ସେ ଜାତିର ଇଚ୍ଛାଶକ୍ତି ଉପରେ । ସେହି ଇଚ୍ଛାଶକ୍ତିର ଉଦ୍ରେକ ନ କରି ସେମାନଙ୍କ ଭିତରେ ଆତ୍ମନିର୍ଭରଶୀଳତା ଓ ସ୍ୱାଭିମାନର ସମ୍ଭାର ସୃଷ୍ଟି ନ କରି ଜାତିର ଉତ୍ଥାନକୁ ନେଇ ସ୍ୱପ୍ନ କେବଳ ଦିବା ସ୍ୱପ୍ନ ମାତ୍ର । ଦାନ ଦକ୍ଷିଣା ଭିତରେ ଜାତିର ସମୃଦ୍ଧି ଅବନମିତ ହୁଏସିନା ଦୃପ୍ତ ହୁଏ ନାହିଁ । ଆଗାମୀ ଓଡ଼ିଶା ପାଇଁ ସ୍ୱପ୍ନ ଦେଖୁଥିବା ସକଳ ସ୍ୱପ୍ନାଭିଲାଷୀ ଏହିକଥା ପ୍ରତି ଦୃଷ୍ଟି ନ ଦେଲେ ମାରାତ୍ମକ ଭୁଲ ହେବ ।

ଏଡ଼େ ବିଶାଲ ଦେଶ । ଏତେ ଜନବହୁଲ ଭୂଖଣ୍ଡ । ଏତେ ବିଚିତ୍ର ପରିବେଶ । ଏତେ ସମୃଦ୍ଧ ପରମ୍ପରା । ଏତେ ସଭ୍ୟ ଓ ସଂସ୍କୃତି ସମ୍ପନ୍ନ ଜାତି । ନିଜର ସଂସ୍କୃତିକୁ ଭୁଲି ପଶ୍ଚିମା ସଂସ୍କୃତିକୁ ଆଦରି ନେଲା । ଏତେ ପ୍ରାଚୀନ ଜାତି ନିଜର ପରମ୍ପରାକୁ ଜଳାଞ୍ଜଳି ଦେଇ ସେମାନଙ୍କ ଚଳଣିକୁ ମାନିନେଲା ବିନା ଦ୍ୱିଧାରେ । ଅପର ପକ୍ଷରେ ପୃଥିବୀର ବହୁ ଦେଶରେ ଭାରତୀୟ ଭାଷା, ସଂସ୍କୃତି, ଆଚାର ବିଚାର, ଶାସ୍ତ୍ର ଆଦିର ପ୍ରଭାବ ଆଜିବି ଦେଖିବାକୁ ମିଳୁଛି । ରୋମ ବେବିଲୋନ ପରି ଏକଦା ସର୍ବୋପରିଥିବା ସଭ୍ୟତା ଲୋପ ପାଇଯାଇ ଇତିହାସ ପାଲଟି ଯାଇଛି । ପରନ୍ତୁ ଭାରତୀୟ ଅସ୍ମିତାର ଆରୋହଣ ଚାଲିଛି ଅଖଣ୍ଡ ଭାବରେ ଅନାଦି ଅନନ୍ତ କାଳରୁ ।

ଦୁଇଟି ସଂସ୍କୃତି । ଗୋଟିଏ ଦେବୀ ଏବଂ ଅନ୍ୟଟି ଆସୁରୀ । ଦେବୀ ସଂସ୍କୃତିର ଆଧାରଶୀଳା ଆଧ୍ୟାତ୍ମକତା ଯଦିଓ ଭୌତିକ ମୂଲ୍ୟକୁ ମଧ ସେଥିରେ ମହତ୍ତ୍ୱ ଦିଆଯାଇଛି । ଭୌତିକ ସଂସ୍କୃତି ଭୌତିକ ମୂଲ୍ୟବୋଧ ଉପରେ ଆଧାରିତ । ସେଠାରେ 'ସ୍ୱ' ପରିବର୍ତ୍ତେ 'ପର'ର ଅନୁସନ୍ଧାନ ହୁଏ । ମୁଁ କିଏ, ଏହି ସୃଷ୍ଟି କ'ଣ, ମୁଁ କେଉଁଠାରୁ ଆସିଛି ଏବଂ କେଉଁଠାକୁ ଯିବି ଅର୍ଥାତ୍ ମୋର ଗନ୍ତବ୍ୟ ସ୍ଥଳ କ'ଣ- ଏସବୁ ବିଷୟ ଜାଣିବା ପାଇଁ ଆସୁରୀ ସଂସ୍କୃତି ନିଃସ୍ପୃହ । ସେ କେବଳ ପ୍ରକୃତିର ରହସ୍ୟ ଜାଣିବା ପାଇଁ ପାଗଳ, ଫଳସ୍ୱରୂପ କ୍ଷୁଦ୍ରାତିକ୍ଷୁଦ୍ର ଅଣୁଠାରୁ ଆରମ୍ଭ କରି ବିଶାଲ ସାଗର, ଗ୍ରହ, ଅନ୍ତରୀକ୍ଷ, ନକ୍ଷତ୍ର ଆଦିର ରହସ୍ୟ ସମ୍ପର୍କରେ ସେ ଗଭୀର ଜ୍ଞାନ ଆହରଣ କରି ପାରିଲା । ପରନ୍ତୁ 'ସ୍ୱୟମ' ସମ୍ବନ୍ଧରେ ସମ୍ପୂର୍ଣ୍ଣ ଅପରିଚିତ ରହିଲା । ସେ ପ୍ରକୃତିର ଶକ୍ତି ଜାଣିଲା । ନିଜ ଶକ୍ତି ଓ ସାମର୍ଥ୍ୟ ବିଷୟରେ ସମ୍ପୂର୍ଣ୍ଣ ଅନ୍ଧ ଏବଂ ଅଜ୍ଞାନ ରହିଲା । ଏହା ଠିକ୍ ସେହିପରି ଯେପରି ଶବକୁ ବହୁମୂଲ୍ୟ ବସ୍ତ୍ର ଏବଂ ଅଳଙ୍କାରରେ ସଜ୍ଜିତ କରିବା । ଆଧ୍ୟାତ୍ମିକତା ଶୂନ୍ୟ ବ୍ୟକ୍ତିର ଆତ୍ମଶକ୍ତି କ୍ଷୀଣ ହୋଇଥାଏ । ତା'ର ଆତ୍ମା ବିକାରର ତୀବ୍ର ଜ୍ୱାଲାରେ ଜଳି ଜଳି ଅଙ୍ଗାର ପରି କଳା ହୋଇଯାଏ । ସେ ହିଁ ବାସ୍ତବ ଅର୍ଥରେ 'ଭସ୍ମାସୁର' । ସେ ନିଜକୁ ବିକାରର ଜ୍ୱାଲାରେ ଜଳାଇଥାଏ ତଥା ଅନ୍ୟ ଆତ୍ମାମାନଙ୍କୁ କାମ, କ୍ରୋଧର ଅଗ୍ନିରେ ଛଟପଟ କରେ ।

ଦେବୀ ସଂସ୍କୃତିରେ ଲାଳିତ ପାଳିତ ଅଥବା ସଂସ୍କାରିତ ମନୁଷ୍ୟ ଭୌତିକ ସାଧନର ଉପଯୋଗ କଲେ ମଧ ତା'ର ଜୀବନର ଚରମ ଲକ୍ଷ୍ୟ ଆଧ୍ୟାତ୍ମିକ ମୂଲ୍ୟର ସୁରକ୍ଷା । ସେ ଜଡ଼କୁ ଜଳଦିଏ, ଫଳରେ ବୃକ୍ଷର ଶାଖା ପ୍ରଶାଖା ସବୁଜିମାରେ ସତେଜ ରହେ । ଏହି ସଂସ୍କୃତି ଅନୁଧ୍ୟାୟୀ ବ୍ୟକ୍ତି ଏବଂ ସମାଜ ଉଭୟ ଆଧ୍ୟାତ୍ମିକ ଏବଂ ଭୌତିକ ସୁଖ-

ସମୃଦ୍ଧିକୁ ହାସଲ କରିଥାଏ। ଅପର ପକ୍ଷରେ କେବଳ ଭୌତିକ ସୁଖକୁ ସବୁକିଛି ବୋଲି ମାନୁଥିବା ବ୍ୟକ୍ତି ଓ ସମାଜ ଉଭୟ ସୁଖରୁ ବଞ୍ଚିତ ହୁଏ।

ଅସୁର ଅର୍ଥ ଯିଏ ସୁର (ଦେବତା) ନୁହେଁ। ଅସୁରକୁ ନିଶାଚର ମଧ କୁହାଯାଏ, ଅର୍ଥାତ ଯିଏ ରାତିରେ ଚଳପ୍ରଚଳ କରେ। କେଉଁ ରାତି? ରାତିମାନେ ଅଜ୍ଞାନ– ଅନ୍ଧକାର। ଏହି ଅନ୍ଧକାରରେ ବୁଲୁଥିବା ଅଜ୍ଞାନୀ ମୂର୍ଖମାନେ ହିଁ ଅସୁର। ପରସ୍ପରକୁ ଦୁଃଖ ଦେବା, ନିଜେ ନିଜର ବିନାଶ କରିବା ଏମାନଙ୍କର ସ୍ୱଭାବ। ଅନ୍ୟକୁ କଷ୍ଟ ଦେଲେ ଏମାନଙ୍କୁ ଆନନ୍ଦ ମିଳେ। ହିଂସା କ୍ରୂରତା, ଶୋଷଣ, ଅନାଚାର ଏବଂ ଅତ୍ୟାଚାର ହେଉଛି ଆସୁରୀ ସଂସ୍କୃତିର ଲକ୍ଷଣ ଯାହା ପଶ୍ଚିମ, ସଂସ୍କୃତି ଭାବେ ପରିଚିତ ଆଉ ଦୈବୀ ସଂସ୍କୃତି ହେଉଛି ଭାରତୀୟ ସଂସ୍କୃତି।

ପରମ୍ପରା ଓ ସଂସ୍କୃତିକୁ ନେଇ ପ୍ରାଚୀନ ଇତିହାସରୁ ଏଯାବତ ବିଭିନ୍ନ ତତ୍ତ୍ୱ ଓ ମତବାଦ ସମଗ୍ର ବିଶ୍ୱରେ ଦେଖାଯାଇ ଆସିଛି। କେତେକ ଗବେଷକ ପରମ୍ପରାରୁ ସାଂସ୍କୃତିର ଉତ୍ପତ୍ତି ହୋଇଛି ବୋଲି ମତଦେଇଥିବା ବେଳେ ଆଉ କିଛି ଗବେଷକ ପରମ୍ପରାକୁ ସଂସ୍କୃତିର ଏକ ଉପାଦାନ ବା ବୈଶିଷ୍ୟ ଭାବେ ଅଭିହିତ କରିଛନ୍ତି। ପ୍ରକୃତ ପକ୍ଷେ ଉଭୟ ପରମ୍ପରା ଓ ସଂସ୍କୃତି ପରସ୍ପରର ପରିପୂରକ ଏବଂ ପରମ୍ପରାକୁ ନେଇ ଯେଉଁଭଳି ସଂସ୍କୃତି ରଦ୍ଧିମନ୍ତ ଠିକ୍ ସେହିପରି ସଂସ୍କୃତିର ଅସ୍ତିତ୍ୱ ଓ ସାଂସ୍କୃତିକ ଧାରା ଉପରେ ପରମ୍ପରାର ପରିଚୟ ନିର୍ଭରଶୀଳ। ଗୋଟିଏ ଗୋଷ୍ଠୀ, ଜାତି, ରାଜ୍ୟ ବା ଦେଶର ସାଂସ୍କୃତିକ ପରିଚୟରକୁ ପରମ୍ପରା ହିଁ ସମୃଦ୍ଧ କରିଥାଏ। କିନ୍ତୁ ସାଂସ୍କୃତିକ ବିକାଶ ଧାରରେ ଅନେକ ସମୟରେ ପଣ୍ଚରାର ମୌଳିକତାରେ ବ୍ୟାପକ ପରିବର୍ତ୍ତନ ଲକ୍ଷ୍ୟ କରାଯାଇପାରେ। ସେଇଧାରାରେ ଅନେକ ପରମ୍ପରା ମରିହଜି ଯାଇ ପାରନ୍ତି ହୁଏତ। ଅତ୍ୟାଧୁନିକ ସଭ୍ୟତାରେ ବିଜ୍ଞାନ ଓ ପ୍ରଯୁକ୍ତି ବିଦ୍ୟାର ଦ୍ରୁତ ବିକାଶ ଧାରାରେ ବହୁ ପରମ୍ପରା ଲୁପ୍ତହୋଇ ଯାଇଥିବା ବେଳେ ଆଉ କିଛି ବିଲୁପ୍ତର ଦ୍ୱାର ଦେଶରେ। ତେବେ ଦେଖାଯାଏ ଯେ ଧର୍ମ ଓ ଜାତୀୟତାବାଦ ସହ ଜଡ଼ିତ ପରମ୍ପରାରେ ବିଶେଷ ମୌଳିକ ପରିବର୍ତ୍ତନ ହୁଏନା। କାରଣ ସାଧାରଣ ଲୋକେ ଏହାକୁ ଗ୍ରହଣ କରିପାରନ୍ତି ନାହିଁ। ଧର୍ମ ଓ ଜାତୀୟତାବାଦ ସହିତ ଜଡ଼ିତ ପରମ୍ପରା ସହ ଜନସାଧାରଣଙ୍କର ଏକ ଗଭୀର ଭାବଗତ ସମ୍ପର୍କ ରହିଥାଏ। ସେହି ସମ୍ପର୍କ ଗୋଟିଏ ପିଢ଼ିରୁ ଆଉ ଗୋଟିଏ ପିଢ଼ିକୁ ସ୍ୱାଭାବିକ ଭାବେ ପ୍ରବାହିତ ହୋଇଥାଏ। ସଂସ୍କୃତି ଗୋଟିଏ ପରମ୍ପରା ବହନ କରିଥାଏ। ସଂସ୍କୃତିର ଜୀବନୀ ଶକ୍ତିଥିଲେ ସେ ପରମ୍ପରା ହୁଏ ଜୀବନ୍ତ ଓ ଚଳନ୍ତି। ପ୍ରତି ଯୁଗରେ ଜାତିର ବିଦ୍ୱାନୀମାନେ ପରମ୍ପରାକୁ କାଲୋପଯୋଗୀ କରି ଗଢ଼ୁଥାନ୍ତି। ଏହାର ଅର୍ଥ ପ୍ରାଣ ସ୍ୱନ୍ଦନରେ ଭରା ସଂସ୍କୃତିରେ ପରମ୍ପରା ଜୀବନ୍ତ ହୋଇ ରହେ। କାଲୋପଯୋଗୀ ହେବାକୁ ମନା କରୁଥିବା ସଂସ୍କୃତି ସ୍ଲାଣ୍ଡ ବା ମୃତବତ ହୋଇଯାଏ ଏବଂ ସେଥିରେ ଥିବା ପରମ୍ପରାର ଉପାଦାନବି ମରିମରିଯାଏ। ତେଣୁ ସମାଜରେ ସଂସ୍କୃତିକୁ ଜୀବନ୍ତ କରି ରଖିବା ପାଇଁ ତଥା ସାଂସ୍କୃତିକ ପରମ୍ପରାକୁ ଅକ୍ଷୁଣ୍ଣ ରଖିବା ଲାଗି ପରମ୍ପରାର ଗତିଶୀଳତାକୁ ଗୁରୁତ୍ୱ ଦେବାକୁ ହେବ। ଏ ଦାୟିତ୍ୱ ଆମ ସମସ୍ତଙ୍କର। ଯେତିକି ପରିବର୍ତ୍ତନ ସାଂସ୍କୃତିକ ବିକାଶ ଲାଗି ଲୋଡ଼ା ସେତିକି ପରିବର୍ତ୍ତନ ଆଣି ଉଭୟ ସଂସ୍କୃତି ଓ ପରମ୍ପରାକୁ ଜୀବନ୍ତ ରଖିବା ସମସ୍ତଙ୍କର ପ୍ରମୁଖ କର୍ତ୍ତବ୍ୟ ହେବା ଉଚିତ୍।

ସଂସ୍କୃତି ଶବ୍ଦର ଅର୍ଥ ସ୍ୱଚ୍ଛତା, ଶୁଦ୍ଧି ଏବଂ ଶ୍ରେଷ୍ଠତା, ଯେଉଁ ବ୍ୟକ୍ତିର ଚାଲିଚଳଣିରେ କୌଣସି ଦୋଷ ନାହିଁ, ଯାହାର ଆଚାର ବିଚାର ନିର୍ମଳ ତାଙ୍କୁ ସଭ୍ୟ ଓ ସଂସ୍କୃତି ସମ୍ପନ୍ନ କୁହାଯାଏ। ଯେଉଁ ମୂଳଭୁତ ବିଚାର ଏବଂ ବ୍ୟବହାର ଅନୁସାରେ ଆଚରଣ କଲେ ମନୁଷ୍ୟର ଜୀବନ ଶ୍ରେଷ୍ଠ ହୁଏ, ତାହାହିଁ ସଂସ୍କୃତି ଶବ୍ଦର ତାତ୍ପର୍ଯ୍ୟ। ମନୁଷ୍ୟର ଦୋଷ, ଦୁର୍ଗୁଣ ଦୂର ହୋଇ ଯିବା ପରେ ତା'ର ଜୀବନ ସୁନ୍ଦର ଓ ସୁଖମୟ ହୋଇଯାଏ। ବ୍ୟକ୍ତି ସର୍ବତ୍ର ସମ୍ମାନିତ ହୁଏ, ଉତ୍ତମ ସଂସ୍କାର ଉତ୍ପନ୍ନ ହେବା ଫଳରେ ମନରେ ଦୃଷିତ ବିଚାର ଆସେ ନାହିଁ କିମ୍ୱା ଅନୁଚିତ କାର୍ଯ୍ୟ ହୁଏ ନାହିଁ। ଉତ୍ତମ ସଂସ୍କାର ଦ୍ୱାରା ଉତ୍ତମ ବ୍ୟକ୍ତିଙ୍କ ସଂଖ୍ୟା ବୃଦ୍ଧିପାଏ। ଧୀରେ ଧୀରେ ସମଗ୍ର ସମାଜରେ ସଦ୍‌ବିଚାର, ସଦ୍‌ଭାବନା ଏବଂ ସତ୍‌କର୍ମର ବିକାଶ

ହୁଏ । ସଂସ୍କାର ନିର୍ମଳ ହୋଇ ନଥିଲେ ବ୍ୟକ୍ତି ଠିକ୍ ରୂପେ ଚିନ୍ତା କରିପାରିବ ନାହିଁ । ତା'ର କାମ ମଧ୍ୟ ଉପଯୋଗୀ ହେବ ନାହିଁ । ଆଜି ଆମେ ସଂସାରରେ ଯେତେ କୁକର୍ମ, କୁରୀତି ଦେଖୁଛୁ ତା'ର ମୂଳରେ ରହିଛି କୁସଂସ୍କାର । ପ୍ରତ୍ୟେକ ବ୍ୟକ୍ତି ସୁ-ସଂସ୍କାର ଯୁକ୍ତ ହୋଇ ଭାରତୀୟ ସଂସ୍କୃତିକୁ ଜୀବନରେ ସମାବେଶ କରିବା ସକାଶେ ସଂକଳ୍ପ ବଦ୍ଧ ହେବା ଜରୁରୀ । ଏହି ସଂସ୍କୃତି ହିଁ ବ୍ୟକ୍ତିର ଜୀବନକୁ ଆଦର୍ଶମୟ କରେ । ଶ୍ରେଷ୍ଠତା ଉତ୍ପନ୍ନ କରେ ଏବଂ ସିଦ୍ଧାନ୍ତ ପ୍ରତି ନିଷ୍ଠା ଆଣେ ।

ଜୀବନରେ ସୁଖ, ଶାନ୍ତି, ଲାଭ କରିବା ସକାଶେ ଆମର ଋଷି, ମହର୍ଷିଗଣ ଯେଉଁ ଉପାୟ ନିର୍ଦ୍ଦେଶ ଦେଇଛନ୍ତି ତାହାକୁ ସଂସ୍କୃତିର ଅନ୍ତର୍ଭୁକ୍ତ କରାଯାଇଛି । ହଜାର ହଜାର ବର୍ଷଧରି ଅନେକ ପ୍ରକାରରେ ଏହି ଉପାୟ ଅନୁସରଣ କରାଯାଉଛି । ଶେଷରେ ଏହି ସିଦ୍ଧାନ୍ତ ଦ୍ୱାରା ସ୍ଥିରୀକୃତ ହୋଇଛି ଯେ ଋଷି, ମହର୍ଷିଙ୍କ ଦ୍ୱାରା ନିର୍ଦ୍ଦେଶିତ ପଥ, ପଦ୍ଧତି ଓ କାର୍ଯ୍ୟ ପ୍ରଣାଳୀ ଅନୁସରଣ କରି ମନୁଷ୍ୟ ନିଶ୍ଚୟ ସୁଖ ଶାନ୍ତିରେ ଜୀବନ ଧାରଣ କରି ପାରିବ । ଏହିପରି ଜୀବନ ଶୈଳୀର ନାମ ହିଁ ଭାରତୀୟ ସଂସ୍କୃତି ଅଟେ । ଏହାକୁ ଦେବ ସଂସ୍କୃତି ମଧ୍ୟ କୁହଯାଏ । ଏ ସଂସ୍କୃତିରେ ସମଗ୍ର ବସୁଧାକୁ କୁଟୁମ୍ୱ ରୂପେ ଗ୍ରହଣ କରାଯାଇଛି । ଯାହା ଏକ ମହାନ ସଂସ୍କୃତିର କଥା କହେ । ଏହିପରି ଏ ସଂସ୍କୃତି ବହୁ ମହତ ଦିଗ ପ୍ରତି ସମସ୍ତର ଦୃଷ୍ଟି ଆକର୍ଷଣ କରେ ।

ଆମର ଏହି ଭାରତ 'ମହାନ ଏହି ଭାରତବର୍ଷ' କେତେ ବିଶାଳ ତା'ର ଆୟତନ । କେତେ ବିପୁଳ ତା'ର ଜନସଂଖ୍ୟା । କେତେ ପ୍ରାଚୀନ ତାର ସଂସ୍କୃତି । କେତେ ପୁରାତନ ତା'ର ପରମ୍ପରା । କେତେ ସମୃଦ୍ଧ ତା'ର ସଭ୍ୟତା । ତା' ସାହିତ୍ୟ କେତେ ଉଚ୍ଚକୋଟୀର । ଭାଷା ତା'ର କେତେ ମାର୍ଜିତ, କେତେ ଶ୍ରୁତି ମଧୁର ତା'ର ଲୋକଗୀତ, କେତେ ସୁଖ ପାଠ୍ୟ ତା'ର ବହିଗୁଡ଼ିକ । କେତେ ମନଲୋଭା ତା'ର ପରିବେଶ, କେତେ ଦୃଷ୍ଟି ଆକର୍ଷଣକାରୀ ତା'ର ପ୍ରାକୃତିକ ଶୋଭାରାଶି । କେତେ ଉନ୍ନତ ତା'ର ଚଳଣି । କେତେ ମହାନ ତା'ର ଚିନ୍ତାଧାରା । କେତେ ଉକର୍ଷ ତା'ର ଭାବନା । କେତେ ସଂସ୍କୃତି ସମ୍ପନ୍ନ ତା'ର ବିଚାର ଓ ବ୍ୟବହାର । କେତେ ପରମ୍ପରାଗତ ତା'ର ଆଚାର ଏବଂ ଆଚରଣ । ଅନ୍ୟର କ୍ଷତି କରିବନାହିଁ । ମନରେ ସ୍ଥାନ ଦେବନାହି କାହାର ଅନିଷ୍ଟକାରୀ ଚିନ୍ତାଧାରାକୁ । ଅପାଣାର ସୁବିଧା ଲାଗି ପରର ବିପଦର କାରଣ ହେବ ନାହିଁ । ନିଜର ଅୟଥା ସ୍ୱାର୍ଥ ହାସଲ ପାଇଁ ଅନ୍ୟକୁ ଅସୁବିଧାରେ ପକାଇବନାହିଁ ଅନ୍ୟର ନ୍ୟାୟୋଚିତ ପ୍ରାପ୍ୟକୁ ଅନ୍ୟାୟ ଭାବେ କରାୟତ କରିନେବାକୁ ହୀନ ଉଦ୍ୟମ କରିବନାହିଁ । ସର୍ବେଭବନ୍ତୁ ସୁଖୀନଃ, ସର୍ବେସନ୍ତୁ ନିରାମୟାଃ, ସର୍ବେ ଭଦ୍ରାଣି ପଶ୍ୟନ୍ତୁ, ମା କଶ୍ଚିତ ଦୁଃଖ ଭାଗ ଭବେତ୍ । ପରୋପକାରାୟ ସ୍ୱର୍ଗାୟଃ । ବସୁଧୈବ କୁଟୁମ୍ୱକଂ । ମଧୁର ମାନବିକ ସମ୍ପର୍କ ସମସ୍ତଙ୍କ ସହିତ ରକ୍ଷାକରି ସୁଖଶାନ୍ତିରେ ବଞ୍ଚିବ । ସ୍ନେହ ଓ ପ୍ରେମର ଆବଶ୍ୟକତା ଭଲି ମହାନ ଆଦର୍ଶର କଥା ପାଳନ କରିବ । ଏହିପରି ନୀତି ନିୟମକୁ ସବୁ ଅତ୍ୟନ୍ତ ନିଷ୍ଠା ଓ ଆନ୍ତରିକତା ସହକାରେ ମାନିଚଳିବ ।

ଏକଦା ତକ୍ଷଶୀଲାର ରାଜା ଥିଲେ ଅୟି । ଅୟିଙ୍କ ଆମନ୍ତ୍ରଣ କ୍ରମେ ସିକନ୍ଦର କିଛିଦିନ ଲାଗି ତକ୍ଷଶୀଲାରେ ଅବସ୍ଥାନ କରିଥିଲେ । ଗ୍ରାମବାସୀଙ୍କ ସ୍ଥିତି, ହାବଭାବ ଠଉରାଇବା ନିମିଉ ଦିନେ ସନ୍ଧ୍ୟା ସମୟରେ ସିକନ୍ଦର ଗ୍ରାମାଭିମୁଖେ ବାହାରି ଗଲେ । ବୁଲୁଥିବା ବେଳେ ଦେଖିଲେ ଏକ ସ୍ଥାନରେ କିଛି ଲୋକ ଏକତ୍ରିତ ହୋଇଛନ୍ତି । ନିକଟକୁ ଯାଇ ଦେଖିଲେ ସେଠାରେ ପଞ୍ଚାୟତ ଚାଲିଛି । ପଞ୍ଚାୟତର ନ୍ୟାୟ ବିଚାର ଦେଖିବା ପାଇଁ ଅଟକିଗଲେ । ବିଚାର ପ୍ରକ୍ରିୟା ଆରମ୍ଭ ହେଲା । ବାଦୀ ତାଙ୍କର ମତ ରଖିଲେ– ମୁଁ ପ୍ରତିବାଦୀଙ୍କ ଜମି ଖରିଦ କରିଥିଲି । ହଲ କରିବା ସମୟରେ ଜମିରୁ ଏକ ସୁନା ଥିବା କଳସାଟିଏ ମିଳିଲା । ମୁଁ ତ କେବଳ ଜମି ଖରିଦ କରିଥିଲି । ଏହା ତଳେ ଥିବା ସମ୍ପଦ ନୁହେଁ । ଏହି ସ୍ୱର୍ଷ୍ଣମୁଦ୍ରାୟୁକ୍ତ କଳସକୁ ପ୍ରତିବାଦୀକୁ (ପୂର୍ବ ମାଲିକ) ଦିଆଯାଉ ହଜୁର । ଏହି ମୁଦ୍ରାରେ ତାଙ୍କର ହିଁ ଅଧିକାର ମୋର ନୁହେଁ । ସେ କିନ୍ତୁ ଏହା ନେବାକୁ ଅନିଚ୍ଛା ପ୍ରକାଶ କରୁଛନ୍ତି । କୃପା କରି ମୋତେ ନ୍ୟାୟ ଦିଅନ୍ତୁ ।

ପଞ୍ଚାୟତର ଅନୁମତି ନେଇ ପ୍ରତିବାଦୀ କହିଲେ- 'ହଜୁର, ମୁଁ ଜମିଟି ବିକ୍ରି କରି ଦେଇଛି । ଏହି ଜମିରେ ଉତ୍ପନ୍ନ ହେଉଥିବା ଫସଲ ସହିତ ଏହାର ନିମ୍ନରେ ଥିବା ସମ୍ପତ୍ତିରେ ମୋର କୌଣସି ଅଧିକାର ନାହିଁ । ଏହି ସ୍ୱର୍ଣ୍ଣ କଳସୀ ଉପରେ ବି ମୋର କୌଣସି ଅଧିକାର ନାହିଁ । ବାଦୀକୁ ନିର୍ଦ୍ଦେଶ ଦିଆଯାଉ ସେ ଏହାକୁ ତାଙ୍କ ପାଖରେ ରଖିବାକୁ । କୌଣସି ପକ୍ଷ ସ୍ୱର୍ଣ୍ଣମୁଦ୍ରା କଳସୀକୁ ନିଜ ପାଖରେ ରଖିବାକୁ ରାଜି ନଥିଲେ । ଉପସ୍ଥିତ ଅନ୍ୟ ସଦସ୍ୟଙ୍କ ସହିତ ବିଚାର ବିମର୍ଶ ପରେ ପଞ୍ଚାୟତର ମୁଖ୍ୟ ନିର୍ଣ୍ଣୟ ନେଇ କହିଲେ- ବାଦୀଙ୍କ ବିବାହ ଯୋଗ୍ୟା ଝିଅ ଓ ପ୍ରତିବାଦୀଙ୍କ ବିବାହ ଯୋଗ୍ୟ ପୁଅ ଅଛି । ଦୁହିଁଙ୍କ ବିବାହ ସମ୍ପନ୍ନ କରାଯାଉ ଓ ସେହି ସ୍ୱର୍ଣ୍ଣକୁ ବର-କନ୍ୟାକୁ ସେମାନଙ୍କ ସ୍ୱଚ୍ଛଳ ଜୀବନ ନିର୍ବାହ ନିମନ୍ତେ ଦିଆଯାଉ । ବାଦୀ ପ୍ରତିବାଦୀ ପଞ୍ଚୟତର ଏହି ଫଇସଲାକୁ ମାନି ନେଇଥିଲେ ।

ସିକନ୍ଦର ଚୁପଚାପ ଠିଆହେଇ ପଞ୍ଚାୟତର ଏହି ଫଇସଲା ଶୁଣୁଥିଲେ । ଏଭଳି ନିଷ୍ଠିକୁ ସମ୍ରାଟ ଭାବରେ ସେ ଖୁବ୍ ତାରିଫ କରିଥିଲେ ମନେ ମନେ । ଉଭୟ ପକ୍ଷ ସ୍ୱର୍ଣ୍ଣମୁଦ୍ରା ଭଳି ଲୋଭନୀୟ ଦ୍ରବ୍ୟର ମୋହ ପରିତ୍ୟାଗ କରି ଏହାକୁ ନେବାକୁ ରାଜି ନ ହେବା ପ୍ରସଙ୍ଗରେ ସେ ଭାରତୀୟମାନଙ୍କର ନୈତିକତା, ସଚ୍ଚୋଟତା, ଚରିତ୍ରବତ୍ତା, ଉଦାର, ତ୍ୟାଗ, ସର୍ବୋପରି ନିର୍ଲୋଭ ପଣିଆକୁ ଦେଖି ତଟସ୍ଥ ହୋଇ ଯାଇଥିଲେ । ଭାରତୀୟ ସଂସ୍କୃତିର ମହନୀୟତା ନିକଟରେ ତାଙ୍କର ମଥାନତ ହୋଇଯାଇଥିଲା । ରାଜ୍ୟ ଜୟ ନିଶାରେ ହତ୍ୟା, ଲୁଣ୍ଠନ, ଗୃହଦାହ, ରକ୍ତପାତର ତାଣ୍ଡବ ସୃଷ୍ଟି କରିଥିବା ସିକନ୍ଦରଙ୍କ ଆମ୍ଲା ବିଲୁପ୍ତ ଉଠିଥିଲା । ସାଧାରଣ ଗ୍ରାମୀଣ କୃଷକ ହୋଇ ମଧ ଜମିରୁ ପାଇଥିବା ସ୍ୱର୍ଣ୍ଣ ମୋହର ପ୍ରତି ଲୋଭାସକ୍ତ ନ ହୋଇ ଏହାକୁ ଦେଇଦେବା ପାଇଁ ବ୍ୟଗ୍ର ଥିବା ବେଳେ ମୁଁ ଏକ ବିରାଟ ସାମ୍ରାଜ୍ୟର ଅଧୀଶ୍ୱର, ଅକଳନୀୟ ସମ୍ପଦର ଅଧିକାରୀ ହୋଇ ମଧ ଆହୁରି ଅଧିକ ରାଜ୍ୟ ଜୟ ଓ ସମ୍ପଦ ଆହରଣ ନିଶାରେ କିପରି ଉନ୍ମତ୍ତ ହୋଇ ଉଠି ହିତାହିତ ଜ୍ଞାନଶୂନ୍ୟ ହୋଇପଡ଼ିଛି । ଧିକ୍ ଶତଧିକ୍ ମୋର ଏଭଳି ଲୋଭ ଓ ତୃଷ୍ଣାକୁ । ଏହା ଥିଲା ପୁରାତନ ଭାରତର ମହନୀୟ ସଂସ୍କୃତି ।

ନୋବେଲ ପୁରସ୍କାର ବିଜେତା ରୋମାରୋଲାଁ ଲେଖିଛନ୍ତି ଯଦି ସାରା ଜଗତରେ ଏମିତି କୌଣସି ସ୍ଥାନ ଅଛି, ଯେଉଁଠି ପ୍ରାଚୀନ କାଳରୁ ସବୁ ସ୍ୱପ୍ନ, ସେମାନଙ୍କ ଅତି ଆପଣାର ନୀଡ଼ଟିଏ ପାଇଛନ୍ତି । ଯେଉଁଠି ମଣିଷ ପ୍ରକୃତରେ ତା'ର ଅସ୍ତିତ୍ୱକୁ ନେଇ ଆବହମାନ କାଳରୁ ଆଶାବାଦୀ ହୋଇ ପାରିଛି । ସେ ଭୂଇଁ ହେଉଛି ଭାରତବର୍ଷ । ଭାରତୀୟ ସଂସ୍କୃତି, ସୌନ୍ଦର୍ଯ୍ୟ ଓ ସମୃଦ୍ଧିକୁ ଅପହରଣ କରିବାର ଲୋଭ ସମ୍ବରଣ କରିନପାରି ବିଦେଶୀ ଆକ୍ରମଣକାରୀମାନେ ଯୁଗେ ଯୁଗେ ଭାରତକୁ କ୍ଷତ ବିକ୍ଷତ କରିଆସିଛନ୍ତି । କ୍ଷଣିକ ସକାଶେ ସଫଲତା ବି ପାଇଛନ୍ତି । ହେଲେ ଭାରତୀୟ ଗିରିମା ଟିଲେ ହେଲେ କ୍ଷୁଣ୍ଣ ହୋଇନାହିଁ । ଏହାହିଁ ଆମର ବିଶେଷତ୍ୱ । ତେଣୁ କୌଣସି କ୍ଷଣରେ ଘଟିଥିବା ଅପରାଧ ସକାଶେ ଶତାବ୍ଦୀକୁ ଦଣ୍ଡିତ କରିବା ଅନୁଚିତ । ଭାରତର ସମ୍ପୂର୍ଣ୍ଣ ଇତିହାସ ହିଁ ସହନଶୀଳତାର ଦର୍ପଣ । ଖ୍ରୀ.ପୂ. ୩୨୦୦ରୁ ଖ୍ରୀଷ୍ଟାବ୍ଦ ୧୯୪୧ ଅଗଷ୍ଟ, ଏହି ଦୀର୍ଘକାଳ ଖଣ୍ଡ ମଧ୍ୟରେ କୌଣସି ଭାରତୀୟ ଶାସକ ଅନ୍ୟ ଦେଶ ଉପରେ ଆକ୍ରମଣ କରିନାହାନ୍ତି କିମ୍ବା କୌଣସି ଦେଶକୁ ଲୁଟପାଟ କରିନାହାନ୍ତି । କିନ୍ତୁ ଏହି ଦୀର୍ଘ ସମୟ ମଧ୍ୟରେ ପ୍ରାୟ ଅଠରଟି ବିଦେଶୀ ବଂଶୋଭବ ଶାସକ ଭାରତକୁ ଆକ୍ରମଣ କରି ଶାସନକାର୍ଯ୍ୟ ଚଲାଇବା ସହ ଅନେକ ମୂଲ୍ୟବାନ ସାମଗ୍ରୀ ଲୁଟିନେଇଛନ୍ତି । ଆମେ ବିଦେଶୀ ଶାସକଙ୍କ ଦ୍ୱାରା ଲୁଣ୍ଠିତ, ଶୋଷିତ ହୋଇଛେ । ହେଲେ କାହାରିକୁ ଆକ୍ରମଣ କରିନାହୁଁ । ଏହା ହିଁ ଭାରତୀୟମାନଙ୍କର ମହନୀୟତା ତଥା ସହିଷ୍ଣୁତାର ବଳିଷ୍ଠ ପ୍ରମାଣ ଅଟେ ।

ଜର୍ମାନ ପଣ୍ଡିତ ମ୍ୟାକ୍ ମୂଲର କହିଥିଲେ- 'ଭାରତର ଆକାଶ ତଳେ ସବୁ ଅନୁସନ୍ଧାନ ସମ୍ଭବ । ଏତେ ପବିତ୍ର ଭୂମି ପୃଥିବୀରେ ଆଉ କେଉଁଠି ନାହିଁ । ଏହାର ସତ୍ୟାସତ୍ୟ ଆମେ ଜାଣୁନା, ମାତ୍ର ଜାଣୁ ଯେ ଏଠି ଲୋକେ ମନକୁ ଶୋଧ୍ୟ ସତ୍ୟାଗ୍ରହୀ ଇତିହାସକୁ ଅମାନ୍ୟ କରି ସମାଜବାଦୀ, ସମାଜକୁ ନରଖର କରି ବିପ୍ଲବୀ ଓ ସତ୍ୟକୁ ଅମାନ୍ୟ କରି ବୁଦ୍ଧିଜୀବୀ ହୋଇପାରନ୍ତି ।

କିନ୍ତୁ କେତେଟା ଦିନର ଇଂରେଜମାନଙ୍କ ଶାସନ ଫଳରେ ତା' ମନରେ ପରିବର୍ଦ୍ଧନ ଆସିଲା। ନିଜ ଚିନ୍ତାଧାରାକୁ ବଦଳାଇ ଦେଲା, ପଶ୍ଚିମା ହାଓ୍ଵାରେ ତା'ର ହଜାର ହଜାର ବର୍ଷର ବୈଦିକ ସଂସ୍କୃତି ଉଡ଼ିଗଲା। ପଶ୍ଚିମା ସୁଅର ତୋଡ଼ରେ ତା'ର ଯୁଗ ଯୁଗର ପୁରୁଣା ପରମ୍ପରା ଭାସିଗଲା। ବହୁ ପୁରାତନ ସଭ୍ୟ ଜାତିଟା ପ୍ରାଚୀନ ମୁନୀ, ଋଷିମାନଙ୍କ ଉପଦେଶକୁ ମାନି ଚଲୁଥିବା ମଣିଷମାନେ ତାଙ୍କ ନିଜତ୍ୱ ହରାଇ, ଆପଣା ମୌଳିକତାକୁ ପାସୋରି ଦେଇ, ମହାମାନବ ଭାବନାର ମଣିଷ ପଣିଆକୁ ଜଳାଞ୍ଜଲି ଦେଇଦେଲା। ନିଜେ ହେଲା ପର ଗୋଡ଼ାଣିଆ, ସାଜିଲା ଖୁସାମନ୍ତିଆ। ପରପିନ୍ଧା ଟେକିଲା, ଭୃତ୍ୟର ମନଭାବ ନେଇ ଚାଟୁକାର ବନିଗଲା। ସ୍ତାବକଙ୍କ ପରି ଅନ୍ୟର ଗୁଣ ଗାଇ ବୁଲିଲା। ନିର୍ବୋଧଙ୍କ ପରି ଅନୁକରଣ କଲା ଅନ୍ୟମାନଙ୍କୁ। ହୁଣ୍ଡାମୀର ପରଚୟ ଦେଇ ଅନ୍ୟର ଚଳଣିକୁ ଅନୁସରଣ କଲା। ବୁଢ଼ୁ ପଣିଆର ଭାବନା ନେଇ ସ୍ୱେଶ ହେଲା (ପାଲଟିଗଲା) ଅନ୍ୟମାନଙ୍କ ନିକଟରେ। ମନରେ ରଖିବାକୁ ପଡ଼ିବ ପରର ତିଅଶ ରୁଚିକର ହୋଇପାରେ ମାତ୍ର ପୁଷ୍ଟିକର ନୁହେଁ।

ଦେଶ ସ୍ୱାଧୀନ ହେଲା। ଆମେ ବିଦେଶୀ ଶାସନରୁ ମୁକ୍ତ ହେଲୁ ସତ କିନ୍ତୁ ମୁକ୍ତ ହୋଇପାରିଲୁନାହିଁ ପଶ୍ଚିମା ପବନରୁ (ପଶ୍ଚିମା ସଂସ୍କୃତି ଯାହା ଭୋଗ ସର୍ବସ୍ୱ)। ଦୀର୍ଘ ଦିନ ଅବଦମିତ ହୋଇ ଦିଗହରା ହୋଇ ଯାଇଥିଲୁ, ବିଦେଶୀ ଢାଞ୍ଚାରେ ଶାସନ ଖସଡ଼ା ତିଆରି ହେଲା। ବିଦେଶୀ ଶିକ୍ଷା, ଆଇନକାନୁନ, ପୋଷାକ ପରିଚ୍ଛଦ, ଶେଷରେ ବିଦେଶୀ ଭୋଗ ସର୍ବସ୍ୱ ଜୀବନ ଶୈଳୀକୁ ଆପଣାର କରି ବହୁ ପ୍ରାଧାନ୍ୟ ଦେଲୁ। ଯାହାର ପରିଣତି ସ୍ୱରୂପ ଆଜି ଆମର ସାମାଜିକ ଜୀବନର ପ୍ରତିଟି କ୍ଷେତ୍ରରେ ଦେଖାଦେଇଛି ଅବମୂଲ୍ୟାୟନ। ଭୋଗବାଦର ରାକ୍ଷସ ଆଜି ଆମ ମନକୁ, ଅନ୍ତରକୁ, ଚିନ୍ତାକୁ ଓ ଚେତନାକୁ ତଥା ଭାବନାକୁ ଅର୍ଥ ସର୍ବସ୍ୱ କରି ସାମାଜିକ ଜୀବନର ସବୁସ୍ତରର ସମ୍ପର୍କକୁ କଲୁଷିତ କରିଛି। ପ୍ରଥମେ ଆମର ପାରିବାରିକ ଜୀବନକୁ ପ୍ରଭାବିତ କଲା ପାଶ୍ଚାତ୍ୟ ଶିକ୍ଷା। ଏ ଶିକ୍ଷାରେ ନା ଅଛି ନୈତିକତା ନା ଅଛି ଆଧ୍ୟାତ୍ମିକତା ନା ଅଛି ସଂଯମ। ଯାହା ପିଲାଟିକୁ ଗୋଟିଏ ଆଦର୍ଶ ମାନବରେ ପରିଣତ କରିପାରିବ। ଏ ଶିକ୍ଷା କେବଳ ତିଆରି କଲା ଗୋଟିଏ ଚାକିରିଆ ଗୋଷ୍ଠୀ। ପିଲାର ମନ ଖାଲି ବୌଦ୍ଧିକ ବିକାଶରେ ଅର୍ଥ ସର୍ବସ୍ୱ ହୋଇଗଲା। ଲକ୍ଷ୍ୟ ରହିଲା ଭଲ ଚାକିରି ଆଉ ଉଚ୍ଚ ବେତନ।

ପାଶ୍ଚାତ୍ୟ ଜୀବନ ପ୍ରଣାଳୀ, ପାଶ୍ଚାତ୍ୟ ସଙ୍ଗୀତ, ପାଶ୍ଚାତ୍ୟ ଖାଦ୍ୟପେୟ ଏବଂ ପାଶ୍ଚାତ୍ୟ ସଂସ୍କୃତି-ସଂକ୍ଷେପରେ ଯେ କୌଣସି ଜିନିଷରେ ପାଶ୍ଚାତ୍ୟ ଶବ୍ଦ ସଂଯୁକ୍ତ ତାହା ଆମ ଯୁବ ସମାଜ ଦ୍ୱାରା ବିଶେଷ ଭାବରେ ଆଦୃତ ହେଉଛି। ଏହିଭଳି ଏକ ବିଚିତ୍ର ପରିବେଶରେ ଆମେ କେବେ ଭାବିଛନ୍ତି କି ଗୋଟିଏ ଅପରିଚିତ ତଥା ବିଦେଶୀ ଜୀବନ ପ୍ରଣାଳୀକୁ ଆପଣେଇବାର କୁପରିଣାମ କ'ଣ ? ଆମେ ଭୁଲି ଯାଉଛୁ ଯାହା ଜଣେ ବ୍ୟକ୍ତି ପାଇଁ ଅମୃତ ଅନ୍ୟ ଜଣେ ବ୍ୟକ୍ତି ଲାଗି ତାହା ବିଷ ମଧ୍ୟ ହୋଇପାରେ। ନିଜକୁ ଆଧୁନିକ ବୋଲି ସାବ୍ୟସ୍ତ କରିବା ପାଇଁ କ'ଣ ଜଣେ ବ୍ୟକ୍ତିକୁ ତା'ର ଆଚରଣ ଓ ଉଚ୍ଚାରଣରେ ଏବଂ ଆଧୁନିକୀକରଣ କ'ଣ ଏକ ଏବଂ ଅଭିନ୍ନ ଭାବନା ଓ ଚିନ୍ତାଧାରା ? ଆଧୁନିକୀକରଣ ଅର୍ଥ ଜୀବନ ବଞ୍ଚିବାର ଶୈଳୀରେ ବିକାଶ ଓ ଉନ୍ନତି, ପ୍ରଗତି ପଥରେ ଯାତ୍ରା ଏବଂ ମାନବ ଜୀବନର ପ୍ରତ୍ୟେକ ବିଭାଗରେ ଉତ୍କର୍ଷର ଉଚ୍ଚ ଅଭିଳାଷ ଓ ଆକାଂକ୍ଷା। ଏହାର ଅର୍ଥ ଚିନ୍ତାଧାରା, କଥନ ଓ କର୍ମ ପ୍ରତ୍ୟେକ କ୍ଷେତ୍ରରେ ଶୀର୍ଷରେ ପଦାର୍ପଣ। ଏହା ଚରିତ୍ର ଉପରେ ବିଶେଷ ଓ ସର୍ବାଧିକ ଗୁରୁତ୍ୱ ପ୍ରଦାନ କରେ। କାରଣ ଜୀବନରୂପକ ଅନୁଷ୍ଠାନ ଚରିତ୍ର ରୂପୀ ମୂଳଦୁଆ ଉପରେ ଦଣ୍ଡାୟମାନ ହୁଏ। ଏକ ବାସ୍ତବରୂପୀ ଆଧୁନିକ ସମାଜରେ ଭୌତିକ ଓ ନୈତିକ ବିକାଶ ପରସ୍ପର ପରିପୂରକ। ଜାତି, ଧର୍ମ, ବର୍ଷ, ଲିଙ୍ଗ, ପଦପଦବୀର ଭାବନା ପରିହାର ଆଧୁନିକତାର ନିଦର୍ଶନ। ଯୌତୁକ ପ୍ରଥା, ବଧୂହତ୍ୟା, ନିଶାସେବନ ଇତ୍ୟାଦି ସାମାଜିକ ଦୁରାଚାରକୁ ଘୃଣା ଓ ନିନ୍ଦା କରିବା ଆଧୁନିକତାର ପରିଚୟ। କିନ୍ତୁ ଅନ୍ୟ ପକ୍ଷରେ ବସ୍ତୁବାଦ ଉପରେ ପାଶ୍ଚାତ୍ୟ ଚିନ୍ତାଧାରା ପର୍ଯ୍ୟବସିତ। ଆଧ୍ୟାତ୍ମିକ ଆନନ୍ଦ ଓ ସୁଖ ଏଠାରେ ଦୁଷ୍ପ୍ରାପ୍ୟ।

ଏକତ୍ର ବସି ଦୁଃଖ ସୁଖ ବାଣ୍ଟିବା, ଆଧ୍ୟାମ୍ମିକ ବିଷୟରେ ଆଲୋଚନା କରିବା ପାଇଁ ବର୍ତ୍ତମାନ ଆମ ନିକଟରେ ସମୟ ନାହିଁ । ଏହିଭଳି ସାଂସ୍କୃତିକ ମୂଲ୍ୟବୋଧର ଫଳାଫଳ ହେଉଛି ଭଗ୍ନ ବ୍ୟକ୍ତିତ୍ୱ । ଶୁଷ୍କ ଭାବପ୍ରବଣତା ଏବଂ ମାନସିକ ଅବସାଦ । ଏହା ସତ୍ତ୍ୱେ ପାଶ୍ଚାତ୍ୟ ଦେଶରେ ସକାରାମ୍ମକ ଜିନିଷ ବହୁତ ରହିଛି । ସେମାନଙ୍କର ସାହାସିକ ମନୋଭାବ, ଶିକ୍ଷା, ସହିତ ରୋଜଗାର କରିବାର ବିଚାର, ସମୟଜ୍ଞାନ, କାରିଗରୀ କୌଶଳରେ ପାରଙ୍ଗମତା ଏବଂ ବୈଜ୍ଞାନିକ ମନୋବୃତ୍ତି ସେମାନଙ୍କର ସକାରାମ୍ମକ ଚିନ୍ତାଧାରାର ପରିଚାୟକ । ତେଣୁ ପାଶ୍ଚାତ୍ୟ ଦେଶର ନକାରାମ୍ମକ ବିଭବଗୁଡ଼ିକୁ ପରିହାର କରାଯାଇ ସକାରାମ୍ମକ ବିଭବଗୁଡ଼ିକୁ ଗ୍ରହଣ କରିବାରେ କୌଣସି କ୍ଷତି ନାହିଁ । ଉଚ୍ଚବିଚାର ଏବଂ ସରଳ ଜୀବନ ଯାପନ ଆମ୍ମମାନଙ୍କର ଧ୍ୟେୟ ହେବା ଉଚିତ । ସୁନ୍ଦର ଚେହେରା ସୃଷ୍ଟି କରିବା ପାଶ୍ଚାତ୍ୟ ଜଗତର ଚିହ୍ନ ହୋଇପାରେ କିନ୍ତୁ ଦୁଷ୍ଟିକୋଣ ଆଧୁନିକତାର ପରିଚୟ । ଆଧୁନିକୀକରଣ ପ୍ରଗତି ଶାନ୍ତି ଓ ସମୃଦ୍ଧି ପଥରେ ଅଗ୍ରସର କରାଏ । ପାଶ୍ଚାତ୍ୟକରଣ ତାହା କରି ପାରେନା କିନ୍ତୁ ପ୍ରାଚ୍ୟ ଓ ପାଶ୍ଚାତ୍ୟର ଉତ୍ତମତାର ସନ୍ଧ୍ୟରେ ଏକ ଆଧୁନିକ ସମାଜ ଗଠନର ସ୍ୱପ୍ନ ଦେଖ୍ଥିବା ଆମ ସମସ୍ତଙ୍କର କର୍ତ୍ତବ୍ୟ ହେବା ଉଚିତ୍ ।

କିନ୍ତୁ ମହାନ ଦାର୍ଶନିକ ମହର୍ଷି ଅରବିନ୍ଦ ଲେଖ୍ଛନ୍ତି– 'ଭାରତକୁ ବିଶ୍ୱର ଗୁରୁ ହେବାକୁ ପଡ଼ିବ । ଭାରତ ଏଥିଲାଗି ସ୍ୱାଧୀନ ହୋଇନାହିଁ ଯେ ଅନ୍ୟକୁ ପଦାନତ କରିବ ।' ଏଇଥିପାଇଁ ହେଇଛି– ଭାରତୀୟ ସଂସ୍କୃତି ଓ ଭାରତୀୟ ଦର୍ଶନର ମନ୍ତ୍ର ଯାହା ଭାରତବର୍ଷ ନିଜ ହୃଦୟରେ ରଖ୍ଛି । ସେହିମନ୍ତ୍ର ଓ ସେହି ଜ୍ୟୋତି ମାନବ ଜାତିକୁ ଦେବ । କେବଳ ମହର୍ଷି ଅରବିନ୍ଦ ନୁହନ୍ତି ସ୍ୱତିକାର ମନୁଷ୍ଙ୍କ ଭାଷାରେ ଆଚାର, ବିବେକବୋଧ, ଶାଳୀନତା ବୋଧ, ଭ୍ରାତୃତ୍ୱ ବୋଧ ଓ ବିଶ୍ୱକଳ୍ୟାଣ ଭାବନା ଭାରତର ଚାରିତ୍ରିକ ଭୂଷଣ ବୋଲି କହିବାକୁ ହେବ । ବିଶ୍ୱଗୁରୁ ହେବାର ସକଳ ସମ୍ଭାବନା ଆମ ଦେଶର ଅଛି । କ୍ରମେ ସମୟର ପାବଚ୍ଛରେ ଲେଖାଯିବ ଉତ୍ଥାନ ପର୍ବର ଜୟଗୀତି । ଭାରତଭୂମି ହେଉଛି ସେହିଭୂମି ଯେଉଁଠାରେ ଯୋଗବିଦ୍ୟା ସମ୍ପୂର୍ଣ ଭାବେ ଅଭିବ୍ୟକ୍ତ ହୋଇଥ୍ଲା । ଭାରତୀୟ ଉପମହାଦେଶରେ ଭ୍ରମଣ କରିଥ୍ବା ସପ୍ତରଷି ଏବଂ ଅଗସ୍ତ୍ୟ ମୁନି ଯୋଗକୁ ସଂସ୍କୃତିର ପ୍ରାଣରୂପେ ବିଶ୍ୱର ପ୍ରତ୍ୟେକ ଭାଗରେ ପ୍ରସାରିତ କରିଥ୍ଲେ । ଯୋଗବ୍ୟକ୍ତିର ଶରୀର, ମନ, ଭାବନା ଏବଂ ଶକ୍ତି ଭଳି ବିଭିନ୍ନ ସ୍ତରରେ କାର୍ଯ୍ୟ କରିଥାଏ । ଏହାକୁ ବ୍ୟାପକ ଭାବେ ଚାରୋଟି ବର୍ଗରେ ବର୍ଗୀକରଣ କରାଯାଇପାରେ । କର୍ମ, ଜ୍ଞାନ, ଭକ୍ତି ଏବଂ କ୍ରିୟାଯୋଗ, କର୍ମ ଯୋଗରେ ଆମେ ଶରୀରକୁ ବ୍ୟବହାର କରିଥାଉ । ଜ୍ଞାନ ଯୋଗରେ ଆମେ ମନର ପ୍ରୟୋଗ କରିଥାଉ । ଭକ୍ତିଯୋଗରେ ଆମେ ଭାବନାର ପ୍ରୟୋଗ କରିଥାଉ ଏବଂ କ୍ରିୟା ଯୋଗରେ ଆମେ ଶକ୍ତିର ପ୍ରୟୋଗ କରିଥାଉ । ପ୍ରତ୍ୟେକ ବ୍ୟକ୍ତି ଏହି ଚାରିଯୋଗ କାରକଗୁଡ଼ିକର ଏକ ଅଦ୍ୱିତୀୟ ସଂଯୋଗ । ଏକ ସକ୍ଷମ ଗୁରୁହିଁ ଯୋଗ୍ୟ ସାଧକକୁ କେବଳ ସେମାନଙ୍କ ଆବଶ୍ୟକତା ଅନୁସାରେ ଆଧାରଭୂତ ଯୋଗ ସିଦ୍ଧାନ୍ତର ସଠିକ ସଂଯୋଜନା କରାଇପାରିବ । ଯୋଗର ସମସ୍ତ ପ୍ରାଚୀନ ବ୍ୟାଖ୍ୟାଗୁଡ଼ିକ ବିଷୟରେ ଅଧ୍କ ଜୋର ଦିଆଯାଇଛି ଯେ ସକ୍ଷମ ଗୁରୁଙ୍କ ମାର୍ଗଦର୍ଶନରେ ଅଭ୍ୟାସ କରିବା ଅତ୍ୟନ୍ତ ଆବଶ୍ୟକ । ଯୋଗର ଅଲଗା ଅଲଗା ସମ୍ପ୍ରଦାୟ ପରମ୍ପରା, ଦର୍ଶନ, ଧର୍ମ ଏବଂ ଗୁରୁ-ଶିଷ୍ୟ ପରମ୍ପରା କାରଣରୁ ଭିନ୍ନ ଭିନ୍ନ ପାରମ୍ପରିକ ପାଠଶାଳାର ମାର୍ଗ ପ୍ରଶସ୍ତ ହୋଇଛି । ଏଥ୍ରେ ଜ୍ଞାନ ଯୋଗ, କର୍ମ ଯୋଗ, ପାତଞ୍ଜଲି ଯୋଗ, କୁଣ୍ଡଲିନୀ ଯୋଗ, ହଠ ଯୋଗ, ଧ୍ୟାନ ଯୋଗ, ମନ୍ତ୍ର ଯୋଗ, ଲୟ ଯୋଗ, ରାଜ ଯୋଗ, ଜୈନ ଯୋଗ, ବୌଦ୍ଧ ଯୋଗ ଆଦି ସମ୍ମିଶ୍ରଣ ଘଟିଛି । ଏହି ଯୋଗ ଶିକ୍ଷାଦେବା କ୍ଷେତ୍ରରେ ଭାରତ ବିଶ୍ୱର ଗୁରୁ ହୋଇପାରିବ ।

ଯୋଗର ବ୍ୟାପକ ସ୍ୱରୂପ ତଥା ପରିଣାମ ସିନ୍ଧୁ ଓ ସରସ୍ୱତୀ ନଦୀ ସଭ୍ୟତା ଖ୍ରୀ.ପୂ. ୨୧୦୦ ସମୟର ବୋଲି ମନେ କରାଯାଇପାରେ । ସିନ୍ଧୁ ଓ ସରସ୍ୱତୀ ନଦୀ ସଭ୍ୟତାରେ ଯୋଗ ସାଧନା କରୁଥ୍ବା ଅନେକ ଆକୃତି ଚିହ୍ନ ସେଠାରୁ ମିଲିଥ୍ବା ଅନେକ ମୋହର ଓ ଜୀବାଶ୍ମର ଅବଶେଷ ପ୍ରମାଣିତ କରେ ଯେ ପ୍ରାଚୀନ ଭାରତରେ ଯୋଗର ଅସ୍ତିତ୍ୱ ଥ୍ଲା ।

ସରସ୍ୱତୀ ନଦୀ ସଭ୍ୟତାରୁ ମିଳିଥିବା ଦେବୀ ଓ ଦେବତାମାନଙ୍କ ମୂର୍ତ୍ତି ଓ ମୋହର ତନ୍ତ୍ର ଯୋଗର ସଙ୍କେତ ପ୍ରଦାନ କରୁଛି । ବୈଦିକ ଓ ଉପନିଷଦ ପରମ୍ପରା, ଶୈବ, ବୈଷ୍ଣବ ତଥା ତାନ୍ତ୍ରିକ ପରମ୍ପରା, ଭାରତୀୟ ଦର୍ଶନ, ରାମାୟଣ ଏବଂ ଭାଗବତ ଗୀତା ସମେତ ମହାଭାରତ ଭଳି ମହାକାବ୍ୟ ବୌଦ୍ଧ ଓ ଜୈନ ପରମ୍ପରା ସହିତ ବିଶ୍ୱର ଲୋକ ପରମ୍ପରାରେ ମଧ୍ୟ ଯୋଗର ପ୍ରୟୋଗ ମିଳିଥାଏ । ଯୋଗର ଅଭ୍ୟାସ ପ୍ରାକ୍ ବୈଦିକ କାଳରେ ମଧ୍ୟ କରାଯାଉଥିଲା । ମହର୍ଷି ପତଞ୍ଜଲି ସେହି ସମୟରେ ପ୍ରଚଳିତ ପ୍ରାଚୀନ ଯୋଗ ଅଭ୍ୟାସଗୁଡ଼ିକୁ ବ୍ୟବସ୍ଥିତ ଓ ବର୍ଗୀକୃତ କରି ଏହାର ଫଳାଫଳ ଏବଂ ଏଥି ସହିତ ସମ୍ପର୍କିତ ଜ୍ଞାନକୁ ପତଞ୍ଜଲି ସୂତ୍ର ନାମକ ଗ୍ରନ୍ଥରେ କ୍ରମବଦ୍ଧ ଭାବେ ବ୍ୟବସ୍ଥାପିତ କରିଥିଲେ । ପତଞ୍ଜଲିଙ୍କ ପରେ ରଷି ଏବଂ ଆଚାର୍ଯ୍ୟମାନେ ଯୋଗ ଅଭ୍ୟାସ ଓ ଯୌଗିକ ସାହିତ୍ୟ ମାଧ୍ୟମରେ ଏହି କ୍ଷେତ୍ରରେ ସଂରକ୍ଷଣ ଓ ବିକାଶରେ ମହାନ ଯୋଗଦାନ ଦେଇଛନ୍ତି । ପ୍ରତିଷ୍ଠିତ ଯୋଗ ଆଚାର୍ଯ୍ୟମାନେ ଶିକ୍ଷା ମାଧ୍ୟମରେ ଯୋଗ ପ୍ରାଚୀନ କାଳରୁ ଆଜି ସମ୍ପୂର୍ଣ୍ଣ ବିଶ୍ୱରେ ବିସ୍ତାର ଲାଭ କରିଛି । ଆଜି ଯୋଗ ଅଭ୍ୟାସ ଦ୍ୱାରା ରୋଗବ୍ୟାଧ୍ୟ ମୁକ୍ତ ତଥା ଆରୋଗ୍ୟ ହେବା ସମ୍ପର୍କରେ ଆଜି ସମସ୍ତଙ୍କଠାରେ ଦୃଢ଼ ବିଶ୍ୱାସ ସୃଷ୍ଟି କରିପାରିଛି । ସମଗ୍ର ବିଶ୍ୱରେ ଲକ୍ଷ ଲକ୍ଷ ଲୋକ ଯୋଗରୁ ଲାଭାନ୍ୱିତ ହୋଇଛନ୍ତି । ଯୋଗ ପ୍ରତିଦିନ ବିକଶିତ ଓ ସମୃଦ୍ଧ ହୋଇପାରିଛି । ଆଜି ଯୌଗିକ ଅଭ୍ୟାସ ଅଧିକ ଗୁରୁତ୍ୱପୂର୍ଣ୍ଣ ହେବାରେ ଲାଗିଛି ।

ଯୋଗ ହେଉଛି ଏକ ସୁସ୍ଥ ଜୀବନର କଳା ଓ ବିଜ୍ଞାନ । ଏହା ଏକ ଆଧ୍ୟାମ୍ନିକ ଅନୁଶାସନ ଏବଂ ଅତ୍ୟନ୍ତ ସୂକ୍ଷ୍ମ ବିଜ୍ଞାନ ଉପରେ ଆଧାରିତ ଜ୍ଞାନ ଯାହା ମନ ଓ ଶରୀର ମଧ୍ୟରେ ସନ୍ତୁଳନ ସ୍ଥାପିତ କରିଥାଏ । ଯୋଗର ଅଭ୍ୟାସ ବ୍ୟକ୍ତିଗତ ଚେତନାକୁ ସାର୍ବଭୌମ ଚେତନା ସହିତ ଏକାକାର କରିଥାଏ । ଯିଏ ଯୋଗ ସହିତ ଅସ୍ତିତ୍ୱର ଏକତ୍ୱକୁ ଅନୁଭବ କରିପାରିଛି ତାକୁ ଯୋଗୀ ବୋଲି କୁହାଯାଇଥାଏ । ଯୋଗୀ ପୂର୍ଣ୍ଣ ସ୍ୱାଧୀନତା ହାସଲ କରି ମୁକ୍ତାବସ୍ଥା ପ୍ରାପ୍ତ କରିଥାଏ । ଯାହାକୁ ମୁକ୍ତି ବା ନିର୍ବାଣ କୁହାଯାଇଥାଏ । ଯୋଗର ପ୍ରୟୋଗ ମାଧ୍ୟମରେ ମନୁଷ୍ୟ ତା'ର ଶରୀର ଏବଂ ମନ ମଧ୍ୟରେ ସନ୍ତୁଳନ ସ୍ଥାପିତ କରି ଆତ୍ମା ସାକ୍ଷାତକାର ପ୍ରାପ୍ତ କରିଥାଏ । ଯୋଗ ସାଧନା ସମସ୍ତ ତ୍ରିବିଧ ପ୍ରକାରର ଦୁଃଖରୁ ଆଧ୍ୟଦୈବିକ, ଆଧ୍ୟାମ୍ନିକ ଓ ଆଧ୍ୟଭୌତିକ ନିବୃଭି ପ୍ରାପ୍ତ କରିଥାଏ । ଏହାଦ୍ୱାରା ବ୍ୟକ୍ତି ତା'ର ଜୀବନରେ ପୂର୍ଣ୍ଣ ସ୍ୱାଧୀନତା ତଥା ସ୍ୱାସ୍ଥ୍ୟ ପ୍ରସନ୍ନତା ଏବଂ ସନ୍ତୁଳନର ଅନୁଭୂତି ପ୍ରାପ୍ତ କରିଥାଏ ।

ସାରା ବିଶ୍ୱକୁ ଆର୍ଯ୍ୟ (ଶ୍ରେଷ୍ଠ) ରୂପରେ ଦେଖିବା ପାଇଁ ଆମ ରାଷ୍ଟ୍ର ସାମ୍ନାରେ ଏକ ଅଭ୍ରାନ୍ତ ଲକ୍ଷ୍ୟ ଥିଲା । ଏଣୁ ଭାରତର ମୁନିରଷିମାନେ କହୁଥିଲେ "କୃଣ୍ୱନ୍ତୁ ବିଶ୍ୱମାର୍ଯ୍ୟମ୍, ଏତଦ୍ଦେଶ ପ୍ରସୂତସ୍ୟ ସକାଶାଦଗ୍ରଜନ୍ମନଃ, ସ୍ୱଂ ସ୍ୱଂ ଚିରିତ୍ର ଶିକ୍ଷେରନ ପୃଥ୍ୱ୍ୟାମ ସର୍ବ ମାନବାଃ ।" ଏହି ଦେଶର ଅଗ୍ରଜନ୍ମାମାନେ ପୃଥ୍ୱୀବାର ସମଗ୍ର ମାନବ ଜାତିକୁ ନିଜ ନିଜର ଉଚ୍ଚ ଚାରିତ୍ରିକ ଶିକ୍ଷା ପ୍ରଦାନ କରିଥିଲେ । ଏଣୁ ଏକଦା ଭାରତ ବିଶ୍ୱଗୁରୁ ଆସନରେ ଆସୀନ ହୋଇଥିଲା । ସମଗ୍ର ବିଶ୍ୱ ଓ ବିଶ୍ୱବାସୀଙ୍କୁ ଭାରତ ଖାଲି ନୀତି ନୈତିକତା, ସଂସ୍କାର ସଂସ୍କୃତି, ଧର୍ମ ଧାରଣାର ଶିକ୍ଷା ଦେଇନଥିଲା । ଅନ୍ୟ ପକ୍ଷରେ ଜ୍ଞାନ ବିଜ୍ଞାନର ପ୍ରଶିକ୍ଷଣ ମଧ୍ୟ ଦେଇଥିଲା । ଏହି ପୃଷ୍ଠଭୂମିରେ ବିଶ୍ୱକୁ ଯୋଗବିଦ୍ୟା ଓ ଯୋଗବିଜ୍ଞାନ ଶିକ୍ଷା ପ୍ରଦାନ କ୍ଷେତ୍ରରେ ଭାରତ ଅଗ୍ରଣୀ ଭୂମିକାରେ ଅବତୀର୍ଣ୍ଣ ହୋଇଥିଲା । କାଳର କୁଟିଳ ଗତିରେ ଧର୍ମଭୂମି, କର୍ମଭୂମି ପୁଣ୍ୟଭୂମି ଭାରତର ଅଧଃପତନ ଆରମ୍ଭ ହେଲା । ପତନର ଅନ୍ଧକାର ଗହ୍ୱରରେ ପ୍ରବେଶ କରିବାବେଳେ ଅନେକ ବାଦ ବିସ୍ମୟାଦର ପ୍ରହେଲିକାକୁ ସାମନା କଲା । ଭାରତ ଉତ୍ଥାନ ପତନର ବନ୍ଧୁର ପଥରେ ଗତିକରିବା ସମୟରେ ସ୍ୱାଭାବିକ ଭାବରେ ବହୁ ବୈଦେଶିକ ଆକ୍ରମଣର ଖାଲି ସମ୍ମୁଖୀନ ହେଲାନି ଦେଶ, ଅସଙ୍ଗଠନ ଓ ଅନ୍ୟାନ୍ୟ ଦୁର୍ବଳତା କାରଣରୁ ପରପଦାନତ ହେଲା, ପରାଧୀନ ହେଲା, ପରାଧୀନତା ସହିତ ସଂଶ୍ଳିଷ୍ଟ ବିସଙ୍ଗତି ଓ ଅବମୂଲ୍ୟାୟନ ଦ୍ୱାରା ମଧ୍ୟ ପ୍ରଭାବିତ ହେଲା । କାଳଚକ୍ରର ଆବର୍ଭନରେ ସମ୍ପ୍ରତି ଇତିହାସର ପୁନରାବୃଦ୍ଧି ହେବାକୁ ଯାଉଛି । ଭାରତର ପ୍ରେରଣାରେ ଏହାର ମୂଲବିଦ୍ୟା ଯୋଗ ବିଜ୍ଞାନକୁ ବିଶ୍ୱ ଗ୍ରହଣ କରି ଯୋଗମୟ ହେବା ଆମ ପାଇଁ ଆଶ୍ୱାସନର ବିଷୟ ନିଶ୍ଚିତ ।

ଯୋଗ ବିଜ୍ଞାନ ଭାରତର ମୌଳିକ ଉପଲବ୍ଧ । ପ୍ରାୟ ୬ ହଜାର ବର୍ଷତଳେ ଯୋଗର ଉତ୍ପତ୍ତି ବୋଲି କୁହାଯାଏ । ପ୍ରାକ୍ ବୈଦିକ ଯୁଗରୁ ଭାରତୀୟମାନେ ଯୋଗ ସମ୍ପର୍କରେ ଜାଣିଥିଲେ । ଶରୀର, ମନ, ବୁଦ୍ଧି, ଆତ୍ମାକୁ ସଂଯତ ରଖିବା ଏକ ଆଧ୍ୟାତ୍ମିକ ପଦ୍ଧତି । ଯୋଗ ପରମ୍ପରା ଯେ ସୁପ୍ରାଚୀନ, ସିନ୍ଧୁ ଉପତ୍ୟକାରୁ ମିଳିଥିବା ପ୍ରାଚୀନ ମୁଦ୍ରାରେ ଯୋଗାସନରେ ସ୍ଥିତ ପଶୁପତିଙ୍କ ଛବିରୁ ଜଣାପଡ଼େ । ରୁକ୍‌ବେଦ ସମେତ ବିଭିନ୍ନ ଉପନିଷଦ, ଗୀତା ଏବଂ ବୌଦ୍ଧ ସୂତ୍ରରେ ଯୋଗର ବହୁଳ ବର୍ଣ୍ଣନା ରହିଛି । ମହାଯୋଗୀ ପତଞ୍ଜଲିଙ୍କ ଯୋଗସୂତ୍ରକୁ ଯୋଗ ସମ୍ବନ୍ଧୀୟ ପ୍ରଥମ ଗ୍ରନ୍ଥ ଭାବରେ ବିବେଚନା କରାଯାଏ । ଯୋଗ ଶବ୍ଦର ଉତ୍ପତ୍ତି ସଂସ୍କୃତର ଯୁଜ୍ ଧାତୁରୁ ଆସିଛି । ଏହାର ଅର୍ଥ ଯୁକ୍ତ କରିବା, ଜୀବାତ୍ମା ସହ ପରମାତ୍ମାଙ୍କ ମିଳନ ବା ଯୁକ୍ତ ହେବାକୁ ଯୋଗ କୁହାଯାଏ । ଶରୀର ମନ, ବୁଦ୍ଧି, ଆତ୍ମାର ମିଳନ ଯୋଗ ଭାବରେ ଅଭିହିତ ।

ମଣିଷର ଅଧିକାଂଶ ବ୍ୟାଧିର କାରଣ ହେଉଛି ତା'ର ଶରୀର ଏବଂ ମନ । ନିୟମିତ ଯୋଗ ସାଧନା ଦ୍ୱାରା ଜଣେ ନିରୋଗ ହୋଇ ପାରିବ । ଏହି ଯୋଗକୁ ପାଶ୍ଚାତ୍ୟରେ ମଧ ସ୍ୱାସ୍ଥ୍ୟ ପାଇଁ ଏକ ସମନ୍ୱିତ ମାଧ୍ୟମ ଭାବରେ ଓ ଜାତୀୟ ସ୍ୱାସ୍ଥ୍ୟ ଅନୁଷ୍ଠାନଗୁଡ଼ିକ ଦ୍ୱାରା ଏହାକୁ ଔଷଧର ବିକଳ୍ପ ଭାବରେ ଗ୍ରହଣ କରାଯାଇଛି । ଶରୀର, ମନ, ବୁଦ୍ଧି, ଆତ୍ମାର ପବିତ୍ରତା ପାଇଁ ମହର୍ଷି ପାତଞ୍ଜଲି ଯୋଗର ଅଷ୍ଟାଙ୍ଗ ମାର୍ଗ ସମ୍ପର୍କରେ କହିଛନ୍ତି । ତାହା ହେଲା– ଯମ, ନିୟମ, ଆସନ, ପ୍ରାଣାୟାମ, ପ୍ରତ୍ୟାହାର, ଧାରଣା, ଧ୍ୟାନ ଓ ସମାଧି । ଯମ ହେଲା– ଅହିଂସା, ସତ୍ୟ, ଅସ୍ତେୟ (ନିର୍ଲୋଭତା) ବ୍ରହ୍ମଚର୍ଯ୍ୟ ଓ ଅପରିଗ୍ରହ (ଅସଂଗ୍ରହ) । ନିୟମ ହେଲା– ଶୌଚ, ସନ୍ତୋଷ, ତପ, ସ୍ୱାଧ୍ୟାୟ ଓ ଈଶ୍ୱର ପ୍ରଣିଧାନ । ଶରୀରକୁ ଏକ ମୁଦ୍ରାରେ ରଖି ଶରୀର ଓ ମନର ସ୍ଥିରତା ରକ୍ଷା କରିବା ହେଉଛି ଆସନ । ପ୍ରାଣାୟାମ ହେଉଛି ଶ୍ୱାସ ସଂଯମତା । ମନକୁ ସଂଯତ ପବିତ୍ର କରିବା ପାଇଁ ପ୍ରାଣାୟାମ ଆବଶ୍ୟକ । ପ୍ରତ୍ୟାହାର ହେଲା ଇନ୍ଦ୍ରିୟ ଶୃଙ୍ଖଳା ତଥା ଇନ୍ଦ୍ରିୟକୁ ବାହ୍ୟ ସାଂସାରିକ ସୁଖରୁ ମୁକ୍ତ କରିବା, ଧାରଣା ହେଉଛି ଚିତ୍ତର ଏକାଗ୍ରତା ରକ୍ଷା । ଧ୍ୟାନ ମନର ତାମସିକ ଓ ରାଜସିକ ପ୍ରବୃତ୍ତି ନାଶକରି ସତ୍ତ୍ୱ ଗୁଣର ଅଭିବୃଦ୍ଧି ଘଟାଇଥାଏ । ଯେତେବେଳେ ଚିତ୍ତର ଏକାଗ୍ରତା ଦୀର୍ଘ ସମୟ ଧରି ଅବ୍ୟାହତ ରହେ ସେତେବେଳେ ସମୟ ଏବଂ ସ୍ଥାନର ଜ୍ଞାନ ରହେନାହିଁ । ସମାଧି ହେଉଛି ଧ୍ୟାନର ଚରମ ଅବସ୍ଥା । ଏଠାରେ ମଣିଷର ବାହ୍ୟ ଅଭ୍ୟନ୍ତର ସ୍ଥିତିରେ ଜ୍ଞାନ ରହେ ନାହିଁ । ଏହା ଚରମ ଆତ୍ମସୁଖ ପ୍ରଦାନ କରି ଆତ୍ମୋପଲବ୍ଧ ପ୍ରଦାନ କରାଇଥାଏ । ଯୋଗାସନ ଆମକୁ ଉତ୍ତମ ସ୍ୱାସ୍ଥ୍ୟ ପ୍ରଦାନ କରାଇଥାଏ ।

ଏବେ ଯୋଗ ସମ୍ପର୍କରେ ସନ୍ତ କବୀରଙ୍କ ଏକ ଦୋହାଟିଏ ହେଲା, ସୋ ଯୋଗୀ ଜାନେ ମନ ମେଁ ରହନା, ମନକା ଜପତପ ମନସୁ କହନା, କବୀରଙ୍କ ଏହି ଦୋହା ଉଚ୍ଚସ୍ତରର ଯୋଗ କଥା କୁହେ । ଯୋଗ ଯେ କେବଳ ଶରୀରଚର୍ଯ୍ୟ ବା ଆସନ ବ୍ୟାୟାମ ମଧ୍ୟରେ ସୀମାବଦ୍ଧ ନୁହେଁ । ଜଣେ ପ୍ରକୃତ ସାଧକକୁ ଏହା ଉଚ୍ଚ ସୋପାନରେ ପହଞ୍ଚାଇଦିଏ । ଜଣେ ଯୋଗୀ ପ୍ରତି ମୁହୂର୍ତ୍ତରେ ଯୋଗ ସହିତ ଯୁକ୍ତ ହୋଇରହେ । ଯୋଗ ହିଁ ତା'ର ନିୟତ ଜୀବନଚର୍ଯ୍ୟା ପାଳଟିଯାଏ । ଯୋଗସହ ଯୋଗ ହୋଇଯିବା ହିଁ ଏକ ପ୍ରାକୃତିକତା, ଯୋଗଠାରୁ ଦୂରେଇ ରହିବା ହିଁ କୃତ୍ରିମତା । ଭାରତର ଯୋଗ ଯେ ଦିନେ ବିଶ୍ୱର ସର୍ବାଧିକ ମଣିଷର ରୋଗ, ଶୋକ ଓ ଦୁଃଖକୁ ଦୂର କରିବାରେ ସହାୟକ ହେବ ଏବଂ ସେହି ମନ୍ତ୍ର 'ସର୍ବେ ଭବନ୍ତୁ ସୁଖିନଃ ସର୍ବେସନ୍ତୁ ନିରାମୟାଃ' ଯଥାର୍ଥ ପ୍ରତିପାଦିତ ହେବ । ସେଦିନ ଆଉ ବେଶୀ ଦୂର ନୁହେଁ ।

ଏକ ସକାରାତ୍ମକ ଜୀବନ ଯାପନ କରିବାରେ ଯୋଗ ହିଁ ଏକ ସଫଳ ଏବଂ ସଶକ୍ତ ମାଧ୍ୟମ । ଭଗବାନ ଶ୍ରୀକୃଷ୍ଣ ଜୀବନର ସାମଗ୍ରିକ ବିବେଚନା କରି ଅର୍ଜୁନଙ୍କୁ ଯୋଗୀ ହେବା ପାଇଁ ପରାମର୍ଶ ଦେଇଥିଲେ । "ତସ୍ମାତ ଯୋଗୀ ଭବାର୍ଜୁନ" ଏହି ଯୋଗ ବିଦ୍ୟା ଓ ଯୋଗ ବିଜ୍ଞାନ ପାଇଁ ଅତୀତରେ ଭାରତ ବିଶ୍ୱଗୁରୁ ଆସନରେ ଆସୀନ ହୋଇଥିଲା । ଏବେ ଏହି ଯୋଗ ପାଇଁ ଭାରତ ସେହି ଉଚ୍ଚସ୍ଥାନକୁ ଫେରିଯିବାକୁ ସମୟ ଆସିଛି ।

ଯୋଗ ଏକ ଅତ୍ୟନ୍ତ ପବିତ୍ର ଶବ୍ଦ । ଗୀତାର କର୍ମଯୋଗ, ସାଂଖ୍ୟ ଯୋଗ, କର୍ମ ସନ୍ନ୍ୟାସଯୋଗ, ଆତ୍ମ ସଂଯମ ଯୋଗ ଆଦି ସୁପ୍ରସିଦ୍ଧ । ଯୋଗର ଅର୍ଥ ଈଶ୍ୱରଙ୍କ ସହିତ ମିଶିଯିବା । ଏହାକୁ ବ୍ରହ୍ମରେ ଲୀନ ହୋଇଯିବା ମଧ୍ୟ କୁହାଯାଏ ।

ଈଶ୍ୱରଙ୍କ ସହିତ ମିଶିଯିବା ପାଇଁ ଯେପରି ଭାବରେ ଜୀବନ ଯାପନ କରିବାକୁ ହେବ ତାହା ଯୋଗର ବିଷୟ। ମହର୍ଷି ପାତଞ୍ଜଳିଙ୍କ ଉକ୍ତିରେ– 'ଯୋଗଶ୍ଚିଉ- ବୃତ୍ତି ନିରୋଧଃ।' ଅର୍ଥାତ୍ ଅସ୍ଥିର ମନକୁ ସ୍ଥିର କରିବା ହେଉଛି ଯୋଗ। ଗୀତାର ଷଷ୍ଠ ଅଧ୍ୟାୟରେ ଅସ୍ଥିର ମନକୁ ସ୍ଥିର କରିବା ପ୍ରଣାଳୀ ବିଶଦ ଭାବରେ ବର୍ଣ୍ଣିତ ହୋଇଛି। ଏହିପରି ଯୋଗ ଶବ୍ଦଟି ଅତ୍ୟନ୍ତ ମହନୀୟ। ଆଉ ପରବ୍ରହ୍ମଙ୍କୁ ଧ୍ୟାନ କରିବା ଯୋଗୀଙ୍କ ପରି ରଷିମାନଙ୍କ ଭଳି ଯୋଗସାଧ୍ୱ ନିଷ୍ଠାରେ ରହି, ମନକୁ ଅବିଚଳିତ ରଖ। ଯୋଗ ସାଧ୍ୱବା ସହଜ କଥା ନୁହେଁ କିମ୍ବା ସାଧାରଣ ଅଭ୍ୟାସ ଦ୍ୱାରା ମଧ୍ୟ ସମ୍ଭବ ନୁହେଁ। ଯୋଗ ହେଉଛି ଏକ ସୁସ୍ଥ ଜୀବନର କଳା ଓ ବିଜ୍ଞାନ ସମ୍ମତ କ୍ରିୟା । ଏହା ଏକ ଆଧ୍ୟାମ୍ଲିକ ଅନୁଶାସନ ଏବଂ ଅତ୍ୟନ୍ତ ସୂକ୍ଷ୍ମ ବିଜ୍ଞାନ ଉପରେ ଆଧାରିତ ଜ୍ଞାନ ଯାହା ମନ ଏବଂ ଶରୀର ମଧ୍ୟରେ ସନ୍ତୁଳନ ସ୍ଥାପିତ କରିଥାଏ। ଯୋଗର ଅଭ୍ୟାସ ବ୍ୟକ୍ତିଗତ ଚେତନାକୁ ସାର୍ବଭୌମ ଚେତନା ସହିତ ଏକାକାର କରିଥାଏ। ଯିଏ ଯୋଗ ସହିତ ଅସ୍ତିତ୍ୱର ଏକତ୍ୱକୁ ଅନୁଭବ କରିପାରିଥାଏ, ତାକୁ ଯୋଗୀ ବୋଲି କୁହାଯାଇଥାଏ। ଯୋଗୀ ପୂର୍ଣ୍ଣ ସ୍ୱାଧୀନତା ହାସଲ କରି ମୁକ୍ତାବସ୍ଥା ପ୍ରାପ୍ତ ହୋଇଥାଏ, ଯାହାକୁ ମୁକ୍ତି ବା ନିର୍ବାଣ କୁହାଯାଇଥାଏ। ଯୋଗ ପ୍ରୟୋଗ ମାଧ୍ୟମରେ ମନୁଷ୍ୟ ତା'ର ଶରୀର ଏବଂ ମନ ମଧ୍ୟରେ ସନ୍ତୁଳନ ସ୍ଥାପିତ କରି ଆମ୍ଲ ସାକ୍ଷାତକାର ପ୍ରାପ୍ତ କରିଥାଏ। ଯୋଗ ସାଧନା ସମସ୍ତ ତ୍ରିବିଧ ପ୍ରକାରର ଦୁଃଖରୁ ଆଧିଦୈବିକ, ଆଧ୍ୟାମ୍ଲିକ ଓ ଆଧିଭୌତିକ ନିବୃତ୍ତ ପ୍ରାପ୍ତ କରିଥାଏ। ଏହାଦ୍ୱାରା ବ୍ୟକ୍ତି ଜୀବନରେ ପୂର୍ଣ୍ଣ ସ୍ୱାଧୀନତା ତଥା ସ୍ୱାସ୍ଥ୍ୟ ପ୍ରସନ୍ନତା ଏବଂ ସନ୍ତୁଳନର ଅନୁଭୂତି ପ୍ରାପ୍ତ କରିଥାଏ। ଯୋଗ ଶବ୍ଦ ଯୁଜ୍ ଧାତୁରୁ ଆସିଛି। ଯାହାର ଅର୍ଥ ସାମିଲ ହେବା ବା ଏକାଠି ହେବା। ଏହାର ଉଦ୍ଭବ ହଜାର ହଜାର ବର୍ଷ ପୂର୍ବେ ହୋଇଛି। ଶ୍ରୁତି ପରମ୍ପରା ଅନୁସାରେ ଭଗବାନ ଶିବ ଯୋଗବିଦ୍ୟାର ଆଦ୍ୟଗୁରୁ। ଯୋଗୀ ବା ଆଦିଯୋଗୀ, ହଜାର ହଜାର ବର୍ଷ ପୂର୍ବେ ହିମାଳୟର କାନ୍ତି ସରୋବର ହ୍ରଦ ନିକଟରେ ଏହି ଆଦିଯୋଗୀ ଯୋଗର ଗୂଢ଼ଜ୍ଞାନକୁ ସପ୍ତରଷିମାନଙ୍କୁ ଦେଇଥିଲେ। ସପ୍ତରଷିମାନେ ଏହି ଅତ୍ୟନ୍ତ ମହତ୍ତ୍ୱପୂର୍ଣ୍ଣ ଯୋଗ ବିଦ୍ୟାକୁ ମଧ୍ୟ-ପୂର୍ବ ଏସିଆ, ଉତ୍ତର ଆଫ୍ରିକା, ଦକ୍ଷିଣ ଆମେରିକା ସହିତ ବିଶ୍ୱର ବିଭିନ୍ନ ସ୍ଥାନରେ ପ୍ରସାରିତ କରିଥିଲେ।

ବଞ୍ଚିବା ପାଇଁ ବିଜ୍ଞାନ ହେଉଛି ଯୋଗ। ତେଣୁ ଦୈନିକ ଜୀବନରେ ଯୋଗକୁ ସାମିଲ କରିବା ଉଚିତ୍। ଆମ ଜୀବନ ସହିତ ଜଡ଼ିତ, ଭୌତିକ, ମାନସିକ, ଆଧ୍ୟାଧ୍ଲିକ ଏବଂ ଆତ୍ମିକ ଆଦି ସବୁ ପହେଲୁ ଉପରେ କାମକରେ। ଯୋଗର ଅର୍ଥ ଏକତା ବା ବାନ୍ଧି ରଖିବା। ଆଧ୍ୟାମ୍ଲିକ ସ୍ତରରେ ଏହା ଯୋଡ଼ିବା ଅର୍ଥ ସାର୍ବଭୌମିକ ଚେତନା ସହିତ ବ୍ୟକ୍ତିଗତ ଚେତନାର ଏକାଠି ହେବା । ବ୍ୟବହାରିକ ସ୍ତରରେ ଯୋଗ ଶରୀର ଏବଂ ଭାବନାକୁ ସନ୍ତୁଳିତ କରିବା ଏବଂ ତାରତମ୍ୟ ବଜାୟ ରଖିବାର ଏକ ମାଧ୍ୟମ। ଅଧିକାଂଶ ଲୋକଙ୍କ ପାଇଁ ଯୋଗ କେବଳ ମାନସିକ ବିଷାଦଗ୍ରସ୍ତ ସମାଜକୁ ସୁସ୍ଥ ରଖିବାର ମୁଖ୍ୟ ସାଧନ। ଯୋଗ ଖରାପ ଅଭ୍ୟାସର ପ୍ରଭାବକୁ ଓଲଟାଇ ଦିଏ। ଯେମିତିକି ଦିନଯାକ ବସିରହିବା, ମୋବାଇଲ ଫୋନର ବ୍ୟବହାର, ବ୍ୟାୟାମ ନ କରିବା। ଯୋଗ ଜୀବନରେ ଧୈର୍ଯ୍ୟ, ସାହସ, ଏକାଗ୍ରତା ବଢ଼ିବାରେ ସାହାଯ୍ୟ କରେ। ଶାରୀରିକ ସୁସ୍ଥ ରଖିବା ପାଇଁ ଚାହୁଁଥିଲେ ଯୋଗଭ୍ୟାସ କରିବାକୁ ଭୁଲନ୍ତୁ ନାହିଁ। ନିୟମିତ ଭାବରେ ଯୋଗ କରିବା ଦ୍ୱାରା ଉଭୟ ଶାରୀରିକ ଓ ମାନସିକ ସନ୍ତୁଳନକୁ ବଜାୟ ରଖିବାରେ ସାହାଯ୍ୟ କରେ ଯୋଗ।

ଆଧୁନିକ ବିଜ୍ଞାନ ସମ୍ପୂର୍ଣ୍ଣ ବିଶ୍ୱର ବିଭିନ୍ନ ପ୍ରାଚୀନ ସଂସ୍କୃତିଗୁଡ଼ିକରେ ଥିବା ସମାନତାକୁ ନେଇ ଚକିତ ହେଉଛି। କିନ୍ତୁ ବର୍ତ୍ତମାନ କେତେକ ନିର୍ଦ୍ଦିଷ୍ଟ ପ୍ରକାରର ଅଙ୍ଗ ଚାଲାନାକୁ ଯୋଗ କୁହାଯାଉଛି। ତଦ୍ୱାରା ପବିତ୍ର ଶବ୍ଦଟିର ଅପବିତ୍ରୀକରଣ ହେଉଛି। ଫଳରେ ଯୋଗ କରୁଥିବା ଲୋକେ ଅଧିକ ଅସ୍ଥିର ମନା ହେଉଛନ୍ତି ଏବଂ ଦେଶକୁ ଅଧିକ ରୋଗ ଗ୍ରାସୁଛି। ବିଶେଷତଃ ତେନ୍ସନ୍ ଜନିତ ରୋଗ। ଉକ୍ତ ଅଙ୍ଗ ଚାଲନା ପଦ୍ଧତିକୁ ସିଧାସଳଖ ଯୋଗ ନ କହି ଯୋଗାୟାମ, ଯୋଗବ୍ୟାୟାମ ବା ଏପରି କିଛି କୁହାଯିବା ଉଚିତ୍। କିନ୍ତୁ ଆଜିର ଜବରଦସ୍ତିଆ, ସର୍ବବ୍ୟାପକ ପରିପ୍ରଚାରରୁ ରକ୍ଷା ପାଇବାର ବାଟନାହିଁ।

ଏକଦା ଜ୍ଞାନ ଓ ଧନ ଉଭୟରେ ପରିପୂର୍ଣ୍ଣ ଥିଲା ଆମଦେଶ। ସ୍ୱର୍ଣ୍ଣପ୍ରସୂ ଭାରତବର୍ଷକୁ ସେଥ୍ୟପାଇଁ ବହୁ

ଆକ୍ରମଣକାରୀଙ୍କ ଲୁଣ୍ଠନର ଶିକାର ହେବାକୁ ପଡ଼ିଛି । ସମଗ୍ର ପୃଥିବୀକୁ ଜ୍ଞାନାଲୋକରେ ଉଦ୍‌ଭାସିତ କରିବାରେ ଭାରତର ଭୂମିକା କେବେବି ନଗଣ୍ୟ ନୁହେଁ । ଏହି ଭାରତ ଦିନେ ସମଗ୍ର ବିଶ୍ୱକୁ ଶୂନ୍ୟର ବ୍ୟବହାର ଶିଖାଇଥିଲା । ବୁଦ୍ଧ, ଗାନ୍ଧୀ ଓ ବିବେକାନନ୍ଦଙ୍କ ଭଳି ବ୍ୟକ୍ତିତ୍ୱଙ୍କୁ ବିଶ୍ୱ ସଭ୍ୟତାକୁ ଉପହାର ଦେଇଥିଲା । ଯେଉଁ ବୟସରେ ଶଙ୍କରାଚାର୍ଯ୍ୟ "ତତ୍ତ୍ୱ ମସି" ଓ "ଅହଂବ୍ରହ୍ମାସ୍ମି" ପରି ଅଦ୍ୱୈତ ଦର୍ଶନ ଓ ବ୍ରହ୍ମସୂତ୍ରର ଗୂଢ଼ତତ୍ୱ ପ୍ରକାଶ କରିଥିଲେ ଏବଂ ଯେଉଁ ବୟସରେ ଶିକାଗୋରେ ସ୍ୱାମୀ ବିବେକାନନ୍ଦ ମାତ୍ର ଗୋଟିଏ ଭାଷଣରେ ସାରା ବିଶ୍ୱକୁ ଆପଣାର କରି ନେଇଥିଲେ । ତାହା କାଳକାଳକୁ ଏକ ଉଜ୍ଜ୍ୱଳ ନିଦର୍ଶନ ହୋଇ ରହିଛି । ବିବେକାନନ୍ଦଙ୍କ ଭାଷାରେ– ଯେତେବେଳେ ଗ୍ରୀସର ଜନ୍ମ ହୋଇନାହିଁ, ରୋମର କଥା କେହି ଭାବି ନାହିଁ । ବର୍ତ୍ତମାନର ୟୁରୋପୀୟମାନଙ୍କର ପୂର୍ବ ପୁରୁଷମାନେ ବିଚିତ୍ର ଅଙ୍ଗରାଗରେ ରଞ୍ଜିତ ଅରଣ୍ୟବାସୀ ମାତ୍ରଥିଲେ, ସେତେବେଳେ ଭାରତ ତାହାର ସଂସ୍କୃତିର ସାଧନାରେ କର୍ମମୁଖର ଥିଲା । ବିଶ୍ୱର ଇତିହାସ ପର୍ଯ୍ୟାଲୋଚନା କର ଯେଉଁଠି କୌଣସି ସୁମହାନ ଆଦର୍ଶର ସନ୍ଧାନ ମିଳିବ । ଦେଖିବାକୁ ପାଇବ, ତା'ର ଜନ୍ମ ଭାରତବର୍ଷରେ । ଏଭଳି ବହୁ ଦୃଷ୍ଟାନ୍ତରେ ପରିପୂର୍ଣ୍ଣ ଭାରତ ବର୍ଷର ସ୍ୱର୍ଣ୍ଣିମ ଇତିହାସ । କିନ୍ତୁ ଜ୍ଞାନ ଓ ଧନର ପ୍ରାଚୁର୍ଯ୍ୟ ସତ୍ତ୍ୱେ ମାତ୍ର ଚାରିକୋଟି ଇଂରେଜ ଆମ ତିରିଶ କୋଟି ଭାରତୀୟଙ୍କୁ କେଉଁ ପୃଷ୍ଠଭୂମିରେ ଦୁଇଶହ ବର୍ଷ ଧରି ନିରଙ୍କୁଶ ଭାବେ ଶାସନ କରିବାକୁ ସମର୍ଥ ହେଲେ ।

ଚୈତ୍ର ଶୁକ୍ଲ ପ୍ରତିପଦା ଦିନ ହେଉଛି ହିନ୍ଦୁ ନୂଆବର୍ଷ । ଏହିଦିନ ବ୍ରହ୍ମା ବିଶ୍ୱକୁ ସୃଷ୍ଟି କରିଥିଲେ ବୋଲି ହିନ୍ଦୁମାନଙ୍କର ବିଶ୍ୱାସ । କାହିଁ କେତେ ହଜାର ବର୍ଷତଳୁ ଏହି ଦିନକୁ ହିନ୍ଦୁସ୍ଥାନରେ ପ୍ରତ୍ୟେକ ଜନତା ପାଳନ କରିଆସୁଛନ୍ତି । ବିକ୍ରମାଦିତ୍ୟଙ୍କ ସମୟରେ ଏହି ଗଣନାକୁ ନୂତନ ରୂପରେଖ ଦିଆଯାଇ ସମ୍ଭତଃ ଗଣନା ଆରମ୍ଭ ହୋଇଥିଲା ।

ଇଂରେଜମାନଙ୍କ ଆଗମନ ପରେ ପାଶ୍ଚାତ୍ୟ ସଂସ୍କୃତି ଆମକୁ ଏତେ ମାତ୍ରାରେ କବଳିତ କରିଦେଇଛି ଯେ ଆମେ ଆମର ଭାବନା ଉପରେ ପାଶ୍ଚାତ୍ୟ ଭାବନାକୁ ଲଦିଦେଇ ଆମ ଚଳଣିକୁ ବଦଲାଇବାରେ ଲାଗିଛୁ । ତଥାପି ଏବେ ବି କିଛି ଭାରତୀୟ ସେମାନଙ୍କ ପାଞ୍ଜି, ପୋଥି , ଜାତକ (ଜନ୍ମକୁଣ୍ଡଳି) ଗଣନାକୁ ଜାରି ରଖି ଭାରତର କାଳ ଗଣନା ପଦ୍ଧତିକୁ ବଞ୍ଚାଇ ରଖିପାରିଛନ୍ତି । ସୂର୍ଯ୍ୟ, ଚନ୍ଦ୍ର ଓ ମହାକାଶର ଗତିବିଧୁକୁ ପରୀକ୍ଷଣ କରାଯାଇ ଆମର ଦିନ, ପକ୍ଷ, ମାସ ରତ୍ତୁ, ବର୍ଷ ସ୍ଥିରୀକୃତ କରାଯାଇଛି । ଚନ୍ଦ୍ର– ଚିତ୍ରା ନକ୍ଷତ୍ରରେ ଅବସ୍ଥାନ କରି ପୂର୍ଣ୍ଣିମା ହେଲେ ଆମେ ଚୈତ୍ର ପୂର୍ଣ୍ଣିମା ଓ ସେହି ମାସକୁ ଚୈତ୍ର ମାସ କହନ୍ତି । ବିଶାଖା ନକ୍ଷତ୍ରରେ ଅବସ୍ଥାନ କରି ପୂର୍ଣ୍ଣିମା ହେଲେ ବୈଶାଖ ମାସ, ଜ୍ୟେଷ୍ଠା ନକ୍ଷତ୍ରରେ ଅବସ୍ଥାନ କରି ପୂର୍ଣ୍ଣିମା ହେଲେ ଜ୍ୟେଷ୍ଠମାସ, ଉତ୍ତରାଷାଢ଼ାରେ ଅବସ୍ଥାନ କରି ପୂର୍ଣ୍ଣିମା ହେଲେ ଆଷାଢ଼ ମାସ, ଶ୍ରବଣା ନକ୍ଷତ୍ରରେ ଅବସ୍ଥାନ କରି ପୂର୍ଣ୍ଣିମା ହେଲେ ଶ୍ରାବଣ ମାସ, ଉତ୍ତରଭାଦ୍ର ନ କ୍ଷେତ୍ରରେ ଅବସ୍ଥାନ କରି ପୂର୍ଣ୍ଣିମା ହେଲେ ଭାଦ୍ରବ ମାସ, ଅଶ୍ୱିନୀ ନକ୍ଷତ୍ରରେ ଅବସ୍ଥାନ କରି ପୂର୍ଣ୍ଣିମା ହେଲେ ଆଶ୍ୱିନ ମାସ, କୃତ୍ତିକା ନକ୍ଷତ୍ରରେ ଅବସ୍ଥାନ କରି ପୂର୍ଣ୍ଣିମା ହେଲେ କାର୍ତ୍ତିକ ମାସ, ମୃଗଶିରା ନକ୍ଷତ୍ରରେ ଅବସ୍ଥାନ କରି ପୂର୍ଣ୍ଣିମା ହେଲେ ମାର୍ଗଶିର ମାସ, ପୁଷ୍ୟାନକ୍ଷତ୍ରରେ ଅବସ୍ଥାନ କରି ପୂର୍ଣ୍ଣିମା ହେଲେ ପୌଷମାସ ମଘା ନକ୍ଷତ୍ରରେ ଅବସ୍ଥାନ କରି ପୂର୍ଣ୍ଣିମା ହେଲେ ମାଘ ମାସ ଓ ଉତ୍ତରା ଫାଲଗୁନୀ ନକ୍ଷତ୍ରରେ ଅବସ୍ଥାନ କରି ପୂର୍ଣ୍ଣିମା ହେଲେ ଫାଲଗୁନ ମାସହୁଏ । ମଳ ପୂର୍ଣ୍ଣିମାର ଚନ୍ଦ୍ରକୁ ନୀଳ ଜନ୍ମ କୁହାଯାଏ । ଯାହା ତିନିବର୍ଷରେ ଥରେ ପଡ଼େ । ଭାରତୀୟ ୧୨ଟି ମାସ ୧୨ଟି ନକ୍ଷତ୍ର ସହ ଚନ୍ଦ୍ରଙ୍କ ମିଳନ କ୍ଷେତ୍ରରେ ନାମିତ ହୋଇଛି । ଭାରତରେ ସପ୍ତାହର ସାତଟି ବାରର ନାମ ମଧ୍ୟ ୭ଟି ଗ୍ରହଙ୍କ ନାମାନୁସାରେ ନାମିତ ହୋଇଛି । ସେହି ଗ୍ରହଙ୍କ ନାମାନୁସାରେ ରବି, ଚନ୍ଦ୍ର ବା ସୋମ, ମଙ୍ଗଳ, ବୁଧ, ବୃହସ୍ପତି, ବା ଗୁରୁ, ଶୁକ୍ର ଓ ଶନି (ନାମାନୁସାରେ) ନାମରେ ଆମର ବାରଙ୍କ ନାମ ନାମିତ ହୋଇଛି । ସୂର୍ଯ୍ୟ ଚାରିପଟେ ପୃଥିବୀ ସେକେଣ୍ଡକୁ ୨୫.୫ କି.ମି. ବେଗରେ ପରିକ୍ରମା କରୁଛି ଏବଂ ନିଜ ଅକ୍ଷ ଚାରିପଟେ ଘଣ୍ଟାକୁ ୩୨୦୦ କି.ମି. ବେଗରେ ଗତି କରୁଛି । ସେଥିପାଇଁ ସୂର୍ଯ୍ୟ ବର୍ଷରେ ପୃଥିବୀକୁ ୩୬୫ ଦିନ ଲାଗୁଥିଲା ବେଲେ ଚନ୍ଦ୍ର ବର୍ଷରେ ପୃଥିବୀକୁ ୩୫୪ ଦିନ ଲାଗିଥାଏ ।

ଚନ୍ଦ୍ରବର୍ଷ ୧୧ ଦିନ କମ୍ ହୋଇଥିବାରୁ ପ୍ରତି ତିନି ବର୍ଷରେ ଅଧିମାସ ପଡ଼େ ଯାହାକୁ ମଳମାସ କୁହାଯାଏ । ଏହାକୁ ବୈଦିକ ଯୁଗର ଋଷିମାନେ ସ୍ଥିର କରିଛନ୍ତି ସୂର୍ଯ୍ୟବର୍ଷ ଓ ଚନ୍ଦ୍ରବର୍ଷ ମଧ୍ୟରେ ସମନ୍ଵୟ ରକ୍ଷା କରିବା ପାଇଁ ।

ଆଖିର ପଲକ ପଡୁଥିବା ସମୟକୁ ଏକ କ୍ଷଣ ବା ଲବ କୁହାଯାଏ । ଷାଠିଏ ଲବରେ ଏକ ନିମିଷ । ଷାଠିଏ ନିମିଷରେ ଏକ ପରିମାଣ । ଷାଠିଏ ପରିମାଣରେ ଏକ ପଳ ବା ଲିତା ହୁଏ । ଅଢେଇ ଲିତାରେ ଏକ ମିନିଟ ହୁଏ । ଷାଠିଏ ଲିତାରେ ଏକ ଦଣ୍ଡ । ଦଣ୍ଡକ ୨୪ ମିନିଟ୍ । ଦୁଇ ଦଣ୍ଡରେ ପାଖାପାଖି ଏକ ଘଡ଼ି ହୁଏ । ଘଡ଼ିକ ୫୭.୮ ମିନିଟି (କେତେକଙ୍କ ମତରେ ୪୫ ମିନିଟି) ଚାରିଘଡ଼ିରେ ଏକ ପ୍ରହର । ଷାଠିଏ ଦଣ୍ଡରେ ଅହୋରାତ୍ର । ଦିନରାତି ମିଶି ଆଠ ପ୍ରହର ବା ୩୨ ଘଡ଼ି । ଦିନ ଷୋଳ ଘଡ଼ି ବା ଚାରିପ୍ରହର ଓ ରାତି ଷୋଳଘଡ଼ି ବା ଚାରି ପ୍ରହର । ସାତ ଅହୋରାତ୍ରରେ ଏକ ସପ୍ତାହ । ଦୁଇ ସପ୍ତାହରେ ବା ପନ୍ଦର ଅହୋରାତ୍ରରେ ଏକ ପକ୍ଷ । ଦୁଇ ପକ୍ଷ ବା ଚାରି ସପ୍ତାହରେ ଅଥବା ତିରିଶ ଅହୋରାତ୍ରରେ ଏକ ମାସ । ସୂର୍ଯ୍ୟ ଗୋଟିଏ ରାଶିରେ ଗୋଟିଏ ମାସ ରହନ୍ତି । ଦୁଇ ମାସରେ ଏକ ରତୁ । ଛଅ ରତୁରେ ବା ବାରମାସରେ ଏକ ବର୍ଷ । ବର୍ଷକ ୫୨ ସପ୍ତାହ । ୧୨ ବର୍ଷରେ ଏକ ଯୁଗ ହୋଇଥାଏ । କଳିଯୁଗ ଚାରିଲକ୍ଷ ବତିଶ ସହସ୍ର ବର୍ଷ । ହେଲେ ଅସଂଗଠିତ ହିନ୍ଦୁମାନେ ଏଜ୍‌ନେ ଅନେକ ଭାଗରେ ବିଭକ୍ତ ହୋଇ ରାଜନୀତି ପଣାପାଲିରେ ଭୁଲି ଯାଇଛନ୍ତି ତାଙ୍କ ଜାତୀୟତା, ପ୍ରଥା ଏବଂ ପରମ୍ପରା । ଆମର ପୂର୍ବ ଐତିହ୍ୟକୁ ଫେରାଇ ଆଣିବା ଏବେ କାଠିକର ପାଠ । ତେବେ ଯଦି ବିକ୍ରମାଦିତ୍ୟ, ଅଶୋକ, ଖାରବେଲ କିମ୍ଵା ଶିବାଜୀଙ୍କ ପରି ଶାସକ ଆଉ ଥରେ ଜନ୍ମ ହେବେ, ତେବେ ଆମେମାନେ ପୁଣି ସଂଗଠିତ ହୋଇ ଆମ ସଂସ୍କୃତିକୁ ବିଶ୍ଵ ଦରବାରରେ ଶ୍ରେଷ୍ଠ ବୋଲି ପ୍ରତିପାଦିତ କରି ପାରିବା ।

ବିଦେଶୀ ସଂସ୍କୃତିକୁ ଅନୁସରଣ କରି ଏବେତ ଆମେ ଜାନୁଆରୀ ପହିଲାକୁ ବର୍ଷ ଆରମ୍ଭ ଭାବରେ ପାଳନ କରୁଛନ୍ତି । ବର୍ଷର ପ୍ରଥମ ଦିବସରେ ବ୍ରତ ପାଳି ଉପବାସ ରହି ଭକ୍ତି ସହକାରେ ଈଶ୍ଵର ଆରାଧନା ସହ ଶାକାହାର ଭୋଜନ, ହବିଷାନ୍ନ କିମ୍ଵା ପଣା ଆଦି ସେବନ ପରିତ୍ୟାଗ କରି ଆମିଷ ଭକ୍ଷଣ ସହିତ ସୁରା ସେବନ କରି ମାତାଲାମିରେ ଉତ୍‌ଶୃଙ୍ଖଳ ହୋଇ ପଡୁଛନ୍ତି । ଉକ୍ତ ପବିତ୍ର ଦିବସରେ ଈଶ୍ଵରଙ୍କ ଶରଣାପନ୍ନ ହୋଇ ସ୍ତ୍ରୀସଙ୍ଗ ବର୍ଜନ ନକରି ପତ୍ନୀ କିମ୍ଵା ପ୍ରେମିକା ସହିତ ଅଥବା ଯୁବତୀ ବାନ୍ଧବୀ ସହିତ ବିଦେଶୀ ସଙ୍ଗୀତର ତାଲେତାଲେ ନୃତ୍ୟରେ ବିଭୋର ହେଉଛନ୍ତି । ଦେଖାଶିଖା ଓଡ଼ିଆ ନ୍ୟାୟରେ ଆମେ ପଶ୍ଚିମା ଚଳଣିର ଅନୁକରଣ କରି ଆମ ସୁସଂହତ ସାମାଜିକ ବ୍ୟବସ୍ଥାକୁ ଯେଉଁ ସ୍ତରକୁ ନେଇ ଗଲେଣି ତାହା କ'ଣ ଉଦ୍‌ବେଗଜନକ ବିଷୟ ନୁହେଁ କି ?

ଏ ଦେଶର ଖ୍ୟାତି କେତେ ବ୍ୟାପକ, ସୁନାମ ତା'ର ପ୍ରଚାର ହୋଇଥିଲା ସୁଦୂର ବିଦେଶରେ । ସାରା ପୃଥିବୀର ଚିନ୍ତାଶୀଳ ବ୍ୟକ୍ତିମାନେ ଏଠାକୁ ଧାଇଁ ଆସୁଥିଲେ । ଏଠୁ ଦେଖି ଶିଖୁଥିଲେ ଜୀବନ ନୀତି (ବେଦ ଓ ଭାଗବତ ଗୀତା) ସମାଜ ନୀତି (ରାମାୟଣ ଓ ମହାଭାରତ) ଅର୍ଥନୀତି (ଚାଣକ୍ୟ ନୀତି) ଯାହା ଭାରତ ସମଗ୍ର ବିଶ୍ଵକୁ ଶିକ୍ଷା ଦେଉଥିଲା । ସେମାନେ ଆମ ଚଳଣିକୁ ପ୍ରଶଂସା କରୁଥିଲେ । ପସନ୍ଦ କରିଥିଲେ ଆମ ସଂସ୍କୃତିକୁ । ଆମ ପରମ୍ପରାକୁ ତାରିଫ କରୁଥିଲେ । ଆମକୁ ଶ୍ରେଷ୍ଠ ମଣିଷର ଆଖ୍ୟା ଦେଇଥିଲେ । ବିଦ୍ୟା ବିନୟ ସମ୍ପନ୍ନେ ବ୍ରାହ୍ମଣେ ଗବି ହସ୍ତିନି, ଶୁନି ଚୈବ ଶ୍ଵପାକେ ତ ପଣ୍ଡିତୋଃ ସମଦର୍ଶିନଃ । ଯେ ହେଉଛି ଆମ ସଂସ୍କୃତି ଓ ସଂସ୍କାର । ଶ୍ରେଷ୍ଠ ମଣିଷ ପାଇଁ ବାର୍ତ୍ତା ।

ଅମୀର ଖୁସ୍ର ଭାରତବାସୀଙ୍କ ଜ୍ଞାନ ପ୍ରତି ପ୍ରଗାଢ଼ ସମ୍ମାନ ଦେଖାଇଥିଲେ । ତାଙ୍କ ମତରେ, ଜ୍ଞାନ ଆହରଣ ପାଇଁ ବିଶ୍ଵର ବିଦ୍ଵାନମାନେ ଯୁଗ ପରେ ଯୁଗ ଭାରତକୁ ଆସିଛନ୍ତି । କିନ୍ତୁ ଭାରତୀୟମାନେ ଜ୍ଞାନ ଆହରଣ ଲାଗି ବିଦେଶକୁ

ଯାଇନାଆଣ୍ତି । ଅଥଚ ଆମେ ନିର୍ବିଚାରରେ ବିନା ଦ୍ୱିଧାରେ କୌଣସି ସଙ୍କୋଚ ନ ଆଣି ଯୁଗ ଯୁଗ ବ୍ୟାପି କାଳ କାଳର ଶ୍ରେଷ୍ଠ ମଣିଷମାନେ ତାଙ୍କର ଗୋଡ଼ାଣିଆ ହେଲେ, ଆଦରି ନେଲେ ତାଙ୍କ ଚଳଣିକୁ ବିନା ଆପତ୍ତିରେ । ନିଜର ସାମାଜିକ ବିଧିବ୍ୟବସ୍ଥାକୁ ପଦଦଳିତ କରି କୁସଂସ୍କାର ଯୁକ୍ତ କହି ଆମେ ଏବେ ଯେଉଁ ସମାଜ ସୃଷ୍ଟି କରିବାକୁ ଯାଉଛନ୍ତି ତାହା ସୁସଂସ୍କାର ଯୁକ୍ତ ? ଭାରତୀୟ ସଭ୍ୟତା ଓ ସଂସ୍କୃତି ଏତେ ଉଚ୍ଚକୋଟୀର ଥିଲା ଯେ ଅତୀତରେ ଏହାକୁ ଆବିଷ୍କାର କରିବାକୁ ଆସିଥିବା ବିଦେଶୀମାନେ ସ୍ତବ୍ଧ ହୋଇ ଏହାର ଜୟଗାନ କରିବାକୁ ପିଛାଇ ନ ଥିଲେ । ଏସବୁକୁ ପଦଦଳିତ କରି ଅତ୍ୟାଧୁନିକ ହେବା ନିଶାରେ ଆମେ ଯେଉଁ ନୂତନ ପୃଥିବୀ ଆଡ଼କୁ ଧାଉଁଛନ୍ତି ଏହା କ'ଣ ସତରେ ଉନ୍ନତ ? କୌଣସି ପ୍ରତିବାଦ ନ କରି ତାଙ୍କ କଥାକୁ ରାଷ୍ଟ୍ରଭାଷା ଭାବେ ବ୍ୟବହାର କଲେ । ମନରେ କୌଣସି ସଙ୍କୋଚ ନ ରଖ୍ ଆପଣେଇ ନେଲେ ସେମାନଙ୍କ ଆଦବ କାଇଦାକୁ । ନିଜର ମାର୍ଜିତ ସଂସ୍କୃତିକୁ ଅନାଦର କଲେ, ଆପଣାର ପୁରାତନ ପରମ୍ପରାକୁ ପାସୋରି ଦେଲେ । ଭୁଲିଗଲେ ନିଜର ଉନ୍ନତ ଚଳଣିକୁ । ତାଙ୍କ ରାଜା (ପଞ୍ଚମ ଜଜ୍)ଙ୍କ ଅଭ୍ୟର୍ଥନା ଉଦ୍ଦେଶ୍ୟରେ ରଚିତ ତାଙ୍କ ରାଜାଙ୍କ ସ୍ତୁତିଗାନ ପାଇଁ ଉଦ୍ଦିଷ୍ଟ କବିତା ବିରୋଧରେ ସ୍ୱର ଉତ୍ତୋଳନ ନ କରି ନିର୍ଲଜ୍ଜ ପରି ତାକୁ ଆମ ଜାତୀୟ ସଙ୍ଗୀତର ମାନ୍ୟତା ଦେଲେ । ଗୋଲାମୀର କୁହୁକ ମାୟାରେ ପଡ଼ି ଆମେମନେ ରକ୍ଷା ପାରିଲେ ନାହିଁ ଆମ ପୂର୍ବ ପୁରୁଷଙ୍କ ମହନୀୟତାକୁ ।

ଅତ୍ୟନ୍ତ ପରିତାପର ବିଷୟ ଯେ, ପାଶ୍ଚାତ୍ୟ ଜଗତ ଆଜି ଯେତେବେଳେ ଭାରତର ଆଧ୍ୟାତ୍ମିକତା, ଆଦର୍ଶ, ନୀତି, ଧ୍ୟାନ, ଅହିଂସା ମାର୍ଗକୁ ଆପଣାଉଛି । ଆମେ ଭାରତୀୟ ଗଣ ମୁନି, ରଷିଙ୍କ ପବିତ୍ର ବାଣୀ, ଉପଦେଶ ନୀତିଠୁ ଦୂରେଇ ଯାଇ ବସ୍ତୁବାଦର ମୋହରେ ପଡ଼ି ପ୍ରାର୍ଥନା, ଧ୍ୟାନ, ଉକ୍ତି, ସମ୍ମାନଠୁ ଦୂରେଇ ଯାଉଛନ୍ତି । ଗଣମାଧମ, ସ୍ମାର୍ଟଫୋନ, ଫେସ୍‌ବୁକ, ମୋଟରଗାଡ଼ି, ଉଡ଼ାଜାହାଜ ଯେତେସବୁ ଐଶ୍ୱର୍ଯ୍ୟ ସବୁ ଅଳିକ, କ୍ଷଣ ଭଙ୍ଗୁର, ଅନ୍ତରାତ୍ମାର ଶୁଦ୍ଧତାବିନା ଆଚରଣର ପବିତ୍ରତା ବ୍ୟତିରେକେ ମଣିଷ କେବେ ହେଲେ ମିଥ୍ୟା ପ୍ରହେଲିକା ଭଳି ଧନର ଅହଂକାରରେ ଶାନ୍ତିରେ ରହିପାରେ ନାହିଁ ।

ସ୍ଥୂଲତଃ ଆର୍ଯ୍ୟ ଓ ଆର୍ଯ୍ୟେତର ଅଧିବାସୀଙ୍କ ଜୀବନ ଧାରାରେ ଯେଉଁ ସଂସ୍କୃତି ଓ ପରମ୍ପରା ପ୍ରତିଫଳିତ ହେଉଥିଲା । ତାହା ହ୍ରାସ ପାଇବାରେ ଲାଗିଛି । ସମାଜରେ ନୈତିକ ଓ ମାନବୀୟ ମୂଲ୍ୟବୋଧର ଆବଶ୍ୟକତା ସହ ସଂସ୍କୃତିର ସୁରକ୍ଷା ଅପରିହାର୍ଯ୍ୟ । ବର୍ତ୍ତମାନସର୍ବସ୍ୱ, ଚାପ ଓ ଚିନ୍ତାଗ୍ରସ୍ତ ଜୀବନ ଜଞ୍ଜାଳ ଭିତରେ ଲୋକ ସଂସ୍କୃତି ପ୍ରତି ଅନୁରାଗ କମୁଛି । ଭକ୍ତି, ଆରାଧନା ପାଇଁ ଅକୃତ୍ରିମ ନିରଳସ, ନିର୍ମଳ ଓ ସରଳ ଜୀବନଟିଏ କାହିଁ ? ସମୟ ସହିତ ଧର୍ମାଚାର ମଧ ବଦଳୁଛି । ପୂଜା ପାର୍ବଣ ମେଳା ମହୋତ୍ସବ ଓ ଧର୍ମଧାରଣା ମନରେ ବିସ୍ତର ପ୍ରଭାବ ପକାଇ ପାରୁନି କି ସାଂସ୍କୃତିକ ଅବକ୍ଷୟ ରୋକିବାକୁ ସତର୍କତା ଯେତିକି ରହିବା କଥା ରହୁନାହିଁ । ଆମ ସମାଜ ନାରୀ ସମାଜ ଉପରେ ଓଡ଼ିଆ ସଂସ୍କୃତି ଓ ଲୋକାଚାରର ଗୁରୁଭାର ଲଦି ଦେଇଛି । କର୍ମଚାପ ଓ ପାରିବାରିକ ଜଞ୍ଜାଳ ଭିତରେ ଏସବୁ ପ୍ରତି ନାରୀ ବୀତସ୍ପୃହ । ସେମାନଙ୍କ ସହଯୋଗ ବିନା ସଂସ୍କୃତିର ପ୍ରଗତି କ'ଣ ସମ୍ଭବ ?

ସେହି ପଶ୍ଚିମା ବେପାରୀ ବିଦେଶୀମାନେ ଆମ ଭାରତର ନାମ ଦେଲେ 'ଇଣ୍ଡିଆ' । କିନ୍ତୁ ଆମ ସମ୍ବିଧାନ ଘୋଷଣା କରୁଛି ଇଣ୍ଡିଆ ଦ୍ୟାଟ ଇଜ ଭାରତ, ସାଲ ବି ଏ ୟୁନିୟନ ଅଫ ଷ୍ଟେଟସ୍ । ଏ ନାମଟି ଭାରତକୁ ମିଳିଛି ଇଷ୍ଟ-ଇଣ୍ଡିଆ କମ୍ପାନୀଠାରୁ । ଏହି ନୂତନ ଇଣ୍ଡିଆ ଆଜି ପୁରାତନ ଭାରତ ଉପରେ ପୂରାପୂରି ମାଡ଼ି ବସିଛି । ତା'ପରେ ମଧ ତା'ଉପରେ ଆଫଗାନ ଓ ମୋଗଲ କାଳୀନ ଛାୟାବି ପଡ଼ିରହିଛି । ଏହାଦ୍ୱାରା ଆମେ କ'ଣ ହରାଇଛୁ ଓ କ'ଣ କେତେ ପରିମାଣରେ ପାଇଛୁ ତାହା କେବେ କେହି ଭାରତୀୟ ହିସାବ କରି ଦେଖନାହାଁନ୍ତି । ପୂର୍ବେ ଆମେ ଧର୍ମ ସାପେକ୍ଷ ଥିଲୁ, ଏବେ ଧର୍ମନିରପେକ୍ଷ ହୋଇଛୁ । ଧର୍ମ ସେତେବେଳେ ଜୀବନକୁ ପ୍ରକୃତି ସହିତ ସମନ୍ୱୟର ଶିକ୍ଷା ଦେଉଥିଲା । ଏବେ

ଆମେ ପ୍ରକୃତି ସହିତ ପିଲାଖେଳ ଖେଳୁଛନ୍ତି । ନଦ, ନଦୀ ଓ ଜଳର ପବିତ୍ରତା ଦୃଷ୍ଟିରୁ ଆମେ ଭାରତର ପ୍ରଧାନ ନଦୀ ଗଙ୍ଗାକୁ ପବିତ୍ରତମ ନଦୀ ଭାବେ ଗ୍ରହଣ କରି ଗଙ୍ଗାମାତା– ପାଣିକୁ ଜଳ ଦେବତା (ବରୁଣ) କହୁଥିଲୁ । ଏଣେ ଇଣ୍ଡିଆରେ ସେ ଗଙ୍ଗା ବଡ଼ ନର୍ଦମା ପାଲଟି ଯାଇଛି । ପ୍ରାକୃତିକ ପାନୀୟ ଜଳ ଏବେ ଦେଖିବାକୁ ମିଳୁନାହିଁ । ଯେଉଁ ଭାରତର ପ୍ରଧାନମନ୍ତ୍ରୀ ବିଦୁର ଓ ଚାଣକ୍ୟ ପର୍ଣ୍ଣକୁଟୀରରେ ବାସ କରୁଥିଲେ, ଆଜି ସେହି ଇଣ୍ଡିଆର ସାଧାରଣ ମନ୍ତ୍ରୀମାନେ ଶୀତତାପ ନିୟନ୍ତ୍ରିତ ବହୁତଳ ବିଶିଷ୍ଟ ପ୍ରାସାଦରେ ରହୁଛନ୍ତି ।

ବିଶାଳ ଦେଶଟା ଏବେବି ଗୋଟିଏ (ଏକ) ହୋଇ ପାରିଲାନି । ଭାରତ ଓ ଇଣ୍ଡିଆ ଅଲଗା ହୋଇ ରହିଗଲେ । ଅଭିଧାନରେ କେବଳ ଏମାନେ ଦୁଇଟି ଭାଷାରେ ପ୍ରତିଶବ୍ଦ ହୋଇ ରହିଲେ ସିନା ବାସ୍ତବରେ ଗୋଟେ ଅନ୍ୟର ପ୍ରତିରୂପ ହୋଇପାରିଲେ ନାହିଁ । ଭିନ୍ନ ଭିନ୍ନ ଭାଷା, ଜାତି, ଧର୍ମକୁ ନେଇ ଗଠିତ ଭାରତ ଦେଶ ପ୍ରେମ ପ୍ରସଙ୍ଗରେ ଗୋଟିଏ ହୋଇଯାଏ । ହେଲେ ଅର୍ଥନୈତିକ ସ୍ଥିତି ଓ ଜୀବନଯାପନ ଶୈଳୀର କଥା ଉଠିଲେ ଏହାର ସ୍ଥିତି ପୁରା ଭିନ୍ନ । ଭାରତର ସାଧାରଣ ଖଟିଖିଆ ମେହନତି ଜନତା ଏବେ ବି ରୋଟି, କପଡ଼ା ଓ ମକାନ ଲାଗି ସଂଗ୍ରାମ ରତ ହେଲେ ଇଣ୍ଡିଆର କୋଟିପତି ପ୍ରତିଯୋଗିତା କରନ୍ତି ବିଶ୍ୱର ଧନୀଙ୍କ ତାଲିକାର ଶୀର୍ଷରେ ରହିବା ଲାଗି । ଗୋଟିଏ ଦେଶ କିନ୍ତୁ ଦୁଇଟି ଚିତ୍ର । ଏଇ ଭାରତରେ ଗ୍ରାମାଞ୍ଚଳରେ କୃଷକ ମାତ୍ର କେତେ ହଜାର ଟଙ୍କାର ରଣ ଶୁଝି ନ ପାରି ଓ ରଣ ଛାଡ଼ପାଇଁ ଅପେକ୍ଷା କରି ହତାଶ ହେବାପରେ ଆତ୍ମହତ୍ୟା କରେ ।

ଭାରତରେ ବ୍ୟାଙ୍କ ରଣ ଶୁଝିବାକୁ ନୋଟିସ ପାଇଲେ ଚାଷୀ ଅଭାବରେ ପଡ଼ି କୀଟନାଶକ ପିଏ । ମହାଜନର ଦାଉ ସହି ନ ପାରି ଝୁଲିପଡ଼େ ବେକରେ ଦଉଡ଼ି ଦେଇ । ଚାଷୀର ଆତ୍ମସମ୍ମାନ ଜ୍ଞାନ ଅଛି । ଆଉ ଆତ୍ମ ସମ୍ମାନ ଜ୍ଞାନ ଥିଲା ସ୍ୱାଧୀନ ଭାରତର ଦ୍ୱିତୀୟ ପ୍ରଧାନମନ୍ତ୍ରୀ ସ୍ୱର୍ଗତ ଲାଲ ବାହାଦୁର ଶାସ୍ତ୍ରୀଙ୍କର । କିଶୋର ବୟସରେ ସେ ପ୍ରୟାଗ ମେଳା ଦେଖିବାକୁ ଯାଇଥିଲେ । ଫେରିବା ବେଳେ ଗଙ୍ଗାନଦୀ ପାର ହେବା ପାଇଁ ଡଙ୍ଗା ଭଡ଼ା ଦେବାକୁ ତାଙ୍କ ପାଖରେ ପଇସା ନଥିଲା । ସାଙ୍ଗମାନେ ତାଙ୍କୁ ଘରକୁ ଫେରିବା ଲାଗି କହିବାରୁ ସେ ପାଖରେ ପଇସା ନଥିବା କଥା କାହାକୁ କହି ନଥିଲେ । ନିଜର ସ୍ୱାଭିମାନକୁ ବିକି ଦେବାକୁ ସେ କଦାପି ପସନ୍ଦ କରୁ ନଥିଲେ । ଅର୍ଥ ପାଇଁ କାହା ପାଖରେ ହାତ ପତାଇବାକୁ ଲଜ୍ଜା ବୋଧ କରୁଥିଲେ । ସେହି ମେଳାରୁ ସେ ତାଙ୍କ ସାଙ୍ଗମାନଙ୍କ ସହିତ ଫେରିଥିଲେ ସେହି ସାଙ୍ଗମାନେ ତାଙ୍କ ଡଙ୍ଗା ଭଡ଼ା ନିଶ୍ଚୟ ଦେଇଥାଆନ୍ତେ । ମାତ୍ର ସେ ତାହା ନ କରି ଆଉ କିଛି ସମୟ ବୁଲି ମେଳାକୁ ଭଲ ଭାବରେ ଦେଖିବା ପାଇଁ କହିଥିଲେ । ସନ୍ଧ୍ୟା ହେବାରୁ ସେ ପହଁରି ପହଁରି ଗଙ୍ଗା ନଦୀ ପାରି ହୋଇଥିଲେ । ସେହି ଅନୁଭୂତି ସମ୍ପର୍କରେ ସ୍ମୃତିଚାରଣ କରି ସେ ତାଙ୍କ ଆତ୍ମଜୀବନୀରେ ଲେଖିଥିଲେ । "ମୋତେ ଯେତେବେଲେ ପହଁରିବାକୁ ପଡ଼ିଲା ସେତେବେଲେ ଅନ୍ଧାର ହୋଇଯାଇଥିଲା । ଅଧିକାଂଶ ଲୋକ ଏହାଦେଖି ଆଶ୍ଚର୍ଯ୍ୟ ହୋଇ ଯାଇଥିଲେ । ଯେଉଁମାନେ ଡଙ୍ଗାରେ ପାରି ହେଉଥିଲେ ସେମାନଙ୍କ ଭିତରୁ କେତେକ କହୁଥାଆନ୍ତି ସେଇ ପିଲାକୁ ଦେଖ କେମିତି ପହଁରୁଛି ।" ଗଙ୍ଗାନଦୀ ପାରି ହେବାକୁ ତାଙ୍କୁ ୪୫ମିନିଟ୍ ସମୟ ଲାଗିଥିଲା । ଆଉଥରେ ୧୯୫୬ ନଭେମ୍ବର ୨୩ ତାରିଖ ଦିନ ଅରିୟାଲୁରରେ ଘଟୀ କୋରିନ-ମାଦ୍ରାଜ ଏକ୍ସପ୍ରେସ ରେଲ ଦୁର୍ଘଟଣା ଯୋଗୁ ୧୪୪ ଜଣ ଯାତ୍ରୀଙ୍କର ମୃତ୍ୟୁରେ ବ୍ୟଥିତ ହୋଇ ଏହି ରେଲ ଦୁର୍ଘଟଣା ନିମନ୍ତେ ନିଜକୁ ନୈତିକଭାବେ ଦାୟୀ କରି କେନ୍ଦ୍ରମନ୍ତ୍ରୀ ପରିଷଦରୁ ଇସ୍ତଫା ଦେବା ଘଟଣା ସମଗ୍ର ଦେଶରେ ବିସ୍ମୟର ଢେଉ ଖେଳାଇ ଦେଇଥିଲା । ରେଲ ଦୁର୍ଘଟଣା ପାଇଁ ଶାସ୍ତ୍ରୀଜୀ ପ୍ରତ୍ୟକ୍ଷଭାବେ ଦାୟୀ ନଥିଲେ ସୁଦ୍ଧା । ନୈତିକତା ଦୃଷ୍ଟିରୁ ସେ ସେଥିପାଇଁ ନିଜ ମୁଣ୍ଡଉପରକୁ ଦୋଷ ନେଇଯାଇଥିଲେ । କିନ୍ତୁ ଚୀନ ଯୁଦ୍ଧରେ ଭାରତର ଶୋଚନୀୟ ପରାଜୟ ଓ ହଜାର ହଜାର ସୈନ୍ୟ ମୃତ୍ୟୁର କାରଣ ପ୍ରତ୍ୟକ୍ଷ ଭାବରେ ନେହେରୁ ଥିଲେ । କାରଣ ସେ ହିଁ ଫରଓ୍ୱାର୍ଡ ପଲିସି ଗ୍ରହଣକରି ଚୀନ ଯୁଦ୍ଧ ସୃଷ୍ଟି କରିଥିଲେ । ମାତ୍ର ନେହରୁ ନିଜ ମନ୍ତ୍ରିମଣ୍ଡଳର

ଜଣେ କ୍ୟାବିନେଟ ମନ୍ତ୍ରୀଙ୍କ ଆଦର୍ଶ ଓ ତ୍ୟାଗରୁ କିଛି ଶିକ୍ଷା ଗ୍ରହଣ କରିପାରି ନଥିଲେ । ସେ କ୍ଷମତା ଲୋଭରେ ଏପରି ଅନ୍ଧ ହୋଇଯାଇଥିଲେ ଯେ ତାଙ୍କୁ କ୍ଷମତା, ଆସନ, ପଦବୀ ଓ ନିଜର ସ୍ୱାର୍ଥ ବ୍ୟତୀତ ଆଉ ଅନ୍ୟ କିଛି ଦେଖାଯାଉ ନଥିଲା । ଶାସ୍ତ୍ର ମତ ପରି "ଦିବା ପଶ୍ୟତି ନୋଲୂକଃ କାକୋ ନକ୍ତଂ ନ ପଶ୍ୟତି । ଅପୂର୍ବଃ କୋଽପି କାମାନ୍ଧୋ ଦିବାନଙ୍କ ନ ପଶ୍ୟତି ।" ଯେମିତି ପେଚା ଦିନରେ ଦେଖି ପାରେ ନାହିଁ କି କୁଆ ରାତିରେ ଦେଖିପାରେ ନାହିଁ । ମାତ୍ର ଆଶ୍ଚର୍ଯ୍ୟ କଥା ଯେ କାମାନ୍ଧ ବ୍ୟକ୍ତି ରାତିଦିନ କେତେବେଳେ ହେଲେ ମଧ ଦେଖିପାରେ ନାହିଁ । ସେମିତି ସ୍ୱାଧୀନ ଭାରତର ପ୍ରଥମ ପ୍ରଧାନମନ୍ତ୍ରୀଙ୍କୁ ନିଜର ସ୍ୱାର୍ଥ ବ୍ୟତୀତ ଅନ୍ୟ କିଛି ଦେଖାଯାଇ ନଥିଲା ।

ଆତ୍ମ ସମ୍ମାନ ଜ୍ଞାନ ଥିଲା ଆଲେକଜାଣ୍ଡାରଙ୍କର । ପରାଜିତ ପୁରୁକୁ ଯେତେବେଳେ ତାଙ୍କ ସୈନ୍ୟମାନେ ଅମାନବିକ ଭାବେ ନିଷ୍ଠୁରତା ପ୍ରଦର୍ଶନ କରି ତାଙ୍କ ସମ୍ମୁଖକୁ ଘୋଷାରି ଘୋଷରି ଆଣି ଠିଆ କରାଇଲେ, ବନ୍ଦୀ ପୁରୁଙ୍କ ବେକରେ ଘାତକ ଶାଣିତ ତରବାରୀ ଲଗାଇ ରଖ୍ ରାଜାଙ୍କ ଆଦେଶକୁ ଅପେକ୍ଷା କରି ରହିଥିଲା । ସେତିକିବେଳେ ବିଶ୍ୱ ବିଜୟୀ ଆଲେକଜାଣ୍ଡାର ପରାଜିତ ବନ୍ଦୀ ପୁରୁ ରାଜାଙ୍କୁ ପ୍ରଶ୍ନ କଲେ– କି ବୀର ବହୁତ ବୀର ପଣତ ଦେଖାଇଲ । ବର୍ତ୍ତମାନ ତୁମେ କିପରି ବ୍ୟବହାର ଆଶା କରୁଛ ? ଢେର ଗମ୍ଭୀର ଓ ଦୃଢ଼ ଭାବରେ ମୃତ୍ୟୁ ନିଃଶଙ୍କ ପୁରୁ କହିଲେ– ରାଜୋଚିତ ବ୍ୟବହାର ଆଶା କରେ । ଜଣେ ରାଜାଙ୍କଠାରୁ ଯାହା ଆଶା କରାଯାଏ । ଯୁଦ୍ଧରେ ଜିତିବା କିମ୍ବା ହାରିବା ସୈନ୍ୟମାନଙ୍କ ସଂଖ୍ୟା ଓ ସମର କୌଶଳ ଉପରେ ସମ୍ପୂର୍ଣ୍ଣ ଭାବରେ ନିର୍ଭର କରେ । ଆପଣଙ୍କର ଶକ୍ତି ମୋଠାରୁ ଅଧିକ ହେବାରୁ ମୁଁ ହାରିଗଲି । ମୋର ଶକ୍ତି ବେଶୀ ହୋଇଥିଲେ ଆପଣ ମଧ ମୋଠାରୁ ପରାଜିତ ହୋଇଥାଆନ୍ତେ । ଯୁଦ୍ଧରେ ପରାଜିତ ହେଲା ବୋଲି ଜଣେ ରାଜାଙ୍କୁ ଚୋର ଡକାୟତ ପରି ହାତ ବାନ୍ଧି ଠିଆ କରିବାର ଅଶିଷ୍ଟତାର ପରିଚୟ ଓ ବ୍ୟବହାର ଏବଂ ଜଣେ ପରାଜିତ ରାଜାଙ୍କ ପ୍ରତି ଏପରି ଅବିବେକୀ ଓ ଅମାନବିକ ବ୍ୟବହାର ଅତ୍ୟନ୍ତ ବିଶ୍ୱବିଖ୍ୟାତ ଦାର୍ଶନିକ ଆରିଷ୍ଟଲଙ୍କ ଶିଷ୍ୟଙ୍କ ଠାରୁ ଆଶା କରାଯାଏନା । ପୁରୁଙ୍କ ଉତ୍ତର ଆଲେକଜାଣ୍ଡାରଙ୍କୁ ସ୍ତବ୍ଧ କରି ଦେଲା ଓ କଥାଟି ଆଲେକଜାଣ୍ଡାରଙ୍କ ହୃଦୟକୁ ଛୁଇଁଲା ଏବଂ ତାଙ୍କ ବିବେକକୁ ବାଧିଲା । ସେ ପୁରୁଙ୍କୁ ମୁକ୍ତି ଦେବା ସହିତ ତାଙ୍କ ରାଜ୍ୟ ଫେରାଇ ଦେଇଥିଲେ ।

ସ୍ୱାଭିମାନ ଥିଲା ରାଣା ପ୍ରତାପଙ୍କର । ହଳଦୀ ଘାଟରେ ପରାସ୍ତ ହୋଇ ସେ ଆରାବଲୀ ପାହାଡ଼ର ଗଞ୍ଚ ଜଙ୍ଗଲରେ ଅଶେଷ ଦୁଃଖ କଷ୍ଟ ଓ ନିର୍ଯ୍ୟାତନା ସହି ଜୀବନ ବିତାଇ ଦେଲେ । ହେଲେ ଆକବରଙ୍କ ବଶ୍ୟତା ସ୍ୱୀକାର କରି ନଥିଲେ । ଆଉ ସ୍ୱାଭିମାନ ଥିଲା ଶିଖମାନଙ୍କ ନବମ ଗୁରୁ ତେଗ୍ ବାହାଦୁରଙ୍କର । ସେ ଇସ୍ଲାମ ଧର୍ମ ଗ୍ରହଣ କରିବାକୁ ରାଜି ହେଲେ ନାହିଁ। ସେଥିପାଇଁ ତାଙ୍କ ଶିରଚ୍ଛେଦ କରାଯାଇ ମୃତ୍ୟୁ ଦଣ୍ଡ ଦିଆଯାଇଥିଲା । ଶିଖଗୁରୁ ମସ୍ତକ ଦେଲେ ହେଲେ ଇସ୍ଲାମ ଧର୍ମ ଗ୍ରହଣ କରିବାକୁ ବଚନ ଦେଇ ନଥିଲେ ।

ପରାଜିତ ନେପୋଲିୟନ ଆଟ୍ଲାଣ୍ଟିକ ମହାସାଗର ସ୍ଥିତ ଏକ କ୍ଷୁଦ୍ର ଦ୍ୱୀପ ସେଣ୍ଟ ହେଲୋନାରେ ବନ୍ଦୀ ହୋଇଛନ୍ତି । ଦୁରାରୋଗ୍ୟ କ୍ୟାନସର ରୋଗରେ ପୀଡ଼ିତ । କାଟୁଛନ୍ତି ଏକ ନିର୍ବାସିତ ଜୀବନ । ତାଙ୍କ ଦାୟିତ୍ୱରେ ଥିବା ଇଂରେଜ ଅଫିସର ହଡସନ ଥରେ ତାଙ୍କୁ ଏକାନ୍ତରେ ପଚାରିଲେ– "ସାର୍ ! ଫରାସୀ ବିପ୍ଳବରୁ ହିଁ ଆପଣଙ୍କର ରାଜନୈତିକ ଜୀବନର ଅଭ୍ୟୁଦୟ । କହିପାରିବେକି ସତରେ କ'ଣ ବିପ୍ଳବର କାରଣ ଥିଲା, ବୋର୍ବନ ରାଜତନ୍ତ୍ର ବିରୋଧରେ ଲୋକଙ୍କର ଲିବର୍ଟି, ଇକ୍ୱାଲିଟି ଓ ଫ୍ରାଟର୍ନିଟି ପାଇଁ ଦାବି ।" ରୋଗାକ୍ରାନ୍ତ ନେପୋଲିଅନ ତାଙ୍କୁ ମୁଣ୍ଡଟେକି ଚାହିଁଲେ, କହିଲେ– "ନା, କାରଣ ଥିଲା ଭ୍ୟାନିଟି (ଆତ୍ମ ସମ୍ମାନ) ବାସ୍ତବରେ ତତ୍କାଳୀନ ଫ୍ରାନ୍ସର ଲୋକଙ୍କର ଜୀବନଧାରଣର ମାନ ଥିଲା ୟୁରୋପର ଅଧିକାଂଶ ଦେଶଠାରୁ ଅପେକ୍ଷାକୃତ ଉନ୍ନତ । ପ୍ରକୃତରେ ଆତ୍ମସମ୍ମାନ ପାଇଁ ଗୋଟିଏ ଦେଶର ଶାସନ କ୍ଷେତ୍ରରେ ବିରାଟ ପରିବର୍ତ୍ତନ ଘଟିଥିଲା । ଏଥିରୁ ଆତ୍ମ ସମ୍ମାନର ପ୍ରକୃତ ମୂଲ୍ୟ ବୋଧ କେତେ ସହଜେ ଅନୁମେୟ ।

"ଅଭିମାନଂ ଧନଂ ଯେଷାଂ ଚିରଂ ଜିବନ୍ତି ତେ ନରାଃ । ଅଭିମାନ ବିହୀନାନାଂ କିଂ ଧନେନ୍ କିମାୟୁଷା ।"

ଅଭିମାନକୁ (ଆତ୍ମ ସମ୍ମାନକୁ)ଯେଉଁମାନେ ଧନ ରୂପେ ବିବେଚନା କରନ୍ତି ସେମାନେ ବାସ୍ତବରେ ଚିରଜୀବୀ । ଆତ୍ମ ସମ୍ମାନ ଜ୍ଞାନ ହାନି ବ୍ୟକ୍ତିମାନଙ୍କର ଧନରେ କି ମୂଲ୍ୟ, ଆୟୁଷରେ ବା କି ମୂଲ୍ୟ ଅଛି ।

ଚାଷୀ ନିକଟକୁ ରଣ ସୁଝିବା ପାଇଁ ନୋଟିକ ଗଲେ ସେ ତାକୁ ନିଜର ଅପାରଗତା ମନେ କରେ । ବ୍ୟାଙ୍କ ପ୍ରତିନିଧ୍ୱ ରଣ ଆଦାୟ ଲାଗି ତା' ଦୁଆରେ ଠିଆ ହେଲେ ସେ ନିଜକୁ ଅପମାନିତ ବୋଧ କରେ । ତା' ସ୍ୱାଭିମାନରେ ଆଞ୍ଚ ଆସେ । ସେଥିପାଇଁ ରଣ ସୁଝି ନ ପାରି ଆତ୍ମହତ୍ୟା କରି ବସେ । କିନ୍ତୁ ଆମ ଦେଶର କୋଟିପତି ଶିଳ୍ପପତିମାନେ ଓ ରାଜନେତାମାନେ ବ୍ୟାଙ୍କରୁ କୋଟି କୋଟି ଟଙ୍କା ରଣ ଆଣି ତାକୁ ନ ସୁଝି ଅୟସମୟ ବିଳାସପୂର୍ଣ୍ଣ ଜୀବନ ନିଧଡକରେ ବିତାଇ ଥାଆନ୍ତି । ରାଜନେତା ଓ ଉଚ୍ଚପଦସ୍ତ ପ୍ରଶାସକ ଅଧିକାରୀମାନେ ସରକାରୀ ତହବିଲ ଲୁଟି ଦିନ ଦ୍ୱିପହରରେ ବିଚ୍ବଜାରରେ ଛାତି ଫୁଲେଇ ବୁଲୁଥାଆନ୍ତି ନିର୍ଭୟରେ, ନିଃସଙ୍କୋଚରେ, ସର୍ଦର୍ପରେ । ଚାଷୀଙ୍କୁ ରଣ ନାମରେ କ୍ଷେତରେ ଚାଷ କରୁଥିବା ପ୍ରକୃତ ଚାଷୀ ଏ ରଣ ପାଇ ପାରୁନାହାଁନ୍ତି । ରଣ ପାଇବାର ଫାଇଦା ଚାଷୀ ଖୋଲରେ ଅଣଚାଷୀ ଯେମିତି ପାଇଛନ୍ତି ରଣ ଛାଡ଼ର ମଜ୍ଜା ବି ସେମାନେ ନେଇଛନ୍ତି । ରଣତ ଏକ ନୀତି, ସେଥିରେ ଛାଡ଼ କେମିତି ସମ୍ଭବ ? ଯେତ 'ଦାନ' ସମତୁଲ ହୋଇଗଲା । ରଣ ଦାନ ନୁହେଁ ବା ଦାନ ରଣ ନୁହେଁ । ଅତିବେଶିରେ ସୁଧ ଓ ଦଣ୍ଡ ସୁଧରେ ରିଆତି ବା ଛାଡ଼ ବ୍ୟବସ୍ଥିତ ହୋଇପାରେ । ମାତ୍ର ରଣ ଛାଡ଼ତ ଏକ ଅବାନ୍ତର ଓ ଅବାସ୍ତବ କଥା । କେବଳ ଦେବାଲିଆ ଘୋଷିତ ଜଣେ ଏ ଦୟା ପାଉଥିଲା । ମାତ୍ର ଚାଷୀଙ୍କୁ ନେଇ ଭୋଟ କିଣା ତା'ସହିତ ମିଶାଇ ରାଜନୀତିକରଣ କରିଦେଲେ ଛାଡ଼ ତ ଆପେ ଆପେ ଧସେଇ ପଶେ । ବଡ଼ ଦୟନୀୟ ଅବସ୍ଥା ।

ବିଜୁଲି ବତୀରେ କବି ଲେଖିଲେ– "ଚଷାଠାରୁ ନାହିଁ ବଢ଼ିଆ ଜାତି, ତାଙ୍କ ଲାଗି ସର୍ବେ ଫୁଲାନ୍ତି ଛାତି । ଜ୍ଞାନ ମଞ୍ଜି ଯେବେ ନହେଲା ଚଷା, ସବୁ ଜାତିଙ୍କର ବୁଡ଼ିଲା ହଂସା ।" ପୁଣି ଲେଖିଲେ –"ତନ୍ତି ହୋଇ ଯେବେ ଖାଇଲା ନିଶା, ଚଷା ହୋଇ ଯେବେ ଖେଳିଲା ପଶା, ଯୋଦ୍ଧା ହୋଇ ଯେବେ ରଖିଲା ବେଶ୍ୟା, ବେଉସା ତାଙ୍କର ଫସର ଫସା ।" ମାତ୍ର ଏସବୁ ଏବେ ତଳ ଉପର ଓଲଟପାଲଟ ହୋଇଯାଇଛି । ଚାଷୀ, ଜମି ମାଲିକ, ଭାଗ ଚାଷୀ, ଚାଷୀ ମୂଲିଆ ଆଦି ନାନା ବିଭକ୍ତି କରଣରେ । ଏବେ ଚାଷୀ ଓ ଚାଷ ବିକଳାଙ୍ଗ, ବିକୃତ ଓ ଦୟନୀୟ ।

ସରକାରୀ ସମର୍ଥିତ ସୂତ୍ର ଅନୁଯାୟୀ ଆମଦେଶରେ ୧୬୧୮ ଭାଷା (କିନ୍ତୁ ବେସରକାରୀ ତଥ୍ୟ ୧୬୫୨ ଭାଷା), ୬୪୦୦ ଜାତି, ୬ ଗୋଟି ମୁଖ୍ୟ ଧର୍ମ, ନୃତତ୍ତ୍ୱ ଅନୁଯାୟୀ ୬ ଗୋଟି ଗୋଷ୍ଠୀ – ଏ ସମସ୍ତଙ୍କୁ ନେଇ ଏ ଦେଶ ଗଠିତ ହୋଇଛି । ଏଣୁ ନୃତତ୍ତ୍ୱବିତ ତଥା ସମାଜ ବିଜ୍ଞାନୀଙ୍କ ପରିଭାଷା ଅନୁଯାୟୀ ଏହା ହେଲା ଭିନ୍ନତା ମଧ୍ୟରେ ଏକତା । କିନ୍ତୁ ବାସ୍ତବାନୁଭୂତି ଦୃଷ୍ଟିରୁ ଏହି ଭିନ୍ନତା ହିଁ ଭିନ୍ନତାରେ ରହିଯାଇଛି । ଆମେ ଯେଉଁ ଜାତୀୟ ଚେତନାର ତତ୍ତ୍ୱ ପରିବେଷଣ କରୁ ବାସ୍ତବ ପକ୍ଷେ ତା' ମଧ୍ୟରେ ଭିନ୍ନତା ବ୍ୟତୀତ ଏକତା ନଥାଏ । ଗୋଟିଏ ଦେଶ ବା ଜାତି ମଧ୍ୟରେ ଭିନ୍ନତା ଜାତୀୟ ଚେତନାକୁ ପରିପୁଷ୍ଟ କରି ଏକ ସମଚିନ୍ତାକାମୀ, ସମଧର୍ମୀ ଜାତୀୟ ଚେତନା, ତା'ର ଜନଗଣ ମଧ୍ୟରେ ଉଦ୍ଜୀବିତ କରିପାରିବ କି ନାହିଁ । ଯଦି ସେ ଜାତି ଦୁର୍ବଳ– ମାନସିକତାଠାରୁ ଆରମ୍ଭ କରି ନୈତିକତା ପର୍ୟ୍ୟନ୍ତ ସମଗ୍ର ସୀମା ମଧ୍ୟରେ ଆଜି ଯେଉଁ ଦୁର୍ନୀତି, କେଲଙ୍କାରୀ ଦେଖୁଛ, ଏଇ କାରଣ ଯୋଗୁଁ ଭାରତ ସରକାର ଧର୍ମୀୟ ମହୋତ୍ସବ ଭିତ୍ତିରେ ବିଶ୍ୱରେ ସର୍ବାଧିକ ଛୁଟି ଦିଅନ୍ତି । ମୁଖ୍ୟ ଭାବେ ୨୯ ଗୋଟି ଧର୍ମୀୟ ଆନୁଷ୍ଠାନିକ ପର୍ବପାଳନ କରାଯାଏ । ଧର୍ମନିରପେକ୍ଷତା କେଉଁଠି ? ଦେଶରେ ସମଧର୍ମୀ ମାନସିକତା ସ୍ପଷ୍ଟ ହୋଇ ପାରିଛିତ ?

ବିଶ୍ୱ ବିଖ୍ୟାତ ପରିବ୍ରାଜକ ମେଘାସ୍ତିନିସ୍ ତାଙ୍କ ଭାରତ ପରିଭ୍ରମଣ ବିଷୟରେ ଏ ଦେଶରେ ଶାସକମାନଙ୍କ ସାଧୁତା, ସରଳତା ଓ ପ୍ରଜ୍ଞାଶୀଳ ଜୀବନ କଥା ଲେଖିଛନ୍ତି । ସେତେବେଳେ ଚାଣକ୍ୟଙ୍କ ପାଣ୍ଡିତ୍ୟ ବିଶ୍ୱ ସୁଧିମଣ୍ଡଳୀଙ୍କ ଦୃଷ୍ଟ ଆକର୍ଷଣ କରିଥିଲା । ଏଡ଼େ ବିଦ୍ୱାନ ଚନ୍ଦ୍ରଗୁପ୍ତଙ୍କ ମନ୍ତ୍ରୀ ଥିବା କଥା ଶୁଣି ସେ ତାଙ୍କ ଦର୍ଶନ ଆଶାରେ ପହଞ୍ଚିଲେ । ବସ୍ତ୍ରର

ସବୁଠାରୁ ଛୋଟ ଚାଳିଆ ଘର ମହାରାଜ ଚନ୍ଦ୍ରଗୁପ୍ତଙ୍କ ପ୍ରଧାନମନ୍ତ୍ରୀ ଚାଣକ୍ୟଙ୍କର ବାସଗୃହକୁ ଦେଖି ଚକିତ ହୋଇଗଲେ । ଦୁଆର ପାଖେ ଠିଆ ହୋଇ ତାଙ୍କ ଆସିବା ଖବର ଦେଲେ । ଚାଣକ୍ୟ ଦୁଇହାତରେ ଦୁଇଟି ବତୀ (ଦୀପ) ଧରି ପହଞ୍ଚିଲେ । ମେଘାସ୍ତିନ୍ଙ୍କ ପରିଚୟ ଓ ଅଭିପ୍ରାୟ ଜାଣିବା ପରେ ସେ ତାଙ୍କ ସହ ବ୍ୟକ୍ତିଗତ ବା ରାଷ୍ଟ୍ର ସମ୍ବନ୍ଧିତ କେଉଁ ବିଷୟରେ ଆଲୋଚନା କରିବାକୁ ଚାହୁଁଛନ୍ତି ବୋଲି ପଚାରିଲେ । ଉତ୍ତରରେ 'ବ୍ୟକ୍ତିଗତ' କହିବାରୁ ଚାଣକ୍ୟ ଧରିଥିବା ଦୁଇଟି ଦୀପରୁ ଗୋଟିଏ ଲିଭାଇ ଦେଲେ । କଥାବାର୍ତ୍ତା ଆରମ୍ଭ କଲେ । ଚାଣକ୍ୟଙ୍କ ସରଳତା, ଦୃଢ଼ତା ଓ ପାଣ୍ଡିତ୍ୟରେ ବିମୁଗ୍ଧ ଓ ବିସ୍ମିତ ମେଘାସ୍ତିନିସ୍ ଶେଷ ପ୍ରଶ୍ନ ପଚାରିଲେ– 'ଆପଣ ଦୁଇଟି ଦୀପ ଧରି ଆସିଥିଲେ, ଗୋଟିଏ ଲିଭାଇ ଦେଲେ କାହିଁକି' ? ସ୍ମିତହାସ୍ୟ ଚାଣକ୍ୟ କହିଲେ– 'ଆପଣ ମୋ ସହିତ ବ୍ୟକ୍ତିଗତ କଥା ହେବାକୁ କହିବାରୁ ରାଜ୍ୟ ପ୍ରଦତ୍ତ ଦୀପଟିକୁ ମୁଁ ଲିଭାଇ ଦେଲି । ରାଜ୍ୟ ରାଜକୋଷରୁ ଏଥିରେ ତେଲ ଭରଣାହୁଏ । ମୋ ବ୍ୟକ୍ତିଗତ କଥା ପାଇଁ ରାଜ୍ୟ ତେଲ କାହିଁକି ଖର୍ଚ୍ଚ ହେବ' । ସ୍ତମ୍ଭୀଭୂତ ହୋଇଗଲେ ବିଶ୍ୱ ପ୍ରସିଦ୍ଧ ପରିବ୍ରାଜକ । ଏଭଳି ସାଧୁତା ଓ ନିଷ୍ଠାର ଉଦାହରଣ ସେ ଆଉ କେଉଁଠି ପାଇ ନଥିଲେ । ତାହା ଥିଲା ଭାରତ, ତା'ର ଶାସକ ପରିଚାଳକ ଓ ଉପଦେଷ୍ଟାମାନଙ୍କ ନୈତିକତା ମନୋଭାବ ଓ ନିଷ୍ଠାପରତା ।

ଆହୁରି ମଧ୍ୟ ଭାରତର ରାଜାମାନେ ସର୍ବଦା ପ୍ରଜାଙ୍କ ହାତରେ ରହୁଥିଲେ । ରାବଣକୁ ମାରି ଅଗ୍ନିପରୀକ୍ଷାରେ ଉତ୍ତୀର୍ଣ୍ଣ ହେବା ପରେ ରାମଚନ୍ଦ୍ର-ସୀତାଙ୍କୁ ପତ୍ନୀ ରୂପେ ଗ୍ରହଣ କରିଥିଲେ । କିନ୍ତୁ ଗୁପ୍ତଚର ମୁହଁରୁ ରଜକ ଓ ରଜକୀଙ୍କ କଳିକଥା ଶୁଣି ରାମଚନ୍ଦ୍ର ସିଦ୍ଧାନ୍ତ ନେଲେ ତାଙ୍କ ନିଷ୍ଠୁରକୁ ପ୍ରଜାମାନେ ଗ୍ରହଣ କରୁନାହାନ୍ତି । ସୀତାଙ୍କୁ ପୁନଃ ରାଣୀ ରୂପେ ମାନିବାକୁ ରାଜ୍ୟବାସୀ ଇଚ୍ଛୁକ ନୁହନ୍ତି । ସେଥିପାଇଁ ସେ କଠୋର ପଦକ୍ଷେପ ନେଲେ । ସୀତାଙ୍କୁ ନିର୍ବାସନକୁ ପଠାଇ ଦେଲେ । ଏକପତ୍ନୀ ବ୍ରତଧାରୀ ରାମଚନ୍ଦ୍ର ଭରା ଯୌବନରେ ପ୍ରାଣ ପ୍ରିୟା ପତ୍ନୀଙ୍କୁ ତ୍ୟାଗ କରି କିପରି ଯନ୍ତ୍ରଣା ଭୋଗିଥିବେ ଓ କେତେ ମାନସିକ ଅଶାନ୍ତି ମଧ୍ୟରେ ଜୀବନ ବିତାଇ ଥିବେ ଅନୁମାନ କରାଯାଇ ପାରେ । ସେଥିପାଇଁ ସେ ନିଜ ମନକୁ ବୁଝାଇ ଦେଇଥିଲେ– 'ମୁଁ ବୋଲେ ରସନା ତୁ ତହିଁ ରସନା ଖାଇଛୁ ପରଜା ବିଉ । ଯା ଧନେ ପାଳିତ – ତା' ନାମେ ଚାଳିତ ହେବାରେ ନୁହଁ ଉଚିତ । ଲୋକେ – ଲୋକହିତ – ସାଧନ ବିହିତ ବୋଲିସିନା ଅଛି ପ୍ରାଣ, ନ ହେଲେ ବି କି ପବି–ଦ୍ରବ କରି ହବି ପ୍ରାଣେ କରିଥାନ୍ତା ପାନ ।

ଚୈତ୍ର ଶୁକ୍ଳ ନବମୀ ତିଥି – ମଙ୍ଗଳବାର ପୁନର୍ବସୁ ନକ୍ଷତ୍ର – କର୍କଟ ଲଗ୍ନ – ଅଭିଜିତ ମୁହୂର୍ତ୍ତ ମଧ୍ୟାହ୍ନ ସମୟରେ ସୂର୍ଯ୍ୟ ବଂଶରେ ଏହି ସର୍ବାଙ୍ଗ ସୁନ୍ଦର ମର୍ଯ୍ୟାଦା ପୁରୁଷଙ୍କ ଆବିର୍ଭାବ ହୋଇଥିଲା । କେବଳ ରାକ୍ଷସ ବଧ ନୁହେଁ ବରଂ ଲୋକ ଶିକ୍ଷା ହିଁ ରାମଜନ୍ମର ହେତୁ ।

କିନ୍ତୁ ବର୍ତ୍ତମାନ ଇଣ୍ଡିଆର ତଥାକଥିତ ରାଜା (ମନ୍ତ୍ରୀ) ଯେଉଁମାନେ ନିର୍ବାଚନ ବଳରେ ମାତ୍ର ପାଞ୍ଚବର୍ଷ ପାଇଁ କ୍ଷମତାସୀନ ହୋଇଛନ୍ତି ସେମାନେ ନିଜ ବିବାହିତା ପତ୍ନୀଙ୍କୁ ଛାଡ଼ି ଅନେକ ଦେହଜୀବୀ ଓ ସୁନ୍ଦରୀ ଯୁବତୀଙ୍କ ସହିତ ରାତ୍ରି ଯାପନ କରୁଛନ୍ତି । ଏମାନଙ୍କ ପାଇଁ ତ ଭାରତ ଭଳି ବୈଦିକ ସଂସ୍କୃତି ଭାବାପନ୍ନ ଦେଶରେ ଆଇନ– ଲିଭ– ଇନ୍‌ରିଲେସନ୍‌ସିପ୍‌କୁ ଗ୍ରହଣ କଲା । ସେମାନଙ୍କ ଯୌନ ବ୍ୟଭିଚାର ସମ୍ପର୍କରେ ଯେତେ ହୋ– ହାଲ୍ଲା ହେଲେ ସୁଦ୍ଧା ସେମାନେ ନିଜ ଇନ୍ଦ୍ରିୟ ସୁଖକୁ ଛାଡ଼ି ପାରୁନାହାନ୍ତି ।

ସେପରି (ରାମଚନ୍ଦ୍ରଙ୍କ ଭଳି) ବ୍ୟବହାର କରିବାର ଦୃଷ୍ଟାନ୍ତ ଏବେ ପ୍ରହେଲିକାରେ ପରିଣତ ହୋଇଛି । ଭାରତୀୟ ଜନଜୀବନର ବ୍ୟବସାୟୀ କରଣ ହେବାପରେ ଏବେ ଅପରାଧୀକରଣ ପଥରେ ଆମେ ଦ୍ରୁତ ଗତିରେ ଧାବମାନ । ଭୌତିକତା ଆଧାରିତ ଅର୍ଥନୀତି, ପ୍ରାମାଣିକତା ଶୂନ୍ୟ ବ୍ୟବସାୟ, ଦଳୀୟ ହିତକୁ ପ୍ରାଧାନ୍ୟ ଦେଉଥିବା ରାଜନୀତି, ମୂଲ୍ୟ–ବିହୀନ ଶିକ୍ଷା । ନୈତିକତା ଶୂନ୍ୟ ଧର୍ମ ଏବଂ ସୁଖ ସୁବିଧା ଭୋଗ– ରାଗ ଓ ବିଦ୍ୱେଷବାଦୀ ଦୃଷ୍ଟିକୋଣ ଆମକୁ ସମ୍ପୂର୍ଣ୍ଣ ଗ୍ରାସ କରିବା ଉପରେ । ଏଭଳି ସ୍ଥିତିରେ ବ୍ୟକ୍ତି ଓ ସମାଜର ବିଶୁଦ୍ଧ ଅଧ୍ୟାତ୍ମୀକରଣ ପରିକଳ୍ପନା କିପରି ସାକାର

ହେବ ? ରାଜନୀତି ଆଜି ନୃଶଂସ ଓ ସମ୍ବେଦନ ଶୂନ୍ୟ । ନିର୍ବାଚନ ବୈତରଣୀ ପାରି ହେବା ପାଇଁ ପ୍ରଥମେ ଅପରାଧୀମାନଙ୍କ ସାହାଯ୍ୟ ନିଆଯାଏ ପରେ ଏହି ଅପରାଧିତ୍ୱ ଆପଣା ପତିଆରା ବଢ଼ାଇ ନିଜ ପାଇଁ ଟିକଟ ହାସଲ କରି ବାହୁବଲ ଓ ବନ୍ଦୁକ ବଲରେ ନିର୍ବାଚନ ଜିତି ବିଧାୟକ ସାଂସଦ କିମ୍ବା ମନ୍ତ୍ରୀ ହୋଇ ପୁଲିସ ଓ ପ୍ରଶାସନକୁ ଅସହାୟ କରିପକାନ୍ତି । ରାଜନୀତି ସେମାନଙ୍କର ରକ୍ଷା କବଚ ସାଜିଥାଏ । ଦୁର୍ଭାଗ୍ୟବଶତଃ ଯଦି ହାରିଯାଆନ୍ତି, ତା'ହେଲେ ପ୍ରତିଶୋଧ ପରାୟଣ ହୋଇ ଧ୍ୱଂସର ତାଣ୍ଡବ ସୃଷ୍ଟି କରନ୍ତି । ଧନବଲ ଓ ବାହୁବଲ ସମ୍ମୁଖରେ ଚରିତ୍ର ବଲ ବେଚାରା ପାଲଟିଯାଏ । ସାମ୍ପ୍ରଦାୟିକ ଉନ୍ମାଦ ଏବଂ ଜାତିଗତ ବିଦ୍ୱେଷ ମତପ୍ରାପ୍ତିର ସହଜ-ସରଲ ମାର୍ଗରେ ପରିଣତ ହୋଇଛି, ସଂସ୍କୃତି ପ୍ରତିନିଧିତ୍ୱ ବିହୀନ ତଥା ପ୍ରତିବିମ୍ବ- ରହିତ ହେବାକୁ ବସିଲାଣି । ହିଂସା, ସେକସ, କ୍ରୁରତା ଏବଂ ଭ୍ରଷ୍ଟାଚାର ଏବେ ବହୁ ପ୍ରଚଲିତ ଶବ୍ଦ ହୋଇପଡ଼ିଛି । ସମସ୍ତଙ୍କ ହାତରେ ଅସ୍ତ୍ର, ହତିଆର । ସମାଜରେ ନାୟକ କମ, ଅଥଚ ଖଲନାୟକଙ୍କ ସଂଖ୍ୟାରେ ବୃଦ୍ଧି ଘଟିଛି, ଦରବାର ଓ ଦପ୍ତର ଦଲାଲମାନଙ୍କ କବ୍ଜାରେ । ଗୁଣ୍ଡା, ମାଫିଆ, ବଦମାସ, ଉନ୍ମାନଙ୍କ ଜୟଜୟକାର । ନିଷ୍କ୍ରିୟ ନେତୃତ୍ୱ । ବିରାଡ଼ିକୁ- କ୍ଷୀରର ଜଗୁଆଲି ଦାୟିତ୍ୱ ଦେଇଥିବାରୁ ଦେଶର ଏପରି ଦଶା । କାର୍ଲମାର୍କସଙ୍କ ଭାଷାରେ- 'ସଂସାରକୁ କେବଲ ବୁଝିଗଲେ ଚଲିବ ନାହିଁ, ବଦଲାଇବାର ପ୍ରଚେଷ୍ଟା କରିବାକୁ ପଡ଼ିବ । ଜଣେ ଅନ୍ୟ ଜଣକୁ ବାଙ୍ଗରାସିଦ୍ଧ କରିବା ପାଇଁ ବ୍ୟଗ୍ର । ଆମ ରାଜନୈତିକ ନେତୃବର୍ଗ ଆପଣାର ଉଚ୍ଚତା ନ ବଢ଼ାଇବା ଯାଏ କୌଣସି ବିରାଟ ଓ ଉଦାର ଚିନ୍ତନ ପ୍ରସ୍ତୁତ କରିପାରିବେ ନାହିଁ । ନେତୃତ୍ୱକୁ ଅତୀତର ଉତ୍ତରାଧିକାରୀ ଏବଂ ଭବିଷ୍ୟତ ପ୍ରତି ଉତ୍ତରଦାୟୀ ସାଜି- ପଦ, ପାର୍ଟି, ପ୍ରତିଷ୍ଠା ଓ ପୂର୍ବାଗ୍ରହରୁ ଉପରକୁ ଉଠିବାକୁ ହେବ ।

ସେହିପରି ଭୋଟ ଜିତି ସମ୍ରାଟ ହୋଇନଥିବା ଶାହାଜାହାନଙ୍କ ପତ୍ନୀ ବେଗମ ସାହେବା ଧନୁ ମରା ବିଦ୍ୟା ଶିଖୁଥିଲେ । ଶର ଲକ୍ଷ୍ୟଭ୍ରୁଷ୍ଟ ହୋଇ ଏକ ବଗିଚା ମାଲୀର ପ୍ରାଣନେଲା । ମାଲୀର ସ୍ତ୍ରୀ ସମ୍ରାଟଙ୍କ ଅଦାଲତରେ ମୋକଦ୍ଦମା କଲା । ଏବେପରି ବି ସେତେବେଲେ ଖୋସାମତିଆ ଚାଟୁକାର କର୍ମଚାରୀମାନଙ୍କର ଅଭାବ ନ ଥିଲା । ସେମାନେ ଯୁକ୍ତିକଲେ- ବେଗମ ସାହେବା ଜାଣିଶୁଣି ମାଲୀକୁ ମାରିନାହାନ୍ତି, ଏହା ଏକ ଦୁର୍ଘଟଣା । ଏଥିପାଇଁ ମାଲୀପତ୍ନୀଙ୍କୁ କ୍ଷତିପୂରଣ ଦିଆଯାଇ ପାରିବ, ହେଲେ ଏ ଘଟଣା ଲାଗି ଦେଶର ସର୍ବୋଚ୍ଚ ମହିଲା ଅସୂର୍ଯ୍ୟାଂପଶ୍ୟା ବେଗମ ସାହେବାଙ୍କୁ ଦରବାରକୁ ବିଚାର ପାଇଁ ତଲବ କରାଯାଇ ପାରିବ ନାହିଁ କିମ୍ବା ତାଙ୍କ ବିରୋଧରେ ମକୋଦ୍ଦମା ଚାଲି ପାରିବ ନାହିଁ । ସମ୍ରାଟ ଶାହାଜାହାନ ଏ ଯୁକ୍ତିକୁ ଅଗ୍ରାହ୍ୟ କଲେ । କହିଲେ- 'ବିଧି ମୁତାବକ ସେ ଅଦାଲତରେ ହାଜର ହୋଇ ତାଙ୍କ ପକ୍ଷ ରଖନ୍ତୁ, ଯୁକ୍ତି ବାଢ଼ନ୍ତୁ । ଯେ କୌଣସି ପ୍ରକାରେ ତାଙ୍କୁ ଅଦାଲତରେ ହାଜର ହେବାକୁ ପଡ଼ିବ । ମାତ୍ର ବାଦଶାହାଙ୍କର ଆଦେଶ କେହି ପାଲନ କଲେ ନାହିଁ । ଆଜି ଭଲି ଖୋସାମତିଆ ପାତ୍ର ପାରିଷଦଙ୍କ ପ୍ରତିରୋଧରୁ ତାଙ୍କୁ ସମ୍ରାଟଙ୍କ ଅଦାଲତରେ ହାଜର କରାଇ ଦିଆଗଲାନି । ଉଦ୍ଦିଷ୍ଟ ତାରିଖ ଦିନ ମାଲୁଣୀ ବିଚାରୀ ହାଜର ହେଲା । ପ୍ରତିପକ୍ଷ ଅଭିଯୁକ୍ତଙ୍କ ନାମ ଡକାଗଲା, ମାତ୍ର କେହି ହାଜର ହେଲେନି । ଚପରାଶୀଠାରୁ ମନ୍ତ୍ରୀ ପର୍ଯ୍ୟନ୍ତ ସମସ୍ତେ ଏକଜୁଟ । ସମନ ଯାଇନାହିଁ । ଜୀବନରେ ପ୍ରଥମ ଥର ପାଇଁ ଅସହାୟ ମନେ କଲେ ବାଦଶାହା । ତେବେ ସେ ନିଜେ ସିଦ୍ଧାନ୍ତ ନେଲେ ଯେ ବିଚାର ଓ ନ୍ୟାୟ ସେ ନିଶ୍ଚୟ ଦେବେ । ଅଭିଯୁକ୍ତ ବିନା କି ବିଚାର ଅବା ହୋଇ ପାରିବ । ନ୍ୟାୟ ଦେବାକୁ ବଦ୍ଧ ପରିକର ଭାରତର ସମ୍ରାଟ ଶାହାଜାହାନ ସେଦିନ ସିଂହାସନରୁ ଓହ୍ଲାଇ ଆସିଲେ । ଛାର ମାଲୁଣୀ ସମ୍ମୁଖରେ ଆଣ୍ଠେଇ ପଡ଼ି ତାଙ୍କ ଖଣ୍ଡାକୁ ଦୁଇହାତରେ ବଢ଼ାଇଦେଇ କହିଲେ- 'ତୁମ ସ୍ୱାମୀ ହତ୍ୟାକାରୀ ଅଭିଯୁକ୍ତକୁ ମୁଁ ଅଦାଲତରେ ହାଜର କରାଇ ପାରିଲିନି । ତାଙ୍କୁ ଦଣ୍ଡ ଦେବାକୁ ମୁଁ ଅକ୍ଷମ । ମାତ୍ର ଭାରତର ସମ୍ରାଟ ତୁମକୁ ନିଶ୍ଚୟ ନ୍ୟାୟ ଦେବେ । ମୁଁ ଆଜି ଏହି ନ୍ୟାୟ ଦେଉଛି ଯେ ଯିଏ ତୁମ ସ୍ୱାମୀକୁ ହତ୍ୟା କରି ତୁମକୁ ବିଧବା କରି ଦେଇଛି । ତୁମେ ତାକୁ ବିଧବା କରିଦିଅ ।' ସେଦିନ ଏହା କହି ନିଜ ତରବାରି ତା' ହାତକୁ ବଢ଼ାଇ ଦେଇ ତା' ଆଗରେ ଆଣ୍ଠେଇ ବସିରହିଗଲେ ।

ସ୍ତବ୍ଧ ହୋଇଗଲା ସମଗ୍ର ଦରବାର। ନ୍ୟାୟ ପ୍ରଦାନ ପାଇଁ ଜଣେ ସାଧାରଣ ମାଳୁଣୀ ପାଇଁ ଭାରତର ସମ୍ରାଟଙ୍କର ଏହି ବିଚାର ଓ ହୃଦୟ ଅଭୂତପୂର୍ବ ଥିଲା। ୟେ ଥିଲା ଭାରତର ରାଜା ବା ସମ୍ରାଟଙ୍କ ନ୍ୟାୟ। ନିଜ ପାଇଁ ଦଣ୍ଡର କଠୋରତା ଏଡ଼ାଇ କୋହଳ ନୀତି ଗ୍ରହଣ କରିବା କୌଉ ବିଜ୍ଞ ସମ୍ରାଟଙ୍କ ପକ୍ଷରେ ସମ୍ଭବ ନଥିଲା। ବିଚଳିତ ହୋଇଗଲା ମାଳୁଣୀ। ଆଖୁରୁ ତା'ର ଧାରା ଶ୍ରାବଣର ଅମାନିଆ ଲୁହ ତାକୁ କେବଳ ନୁହେଁ ଦରବାରରେ ଉପସ୍ଥିତ ଥିବା ସମଗ୍ର ଜନତାକୁ ଶୋକାଭିଭୂତ କରିଦେଲା। ସମ୍ରାଟଙ୍କ ପାଦତଳେ ପଡ଼ିଗଲା ମାଳୁଣୀ। କୋହରେ ଅସ୍ୱସ୍ତ ହୋଇଯାଇଥିବା ତା' ହୃଦୟ ଖୋଲା ପ୍ରାଣର ଭାଷାରେ କହିଲା– 'ଆପଣ ମୋତେ ନ୍ୟାୟ ଦେଇ ଋଣୀ କରିଦେଲେ ସମ୍ରାଟ। ମୋର ଦୁଃଖ ଅବଶିଷ୍ଟ ଜୀବନ ପାଇଁ ଦୂର ହୋଇଗଲା। ଆପଣ ଦୀର୍ଘଜୀବୀ ହୋଇ ଏ ଦେଶକୁ ପାଳନ କରନ୍ତୁ ଓ ଦେଶବାସୀଙ୍କୁ ଏହିପରି ନ୍ୟାୟ ଦେଇଥାଆନ୍ତୁ। ମୁଁ ମୋର ମୋକଦ୍ଦମାକୁ ଉଠାଇ ନେଉଛି।'

ଆଉ ସମ୍ରାଟ ଆଉରଙ୍ଗଜେବ ରାତିରେ ଟୋପି ସିଲାଇ କରି ଓ କୋରାନ ଲେଖି ଯାହା ଉପାର୍ଜନ କରୁଥିଲେ ସେତିକି ଅର୍ଥରେ ସେ ନିଜେ ଓ ତାଙ୍କ ପରିବାର ଚଳୁଥିଲେ। ବେଗମ ସାହେବା ଏପରି ଚଳିଣିରେ ଆପତ୍ତି ଉଠାଇବାରୁ ସେ କହିଲେ – 'ପ୍ରଜାଙ୍କର ଏ ସମ୍ପତ୍ତି, ମୁଁ ରକ୍ଷକ ମାତ୍ର'। ଏଥୁରୁ ଖର୍ଚ୍ଚକଲେ ଚୋରି କରିବା ସହିତ ସମାନ ହେବ। ତୁମେ କ'ଣ ଚାହଁ ତୁମର ସ୍ୱାମୀ ବାଦଶାହା ଜଣେ ଚୋର ହୁଅନ୍ତୁ? ତୁମେ କ'ଣ ଇଚ୍ଛା କରୁଛ ଭାରତର ସମ୍ରାଟ ଖଣ୍ଡ ବୃତ୍ତି କରି ପେଟ ପୋଷନ୍ତୁ? ଔରଙ୍ଗଜେବଙ୍କ ବ୍ୟକ୍ତିଗତ ଜୀବନ ନିଷ୍କଳଙ୍କ ଥିଲା। ସେ ସଂଯମୀ ଓ କର୍ତ୍ତବ୍ୟ ପରାୟଣ ଥିଲେ। ଅନ୍ୟାନ୍ୟ ମୋଗଲ ସମ୍ରାଟମାନଙ୍କ ଜୀବନ ଭଳି ତାଙ୍କର ଜୀବନ ବିଳାସମୟ ନ ହୋଇ ସରଳ ଓ ନିରାଡ଼ମ୍ବର ଥିଲା। ଏହି ହେଲା ଭାରତର ରାଜା ବା ସମ୍ରାଟମାନଙ୍କ ଅନ୍ତରର କଥା। ହୃଦୟର ଭାଷା, ପ୍ରାଣର ଆବେଗ ଓ ଆତ୍ମାର ସ୍ୱର। ରାମଚନ୍ଦ୍ର ଭୋଟକୁ ଡରି ସୀତାଙ୍କୁ ତ୍ୟାଗ କରିନଥିଲେ। ଶାହାଜାହାନ କିମ୍ବା ଆଉରଙ୍ଗଜେବ କେହି ନିର୍ବାଚନକୁ ଭୟ କରୁନଥିଲେ କାରଣ ସେମାନେ ଜନସାଧାରଣଙ୍କ ଦ୍ୱାରା ଭୋଟରେ ନିର୍ବାଚିତ ହୋଇ ସେମାନଙ୍କ କୃପାରେ ପାଞ୍ଚବର୍ଷ ପାଇଁ ରାଜପଦବୀକୁ ନିର୍ବାଚିତ ହେଉନଥିଲେ। ସେମାନେ ଜନ୍ମଗତ ଅଧିକାର ବଳରେ ରାଜା ହୋଇଥିଲେ। ହେଲେ ପ୍ରଜାଙ୍କ ହିତ ପାଇଁ ରାଜ୍ୟର କଲ୍ୟାଣ ସକାଶେ, ରାଜବଂଶର ଗାରିମା ଓ ପ୍ରତିଷ୍ଠାକୁ ଅକ୍ଷୁଣ୍ଣ ରଖିବାକୁ ଯାଇ ଏବଂ ନିଜର ନୈଷ୍ଠିକତାର ପ୍ରମାଣ ଦେବାଲାଗି ସେମାନେ ଏପରି ତ୍ୟାଗ କରୁଥିଲେ। ଆପଣା ବିବେକର ନିଷ୍ଠିକୁ ବଳିଦେଇ କିଛି ଗର୍ହିତକର କାର୍ଯ୍ୟ କରିବାକୁ ଚାହୁଁନଥିଲେ। ରାମଚନ୍ଦ୍ର ନିଜେ ନିମ୍ବ ଗଛ ଉହାଡ଼ରେ ଲୁଚି ରହି ଭାଇ ସୁଗ୍ରୀବ ସହିତ ଯୁଦ୍ଧରତ ବାଲିକୁ ଶରାଘାତ କରିଥିଲେ। ସାହାଜାହାନ ସିଂହାସନ ପାଇଁ ନିଜ ଜ୍ଞାତିଙ୍କ ରକ୍ତରେ ହସ୍ତ ରଞ୍ଜିତ କରିଥିଲେ। ଆଉରଙ୍ଗଜେବ ରାଜ୍ୟ ଲାଗି ଆପଣା ଭାଇମାନଙ୍କୁ ହତ୍ୟା କରିବାକୁ ପିଛାଇ ନଥିଲେ। ଅବଶ୍ୟ ଧର୍ମାନ୍ଧତାର ରକ୍ତ ଛିଟାରେ ସେ ଶାସନଗାଦିକୁ ସଲବଲ କରିଦେଇ ମୋଗଲ ସାମ୍ରାଜ୍ୟର ପତନ ଘଟାଇଥିଲେ। ଯୁଦ୍ଧ ସମୟରେ ସିଂହାସନ ପାଇଁ ରାଜ୍ୟ ଲାଭ ଆଶାରଖି ହୁଏତ ସେମାନେ ନୀତି ନୈତିକତାକୁ ବଳି ପକାଇ ଦେଇଥିଲେ। ହେଲେ ସେମାନେ ବ୍ୟକ୍ତିଗତ ଜୀବନରେ ଥିଲେ ସ୍ୱଚ୍ଛ, ନିର୍ମଳ, ନିଷ୍କଳଙ୍କ, ପାପମୁକ୍ତ, ରାଜ୍ୟ ପାଇଁ ଅନୁରକ୍ତ, ପ୍ରଜା ବସ୍ତଳ। ଉଚିତ୍ ନ୍ୟାୟ ପ୍ରଦାନକାରୀ, କର୍ତ୍ତବ୍ୟ ନିଷ୍ଠ, ବିଚାରରେ ନିରପେକ୍ଷ। ସେ ସମୟରେ ରାଜାଙ୍କ ଉପରକୁ ଆଇନ ନ ଥିଲା। ଆଇନ ରାଜାଙ୍କ ଅଧୀନରେ ରହୁଥିଲା। ଆଉ ରାଜାଙ୍କର ଦୋଷ ବିଚାର ପରିସର ଭୁକ୍ତ ନ ଥିଲା। ତଥାପି ସେମାନେ ଆଇନକୁ ମାନୁଥିଲେ ଓ ବିଚାର ପ୍ରତି ସେମାନଙ୍କର ଯଥେଷ୍ଟ ସମ୍ମାନ ଥିଲା।

କିନ୍ତୁ ବର୍ତ୍ତମାନ ଇଣ୍ଡିଆର ମନ୍ତ୍ରୀମାନେ ପ୍ରକାଶ୍ୟରେ ମଣିଷ ମାରି, ସ୍ୱଚ୍ଛ ଦିବାଲୋକରେ ସରକାରୀ ତହବିଲ ଲୁଟି, ଅନ୍ୟାୟ, ଅନୀତି, ଅପକର୍ମ କରି, ନିଲ୍ଲଜ୍ଜ ପରି ଛାତି ଫୁଲେଇ ବିଚ ବଜାରରେ ବୁଲି କହୁଛନ୍ତି– ଆଇନ ତା' ବାଟରେ ଯିବ। ନିୟମ ଠିକ୍ କାମ କରିବ। ନୀତିପ୍ରତି ସମ୍ମାନ ଦିଆଯିବ। ଉପଯୁକ୍ତ ନ୍ୟାୟ ନିଶ୍ଚୟ ମିଳିବ। ଅପେକ୍ଷାକର ଧୈର୍ଯ୍ୟଧର। ବର୍ତ୍ତମାନ ଇଣ୍ଡିଆର ଏ ପାଞ୍ଚ ବର୍ଷିଆ ରାଜାମାନଙ୍କର ଆଇନକୁ ମାନିବାର ମାନସିକତା ଅଛି ନା' ବିଚାର ପ୍ରତି ସାମାନ୍ୟତମ

ସମ୍ମାନ ବୋଧ ରହିଛି । ଆଇନ ଆଖିରେ ସମସ୍ତେ ସମାନ ଓ ଯେତେ କ୍ଷମତାଶାଳୀ କିୟା ପ୍ରତିଷ୍ଠିତ ଅଥବା ବଡ଼ (ଉଚ୍ଚ) ପଦବୀର ଅଧିକାରୀ ହେଲେ ସୁଦ୍ଧା ଆଇନ ଯେ ତା'ଠାରୁ ଉର୍ଦ୍ଧ୍ୱରେ ଏକଥା କେବଳ କଥାରେ କୁହାଯାଏ ଓ ପାଠ୍ୟକ୍ରମରେ (ପଢ଼ା ବହିରେ) ପଢ଼ାଯାଏ । ବାସ୍ତବ କ୍ଷେତ୍ରରେ ତା'ର ବିପରିତ ପ୍ରଚଳନ ଦେଖିବାକୁ ମିଲେ । ସେଇ ପାଞ୍ଚବର୍ଷିଆ ରାଜାଙ୍କ ଅପକର୍ମ ବିରୋଧରେ କାର୍ଯ୍ୟାନୁଷ୍ଠାନ ପାଇଁ ପୋଲିସ ବାହିନୀ ଭୟଙ୍କରେ ଓ ବିଚାର ବିଭାଗ ପକ୍ଷପାତ ନୀତି ଆପଣାଉଥିବା ଦେଖିବାକୁ ମିଲେ । ପ୍ରକାଶ ଥାଉକି– 'ସ୍ୱାୟଦି କ୍ରିୟତେ ରାଜା ସ କିଂ ନାଶ୍ଣାତ୍ତ୍ୟୁପାନହମ୍', ରାଜା ବା ନେତା ପ୍ରାଣ ବିକଳରେ ଅପକର୍ମ କରେ ନାହିଁ । ନିଜର ସ୍ୱାର୍ଥ ହାସଲ ଲାଗି ପାପ ଲାଲସା ଚରିତାର୍ଥ ପାଇଁ ହିଁ କରିଥାଏ ।

ରାଜନୀତିକୁ ଶ୍ରେଷ୍ଠନୀତି କୁହାଯାଏ । ଅର୍ଥାତ୍ ସବୁନୀତି ଠୁଁ ଏହା ଶ୍ରେଷ୍ଠ ମହାନ । ରାମଚନ୍ଦ୍ର ଅଯୋଧାର ରାଜା ହୋଇ ପ୍ରଜାମାନଙ୍କ ପ୍ରତି ଯେଉଁ ଶ୍ରଦ୍ଧା, ଉଦାରତା ଓ ସେବାଭାବ ପ୍ରଦର୍ଶନ କଲେ ତାହା ଯୁଗେଯୁଗକୁ ଅମର ହୋଇ ରହିଗଲା । ତେଣୁ ତାଙ୍କର ଯୁଗକୁ ରାମରାଜ୍ୟ କୁହାଯାଏ । ସେ ସମୟରେ ଚୋରି, ଡକାୟତି, ମିଥ୍ୟା, ଅସତ୍ୟ, ଅଧର୍ମ, ଅନ୍ୟାୟ ଆଦି ଲୋପ ପାଇଲା ଓ ରାମଚନ୍ଦ୍ରଙ୍କ ବିନମ୍ରତା, ସତ୍ୟ, ଧର୍ମପ୍ରତି ନିଷ୍ଠାରେ ସମସ୍ତ ପ୍ରଜାବୃନ୍ଦ ଅନୁପ୍ରାଣିତ ହୋଇ ରାଜାଙ୍କ ପ୍ରତି ଭକ୍ତି ଓ ନିଷ୍ଠାରେ ନିଜକୁ ଅନୁଶାସିତ କରିଦେଲେ । ଇତିହାସରେ ସମ୍ରାଟ ଅଶୋକଙ୍କ ରାଜ୍ୟୁତି ସମୟକୁ ମଧ ଶ୍ରେଷ୍ଠ ଗଣାଯାଏ । କାରଣ ଦେବାନାଂ ପ୍ରିୟ ପ୍ରିୟଦର୍ଶୀ ଅଶୋକ ତାଙ୍କ ଜୀବନରେ ବୁଦ୍ଧଙ୍କ ଆଧ୍ୟାମ୍ନିକତା, ଶାନ୍ତି, ଅହିଂସା ତ୍ୟାଗକୁ ଆପଣାର କରି ଜୀବେଦୟା, ଧ୍ୟାନ ଓ ତପସ୍ୱୀ ଭାବରେ ରାଜଧର୍ମକୁ ପାଳନ କରି ପ୍ରଜାନୁରଞ୍ଜକ ରାଜା ଭାବେ ଇତିହାସରେ ଆଖ୍ୟା ପାଇଲେ ।

ବଙ୍ଗର ଦେଓ୍ୱାନୀ କ୍ଷମତା ପାଇବା ପରେ ରବର୍ଟ କ୍ଲାଇବଙ୍କ ଦ୍ୱାରା ଯେପରି ବଙ୍ଗରେ ଦୈତ୍ୟ ଶାସନ ପ୍ରଚଳନ କରାଯାଇଥିଲା, ଅର୍ଥ ରହିଲା କମ୍ପାନୀ ହାତରେ କିନ୍ତୁ ଶାସନ ଦାୟିତ୍ୱ ତୁଲାଇଲେ ନବାବ । ପ୍ରଜାଙ୍କ ପାଖରୁ ଖଜଣା ଆଦାୟ କରି କମ୍ପାନୀ ମାଲାମାଲ ହେବାବେଲେ ନବାବ ଆର୍ଥିକ ଦୁରବସ୍ଥାରେ ପଡ଼ି ନିଜ କର୍ମଚାରୀମାନଙ୍କୁ ବେତନ ନିୟମିତ ଭାବେ ଦେଇ ନପାରି ପ୍ରଜାମାନଙ୍କୁ ସୁଶାସନ ଯୋଗାଇ ଦେଇ ପାରିଲେ ନାହିଁ । ଫଳରେ ଶାସନ କ୍ଷେତ୍ରରେ ଘୋର ବିଶୃଙ୍ଖଳା ସୃଷ୍ଟି ହେଲା । ସେହିପରି ସ୍ୱାଧୀନ ଭାରତରେ ବା ବର୍ଦ୍ଧମାନର ଇଣ୍ଡିଆରେ ଦୁଇପ୍ରକାର ଶାସନ ଚାଲିଛି । କ୍ଷମତାସୀନ, ସମାଜର ପ୍ରଭାବଶାଳୀ ପ୍ରତିଷ୍ଠିତମାନଙ୍କ ପାଇଁ ଏକ ପ୍ରକାର ଆଇନ । ଯେଉଁଥିରେ ସମସ୍ତ ପ୍ରକାର କୋହଲ ନୀତି ଅବଲମ୍ବନ କରାଯାଉଥିଲା ବେଲେ ସାଧାରଣ ଜନତାଙ୍କ ଲାଗି ଆଉ ଗୋଟେ ଅନ୍ୟ ରକମର ଆଇନ କାର୍ଯ୍ୟ କରୁଛି । ସାଧାରଣ ମାମୁଲି ଧରଣର ଅପରାଧ ପାଇଁ କଠୋର ଦଣ୍ଡବିଧାନ, ନିର୍ଯ୍ୟାତନା ଓ ଅତ୍ୟାଚାର ସେମାନଙ୍କ ଉପରେ ହେଉଛି, ଯେଉଁଠି ଅନେକ ଗର୍ହିତ କର କର୍ମ କରି ସୁଦ୍ଧା ରାଜନେତା ଓ ପ୍ରଭାବଶାଳୀମାନେ ନିରାପଦରେ ଖସିଯାଉଛନ୍ତି ।

ଏଇନେତ ବିଚାର ଓ ବ୍ୟବହାର ସମସ୍ତଙ୍କ ପାଇଁ ସମାନ ନୁହେଁ । ଗୋଟିଏ ପ୍ରକାର ନ୍ୟାୟ ସମସ୍ତଙ୍କୁ ମିଳୁନି । ରାଜନେତା ଓ କ୍ଷମତାଶାଳୀମାନେ ସବୁ ରକମର ସୁବିଧା ପାଉଥିବା ବେଲେ ସାଧାରଣ ଜନତା ଅସୁବିଧାରେ ରହିବାକୁ, ଅନ୍ୟାୟ, ଅତ୍ୟାଚାର, ଅବିଚାର ଭୋଗିବାକୁ ବାଧ୍ୟ ହେଉଛନ୍ତି । ପ୍ରତିପଉଶାଳୀମାନଙ୍କ କ୍ଷେତ୍ରରେ ସମୟେ ସମୟେ ଆଇନର ଦୁରୁପଯୋଗ ହେଉଛି ।

ଭାରତର କନ୍ୟାମାନଙ୍କୁ ଦୁର୍ଗାଷ୍ଟମୀ ଦିନ ଦୁର୍ଗାଙ୍କ ରୂପରେ ପୂଜା କରାଯାଉଥିଲା । ଏହାଦ୍ୱାରା ସମସ୍ତଙ୍କ ମନରେ ସେମାନଙ୍କ ପ୍ରତି ପବିତ୍ରତା ଓ ଶାଲୀନତାର ସଂସ୍କାର ସୃଷ୍ଟି ହେଉଥିଲା । ଆଜି ଇଣ୍ଡିଆରେ ସେମାନଙ୍କୁ ଖୋଲା ଖୋଲି ଅପହରଣ ଓ ବଲାତ୍କାର କରାଯାଉଛି । ବୟସ୍କା ମହିଲାଙ୍କୁ ମାଆ, ଯୁବତୀଙ୍କୁ ଭଗ୍ନୀ, କନ୍ୟାମାନଙ୍କୁ ଝିଅ ସମ୍ବୋଧନ କରୁଥିବା ଭାରତରେ ଏବେ ଇଣ୍ଡିଆରେ ସେମାନଙ୍କୁ ଅର୍ଦ୍ଧଲଗ୍ନ କରାଯାଇ ମିସ୍ଇଣ୍ଡିଆ ବା ମିସ୍ ୱାଲର୍ଡ ପ୍ରତିଯୋଗିତାରେ

ଉପସ୍ଥାପନ କରାଯାଉଛି । ନାରୀର ସୁଲଭ ଗୁଣ ପାଇଁ ତାଙ୍କୁ ମାତୃଶକ୍ତି କୁହାଯାଉଥିଲା । ଏବେ ବିଚ ବଜାରରେ ନିର୍ଲଜ ଓ ଅଶ୍ଲୀଳ ଯୌନ ଶୋଷଣ ପାଇଁ ତାଙ୍କ ଇଜ୍ଜତକୁ ବିକ୍ରି କରାଯାଉଛି । ଭାରତୀୟ ସଙ୍ଗୀତ ଶୁଣି ସେତେବେଳେ ଶ୍ରୋତା ଭାବବିହ୍ବଳ ହୋଇପଡୁଥିଲେ । ଏବେ ଇଣ୍ଡିଆରେ ପାଶ୍ଚାତ୍ୟ ବେସୁରା ହୋ ହାଲ୍ଲା ରିମିକ୍ସ ସଙ୍ଗୀତ ଶୁଣି ଯୁବସମାଜ, ଉଦ୍ଦଣ୍ଡ ତାଣ୍ଡବ ନୃତ୍ୟ କରୁଛନ୍ତି । ଯେଉଁମାନଙ୍କର ଶ୍ରେଷ୍ଠଚରିତ୍ର ପାଇଁ ସେମାନଙ୍କର ଫଟୋ ବା ପ୍ରତିମୂର୍ତ୍ତି ଘରମାନଙ୍କରେ ରଖାଯାଇଥିଲା ଓ ସେମାନଙ୍କୁ ଦେଖି ମସ୍ତକ ନତ ହୋଇଯାଉଥିଲା । ଇଣ୍ଡିଆରେ ଏବେ ଏପରି ଲୋକଙ୍କ ଛବି ଦେଖିବାକୁ ମିଳୁଛି ଯାହାକୁ ଦେଖି ଯୁବ ସମାଜ କୁପଥଗାମୀ ଓ ଉଚ୍ଛୃଙ୍ଖଳ ହେବାକୁ ପ୍ରେରଣା ପାଉଛନ୍ତି । ଭାରତରେ କନ୍ୟା ଜନ୍ମକୁ ପରମ ସୌଭାଗ୍ୟ ମନେ କରାଯାଉଥିଲା ଓ କନ୍ୟାଟିଏ ପାଇଁ ବାପ, ମାଆ ମାନେ ଦେବାରାଧନା ଏବଂ ଠାକୁରଙ୍କ ପାଖରେ ମାନସିକ କରୁଥିଲେ । ଇଣ୍ଡିଆରେ ଏବେ ଗର୍ଭସ୍ଥ ସନ୍ତାନର ଲିଙ୍ଗ ନିରୂପଣ କରି ଝିଅ ଭ୍ରୂଣ ହୋଇଥିଲେ ତାକୁ ନଷ୍ଟ କରି ଦିଆଯାଉଛି । ବାପାଙ୍କୁ ପିତାଜୀ କିୟା ମାଙ୍କୁ ମାତାଜୀ ଡାକୁଥିବା ଭାରତର ପିଲାମାନେ ଇଣ୍ଡିଆରେ ଡାଡ୍ ଓ ମମ୍ ସମ୍ବୋଧନ କରୁଛନ୍ତି । ସମ୍ବୋଧନରେ ଆଗପରି ଆଉ ସେ ଆମ୍ରିୟତା, ମଧୁରତା, ବାସ୍ତଲ୍ୟତା ନାହିଁ । ଯେଉଁ ବିକୃତିକୁ ଭାରତରେ ପାପ ଭାବରେ ବିବେଚନା କରାଯାଉଥିଲା ଏବେ ଇଣ୍ଡିଆରେ ଲିଭ୍ ଇନ୍ ରିଲେସନ ସିପ୍‌ରେ ପରିବର୍ତ୍ତିତ ହୋଇ ଯୁବଗୋଷ୍ଠୀ ଏହ୍ଦ୍ର କବଳରେ ପଡୁଛନ୍ତି । ପରିବାର ତଥା ସମାଜ ଦ୍ୱାରା ଗଠିତ ପବିତ୍ରତା ଏବେ ଭୂଲୁଣ୍ଠିତ ।

'ଲିଭ୍ ଇନ୍ ରିଲେସନ୍‌ସିପ୍' ଏ ନିୟମଟି କେତେ ଆଇନ ବିଶାରଦଙ୍କ ସମର୍ଥନ ଲାଭ କରିଥିବ (ପାଇଥିବ) । ସେମାନେ ସବୁ ସମ୍ଭବତଃ ବଳଦଙ୍କ ପରି ବ୍ରହ୍ମଚାରୀ କିୟା କୈଶୋର କାଳେ ପ୍ରେମ ଓ ଯୌବନର ଉତ୍ପାତ ସହିତ ପରିଚିତ ନୁହନ୍ତି । ବାସ୍ତବରେ ପ୍ରକୃତି ଦୁଇଟି ରୂପରେ ବିରାଜେ । ସର୍ଜନା ଓ ବିଲୟ । ମଣିଷ ବି ଦୁଇଟି ରୂପରେ ବଦଳେ । ପ୍ରେମ ଓ ପ୍ରଳୟ । ପ୍ରକୃତି ଓ ମଣିଷ ନିଜକାମ ସ୍ୱଚ୍ଛନ୍ଦରେ କରୁଥାଆନ୍ତି । ପରିଣତିରେ ବଦଳି ଯାଉଥାଏ ପୃଥିବୀ ଏବଂ ବଦଳି ଯାଉଥାଏ ସମାଜ ।

ସମୃଦ୍ଧଶୀଳ ଆମେରିକାରେ ମଧ ଏକ ଭିନ୍ନ ସମସ୍ୟା ଅତି ମାତ୍ରାରେ ସରକାରଙ୍କ ମୁଣ୍ଡ ବ୍ୟଥାର କାରଣ ହୋଇଛି । ସମସ୍ୟାଟି ହେଲା– 'କୁମାରୀ ମାତୃତ୍ୱ ।' ଆଜି ଆମେରିକାର ମୋଟ ଶିଶୁ ସଂଖ୍ୟା ମଧ୍ୟରୁ ଅର୍ଦ୍ଧେକ ଶିଶୁ କୁମାରୀ ମାତୃତ୍ୱର କାରଣରୁ ଜନ୍ମ ନେଉଥିବା ଜଣାପଡ଼ିଛି । ଏହି ବିଷୟରେ ଅବତାରଣା କରିବାର ଉଦ୍ଦେଶ୍ୟ ହେଲା ମାନ୍ୟବର ସୁପ୍ରିମକୋର୍ଟ କହିଛନ୍ତି ଯେ ବିବାହ ପୂର୍ବରୁ ଜଣେ ପୁରୁଷ ଓ ନାରୀ ଏକତ୍ର ବସବାସ କଲେ ତାହା ଆଇନ ଦୃଷ୍ଟିରେ ଦୋଷଯୁକ୍ତ ନୁହେଁ ।

ଗୋ ଦୁଗ୍ଧ ଶିଶୁକୁ କିଶୋରକୁ ବୁଦ୍ଧିମାନ କରି ଗଢ଼େ । ତେଣୁ ୟୁରୋପ, ଆମେରିକା ଓ ଅଷ୍ଟ୍ରେଲିଆ ଆଦି ବିକଶିତ ଦେଶରେ କେବଳ ଗୋଦୁଗ୍ଧ ସେବନ କରାଯାଏ । ଇଣ୍ଡିଆରେ ଆଉ ଗାଈ ନାହାନ୍ତି । ଏଠି ଥଣ୍ଡା ବାସି ପାନୀୟ କିୟା ଗୁଣ୍ଡ କ୍ଷୀର ମିଳୁଛି । ସେଥିପାଇଁ ଅନ୍ୟ ଦେଶଗୁଡ଼ିକ ତୁଳନାରେ ଆମେ ପଛରେ ପଡ଼ିଯାଇଛୁ । ଭାରତର ଗାଈ ଇଣ୍ଡିଆରେ ନାହାନ୍ତି । ଭାରତର ଗାଁ ନାମଟି ଗାଈକୁ ଆସିଛି । ଏବେ ଇଣ୍ଡିଆରେ ଗାଁରେ ଗାଈ ନାହାଁନ୍ତି । ଗୋଚର ଭୂଇଁରେ କଳକାରଖାନା ବସିଛି । କୃଷିର ଆଧାର ହେଲା ଗୋବଂଶ । ଭାରତରେ କେବେ ଗାଈପୋଷା ହେଲା କହିବା ସମ୍ଭବପର ନୁହେଁ । ତେବେ ମୋଟା ମୋଟି ଭାବରେ କୁହାଯାଇ ପାରେ ବୈଦିକ ଯୁଗର ପୂର୍ବରୁ ବି ଗାଈ ପୋଷା ହେଉଥିଲେ । ଆମ ଦେଶରେ ଆଜିକୁ ପ୍ରାୟ ପାଞ୍ଚ ହଜାର ବର୍ଷ ତଳେ ମହେଞ୍ଜୋଦାର ଓ ହରପ୍ପାର ଅଧିବାସୀମାନେ ଗୋମାତାକୁ ପୂଜା କରିବା ସହିତ ଚାଷକାର୍ଯ୍ୟ ଆରମ୍ଭ କରିଥିଲେ । ଆମ ହିନ୍ଦୁ ଧର୍ମରେ ଗୋମାତାକୁ ନିଃସ୍ୱାର୍ଥପର ଦାନ, କ୍ଷମା ପ୍ରଦାନ, ବଳ ଓ ଧନ ସମ୍ପଦର ପ୍ରତୀକ ଭାବେ ପରିଗଣିତ କରାଯାଏ । ନିଜ ମା'ପରି ଗୋମାତାକୁ ମାତୃରୂପରେ ଗ୍ରହଣ କରାଯାଏ । ବିଭିନ୍ନ ପୁରାଣ, ବେଦରେ ଗୋମାତାର ଶ୍ରେଷ୍ଠତ୍ୱ ପ୍ରତିପାଦନ କରାଯାଇଛି । ସ୍ୱୟଂ ଶ୍ରୀକୃଷ୍ଣ ଓ ଅଗ୍ରଜ ବଳରାମ ବୃନ୍ଦାବନରେ ଗୋରୁ ଚରାଇବା ସହିତ ଗୋକୁଳର ଶ୍ରେଷ୍ଠ ରକ୍ଷକ ଭାବେ ଗୋବିନ୍ଦ ନାମରେ ନାମିତ ହୋଇଥିଲେ ।

ଆଗେ ଗାଁ ଦାଣ୍ଡରେ ଗାଈଗୋଠର ଦୃଶ୍ୟ ଏକ ଭିନ୍ନ ଜୀବନ ଓ ସଂସ୍କୃତିର ପ୍ରତିଛବି, ପ୍ରତିଧ୍ୱନି ଥିଲା । ଇଂରାଜୀ କବି ଥମାସ ଗ୍ରେ ତାଙ୍କ ଏଲିଜି ରେ ଲେଖିଛନ୍ତି– 'The Curfew tolls the Knell of parting day. the lowing herd wind slowly over the lea. The ploughman homeward plods his weary way, and leaves the world to darkness and tome. ଅନୁବାଦରେ ଜଗନ୍ନାଥ ତ୍ରିପାଠୀ ଲେଖିଲେ – ଆଲତି ଘଣ୍ଟା ବାଜେ ଦେବ ମନ୍ଦିରେ । ପ୍ରାନ୍ତରୁ ଫେରୁଛନ୍ତି ଗୋଧନ ଧୀରେ । କ୍ଲାନ୍ତ କୃଷକ ଫେରେ ନିଜ ସଦନେ । ଗଭୀର ଭାବ ଜାଗେ ମୋହର ମନେ ଇତ୍ୟାଦି ।

ଆଗରୁ ଗାଈ ପଠାରୁ ଯଦି ଘରକୁ ଫେରୁନଥିଲା ଗଉଡ଼ ତ ଦାୟୀ ରହୁଥିଲା । ଗାଈ ଗୁହାଳକୁ ଫେରିବା ଯାଏ ପରିବାରରେ ଜଣେ ଉପବାସ ରହୁଥିଲା । ସେ ଅନୁଭୂତିର କଥା ।

କ୍ଷୀର ହେଉଛି ଏକ ଅମୃତ ରସ ଏବଂ ଏଥିରେ ଆମ ଶରୀର ପାଇଁ ଆବଶ୍ୟକ ହେଉଥିବା ଛଅଟି ଉପାଦାନ ସମାନୁପାତିତ ଭାବେ ଭରପୂର ହୋଇ ରହିଥିବାରୁ ଏହା ମନୁଷ୍ୟ ପାଇଁ ଏକ ଆଦର୍ଶ ସମ୍ପୂର୍ଣ୍ଣ ଖାଦ୍ୟ ଭାବେ ଗ୍ରହଣ କରାଯାଇଛି । ସେହିପରି ଗୋବର ଓ ଗୋମୂତ୍ର ହେଉଛି ଚାଷଜମି ପାଇଁ ଶ୍ରେଷ୍ଠ ପ୍ରାକୃତିକ ଖାଦ୍ୟ ଏବଂ ସର୍ବୋକୃଷ୍ଟ ଜୈବିକ ଖତ ଯାହାକି ଶସ୍ୟ ଉତ୍ପାଦନ ବୃଦ୍ଧି ପାଇଁ ଏକାନ୍ତ ଅପରିହାର୍ଯ୍ୟ । ତେଣୁ ଗୋମାତାଠାରୁ କେବଳ କ୍ଷୀର ଉପରେ ନିର୍ଭର ନ କରି ତା'ର ଗୋବର ଓ ଗୋମୂତ୍ରକୁ ଔଷଧ, କୀଟନାଶକ, ଜାଳେଣି, ଆଲୋକ ଓ ଜୈବିକ ଖତରୂପେ ବ୍ୟବହାର କରିପାରିବା । ଗୋମାତା ହେଉଛି – ଭୟ ହାରିଣୀ, କଷ୍ଟ ନିବାରିଣୀ, ଲକ୍ଷ୍ମୀ ପ୍ରଦାୟିନୀ, ସ୍ନେହ ସଲିଲା, କରୁଣାମୟୀ, ଅମୃତମୟୀ, ସର୍ବସୁଖ ପ୍ରଦାୟିନୀ । ତେଣୁ ଗୋମାତାର ସେବା କଲେ ସମସ୍ତ ଦୁଃଖ ଦୂରହୁଏ । ପରମାତ୍ମାଙ୍କର ଶ୍ରେଷ୍ଠ ପ୍ରକାଶ ରୂପେ ଗୋମାତା ସାରାବିଶ୍ୱ ନିମନ୍ତେ ପ୍ରତ୍ୟକ୍ଷ କଲ୍ୟାଣକାରୀ ରୂପେ ପ୍ରକଟ ହୋଇଛନ୍ତି । ଭାରତୀୟ ସଂସ୍କୃତି ସଭ୍ୟତା ତଥା ସମଗ୍ର ବିଶ୍ୱର ବିକାଶ ଓ ପୋଷଣର ଆଧାର ହେଉଛି ଗୋମାତା । ଭାରତୀୟ ସଂସ୍କୃତିର ଚାରୋଟି ଆଧାର ହେଉଛି – ଗୋ, ଗଙ୍ଗା, ଗୀତା ଓ ଗାୟତ୍ରୀ । ତନ୍ମଧ୍ୟରୁ ଗୋମାତାର ଅବଦାନ କୃଷି, ଅର୍ଥନୀତି ଓ ସ୍ୱାସ୍ଥ୍ୟବିକାଶରେ ମହତ୍ତ୍ୱପୂର୍ଣ୍ଣ । ଗୋମାତା ସର୍ବଦେବମୟୀ ଅର୍ଥାତ ପରମାତ୍ମାଙ୍କର ସମସ୍ତ ଦୈବୀଶକ୍ତି (୩୩ କୋଟି ଦେବଦେବୀ) ଗୋମାତାଙ୍କର ପ୍ରତ୍ୟେକ ଅଙ୍ଗ ପ୍ରତ୍ୟଙ୍ଗରେ ବାସ କରନ୍ତି । ପରମାତ୍ମାଙ୍କର କୃପା କେବଳ ଗୋମାତଙ୍କ ପୂଜନ ଓ ସେବାଦ୍ୱାରା ମିଳିଥାଏ । ସମସ୍ତ ଦୈବୀ କର୍ମ ଯଥା- ଯଜ୍ଞ, ପୂଜନ, ସଂସ୍କାର, ଇତ୍ୟାଦି ଗୋ ଉପାଦାନ ବିନା ସମ୍ଭବ ହୋଇ ନଥାଏ ।

ତେଣୁ ଗୋମାତା ଏ ସଂସାରର ଦିବ୍ୟ ପ୍ରାଣୀ । ଗୋସେବା ଦ୍ୱାରା ଅନ୍ତଃକରଣରେ ଦିବ୍ୟ ସାତ୍ତ୍ୱିକତା ଉଦୟ ହୁଏ । ଗାଈପଶୁ ନୁହେଁ, ସେ ବିଶ୍ୱର ମାତା ଅଟନ୍ତି । ଗୋସେବା ଈଶ୍ୱର ସେବା ଅଟେ । ମନୁଷ୍ୟ ଗୋସେବା ଦ୍ୱାରା ପୁତ୍ର, ଲକ୍ଷ୍ମୀ, ବିଦ୍ୟା, ଯଶ, ଜ୍ଞାନ, ବଳ ଏବଂ ଦୀର୍ଘାୟୁ ପ୍ରାପ୍ତ ହୋଇଥାଏ । ଗୋଦର୍ଶନ ଓ ସ୍ପର୍ଶ ଦ୍ୱାରା ସମସ୍ତ ତୀର୍ଥର ପୁଣ୍ୟ ପ୍ରାପ୍ତ ହୋଇଥାଏ । ସୃଷ୍ଟିରେ ଯେତେ ପ୍ରାଣୀ ଅଛନ୍ତି ସମସ୍ତଙ୍କ ମଳତ୍ୟାଜ୍ୟ ଓ ଦୁର୍ଗନ୍ଧଯୁକ୍ତ ହୋଇଥିଲା ବେଳେ ଗୋମାତାର ମଳ ପୂଜନୀୟ ଓ ଦୁର୍ଗନ୍ଧନାଶକ ଅଟେ । ଗୋ ସମ୍ପଦ ବିନା ସମାଜର ମଙ୍ଗଳ ସାଧିତ ହୋଇପାରିବ ନାହିଁ । ମାନବର ଅସ୍ତିତ୍ୱ, ରକ୍ଷଣ,ପୋଷଣ ଓ ବିକାଶ ଉଦ୍ଦେଶ୍ୟରେ ଆମ ଦେଶର ମହାମୁନି ଋଷିମାନେ ଗୋବଂଶକୁ ଗୁରୁତ୍ୱ ଦେଇ ଆସିଛନ୍ତି । ମାନବ ସମାଜର ଚାରୋଟି ପୁରୁଷାର୍ଥ- ଧର୍ମ, ଅର୍ଥ, କାମ, ମୋକ୍ଷ ପ୍ରାପ୍ତିର ମୂଳ ସାଧନ ହେଉଛି ସର୍ବଦେବମୟୀ ଗୋମାତା । ସ୍ୱର୍ଗରେ ସୁରଭି,ମର୍ତ୍ୟରେ ନନ୍ଦିନୀ ଓ କାମଧେନୁ ରୂପେ ପୂଜିତା । ଏ ବିଶ୍ୱବ୍ରହ୍ମାଣ୍ଡରେ ଗୋମାତା ଭଳି ଏତେ ଉପକାରୀ ପ୍ରାଣୀ ଆଉ କେହି ନାହାନ୍ତି । ଜନ୍ମଠାରୁ ମୃତ୍ୟୁ ପର୍ଯ୍ୟନ୍ତ କି ଆବାଳ ବୃଦ୍ଧବନିତା ସମସ୍ତଙ୍କ ସେବାରେ ସେ ନିଜକୁ ସମର୍ପି ଦେଇଛି । ସମସ୍ୟା ଅନେକ ହେଲେ ମଧ୍ୟ ସମାଧାନର ବାଟ ହେଉଛି ଏକ – ଗୋମାତା ସେବା । ଗୋପାଳନ ଦ୍ୱାରା ଦେଶ ରକ୍ଷା, ପ୍ରାକୃତିକ

ପର୍ଯ୍ୟାବରଣ ରକ୍ଷା, ଗୋବରରୁ ଉତ୍ତମ ଜୈବିକ ସାର, ଗୋ ମୂତ୍ରରୁ ଫସଲ ରକ୍ଷକ ଔଷଧ, କ୍ଷୀର ଓ ଦହିର ଅମୃତମୟ ଗୁଣ, ମାନବୀୟ ଗୁଣର ବୃଦ୍ଧି, ଗୋମୂତ୍ରରୁ ମନୁଷ୍ୟ ଉପଯୋଗୀ ଦୀବ୍ୟ ଔଷଧ, ଗ୍ରାମର ଉନ୍ନତି, ସ୍ୱାବଲମ୍ବନ ଓ ରୋଜଗାରର ବ୍ୟବସ୍ଥା ଆଦି ସମ୍ଭବ ହୋଇଥାଏ । ଗୋ ମାତା ଉପରେ କେବଳ ଦୁଗ୍ଧ ଉତ୍ପାଦନ ପାଇଁ ନିର୍ଭର ନ କରି ତାହାର ବର୍ଜ୍ୟବସ୍ତୁ ଯଥା– ଗୋବର, ଗୋମୂତ୍ର ଆଦିକୁ ଜୈବିକ ଖତ, ଆଲୋକ (ଗୋବର ଗ୍ୟାସ) ଜାଳେଣି, ଔଷଧ ଇତ୍ୟାଦି ରୂପେ ବ୍ୟବହାର କରି ଗୋମାତାକୁ ଜନ୍ମଠାରୁ ମୃତ୍ୟୁ ପର୍ଯ୍ୟନ୍ତ ପାଳନ କରିବା ଉଚିତ । ଆମ ଦେଶୀ ଗାଈ କ୍ଷୀରରେ ବିଟାକେଜିନ ନାମକ ପ୍ରୋଟିନ ଥିବାରୁ ଏହା ଆମ ସ୍ୱାସ୍ଥ୍ୟ ପାଇଁ ବେଶ ଉପଯୋଗୀ । କିନ୍ତୁ ବିଭିନ୍ନ ବିଦେଶୀ ରାଷ୍ଟ ତଥା ଆମେରିକା, ସ୍କଟଲାଣ୍ଡ, ବ୍ରାଜିଲ ଆଦିରେ ଗାଈଙ୍କଠାରେ ଏ–୧ ଗୁଣସୂତ୍ର ନିହିତ ଥିବା ଯୋଗୁ ତାହା ମନୁଷ୍ୟ ସ୍ୱାସ୍ଥ୍ୟ ପାଇଁ ଅତ୍ୟନ୍ତ କ୍ଷତିକାରକ । ସେଥିପାଇଁ ବିଦେଶରେ ଭାରତୀୟ ଗୋବଂଶକୁ ଗୁରୁତ୍ୱାରୋପ କରାଯାଉଛି । ତେଣୁ ଆମ ରାଜ୍ୟ ତଥା ଦେଶରେ ଦେଖାଯାଉଥିବା ଗୋବଂଶର ସୁରକ୍ଷା ଓ ସଂରକ୍ଷଣ ଏକାନ୍ତ ଆବଶ୍ୟକ । ପ୍ରତ୍ୟେକ ପରିବାରରେ ନିହାତି ଗୋଟିଏ ଗୋମାତାର ପାନଳ ପୋଷଣ ନିହାତି ଜରୁରୀ ଅଟେ । ଆମର ତଥା ଆମ ପିଲାମାନଙ୍କ ଜନ୍ମଦିନରେ ଗୋ– ପୂଜା ହେଉ ଦେଶୀ ଗାଈର ପୂଜା । ଚମକୁଥିବା ଶିଶୁକୁ ଗାଈ ପୁଛରେ ଝାଡ଼ି ଦେଲେ ସେ ସୁସ୍ଥ ହୋଇଥାଏ, ନଜର ହଟିଯାଏ । ଗାଈର ଚୂଳରେ ସ୍ୱର୍ଷକେତୁ ନାଡ଼ିଥିବା ଯୋଗୁ ତା କ୍ଷୀର, ମୂତ୍ର ଆଉ ଗୋବର ବି ସୁବର୍ଷ ସଦୃଶ । "ଗାବଃ ସର୍ବ ସୁଖପ୍ରଦା । ଗାବଃ ବିଶ୍ୱସ୍ୟ ମାତରଃ" ବୋଲି ବେଦରେ ଲେଖା ଅଛି । ଗୋ ମାହାମ୍ୟ ଅବର୍ଷନୀୟ । ସାକ୍ଷାତ ସୁରଭି ସେ । ତେଣୁ ଜନ୍ମଦିନ ପାଳନ ସମୟରେ ତାକୁ ପୂଜା କରାଯାଏ । ଜନ୍ମଦିନ, ବିବାହ, ବ୍ରତ ପିତୃଶ୍ରାଦ୍ଧ ଦିବସ ଅକ୍ଷୟ ତୃତୀୟା, ଗଜ୍ୱାପୂର୍ଷିମା, ଗୋସମ୍ବର୍ଦ୍ଧନା ଆଦି ଦିବସରେ ପରିବାରର କଲ୍ୟାଣ ନିମନ୍ତେ ଗୋଗ୍ରାସ କରିବା ବିଧେୟ । ଯାହା ଫଳରେ ଆମ ପରିବାର, ସମାଜ ଗ୍ରାମ, ରାଜ୍ୟ, ଦେଶ ଓ ବିଶ୍ୱର କଲ୍ୟାଣ ସାଧିତ ହୋଇ ପାରିବ ଏଥିରେ ସନ୍ଦେହ ନାହିଁ ।

ଇତିହାସରୁ ଜଣାଯାଏ ଖ୍ରୀଷ୍ଟପୂର୍ବ ତିନିଶତକରେ ଗ୍ରୀକ୍‌ବୀର ଆଲେକଜାଣ୍ଡାରଙ୍କ ଭାରତ ଆକ୍ରମଣବେଳେ ଭାରତୀୟ ଗୋଜାତିର ବିଶେଷ ଉନ୍ନତି ହୋଇଥିଲା । ଆଲେକଜାଣ୍ଡାର ନିଜର ଜନ୍ମଭୂମି ମାସିଡୋନିଆରେ ଗୋଜାତିର ଉନ୍ନତି କରିବା ପାଇଁ ସେଠାକୁ ଭାରତରୁ ୨ଲକ୍ଷ ଗାଈ, ବଳଦ ଷଣ୍ଢ ନେଇଥିଲେ । ଏବେ ତ ଗୋ ଜାତିର ବିନଶ ଚାଲିଛି । ଗ୍ରାମାଞ୍ଚଳରେ ଲୋକମାନେ ବିଶେଷତଃ ଚାଷୀକୁଳ ଏବେ ଗୋରୁ ପୋଷିବାକୁ ଆଗ୍ରହ ପ୍ରକାଶ କରୁନାହାନ୍ତି । କଳ ଲଙ୍ଗଲ ସାହାଯ୍ୟରେ କୃଷିକାର୍ଯ୍ୟ ଚାଲୁ ଥିବାରୁ ହଳ ଲାଗି ବଳଦର ଆବଶ୍ୟକ ହେଉନି । ଓମ୍‌ଫେଡ୍‌ କ୍ଷୀର ସୁଲଭ ଥିବାରୁ ଗାଈପାଲି ଗାଈର ହୋପାଜତ ନେବାକୁ କୃଷକ ଏବେ ବିମୁଖ ।

'ରବି ଚନ୍ଦ୍ରୋ ଘନାବୃକ୍ଷ ନଦୀ ଗାବଷ୍ଟ ସଜ୍ଜନାଃ । ଏତେ ପରୋପକାରାୟ ଯୁଗେ ଦେବେନ ନିମିତାଃ । ସୂର୍ଯ୍ୟ, ଚନ୍ଦ୍ର, ମେଘ, ବୃକ୍ଷ, ନଦୀ, ଗୋଜାତି ଓ ସାଧୁଲୋକ ଏମାନଙ୍କୁ ଦେବତାମାନେ ପରୋପକାର ପାଇଁ ଯୁଗେ ଯୁଗେ ସୃଷ୍ଟି କରିଅଛନ୍ତି । କିନ୍ତୁ ଦୁଃଖର କଥା ସେକଥାକୁ ଏପରି ହିତୋପଦେଶକୁ ବର୍ତ୍ତମାନର ଆଧୁନିକ ଯୁଗର ମଣିଷମାନେ ମାନିବାକୁ ପ୍ରସ୍ତୁତ ନୁହନ୍ତି । ହିନ୍ଦୁଧର୍ମରେ ଗାଈକୁ ଗୋମାତା ରୂପେ ସମ୍ବୋଧନ କରାଯାଇଛି । ଗାଈକୁ ପୁରାଣରେ କାମଧେନୁ ରୂପେ ମଧ ଚିତ୍ରିତ କରାଯିବାର ଅନେକ ଦୃଷ୍ଟାନ୍ତ ଦିଆଯାଇପାରେ । କାମଧେନୁ ଅର୍ଥାତ୍‌ କାମନାକୁ ପ୍ରତିଫଲିତ ବା ରୂପାୟିତ କରି ପାରୁଥିବା ଗାଈ, ମଣିଷର ସର୍ବାଙ୍ଗୀନ ବିକାଶ ପାଇଁ ଗାଈ ଏକ ମାଧମ ବନିପାରେ । ଗାଈ ମା' ତୁଲ୍ୟ ମଣିଷ ସମାଜର କଲ୍ୟାଣ ଓ ଲାଳନ ପାଳନ କରିଆସିଛି । ଗୋମୟ ନହେଲେ କୌଣସି ପୂଜା ପଦ୍ଧତି ସମ୍ପୂର୍ଷ ହୁଏନାହିଁ ଅର୍ଥାତ୍‌ ସଦା ପବିତ୍ର ଗଙ୍ଗା ଜଳ ପରି ଗୋମୟ ଏକ ଅପରିହାର୍ଯ୍ୟ ପବିତ୍ର ପଦାର୍ଥ । ଗୋମୟରେ ଘର ଅଗଣା ଲିପାଗଲେ ସର୍ବତ୍ର ପବିତ୍ର ହେବାର ବିଶ୍ୱାସ ରହିଛି । ଆୟୁର୍ବେଦରେ ଗୋମୂତ୍ର ସେବନ ଅନେକ ରୋଗର ବିନାଶକାରୀ ମହୌଷଧ ରୂପେ ବିବେଚିତ ।

ଗୋଜୁତ ଶକ୍ତିରୂପୀ ଅମୃତ ଯାହା ପଞ୍ଚାମୃତର ଅନ୍ୟତମ ଅଂଶ । ଗାଈ କ୍ଷୀରରୁ ପ୍ରସ୍ତୁତ ଛେନା, ଲହୁଣି, ଘିଅ ଇତ୍ୟାଦିର ସ୍ୱତନ୍ତ୍ର ବ୍ୟବହାର ଓ ଉପକାର ସର୍ବଜନବିଦିତ । ଗାଈର ଅଣ୍ଡିରା ବାଛୁରୀ ପରବର୍ତ୍ତୀ ପର୍ଯ୍ୟାୟରେ ବଳଦ ଭାବରେ ଚାଷାଦି କାର୍ଯ୍ୟରେ ବିନିଯୋଗ ହୋଇଥାଆନ୍ତି । ଗାଈ ଗୋବର ଚାଷ ଜମିରେ ଉର୍ବରତାକୁ ବଢ଼ାଇଥାଏ । ଗୋବରର ଅନ୍ୟ ଏକ ଆଧୁନିକ ଉପଯୋଗିତା ହେଲା ଗୋବର ଗ୍ୟାସ । ଗାଈକ୍ଷୀର ମା' କ୍ଷୀର ପରିବର୍ତ୍ତେ ବ୍ୟବହାର ହେବାର ବିଧ୍ୱ ଶାସ୍ତ୍ରସମ୍ମତ । ଏପରି ଅନେକଗୁଡ଼ିଏ କାରଣରୁ ଗାଈ ଆମ ପାଇଁ ମାତା ତୁଲ୍ୟ ହେବା ସ୍ୱାଭାବିକ । ସେଥ୍ପାଇଁ ଆମ ପୂର୍ବଜମାନେ ଗାଈକୁ ଗୋମାତା ଓ ଏମାନଙ୍କର ସମୂହକୁ ଗୋଧନ ରୂପେ ବର୍ଣ୍ଣନା କରିଛନ୍ତି । ଅତୀତରେ ଗାଈ ଗୁହାଳ ରଖ୍ବାର ବିଧ୍ୱ ଦେଖ୍ଲେ ମନେ ହୁଏ ଗୋ ସଂପଦର ମୁଖ ଦର୍ଶନ ଅତ୍ୟନ୍ତ ଶୁଭ ହୋଇଥ୍ବାରୁ ଗୁହାଳଗୁଡ଼ିକର ନିର୍ମାଣ ପ୍ରାୟତଃ ଗୃହର ପ୍ରବେଶ ପଥର ସନ୍ନିକଟ । ଏଥ୍ରୁ ଦୁଇ ପ୍ରକାର ଲାଭ ହେବାର ବିଶ୍ୱାସ ରହିଛି । ପ୍ରଥମତଃ ଗୋଧନର ପ୍ରଦର୍ଶନୀ ଓ ଅଶୁଭ ଆଖ୍ରୁ ଘରେ ଅନିଷ୍ଟ କାରକ– ଶକ୍ତିର ପ୍ରବେଶ ଅସମ୍ଭବର ବିଶ୍ୱାସ । ଦ୍ୱିତୀୟରେ ଘରେ ଅଚିହ୍ନା ଲୋକର ଉପସ୍ଥିତିରେ ଗାଈର ଡାକିବା ଅସ୍ଥିର ବ୍ୟବହାର ଆଗନ୍ତୁକ ବୋଲି ପ୍ରକଟ କରିଥାଏ ।

ଗୋମାତା ହେଉଛି ପବିତ୍ର, ପୂଜ୍ୟନୀୟା ଏବଂ ସମଗ୍ର ସଂସାରରେ ସର୍ବଶ୍ରେଷ୍ଠ । ମନୁଷ୍ୟ ସମାଜକୁ ଗୋମାତାର ଦାନ ଅତୁଳନୀୟ । ମନୁଷ୍ୟ ଜୀବନ ଓ ଜୀବିକା ସହିତ ଗୋମାତା ଓତପ୍ରୋତ ଭାବେ ଜଡ଼ିତ । ସମଗ୍ର ରାଜ୍ୟବାସୀ ଗୋ ସଂପଦକୁ ଗୋମାତା ରୂପେ ପୂଜା କରିଥାଆନ୍ତି । ଗୋମାତା ହେଉଛି ଆମ ସ୍ୱାସ୍ଥ୍ୟର ଆଧାର, ମୋକ୍ଷର ଆଧାର ଓ ଆର୍ଥିକ ସମୃଦ୍ଧିର ପ୍ରତୀକ । ଗୋମାତା ହେଉଛି ଐଶ୍ୱରୀକ ଚେତନାର ଶ୍ରେଷ୍ଠ ନିଦର୍ଶନ । ଏହା ପ୍ରକୃତିର ପାଞ୍ଚଟି ମୌଲିକ ଉପାଦାନକୁ ରୂପାନ୍ତରିତ କରିଥାଏ । ତାହାହେଲା ୧. ପରିବର୍ତ୍ତନ କାଳର ପ୍ରତୀକ– କୃଷିଜାତ ପଦାର୍ଥ ଯଥା ତନ୍ତୁ ଜାତୀୟ ଶସ୍ୟ ବା ଘାସକୁ କ୍ଷୀରରେ ରୂପାନ୍ତରିତ ବା ପରିବର୍ତ୍ତନ କରିବାର କଳା କୌଶଳ ଗୋମାତାଠାରେ ନିହିତ । ୨. ଧୈର୍ଯ୍ୟ କଳାର ପ୍ରତୀକ– ଗୋମାତାଠାରୁ ତା'ର କଅଁଲା ବାଛୁରୀକୁ ଛଡ଼ାଇ ନେବା ପରେ ମଧ୍ୟ ଗୋମାତା ଆମକୁ ଅନବରତ କ୍ଷୀର ଦେଇ ପ୍ରତିପୋଷଣ କରେ । ୩. ସହିଷ୍ଣୁତା, ବିଶ୍ୱସ୍ତତା, ଆନ୍ତରିକତା, ଅକପଟତା, ଆଜ୍ଞାନୁବର୍ତ୍ତିତାର ପ୍ରତୀକ– ବଳଦ ତା'ର କାନ୍ଧରେ ସକଳ କୃଷିକାର୍ଯ୍ୟ କରିବା ସହିତ ପରିବହନ କାର୍ଯ୍ୟରେ ସାହାଯ୍ୟ କରେ । ୪. ଆବେଗର ପ୍ରତୀକ– ଗୋମାତା ତା'ର ବାଛୁରୀ ଓ ମାଲିକକୁ ଅସାଧାରଣ ଭାବେ ଭଲ ପାଏ । ୫. ବିଷରୁ ଅମୃତକୁ ରୂପାୟନ କରିବାର ପ୍ରତୀକ– ମାନବ ପାଇଁ କ୍ଷତିକାରକ ବିଷ ପଦାର୍ଥକୁ ଅମୃତ ରସ ବା ଗୋରସକୁ ରୂପାନ୍ତରିତ କରିବାର ପ୍ରୟାସ ।

ଯଜ୍ଞାଦି କର୍ମରେ ଗଙ୍ଗାଜଲ ପରି ଗୋମୟର ବ୍ୟବହାର ତଥା ଆବଶ୍ୟକତା ଅନେକ ତାତ୍ପର୍ଯ୍ୟ ବହନ କରେ । ଏହା ପ୍ରମାଣ ଯେ ହିନ୍ଦୁ ସମ୍ପ୍ରଦାୟ ପ୍ରକୃତିର ନିରବ ଉପାସକ ଓ ଉପକାର ନିମନ୍ତେ ପ୍ରକୃତିକୁ ନିଜ ସମ୍ମାନ ଦେବାରେ କେବେହେଲେ ହେଳା କରେନାହିଁ । କିନ୍ତୁ ଏହି ପ୍ରାକୃତିକ ସଂପଦ ନିକଟରେ ଆମେ ଆମ ପୂର୍ବଜଙ୍କ ପ୍ରଦତ୍ତ ସୁନ୍ଦର, ପଥଗୁଡ଼ିକୁ ସ୍ମରଣ କରିବା ଭୁଲି ଗଲେଣି । ଆମ ପାଇଁ ଅନେକ ଗୁରୁତ୍ୱ ବହନ କରୁଥ୍ବା ଗଛଲତା, ଜୀବଜନ୍ତୁକୁ ଆମେ ଅବହେଳା କଲେଣି । ସେମାନଙ୍କ ଆମପ୍ରତି ଥିବା ପ୍ରତ୍ୟକ୍ଷ ଓ ପରୋକ୍ଷ ଉପକାରର ମର୍ଯ୍ୟାଦା ଆମେ ରଖ୍ନାହାନ୍ତି । ଫଲରେ ପ୍ରକୃତି ଅସନ୍ତୁଲିତ ହେବା ସହ ନାନା ପ୍ରକାର ପ୍ରାକୃତିକ ତାଣ୍ଡବ ସୃଷ୍ଟି ହେବାରେ ଲାଗିଛି । ଗୋମାତା ସେଥ୍ରୁ ବାଦ୍ ଯିବେ କିପରି ? ବଢୁଥ୍ବା ଜନସଂଖ୍ୟା ଓ ଏହା ଉପରେ ବହଲ ଆସ୍ତରଣ ପରି ମାଡ଼ି ଚାଲିଥ୍ବା ଆଧୁନିକତା ଧୀରେ ଧୀରେ ମଣିଷକୁ ସୁବିଧାବାଦୀ କରିଦେଲାଣି । ନିଜ ପାଇଁ ଯଥେଷ୍ଟ ସମୟ ଦେଇ କେବଲ ନିଜ ବିଷୟରେ ଚିନ୍ତାକରି ସେ ଯେ ସ୍ୱାର୍ଥାନ୍ଧ ହୋଇଯାଇଛି ତାହା ପ୍ରତ୍ୟେକଟି ଘଟଣାବଳୀରେ ସ୍ପଷ୍ଟ ହେଉଛି । ସେଥ୍ରେ ଗାଈପରି ଜୀବଟିଏ ବାଦ୍ଯିବ କିପରି ? ଭାରତରେ ୭୫% ଗୋରୁ ଗାଈ ଗାଁରେ ହିଁ ଥାଆନ୍ତି । ଆଉ ଏବେ ଏହି ଗୋଧନର ସଂଖ୍ୟା ବହୁଲ ମାତ୍ରାରେ କମିବାରେ ଲାଗିଛି । ଘରେ ଗାଈଟିଏ ବାନ୍ଧି ତା'ର ଯାବତୀୟ ସେବା

କରିବାକୁ କିଏ ବା ପସନ୍ଦ କରୁଛି ? ସେଥ୍ପାଇଁ ଗାଈକୁ କେବଳ ମାତ୍ର ବ୍ୟବସାୟ ଉଦ୍ଦେଶ୍ୟରେ ପୋଷାଯାଉଛି, ଗୋମାତା ଭାବରେ ନୁହେଁ। ବର୍ତ୍ତମାନ ଗୋଷ୍ଠୀରେ ୟୁରିଆ ସାର, ଲୁଣ, ଡିଟରେଜେଣ୍ଟ, ଅଟା ଆଦି ପରି ବିଭିନ୍ନ ଜିନିଷ ମିଶାଯାଇ ବିଷ କରିଦିଆଯାଉଛି। କ୍ଷୀର ନାମରେ ଲୋକେ ଧୀର ବିଷ (ସ୍ଲୋପୟଜନ) କିଣୁଛନ୍ତି। ଶିଶୁଠାରୁ ବୟସ୍କ ବ୍ୟକ୍ତି ସମସ୍ତେ ଏହାକୁ ବ୍ୟବହାର କରୁଛନ୍ତି। ଜାତି, ଧର୍ମ, ବର୍ଣ୍ଣ ନିର୍ବିଶେଷରେ ଏହାର ପ୍ରଭାବ ସୁଦୂର ପ୍ରସାରୀ। ଏହା ଗୋଟିଏ ରୁଗ୍ଣ ଓ ଦୁର୍ବଳ ଜାତିର ଜନ୍ମକୁ ସମ୍ଭବିତ କରେ। ସେଥ୍ପାଇଁ ଅନେକଗୁଡ଼ିଏ ପଦକ୍ଷେପ ସହ ଗୋସମ୍ପଦ ପ୍ରତି ପୂର୍ବଭଳି ସ୍ୱଚ୍ଛ ନିର୍ମଳ ଭଲ ପାଇବା ତଥା ଭକ୍ତିର ଆବଶ୍ୟକତା ରହିଛି। ଦେଶରେ ଗୋସମ୍ପଦର ଅଭିବୃଦ୍ଧି ନିମନ୍ତେ ଦୃଷ୍ଟାନ୍ତ ମୂଳକ ଇଚ୍ଛା ଶକ୍ତିର ପ୍ରୟୋଗ, ସଚେତନତା, ଚାରଣଭୂମିର ସୁରକ୍ଷା ତଥା ନୂତନ ଚାରଣଭୂମି ସୃଷ୍ଟି, ପରିବେଶ ଅବକ୍ଷୟକୁ ରୋକିବା। ପ୍ରତ୍ୟକ୍ଷ ଓ ପରୋକ୍ଷ ଭାବରେ ଗୋଧନ ଓ ତତ୍ ସମ୍ପର୍କିତ ସମସ୍ତ ଉପସଂସ୍ଥାନ ନିମନ୍ତେ ପ୍ରୋତ୍ସାହନର ବନ୍ଦୋବସ୍ତ ସହିତ ନିର୍ଦ୍ଦିଷ୍ଟ ସମୟ ଅବଧିରେ ସମୀକ୍ଷାର ଆବଶ୍ୟକତା ରହିଛି। ତେଣୁ ମହାତ୍ମା ଗାନ୍ଧି କହିଥିଲେ– 'ସ୍ୱକୀୟ ପରିବେଶରୁ ଆତ୍ମନିର୍ଭରଶୀଳ ହେବା କେବଳ କୃଷି ଓ ଗୋପାଳନ ଦ୍ୱାରା ସମ୍ଭବ।'

ଆହୁର ଏକ ହିସାବରୁ ଜଣାଯାଇଛି ୧୨୫ ଟି କ୍ରିକେଟ ବଲ ତିଆରି କରିବାକୁ ୯ଟି ଗାଈ ହତ୍ୟା କରିବାକୁ ପଡ଼ିଥାଏ। ଏଥ୍ରୁ ଅନୁମାନ କରାଯାଇପାରେ ଆମ ଦେଶରେ କ୍ରିକେଟ ଖେଳର ଲୋକପ୍ରିୟତା ଦୃଷ୍ଟିରୁ ସେହି ଜନିତ ବଲର ଆବଶ୍ୟକତା ଦୃଷ୍ଟିରୁ କେତେ ସଂଖ୍ୟକ ଗାଈ ପ୍ରାଣ ବଳି ଦେଉଥ୍ବେ। ହିନ୍ଦୁମାନେ ଗାଈକୁ ଗୋମାତା କହି ପୂଜା କରନ୍ତି। ସେହି କାରଣରୁ ଦ୍ୱିତୀୟ ତିରୋରୀ ଯୁଦ୍ଧରେ ମହମ୍ମଦଘୋରୀଙ୍କ ଯବାନ ସୈନ୍ୟମାନେ ଗୋରୁଙ୍କୁ ଢାଲକରି ଯୁଦ୍ଧ କରିଥିଲେ। ସେମାନେ ସମ୍ମୁଖ ଭାଗରେ ଗାଈମାନଙ୍କୁ ରଖ୍ ରାଜପୁତମାନଙ୍କ ଉପରକୁ ଶର ନିକ୍ଷେପ କରି ଗାଈଙ୍କ ପଛରେ (ଉହାଡ଼ରେ) ଲୁଚି ଯାଉଥ୍ଲେ। ରାଜପୁତ ହିନ୍ଦୁମାନେ ଗାଈଙ୍କୁ ଗୋମାତା ଭାବରେ ପୂଜା କରୁଥ୍ବାରୁ ସେମାନଙ୍କ ଉପରକୁ ଶର ସନ୍ଧାନ ନ କରି ନିଜେ ଯବାନ ସୈନ୍ୟଙ୍କ ଦ୍ୱାରା ଆହତ ଜନିତ କ୍ଷତିର ସମ୍ମୁଖୀନ ହୋଇ ପରାସ୍ତ ହେଲେ। ଦ୍ୱିତୀୟ ତିରୋରୀ ଯୁଦ୍ଧରେ ପୃଥ୍ରାଜ ଚୌହାନ ହାରିଯିବାର ଏହା ଏକ ମୁଖ୍ୟ କାରଣ ଥିଲା। ମାତ୍ର ହିନ୍ଦୁମାନେ ଗାଈକୁ ପୂଜା କରନ୍ତି ସତ ହେଲେ ସେମାନଙ୍କ ଉନ୍ନତି ପାଇଁ କିଛି କରିନଥାନ୍ତି, ବରଂ ସେମାନଙ୍କ ବିଲୋପ ଲାଗି ପଦକ୍ଷେପମାନ ଅନୁସରଣ କରିଥାଆନ୍ତି। ଆହୁରି ମଧ୍ୟ ଆମ ରାଜ୍ୟରେ ବ୍ୟାପକ ଗୋଚାଳଣ ଯୋଗୁ ସେମାନଙ୍କ ବିକାଶ ଧାରାରେ ବାଧକ ସୃଷ୍ଟି ହେଉଛି।

ଆଜି ଗୋ- ସମ୍ପଦ ଧ୍ୱଂସ ମୁଖର ଯାତ୍ରୀ। କାରଣ ଏମାନଙ୍କ ପରିବେଶ ଓ ପରିସ୍ଥାନକୁ ଆମେ ନଷ୍ଟ କରିବାରେ ଲାଗିଛୁ। ଓଡ଼ିଶା ଗଭର୍ଣ୍ଣମେଣ୍ଟ ଲାଣ୍ଡ ସେଟଲମେଣ୍ଟ ଆକ୍ଟ–୧୯୭୪ ରେ ଉଲ୍ଲେଖ ଅଛି ଯେ ପ୍ରତ୍ୟେକ ବ୍ୟବସ୍ଥିତ ଗାଁର ସମୁଦାୟ ଜମିର ୫ ପ୍ରତିଶତ ଜମି ଗୋଚର ପାଇଁ ସଂରକ୍ଷିତ। ଏତଦ୍ ବ୍ୟତୀତ ଚାଷଜମି, ଅନାବାଦୀ, ରକ୍ଷିତ ଅନାବାଦୀ ଶ୍ମଶାନ ଜମି ମଧ୍ୟ ରହିଥାଏ। ବର୍ତ୍ତମାନ ସରକାର ସେବା ଓ ବିକାଶ ନାଁରେ ଅନେକ ଲୋକାଭିମୁଖୀ ଅନୁଷ୍ଠାନ ଯଥା– ବିଦ୍ୟାଳୟ, ମହାବିଦ୍ୟାଳୟ, ନ୍ୟାୟାଳୟ, ଖେଳ ପଡ଼ିଆ, ଗୋଷ୍ଠୀ ଉନ୍ନୟନ କେନ୍ଦ୍ର, ସ୍ୱାସ୍ଥ୍ୟ କେନ୍ଦ୍ର, ଡାକଘର ଓ ଆହୁରି ଅନେକ ଅନୁଷ୍ଠାନ ତିଆରି କରିବାରେ ବ୍ରତୀ ଅଛନ୍ତି। ହେଲେ ଏହି ସବୁ ଅନୁଷ୍ଠାନ ବହୁଳ ଭାବରେ ଗୋଚର ଜମିରେ ଗଢ଼ି ଉଠିବାର ନଜିର ମିଳୁଛି। ପ୍ରଶ୍ନଉଠେ ଗୋଚର ଜମିରେ କାହିଁକି ? କ'ଣ ଗାଈଗୋରୁଙ୍କର ପାଟି ଫିଟୁନାହିଁ ବୋଲି ନା ଗାଈ ଗୋରୁ ରଖୁଥ୍ବା ସେହି ଅପାଠୁଆମାନେ ମଧ୍ୟ ଆଇନ ଧାରାର ବହିର୍ଭୂତ। ଜନମଙ୍ଗଳ ଅନୁଷ୍ଠାନ ପାଇଁ ଜମିର ଅଭାବ ନାହିଁ। କାରଣ ବିପୁଳ ଜମିର ଅଧିକାରୀ ବହୁତ ଲୋକ ଆମ ରାଜ୍ୟରେ ଅଛନ୍ତି। ସେମାନଙ୍କଠାରୁ ସରକାର ବଳକା ଜମି ଅଧିଗ୍ରହଣ କଲେ କିମ୍ବା କିଣିଲେ କ'ଣ ଅସୁବିଧା ହୁଅନ୍ତା। ସ୍ୱାଧୀନତା ସମୟରେ ଭାରତର ଲୋକସଂଖ୍ୟା ଥିଲା ୩୬ କୋଟି ଏବଂ ଗୋ-ମହିଷାଦିଙ୍କର ସଂଖ୍ୟାଥିଲା ୯୮ କୋଟି। ବର୍ତ୍ତମାନ ଭାରତର ଜନସଂଖ୍ୟା ୧୨୪ କୋଟି

ଏବଂ ଗୋ ସମ୍ପଦର ସଂଖ୍ୟା ପ୍ରାୟ ୩୨୩ କୋଟି । ଏହି ପରିସଂଖ୍ୟାନ ସ୍ପଷ୍ଟ କରି ଦେଇଛି ଭାରତର ଗୋ- ସମ୍ପଦ ଓ ଗୋଚାରଣ ଜମି କିଭଳି ହ୍ରାସ ପାଇଛି । ଏହା ଆଗାମୀ ଭବିଷ୍ୟତ ପାଇଁ ଏକ ଭୟାନକ ପରିବେଶ ଅସନ୍ତୁଳନର କାରଣ ହେବ । ମାତ୍ର ବ୍ରାଜିଲ, ଯୁକ୍ତରାଷ୍ଟ୍ର ଆମେରିକା, ପାରାଗୁଏ, କଲୟ୍ବିଆ, ଅଷ୍ଟ୍ରେଲିଆ, ନିଉଜିଲାଣ୍ଡ, ଜାପାନ, ସ୍ୱିଡ଼େନ, ହଲାଣ୍ଡ ଆଦି ଦେଶରେ ଗୋ- ସମ୍ପଦର ପରିମାଣ ବଢ଼ି ବଢ଼ି ଚାଲିଛି । ଏହା ଆମକୁ ଏକ ସନ୍ଦେଶ ଦେଉଛି କି ଆମେ ବିଫଳତାକୁ ଆପଣା ଛାଏଁ ଆଦରି ନେଉଛେ । ଇଂରେଜ ଶାସନ, ରାଜା ଓ ଜମିଦାରୀ ଶାସନ ସମୟରେ ଗୋଚର ଭୂମି ସୁରକ୍ଷିତ ଥିଲା । ମାତ୍ର ସ୍ୱାଧୀନତା ହାସଲ ପରେ ସ୍ୱାଧୀନତା ପ୍ରାପ୍ତି ଆଲରେ ଆମେ ସେ ସବୁର ଧ୍ୱଂସ କରି ଚାଲିଛୁ । ବ୍ୟକ୍ତି ବିଶେଷଙ୍କର ଜମି ଦାନରେ ଅନୁଷ୍ଠାନ ଗଢ଼ି ଉଠିଥିଲା । ଆମ ହିନ୍ଦୁ ଶାସ୍ତ୍ରରେ ଅଛି "ଗୋମୟେ ବସତି ଲକ୍ଷ୍ମୀ ଗୋମୂତ୍ରେ ଗଙ୍ଗା ସଲିଲ" । ଗାଈ କ୍ଷୀରରୁ ପଞ୍ଚାମୃତ ଏବଂ ଗୋମୂତ୍ରରୁ ପଞ୍ଚଗବ୍ୟ ପ୍ରସ୍ତୁତ ହୁଏ ।

ଗୋମୂତ୍ର ସେବନଦ୍ୱାରା ଦୁରାରୋଗ୍ୟ କର୍କଟ (କ୍ୟାନ୍ସର) ମଧ୍ୟ ଭଲ ହେଉଛି । ଏହା ଜାଣି ମଧ୍ୟ ସେମାନଙ୍କୁ ଅବହେଳା କରାଯାଉଛି । ଗୋଚର ଭୂମିକୁ ବିଲୁପ୍ତିର ଦ୍ୱାର ଦେଶରେ ପହଞ୍ଚାଇ ଦେଇ ସାରିଲେଣି । ଯଦି ଗୋଚର ଜମି ଏମିତି ରାଜନୈତିକ ପଶାପାଲିରେ ହରଣ ହୋଇ ଚାଲିବ, ତେବେ ତା'ର ସୁରକ୍ଷା ପାଇଁ ନିଶ୍ଚୟ ଅଶ୍ରୁ ଝିଡ଼ିବେ ସେମାନେ, ଯାହାଙ୍କୁ ବ୍ୟଥିତ କରିଛି ଏହି ସମସ୍ୟା । ଆମେ କେମିତି ଭୁଲି ଯାଉଛେ ଯେ ଗୋଚର ଭୂମି ହିଁ ଗାଈ ଗୋରୁକୁ ଖାଦ୍ୟ ଯୋଗାଇଥାଏ । ଯଦି ଗୋଚର ଜମି ନାହିଁ ତେବେ କୁଆଡୁ ଆସିବେ ଗାଈଗୋରୁ ।

ଭାରତରେ ଘରର ଅଗଣାକୁ ବିଷାକ୍ତ ଜୀବାଣୁ ମୁକ୍ତ ରଖିବା ପାଇଁ ଘରେ ଘରେ ତୁଳସୀ ଚଉଁରା ଥିଲା । ଏବେ ଇଣ୍ଡିଆରେ ବିଦେଶୀ ଗଛ ସେ ସ୍ଥାନ ଦଖଲ କଲାଣି । ଭାରତରେ ଘରର ଛପର ଥିଲା କଞ୍ଜା ନଡ଼ାର । କିନ୍ତୁ ଭାରତୀୟ ଯୁବକଙ୍କ ଛାତିଥିଲା ସୁଦୃଢ଼ । ଇଣ୍ଡିଆରେ ଛାତ ସବୁ ପକ୍କା କଂକ୍ରିଟ ଢଳେଇ ହେଲେ ଯୁବକଙ୍କ ଛାତି ଦୁର୍ବଳ । ଭାରତରେ କାହାରି ଉପରେ ଆକ୍ରମଣ ହେଲେ ବା କେହି ବିପଦରେ ପଡ଼ିଲେ ସେଠାରେ ଉପସ୍ଥିତ ଜନତା ବିଶେଷ କରି ଯୁବଗୋଷ୍ଠୀ ସହାୟତା ପ୍ରଦାନ ପାଇଁ ଆଗେଇ ଆସୁଥିଲା କେବଳ ମହାଭାରତର ତୃତୀୟ ପାଣ୍ଡବ ଅର୍ଜୁନଙ୍କୁ ଛାଡ଼ି । ଏବେ ଇଣ୍ଡିଆରେ ସେମିତି ହେଲେ ଦେଖୁଥିବା ପ୍ରତ୍ୟକ୍ଷଦର୍ଶୀ ଯୁବକ ନିରବରେ ନିଜ କାମରେ ବ୍ୟସ୍ତ ଥିବାର ବାହାନାର ଆଶ୍ରୟ ନେଉଛି । ମହାଭାରତର ଅର୍ଜୁନ ଯେପରି ଜ୍ୟୋଷ୍ଠାଦେଶ ନାହିଁ ବାହାନାର ଆଶ୍ରୟ ନେଇଥିଲେ । ଭାରତରେ ଘିଅ ଥିଲା ଦେଶୀ, ଶୁଦ୍ଧ । ଏବେ ଇଣ୍ଡିଆରେ ଘିଅରେ ଗ୍ରିସ୍‌ବା ଚର୍ବର ମିଶ୍ରଣ ହେଲାଣି । ଅବାଧାରେ ଭାରତର କ୍ରୀଡ଼ାବିତ୍‌ମାନେ ଜାତୀୟ କ୍ରୀଡ଼ାରେ ନିଜ ନିଜର ଉତ୍କର୍ଷ ସ୍ଥାପିତ କରି ଅନ୍ୟମାନଙ୍କୁ ଅନୁପ୍ରାଣିତ କରୁଥିଲେ । ଏବେ ଇଣ୍ଡିଆରେ ସେ ଖେଳ ବଦଲରେ ବିଦେଶୀ ଖେଳର ଶ୍ରେଷ୍ଠ ଓ ମହାନ କ୍ରୀଡ଼ାବିତ୍‌ମାନେ ଶହ ଶହ କୋଟି ଟଙ୍କା ରୋଜଗାର କରି ଦେଶବାସୀଙ୍କୁ ବାସି ପାନୀୟ ସେବନ ପାଇଁ ପ୍ରେରଣା ଦେଉଛନ୍ତି ।

ଭାରତରେ ଗୁରୁଙ୍କୁ ବ୍ରହ୍ମା, ବିଷ୍ଣୁ, ଓ ମହେଶ୍ୱର କୁହାଯାଇ ସର୍ବମାନ୍ୟ କରାଯାଉଥିଲା । ଏବେ ଇଣ୍ଡିଆରେ ଶିକ୍ଷକମାନେ ଶିକ୍ଷାର ଦଲାଲ ପାଲଟି ଯାଇଛନ୍ତି । ମିଥ୍ୟା ସାଟିଫିକେଟ, ଖାତାଦେଖାରେ ଅସାଧୁତା, ପରୀକ୍ଷାରେ କପିକୁ ପ୍ରୋତ୍ସାହନ ଦେବା ହେଲା ଏମାନଙ୍କର ବିଶେଷଣ । ଭାରତର ଶିକ୍ଷାଦାନ ଏବେ ଇଣ୍ଡିଆରେ ବ୍ୟବସାୟ ପାଲଟିଯାଇଛି । ଭାରତରେ ଶିକ୍ଷକମାନେ ଆଦର୍ଶ ଗୁରୁର ଭୂମିକାରେ ଅବତୀର୍ଣ୍ଣ ହେଉଥିଲେ । ଏବେ ଇଣ୍ଡିଆରେ ଶିକ୍ଷକମାନଙ୍କ ଭିତରେ କେହି ଗୁରୁନାହାଁନ୍ତି । ସେମାନେ ଶିକ୍ଷା ବ୍ୟବସାୟୀ । ଶିକ୍ଷାକୁ ବିକନ୍ତି, ଜ୍ଞାନ ବାଣ୍ଟିବାର ମନବୃତ୍ତି ତାଙ୍କ ପାଖରେ ଆସିବ କେଉଁଠୁ ? ଯେଉଁଥିପାଇଁ ଆମେ ସବୁବେଳେ ଆମ ଦେଶର ଗୁଣାତ୍ମକ ଶିକ୍ଷା ବ୍ୟବସ୍ଥା ଉପରେ ସନ୍ଦେହ ପ୍ରକାଶ କରୁଛେ । ତେଣୁ ନେଗେଟିଭ ଚିନ୍ତନରୁ ଦୂରେଇ ରହି ସତ୍‌ଚିନ୍ତା ଓ ଅନ୍ୟପାଇଁ ଉତ୍ସର୍ଗୀକୃତ ଭାବନା ଆଣିପାରିଲେ ଲକ୍ଷ୍ୟ ସ୍ଥଳରେ ପହଞ୍ଚିବା ଶକ୍ତି ଅନ୍ୟ ଜଣେ ଯୋଗାଇ ଦେଇ ଥାଆନ୍ତି । ପାଠପଢ଼ି ବଡ଼ ଚାକିରି, ବଡ଼ଘର, ବଡ଼ ପଇସାବାଲା ଓ

ବଡ଼ନେତା ହେବା ପ୍ରକୃତ ବଡ଼ ପରିଚୟ ନୁହେଁ । ଯଥାର୍ଥରେ ଭଲ ମଣିଷଟିଏ ହେବା ହିଁ ଶ୍ରେଷ୍ଠତ୍ୱର ପ୍ରତିପାଦନ କରେ, ଯାହାକି ମୁକ୍ତଶକ୍ତି ଓ ସାମର୍ଥ୍ୟ ଯୋଗାଇଥାଏ । ତେଣୁ ଅଧ୍ୟକ୍ଷମାନେ ଏପରି ଶିକ୍ଷା ଦେବା ଉଚିତ ଯେ ଭାରତବର୍ଷ ଏ କ୍ଷେତ୍ରରେ ତା'ର ଭଙ୍ଗା ପଡ଼ିଥିବା ଗୌରବକୁ ଫେରି ପାଇବ । ବ୍ୟାପ୍ତ ଅଥଚ ନିବଦ୍ଧ ସଂସାରକୁ ଦେଖ୍ ହେଜିବା ବା ନଦେଖ୍ ଅନୁଭବ କରିବା ପରି ଜ୍ଞାନ ସବୁ ମିଳେ ଗୁରୁଙ୍କଠାରୁ, ମାଷ୍ଟ୍ରମାନଙ୍କଠୁଁ ନୁହେଁ । ଅନେକ ମହତ ଲୋକ ଅଛନ୍ତି ଯେଉଁମାନଙ୍କ ତମାମ ଜୀବନ ବିତିଯାଇଥିଲେ ସୁଦ୍ଧା ସେମାନେ ନିଜକୁ ଗୁରୁ ବୋଲି କେବେ ଦାବି କରନ୍ତି ନାହିଁ । ଏହାକୁ ମାନସିକ ବିଶୃଙ୍ଖଳା ବା ସ୍ୱାର୍ଥପର ବିନୟୀ ଭାବ ବୋଲି କୁହାଯାଇପାରେ । ଜ୍ଞାନକୁ ଯଦି କଳାଧନ ପରି କେବଳ ନିଜ ଜ୍ଞାତରେ ଲୁଚାଇବାର ଥିଲା, ତେବେ ହାସଲ କଲାବେଲେ କାହିଁକି ଭାବିଲନି ଯେ ଯଦି ତୁମ ପୂର୍ବରୁ ସମସ୍ତେ ଏମିତି କରି ଦେଇ ଥାଆନ୍ତେ ତାହା ତୁମେ ପାଇଥାନ୍ତ କେଉଁଠୁ ?

ଗୁରୁମାନଙ୍କ ପରି ଏ ଶିକ୍ଷକମାନେ ମନେ ରଖିବା ଉଚିତ୍ ଯେ, ଅନ୍ନ ଦାନାତ୍ ପରଂଦାନ, ବିଦ୍ୟାଦାନମତଃ ପରମ । ଅନ୍ନେନ କ୍ଷଣିକା ତୃପ୍ତିର୍ୟ୍ୟାବଜ୍ଜୀବଂ ଚ ବିଦ୍ୟୟା, ଅନ୍ନଦାନଠାରୁ ବିଦ୍ୟାଦାନ ଉତ୍କୃଷ୍ଟ । ଅନ୍ନଦ୍ୱାରା ଲୋକର କ୍ଷଣିକ ତୃପ୍ତି ଆସେ କିନ୍ତୁ ବିଦ୍ୟା ଦ୍ୱାରା ଆଜୀବନ ତୃପ୍ତିଲାଭ ହୁଏ ।

ଗୁରୁକୁ ଭାରତର ଶିକ୍ଷାର୍ଥୀମାନେ ପ୍ରଗାଢ଼ ଭକ୍ତି ଓ ଅତ୍ୟନ୍ତ ନିଷ୍ଠାର ସହ କୁହାର ହେଉଥିଲେ । ଗୁରୁମାନଙ୍କୁ ଭକ୍ତିସହକାରେ ପ୍ରଣାମ ନକରି ଏବେ ଇଣ୍ଡିଆରେ ଯୁବତୀ ଛାତ୍ରୀମାନେ ଶିକ୍ଷକଙ୍କ ବିରୋଧରେ ଯୌନ ନିର୍ଯ୍ୟାତନା ଅଭିଯୋଗ ଆଣୁଛନ୍ତି । ଭାରତରେ ଚାରିପାଶ୍ୱ ଖଣ୍ଡ ଗାଁର ମଧ୍ୟସ୍ଥଳ ଖୋଲା ପଡ଼ିଆରେ ଥିବା ଗଛ ଛାଇରେ ଗାଁ ମୁଣ୍ଡ ଆୟତୋଟା, ନଇକୂଳ, ଗଛମୂଳ, ଗାଁ ପାଖ ପୋଖରୀ ଆଡ଼ିରେ ଥିବା ଗଛ ଛାଇରେ । ଦେବତା ମନ୍ଦିର ନିକଟ, ମୁଖ୍ୟ ରାସ୍ତାକଡ଼ କିୟ ପାଞ୍ଚଖଣ୍ଡ ଗାଁ ମଝିରେ ଥିବା ଖୋଲା ବିସ୍ତୀର୍ଣ୍ଣ ପଡ଼ିଆରେ ଠିଆ ହୋଇଥିବା କୌଣସି ବିଶାଳକାୟ ପୁରାତନ ବୃକ୍ଷକୁ ଆଶ୍ରାକରି ସେହି ଗ୍ରାମମାନଙ୍କରେ କେତେଜଣ ଶିକ୍ଷା ସଚେତନ ଉଦ୍ୟମୀଙ୍କ ସହଯୋଗ ଓ ଚେଷ୍ଟାରୁ ଗାଁ ଜମିଦାର କିୟ କୌଣସି ଧନାଢ୍ୟ ବ୍ୟକ୍ତିଙ୍କ ଆର୍ଥିକ ସହାୟତରୁ ରାଜନୈତିକ ନେତାଙ୍କ ପୁଷ୍ଟ ପୋଷକତାରୁ ଅବା ସରକାରୀ ଅନୁଦାନରୁ ଅଥବା ଗାଁ ଲୋକଙ୍କ ଚାନ୍ଦାରୁ ତିଆରି ହୋଇଥିବା ଚାଳଛପର ମାଟିଆଟି ଘରେ ସ୍କୁଲ ଚାଲୁଥିଲା ।

ପାଦରେ ଚଟି ଗଲେଇ, ବର୍ଷାଦିନେ ଫୁଙ୍ଗୁଲା ପାଦରେ ଧୋତି କାମିଜ ପିନ୍ଧି କାନ୍ଧରେ ଚଉତରା ଚାଦର ପକାଇ, କପାଲରେ ଚନ୍ଦନଟିପା ଲଗାଇ ଆସୁଥିବା ନୈଷ୍ଠିକ ବ୍ୟକ୍ତିମାନେ ଥିଲେ ଶିକ୍ଷକ । ଘରୁ ବାହାରି ସ୍କୁଲକୁ ଆସିବାଠାରୁ ପୁଣି ଘରକୁ ଫେରି ଘରେ ପହଞ୍ଚିବା ପର୍ଯ୍ୟନ୍ତ ସେମାନେ ଶିକ୍ଷାକର ମର୍ଯ୍ୟାଦା ରକ୍ଷା କରିବାକୁ ଉଚିତ ମଣୁଥିଲେ । ଗାଁର କୌଣସି ଅଦରକାରୀ ସମସ୍ୟା ବିଷୟରେ ମୁଣ୍ଡ ନ ଖେଲାଇ ଗାଁର ନିରକ୍ଷର (ଅଶିକ୍ଷିତ)ଙ୍କ ଉପରେ ପ୍ରଭାବ ବିସ୍ତାର ପାଇଁ ଉଦ୍ୟମ କରୁନଥିଲେ । ଜମି କିଣି ଚକ ବଢ଼ାଉ ନଥିଲେ । ପ୍ରାସାଦ ତୁଲ୍ୟ ବାସଗୃହ ନିର୍ମାଣ କରୁନଥିଲେ । କେବଳ ନିଜ ପିଲାମାନଙ୍କୁ ଶିକ୍ଷିତ କରାଇବା ଲକ୍ଷ୍ୟରେ ପିଲାମାନଙ୍କୁ ଉଚିତ୍ ମାର୍ଗରେ ଜୀବନଯାପନ ପାଇଁ ଉପଦେଶ ଦେଉଥିଲେ । ସେମାନଙ୍କର ଉଦ୍ଦେଶ୍ୟ ଥିଲା ପିଲାମାନଙ୍କୁ ଶିକ୍ଷିତ କରାଇବା । ଆଗ୍ରହ ଥିଲା ଶିକ୍ଷା ପ୍ରତି ସଚେତନ କରାଇବା । ଇଚ୍ଛା ରହିଥିଲା ଶିକ୍ଷା ପ୍ରତି ଅନ୍ୟମାନଙ୍କ ଦୃଷ୍ଟି ଆକର୍ଷଣ କରିବା । ମନ ଥିଲା ଶୃଙ୍ଖଳିତ ସମାଜ ଗଠନ କରିବା । ଆଭିମୁଖ୍ୟ ଥିଲା ଶିକ୍ଷାଚାର ଶିକ୍ଷାଦେବା ପରବର୍ତ୍ତୀ ପିଢ଼ିକୁ । ଚାହୁଁଥିଲେ ସମାଜରେ ଶିକ୍ଷିତ ଗୋଷ୍ଠୀ ସୃଷ୍ଟି କରିବାକୁ । ସହନଶୀଳ ପରିବେଶ ଗଢ଼ିବା ଥିଲା ସେମାନଙ୍କର ଆନ୍ତରିକଇଚ୍ଛା । ଉଦ୍ୟମ କରୁଥିଲେ ଲୋକମାନଙ୍କୁ ମାର୍ଜିତ ଭାବେ ଚଲିବାକୁ । ଏହିପରି ଉପଦେଶ ଦେବା ଥିଲା ଜଣେ ପ୍ରକୃତ ଶିକ୍ଷକର କର୍ତ୍ତବ୍ୟ ଓ ଦାୟିତ୍ୱ ମଧ୍ୟ । ନିର୍ଦ୍ଧାରିତ ସମୟର ଯଥେଷ୍ଟ ପୂର୍ବରୁ ପାଦରେ ଚାଲିଚାଲି ଆସି ସ୍କୁଲରେ ପହଞ୍ଚ ସ୍କୁଲ ଗୃହ ସଫା କରାଇ ପିଲାମାନଙ୍କ ସହିତ ପ୍ରାର୍ଥନାରେ ଯୋଗ ଦେଉଥିଲେ । ଛାତ୍ରମାନଙ୍କୁ ସତ୍ ଉପଦେଶ ଦେବା ଥିଲା ସେମାନଙ୍କର ଆନ୍ତରିକ ଅଭିଳାଷ । ସେମାନଙ୍କଠାରୁ ପିଲାମାନେ ସମୟାନୁବର୍ତ୍ତିତା

ଶିଖୁଥିଲେ । ଅଠେଇଶ ଟଙ୍କା, ତିରିଶି ଟଙ୍କା ଓ ବତିଶ ଟଙ୍କା ବେତନରେ ସେ ଶିକ୍ଷକ ଓ ସେମାନଙ୍କ ଶିକ୍ଷାଦାନ ପ୍ରଣାଳିକୁ ମନେ ପକାଇଲେ ଇଣ୍ଟିଆର ସାହେବୀ ପୋଷାକ ପରିହିତ (ବାଇକ) ଯାନଚଢ଼ା ଯୁବ ଶିକ୍ଷକମାନଙ୍କୁ ଦେଖିଲେ ଲଜ୍ୟା ବୋଧ ହେଉଛି । ପ୍ରାସାଦ ତୁଲ୍ୟ କୋଠାଘରେ ରହି ବିପୁଳ ସମ୍ପତ୍ତିର ମାଲିକ ହୋଇ ଦୁଇ ଚକିଆ ଗାଡ଼ି ଚଢ଼ି ସ୍କୁଲକୁ ବହୁତ ବିଳମ୍ବରେ ଆସୁଥିବା ଦେଶୀ ସାହେବମାନଙ୍କର ସମୟ ଜ୍ଞାନ ଥିଲା ପରି ମନେ ହୁଏନାହିଁ ।

ଭାରତର ଶିକ୍ଷକମାନେ ନିଷ୍ଠାର ସହିତ ଶିକ୍ଷା ଦାନ କରି ପରୀକ୍ଷାରେ ସ୍ୱଚ୍ଛତା ରକ୍ଷାକରି ଛାତ୍ରମାନଙ୍କୁ ଶୃଙ୍ଖଳିତ ଜୀବନ ଯାପନ ଲାଗି ଉପଦେଶ ଦେଇ ଆଦର୍ଶ ନାଗରିକ ଗଠନରେ ସହାୟକ ହେଉଥିଲେ । ମାତ୍ର ଇଣ୍ଟିଆର ଶିକ୍ଷକଗୋଷ୍ଠୀ ପାଠ ନ ପଢ଼ାଇ ପରୀକ୍ଷାରେ ଅସାଧୁ ଉପାୟ ଅବଲମ୍ବନ କରି ଖାତା ଦେଖାରେ ଗଫଲତି କରି ବିଶୃଙ୍ଖଳିତ ଛାତ୍ରମାନଙ୍କୁ ମିଥ୍ୟା ଡିଗ୍ରୀ ଦେଇ ମିଛ ପ୍ରମାଣ ପତ୍ରଧାରୀ ଦିଗୋଡ଼ିଆ ଜନ୍ତୁ ଗଢ଼ିବାରେ ବ୍ରତୀ ହେଉଛନ୍ତି ।

ପୂର୍ବରୁ ଶିକ୍ଷକମାନେ ସରଳ ଜୀବନ ଯାପନ କରି ଅନ୍ୟମାନଙ୍କ ପାଇଁ ଉଦାହରଣ ପାଲଟି ବାସ୍ତବ ଶିକ୍ଷାଦାନ କରୁଥିଲେ । ଛାତ୍ରଛାତ୍ରୀମାନଙ୍କୁ ଉପଯୁକ୍ତ ଶିକ୍ଷାଦାନ କରିବା ପାଇଁ ଶ୍ରେଣୀ ଗୃହରେ ଶିକ୍ଷକ ସବୁପ୍ରକାର ଉଦ୍ୟମ କରୁଥିଲେ । ଆବଶ୍ୟକ ହେଲେ ଛାତ୍ରଛାତ୍ରୀମାନଙ୍କୁ ଦଣ୍ଡବିଧାନ କରି ଶିକ୍ଷାଦାନ କରୁଥିଲେ । ଶିକ୍ଷକଙ୍କ ମୂଳଲକ୍ଷ୍ୟ ଶିକ୍ଷାଦାନ ଥିଲା । ଶିକ୍ଷକମାନଙ୍କୁ ଛାତ୍ର ଛାତ୍ରୀମାନଙ୍କର ଭୟଥିଲା । ଶିକ୍ଷକମାନଙ୍କ ଦଣ୍ଡବିଧାନ ଭିତରେ ଲୁଚି ରହିଥିଲା ସ୍ନେହ, ମମତା, ଆନ୍ତରିକତା ଓ ଭଲ ମଣିଷ ଗଢ଼ିବା ମନୋବୃତ୍ତି । ପିଲାମାନେ ଶିକ୍ଷକଙ୍କ ଶିକ୍ଷାଦାନରୁ ଯେତିକି ଶିଖିଥାଆନ୍ତି ତା'ଠାରୁ ଯଥେଷ୍ଟ ଅଧିକ ଶିଖିଥାଆନ୍ତି ଶିକ୍ଷକଙ୍କ ଆଚାର ବ୍ୟବହାର, ଆଚରଣ, କର୍ତ୍ତବ୍ୟ ବୋଧ, କାର୍ଯ୍ୟଶୀଳୀ ଏବଂ ଭାବମୂର୍ତ୍ତିରୁ, ଠିକ୍ ଯେପରି ପିଲାଟି ବାଲ୍ୟ ସମୟରେ ତା ମା'ବାପାଙ୍କ ଠାରୁ ଶିଖିଥାଏ । ଆମର ପୂର୍ବତନ ରାଷ୍ଟ୍ରପତି ସ୍ୱର୍ଗତ ଅବଦୁଲ କଲାମଙ୍କ ଭାଷାରେ– "ସୁସ୍ଥ ମାନସିକତା ବିକାଶ ପୂର୍ବକ ଦେଶକୁ ଭ୍ରଷ୍ଟାଚାର ମୁକ୍ତ ରଖିବାରେ ଶିକ୍ଷକ, ବାପ ଓ ମାଆମାନଙ୍କର ଭୂମିକା ଗୁରୁତ୍ୱପୂର୍ଣ୍ଣ ।" ଶିକ୍ଷାବିତ୍ ହେନେରୀ ଆଡାମ୍ସଙ୍କ ଉକ୍ତି ହେଉଛି– "ଜଣେ ଶିକ୍ଷକର ପ୍ରଭାବ ଚିରନ୍ତନ । ତାଙ୍କର ପ୍ରଭାବ କେଉଁଠି ସରିବ ତାହା ସେ ନିଜେ ବି କହିପାରିବେ ନାହିଁ ।" ଆଉ ମୁସ୍ତାଫା କମାଲ ଆତାତୁକ କହିଥିଲେ– "ଜଣେ ଶିକ୍ଷକ ହେଉଛନ୍ତି ଜଳୁଥିବା କ୍ୟାଣ୍ଡଲ । ଅନ୍ୟକୁ ପଥ ଦେଖାଇବା ଲାଗି ଏହା ନିଜକୁ ସାରେ ।" ଏଥିରୁ ଦୁଇଟି କଥା ସ୍ପଷ୍ଟ ବିଦ୍ୟାର୍ଥୀ ତଥା ସେମାନଙ୍କ ଜରିଆରେ ସମାଜ ଉପରେ ଶିକ୍ଷକର ପ୍ରଭାବ ଏବଂ ଶିକ୍ଷକକୁ ଜଳିବାକୁ ପଡ଼ିବ । ଅର୍ଥାତ୍ ଜଣେ ଶିକ୍ଷକଙ୍କ ପାଇଁ ନିଜର ସ୍ୱାର୍ଥ ଅପେକ୍ଷା ଛାତ୍ର, ଛାତ୍ରୀଙ୍କର ଓ ସେମାନଙ୍କ ଜରିଆରେ ସମାଜର କଲ୍ୟାଣ ଅନେକ ଅଧିକ ମହତ୍ୱପୂର୍ଣ୍ଣ । ଜଣେ ଶିକ୍ଷକଠାରୁ ନିର୍ଦ୍ଦିଷ୍ଟ ଭାବରେ ସମାଜ ଅନେକ କିଛି ଆଶାକରେ ଏବଂ ସମାଜରେ ଶିକ୍ଷକମାନଙ୍କର ଏକ ସ୍ୱତନ୍ତ୍ର ପରିଚୟ ରହିଛି । ସେଥିପାଇଁ ଜଣେ ଶିକ୍ଷକ ସବୁବେଳେ ଲକ୍ଷ୍ୟ ରଖିବ ସେ କ'ଣ କରୁଛି । ଠିକ୍ କରୁଛି ନା ନାହିଁ । ନୀତିନିୟମ ମାନି ଶୃଙ୍ଖଳିତ ଭାବେ କାମ କରୁଛି କି ନାହିଁ ।

ଜଣେ ଶିକ୍ଷକ ସର୍ବଦା ସ୍ମରଣ ରଖିବା ଉଚିତ୍ ଯେ ସେ ଏପରି କିଛି କରୁଛି କି ଯାହା ଦ୍ୱାରା ତା'ର ପଦମର୍ଯ୍ୟାଦା ହରାଇ ବସିବ । ଯଦି ସେ ନିଜେ ଅନୁଭବ କରେ ଯେ, ସେପରି କର୍ମରେ ଲିପ୍ତ ତେବେ ସେ ପ୍ରଥମେ ନିରୂପଣ କରିବ ଏପରି କର୍ମଟି କ'ଣ ଓ ଏଥିପାଇଁ କିଏ ଦାୟୀ ? ସେଥିପାଇଁ ସେ ନିଜକୁ ସୁଧାରିବାକୁ ଚେଷ୍ଟା କରିବ । ସେପରି ସମସ୍ୟାର ସମାଧାନ କରିବାକୁ ଯାଇ ସେ ଆଗେ ସମସ୍ୟାଟିକୁ ଚିହ୍ନଟ କରିବ । ତା'ପରେ ସମସ୍ୟାର ସମାଧାନ ପାଇଁ ବିହିତ ପଦକ୍ଷେପ ନେବ । ଆଇନ୍ଷ୍ଟାଇନ ଥରେ କହିଥିଲେ – "ଯେଉଁସ୍ତରର ଚିନ୍ତନ ଯୋଗୁ ସମସ୍ୟା ସୃଷ୍ଟି ହେଉଛି, ସେହି ସ୍ତରର ଚିନ୍ତନ ଦ୍ୱାରା ସମାଧାନ ସମ୍ଭବ ନୁହେଁ । ତେଣୁ ସେଥିପାଇଁ ଭିନ୍ନ ପ୍ରକାର ଚିନ୍ତା କରିବା ଆବଶ୍ୟକ ।" ମହମବତି ପରି ଜଳିଜଳି ବିଦ୍ୟାର୍ଥୀଙ୍କ ପଥ ଆଲୋକିତ କରିବା ଚେଷ୍ଟାରେ ଥିବା ଶିକ୍ଷକମାନଙ୍କ ଭିତ୍ତିଭୂମି ପ୍ରଥମେ ଠିକ୍ କରିବା ଆବଶ୍ୟକ । ସେମାନଙ୍କୁ ମଧ୍ୟାହ୍ନ ଭୋଜନ, ସ୍କୁଲଘର ନିର୍ମାଣ, ଜନଗଣନା ଆଧାର କାର୍ଡ ପାଇଁ ତଥ୍ୟ ସଂଗ୍ରହ ତଥା

ଆକଳନ ଓ ସମୟେ ସମୟେ ରାଜନୈତିକ କର୍ମୀ ଭାବରେ ନିୟୋଜିତ କରାଯିବା ଉଚିତ୍ ନୁହେଁ । ସରକାର କେତେଦିନ ଏପରି ମନୋଭାବ ପୋଷଣ କରି ଚାଲିଥିବେ ? ବିଦ୍ୟାର୍ଥୀଙ୍କ ପ୍ରତି, ଶିକ୍ଷା ପ୍ରତି ଉଦାସୀନ ହୋଇ ରହିଥିବେ ? ଆଉ ଆମ ସମାଜ ଓ ବୁଦ୍ଧିଜୀବୀମାନେ ସମସ୍ୟାକୁ ଦେଖି ନ ଦେଖିଲା ପରି ରହିଥିବେ ।

ଦେଶର ଶିକ୍ଷା ବ୍ୟବସ୍ଥା ଯେ ଧୀରେ ଧୀରେ ଅଥଚ ନିର୍ଣ୍ଣିତ ଭାବେ ରସାତଳଗାମୀ ହେଉଛି । ଏହା ସବୁ ରାଜନୈତିକ ଦଳର ବୋଧଶକ୍ତି ରହିତ ଓ ଅପାରଗ ନେତାଙ୍କ ସମେତ ସମସ୍ତେ ଜାଣୁଛନ୍ତି । ଶିକ୍ଷାର ମାନ ଏହିପରି ନିମ୍ନଗାମୀ ହେବା ଓ ଏହା ପ୍ରାସଙ୍ଗିକତା ହରାଉଥିବାର ଧାରା ରୋକିବାକୁ କେହି ଇଚ୍ଛା କରିବା କିମ୍ବା କାହାରି ସମର୍ଥନ ଥିବା ପରି ଲାଗୁନାହିଁ । ସେହିପରି ଶିକ୍ଷାବିତ୍ ଜାକବାର୍ଜୁନଙ୍କ ମତରେ ପଢ଼ାଇବା କଳାଟା ହଜିଯାଇନାହିଁ । କିନ୍ତୁ ଏଥିପ୍ରତି ସମ୍ମାନ ଦେବା ଏକ ହଜିଯାଇଥିବା ପରମ୍ପରା ହୋଇଯାଇଛି ।

ସ୍ୱାଧୀନତା ପରଠାରୁ ଗୁଣାତ୍ମକ ଶିକ୍ଷାଦାନ କରିବା ନାମରେ ପ୍ରଶାସନିକ ଶଂସ୍ତା ଯୋଜନାର ଅପନ୍ତରା ଗଳିଦେଇ ଆଜିର ଶିକ୍ଷା ବ୍ୟବସ୍ଥା ଗତି କରୁଛି । ଫଳରେ ଗୁଣାତ୍ମକ ଶିକ୍ଷାର ଅଭାବ ପରିଲକ୍ଷିତ ହେଉଛି । ଗୁଣାତ୍ମକ ଶିକ୍ଷାର ତିନୋଟି ଲକ୍ଷଣ ରହିବା ଉଚିତ । ପ୍ରଥମେ ଜଣେ ଶିକ୍ଷିତ ଯୁବକ ବା ଯୁବତୀ ଜଣେ ସୁସ୍ଥ, ସଚେତନ ଓ ଦେଶପ୍ରେମୀ ନାଗରିକ । ଦ୍ୱିତୀୟରେ ସେ ଯେଉଁ ବିଷୟରେ ଉପାଧି ପାଇଛି ସେହି ବିଷୟ ସମ୍ପର୍କରେ ଉପଲବ୍ଧ ଆଧୁନିକ ଜ୍ଞାନ ସେ ପାଇଛି । ଯାହା ସେ ଲେଖି ଏବଂ କହି ବୁଝାଇ ଦେଇପାରେ । ତୃତୀୟରେ ଇତିହାସ, ସଂସ୍କୃତି ଏବଂ ଭାରତୀୟ ସମ୍ୱିଧାନ ସମ୍ପର୍କରେ ତା'ର ଆବଶ୍ୟକୀୟ ଜ୍ଞାନ ରହିଛି । ଜଣେ ନାଗରିକ ପାଖରେ ଯେଉଁ ସାମାଜିକ ନୈତିକତା ରହିବା ଆବଶ୍ୟକ ସେତକ ସେ ଶିକ୍ଷା ମାଧ୍ୟମରେ ହାସଲ କରିଛି । ଏହି ସାଧାରଣ ଗୁଣ ବ୍ୟତୀତ ତା ପାଖରେ କିଛି ଅନୁସନ୍ଧିସ୍ସା, ନିଜର ସ୍ୱତନ୍ତ୍ର ମାର୍ଗ ଚୟନ ଯୋଗ୍ୟତା, ସବୁ ନୂତନ ଚିନ୍ତା, ଆବିଷ୍କାର, ଉଦ୍ଭାବନ ସମ୍ପର୍କରେ ଆଗ୍ରହ ଏବଂ ସର୍ବୋପରି ଏକ ବିଶ୍ୱ ଧାରଣା । ଏହି ଗୁଣଗୁଡ଼ିକର ଅବଶ୍ୟ କୌଣସି ମାନଙ୍କ ନାହିଁ । କେବଳ ଖାତାରେ ଉତ୍ତର ଲେଖିବା ଛଡ଼ା ଏବଂ ଚାକିରି ପାଇଁ ୫ ମିନିଟ୍‌ରେ ସାକ୍ଷାତକାରରେ ତା'ର ଉତ୍ତର ମାଧ୍ୟମରେ କେଉଁ ଗୁଣର କେତେ ଆକଳନ କରାଯାଇ ପାରେ ତାହା ବିବାଦମାନ ।

ହାଭାର୍ଡ ବିଶ୍ୱବିଦ୍ୟାଳୟର ମାନ୍ୟଗଣ୍ୟ ପ୍ରଧ୍ୟାପକ ହାବାର୍ଡ ଗାର୍ଡନରଙ୍କ କଥା । ସମଗ୍ର ବିଶ୍ୱର ଶ୍ରେଷ୍ଠ ଶିକ୍ଷାବିତ୍‌ମାନେ ତାଙ୍କୁ ସମ୍ମାନ ଦିଅନ୍ତି । ଗାର୍ଡନରଙ୍କ ବହୁଚର୍ଚ୍ଚିତ ସିଦ୍ଧାନ୍ତମାନଙ୍କ ଭିତରୁ ଗୋଟିଏ ହେଲା ଆମ ଜୀବନର ବିକାଶ କ୍ଷେତ୍ରରେ 'ମନର' ଅବଦାନ । ଗାର୍ଡନର କହନ୍ତି ଯେ ସଫଳ ବ୍ୟକ୍ତିତ୍ୱ ଗଢ଼ିବାକୁ ହେଲେ ଗୋଟିଏ ନୁହେଁ ଜଣକୁ ପାଞ୍ଚୋଟି ମନର ଅଧିକାରୀ ହେବାକୁ ହେବ । ପ୍ରଥମ ମନଟି ହେଲା ବୈଷୟିକ ଜ୍ଞାନ ସମଧ୍ୟମନ । ଭବିଷ୍ୟତକୁ ଜାଣିବା ପାଇଁ ଆମକୁ ପ୍ରଥମେ ଗୋଟିଏ ବିଷୟରେ କିମ୍ବା ଗୋଟିଏ କାମକୁ ଗଭୀର ଭାବରେ ଶିଖିବାକୁ ହେବ । ଉପର ଠାଉରିଆ ଜ୍ଞାନରେ ଜଣେ ସଫଳତାର ଶିଖରକୁ ଯାଇପାରିବ ନାହିଁ । ଗାର୍ଡନର କହନ୍ତି ଆମେ ଜୀବନରେ ଦୁଇ ରକମର ଲୋକ ଦେଖିବା । ପ୍ରଥମ ଗୋଷ୍ଠୀରେ ରହିବେ ଗଭୀର ବୈଷୟିକ ଜ୍ଞାନଥିବା ମଣିଷମାନେ । ଦ୍ୱିତୀୟ ଗୋଷ୍ଠୀରେ ରହିବେ ସେମାନଙ୍କର ଅଧସ୍ତନ କର୍ମଚାରୀମାନେ । ଯେଉଁମାନଙ୍କୁ ସାରା ଜୀବନ ଅନ୍ୟମାନଙ୍କର ଆଦେଶ ମାନି ଚଳିବାକୁ ହେବ । ଗାର୍ଡନରଙ୍କ ପାଞ୍ଚଟି ମନ ଭିତରୁ ଦ୍ୱିତୀୟଟି ହେଲା ସମନ୍ୱିତ ଚିନ୍ତାଶକ୍ତି ଥିବା ମନ । ଅର୍ଥାତ୍ ସଂଶ୍ଲେଷଣ କରିପାରୁଥିବା ମନ । ଇଂରାଜୀରେ The mind of synthesis ଅର୍ଥାତ୍ ଗୋଟିଏ ବିଷୟକୁ ବିଭିନ୍ନ ଦୃଷ୍ଟିକୋଣରୁ ପରଖି ଦେଖିବାର ମାନସିକ ଶକ୍ତି । କେବଳ ଗୋଟିଏ ଦିଶାରେ ବିଷୟଟିକୁ ନ‌ଉଳି ଅନ୍ୟାନ୍ୟ ସମ୍ଭାବନାକୁ ପ୍ରାଧାନ୍ୟ ଦେବା । ଅନ୍ୟର ମତାମତକୁ ଗୁରୁତ୍ୱ ଦେବା ଏଥିରେ ଅନ୍ତର୍ଭୁକ୍ତ । ତୃତୀୟ ମନଟି ହେଲା ସୃଜନଶୀଳ ମନ । ଜୀବନରେ ବହୁ ଜଟିଳ ସମସ୍ୟା ଆସିପାରେ । ଏହିସବୁ ସମସ୍ୟାର ସମାଧାନ ହୁଏତ ଚିରାଚରିତ ପ୍ରଥାରେ କରିହେବ । କିନ୍ତୁ ଯଦି କୌଣସି ନୂତନ ଉପାୟରେ କିମ୍ବା

ସୃଜନଶୀଳ ଉପାୟରେ ଏହା କରିହେବ, ତାହେଲେ ତାହା ଅଧିକ ପ୍ରଭାବଶାଳୀ ହୋଇପାରିବ । ସାଧାରଣତଃ ଆମେ ସୃଜନ– ଶୀଳତାକୁ କେବଳ କଳା, ସାହିତ୍ୟ, ସ୍ଥାପତ୍ୟ କ୍ଷେତ୍ରରେ ଆବଶ୍ୟକତାବୋଲି ମନେ କରିଥାଉ । କିନ୍ତୁ ଆଜିର ପୃଥିବୀରେ ପ୍ରତିଦିନ ପ୍ରତି କ୍ଷେତ୍ରରେ ସୃଜନଶକ୍ତି ବା ନୂତନ ଚିନ୍ତନର ଆବଶ୍ୟକତା ରହିଛି ।

ଗାର୍ଡନର ଚତୁର୍ଥରେ The Respectful mind, ଅର୍ଥାତ୍ ନମନଶୀଳ ମନ କଥା କହିଛନ୍ତି । ଅନେକ କ୍ଷେତ୍ରରେ ଜଟିଳ ସମସ୍ୟାଟିଏର ସମାଧାନ ଜଣଙ୍କ ପକ୍ଷରେ ଏକା କରିବା ସମ୍ଭବପର ହୋଇନପାରେ । ଦୁର୍ଘଟଣାଟିଏର ଉଦାହରଣ ନିଆଯାଉ । ଦୁର୍ଘଟଣାଗ୍ରସ୍ତ ବ୍ୟକ୍ତିଟିଏର ଜୀବନ ରକ୍ଷା ପାଇଁ କେବଳ ଶଲ୍ୟ ଚିକିତ୍ସକ ନୁହଁ ହୁଏତ ଜଣେ ଏନାସେସିଷ୍ଟ, ଜଣେ ମେଡିସିନ ସ୍ପେସିଆଲିଷ୍ଟ, ଜଣେ ନର୍ସ ଏବଂ ଜଣେ ଫିଜିଓଥେରାପିଷ୍ଟଙ୍କ ଆବଶ୍ୟକତା ହୋଇପାରେ । କିନ୍ତୁ ସମସ୍ତଙ୍କର ମିଳିମିଶି କାମ କରିବାରେ ହିଁ ଦୁର୍ଘଟଣାଗ୍ରସ୍ତ ମଣିଷଟିର ପରିଣାମ ନିର୍ଭର କରିବ । ଏଥିପାଇଁ କାମ କରୁଥିବା ମଣିଷମାନଙ୍କୁ ପରସ୍ପରକୁ ସମ୍ମାନ ଦେବାକୁ ପଡ଼ିବ । ଯେଉଁବ୍ୟକ୍ତି ଅନ୍ୟକୁ ସମ୍ମାନ ଦିଏ, ସେ ହିଁ ଅନ୍ୟମାନଙ୍କର ସମ୍ମାନାସ୍ପଦ ହୋଇଥାଏ । ଗାର୍ଡନର କହିଥିବା ଶେଷ ମନଟିର ବିଶେଷ ଆବଶ୍ୟକତା ରହିଛି । ସେଇଟି ହେଲା Ethical mind, ଅର୍ଥାତ ନୀତି ସଙ୍ଗତ ମନ । ଜଣେ ମେକାନିକ ହୁଏତ ଦକ୍ଷତାର ସହିତ ନିଜକାମ କରିପାରନ୍ତି, କିନ୍ତୁ ପଇସାପତ୍ର ମାମଲାରେ ସେ ଭରସାଯୋଗ୍ୟ ହୋଇ ନ ପାରନ୍ତି । ସେଭଳି ଜଣେ ଡାକ୍ତର ହୁଏତ ଭଲ ଚିକିତ୍ସା କରିପାରନ୍ତି, କିନ୍ତୁ ସେ ହୁଏତ କମିସନ ଆଶାରେ ରୋଗୀମାନଙ୍କ ଅଯଥା ଲାବୋରେଟରି ପରୀକ୍ଷା କରେଇ ପାରନ୍ତି । ଏଭଳି ମଣିଷ ପାଖରେ ନୀତି ସଙ୍ଗତ ମନଟିଏର ଅଭାବ ରହିଯାଏ । ହୁଏତ ଅର୍ଥ ପରାକ୍ରମ ହାତକୁ ଆସେ, ମାତ୍ର ପ୍ରକୃତ ସମ୍ମାନ ମିଳେ ନାହିଁ । ଜୀବନରେ ପରିଶ୍ରମୀ ହେବା ସହିତ ବହୁ ପ୍ରତିଭାରେ ଆମ ମନକୁ ବିକଶିତ କରିବା ଖୁବ୍ ଜରୁରୀ ।

ଇଣ୍ଡିଆରେ ଶିକ୍ଷା ଆଉ ଜ୍ଞାନ ଅର୍ଜନର ପରିସୀମା ଭିତରେ ଆବଦ୍ଧ ନୁହେଁ । ଶିକ୍ଷା କେବଳ ଉପାର୍ଜନର ମାଧ୍ୟମ ସାଜିଛି । ସଚରିତ୍ର ଗଠନ ପାଇଁ ଶିକ୍ଷାର ଆବଶ୍ୟକତା ଆଉ ଲୋଡ଼ା ପଡୁନାହିଁ । ଉପାର୍ଜନର କୌଶଳ ଶିଖିବା ପାଇଁ ଶିକ୍ଷା ଏକ ତାଲିମ ବ୍ୟବସ୍ଥା ଭିତରେ ଆବଦ୍ଧ ହୋଇଯାଇଛି । ଶିକ୍ଷା ବ୍ୟବସ୍ଥା କ'ଣ ଏକ ଲାଭକାରୀ ବ୍ୟବସ୍ଥା ଯେଉଁଥିରୁ ଆମେ ଲାଭକ୍ଷତିର ହିସାବ ରଖିବା । ଧର୍ମ ଓ ସଂସ୍କୃତିକୁ ଆପଣାଇବା ପାଇଁ କୌଣସି ଉଦ୍ୟମ ସେଠରେ ନାହିଁ ବରଂ ପ୍ରତିଯୋଗିତା ବଢ଼ିଛି । ଅଧର୍ମ ରାଷ୍ଟ୍ରରେ ବ୍ୟବସ୍ଥା ଭିତରୁ ଲାଭକୁ ଲୁଟିନେବା ପାଇଁ ଇଣ୍ଡିଆର ଶିକ୍ଷା, ସ୍କୁଲ୍ସ୍ତରରୁ ବିଶ୍ୱବିଦ୍ୟାଳୟ ପର୍ଯ୍ୟନ୍ତ ମୁଖ୍ୟତଃ ବୈଷୟିକ ଉତ୍ପାଦନକ୍ଷମ, ରୋଜଗାରକ୍ଷମ ହେଲାଣି । ଅନେକଙ୍କୁ ଲାଗେ – ସେକ୍ସପିଅର, ରବୀନ୍ଦ୍ରନାଥ, ଫକିର ମୋହନଙ୍କୁ ପଢ଼ି କ'ଣ ଚାରିପଇସା ରୋଜଗାର କରିହେବ ? ସଚି ରାଉତରାୟଙ୍କ ଚିତାନିଆଁ କ'ଣ ସେଇ ଛୋଟ ଗାଁ ମଶାଣିରେ ଶେଷରେ ଜଳିଥିଲା କି ? କିମ୍ବା ପଲ୍ଲୀକବି ନନ୍ଦ କିଶୋର କୁସୁମପୁରରେ ସାମଧ୍ୟ ନେଇଥିଲେ ? ସେସବୁ ପଢ଼ି କ'ଣ ଲାଭ ? ଏଭଳି ଭାବିଲା ବେଳେ ବୁଝିପାରନ୍ତି ନାହିଁ ବା ଜାଣି ପାରନ୍ତି ନାହିଁ ଯେ ନିଜର ମନୁଷ୍ୟତ୍ୱର ନିର୍ମାଣରେ, ବିକାଶରେ ସେସବୁ ସାହିତ୍ୟ ଭାରି ସାହାଯ୍ୟକାରୀ ଅତ୍ୟନ୍ତ ଉପାଦେୟ । ଭଲ ମଣିଷଟିଏ ହେବାକୁ ଆଉ କୋଉ କୋମଳମତି ଚପଳ ବୟସର ଛାତ୍ର ମନରେ ଏବେ ଆଉ ପ୍ରତ୍ୟାଶା ନାହିଁ । ସେ କେବଳ ଚାହେଁ ଏ ସୃଷ୍ଟିର ସବୁ ସମ୍ପଦ, ସବୁ କ୍ଷମତା, ସବୁ ଯଶ କେବଳ ତା'ର ହେଉ । ଶିକ୍ଷା ବ୍ୟବସ୍ଥା ସହିତ ଶିକ୍ଷକମାନଙ୍କର ମାନସିକ ବିଚାରକୁ ମଧ୍ୟ ଗୁରୁତର ସହିତ ନିଆଯାଇପାରେ । ସେମାନଙ୍କ ଭିତରୁ ଅନେକ ବ୍ୟବସ୍ଥାକୁ ସୁଧାରିବା ପରିବର୍ତ୍ତେ ଭ୍ରଷ୍ଟାଚାର ପ୍ରୋତ୍ସାହକ ସାଜିଛନ୍ତି । ଶିକ୍ଷା ସମ୍ବଳକୁ ହରିଲୁଟ କରୁଛନ୍ତି ।

ଭାରତରେ ଗଛଛାଇ ଖୋଲା ପଡ଼ିଆ ନିରବ ନିଶ୍ଚଳ ସ୍ଥାନରେ ନଡ଼ାଛପର ମାଟିକାନ୍ଥ ଘରେ ସ୍କୁଲ ଚାଲୁଥିଲାବେଳେ ଏବେ ଇଣ୍ଡିଆରେ ରାସ୍ତାକଡ଼ ଗାଡ଼ିମୋଟରଯାନ ଚଳାଚଳ କରି ଶବ୍ଦ ପ୍ରଦୂଷଣ ସୃଷ୍ଟି ହେଉଥିବା ଜାଗାରେ କୋଠାଘରମାନଙ୍କରେ ବର୍ତ୍ତମାନ ସ୍କୁଲ ଚାଲୁଛି । ଭାରତର ଶିକ୍ଷକମାନେ ଧୋତି କାମିଜ ପିନ୍ଧି ଚଦର କାନ୍ଧରେ ପକାଇ ପାଦରେ ଚାଲି ଚାଲି ଆସି ପ୍ରାର୍ଥନା ପୂର୍ବରୁ ସ୍କୁଲରେ ପହଞ୍ଚୁଥିଲେ ଓ ଚାରିଟାରେ ସ୍କୁଲ ଛୁଟି କରି ପିଲାମାନେ ଗଲା ପରେ ସବାଶେଷରେ ସ୍କୁଲ

କୋଠରିଗୁଡ଼ିକୁ ଭଲ ଭାବରେ ତଦାରଖ କରି ଘରକୁ ଫେରୁଥିଲେ । ବର୍ତ୍ତମାନ ଇଣ୍ଡିଆର ମାଷ୍ଟମାନେ ସାହେବଙ୍କ ପରି ପୋଷାକ ପିନ୍ଧି ଦୁଇଚକିଆ ଯାନରେ ଆରୋହଣ ପୂର୍ବକ ଏଗାରଟା ପରେ ସ୍କୁଲରେ ପହଞ୍ଚୁଛନ୍ତି । ତିନିଟା ପୂର୍ବରୁ ସ୍କୁଲ ଛାଡୁଛନ୍ତି । ଭାରତର ଶିକ୍ଷକମାନେ ଶିକ୍ଷାଦାନକୁ ପ୍ରାଧାନ୍ୟ ଦେଉଥିଲେ । ଘରୁ ବାହାରିବାଠାରୁ ପୁଣି ସ୍କୁଲରୁ ଫେରି ଘରେ ପହଞ୍ଚିବା ପର୍ଯ୍ୟନ୍ତ ଜଣେ ଶିକ୍ଷକର ହାବଭାବ, ଚାଲିଚଳଣ, ଆଚାର, ଆଚରଣ, ବ୍ୟବହାର, କଥାଭାଷା ଉପଯୁକ୍ତ ଗୁରୁଙ୍କ ପରିଥିଲା । ଏବେ ଇଣ୍ଡିଆର ମାଷ୍ଟମାନେ ପାଠ ପଢ଼ାଇବାକୁ ବୀତସ୍ପୃହ । ସେମାନେ ଶିକ୍ଷକତା ସହିତ ଅନ୍ୟ ଧନ୍ଦାରେ ପ୍ରାୟତଃ ଜଡ଼ିତ । ଭାରତରେ ଜଣେ ଶିକ୍ଷକଙ୍କୁ ନିଯୁକ୍ତି ଦେବା ସମୟରେ ସେ ପାଠ ପଢ଼ୁଥିବା ବେଳେ ତାଙ୍କ ମେଧାବୀ, ଶିକ୍ଷାପ୍ରତି ଅନୁରାଗ, ଶିକ୍ଷାଦାନ ପ୍ରତି ଅନୁରକ୍ତି ନିଜ କର୍ତ୍ତବ୍ୟ ପ୍ରତି ଆବେଗ, ଶିଷ୍ଟାଚାର, ଆତ୍ମସମ୍ମାନ ଜ୍ଞାନ, ଭଦ୍ର ବ୍ୟବହାର, ଶୃଙ୍ଖଳିତ ଆଚରଣ, ମାର୍ଜିତ କଥୋପକଥନ ପ୍ରଭୃତି ଶିକ୍ଷକ ନିଯୁକ୍ତିର ମାପକାଠି ହେଉଥିଲା ବେଳେ ଏବେ ଇଣ୍ଡିଆରେ ସ୍ଥାନୀୟ ରାଜନୈତିକ ନେତାଙ୍କ ବୋଲକଥା, ଖୁସାମତିଆ, ଚାଟୁକାର, ସ୍ତାବକ, ପିନ୍ଧାଟେକା । ଛାତ୍ର ଅବସ୍ଥାରେ ଶ୍ରେଣୀ ଗୃହରେ ପଛ ସିଟରେ ବସି ଦୁଷ୍କର୍ମୀ କରୁଥିବା ଗଧ ପିଲାଟି ପରୀକ୍ଷାରେ ଅସାଧୁ ଉପାୟରେ ସାର୍ଟିଫିକେଟ ହାସଲ କରିଥିବା ପ୍ରବୀଣ ଦଲାଲ, ଅବିବେକୀ, ଅପରିଣାମଦର୍ଶୀ, ଅଭଦ୍ର, ଅସଭ୍ୟ, ଅମଣିଷ ଛାତ୍ର ଜୀବନରେ ଭଲ ଛାତ୍ର ନ ଥିବାରୁ ଶିକ୍ଷାଦାନ ପ୍ରତି ଅବହେଳା ପ୍ରଦର୍ଶନକାରୀ, ତୋସାମଦକାରୀ ମାନେ ଶିକ୍ଷକ ଭାବରେ ନିଯୁକ୍ତି ପାଉଛନ୍ତି ।

ଭାରତରେ ଆଗରୁ ନଡ଼ାଛପର ଘର ଓ ମାଟିକାନ୍ଥର ବେଷ୍ଟନୀ ଭିତରେ ଯେମିତି ଶିକ୍ଷାଦାନ କରାଯାଉଥିଲା । ଏବେ ଇଣ୍ଡିଆରେ ବହୁ ଅର୍ଥ ବ୍ୟୟରେ ନିର୍ମିତ ପ୍ରାସାଦ ତୁଲ୍ୟ କୋଠାରେ ସେପରି ଶିକ୍ଷାଦାନ ବ୍ୟବସ୍ଥା ନାହିଁ । ଭାରତରେ ନଡ଼ା ଛପର ମାଟିକାନ୍ଥୁ ଘେରା ସ୍କୁଲ ଗୃହମାନଙ୍କରେ ଆଗପରି ଶୁଦ୍ଧତା, ପବିତ୍ରତା, ମୌଲିକତା ଓ ନୀତିନିଷ୍ଠତା ଏବର ଇଣ୍ଡିଆର ପ୍ରାସାଦ ତୁଲ୍ୟ ବିଦ୍ୟାଳୟ ଗୃହରେ ନାହିଁ । ଭାରତର ସେ ଚାଳଘରଗୁଡ଼ିକ ବିଦ୍ୟାଦାନର, ଶିକ୍ଷାଦାନର କେନ୍ଦ୍ର ଥିଲା । ଏବେର ଇଣ୍ଡିଆର ଏଇ କୋଠାଘରମାନ-ରାଜନୈତିକ ନେତାଙ୍କ ମନ୍ତ୍ରଣାକକ୍ଷ, ଗାଁ ମାମଲତକାରଙ୍କ ପରାମର୍ଶ ଭବନ । ସ୍ଥାନୀୟ ଠିକାଦାରଙ୍କ ଗୋଦାମ ଘର ଭାବରେ ବ୍ୟବହୃତ ହେଉଛି । ପୂର୍ବକାଳର ଭାରତର ସେ ଧୋତିପିନ୍ଧା ଶିକ୍ଷକମାନେ ଯେପରି ଭାବରେ ପାଠ ପଢ଼ାଉଥିଲେ । ବର୍ତ୍ତମାନ ସମୟର (ଇଣ୍ଡିଆର) ପ୍ୟାଣ୍ଟ ପିନ୍ଧା ନକଲି ସାହେବ ବେଶଧାରୀ ଶିକ୍ଷକମାନେ ସେପରି ଶିକ୍ଷାଦାନ ଲାଗି ସମର୍ଥ ହେଉନାହାନ୍ତି, ଭାରତର ସେହି ଧୋତି ଚଦର ପରିହିତ ଚଟି ଜୋତା ପିନ୍ଧା ଶିକ୍ଷକମାନଙ୍କ ପରି ଏ ଇଣ୍ଡିଆର ତଥାକଥିତ ପ୍ୟାଣ୍ଟପିନ୍ଧା ଦୁଇଚକିଆ ଯାନ ଆରୋହୀ ଶିକ୍ଷକମାନେ ନୁହଁନ୍ତି । କେବଳ ନିୟମିତ ଦରମା ନେବାରେ ପାରଙ୍ଗମତା ପ୍ରଦର୍ଶନ କରିବା ନିମିତ୍ତ ସମର୍ଥ ଶିକ୍ଷାଦାନ ଲାଗି ନୁହେଁ । ଭାରତର ଶିକ୍ଷକମାନେ ପିଲାମାନଙ୍କୁ ଶିକ୍ଷାଦାନ ସହିତ ଚରିତ୍ର ଗଠନ ଉପରେ ଜୋର ଦେଉଥିଲେ । ବର୍ତ୍ତମାନ ଇଣ୍ଡିଆର ଶିକ୍ଷକମାନେ ସେ ଦିଗ ପ୍ରତି ଧ୍ୟାନ ଆଦୌ ଦେଉନାହାନ୍ତି । ପୂର୍ବକାଳରେ ଜଣେ ଶିକ୍ଷକ ନିଜେ ଆଦର୍ଶ ନାଗରିକର ଜୀବନ ବିତାଉଥିଲେ । ସେ କବେଳ ଶିକ୍ଷାଦାନ, ଛାତ୍ରଛାତ୍ରୀ ଓ ବିଦ୍ୟାଳୟ କଥା ଭାବୁଥିଲେ । ବର୍ତ୍ତମାନ ପାଇଁ ଇଣ୍ଡିଆର ଶିକ୍ଷକମାନେ ଆପଣା ଚାକିରି ବ୍ୟତୀତ ଆନ୍ୟାନ୍ୟ ଆନୁଷଙ୍ଗିକ ଧନ୍ଦା ଯଥା ମଧ୍ୟସ୍ଥ କର୍ମ, ଗାଁ ମାମଲତି କାରବାର, ଟଙ୍କା ମହାଜନି, ବୀମାକରଣ, ରାଜନୀତି ଓ ଅନ୍ୟାନ୍ୟ ଅନେକ କର୍ମ ତଥା ବ୍ୟବସାୟ ସହିତ ସମ୍ପୃକ୍ତ ହୋଇପଡ଼ୁଛନ୍ତି । ବିଦ୍ୟାଳୟରେ ଦୀର୍ଘ ସମୟ ଧରି ବସି ପିଲାମାନଙ୍କୁ ପାଠ ନ ପଢ଼ାଇ ତାଙ୍କ ମହାଜନୀ ହିସାବ, ମଧ୍ୟସ୍ଥ କର୍ମ, ବୀମାକରଣର ଯୋଜନା, ମଧ୍ୟାହ୍ନ ଭୋଜନ ସାମଗ୍ରୀ (ଚାଉଳ) ହଡ଼ପର ଉପାୟ ଚିନ୍ତାରେ ମଗ୍ନ ରହୁଛନ୍ତି । କିପରି ଖାତକଠାରୁ ସୁଧଟଙ୍କା ଆଦାୟ କରିବେ । କିପରି ଅଧିକ ପଲିସ କରି ପାରିବେ । ବେଶୀ ବିବାହରେ ମଧ୍ୟସ୍ଥ ଭୂମିକା ନିର୍ବାହ କରି ସେ ବାବଦ ପାଉଣା ଆଦାୟ କରିବେ, ଗାଁ ମାମଲତରେ ସମ୍ପୃକ୍ତ ହୋଇ ନେତାର ମାନ୍ୟତା ହାସଲ କରିବେ । ପିଲାମାନଙ୍କ ମଧ୍ୟାହ୍ନ ଭୋଜନ ନ ଦେଇ ସେ ଚାଉଳ (ସାମଗ୍ରୀ)କୁ କେଉଁ ଉପାୟରେ ହଡ଼ପ କରିହେବ ।

ସ୍କୁଲର ନୂତନ ଗୃହ ନିର୍ମାଣରେ କେତେ ନିମ୍ନମାନର କାମ କରି ଅଧିକ ଅର୍ଥ ଆମ୍ସାତ କରିହେବ । ସେ ଧନ୍ଦାରେ ଏମାନେ ଏତେ ମାତ୍ରାରେ ବ୍ୟସ୍ତ ଯେ ପାଠପଢ଼ା କଥା ସେମାନଙ୍କ ମନରେ ସ୍ଥାନ ପାଇପାରୁନି । ପିଲାମାନଙ୍କ ପାଇଁ ଆସୁଥିବା ଅଣ୍ଡା ଓ କଦଳୀକୁ ଘରେ ରଖି ନିଜ ପରିବାର ଲାଗି ସେଗୁଡ଼ିକୁ ବ୍ୟବହାର କରୁଛନ୍ତି । ଆଉ କେତେକ ଶିକ୍ଷକ ଅଳ୍ପ ପାରିଶ୍ରମିକ ଦେଇ ବଦଳ ଶିକ୍ଷକ ପାଠ ପଢ଼ାଇବା ପାଇଁ ରଖି ନିଜେ ଅନ୍ୟ ଧନ୍ଦାରେ ମାତିଛନ୍ତି ।

ଭାରତର ଶିକ୍ଷକମାନଙ୍କ କପାଳରେ ଚନ୍ଦନ ଚିମ୍ପା, ପାଦରେ ଚଟି ଜୋତା, ମଣିବନ୍ଧରେ ହାତଘଣ୍ଟା, ହାତରେ ଉପସ୍ଥାନ ଖାତା ସହିତ ବେତବାଡ଼ି, କାମ ପାଠପଢ଼ାଇବା, ଲକ୍ଷ୍ୟ ଶିକ୍ଷାଦାନ, ଉଦ୍ଦେଶ୍ୟ ଛାତ୍ରଛାତ୍ରୀମାନଙ୍କୁ ଉପଯୁକ୍ତ ନାଗରିକ ଭାବରେ ଗଢ଼ିବା, ସେମାନେ ଶିକ୍ଷକର ଜୀବନ ନିର୍ବାହ କରୁଥିଲେ । ସେମାନଙ୍କ କଥାଭାଷାରେ ଶାଳୀନତା ଥିଲା । ବ୍ୟବହାରରେ ଶିଷ୍ଟାଚାର ରହୁଥିଲା । ଚାଲିଚଳଣ ଭଦ୍ରୋଚିତ, ସମାଜରେ ସେମାନଙ୍କର ପ୍ରତିଷ୍ଠା ଥିଲା । ସେମାନେଙ୍କୁ ଲୋକମାନେ ସମ୍ମାନ ଦେଉଥିଲେ, ଆଦର କରୁଥିଲେ । ସେମାନେ ଅଭ୍ୟର୍ଥନା ପାଉଥିଲେ ଯେ କୌଣସି ସ୍ଥାନକୁ ଗଲେ । ଘରୁ ବାହାରି ସ୍କୁଲକୁ ଯିବା ବାଟରେ ଓ ସ୍କୁଲରୁ ଘରକୁ ଫେରିବା ରାସ୍ତାରେ କେତେ ଜୁହାର, ପ୍ରଣାମ, ଓଲଗି, ଦଣ୍ଡବତ, ନମସ୍କାର ହେଉଥିଲେ ଜନସାଧାରଣ । ସେମାନେ ଥିଲେ ଶିକ୍ଷକ, ଶିକ୍ଷାଦାତା ସମାଜ ସଂସ୍କାରକ, ପ୍ରଣାମ୍ୟ, ନମସ୍ୟ, ଜ୍ଞାନପ୍ରଦାନକାରୀ ବ୍ୟକ୍ତିତ୍ୱ । ସମାଜରେ ସେମାନଙ୍କର ନୀତି ଆଦର୍ଶ ପାଇଁ ଆଦର ଥିଲା । ସମ୍ମାନ ଥିଲା, ଏଇନେ ଇଣ୍ଡିଆର ଜଣେ ଶିକ୍ଷକ କେବଳ ବିଦ୍ୟାଳୟର ପରିବେଷ୍ଟନୀରେ ଆବଦ୍ଧ ନୁହେଁ, ତା'ର ଅନେକ ରୂପ । ଶିକ୍ଷକମାନେ ସେମାନଙ୍କର ନିଜ ଦୋଷରୁ ପୂର୍ବରୁ ଜଣେ ଶିକ୍ଷକର ଥିବା ସାମାଜିକ ପ୍ରତିଷ୍ଠା ହରାଇ ବସୁଛନ୍ତି । ଜନସାଧାରଣ ଆଉ ସେମାନଙ୍କୁ ସେମାନଙ୍କ ଗୁଣରୁ ଆଗଭଳି ସମ୍ମାନ ଦେଉନାହାନ୍ତି । ଶିକ୍ଷକମାନେ ନିଜେ ଆପଣା ପଦବୀର ଅମର୍ଯ୍ୟାଦା କରୁଛନ୍ତି । ଇଣ୍ଡିଆର ଶିକ୍ଷକମାନେ ବର୍ତ୍ତମାନ ଶିକ୍ଷାଦାନ କଥା ପୂରାପୂରି ଭୁଲିଗଲେଣି । ଏଇନେ ସେମାନଙ୍କର ଲକ୍ଷ୍ୟ ହେଲା କିପରି ଚାକିରିରେ ନିଯୁକ୍ତି ପାଇବେ, ନିଜର କର୍ତ୍ତବ୍ୟ ଠିକ୍ ଭାବରେ ପାଳନ ନ କରି ଦରମା ଗଣ୍ଠାକ ହାତେଇବେ । ସେ ଟଙ୍କାରେ ଜମି କିଣି ଚକ ବଢ଼ାଇବେ । ପ୍ରାସାଦ ତୁଲ୍ୟ ବାସଗୃହ ତୋଳିବେ, ନିଜପିଲାଙ୍କୁ ସରକାରୀ ସ୍କୁଲରେ ନ ପଢ଼ାଇ ବେସରକାରୀ ସ୍କୁଲରେ ନାମଲେଖାଇବେ । ନିଜେ ଅଥଚ ସରକାରୀ ସ୍କୁଲରେ ଶିକ୍ଷକତା କରିସୁଦ୍ଧା । ତା ପରେ ନିଜ ପିଲାର କୌଣସି ଯୋଗ୍ୟତା ନ ଥାଇ ମଧ ତାକୁ ଗାଡ଼ି କିଣିଦେବେ । ସେ ପିଲା ଯେ ବାପର କଷ୍ଟୋପାର୍ଜିତ ଅର୍ଥ ବଳରେ ଗାଡ଼ି ଚଢ଼ି ବିଶୃଙ୍ଖଳିତ ହୋଇ ବାପର ବଦନାମ କରୁଛି ସେଥିପ୍ରତି ସେମାନଙ୍କର ନଜର ନାହିଁ ।

ବର୍ତ୍ତମାନ ପାଠ ନ ପଢ଼ାଇ ଇଣ୍ଡିଆର ଶିକ୍ଷକମାନେ କିପରି ବାହାଦୁରୀ ନେବେ ସେଥିପାଇଁ ଲାଗି ପଡ଼ିଛନ୍ତି । ପରିଶ୍ରମ କରି ପାଠ ନପଢ଼ି ପିଲାମାନେ କିପରି ପରୀକ୍ଷାରେ ଅଧିକ ନମ୍ବର ରଖିବେ ସେ କାମ ମଧ କରାଯାଉଛି । ସେଥିପାଇଁ ଟଙ୍କା ଦିଆଯାଇ କପି ହେବାକୁ ସୁବିଧା ଥିବା (କପି ହେଉଥିବା) ସ୍କୁଲରେ ପରୀକ୍ଷା କେନ୍ଦ୍ର ପକାଯାଉଛି । ସମାଜର ପ୍ରଭାବଶାଳୀ ବ୍ୟକ୍ତିମାନେ ପରୀକ୍ଷା କେନ୍ଦ୍ରର ଶିକ୍ଷକମାନଙ୍କୁ ହାତ କରି ତାଙ୍କ ପିଲାର (ସିଟ୍) ରୋଲ ନମ୍ବର ଝରକା ପାଖରେ କିମ୍ବା ପରୀକ୍ଷା କେନ୍ଦ୍ର କୌଣସି ସ୍ୱତନ୍ତ୍ର କୋଠରି (ଯେଉଁ କୋଠରିଟି କେବଳ କପି ହେବା ପାଇଁ ସଂରକ୍ଷିତ)ରେ ପକାଉଛନ୍ତି । ଯେପରି ସେଠାରେ ସୁବିଧାରେ କପି ଯୋଗାଯାଇ ପାରିବ । ସମାଜର ପ୍ରତିଷ୍ଠିତ ବ୍ୟକ୍ତି, ଧନିକ ଗୋଷ୍ଠୀ ପ୍ରଭାବଶାଳୀମାନେ ତାଙ୍କ ପିଲାଙ୍କୁ ପରୀକ୍ଷା କେନ୍ଦ୍ରରେ ସୁବିଧାରେ କପିକରି, ବହିରୁ ଉତ୍ତର ଉତାରି ପାରିବାର ନିରାପଦ ସୁଯୋଗ ଯୋଗାଇ ଦେଉଛନ୍ତି । ଯଦି ପିଲା ସେ ବାଗରେ ନ ପାରିଲା ତେବେ ଖାତାକାମ କରିବା ଦ୍ୱାରା ପାଠ ନ ପଢ଼ି ବିନା ପରିଶ୍ରମରେ ମେଧା ନ ଥାଇ ଅର୍ଥ ବଳରେ ସେମାନେ ଉଚ୍ଚହାରରେ ନମ୍ବର (ମାର୍କ) ରଖି ଉତ୍ତୀର୍ଣ୍ଣ ହୋଇ ଯାଉଛନ୍ତି । ଯାହା ଜଣେ ଗରିବ ମେଧାବୀ ଛାତ୍ର ପକ୍ଷରେ ସମ୍ଭବ ହେଉନି । ସେ ଅଧିକ ପରିଶ୍ରମ କରି ନଖାଇ, ନଶୋଇ ବହି ଘୋଷି କଠିନ ଅଧ୍ୟାବସାୟ ପରେ ସୁଦ୍ଧା ବିତରା ସୁବିଧା ପାଇଁ ପାରୁନି । କେବଳ ଭାଗ୍ୟ ଓ ଭଗବାନଙ୍କ ଉପରେ ଭରସା ରଖି ଚୁପ୍ ରହିବାକୁ ବାଧ୍ୟ ହେଉଛି ।

ଭାରତର ବୈଦ୍ୟ କବିରାଜମାନେ ପ୍ରାକୃତିକ ସାଧନରୁ ପ୍ରାପ୍ତ ଔଷଧ ଦ୍ୱାରା ସମସ୍ତ ରୋଗର ନିଦାନ ପ୍ରସ୍ତୁତ

କରିପାରୁଥିଲେ । ଭାରତର ମୁନି, ଋଷିମାନଙ୍କ ଯୋଗ ଦ୍ୱାରା ସ୍ୱାସ୍ଥ୍ୟ ଏବଂ କଲ୍ୟାଣ ପାଇଁ ପୂର୍ଣ୍ଣଦାବାଦୀ ଦୃଷ୍ଟିକୋଣ ପ୍ରଦାନ କରିଥାଏ । ଯୋଗ ଜୀବନର ସମସ୍ତ ବିଷୟ ମଧ୍ୟରେ ସନ୍ତୁଳନ ସ୍ଥାପିତ କରିଥାଏ । ତେଣୁ ରୋଗକୁ ପ୍ରତିହତ କରିବା ସ୍ୱାସ୍ଥ୍ୟ ସମର୍ଦ୍ଧନ ତଥା ଜୀବନ ଶୈଳୀ ସମ୍ପର୍କିତ ବିକାଶର ପରିଚାଳନା ପାଇଁ ମଧ୍ୟ ଏହାକୁ ସ୍ୱୀକାର କରାଯାଏ । ଯୋଗ ବିଶ୍ୱର ଜନସଂଖ୍ୟା ସହିତ ସ୍ୱାସ୍ଥ୍ୟ ତଥା ସେମାନଙ୍କର ଲାଭ ପାଇଁ ବିସ୍ତୃତ ଭାବେ କାମ କରିପାରିବ । ଯୋଗ ମାନବତା ଓ ଅଧ୍ୟାମ୍ନିକ ଉଭୟ ରୂପରେ ଗୁରୁତ୍ୱପୂର୍ଣ୍ଣ ଭାବେ ପ୍ରସ୍ତୁତ କରି ନିଜକୁ ପ୍ରମାଣିତ କରିଛି । ଏହା ପ୍ରାଚୀନ ଭାରତୀୟ ପରମ୍ପରା ଓ ସଂସ୍କୃତିର ଅମୂଲ୍ୟ ବରଦାନ ଏବଂ ଏହାର ଅଭ୍ୟାସ ଶରୀର, ମନ, ବିଚାର, କର୍ମ ଏବଂ ଆତ୍ମସଂଯମ ପୂର୍ଣ୍ଣତାର ଏକାମ୍ନକତା ତଥା ମାନବ ଏବଂ ପ୍ରକୃତି ମଧ୍ୟରେ ସନ୍ତୁଳନ ସ୍ଥାପିତ କରିଥାଏ ତଥା ଏହା ସ୍ୱସ୍ଥ୍ୟ ଏବଂ କଲ୍ୟାଣର ପୂର୍ଣ୍ଣତାବାଦୀ ଦୃଷ୍ଟିକୋଣ । ଯୋଗ କେବଳ ବ୍ୟାୟାମ ନୁହେଁ ବରଂ ନିଜ ସହ ବିଶ୍ୱ ଓ ପ୍ରକୃତିକୁ ଏକତ୍ର ଖୋଜିବାର ଭାବ । ଯୋଗ ଆମର ଜୀବନ ଶୈଳୀରେ ପରିବର୍ତ୍ତନ ଆଣି ଆମ ଭିତରେ ସଚେତନତା ସୃଷ୍ଟି କରିଥାଏ ତଥା ପ୍ରାକୃତିକ ପରିବର୍ତ୍ତନ ଦ୍ୱାରା ଶରୀରରେ ହେଉଥିବା ପରିବର୍ତ୍ତନକୁ ସହ୍ୟ କରିବାରେ ସହାୟକ ହୋଇପାରେ । ଏହା ଜଳବାୟୁ ପରିବର୍ତ୍ତନ କରିବାର ମୁକାବିଲା କରିବାରେ ମଧ୍ୟ ସହାୟକ ହୋଇପାରିବ ।

ମାତ୍ର ଇଣ୍ଡିଆରେ ଏବେ ଚାଲିଛି ପାଶ୍ଚାତ୍ୟ, ଆଧୁନିକ ଚିକିତ୍ସା ପଦ୍ଧତି । କହିବାକୁ ଏହା ଆଧୁନିକ ମାତ୍ର ଆଜି ପର୍ଯ୍ୟନ୍ତ ଏମାନେ ନିହାତି ସାଧାରଣ ସର୍ଦ୍ଦି, କାଶର, ମୂଲ କାରଣ ଖୋଜି ପାଉନାହାନ୍ତି । ଏଡ୍ସ, କ୍ୟାନ୍ସର ତ ଦୂରର କଥା । ଭାରତରରେ ଲୋକେ ପରସ୍ପରକୁ ଅଭିନନ୍ଦନ ସମୟରେ ହାତଯୋଡ଼ି ମଥାରେ ଲଗାଉଥିଲେ । ଇଣ୍ଡିଆରେ ହାତ ହଲାଇ ହାଏ ହାଏ କୁହାଯାଉଛି । ଏହି ହାଏ – ହାଏ ଦୁଃଖ, ଆଶ୍ଚର୍ଯ୍ୟ, ଶୋକ କିମ୍ୱା ସୁଖର ସୂଚକ ଜାଣି ହେଉନି । ଏହି ହେଲା ପୁରାତନ ଭାରତ ଓ ଆଧୁନିକ ଇଣ୍ଡିଆ ମଧ୍ୟରେ ପ୍ରଭେଦ, ତଫାତ, ପାର୍ଥକ୍ୟ, ଫରକ, ବ୍ୟବଧାନ, ଦୂରତା କିମ୍ୱା ଅନ୍ୟରୂପ ।

ସୁନି ଏପରି ଚଳଣିକୁ ଓ ଏହି ଚଳଣିକୁ ମାନି ଚଳୁଥିବା ଲୋକଙ୍କୁ ଘୃଣା କରେ । ଯଦିବା ସିଏ ନିଜେ ସେମାନଙ୍କ ପରି ପୋଷାକ ପିନ୍ଧେ ଏବଂ ସେମାନଙ୍କ ଭଲି ସେହି ଚଳଣିକୁ ଆଦରି ନେଇଛି, ନିଜର ଅନିଚ୍ଛା ଓ ଅପସନ୍ଦ ସତ୍ତ୍ୱେ । କାରଣ ଆମେ ରହିଥିବା ସମାଜରେ ଲୋକମାନେ ଯେଉଁ ନିୟମ ମାନି ଚଳିବେ ଓ ଯେପରି ପଦ୍ଧତି ଅନୁସରଣ କରିବେ ତୁମେ ତୁମର ଅନିଚ୍ଛା ଏବଂ ଅନାଗ୍ରହ ସତ୍ତ୍ୱେ ସେଭଳି ନିୟମ ଓ ପଦ୍ଧତିକୁ ଅନୁକରଣ କରିବାକୁ ବାଧ୍ୟ ନ ହେଲେ ଲୋକହସା ହେବା କେବଳ ସାର ହେବ ।

ମନ୍ଦିରରେ ଗାଁ ଲୋକଙ୍କର ଗହଳି । ଆଗରେ ଗାଁ ପିଲାମାନଙ୍କ ମେଳି । ପାଖରେ ସତୀ ବସିଛି ମାନ ମାରିଲା ପରି, ମୁହଁ ଶୁଖେଇ ଅଭିମାନରେ । ଏ ପରିସ୍ଥିତିରେ ସେ କମନୀୟା, ଶାନ୍ତି ଦାୟିନୀ ଗୋଧୂଳିର ନମନୀୟା ଆନନ୍ଦ ପ୍ରଦାୟକ ଉତ୍ସାହ ପ୍ରଦାନକାରୀ ପରିବେଶକୁ ଉପଭୋଗ କରି ପାରୁନାହିଁ । କାରଣ ପାଇବାର ଉନ୍ମାଦନାରେ ସେ ବିଭୋର ହେଉଥିବା ବେଳେ ପରବର୍ତ୍ତୀ ମୁହୂର୍ତ୍ତରେ ହରାଇ ବସିବାର ଆଶଙ୍କାରେ ଆତଙ୍କିତ ହୋଇ ପଡ଼ୁଥିଲା ।

ସୁନି ରାସ୍ତା ଉପରୁ ଆଖି ଫେରାଇ ଆସି ତା'ପାଖରେ ବସିଥିବା ସତୀକୁ ଅନାଇଲା । ସତୀ ସେମିତି ରାସ୍ତାକୁ ଚାହିଁ ନିରବରେ ବସି ରହିଛି । ସତୀ ତାଙ୍କ ଗାଁ ଆରସାଇର ଝିଅ । ତା' ପ୍ରାଣର ସଙ୍ଗିନୀ । ଅନ୍ତରଙ୍ଗ ବାନ୍ଧବୀ । ଏକା ଗାଁର ଝିଅ ପୁଣି ଗୋଟିଏ ସ୍କୁଲରେ ଏକା ଶ୍ରେଣୀରେ ସାଙ୍ଗ ହୋଇ ପଢ଼ୁଥିଲେ । ସେଇ ଦିନଠୁ ତା'ର ତା' ସହିତ ସମ୍ପର୍କ । ସେ ସମ୍ପର୍କ ଖୁବ୍ ଘନିଷ୍ଟ, ଭାରି ନିବିଡ଼ ଓ ଅତ୍ୟନ୍ତ ଅନ୍ତରଙ୍ଗ ମଧ୍ୟ ।

ସୁନି ପଛପଟକୁ ମୁହଁ ବୁଲାଇ ଚାହିଁଲା । ଆଲତିରେ ଯୋଗ ଦେବାକୁ ଅସିଥିବା ଲୋକମାନଙ୍କର ମନ୍ଦିରରେ ଗହଳି । ଯେଉଁମାନଙ୍କର ମୁହଁରେ ଗୋଟେ କଥା ପେଟରେ ଆଉ ଅନ୍ୟ ରକମର ଉଦ୍ଦେଶ୍ୟ । ଏମାନେ ବୈଦିକ ଆର୍ଯ୍ୟ ନୁହନ୍ତି । "ଅୟଂ- ନିଜଃ ପରୋବେତି ଗଣନା ଲଘୁ ଚେତସାମ, ଉଦାର ଚରିତାନାଂ ତୁ ବସୁଧୈବ କୁଟୁମ୍ୱକମ୍ ।" ସଂକୀର୍ଣ୍ଣମନା ବ୍ୟକ୍ତି

ନିଜ ଓ ପର ମଧରେ ପ୍ରଭେଦ ବିଚାର କରେ । କିନ୍ତୁ ଉଦାର ଚେତା ବ୍ୟକ୍ତି ସମଗ୍ର ବସୁଧାର ଲୋକମାନଙ୍କୁ ନିଜର ପରିବାର ଭଳି ମନେ କରେ । କାହାକୁ କହିବି ପର କାହାକୁ ନିଜର, କେହିତ ନୁହନ୍ତି ମୋର ଅନ୍ତରୁ ଅନ୍ତର । ଏପରି ଭାବନାରେ ଉଦ୍‌ବୁଦ୍ଧ ହୋଇ ସମୂହ ସ୍ୱାର୍ଥକୁ ଜଗି – "ସର୍ବେ ସୁଖିନଂ ଭବନ୍ତୁ" । ଠାକୁରଙ୍କ ପାଖରେ ଗୁହାରି କରିବେ । ନିଜ କଥା ପଛକୁ ପକାଇ ସମସ୍ତଙ୍କ ସୁବିଧା ଲାଗି ଈଶ୍ୱରଙ୍କୁ ଜଣାଇବେ । ଦେଶର ମଙ୍ଗଳ ହେଉ । ଲୋକମାନେ ସୁଖରେ ରହନ୍ତୁ । ଶାନ୍ତି ବିରାଜମାନ କରୁ ସବୁଠି । ସୁସ୍ଥରେ ଚଲୁ ସଂସାର । କାହାରିକୁ ଆପଦ ବିପଦ ନପଡୁ । କେହି ଦୁଃଖ ଭୋଗ ନ କରନ୍ତୁ । କଷ୍ଟ ନ ପାଆନ୍ତୁ କେହି । ଦୁର୍ଦ୍ଦଶାରେ ପଡ଼ି ଘାଣ୍ଟି ନ ହୁଅନ୍ତୁ । ସମସ୍ତଙ୍କର ସମୃଦ୍ଧି ହେଉ । ସାର୍ବଜନୀନ ଭାବନା ଯାହା ମୁନି, ରୁଷି, ସାଧୁ, ସନ୍ତ ମହାପୁରୁଷମାନେ ଚାହୁଁଥିଲେ, କହୁଥିଲେ ମଧ ଠାକୁରଙ୍କୁ । ଆନ୍ତରିକ କାମନା ବି କରୁଥିଲେ ସେପରି । ଭଗବାନଙ୍କୁ ତାହା ହିଁ ଜଣାଉଥିଲେ । ମାଗୁଥିଲେ ନିଜ ପାଇଁ ନୁହେଁ । ଆପଣାର ଲାଗି କେବେ ବି ଚାହୁଁ ନଥିଲେ । ସମସ୍ତଙ୍କ ଲାଗି ସମୂହଙ୍କ ପାଇଁ ମୋ ଜୀବନ ପଛେ ନର୍କେ ପଡ଼ିଥାଉ ଜଗତ ଉଦ୍ଧାର ହେଉ ।

ଆଉ ଯେଉଁମାନେ ମନ୍ଦିରରେ ରୁଣ୍ଡ ହୋଇଛନ୍ତି, ନିଜର ସୁବିଧା ହାସଲ ପାଇଁ ସେମାନେ ବ୍ୟସ୍ତ । ଠାକୁରଙ୍କୁ କେବଳ ନିଜକଥା କହିବେ । ପୁଅ ଚାକିରି କରୁ ସରକାରୀ ସଂସ୍ଥାରେ, ଉଚ୍ଚ ପାହ୍ୟାରେ । ଝିଅର ବିଭାଘର ହେଉ ଖ୍ୟାତିସମ୍ପନ୍ନ, ନାମଜାଦା ବଡ଼ ଘରେ । ସମାଜରେ ନିଜର ଖ୍ୟାତି ବଢୁ । କ୍ଷମତା ରହୁ ନିଜ ହାତ ମୁଠାରେ । କୋଠାପରେ କୋଠା ହେଉଥାଉ ସହରର ପ୍ରତି ଛକମାନଙ୍କରେ । ଚାଷାଜମି ଲମ୍ବି ଯାଉ ବାଡ଼ିତଳୁ ବଡ଼ ସଡ଼କ ପର୍ଯ୍ୟନ୍ତ । କାହିଁକିନା ଯେତେ ପାଇଥିଲେ ସୁଦ୍ଧା ସେମାନେ ସେତିକିରେ ସନ୍ତୁଷ୍ଟ ନୁହନ୍ତି । ଆହୁରି ଅଧିକ ପାଇବାକୁ ସେମାନଙ୍କର ଇଚ୍ଛା । ସେଥିପାଇଁ ବିଶ୍ୱ ବିଖ୍ୟାତ ଅର୍ଥନୀତିଜ୍ଞ ଜନ ଷ୍ଟୁଆର୍ଟ ମିଲ୍‌ କହିଛନ୍ତି – Man does not want to bi rich but to bi richer than others. ମଣିଷ ସମୃଦ୍ଧ ହେବା ଚାହେଁନା । ଅନ୍ୟମାନଙ୍କଠାରୁ ଅଧିକ ସମୃଦ୍ଧଶାଳୀ ହେବାକୁ ଇଚ୍ଛା ପୋଷଣ କରେ ।

କିନ୍ତୁ ସାଧୁର ଦୁନିଆ, ସନ୍ୟାସୀର ଦୃଷ୍ଟିଭଙ୍ଗୀ, ସନ୍ତଙ୍କ ମନୋଭାବ, ତପସ୍ୱୀଙ୍କ ଅନ୍ତର, ଭକ୍ତଙ୍କ ହୃଦୟ ତ ସମ୍ପୂର୍ଣ୍ଣ ନିଆରା । ଆମେ କିନ୍ତୁ ଈଶ୍ୱରଙ୍କୁ ପ୍ରାର୍ଥନା କରୁ ନିଜର ସୁଖ ସମୃଦ୍ଧି ନିମନ୍ତେ । ତାହା ହିଁ ଦୁଃଖ ଓ ଅଶାନ୍ତିର କାରଣ । ପ୍ରଭୁଙ୍କ ସହ ଆମର ସମ୍ପର୍କ ପ୍ରାର୍ଥନା ଜଣାଣ ପ୍ରାୟତଃ ଦୋକାନୀର କ୍ରୟ ବିକ୍ରୟ ଭାଷାରେ ହୋଇଥାଏ । ନିଃସ୍ୱାର୍ଥ, ପରମାତ୍ମା କୈନ୍ଦ୍ରିକ ନୁହେଁ । ଯଦି ଆମେ ପ୍ରାର୍ଥନାର ସ୍ୱର ବଦଲାଇ ପାରନ୍ତେ ତେବେ ପ୍ରଭୁ ଜାଣିପାରନ୍ତେ ନିଶ୍ଚୟ । ଆମେ ଯଦି ପ୍ରଭୁଙ୍କୁ ମାଗନ୍ତେ– "ସମାନ୍ୟୋ ମନଃ ସମିତିଃ ସମାନୀ– ସମାନଂ ମନଃ ସହ ଚିତ୍ତ ମେଷାମ । ସମାନଂ ମନ୍ତ୍ରମଭି ମନ୍ତ୍ରମେବ– ସମାନେନୋ ହବିଷା ଜୁହୋମି" ରଗ୍‌ବେଦ । ଅର୍ଥାତ ମଣିଷମାନଙ୍କର ମନ୍ତ୍ର ଓ ବିଚାର ସମାନ ହେଉ । ପରସ୍ପର ପ୍ରତି ସମାନ ଦୃଷ୍ଟିକୋଣ ରହୁ । ଅନ୍ତଃକରଣ ସମାନ ହେଉ । ପରସ୍ପର ଚିତ୍ତ ଅନୁକୂଳ ହେଉ । ଆମମାନଙ୍କୁ ଏକ ପ୍ରକାର ଯଜ୍ଞ ସାମଗ୍ରୀ ମିଳିବାରେ ସମାନ ସୁଯୋଗ ପ୍ରଦାନ ହେଉ । ରଗବେଦର ଏହି ଶ୍ଳୋକର ହିତବାଣୀ ବା ଅର୍ଥ ସମସ୍ତଙ୍କୁ କେବଳ ସମାନ ବିଚାର କରିବା ପାଇଁ ଅଭିପ୍ରେତ ନୁହେଁ, ସମସ୍ତଙ୍କ ଅନ୍ତକରଣକୁ ସମାନ ଭାବେ ଅନୁପ୍ରାଣିତ କରିବା ପାଇଁ ମଧ ଉଦ୍ଦିଷ୍ଟ ।

ଏମିତିବି ଲୋକ ଅଛନ୍ତି ଯେଉଁମାନେ ଦିନରେ ସ୍ୱପ୍ନ ଦେଖି କଳ୍ପନାରେ ବିଭୋର ହୋଇ ଆକାଶରେ ଉଡ଼ିବୁଲନ୍ତି । ଆଶା ରଖନ୍ତି ପାଠ ନ ପଢ଼ି ପରୀକ୍ଷାରେ ପ୍ରଥମ ଶ୍ରେଣୀରେ ସର୍ବୋଚ୍ଚ ନମ୍ବର ରଖି ଉତ୍ତୀର୍ଣ୍ଣ ହେବେ । ବିନା ପରିଶ୍ରମରେ ଲାଭ ପାଉଥିବେ ଅଧିକ ପରିମାଣରେ, ପ୍ରଚୁର ଅମଲ ପାଇବେ ଠିକ୍‌ ସମୟରେ ବେଉଷଣ ନ କରି । ଅନ୍ୟାୟ ଅନୀତିରେ ଲିପ୍ତଥିବେ କିନ୍ତୁ ଧନ ବଢୁଥିବ ଅମାପ । ଜନସେବା ନ କରି ନିର୍ବାଚନ ଜିତୁଥିବେ ପ୍ରତିଥର । ଜନସାଧାରଣଙ୍କ ସମସ୍ୟା ନବୁଝି ଓ ସେମାନଙ୍କ ପ୍ରତି ଉପଯୁକ୍ତ ନ୍ୟାୟ ବିଧାନ ନ କରି ନେତାର ମାନ୍ୟତା ପାଉଥିବେ ପୁରୁଷାନୁକ୍ରମରେ । ଆପଣାର ବଢ଼ତି ହେଉଥିବ ବିନା ଉଦ୍ୟମରେ । ସଂସାରୋୟମତୀବ ବିଚିତ୍ରଃ । ବଡ଼ ବିଚିତ୍ର ଏ ସଂସାର ।

ସୁନି ସେ ଆଉ ମୁହଁ ଫେରାଇ ନେଲା ।

ଠାକୁର ବାବାଙ୍କୁ ଅପେକ୍ଷା । ସେ ଆସିଲେ ଆଳତି ଆରମ୍ଭ ହେବ । ଧବଳେଶ୍ୱରଙ୍କ ପୂଜକଙ୍କୁ ସମସ୍ତେ ଠାକୁର ବାବା ନାମରେ ସମ୍ବୋଧନ କରିଥାଆନ୍ତି । ସେ ମନ୍ଦିର ନିର୍ମାତା ପ୍ରାଣନାଥଙ୍କ ଘରକୁ ପୂଜା କରିବାକୁ ଯାଇଛନ୍ତି । ସେ ତାଙ୍କର ଯଜମାନ । ପ୍ରତିଦିନ ତାଙ୍କ ଘର ଠାକୁରଙ୍କୁ ପୂଜା କରିବାକୁ ସେଠକୁ ଯାଇଥାଆନ୍ତି । ସଂକ୍ରାନ୍ତି, ପୂର୍ଣ୍ଣିମୀ, ଅମାବାସ୍ୟା ଓ ଅନ୍ୟ ପର୍ବଦିନଗୁଡ଼ିକରେ ସେଠି ନିତି ରାନ୍ଧି ଭୋଗଲଗାଇ ସେହି ନିତିରୁ ପ୍ରସାଦ ସେବନ କରିଥାଆନ୍ତି । ଖାଇସାରି ଟିକେ (ସାମାନ୍ୟ) ବିଶ୍ରାମ ନେଇ ଉପରଓଳି ସେଠାରୁ ଫେରି ଧବଳେଶ୍ୱରଙ୍କ ମନ୍ଦିରରେ ଆଳତି କରିଥାଆନ୍ତି । ଡାକୁଆ ଦିନମାନଙ୍କ ବ୍ୟତୀତ ଅନ୍ୟ ଦିନମାନଙ୍କରେ ଠାକୁର ବାବା ସେଠାରୁ ସହଳ ଫେରିଥାଆନ୍ତି । ଆଜି ସଂକ୍ରାନ୍ତି ଥିବାରୁ ସେଠାରେ ନିତି ରାନ୍ଧି ସେ ନିତିରୁ ପ୍ରସାଦ ସେବନ କରି ବିଶ୍ରାମ ନେଇ ଫେରିବାକୁ ଠାକୁର ବାବାଙ୍କର ବିଳମ୍ବ ହେଉଥିଲା । ଲୋକ(ଭକ୍ତ)ମାନେ ମନ୍ଦିରରେ ତାଙ୍କୁ ଅପେକ୍ଷା କରି ରହିଥିଲେ ।

ଜୋର ସେପଟ ଲକ୍ଷ୍ମୀ ବଜାର ଗାଁର ଉଭଉରେଶ୍ୱରଙ୍କ ମନ୍ଦିରରୁ ଘଣ୍ଟ ଓ ଶଙ୍ଖଧ୍ୱନି ଶୁଭିଲାଣି । ସେଠାରେ ଆଳତି ଆରମ୍ଭ ହୋଇଗଲାଣି । ଲକ୍ଷ୍ମୀ ବଜାର ଗାଁର ଅଧ୍ୟଷ୍ଠାତ୍ରୀଦେବୀ ମା'ମଙ୍ଗଳାଙ୍କ ପୀଠରୁ ମଧ୍ୟ ଘଣ୍ଟଧ୍ୱନି ଓ ହୁଲହୁଲୀ ଶଦ୍ଦ ଶୁଭୁଛି । ସେଠିବି ଆଳତି ହେଲାଣି । ସୁନି ଘରକୁ ଫେରିବାକୁ ବ୍ୟଗ୍ର ହୋଇ ଉଠିଲା । ତାକୁ ଘରେ ସନ୍ଧ୍ୟାବତୀ ଜାଳିବାକୁ (ଦେବାକୁ) ପଡ଼ିବ । ତାଙ୍କ ଘରର ସେ ଦାୟିତ୍ୱ ତା' ଉପରେ ନ୍ୟସ୍ତ ।

ଘରକୁ ଫେରିବାକୁ ବ୍ୟସ୍ତ ହେଉଥିବା ସୁନି, ସାକ୍ଷାତ ପାଇଁ ଅପେକ୍ଷା କରିଥିବା ଲୋକଟିର ଭେଟ ପାଇନଥିଲା । ସନ୍ଧ୍ୟା ନଘଁ ଆସୁଛି । ଦେବାଳୟମାନଙ୍କରେ ଆଳତି ଆରମ୍ଭ ହୋଇଗଲାଣି । ମନ୍ଦିର ସାମ୍ନା ପଡ଼ିଆରେ ଗାଁ ପିଲାମାନଙ୍କ କ୍ରୀଡ଼ା ଜନିତ ମୁଖରୋଳ । ମନ୍ଦିରରେ ଗାଁଲୋକଙ୍କ ଗହଳି । ପ୍ରିୟ ମଣିଷର ସାକ୍ଷାତ ନ ପାଇ ମାନକରି ମନମାରି ବସିଥିବା ଅଭିମାନିନୀ ସତୀର କଥା କୁହା ଆଖିର ଅନୁନୟ ଭରା ଚାହାଣି ତାକୁ ବିବ୍ରତ କରୁଥିଲା ।

ଗୋଟିଏ ପଟେ ଘରକୁ ଫେରିଯାଇ ସନ୍ଧ୍ୟାବତୀ ଦେବାର ଦାୟିତ୍ୱ । ଏ ପାଖରେ ଅନ୍ତରଙ୍ଗ ବାନ୍ଧବୀ ସତୀର ବିଷାଦଭରା ମୁଖମଣ୍ଡଳ ଓ ତା' ସରଳ ଆଖିର ନିରୀହ ଚାହାଣି ତାକୁ ଦ୍ୱନ୍ଦ୍ୱରେ ପକାଉଥିଲା । ଦ୍ୱନ୍ଦ୍ୱ – ଏପରି ଏକ ପରିସ୍ଥିତି ସୃଷ୍ଟିକରେ ଯେତେବେଳେ କୌଣସି ସ୍ଥିର ନିଷ୍ପତ୍ତି ନେବା ସମ୍ଭବ ହୁଏନା । ହଁ– ନାହିଁ, ଏହି ଦୁଇଟିର ମଧ୍ୟବର୍ତ୍ତୀ ସ୍ଥିତି ହିଁ ଦ୍ୱନ୍ଦ୍ୱ । ଦ୍ୱନ୍ଦ୍ୱ ଯେ କୌଣସି ସମାଧାନ ଲାଗି ସମସ୍ୟା ସୃଷ୍ଟିକରେ, ସଠିକ ସିଦ୍ଧାନ୍ତରେ ଉପନିତ ହେବାରେ ଅନ୍ତରାୟ ହୋଇ ବିଭ୍ରାଟ ସୃଷ୍ଟି କରୁଥିବା ସମସ୍ୟାର ନାମ ହିଁ ଦ୍ୱନ୍ଦ । ଦ୍ୱନ୍ଦ ନିର୍ଭୁଲ ନିଷ୍ପତ୍ତି ନେବାକୁ ସୁଯୋଗ ନ ଦେଇ ବିଶୃଙ୍ଖଳା ପୂରାଇଥାଏ । ଦ୍ୱିଧାଗ୍ରସ୍ତ ମନ ନିର୍ଣ୍ଣାୟକ ସ୍ଥିତିରେ ପହଞ୍ଚ ପାରେନା । ବ୍ୟକ୍ତି ହଁ – ନାହିଁର ମଝିରେ ପଡ଼ି ବ୍ୟାକୁଳ ହୁଏ । ମନ ଗୋଟେ ପଟେ ଥାଏ, ଆରପାଖେ ରହିଥାଏ ବିବେକର ତାଡ଼ନା । କର୍ତ୍ତବ୍ୟର ଆହ୍ୱାନ ପାଇଁ ଅନ୍ତର ସନ୍ତୁଳି ହେଉଥିବାବେଳେ ଦ୍ୱନ୍ଦ୍ୱ ବାଟ ଓଗାଳି ଠିଆ ହୁଏ । ବ୍ୟତିବ୍ୟସ୍ତ, ବିବ୍ରତ କରି ନିୟମିତତାରେ ବ୍ୟତିକ୍ରମ ଆଣୁଥିବା ଦ୍ୱନ୍ଦ୍ୱ ବ୍ୟକ୍ତି ଆଗରେ ପ୍ରତିବନ୍ଧକ ହୋଇ ଉଭା ହୋଇଥାଏ । ଅସହାୟ ଭାବରେ ବିକଳରେ ଅନାଇ ରହି କୌଣସି ଫଇସଲାରେ ପହଞ୍ଚିବାକୁ ଉଦ୍ୟମରତ ଅନ୍ତର ଦ୍ୱନ୍ଦ୍ୱର ନାଗଫାଶ ବନ୍ଧନରେ ବନ୍ଦି ହୋଇଥାଏ, ଏକ ପ୍ରକାର ଦ୍ୱନ୍ଦ୍ୱ ଆଗକୁ ପାଦ, ବଢ଼ାଇବା ପାଇଁ ସୁଯୋଗ ଦିଏନା ଏବଂ ପଛକୁ ଫେରିବାର ସମସ୍ତ ରାସ୍ତା ବନ୍ଦକରି ଦେଇଥାଏ । ରଷି ବିଶ୍ୱାମିତ୍ରଙ୍କ ସର୍ଜନାରେ ତ୍ରିଶଙ୍କୁ ଅଧାକାଶରେ ଲଟକି ରହିଲା ପରି ବ୍ୟକ୍ତି ଦ୍ୱନ୍ଦ୍ୱରେ ପଡ଼ି କିଙ୍କର୍ତ୍ତବ୍ୟବିମୂଢ଼ ହୋଇ ପରିସ୍ଥିତି ଚାପରେ ବ୍ୟଥା ଜନିତ ବେଦନାରେ ବ୍ୟଥିତ ହୋଇଥାଏ କେବଳ ।

ସେହି ଦ୍ୱନ୍ଦ୍ୱରେ ପଡ଼ି ସୁନି କିଛି ନିର୍ଣ୍ଣାୟକ ନିଷ୍ପତ୍ତି ନେଇପାରୁ ନଥିଲା । ସ୍ଥିର ଚିଭରେ ବସିରହି ଆଉ ଅଧିକ ସମୟ ଅପେକ୍ଷା କରିବାକୁ ତା'ର ଧୈର୍ଯ୍ୟ ନ ଥିଲା । ଘରକୁ ଫେରିବ କିମ୍ବ ମୁଖଶାଳାରେ ବସିରହି ଅପେକ୍ଷା କରିବ କିଛି ସ୍ଥିର କରି ପାରୁନଥିଲା ।

ପ୍ରାଣର ବାନ୍ଧବୀ ସତୀ ସରଳ ଆଖିର ଅନୁନୟ ଭରା ନିରୀହ ଚାହାଁଣିର ଆବେଦନ ତାକୁ ଘରକୁ ଫେରିବାକୁ

ସୁଯୋଗ ଦେଉନଥିଲା । ତେଣେ ତା'ର କର୍ତ୍ତବ୍ୟ ତୁଲାଇବାର ମନବୃତ୍ତି ତାକୁ ବିଚଳିତ କରୁଥିଲା । ଅସ୍ଥିର ମନରେ ଅଥୟ ଚିତ୍ତରେ ସିଏ ଥରେ ରାସ୍ତା ଓ ଥରେ ସତୀ ମୁହଁ ଉପରେ ତା' ଦୃଷ୍ଟି ପହଁରାଇ ନେଉଥିଲା । କୌଣସି ନିଷ୍ପତ୍ତି ବିନା ସିଏ ବସି ରହିଥିଲା ସତୀ ପାଖରେ ମୁଖଶାଳାରେ, ଦ୍ୱିଧାଗ୍ରସ୍ତ ମନରେ, ଚିନ୍ତିତ ହୃଦୟରେ, ବ୍ୟଥିତ ଅନ୍ତରରେ ।

ଠାକୁର ବାବା ଆସି ପହଞ୍ଚିଗଲେ । ଠାକୁରବାବା– ଧବଳେଶ୍ୱରଙ୍କ ପୂଜକ ଶ୍ୟାମସୁନ୍ଦର ତ୍ରିପାଠୀ । ପତଳା ହୋଇ ଦୀର୍ଘକାୟ । ଶିରାବହୁଳ ହାତଗୋଡ଼ । ଖୋଲା ଦେହରେ ଥିଲାବେଳେ ଛାତିର ପଞ୍ଜରାହାଡ଼ ବିଦାକାଠି ପରି ଗଣିହୁଏ । କିନ୍ତୁ ଦୁର୍ବଳିଆ ନୁହଁନ୍ତି । ଦହ୍ରିଲା ସ୍ୱାସ୍ଥ୍ୟ, ଗୌରବର୍ଣ୍ଣ, ନିଦା ଗଢ଼ଣ । ପ୍ରଶସ୍ତ କପାଳ, ଚନ୍ଦନ ଚର୍ଚ୍ଚିତ । କପାଳରେ ହରିମନ୍ଦିର ଅଙ୍କାଯାଇଛି । ଦୁଇ ଭୁଲତା ମଝିରେ ସିନ୍ଦୂର ଗାର । ନାକର ଅଗ୍ରଭାଗ, ଛାତି, ଉଦର, ନାଭି ଉପରକୁ, ଦୁଇ ବାହୁରେ ଚନ୍ଦନ ଗାରମାନ । ଆଖି କୋଟର ଗତ । ସେଥିରୁ ଗୋଟିଏ ନିଷ୍ଠୁର, ଅସୁରଙ୍କ ଗୁରୁ ଶୁକ୍ରାଚାର୍ଯ୍ୟଙ୍କ ପରି । ବହଳ ଶୁଣ୍ଡ, ଛାତି ପର୍ଯ୍ୟନ୍ତ ଓହଲିଛି । କାନ୍ଧରେ ନାମାବଳୀ । ବେକରେ ରୁଦ୍ରାକ୍ଷମାଳା, ନ'ଖିଆ ଉପବିତ ଲମ୍ବିଛି ବାମ କାନ୍ଧରୁ ଛାତି ଉପର ଦେଇ । ପିନ୍ଧା ନାଲି ରଙ୍ଗର ଚଉଡ଼ା ଧରିଥିବା ଲୁଗା । ପୁଙ୍ଗୁଲା ସରୁ ଲମ୍ବା ପାଦ ।

ମଥାରେ ଲମ୍ବା ଧଲା କେଶ । ଶିଖିମାନଙ୍କ ପରି ତାଲୁ ଉପରେ ଗଣ୍ଠିପଡ଼ି ପଗଡ଼ି ଭିଡ଼ା ଯାଇଛି । ଲମ୍ବାକେଶ ରଖି ମଥାରେ ପଗଡ଼ି ବାନ୍ଧିବାରେ ଉଭୟ ଆଧ୍ୟାତ୍ମିକ ଓ ବୈଜ୍ଞାନିକ କାରଣ ଅଛି । ସାଧାରଣ ଶିଖଧର୍ମରେ କେଶ ନ କାଟିବାର ପରମ୍ପରା ରହିଛି । ଆମ ହିନ୍ଦୁ ଧର୍ମରେ ମଧ୍ୟ ସାଧୁ ଓ ସନ୍ତମାନେ କେଶ କାଟନ୍ତି ନାହିଁ । କେବଳ ସେତିକି ନୁହେଁ । ଏହା ସହ ସେମାନେ କେଶରେ ପଗଡ଼ି ବାନ୍ଧିବାର ପରମ୍ପରା ମଧ୍ୟ ରହିଛି । ପଗଡ଼ି ବାନ୍ଧିବାର ମୂଳକାରଣ ହେଉଛି ଲମ୍ବା କେଶକୁ ସମ୍ଭାଳିବା । କିନ୍ତୁ ଏହା ପଛରେ ଥିବା ଆଧାୟ କାରଣ ହେଲା ଆମ ଶରୀର ହେଉଛି ପରମାତ୍ମାଙ୍କ ଦ୍ୱାରା ପ୍ରଦତ୍ତ ଏକ ଉପହାର । ଏଣୁ କେଶ ମଧ୍ୟ ପରମେଶ୍ୱରଙ୍କ ଉପହାର । ଏଣୁ କେଶ କାଟିବା ଦ୍ୱାରା ଈଶ୍ୱର ପ୍ରଦତ୍ତ ଉପହାରର ଅନାଦର ହୋଇଥାଏ ବୋଲି ବିଶ୍ୱାସ କରାଯାଏ । ଏଣୁ ସାଧୁ ସନ୍ତମାନେ କେଶ କାଟନ୍ତି ନାହିଁ । ସେହିପରି କେଶକୁ ଗୁଡ଼ାଇ ଲମ୍ବା ପଗଡ଼ି ବାନ୍ଧିବା ଦ୍ୱାରା ଦଶମ ଦ୍ୱାରର ରକ୍ଷା ହୋଇଥାଏ ବୋଲି ଶିଖ ଧର୍ମାବଲମ୍ବୀମାନେ ବିଶ୍ୱାସ କରନ୍ତି । ସେହିପରି ହିନ୍ଦୁଧର୍ମ ଅନୁଯାୟୀ ଏହାଦ୍ୱାରା ଆମ ମଥାରେ ଏକ ସହସ୍ର ଚକ୍ର ସୃଷ୍ଟି ହୋଇଥାଏ ବୋଲି ବିଶ୍ୱାସ ରହିଛି । କେବଳ ସେତିକି ନୁହେଁ । ଏହାଦ୍ୱାରା ଆମ ମନ ବାହ୍ୟ କୁପ୍ରକୋପରୁ ରକ୍ଷା ପାଇଥାଏ । ସେହିପରି ମସ୍ତିଷ୍କ ଉପରେ ଯେତେ ଚାପ ପଡ଼ିଲେ ସୁଦ୍ଧା ଏହାଦ୍ୱାରା ମନସ୍ଥିର ରହିଥାଏ । ସେହିପରି ଏହାଦ୍ୱାରା ବ୍ୟକ୍ତି କମ୍ ସମୟରେ ମାନସିକ ଭାବେ ଥକି ଯାଏ ନାହିଁ । ଏହା ଶରୀରରେ ଉର୍ଜା ଓ ସ୍ଫୁର୍ତ୍ତି ଯୋଗାଇବାରେ ସହାୟକ ହୋଇଥାଏ ।

ଠାକୁରବାବା ପହଞ୍ଚି ମନ୍ଦିର ପାଖ ନଳ କୂପରୁ ମୁହଁ, ହାତ ଓ ଗୋଡ଼ ଧୋଇଲେ । ଉତ୍ତର ପଟ୍ଟରୁ ପାହାଚ ଚଢ଼ି ମନ୍ଦିର ଦ୍ୱାରା ପାଖକୁ ଉଠିଗଲେ । ମନ୍ଦିର ଦ୍ୱାର ଖୋଲି ଭିତରେ ପଶି ପାଣି ଛିଞ୍ଚିଲେ । ଭିତର ପରିଷ୍କାର କଲେ । ଦୀପାଲି ଆଣି ଝାଡ଼ି ସଫାକଲେ । ଦୀପାଲିରେ ସଲିତା ସଜାଇ ଦିଆସିଲି ମାରି ଅଗ୍ନି ସଂଯୋଗ କଲେ । ବାମହାତରେ ଧରିଲେ ଘଣ୍ଟି । ଡାହାଣ ହାତରେ ଦୀପାଲି । ମନ୍ତ୍ର ଉଚ୍ଚାରଣ ଆରମ୍ଭ କଲେ ।

ଆମ ସନାତନ ଧର୍ମ ଓ ସଂସ୍କୃତିରେ ଦୀପ ପ୍ରଜ୍ୱଳନ ପ୍ରଥା ବହୁ ପ୍ରାଚୀନ । ବିଶ୍ୱାସ କରାଯାଏ ଏହା ବୈଦିକ ଯୁଗର ମୁନି, ଋଷିମାନଙ୍କ ସମୟରୁ ଆମ ଦେଶରେ (ଭାରତ ବର୍ଷରେ) ପ୍ରଚଳିତ ହୋଇଆସିଛି । ଶାସ୍ତ୍ର କହେ ପ୍ରାଚୀନ ଭାରତରେ ଆର୍ଯ୍ୟମାନେ ଜ୍ୟୋତିର ଉପାସକ ଥିଲେ ଏବଂ ସେମାନେ ସମସ୍ତ ପ୍ରକାର ଉପାସନା କରିବା ପୂର୍ବରୁ ପ୍ରଥମେ ଆଲୋକ ଶିଖା ବା ଜ୍ୟୋତି ସ୍ଥାପନ କରୁଥିଲେ । ତେଣୁ ଜ୍ୟୋତି ପ୍ରଜ୍ୱଳନ ପ୍ରଥା ଆମ ଦେଶ ଭାରତବର୍ଷରେ ପ୍ରଥମେ ଆର୍ଯ୍ୟମାନଙ୍କ ସମୟରୁ ଆରମ୍ଭ ହୋଇଥିବାର ବିଶ୍ୱାସ କରାଯାଏ । ବର୍ତ୍ତମାନର ଭାରତୀୟମାନେ ହେଉଛନ୍ତି ଆର୍ଯ୍ୟମାନଙ୍କର ବଂଶଧର ଏବଂ ସେହି ସମୟରୁ ବଂଶାନୁକ୍ରମେ ସେମାନଙ୍କ ଦ୍ୱାରା ପ୍ରଚଳିତ ସକଳ ଶୁଭକର୍ମ, କର୍ମାଦି ପୂଜା ଓ ବିଧ୍ୟ ବିଧାନ

ଉପାସନା ଆଦି ପ୍ରଥା ସହିତ ଦୀପ ଜାଳିବାକୁ ବିଧିରୂପେ ଗ୍ରହଣ କରାଯାଇ ଆସିଛି । ହିନ୍ଦୁମାନଙ୍କ ବିବାହ, ବ୍ରତ, ହୋମ, ଯାଗଯଜ୍ଞ, ପୂଜାର୍ଚ୍ଚନା ଆଦି ଶୁଭକର୍ମଗୁଡ଼ିକ ଆରମ୍ଭ ହେବା ଆଗରୁ ପ୍ରଥମେ ଦୀପ ପ୍ରଜ୍ୱଳନ କରିବା ପରମ୍ପରା ବହୁ ଯୁଗରୁ ଅନୁସରଣ କରାଯାଇ ଆସିଛି । ଅର୍ଥାତ୍ ଦୀପାଲୋକକୁ ଭଗବାନ ରୂପେ ପ୍ରଥମେ ଆବାହନ କରିଥାଆନ୍ତି । ଦୀପ ଅର୍ଥ ଉଜ୍ଜ୍ୱଳ ବା ପ୍ରକାଶିତ ହେବା । ଅର୍ଥାତ୍ ଯାହା ଆଲୋକ ପ୍ରଦାନ କରେ । ଶାସ୍ତ୍ର କହେ ଜ୍ୟୋତି ଉଭୟ ନିରାନନ୍ଦ ଓ ଆନନ୍ଦର ଉସ୍ । ଦୀପର ଆଲୋକ ଚାରି ଦିଗକୁ ଆଲୋକିତ କରେ । ବୈଦିକ ଋଷି ମୁନିଗଣ ଦୀପଜାଳି ଆଲୋକର ଆବାହନ ବହୁ ଯୁଗରୁ କରି ଆସିଛନ୍ତି ଏବଂ ‘ଜ୍ୟୋତିଂ ଦେହି’ ମନ୍ତ୍ର ଉଚ୍ଚାରଣ କରନ୍ତି । ଜ୍ୟୋତି ବା ଦୀପ ପ୍ରଜ୍ୱଳନ ଅନ୍ଧକାର ଦୂରକରି ମନୁଷ୍ୟକୁ ଦିବ୍ୟଦୃଷ୍ଟି ପ୍ରଦାନ କରେ । ଅର୍ଥାତ୍ ଅଜ୍ଞାନ ଅନ୍ଧକାର ମଧ୍ୟରୁ ଜ୍ଞାନାଲୋକ ଆଡ଼କୁ ଘେନିଯାଏ । ଆଲୁଅରେ ହିଁ ଦେଖ୍ୟହୁଏ (ଦେଖାଇହୁଏ) ଅନ୍ଧାରରେ ଦୃଶ୍ୟ ନଥାଏ । ମଣିଷ ଝୁଣ୍ଟେ ଛନ୍ଦିହୁଏ, ଭୟକରେ, ଡରିଥାଏ । ଆଲୋକ ଶୁଭ ଶକ୍ତି, ଶୁଭ୍ର ଜ୍ୟୋତି, ଚେତନା ବୋଧ ଓ ଜୀବନର ରାହା ଏବଂ ବଞ୍ଚି ରହିବାର ପାଥେୟ ପ୍ରଦାନ ପାଇଁ ସକ୍ଷମ । ଅନ୍ଧକାର ନରକପୁର ସହ କଳନୀୟ । ଯେବେଠୁ ମଣିଷ ମନରେ ଚେତନାର ଉନ୍ମେଷ ଘଟିଛି, ସେବେଠୁ ସେ ଅଜ୍ଞାନ ତିମିରକୁ ଦୂରେଇ ଦେବାରେ ଲାଗିଛି । ସେ ଆଲୋକରେ ଖୋଜିଛି ଓ ପୂଜିଛି । ପରମବ୍ରହ୍ମ, ଦେବଲୋକ ଓ ପିତୃଲୋକକୁ ଆଲୋକ ଦେଖାଇ ଦୀପାର୍ଘ୍ୟ ଦେଇ ଭିକ୍ଷା କରିଛି– ମୁକ୍ତି, ମୋକ୍ଷ ପୁଣ୍ୟ, ଆନନ୍ଦ ଓ ଆଶୀର୍ବାଦ । ଅଲୌକିକତା ଓ ଲୋକ ସଂସ୍କୃତି ପୁଷ୍ଟ ଭାରତର ଆତ୍ମାହିଁ ଆଧ୍ୟାମ୍ରିକତା । ଆଧ୍ୟାମ୍ରିକତା ଆଲୋକ ଲୋଡ଼େ, ଅନ୍ଧକାର ଓ ଦୁଷ୍ଟାତ୍ମାକୁ ଘଉଡ଼ାଇ ଦିଏ । ଦୁରାଚାରର ଆଧାର– ନିରୋଳା ଓ ଅନ୍ଧର, ଯିଏ ନିଜର ରଙ୍ଗ କହିପାରେନା । ଆଚାର– ଉପଚାର ମାଧମରେ ଏହି ଅନ୍ଧାରକୁ ହଟାଇବା ପାଇଁ କାଳକାଳ ଧରି ମଣିଷ ପ୍ରୟାସ ଜାରି ରଖିଛି । ପ୍ରଗାଢ଼ ବିଶ୍ୱାସ ସହିତ ଦେବାରାଧନା ସମୟରେ ପ୍ରିୟ ପୂଜ୍ୟ ପୁରୁଷଙ୍କ ନିକଟରେ ମନର ସହଜ ଭାବନା ବ୍ୟକ୍ତ କରି ମଣିଷ ଦୀପ ପ୍ରଜ୍ୱଳନ କରି ଆସିଛି । ନିଶ୍ଚୟ ଏ ପ୍ରଥା ବହୁ ଦିନର ।

ମନୁଷ୍ୟ ହୃଦୟ ଭିତରେ ସୁପ୍ତଭାବରେ ଥିବା ଦୟା, କ୍ଷମା, ଧୈର୍ଯ୍ୟ, ସହନଶୀଳତା, ବିନମ୍ରତା ଆଦି ମତ ବା ଦିବ୍ୟଗୁଣଗୁଡ଼ିକ ଦୀପାଲୋକ ଉଜ୍ଜ୍ୱଳତା ଭଳି ପ୍ରକାଶିତ ହେବା ହିଁ ହେଉଛି ଦୀପ ପ୍ରଜ୍ୱଳନର ଉଦ୍ଦେଶ୍ୟ । ଭାରତୀୟ ସଂସ୍କୃତିରେ ପ୍ରତ୍ୟେକ ଧାର୍ମିକ, ସାଂସ୍କୃତିକ ଓ ସାମାଜିକ କାର୍ଯ୍ୟକ୍ରମରେ ଦୀପ ପ୍ରଜ୍ୱଳନ କରିବାର ପରମ୍ପରା ରହିଛି । ଭାରତୀୟ ଜନମାନସରେ ଦୀପଦାନ ଏକ ପରମ ପୁଣ୍ୟ ପ୍ରଥା ଭାବେ ସ୍ୱୀକୃତ । ପ୍ରତ୍ୟେକ ଧର୍ମ ଓ ସଂସ୍କୃତିରେ ଦୀପ ପ୍ରଜ୍ୱଳନକୁ ଏକ ମଙ୍ଗଳମୟ କାର୍ଯ୍ୟ ବୋଲି ଗ୍ରହଣ କରାଯାଇଥାଏ । ଦେବଲୋକ ସହିତ ସମ୍ପର୍କ ଓ ସୌହାର୍ଦ୍ୟ ସୃଷ୍ଟିପାଇଁ ଦୀପ ଜଳାଯାଏ । ଦୀପ ଜଳାଇବା ଅର୍ଥ ଅଗ୍ନି ଦେବଙ୍କୁ ଆମନ୍ତ୍ରଣ କରିବା । ମାନବର ଜୀବନ ଯାତ୍ରାସହ ଅଗ୍ନିର ଉପାଦେୟ ଓ ଆବଶ୍ୟକତା ଓତପ୍ରୋତ ଭାବେ ଜଡ଼ିତ । ବେଦ କହେ– ଅଗ୍ନି ଓ ଜଳର କ୍ରୀଡ଼ାରୁ ଜୀବଜଗତର ସୃଷ୍ଟି । ଅଗ୍ନି ଓ ଜଳ ମଧ୍ୟ ବିନାଶର କାରଣ ହୋଇଥାନ୍ତି । ଉପନିଷଦ କହେ– ଆମ ହୃଦୟ ଅଜ୍ଞାନ ଅନ୍ଧକାରର ଗୋଦାଘର । ଜ୍ୟୋତି ଜ୍ଞାନର ପ୍ରତୀକ । ଦୀପ ଅଜ୍ଞାନରୂପୀ ଅନ୍ଧକାର ଦୂରକରି ଆମ ଭିତରେ ଜ୍ଞାନର ବର୍ତ୍ତିକା ଜାଗ୍ରତ କରିଥାଏ । ତେଣୁ ଦୀପ ଅନ୍ଧକାରରୁ ଆଲୋକର ପ୍ରତୀକ ଅଟେ । ନିରାଶାରୁ ଆଶାର ଦ୍ୟୋତକ ଅଟେ । ଦୀପ ସୃଷ୍ଟି, ସ୍ଥିତି ଓ ବୈଭବର ପ୍ରତୀକ । ଦୀପଜ୍ୟୋତି ପୁଣି ପାପ ବିନାଶକ । ଏହି ସୃଷ୍ଟି ପାଞ୍ଚଟି ମହାଭୂତ ଉପରେ ପ୍ରତିଷ୍ଠିତ । ସେମାନେ ହେଲେ ଜଳ, ସ୍ଥଳ, ଆକାଶ, ବାୟୁ ଓ ଅଗ୍ନି । ତେଣୁ ପଞ୍ଚ ମହାଭୂତ ମଧ୍ୟରୁ ମାଟି ହେଉଛି ଗୋଟିଏ । ମାଟି ନିର୍ମିତ ଦୀପଟି ମନୁଷ୍ୟ ଶରୀରର ପ୍ରତୀକ ଅଟେ । ମନୁଷ୍ୟର ରକ୍ତ, ମାଂସ ଶରୀରକୁ ମାଟିପିଣ୍ଡ ବୋଲି କୁହାଯାଏ । ଦୀପରେ ତେଲ ବା ଘିଅ ଦେଲେ ତାହା ଜ୍ୱଳେ । ମନୁଷ୍ୟର ଏହି ମାଟି ସଦୃଶ ଦେହରେ ତା’ର ଜୀବନୀ ଶକ୍ତି ହିଁ ତେଲ ସଦୃଶ । ଦୀପ ଜଳାଇବା ଦ୍ୱାରା ମନୁଷ୍ୟ ତେଜସ୍ୱୀ ଓ ଉଚ୍ଚାକାଂକ୍ଷୀ ହୁଏ । ତେଣୁ ଦୀପକୁ ଐଶ୍ୱର୍ଯ୍ୟ ଓ ସମୃଦ୍ଧିର ପ୍ରତୀକ ବୋଲି ଗ୍ରହଣ କରାଯାଇଥାଏ । ଏହି ଦୀପ ଆମକୁ ଅସତ୍ୟ, ଅହିଂସା ଓ ଅନୀତିରୁ ଦୂରେଇ ସତ୍ ପଥରେ ଚାଲିବାର ବାଟ ଦେଖାଇଥାଏ । ଅସତ୍ୟରୁ ସତ୍ୟ, ଅନ୍ଧକାରରୁ ଆଲୋକ, ହିଂସାରୁ ଅହିଂସା, ମୃତ୍ୟୁରୁ ଅମୃତତ୍ୱକୁ ଦୀପ ନେଇଥାଏ ।

ଦୀପ ପ୍ରଜ୍ୱଳନ ସତ୍ୟ ଦିବ୍ୟ ଚେତନା ଓ ଆଶାର ସଙ୍କେତ ବହନ କରିଥାଏ । ପରିବାରର ମାଙ୍ଗଳିକ କାର୍ଯ୍ୟରେ ଯେଉଁ ଦୀପ ପ୍ରଜ୍ୱଳନ କରି କାର୍ଯ୍ୟ ସମ୍ପାଦନ କରାଯାଏ ତାକୁ କୁଳଦୀପ କୁହାଯାଏ । ବର ଓ କନ୍ୟା ଯେତେବେଳେ ପ୍ରଥମେ ଗୃହ ପ୍ରବେଶ କରନ୍ତି ଦୀପ ଜାଳି ବନ୍ଦାପନର ପରମ୍ପରା ରହିଛି । ଏହି ଦୀପ ବନ୍ଦାପନା ଦ୍ୱାରା ନବଦମ୍ପତିଙ୍କର ସୁଖ ଦାମ୍ପତ୍ୟ ଜୀବନ କାମନା କରାଯାଏ । ସୁହାଗ ରାତିରେ ଦୀପଜାଳି ନବଦମ୍ପତି ଏକ ସ୍ୱାମୀ ଓ ଏକ ପତ୍ନୀ (ସ୍ତ୍ରୀ) ବ୍ରତ ପାଳନ କରିବା ପାଇଁ ଶପଥ ନେଇଥାଆନ୍ତି । ଦୀପର ମହିମା ଅପାର । ଦୀପ ମନୁଷ୍ୟର ଆତ୍ମିକ ଜ୍ୟୋତି ତଥା ଉଦ୍ଧରଣର ପ୍ରତୀକ ହୋଇ ଯୁଗ ଯୁଗକୁ ରହି ଆସିଛି ।

ପ୍ରଦୀପ ପ୍ରଜ୍ୱଳନର ଧାର୍ମିକ ମହତ୍ତ୍ୱ ଅନେକ । ପୂଜା - ପାଠରେ ଦୀପ ସାକ୍ଷୀ ଭାବର ପ୍ରତୀକ । ଧର୍ମଶାସ୍ତ୍ରମାନଙ୍କରେ ଏହାର ଜୟଗାନ କରାଯାଇଛି । ଏହା ହେଉଛି ଅନ୍ଧକାରରୁ ପ୍ରକାଶ ଆଡ଼କୁ ନେବାର ମାଧ୍ୟମ । ଦୀପ ଜ୍ଞାନରୂପୀ ପ୍ରକାଶର ପ୍ରତୀକ । ସଂକ୍ରାନ୍ତି, ସୂର୍ଯ୍ୟପରାଗ, ଚନ୍ଦ୍ରଗ୍ରହଣ, ଉଦ୍ଧରାୟଣ, ଦକ୍ଷିଣାୟନ, ଏକାଦଶୀ, ସପ୍ତମୀ, ଅଷ୍ଟମୀ, ଆଦିରେ ଭୂମିଦେବଙ୍କୁ ଦୀପଦାନ ଦ୍ୱାରା ଓଜସ୍ୱଳ ଶରୀର ପ୍ରାପ୍ତ ହୁଏ । ଭିନ୍ନ ଭିନ୍ନ ଦେବତାଙ୍କୁ ଦୀପଦାନ ବେଳେ ବଳିତାର ରଙ୍ଗ ପ୍ରତି ଧ୍ୟାନ ଦେବା ଉଚିତ । ସୂର୍ଯ୍ୟଙ୍କ ନିକଟରେ ଲାଲ ରଙ୍ଗର ବଳିତା । ଶିବଙ୍କ ନିକଟରେ ଶ୍ୱେତବର୍ଣ୍ଣ, ବିଷ୍ଣୁଙ୍କ ନିକଟରେ ପୀତବର୍ଣ୍ଣ, ପାର୍ବତୀଙ୍କ ନିକଟରେ ଶ୍ୱେତବର୍ଣ୍ଣ ଓ ଦୁର୍ଗାଙ୍କ ନିକଟରେ ଲୋହିତବର୍ଣ୍ଣ ବର୍ତ୍ତିକା ଜାଳନ୍ତୁ । ଦୀପ ଜାଳିବାବେଳେ ସୁପ୍ରକାଶୋ ମହାଦୀପଃ ସର୍ବତଃସ୍ତିସି ମିରାୟଃ । ସବ୍ରାହ୍ନ୍ୟାଭ୍ୟନ୍ତର ଜ୍ୟୋତିଃ ଦୀପାୟଂ ପ୍ରତି ଗୃହ୍ଣାତାମ, ଦୀପ ଦର୍ଶୟାମି ମନ୍ତ୍ର ପାଠ କରନ୍ତୁ ଏହାଦ୍ୱାରା ମଙ୍ଗଳ ହୁଏ ।

ଭାରତୀୟ ହିନ୍ଦୁମାନେ ପ୍ରତିଦିନ ସକାଳେ ଓ ସନ୍ଧ୍ୟା ସମୟରେ ଦେବଦେବୀ ପୀଠ, ମଠ, ମନ୍ଦିର ଓ ଉପାସନା ସ୍ଥଳଗୁଡ଼ିକରେ ଦୀପ ଜାଳିବା ପ୍ରଥା ରହିଛି । ପବିତ୍ର ତୁଳସୀ ବୃକ୍ଷ ମୂଳରେ ମଧ ସନ୍ଧ୍ୟା ଓ ସକାଳେ ପ୍ରତ୍ୟେକ ହିନ୍ଦୁ ଦୀପ ଜାଳି ପ୍ରଣତି ଜଣାଇ ଥାଆନ୍ତି । କେତେକ ଦୀପାବଳୀ ପର୍ବଦିନରେ ଦୀପ ଜାଳିବା ପ୍ରଥା ରହିଛି ଏବଂ ଅଖଣ୍ଡ ଦୀପ ଯଥା ଶିବରାତ୍ରି, ନବରାତ୍ର ଉତ୍ସବ, ଅଷ୍ଟପ୍ରହରୀ ଓ ପୋଥିସ୍ଥାପନା ଆଦି ଦିନଗୁଡ଼ିକରେ ମଧ ଜଳାଯାଏ । ସାଧାରଣତଃ ଦୀପ ପ୍ରଜ୍ୱଳନ ପାଇଁ ଚାରୋଟି ଉପାଦାନ ଆବଶ୍ୟକ ହୋଇଥାଏ । ଯଥା-ଦୀପ, ସଳିତା, ତେଲ ବା ଘିଅ ଏବଂ ଅଗ୍ନି । ଏହି ଚାରୋଟି ମଧ୍ୟରୁ ଗୋଟିକର ଅଭାବ ହେଲେ ଦୀପ ଜାଳିବା ସମ୍ଭବପର ହୋଇନଥାଏ । ବାହ୍ୟ ଆଲୋକ ପାଇଁ ଆଜିପରି ପୂର୍ବରୁ ବିଜୁଳିବତି, ଗ୍ୟାସଲାଇଟି ବା କିରାସିନି ଚାଳିତ ଲଣ୍ଠନ ଆଦି ଉପକରଣ ନ ଥିଲା । ସେଥିପାଇଁ ଲୋକମାନେ ଅନ୍ଧାରରୁ ରକ୍ଷା ପାଇବା ପାଇଁ ଏବଂ ରାତ୍ର ସମୟରେ ଚଳପ୍ରଚଳ କରିବା ନିମିତ୍ତ ତେଲଦିଆ ଦୀପଜାଳି ଜୀବନ ନିର୍ବାହ କରୁଥିଲେ ।

ଦୀପ ଶିଖାର ଆଧ୍ୟାତ୍ମିକ ସାରମର୍ମ ଅତି ସରଳ । ପ୍ରତିଦିନ ସମସ୍ତଙ୍କ ଘରେ ଦୀପ ଜଳାଯାଏ । ଦୀପର ଉଜ୍ଜ୍ୱଳ ଶିଖାଦ୍ୱାରା ଅନ୍ଧକାର ଦୂର ହୁଏ, ଆଲୋକ ବ୍ୟାପେ । ଆଲୋକର ଅର୍ଥ ଜ୍ଞାନ, ଏଣୁ ଦୀପଶିଖା ଜ୍ଞାନର ପ୍ରତୀକ । ଏ ଜ୍ଞାନର ଆଧାର, ସ୍ରଷ୍ଟା ଓ ପଥ ପ୍ରଦର୍ଶକ ହେଉଛନ୍ତି ଭଗବାନ । ଭଗବାନ ହିଁ ଆଲୋକ । ପାରମ୍ପରିକ ତୈଳ ଦୀପର ଆଧ୍ୟାତ୍ମିକ ବ୍ୟାଖ୍ୟାନ ଏହିପରି- ଦୀପରେ ବ୍ୟବହୃତ ତୈଳ ମଣିଷର କୁତ୍ସିତ ବାସନା ବା ସହଜାତ ପ୍ରବୃତ୍ତି । ଏହା ଉଭୟ ଶରୀର ଓ ମନକୁ କବଳିତ କରିବା ସହ ଅହଂଭାବ ସୃଷ୍ଟି କରାଏ । ସଳିତା ଅହଂଭାବର ପ୍ରତୀକ । ଦୀପଶିଖା ହେଉଛି ଆଧ୍ୟାତ୍ମିକ ଜ୍ଞାନ । ଏହା ଅହଂ ସୃଷ୍ଟିକାରୀ ଶକ୍ତି ବା ତୈଳକୁ ଶୋଷିବା ସହିତ ସଳିତାକୁ ଧ୍ୱଂସ କରି ପରିଶେଷରେ ଆମକୁ ଶୁଦ୍ଧ-ପବିତ୍ର କରିଥାଏ । ଏହା ଅହଂର ବିନାଶକ । ଆମ ମନ ଓ ଶରୀରକୁ ମିଥ୍ୟା ଆଚରଣରୁ ମୁକ୍ତ କରିବାକୁ ଦୀପଶିଖା ସମର୍ଥ । ଦୀପର ଅଗ୍ନିଶିଖା ଉର୍ଦ୍ଧ୍ୱଗାମୀ । ଅର୍ଥାତ ସର୍ବଦା ଉଚ୍ଚତମ ଆଦର୍ଶକୁ ଅନୁଧାବନ କରିବା ଲାଗି ଦୀପଶିଖା ଆମକୁ ଶିକ୍ଷାଦିଏ ।

ଏହି ବାହ୍ୟ ଦୀପାଲୋକ କେବଳ ବାହ୍ୟ ଘନ ଅନ୍ଧକାରକୁ ଦୂର କରିଥାଏ । କିନ୍ତୁ ଅନ୍ତରରୁ ଅଜ୍ଞାନ ଅନ୍ଧକାର ଦୂର

କରିବା ପାଇଁ ଅନ୍ତଃଜ୍ୟୋତି ପ୍ରଜ୍ୱଳିତ ହେବା ଆବଶ୍ୟକ । ଅନ୍ତରାର୍ଥରେ ନିଜ ଅନ୍ତର ମଧ୍ୟରେ ଦିବ୍ୟ ଜ୍ୟୋତିର ପ୍ରଜ୍ୱଳନ ନିମନ୍ତେ ଦୀପତିକୁ ବୈରାଗ୍ୟ ରୂପେ ଗ୍ରହଣ କରାଯାଇଛି । ଦୀପରେ ଦିଆଯାଇଥିବା ତେଲ ବା ଘିଅ ଏବଂ ଆଲତି ପ୍ରଦାନ ପାଇଁ ବ୍ୟବହୃତ କର୍ପୂର ହେଉଛି କାମନା ବାସନାର ପ୍ରତୀକ ବା ନାକାରାମ୍ନକ ପ୍ରବୃତ୍ତି । ଦୀପରେ ବ୍ୟବହୃତ ହେଉଥିବା ସଲିତା ଅହଂଭାବ ସୂଚିତ କରେ । ଅଗ୍ନିକୁ ଦୀପ ପ୍ରଜ୍ୱଳନ ବେଳେ ଜ୍ଞାନ ରୂପେ ବ୍ୟବହାର କରାଯାଏ । ଫଳତଃ ଦୀପ ପ୍ରଜ୍ୱଳନ ଯୋଗୁ କାମନା ବାସନା ରୂପକ ତେଲ ବା ଘୃତ ଧୀରେ ଧୀରେ ନିଃଶେଷିତ ହୋଇଯାଏ ଏବଂ ଅହଂଦ୍ଧକୁ ସୂଚାଉଥିବା ସଲିତାଟି ମଧ୍ୟ ଜ୍ଞାନ ରୂପକ ଅଗ୍ନିରେ ପୋଡ଼ିଜଳି ବିନଷ୍ଟ ହୋଇଯାଏ । ଦୀପାଲୋକ ସନ୍ଦେହ ଦୂର କରିବା ସହ ସତ୍ୟକୁ ବିକଶିତ କରେ । ଆଲୋକ ହେଉଛି ଜ୍ଞାନର ପ୍ରତୀକ । ଭଗବାନ ହେଉଛନ୍ତି ଜ୍ଞାନ ସ୍ୱରୂପ । ତେଣୁ ଆଲୋକକୁ ଭଗବାନ ରୂପେ ପୂଜା କରାଯାଏ । ଅଗ୍ନିର ଧର୍ମ ଊର୍ଦ୍ଧ୍ୱମୁଖୀ । ଦୀପ ଜ୍ୟୋତିର ଅଗ୍ନିଶିଖା ମଧ୍ୟ ମଣିଷର ଜ୍ଞାନ ବୁଦ୍ଧି ଓ ବିଚାରଣା ଶକ୍ତିକୁ ବିକଶିତ କରାଇ ଆଧ୍ୟାତ୍ମିକ ମାର୍ଗରେ ଉଚ୍ଚ ଆଦର୍ଶ ସ୍ତରକୁ ଘେନି ଯିବାର ସୂଚନା ପ୍ରଦାନ କରେ । ବହୁଦିନରୁ ପ୍ରତ୍ୟେକ ହିନ୍ଦୁଙ୍କ ଘରେ ସନ୍ଧ୍ୟା ସମୟରେ ପ୍ରଜ୍ୱଳିତ ହେଉଥିବା ଦୀପ ସମସ୍ତ ଜ୍ଞାନର ଆଧାର ଏବଂ ଏହା ମହାଦେବୀ ସରସ୍ୱତୀ ସ୍ୱରୂପିଣୀ । ଆମ ହିନ୍ଦୁ ସଂସ୍କୃତିରେ ପୂଜା, ଉପାସନା ଓ ଭଜନ ଆଦି ପରେ ଭଗବାନଙ୍କୁ କର୍ପୂର ଆଲତି ପ୍ରଦାନ ବା ଆଲୋକ ସଂଚାଳକ କରିବା ଏକ ଚିରାଚରିତ ପ୍ରଥା । ଆଲତି ବେଳେ କର୍ପୂର ଖଣ୍ଡଟି ଜଳି ଆଲୋକ ପ୍ରଦାନ କରିବା ସହ ଉଷ୍ମତା ଓ ଜ୍ୟୋତି ବିକିରଣ କରେ ଏବଂ ଶେଷରେ ନିଜକୁ ସମ୍ପୂର୍ଣ ଭାବରେ ପୋଡ଼ି ନିଃଶେଷ କରିଦିଏ । ସେହିଭଳି ମଣିଷ ଜୀବନ ମଧ୍ୟ ଏପରି ହେବା ଉଚିତ୍ । ଯେପରି ସେ ନିଜ ଚତୁର୍ଦ୍ଦିଗରେ ଥିବା ବ୍ୟକ୍ତିମାନଙ୍କ ପାଇଁ ସୁଖ, ଆନନ୍ଦ ଓ ପ୍ରେରଣା ଏବଂ ଜ୍ଞାନ ବିତରଣ କରି ଜୀବନକାଳ ଶେଷ କରିବା ଉଚିତ୍ । ପ୍ରତ୍ୟେକ ବ୍ୟକ୍ତି ହୃଦୟରେ ଅନ୍ତଃ ଜ୍ୟୋତି ସ୍ଥାପନ କରି ଅନ୍ୟମାନଙ୍କୁ ମଧ୍ୟ ଆଲୋକିତ କରି ପାରିଲେ ଜୀବନ ସାର୍ଥକ ହୋଇଥାଏ । ଦୀପଶିଖା ହେଉଛି ସ୍ୱୟଂ ପରଂବ୍ରହ୍ମଙ୍କର ପ୍ରତୀକ । ତେଣୁ ଦୀପ ପ୍ରଜ୍ୱଳନ ବେଳେ ଆମେ ପ୍ରାର୍ଥନା କରୁ – "ଦୀପଂ ଜ୍ୟୋତି ପରଂବ୍ରହ୍ମ । ଦୀପଂ ଜ୍ୟୋତି ଜନାର୍ଦ୍ଧନ । ଦୀପଂ ଜ୍ୟୋତିଃ ହରେତ୍ ପାପଂ, ସନ୍ଧ୍ୟା ଦୀପଂ ଜ୍ୟୋତିଃ ନମସ୍ତୁତେ ।

ଭକ୍ତଙ୍କ ଭିତରୁ ଦୁଇଜଣ ପିଟାଘଣ୍ଟ ବଜାଇଲେ । ଶଙ୍ଖ ବଜାଇଲା ଆଉ ଜଣେ । ଆଲତି ଆରମ୍ଭ ହେଲା । ମାତ୍ର ବ୍ୟସ୍ତ ହୋଇ ପଡ଼ୁଥାଏ ସୁନି । ସତୀ କିନ୍ତୁ ନିରବରେ ବସି ରହିଥାଏ ।

ଠାକୁର ବାବା ଡାହାଣ ହାତରେ ଦୀପାଲି ଧରି ଆଲତି କରୁଥାଆନ୍ତି । ଦୀପାଲିକୁ ଟେକି ଧରି ଥାଆନ୍ତି ଛାତି ପର୍ଯ୍ୟନ୍ତ । ଶୂନ୍ୟରେ ମଣ୍ଡଳାକାରରେ ବୃତ୍ତଟିଏ ଆଙ୍କିଲା ପରି ଦୀପାଲି ଗତି କରୁଥାଏ ତାଙ୍କ ହାତରେ ରହି । ଶୂନ୍ୟରେ ବୃତ୍ତ "ଅଣାକାରଂ ମହାଶୂନ୍ୟଂ, ଶୂନ୍ୟ ମଧ୍ୟେ ନିରାମୟ । ନିରାମୟ ମଧ୍ୟେ ଶୂନ୍ୟଂ, ସଂଯୋର୍ଥ ଭଗବାନୟମ । ଭଗବାନଂ ଭଗବତାନାଂ ଭଗବିତାନଂ ଚ ମୁଖଂ ସ୍ଖଲିତଂ ଅକ୍ଷରଂ, ଶ୍ରୀ ଅକ୍ଷରଂ ମହାବୀଜଂ ଅନନ୍ତଂ ତଂ ନିଯୋଜୟେତା" ବୃତ୍ତ ଆକାରରେ ବୁଲୁଛି ଦୀପାଲି । ଠାକୁରବାବା ମନ୍ତ୍ର ଉଚ୍ଚାରଣ କରୁଥାଆନ୍ତି ।

ଗୋଧୂଲି ଆଲୋକ ଫିକା ପଡ଼ି ଆସୁଛି ।

ଆଲତି ଚାଲିଛି । ଚାଲିଛି ମନ୍ତ୍ର ଉଚ୍ଚାରଣ । ଦୀପାଲି ଗତି କରୁଛି ପୂର୍ବପରି । ଗୋଲାକାର ବୃତ୍ତ ଅଙ୍କନ କରି ଶୂନ୍ୟେ ଶୂନ୍ୟେ ।

ସମବେତ ଜନତାଙ୍କ ମଧ୍ୟରୁ କେହି କେହି ହରିବୋଲି ଓ ମହିଲାମାନେ ହୁଳହୁଳୀ ଦେଉଥାଆନ୍ତି । ମଝିରେ ମଝିରେ କରତାଳି ମଧ୍ୟ । ସୁନି ବ୍ୟସ୍ତ ହେଲା । ଘରକୁ ଫେରିବା ସମୟ ହୋଇଗଲାଣି । ଗୋଧୂଲି ଗଡ଼ିଗଲେ ତାକୁ ସଞ୍ଜବତି ଦେବାକୁ ପଡ଼ିବ । ଯାହା ସେ ପ୍ରତିଦିନ ଦେଇଥାଏ ।

ସତୀ ବସିଛି ପୂର୍ବପରି । ଅବିଚଳିତ । ଯେପରି ସେ ଏ ପରିବେଶର ପରିସ୍ଥିତିକୁ ଅନୁଭବ କରିପାରୁନି, ହେଜି ପାରୁନି । ମନରେ ଆଣି ପାରୁନି ସମୟ ପ୍ରବାହର ପରିସରକୁ । ନିରବ, ନିଷ୍ପଳ, ନିର୍ବିକାର ।

ସୁନି କିନ୍ତୁ ଅସହିଷ୍ଣୁ ହୋଇ ପଡ଼ୁଛି । ମନରେ ଦ୍ୱନ୍ଦ । ଯାହାଙ୍କ ପାଇଁ ତାଙ୍କର ଗୋଟିଏ ଦିନ ଅପେକ୍ଷାରେ ଗଲା । ତାଙ୍କର ଆସିବା ସମୟ ଗଡ଼ିଗଲାଣି ଅନେକ ବେଳ । ଯଦିବା ସିଏ ବିଳୟରେ ଆସି ପହଞ୍ଚନ୍ତି, କୌଣସି କାରଣରୁ ଠିକ୍ ସମୟରେ ଆସି ନ ପାରିଥିବା ଯୋଗୁ । ତେବେ ସେଠାରେ ତାଙ୍କର ଲାଭ ବା କ'ଣ ହେବ ? ମୁଖଶାଳାରେ ଗାଁ ଲୋକମାନଙ୍କର ଭିଡ଼, ମନ୍ଦିରରେ ଆଳତି ଚାଲିଛି । ମନ୍ଦିର ସାମ୍ନା ପଡ଼ିଆରେ ଖେଳୁଥିବା ପିଲାଙ୍କ ଉପସ୍ଥିତି । ଏଭଳି ପରିସ୍ଥିତି ସେମାନଙ୍କ ସାକ୍ଷାତକୁ ଫଳପ୍ରଦ ହେବାକୁ ସୁଯୋଗ ଦେବନି । ଏପରି ପରିବେଶରେ ତାଙ୍କ ସହିତ ଦେଖା ହେବାରେ କେବଳ ଆଖିର ତୃଷା ମେଣ୍ଟିବ । ମନର ଅବସୋସ ଅପୂରଣୀୟ ହୋଇ ରହିଯିବ ।

ସତୀ ସେମିତି ବସିଥାଏ । ଆଳତି ସମୟରେ ମନ୍ଦିରକୁ ନ ଆସି ସେ ସୁଖଶାଳାରେ ମନ୍ଦିର ଆଡ଼କୁ ପିଠିକରି ବସି ରାସ୍ତାକୁ ଅନାଇଁ ରହିଥାଏ । କାଲେ ସିଏ ଆସି ଯିବେ କି ? ଏ ପର୍ଯ୍ୟନ୍ତ ସତୀ ତାଙ୍କ ସାକ୍ଷାତ ପାଇବାର ମୋହ ତୁଟାଇ ପାରୁନଥିବାରୁ ସୁନି ଆଶ୍ଚର୍ଯ୍ୟ ହେଉଥାଏ । ତାଙ୍କ ଆସିବା ସମୟ ଗଡ଼ି ଗଲାଣି । ମାତ୍ର ସେ କଥା ବୁଝିବାକୁ ସତ୍ୟର ଇଚ୍ଛା କିମ୍ବା ଆଗ୍ରହ ନ ଥିଲା ।

ଦ୍ୱନ୍ଦ୍ୱରେ ପଡ଼ିଥିବା ସୁନିର, ସତୀ ଇଚ୍ଛା ବିରୋଧରେ ଘରକୁ ଏକାକୀ ଫେରିଯିବା ସମ୍ଭବ ନ ଥିଲା । 'ବିଳମ୍ବେ କାର୍ଯ୍ୟସିଦ୍ଧି' ନୀତିରେ, ଅପେକ୍ଷାର ଫଲ ମିଠା, ପଦ୍ଧତି ଆନୁଯାୟୀ ସତୀ ଅପେକ୍ଷା କରୁଥିଲା ତାଙ୍କ ଆସିବା ସମୟ ଗଡ଼ି ଯାଇଥିବା କଥା ସତୀ ହୃଦୟଙ୍ଗମ କରି ପାରୁନଥିଲା । କିମ୍ବା ସୁନି ତାକୁ ସେକଥା ବୁଝାଇ ଦେବାକୁ ସମର୍ଥ ହେଉନଥିଲା ।

କୌଣସି କାର୍ଯ୍ୟ ହାସଲ ପାଇଁ ସୁଯୋଗ ଓ ସୁଦିନକୁ ଦୀର୍ଘ ସମୟ ଲାଗି ଅପେକ୍ଷା କରିବାକୁ ପଡ଼ିଥାଏ । ସୁଦିନ ଓ ସୌଭାଗ୍ୟର ସୁଯୋଗରେ ଲକ୍ଷ୍ୟ ହାସଲ କରିବା ପାଇଁ ପ୍ରତୀକ୍ଷା ହେଉଛି ଏକମାତ୍ର ସର୍ବୋତ୍କୃଷ୍ଟ ପନ୍ଥା । "ଗଡ ଡଜନଟ୍ ନିଡ୍ ଆଇଦର ମ୍ୟାନ୍ସ ଓ୍ୱର୍କ ଅର ହିଜ ନେଗିଫିସ । ଦେ ଅଲସୋ ସର୍ଭ ହୁ ଓନଲି ସ୍ଟାଣ୍ଡ ଆଣ୍ଡ ୱେଟ ।" ସୁଦିନ ଓ ସୌଭାଗ୍ୟର ସୁଯୋଗକୁ ଦୀର୍ଘ ସମୟ ଧରି ପ୍ରତୀକ୍ଷା କରି ବିଫଲ ହେଲେ ମନରେ ସଫଲତା ପ୍ରାପ୍ତି ପ୍ରତି ସନ୍ଦେହ ଜାତ ହୋଇଥାଏ । ସନ୍ଦେହ ଦୃଢ଼ୀଭୂତ ହେଲେ ଆଶା ମଉଳି ଯାଏ । ଆଶା ମଉଳି ଗଲେ ଆଶଙ୍କାର ଉଦ୍ରେକ ହୋଇଥାଏ । ଦୀର୍ଘ ପ୍ରତୀକ୍ଷା ବିଫଲ ହେଲେ, ମନରୁ ଆଶା ମଉଳି ଗଲାପରେ ଆଶଙ୍କା ବଳବତ୍ତର ହୋଇଥାଏ । ଆଶା ଶେଷ ହୋଇଥାଏ ପ୍ରତୀକ୍ଷାର ବିଫଲତାରୁ । ପ୍ରତୀକ୍ଷା ସଫଲ ନ ହେଲେ ତାହା ଆଶଙ୍କାକୁ ରୂପାନ୍ତର ହୁଏ ।

ମାତ୍ର ପ୍ରତୀକ୍ଷା କେତେ ଯନ୍ତ୍ରଣାଦାୟକ ଓ କେତେ ବ୍ୟଥା ପ୍ରଦାନ କରି ବେଦନାରେ ଜର୍ଜରିତ କରିଥାଏ ତାହା କେବଳ ଭୁକ୍ତଭୋଗୀ ଜାଣିପାରେ । ଅନୁଭବୀ ବିନା ଅନ୍ୟମାନଙ୍କ ପାଇଁ ତାହା ସାଧାରଣ କଥା ହୋଇପାରେ । କିନ୍ତୁ ପ୍ରତୀକ୍ଷାରତ ବ୍ୟକ୍ତି ଲାଗି ନୁହେଁ ।

ଆଉ ଆଶା– ତାହାତ ଅସୁମାରି । ଆଶା– ଅସରନ୍ତି । କାମନା– ଅକଲନ୍ତି । ଇଚ୍ଛା– ଅସମାପ୍ତ, ତା'ର ଶେଷ ନାହିଁ । ବିଶାଲ ତା'ର ଆୟତନ । ସୀମାହୀନ ତା'ର ପରିବ୍ୟାପ୍ତି । ସୁବିସ୍ତୃତ ତା'ର ପରିସର । ଦୀର୍ଘତମ ତା'ର ଅବୟବ । ଅସରନ୍ତି ତା'ର କଲେବର । ଆଶା–ପାଇବାର ଆଶା, ଜିତିବାର ଆଶା, ହାସଲ କରିବାର ଆଶା, ଅକ୍ତିଆର କରିନେବାର ଆଶା, ଅଧିକାର ସାବ୍ୟସ୍ତ କରିବାର ଆଶା, ପକ୍ଷଭୁକ୍ତ କରିପାରିବାର ଆଶା, ନିଜ ସପକ୍ଷକୁ ଆଣିବାର ଆଶା, ଅଧୀନକୁ ନେଇଯିବାର ଆଶା, ଶେଷକୁ ନେଇ ପଲାଇ ଯିବାର ଆଶା । ଆଶା– ସୁକୋମଲ ପ୍ରଲେପର ପରଶ ପରି, ଲୋଭନୀୟ ଆକର୍ଷଣର କେନ୍ଦ୍ରବିନ୍ଦୁ ଭଳି । ଆଶା– ନିର୍ବାଣ ବିହୀନ ପିପାସାର ଆହ୍ୱାନ, ଆଶା ଅସରନ୍ତି । ତାହା କେବେବି ସରେନା । ତା'ର ପରିସମାପ୍ତି ନ ଥାଏ, ଯେପରି ପାଇବାର ପରିସମାପ୍ତି ନାହିଁ ସେହିପରି । ଜ୍ଞାନ ହେବାଠାରୁ । ଜାଣି ପାରିବାର ଅନୁଭୂତି ଆସିବାଠୁ, ଅନୁଭବ କରିବାର ଅଭିଜ୍ଞତା ହାସଲ ହେଲା ବେଲରୁ, ହେତୁ ପାଇଲା ଦିନରୁ । ଚେତନା ହରାଇ ବସିବା ପର୍ଯ୍ୟନ୍ତ ଆଶାର କଲେବର ପରିବ୍ୟାପ୍ତ । ଆଶାର ଆରମ୍ଭ ଅଛି କିନ୍ତୁ ଶେଷ ନାହିଁ । ଗୋଟିଏ ଆଶାର ପୂରଣ ପରେ

ଆଉ ଗୋଟିଏ ଅନ୍ୟ ଆଶା ଜନ୍ମ ନିଏ । ଆଶାର ସୃଷ୍ଟି ଅଛି ମାତ୍ର ବିଲୟ ଆଦୌ ନାହିଁ। ଆଶା ଓ ମମତା ଏହା ହିଁ ସାଂସାରିକତାର ମୂଳପିଣ୍ଡ। ଜୀବନ ସାରା ଗୁଡ଼ାଏ ଆଶା ଆକାଂକ୍ଷା ଭିତରେ ମଣିଷଟିଏ ବନ୍ଧୁରହେ । ଗୋଟିଏ ଆଶା ପୂରଣ ହେଲା ପରେ ତା'ର ସ୍ଥାନ ଅଧିକାର କରେ ଅନ୍ୟ ଏକ ଆଶା, ଅଭିଳାଷ ବା ଆକାଂକ୍ଷା । ଏମିତି ଗୋଟିଏ ପରେ ଗୋଟିଏ ଇଚ୍ଛା ବା ଆଶା ମନ ମଧ୍ୟରେ ପ୍ରକଟ ହେଉଥାଏ । ଗୋଟିଏ ଇଚ୍ଛା ବା ଆଶା ତୃପ୍ତି ହୋଇନି ତ ତା' ପୂର୍ବରୁ ଦ୍ୱିତୀୟ ଇଚ୍ଛା ବା ଆଶା ଉଚ୍ଚନ୍ନ ହୋଇ ଯାଉଥାଏ । ଏସବୁ ଇଚ୍ଛା ବା ଆଶା ଗୋଟିଏ ପରେ ଗୋଟିଏ ଅବଦମିତ ମନରେ ଏକତ୍ର ହୋଇରହିଛନ୍ତି । ପାରିବାରିକ ଜୀବନରେ ସ୍ନେହ-ମମତାକୁ ପାଥେୟ କରି ବଞ୍ଚି ରହିବା ଭିତରେ ଜୀବନର ସରସତା ଉପଲବ୍ଧ କରିହୁଏ । ଏ ଦୁଇଟିକୁ ନେଇ ଜୁଆର-ଭଟ୍ଟାର ଜୀବନ ସର୍ପିଳ ଗତିରେ ଆଗେଇ ଥାଏ ।

ଶ୍ରୀ ଅରବିନ୍ଦଙ୍କ ମତରେ "ରାତି ଅଛି ବୋଲି କ'ଣ ଦିନ ଏକ ପ୍ରହେଲିକା ? ମୃତ୍ୟୁ ଅଛି ବୋଲି କ'ଣ ଜୀବନ ଏକ ମରୀଚିକା ?" ଅତଏବ ଜୀବନକୁ ବଦଲାଇବା, ନିରାଶ ନ ହୋଇ ଆଶାବାଦୀ ହେବା ଆମର ପରମ କର୍ତ୍ତବ୍ୟ ହେବା ଉଚିତ । ଏକଥା ଆମେ ଆମ ପାଇଁ କରିବା, ଆଉ କେହି ଆମ ପାଇଁ ଆଶାବାଦୀ ହେବେ ନାହିଁ। ଶ୍ରୀମାଙ୍କ ମତରେ ଆଶା ଗୋଟିଏ ଭଗବତ ସଦ୍‌ଗୁଣ। ଏହାକୁ କେବେବି ଛାଡ଼ିବ ନାହିଁ। ଇଚ୍ଛାକରି ଆଶାବାଦୀ ହେବ। ଆଶା ହେଉଛି ସବୁଠାରୁ ମୂଲ୍ୟବାନ । କାରଣ ପ୍ରତିକୂଳ ପରିସ୍ଥିତିରେ ଟିଷ୍ଟି ରହିବାକୁ ଏହାହିଁ ସାହାଯ୍ୟ କରେ। ବାସ୍ତବିକ ନିଜକୁ ନିଜେ ଦଣ୍ଡ କରିବାକୁ ହେବ। ବୀରପରି ଜୀବନ ଜିଇବାକୁ ପଡ଼ିବ। ଯିଏ ସାହସର ସହିତ ଜୀବନରେ ଆସୁଥିବା ଦୁଃଖ ଓ ବିପଦକୁ ସାମ୍ନା କରିପାରେ। ସେହିଁ ଯଥାର୍ଥରେ ବୀର ପଦବାଚ୍ୟ। ଜୀବନ ସଂଗ୍ରାମରେ ବିଜୟୀ ବୀର ସିଏ। ତା'ର ବୀରତ୍ୱର ପଟାନ୍ତର ନାହିଁ। ଦୃଢ଼ମନବଳ, ପ୍ରବଳ ଇଚ୍ଛାଶକ୍ତି ଏବଂ ନିରଳସ କର୍ମ ପ୍ରବଣତା ମାଧ୍ୟମରେ ଭାଗ୍ୟ ବଦଲେ ଏହା ଦୃଢ଼ ସ୍ୱରରେ କୁହାଯାଇପାରେ। ସ୍ୱାମୀ ବିବେକାନନ୍ଦ କହିଲେ- ଯାହାର ଆତ୍ମ‌ବିଶ୍ୱାସ ଅଛି ବୁଝିବାକୁ ହେବ ଯେ ତାହାର ଭାଗବତ ବିଶ୍ୱାସ ରହିଛି। ଅବଶ୍ୟ ଏଠାରେ ଆତ୍ମ ବିଶ୍ୱାସକୁ ଆମେ ଗର୍ବ ବୋଲି ବୁଝିବା ନାହିଁ। ଆତ୍ମ‌ବିଶ୍ୱାସ ଓ ଆତ୍ମ‌ଗର୍ବ ଉଭୟେ ପରସ୍ପରର ବିପରୀତ ଧର୍ମୀ। ଆତ୍ମ‌ଗର୍ବ-ଆତ୍ମ‌ବିଶ୍ୱାସର ଶତ୍ରୁ। ଆତ୍ମ‌ଗର୍ବ ରହିଲେ ଆତ୍ମ‌ବିଶ୍ୱାସ ରହେ ନାହିଁ। ଅପସରି ଯାଏ।

କିନ୍ତୁ ଅନେକ କ୍ଷେତ୍ରରେ ଆଶା ଲୋଭକୁ ଜାଗ୍ରତ କରାଏ । ଆଶା ନିର୍ବାଣ ପ୍ରାପ୍ତିରେ ସହାୟକ ହୋଇ ନଥାଏ ବରଂ ସେଥିଲାଗି ଅନ୍ତରାୟ ସୃଷ୍ଟିକରେ। ଜୀବର ମୋକ୍ଷଲାଭ ପାଇଁ ପ୍ରତିବନ୍ଧକ ହୋଇଥାଏ । ମୁକ୍ତି ମିଲେନା ଆଶା ପୋଷଣ କରିଥିବା ବ୍ୟକ୍ତିବିଶେଷଙ୍କୁ । ଆଉ ଆଶା ପୂରଣ ପାଇଁ ପ୍ରତୀକ୍ଷା ଆବଶ୍ୟକ କରେ। ଦୀର୍ଘ ପ୍ରତୀକ୍ଷା ପରେ ଆଶା ପୂରଣ ନ ହେଲେ ପ୍ରତୀକ୍ଷା କରିଥିବା ବ୍ୟକ୍ତିର ଧୈର୍ଯ୍ୟଚ୍ୟୁତି ଘଟେ । ଆଶା-ଆଶଙ୍କାରେ ପରିଣତ ହୁଏ। ଆଶଙ୍କା ମନରେ ସନ୍ଦେହ ସୃଷ୍ଟିକରେ। ସନ୍ଦେହରୁ ଦ୍ୱନ୍ଦ ଓ ଦ୍ୱନ୍ଦରୁ ଭୟର ସଞ୍ଚାର ହୋଇଥାଏ । ଆଶା ଅପୂରଣ ରହିଲେ ପ୍ରତୀକ୍ଷା ପାଇଁ ଧାର୍ଯ୍ୟ ସମୟର କଣ୍ଠ ପୂରିଗଲେ ଆଶଙ୍କା ପ୍ରତୀକ୍ଷାରତ ବ୍ୟକ୍ତିକୁ ଭୟଭୀତ କରାଏ। ପାଇବାର, ହାସଲ କରିବାର, ଅକ୍ତିଆର କରିନେବାର, ସପକ୍ଷକୁ ଆଣିବାର, ପକ୍ଷଭୁକ୍ତ କରିବାର ଅଧିକାର ସାବ୍ୟସ୍ତ କରିପାରିବାର, ଅଧୀନରେ ରଖିବାର, ନେଇ ପଲାଇ ଯିବାର ନିର୍ଘଣ୍ଟ ବେଳ ଅତିବାହିତ ପରେ ଆଶଙ୍କାରେ ଜର୍ଜରିତ ହୋଇ ଭୀତତ୍ରସ୍ତ ମନ ବିଚାର ଶକ୍ତି ହରେଇ ବସେ। ଯେମିତି ଆଜି ସତୀର ହୋଇଛି ।

ମଣିଷର ସବୁବେଳେ ନକାରାମ୍ନକ ଭାବନା ଉଦୟ ହୁଏ । କାରଣ ପ୍ରଥ୍ବୀରେ କୌଣସି କାର୍ଯ୍ୟ ହେବା ନିଶ୍ଚିନ୍ତ ନୁହେଁ। ହେବ କି ନାହିଁ ଏହି ଆଶଙ୍କାରେ ସବୁ ସକାରାମ୍ନକ ଭାବନା'ର ପ୍ରବକ୍ତାମାନେ ମଧ୍ୟ ଆତଙ୍କିତ, ନ ହେଲେ ସେମାନଙ୍କ ମଧ୍ୟରୁ ସଂଖ୍ୟାଧିକ କହିବାକୁ ଗଲେ ସମସ୍ତେ ଜ୍ୟୋତିଷିକ ଶାସ୍ତ୍ର ଉପରେ କାହିଁକି ନିର୍ଭର କରନ୍ତେ ? କୌଣସି ଅତ୍ୟାଗ୍ରହୀ ବ୍ୟକ୍ତିଙ୍କ ଦ୍ୱାରା ସଂଯୋଗବଶତଃ କୌଣସି କାର୍ଯ୍ୟ ସଫଳ ହୋଇଥାଇପାରେ; କିନ୍ତୁ ସମସ୍ତେ ଯେ କେବଳ

ସକାରାତ୍ମକ ଭାବନା ଦ୍ୱାରା କାର୍ଯ୍ୟର ସଫଳ ରୂପାୟନ କରିପାରିବେ, ଏହା ଅସମ୍ଭବ । ତେବେ ଉଦ୍ୟମ ବା ଅଧ୍ୟବସାୟ ନକଲେ ବି ହେବନାହିଁ । କେବଳ ଦୈବୀ ସଂଯୋଗ ଆଶା କରି ରହିଲେ ବିଫଳତା ହିଁ ମିଳିବ । କିନ୍ତୁ ଏହି ଉଦ୍ୟମ ସତ୍ ଉପାୟରେ ହେବା ଆବଶ୍ୟକ । ନ ହେଲେ ତ ଚୋର, ଡକାୟତ, ମାଫିଆ, ନେତାମାନେ ତ ଅସଦୁପାୟରେ ସଫଳ ହେଉଛନ୍ତି । କିନ୍ତୁ ସେମାନେ ପ୍ରଶଂସାର ଯୋଗ୍ୟ ନୁହଁନ୍ତି । କେବଳ ବୈଜ୍ଞାନିକମାନେ ଅଧିକ ସଂଖ୍ୟକ ସଫଳ ହୁଅନ୍ତି । ଯେହେତୁ ସେମାନେ ସତ୍ ଉପାୟରେ ହିଁ ଲକ୍ଷ୍ୟ ପଥରେ ଆଗେଇଥା'ନ୍ତି । ବହୁ କଷ୍ଟ ସ୍ୱୀକାର କରି ଦୀର୍ଘ ଅବଧି ଯାଏ ଲାଗିରହନ୍ତି । ତେଣୁ ସେମାନେ ବାସ୍ତବରେ ସଫଳ ଏବଂ ପ୍ରଶଂସାର ପାତ୍ର । ଅନ୍ୟ ସମସ୍ତେ ସକାରାତ୍ମକ ଭାବନାଧାରୀ ଅତିଶୀଘ୍ର ସଫଳ ହେବା ପାଇଁ ଧୈର୍ଯ୍ୟ ନ ରଖି ସଂକ୍ଷିପ୍ତ ମାର୍ଗ ବା ଅନ୍ୟାୟ ମାର୍ଗ ଆପଣେଇଥାନ୍ତି । ତୃଷା ଏବଂ ତୃଷ୍ଣା ଦୁଇଟି ଅଲଗା ଅଲଗା କଥା । ମନୁଷ୍ୟକୁ ତୃଷା ହୁଏ । ଆବଶ୍ୟକୀୟ ଜଳପାନ କଲେ ତାହା ଦୂର ହୋଇଯାଏ । ମାତ୍ର ତୃଷ୍ଣା ଏକ ରୋଗ । ଏହା ଏତେ ସହଜରେ ଦୂର ହୁଏ ନାହିଁ । ଯେତେ ପିଇଲେ ମଧ୍ୟ ତୃଷ୍ଣା ବଢ଼ି ବଢ଼ି ଚାଲେ । ପେଟ ଫାଟିଗେଲ ସୁଦ୍ଧା ତୃଷ୍ଣା ଦୂର ହୁଏ ନାହିଁ । ଏହାର ଔଷଧୀୟ ଉପଚାର ନ କଲେ ମାରାତ୍ମକ ସିଦ୍ଧ ହୁଏ । ଧନାଗମର ତୃଷ୍ଣା ସେହିପରି ଅଟେ । ଅନେକ ବ୍ୟକ୍ତି ସାରା ଜୀବନ ଧନାଗମ ଲୋଭରେ ଧାଁ ଦୌଡ଼ କରନ୍ତି । ଏଥିରୁ କେତେକ ଚୋର ଡକାୟତ ଦ୍ୱାରା ମୃତ୍ୟୁ ପ୍ରାପ୍ତ ହୁଅନ୍ତି । କାରାଦଣ୍ଡ ବି ଭୋଗ କରନ୍ତି । ନଚେତ ଶତ୍ରୁ ଏବଂ ପ୍ରତିଦ୍ୱନ୍ଦୀଙ୍କ ଦ୍ୱାରା ଶିକାର ହୁଅନ୍ତି କିୟ। ଦେବାଲିଆ ହୋଇ ଫେରାର ହୋଇଯାନ୍ତି । ଏମାନଙ୍କୁ କେବେ ଉଚ୍ଚାଭିଳାଷୀ କହିହେବ ନାହିଁ । ଭଗବାନ ଶଙ୍କରାଚାର୍ଯ୍ୟ ଏମାନଙ୍କୁ 'ମୂକ' ବୋଲି କହିଛନ୍ତି । "ମୂଢ଼ ଯଦି ହି ଧନାଗମ ତୃଷ୍ଣା, କରୁ ତନୁ ବୁଦ୍ଧେ ମନସି ବିତୃଷ୍ଣା"ରେ ମୂଢ଼। ତୁ ଧନାଗମ ତୃଷ୍ଣା ଦୂର କର । ଶରୀର-ମନ-ବୁଦ୍ଧିରେ ଏହାପ୍ରତି ବିତୃଷ୍ଣା କର । ଧନ ନ ହେଲେ ଚଳିହେବ ନାହିଁ । ଏହା ହେଉଛି ଆବଶ୍ୟକୀୟ ତୃଷା । ଏହାକୁ ସଦୁପାୟରେ ଉପାର୍ଜନ ଦ୍ୱାରା କରାଯାଇପାରିବ । ଯେଉଁ ମନୁଷ୍ୟ ଏହି ମାର୍ଗରେ ଉପାର୍ଜନ କରେ ଓ ପରୋପକାର ବା ସେବାରେ ବ୍ରତୀ ହୋଇ ସଂସାରରେ ଯଶ ଅର୍ଜନ କରେ ସେହି ହିଁ ମନୁଷ୍ୟ ପଦବାଚ୍ୟ, ଅନ୍ୟଥା ଅନ୍ୟମାନେ ପଶୁତୁଲ୍ୟ କାଳକାଳକୁ ନିନ୍ଦିତ ହୁଅନ୍ତି ଏବଂ ବଂଶଧରମାନଙ୍କୁ ନିନ୍ଦିତ କରାଇଥାନ୍ତି ।

ଘରୁ ଆସିଲା ବେଳେ ତାଙ୍କ ସହିତ ସାକ୍ଷାତ କରିବାର ଆଶା ସେ ମନରେ ପୋଷଣ କରିଥିଲା । ସେଥିପାଇଁ ସେ ପ୍ରତୀକ୍ଷା କରି ଗୋଟିଏ ଦିନ ବିତାଇ ଦେଲା । ଆଶାୟୀ ଆଖିରେ ରାସ୍ତାକୁ ଅନାଇ ତାଙ୍କରି ଅପେକ୍ଷାରେ ମୁଖଶାଲାରେ ବସି ରହିଥିଲା । ତା'ର ଆଶା କେବଳ ପ୍ରତୀକ୍ଷାରେ ଶେଷ ହେଲା । ଆଶା ଥିଲା ତାଙ୍କ ସହିତ ଭେଟ ହେବ । କିନ୍ତୁ ଆଶା– ଆଶାରେ ରହିଗଲା କେବଳ । ଦୀର୍ଘ ପ୍ରତୀକ୍ଷା ପରେ ଆଶା ପୂରଣ ନ ହେବାରୁ ଆଶଙ୍କା ଜାଗ୍ରତ ହେଲା । ଆଶଙ୍କା ମନର ସ୍ଥିରତା ନଷ୍ଟ କରେ । ଅସ୍ଥିର ମନ ଚଞ୍ଚଳ ହୋଇ ଉଠେ । ଚଞ୍ଚଳ ମନକୁ ସଂଯତ କରି ରଖିବା ସହଜ ବ୍ୟାପାର ନୁହେଁ, ସୁନିର ଡାକ ଶୁଣିଥିଲେ ସୁଦ୍ଧା । ସତୀ ତା ଅସ୍ଥିର ମନକୁ ଆୟତ୍ତ କରିବାକୁ ଚେଷ୍ଟା କରି ବିଫଳ ହେବା ପରେ କେବଳ ନିରବରେ ବସି ରହିଥିଲା ।

ତା'ର ବିଚାର ଶକ୍ତି ଲୋପ ପାଇ ଆସୁଥିଲା । ସୋମବାର, ଅମାବାସ୍ୟା, ପୂର୍ଣ୍ଣିମା ଓ ସଂକ୍ରାନ୍ତିରେ ଶିବ ମନ୍ଦିରମାନଙ୍କରେ ସାଧାରଣତଃ ଅନ୍ୟଦିନଗୁଡ଼ିକ ଅପେକ୍ଷା ବେଶୀ ଭିଡ଼ ହୋଇଥାଏ । ଆଜି ମାର୍ଗଶିର ମାସର ସଂକ୍ରାନ୍ତିରେ ମନ୍ଦିରରେ ଆଲଟି ପାଇଁ ଜନଗହଲି ହୋଇଥିଲା ଓ ରବିବାରରେ ସ୍କୁଲ ଛୁଟି ଥିବାରୁ ମନ୍ଦିର ସାମ୍ନା ପଡ଼ିଆରେ ଗାଁ ପିଲାମାନଙ୍କ ଉପସ୍ଥିତିକୁ ସତୀ ଅନୁଭବ କରି ପାରୁନଥିଲା । ମନ୍ଦିରରେ ଆଲଟି ହେଉଥିବା ସମୟରେ ଠାକୁରଙ୍କ ଆଡ଼କୁ ମୁହଁ ନ କରି ସେ ଅଚେତନ ମନର ବଶବର୍ତ୍ତୀ ହୋଇ ମନ୍ଦିର ଆଡ଼କୁ ପିଠି କରି ରାସ୍ତାକୁ ଅନାଇ ବସି ରହିଥିଲା । ମହାକବି କାଳିଦାସ ତାଙ୍କ ରଚିତ 'ମେଘଦୂତମ୍' କାବ୍ୟରେ ରାମଗିରିରେ ଅବସ୍ଥାନ କରୁଥିବା ଶାପଗ୍ରସ୍ତ ଯକ୍ଷ ଉଦ୍ଦେଶ୍ୟରେ କହିଛନ୍ତି– 'କାମାର୍ତ୍ତା ହି ପ୍ରକୃତି କୃପଣାଃ ଚେତନାଚେତନେଷୁ' ଅର୍ଥାତ ଦୈହିକ ପ୍ରେମାସକ୍ତ ବ୍ୟକ୍ତି ପ୍ରକୃତିବଶତଃ

ଚେତନ ଓ ଜଡ଼ ମଧ୍ୟରେ କିଛି ପାର୍ଥକ୍ୟ ବୁଝି ପାରେନାହିଁ । ସେହି କାରଣରୁ ଯକ୍ଷ ମେଘକୁ ତା’ ପ୍ରିୟା ପାଖକୁ ଦୂତରୂପେ ପ୍ରେରଣ କରିବାକୁ ଇଚ୍ଛାକରି ସନ୍ଦେଶ ଶୁଣାଇ ଚାଲିଛି । କାଳିଦାସଙ୍କ ଯକ୍ଷ ନିଜକୁ ଦୈହିକ ପ୍ରେମାସ୍ପଦ ପାଇଁ ଅନ୍ଧ କରି ଦେଇଥିଲା । ଅନଙ୍ଗ ବାଣ ଘାରିଥିବା ଲୋକଟିର ଚେତନ ଓ ଅବଚେତନ ମଧ୍ୟରେ କୌଣସି ପ୍ରଭେଦ ନ ଥାଏ । କବିବର ରାଧାନାଥ ତାକୁ ଭାଷାନ୍ତର କଲେ । ଅଙ୍ଗ ଘାରଇ ଯାର ଅନଙ୍ଗ ବାଣ, ଚେତନ ଅଚେତନ ତା’ର ସମାନ, ଆଜି ସତୀର ଅବସ୍ଥା ଯେପରି ହୋଇଛି ।

ଗୋଧୂଳିର ଫିକା ଆଲୋକ କ୍ରମେ ମଉଳି ଆସୁଥିଲା । ସଞ୍ଜବତୀ ଦେବାକୁ ବେଶୀ ସମୟ ବାକି ନଥିଲା । ଏଥର ଫେରିବାକୁ ପଡ଼ିବ । ଘରେ ସଞ୍ଜ ସଲିତା ଜାଳିବା ଦାୟିତ୍ୱ ତା (ସୁନି) ଉପରେ ନ୍ୟସ୍ତ । ସେ କାମ (ଦାୟିତ୍ୱ) ତୁଲାଇବା ପାଇଁ ତାକୁ ଶୀଘ୍ର ଘରକୁ ଫେରିଯିବାକୁ ହେବ ।

ସନ୍ଧ୍ୟା ହେଉଛି ଫେରିବାର ସମୟ । ଦିନକର ଖାଦ୍ୟ ଗ୍ରହଣ କରିବାକୁ ଯାଉଥିବା ପକ୍ଷୀ ଜଗତ ସନ୍ଧ୍ୟା ପୂର୍ବରୁ ବସାକୁ ଫେରି ଥାଆନ୍ତି । ପଠାକୁ ଚରିବାକୁ ଯାଇଥିବା ଗୋରୁପଲ ପଠାରୁ ଗୋଠକୁ ବାହୁଡ଼ି ଆସନ୍ତି । କ୍ଷେତରୁ ଫେରିଥାଏ ଚାଷୀ ଆପଣା ଘରକୁ । ବାଟୋଇ ଫେରନ୍ତି ରାତ୍ରି ରହଣି ସ୍ଥାନକୁ । ପିଲାଏ ମା’ଙ୍କ କୋଳକୁ ଫେରି ଥାଆନ୍ତି, ଖେଳ ଭାଙ୍ଗି ଦେଇ । ଜୀବନର ସଞ୍ଜ ନିଆଁ ଆସିଲେ ସୁନ୍ଦର ମନଲୋଭା ପୃଥିବୀର ଅଭୁଲା ଆକର୍ଷଣ, ସଂସାରର ଅତୁଟ ମୋହ, ଦୁନିଆର ଅପାଶୋରା ମାୟା । ସମ୍ପତ୍ତିର ଲୋଭ ଅନେକ ଶ୍ରମଦ୍ୱାରା ହାସଲ କରିଥିବା ଯଶ ଓ ବହୁ କଷ୍ଟ ସ୍ୱୀକାର କରି ଅର୍ଜିଥିବା ସୁନାମ, ଖ୍ୟାତି ଓ ପ୍ରତିପତ୍ତି ସବୁକିଛି ତ୍ୟାଗ କରି (ଜୀବନମାନଙ୍କୁ) ଫେରିଯିବାକୁ ହୋଇଥାଏ ଆର ପାରିକୁ ।

ସନ୍ଧ୍ୟା ସମୟ ମଧ୍ୟ ହିସାବର ବେଳ । ସନ୍ଧ୍ୟାରେ ରାତ୍ରି ରହଣି ସ୍ଥଳରେ ପହଞ୍ଚ ବିଛଣାକୁ ଯିବା ପୂର୍ବରୁ ମଞ୍ଚରେ ବିଶ୍ରାମ ସମୟରେ ସେଦିନର କର୍ମ ସମ୍ପାଦନ ସମ୍ପର୍କରେ ସମୀକ୍ଷା କରିବାକୁ ପଡ଼ିଥାଏ । ସମ୍ପାଦନ କରିଥିବା କାର୍ଯ୍ୟ ଦ୍ୱାରା କେତେ ଲାଭ ଥିଲା କିମ୍ବା କ୍ଷତି ହେଲା କେତେ, ତାହା ନ କରି ଆଉ କ’ଣ କରିଥିଲେ ଭଲ ହୋଇଥାଆନ୍ତା । ସେପରି ନ କରିବାରୁ ଏ ପ୍ରକାର ଭୁଲ ହେଲା, ଆଗାମୀ ଦିନମାନଙ୍କରେ ଆଉ ସେମିତି ଭୁଲର ପୁନଃରାବୃତ୍ତି ନ କରିବାକୁ ସତର୍କ ହେବାକୁ ପଡ଼େ ମନେ ମନେ । ସନ୍ଧ୍ୟା, ବିଶ୍ରାମ ସ୍ଥଳରେ ପହଞ୍ଚିଥିବାର ଆନନ୍ଦ ପ୍ରଦାନ କରିଥାଏ । ଆଉ ହିସାବ ଫଳରେ ଦୈନଦିନ କର୍ମର ସମୀକ୍ଷା ପାଇଁ ଦେଉଥାଏ ପ୍ରେରଣା । ମନୁଷ୍ୟ ଜନ୍ମରେ ସବୁଠାରୁ ବଡ଼କଥା ହେଉଛି ନିଜକୁ ଚିହ୍ନିବା । ମୁଁ କିଏ ? କେଉଁଠାରୁ କାହିଁକି ସଂସାରକୁ ଆସିଛି । ମୋର କର୍ତ୍ତବ୍ୟ କ’ଣ ? କେଉଁଠାକୁ ଯିବି ? ଇତ୍ୟାଦି କଥାକୁ ଭାବିବା ନିହାତି ଉଚିତ । ଆମର ସମସ୍ତ ଇନ୍ଦ୍ରିୟ ବହିର୍ମୁଖୀ । ଏମାନଙ୍କ ଦ୍ୱାରା ଆମେ ଶରୀର ବାହାରର ବିଷୟମାନଙ୍କୁ ଗ୍ରହଣ କରୁ । ସକଳ ଇନ୍ଦ୍ରିୟମାନଙ୍କର ଶାସକ ହେଉଛି ମନ । ଆମ ଶରୀରତତ୍ତ୍ୱର ଏକ ମୁଖ୍ୟ ଅଙ୍ଗ । ତା’ରି ସହାୟତାରେ ଆମେ ନିଜର ଭିତର କଥା ଜାଣି ପାରିବା । ଅନେକ ଏହାକୁ ବହୁତ ବଡ଼ କଥା ଭାବି ଅଣଦେଖା କରନ୍ତି । ସେମାନଙ୍କ ପାଇଁ ସହଜ କଥାଟି ହେଲା ନିଜକୁ ଅଧ୍ୟୟନ କରିବା, ଜଣେ ଦିନସାରା ଯେଉଁସବୁ କର୍ମକରେ ରାତିରେ ଶୋଇବା ପୂର୍ବରୁ ସେ ସବୁକୁ ନିରୀକ୍ଷଣ କରିବା ଉଚିତ୍ । ତହିଁରୁ ଅନେକ ମହତ ଶିକ୍ଷା ମିଳିଥାଏ । ଧାରାବାହିକ ଭାବରେ କରୁଥିବା କର୍ମକୁ ମନଭିତରେ ଆଲୋଚନା ପର୍ଯ୍ୟାଲୋଚନା କଲେ ଆମ୍ଳିକ ସ୍ଥିତିର ଉନ୍ନତି ଓ ଅବନତିକୁ ସହଜରେ ଜାଣିହେବ । ସୁତରାଂ ଏଥିପ୍ରତି ଧ୍ୟାନ ଦେଲେ ସଫଳତା ଅବଶ୍ୟ ମିଳିବ ଓ ଧୀରେ ଧୀରେ ମନ, ଆମ୍ଭା ଚିନ୍ତନ ଦିଗରେ ଯତ୍ନବାନ ହେବ ।

ଜୀବନ ସଞ୍ଜରେ ପୂର୍ଣ୍ଣ ବିଶ୍ରାମ ପୂର୍ବରୁ ଜୀବନର ହାନି–ଲାଭ, ପାପ, ପୁଣ୍ୟର ହିସାବ ମଧ୍ୟ କରିବାକୁ ପଡ଼ିଥାଏ । ଜୀବଦ୍ଦଶାରେ କେତେ ପାଇଛି, ହରାଇଛି କେତେ, କେତେ ଲାଭ କରିଛି, କେତେ ସହିଛି କ୍ଷତି, ନିଜେ ହସିଛି କେତେ ସଫଳ ହୋଇ, କେତେ ହସାଇଛି ଅନ୍ୟମାନଙ୍କୁ ସେମାନଙ୍କ ସଫଳତାରେ ଭାଗୀଦାର ରହି, କେତେ ଲୁହ ଢାଳିଛି ଆପଦ ବିପଦରେ ପଡ଼ି । ଦୁଃଖକଷ୍ଟ ସହ୍ୟ, ବିଚ୍ଛେଦ ବେଦନାରେ ଘାରି ହୋଇ, ନିର୍ଜାତନାରେ ଘାଣ୍ଟି ଚକଟି ହେବା ସହ

ଦୁର୍ଦ୍ଦିନ ଭିତରେ ପଡ଼ିରହି। କେତେ ଜଣଙ୍କ ଆଖିରେ ଲୁହ ଦେଇଛି ଅନ୍ୟର କ୍ଷତି ଘଟାଇ। କେତେ କ୍ଷେତ୍ରରେ ଜିତିଛି, ହାରିଯାଇଛି କେତେ ଜାଗାରୁ। କେତେ ଠୁଲାଇଛି ଧନସମ୍ପତ୍ତି ପେଞ୍ଚପାଞ୍ଚ ବୁଦ୍ଧି ବଳରେ। ଠକାଇଛି କେତେ ଜଣଙ୍କୁ ସେମାନଙ୍କ ଅଟଳ ବିଶ୍ୱାସରେ ବିଷଦେଇ ସେମାନଙ୍କ ପ୍ରାପ୍ୟକୁ ଆମୃସାତ କରି କୌଶଳରେ। ନିଜେ ଠକିଛି କେତେ ଥର ଅନ୍ୟମାନଙ୍କୁ ଅତି ସହଜରେ ବିଶ୍ୱାସ କରି। କାନ୍ଦିଛି କେତେ ବିଫଳତାର ଗ୍ଲାନିରେ ପ୍ରିୟମାଣ ହୋଇ। କେତେ ଜଣକୁ କନ୍ଦାଇଛି ସେମାନଙ୍କ ସରଳତାର ସୁଯୋଗ ନେଇ। ସଫଳତା ହାସଲ କରିଛି କେତେ କ୍ଷେତ୍ରରେ ଆପଣା ଚତୁରାମୀକୁ ପୁଞ୍ଜିକରି। ବିଫଳ ହୋଇଛି କେତେ ଜାଗାରେ ନିଜର ଚାଲାଖ୍ ଦ୍ୱାରା ଅନ୍ୟମାନଙ୍କ ନିର୍ବୋଧତାରୁ ଫାଇଦା ନ ଉଠାଇ। ସାଇତି ପାରିଛି କେତେ ଅର୍ଜିଲା ଧନ, ସମ୍ପତ୍ତି, ଖ୍ୟାତି ପ୍ରତିପତ୍ତି ପାପକର୍ମରେ ଲିପ୍ତ ହୋଇ।

କେତେ ଲୋକଙ୍କୁ ଠିଆ କରାଇଛି ଦାନ୍ତ ମଇଁରେ କୂଟ ବୁଦ୍ଧି ପ୍ରୟୋଗ କରି। କେତେଘର ବୁଡ଼ାଇଛି କପଟତାର ଆଶ୍ରୟ ନେଇ। ଭାଙ୍ଗିଛି କେତେ ସୁଖର ସଂସାର ସେମାନଙ୍କର ସରଳତାର ସୁଯୋଗରୁ ଫାଇଦା ଉଠାଇ। ଉଜାଡ଼ି ଦେଇ ତଲିତଲାନ୍ତ କରିଛି କେତେ ଲୋକଙ୍କୁ ନିଜର ସୁବିଧା ହାସଲ ନିମିଛ। କେତେ ପାପ କରିଛି ଅନ୍ୟର କ୍ଷତି ଘଟାଇ, ଅସୁବିଧାରେ ପକାଇ, ପରର ସର୍ବନାଶ କରି। ଅର୍ଜିଛି କେତେ ପୁଣ୍ୟ ଅନ୍ୟର ଉପକାର କରି ସାହାଯ୍ୟ ଯୋଗାଇ ଦେଇ। କେତେ ଜଣକୁ ସହାୟତା କରିଛି। କେତେ ଜଣକୁ ଘର ତୋଳିବାରେ, ସଂସାର ବାନ୍ଧିବାରେ, ମଣିଷ କରି ଗଢ଼ିବାରେ ସାହାଯ୍ୟ ଯୋଗାଇ ଦେଇ। କେତେ ଧର୍ମ ସଞ୍ଚିଛି- ଦାନଦେଇ, ସେବାକରି, ଅନ୍ୟ ମୁହଁରେ ହସ ଫୁଟାଇ, ପର ଆଖିରୁ ଲୁହପୋଛି ଦେଇ, ପରୋପକାର ଦ୍ୱାରା ସହାୟତାର ହାତ ବଢ଼ାଇ, ଆପଦ ବିପଦରେ ପାଖରେ ଠିଆହୋଇ। ଅନ୍ୟର ଦୁର୍ଦ୍ଦିନରେ ସାନ୍ତ୍ୱନାପୂର୍ଣ ମିଠା କଥା ଦ୍ୱିପଦ କହି। ପରର ଅସମୟରେ ସାହାଯ୍ୟ ଦେଇ, ସହାନୁଭୂତି ପ୍ରଦର୍ଶନ କରି ସରାଗବୋଲା ସାନ୍ତ୍ୱନାମୂଳକ ଭାଷାରେ ପ୍ରୀତିପୂର୍ଣ କଥା ଦିପଦ କହି। ପ୍ରବୋଧନା ପ୍ରଦାନ କରି ଛାଡ଼ିଯାଇଛି କେତେ ସୁନାମ, ଯଶ, ପୁଣ୍ୟଫଳ, କୀର୍ତି ଆଗାମୀ ଦିନକୁ ନିଜ ବ୍ୟକ୍ତିତ୍ୱର ମୂଲ୍ୟାଙ୍କ ଲାଗି। କାରଣ ମୃତ୍ୟୁପରେ ଜଣେ ଯେମିତି ମନେ ପଡ଼ନ୍ତି ସେଥିରୁ ଜଣାପଡ଼େ ତା'ର ବ୍ୟକ୍ତିତ୍ୱ କିଭଳି ଥିଲା।

ବ୍ୟକ୍ତିତ୍ୱ ଓ ଚରିତ୍ରକୁ ନେଇ ଗଠିତ ବ୍ୟକ୍ତିତ୍ୱ ମାଧ୍ୟମରେ ସବୁ କିଛିର ପ୍ରକୃତ ବିକାଶ ହୋଇପାରେ। ଏହା ଆମୃବିକାଶ କିନ୍ତୁ ଆମୃସ୍ୱାର୍ଥ ନୁହେଁ। ନିଜକୁ ବ୍ୟକ୍ତ କରିପାରେ ବ୍ୟକ୍ତି। ଅବ୍ୟକ୍ତକୁ ମଧ୍ୟ ବ୍ୟକ୍ତ କରିବାର ସାମର୍ଥ୍ୟ ତା'ର ଅଛି। ବ୍ୟକ୍ତିତ୍ୱ ସରକାରୀ ଯୋଗଜାରେ। କାହା ଦାନରେ ବା କାହା ପ୍ରତି ସ୍ୱାର୍ଥ ପ୍ରତ୍ୟାଶିତ ଆନୁଗତ୍ୟରେ ମିଳି ପାରେନା। ନିଜକୁ ଖୋଜି ଚାଲିଲେ ଭେଟ୍ ହୁଏ ବ୍ୟକ୍ତିତ୍ୱ। ମହାଶୂନ୍ୟ ପରି ଏହାର ପରିସୀମା ରହସ୍ୟମୟ ଓ ଅବିଶ୍ୱସନୀୟ ଭାବେ ବ୍ୟାପକ। ଉଭୟ ସୁଖଦୁଃଖରେ ସ୍ଥିର ରହି ପ୍ରଥମେ ନିଜ ମଧ୍ୟରେ ଶାନ୍ତି ସ୍ଥାପନ କଲେ ଓ ଦୁନିଆକୁ ଶାନ୍ତିରେ ରଖିବା ପାଇଁ ସୁଯୋଗ ସୃଷ୍ଟି କଲେ ବ୍ୟକ୍ତିତ୍ୱର ପରିପ୍ରକାଶ ହୋଇଥାଏ। ବ୍ୟକ୍ତିତ୍ୱ ନଥାଏ ଉଚ୍ଚ ଦରମାରେ, ବ୍ୟାପକ କ୍ଷମତା ହାସଲ କିମ୍ବା ପ୍ରୟୋଗରେ, ପଶୁବଳରେ। ତାହା ବେଶ ପରିପାଟୀ, ଗହଣାଗଣ୍ଠି, ଭାଷାଣବାଜି କି ଡ଼ିଗ୍ରୀ ଉଦ୍ୟୋମାରେ ସ୍ୱର୍ଣ ପଦକ ପ୍ରାପ୍ତିରେ ମଧ୍ୟ ତାହା ହାସଲ ହୋଇ ନଥାଏ। ଶୁଦ୍ଧ ଶରୀର, ନିର୍ବିକାର ମନ, ନିରପେକ୍ଷ ବିଚାର ସହ ଅଙ୍ଗ ପ୍ରତ୍ୟଙ୍ଗର ପ୍ରକୃତ ଉପଯୋଗରେ ଯାହା ଅନ୍ୟର ଉପକାର ଲାଗି ଉଦ୍ଦିଷ୍ଟ। ପରିଷ୍କାର ପରିଚ୍ଛନ୍ନତାରେ ମଧୁର କୋମଳ ବଚନରେ ଯେଉଁ ଭାଷା ଅନ୍ୟ ମନରେ ଆନନ୍ଦ ସଞ୍ଚାର କରେ ସେପରି କଥାରେ ଏହାର ଉନ୍ମେଷ ହୁଏ। ବ୍ୟକ୍ତିତ୍ୱ ବଢ଼େ ନମ୍ରତା ସହନଶୀଳତା ପରୋପକାରିତା, ଦାନଶୀଳତା ଓ କ୍ଷମାଶୀଳତାରେ। ଗଢ଼ି ହୁଏ କର୍ମ ସଂସ୍କୃତି-ପୂଜାରେ, କର୍ମଫଳ ତ୍ୟାଗରେ ଲାଭ କରିହୁଏ ବ୍ୟକ୍ତିତ୍ୱ। ଆମୃଜ୍ଞାନ ଉଦୟ ହେଲେ ବ୍ୟକ୍ତିତ୍ୱ ଚମକେ। ବ୍ୟକ୍ତିତ୍ୱ କ୍ଷୁଦ୍ର ହୋଇଯାଏ, ଅନ୍ୟ ପ୍ରତି ଈର୍ଷାରେ। ବ୍ୟକ୍ତିତ୍ୱ ମରିଯାଏ ଆଳସ୍ୟ ଗୋଡ଼ାଣିଆ ଅବା ମାଗିଖିଆ ପ୍ରକୃତିରେ। ବ୍ୟକ୍ତିତ୍ୱ ରାଷ୍ଟ୍ର ନିର୍ମାଣ କରେ। ବ୍ୟକ୍ତିତ୍ୱର ପରାକାଷ୍ଠାରେ ସମଗ୍ର ବିଶ୍ୱ କୁଟୁମ୍ୟ ସଦୃଶ ମନେ ହୁଏ। ତେଣୁ ବିକାଶ କଥା ଉଠିଲେ ପ୍ରଥମେ ଉଠୁ ନିଜ ବ୍ୟକ୍ତିତ୍ୱ ବିକାଶର କଥା।

ବ୍ୟକ୍ତିତ୍ୱ ହେଉଛି ବ୍ୟକ୍ତିର ବୈଶିଷ୍ଟ୍ୟ। ବିଭିନ୍ନ କ୍ଷେତ୍ରରେ ଅବସ୍ଥାପିତ ବ୍ୟକ୍ତିଙ୍କ ପାଇଁ ନିଜର ବ୍ୟକ୍ତିତ୍ୱ ସବୁଠୁ ବଡ଼ ବିଭବ, ଶ୍ରେଷ୍ଠ ସମ୍ପଦ। ଏହି ବୈଶିଷ୍ଟ୍ୟ, ବିଶେଷପଣ ଜଣେ ବ୍ୟକ୍ତିଙ୍କଠାରେ ଅନ୍ୟ ମାନଙ୍କୁଠାରୁ ସାଧାରଣଙ୍କଠାରୁ ଅଧିକ ଲୋଡ଼ା ପଡ଼େ। ଯେତେବେଳେ ସମାଜ, ଜୀବନରେ, ଆନୁଷ୍ଠାନିକ ଜୀବନରେ। ଜାତୀୟ ଜୀବନରେ ସେ ନେତୃତ୍ୱ ନିଏ ବା ଦାୟିତ୍ୱ ନିର୍ବାହ କରେ। ସେହି ନିର୍ଦ୍ଦିଷ୍ଟ ବ୍ୟକ୍ତିଙ୍କ ବ୍ୟକ୍ତିତ୍ୱ ତାଙ୍କ ସହ ସମ୍ପୃକ୍ତ ତାଙ୍କୁ ପରିବେଷ୍ଟିତ ବ୍ୟକ୍ତି ସମୂହ ଓ ବ୍ୟବସ୍ଥା ଭିତରେ ବିଶ୍ୱାସ, ସାହସ, ଭରସା ଓ ପ୍ରେରଣା ଜାତକରେ। ବ୍ୟବସ୍ଥା ଭିତରର ଏବଂ ଚତୁଃପାର୍ଶ୍ୱର ଅନ୍ୟମାନେ, ଅଧସ୍ତନମାନେ, ସହଧର୍ମୀ ମାନେ ତାଙ୍କୁ ଗୁରୁତ୍ୱ ଦିଅନ୍ତି, ଶ୍ରଦ୍ଧା ଓ ସମ୍ମାନ କରନ୍ତି। ତାଙ୍କୁ ଉଦାହରଣ ଭାବରେ ଉଲ୍ଲେଖ କରାଯାଏ। ସେ ନେତା ବା ମୁଖିଆ ଅଥବା ମୁରବି ପଣରେ ବିବେଚିତ ଓ ଆଦୃତ ହୁଅନ୍ତି। ବ୍ୟକ୍ତିର ବୈଶିଷ୍ଟ୍ୟ ନ ଥାଇ, ଯାହାକୁ ଯେଉଁଠି ଥାପି ଦେଲେ, ସେ ଠିକଣା ନେତୃତ୍ୱ ଦେଇପାରେ ନାହିଁ। ନେତୃତ୍ୱ କ୍ଷେତ୍ରରେ ଦୈନ୍ୟ ସୃଷ୍ଟି ହୁଏ। ପରିଚାଳନା ପାଣିଚିଆ ଧରେ। ବ୍ୟବସ୍ଥା ରୁଗ୍ଣ ଏବଂ କ୍ରମେ ବିପନ୍ନ ହୋଇଯାଏ। ଉପଯୁକ୍ତ ଶିକ୍ଷାଗତ ବ୍ୟବସ୍ଥା ଏବଂ ଜ୍ଞାନ ବ୍ୟକ୍ତିତ୍ୱର ପରିପୂରକ। ବ୍ୟକ୍ତିର ଚାଲି ଚଳନ, ଆଚାର- ବିଚାର, ଚରିତ୍ର, ଚିନ୍ତନ, ନିର୍ଣ୍ଣୟ ଆଦି ବ୍ୟକ୍ତିତ୍ୱର ପରିମାପକ। ଉତ୍ତମ ବ୍ୟକ୍ତିତ୍ୱ ନିମନ୍ତେ ସାଧୁତା, ସ୍ୱଚ୍ଛବାଦିତା, ସଂବେଦନଶୀଲତା, ନିରପେକ୍ଷତା ଇତ୍ୟାଦି ଉପଯୋଗୀ ଗୁଣାବଳୀ, ସରଳତା ବ୍ୟକ୍ତିତ୍ୱର ପରିପନ୍ଥୀ ନୁହେଁ। କିନ୍ତୁ ସ୍ୱାଭିମାନ ବ୍ୟକ୍ତିତ୍ୱ କ୍ଷେତ୍ରରେ ବଡ଼ ଆଧାର ଏବଂ ସ୍ୱାଭିମାନର ପ୍ରତୀକ ହେଉଛି ମୂଲ୍ୟବୋଧ ପ୍ରତି ପ୍ରତିବଦ୍ଧତା ଓ ମର୍ଯ୍ୟାଦା ବୋଧ। ଅହଂକାର କିମ୍ବା ଦାମ୍ଭିକତା ନୁହେଁ, ଅନୁଭବ ଓ ଦାୟିତ୍ୱ ବୋଧ ବ୍ୟକ୍ତିତ୍ୱକୁ ଶାଣିତ, ମାର୍ଜିତ ଓ ରୁଚିବନ୍ତ କରେ।

ସୁନି ଏଥର ଡାକିଲା ସତୀକୁ - "ସତୀ ଡେରି ହେଉଛି। ସଞ୍ଝବେଳ ଗଡ଼ିଗଲେ ମା'ବିରକ୍ତ ହେବ।"

ଆଳତି ସମୟରେ ମନ୍ଦିର ପରିସର ଛାଡ଼ି କେହି ବାହାରକୁ ଯାଇନଥାଆନ୍ତି। ବରଂ ଆଳତି ବେଳେ ବାହାରୁ ମନ୍ଦିର ମଧ୍ୟକୁ ପ୍ରବେଶ କରି ଥାଆନ୍ତି। କିନ୍ତୁ ସେମାଙ୍କର ଗୋଟିଏ ଦିନ ଆଶା ଓ ଆକାଂକ୍ଷା ମଧ୍ୟରେ କେବଳ ଜଣଙ୍କ ପ୍ରତୀକ୍ଷାରେ ବସିରହି ଶେଷ ହେବାକୁ ଯାଉଛି। ଆଶା ବିଫଳ ହେବାପରେ ଆକାଂକ୍ଷା ଫଳପ୍ରଦ ନ ହେବାରୁ ପ୍ରତୀକ୍ଷାରତ ଦୁଇଜଣ ଆଶଙ୍କାଗ୍ରସ୍ତ ହୋଇ ଧୈର୍ଯ୍ୟହରା ହୋଇପଡ଼ିଥିଲେ। ଅଧୈର୍ଯ୍ୟ, ଅସ୍ଥିର ବିବ୍ରତ ମନ ବିଚାର ଶକ୍ତି ହରାଇ ବସେ। ବିଚାର ଶକ୍ତି ଲୋପ ପାଇଲେ ବ୍ୟକ୍ତିର ସାଧାରଣ ଜ୍ଞାନ ରହେ ନାହିଁ। ସେ ଅକ୍ଷମଣୀୟ ଭୁଲ କରି ବସେ। ସେଥିପାଇଁ ସେ ଦୁଇଜଣ ହିତାହିତ ଜ୍ଞାନ ଭୁଲି ଠାକୁରଙ୍କ ପାଖରେ ଦେବତାଙ୍କ ମନ୍ଦିରରେ ଆଳତି ହେଉଥିବା ସମୟରେ ମୁଖ୍ୟଶାଳାରୁ ଠାକୁରଙ୍କୁ ଜୁହାର ହୋଇ ଅଜ୍ଞାନତାର ବଶବର୍ତ୍ତୀ ହେଇ ଘରକୁ ଫେରିବା ପାଇଁ ପାହାଚ ଓହ୍ଲାଇଲେ।

ସାମ୍ନାପଟରୁ ମୁଖଶାଳାକୁ ଉଠିବା ପାଇଁ ପାଞ୍ଚଟି ପାହାଚ ଅଛି। ସୁନି ଓ ସତୀ ସେ ପାଞ୍ଚଟି ପାହାଚ ଓହ୍ଲାଇ ଆସି ପଡ଼ିଆରେ ଠିଆ ହେଲେ। ସେତେବେଳକୁ ଖେଳଭାଙ୍ଗି ଗାଁ ପିଲାମାନେ ମନ୍ଦିର ଆଗ ମୁଖଶାଳା ତଳେ ଠିଆ ହୋଇ ଆଳତି ଦେଖୁଥିଲେ। ଦୁଇସାଙ୍ଗ ସେମାନଙ୍କୁ ଅତିକ୍ରମ କରି ପଡ଼ିଆ ପାର ହୋଇ ଗାଁ ଭିତରକୁ ପଡ଼ିଥିବା ରାସ୍ତା ଧରିଲେ।

ପଛରେ ରହିଗଲା ମନ୍ଦିର। ଯୋର ସେପଟ ଲକ୍ଷ୍ମୀ ବଜାର ଗାଁର ଅଧିଷ୍ଠାତ୍ରୀ ଦେବୀ ମା' ମଙ୍ଗଳାଙ୍କ ପୀଠରୁ ଆଳତିକାଳୀନ ଶବ୍ଦ ଓ ବାବା ଉତ୍ତରେଶ୍ୱରଙ୍କ ମନ୍ଦିରରୁ ଘଣ୍ଟା ଓ ଶଙ୍ଖ ଧ୍ୱନି ଏବଂ ପଚରୁ ପ୍ରଭୁ ଧବଳେଶ୍ୱରଙ୍କ ଆଳତି ସବୁ ମିଶି ଏକ ଅପୂର୍ବ ଭାବାବେଗ ମନରେ ସୃଷ୍ଟି କରୁଥିଲା। ତିନୋଟି ଦେବତାଙ୍କ ପୀଠରୁ ତିନି ଠାକୁରଙ୍କ ବିଜେସ୍ଥଲିରୁ ଆଳତିକାଳୀନ ଶବ୍ଦ ଯେପରି ତିନି କୁଗୁଣକୁ ପରିତ୍ୟାଗ କରିବାକୁ ଆହ୍ୱାନ ଦେଉଥିଲା। କାମ, କ୍ରୋଧ ଓ ଲୋଭର ବିନାଶ ପାଇଁ ପ୍ରେରଣା ଅନ୍ତରେ ଜଗାଉଥିଲା। କିନ୍ତୁ ସେ ଦୁହେଁ ଛାଡ଼ି ପାରିନଥିଲେ କାମନା- ତାଙ୍କ ସହିତ ସାକ୍ଷାତ କରିବାର କାମନା, ଯାହାଙ୍କୁ ସେମାନେ ଅପେକ୍ଷା କରିଥିଲେ। କ୍ରୋଧ- ସେ ଆଜି ମନ୍ଦିରକୁ ଆସି ନ ଥିବାରୁ ତାଙ୍କ ଅପେକ୍ଷାରେ ବସିରହି ସେମାନଙ୍କର ଦିନଟିଏ ବୃଥାରେ ନଷ୍ଟ ହୋଇଥିବାରୁ ସେ ଦୁହେଁ ତାଙ୍କ ଉପରେ ଭୀଷଣ ରାଗି ଯାଇଥିଲେ। ଆଉ

ଲୋଭ– ଏକାନ୍ତରେ ତାଙ୍କ ସହିତ ସାକ୍ଷାତ କରିବାର ଲୋଭ ସେମାନେ ସମ୍ବରଣ କରି ପାରିନଥିଲେ। ଆଳତି ବେଳର ଶଙ୍ଖଧ୍ୱନି, ଘଣ୍ଟଶବ୍ଦ, ହରିବୋଲ ଓ ହୁଳହୁଳୀ ଏବଂ ଜୟ ଉଚ୍ଚାରଣ (ମାନବର ତୁଣ୍ଡ ନିସୃତ ଶବ୍ଦ) ତିନୋଟି ଜାକ ମିଶି ତିନି ମହତ ଗୁଣକୁ ଆଶ୍ରା କରିବାକୁ ଯେମିତି ଚେତାଇ ଦେଉଥିଲା। ଦୟା, କ୍ଷମା, ଦାନ, "କ୍ଷମୟା ଦୟୟା ପ୍ରେମ୍ନା ସୁନୃତେନାର୍ଜବେନି ଚ ବଶୀକୁର୍ୟ୍ୟାତ ସର୍ବଂ ବିନୟେନ ଚ ସେବୟା।" କ୍ଷମା, ଦୟା, ପ୍ରେମ, ମଧୁର ବଚନ, ସରଳତା, ବିନୟ ଓ ସେବାଦ୍ୱାରା ସକଳ ଜଗତକୁ ବଶୀଭୂତ କରାଯାଏ। ଏମାନେ କିନ୍ତୁ ତାଙ୍କୁ କ୍ଷମା କରି ପାରୁ ନଥିଲେ। ତାଙ୍କର ନଆସିବା କାରଣ ଦୋଷରୁ। ତାଙ୍କ ଉପରେ (ପ୍ରତି) ଏମାନଙ୍କର ଦୟା ମଧ ନଥିଲା। ତାଙ୍କ ଯୋଗୁ ଗୋଟିଏ ଦିନ ବ୍ୟର୍ଥ ହୋଇଥିବାରୁ କ୍ରୋଧର ବଶବର୍ତ୍ତୀ ହୋଇ ଏମାନେ ତାଙ୍କ ପ୍ରତି ଦୟା ପ୍ରଦର୍ଶନ (ଆଚରଣ) କରିବା ପରିସ୍ଥିତିରେ ନଥିଲେ। ଦାନ ବା ଏମାନେ କ'ଣ ଦେଇ ପାରିବେ ଯେ ତରୁଣ ବୟସରେ (କେବଳ ପ୍ରୀତି ଦାନକୁ ଛାଡ଼ି)।

ସଂସାରିକ ଜୀବନ ଭିତରେ ରହି ମନୁଷ୍ୟ କିପରି ଈଶ୍ୱରଙ୍କୁ ଉପଲବ୍ଧ କରିବା ପାଇଁ ନିଜକୁ ପ୍ରସ୍ତୁତ କରିପାରେ ଏବଂ ତାହା ସଙ୍ଗେ ସଙ୍ଗେ ଏକ ସାର୍ଥକ ଓ ଆନନ୍ଦମୟ ତଥା ନିରୋଗ ଜୀବନ ପବିତ୍ର ଭାବେ ବଞ୍ଚିପାରିବ, ସେଥିପାଇଁ ସନାତନ ଧର୍ମରେ ପ୍ରତିଟି ମନୁଷ୍ୟ ପାଇଁ ଚାରୋଟି ବିଷୟବସ୍ତୁ ନିର୍ଦ୍ଦିଷ୍ଟ କରି ଦିଆଯାଇଛି। ସେହି ଚାରୋଟି ବିଷୟ ହେଲା ଧର୍ମ, ଅର୍ଥ, କାମ ଓ ମୋକ୍ଷ। ଏହାକୁ ଚାରି ପୁରୁଷାର୍ଥ ବା ଚଉବର୍ଗ ବୋଲି ମଧ କୁହାଯାଇଛି। ପରମେଶ୍ୱର ପରମବ୍ରହ୍ମ ଜଗନ୍ନାଥ ସର୍ବଶକ୍ତିମାନ, ଚଉବର୍ଗଦାନୀ ଅଟନ୍ତି। ଚେତନାର ବିଭିନ୍ନ ସ୍ତରରେ ସେ ବିବିଧ ରୂପ, ଶକ୍ତି ଓ ଗୁଣ ଧାରଣ କରି ଏ ସୃଷ୍ଟିକୁ ପରିଚାଳନା କରୁଛନ୍ତି। ତାଙ୍କ ଆଶୀର୍ବାଦ ବିନା କେହିବି ଯେତେ ସାଧନା, ପରିଶ୍ରମ, ନିଷ୍ଠାରେ ରହିଲେ। କେବେ ବି କାମ, କ୍ରୋଧ ଓ ଲୋଭକୁ ଛାଡ଼ି ପାରିବନାହିଁ! ଅଥବା ଦୟା, କ୍ଷମା ଓ ଦାନ ଦେବାକୁ କିମ୍ବା ସେହିପରି ପ୍ରଦର୍ଶନ ନିମିଉ କେବେବି ସମର୍ଥ ହୋଇପାରିବ ନାହିଁ।

ସେ ଆଳତି କାଳୀନ ଶବ୍ଦ କିନ୍ତୁ ପ୍ରାଣରେ ଜଗାଉଥିଲା ପୁଲକ, ହୃଦୟରେ ଶିହରଣ, ଅନ୍ତରରେ ଆଗ୍ରହ, ଆତ୍ମାରେ ଆବେଗ, ପ୍ରାଣରେ ସଂଦିଚ୍ଛା, ହୃଦୟରେ ଉତ୍‌ଫୁଲ୍ଲତା ଭାବ। ଗୋଧୂଳିର ଶେଷ ଯାମରେ ଦେବାଳୟ ଓ ମଠ ବାଡ଼ିମାନଙ୍କରେ ଆଳତି କାଳୀନ ଧ୍ୱନି କେତେ ମଧୁର, ମନ ମୁଗ୍ଧକର, ରୋମାଞ୍ଚଭରା ଏବଂ ଆନନ୍ଦଦାୟକ। ସତେ ଯେପରି ଏ ଆଳତି ଧ୍ୱନି ସନ୍ଧ୍ୟା ଆଗମନ ପାଇଁ ଆବାହନୀ ସଂଗୀତ ଗାଉଥିଲା ଓ ରାତ୍ରିକୁ ଜଣାଉଥିଲା ସ୍ୱାଗତିକା ଗୀତ ପରିବେଷଣ କରି।

ସେ ମଧୁର ଶବ୍ଦ ସେମାନଙ୍କୁ ଆନନ୍ଦ ଦାନ କରିବା ପରିବର୍ତ୍ତେ ଯନ୍ତ୍ରଣା ଦେଉଥିଲା। ଆଳତି କାଳୀନ କୋଲାହଲ– ଶଙ୍ଖ, ଘଣ୍ଟ ଓ ହରିବୋଲ ହୁଲହୁଲୀ ତଥା ଜୟ ଜୟ ଶବ୍ଦର ସମବେତ ଧ୍ୱନି ସେମାନଙ୍କୁ ବିଦ୍ରୁପ କରି ସେମାନଙ୍କ ଧୈର୍ୟ୍ୟହରା ମନକୁ ଆଘାତ ଦେଉଥିଲା। ଧୈର୍ୟ୍ୟ ହରାଇଥିବା ବ୍ୟକ୍ତିଟି ନିର୍ଜନତା ଖୋଜିଥାଏ। ଯେଉଁ ନିରବ ପରିବେଶରେ ସିଏ ତା'ର ବିପର୍ଯ୍ୟସ୍ତ ଯୋଜନାକୁ କଳ୍ପନାରେ ପୁନଃ ରୂପ ଦେବାକୁ ଅବସର ପାଇବ। ଆଶ୍ୱାସନା ଓ ସାନ୍ତ୍ୱନା, ଧୈର୍ୟ୍ୟ ହରାର ଯନ୍ତ୍ରଣା ଲାଘବ ପାଇଁ କିଛି ପରିମାଣରେ ସହାୟକ ହୋଇଥାଏ। ସେଥିପାଇଁ ସେ ନିର୍ଜନ ନିରବ ପରିବେଶ ଏବଂ ସାନ୍ତ୍ୱନାଭରା ଉପଦେଶ ଖୋଜିଥାଏ (ଆବଶ୍ୟକ କରେ)। ଦେବଦେବୀଙ୍କ ମନ୍ଦିରର ଆଳତିକାଳୀନ କୋଲାହଲ ଘଣ୍ଟ, ଶଙ୍ଖ, ହରିବୋଲ, ହୁଲହୁଲୀ ଓ ଜୟ ଧ୍ୱନିର ସମେବେତ ଶବ୍ଦ ତାଙ୍କ ଅସଫଳତା ପାଇଁ ସେମାନଙ୍କୁ ପରିହାସ କଲା ପରି ସେ ଦୁହେଁ ଅନୁଭବ କରୁଥିଲେ।

ଗାଁ ରାସ୍ତାରେ କିଛି ବାଟ ଚାଲିଲା ପରେ ମନ୍ଦିରର, ଆଳତି କାଳୀନ କୋଲାହଲ ସେମାନଙ୍କୁ ଆଉ ପୂର୍ବପରି ପରିଷ୍କାର ଶୁଣାଯାଉନଥିଲା। ଗାଁ ରାସ୍ତା ମଧ ଜନଶୂନ୍ୟ ଥିଲା। ସେହି ନିର୍ଜନ ବାଟରେ ଯାଉ ଯାଉ ସୁନି ଚାରି ଆଡ଼କୁ ଥରେ ନିରୀକ୍ଷଣ କରିନେଇ କହିଲା– "ସତୀ, ଆଜି ସିଏ ଆସିଲେ ନାହିଁ?"

ସତୀଠାରୁ କୌଣସି ଜବାବ ନ ପାଇ ସୁନି ପଛକୁ ବୁଲି ଚାହିଁଲା। ସତୀ ଚୁପ୍ ଚାପ୍ ତଳକୁ ମୁହଁ କରି ତାକୁ ଅନୁସରଣ କଲାପରି ଆସୁଛି। ସେ ଟିକେ ଠିଆ ହେଲା, ସତୀ ପାଇଁ ଅପେକ୍ଷା କଲା ଦଗ ଦଗକି ନଚାଲି।

ସତୀ ନିରବରେ ଚାଲୁଥିଲା। ତା' ପାଖରେ ପହଞ୍ଚିବାରୁ ସୁନି ତା' କଥାକୁ ଦୋହରାଇଲା "ସିଏ ଆଜି ଆସିଲେ ନାହିଁ?"

ତଥାପି ସତୀ ନିରବ, କିଛି କହିଲା ନାହିଁ। ସୁନି ତା' କଥାର ଉତ୍ତର ନ ପାଇ କହିଲା – "ମୁଁ ତୋତେ ପଚାରୁଛି ସତୀ। ତୋତେ କ'ଣ ଶୁଭୁନି? ମୋ କଥାର ଉତ୍ତର ଦେଉନୁ?"

ସେହିପରି ତଳକୁ ଅନାଇଁ ରହି ସତୀ ଉତ୍ତର ଦେଲା "କ'ଣ?"

"ମୁଁ ତାଙ୍କ କଥା କହୁଥିଲି?"

ସତୀ ପଚାରିଲା– "ତାଙ୍କ କଥା? ତାଙ୍କ କଥା କ'ଣ?"

ସୁନି ଏଥର ସତୀ ପାଖକୁ ଘୁଞ୍ଚିଗଲା। ତା' କାନ୍ଧ ଉପରେ ହାତରଖି କହିଲା "ସିଏ ଆଜି ଆସିଲେ ନାହିଁ? ମୁଁ ସେଇ କଥା କହୁଛି।"

ସତୀ ଏଥର ମୁହଁ ଉପରକୁ ଉଠାଇ, ସୁନି ମୁହଁକୁ ଅନାଇଁ ଦେଖିଲା, ସୁନି ତାକୁ ଚାହିଁ ରହିଛି। ତା' ଆଖିର ଚାହାଣି ଯେପରି ସତୀ ମୁହଁକୁ ଆଉଁଶି ଦେଉଛି କୋମଳ ପରଶ ଦେଇ ନରମ ଚାହାଁଣି ଦ୍ୱାରା।

ସତୀ ସେ ନରମ ଚାହାଁଣିର କୋମଳ ଆଉଁଶାକୁ ବୁଝିପାରି ସୁନି କଥାର ଉତ୍ତର ଦେଲା। "ଦେଖ୍‍ଛୁତ ଆସିଲେ ନାହିଁ। ଆଉ ମୋତେ ପଚାରୁଛୁ କ'ଣ? ମୁଁ ତୋର ଏକଥାର ବା କି ଉତ୍ତର ଦେବି?

"ସିଏ ତେବେ କ'ଣ ଆଉ ଆସିବେ ନାହିଁ?" ସୁନି ସେହିପରି ସତୀ ମୁହଁକୁ ଚାହିଁ ରହି କହୁଥିଲା।

ସତୀ ଏଥର ସୁନି ମୁହଁ ଆଡୁ ଦୃଷ୍ଟି ଫେରାଇ ନେଇ ଯୋର ଆଡ଼କୁ ଅନାଇଁ ରହିଲା। ଯେପରି ଯୋର କଡ଼େ କଡ଼େ ଫୁଟିଥିବା ମଉଳା କାଶତଣ୍ଡୀ ଫୁଲ ଗହଳିରୁ ସେ କିଛି ଖୋଜୁଥିଲା ମାତ୍ର ପାଉ ନଥିଲା। ତଥାପି ଚାହିଁ ରହିଥିଲା ସେ ଆଡ଼କୁ। ସେହି ଯୋରକୂଳ କାଶତଣ୍ଡି ବୁଦା ଉପରେ ନଜର ରଖି ସେ କହିଲା "କିଏ କହିପାରିବ?"

ସତୀର ଅନ୍ୟ ମନସ୍କତାକୁ ସୁନି ଲକ୍ଷ୍ୟ କରୁଥିଲା। ସତୀ ଆଜି ଆନମନା। ଯେପରି ସେ କିଛି ଭାବୁଛି। ହାଲୁକା ମନରେ ନୁହେଁ, ଖୁବ୍ ଗଭୀର ଭାବରେ। ମନେ ମନେ କାହାକୁ ଖୋଜୁଛି ଯେପରି, କିନ୍ତୁ ପାଉନାହିଁ। ତଥାପି ଖୋଜୁଛି। ତା ଖୋଜିବାରେ ଯେପରି ଶେଷ ନାହିଁ। ସେହିପରି ଯୋର ଆଡ଼କୁ ଅନାଇଁ ରହିଥିବା ସତୀକୁ ସୁନି କହିଲା– "ସତୀ; ମୋ କଥାକୁ ଟିକେ ମନଯୋଗ ସହକାରେ ଶୁଣ। ଅନ୍ୟ ମନସ୍କ ହ' ନାହିଁ। ମୁଁ ତାଙ୍କ କଥା କହୁଛି। ସିଏ କ'ଣ କେବଳ କାର୍ତ୍ତିକ ମାସରେ ଆସିବା ଲାଗି ସ୍ଥିର କରିଥିଲେ। ମାର୍ଗଶିରରେ ଆସିବେ ନାହିଁ?"

"ହୋଇପାରେ।"

"ତେବେ କ'ଣ ତାଙ୍କର ଏକା ମାଘରେ ଶୀତ ସରିଗଲା। ଆଉ ମାଘ ମାସ ହେବନି କି ଶୀତ ପୁଣି ଫେରିବନି। ତାଙ୍କର ଗୋଟିଏ ମାସରେ ଏତେ ପୁଣ୍ୟ ଅର୍ଜନ ହୋଇଗଲା ଯେ ଆଉ ପୁଣ୍ୟର ଆବଶ୍ୟକ ହେବନାହିଁ।"

"ମୁଁ କେମିତି ଜାଣିବି?"

"ଗୋଟିଏ ମାସରେ ତାଙ୍କର ଏତେ ପୁଣ୍ୟ ଅର୍ଜନ ହୋଇଗଲା ଯେ ସିଏ ଏ ମାସର ସଂକ୍ରାନ୍ତିରେ ସୁଦ୍ଧା ଆସିଲେ ନାହିଁ।"

ସତୀର ଉତ୍ତର ଥିଲା– "ବୋଧେ ସେଇଆ ହେବ।"

"ତେବେ କ'ଣ ସିଏ ଶଠନାଗର କୃଷ୍ଣଙ୍କପରି ଆମକୁ ଭଣ୍ଡି ଦେଇଗଲେ। ଗୋପକୁ ଫେରି ଆସିବାକୁ ଗୋପୀମାନଙ୍କୁ କଥା ଦେଇ କୃଷ୍ଣ ମଥୁରା ଯାଇଥିଲେ। ସିଏ ସେଠାରୁ ଦ୍ୱାରିକା ଚାଲିଗଲେ ହେଲେ ଆଉ ଗୋପ ବୃନ୍ଦାବନକୁ ଫେରିଲେ ନାହିଁ।

ଗୋପପୁରର ନନ୍ଦ ରଜାଙ୍କ ପୁଅ କୃଷ୍ଣଙ୍କ ପରି ଆମ ମୌଜାର ଜମିଦାର ଘର ପୁଅ ଆମକୁ ଠକି ଦେବେ ନାହିଁ ତ ?"

"କିଏ କହି ପାରିବ ?"

"ମୁଁ ଲଳିତା ହୋଇ ମୋ ରାଧାକୁ କେମିତି ବୁଝାଇବି ? କେଉଁ କଥା କହି, କିପରି ଉପଲକ୍ଷ୍ୟର ଉଦାହରଣ ଦେଇ ?"

"ସେ କଥା ତୁ ଜାଣୁ ?"

"ସତୀ; ତୁ କଥାଟାକୁ ବୁଝିବାକୁ ଚେଷ୍ଟା କରୁନୁ କାହିଁକି ? ଏପରି ବିଷୟ ପ୍ରତି ଏମିତି ଖାମ ଖୁଆଲି ହେଲେ ଚଳିବ ? ଅସୁବିଧା ଲଳିତାର ଆଦୌ ହୋଇ ନଥିଲା । ଅସୁବିଧାରେ ପଡ଼ିଥିଲେ ମାନିନି ଶ୍ରୀରାଧା । ସେହିପରି ମୋର ଅସୁବିଧା ହେବନି ଜମା । ତୁ ନିଜେ ଅଡ଼ୁଆରେ ପଡ଼ିବୁ, ଅସୁବିଧା ଭୋଗିବୁ, ହଇରାଣ ହରକତ ହେବୁ ।"

"ଯାହା ମୋ ଭାଗ୍ୟରେ ଥିବ । କପାଳରେ ଲେଖା ହୋଇଥିବ । କର୍ମରେ ଭୋଗିବାକୁ ଥିବ । ତାକୁ କିଏ ବଦଲାଇ ଦେଇପାରିବ କହିଲୁ ? ତୁ ନା ମୁଁ କିୟା ସିଏ ନିଜେ ? ଠାକୁରଦାବା କହନ୍ତି ନାହିଁ "ହରି ଶାପି, ହରେ ଶାପି, ବ୍ରହ୍ମ ଶାପି, ସୁରେ ରପି, ଲଲାଟ ଲିଖିତା ରେଖା ପରିମାର୍ଷ୍ଟୁନ ଶକ୍ୟତେ ।" ଲଲାଟରେ ଯାହା ଲେଖା ଥିବ, ତାହାକୁ ହରି, ହର, ବ୍ରହ୍ମା ଓ ଦେବତାମାନେ ମଧ ଅନ୍ୟଥା କରିବାକୁ ସମର୍ଥ ନୁହଁନ୍ତି । ସବୁ ହିସାବ ନିକାଶ ପ୍ରଚେଷ୍ଟାକୁ ଭୁଲ ପ୍ରମାଣିତ କରିବା ଶକ୍ତି କେବଳ ଭାଗ୍ୟର ଅଛି । ଏକ ନସିବ (ଭାଗ୍ୟ) ଶହେ ଶିବ, ଭାଗ୍ୟରେ ଯାହା ଅଛି ତାକୁ ଶହେ ଶିବ ସୁଦ୍ଧା ବଦଲାଇ ଦେଇ ପାରିବେ ନାହିଁ । ସେଥିପାଇଁ କୁହାଯାଇଛି "ଅବଶ୍ୟମ୍ଭାବି ଭାବ୍ୟାନାଂ ପ୍ରତିକାରଣମ୍ ଯଦି ଉଦ୍ବେତ୍ । ତର୍ହି ଦୁଃଖେ ନଲିପ୍ୟେତଂ ନଲ, ରାମ, ଯୁଧିଷ୍ଠିରଃ ।" ଯାହା ଅବଶ୍ୟମ୍ଭାବୀ, ପୂର୍ବ ନିର୍ଦ୍ଦିଷ୍ଟ ଏବଂ ଘଟିବାର ଅଛି ତା'ର ଯଦି ପ୍ରତିକାର କରାଯାଇ ପାରୁ ଥାଆନ୍ତା କିୟା ପ୍ରତିରୋଧ କରି ହେଉ ଥାଆନ୍ତା ଅଥବା ତା ପାଇଁ କିଛି ପ୍ରତିଷେଧକ ବ୍ୟବସ୍ଥା ଗ୍ରହଣ କରାଯାଇ ପାରୁଥାଆନ୍ତା । ତେବେ ନଲ, ରାମ ଓ ଯଧୁଷ୍ଠିରଙ୍କ ପରି ପୁଣ୍ୟବନ୍ତ ଧାର୍ମିକ ମହାରାଜାମାନେ ଏତେଦୁଃଖ ଭୋଗି ନ ଥାଆନ୍ତେ । ଭାଗ୍ୟ ବିପର୍ଯ୍ୟୟ ନ ହୋଇ ଥିଲେ ପୁଣ୍ୟ ଶ୍ଲୋକ ନଲରାଜା ଘୋଡ଼ା ପାଇଁ ଘାସକାଟି ନ ଥାଆନ୍ତେ । ଦାନବୀର ହରିଶ୍ଚନ୍ଦ୍ର ଶ୍ମଶାନ ଘାଟ ଜଗି ନ ଥାଆନ୍ତେ । ସ୍ୱୟଂ ବିଷ୍ଣୁଙ୍କ ଅବତାର ଶ୍ରୀରାମଚନ୍ଦ୍ର ରଜା ନ ହୋଇ ବନକୁ ଗମନ କରି ନ ଥାଆନ୍ତେ କିୟା ଧର୍ମରାଜ ଯୁଧିଷ୍ଠିର ତାଙ୍କ ଆଖି ସାମ୍ନାରେ ନିଜ ଧର୍ମପତ୍ନୀଙ୍କର ବିବସନା ଉଦ୍ୟମ କରାଯିବା ଦୃଶ୍ୟକୁ ନିରବରେ ବସିରହି ଦେଖି ବାକୁ ବାଧ୍ୟ ହୋଇ ନଥାଆନ୍ତେ । ଆଉ "ମାତୁଲୋ ଯସ୍ୟ ଗୋବିନ୍ଦଃ, ପିତା ଯସ୍ୟ ଧନଞ୍ଜୟଃ ସେଭିଽମନୁ୍ୟ ରଣେ ଶେତେ ନିୟତିଃ କେନ ବାଧତେ ।" ଚକ୍ରଧାରୀ କୃଷ୍ଣ ଯାହାର ମାମୁ, ଆର୍ଯ୍ୟାବର୍ତ୍ତର ଶ୍ରେଷ୍ଠ ଧନୁର୍ଦ୍ଧର ଅର୍ଜୁନ ଯାହାର ପିତା । ସେହି ବିପୁଳ କୁଳ ସମ୍ଭବ ଅଭିମନ୍ୟୁକୁ ଯେଭଳି ନିର୍ମ୍ମ ଭାବରେ ହତ୍ୟା କରାଗଲା, ସେଥିରୁ ଅବଶ୍ୟମ୍ଭାବିତାକୁ କେହି ରୋକି ନ ପାରିବା ପ୍ରମାଣିତ । ଯେଉଁଠି ଏତେ ପୁଣ୍ୟବାନ, ବିଖ୍ୟାତ ଓ ଯୁଗଜନ୍ମାମାନେ ଦୁଃଖ କଷ୍ଟ ଏବଂ ଭାଗ୍ୟ ବିପର୍ଯ୍ୟୟର ଶିକାର ହୋଇ ନିର୍ଜାତନା ଭୋଗିବାକୁ ବାଧ୍ୟ ହୋଇଥିଲେ । ସେ ସ୍ଥାନରେ ମୁଁ ଏମିତି କ'ଣ କି ଭାଗ୍ୟଫଳ ନ ଭୋଗି ରକ୍ଷା ପାଇଯିବି ?"

"ତେବେ କ'ଣ ସିଏ ହଟିଆ କୃଷ୍ଣଙ୍କ ପରି ଗୋପପୁର, ଯମୁନାକୂଳ, କଦମ୍ବ ମୂଳ, କାଳନ୍ଦୀ ତଟ, ଗୋରୁ ଗୋଠ, କୁଞ୍ଜବନ, ବଂଶୀସ୍ୱନ, ବାଛୁରୀ ପଲ, ପ୍ରାଣର ରାଧା, ଆଦରର ଲଳିତା, ଶ୍ରଦ୍ଧେୟା ବିଶାଖା ସମସ୍ତଙ୍କୁ ପାସୋରି ଦେଲେ ?"

"ସିଏ ପାସୋରି ଦେଲେ କି ମନରେ ରଖିଛନ୍ତି ତାଙ୍କୁ ସେକଥା ପଚାରି ବୁଝିବୁ ?"

"ମୁଁ କେମେତି ତାଙ୍କୁ ମନର କଥା କହି ପାରିବି ? ତାଙ୍କ ସହିତ ସିନା ଦେଖାହେଲେ ତାଙ୍କୁ ପଚାରିବି ? ନହେଲେ କେମିତି ତାଙ୍କ ମନଭାବ ବୁଝି ପାରିବି କିୟା ଜାଣିବାକୁ ସମର୍ଥ ହେବି ।"

“ତାଙ୍କୁ ସାକ୍ଷାତ କରି ପଚାରିବାର ଦାୟିତ୍ୱ ତୋର, ମୋର ନୁହେଁ।”

“ସତୀ ତୁ ବୁଝୁଲୁ କାହିଁକି, ଭାଗ୍ୟ ବା ବିଧି ସାଧାରଣ ଚଳଣିରେ ବା ଜୀବନରେ ପ୍ରାୟତଃ ହସ୍ତକ୍ଷେପ କରୁନଥିବାରୁ ଏକଥା ସବୁଥି ପାଇଁ ସବୁବେଳେ ବି ପ୍ରଯୁଜ୍ୟ ନୁହେଁ। କର୍ତ୍ତବ୍ୟ, କର୍ମ, ପ୍ରଚେଷ୍ଟା ଓ ଉଦ୍ୟମ ଆଦିର ପ୍ରଭାବ ଓ ଅବଦାନ ଭୋଗ ଉପରେ ଏବଂ ଜୀବନ ଉପରେ ପଡ଼ିଥାଏ। ପରଜନ୍ମକୁ ମଧ୍ୟ ତା ପ୍ରଭାବିତ କରେ।” ସତୀକୁ ଅନାଇଁ ସୁନି ଏକଥା କହୁଥିଲା। ସତୀ କିନ୍ତୁ ସେହିପରି ଯୋର ଆଡ଼କୁ ଚାହିଁ ରହିଥାଏ। ଯେପରି ସେ ଯୋରକୃଲ କାଶତଣ୍ଡୀ ବୁଦା ଭିତରୁ ସେ ସମ୍ପର୍କରେ କିଛି ସୂଚନା ପାଇପାରିବ। ସତୀକୁ ସେଥିପାଇଁ କିଛି ନ କହି ସେ ଟିକେ ବିରକ୍ତି ଭାବ ପ୍ରକାଶ କରି ପଚାରିଲା–
“ସତୀ ତାଙ୍କର ଯଦି ଆଉ ଆସିବାର ନଥିଲା ତେବେ ସିଏ ପୂର୍ଣ୍ଣିମା ଦିନ ଆମକୁ ସେ କଥା କହି ଦେଇ ଗଲେ ନାହିଁ କାହିଁକି ?”

ସତୀ ଏଥର ଯୋର ଆଡ଼ୁ ଦୃଷ୍ଟି ଫେରାଇ ଆଣି ସୁନି ମୁହଁକୁ ଜିଜ୍ଞାସୁ ଆଖିରେ ଅନାଇ ରହିଲା। କିଛି ଭାବି ହେଲା ପରି ଟିକେ ରହି ପର ମୁହୂର୍ତ୍ତରେ କହିଲା– “ସୁନି ଆମେ ତାଙ୍କର କିଏ କି ? ଯେଉଁଥି ପାଇଁ ସିଏ ଆମକୁ ତାଙ୍କର ଆସିବା ନ ଆସିବା କଥା କହି ଦେଇ ଯାଇଥାଆନ୍ତେ।”

ସତୀ କଥାରେ ସୁନି ଆଶ୍ଚର୍ଯ୍ୟ ହେଲା ପରି ଟିକେ ଆଖି ତରାଟି ତାକୁ ଅନାଇଁ କହିଲା। “ସତୀ ତୁ କେମିତି କହି ପାରୁଛୁ ଆମେ ତାଙ୍କର କିଏ ବୋଲି ? ତେବେ କ’ଣ ଆମେ ତାଙ୍କର କେହି ନୁହନ୍ତି ? ସମ୍ପର୍କରେ ଆମେ ସିନା ତାଙ୍କର କିଛି ହେବା ନାହିଁ କିୟା ସିଏ ଆମର। କିନ୍ତୁ ସିଏ ଯେ ପ୍ରତିଥର ମନ୍ଦିରରେ ଆମଠାରୁ ସାହାଯ୍ୟ ପାଉଥିଲେ।”

ସତୀ ଏଥର ସୁନି ମୁହଁକୁ ନିରେଖି ଅନାଇଁଲା। ଯେମିତି ସେ ଯୋର କଡ଼ କାଶତଣ୍ଡୀ ବୁଦାକୁ ଅନାଇ ସେଠାରେ କିଛି ଖୋଜୁଥିଲା। ସେମିତି ସୁନି ଆଖିକୁ ଭଲ ଭାବରେ ନିରୀକ୍ଷଣ କରିନେଲା। ସତେ ଯେପରି ତା ମୁହଁରୁ କିଛି ଖୋଜି ପାଇବା ଆଶାରେ ସେ ଅନାଉଛି। ଓଠରେ ଶୁଖିଲା ହସ ଟିକେ ଖେଳାଇ ହୋଇଗଲା ତା’ର ଆପଣା ଛାଏଁ। ସୁନି ପାଖକୁ ଆଉ ଟିକେ ଲାଗି ଯାଇ ସେ କହିଲା– “ସୁନି ସିଏ ମନ୍ଦିରକୁ ଆସିବା ସମୟରେ ଆମେ ସେଠାରେ ଥିଲେ, ସେଥି ପାଇଁ ସିଏ ଆମ ସାହାଯ୍ୟ ଲୋଡ଼ିଥିଲେ।”

“ମୁଁ ମାନୁଛି ସତୀ; ସିଏ ଆସିଲା ବେଳେ ଆମେ ମନ୍ଦିରରେ ଥିଲେ। ଆମ ସହିତ ତାଙ୍କର ଭେଟ ହେଲା। ମାତ୍ର କଥାଚାତ ସେଇଟି ସେଟିକିରେ ସରି ଯାଉନାହିଁ। ଆମେ ତାଙ୍କୁ ପାଦୁକ ଦେଲେ। ତାଙ୍କ କପାଳରେ (ମାଥାରେ) ବିଭୂତି ଟିପା ପିନ୍ଦାଇ ଦେଲେ, ସିଏ ସେ କଥା ସବୁ ଏକାବେଳେକେ କେମିତି ପୂରା ପୂରି ଭୁଲିଗଲେ।”

“ସୁନି; ସେତେବେଳେ ମନ୍ଦିରରେ ଆମେ ନଥାଇ ଆଉ ଯିଏ କେହିଥିଲେ। ଆମପରି ସେ ତାଙ୍କୁ ପାଦୁକ ଦେଇ ଥାଆନ୍ତା, ସେଥରେ କ’ଣ ଅଛି।”

“ବୁଝିଲୁ ସତୀ; ଯିଏ କେହି ଥିଲେ ତାଙ୍କୁ ପାଦୁକ ଦେଇ ଥାଆନ୍ତା। କିନ୍ତୁ ତାଙ୍କ କପାଳରେ ବିଭୂତି ଟିପା ଲଗାଇ ପାରି ନ ଥାଆନ୍ତା।”

ସତୀ ଏଥର ଟିକେ ମନଖୋଲା ହସ ହସି କହିଲା– “ସୁନି ଯିଏ ପାଦୁକ ଦେଇଥାଆନ୍ତା ସେ କାହିଁକି ବିଭୂତି ଟିପା ଲଗାଇ ଦେଇ ପାରି ନଥାଆନ୍ତା।”

ସୁନି ଏଥର ଚଢ଼ା ଗଲାରେ କହିଲା “ସତୀ ସିଏ ତୋ ହାତରୁ ବିଭୂତି ଟିପା ନାଇଲେ ବୋଲି କ’ଣ ଆଉ କାହା ହାତରୁ ଟିପା ପିନ୍ଧି ଥାଆନ୍ତେ।”

“ପିନ୍ଧି ନ ଥାଆନ୍ତେ ବୋଲି ତୁ କେମିତି ଜାଣିଲୁ ?”

“ସେଇମିତି।”

"କେମିତି ଜାଣିଲୁ ମୋତେ ଟିକେ କହ ।"

"ସେମିତି । ଯେମିତି ସବୁ ଜାଣନ୍ତି ।"

"ମୁଁ ସେ କଥା ଜାଣି ପାରୁନି । ଟିକେ ଖୋଲି କହୁନୁ ।"

"ଜାଣି ପାରୁନୁ ? ନା ଜାଣି ଚତୁରାଇ ହେଉଛୁ ?"

"ସୁନି ଅନ୍ୟକୁ ଦୋଷ ଦେବା ତୋର ଗୋଟେ ବଦଭ୍ୟାସ ।"

ଏଥର ସତୀ କଥାର ଉତ୍ତରରେ ସୁନି କହିଲା, "ହଁ ମୋର ବଦଭ୍ୟାସ । ମୁଁ ସବୁବେଳେ, ଅନ୍ୟର ଦୋଷ ଦେଖ୍ଥାଏ । ହେଲେ ଏଠି ତ ସିଏ ପୂରାପୂରି ଦୋଷୀ ।"

"କେମିତି ।"

"ସେଇମିତି । ସୁନି ହସୁଥାଏ ଆଉ କହୁଥିଲା ।" ଯଦି ତାଙ୍କର ଆଉ ଆସିବାର ନ ଥିଲା, ସେ କଥା ଆମକୁ କହିଦେଇ ଯାଇଥିଲେ କ'ଣ ଅସୁବିଧା ହୋଇ ଯାଉଥିଲା ?"

"ସୁନି; ସିଏ ଆମକୁ କାହିଁକି ତାଙ୍କ ଆସିବା ନ ଆସିବା କଥା କହିବେ ? ତାଙ୍କର ମହାଦେବଙ୍କୁ ଦର୍ଶନ କରିବା ଦରକାର ଥିଲା । ସେଥ୍ପାଇଁ ସିଏ ଆସୁଥିଲେ । ଆବଶ୍ୟକ ପୂରଣ ହୋଇଗଲା, ଆଉ କାହିଁକି ଅକାରଣଟାରେ ଆସିବେ ?"

ସତୀ କଥା ଶୁଣି ସୁନି ତା ସ୍ୱରକୁ ପଞ୍ଚମ ପର୍ଯ୍ୟନ୍ତ ବଢ଼ାଇ କହିଲା, "କ'ଣ କହିଲୁ , ତାଙ୍କର ଆବଶ୍ୟକ ପୂରଣ ହୋଇଗଲା ସିଏ ଆଉ ଆସିବେନି । ସେତକ ଆମକୁ ଜଣାଇ ଦେଇ ଯାଇଥିଲେ କ'ଣ ମହାଭାରତ ଅଶୁଦ୍ଧ ହୋଇଯାଉଥିଲା ? ନା ତାଙ୍କୁ ସେତକ କଥା କହିବା ପାଇଁ କିଛି ପରିଶ୍ରମ କରିବାକୁ ପଡ଼ୁଥିଲା ଅଥବା କଷ୍ଟ ସ୍ୱୀକାର ଆବଶ୍ୟକ ହେଉଥିଲା ?"

ସୁନିର ଉଚ୍ଚ ସ୍ୱରରେ ଦବି ନ ଯାଇ ସତୀ ତାକୁ ବୁଝାଇବା ପାଇଁ କହିଲା "ସୁନି ତୁ ବୁଝୁନୁ କାହିଁକି ? ସିଏ କ'ଣ ପାଇଁ ଆମକୁ ତାଙ୍କ ଆସିବା ନ ଆସିବା କଥା କହି ଦେଇ ଯିବେ ?"

"କହିଦେଇ ଯାଇଥିଲେ ତାଙ୍କର କ'ଣ ଏମିତି କ୍ଷତି ହୋଇ ଯାଉଥିଲା ?"

"କହି ନ ଗଲେ ଅସୁବିଧା କ'ଣ ହେଲା ?"

ସତୀ କଥାରେ ବିରକ୍ତି ଭାବ ପ୍ରକାଶ କରି ସୁନି କହିଲା "କ'ଣ କହିଲୁ, ଅସୁବିଧା କ'ଣ ହେଲା ? ଖାସ ତାଙ୍କରି ପାଇଁ ଆମର ଗୋଟିଏ ଦିନ ଅକାରଣେ ନଷ୍ଟ ହେଲା ।"

ସହଜ ଭାବରେ ସତୀ କହିଲା "ସୁନି ଆଜି ଦିନଟି ଅକାରଣେ ବୃଥାରେ ଯିବାଲାଗି ଦାୟୀ କେବଳ ଆମେ ନିଜେ ।"

ସୁନି ଚିଡ଼ି ଉଠି କହିଲା "କ'ଣ ଆମେ ଦାୟୀ ?"

"ଆମେ ଦାୟୀ ନୁହଁତ ଆଉ କିଏ ଏଥ୍ପାଇଁ ଦାୟୀ ?"

"ଆମେ କିପରି ଦାୟୀ ହେଲେ ? ଆମର ଦୋଷ କେଉଁଠି ରହିଲା ?"

"ଦୋଷ ଆମର ନୁହଁତ ଆଉ କାହାର ?"

"ସବୁ ଦୋଷ ତାଙ୍କର ।"

"ତାଙ୍କର କିପରି ଦୋଷ ହେଲା ?"

"ସିଏ, ତାଙ୍କର ନଆସିବା କଥା ଆମକୁ ଜଣାଇ ଦେଇ ଗଲେ ନାହିଁ ?"

"ଜଣାଇ ଦେଇ ନଗଲେ ଅସୁବିଧା କ'ଣ ହେଲା ?"

"ତାଙ୍କୁ ଅପେକ୍ଷା କରି ଆମର ଗୋଟିଏ ଦିନ ଅଯଥାରେ ନଷ୍ଟ ହେଲା ।"

“ତାଙ୍କ ପାଇଁ ଅପେକ୍ଷା କରିବାକୁ ସିଏ ଆମକୁ କହିଯାଇଥିଲେ କି ?”

“ନା, ସୁନିର ସଂକ୍ଷିପ୍ତ ଉତ୍ତର ।”

“ତେବେ ଆମେ କାହିଁକି ତାଙ୍କ ପାଇଁ ଅପେକ୍ଷା କରିଥିଲେ ?”

ସୁନି ଏଥର ଆଖି ତରାଟି କହିଲା, “କାହିଁକି ଅପେକ୍ଷା କରିଥିଲେ ? ତୁ ସେ କଥା କହିପାରୁଛୁ କେମିତି ?”

ସତୀ ସହଜ ଭାବରେ ସରଳ ଭାଷାରେ, ସାଧାରଣ ଢଙ୍ଗରେ, ସାବଲୀଳ ଭଙ୍ଗୀରେ, ନରମ ସ୍ୱରରେ, କୋମଳ କଣ୍ଠରେ ପଚାରିଲା “ନ କହିବି କାହିଁକି ? ସିଏ ଆମର ବନ୍ଧୁ ନା ବାନ୍ଧବ ? ସାଙ୍ଗ ନା ସାଥୀ ? ପରିଚିତ ନା ପରିବାରର ? ସହପାଠୀ ନା ସମ୍ପର୍କୀୟ ? ଚିହ୍ନା ଜଣା ନା ଜଣାଶୁଣା ?”

ସତୀ କଥା ସୁନିକୁ ଅବାଗିଆ ଲାଗୁଥିଲେ ସୁଦ୍ଧା ସେ ସତୀ ଉପରେ ବିରକ୍ତ ନ ହୋଇ ତା’ କଥାର ସାରମର୍ମ ବୁଝିବାକୁ ଚେଷ୍ଟା କରିବାକୁ ଯାଇ ପ୍ରକୃତିସ୍ଥ ହେଲା । ବାସ୍ତବତାକୁ ଫେରିଆସି ଜାଣିପାରିଲା ସଞ୍ଜ ହୋଇ ଗଲାଣି । ଠିକ୍ ସମୟରେ ସଞ୍ଜବତି ନ ଜାଳିଲେ ମା’ ବିଗିଡ଼ିବ । ସେ ସତୀ ମୁହଁକୁ ଥରେ ତା’ ନରମ ଚାହାଁଣିରେ ଆଉଁଶି ଆସି ସତୀ କଥାର ଉତ୍ତର ଦେବା ପାଇଁ ଆରମ୍ଭ କରିବାକୁ ଯାଉଛି, ପଛ ପଟରୁ ତା ମା’ର ଡାକ ଶୁଭିଲା– “ଦିନ ତମାମ ସାଙ୍ଗ ହୋଇ ବସି ଗପସପ ହେଲ ତଥାପି ତୁମର କଥା ସରିଲା ନାହିଁ ? କି ଗପ ଚାଲିଛି ଶୁଣେ ? କୋଉ କଥା ପଡ଼ିଛି କହନି ? ଏଣେ ସଞ୍ଜ ଆସି ଗଡ଼ିଯିବାକୁ ବସିଲାଣି, ସେତିକି ଥାଉ, ଏତିକିରୁ ଆଜି ବନ୍ଦ କର । ପୁଣି କାଲିକୁ କଥା ହେଲେ ଚଲିବ ନାହିଁ ?”

ସୁନି ତା ମା’ଙ୍କ ଡାକ ଶୁଣି ସତୀକୁ କିଛି ନ କହି, ତା’ ଆଖିର ସରଳ ଚାହାଁଣିକୁ ସତୀ ଉପରେ ଢାଲି ଦେଇ ତାଙ୍କ ଘର ଆଡ଼କୁ ଝପଟି ଗଲା ।

ସୁନି, ସୁନୀତା ତ୍ରିପାଠୀ । ନଟବର ତ୍ରିପାଠୀଙ୍କ ବଡ଼ ଝିଅ । ନଟବର ତ୍ରିପାଠୀ ଓରଫ ନଟିଆ ନନା ଯଜମାନି କରି ପରିବାର ଚଲାନ୍ତି । ସ୍ୱାଧୀନତା ସଂଗ୍ରାମୀଙ୍କ ସହଯୋଗୀ ଭାବେ ସହକାରୀ ସଂଗ୍ରାମୀଭତ୍ତା ସରକାରଙ୍କଠାରୁ ପାଇ ଥାଆନ୍ତି । ଘରେ ବଡ଼ଝିଅ ସୁନି, ପୁଅ ସୁରିଆ, ସ୍ତ୍ରୀ ନର୍ମଦା ଓ ସେ ନିଜେ । ଚାରିଜଣଙ୍କୁ ନେଇ ପରିବାରଟିଏ । ଛୋଟିଆ ପରିବାର । ଆଧୁନିକ ବିଜ୍ଞାପନ, ପରିବାର ସମନ୍ଵରେ ସରକାରଙ୍କ ଦ୍ୱାରା ପ୍ରଚାର କରାଯାଏ– “ଆମେ ଦୁଇ, ଆମର ଦୁଇ । ଛୋଟିଆ ପରବାର ସୁଖୀ ପରିବାର । ସାଧାରଣ ଜନତାଙ୍କ ଉଦ୍ଦେଶ୍ୟରେ ସରକାରଙ୍କ ପ୍ରଚାରିତ ନୀତିକୁ ନଟିଆ ନନା ଅକ୍ଷରେ ଅକ୍ଷରେ କଡ଼ା କଡ଼ି ଭାବରେ ଅତ୍ୟନ୍ତ ନିଷ୍ଠା ଓ ଶ୍ରଦ୍ଧା ତଥା ଆନ୍ତରିକତାର ସହିତ ପାଳନ କରିଛନ୍ତି ।

ନଟିଆ ନନା କଳାବର୍ଣ୍ଣର ମୋଟା ଗଣ୍ଡିଆ ନିଦା ଗଢ଼ଣ ମଣିଷ ଜଣେ । ଷେଣ୍ଡ ସ୍କନ୍ଧ, ଷେଣ୍ଡ ହାକୁଡ଼ ପରି ବାହାମୂଳ, ଚଉଡ଼ା ଛାତି, ପ୍ରଶସ୍ତ କପାଳ ଓ ପୁରୁକା ଗାଲା, ଲମ୍ବାଟିଆ ନାକ । ସ୍ୱାଭାବିକ ନାକଠାରୁ ଅଧିକ ଉଚ୍ଚା, ଡିମାଡିମା ଆଖି (ଗୋରୁଙ୍କ ଆଖି ପରି), ସାଧାରଣ ଆଖିଠାରୁ ଆକାରରେ ବଡ଼ । ବଡ଼ ଚନ୍ଦାମୁଣ୍ଡ, ମୁଣ୍ଡର ତାଲୁ ଉପର ଚନ୍ଦା । କାନ ସିଧାରୁ ପଛ ଅଂଶର କେଶ ଅଧା ପାଚିଲା । ପହିଲମାନ ପରି ଦିଶନ୍ତି । ଲଲାଟ ଓ ଛାତି ଚନ୍ଦନ ଚର୍ଚ୍ଚିତ । ଚନ୍ଦନ ଉପରକୁ କପାଳରେ ମୋଟା ସିନ୍ଦୂର ଗାର । ପିନ୍ଧାନାଲି ଚଉଡ଼ା ପାଢ଼ି ଧୋତି । କେବେ କେବେ ଧଲାଧୋତି ବି ପିନ୍ଧି ଥାଆନ୍ତି । କାନ୍ଧରେ ନାମାବଲି । ଗାମୁଛା ଦିଖଣ୍ଡ, ତା’ସାଥୀରେ । ଯଜମାନଙ୍କର ଠାକୁରଙ୍କ ଉଦ୍ଦେଶ୍ୟରେ ଉତ୍ସର୍ଗୀକୃତ ଚାଉଳ ବନ୍ଧା ହେବା ପାଇଁ । ନଅଖଣ୍ଡ ପଇତା, ବାମ କାନ୍ଧରୁ ଛାତି ଉପର ଦେଇ ଡାହାଣ ପଟରେ କମର ପର୍ଯ୍ୟନ୍ତ ଲମ୍ବିଛି । ବେକରେ ତୁଳସୀ ମାଲି । ଚନ୍ଦନ ଗାର ତିନୋଟି ମଧ୍ୟ ଥାଏ କଣ୍ଠରେ । ପୂଜାପାଠ ବେଳେ ଆବଶ୍ୟକ ହେଲେ ରୁଦ୍ରାକ୍ଷ ପିନ୍ଧନ୍ତି । ଅନ୍ୟ ସମୟରେ ରୁଦ୍ରାକ୍ଷ ଥାଏ ଝୁଲାରେ । ଯେଉଁ ଝୁଲାଟି ତାଙ୍କ କାନ୍ଧରେ ଓହଲି ଥାଏ ।

ବ୍ରାହ୍ମଣମାନେ ବ୍ରତୋପନୟନ କାର୍ଯ୍ୟ ସମ୍ପାଦନ କଲାବେଳେ ସାଧାରଣତଃ ଛଅ ଖିଅ ସୂତ୍ର ଧାରଣ କରିଥାଆନ୍ତି । ଏହା ସାଧାରଣ ଲୌକିକ ଉପଚାର ଥିବାବେଳେ ପ୍ରକୃତ ନିୟମାନୁଯାୟୀ ନବସୂତ୍ର ଧାରଣ କରିବା ବିଧ୍ୟ ଅଟେ । ପିତା ଥିବା ପୁତ୍ରମାନେ ଛଅଖିଅ ଧାରଣ କଲାବେଳେ ପିତୃଶୂନ୍ୟ ବ୍ରାହ୍ମଣ ପୁତ୍ର ବା ବ୍ରହ୍ମଚାରୀ ନଅଖିଅ ଧାରଣ କରି ଥାଆନ୍ତି । ତେଣୁ ନଅଟି ସୂତ୍ରରେ ଧାରାବାହିକ ଭାବେ ପ୍ରଥମ ସୂତ୍ରରେ- ଓଁ କାରାୟନମଃ, ଦ୍ୱିତୀୟ ତନ୍ତୁ ବା ସୂତ୍ରରେ- ଓଁ ଅଗ୍ନେୟେ, ତୃତୀୟରେ- ଓଁ ସର୍ପାୟ, ଚତୁର୍ଥରେ- ଓଁ ସୋମାୟ, ପଞ୍ଚମରେ- ଓଁ ପିତୃଭେୟା, ଷଷ୍ଠରେ- ଓଁ ପ୍ରଜାପତୟେ । ଏହି ଛଅଖିଅ ଗଲାପରେ ସପ୍ତମରେ- ଅନିଲାୟ, ଅଷ୍ଟମରେ- ଯମାୟ, ନବମରେ- ଓଁ ବିଶ୍ୱ ଭୋ ଦେବେଭ୍ୟା ଓ ଶେଷରେ ନମଃ ଲାଗି ଉଚ୍ଚାରଣ କରାଯାଏ । ଏତଦ୍ ବ୍ୟତୀତ ଅନ୍ୟ ଶାସ୍ତ୍ର ବିହାରୀ କର୍ମକାଣ୍ଡ ଅନୁଯାୟୀ ସେହିଭଳି ପ୍ରଥମସୂତ୍ର- ଓଁକାର, ଦ୍ୱିତୀୟ- ଅଗ୍ନି, ତୃତୀୟ- ତକ୍ଷକ, ଚତୁର୍ଥ- ସୋମ, ପଞ୍ଚମ- ପିତୃ ଦେବତା, ଷଷ୍ଠ- ପ୍ରଜାପତି, ସପ୍ତମ- ବାସୁଦେବ, ଅଷ୍ଟମରେ ରବି ଓ ନବମରେ ସମସ୍ତ ଦେବତା । ଏହିଭଳି ନବସୂତ୍ରରେ ନବ ଦେବତା ପ୍ରତିଷ୍ଠିତ ଥାଆନ୍ତି । ଉକ୍ତ ଯଜ୍ଞସୂତ୍ରକୁ ବ୍ରହ୍ମାଜାତ କଲାବେଳେ ବିଷ୍ଣୁ ତ୍ରୟଗୁଣ, ଶିବ ଗ୍ରନ୍ଥି କରିଥାଆନ୍ତି । କିନ୍ତୁ ଗାୟତ୍ରୀ ଦେବୀ ଅଭିମନ୍ତ୍ରିତ କରିଅଛନ୍ତି । ଏରୂପ ଯଜ୍ଞ ସୂତ୍ରର ଲକ୍ଷଣକୁ ଯେ ଜାଣେ ତାହାର ପଇତା ଧାରଣ କରିବା ଯଥାର୍ଥ । ଆହୁରି ମଧ୍ୟ ପଇତା ବାମ ସ୍କନ୍ଧରେ ଧାରଣକୁ "ଯଜ୍ଞୋପବୀତିତା", ଦକ୍ଷିଣ ସ୍କନ୍ଧ ଧାରଣକୁ "ପ୍ରାଚୀନ ବୀତିତା", କଣ୍ଠରେ ମାଲାପରି ଧାରଣ କଲେ ତାକୁ "ନୀବିତିତା" କହି ଥାଆନ୍ତି । ଏହାହିଁ ପଇତା ଧାରଣର ମାର୍ଗ ଅଟେ । ନଟିଆ ନନାଙ୍କର ପିତୃ ବିୟୋଗ ହୋଇ ସାରିଥିବାରୁ ସେ ନଅଖିଅ ପଇତା ଧାରଣ କରୁଥିଲେ ।

ପାଣ ଜାତିରେ ଗୋରାଲୋକ ବିରଳ । ସେହିପରି ବ୍ରାହ୍ମଣଙ୍କ ମଧ୍ୟରେ କଳା ବର୍ଣ୍ଣ ବ୍ୟକ୍ତି ଦୁର୍ଲଭ । କଳା ବର୍ଣ୍ଣର ବ୍ରାହ୍ମଣ ସ୍ୱତନ୍ତ୍ର ଭାବେ ଶାକ୍ତ ବା ଶୈବ ପୀଠରେ ଚଣ୍ଡୀପାଠ ଓ ରୁଦ୍ରାଭିଷେକ ଆଦି କର୍ମରେ ବିଶେଷ ଭାବରେ ଲୋଡ଼ା ହୁଅନ୍ତି । ସେଲାଗି ସେମାନଙ୍କୁ ବେଶୀ ଖୋଜା ହୋଇଥାଏ । ସମାଜରେ ସେଥ୍ୟ ସକାଶେ ସେମାନଙ୍କର ପଟିଆରା ଅଧିକ । ନଟିଆ ନନା କାଳିଆ ବ୍ରାହ୍ମଣ ହୋଇଥିବାରୁ ତାଙ୍କ ତାତ୍ପର୍ଯ୍ୟ ବେଶୀ । ତେଣୁ ତାଙ୍କ ଭାଉ ଭାରି ଅଧିକ ଓ ପାଉଣା ଥେର ଟାଣ ।

ଏହି ଟାଣ ଭାଉରୁ ଉପାର୍ଜିତ ଧନ, ଯଜମାନି କର୍ମରୁ ସଂଗୃହୀତ ଅର୍ଥ, ସହକାରୀ ସ୍ୱାଧୀନତା ସଂଗ୍ରାମୀ ବାବଦରେ ସରକାରଙ୍କଠାରୁ ପାଉଥିବା ଭତ୍ତାରେ ନଟିଆ ନନା ବେଶ ଆରାମରେ ଚଳନ୍ତି । ଅଭାବୀଙ୍କ ପରି ନୁହେଁ, ସଚଳିଆଙ୍କ ଭଳି । ଅବଶ୍ୟ ଘରେ ଚାକର ବାକର ରଖି ନାହାନ୍ତି । କିନ୍ତୁ ପରିବାର ଚଳେ ଖୁସି ବାସିରେ । ଧାର, ଉଧାର ପାଇଁ ଇୟାଦୁଆର ତା ଦୁଆର ବାରଦୁଆର ହେବାକୁ ପଡ଼େନା । ଯେକୌଣସି ଓଷାବାରରେ ଘରେ ନୂଆ ଲୁଗା ଓ ପିଠା ପଣା ହୋଇଥାଏ ଠିକ୍ ବିଧ୍ୟ ମୁତାବକ । ପର୍ବପର୍ବାଣିମାନଙ୍କରେ କୌଣସି କାମ କାର୍ଯ୍ୟରେ କିମ୍ୱା ଯାନି ଯାତରାକୁ ଯିବା ପାଇଁ କରଜ ଲାଗି କାହା ପାଖରେ ହାତ ପତାଇବାକୁ ହୁଏନା । ଅଥବା କାହା ଆଗରେ ଗୋଡ଼ଭାଙ୍ଗି ଠିଆ ହେବାକୁ ପଡ଼େନା ।

ତାଙ୍କ ସ୍ତ୍ରୀ, ସୁନିର ମା' ନର୍ମଦା ସୁନିପରି ଡେଙ୍ଗୀ, ପାତଳୀ, ଶ୍ୟାମଳ ବର୍ଣ୍ଣର । ଖୋଲା ଆଖି, ଗାଲ ଠକରା, ଭିତରକୁ ପଶିଯାଇଛି । ସେଥ୍ୟପାଇଁ ଆଖିତଳ ଗାଲର ଉପରହାଡ଼ ଆଗକୁ ବାହାରି ପଡ଼ିଛି । ମଥାର କେଶ ଅଧା ପାଚିଲା । ସରୁସରୁ ହାତ, ଗୋଡ଼, ବଗର ନଳ ଗୋଡ଼ପରି । ଲମ୍ବା ସରୁପାଦ, ପାଦ ଆଙ୍ଗୁଠିରେ ରୁପାମୁଦି ପିନ୍ଧି ଥାଆନ୍ତି । ନର୍ମଦା ଦେଖିବାକୁ ରୋଗା, ବରଡ଼ା ପତର ପରି ହେଲେ ମଧ୍ୟ ଦୁର୍ବଳ ନୁହନ୍ତି । ଭାରି ଟାଣ ଶିରା ମଣିଷ । ସବୁପ୍ରକାର କାମଦାମକୁ ପାରିଲାର ।

ନଟିଆ ନନା ସକାଳୁ ଗାଧୋଇ ଘର ଠାକୁରଙ୍କ ପୂଜାସାରି ସାମାନ୍ୟ ଜଳଖିଆ ସହିତ ଚାହା ଖାଇ ଯଜମାନି କାମରେ ବାହାରି ଯାଆନ୍ତି । ଫେରନ୍ତି ରାତିକୁ, ଦ୍ୱିପ୍ରହରର ଭୋଜନଟି ତାଙ୍କର ବାହାରେ ହୋଇଥାଏ ।

ନଟିଆ ନନାଙ୍କର ସେତେ ବେଶୀ ଜମିବାଡ଼ି ନାହିଁ । ଯେଉଁ ଦୁଇ ଅଢ଼େଇ ଏକର ଜମି ଅଛି, ତାକୁ ସେ ଭାଗ

ଚାଷକୁ ଲଗେଇ ଦେଇଛନ୍ତି । ସବୁଦିନ ତାଙ୍କୁ ଯଜମାନି କାମରେ ଅନ୍ୟ (ବାହାର) ଗାଁକୁ ଯିବାକୁ ପଡ଼ିଥାଏ । ଯଜମାନି କାମ ସହିତ ଚାଷଧନ୍ଦା ତାଙ୍କୁ ଅସୁବିଧାରେ ପକାଇବ, ସେଥିପାଇଁ ସେ ହାତରେ ଚାଷ ରଖିନାହାନ୍ତି । କେବଳ ଘରର ପଦା କାମ ପାଇଁ ଚାକରଟିଏ ରଖ ଅକାରଣ ତାଙ୍କୁ ମଜୁରି ବାବଦରେ ଟଙ୍କା ଗଣିବାକୁ ନଟିଆନନା କିମ୍ବା ନର୍ମଦା କେହି ପସନ୍ଦ କରନ୍ତି ନାହିଁ । ଯେତେ କଷ୍ଟ ହେଉପଛେ ନର୍ମଦା ଘରର ଯାବତୀୟ କାମ ସହିତ ଗୋରୁ ଗାଈଙ୍କର ହେପାଜତ ନେଇଥାଆନ୍ତି । ସାରା ଘର ଗୋଟାକର ସବୁଧନ୍ଦା ସାଙ୍ଗକୁ ତାଙ୍କୁ ବାଡ଼ି ବଗିଚା ପ୍ରତି ମଧ୍ୟ ଦୃଷ୍ଟି ଦେବାକୁ ପଡ଼ିଥାଏ ।

ସେ ଘରର ସବୁକାମ ସହିତ ପିଲା ଦୁଇଟିଙ୍କର ଦାୟିତ୍ୱ ସୁଦ୍ଧା ସମ୍ଭାଳନ୍ତି । ପୁଅ ସୁରିଆକୁ ଖୋଜିବାକୁ ସାହି ଭିତରକୁ ଯିବାକୁ ପଡ଼ିଥାଏ । ଖଳାବାଡ଼ି ଦେଖିବା ପାଇଁ ତାଙ୍କୁ ଘରୁ ବାହାରକୁ ଯିବାକୁ ହୋଇଥାଏ । ସେଥିପାଇଁ ତାଙ୍କ ପିନ୍ଧିଲା ଲୁଗା ଛୁଆଁସ୍ତା ହୋଇଯାଏ । ସେ ସକାଳୁ ଉଠି ଦାଣ୍ଡରେ ଗୋବର ପାଣି (ପବିତ୍ର ପାଣି) ପକାଇ ଘର ଓହଲାନ୍ତି । ଦାଣ୍ଡ ଖରକି ଥାଆନ୍ତି । ଦୁଆର ମୁହଁରେ ଛୁଞ୍ଚ ଦେଇ ଚୁଲିରୁ ପାଉଁଶ ଖୋଲି ଚୁଲି ଲିପି ଥାଆନ୍ତି । ଗୁହାଳ ସଫା କରି ନିତ୍ୟ କର୍ମ ପାଇଁ ବାହାରକୁ ଯାଇ ସେଠାରୁ ଫେରି ଗାଧୋଇ ସ୍ୱାମୀଙ୍କ ପାଇଁ ଜଳଖିଆ ଯୋଗାଡ଼ କରି ଚାହା ବସାନ୍ତି । ନଟିଆ ନନା ଚାହା ଜଳଖିଆ ଖାଇ ତାଙ୍କ କାମରେ ଘରୁ ବାହାରି ଗଲାପରେ ନର୍ମଦ ପିଲା ଦୁଇଟିଙ୍କ କଥା ବୁଝନ୍ତି । ସୁରିଆକୁ ଜଳଖିଆ ଖୋଇ ପଢ଼ିବା ଲାଗି କହି ଥାଆନ୍ତି । ସୁନି ଘରର ଅନ୍ୟ କାମ କରେ । ସେ ଆଉ ପଟୁ ନ ଥିବାରୁ ସକାଳୁ ବହି ଧରି ବସେନା । ପୁଅ ସୁରିଆ ଲାଗି ସକାଳ ଜଳଖିଆ ପରେ ପାଠ ପଢ଼ିବା ବାଧ୍ୟତାମୂଳକ । ଦିନ ଦଶଟା ସୁଦ୍ଧା ସୁରିଆକୁ ଗାଧୋଇ ଖୋଇ ସ୍କୁଲକୁ ପଠାଇ ସାରିଲା ପରେ ନର୍ମଦା ଅନ୍ୟକାମ ପ୍ରତି ଧ୍ୟାନ ଦିଅନ୍ତି ।

ସ୍ୱାମୀଙ୍କ ପାଇଁ କରିଥିବା ଚାହା ଯାହା ନଟିଆ ନନା ଖାଇଲା ପରେ ବଳିଥାଏ, ନର୍ମଦା ସେଟିକିରେ ଚୁଡ଼ା କିମ୍ବା ମୁଢ଼ି ପକାଇ ଝିଅ ସୁନି ସହିତ ଖାଇ ଥାଆନ୍ତି । ସୁନି ଘର କାମରେ ଲାଗେ ଓ ସେ ଗୋରୁମାନଙ୍କୁ ଗୁହାଲୁ ଆଣି ବାହାରେ ବାନ୍ଧନ୍ତି । ଗୁହାଲୁ କାଢ଼ିଥିବା ଗୋବର ବାଡ଼ିକୁ ନେଇ ଘଷି ପାରନ୍ତି ନତୁବା ଗୁଣ୍ଡା ପକାନ୍ତି । ବାଡ଼ିରୁ ପତର ଖରକନ୍ତି । ବର୍ଷା ଦିନ ହୋଇଥିଲେ ଜାଲ ଲାଗି ଓଦା ଛଣ (ନଡ଼ା) କୁ ଖରାରେ ଶୁଖାନ୍ତି । ଗୋରୁଙ୍କୁ ନେଇ ପଡ଼ିଆରେ ବାନ୍ଧନ୍ତି, ତା’ପରେ ହାତ ଗୋଡ଼ ଧୋଇ ମା’ଝିଅ ଖାଇ ବସନ୍ତି । ସାମାନ୍ୟ ବିଶ୍ରାମ ପରେ ପଡ଼ିଆରେ ବାନ୍ଧିଥିବା ଗୋରୁଙ୍କୁ ବଦଳାଇ (ସ୍ଥାନ ପରିବର୍ତ୍ତନ) ଥାଆନ୍ତି । ଉପର ଓଳିକୁ ପାରିଥିବା ଘଷି ଲେଉଟାନ୍ତି । ଶୁଖାଇଥିବା ଛଣକୁ ଗୋଟାଇ ଆଣି ରଖନ୍ତି । ଗୋରୁମାନଙ୍କୁ ପଡ଼ିଆରୁ ଆଣି କୁନ୍ଦା, ତୋରାଣି ଦେଇ ସେମାନଙ୍କୁ ଗୁହାଲେ ବାନ୍ଧିଥାଆନ୍ତି । ମଶା, ଡାଆଁଶମାନଙ୍କୁ ଘଉଡ଼ାଇବା ଲାଗି ସେମାନଙ୍କ ପାଖରେ ଧୂଆଁ ଦେଇ କୁହୁଲା ଧୂଆଁର ନିଆଁ ଲିଭିଗଲା ପରେ ସେମାନଙ୍କ ପାଖରେ ଛଣ ପକାଇ ଗୁହାଲ ଚାଞ୍ଚ ପକାଇ ଧଡ଼ା ବାନ୍ଧିଲା ବେଳକୁ ମୁହଁ ସଞ୍ଝ ଗଡ଼ିଯାଇଥାଏ । ଖୋଆଲୁଗା ପିନ୍ଧି ବାହାରକୁ ଗଲେ ଲୁଗା ଛୁଆଁସ୍ତା ହୁଏ । ସେ ଲୁଗା ପିନ୍ଧି ଭିତର ଘରକୁ ପଶି ହେବ ନାହିଁ । ଭାତହାଣ୍ଡି ଛୁଆଁବା, ରୋଷେଇ କରିବା, ସଞ୍ଝବତୀ ଜାଳିବା, ଠାକୁର ପୂଜା କରିବା ସେ ଲୁଗା ପିନ୍ଧି ହୋଇପାରେ ନାହିଁ । ବାହାର କାମ ସାରି ନର୍ମଦା ପିନ୍ଧିଥିବା ଲୁଗା ପାଲଟି ଧୋଇ ସାରି ଧୂଆ ଲୁଗା ପିନ୍ଧି ରାତ୍ରି ଭୋଜନ ପାଇଁ ରୋଷେଇ ବସାନ୍ତି । ସକାଳୁ ନଟିଆନନା ତାଙ୍କ ଘର ଠାକୁରଙ୍କ ପୂଜାସାରି ଯଜମାନି କାମରେ ଯାଇଥାଆନ୍ତି । ବାସି ବିଛଣା ଉଠାଇବା, ଠାକୁରଙ୍କ ଲାଗି ଫୁଲ ତୋଳିବା, ଉପରଓଳି ଘର ଓହଲାଇବା ସହିତ ଯାବତୀୟ ଟୁକୁରା ମୁକୁରା କାମ କରିବା, ସଞ୍ଝବତି ଜାଳିବା କାମ ସୁନି ଉପରେ ନ୍ୟସ୍ତ । ସୁନି ସେ ଦାୟିତ୍ୱ ସୁଚାରୁରୂପେ ତୁଲାଇଥାଏ ।

ସୁନି ଥଣ୍ଡା ମିଞ୍ଜାସର ପିଲା । କଥାମାନେ, ଉପ୍ରୋଧ ରଖେ, କାମ ବରାଦ କଲେ ତା ସାଧ୍ୟମତେ କରିଥାଏ । ଫାଙ୍କି ଦିଏନା । କେବେ ହେଟି ଦିଏନି ବାପା କିମ୍ବା ମା’ଙ୍କ କଥାକୁ । କେବଳ ଗୋଟିଏ ବଦଭ୍ୟାସକୁ ଛାଡ଼ି ତା’ର ଅନ୍ୟ କୌଣସି ଦୋଷ ନଥିଲା । ତାହା ହେଲା– ଅଗାଧୁଆ ଜଳଖିଆ ଖାଇ ପରେ ଉଚ୍ଚୁର କରି ଗାଧୋଇ ଠାକୁରଙ୍କ ପାଖକୁ ଯାଇଥାଏ । ହେଲେ ସେ ମୁରବିଙ୍କୁ ଖାତିର କରେ, ସମ୍ମାନ ଦିଏ ବୟୋଜ୍ୟେଷ୍ଠ ମାନଙ୍କୁ, ତା ବାଦ୍ ସେ ନିର୍ଭୀକା

ସତକଥାରେ କାହାରିକୁ ଡରେନା । ହକ କଥା କହିବାକୁ ପିଛାଇ ଯାଏନା । ଅବିଚାରକୁ ନିରବରେ ମୁଣ୍ଡପାତି ସହିଯିବାର ଝିଅ ସେ ନୁହେଁ । ତା ପ୍ରତି ଅନ୍ୟାୟ ହେଲେ କିମ୍ବା ତା ପ୍ରତି ଅତ୍ୟାଚାର କରାଗଲେ ଅଥବା ଅବିଚାର ହେଲେ ସେ ଚୁପ୍ ହୋଇ ବସିରହି ପାରେନା । ପକ୍ଷପାତ ନୀତିକୁ ସେ ବିରୋଧ କରେ । ଅନୀତିର ପାଖ ମାଡ଼େନା । ହେଲେ ସେ ଭାରି କୁହାର ବୋଲାର ।

ପୁଅ ସୁରିଆ । ସୁରେନ୍ଦ୍ର ତ୍ରିପାଠୀ । ପାଠରେ ଗଧ । ଅନିଚ୍ଛାରେ ବାଧବାଧକତାରେ ସ୍କୁଲକୁ ଯାଏ । ଘରେ ସ୍ୱଇଚ୍ଛାରେ କେବେ ବହିଧରି ବସେନା । ସୁନି ତା' ଉପରେ ବିରକ୍ତ ହୁଏ । ନର୍ମଦା ତାକୁ ଅବଶ୍ୟକ ଠାରୁ ଯଥେଷ୍ଟ ଅଧିକ ଶ୍ରଦ୍ଧା କରନ୍ତି । ସେଥିପାଇଁ ତା ଦୁଷ୍ଟାମୀକୁ ସହି ଯାଆନ୍ତି । କିନ୍ତୁ ଶାସ୍ତ୍ର କହେ, "ଲାଲନେ ବହବୋ ଦୋଷାସ୍ତାଡ଼ନେ ବହବୋ ଗୁଣାଃ ତସ୍ମାତ ଶିଷ୍ୟଞ୍ଚ ପୁତ୍ରଞ୍ଚ ତାଡ଼ୟନେ ତୁ ଲାଲୟେତ" ଅତି ଯତ୍ନରେ ସ୍ନେହରେ ଲାଲନ ପାଳନ ବେଳେ ଅନେକ ଦୋଷ ରହିଯାଏ । ମାତ୍ର ତାଡ଼ନରେ ଆକଟରେ ଗୁଣ ବିକଶିତ ପ୍ରତିଭାତ ହୁଏ । ନର୍ମଦାଙ୍କଠାରୁ ଅତ୍ୟଧିକ ସ୍ନେହ ଶ୍ରଦ୍ଧା ତଥା ଆଦର ପାଇ ସୁରିଆର ଏପରି ଦୁଷ୍ଟାମୀପଣ ବଢ଼ିଯାଇଛି । "କସ୍ୟ ନୋସ୍ଖଲଂ ବାଲ୍ୟଂ ଗୁରୁଶାସନବର୍ଦ୍ଦିତମ୍ ।" କଠୋର ଶାସନାନୁଗତ ନ ହେଲେ ବାଲ୍ୟାବସ୍ଥା ଉଚ୍ଛୃଙ୍ଖଳତା ପ୍ରାପ୍ତି ହେବହିଁ ହେବ । ନଟିଆ ନନାଙ୍କର ସମୟ ନଥାଏ ପୁଅ କଥା ବୁଝିବା ପାଇଁ । ସୁନି କିନ୍ତୁ ତାକୁ ଗୋଡ଼େ ଗୋଡ଼େ ଜଗିଥାଏ । ସୁନି ତା' ଉପରେ ବିରକ୍ତ ହୋଇ ପାଟିକଲେ ସେ ବହିଧରି ବସେ ଅନ୍ୟ ମନସ୍କ ହୋଇ । ମନେ ରଖିବାକୁ ହେବ ଶିକ୍ଷାଲାଭ କରିବାର ପ୍ରକୃଷ୍ଟ ସମୟ ହେଉଛି ବାଲ୍ୟକାଳ । ଯଦି କୌଣସି କାରଣରୁ ତାହା ନଷ୍ଟ ହୋଇଗଲା ତେବେ ଗୋଟିଏ ଜନ୍ମ ବୃଥା ହୋଇଗଲା ବୋଲି ଜାଣିବାକୁ ହେବ । ସେଥିପାଇଁ ପିତାମାତାଙ୍କୁ ସାବଧାନ ହେବାକୁ ପଡ଼ିବ । ସଠିକ ସମୟରେ ଉଚିତ ମାର୍ଗ ଅବଲମ୍ବନ କରିବାକୁ ହେବ । ସୁନିର ତାଗିଦ୍ ଯୋଗୁ ଭୟରେ ବାଧ୍ୟହୋଇ ବହିଧରି ବସିଥିବା ସୁରିଆ ଟିକେ ଫାଙ୍କା ପାଇଲେ ଉଠିଯାଏ ବହି ଥୋଇଦେଇ । ସାଇପିଲାଙ୍କ ମେଲରେ ଖେଲେ । ଖେଲକୁଦରେ ଭାରି ପାରଙ୍ଗମ । କୌଶଳ କରି ଘରଲୋକଙ୍କୁ ଲୁଚି ଲୁଚି ପଲାଏ । ସାଇପିଲାଙ୍କ ସହିତ ମିଶି ପର ବାଡ଼ିରୁ ଫଳ ତୋଲି ଖାଏ । ଫଳନ୍ତି ଗଛରୁ ଟେକାମାରେ, ଖପଡ଼ ପକାଏ । ଗଛର ମାଲିକ ଆସିଲେ ବାଡ଼ ଡେଇଁ ପଲାଇଯାଏ । ବାଡ଼ ଡେଇଁବାରେ ସେ ଭାରି ପାରଙ୍ଗମ, ମିଛ କହିବାରେ ଓସ୍ତାଦ, ଟେକା ପକାଇବାରେ ଧୁରନ୍ଧର, ଖପଡ଼ ମାରିବାରେ ପ୍ରବୀଣ । ପଟୁତା ହାସଲ କରିଛି ଯୋର ଓ ପୋଖରୀରେ ବୁଡ଼ିବାରେ । ଦଇବାତ୍ ଧରା ପଡ଼ିଲେ ବିଭିନ୍ନ ରକମର ବାହାନା ବାହାର କରେ, ପେଖନା କାଢ଼ି ଖସିଯିବାର ବାଟ ଖୋଜିନିଏ । ସବୁବେଳେ ଅସୁବିଧା ସମୟରେ ସେ ଗୋଟିଏ ଅକାଟ୍ୟ ଯୁକ୍ତି ବାଢ଼ିଥାଏ– ମୋତେ ଭାରି ଝାଡ଼ା ଲାଗିଲାଣି । ଯେଉଁ କଥାର ଆଉ କୌଣସି ପ୍ରତିବାକ୍ୟ କିଛି ନାହିଁ । ତା'ର ଉତ୍ତରରେ କୌଣସି ବିକଳ୍ପ ପନ୍ଥା ଆବିଷ୍କାର କରି ନପାରି ପ୍ରତିପକ୍ଷ ଅନ୍ୟ ଉପାୟ କିଛି ନ ପାଇ ତାକୁ ଛାଡ଼ି ଦେବାକୁ ବାଧ୍ୟ ହୋଇଥାଏ । କୋଳପୋଛା ପିଲାଟି ବୋଲି ମା'ଠାରୁ ଅଧିକ ସ୍ନେହ, ଶ୍ରଦ୍ଧା ପାଇ ସେ ଏମିତି ଚଗଲା ହୋଇଛି । ଫାଜିଲାମୀରେ ସେ ଏକନମ୍ବର । ତେଣୁ ସେ ମାତ୍ରାଧିକ ଦୁଷ୍ଟାମୀ କରିଥାଏ । କଥାରେ ଅଛି "ଅତି ସ୍ନେହେ ଝିଅ ଦାଣ୍ଡରେ ଠିଆ, ଅତି ସ୍ନେହେ ପୁଅ ମନ ମୋଟିଆ । ଅତି ସ୍ନେହେ କୁତା ମୁଣ୍ଡରେ (ଉପରେ) ଚଢ଼େ, ବୁଢ଼ିଆ ଯେ ୟାକୁ ମୁଣ୍ଡରେ ତେଢ଼େ ।

ଛୁଆଁଛୁଆ ଲୁଗାରେ ନର୍ମଦା ସନ୍ତୋ ଦେଇ ପାରନ୍ତି ନାହିଁ । ତାଙ୍କର ବାହାର କାମ ସରିଲା ବେଳକୁ ସନ୍ତୋଗଡ଼ି ଯାଇଥାଏ । ସେ ସୁନିକୁ ରନ୍ଧାଇ ଦିଅନ୍ତି ନାହିଁ । ନିଜ ହାତରେ ରାନ୍ଧି ସ୍ୱାମୀ ଓ ପିଲା ଦୁଇଟିକୁ ନ ଖୁଆଇଲେ ତାଙ୍କ ମନ ବୁଝେନା । ସେଥିପାଇଁ ସୁନିକୁ ରାନ୍ଧିବାକୁ ପଡ଼େନା । କେବେ କେମିତି ଟିକେ ବୋଲହାକ ସହିତ ଟୁକୁରା ମୁକୁରା କାମ ସେ କେବଲ କରିଥାଏ । ସକାଲେ ବାସି ବିଛଣା ଉଠାଇ ଠାକୁରଙ୍କ ପାଇଁ ଫୁଲ ତୋଲେ, ଉପରଓଲି ସନ୍ଧ୍ୟାବତି ଜାଲିଥାଏ ।

ନର୍ମଦା ଘରକାମ ତୁଲାଇ ଗୋରୁ ଗାଇଙ୍କ ହେପାଜତ ନେଇ, ଖଲା, ବାଡ଼ି, ବଗିଚା ପ୍ରତି ଦୃଷ୍ଟି ଦେଇ ସୁଦ୍ଧା

ତାଙ୍କ ପିଲା ଦୁଇଟିଙ୍କ ଉପରେ ତୀକ୍ଷ୍ଣ ନଜର ରଖି ଥାଆନ୍ତି । ପିଲା ଦୁଇଟି ଠିକ୍ ସମୟରେ ବିଛଣାରୁ ଉଠିଲେ କି ନାହିଁ, ଗାଧୋଇବା, ଖାଇବା, ଖାଇସାରି ଟିକେ ବିଶ୍ରାମ ନେବା ଏ ସମସ୍ତ କାର୍ଯ୍ୟକୁ ସେ ଉତ୍ତମ ରୂପେ ତଦାରଖ କରିଥାଆନ୍ତି । ଠିକ୍ ସମୟରେ ନ ଉଠିଲେ ଅଳସୁଆ ହୋଇଯିବେ । ଅବେଳରେ ଗାଧୋଇଲେ କିମ୍ବା ଅଧିକ ସମୟ ଧରି ପାଣି ଢାଳିହେଲେ ଥଣ୍ଡା ଧରିବ । ଖାଇବା ସମୟ ଠିକ୍ ନ ରହିଲେ ଓ ଖାଇସାରି ସାମାନ୍ୟ ବିଶ୍ରାମ ନ ନେଇ ସଙ୍ଗେ ସଙ୍ଗେ ଖେଳରେ ମାତିଲେ ଦେହ ଖରାପ ହେବ, ପେଟ ବିଗିଡ଼ି ଯିବ । କେବଳ ନର୍ମଦା ନୁହନ୍ତି ପ୍ରତ୍ୟେକ ବାପା, ମାଆମାନେ ସେମାନଙ୍କ ପିଲା ଛୁଆଙ୍କ ଉପରେ ନିଘା ରଖିଥାଆନ୍ତି । ସେମାନଙ୍କ ଚାଲିଚଳଣି କଥାବାର୍ତ୍ତା, ହାବଭାବ, ଆଚାର – ଆଚରଣ, ବିଚାର – ବ୍ୟବହାର, ଭାଷା ଓ ଉଚ୍ଚାରଣ ଏବଂ କାର୍ଯ୍ୟକଳାପ ପ୍ରତି ଲକ୍ଷ୍ୟ ଦିଅନ୍ତି । ତାଙ୍କ କର୍ତ୍ତବ୍ୟରେ ସେମାନେ ହେଲା କଲେକି ? ଠିକ୍ ସମୟାନୁବର୍ତ୍ତିତାରେ ଚଳିଲେ କି ନାହିଁ। କୁସଙ୍ଗରେ ପଡ଼ି ବିପଥଗାମୀ ହେବାପରେ ପିଲାମାନଙ୍କୁ ଜଗିବାରେ ଆଉ କୌଣସି ମୂଲ୍ୟ ନ ଥାଏ । ସେଥିସକାଶେ ନର୍ମଦା ତାଙ୍କ ପିଲା ଦୁଇଟିକୁ ଗୋଡ଼େ ଗୋଡ଼େ ଜଗି ଥାଆନ୍ତି । ସେ ଦୁହିଁକୁ ସବୁବେଳେ ଆଖ୍ ସାମ୍ନାରେ ରଖିବାକୁ ଯତ୍ନ କରିଥାଆନ୍ତି । ସୁନି କଥାମାନେ, ସୁରିଆ ଟିକେ ଫାଙ୍କ ପାଇଲେ ଆଖିରେ ପକ୍ଷୀ, ଲଗେଇ ଦେଇ ଖସିପଲାଏ । ମା' କଥାକୁ ହେଟ ଦିଏ, ବିଶେଷତଃ ସ୍କୁଲ ଛୁଟି ଦିନଗୁଡ଼ିକରେ ।

ସେଦିନ ରବିବାର ଥିବାରୁ ସ୍କୁଲ ଛୁଟିଥାଏ । ନର୍ମଦା ତାକୁ ଯେତେ ବୁଝାଇଲେ ସୁଦ୍ଧା। ସୁରିଆ ତାଙ୍କ କଥା ଆଦୌ ନମାନି ପାଠ ପଢ଼ାଛାଡ଼ି ଗାଁ ପିଲାମାନଙ୍କ ସହିତ ଖେଳରେ ମାତିଥିଲା । ସେ ଦ୍ୱିପ୍ରହରେ ଖାଇସାରି ନ ଶୋଇ ସାଇ ଆଡ଼େ ଚାଲି ଯାଇଥିଲା । ସେଥିପାଇଁ ନର୍ମଦା ତା ଉପରେ ରାଗିଥିଲେ । ସେଦିନ ସଂକ୍ରାନ୍ତି ଥିବାରୁ ସୁନି ଠାକୁରଙ୍କ ପାଖକୁ ଆସିଥିଲା । ସଂକ୍ରାନ୍ତି, ପୂର୍ଣ୍ଣିମୀ, ଅମାବାସ୍ୟା ଓ ସୋମବାର ଦିନଗୁଡ଼ିକରେ ସୁନି ଉଷୁନା ଖାଏନା । ଅରୁଆ ଭାତ, ଖୁରୁଡ଼ି କିମ୍ବା ଜଳଖିଆ ଖାଇଥାଏ । ନର୍ମଦାଙ୍କର ବାରମ୍ବାର ତାଗିଦ ସତ୍ତ୍ୱେ ସେ ସେଦିନ ଦ୍ୱିପ୍ରହରେ ଘରକୁ ଫେରିଯାଇ ନ ଖାଇ ସତୀ ସହିତ ମନ୍ଦିରର ମୁଖଶାଳାରେ ବସିରହି ପୁରା ଦିନଟିକୁ କଟାଇ ଦେଇଥିଲା । ତେଣେ ନର୍ମଦା ଘରେ ସୁନି ପାଇଁ ଅରୁଆ ଭାତ ରାନ୍ଧି ଅପେକ୍ଷା କରିଥିଲେ । ସୁନିର ଦ୍ୱିପ୍ରହରେ ଘରକୁ ଫେରିନଯାଇ ନଖାଇବା ଯୋଗୁ ନର୍ମଦା ତା ଉପରେ ବିରକ୍ତ ହୋଇଥିଲେ । ଘରକାମ ପାଇଁ ଚାକରଟିଏ ନରଖି ଅଧିକ ପରିଶ୍ରମ ପଡ଼ୁପଛେ ଘର ଭିତର ଓ ଘର ବାହାରର ପଦା କାମ ସବୁ ନିଜ ହାତରେ କରି ସେ କ୍ଳାନ୍ତି ଅନୁଭବ କରୁଥିଲେ । ତାଙ୍କ ପିଲା ଦୁଇଟି କିପରି ଭଲରେ ରହିବେ, ଖାଇପିଇ ସୁସ୍ଥରେ ଚଳିବେ, ପାଠ ପଢ଼ି ଉତ୍ତମ ମଣିଷ ହୋଇପାରିବେ, ଦଶଜଣରେ ଜଣେ ବୋଲି ଗଣତି ହୋଇପାରିଲା ଭଳି ଯୋଗ୍ୟତା ଅର୍ଜନ କରିବେ । ସୁନାଗରିକ ହୋଇ ବାପର ଓ ବଂଶର ନାମ ଉଜ୍ଜ୍ୱଳ କରିବେ । ଏହି ଲକ୍ଷ୍ୟ ରଖି ସେମାନଙ୍କ ଉନ୍ନତି ଚାହୁଁଥିବା ନର୍ମଦା ସେ ଦିନ ପୁଅ ସୁରିଆର ଅବାଧ୍ୟ ଢଙ୍ଗ ଯୋଗୁ ଓ ସୁନିର ଅନିୟମିତତା ପାଇଁ ତାଙ୍କ ପିଲା ଦୁଇଟିଙ୍କ ଉପରେ ରାଗିଥିଲେ ।

ସଞ୍ଜ ଦେବା ଦାୟିତ୍ୱ ସୁନି ଉପରେ ନ୍ୟସ୍ତ । ସଞ୍ଜହୋଇ ଯାଇଥିଲେ ସୁଦ୍ଧା। ସତୀ ସହିତ ରାସ୍ତା ଉପରେ ଠିଆ ହୋଇ ଗପରେ ବ୍ୟସ୍ତ ରହି ସଞ୍ଜବତି ଜାଳିବାକୁ ଘରକୁ ଫେରୁନଥିବା ସୁନି ଉପରେ ତାଙ୍କ ରାଗ ଦିଗୁଣା ବଢ଼ି ଯାଇଥିଲା । ସେଥିପାଇଁ ସେ ସୁନିକୁ ଖିଙ୍କାରି ହୋଇ ଡାକିଥିଲେ ।

ମା'ର ଗଳାଖଙ୍କାର ଓ ଉଚ୍ଚସ୍ୱରରେ ଡାକିବାର ଉହାଡ଼ରେ ଅନୁଶାସନର ଯେଉଁ ଲୁକ୍କାୟିତ ଇଙ୍ଗିତ ଥିଲା ସୁନି ତାହା ବେଶ ଭଲ ଭାବରେ ବୁଝିପାରିଥିଲା । ନର୍ମଦା ତାଙ୍କ ମନରେ ପିଲା ଦୁଇଟିଙ୍କ ଉପରେ ସୃଷ୍ଟି ହୋଇଥିବା କ୍ରୋଧକୁ ପ୍ରଶମିତ କରୁଥିଲେ ଏହି ଉଚ୍ଚସ୍ୱର ଉଚ୍ଚାରଣ ଓ କର୍କଶ ଭାଷା ମାଧ୍ୟମରେ । ଆଶା ରଖିଥିବା ଫଳ, ସେ ଫଳ ପ୍ରାପ୍ତି ଲାଗି ବାଞ୍ଛିଥିବା ରାସ୍ତା । ସେ ପଥରେ ଚାଲିବା ପାଇଁ ସେ ନିର୍ଦ୍ଧାରଣ କରିଥିବା ପଦ୍ଧତି । ସେ ପଦ୍ଧତିକୁ ପାଳନ କରି ସଫଳତା ପାଇବା ଲାଗି

ସେ ସ୍ଥିରୀକୃତ କରିଥିବା ଉପାୟ ଯଦି କୌଣସି କାରଣବଶତଃ କାର୍ଯ୍ୟକାରୀ ହୋଇ ନପାରିଲା ଏବଂ ତାକୁ କାର୍ଯ୍ୟକାରୀ କରିବାରେ ତା ନିଜର ଆମ୍ଭୀୟ ସ୍ୱଜନମାନେ ବିଭ୍ରାଟ ସୃଷ୍ଟି କରୁଥିବେ। ଯେଉଁ ସୁଫଳ ନିଜ ପାଇଁ ଓ ସାରା ପରିବାର ଲାଗି ହିତକର ଏବଂ ଶୁଭଙ୍କର। ତା ସର୍ବୋତ୍କୃଷ୍ଟ ସୁଫଳଦାୟକ ହୋଇ ପାରିଥାଆନ୍ତା। ତା'କୁ ଯଦି ସେମାନେ କୌଣସି କାରଣବଶତଃ ବେପରବାଏ ଭାବେ ପ୍ରତ୍ୟାଖ୍ୟାନ କରି ବସିବେ ? ଯାହାଙ୍କ ପାଇଁ ସେ ଅନେକ ଶ୍ରମସ୍ୱୀକାର ପୂର୍ବକ ସୁଗମ କୁସୁମିତ ପଥଟିଏ ବାଛିଥିଲେ, ସେ ପୁଷ୍ପିଳ ବାଟରେ ନ ଯାଇ ଯଦି ସେମାନେ ଯେଉଁମାନଙ୍କ ପାଇଁ ସେ ସର୍ବଦା ଅହରହ ଚିନ୍ତିତ, ବ୍ୟଥିତ ଏବଂ ଚେଷ୍ଟାଗତ ସେମାନେ ଅନ୍ୟ ଅମଡ଼ା କଣ୍ଟକିତ ରାସ୍ତାର ବାଟୋଇ ହୋଇ କୁପଥଗାମୀ ହୋଇ କ୍ଷତାକ୍ତ, ରକ୍ତାକ୍ତ ଓ ଆହତ ହେବେ। ତେବେ ସମ୍ପୃକ୍ତ ବ୍ୟକ୍ତିଟିର ଧୈର୍ଯ୍ୟଚ୍ୟୁତି ଘଟି ଅସୂୟାଭାବ ଉଦ୍ରେକ ହୋଇଥାଏ। ଯାହା ଆଜି ନର୍ମଦାଙ୍କର ହୋଇଛି। ସେହି ପଥଚାରୀମାନଙ୍କ ମଧ୍ୟରୁ ସୁନି ଜଣେ ହୋଇଥିବାରୁ ସେ ତା ଉପରେ ଚିଢ଼ି ଉଠୁଥିଲେ ଓ ତାକୁ କର୍କଶ ଗଳାରେ ଡାକ ପକାଇଲେ।

ନିଜ ଦୋଷ ପାଇଁ ସୁନି ଅନୁତପ୍ତା ଥିଲା। ଆପଣା କର୍ତ୍ତବ୍ୟରେ ଅବହେଳା କରି ସେ ନିଜକୁ ଦୋଷୀ ମଣୁଥିଲା। ଦୋଷ ଲାଗି ଯେ ଦୋଷୀକୁ ଦଣ୍ଡ ଭୋଗିବାକୁ ପଡ଼ିଥାଏ। ନିଜ ଅପରାଧ ପାଇଁ ତା ମା'ଙ୍କର ଏହି କୋହଳ ଶାସ୍ତିଟିକୁ ବିନା ଆପତ୍ତିରେ ମାନିନେଇ ସୁନି ନିରବରେ ନିଜର କର୍ତ୍ତବ୍ୟ ପାଳନ କରିଥିଲା। ହାତ ଗୋଡ଼ ଧୋଇ ତରବରରେ ଘର ଓଲାଇ ସଳିତା ବଳି ସଞ୍ଜବତି ଜାଳିଥିଲା। ଚଉରା ପାଖରେ ସଞ୍ଜସଳିତା ଥୋଇ ଝୁହାର ହେଲାବେଳେ ସେ ଭାବୁଥିଲା ମା ବୋଧେ ତା ଉପରେ ଆଉ ବିରକ୍ତ ହେବ ନାହିଁ। ଧୂପାଲିରେ ଝୁଣା ପକାଇ ସେଥିରେ ଅଗ୍ନି ସଂଯୋଗ କରି ସେ ଚିନ୍ତା କରୁଥିଲା ଆଜି ସୁରିଆ ନିଶ୍ଚିନ୍ତ ମା'ଙ୍କଠାରୁ ଗାଳି ଶୁଣିବ, ପ୍ରତି ସ୍କୁଲ ଛୁଟି ଦିନଗୁଡ଼ିକରେ ଯେପରି ଶୁଣିଥାଏ।

ସୁ**ନିଠାରୁ ବିଚ୍ଛିନ୍ନ ହୋଇ ସତୀ ଏକୁଟିଆ ଗାଁ ରାସ୍ତାରେ ଫେରୁଥିଲା ଘରମୁହାଁ ହୋଇ। ପାଦରେ ଚଞ୍ଚଳତା ନ ଥିଲା ତା'ର। କାର୍ଯ୍ୟ ହାସଲ ପରେ ବିଜୟ ଦର୍ପରେ ସଫଳତାର ଖୁସିରେ, ପ୍ରାପ୍ତିର ଆନନ୍ଦରେ, ନିଜ ଅଧୀନକୁ ଆଣି ପାରିଥିବା ଆବେଗରେ, ଆପଣା ଅଧିକାରଭୁକ୍ତ କରି ପାରିଥିବା ପାରିଲା ପଣର ଗୌରବ ପ୍ରବାହରେ ଫେରୁଥିବା ଲୋକଟିକୁ ଜିତିବାର ଉଲ୍ଲାସ, ଉସାହ ଯୋଗାଇ ଦେଇଥାଏ। ପାଇଥିବାର ଉତ୍ଫୁଲ୍ଲତାରେ ସେ ହୋଇଥାଏ ବିହ୍ୱଳ। ତାକୁ ପ୍ରେରଣା ଯୋଗାଇ ଦେଇଥାଏ, ସେ ଲାଭ କରିଥିବା ସଫଳତାର ଉନ୍ମାଦନା। ସତେକି ତା ପାଦରେ ଥାଏ ଯେପରି ଅମାପଶକ୍ତି। ମାତ୍ର ସତୀ ଫେରୁଥିଲା ବିଫଳତାର ଗ୍ଲାନିରେ ମ୍ରିୟମାଣ ହୋଇ। ପାଦର ଗତି ଥିଲା ଶିଥିଳ ଏବଂ ମନ୍ଥର। ମନରେ, ପ୍ରାଣରେ ବିରସଭାବ। ମୁଖମଣ୍ଡଳ ଶୁଖ୍ୱିଲା ଦିଶୁଥିଲା। ଦୁଃଖ ଓ ବିଷାଦାର କଳା ବାଦଲ ଯେପରି ଘୋଟି ରହିଥିଲା ସେଠି। ବିଫଳ ମନୋରଥରେ, ହତାଶ ହୃଦୟରେ, ବିଚଳିତ ପ୍ରାଣ ନେଇ ଆଶଙ୍କା ଜର୍ଜରିତ ଅନ୍ତରରେ ପରାଜିତ ସେନାନାୟକ କିମ୍ବା ଶାସନ ମୁଖ୍ୟ ଯେପରି ଭଗ୍ନ ମନ ନେଇ ଓ କ୍ଷତବିକ୍ଷତ ଆମ୍ବାରେ ସ୍ୱଦେଶକୁ ଫେରିଥାଆନ୍ତି। ଓ୍ୱାତରଲୁରେ ହାରିଯାଇ ନେପୋଲିୟନ ଯେପରି ପ୍ୟାରିସ୍‌କୁ ଫେରିଥିଲେ, ସେହିପରି ଅତି ସନ୍ତର୍ପଣରେ, ସଙ୍କୋଚରେ ସତୀ ପରିଚିତ ରାସ୍ତାରେ ଅଜଣା ବାଟୋଇ, ଅଚିହ୍ନା ପଥିକଙ୍କ ଭଳି ଫେରୁଥିଲା। ଅସଫଳ ପରୀକ୍ଷାର୍ଥୀଟି ପରୀକ୍ଷା ଫଳ ଶୁଣି ଅକୃତ କାର୍ଯ୍ୟର ଗ୍ଲାନିରେ ଭଗ୍ନ ହୃଦୟରେ ଘରକୁ ଲେଉଟି ଆସିଲା ପରି।

ସତୀ ସାବଧାନତା ସହକାରେ ଚାଲିଥିଲା ମନ୍ଥର ଗତିରେ ଅଚିହ୍ନା ପଥରେ ନୂତନ ବାଟୋଇଟି ପରି ସତର୍କତା ଅବଲମ୍ବନ କରି, ମଉଲା ଗୋଧୂଳିର ଫିକା ଆଲୋକରେ ।

ଅନ୍ୟମନସ୍କ ଭାବରେ ଚାଲୁଥିଲା ସତୀ । ଚିହ୍ନା ବାଟରେ ଅଭ୍ୟସ୍ତ ଯୋଗୁ ତା'ର ଝୁଣ୍ଟି ପଡ଼ିବାର ଭୟ ନ ଥିଲା । ସେ ଡରୁଥିଲା କେହି ତା' ଅଲକ୍ଷ୍ୟରେ ରହି ତାକୁ ନଜର କରୁଛି କି ? ତା' ଆଡ଼କୁ ସନ୍ଦେହ ଦୃଷ୍ଟିରେ ଅନାଉଛିକି ? ଅନୁସନ୍ଧାନୀ ଆଖିରେ ନିରୀକ୍ଷଣ କରୁଛିକି ତା' ଗତିବିଧିକୁ କେଉଁ ଆଢୁଆଲର ଉହାଡ଼ରେ କେଉଁଠି ଛପିରହି ? କୌଣସି କାମ ଅନ୍ୟମାନଙ୍କୁ ଲୁଚାଇ କଲେ ସେଠି ଗୋପନୀୟତା ନିହାତି ରକ୍ଷା କରିବାକୁ ପଡ଼ିଥାଏ । ଗୋପନ କଥାଟି କାଳେ ବାହାରେ ପ୍ରକାଶ ପାଇଯିବ । ସେଥିଲାଗି ମନରେ ଆଶଙ୍କା ଥାଏ । ଯେଉଁ କାର୍ଯ୍ୟ ପ୍ରକାଶ୍ୟରେ ନ ହୋଇ ଲୁଚାଛପାରେ ହୋଇଥାଏ, ସେଠି ଗୋପନୀୟତା ରକ୍ଷା କରିବା ଏକାନ୍ତ ଅପରିହାର୍ଯ୍ୟ ହୋଇପଡ଼େ । ଗୋପନୀୟ କାର୍ଯ୍ୟ ଅନ୍ୟମାନଙ୍କ ଦୃଷ୍ଟି ଉହାଡ଼ରେ ସଂପାଦନ କରିବାକୁ ହୋଇଥାଏ । ଗୋପନୀୟ କାମ ପାଇଁ ବିବେକ ବାଧାଦିଏ । ଅବିବେକୀ କାମ ଯାହା ଲୁଚାଛପାରେ ହୋଇଥାଏ ସେଠି ଭୟ ଓ ଆଶଙ୍କା ଜଡ଼ିତ ଥାଏ । ଆଶଙ୍କା ମନରେ ଭୟ ସୃଷ୍ଟିକରେ । ଭୟ ପାପର ଲକ୍ଷଣକୁ ଜନ୍ମ ଦେଇଥାଏ ।

ସତୀ ପାଦ ଦେଇଥିବା ରାସ୍ତାଟି ପାପର ପଥ ନୁହେଁ ସତ । ହେଲେ ସେ ବାଟରେ ଲୁଚି ଛପି ଗୋପନରେ ଯିବାକୁ ହୋଇଥାଏ । ସେ ରାସ୍ତାରେ ଚାଲିବା ପାଇଁ ସେ ସହଯୋଗ ପାଇବନି ତାଙ୍କ ଘରୁ, ତାଙ୍କ ପରିବାରଠାରୁ ସାହାଯ୍ୟ ପାଇବନି ମଧ୍ୟ । ନିଜ କ୍ଷାତି କୁଟୁମ୍ବଙ୍କଠୁ ସୁଦ୍ଧା ତାକୁ ସହାୟତା ମିଳିବନି । ତା' ନିଜର ଲୋକ କେହି ତାକୁ ସହଚର୍ଯ୍ୟ ଦେବାକୁ ଆଗେଇ ଆସିବେ ନାହିଁ । ସହଜ ଭାବରେ ମଧ୍ୟ ସେ ବାଟରେ ଚାଲିହୁଏ ନାହିଁ । ସେ ରାସ୍ତା ସିଧା ସଲଖ ନୁହେଁ କିମ୍ବା ସରଳ । ନିରାପଦରେ ଅବା ନିର୍ଭୀକ ଭାବରେ ସେ ପଥରେ ଚାଲି ହୁଏ ନାହିଁ । ପାଦେ ପାଦେ ବିପଦର ଆଶଙ୍କା ଥିବା ସେ ରାସ୍ତା ଭାରି କଣ୍ଟକିତ, ପିଚ୍ଛିଳ, କର୍ଦ୍ଦମାକ୍ତ, ଦୁର୍ଗମବି । ସେ ବାଟରେ ଚାଲିଲେ ପଥଚାରୀ ଲାଗି ବିପର୍ଯ୍ୟୟର ସମ୍ଭାବନା ମଧ୍ୟ ରହିଛି । ଚାଲିବାରେ ସାମାନ୍ୟ ଟିକେ ତ୍ରୁଟି ହେଲେ ଲକ୍ଷ୍ୟ ସ୍ଥଳରେ ସହଜରେ ପହଞ୍ଚ ହେବନି । ପଥଚ୍ୟୁତି ହେବାର ଆଶଙ୍କା ବି ଅଛି । ତା'ପରେ ପଥହରା ପଥିକ ପରି ଲକ୍ଷ୍ୟହୀନ ଭାବରେ କେବଳ ଘୁରି ବୁଲିବା ସାର ହେବ ଉନ୍ମାଦଗ୍ରସ୍ତ ରୋଗୀପରି । ସାମାଜିକ ବାଛନ୍ଦ ମଧ୍ୟ ଘଟିପାରେ । ସେ ପଥର ବାଟୋଇ ପାଇଁ ସଂସାରଛଡ଼ା ହେବାକୁ ପଡ଼ିଥାଏ ।

ଆଶଙ୍କାରୁ ଭୟର ଉତ୍ପତ୍ତି । ଭୟରୁ ପାପ । ପାପକୁ ସମାଜ ଘୃଣା କରେ, ପାପୀକୁ ସୁଦ୍ଧା । ଯୀଶୁ କହିଥିବା "ପାପକୁ ଘୃଣାକର, ପାପୀକୁ ନୁହେଁ ।" ମାତ୍ର ସେ କଥାକୁ କେହି ମାନନ୍ତି ନାହିଁ । ସଂସାର ପାପୀକୁ ସଦାସର୍ବଦା ସନ୍ଦେହ ଦୃଷ୍ଟିରେ ଦେଖେ । ଦୁନିଆ ତାଠାରୁ ସବୁବେଳେ ଦୂରେଇ ରହେ । ସମାଜ ସବୁ ସମୟରେ ତାକୁ ପରିତ୍ୟାଗ କରିଥାଏ । ଅନ୍ତରରେ କୌଣସି କାରଣରୁ ଭୟ ଜାତ ହେଲେ ମନ ଆପଣା ଛାଏଁ ଦବିଯାଏ । ଲକ୍ଷ୍ୟ ପଥରେ ଅଗ୍ରସର ହେବାକୁ ଆଗ୍ରହ ହ୍ରାସପାଏ, ଉତ୍ସାହ କମିଯାଏ । ଭୀତତ୍ରସ୍ତ ମନ ଭୟ କରେ ଦୁନିଆକୁ, ଦୁନିଆର ଆଲୋକକୁ । ଆଉ ସେହି ଆଲୋକରେ ଚଳପ୍ରଚଳ ହେଉଥିବା ସଂସାର ବନ୍ଧନରେ ବାନ୍ଧି ହୋଇଥିବା ଓ ସାମାଜିକ ନିୟମକୁ ମାନି ଚଳୁଥିବା ଲୋକମାନଙ୍କୁ ଡରିଥାଏ । ଏପରିକି ନିଜର ଆତ୍ମୀୟ ସ୍ୱଜନ ଓ ସମ୍ପର୍କୀୟ କ୍ଷାତିମାନଙ୍କୁ ମଧ୍ୟ ।

ତା'ର ଆଜି ମନ୍ଦିରୁ ଫେରିବା ଡେରି ହୋଇଛି । ଡେରି ସାଧାରଣ ବା ସାମାନ୍ୟ ଡେରି ନୁହେଁ, ବହୁତ ବିଳମ୍ବ । ସେଠାକୁରଙ୍କ ପ୍ରତି ବାରିରେ ଦଶଟା ପରେ ମନ୍ଦିରକୁ ଯାଏ, ବାରଟାରେ ଫେରିଆସେ । କେବେ କେମିତି ଯଦି ଠାକୁରବାବାଙ୍କ ସହିତ ଭେଟ ହୁଏ, ତେବେ ତାଙ୍କ ପାଖରୁ ଗପ ଶୁଣିବାକୁ ରହିଯାଏ । ଗପ ଶୁଣିଥାଏ ମଧ୍ୟ । ସେଦିନ ସେ ଉତ୍ତର କରି ଦିନ ଦୁଇଟାରେ ଫେରିଥାଏ । ଆଜି କିନ୍ତୁ ଫେରୁଛି ସଞ୍ଜ ପାଞ୍ଚଟାରେ । ଅତ୍ୟଧିକ ବିଳମ୍ବ ଯୋଗୁ ତାକୁ ମାଡ଼ି ମାଡ଼ି ପଡ଼ୁଥାଏ । ତା' ଜୀବନରେ ପ୍ରଥମ ଥର ପାଇଁ ସେ ଏତେ ଡେରି ପର୍ଯ୍ୟନ୍ତ ମନ୍ଦିରରେ ରହିଥିଲା ।

ମନ୍ଦିରକୁ ଯିବା ଦିନଠାରୁ ତା'ର ଫେରିବା କେବେବି ଏତେ ଉଛୁର ହୁଏନାହିଁ। ସେଇ ଯୋଗୁ ତା' ମନରେ ଆଶଙ୍କା ସୃଷ୍ଟି ହୋଇଛି। ଯେଉଁ ଆଶଙ୍କା ତାକୁ ଭୀତତ୍ରସ୍ତ କରୁଥିଲା, ତାକୁ ଡରାଉ ଥିଲା। ଏଇଥିପାଇଁ ଯେ ଘରେ ଯଦି ପଚାରିବେ, ଏତେ ବେଳ ପର୍ଯ୍ୟନ୍ତ କାହିଁକି ମନ୍ଦିରରେ ରହିଥିଲୁ? ତୋର ସେଠି କି କାମ ଥିଲା, ଯେଉଁଥି ପାଇଁ ତୁ ଦ୍ୱିପ୍ରହରର ଖାଇବା ଭୁଲିଯାଇ ସେଠାରେ ରହିପାରିଲୁ?

ପ୍ରତି ସଂକ୍ରାନ୍ତି, ପୂର୍ଣ୍ଣମୀ, ଅମାବାସ୍ୟ ଓ ସୋମବାରମାନଙ୍କରେ ସତୀ ମନ୍ଦିରକୁ ଯାଇଥାଏ। ଘରକାମ ସାରି ଡେରିକରି ଗାଧୋଇ ଦିନ ଦଶଟା ପରେ ମନ୍ଦିରକୁ ଯିବାକୁ ବାହାରେ। ତାଙ୍କ ଘରୁ ମନ୍ଦିରକୁ ଯିବା ବାଟରେ ବ୍ରାହ୍ମଣ ସାଇ ପଡ଼େ। ସୁନି ବ୍ରାହ୍ମଣ ଘରର ଝିଅ। ସୁନି ତା' ପାଇଁ ଅପେକ୍ଷା କରିଥାଏ। ସୁନିର ମା' ନର୍ମଦା ସୁନିକୁ ବେଣ୍ଡୁସୁ (ସହଲ) ମନ୍ଦିରକୁ ଯିବା ପାଇଁ ଯେତେ କହିଲେ ସୁଦ୍ଧା ସୁନି କେବେ ଏକୁଟିଆ କିମ୍ବା ଅନ୍ୟ କାହା ସହିତ ମନ୍ଦିରକୁ ଯାଏ ନାହିଁ । କୌଣସି ନା କୌଣସି କାମର ବାହାନା କରି ସମୟ ଗଡ଼ାଇ ଦିଏ। ସତୀ ପାଇଁ ଅପେକ୍ଷା କରିଥାଏ। ଯଦି କୌଣସି ଦିନ କାମରେ ବ୍ୟସ୍ତ ରହି ସୁନିର ଆସିବା ଡେରି ହୁଏ ତେବେ ସତୀ ତାକୁ ଡାକିବା ଲାଗି ତାଙ୍କ ଘରକୁ ଯାଇଥାଏ। ତା'ଲାଗି ଅପେକ୍ଷା କରେ। ସତୀକୁ ଦେଖିଲେ ନର୍ମଦା ଶୀଘ୍ର ମନ୍ଦିରକୁ ଯିବାକୁ ସୁନିକୁ କହିଥାଆନ୍ତି। ଦୁଇଜଣ ସାଙ୍ଗ ହୋଇ ପ୍ରତିଥର ମନ୍ଦିରକୁ ଯାଇଥାଆନ୍ତି।

ମନ୍ଦିରରେ ସେ ସମୟରେ କେହି ନ ଥାଆନ୍ତି। ପୂଜକ ଠାକୁରବାବା ସକାଳୁ ମହାଦେବଙ୍କୁ ସ୍ନାନ କରାଇ ଭୋଗ ଲଗାଇ ସାରି ପାଦୁକ ଗ୍ଲାସରେ ରଖିଦେଇ ଅନ୍ୟ କାମରେ ଚାଲିଯାଇଥାଆନ୍ତି । ଯେଉଁମାନଙ୍କର ଠାକୁରଙ୍କୁ ଦର୍ଶନ କରିବାର ଥାଏ, ସେମାନେ ସେହି ସମୟରେ ମନ୍ଦିରକୁ ଯାଇ ଠାକୁର ବାବାଙ୍କ ହାତରୁ ପାଦୁକ ପାଇ ଥାଆନ୍ତି। ତାଙ୍କ ହାତରୁ ବିଭୂତି ଟିପା ମଧ୍ୟ ପିନ୍ଧନ୍ତି। ଦିନ ଦଶଟା ପରେ ମନ୍ଦିରକୁ ସେମିତି କେହି ଉକ୍ତ ଆସି ନଥାନ୍ତି।

ସୁନି ଓ ସତୀ ଦଶଟା ପରେ ମନ୍ଦିରକୁ ଯାଉଥିବାରୁ ସେତେବେଳେ ମନ୍ଦିର ଜନଶୂନ୍ୟ ଥାଏ। ଦୁହେଁ ପହଞ୍ଚି ମନ୍ଦିର ପାଖ ନଳକୂପରୁ ହାତଗୋଡ଼ ଧୋଇ ଠାକୁରଙ୍କୁ ଦର୍ଶନ କରିଥାଆନ୍ତି। ସୁନି ବ୍ରାହ୍ମଣ ଘରର ଝିଅ ହୋଇ ଥିବାରୁ ମନ୍ଦିର ଭିତରେ ପଶି ପାଦୁକ ଓ ବିଭୂତି ଆଣିଥାଏ। ସେଥିପାଇଁ ଠାକୁରବାବା ନ ଥିଲାବେଳେ ମହାଦେବଙ୍କୁ ଦର୍ଶନ କରି ପାଦୁକ ପାଇବାକୁ ଓ ବିଭୂତି ଟିପା ପିନ୍ଧିବାକୁ ସେ ଦୁହିଁଙ୍କର କୌଣସି ଅସୁବିଧା ହୁଏ ନାହିଁ।

ଦୁଇ ସାଙ୍ଗ ପାଦୁକ ପାଇ ଥାଆନ୍ତି। ପରସ୍ପର ପରସ୍ପରର କପାଳରେ ବିଭୂତି ଟିପା ଲଗାଇ ଦେଇ ମୁଖଶାଳାର ନିରୋଳା ପରିବେଶରେ ବସି ଗପସପ ହୁଅନ୍ତି। ସେହି ନିର୍ଜନ ସମୟରେ ସେମାନଙ୍କ ମଧ୍ୟରେ ଚାହିଁ ଟାପରା ଓ ଠଟ୍ଟା ମଜ୍ଜା ଚାଲେ। ଯେତେବେଳେ ଦୁଇଜଣ ପରସ୍ପରର ଅନ୍ତରଙ୍ଗ, ସାଙ୍ଗହୋଇ ଗୋଟିଏ ସ୍କୁଲରେ ଏକା ଶ୍ରେଣୀରେ ପଢ଼ୁଥିଲେ, ସମବୟସୀ ମଧ୍ୟ। ସମବୟସୀଙ୍କ ମଧ୍ୟରେ ଗୋଲ ଭଗିନିରେ ଏମିତି କିଛି କଥା ହୋଇଥାଏ। ଯାହାକୁ ବାହାରେ କାହାରି ପାଖରେ ପ୍ରକାଶ କରାଯାଇ ପାରେନା। କଥାରେ ଅଛି ସମବୟସୀଙ୍କ ମେଳରେ ମା-ମାଉସୀ ସମ୍ପର୍କ ରହି ପାରେନା, "ଯେଉଁଠି ଥାଆନ୍ତି ସମବୟସୀ ସେଇଠି ନଥାଏ ମା-ମାଉସୀ"। ଅବଶ୍ୟ ମନ୍ଦିର ପରିସର ମଧ୍ୟରେ ବସି କଥାବାର୍ତ୍ତା ହେଉଥିବାରୁ ସେମାନଙ୍କ ମଧ୍ୟରେ ଭାଷାରେ ଶାଳୀନତା ରହେ।

ଦଶଟାରେ ଯାଇ ବାରଟାରେ ଫେରିବା କଥା। ସାଧାରଣ ସୋମବାରରେ ଠାକୁରବାବାଙ୍କଠାରୁ ଗପଶୁଣି ସେମାନେ ଦିନ ଦୁଇଟାରେ ଘରକୁ ଫେରି ଥାଆନ୍ତି। କେବେବି ସଞ୍ଜ ପାଞ୍ଚଟା ପର୍ଯ୍ୟନ୍ତ ରହନ୍ତି ନାହିଁ। ସେମାନଙ୍କର ମନ୍ଦିରରେ ଏତେ ସମୟ ଧରି ରହିବାକୁ ହୁଏତ ଘରେ ସହଜ ଭାବରେ ଗ୍ରହଣ କରି ନ ପାରନ୍ତି। ଯଦି ବିଳମ୍ୱ ପାଇଁ ତାକୁ କେହି କିଛି ପଚାରେ ତେବେ ତା'ର କୌଣସି ସନ୍ତୋଷଜନକ ଉତ୍ତର ତା' ପାଖରେ ନଥିଲା। ସେଥିଲାଗି ତା'ମନରେ ଆଶଙ୍କା ଜାତ ହେଉଥିଲା। ଆଶଙ୍କା ଶଙ୍କାଗ୍ରସ୍ତ କରାଏ। ଶଙ୍କାରୁ ଭୟ ଜନ୍ମନିଏ। ଭୟ ସାହସକୁ ନଷ୍ଟ କରେ ଓ ଦମ୍ୟପଣକୁ ଭୁଲାଇ

ଦିଏ । ସାହସ ହରାଇ ଥିବା ଓ ଦୟ୍ୟଣକୁ ପାଇସୋରି ଦେଇଥିବା ମନ ଦୁର୍ବଳ ହୋଇଯାଏ । ମନବଳ ତୁଟିଗଲେ ଆମ୍ଭଗୋପନ କିମ୍ବା ପଳାୟନ ଦୁଇଟିରୁ ଗୋଟିଏ ପନ୍ଥାକୁ ବାଛି ନେବାକୁ ପଡ଼େ ।

ଆହୁରି ମଧ୍ୟ ପାରିପାର୍ଶ୍ୱିକ ଅବସ୍ଥା ଦୁର୍ବଳ ମନକୁ ଭୟଭୀତ କରାଇଥାଏ । ନର୍ମଦାଙ୍କର ସୁନି ପ୍ରୀତି ବ୍ୟବହାରରୁ ସତୀ ମନରେ ସନ୍ଦେହ ଜାତ ହୋଇଥିଲା । ନର୍ମଦା ସେମାନଙ୍କ ବିଷୟରେ କାହାଠାରୁ କିଛି ଶୁଣା ପାଇଛନ୍ତି କି ? ସେମାନଙ୍କର ବ୍ୟବହାର ବଦଳି ଯାଇଛି କି ? ସେମାନଙ୍କ ଚାଲିଚଲଣରେ ପୂର୍ବ ଅପେକ୍ଷା କିଛି ପରିବର୍ତ୍ତନ ଘଟିଛି କି ? ଆଗପରି ସେମାନଙ୍କ କଥା ଭାଷାରେ ସଂଯମତା ରହୁ ନାହିଁ କି ? ଯେଉଥିପାଇଁ ନର୍ମଦା ସେମାନଙ୍କୁ ସନ୍ଦେହ କରି ଏପରି ରୁକ୍ଷ ବ୍ୟବହାର କଲେ ।

ସତୀ ମନର ଭାବ ଦୋଦୁଲ୍ୟମାନ ଅବସ୍ଥାରେ ଥାଏ ।

ନର୍ମଦା କେବେ ଆଗରୁ ଏମିତି ଭାବରେ କଥା କହନ୍ତି ନାହିଁ । ତାଙ୍କ କଣ୍ଠସ୍ୱର ଯେପରି କର୍କଶ ଶୁଭୁଥିଲା, ସତୀ ଏହା ପୂର୍ବରୁ କେବେବି ତାଙ୍କ ପାଟିରୁ ଏପରି ରୁକ୍ଷସ୍ୱର ଶୁଣି ନଥିଲା । ଯଦି ନର୍ମଦା ସେମାନଙ୍କ ବିଷୟରେ କାହାଠାରୁ କିଛି କଥା ଶୁଣିଥିବେ ତେବେ ତ ମହାଅନର୍ଥ ଘଟିବ । ବଡ଼ ଧରଣର ଅସୁବିଧା ସୃଷ୍ଟି ହେବ । ଗୋଲଗ୍ରାଣ୍ଠ ହୋଇ ଖୋଲତାଡ଼ ହେଲେ ଅସଲ କଥାଟି ପଦାକୁ ବାହାରି ଆସିବ । ପ୍ରକୃତ ଘଟଣା ଜଣାପଡ଼ିଲେ ହୁଏତ ସେମାନଙ୍କର ମନ୍ଦିରକୁ ଯିବା ମନା ହୋଇପାରେ । ମନ୍ଦିରକୁ ଯିବା ବନ୍ଦ ହେଲେ ତାଙ୍କ ସହିତ ସାକ୍ଷାତ ହେବା ଆଉ କେବେ ସମ୍ଭବ ହେବ ନାହିଁ । ସିଏତ କେବଳ ମନ୍ଦିରକୁ ଆସନ୍ତି । ଧବଲେଶ୍ୱରଙ୍କୁ ଦର୍ଶନ କରି ସାରି ଫେରିଯାଇଥାଆନ୍ତି । ଏ ଗାଁରେ ତାଙ୍କର ଆଉ ଅନ୍ୟ କିଛି କାମ ନାହିଁ । କାମ ନଥିବା ଜାଗାକୁ ସିଏ କାହିଁକି ଅକାରଣଟାରେ ଆସିବେ ? ମନ୍ଦିରକୁ ସିଏ ଆସୁଥିବାରୁ ସେହିଠାରେ ତାଙ୍କ ସହିତ ତା'ର ଭେଟି ହୁଏ । ମନ୍ଦିରକୁ ଯିବା ବାରଣ ହେଲେ ତାଙ୍କ ସହିତ ଦେଖାହେବା ସାତ ସପନ ହୋଇଯିବ । ତାଙ୍କ ଦେଖା ନ ମିଳିଲେ ବିଫଳତାର ଗ୍ଲାନିରେ ତା ମନର ଆଗ୍ରହ ଭାଙ୍ଗିଯିବ । ଆମ୍ମାର ଉସ୍ଥାହ କମିଯିବ, ଅନ୍ତରର ସରାଗ ମଉଳିଯିବ, ହୃଦୟର ଆବେଗ ବିଲୁପ୍ତ ହେବ । ତାଙ୍କ ଲାଗି ତା ମନ ଗହନର ସବୁଜ ବନରେ କଅଁଳି ଥିବା କଳିକାଟି ପ୍ରସ୍ଫୁଟିତ ହେବା ଆଗରୁ ଅଦିନିଆ ବତାସରେ ୫ଡ଼ି ପଡ଼ିବ । ତା'ପରେ ହତାଶ ମନନେଇ ସେ କେବଳ ସେହି ବୃନ୍ତଚ୍ୟୁତ କଳିକାଟିକୁ– ଯିଏ ଆପଣାଛାଏଁ ୫ଡ଼ି ମଉଳିଯାଇଛି, ତାକୁ ନିରବରେ କେବଳ ଦେଖିବା ବ୍ୟତୀତ ତା'ର କୌଶସି ସଫଳ ପ୍ରତିକାର ପାଇଁ ତା ପାଖରେ ସେମିତି କିଛି ଉପଯୁକ୍ତ ବିକଳ୍ପ ପନ୍ଥା ନ ଥିବ । ନିରୂପାୟ ହୋଇ ସେ ସେହି ଘଟଣାକୁ ତା ଭାଗ୍ୟର ବିପର୍ଯ୍ୟୟ ବୋଲି ବିନା ଆପଉିରେ ତା ବିରୋଧରେ କୌଶସି ପ୍ରତିବାଦ ନ କରି କିଛି ଅଭିଯୋଗ ନ ଆଣି ମାନି ନେବାକୁ ଏକ ପ୍ରକାର ବାଧ୍ୟ ହେବ ।

ଆଠଘର ଗରିବ ବ୍ରାହ୍ମଣ ଓ ଅଠରଟି ଦରିଦ୍ର କୈବର୍ତ୍ତ ପରିବାରକୁ ନେଇ ଦୁଇଟି ସାହି ଛାଡ଼ି ଛାଡ଼ି ହୋଇ । ଦୁଇ ସାହି ମଝିରେ ତିନିଶହ ହାତ ବ୍ୟବଧାନ । ବ୍ରାହ୍ମଣ ସାଇଠାରୁ ଦୁଇ ଶହ ହାତ ଓ କୈବର୍ତ୍ତ ବସ୍ତିଠୁ ଶହେ ହାତ ଦୂରରେ ମଝିରେ ଗୋଟିଏ ନାଲ । ଦୁଇ ସାଇକୁ ପରସ୍ପରଠାରୁ ପୃଥକ କରୁଛି । ନାଲରେ ସୋଠପଡ଼ି ରାସ୍ତା ବନ୍ଦ ହୋଇଛି । ଦୁଇ ସାହି ମଧ୍ୟରେ ଯାତାୟାତ ପାଇଁ । ଆଷାଢ଼ ମାସଠାରୁ କାର୍ତ୍ତିକ ମାସ ଶେଷ ପର୍ଯ୍ୟନ୍ତ ସେ ନାଲରେ ପାଣି ଗଡ଼େ । ବିଲ ପାଣି ଯୋର ଆଡ଼କୁ ଗଡ଼ିବା ବନ୍ଦ ହେଲେ ନାଲ ଶୁଖ୍ଥାଏ ।

ସେଇ ସାଇ ଦୁଇଟିକୁ ନେଇ ଗୋଟିଏ ଛୋଟିଆ ଗାଁ । ଗୋଟିଏ ବଡ଼ ମୌଜାର ସାହିଟିଏ କହିଲେ ଚଲେ ।

ବ୍ରାହ୍ମଣ ସାହିଟି ଗାଁର ଉତ୍ତର ପଟକୁ । ଧବଲେଶ୍ୱରଙ୍କ ମନ୍ଦିର ଆଡ଼କୁ, ମନ୍ଦିର ପାଖରେ ଗାଁସ୍କୁଲ । ତୃତୀୟ ଶ୍ରେଣୀ ପର୍ଯ୍ୟନ୍ତ ଅଛି । ଅଣସ୍ୱୀକୃତ ବିଦ୍ୟାଳୟ । ପାଠ ପଢ଼ାଇବା ପାଇଁ ମାସିକ ଏକ ଶହ ଟଙ୍କା ବେତନରେ ଜଣିଏ ଶିକ୍ଷକ ନିଯୁକ୍ତି ପାଇଛନ୍ତି ।

ଧବଲେଶ୍ୱରଙ୍କ ମନ୍ଦିରକୁ ଲାଗି ପଡ଼ିଆ । ଗୋଚର ଭୂଇଁ । ତା'ପାଖକୁ ଶ୍ମଶାନ । ଗାଁର ମଡ଼ା ପୋଡ଼ା ହୁଏ । ସେଠି କେତୋଟି ବାଇଜି ଆଟିକା, ଭଙ୍ଗା ହାଣ୍ଡି, ଛେଲୁଆ, ଖପରା, ଚିରାଲୁଗା ଓ ଫଟ୍ଟା କନ୍ଥା, ଛିଣ୍ଡା ହେଁସ, ମସିଣା, ଦରଭଙ୍ଗା କୁଲା, ନାଳିଆ, ପାଛିଆ ଓ ସିଇଡ଼ା ପଡ଼ିଛି । ଶ୍ମଶାନକୁ ଲାଗି ଯୋର ଗାଁର ଉତ୍ତର ପଟକୁ, ଗାଁର ପୂବ ଦିଗକୁ ଧାନ କିଆରି କେତେଖଣ୍ଡ । ଧାନ କିଆରି ପରେ ଯୋର । ଯୋରଟି ଗାଁକୁ ଦୁଇପଟରୁ ଘେରି ବହିଯାଇଛି । ଉତ୍ତର ଓ ପୂର୍ବ ପଟକୁ । ଯୋରଟି ଉତ୍ତର ପଟରେ ଗାଁଠୁ ଦୂର ଓ ପୂର୍ବଦିଗରେ ଗାଁକୁ ନିକଟ । ପୂର୍ବ ପଟ ଯୋରଟି ଗାଁ ଲୋକମାନଙ୍କର ବ୍ୟବହାରରେ ଲାଗେ, ଯୋର ଆଗପଟେ ପଡ଼ିଆ । ପଡ଼ିଆକୁ ଲାଗି ଲକ୍ଷ୍ମୀ ବଜାର ଗାଁ । ସେ ଗାଁରେ ସତୀର ମାମୁ ଘର ।

ଦକ୍ଷିଣ ପଟକୁ କୈବର୍ତ୍ତ ବସ୍ତି । ଅଠର ଘର କୈବର୍ତ୍ତ । ବ୍ରାହ୍ମଣ ସାହିର ଦୁଇ ଗୁଣରୁ ଅଧିକ । ମାତ୍ର ଗାଁଟି ତିଆଡ଼ି ସାଇ ନାମରେ ପରିଚିତ । ସେ ଗାଁର ବ୍ରାହ୍ମଣଙ୍କ ସାଙ୍ଗିଆ ତ୍ରିପାଠୀ । ଅପଭ୍ରଂଶ ହୋଇ ତିଆଡ଼ି ହୋଇଛି । ସେଇ ତିଆଡ଼ିଙ୍କ ନାମାନୁସାରେ ଗାଁର ନାମ ତିଆଡ଼ି ସାଇ ହୋଇଛି । ସଂଖ୍ୟା ଗରିଷ୍ଠ ହୋଇ ଥିଲେ ବି କୈବର୍ତ୍ତଙ୍କ ନାମ ପଡ଼େନା । କୈବଡ଼ମାନେ ଯଦିଓ ବ୍ରାହ୍ମଣମାନଙ୍କଠାରୁ ସଂଖ୍ୟାଧିକ, ଧନଶାଳୀ ଓ ଅଧିକ ଭୂସମ୍ପତ୍ତିର ମାଲିକ ହୋଇ ସୁଦ୍ଧା ।

ନିଚ ଜାତିର ଲୋକମାନଙ୍କ ମଧ୍ୟରେ ପ୍ରତାପୀ, ଧନୀ, ଶିକ୍ଷିତ, ପ୍ରଭାବଶାଳୀ କିମ୍ବା ଯେତେ ଯୋଗ୍ୟତମ ବ୍ୟକ୍ତିଥିଲେ ସୁଦ୍ଧା ସବର୍ଣ୍ଣଙ୍କ ତୁଳନାରେ ସେମାନଙ୍କ ନାମ ସେତେ ଅଧିକ ବିଖ୍ୟାତ ହୋଇପାରେନା । ସେମାନଙ୍କ ଯୋଗ୍ୟତା କିମ୍ବା ପ୍ରତିଭା ତୁଳନାରେ ଯେତେ ପରିମାଣରେ ହେବା କଥା । 'ସବର୍ଣ୍ଣ'ଙ୍କ ପରି ସେମାନେ ସାମାଜିକ ପ୍ରତିଷ୍ଠା ପାଇ ପାରନ୍ତି ନାହିଁ । ଯେପରି ଯେଉଁ ସିନ୍ଧୁନଦୀ ନାମାନୁସାରେ ପ୍ରାଚୀନ ପାରସିକମାନେ ଭାରତର ନାମ ଦେଇଥିଲେ ହିନ୍ଦ୍ । ଗ୍ରୀକ ଓ ରୋମାନମାନେ ମଧ୍ୟ ଭାରତକୁ ହିନ୍ଦ୍ ବା ଇନ୍ଦ୍ ନାମରେ ଆଖ୍ୟାତ କରିଥିଲେ । ସେହି ଶବ୍ଦରୁ ଏ ଦେଶ ଶେଷରେ ଇନ୍ଦ୍ରୁ ଇଣ୍ଡିଆ ନାମରେ ପରିଚିତ ହୋଇଥିଲା । ଭାରତ ଓ ଇଣ୍ଡିଆ ଏହି (ଦୁଇଟି) ଉଭୟ ନାମ ସମଗ୍ର ଦେଶ ପ୍ରତି ପ୍ରୟୋଗ କରାଯାଇଛି । ଯେଉଁ ସିନ୍ଧୁ ସଭ୍ୟତା ସିନ୍ଧୁନଦୀ କୂଳରେ ସିନ୍ଧୁ ପ୍ରଦେଶର ଲାରକାନା ଜିଲ୍ଲାରେ ଅବସ୍ଥିତ, ସେହି ସିନ୍ଧୁ ସଭ୍ୟତା ଯୋଗୁ ଭାରତକୁ ଇନ୍ଦ୍ ବା ଇଣ୍ଡିଆ ନାମରେ ନାମିତ କରାଯାଇଛି । ସେ ସିନ୍ଧୁ ସଭ୍ୟତା ଦ୍ରାବିଡ଼ମାନଙ୍କର କାର୍ଯ୍ୟ । ମାତ୍ର ଦେଶ ସେ ସୁସଭ୍ୟ ଓ ଉନ୍ନତ ଦ୍ରାବିଡ଼ଙ୍କ ନାମରେ ନାମିତ ହୋଇ ପାରିଲାନାହିଁ । ଯଦିଓ ସେମାନେ ଆର୍ଯ୍ୟମାନଙ୍କ ଅନେକ ପୂର୍ବରୁ ଭାରତର ଅଧିବାସୀ ଥିଲେ, ଆମ ଦେଶର ଅନେକ ଲୋକ ବିଶ୍ୱାସ କରନ୍ତି ମହାରାଜ ଦୁଷ୍ମନ୍ତ ଏବଂ ଶକୁନ୍ତଳାଙ୍କ ପୁତ୍ର ଭରତଙ୍କ ନାମରେ ଭାରତ ବର୍ଷର ନାମକରଣ ହୋଇଛି । ଏ ବିଷୟରେ ମହାଭାରତର କେତେକ ଅନୁବାଦ ପୁସ୍ତକରେ ଉଲ୍ଲେଖ ଅଛି । କିନ୍ତୁ ପ୍ରାୟ ଅଧିକାଂଶ ପୁରାଣ- ମାର୍କଣ୍ଡେୟ ପୁରାଣ, ବିଷ୍ଣୁ ପୁରାଣ, ବ୍ରହ୍ମାଣ୍ଡ ପୁରାଣ, ଲିଙ୍ଗ ପୁରାଣ, ଅଗ୍ନି ପୁରାଣ ଏବଂ ସ୍କନ୍ଦ ପୁରାଣ ଇତ୍ୟାଦି ସମସ୍ତେ ସମସ୍ୱରରେ ପ୍ରକାଶ କରିଛନ୍ତି- ସର୍ବଶ୍ରେଷ୍ଠ ସୂର୍ଯ୍ୟ ବଂଶୀ ସମ୍ରାଟ, ପ୍ରଥମ ଜୈନ ତୀର୍ଥଙ୍କର ଆଦିନାଥ ରଷଭଦେବଙ୍କ ପୁତ୍ର ଚକ୍ରବର୍ତ୍ତୀ ଭରତଙ୍କ ନାମରେ 'ଭାରତବର୍ଷ'ର ନାମ କରଣ ହୋଇଛି । ସୂର୍ଯ୍ୟବଂଶର ପ୍ରତିଷ୍ଠାତା ସ୍ୱୟମ୍ଭୁ ମନୁଙ୍କ ଷଷ୍ଠ ଦାୟାଦ ଭାବରେ ମହାରାଜ ଭରତ, ଚନ୍ଦ୍ରବଂଶୀ ମହାରାଜ ଦୁଷ୍ମନ୍ତ ଓ ଶକୁନ୍ତଳାଙ୍କ ପୁତ୍ର ଭରତଙ୍କଠାରୁ ବହୁ ଆଗରୁ ଜାତ ଓ ବିଦିତ ହୋଇଥିଲେ । ଏ ବିଷୟରେ ଭାରତ ସରକାରଙ୍କ ପ୍ରତ୍ନତତ୍ତ୍ୱ ବିଭାଗର ପ୍ରାକ୍ତନ ମହାନିର୍ଦ୍ଦେଶକ ଏମ୍.ସି. ଜୋଷୀଙ୍କ ଲେଖା ଓ ଐତିହାସିକ ଡଃ ପ୍ରେମସାଗର ଜୈନଙ୍କ ଦ୍ୱାରା ପ୍ରକାଶିତ ପୁସ୍ତକ ରଷଭ ପୁତ୍ର ଭରତ ଓ ଭାରତରେ ଉଲ୍ଲେଖ ଅଛି । ବହୁ ହଜାର ବର୍ଷରୁ ଭାରତବର୍ଷର ଉଦ୍ଭବ ହୋଇଛି । ପ୍ରାୟ ଦୁଇ ଶହରୁ ଊର୍ଦ୍ଧ୍ୱ ରାଜ୍ୟଗୁଡ଼ିକୁ ନେଇ ସମ୍ରାଟ ଭରତ ଏକ ରାଷ୍ଟ୍ରସଂଘ ଗଠନ କରିଥିଲେ । ଭାରତର ଆକ୍ଷରିକ ଅର୍ଥ ହେଉଛି 'ଭା' ବା 'ଭାବ'ର ହେଉଛି ରାଗ' ଏବଂ ତା'ର ଅର୍ଥ ତାଲ, ଭାବ, ରାଗ ଏବଂ ତାଲ ସଙ୍ଗୀତର ମୂଳତତ୍ତ୍ୱ ।

ମହାରାଜ ଭରତ ଦ୍ରାବିଡ ନଥିଲେ । ସେ ଥିଲେ ଆର୍ଯ୍ୟ । ଭାରତର ଆଉ ଗୋଟିଏ ନାମ ହେଉଛି ଆର୍ଯ୍ୟାବର୍ତ୍ତ । ଏହା ଆର୍ଯ୍ୟମାନଙ୍କ ବାସସ୍ଥଳୀ ଭାବରେ ଏହି ନାମରେ ନାମିତ ହୋଇଥିବା ନିଶ୍ଚିତ । ଦ୍ରାବିଡ ଏବଂ ଆଦିମ ଅଧିବାସୀମାନେ ଆର୍ଯ୍ୟମାନଙ୍କଠାରୁ ବହୁତ ଆଗରୁ ଏ ଦେଶର ସ୍ଥାୟୀ ବାସିନ୍ଦା ଥିଲେ । ସେମାନଙ୍କର ବାସସ୍ଥଳୀ ଭାବରେ ସେମାନଙ୍କର କୌଣସି ରାଜା ବା ଶାସକ ଅଥବା ଶାସନ ମୁଖ୍ୟଙ୍କ ନାମାନୁଯାଇ ଏଦେଶ ନାମିତ ହୋଇପାରିଲା ନାହିଁ । ଯେହେତୁ ଆର୍ଯ୍ୟମାନେ ସବର୍ଣ୍ଣ ସେଥିପାଇଁ ତାଙ୍କ ରାଜା ଭରତଙ୍କ ନାମାନୁସାରେ ଏ ଦେଶର ନାମ ଭାରତବର୍ଷ ହେଲା, କିନ୍ତୁ ଦ୍ରାବିଡ଼ କିମ୍ବା ଆଦିମ ଅଧିବାସୀମାନେ ହେଲେ ଦଲିତ, ପଛୁଆ ବର୍ଗ ଅନାର୍ଯ୍ୟ ବା ଅଛୁତ ଭାବରେ ଗଣ୍ୟ ହେଉଥିବାରୁ ସେମାନଙ୍କ ରାଜା, ଶାସକ କିମ୍ବା ଶାସନ ମୁଖ୍ୟଙ୍କ ନାମରେ ଦେଶ ନାମିତ ହୋଇପାରିଲା ନାହିଁ ଏହି ଭାରତବର୍ଷ ।

ଶୁଭ୍ର ମୁକୁଟ- ମଣ୍ଡିତ ହିମାଳୟ ପର୍ବତମାଳାର ପାଦଦେଶରୁ ବିସ୍ତାରିତ ଭୂଖଣ୍ଡ ଯାହାକୁ ତିନିଦିଗରୁ ବଙ୍ଗୋପସାଗର, ଆରବସାଗର ଏବଂ ଭାରତ ମହାସାଗର କୋଳାଗ୍ରତ କରି ଧରି ରଖିଛନ୍ତି । ସେହି ଭୂଖଣ୍ଡ ହିଁ ଭାରତ ଭୂଖଣ୍ଡ । ଭାରତବର୍ଷ ପରିଚୟ ଲାଭ କରିଛି କେଉଁ ଅନାଦି କାଳରୁ । ସମୟକ୍ରମେ ଏହାର ମାଟି ଉପରେ ବହୁଜାତି, ବହୁ ଭାଷାଭାଷୀ, ଶତରଙ୍ଗର ଧର୍ମ ତଥା ସଂସ୍କୃତି ବହନ କରି, ଧଳା-କଳା ରଙ୍ଗର ମଣିଷମାନେ ନିର୍ବିଶେଷର ମିଳିମିଶି ଜୀବନ ନିର୍ବାହ କରନ୍ତି । ଭାରତୀୟ-ଜାତୀୟତାର ତଥାକଥିତ ତତ୍ତ୍ୱ ଉଦ୍ଘୋଷଣା କରନ୍ତି । ଯଦିଓ ସେମାନେ ଏକକ ଜାତି ନୁହଁନ୍ତି, କିନ୍ତୁ ବ୍ରାହ୍ମଣ୍ୟବାଦୀ ଐତିହାସିକତା ଭାରତ, ଆର୍ଯ୍ୟଭୂମି-ଦେବଭୂମି ଭାବେ ସଗର୍ବେ ଆଖ୍ୟାୟିତ କରନ୍ତି । ଯଦିଓ ବାସ୍ତବରେ ଏହା ଆଦିମ ଆଦିବାସୀ (ଅନାର୍ଯ୍ୟ) ତଥା ଦ୍ରାବିଡମାନଙ୍କ ନିବାସ ସ୍ଥଳୀ, କେବେବି ଆଦୌ ଆର୍ଯ୍ୟମାନଙ୍କର ବାସଭୂମି ନଥିଲା । ବିଶ୍ୱବିଦିତ ପଣ୍ଡିତ ରାହୁଲ ସଂକୃତ୍ୟାୟନଙ୍କର ରଚିତ ପୁସ୍ତକ 'ଭଲଗାରୁ-ଗଙ୍ଗା' ବାସ୍ତବ ତଥ୍ୟ ଉନ୍ମୋଚନ କରେ । ସେ ଗ୍ରନ୍ଥ ଅନୁଯାଇ ସରଜୁନଦୀ କୂଳରେ ସଂକେତ ନାମକ ଏକ ବନ୍ଦର ଥିଲା । ସେ ବନ୍ଦର ଦେଇ ପଣ୍ୟଦ୍ରବ୍ୟ କାରବାରହୁଏ । ତା'ର ଅନତି ଦୂରରେ ବାଲ୍ମିକୀ ଆଶ୍ରମଥିଲା । ମହର୍ଷି ବାଲ୍ମିକୀ ସାଂକେତକୁ ଅଯୋଧା ନାମକରଣ କରି ରାମାୟଣ ରଚନା କରିଛନ୍ତି । ତା'ପରଠାରୁ ସାଂକେତର ନାମ ବଦଲି ଅଯୋଧା ହୋଇଛି । ଭାରତ ଭୂଖଣ୍ଡ ପ୍ରକୃତରେ ଅନାର୍ଯ୍ୟମାନଙ୍କର ଭୂମି, ଯେଉଁମାନଙ୍କୁ ବ୍ରାହ୍ମଣ୍ୟ ବାଦୀ ଶୂଦ୍ର ନାମରେ ଚିହ୍ନିତ କରିଥାଆନ୍ତି । ଓଡ଼ିଶାର ପ୍ରଚଣ୍ଡ ବୌଦ୍ଧିକ ସମ୍ପନ୍ନ ସମାଜବାଦୀ ସ୍ୱର୍ଗତ କିଷନ ପଟନାୟକ ତାଙ୍କ ରଚିତ ପୁସ୍ତକରେ ଅନାର୍ଯ୍ୟ ତତ୍ତ୍ୱକୁ ପ୍ରମାଣ ସିଦ୍ଧ କରିଛନ୍ତି । ଯେଉଁ ବ୍ରାହ୍ମଣ୍ୟବାଦୀ ବୁଦ୍ଧିଜୀବୀ ଭାରତ ଆର୍ଯ୍ୟଭୂମି ବୋଲି ସତ୍ୟର ଅପଲାପ କରନ୍ତି ଏବଂ ନିଜର ସ୍ୱାର୍ଥ ସାଧନ ପାଇଁ ଜନଗଣଙ୍କୁ ଦିଗ୍ଭ୍ରଷ୍ଟ କରନ୍ତି, ସେମାନଙ୍କୁ ସ୍ୱର୍ଗତ ପଟନାୟକଙ୍କର ବୌଦ୍ଧିକ ସମ୍ପର୍କ ତଥ୍ୟ ସମ୍ବଳିତ ଆଲୋଚନା ଏକ ସଂଘାତ ସଦୃଶ ଏଥିରେ ସନ୍ଦେହ ନାହିଁ । ଇତିହାସ ପୃଷ୍ଠାରୁ ଯେଉଁ ସାରତତ୍ତ୍ୱ ଉନ୍ମୋଚିତ ହୁଏ । ତା'ହେଲା ଯେଉଁ ବହିରାଗତମାନେ ଭାରତର ବିଶାଳ ସମତଳ ଭୂଖଣ୍ଡରେ ଆସି ପହଞ୍ଚିଲେ । ସେମାନେ ଅନାର୍ଯ୍ୟମାନଙ୍କୁ ବିତାଡ଼ିତ କରିଦେଲେ । ଫଳତଃ ଉକ୍ତ ଅଧିବାସୀମାନେ ଭାରତର କୋଣ ଅନୁକୋଣକୁ ସେମାନଙ୍କର ବାସସ୍ଥଳୀ ଭାବେ ଆଦରି ନେଲେ ଏବଂ ସେମାନଙ୍କର ନିଜସ୍ୱ ସଭ୍ୟତା, ସଂସ୍କୃତି ଏବଂ ଗୋଷ୍ଠୀଗତ ଭାଷାକୁ ନେଇ ବଞ୍ଚିଲେ । ଯାହା ଆଜି ମଧ୍ୟ ସେଠାରେ ବିଦ୍ୟମାନ ଏବଂ ଆଗନ୍ତୁକ ମାନଙ୍କଠାରୁ ସମ୍ପୂର୍ଣ୍ଣ ଭିନ୍ନ ଭାବେ ପ୍ରତିଭାତ ହୋଇ ଆସୁଛନ୍ତି । ଏହାହିଁ ଭୂରିଭୂରି ପ୍ରମାଣ ବହନ କରେ । ଏହି କ୍ଷେତ୍ରରେ ଆମେ ସହସ୍ର ବର୍ଷର କେତେକ ଐତିହାସିକ ରୂପ ଦେଖିପାରିବା । କୃଷି ଓ ଚାରଣରେ ଅଭ୍ୟସ୍ତ ଆର୍ଯ୍ୟମାନେ ଯେତେବେଳେ ଏହି ଭୂଖଣ୍ଡରେ ପହଞ୍ଚି ଥିବେ ସେବେଠାରୁ ସେମାନେ ଆଦିମ ନୃଜାତି ବା ଦ୍ରାବିଡମାନଙ୍କ ସହିତ ତିକ୍ତ ମଧୁର ସମ୍ପର୍କରେ ଆସିଥିବେ ।

ଆର୍ଯ୍ୟମାନଙ୍କ ଯଥେଷ୍ଟ ପୂର୍ବରୁ ଦ୍ରାବିଡମାନେ ଭାରତରେ ସ୍ଥାୟୀଭାବେ ବସବାସ କରୁଥିଲେ । ସେମାନଙ୍କ ସଭ୍ୟତା ଉନ୍ନତିର ଚରମ ସୀମାରେ ପହଞ୍ଚ ପାରିଥିଲା । ସେମାନେ ସୁସଭ୍ୟ ଓ ସେମାନଙ୍କ ଚଳଣୀ ମାର୍ଜିତ ତଥା ଉନ୍ନତମାନର

ଥିଲା । ସେମାନେ ହରପ୍ପା ଓ ମହେଞ୍ଜୋଦାରୋ ନାମରେ ଦୁଇଟି ନଗରୀ ଖ୍ରୀଷ୍ଟଜନ୍ମର ଅନେକ ଶତାବ୍ଦୀ ପୂର୍ବରୁ ନିର୍ମାଣ କରିଥିଲେ । ଯାହାକି ସେମାନଙ୍କ ଉନ୍ନତ ଚିନ୍ତାଧାରାର ପରିଚାୟକ । ସେମାନଙ୍କର ପ୍ରସିଦ୍ଧ ରାଜା ଥିଲେ ରାବଣ । ଅବଶ୍ୟ ସେ ଲଙ୍କାର ରାଜା । ଯେଉଁ ରାଜ୍ୟ ବା ଦେଶ ଅଥବା ଭୂଖଣ୍ଡ ପାକ୍ ପ୍ରଣାଳୀ ଓ ମାନ୍ନାର ଉପସାଗର ଦ୍ୱାରା ଭାରତଠାରୁ ବିଭାଜିତ । କିନ୍ତୁ ତା'ର ଅନେକ ପୂର୍ବରୁ ଏହି ଦୁଇଟି ଯାକ ଦେଶ ପ୍ରାଚୀନ ଗଣ୍ଡୱାଲାଲାଣ୍ଡ ନାମକ ବିଶାଳ ଭୂଖଣ୍ଡର ଅଂଶ ବିଶେଷ ଥିବା ଐତିହାସିକ ମାନେ ମତଦିଅନ୍ତି । କେତେକ ଐତିହାସିକ ରାବଣଙ୍କୁ ଗଣ୍ଡ ଜାତିର ବଂଶଧର ଭାବରେ ଗ୍ରହଣ କରନ୍ତି । ଆର୍ଯ୍ୟମାନେ କାସ୍ପିୟାନ ହ୍ରଦ କୂଳରୁ ଆସି ଭାରତରେ ବସତି ସ୍ଥାପନ କରିଥିଲେ । ଆର୍ଯ୍ୟମାନେ ଦ୍ରାବିଡମାନଙ୍କୁ ତଡ଼ିଦେଇ ଉପକୂଳ, ନଦୀକୂଳର ଉର୍ବର ଅଞ୍ଚଳକୁ ଦଖଲ କରିଥିଲେ । ଦ୍ରାବିଡମାନେ ଆର୍ଯ୍ୟମାନଙ୍କଠାରୁ ଯୁଦ୍ଧରେ ପରାସ୍ତ ହୋଇ ଘଞ୍ଚ ଜଙ୍ଗଲ, ପାହାଡ଼ ଓ ପର୍ବତମାନଙ୍କରେ ଆଶ୍ରୟ ନେଇଥିଲେ । ସେଥିପାଇଁ ଆର୍ଯ୍ୟମାନଙ୍କୁ ଆକ୍ରମଣକାରୀ କୁହାଯାଏ । ଆଉ ଦ୍ରାବିଡମାନଙ୍କୁ ଏ ଦେଶର ସ୍ଥାୟୀ ବାସିନ୍ଦାଭାବରେ ଗ୍ରହଣ କରାଯାଏ । ସେହି ଦୃଷ୍ଟିରୁ ଆର୍ଯ୍ୟବଂଶଧର ରାମଚନ୍ଦ୍ର ହେଲେ ଆକ୍ରମଣକାରୀ । ସେ ପାକ୍ ପ୍ରଣାଳୀ ମାନ୍ନାର ଉପସାଗରରେ ବନ୍ଧ (ସେତୁ) ବାନ୍ଧି ଲଙ୍କା ଦ୍ୱୀପକୁ ଯାଇ ସେଠାରେ ରାବଣ ସହିତ ଯୁଦ୍ଧ କରିଥିଲେ । ପରନ୍ତୁ ରାବଣ ଅଯୋଧ୍ୟାକୁ ଆସି ରାମଙ୍କୁ ଆକ୍ରମଣ କରିନଥିଲେ । ରାମାୟଣର କାହାଣୀକୁ ଐତିହାସିକ ଦୃଷ୍ଟିରୁ ଆର୍ଯ୍ୟ ଉପଜାତିଗୁଡ଼ିକ ଓ ଦକ୍ଷିଣ ଭାରତର ଉପଜାତିମାନଙ୍କ ମଧ୍ୟରେ ସଂଗ୍ରାମର ସ୍ମାରକୀ ଭାବରେ ବ୍ୟାଖ୍ୟା କରାଯାଇଥାଏ । ହୁଏତ ଦ୍ରାବିଡ ବା ଗଣ୍ଡ ଜାତିର ଦାୟାଦ ରାବଣ ଆର୍ଯ୍ୟ ଯୁବତୀ ସୀତାଙ୍କ ଅସାମାନ୍ୟା ସୌନ୍ଦର୍ଯ୍ୟରେ ଆକୃଷ୍ଟ ହୋଇ ତାଙ୍କୁ ଅପହରଣ କରିନେଇ ପାରିଥାଆନ୍ତି । ଯେମିତି ଗ୍ରୀକ୍ କବି ହୋମର ତାଙ୍କ ମହାକାବ୍ୟ ଇଲିୟାଡରେ ଲେଖିଛନ୍ତି– ଟ୍ରୟର ରାଜକୁମାର ପାରିସ୍ ସ୍ପାର୍ଟାର ରାଜା ମିନେଲାସ୍ଙ୍କ ଅନିନ୍ଦ୍ୟ ସୁନ୍ଦରୀ ଅତିବ ଲାବଣ୍ୟମୟୀ ରାଣୀ ହେଲେନ୍ଙ୍କୁ ଅପହରଣ କରି ନେବାରୁ ସ୍ପାର୍ଟାର ରାଜା ମିନେଲାସ୍ ଟ୍ରୟକୁ ଆକ୍ରମଣ କରିଥିଲେ । ଏହା ଟ୍ରୋଜାନ ଯୁଦ୍ଧ ନାମରେ ପ୍ରସିଦ୍ଧ। ଦଶବର୍ଷ ବ୍ୟାପୀ ଏହି ଯୁଦ୍ଧରେ କାଠଘୋଡ଼ା ସାହାଯ୍ୟରେ ସ୍ୱାଟା– ଟ୍ରୟକୁ ପରାସ୍ତ କରି ରାଣୀ ହେଲେନ୍ଙ୍କୁ ଉଦ୍ଧାର କରିବା ସହିତ ଟ୍ରୟନଗରୀକୁ ଧ୍ୱଂସ ସ୍ତୁପରେ ପରିଣତ କରିଥିଲେ । ସେମିତି ଆମ ରାମାୟଣର କାହାଣୀ । ସୀତାଙ୍କ ହରଣ ଯୋଗୁ ରାମ–ରାବଣ ଯୁଦ୍ଧ ସଂଗଠିତ ହୋଇଥିଲା ଓ ରାବଣର ଭାଇ ଗୃହଭେଦୀ ବିଭୀଷଣଙ୍କ ସାହାଯ୍ୟରେ ରାମ ରାବଣର ସବୁ ଗୁପ୍ତ ତଥ୍ୟ ଜାଣି ରାବଣଙ୍କୁ ପରାସ୍ତ କରିବାକୁ ସମର୍ଥ ହୋଇଥିଲେ । ଯୁଦ୍ଧରେ ରାବଣ ନିହତ ହେଲେ । ଇଲିୟଡ ଓ ରାମାୟଣର କାହାଣୀ ପ୍ରାୟ ଏକା । ତଥାପି ସ୍ପାର୍ଟାର ରାଜା ମିନେଲାସ୍ଙ୍କ ପରି ରାମୟଣର ରାମ ଜଣେ ଆକ୍ରମଣକାରୀ । ଆର୍ଯ୍ୟ ଋଷି ମହର୍ଷି ବାଲ୍ମିକୀ ହୁଏତ ଆର୍ଯ୍ୟ ରାଜପୁତ୍ର (ଯୁବରାଜ) ରାମଙ୍କୁ ଆକ୍ରମଣକାରୀ ଅପରାଧରୁ ମୁକ୍ତ କରିବାକୁ ଯାଇ ସୀତା ହରଣ ପ୍ରସଙ୍ଗ ପରି ଆଖ୍ୟାନ ରାମାୟଣରେ ସଂଯୋଗ କରିଥାଇ ପାରନ୍ତି ।

କିନ୍ତୁ ଏ ସମୟଦରେ ରାବଣର ବୟାନ ହେଲା– ରାମଙ୍କୁ ରାବଣ କହିଲା– "ତୁମକୁ ପାଇବି ବୋଲି ଜପକଲି, ତପକଲି, ଶିବ, ବ୍ରହ୍ମାଦିଙ୍କ ମାର୍ଫତରେ ଉଦ୍ୟମ ବି କଲି, ତୁମକୁ ପାଇବି ବୋଲି ସେମାନଙ୍କୁ ତୋଷାମଦ କଲି । ଶିବଙ୍କ ପାଇଁ ତାଣ୍ଡବ (ଶିବତାଣ୍ଡବ ସ୍ତୋତ୍ର) ରଚନା କଲି । ଆଉ ବ୍ରହ୍ମାଙ୍କ ଲାଗି ଶତାଷ୍ଟାନ ଶ୍ଲୋକ (ଅର୍କଦୀପିକା ସ୍ତୋତ୍ର) । କୋଉ ବାଟେ ହେଲାନି ବୋଲି ଏପଥ ଆଦରିଲି । ମା' ଜାନକୀଙ୍କ ଦେହ ପାଇଁ ମୋର ମୋଟେ ଲୋଭ ନ ଥିଲା । ଭଗବାନ ହୋଇଛ, ଏତିକି ଜାଣି ପାରିଲନି ? ପ୍ରତିପଦୀ ରୂପ ଜ୍ଞାନ କ'ଣ ମୋର ନାହିଁ ? ଯେଉଁ ପୁରୁଷ ପାଖରେ ଏତିକି ଥାଏ, ପତଙ୍ଗ ଅନଲରେ ଲମ୍ଫ ଦେଉଥିବା ପରି କେଉଁ ନାରୀ ତାକୁ ଅଲଭ୍ୟ ସେ ? ହେଲେ ମୋ ଆଶାଥିଲା ତୁମ ପ୍ରଭୁପାଦ ଦର୍ଶନ । ମୋ ସେବାରେ ରହିଥିବା ସହସ୍ର ଅନୂଢ଼ା ନବୀନା ସୁନ୍ଦରୀଙ୍କ ପରି ସୀତା ତ ଏତେ ରୂପସୀ ନଥିଲେ । ତା' ବାଦ ସେ ତୁମ ପତ୍ନୀ, ତେଣୁ ଉଚ୍ଛିଷ୍ଟ । ତାହାକି ମୁଁ ନଜାଣେ ? ସେ ମୋ ପାଇଁ ଥିଲେ ସାମାନ୍ୟ ଜଣେ ନାରୀ । ଇୟାଠାରୁ ଆଉ ଅଧିକ କିଛି ନୁହେଁ । ତୁମ ପାଖରେ ପହଞ୍ଚିବା ସକାଶେ ସେଥିଲେ କେବଳ ମାତ୍ର ଏକ ମାଧ୍ୟମ । ଇଚ୍ଛା କରିଥିଲେ ତାଙ୍କୁ

କ'ଣ ମୁଁ ପୁଷ୍ଟକ ବିମାନରେ ଉପଭୋଗ କରିପାରି ନଥାନ୍ତି କି ? ସେପରି ଜଣେ ଉଚ୍ଛିଷ୍ଟା ନାରୀ ପ୍ରତି କାହିଁକି ମନ ବଳାଇବି । ମୁଁ ତ ଅସୁର । ତୁମ ମଣିଷମାନଙ୍କ ପରି ଆବଶ୍ୟକତା ଉଣ୍ଡାଲି ପାପକୁ ପୁଣ୍ୟ ବୋଲି କହେନି । ଆମର ପରାକ୍ରମ ଯେତିକି ବିଜୟ ସେତିକି । ଯାହା ପରାଜୟ ତାହା ହିଁ ଅସୁରମାନଙ୍କ ପାଇଁ ମୃତ୍ୟୁ । ଛଳନାର ଆଟୋପ ତଳେ ଆମେ ବଞ୍ଚିବା ଶିକ୍ଷ ନଥାଉ । ଜିଇବାର କୌଶଳକୁ ଜ୍ଞାନ କହି ସମୟ ଅପଚୟ କରୁନା । ସୀତାଙ୍କ ପାଇଁ ମୋର କୌଣସି ଆସକ୍ତି ନ ଥିଲା । ହେ ପ୍ରଭୁ, ତେଣୁ ତାଙ୍କ ପବିତ୍ରତାକୁ ମୋତେ ସନ୍ଦେହ କରିବନି । କ୍ଷମତା ତୋଷାମଦକୁ ଆଦର କରୁଥିବା ପରି ରାଜା ରାମଚନ୍ଦ୍ର ରାବଣର ସ୍ତୁତିକୁ ଆଦର କରି ତା' ଜରିଆରେ ନିଜ ଉଚ୍ଚାସନ ପ୍ରତିପାଦିତ କରିପାରିଥିଲେ ସିନା ପ୍ରକୃତରେ ନ୍ୟାୟର ନାଁ ଗନ୍ଧ ନ ଥିଲା ସେଥିରେ ।

ଆହୁରି ମଧ ରାବଣର କହିବା କଥା ହେଲା– ମୁଁ ହେଉଛି ରାବଣ, ମୁଁ ବ୍ରାହ୍ମଣ ବିଶ୍ଵବା ରଷିଙ୍କ ନନ୍ଦନ । ମୋର ପିତା ସମକାଲୀନ ଶ୍ରେଷ୍ଠବର୍ଷ ପୁଲସ୍ୟ ବଂଶର ଜଣେ ମହାନ ରଷି ଥିଲେ । ଦୁର୍ଭାଗ୍ୟବଶତଃ ମୋ ମା' ନିକଷା ରାକ୍ଷସ କୁଳର ହୋଇଥିବାରୁ ମୁଁ ଅନେକ ରାକ୍ଷସ ପ୍ରକୃତି ନେଇ ଜନ୍ମ ହୋଇଥିଲି । କିନ୍ତୁ ଏହାର କୌଣସି ପ୍ରଭାବ ମୋର ବିଦ୍ୟା ଲାଭ ଓ ଯୋଗ ସାଧନାରେ ପ୍ରତିଫଳିତ ହୋଇ ପାରିନଥିଲା । ବ୍ରାହ୍ମଣ ବଂଶର ଅଧିକାରୀ ହୋଇ ମୁଁ ଜନ୍ମରୁ ଶିବଙ୍କ ଆରାଧନାରୁ ଶିବ ତାଣ୍ଡବ ଶ୍ଲୋକ ସୃଷ୍ଟିକରି ଦେବଦେବ ମହାଦେବଙ୍କ ସର୍ବଶ୍ରେଷ୍ଠ ଭକ୍ତ ହିସାବରେ ପରିଚୟ ଲାଭ କରିଛି । ତା' ବାଦ ମୁଁ ଜଣେ ଉଚ୍ଚକୋଟୀର ସଙ୍ଗୀତଜ୍ଞ । ମୁଁ ଯେତେବେଲେ ମୋର ରୁଦ୍ରବୀଣାରେ ସ୍ଵରଦେଇ ତାଳସୃଷ୍ଟି କରେ ସେତେବେଲେ ଇନ୍ଦ୍ର ଲୋକରୁ ଦେବତା ଓ ଅପସରାମାନେ ମନ୍ତ୍ରମୁଗ୍ଧ ହୋଇ ଶ୍ରବଣ କରନ୍ତି ।

ମୋର ରାଜ୍ୟ ହେଉଛି ସୁବର୍ଣ୍ଣ ଲଙ୍କା । ମୋ ରାଜ୍ୟ ଆପଣମାନଙ୍କ ରାଜ୍ୟଠାରୁ ଅତ୍ୟଧିକ ସମୃଦ୍ଧ । ମୋ ରାଜ୍ୟରେ ଦୁଃଖ ଦାରିଦ୍ୟ ଅଭାବ ଅନାଟନର ତିଲେମାତ୍ର ସ୍ଥାନ ନାହିଁ । ମୋର ବାଟିକା ହେଉଛି ଅତ୍ୟନ୍ତ ସୁନ୍ଦର ଓ ସୁରମ୍ୟ ଅଶୋକ ବାଟିକା । ଯେଉଁ ବାଟିକାରେ ମୁଁ ସତୀ ସୀତାଙ୍କ ଦୁଃଖ ଓ ଶୋକକୁ ଉପଶମ କରିବା ନିମନ୍ତେ ତାଙ୍କ ମାତୃସଦୃଶ ତ୍ରିଜଟା ନାମ୍ନୀ ଜଣେ ରାକ୍ଷସୀର ସାହଚର୍ଯ୍ୟରେ ରଖିଥିଲି । ମୋ ଭଉଣୀ ପ୍ରତି ଅପମାନର ପ୍ରତିଶୋଧ ନେବା ନମନ୍ତେ ସୀତାଙ୍କୁ ଅପହରଣ କରିଥିଲି ସତ, କିନ୍ତୁ ତାଙ୍କ ପ୍ରତି ଦୁର୍ବ୍ୟବହାର କରିବାକୁ ଚେଷ୍ଟା କରିନାହିଁ । ମୁଁ ମୋର ଅଭିଶପ୍ତ ରାକ୍ଷସ ଜୀବନରୁ ମୁକ୍ତି ପାଇବା ନିମନ୍ତେ ପ୍ରଭୁ ରାମଚନ୍ଦ୍ରଙ୍କ ତୀରକୁ ଅପେକ୍ଷା କରିଥିଲି । ଏପରିକି ସେତୁ ବନ୍ଧ ପ୍ରତିଷ୍ଠା ସମୟରେ ଯେଉଁ ବନ୍ଧ ମୋତେ ହତ୍ୟା କରିବା ନିମନ୍ତେ ପ୍ରସ୍ତୁତ ହୋଇଥିଲା ତା'ର ପ୍ରତିଷ୍ଠା ଉସ୍ସବରେ ମୁଖ୍ୟ ପୁରୋହିତ ହିସାବରେ ଯୋଗଦାନ କରି ମୋର ଯଜମାନ ରାମଚନ୍ଦ୍ରଙ୍କୁ 'ଯଶସ୍ଵୀ ଭବଃ' ଆଶୀର୍ବାଦ ଦେଇଛି । ଦକ୍ଷିଣା ବାବଦକୁ ମୁଁ ତାଙ୍କ ପତ୍ନୀ ସୀତାଦେବୀଙ୍କୁ ମାଗିପାରି ଥାଆନ୍ତି । କିନ୍ତୁ ରାକ୍ଷସ ହେଲେ ବି ମୋର ବିବେକ ଏପରି ଏକ ଘୃଣ୍ୟ ଚିନ୍ତାକୁ ପରିତ୍ୟାଗ କରିଥିଲା ।

ରାମଚନ୍ଦ୍ରଙ୍କୁ ମୋ ମୃତ୍ୟୁଶଯ୍ୟାରେ ରାଜନୀତିର ବ୍ୟାଖ୍ୟା ଯାହାକି ତାଙ୍କୁ ଅଯୋଧାରେ ସୁଶାସନ ପ୍ରତିଷ୍ଠାରେ ସାହାଯ୍ୟ କରିବ ବୋଲି ଉପଦେଶ ଦେଇ ଶୁଭସ୍ୟ ଶୀଘ୍ରମ୍' ଉକ୍ତିର ମହତ୍ତ୍ୱ ବୁଝେଇ ଥିଲି । ହଁ ଏକଥା ସତ୍ୟ ଯେ ଅତି ଦର୍ପେ ହତଃ ଲଙ୍କା । ଏହି ଦର୍ପର ପ୍ରଭାବରୁ ମୁଁ ଯେଉଁ ଅଧର୍ମ କାର୍ଯ୍ୟଟି କରି ବସିଲି ତାକୁ ସୁଧାରିବା ପାଇଁ କ୍ଷମା ପ୍ରାର୍ଥନା ନିମନ୍ତେ ମୋ ଦର୍ପ ମୋତେ ବାଧା ଦେଲା । ଏହା ହିଁ ମୋ ଅଧର୍ମକୁ ପ୍ରୋସ୍ସାହନ ଦେଲା । ଶ୍ରୀରାମଚନ୍ଦ୍ର ମୋଠାରୁ ବୟସରେ ଯଥେଷ୍ଟ ସାନ । ତାଙ୍କ ବାନର ସୈନ୍ୟ ମୋ ଦାନବ ସୈନ୍ୟ ତୁଳନାରେ ନଗଣ୍ୟ ଥିଲେ । ସେ ବନବାସୀ ସାହା ସମ୍ବଳହୀନ ଆଉ ମୁଁ ସୁବର୍ଣ୍ଣ ଲଙ୍କାର ଅଧିପତି ଥିଲି । ତଥାପି ମୁଁ ହାରିଗଲି କାହିଁକି ? କାରଣ ତାଙ୍କ ସହିତ ଧର୍ମଥିଲା । ଯାହାକୁ ଜୟ କରିବା ମୋ ପାଇଁ ସମ୍ଭବପର ନଥିଲା । ଆଉ ମୋର ମୃତ୍ୟୁ ହେଲା ।

ଇଲିୟଡ ଓ ରାମାୟଣ ମଧ୍ୟରେ ପ୍ରଭେଦ ହେଉଛି– ସ୍ୱର୍ଟାର ରାଣୀ ହେଲେନଙ୍କ ସହମତିରେ ଟ୍ରୟର ରାଜକୁମାର ପାରିସ ତାଙ୍କୁ ସ୍ୱାର୍ଟାରୁ ଟ୍ରୟ ନଗରୀକୁ ନେଇଯାଇଥିଲେ । କିନ୍ତୁ ଲଙ୍କାର ରାଜା ରାବଣ, ସୀତାଙ୍କ ଇଚ୍ଛା ବିରୋଧରେ ତାଙ୍କୁ

ବଳ ପ୍ରୟୋଗ କରି ଜୋର ଜବରଦସ୍ତ ଅପହରଣ କରି ଲଙ୍କାକୁ ନେଇ ଯାଇଥିଲେ ଏବଂ ରାଜଉଆସକୁ କିମ୍ବା ରାଣୀହଂସ ପୁରକୁ (ମହଲକୁ) ନ ନେଇ ତାଙ୍କୁ ମନାଇବା ଲାଗି ଅଶୋକ ବନରେ ରଖି ସୀତାଙ୍କୁ ତାଙ୍କ ସପକ୍ଷରେ ପ୍ରବର୍ତ୍ତାଇବା ଲାଗି ସୁରମାଙ୍କ ମାରଫତରେ ଅସୁରୁଣୀମାନଙ୍କୁ ନିୟୋଜିତ କରିଥିଲେ। ଉଭୟେ ରାମାୟଣର ନାୟିକା ସୀତା ଏବଂ ଇଲିୟଡର ନାୟିକା ହେଲେନ୍ ବିବାହିତା ଥିଲେ। ସେମାନେ ଅନ୍ୟର ଧର୍ମପତ୍ନୀ। ସେମାନଙ୍କୁ ସେମାନଙ୍କ କୁମାରୀ ଅବସ୍ଥାରେ ଅପହରଣ କରାଯାଇନଥିଲା। ସେମାନଙ୍କୁ ଅବିବାହିତା ବେଳେ ଅପହରଣ କରାଯାଇଥିଲେ ସେପରି କିଛି ମାରାତ୍ମକ ଅସୁବିଧା ହୋଇନଥାନ୍ତା। ମାତ୍ର ସେମାନଙ୍କୁ ସେମାନଙ୍କ ବିବାହ ପରେ ଅପହରଣ କରିବା ଦ୍ୱାରା ଉଭୟେ ଲଙ୍କାର ରାଜା ରାବଣ ଓ ଟ୍ରୟର ରାଜକୁମାର ପାରିସ ପରନାରୀ ହରଣ ଅପରାଧରେ ଅଭିଯୁକ୍ତ ହୋଇପଡ଼ିଥିଲେ। କାଠ ଘୋଡ଼ା ସାହାଯ୍ୟରେ ସ୍ପାର୍ଟାର ରାଜା ମିଲେନାସ ବିଜୟୀ ହେଲାପରି ରାବଣଙ୍କ ଦେଶଦ୍ରୋହୀ ଭାଇ ବିଭୀଷଣଙ୍କ ସହାୟତା ପାଇ ରାବଣଙ୍କୁ ପରାସ୍ତ କରିବାକୁ ରାମଚନ୍ଦ୍ର ସକ୍ଷମ ହୋଇଥିଲେ। ବିଦେଶୀ ବଣିକ ଇଂରେଜମାନଙ୍କୁ ଯେପରି ଭାରତୀୟ ଦେଶୀୟ ରାଜାମାନେ ନିଜନିଜ ମଧ୍ୟରେ ଥିବା ଶତ୍ରୁତା ଯୋଗୁ ପରସ୍ପର ବିରୋଧରେ ସାହାଯ୍ୟ ପ୍ରଦାନ କରି ଭାରତର ଶାସକ ହେବା ପାଇଁ ସୁଯୋଗ ଦେଇଥିଲେ। ସେହିପରି ରାଜଦ୍ରୋହୀ ବିଭୀଷଣ ନିଜ ଭାଇ ରାବଣର ସବୁ ଗୁପ୍ତ ତଥ୍ୟ ପ୍ରକାଶ କରି ଆକ୍ରମଣକାରୀ ରାମଚନ୍ଦ୍ରଙ୍କୁ ଲଙ୍କାରେ ବିଜୟୀ ହେବାକୁ ସହଯୋଗ କରିଥିଲେ।

ଯୁଗ ଯୁଗ ଧରି ମଣିଷ ଜାଣେ ଯେ ଯୁଦ୍ଧ ହାନିକାରକ, କିନ୍ତୁ ସେଥିରୁ ସେ ନିସ୍ତାର ପାଇବ କେମିତି ସେତିକି ଜାଣିନି ବୋଲି ଯୁଦ୍ଧ କରୁଥାଏ ଓ କ୍ଷତିଗ୍ରସ୍ତ ହେଉଥାଏ। ଯିଏ ଜିତିଲା ସିଏ ବଡ଼ ମଣିଷ ଓ ଯିଏ ହାରିଲା ସିଏ ଛୋଟ ମଣିଷ। ଏଇ ନ୍ୟାୟରେ ସଂସାର ଆଗକୁ ଚାଲେ।

କିନ୍ତୁ ସଂସାରର ନିୟମ ବଡ଼ ବିଚିତ୍ର। ବିଜେତାଙ୍କ ନାମ ଇତିହାସ ସଗର୍ବରେ ଘୋଷଣା କରିଥିବା ବେଳେ ପରାଜିତ ପ୍ରତି ଅନୁକମ୍ପା ପ୍ରଦର୍ଶନ ପୂର୍ବକ ତା' ନାମକୁ କେବଳ ଲିପିବଦ୍ଧ କରିଥାଏ। ସେଥିପାଇଁ ତ ଆର୍ଯ୍ୟରଷି ବାଲ୍ମିକ ରାମାୟଣରେ ରାମଙ୍କ ସୁଗୁଣକୁ ବର୍ଣ୍ଣନା କରିବାକୁ ଯାଇ ଶତମୁଖ ହୋଇଥିଲା ସମୟରେ ରାମଙ୍କ ଦୋଷ ଦୁର୍ବଳତା ଲେଖିବାକୁ ଆଶ୍ଚର୍ଯ୍ୟ ଜନକ ଭାବରେ ନିରବତା ଅବଲମ୍ବନ କରିଛନ୍ତି। ଆଉ ରାବଣର କେବଳ ବଦ୍ଗୁଣକୁ ଲିପିବଦ୍ଧ କରି ଚାଲିଥିଲା ସମୟରେ ତାଙ୍କ ମହନୀୟତାକୁ ପ୍ରତିପାଦନ କରିବାକୁ କୁଣ୍ଠା ପ୍ରକାଶ କରି ନାହାନ୍ତି କି?

ତେବେ ସେ ଯାହାହେଉ ତଥାପି ସେମାନଙ୍କ ରାଜା ବା ଶାସକଙ୍କ ନାମରେ ଏ ଦେଶ ନାମିତ ନ ହୋଇ ଆର୍ଯ୍ୟରାଜା ଭରତଙ୍କ ନାମାନୁସାରେ ଭାରତବର୍ଷ ହୋଇଛି। କିନ୍ତୁ ପ୍ରକୃତ ପକ୍ଷେ ରାଜା ଭରତଙ୍କଠାରୁ ରାବଣ ଯଥେଷ୍ଟ ଅଧିକ କ୍ଷମତାଶାଳୀ, ପରାକ୍ରମୀ, ପଣ୍ଡିତ, ବିଦ୍ୱାନ, ଶାସ୍ତ୍ରଦର୍ଶୀ, ରାଜନୀତିଜ୍ଞ, ସମରବିଶାରଦ, ଯୋଦ୍ଧା ଓ ପ୍ରତାପୀ ତଥା ପ୍ରବୀଣ ଶାସକ ଥିଲେ ଏବଂ ସେ ରାଜା ଭରତଙ୍କଠାରୁ ବହୁ ଆଗରୁ ରାଜା ହୋଇଥିଲେ। ସେ ବ୍ରହ୍ମଜ୍ଞାନୀ ତଥା ଦଶ ମହାବିଦ୍ୟାରେ ପାରଙ୍ଗମତା ହାସଲ କରିଥିଲେ। ଯାହାର ପ୍ରମାଣ ସେ ସେତୁ ପ୍ରତିଷ୍ଠାରେ ପୁରୋଧା ହୋଇ ପ୍ରଦର୍ଶନ କରିଥିଲେ। ଆଉ ଆର୍ଯ୍ୟମାନଙ୍କ ବାସସ୍ଥଳୀ ଭାବରେ ଦେଶ ଆର୍ଯ୍ୟାବର୍ତ ନାମରେ ପ୍ରସିଦ୍ଧି ଲାଭକଲା। ଯେପରି ଅଠରଟି କୈବର୍ତ ପରିବାର ଥାଉଁ ଥାଉଁ ଆଠଘର ବ୍ରାହ୍ମଣଙ୍କ ସାଙ୍ଗିଆ ତ୍ରିପାଠିରୁ ସେ ଗାଁର ନାମ ତିଆଡ଼ିସାଇ ହୋଇଛି। ବ୍ରାହ୍ମଣଙ୍କ ତୁଳନାରେ କୈବର୍ତମାନେ ଧନଶାଳୀ ଓ ଅଧିକ ଭୂସମ୍ପତିର ମାଲିକ ହୋଇ ସୁଦ୍ଧା ସେମାନଙ୍କ ନାମାନୁସାରେ ଗାଁର ନାମକରଣ ନ ହୋଇ ଅଳ୍ପସଂଖ୍ୟକ ଗରିବ ବ୍ରାହ୍ମଣଙ୍କ ସାଙ୍ଗିଆନୁଯାୟୀ ଗାଁଟି ପରିଚିତ ହୋଇଥିଲା। ତା'ର ଏକ ମାତ୍ର କାରଣ ବ୍ରାହ୍ମଣମାନେ ଆର୍ଯ୍ୟ ଓ ସବର୍ଣ୍ଣ। କୈବର୍ତମାନେ ପଞ୍ଚଆବର୍ଗ, ଦଳିତ ସମ୍ପ୍ରଦାୟ, ତପସିଲଭୁକ୍ତ କିମ୍ବା ଦ୍ରାବିଡ଼ ବଂଶଧର। ଆହୁର ମଧ୍ୟ ସାମାଜିକ ଚଳଣି କ୍ଷେତ୍ରରେ କୈବର୍ତମାନେ ଛୋଟ ଜାତି ଓ ନିମ୍ନ ସମ୍ପ୍ରଦାୟର ହୋଇଥିବାରୁ ସେମାନେ ଧନଶାଳୀ ଓ ଅଧିକ ଜମିର ମାଲିକ ହୋଇସୁଦ୍ଧା ପ୍ରସିଦ୍ଧି ଲାଭ କରିପାରନ୍ତି ନାହିଁ। ଯେଉଁଥି ପାଇଁ ସେ ଗାଁର

ନାମ ସେମାନଙ୍କ ସାଙ୍ଗିଆ ଅନୁସାରେ କିମ୍ବା ଜାତି ନାମରେ କୈବର୍ତ୍ତ ସାଇ ନହୋଇ ତିଆଡ଼ିସାହି ନାମରେ ନାମିତ ହେଲା। କୈବର୍ତ୍ତସାହି ହୋଇଥିଲେ ଛୋଟ ଜାତି ଭାବରେ ଲୋକମାନଙ୍କ ମନରେ ଗାଁ ପ୍ରତି ଘୃଣାଭାବ ଓ ହୀନମନ୍ୟତା ଆସିଥାଆନ୍ତା। ତା'ପରେ ସମସ୍ତେ ତଳୁ ଉପରକୁ ଉଠିବାକୁ ଚେଷ୍ଟାରତ। ଉପରୁ ତଳକୁ ଖସିବାକୁ କିଏବା କାହିଁକି ଇଚ୍ଛା ପୋଷଣ କରିବ କିମ୍ବା। ସେପରି ଭାବନା ମନରେ ପୋଷଣ କରିବ। ତିଆଡ଼ି ସାହି କହିଲେ ଲୋକମାନଙ୍କ ମନରେ ଶ୍ରଦ୍ଧା ଓ ଜାତିଶ୍ରେଷ୍ଠ ଛତିଶ ପାଟକର ରାଜା ବ୍ରାହ୍ମଣଙ୍କ ପ୍ରତି ଭକ୍ତିଭାବ ଏବଂ ଅନ୍ତରରେ ସମ୍ମାନ(ବୋଧ) ଜ୍ଞାପନ କରିବାର ଅନୁରକ୍ତି ଉଦ୍ରେକ କରାଇବ। ସେଥିପାଇଁ ସମ୍ମାନ ବୋଧକ ମାନ୍ୟତା ପାଇବା ଆଶାରେ ସମସ୍ତ ଗ୍ରାମବାସୀ ଗାଁର ନାମ ଅଳ୍ପ ସଂଖ୍ୟକ ବ୍ରାହ୍ମଣଙ୍କ ସାଙ୍ଗିଆ ତ୍ରିପାଠୀରୁ ତିଆଡ଼ି ସାହି ହେଉ ବୋଲି ମୁକ୍ତ କଣ୍ଠରେ ସ୍ୱୀକାର କରି ନେଇଥିଲେ।

କୈବର୍ତ୍ତ ସାହିର ପଶ୍ଚିମକୁ ଧାନକ୍ଷେତ। ଦକ୍ଷିଣକୁ ଅରାଏ ଗୋଚର ପଡ଼ିଆ। ସେ ପଡ଼ିଆରେ ଏଠି ସେଠି ହୋଇ ସାତ ଆଠଟି ବର, ଅଶ୍ୱତ୍ଥ ଓ ନିମ୍ବ ଗଛ ଠିଆ ହୋଇଛି ପଥଚାରୀ କିମ୍ବା ଶ୍ରମକ୍ଲିଷ୍ଟମାନଙ୍କୁ ଛାଇ ପ୍ରଦାନ ନିମିତ୍ତ। ତାକୁ ଲାଗି ଧାନରକ୍ଷେତ, କିଆରିମାନ ଲମ୍ବିଯାଇଛି ଧବଳେଶ୍ୱରଙ୍କ ମନ୍ଦିର ନିର୍ମାତା ପ୍ରାଣନାଥଙ୍କ ଗାଁକୁ ପଡ଼ିଥିବା ସଡ଼କ ପର୍ଯ୍ୟନ୍ତ। ତା'ପରେ ମଧ୍ୟ ଧାନକ୍ଷେତ। ଦେଖିଲେ ଜଣାଯାଏ ଯେପରି ଧାନ କ୍ଷେତର ଛାତି ଉପର ଦେଇ ବିଶାଳ ଧାନ କ୍ଷେତକୁ ଦୁଇଭାଗ କରି ସଡ଼କଟି ପଡ଼ିଛି। ନଦୀ, ନାଳ, ଝୋର, ହ୍ରଦ ବଡ଼ ପୁଷ୍କରିଣୀ ଓ ବିରାଟ ଜଳାଶୟ ନିକଟରେ ଗୋଚର ଭୂଇଁ ଏବଂ ବିସ୍ତୀର୍ଣ୍ଣ ଚାଷଜମି ଥିବା ସ୍ଥାନରେ ଗହଳିଆ ଗଛର ବହଳ ସବୁଜିମା ମଧ୍ୟରେ ଘରକରି ଏକତ୍ର ହୋଇ ରହିବାକୁ ଗ୍ରାମାଞ୍ଚଳର ଲୋକମାନେ ପସନ୍ଦ କରିଥାଆନ୍ତି। ସେଥିପାଇଁ ଏପରି ଜାଗାରେ ଗାଁଟିମାନ ଗଢ଼ି ଉଠିଛି।

ସତୀ ତଳକୁ ମୁହଁ ପୋତି ନିରବରେ ଚାଲିଥାଏ। ନିର୍ବାଚନରେ ହାରିଯାଇଥିବା ପ୍ରାର୍ଥୀ ନିର୍ବାଚନ ଫଳ ଘୋଷଣା ପରେ ବିରସ ଭାବରେ ବିଫଳ ମନୋରଥରେ ମୁହଁକୁ ଶୁଖାଇ ପରାଜୟ ଗ୍ଲାନିରେ ଘରକୁ ଫେରିଲା ପରି। ସେ ବ୍ରାହ୍ମଣ ସାହି ପାରହୋଇ ଦୁଇ ସାଇ ମଝିରେ ଥିବା ନାଳ ନିକଟବର୍ତ୍ତୀ ହେଲା। ନାଳପାର ହେଲେ ତାଙ୍କ ବସ୍ତି ପଡ଼ିବ। ତାଙ୍କ ସାହିର ଶେଷ ମୁଣ୍ଡରେ ଅର୍ଥାତ୍ ଗାଁର ଦକ୍ଷିଣପଟକୁ ତାଙ୍କ ଘର। ସତୀ କୈବର୍ତ୍ତ ଘରର ଝିଅ।

ସତୀ ଅତି ସତର୍କଣରେ ପାଦ ପକାଉଥିଲା। କାଳେ ତା'ର ଅଜାଣତରେ କେଉଁଠି କିଛି ତୁଟି ରହିଯାଉଛି କି ? ଯେଉଁ ତୁଟି ବିଚ୍ୟୁତିକୁ ତା' ଅମାଲୁମରେ କେହି ଲକ୍ଷ୍ୟ କରି ଧରିନେବ। ଏହି ଭାବନାରେ ଚିନ୍ତିତ ସତୀ ଗାଁର ପରିଚିତ ରାସ୍ତାରେ ଅଜଣା ବାଟୋଇ ପରି ଚାଲୁଥିଲା। କାହିଁକିନା "ଖଳଃ ସର୍ଷପ ମାତ୍ରାଣି ପରଚ୍ଛିଦ୍ରାଣି ପଶ୍ୟତି। ଆତ୍ମନୋ ବିଲ୍ୱମାତ୍ରାଣି ପଶ୍ୟନ୍ନପି ନ ପଶ୍ୟତି।" କୁଟିଳ ଲୋକ ଅନ୍ୟର ସୋରିଷ ପରିମାଣ ଦୋଷପ୍ରତି ଦୃଷ୍ଟିଦେଇ ନିନ୍ଦାକରେ। ମାତ୍ର ନିଜର ବେଲ ପରିମାଣ ଦୋଷ ଦେଖିଥିଲେ ମଧ୍ୟ ନଦେଖିଲା ପରିହୁଏ ଅର୍ଥାତ୍ ସେ ସର୍ବଦା ପରର ଦୋଷ ଦେଖେ, ନିଜ ଦୋଷ ଦେଖେ ନାହିଁ।

ସତୀ ବୋଉ ସବିତା ତୁଳସୀ ଚଉଁରା ପାଖରେ ସଞ୍ଜବତି ଦେଉଥିଲେ। ସବିତା ସାଧାରଣ ଉଚ୍ଚତାର ମଣିଷ। ସେ ଟିକେ ଅଧିକ ମୋଟି ହୋଇ ଥିବାରୁ ଗେଣ୍ଡିପରି ଦିଶନ୍ତି। ତୋଫା ଗୌରବର୍ଣ୍ଣ। ଠିକ୍ ସତୀ ପରି ମୁହଁଟି ଗୋଲ। ହେଲେ ବାମ ଆଖିଟି ସାମାନ୍ୟ ଉପରକୁ। ଟେରିପରି ଦିଶନ୍ତି। ପୁରାଟେରି ନୁହନ୍ତି, ସୂର୍ଯ୍ୟ ଟେରି। କଥାରେ ଅଛି "କିଞ୍ଚିତ ଦନ୍ତା ବିଦ୍ୱାନ ଭବତି"। ଅର୍ଥାତ ମୁଖଦାନ୍ତୁରାମାନେ ଜ୍ଞାନୀ, ସୂର୍ଯ୍ୟଟେରିମାନେ ଲକ୍ଷ୍ମୀବନ୍ତ। ପୁରାଣର ବର୍ଣ୍ଣନାନୁଯାଇ ଐଶ୍ୱର୍ଯ୍ୟ ବା ଧନର ଅଧିଷ୍ଠାତ୍ରୀ ଦେବୀ ଲକ୍ଷ୍ମୀ ହେଉଛନ୍ତି ଟେରି। ସେଥିପାଇଁ ଗାଁ ଗହଳିରେ କଥା ରହିଛି ସୂର୍ଯ୍ୟ ଟେରିମାନେ ଲକ୍ଷ୍ମୀବନ୍ତ। ସେଥିପାଇଁ ସବିତାକୁ ଲକ୍ଷ୍ମୀବନ୍ତ ବୋଲି କହିଲେ ସୁଧା ଅବଶ୍ୟ ସବିତାକୁ ବିଭାହେବା ପରେ ସପନିର ଭାଗ୍ୟରେ ସେପରି କୌଣସି ଆଖିଦୃଶିଆ ଉନ୍ନତି (ପରିବର୍ତ୍ତନ) ଘଟି ନଥିଲା। ସେ ଧନୀ ନ ହୋଇ ବରଂ ଅଧିକ ଗରିବ ହୋଇଯାଇଛି। ପୁରିଲା ଗାଲ, ଠିଆ ନାକ, ମଥାର ଚୁଲ ପାଟିନାହିଁ, ପୁରା କଳା ଅଛି। ମୋଟା ଓଠ, ସରୁଭ୍ରୁ, ସୁନ୍ଦର ଚେହେରା, ପସନ୍ଦ ଯୋଗ୍ୟ ରୂପ ଯେଉଁଥିପାଇଁ କି

ସପନି ତାଙ୍କ ଘରର ସମସ୍ତଙ୍କ ଅନିଚ୍ଛା ସ‌ତ୍ତ୍ୱେ ତାଙ୍କୁ ରାଜି ହୋଇ ବାହା ହୋଇଥିଲା। ବାଇଶୀ ବର୍ଷ ବୋହୂ ପଣିଆ କରି ଛଅଟି ପିଲାର ମା' ହୋଇ ସାରି ସୁଦ୍ଧା ତାଙ୍କ ଦେହରୁ ଯୁବତୀ ସୁଲଭ ଚପଲତାର ଆଭା ପୂରା ଲିଭିଯାଇନି। ତାଙ୍କର କୁଆଁରୀ ବ‌ୟସର ମୁହଁ ଲୁଟିନି। ଦେହରେ ଭରା ଯୌବନର ମାଦକତା ଅତୁଟ ରହିଛି । ଯେମିତି ସେ ସ୍ଥିର ଯୌବନା ପରିଲାଗନ୍ତି।

ପିନ୍ଧା ସବୁଜ ରଙ୍ଗର ଶାଢ଼ି। ସତୀର ଜେଜେମାଙ୍କ ପରି ଦେହ ଫୁଙ୍ଗୁଲା ନୁହେଁ। ଭିତର ବସ୍ତ୍ର (ସାୟା ଓ ବ୍ଲାଉଜ) ପିନ୍ଧିଛନ୍ତି, ହସ ହସ ମୁହଁ। ଯେତେ ଦୁଃଖ, କଷ୍ଟ, ଅଭାବ, ଅସୁବିଧାରେ ପଡ଼ିଥିଲେ ସୁଦ୍ଧା ତାଙ୍କ ମୁହଁରୁ ହସ କେବେ ଲିଭେନା। ଖୁସି ମିଞ୍ଜାସର ଲୋକସିଏ, ହସକୁରୀ।

ବୋଉକୁ ଦେଖ୍ ସତୀର ଭାବନାରେ ପୂର୍ଣ୍ଣ‌ଚ୍ଛେଦ ପଡ଼ିଗଲା। ଭାବନା ରାଇଜରୁ ଫେରିଆସି ସେ ନିଜକୁ ଆବିଷ୍କାର କଲା ଯେ ସେ ତାଙ୍କ ଦାଣ୍ଡରେ ଆସି ପହଞ୍ଚ ଗଲାଣି। ଖୋଲା ପଶିଲାରୁ ନଳକୂପରୁ ହାତଗୋଡ଼ ଧୋଇ ଘର ଭିତରକୁ ଗଲା।

ଦାଣ୍ଡରେ ବୋଉକୁ ଦେଖ୍ ସତୀର ଭୟ ବଢ଼ି ଯାଇଥିଲା। ମନ୍ଦିରରେ ଏତେ ସମୟ ଧରି ରହି ବିଲମ୍ବରେ ଘରକୁ ଫେରିବା ବାବଦରେ ତାଙ୍କୁ ସବିତା କିଛି କହିଲେ ନାହିଁ। ବୋଉ ତାଙ୍କୁ ଦେଖ୍ ନ ଦେଖ୍‌ଲା ପରି ଘର କାମରେ ବ୍ୟସ୍ତ ରହିଲା। ତା ସାନଭାଇ ଓ ସାନଭଉଣୀ ଦୁହେଁ ତାଆଡ଼କୁ ଟିକେ ଅନାଇଁଦେଇ ଚାଲିଗଲେ। ତା ମଝିଆ ଭଉଣୀ ସେବତୀ ଓ ସରସ୍ୱତୀ ଆର ଘରେ କୌଣସି କାମରେ ଲାଗିଥିଲେ । ତା' ବାପା ଆଉ ତା' ତଳ ଭାଇ ସୁବଳ ଘରକୁ ଫେରିନଥିଲେ । ସୁବଳ ବୋଧେ ଗାଁ ଭିତରେ ତା'ର କୌଣସି ସାଙ୍ଗ ଘରେ ରହିଯାଇଥିବ। ତା' ବାପାଙ୍କର ତ ଅନେକ ଦାୟିତ୍ୱ, ଘର ଗୋଟାକର ହାନି ଲାଭକୁ ସେ ଏକା ଦାୟୀ । ସାରା ପରିବାରଟି ତାଙ୍କରି ବେକରେ ବନ୍ଧା। ସମସ୍ତେ ତାଙ୍କ ଉପରେ ନିର୍ଭର କରନ୍ତି। ସେ କିଛି ଦାୟିତ୍ୱରେ କେଉଁଆଡ଼େ ଯାଇଥିବେ।

ବୋଉ ତାଙ୍କୁ ଦେଖ୍ କିଛି ନ କହିବା ଓ ସାନ ଭାଇ, ଭଉଣୀ ଦୁହେଁ ତାଙ୍କୁ ଟିକେ ଅନାଇଁ ଦେଇ ଚାଲିଯିବା ଦ୍ୱାରା ସତୀ ମନରେ ସୃଷ୍ଟି ହୋଇଥିବା ସନ୍ଦେହ ଦୃଢ଼ୀଭୂତ ହେଲା। ତେବେ କ'ଣ ମନ୍ଦିରରେ ତା'ର ଦୀର୍ଘ ସମୟ ଧରି ରହିବାର ପ୍ରକୃତ କାରଣ ଘରେ ଜାଣିପାରିଛନ୍ତି। ସାହିରେ ବୋଧେ କେହି ସେ ବିଷୟରେ କଥାବାର୍ତ୍ତା ହୋଇଥିବେ। ସେ କଥାକୁ ଶୁଣିଥିବା କୌଣସି ଲୋକ ଆସି ତା ବୋଉକୁ ସେ ବିଷୟରେ କହିଥିବ। ବୋଉ ସହିତ ସେ ଲୋକର କଥାବାର୍ତ୍ତାରୁ ଘରର ଅନ୍ୟମାନେ ସେ ଘଟଣା ସମ୍ପର୍କରେ ଶୁଣିପାରିଥିବେ । ସେ ପ୍ରସଙ୍ଗରେ କିଛି ସୁରାକ ନ ପାଇଥିଲେ କିମ୍ବା ତା କଥା ବିଷୟରେ କିଛି ଅନୁମାନ କରି ପାରିନଥିଲେ । ସେମାନେ କେବେ ତା ସହିତ ଏପରି ଖାପଛଡ଼ା ବ୍ୟବହାର କରନ୍ତେ ନାହିଁ। ଏହା ପୂର୍ବରୁ କେବେ ଏପରି କରିନାହାନ୍ତି। ତାକୁ ଦେଖ୍ କେହି କିଛି ନ କହି ଏମିତି ନିରବରେ ନିଜ ନିଜ ଧନ୍ଦାରେ ବ୍ୟସ୍ତ ରହିବାର ବାହାନା କରୁ ନ ଥାଆନ୍ତେ।

ତା' ବୋଉ ଚଉଁରା ପାଖରୁ ଆସି ଘରର ପ୍ରତି ଦୁଆରେ ସଞ୍ଝ ସଲିତା ଥୋଇ ତାଙ୍କ ଘର ଠାକୁରଙ୍କୁ ଜୁହାର ହେବାକୁ ଗଲା। ଘର ପିଣ୍ଢାରେ ବସି ସତୀଦୁଆର ମୁହଁର ସଞ୍ଝସଲିତାକୁ ଅନାଇଁ ରହିଥାଏ। ସଲିତାଟି ଜଳିସାରି ଲିଭିଗଲା। ସେହି ଲିଭିଯାଇଥିବା ସଲିତାକୁ ଚାହିଁ ସତୀ ଭାବୁଥିଲା, ଏହି ସଞ୍ଝସଲିତାଟି ପରି ତା ହୃଦୟ ଭିତରେ ଜଳୁଥିବା ଆଶାର ସଲିତା ବୋଧେ ଜଳିଜଳି ଶେଷକୁ ଏହିପରି ଲିଭିଯିବ। ଆପଣା ମନସ୍କାମନା ପୂରଣ ପାଇଁ ସେ ସୁଯୋଗ ବୋଧେ ପାଇବନି। ସଞ୍ଝସଲିତା ଭଳି ତା ନିଜ ମନ ମନ୍ଦିରରେ ହୃଦୟ ଦୀପରେ ଜଳୁଥିବା ଭଲ ପାଇବାର ଆଶାର ସଲିତା ଜଳିଜଳି ପାଉଁଶ ହୋଇଗଲେ ସେ ବା ତା'ର କି ପ୍ରକାର ପ୍ରତିକାର କରିପାରିବ। ମଣିଷର ସବୁ ଆଶା କ'ଣ କେବେ ପୂରଣ ହୁଏ ? ଅନେକ ଆଶାର ସଲିତା ଏହି ସଞ୍ଝ ସଲିତା ପରି ଜଳି ପାଉଁଶ ହୋଇଯାଇଛି ଓ ଆହୁରି ମଧ୍ୟ ଅନେକ ହେବ। ସେ ଅପୂରଣ ଆଶା ପାଇଁ ମଣିଷ ଝୁରିହୁଏ। ଆଶା ପୂରଣ ପାଇଁ ସୁଯୋଗ ପାଇ ନ ଥିବାରୁ ସେ ନିଜ ଭାଗ୍ୟକୁ ଦୋଷ ଦେଇଥାଏ। କପାଳକୁ ନିନ୍ଦିବା ବ୍ୟତୀତ ତା'ର ଆଉ ଅନ୍ୟ

କିଛି ବିକଳ୍ପ ପନ୍ଥା ନ ଥିଲେ କିୟା ଆଶା ପୂରଣ ଲାଗି ତା ଦ୍ୱାରା କିଛି ଉଦ୍ୟମ କରିବାକୁ ସୁଯୋଗ ନ ମିଳିଲେ ନିରବରେ ସବୁ ମଥା ପାତି ସହିଯିବା ଛଡ଼ା ସିଏ ଆଉ ବା ଅଧିକ କ’ଣ କରି ପାରିବ ? ମନେମନେ ଭାବି ହେବ। କୁହୁଳି କୁହୁଳି ଜଳିବ। ଝୁରୁଝୁରି କ୍ଷୀଣ ହେବ। ଶୁଖ୍‌ଶୁଖ୍‌ ବଣ୍ଠି ରହିବ ଜୀବନର ଅବଶିଷ୍ଟ ସମୟ ଅତିବାହିତ କରିଦେବାପାଇଁ। ଲୁଚାଇ ଲୁଚାଇ କାନ୍ଦିବ। ଅନ୍ୟମାନଙ୍କ ଅଲକ୍ଷ୍ୟରେ ସେବିଷୟରେ ଚିନ୍ତା କରିବ ଗଭୀର ଭାବରେ। ନିରବରେ ଆଖ୍‌ରୁ ଲୁହ ଢାଳି ଭଗବାନଙ୍କୁ ଡାକି କହୁଥିବ ଯାହା ଦୁର୍ବଳ ମନା କରିଥାଏ।

ଗୋପନରେ କୌଣସି କାମ କଲେ ମନରେ ଭୟ ଜାତ ହୁଏ। ଧରାପଡ଼ି ଯିବାର ଆଶଙ୍କାରେ ସେ ସବୁବେଳେ ଚିନ୍ତିତ ରହେ। ସମୟେ ସମୟେ ପାରିପାର୍ଶ୍ୱିକ ପରିସ୍ଥିତି ସେ ଆଶଙ୍କାକୁ ଦୃଢ଼ୀଭୂତ କରିଥାଏ। ଲୁଚାଇ କିଛି କାମ କରୁଥିବା ବ୍ୟକ୍ତିଟି ଆଡ଼କୁ କେହି ଅନାଇଲେ ସମ୍ପୃକ୍ତ ଲୋକଟି ଭାବେ ବୋଧେ ତାକୁ ଲକ୍ଷ୍ୟ କରୁଥିବା ବ୍ୟକ୍ତିଟି ତା ଗୁପ୍ତ ଧନ୍ଦାଟିକୁ ଜାଣିପାରିଛି। ଯେଉଁଥିପାଇଁ ସେ ତାକୁ ସନ୍ଦେହ ଦୃଷ୍ଟିରେ ଚାହୁଁଛି। ଦୁଇ, ଚାରିଜଣ ଗୋଟିଏ ଜାଗାରେ ଏକତ୍ର ହୋଇ ଗପସପ ହେଲେ ଉକ୍ତ ଲୋକଟି ଆଶଙ୍କା କରେ ବୋଧେ ସେମାନେ ତା’ରି ବିଷୟରେ ଅଲୋଚନା କରୁଛନ୍ତି। କେହି ତାକୁ ଦେଖ୍‌ କିଛି ନ କହିଲେ ତା’ର ଧାରଣା ଜନ୍ମେ ଲୋକଲୋଚନ ଉହାଡ଼ରେ ସେ କରୁଥିବା ଧନ୍ଦାଟି ବୋଧେ ବାହାରେ ପ୍ରକାଶ ପାଇଗଲା। ଯେଉଁଥିପାଇଁ ଲୋକେ ତାକୁ ଦେଖ୍‌ ଘୃଣାରେ ତା’ ସହିତ କଥା ହେବାକୁ ଇଚ୍ଛା କରୁନାହାନ୍ତି। କାମଳ ରୋଗୀକୁ ଯେପରି ସବୁ କିଛି କେବଳ ହଳଦି ବର୍ଣ୍ଣ ଦେଖାଯାଇଥାଏ ଓ ରଙ୍ଗ କାଚର ଚଷମା ପିନ୍ଧିଥିବା ଲୋକଟି ଦୁନିଆକୁ କେବେବି ପରିଷ୍କାର ନ ଦେଖ୍‌ ଖାଲି ସେହି ଚଷମା ରଙ୍ଗରେ ଦେଖ୍‌ଥାଏ । ସେହିପରି କିଛି ନ ହୋଇ ମଧ୍ୟ ସମ୍ପୃକ୍ତ ଲୋକଟି ନିଜେ ଦୁନିଆକୁ ସନ୍ଦେହ କରିବା ଆରମ୍ଭ କରିଦିଏ। ପ୍ରତ୍ୟେକ ଲୋକର ବ୍ୟବହାର ତାକୁ ଅଡ଼ୁଆ ବୋଧହୁଏ । ଅନ୍ୟମାନଙ୍କର ସ୍ୱାଭାବିକ ଚାଲି ଚଳନକୁ ସେ ନିଜ ଆଡ଼କୁ ଆରବାଗରେ ଟାଣିନିଏ । ଅନ୍ୟମାନେ ତାକୁ ଇଙ୍ଗିତ କରୁଛନ୍ତି ବୋଲି ଧରିନିଏ, ଘର ଲୋକମାନଙ୍କ ବ୍ୟବହାରରୁ ସତୀ ତା ପ୍ରତି ସେମାନଙ୍କର ସନ୍ଦେହ ଜାତ ହୋଇଛି ବୋଲି ଭାବୁଥିଲା ।

ତା’ ବୋଉର ନିରବତା ସତୀ ମନରେ ସନ୍ଦେହ ସୃଷ୍ଟିକଲା। ତା’ ସାନ ଭାଇ ଓ ସାନ ଭଉଣୀ ଦୁହେଁ ତା’ ଉପସ୍ଥିତିକୁ ଅଣଦେଖା କରି ଖେଳରେ ନିଃସଙ୍କୋଚରେ ମାତି ରହିବା ତାକୁ ଖାପଛଡ଼ା ପରି ବୋଧହେଲା। ତା’ ସନ୍ଦେହକୁ ଆହୁରି ଦୃଢ଼କଲା ତା’ ମଇଁଆ ଭଉଣୀ ଦୁହିଁଙ୍କର ତାଠାରୁ ଦୂରତା ରକ୍ଷାକରି ଆରଘରେ କୌଣସି କାମରେ ବ୍ୟସ୍ତ ରହିବା। ସେ ତା’ ପରିବାରର ଲୋକମାନଙ୍କୁ ସନ୍ଦେହ କରୁଥିଲା । ଏହି କାରଣରୁ ସେମାନେ ସମସ୍ତେ ତା’ ଠାରୁ ଦୂରେଇ ଯାଉଛନ୍ତି। ଠାକୁର ବାବା କହନ୍ତି “ହସ୍ତୀ ହସ୍ତ ସହସ୍ରେଣ, ଶତ ହସ୍ତେନ ବାଜିନଃ। ଶୃଙ୍ଗିଣୋ ଦଶ ହସ୍ତେନ ସ୍ଥାନ ତ୍ୟାଗେନ ଦୁର୍ଜନଃ।” ହସ୍ତୀଠାରୁ ହଜାର ହାତ ଦୂରରେ, ଘୋଡ଼ାଠାରୁ ଶହେ ହାତ ଦୂରରେ, ଗାଈ, ବଳଦ ପ୍ରଭୃତି ଶିଙ୍ଗ ଥିବା ଜନ୍ତୁଙ୍କଠାରୁ ଦଶ ହାତ ଦୂରରେ ରହିବା ଉଚିତ୍‌। କିନ୍ତୁ ଦୁଷ୍ଟ ଲୋକ ରହୁଥିବା ସ୍ଥାନକୁ ପରିତ୍ୟାଗ କରି ଚାଲିଯିବା ଉଚିତ, ତେବେ କ’ଣ ସେ ଦୁଷ୍ଟ ଲୋକମାନଙ୍କ ମଧ୍ୟରେ ଗଣାହେଲାଣି, ଯେଉଁଥ୍ ପାଇଁ ତା’ ପରିବାରର ଲୋକମାନେ ତାଠାରୁ ଦୂରେଇ ଯାଉଛନ୍ତି । ତା’ପରେ ପାଖ ପଡ଼ୋଶୀଙ୍କୁ ସେ ଭାବୁଥିଲା ତାଙ୍କ ପଡ଼ିଶାର କେହି ତା’ ବୋଉକୁ ସେ ବିଷୟରେ କିଛି କହିଛି। ଯାହା ଫଳରେ ଏପରି ପରିସ୍ଥିତି ସୃଷ୍ଟି ହୋଇଛି। ସନ୍ଦେହ ଆଖ୍‌ରେ ସେ ଜ୍ଞାତି କୁଟୁମ୍ବ, ସାହିପଡ଼ିଶା ଏପରିକି ତାଙ୍କ ଗାଁଲୋକମାନଙ୍କୁ ସୁଦ୍ଧା ଦେଖୁଥିଲା । ତାକୁ ଲାଗୁଥିଲା ସେ ଯେପରି ସମସ୍ତଙ୍କ ସନ୍ଦେହ ଭଉଁରି ଭିତରେ ପଡ଼ିଯାଇଛି। ସେହି ଭଉଁରିରେ ପଡ଼ି ସେ ବୁଡ଼ିଯାଉଛି ତଳକୁ ତଳକୁ। ଯେପରି ସେ ସେହି ଭଉଁରିର ଅତଳ ଗର୍ଭରେ ହଜିଯିବ, ମିଶିଯିବ, ଲୀନ ହୋଇଯିବ ସମ୍ପୂର୍ଣ୍ଣ ଭାବରେ। ସନ୍ଦେହ, ଅବିଶ୍ୱାସ, ଆତ୍ମ ପ୍ରତାରଣା ତା ମନ ମଧ୍ୟକୁ ସଂକ୍ରମିତ ହୋଇସାରିଥିଲା। ଗ୍ରାସ କରିଯାଇଥିଲା ତା’ ହୃଦୟକୁ, ଅନ୍ତରକୁ, ଆତ୍ମାକୁ, ପ୍ରାଣକୁ, ତା ବିବେକକୁ, ତା ସମଗ୍ର

ସଙ୍ଗକୁ। ସନ୍ଦେହ ଘେରରେ ପଡ଼ିଯାଇଥିବା ସତୀ ନିଜକୁ ଦୋଷ ମୁକ୍ତ କରିବାକୁ ଉପାୟ ଖୋଜି ପାଉନଥିଲା। ଉପାୟ ଶୂନ୍ୟ ହେବା ଦ୍ୱାରା ତା ମନବଳ ଦୁର୍ବଳ ହୋଇ ଯାଉଥିଲା। ଦୁର୍ବଳ ମନ ସଫଳତା ହାସଲ ପାଇଁ ସମର୍ଥ ହୁଏନା। ନିଜର ସାମର୍ଥ୍ୟପଣ ହରାଇ ବସିଥିବା ସତୀ ନିଜକୁ ସନ୍ଦେହରୁ ମୁକୁଳାଇବା ପାଇଁ ବାଟ ଖୋଜି ପାଉନଥିଲା। ପଥହରା ପଥିକ ଅବାଟରେ ଗଲାବେଳେ ଯେପରି (ପାଦେ ପାଦେ) ପ୍ରତି ପଦକ୍ଷେପରେ ବିପଦର ସମ୍ମୁଖୀନ ହେବାର ଆଶଙ୍କା ଥାଏ ଓ ସେ ବିପଦରୁ କିପରି ନିଜକୁ ମୁକ୍ତ କରି ପାରିବ ସେହି ଯୋଜନାର ରୂପରେଖ ଗଢ଼ିବା କଳ୍ପନାରେ ବ୍ୟସ୍ତରହେ। ସତୀ ସେହିପରି ପରିସ୍ଥିତିରେ ପଡ଼ିଥିବାର ନିଜକୁ ଆବିଷ୍କାର କଲା।

ସତୀ ପଦା ଲୋକଙ୍କ ଅପେକ୍ଷା ନିଜ ଘର ଲୋକମାନଙ୍କ ସନ୍ଦେହକୁ ବେଶୀ ଭୟ କରୁଥିଲା। କାରଣ ବାହାର ଶତ୍ରୁଙ୍କ ଅପେକ୍ଷା ଆପଣାର ଲୋକମାନେ ହିଁ ଅଧିକ କ୍ଷତି କରିବାକୁ ସମର୍ଥ ହୋଇଥାଆନ୍ତି। ସେ ଠାକୁରବାବାଙ୍କଠାରୁ ଶୁଣିଛି– ସୁଗ୍ରୀବ ନିଜ ଭାଇ ବାଲିକୁ ରାମଙ୍କ ହାତରେ ମରାଇଥିଲେ। ରାବଣ ବଂଶକୁ ନିପାତ କରିବାରେ ଆପଣା ଭାଇ ବିଭୀଷଣ ହିଁ ରାମଙ୍କୁ ସହାୟତା କରିଥିଲେ। କଂସକୁ ତାଙ୍କ ନିଜ ଭଣଜା କୃଷ୍ଣ ହିଁ ବିନାଶ କରିଥିଲେ। କୌରବମାନଙ୍କ ଧ୍ୱଂସର କାରଣ ଥିଲେ ତାଙ୍କ ମାମୁ ଶକୁନି। ନିଜର ଅତି ପ୍ରିୟ ଶିଷ୍ୟ ଅର୍ଜୁନଙ୍କୁ ଆର୍ଯ୍ୟାବର୍ତ୍ତର ସର୍ବଶ୍ରେଷ୍ଠ ଧନୁର୍ଦ୍ଧର କରିବା ପାଇଁ ଯେଉଁ ଗୁରୁ ଦ୍ରୋଣାଚାର୍ଯ୍ୟ, ଗୋଟିଏ ଦିନ ସୁଦ୍ଧା କୌଣସି ପ୍ରକାର ଅସ୍ତ୍ରଚାଳନାର ଶିକ୍ଷା ନ ଦେଇ ଶିଷ୍ୟ (ଏକଲବ୍ୟର ସ୍ୱୀକାର ଅନୁଯାୟୀ ନ ହେଲେ ବାସ୍ତବରେ ଆଚାର୍ଯ୍ୟ ଦ୍ରୋଣ ଏକଲବ୍ୟର ପ୍ରକୃତ ଗୁରୁ ନ ଥିଲେ) ଏକଲବ୍ୟଠାରୁ ଅନ୍ୟାୟ ଭାବରେ ସମସ୍ତ ପ୍ରକାର ନୀତି, ନିୟମ, ନୈତିକତା ଓ ମାନବିକତାକୁ ଜଳାଞ୍ଜଲି ଦେଇ ତାଙ୍କ ଡାହାଣ ହାତର ବୁଢ଼ା ଅଙ୍ଗୁଳିକୁ ଗୁରୁ ଦକ୍ଷିଣା ଭାବରେ ଭିକ୍ଷା ମାଗି ଥିଲେ। ଯେପରି ଏକଲବ୍ୟ ଭବିଷ୍ୟତରେ ଆଉ ଶର ସନ୍ଧାନ କରି ନ ପାରିବ। ସେହି ଅତିପ୍ରିୟ ଶିଷ୍ୟ କୃତଘ୍ନ ଅର୍ଜୁନ ହିଁ କୁରୁକ୍ଷେତ୍ରରେ ଗୁରୁ ଦ୍ରୋଣଙ୍କ ଉପରକୁ ଶର ପ୍ରହାର କରିବାକୁ ପଶ୍ଚାତ୍‌ପଦ ହୋଇନଥିଲେ। ନିଜ ନିଜ ଭିତରେ ହଣା ହଣି ହୋଇ ଯଦୁବଂଶ ଲୋପ ପାଇଥିଲା। ହିରଣ୍ୟକଶ୍ୟପୁଙ୍କ ବିନାଶର କାରଣ ମଧ୍ୟ ତାଙ୍କ ପୁତ୍ର ପ୍ରହଲ୍ଲାଦ ଥିଲେ। ବିମ୍ବିସାରଙ୍କୁ ତାଙ୍କ ପୁତ୍ର ଅଜାତଶତ୍ରୁ ହିଁ ବନ୍ଦି କରି ଅନାହାରରେ ରଖି ମାରିଥିଲେ। ତକ୍ଷଶିଲା ରାଜ୍ୟର ଶାସକ ଅମ୍ଭି ତାଙ୍କ ପଡ଼ୋଶୀ ରାଜ୍ୟ ପଞ୍ଜାବର ଶାସକ ପୁରୁଙ୍କ ବିରୋଧରେ ଆଲେକଜାଣ୍ଡାରଙ୍କୁ ଆମନ୍ତ୍ରଣ କରିଥିଲେ। ଅଶୋକ ତାଙ୍କ ପିତା ବିନ୍ଦୁସାରଙ୍କୁ ବିଷ ଦେଇ ହତ୍ୟା କରିବା ସହିତ ସିଂହାସନ ଓ ରାଜ୍ୟ ପାଇଁ ନିଜର ଶହେ ଭାଇଙ୍କୁ ବିନାଶ କରିଥିଲେ।

ଜୁଲିୟସ ସିଜରକୁ ତାଙ୍କର ପରମ ବନ୍ଧୁ କ୍ୟାସିଅର ଓ ବ୍ରୁଟସ ହିଁ ପ୍ରଥମେ ଆଘାତ କରିଥିଲେ। ପୁଅକୁ ସମ୍ରାଟ କରାଇବା ପାଇଁ ସମ୍ରାଟ ନିରୋଙ୍କ ମା' ଆଗ୍ରିପିନା ନିଜର ତୃତୀୟ ସ୍ୱାମୀଙ୍କୁ ହତ୍ୟା କରିଥିଲେ ଓ ଆପଣାର ସୁବିଧା ଲାଗି ସମ୍ରାଟ ନିରୋଙ୍କ ଦ୍ୱାରା ଷଡ଼ଯନ୍ତ୍ର ଅଭିଯୋଗରେ ତାଙ୍କ ମୁଣ୍ଡକାଟ କରାଯାଇଥିଲା। ଯିଶୁଙ୍କୁ ତାଙ୍କର ଅତି ବିଶ୍ୱସ୍ତ (୧୩ ତମ) ଶିଷ୍ୟ ଜୁଦାସ ମାତ୍ର ତିରିଶଟି ରୌପ୍ୟ ମୁଦ୍ରା ପାଇ ଚିହ୍ନାଇ ଦେଇଥିଲେ, ଭାରତର ପରାଧୀନର କାରଣ ମଧ୍ୟ ଭାରତୀୟମାନେ ଥିଲେ। ଦେଶର ଶେଷ ସ୍ୱାଧୀନ ହିନ୍ଦୁ ରାଜା ତଥା ଦିଲ୍ଲୀ ଓ ଆଜମିରର ଶାସକ ପୃଥ୍ୱିରାଜ ଚୌହାନଙ୍କ ବିରୋଧରେ ତାଙ୍କ ଶ୍ୱଶୁର କନୌଜର ରାଜା ଜୟଚନ୍ଦ୍ର ହିଁ ମହମ୍ମଦ ଘୋରୀଙ୍କୁ ସାହାଯ୍ୟ କରିଥିଲେ। ଆଲ୍ଲାଉଦ୍ଦିନ ଖିଲିଜ ସିଂହାସନ ପାଇଁ ତାଙ୍କ ପିତୃବ୍ୟଙ୍କୁ ଗୁପ୍ତ ହତ୍ୟା କରିଥିଲେ। ମହମ୍ମଦ ତୋଗଲକ ତାଙ୍କ ପିତାଙ୍କର ମୃତ୍ୟୁର କାରଣ ଥିଲେ। ଇବ୍ରାହିମ ଲୋଧୀଙ୍କୁ ବିରୋଧ କରି ତାଙ୍କ ଅମିରମାନେ ବାବରଙ୍କୁ ସାହାଯ୍ୟ କରିଥିଲେ। ନିଜର ସୁଯୋଗ୍ୟ ଅଭିବାଦକ ବୈରାମ ଖାଁଙ୍କୁ ଆକବର ହିଁ ଗୁପ୍ତ ହତ୍ୟା କରାଇଥିଲେ। ଶାହାଜାହାନ ତାଙ୍କ କ୍ଷାତିକ ରକ୍ତରେ ହସ୍ତରଞ୍ଜିତ କରିଥିଲେ ରାଜ୍ୟପାଇଁ। ଆଉରଙ୍ଗଜେବ ନିଜ ଭାଇମାନଙ୍କୁ ହତ୍ୟା କରି ସିଂହାସନ ଅଧିକାର କରିଥିଲେ। ଇଂଲଣ୍ଡର ମହାରାଣୀ ଏଲିଜାବେଥ ଦେଶ ଓ ଶୃଙ୍ଖଳା ନାଁରେ ନିଜର ଏକଦା ପ୍ରିୟ ପ୍ରେମିକ ବିଶ୍ୱବିଖ୍ୟାତ

ଲେଖକ ସାରଡ୍‌ୱାଲ୍‌ଟର ରାଲେ ଓ ପ୍ରେମିକ ଯୁବରାଜ ଏସେକ୍‌ସକୁ ଯେମିତି ଫାଶୀଦଣ୍ଡ ଦେଇ ହତ୍ୟାକଲେ ଇତିହାସ ପୃଷ୍ଠାରୁ ସେ ରକ୍ତର ଦାଗ ଆଜି ବି ଲିଭିନି । ଇଂଲଣ୍ଡର ରାଣୀ ଭିକ୍‌ଟୋରିଆ ପ୍ରେମ ପାଇଁ ତାଙ୍କ ସ୍ୱାମୀଙ୍କୁ ନିଜ ପ୍ରେମିକ (ଅପଣା ଦେହରକ୍ଷୀ)ଙ୍କ ଦ୍ୱାରା ଗୁଲି କରାଇ ହତ୍ୟା କରାଇଥିଲେ । ଦେଶୀୟ ରାଜାମାନେ ହିଁ ବିଦେଶୀ ବଣିକ ଇଂରେଜମାନଙ୍କୁ ପରସ୍ପର ବିରୋଧରେ ସାହାଯ୍ୟ କରି ଦେଶର ଶାସକ ହେବାକୁ ସୁଯୋଗ ଦେଇଥିଲେ । ସିରାଜଉଦ୍ଦୌଲାଙ୍କୁ ବିରୋଧ କରି ରବର୍ଟ କ୍ଲାଇବ୍‌ଙ୍କୁ ସାହାଯ୍ୟ କରିଥିଲେ ତାଙ୍କ ଭଗ୍ନୀପତି ତଥା ତାଙ୍କ ପ୍ରଧାନ ସେନାପତି ମୀରଜାଫର ଓ ଓଡ଼ିଶାର ଶେଷ ସ୍ୱାଧୀନ ରାଜା ମୁକୁନ୍ଦଦେବଙ୍କୁ ଗୁପ୍ତ ହତ୍ୟା କରିଥିଲେ ତାଙ୍କର ଅତି ବିଶ୍ୱସ୍ତ ସଚିବ ଶିକ୍ଷମନାଇ । ଓଡ଼ିଶାର ସ୍ୱାଧୀନତାକୁ ଇତି କରିବାରେ ଚରଣ ପଞ୍ଚନାୟକଙ୍କ ବିଶ୍ୱାସ ଘାତକତା, ତା ବୁନିଆଦି ଓ ଉତ୍ତର ପୁରୁଷଙ୍କୁ କେମିତି ଐତିହାସିକ ଧୋକାବାଜ ବନାଇ ଚିରାବନତ ମୁଣ୍ଡ କରାଇ ଦେଇଥିଲା । ନେପୋଲିୟନଙ୍କର ଯୁଦ୍ଧରେ ପରାଜୟର କାରଣ ଥିଲେ ତାଙ୍କର କେତେକ ଅତି ଅନ୍ତରଙ୍ଗ ସେନାପତି । ସେମାନେ ଶତ୍ରୁ ପକ୍ଷକୁ ତାଙ୍କ ଯୁଦ୍ଧ ଅଭିଯାନର କେତେକ ଗୁପ୍ତ ତଥ୍ୟ ଜଣାଇ ଦେଇଥିଲେ । ସିପାହି ବିଦ୍ରୋହ ବା ଭାରତର ପ୍ରଥମ ସ୍ୱାଧୀନତା ସଂଗ୍ରାମକୁ ଦମନ କରିବାରେ ପ୍ରତିପକ୍ଷ ଇଂରେଜମାନଙ୍କୁ ସାହାଯ୍ୟ କରିଥିଲେ ଭାରତୀୟ ଶିଖ ଓ ଗୁର୍ଖାମାନେ । ପ୍ରମୋଶନ ଲୋଭରେ ଦେଶର ପ୍ରଥମ ସହିଦ ଖୁଦିରାମ ବୋଷଙ୍କୁ ତାଙ୍କ ନିଜ ଭିଶୋଇ ଧରାଇ ଦେଇଥିଲେ । ସ୍ୱାଧୀନତା ସଂଗ୍ରାମର ମହାନାୟକ ଗାନ୍ଧିଜୀଙ୍କୁ ଇଂରେଜମାନେ ନୁହନ୍ତି, ତାଙ୍କ ନିଜ ଦେଶବାସୀ ଭାରତୀୟ ମାନେହିଁ ହତ୍ୟା କରିଥିଲେ । ସ୍ୱାଧୀନ ଭାରତର ପ୍ରଧାନମନ୍ତ୍ରୀ ନେହେରୁ ପଡ଼ୋଶୀ ଚୀନ ବିରୋଧରେ ଯୁକ୍ତରାଷ୍ଟ୍ର ଆମେରିକାକୁ ଆମନ୍ତ୍ରଣ କରିଥିଲେ । ଚାଇନା ନେତା ଚିଆଙ୍ଗ କାଇସେକ ତାଙ୍କ ଅନୁଗତ ମାଓ ସେତୁଙ୍ଗ ଦ୍ୱାରା ଚୀନର ମୂଳ ଭୁଖଣ୍ଡରୁ ବିତାଡ଼ିତ ହୋଇ ତାଇୱାନରେ ଆଶ୍ରୟ ନେଇଥିଲେ । ଦେଶର ପ୍ରଥମ ପ୍ରଧାନମନ୍ତ୍ରୀ ଜବାହାର ହିଁ ନେତାଜୀ ସୁଭାଷ ଚନ୍ଦ୍ର ବୋଷଙ୍କୁ ଯୁଦ୍ଧ ଅପରାଧୀ ଭାବେ ଦର୍ଶାଇ ବ୍ରିଟିଶ ପ୍ରଧାନମନ୍ତ୍ରୀ କ୍ଲିମେଣ୍ଟ ଅଟ୍‌ଲିକୁ ଏକପତ୍ର ଲେଖିଥିଲେ । କ୍ଷମତା ହାସଲ ଲାଗି ଜନସଂଘର ଅଧ୍ୟକ୍ଷ ଦିନଦୟାଲ ଉପାଧ୍ୟାୟଙ୍କୁ ତାଙ୍କ ଦଳର ଅଟଳ ବିହାରୀ ବାଜପେୟୀ ଗୁପ୍ତହତ୍ୟା କରାଇଥିଲେ ବୋଲି ଜନସଂଘର ବିଶିଷ୍ଟ ନେତା ଶ୍ରୀ ବଲରାଜ ଧୋମକ ଅଭିଯୋଗ କରିଥିଲେ । ଦେଶର ପୂର୍ବତନ ପ୍ରଧାନମନ୍ତ୍ରୀ ଇନ୍ଦିରା ଗାନ୍ଧୀ ନିଜ ଅଙ୍ଗରକ୍ଷୀଙ୍କ ଗୁଲିମାଡ଼ରେ ନିହତ ହୋଇଥିଲେ । ଦ୍ୱିତୀୟ ପ୍ରଧାନମନ୍ତ୍ରୀ ଶାସ୍ତ୍ରୀଜୀଙ୍କ ମୃତ୍ୟୁ ମଧ ଦେଶର କେତେକ ତୁଙ୍ଗ ନେତାଙ୍କର କାରାସାଦି ଭାବେ ପରିଗଣିତ ହୋଇଛି । ରାଜୀବ ଗାନ୍ଧୀଙ୍କ ମୃତ୍ୟୁର କାରଣ ମଧ ଆମ ଦେଶର ତାମିଲମାନେ ହିଁ ଥିଲେ ।

ଘରଲୋକ ମାନଙ୍କ ନିରବତାକୁ ସତୀ ତା ପ୍ରତି ବିପଦ ଆସିବାର ପୂର୍ବ ସୂଚନା ଭାବରେ ଧରିନେଇଥିଲା, ଯେପରି ଝଡ଼ ଉଠିବା ଆଗରୁ ପ୍ରକୃତି ଅସ୍ୱାଭାବିକ ଭାବେ ଶାନ୍ତ ପଡ଼ିଯାଏ । ପ୍ରକୃତିର ନିରବତା ହିଁ ତୋଫାନ ହେବାର ପୂର୍ବାଭାଷା, ଅତ୍ୟଧିକ ଶାନ୍ତ ପରିବେଶରୁ ବାତ୍ୟା ସମ୍ଭବ ହୋଇଥାଏ । ସ୍ୱାଭାବିକ ପରିବେଶରୁ ନୁହେଁ । ସତୀ ଭାବୁଥିଲା ବୋଧେ ତା ବିଷୟରେ ଜାଣିପାରି ସମସ୍ତେ ନିରବ ରହିଛନ୍ତି । ବାପାଙ୍କ ପାଇଁ ଅପେକ୍ଷା କରାଯାଇଛି । ବାପା ଆସି ପହଞ୍ଚିଲେ ବୋଉ ତାଙ୍କୁ ତା କଥା କହିବ । ବାପା ସେ କଥାକୁ ନେଇ ତା ଉପରେ ବିରକ୍ତ ହେବେ । ବାପା ସେଥିପାଇଁ ତାଙ୍କୁ ଗାଲିଦେଇ ପାରନ୍ତି । ଏପରିକି ମାଡ଼ ଛାଟ ମଧ ଦେବା ଅସମ୍ଭବ ନୁହେଁ ।

ତା'ପରେ ତା' ପ୍ରତି ସବୁ ପ୍ରକାର ବାଛନ୍ଦ ବ୍ୟବସ୍ଥା ଲାଗୁହେବ । ଘରଛାଡ଼ି କେଉଁ ଆଡ଼କୁ ନ ଯିବା ପାଇଁ ତାକୁ କୁହାଯିବ । କଥା ନ ମାନିଲେ ଦଣ୍ଡ ଦିଆଯାଇପାରେ । ସବୁ ପ୍ରକାର ବାରଣ ମଧ୍ୟରେ ସମସ୍ତ ରକମ କଟକଣା ଭିତରେ ରହି ସେ ବନ୍ଦିନୀର ଜୀବନ ବିତାଇବାକୁ ଏକ ପ୍ରକାର ବାଧ ହେବ । ବନ୍ଦୀ ଜୀବନ କଥା ଭାବିଲା ମାତ୍ରେ ତା' ଆଖ୍ ଆଗରେ ଦୃଶ୍ୟଟିଏ ଉଭାହୁଏ । ସେ ଦୃଶ୍ୟରେ ସେ ଦେଖେ ଚାରିକାନ୍ତୁ ଘେର ଭିତରେ ସେ ରହିଛି । ବ୍ୟକ୍ତିଗତ ସ୍ୱାଧୀନତା ତା'

ନାହିଁ । ନିଜ ଇଚ୍ଛା ଅନୁସାରେ କୁଆଡ଼କୁ ଯିବାକୁ ତାକୁ ମନା । ମନଖୋଲି କାହା ସହିତ ଦ୍ୱିପଦ କଥା ହୋଇ ପାରିବ ନାହିଁ, ନିଜ ପାଇଁ କିଛି କହିପାରିବନି, ମାଗି ପାରିବନି, ଇଚ୍ଛା କରୁଥିବା ଜିନିଷ । କୌଣସି ପଦାର୍ଥ ପ୍ରତି ଆସକ୍ତି ଆସିଲେ ତାକୁ ମନରେ ମାରି ନିରବ ରହିବାକୁ ଏକ ପ୍ରକାର ବାଧ୍ୟ ହେବ । କିଛି ଦ୍ରବ୍ୟ ପ୍ରତି ଲୋଭ ହେଲେ କିମ୍ୱା ଶ୍ରଦ୍ଧା ଜନ୍ମିଲେ ତାହା କାହାକୁ କହି ପାରିବନି । କାହାରି ଆଗରେ ପ୍ରକାଶ କରି ପାରିବନି ନିଜର ମନଭାବ । ସେ ଆପଣାର ମତବ୍ୟକ୍ତ କରିବାର ସ୍ୱାଧୀନତା ଟିକକ ହରାଇ ବସିବ । ସେ ନିଷ୍କର୍ଭବ୍ୟ ଉପାୟଶୂନ୍ୟ, ଅସହାୟ, ଅନ୍ୟମାନଙ୍କ ବିଷଦୃଷ୍ଟିର ପାତ୍ରୀ ହୋଇ ବିତାଇବ ବନ୍ଦିନୀର ଜୀବନ । ଆପଣା କପାଳକୁ ଆଦରି ନେଇ ଭାଗ୍ୟର ଦ୍ୱାହୀ ଦେଇ ନିଜ କର୍ମକୁ ଜାବୁଡ଼ିଧରି ଅପାଙ୍କ୍ତେୟ ଭାବେ ପଡ଼ିରହିବ । ଭଗବାନଙ୍କୁ ସାକ୍ଷୀରଖି ସହିଯିବ ତା'ପ୍ରତି ସବୁ ପ୍ରକାର ଆକଟ ବ୍ୟବସ୍ଥା ଲାଗୁହେଲା ପରେ ।

ତା'ଭାବନାକୁ ଆବୋରି ବସୁଛି ତା' ବୋଉର ବ୍ୟବହାର । କାହିଁକି ସେ ତାକୁ ଦେଖି କିଛି ନ କହି ନିରବ ରହୁଛି । ତା'ର ଆଜି ମନ୍ଦିରୁ ଫେରିବା ବିଳମ୍ୱ ପାଇଁ ତା ବୋଉ ତାକୁ ନିହାତି କିଛି ନ ହେଲେ ତା'ର ଉତ୍ତର ହେବା ବାବଦରେ କିଛି ପଚାରି ଥାଆନ୍ତା । କିନ୍ତୁ ସେ ତାକୁ ସେ ସମୟରେ କିଛି ନ କହିବା ଦ୍ୱାରା ସତୀ ମନରେ ତା ବୋଉ ପ୍ରତି ଆଶଙ୍କା ଜାତ ହେଉଛି । ତା ବୋଉର ସଦା ହସ ହସ ମୁହଁ ଗମ୍ଭୀର ଦିଶୁଛି କେଉଁ କାରଣରୁ ? ଯେପରି ସନ୍ଦେହର କଳା ବାଦଲ ସେଠି (ତା ବୋଉ ମୁହଁରେ) ଢାଙ୍କି ହୋଇ ରହିଛି । ଘୋଟି ରହିଛି ଅନ୍ଧାରିଆ କରି, ସେ ଜମାଟ ବନ୍ଧା ବାଦଲ ବରଷୁ ନାହିଁ, ଗାଲୁନାହିଁ ପାଣି, ନିଗାଡ଼ୁନି ବରଷାର ଧାରା । ସେଠି ଦିଶୁନି ବିଜୁଳିର ଝଲକ (ତା ବୋଉର ହସ ବିଜୁଳି ଝଲକ ପରି) । ଭିତ ସଞ୍ଚାରକାରୀ ଘଡ଼ଘଡ଼ି ପରି ଗର୍ଜନ କରି ତା ବୋଉ ତାକୁ ଗାଳି ଦେଲେ, ସୁନି ମା' ଯେପରି ସୁନିକୁ କହିଥିଲେ । ସେପରି ହେଲେ ସେ ଖୁସି ହୁଅନ୍ତା । ତା ଦ୍ୱାରା ତା ବୋଉ ମନର ଓରିମାନ ମେଣ୍ଟି ଯାଆନ୍ତା ଓ ତା ବୋଉ ପ୍ରତି ତା ମନରେ ଥିବା ସନ୍ଦେହ ଦୂର ହୋଇଗଲେ ସେ ନିଶ୍ଚିନ୍ତ ହୋଇପାରନ୍ତା ଯେ ସେ କରିଥିବା ତ୍ରୁଟି ପାଇଁ ଦଣ୍ଡ ପାଇ ସାରିଛି । ଏମିତି କେବଳ ନିରବତା ତା ବୋଉର ମୁଖମଣ୍ଡଳରେ ଖୁନ୍ଦି ହୋଇରହିଛି । ବାରି ଟୋପା ସେ ଜାମଟ ବନ୍ଧା ବାଦଲରୁ ନ ଖସି ଢାଙ୍କି ରଖିଛି କେବଳ ଦୁଇଟି ସ୍ତର ମଧ୍ୟରେ ସୀମାରେଖା ଟାଣି ଦେଇ । ସେ ବାଦଲ ଘୋଡ଼ାଇ ଦେଇଛି ଖୁସିର ପ୍ରତୀକ ତାରାଫୁଲମାନଙ୍କୁ, ହସଝରା ଜନ୍ମ ଆଲୋକକୁ ବି । ଖାଣ୍ଡବବନ ଦହନ ବେଳେ ଅର୍ଜୁନଙ୍କ ଦ୍ୱାରା ସୃଷ୍ଟ ଶରପାଡ଼ା ପରି ।

ସେ ଦିନ ରବିବାର ଥିବାରୁ ତା' ସାନ ଭାଇ, ଭଉଣୀ, ଦୁଇ ଜଣ ରାତିରେ ପାଠ ନ ପଢ଼ି ଖେଳରେ ମାତିଥିଲେ । ସେମାନଙ୍କ ଖେଳ କୌତୁକକୁ ଦେଖି ସତୀର ପଞ୍ଚକଥା ମନେ ପଡ଼ିଯାଉଥିଲା । ଅତୀତର କଥା, ଯେତେବେଳେ ସେ ସେମାନଙ୍କ ପରି ଛୋଟ ଥିଲା । ସେମାନଙ୍କ ବୟସର । ସେତେବେଳେ ଆଜିପରି ତା'ମନରେ ଥିଲା ଚିନ୍ତା ନା ଦକ, ଭୟ ନା ଭ୍ରାନ୍ତି, ଶଙ୍କା ନ ଆଶଙ୍କା, ଗ୍ଲାନି ନା ଦୁର୍ଭାବନା, ହାରିଯିବା କିମ୍ୱା ହରାଇ ବସିବାର ବେଦନା ? ସେ ପ୍ରଜାପତି ଧରୁଥିଲା, କଙ୍ଗିମାନଙ୍କ ପଛରେ ଗୋଡ଼ାଉ ଥିଲା । ଖୋଲାମନ ନେଇ ବୁଲୁଥିଲା ସୁନି ସହିତ ଘୋର କଡ଼େକଡ଼େ, କାଶତଣ୍ଡୀ ବୁଦା ପାଖେ ପାଖେ ।

ବାସନା ବିହୀନ ସେହି ଶୁଭ୍ର କାଶତଣ୍ଡୀ ଫୁଲକୁ ସେ ଭାରି ଆଦର କରେ, ଅଧିକ ପସନ୍ଦ କରେ, ବେଶୀ ଶ୍ରଦ୍ଧା କରିଥାଏ । ଆଉ ଖୁବ୍ ଭଲ ପାଏ ମଧ୍ୟ । ସେ ଫୁଲରେ ମହକ ନଥାଉ, ନଲାଗୁ ପଛକେ ତାହା କୌଣସି ଦେବତାଙ୍କ ପୂଜାରେ । ତଥାପି କାଶତଣ୍ଡୀ ଫୁଲ ତା'ର ଭାରି ପ୍ରିୟ ଏବଂ ଅତି ଆପଣାର ପରି ତାକୁ ଲାଗିଥାଏ । ସେଥିପାଇଁ କାଶତଣ୍ଡୀ ଫୁଲକୁ ସେ ଭାରି ତାରିଫ କରେ । ଆଉ ତାକୁ ଭଲ ଲାଗେ ସୁନି ସହିତ ସାଙ୍ଗ ହୋଇ ବୁଲିବାକୁ । ସାଙ୍ଗ ହୋଇ ଖେଳିବାକୁ– ବୋହୁଚୋରି, ଖପରାଡ଼ିଆଁ । ଗାର କାଟି ଟେଙ୍ଗୁଟି ଥୋଇ ବାଘ ଛେଲି ଖେଳ । ତା ସହିତ ଗପିବାକୁ ତାକୁ ମଧ୍ୟ ଭଲଲାଗେ । କେତେ ରକମର ଗପ– ବାଘମାମୁ କଥା, କଲୁରାଇବେଣ୍ଟ କାହାଣୀ, ବଉଳାଗାଈ ଉପାଖ୍ୟାନ, ରାକ୍ଷସ ଓ ରଜାଝିଅ ଗପ ।

ସୁନି ସହିତ ସାଙ୍ଗ ହୋଇ ବୁଲୁଥିଲା ବେଳେ ତା'ର ମନରେ ପଡ଼େ ତାଙ୍କ ଗାଁ ସୁମନ୍ତ ଭାଇର କବିତା ଘୋଷିବା କଥା। ସୁମନ୍ତ ତାଙ୍କରି ସାଇର ପିଲା, ତାଙ୍କ ଘର ପାଖରେ ତାଙ୍କ ଘର। ପଡ଼ିଶା ଲେଖାରେ ଜେଜେ ହେବ। କିନ୍ତୁ ବୟସ ଦୃଷ୍ଟିରୁ ଭାଇ ବୟସର। ସେଥିପାଇଁ ସେ ଓ ତା' ତଳ ଭାଇ ଭଉଣୀ ମାନେ ତାକୁ ଜେଜେ ନ ଡ଼ାକି ଭାଇ ସମ୍ବୋଧନ କରି ଥାଆନ୍ତି। ସେତେବେଳେ ସେ ହାଇସ୍କୁଲରେ ପଢ଼ୁଥାଏ। ତାଙ୍କ ଗାଁ ପାଖ ଲକ୍ଷ୍ମୀ ବଜାର ଗାଁ ସ୍କୁଲରେ ନୁହେଁ, ତାଙ୍କ ନିଜ ମୌଜା ମଝିରେ ଥିବା ହାଇସ୍କୁଲରେ। ତାଙ୍କ ଗାଁ ଠାରୁ ତା'ର ଦୂରତା ଲକ୍ଷ୍ମୀବଜାର ଗାଁ ସ୍କୁଲ ଠାରୁ ଅଧିକ ଦେଢ଼ କିଲୋମିଟର ହେବ। ଏକ ପ୍ରକାର ଦୁଇଗୁଣ ବାଟ। ସେତିକି ବେଳେ ସେ ତାଙ୍କ କ୍ଲାସରେ ପଢ଼ା ହେଉଥିବା ସାହିତ୍ୟ ବହିର ବିନୋଦ ନାୟକଙ୍କ ରଚିତ 'ଗ୍ରାମପଥ' କବିତା ମୁଖସ୍ତ କରୁଥାଏ। ସେଥିରୁ ଗୋଟିଏ ଧାଡ଼ି ସତୀ ମନରେ ରଖିଥିଲା– 'ପାଟପରେ ବଣ, ବଣ ପାରିହେଲେ ମାମୁଘର ଗାଁ ଦିଶେ।' ଯେପରି ଯୋର ପାଖରୁ ଅନାଇଲେ କାଶତଣ୍ଡୀ ବୁଦା ଫାଙ୍କରୁ ତା ମାମୁଘର ଗାଁ (ଲକ୍ଷ୍ମୀ ବଜାର ଗାଁ) ଦେଖାଯାଏ।

ମାମୁଘର କହିଲେ ମନରେ ଗୋଟେ ଭାବାନ୍ତର ସୃଷ୍ଟିହୁଏ। ଦେହରେ ଏକ ପ୍ରକାର ଶିହରଣ ଖେଳିଯାଏ। ଭାବ ପ୍ରବଣତାର ବଶବର୍ତ୍ତୀ ହୋଇ ସେ ଆନମନା ହୁଏ। ଉତ୍ତେଜନା ଆସିଯାଏ, ସେ କଥା ଚିନ୍ତା କଲେ। ଚେତନାକୁ ଆବୋରି ବସେ ସେ କଥାର ପରଶ। ଆଉ ଅନ୍ତରରେ ଆସେ ଉନ୍ମୋଦନା। ମାମୁ ଘର ତା ବୋଉର ଜନ୍ମସ୍ଥାନ। ତା ପିଲା ବେଳର ଘଟଣା। ତା ବୋଉ ବାଲ୍ୟ ଜୀବନର କେତେ ଅକୁହାକଥା ସବୁ ଲୁଚି ରହିଛି ତା ବୋଉ ମନର ନିଭୃତ ଇଲାକାରେ। ଯେବେ ସେ ବୋଉ ସହିତ ମାମୁଁ ଘରକୁ ଯାଉଥିଲା ସେଇବେଳର କଥା, ସେଦିନର ସ୍ମୃତି, ଆଜିବି ମନେ ପଡ଼େ ସେ ସମୟର ଅନୁଭୂତି। ଜୀବନ୍ତ ହୋଇ ରହିଛି ଅଭୁଲା କାହାଣୀ ପରି। ଅପାଶୋରା ସେ ମମତାର ସ୍ୱର୍ଷ। ପିଲାବେଳେ ସାଙ୍ଗ ମେଳରେ ଧୂଳିଘର ଖେଳ, ଶୈଶବର ସ୍ମୃତି, କୈଶୋରର ଅନୁଭୂତି, ପୌଗଣ୍ଡର ପରଶ, ପହିଲି ଯୌବନର ଅନୁଭବ କେବେ ବି ଭୁଲି ହୁଏ ନାହିଁ। ଜୀବନ୍ତ ହୋଇ ମନରେ ରହିଛି ସେ ଘଟଣାର ସୁଦୂର ପ୍ରସାରି ପ୍ରବାହ। ଚିର ଅଭୁଲା ସେ ବାସ୍ତବତା, ଅପାସୋରା ସେ କଥା। ଛୁଆଟିଏ ହୋଇଥାଏ, ମାମୁ ଘରକୁ ଗଲେ ଅଜ୍ଜା କାଖାନ୍ତି, ଗେଲ କରନ୍ତି, ଭଗିଲି ହୁଅନ୍ତି, ଠଙ୍ଗାରେ ମଜା ଉଠାଇବା ଲାଗି କେତେ କଥା କହନ୍ତି। ଆଇର ସ୍ନେହ, ମାମୁଙ୍କର ଉପଦେଶ, ମାଇଁଙ୍କର ଆଦର, ମାମୁ ପୁଅ ଭାଇର ଚଗଲାମି, ଦୁଷ୍ଟାମି କରେ, ସାଙ୍ଗରେ ଲାଗେ ଚିଡ଼ାଏ। ମାମୁଇଁ କଥାତ ସବୁଦିନ ରହିବ ମନରେ, ମଲାଯାଏ।

ତା' ତଳ ଭାଇ ସୁବଳର ଜନମ ପରେ ମାମୁଘର ସହିତ ସମ୍ପର୍କ ତୁଟି ଯାଇଥିଲା। ସେତେବେଳକୁ ଅଜ୍ଜା ମଲେଣି। ଆଇ ବିଦାୟ ନେଇ ଗଲେଣି ସଂସାରରୁ। ସେମାନେ ତା' ନିଜର ମାମୁ ମାଇଁ ନ ଥିଲେ। ସେମାନେ ଥିଲେ ନିଜ ଅଜ୍ଜାର ସାନ ଭାଇର ପୁଅ ବୋହୂ। ତା ନିଜ ଅଜ୍ଜାର କେବଳ ଗୋଟିଏ ଝିଅ ବଞ୍ଚ ରହିଥିଲା। ସିଏ ତା' ବୋଉ ସବିତା। ଯଦିବା ଅନେକ ପିଲାଙ୍କୁ ତା ଆଇ କୋଲକୁ ଆଣିଥିଲେ, ସେମାନେ ସବୁ ଅକାଳରେ ବାହୁଡ଼ି ଗଲେ ଏକା ତା ବୋଉକୁ ଛାଡ଼ି। ଅଷ୍ଟବସୁମାନେ ଗଙ୍ଗାଙ୍କ ଗର୍ଭରୁ ଜନ୍ମ ହୋଇ ଏକୁଟିଆ ଦେବବ୍ରତ (ଭୀଷ୍ମ)ଙ୍କୁ ଛାଡ଼ି ଅନ୍ୟମାନେ ସବୁ ଫେରିଗଲା ପରି ।

ସେ ମାମୁଘର ଭାଇୟାରା ତାଙ୍କ ସହିତ ବନ୍ଧୁଭାବ ଲଗାଇଥିଲେ, ନବା ଆଣିବା କରୁଥିଲେ। ଦେବାନେବା ଚାଲିଥିଲା ବନ୍ଧୁ ପଣରେ। ଓଷାବାର, ପୁନେଇଁ ପରବରେ ଆସି ପହଞ୍ଚୁଥିଲେ। ଆପଦ ବିପଦ ବେଳେ ପାଖରେ ଠିଆ ହେଉଥିଲେ, ବିବାହ ଆଦି ଅନୁଷ୍ଠାନ କର୍ମରେ ଦୁଆରେ ହାଜର ହେଉଥିଲେ। ପ୍ରକୃତରେ ବନ୍ଧୁପଣିଆ ଲଗାଇଥିଲେ ଅଜ୍ଜା ଆଉ ଆଇ। ସେମାନଙ୍କର ନିଜର ଝିଅ ନ ଥିଲା। ସବିତାଙ୍କ ବିବାହ ବେଳକୁ ତା ନିଜ ବାପା ସ୍ୱର୍ଗବାସୀ ହୋଇ ସାରିଥିଲେ। ସେଥିପାଇଁ ବଡ଼ ଭାଇର ଝିଅକୁ ବେଦୀରେ ବସି କନ୍ୟାଦାନକରି ସେ ନିଜର ବାପପରି ଝିଅକୁ ଖୋଜା ଲୋଡ଼ା କରୁଥିଲେ। ତାଙ୍କ ଅନ୍ତେ ତାଙ୍କ ପୁଅ ବୋହୂଙ୍କର ମମତା ଲଗାଇବା ଭିତରେ ଥିଲା ଗୋଟେ ଭିତିରି ଉଦ୍ଦେଶ୍ୟ।

ତା' ନିଜ ଅଜ୍ଞାଙ୍କ ସମ୍ପତ୍ତିର ଲୋଭ । ସେତେକ ନପାଇବାରୁ ବନ୍ଧୁ ସମ୍ପର୍କ ତୁଟି ଯାଇଥିଲା । କଟି ଯାଇଥିଲା ସମସ୍ତ ସେମାନଙ୍କ ସହିତ । ସେମାନେ ଆଉ ଓଷାବାର କରି ଆସିଲେ ନାହିଁ । ପୂନେଇଁ ପରବରେ ଏମାନଙ୍କ ପାଦ ପଡ଼ିଲାନି ତାଙ୍କ ଦୁଆରେ । ଏମାନେ ଆଉ ଗଲେ ନାହିଁ ମାମୁଘର ଆଡ଼େ । ବୁଲିବାକୁ ।

ଭାବ ତୁଟିଗଲା, କଟିଗଲା ସମ୍ପର୍କ । ପୂର୍ଣ୍ଣଚ୍ଛେଦ ପଡ଼ିଗଲା ବନ୍ଧୁପଣରେ । ନବାଦବା ଚାଲିଲାନି, କେହି କାହାରି ଦୁଆର ମାଡ଼ିଲେନି । କେବେ କେମିତି ଦେଖା ସାକ୍ଷାତ ହେଲେ ପରସ୍ପର ପରସ୍ପରକୁ ଅଣଦେଖା କରି ମୁହଁ ବୁଲେଇ ନେଇ ନ ଦେଖି ପାରିଲାପରି ଚାଲିଯାଆନ୍ତି । ମାତ୍ର ବଞ୍ଚ ରହିଲା ସ୍ମୃତି, ଯିବା ଆସିବାର ସମୟ ସରିଗଲା ପରେ ସୁଦ୍ଧା । ସ୍ମୃତି ସେ ତ କେବେ ମରେନା । ତାକୁ କେବେ ବି ଭୁଲି ହୁଏ ନାହିଁ । ବୋଉ କାଖରେ କାଖ ହୋଇ, ମାମୁ କାନ୍ଧରେ ଚାନ୍ଦୁ ହୋଇ କେବେ ନାଉ ହୋଇ ଅଜା ପିଠିରେ । ଝୋର, ପଡ଼ିଆ ଓ ବିଲ ପାର ହୋଇ ସେ ମାମୁ ଘରକୁ ଯାଉଥିଲା । ଅଭୁଲା ସେ କଥା, ଅପସାରା ସେ ସ୍ମୃତି, ନିଆରା ସେ ସବୁ ଘଟଣାର ଅନୁଭୂତି । ଆଜି ବି ମନେ ପଡ଼େ ସେ କଥା । ସେ ଘଟଣା ଯେମିତି ଜୀବନ୍ତ ହୋଇରହିଛି ମାନସ ପଟରେ । ବୃଥା ଭାବପ୍ରବଣତାର ବିଷୟ ଅବଶ୍ୟ ସେସବୁ । ସିଏ ବା କୋଉ କାମକୁ ପାଏ ନା ବୁଝାଏ କେଉଁ କଥାକୁ । ତା ଦ୍ୱାରା କିଛି ଲାଭ ମିଳେ ନତୁବା କେଉଁ ଉଦ୍ଦେଶ୍ୟ ସାର୍ଥକ ହୁଏ ନା କିଛି ଫାଇଦା ଥାଏ ସେ କଥାରେ ? ସେପରି ଭାବନାରୁ ସେମିତି ମନବୃଦ୍ଧିରୁ ।

ସତୀ ହୃଦୟରେ ଏବେ ବି ଲାଗି ରହିଛି ସେହି ମମତାର ପରଶ । ସେହି ମୋହ ଆଉ ସେନେହର ପ୍ରଲେପ । ଯିବା ଆସିବା ବନ୍ଦ ହୋଇଯାଇଛି । ମାମୁଘର ଲୋକମାନଙ୍କର ପାଦ ପଡ଼ୁନି ତାଙ୍କ ଘରେ । ଏମାନେ ବି କେବେ ମାମୁଘର ଦୁଆର ମାଡ଼ୁନାହାଁନ୍ତି । ଦେହଟା ସିନା ଯାଉନି ଅପଦ୍ଧ ଯୋଗୁ କିନ୍ତୁ ମନ ସେକଥା ମାନିବାକୁ ଆଦୌ (ରାଜି) ପ୍ରସ୍ତୁତ ନୁହେଁ । ସେ ଉଡ଼ିଯାଏ ପରଲଗା ପକ୍ଷୀ ପରି । ଠିକଣା ଜାଣିଥିବା ପତ୍ର ବାହକ ପାରାଭଲି ଚିଠି ଧରି ଚିହ୍ନା ରାସ୍ତାଦେଇ ଉଡ଼ିଗଲା ପରି । ମାମୁଘରେ ପହଞ୍ଚେ ଭାବନାରେ, କଳ୍ପନାରେ ସେମାନଙ୍କ ସହିତ କଥାଭାଷା ହୁଏ । ତାଙ୍କ ଘରଦୁଆର ବୁଲିଆସେ, ପୁଣି ଫେରିଆସେ ନିଜ ସ୍ଥାନକୁ, ଆପେ ଆପେ ଯେଉଁଠି ସେମାନେ ରହିଛନ୍ତି । ସେଇଠିକୁ ।

ଚିନ୍ତା କରିବା କେବଳ ସାରହୁଏ । ଝୁରି ହେବାର ଫଳ ମିଳେନା । କଳ୍ପନା କଳ୍ପନାରେ ରହିଯାଏ । ଭାବନା ଗୁମୁରୁଥାଏ ଅନ୍ତର ଭିତରେ । ସେ ପିଲାଟିଏ ହୋଇପାରେନା ଅତୀତ ଫେରେନା । ଅନତିକ୍ରମ ଇଲାକାରେ ରହିଯାଏ ଛୁଆ ବେଳର ବୟସ । ଡେଇଁ ହୁଏନା, ସେ ଅଲଙ୍ଘ୍ୟ ପ୍ରାଚୀରକୁ ଅନେକ ଉଦ୍ୟମ ଦ୍ୱାରା । ଛୁଇଁ ପାରେନା ସେ ଅପହଞ୍ଚ ସୀମାରେଖାକୁ ଶତ ଚେଷ୍ଟା ସତ୍ତ୍ୱେ । ସେ ବାସ୍ତବରେ ତା ମାମୁ ଘରକୁ ଯାଇ ପାରେନା । ଆଦୌ ନୁହେଁ ।

ପିଲା ବେଳର କଥାକୁ ସେ ଭାବନାରେ କଳ୍ପନା କରି ବସେ । କିନ୍ତୁ ବାସ୍ତବରେ ସେ ସମୟ ଫେରି ଆସେନା କେବେହେଲେ । ଏବେ କିଛି ଅସୁବିଧା ହେଲେ କିୟ୍ବା ତା ମନଲାଖି ଜିନିଷ ତାକୁ ନ ମିଲିଲେ ସେ ଆଉ ରାହାଧରି କାନ୍ଦି ପାରେନା ଛୋଟ ପିଲାଙ୍କ ପରି । ଯେତେବେଲେ ସେ ଛୋଟଥିଲା, ଯେମିତି ପିଲାବେଲେ ଅଜ୍ଟ କରୁଥିଲା, ରାହାଧରି ସ୍ୱରଲମ୍ୟାଇ କାନ୍ଦୁଥିଲା, ରାଗୁଥିଲା, ତଲେ ଗଡ଼ୁଥିଲା, ରୁଷୁଥିଲା, ମୁହଁ ଫୁଲେଇ ବସୁଥିଲା, ଜିଗର ଲଗାଉଥିଲା, ଜିଦ୍ ଧରୁଥିଲା ଇପ୍ସିତ ପଦାର୍ଥଟି ପାଇଁ । ସେତେବେଲେ ଅକଡ଼ାଇ ବସିଲେ ବୋଉ କାଖୋଉଥିଲା, ବୋଧ ଦେବାକୁ ବାପା କାନ୍ଧରେ ବସାଇ ଚାନ୍ଦୁକରି ଆକାଶ ଆଡ଼କୁ ହାତ ଇଙ୍ଗିତ କରି ସରଗର ଚାନ୍ଦ ଦେଖାଉଥିଲେ । ଆ' ଜହ୍ନମାମୁ ସରଗ ଶଶି କହି ପିଠିରେ ନାଉ କରୁଥିଲେ ଜେଜେ । କେବେ କେମିତି ଘୋଡ଼ା ହେଉଥିଲେ ଆଣ୍ଠେଇ ପଡ଼ି । ସେ ତାଙ୍କ ପିଠିରେ ବସି ସଇଶ ବନି ଯାଉଥିଲା । ଜେଜେମା କୋଳରେ ବସାଇ ଝୁଲାଇ ଝୁଲାଇ ଖୁଆଇ ଦେଉଥିଲା ଧୋଓରେ ବାଇଆ ଗୀତ ଗାଇ । ସେ ଚାହୁଁଥିବା ଜିନିଷଟି ତାକୁ ମିଲିଯାଉଥିଲା । ସେ ଇଚ୍ଛା କରୁଥିବା ପଦାର୍ଥଟି ପାଇଗଲା ପରେ ଓ ସେ ଆଶା ରଖୁଥିବା ଦ୍ରବ୍ୟର ପ୍ରାପ୍ତି ପରେ ସେ ବୋଧ ହେଉଥିଲା । ଏବେ ସେ ସମୟ ଆଉନାହିଁ । ସେ ଆଉ କେବେ କାନ୍ଦି

ପାରେନା ଆଗପରି । ପୂର୍ବଭଳି ଅଳି ଅର୍ଦ୍ଲି କରି ପାରେନା । କାଖ ହୁଏନା ଛୋଟ ପିଲାଙ୍କ ପରି । କାନ୍ଧରେ ଚାନ୍ଦୁ କିମ୍ବା ପିଠିରେ ନାଉ ହେବାର ବୟସକୁ ସେ ଡେଙ୍ଗା ଆସିଲାଣି କେବେଠୁଁ । ସଇଶ ହୋଇ ଘୋଡ଼ାରେ ବସିବାର ସମୟ ତା ଲାଗି ଆଉ ଫେରି ଆସେନାହିଁ । ପିଲାବେଳେ ସିନା ଅଟଟ କରିହୁଏ ବଡ଼ ହୋଇଗଲେ ସେମିତି କରିହୁଏ ନାହିଁ । ଅଳି ଅର୍ଦ୍ଲି କୁନି ଛୁଆମାନେ କରି ଥାଆନ୍ତି, ବୟସ୍କମାନେ ନୁହନ୍ତି । କାରଣ ସେଥିପାଇଁ ସମୟ ଓ ବୟସର ସୀମା ଅଛି । ଯେମିତି ଶ୍ରାବଣ ମାସରେ ଝଡ଼ିବର୍ଷ ହେଲେ ଶୋଭାପାଏ । ଫଗୁଣରେ ନୁହେଁ ।

ପିଲା ଦୁଇଟିଙ୍କ କୌତୂହଳ ଜନିତ ପାଟିତୁଣ୍ଡରେ ତା'ର ଧ୍ୟାନଭଗ୍ନ ହେଉଥିଲା । ସେ ଫେରି ଆସୁଥିଲା ଭାବନା ରାଜ୍ୟରୁ । ପ୍ରକୃତିସ୍ଥ ହୋଇ ନିଜ ଚାରିପଟର ପରିସ୍ଥିତି ପ୍ରତି ସଚେତନ ହେଉଥିଲା । ସେମାନଙ୍କ କୋଲାହଳ ତାକୁ ବିରକ୍ତି ବୋଧ ହେଉଥିଲେ ସୁଦ୍ଧା । ସେମାନଙ୍କୁ ନିରବ ରହିବା ପାଇଁ ସେ କହିପାରୁ ନଥିଲା । ତା'ର ଇଚ୍ଛା ହେଉଥିଲା ସେ ଦୁହିଁଙ୍କୁ ତାଗିଦ କରିଦେବା ପାଇଁ । ଚିଲାଚିଲି ନ କରି ଚୁପ୍ ଚାପ ଖେଳ, ପାଟି କରନାହିଁ । ମାତ୍ର ସେତେକ କହିବା ତା ପକ୍ଷରେ କାଠିକର ପାଠପରି ମନେ ହେଉଥିଲା । ଯାହାର ନିଜରକ୍ଷଣ ଅସମ୍ଭାଳ ସେ ଅନ୍ୟମାନଙ୍କୁ ଶାସନ କରିବାକୁ କେମିତି ବା ସାହସ ଜୁଟାଇ ପାରିବ ? ନିଜ ଆସନ ଟଳମଳ । ସେତକ ସମ୍ଭାଳିବା ତା ପକ୍ଷରେ ସମ୍ଭବ ନ ଥିଲା । ନିଜ ଆସନ ଦୃଢ଼ ନ କରି ଅନ୍ୟର ସ୍ଥିତି ପ୍ରତି ଦୃଷ୍ଟି ଦେବା ବୋକାମିର ପରିଚୟ ନିଶ୍ଚୟ । ନିଜ ରକ୍ଷଣ ଅସମ୍ଭବ, ସେ କାହୁଁ ଅନ୍ୟକୁ ରକ୍ଷିବ ।

ପିଲା ଦୁଇଟିଙ୍କର ବେପରବାୟ ଆଚରଣ ତାକୁ ଅଡ଼ୁଆ ବୋଧ ହେଉଥିଲା । ତା'ର ଉପସ୍ଥିତିକୁ ସେ ଦୁହେଁ ଜାଣି ପାରୁନଥିଲେ କିମ୍ବା ଜାଣିଜାଣି ତାକୁ ଅବଜ୍ଞା କରିବା ମତଲବ ରଖି ଏପରି ହେଉଥିଲେ ତାହା ସେ ଆଦୌ ବୁଝି ପାରୁନଥିଲା । ସତୀ ଭାବି ଚାଲିଥିଲା– ଯଦି ଏମାନେ ତା ବିଷୟରେ କିଛି ଶୁଣିଥିବେ ତେବେ ଏମାନଙ୍କର ଧାରଣା ହୋଇଥିବ, ଦେଇ ଯେବେ ଶୃଙ୍ଖଳା ଭାଙ୍ଗି ଅବାଟରେ ଯାଇ ପାରିଲା ତେବେ ସେମାନେ ଆଉ କାହିଁକି ତା ଆକଟକୁ ମାନିବେ ?

ସାମାଜିକ ଶୃଙ୍ଖଳା ଭାଙ୍ଗିଥିବା ଲୋକଟି ଅସାମାଜିକ ହୋଇଯାଏ । ଅସାମାଜିକ ଲୋକର କଥାକୁ କେହି ଗୁରୁତ୍ୱ ଦେଇ ନଥାଆନ୍ତି । ସେ ବ୍ୟକ୍ତିଟି ମଧ୍ୟ କାହାରି ପ୍ରତି ଅନୁଶାସନ ଜାହିର କରିବାର ସତ୍ ସାହସ କରିପାରେନା । କେବଳ ତା ଇଚ୍ଛା ବିରୋଧରେ ହେଉଥିବା କାର୍ଯ୍ୟକୁ ସେ ନୀରବରେ ଦେଖିଥାଏ । କୌଣସି ପ୍ରତିବାଦ କରିବାର ଅଧିକାର ହରାଇ ଦେଇଥିବା ହେତୁ ସେ ସମାଜରେ ଗୋଟିଏ ଅଲୋଡ଼ା, ଅଖୋଜା, ଅଦରକାରୀ ପ୍ରାଣୀଙ୍କ ଭିତରେ ଗଣାହୁଏ । ସମସ୍ତେ ତା'ଠାରୁ ଦୂରେଇ ରହିଥାଆନ୍ତି । ତାକୁ ଏକପ୍ରକାର ଏକଘରିକିଆ ହୋଇ ରହିବାକୁ ପଡ଼େ । ଯେପରି ଆଜି ସତୀର ଅବସ୍ଥା ହୋଇଛି । ସେ ତାଙ୍କ ନିଜ ଘରେ ତା ଆପଣା ସାନ ଭାଇ ଭଉଣୀଙ୍କୁ ଶାସନ କରିବାର ସମସ୍ତ ପ୍ରକାର ସାହାସ ଓ ଅଧିକାର ହରାଇ ବସିଛି । ଶୃଙ୍ଖଳା ବିଷୟରେ କିଛି କହିବାର ସାମର୍ଥ୍ୟ ଯେପରି ତା'ର ନାହିଁ । ଆପଣା ସ୍ୱୀକୃତ ଅଧିକାରରୁ ବଞ୍ଚିତା ହୋଇ ସେ ନିଜକୁ ଏକୁଟିଆ ମଣୁଥିଲା ।

ପିଲା ଦୁଇଟିଙ୍କ ଫାଜିଲାମୀରେ ଅତିଷ୍ଠ ହୋଇ ସେ ପିଣ୍ଡାରୁ ଉଠି ଯାଇ ଦୁଆର ମୁହଁ ପାଖରେ ବସିଲା । ଯେପରି କ୍ରୀଡ଼ାଗତ ତା ସାନ ଭାଇଭଉଣୀର କୌତୁକ ଜନିତ ପାଟିତୁଣ୍ଡ ତାକୁ ଆଉ ଶୁଣାନଯିବ ସେଥିପାଇଁ ।

ସେଦିନ ମାର୍ଗଶିର ମାସର ସଂକ୍ରାନ୍ତି । କାର୍ତ୍ତିକେଶ୍ୱରଙ୍କ ପୂଜାର ଦିନ । ସେ ବ୍ରତ(ଓଷା) ପାଳନ କରୁଥିବା ଘରମାନଙ୍କରେ ମାଇକ ବାଜି ପୂଜା ହେବାର ପୂର୍ବାଭାଷ ପ୍ରଚାର କରୁଥାଏ । ବର୍ତ୍ତମାନର ସମୟ ହେଲା ପ୍ରଚାର ଯୁଗର ବେଳା । ପ୍ରଚାର ନକଲେ କିମ୍ବା ପ୍ରଚାର କରାଇ ନପାରିଲେ ନିଜର ବ୍ୟକ୍ତିତ୍ୱ ଓ ତୁମ ଦ୍ୱାରା ସମ୍ପାଦିତ ହେଉଥିବା କାର୍ଯ୍ୟକ୍ରମ ଲୋକଲୋଚନ

ଆଉଆଲରେ ରହିଥିବ । କେହି ତୁମ ବିଷୟରେ ଆଦୌ କିଛି ଜାଣି ପାରିବେ ନାହିଁ । ତୁମ ଦ୍ୱାରା କରାଯାଉଥିବା କାର୍ଯ୍ୟକଲାପ ବାହାରେ କେବେ ବି ପ୍ରକାଶ ପାଇପାରିବ ନାହିଁ । ନିଜର ବ୍ୟକ୍ତିତ୍ୱ ପରିସ୍ଫୁଟକୁ ପ୍ରକାଶ କରିବା ଲାଗି ଏଇନେ ଯେକୌଣସି ଉପାୟରେ ପ୍ରଚାର କରାଇବା ହେଉଛି ସର୍ବୋକୃଷ୍ଟ ପନ୍ଥା । ପ୍ରଚାର ବିନା ବର୍ତ୍ତମାନ ସମୟରେ ସବୁକିଛି ନିରର୍ଥକ । ଆପଣା ଆସ୍ ବଡ଼ିମାର ପ୍ରଚାର ନିଜେ କରିବାକୁ କିମ୍ୱା କରାଇବାକୁ ପଡ଼େ । କିନ୍ତୁ ଭାଗବତ କହେ– "ଆସ୍ ପ୍ରଶଂସା ଯେ କରନ୍ତି, ସେ ପ୍ରାଣୀ ନରକେ ପଡ଼ନ୍ତି !" ସେ ପୁରୁଣା କାଳର ଶାସ୍ତ୍ର, ପୁରାଣ କଥାକୁ ଏଇନେ ମାନୁଛି କିଏ ? ଆସ୍ ବଡ଼ିମାର ପ୍ରଚାର ଯଦି ନିଜେ କରିନପାରିବ ନତୁବା ଅନ୍ୟମାନଙ୍କ ଦ୍ୱାରା ପ୍ରଚାର କରାଇ ନପାରିଲେ ସବୁ ନିଷ୍ଫଳ ବୋଲି ଜାଣ । ଅନ୍ୟମାନଙ୍କ ଅଗୋଚରରେ ତୁମର ବ୍ୟକ୍ତିତ୍ୱ ରହିଗଲେ ଅଥବା ତୁମେ ସମ୍ପାଦନ କରୁଥିବା କାମଟି ବାହାର ଲୋକମାନଙ୍କ ଅଜ୍ଞାତରେ ହେଲେ କିମ୍ୱା ତୁମ ପୁରୁଷାର୍ଥ ପଣିଆ ପଦାରେ ପ୍ରକାଶ ନ ପାଇଲେ ଅବା ପ୍ରଚାର ନହେଲେ ତୁମ ବ୍ୟକ୍ତିତ୍ୱ ତ ସହଜେ ଅଜଣା ରହିଥିବ । ତା' ସହିତ ତୁମ କର୍ତ୍ତବ୍ୟ ପାଳନର ପ୍ରଣାଳୀ ବିଷୟରେ ଅନ୍ୟମାନେ ଅବଗତ ହୋଇ ପାରିବେନି । ଯଦି ତୁମେ ନିଜେ ଓ ତୁମ କର୍ମ ବିଷୟ ବାହାରେ ପ୍ରକାଶ ନ ପାଇଲା କିମ୍ୱା ପ୍ରଚାର ହୋଇନପାରିଲା ତେବେ ସେପରି ବ୍ୟକ୍ତିତ୍ୱର ଏବଂ ସମ୍ପାଦିତ କର୍ମର ମୂଲ୍ୟ କ'ଣ ରହିଲା ? ସେଥିପାଇଁ ସେସବୁର ପ୍ରଚାର ହେବା ନିହାତି ଆବଶ୍ୟକ । ପ୍ରଚାର କରିବା କିମ୍ୱା କରାଇବା ଉଦ୍ୟମର ପ୍ରଥମ ସୋପାନରେ କିଛି ଚାଟୁକାରମାନଙ୍କୁ ଯୋଗାଡ଼ କରିବାକୁ ପଡ଼େ । ସେହି ସ୍ତାବକମାନେ ସ୍ୱାର୍ଥ ଆଶାରେ ସେପରି କାର୍ଯ୍ୟରେ ନିୟୋଜିତ ହେବାକୁ ଆଗ୍ରହୀ ହୋଇଥାଆନ୍ତି । ସେହିମାନଙ୍କ ଦ୍ୱାରା ହିଁ ଅକର୍ମା, ଅଯୋଗ୍ୟ, ଅପାରଗ, ଅମଣିଷ ଓ ଅପଦାର୍ଥମାନଙ୍କ ବ୍ୟକ୍ତିତ୍ୱର ପ୍ରଚାର ଓ ପ୍ରସାର ଯୁଗେ ଯୁଗେ ହୋଇଆସିଛି ।

କାରଣ "ସନ୍ତଃ ସ୍ୱତଃ ପ୍ରକାଶରେ ଗୁଣା ନ ପର ତୋନୁଶାମ୍ । ଆମୋଦୋ ନହି କସ୍ତୁର୍ଯ୍ୟଃ ଶପଥେନ ବିଭାବ୍ୟତେ ।" ଲୋକମାନଙ୍କର ପ୍ରତିଭାଦି ଗୁଣ ଅନ୍ୟର ବିନା ସାହାଯ୍ୟରେ ସ୍ୱତଃ ପ୍ରକାଶିତ ହୁଏ । କସ୍ତୁରୀର ସୁଗନ୍ଧ ପ୍ରକାଶିତ ହେବା ପାଇଁ ଅନ୍ୟ ଦ୍ରବ୍ୟର ସାହାଯ୍ୟକୁ ଅପେକ୍ଷା କରେନାହିଁ । ପ୍ରତିଷ୍ଠା ଶୂକରୀ ବିଷ୍ଠା ଇଂରାଜୀରେ Fame is the lest in fermity of a great soul. ଅର୍ଥାତ ପ୍ରତିଷ୍ଠା ଲାଭ ଲୋଭ ମହାମାନବର ହିଁ ଚରମ ଦୁର୍ବଳତା । "ଇଦୋପି ଲଘୁତାଂ ଯାତି ସ୍ୱୟଂ ପ୍ରଖ୍ୟାପିତ ଗୁଣୈଃ ।" ନିଜ ନାମ ଓ ଗୁଣ ପ୍ରଚାରରେ ଇନ୍ଦ୍ର ମଧ ଲଘୁତା ପ୍ରାପ୍ତ ହୁଅନ୍ତି ।

ଖ୍ୟାତିକୁ ପ୍ରଚାର ଦ୍ୱାରା ପ୍ରସାର କରାଇ ନ ପାରିଲେ ଯେଉଁମାନଙ୍କର ନିଜସ୍ୱ ପ୍ରତିଭା ନ ଥାଏ ସେମାନେ ଅପରିଚିତ ହୋଇ ରହିଯାଆନ୍ତି । ସେମାନେ ନିଜେ ପ୍ରଚାର ନ କଲେ କିମ୍ୱା ପ୍ରଚାର କରାଇ ନ ପାରିଲେ ନିଜର ଖ୍ୟାତି ବ୍ୟାପି ପାରେନା । ଖ୍ୟାତି ବ୍ୟାପି ନ ପାରିଲେ ନିଜସ୍ୱ ପ୍ରତିଭା ନ ଥିବା ବ୍ୟକ୍ତିମାନେ ଅଚିହ୍ନା ଅଜଣା ଅପରିଚିତ ହୋଇ ରହିଯାଆନ୍ତି । ଇୟେତ ବୈଦିକ ଯୁଗ ନୁହେଁ କିମ୍ୱା ବର୍ତ୍ତମାନର ମଣିଷମାନେ ବୈଦିକ ଆର୍ଯ୍ୟ ନୁହନ୍ତି ଯେ ସେମାନେ ନିଜର ମୌଲିକତାକୁ ରକ୍ଷା କରିବାକୁ ଯତ୍ନବାନ ହେବେ । ଶସ୍ତା ଲୋକପ୍ରିୟତା ଅର୍ଜନ ଲାଗି ଆଗ୍ରହୀ ନହୋଇ ନିଷ୍ଠାପର ଭାବରେ ଆପଣାର କର୍ତ୍ତବ୍ୟ ସମ୍ପାଦନ କରିଯିବେ । କାରଣ ଭଲ ଗୁଣର ପ୍ରଚାର ଲାଗି କୌଣସି ପ୍ରକାର ଉଦ୍ୟମର ଲୋଡ଼ାନାହିଁ, ତା'ର ସୌରଭ ଆପେ ଚହଟି ଯାଏ ।

ବଙ୍ଗଭଙ୍ଗ ବିରୋଧୀ ଆନ୍ଦୋଳନର ମହାନ ନାୟକ ଯୋଗୀ ଅରବିନ୍ଦ ଘୋଷ ସଂସାର ତ୍ୟାଗୀ ହୋଇନଥିଲେ ସେହିଁ ହୋଇଥାଆନ୍ତେ ସ୍ୱାଧୀନ ଭାରତର ଜାତିର ଜନକ । ସ୍ୱାଧୀନତା ସଂଗ୍ରାମର ପ୍ରଧାନ ସେନାପତିର ଭୂମିକା ନିର୍ବାହ କରିଥାଆନ୍ତେ । ସେ ଅଲିପୁର ଜେଲରୁ ମୁକ୍ତ ହୋଇ ସଂସାର ତ୍ୟାଗୀ ଯୋଗୀ ହୋଇଯିବାରୁ ମୋହନ ଦାସ ଜାତିର ଜନକ ହେବାର ସୁଯୋଗ ପାଇଥିଲେ । ଦେଶବନ୍ଧୁ ଚିତ୍ତରଞ୍ଜନ ଦାସ ମହାଶୟ ଅସହଯୋଗ ଆନ୍ଦୋଳନରେ ଯୋଗଦାନ କରିବା ପରେ ମହାତ୍ମା ଗାନ୍ଧୀ ତାଙ୍କ ପୁତ୍ର ଦେବଦାସ ଗାନ୍ଧୀଙ୍କୁ ଦେଶର ନେତୃତ୍ୱର ପ୍ରସ୍ତାବ ସହ ପଣ୍ଡିଚେରୀ ଆଶ୍ରମର ଶ୍ରୀ ଅରବିନ୍ଦଙ୍କ ନିକଟକୁ ପଠାଇଥିଲେ । ଦେଶବନ୍ଧୁ ଦାସ ମହାଶୟ ମଧ ଏହି ସମାନ ଉଦେଶ୍ୟରେ ଗୋଟିଏ ସନିର୍ବନ୍ଧ

ଅନୁରୋଧ ପତ୍ର ସହ ଶ୍ରୀ ଅବିନାଶ ଚନ୍ଦ୍ର ଭଟ୍ଟାଚାର୍ଯ୍ୟକୁ ଶ୍ରୀ ଅରବିନ୍ଦ ଆଶ୍ରମକୁ ପଠାଇଥିଲେ। ପ୍ରକାଶ ଥାଉକି ଶ୍ରୀ ଅରବିନ୍ଦଙ୍କ ମକୋଦମା ବାରିଷ୍ଟର ଦେଶବନ୍ଧୁ ଚିତ୍ତରଞ୍ଜନ ଦାସ ଲଢ଼ିଥିଲେ ଓ ତାଙ୍କୁ ନିଶ୍ଚିତ ଫାଶୀଦଣ୍ଡରୁ ମୁକୁଳାଇ ପାରିଥିଲେ। ସେହି ଅଧିକାର ବଳରେ ସେ ଉପରୋକ୍ତ ଅନୁରୋଧ ପତ୍ରଟି ତାଙ୍କ ନିକଟକୁ ପଠାଇଥିଲେ। କିନ୍ତୁ ଶ୍ରୀ ଅରବିନ୍ଦ ସେତେବେଳକୁ ସାଧନା ମାର୍ଗରେ ଅନେକ ଉଚ୍ଚସ୍ତରକୁ ଆରୋହଣ କରିସାରିଥିଲେ। ସଂସାରର ରାଜନୈତିକ ଦ୍ୱନ୍ଦ୍ୱ କୋଲାହଲ ଭିତରେ ଅବରୋହଣ କରିବାକୁ ଇଚ୍ଛା ପ୍ରକାଶ କଲେନାହିଁ। ତେଣୁ ଏହି ସକଳ ପ୍ରସ୍ତାବକୁ ପ୍ରତ୍ୟାଖ୍ୟାନ କରି ସେ ଦେଶବନ୍ଧୁଙ୍କୁ ସେହି ସମୟରେ ଯେଉଁ ଐତିହାସିକ ପତ୍ର ଲେଖିଥିଲେ, ସେଥିରେ ବିଭିନ୍ନ କଥା ଭିତରେ ଉଲ୍ଲେଖ କରିଥିଲେ "ମଣିଷ କେବଳ ନାମ, ଯଶ ପାଇଁ ଆମ୍ଭତ୍ୟା କରିପାରେ।" ପୁନଶ୍ଚ ଯେତେବେଳେ ଦେଶବନ୍ଧୁ ଦାସ ମହାଶୟ ମୃତ୍ୟୁର କିଛି ମାସ ପୂର୍ବରୁ ଶ୍ରୀ ଅରବିନ୍ଦ ଆଶ୍ରମକୁ ଯାଇଥିଲେ। ସେତେବେଳେ ମଧ୍ୟ କଥା ପ୍ରସଙ୍ଗରେ ଶ୍ରୀ ଅରବିନ୍ଦ ଏହି ସମାନ ଧରଣର କଥା କହିଥିଲେ ବୋଲି ଶୁଣିବାକୁ ମିଲେ। ସତକଥା କହିବାକୁ ଗଲେ ବର୍ତ୍ତମାନ ଯୁଗଟା ହିଁ ଏକ ପ୍ରକାର ପ୍ରଚାରର ଯୁଗ। ଆପଣ ଦେଶ ଓ ଦଶ ପାଇଁ ଯେତେ କାମ କରନ୍ତୁନା କାହିଁକି ଆପଣାର ଢୋଲ ନିଜେ ବଜାଇ ନ ପାରିଲେ କିୟା ଅନ୍ୟ ଦ୍ୱାରା ବଜାଇବାର ବ୍ୟବସ୍ଥା କରି ନ ପାରିଲେ ଇତିହାସରେ ଆପଣଙ୍କର ନାମଗନ୍ଧ ବି ରହିବ ନାହିଁ। ଦୃଷ୍ଟାନ୍ତ ସ୍ୱରୂପ ଶ୍ରୀ ଅରବିନ୍ଦଙ୍କର ନାମ ଏବଂ ଆହୁରି କେତେକଙ୍କ ନାମ ଉଲ୍ଲେଖ କରାଯାଇପାରେ। ଏକୋଇଶ ବର୍ଷ ବୟସରେ ସେ ଭାରତ ବର୍ଷରେ ପଦାର୍ପଣ କରିବା ପୂର୍ବରୁ ଭାରତବର୍ଷର ରାଜନୈତିକ ଅବସ୍ଥା କି ପ୍ରକାରର ଥିଲା। ତାପରେ ତାଙ୍କର ନେତୃତ୍ୱରେ ଭାରତବର୍ଷର ବିଶେଷ କରି ବ୍ରିଟିଶ ଭାରତର ରାଜଧାନୀ ବଙ୍ଗର ଅବସ୍ଥାରେ କି ଧରଣର ପରିବର୍ତ୍ତନ ଘଟିଥିଲା। ସେ କଥା ତାଙ୍କର ସମସାମୟିକ ଶିକ୍ଷିତ ବ୍ୟକ୍ତି ମାତ୍ର ହିଁ ଜାଣିଥିଲେ। ଶିକ୍ଷା-ଦୀକ୍ଷାରେ, ରାଜନୈତିକ ଚେତନାରେ, ବଳବୀର୍ଯ୍ୟରେ ଜାତି କେତେ ଦୂର ଅଗ୍ରସର ହୋଇଛି ତାହାର ପ୍ରକୃତ ଇତିହାସ କେତେ ଜଣ ଜାଣିବାକୁ ଇଚ୍ଛୁକ? ୧୯୦୮ ମସିହାର ଶେଷ ଆଡ଼କୁ ଯେତେବେଳେ "ବନ୍ଦେ ମାତରମ" ଉଚ୍ଚାରଣ କରିବାକୁ କେହି ସାହସ କରିପାରିନାହାନ୍ତି। ସେତେବେଳେ ସ୍ୱାଧୀନତାର ଏହି ମନ୍ତ୍ର ଯେଉଁ ବ୍ୟକ୍ତି ଜୀବନ୍ତ କରି ରଖିଥିଲେ ସେହି ବୀର ଲିୟାକତ ହୋସେନଙ୍କର ନାମ ଆଜି କେଉଁଠି? ଯିଏ ଦେଶବନ୍ଧୁ ଚିତ୍ତରଞ୍ଜନ, ପଣ୍ଡିତ ମୋତିଲାଲ ପ୍ରଭୃତି ନେତାମାନଙ୍କର ରାଜନୈତିକ ଗୁରୁ ଥିଲେ ଏବଂ ସ୍ୱଦେଶୀ ଯୁଗରେ ବଙ୍ଗ ଦେଶର ସର୍ବଶ୍ରେଷ୍ଠ ରାଜନୀତିକ ଓ ଦାର୍ଶନିକ ବ୍ୟକ୍ତିତ୍ୱ ଥିଲେ ଆଜି ସେହି ବିପିନ ଚନ୍ଦ୍ର ପାଲଙ୍କ ନାମ କେଉଁଠି? ରାଷ୍ଟ୍ରଗୁରୁ ସୁରେନ୍ଦ୍ର ନାଥଙ୍କ ସ୍ଥାନ କେଉଁଠି? ସର୍ବଭାରତୀୟ ଜାତୀୟ କଂଗ୍ରେସର ପ୍ରଥମ (ଭାରତୀୟ) ସଭାପତି ଉମେଶଚନ୍ଦ୍ରଙ୍କୁ କିଏ ମନେ ରଖିଛି? ବରିଶାଲ ପୁଣ୍ୟେ ବିଶାଲ ହୋଇଥିଲା ଯାହାଙ୍କ ସକାଶେ ସେହି ମହାତ୍ମା ଅଶ୍ୱିନୀ କୁମାରଙ୍କ ସ୍ଥାନ କେଉଁଠି? ଦେଶ ସକାଶେ ସେମାନଙ୍କର ଅବଦାନ ଅନସ୍ୱୀକାର୍ଯ୍ୟ ହୋଇଥିଲେ ମଧ୍ୟ କେତେ ଜଣ ସେହି ପୁଣ୍ୟ କର୍ମୀମାନଙ୍କୁ ସ୍ମରଣ କରନ୍ତି। ନାମର କାଙ୍ଗାଲ ନଥିଲେ ବୋଲି ସେମାନେ ଆଜି ଜନତାର ଦୃଷ୍ଟିର ଉହାଡ଼ରେ ରହିଗଲେ ଓ ସବୁଦିନ ଲାଗି ଦେଶବାସୀଙ୍କ ମାନସ ପଟରୁ ଲିଭିଗଲେ। ସେଥିପାଇଁ କୁହାଯାଇଛି ବର୍ତ୍ତମାନ ଯୁଗଟା ହିଁ ଆମ୍ଭ-ପ୍ରଚାରର ଯୁଗ।

ମହାତ୍ମା ଗାନ୍ଧି ଏବଂ ଶ୍ରୀଅରବିନ୍ଦଙ୍କର ଜୀବନର ଯଦି ତୁଳନାମୂକ ଆଲୋଚନା କରାଯିବ। ତେବେ ପ୍ରଥମେ ହିଁ ଏଇ କଥାରେ ବିସ୍ମୟ ଲାଗେ ଯେ ଶ୍ରୀଅରବିନ୍ଦ ହିଁ ଯେତେବେଳେ ଭାରତରେ ଜାତୀୟ ଆନ୍ଦୋଳନର ପ୍ରଧାନ ପ୍ରବର୍ତ୍ତକ। ସଶସ୍ତ୍ର ବିପ୍ଲବର ଅଧିନାୟକ ଏବଂ ଅନନ୍ୟ ସାଧାରଣ ଚରିତ୍ର ବଳ ଏବଂ ବିଦ୍ୟା ବୁଦ୍ଧିର ଅଧିକାରୀ ସେତେବେଳେ ତାହାଙ୍କୁ ଉପେକ୍ଷା କରି ତାଙ୍କ ଅପେକ୍ଷା ନରମପନ୍ଥୀ, ସଶସ୍ତ୍ର ସଂଗ୍ରାମ ପାଇଁ ମୃତ୍ୟୁଦଣ୍ଡ ଭୟାଲୁ(ଫାଶୀଦଣ୍ଡକୁ ଡରି) ମହାତ୍ମା ଗାନ୍ଧୀ କାହିଁକି 'ଜାତିର ପିତା' ରୂପରେ ଆଖ୍ୟାତ ହେଲେ ତାହାର କାରଣ ଏହି ଯେ ଶ୍ରୀଅରବିନ୍ଦ ଯେଉଁ ଭାବାଦର୍ଶକୁ

ପ୍ରଚାର କରିଥିଲେ, ମହାତ୍ମା ଗାନ୍ଧୀ (ସାଧାରଣ) ଜନତା ସହିତ ମିଶି ସେଇଟିକୁ ବ୍ୟାପକ କର୍ମକ୍ଷେତ୍ରରେ ପ୍ରୟୋଗ କରିଥିଲେ। ନଚେତ ମହାତ୍ମା ଗାନ୍ଧୀଙ୍କ ଚରିତ୍ରରେ ଯେଉଁସବୁ ଗୁଣାବଳୀ ଥିଲା, ସେହି ସକଳ ଗୁଣାବଳୀ ବହୁ ବ୍ୟକ୍ତିଙ୍କ ଚରିତ୍ରରେ ଦେଖିବାକୁ ମିଳେ।

ମହାଯୋଗୀ ଶ୍ରୀ ଅରବିନ୍ଦଙ୍କୁ ୧୯୨୮ ମସିହାରେ ବିଶ୍ୱକବି ରବୀନ୍ଦ୍ରନାଥ ସାକ୍ଷାତ କରିବା ପରେ 'ନମସ୍କାର' ନାମକ ଏକ କବିତାରେ ତାଙ୍କୁ 'ଦେଶବନ୍ଧୁ' ସ୍ୱଦେଶ ଆମ୍ଭର ବାଣୀ ମୂର୍ଭି ରୂପେ ବର୍ଣ୍ଣନା କରିଥିଲେ। ଶ୍ରୀ ଅରବିନ୍ଦଙ୍କ ମନରେ ଆଧ୍ୟାତ୍ମିକତାର ଉନ୍ମେଷ ହେବା ପୂର୍ବରୁ ସେ ଥିଲେ ଜଣେ ମହାନ ବିପ୍ଳବୀ। ଇଂରେଜ ଶାସନ ବିରୋଧରେ ବିପ୍ଳବ କରି ସେ କାରାବରଣ ମଧ କରିଥିଲେ। ତାଙ୍କର ବିପ୍ଳବୀ ଚିନ୍ତା ଚେତନା ବିଷୟରେ ତତ୍କାଳୀନ ବିଶିଷ୍ଟ କଂଗ୍ରେସ ନେତା ଡକ୍ଟର ପଟ୍ଟାଭି ସୀତାରାମାୟ୍ୟାଙ୍କ ବକ୍ତବ୍ୟରୁ ବେଶ ଭଲ ଭାବେ ଜଣାପଡ଼େ। ଡଃ ସୀତାରାମାୟ୍ୟା ଲେଖିଥିଲେ— ସେତେବେଳେ ରାଜନୈତିକ ଆକାଶର ଧୂମାଭ ଦିଗନ୍ତରେ ସେ ଦିଶୁଥିଲେ ଏକ ପ୍ରଚଣ୍ଡ ଉଲ୍କାପିଣ୍ଡ ଭଳି। ଯାହା ପରାଧୀନ ଭାରତୀୟ ସୁପ୍ତ ପ୍ରାଣକୁ ଝଲ୍ସାଇ ଦେଇଥିଲା। ଶ୍ରୀ ଅରବିନ୍ଦ କହିଥିଲେ— "ଏକ ପ୍ରଭାବଶାଳୀ ଶକ୍ତି ଆମକୁ ବାଧ୍ୟ କରୁଛି ଅଗ୍ରସର ହେବାକୁ। ବିଶ୍ୱ ସମ୍ମୁଖରେ ଭାରତ ମୁକ୍ତ ଏବଂ ସ୍ୱାଧୀନ ହେବା ପର୍ଯ୍ୟନ୍ତ ସମସ୍ତ ବନ୍ଧନ ଛିନ୍ନ କରି ଭାସିଯିବାକୁ ହେବ। ରାଷ୍ଟ୍ରୀୟସ୍ତରରେ ଶ୍ରୀ ଅରବିନ୍ଦ କ୍ରମେ ହୋଇ ଉଠିଲେ ଜଣେ ଶ୍ରଦ୍ଧାଭାଜନ ନେତା ଓ ବିପ୍ଳବୀ। ୧୯୦୫ରେ ସେ ତାଙ୍କର ସହଧର୍ମିଣୀ ମୃଣାଳିନୀ ଦେବୀଙ୍କୁ ଏକପତ୍ରରେ ଲେଖିଥିଲେ "ମୋର ତିନୋଟି ପାଗଳାମୀ ମଧ୍ୟରୁ ଭାରତର ସ୍ୱାଧୀନତା ପ୍ରଥମ, କାରଣ ଭାରତର ଆତ୍ମା ସ୍ୱୟଂ ମା ଭବାନୀ।"

୧୯୪୭ ଅଗଷ୍ଟ ୧୫ ତାରିଖରେ ଭାରତ ସ୍ୱାଧୀନତା ଲାଭ କଲା। ଏହା ଥିଲା ମହାଯୋଗୀଙ୍କ (୭୫ତମ) ପୁଣ୍ୟ ଜନ୍ମତିଥି। ଏହି ଅବସରରେ ସେ କହିଥିଲେ— "ମୋ ଜନ୍ମତିଥିରେ ଭାରତ ସ୍ୱାଧୀନତା ଲାଭ କରିବା ଅର୍ଥ ମୋର ସଂକଳ୍ପ ଓ ସ୍ୱପ୍ନକୁ ଭଗବାନ ସାର୍ଥକ କରିଛନ୍ତି। ସୁତରାଂ ଏହା ସ୍ୱାଭାବିକ ଭାବେ ମୋ ପାଇଁ ଆନନ୍ଦ ଓ କୃତଜ୍ଞତାର ଦିନ।" ଜାତିର ଜନକ ମହାତ୍ମା ଗାନ୍ଧୀ ତାଙ୍କୁ ରାଜର୍ଷି ଶ୍ରୀଅରବିନ୍ଦ ଭାବରେ ସମ୍ବୋଧନ କରୁଥିଲେ। ଗାନ୍ଧିଜୀ ଦକ୍ଷିଣ ଆଫ୍ରିକାରୁ ଭାରତ ଫେରିବା ପୂର୍ବରୁ ଶ୍ରୀ ଅରବିନ୍ଦ ଗଢ଼ି ଦେଇଥିଲେ ଏକ ଭିତ୍ତି ଯାହା ଉପରେ ଭାରତୀୟ ମୁକ୍ତି ସଂଗ୍ରାମ ଏକ ମହାନ ଆନ୍ଦୋଳନରେ ପରିଣତ ହୋଇଥିଲା। ସ୍ୱାଧୀନ ଭାରତର ପ୍ରଥମ ପ୍ରଧାନମନ୍ତ୍ରୀ ଜବାହର ମଧ ସ୍ୱୀକାର କରନ୍ତି ଯେ ଲଣ୍ଡନ ସ୍କୁଲରେ ଓ କେମ୍ବ୍ରିଜ କଲେଜରେ ଅଧ୍ୟୟନ କାଳରେ ଶ୍ରୀ ଅରବିନ୍ଦଙ୍କ ରଚିତ "ଜ୍ୱାଲାମୟୀ" ନିବନ୍ଧମାନ ପାଠକରି ସେ ଅଦ୍ୟମ ଉତ୍ସାହ ଲାଭ କରିଥିଲେ ଏବଂ ଭାରତୀୟ ମୁକ୍ତି ସଂଗ୍ରାମ ବାବଦରେ ଏକ ଭିତ୍ତି ଧାରଣା ହାସଲ କରିଥିଲେ।

ସଚ୍ଚା ଦେଶ ସେବକଟିଏ କେବଳ ନିଃସ୍ୱାର୍ଥପର ଭାବରେ ନିସ୍ୱାର ସହ ନିଜର କର୍ମ ସମ୍ପାଦନ କରିଥାଏ। ଭଣ୍ଡ, ଛଳନାକାରୀ, ପାଷାଣ୍ଡମାନେ ଜନସେବା ନାମରେ ନିଜେ କୌଣସି କାମ ନ କରି କାମ କରୁଥିବା ଦୃଶ୍ୟର ଫଟୋ ଉତ୍ତୋଳନ କରାଇ ମିଡିଆରେ ପ୍ରଚାର କରାଇ ଥାଆନ୍ତି। ସଚ୍ଚାକର୍ମୀ ସଚ୍ଚୋଟ ଦେଶସେବକ ଓ ନିଷ୍ଠାପର ଜନସେବୀ ସେପରି କରିନଥାଏ। କିମ୍ବା ସେପରି ପଦ୍ଧତିର ଆଶ୍ରୟ ନେବାକୁ ଉଚିତ ମଣେନାହିଁ।

ଇୟେ ଆଧୁନିକ ଯୁଗର ପ୍ରଚାରଧର୍ମୀ ମଣିଷ ବୈଦିକ ଆର୍ଯ୍ୟଙ୍କ ପରି ଭକ୍ତି ସହକାରେ ପୂଜାର୍ଚ୍ଚନା କରୁନାହିଁ। ବର୍ତ୍ତମାନ ଯେକୌଣସି କାମ ହେଉ ତାହା ରାଜକୀୟ ଢଙ୍ଗରେ ତାମସିକ ମନବୃତ୍ତି ନେଇ କରାଯାଉଛି। ଏପରିକି ଠାକୁର ପୂଜା ବି ସେଥିରୁ ବାଦପଡୁନି। ପୂଜାରେ ଆରାଧନା, ଅର୍ଚ୍ଚନା, ମନ୍ତ୍ରପାଠ, ଅପେକ୍ଷା ବାହାର ଆଡ଼ମ୍ବର ଉପରେ ଅଧିକ ଗୁରୁତ୍ୱ ଦିଆଯାଉଛି। ନୀତି, ନିୟମ, ନିଷ୍ଠା ପାଳନ ନୁହେଁ, ନୃତ୍ୟ, ଗୀତ, ନିଶା ସେବନ ବର୍ତ୍ତମାନ ପୂଜାର ମୁଖ୍ୟ ଅଙ୍ଗରେ ପରିଣତ ହେଲାଣି। ସମୟକ୍ରମେ ଆମ ଦେଶରେ ପର୍ବପର୍ବାଣି ଆଦିର ସ୍ୱାଭିକତା ହ୍ରାସ ପାଉଥିବା ବେଳେ ତାମସିକତା ବଢୁଛି। ବେଳେବେଳେ ଏହା ମାତ୍ରାଧିକ ହୋଇଯାଇ ଚିନ୍ତାର କାରଣ ହେଉଛି। ନିଷ୍ଠା ଓ ଏକାଗ୍ରତା ଭୁଲି ଲୋକେ

ପର୍ବପର୍ବାଣିରେ ଏଭଳି ପରିସ୍ଥିତି ସୃଷ୍ଟି କରୁଛନ୍ତି ଯାହା ସାଧାରଣଙ୍କ ପକ୍ଷେ ଦୁର୍ବିସହ ହୋଇପଡୁଛି । ଉସ୍ତବ ପାଳନ ବେଳେ ଅନ୍ୟମାନଙ୍କ ଭଲମନ୍ଦ ଓ ପରିବେଶ ପ୍ରତି ଧ୍ୟାନ ଦେବା ଉଚିତ । କେବଳ ବାହ୍ୟ ଦୃଷ୍ଟିରୁ ପରବକୁ ଉସ୍ତବ ମୁଖର ନ କରି ଏହା ଜୀବନରେ ଯେପରି ବାସ୍ତବ ଉସ୍ଲାହ ଭରିଦେଇ ପାରିବ ସେଥିପ୍ରତି ଉଦ୍ୟମ ହେବା ଆବଶ୍ୟକ । ଭାରତୀୟ ସଂସ୍କୃତିରେ ଉସ୍ତବାନୁସ୍ଥାନର ଏକ ବିପଜନକ ଦିଗ ହେଲା ପ୍ରଦୂଷଣ । ଶଦ ପ୍ରଦୂଷଣ ଚିନ୍ତାର ବିଷୟ ହେବାରୁ ସର୍ବୋଚ୍ଚ ଅଦାଲତ ଏବଂ ସରକାର ଏଥିପାଇଁ ନିର୍ଦ୍ଧେଶାବଳୀ ଜାରି କରିଛନ୍ତି । ଏହାସଙ୍ଗେ ଉସ୍ତବୋନ୍ତୁ ଗହଲିରେ ଏହାକୁ (ନିୟମକୁ) ସମସ୍ତେ ଭୁଲି ଯାଆନ୍ତି । ଏ ପ୍ରଦୂଷଣରେ ସହରବାସୀ, ଧନୀ ଏବଂ ସ୍ୱଚ୍ଛଳବର୍ଗ ଅଧିକ ସକ୍ରିୟ ରହନ୍ତି । ମଫସଲ ଅପେକ୍ଷା ସହର ବଜାରରେ ଅବଶ୍ୟ ଅଧିକ ପ୍ରଦୂଷଣ ହୁଏ । ନିଜକୁ ଆଧୁନିକ ବୋଲାଉଥିବା ବ୍ୟକ୍ତି ବିଶେଷ ଉସ୍ତବାନୁସ୍ଥାନ ପାଳନ ବେଳେ ପରିବେଶ ପ୍ରତି ସଚେତନ ରହିଲେ ତାହା ସମାଜ ଲାଗି ସୁବିଧା ହୁଅନ୍ତା । ମାତ୍ର ନିଷ୍ଠା, ଭକ୍ତି, ଶ୍ରଦ୍ଧା, ଏକାଗ୍ରତା ଓ ଆନ୍ତରିକତାର ସହିତ ଠାକୁର ପୂଜା କରୁଥିବା ବ୍ୟକ୍ତିବିଶେଷ ନିରବରେ, ନିଷ୍କଳ ପରିବେଶରେ ଦେବାରାଧନା କରେ । କେବେବି ଶଦ ପ୍ରଦୂଷଣ ସୃଷ୍ଟି କରିନଥାଏ ।

ପୂଜା ଆରମ୍ଭର ଯଥେଷ୍ଟ ପୂର୍ବରୁ ପୂଜା ଅନୁଷ୍ଠିତ ହେଉଥିବା ବାର୍ତ୍ତା ପ୍ରଚାର କରାଯାଏ ମାଇକ ବଜାଇ । ମାଇକରେ ଭଜନ, ଜଣାଣ, ଭକ୍ତି ସଙ୍ଗୀତର ରେକର୍ଡ ନ ବାଜି ଆଧୁନିକ ସଂଗୀତର କ୍ୟାସେଟ୍ ଲଗାଯାଏ । ଆଧୁନିକ ଗୀତ ଅର୍ଥାତ ଦ୍ୱିଅର୍ଥ ବୋଧକ ଶଦ (ସମ୍ୱଲିତ) ଥାଇ ରଚନା କରାଯାଇଥିବା ଗୀତ, ଅଶ୍ଲୀଲ ଭାବ ପ୍ରକାଶ କରୁଥିବା ପପ୍ ସଙ୍ଗୀତର ଧ୍ୱନି । ଯୋର ଆରପଟ ସତୀ ମାମୁଁର ଲକ୍ଷ୍ମୀବଜାର ଗାଁରୁ ଏକାଧିକ ମାଇକ ବାଜି ପୂଜା ହେବାର ସୂଚନା ଦେଉଥିଲା । ଧବଳେଶ୍ୱରଙ୍କ ମନ୍ଦିର ନିର୍ମାତା ପ୍ରାଣନାଥଙ୍କ ଗାଁରୁ ମଧ କାର୍ତ୍ତିକେଶ୍ୱର ପୂଜା ପାଇଁ ମାଇକ ବାଜୁଥିଲା । ମାଇକର ପରିଚାଳକମାନେ ନିଜ ମାଇକର ଉକ୍ତଷ୍ଟତା ପ୍ରଚାର ପାଇଁ ଭ୍ୟାଲ୍ୟୁମ୍‌କୁ ଖୁବ୍ ଜୋରରେ ବଢ଼ାଇ ଦେଇଛନ୍ତି । କାହିଁକିନା ଏଇନେ ସମୟ ହେଲା ପ୍ରଚାରର ଯୁଗ । ସବୁକିଛିର ପ୍ରଚାର ହେବା ଦରକାର । ଆପଣା ବ୍ୟକ୍ତିତ୍ୱର, କର୍ମର, ଖ୍ୟାତିର, ଆଭିମୁଖ୍ୟର, ଉଦେଶ୍ୟର, ପାରିଲାପଣର, କରାମତିର, ବୁଦ୍ଧିବଢାର, ସାହସିକତାର, ନିଜ ଜିନିଷର, ବ୍ୟବସାୟ ଓ ବ୍ୟବସାୟ ସାମଗ୍ରିର, ନିଜ ଦ୍ରବ୍ୟର ଏବଂ ଅପଣା ବାହାଦୁରିର ସୁଦ୍ଧା, ସବୁ ସବୁ କିଛିର ପ୍ରଚାର । କେବଳ ପ୍ରଚାର ଜୋରଦାର ହେବା ଆବଶ୍ୟକ । ତେଣିକି ଉପାଦାନ ଯେତେ ନିମ୍ନମାନର (କ୍ୱାଲିଟିର) ହେଉପଛେ ।

ଇୟେ ବୈଦିକ ଯୁଗ ନୁହେଁ ଯେ ବ୍ୟକ୍ତି ନିଜତ୍ୱର ପ୍ରଚାର ନ କରି ଆପଣାର ନିଷ୍ଠା ଉପରେ ଗୁରୁତ୍ୱ ଦେବ । ଏବେକାର ମଣିଷମାନେ ବୈଦିକ ଆର୍ଯ୍ୟ ନୁହନ୍ତି ଯେ ସେମାନେ ନିଜ ଗୁଣ ନିଜେ ନଗାଇ ନିରବରେ ବସିରହିବେ । ନିଜ ଢୋଲ ନିଜେ ନ ବଜାଇ କିୟ ଅନ୍ୟ କାହାଦ୍ୱାରା ବଜାଇବାର ବ୍ୟବସ୍ଥା ନ କରି ସେ ବାହାବା ନେବାକୁ (ପାଇବାକୁ) ବ୍ୟାକୁଳ ନ ହୋଇ ଭାଗବତ ଗୀତାର କର୍ମଯୋଗ କିୟ ଭକ୍ତିଯୋଗ ଉପରେ ପ୍ରାଧାନ୍ୟ ଦେଇ ପୂଜାର୍ଚନାରେ ବ୍ୟସ୍ତ ରହିବ । ଏମାନେ ଗାନ୍ଧୀ କିୟ ସୁଭାଷ ନୁହନ୍ତି ଯେ ନିଜର ନାମକୁ ପ୍ରଚାର ନ କରି କିୟ ନ କରାଇ ଅଥବା ପ୍ରଚାର କରାଇବା ଲାଗି ନିଜର ବଂଶଧରମାନଙ୍କୁ କ୍ଷମତା ରାଜନୀତିରେ ରହିବା ପାଇଁ ସୁଯୋଗ ନଦେଇ ସ୍ୱାଧୀନତା ସଂଗ୍ରାମ ପାଇଁ (ରେ) ପ୍ରାଣପାତ କରିଥିବା ଦୁଇ ମହାରଥୀ ମହାମ୍ଲା ଗାନ୍ଧୀ ଓ ନେତାଜୀ ସୁଭାଷଚନ୍ଦ ବୋସ କ୍ରମେ ଜନମାନସରୁ ଲିଭିଗଲେଣି ଅଥଚ ସ୍ୱାଧୀନତା ସଂଗ୍ରାମରେ ସେପରି କୌଣସି ବିଶେଷ ଭୂମିକା ନିର୍ବାହ ନକରି ନେହରୁ ପରିବାର ପୁରୁଷାନୁକ୍ରମରେ ଦେଶର ସର୍ବୋଚ୍ଚ କ୍ଷମତା ଅକ୍ତିଆର କରିନେଉଛନ୍ତି । ସ୍ୱାଧୀନୋତ୍ତର ଭାରତର ପ୍ରାୟ ସମସ୍ତ ଯୋଜନା ଓ ପ୍ରକଳ୍ପ ତଥା ସ୍ମାରକୀ ତ କେବଳ ଗୋଟିଏ ପରିବାର (ନେହରୁ ପରିବାର) ସଦସ୍ୟଙ୍କ ନାମରେ ନାମିତ କରାଯାଇଛି । "ଅପମାନଂ ତପୋଦାନଂ ମନ୍ତ୍ରମୈଥୁନ ଭେଷଜଂ, ଆୟୁର୍ବୀତ ଗୃହଚ୍ଛିଦ୍ରଂ ନବକର୍ମାଣି ଗୁପ୍ତେଯ୍ୟେୟଃ ବିକସିତ ନରାତଦ୍ ମୃତ୍ୟୁବର୍ତ ଫଳଃ ଲଭେତ୍ ଧ୍ରୁବଃ ।" ଶାସ୍ତ୍ରର ଏ ଉପଦେଶକୁ ବର୍ତ୍ତମାନ କେତେଜଣ ମାନୁଛନ୍ତି ବା ପାଳନ କରୁଛନ୍ତି ।

ଏକ ସମୟରେ ଏକାଧିକ ମାଇକ୍‌ରୁ ନିଃସୃତ ଉଚ୍ଚାଙ୍ଗଧ୍ୱନି ଗୋଳମାଳିଆ ପରିସ୍ଥିତି ସୃଷ୍ଟି କରିବା ସହିତ ତା'ର କୁପ୍ରଭାବ କର୍ଣ୍ଣପଟଳ ଉପରେ ଦାଉ ସାଧୁଥିଲା । ସେହି କର୍ଣ୍ଣକଟୁ-ଧ୍ୱନି-ଶବ୍ଦ ପ୍ରଦୂଷଣ ସୃଷ୍ଟି କରିବା ସହିତ ନିଜ ସାନଭାଇ ଭଉଣୀ ଦୁହିଁଙ୍କର କ୍ରୀଡ଼ା କୌତୁକ ଜନିତ କୋଲାହଲ ସତୀକୁ ଅସ୍ଥିର କରାଉଥିଲା । ସେ ମହରଗରୁ ଯାଇ କାନ୍ତାରେ ପଡ଼ିବାର ଦଶା ଭୋଗିଲା । ଟିକେ ନିରବତାରେ ବସିବା ପାଇଁ ସେ ପିଣ୍ଢାରୁ ଉଠି ଆସି ଦୁଆର ମୁହଁ ଅଳିଙ୍ଗରେ ବସିଥିଲା । କିନ୍ତୁ ଫଳ ହେଲା ଓଲଟା । ସେ ନିରବତା ବଦଳରେ ଅଧିକ ଶବ୍ଦ ପ୍ରଦୂଷଣ ପରିବେଶକୁ ନିଜର ଅନିଚ୍ଛା ସତ୍ତ୍ୱେ ଆଦରି ନେବାକୁ ବାଧ୍ୟ ହୋଇଥିଲା ।

ତା'ବୋଉ ଘର କାମରେ ବ୍ୟସ୍ତ ଥିଲା । ସାନଭାଇ ଭଉଣୀ ଦୁହେଁ ଖେଳରେ ମାତିଥିଲେ, ମଝିଁଆ ଭଉଣୀ ଦୁଇ ଜଣ ଆର ଘରେ । ସତୀ ଏକୁଟିଆ ଦୁଆର ଅଳିଙ୍ଗରେ ବସିଥିଲା । ଏକୁଟିଆ ହେବା ମାତ୍ରେ ତା' ମନ ଭାବନା ରାଇଜରେ ହଜି ଯାଉଥିଲା । ସେ ଭାବୁଥିଲା ଏମାନେ ତା'ଠାରୁ ଦୂରେଇ ରହିବାର ଉଦ୍ଦେଶ୍ୟ କ'ଣ ହୋଇପାରେ ? ଯଦି କାହାରିଠାରୁ ଘର ଲୋକମାନେ ତା ବିଷୟରେ କିଛି ଶୁଣା ପାଇଥିବେ ତେବେ ସେ ସେଥିପାଇଁ କ'ଣ ବା କରିପାରିବ । ସେଇଠି ବସିରହି ସେ ମନେ ମନେ ସେଦିନ ନିଜ କାମର ସମୀକ୍ଷା କରି ବସିଲା । ସେ ଯେପରି ପ୍ରତିଥର ସକାଳୁ ଅଗାଧୁଆ ଜଳଖିଆ ଖାଇ ପରେ ବେଳ ହେଲେ ଗାଧୋଇ ମନ୍ଦିରକୁ ଯାଏ । ଆଜି ମଧ୍ୟ ସେହିପରି ମନ୍ଦିରକୁ ଯାଇଥିଲା । ସେ ସଂକ୍ରାନ୍ତିରେ ଉଷୁନା ଖାଏନାହିଁ । ଅରୁଆ ଭାତ ତା ଦେହରେ ଯାଏନା । ସେ ସେଦିନ ଅରୁଆ ଚାଉଳରେ ମୁଗଜାଇ ପଡ଼ି ହୋଇଥିବା ଖରୁଡ଼ି ଖାଇଥାଏ, ନ ହେଲେ ଅନ୍ୟ ଜଳଖିଆରେ ଚଳାଇନିଏ ।

ଉଷୁନା ଖାଇବ ନାହିଁ । ଦ୍ୱିପହରରେ ମନ୍ଦିରରୁ ଫେରି ଆସି ଜଳଖିଆ ଖାଇବା କଥା, ସେତେକ ସେ ଖାଇନାହିଁ । ଏଇ ହେଲା ତା'ର ଦୋଷ । ସେଦିନର ତୁଟି ସବୁଦିନିଆ ରୁଟିନବନ୍ଧା ଜୀବନର ଦିନଚର୍ଯ୍ୟା ମଧ୍ୟରେ ଗୋଟେ ବ୍ୟତିକ୍ରମ ।

ସେ ପ୍ରତିଥର ଠାକୁରଙ୍କ ବାରିରେ ବିଳମ୍ୱରେ ମନ୍ଦିରକୁ ଯାଇ ଦିଅଁକୁ ଦର୍ଶନ କରି ଜୁହାର ହୋଇ ପାଦୁକ ପାଇ, ବିଭୂତି ଟିପା ନାଇଲା ପରେ ମୁଖଶାଳାରେ ବସି ସୁନି ସହିତ କଥାହୁଏ । ଆଜି ଠିକ୍ ସେହିପରି ହୋଇଛି । ଅବଶ୍ୟ ଭିତିରି ଉଦ୍ଦେଶ୍ୟ ଥିଲା ଅନ୍ୟ ପ୍ରକାର । କିନ୍ତୁ ସେମାନେ ଯାହାଙ୍କୁ ଅପେକ୍ଷା କରିଥିଲେ ସିଏ ତ ଆଜି ଆସିଲେ ନାହିଁ । ସିଏ ଯଦି ମନ୍ଦିରକୁ ଆସି ଥାଆନ୍ତେ ଓ ତାଙ୍କ ସହିତ ଏମାନଙ୍କର ଭେଟ ହେବା ଦ୍ୱାରା ବିଳମ୍ୱ ହୋଇ ଥାଆନ୍ତା ତେବେ ସେ ନିଜକୁ ଦୋଷୀ ମଣନ୍ତା । ଆଜି ତ ସେପରି କିଛି ହୋଇନାହିଁ ।

ତଥାପି ତା ମନ ଦବି ଯାଉଥିଲା । ମନରେ ଆଶଙ୍କା ଜାତ ହେଉଥିଲା । ଭୟ ଆସୁଥିଲା, ଡର ଲାଗୁଥିଲା, ଛନକା ପଶିଯାଉଥିଲା । ଦକା ସୃଷ୍ଟି ହେଉଥିଲା ହୃଦୟରେ, ଛାତିରେ ଅଟକି ଯାଉଥିଲା ରକା । ଆତ୍ମା ଶିହରି ଉଠୁଥିଲା ସେ ବିଷୟରେ ଚିନ୍ତା କଲା ମାତ୍ରେ । ନିଜ ସପକ୍ଷରେ ସେ ଯେତେ ଯୁକ୍ତି ଉପସ୍ଥାପନ କରୁଥିଲା ସେଥିରୁ ମୁକୁଲିବା ପାଇଁ । ପରେ ସମୀକ୍ଷା କଲା ବେଳେ ଜଣା ପଡ଼ୁଥିଲା ଯେ ସେ ଯୁକ୍ତି ଗୁଡ଼ିକର ଭିତ୍ତିଭୂମି ସେତେ ସୁଦୃଢ଼ ନୁହେଁ । ଯାହାକି ତାକୁ ଦୋଷମୁକ୍ତ କରାଇବା ପାଇଁ ଯଥେଷ୍ଟ ସହାୟତା ପ୍ରଦାନ କରିପାରିବ । ସେ ତିଆରି କରୁଥିବା ଯୁକ୍ତିର ପ୍ରସଙ୍ଗ ସମ୍ୱଳିତ ତଥ୍ୟ ପ୍ରଥମାବସ୍ଥାରେ ଖୁବ୍ ବଳିଷ୍ଠ ମନେ ହେଉଥିଲା ସତ ମାତ୍ର ପର ମୁହୂର୍ତ୍ତରେ ସେ ମନଗଢ଼ା ଯୁକ୍ତିର ପ୍ରସଙ୍ଗ ତଥ୍ୟ ଗୁଡ଼ିକ ତାକୁ ଖୁବ୍ ଦୁର୍ବଳବୋଧ ହେଉଥିଲା । ସତୀ ଦୁଆର ଅଳିଙ୍ଗରେ ବସି ତା ଦୋଷକୁ ଘୋଡ଼ାଇବା ପାଇଁ ସେ ତିଆରି କରିଥିବା ଯୁକ୍ତିଗୁଡ଼ିକ ବାଛି ସାରିଲା ପରେ ସେଗୁଡ଼ିକ ତା ବିବେକ ତାଡ଼ନର ଝଙ୍କାରେ ଭାଙ୍ଗିରୁଜି ଚୂରମାର ହୋଇ ଯାଉଥିଲା । ପର ମୁହୂର୍ତ୍ତରେ ସେ ଆଉ କିଛି ଭାବି ପାରୁନଥିଲା । ତା ଭାବନାରେ ସ୍ଥାଣୁତା ଆସିଯାଉଥିଲା । ସ୍ଥାଣୁତା ବିପର୍ଯ୍ୟୟକୁ ଡାକି ଆଣେ । ସମ୍ଭାବ୍ୟ ବିପର୍ଯ୍ୟୟରୁ ଉଦ୍ଧାର ପାଇବା ଲାଗି ସତୀ ଗଢ଼ୁଥିବା କଳ୍ପନାର ଅବ୍ୟର୍ଥ ଯୁକ୍ତିର ଉପାଦାନଗୁଡ଼ିକ ଅନୁଶାସନର କଠୋର ଶୃଙ୍ଖଳା ଦ୍ୱାରା ଖଣ୍ଡଖଣ୍ଡ ହୋଇ ବିପର୍ଯ୍ୟସ୍ତ ହୋଇ ଯାଉଥିଲା । ନିଜ ଇଚ୍ଛାରେ ବିନା ଆଘାତ ପ୍ରାପ୍ତିରେ ଆପେ ଆପେ ସେମିତି କୌଣସି ବାଧା ନପାଇ ସୁଝା ।

“ଆଜି କାହିଁକି ମନ୍ଦିରରେ ଏତେ ସମୟ ଧରି ରହିଥିଲୁ ?” ସତୀ ଭାବି ଚାଲିଥିଲା । ତା ବୋଉ ଯଦି ତାକୁ ଏହି ପ୍ରଶ୍ନ ପଚାରେ । ତେବେ ତା ବୋଉର ଏଭଳି ପ୍ରଶ୍ନର ଉତ୍ତରରେ ସେ କି ଜବାବ ଦେବ ? କେଉଁ କାଳ୍ପନିକ କଥା କହି ତା ବୋଉକୁ ଭୁଲାଇ ଦେଇପାରିବ ? ଅଯଥାରେ ବିଳମ୍ବ ପାଇଁ ଓ ସେ ବିଳମ୍ବ ଯୋଗୁ ସେ କରିଥିବା ତ୍ରୁଟି ଲାଗି ଏବଂ ସେ ତ୍ରୁଟିରୁ ନିଜକୁ ମୁକ୍ତ କରିବାକୁ ଯାଇ ସେ କି ପ୍ରକାର ବାହାନାର ଆଶ୍ରୟ ନେବ ?

ବର୍ତ୍ତମାନ ସେ ବୁଝି ସାରିଲିଣି, ମନ୍ଦିରରେ ତାଙ୍କ ପାଇଁ ଏତେ ସମୟ ଧରି ଅପେକ୍ଷା କରିବା ତା’ର ଆଦୌ ଠିକ୍‌ ହୋଇନି । ସିଏତ ପ୍ରତିଥର ଦଶଟା ପରେ ଏଗାରଟା ପାଖାପାଖି ଆସିଥାଆନ୍ତି । ସିଏ ଯେତେ ଥର ମନ୍ଦିରକୁ ଆସିଛନ୍ତି ସେତେଥର ତାଙ୍କର ଏଗାରଟାରୁ କେବେ ବେଶୀ ଡେରି ହୁଏ ନାହିଁ । ସେଥିପାଇଁ ଏଗାରଟା ପରେ ତାଙ୍କ ଲାଗି ଆଉ ଅପେକ୍ଷା କରିବା ତା’ର ଜମା ଉଚିତ ନଥିଲା ।

ହେଲେ ମନତ ସେକଥା ମାନିବାକୁ କେବେ ବି ରାଜି ନୁହେଁ । ଇଚ୍ଛା ତ ହେଉଥିଲା ତାଙ୍କ ପ୍ରତୀକ୍ଷାରେ କେବଳ ଦିନ ନୁହେଁ ବରଂ ସମ୍ପୂର୍ଣ୍ଣ ରାତିଟା ବି ସେଠାରେ ବିତାଇ ଦେବାକୁ, ଯଦି ତାଙ୍କର ରାତିରେ ମନ୍ଦିରକୁ ଆସିବାର ସମ୍ଭାବନା ଥାଆନ୍ତା ।

ସତୀ ଚମକି ପଡ଼ିଲା, ନିଜ କଥା ନିଜେ ଶୁଣି । ଭାବନାରେ ସେ କହୁଥିଲା ନିଜକୁ । ଦୁଆର ଅଳିନ୍ଦରେ ବସି ସେ ଭାବୁଥିଲା । ମନ୍ଦିରରୁ ବିଳମ୍ବରେ ଫେରିଥିବା ଯୋଗୁ ନିଜକୁ ନିଜ ଘର ଭିତରେ ବାନ୍ଧ ଅନୁଭବ କରୁଥିବା ସତୀ । ତାଙ୍କର ରାତିରେ ଆସିବାର ସମ୍ଭାବନା ଥିଲେ, ସେ ରାତିରେ ସୁଦ୍ଧା ତାଙ୍କ ପାଇଁ ଅପେକ୍ଷା କରିବାକୁ କଳ୍ପନା କରିପାରୁଛି କେମିତି ? ସେ ନିଜେ ପଚାରୁଛି ନିଜକୁ । ଦୁଆର ଅଳିନ୍ଦରେ ବସିଥିବା ସତୀ ପଚାରୁଛି- ବିଳମ୍ବରେ ମନ୍ଦିରରୁ ଫେରିଥିବା ସତୀକୁ । ଯିଏ ଡେରିରେ ଫେରିଥିବା ଯୋଗୁ ଅନୁତାପ କରୁଥିଲା ଟିକିଏ ଆଗରୁ । ସେହି ସତୀ ନିଜେ କହିଥିବା କଥା ଶୁଣି ନିଜେ ଚମକି ପଡ଼ିଲା ।

ଆବଶ୍ୟକ ହୋଇଥିଲେ ରାତିରେ ସେ ତାଙ୍କ ପାଇଁ ଅପେକ୍ଷା କରିଥାଆନ୍ତା ଅଥଚ ମନ୍ଦିରରେ ସନ୍ଧ୍ୟା ଆଲତି ଆରମ୍ଭ ହେବା ମାତ୍ରେ ଘରକୁ ଫେରିଆସିଥିବା ସତୀ ନିଜକୁ ପ୍ରଶ୍ନ ପଚାରୁଛି । ସେ କ’ଣ ସତରେ ରାତି ପର୍ଯ୍ୟନ୍ତ ସେଠାରେ ତାଙ୍କ ଅପେକ୍ଷାରେ ବସିରହି ପାରିଥାଆନ୍ତା ? ଯୁଦ୍ଧରେ ପରାଜିତ ଜଣେ ପଲାୟନ ପନ୍ଥୀ ସେନାନାୟକ ଶତ୍ରୁର ଦୃଷ୍ଟି ଉହାଡ଼କୁ ଆସିଗଲାପରେ ଯଦି ବିଚାର କରେ ଯୁଦ୍ଧକ୍ଷେତ୍ର ଛାଡ଼ି ପଲାଇ ନ ଆସି ସେଠାରେ ଅଧିକ ସମୟ ଧରି ଯୁଦ୍ଧ ପରିଚାଳନା କରିଥିଲେ ସଫଳତା ପ୍ରାପ୍ତି ଅବଶ୍ୟମ୍ଭାବୀ ଥିଲା । ତେବେ ପରାଜୟ ଆଶଙ୍କାରେ ଓ ପ୍ରାଣ ଭୟରେ ଯୁଦ୍ଧ କ୍ଷେତ୍ର ପରିତ୍ୟାଗ କରିଥିବା ସେପରି ସେନାପତିଙ୍କୁ ଉଦ୍ଭଟ କଳ୍ପନା ବିଳାସୀ ବ୍ୟତୀତ ଆଉ କ’ଣ କୁହାଯାଇପାରିବ ? ସେହିପରି ସତୀର ଭାବନା ଆଜି ତାକୁ ସେହି ସ୍ତରକୁ ନେଇଯିବାକୁ ବସିଛି ।

ପରବର୍ତ୍ତୀ କ୍ଷଣରେ ସେ ଚିନ୍ତା କରୁଛି, ଏପରି କଥା ଭାବିବାକୁ, ଏଭଳି ପ୍ରସଙ୍ଗ କଳ୍ପନଲକୁ ଆଣିବାକୁ ସେ କିପରି ସାହସ ଜୁଟାଇ ପାରିଲା ? ଯେଉଁ ଚିନ୍ତାଧାରା ଅଳସୁଆମାନଙ୍କ ମସ୍ତିଷ୍କରେ ଭୂତର କାରଖାନା ପରି ହେବ ।

ଦୁଆର ଅଳିନ୍ଦରେ ବସିଥିବା ସତୀ ପ୍ରଶ୍ନ କରୁଛି- ମନ୍ଦିରରୁ ବିଫଳ ମନୋରଥରେ ଫେରି ଆସିଥିବା ଓ ବିଳମ୍ବରେ ଫେରିଥିବା ଯୋଗୁ ଭୟରେ ଆତଙ୍କିତ ହୋଇପଡ଼ୁଥିବା ସତୀକୁ । ଯଦି ରାତିରେ ତାଙ୍କ ପାଇଁ ଅପେକ୍ଷା କରିବାର ସତ୍‌ସାହସ ତା’ର ଥିଲା, ତେବେ ସେ ଦିନ ଥାଉଁଥୁ ମନ୍ଦିରରୁ ଫେରି ଆସିଲା କାହିଁକି ? ସନ୍ଧ୍ୟା ପୂର୍ବରୁ ଘରେ ପହଞ୍ଚିବାକୁ ଏତେ ତରବର ହେଉଥିଲା କେଉଁ କାରଣରୁ ? ଘରେ ପହଞ୍ଚ ବିଳମ୍ବରେ ଫେରିଥିବା ଯୋଗୁ, ତା ବୋଉ ତାକୁ ଦେଖ ନ ଦେଖିଲା ପରି କିଛି ନ କହିବାରୁ କାହିଁକି ବ୍ୟସ୍ତ ହୋଇପଡ଼ୁଛି ? ତା ଭାଇଭଉଣୀ ମାନେ ତା’ର ଉପସ୍ଥିତିକୁ ଅଣଦେଖା କରି ତାଙ୍କ ନିଜ ଧନ୍ଦାରେ ଲାଗିଥିବାରୁ ସେ କାହିଁକି ବିବ୍ରତ ହେଉଛି ? କାହିଁକି ନିଜଘରେ ନିଜକୁ ବାନ୍ଧ ହୋଇଛି ବୋଲି

ଅନୁଭବ କରୁଛି ? ତା ବୋଉ ତାକୁ ବିଳମ୍ବରେ ଫେରିବାର କାରଣ ପଚାରିଲେ, ସେପରି ପ୍ରଶ୍ନର ସମ୍ମୁଖୀନ ହେବା ପାଇଁ ସେ ଭୟ କରୁଛି କେଉଁଥିପାଇଁ ? ବୋଉର ସେପରି କଥାର ଉତ୍ତର ଦେବାକୁ ସେ କାହିଁକି ଅପ୍ରସ୍ତୁତ ହୋଇପଡ଼ୁଛି ? ସତୀ ସେସବୁ ପ୍ରଶ୍ନର ଉତ୍ତର ଖୋଜି ପାଉନଥିଲା ।

ସତୀ ଭାବି ଚାଲିଛି । ଯାହାଙ୍କ ପାଇଁ ତା' ମନରେ ଏତେ ଦ୍ୱନ୍ଦ୍ୱ ଏବଂ ସେ ଭାବନାରେ ପରସ୍ପର ବିରୋଧୀ କଳ୍ପନାର ସଂଘର୍ଷ । ଯାହାଙ୍କ ଲାଗି ସେ ଆବଶ୍ୟକ ହେଲେ ବିଳମ୍ବିତ ରାତି ପର୍ଯ୍ୟନ୍ତ ମନ୍ଦିରରେ ରହି ଅପେକ୍ଷା କରିବା କଥା ଚିନ୍ତା କରିପାରୁଛି ଓ ପରକ୍ଷଣରେ ସେଥିପାଇଁ କୌଣସି ପ୍ରଶ୍ନର କିମ୍ବା ପରିସ୍ଥିତିର ସାମ୍ନା କରିବା ପାଇଁ ଭୟଭୀତ ହୋଇ ପଡ଼ୁଛି । ସେହି 'ତାଙ୍କ' ସହିତ ତା'ର ସମ୍ପର୍କ କ'ଣ ? ତା'ର ତାଙ୍କ ସାଙ୍ଗରେ କି ପ୍ରକାର ସମ୍ବନ୍ଧ ଅଛି ? ସର୍ବୋପରି 'ସିଏ' ତା'ର କିଏ କି ? 'ତାଙ୍କ' ପାଇଁ ତା' ମନରେ ଏତେ ଦରଦ କାହିଁକି ? କାହିଁକି 'ତାଙ୍କ' ଲାଗି ସେ ମନ୍ଦିରରେ ଦୀର୍ଘ ସମୟ ଧରି ବସିରହୁଛି ? ସିଏ ମନ୍ଦିରକୁ ନ ଆସିବାରୁ ତାଙ୍କୁ ଦୋଷ ଦେଲା ବେଳେ ସେ କାହିଁକି ସୁନି ସହିତ 'ତାଙ୍କ' ପକ୍ଷ ନେଇ ଯୁକ୍ତିକଲା ? ତର୍କ ବାଢ଼ିଲା ? କ'ଣ ପାଇଁ ତାଙ୍କ ପ୍ରତି ତା'ର ଏତେ ସହାନୁଭୂତି ? ଏତେ ଦୟା ? ଏତେ ଦରଦ ? ଏତେ ମମତା ? ଏତେ ଅନୁକମ୍ପା ? ସୁନି ତାଙ୍କୁ ଦୋଷ ଦେଲା ବେଳେ ତାକୁ କାହିଁକି ବାଧିଲା ? ସୁନି 'ତାଙ୍କୁ' ଟିକେ ଆକ୍ଷେପ କରି କହିଲେ ତାକୁ କାହିଁକି କଷ୍ଟ ହୁଏ । 'ତାଙ୍କ' ନାଁରେ ସୁନି ମୁହଁରୁ କିଛି ଖରାପ କଥା ଶୁଣିଲେ ସେ କାହିଁକି ଆଦୌ ସହି ପାରେନା ? 'ତାଙ୍କ' ବିରୋଧରେ ସୁନି କିଛି କହିଲେ ତା ମନରେ କାହିଁକି ଆଘାତ ଲାଗେ ? ପ୍ରାଣରେ କଷ୍ଟ ହୁଏ ? ଆତ୍ମାରେ ବ୍ୟଥା ଜାଗେ ? ହୃଦୟରେ ଦରଦ ଜନ୍ମେ ? ସହାନୁଭୂତି ସୃଷ୍ଟି ହୁଏ ଅନ୍ତରରେ ? ଅନୁକମ୍ପା ଜାଗ୍ରତ ହୁଏ ଆପଣା ଛାଏଁ ତାଙ୍କ ପ୍ରତି ? ସୁନି ତାଙ୍କ ଦୋଷ ପାଇଁ ତାଙ୍କୁ ଗାଲି ଦେଲେ ସେ କାହିଁକି ସୁନିକୁ ସେଥିପାଇଁ ବାରଣ କରେ ? ସୁନିର ତାଙ୍କୁ ଭର୍ତ୍ସନା କ'ଣ ପାଇଁ ସେ ସହିପାରେନା ? କେଉଁ କାରଣରୁ ସୁନିର ତାଙ୍କ ପ୍ରତି କଟୂକ୍ତି ତାକୁ ବାଧେ ? କେଉଁ ଉଦ୍ଦେଶ୍ୟ ରଖି ସୁନିର ତାଙ୍କୁ ଆକ୍ଷେପ ମୂଳକ ଟିପ୍ପଣିକୁ ସେ ବିରୋଧ କରେ ? କିଭଳି ଲକ୍ଷ୍ୟ ନେଇ ସୁନିର ଇଙ୍ଗିତ ପୂର୍ଣ୍ଣ ଭାଷା ତାକୁ ବ୍ୟଥା ଦେଇଥାଏ । କି ସକାଶେ ସୁନିର ତାଚ୍ଛଲ୍ୟଭରା ସଂଳାପ ତାକୁ ଦୁଃଖରେ ଜର୍ଜରିତ କରେ ? କି ପ୍ରକାର ଆଭିମୁଖ୍ୟ ଲାଗି ସେ ସୁନିର ତାଙ୍କୁ ନେଇ ସମାଲୋଚନାକୁ ଜମା ବରଦାସ୍ତ କରିପାରେନା ? ସତୀ ଭାବୁଥିଲା ଦୁଆର ପାଖ ଅଳନ୍ଦରେ ବସିବସି । ଏକୁଟିଆ ।

କୌଣସି ଏକ ନିର୍ଣ୍ଣାୟକ ସିଦ୍ଧାନ୍ତରେ ପହଞ୍ଚିବା ଲାଗି ସତୀ ଚେଷ୍ଟା କରୁଥିଲା । ତାଙ୍କ ସହିତ ସାକ୍ଷାତ କରିବା ପାଇଁ ସେ କାହିଁକି ମନ୍ଦିରରେ ଦୀର୍ଘ ସମୟ ଧରି ବସି ରହୁଛି ? ତାଙ୍କୁ ଦେଖିବା ଲାଗି ତା ଅନ୍ତରରେ ଏତେ ଆଗ୍ରହ କାହିଁକି ? ତାଙ୍କ ଭେଟ ପାଇବା ପାଇଁ ତା ହୃଦୟରେ କ'ଣ ଲାଗି ଏତେ ଆବେଗ ଭରି ରହିଛି ! ସିଏ ଅପରିଚିତ ହୋଇବି ତାକୁ ଅତି ଆପଣାର ପରି ଲାଗନ୍ତି କେଉଁ କାରଣରୁ ? ସିଏ ତା'ର କେହି ନହୋଇ ମଧ ନିଜର ଭଲି କିପରି ମନେ ହୁଅନ୍ତି ? ଏସବୁର କାରଣ ଖୋଜିବାକୁ ଯାଇ ସତୀ ଆବିଷ୍କାର କଲା ତାଙ୍କ ପ୍ରତି ତା'ର ଅନୁରାଗ ରହିଛି । ଅନୁରାଗରୁ ହିଁ ତ ଭଲ ପାଇବାର ଜନ୍ମ । ଅତଏବ ସତୀ ତାଙ୍କୁ ଭଲ ପାଏ ମନଦେଇ । ଅନ୍ତର ଖୋଲି, ହୃଦୟର ସହିତ, ପ୍ରାଣଭରି । ଗୋଟିଏ ଆତ୍ମା ସହିତ ଅନ୍ୟ ଏକ ଆତ୍ମାର ମିଳନ ଘଟିଛି । ମନ ସହିତ ମିଶିଯାଇଛି ଆଉ ଗୋଟିଏ ମନ । ନିବିଡ଼ ଆନ୍ତରିକତା ସ୍ଥାପନ ହୋଇଛି ତାଙ୍କ ପ୍ରାଣ ସହିତ । ସଂଯୋଗ ଘଟିଛି ଦୁଇଟି ଆତ୍ମାର । ଆତ୍ମୀୟତା ସୂତ୍ରରେ ବନ୍ଧା ହୋଇଛନ୍ତି ଉଭୟ ଉଭୟଙ୍କ ସାଙ୍ଗରେ । ସେ ତାଙ୍କୁ ଭଲ ପାଇ ବସିଛି ।

ଭଲ ପାଇବାତ ପାପ ନୁହେଁ କିମ୍ବା ପ୍ରେମ କରିବା ଭୁଲ କାମଟିଏ ବି ନୁହଁ । ସେପରି କର୍ମ କୌଣସି ପ୍ରକାର ଧର୍ତ୍ତବ୍ୟ ଅପରାଧ ଭାବରେ ଗଣନା ହୁଏନା । ତାହା ମଧ ଦୋଷାବହ କର୍ମର ପରିସର ଭୁକ୍ତନୁହେଁ । ତେବେ ସେଥିପାଇଁ ସେ ଏତେ ବିବ୍ରତ କାହିଁକି ? ଭୟଭୀତ କେଉଁଥିପାଇଁ ? କି ସକାଶେ ଏତେ ବ୍ୟସ୍ତ ! ଚିନ୍ତିତ ହେଉଛି କେଉଁ କାରଣରୁ ?

ଶଙ୍କାଗ୍ରସ୍ତ କୋଉ ଆଶଙ୍କା ଯୋଗୁ ? କେତେ ମହାପୁରୁଷ, ମହାତ୍ମା, ମହନ୍ତ, ଯୁଗପୁରୁଷା ଯୋଗୀ, ରଷି, ମୁନି, ଦିବ୍ୟଦ୍ରଷ୍ଟା, ଈଶ୍ୱର ପୁତ୍ର, ଭଗବାନଙ୍କ ଦୂତ, ସିଦ୍ଧସାଧକ, ଯୁଗଜନ୍ମା, ସମାଜ ସଂସ୍କାରକ, ଯୁଗ ପ୍ରବର୍ତ୍ତକ, ଧର୍ମ ପ୍ରଚାରକ, ଧର୍ମ ସଂସ୍ଥାପକ, ଧର୍ମ ପ୍ରଷ୍ଟ ପୋଷକ ଓ ତପସ୍ୱୀ ଜୀବନବ୍ୟାପୀ ଦୀର୍ଘ ଦିନର ସାଧନା ପରେ ସିଦ୍ଧି ଲାଭ କରିବା ଉତ୍ତାରୁ ଜ୍ଞାନପ୍ରାପ୍ତି ହେବାରୁ କହିଗଲେ- ଭଲ ପାଅ; ଭଲ ପାଇ ଶିଖ । କାରଣ ଭଲ ପାଇବାର ମହତ୍ତ୍ୱ ଅବର୍ଷନୀୟ ଓ ଅକଲନୀୟ । ଏହାର କୁହୁକମୟ ଆକର୍ଷଣ ଦ୍ୱାରା ଅସମ୍ଭବ ସମ୍ଭବ ହୁଏ । ଶତ୍ରୁ ମିତ୍ର ପାଲଟି ଯାଏ ଓ ପର ଆପଣାର ହୋଇଥାଏ । କହିବା ବାହୁଲ୍ୟ ଈଶ୍ୱରଙ୍କ ଭଲ ପାଇବାରୁ ହିଁ ଏ ବୈଚିତ୍ର୍ୟମୟ ବିଶ୍ୱବ୍ରହ୍ମାଣ୍ଡ ଓ ଜୀବଜଗତ ସୃଷ୍ଟି ହୋଇଛି । ସେଥିପାଇଁ ପ୍ରେମକର ପରସ୍ପରକୁ, ତେବେ ଯାଇ ଜୀବନର ସଦ୍‌ଗତି ସମ୍ଭବ । ନିଶ୍ଚିନ୍ତ ମୋକ୍ଷ ଲାଭ ହେବ, ମୁକ୍ତିର ଦ୍ୱାର ଉନ୍ମୁକ୍ତ ରହିବ ତୁମ ପାଇଁ ।

ମନରେ ଶ୍ରଦ୍ଧା ନଥିଲେ ଭଲ ପାଇବା କାହୁଁ ଆସିବ ? ଶ୍ରଦ୍ଧାବାନ ବ୍ୟକ୍ତି ହିଁ କେବଳ ଭଲ ପାଇଥାଏ ଏବଂ ପ୍ରେମ କରି ପାରେ । ଶ୍ରଦ୍ଧା ଯଥାର୍ଥ ମାଧୁର୍ଯ୍ୟ ଓ ଅନ୍ନ ଯଥାର୍ଥ ଔଷଧ । ସେଥିପାଇଁ ଶାସ୍ତ୍ରରେ କୁହାଯାଇଛି "ଶ୍ରଦ୍ଧାବାଁ ଲଭତେ ଜ୍ଞାନଂ ତତ୍ପରଃ ସଂଯତେନ୍ଦ୍ରିୟଃ । ଜ୍ଞାନ ଲବ୍ଧ୍ୱା ପରାଂ ଶାନ୍ତି- ମଚିରେ ଶାଧୁ ଗଚ୍ଛିତ ।" ଜିତେନ୍ଦ୍ରିୟ ଓ ସାଧନା ପରାୟଣ ଶ୍ରଦ୍ଧାବାନ ମନୁଷ୍ୟ ଜ୍ଞାନ ଲାଭ କରେ ଏବଂ ଜ୍ଞାନ ଲାଭ କରି ସେ ତତ୍କାଲ ପରମଶାନ୍ତି ପ୍ରାପ୍ତ ହୁଏ । ଗୀତାରେ କୁହାଗଲା- "ଶ୍ରଦ୍ଧାବାନ ଲଭତେ ଜ୍ଞାନମ୍" ଶ୍ରଦ୍ଧା ଅର୍ଥ ଆଗ୍ରହ ନୁହେଁ । ଶ୍ରଦ୍ଧା ହେଲା 'ଗୁରୁ ଶାସ୍ତ୍ର ବାକ୍ୟେଷୁ ବିଶ୍ୱାସଃ ଇତି ଶ୍ରଦ୍ଧା ।' ଏସବୁ ଅତୀବ ଗହନ କଥା । ମୃତ୍ୟୁ ସମୟରେ ମନକୁ ସ୍ଥିର ରଖି ଭଗବାନଙ୍କୁ ସ୍ମରଣ କରିବା କିମ୍ୱା ସାଧନା ଦ୍ୱାରା ଶ୍ରଦ୍ଧାବାନ ହେବା କେବେବି ଏତେ ସହଜ କଥା ନୁହେଁ । "ପ୍ରୟାଣ କାଲେ ମନସା ଅଚଲେନ ଭକ୍ତ୍ୟାଯୁକ୍ତୋ ଯୋଗ ବଲେନ ଚୈବ । ଭୃବୋର୍ମଧ୍ୟେ ପ୍ରାଣମାବେଶ୍ୟ ସମ୍ୟକ । ସତଂପରଂ ପୁରୁଷୋମୁପେତିଦିବ୍ୟମ୍ ।" ମୃତ୍ୟୁ ସମୟରେ ଯେଉଁ ବ୍ୟକ୍ତି ଦୁଃ ଭୁଲତା ମଧରେ ପ୍ରାଣଶକ୍ତିକୁ ସ୍ଥିର କରି ପୂର୍ଣ୍ଣଭକ୍ତିରେ ଭଗବାନଙ୍କୁ ସ୍ମରଣ କରେ ସେ ନିଶ୍ଚିତ ଭଗବାନଙ୍କୁ ପ୍ରାପ୍ତ ହେବ । ସାଧାରଣ ଅର୍ଥରେ ଯେଉଁ ବ୍ୟକ୍ତି ମୃତ୍ୟୁ ସମୟରେ ସଂସାରର ମୋହ, ମାୟା, ଆସକ୍ତିକୁ ପାସୋରି କେବଳ ଭଗବାନଙ୍କୁ ସ୍ମରଣ କରେ ସେ ମୋକ୍ଷ ପ୍ରାପ୍ତି କରେ । ଆଉ ଜନ୍ମ-ମୃତ୍ୟୁ ଚକ୍ରରେ ଘୁରେ ନାହିଁ । ମାତ୍ର ମୃତ୍ୟୁ ସମୟରେ ମନ ଅତ୍ୟନ୍ତ ଚଞ୍ଚଳ, ଅସ୍ଥିର ଓ ଉଦ୍‌ବେଲିତ ଅବସ୍ଥାରେ ଥାଏ । ସେତେବେଳେ ମନରେ ସ୍ଥିରତା, ଏକାଗ୍ରତା ଆଣି ହରିନାମ ସ୍ମରଣ କରିବା ବହୁତ କଷ୍ଟକର ବ୍ୟାପାର । ସେଥିପାଇଁ କଠୋର ସାଧନା, ଅନେକ ଅଧବସାୟ ଓ ଦୃଢ଼ ନିଷ୍ଠାପରତା ଆବଶ୍ୟକ ହୋଇଥାଏ । ଆଉ ଶ୍ରଦ୍ଧା ବ୍ୟତିରେକେ ପ୍ରେମ ନ କରି ଭଲ ନ ପାଇ କେହି କେବେବି ମୋକ୍ଷପ୍ରାପ୍ତି ହୋଇନାହିଁ । ତୃଣଠାରୁ ନୀଚ ହେବା ତରୁପରି ସହନଶୀଳ ହେବା ପରେ ଯାଇ ଈଶ୍ୱର ପ୍ରାପ୍ତି ହୋଇଥାଏ । ଶାସ୍ତ୍ର ମତରେ- "ଅଶ୍ରଦ୍ଧ ଧାନାଃ ପୁରୁଷା, ଧର୍ମସ୍ୟାସ୍ୟ ପରନ୍ତପ, ଅପ୍ରାପ୍ୟ ମା' ନିର୍ବର୍ତ୍ତନ୍ତେ ମୃତ୍ୟୁ ସଂସାର ବର୍ତ୍ମନି ।" ହେ ପରନ୍ତପ ! ଧର୍ମର ମହିମା ଉପରେ ଶ୍ରଦ୍ଧା ନ ରଖୁଥିବା ମନୁଷ୍ୟ ମୋତେ ନ ପାଇ ମୃତ୍ୟୁ ରୂପା ସଂସାର ମାର୍ଗରେ ପ୍ରତ୍ୟାବର୍ତ୍ତ କରୁଥାଆନ୍ତି ଅର୍ଥାତ୍ ବାରମ୍ୱାର ଜନ୍ମ ନେଉଥାନ୍ତି ଓ ମରୁଥାନ୍ତି । ଆହୁରି ମଧ "ନମାଂ ତୁଷ୍ଟିନୋ ମୂଢ଼ାଃ ପ୍ରପଦ୍ୟନ୍ତେ ନରାଧମାଃ । ମାୟୟା ପହୃତ ଜ୍ଞାନା ଅସୁରଂ ଭାବମାଶ୍ରିତାଃ ।" ମାୟାଦ୍ୱାରା ଜ୍ଞାନ ଅପହୃତ ହୋଇଥିବା, ଅସୁର ସ୍ୱଭାବର ଆଶ୍ରିତ ଏବଂ ନରାଧମ ତଥା ପାପାଚରଣକାରୀ ମୂଢ଼ ମନୁଷ୍ୟ ମୋର ଶରଣାପନ୍ନ ହୁଅନ୍ତି ନାହିଁ ।

ମୁକ୍ତି ପାଇବାକୁ ହେଲେ ମୋକ୍ଷ ଲାଭ ନିମିତ୍ତ ଅତ୍ୟନ୍ତ ଶ୍ରଦ୍ଧାର ସହିତ ଭଲ ପାଇବାକୁ ହେବ । ପ୍ରେମ କରିବାକୁ ପଡ଼ିବ ନିଷ୍କାମ ମନୋବୃଭି ନେଇ । ଧର୍ମ ଅଲଗା ହୋଇପାରେ, ସମ୍ପ୍ରଦାୟ ଭିନ୍ନ ହେଉ ପଛେ । ଜାତି ପୃଥକ ହେଲେ ବି, ମାର୍ଗ ଯେଉଁ ଆଡ଼କୁ ପଡ଼ିଥାଉନା କାହିଁକି ? ସବୁ ବାଟର ଶେଷ ଯେଉଁଠି, ଯେଉଁଠିକୁ ସମସ୍ତ ପଥର ଅନ୍ତିମସ୍ଥଲ କୁହାଯାଏ । ଯେଉଁଠିକୁ ସବୁ ସରଣୀ ଛୁଇଁବାକୁ ବ୍ୟଗ୍ର । ଯେଉଁ ରାସ୍ତାରେ ଗଲେ ଲକ୍ଷ୍ୟ ସ୍ଥଲରେ ପହଞ୍ଚ ହେବ । ଯେଉଁଠିକୁ ସବୁ ଧର୍ମର

ସାରବାଣୀ ପହଞ୍ଚିବାକୁ ନିର୍ଦ୍ଦେଶ ଦେଇଥାଏ । ସମସ୍ତ ମୁକ୍ତିକାମୀ ମଣିଷମାନଙ୍କ ଲକ୍ଷ୍ୟ ଯେଉଁଠି ଶେଷ ହୋଇଛି । ସମସ୍ତଙ୍କ ଦୃଷ୍ଟି ଯେଉଁ ଶେଷ ପର୍ଯ୍ୟାୟକୁ ଛୁଇଁବା ଲାଗି ବ୍ୟଗ୍ର, ନୀତି ନିୟମ ଯେମିତି ହୋଇଥାଉ ପଛେ । ସବୁ ଧର୍ମର ଅନ୍ତିମ ଲକ୍ଷ୍ୟସ୍ଥଳ ଗୋଟିଏ ତାହା ମୁକ୍ତି ମାର୍ଗ । ସବୁ ଧର୍ମର ଉପଦେଶ ଗୋଟିଏ କଥାକୁ ବୁଝାଇଥାଏ । ତାହା ହେଲା ଭଲ ପାଅ । ବିରକ୍ତ ହୁଅନି, ସହି ଯାଅ । ଅସହିଷ୍ଣୁ ହୁଅନାହିଁ, ସମସ୍ତଙ୍କୁ ପ୍ରେମ କର । କାହାରିକୁ ଘୃଣା କରନାହିଁ । ଅନ୍ୟମାନଙ୍କୁ ଘୃଣା କରିବା ଅର୍ଥ ମୃଷା ଓ ଓଡ଼ଶମାନଙ୍କୁ ଜବଦ କରିବା ପାଇଁ ଆପଣା ଘରକୁ ପୋଡ଼ି ଦେବା ସଙ୍ଗେ ସମାନ । ଇମରସନ୍ "ଭଗବତ୍ତ୍ୱଉତ୍ତମ ଶ୍ଲୋକେ ଭବତୀ ଭିରନୁଉତ୍ତମା, ଭକ୍ତିଃ ପ୍ରବର୍ତ୍ତିତା ଦିଷ୍ୟା ମୁନୀନାମପି ଦୁର୍ଲ୍ଲଭା ଅର୍ଥାତ୍ ଯେତେ ପ୍ରକାର ଭକ୍ତି ଅଛି, ତହିଁରେ 'ପ୍ରୀତି' ଏକା ଶ୍ରେଷ୍ଠ (ଶ୍ରୀମଭାଗବତ-୧୦/୪୭/୨୫) । ଦାନ, ବ୍ରତ, ଜପ, ତପ, ହୋମ, ବେଦ ଅଧ୍ୟୟନ, ଧାନ, ଅଷ୍ଟାଙ୍ଗ ଯୋଗ ଆଦିରୁ ଅତି ଊର୍ଦ୍ଧ୍ୱରେ ଭକ୍ତି ଯୋଗ, ଭକ୍ତି ହିଁ ପ୍ରୀତି ।

ଅବଶ୍ୟ ସେ ପ୍ରେମ କରିବା, ସତୀ ଆଦରି ନେଇଥିବା ପ୍ରେମ ସହିତ ସମାନ ନୁହେଁ । ସେମାନେ କହିଥିବା ଭଲ ପାଇବା ସତୀର ଭଲପାଇବା ପରି ନୁହେଁ । ସେମାନେ କହିଥିଲେ ସମସ୍ତଙ୍କୁ ଭଲ ପାଅ, ଅର୍ଥାତ ଜନଗଣଙ୍କୁ ଭଲ ପାଅ, ସମସ୍ତ ସଜୀବକୁ ଶ୍ରଦ୍ଧାକର । ଜୀବଜଗତକୁ ପ୍ରେମକର । ସତୀ କିନ୍ତୁ ଭଲ ପାଉଛି ଜଣକୁ, ଗଣକୁ ନୁହେଁ । ସେମାନଙ୍କର ନିର୍ଦ୍ଦେଶ ହେଲା- ମଣିଷ ସମାଜକୁ, ସମସ୍ତ ପ୍ରାଣୀ ଅର୍ଥାତ ଜୀବଜଗତକୁ ପ୍ରେମ କର । ମାତ୍ର ସତୀ ପ୍ରେମ କରୁଛି ବ୍ୟକ୍ତିବିଶେଷକୁ । ସେମାନେ କହିଥିବା ଭଲ ପାଇବାରେ ଆସକ୍ତି ନ ଥାଏ, ଯାହା ସତୀର ଭଲ ପାଇବାରେ ରହିଛି । ସେ ପ୍ରେମରେ ପ୍ରଣୟର ଆଶା ରହେ ନାହିଁ, ଯାହା ସତୀର ପ୍ରେମରେ ପୂର୍ଣ୍ଣମାତ୍ରାରେ ଅଛି । ସମର୍ପଣରେ ବିନା ପ୍ରତିଦାନରେ, ସହୃଦୟତାରେ, ଅନାସକ୍ତ ଅନ୍ତରରେ, ଆଦର୍ଶବାଦରେ ସେ ପ୍ରେମ ପୂର୍ଣ୍ଣତା ଲାଭ କରେ। ଅଭିମାନ, ଅଭିଯୋଗ, ଅସୂୟାଭାବ ସେ ଭଲ ପାଇବାରେ ନ ଥାଏ । ଯାହା ସତୀର ଭଲ ପାଇବାରେ ରହିଛି । ସେ ପ୍ରେମ, ସେ ଭଲ ପାଇବା ପ୍ରକାଶ୍ୟରେ ହୋଇଥାଏ । ସତୀ କିନ୍ତୁ ଲୁଚେଇ ଲୁଚେଇ ପ୍ରେମ କରୁଛ । ଅନ୍ୟମାନଙ୍କ ଦୃଷ୍ଟି ଉହାଡ଼ରେ, ଗୋପନରେ, ଲୋକଲୋଚନ ଆଢ଼ୁଆଳରେ, ଅନ୍ୟମାନଙ୍କ ଅଗୋଚରରେ ଭଲ ପାଉଛି । ତଫାତ କେବଳ ମାତ୍ର ଏତିକି 'ଭଲପାଇବାର ଏହି ସାମନ୍ୟ ବ୍ୟତିକ୍ରମ ଯୋଗୁ ସତୀ ଏମିତି କି ପ୍ରକାର ମାରାମ୍କ ଭୁଲ କରି ପକାଇଛି ଯେ ଯେଉଁଥ ପାଇଁ ସେ ଏତେ ଚିନ୍ତିତ, ବ୍ୟଥିତ, ଭୟଭୀତ, ବିବ୍ରତ, ଶଙ୍କାଗ୍ରସ୍ତ, ବ୍ୟତିବ୍ୟସ୍ତ ହୋଇ ପଡ଼ୁଥିଲା ପ୍ରତି ମୁହୂର୍ତ୍ତରେ, ପ୍ରତିକ୍ଷଣରେ ଏବଂ ଯେକୌଣସି ପରିସ୍ଥିତି ଓ ପରିବେଶରେ । ଏପରି କାମ କରିବା ଦ୍ୱାରା ସେ ଏମିତି କିଭଳି ଗୁରୁତର ତ୍ରୁଟି କରିଛି ଯେ ଏଥଲାଗି ଡରି ମରୁଛି ସାରା ଦୁନିଆକୁ, ସମଗ୍ର ସଂସାରକୁ, ସମାଜକୁ ଓ ସମସ୍ତ ମଣିଷମାନଙ୍କୁ ।

ସତୀ ପଚାରୁଥିଲା ତା' ନିଜକୁ । ଏମିତି ଭାବେ ଭଲ ପାଇ ଅନେକ ପ୍ରେମୀଯୁଗଲ ସାମାଜିକ ନ୍ୟାୟକୁ ମାନି ନାହାନ୍ତି । ଦୁନିଆରେ ପ୍ରଚଳିତ ନୀତି, ନିୟମକୁ ଫାଙ୍କି ଦେଇ ନିଜର ସ୍ଥିରୀକୃତ ପଥରେ ଆଗେଇ ଯାଇଛନ୍ତି । ସଂସାରର ଅନୁଶାସନକୁ ବେଖାତିର କରିଛନ୍ତି । ପରିବାର ପ୍ରତିବନ୍ଧକୁ ଅତିକ୍ରମ କରିବାକୁ ଉଦ୍ୟମ କରିବାକୁ ଯାଇ ହସି ହସି ମରଣକୁ ବରଣ କରି ନେଇଛନ୍ତି । ପରିଣାମ ତେଣିକି ଯାହା ହେଉନା କାହିଁକି ସେଥିପ୍ରତି ସେମାନେ ଭ୍ରୁକ୍ଷେପ କରିନାହାନ୍ତି, ଏମିତିକି ନିଜ ଜୀବନ ସଙ୍କଟାପନ୍ନ ହେଲେ ସୁଦ୍ଧା । ସେ ଠାକୁର ବାବାଙ୍କ ଠାରୁ ଶୁଣିଛି ସେମାନେ ହେଲେ- ରାଧା-କୃଷ୍ଣ, କୃଷ୍ଣାନୁରାଗୀଣୀ-ମୀରା, ନଳ-ଦମୟନ୍ତୀ, ଉର୍ବଶୀ- ପୁରୋରବା, କେଦାର-ଗୌରୀ, ପୃଥ୍ୱୀରାଜ-ସଂଯୁକ୍ତା, ଚୋଲଗଞ୍ଜ-ନଦିକା, ରୋମିଓ-ଜୁଲିଏଟ, ଲଇଲା-ମଜନୁ, ହିର-ରଞ୍ଜା । ସେମାନେ ସାମାଜିକ ବନ୍ଧନକୁ ଫାଙ୍କି ଦେଇ ପରିବାରର ଅନୁଶାସନକୁ ଅମାନ୍ୟ କରି ସଂସାରରେ ଚଲି ଆସୁଥିବା ନୀତି, ନିୟମକୁ ଏଡ଼ିଦେଇ, ଦୁନିଆର ନିର୍ଦ୍ଦେଶିତ ଶୃଙ୍ଖଳାକୁ ଅଗ୍ରାହ୍ୟ (ହେଟ) କରି ନିଜ ବାଟରେ ଆଗେଇ ଯାଇଛନ୍ତି । ଆପଣା ଜୀବନକୁ ତୁଚ୍ଛ ମଣିଛନ୍ତି । ପ୍ରାଣବଲି ଦେଇଛନ୍ତି ।

ଆମ୍ୋସର୍ଗ କରିଛନ୍ତି । ମୃତ୍ୟୁକୁ ସାଦରେ ବରଣ କରି ନେଉଛନ୍ତି । ମରଣକୁ ହସି ହସି ଗ୍ରହଣ କରି ନେଉଛନ୍ତି ଈପ୍ସିତକୁ ପାଇବା ଆଶାରଖ୍ ।

ତେବେ କ'ଣ ସତୀ ଏପରି ସ୍ତରକୁ ଆସି ଗଲାଣିକି ଆବଶ୍ୟକ ହେଲେ ସେମିତି ଘରର ଅନୁଶାସନକୁ ଓ ମୁରବିମାନଙ୍କ ଆଦେଶକୁ ନ ମାନି ନିଜ ବାଟରେ ଆଗେଇ ଯାଇ ପାରିବ ? କାହାରି ଆକ୍ଷେପକୁ ଭୃକ୍ଷେପ ନ କରି ସେ ଅବିଚଳିତ ରହିବ ଆପଣା ସିଦ୍ଧାନ୍ତରେ ସେହି ପ୍ରେମୀଯୁଗଳମାନଙ୍କ ପରି । ପରିବାରର ବାରଣ ସତ୍ତ୍ୱେ ନିଜ ନିଷ୍ଠଉରେ ଅଟଳ ରହିବ ? ଆବଶ୍ୟକ ହେଲେ ସାମାଜିକ ବାଙ୍ଛନକୁ ଅତିକ୍ରମ କରି ଯିବାକୁ ସାହସ ଜୁଟାଇ ପାରିବ ? ପଡ଼ୋଶୀଙ୍କ ଟାହିଟାପରାକୁ ବିନା ପ୍ରତିବାଦରେ ମଥାପାତି ସହିଯିବ । ଦୁନିଆର ନିନ୍ଦା ଅପବାଦକୁ ବିନା ପ୍ରତିରୋଧରେ ଶୁଣିବା ଲାଗି ନିଜକୁ ପ୍ରସ୍ତୁତ କରି ରଖିପାରିବ । ସଂସାରର କଳଙ୍କକୁ କୌଣସି ଆପତ୍ତି ନ କରି ମଥାରେ ମୁଣ୍ଢାଇ ଗାଁ ଦାଣ୍ଡରେ ମୁହଁ ଟେକି ବାଟ ଚାଲି ପାରିବ ନିର୍ଦ୍ୱନ୍ଦରେ ? ନିର୍ଭୟରେ, ନିର୍ଭୀକ ଭାବରେ, ନିଃସଙ୍କୋଚରେ, ସତୀ ତା ନିଜ ଅନ୍ତର ଭିତରୁ ଏସବୁର ଉତ୍ତର ଖୋଜୁଥିଲା ।

ଉତ୍ତର ମିଳୁଥିଲା ତାକୁ ଅସ୍ପଷ୍ଟ ଭାବରେ । ପ୍ରକାଶ୍ୟ ଭାଷାରେ କିୟ ପରିସ୍କାର ଇଙ୍ଗିତରେ ନୁହେଁ । ଏସବୁ ପାଇଁ ଯେଉଁ ଦୃଢ଼ ଇଚ୍ଛା ଶକ୍ତିର ଆବଶ୍ୟକ ତାହା ତା ପାଖରେ ଅଛିକି ? ସେ ବାଟରେ ଆଗେଇବା ଲାଗି ଯେଉଁ ନିଷ୍ଠା ଦରକାର ସେ ସେପରି ନିଷ୍ଠାପର ହୋଇପାରିବ କି ? ସେଥିଲାଗି ଯେତେ ବାଧାର ସମ୍ମୁଖୀନ ହେବାକୁ ପଡ଼ିବ ସେଥ ସକାଶେ ସେ ନିଜକୁ ପ୍ରସ୍ତୁତ କରିପାରିଛିତ । ସାମାଜିକ ପ୍ରତିବନ୍ଧକକୁ ଅତିକ୍ରମ କରିବା ଲାଗି ଯେଉଁ ମନବଳର ଆବଶ୍ୟକ ତା ଅନ୍ତରରୁ ସେ ସେପରି ଆତ୍ମବଳ ପାଇ ପାରିବ କି ? ସେଥିପାଇଁ ଯେତେ ଉତ୍ସାହ ପ୍ରୟୋଜନ ସେ ସେଭଳି ପ୍ରେରଣା କେଉଁଠୁ ଓ କିପରି ହାସଲ କରିପାରିବ ? ଏହିପରି ଅସୁମାରି ପ୍ରଶ୍ନର ଆଘାତରେ ସେ ଆହତ ହେଉଥିଲା । କିନ୍ତୁ ସମାଧାନର କୌଣସି ସୂତ୍ର ଖୋଜି ପାଉନଥିଲା ।

ଏ ଘଟଣା ପରଠାରୁ ସେ ଅନ୍ୟ କଥା ପ୍ରତି ଉଦାସୀନ ହୋଇଗଲା । ଅନ୍ୟ ବିଷୟ ଆଡ଼କୁ ଦୃଷ୍ଟି ଦେଲା ନାହିଁ, ନଜର ରଖିଲାନି ଆଉ କେଉଁ ଦିଗପ୍ରତି । ଅନ୍ୟ କାମକୁ ଅଣଦେଖା କଲା । ନିଜର ଦାୟିତ୍ୱ ଏଡ଼ାଇ ଗଲା ନିରବରେ । ଆପଣା କର୍ତ୍ତବ୍ୟ ଠିକ ଭାବରେ ପାଳନ କଲାନାହିଁ । ତା'ର ଲକ୍ଷ୍ୟ ରହିଲା ଗୋଟିଏ ଦିଗରେ, ଉଦ୍ଧେଶ୍ୟ ରଖିଲା ଗୋଟିଏ ଆଡ଼କୁ । ଆଭିମୁଖ୍ୟ ନିର୍ଦ୍ଦିଷ୍ଟ ଗୋଟିଏ ବିଷୟ ପ୍ରତି । ତା'ର ଲୟ, ଇଚ୍ଛା, ଦୃଷ୍ଟି, ନଜର, ଆଶା, ଆଗ୍ରହ, ଆବେଗ, ଆକର୍ଷଣ, ଚିନ୍ତା, ଚେତନା, ଭାବନା, କଳ୍ପନା, ଲକ୍ଷ୍ୟ ଓ ଉଦ୍ଧେଶ୍ୟ କେବଳ ଗୋଟିଏ ବିନ୍ଦୁରେ ସ୍ଥିର ରହିଲା । ତାହା ହେଲା ସେ ଭଲ ପାଉଥିବା ଲୋକଟିର ଦେଖାପାଇବା, ମନର ମଣିଷକୁ ସାକ୍ଷାତ କରିବା, ପ୍ରିୟତମକୁ ଭେଟିବା, ପ୍ରାଣବନ୍ଧୁଙ୍କ ସାନିଧ ତଳେ ରହିବା । ଆଉ ପାଇବାକୁ ପରାଣ ମିତଙ୍କ ସ୍ନେହ, ଶ୍ରଦ୍ଧା, ସଦ୍ଇଚ୍ଛା । ଏମିତି ସବୁ ଭାବନାରେ ବୁଡ଼ି ରହିଲା ସତୀ ।

ସତୀ ଭାବୁଥିଲା ସେହିକଥା । ଯାହାର ଆରମ୍ଭ ଥିଲା ଶେଷ ନଥିଲା ।

"ଆନୃଶଂସ୍ୟଂ ପରୋ ଧର୍ମସ୍ତୟାଧର୍ମଃ ସଦାଫଳଃ । ମନୋୟମ୍ୟ ନ ଶୋଚନ୍ତି ସଂଧୃ ସଦ୍ଭିର୍ନ ଜୀର୍ୟତେ" ସଂସାରରେ ଦୟା ହେଉଛି ଶ୍ରେଷ୍ଠଧର୍ମ । ବେଦରେ କଥିତ ଧର୍ମ ନିତ୍ୟ ଫଳ ଦାୟୀ । ମନକୁ ଆୟତ୍ତ କରି ପାରିଲେ ମନୁଷ୍ୟ କେବେ ଶୋକ କରେ ନାହିଁ ଏବଂ ସାଧୁ ଲୋକମାନଙ୍କ ସହ ମିତ୍ରତା କେବେ ନଷ୍ଟ ହୁଏନାହିଁ । ସତୀ ନିଜ ମନକୁ ଆୟତ୍ତ କରି ନ ପାରି ଓ ଠାକୁରବାବାଙ୍କ ପରି ସାଧୁ ଲୋକଙ୍କ ସାକ୍ଷାତ ସବୁବେଲେ ପାଉନଥିବାରୁ ଭୀଷଣ ମାନସିକ ଅଶାନ୍ତି ମଧ୍ୟରେ ରହିବାକୁ ବାଧ୍ୟ ହେଉଥିଲା ।

"ସତୀ ପିଠା ନେଉନୁ;"

ଚୁଲି ପାଖରେ ବସି ପିଠା କରୁଥିବା ବେଳେ ସବିତା ଡାକିଲେ ସତୀକୁ । ବୋଉର ଡାକରେ ସତୀ ଭାବନା ରାଜ୍ୟରୁ ବାସ୍ତବ ଦୁନିଆକୁ ଫେରି ଆସିଲା । ଏହା ମଧ୍ୟରେ ସଞ୍ଜଗଡ଼ି ଯାଇ ରାତି ହୋଇଗଲାଣି ସତୀ ଜାଣି ପାରିନଥିଲା । ସେ ନିଜକୁ ଚିନ୍ତା ଜଗତରେ ଏପରି ଭାବରେ ହଜାଇ ଦେଇଥିଲା ଯେ ତା'ର ସମୟ ଜ୍ଞାନ ରହୁନଥିଲା । ଭାବନାର ପ୍ରଭାବ ଭାବୁକକୁ ଏପରି ଭାବରେ ପ୍ରଭାବିତ କରେ ଯେ ସେ ବାସ୍ତବତାକୁ ଉପଲବ୍ଧ କରିବାର ଧାରଣା ହରାଇବସେ । ସେ କେବଳ ଭାବୁଥିବା ବିଷୟରେ ବୁଡ଼ି ରହି ବାସ୍ତବ ଦୁନିଆଠାରୁ ଏକ ପ୍ରକାର ବିଚ୍ଛିନ୍ନ ହୋଇଯାଏ । ତା'ଚାରିପାଖରେ ଘଟୁଥିବା ଘଟଣା ପ୍ରତି ସେ ସଚେତନ ହୋଇ ପାରେନା । ସେ ବାସ୍ତବ ଦୁନିଆ ଭିତରେ ଅଛି ଓ ବାସ୍ତବତାକୁ ନେଇ କେବଳ ବଞ୍ଚ ରହିପାରିବ । ଏକଥା ସେ କେବେହେଲେ ଖ୍ୟାଲକୁ ଆଶେନାହିଁ । ସେ ବାସ୍ତବତା ମଧ୍ୟରେ ରହିବାକୁ ବାଧ୍ୟ ଏକଥା ମଧ୍ୟ ପାସୋରି ପକାଇଥାଏ । ବାସ୍ତବତାକୁ ପାସୋରି ଦେଇ ସେ ମୋଟେ ଭୁଲି ହେଉନଥିବା ସ୍ମୃତିକୁ ମନେପକାଇ ସେହି ଭାବନାରେ ବିଭୋର ହୋଇ ନିଜର ସ୍ଥିତିକୁ ସୁଦ୍ଧା ଅଣଦେଖା କରେ । ବିସ୍ତୃତିର ଅତଳ ଗର୍ଭରେ ଉବୁଟୁବୁ ହେଉଥିବା ସ୍ମୃତିର ଖିଅକୁ ଧରିବାକୁ ଚେଷ୍ଟା କରି ସେ ବାସ୍ତବତାଠାରୁ ଏକରକମ ଦୂରେଇ ଯାଇଥାଏ । ତା ଉପସ୍ଥିତିର ପରିସ୍ଥିତି ଓ ପରିବେଶର ବାସ୍ତବତାକୁ ସେ ଗ୍ରହଣ କରିବାକୁ ସହଜରେ ସକ୍ଷମ ହୋଇ ପାରେନା । ପାର୍ଶ୍ୱବର୍ତ୍ତୀ କୌଣସି ଘଟଣା ଦ୍ୱାରା ତା ଭାବନାରେ ବ୍ୟାଘାତ ସୃଷ୍ଟି ହେଲେ ଯାଇ ସେ ବାସ୍ତବତାକୁ ଜାଣିବା ପାଇଁ ସମର୍ଥ ହୁଏ । ସବିତାଙ୍କ ଡାକରେ ସତୀର ଆଜି ସେପରି ଅବସ୍ଥା ହୋଇଛି ।

ବୋଉ ଡାକରେ ଚମକି ପଡ଼ି ସେ ପ୍ରକୃତିସ୍ଥ ହେଲା । ନିଜର ଚତୁଃପାର୍ଶ୍ୱକୁ ନିରୀକ୍ଷଣ କଲା । ରାତି କେତେ ହେଲାଣି ତାକୁ ଜଣା ନଥିଲା । ସେ ଅନାଇ ଦେଖିଲା ତା ବୋଉ ଚୁଲି ପାଖରେ ବସି ପିଠା କରୁଛି ।

ସଂକ୍ରାନ୍ତି, ପୂର୍ଣ୍ଣମୀ, ଅମାବାସ୍ୟା, ଗୁରୁବାର ଓ ସୋମବାରଗୁଡ଼ିକରେ ଅଧିକାଂଶ ଲୋକ ବିଶେଷତଃ ଘରର ଗୃହିଣୀମାନେ ରାତିରେ ଭାତ ଖାଆନ୍ତି ନାହିଁ । ଏହି ଦିନଗୁଡ଼ିକରେ ସେମାନେ ରାତିରେ ଭାତ ନଖାଇ ଜଳଖିଆ ଖାଇଥାଆନ୍ତି । ଯେଉଁମାନଙ୍କ ଘରେ ଜଳଖିଆର ସୁବିଧା ନ ଥାଏ ସେମାନେ ସୂର୍ଯ୍ୟାସ୍ତ ପୂର୍ବରୁ ଭାତ ଖାଇ ଦିଅନ୍ତି । ଯେପରି ଅଲେଖ (ମହିମା) ଧର୍ମାବଲମ୍ୟୀଙ୍କ ଭଳି ରାତିରେ ଆଉ ଖାଇବାକୁ ନ ପଡ଼ିବ ।

ସେହିଦିନ ମାନଙ୍କରେ ରାତିରେ ଗୃହିଣୀମାନେ ଜଳଖିଆ ଭାବରେ ମୁଖ୍ୟତଃ ପିଠାପଣା ଉପରେ ନିର୍ଭର କରନ୍ତି । କିନ୍ତୁ ନିମ୍ନ ମଧ୍ୟବିତ୍ତ ପରିବାର ମାନଙ୍କରେ ସେହିସବୁ ରାତିରେ ଘରେ ପିଠା କରିବା ସମ୍ଭବ ହୁଏ ନାହିଁ । ବିଉଶାଳୀ ମାନଙ୍କ କଥା ଅଲଗା । ସ୍ୱଚ୍ଛଳ ପରିବାରମାନଙ୍କରେ କିଛି ଅଭାବ ନ ଥାଏ । ସେଥିପାଇଁ ସେମାନେ ନିଜର ଇଚ୍ଛା ମୁତାବକ ଖାଦ୍ୟ ଯୋଗାଡ଼ କରିନେଇ ପାରନ୍ତି, ଯାହା ତାଙ୍କ ମନକୁ ଆସେ । ମାତ୍ର ଗରିବ ଘରଗୁଡ଼ିକରେ ସେପରି ସୁବିଧା ନଥାଏ, ସେହି ବାରଣ ବାରର ରାତିରେ ଘରେ ପିଠା କରିବା ସବୁ ପରିବାରଙ୍କ ପକ୍ଷରେ ସମ୍ଭବ ହୁଏନା । କାରଣ ଘରେ ପିଠା ହେଲେ ସମସ୍ତେ ବିଶେଷତଃ ପିଲାମାନେ ପିଠା ଖାଇବାକୁ ଇଚ୍ଛା କରିବେ । ଯେହେତୁ ପିଠା ଏକ ଲୋଭନୀୟ ଖାଦ୍ୟ । ପିଠା ଖାଇବାର ଲାଲସା ସମସ୍ତଙ୍କର ଥାଏ । ମୁଖ୍ୟତଃ ରାତ୍ରିକାଳୀନ ଭୋଜନ ପାଇଁ ସମସ୍ତେ ପିଠା ଖାଇବାକୁ ପସନ୍ଦ କରିଥାଆନ୍ତି । ପିଠା ସୁସ୍ୱାଦୁ ଖାଦ୍ୟ ଭାବରେ ପରିଗଣିତ ହୋଇଥାଏ । ଆପଣା ପାଟି ସ୍ୱାଦ ଲାଗି କିଏବା ଆଗ୍ରହୀ ନୁହେଁ । ପରିବାରରେ ସମସ୍ତଙ୍କ ପାଇଁ ପିଠା ଯୋଗାଇବା ଗରିବ ଗୃହକର୍ତ୍ତାମାନଙ୍କ ଦ୍ୱାରା ସମ୍ଭବ ହୁଏନାହିଁ । ସେହିଯୋଗୁ ଅଧିକାଂଶ ଘରେ ସେହି ରାତିମାନଙ୍କରେ ପିଠା ହୋଇପାରେନାହିଁ । ଆମ ରାଜ୍ୟରେ ଗ୍ରାମାଞ୍ଚଲରେ ବସବାସ କରୁଥିବା ଲୋକମାନଙ୍କ ମଧ୍ୟରୁ ଶତକଡ଼ା ଅଶୀଭାଗ ଦାରିଦ୍ୟ ସୀମାରେଖା ତଳେ ରହିଛନ୍ତି । ଦରିଦ୍ର ପରିବାରର ଗୃହିଣୀମାନେ ଓ ଅନ୍ୟକେହି ଯେଉଁମାନେ କି ସେହି ବାରଣ ବାରର ରାତିମାନଙ୍କରେ ଭାତ ଖାଇବେନି । ସେମାନେ

ଚୁଡ଼ା, ଭୁଜା, ଖଇ, ମୁଢ଼ି ଏମିତି କିଛିରେ ଚଲାଇ ନିଅନ୍ତି । ଅଧିକାଂଶ ଅଭାବଗ୍ରସ୍ତ ଘରର ଗୃହିଣୀମାନେ ସୂର୍ଯ୍ୟାସ୍ତ ପୂର୍ବରୁ ଦିନ ଥାଉ ଥାଉ ଭାତ ଖାଇ ଦେଇଥାଆନ୍ତି । ଏହାଦ୍ୱାରା ସେମାନଙ୍କର ରାତିରେ କିଛି ନ ଖାଇବା ଓ ରାତ୍ରିକାଳୀନ ଉପବାସ କଷ୍ଟରୁ ରକ୍ଷା ପାଇବା ଦୁଇଟି ଯାକ କାମ ଚଲିଯାଏ ।

ସାଧାରଣ ସଂକ୍ରାନ୍ତି, ପୂର୍ଣ୍ଣିମୀ, ଅମାବାସ୍ୟା ଓ ଅନ୍ୟବାରଣ ଦିନଗୁଡ଼ିକୁ ଛାଡ଼ି କେବଳ କେତେକ ଡାକୁଆ ବାର ଓ ପର୍ବଦିନମାନଙ୍କରେ ପ୍ରାୟତଃ ସମସ୍ତଙ୍କ ଘରେ ପିଠା ହୋଇଥାଏ । ଯେଉଁ ଦରିଦ୍ର ପରିବାରରେ ଅଭାବ ଅନାଟନ ପାଇଁ ସବୁ ସଂକ୍ରାନ୍ତି, ପୂର୍ଣ୍ଣିମୀ, ଅମାବାସ୍ୟା ଓ ଅନ୍ୟ ବାରଣ ଦିନମାନଙ୍କରେ ପିଠା ହୋଇନଥାଏ, ସେମାନେ କେବଳ କେତେକ ପ୍ରସିଦ୍ଧ ପର୍ବରେ ଘରେ ପିଠା କରିବା ପାଇଁ ଏକ ପ୍ରକାର ବାଧ୍ୟ ହୋଇଥାଆନ୍ତି । କାରଣ ଏହା ଏକ ସାମାଜିକ ପ୍ରଥା । ସମାଜ ଭିତରେ ରହିବାକୁ ହେଲେ ସାମାଜିକ ଶୃଙ୍ଖଳା ମାନି ସାମାଜିକ ପ୍ରଥା ପ୍ରତି ସମ୍ମାନ ଦେଇ ଚଲିବାକୁ ପଡ଼ିଥାଏ । ତା'ପରେ ସାମାଜିକ ଚଲଣି ବ୍ୟକ୍ତିଗତ ଇଚ୍ଛା ଉପରେ ନିର୍ଭର କରେ ନାହିଁ, ତାହା ସମସ୍ତଙ୍କୁ ନେଇ । କାରଣ ସମାଜସେବୀ ଗୋପବନ୍ଧୁଙ୍କ ଭାଷାରେ – "ରହିଣ ଜଞ୍ଜାଳ ବିଷମ ଜଗତେ, ସଂସାରୀ ସୋଦର ବାନ୍ଧବ ସଙ୍ଗତେ । ଇଚ୍ଛାମତେ କାହୁଁ ଚଲିବ ବା ଜନ, ସମାଜେ ନିଜର ନୁହେଁ ନିଜମନ ।" ସେଥିପାଇଁ ସମାଜରେ ପ୍ରଚଳିତ ପ୍ରଥା ମାନିବାକୁ ଓ ପାଳନ କରିବାକୁ ବାଧ୍ୟତା ନୁହେଁ ବରଂ ତାକୁ କର୍ତ୍ତବ୍ୟ ଭାବରେ ଧରାଯାଏ ।

ସେହି କାରଣରୁ ଦରିଦ୍ର, ନିମ୍ନ ମଧ୍ୟବିତ୍ତ, ଗରିବ ଓ ଅଭାବଗ୍ରସ୍ତମାନେ ଏହି ଦିନମାନଙ୍କରେ ଧାଆର, କରଜ କରି କିମ୍ବା ଉଧାର ଆଣି ଘରେ ପିଠାପଣା କରିବାକୁ ବାଧ୍ୟତାମୂଳକ ନଭାବି ଖୁସି ମନରେ ନିଜ କର୍ତ୍ତବ୍ୟ ବୋଲି ଧରି ନେଇଥାଆନ୍ତି । ଅଭାବିକା ଘରେ ପିଠା ହେଲେ ସେଦିନ ତାଙ୍କ ଘରର ଛୋଟ ପିଲାମାନଙ୍କର ଖୁସି କହିଲେ ନସରେ । ସେହି ଦିନଟିକୁ ସେମାନେ ଏକରକମ ପର୍ବଦିନ ଭାବରେ ବେଶ୍ ହସଖୁସିରେ ପାଳନ କରି ଥାଆନ୍ତି । ପିଠା ତିଆରି ହେଲା ବେଳେ ସେମାନେ ଚୁଲି ପାଖରେ ଘେରି ବସନ୍ତି । ପିଠା ତିଆରି ହେବା ଆରମ୍ଭ ହେଲେ ସେଥିରୁ ଫଦେ କିମ୍ବା ଖଣ୍ଡେ ଅଥବା ଗୋଟେ ଲେଖା ଧରି ଅତି ଆନନ୍ଦରେ, ଖୁବ୍ ଖୁସି ମନରେ ଘର, ଦୁଆର, ପିଣ୍ଡା, ଭାହାର ବୁଲିବୁଲି ଖାଇଥାଆନ୍ତି ।

ପିଠା ଅନେକ ପ୍ରକାରର । ସରୁ ଚକୁଲି, ଆରିସା, କାକରା, ଇଟିଲି, ମୋଟା ବା ବୁଢ଼ା ଚକୁଲି, ଛୁଞ୍ଚିପତର, ମଣ୍ଡା, ପୋଡ଼ପିଠା, ଏଣ୍ଡୁରି, ଗଇଁଠା ଏହିଭଳି ଅନେକ ରକମର । ପିଠାର ନାଁ କହିଲେ ସେହି ପିଠାକୁ ନିର୍ଦ୍ଦିଷ୍ଟ ଭାବରେ ବୁଝାଇଥାଏ । କେବଳ ପିଠା କହିଲେ ସାଧାରଣତଃ ସରୁ ଚକୁଲିକୁ ବୁଝାଏ ।

ମାର୍ଗଶିର ମାସ ସଂକ୍ରାନ୍ତିରେ ସେଦିନ ସତୀ ଘରେ ପିଠା ହେଉଥିଲା । ତାଙ୍କ ଘରର ଛୋଟ ପିଲାମାନଙ୍କ ପାଇଁ ସେଦିନର ରାତିଟି ଏକ ପ୍ରକାର ପର୍ବଦିନ ପରି ହୋଇଥିଲା । ସବିତା ପିଠା ତିଆରି କରିବା ଲାଗି ଚୁଲି ପାଖରେ ବସିବାଠାରୁ ସତୀର ସାନଭାଇ ସାନଭଉଣୀ ଦୁହିଁଙ୍କର ଆନନ୍ଦ କହିଲେ ନସରେ । ସବିତା ଚୁଲିରେ ତାଉଆ ବସାଇ ଚୁଲି ଜାଳିବା ଆରମ୍ଭ କରିବାଠାରୁ ସେ ଦୁହେଁ ମନ ଖୁସିରେ ଚୁଲିକୁ ଘେରି ବସିଗଲେ ।

ଆଗକୁ ପ୍ରଥମାଷ୍ଟମୀ ଆସୁଛି । ପ୍ରଥମାଷ୍ଟମୀକୁ ସମସ୍ତଙ୍କ ଘରେ ଏଣ୍ଡୁରି ପିଠା ହେବା ପାଇ ଅରୁଆ ଚାଉଳ ଓ ବିରି ଯୋଗାଡ଼ ହୋଇଥାଏ । ଉପକୂଳବର୍ତ୍ତୀ ଓଡ଼ିଆମାନେ ପ୍ରଥମାଷ୍ଟମୀକୁ ଏକ ମୁଖ୍ୟ ପର୍ବ ଭାବରେ ପାଳନ କରିଥାଆନ୍ତି । ସେଦିନ ଘରର ପ୍ରଥମ ଜନ୍ମ ଲାଭ କରିଥିବା ପିଲା ନୂଆ ପୋଷାକ ପିନ୍ଧି ପହିଲୁ ତିଆରି ହୋଇଥିବା ଏଣ୍ଡୁରି ପିଠା ସହିତ ଖିରିସା ଓ ଡାଲମା ଖାଉଥାଏ । ପିଲାର ମାମୁଘର ପଡ଼ୁଆ ପିଲା ପାଇଁ ନୂଆ ପୋଷାକ ଦେଇଥାଆନ୍ତି । ପ୍ରଥମାଷ୍ଟମୀରେ ଏ ବିଧି କେବଳ ଉପକୂଳବର୍ତ୍ତୀ ମୋଗଲ ବନ୍ଦରେ ନୁହେଁ ଗଡ଼ଜାତମାନଙ୍କରେ ମଧ ପାଳନ କରାଯାଏ ।

ଧନୀମାନଙ୍କ କଥା ଅଲଗା । ସେମାନଙ୍କର କିଛି ଅଭାବ ନଥାଏ । ସେମାନେ ପୁରୁଣା ଧାନର ଚାଉଳରେ ପିଠା ତିଆରି କରି ଥାଆନ୍ତି । ଘରର ପ୍ରତ୍ୟେକ ପିଲାଙ୍କ ଲାଗି ନୂଆ ପୋଷାକ ହୋଇଥାଏ । ଗରିବ ଘରମାନଙ୍କରେ ପୁରୁଣା

ଧାନନଥାଏ । ଛୋଟ ଚାଷୀ, ନାମକୁ ମାତ୍ର ଚାଷୀ ଯେଉଁମାନେ ଧନୀ ବା ବଡ଼ ଚାଷୀଙ୍କ ଜମି ଭାଗ ଚାଷକୁ ଆଣି ଚାଷ କରିଥାଆନ୍ତି । ରଜ ପରେ ସେମାନଙ୍କ ଘରୁ ପୁରୁଣା ଧାନ ସରିଯାଇଥାଏ । ବର୍ଷାଦିନେ ଚଳିବା ପାଇଁ ରଖିଥିବା ଉଷୁନା ଚାଉଳ ଓ ପୁନେଇଁ ପର୍ବ ଲାଗି ଅତି ଯତ୍ନରେ ସାଇତି ରଖିଥିବା ଯତ୍କିଞ୍ଚିତ ଅରୁଆ ଚାଉଳରେ ସେମାନେ ଦୁଃଖକଷ୍ଟେ ଚଳିଥାଆନ୍ତି । ବର୍ଷକରେ ମୁଖ୍ୟତଃ ଅନୁଭୂତ ହେଉଥିବା ତିନିରିତୁ ପଦ୍ଧତିରେ ପ୍ରଥମାଷ୍ଟମୀ ବର୍ଷା ରୁତୁ ଶେଷ ଓ ଶୀତ ରୁତୁ ଆରମ୍ଭରେ ପଡ଼ିଥାଏ, ନୂଆଧାନ ଅମଳ ଆରମ୍ଭ ହେବାର ଟିକିଏ ଆଗରୁ ।

ଘରମାନଙ୍କରୁ ପୁରୁଣା ଧାନ ସରିଯାଇଥାଏ । ବିଲରେ ଭରପୂର ପାଚିଲା ଧାନ କିନ୍ତୁ ଅମଳ ହୋଇନଥାଏ । ଏହି ମଧବର୍ତ୍ତୀ ସମୟର ପର୍ବ ପ୍ରଥମାଷ୍ଟମୀ । ଅଭାବର ଦିନ ସରିସରି ଯାଉଥାଏ, ଆସିନଥାଏ ଭାଆବର ସମୟ । ସେଥିପାଇଁ ଅଭାବଗ୍ରସ୍ତ ମାନେ ବିଲରେ କନ୍ଦା ଧାନ ଚାଷ କରି ଥାଆନ୍ତି । 'କନ୍ଦା' ଅର୍ଥାତ ସହଳ ଅମଳ ହେଉଥିବା ଧାନ । ସେମାନେ ସେହି ନୂଆ ଧାନର ଚାଉଳରେ ତିଆରି ହୋଇଥିବା ପିଠା ଓ ପିଲାର ମାମୁ ଘରୁ ପ୍ରଥମାଷ୍ଟମୀ ପାଇଁ ଆସିଥିବା ନୂଆ ପୋଷାକରେ ଅଷ୍ଟମୀ ପର୍ବଟିକୁ ପାଳନ କରିଥାଆନ୍ତି ।

ଆମ ସଂସ୍କୃତିରେ ମାସର ସଂକ୍ରାନ୍ତି ପରି କେତେକ ଅଷ୍ଟମୀ ତିଥିରେ ମଧ ଓଷା, ପର୍ବପାଳିତ ହୁଏ । ଯେମିତି- ଅଶୋକାଷ୍ଟମୀ, ଜନ୍ମାଷ୍ଟମୀ, ରାଧାଷ୍ଟମୀ, ମୂଳାଷ୍ଟମୀ (ଦୃତିବାହନ), ମହାଷ୍ଟମୀ ଓ ପ୍ରଥମାଷ୍ଟମୀ । ଆମର ପାଳିତ ହେଉଥିବା ପର୍ବମାନେ କାହାର ନା କାହା ସହିତ ସମନ୍ଵିତ । ଯେମିତି ରାକ୍ଷୀରେ ଭଉଣୀର ସୁରକ୍ଷା ଅର୍ଥରେ ରାକ୍ଷୀବନ୍ଧନ, ତଅପୋଇ (ଭାଲୁକୁଣୀ) ଓଷାରେ ଭାଇମାନଙ୍କ ନିରାପଦା ପାଇଁ ଭଉଣୀର ମଙ୍ଗଳାଙ୍କ ପାଖରେ ନିବେଦନ, ସନ୍ତାନମାନଙ୍କର ମଙ୍ଗଳ କାମନା କରି ଷଠୀ ବୁଢ଼ୀ ପାଖରେ ମା'ମାନଙ୍କ ଓଷା । ସେମିତି ମାମୁଘର ସମ୍ପର୍କ ନେଇ ଜ୍ୟେଷ୍ଟ ଭଣଜା ବା ଭାଣିଜିକୁ ନେଇ ପର୍ବ । ତାହାକୁ କହନ୍ତି ପ୍ରଥମାଷ୍ଟମୀ । ଏହି ପର୍ବଟି ଉଭୟ କୃଷିଭିତ୍ତିକ ଏବଂ ପାରିବାରିକ ଓ ରକ୍ତ ସମ୍ପର୍କିତ, ପୁଣି ଏ ଦେବ ଓ ମାନବ ସମାଜର । ଏହା କୃଷିଭିତ୍ତିକ କାରଣ ଏହି ମାସରେ ଧାନ ଅମଳ ହୁଏ । ଧାନ ଆମ ଅନ୍ନ, ଅନ୍ନଦାତ୍ରୀ ମା'ଲକ୍ଷ୍ମୀ । ତାଙ୍କର ଗୃହ ପ୍ରବେଶର ପ୍ରଥମ ପର୍ବ ପ୍ରଥମାଷ୍ଟମୀ । ଯେଉଁଥିରେ ନୂଆ ଚାଉଳର ଏଣ୍ଡୁରି ଭୋଗ ପ୍ରଥମେ ଭୋଗ୍ୟ ଅର୍ଘ୍ୟରୂପେ ବଢ଼ାଯାଏ ପୂଜାରେ । ପୁଣି ମାଣବସା ପୂଜାରେ ଧାନ ଆକାରରେ ବେତାରେ, ଗୌଣୀ ଓ ସେରରେ ଏବଂ ଅନ୍ନ, ପିଠା-ପଣା ଆକରରେ ଲକ୍ଷ୍ମୀଙ୍ଠାରେ ବଢ଼ାଯାଏ । କଥାରେ ଅଛି 'ଜ୍ୟେଷ୍ଟାୟ ନମଃ, ଶ୍ରେଷ୍ଟାୟ ନମଃ । "ଏକଥା ଆମେ କହୁନାହୁଁ, ଆମ ଧର୍ମୀୟ ପରମ୍ପରାରେ ଅଛି ।" ଆମେ ସେହି ଧର୍ମୀୟ ପରମ୍ପରାକୁ ଅନୁକରଣ ଓ ଅନୁସରଣ କରି ଆସୁଛୁ ମାତ୍ର । ଜ୍ୟେଷ୍ଟ ଭ୍ରାତା ବଳଭଦ୍ରଙ୍କୁ ଜଗନ୍ନାଥ ସମ୍ମାନ କରନ୍ତି । ଜ୍ୟେଷ୍ଟ ଭ୍ରାତା ରାମଚନ୍ଦ୍ରଙ୍କୁ ଅନ୍ୟ ତିନି ଭାଇ ପିତୃତୁଲ୍ୟ ଦେଖନ୍ତି । ଏମିତିରେ ଯୁଧିଷ୍ଟିର ଓ ତାଙ୍କ ଅନ୍ୟ ଭାଇମାନଙ୍କ ସମ୍ପର୍କ । ଜ୍ୟେଷ୍ଟ ହିଁ ଶ୍ରେଷ୍ଟ ନ୍ୟାୟରେ ଆମେ ଜ୍ୟେଷ୍ଟ ଓ ଶ୍ରେଷ୍ଟକୁ ପୂଜା କରି ଶିଖୁଛୁ । ପ୍ରଥମାଷ୍ଟମୀ ବର୍ଷର ଆଦ୍ୟ ମାସ ମାର୍ଗଶିରରେ ପଡ଼େ । ମାର୍ଗଶିରକୁ ବର୍ଷର ଆଦ୍ୟ ବା ପ୍ରଥମ ମାସ ଭାବରେ ଗଣାଯାଏ । ହିନ୍ଦୁ ପରମ୍ପରାରେ ବର୍ଷର ପ୍ରଥମ ମାସ ହେଉଛି ମାର୍ଗଶିର । ଏହି ମାସର କୃଷ୍ଣପକ୍ଷ ଅଷ୍ଟମୀ ଦିନକୁ କୁହନ୍ତି ପ୍ରଥମାଷ୍ଟମୀ, ଏହା ଏକ ଗୁରୁତ୍ୱପୂର୍ଣ୍ଣ ପର୍ବ । ବର୍ଷକ ବାରମାସ ମଧରୁ ମାର୍ଗଶିର ଏକ ପବିତ୍ର ଓ ଶ୍ରେଷ୍ଟ ମାସ ଅଟେ । କାର୍ତ୍ତିକ ଶୁକ୍ଲ ଦଶମୀଠାରୁ ମାର୍ଗଶିର ଶୁକ୍ଲ ନବମୀ ପର୍ଯ୍ୟନ୍ତ ଏହ ଭୋଗ ହୁଏ । ଏହି ମାସର ପୂର୍ଣ୍ଣମୀ ଦିନ ଚନ୍ଦ୍ରଦେବ ମୃଗଶିରା ନକ୍ଷେତ୍ରରେ ଅବସ୍ଥାନ କରୁଥିବାରୁ ଉକ୍ତ ମାସର ନାମ ମାର୍ଗଶୀର ନାମରେ ନାମିତ ହୋଇଛି । ପୂର୍ବ କାଳରେ ଏହା ବର୍ଷର ପ୍ରଥମ ମାସ ହୋଇଥିବା ହେତୁ ଏହାର ଅନ୍ୟନାମ ଅଗ୍ରହାୟଣ । ଏ ମାସର ବୈଷ୍ଟବ ନାମ କେଶବ । ଏହି ମାସ ଜ୍ୟେଷ୍ଟ ମାସର ପ୍ରତିନିଧ ସ୍ଵରୂପ "ମାର୍ଗଶୀର୍ଷୋଽପି ଜ୍ୟେଷ୍ଟା", ମୁହୂର୍ତ୍ତ ଚିନ୍ତାମଣି, ପୀୟୁଷଧାରା । ଏହି ମାସରେ ବିବାହାଦି ମଙ୍ଗଳଦାୟକ । କିନ୍ତୁ ପ୍ରଥମ ଗର୍ଭଜାତ ସନ୍ତାନର ବିବାହ ଏମାସରେ କରିବା ଉଚିତ ନୁହେଁ । ଏ ମାସରେ ଜାତ ବ୍ୟକ୍ତି

ଉଚ୍ଚାଭିଲାଷୀ, ତୀର୍ଥବାସୀ, ସଦ୍‌ପ୍ରକୃତି, ପରୋପକାରୀ, ଭ୍ରମଣପ୍ରିୟ ଓ କାମୁକ ହେବେ । ଏ ମାସରେ ପ୍ରତି ରବିବାରରେ ଆମିଷ ଭୋଜନ ବର୍ଜନୀୟ । ଏହି ମାସରେ ମହାଲକ୍ଷ୍ମୀଙ୍କର ଯନ୍ତ୍ରପୂଜା ଶ୍ରୀୟନ୍ତ୍ରପୂଜା, କନକଧାରା ଯନ୍ତ୍ରପୂଜା, ବୈଭବ ଲକ୍ଷ୍ମୀଯନ୍ତ୍ର ପୂଜା କଲେ ବିଦ୍ୟା, ବୁଦ୍ଧି, ଧନ, ଧାନ୍ୟ ଓ ସନ୍ତାନ ଲାଭ ହେବ ।

ଭଗବାନ ଶ୍ରୀକୃଷ୍ଣ ଉକ୍ତ ମାସ ସମ୍ପର୍କରେ ଶ୍ରୀମଦ୍‌ଭଗବତ ଗୀତାରେ କହିଛନ୍ତି– "ବୃହତ୍‌ସାମ ତଥା ସାମାଂ ଗାୟତ୍ରୀ ଛନ୍ଦ ସାମହମ୍‌, ମାସାନାଂ ମାର୍ଗଶୀର୍ଷୋଽହମୃତୂନାଂ କୁସୁମାକରଃ ।" ୧୦/୩୫ ଗୀତା । ଅର୍ଥାତ ମୁଁ ହେଉଛି ଗାୟନଯୋଗ୍ୟ ଶ୍ରୁତିମାନଙ୍କ ମଧ୍ୟରେ ବୃହତ ସାମ ବେଦ ଓ ଛନ୍ଦଗୁଡ଼ିକ ମଧ୍ୟରେ ଗାୟତ୍ରୀଛନ୍ଦ । ମାସଗୁଡ଼ିକ ମଧ୍ୟରେ ମାର୍ଗଶିର ଏବଂ ରତୁମାନଙ୍କ ମଧ୍ୟରେ ବସନ୍ତ ଅଟେ । ମାର୍ଗଶିର ମାସର କୃଷ୍ଣପକ୍ଷ ଅଷ୍ଟମୀ ହେଉଛି ବର୍ଷର ପ୍ରଥମ ଅଷ୍ଟମୀ । ତେଣୁ ଏହା ପ୍ରଥମାଷ୍ଟମୀ ନାମରେ ନାମିତ । ଏହା କୌଣସି ଦେବା ଦେବୀ କିମ୍ବା ମହା ପୁରୁଷଙ୍କ ନିମନ୍ତେ ନୁହେଁ, ଏହା ଏକ ପାରିବାରିକ ହିନ୍ଦୁ ପର୍ବ । ପ୍ରତି ଓଡ଼ିଆ ପରିବାରରେ ଅତି ପରିଚିତ ଅଧିକ ଜଣାଶୁଣା ପର୍ବଟିଏ । ପାରିବାରିକ ସ୍ନେହ, ଶ୍ରଦ୍ଧା ଓ ସଂହତି ରକ୍ଷଣ ନିମନ୍ତେ ଉକ୍ତ ପର୍ବର ସୃଷ୍ଟି । ଏହି ପର୍ବଟି ପରିବାର ଜ୍ୟେଷ୍ଠ ସନ୍ତାନମାନଙ୍କ ନିମନ୍ତେ ଉଦ୍ଦିଷ୍ଟ । ପିତା, ମାତାମାନେ ଜ୍ୟେଷ୍ଠ ସନ୍ତାନର ମଙ୍ଗଳ, ସୁଖ, ସମୃଦ୍ଧି ଓ ଦୀର୍ଘାୟୁ କାମନା କରି ମାତୃରୂପିଣୀ ତଥା ଶିଶୁ ମଙ୍ଗଳକାରିଣୀ ଷଷ୍ଠୀ ଦେବୀଙ୍କୁ ଆରାଧନା କରିଥାଆନ୍ତି । ଏହି ବିଧିରେ ସାମାଜିକ ଓ ପାରିବାରିକ ବନ୍ଧନ, ଶୃଙ୍ଖଳା, ଆଦର୍ଶବୋଧ ନିହିତ । କାରଣ ପିତାଙ୍କ ପରେ ପରିବାରର ସମସ୍ତ ଦାୟିତ୍ୱ ପଡ଼େ ଜ୍ୟେଷ୍ଠ ସନ୍ତାନ ଉପରେ । ତେଣୁ ତାକୁ ସମସ୍ତେ ସମ୍ମାନ ଜଣାଇବା ଉଦ୍ଦେଶ୍ୟରେ ପ୍ରଥମାଷ୍ଟମୀ ପାଳନ କରାଯାଏ ବୋଲି କୁହାଯାଏ ।

ପ୍ରଥମାଷ୍ଟମୀର ପ୍ରଧାନ ଭୋଗ ହେଉଛି ଏଣ୍ଡୁରିପିଠା ଓ ଖରିସା । ଏହା ବାଙ୍ଗଦିଆ ନୂଆ ଅରୁଆ ଚାଉଳ ଓ ବିରିରେ ପ୍ରସ୍ତୁତ ହୋଇଥିବାରୁ ଏହା ବଳକାରକ, ପୁଷ୍ଟିକାରକ ଓ ସ୍ୱାସ୍ଥ୍ୟବର୍ଦ୍ଧକ । ଗୋବର ପାଣିରେ ପୂଜା ସ୍ଥାନଟିକୁ ଲିପି ପୂର୍ଣ୍ଣକୁମ୍ଭ ସ୍ଥାପନ କରି ଷଷ୍ଠୀ ଦେବୀଙ୍କ ପୂଜାପରେ ଘରର ଜ୍ୟେଷ୍ଠ ସନ୍ତାନମାନେ ନବବସ୍ତ୍ର ପରିଧାନ କରି ପିଢ଼ା ଉପରେ ପୂର୍ଣ୍ଣ କୁମ୍ଭ ସମ୍ମୁଖରେ ବସି ବନ୍ଦାପନା ହୋଇଥାଆନ୍ତି । ତା'ପରେ ବଢ଼ା ଯାଇଥିବା ଭୋଗ– ଏଣ୍ଡୁରି ପିଠା, ଖରିସା ଓ ଡାଲମା କିମ୍ବା ତରକାରୀକୁ ପ୍ରଥମେ ଖାଇ ଥାଆନ୍ତି । ଉକ୍ତ ବିଧିକୁ 'ପଢୁଆଁ' ହେବା କୁହାଯାଏ । ଏହି ପଢୁଆଁ ଶବ୍ଦଟି ପ୍ରଥମାର ଅପଭ୍ରଂଶ । ପରିବାରରେ ଜ୍ୟେଷ୍ଠ ସନ୍ତାନର ଏକ ସ୍ୱତନ୍ତ୍ର ମାନ୍ୟତା ରହିଛି । ଏ ସମ୍ପର୍କରେ ମନୁ ସଂହିତାରେ ଉଲ୍ଲେଖ ଅଛି– ଜ୍ୟେଷ୍ଠ ସନ୍ତାନ ପିଣ୍ଡଦାନର ଅଧିକାରୀ । ତା'ର ଜନ୍ମ ମାତ୍ରେ ପିତୃଗଣ 'ପୁତ୍‌' ନାମକ ନରକରୁ ଉଦ୍ଧାର ପାଇଥାଆନ୍ତି । ଜ୍ୟେଷ୍ଠ ସନ୍ତାନ ପିତା ବା ମାତା ତୁଲ୍ୟ । ଉକ୍ତ ସନ୍ତାନଟି ଜନ୍ମ ହେଲା ମାତ୍ରେ ପିତା ତାଙ୍କ ରଣରୁ ମୁକ୍ତ ହୁଅନ୍ତି ବୋଲି ଶାସ୍ତ୍ର ମତେ ଗ୍ରହଣୀୟ । କଥାରେ କହନ୍ତି ଆଗ ସନ୍ତାନ ବାଘ । ଅର୍ଥାତ ସେ ପିତାଙ୍କର ପ୍ରତିଟି ସହାୟତା ପାଇଁ ପ୍ରସ୍ତୁତ ଥାଏ । ସେ କନିଷ୍ଠମାନଙ୍କ ପାଇଁ ପିତା ପରିବର୍ତ୍ତେ ପିତା, ସେ ପିତାମାତାଙ୍କ ବାର୍ଦ୍ଧକ୍ୟକୁ ସହାୟ; ତାଙ୍କ ଦିନକୁ (ଦୁଃଖକୁ) ବଳ ଏବଂ କାଳକୁ (କଷ୍ଟକୁ) ଜଣେ ତତ୍‌କ୍ଷଣିକ ସେବକ । ଏଥୁ ଅନ୍ତେ ତାଙ୍କ ପରକାଳ ପାଇଁ ସେ ପାଲଟି ଯାଆନ୍ତି ମୋକ୍ଷର ମାର୍ଗ; ତାଙ୍କୁ ତିଲତର୍ପଣ ବା ପିଣ୍ଡଦାନ ମାଧ୍ୟମରେ । ଜ୍ୟେଷ୍ଠ ପୁତ୍ର ପରିବାରର ପିତୃ ସମାନ । ପିତାଙ୍କ ଅବର୍ତ୍ତମାନ ବା ଅକର୍ତ୍ତବ୍ୟରେ ସାରା ପରିବାରର ପ୍ରତିପୋଷକ ତଥା ପରିଚାଳକ । ତେଣୁ ସେ ସଦା ବନ୍ଦନୀୟ ଓ ପୂଜ୍ୟସ୍ପଦ । ସେଥିପାଇଁ କୁହାଯାଏ– "ଜ୍ୟେଷ୍ଠ କୁଲଂ ବର୍ଦ୍ଧୟତି–ଜ୍ୟେଷ୍ଠଃ ପୂଜିତମୋ ଲୋକେ" । ଜ୍ୟେଷ୍ଠର କର୍ତ୍ତବ୍ୟ ଅଧିକ, ଦାୟିତ୍ୱ ଅଧିକ । ଅଧିକାର ମଧ୍ୟ ଅଧିକ । ତେଣୁ ରାଜାଙ୍କ ମୃତ୍ୟୁ ପରେ ରାଜାଙ୍କ ବଡ଼ ପୁଅ ହିଁ ରାଜସିଂହାସନର ଅଧିକାରୀ ହୋଇଥାଏ । ଯେଉଁଠାରେ ଜ୍ୟେଷ୍ଠ ସନ୍ତାନକୁ ତା'ର ନ୍ୟାର୍ଯ୍ୟ ଅଧିକାରରୁ ବଞ୍ଚିତ କରାଯାଇଛି, ସେଠି ବିଶୃଙ୍ଖଳା ସୃଷ୍ଟି ହୋଇ ବିପର୍ଯ୍ୟୟ ଘଟିଛି । ଏଇ ଯେମିତି ମହାଭାରତରେ ଜ୍ୟେଷ୍ଠଭ୍ରାତା ଧୃତରାଷ୍ଟଙ୍କର ଅନ୍ଧତ୍ୱ ଜନିତ ଅଯୋଗ୍ୟତାର (ଅକ୍ରମଣ୍ୟତାର) ସୁଯୋଗ ନେଇ କନିଷ୍ଠ ପଣ୍ଡୁ ରାଜା ହେବାରୁ ଭୟଙ୍କର ବିନାଶ କାରି ସଂଗ୍ରାମ ସଂଘଟିତ ହୋଇଥିଲା ।

ସେମିତି ପରିସ୍ଥିତି ସୃଷ୍ଟି ହୋଇଥିଲା ନାଗରାଜ୍ୟରେ ଜ୍ୟେଷ୍ଠଭ୍ରାତାକୁ ବଞ୍ଚିତ କରି କନିଷ୍ଠ ବାସୁକି ରାଜା ହେବାରୁ ବଡ଼ ଭାଇ ପୁଅ କାଳୀୟ ବିଦ୍ରୋହ କରି ପକ୍ଷୀରାଜ ଗରୁଡ଼ ଦ୍ୱାରା ନାଗରାଜ୍ୟରୁ ବହିଷ୍କୃତ ହୋଇ କାଳିନ୍ଦୀ ହ୍ରଦରେ ଆଶ୍ରୟ ନେଇଥିଲା । ସେହିପରି ଦିଲ୍ଲୀର ରାଜା ଅନଙ୍ଗପାଲ ତାଙ୍କ ଜ୍ୟେଷ୍ଠା କନ୍ୟାଙ୍କ ପୁତ୍ର କନୌଜ ରାଜା ଜୟଚନ୍ଦ୍ରଙ୍କୁ ବାଦ୍ ଦେଇ କନିଷ୍ଠ କନ୍ୟାଙ୍କ ପୁତ୍ର ଆଜମିରର ରାଜା ପୃଥୀରାଜ ଚୌହାନଙ୍କୁ ତାଙ୍କ ଉତ୍ତରାଧିକାରୀ ବାଛିବାରୁ ସେଠି ମଧ ଅସୁବିଧା ହୋଇଥିଲା ଏବଂ ବଙ୍ଗର ନବାବ ଆଲ୍ଲିବର୍ଦ୍ଦୀଙ୍କର ତିନି ଝିଅ ମଧରୁ ସେ ତାଙ୍କ ସାନ ଝିଅର ପୁଅ ସିରାଜଉଦ୍ଦୌଲାଙ୍କୁ ତାଙ୍କ ପରେ ନବାବ କରିଥିବାରୁ ସେଠାରେ ମଧ ଅନର୍ଥ ସୃଷ୍ଟି ହେଲା । ସେଥିପାଇଁ ନିଜର ସମସ୍ତ ଯୋଗ୍ୟତା ଥିବା ସ୍ଥଲେ ବଡ଼ଭାଇ ବଲରାମଙ୍କୁ ବଞ୍ଚିତ କରି କନିଷ୍ଠ କୃଷ୍ଣ ରାଜ ନ ହୋଇ କୁଲଶ୍ରେଷ୍ଠ ଉଗ୍ରେସନଙ୍କୁ ସିଂହାସନରେ ଅଭିଷିକ୍ତ କରି ରାଜ୍ୟର ସମସ୍ତ ଶାସନ କ୍ଷମତା ନିଜ ହାତରେ ରଖିବାକୁ ସକ୍ଷମ ହୋଇଥିଲେ । ଆହୁରି ମଧ କନିଷ୍ଠମାନଙ୍କ ପ୍ରତି ଜ୍ୟେଷ୍ଠର ତ୍ୟାଗ ଓ ମମତା ଅଧିକ ରହେ । ଉଭୟ ପିତୃ ଓ ମାତୃ କୁଲର ସେ ଦାୟାଦ । ଏପରିକି ପିତୃ ଶ୍ରାଦ୍ଧାଦି କର୍ମାନୁଷ୍ଠାନରେ ସେ ପିତୃକୁଲ ସହିତ ମାତୃକୁଲର ତିନି ପୁରୁଷଙ୍କୁ ଶ୍ରାଦ୍ଧତର୍ପଣ ପ୍ରଦାନ କରିଥାଏ । ମହାଲୟା ଶ୍ରାଦ୍ଧରେ ସାତପୁରୁଷଙ୍କୁ ଯେଉଁ ଶ୍ରାଦ୍ଧ-ତର୍ପଣ କରାଯାଏ ସେଥିରେ ତିନି ପୁରୁଷ ନିଜ ପିତାଙ୍କ କୁଲର ଗୋଟିଏ ଲୁପ୍ତ ପୁରୁଷଙ୍କର ଏବଂ ଅନ୍ୟ ତିନୋଟି ମାତୁଲବଂଶର ଯେଉଁଥିରେ ଅଜା ଏବଂ ଆଈ ମଧ ଅନ୍ତର୍ଭୁକ୍ତ । ନିଜ ତରଫରୁ ପିତା ଏବଂ ପୂର୍ବଜ ସହ ଆମେ ଯେମିତି ସମ୍ପର୍କିତ ମାତାଙ୍କ ତରଫରୁ ମାତାଙ୍କ ଭ୍ରାତା ଓ ତାଙ୍କ ପିତାଙ୍କ କୁଲ ସହିତ ସେମିତି ସମ୍ପର୍କିତ । କାରଣ ଆମେ ଉଭୟ ପିତାମାତାଙ୍କ ଦେହରୁ ଜନ୍ମ ହେତୁ ଉଭୟ କୁଲ ପ୍ରତି ସମାନ କର୍ତ୍ତବ୍ୟ ଅଛି । ଏହି କାରଣରୁ ବଡ଼ବଡ଼ିଆ ଡକା ବେଲେ ଭଣଜା, ଭାଣିଜାର ଉପସ୍ଥିତି ମଧ କାମ୍ୟ । ସେମିତି ମାମୁ, ମାଈଁ, ଅଜା କି ଆଈଙ୍କର ଦେହାନ୍ତ ପରେ ଦଶଟୁଠରେ ଏମାନଙ୍କର ଉପସ୍ଥିତି ଜରୁରୀ ହୁଏ । କାରଣ ଏହା ପିଣ୍ଡଦାନ କଥା । ତେଣୁ ପ୍ରଥମାଷ୍ଟମୀ ଉସବ ଜ୍ୟେଷ୍ଠ ସନ୍ତାନ ପାଇଁ । ତେବେ ପ୍ରଶ୍ନ ଉଠେ ଏହା ଜ୍ୟେଷ୍ଠ ସନ୍ତାନ ଏବଂ ତାଙ୍କର ମାମୁଁକୁ ନେଇ କାହିଁକି ସମ୍ପର୍କିତ ? ଅବଶ୍ୟ ମାମୁଙ୍କ ସହ ନିଜର ପିତା, ମାତା ମଧ ଅଛନ୍ତି । ମା'ମାନେ ସେଦିନ ମାମୁ ଘରୁ ଆସିଥିବା ପିଠା ଚାଉଲ ଓ ଅନ୍ୟାନ୍ୟ ସାମଗ୍ରୀ ନେଇ ପିଠା କରନ୍ତି । ଜ୍ୟେଷ୍ଠ ସନ୍ତାନକୁ ଗାଧୁଆ ପାଧୁଆ କରି ଷଠୀ ଦେବୀ ଆଗରେ ଷଠୀ ଦେବୀ ସହ ତାଙ୍କ ପୂଜା ଇତ୍ୟାଦି କରନ୍ତି ଏବଂ ସନ୍ତାନମାନଙ୍କର ଦୀର୍ଘ ଜୀବନ କାମନା କରନ୍ତି । ତାଙ୍କଠାରୁ ପିଣ୍ଡଦାନ ଆଶା କରନ୍ତି । ପ୍ରଥମାଷ୍ଟମୀ ଉସବ ଲାଗି ନୂତନ ବସ୍ତ୍ର ସହିତ ପିଠାପଣା ଓ ପୂଜା ସାମଗ୍ରୀମାନ ମାମୁଘରୁ ଆସିବାର ବିଧି ପ୍ରଚଳିତ । ସେଥିପାଇଁ ମାମୁମାନଙ୍କୁ ଶ୍ରଦ୍ଧା ଓ ପରିହାସରେ ଅଷ୍ଟମୀବନ୍ଧୁ କୁହାଯାଏ ।

ପ୍ରଥମାଷ୍ଟମୀ ଏକ ବୈଦିକ ପର୍ବ ହୋଇ ଥିବାରୁ ଦେବ ମନ୍ଦିରଗୁଡ଼ିକରେ ମଧ ଠାକୁରମାନଙ୍କୁ ଏଣ୍ଡୁରି ପିଠା ଭୋଗ ଲଗାଯାଏ । ଓଡ଼ିଶାର ଆରାଧ୍ୟ ଦେବତା ଶ୍ରୀକ୍ଷେତ୍ରାଧିପତି ଜଗନ୍ନାଥଙ୍କୁ ତାଙ୍କ ମାମୁଘର ପୁରୀର ୪୦ କିମି ଉତ୍ତରରେ ପ୍ରାଚୀ ନଦୀ ତଟରେ ଅବସ୍ଥିତ ମାଧବ ଗ୍ରାମର ମାଧବାନନ୍ଦଙ୍କ ତରଫରୁ ଜ୍ୟେଷ୍ଠ ବଲଭଦ୍ରଙ୍କୁ ପୋଡ଼ପିଠା କରିବା ନିମନ୍ତେ ପାଟବସ୍ତ୍ର ପଠାଇଥାଆନ୍ତି । ସେହିପରି ଭୁବନେଶ୍ୱରର ଲିଙ୍ଗରାଜ ମହାପ୍ରଭୁଙ୍କ ମାମୁଁଘର-ମନ୍ଦିର ପାଖ କପାଲିମଠରେ ପ୍ରତିଷ୍ଠିତ ବରୁଣେଶ୍ୱର ଓ ବନଦୁର୍ଗା ଲିଙ୍ଗରାଜଙ୍କ ମାମୁ ଓ ମାଈଁ ଲିଙ୍ଗରାଜଙ୍କ ଘରକୁ ଯାଇ ତାଙ୍କୁ ନବବସ୍ତ୍ର ପରିଧାନ କରାଇବା ସହିତ ନୂଆ ଧାନର ଚାଉଲରେ ପ୍ରସ୍ତୁତ ମୁଆଁ ଭୋଗ ଖୋଇଥାଆନ୍ତି । ଉକ୍ତ ମଠ ପରିସରରେ ଥିବା ପୁଷ୍କରିଣୀ 'ପାପନାଶିନୀ' ନାମରେ ପରିଚିତ । ପ୍ରଥମାଷ୍ଟମୀରେ ପାପନାଶିନୀ ପୁଷ୍କରଣୀର ଜଳପାନ କଲେ ପାପକ୍ଷୟ ସହିତ ବନ୍ଧ୍ୟାନାରୀ ସନ୍ତାନବତୀ ହେବାର ବିଶ୍ୱାସ କରାଯାଏ ।

ପ୍ରଥମାଷ୍ଟମୀର ଅନ୍ୟନାମ ସୌଭାଗିନୀ ଅଷ୍ଟମୀ । ମାର୍ଗଶିର ମାସରେ ଚାଷୀ ନୂଆ ଶସ୍ୟ ଅମଲ କରୁଥିବାରୁ ଏହି ତିଥିକୁ ଆନନ୍ଦରେ ସୌଭାଗିନୀ ଅଷ୍ଟମୀ ଭାବରେ ପାଳନ କରେ । ଏହାକୁ ମଧ କାଳଭୈରବାଷ୍ଟମୀ କୁହାଯାଏ । ଷଡ

ପୁରାଣର ବର୍ଷନାନୁଯାୟୀ ମାର୍ଗଶିର ମାସର କୃଷ୍ଣପକ୍ଷ ଅଷ୍ଟମୀ ତିଥିରେ କାଳଭୈରବଙ୍କ ଜନ୍ମ ହୋଇଥିଲା । ତାଙ୍କୁ ପୂଜାରେ ସନ୍ତୁଷ୍ଟ କଲେ ଓ ତାଙ୍କ ନିକଟରେ ବ୍ରତ, ଉପବାସ ଓ ଉଜାଗର ରହିଲେ ପ୍ରାଣୀମାନେ ସର୍ବ ପାପରୁ ମୁକ୍ତି ପାଇବାର ବିଶ୍ୱାସ ପ୍ରଚଳିତ ଅଛି । ତେଣୁ ଏହି ତିଥିକୁ ମଧ ପାପନାଶିନୀ ଅଷ୍ଟମୀ ବୋଲି କୁହାଯାଏ । ତାନ୍ତ୍ରିକମାନଙ୍କ ନିମନ୍ତେ ପ୍ରଥମାଷ୍ଟମୀର ରାତ୍ରି ବା (ଘୋର ରାତି) ବିଶେଷ ତାପୂର୍ଯ୍ୟପୂର୍ଣ୍ଣ । ସୁସ୍ଥ ସମାଜ ଗଠନରେ ସୁସ୍ଥ ପରମ୍ପରାର ଆବଶ୍ୟକତା ଅଛି । ଏହି ଦୃଷ୍ଟିରୁ ସବୁ ପରମ୍ପରାକୁ କୁସଂସ୍କାର କହି ଏଡ଼ାଇ ଦେଇ ହେବ ନାହିଁ ।

ବର୍ଷର ଆଦ୍ୟ ମାସର ଆଦ୍ୟ ପର୍ବ ହେଉଛି ପ୍ରଥମାଷ୍ଟମୀ । ଏହା ପୂର୍ବରୁ ଆଉ କୌଣସି ପର୍ବ ପାଳିତ ହୁଏ ନାହିଁ । ତା (ପୂର୍ବରୁ) ଅଗରୁ ମାର୍ଗଶୀର ମାସର ଯେଉଁ ଗୁରୁବାର ପଡ଼େ ସେଥିରେ ମାଣବସାର ବିଧ୍ୟ ନାହିଁ। କେବଳ ମହାଲକ୍ଷ୍ମୀଙ୍କୁ ଲାଗି ଦିଆଯାଏ । ଏହାର ସ୍ପଷ୍ଟ ସୂଚନା ମହାଲକ୍ଷ୍ମୀ ପୁରାଣରେ ଅଛି । ଅଷ୍ଟମୀ ନୋହୁଣୁ ଯେବେ ଗୁରୁବାର ହୋଇ, ପୂଜିଲେ ହେଁ ମହାଲକ୍ଷ୍ମୀ ପୂଜ୍ୟ (ପୂଜା) ନ ଘେନଇ । ଏହି ଅର୍ଥରେ ପର୍ବକୁ ନେଇ ବର୍ଷଚକ୍ରରେ ପ୍ରଥମେ ପ୍ରଥମାଷ୍ଟମୀ ।

ତେଣୁ ପ୍ରଥମାଷ୍ଟମୀ ଜ୍ୟେଷ୍ଠ ସନ୍ତାନଙ୍କର ପର୍ବ ଏବଂ ଜ୍ୟେଷ୍ଠପର୍ବ ଯଦି ଗୁରୁବାର ଦିନ ପ୍ରଥମାଷ୍ଟମୀ ପଡ଼େ ତେବେ ସେଦିନ ମହାଲକ୍ଷ୍ମୀଙ୍କୁ ପୋରୁହା କରାଯାଏ ।

ଜ୍ୟେଷ୍ଠ ସନ୍ତାନ ଅର୍ଥରେ ଏହା ଉଭୟ ପୁତ୍ର ବା କନ୍ୟାକୁ ବୁଝାଏ । ଶୁଦ୍ଧି ବା ଶ୍ରାଦ୍ଧରେ ଏମାନେ କ୍ରିୟା ଧରି ପାରିବେ ଏବଂ ଶ୍ରାଦ୍ଧ ବାଢ଼ିପାରିବେ । ଦୁହିତା ଉଭୟ କୁଳକୁ ହିତା ନ୍ୟାୟରେ ପରଗୋତ୍ରୀ ହେଲେ ବି ଶ୍ରାଦ୍ଧ ଦେଇପାରିବେ । କେଉଁ ପୁରାଣରେ ନାହିଁ ଯେ ନାରୀ/ କନ୍ୟାମାନେ ପରଗୋତ୍ରୀରେ ପିତୃକୁଳରେ ଅଂଶଗ୍ରହଣ କରି ପାରିବେ ନାହିଁ । ଯେମିତି ଜଣେ ପୁରୁଷ ସ୍ତ୍ରୀ ବିନା ଏକା ପିଣ୍ଡ ବାଢ଼ିପାରେ, ସେମିତି ଜଣେ ସ୍ତ୍ରୀ ବି ପିଣ୍ଡଦାନ ସ୍ୱାମୀଙ୍କ ଅନୁପସ୍ଥିତିରେ କରିପାରେ । ଯେମିତି ସୀତାଙ୍କ ପିଣ୍ଡଦାନ । ମନୁଙ୍କ ମତରେ ଜ୍ୟେଷ୍ଠ ସନ୍ତାନର ପରିବାର ପ୍ରତି ଭୂମିକା ଗୁରୁତ୍ୱପୂର୍ଣ୍ଣ ହେତୁ, ତାକୁ ଜ୍ୟେଷ୍ଠାଂଶ (ଜ୍ୟେଷ୍ଠାଭାଗ) ଦେବା ବିଧେୟ । ଏକାଧିକ ସନ୍ତାନ ଥିଲେ ସେମାନଙ୍କର ଜନ୍ମ କ୍ରମେରେ, ସେମାନଙ୍କର ଅଂଶ ବି କମି କମି ଆସିପାରେ । ଜ୍ୟେଷ୍ଠଙ୍କ ଅନୁମତିରେ ଅଥବା ଅନୁପସ୍ଥିତିରେ ପରବର୍ତ୍ତୀ ସନ୍ତାନ ଜ୍ୟେଷ୍ଠଙ୍କ କର୍ତ୍ତବ୍ୟ ସମ୍ପାଦନା କରିପାରନ୍ତି । ଉପରୋକ୍ତ ଆଲୋଚନାକୁ ମାମୁଘର ସହିତ ଜ୍ୟେଷ୍ଠ ଭଣଜା ବା ଭାଣିଜୀଙ୍କ ସମ୍ପର୍କୁ ନେଇ ଏ ପର୍ବର ତାପୂର୍ଯ୍ୟ ବିଚାର୍ଯ୍ୟ ଅଟେ । ତେବେ ମାମୁଘର ସମ୍ପର୍କୁ ନେଇ ଜ୍ୟେଷ୍ଠ ଭଣଜା/ ଭାଣିଜୀଙ୍କ ବିଚାରରେ ଏହା ଅତ୍ୟନ୍ତ ଗୁରୁତ୍ୱପୂର୍ଣ୍ଣ ।

ସତୀ ଘର ଗରିବ । ତା' ବାପା ଚାଷ କରିଥିବା କଡ଼ା ଧାନରୁ ପ୍ରଥମାଷ୍ଟମୀ ପାଇଁ ଅରୁଆ ଚାଉଳ ଯୋଗାଡ଼ କରିଥାଆନ୍ତି । ଧାନକୁ ପ୍ରଥମେ ବଙ୍କାଯାଏ । ସେ ବାଙ୍କ ଧାନକୁ ଶୁଖାଇ କଳରେ ପେଡ଼ି ସେହି ବାଙ୍କଦିଆ ଅରୁଆ ଚାଉଳରେ ଏଣ୍ଡୁରି ପିଠା ତିଆରି ହୁଏ । ପ୍ରଥମାଷ୍ଟମୀ ପାଖାପାଖି ଧାନକଟା ଆରମ୍ଭ ହୋଇଥାଏ । ପୂରା ଅରୁଆ ଚାଉଳରେ ତିଆରି ପିଠା ଖାଇଲେ ଧାନ ନଈଁ କରି କାଟିଲେ କମର ଧରିଥାଏ। ସେଥିପାଇଁ ପ୍ରଥମାଷ୍ଟମୀରେ ବାଙ୍କଦିଆ ଅରୁଆ ଚାଉଳ ବ୍ୟବହାର କରାଯାଇଥାଏ। ସତୀର ବାପା ସପନି କଳରୁ ଧାନ ପେଡ଼ାଇ ଆଣିବା ପରେ ସବିତା ତାକୁ ପାଛୁଡ଼ି ମୂଳ ଚାଉଳକୁ ପ୍ରଥମାଷ୍ଟମୀ ପାଇଁ ରଖି ସେଥିରୁ ବାହାରିଥିବା ଖୁଦ (ଚାଉଳ) ଓ କଣି ବିରି ମିଶାଇ ତାକୁ ବାତି ସଂକ୍ରାନ୍ତି ଦିନ ରାତିରେ ପିଠା କରୁଥିଲେ ।

ଗରିବ ଘରଗୁଡ଼ିକରେ ସବୁ ସଂକ୍ରାନ୍ତି, ପୂର୍ଣ୍ଣମୀ ଓ ଅମାବାସ୍ୟାରେ ପିଠା ହୋଇପାରେ ନାହିଁ । ସବିତା ସେଥିପାଇଁ ସାଧାରଣ ପୂର୍ଣ୍ଣମୀ, ସଂକ୍ରାନ୍ତି, ଅମାବାସ୍ୟା ତଥା ସୋମବାର ଓ ଗୁରୁବାରମାନଙ୍କରେ ସୂର୍ଯ୍ୟାସ୍ତ ପୂର୍ବରୁ ଦିନ ଥାଉଣୁ ଭାତ ଖାଇ ଦେଇଥାଆନ୍ତି । ରାତିକୁ ଆଉ ଖାଇବାକୁ ପଡ଼େ ନାହିଁ । ନଥିଲା ଘରମାନଙ୍କରେ ଏହା ବ୍ୟତୀତ ଆଉ ଅନ୍ୟ ଉପାୟ କିଛି ନାହିଁ । ସେ ସେହି ବାର ମାନଙ୍କରେ ପିଠାତ କରି ପାରିବେ ନାହିଁ, ଅନ୍ୟ କିଛି ଜଳଖିଆ ଯୋଗାଡ଼ କରିବାକୁ ମଧ

ସକ୍ଷମ ହୁଅନ୍ତିନି, ପିଲାଛୁଆ ଘର । ସେମାନେ ଥାଉ ଥାଉ ସେ କିପରି ଏକୁଟିଆ ଜଳଖିଆ ଖାଇ ପାରିବେ ? ପିଲାମାନେ ଯେତେ ଖାଇଥିଲେ ସୁଦ୍ଧା, ମା ଖାଇଲା ବେଳେ ତା' ସହିତ ନ ବସିଲେ ସେମାନେ ଆଦୌ ରହିପାରିବେ ନାହିଁ । ଟିକିଏ ଆଗରୁ ମାଛ ତରକାରୀ ଲଗାଇ ଖାଇଥିବା ପିଲାମାନେ, ମା' ଖଟା ଲଗାଇ ଖାଇଲେ ସେମାନେ ତା ସହିତ ଖାଇବାକୁ ଇଚ୍ଛା କରିଥାଆନ୍ତି ଏବଂ ଖାଇଥାନ୍ତି ମଧ୍ୟ । ଟିକିଏ ଆଗରୁ ଖାଇଥିବାରୁ ପେଟରେ ତ ଜାଗା ନଥାଏ, ସେଥିପାଇଁ ଦିଗୁଣ୍ଠା ଖାଇଦେଇ ଉଠିଯାଆନ୍ତି । ହେଲେ ମା'ସହିତ ଖାଇବାର ଲୋଭ ସମ୍ବରଣ କରି ରହିପାରନ୍ତିନି । ସବିତାଙ୍କର ଛଅଟି ପିଲା । ବଡ଼ ଝିଅ ସତୀ, ତା ତଳ ପୁଅ ସୁବଳ, ମଝିରେ ଦୁଇ ଝିଅ ସେବତୀ ଓ ସରସ୍ୱତୀ, ପଞ୍ଚମ ପିଲାଟି ପୁଅ ଶରତ ଓ କୋଳ ପୋଛା ପିଲାଟି ଝିଅଟିଏ ପ୍ରଭାତୀ । ବଡ଼ ପିଲାମାନେ ବୁଝି ପାରନ୍ତି । ସେମାନେ ତାଙ୍କ ସହିତ ଖାଇବାକୁ ଅଲି କରିବେ ନାହିଁ, ସାନ ଦୁଇଟି ବୁଝିବେ ନାହିଁ । ସେମାନେ ଯେତେ ଖାଇଥିଲେ, ପେଟରେ ଆଉ ଜାଗା ନ ଥିଲେ ସୁଦ୍ଧା ସବିତା ଖାଇ ବସିଲେ ସେ ଦୁହେଁ ଛାଡ଼ିବେ ନାହିଁ ଜମା । ନିହାତି ଜିଦ କରି ସାଙ୍ଗରେ ବସିବେ । କିଛି ନ ହେଲେ ଖାଇବା କଂସାରେ ହାତ ପୂରାଇ ଘାଣ୍ଟିବେ । ହେଲେ ମା'ସହିତ ନ ବସି ରହି ପାରିବେ ନାହିଁ ।

ସେହି ସକାଶେ ସବିତା ଏହି ବାରଣ ରାତିଗୁଡ଼ିକରେ କୌଣସି ଜଳଖିଆର ବ୍ୟବସ୍ଥା ନ କରି ଦିନ ଥାଉଁ ଭାତ ଖାଇଦିଅନ୍ତି ।

ତାଙ୍କ ଘରେ ସେଦିନ ପିଠା ହେଉଥିବାରୁ ସେ ପିଲା ଦୁଇଟି ଭାରି ଖୁସିଥିଲେ । ସେ ଦୁଇ ଜଣ ସବିତାଙ୍କ ପାଖରେ ଚୁଲିକୁ ଘେରି ବସିଥାଆନ୍ତି । ସେମାନଙ୍କର ଲକ୍ଷ୍ୟ ଥାଏ ଚୁଲିରେ ବସିଥିବା ତାଉଆ ଉପରେ । କେତେବେଳେ ବୋଉ ପିଠା କରିବ ? ସେଥିପାଇଁ ସେସମାନେ ଉଦ୍‌ବିଗ୍ନ ହୋଇ ପଡ଼ୁଥାଆନ୍ତି । ତାଉଆ ତାତିବାରୁ ସବିତା ତାଟିଆରେ ମାଣ୍ଡିଆରୁ ପିଠାଉ ନେଇ ତାଉଆ ଉପରେ ଢାଳିଲେ । ତାତିଲା ତାଉଆରେ କଞ୍ଚା ପିଠାଉ ପଡ଼ିବାରୁ ଚେଁ କରି ଶଦ୍ଦ ଶୁଭିଲା (ହେଲା) । ପିଲା ଦୁଇଟି ଖୁସିରେ ବିଭୋର । କିଛି ସମୟ ପରେ ପିଠା ଲେଉଟା ଗଲା । ପୁଣି ଚେଁ ଶଦ୍ଦ ଶୁଭିଲା । ଗୋଟିଏ ଚକୁଲିପିଠା ତିଆରି ହେଲେ ଦୁଇ ଥର ଚେଁ ଶଦ୍ଦ ହୋଇଥାଏ । ପିଠା ସିଝିଗଲା ପରେ ସବିତା ତାଉଆରୁ ପିଠାଟିକୁ ନେଇ ନାଲିଆରେ ରଖିଲେ । ପିଲା ଦୁଇଟି ଏଥର ତାଉଆ ଉପରୁ ଆଖି ଫେରାଇଆଣି ନାଲିଆକୁ ଅନାଇଁ ରହିଲେ । ସଙ୍ଗେ ସଙ୍ଗେ ତାଉଆରୁ କଢ଼ା ହୋଇଥିବାରୁ ଗରମ ପିଠାରୁ ବାଷ୍ପ ବାହାରୁଥାଏ । ପିଲା ଦୁଇଟି ନାଲିଆକୁ ଅନାଇଁ ରହି ଗରମ ପିଠାରୁ ବାଷ୍ପ ଉପରକୁ ଉଠୁଥିବା ଦୃଶ୍ୟ ଦେଖୁଥାଆନ୍ତି । ସବିତା ତାଉଆ ଉପରେ ତେଲ କପଡ଼ାଟି ବୁଲାଇ ଆଣି ପରବର୍ତ୍ତୀ ପିଠା ପାଇଁ ପିଠାଉ ଢାଳିଲେ । ଏଥର ମଧ୍ୟ ଚେଁ କରି ଶଦ୍ଦ ହେଲା । ପିଲା ଦୁଇଟି ପ୍ରଥମ ପିଠାଟି ହେଲା ବେଳେ ଚେଁ ଶଦ୍ଦକୁ ଯେପରି ମନଯୋଗ ସହକାରେ ଶୁଣିଥିଲେ ଓ ତାଉଆକୁ ଯେମିତି ତୀକ୍ଷ୍ଣ ଦୃଷ୍ଟିରେ ଅନାଇ ରହିଥିଲେ, ଏଥର ସେ ଶଦ୍ଦ ପ୍ରତି ସେଭଳି ଧ୍ୟାନ ନ ଦେଇ ଏବଂ ତାଉଆକୁ ସେମିତି ନ ଅନାଇଁ ବରଂ ବାଷ୍ପ ବାହାରୁଥିବା ନାଲିଆ ଭିତରେ ଥିବା ପିଠାଟିକୁ ଭୋକିଲା ଆଖିରେ ଅନାଇ ରହିଥାଆନ୍ତି ।

ମନରେ ଖାଇବାର ଲାଲସା । ପାଟିରୁ ସର୍ଦ୍ଦ ଆସୁଥିବା ଲାଳକୁ ଢୋକି ନେଇ ପିଲା ଦୁଇଟି ନାଲିଆ ଉପରେ ଦୃଷ୍ଟି ରଖି ବସିରହିଥାଆନ୍ତି । ଥରେ ଥରେ ଓଠ ଉପରେ ଜିଭ ବୁଲାଇ ନେଉଥାଆନ୍ତି, ପିଠା ହୋଇସାରିଛି । କେବଳ ବୋଉକୁ ଅପେକ୍ଷା କରାଯାଇଛି । ସେ କେତେବେଳେ ସେମାନଙ୍କ ହାତକୁ ପିଠା ବଢ଼ାଇ ଦେବ ।

ସେଦିନ ରବିବାର ଥିବାରୁ ରାତିରେ ପାଠ ପଢ଼ିବାକୁ ନଥାଏ । ରବିବାରଟି ଯଦିଓ ପଢ଼ା ଯାଇଥିବା ପାଠକୁ ଅନୁଧ୍ୟାନ କରି ନେବା ପାଇଁ ଏବଂ ସ୍କୁଲ ପୋଷାକକୁ ସଫା କରିବା ଲାଗି ଉଦ୍ଦିଷ୍ଟ ସେ କଥା ଛୋଟ ପିଲାମାନେ ବୁଝି ନଥାଆନ୍ତି । ସେମାନେ ରବିବାର ଥିବାରୁ ପାଠପଢ଼ାରୁ ଅବ୍ୟାହତି ପାଇ ଖେଳ କୁଦରେ ଲାଗି ପଡ଼ନ୍ତି । ରବିବାର ରାତିରେ ପଢ଼ିବାକୁ ନଥିବା ଏବଂ ଆହୁରି ମଧ୍ୟ ସେହି ରାତିରେ ତାଙ୍କ ଘରେ ପିଠା ହେଉଥିବାରୁ ସେ ଦୁହିଁଙ୍କୁ ଅପୂର୍ବ ସୁଯୋଗ

ମିଳିଯାଇଥାଏ । ପିଲାମାନେ ସୁସ୍ୱାଦୁ ଖାଦ୍ୟ ପାଇଲେ, ଖେଳିବାକୁ ସମୟ ମିଳିଲେ, ନୂଆ ପୋଷାକ ପିନ୍ଧିଲେ, କୌଣସି ଭଲ ଜିନିଷ ନୂଆ କରି ଦେଖିଲେ ଓ ବନ୍ଧୁବାନ୍ଧବ ଘର କିୟା ଯାନିଯାତରା ବୁଲିଗଲେ ଖୁସି ହୋଇଥାଆନ୍ତି । ସେ ବୟସରେ ଅନ୍ୟ କୌଣସି ବିଷୟରେ ସେମାନେ ଚିନ୍ତା କରିନଥାଆନ୍ତି । ସେମାନଙ୍କ ପାଇଁ ସେ ସମୟର ବୟସ ସେମିତି ହୋଇଥାଏ ଖେଳିବା ପାଇଁ, ବୁଲିବା ଲାଗି । କୌଣସି ଜିନିଷ ପାଇଁ ମା ପାଖରେ ଅଳି କରିବା, କିଛିଚିନ୍ତା ନ କରି ବେପରବାଏ ଭାବରେ ଖେଳିବା, ବୁଲିବା, ସାଙ୍ଗ ସାଥୀ ମେଳରେ ବସି ଗପ କରିବା, ନିଜ କଥା ବ୍ୟତୀତ ଅନ୍ୟ ବିଷୟରେ ମୁଣ୍ଡ ନ ଖେଳାଇବା, କୌଣସି ଦାୟିତ୍ୱ ନିଜ ଉପରକୁ ନ ନେବା, ଆପଣା କର୍ତ୍ତବ୍ୟ ପ୍ରତି ସଚେତନ ନ ହେବା, କୌଣସି ଜିନିଷ କିଣିବା ଲାଗି ଘରର ବା ପରିବାରର ସାମର୍ଥ୍ୟ ନ ଥାଇ ସୁଦ୍ଧା ଯେକୌଣସି ଦାମୀ ପଦାର୍ଥ ପ୍ରତି ଲୋଭାସକ୍ତ ହୋଇ ମୂଲ୍ୟବାନ ଦ୍ରବ୍ୟ ପାଇଁ ଆକାଂକ୍ଷିତ ହୋଇ ସେଇଟିକୁ ନେବା ଲାଗି ଜିଗର କରିବା, ଜିଦ୍ ଧରିବା ।

ସେ ବେଳ ହେଉଛି ଜୀବନର ସର୍ବୋକୃଷ୍ଟ ସମୟ । ଚିନ୍ତା ନଥାଏ, ନଥାଏ କିଛି ଦକ କିୟା କୌଣସି ଦାୟିତ୍ୱ । ପରିବାରର ବୋଝ ଅଥବା ଆପଣା ଜୀବନର ଭବିଷ୍ୟତ ଭାବନା । ନିଷ୍କପଟ ମନ, ନିଷ୍ପାପ ହୃଦୟ, ଭୟଶୂନ୍ୟ ପ୍ରାଣ, ନିଷ୍କାମ ଅନ୍ତର । ଆଶଙ୍କା ରହିତ ଆତ୍ମା, ମା'ର ଅଭୟ ଦାୟିନୀ ପଣତ ତଳେ ସୁରକ୍ଷିତ କୋଳରେ ପିଲା ନିଶ୍ଚିନ୍ତରେ ଶୋଇଯାଏ । ପାଇବାର ଆନନ୍ଦ, କିଛି ହରାଇ ବସିବାର ଦୁଃଖ, ହଜାଇ ଦେବାର ଅନୁତାପ, ଜିତିବାର ଗୌରବ । ହାରିଯିବାର ଗ୍ଲାନି, ଆଶାର ଆବେଗ, ନିରାଶାର ବ୍ୟର୍ଥତା, ବିଜୟର ଉସ୍ୱାହ । ପରାସ୍ତ ହେବାର ଆଶଙ୍କା, ନ ପାଇବାର (ନମିଳିବାର) ଶଂସୟ ତାକୁ ସ୍ପର୍ଶ କରିପାରେନା । କାରଣ ସେତେବେଳେ ସେ ନିଷ୍ପାପ, ନିଷ୍କପଟ, ନିର୍ବିବାଦ ଅମୃତର ସନ୍ତାନ । ସ୍ୱଚ୍ଛ ସରଳ ମନ, ପୁଷ୍ପକୋମଳମତୀ, ଅଧମ, ଅବୋଧ, ଅକ୍ଷମ ବାଳକ । ସେହି ପିଲାବେଳ । ଚପଳ ବୟସ । ସରସ ସୁନ୍ଦରମନ । ଯାହା ପାଇଁ ପରବର୍ତ୍ତୀ ଜୀବନରେ ପ୍ରାଣ ବ୍ୟାକୁଳ ହୁଏ, ଅସ୍ଥିର ହୁଏ ମନ, ବ୍ୟଥିତ ହୁଏ ଆତ୍ମା । ଅତିକ୍ରାନ୍ତ ବୟସରେ ସେହି ପିଲା ବେଳକୁ ଅନ୍ତର ଝୁରିହୁଏ । ମନେ ପକାଏ ହୃଦୟ । ସେହି ବୟସର ସମୟକୁ ଫେରିଯିବାକୁ ଭାରି ଇଚ୍ଛା ହୁଏ । ଅନ୍ତରରେ ପ୍ରବଳ ଆଗ୍ରହ ଜନ୍ମେ ପୁଣି ଥରେ ପିଲାଟିଏ ହୋଇଯିବାକୁ । ହୃଦୟରେ ଖୁବ୍ ପିପାସା ଜାଗେ ଛୁଆଟିଏ ହେବାକୁ । ଆତ୍ମା ଡାକେ ଅତ୍ୟନ୍ତ ଆତୁର ହୋଇ ଧୂଳି ଘର କରି ଖେଳିବାକୁ ଗାଁ ଦାଣ୍ଡରେ । ମନ ସର୍ବଦା ଚାହେଁ ଜେଜେ ମା' ମୁହଁରୁ ଗପ ଶୁଣିବାକୁ ସଞ୍ଜ ବେଳିଆ ଛୁଆଁଙ୍କ ମେଳରେ ବସି । ପ୍ରାଣ ସବୁ ସମୟରେ ଖୋଜେ ଶୋଇଯିବାକୁ ମା' କୋଳରେ ପିଲାଟିଏ ହୋଇ । ସବୁଦିନ ପାଇଁ ଧୋଇରେ ବାଇଆ ଗୀତ ଶୁଣିବାକୁ । ମା'କାଖରେ କାଖ ହୋଇ ଆ ଜନ୍ମ ମାମୁ, ଗୀତ ଶୁଣି ଖାଇବାକୁ । ବାପାଙ୍କ କାନ୍ଧରେ ଚାନ୍ଦୁ ହୋଇ ଚାନ୍ଦ ଦେଖିବାକୁ । ଆଉ ଜେଜେଙ୍କୁ ଘୋଡ଼ା କରି ତାଙ୍କ ପିଠି ଉପରେ ସଇଶ ହୋଇ ବସିବାକୁ କିୟା ତାଙ୍କ ପିଠିରେ ନାଉ ହେବାକୁ । ହୃଦୟ ଲୋଡ଼େ ଛୋଟ ବେଳର ପିଲା ଦିନର ହଳଦୀ କାଠୁଆ, ଛିଣ୍ଡା ହେଁସର ଶେଜ ଏବଂ ଟିକି ଦୋଲିକୁ ଯାହା ଘରର ପିଣ୍ଡା ପାଭାଗ ଓରାରେ ଦଉଡ଼ି ବନ୍ଧା ଯାଇ ପ୍ରସ୍ତୁତ କରାହୋଇଥାଏ ।

ସମସ୍ତ ଯୁଗରେ, ସବୁ ସମୟରେ, ପ୍ରତ୍ୟେକ ଜନ୍ମରେ, ସବୁବେଳେ, ସଦାସର୍ବଦା, ବଡ଼ ବଡ଼ ମନୀଷୀମାନେ ତ ଏଇଆ କାମନା କରିଆସିଛନ୍ତି । ସମାଜର ସୁପ୍ରତିଷ୍ଠିତ ବ୍ୟକ୍ତିସବୁ ଏହି ଅଭିଳାଷ ପୋଷଣ କରିଛନ୍ତି । ସଫଳତାର ଶୀର୍ଷରେ ପହଞ୍ଚିଥିବା ତୁଙ୍ଗ ପୁରୁଷ ସମୂହ ଏହାହିଁ ଚାହିଁଛନ୍ତି । ସଂସାରର ମହାରଥୀମାନେ ଭଗବାନଙ୍କୁ ପ୍ରାର୍ଥନା କରି ଏଇଆ ମାଗିଛନ୍ତି, ଏଥିଲାଗି ଗୁହାରି କରିକହିଛନ୍ତି । ବିଶ୍ୱନିୟନ୍ତା ପରମେଶ୍ୱରଙ୍କ ନିକଟରେ ମନସ୍କାମନା ପୂରଣ ପାଇଁ । ଏହା ସେମାନଙ୍କର ଏକମାତ୍ର ଲକ୍ଷ୍ୟ ଓ ଶେଷ ଇଚ୍ଛା ଏବଂ ଅନ୍ତିମ ଅଭିଳାଷ ବୋଲି ମୁକ୍ତ କଣ୍ଠରେ ଘୋଷଣା କରି ଯାଇଛନ୍ତି ନିର୍ବିକାର ଭାବରେ, ନିଃସଙ୍କୋଚରେ ନିଷ୍ଠାର ସହିତ । କବି ମାନସିଂହଙ୍କ ଭାଷାରେ– "ଦିଅ ଖାଲି ମୋତେ ସେହି

କୈଶୋର, ନବ ଜୀବନର ସ୍ୱପ୍ନ ବିଭୋର, ତରୁଣ ବେଳର ଲୁହ ପିଚ୍ଛିଳ, ଆପାପ ବିଦ୍ଧ ସ୍ୱଚ୍ଛହିଅ।” କାରଣ ପ୍ରସିଦ୍ଧ ଇଂରାଜୀ କବି ୱାର୍ଡସ୍ ୱାର୍ଥ କହିଛନ୍ତି– “ଚାଇଲ୍ଡ ଇଜ ଦ ଫାଦର ଅଫ ମ୍ୟାନ୍।”

ସବିତା ଦ୍ୱିତୀୟ ପିଠାଟିକୁ ଲେଉଟାଇ ସାରିଲା ବେଳକୁ ପ୍ରଥମ ପିଠାଟି ଶୀତଳ ହୋଇ ସାରିଥିଲା। ସେ ଶୀତଳ ପ୍ରଥମ ପିଠାଟିକୁ ଦୁଇ ଫାଲ କରି ସେ ଦୁହିଁଙ୍କ ହାତକୁ ବଢ଼ାଇ ଦେଲେ। ପିଲା ଦୁଇଟି ପିଠା ପାଇଗଲା ପରେ ସେଆରେ ଆଉ ନ ବସି ରୋଷେଇ ଘରୁ ବାହାରି ଆସିଲେ। ଘର ଭାଆର ଓ ପିଣ୍ଡାରେ ବୁଲି ବୁଲି ପିଠା ଖାଇଲେ। ସଂକ୍ରାନ୍ତି ପାଇଁ ଘରର ଦୁଆର ପିଣ୍ଡା, ଭାଆର (ଅଗଣା) ଓ ଦାଣ୍ଡ ସକାଳେ ଲିପା ହୋଇଥିଲା। ସେ ପିଲା ଦୁଇଟି ଖୁବ୍ ଖୁସି ମନରେ ବୁଲି ବୁଲି ପିଠା ଖାଉଥିଲେ।

ସତୀର ମଝିଆଁ ଭଉଣୀ ସେବତୀ ଓ ସରସ୍ୱତୀ ଯାଇ ବୋଉ ପାଖରୁ ପିଠା ଫଡ଼େ ଲେଖା ଆଣି ଆରପଟ ପିଣ୍ଡାରେ ବସି ଖାଇଲେ। ଶରତ ଓ ପ୍ରଭାତୀର ପିଠା ସରିଯିବାରୁ ସେ ଦୁହେଁ ପୁଣି ପିଠା ପାଇଁ ଚୁଲି ପାଖକୁ ଗଲେ। ସେ ଦୁହିଁଙ୍କୁ ଦେଖି ସବିତା କହିଲେ– “ତୁମେ ସବୁ ଫଡ଼ା ଫଡ଼ା ପିଠା ଟେକି ନେଉଛ, ଦେଇ ଖାଇଲାକି ନାହିଁ କେହି ବୁଝିଛ? ତୁମର ତ ସବୁ ଆଗ ନିଜ କଥା। ଆପଣା ପେଟ ଚିନ୍ତା। ଆଉ କିଏ ଖାଇଲାକି ନାହିଁ ସେ କଥା ବୁଝିବାକୁ ତୁମମାନଙ୍କର ବେଳ ଅଛି ନା, ମନ ଅଛି, ଇଚ୍ଛା ଅଛି ନା ଉଦ୍ଦେଶ୍ୟ ଅଛି? ଆଗ୍ରହ ଅଛି ନା ଆବେଗ ଅଛି? ନିଜେ ଖାଇ ଦେଲେ ଆପଣା ପେଟ ଥଣ୍ଡା ହେଲେ ହେଲା। ଆଉ କିଏ ଖାଇଲା କି ନାହିଁ ସେ କଥା ତୁମେ କାହିଁକି ବୁଝିବ?

ସବିତାଙ୍କ କଥା ଶୁଣି ପ୍ରଭାତୀ କହିଲା– “ଦେଇ ପା ନେଉନି;”

ପ୍ରଭାତୀର ଉତ୍ତର ଶୁଣି ସବିତା ଚୁଲି ଜାଲୁ ଜାଲୁ ତା ଆଡ଼କୁ ମୁହଁ ବୁଲାଇ ଅନାଇଲେ। ପ୍ରଭାତୀ ନାଲିଆରୁ ପିଠା ନେବା ଲାଗି ବ୍ୟାକୁଳ ଭାବରେ ନାଲିଆକୁ ଆକୁଳ ନୟନରେ ଅନାଇ ରହିଛି। ସବିତା ତାକୁ ପଚାରିଲେ– “ତୁ ତାକୁ ଯାଚିଥିଲୁ?”

ପ୍ରଭାତୀ ନାଲିଆକୁ ଅନାଇଁ ରହି ଉତ୍ତର ଦେଲା– “ନା ମୁଁ ତାକୁ ଯାଚିନାହିଁ।” ତୁ’ ତ ସେତେବେଳୁ ତାକୁ କହିଲୁଣି କାହିଁ ଦେଇ ଆସି ପିଠା ନେଉଛି ନା? ପ୍ରଭାତୀର କଥା ଶୁଣି ସବିତା ନାଲିଆରୁ ପିଠା ଫଡ଼େ ଆଣି ପ୍ରଭାତୀ ହାତରେ ଦେଇ କହିଲେ– “ନେଇ ଯା ଏଇଟା ଆଗ ଦେଇକୁ ଦେଇ ଆସିବୁ। ପଛରେ ତୁ ନେଇ ଖାଇବୁ।”

ପ୍ରଭାତୀ ତା ବୋଉ ହାତରୁ ପିଠା ଫଡ଼ାଟି ନେଇ ସତୀ ପାଖକୁ ଆସି ତାକୁ ଯାଚିଲା। ସତୀ ସେଇମିତି ବସିରହି କହିଲା– “ନା ମୁଁ ଏଇନେ ଖାଇବି ନାହିଁ; ତୁ ଖାଇଦେ।”

ସତୀ କଥା ଶୁଣି ସବିତା ଚୁଲି ପାଖରୁ ଥାଇ ବଡ଼ ପାଟିରେ (ଉଚ୍ଚ ସ୍ୱରରେ) କହିଲେ– “ଏଇନେ ଏଇ ଖଣ୍ଡକ ଖାଇ ଦେଇଥା, ପରେ ଆମ ସାଙ୍ଗରେ ଖାଇବୁ।”

“ନା ମୁଁ ସେତିକି ବେଳେ ଖାଇବି। ଏଇନେ ଖାଇବି ନାହିଁ।”

ସତୀ କଥା ଶୁଣି ସବିତାଙ୍କ ମନରେ ଛନକା ପଶିଗଲା। ସତୀ କାହିଁକି ପିଠା ନେଉନି। ସକାଳୁ ଅଗାଧୁଆ ବେଳେ ଟିକେ ଜଳଖିଆ ଖାଇ ପରେ ଉଚ୍ଛୁର କରି ଗାଧୋଇ ମନ୍ଦିରକୁ ଯାଇଥିଲା, ଫେରିଲା ସଞ୍ଜରେ। ଗାଧୁଆ ବେଳର ମଧ୍ୟାହ୍ନ ଭୋଜନ ଖାଇନାହିଁ। ପିଠା ଯାଚିଲେ ନେଉନି। ମନ୍ଦିରରୁ ଫେରି ଗୁମ୍ମାରି ଚୁପ୍‍ଚାପ ବସିରହିଛି। କାହାରିକୁ କିଛି କହୁନି। ଏପରିକି ଶରତ ଓ ପ୍ରଭାତୀର ଚଗଲାମୀକୁ ସୁଦ୍ଧା ତାଗିଦ୍ କରୁନି, ଯାହା ସେ ପ୍ରାୟତ କରିଥାଏ। ପିଠାକୁ ସତୀ ଭାରି ଭଲପାଏ। ଆଜି କାହିଁକି ପିଠା ଖାଉନି? ତା ଦେହ ବୋଧେ ଭଲ ନାହିଁ। ଥଣ୍ଡା ଧରିଲାକି ତାକୁ? ଗାଧୋଇ ସାରି କିଛି ନ ଖାଇ ଦୀର୍ଘ ସମୟ ଧରି ଅଖିଆ ରହିଲେ ଥଣ୍ଡା ଧରିଥାଏ, ସର୍ଦି ହୁଏ। ସେ ଅଗାଧୁଆ ଜଳଖିଆ ଖାଇ ପରେ ଦେରିରେ ଗୋଧୋଇ ଆଉ କିଛି ପାଟିରେ ନ ଦେଇ ସେଇମିତି ମନ୍ଦିରକୁ ଯାଇ ଫେରିଲା ସଞ୍ଜରେ। ମଧ୍ୟାହ୍ନ ବେଳର ଖାଇବା

ଖାଇନି । ଗାଧୋଇ ସାରି ଅନେକ ସମୟ ଧରି ନ ଖାଇବା ଯୋଗୁ ତାକୁ ସର୍ଦ୍ଦି ହେଲାକି ? ସେ ଚୁଲି ପାଖରେ ବସି ପିଠା କରୁଥିବା ବେଳେ ପଚାରିଲେ- "କାହିଁକି ଖାଇବୁନି, ତୋ ଦେହ କ'ଣ ଭଲ ଲାଗୁନି କି ? ତୋର ଦେହ କ'ଣ ହେଇଛି ।"

ସତୀ ଦୁଆର ଅଳଙ୍ଗରେ ବସିରହି ତା ବୋଉ କଥାର ଉତ୍ତର ଦେଲା- "ନା ମୋ ଦେହ ଭଲ ଅଛି । ପଛରେ ସାଙ୍ଗ ହୋଇ ଖାଇବା । ଏଇନେ ଖାଇବାକୁ ମୋର ଇଚ୍ଛା ହେଉନି ।"

ସତୀ କଥା ଶୁଣି ସବିତା ଚୁଲି ଭିତରକୁ ଜାଳ ପେଲି ଦେଇ ଚୁଲି ପାଖରୁ ଉଠି ଆସିଲେ । ସତୀ ପାଖରେ ପହଞ୍ଚି ତା କପାଳ ଓ ବେକ ମୂଳେ ହାତ ପାପୁଲି ରଖି ଦେହର ଉତ୍ତାପ ପରଖିଲେ । "କାହିଁ ଦେହରେ ତ ତାତି ନାହିଁ, ଦେହ ଠିକ୍ ଅଛି । ସତୀକୁ କଅଁଲେଇ କହିଲେ- ଏଇନେ ଖାଇବୁ ନାହିଁ କାହିଁକି ?"

ସେଇଠି ସେମିତି ବସି ରହି ସବିତାଙ୍କ ମୁହଁକୁ ଅନାଇଁ ସତୀ କହିଲା- "ମୋ ଦେହ କିଛି ହୋଇନି, ପରେ ଖାଇବି, ଏଇନେ ଭୋକ ହେଉନି ।"

ସତୀର କଥାକୁ ନମାନି ପ୍ରଭାତୀ ହାତରୁ ପିଠା ଫଡ଼ାଟିକୁ ଆଣି ସେଥିରୁ ଖଣ୍ଡେ ଛିଣ୍ଡାଇ ସତୀ ପାଟିରେ ଦେଲେ "ନେ ଏଇ ଖଣ୍ଡକ ଖାଇ ଦେଇଥା" କହି ଅବଶିଷ୍ଟ ପିଠାଟିକୁ ସତୀ ହାତରେ ଧରାଇ ଦେଇ ତରବରରେ ଜଳିଲା ଚୁଲି ପାଖକୁ ସବିତା ଫେରିଗଲେ ।

ବୋଉ ତା' ପାଟିରେ ଦେଇଥିବା ପିଠା ଖଣ୍ଡଟିକୁ ଚୋବାଇ ଚୋବାଇ ସତୀ ପିଠାର ସ୍ୱାଦ ଆସ୍ୱାଦନ କଲା । କେତେ ନରମ, ନମନୀୟ, କୋମଳ, ମୁଲାୟମ । ପାଟିରେ ଦେଇ ଜିଭ ଉପରେ ରଖି ଉପର ପାଟି ଦାବି ଦେଲେ ତା'ର ସ୍ୱାଦ ଜିଭ ଶୋଷିନିଏ । ଉପର ପାଟିର ସଂସ୍ପର୍ଶରେ ଆସି ପିଠାଟି ପାଟିରେ ମିଳାଇ ଯାଏ । ତା'ର ସୁଆଦିଆ ପଣ ତା ପ୍ରତି ଆସକ୍ତି ବଢ଼ାଇ ଥାଏ । ଆହୁରି ଅଧିକ ସ୍ୱାଦର ଆସ୍ୱାଦନ ଲାଗି ଜିଭ ବ୍ୟାକୁଳ ହୁଏ । ଇଚ୍ଛା ବଢ଼ିଯାଏ ଆହୁରି ଖାଇବା ଲାଗି । ଲୋଭାର୍ତ୍ତୀ ହୋଇ ଉଠେ ରସନେନ୍ଦ୍ରିୟ ଅଧିକ ସ୍ୱାଦ ପାଇବାକୁ । ଆସକ୍ତି ଜାଗ୍ରତ ହୁଏ ପିଠା ପ୍ରତି । ଅନ୍ତରରେ ଆଗ୍ରହ ଜନ୍ମେ ପିଠା ଖାଇବାକୁ ।

ସ୍ୱତନ୍ତ୍ର ତା'ର ବାସ୍ନା । ସ୍ୱାଦ ତା'ର ନିଆରା ।

ସତୀର ଜିଭ ସେ ପିଠାର ସ୍ୱାଦ ଚାଖି, ତା ପାଟି ପିଠାର ନରମ ପରଶ ପାଇ ସୁଖୀ । ସତୀର ଖାଇବା ଲାଗି ଆଗ୍ରହ ନ ଥିଲା ।

ତାକୁ ଭୋକ ଲାଗୁଥିଲା । ତା'ପେଟରେ କ୍ଷୁଧା ରହିଥିଲା । ତୃଷ୍ଣା ବି ଥିଲା, ମାତ୍ର ନଥିଲା ଆଗ୍ରହ । ଖାଇବାର ଇଚ୍ଛା, ଲାଳସା ପିଠାପ୍ରତି କିମ୍ବା ଭୋଜନ ଲାଗି ଆକର୍ଷଣ । ସେଥିପାଇଁ ସେ ଖାଇପାରୁନଥିଲା । ମନ୍ଦିରରେ ଆବଶ୍ୟକତାରୁ ଯଥେଷ୍ଟ ଅଧିକ ସମୟ ରହି ଅତ୍ୟଧିକ ବିଳମ୍ବରେ ଘରକୁ ଫେରିଥିବା ଯୋଗୁ ସେ ଯେଉଁ ସମ୍ଭାବ୍ୟ ବିପଦର ଆଶଙ୍କାରେ ଆତଙ୍କିତ ହୋଇ ପଡ଼ିଥିଲା ଓ ତା ବୋଉର ନିରବତା ସେ ଆଶଙ୍କାକୁ ଅଧିକ ଦୃଢ଼ୀଭୂତ କରି ଦେଇଥିଲା । ମାତ୍ର ପର ମୁହୂର୍ତ୍ତରେ ଯେତେବେଳେ ସବିତା ତାକୁ ଖାଇବା ଲାଗି ପିଠା ଯାଚିଲେ ଓ ସେ ପିଠା ଖାଇବାକୁ ମନା କରି ଦେବାରୁ ଚୁଲି ପାଖରୁ ଉଠି ଆସି ତା ଦେହର ଉତ୍ତାପ ପରଖି ପିଠାରୁ ଖଣ୍ଡେ ଛିଣ୍ଡାଇ ତା ପାଟିରେ ଦେଇ ଅବଶିଷ୍ଟ ପିଠାଟିକୁ ତା ହାତରେ ଧରାଇ ଦେଇଗଲେ । ସେତେବେଳେ ତାର ସେ ଆଶଙ୍କା ଦୂର ହୋଇଗଲା । ବୋଉ ପ୍ରତି ତା'ମନରେ ସୃଷ୍ଟି ହୋଇଥିବା ଧାରଣା ବଦଳି ଯାଇଥିଲା । ସେ ଆଶ୍ୱସ୍ତି ଅନୁଭବ କଲା । ତା ମନର ଅବସ୍ଥା ସ୍ୱାଭାବିକ ଆଡ଼କୁ ଗତି କରିବାକୁ ଆରମ୍ଭ କଲା ।

ତା' ବୋଉର ଆଦର ଓ ଆଶ୍ୱାସନା ପାଇ ସେ ବିପଦମୁକ୍ତ ହୋଇଥିଲେ ସୁଦ୍ଧା ତା ମନରୁ ଆଶଙ୍କା ଜନିତ

ଉଉେଜନା ସମ୍ପୂର୍ଣ୍ଣ ପ୍ରଶମିତ ହୋଇନଥିଲା । ଆଶଙ୍କା ଜନିତ ଉଉେଜନାରୁ ସମ୍ପୂର୍ଣ୍ଣ ମୁକ୍ତ ନ ହୋଇ କିମ୍ବା ସାମାନ୍ୟ ହୋଇଥିଲେ ସୁଦ୍ଧା ମନ ଆଶଙ୍କା ପ୍ରାପ୍ତିର ପୂର୍ବ ସ୍ଥିତାବସ୍ଥାକୁ ନ ଫେରିବା ପର୍ଯ୍ୟନ୍ତ କୌଣସି ବସ୍ତୁ କିମ୍ବା ପଦାର୍ଥର ସ୍ପର୍ଶ ବା ସ୍ୱାଦ ଗ୍ରହଣ କରିବାକୁ କିମ୍ବା ଆସ୍ୱାଦନ ପାଇଁ ବ୍ୟକ୍ତି କେବେବି ସମର୍ଥ ହୋଇପାରେନା ।

ସତୀର ଅବସ୍ଥା ଆଜି ସେହିପରି ହୋଇଥିଲା । ସେ ପୂର୍ବର ସ୍ଥିତାବସ୍ଥାକୁ ଫେରିପାରିନଥିଲା । ତା ମନରେ ସ୍ଥିରତା ଆସି ନଥିଲା ସେପର୍ଯ୍ୟନ୍ତ ଯେତେବେଳେ ତା ବୋଉ ପିଠାରୁ ଖଣ୍ଡେ ଛିଣ୍ଡାଇ ତା ପାଟିରେ ଦେଇଥିଲା । ସ୍ୱାଭାବିକ ଅବସ୍ଥାରେ ନଥିଲେ କେହି କେବେ ହେଲେ ବାହାରର କୌଣସି ପ୍ରଭାବ ଦ୍ୱାରା ପ୍ରଭାବିତ ହୋଇପାରେନା କିମ୍ବା ନିଜ ଭିତର ଆହ୍ୱାନର ସମ୍ମୁଖୀନ ହେବାକୁ ସକ୍ଷମ ହୋଇନଥାଏ ।

ବିପଦର ଆଶଙ୍କା ଯୋଗୁ ସତୀ ତା ମନର ସ୍ୱାଭାବିକ ଅବସ୍ଥାକୁ ହରାଇ ବସିଥିଲା ଏବଂ ସେ କୌଣସି ଆହ୍ୱାନକୁ ମୁକାବିଲା ଲାଗି ଅପ୍ରସ୍ତୁତ ହୋଇ ପଡ଼ିଥିଲା । ଅସ୍ୱାଭାବିକତା ପାଇଁ ସେ ଖାଦ୍ୟର ସ୍ୱାଦ ଆସ୍ୱାଦନ ଆନନ୍ଦରୁ ବଞ୍ଚିତା ହୋଇଥିବାରୁ ହାତରେ ଧରିଥିବା ପିଠାଟିକୁ ଯେଉଁଟିକୁ ତା' ବୋଉ ତା' ହାତରେ ଧରାଇ ଦେଇ ଯାଇଥିଲା, ସେଇଟିକୁ ଖାଇବାକୁ ତା'ର ଆଗ୍ରହ ନଥିଲା । ଅନିଚ୍ଛାରେ ଯେକୌଣସି କାର୍ଯ୍ୟ ସମ୍ପାଦନ କଷ୍ଟକର ହୋଇଥାଏ । ଏପରିକି ଖାଦ୍ୟ ଗ୍ରହଣ ସୁଦ୍ଧା । ଆହୁରି ମଧ୍ୟ ଭୟ ଜନିତ ଆଶଙ୍କା ଭୋକ ଶୋଷକୁ ଭୁଲାଇ ଦିଏ ।

ସତୀ ପିଠାଟିକୁ ଖାଇ ପାରିଲା ନାହିଁ । ହାତରେ ଧରି ବସି ରହିଲା । କେବଳ ସବିତା ପିଠାର ଯେଉଁ ଅଂଶଟି ଛିଣ୍ଡାଇ ତା'ପାଟିରେ ଦେଇଥିଲେ ସତୀ ସେତକକୁ ଚୋବାଉଥିଲା । ସେ ହାତରେ ଧରିଥିବା ଅବଶିଷ୍ଟ ପିଠା ପ୍ରତି ଲୋଭାସକ୍ତ ହୋଇ ତା ସାନ ଭଉଣୀଟି ସତୀ କୋଳରେ କହୁଣୀ ଭରା ଦେଇ ଅଧାଶୁଆ ଭଙ୍ଗିରେ ଶୋଇ ରହି ତାକୁ କହିଲା "ଦେଇ ତୁ କହୁଥିଲୁ ଏଇନେ ଖାଇବୁନି । ପୁଣି ଖାଉଛୁ କେମିତି ?"

ସତୀ ଧରିଥିବା ପିଠାରୁ ଖଣ୍ଡେ ଛିଣ୍ଡାଇ ତା କୋଳରେ ଅଧାଶୁଆ ଅବସ୍ଥାରେ ଥିବା ପ୍ରଭାତୀ ପାଟିରେ ଦେଇ କହିଲା– ବୋଉ ନିଜେ ଆସି ଦେଇଗଲା, ତାକୁ କ'ଣ ମନା କରିହେବ ? ବୋଉ ହେଲା ଆମର ଗୁରୁଜନ । ତା'କଥା ଅମାନ୍ୟ କରିବା ଠିକ୍ ନୁହେଁ । ଗୁରୁଜନମାନଙ୍କ କଥା ମାନିବା ପିଲାମାନଙ୍କର କର୍ତ୍ତବ୍ୟ ହେବା ଉଚିତ୍ । ଗୁରୁଜନମାନେ ସର୍ବଦା ଆମମାନଙ୍କ ମଙ୍ଗଳା କାମନାରେ ଥାଆନ୍ତି । ମନେରଖ୍ଥା ତୁ କେବେ ବି କୌଣସି ଦିନ କେଉଁ ଗୁରୁଜନଙ୍କ କଥା ଆଦୌ ହେଟି ଦେବୁନି ।

ସତୀ ତାକୁ ବୁଝାଇବା ସହିତ ହାତରେ ଧରିଥିବା ପିଠାରୁ ଖଣ୍ଡେ ଖଣ୍ଡେ ଛିଣ୍ଡାଇ ତା ପାଟିରେ ଦେଉଥାଏ । ତାକୁ ପିଠା ଖାଉଥିବା ଦେଖ୍ ସତୀର ସାନଭାଇ ଶରତ ତା'ପାଖକୁ ଆସି କହିଲା– "ତୁ ଯଦି ନ ଖାଇବୁ ତେବେ କେବଳ ତାକୁ ଏକୁଟିଆ ଦେବୁ କାହିଁକି ? ମୋତେ ଦେଉନୁ । ମୁଁ କ'ଣ ତୋର ଭାଇ ନୁହେଁ ନା ତୁ କେବଳ ତାଆରି ଦେଇ । ମୋର କେହି ନୁହଁ । ଶରତ କଥା ଶୁଣି ସତୀ ହସି ହସି କହିଲା– "ସେ ମୋ ପାଖରେ ଥିଲା । ତା ପାଟିରେ ଦେଉଥିଲି । ଏବେ ତୁ ମୋ ପାଖକୁ ଆସିଲୁ ତୋ ପାଟିରେ ଦେଉଛି ଖାଆ । କହିବା ସହିତ ସତୀ ପିଠାରୁ ଖଣ୍ଡେ ଛିଣ୍ଡାଇ ଶରତ ପାଟିରେ ଦେଲା ।

ଶରତ ପଛ ପଟରୁ ଆଉଜି ଦୁଇ ହାତରେ ତା ବେକକୁ କୁଣ୍ଡାଇ ଧରିଲା ଯେପରି ଛୋଟ ପିଲାମାନେ ବଡ଼ଙ୍କ ପିଠିରେ ନାଉ ହେଲା ବେଲେ ଧରି ଥାଆନ୍ତି । ସତୀ ତା କୋଳରେ ଅଧାଶୁଆ ଅବସ୍ଥାରେ ଥିବା ପ୍ରଭାତୀ ପାଟିରେ ଖଣ୍ଡେ ଓ ପଛରେ ପିଠିରେ ନାଉ ହେଲା ଭଲି ଥିବା ଶରତ ପାଟିରେ ଖଣ୍ଡେ କରି ପିଠାକୁ ଛିଣ୍ଡାଇ ଦେଉଥିଲା । ପିଲା ଦୁଇଟି ଅତି ଖୁସିରେ ଖାଉ ଥାଆନ୍ତି ଓ "ତୁ ମୋ ଦେଇ" କହି ତାକୁ ଜୋର୍‌ରେ ଜାବୁଡ଼ି ଧରି ଥାଆନ୍ତି ।

ସତୀ ହାତରୁ ପିଠା ସରିଯିବାରୁ ସେ ଦୁହେଁ ତାକୁ ଛାଡ଼ି ଦେଇ ତାଙ୍କ ଖେଳରେ ମାତି ଗଲେ । ସତୀର ଏହି ସାନ ଭାଇଭଉଣୀ ଦୁଇ ଜଣ ଅଧିକାଂଶ ସମୟରେ ତା ସହିତ ଖାଇବା ପାଇଁ ଅଲି କରନ୍ତି ଓ ଅନେକ ସମୟରେ ଖାଇ ଥାଆନ୍ତି

ମଧ୍ୟ । ସତୀର ମଝିଆ ଭଉଣୀ ଦୁଇ ଜଣ ତା ସାଙ୍ଗରେ ଖାଇବାକୁ ନିଜ ଆଡ଼ୁ କେବେ କହି ନଥାଆନ୍ତି । ସତୀ ସେମାନଙ୍କୁ ଡାକିଲେ ଅବଶ୍ୟ ସେମାନେ ତା' ସହିତ ଖାଇ ଥାଆନ୍ତି । ସତୀର ତଳ ଭାଇ ସୁବଳ କେବେବି ସତୀ ସହିତ ଖାଏ ନାହିଁ ।

ସବିତା ଅଧିକାଂଶ ସମୟରେ ତାଙ୍କ ପିଲାମାନଙ୍କୁ ସାଙ୍ଗରେ ଖୁଆନ୍ତି । ସବା ସାନ ଝିଅଟି ଯଦିବା ସମସ୍ତଙ୍କ ସାଙ୍ଗରେ ଖାଇଥାଏ, ତେବେ ସବିତାଙ୍କ ସହିତ ଖାଇବା ପାଇଁ ସତୀର ଅଧିକ ଥର ପାଲି ପଡ଼ିଥାଏ । ଶରତ ଓ ପ୍ରଭାତୀ ପାଠ ପଢ଼ୁଥିବାରୁ ସେମାନେ ସ୍କୁଲକୁ ଯିବା ସମୟରେ ଓ ସ୍କୁଲରୁ ଫେରିବା ପରେ ଖାଇଥାଆନ୍ତି । ଯେଉଁ ସମୟ କି ସବିତାଙ୍କର ଖାଇବା ବେଳ ନୁହେଁ । ତା' ମଝିଆ ଭଉଣୀ ଦୁଇ ଜଣ ସାଙ୍ଗ ହୋଇ ଗାଧାନ୍ତି ଓ ଏକା ସାଙ୍ଗରେ ଖାଇଥାଆନ୍ତି । ସେଥିପାଇଁ ସବିତାଙ୍କ ସହିତ ଖାଇବା ଲାଗି ସେମାନଙ୍କର ସମୟ ମେଳ ହୋଇନଥାଏ । ସତୀର ତଳ ଭାଇଟି ବିଲରେ କାମ କରିବାକୁ ଯାଉଥିବାରୁ ପ୍ରାୟତଃ ସେ ତା ବାପା ଖାଇଲା ବେଳେ ଖାଇଥାଏ । ସେମାନେ ବିଲକୁ ଯିବା ପୂର୍ବରୁ ଓ କାମରୁ ଫେରି ଖାଇଥାଆନ୍ତି । ସମସ୍ତଙ୍କୁ ବଢ଼ାବଢ଼ି କରି ଦେଇସାରି ସବା ଶେଷରେ ସତୀ ତା ବୋଉ ସହିତ ଖାଇଥାଏ । ସବିତାଙ୍କର ଗୋଟେ ଅଭ୍ୟାସ ହୋଇଯାଇଛି ସତୀ ତାଙ୍କ ସହିତ ନ ଖାଇଲେ ତାଙ୍କୁ କିଛି ଭଲ ଲାଗେ ନାହିଁ । ସତୀ ଯେଉଁଦିନ ମନ୍ଦିରକୁ ଯାଇଥାଏ କିୟା କୌଣସି କାମରେ ବ୍ୟସ୍ତ ରହି ସବିତାଙ୍କ ସହିତ ଖାଇ ନ ପାରେ ସେଦିନ ସବିତାଙ୍କର ଖାଇବାରେ ମନବୋଧ ହୁଏ ନାହିଁ । ସବିତା କହନ୍ତି "ସତୀ ତାଙ୍କ ସାଙ୍ଗରେ ନ ବସିଲେ ତାଙ୍କୁ କିଛି ରୁଚେନା । ସତୀ ତାଙ୍କ ଖାଇବା କଂସାରେ ହାତ ନ ବୁଢ଼ାଇଲେ ଖାଇବା ଜିନିଷ (ଖାଦ୍ୟ ପଦାର୍ଥ) ଯେତେ ସୁଆଦିଆ ହୋଇଥିଲେ ସୁଦ୍ଧା ତାଙ୍କୁ ସବୁ ବିଷ ପରି ଲାଗେ ।" ସେହିଯୋଗୁ ସବିତାଙ୍କ ସହିତ ଖାଇବା ଲାଗି ସତୀକୁ ଅନ୍ୟମାନଙ୍କ ତୁଳନରେ ଅଧିକ ସୁଯୋଗ ମିଳିଥାଏ ।

ଚୁଲି ପାଖରେ ବସି ତା' ବୋଉ ପିଠା ତିଆରି କରୁଥିଲେ । ପ୍ରତି ପିଠା ତିଆରି ବେଳେ କଣା ପିଠାଉ ତାତିଲା ତାଉଆର ସଂସ୍ପର୍ଶରେ ଆସିବା ଦ୍ୱାରା ସେଥିରୁ ଯେଉଁ ଚେଁ ଶବ୍ଦ ଉତ୍ପନ୍ନ ହେଉଥିଲା ଏବଂ ପ୍ରତି ପିଠା ତିଆରିରେ ଦୁଇ ଥର ଚେଁ ଶବ୍ଦରୁ ଜଣେ ବ୍ୟକ୍ତି ଚୁଲି ପାଖରେ ନ ରହି ସୁଦ୍ଧା ତିଆରି ପିଠାର ସଂଖ୍ୟା ନିର୍ଭୁଲ ଭାବରେ କହି ଦେଇପାରିବ । କୌଣସି ଏକ ଅଖ୍ୟାତ ପଲ୍ଲୀରେ ଜଣେ ପ୍ରୌଢ଼ା ଥରେ ତାଙ୍କ କ୍ୱାଙ୍କ ରାତ୍ରି ଭୋଜନ ନିମିତ୍ତ ଚକୁଲି ତିଆରି କରୁଥିଲେ । ଦାଣ୍ଡ ଘରେ ବସିଥିବା କ୍ୱାଇଁ ରୋଷଇ ଘରେ ତିଆରି ହେଉଥିବା ପିଠାର ଚେଁ ଶବ୍ଦରୁ କେତେ ଫଦା ପିଠା ହୋଇଥିଲା ତାହା ଜାଣି ପାରିଥିଲେ । ଭୋଜନ ସମୟରେ ତାଙ୍କୁ ପରଶୁ ଥିବା ଶାଶୁଙ୍କୁ ସେ ପିଠାର ସଂଖ୍ୟା କହିବାରୁ ଅଙ୍ଖ ଶାଶୁ କ୍ୱାଇଁଙ୍କ କଥାରେ ବିସ୍ମିତ ହୋଇ ତାଙ୍କ କ୍ୱାଇଁ ଜଣେ ଶ୍ରେଷ୍ଠ ସାଧକ, ଅଭ୍ରାନ୍ତ ଗଣାକାର ଏବଂ ଭବିଷ୍ୟଦ୍‌ବକ୍ତା ବ୍ୟକ୍ତି ବୋଲି ଗାଁରେ ପ୍ରଚାର କରିଦେଲେ । ଗ୍ରାମବାସୀମାନେ କ୍ୱାଇଁଙ୍କ ଗଣନା ପରୀକ୍ଷା କରିବା ପାଇଁ କ୍ୱାଇଁଙ୍କୁ ହଜିଥିବା ଜିନିଷ କଥା ପଚାରିବାରୁ ବିଚରା କ୍ୱାଇଁ ଶାଶୁଙ୍କ ମୂର୍ଖତା ଲାଗି ରାତିରେ ନ ଶୋଇ ଅନ୍ଧାରରେ ବିଲରେ କାଦୁଅ ଅଣ୍ଟାଳି ହଜିଥିବା ଫାଳକୁ ପାଇଲେ । କଥା ପ୍ରଗଟ ହେବାରୁ ରାଜାଙ୍କ ଡାକରା ପାଇ ରାଜଦରବାରରେ ରାଜାଙ୍କ ପ୍ରଶ୍ନର ଉତ୍ତର ଦେବାକୁ ଯାଇ ଜୀବନ ଭୟରେ ପ୍ରାଣ ବିକଳରେ 'ମଲି' କହିବାରୁ ରାଜା ମଲି ଅର୍ଥ 'ମଲି' ଶବ୍ଦରୁ ମଲ୍ଲୀ ଫୁଲକୁ ବୁଝିଥିଲେ । ଭାଗ୍ୟ ଜୋରରୁ ଆୟୁଷ ଥିବାରୁ, ପରମାୟୁ ବଳରୁ ବିଚରା କ୍ୱାଇଁଙ୍କର ପିତୃ ଦତ୍ତ ପୈତୃକ ପ୍ରାଣ ରକ୍ଷା ପାଇ ଯାଇଥିଲା ।

ରବିବାର ଥିବାରୁ ସତୀର ସାନ ଭାଇ ଭଉଣୀ ଦୁହେଁ ରାତିରେ ପାଠ ପଢ଼ିନଥିଲେ । ଘରେ ପିଠା ହେଉଥିବାରୁ ସେ ଦୁହେଁ ଖୁବ୍‌ ଖୁସି ମନରେ ପିଠା ଖାଇ, ନାଚି, ଡ଼େଇଁ ଖେଳି ହାଲିଆ ହୋଇଯିବାରୁ ଜଣେ ସତୀ କୋଳରେ ଓ ଆର ଜଣକ ସତୀକୁ ଆଉଜି ବସି ଶୋଇଗଲେ । ସେବତୀ ଓ ସରସ୍ୱତୀ ଆରପଟ ପିଣ୍ଡାରେ ବସି ପିଠା ଫଡ଼େ ଲେଖା ଖାଇ କଥା ହେଉଥାଆନ୍ତି । ସତୀର ବାପା ସପନି ଓ ତଳ ଭାଇ ସୁବଳ ସେ ପର୍ଯ୍ୟନ୍ତ ଘରକୁ ଫେରି ନଥାଆନ୍ତି । ସବିତା ଥାଆନ୍ତି ଚୁଲି

ପାଖରେ। ଡାହାଣ ହାତରେ ଖଡ଼ିକା ଧରି ବାମ ହାତରେ ଛଣ (ନଡ଼ା) ଜାଳକୁ ଚୁଲି ଭିତରକୁ ପେଲି ଦେଇ ସେ ତାଙ୍କ କାମରେ ଲାଗିଥାଆନ୍ତି। ଜାଳ ଚୁଲି ଭିତରକୁ ପେଲି ଦେଲା ବେଳେ ଛଣ ଜାଳ ଜୋଅରରେ ଜଳି ଉଠୁଥିଲା। ଚୁଲିର ଦୁଇ ଝିଙ୍କ ମଝିରେ ଥିବା କନ୍ଦ୍ରାବାଟେ ନିଆଁ ଧାସ ପଦାକୁ ବାହାରି ଆସୁଥିଲା। ସେ ଧାସର ଆଲୋକରେ ସବିତାଙ୍କ ମୁହଁ ଝଲସି ଉଠୁଥିଲା ଓ ପରକ୍ଷଣରେ ଧାସର ଶିଖା କମିଗଲେ ସବିତାଙ୍କ ମୁହଁରେ ଅନ୍ଧାର ଢାଙ୍କି ହୋଇଯାଉଥିଲା। ନିଆଁ ଧାସର ଉତ୍ଥାନ-ପତନ ଦ୍ୱାରା ଯେପରି ସବିତାଙ୍କ ମୁହଁ କେତେବେଳେ ଆଲୋକିତ ହେଉଥିଲା ତ କେତେବେଳେ ଅନ୍ଧାରରେ ଲୁଚିଗଲା ପରି ସତୀ ମନରେ ତାଙ୍କୁ (ସେ ଭଲ ପାଉଥିବା ଯୁବକକୁ) ସାକ୍ଷାତ ପାଇବା ଆଶାର ସଲିତା କେତେବେଳେ ସମ୍ଭାବନାର ଆଲୋକରେ ପ୍ରଜ୍ୱଳିତ ହୋଇ ଉଠି ପୁଣି ପରକ୍ଷଣରେ ନିରାଶାର ଅନ୍ଧାରରେ ନିସ୍ତବ୍ଧ ହୋଇଯାଉଥିଲା।

ସତୀ ମନରୁ ଆଶଙ୍କା ଦୂର ହୋଇଯାଇଥିଲା। ମନ୍ଦିରରୁ ବିଳମ୍ବରେ ଫେରିଥିବାରୁ ଘର ଲୋକମାନେ ତା ପ୍ରତି ଯେପରି ବ୍ୟବହାର କଲେ ସେଥିରୁ ତାକୁ ସନ୍ଦେହ କରୁଛନ୍ତି ବୋଲି ତା ମନରେ ଯେଉଁ ଭ୍ରାନ୍ତ ଧାରଣା ସୃଷ୍ଟି ହୋଇଥିଲା। ସବିତା ତାକୁ ପିଠା ନେବାକୁ ଡାକିବାରୁ ଓ ସେ ଆଣିବାକୁ ନ ଯିବାରୁ ନିଜେ ପିଠା ଆଣି ତା ପାଟିରେ ଖଣ୍ଡେ ଦେଇ ଅନ୍ୟ ଅଂଶଟିକୁ ତା ହାତରେ ଧରାଇ ଦେବା ଦ୍ୱାରା ତା'ର ସେ ସନ୍ଦେହ ଦୂର ହୋଇଯାଇଥିଲା। ସବିତା ତାକୁ ଦେହ କଥା କଅଁଳେଇ ପଚାରି ତା କପାଳରେ ହାତ ରଖି ଦେହର ଉଭାପ ପରଖିବା ଦ୍ୱାରା ସେ ନିଶ୍ଚିତ ହୋଇଗଲା ଯେ ତା'ଉପରେ ଆଉ କୌଣସି ବିପଦ ଆସିବା ଆଶଙ୍କାର ସମ୍ଭାବନା ନାହିଁ।

ମନରୁ ବିପଦର ଭୟ ଅପସରି ଯିବାରୁ ଶଙ୍କାଶୂନ୍ୟ ମନ ଅନ୍ୟ କଥା ଭାବିବାକୁ ଅବସର ପାଇ ପାରିଲା।

ଶଙ୍କାଗ୍ରସ୍ତ ମନ ନିଜ ଉପରକୁ ଆସିବାର ସମ୍ଭାବନା ଥିବା ବିପଦ ବିଷୟ ବ୍ୟତୀତ ଅନ୍ୟ କୌଣସି କଥା ଚିନ୍ତା କରିପାରେ ନାହିଁ। ବିପଦର ସମ୍ଭାବନା ଥିବା ପର୍ଯ୍ୟନ୍ତ ସେ ସେହି ବିଷୟକୁ ହିଁ କେବଳ ଭାବୁଥାଏ। ବିପଦ ଆସିବାର ସମ୍ଭାବନା କଟିଗଲେ ମନରୁ ଆଶଙ୍କା ଆପଣା ଛାଏଁ ଦୂର ହୋଇଯାଏ। ମନରେ ଆଶଙ୍କା ନ ରହିଲେ ମନ ସ୍ୱାଭାବିକ ଅବସ୍ଥାକୁ ଫେରିଆସେ। ସ୍ୱାଭାବିକ ଭୟ ଶୂନ୍ୟ ଓ ଆଶଙ୍କା ମୁକ୍ତ ମନ ଯେକୌଣସି କଥା ଚିନ୍ତା କରିବାକୁ ସମର୍ଥ ହୋଇଥାଏ। ତେଣୁ ସତୀ ମନରୁ ବିପଦ ଆସିବାର ଆଶଙ୍କା ଚାଲିଯିବାରୁ ସେ ସ୍ୱାଭାବିକ ଅବସ୍ଥାକୁ ଫେରିଆସି ଅନ୍ୟ ଭାବନାରେ ନିଜକୁ ହଜାଇ ଦେଲା।

ପୃଥିବୀର ବିବର୍ତ୍ତନ ବା ପରିକ୍ରମଣ ଯାହାକୁ ବାର୍ଷିକ ଗତି କହନ୍ତି, ତାଦ୍ୱାରା ଧରା ପୃଷ୍ଠରେ ରତୁ ପରିବର୍ତ୍ତନ ହୋଇଥାଏ। ସୂର୍ଯ୍ୟଙ୍କୁ ପରିକ୍ରମା କରିବାକୁ ପୃଥିବୀକୁ ତିନିଶହ ପଞ୍ଚଷଟି ଦିନ ଛଅ ଘଣ୍ଟା ସମୟ ଲାଗେ। ଯାହା ଗୋଟିଏ ବର୍ଷ ଭାବରେ ପରିଗଣିତ ହୋଇଥାଏ। ସେହି ସମୟକୁ ବାରମାସ ଓ ଛଅ ରତୁରେ ବିଭକ୍ତ କରାଯାଇଛି। ରତୁ ଛଅଟି ହେଲେ ସୁଦ୍ଧା ମୁଖ୍ୟତ ତିନୋଟି ରତୁର ପ୍ରାଧାନ୍ୟ ଅନୁଭୂତ ହୁଏ। ଶୀତ, ଗ୍ରୀଷ୍ମ ଓ ବର୍ଷା। ଓଡ଼ିଆ ତଥା ଭାରତୀୟ ସଂସ୍କୃତିରେ ଏହି ତିନି ରତୁ ପାଇଁ ତିନୋଟି ଧର୍ମ ମାସ ସ୍ଥିରୀକୃତ କରାଯାଇଛି। ଶୀତରେ ମାଘ, ଗ୍ରୀଷ୍ମରେ ବୈଶାଖ ଓ ବର୍ଷାରେ କାର୍ତ୍ତିକ ମାସ । ଏହି ତିନୋଟି ଧର୍ମମାସ ମଧ୍ୟରେ କାର୍ତ୍ତିକ ଶ୍ରେଷ୍ଠ ଧର୍ମ ମାସ ଭାବରେ ପରିଗଣିତ ହୋଇଛି। ଭାଗବତ ଚିନ୍ତନ, ଶାଶ୍ୱତ ଚିନ୍ତାରେ ଆବେଗଭରା ମନର ମନ୍ଥନ ଓ ଦେବଦେବୀ ପିତୃ ପୁରୁଷ, ରଷିଗଣଙ୍କର ଉପାସନା, ଆବାହନ ନିମନ୍ତେ କାର୍ତ୍ତିକ ସର୍ବ ଗରିଷ୍ଠ। ସ୍କନ୍ଦ ପୁରାଣରେ କାର୍ତ୍ତିକ ମାସକୁ ଅନ୍ୟ ସମସ୍ତ ମାସଠାରୁ ପବିତ୍ର ତମ ମାସ ଭାବେ ପ୍ରତିପାଦିତ କରାଯାଇ କୁହାଯାଇଛି- "ନ କାର୍ତ୍ତିକ ସମୋ ମାସୋ, ନ କୃତେନ ସମଂଯୁଗମ୍।

ନବେଦ ସଦୃଶଂ ଶାସ୍ତ୍ରଂ । ନତୀର୍ଥଂ ଗଙ୍ଗୋୟୋସମଂ । କାର୍ତିକଂଖଲୁ ବୈମାସଂ ସର୍ଥ ମାସେ ସୁତୋଉସମ୍, ପୁଣ୍ୟନାଂ ପରମ ପୁଣ୍ୟ ପାବନା ନାଷ୍ଟ ପାବନନମ୍ ।" କାର୍ତିକ ପରି ମାସ ନାହିଁ, ସତ୍ୟ ଯୁଗ ଭଳି ଯୁଗ ନାହିଁ, ବେଦ ସମ ଶାସ୍ତ୍ର ନାହିଁ, ଗଙ୍ଗା ସଦୃଶ ତୀର୍ଥ ନାହିଁ ।

ପ୍ରାଚୀନ ଓଡ଼ିଶାର କୃଷିଜୀବୀ ସମାଜ ପାଇଁ ଆଶ୍ୱିନ, କାର୍ତିକ ଓ ମାର୍ଗଶିର ଏଗୁଡ଼ିକ ଯଥାକ୍ରମେ ଥିଲା ପୂଜା, ବ୍ରତ ଓ ସମ୍ପଦର କାଳ । ତିନୋଟି ସିଧାସଳଖ ପାହାଚ । ଆଶ୍ୱିନ– ବିଜୟର ପ୍ରତୀକ ଅଲିଅଳୀ ତଅପୋଇ ଓ ଖୁଦୁରୁକୁଣୀ ବା ଭାଲୁକୁଣୀ ଓଷାର ଶେଷ ପର୍ୟ୍ୟାୟ ଏବଂ ଦୁର୍ଗାପୂଜା, କାର୍ତିକ-ବ୍ରତ, ସହିବାର କାଳର ପ୍ରତୀକ । କାର୍ତିକ ବ୍ରତ ପାଳନ, ନିରାମିଷ ଭୋଜନ, ପ୍ରାତଃ ସ୍ନାନ, ମଙ୍ଗଳାଳତି, ଦେବ ଦର୍ଶନ, ତୁଳସୀ ପୂଜା, ମୁରୁଜ ଚିତ୍ର, ହବିଷ ଭୋଜନ, ଆକାଶ ଦୀପ, କାର୍ତିକ ମାହାମ୍ୟ ନିତ୍ୟ ପଠନ ଇତ୍ୟାଦି । ମାର୍ଗଶିର ଅମଳ କାଳର ପ୍ରତୀକ । ମାଣବସା, ଧାର୍ମିକ ମହାନତା ଛଡ଼ା କାର୍ତିକ ଓଡ଼ିଆ ଜାତିକୁ ତା'ର ଅତୀତ ମନେ ପକାଇ ଦିଏ । ଉସ୍ସାହିତ କରେ, ବାଲି, ଜାଭା, ସୁମାତ୍ରା, ବୋର୍ଣ୍ଡିଓ ବା ସିଂହଳ ଦୀପକୁ ସାଧବମାନଙ୍କ ବଣିଜ-ସ୍ମୃତି କହେ । ଆମେ ସେମାନଙ୍କ ଅଯୋଗ୍ୟ ଦାୟାଦ ବୋଲି ବି ମନେ ପକାଇ ଦିଏ । ବାଲି-ଯାତ୍ରା ପାଲେ, ଆ–କା–ମା–ବୈ, ପାନଗୁଆ ଖାଇ, ପାନଗୁଆ ତୋର, ମାସକ ଧରମ ମୋର କହି ଡାକଦିଏ । ଓଡ଼ିଆମାନଙ୍କର ଏ କାର୍ତିକୋସ୍ବ ଧର୍ମାଚରଣ ଓ ଶୁଚିସିଦ୍ଧ ତାଠାରୁ ଉପରକୁ ଯାଇ କେତେ ନୂଆ ରୂପରେ ଆଉ କେତେ ଆଢ଼େ ଖେଲେଇ ହୋଇଗଲାଣି ।

ବର୍ଷର ବାର ମାସ ଭିତରୁ ତିନୋଟି ମାସ ବୈଶାଖ, କାର୍ତିକ ଓ ମାଘ ମାସ ହେଉଛି ଅତି ପବିତ୍ର ଓ ଧର୍ମମାସ । ସେହି ତିନି ମାସ ମଧ୍ୟରୁ କାର୍ତିକ ହେଉଛି ଶ୍ରେଷ୍ଠ ଧର୍ମ ମାସ । ଧର୍ମ ଶାସ୍ତ୍ରରେ ସବୁଠାରୁ ପୁଣ୍ୟ ମାସ ଭାବେ କାର୍ତିକକୁ ବିବେଚନା କରାଯାଏ । ପଦ୍ମ ପୁରାଣରେ ଏହି ମାସକୁ ଧର୍ମ, ଅର୍ଥ, କାମ, ମୋକ୍ଷ ପ୍ରଦାନକାରୀ ମାସ ବୋଲି ମାନ୍ୟତା ଦିଆଯାଇଛି । ପୌରାଣିକ କଥା ବସ୍ତୁ ଅନୁଯାୟୀ କାର୍ତିକ ମାସରେ ଦୀପଦାନ ଦ୍ୱାରା ମନୁଷ୍ୟର ସମସ୍ତ ପାପ ନଷ୍ଟ ହୋଇଥାଏ । ଏହି ମାସରେ ସକାଳର ସ୍ନାନକୁ ବହୁତ ଶୁଭ କୁହାଯାଏ । କାର୍ତିକ ମାସରେ ସୂର୍ଯ୍ୟୋଦୟ ପୂର୍ବରୁ ନଦୀ, ପୋଖରୀ କୂଅ ଅଥବା ନଳକୂପ ଜଳରେ ସ୍ନାନ କଲେ ସୁଖ, ସମୃଦ୍ଧି, ଆୟୁ ବୃଦ୍ଧି ସହ ଆରୋଗ୍ୟ ପ୍ରାପ୍ତି ହୋଇଥାଏ । ହେମନ୍ତ ପ୍ରକୃତିର ମେଘମୁକ୍ତ ଆକାଶ ତଳେ ଧରଣୀ ରାଣୀ ପାର୍ବତୀ ନନ୍ଦନ କାର୍ତିକେୟଙ୍କ ବନ୍ଦନାରେ ଆମ୍ବିସ୍ତ ହୋଇଉଠେ । ଦେବ ସେନାପତି ଚିର କୁମାର କାର୍ତିକେୟଙ୍କ ଆରାଧନା ଏହି ଋତୁରେ କରାଯାଏ । କାର୍ତିକ ଏକ ଧର୍ମମାସ ରୂପେ ପରିଚିତ । ଏହି ମାସରେ ବୟସ୍କ ତଥା ଧର୍ମପ୍ରାଣ ଆବାଳ-ବୃଦ୍ଧ-ବନିତା ପ୍ରତ୍ୟହ ପ୍ରାତଃ କାଳରେ ସ୍ନାନ ସମାପନ ପୂର୍ବକ ଦେବଦର୍ଶନ ଏବଂ ନଗର ସଂକୀର୍ତ୍ତନରେ ଆମ୍ ବିଭୋର ହୋଇ ଉଠୁଥିବାର ପରିଲକ୍ଷିତ ହୁଏ । ପୂର୍ଣ୍ଣିମା ପୂର୍ବ ପାଞ୍ଚଦିନ ପଞ୍ଚକ ପର୍ବ ବା ମହାପଞ୍ଚକ ନାମରେ ପରିଚିତ । ଏହି ପାଞ୍ଚ ଦିନରେ ଅଧିକାଂଶ ହିନ୍ଦୁ ଲୋକ ଆମିଷ ପରିହାର ପୂର୍ବକ ଧର୍ମୀୟ ମନୋଭାବରେ ଦେବତାଙ୍କୁ ପୂଜା କରିଥାନ୍ତି । ଏହି ମାସର ଶୁକ୍ଲ ପକ୍ଷର ଏକାଦଶୀ ବା ବଡ଼ ଏକାଦଶୀଠାରୁ ପୂର୍ଣ୍ଣିମା ପର୍ୟ୍ୟନ୍ତ ପାଞ୍ଚଦିନ ଧରି ପଞ୍ଚକ ଅନୁଷ୍ଠିତ ହୁଏ । ଏହିଦିନ ସ୍ତ୍ରୀ ଲୋକମାନେ ରାଇ-ଦାମୋଦର ବ୍ରତ ଉଦ୍ୟାପନ କରିଥାନ୍ତି । ବିଧବାମାନଙ୍କ ପାଇଁ ଏହି କାର୍ତିକ ମାସଟି ଅତ୍ୟନ୍ତ ଗୁରୁତ୍ୱପୂର୍ଣ୍ଣ । ସେମାନେ ହବିଷ୍ୟ ପାଳନ ପୂର୍ବକ ପ୍ରତ୍ୟହ ସନ୍ଧ୍ୟାରେ, ଆକାଶଦୀପ ପ୍ରଜ୍ୱଳନ କରିଥାନ୍ତି । ପ୍ରତ୍ୟେକ ଦିନ ପ୍ରତ୍ୟୁଷରୁ ଶଯ୍ୟାତ୍ୟାଗ ପୂର୍ବକ ସ୍ନାନ ସମାପନ ପରେ ସେମାନେ ଦେବଦେବୀ ଦର୍ଶନ ପାଇଁ ଗମନ କରନ୍ତି ଏବଂ ଦେବାଳୟରୁ ପ୍ରତ୍ୟାବର୍ତ୍ତନ ପରେ କାର୍ତିକ ମାହାମ୍ୟ ପାଠ ବା ଶ୍ରବଣରେ ମନୋନିବେଶ କରିଥାନ୍ତି । ନିରାମିଷ ଭୋଜନ, ପ୍ରାତଃସ୍ନାନ, ମଙ୍ଗଳାଳତି, ଦେବଦର୍ଶନ, ତୁଳସୀପୂଜା, ମୁରୁଜଚିତ୍ର, ହବିଷ ଭୋଜନ, ଆକାଶଦୀପ ପ୍ରଜ୍ୱଳନ, କାର୍ତିକ ମାହାମ୍ୟ ପାଠନ ଇତ୍ୟାଦି ଭିତରେ ବିଧବାଟିଏ ନିଜକୁ ନିମଗ୍ନ କରି ରଖିପାରୁଥିଲା । ତୁଳସୀ ବୃକ୍ଷକୁ ଏହି ମାସରେ ଅତ୍ୟନ୍ତ ଭକ୍ତି ସହକାରେ ଆରାଧନା କରାଯାଇଥାଏ ।

କାର୍ତିକ କୁମାର ସୁନ୍ଦର, ଶୌର୍ଯ୍ୟଶାଳୀଙ୍କ ନାମରେ ଧର୍ମମାସ କାର୍ତିକ ନାମିତ । କୁମାର ପୂର୍ଣ୍ଣିମାରେ କୁମାର-

କାର୍ତ୍ତିକେୟଙ୍କ ପରି ବର ପାଇବାକୁ କୁମାରୀ ମାନେ ମନାସି ଥାଆନ୍ତି । ସମଗ୍ର ହିନ୍ଦୁମାନଙ୍କ ନିମନ୍ତେ କାର୍ତ୍ତିକ ମାସର ବିଶେଷ ଧାର୍ମିକ ମହତ୍ତ୍ୱ ରହିଛି ।

ପାଳନ କରାଯାଉଥିବା ବ୍ରତ ଗୁଡ଼ିକ ମଧ୍ୟରୁ କାର୍ତ୍ତିକ ବ୍ରତ ସବୁଠାରୁ ଗୁରୁତ୍ୱପୂର୍ଣ୍ଣ । ଭଗବାନ ବିଷ୍ଣୁଙ୍କର ଅତି ପ୍ରିୟବ୍ରତ ହେଉଛି ମହାକାର୍ତ୍ତିକ ବ୍ରତ । ବର୍ଷର ବାରମାସ ମଧ୍ୟରେ ଧର୍ମମାସ କହିଲେ କାର୍ତ୍ତିକକୁ ହିଁ ବୁଝାଇଥାଏ । କାର୍ତ୍ତିକ ବ୍ରତ ପାଳନ କରି ଜପ, ତପ, ଦାନ, ଯଜ୍ଞ କରିବା ଦ୍ୱାରା ଯେଉଁ ପୁଣ୍ୟ ମିଳେ ତାହା କେବେ କ୍ଷୟ ହୁଏ ନାହିଁ ବୋଲି ବିଶ୍ୱାସ ରହିଛି । କାର୍ତ୍ତିକ ମାସ ସବୁଠାରୁ ଗୁରୁତ୍ୱପୂର୍ଣ୍ଣ ମାସ ଭାବରେ ସ୍ଥାନ ପାଇଛି । ଏହାକୁ ପୁଣ୍ୟ ମାସ, ମହାକାର୍ତ୍ତିକ ଓ ଧର୍ମମାସ ବୋଲି ହିନ୍ଦୁ ସଂସ୍କୃତିରେ ବିଶେଷ ଗୁରୁତ୍ୱ ଦିଆଯାଏ । କାର୍ତ୍ତିକ ମାସ ହେଉଛି ତୁଳସୀ ଉପାସନାର ମାସ, ଦୀପଦାନର ମାସ, ନାମସଂକୀର୍ତ୍ତନର ମାସ, ପଞ୍ଚକବ୍ରତ ପାଳନର ମାସ, ଭାଗବତ ଚିନ୍ତନର ମାସ, ବୋଇତ ବନ୍ଦାପନାର ମାସ । କାର୍ତ୍ତିକ ମାସରେ ଧର୍ମପ୍ରାଣ ଆବାଳବୃଦ୍ଧବନିତା ପ୍ରତ୍ୟହ ପ୍ରାତଃ କାଳରେ ପବିତ୍ର ଜଳରେ ସ୍ନାନ ସମାପନ ପୂର୍ବକ ସୂର୍ଯ୍ୟ ଆରାଧନା କରି ଥାଆନ୍ତି । ଦେବ ଦର୍ଶନ ଓ ନାମ ସଂକୀର୍ତ୍ତନ, ତୁଳସୀ ପୂଜା, କାର୍ତ୍ତିକ ମାହାତ୍ମ୍ୟ ପାଠ, ଶୁଦ୍ଧ ନିରାମିଷ ହବିଷ୍ୟ ଭୋଜନ । ଆକାଶ ଦୀପ ପ୍ରଜ୍ୱଳନ କଲେ ସମସ୍ତ ପ୍ରକାର ପାପ-ନାଶ ହୋଇଯାଏ ବୋଲି ବିଶ୍ୱାସ ରହିଛି । ଧର୍ମଗତ ଦୃଷ୍ଟି କୋଣରୁ ହିନ୍ଦୁମାନଙ୍କ ପାଇଁ ଏହି ମହା ପଞ୍ଚକ ଅତ୍ୟନ୍ତ ଗୁରୁତ୍ୱପୂର୍ଣ୍ଣ । ଜ୍ୟୋତିଷ ଶାସ୍ତ୍ର ଅନୁସାରେ ଯେତେବେଳେ ଚନ୍ଦ୍ରମା କୁମ୍ଭ ଓ ମୀନ ରାଶିରେ ପ୍ରବେଶ କରନ୍ତି ସେହି ସମୟକୁ ପଞ୍ଚକ କୁହାଯାଏ । ତେବେ ଧର୍ମଶାସ୍ତ୍ର ଅନୁସାରେ ଏହି ପାଞ୍ଚ ଦିନରେ ପାଞ୍ଚୋଟି ନକ୍ଷତ୍ର ଅବସ୍ଥାନ କରିଥାଆନ୍ତି । ଯଥା– ଧନିଷ୍ଠା, ଶତଭିଷା, ପୂର୍ବଭାଦ୍ର ପଦ, ଉଭରଭାଦ୍ର ପଦ ଓ ରେବତୀ । ମହାଭାରତ କାହାଣୀରୁ ଜଣାଯାଏ, ପିତାମହ ଭୀଷ୍ମ ଇଚ୍ଛା ମୃତ୍ୟୁ ବରପ୍ରାପ୍ତ ହୋଇଥିଲେ । ମହାଭାରତ ଯୁଦ୍ଧରେ ଅଧର୍ମୀ କୌରବଙ୍କ ସପକ୍ଷରେ ଲଢ଼ି ଅନ୍ୟାୟ ଭାବରେ ପାଣ୍ଡବଙ୍କ ସୈନ୍ୟକୁ ବଧ କରିଥିଲେ । ସେହି ପାପରୁ ମୋକ୍ଷ ପାଇବା ପାଇଁ ସେ ସୂର୍ଯ୍ୟଙ୍କ ଉଭରାୟଣ ଗତିକୁ ଅପେକ୍ଷା କରିଥିଲେ । ମହାପଞ୍ଚକରେ ସେ ଶରଶଯ୍ୟାରେ ଥାଇ ମୃତ୍ୟୁକୁ ଅପେକ୍ଷା କରିଥିବାରୁ ଏହି ପଞ୍ଚକର ନାମ ଭୀଷ୍ମ ପଞ୍ଚକ । ପଦ୍ମ ପୁରାଣ ମତେ ଏହି ପାଞ୍ଚ ଦିନକୁ ଭୀଷ୍ମ ପଞ୍ଚକ କୁହନ୍ତି । "ଶୁକ୍ଲୈକାଦଶୀ ମାରଭ୍ୟ–ଯାବପଞ୍ଚଦଶୀ–ଭବେତ, ଭୀଷ୍ମ ପଞ୍ଚକ ମେତଦ୍ଧି ତସ୍ମିନ ରାସୋସବ ଭବେତ ।" ଏକଥା ମଧ୍ୟ ସ୍କନ୍ଦ ପୁରାଣରେ ବର୍ଣ୍ଣିତ ହୋଇଛି, "ମାସାନାଂ ପ୍ରବରେ ମାସ କାର୍ତ୍ତିକେ ପୁଣ୍ୟ ବର୍ଦ୍ଧନେ, ଏକାଦଶ୍ୟାଂ ଚ ଶୁକ୍ଲାୟାଂ ଲକ୍ଷ୍ମୀ ଦାମୋଦର ସ୍ୟବୈ ।" ଶରତ ରାସଗ୍ରନ୍ତୁ ବର୍ଣ୍ଣିତ ସୁଲଳିତ ପଦାବଳୀ ଯୁକ୍ତ ଶ୍ଳୋକାବଳୀ ହେଲା– "କାଳିନ୍ଦୀ ବିପିନେ ହିରଣ୍ୟ ଭୁବନେ ଶ୍ୟା ରନ୍ବେଦୀ ସ୍ଥଲେ ପୂର୍ଣ୍ଣବ୍ରହ୍ମ ସନାତନଂ ହୃଦଗତେ ରାସକ୍ରିଡ଼ା ଚିନ୍ତନମ୍। ନାନା ଭୂଷଣ ଭୂଷିତଂ ସୁମନିଶା ବଂଶୀ କରେ ଧାରଣଂ ରାସୋଲ୍ଲାସ ସମ୍ମୋନ୍ମୁବଂ ସୁରୁଚିରଂ ଗୋବିନ୍ଦ ଗୋପୀଗଣେ । ଦୁସ୍ତ ବାଦନଂ ସୁରପୁରେ ଦଧ୍ୱାତୁ ପୁଷ୍ପାଞ୍ଜଲିମ୍। ଶୃଙ୍ଗ ଭେରୀଧ୍ୱନିଂ ଚଦା ପରିବୃତଂ କେକୀ ଗଣେଶୀଗାୟନଂ। ସତ୍ପ୍ରେମୀ ଶରତିନ୍ଦୁ ସୁନ୍ଦର ମୁଖୀ ଭାବେ ଦଶୋମାଧବଃ ।"

କାର୍ତ୍ତିକ ବ୍ରତଚାରୀଙ୍କୁ ହବିଷ୍ୟାଳୀ କୁହାଯାଏ । ଏମାନେ ଏହି ରାଇଦାମୋଦର ରାସକ୍ରିଡ଼ାରେ ଗାନକୀର୍ତ୍ତନରେ ବିଭୋର ଥାଇ ବୃନ୍ଦାବତୀ ପୂଜନ କରନ୍ତି । ଦାମୋଦର ବ୍ରତଟି ଆଶ୍ୱିନ ଶୁକ୍ଲ ଏକାଦଶୀଠାରୁ ଆରମ୍ଭ ହୋଇ ଏହି କାର୍ତ୍ତିକ ପୂର୍ଣ୍ଣିମା ଦିନ ଉଦ୍ଯାପନ ହୋଇଥାଏ । ଶାସ୍ତ୍ର କହେ କାର୍ତ୍ତିକ ମାସରେ କଂସ ଦ୍ୱାରା ପ୍ରେରିତ ଅକ୍ରୁର ଗୋପକୁ କୃଷ୍ଣଙ୍କୁ ଆଣିବାକୁ ଗଲା ବେଳେ ଯମୁନା ନଦୀରେ ସ୍ନାନ ଅବକାଶରେ ଶ୍ରୀକୃଷ୍ଣଙ୍କୁ ଜଳ ମଧ୍ୟରେ ଦାମୋଦର ରୂପରେ ଦର୍ଶନ ପାଇ ଧନ୍ୟ ହୋଇଥିଲେ ।

ଏହି ବ୍ରତଟିକୁ ବିଧବାମାନେ ଅତ୍ୟନ୍ତ ନିଷ୍ଠାର ସହ ପାଳନ କରିଥାଆନ୍ତି । ଅର୍ଥାତ୍ ବିଷ୍ଣୁଙ୍କ ବ୍ରତ କାର୍ତ୍ତିକ ହବିଷ ଏବଂ ରାଇଦାମୋଦର ପୂଜାର ଶେଷଦିବସ ହିଁ କାର୍ତ୍ତିକ ପୂର୍ଣ୍ଣିମା । କାର୍ତ୍ତିକ ପୂର୍ଣ୍ଣିମାକୁ ମଧ୍ୟ ତ୍ରିପୁରା ପୂର୍ଣ୍ଣିମା କୁହାଯାଏ । ଏହି ଦିନ ଭଗବାନ ବିଷ୍ଣୁ ମତ୍ସ୍ୟ ଅବତାର ଧାରଣ କରିଥିଲେ ବୋଲି ପୁରାଣ କହେ । ଶିଖ ଧର୍ମମତେ ଏହା ଗୁରୁ ନାନକଙ୍କ ଜନ୍ମ ଦିବସ । ଏହି ଦିନ ଦେବତା ମାନଙ୍କର ସେନାପତି କାର୍ତ୍ତିକଙ୍କୁ ମଧ୍ୟ ଆହ୍ୱାନ ଓ ଆରାଧନା କରାଯାଏ ।

"କାର୍ତ୍ତିକ ମାସେ ପ୍ରାତଃ ସ୍ନାନ, ଆବର ତୁଳସୀ ସେବନ ।" ଓଡ଼ିଶାର ସାଂସ୍କୃତିକ, ସାମାଜିକ ଓ ଆଧ୍ୟାମ୍ଭିକତାର ଉନ୍ମେଷ

ଓ ଉଦ୍ଧାରଣ ପବିତ୍ର କାର୍ତ୍ତିକ ମାସ ସୃଷ୍ଟି କରିଥାଏ । ବାର ମାସର ତେର ପରବ ଅବତାରଣାରେ ଏମାସର ମାହାତ୍ମ୍ୟ ବର୍ଣ୍ଣନା କରିବାକୁ ପୁରାଣମାନ ଶତମୁଖ । ପଦ୍ମ ପୁରାଣର ବର୍ଣ୍ଣନା ଅନୁଯାୟୀ ଦୀପ ଜଳାଇ ସ୍ୱାୟଂକାଲେ, ହବିଷ୍ୟ ଅନ୍ନ ଏକାବେଲେ । କାର୍ତ୍ତିକ ମାହାତ୍ମ୍ୟ ଦୁର୍ଲ୍ଲଭ, ଯେ ଧର୍ମ ଭାଗରେ ସୁଲଭ । ଗ୍ରାମୀଣ ଓ ସହରୀ ଜୀବନରେ ଏ ପର୍ବର ବ୍ୟାପକତା ଅନନ୍ୟ । ଶାରଦୀୟ ଉସ୍ସବର ଉଦ୍ୟାପନ ପରେ ପରେ ପବିତ୍ର କାର୍ତ୍ତିକ ମାସ ଆରମ୍ଭ ହୁଏ । ଏହି ମାସର ଆଗମନରେ ପ୍ରାତଃ ସ୍ନାନ, ତୀର୍ଥାଟନ, ପିଣ୍ଡଦାନ, ହବିଷ୍ୟ ଭୋଜନ, ତୁଳସୀ ସେବନ, ଦୀପଦାନ, କାର୍ତ୍ତିକ ମାହାତ୍ମ୍ୟ ପଠନ, ରାସୋସ୍ସବ ଏବଂ ବକପଞ୍ଚକ ପ୍ରଭୃତି ଅପାସୋରା ସ୍ମୃତି ବିଜଡ଼ିତ ପରମ୍ପରାଗତ ପୂଜାର୍ଚ୍ଚନା ଆରମ୍ଭ ହୋଇଥାଏ । ଏହିପରି ଉସ୍ସବଗୁଡ଼ିକରେ ଉଦ୍ୟାପନ ପର୍ବ ଯେପରି ରସୋତୀର୍ଣ୍ଣ ସେହିପରି ଭାବୋଦ୍ଦୀପକ । ଏହି ଧର୍ମ ମାସର ଶେଷ ପାଞ୍ଚଦିନ ଉତ୍କଳର ପୁରପଲ୍ଲୀରେ ଏକ ଆଧ୍ୟାତ୍ମିକ ଓ ଚେତନୋଦ୍ଦୀପକ ପରିବେଶରେ ଏହା ପାଳିତ ହୋଇଥାଏ । କାର୍ତ୍ତିକ ପୂର୍ଣ୍ଣିମା ଅବକାଶରେ ଅବଳାବୃଦ୍ଧବନିତା ପ୍ରାତଃ ସ୍ନାନ ପୂର୍ବକ ସୋଲ ତିଆରି ଡଙ୍ଗା ମଧ୍ୟରେ ଦୀପଦାନ ତଥା ପାନଗୁଆ ପ୍ରଦାନ କରି ନଦୀ, ନାଳ, ଯୋର, ପୁଷ୍କରିଣୀ କିମ୍ବା କୌଣସି ଜଳାଶୟରେ ଡଙ୍ଗା ଭସାଇ ଦେଇ ତା'ର ଐତିହ୍ୟ ପୂର୍ବ ସ୍ମୃତି ପରିପ୍ରେକ୍ଷୀରେ କହିଉଠେ । ଆ-କା-ମା-ବୈ, ପାନଗୁଆ ଥୋଇ, ପାନ ଗୁଆ ତୋର, ମାସକ ଧର୍ମ ମୋର । ଏଭଳି ପରମ୍ପରାରେ ଏକ ସ୍ୱଦେଶ ସଂସ୍କୃତିର ସ୍ମୃତି ବିଜଡ଼ିତ । ଆଷାଢ଼, କାର୍ତ୍ତିକ, ମାଘ ଓ ବୈଶାଖ– ଏହି ଚାରି ମାସର ସଙ୍କେତ ଧାରଣ କରେ । ଆ-କା-ମା-ବୈ । ବର୍ଷର ବାରମାସ ମଧ୍ୟରେ ଆ'ରେ-ଆଷାଢ଼, କା'ରେ କାର୍ତ୍ତିକ, ମା'ରେ ମାଘ ଓ ବୈ'ରେ ବୈଶାଖ ମାସକୁ ବୁଝାଇଥାଏ । ଏହି ଚାରିମାସ ବର୍ଷକ ମଧ୍ୟରେ ପୁଣ୍ୟ ମାସ ରୂପେ ବେଦକାରମାନେ କହି ଯାଇଛନ୍ତି । ତନ୍ମଧ୍ୟରୁ କାର୍ତ୍ତିକ ମାସଟି ସର୍ବଶ୍ରେଷ୍ଠ ଧର୍ମ ମାସ ଅଟେ । ଏଣୁ କାର୍ତ୍ତିକ ମାସକୁ ମହା କାର୍ତ୍ତିକ କୁହାଯାଏ । ବର୍ଷକ ମଧ୍ୟରେ ଏହି ଚାରି ମାସ ହେଉଛି ସୂର୍ଯ୍ୟଙ୍କର ଅୟନନ୍ତ କାଳ । ମନେହୁଏ ଏହି ମାସ (ଦିବସ)ମାନଙ୍କରେ ସୌର ଦେବଙ୍କ ଉପାସନା ପରିପ୍ରେକ୍ଷୀରେ ଏହା ଅତ୍ୟନ୍ତ ଶୁଭପ୍ରଦ ଓ ଅନୁକୂଳ । ଜୀବନର ଶୃଙ୍ଖଳିତ ଓ ଉପଲବ୍ଧିରେ ଏହି ପୂର୍ଣ୍ଣିମାରେ ଲୋକମାନେ ତା'ର ନୀତିନିୟମ ଏବଂ କେତେକ ବିଧି ନିଷେଧର ଆଡ଼ମ୍ବର ନେଇ ତାମ୍ବୁଲ, ଅକ୍ଷତ, ତୈଲ ନିକ୍ଷେପ ପରିପ୍ରେକ୍ଷୀରେ ପ୍ରତିଦାନ ସ୍ୱରୂପ ଦେବଦେବୀଙ୍କଠାରୁ ପୁଣ୍ୟ କାମନା କରିଥାଆନ୍ତି ।

କାର୍ତ୍ତିକ ମାସର ରୀତି-ନୀତି ପଛରେ ଯେତିକି ପାରମ୍ପରିକତା ରହିଛି, ସେତିକି ବୈଜ୍ଞାନିକତା ମଧ୍ୟ ରହିଛି । ଶୀତ ଆରମ୍ଭରେ ଭୋରରୁ ଉଠିବା, ସ୍ନାନ କରିବା, ଦେବ ମନ୍ଦିର ଯିବା ଆଦି ଦ୍ୱାରା ମଣିଷର ଅଳସ ପଣ ଦୂର ହୁଏ । ଭଲ ଭାବରେ ରକ୍ତ ସଞ୍ଚାଳନ ହୁଏ । ତୁଳସୀପତ୍ର ସେବନ କଲେ ଥଣ୍ଡା, କାଶ, ସର୍ଦ୍ଦିରୁ ମୁକ୍ତି ମିଳେ । ଖାଲି ପେଟରେ କିଞ୍ଚିଟା ବେଲପତ୍ର ଚୋବାଇ ଖାଇଲେ ପାଚକଶକ୍ତି ବୃଦ୍ଧି ହୁଏ । ଆମାଶୟ ଆଦି ରୋଗରୁ ମୁକ୍ତି ମିଳେ । ଯକୃତ କାର୍ଯ୍ୟକ୍ଷମ ରହେ । କାର୍ତ୍ତିକ ମାସରେ ଶରୀରରେ ପିତ୍ତ ଅଧିକ ସୃଷ୍ଟିହୁଏ । ତେଣୁ ଆମିଷାହାର ବର୍ଜନୀୟ ବୋଲି ଆୟୁର୍ବେଦରେ କୁହାଯାଇଛି । ଆମିଷ ଭକ୍ଷଣ କଲେ ମନରେ କାମ, କ୍ରୋଧ ଆଦି ବିକାର ଉତ୍ପନ୍ନ ହୁଏ । ତେଣୁ ପରମ୍ପରା ଅଛି ବିଧବା ନାରୀମାନେ ସାଧାରଣତଃ ଶାକାହାରୀ ହୋଇଥାନ୍ତି । କାର୍ତ୍ତିକରେ ସ୍ୱାତ୍ତ୍ୱିକ ଭୋଜନ କରନ୍ତି । ଅନ୍ୟମାନେ ଶାକାହାରୀ ହେବା ଦ୍ୱାରା କିଛିଦିନ ପାଇଁ ଜୀବହତ୍ୟା ବନ୍ଦ ହୋଇଯାଏ ସାମୟିକ ଭାବରେ । ଜୀବେଦୟା ନୀତିର ପ୍ରତିଷ୍ଠା ହୁଏ । ପରିବେଶରେ ରକ୍ଷକ ଓ ଭକ୍ଷକ ମଧ୍ୟରେ ଏକ ପ୍ରକାର ସନ୍ତୁଳନ ସୃଷ୍ଟିହୁଏ । କାର୍ତ୍ତିକରେ ନିଷ୍ଠା ଓ ସଂଯମୀ ହୋଇ ଚଳିବା, ଆମିଷ ଆହାରରୁ ଦୂରେଇ ରହିବା ନିଶ୍ଚୟ ଏକ ସାଧନା ।

ଧାର୍ମିକ ମାସ ଭାବେ କାର୍ତ୍ତିକ ମାସ ଯେତିକି ବିଖ୍ୟାତ ତା'ର ପ୍ରାଚୀନ ଗୌରବର ସ୍ମାରକୀ ସେତିକି ଲୋକବିଖ୍ୟାତ । ମାସ ସାରା ଆମିଷ ବର୍ଜନ କରି ପଞ୍ଚୁକରେ ଚଉରା ପୂଜି ଆକାଶଦୀପ ଜାଳି କୁମାର କାର୍ତ୍ତିକେୟ, ଲକ୍ଷ୍ମୀ, ଶିବ, ତୁଳସୀ ଆଦିଙ୍କୁ ଆରାଧନା କରି ହବିଷ୍ୟାନ୍ନ ଭୋଜନ କରି ବିତାଇବାକୁ ହୁଏ । ବ୍ରତାଚାରୀ ପୂର୍ଣ୍ଣିମା ଦିନର ସୂର୍ଯ୍ୟ ଦେଖିବା ପୂର୍ବରୁ ସ୍ନାନସାରି ଆ,କା,ମା,ବୈ ବୋଲି କହି ଡଙ୍ଗା ଭସାଯାଏ ନଦୀ, ହ୍ରଦ, ସମୁଦ୍ର, ପୁଷ୍କରିଣୀ ଓ ଜଳାଶୟଗୁଡ଼ିକରେ । ଏପରି

ବିଧାନ ସାରଲା ଦାସଙ୍କ ମହାଭାରତରେ ମଧ୍ୟ ଉଲ୍ଲେଖ ଅଛି । କାର୍ତ୍ତିକ ମାସ ଶୁକ୍ଲପକ୍ଷ ବୁଧବାର ଯେ ପୂର୍ଣ୍ଣିମୀ ଦିନ ଗଙ୍ଗାକୁ ଗଲେ କୁନ୍ତ ଭୋଜ ସ୍ୱାମୀ ସେହି ଗଙ୍ଗା ସ୍ନାନାନକୁ ଭୀଷ୍ମ ଯେ ଅଇଲେ, କୁନ୍ତ ଭୋଜ ରାଜାସଙ୍ଗେ ମଇତ୍ର ହୋଇଲେ (ସା, ମହା, ଆଦ୍ୟ- ୨ ୨) । ଭୀଷ୍ମ ପଞ୍ଚକ ପାଲନର ସ୍ନାନ ତଥା ଉଡ଼ାଭସା କଥାର ଆ- ଆଷାଢ଼, କା-କାର୍ତ୍ତିକ, ମା-ମାଘ, ବୈ- ବୈଶାଖ ଏପରି ପୁଣ୍ୟ ଚାରିମାସକୁ ବୁଝାଇଥାଏ । ପୁଣ୍ୟ ଦୃଷ୍ଟିକୋଣରୁ ଏହା ଗ୍ରହଣ କରାଯାଇଛି । ହେଲେ ଭାରତ ବର୍ଷର ଅନ୍ୟ ରାଜ୍ୟଗୁଡ଼ିକରେ ପୂର୍ଣ୍ଣମାରେ ପ୍ରାତଃ ସ୍ନାନ ବିଧାନ ଥିଲେ ସୁଦ୍ଧା ଲୋକମାନେ ଡଙ୍ଗା ଭସାଇବା ପରମ୍ପରା ପ୍ରଚଳନ ଥିବା ଦେଖାଯାଏ ନାହିଁ । କେବଳ ଓଡ଼ିଶାରେ ହିଁ ଏପରି ବିଧାନ ପ୍ରଚଳିତ । ଡଙ୍ଗା ଭସାଇ ଆକାମାବେ ଉଡ଼ାଭସା ପ୍ରାଚୀନ ନୌବାଣିଜ୍ୟ ଓ ଯେଉଁ ଦେଶଗୁଡ଼ିକ ସହିତ ସମ୍ପୃକ୍ତ ଥିଲା, ସେହି ଦେଶଗୁଡ଼ିକୁ ହିଁ ସଂକେତ ଦେଉଛି । ଆ- ଆଣ୍ଡାମାନ, କା-କାମ୍ବୋଡିଆ, ମା-ମାଲୟ, ବୈ-ବାଲି କିମ୍ବା ବୋର୍ଣ୍ଣିଓ ଆଦି । ସଭ୍ୟତାର ଅଗ୍ରଗତି ସହିତ ସମୃଦ୍ଧି ନିମନ୍ତେ ବ୍ୟବସାୟକୁ ଆଦରି ନେଇଥିଲା ପୁରାତନ ମାନବ ଜାତି । ସେହି ଅନୁସାରେ ବିନା ବ୍ୟୟରେ ଜଳରେ ଗତି କରିବା ପାଇଁ ପବନକୁ ଆଶ୍ରୟ କରି ଗଢ଼ି ଉଠିଥିଲା ନୌବାଣିଜ୍ୟ ପରମ୍ପରା ।

କାର୍ତ୍ତିକ ମାସରେ ରାସରାଜ ଶ୍ରୀକୃଷ୍ଣ ବୃନ୍ଦାବନରେ ଗୋପୀମାନଙ୍କ ସହ ଯେଉଁ ରାସକ୍ରୀଡ଼ା ସର୍ଜନା କରିଥିଲେ ତା'ର ସ୍ମାରକୀକୁ ଉଜ୍ଜୀବିତ ରଖିବା ପାଇଁ କାର୍ତ୍ତିକ ଶୁକ୍ଲ ଏକାଦଶୀଠାରୁ ପୂର୍ଣ୍ଣିମା ପର୍ଯ୍ୟନ୍ତ ରାଧାକୃଷ୍ଣ ମନ୍ଦିରମାନଙ୍କରେ ଭାଗବତର, ରାସପଞ୍ଚାଧ୍ୟାୟୀ ପାଠ କରାଯାଉ ଥିବାରୁ ଏହି ପଞ୍ଚକକୁ ରାସପଞ୍ଚକ କୁହାଯାଏ । ଏପରିକି କାର୍ତ୍ତିକ ମାସର ଏହି ପଞ୍ଚକରେ ଆମିଷାଶୀ ପକ୍ଷୀ ବଗ ଆମିଷ ପରିହାର କରି ନିରାହାର କରୁଥିବାରୁ ଉକ୍ତ ପଞ୍ଚକର ନାମ ବଗପଞ୍ଚକ । ଏହି ମହାପଞ୍ଚକକୁ ଏପରି ପବିତ୍ରଭାବରେ ଗ୍ରହଣ କରାଯାଏ ଯେ, ପ୍ରତ୍ୟେକ ହିନ୍ଦୁ ଆମିଷ ପରିହାର ପୂର୍ବକ ଶୁଭଭାବନା ତଥା ଧର୍ମୀୟ ମନୋଭାବରେ ଶ୍ରୀହରି ସ୍ମରଣ କରି ସମୟ ଅତିବାହିତ କରିଥାଆନ୍ତି । ଯେଉଁମାନେ ମାସସାରା କାର୍ତ୍ତିକ ସ୍ନାନ କରି ପାରିନଥାଆନ୍ତି, ସେମାନେ ମହାପଞ୍ଚକରେ ଦେହରେ ବଟା ଅଁଳା ବୋଲି ହୋଇ କାର୍ତ୍ତିକ ସ୍ନାନ କଲେ ସମାନ ପରିମାଣର ପୁଣ୍ୟ ଅର୍ଜନ କରିଥାଆନ୍ତି ।

ଏଣୁ ମଣିଷଭଳି ଏକ ବୁଦ୍ଧିମାନ ପ୍ରାଣୀ ଯଦି ଏହି ମାସର ମାହାତ୍ମ୍ୟକୁ ଅନୁଭବ ନ କରି କେବଳ ସ୍ୱାର୍ଥ ପଛରେ ଧାଇଁ ମୋହଗ୍ରସ୍ତ ହୋଇ ସବୁ ପ୍ରକାର ଧର୍ମକର୍ମ ଭୁଲିଯାଏ, ତେବେ ଏହିମାସ ଯେତେ ଧର୍ମମାସ ହେଲେ ସୁଦ୍ଧା ତାହାର ମୂଲ୍ୟ ବୁଝିବା କଷ୍ଟକର ହୋଇପଡ଼େ । ମୋହ ମାୟା ସଂସାରରେ ମଣିଷ ଧନ, ସମ୍ପତ୍ତି, ପ୍ରତିପତ୍ତି, ସମ୍ମାନ ଓ ସବୁକିଛି ଅର୍ଜନ କରିପାରେ, ହେଲେ ସେସବୁ ଅନିତ୍ୟ, ଆଜି ଅଛି କାଲିକି ନାହିଁ । କିନ୍ତୁ ପୁଣ୍ୟ ଧନ ଅର୍ଜନ କରିଥିଲେ ତାହା ଇହକାଲ ଓ ପରକାଲ ଉଭୟରେ ମଣିଷର ଚିର ସହାୟ ହୋଇ ରହିଥାଏ । ପୁଣ୍ୟ ଧନଠାରୁ ମହାଧନ ଆଉ କିଛି ନାହିଁ । ଏଣୁ କାର୍ତ୍ତିକ ମାସର ମାହାତ୍ମ୍ୟକୁ ହୃଦୟଙ୍ଗମ କରି ନିଜ ଅନ୍ତରରେ ଶତପ୍ରତିଶତ ପାଲନ କଲେ ସର୍ବ ମଙ୍ଗଳପ୍ରାପ୍ତି ହୋଇଥାଏ ।

ଏପରିକି ଯେଉଁମାନେ ମହାକାର୍ତ୍ତିକରେ ମାସସାରା ଆକାଶଦୀପ ଜଳାଇ ପାରନ୍ତିନାହିଁ, ସେମାନେ କାର୍ତ୍ତିକ ପଞ୍ଚକ ପାଞ୍ଚଦିନ ଆକାଶ ଦୀପ ପ୍ରଜ୍ୱଳନ କରିବା ଫଳରେ ପିତୃଲୋକ ଓ ଦେବତାମାନଙ୍କ ଆଶୀର୍ବାଦ ପାଇଥାଆନ୍ତି । ସ୍କନ୍ଦ ପୁରାଣରେ କୁହାଯାଇଛି ପିତୃପକ୍ଷରେ କ୍ଷୁଧାର୍ତ୍ତଙ୍କୁ ଅନ୍ନଦାନ, ଜ୍ୟେଷ୍ଠ ମାସରେ ଜଳ ସଙ୍କଟ କାଲରେ ତୃଷାର୍ତ୍ତଙ୍କୁ ଜଳଦାନ କଲେ ଦାତାକୁ ଯେତିକି ଫଳ ମିଲେ ତାହାଠାରୁ ଅଧିକ ପୁଣ୍ୟଫଳ ମିଲିଥାଏ କାର୍ତ୍ତିକ ମାସରେ ଆକାଶଦୀପ ପ୍ରଜ୍ୱଳନରେ । କାର୍ତ୍ତିକମାସରେ ଦୀପଦାନ ଏକ ପୁଣ୍ୟକାର୍ଯ୍ୟ । କୁହାଯାଏ ଏହି ମାସରେ ଯେଉଁ ବ୍ୟକ୍ତି ଦେବାଲୟ, ନଦୀକୂଳ, ତୁଲସୀଗଛ ମୂଲରେ କିମ୍ବା ନିଜ ଶୟନକକ୍ଷରେ ଦୀପ ଜଳାଇଥାଏ ତାକୁ ସମସ୍ତ ପ୍ରକାର ସୁଖ ଓ ସମୃଦ୍ଧି ପ୍ରାପ୍ତ ହୋଇଥାଏ ।

ହିନ୍ଦୁ ଧର୍ମର ଆଚାର ବିଚାରରେ ବିଧବାମାନଙ୍କ ନିମନ୍ତେ ଉକ୍ତ ମାସଟି ଅତ୍ୟନ୍ତ ଗୁରୁତ୍ୱପୂର୍ଣ୍ଣ । ପ୍ରତ୍ୟେକ ବିଧବା ହବିଷ୍ୟ ପାଲନ ପୂର୍ବକ କୁମ୍ଭାତୁଆ ଦାନ୍ତକାଠିରେ ଦାନ୍ତଘଷି ତୀର୍ଥ ପୁଷ୍କରିଣୀରେ ସ୍ନାନସାରି ତୁଲସୀ ବୃକ୍ଷ ମୂଲରେ ମୁରୁଜରେ ଠାକୁରଙ୍କ ଚିତ୍ର ଆଙ୍କି ମା' ବୃନ୍ଦାବତୀଙ୍କୁ ଆରାଧନା କରିଥାଆନ୍ତି । ଜିହ୍ୱା ଲାଲ୍ସା ତ୍ୟାଗକରି ଖାଦ୍ୟରେ ସଂଯମ ରକ୍ଷା

କରିଥାଆନ୍ତି । ଏକାଗ୍ରତା ଅବଲମ୍ବନ କରି ତୈଳମର୍ଦନ, କାଂସ୍ୟ ପାତ୍ରରେ ଭୋଜନକୁ ବର୍ଜନ କରିଥାଆନ୍ତି । କାର୍ତ୍ତିକ ପଞ୍ଜକରେ ସେମାନେ ଅନ୍ୟ ହାଣ୍ଡିରନ୍ଧା ଖାଦ୍ୟ ଭୋଜନ କରନ୍ତି ନାହିଁ । ସ୍ଵତନ୍ତ୍ର ଚୁଲାରେ ଘୃତ ମିଶ୍ରିତ ଅରୁଆ ଅନ୍ନ ସାଙ୍ଗକୁ ମୁଗ, ସାରୁ, ଓଉ, ବନ୍ତଳ କଦଳୀ, ମାଟି ଆଳୁ, ଅଦା, ନଡ଼ିଆ ଆଦି ପଡ଼ି ତରକାରୀ ପ୍ରସ୍ତୁତ କରିଥାଆନ୍ତି । ଏଥିରେ ବିଲାତି ଆଳୁ ଓ ବାଇଗଣ ମିଶାଯାଏ ନାହିଁ । ଏହି ହବିଷ୍ୟାନ୍ନ ଓ ହଳଦୀ ପଡ଼ିନଥିବା ତଥା ଛୁଙ୍କ ହୋଇ ନ ଥିବା ତରକାରୀକୁ ତୁଳସୀ ଚଉଁରା ନିକଟରେ ଅର୍ପଣ କରିବା ପରେ ତାହାକୁ ନିରୋଳା ସ୍ଥାନରେ ଭଗବାନଙ୍କ ଉଦ୍ଦେଶ୍ୟରେ ଅର୍ପଣ କରି ଭୋଜନ କରିଥାଆନ୍ତି । ଏଥି ସହିତ ଅଗସ୍ତି ଶାଗ ଓ ଅଁଳା କୋଲି ମଧ୍ୟ ବ୍ୟବହାର କରିଥାଆନ୍ତି । କାର୍ତ୍ତିକ ମାସରେ ହବିଷ୍ୟାନ୍ନ ଭୋଜନ ଦିବ୍ୟ ଭୋଜନ ସଙ୍ଗେ ତୁଳନୀୟ । ମହାପଞ୍ଜକ ଅବସରରେ ଶ୍ରୀ ଜଗନ୍ନାଥଙ୍କ ନୀତିକାନ୍ତିରେ ସ୍ଵତନ୍ତ୍ରତା ପରିଲକ୍ଷିତ ହୋଇଥାଏ । କୃଷ୍ଣ ହିଁ ଜଗନ୍ନାଥ । ଜଗନ୍ନାଥଙ୍କ ଷୋଲକଳାରୁ ହିଁ କଳାଏ କୃଷ୍ଣ । "ଜଗନ୍ନାଥ ଷୋଲକଳା, ତହୁଁ କଳାଏ ନନ୍ଦବଳା, କଳାକୁ ଷୋଲକଳା କରି ଗୋପେ ବିହରେ ନରହରି ।" ଏଣୁ ଜଗନ୍ନାଥ ମନ୍ଦିରରେ ମଧ୍ୟ ପାଞ୍ଚଦିନ ଯଥାରୀତି ରାସ ଉତ୍ସବ ପାଳିତ ହୁଏ । "କାର୍ତ୍ତିକ ମାସ ସଂପ୍ରାପ୍ତେ ଯା ଶୁକ୍ଲୈକାଦଶୀ ଭବେତ । ରାସୋତ୍ସବ ଭବେଦ୍ତ୍ର ବର୍ଷେ ବର୍ଷେ ମହାମୁନେ ।" ଜଗନ୍ନାଥଙ୍କୁ ଏହି ପାଞ୍ଚଦିନରେ ପାଞ୍ଚଗୋଟି ବେଶ କରାଯାଏ । ଏକାଦଶୀ ତିଥିରେ– ଲକ୍ଷ୍ମୀନାରାୟଣ ବେଶ । ଦ୍ଵାଦଶୀରେ– ବାଙ୍କଚୂଡ଼ ବେଶ ବା ବାମନ ବେଶ । ତ୍ରୟୋଦଶୀରେ–ତ୍ରିବିକ୍ରମ ବେଶ । ଚତୁର୍ଦ୍ଦଶୀରେ– ଲକ୍ଷ୍ମୀନୃସିଂହ ବେଶ । ପୂର୍ଣ୍ଣିମା ଦିନ–ନାଗାର୍ଜୁନ ବେଶରେ ସଜ୍ଜିତ କରାଯାଏ । ପଞ୍ଜକ ବ୍ରତ ପାଳନରେ କେବଳ ଧର୍ମ ଓ ସାମାଜିକ ଚଳଣି ପରିଦୃଷ୍ଟ ହୁଏ ତାହା ନୁହେଁ, ଏଥି ସହିତ ଜଡ଼ିତ ରହିଛି କଳିଙ୍ଗର ପ୍ରାଚୀନ ନୌବାଣିଜ୍ୟର ଐତିହାସିକ ସ୍ଥିତି । କାର୍ତ୍ତିକ ପୂର୍ଣ୍ଣିମା ପ୍ରତ୍ୟୁଷରେ ଡଙ୍ଗିଭସା ପର୍ବ ଏହା ସୂଚାଇ ଦିଏ । ଧାର୍ମିକ ଚେତନାର ଅପାସୋରା ସ୍ଵାକ୍ଷର ହେଉଛି ଏହି ମହାପଞ୍ଜକ । ଓଡ଼ିଆଙ୍କ ଘରେ ଘରେ ମହାପଞ୍ଜକର ମହତ୍ଵ ଅନୁଭୂତ ହୁଏ । କାର୍ତ୍ତିକ ପଞ୍ଜକର ପାଞ୍ଚଦିନରେ ଧର୍ମ ଆଚରଣ ମଣିଷର ସୀମିତ ଜୀବନକାଳ ମଧ୍ୟରେ କମ୍ ମହତ୍ଵପୂର୍ଣ୍ଣ ନୁହେଁ ।

ଶାସ୍ତ୍ରରେ ପଞ୍ଜକର ମହିମାକୁ ବର୍ଣ୍ଣନା କରାଯାଇଛି । ଏହାର ଦାର୍ଶନିକ ଦିଗଟି ଅତି ଚମତ୍କାର । ସେହି ପଞ୍ଚ କ' କାର ଗୁଡ଼ିକ ହେଉଛି– କାମ, କ୍ରୋଧ, କପଟ, କଳହ ଓ କଳଙ୍କ । କାମନା ଓ ଆଶା ମଣିଷ ଭିତରେ ଜନ୍ମରୁ ସୁପ୍ତ ଭାବରେ ଥାଏ । କୌଣସି ଏକ ଦୁର୍ବଳ ମୁହୂର୍ତ୍ତରେ ତାହା ହଠାତ ଉଙ୍କିମାରେ । ଅବଶ୍ୟ ଏଥିପାଇଁ ଆମ ପରିବେଶ ଅନେକାଂଶରେ ଦାୟୀ । କାମ ଯଦି ଈଶ୍ଵରାଭିମୁଖୀ ହୁଏ ତେବେ ତାହା ପ୍ରେମର ରୂପନିଏ । ଅଶୁଭ ରୂପାନ୍ତରିତ ହୁଏ ଶୁଭକୁ । ଆଶାମାନଙ୍କୁ ଈଶ୍ଵରାଭିମୁଖୀ କରାଇବା ପାଇଁ ସଦ୍ଗ୍ରନ୍ଥ ପଠନ, ସତ୍ ସଙ୍ଗଭଳି ଶୁଭକର୍ମରେ ଯୋଗଦେବା ସହ ଧାର୍ମିକ କାର୍ଯ୍ୟରେ ସମୟ ଅତିବାହିତ କରିବା ହେଉଛି ଏକ ସରଳ ଉପାୟ । ପ୍ରତ୍ୟେକ ପରିସ୍ଥିତି ସହ ଖାପ ଖୁଆଇ ଚଳିପାରିଲେ ଏବଂ ଆବଶ୍ୟକତାଠାରୁ ଅଧିକ ନଚାହିଁବା ହିଁ ଆଶାର ମୂଲୋତ୍ପାଟନ କରିବା । ସେଥିପାଇଁ ମହାପୁଣ୍ୟ କାର୍ତ୍ତିକରେ ବିଧି ରହିଛି ଖାଦ୍ୟପେୟ ସାତ୍ତ୍ଵିକ କରି ଆଶାକୁ ମଧ୍ୟ ସାତ୍ତ୍ଵିକ କରିବାକୁ ହେବ । ଦ୍ଵିତୀୟ କ' କାରଟି କ୍ରୋଧ । କାମନା ପୂର୍ଣ୍ଣ ନ ହେଲେ କ୍ରୋଧ ଉତ୍ପନ୍ନ ହୁଏ । ଆଜି ସମାଜରେ ଘଟି ଯାଉଥିବା ନାନାଦି ନାରକୀୟ କାଣ୍ଡ ପାଇଁ କ୍ରୋଧହିଁ ମୁଖ୍ୟତଃ ଦାୟୀ । କ୍ରୋଧ ଆସିଲେ କେତେବେଳେ ବାକ୍ୟବାଣ ରୂପରେ ସମ୍ପର୍କକୁ ଛେଦନ କରେ ତ ଆଉ କେତେବେଳେ ସମସ୍ତ ସମ୍ପର୍କ-ସେତୁରେ ପୂର୍ଣ୍ଣଚ୍ଛେଦ ଟାଣିଦିଏ । ଏଥିରୁ ବର୍ତ୍ତିବାକୁ ହେଲେ ମନକୁ ଭୁଲାଇବା ପାଇଁ ପଡ଼ିବ । ସେଥିପାଇଁ ହରିକୀର୍ତ୍ତନ କଲେ କ୍ରୋଧରୁ ରକ୍ଷା ମିଳିଥାଏ । ତୃତୀୟ କ' କାର ହେଉଛି– କପଟ । କାମନା ପୂର୍ଣ୍ଣ ପାଇଁ କୌଣସି ଉପାୟ ଅବଲମ୍ବନ କରିବାକୁ ହୁଏ ଯାହାର ନାମ– କପଟ । ଏହା ଦ୍ଵାରା ମନରେ ଅନ୍ୟ ପ୍ରତି ସର୍ବଦା ବିଦ୍ଵେଷ ଭାବ ରହିଥାଏ । ଫଳରେ ମନ କଳୁଷିତ ହେବା ସହିତ ଅଶାନ୍ତିର ବାତାବରଣ ଭିତରେ ମଣିଷ ରହିଥାଏ । ସେଥିପାଇଁ ମୂଳ ଔଷଧଟି ହେଉଛି ନାମ ଉଚ୍ଚାରଣ । ମଣିଷ ନିଜକୁ ଠିକ୍ ଏବଂ ଅନ୍ୟମାନଙ୍କୁ ଭୁଲ ବୁଝିଲେ ଆରମ୍ଭ ହୁଏ କଳହ । ଅନ୍ତରଙ୍ଗ ଭିତରେ ମନାନ୍ତର ସୃଷ୍ଟିହୁଏ । ଅନ୍ୟ ବ୍ୟକ୍ତିଙ୍କ ପ୍ରତି ଥିବା ବିଦ୍ଵେଷ ଭାବକୁ ପୋଛିଦେବା ଦ୍ଵାରା କଳହ ନାଶହୁଏ । କାମ, କ୍ରୋଧ,

କପଟ, କଳହ ପରେ ଆସେ କଳଙ୍କ । ଏହି ଚାରୋଟି କଳଙ୍କର ଭିତ୍ତି ସ୍ଥାପନ କରନ୍ତି । ଚରିତ୍ରରେ ଲଗାଇ ଦିଅନ୍ତି ଅପଯଶର ଟିକା । କାର୍ତ୍ତିକ ମାସ ସମସ୍ତଙ୍କ ପାଇଁ ପୁଣ୍ୟର ମାସ ହେଉ । ସମସ୍ତଙ୍କ ମନରେ ଆନନ୍ଦର ମୁରୁଜ ବୁଣିଦେଉ । ପୁଣ୍ୟ ପବିତ୍ର ମନ୍ଦାକିନୀ ସ୍ରୋତ ପ୍ରବାହିତ ହେଉ । ସମସ୍ତଙ୍କ ଭାଗ୍ୟ ଆକାଶରେ ଉଦିତ ହେଉ ଶୁଭ୍ର ପୂର୍ଣ୍ଣିମାର ଚନ୍ଦ୍ର ।

କାର୍ତ୍ତିକମାସ ଆଶ୍ୱିନ ଶୁକ୍ଲ ଦଶମୀଠାରୁ କାର୍ତ୍ତିକ ଶୁକ୍ଲ ନବମୀ ପର୍ଯ୍ୟନ୍ତ ଭୋଗହୁଏ । କାର୍ତ୍ତିକ ମାସର ପୂର୍ଣ୍ଣିମୀ ଦିନ ଚନ୍ଦ୍ରଦେବ କୃତ୍ତିକା ନକ୍ଷତ୍ରରେ ଅବସ୍ଥାନ କରୁଥିବାରୁ ମାସର ନାମ କାର୍ତ୍ତିକ ହୋଇଛି । ଏହି ମାସ ଶୀତରତୁର ଆବାହକ ହୋଇଥିବାରୁ ପ୍ରାତଃ ସ୍ନାନ ସ୍ୱାସ୍ଥ୍ୟକର । ଏହି ମାସରେ ଆମିଷ ଭକ୍ଷଣ କ୍ଷତିକାରକ । ବିବାହାଦି ଶୁଭକର୍ମ ନିଷିଦ୍ଧ । ଏହି ମାସରେ ଜନ୍ମଗ୍ରହଣ କରିଥିବା ବ୍ୟକ୍ତି ବହୁଭାଷୀ, ବ୍ୟବସାୟୀ, କୁଶଳୀ, କୂଟବୁଦ୍ଧି ସମ୍ପନ୍ନ, ଧନୀ, ଶ୍ରୀମାନ ଓ ଯୁଦ୍ଧବିଶାରଦ ହୁଅନ୍ତି । ବୃହସ୍ପତି ମହାଗ୍ରହଙ୍କ ଜୟନ୍ତୀ ଦିବସରେ ବୃହସ୍ପତିଙ୍କ ଯନ୍ତ୍ରଧାରଣ ବା ପୂଜାକଲେ ଶୁଭଫଳ ମିଳିଥାଏ । ପଞ୍ଚକ ପାଞ୍ଚଦିନକୁ ବର୍ଷର ସବୁଠାରୁ ପବିତ୍ରତମ ଦିବସ ଭାବରେ ବିଚାର କରାଯାଏ । ବର୍ଷକ ତିନିଶହ ପଞ୍ଚଷଠି ଦିନରୁ ପଞ୍ଚକ ପାଞ୍ଚଦିନକୁ ତରାଜୁର ଗୋଟିଏ ପାଖରେ ଓ ଅବଶିଷ୍ଟ ତିନିଶହ ଷାଠିଏ ଦିନକୁ ଅନ୍ୟ ପଟରେ ରଖି ତଉଲିଲେ ପଞ୍ଚକ ପାଞ୍ଚଦିନ ମାହାମ୍ୟ ଦୃଷ୍ଟିରୁ ନିଶ୍ଚିତ ପୁଣ୍ୟ ଦିବସ ଭାବରେ ତିନିଶହ ଷାଠିଏ ଦିନଠାରୁ ଗରୁହେବ । ବିଷ୍ଣୁଙ୍କର ବୈକୁଣ୍ଠରେ ଶୟନଲୀଳାର ଅଗ୍ର ଆରମ୍ଭ ଦିନ ହେଉଛି ଆଷାଢ଼ ଶୁକ୍ଲ ଏକାଦଶୀ । ଏହାକୁ ହରିଶୟନ ବା ବଡ଼ ଏକାଦଶୀ କୁହାଯାଏ । ଭାଦ୍ରବ ଶୁକ୍ଲ ଏକାଦଶୀ ତିଥିରେ ଶ୍ରୀହରି ପାର୍ଶ୍ୱ ପରିଦର୍ଶନ କରିଥାଆନ୍ତି । ଏହାକୁ ଶ୍ରୀବିଷ୍ଣୁ ପାର୍ଶ୍ୱପରିବର୍ତ୍ତନ ବଡ଼ ଏକାଦଶୀ କୁହାଯାଏ । ଏହାର ଠିକ୍ ଦୁଇ ମାସ ପରେ ଅର୍ଥାତ କାର୍ତ୍ତିକ ମାସ ଶୁକ୍ଲ ଏକାଦଶୀ ତିଥିରେ ବିଷ୍ଣୁ ନିଦ୍ରାରୁ ଉଠନ୍ତି । ଏହାକୁ ଦେବୋତ୍ଥାପନ ବଡ଼ ଏକାଦଶୀ କହନ୍ତି । ନିଦ୍ରା ତ୍ୟାଗ ପରେ ଏକାଦଶୀଠାରୁ ପୂର୍ଣ୍ଣିମା ପର୍ଯ୍ୟନ୍ତ ପାଞ୍ଚଦିନ ବିଷ୍ଣୁ ନିତ୍ୟରାସ ମଣ୍ଡଳୀରେ ରାସକ୍ରୀଡ଼ା କରନ୍ତି । ଏହି ପାଞ୍ଚଦିନକୁ ରାସପଞ୍ଚମୀ ଓ କାର୍ତ୍ତିକ ପୂର୍ଣ୍ଣିମାକୁ ରାସ ପୂର୍ଣ୍ଣିମା କୁହାଯାଏ । ରାସ ପଞ୍ଚକ ଓ ରାସ ପୂର୍ଣ୍ଣିମା ଈଶ୍ୱରୋପଲବ୍ଧ ନିମିତ୍ତ ସର୍ବୋତ୍ତମ ସମ୍ବେଦନଶୀଳ ମୁହୂର୍ତ୍ତ ।

ଆଜି ସଂକ୍ରାନ୍ତି ପରି ସେଦିନ ମଧ୍ୟ ଆଉ ଗୋଟିଏ ସଂକ୍ରାନ୍ତି ଥିଲା । କାର୍ତ୍ତିକ ମାସର ସଂକ୍ରାନ୍ତି । ଧର୍ମମାସ କାର୍ତ୍ତିକ ମାସ । ପୁଣ୍ୟ କାର୍ତ୍ତିକ ମାସର ସଂକ୍ରାନ୍ତି । ସେହି ପୁଣ୍ୟ କାର୍ତ୍ତିକ ମାସର ପବିତ୍ର ସଂକ୍ରାନ୍ତି । ଯେଉଁ ଦିନଟିକୁ ଉପକୂଳର ଚାଷୀମାନେ ଖଡ଼ାପୋତା ସଂକ୍ରାନ୍ତି ଭାବରେ ପାଳନ କରିଥାଆନ୍ତି । କାର୍ତ୍ତିକ ସଂକ୍ରାନ୍ତି ଗର୍ଭଣା ସଂକ୍ରାନ୍ତି ନାମରେ ମଧ୍ୟ ପରିଚିତ । ଶାରଦ ଧାନ ଗର୍ଭଧାରଣ ହେବା ଆରମ୍ଭ ହେଉଥିବାରୁ ସେ ସଂକ୍ରାନ୍ତିର ନାମକରଣ ଏପରି ହୋଇଛି ।

ସେଦିନ ଉପକୂଳବର୍ତ୍ତୀ ଓଡ଼ିଶାର ଗ୍ରାମାଞ୍ଚଳରେ ବିଶେଷ କରି ଚାଷୀମାନଙ୍କ ଘରେ– ଦାଣ୍ଡ ଭାହାର ପରିଷ୍କାର ହୋଇ ନିଆଯାଏ । ଅରୁଆ ଚାଉଳ ବଟା ପିଠାଉରେ ଝୋଟି ଅଙ୍କନ କରାଯାଏ । ଦାଣ୍ଡରେ କଳସ ବସି ଅନୁକୂଳ ହୁଏ । ଚାଷୀମାନେ ଅନୁକୂଳ କିଆରିରେ (ପୈତୃକ ଜମିରେ) ଆମ୍ୱ ଡାଳୁଆ ଓ ଅଣଖୁଆ (ବଟା ଗଛ) ଉତ୍ତର–ପୂର୍ବ କୋଣରେ ପୋତି ଅନୁକୂଳ କରିଥାଆନ୍ତି । କିବା ଧନୀ କିବା ଗରିବ ପ୍ରାୟ ସମସ୍ତଙ୍କ ଘରେ ସେଦିନ ପିଠାହୁଏ । ସେହି ଦିନଟିକୁ ଚାଷ (କୃଷି) ଭିତ୍ତିକ ପର୍ବଭାବରେ ପାଳନ କରାଯାଏ ।

ସେଦିନ ସତୀ ସକାଳୁ ଉଠି ଘରର ଦୁଆରମାନଙ୍କରେ ପିଠାଉର ଝୋଟି ପକାଉଥିଲା । ସବିତା ଘରର ଦୁଆର ପିଣ୍ଢା ଲିପି ସାରି ଦାଣ୍ଡ ସଫାକରି ଗୋବର ପାଣି ଗଢ଼ାଇ ଦେଇଥିଲେ । ସେବତୀ ବାସିବାସନ ମାଜିଥିଲା । ସରସ୍ୱତୀ ଘର ଭିତରେ ଝାଡ଼ୁ ମାରିଥିଲା । ଝୋଟି ପକାଉ ପକାଉ ସତୀର ବାମ ଆଖିର ଉପର ପତା ଡେଇଁଲା ପରି

ତାକୁ ଲାଗିଲା। ସେ କାମ ବନ୍ଦ କରି ଭଲ ଭାବରେ ପରୀକ୍ଷା କଲା। ତା’ ବାମ ଆଖିର ଉପର ପତା ଫରକୁଛି। ଆଖିପତା ଡେଇଁବା ସହିତ ତା’ ମନରେ ଏକ ଭିନ୍ନ ପ୍ରକାରର ଭାବନା ଯେପରି ଉଙ୍କିମାରି ପୁଣି ଅପସରି ଯାଉଥିଲା। ସେ ଭାବନାର ସମ୍ଭାବନାମୟ ଭାବାବେଗ ତାକୁ କୌତୂହଲୀ କରି ଦେଉଥାଏ, ପୁଣି ମିଳାଇ ଯାଉଥାଏ। ଲୁଚକାଳି ଖେଳ ଲାଗିଥାଏ ତା’ ମନ ଭିତରେ। ସେହି ଭାବନାର ସମ୍ମୋହନ ପରଶ ପାଇ ପୁଣି ତାକୁ ହରାଇ ବସିବାର ଉପକ୍ରମ ଚାଲିଥାଏ। କିଛି ମିଳିଲା ପରି ଲାଗୁଥାଏ ତାକୁ। ପୁଣି ପରମୁହୂର୍ତ୍ତରେ ହରାଇ ବସିବାର ଗ୍ଲାନି ବି ଆବୋରି ବସୁଥାଏ ତା ମନକୁ। ସତୀ ଆନମନା ହୋଇ ପଡୁଥାଏ, ଏହିପରି ଭାବାବେଗର ମୋହିନୀ ମାୟାରେ।

କିଛି ପାଇଲା ପରି ତାକୁ ଲାଗୁଥାଏ। ପାଇବା ଆବେଗରେ ସେ ବିମୋହିତ ହୋଇପଡୁଥାଏ।

ସବିତା ସକାଳୁ ପିଠାକଲେ। ସଂକ୍ରାନ୍ତିରେ ସେଦିନ ସମସ୍ତେ ସକାଳ ଖିଆରେ ପିଠା ଖାଇବେ। ସତୀ ତା’ ବୋଉ ସହିତ ଅଗାଧୁଆ ପିଠା ଖାଇଲା। ପରେ ଉଚ୍ଛୁର କରି ଗାଧୋଇ ମନ୍ଦିରକୁ ଯାଇଥିଲା।

ସତୀ ଠାକୁରଙ୍କ ପ୍ରତ୍ୟେକ ବାରିରେ ଅଗାଧୁଆ ପିଠା ହେଉ କିମ୍ୱା ଅନ୍ୟ ଜଳଖିଆ ହେଉ ଖାଇ ପରେ ଉଚ୍ଛୁର କରି ଗାଧୋଇ ମନ୍ଦିରକୁ ଯାଏ। ଅଖିଆ ଗାଧୋଇ ମନ୍ଦିରକୁ ଯାଇ ଠାକୁରଙ୍କୁ ଦର୍ଶନ କରିବା ଶାସ୍ତ୍ର ସମ୍ମତ। କିନ୍ତୁ ସତୀ ସେଥିରେ ବ୍ୟତିକ୍ରମ କରି ଅଗାଧୁଆ ଖାଇ ପରେ ସମୟ ହେଲେ ଗାଧୋଇ ମନ୍ଦିରକୁ ଯାଇଥାଏ। ତା’ର ଏହିପରି (ଶାସ୍ତ୍ର) ନୀତି ବିରୋଧୀ ବା ବିପରୀତ କାମ ପାଇଁ ତାକୁ ତାଙ୍କ ଘରେ କେହି କିଛି କହନ୍ତି ନାହିଁ, ଏପରିକି ତା’ ବୋଉ ସବିତା ସୁଦ୍ଧା।

ଏଭଳି ଆଚରଣ ପାଇଁ ସତୀକୁ ଦୋଷ ଦେଇ ହେବନାହିଁ। କାରଣ ସେ ଯେତେବେଳେ ଛୋଟପିଲା ଥିଲା, ତା’ ତଳଭାଇ ସୁବଳର ଜନ୍ମପରେ ସେ ସବିତାଙ୍କଠାରୁ ବିଚ୍ଛିନ୍ନ ହୋଇ ତା’ ଜେଜେମା ପାଖରେ ରହୁଥିଲା। ସେ ତା’ ଜେଜେମା ହେପାଜତରେ ରହିଥିଲା ବେଳେ ତା’ ଜେଜେମା ସହିତ ମନ୍ଦିରକୁ ଯାଉଥିଲା। ଛୋଟ ପିଲାଟି ମନ୍ଦିରକୁ ଯିବା ପର୍ଯ୍ୟନ୍ତ ଉପବାସରେ ରହି ପାରିବନି ବୋଲି ସେ ସକାଳୁ ଅଗାଧୁଆ ଖାଇ ଦେଇଥାଏ। ପରେ ତା’ ଜେଜେମା ସହିତ ଗାଧୋଇ ମନ୍ଦିରକୁ ଯାଏ। ତା’ ଜେଜେମା ଘର ଗୋଟାକର ଯାବତୀୟ କାମ (ଧନ୍ଦା) ସାରି ଡେରିରେ ଗାଧୋଇ ଠାକୁରଙ୍କ ବାରଗୁଡ଼ିକରେ ମନ୍ଦିରକୁ ଯାଉଥିଲେ। ସବିତା ଅନ୍ତୁଡ଼ି ଘରେ ପ୍ରସୂତି ହୋଇ ରହିବାରୁ ତା’ ଜେଜେମାଙ୍କୁ ଘରର ସବୁକାମ କରିବାକୁ ପଡ଼ିଥାଏ। ଅବଶ୍ୟ ଠାକୁରଙ୍କୁ ଦର୍ଶନ କରିବା ପୂର୍ବରୁ ତା’ ଜେଜେମା କିଛି ଖାଇ ନଥାଆନ୍ତି। ସେ ଏବେ ଅତି ବୃଦ୍ଧା ହୋଇ ଗଲେଣି। ଘରର କୌଣସି ଧନ୍ଦା ସେ ଏବେ ଆଉ କରୁନାହାନ୍ତି। ସେଥିପାଇଁ ସେ ସହଲ ଗାଧୋଇ ଠାକୁରଙ୍କ ଦର୍ଶନ ଲାଗି ମନ୍ଦିରକୁ ଯାଇଥାଆନ୍ତି। ମାତ୍ର ସତୀର ସେ ପିଲାଦିନର ପୁରୁଣା ଅଭ୍ୟାସ ସେହିପରି ରହିଯାଇଛି। ସେ ପିଲାବେଳେ ଯେପରି ଅଗାଧୁଆ ଖାଇ ପରେ ଉଚ୍ଛୁରେ ତା’ ଜେଜେମା ସହିତ ଗାଧୋଇ ମନ୍ଦିରକୁ ଯାଉଥିଲା। ଏବେ ମଧ ବୟୋବୃଦ୍ଧି ପରେ ସୁଦ୍ଧା ଯୁବତୀ ବୟସରେ ସେ ସେହିପରି ଅଗାଧୁଆ ଖାଇ ପରେ ବିଲମ୍ବରେ ଗାଧୋଇ ମନ୍ଦିରକୁ ଯାଉଛି। ସେ ପିଲାବେଳର ଅଭ୍ୟାସକୁ ଏଯାଏ ଏ ପ୍ରାପ୍ତ ବୟସରେ ସୁଦ୍ଧା ଛାଡ଼ି ପାରିନାହିଁ।

ସତୀ ପ୍ରତିଥର ପରି ସେଦିନ ଦଶଟା ପରେ ଗାଧୋଇ ମନ୍ଦିରକୁ ଯାଇଥିଲା। ତା’ ଜେଜେମା ସହିତ ନୁହେଁ, ତା’ ସାଙ୍ଗ ସୁନି ସହିତ।

ସତୀ ପରି ସୁନି ମଧ ଡେରିରେ ମନ୍ଦିରକୁ ଯାଇଥାଏ। ଦୁହେଁ ପ୍ରତି ବାରିରେ ସାଙ୍ଗ ହୋଇ ଠାକୁରଙ୍କ ପାଖକୁ ଯାଆନ୍ତି। ସେ ଦୁହେଁ ଖୁବ୍ ଈଶ୍ୱର ବିଶ୍ୱାସୀ ଏବଂ ଠାକୁରଙ୍କ ପ୍ରତି ବାରିରେ ମନ୍ଦିରକୁ ଯାଇଥାଆନ୍ତି। ଅନ୍ୟମାନେ ସମସ୍ତେ ଅଖିଆ ଗାଧୋଇ ଠାକୁରଙ୍କୁ ଦର୍ଶନ କରିଥିଲା ବେଳେ ସତୀ ଓ ସୁନି ଅରଣା ମଇଁଷିର ଭିନ୍ନ ଗୋଠ ପରି ଅଗାଧୁଆ ଖାଇ ପରେ ଡେରିରେ ଗାଧୋଇ ମନ୍ଦିରକୁ ଯାଇଥାଆନ୍ତି।

ଧବଳେଶ୍ୱରଙ୍କ ପୂଜକ ଠାକୁରବାବା ସକାଳୁ ପୂଜାସାରି ନଅଟା ପରେ ଅନ୍ୟ କାମରେ ଯାଇଥାଆନ୍ତି । ସେଥିପାଇଁ ଯେଉଁମାନଙ୍କର ଭୋଗ ଲଗାଇବାକୁ କିମ୍ବା କ୍ଷୀର ଢାଳିବାର ଥାଏ ସେମାନେ ନଅଟା ପୂର୍ବରୁ ମନ୍ଦିରକୁ ଯାଇଥାଆନ୍ତି । କାରଣ ନଅଟା ପରେ ପୂଜକ ଠାକୁରବାବାଙ୍କ ଭେଟ ମିଳେନା । ସତୀ ଓ ସୁନି ପ୍ରତିବାରିରେ ମନ୍ଦିରକୁ ଯାଇଥାଆନ୍ତି । ସେମାନେ କେବେ ଠାକୁରଙ୍କ ପାଖରେ ଭୋଗ ଲଗାନ୍ତି ନାହିଁ କିମ୍ବା କ୍ଷୀର ଢାଳିବାକୁ ନିଅନ୍ତିନି । ଯଦି ସେମାନଙ୍କ ଘରେ ଠାକୁରଙ୍କ ନିକଟରେ ଭୋଗ ଲଗାଇବାର ଥାଏ କିମ୍ବା କ୍ଷୀର ଢାଳିବାକୁ ପଡ଼େ ତେବେ ସବିତା ତାଙ୍କ ଘରର ଓ ନର୍ମଦା ତାଙ୍କ ଘର ପାଇଁ ଭୋଗ ସାମଗ୍ରୀ ଓ କ୍ଷୀର ମନ୍ଦିରକୁ ନେଇଥାଆନ୍ତି । ଏ ଦୁହେଁ ଅଗାଧୁଆ ଖାଇ ଠାକୁରଙ୍କ ପାଖକୁ ଯାଉଥିବାରୁ ସେମାନଙ୍କ ହାତରେ କ୍ଷୀର କିମ୍ବା ଭୋଗ ସାମଗ୍ରୀ ତାଙ୍କ ଘରେ ପଠାନ୍ତି ନାହିଁ ।

ସତୀ ଓ ସୁନି କେବଳ ଧୂପକାଠି ନେଇ ମନ୍ଦିରକୁ ଯାଆନ୍ତି । ଠାକୁରଙ୍କ ପାଖରେ ଧୂପ ଦେଇ କୁହାର ହୋଇ ପାଦୁକ ପାଇ ବିଭୂତି ଟିପା ନାଇ ମୁଖଶାଳାରେ ବସି କଥାବାର୍ତ୍ତା ହୋଇଥାଆନ୍ତି । ସେ ସମୟରେ ମନ୍ଦିରରେ କେହି ନ ଥିବାରୁ ସେମାନଙ୍କୁ ଗପସପ ହେବାକୁ କିଛି ଅସୁବିଧା ହୋଇନଥାଏ ।

ଯଦି କୌଣସି ଅସୁବିଧା ବଶତଃ କେହି ଭକ୍ତ ସକାଳୁ ମନ୍ଦିରକୁ ଆସିପାରି ନଥାଆନ୍ତି, ସେ ବିଳମ୍ବରେ ଠାକୁରଙ୍କ ପାଖକୁ ଆସିଲେ ତା'ସହିତ ଏ ଦୁହିଁଙ୍କର ଭେଟ ହୋଇଥାଏ । ନହେଲେ ଏମାନେ ମନ୍ଦିରକୁ ଗଲା ବେଳକୁ ମନ୍ଦିର ଜନଶୂନ୍ୟ ଥାଏ । ପ୍ରାୟତଃ ଭକ୍ତମାନେ ସେତେବେଳକୁ ଠାକୁରଙ୍କ ଦର୍ଶନ ସାରି ଫେରି ଯାଇ ଥାଆନ୍ତି । ପୂଜକ ଠାକୁରବାବାଙ୍କ ସହିତ ସତୀ ଓ ସୁନିର ପୂର୍ଣ୍ଣିମା, ସଂକ୍ରାନ୍ତି, ଅମାବାସ୍ୟା ଓ ଠାକୁରଙ୍କ ଅନ୍ୟ ବାରି ଦିନମାନଙ୍କରେ ଭେଟ ହୋଇ ନଥାଏ । ଏହି ଦିନଗୁଡ଼ିକରେ ସେ ଠାକୁରଙ୍କ ମନ୍ଦିର ନିର୍ମାତା ପ୍ରାଣନାଥଙ୍କ ଘରେ ରହିଥାଆନ୍ତି । କେବଳ ସାଧାରଣ ସୋମବାରଗୁଡ଼ିକରେ ଠାକୁରବାବାଙ୍କ ସହିତ ସେ ଦୁହିଁଙ୍କର ଭେଟ ହୋଇଥାଏ । ଅନ୍ୟ ବାରଗୁଡ଼ିକରେ ଯଦିଓ ଠାକୁର ବାବା ଯଜମାନଙ୍କ ଘରୁ ସହଳ ଫେରି ଆସି ଥାଆନ୍ତି, ସେ ଦିନଗୁଡ଼ିକରେ ସତୀ ଓ ସୁନି ମନ୍ଦିରକୁ ଯାଉ ନ ଥିବାରୁ ସେମାନଙ୍କ ସହିତ ତାଙ୍କର ସାକ୍ଷାତ ହୋଇପାରେ ନାହିଁ ।

ସତୀକୁ ସବିତା ଭାରି ଶ୍ରଦ୍ଧା କରନ୍ତି । ସତୀର ପ୍ରତ୍ୟେକ କାମ ତାଙ୍କ ଆଖିକୁ ସୁନ୍ଦର ଦିଶେ । ସତୀର ଭଲ କାମକୁ ସେ ପ୍ରଶଂସା କରନ୍ତି । ସତୀର ଭୁଲ୍ କାମକୁ (ଆଚରଣକୁ) ସୁଦ୍ଧା ସେ ସମର୍ଥନ କରିଥାଆନ୍ତି । ଏପରିକି ଅଗାଧୁଆ ଖାଇ ପରେ ଡେରିରେ ଗାଧୋଇ ମନ୍ଦିରକୁ ଯିବା ନୀତିକୁ ମଧ୍ୟ । ସତୀକୁ କୌଣସି କାରଣରୁ ସେ ଗାଳି ଦେବାତ ଦୂରର କଥା, ଏମିତିକି ତାକୁ ବାଧ୍ଲା ପରି କିଛି ଚାଣକରି ପଦେ କହନ୍ତି ନାହିଁ । ତା' ଇଚ୍ଛା ବିରୋଧରେ କିଛି ବି କରନ୍ତିନି । ତାକୁ କୌଣସି ଘରକାମ କରିବାକୁ ବରାଦ କରନ୍ତି ନାହିଁ । କିଛି କାମ ନକରି ସତୀ ବସି ରହିଲେ ସେଥି ସକାଶେ ତାକୁ ଦାଗିଦ ମଧ୍ୟ କରନ୍ତିନି ବରଂ ଯେତେ ଅଧିକ ପରିଶ୍ରମ ପଡ଼ୁ ପଛେ ସେ ନିଜେ ସେହି କାମଟିକୁ କରିଦିଅନ୍ତି । ନ ହେଲେ ତାଙ୍କ ମଇଆଁ ଝିଅ ଦୁହିଁଁକୁ ସେ କାମଟିକୁ କରିଦେବାକୁ ବରାଦ କରିଥାଆନ୍ତି । ତାଙ୍କ ମଇଆଁ ଝିଅ ଦୁଇଜଣ ଯେତେ କାମ କଲେ ସୁଦ୍ଧା, ସେପରିସ୍ତଳେ ସତୀ କିଛି ନ କରି ନିକମାରେ ତୁଚ୍ଛାଟାରେ ବସିରହିଲେ ମଧ୍ୟ ସବିତାଙ୍କର ସତୀ ପ୍ରତି ଅଧିକ ଶ୍ରଦ୍ଧା ରହିଛି । ପକ୍ଷାନ୍ତରେ ସତୀକୁ ଖୁସି କରିବାକୁ ଯାଇ ଯାହା କିଛି ଦରକାର ପଡ଼େ ତାହା ଯେତେ କଷ୍ଟଦାୟକ, ଯନ୍ତ୍ରଣା ପ୍ରଦାୟକ ଓ ସମସ୍ୟା ଉତ୍ପନ୍ନକ ତଥା ନିଜ ଲାଗି ଓ ଘର ପ୍ରତି କ୍ଷତିକାରକ ହେଲେ ସୁଦ୍ଧା ତାହା କରିବାକୁ ସେ କେବେ ପଛାନ୍ତି ନାହିଁ । ସେ ସତୀକୁ ଏତେ ଭଲ ପାଆନ୍ତି ଯେ, ତାଙ୍କ ଦୃଷ୍ଟିରେ ସତୀ ଖୁବ୍ ସୁନ୍ଦର । ସତୀର ପ୍ରତ୍ୟେକ କାମ ତାଙ୍କ ଆଖିକୁ ଭଲ ଦିଶେ । ସତୀର ଚାଲିଚଳଣିକୁ ସେ ପସନ୍ଦ କରନ୍ତି । ସତୀର ହାବଭାବକୁ ସେ ତାରିଫ ନକରି ରହିପାରନ୍ତି ନାହିଁ ନିରବରେ । ସତୀର ବ୍ୟବହାର ତାଙ୍କ ଲାଗି ମନମୁଗ୍ଧକର । ଏପରିକି ସତୀର କଥା ଭାଷା ତାଙ୍କ ପାଇଁ ଶ୍ରୁତିମଧୁର । ତା' କଥା କହିବାର ଶୈଳୀ ମଧ୍ୟ ତାଙ୍କୁ ମନୋରମ ଲାଗେ । ତା'ର ଶବ୍ଦ ଉଚ୍ଚାରଣ ଓ ବାକ୍ୟ ଗଠନ ପ୍ରଣାଳିକୁ ସେ

ପ୍ରଶଂସା କରିଥାଆନ୍ତି । ଯେକୌଣସି କଥାରେ ସତୀର ଯୁକ୍ତି ଉପସ୍ଥାପନ ପଦ୍ଧତି ତାଙ୍କୁ ସନ୍ତୋଷ ପ୍ରଦାନ କରିବାକୁ ସମର୍ଥ ହୋଇଥାଏ । ତା'ର ଭାବଭଙ୍ଗୀ ତାଙ୍କ ଲାଗି ଆକର୍ଷଣୀୟ ସାବ୍ୟସ୍ତ ହୁଏ ।

ନର୍ମଦା କିନ୍ତୁ ଝିଅର ଏପରି ଆଚରଣରେ ସନ୍ତୁଷ୍ଟ ହୋଇପାରନ୍ତି ନାହିଁ । ସେ ସୁନିର ଏମିତି ନୀତିକୁ ବିରୋଧ କରନ୍ତି । ନର୍ମଦା କହନ୍ତି– "ଖାଇସାରି ଠାକୁରଙ୍କ ଦର୍ଶନରେ ଲାଭ କ'ଣ ? ଅଖୁଆ ଗାଧୋଇ ଦିଅଁଙ୍କୁ ଦର୍ଶନ କଲେ ସୁଫଳ ମିଳେ । ଠାକୁର ଡାକ ଶୁଣନ୍ତି । ଗୁହାରି ଘେନା କରନ୍ତି । ମନସ୍କାମନା ପୂରଣ ହୋଇଥାଏ ।" ସେଥିଲାଗି ଅଖୁଆ ଗାଧୋଇ ମନ୍ଦିରକୁ ଯିବାକୁ ସେ ଝିଅକୁ ଯେତେ କହିଲେ ସୁଦ୍ଧା ସୁନି କିଛି କାମର ଆଳ ଦେଖାଇ ସମୟ ଗଡ଼ାଇ ଦିଏ । ଅଗାଧୁଆ ଖାଇ ଡେରି କରି ପରେ ଗାଧୋଇ ସତୀ ସହିତ ବିଳମ୍ବରେ ମନ୍ଦିରକୁ ଯାଇଥାଏ । ସେଥିପାଇଁ ନର୍ମଦା ତାକୁ କହନ୍ତି– "ମନ୍ଦିରକୁ ମହାଦେବଙ୍କ ଦର୍ଶନ ପାଇଁ ଯାଇଛୁ ନା ସାଙ୍ଗ ସହିତ ଗପ ହେବାକୁ ଯାଇଛୁ ?" ତାଙ୍କ ଗାଁରେ ସୁନିର ଏକମାତ୍ର ସାଙ୍ଗ ହେଉଛି ସତୀ । ସୁନି କେବଳ ସତୀ ସହିତ ମିଳାମିଶା କରେ । ସେ ଦୁହେଁ ଅନ୍ୟ କାହା ସହିତ ସେତେ ମିଶନ୍ତି ନାହିଁ ।

ସୁନି ଉପରେ ଯେତେ ବିରକ୍ତ ହେଲେ ସୁଦ୍ଧା ନିର୍ମଦା ଝିଅକୁ (ମୁହଁ ଫିଟାଇ) ପାଟିଖୋଲି କିଛି କହି ପାରନ୍ତି ନାହିଁ । ସୁନି ତାଙ୍କର ବଡ଼ଝିଅ । ପ୍ରତ୍ୟେକ ବାପାମାନେ ସେମାନଙ୍କର ପ୍ରଥମ ସନ୍ତାନଟିକୁ ତାଙ୍କର ଅନ୍ୟ ପିଲାମାନଙ୍କ ଅପେକ୍ଷା (ତୁଳନାରେ) ଅଧିକ ସ୍ନେହ, ଶ୍ରଦ୍ଧା ତଥା ଆଦର ଓ ଗୋହ୍ନା କରିଥାଆନ୍ତି । ସୁନି ତାଙ୍କର ପ୍ରଥମ ସନ୍ତାନ ହୋଇଥିବାରୁ ସୁନିର ବାପା ନଟିଆ ନାନଙ୍କର ସୁନି ପ୍ରତି ଦୁର୍ବଳତା ରହିଛି । ସୁନି ତା' ବାପାଙ୍କର ତା' ପ୍ରତିଥିବା ଦୁର୍ବଳତାର ପୂରା ଫାଇଦା ଉଠାଇନିଏ । ମା'ଙ୍କ କଥା ନମାନି ତା' ନିଜ ଇଚ୍ଛାନୁସାରେ କାମ କରିଥାଏ । ତାଙ୍କ କଥା ଶୁଣୁ ନ ଥିବାରୁ ନର୍ମଦା ଝିଅ ଉପରେ ମନେ ମନେ ବିରକ୍ତ ହୁଅନ୍ତି ସତ ହେଲେ ମୁହଁ ଉପରେ ପାଟି ଫିଟାଇ କିଛି କହିବାକୁ ଭରସି ପାରନ୍ତି ନାହିଁ । ସୁନି ତା' ବାପାଙ୍କଠାରୁ ସାହାସ ପାଇ ମା'ଙ୍କ କଥା ଉପରେ ସେତେ ଗୁରୁତ୍ୱ ଦିଏନାହିଁ । ସବିତା ଯେପରି ସତୀର ସବୁ କଥା ଓ କାମକୁ ବିନା ଆପଉରେ ମାନିନିଅନ୍ତି ସେମିତି ନଟିଆ ନାନା ସୁନିର ପ୍ରତ୍ୟେକ କାମକୁ ଆଖୁବୁଜି ସମର୍ଥନ କରିଥାଆନ୍ତି । ଝିଅ ଉପରେ ଅସନ୍ତୁଷ୍ଟ ହୋଇ ନର୍ମଦା କିଛି କହିବା ଆରମ୍ଭ କଲେ ନଟିଆ ନାନା ଝିଅ ପକ୍ଷ ନେଇ ସ୍ୱୀକୁ ବୁଝାନ୍ତି– "ବୁଝିଲ ସୁନି ମା" ଗ୍ରାମାଞ୍ଚଳରେ ସ୍ୱାମୀମାନେ ସ୍ତ୍ରୀଙ୍କ ନାମ ଧରି ନଡାକି ସେମାନଙ୍କ ପ୍ରଥମ ପିଲା ନାମର ମା' ନାଆଁରେ ସମ୍ବୋଧନ କରିଥାଆନ୍ତି । ଯଥା ଅମୁକ ବୋଉ ବା ସମକୁ ମା' । ନୂଆ ବୋହୂଟିଏ ସନ୍ତାନ ଜନ୍ମ ନ କଲା ପର୍ଯ୍ୟନ୍ତ ତା'ପରିଚୟରେ ଯୋଡ଼ା ହୋଇ ରହିଥିଲା ତା' ବାପଘର ଗାଁ ନାଁ ନତୁବା ବାପଘର ସାଙ୍ଗିଆ (ପଦବି) । ଯଥା ଜେନା ଝିଅ, ରାଉତ ଝିଅ, ଦାସ ଝିଅ, ବଳ ଝିଅ, ବରାଳ ଝିଅ, ମଲିକ ଝିଅ, ମାହାନ୍ତି ଝିଅ ଇତ୍ୟାଦି । ନତୁବା ବାପଘର ଗାଁ ନାଁ ଭଦ୍ରକିଆଣୀ, ବାଲିଆ ବାଲି, କଟକିଆଣୀ, କେନ୍ଦ୍ରାପଡ଼ା କିୟ କାକଟପୁର ଝିଅ ଆଦି । ପିଲାଟିଏ ଜନ୍ମ ହେଲା ପରେ ତା' ନାଁ ବଦଳେ ଅମୁକ ବୋଉ, ଧମୁକ ମା' ଇତ୍ୟାଦି । ଯେମିତି ନଟିଆ ନାନା ତାଙ୍କ ପ୍ରଥମ ପିଲା ସୁନି ନାମରେ ସ୍ୱୀକୁ ସୁନି ମା' ଭାବରେ ଡାକନ୍ତି । "ମୋ ଝିଅ ତୁମପରି ଶ୍ରୀଅକ୍ଷର ବିବର୍ଜିତ ହୋଇ ନାହିଁ ଯେ ତୁମ ଭଲି ମୂର୍ଖଙ୍କ ପରି ଠିକ୍ ସମୟରେ ନ ଖାଇ ଦେହକୁ ଖରାପ କରି ବସିବ ।" ପେଟକୁ ବିଗିଡ଼ିଯିବାକୁ ଦେବ । ନର୍ମଦା ପାଠ ପଢ଼ି ନଥିବାରୁ ଅଧିକାଂଶ ସମୟରେ ସ୍ୱାମୀଙ୍କଠାରୁ ଖୁଣା ଶୁଣିଥାଆନ୍ତି । ନିଜର ଦୁର୍ବଳତା ପାଇଁ ସେ ସ୍ୱାମୀଙ୍କ ସମାଲୋଚନାର କୌଣସି ପ୍ରତିବାଦ କରିପାରନ୍ତି ନାହିଁ । ଆପଣା କର୍ମକୁ ଆଦରି ନିରବରେ ସବୁ ସହି ଯାଆନ୍ତି ।

ନଟିଆ ନାନା କଥା ପଦକେ ସୁନିକୁ "ପାଠ ପଢ଼ୁଆ ଝିଅ" ବୋଲି କହି ଥାଆନ୍ତି । ସେଥି ସକାଶେ ତାଙ୍କ ମନରେ ଗର୍ବ ଭାବ ମଧ ରହିଛି । ସୁନି ହେଉଛି ତାଙ୍କ ଗାଁର ଏକମାତ୍ର ମ୍ୟାଟ୍ରିକ ପଢ଼ାଝିଅ । ଅବଶ୍ୟ ସେ ବୋର୍ଡ ପରୀକ୍ଷାରେ ଫେଲ ହୋଇ ମ୍ୟାଟ୍ରିକ୍ ପାଶ କରିଥିବା ଝିଅର ମାନ୍ୟତା ପାଇବାରୁ ଅଳ୍ପକେ ବଞ୍ଚିତା ହୋଇଛି । ସେ ଏକାଦଶ ଯାଏ ପଢ଼ି ହାଇସ୍କୁଲ ସାର୍ଟିଫିକେଟ ପରୀକ୍ଷା ଦେବା ପର୍ଯ୍ୟନ୍ତ ଯାଇ ପାରିଥିବାରୁ ସେତିକ ତା' ବାପା ନଟିଆ ନାନାଙ୍କ ପାଇଁ କମ୍

ଗୌରବ କଥା ନୁହେଁ। ଯେତେହେଲେ ତାଙ୍କ ଝିଅ ହେଉଛି ତାଙ୍କ ଗାଁର ଏକମାତ୍ର ମ୍ୟାଟ୍ରିକ ପଢ଼ାଝିଅ। ଏବେର ଦଶମୟୁକ୍ତ ନୁହେଁ। ଏକାଦଶ ଶ୍ରେଣୀ ପର୍ଯ୍ୟନ୍ତ ସେ ପଢ଼ିଛି। ହିସାବ କଲେ ଏବେକାର ଦଶମ ଶ୍ରେଣୀ ହାଇସ୍କୁଲ ପାଠ ସେ ଶେଷକରିଛି। ଯାହା ଖାଲି ସେକେଣ୍ଡାରୀ ବୋର୍ଡ ସାର୍ଟିଫିକେଟକୁ ହାସଲ କରିପାରିନାହିଁ। ମଣିଷ ଜୀବନ ସର୍ବଦା ପରିପୂର୍ଣ୍ଣ ନୁହେଁ। କିଛି ନା କିଛି ଆବଶ୍ୟକତା ନିର୍ଦ୍ଦିଷ୍ଟ ଅଧୁରା ରହିବ, ତାହା ନ ହେଲେ ସେ ଏକରକମ ଦଶମ ଶ୍ରେଣୀ ଯାଏ ହେଲେ ଏବେକାର ମାଟ୍ରିକ ପାସ୍ ପିଲା। ଆଉସିଏ ହେଉଛନ୍ତି ସେହି ଝିଅର ବାପ। ଏତକ ତାଙ୍କ ପାଇଁ ଗର୍ବ ଆଉ ଗୌରବର କଥା ନୁହେଁକି ?

ଗାଁ ଗହଳିରେ ଗୋଟେ ପ୍ରବାଦ ଅଛି "ଉଜି ଗାଁରେ କୁଜି, ଯେଉଁ ଗାଁରେ ଠାକୁର ନାହିଁ ଶିଳପୁଆଠାଏ ପୂଜି"। ଅର୍ଥାତ ଆଦୌ ଝିଅ ନଥିବା ଗାଁରେ ଛୋଟୀ, କ୍ଲେପୀ, କାଣୀ, କାଳୀ, କୁଜି, ଟେରୀ, ଫାପୁଲି, ପାତଳୀ ଯେତେ ଅସୁନ୍ଦରୀ ହେଉପଛେ, ଯେପରି ଝିଅଟିଏ ହୋଇ ଥାଉନା କାହିଁକି, ତାକୁ ସମସ୍ତେ ଶ୍ରଦ୍ଧା କରନ୍ତି। ଦିଅଁ ଦେବତା ନଥିବା ଗାଁର ଲୋକମାନେ ବହୁ ଦିନର ପୁରାତନ ଗଛ ମୂଳରେ ପଥର ଖଣ୍ଡେ ରଖି ସେଠାରେ ହଳଦୀ, ସିନ୍ଦୂର ଲଗାଇ ଦେଇ ତାକୁ ଠାକୁର ଭାବରେ ପୂଜା କରିଥାଆନ୍ତି। ସେହିପରି ଯେଉଁ ଗାଁର କୌଣସି ଝିଅ ହାଇସ୍କୁଲ ବାରଣ୍ଡା ମାଡ଼ି ନଥିବା ସ୍କୁଲେ ଯେତେବେଳେ ତାଙ୍କ ଝିଅ ଏକାଦଶ ଯାଏ ପଢ଼ିଛି (ଦଶମ ପାସ୍ କରିଛି, ଅବଶ୍ୟ ସ୍କୁଲର କ୍ଲାସ ପରୀକ୍ଷାରେ)। ସେପରି କ୍ଷେତ୍ରରେ ନଟିଆ ନନାଙ୍କ ପକ୍ଷରେ ଏହା ଏକ ବଡ଼କଥା ନୁହେଁକି ? ଅପାଳକ ରାଇଜର ଆକାଶରେ ବିଜୁଳି ଚମକିବାର ଦୃଶ୍ୟ ବହୁମୂଲ୍ୟ ପରି।

ସେ ଝିଅ ପକ୍ଷ ନେଇ କହନ୍ତି- "ବୁଝିଲ ସୁନିମା' ବିଜ୍ଞାନ କହେ ସ୍ୱାସ୍ଥ୍ୟ ହିଁ ସମ୍ପଦ" ଆଗ ଦେହକୁ ଜଗ, ଦେହ ଭଲ ରହିଲେ ଯାଇ ଯେଉଁକଥା। ଦେହପା ସୁସ୍ଥ ନ ରହିଲେ କୌଣସି କାମ କରିବା ଆଦୌ ସମ୍ଭବ ନୁହେଁ। ସେଥିପାଇଁ ଭାଗବତ କହେ 'ଏ ଦେହ ଥିଲେ ସର୍ବପାଇ'। ଆଗ ଦେହ, ପରେ ଦିଅଁ। "ଶରୀର ମାଧ୍ୟମ ଖଲୁ ଧର୍ମ ସାଧନମ୍"। ଦେହ ରହିଲେ ତ ପୁଣି ଧର୍ମ କରିବାକୁ ହେବ। ଦେହ ଭଲଥିଲେ ଯେକୌଣସି କାମ କରିବା ପାଇଁ ଅନ୍ତରରୁ ଉସାହ ଆସେ। ମନରେ ପ୍ରେରଣା ଜାଗେ। କାମ ପ୍ରତି ଶ୍ରଦ୍ଧା ଜନ୍ମେ। ଅସୁସ୍ଥ ଦେହକୁ ନେଇ କୌଣସି କାମ ଯେତେ ସହଜ ହୋଇ ଥାଉନା କାହିଁକି ତାହା କରିବା କେବେବି ସମ୍ଭବ ହୁଏନା। ଦେହକୁ ଜଗିରଖି କାମ ନ କଲେ ତୁମେ ଠକିଯିବ। ସୁସ୍ଥ ସବଳ ଦେହ କେବଳ କାର୍ଯ୍ୟ କରିବାକୁ ସକ୍ଷମ ହୋଇପାରେ। ସୁସ୍ଥ ଶରୀର କର୍ମ ସାଧନ ପାଇଁ ଶକ୍ତି ଯୋଗାଇଥାଏ। ଯେକୌଣସି କର୍ମପାଇଁ ସୁସ୍ଥ, ସବଳ, ନିରୋଗ ଶରୀର ଉପଯୁକ୍ତ ବିବେଚିତ ହୋଇଥାଏ। ସେଥିପାଇଁ ଦେହର ସୁସ୍ଥତାକୁ ଜଗିବା ଆମର ପ୍ରଥମ ଓ ପ୍ରଧାନ କର୍ତ୍ତବ୍ୟ ହେବା ଉଚିତ। ଦେହର ଯତ୍ନ ନେବା ଦାୟିତ୍ୱ ନିଜ ଉପରେ ନିର୍ଭର କରେ। ଦେହ ସୁସ୍ଥ ରହିଲେ ଯାଇ ଯେଉଁକଥା। ତେଣିକି ତୁମେ ଖେଳ, କୁଦ, ବୁଲ, ପରିଶ୍ରମ କର, ଶୁଅ କିୟା ଖୁସି ମନରେ ଗୀତ ବୋଲ। କାହିଁକି ନା ମନଫୁଲାଣିଆ କେବଳ ଗୀତ ଗାଇଥାଏ। ଆମୋଦ ପ୍ରମୋଦ କର, ହସୋଲ୍ଲାସରେ ମାତ, ଆନନ୍ଦ ଉଲ୍ଲାସରେ ଭାଗନିଅ। ଅସୁସ୍ଥ ଦେହରେ ଦୁର୍ବଳ ଶରୀର ନେଇ ବିଷାଦଭରା ମନରେ ଦୁଃଖିତ ଅନ୍ତରରେ ବ୍ୟଥିତ ହୃଦୟରେ ଯନ୍ତ୍ରଣା ଜର୍ଜରିତ ଆମ୍ଭର କେହି କେବେ ଗୀତ ଗାଇପାରେନା। ସେଥିଲାଗି ଦେହରେ ଶକ୍ତିନଥାଏ। ନଥାଏ ଆମୁବଳ କିୟା ମନରେ ଆଗ୍ରହ, ଉସ୍ୱାହ ଅବା ଉଦ୍ଦୀପନା।

ବର୍ତ୍ତମାନ ପାଇଁ ଆଉ ଆଗ ଯୁଗ କଥା ନାହିଁ। ପୁରୁଣା, ମରହଟ୍ଟୀ ନିୟମ ଆଉ ଏବେ ଆମ ସମାଜରେ ଚଳୁନି। ସଂସାରରେ ସେ ସମୟର ନୀତିକୁ କେହି ମାନୁନାହାନ୍ତି। ଦୁନିଆରେ ସେ ଚଳଣି ସବୁ ଅଚଳ ହୋଇଗଲାଣି। ଏବେ ହେଉଛି ଆଧୁନିକ ଯୁଗର ସମୟ। ଆଉ ଆଧୁନିକ ସମୟ ହେଉଛି ବିଜ୍ଞାନର ଯୁଗ। ଯେଉଁ ବିଜ୍ଞାନ ବଳରେ ନୂତନ ଯନ୍ତ୍ରପାତି ଅସ୍ତ୍ର ହତିଆର ଉଭାବନା କରି ଏତେ ଟିକେ ଦେଶ ଇଂଲଣ୍ଡ ଅଧା ପୃଥିବୀକୁ କେତେ ଶହ ବର୍ଷ ଶାସନ କରିବାକୁ ସକ୍ଷମ ହୋଇଥିଲା। ସେହି ବିଜ୍ଞାନ ଯୁଗରେ ବିଜ୍ଞାନ ଶାସ୍ତ୍ର ଅନୁଯାୟୀ ନଚଳିଲେ ତୁମେ ଅଚଳ ହୋଇଯିବ। ଠକାମିରେ

ପଡ଼ିବ, ହଇରାଣ ହେବ । ଅସୁବିଧା ଭୋଗିବ । ବେଦ, ଉପନିଷଦର ସମୟ ଚାଲିଚଳଣି ଅନେକ ଦିନ ଆଗରୁ । ପୁରାଣ ପୋଥିର ବେଳ ଆଉନାହିଁ ।   ମାନ୍ଧାତା ଅମଳର ରୀତି ଓ ମରହଟ୍ଟୀ ଯୁଗର ନୀତି ଏ ସମୟକୁ ରଜାଘର ଗପପରି । ସାମନ୍ତବାଦୀ ମନୋବୃଭି ଏବେକୁ ପୁରୁଣା ଅଚଳ ଅଧୁଲି ଭଳି । ତାକୁ ଧରିବସି ବୈଦିକ ଶାସ୍ତ୍ର ମତେ ଚଲିଲେ ତୁମେ ଅଚଳ ମୁଦ୍ରା (ନୋଟ୍) ପରି ଜାଣ । କାଳ ବା ସମୟ ଅଥବା ଯୁଗ କିମ୍ବା ବେଳ କେବେବି କିଲାଟିଏ ପୋତି ତା ପାଖରେ ଅଟକି ପାରେନା ଏବଂ ସାଙ୍ଗରେ ଆଉ କାହାକୁ ଅଟକାଇ ପାରେନାହିଁ । ମାତ୍ର ତହିଁର କିଛି ସ୍ମୃତି ଆମ ପାଖରେ ରହିଯାଏ ବୋଲି ଆମେ ଛଟପଟ ହେଉ । ସ୍ମୃତି ହେଉଛି ଅଚଳ ନୋଟ ପରି । ତାକୁ ଯାଚିଲେ ସେ ଯୁଗରେ ମିଳୁଥିବା ଖାଣ୍ଡି ଏ ଯୁଗରେ ମିଳେନାହିଁ । ପୁରୁଣା ଅଚଳ ନୋଟକୁ ଯେପରି ବ୍ୟାଙ୍କରୁ ବଦଳ କରି ଆଣିବାକୁ ପଡ଼େ ସେହିପରି ପୁରୁଣା ମରହଟ୍ଟୀ ମନର ପରିବର୍ତ୍ତନ ଆବଶ୍ୟକ । ପୁରୁଣା କାଳିଆ ମରହଟ୍ଟୀ ଯୁଗର ମନୋବୃଭି ନେଇ ତୁମେ ଏ ଆଧୁନିକ ଯୁଗରେ ଆଦୌ ଚଲି ପାରିବ ନାହିଁ । ଅଚଳତ ହେବ ପୁଣି ହଟହଟା ମଧ୍ୟ । ତୁମର ପୁରୁଣା କାଳିଆ ଢଙ୍ଗ ଦେଖିଲେ ଲୋକେ ଠଟ୍ଟା କରିବେ । ମରହଟ୍ଟୀ ଯୁଗର ଚଳଣି ପାଇଁ ତୁମକୁ ପରିହାସ କରିବେ । ଟାପରା ମାରି କଥା କହିବେ ତୁମ ସେକାଳର ବ୍ୟବହାର ଲାଗି । ଦେଖେଇ ଶେଖେଇ ବିଦ୍ରୁପ କରିବେ । ତୁମେ ସମାଲୋଚନାର ପାତ୍ର ହେବ, ନିନ୍ଦା ଶୁଣି, ଅପବାଦ ପାଇବ ଏଭଳି କଳଙ୍କିଲଗା ଆଚାର ବ୍ୟବହାର ଲାଗି । ଲୋକମାନେ କହିବେ ତୁମକୁ ଇଙ୍ଗିତ କରି– “ଅମୁକ ନୁହଁ- ବୁଡ଼ୁଟା, ହୁଣ୍ଟାଟା, ବୋକାଟାମ । ସେଇଟା ଦୁନିଆରେ ରହି ଘରସଂସାର କରି ପିଲାଛୁଆର ବାପ ହୋଇ ସିଏ ସେବିଷୟରେ କିଛି ଜାଣିନି । ତା’ର ଆଦୌ ଧାରଣା ନାହିଁ ସାମାଜିକ ଚଳଣି, ଆଧୁନିକ ପଦ୍ଧତି ସମ୍ପର୍କରେ । ହାଁ ସେଇଟା ଅଗୁଆଁରଟା, ହାଉଡାଟା ।”

ସୁନିମା’ ତୁମେ ବୁଝୁନ କାହିଁକି ପୁରାତନର ସଂରକ୍ଷଣ ଯେତିକି ଗୁରୁତ୍ୱପୂର୍ଣ୍ଣ, ନୂତନର ନିର୍ମାଣ ମଧ ସେତିକି ଜରୁରୀ । ଅନଭିଜ୍ଞ ମନ୍ତବ୍ୟ, ଅବାନ୍ତର ଯୁକ୍ତି, ବିଭ୍ରାନ୍ତିକର ଆଶଙ୍କାକୁ ନେଇ ଆମେ ଆଉ କେତେଦିନ ଅପେକ୍ଷା କରି ରହିପାରିବା ? ତା’ପରେ ଶାସ୍ତ୍ରରେ ମଧ ଏକଥା କୁହାଯାଇଛି– “ପୁରାଣ ମିତ୍ୟେବ ନସାଧୁସର୍ବଂ ନ ଚାପିକାବ୍ୟଂ ନବମିତ୍ୟ ବଦ୍ୟଂ । ସନ୍ତଃ ପରୀକ୍ଷ୍ୟାନ୍ୟତରତ ଭଜନ୍ତେ । ମୂଢ଼ଃ ପରପ୍ରତ୍ୟୟନେୟ ବୁଦ୍ଧି ।” ଅର୍ଥାତ ପୁରୁଣା ବୋଲି ଯେ ସବୁଟିକ ତା’କଦାପି ନୁହେଁ, ଶାସ୍ତ୍ରରେ ଏକଥା ଅଛି । ତେଣୁ ତା’ ଠିକ୍ ଏମିତି ବି ନୁହେଁ । ଜ୍ଞାନୀ ବା ସଜ୍ଜନମାନେ ସବୁ ନିଜେ ବିବେଚନା ଓ ସମୀକ୍ଷା କରି ଗ୍ରହଣ କରନ୍ତି । ନିର୍ବୋଧଗୁଡ଼ା ଅନ୍ୟ ବୁଦ୍ଧି, ପରକଥା ଓ ନଜିରରେ ପରିଚାଳିତ ହୁଅନ୍ତି ।

ନଟିଆ ନନା ତାଙ୍କ ସ୍ତ୍ରୀକୁ ବୁଝାନ୍ତି ଝିଅପକ୍ଷ ସମର୍ଥନ କରି । କିନ୍ତୁ ଯଜମାନଙ୍କ ଲାଗି ତାଙ୍କ ମତ ବଦଳିଯାଏ । ସେ ଆଉ ଗୋଟେ ବାଗରେ ସେମାନଙ୍କୁ କହିଥାଆନ୍ତି । କଥା ପଦକେ (କଥାକେ) ପୁରାଣ, ଶାସ୍ତ୍ର, ବେଦ, ଉପନିଷଦ, ପୋଥି, ସଂହିତା ଓ କର୍ମକାଣ୍ଡ ତଥା କ୍ରିୟାପଦ୍ଧତିରୁ ଉଦାହରଣର ମାନ ଦିଅନ୍ତି । କୌଣସି ଯଜମାନ ଅସୁବିଧାରେ ପଡ଼ି ତାଙ୍କ ପରାମର୍ଶ ଲୋଡ଼ିଲେ ସେ ତାକୁ କୁହନ୍ତି– “ଈଶ୍ୱରଙ୍କ ଉପାସନା ପାଇଁ ଉପବାସ ନିହାତି ଆବଶ୍ୟକ ।” ଉପବାସ ବିନା ଉପାସନା ସମ୍ଭବ ନୁହେଁ । ଯେପରି ଗୃହରେ ଗୋବର ଲେପନ ପ୍ରାକୃତିକ ପ୍ରତିଷେଧକ ଏବଂ ଗୋବର ଲେପନ ଦ୍ୱାରା ସେ ସ୍ଥାନଟି ପବିତ୍ରତା ପ୍ରାପ୍ତି ହୋଇଥାଏ । ସେହିପରି ଉପବାସ ଶାରୀରିକ ପବିତ୍ରତାର ପରିଚାୟକ ତଥା ଶାରୀରିକ ସୁସ୍ଥତାର ନିୟନ୍ତ୍ରକ । ଉପବାସ ନ ରହିଲେ ଆମ୍ଶୁଦ୍ଧି ହୋଇପାରେନା । ଆମ୍ଶୁଦ୍ଧି ବ୍ୟତିରେକେ ମନରେ ନିଷ୍ଠା ଆସିପାରେ ନାହିଁ । ନିଷ୍ଠାରେ ନରହିଲେ ଦେବାରାଧନା ସମ୍ଭବ ହୁଏନା । ଓଡ଼ିଶାରେ ସାମାଜିକ, ଧାର୍ମିକ ଓ ସାଂସ୍କୃତିକ ପରମ୍ପରାରେ ବ୍ରତପାଳନ ଆମର ଜୀବନଧାରାକୁ ଶୃଙ୍ଖଳିତ କରିଥାଏ । ବ୍ରତ-ବ୍ରତ ସାଧାରଣତଃ ଉପବାସ, ନିୟମ, ସଂଯମ ଓ ନିଷ୍ଠା ପ୍ରଭୃତିକୁ ବୁଝାଇଥାଏ । ବ୍ରତ ଅର୍ଥ ସଂକଳ୍ପ । ଉପବାସ ଏକ ବ୍ରତ । ଏକ ଧର୍ମୀୟ ଭାବନା, ଏକ ପ୍ରଥା । ଧର୍ମୀୟ ଭାବନାରେ ଉପବାସ ରହିବାକୁ ଆମେ ଏକନିଷ୍ଠ ତଥା ଶ୍ରେୟ କର୍ମଭାବେ ବିଚାର କରୁ । ଆହୁରି ମଧ ଉପବାସ ରହିବା ପଛରେ

ବୈଜ୍ଞାନିକତା ରହିଛି, ଆଧ୍ୟାମ୍ମିକତା ବି ରହିଛି। ଜନ୍ମରୁ ମୃତ୍ୟୁଯାଏ ପାକସ୍ଥଳୀକୁ ବିଶ୍ରାମ ନାହିଁ। ସେ କେବଳ ହଜମ କରିଚାଲିଛି। ତାକୁ ବିଶ୍ରାମ ଦେବା ପାଇଁ ମଧ ଉପବାସର ଯୋଜନା। ଉପବାସ ରହିବା ଦ୍ୱାରା ଇନ୍ଦ୍ରିୟମାନେ ଶିଥିଳ ହୁଅନ୍ତି। ଚଞ୍ଚଳ ଇନ୍ଦ୍ରିୟ ମାଧ୍ୟମରେ ଲକ୍ଷ୍ୟ ହାସଲ କରିବା ବହୁକଷ୍ଟ। ତେଣୁ ଉପବାସ ରହି ଇନ୍ଦ୍ରିୟକୁ ନିୟନ୍ତ୍ରଣ କରାଯାଏ। ଏସବୁ ଭିତରେ ବି ଉପବାସ ରହିବା ଦ୍ୱାରା ମାନସିକ ଶାନ୍ତି ମିଳେ। ଉପବାସର ଅର୍ଥ ହେଉଛି- ଉପ (ନିକଟରେ) + ବାସ (ବାସକରିବା) ଉପବାସ ରହି ଭୋଜନ ଚିନ୍ତା ପରିତ୍ୟାଗ କରି ପ୍ରଭୁଙ୍କୁ ଭଜନ କରିବା ଦରକାର। ଉପବାସ ରହିବା ଅର୍ଥ ଶରୀର ଖାଦ୍ୟକୁ ଆୟତ୍ତ କରିବା ଓ ମନର ପ୍ରକୃଷ୍ଟ ଖାଦ୍ୟ (ହରି ନାମ)କୁ ଆହରଣ କରିବା। ତାହା ନ ହେଲେ ଆମ ଉପବାସ- ଉପହାସ ପାଲଟିଯିବ। ଖାଦ୍ୟ ଗ୍ରହଣ କରିବାର ସମସ୍ତ ସୁଯୋଗ ଓ ସୁବ୍ୟବସ୍ଥା ଥାଇ ନୀତିନିଷ୍ଠ ଭାବରେ ଉପବାସ କରିବା ଦ୍ୱାରା ଉପବାସ ବ୍ରତର ଫଳମିଳେ। ଏହାଦ୍ୱାରା ମାନସିକ ଶାନ୍ତି ମିଳିଥାଏ। ଖାଦ୍ୟ ଅଭାବ କିମ୍ବା ଅସୁବିଧାରେ ପଡ଼ି ଉପବାସରେ ରହିଲେ କୌଣସି ସୁଫଳ ମିଳିନଥାଏ।

ଆହୁରି ମଧ୍ୟ ସନାତନ ଧର୍ମ ପରମ୍ପରାରେ ଉପବାସ ଏକ ଆଧ୍ୟାମ୍ମିକ ଉପଲବ୍ଧି। ସଚ୍ଚିଦାନନ୍ଦମୟ ଭଗବାନଙ୍କ ବିଲକ୍ଷଣ ଅନୁଭବକୁ ଲାଭ କରିବାର ଏକ ଅନନ୍ୟ ମାଧ୍ୟମ ମଧ୍ୟ। ତାତ୍ତ୍ୱିକ ଚିନ୍ତନରେ ଉପବାସ କହିଲେ ନିକଟରେ ବାସ କରିବା। ଅର୍ଥାତ୍ ଆରାଧ୍ୟ ଇଷ୍ଟଙ୍କ ସାନ୍ନିଧ୍ୟ ଲାଭ, ବିଶ୍ୱାସ ଓ ଶ୍ରଦ୍ଧା ହିଁ ଏହାର ମୂଳାଧାର। ବିଶ୍ୱାସର କଷପାଷାଣରେ ପରୀକ୍ଷିତ ତଥା ଶ୍ରଦ୍ଧାର ମନ୍ଦାକିନୀରେ ବିଧୌତ ହୃଦୟ ହେଉଛି ଏହି ଉପବାସ ରୂପକ ଆଚରଣର ପ୍ରକୃଷ୍ଟ କ୍ଷେତ୍ର। ବିଶ୍ୱାସେ ମିଳନ୍ତି ହରି, ତର୍କେ ବହୁଦୂର- ଉକ୍ତିଟିର ଯଥାର୍ଥତାକୁ ପ୍ରତିପାଦିତ କରିବା ପାଇଁ ଉପବାସ ଏକ ଉଚ୍ଚାଙ୍ଗ ପ୍ରୟୋଗଶାଳା। ଉପବାସ ଦିନ ଖାଦ୍ୟ ପାନୀୟ ପରିତ୍ୟାଗର ବିଧାନଟି ଉଭୟ ଆଧ୍ୟାମ୍ମିକ ଓ ବୈଜ୍ଞାନିକ ବିଚାର ଉପରେ ପର୍ଯ୍ୟବସିତ। ବିଜ୍ଞାନ ଦୃଷ୍ଟିରୁ ଉପବାସ ଦ୍ୱାରା ଶାରୀରିକ ଗ୍ରନ୍ଥି ଗୁଡ଼ିକରୁ ଅନୁକୂଳ କ୍ଷରଣ ହେବା ସହିତ କୋଷମାନଙ୍କରୁ ବିଷାକ୍ତ ଉପାଦାନ ସମୂହର ବିଲୋପ ଘଟେ। ମେଦହ୍ରାସ ଓ ରକ୍ତ ଶୋଧନ ମଧ୍ୟ ଏହାର ଅନ୍ୟ ସକାରାମ୍ମକ ପ୍ରଭାବ। ସେହିପରି ଆଧ୍ୟାମ୍ମିକତା ଦୃଷ୍ଟିରୁ ଖାଦ୍ୟପେୟର ପରିତ୍ୟାଗ ଦ୍ୱାରା ଏସବୁର ଆହରଣ ପାଇଁ କରାଯାଉ ଥିବା ଶ୍ରମ ଓ ସଂଘର୍ଷରୁ ବିରାମ ମିଳିବା ସହିତ ବିଭୁ ମନସ୍କତା ନିମନ୍ତେ ଅବିଚଳିତ ଚିଉବୃଭିର ପ୍ରତିଫଳନ ଘଟିଥାଏ। ପୁନଶ୍ଚ ଶାସ୍ତ୍ରରେ କୁହାଯାଇଛି- ବିବିଧ ରୂପାପାଦିରୁ ଉପାବୃଭି ବା ନିବୃଭି ଓ ମନ ମଧ୍ୟରେ ଦୟା-କ୍ଷମା, ପରୋପକାର-ଅନସୂୟା-ସରଳତା ପ୍ରଭୃତି ଗୁଣଗୁଡ଼ିକର ବାସ ହେଉଛି ପ୍ରକୃତ ପରିଣାମ। ତେବେ ଶାରୀରିକ ସୁଖ ଭୋଗକୁ ତ୍ୟାଗ କରି ଏହି ଉପବାସ ଆଚରଣ କରିବା ଏକ ପବିତ୍ର-ଆହ୍ୱାନ ନିଶ୍ଚୟ। ନିଷ୍ଠା-ଶୌଚ-ସଂଯମ-ନିୟମାଦିକୁ ଆଧାରକରି ଏହି ଉପବାସ ପାଳନକୁ ମାର୍ମିକ ଅନୁମୋଦନ ଦିଆଯାଇଛି।

ରାଗିକି ହେଉ ବା ଭଗବାନଙ୍କ ଡରରେ ହେଉ କି ଭକ୍ତିରେ ହେଉ ଆମେ ଉପବାସ କରୁ। ଏହା ଆମ ଭାରତୀୟ ସଂସ୍କୃତିର ଏକ ଅଭିନ୍ନ ଅଙ୍ଗ। ସତ୍ତୁ ଜନ୍କ୍ରାସୋସ୍ତୋମଙ୍କ ମତ ହେଉଛି "ଆମ୍ମା ପାଇଁ ଖାଦ୍ୟ ହେଲା ଉପବାସ"। ବଡ଼ ସୁନ୍ଦର କଥାଟିଏ। ଯାହା ବୁଝାପଡ଼େ ଏ ଉକ୍ତିର ମାନେହେଲା ଆମ୍ମାର ଶୁଦ୍ଧିକରଣ ପାଇଁ ଏହା ଉଦ୍ଦିଷ୍ଟ। ଯଦି ଆମେ ଆମର ଇତିହାସ, ମାନେଧରନ୍ତୁ ପାଖାପାଖ ଅଶୀବର୍ଷ ପଛକୁ ଚାଲିଯିବା। ଗାନ୍ଧିଜୀଙ୍କ ଅହିଂସା ନୀତିରେ ଉପବାସ ବା ଅନଶନ ଥିଲା ଏକ ପରମ ଏବଂ ଖୁବ ଶକ୍ତିଶାଳୀ ଆୟୁଧ। ଏ ଅସ୍ତ୍ର ତାଙ୍କୁ ଅନେକ ସଫଳତା ଦେଇଥିଲା। ଚୌରାଚୌରି ହେଉ ବା ବଙ୍ଗର ଦଙ୍ଗା। ରୋକିବା ପାଇଁ ହେଉ ଉପବାସ ଏକ ସଫଳ ଅସ୍ତ୍ରଥିଲା। ବ୍ୟକ୍ତିଗତ ଜୀବନରେ ଉପବାସ ତାଙ୍କ ପାଇଁ ଏକ ସାଧନା ଭଳିଥିଲା। ସାର୍ବଜନୀନ ସେ ସମୁଦାୟ ସତରଥର ଯାହା ମୋଟ ୧୩୮ ଦିନ ଥିଲା ଉପବାସ ବା ଅନଶନ କରିଥିଲେ। ଠିକ ସେମିତି ଭଗତସିଂହ ଓ ତାଙ୍କ ସାଥୀ ଦୀର୍ଘ ୫୮ ଦିନର ଜେଲରେ ଉପବାସ କରି ବ୍ରିଟିଶ ସରକାରଙ୍କୁ ଦୋହଲେଇ ଦେବାରେ ସକ୍ଷମ ହୋଇଥିଲେ। ଗାନ୍ଧୀ ନିଜେ ଉପବାସକୁ ଆମର ଜୀବନଚର୍ଯ୍ୟାର ଅଙ୍ଗରୂପେ ଗ୍ରହଣ

କରିବା ସପକ୍ଷରେ ଅନେକଥର ମତ ରଖିଛନ୍ତି । ପ୍ରସିଦ୍ଧ ଦାର୍ଶନିକ ବେଞ୍ଜାମିନ ଫ୍ରାକ୍ଲିନ କହିଛନ୍ତି "ବିଶ୍ରାମ ଓ ଉପବାସ" ହେଲା ସର୍ବଶ୍ରେଷ୍ଠ ଔଷଧ । ଏକଥା ସତ ବିଶ୍ରାମ ଭଳି ଔଷଧୀୟ ଶକ୍ତିନାହିଁ ।

ଖ୍ରୀଷ୍ଟପୂର୍ବ ଯୁଗରେ ଆୟାରଲ୍ୟାଣ୍ଡରେ କୌଣସି ପ୍ରକାର ଅନ୍ୟାୟ ବିରୋଧରେ ଉପବାସ ଏକ ଅସ୍ତ୍ର ଥିଲା । ଭାରତରେ ତତ୍କାଳୀନ ବ୍ରିଟିଶ ସରକାର ୧୮୬୧ ମସିହାରେ ଏହାକୁ ବେଆଇନ ଘୋଷଣା କଲେ । ଏଥିରୁ ବୁଝାପଡ଼େ ଉପବାସ ପ୍ରଥା ତା'ର ଯଥେଷ୍ଟ ଆଗରୁ ପ୍ରଚଳିତ ଥିଲା ଓ ପ୍ରଭାବିତ ବି କରୁଥିଲା । ରାମାୟଣର ଅଯୋଧ୍ୟା କାଣ୍ଡରେ ଏହାର ବର୍ଣ୍ଣନା ଅଛି । ବିଂଶ ଶତାବ୍ଦୀରେ ସୁଫ୍ରାଗେଟ୍‌ରେ ଏହାର ବ୍ୟବହାର ହୋଇଥିଲା । ସୁଫ୍ରାଗେଟ୍ ଥିଲା ବ୍ରିଟେନ ଓ ଆମେରିକାରେ ମହିଳାମାନଙ୍କ ଭୋଟ ଦେବା ଅଧିକାର ପାଇଁ ଲଢ଼େଇ । ତାଛଡ଼ା ସ୍ୱାଧୀନ ଭାରତରେ ଭାଷାଭିତ୍ତିକ ରାଜ୍ୟ ଗଠନରେ ଉପବାସ ଏକ ବଡ଼ ଭୂମିକା ନେଇଥିଲା । ପଟି‌ଶ୍ରୀରମୁଲୁ ୧୯୫୨ ମସିହାରେ ଦୀର୍ଘ ୫୮ ଦିନ ଧରି ଉପବାସ କରିଥିଲେ, ଆନ୍ଧ୍ର ରାଜ୍ୟ ଗଠନ ପାଇଁ ଓ ସେଥିରେ ତାଙ୍କର ମୃତ୍ୟୁ ହୋଇଥିଲା । ତାଙ୍କୁ ସେଠାରେ ଅମରଜୀବୀ ବୋଲି କୁହାଯାଏ ।

ସ୍ୱାମୀ ବିବେକାନନ୍ଦ କହିଛନ୍ତି ଯେ, ଯିଏ ଉପବାସ ଦିନଟିକୁ ଦୁର୍ଭାବନାରେ କଲୁଷିତ କରେ, ସେ ବ୍ୟକ୍ତିର ପେଟ ପାଟି ଚିପି ଖାଇବା ପିଇବା ଛାଡ଼ିବାରେ କିଛି ଫଳ ହୁଏନାହିଁ । କାରଣ ତା'ର ଇନ୍ଦ୍ରିୟମାନେ ଆଦୌ ସଂଯମ ନୁହଁତି । ତେଣୁ ସେଭଳି ବ୍ୟକ୍ତି ବରଂ ଉପବାସ ଛାଡ଼ି ପଡ଼ିଆରେ କୌଣସି ଖେଳ ଖେଳିବା ସ୍ୱାସ୍ଥ୍ୟ ପକ୍ଷରେ ଭଲ ହେବ ।

କଷ୍ଟ କଲେ କୃଷ୍ଣ ମିଳନ୍ତି । ଦେହ କଷ୍ଟ ସହିବ (ଉପବାସ ପାଳନ କରି) ମନରେ ରହିଥିବ ନିଷ୍ଠା, ଲକ୍ଷ୍ୟ ରଖିବ ଏକ ବିନ୍ଦୁରେ ସ୍ଥିର କରି ନାସାଗ୍ରରେ ଲକ୍ଷ୍ୟ ରହିବ ଅବିଚଳିତ । ତେବେ ଯାଇ ସିଦ୍ଧି ଲାଭ ସମ୍ଭବ । ସେଥିପାଇଁ ଗୀତାରେ କୁହାଯାଇଛି– "ଯେଷାଂ ତ୍ୱନ୍ତଗତଂ ପାପଂ ଜନାନାଂ ପୁଣ୍ୟ କର୍ମଣାଂ, ତେ ଦ୍ୱନ୍ଦ ମୋହନି ମୁକ୍ତା, ଭଜନ୍ତେ ମାଂ ତୃତ୍‌ଦ୍‌ବ୍ରତାଃ (୨୮/୧) । ଯେଉଁମାନେ ପୁଣ୍ୟାତ୍ମା, ଦ୍ୱନ୍ଦ ମୋହାଦି ତାଙ୍କୁ ସ୍ପର୍ଶ କରେନାହିଁ । ସେମାନେ ମୋତେ ପାଇଥାଆନ୍ତି । ସେଥିପାଇଁ ରିଷ୍ଟ ଖଣ୍ଡନ ଲାଗି ନିଷ୍ଠାର ସହିତ ଭକ୍ତି ସହକାରେ ମନଧ୍ୟାନ ଦେଇ, ଧ୍ୟାନ ଲଗାଇ, ଲକ୍ଷ୍ୟ ସ୍ଥିର ରଖି ଭଗବାନଙ୍କୁ ଏକ ଲୟରେ ସ୍ମରଣ କରିବାକୁ ପଡ଼ିବ । ସେଥିପାଇଁ କୁହାଯାଇଛି– "ହରଂ ହରିଂ ହରିଶ୍ଚନ୍ଦ୍ର ହନୁମାନ୍ତଂ ହୁତାଶନମ୍, ହକାରାଦୀନ ସ୍ମରେନ୍ତିତ୍ୟଂ ହାନିସ୍ତସ୍ୟ ନ ବିଦ୍ୟତେ ।" ଯେ ନିତ୍ୟ ହର, ହରି, ହରିଶ୍ଚନ୍ଦ୍ର, ହନୁମାନ ଓ ହୁତାଶନ (ଅଗ୍ନି) ଏହି ପଞ୍ଚହକାର ଆଦ୍ୟରେ ଥିବା ନାମ ସ୍ମରଣ କରନ୍ତି ତାଙ୍କର କୌଣସି ହାନି ହୁଏନାହିଁ । ଭଗବାନ ସନ୍ତୁଷ୍ଟ ହେଲେ ଯାଇ ତୁମର ଦୁଃସମୟ କଟି ଶୁଭ ବେଳର ଆଗମନ ସମ୍ଭବ ହେବ । ବ୍ରତପାଳନ ନିମିତ୍ତ ଉପବାସ ରହିବାକୁ ପଡ଼ିବ । ଭଲଭାବେ ମନେରଖ ପ୍ରଥମେ ଦିଅଁ ପରେ ଦେହ । ତେଣୁ ତୁମେମାନେ ଅତି ନିଷ୍ଠାର ସହିତ ଉପବାସ ରହି ବ୍ରତ ପାଳନ କର । ନହେଲେ ମୁକ୍ତି କେବେବି ସମ୍ଭବ ନୁହେଁ । ଆମ ରାଜ୍ୟ ଏହି ଓଡ଼ିଶାରେ ଗ୍ରାମସଂଖ୍ୟା ପ୍ରାୟ ଷାଠିଏ ହଜାର । ତା ସହିତ ୬୨ ପ୍ରକାର ଆଦିବାସୀ ସମ୍ପ୍ରଦାୟ ଆମ ରାଜ୍ୟରେ ବାସ କରନ୍ତି । ୨୦୧୧ ମସିହା ଜନଗଣନା ଅନୁସାରେ ସ୍କୁଲ ଓ କଲେଜ ସଂଖ୍ୟା ମୋଟ ଅଠାନବେ ହଜାର ଥିବାବେଳେ ମନ୍ଦିର, ମସ୍‌ଜିଦ, ଗିର୍ଜା ଓ ଗୁରୁଦ୍ୱାର ସଂଖ୍ୟା ମିଶି ଏକଲକ୍ଷ ଚଉତିରିଶ ହଜାର । ଏହି ହିସାବରୁ ଜଣାଯାଉଛି ଆମମାନଙ୍କ ମନରେ ଭକ୍ତିଭାବର ଊଣା ଘଟିନି । କେବଳ ଠାକୁରମାନଙ୍କ ପାଇଁ ଆମେ ଦେବାଳୟ ଗଢ଼ିଦେଲେ ହେବନାହିଁ । ଆମମାନଙ୍କ ମନରେ ଭକ୍ତି, ନିଷ୍ଠା ଓ ଉତ୍ସର୍ଗୀକୃତ ଭାବ ରହିବା ନିହାତି ପ୍ରୟୋଜନ । ଶାରୀରିକ, ମାନସିକ, ବୌଦ୍ଧିକ, ସାମାଜିକ, ଆବେଗିକ ଓ ଭାଷାଗତ ବିକାଶ ଆବଶ୍ୟକ । ଶାରୀରିକ ଓ ଅଙ୍ଗଚାଳନାର ଦକ୍ଷତା, ଭାଷାଗତ ପଟୁତା, ବୌଦ୍ଧିକ ବା ଜ୍ଞାନାମ୍ଳକ ବିକାଶ । ସାମାଜିକ ଓ ଆବେଗିକ ବିକାଶ । ସୃଜନଶୀଳତା ଓ ସୌନ୍ଦର୍ଯ୍ୟବୋଧର ବିକାଶ ଦରକାର । ଆମେତ ଗାଁର ଭାଗବତ ତୁଙ୍ଗି କଥା ପ୍ରାୟତଃ ଭୁଲିଗଲୁଣି । ଜବ, ଗିରା, ଅଙ୍ଗୁଳ, ଚଉଠ, ପାଆ, ଚାଖଣ୍ଡ, ମୁଠୁରି, ହାତ, କାଠି ଆମକୁ ମରହଟ୍ଟା ଯୁଗର କଥା

ପରି ଲାଗୁଛି । ମାଣ, ମହଣ, ପାୟା, ଛଟାଙ୍କି, ଭାର, ସେର, ଅଧଲା, ପାଉଲାକୁ ଆମେ ପୁରୁଷାକାଳିଆ ପରିମାପକ କହି ଛାଡ଼ି ଦେଲୁଣି । ଭାଗବତ ଟୁଙ୍ଗିକୁ ଭୁଲି ଆଧ୍ୟାମ୍ରିକ ମାର୍ଗକୁ ତ୍ୟାଗକଲେ ଆମେ କେବଳ ଏଜନ୍ମରେ ପ୍ରଭୁଙ୍କ କୃପା ଲାଭରୁ ବଞ୍ଚିତ ହେବାନାହିଁ ବରଂ ଜନ୍ମଜନ୍ମାନ୍ତର ଲାଗି ଦୁଃଖଦୁର୍ଦ୍ଦଶା ଭୋଗୁଥିବା ।

ତେଣୁ ଆମକୁ ଶାସ୍ତ୍ର ନିର୍ଦ୍ଦେଶମତେ ନଚଳିଲେ ହେବ ନାହିଁ । ସେଥିପାଇଁ କୁହାଯାଇଛି "ଅନେକ ସଂଶୟୋ ଚ୍ଛେଦି ପରୋକ୍ଷାର୍ଥସ୍ୟ ଦର୍ଶକମ୍ । ସର୍ବସ୍ୟ ଲୋଚନଂ ଶାସ୍ତ୍ର ଯସ୍ୟ ନାସ୍ତ୍ୟନ୍ଧ ଏବସଃ ।" ଶାସ୍ତ୍ର ମନରୁ ଅନେକ ସନ୍ଦେହ ଦୂରକରେ । ଆଖିରେ ଦେଖି ପାରୁନଥିବା ବିଷୟ ସବୁ ଶାସ୍ତ୍ରଦ୍ୱାରା ଜଣାଯାଏ । ତେଣୁ ଶାସ୍ତ୍ର ସମସ୍ତଙ୍କର ନେତ୍ର ଅଟେ । ଯେ ଶାସ୍ତ୍ର ନଜାଣେ ସେ ନେତ୍ର ଥିଲେ ମଧ୍ୟ ଅନ୍ଧ ସଦୃଶ । ଆମର ପୋଥି, ପୁରାଣ, ମହାଭାରତ, ରାମାୟଣ, ଇତିହାସ, ଭାଗବତ, ଗୀତା, ଉପନିଷଦ ସବୁଟି ମାନବ ଜଗତ ନିମିଉ କିଛି ନୀତି, ଆଦର୍ଶ, ନିର୍ଦ୍ଧାରିତ ହୋଇଛି । ଏହାକୁ ପାଳନ କଲେ ହିଁ ମାନବ ସଭ୍ୟ, ସଂସ୍କୃତ ଓ ନିରାମୟ ଜୀବନ ଯାପନ କରିପାରେ । ସୁସ୍ଥ, ଆନନ୍ଦମୟ ଓ ନିରାପଦ ଜୀବନ ଯାପନ କରିବା ସଙ୍ଗେ ସଙ୍ଗେ କିଛି ଅନୁତପ୍ତ ବିଷାଦ ବା ପଶ୍ଚାତାପର ସାମ୍ନା କରିବାକୁ ପଡ଼େନାହିଁ ।

'ବେଦୋଖିଲ ଧର୍ମ ମୂଲମ୍'– ସମଗ୍ର ଧର୍ମର ମୂଲ ହେଉଛି ବେଦ । ସକଳ ଗ୍ରନ୍ଥର ସାର ବେଦ । ବେଦର ସାର ଉପନିଷଦ । ଉପନିଷଦର ସାର ଗୀତା ଏବଂ ଗୀତାର ସାର ଭଗବାନ । ଯେ ସମସ୍ତ ପାପରୁ ମୁକ୍ତ କରିଦିଅନ୍ତି । ବେଦର ଶେଷାଂଶକୁ ଉପନିଷଦ କୁହାଯାଏ । ବେଦ ପ୍ରଭୃତି ତତ୍ତ୍ୱ ଓ ଉପନିଷଦ ଆମ୍ରତତ୍ତ୍ୱ ଉପରେ ପ୍ରତିଷ୍ଠିତ । ଉପନିଷଦର ସାରତତ୍ତ୍ୱ ଗୀତାରେ ବର୍ଣ୍ଣିତ । ଉପନିଷଦ ଓ ଗୀତା ପରସ୍ପର ଅଙ୍ଗାଙ୍ଗୀ ଭାବେ ସଂଶ୍ଲିଷ୍ଟ । ଉପନିଷଦ ଆମ୍ବିଦ୍ୟା ବା ବ୍ରହ୍ମବିଦ୍ୟା ପ୍ରତିଷ୍ଠା ସହ ମୂଲ୍ୟବୋଧକୁ ଗୁରୁତ୍ୱଦିଏ । ଉପନିଷଦର ଅର୍ଥ– ଉପ ଅର୍ଥାତ ନିକଟ ଓ ନିଷଦ ଅର୍ଥ ବସିବା– ଗୁରୁଙ୍କ ନିକଟରେ ବସି ଜ୍ଞାନ ଆହରଣ କରିବା, ଆଚାର୍ଯ୍ୟ ଶଙ୍କର କହିଛନ୍ତି । ଉପନିଷଦ ଅଜ୍ଞାନ ଦୂରକରି ଆତ୍ମଜ୍ଞାନ ପ୍ରଜ୍ୱଳିତ କରେ । ଆମର ଯାତ୍ରା ଅବିଦ୍ୟା ଲୋକରୁ ବିଦ୍ୟା ଲୋକକୁ ଅଟେ । 'ସଦ୍' ଧାତୁର ଅର୍ଥ ଢିଲା କରିବା ବା ନଷ୍ଟକରିଦେବା ବା ପହଞ୍ଚାଇଦେବା । ଢିଲା କରିବା ଅର୍ଥ ସଂସାର ସହ ଅନାସକ୍ତ ଭାବ ଉପୁଜାଇ, ଅଜ୍ଞାନ ନଷ୍ଟ କରି ଆମ୍ରା ନିକଟରେ ଉପନୀତ କରାଇବା । ଉପନିଷଦ ପୂର୍ଣ୍ଣଭାବେ ଆଧ୍ୟାମ୍ରିକ ଦର୍ଶନ ଶାସ୍ତ୍ର । ଏହା ପ୍ରବଚନ ଓ କଥୋପକଥନ ମାଧ୍ୟମରେ ପ୍ରକାଶିତ । 'ଉପ' ଅର୍ଥ ନିଷ୍ଠାର ସହ ଅଧ୍ୟୟନ କରିବା । 'ଷଦ'ର ଅର୍ଥ ପରମ ସତ୍ୟ ପ୍ରାପ୍ତ ହେବା । ଗୁରୁଶିଷ୍ୟ ଆଲୋଚନାରୁ ଉପନିଷଦ କାହାଣୀର ସୃଷ୍ଟି । ମୁଖ୍ୟତଃ ଦଶଟି ଉପନିଷଦ ବିଷୟରେ ଆଚାର୍ଯ୍ୟ ଆଦି ଶଙ୍କର ଭାଷ୍ୟ ରଚନା କରିଛନ୍ତି । ସମୁଦାୟ ୧୦୮ଟି ଉପନିଷଦ ଥିବାର ଜଣାଯାଏ । ଏଗୁଡ଼ିକ ମୁକ୍ତି– କୋପନିଷଦରେ ବର୍ଣ୍ଣିତ ହୋଇଛି । ରକ୍ ବେଦରେ ୧୦ଟି, ସାମବେଦରେ ୧୬ଟି, ଯଜୁବେଦରେ ୫୦ଟି ଓ ଅଥର୍ବ ବେଦରେ ୩୨ଟି ଉପନିଷଦ ଅଛି ।

ମନୁଷ୍ୟର ଲକ୍ଷ୍ୟ ପୂର୍ଣ୍ଣତା ପ୍ରାପ୍ତି । ଏଥିପାଇଁ ମନୁଷ୍ୟ ସତ୍ୟାନୁସରଣ କରେ । ଏହା ହିଁ ଉପନିଷଦର କେନ୍ଦ୍ରବିନ୍ଦୁ । ଏହା ଆମ୍ରାର ଆହ୍ୱାନ ଓ ହୃଦୟର ଭାଷା । ଏଥରୁ ନିତ୍ୟ ସତ୍ୟର ଆଭାସ ମିଳେ । ଉପନିଷଦ ଜ୍ଞାନକାଣ୍ଡ ସହ ଯୁକ୍ତ । ପ୍ରଜ୍ଞାନଂ ବ୍ରହ୍ମ, ତତ୍ତ୍ୱ ମସି, ଅହଂ ବ୍ରହ୍ମାସ୍ମି ଓ ଅୟମ ଆତ୍ମା ବ୍ରହ୍ମ ଏହାର ସାରସତ୍ତ୍ୱ । ଉପନିଷଦର ମୂଲପିଣ୍ଡ । ବ୍ରହ୍ମବିଦ୍ୟା ବା ଆତ୍ମବିଦ୍ୟା ମୁଣ୍ଡକ ଜପନିଷଦ ବ୍ୟକ୍ତ କରେ ବ୍ରହ୍ମବିଦ୍ୟା ହିଁ ସର୍ବ ବିଦ୍ୟାର ମୂଲତତ୍ତ୍ୱ । ସମସ୍ତ ନଦୀ ସମୁଦ୍ରରେ ଲୀନ ହେବା ସଦୃଶ ସକଳ ଜ୍ଞାନ ବ୍ରହ୍ମ ଜ୍ଞାନରେ ଲୀନ ହୋଇଯାଏ । ଶ୍ୱେତା ଶ୍ୱେତର ଉପନିଷଦ ପ୍ରଶ୍ନ କରିବାକୁ ଶିଖାଇଛି ଜଗତର ମୂଲକିଏ ? ଏହା କ'ଣ ବ୍ରହ୍ମ ? ଆମ ଜନ୍ମର କାରଣ କ'ଣ ? ଆମେ କିପରି ଜୀବନ ଧାରଣ କରୁ ? ମୁଁ କିଏ ? ଏଠାରେ କେତେଦିନ ରହିବି ? ମୋର ଆଗମନ କେଉଁଠାରୁ ? କେଉଁଠାକୁ ପ୍ରତ୍ୟାବର୍ତ୍ତନ ? ଏଗୁଡ଼ିକ ମଣିଷର ମୌଳିକ ପ୍ରଶ୍ନ ହେବା ଉଚିତ । ଏହାର ସତ୍ୟାସତ୍ୟ ଉପନିଷଦ ନିରୂପଣ କରିଥାଏ ।

ନଟିଆ ନନା କଥା କହିଲା ବେଳେ ତରବର ହୋଇ କହିନଥାନ୍ତି । ଧୀରେ ସୁସ୍ସେ, ରହିରହି, ମଝିରେ ମଝିରେ

ଦମ୍ ମାରି କଥା କହନ୍ତି । ଭାବିଚିନ୍ତି ପୁରାଣରୁ ଉଦାହରଣ ଦେଇ ଆଖ୍ୟାୟନ ମାଧମରେ ଶାସ୍ତ୍ରକୁ ବ୍ୟାଖା କରି ସେ ବୁଝାଇ ଥାଆନ୍ତି । ସେ କହନ୍ତି ବେଦମତେ ଆମକୁ ଚଳିବାକୁ ପଡ଼ିବ । ଆବଶ୍ୟକ ସ୍ଥଳେ ଭାଗବତରୁ ପଦେପଦେ ଓ ଗୀତାରୁ ଶ୍ଲୋକମାନ ପ୍ରୟୋଗ କରି ସେ ବୁଝାନ୍ତି । କଥା କହିଲାବେଳେ ତାଙ୍କ କପାଳର ରେଖାସବୁ କୁଞ୍ଚିତ ହୋଇଯାଏ । ନିଜ ଥଣ୍ଡଲ ପେଟରେ ବାମହାତ ଆଉଁଶିଲା ପରି ବୁଲାଇ ଆଣି ଡାହାଣ ହାତକୁ ବିଭିନ୍ନ ମୁଦ୍ରା ଆକୃତିରେ ପ୍ରଦର୍ଶନ କରି ସେ ଯଜମାନଙ୍କ ଆଗରେ ଆପଣା ପାଣ୍ଡିତ୍ୟ ପଣକୁ ଅତି ଚତୁର ଭାବରେ ଉପସ୍ଥାପନ କରିଥାଆନ୍ତି । "ମାତୃବତ୍ ପରଦାରେଷୁ ପର ଦ୍ରବ୍ୟେଷୁ ଲୋଷ୍ଟବତ୍, ଆତ୍ମବତ ସର୍ବଭୂତେଷୁ ଯଃ ପଶ୍ୟତି ସପଣ୍ଡିତଃ" । ପରସ୍ତ୍ରୀକୁ ମା' ଭଳି, ପରର ଧନବିଭବକୁ ସାଧାରଣ ଗୋଡ଼ିମାଟି ଭଳି ନିଲୋଭତାର ସହିତ ବିଚାର କରୁଥିବା ତଥା ସମସ୍ତ ଜୀବଜଗତକୁ ନିଜ ସହିତ ସମତୁଲ କରି ଦେଖୁଥିବା ବ୍ୟକ୍ତି ବାସ୍ତବରେ ପଣ୍ଡିତ । କଥା କୁହାଳିଆମାନେ ନୁହନ୍ତି, ଆଉ ଯାହାକୁ ତୁମେ ଆପଣାର ପରିବାର କିମ୍ବା ପରିଜନ ବୋଲି ଭାବୁଛ, ସେମାନେ କେହି ତୁମ ସାଥୀରେ ନା ପୂର୍ବ ଜନ୍ମରେ ଥିଲେ କିମ୍ବା ପରଜନ୍ମରେ ରହିବେ ? ଅଥଚ ସେମାନଙ୍କ ସୁଖ ସୁବିଧା ପାଇଁ ଛାଟିପିଟି ହୋଇ ତୁମେ ନିଜ ଜୀବନର ମହତ ସମୟକୁ ଅପଚୟ କରୁଛ । ଯାକୁ ବୁଦ୍ଧି କହିବା ନା ଅଜ୍ଞତା କହିବା ?

ମଣିଷ ଖାଲି ମିଛ ନୁହେଁ । ତା' ଚଳଣି ବି ମିଛ । ତା' ଚାରିପଟ ମିଛ । ଇଏ ପରା ମିଛ ମାୟା ସଂସାର । କେତେ ଜଣ ମଣିଷ ସତ୍ୟରେ ବଞ୍ଚନ୍ତି ? ସତ୍ୟ ପାଇଁ ବଞ୍ଚନ୍ତି ? ଏମିତିବି ସବୁବେଳେ ସତ କହୁଥିବା ମଣିଷଟିଏ ଖୋଜିଲେ ସହଜରେ ମିଳିବ ନାହିଁ । କେବଳ (ଖଣ୍ଡିକାଶ ମାରି ନିଜକୁ ଉପସ୍ଥାପନ ପୂର୍ବକ) ବ୍ୟତୀତ ଠିକ୍ ନଟିଆନନ୍ଦଙ୍କ ପରି । ଯେଉଁଠି ଧର୍ମରାଜ ଯୁଧିଷ୍ଠିର ପାରି ନ ଥିଲେ । ସେପରି ସ୍ଥଳେ ନଟିଆ ନାନା କୁଆଡ଼ୁ ପାରନ୍ତେ ।

"ଅଧର୍ମଂ ଧର୍ମମିତି ଯା ମନ୍ୟତେ ତମସାବୃତା । ସର୍ବାଥାନ ବିପରୀତାଂଶ୍ଚ ବୁଦ୍ଧିଃ ସା ପାର୍ଥ ତାମସୀ ।" (ଗୀତା ୩୨/୧୮) ହେ ପାର୍ଥ ଯେଉଁ ବୁଦ୍ଧିଦ୍ୱାରା ଅଧର୍ମକୁ ଧର୍ମ ବୋଲି ମନେ କରାଯାଏ ଏବଂ ସମସ୍ତ ଅର୍ଥକୁ ବିପରୀତ ବୋଧ କରାଯାଏ । ତମୋଗୁଣାବୃତା ସେହି ବିପରୀତ ଗ୍ରାହିଣୀ ବୁଦ୍ଧିକୁ ତାମସୀ କହନ୍ତି । ଏହି ତାମସୀ ଗୁଣଦ୍ୱାରା ପ୍ରଭାବିତ ସମାଜରେ ଏତେ ଅଘଟଣ, ଯେତେସବୁ ଅନର୍ଥ, ବିପଦ, ବିପର୍ଯ୍ୟୟ । କଳିକାଳ ଯେ ଘୋର କଳିକାଳ । ଆଧ୍ୟାତ୍ମ ରାମାୟଣରେ ହନୁମାନଜୀ ଲେଖିଲେ- "ପ୍ରାପ୍ତେ କଳିଯୁଗେ ଘୋରେ ନରାଃପୁଣ୍ୟ ବିବର୍ଜିତାଃ, ଦୁରା ଚାରରତାଃ ସର୍ବେ ସତ୍ୟବାର୍ତା ପରାଙ୍ମୁଖା । ପରାପବାଦ ନିରତାଃ ପରଦ୍ରବ୍ୟାଭିଲାଷିତଃ । ପରସ୍ତ୍ରୀ ଶକ୍ତା ମନସଃ ପରହିଂସା ପରାୟଣାଃ । ଦେହାମ୍ ଦୃଷ୍ଟୟୋ ମୂଢ଼ା ନାସ୍ତିକାଃ ପଶୁବୁଦ୍ଧୟଃ ମାତୃପିତୃକୃତ ଦ୍ୱେଷାଃ ସ୍ତ୍ରୀ ଦେବା କାମକିଙ୍କରାଃ" । ଅର୍ଥାତ୍ ଅନୁବାଦରେ କୁହାଯାଇଛି- ଘୋର କଳିକାଳ ପ୍ରାପ୍ତେ ପୁଣ୍ୟ କର୍ମ ବରଜି, ଦୁରାଚାରେ ଲୋକେ ମାତିବେ ମିଥ୍ୟା ଭାଷଣେ ମଜି । ପର ଅପବାଦେ ନିରତେ ପରଦ୍ରବ୍ୟେ ଅସକ୍ତ । ପରଦାରା ପ୍ରତି ଲାଳସା, ପରନିନ୍ଦାରେ ତୃପ୍ତି । ଦେହକୁ ମଣିବେ ସର୍ବସ୍ୱ ମୂର୍ଖେ ନାସ୍ତିକ ହେବେ । ମାତାପିତାକୁ ଶତ୍ରୁ ମଣିବେ, ଭାର୍ଯ୍ୟା ଦେବୀ ସାଜିବେ । କାମର କିଙ୍କର ଭାରିଜା ବୋଲକାରା ହୋଇବେ । ପଶୁପରି ନରେ ହୋଇବେ କଳିକାଳ ପ୍ରଭାବେ । ମହାକବି କାଳୀଦାସ କହିଛନ୍ତି- କିଂ କୁର୍ବନ୍ତି ନ କୁର୍ବନ୍ତି କାମିନୀ ବାଗାନରାଃ । ଅର୍ଥାତ୍ ସ୍ତ୍ରୀର ବଶୀଭୂତ ପୁରୁଷ କ'ଣ କରିପାରେ ବା କ'ଣ ନକରିପାରେ । କିନ୍ତୁ କଳିଯୁଗରେ କ'ଣ ହେବ ତାହା ଗୋସ୍ୱାମୀ ତୁଲସୀ ଦାସ ବର୍ଣ୍ଣନା କରିଛନ୍ତି । "ଗୁନ ମନ୍ଦିର ସୁଦର ପରିତ୍ୟାଗୀ ଭଜ ହିଁ ନାରୀ ପରପୁରୁଷ ଅଭାଗୀ" । ଅର୍ଥାତ୍- ଗୁଣବାନ ସୁଦର ପତିକୁ ଛାଡ଼ି ପତ୍ନୀ ପରପୁରୁଷକୁ ପ୍ରେମ କରିବେ । ସେ ପୁଣି ପୁରୁଷମାନଙ୍କ ସମ୍ପର୍କରେ କହିଛନ୍ତି- କୁଲବନ୍ତୀ ନିକାରଯ ନାରୀସତୀ । ଗୃହ ଆନଇ ଚେରୀ ନି ଚେରିଗତି । ପୁରୁଷ କୁଲବନ୍ତୀ ସ୍ତ୍ରୀକୁ ଘରୁ ବାହାର କରିଦେଇ ସ୍ୱେଚ୍ଛାଚାରିଣୀ ସ୍ତ୍ରୀକୁ ଆଣି ଘରେ ରଖିବ ।

କଳିଯୁଗ କଥା ଭିନ୍ନ । ଶିଷ୍ୟ ଗୁରୁଠୁ ଚତୁର । ପାଠ କିଶା ବିକା ହେଉଛି । ଅବିଦ୍ୟା ବିଦ୍ୟା ବୋଲାଉଛି । ଯାକୁ

ଧରି ମଣିଷ ମରିବା ପାଇଁ ବଞ୍ଚିବାକୁ ଲଢ଼େଇ କରୁଥିବା ସିନା । ଅମୃତର ସନ୍ଧାନ କଦାପି ପାଇ ପାରିବ ନାହିଁ । ସମାଜରେ ବିଶୃଙ୍ଖଳା ବଢୁଛି । ସଂସାରରେ ଅନୀତି ବ୍ୟାପୁଛି । ଦୁନିଆରେ ଅବିଚାର ଚାଲିଛି । ମଣିଷର ବିଚାର ବୁଦ୍ଧି ଲୋପ ପାଇଗଲାଣି । ଲୋକମାନଙ୍କର ବିବେକ ପଣିଆ ଆଉନାହିଁ । ପ୍ରକୃତ କଥା ବୁଝିବାକୁ କାହାର ତର ସହୁନି । ବାସ୍ତବ ପରିସ୍ଥିତି ହୃଦୟଙ୍ଗମ ଲାଗି ଫୁରସତ ମିଳିଲେ ସିନା କିୟା ସେଭଳି ମାନସିକତା ଥିଲେ ଅବା । ଏଇନେ ସମସ୍ତେ ଉଗ୍ର ସ୍ୱଭାବର । ଉଗ୍ରଦଣ୍ଡ, ପ୍ରଚଣ୍ଡ, ସଂହାର ବେଳ ଆସିଗଲା । ଏଣିକି ମଣିଷରୂପୀ ମେଛମାନେ ସଂହାର ହେବେ । ଧ୍ୱଂସ ବେଳ ଆସିଗଲା ଜାଣ । ପ୍ରଳୟର ସମୟ ଉପସ୍ଥିତ ହେଲାଣି ଆସି । ମହାପ୍ରଳୟ ଘଟିବ ନିଶ୍ଚୟ । ସର୍ବେ ହୋଇବେ ଏକାକାର, ନଥିବ ବେଦର ବିଚାର । ସର୍ବେ ହୋଇବେ ଏକମୁଖ, ବୋଲିବେ ନାରାୟଣ ରଖ । ସମାପ୍ତର କାଳ୍ପନିକ ବର୍ଣ୍ଣନା ପାଇଁ ହକିନ୍ସଙ୍କ ଚିତ୍ର ଶ୍ରୀମଭଗବତ୍ ଗୀତାର ବିଶ୍ୱରୂପ ଦର୍ଶନ ଦ୍ୱାରା ପ୍ରଭାବିତ । ଧରିନେବା ଯାହା ଆରମ୍ଭ ହୁଏ ତାହା ଶେଷ ହେବ । ସୃଷ୍ଟି ଅଛିତ ପ୍ରଳୟ ନିଶ୍ଚିତ ହେବ । ଏଥିପାଇଁ ଭାଗବତ କହିଛନ୍ତି– କ୍ଷଣକେ ହେବ ପୃଥୀନାଶ, ପ୍ରଳୟ ଜ୍ୟୋତି ପରକାଶ ।

ଗାନ୍ଧିଜୀଙ୍କ ଭାଷାରେ ଆମର ଆବଶ୍ୟକତା ପାଇଁ ପ୍ରକୃତି ଯଥେଷ୍ଟ, ମାତ୍ର ଆମର ଲୋଭ ଲାଗି ଯଥେଷ୍ଟ ନୁହେଁ । ବଡ଼ ଦୁଃଖ ଓ ପରିତାପର ବିଷୟ ମନୁଷ୍ୟ ଆପଣା ସୁଖ ସୁବିଧା ନିମନ୍ତେ ଅତି ମୂଲ୍ୟବାନ ପ୍ରକୃତିର ଭାରସାମ୍ୟକୁ ନଷ୍ଟ କରିବାରେ ଲାଗିଛି । ଯାହାକି ଭବିଷ୍ୟତରେ ମନୁଷ୍ୟ ପାଇଁ ହିଁ ମୃତ୍ୟୁର କାରଣ ସାଜି ଠିଆହେବ । ଆର୍ଥିକ ଅଭିବୃଦ୍ଧି କୁପରିଣାମ ଯୋଗୁ ପରିବେଶ ଅବକ୍ଷୟ ହେବାକୁ ବସିଲାଣି । ଧନୀ ଓ ଶିଳ୍ପ ସମୃଦ୍ଧ ରାଷ୍ଟ୍ରଗୁଡ଼ିକ ଶିଳ୍ପାୟନ ଦ୍ୱାରା ଆଶାତୀତ ପ୍ରଗତି ହାସଲ କରୁଥିବାବେଳେ ଦରିଦ୍ର ଏବଂ ବିକଶିତ ରାଷ୍ଟ୍ରଗୁଡ଼ିକ ଶିଳ୍ପାୟନ ଦ୍ୱାରା ସୃଷ୍ଟି ହେଉଥିବା ପରିବେଶ ପ୍ରଦୂଷଣର କୁପରିଣାମ ଭୋଗ କରୁଛନ୍ତି । ତେଣୁ ପରିବେଶ ପ୍ରଦୂଷଣ ରୋକିବାକୁ ହେଲେ ପରିବେଶ ସମ୍ପର୍କିତ ସଚେତନତା ଏବଂ ଶିକ୍ଷା ଅତ୍ୟନ୍ତ ଜରୁରୀ ଯାହାକି ଉନ୍ନତ ରାଷ୍ଟ୍ରଗୁଡ଼ିକ ସମ୍ମୁଖୀନ ହେଉଥିବା ସମସ୍ୟାକୁ ଲାଘବ କରିପାରିବ ।

ଦେଖ୍ନା ଏଇନେ ଆଧୁନିକତାର ଅନ୍ଧଗଲିରେ ଦିଗଭ୍ରଷ୍ଟ ଆଜିର ମଣିଷ ବିଶେଷ କରି ଯୁବ ସମାଜ । ଆଧୁନିକତା ନାମରେ କିପରି ବ୍ୟଭିଚାର, ଅବିଚାର, ଅପକର୍ମ, ଅବିବେକିତାମାନ ହେଉଛି । ତାକୁ ଲକ୍ଷ୍ୟକରି ନଟିଆ ନନା ଅଧିକାଂଶ ସମୟରେ କେବଳ ଗୋଟିଏ ପଦକୁ ବାରମ୍ୱାର ନଜିର ଦେଇଥାଆନ୍ତି । ବେଦ ଯାହା ନକହଇ ମୁଖେ, ପ୍ରାଣୀ ତା'କରେ ଆମ୍ସୁଖେ । ଆହୁରି ମଧ୍ୟ ଯୁବ ସମାଜର ଏପରି ରୀତିନୀତିକୁ ଦେଖ୍ ସ୍ୱାମୀ ବିବେକାନନ୍ଦ ଥରେ ଯୁବକମାନଙ୍କୁ କହିଥିଲେ– 'ଯଦି ମୋର କଥା ପ୍ରତି ତୁମମାନଙ୍କର କୌଣସି ସମ୍ମାନ ନଥାଏ ତାହେଲେ ତୁମେ ତୁମ କୋଠରିର ସମସ୍ତ ଦୁଆର, ଝରକା ଉନ୍ମୁକ୍ତ କରିରଖ । ତୁମ ଅଞ୍ଚଳର ବହୁ ଦରିଦ୍ର ଜନତା ଦୁଃଖ ଏବଂ ଦୈନ୍ୟରେ ବୁଡ଼ି ରହିଛନ୍ତି । ତୁମକୁ ତାଙ୍କ ପାଖକୁ ଯିବାକୁ ହେବ । ଉସ୍ାହ ଓ ଆବେଗର ସହ ସେମାନଙ୍କର ସେବା କରିବାକୁ ପଡ଼ିବ । ଯେଉଁମାନେ ପୀଡ଼ିତ, ତାଙ୍କୁ ଔଷଧ ବିତରଣ କରିବାକୁ ବ୍ୟବସ୍ଥାକର । ତୁମର ସମସ୍ତ ପ୍ରଯତ୍ନ ସହ ତାଙ୍କର ସେବା କର । ଯେଉଁମାନେ କ୍ଷୁଧାର୍ତ ତାଙ୍କୁ ଖାଦ୍ୟ ଯୋଗାଅ । ଅଜ୍ଞାନ ଅନ୍ଧକାରରେ ପତିତ ବ୍ୟକ୍ତିଙ୍କୁ ଯଥାସାଧ୍ୟ ଜ୍ଞାନ ଦାନକର । ଗ୍ରାମ, ଗ୍ରାମାନ୍ତରକୁ ଯାଅ । ମାନବ ଜାତି ପାଇଁ କଲ୍ୟାଣ କାମକର । ଅନ୍ୟର ପରିତ୍ରାଣ ପାଇଁ ନିଜେ ନର୍କକୁ ଯାଅ, ମୃତ୍ୟୁ ଯଦି ସୁନିଶ୍ଚିତ, ତେବେ ମହାନ ଆଦର୍ଶ ପାଇଁ ମୃତ୍ୟୁବରଣ କର । ତୁମେ ଯଦି ଏହିପରି ଭାବରେ ତୁମର ଦଳିତ, ପୀଡ଼ିତ, ଅବହେଳିତ ଭାଇମାନଙ୍କୁ ସେବା କରିବ, ମୁଁ ତୁମକୁ କହି ରଖୁଛି ତୁମେ ଅବଶ୍ୟ ଶାନ୍ତି ଓ ସାନ୍ତ୍ୱନା ପାଇବ ।'

ଏହି ଉକ୍ତିକୁ ଅନୁଧ୍ୟାନ କଲେ ଇତିହାସରେ ମହାନ ବ୍ୟକ୍ତିଗଣ ମହତ ତ୍ୟାଗ କରନ୍ତି ଏବଂ ଜନ ସାଧାରଣ ତାହାର ଫଳ ଉପଭୋଗ କରନ୍ତି । ବିବେକାନନ୍ଦ ହୁଅନ୍ତୁ ବା ମହାମାନବ ମହାମାତ୍ମାଜୀ ହୁଅନ୍ତୁ ସେମାନଙ୍କର ଉପଦେଶ ଏବେ ଯେମିତି ପୁସ୍ତକ ବନ୍ଦୀ ହୋଇଗଲାଣି ।

ଆହୁରି ମଧ୍ୟ ଭଗବାନ, ଗୁରୁ, ସାଧୁ, ଶାସ୍ତ୍ର, ସନ୍ତୁ, ବ୍ରାହ୍ମଣ, ଦେବତା ଏମାନଙ୍କର କଲ୍ୟାଣ ଯେଉଁ ସନ୍ତାନଙ୍କ

(ମାନଙ୍କ) ଉପରେ ନରହିବ ସେ କ'ଣ କେବେ ଶାନ୍ତିରେ କାଳାତିପାତ କରିପାରିବ । ଯୋଉ ପରିବାରରେ ଜ୍ୟେଷ୍ଠମାନଙ୍କ ପ୍ରତି କନିଷ୍ଠର ଭକ୍ତି ଓ ଶ୍ରଦ୍ଧା ଏବଂ ସମ୍ମାନ ରହେ, ଯୋଉ ଘରେ ପିତା, ମାତାଙ୍କ ପ୍ରତି ପୁତ୍ର, କନ୍ୟାର ଭକ୍ତି ଓ ସମ୍ମାନ ତଥା ଆଦର ଅଛି ସେ ପରିବାର ନିଶ୍ଚୟ ଉନ୍ନତି କରିବ । କାରଣ ତାହା ଆଦର୍ଶ ଓ ନୀତି ଶ୍ରେଷ୍ଠ ହୋଇଥିବାରୁ ଅଖିଳ ବିଶ୍ୱବ୍ରହ୍ମାଣ୍ଡ ନିୟତାଙ୍କ ଆଶୀର୍ବାଦ ପ୍ରାପ୍ତ ହେବ । ଏହା ଯୁଗେଯୁଗେ ସତ୍ୟ ପ୍ରତିପାଦିତ ହୋଇଛି । ଏଥିରେ ବ୍ୟତିକ୍ରମ ହେଲେ ବିପଦ ଅବଶ୍ୟମ୍ଭାବୀ ଯାହା ଆଜିର ଘୋର କଳିଯୁଗରେ ବାରମ୍ବାର ପରିଲକ୍ଷିତ ହେଉଛି ।

"ଜାନନ୍ତି ପଶବୋ ଗନ୍ଧାଦବେଦା ଜାନନ୍ତିପଣ୍ଡିତାଃ । ଚାରା ଜ୍ଞାନନ୍ତି ରାଜାନଷ୍ଚ କ୍ଷୁର୍ଭ୍ୟା ମିତରେ ଜନଃ ।" ପଶୁମାନେ ଗନ୍ଧରୁ କିଏ କି ପଦାର୍ଥ ତାହା ଜାଣନ୍ତି । ଜ୍ଞାନୀମାନେ ବେଦ ପ୍ରଭୃତି ଶାସ୍ତ୍ର ପଢ଼ି ଅର୍ଜନ କରିଥିବା ଜ୍ଞାନରେ ଦୁନିଆ ବିଷୟରେ ଜ୍ଞାନଲାଭ କରନ୍ତି । ରାଜାମାନେ ଡଗରମାନଙ୍କଠାରୁ ରାଜ୍ୟ ବିଷୟକ ସମସ୍ତ ଘଟଣା ବୁଝିଥାଆନ୍ତି । ଏହିମାନଙ୍କ ବ୍ୟତୀତ ଅନ୍ୟ ଯେତେ ପ୍ରାଣୀ ଅଛନ୍ତି ସେମାନେ ଆଖିରେ ଦେଖି ଯାହା କିଛି ଜାଣନ୍ତି । ମୁଁ ଶାସ୍ତ୍ର ଅଧ୍ୟୟନ କରି ଲାଭ କରିଥିବା ଜ୍ଞାନବଳରେ ଆଗାମୀ ଦିନଗୁଡ଼ିକରେ କ'ଣ ଘଟଣାମାନ ଘଟିବ ତାହା ସବୁ ଅନୁମାନ କରିପାରୁଛି । ଧ୍ୱଂସର ସମୟ ଉପଗତ ସେଥିପାଇଁ ଆଗରୁ ସାବଧାନତା ଅବଲମ୍ବନ କରିବା ବିଧେୟ ।

ଆମ ଭିତରେ ଦୁଃଖର କେନ୍ଦ୍ରବିନ୍ଦୁ, ଅସୁସ୍ଥତାର ମୂଳବୀଜ, କଳହର ପ୍ରାଣକେନ୍ଦ୍ର, ଅସନ୍ତୋଷର ଭିତ୍ତିଭୂମି, ଅଶାନ୍ତିର ଦାବଦହନ ରହିଛି । ସେଗୁଡ଼ିକୁ ଚିହ୍ନି ତାକୁ ଦୂର ନକଲାଯାଏ ମଣିଷ ସମାଜରୁ ଦୁଃଖ, ଅସୁସ୍ଥତା, କଳହ, ଅସନ୍ତୋଷ ଓ ଅଶାନ୍ତି ଦୂର ହେବନାହିଁ । ଆହୁରି ମଧ ଭାଷାଗତ ବିଦ୍ୱେଷ, ଆଞ୍ଚଳିକ ବୈଷମ୍ୟ, ସାଂପ୍ରଦାୟିକ ମନୋଭାବ, ବିଚ୍ଛିନ୍ନତାବାଦୀ ପ୍ରତିକ୍ରିୟା ସାଂଘାତିକ ଅନ୍ଧବିଶ୍ୱାସର କୁପରିଣତି ଅଟେ ।

କଥା କହିଲା ସମୟରେ ଚନ୍ଦନ ଗାରର ଧାରେ ଧାରେ ତାଙ୍କ କପାଳର ରେଖାସବୁ କୁଞ୍ଚିତ ହୋଇଯାଏ । ଭୁଲତା ଉପରକୁ ଟେକି, ଦୃଷ୍ଟି ଊର୍ଦ୍ଧ୍ୱମୁଖ କରି ଯେପରି କୌଣସି ଅଦୃଶ୍ୟ ଶକ୍ତିକୁ ଅବଲୋକନ କରିବାକୁ ଯତ୍ନ କରୁଛନ୍ତି, ସେମିତି ନିରୀକ୍ଷଣ କରି ସେ ଅର୍ଦ୍ଧନିମୀଳିତ ଚକ୍ଷୁର ସରଳ ଚାହାଣିରେ ଯଜମାନଙ୍କୁ ସାଉଁଲି ଆସି କହନ୍ତି । ଟିକେ ରହି ଆଖି ବନ୍ଦ କରି ଯେପରି ପରମେଶ୍ୱରଙ୍କୁ ନିଜ ଅନ୍ତର ଭିତରେ ଦର୍ଶନ କରୁଛନ୍ତି, ସେମିତି ଭାବ ବାହାରକୁ ଦେଖାଇ ଆରମ୍ଭ କରନ୍ତି । ତାଙ୍କର ପ୍ରବଚନ "ଜପ, ତପ, ବ୍ରତ ନିୟମ, ସଂଯମ, ଶ୍ରଦ୍ଧା, ମୈତ୍ରୀ, ଦୟା ଓ ପ୍ରସନ୍ନତାକୁ କେବେବି କୌଣସି ପରିସ୍ଥିତିରେ ଆଦୌ ତ୍ୟାଗ କରିବ ନାହିଁ । ଆଉ ଦୁଷ୍ଟଭାର୍ଯ୍ୟା, ଶଠମିତ୍ର, କୃପଣ ନୃପତି, କପଟୀ ଭ୍ରାତା, ଭ୍ରାତୃବଧୂ, ଭଉଣୀ, କନ୍ୟା ଓ ବଧୂ ଏମାନଙ୍କଠାରୁ ନିରାପଦ ଦୂରତା ରକ୍ଷାକରି ରହିବ ।"

ଶୁଣିଲା ଲୋକ ଚାହିଁରହେ ତାଙ୍କ ଆଡ଼କୁ ଆବାକ ହୋଇ । ଆଖି ଖୋଲା ଥାଇ । ଯେମିତି ଆଖି ଦେଇ ଶୋଷି ନେଉଛି ତାଙ୍କ ବାକ୍ୟର ସାରାଂଶକୁ । ପାଟି ଅଛ ମେଲାକରି ଯେପରି ତାଙ୍କ କଥା ସବୁ ପିଇ ଯାଉଛି ପାଟିବାଟେ । ଆଶ୍ଚର୍ଯ୍ୟର ସହିତ ଆବାକ୍ ହୋଇ । ବିସ୍ମିତ ଭାବରେ ଅନାଇଁ ରହି କଥାର ସାରମର୍ମକୁ ହୃଦୟଙ୍ଗମ କରିବାକୁ ଚେଷ୍ଟା କରୁଛି ।

ସେମାନେ କଳ୍ପନା କରନ୍ତି ମନେମନେ । କେଡ଼େ ବିଜ୍ଞ ମଣିଷ, କେତେ ସିଦ୍ଧ ପୁରୁଷ, କେତେ ଜ୍ଞାନୀ ସତେ । କେତେ ବଡ଼ ପଣ୍ଡିତ ମହା ପଣ୍ଡିତ । ଜ୍ଞାନର ସମୁଦ୍ର ଜାଣି, ମହାସାଗର, ଜ୍ଞାନରେ, ଗରିମାରେ, ଆଚାରରେ, ଆଚରଣରେ, ବିଚାରରେ ଆଉ ବ୍ୟବହାରରେ । "ଯତ୍ର ବିଦ୍ୱଜ୍ଜନୋ ନାସ୍ତି ଶ୍ଲାଘ୍ୟ ସ୍ତଦ୍ରଳ୍ପଧୀରପି ନିରସ୍ତ ପାଦପେ ଦେଶେ । ଏରଣ୍ଡୋଽପି ଦ୍ରୁମାୟତେ ।" ଯେଉଁ ସ୍ଥାନରେ ପଣ୍ଡିତ ଲୋକ ନ ଥାନ୍ତି, ସେ ସ୍ଥାନରେ ଅଳ୍ପଜ୍ଞାନ ଥିବା ବ୍ୟକ୍ତି ପ୍ରଂଶସାର ପାତ୍ର ହୋଇଥାଏ । ଯେପରି ବୃକ୍ଷଶୂନ୍ୟ ପ୍ରଦେଶ ମରୁଭୂମିରେ ଗବଗଛ ମଧ ଦ୍ରୁମ ବୋଲି ବିବେଚିତ ହୁଏ । ସେମିତି ନଟିଆ ନନା । "ଦାନେ ତପତି ଶୌର୍ଯ୍ୟେ ଚ ବିଜ୍ଞାନେ ବିନୟେ, ନୟେ ବିସ୍ମୟଃ ନହି କର୍ତ୍ତବ୍ୟଃ ବହୁରତ୍ନା ବସୁଦରା" । ଦାନରେ, ତପସ୍ୟାରେ,

ବୀରତାରେ, ଜ୍ଞାନରେ, ନମ୍ରତାରେ- ଅର୍ଥାତ୍ ଏଥିମଧ୍ୟରୁ ଯେକୌଣସିଠାରେ ବିଶେଷତା ଦେଖି ଆଶ୍ଚର୍ଯ୍ୟ ହେବା ଉଚିତ୍ ନୁହେଁ । କାରଣ ପୃଥିବୀ ଅନେକ ରତ୍ନରେ ପୂର୍ଣ୍ଣ ହୋଇଅଛି ।

ଠିକ୍ ସେତିକି ବେଳେ ନଟିଆ ନନା ତାଙ୍କ ପେଟକୁ ଦେଖାଇ କହନ୍ତି- "ଏଇ ପେଟ, ଥଣ୍ଡଲ ପେଟ । ମେଦବହୁଳ ଯୋଗୁଁ ଫୁଲି ନାହିଁ । ଏହା ପୃଥୁଳକାୟ ହୋଇନି ଆଜେବାଜେ ପଦାର୍ଥରେ । ସେଥିରେ ଭର୍ତ୍ତି ହୋଇଛି ଜ୍ଞାନ । ବିଦ୍ୟାର ଭଣ୍ଡାର ହେଉଛି ଏହି ଉଦର । ବ୍ରହ୍ମଜ୍ଞାନ ଆଉ ଦଶ ମହାବିଦ୍ୟା ଯାହାକୁ କେବଳ ତ୍ରେତୟାରେ ରାଜା ଦଶାନନ ଆୟତ୍ତ କରି ପାରିଥିଲେ । ତାହାକୁ ଏ ଯୁଗରେ ଆୟତ୍ତ କରିଛି- ଅଟ୍ଟ ଖଣ୍ଡି କାଶ ମାରି ନିଜକୁ ନିର୍ଦ୍ଦେଶ ପୂର୍ବକ ଇଙ୍ଗିତରେ ଜଣାଇ ଦିଅନ୍ତି । ଅଷ୍ଟାଙ୍ଗ ଯୋଗ- ଯାହାକୁ ଏକା ଦେବଦେବ ମହାଦେବ ଶିବଶଙ୍କର ସାଧ୍ୟ ପାରିଛନ୍ତି । ଆଉ ସାଧୁଛି, ପୁଣି ଖଣ୍ଡିକାଶର ପୁନଃରାବୃତ୍ତି ନିଜକୁ ଉପସ୍ଥାପନ କରି । ନବଧା ଭକ୍ତି (ପୁରାଣ ଅନୁଯାୟୀ ଭକ୍ତିର ନ'ଟି ମାର୍ଗ ଯଥା- ଶ୍ରବଣଂ, କୀର୍ତ୍ତନଂ, ବିଷ୍ଣୋଃ, ସ୍ମରଣଂ ପାଦ ସେବନମ୍ । ଅର୍ଚ୍ଚନଂ, ବନ୍ଦନଂ, ଦାସ୍ୟସଖ୍ୟମାମ୍ ନିବେଦନମ୍ । ଅର୍ଥାତ୍ ୧ - ଶ୍ରବଣ, ୨-କୀର୍ତ୍ତନ, ୩-ସ୍ମରଣ, ୪-ପାଦସେବନ, ୫- ପୂଜନ, ୬- ବନ୍ଦନ, ୭-ଦାସ୍ୟ, ୮-ସଖ୍ୟ, ୯-ସମର୍ପଣ । ଶ୍ରବଣ- ଭଗବାନଙ୍କ ଚରିତ୍ର, ଲୀଲା, ମହିମା, ଗୁଣ, ନାମ ତଥା ତାଙ୍କ ପ୍ରେମ ଓ ପ୍ରଭାବର କଥାମାନ ଶ୍ରଦ୍ଧା ପୂର୍ବକ ସର୍ବଦା ଶୁଣିବା ଏବଂ ସେହି ଅନୁସାରେ ଆଚରଣ କରିବାକୁ ଚେଷ୍ଟା କରିବାହିଁ ଶ୍ରବଣ ଭକ୍ତି । ଶ୍ରୀମଦ୍ ଭାଗବତର ଶ୍ରବଣ ଦ୍ୱାରା ଧୁନ୍ଧୁକାରୀ ପରି ପାପୀ ମୁକ୍ତ ହୋଇ ଯାଇଥିଲା । ରାଜା ପରିକ୍ଷିତ ଏପ୍ରକାର ଭକ୍ତ ରୂପେ ଗଣ୍ୟ । କୀର୍ତ୍ତନ ଭଗବାନଙ୍କର ଲୀଲା, କୀର୍ତ୍ତି, ଶକ୍ତି, ମହିମା, ଚରିତ୍ର, ଗୁଣ, ନାମ ଆଦି ପ୍ରେମପୂର୍ବକ କୀର୍ତ୍ତନ କରିବା ହିଁ କୀର୍ତ୍ତନ ଭକ୍ତି । କୀର୍ତ୍ତନ ଶବ୍ଦକୁ ଓଲଟାଇଲେ ଏହା ନର୍ତ୍ତକୀ ହେବ । ଏଣୁ ଆମେ ନିଜକୁ ଗୋପୀ ସ୍ୱରୂପ ଭବିବା । ନର୍ତ୍ତକୀ ଭାବେ କୀର୍ତ୍ତନ କଲେ ଉତ୍ତମ ସାଧନ ହୋଇଥାଏ । ନାରଦ, ବ୍ୟାସ, ବାଲ୍ମୀକି, ଶୁକଦେବ, ଚୈତନ୍ୟ ଦେବ ପ୍ରମୁଖ ଏହି ଶ୍ରେଣୀର ଭକ୍ତ ରୂପେ ପରିଗଣିତ ଅଟନ୍ତି । ସ୍ମରଣ-ସର୍ବଦା ଅନନ୍ୟ ଭାବରେ ଭଗବାନଙ୍କ ଗୁଣ ପ୍ରଭାବ ସହିତ ତାଙ୍କ ସ୍ୱରୂପ ଚିନ୍ତନ କରିବା ଏବଂ ବାରମ୍ବାର ସେଥିରେ ମଗ୍ନ ହେବା ସ୍ମରଣ ଭକ୍ତି ଅଟେ । ପ୍ରହ୍ଲାଦ, ଧ୍ରୁବ, ଭରତ, ଭୀଷ୍ମ, ଗୋପୀଗଣ ଏହି ଶ୍ରେଣୀଭୁକ୍ତ । ପାଦ ସେବନ- ଭଗବାନଙ୍କର ଯେଉଁ ରୂପରେ ଉପାସନା ହେଉଥିବ ତାଙ୍କର ଚରଣ ସେବନ ଅଥବା ଭୂତ ମାତ୍ରେ ପରମାତ୍ମା ବୁଝି ସମସ୍ତଙ୍କର ଚରଣ ସେବନ ହେଉଛି ପାଦ ସେବନ ଭକ୍ତି । ଲକ୍ଷ୍ମୀ, ରୁକ୍ମିଣୀ ଓ ଭରତ ପ୍ରମୁଖ ଏହି ଶ୍ରେଣୀଭୁକ୍ତ ଅଟନ୍ତି । ପୂଜନ- ନିଜର ରୁଚି ଅନୁସାରେ ଭଗବାନଙ୍କର ମୂର୍ତ୍ତି ବିଶେଷକୁ ବା ମାନସିକ ସ୍ୱରୂପକୁ ନିତ୍ୟ ଭକ୍ତି ପୂର୍ବକ ପୂଜା କରିବା ମାନସିକ ପୂଜା କରିବା ସହିତ ସାରା ବିଶ୍ୱର ପ୍ରାଣୀମାନଙ୍କୁ ପରମାତ୍ମା ସ୍ୱରୂପ ବୋଲି ବୁଝି ସେମାନଙ୍କ ସେବା କରିବା ମଧ୍ୟ ଅବ୍ୟକ୍ତ ଭଗବାନଙ୍କୁ ପୂଜା କରିବା ସହିତ ସମାନ । ରାଜା ପୃଥୁ, ଅମ୍ବରୀଶ ପ୍ରମୁଖ ଏହି ଶ୍ରେଣୀର ଭକ୍ତ । ବନ୍ଦନ- ଭଗବାନଙ୍କ ମୂର୍ତ୍ତିକୁ ବା ସାରା ବିଶ୍ୱକୁ ଭଗବାନଙ୍କର ମୂର୍ତ୍ତି ମନେକରି ପ୍ରାଣୀମାନେ ସେମାନଙ୍କୁ ନିତ୍ୟ ପ୍ରଣାମ କରିବା ବନ୍ଦନ ଭକ୍ତି ଅନ୍ତର୍ଭୁକ୍ତ ଅଟେ । ଅକୂର ବନ୍ଦନ ଶ୍ରେଣୀର ଭକ୍ତ ଅଟନ୍ତି । ଦାସ୍ୟ- ପରମାତ୍ମାଙ୍କୁ ହିଁ ନିଜର ଏକାମାତ୍ର ସ୍ୱାମୀ ଓ ନିଜକୁ ତାଙ୍କର ନିତ୍ୟ ଦାସୀ/ଦାସ ବୋଲି ବୁଝି କୌଣସି ପ୍ରକାର କାମନା ନରଖି ଶ୍ରଦ୍ଧା ଭକ୍ତିର ସହିତ ନିତ୍ୟ ନୂତନ ଉତ୍ସାହରେ ଭଗବାନଙ୍କର ସେବା କରିବା ଏବଂ ସେହି ସେବା ଆଗରେ ମୋକ୍ଷ ସୁଖକୁ ମଧ୍ୟ ତୁଚ୍ଛ ବୋଲି ବୁଝିବା ହେଉଛି ଦାସ୍ୟ ଭକ୍ତି । ହନୁମାନ ଓ ଲକ୍ଷ୍ମଣ ଆଦି ଏହି ଶ୍ରେଣୀର ଭକ୍ତ ଅଟନ୍ତି । ସଖ୍ୟ- ଭଗବାନଙ୍କୁ ନିଜର ପରମ ହିତକାରୀ ଓ ପରମ ସଖା ମନେ କରି ହୃଦୟ ଦ୍ୱାର ଖୋଲି ଦେଇ ତାଙ୍କୁ ଭଲ ପାଇବା । ଭଗବାନ ନିଜ ସଖା, ମିତ୍ରର ଛୋଟରୁ ଛୋଟ କାର୍ଯ୍ୟ ମଧ୍ୟ ଅତ୍ୟନ୍ତ ଆନନ୍ଦର ସହିତ କରିଥାନ୍ତି । ଅର୍ଜୁନ, ଉଦ୍ଧବ, ସୁଦାମ, ସୁବଳ ପ୍ରମୁଖ ଏହି ଶ୍ରେଣୀର ଭକ୍ତ ଅଟନ୍ତି । ଆତ୍ମନିବେଦନ-ଆତ୍ମନିବେଦନ ବା ସମର୍ପଣ, ଅହଂକାର ରହିତ ହୋଇ ନିଜର ସର୍ବସ୍ୱ ଭଗବାନଙ୍କୁ ଅର୍ପଣ କରିଦେବା, ମହାରାଜା ବଳି ଗୋପୀମାନେ ଏହି ଶ୍ରେଣୀର ଭକ୍ତ ଅଟନ୍ତି ।

ସର୍ବଧର୍ମାନ ପରିତ୍ୟଜ୍ୟ ମାମେକଂ ଶରଣଂ ବ୍ରଜ । ଅହଂତ୍ୱା ସର୍ବପାପେଭ୍ୟ ମୋକ୍ଷୟିଷ୍ୟାମି ମା ଶୁଚ । ଅର୍ଥାତ ଯେ ଥରେ ମାତ୍ର ମୋର ଶରଣ ନେଇ କହିଦିଏ ଯେ ମୁଁ ତୁମର, ତାହାକୁ ମୁଁ ସର୍ବଭୂତଙ୍କ ଠାରୁ ଅଭୟ କରିଦିଏ । ପୂଜାର ମୂଳ ଉପାଦାନ ଭକ୍ତି ଓ ସମର୍ପଣ ଅଟେ ।

ଭକ୍ତିର ନ'ଟି ପଦ୍ଧତି ହେଲା– ସତ୍ସଙ୍ଗ, ଉଗବତ ଆଲୋଚନା, ପୁରାଣ ବାଖ୍ୟା, ଭଗବତ କଥା ବା ବ୍ୟାଖ୍ୟା, ଗୁରୁସେବା, ପବିତ୍ର ସ୍ୱଭାବ, ମନ୍ତ୍ରୋପାସନା, ସଜ୍ଜନଶ୍ରଦ୍ଧା, ବୈରାଗ୍ୟ ଏବଂ ତପ । ବିଶ୍ୱାସ କରାଯାଏ (ଶ୍ରବଣ, କୀର୍ତନ, ନାମ ସ୍ମରଣ, ଅର୍ଚ୍ଚନ, ପାଦବନ୍ଦନ, ଧ୍ୟାନ, ଧାରଣା, ସମାଧ୍ୱ, କୁଣ୍ଡସାଧନା) ବୈଷ୍ଟବମାନେ ଏହି ମାର୍ଗର ବିକାଶ କରିଥିଲେ । ପରେ ଅନ୍ୟମାନେ ଏହାକୁ ଅନୁକରଣ କରିଥିଲେ । ଗୀତାରେ ବର୍ଣ୍ଣନା କରାଯାଇଥିବା ଭକ୍ତିର ନଅଟି ପଦ୍ଧତି ହେଉଛି–ଶ୍ରବଣ, କୀର୍ତନ, ସ୍ମରଣ, ସେବା, ପୂଜନ, ଚନ୍ଦନ, ସେବ୍ୟ, ବିନୟ ଓ ସଖ୍ୟ ଭାବର ଭକ୍ତି । ଅନ୍ୟ ମତରେ (ଶ୍ରବଣ, କୀର୍ତନ, ସ୍ମରଣ, ଭଜନ, ପୂଜନ(ସ୍ତୁତି) ବନ୍ଦନ, ଦାସ୍ୟ, ସଖ୍ୟ ଓ ଆତ୍ମ ନିବେଦନ) । ନବଧା ଭକ୍ତି କେବଳ କରିଥିଲେ ଦ୍ୱାପରର ରାଧାରାଣୀ ଆଉ ପୁଣି ନିଜକୁ ଇଙ୍ଗିତ କରି । ସେ ନବଧା ଭକ୍ତି ଏବେ ସମ୍ଭବ ହୋଇଛି କେବଳ ମୋ ଦ୍ୱାରା । ଉପନିଷଦର ସାରମର୍ମ, ସବୁ ଶାସ୍ତ୍ରର ମୂଳତତ୍ତ୍ୱ । ଚାରିବେଦର ଟୀକା ସମୂହ । ଜ୍ୟୋତି ଶାସ୍ତ୍ର, ବାସ୍ତୁ ଶାସ୍ତ୍ର, ଦ୍ୱାଦଶ ସ୍କନ୍ଦ ଭାଗବତର ତିନିଶହ ବୟାଲିଶ ଅଧ୍ୟାୟ ସମସ୍ତ ଶ୍ଲୋକର ବ୍ୟାଖ୍ୟା । ଗୀତାର ଅଷ୍ଟାଦଶ ଯୋଗର ସାତଶହ ଏକଟି ଶ୍ଲୋକ ସମୂହର ସାରମର୍ମ । ସାତକାଣ୍ଡ ରାମାୟଣ, ମହାଭାରତର ଅଠର ପର୍ବ ସବୁ ଏହି ଗର୍ଭରେ ରହିଛି । ସେଥିପାଇଁ ଏ ଉଦର ଏତେ ପ୍ରଥଲକାୟ, ତୁମେ ବୁଝୁନା କାହିଁକି ଆମ ଶାସ୍ତ୍ରରେ କୁହାଯାଇଛି, "ସନ୍ତୋଷଃ ସ୍ୱାସୁ କର୍ତବ୍ୟା ଭୋଜନେ ଧନେ ଅସନ୍ତୋଷେସୁ କର୍ତବ୍ୟା ଦାନେ ତପସ୍ୱୀ ପାଠନେ ।" ଅର୍ଥାତ ଆପଣା ଧର୍ମପତ୍ନୀଠାରୁ ମିଳୁଥିବା ପ୍ରଣୟ ଭୋଜନ ଓ ଧନରେ ସର୍ବଦା ତୃପ୍ତ ରହିବ । ଏହା ଅନ୍ୟ କାହାସହ ତୁଳନୀୟ ନୁହେଁ, ଆଦୌ ନୁହେଁ । ସେମିତି ଦାନ କରିବାରେ, ସାଧନାରେ ଓ ବିଦ୍ୟାରେ କେବେବି ତୃପ୍ତ ହେବ ନାହିଁ । ଯେ ହେଲା ମଣିଷ ପଣିଆର ଇଲମ, ମାପକାଠି । ମାତ୍ର ସନ୍ତୋଷରେ ଅସନ୍ତୋଷ ଓ ଅସନ୍ତୋଷରେ ସନ୍ତୋଷ ହେଉଛି ଆମ ବିଚାର । ବିଦ୍ୟା ଅଧ୍ୟୟନ ଓ ସାଧନାରେ ମୋର ଏପର୍ଯ୍ୟନ୍ତ ମନ୍ତୁରତା ଆସିନାହିଁ । ପାଠପଢ଼ା ସିନା ଛାଡ଼ିଛି ହେଲେ ପୁରାଣ ଶାସ୍ତ୍ର ଅଧ୍ୟୟନ ଓ ଯୋଗ ସାଧନାରେ ମୁଁ ଏବେବି ଅନେକ ସମୟ ବ୍ୟୟ କରିଥାଏ । ନହେଲେ ବାକ୍ସିଦ୍ଧି ହେବ କିପରି ? କଥାର (ଭବିଷ୍ୟ ସୂଚନା) ସତ୍ୟତା ରହିବ କୁଆଡ଼ୁ । ମନେରଖ ସଫଳତା ପାଇବା ପରେ ସୁଦ୍ଧା ସାଧନା ବନ୍ଦ କରିବା ଉଚିତ୍ ନୁହେଁ । ଯେ ପର୍ଯ୍ୟନ୍ତ ଶରୀର ସୁସ୍ଥ ଅଛି ଏବଂ ଆପଣ ସକ୍ଷମ ଅଛନ୍ତି । ସେ ପର୍ଯ୍ୟନ୍ତ ସାଧନା ଜାରି ରଖିବା ଉଚିତ୍ କାରଣ ସଫଳତାର କେବେ ଅନ୍ତ ନଥାଏ । ଏ ମର୍ତ୍ତ ମଣ୍ଡଲରେ ଆପଣ ଯାହା ଇଚ୍ଛା ତାହା ପାଇପାରିବେ । ସେଥିପାଇଁ କେବଳ ସାଧନା ଲୋଡ଼ା । ସାଧନା ହିଁ ବିଦ୍ୟାର୍ଥୀମାନଙ୍କ ଲାଗି ଗୋଲାପର ଶଯ୍ୟା । ଯେପରି ଗୋଲାପ ଫୁଲ ତୋଲିବାକୁ ଗଲେ କଣ୍ଟାର ଆଘାତ ସହିବାକୁ ପଡ଼ିଥାଏ । ସେପରି ସଫଳତା ପଥରେ ଅଗ୍ରସର ହେବାବେଲେ ଅନେକ ବାଧାବିଘ୍ନ ଆସିଥାଏ । ଯଦି ସୁଖ ପାଇବାକୁ ଇଚ୍ଛା, ତା'ହେଲେ ପାଠ ପଢ଼ିବା ଛାଡ଼ିଦେବା ଉଚିତ । ପାଠ ପଢ଼ିବାକୁ ଇଚ୍ଛାଥିଲେ ସୁଖ ତ୍ୟାଗକରିବା ଆବଶ୍ୟକ । ସୁଖ ଚାହୁଁଥିବା ବ୍ୟକ୍ତିର ପାଠ ହୁଏନାହିଁ । ପାଠ ପଢ଼ୁଥିବା ବ୍ୟକ୍ତିର ସୁଖନଥାଏ । କେବଳ ତୁମମାନଙ୍କ ଅସୁବିଧା ଦୂର କରିବା ଲାଗି ମୋତେ ଏବୟସରେ ସୁଦ୍ଧା ପଢ଼ାପଢ଼ି କରିବାକୁ ପଡ଼ୁଛି । କେବୁଲ ତୁମର ମଙ୍ଗଳ ନିମିତ୍ତ । ନହେଲେ ମୋର ଏଥିରେ କାଣିଚାଏ ବି ଲାଭ ନାହିଁ । ବିଦ୍ୟାଲାଭ ପାଇଁ ବୟସ ବାଧକ ହୋଇ ନ ଥାଏ । ଗୁଜରାଟର ପ୍ରସିଦ୍ଧ ବିଦ୍ୱାନ ପଣ୍ଡିତ ବିନାୟକ ଦାମୋଦର ସାବରକର ୬୦ ବର୍ଷ ବୟସରେ ପ୍ରଥମ ଶ୍ରେଣୀରୁ ଅଧ୍ୟୟନ ଆରମ୍ଭ କରି ବେଦର ମହାନ ଟୀକାକାର ହୋଇ ପାରିଥିଲେ ଏବଂ ବୈଦିକ ଢଙ୍ଗରେ ଜୀବନ ଯାପନ କରି ୧୦୬ ବର୍ଷ ବଞ୍ଚିଥିଲେ । କୁହାଯାଏ ଯେ, ହିମାଳୟରେ ଆଜି ବି ତପସ୍ୟାରତ ସାଧୁ ଅଛନ୍ତି, ଯେଉଁମାନଙ୍କ ବୟସ ଦୁଇଶହ ବର୍ଷରୁ ମଧ୍ୟ ଉର୍ଦ୍ଧ୍ୱ । ଅଳସସ୍ୟ,

କୁତୋବିଦ୍ୟା, ଅବିଦ୍ୟସ୍ୟ କୁତୋଧନମ୍, ନିର୍ଧନସ୍ୟ କୁତୋମିତ୍ର। ନ ମିତ୍ରସ୍ୟ କୁତଃ ସୁଖମ୍। ଅଳସୁଆ ଲୋକ ବିଦ୍ୟାଲାଭ କରିପାରେ ନାହିଁ। ବିଦ୍ୟାହୀନ ଲୋକଙ୍କୁ ଧନ ମିଳେନାହିଁ। ଧନହୀନ ଲୋକର କେହି ମିତ୍ର ହୁଅନ୍ତି ନାହିଁ। ମିତ୍ରହୀନ ଲୋକର ସୁଖ ନାହିଁ। ତୁମେ ବୁଝୁନା କାହିଁକି ମୋର ଏଥିରେ ଫାଇଦା କ'ଣ? ମୁଁ ଠିକ୍ କହିଲି କି ନାହିଁ? ମୋ କଥାର ଉତ୍ତର ଦେଉନ? ନିରବ ରହୁଛ କାହିଁକି? ଆଉ ତୁମେମାନେ ମନେମନେ ଭାବୁଥିବ ମୁଁ ଦିନତମାମ ସକାଳୁ ସଞ୍ଜଯାଏ ଯଜମାନୀ କାମରେ ବ୍ୟସ୍ତ ରହୁଛି। ପଢୁଛି କେତେବେଳେ? ତୁମେ ଲକ୍ଷ୍ୟ ରଖ ମୁଁ ଦିନସାରା ଯଜମାନୀ କାର୍ଯ୍ୟରେ ଲାଗିଥାଏ। ସନ୍ଧ୍ୟା ପରେ ଘରକୁ ଫେରି ଆସି ବେଣ୍ଡୁସୁ ଖାଇ ଶୋଇପଡ଼େ। ଠିକ୍ ରାତି ଦୁଇଟାରୁ ଭୋର ପାଞ୍ଚଟା ଯାଏ ହେଉଛି ମୋର ପାଠ ପଢ଼ିବା ସମୟ। ସେଥିପାଇଁ ଅବଶ୍ୟ ଅନେକ ମୋ ନାମରେ ଚୁଗୁଲି କରନ୍ତି। ନଟିଆ ନନା ସଞ୍ଜବେଳରୁ ବିଛଣା ଧରେ (ଶୋଇପଡ଼େ)। ହେଲେ ସେମାନେ ଏହାର ଭିତିରି ରହସ୍ୟ କୁଆଡୁ ବୁଝିବେ। "ବିଦ୍ୱାନ ପ୍ରଶଂସ୍ୟତେ ଲୋକେ ବିଦ୍ୱାନ ସର୍ବତ୍ର ଗୌରବମ୍। ବିଦ୍ୟୟା ଲଭତେ ସର୍ବଂବିଦ୍ୟା ସର୍ବତ୍ର ପୂଜ୍ୟତେ।" ସଂସାରରେ ବିଦ୍ୱାନ ବ୍ୟକ୍ତି ସର୍ବତ୍ର ପ୍ରଶଂସା ପାଏ ଓ ଗୌରବାନ୍ୱିତ ହୋଇଥାଏ। କାରଣ ବିଦ୍ୟା ଦ୍ୱାରା ସବୁକିଛି ଲାଭ ହୋଇଥାଏ ଓ ବିଦ୍ୟା ମଧ୍ୟ ସର୍ବତ୍ର ପୂଜା ପାଇଥାଏ। "ସ ଜୀବତି ଗୁଣାୟସ୍ୟ ଯସ୍ୟଧର୍ମଃ ସଜୀବତି। ଗୁଣଧର୍ମ ବିହୀନସ୍ୟ ଜୀବିତଂ ନିଷ୍ପ୍ରୟୋଜନମ୍।" ଯାହା ପାଖରେ ଗୁଣଅଛି, ସେହିଁ ଜୀବିତ ଅଟେ। ଯାହା ପାଖରେ ଧର୍ମ ଅଛି ଯେ ହିଁ ଜୀବିତ ଅଟେ। ଗୁଣ ତଥା ଧର୍ମହୀନ ଲୋକର ଜୀବନ ବ୍ୟର୍ଥ ଅଟେ।

ସେତେବେଳେ ପ୍ରାୟତଃ ଅନ୍ୟ ସମସ୍ତେ ନିଦ୍ରା ଯାଇ ଥାଆନ୍ତି। ପଢ଼ାରେ ବ୍ୟାଘାତ ସୃଷ୍ଟି କରିବାକୁ କେହି ନଥାଆନ୍ତି। ସେହି ରାତି ସମୟ ହେଉଛି ମୋ (ପାଠ) ପଢ଼ାର ବେଳ। ଆଉ ତା'ପରେ ପ୍ରତିଦିନ କୌଣସି ନା କୌଣସି ଶାସ୍ତ ଅଳ୍ପ ସମୟ ପାଇଁ ହେଲେ ବି ପଢ଼ିବା ଉଚିତ୍। ଶାସ୍ତାରୁ ଆଉ ଉତ୍ତମ ବନ୍ଧୁ ମିଳିବେ ନାହିଁ। ଶାସ୍ତ୍ରମାନଙ୍କ ସହିତ ଯିଏ ଘନିଷ୍ଠ ବନ୍ଧୁତା ସ୍ଥାପନ କରିଛି ଅନ୍ୟ ମାନଙ୍କଠାରୁ ସେ ଅଧିକ ସୁଖୀ। ମନୁଷ୍ୟ ଜୀବନରେ ଅନେକ ସମସ୍ୟା ଅଛି ଓ ସେ ସମସ୍ତର ସରଳ ସମାଧାନ ମଧ୍ୟ ଅଛି। ଶ୍ରୀମଦ୍ ଭାଗବତ ଗୀତା ଏହିପରି ଏକ ଅତି ଉପାଦେୟ ଶାସ୍ତ। ବହୁତ ଲୋକ ନିଜ ସମସ୍ୟାର ସମାଧାନ ପାଇଁ ବିଭିନ୍ନ ଦେବାଦେବୀଙ୍କର ଉପାସନା କରି ବିଫଳ ହୋଇଥିବାର ଦେଖାଯାଇଛି। ସତ୍କର୍ମ, ସ୍ୱାଧ୍ୟାୟ ଓ ଆମ୍ଚିନ୍ତନ ବରଂ ଏହା ଅପେକ୍ଷା ଉତ୍ତମ ମାର୍ଗ। "ବରଂ ଦରିଦ୍ରଃ ଶ୍ରୁତିଶାସ୍ତ ପାରଗୋନ ଚାପି ମୂର୍ଖୋ ବହୁରତ୍ନ ସଂଯୁକ୍ତଃ, ସୁଲୋଚନା ଜୀର୍ଣ୍ଣ ପଟାପି ଶୋଭତେ ନ ନେତ୍ରହୀନାକନ କୈରଳଂ କୃତା।" ବ୍ୟକ୍ତି ବେଦାଦି ଶାସ୍ତରେ ପ୍ରବିଣ ହୋଇ ଦରିଦ୍ର ହେବା ଉତ୍ତମ। କିନ୍ତୁ ବହୁ ରତ୍ନର ଅଧିକାରୀ ହୋଇ ମୂର୍ଖ ହେବା ଭଲ ନୁହେଁ। ଉଦାହରଣ ସ୍ୱରୂପ ସୁନେତ୍ରୀ ରମଣୀ ଜୀର୍ଣ୍ଣବସ୍ତ ପରିଧାନ କଲେ ମଧ୍ୟ ଶୋଭାପାଏ। ନେତ୍ରହୀନା (ଅନ୍ଧୁଣୀ) ସୁବର୍ଣ୍ଣାଳଙ୍କାରରେ ଭୂଷିତା ହୋଇ ସୁଦ୍ଧା ଶୋଭାପାଏ ନାହିଁ।

"କାମଧେନୁ ଗୁଣା ବିଦ୍ୟା, ଇହକାଳ ଫଳଦାୟିନୀ। ପ୍ରବାସେ ମାତୃ ସଦୃଶୀ, ବିଦ୍ୟା ଗୁପ୍ତ ଧନ ସ୍ମୃତମ୍।" ବିଦ୍ୟା କାମଧେନୁ ସଦୃଶ ଗୁଣଦିଏ। ଅର୍ଥାତ ଯାହା ଇଚ୍ଛା ହୁଏ, ତାହା ପୂରଣ ହୋଇଯାଏ। ବିଦ୍ୟା ସର୍ବଦା ସୁଫଳ ଦିଏ। ବିଦେଶରେ ମାତା ସଦୃଶ ରକ୍ଷାକରେ। ବିଦ୍ୱାନମାନେ ବିଦ୍ୟାକୁ ଗୁପ୍ତଧନ କହିଥାଆନ୍ତି।

ଯଜମାନଙ୍କ ନିକଟରେ ନିଜର ପାଣ୍ଡିତ୍ୟପଣ ଦେଖାଇବା ପାଇଁ ଅନାବଶ୍ୟକ ଉଦାହରଣ, ଉପାଖ୍ୟାନ ଓ ଶ୍ଲୋକମାନ ଆବୃତିକରି ତା'ର ଭାବାର୍ଥ ପ୍ରକାଶ କରି ଥାଆନ୍ତି। "ପୁସ୍ତକେଷୁ ଚ ଯା ବିଦ୍ୟା, ପରହସ୍ତେଷୁ ଯଦ୍ଧନଂ। ସଂଗ୍ରାମେ ଚ ଗୃହେ ସୈନ୍ୟଃ, ତିସ୍ରଃ ଫୁସାଂ ବିଡ଼ବନ।" ପୁସ୍ତକରେ ଥିବା ବିଦ୍ୟା ଯାହା ତୁମର ମୁଖସ୍ତ ହୋଇନି। ପରହସ୍ତରେ ଥିବା ଧନ ଯାହା ତୁମ ହାତକୁ ଆସିନି ଏବଂ ଯୁଦ୍ଧ ସମୟରେ ଗୃହରେ ଥିବା ସୈନ୍ୟ ଯେଉଁମାନେ କି ଯୁଦ୍ଧ କ୍ଷେତ୍ରରେ ଉପସ୍ଥିତ ନ ଥାଆନ୍ତି, ସେସବୁ ପ୍ରୟୋଜନରେ ଆସନ୍ତି ନାହିଁ। ତେଣୁ ସେପରି ବିଦ୍ୟା, ଧନ ଓ ସୈନ୍ୟ ହାସ୍ୟାସ୍ପଦର କାରଣ ହୁଅନ୍ତି। ସେଥିପାଇଁ

ମୁଁ ପୁସ୍ତକରେ ଥିବା ସମସ୍ତ ବିଦ୍ୟାକୁ ମୁଖସ୍ଥ କରିବାକୁ ଯତ୍ନ କରେ। "ବିଦ୍ୟାନେବ ବିଜାନାତି ବିଦ୍ୱଜନ ପରିଶ୍ରମଂ। ନହି ବନ୍ଧ୍ୟା ବିଜାନାତି ଗୁର୍ବୀଂ ପ୍ରସବ ବେଦନାମ୍।" ପାଣ୍ଡିତ୍ୟ ଲାଭ କରିବାକୁ କି ପ୍ରକାର ପ୍ରଗାଢ଼ ପରିଶ୍ରମ ଆବଶ୍ୟକ ତାହା କେବଳ ପଣ୍ଡିତ ବ୍ୟକ୍ତି ଜାଣେ। ବନ୍ଧ୍ୟା ରମଣୀ ପ୍ରସବ ନ କରିବା ହେତୁ ଅତି ଦାରୁଣ ପ୍ରସବ- ପୀଡ଼ା କିପରି ତାହା ଜାଣେ ନାହିଁ। ଆଉ ତା'ପରେ ଶାସ୍ତ୍ର ମତହେଲା "ଅନନ୍ତ ଶାସ୍ତ୍ରଂ ବହୁ ବେଦିତବ୍ୟମ୍ ସ୍ୱଚ୍ଛନ୍ଧ କାଲୋ ବହବଶ୍ଚବିଘ୍ନାଃ। ଯସ୍ସାରଭୂତଂ ତଦୁପାସିତବ୍ୟଂ ହଂସୋ ଯଥା କ୍ଷୀର ମିବାମ୍ବୁ ମଧ୍ୟାତ୍।" ଅଧ୍ୟୟନ କରିବା ପାଇଁ ଅସଂଖ୍ୟ ଶାସ୍ତ୍ର ଅଛି। ଜାଣିବା ଲାଗି ବହୁ ବିଷୟ ରହିଛି। ମାତ୍ର ଜୀବନ କାଳ ଅତି ଅଳ୍ପ ଏବଂ ବିଘ୍ନ ବହୁତ। ତେଣୁ ହଂସ ପାଣିମିଶା କ୍ଷୀରରୁ କ୍ଷୀରଟକ ଗ୍ରହଣ କଲା ଭଳି କେବଳ ସାର ବିଷୟ ଆଲୋଚନା କରିବ। ମୁଁ ତାହା ହିଁ କରିଥାଏ।

ତା'ବାଦ ଏସବୁ ତର୍କ ଆଚରଣ ବା ବିଶ୍ୱବିଦ୍ୟାଳୟ ଉପାଧିର କଥାନୁହେଁ, ଇଏ ଭାବର କଥା। ଆଉ ଭାବତ ଢେର ଗହନ। ତାକୁ ବୁଝିବ ଗ୍ରହଣ କରନ୍ତି କେବଳ ଭାବଗ୍ରାହୀ। ଆମେ ଆପଣେତ ଆଖି ଦେଖା, କାନକୁହା ଓ ଦେହ ଭୋଗର ମାଧ୍ୟମ ବା କଥାରେ ପ୍ରଚୋଦକ, ପରିଚାଳିତ। ମନ ବି ଛୁଇଁ ପାରୁ ନ ଥିବା ଏ ଭାବକୁ ହେଜିବା କେମିତି ? ଭାବ ବିଭୋର ଲୋକଟିକୁ ଚିହ୍ନିବ କିଏ ? କଠୋପନିଷଦ ତ କହିଲେ- "ନାୟମାତ୍ମା ପ୍ରବଚନେନ ଲଭ୍ୟା ନ ମେଧୟା ନ ବହୁନା ଶ୍ରୁତେନ୍। ଯମେବୈଷ ବୃଣୁତେ ତେନ ଲଭ୍ୟସ୍ତସ୍ୟୈଷ ଆତ୍ମା ବିବୃଣୁତେ ତନୁଂସ୍ୱାମ୍।" ଶାସ୍ତ୍ର ପୁରାଣ ପାଠ, ପ୍ରବଚନ, ସାଧନା ଆଦିରେ ତମେ ମିଳନି। ତୁମେ ଯାହାକୁ ବାଞ୍ଛିବ, ସେ ତୁମକୁ ପାଇବ। କାନ, ନାକ ଚିପା ଦଣ୍ଡ ବୈଠକ କରୁଥା। ସେଥ୍ପାଇଁ ସାରକଥା ହେଲା "ହରି ଅନନ୍ତ ହରିକଥା ଅନନ୍ତ। ତାଙ୍କ ମୂଳ ନ ଦରାଣ୍ତି ସର୍ବ ଧର୍ମାନ ପରିତ୍ୟଜ୍ୟ ମାମେକଂ ଶରଣଂ ବ୍ରଜ"କୁ ଜାବୁଡ଼ି ଧର। ତେବେ ତୁମେ କାହାକୁ ବାଛ। ଉତ୍ତରରେ ନଟିଆ ନନା ଖଣ୍ଡିକାଶ ମାରି ନିଜକୁ ଉପସ୍ଥାପନ କରନ୍ତି।

ଏକାଦଶ ଶତାବ୍ଦୀରେ ରଚିତ କ୍ଷେମେନ୍ଦ୍ରଙ୍କ ଦଶ ଅବତାର ଚରିତରେ ବୁଦ୍ଧଙ୍କୁ ଏକ ଅବତାର ରୂପେ ଗ୍ରହଣ କରି ନିଆଯାଇଛି। ବୁଦ୍ଧ ହେଉଛନ୍ତି ନବମ ଅବତାର। ତା'ର ଅର୍ଥ ହେଲା 'ନଅ' ହେଉଛି ଏକ ଅଙ୍କ ବିଶିଷ୍ଟ ବୃହତ୍ତମ ସଂଖ୍ୟା। ଏକ ଅଙ୍କ ଅର୍ଥ ଏକୁଟିଆ। ବୃହତ୍ତମ ମାନେ ତୁମେ ଯେତେ ଧନୀ, ମାନୀ, ଜ୍ଞାନୀ, ଉଚ୍ଚଶିକ୍ଷିତ ଅସୀମ କ୍ଷମତା ସଂପନ୍ନ କିମ୍ବ। ଅଗାଧ ପରାକ୍ରମୀ ଅଥବା ଅପର୍ଯ୍ୟାପ୍ତ ଶୌର୍ଯ୍ୟବାନ ହୁଅନା କାହିଁକି ବୁଦ୍ଧଙ୍କ ପରି ଧ୍ୟାନମଗ୍ନ ହୁଅ। ପ୍ରଭୁଙ୍କ ଚିନ୍ତନରେ ଥାଇ, ତାଙ୍କ ପଦାଶ୍ରିତ ହୋଇ ତାଙ୍କ ଶରଣାପନ୍ନରେ ରହିଲେ ଯାଇ ତୁମର ମୁକ୍ତି ସମ୍ଭବ। କେବଳ ମୋ କଥାରେ ନୁହେଁ। ତୁମେମାନେ ଲକ୍ଷ୍ୟକର ଇତିହାସକୁ। ବୁଦ୍ଧ ହେଲେ ରାଜପୁତ୍ର ଓ ଅସାମାନ୍ୟା ରୂପସୀ ଗୋପାକୁ ପାଇଥିଲେ ପତ୍ନୀ ରୂପେ। ତଥାପି ସେ ଯେମିତି ଘରସଂସାର ପରିତ୍ୟାଗ କରି ନିକାଞ୍ଜନରେ ସମାଧି ଯୋଗରେ ରହି ବୌଦ୍ଧତ୍ୱ ପ୍ରାପ୍ତି ହେଲେ, ତୁମକୁ ମଧ୍ୟ ସେହିପରି ଯୋଗ ମୁଦ୍ରାରେ ତପ ସାଧ୍ବାକୁ ପଡ଼ିବ। କେବଳ ମୋ ପାଖକୁ ଆସି ରିଷ୍ଟ କଥା ବୁଝିଗଲେ ଚଳିବ ନାହିଁ। ଏସବୁ ବିଷୟ ହେଲା ଜ୍ଞାନାତୀତ, ବାକ୍ୟାତୀତ, ଇନ୍ଦ୍ରିୟାତୀତ, ଅନିତ୍ୟ, ଅପାର। ଯାକୁ ସାଧ୍ବା ସହଜ କଥା ନୁହେଁ। ଆଉ ମନେ ରଖ- ଅନାସକ୍ତ, ଅନ୍ନହାରୀ, ପଣ୍ଡିତ, କବି, ସତ୍ୟବ୍ରତ, ଯୋଗୀ, ଧାର୍ମିକ ଏମାନେ ସର୍ବଦା ବନ୍ଦନୀୟ, ପୂଜନୀୟ, ଆଦରଣୀୟ। ଏସବୁ ଗୁଣର ଅଧିକାରୀ ଭାବେ ନିଜକୁ ଇଙ୍ଗିତ କରି ଖଣ୍ଡିକାଶର ପୁନଃରାବୃତ୍ତି କରନ୍ତି। ତୁମେମାନେ ତ ସବୁ ଜାଣିଛ। ତୁମକୁ ଆଉ ଅଧିକ କହିବି କ'ଣ ? ଏ ସକାଶେ ତୁମେମାନେ ମୋତେ କିଛି ପଚାରନା। କାରଣ ବିବାଦ ନିମିତ୍ତ ପ୍ରଶ୍ନ- ନିକୃଷ୍ଟ, ପରୀକ୍ଷା ନିମିତ୍ତ ଅଧମ, ନିଜ ବୁଦ୍ଧିର ଚାତୁର୍ଯ୍ୟ ନିମିତ୍ତ-ମଧ୍ୟମ, ସନ୍ଦେହ ମୋଚନ ନିମିତ୍ତ ନିଷ୍କପଟ ପ୍ରଶ୍ନ-ଉତ୍ତମ। ତେଣୁ ତୁମେ ଖାମଖ୍ୟାଲିରେ ମୋତେ କୌଣସି ବିଷୟରେ ପ୍ରଶ୍ନ ପଚାରିବ ନାହିଁ। ଆଉ ମନେରଖ-ଗୁରୁ, ପିତା, ମାତା, ବନ୍ଧୁ, ସ୍ୱାମୀ, ଦେବତା, ଅସ୍ତ୍ରଧାରୀ, ମର୍ମଜ୍ଞ, ପ୍ରଭୁ, ଧନୀ, ମୂର୍ଖ, ଭାତ,

ବୈଦ୍ୟ, କବି, ସୂପକାର, ବିଜ୍ଞ ଓ ବିପ୍ରମାନଙ୍କୁ ସମ୍ମାନ ଦେବ । ବିପ୍ର ଶବ୍ଦଟି ଉଚ୍ଚାରଣ ସମୟରେ ଖଣ୍ଡିକାଶର ପୁନଃ ପ୍ରକାଶ । କାରଣ ଶାସ୍ତ୍ର କହିଛି, "ସ୍ୱାକ୍ଷରଂ ପୁରୁଷଂ ଦୃଷ୍ଟା ଯୋ ନରୋ ନାଭିମନ୍ୟତେ । ବଳୀବର୍ଦସମୋ ଲୋକୋ ଖୁର ଶୃଙ୍ଗ ବିବର୍ଜିତଃ ।" ଯେଉଁ ଲୋକ ବିଦ୍ୱାନ ଲୋକଙ୍କୁ ଦେଖି ସମ୍ମାନ କରେନାହିଁ ସେ ଖୁରା ଓ ଶିଙ୍ଘ ନ ଥିବା ବଳଦ ସହିତ ସମାନ । ବିଦ୍ୱାନ ଶବ୍ଦଟିକୁ ଉଚ୍ଚାରଣ ବେଳେ ନିଜକୁ ଉପସ୍ଥାପନର ଉପକ୍ରମ କରିଥାଆନ୍ତି । ଶାସ୍ତ୍ର ତ କହିଲା–"ମାନ୍ୟା ଏବ ହି ମାନ୍ୟାନାଂ ମାନଂ କୁର୍ବନ୍ତି ନେତରେ ଶମ୍ବୁର୍ବିଭର୍ତ୍ତି ମୂର୍ଦ୍ଧେନ୍ଦୁ ସ୍ୱର୍ଭାନୁସ୍ତଂ ଜିଘୃକ୍ଷତି ।" ନିଜର ସମ୍ମାନ ଥିବା ଲୋକ ଅନ୍ୟ ସମ୍ମାନାସ୍ପଦ ଲୋକଙ୍କୁ ସମ୍ମାନ ଦେଇଜାଣେ । ଇତର ବ୍ୟକ୍ତି ତାହା କାହୁଁ ଜାଣିବ ? ଦେବଦେବ ଶଙ୍କର ଦ୍ୱିଜରାଜ ଚନ୍ଦ୍ରଙ୍କୁ ମସ୍ତିଷ୍କରେ ଧାରଣ କରନ୍ତି । ମାତ୍ର ନୀଚ ରାହୁ ତାଙ୍କୁ ଗ୍ରାସ କରିବାକୁ ଇଚ୍ଛା କରିଥାଏ ।

ତୁମେ ବୁଝୁନା କାହିଁକି– ଗଙ୍ଗା କ'ଣ ସାଧାରଣ ନଦୀଟିଏ ?   କାମଧେନୁ କ'ଣ ପଶୁ ଶ୍ରେଣୀଭୁକ୍ତା ଗାଭୀ ? କନ୍ଦତରୁ କ'ଣ ତୁମ, ଆମ ଖଳା ବାଡ଼ିର ବୃକ୍ଷ ? ଅନ୍ନଦାନ କ'ଣ ଦାନରେ ଗଣା ? ଅମୃତ କ'ଣ କେବଳ ରସ ? ଗରୁଡ଼ କ'ଣ ବାୟସ ପକ୍ଷୀ ? ଅନନ୍ତ କ'ଣ ସାଧାରଣ ସର୍ପ ? ମଣିମାଣିକ୍ୟ କ'ଣ ପଥର ? ହରିଭକ୍ତି କ'ଣ ଆଇମା' କାହାଣୀ ପେଡ଼ିର ଗପ ? ଆଉ (ନିଜ ଛାତିରେ ହାତମାରି) ନଟବର ତ୍ରିପାଠୀ କ'ଣ କେବଳ ଜଣେ ଉପବୀତ ଧାରୀ ଚନ୍ଦନ ଚର୍ଚ୍ଚିତ ରଙ୍ଗ ବସ୍ତ୍ର (ପରିଧାନ କରିଥିବା) ପରିହିତ ବାର ଦୁଆର ଶୁଣ୍ଢିପିଣ୍ଢା ବୁଲା ଭିକ ମଗା ମାଗିଖିଆ ସାଧାରଣ ଯାଇଥାଇ ବ୍ରାହ୍ମଣ ? ଆଉ ପାଞ୍ଚ ଜଣ ଛତରା ବୁଲାରିଙ୍କ ପରି ? ତୁମେମାନେ ସବୁ ମୋତେ କ'ଣ ଭାବୁଛକି ? ମୁଁ ଆଗକା ମାଇନରଟି । ଚାକିରି କରିଥିଲେ ମାଷ୍ଟରଟିଏ (ଶିକ୍ଷକ) ହୋଇ କେଉଁ ସ୍କୁଲର ଶ୍ରେଣୀ କକ୍ଷରେ ଚେୟାର ଉପରେ ବସି ପିଲାଙ୍କୁ ପାଠ ପଢ଼ାଉ ଥାଆନ୍ତି । ମାସକୁ ମାସ ଦରମା ଗଣ୍ଡାକ ଥୁଆ ଜାଣ । ମାସ ପୂରିଲା ମାତ୍ରେ ବ୍ଲକ ଅଫିସରୁ ଟଙ୍କା ଗଣି ଆଣୁଥାଆନ୍ତି । ମାତ୍ର ମୁଁ ସେପରି ଆରାମ ଦାୟକ, ସହଜ, ସରଳ, ସମସ୍ୟା ରହିତ, ବିପଦମୁକ୍ତ, ସୁଖପ୍ରଦ, ଆପଦଶୂନ୍ୟ, ସମ୍ମାନସ୍ପଦ, ସୁବିଧାଭରା ଶୁସ୍ଥିର ଜୀବନ ଶୈଳୀକୁ ଗ୍ରହଣ ନ କରି କେବଳ ତୁମମାନଙ୍କ ସୁବିଧା ପାଇଁ, ମଙ୍ଗଳ ନିମିତ୍ତ, ତୁମମାନଙ୍କର ଉପକାର ଲାଗି ଏପରି କଷ୍ଟକର, ଜଞ୍ଜାଳ ଭରା, ଶ୍ରମ ସାପେକ୍ଷ, ଯନ୍ତ୍ରଣା ଦାୟକ, ଅଧ୍ୟବସାୟ ସାପେକ୍ଷ, ବିଦ୍ୱେଷପୂର୍ଣ୍ଣ, ତର୍କବାଦୀ, ଅନିଶ୍ଚିତତାଭରା, କଷ୍ଟପ୍ରଦ, କଠିନ କାମ ସମସ୍ୟାଘେରା କର୍ମକୁ ଆଦରି ନେଇଛି । ଯଦି ଚାକିରି କରିଥାନ୍ତି ମାସକୁ ମାସ ଦରମା ଟଙ୍କା ତକ ଗଣି ନେଉଥାନ୍ତି, କିନ୍ତୁ ତୁମେମାନେ ସବୁ ଆପଦ ବିପଦରେ ପଡ଼ି କାହା ପାଖକୁ ପ୍ରତିକାର ଲାଗି ଦୌଡ଼ିଥାଆନ୍ତ ? ଖାସ ତୁମମାନଙ୍କ ସୁବିଧାକୁ ଆଖି ଆଗରେ ରଖି ମୁଁ ସରକାରୀ ଚାକିରି ଆଉ ମୁହଁ ଫେରାଇ ଆସି ଏହି କର୍ମରେ ମନୋନିବେଶ କଲି । ହେଲେ ତୁମେମାନେ ସବୁ ମୋ କଥା ବୁଝିବାକୁ ଖମଝାଲୁ । ତୁମେମାନେ ମୋ କଥା ନ ବୁଝିଲେ ଏହାକୁ ମୁଁ ମୋର ଦୁର୍ଭାଗ୍ୟ ବୋଲି ଧରିନେବି । ନ' ହେଲେ ଆଉ ଉପାୟ କ'ଣ ଅଛି ? "ବ୍ରଣ ମିଚ୍ଚନ୍ତି ମକ୍ଷିକାଃ ।" ପର ଘା'ରେ ମାଛିର ମନ ପରି ଅନ୍ୟର ଦୋଷ ଖୋଜିବାରେ ଏ ମଣିଷ ଖୁବ୍ ତତ୍ପର । ଅନ୍ୟର ଅମଙ୍ଗଳ କାମନା ହିଁ ତାଙ୍କର ମନର କାମନା, ପୁଣି ଅଳିକ ଓ କ୍ଷଣିକ ସୁଖ ପାଇଁ ତୁମମାନଙ୍କର ଘୃଣ୍ୟ ଅନ୍ୱେଷଣ । ମାତ୍ର ମୁଁ ସେପରି ପ୍ରକୃତିର, ସେମିତି ଗୁଣର, ସେଭଳି ଚରିତ୍ରର, ସେମାନଙ୍କ ସ୍ୱଭାବର ଲୋକ ନୁହେଁ । ମୁଁ ନିଷ୍ଠାପର, ପରୋପକାରୀ, ନୀତିବାନ, ସଚରିତ୍ର ବ୍ୟକ୍ତି ହୋଇଥିବାରୁ ମୁଁ ତୁମମାନଙ୍କ ଭଲ ପାଇଁ କଠୋର ସାଧନା, ଏକାଗ୍ରତାର ସହିତ ଅଧ୍ୟୟନ, ନୀତିନିଷ୍ଠ ଜୀବନ ଯାପନ କରି, ଏତେ ପାଠ ପଢ଼ି ସୁଦ୍ଧା ମୋର ଏତେ ପ୍ରଚଣ୍ଡ ଜ୍ଞାନ ଗରିମା ଥାଇ ମଧ୍ୟ ମୁଁ ତୁମମାନଙ୍କ ପାଇଁ ସରକାରୀ ଚାକିରି ଛାଡ଼ି ତୁମମାନଙ୍କ ସେବାରେ ନିଜକୁ ନିୟୋଜିତ କଲି । ସେପରି କର୍ମ ଶିକ୍ଷକତା କଲି ନାହିଁ । ନହେଲେ ତୁମେ ସବୁ ପ୍ରତିକାର ଲାଗି ଦଶକୋଶ ଦୌଡ଼ିବାକୁ ବାଧ୍ୟ ହୋଇ ଆଉ କେଉଁ କାରିକା ଦାତାଙ୍କ ନିକଟକୁ (ଯିବାକୁ) ଦୌଡ଼ିଥାନ୍ତ । ତଥାପି ମୋର ତୁମମାନଙ୍କ ସକାଶେ ଏତେ ତ୍ୟାଗ ସତ୍ତ୍ୱେ ତୁମେ କେହି ମୋ କଥା

ବୁଝିବାକୁ ନାରାଜ। "ପରୋପକରଣଂ ଯେଷାଂ ଜାଗର୍ଭି ହୃଦୟେ ସତାମ୍। ନଶ୍ୟନ୍ତି ବିପଦସ୍ତେଷାଂ ସଂପଦସ୍ତୁ ପଦେପଦେ।"ଯେଉଁ ସଜ୍ଜନର ହୃଦୟରେ ପରୋପକାର ଭାବଥାଏ। ତା'ର ସମସ୍ତ ବିପଦ ନଷ୍ଟ ହୁଏ ଓ ସେ ଅଶେଷ ସଂପଦର ଅଧିକାରୀ ହୁଏ। (ପ୍ରକାଶଥାଉ କି ନଟିଆ ନାନା ଦୁଇଥର ମାଇନର ବୋର୍ଡ ପରୀକ୍ଷାରେ ଫେଲ ହୋଇ ସ୍ୱାଧୀନତା ଆନ୍ଦୋଲନରେ ଯୋଗ ଦେଇଥିଲେ, କିନ୍ତୁ ଜେଲ ଯିବା ଭୟରେ ସକ୍ରିୟ ଆନ୍ଦୋଲନରୁ ଓହରି ଯାଇ ସ୍ୱାଧୀନତା ସଂଗ୍ରାମୀମାନଙ୍କ ସହକାରୀ ଭାବରେ ସହଯୋଗ କାର୍ଯ୍ୟ କରିଥିବାରୁ ସହକାରୀ ଭତ୍ତା ପାଉଛନ୍ତି।)

ତେଣୁ ତୁମୋମାନେ ସମୟ ଥାଉ ଥାଉ ହରିନାମ ଭଜନ କର। ଭଗବାନଙ୍କ ଶରଣାପନ୍ନ ହୁଅ। ଏ ଦେହ ଚାଲିଗଲେ ତୁମେ ଯେ ଆର ଜନ୍ମରେ ପୁଣି ମଣିଷ ଜନ୍ମ ପାଇବ ଏପରି କିଛି ସ୍ଥିରତା ନାହିଁ। ସମୟ ଗଡ଼ିଗଲା ପରେ ସେ ବିଷୟରେ ଆଉ ଚିନ୍ତା କରି କିଛି ଲାଭ ନାହିଁ। କାରଣ "ନିର୍ବାଣ ଦୀପେ କିମ୍ ତୈଲ ଦାନମ୍" ପରି କଥା ହେବ। ଆଉ ଆମେ ଏହିପରି ଗ୍ରନ୍ଥର ପଦମାନଙ୍କୁ ମନରେ ରଖୁଛନ୍ତି। କେବଳ ଅନ୍ୟମାନଙ୍କୁ ଶୁଣାଇ ନିଜକୁ ଘୋଷାବଲଦ ରୂପରେ ଦେଖାଇବା ପାଇଁ। କିନ୍ତୁ ନିଜେ ପୋଥି କଥା ମାନି କର୍ମ କରି ନଥାଆନ୍ତି। "ଅନାଗତ ବିଧାତା ଚ ପ୍ରତ୍ୟୁତ୍ପନ୍ନ ମତିସ୍ତଥା, ଦ୍ୱାବେଟେ ସୁଖ ମେଧେତେ ଯଦି ଭବିଷ୍ୟାବିନିଶ୍ୟତି।" ଅର୍ଥାତ୍ ଅନାଗତ ବିପଦ ଆସିବା ପୂର୍ବରୁ ଯିଏ ଉପାୟକରେ ଏବଂ ବିପଦ ଆସିବା ପାରେ ଯିଏ ଉପାୟ କରିନିଏ ସେ ଦୁହେଁ ବିପଦରୁ ପରିତ୍ରାଣ ପାଇ ସୁଖୀ ହୁଅନ୍ତି। କିନ୍ତୁ ଯେଉଁ ବ୍ୟକ୍ତି ଭାଗ୍ୟକୁ ଆଦରି ଉପାୟ ଶୂନ୍ୟ ହୋଇ ବସି ରହେ ତା'ର ବିନାଶ ନିର୍ଣ୍ଣିତ ହୁଏ।

ଗୃହସ୍ଥ ଦୈନିକ ଯଜ୍ଞ କରିବା ଉଚିତ। ରଷି ଯଜ୍ଞ; ଏହା କରାଯାଏ ଏଥି ପାଇଁ ଯେ ଆମେମାନେ ସମସ୍ତେ ରଷିମାନଙ୍କ ଦାୟାଦ ଅଟୁ। ଯଥା- କଶ୍ୟପ, ଅତ୍ରି, ଭରଦ୍ୱାଜ, ବଶିଷ୍ଠ, ନାଗସ୍ୟ। ଏଣୁ ଆମମାନଙ୍କର ଗୋତ୍ର ପରିଚୟ ଦେଇଥାଉ। ସେଥିନିମିତ ଆପଣା ଗୃହରେ ଦୈନନ୍ଦିନ ଭାଗବତ, ରାମାୟଣ, ଶ୍ରୀମଦ୍ ଭାଗବତ ଗୀତା ବା ପୁରାଣ ପାଠ କରିଲେ ଆମେ ରଷିକ ରଣରୁ ମୁକ୍ତ ହେଉ। ଦେବ ଯଜ୍ଞ, ଯେହେତୁ ଦେବତାମାନେ ଆମର ମଙ୍ଗଳ କରିଥାଆନ୍ତି। ସେଥିଯୋଗୁଁ ଦୈନନ୍ଦିନ ସନ୍ଧ୍ୟାରେ ଦୀପ ପ୍ରଜ୍ୱଳନ କରିବା ପ୍ରତ୍ୟେକ ସଂକ୍ରାନ୍ତିରେ ହୋମ କରିବା ଉଚିତ। ଏହାଦ୍ୱାରା ଦେବତାମାନେ ସନ୍ତୁଷ୍ଟ ହୋଇଥାଆନ୍ତି। ପିତୃଯଜ୍ଞ; ସ୍ନାନ କରିବା ପରେ "ପିତୃ ତର୍ପଣ ଓ ବାର୍ଷିକ ପିତୃ ଶ୍ରାଦ୍ଧ" କରିବା ଉଚିତ୍। 'ନୃଯଜ୍ଞ'; ଅତିଥିଙ୍କୁ ସକ୍ରାର କରିବା ବା ଭିକାରିଙ୍କୁ କିଛି ଅନ୍ନ, ବସ୍ତ୍ର ବା ଅର୍ଥ ଦାନ କରିବା ଉଚିତ୍। ଭୂତଯଜ୍ଞ; ଦୈନନ୍ଦିନ ରନ୍ଧନପରେ ବ୍ୟବହାରରେ କାଉ, କୁକୁରଙ୍କୁ କିଛି ଖାଦ୍ୟ ଦେବା ଉଚିତ। ତୁଳସୀ ପ୍ରତ୍ୟେକ ଗୃହସ୍ଥର ରକ୍ଷିବା ପୂଜନ କରିବା ଉଚିତ୍। ଅଁଳା, ପୂଜା କରିବା ଦରକାର। ଗ୍ରାମରେ ରହୁଥିବା ଗୃହସ୍ଥ ଘରେ ଗୋସେବା ବା ତା'ର ପୂଜନ ଆବଶ୍ୟକ। ବ୍ରତ ଉପବାସ ପାଳନ କରି ମନ୍ଦିରକୁ ଯାଇ ବିଗ୍ରହ ଦର୍ଶନ ପୂଜନ କରିବା ବିଧେୟ।

ଯଜ୍ଞର ତାତ୍ତ୍ୱିକ ଅନୁଚିନ୍ତନ ହେଉଛି ଯାହାକି ବେଦରେ ଉଲ୍ଲେଖ ଅଛି। "ଯଜମାନସ୍ୟ ପଶୂନ ପାହି" ଅର୍ଥାତ୍ ଯଜମାନଙ୍କ ପଶୁମାନଙ୍କୁ ରକ୍ଷାକର। "ଗାଂମାହିଂ ସାଧ" ଅର୍ଥାତ୍ ଗାଈମାନଙ୍କୁ ହିଂସା କରନାହିଁ। "ଅଭୟଂନଃ ପଶୁଭ୍ୟାଃ" ଅର୍ଥାତ୍ ପଶୁମାନଙ୍କୁ ଅଭୟ ପ୍ରଦାନ କର। ଏଣୁ ପଶୁବଲି ପ୍ରଥା ଯଜ୍ଞରେ ସମ୍ପୂର୍ଣ୍ଣ ଅବୈଦିକ ଓ ଅନୈତିକ। ଯଜୁର୍ବେଦ ଉପଦେଶ ଦେଇଛନ୍ତି "ଇୟଂତେ ଯଜ୍ଞିୟାତନୁଃ" ଅର୍ଥାତ୍ ହେ ମନୁଷ୍ୟ ତୁମର ଦେହ ଯଜ୍ଞ ପାଇଁ ନିର୍ମିତ। "ସ୍ୱାହାୟଜ୍ଞ ନମସଃ" ଅର୍ଥାତ୍ ଆତ୍ମ ବଲିଦାନ ଦ୍ୱାରା ଯଜ୍ଞ ସମ୍ପନ୍ନ କର। ଏହି ଆତ୍ମା ବଲିଦାନ ବା ତ୍ୟାଗ ହେଉଛି ଯଜ୍ଞର ମୂଲକଥା। ଯଜ୍ଞରେ ଅଗ୍ନିର ଭୂମିକା ଗୁରୁତ୍ୱପୂର୍ଣ୍ଣ। ଦୁଇଟି କାଠକୁ ଘଷି ସେଥିରୁ ଯଜ୍ଞାଗ୍ନି ସୃଷ୍ଟି କରାଯାଏ। ଉପର କାଠଟି ଅଗ୍ନିର ମାତା ଓ ତଳ କାଠଟି ପିତା। ଜନ୍ମ ହେବା ପରେ ଅଗ୍ନି ଉଭୟ ପିତା ଓ ମାତାଙ୍କୁ ଭକ୍ଷଣ କରିଥାଏ। ଅଗ୍ନିହିଁ ପୁରୋହିତ ବା ବ୍ରହ୍ମା, ଏହା ଆହୁତି ଗ୍ରହଣ କଲେ ଏବଂ ତାହା ଈଶ୍ୱରଙ୍କ ନିକଟକୁ ପ୍ରେରକର ଦୂତ ରୂପେ କାମ କରେ। ଅଧିକନ୍ତୁ ଯଜ୍ଞର ଅନେକ ଅନ୍ତରାର୍ଥ ରହିଛି। ମାନବିକତାର କଲ୍ୟାଣ ପାଇଁ ସଂପାଦିତ ହେଉଥିବା ଏହିସବୁ ପବିତ୍ର

ବିଧ୍ର ପ୍ରକୃତ ତାତ୍ପର୍ଯ୍ୟ ଲୋକମାନେ ଭୁଲି ଯାଉଥିବା ଯୋଗୁଁ ମାନବ ଜାତି ସବୁ ପ୍ରକାର ଦୁର୍ଦ୍ଦଶା ଓ ଦୁର୍ବିପାକର ସମ୍ମୁଖୀନ ହେଉଛି । ନୈତିକ, ଭୌତିକ, ବୈଜ୍ଞାନିକ ଓ ଅନ୍ୟ ସମସ୍ତ କ୍ଷେତ୍ରରେ ଆଜି ମନୁଷ୍ୟ ତା'ର ସ୍ୱଭାବ ତ୍ୟାଗ କରିଛି ଏବଂ କେବଳ ପ୍ରଭାବ ପାଇଁ ଆଗ୍ରହୀ ହେଉଛି । ତେଣୁ ଆମର ଭାରତୀୟ ଚିନ୍ତାଧାରା, "ଶୃଣ୍ୱନ୍ତୁ ବିଶ୍ୱେ ଅମୃତସ୍ୟ ପୁତ୍ରା, ଅସତୋମାଂ ସଦ୍‌ଗମୟ, ତମସୋମାଂ ଜ୍ୟୋତିର୍ଗମୟ, ମୃତ୍ୟୁମାଂ ଅମୃତଗମୟ ।"

ଏଠି ମନୁ ସଂହିତା ମଣିଷ ଚଳଣିର ସବୁ ତଥ୍ୟ କଥା ବ୍ୟାନ କରିଛନ୍ତି । ଚଳଣି ରୀତି ନୀତି ତିଆରି କରିଛନ୍ତି । ତାକୁ ନବୁଝି ଫୋପାଡ଼ିଲେ ଘୁଷୁରୀଙ୍କ କଦଳୀ ଘୁଣା କଥା ମନେପଡେ । ମଣିଷର ଏ ଫୁଲାପଣିଆ, ବିଜ୍ଞାନ ଅହମିକା ଦେଖି ଇଂରେଜ ନାଟ୍ୟକାର ସେକ୍‌ସପିଅର ଲେଖିଛନ୍ତି । Drest in a little brief authority, mast ignorant of what he is mast assured. His glassu essence like on angry Apc plays fantastic tricks before high heaven. As make the angels weep. ଅର୍ଥାତ୍ ଏକନିତାନ୍ତ କ୍ଷୁଦ୍ର ସୀମିତ କ୍ଷମତାରେ ସଜେଇ ହୋଇଥିବା ଏଇ ମଣିଷ ଯେଉଁ ବିଷୟରେ ନିଜକୁ ମହାଜ୍ଞାନୀ ବୋଲି କହୁଛି । ସେ ବିଷୟରେ ନିତାନ୍ତ ଅଜ୍ଞ, କ୍ରୁଦ୍ଧ ମର୍କଟ ଭଳି ଏଇ ଭଙ୍ଗୁର ବାସରେ ଖଟେଇ ହେଉଥିବା ଏ ମଣିଷର ବିଶ୍ୱ ନିୟନ୍ତାଙ୍କ ଆଗେ ଉଦ୍‌ଭଟ ବାଗ ପ୍ରଦର୍ଶନ ଦେଖି ମହାମ୍ମାନେ ବ୍ୟଥିତ ହେଉଛନ୍ତି ସିନା । ନଟିଆ ନନାଙ୍କୁ ଦେଖିଲେ ଓ ତାଙ୍କ କଥା ଶୁଣିଲେ ସେହିପରି ମନେହୁଏ ।

ବିଖ୍ୟାତ ମନୋବିଜ୍ଞାନୀ ଆଡଲରଙ୍କ ମତରେ ଶିଶୁଟିଏ ତା'ର ଜନ୍ମହେବା ପରଠାରୁ ତା'ର 'ମୁଁ' କୁ ପ୍ରତିପାଦିତ କରିବାକୁ ଚେଷ୍ଟାକରେ । ସେ ଜଣାଇବାକୁ ଚାହେଁ ଯେ, ତା'ର ମଧ୍ୟ ଅସାଧାରଣ କ୍ଷମତା ରହିଛି । ତା'ର ଏହି ଦକ୍ଷତାକୁ ପ୍ରମାଣିତ କରିବାକୁ ସେ ସାରା ଜୀବନ ପ୍ରୟାସ କରିଥାଏ । ଏହାକୁ ଆଡଲର 'ସ୍ଟ୍ରାଇଭିଙ୍ଗ ଫର୍ ସୁପିରିଅରିଟ୍' ବୋଲି କହିଛନ୍ତି । ଏହାଦ୍ୱାରା ମଣିଷମାନେ କୁଆଡ଼େ ଆମ୍ସନ୍ତୋଷ ଲାଭ କରନ୍ତି ବୋଲି ସେ କହିଛନ୍ତି । ମଣିଷମାନଙ୍କର ମାନସିକ ସ୍ୱାସ୍ଥ୍ୟ ଏହାଦ୍ୱାରା ମଧ୍ୟ ଭଲରହେ । ସମାଜରେ ଅନେକ ଲୋକ ଅଛନ୍ତି, ଯେଉଁମାନେ କି ନିଜ ଭିତରେ ଥିବା 'ମୁଁ' କୁ ପ୍ରତିପାଦିତ କରିପାରନ୍ତି ନାହିଁ । ତେଣୁ ସେମାନେ ସର୍ବଦା ଅସନ୍ତୁଷ୍ଟ ରହନ୍ତି, ନ୍ୟୂନ ମନୋଭାବର ଶିକାର ହୁଅନ୍ତି । ନିଜକୁ ସେମାନେ ଅକ୍ଷମ, ଦୁର୍ବଲ, ଅଯୋଗ୍ୟ ଓ ଅପାରଗ ବୋଲି ଭାବନ୍ତି । ନିଜର ସ୍ଥିତି ଉପରେ ସନ୍ଦିହାନ ଥାଆନ୍ତି । ଆପଣାର ବ୍ୟକ୍ତିତ୍ୱକୁ ସେମାନେ ଗ୍ରହଣ କରିପାରନ୍ତି ନାହିଁ । ସେମାନଙ୍କ ମନରେ ବିଷର୍ଣ୍ଣତା ଓ ଉଦବିଗ୍ନତା ଭରି ରହିଥାଏ । ଏପରି ଲୋକମାନେ ଗୁଡ଼ାଏ ବାହାସ୍ଫୋଟ ମାରି ନିଜର ଦକ୍ଷତାକୁ "ଫଂଫା ମାଠିଆର ଶବ୍ଦବେଶୀ" ଆଧାରରେ ବଣ୍ଟନ୍ତି ।

କଚ୍ଚନା କରନ୍ତି ଶୁଣିଲା ଲୋକେ, ମନ ଭିତରେ ନିରବରେ, କେବେକେବେ ସେମାନେ ନିଜ ନିଜ ଭିତରେ ଟୁପଟାପ୍ କଥାବାର୍ତ୍ତା ହୋଇ । ନନାଙ୍କର ଏ ପେଟ, ଥଣ୍ଟଲ ପେଟ ପୃଥୁଲାକାୟ, ବିଶାଳ ପେଟ, ପେଟ ନୁହେଁ ତ ଜ୍ଞାନର ଅସରନ୍ତି ଭଣ୍ଡାର ଇୟେ । ଜ୍ଞାନର ସାଗର ଜାଣି, ଖାଲି ସାଗର ନୁହେଁ ତ ମହାସାଗର, ଆଉ ମୁଣ୍ଡ ବଡ଼ ଚଦା ମୁଣ୍ଡ ବୁଦ୍ଧି ତିଆରି କାରଖାନାଟିଏ, ସେଠ୍ରେ ଜ୍ଞାନ ଉତ୍ପାଦନ (ଉତ୍ପନ୍ନ) ହୋଇଥାଏ । ତାଙ୍କ ବିରାଟ ମୁଣ୍ଡ ବା ମସ୍ତକ ବାବଦରେ ନଟିଆ ନନା କହିଥାଆନ୍ତି- "ନ ତେନ ବୃଦ୍ଧୋ ଭବତି ଯେନାସ୍ୟ ପଲିତଂ ଶିରଃ । ଯା ବୈ ଯୁବାପ୍ୟଧୀୟାନ ସ୍ତଂ ଦେବାଃ ସ୍ଥବିରଂ ବିଦୁଃ ।" ନୁହେଁ ବୃଦ୍ଧ ଶୁକ୍ଲକେଶ ଅଟେ ଯାର ଶିରା । ଯୌବନେ ଯେ ଜ୍ଞାନରତ ଦେବେ ତାକୁ ବୋଲନ୍ତି ସ୍ଥବିର ।

ଠିକ୍ ସେତିକି ବେଳେ ନଟିଆନନା ବଖାଣି ବସନ୍ତି ଆପଣା ବାହାଦୁରୀ ପଣିଆ । ନିଜ ପାରିଲା ପଣକୁ ପ୍ରମାଣ ସିଦ୍ଧ କରିବା ପାଇଁ ସେ କହନ୍ତି- "ପଣ୍ଡିତେହି ଗୁଣାଃ ସର୍ବେ ମୂର୍ଖେ ଦୋଷାୟ କେବଳାୟତ ସ୍ଥାନ ମୂର୍ଖ ସହସ୍ରେଭ୍ୟଃ ପ୍ରାଣୀ ଏକୋବିଶିଷତେ ।" ପଣ୍ଡିତଠାରେ କେବଳ ଗୁଣସବୁ ପରିଲକ୍ଷିତ ହୁଏ ଏବଂ ମୂର୍ଖଠାରେ କେବଳ ସମସ୍ତ ଦୋଷ ଦେଖାଯାଏ । ତେଣୁ ସହସ୍ର ସଂଖ୍ୟକ ମୂର୍ଖ ଅପେକ୍ଷା ଏକମାତ୍ର ବିଦ୍ୱାନ ଉକ୍ରୁଷ୍ଟ ଅଟେ । ଏକମାତ୍ର ବିଦ୍ୱାନ ଉଚ୍ଚାରଣ କଲା ସମୟରେ ନିଜକୁ ଇଙ୍ଗିତ ପୂର୍ବକ କଥା କହିଥାଆନ୍ତି ।

ଆହୁରି ମଧ୍ୟ ଯଜମାନମାନେ ଭାବି ଯାଆନ୍ତି ମନେ ମନେ। ଏହିଭଳି ମଣିଷମାନେ- ଧର୍ମବନ୍ତ, ସଚ୍ଛୋଟ, ନ୍ୟାୟପରାୟଣ, ବିବେକୀ, ବିଜ୍ଞ, ଜ୍ଞାନୀ, ନୀତିବାନ, କର୍ତ୍ତବ୍ୟନିଷ୍ଠ, ପରୋପକାରୀ, ନିଷ୍ପାପର। ଖାସ୍ ଏହିମାନଙ୍କ ପାଇଁ ସଂସାରରେ ଧର୍ମ ଅଛି, କର୍ମ ହେଉଛି। ସତକର୍ମ, ଦିନରାତି ହେଉଛି। ସୂର୍ଯ୍ୟ ଚନ୍ଦ୍ର ଉଦୟ ହେଉଛନ୍ତି ଆଉ ଅସ୍ତ ଯାଉଛନ୍ତି। ପବନ ବହୁଛି, ମେଘମାନେ ବର୍ଷୁଛନ୍ତି। (ପୁରାଣ ମତ ଅନୁଯାୟୀ ମେଘମାନେ ଚାରି-ସମ୍ବର୍ତ୍ତକ, ଆବର୍ତ୍ତକ, ଦ୍ରୋଣ ଓ ପୁଷ୍କର, ଏମାନେ ସ୍ୱର୍ଗର ରାଜା ଇନ୍ଦ୍ରଙ୍କ ଆଦେଶାନୁଯାୟୀ ବର୍ଷା ବର୍ଷିଥାଆନ୍ତି।) ଶସ୍ୟ ଉତ୍ପନ୍ନ ହେଉଛି। ବୃକ୍ଷମାନେ ଫୁଲ ଫଳ ଧାରଣ କରୁଛନ୍ତି। ନହେଲେ ଏଇମାନେ ନ ଥିଲେ କିମ୍ବା ଯାଙ୍କପରି ଯେଉଁମାନେ, ସେମାନେ ସବୁ ନ ଥିଲେ। କେବେଠୁ ସଂସାର ବୁଡ଼ି ଯାଆନ୍ତାନି। ଡୁବି ଯାଆନ୍ତାନି ଦୁନିଆ। ଜୀବ ଜଗତ ଲୋପ ପାଇ ସାରନ୍ତାଣି। ଏଠି ଆଉ ମଣିଷ ନ ଥାଆନ୍ତେ କିମ୍ବା ଜୀବଜନ୍ତୁ କେହି। ବୃକ୍ଷଲତା ବି ପଶୁପକ୍ଷୀ ମାନେ ନିଶ୍ଚୂନ ହୋଇ ଯାଆନ୍ତେଣି, କେବଳ ଥାଆନ୍ତେ ଭୂତ। ପ୍ରେତମାନେ ଏଠି ବାସ କରିଥାଆନ୍ତେ। ଅଶରୀରଙ୍କ ବାସଭୂମି ଇୟେ ପାଲଟି ଯାଆନ୍ତାନି କେଡ଼ଁ କାଳୁ। ନା'ବୁ ଥାଆନ୍ତେ କବନ୍ଧମାନେ। ସମୁଦ୍ରକୂଳ ଲଙ୍ଘି ସାରନ୍ତାନି କେବେଠୁ। ଯୁଗର ଅନ୍ତ ଘଟନ୍ତାନି। କଳିଯୁଗର ଶେଷ ବିଲୟ ଭଜନ୍ତାନି ସଂସାର। ଅଗ୍ନି, ବାୟୁ (ପ୍ରବଳ ବତାସ ପବନ ଅଣଚାଷ ମୂର୍ତ୍ତି ଧରି ବହନ୍ତାନି) ଆଉ ଜଳରେ ପୂରି ଥାଆନ୍ତା ମଊର୍ଯ୍ୟ ମଣ୍ଡଳ, ପୃଥିବୀ ହୋଇ ଥାଆନ୍ତା ଜୀବଶୂନ୍ୟ, ସଜୀବ ରହିତା, ଉଭିଦ ବିହୀନ। ପୃଥିବୀ ଭାସୁ ଥାଆନ୍ତା ସମୁଦ୍ର ବକ୍ଷରେ। ପ୍ରଳୟ ପାଣିରେ। ପ୍ରଳୟ ପୟୋଧୁ ଜଳେ।

ଶ୍ରୀ ମଦ୍ ଭାଗବତରେ ଶ୍ରୀ ଶୁକଦେବ ଗୋସ୍ୱାମୀ ପରିକ୍ଷିତ ମହାରାଜଙ୍କୁ ଚାରି ପ୍ରକାର ପ୍ରଳୟ ସମୟରେ କହିଛନ୍ତି। "ନୈମିତ୍ତିକ ଯେ ପ୍ରାକୃତିକ, ନତ୍ୟ ଆବର ଅତ୍ୟନ୍ତିକ" ନୈମିତ୍ତିକ ଓ ପ୍ରାକୃତିକ ପ୍ରଳୟ ବ୍ରହ୍ମାଣ୍ଡ ସମ୍ବନ୍ଧିତ ହୋଇଥିବାବେଲେ ନିତ୍ୟ ଓ ଅତ୍ୟନ୍ତିକ ଦେହଧାରୀଙ୍କ ପାଇଁ ଉଦ୍ଦିଷ୍ଟ। ପୃଥିବୀରେ ସତ୍ୟ, ତ୍ରେତୟା, ଦ୍ୱାପର ଓ କଳି ଆଦି ଚାରିଯୁଗର ଶହେଟି ଚକ୍ର ପୂର୍ଣ୍ଣ ହେଲେ ବ୍ରାହ୍ମଙ୍କର ଗୋଟିଏ ଦିନ। ଏହାକୁ ଗୋଟିଏ କଳ୍ପ କୁହାଯାଏ। ସମପରିମାଣର ସମୟ ବ୍ରାହ୍ମଙ୍କର ଗୋଟିଏ ରାତି ବା ବିଶ୍ରାମ ଅବଧୁ ହୁଏ। ଶିଶୁଟିଏ ପ୍ରତ୍ୟେକ ଦିନ ଖେଳ ଆରମ୍ଭ କରିବା ସମୟରେ ଖେଳଣା ସବୁ ବାହାର କରି ସଜାଏ ଏବଂ ଖେଳସାରି ସେଗୁଡ଼ିକ ପରଦିନ ପାଇଁ ବନ୍ଧାବନ୍ଧି କରି ସାଇତି ରଖେ। ସେହିପରି ସୃଷ୍ଟି କର୍ତ୍ତାଙ୍କ ଦ୍ୱାରା ପ୍ରତ୍ୟେକ କଳ୍ପ ପ୍ରାରମ୍ଭରେ ବ୍ରହ୍ମାଣ୍ଡରେ ଜୀବଜଗତ ସୃଷ୍ଟିହୁଏ ଏବଂ ତାଙ୍କର ଦିନ ସରିବା ପରେ ଅର୍ଥାତ୍ କଳ୍ପ ଶେଷରେ ପୃଥିବୀ ସମେତ ସମସ୍ତ ଗ୍ରହରୁ ଜୀବସତ୍ତା ଲୋପପାଏ, ଏହା ନୈମିତ୍ତିକ ପ୍ରଳୟ। ଏହି ସମୟରେ ଆକାଶରେ ସାମ୍ବର୍ତ୍ତ ନାମକ ସୂର୍ଯ୍ୟ ଅଗ୍ନି ବର୍ଷା କରନ୍ତି। ସେହି ପ୍ରଳୟ ଅଗ୍ନିରେ ନଦ, ନଦୀ, ସମୁଦ୍ରର ଜଳରାଶି ସହ ଶୁଷ୍କ ହୋଇଯାଏ ସମସ୍ତ ପ୍ରାଣୀଙ୍କ ଶରୀର। ତା'ପରେ ଶଙ୍କର୍ଷଣଙ୍କ ମୁଖରୁ ସମ୍ବର୍ତ୍ତ ନାମକ ଅଗ୍ନି ଜାତହୁଏ। ଯାହା ଶୂନ୍ୟ ପାତାଳ ଚରାଚର ଆଦି ସମସ୍ତ ଲୋକଙ୍କୁ ଦଗ୍ଧ କରେ। ସେହି ସମୟରେ ପ୍ରଚଣ୍ଡ ବେଗରେ ପବନ ବହିବା ସହ ସାମ୍ବର୍ତ୍ତକ ନାମକ ମେଘ ଅନ୍ୟ ମେଘଙ୍କ ସହ ମିଶି ଶହେ ବର୍ଷ ପର୍ଯ୍ୟନ୍ତ ନିରନ୍ତର ମୂଷଳ ଧାରାରେ ବର୍ଷା କରି ସମଗ୍ର ପୃଥିବୀ ପୃଷ୍ଠକୁ ଜଳ ମଗ୍ନ କରନ୍ତି। ଶହେ ବ୍ରହ୍ମାବର୍ଷର ଅବଧୁ ଭଗବାନ ବିଷ୍ଣୁଙ୍କର ଗୋଟିଏ ଦିନ ବା ଏକ ପରମ। ପ୍ରତ୍ୟେକ ପରମ ଶେଷରେ ବ୍ରହ୍ମାଙ୍କ ପରମାୟୁ ସରିବା ସହିତ ବିଶ୍ୱ ବ୍ରହ୍ମାଣ୍ଡ ଲୋପ ପାଇଁ ଅନୁଷ୍ଠିତ ହୁଏ ପ୍ରକୃତ ପ୍ରଳୟ। ଏଥିରେ ପଞ୍ଚମହାଭୂତର ବିନାଶ ହୁଏ। ପ୍ରଥମେ ସମଗ୍ର ଜଗତ ହୁଏ ଜଳମଗ୍ନ। ତତ୍ପରେ ଜଳ ଅଗ୍ନିରେ, ଅଗ୍ନି ବାୟୁରେ, ବାୟୁ ଆକାଶରେ, ଆକାଶ ମହତତ୍ତ୍ୱରେ, ମହତତ୍ତ୍ୱ ପ୍ରକୃତିରେ ଏବଂ ଶେଷରେ ପ୍ରକୃତି ପୁରୁଷ ବା ବ୍ରହ୍ମରେ ଲୀନ ହୁଏ। ସେହି ସମୟରେ ଭଗବାନ ବିଷ୍ଣୁ ଶୟନ କରନ୍ତି ଓ ସୃଷ୍ଟି ବୋଲି କିଛି ନ ଥାଏ ଜନ୍ମ ମୃତ୍ୟୁ ଚକ୍ରରେ ଜୀବର ମୃତ୍ୟୁ ଅନିବାର୍ଯ୍ୟ। ଏହି ମୃତ୍ୟୁକୁ ନିତ୍ୟ ପ୍ରଳୟ କୁହାଯାଏ। ଯାହା ପ୍ରତିକ୍ଷଣ ଅନୁଷ୍ଠିତ ହୋଇଥାଏ। ସଂସାର ମୋହମାୟା। ତୁଟାଇ ଜୀବ ମୋକ୍ଷ ପ୍ରାପ୍ତି ହେବାକୁ

କୁହାଯାଏ ଆତ୍ୟନ୍ତିକ ପ୍ରଳୟ। ଏହାର କୌଣସି ନିର୍ଦ୍ଦିଷ୍ଟ ସମୟ ସୀମା ନ ଥାଏ। ସାଂଖ୍ୟ, କର୍ମ, ଭକ୍ତି ଯୋଗ କିମ୍ବା ଈଶ୍ୱର କୃପାରୁ ଜୀବ ଲାଭକରେ ମୋକ୍ଷ। ସମସ୍ତ କର୍ମ ବନ୍ଧନରୁ ମୁକ୍ତ ହୋଇ ଜୀବନ ମରଣ ଚକ୍ରକୁ ଭାଙ୍ଗି ଆତ୍ମା ପରମାତ୍ମାରେ ଲୀନ ହୁଏ। ଏହାହିଁ ପ୍ରତ୍ୟେକ ଜୀବର ଲକ୍ଷ୍ୟ ଓ କାମ୍ୟ।

ଆଉଥରେ ବିଷ୍ଣୁଙ୍କ ନାଭି କମଳରୁ ଜନ୍ମ ହୁଅନ୍ତେ ନୂଆ ବ୍ରହ୍ମା। "ପୂର୍ବସ୍ୟାଦୋ ପରାର୍ଦ୍ଧସ୍ୟ ବ୍ରହ୍ମୋନାମ ମହାନଭୂତ।" କଳ୍ପୋ ଯତ୍ରାଭବତ୍ ବ୍ରହ୍ମା ଶଦ ବ୍ରହ୍ମୋତି ଯଂ ବିଦୁ" ପୂର୍ବ ପରାର୍ଦ୍ଧ ବା ପ୍ରଥମ ପରାର୍ଦ୍ଧ ପ୍ରାରମ୍ଭରେ। ବ୍ରହ୍ମ ନାମକ ମହାନ କଳ୍ପ ହୋଇଥିଲା। ସେହି କଳ୍ପରେ ବ୍ରହ୍ମା ଆବିର୍ଭୂତ ହୋଇଥିଲେ। (ପଣ୍ଡିତ ଗଣ ସେହି ବ୍ରହ୍ମାଙ୍କୁ ଶଦ ବ୍ରହ୍ମ ବୋଲି ଜାଣନ୍ତି। ସେ ବ୍ରହ୍ମାଙ୍କର ଆବିର୍ଭାବ ସଙ୍ଗେ ସଙ୍ଗେ ବେଦ ଆବିର୍ଭୂତ ହୋଇଥିଲା। ଶ୍ରୀମଦ୍ ଭଗବତ୍ ୩, ୧୧, ୩୫) ସର୍ଜନା କରନ୍ତେ ନୂତନ ସୃଷ୍ଟି। ନୂଆ କରି ଦେଖାଯାଆନ୍ତେ ଦଶ ଅବତାରର ମୂଳ - ପ୍ରଥମ ଅବତାର - ମୀନ ଅବତାର - ମୀନର ଶରୀର ଠାରୁ ଆରମ୍ଭ ହୁଅନ୍ତା ପହିଲୁ ସର୍ଜନା। ଆଉଥରେ ଲେଖାହୁଅନ୍ତା ଦଶ ଅବତାର। ପୁଣି ମାଙ୍କଡରୁ ବିବର୍ତ୍ତିତ ହୁଅନ୍ତା ମଣିଷ। ବଣୁଆ ମଣିଷ ଗଢିଲା। ସଂପାଜିକ୍ ବଂଶଧର। ଶାସ୍ତ୍ର କହେ "ପ୍ରକୃତିଂ ସ୍ୱାମବଷ୍ଟଭ୍ୟ ବିସୃଜାମି ପୁନଃପୁନଃ। ଭୂତ ଗ୍ରାମମିମଂ କୃସ୍ନବଂଶ ପ୍ରକୃତେର୍ବଶାତ୍, ଅର୍ଥାତ୍ ପ୍ରକୃତିର ବଶରେ ରହି ପରତନ୍ତ୍ର ହୋଇ ଥିବା ଏହି ସମସ୍ତ ପ୍ରାଣୀବର୍ଗଙ୍କୁ ମୁଁ (କଳ୍ପମାନଙ୍କର ଆରମ୍ଭରେ)"ନିଜ ପ୍ରକୃତିକୁ ବଶୀଭୂତ କରି ବାରମ୍ବାର ସର୍ଜନା କରେ। ଯେହେତୁ ଶାସ୍ତ୍ରକହେ– "ବ୍ରହ୍ମାଣ୍ଡ ମାଳ ମାଳ ହୋଇ ତୋ ଲୋମକୂପେ ବିରାଜଇ।"

ଯେଉଁ ଭଗବାନ ଏହି କଥା କହୁଛନ୍ତି (ଶାସ୍ତ୍ର ମତାନୁଯାୟୀ) ସେହି ଭଗବାନ ମହାବିଷ୍ଣୁଙ୍କୁ ଯଦି ଆମେ ପୁରୁଷ କହିବା, ତେବେ ତାଙ୍କ ନାରୀ ସ୍ୱରୂପ ହେଉଛନ୍ତି ପ୍ରକୃତି ବା ମହାମାୟା ବା ଶକ୍ତି। କାହିଁକି ନା ପୁରୁଷ ସହିତ ନାରୀ ନ ରହିଲେ ସୃଷ୍ଟି ସମ୍ଭବ ନୁହେଁ। କେବଳ ପୁରୁଷ ସୃଷ୍ଟି କରି ପାରେନା କିମ୍ବା ନାରୀ ଏକା ମଧ୍ୟ ନୂତନ ସୃଷ୍ଟି ଲାଗି ସକ୍ଷମ ହୁଏନା। ସୃଷ୍ଟି ପାଇଁ ଉଭୟ ନାରୀ ଓ ପୁରୁଷର ସହଯୋଗ ଲୋଡ଼ାହୁଏ। ସେମାନେ ପରସ୍ପରକୁ ସୃଷ୍ଟି ଲାଗି ସହଯୋଗ କଲେ ଯାଇ ନୂତନ ସୃଷ୍ଟି ସମ୍ଭବ ହେବ। ଅସହଯୋଗ କିମ୍ବା ଏକାକୀତ୍ୱରୁ ଆଦୌ ନୁହେଁ, ସେହି ନାରୀ ସ୍ୱରୂପା ଶକ୍ତି ଉଭୟ ବିଦ୍ୟା ଓ ଅବିଦ୍ୟାର ଧାରଣ କର୍ତ୍ରୀ। ବ୍ରହ୍ମ ଏବଂ ବିଶ୍ୱକୁ ବୁଝିବାର କ୍ଷମତା ହେଉଛି ବିଦ୍ୟା ଓ ନ ବୁଝି ପାରିବା ହେଉଛି ଅବିଦ୍ୟା।

ସୃଷ୍ଟି ପୂର୍ବରୁ କେବଳ ଭଗବାନ ଥିଲେ। ସେ ସର୍ବବ୍ୟାପୀ। ତାଙ୍କର ଧ୍ୱଂସ ନାହିଁ। ନାରଦ ପୁରାଣ ଅନୁଯାୟୀ, ସେ ହିଁ ମହାବିଷ୍ଣୁ। ଯେତେବେଳେ ସୃଷ୍ଟି ସମୟ ଆସିଲା, ମହାବିଷ୍ଣୁ ତିନୋଟି ରୂପ ଧାରଣ କରିଥିଲେ। ତାଙ୍କର ଡାହାଣ ପାଖରୁ ବ୍ରହ୍ମା, କେନ୍ଦ୍ରରୁ ବିଷ୍ଣୁ ଓ ବାମରୁ ମହେଶ୍ୱର (କେତେକଙ୍କ ମତରେ କେନ୍ଦ୍ରରୁ ମହେଶ୍ୱର ଓ ବାମରୁ ବିଷ୍ଣୁ) ସୃଷ୍ଟି ହୋଇଥିଲେ। ତେଣୁ ବ୍ରହ୍ମା, ବିଷ୍ଣୁ ଓ ମହେଶ୍ୱର ଏକ ଏବଂ ଅଭିନ୍ନ। ବ୍ରହ୍ମା-ସ୍ରଷ୍ଟା ବା ସର୍ଜନାକାରୀ, ବିଷ୍ଣୁ-ପାଳକ ଏବଂ ମହେଶ୍ୱର ସଂହାରକ। ସୃଷ୍ଟି କରଇ ରଜୋଗୁଣେ। ସତ୍ୟ ପାଳଇ ଇନ୍ଦ୍ରପଣେ। ତାମସଗୁଣେ ସଂହାରଇ। ଅନ୍ତରେ ସର୍ବରୂପ ହୋଇ। ଯା'ର ପ୍ରସାଦେ ଦେବେ ହୋନ୍ତି। କ୍ରୋଧୁ ସମ୍ଭବ ପଶୁପତି। ହରଷୁ ବ୍ରହ୍ମାଜାତ ହୁଏ। ଲୋକ ପ୍ରକାଶ ଯାର ଦେହେ। ହାସରୁ ଅପସାରାଗଣ ବିପ୍ର ଯାହାର ମୁଖ୍ୟଜାତ, କ୍ଷତ୍ରିୟ ଯାର ଭୁଜବଳ, ଉରୁ ସମ୍ଭବ ବୈଶ୍ୟକୁଳ। ଶୂଦ୍ର ଚରଣ୍ଣ ଉତ୍ପତି।

ମହାବିଷ୍ଣୁଙ୍କ ପରି ଶକ୍ତିଙ୍କର ମଧ୍ୟ ତିନୋଟି ରୂପ। ବ୍ରହ୍ମାଙ୍କ ସହ ସେ ସାବିତ୍ରୀ (କେତେକଙ୍କ ମତରେ ସରସ୍ୱତୀ), ବିଷ୍ଣୁଙ୍କ ସହ ଲକ୍ଷ୍ମୀ, ମହେଶ୍ୱରଙ୍କ ସହ ପାର୍ବତୀ। ସମଗ୍ର ବିଶ୍ୱ ବ୍ରହ୍ମାଣ୍ଡ ପଞ୍ଚଭୂତରେ ଗଢ଼ା-କ୍ଷିତି, ଅପ, ତେଜଃ, ମରୁତ ଓ ବ୍ୟୋମ, ବିଶ୍ୱ, ଚତୁର୍ଦ୍ଦଶ ଲୋକର ସମାହାର। ସପ୍ତ ଊର୍ଦ୍ଧ୍ୱ ଭୁବନ ହେଲେ- ଭୂଃ, ଭୁବଃ, ସ୍ୱଃ, ମହିଃ, ଜନ, ତପଃ ଏବଂ ସତ୍ୟ ସପ୍ତ ଅଧୋଭୁବନ ବା ସପ୍ତ ପାତାଳ ହେଲେ–ଅତଳ, ବିତଳ, ନିତଳ, ଗଭସ୍ତିମତ୍ ବା ତଳାତଳ, ମହାତଳ, ରସାତଳ ଏବଂ ପାତାଳ। ଭୂଲୋକ ସପ୍ତଦ୍ୱୀପର ସମାହାର-ଜମ୍ବୁ, ପ୍ଲକ୍ଷ, ଶାଲ୍ମଳୀ, କୁଶ, କୌଞ୍ଚ, ଶାକ ଏବଂ ପୁଷ୍କର।

ସପ୍ତଦ୍ୱୀପକୁ ଘେରି ସପ୍ତ ସାଗର ହେଲେ-ଲବଣ, ଇକ୍ଷୁ ବା ମଧୁ, ସୁରା, ସର୍ପିଃ ବା ଘୃତ। ଦଧିମଣ୍ଡ, କ୍ଷୀର ଓ ସ୍ୱାଦୁଦକ ବା ଜଳସାଗର। ଆମ ଏ ଭାରତ ବର୍ଷକୁ ଜମ୍ବୁଦ୍ୱୀପର ଅଂଶ ବିଶେଷ କୁହାଯାଏ।

ଯଜମାନ ସ୍ତବ୍ଧ ହୁଏ ମୁଗ୍ଧ ହୁଏ। ହୋଇଯାଏ ଭୟଭୀତ। ବିସ୍ମୟ ଦୃଷ୍ଟିରେ ନଟିଆନାଙ୍କୁ ଅନାଇଁ ରହେ। କଥାରେ ଆଶ୍ଚର୍ଯ୍ୟ ପ୍ରକଟ କରେ। ଭାଷାରେ ବିମୋହିତ ହୋଇ ଭାଷଣ ଶୁଣି ବଶହୋଇଯାଏ। ଭାବରେ ଆବାକ ହୋଇ ଚାହିଁଥାଏ ନନାଙ୍କୁ ନିର୍ବାକ ଆଖିରେ। ବୋଲମାନେ ଆଦେଶ ଅବଜ୍ଞା କରିବାର ହିମତ ତା'ର ଉଭେଇଯାଏ ନଟିଆ ନନାଙ୍କର ମୁଖ ନିଃସୃତ ବାକ୍ୟ ବାଣ ଆଘାତରେ। କଥା ରଖେ। ଉପ୍ରୋଧ ଘେନେ। ଉପଦେଶକୁ ଅନ୍ୟଥା କରି ପାରେନା। କଥା (ଆଦେଶ) ଅମାନ୍ୟ କରିବାର ସତ୍ ସାହାସ ତା'ର ନ ଥାଏ। ଆପଣା ସାମର୍ଥ୍ୟ ପଣ ଉପରୁ ସେ ଆମ୍ବିଶ୍ୱାସ ହରାଇ ଦେଇଥାଏ। ବରାଦ ମୁତାବକ ସାମଗ୍ରୀ ଆଣିବାକୁ କହି କାରିକାର ଲମ୍ବା ତାଲିକା ଧରି ଫେରିଯାଏ। ନଟିଆ ନନା ରିଷ୍ଟ ଖଣ୍ଡନ ନିମିତ ପୂଜାପାଠ କରି ଥାଆନ୍ତି। ଦଶା ଉପଶମ କଥା ସେମାନଙ୍କୁ ହିଁ ଜଣା।

ନଟିଆ ନନା ହେଉଛନ୍ତି ବିପ୍ର (ବ୍ରାହ୍ମଣ)। ସେ ପୁଣି ଗ୍ରହାଚାର୍ଯ୍ୟ (ଜ୍ୟୋତିଷ) ଅସୁବିଧାବେଳେ ସେ କାରିକା ଦିଅନ୍ତି। ସତେବେଳେ ସେ ଅଗ୍ନିହୋତ୍ରୀ, ରିଷ୍ଟଖଣ୍ଡନ ପାଇଁ ସେ ଦିଅଁ ପୂଜା କରି ପୁରୋଧା ହୁଅନ୍ତି। ଆଉ ବତାଇ ଥାଆନ୍ତି ଗ୍ରହଶାନ୍ତି କରାଇବାର ଉପାୟ। ଛୋଟ ଅପେରା ପାର୍ଟି (କ୍ଷୁଦ୍ର ଯାତ୍ରାଦଳ)। ଯାତ୍ରାକୁ ଗାଉଁଲି ଭାଷାରେ ମାଲେଇ ପାର୍ଟି ବା ମଶାହୁରୁଡ଼ା ଦଳ କୁହାଯାଏ। ସେହି ପାର୍ଟିର ମାଲିକ ଯେପରି ନିଜେ ଅର୍ଥ ବିନିଯୋଗ କରି ମାଲିକ- ସତ୍ଵଧ୍ୱକାରୀ, ନିଜେ ନାଟକ ଲେଖି ହୋଇଥାଆନ୍ତି-ନାଟ୍ୟକାର। ରିହଲସାଲ ବେଳେ ନିର୍ଦ୍ଦେଶନା ଦେଇ ହୁଅନ୍ତି- ନିର୍ଦ୍ଦେଶକ, ପାର୍ଟିକୁ ସେ ନିଜେ ଚଲାଉଥିବାରୁ ହୋଇଥାଆନ୍ତି-ପରିଚାଳକ। ପୁଣି ନାଟକ ପାଇଁ ଗୀତ ରଚନା କରିଥିବାରୁ- ଗୀତିକାର ସେ ନିଜେ। ଗୀତର ସ୍ୱର ସଜାଇ ହୋଇଥାଆନ୍ତି-ସଂଗୀତକାର। ସେ ପୁଣି ନାଟକ ମଞ୍ଚସ୍ଥ ସମୟରେ ମୁଖ୍ୟ ଭୂମିକାରେ ଅଭିନୟ କରି ହୋଇଥାଆନ୍ତି- ମୁଖ୍ୟ ଅଭିନେତା (ହିରୋ)। ଯାତ୍ରାପାଇଁ (ନାଟକ ପରିବେଶଣ ନିମିତ) ବଇନା ଧରି ହୁଅନ୍ତି- କଳ ମ୍ୟାନେଜର। ସେ ଏକାଧାରରେ ମାଲିକ, ନିର୍ଦ୍ଦେଶକ, ଗୀତିକାର, ସଙ୍ଗୀତକାର, ନାଟ୍ୟକାର, ପରିଚାଳକ, ମୁଖ୍ୟ ଅଭିନେତା, କଳ ମ୍ୟାନେଜର। ସେ ନିଜେ ଏକାକୀ ଏତେ ଗୁଡ଼ିଏ ଭୂମିକାରେ ଅବତୀର୍ଣ୍ଣ ହେଉଥିବାରୁ ତାଙ୍କୁ ଗୋଟିଏ ବାକ୍ୟରେ କୁହାଯାଏ- ଅଲ ଇନ ଓ୍ୱାନ। ସେହିପରି ନଟିଆନନା ବିପ୍ର-ବ୍ରାହ୍ମଣ-ଗ୍ରହାଚାର୍ଯ୍ୟ-ଜ୍ୟୋତିଷ, କାରିକାଦାତା- ଅଗ୍ନିହୋତ୍ରୀ (ବ୍ରାହ୍ମଣ ଅଗ୍ନିଉତୁରି) ପୁଣି ପୂଜକ-ପୁରୋଧା ଓ ଗ୍ରହଶାନ୍ତି ନିମିତ ବାଟ ବତାଇ ଦେଇ ମୋକ୍ଷଦାତା ଭୂମିକାରେ ଅବତୀର୍ଣ୍ଣ ହେଉଥିବାରୁ ସେ ସର୍ବଜ୍ଞତା। ତାଙ୍କୁ ପୁଣି ଜାତକ ତିଆରି ଜଣାଅଛି। ସେ କୋଷ୍ଠୀ (ଜନ୍ମ କୁଣ୍ଡଳ) ବିଚାର କରିପାରନ୍ତି। ଘରବନ୍ଦ ମଧ୍ୟ ଶିଖିଛନ୍ତି, ତାଙ୍କୁ ବାସ୍ତୁଶାସ୍ତ୍ର ଜଣାଅଛି। ପ୍ରେତ ସବାର (ନଜର) ହୋଇଥିଲେ ଛଡ଼ାଇ ପାରନ୍ତି। ପ୍ରେତ ବନ୍ଦନ ଶିଖିଥାନ୍ତି। ସର୍ପାଘାତରେ ମଧ୍ୟ ସେ ଝାଡ଼ି ପାରନ୍ତି। ତାଙ୍କର ବଣୁଆ ପଦ ଏକଦମ ଅବ୍ୟର୍ଥ ଜାଣି। ତାଙ୍କୁ ତୁଟୁକା ସବୁ ଜଣା ଅଛି। ଜଡିବୁଟିରେ ସେ'ତ ଓସ୍ତାଦ। ଆଗାମୀ ପାଣିପାଗ ସମୟରେ ସେ ଆଗୁଆ ସୂଚନା ଦେଇପାଆନ୍ତି। ଭବିଷ୍ୟତ ସଂପର୍କରେ ମଧ୍ୟ କହି ସତର୍କ କରାଇ ଦିଅନ୍ତି। ଗର୍ଭସ୍ଥ ସନ୍ତାନ ପୁଅ କିମ୍ବା କନ୍ୟା ହେବ ସେ ଜାଣି ପାରନ୍ତି। ବ୍ୟକ୍ତିର କପାଲରେଖା ପଢ଼ିବାରେ ସେ ଖୁବ୍ ଧୁରନ୍ଦର। ଆଉ ହାତ ଦେଖରେ ପ୍ରବୀଣ। ସେଥିପାଇଁ ତାଙ୍କୁ କୁହାଯାଏ ଅଲ୍-ଇନ୍-ଓ୍ୱାନ। ଯାହା ତାଙ୍କ ଲାଗି ନିର୍ଭୁଲ ଭାବରେ ପ୍ରଯୁଜ୍ୟ।

ଅଳ୍ପବିଦ୍ୟା ଭୟଙ୍କରୀ। ଜଣେ ବ୍ୟକ୍ତି ସବୁ ବିଦ୍ୟାରେ ପାଣ୍ଡିତ୍ୟ ଅର୍ଜନ କରିପାରିବା କେବେବି ସମ୍ଭବ ନୁହେଁ କିମ୍ବା ଜରୁରୀ ମଧ୍ୟ ନୁହେଁ। ଜଣେ ମାଷ୍ଟର ଅପ ଓ୍ୱାନ ଟ୍ରେଡ ବ୍ୟକ୍ତି ଜ୍ୟାକ୍ ଅଫ ଅଲଟ୍ରେଡ ହୋଇପାରେ। କିନ୍ତୁ ମାଷ୍ଟର ଅଫ ଅଲଟ୍ରେଡ୍ ହୋଇପାରେନା। ତେଣୁ ନିଜକୁ ସର୍ବଜ୍ଞାନୀ ଭାବୁଥିବା ଲୋକ ତର୍କ ଅପେକ୍ଷା ଗାଲୁର ଆଶ୍ରୟ ବେଶୀ ନେଇ ଥାଆନ୍ତି। ସେଥିପାଇଁ କୁହାଯାଇଛି- "ନମନ୍ତି ଫଲିନୋ ବୃକ୍ଷାଃ, ନମନ୍ତି ଗୁଣିନୋ ଜନାଃ।" ବାକି ରହିଲା ମୁକ୍ତ ମସ୍ତିଷ୍କ

ବା ଖୋଲାମନ-ଘରେ କବାଟ ଝରକା ଥାଏ ବାୟୁ ଓ ଆଲୋକ ଚଲାଚଲ ପାଇଁ । ଏଗୁଡ଼ିକ ବନ୍ଦ କରିଦେଲେ (ବାହାର) ଦୁନିଆ ଦେଖିବା ବନ୍ଦ । ସେହିପରି ନିଜ ମୁଣ୍ଡର ବା ଜ୍ଞାନର ଝରକା କବାଟ ଖୋଲା ନରଖିବା ଲୋକମାନେ ହେଲେ ଗାଲୁ ସମ୍ରାଟ । ସେମାନଙ୍କ ମଧ୍ୟରୁ ନଟିଆନନା ଜଣେ ।

"ବ୍ରତେନ ଦୀକ୍ଷା ମାଇ୍ୱ୍ନୋତି ଦୀକ୍ଷାୟା- ଽୟ୍ନୋତି ଦକ୍ଷିଣା । ଶ୍ରଦ୍ଧାଣା ଶ୍ରଦ୍ଧା ମା ୟ୍ନୋତି ଶଦ୍ୟ ସତ୍ୟ ମାପ୍ୟତେ ।" ବ୍ରତ ପାଲନ କଲେ ଦୀକ୍ଷା ମିଲେ । ଦୀକ୍ଷା ନେଲେ ଦକ୍ଷିଣା ଦେବାକୁ ପଡ଼େ । କାହିଁକି ନା ଏହାଦ୍ୱାରା ଅଧୀତ ବିଦ୍ୟା ତଥା ଗୁରୁଙ୍କ ପ୍ରତି ଶ୍ରଦ୍ଧା ଅତୁଟ ରହେ ଓ ବିଦ୍ୟା ଫଳବତୀ ହୁଏ । ବିଦ୍ୟାର ଫଳ ହେଲା ସତ୍ୟ ସ୍ୱରୂପ ବ୍ରହ୍ମଙ୍କୁ ଜାଣିପାରିବା । ତୁମେମାନେ ସବୁ ବିପଦରେ ପଡ଼ି ମୋର ଆଶ୍ରୟ ନେଇ ମୋତେ ସାହାଯ୍ୟ ଭିକ୍ଷା କଲ । ମୁଁ ତୁମମାନଙ୍କର ରିଷ୍ଟ ଖଣ୍ଡନ ନିମିଉ ଉପାୟ ବତାଇ ଦେଇ ଏକ ପ୍ରକାର ତୁମର ଗୁରୁ ଭୂମିକାରେ ଅବତୀର୍ଣ୍ଣ ହେଲି । ମୋ ଦ୍ୱାରା ତୁମର କୁ-ସମୟ ଅପସରି ଯାଇ ସୁଦିନର ଆଗମନ ସମ୍ଭବ ହେବ । ମୋ ଦ୍ୱାରା ଉପକୃତ ହୋଇ ତୁମେ ଯେପରି ମୋତେ ମୋ ପ୍ରାପ୍ୟ ବା ଦକ୍ଷିଣା ପ୍ରଦାନରେ ଅବହେଲା ପ୍ରଦର୍ଶନ ନକର । ଦକ୍ଷିଣା ବା ଉପଯୁକ୍ତ ପ୍ରାପ୍ୟ ନ ଦେଇ ଯେ, କୌଣସି କାର୍ଯ୍ୟ ହାସଲ କରାଗଲେ ତାହା କେବେ ବି ସଫଳ ହୋଇ ନ ଥାଏ । ସେଥିପାଇଁ ତୁମେସବୁ ଲୋଭ ମୋହ ପରିତ୍ୟାଗ କରି ମୋ ପ୍ରାପ୍ୟ ଗଣ୍ଠାକ ପଇଠ କର ସ୍ୱଚ୍ଛାକୃତ ଭାବେ । ଧନଲୋଭୀ ବ୍ୟକ୍ତିର- ଧନ, ଅଳସ ବ୍ୟକ୍ତିର-ଯଶ, ବିଶ୍ୱାସୀ ଲୋକର- ମୈତ୍ରୀ, ଇନ୍ଦ୍ରିୟାଧୀନ ବ୍ୟକ୍ତିର- କୁଳ ମର୍ଯ୍ୟାଦା, କୃପଣ ବ୍ୟକ୍ତିର- ସୁଖ, ବିଲାସୀ ବ୍ୟକ୍ତିର- ବିଦ୍ୟା, ଉଦ୍ଧତ ଅମାତ୍ୟ ସେବିତ- ରାଜା । ଏସବୁ ଅଚିରେ ବିନାଶ ପ୍ରାପ୍ତ ହୋଇଥାଆନ୍ତି । ସେଥିପାଇଁ ତୁମେମାନେ ମୋର ଉଚିତ ପ୍ରାପ୍ୟ ମୋତେ ପ୍ରଦାନ କର । କୃତଘ୍ନ ହୁଅନାହିଁ ।

ମୁଁ କପଟି ଲୋକ ନ ହୋଇଥିବାରୁ ଓ ମୋର ହୃଦୟ ନିର୍ମଲ ତଥା ଅନ୍ତରାମ୍ଲା ପବିତ୍ର ବୋଲି ମୁଁ ମୁହଁ ଖୋଲି ସଫା କହିଦେଲି । ତୁମେ ତେଣିକି ଯାହା ଭାବ ପଛେ କିୟ । ମୋ କଥାକୁ ଯେପରି ଭାବରେ ଗ୍ରହଣ କରୁଛ କର ସେଥିରେ ମୋର କିଛି ଆଦୌ ଯାଏ ଆସେ ନାହିଁ । "ଶୈଲେ ଶୈଲେ ନ ମାଣିକ୍ୟଂ, ମୌକ୍ତିକଂ ନ ଗଜେ ଗଜେ । ସାଧବୋ ନହି ସର୍ବତ୍ର ଚନ୍ଦନଂ ନ ବନେବନେ ।" ସବୁ ପର୍ବତରେ ମାଣିକ୍ୟ ନଥାଏ କିୟା ସବୁଗଜଠାରେ ମୁକ୍ତାନଥାଏ । ସବୁ ବନରେ ଚନ୍ଦନ ଗଛ ନଥାଏ କିୟା ସବୁଠାରେ ସାଧୁ ଲୋକ ନ ଥାଆନ୍ତି । ଖଣ୍ଡିକାଶ ମାରି ନିଜକୁ ସାଧୁ ଲୋକ ଭାବରେ ଉପସ୍ଥାପନ କରି କହିଥାଆନ୍ତି । ଗୁଣାନା ମନ୍ତରଂ ପ୍ରାଙ୍ଖୋଃ ଜନାତି ନେତରେ ଜନଃ, ମଲ୍ଲିକା ମାଲତୀ ମୋଦଂ ଗ୍ରାଣଂ ବେଓନ ଲୋଚନମ୍ । ଗୁଣାଗୁଣର ପ୍ରଭେଦ ଗୁଣୀ ଓ ଗୁଣଙ୍କର ବିଷୟ, ରାମା, ଦାମା ଶ୍ୟାମା ଏକୁ ବୁଝିବେ କେମିତି । ମଲ୍ଲୀ ଓ ମାଲତୀ ସୁଗନ୍ଧର ଭିନ୍ନତା ନାକର ବିଷୟ ଆଖିର ନୁହେଁ । ସେମିତି ସବୁ କଥା । ଜଙ୍ଗଲ ରାସ୍ତାରେ ସିଂହ ବିଦୀର୍ଣ୍ଣ ଗଜ ମୁକ୍ତାକୁ ଦେଖି ବନବାସୀ ଭିଲ୍ଲୁମହିଲା (ରମଣୀ) କ'ଣ ଗୋଟେ ପଥରଟେ ବୋଲି ପାଦରେ ଆଡ଼େଇ ଦେଉଥିଲେ ବି ଯେ ରାଜପ୍ରାସାଦର ମୃଗ ନୟନାମାନଙ୍କ ଗଳାରେ କ'ଣ ଶୋଭା ପାଏନା ? "ସତ୍ୟଂ ତପୋ ଜ୍ଞାନ ମହିଂ ସତା ଚ ବିଦ୍ୟତ୍ ପ୍ରମାଣଂଚ ସୁଶୀଲତାଚ । ଧାରୟତେ ଏତାନିୟଃ ସବିଦ୍ୟାନନ କେବଲଂ ୟଃ ପଠେତ ସ ବିଦ୍ୟାନ" କେବଲ ପାଠ ପଢ଼ିଦେଲେ କେହି ବିଦ୍ୟାନ ହୋଇଯାଏ ନାହିଁ । ଯିଏ ସତ୍ୟ, ତପସ୍ୟା, ଜ୍ଞାନ, ଅହିଂସା, ବିଦ୍ୱାନ ବ୍ୟକ୍ତିଙ୍କ ପ୍ରତି ସମ୍ମାନ ଓ ସୁଶୀଲତା ଆଦି ଗୁଣମାନଙ୍କୁ ଧାରଣ କରିଥାଏ ସେ ହିଁ ଯଥାର୍ଥରେ ବିଦ୍ୱାନ ।

ଅବଶ୍ୟ କେତେକ ଯଜମାନ ନନାଙ୍କ ନାମରେ ଚୁଗୁଲି କରନ୍ତି । ତାଙ୍କ ନିନ୍ଦା ଗାଇ ବୁଲନ୍ତି । ଲୋକଙ୍କ ପାଖରେ ତାଙ୍କୁ ବଦନାମ କରିବା ପାଇଁ ତାଙ୍କ ବିରୋଧରେ କୁହନ୍ତି । ଅପବାଦ ଦିଅନ୍ତି ତାଙ୍କ ନାମରେ- ନନାଙ୍କର ତାଲିକାରେ କାଲେ ଟିକେ ଆଲୁଦୋଷ ରହିଥାଏ । ସେ ପୁରୋହିତଙ୍କ ପାଇଁ ଦାମୀ ଧୋତି ଯୋଡ଼ ବରାଦ କରନ୍ତି । ଗୋଟିଏ ଯୋଡ଼ ଜାଗାରେ ଦୁଇଯୋଡ଼ ପାଇଁ ଲେଖ ଥାଆନ୍ତି । ଭୋଗ ସାମଗ୍ରୀ ତେଣିକି ଉଣାହେଉ ପଛେ କାମ ହୋଇପାରିବ କିନ୍ତୁ ତାଙ୍କ ପାଉଣା କମ ହେଲେ ଚଲିବନି । ସେକାଲେ ଦକ୍ଷିଣା ନିଅନ୍ତି ଟିକେ ଆଖି ଦୃଶିଆ, ଉଚ୍ଚା ରେଟରେ ।

"ଅଙ୍କ ସୁଖମାରାଧ୍ୟଃ ସୁଖତର ମାରାଧ୍ୟତେ ବିଶେଷଜ୍ଞଃ। ଜ୍ଞାନ ଲବ୍‌ଧୁର୍ବିଦଗଧଂ ବ୍ରହ୍ମାପି ତଂ ନରଂ ନ ରଞ୍ଜୟତି।" ଅଙ୍କବ୍ୟକ୍ତିକୁ ସହଜରେ ତୁଷ୍ଟ କରାଯାଇପାରେ। ବିଜ୍ଞ ବ୍ୟକ୍ତିକୁ ଅତି ସହଜରେ ବି ସନ୍ତୁଷ୍ଟ କରାଯାଇପାରେ। ମାତ୍ର ଯେଉଁ ବ୍ୟକ୍ତି ଅଳ୍ପଜ୍ଞାନ ଫଳରେ ଉଦ୍ଧତ ସେପରି ବ୍ୟକ୍ତିକୁ ବ୍ରହ୍ମା ମଧ୍ୟ ସନ୍ତୁଷ୍ଟ କରାଇପାରିବେ ନାହିଁ। ସେମିତି ନଟିଆ ନନାକୁ ଏତେ ସହଜରେ ସନ୍ତୁଷ୍ଟ କରାଯାଇ ପାରିନଥାଏ।

କେତେକ ଖଳ ପ୍ରକୃତିର ଲୋକ ତାଙ୍କ ନାମରେ କୁତ୍ସାରଟନା କରନ୍ତି। ନଟିଆ ନନା ଯେତେ ପଣ୍ଡିତ, ଜ୍ଞାନୀ, ବିଜ୍ଞ, ପ୍ରବୀଣ ଓ ସିଦ୍ଧ ପୁରୁଷ ହେଲେ ସୁଦ୍ଧ ସେ କ'ଣ ତ୍ରେତୟାର ରାବଣ ଠୁଁ ବଳୀ। ରାବଣ ଦଶ ମହାବିଦ୍ୟାରେ ନିପୁଣ ଥିଲେ। ଆଉ ବ୍ରହ୍ମଜ୍ଞାନ ମଧ୍ୟ ସାଧୁଥିଲେ। ଶ୍ରୀରାମଙ୍କ ସେତୁ ପ୍ରତିଷ୍ଠାରେ ପୁରୋଧା ହୋଇ ସେ ଦକ୍ଷିଣା ବାବଦକୁ କ'ଣ ଓ କେତେ ନେଇଥିଲେ ? ନଟିଆ ନନା କ'ଣ ତାଙ୍କଠୁ ବଡ଼ ଯେ ଦକ୍ଷିଣା ପାଇଁ ଏମିତି ଅଡ଼ି ବସୁଛନ୍ତି। ଜିଗର କରି ନେଉଛନ୍ତି ଏତେଗୁଡ଼େ।

ଏମାନଙ୍କୁ ଲକ୍ଷ୍ୟ କରି ନଟିଆ ନନା କହନ୍ତି ଦୁର୍ବୃତ୍ତଃ କ୍ରିୟତେ ଧୂର୍ତ୍ତୈଃ ଶ୍ରୀମାନାତ୍ମବିବୃଦ୍ଧୟେ। କିଂ ନାମ ଖଳ ସଂସର୍ଗଃ କୁରୁତେ ନାଶ୍ରୟାଶବତ। ଶଠଲୋକ ନିଜ ଲାଭ ପାଇଁ ଶ୍ରୀମନ୍ତ ଲୋକଙ୍କୁ ମଧ୍ୟ ଦୁର୍ବୃତ୍ତ କରି ପକାନ୍ତି। ଦୁଷ୍ଟ ଲୋକର ସଂସର୍ଗ ଅଗ୍ନିପରି କ'ଣ କରି ନ ପାରେ ? "ସଂ ତ୍ୟଜ୍ୟ ଶୂର୍ପ ବଦୋଷାନ ଗୁଣାନ ଗୃହ୍ଣାତି ପଣ୍ଡିତ। ଦୋଷଗ୍ରାହୀ ଗୁଣତ୍ୟାଗୀ ପଲ୍ଲୋଲୀବହ ଦୁର୍ଜନଃ" । ପଣ୍ଡିତ ବ୍ୟକ୍ତି ଶୂର୍ପ (କୁଲା) ସଦୃଶ ଅନ୍ୟର ଦୋଷମାନଙ୍କୁ ପରିତ୍ୟାଗ କରି ଗୁଣମାନଙ୍କୁ ଗ୍ରହଣ କରେ। ଦୁର୍ଜନ ଲୋକ ଚାଲୁଣି ପରି ଦୋଷ ଗ୍ରହଣକରି ଗୁଣସବୁ ପରିତ୍ୟାଗ କରେ। ଆଉ ପାଷାଣ୍ଡ, କୃପଣ, କାମାସକ୍ତ, ମୂର୍ଖ, ଗରିବ, ବଦନାମୀ, ରୁଗ୍‌ଣ, ବୃଦ୍ଧ, କ୍ରୋଧୀ, ବିଷ୍ଣୁ ବିମୁଖ, ସାଧୁ ଓ ଦେବତାଙ୍କ ବିଦ୍ରୋହୀ, ପେଟୁକ, ନିନ୍ଦୁକ, ପାତକୀ, କାମମାର୍ଗୀ ଏମାନେ ସବୁ ବଞ୍ଚି ମଧ୍ୟ ମୃତ୍ୟୁ ସଙ୍ଗେ ସମାନ। "ତାଦୃଗ ଜନଶତସ୍ୟାପି ଯଦ୍‌ଦାତି କୃହୋତି ଚ। ପରୋକ୍ଷେଣାପବାଦେନ ତନ୍ନାଶୟତି ସକ୍ଷଣାତ୍।" ଏଣେ ଯେଉଁ ଜନ ଦୁର୍ନାମ ରଟନ କରେ ପରୋକ୍ଷେ ଆନର (ତେଣେ) ଶତଜନେ ଦାନ ହୋମ କ୍ରିୟମାନ କଲେ ଯେ ନିଷ୍ଫଳ ତା'ର। (ସାଗର ଓ ସରିତ ସମୂହର ଉଦାହରଣ ଦେଇ ଶରଶୟ୍ୟାଶାୟୀ ପିତାମହ ଭୀଷ୍ମ ଯୁଧିଷ୍ଠିରଙ୍କୁ ଧର୍ମୋପଦେଶ ଦେଇଛନ୍ତି)। ନଟିଆ ନନା ଯଜମାନମାନଙ୍କୁ ଦେଖାଇ ଏହିପରି ବାକ୍ୟମାନ ସେମାନଙ୍କ ଉଦେଶ୍ୟରେ ପ୍ରୟୋଗ କରିଥାଆନ୍ତି। ତୁମେମାନେ ଆଗରେ ସ୍ତୁତିଗାନ କରି ପଛରେ ମୋର ନିନ୍ଦା ଗାଇ ବୁଲୁଛ। ମନେରଖ ମୁଁ କଦାଚିତ ଏପରି କର୍ମରେ ଲିପ୍ତଥିବା ବ୍ୟକ୍ତିବିଶେଷଙ୍କୁ ଆଦୌ ପସନ୍ଦ କରି ନ ଥାଏ। "ଲୁନ୍ଧାନାଂ ଯାଚକଃ ଶତ୍ରୁଶ୍ଚୌରାଣଂ ଚନ୍ଦ୍ରମାରିପୁଃ। ବାରସ୍ତ୍ରୀଣା ପତିଃ ଶତ୍ରୁ ମୂର୍ଖାଣାଂ ବୋଧ କୋରିସୁଃ।" ଲୋଭୀ ଲୋକର ଯାଚକ ଶତ୍ରୁ ଅଟେ। ଚୋର ମାନଙ୍କର ଚନ୍ଦ୍ର ଶତ୍ରୁ ଅଚନ୍ତି। ଜା'ର ସ୍ତ୍ରୀ ସ୍ୱାମୀ ଏବଂ ମୂର୍ଖମାନଙ୍କର ଜ୍ଞାନୀ ଶତ୍ରୁ ଅଟେ। ତୁମେମାନେ ସବୁ ମୂର୍ଖଦଳ, ମୁଁ ଏକୁଟିଆ ଜ୍ଞାନୀ ହୋଇ ଥିବାରୁ ତୁମେ ମୋ ବିରୋଧରେ ଏପରି ଅପପ୍ରଚାର ଚଲାଇଛ। ସଂସ୍କୃତରେ କୁହାଯାଇଛି "ଅମନ୍ତ୍ରମକ୍ଷରଂ ନାସ୍ତି, ନାସ୍ତି ମୂଲମନୌଷଧ୍ମ। ନିର୍ଗୁଣ ପୁରୁଷଃ ନାସ୍ତି ଯୋଜକସ୍ତତ୍ର ଦୁର୍ଲଭଃ"। ଅର୍ଥାତ ଏ ବିଶ୍ୱ ବ୍ରହ୍ମାଣ୍ଡରେ ଏମିତି କୌଣସି ମୂଳ ବା ବୃକ୍ଷନାହିଁ ଯାହାର ଔଷଧୀୟ ଗୁଣନାହିଁ। ସେମିତି କୌଣସି ଅକ୍ଷର ନାହିଁ ଯାହା ମନ୍ତ୍ର ନୁହେଁ ଓ ଏମିତି କୌଣସି ଲୋକଟିଏ ନାହିଁ ଯାହାର କିଛି ଗୁଣନାହିଁ। ତେବେ ଅଭାବ ଓ ସମସ୍ୟା ରହିଛି କେଉଁଠି ? ହଁ ରହିଛି। ତାକୁ ଠାବ କରିବା ଓ ଜାଣିବା ଚିହ୍ନିବା ଲୋକ 'ଯୋଜକ'ର ଅଭାବ। ସେହିପରି ମୋ ଗୁଣ, ମୋ ପାଣ୍ଡିତ୍ୟପଣ ଜାଣିପାରିବା ଚିହ୍ନିପାରିବା ଗୁଣ ତୁମାମାନଙ୍କର ନାହିଁ। ମାତ୍ର "ମହାମେଘଃ କ୍ଷାରଂ ପିବତି କୁରୁତେ ବାରି ମଧୁରଂ ପଣୀ କ୍ଷାରଂ ପୀତ୍ୱା ବମତି ଗରଲଂ ଦୁଃସହତରମ୍। ସାଧୁ ଲୋକ ଅନ୍ୟର ଦୋଷକୁ ଗୁଣ ରୂପରେ ପ୍ରକଟିତ କରେ। ଦୁର୍ଜନ ଅନ୍ୟର ଗୁଣରାଶିକୁ ଦୋଷ ରୂପରେ ପ୍ରକାଶ କରିଥାଏ। ଏଥିରେ ଆଶ୍ଚର୍ଯ୍ୟର କାରଣ ନାହିଁ। ଯେପରି ମେଘ କ୍ଷାର ଜଳ ପାନକରି ମଧୁର ଜଳ ବର୍ଷଣ କରେ। ସର୍ପ କ୍ଷୀର ପାନକରି ଦୁଃସହ ଗରଲ ଉଦଗୀରଣ କରେ।

ଯଜମାନ ବୁଝି ଯାଆନ୍ତି, ଶୁଣିବା ଲୋକ ନିରବ ରହନ୍ତି । କିନ୍ତୁ ତାଙ୍କ ଦୋମୁହାଁ କଥାର ପ୍ରତିବାଦ କରନ୍ତି ତାଙ୍କ ସ୍ତ୍ରୀ ନର୍ମଦା- "କ'ଣ ହେଲା, ନିଜ ଝିଅ ବେଳକୁ ଗୋଟେ ପ୍ରକାର କଥା । ଯଜମାନଙ୍କ ପାଇଁ ଆଉ ଗୋଟେ ଅଲଗା ରକମର କଥା । ମଣିଷତ ଗୋଟିଏ । କଥା ଗୋଟିଏ ପ୍ରକାର ହେବା ଉଚିତ୍ । ଗୋଟିଏ ପାଟିରୁ କିପରି ଦୁଇ ପ୍ରକାର କଥା ବାହାରୁଛି । ତୁମର ସବୁବେଳେ ଦୋଫାଙ୍କିଆ କଥା କାହିଁକି ? ତୁମେତ ଗୋଟିଏ ମଣିଷ ।" ତୁମର ମୁଣ୍ଡ ଗୋଟିଏ, ପାଟି ଗୋଟିଏ, ମନ, ହୃଦୟ, ଅନ୍ତର, ଆମ୍ବା, ପ୍ରାଣ ସର୍ବୋପରି ଶରୀର ତ ଗୋଟିଏ । ଦୁଇ ପ୍ରକାରର କଥା ବାହାରୁଛି କେଉଁଠୁ ଏବଂ କିପରି ? ତୁମ କଥା ସହିତ କାମର, ଉଚ୍ଚାରଣ ସହିତ ଆଚରଣର, ବିଚାର ସହିତ ବ୍ୟବହାରର, ବରାଦ ସହିତ ଉପଦେଶର, ଆଦେଶ ସହିତ ଅନୁସରଣର କିଛି ତାଳ ମେଳ ରହୁନାହିଁ । ଏପରି ଦୁଇ ରକମର କଥା କହିବା ଦ୍ୱାରା ତୁମର ସ୍ୱାଭିମାନ କିୟ। ଆମ୍ବ ସମ୍ମାନ ଜ୍ଞାନ ଥିବା ପରି ଜଣାଯାଉନି ଏବଂ ନୈତିକ ମୂଲ୍ୟବୋଧ ବୋଧେ ତୁମର ଆଦୌ ନାହିଁ ।

ନର୍ମଦାଙ୍କ କଥାର ଉତ୍ତରରେ ନଟିଆ ନନା କହି ଥାଆନ୍ତି- "ସୁନିମା, ଦୁନିଆରେ କେଉଁଟା ଗୋଟିଏ ଓ କେଉଁଟି ଦୁଇଟି ହେବା କଥା ତାହା ଆଗରୁ ସ୍ଥିରୀକୃତ ହୋଇସାରିଛି । ତାକୁ ତୁମେ କିୟ। ମୁଁ ଅଥବା ଅନ୍ୟ କେହି ଆପ୍ରାଣେ ଚେଷ୍ଟାକଲେ ବା ଯେତେ ପ୍ରଗାଢ଼ ଉଦ୍ୟମ କଲେ ସୁଦ୍ଧା ଆମେ କେହି କେବେ ହେଲେ ଆଦୌ ବଦଲାଇ ପାରିବା ନହିଁ ।" ଶତଚେଷ୍ଟା ସତ୍ତ୍ୱେ ମଧ୍ୟ ଯାହା ଯେମିତି ହେବା କଥା ସେହିପରି ଅପରିବର୍ତିତ ହୋଇ ରହିଛି ଓ ରହିଥିବ ସୃଷ୍ଟିର ଶେଷ ସମୟ ପର୍ଯ୍ୟନ୍ତ । ତୁମେ କହିଗଲ ଦେହର କେଉଁ କେଉଁ ଅଙ୍ଗ ଗୋଟିଏ ଲେଖା । ସେଥିପାଇଁ କଥା ହେବ ଗୋଟିଏ ରକମର । କିନ୍ତୁ ତୁମେ କାହିଁକି ବୁଝିନା ଯେ ସେହି ଦେହରେ ପରମେଶ୍ୱର ଦୁଇଟି କରି ପ୍ରତ୍ୟଙ୍ଗ ଖଣ୍ଡିଛନ୍ତି । ଏଇ ଯେମିତି ଆଖି, କାନ, ନାକ (ଦୁଇଟି ପୁଡ଼ା) ହାତ ଆଉ ଗୋଡ଼ ସବୁ ଦୁଇଟି । ମଣିଷ ପରା ଦୁଇ ପ୍ରକାର । ପୁରୁଷ ଆଉ ନାରୀ । ପୁଣି ମଣିଷର ଦୁଇଟି ପାର୍ଶ୍ୱ (ପାଖ) ବାମପାର୍ଶ୍ୱ ଓ ଡାହାଣ ବା ଦକ୍ଷିଣ ପାଖ । ଆଗ (ସାମ୍ନା) ଏବଂ ପଛ । ଦୁନିଆରେ ଅନେକ ଦୁଇ ପ୍ରକାରର ପଦାର୍ଥ ଆଉ ବସ୍ତୁ ରହିଛି । ସଜୀବ-ନିର୍ଜୀବ । ଉଦ୍ଭିଦ ଏବଂ ପ୍ରାଣୀ । ମାନବ ଆଉ ଦାନବ । ମଣିଷ ଓ ଦେବତା । ନର ଏବଂ କିନ୍ନର । ଦେବତା ଓ ଅସୁର । ଶାନ୍ତଶିଷ୍ଟ ଏବଂ ଦୁଷ୍ଟ ପ୍ରକୃତି । ଖଳପ୍ରକୃତି ଓ ଅନାବିଳ ହୃଦୟ । କପଟିଆ ଏବଂ ନିର୍ମଳ ଅନ୍ତର । ଉପକାରୀ ଓ ଅପକାରୀ । ଦରଦୀ ଏବଂ ନିଷ୍ଠୁର । ସାହାଯ୍ୟ ମନବୃଭି ଓ କ୍ଷତିକାରୀ । ଦେବଭାବାପନ୍ନ ଓ ରାକ୍ଷସ ପ୍ରକୃତିର । ପଶୁ ଆଉ ପକ୍ଷୀ । ସ୍ତନ୍ୟପାୟୀ ଓ ଆହାର ଭୋଜୀ । ମାଂସାସୀ ଏବଂ ନିରାମିସାସୀ (ଶାକାହାରୀ) ତୃଣଭୋଜୀ । ଦିନ ଓ ରାତି । ଆଲୋକ ଆଉ ଅନ୍ଧାର । ସୂର୍ଯ୍ୟ ଓ ଚନ୍ଦ୍ର । ଗ୍ରହ ଏବଂ ନକ୍ଷତ୍ର । ପରାଗ ଓ ଗ୍ରହଣ । ସକାଳ ଆଉ ସଞ୍ଜ । ପ୍ରଭାତ କାଳୀନ ଗୋଧୂଲି ଓ ସନ୍ଧ୍ୟା ସମୟର ଗୋଧୂଲି । ଜନ୍ମ ଏବଂ ମୃତ୍ୟୁ । ପ୍ରବେଶ ଓ ପ୍ରସ୍ଥାନ । ଆବାହନ ଏବଂ ବିସର୍ଜନ । ଆମ ଏଇ ପୃଥିବୀ ଦୁଇଭାଗ – ଜଳଭାଗ ଓ ସ୍ଥଳଭାଗ ପୃଥିବୀ ଏବଂ ଆକାଶ । ବୁସୁଧା ଦୁଇଟି ପଦାର୍ଥରେ ପୂର୍ଣ୍ଣ । ଜଳ ଆଉ ବାୟୁ । ପୃଥିବୀର ଦୁଇଟି ମେରୁ । ସୁମେରୁ ଓ କୁମେରୁ । ପୃଥିବୀକୁ ଦୁଇଟି ଗୋଲାର୍ଦ୍ଧରେ ବିଭକ୍ତ କରାଯାଇଛି । ଉତ୍ତର ଗୋଲାର୍ଦ୍ଧ ଓ ଦକ୍ଷିଣ ଗୋଲାର୍ଦ୍ଧ । ସୂର୍ଯ୍ୟଙ୍କ ଗତିପଥ ଦୁଇଟି ରେଖା ମଧ୍ୟରେ ସୀମିତ । କର୍କଟ କ୍ରାନ୍ତି ଓ ମକର କ୍ରାନ୍ତି । ସୂର୍ଯ୍ୟଙ୍କର ଗତି ଦୁଇପ୍ରକାର- ଉତ୍ତରାୟଣ ଏବଂ ଦକ୍ଷିଣାୟନ । ପୃଥିବୀର ଗତି ମଧ୍ୟ ଦୁଇ ପ୍ରକାର ଆହ୍ନିକ ଗତି (ଆବର୍ତ୍ତନ) ବାର୍ଷିକ ଗତି (ପରିକ୍ରମଣ) । ଆହ୍ନିକ ଗତି ଦ୍ୱାରା ଦିନରାତି ହୁଏ ଏବଂ ବାର୍ଷିକ ଗତି ପ୍ରଭାବରେ ରୁତୁ ପରିବର୍ତ୍ତନ ସଂଗଠିତ ହୋଇଥାଏ । ଅନନ୍ତ ଆକାଶକୁ ଦୁଇ କାଳ୍ପନିକ ରେଖା ଦ୍ୱାରା ଚିହ୍ନିତ କରାଯାଇଛି । ଯଥା- ଅକ୍ଷାଂଶ ଓ ଦ୍ରାଘିମା । ସମୁଦ୍ର ଆଉ ମହାସମୁଦ୍ର ଓ ମହାସାଗର । ପୁଷ୍କରିଣୀ ଓ ହୃଦ । ଗାଡ଼ିଆ ଓ ଡୋବ । ଜଳାଶୟ ଆଉ ତଡାଗ । ପ୍ରଣାଳୀ ଓ ଉପସାଗର । ଗ୍ରାମ ଓ ସାଇ । ପଲ୍ଲୀ ଆଉ ବସ୍ତି । ସହର ଓ ନଗର । ଗାଁ ଏବଂ ବଜାର । ଗ୍ରାମପଞ୍ଚାୟତ ଆଉ ବ୍ଲକ୍ । ସବ୍‌ଡିଭିଜନ ଏବଂ ଜିଲ୍ଲା । ରାଜ୍ୟ ଓ ରାଷ୍ଟ୍ର । ଦେଶ ଆଉ ମହାଦେଶ । ପ୍ରାଚ୍ୟ ଓ

ପାଶ୍ଚାତ୍ୟ । ଥାନା ଓ ଫାଣ୍ଡି । ମନ୍ତ୍ରୀ ଓ ସଚିବ । ନବାବ ଓ ବାଦଶାହା (ଜାହାପନ୍ନା) । ସୁବାଦାର ଆଉ ତାଲୁକଦାର । ରାଜା ଓ ସମ୍ରାଟ । ହାକିମ ଏବଂ ଜଜ୍ । ବିଚାରପତି ଆଉ ଜୁରି । ପୁଲିସ ଓ ଦାରୋଗା । ମୁନସଫ୍ ଏବଂ ମାଜିଷ୍ଟ୍ରେଟ । ରଫାନାମା ଓ ମୀମାଂସା । ଫଇସଲା ଆଉ ରାୟ । ଆଦେଶ ଓ ହୁକୁମନାମା । ମହାରାଣୀ ଏବଂ ପାଟ ମହାଦେଇ । ମେମସାହେବ ଆଉ ବେଗମ । ସ୍ତ୍ରୀ ଓ ସହଧର୍ମିଣୀ । ଧର୍ମପତ୍ନୀ ଏବଂ ଅର୍ଦ୍ଧାଙ୍ଗିନୀ ।

ଆମ ପ୍ରାଚୀନ ସଭ୍ୟ ଦେଶଗୁଡ଼ିକରେ ଲିଖିତ ଗ୍ରନ୍ଥ ସମୂହ ହେଲା ବେଦ ଓ ଉପନିଷଦ, ପୁରାଣ ଏବଂ ଉପପୁରାଣ, ପୋଥି ଓ ଶାସ୍ତ୍ର (ସଂହିତା) ମନ୍ତ୍ର ଆଉ ଶ୍ଲୋକ, ସୂକ୍ତ ଆଉ ମଣ୍ଡଳ, ଅଧ୍ୟାୟ ଓ ପର୍ବ, କାଣ୍ଡ ଏବଂ ସ୍କନ୍ଦ, ପୂଜାପଦ୍ଧତି ଓ କର୍ମକାଣ୍ଡ, ରାମାୟଣ ଓ ମହାଭାରତ ପରି ଗ୍ରୀକ୍‌ର ଇଲିୟଡ୍ ଆଉ ଓଡେସୀ, ପ୍ରାର୍ଥନା ଏବଂ ଆରାଧନା, ଆବାହନ ଓ ଉପାସନା, ସମୀକରଣ ଓ ବିଭକ୍ତିକରଣ, ଆଗମନ ଓ ପ୍ରତ୍ୟାବର୍ତ୍ତନ, ପ୍ରବେଶ ଓ ପ୍ରସ୍ଥାନ, ଅଭ୍ୟର୍ଥନା ଆଉ ନିରାଧନା, ଆଦର ଏବଂ ପ୍ରତ୍ୟାଖ୍ୟାନ, ଶରଧା ଆଉ ସୋହାଗ, ଜୀବନ୍ୟାସ ଏବଂ ବିସର୍ଜନ, ଆରମ୍ଭ ଏବଂ ଶେଷ, ଆଚାର ଆଉ ଆଚରଣ (ବିଚାର ଓ ବ୍ୟବହାର), ପୂର୍ଣ୍ଣିମା ଆଉ ଅମାବାସ୍ୟା, କୃଷ୍ଣ(ଅନ୍ଧାର) ପକ୍ଷ ଓ ଶୁକ୍ଲ (ଆଲୋକ)ପକ୍ଷ, ଅମା ରଜନୀ-ଚାନ୍ଦିନୀ ରାତି, ସୂର୍ଯ୍ୟାଲୋକ-ଖରା, ଜହ୍ନରାତି-ଚନ୍ଦ୍ରକିରଣ, ରାକା ରଜନୀ-ଜୋସ୍ନା ବିଧୌତ ରାତି, ଦିବସ ଓ ପ୍ରଦୋଷ, ମାସନ୍ତ-ସଂକ୍ରାନ୍ତ, ସପ୍ତାହ-ପକ୍ଷ । ଦେଖ୍‌ନା ଧର୍ମରେ କେମିତି ଦୁଇଟି ଲେଖା (ସଂଗଠନ) ସମ୍ପ୍ରଦାୟ, ମହିମା ଧର୍ମରେ ବକ୍ଲଧାରୀ-କୌପୁନିଧାରୀ, ବୌଦ୍ଧ ଧର୍ମରେ ହୀନଜାନ-ମହାଜାନ, ଜୈନଧର୍ମରେ ଶ୍ୱେତାମ୍ବର-ଦିଗାମ୍ବର । ଶିଖ ଧର୍ମରେ ଅକାଲି-ନିରହଂକାରୀ । ଖ୍ରୀଷ୍ଟ ଧର୍ମରେ କ୍ୟାଥେଲିକ୍-ପ୍ରୋଟେଷ୍ଟାଣ୍ଟ । ମୁସଲିମରେ ସିହା-ସୁନୀ । ପୃଥ୍ବୀରେ ଦୁଇ ପ୍ରକାରର ଜୀବବାସ କରନ୍ତି ହିଂସ୍ର ଆଉ ସୁଧାର । ମଣିଷ ଦୁଇ ପ୍ରକାର ସଂସାରି ଓ ଗୃହତ୍ୟାଗୀ, କାମୁକ ଏବଂ ସଂଯମୀ, ସାଧୁ-ସନ୍ତ, ମୁନି-ରୁଷି, ତପସ୍ବୀ-ତାପି, ସମାଧିସ୍ଥ-ଯୋଗମଗ୍ନ, ଛଳନାକାରୀ-ନିଷ୍ଣାପର, ହୀନବିଚ୍ଚପୀ-ସତୀ, କୁଳବଧୁ-ବାରାଙ୍ଗନା, ସନ୍ତାନବତୀ-ବନ୍ଧ୍ୟା(ବାଞ୍ଝ), ମରଦପଣ ଆଉ ପୁରୁଷତ୍ୱହୀନ ଏବଂ (ନପୁଂସକ), ଦାଢ଼ି-ଥୋଢ଼ି, ନର୍ଣ୍ଡିତ ମସ୍ତକ ଓ ଜଟାଧାରୀ । ଯେମିତି ବିବାହ ଦୁଇପ୍ରକାର- ଯୋଗାଯୋଗ ବା ପ୍ରସ୍ତାବିତ ଓ ରାଜିରୁଜା ଆଉ ଗାନ୍ଧର୍ବ ମତାନୁସାରେ (ମାଲବଦଳ କରି । କଥା ସେମିତି ସତ ଆଉ ମିଛ, ପ୍ରକୃତ ଓ ମନଗଢ଼ା, ବାସ୍ତବ ଓ କାଳ୍ପନିକ, ପୌରାଣିକ ଏବଂ ଐତିହାସିକ, ଦୃଶ୍ୟ ଶ୍ରାବ୍ୟ ଆଉ ଅଦୃଶ୍ୟ ଶ୍ରାବ୍ୟ, ସ୍ୱର୍ଗ ଓ ଅସ୍ୱର୍ଗ, ମଞ୍ଚସ୍ଥିତ ଏବଂ ନେପଥ୍ୟ । ଅଭିନୟ ସେମିତି ଦୁଇ ପ୍ରକାର ସଂଳାପଯୁକ୍ତ ଏବଂ ନିର୍ବାକ, ଅଭିନେତା ଓ ନଟ ଆଉ ଅଭିନେତ୍ରୀ ଏବଂ ନଟୀ, ନାୟକ ଓ ଖଳନାୟକ, ମୁଖ୍ୟ ନାୟିକା-ପାର୍ଶ୍ୱନାୟିକା, ସଂଗୀତ-ଗୀତ, ନାଚ-ନୃତ୍ୟ, ନିର୍ଦ୍ଦେଶକ-ସୂତ୍ରଧର । ଭାଷା ସେମିତି କୋମଳ ଓ ରୁକ୍ଷ, ସୁମଧୁର ଏବଂ କର୍କଷ, କଥା ଓ ବାର୍ତ୍ତା । ଆଉ କଥା ଏବଂ ନଥା । ତୁମର ଯଦି ସେ କଥାହୁଏ ତେବେମୋର ଇୟେ ହେଲା ନଥା । କଥା ସହିତ ନଥା ନ ରହିଲେ ସୁନ୍ଦର ଶୁଭେନା । କଥା ମଧ୍ୟ ଦୁଇପ୍ରକାରର କଟୁବାକ୍ୟ ଓ ତୋଷାମଦପୂର୍ଣ୍ଣ, ଶ୍ରୁତି ମଧୁର ଏବଂ କର୍ଣ୍ଣକଟୁ । ସୁଖପାଠ୍ୟ ଓ ବିରକ୍ତିକର ଯେପରି ଲେଖାର ପ୍ରକାର ଭେଦ । ସତ ସହିତ ମିଛ ନ ରହିଲେ ସଂସାର ଚଳେନା । ବାବସ୍ତବତା ସାଙ୍ଗରେ ଭାବନା ନ ରହିଲେ ନାଟକ ଜମେନାହିଁ । ପ୍ରକୃତ ଘଟଣା ସହିତ କିଛି ମନଗଢ଼ା କାହାଣୀ ନ ରହିଲେ ବହିଟିଏ ଲେଖ୍‌ହୁଏନା । ଖାଲି ସତ କଥାକୁ ନେଇ ଗପଟିଏ ଗଢ଼ିହୁଏନା । ସେଠାରେ କିଛି ମିଛ କଥା ମିଶାଇବାକୁ ପଡ଼େ । ବାସ୍ତବ ସାଙ୍ଗରେ କଳ୍ପନାର ଯୋଗ ନ ହେଲେ କାବ୍ୟ, କବିତା, ନାଟକ, ଯାତ୍ରା, ସିନେମା, ଥ୍ୟଏଟର, ଗପ ସମ୍ଭବ ନୁହେଁ । ଯୁବକଟିଏ ସହିତ ଜଣେ ଯୁବତୀର ମିଳନ ନ ହେଲେ ଉପନ୍ୟାସଟିଏ କିପରି ସୃଷ୍ଟି ହେବ ? ମିଳନ ସହିତ ବିଚ୍ଛେଦର, ପ୍ରଣୟ ସହିତ ପ୍ରତାରଣାର, ସଂଯୋଗ ସହିତ ବିୟୋଗ, ଯୁକ୍ତ ସହିତ ବିୟୋଗ, ଧନୀ(ବିଉଶାଲୀ) ଗରିବ (ଦିନ ମଜୁରିଆ ବା କାଙ୍ଗାଳ) ବ୍ୟତିରେକ ଉପନ୍ୟାସଟିଏ କେବେବି ସରସ, ସୁନ୍ଦର କିୟା ସୁଖପାଠ୍ୟ ହୋଇ ନ ଥାଏ । ଯେମିତି ସଂଳାପ ସହିତ ଅଭିନୟ ନ ରହିଲେ ଦର୍ଶକ କେବେ ବି ଦେଖ୍‌ବେ ନାହିଁ । ସତ୍ୟନିଷ୍ଠ

ସହିତ ପ୍ରତାରକ, ସତ ସହିତ ଅସତ (ମିଥ୍ୟା)ର, ଧର୍ମ ସହିତ ଅଧର୍ମର, ଅତ୍ୟାଚାରୀ ସହିତ ପରୋପକାରୀ, ପାପୀ ସହିତ ନ୍ୟାୟ ପରାୟଣ, ପୁଣ୍ୟବାନ ଚୋର ସହିତ ସାଧୁର, ଧର୍ମାତ୍ମାର ଦୁରାଚାରୀ ସହିତ ସଂଯୋଗ ବିନା ଆମ ପୁରାଣ ପୋଥି ରଚିତ ହୋଇପାରିଛି କି ? ସେଥିପାଇଁ ମୁଁ ସୁନି ବେଳକୁ କଥାକହେ । ବିଜ୍ଞାନର କଥା ସ୍ୱାସ୍ଥ୍ୟରକ୍ଷାର କଥା, ଦେହ ପା'ର ଯତ୍ନ ନେବା କଥା । ଆପଣା ଶରୀରର ହେପାଜତ ନେବା କଥା ।

"ପୁନର୍ବିତ୍ତଂ ପୁନମିତ୍ର ପୁନର୍ଭାର୍ଯ୍ୟା ପୁନମହୀ । ଏତତ୍ସର୍ବ ପୁନଲଭ୍ୟାଂ ନସରୀରଂ ପୁନଃ ପୁନଃ ।" ଅର୍ଥାତ୍ ମନୁଷ୍ୟର ଧନ ହଜିଗଲେ ପୁଣି ଧନମିଳିପାରେ । ବନ୍ଧୁ ଚାଲିଗଲେ ବନ୍ଧୁ ମିଳିପାରେ, ସ୍ତ୍ରୀ ମୃତ୍ୟୁବରଣ କଲେ ପୁଣି ସ୍ତ୍ରୀ ଗ୍ରହଣ କରାଯାଇପାରେ । ଭୂମି ବିକ୍ରି ହେଲେ ପୁଣି ନୂଆ ଭୂମି କ୍ରୟ କରିହୁଏ । ମାତ୍ର ଶରୀର ହଜିଗଲେ ମନୁଷ୍ୟକୁ ଆଉ ଶରୀର ମିଳେନାହିଁ । ଦେହଠାରୁ ବଡ଼ ନାହିଁ ଟି ଧନ, ମନଠାରୁ ବଡ଼ ନାହିଁ ଟି ଜ୍ଞାନ, ସଂଯମରୁ ନାହିଁ ବଡ଼ ଶକ୍ତି, ସତ୍ୟ ସେବା ଠାରୁ ନାହିଁ ଭକ୍ତି । ସେଥିପାଇଁ ଦେହର ଯତ୍ନ ନେବା ସର୍ବଦା ଆମର ପ୍ରଥମ ଓ ପ୍ରଧାନ କର୍ତ୍ତବ୍ୟ ହେବା ଉଚିତ । କିନ୍ତୁ ଯଜମାନଙ୍କୁ କହେ–ନଥା–ପୁରୋହିତ କର୍ମ ପଦ୍ଧତି । ରୋଜଗାରର ଉପାୟ । ଘର ଚଳାଇବାର ଫନ୍ଦି । ତାଙ୍କୁ ମୋଟା ଆକାରରେ ଦକ୍ଷିଣା ବାବଦକୁ ପାଉଣା (ଅର୍ଥ) ଝଡ଼ାଇବାର କୌଶଳ । ପରଧନରେ ହାତ ଚିକ୍କଣ କରିବାର ନିୟମ ବା ଆପଣା ସଂପତ୍ତି ବଢ଼ାଇବାର ଅଭିନବ ସୂତ୍ର ।

ଏଇ ଜନ୍ମରେ ଜୀବନକୁ ସରସ ସୁନ୍ଦର ତଥା ସୁଖମୟ କରିବା ପାଇଁ ଯେଉଁ ପ୍ରଚେଷ୍ଟା ଉଦ୍ୟମ ଏବଂ ସାଧନା ଲୋଡ଼ା, ତା'ମଧ୍ୟରେ ଅର୍ଥାଗମ ସର୍ବାଗ୍ରେ ସର୍ବଦା ଓ ସବୁ କାଳେ ରହି ଆସିଛି । ସେଥିପାଇଁ ଗାଁ ଗହଳିରେ ଢଗ ଅଛି– "ପଇସା କ୍ୟା ନ କରେ କାମ, ଆବେ ପରଶୁ ଯାବେ ପରଶୁ, ବାବୁ ପରଶୁରାମା ।" ଏପରି ଅନୁଭବ ବା ଅନୁଭୂତି କାହାର ବା ନାହିଁ । ସଂସ୍କୃତରେ ଶ୍ଲୋକ ଅଛି "ନିର୍ଧନସ୍ୟ କୁତୋ ସୁଖମ୍ ।" ଅର୍ଥାତ୍ ନିର୍ଧନ ଠାରେ ସୁଖକାହିଁ । ଧନ ନ ଥିଲେ କିଛି ନାହିଁ । ଜୀବନରେ ଗୌରବ ପାଇଁ ପାଞ୍ଚ 'ବ' କାରର ଆବଶ୍ୟକତା ଅଛି । ତାମଧରେ 'ବିଭବ' ଗୋଟିଏ । ସେଥିପାଇଁ ଶାସ୍ତ୍ରରେ କୁହାଯାଇଛି, "ବିଦ୍ୟୟା, ବପୁସା, ବାଚା, ବସ୍ତ୍ରେଣ, ବିଭବେତ ଚ, ବକାର ପଞ୍ଚଭି ଯୁକ୍ତଂ ନରଃ ପ୍ରାପ୍ନୋତି ଗୌରବଂ ।" ଅର୍ଥାତ୍ ବିଦ୍ୟା, ଚେହେରା, ବାଗ୍ମିତା, ପୋଷାକ ସାଜ ଓ ବିଭବ ଆଦି ଏହି ପାଞ୍ଚ 'ବ' କାର ମଣିଷକୁ ଗୌରବର ଅଧିକାରୀ କରାଏ । ଯେଉଁ ପାଞ୍ଚ 'ବ' କାର କଥା ମୁଁ କହିଲି ସେଥିମଧ୍ୟରୁ ବିଭବ ବା ଧନ ହେଉଟି ସର୍ବଶ୍ରେଷ୍ଠ । ଧନ ବିନା ଆଉ ଅବଶିଷ୍ଟ ଚାରୋଟି ବିଦ୍ୟା, ଚେହେରା, ବାଗ୍ମିତା ଓ ପୋଷାକ କେବେବି ତୁମକୁ ଗୌରବ ପ୍ରଦାନ କରିବାରେ ସହାୟକ ହୋଇପାରିବ ନାହିଁ । ନିର୍ଧନୀ ଲୋକଙ୍କୁ କେହି ଆଦର କରିବା ସମ୍ମାନ ଦେବା ଦୂର ଥାଉ କୌଣସି କାମରେ କିମ୍ବା କଥାରେ ପଚାରନ୍ତି ନାହିଁ । ଯସ୍ୟାର୍ଥୀଃ ଧର୍ମକାମାର୍ଥୀ ସ୍ତସ୍ୟ ସର୍ବଂ ପ୍ରଦକ୍ଷିଣମ । ଅଧନେ ନୋର୍ଥ କାମେନ ନୋର୍ଥ ଶକ୍ୟା ବିଚିନ୍ତା" ଯାହା ହସ୍ତରେ ଅର୍ଥ ଅଛି ତାହାର ଧର୍ମ, ଅର୍ଥ ଓ କାମ ଆୟତ୍ତାଧୀନ । ନିର୍ଧନ ବ୍ୟକ୍ତି ଅର୍ଥ କାମନା କଲେ ପୌରୁଷ ବ୍ୟତିରେକେ ସିଦ୍ଧକାମ ହୋଇପାରେନାହିଁ ।

ବର୍ତ୍ତମାନ ଯୁଗରେ ଯେକୌଣସି ଅନୁଷ୍ଠାନ, ସଭା, ସମିତି କିମ୍ବା ଉତ୍ସବରେ ତୁମେ ଲକ୍ଷ୍ୟ କରିବ ଜଣେ ଧନଶାଳୀ ବ୍ୟକ୍ତି ହିଁ ସେସବୁର ସଭାପତି, ପ୍ରତିଷ୍ଠାତା, ଉଦଘାଟକ, ମୁଖ୍ୟ ଅତିଥି କିମ୍ବା ମୁଖ୍ୟ ଉପଦେଷ୍ଟା ହୋଇଥିବ । ଆଦୌ ଭାଷଣ ଦେଇ ପାରୁ ନ ଥିବା ଲୋକଟି ହିଁ କୌଣସି ସଭାର ଆବାହକ ହୋଇଥାଏ । କେବଳ ଧନ ବଳରେ । ଆଦୌ ଭକ୍ତି ଭାବ ନ ଥିବା ଧନୀ ଲୋକଟି ଧର୍ମାନୁଷ୍ଠାନର ପ୍ରତିଷ୍ଠାତା ହୋଇଥାଏ । ସାହିତ୍ୟ ବିଷୟରେ ଧାନ ଧାରଣା ନଥିବା ଓ ଧାଡ଼ିଏ ଲେଖ୍ୟନଥିବା ବ୍ୟକ୍ତିଟିହିଁ ସାହିତ୍ୟ ସଭାର ମୁଖ୍ୟ ଅତିଥି ହୋଇଥାଆନ୍ତି । ସଭା ଅନୁଷ୍ଠିତ ହେବା ଲାଗି ଅର୍ଥ ବ୍ୟୟ କରି । କ୍ରୀଡ଼ା ଉପରେ (ଧାରଣା) ଅଭିଜ୍ଞତା ନଥିବା ଲୋକଟି ଧନବ୍ୟୟ କରି ବିଜୟୀ ଦଳକୁ ଟ୍ରଫି ପ୍ରଦାନ କରିଥାନ୍ତି ମଞ୍ଚାସୀନ ହୋଇ । ଦିନେ ହେଲେ ଠାକୁରଙ୍କୁ ଡାକୁ ନଥିବା ଲୋକ ଓ କେବେ ଥରେ ବି ପ୍ରାର୍ଥନା କରୁ ନ ଥିବା ବ୍ୟକ୍ତିମାନେ ହିଁ ଧନ

ବଳରେ କୌଣସି ଦେବାଳୟ ପରିଚାଳନା କମିଟିର ସଭାପତି ପଦ ମଣ୍ଡନ କରିଥାଆନ୍ତି । ଧନୀ ଲୋକମାନଙ୍କର ଆଦର ସବୁକାଳେ ସବୁସ୍ଥାନରେ ଦେଖିବାକୁ ମିଳିଥାଏ । ଜଣେ ଦୁଷ୍ଚରିତ୍ର, ଟାଉଟର, ମୂର୍ଖ, ଅଭଦ୍ର ଅମଣିଷଟିକୁ ଧନ ସକାଶେ ଲୋକେ ଆନ୍ତରିକତାର ସହିତ ନ ହେଲେ ମଧ୍ୟ ଉପରେ ଠାଉରିଆ ଭାବରେ ଆଦର, ଅଭ୍ୟର୍ଥନା ଓ ସମର୍ଥନ କରିଥାନ୍ତି । ଯେକୌଣସି କାମ ଆରମ୍ଭ କରିବାକୁ ହେଲେ ପ୍ରଥମେ ଧନର ଆବଶ୍ୟକ ହୋଇଥାଏ । ସୁନିମା ତୁମେ କ'ଣ ଜାଣନା କିମ୍ୱା କେବେ କାହାଠାରୁ ଶୁଣିନା–ବିନା ଅର୍ଥରେ ମଥୁରା ଗମନ ସମ୍ଭବ ନୁହେଁ । ଧନ ନ ଥିଲେ ଯେକୌଣସି କାମ, ଅନୁଷ୍ଠାନ କିମ୍ୱା ଅନ୍ୟ କିଛି କରିବାକୁ ଯେତେ ଇଚ୍ଛା, ଆଗ୍ରହ, ଆନ୍ତରିକ ଶ୍ରଦ୍ଧା, ହୃଦୟର ଆବେଗ ଓ ଆମ୍ଭାର ଉତ୍ସାହ ଥିଲେ ସୁଦ୍ଧା ତାହାକୁ କାର୍ଯ୍ୟକାରୀ କରିବା କେବେବି ସମ୍ଭବ ହୁଏନାହିଁ । ଦିନଥିଲା କେବେ ବିଦ୍ୟାର ଆଦର ଥିଲା । ବାଗ୍ମିଙ୍କ ଭାଷଣ (ବକ୍ତୃତା) ଶୁଣିବାକୁ ଲୋକେ ଆଗ୍ରହ ପ୍ରକାଶ କରୁଥିବାର ସମୟ ଚାଲିଗଲାଣି । ଏବେ ସମସ୍ତେ ଧନ ତଥା ଧନୀଙ୍କୁ ଆଦର କରୁଛନ୍ତି ଓ ଧନ ପଛରେ ଗୋଡ଼ାଇବାକୁ ବ୍ୟାକୁଳ ତଥା ଶ୍ରେୟସ୍କର ମଣୁଛନ୍ତି । ଧନବାନ୍ ବଳବାଁଲ୍ଲୋକେ ସର୍ବଃ ସର୍ବଦା । ପ୍ରଭୁତ୍ୱଂ ଧନ ମୂଲଂ ହି ରାକ୍ଷାମପ୍ୟୁଜାୟତେ । ସକଳ ଧନବାନ ଲୋକେ ଏହି ସାଂସାରରେ ସର୍ବଦା ସର୍ବତ୍ର ବଳବାନ ହୋଇଥାନ୍ତି । ରାଜାଙ୍କର ପ୍ରଭୁତ୍ୱ ମଧ୍ୟ ଏହି ଧନରୁ ହିଁ ଜନ୍ମିଥାଏ । ନରସ୍ୟ ନରୋ ଦାସୋ ଦାସଷ୍କାର୍ଥସ୍ୟ ଭୂପତେ । ଗୌରବଂ ଲାଘଚଂବାପି ଧନା ଧନନି ବନ୍ଧନମ୍ । ହେ ରାଜା ଲୋକ ଲୋକର ଅଧୀନ ନୁହେଁ । ଲୋକ ଧନର (ଅର୍ଥର) ଅଧୀନ ଅଟେ । ଧନ ଏବଂ ଧନାଭାବ ଏ ଦୁହେଁ ଯଥାକ୍ରମେ ଲୋକର ସମ୍ମାନ ଓ ଅସମ୍ମାନର କାରଣ ହୁଅନ୍ତି । "ତ୍ୟଜନ୍ତି ମିତ୍ରାଣି ଧନୈଃ ବିହୀନଂ ଦାରାଃ ଚ ଭୃତ୍ୟାଃ ଚ ସୁହୃଦ୍ ଜନାଃଚ । ତଂ ଚଂ ଅର୍ଥବନ୍ତ ପୁନଃ ଆଶ୍ରୟନ୍ତୋଦିହି ଅର୍ଥଃ ହି ଲୋକେ ପୁରୁଷସ୍ୟ ବନ୍ଧୁଃ ।" ନିର୍ଧନ ମନୁଷ୍ୟକୁ ମିତ୍ର, ସ୍ତ୍ରୀ, ଚାକର, ହିତୈଷୀ ଲୋକମାନେ ଛାଡ଼ି ଦିଅନ୍ତି । କିନ୍ତୁ ପୁଣିଧନ ହେଲେ ତାହାରି ଆଶ୍ରୟକୁ ଚାଲି ଆସନ୍ତି । ଅର୍ଥାତ୍ ଧନ ହେଉଛି ମନୁଷ୍ୟର ଭାଇ, ବନ୍ଧୁ, ଧନ ମଣିଷ ଜୀବନରେ ଫରକ ଆଣିବାରେ ମହତ୍ତ୍ୱପୂର୍ଣ୍ଣ ମାଧ୍ୟମ ଅଟେ ।

କଠୋପନିଷଦ ମଧ୍ୟ ଆମକୁ ଏହି ଆହ୍ୱାନ ଦିଏ । ଏକଦା ବିଶ୍ୱ ବିଖ୍ୟାତ ଦାର୍ଶନିକ ଦାଇଓଜିନିସଙ୍କୁ ଜଣେ ଜିଜ୍ଞାସୁ ପଚାରିଲେ– "ମହାଶୟ ଜ୍ଞାନ ଓ ଧନ ମଧ୍ୟରେ କେଉଁଟି ବଡ଼" । ଦାଇଓଜିନିସ ତତ୍କ୍ଷଣାତ୍ ଉତ୍ତର ଦେଲେ– "ଜ୍ଞାନ ହିଁ ବଡ଼" । ଜିଜ୍ଞାସୁ ଜଣଙ୍କ ଏଥର ଗମ୍ଭୀର ହୋଇ କହିଲେ "ଆଜ୍ଞା ଯଦି ଜ୍ଞାନ ବଡ଼ ତେବେ ଜ୍ଞାନୀମାନେ କାହିଁକି ଧନୀମାନଙ୍କ ଦୁଆରେ ଧାଡ଼ି ବାନ୍ଧି ଛିଡ଼ା ହୋଇଥାଆନ୍ତି । କାହିଁ ଧନୀମାନେ ତ ଜ୍ଞାନୀମାନଙ୍କ ଦୁଆରକୁ ଯାଆନ୍ତି ନାହିଁ ।" ଅଚ୍ଛ ହସି ଦାଇଓଜିନିସ୍ ଉତ୍ତର ଦେଲେ– "ତା'ର କାରଣ ଜ୍ଞାନୀମାନେ ଧନର ମୂଲ୍ୟ ବୁଝନ୍ତି ମାତ୍ର ଧନୀମାନେ ଜ୍ଞାନର ମୂଲ୍ୟ ବୁଝନ୍ତି ନାହିଁ ।" ଦାଇଓଜିନିସଙ୍କ ଏହି ଉତ୍ତରରେ ବିଦ୍ରୁପ ଥାଇପାରେ, କିନ୍ତୁ ସତ୍ୟ ବି ଥିଲା । ଏ ଘଟଣାର ବହୁବର୍ଷ ପରେ ମଧ୍ୟ ଆମ ସମାଜରେ ଜ୍ଞାନ ଓ ଧନ ମଧ୍ୟରେ ଏବେ ବି ଶୀତଳଯୁଦ୍ଧ ଚାଲିଛି । ତାହା ଅପ୍ରିୟ ସତ୍ୟ କଥା ।

ମଣିଷର ଚରିତ୍ର ସିନା ଦେଖାଯାଏ ନାହିଁ । କର୍ମ କ୍ଷେତ୍ରରେ ତା'ର ପ୍ରକୃତ ପରିଚୟ ମିଳିଥାଏ । ଚରିତ୍ରବାନ ବ୍ୟକ୍ତିଙ୍କ ଯୋଗୁଁ ଦେଶ, ଦଶ, ସମାଜର ଉନ୍ନତି ହୁଏ । ଚରିତ୍ରର ଗତି ଓ ପ୍ରଗତିରେ ଉଚ୍ଚାରଣ ଏବଂ ଆଚରଣକୁ ପ୍ରାଧାନ୍ୟ ଦିଆଯାଇଥାଏ । ଜଣେ ଯଦି ଉଚ୍ଚାରଣ, ଆଚରଣରେ ଖିଲାପ କରେ ବା ଅଳସୁଆ ହୁଏ, ମିଥ୍ୟାବାଦୀ ହୁଏ, ତେବେ ତା'ର ପରିବାର ଅବା ପଡ଼ୋଶୀର କ୍ଷତି ହୁଏ । କିନ୍ତୁ ଯଦି ଗୋଟିଏ ଜାତି ବା ଦେଶର ବିଭିନ୍ନ ବର୍ଗର ଜନତା ଉଚ୍ଚାରଣ ଓ ଆଚରଣରେ ତାଲମେଲ ନ ରଖନ୍ତି ତେବେ ରାଷ୍ଟ୍ରର କ୍ଷତି ହୋଇଥାଏ । ଭବିଷ୍ୟତ ବଂଶଧରମାନଙ୍କୁ ସେମାନଙ୍କ କର୍ମ ଭୁଲ ଦିଗଦର୍ଶନ ଦେଇଥାଏ । ମନର ଧର୍ମ ସେ କିଛି ନା କିଛି କହିବ କିନ୍ତୁ ସତ କର୍ମ ନ କଲେ ତାର ମନ ଅନିଷ୍ଟ ଚିନ୍ତାରେ ତତ୍ପର ହେବ । ଆମେ ନୂତନକୁ ସ୍ୱାଗତ କରିବା କିନ୍ତୁ ତା' ଭିତରେ ସତଚିନ୍ତା, ସତ୍ୟ, ସାଧନା ରହିବା ଜରୁରୀ । ସାମାଜିକ ଜୀବନରେ କେତେ ରକମର ମଣିଷ ଅଛନ୍ତି, ଯେଉଁମାନଙ୍କର ଚରିତ୍ର ଭିନ୍ନ ଭିନ୍ନ । ବିଶେଷ କରି ଆଜିର ଏକ

ବିଂଶ ଶତାବ୍ଦୀର ପ୍ରାରମ୍ଭ ଦଶନ୍ଧି, ଯେଉଁଠି ବିଜ୍ଞାନ, ପ୍ରଯୁକ୍ତି ବିଦ୍ୟାର ବିଧିବଦ୍ଧ ବିକାଶ ସରକାରଙ୍କ ବିଜ୍ଞାପନ କୁହେ, ଶିକ୍ଷାର ପ୍ରଗତି, ଡିଜିଟାଲ ଦୁନିଆ। ମାତ୍ର ସେହି ଦୁନିଆରେ ଅଧିକାଂଶ କ୍ଷେତ୍ରରେ ମଣିଷ ପଣିଆ କମି କମି ଯାଉଛି। ଲୋକସଂଖ୍ୟା ବଢୁଛନ୍ତି ପ୍ରକାରାନ୍ତରେ ସତେ ଯେମିତି ମଣିଷ ପଣିଆ ଥିବା ମଣିଷଙ୍କ ସଂଖ୍ୟା କମୁଛନ୍ତି। ଏହାର ଏକ ନିଭିକ ଉଦାହରଣ ଆଧୁନିକ ଦୁନିଆର ଉଚ୍ଚାରଣ ବନାମ ଆଚରଣରେ ଦେଖିବାକୁ ମିଳେ। ଏକାଧିକ କର୍ମରେ ଉଚ୍ଚାରଣ ସହ ଆଚରଣର ତାଲମେଲ ରହୁନି। ଆଗକାଳରେ ମଣିଷମାନେ ଯାହା ଉଚ୍ଚାରଣ କରୁଥିଲେ ପ୍ରାୟତଃ ତାହା ଆଚରଣରେ ଦେଖାଉଥିଲେ। ବୈଜ୍ଞାନିକ, ଦାର୍ଶନିକ, ମନସ୍ତତ୍ତ୍ୱବିତ୍, କେତେ ଧାର୍ମିକ ରାଜା ମହାରାଜାଙ୍କ ଜୀବନଚର୍ଯ୍ୟାକୁ ଅନୁଧ୍ୟାନ କଲେ ଆମେ ଉଚ୍ଚାରଣ-ଆଚରଣର ଗୋଟିଏ ସାମନ୍ତରାଲ ଧାରା ପାଇବା।

ଆଜିର ରାଜନେତାମାନେ ନିର୍ବାଚନ ବେଳେ ଯାହା ଉଚ୍ଚାରଣ କରିଥିବେ, ଆଚରଣରେ ପୂରା ଅଲଗା। କଥା ଦେଇଥିବେ ସାଧାରଣ ଜନତା, ଗରିବଙ୍କ ଉନ୍ନତି, ପରିବେଶର ସୁରକ୍ଷା, ଶିକ୍ଷାର ପ୍ରଗତି, ସ୍ୱାସ୍ଥ୍ୟ ସେବାର ଆଧୁନିକୀକରଣ କିନ୍ତୁ କ୍ଷମତାକୁ ଆସିଲେ ଅଧିକାଂଶ ରାଜନେତା ନିଜର, ନିଜଙ୍କ କୁଟୁମ୍ବ ଏବଂ ଶିଷ୍ଟପତି, କର୍ପୋରେଟ୍ ସଂସ୍ଥାର ଉନ୍ନତି ପାଇଁ ଅଞ୍ଜାଭିଡ଼ନ୍ତି। ଅନ୍ୟମାନଙ୍କର ଅସୁବିଧାକୁ ସୁଧାରିବା ପାଇଁ ବଚନସିଦ୍ଧ ଏହି ନେତାମାନେ ନିଜର ତଥା କେତେ ନ୍ୟସ୍ତ ସ୍ୱାର୍ଥ ବ୍ୟକ୍ତିଙ୍କ ସୁବିଧାରେ ଲାଗି ପଡ଼ନ୍ତି। ଯେଉଁଥିରେ ଦେଶର ଉନ୍ନତି ବଦଳରେ ଅବନତି ହୁଏ। ସେଇନେତାମାନେ ପୂର୍ବରୁ କେବେ ମହାପୁରୁଷ-ଦାର୍ଶନିକଙ୍କ ଉଦାହରଣ ଦେଇଥିବେ, ଧର୍ମାନୁଷ୍ଠାନରେ ଭୋଜିଭାତ କରି ସମାଜର କଲ୍ୟାଣ ପାଇଁ ଶପଥ ନେଇଥିବେ। ଜାତିର ପିତା ମହାତ୍ମା ଗାନ୍ଧୀଙ୍କ ଦୃଷ୍ଟିରେ ନେତା– ଶାସକନେତା ଓ ଅନ୍ୟଟି ସେବକ ନେତା। ଶାସକ ନେତା ନିର୍ବାଚନ ଲଢ଼େ। ଜନତାଙ୍କ ସେବା କରିବାକୁ ଶପଥ ନିଏ। ଅଥଚ ସେବକ ନେତାର ଆବେଗ ଥାଏ ଜନତାଙ୍କ ପ୍ରତି ସମର୍ପିତ। ସେଥିପାଇଁ ତାକୁ କୌଣସି ରାଜନୈତିକ ଦଳର ଆଶ୍ରୟ ଦରକାର ହୁଏନା।

ଆଜିଠୁ କେତେ ଶତାବ୍ଦୀ ତଳର ମଣିଷମାନଙ୍କ ମଧ୍ୟରୁ ଅଧିକାଂଶ ଆଜିପରି ଉଚ୍ଚଶିକ୍ଷାର ପ୍ରମାଣପତ୍ର ଧରି ନଥିବେ। କିନ୍ତୁ ସେମାନଙ୍କ ଆଚରଣ ଓ ଉଚ୍ଚାରଣରେ ପାର୍ଥକ୍ୟ ନଥିଲା। ସେଥିପାଇଁ ପାଣି, କାଦୁଅର ରାସ୍ତା, ଡିବିରି, ଲଣ୍ଠନ ଆଲୁଅ, ହାତପଙ୍ଖା, ଝାଟିମାଟି କାନ୍ଥ ନଡ଼ା (ଛଣ) ଛପର ଘର ଅବଧାନଙ୍କ ଅଧିନରେ ଚାଟଶାଳୀ ଶିକ୍ଷା ପରିସର ଭିତରେ ଥାଇ ବି ସେମାନେ ଶାନ୍ତିରେ ରହିଥିଲେ। ଆଜି ସେହି ସମାଜ, ଅତ୍ୟାଧୁନିକ ଜୀବନଶୈଳୀକୁ ଆପଣେଇ ନେଇଛି। କିନ୍ତୁ ସମାଜରେ ହିଂସା, ଅପରାଧ, ଅଶାନ୍ତି, ଦ୍ୱନ୍ଦ୍ୱ, ପରସ୍ପର ମଧ୍ୟରେ ଛକାପଞ୍ଜା, ଗୋଷ୍ଠୀ ସଂଘର୍ଷ, ଅପହରଣ, ଲୁଟତରାଜ, ମାନସିକ ଦ୍ୱନ୍ଦ୍ୱ ଇତ୍ୟାଦି ବଢ଼ିଚାଲିଛି। ଏହାର ଏକାଧିକ କାରଣ ମଧ୍ୟରୁ ଉଚ୍ଚାରଣ ଓ ଆଚରଣ ମଧ୍ୟରେ ଥିବା ପାର୍ଥକ୍ୟ ଗୋଟିଏ। ଦେଶର ପ୍ରଗତି ପାଇଁ ବିଜ୍ଞାନ, କାରିଗରୀ ବ୍ୟବସ୍ଥାର ଯେତିକି ଆବଶ୍ୟକ, ନୈତିକ ଚିନ୍ତନ ମଧ୍ୟ ସେତିକି ଦରକାର। ସେଥିମଧ୍ୟରୁ ଗୋଟିଏ ନୈତିକ ଚିନ୍ତନ, ଉଚ୍ଚାରଣ ଓ ଆଚରଣର ସମାନତା।

କଥା ସହିତ ନଥା ନ ରହିଲେ। ଯୋଜନା ସାଙ୍ଗରେ ଉଦ୍ୟମ ନ ମିଶିଲେ। ଉପାୟ ସହ ଉଦଯୋଗ ଯୁକ୍ତ ନ ହେଲେ କିଛି ହେଲାଣି ନା ହୋଇପାରିବ? ସେଥିପାଇଁ କୁହାଯାଇଛି ଉଦଯୋଗ କାର୍ଯ୍ୟ କାରିତା, ଅତୀତରୁ ଶିଖ, ଭବିଷ୍ୟତକୁ ଦେଖ ଓ ବର୍ତ୍ତମାନକୁ ଆଖି ଆଗରେ ରଖ, ତେବେ ଯାଇ ସଫଳ ହେବ।

କିଛି ବି ଏଠି ନୂଆ ନୁହେଁ। ସବୁ ଚକ୍ରବତ ପରିବର୍ତ୍ତେ ଆମକୁ ଅଜଣା ଯୋଗୁ ୟାକୁ ନୂଆ ବା ଅଭୂତ ପୂର୍ବ ବୋଲି ଆମେ କହୁଛନ୍ତି। ଗୋଟିଏ ଯୁଗର ଶବ୍ଦାର୍ଥ ଆଉ ଅନ୍ୟ ଯୁଗରେ ଚାଲେନି। ଇୟେ ହେଲା ବ୍ୟାକରଣର ନିୟମ। ଇଂଲିଶ ଶାସନ କାଳରୁ "ପବ୍ଲିକ ଓ୍ୱର୍କସ୍ ଡିପାର୍ଟମେଣ୍ଟର ଓଡ଼ିଆ ଭାଷାନ୍ତର ଥିଲା– ବାରକ୍ ମିସ୍ତ୍ରୀ ବିଭାଗ।" ସେତେବେଳେ ତାହା ଆମକୁ ଅପ୍ରସ୍ତୁତ ଲାଗୁ ନ ଥିଲା। ସ୍ୱାଧୀନତା ପରେ ସମ୍ବିଧାନ ତିଆରି ହେଲା। ଜାତି ପ୍ରଥାକୁ ତାହା ନିର୍ଘାତ ପ୍ରହାର କଲା। ବିଭାଗର ନା ବଦଳାଇ ଦିଆଗଲା। ଭାଗବତକାରତ କହିଲେ 'ଯୁଗକୁ ଯୁଗ ଏହି ମତେ, ପରମାନନ୍ଦ ଏ

ଜଗତେ ।' ମହାକାଳର ମହାସ୍ରୋତରେ ଏ ରୀତିନୀତି ବା ଢଙ୍ଗକୁ ଅନୁଧ୍ୟାନ ଓ ଅବଲୋକନ କଲେ ପାଟିଗୋଲ, ଆଶା ନିରାଶା ସବୁ ପାଣି ଫୋଟକା ପରି ବିଲୀନ ହୋଇଯିବେ । ନିଜର ଅକ୍ଷମତା ବିଷୟରେ ଧାରଣା ଜନ୍ମିବ । ନିଜ ପ୍ରତି ମଧ୍ୟ ଦୟା ଆସିବ । ଏବେ ସର୍ବତ୍ର ଯେଉଁ ହଇଚୋଲ, ମାଡ଼ପିଟ ଆଦି ଚାଲିଛି, କ୍ରୋଧ ଜର୍ଜରିତ ହୋଇ ଜଣେ ମାରଣାସ୍ତ୍ର ଧରି ଅନ୍ୟ ଜଣକୁ ମାରିବାକୁ ଧାଉଁଥିବାବେଳେ ନୀତିବାଣୀ ଅଛି– "ଢୁଣ୍ଟି ପଡ଼ିଲେ ଉଠି ପାରିବୁ ନାହିଁ, ଢଡ଼ିଲା ପତ୍ର ବୃକ୍ଷେ ଲାଗିଛି କାହିଁ, କେତେ ଦିନ ଲାଗି ମର୍ଡେ ଅବା ଘର, ଏଥିପାଇଁ ପୁଣି ଏତେ ଆଡମ୍ବର ।" ଏସବୁ କଥା ବିଷୟୟାନ୍ଧ ମଣିଷ, ମୋହାନ୍ଧ ବ୍ୟକ୍ତି ବୁଝେନି । କ୍ରୀଡ଼ା କୌତୁକୀ ପ୍ରଭୁ ତାଙ୍କ ଲୀଳା ଜାହିର ରଖିବାକୁ ସାଧାରଣ ମଣିଷକୁ ମୋହ ଓ ମାୟା ଲଡ଼ୁ ଖୁଆଇ ବେଶ୍ ଉପଭୋଗରେ ଥାଆନ୍ତି । ଏପରି ପଦ୍ଧତିରେ ପଣ୍ଡିତ ଓ ମୂର୍ଖ ସମାନ । ଭାଗବତକାର ବ୍ୟାସଦେବ କହିଲେ– "ଗାଢ଼ାନ୍ଧକାର କବଳିକୃତ ଲୋଚନାମ ଉନ୍ମୀଳନେନ କିମୁଚାନ୍ତି ନିମୀଲନେନ । ଦ୍ୱନ୍ଦ୍ୱୟାୟାରୁତରୟା ପରି ମୋହିତାନାମ ବିଦ୍ୱାନ୍ମତେ ଜଡ଼ମତେ ରିହ କୋବିଶେଷଃ" ଅର୍ଥାତ୍‍ ଗାଢ଼ ଅନ୍ଧକାର ଘରେ ଆଖି ଫିଟାଇବା ଓ ଆଖି ବୁଜିବା ସମାନପରି ତମମାୟାରେ ପରି ମୋହିତ ମୂର୍ଖ ଓ ବିଦ୍ୱାନ ସମାନ । ମୂର୍ଖ ଅନ୍ଧାର ଘରେ ଆଖି ବୁଜିଛି ଓ ପଣ୍ଡିତ ଆଖି ଖୋଲି ବସିଛି । ଦୁହେଁ କିନ୍ତୁ ମାୟାର ଘୋର ଅନ୍ଧାରରେ ବିଲୀନ ଓ ଜଡ଼ିତ ।

ସଂସାର ମାୟା ବଡ଼ ବିଚିତ୍ର । ଏଥୁରୁ ମୁକ୍ତି ପାଇବା ଅତ୍ୟନ୍ତ କଠିନ । ଏଠାରେ ଯାହା ଯେମିତି ଆମକୁ ପ୍ରତୀତ ହୁଏ । ତାହାର ପ୍ରକୃତ ସ୍ୱରୂପ ଥାଏ ଭିନ୍ନ । କୁହାଯାଏ ଭଗବାନ ମାୟା ମାଧମରେ ଜୀବର ପରୀକ୍ଷା ନିଅନ୍ତି । ଈଶ୍ୱର ପ୍ରାପ୍ତିପାଇଁ ଏହି ପରୀକ୍ଷାରେ ଉତ୍ତୀର୍ଣ ହେବା ନିହାତି ଆବଶ୍ୟକ । ମାତ୍ର ଯେଉଁ ସଂସାରିକ ମାୟାକୁ ପାର କରିବା ପ୍ରାୟତଃ ଅସମ୍ଭବ । ପରମକୃପାଲୁ ପରମେଶ୍ୱର ଏଭଳି ଏକ ଦୁରୂହ ସର୍ତ ଜୀବ ସାମ୍ନାରେ ରଖିବା ଅସଂଗତ ମନେ ହୁଏ । ପ୍ରକୃତ ମାୟା ସୃଷ୍ଟିକରେ ଆମ ନିଜମନ । ବୁଢ଼ିଆଣିଟିଏ ନିଜେ ନିଜେ ତା'ର ଜାଲ ବୁଣେ ଏବଂ ପରବର୍ତ୍ତୀ ସମୟରେ ସେହି ଜାଲରୁ ବାହାରି ପାରେନାହିଁ । ଠିକ୍ ସେହିଭଳି ଆମେ ଆମ ମନମୁତାବକ ପ୍ରତ୍ୟେକ ବସ୍ତୁ, ଜୀବ ଓ ପରିସ୍ଥିତିକୁ ଆକଳନ କରୁ ଏବଂ ନିଜ ହିସାବରେ ସେମାନଙ୍କ ବିଷୟରେ ଧାରଣା ସୃଷ୍ଟିକରୁ । ଧୀରେ ଧୀରେ ସେହି ଧାରଣା ଆମକୁ ସତ୍ୟଭଳି ପ୍ରତୀତ ହୁଏ । ପରବର୍ତ୍ତୀ ସମୟରେ ଯେତେବେଳେ ଅସଲି ସତ୍ୟ ସାମ୍ନାକୁ ଆସେ ସେତେବେଳେ ଆମକୁ ସଂସାର ମାୟାଭଳି ଲାଗେ । ଯେଉଁ ପଦପଦବୀ ସମ୍ବନ୍ଧ ଓ ସମ୍ପନ୍ନତାକୁ ନେଇ ମଣିଷ ଗର୍ବକରେ ତାହା ନଷ୍ଟ ହେବାର ଦେଖିଲେ ସଂସାରର ଅସାରତା ମନେପଡ଼େ । ଏସବୁକୁ ଆମେ ଭଗବାନଙ୍କର ବା ସୃଷ୍ଟିର ମାୟା ବୋଲି ଭାବୁ । କିନ୍ତୁ ଏସବୁ କିପରି ମାୟା ହୋଇପାରେ ? ପରିବର୍ତ୍ତନ ହିଁ ସଂସାରର ନିୟମ । ଏହା ଅନାଦି କାଲରୁ ଅପରିବର୍ତ୍ତନୀୟ ରହିଛି । ମହାନ୍ ସମ୍ରାଟମାନଙ୍କ ଠାରୁ ଦାଣ୍ଡର ଭିକାରି ପର୍ଯ୍ୟନ୍ତ କିୟ। ସାମାନ୍ୟ ଧୂଳିକଣାଠାରୁ ସୂର୍ଯ୍ୟ ଚନ୍ଦ୍ର ଭଲି ବିଶାଳ ମହାଜାଗତିକ ପିଣ୍ଡ କେହିବି ଏହି ନିୟମରୁ ବାଦ ପଡ଼ିନାହାଁନ୍ତି । ଅତୀତରେ ଏଭଳି କୌଣସି ଉଦାହରଣ ନାହିଁ କିୟ। ଭବିଷ୍ୟରେ ମଧ୍ୟ ଘଟିବ ନାହିଁ । ମନୁଷ୍ୟ ଏହାକୁ ଜାଣି ଅଜଣା ଓ ବୁଝି ଅବୁଝା ହେବା ଭଲି ଗ୍ରହଣ କରିବାକୁ ନାରାଜ । ନିଜର ଥିବା କୌଣସି ପଦାର୍ଥ ଅନନ୍ତ କାଲ ନିଜ ପାଖରେ ରହିବାର ବୋଧ ହିଁ ଦୂରେଇ ଗଲେ ଦୁଃଖଦିଏ । ଏପରିକି ଏହି କାରଣରୁ ଭବିଷ୍ୟତରେ ହରାଇବାର ଆଶଙ୍କା ବି ମନକୁ ଶଙ୍କାଗ୍ରସ୍ତ କରିରଖେ । ଭଗବତ ଭିନ୍ନ ପ୍ରତ୍ୟେକ ଅସ୍ତିତ୍ୱର ବିନାଶ ଅବସମ୍ଭାବି । ମଣିଷ ସାମ୍ନାରେ ନିତ୍ୟ ପ୍ରତିଦିନ ଅନେକ ପ୍ରାଣୀଙ୍କର କାଲ ଓ ଅକାଲରେ ମୃତ୍ୟୁ ସଂଘଟିତ ହୁଏ । ଏସବୁ ସତ୍ତ୍ୱେ ମନର ମାୟା କାରଣରୁ ଆତ୍ମୀୟ ସ୍ୱଜନର ମୃତ୍ୟୁ ଅସ୍ୱାଭାବିକ ଓ ଦାରୁଣ ଦୁଃଖ ଅନୁଭବ କରାଏ । ଏଥିପାଇଁ ଭଗବାନ କିୟ। ବ୍ୟବସ୍ଥାକୁ ଦାୟୀ କରିବା ମୂର୍ଖତା ଭିନ୍ନ ଅନ୍ୟ କିଛି ନୁହେଁ ।

ଆହୁରି ମଧ୍ୟ ସୁନିମା ନୀତି ନିୟମର କିଛି ନିର୍ଦ୍ଧିଷ୍ଟତା ବା ସ୍ଥାୟିତ୍ୱ ନାହିଁ । ଦେଶ କାଲ ପାତ୍ର ବିବେଚନାରେ ତାହା ଫରକ ହୋଇଥାଏ । ଠାକୁର ପୂଜା ବେଳେ କେତେକ ତ୍ରିକଚ୍ଛ ହୁଅନ୍ତି କେତେକ କଚ୍ଛାମୁକ୍ତ ହୁଅନ୍ତି । କିଏ ଗାଈକୁ

ଗୋମାତା କହି ପୂଜା କରନ୍ତି ତ କିଏ ତାକୁ ଖାଦ୍ୟ ବନାଇ ଥାଆନ୍ତି । ତେବେ ଠିକ୍ କ'ଣ ? କେଉଁଟା ଉଚିତ୍ ? ସେଥିପାଇଁ କୁହାଯାଇଛି ନିଭ୍ଛକ ସତ୍ୟ ବୋଲି କିଛି ନାହିଁ । ସବୁ ତୁଳନାମ୍ଳକ ଭାବେ ଠିକ୍ ବା ଭୁଲ । ତେଣୁ ଇଂରାଜୀରେ କୁହାଯାଇଛି "There is no absolute truth. Every thing is relaticely true." ଏଇ କଥାଟିକୁ ମନରେ ହେଜାଇ ପାରିଲେ, ମଜେଇ ପାରିଲେ, ଭିଜାଇ ପାରିଲେ ଅନେକ ମାନସିକ ଉଦବେଗ ଓ ଉତ୍ତେଜନାରୁ ମୁକ୍ତି ମିଳନ୍ତା । ଆମେ ଘୋଷୁଥିବା, ଅନୁସରଣ କରୁଥିବା ନୀତିନିୟମ, ଯାହା ଆମପାଇଁ ଅନୁକୂଳ ଅନ୍ୟ ଲାଗି ତାହା ଆଦୌ ଉପଯୋଗୀ ନ ହୋଇପାରେ । ତେଣୁ ତା' ପାଇଁ ନୀତି ବା ନିୟମ ଭାବେ ଆଦୌ ସ୍ୱୀକୃତ ବା ଗୃହୀତ ନ ହୋଇପାରେ ।

ଆମ ଦେଶଟ ଧର୍ମ ନିରପେକ୍ଷ ଦେଶ । ଏଠି ତେଣୁ ହିନ୍ଦୁ ଓ ମୁସଲିମ୍ ଦୁଇ ପ୍ରକାର ଆଇନ୍ ପ୍ରଚଳିତ । ହିନ୍ଦୁ ଆଇନରେ ଜଣେ ନାଗରିକ(ହିନ୍ଦୁ) ପାଇଁ ଯେଉଁ କଟକଣା ରହିଛି । ମୁସଲିମ୍ ଆଇନରେ ସେପରି କଟକଣା ତ ଆଦୌନାହିଁ ବରଂ ସେଥିପାଇଁ ପ୍ରୋସାହନ ଓ ସ୍ୱୀକୃତି ରହିଛି । ତା'ର ବ୍ୟାପକ ବିଶ୍ଳେଷଣ ବା ତର୍ଜମା ଅନାବଶ୍ୟକ । ନୀତି ନିୟମ ବା ଆଇନ କାନୁନ୍ ତା'ର ଲକ୍ଷ୍ୟ ନୁହେଁ । ଲକ୍ଷ୍ୟ ହାସଲକୁ ସୁଗମ କରିବାକୁ ଏସବୁ ମାଧ୍ୟମ ମାତ୍ର ଅଟେ । ତେଣୁ ଲକ୍ଷ୍ୟ ବଦଲିଲେ ଆଇନ୍ ବଦଲିବ । ଭୋଟ ଦେବା ବୟସ ୨୧ ବର୍ଷ ବୋଲି ଆଇନ୍ ଥିଲା । କ'ଣ ହୋଇଗଲା ଯେ ତାକୁ କମାଇ ୧୮ ବର୍ଷ କରି ଦିଆଗଲା । ୨୧ ବର୍ଷର ଯୁବକ କ'ଣ ହଠାତ୍ ପରିପକ୍ୱ ଓ ବିଚାରବନ୍ତ ହୋଇଗଲେ ଯେ ୩ ବର୍ଷ ବୟସ କମାଇ ଦିଆଗଲା । ଶିକ୍ଷକ ଛାତ୍ରଙ୍କୁ ମାଡ଼ମାରିବା ଆଇନ୍ ସଂଗତ ଥିଲା । ଅଣ୍ଡା ଏବଂ ମାଂସ ବଜାର ତେଜିବାରୁ ଓ ଆଈଁଷଖିଆ ଅଭ୍ୟାସ ବଢ଼ିବାରୁ(ସ୍କୁଲରେ ପିଲାମାନଙ୍କୁ ଅଣ୍ଡା ଦିଆ ହେବାରୁ ସେ ଅଣ୍ଡାକୁ ଶିକ୍ଷକମାନେ ଖାଇ) କ'ଣ ଶିକ୍ଷକମାନେ ହିଂସ୍ର ହୋଇଗଲେ ଯେ, ତାଙ୍କଠାରୁ ଦଣ୍ଡ ଦେବା କ୍ଷମତା ଉଠାଇ ଦିଆଗଲା । ମନୋବିଜ୍ଞାନୀ ମାନେ କହୁଛନ୍ତି ହସାଇ ଖେଲାଇ ପାଠପଢ଼ାଇଲେ ତାହା କୁଆଡେ ହୃଦୟର ଅନ୍ତର୍ମୁଖୀ ହୋଇ ମନକୁ ପ୍ରାଣ ଭିତରକୁ ଧସେଇ ପଶିବ ।

ଶିକ୍ଷକମାନଙ୍କୁ ସାଧାରଣରେ ସମ୍ବୋଧିବାର ଶବ୍ଦ ଦୁଇଟି ହେଉଛି । ଗୁରୁଜୀ ବା ମାଷ୍ଟ୍ରେ । ଏଇ ଶବ୍ଦ ଦୁଇଟି ଯେମିତି ସମ୍ମାନ ସୂଚକଥିଲେ । ସେମିତି ବି ଭକ୍ତି ଓ ପ୍ରୀତି ଉଦ୍ରେକକାରୀ । ଗୁରୁ ଶବ୍ଦର ଅର୍ଥ ଭାରି ବା ଓଜନଦାର, ମହତ, ପୂଜନୀୟ, ପ୍ରୟୋଜନୀୟ ଏବଂ ପ୍ରିୟ ଇତ୍ୟାଦି । ପିଲାଏ ତାଙ୍କୁ ଆଗେ ଗୁରୁ ବ୍ରହ୍ମା, ଗୁରୁ ବିଷ୍ଣୁ, ଗୁରୁ ଦେବ ମହେଶ୍ୱର ମଣୁଥିଲେ । ବାପ, ମା, ଅଭିଭାବକମାନେ ପିଲାଙ୍କୁ ଶିଖାଉଥିଲେ ଗୁରୁଙ୍କୁ ନମିବ ନର, ଗୁରୁହି ସାକ୍ଷାତ ଈଶ୍ୱର । ଭାରତୀୟ ସଂସ୍କୃତିରେ ଆମ୍ଜ୍ଞାନର ଆଧ୍ୟାମ୍ଲିକ ଜ୍ଞାନର ଦୀକ୍ଷା ଦେଉଥିବା ଗୁରୁଦେବଙ୍କୁ ଶିବଙ୍କ ତୁଲ୍ୟ ପୂଜନୀୟ ମନେ କରାଯାଏ । ସ୍ଥୁଲ ଶରୀରରେ ତ ସମସ୍ତଙ୍କର ପିତା, ମାତା, ଅଛନ୍ତି କିନ୍ତୁ ଆମ୍ଲାକୁ ଉକୃଷ୍ଟ ଦିଗରେ ଅଗ୍ରସର ହେବାରେ ପ୍ରେରଣା ମିଳେ କେବଲ ସଦଗୁରୁଙ୍କ ଠାରୁ । ଗୁରୁବିନା ଜ୍ଞାନ ମିଳେ ନାହିଁ । ଆଉ ସାଧନା ବ୍ୟତିରେକେ ସିଦ୍ଧି ଅସମ୍ଭବ । ଗୁରୁଙ୍କ ସ୍ଥାନ ଜୀବନରେ ଅତ୍ୟନ୍ତ ମହତ୍ତ୍ୱପୂର୍ଣ୍ଣ । ଗୁରୁ ହିଁ ଜ୍ଞାନ ଦାତା । ବ୍ୟକ୍ତି ଆପଣା ସ୍ୱାର୍ଥ ଏବଂ ମନୋବିକାରକୁ ପରିତ୍ୟାଗ କରି ପାରମ୍ପରିକ ଜୀବନ ଯାପନର କଳା ସଦଗୁରୁଙ୍କ ଠାରୁ ହିଁ ଶିକ୍ଷା କରିଥାଏ । ଗୁରୁ ଅଗଠିତକୁ ଗଠନ କରନ୍ତି । ସେ ଆମକୁ ଦେବତ୍ୱ ପ୍ରଦାନ କରନ୍ତି । ତେଣୁ ଗୁରୁଙ୍କୁ ଦେବତା ମନେ କରାଯାଏ । ଭାରତୀୟ ସଂସ୍କୃତିରେ ଈଶ୍ୱରଙ୍କ ପରେ ଦ୍ୱିତୀୟ ସ୍ଥାନ ହେଉଛି ଗୁରୁଙ୍କର । ଏହି ସଂସ୍କାର ଓ ସଂସ୍କୃତିରୁ ସୃଷ୍ଟ ଆରୁଣି, ଉପମନ୍ୟୁ, ଉତଙ୍କ ଓ ଏକଲବ୍ୟଙ୍କ ଉଦାହରଣ ବାଜୁଥିଲେ । ଅପତ୍ରା ପାଠକୁ ପଢ଼ି ଆୟତ କରିବା କେବଲ ଗୁରୁକୃପାରୁ ସମ୍ଭବ ବୋଲି ସେମାନେ କହୁଥିଲେ । ଆମ୍ଲକଲ୍ୟାଣ ଓ ବିଶ୍ୱ କଲ୍ୟାଣ ପରସ୍ପର ପରିପୂରକ । ଭାରତୀୟ ଆଧ୍ୟାମ୍ଲିକତାର ଏହା ହେଉଛି ଆଧାରଶିଳା । ଆଧାମ୍ ସମୟୋୟ ପରିକଳ୍ପନା ଗୁରୁବିନା ସମ୍ଭବ ନୁହେଁ । ଆମ୍ଲକଲ୍ୟାଣ, ସମାଜ କଲ୍ୟାଣ ଓ ବିଶ୍ୱ କଲ୍ୟାଣର ସମନ୍ଵିତ ବିଚାରର ଗୁରୁ ହିଁ ଅଭ୍ରାନ୍ତ ଦାର୍ଶନିକ ଓ ମାର୍ଗଦର୍ଶକ ବୋଲି ବେଦ ବେଦାନ୍ତ ଓ ଶାସ୍ତ ପୁରାଣରେ କୁହାଯାଇଛି । ସେଥିପାଇଁ

ଗୁରୁଚର୍ଯ୍ୟା ବା ଗୁରୁ ଗୌରବ କରିବା ଥିଲା ସମାଜ ଓ ସଂସ୍କୃତିର ଏକ ଅଲିଖିତ ସମ୍ବିଧାନ । ଭାରତବର୍ଷର ପରମ୍ପରା ଭିତରେ ଗୁରୁପୂଜାର ଐତିହ୍ୟ ବେଦଭଳି ସୁପ୍ରାଚୀନ ।

ଇଂରେଜୀ ଶାସନ ଓ ସଭ୍ୟତାର ସଂସର୍ଗରୁ 'ଗୁରୁଜୀ' କ୍ରମେ 'ମାଷ୍ଟେ' ହେଲେ ମାଷ୍ଟେଙ୍କୁ ପାଠପଢ଼ା ଛଡ଼ା ଗାଁର ମୁରବି ଭାବରେ ବିଚାର କରାଯାଉଥିଲା । ହିସାବ କିତାବ, କିଛି ସାହିତ୍ୟ, ଭୂଗୋଳ, ସ୍ୱାସ୍ଥ୍ୟରକ୍ଷା, ଇତିହାସ ପଢ଼ା ହୋଇଗଲେ ପ୍ରାଥମିକ ଶିକ୍ଷା ଶେଷ ହେଉଥିଲା । ବଗିଚାକାମ ଓ ଖେଳ ପଢ଼ାର ଅଂଶ ଥିଲା । ଯେଉଁ ପ୍ରାଥମିକ ବିଦ୍ୟାଳୟରେ ଭଲପଢ଼ା ହେଉଥିଲା ଅର୍ଥାତ୍ ପିଲାମାନେ ବୃତ୍ତି ପାଉଥିଲେ, ସେଠାକୁ ଦୂର ଗାଁର ଅଭିଭାବକମାନେ ପିଲାଙ୍କୁ ମାଷ୍ଟେଙ୍କ ପାଖରେ ରଖାଉଥିଲେ ।

ସବୁକଥାରେ ସବୁ ବିଦ୍ୟାରେ ତାଙ୍କର ମାଷ୍ଟିଥିବାରୁ ତାଙ୍କୁ ମାଷ୍ଟର କୁହାଗଲା । ମାଷ୍ଟର ଶବ୍ଦର ଅର୍ଥ ପ୍ରଭୁ । ତାଙ୍କ ପ୍ରଭୁତ୍ୱର ପରିସର କେବଳ ବିଦ୍ୟାଳୟ ସରହଦ କିମ୍ବା ଶୈକ୍ଷିକ ପରିବେଶରେ ସୀମିତ ନ ଥିଲା । ଆଖପାଖ ଗ୍ରାମ ଆଉ ଗୋଷ୍ଠୀର ସେ ଥିଲେ ମାନନୀୟ ମାଷ୍ଟେ । କାହାର ବାହା ନିର୍ମିତ ହେଲେ ମାଷ୍ଟେ ଚିଠା କରୁଥିଲେ । କେଉଁଠି ଭାଇ-ଭାଇର ଝଗଡ଼ା ହେଲେ ମିମାଂସା କରୁଥିଲେ । କେହି ବ୍ୟାଧିକିରେ ପଡ଼ିଲେ ଓଷଦ ବଟୁଆ ଧରି ପଥ୍ୟ ପାଞ୍ଚଣ ବରାଦ କରୁଥିଲେ । ଗାଁ ଗୋଷ୍ଠୀ କନ୍ଦଳରେ ନିଶାପ କରି ନ୍ୟାୟ ଦେଉଥିଲେ ମାଷ୍ଟେ । ତାଙ୍କର ମାଷ୍ଟି ସବୁଠି, ସବୁବେଳେ, ସବୁରି ଉପରେ । ସେଥିଲେ ପିଲାଠୁ ବୁଢ଼ା ସର୍ବଙ୍କର ପ୍ରିୟ । ପ୍ରୟୋଜନୀୟ ମାନନୀୟ ମାଷ୍ଟେ । ଶିଷ୍ୟ (ଶାସ୍+ୟ) ଶବ୍ଦର ଅର୍ଥ ଶାସନଯୋଗ୍ୟ । ପିଲାଙ୍କୁ ସଂଯତ ଓ ସାମାଜିକ କରିବାକୁ ତାଙ୍କୁ ସଂସ୍କାର ଓ ଧ୍ରୁଜ୍ଞାଲ ଶିକ୍ଷା ଦେବାକୁ, ଶିକ୍ଷକଙ୍କର ସ୍ନେହ, ଶ୍ରଦ୍ଧା ଓ ଆନ୍ତରିକତା ସହିତ ଆକଟ ଓ ଅନୁଶାସନ ଏକାନ୍ତ ଆବଶ୍ୟକ । ଚାଣକ୍ୟ ନୀତିୟ- "ଦଶବର୍ଷାଣି ତାଡଯତେ" ସମୟ ଖଣ୍ଡକୁ ପିଲା ବିଦ୍ୟାଳୟରେ କଟାଏ । ଶିକ୍ଷକ ତାକୁ ଭଲ ବୁଦ୍ଧି ଶିଖାନ୍ତି । ଭଲବାଟ ଦେଖାନ୍ତି । ତା'କାମକୁ ସରସ କରନ୍ତି । ଛାତ୍ର (ଛତ୍ର+ଅ) ଶବ୍ଦର ଅର୍ଥ ଗୁରୁଙ୍କ ଦୋଷାବରଣ କରିବା । ଅର୍ଥାତ୍ ଗୁରୁଙ୍କ ଦୋଷକୁ ଆଢୁଆଲ କରିବା, ଘୋଡ଼ାଇ ରଖିବା, ଛାତ୍ର କେବଳ ଗୁରୁଙ୍କ ଗୁଣହିଁ ଦେଖିବ । ଗୁଣ ଦେଖି ଦେଖି ସେ ଗୁଣବନ୍ତ ହେବ । ଗୁଣୀ ହେବ । ଜ୍ଞାନୀ ହେବ । ବିଦ୍ୱାନ ହେବ ।

କାରଣ ସେଠାରେ କେବଳ ପାଠ୍ୟ ପୁସ୍ତକ ପଢ଼ାଯାଏ ନାହିଁ । ଉତ୍ତମ ମଣିଷଟିଏ ହେବା ପାଇଁ ଯେଉଁ ପ୍ରକାର ଚରିତ୍ର ଗଠନ ଆବଶ୍ୟକ ତା'ର ମଧ୍ୟ ଶିକ୍ଷା ଦିଆଯାଏ । ଏଥିରେ ଶିକ୍ଷାର୍ଥୀ ଓ ଶିକ୍ଷକ ହିଁ ମୂଳ ବା ମୁଖ୍ୟ । ବାକି ସମସ୍ତେ ଗୌଣ । ଏପରିକି ଶିକ୍ଷାନୁଷ୍ଠାନର ନିର୍ମାତା ବି । ଏହି ଦୃଷ୍ଟିରୁ ଶିକ୍ଷାନୁଷ୍ଠାନ ଗୁଡ଼ିକ ପାଇଁ ଅନୁଦାନ ଯୋଗାଇ ଦେଉଥିବା ସରକାର ମଧ୍ୟ ମୁଖ୍ୟ ନୁହନ୍ତି ବରଂ ଗୌଣ । ଯେଉଁ ଦେଶ ଗୁଡ଼ିକରେ ଶିକ୍ଷାନୁଷ୍ଠାନ ସବୁକୁ ସରକାର ସର୍ବେସର୍ବା ହୋଇ ମାଡ଼ିବସିଛନ୍ତି । ସେଠାରେ (ସେଇଠି) ଅସଲ ଶିକ୍ଷାଟା ମାଡ଼ଖାଇ ଯାଉଛି । ଆମ ଦେଶରେ ବି ସେଇଆ ହୋଇଛି । ଶିକ୍ଷାନୁଷ୍ଠାନଗୁଡ଼ିକୁ ସରକାର ବା ମନ୍ତ୍ରୀ ସଚିବ ମାନେ ହିଁ ଚଲାଇ ଆସୁଛନ୍ତି । ଯେଉଁଠି ଶିକ୍ଷକ ବା ଶିକ୍ଷାର୍ଥୀ ଗୌଣ ହୋଇପଡ଼ିଛନ୍ତି । ଉଚ୍ଚ ଶିକ୍ଷାନୁଷ୍ଠାନ ଗୁଡ଼ିକ ସ୍ୱାଧୀନ ଭାବେ କାର୍ଯ୍ୟ କରିବାକୁ ୧୯୪୮ରେ ବିଶ୍ୱବିଦ୍ୟାଳୟ କମିସନ ଚେୟାରମ୍ୟାନ ସର୍ବପଲ୍ଲୀ ରାଧାକ୍ରିଷନ ମତ ଦେଇଥିଲେ- "ରାଷ୍ଟ୍ର ଶିକ୍ଷାନୁଷ୍ଠାନକୁ ଆର୍ଥିକ ସାହାଯ୍ୟ ଦେବେ କିନ୍ତୁ ଶିକ୍ଷାନୀତି ପାଠ୍ୟକ୍ରମ ନିୟନ୍ତ୍ରଣ କରିବା ଅନୁଚିତ ।" ସ୍ୱାଧୀନତାପ୍ରାପ୍ତି ପରେ ପ୍ରାଥମିକ ଶିକ୍ଷାର ବ୍ୟାପକ ପ୍ରସାର ହେତୁ ମାଧ୍ୟମିକ ବିଦ୍ୟାଳୟ, ଉଚ୍ଚ ବିଦ୍ୟାଳୟ ଏବଂ ମହାବିଦ୍ୟାଳୟ ସଂଖ୍ୟା ବଢ଼ିଲା କିନ୍ତୁ ସମତାଲରେ ଆବଶ୍ୟକ ସଂଖ୍ୟକ ଉପଯୁକ୍ତ ଶିକ୍ଷକ ନିଯୁକ୍ତ ହେଲେନାହିଁ । ଅଧିକାଂଶ ବେସରକାରୀ ଶିକ୍ଷାନୁଷ୍ଠାନରେ ପ୍ରତିଷ୍ଠାତାମାନେ ନିଜ ସମ୍ପର୍କୀୟ ଲୋକଙ୍କୁ(ମାନଙ୍କୁ) ନିଯୁକ୍ତି ହେଲେ । ବିଦ୍ୟାଳୟର ବିଭାଗୀୟ ସ୍ୱୀକୃତି ଓ ଗ୍ରାମ ନେତାମାନଙ୍କ ଦ୍ୱାରା କରାଇ ନିଆହେଲା । କାର୍ଯ୍ୟତଃ ବିଦ୍ୟାଳୟଗୁଡ଼ିକ ନିଯୁକ୍ତିର ଏକ ସହଜ ମାଧ୍ୟମ ହୋଇଗଲା । ଫଳରେ ଶିକ୍ଷାର ମାନ ହ୍ରାସ ପାଇବା ଆରମ୍ଭ ହେଲା ।

ଶିକ୍ଷକ ଶ୍ରେଣୀ ଗ୍ରାମାଞ୍ଚଳରେ ଏକ ବିରାଟ ଓ ପ୍ରଭାବଶାଳୀ ଗୋଷ୍ଠୀ ହୋଇଥିବାରୁ ରାଜନୈତିକ ଦଳମାନେ ସେମାନଙ୍କୁ ବ୍ୟବହାର କଲେ । ପଷ୍ଚାନ୍ତରେ ଶିକ୍ଷକମାନେ ଶିକ୍ଷାଦାନ ଅପେକ୍ଷା ନିଜ ଚାକିରିର ନିରାପଭ୍ତା ଓ ତ୍ରିବିଧ ସୁବିଧା ପାଇଁ ଅଧିକ ଦୃଷ୍ଟି ଦେଲେ ଏବଂ ପାଇଲେ ବି । ଗୋଟିଏ ସମୟରେ ସେମାନେ ସରକାରୀ କର୍ମଚାରୀ ଶ୍ରେଣୀଭୁକ୍ତ ହୋଇଗଲେ ।

ଶିକ୍ଷାର ପ୍ରସାର ଘଟିବା ଏକ ସ୍ୱାଭାବିକ ପ୍ରକ୍ରିୟା । ଆଧୁନିକତାକୁ ବାଦ ଦେବା ମଧ୍ୟ ଅନୁଚିତ । କିନ୍ତୁ ଭାରତୀୟ ଗୁରୁଶିଷ୍ୟ ପରମ୍ପରାରେ ବ୍ୟାଘାତ ଘଟିଲେ ଶିକ୍ଷାର ପ୍ରସାର ସମ୍ଭବ ନୁହେଁ । ଆନୁଗତ୍ୟ ଓ ଶିକ୍ଷା ହିଁ ମୂଲ୍ୟବୋଧକୁ ଆଗେଇ ନିଏ । ଯାହାକି ଲକ୍ଷ୍ୟ ପୂରଣ ପାଇଁ ସହାୟକ । କେବଳ ଶିକ୍ଷା ପ୍ରତିଷ୍ଠାନ ପ୍ରତିଷ୍ଠା କଲେ ଚଳିବ ନାହିଁ । ଶିକ୍ଷାର ମୂଲ୍ୟବୋଧକୁ ଗତିଶୀଳ କରିବା ମଧ୍ୟ ଉଚିତ, କାରଣ ଉପଯୁକ୍ତ ଓ ମୂଲ୍ୟବୋଧଭିତ୍ତିକ ଶିକ୍ଷା ପାଇଲେ ଛାତ୍ରମାନେ ସୁନାଗରିକ ହୋଇ ଗଢ଼ି ତୋଲାହେବେ, ଯଦ୍ୱାରା କି ସେମାନେ ନିଜର ସାମ୍ବିଧାନିକ ହକ୍ ପାଇଁ ଦାବି କରିବେ । ଆଧ୍ୟାତ୍ମିକ ଓ ମୂଲ୍ୟବୋଧଭିତ୍ତିକ ଶିକ୍ଷାବ୍ୟବସ୍ଥା ବିନା ସମସ୍ତ ପ୍ରଚଳିତ ଶିକ୍ଷା ବ୍ୟବସ୍ଥା ହେଉଛି ମେରୁଦଣ୍ଡ ବିହୀନ ପଙ୍ଗୁ ଓ ଦୁର୍ବଳ । ଶିକ୍ଷାରେ ମୂଲ୍ୟବୋଧର ଅଭାବ କାରଣରୁ ଆମେ ଅସହାୟ, ଅସମର୍ଥ, ବିକଳାଙ୍ଗ ହୋଇ ଘୁରି ବୁଲୁଛେ । ଦୁର୍ଘଟଣାରେ ରାସ୍ତା ଉପରେ ପଡ଼ି ଚିକ୍ରାର କରି ଛଟପଟ ହେଉଥିବା ଲୋକଟିକୁ ସହାୟତା ଦେବାକୁ ଆଜି ଆମେ ସମସ୍ତେ ଅମଙ୍ଗ । ଶରୀର ଉପରେ ଚାଖଣ୍ଡେ କପଡ଼ା ରଖ୍ ଆଧୁନିକତା ନାମରେ ଆମର ମହାନ ଭାରତୀୟ ସଂସ୍କୃତିକୁ ନଷ୍ଟ କରିବାକୁ ଆମେ ପଛାଉ ନାହାଁନ୍ତି । "ମୋ ଜୀବନ ପଛେ ନର୍କେ ପଡ଼ିଥାଉ ଜଗତ ଉଦ୍ଧାର ହେଉ" ଭଳି ଆମ ମହାପୁରୁଷମାନଙ୍କର ଶାଶ୍ୱତ ବାଣୀ ଆଜି ନିଷ୍ଫଳ । ଏକ ଶବର ସନ୍ତାନର ଗୁରୁଭକ୍ତିର ନିଦର୍ଶନ ସ୍ୱରୂପ ନିଜର ବୃଦ୍ଧା ଅଙ୍ଗୁଲି କାଟିବା ଭଳି ଅନେକ ଆଦର୍ଶ ଓ ମାନବିକ ମୂଲ୍ୟବୋଧର ଉଦାହରଣ ଆଜି ଆମକୁ ପ୍ରଭାବିତ କରିବାକୁ ଅସମର୍ଥ । ଆମ ସଂସ୍କୃତିରେ ପଶୁଠାରେ ଦୟା, କ୍ଷମା ଓ ବାତ୍ସଲ୍ୟ ମମତା ବଉଳା ଗାଈଠାରେ ଦେଖିବାକୁ ମିଳେ । ଅତିଥି ପରିଚର୍ଯ୍ୟା ନିମନ୍ତେ କପୋତ-କପୋତୀର ଉଦାହରଣ ସର୍ବାଗ୍ରେ ଶ୍ରେଷ୍ଠ ହୋଇପାରିଛି ଏବଂ ବିଶ୍ୱ କଲ୍ୟାଣ ପାଇଁ ଦଧୀଚିଙ୍କ ଆପଣା ଅସ୍ଥି ଦାନଭଳି ଅନେକ ମୂଲ୍ୟ ବୋଧଭିତ୍ତିକ ଉଦାହରଣ ମାନ ରହିଛି । ସେଥିପାଇଁ ନିଷ୍ଠା, ଧୈର୍ଯ୍ୟ ଓ ଉଦ୍ୟମର ଆବଶ୍ୟକ । ବହୁ ଘରୋଇ ଶିକ୍ଷା ପ୍ରତିଷ୍ଠାନ ବ୍ୟବସାୟିକ ଅଳିନ୍ଦ ମଧ୍ୟରେ ରହିବାକୁ ହେଉଥିଲେ ସୁଦ୍ଧା ସଭ୍ୟତାହୀନ ହେବା ଅନୁଚିତ୍ । ବିଶେଷ କରି ଶିକ୍ଷକ ସମାଜର ଅଧିକାଂଶ କେବଳ ପ୍ରଥାଗତ କର୍ତ୍ତବ୍ୟ ସଂପାଦନରେ ସୀମିତ ରହୁଛନ୍ତି, ଯାହାକି ସଠିକ୍ ନୁହେଁ । ଏହି କ୍ଷେତ୍ରରେ ଶିକ୍ଷକମାନେ ମହତ୍ତ୍ୱ ଓ ସାମର୍ଥ୍ୟକୁ କାର୍ଯ୍ୟରେ ଲଗାଇବା ଉଚିତ୍ । ଭାରତୀୟ ପରମ୍ପରାରେ ଗୁରୁ-ପିତା, ମାତା ତୁଲ୍ୟ । ତେଣୁ ଶିକ୍ଷକମାନେ ଯେଉଁ ଶିକ୍ଷାଦାନ କରୁଛନ୍ତି, ତାହା ଶିକ୍ଷାର୍ଥୀ ଜଣଙ୍କ କେତେ ପରିମାଣରେ ଗ୍ରହଣ କରୁଛି ସେ ବିଷୟରେ ଅନୁଧ୍ୟାନ ଜରୁରୀ । ଯେଉଁଥିରେ କି ଅଭାବ ରହିଛି । ଶିକ୍ଷକମାନେ ସର୍ବଦା ସର୍ଜନାକାରୀ । ତେଣୁ କେବଳ ବେତନଭିତ୍ତିକ ଶିକ୍ଷା ନୁହେଁ । ସମର୍ପଣ ଭିତ୍ତିକ ଶିକ୍ଷାର ଆବଶ୍ୟକ । କାରଣ ସମାଜର ଓ ଜନତାର ଦିଗଦର୍ଶକ ହେଉଛନ୍ତି ଏ ଗୁରୁକୁଲ । ଏକ ଦିବ୍ୟ ନାଗରିକ ଓ ଆଦର୍ଶ ସମାଜ ସୃଷ୍ଟିର ସେମାନେ ହିଁ ପ୍ରକୃତ ବିଶ୍ୱକର୍ମୀ ।

ଆମ ସନାତନ ସଂସ୍କୃତିରେ ଗୁରୁଙ୍କ ସ୍ଥାନ ବହୁ ଊର୍ଦ୍ଧ୍ୱରେ । ଆଧ୍ୟାତ୍ମିକ ଗୁରୁଙ୍କୁ ସ୍ୱୟଂ ଭଗବାନଙ୍କ ଆସନ ଦିଆଯାଇଛି । ଗୁରୁ ହେଉଛନ୍ତି ଦ୍ୱନ୍ଦ୍ୱାତୀତ । ଗଗନ ଭଳି ପରିବ୍ୟାପ୍ତ ଏବଂ ପିତୃତୁଲ୍ୟ । ଶାସ୍ତ୍ରୀୟ ମତରେ ପଞ୍ଚପିତାଙ୍କ ମଧ୍ୟରୁ-ଦୀକ୍ଷାଦାତା ଏବଂ ବିଦ୍ୟାଦାତାଙ୍କ ଭଳି ଦୁଇ ପିତାଙ୍କ କାର୍ଯ୍ୟ ସେ ସଂପାଦନ କରି ଥାଆନ୍ତି । ଶାସ୍ତ୍ର କହେ ପ୍ରତ୍ୟେକ ବ୍ୟକ୍ତିର ପାଞ୍ଚଗୋଟି ପିତା ଅଛନ୍ତି । "ଜନିତା ଚୋପନେତା ଚ ଯସ୍ତୁ ବିଦ୍ୟାପ୍ରଯଚ୍ଛତି, ଅନ୍ନଦାତା ଭୟତ୍ରାତା ପଞ୍ଚେତେ ପିତରଃସ୍ମତା ।" ଅର୍ଥାତ ଯେ ଜନ୍ମକର୍ତ୍ତା, ଯେ ଉପନୟନ କରିଛନ୍ତି, ଯେ ବିଦ୍ୟା ଦାନ କରନ୍ତି, ଯେ ଅନ୍ନ ଦାନ କରନ୍ତି ଓ ସର୍ବୋପରି ଯେ ଅଭୟ ପ୍ରଦାନ କରି କୌଣସି ବିପଦ ଆପଦରୁ ରକ୍ଷା କରନ୍ତି ସେମାନେ ସମସ୍ତେ ପିତୃ ପଦବାଚ୍ୟ । ଉପରୋକ୍ତ ପଞ୍ଚପିତାଙ୍କର ଅବଦାନ ପୁତ୍ରକୁ ସୌଭାଗ୍ୟବନ୍ତ ଓ କୀର୍ଦ୍ଧିମାନ କରିଥାଏ । ଗୁରୁଙ୍କ ପାରଦର୍ଶିତାର ଯେପରି ଆବଶ୍ୟକତା ଅଛି ତଦନୁଯାୟୀ,

ଉପଯୁକ୍ତ ଶିଷ୍ୟର ମଧ୍ୟ ଆବଶ୍ୟକତା ରହିଛି। ଶିଷ୍ୟର ପ୍ରଥମ କର୍ତ୍ତବ୍ୟ ହେଲା ଗୁରୁଙ୍କ ନିକଟରେ ସର୍ବଦା ଆତ୍ମସମର୍ପଣ କରିବା, ଶିଷ୍ୟ ସର୍ବଦା ସମ୍ମାନ ଏବଂ ନମ୍ରତାର ସହିତ ଗୁରୁଙ୍କୁ ପ୍ରଶ୍ନ କରି ତାଙ୍କଠାରୁ ସବୁ ବୁଝିବା ପାଇଁ ସର୍ବଦା ଚେଷ୍ଟିତ ହେବା ଉଚିତ୍। ସର୍ବଦା ସତ୍ୟ ଶିକ୍ଷା କରିବାକୁ ଉଦ୍ୟମ ଅବ୍ୟାହତ ରଖିବା ଉଚିତ୍।

ଗୁରୁ-ଗୁଣରେ ଅବ୍ୟକ୍ତ। ଗାରିମାରେ ଗୂଢ଼। ଜଳେ-ସ୍ଥଳେ ଅଥବା ଅନଳେ, ପ୍ରାସାଦରେ ଅବା ଚାଳଘରେ, ପଦବ୍ରଜେ-ନିଦ୍ରା-ଜାଗରଣେ, ସେ ଥାଆନ୍ତି ସଭିଙ୍କ ସ୍ମରଣେ। ଏହିପରି ନାନାଦି କାରଣରୁ ଗୁରୁ-ସଭା ଅବିନାଶୀ, ଗୁରୁ ହିଁ ବ୍ରହ୍ମ। ବ୍ରହ୍ମ ପରୀକ୍ଷା କରିବାକୁ ଯେତେ ଉପାୟ ଥାଇପାରେ, ଗୁରୁ ସବୁଠାରେ ପରୀକ୍ଷା ଯୋଗ୍ୟ, ମୁକ୍ତ ବି ସିଏ। ଗୋପ୍ୟ ମଧ ସିଏ। ଦାତା ପଣରେ ସର୍ବଦାତା, ତଥାପି ଅକ୍ଷୟ, ଅନବରତ ସରି ଯାଉଥାଆନ୍ତି ପୁଣି ଦେଖିଲା ବେଳକୁ ସେଇମିତି ରହିଥାଆନ୍ତି। ମାୟା ତାଙ୍କରି ଠାରୁ ସୃଷ୍ଟିହୁଏ। ଅଥଚ ସିଏ ନିଜେ ମାୟା ମୁକ୍ତ। ଅନ୍ଧକାରରେ ସେ ଆଲୋକ, ଆଉ ଆଲୋକରେ ସେ ହିଁ ସୂର୍ଯ୍ୟ। ତାଙ୍କୁ ବଳ ପ୍ରୟୋଗ କରି ଜବରଦସ୍ତ ବୁଝେଇ ହୁଏନା। ସେ ନିଜ ଇଚ୍ଛାରେ ନିଜେ ମନକୁ ଲୁଚିଯାଆନ୍ତି। ଏପରି ଗୌରବ ଚନ୍ଦ୍ରିକା ଶୁଣି ମାଷ୍ଟ୍ରମାନେ ଯଦି ନିଜକୁ ଗୁରୁ ବୋଲି ଭାବୁଥିବେ, ତେବେ ଆମେ ପ୍ରଣାମ କରି କହୁଛୁ ସେମାନେ ଏପରି ଅବଲମ୍ବନରୁ ତଳକୁ ଡେଇଁପଡ଼ନ୍ତୁ। ସେପ୍ଟେମ୍ବର ପାଞ୍ଚ ତାରିଖ ସତ୍ତ୍ୱେ ସବୁଦିନେ ସେମାନେ ମାଷ୍ଟ୍ର। ଚହକ ପରିପାଟୀ ସହିତ ଗଢ଼ାଯାଇଥିବା ମୂର୍ତ୍ତି ଯେପରି ନାରୀ ନୁହେଁ, ଗୁରୁ ସେମିତି ମାଷ୍ଟ୍ର ନୁହନ୍ତି। ଗୁରୁ ଯିଏ ସିଏ ଗୁରୁ, ବିକଳ୍ପ ରହିତ। ଆମର ଗୋଟିଏ ଢଗ ଅଛି- "ଏକ ଜଣେ ତୁନ୍ ତାନ୍, ଦୁଇ ଜଣେ ପାଠ, ତିନି ଜଣେ ଗାଲି ଗୁଲମାଲ, ଚାରି ଜଣେ ହାଟ।" ଗୁରୁଶିଷ୍ୟ କାରବାର ସବୁବେଳେ ଦୁଇଜଣିଆ। ଯାଉ କମ୍‌ରେ ଚଳେନି ବା ବେଶୀରେ ଚାହିଦା ନ ଥାଏ।

"ଅପୂର୍ବଃ କୋଽପି କୋଶୋଽୟଂ ବିଦ୍ୟତେ ତବ ଭାରତୀ। ବ୍ୟୟତୋ ବୃଦ୍ଧି ମାୟାତ- କ୍ଷୟମାୟାତି ସଂଚୟାତ୍।" ହେ ସରସ୍ୱତୀ ତୁମର ଭଣ୍ଡାର ଅସାଧାରଣ ଅଟେ। କାରଣ ଏହି (ବିଦ୍ୟା) ଭଣ୍ଡାରୁ ଯଦି କିଛି ବ୍ୟୟ କରାଯାଏ, ତେବେ ସେହି ଭଣ୍ଡାର ବୃଦ୍ଧିପ୍ରାପ୍ତ ହୁଏ। କିନ୍ତୁ କେବଳ ସଞ୍ଚୟ ଦ୍ୱାରା ଏହାର କ୍ଷୟ ହୁଏ। ମୂଲରୁତ ଏଇନେ ଶିକ୍ଷକମାନେ ପାଠ ପଢ଼ାଉ ନାହାଁନ୍ତି। ଆହୁରି ମଧ ସେମାନଙ୍କର ବିଦ୍ୟାଭଣ୍ଡାର କୁଆଡୁ ଆସିବ ଯେ, ସେ ଭଣ୍ଡାର କ୍ଷୟ ପ୍ରାପ୍ତ କିମ୍ୱା ତା'ର ବୃଦ୍ଧି ଘଟିବ।

ସାମାଜିକସ୍ତରରେ ଶିକ୍ଷକମାନଙ୍କର ସମ୍ମାନ ଆଉ ନାହିଁ। ସେମାନେ ବର୍ତ୍ତମାନର ପଙ୍କିଲ ରାଜନୀତିରେ ନିଜକୁ ସଂଶ୍ଲିଷ୍ଟ କରି ନିଜର ମାନ ନିଜେ ହ୍ରାସ କରି ଦେଉଛନ୍ତି। ପ୍ରାୟ ଅଧିକାଂଶ ଶିକ୍ଷକ ରାଜନୀତିରେ ପଶି କଳୁଷିତ ହୋଇ ଗଲେଣି। ଜନସାଧାରଣ ସେପରି ଶିକ୍ଷକଙ୍କୁ କାହିଁକି ବା ସମ୍ମାନ ଦେବେ ? ସମାଜରେ ବି କ୍ରଟିତ ଶିକ୍ଷକ ଯଥାର୍ଥ ସମ୍ମାନ ଓ ନିରାପଦା ପାଏ। ଏଣୁ ପରୀକ୍ଷାରେ ଟପରମାନେ କେହି ଶିକ୍ଷକ ହେବାକୁ ଚାହାଁନ୍ତି ନାହିଁ। ଯଦିଓ ଦେଶ ଗଠନରେ ସେମାନଙ୍କର ଭୂମିକା ସବୁଠାରୁ ବେଶୀ। ପୂର୍ବେ ଟପରମାନେ ଅଧ୍ୟାପକ ହେଉଥିଲେ। ଅଧ୍ୟାପକ ଗୁରୁଙ୍କ ସ୍ତରକୁ ଗଲେ ନିଶ୍ଚୟ ସେ ସମ୍ମାନ କାହିଁକି ଭକ୍ତି ବି ପାଇବେ। ଆଗରୁ ଗୋଟେ ଗାଁର ସବୁଠାରୁ ଉଚ୍ଚଶିକ୍ଷିତ, ଭଦ୍ର, ନମ୍ର, ସରଳ ଓ ସଚରିତ୍ରମାନେ ହେଲେ ଜଣେ ଶିକ୍ଷକ ପରିବାରର ପିଲା। ମାତ୍ର ବର୍ତ୍ତମାନ ଶିକ୍ଷକର ସନ୍ତାନମାନେ ଗାଁର ସବୁଠାରୁ ଦୁଷ୍କରିତ, ଅଭଦ୍ର, ଭେଗା, ବଜାରି, ଛତରା ହୋଇଯାଉଛନ୍ତି। ତା'ର ଏକମାତ୍ର କାରଣ ଶିକ୍ଷକମାନେ ସେମାନଙ୍କର କର୍ତ୍ତବ୍ୟ ଠିକ୍ ଭାବରେ ପାଳନ କରୁନାହାଁନ୍ତି ଓ ଦାୟିତ୍ୱ ମଧ ନିର୍ବାହ କରିବାରେ ଅବହେଳା ପ୍ରଦର୍ଶନ କରୁଛନ୍ତି।

ବର୍ତ୍ତମାନ ପିଲାଟିକୁ ଉପଯୁକ୍ତ ଭାବରେ ଗଢ଼ିବାକୁ ହେଲେ କେବଳ ଶିକ୍ଷକ ଓ ବିଦ୍ୟାଳୟ ଉପରେ ନିର୍ଭର ନରହି ଅଭିଭାବକ ନିଜେ ତା'ର ତଥ୍ୟ ବୁଝିବା ଦରକାର। ପିଲାଟି ଯେଉଁ ବିଷୟରେ ଦୁର୍ବଳ ତାକୁ ସେହି ବିଷୟର ଶିକ୍ଷକଙ୍କ ପାଖରେ ଟ୍ୟୁସନ ଦେବା ଓ ତା'ପାଠପଢ଼ା ଉପରେ ତୀକ୍ଷ୍ଣ ନଜର ରଖିବା ହେଉଛି ଅଭିଭାବକର ପ୍ରଧାନ ଏବଂ ପ୍ରଥମ

କର୍ତ୍ତବ୍ୟ । ତା' ଚାଲିଚଲଣ, ଆଚାର, ଆଚରଣ, ବିଚାର, ବ୍ୟବହାର, କଥା ଭାଷା ସବୁ ଦିଗ ପ୍ରତି ଦୃଷ୍ଟି ଦେଲେ ଯାଇ ପିଲାଟି ସୁନାଗରିକଟିଏ ହୋଇପାରିବ, ନ ହେଲେ ପିଲାଟି ଉପଯୁକ୍ତ ମଣିଷଟିଏ ହୋଇ ପାରିବ ନାହିଁ ।

ଗୁରୁ ପରମ୍ପରାରେ ଗୁରୁମାନେ ତାଙ୍କ ଶିଷ୍ୟମାନଙ୍କୁ ଅନ୍ଧକାରରୁ ଜ୍ଞାନର ଆଲୋକ ପ୍ରଦର୍ଶନ କରନ୍ତି । ସେଥିପାଇଁ ବିଶିଷ୍ଟ ଦାର୍ଶନିକ ପ୍ଲାଟୋ କହିଥିଲେ– "ଅନ୍ଧାରକୁ ଡରୁଥିବା ଶିଶୁକୁ କ୍ଷମା କରାଯାଇପାରେ, କିନ୍ତୁ ଜୀବନର ବ୍ୟର୍ଥତା ହେଉଛି ପ୍ରାପ୍ତ ବୟସ୍କ ବ୍ୟକ୍ତିମାନେ ଯଦି ଆଲୋକକୁ ଗ୍ରହଣ କରିବାକୁ ରାଜି ନ ହୁଅନ୍ତି ।" ତେଣୁ ଧାର୍ମିକ କୁସଂସ୍କାର, ହୀନମନ୍ୟତା, ବ୍ୟକ୍ତିସ୍ୱାର୍ଥର ଉପରକୁ ଉଠି ଆଲୋକିତ କର । ଏଣୁ ଶାସ୍ତ୍ରରେ କୁହାଯାଇଛି "ଗୁଲା ଭୋଦ୍ଧଦରାରସ୍ତୁ ରୁ କାରସ୍ତ ନିର୍ବର୍ଣ୍ଣଃ, ଅନ୍ଧକାର ନିବୃତ୍ୟାତୁ ଗୁରୁତିତ୍ୟରି ଧୀୟତେ ।" "ଗୁ" କହିଲେ ଅନ୍ଧାର ଏବଂ "ରୁ"ର ଅର୍ଥ ଅଜ୍ଞାନ ଅର୍ଥାତ ଗୁରୁ ଅଜ୍ଞାନ ରୂପକ ଅନ୍ଧକାରରୁ ମୁକ୍ତକରି ଆଲୋକ ପ୍ରଦାନ କରନ୍ତି । ଗୁରୁ କଦାପି ଜଣେ ସାଧାରଣ ବ୍ୟକ୍ତି ନୁହଁନ୍ତି । ଗୁରୁ ଅର୍ଥରେ ସେ ଓଜନଦାର ବା ମହାମହିମ । ଏଣୁ ଯଥାର୍ଥରେ ଗୁରୁଙ୍କୁ-ବ୍ରହ୍ମା, ବିଷ୍ଣୁ ଓ ମହେଶ୍ୱରଙ୍କ ସହିତ ତୁଲନା କରାଯାଇଛି । ଶାସ୍ତ୍ର ମତେ "ଗୁରୁବ୍ରହ୍ମା ଗୁରୁବିଷ୍ଣୁ ଗୁରୁଦେବ ମହେଶ୍ୱର, ଗୁରୁ ସାକ୍ଷାତ ପରଂ ବ୍ରହ୍ମ ତସ୍ମୈ ଶ୍ରୀ ଗୁରୁବେ ନମଃ" ଗୁରୁଙ୍କୁ ସୃଷ୍ଟି-ସ୍ଥିତି-ଲୟ ରୂପେ ବ୍ରହ୍ମା-ବିଷ୍ଣୁ-ମହେଶ୍ୱର ଭାବେ ଆମେ ଜ୍ଞାନ କରୁ ଏବଂ ପୂଜା ମଧ କରୁ । କିନ୍ତୁ ବ୍ୟାସଙ୍କ ନିମନ୍ତେ ଏହି କଥାକୁ ଭିନ୍ନ ଭାଷାରେ କୁହାଯାଇଛି । "ବ୍ୟାସାୟ ବିଷ୍ଣୁ ରୂପାୟ, ବ୍ୟାସ ରୂପାୟ ବିଷ୍ଣବେ, ନମୋ ବୈ ବ୍ର ବିଧୟେ ବଶିଷ୍ଠାୟ । ନମୋନମଃ, ଅଚ୍ୟୁତର୍ବଦ ବ୍ରହ୍ମା ଦ୍ୱିର୍ବାହାରୁ ପରେ ହରିଃ, ଆଭାଲ ଲୋଚନଃ (ଲୋଚଚନଃ) ଶମ୍ବୁ ଭଗବାନ ବାଦରାୟାଣଃ ।" ମାତା, ଜନ୍ମଦାତ୍ରୀ ଏହି କ୍ରମରେ ପ୍ରଥମ ଗୁରୁ ପିତା, ଦ୍ୱିତୀୟ ଗୁରୁ ମାତା ଏବଂ ଶିକ୍ଷାଦାତା ହିଁ ତୃତୀୟ ଗୁରୁ । ଭାଗବତରେ ଲେଖାଯାଇଛି– ଗୁରୁ ନ ଥାଇ ସଦଜ୍ଞାନ, କାହୁଁ ତୁ ପାଇବୁ ଅର୍ଜୁନ । ଶବ୍ଦରୁ ଜ୍ଞାନ, ଜ୍ଞାନରୁ ନମ୍ରତା, ନମ୍ରତାରୁ ମାନ, ମାନରୁ ଯୋଗ୍ୟତା ଓ ଯୋଗ୍ୟତାରୁ ସ୍ଥାନ (ପଦ)ମିଳିଥାଏ । ଯେତେବେଳେ ଏହି ଗୁଣଗୁଡ଼ିକ ବ୍ୟକ୍ତିଠାରେ ଠୁଳ ହୋଇଯାଏ ସେତେବେଳେ ମଣିଷକୁ ସମ୍ମାନ ମିଳିଥାଏ । ବିଦ୍ୟାର ପ୍ରତିଶବ୍ଦ, ଶିକ୍ଷା, ହୋଇ ନପାରେ, ଶିକ୍ଷକ, ଗୁରୁର, ପ୍ରତିରୂପ ହୋଇ ନ ପାରେ । ଧର୍ମ ନଷ୍ଟ କରି ଧର୍ମଗୁରୁ, ଶିକ୍ଷା ବ୍ୟତିରେକେ ଶିକ୍ଷାଗୁରୁ, କର୍ମ ବିମୁଖ ହୋଇ କର୍ମଗୁରୁମାନେ ଆଜି ସମାଜର ବଡ଼ ବିପତ୍ତି । ଆଜି ସମସ୍ତେ ଗୁରୁ, କେହି ଶିଷ୍ୟ ହେବାକୁ ଅରାଜ । ପ୍ରତ୍ୟହ ଗଣମାଧ୍ୟମରେ ଏହି ଗୁରୁମାନଙ୍କ କାରନାମା ଶିକ୍ଷା ସଚେତକଙ୍କୁ ଆଘାତ ଦେଉଛି ନିଶ୍ଚୟ । ଏହି ବିପର୍ଯ୍ୟସ୍ତ ଶିକ୍ଷା କ୍ଷେତ୍ରରେ ଶିକ୍ଷକମାନେ ଏକ ସ୍ୱତନ୍ତ୍ର ସ୍ଥାନର ଅଧିକାରୀ ଏକଥା କେହି ଅସ୍ୱୀକାର କରି ପାରିବେନାହିଁ ।

ଗୁରୁମାନେହିଁ ଆମ ଜୀବନର ମାର୍ଗ ଦର୍ଶକ, ସୁନିୟନ୍ତ୍ରକ, ପୁରାଣ ମତେ ଗୌତମ, ଯାମିନି, କଣ୍ୱ, କପିଲ, ମାର୍କଣ୍ଡେୟ, ପତଞ୍ଜଲି, ବ୍ୟାସଦେବ, ଦ୍ରୋଣ, କୃପାଚାର୍ଯ୍ୟ ଏବଂ ସ୍ୱୟଂ ଭଗବାନ କୃଷ୍ଣ ତଥା ପରବର୍ତ୍ତୀ କାଳରେ ଆଦିଶଙ୍କର, ମାଧୋଚାର୍ଯ୍ୟ, ବାସବ, ଧ୍ୟାନେଶ୍ୱର, ଚୈତନ୍ୟ, ଜୟନ୍ତଭଟ, ରାମାନୁଜ, କବିର, ମଧୁସୂଦନ, ମାଧବ, ନାମଦେବ, ନିମ୍ବାର୍କ, ପ୍ରଭାକର, ରାମଦାସ, ତୁକାରାମ ଏବଂ ତୁଳସୀ ଦାସ ଇତ୍ୟାଦି ପ୍ରମୁଖ ଅଟନ୍ତି । ସେହିପରି ତ୍ରେତୟା ଯୁଗରେ ଯେତେଯୋଗୀ ଋଷି ଯଥା ବଶିଷ୍ଟ, ସନ୍ଦିପନୀ, ସାଣ୍ଡିଲ୍ୟ ଇତ୍ୟାଦି ମହାନ ଗୁରୁମାନଙ୍କର ଦୃଷ୍ଟାନ୍ତ, ଗୁରୁମାନଙ୍କଠାରୁ ଶିକ୍ଷା, ଦୀକ୍ଷା ତଥା ତାଙ୍କ ଆଦର୍ଶ ଶିଷ୍ୟମାନଙ୍କ ଜୀବନରେ ପ୍ରତିଫଲିତ ହୋଇଥାଏ । ଭାରତର ସମସ୍ତ ପୌରାଣିକ କିମ୍ବଦନ୍ତୀ ଅଥବା ପ୍ରାମାଣିକ ତଥ୍ୟମାନ ବର୍ତ୍ତମାନ ସମଗ୍ର ବିଶ୍ୱ ପାଇଁ ଗବେଷଣାର ସାମଗ୍ରୀ ପାଲଟିଛି । ଆମ ଜୀବନର ପ୍ରତିଟି ବିଭାଗ ପାଇଁ ଏହା ବର୍ତ୍ତମାନ ମହାନ ବିଭବ ରୂପେ ସମୃଦ୍ଧି କରୁଛି । ଏ ଦୃଷ୍ଟିରୁ ଆମର ଅଷ୍ଟାଦଶ ପୁରାଣ, ମହାପୁରାଣ, ଗୀତା ଏବଂ ବିଶେଷ କରି ଆମ ପାଇଁ ଶ୍ରୀମଦ୍ ଭାଗବତର ସରଳୀକରଣ ରୂପ ଜଗନ୍ନାଥ ଦାସଙ୍କ କୃତ ଓଡ଼ିଆ ଭାଗବତ ବିଚାର୍ଯ୍ୟ ଅଟେ । ଏମିତିରେ ବ୍ୟାସଦେବ ଆମର ମହାନ ଗୁରୁ ଅଟନ୍ତି ।

ଭାରତୀୟ ସଂସ୍କୃତିରେ ଦେବଦେବ ମହାଦେବଙ୍କ ପରେ ବେଦବ୍ୟାସଙ୍କୁ ଗୁରୁରୂପେ ମାନ୍ୟତା ଦିଆଯାଇଛି । ଆମର ଗୁରୁ ପରମ୍ପରାରେ ପ୍ରଥମେ ସଦାଶିବ ବ୍ୟାସଦେବ– ଆଦିଗୁରୁ ଶଙ୍କରାଚାର୍ଯ୍ୟଙ୍କ ପରେ ବିଭିନ୍ନ ସଦ୍‌ଗୁରୁଙ୍କୁ ସ୍ଥାନିତ କରାଯାଇଛି । ଭିନ୍ନ ଭିନ୍ନ ଆଦର୍ଶ, ନୀତି ମତବାଦ ସତ୍ତ୍ୱେ ସମାଜରେ ଆଧ୍ୟାତ୍ମିକ ଚେତନାର ପ୍ରତିଷ୍ଠା କରିବା ସମସ୍ତଙ୍କର ଲକ୍ଷ୍ୟ । ତେଣୁ ଏ ପବିତ୍ର ଗୁରୁ ପୂର୍ଣ୍ଣମୀରେ ସମସ୍ତ ସଦ୍‌ଗୁରୁଙ୍କୁ ପ୍ରଣିପାତ । ଆଷାଢ଼ ମାସ ପୂର୍ଣ୍ଣମୀ ଗୁରୁ ପୂର୍ଣ୍ଣମୀ ରୂପେ ଅଭିହିତ । ଏହି ପୂର୍ଣ୍ଣମୀ ମହାନ ଋଷି ବେଦବ୍ୟାସଙ୍କର ଜନ୍ମତିଥି । ଏହାକୁ ବ୍ୟାସ ପୂର୍ଣ୍ଣମୀ ମଧ୍ୟ କୁହାଯାଏ । ବ୍ୟାସଦେବଙ୍କ ଜନ୍ମତିଥିକୁ ଗୁରୁପୂର୍ଣ୍ଣମୀ ରୂପେ ପାଳନ କରାଯାଏ । ସେ ହିଁ ଜଗତର ଶ୍ରେଷ୍ଠ ତଥା ପରମଗୁରୁ । ସେ ଯୁଗେ ଯୁଗେ ଭାରତୀୟମାନଙ୍କର ନମସ୍ୟ । ତାଙ୍କ ଆଦର୍ଶକୁ ଜାଣି ସେଥିରେ ଅନୁପ୍ରାଣିତ ହୋଇ ତାଙ୍କୁ ସ୍ମରଣ କରିବା ସହିତ ସେଇ ଆଦର୍ଶ ଓ ନୀତିକୁ ଅନୁସରଣ କରିବା ଆମର କର୍ତ୍ତବ୍ୟ । ବ୍ୟକ୍ତି ଜୀବନରେ ଯେତେ ଭୌତିକ ସୁଖ ପାଇଥିଲେ ମଧ୍ୟ ଆଧ୍ୟାତ୍ମିକ ଜୀବନପ୍ରାପ୍ତ ନ ହେବା ପର୍ଯ୍ୟନ୍ତ ତା'ଜୀବନ ସମ୍ପୂର୍ଣ୍ଣ ନୁହେଁ । ଏହି ପୂର୍ଣ୍ଣତା ପାଇଁ ଶାନ୍ତି ଓ ସନ୍ତୋଷ ପ୍ରାପ୍ତି ଏକାନ୍ତ ଆବଶ୍ୟକ । ଜନମାନସରେ ସ୍ଥୂଳବୁଦ୍ଧି ହେଉ ବା ସୁକ୍ଷ୍ମ ବୁଦ୍ଧି ହେଉ ବୁଦ୍ଧି ଜ୍ଞାନ ଯେମିତି ହୃଦୟରେ ଦ୍ରବୀଭୂତ ହୋଇ ପାରିବ ଏହାଥିଲା ବ୍ୟାସଦେବଙ୍କ ରଚନାର ବୌଦ୍ଧିକ ପରାକାଷ୍ଠା । ବ୍ୟାସଦେବ ଥିଲେ ବ୍ରହ୍ମସୂତ୍ର ରଚୟିତା । ନାରଦମୁନିଙ୍କ ପରାମର୍ଶ ତଥା ଉପଦେଶକ୍ରମେ ଭକ୍ତିପୁତ ହୃଦୟରେ ଜନମାନସରେ ଭକ୍ତି, ଜ୍ଞାନ, ବୈରାଗ୍ୟ ପ୍ରତିଷ୍ଠା ପାଇଁ ଶ୍ରୀମଦ୍ ଭାଗବତ ରଚନା କରିଥିଲେ । ଭଗବାନ କୃଷ୍ଣଙ୍କ ଲୀଳା ସହିତ ଆଧ୍ୟାତ୍ମିକ ଜ୍ଞାନ ଓ ଭକ୍ତି ଭାବର ପରିପୂର୍ଣ୍ଣତା ଭାଗବତରେ ହିଁ ଦେଖିବାକୁ ମିଳେ । ଏପରିକି କୁହାଯାଇଛି ପଞ୍ଚମ ବେଦ ଭାବରେ ସ୍ୱୀକୃତ ମହାଭାରତର ସେ ରଚୟିତା । ବ୍ୟାସଦେବ ଶୃଙ୍ଖଳା ବରକୋଲି ଖାଇ ଶତସହସ୍ର ଶ୍ଲୋକ ଅର୍ଥାତ୍ ଲକ୍ଷେ ଶ୍ଲୋକ ବିଶିଷ୍ଟ ମହାଭାରତ ରଚନା କରିଥିଲେ । ସମସାମୟିକ ରାଷ୍ଟ୍ର ତଥା ସମାଜକୁ ଜ୍ଞାନ ଦୃଷ୍ଟି ପ୍ରଦାନ କରିଥିଲେ । ଭଗବାନ ବ୍ୟାସଦେବ, ବ୍ରହ୍ମସୂତ୍ର, ବେଦଭାଷ୍ୟ, ମହାଭାରତ ଏବଂ ଅଷ୍ଟାଦଶ ପୁରାଣ ଭଳି ଜ୍ଞାନଦୀପ ସ୍ୱୟଂ ସଦୃଶ ମହାନ ଗ୍ରନ୍ଥମାନ ରଚନା କରି ବେଦବ୍ୟାସ ଖାଲି ଅମର କୃତି ଓ କୀର୍ତ୍ତିର ଅଧିକାରୀ ହୋଇନାହାଁନ୍ତି । ସମଗ୍ର ରାଷ୍ଟ୍ର ଓ ସମାଜର ନମସ୍ୟ ଗୁରୁ ଆସନରେ ଉପବିଷ୍ଟ ହୋଇଛନ୍ତି । ଅନ୍ୟର ହିତ ସାଧନ, ପରୋପକାର ହେଉଛି ପୂଣ୍ୟ, ଅନ୍ୟକୁ ଯାତନା ଦେବା, ପରପୀଡ଼ନ ହେଉଛି ପାପ । ଏହି ବିବେଚନା ପ୍ରସ୍ତୁତ କରି ସମଗ୍ର ଜାତିର ବ୍ୟାସଦେବ ମହୋପକାର ସାଧନ କରିଛନ୍ତି । ତେଣୁ କୁହାଯାଇଛି ଯେ, "ଅଷ୍ଟାଦଶ ପୁରାଣେଷୁ ବ୍ୟାସସ୍ୟ ବଚନଂ ଦ୍ୱୟମ୍– ପରୋପକାରାୟଃ ପୂଣ୍ୟାୟ ପାପାୟ ପରପୀଡ଼ନମ୍ ।" ଏଣୁ ତାଙ୍କ ଜନ୍ମ ତିଥିକୁ ମହାନ ଦାର୍ଶନିକ ସର୍ବପଲ୍ଲୀ ରାଧାକୃଷ୍ଣନଙ୍କର ଜନ୍ମତିଥି ସେପ୍ଟେମ୍ବର ୫ ତାରିଖକୁ ଗୁରୁଦିବସ ରୂପେ ପାଳନ କଲାପରି ଗୁରୁପୂର୍ଣ୍ଣମୀ ରୂପେ ପାଳନ କରାଯାଏ । ପ୍ରାଚୀନ କାଳରେ ଏହି ଆଷାଢ଼ ପୂର୍ଣ୍ଣମୀ ଦିନ ଗୁରୁ କୂଳରେ ଶିଷ୍ୟମାନଙ୍କୁ ପରୀକ୍ଷା ନିରୀକ୍ଷା କରି ଶିକ୍ଷାଦାନ ନିମନ୍ତେ ଗ୍ରହଣ କରାଯାଉଥିଲା ଏବଂ ଶିକ୍ଷାରେ ଉପଯୁକ୍ତ ଦକ୍ଷତା ହାସଲ ପରେ ଏହି ଦିନ ଗୁରୁ ଦକ୍ଷିଣାଦାନ ପୂର୍ବକ ଶିଷ୍ୟମାନଙ୍କୁ ବିଦାୟ ନେବାକୁ ହେଉଥିଲା । ଏହି ଦକ୍ଷିଣା ଶିଷ୍ୟମାନଙ୍କର ଏକ ସମର୍ପଣର ଭାବ । ଏହି କାରଣରୁ ଆଷାଢ଼ ପୂର୍ଣ୍ଣମାକୁ ଗୁରୁ ପୂର୍ଣ୍ଣମା କହିବାର ମଧ୍ୟ ଯଥାର୍ଥତା ଅଛି ।

ଦେଶ ସ୍ୱାଧୀନ ହେବାପରେ ପରେ ସରକାର ଉପଲବ୍ଧ କଲେ ଯେ ଅନ୍ତର୍ଜାତୀୟ ସ୍ତରରେ ଭାରତକୁ ନିଜର ନ୍ୟାର୍ଯ୍ୟସ୍ଥାନ ହାସଲ କରିବାକୁ ହେଲେ ଶିକ୍ଷାକୁ ଗୁରୁତ୍ୱ ଦେବା ଆବଶ୍ୟକ । ସ୍ୱାଧୀନତା ପୂର୍ବରୁ ୧୮୧୭ରେ କଲିକତାର ପ୍ରେସିଡେନ୍ସି କଲେଜ ଓ ଗୌହାଟିର କଟନ କଲେଜ ଭାରତର ପ୍ରଥମ କଲେଜ । ଏହି କଲେଜ ଭାରତର ପରମ୍ପରାଗତ ଶିକ୍ଷା ସହ ଆଧୁନିକ ଶିକ୍ଷାର ସମନ୍ୱୟ ଘଟାଇଲା । ଏହାପରେ ୧୮୫୭ରେ କଲିକତା ବିଶ୍ୱବିଦ୍ୟାଳୟ ସ୍ଥାପିତ ହେଲା । ଏହା ହିଁ ଭାରତର ବିଶ୍ୱବିଦ୍ୟାଳୟର ଶୁଭାରମ୍ଭ । ୧୯୪୮ରେ ଘୋଷଣା କରାଯାଇଥିଲା ଶିକ୍ଷା ପ୍ରାପ୍ତିର ଅଧିକାର ସମସ୍ତଙ୍କର । ଉପନିବେଶବାଦୀ ବ୍ରିଟିଶ ସରକାରଙ୍କ ଅନୁସୃତ ଶିକ୍ଷାନୀତିରେ ପରିବର୍ତ୍ତନର ଆବଶ୍ୟକତା ଉପଲବ୍ଧ କରି ଭାରତ ସରକାର

୧୯୪୮ ମସିହାରେ ଡ଼ ସର୍ବପଲ୍ଲୀ ରାଧାକ୍ରିଷଣଙ୍କ ଅଧ୍ୟକ୍ଷତାରେ ଉଚ୍ଚଶିକ୍ଷାନୀତି ପ୍ରଣୟନ ପାଇଁ ଏକ କମିଶନ ଗଠନ କଲେ । ପୁନଶ୍ଚ ୧୯୫୨ ମସିହାରେ ଡ. ଲକ୍ଷ୍ମଣ ସ୍ୱାମୀ ମୁଦାଲିୟରଙ୍କ ଅଧ୍ୟକ୍ଷତାରେ ମାଧ୍ୟମିକ ଶିକ୍ଷାନୀତି ପ୍ରଣୟନ ପାଇଁ ଏକ କମିଶନ ଗଠନ କଲେ । ଉପରୋକ୍ତ କମିଶନମାନଙ୍କ ରିପୋର୍ଟ କେବଳ ନାଲିଫିତା ତଳେ ରହିବା ସାର ହେଲା । ରାଜନୈତିକ ଇଚ୍ଛାଶକ୍ତି ଓ ଅମଲାତନ୍ତ୍ରିକ ସ୍ୱାଣ୍ଡତା ଯୋଗୁ ଏହି ରିପୋର୍ଟ ଗୁଡ଼ିକ କାର୍ଯ୍ୟକାରୀ ହୋଇପାରିଲା ନାହିଁ । ଏହାପରେ କେନ୍ଦ୍ରରେ ଏମ୍.ସି. ଚଗଲା ଶିକ୍ଷାମନ୍ତ୍ରୀ ଥିଲାବେଳେ ୧୯୬୪ ମସିହା ଜୁଲାଇ ୧୪ ତାରିଖରେ ବିଶ୍ୱବିଦ୍ୟାଳୟ ମଞ୍ଜୁରୀ କମିଶନର ତତ୍କାଳୀନ ଚେୟାରମ୍ୟାନ ଅଧ୍ୟାପକ ଡ଼ ଡି.ଏସ୍. କୋଠାରୀଙ୍କ ଅଧ୍ୟକ୍ଷତାରେ ଜାତୀୟ ଶିକ୍ଷା କମିଶନ ଗଠନ କଲେ । ଏହି କମିଶନ ଏକ ମହତ୍ ଉଦ୍ଦେଶ୍ୟ ନେଇ ଗଠିତ ହୋଇଥିଲା । ଏହାର ଲକ୍ଷ୍ୟ ଥିଲା ଆଧୁନିକ ସମାଜର ଚାହିଦାକୁ ଆଖି ଆଗରେ ରଖି ଆମ ଦେଶର ଐତିହ ପରମ୍ପରା ଓ ମୂଲ୍ୟବୋଧକୁ ଅଗ୍ରାଧିକାର ଦେଇ ଏକ ଜାତୀୟ ଶିକ୍ଷାନୀତି ପ୍ରଣୟନ କରିବା । ଏହି କମିଶନ ତାଙ୍କ ରିପୋର୍ଟରେ ଜାତୀୟ ଭାଷାନୀତି ସମ୍ପର୍କରେ ସୁପାରିସ କରି ବିଭିନ୍ନ ରାଜ୍ୟର ବିଦ୍ୟାଳୟ ଓ ବିଶ୍ୱବିଦ୍ୟାଳୟମାନଙ୍କରେ ମାତୃଭାଷା ମାଧ୍ୟମରେ ଶିକ୍ଷା ଦିଆଯିବା ଉଚିତ ବୋଲି ମତ ପ୍ରକାଶ କରିଥିଲେ । ପୁନଶ୍ଚ ବିଦେଶୀ ଇଁରାଜୀ ଭାଷା ତୁଳନାରେ ମାତୃଭାଷା ମାଧ୍ୟମରେ ଛାତ୍ରଛାତ୍ରୀମାନଙ୍କର ଜ୍ଞାନ ଆହରଣ ପ୍ରକ୍ରିୟା ସହିତ ସୁସ୍ପଷ୍ଟ ଭାବ ପ୍ରକାଶ ସହଜ ହେବ ବୋଲି ସେ ମତବ୍ୟକ୍ତ କରିଥିଲେ । ଏହି ମର୍ମରେ ଭାରତ ସରକାର ସଂସଦରେ ପ୍ରସ୍ତାବ ଗୃହୀତ କରାଇ ନେଲେ ଯେ ଏକ ଗଣତାନ୍ତ୍ରିକ ସମାଜ, ଦେଶର ଏକତା, ଅଖଣ୍ଡତା, ଜାତୀୟ ସଂହତି ବଜାୟ ରଖିବା ଲାଗି ଶିକ୍ଷାକୁ ଅଗ୍ରାଧିକାର ଦିଆଯିବା ଉଚିତ । ଶିକ୍ଷାର ବିଭିନ୍ନ ଦିଗକୁ ସମୀକ୍ଷା କରି ଜାତୀୟ ଜୀବନକୁ ଉଦବୃଦ୍ଧ କଲାଭଳି ଏକ ଜାତୀୟ ଶିକ୍ଷାନୀତି ପ୍ରଣୟନ ହେବ । ସରକାରଙ୍କର ହୃଦବୋଧ ହୋଇଥିଲା ଯେ, ଶିକ୍ଷା କ୍ଷେତ୍ରରେ ଯେତେ ଅଧିକ ପୁଞ୍ଜିନିବେଶ ହେବ ସେତେ ଅଧିକ ଜାତୀୟ ସମୃଦ୍ଧି ଓ ଜନମଙ୍ଗଳ ସାଧିତ ହୋଇପାରିବ । ସେହି ସନଦରେ ମଧ୍ୟ ଉଲ୍ଲେଖ ରହିଲା ଯେ ନିମ୍ନ ପ୍ରାଥମିକ ଶିକ୍ଷା ଭିତ୍ତିଭୂମି ସୁଦୃଢ଼ ନହେଲେ ମାଧ୍ୟମିକ ଓ ଉଚ୍ଚଶିକ୍ଷାର ଅଭିବୃଦ୍ଧି ସମ୍ଭବ ହେବନାହିଁ । କୋଠରୀ କମିଶନଙ୍କ ଦୀର୍ଘ ସୁସଂହତ ତିନୋଟି ଭାଗ ଓ ଏକୋଇଶଟି ଅନୁଚ୍ଛେଦ ବିଶିଷ୍ଟ ରିପୋର୍ଟ ଜୁନ୍ ୨୯ ତାରିଖ ୧୯୬୬ରେ ପ୍ରଦାନ କଲେ । ମାତ୍ର ଗଭୀର ଉଦବେଗର ବିଷୟ ଯେ ସରକାର କୋଠାରୀ କମିଶନଙ୍କ ଚମତ୍କାର ରିପୋର୍ଟକୁ ଶୀତଳ ଭଣ୍ଡାରରେ ନିକ୍ଷେପ କଲେ । କେନ୍ଦ୍ର ସରକାରଙ୍କ ଇଚ୍ଛା ଶକ୍ତିର ଅଭାବ, ଅମଲାତନ୍ତ୍ରିକ ଷଡ଼ଯନ୍ତ୍ର କାରଣରୁ ଆଜି ଦେଶର ଶିକ୍ଷା ବ୍ୟବସ୍ଥା ସମ୍ପୂର୍ଣ୍ଣ ବିପର୍ଯ୍ୟସ୍ତ ହୋଇଯାଇଛି । ଶିକ୍ଷା ତତ୍କାଳ ଲାଭ ପ୍ରଦାନ କରି ପାରୁନଥିବାରୁ ସରକାର ବିଭିନ୍ନ ସମୟରେ ଏହି ବିଭାଗକୁ ଅବହେଳା କରି ଆସିଛନ୍ତି । ଏପରିକି ଶିକ୍ଷା ଯୁଗ୍ମତାଲିକାରେ ଅନ୍ତର୍ଭୁକ୍ତ ହୋଇଛି । କେନ୍ଦ୍ରୀୟ ବଜେଟରେ ପ୍ରତ୍ୟେକ ବର୍ଷ ଶିକ୍ଷାବିଭାଗ ବା ବର୍ତ୍ତମାନର ମାନବ ସମ୍ବଳ ବିଭାଗ ପାଇଁ ସବୁଠାରୁ କମ୍ ଅର୍ଥ ବରାଦ କରାଯାଇଥାଏ । ସ୍ୱରାଷ୍ଟ୍ର, ପ୍ରତିରକ୍ଷା, ରେଲବାଇ ଓ ଶିଳ୍ପ ବିଭାଗ କେନ୍ଦ୍ରୀୟ ବଜେଟରେ ସିଂହଭାଗର ହକଦାର ହୋଇଥାନ୍ତି । ଏହାର ପରିଣାମ ସ୍ୱରୂପ ଛାତ୍ରଛାତ୍ରୀମାନେ ଗୁଣାତ୍ମକ ଶିକ୍ଷାରୁ ବଞ୍ଚିତ ହେଉଛନ୍ତି ।

"ବିଦ୍ୟାଳୟକୁ କୁହାଯାଉଥିଲା ମଣିଷ ତିଆରି କାରଖାନା ।" ପିଲାର ସର୍ବାଙ୍ଗୀନ ଉନ୍ନତି ପ୍ରତି ଧ୍ୟାନ ଦେଉଥିଲେ ଶିକ୍ଷକମାନେ । ତା'ର ଅଧ୍ୟୟନ ଅଧବସାୟ, ଶ୍ରମସାମର୍ଥ୍ୟର ମୂଲ୍ୟାୟନ ପାଇଁ ଥିଲା ପରୀକ୍ଷା । ପରୀକ୍ଷା ପିଲାପାଇଁ ଏକ ବାଡ଼ । ତାକୁ ଡେଇଁବା ପାଇଁ ସେ ପରିଶ୍ରମ କରୁଥିଲା । ଡେଇଁବାର ଆଗ୍ରହ ଓ ଉଲ୍ଲାସରେ ସେ ଉଦ୍ଦୀପିତ ହେଉଥିଲା । ସେ ସମୟର ସଦୁପଯୋଗ କରୁଥିଲା । ବିଦ୍ୟାଳୟର ପରିବେଶ, ପରିସ୍ଥିତିରେ ପିଲାବେଳୁ ପରୀକ୍ଷାକୁ ପୋଷା ମନେଇ ପାରିଥିବାରୁ ପରବର୍ତ୍ତୀ ପ୍ରକୃତ ଜୀବନ ଜଞ୍ଜାଳରେ ଯେତେ ପରୀକ୍ଷାର ସମ୍ମୁଖୀନ ହେଲେ ବି ସେ ତାକୁ ଖାତିର କରୁ ନଥିଲା । ଅଥଚ ଏବେ ସରକାରୀ ପ୍ରାଥମିକ ବିଦ୍ୟାଳୟରେ ପରୀକ୍ଷା ନାହିଁ । ସେଥି ବିନା ଶ୍ରମରେ ସଫଳତାର ସାହାଣ ମେଲା । ସରକାରୀ

ପ୍ରାଥମିକ ବିଦ୍ୟାଳୟ ଗୁଡ଼ିକ ଆଜିକାଲି ଆଉ ବିଦ୍ୟାଳୟ ହୋଇରହିନାହିଁ । ସେଗୁଡ଼ିକ ଖାଦ୍ୟାଳୟ ପାଲଟି ଗଲାଣି । ବିଦ୍ୟାଳୟରେ ଖରାବେଳିଆ ଅନୁଛତ୍ର ଖୋଲି ଆମ ନେତୃବର୍ଗ ଦାତାପଣେ ପତାକା ଉଡ଼ାଉଛନ୍ତି । ନେତାଙ୍କ ଦେଖାଦେଖି ଅମଲାମାନେ ଆପଣାକୁ ତ୍ରାଣକର୍ତ୍ତା ବୋଲାଇବାକୁ ସବୁ ବିଦ୍ୟାଳୟ କାନ୍ଥରେ ବଡ଼ ବଡ଼ ଅକ୍ଷରରେ ଲେଖାଇ ଦେଇଛନ୍ତି 'ଦଣ୍ଡମୁକ୍ତ ଅଞ୍ଚଳ' । ବିଦ୍ୟାଳୟରେ ଫାଶୀଦଣ୍ଡ, ଶୂଳିଦଣ୍ଡ, ମୃତ୍ୟୁଦଣ୍ଡ ନା କାରାଦଣ୍ଡ ଦିଆଯାଉଥିଲା ? ଛାତ୍ର-ଶିକ୍ଷକର ସମ୍ପର୍କ ପିତା-ପୁତ୍ରର ସମ୍ପର୍କ ଭଳି କେତେ ନିବିଡ଼, କେତେ ଆନ୍ତରିକ ସତେ । ବାପା କହୁଥିଲେ- "ମାଷ୍ଟ୍ରେ ତମ ଦାୟିତ୍ବରେ ପୁଅକୁ ମୋର ଛାଡ଼ୁଛି । ତା ଭବିଷ୍ୟତ ତୁମ ହାତରେ । ଚଗଲା ହେଲେ ଆଖ୍ କାନକୁ ଛାଡ଼ି ଗୋଡ଼ରୁ ମୁଣ୍ଡ ଯାଏ ପିଟି ଦେଇଯିବ ।" ଶିକ୍ଷକଙ୍କଠୁ ମାଡ଼ ଖାଇ ବୋଉ ଆଗରେ ଫେରାଦ ହେଲେ ସେ କହୁଥିଲା "ଗୁରୁଙ୍କ ଛାଟ ନ ଖାଇଲେ ପାଠ କେମିତି ହବରେ ଧନ । ତାଙ୍କ ଆଶିଷ ମିଳିଲେ ତୁ ପରା ବଡ଼ ମଣିଷ ହେବୁ ।" ପାଠ ପାଇଁ ମାଡ଼ ଦେଇ ବେଳେବେଳେ ଶିକ୍ଷକ ଆପଣା ଆଖ୍ ପତା ଓଦା କରୁଥିବା ଦେଖି ପିଲା ସେ ମାଡ଼ର ପରାସ ଭୁଲିଯାଏ । ଛାତ୍ର ଜୀବନରେ ମାଡ଼ ମାରିଥିବା ଶିକ୍ଷକଙ୍କୁ ଏବେ ଦେଖିଲେ ମନରେ ସାମାନ୍ୟତମ ଅସମ୍ମାନ ଆସେନି ବରଂ ବୁଢ଼ା ବୟସରେ ବି ଶିକ୍ଷକଙ୍କୁ ଦେଖିଲେ ଭକ୍ତିରେ, ପ୍ରୀତିରେ, ସମ୍ମାନରେ, ସମ୍ଭ୍ରମରେ ମୁଣ୍ଡ ଆପେ ଆପେ ନଇଁଯାଏ ।

ସରକାରୀ ବିଦ୍ୟାଳୟରେ ଏବେ ପିଲାମାନଙ୍କରେ ପାଠକୁ ନା ପରୀକ୍ଷାକୁ କିୟ ଶିକ୍ଷକ, ଶିକ୍ଷୟିତ୍ରୀ କାହାକୁ ଭୟ ଅଛି ? ବରଂ ଶିକ୍ଷକଙ୍କୁ ଭୟ ଦେଖାଇବାର ବାଟ ଖୋଲି ଦିଆଯାଇଛି । ଶ୍ରେଣୀରେ ଦୁଷ୍ଟାମୀ କରୁଥିବା ମେଣ୍ଢ ଛୁଆଟାକୁ କୌଣସି ଶିକ୍ଷକ କୁନି ତୋରାଟିଏ କାଢ଼ିଲେ (କିଛି କହିଲେ) ସେ ତତ୍କ୍ଷଣାତ ତା' ପାଖ ପିଲାକୁ କହୁଛି- "ଯେ ଦେଲୁ ଦେଲୁ, ମତେ ସେ ଟୋଲ ଫ୍ରି ନମ୍ବରଟା ଦେଲୁ, ମୁଁ ଏ ମାଷ୍ଟ୍ରାର ଦରମା ଆଗ ବନ୍ଦ କରେ ।" ଶ୍ରେଣୀର ଶୃଙ୍ଖଳା ନଷ୍ଟ କରି ପିଲା ବାଡ଼ିଆ ପିଟା, ହଣାମରା, ହେଲେ ବି ଶିକ୍ଷକ ତୁଣ୍ଡ ଖୋଲିବାକୁ ଡରୁଛନ୍ତି । ହୁଏତ ପିଲାଙ୍କୁ ବାଳୁଙ୍ଗା ବେଶୀସନିଆ କରିବା ପାଇଁ ଇୟ ହେଉଛି ବିଦ୍ୟାଳୟ ଶିକ୍ଷାକୁ ସରକାରଙ୍କର ପ୍ରଶାସନିକ ଅନୁଦାନ । ଆଜିକାଲି ବିଦ୍ୟାଳୟ ଗୁଡ଼ିକ ପିଲାଙ୍କ ପାଇଁ ଦଣ୍ଡମୁକ୍ତ ଅଞ୍ଚଳ । ସେ ଦଣ୍ଡରେ ତାଲିକା ବେଶ ଲମ୍ବା- ମଧ୍ୟାହ୍ନ ଭୋଜନ ଚାଉଳ ପୋକରା ପଡ଼ିଲେ ଦଣ୍ଡ । ଅଣ୍ଡା ପଚା ପଚରା ପଡ଼ିଲେ ଦଣ୍ଡ । ପାଇଖାନା ସଫା ନହେଲେ ଦଣ୍ଡ । ହିସାବ ଲେଖା ନ ହେଲେ ଦଣ୍ଡ । ପିଲା ନ ଆସିଲେ ଦଣ୍ଡ । ପିଲା ତା ବ୍ୟାଗ୍‌ରେ ବୋମା ଆଣିଲେ ଦଣ୍ଡ । ଶାଢ଼ି ସାଙ୍ଗକୁ ବ୍ଲାଉଜ ମ୍ୟାଚ ନହେଲ ଦଣ୍ଡ । ଜନଗଣନା ନ କଲେ ଦଣ୍ଡ । ଭୋଟର ଲିଷ୍ଟ ଡେରିହେଲେ ଦଣ୍ଡ ଇତ୍ୟାଦି ଇତ୍ୟାଦି । ମାକଲେ ସାହେବ ସିନା ଆମ ଶିକ୍ଷାକୁ କିରାଣୀ ପ୍ରସବିନୀ କରିଥିଲେ । ଶିକ୍ଷକମାନଙ୍କୁ ଏବେ କିନ୍ତୁ କିରାଣୀ ହିସାବ ରକ୍ଷକ । ମାଳୀ ସଫେଇ କର୍ମଚାରୀ, ରୋଷେଇଆ, ଚହଲିଆ, ଅଣ୍ଡା, ଡାଲି ଓ ଚାଉଳ ଜଗୁଆଳି କଣ୍ଢାକୁ କରି ଦିଆଯାଇଛି ।

ଦେଶର ପ୍ରାଥମିକ ଶିକ୍ଷା ବିପର୍ଯ୍ୟସ୍ତ କାହିଁକି ? ମଧ୍ୟାହ୍ନ ଭୋଜନ ଦେଇ କ'ଣ ପ୍ରକୃତରେ ଶିକ୍ଷାକୁ ବିସ୍ତାର କରାଯାଇ ପାରିବ ? ଅତ୍ୟନ୍ତ ପରିତାପର ବିଷୟ ଯେଉଁ ଶିକ୍ଷକମାନେ କଞ୍ଚାମାଟି ପିଣ୍ଡୁଳା ପରି କୋମଳମତି ସାନପିଲାମାନଙ୍କୁ ମଣିଷ ଭାବରେ ଗଢ଼ି ତୋଳିବାର ଦାୟିତ୍ବ ନେଇଛନ୍ତି, ସେମାନଙ୍କୁ ଆମ ସରକାର ବା ସମାଜ କେହି ଉପଯୁକ୍ତ ଗୁରୁତ୍ବ ଦିଏନାହିଁ କି ? ସର୍ବନିମ୍ନ ମର୍ଯ୍ୟାଦା କିୟ ପ୍ରାପ୍ୟ ମଧ ଦିଏ ନାହିଁ । ବିପିଏଲ ତାଲିକା ପ୍ରସ୍ତୁତି, ଭୋଟ ପଞ୍ଜିକରଣ, ଜନଗଣନା, ନିର୍ବାଚନ ବେଳେ କାର୍ଯ୍ୟ ସଂପାଦନ, ଯେତେବେଳେ ଆବଶ୍ୟକ ପଡ଼ିଲା ଡାକ ଶିକ୍ଷକମାନଙ୍କୁ । ଯେମିତି ସେମାନେ ସରକାରଙ୍କ ଦାନାଖିଆ ପିଠିଆ ବଳଦ । ଆମ ରାଜ୍ୟରେ ପ୍ରାଥମିକ ଓ ମାଧମିକ ଶିକ୍ଷାର ଯେଉଁ ବିପର୍ଯ୍ୟୟ ଓ ଶିକ୍ଷକମାନଙ୍କର ଯେଉଁ ଦୁର୍ଦ୍ଦଶା ତାହା ନ କହିବା ଭଲ । ସେ ବିଷୟ କାହାରିକୁ ଅଛପା ନାହିଁ । ଏପରି ପରିସ୍ଥିତିରେ ଶିକ୍ଷକମାନେ ହୀନମନ୍ୟତା ଭୋଗୁଛନ୍ତି କେବଳ । ସେମାନଙ୍କୁ ଏହି ହୀନମନ୍ୟତାରୁ ମୁକ୍ତ କରି ପାରିଲେ ଯାଇ ସେମାନଙ୍କଠାରୁ ସମାଜ ବା ରାଜ୍ୟ ତଥା ଦେଶ କିଛି ପାଇବାକୁ ଆଶା ରଖିପାରିବ ।

ଆଜି ଦେଶର ଶିକ୍ଷା ବ୍ୟବସ୍ଥା ଯେମିତି କଳୁଷିତ ଓ ବିଫଳ ହୋଇଛି, ବିପଥଗାମୀ ହୋଇଥିବା ଛାତ୍ରମାନଙ୍କ ପାଇଁ ଗରିବ ମାଇପ ସମସ୍ତଙ୍କ ଶାଳୀ ପରି ଏ ଶିକ୍ଷକ, ଶିକ୍ଷୟିତ୍ରୀମାନେ ଦୋଷୀ ହେଉଛନ୍ତି। ତାଙ୍କୁ ଭୋଟର ତାଲିକା ପାଇଁ ଦୁଆରଦୁଆର ବୁଲାଯାଉଛି। ପିଲାମାନଙ୍କୁ ଖାଇବାକୁ ଦେବା ପାଇଁ ପାଚକ-ପାଚିକାର ଦାୟିତ୍ୱ ଦିଆଯାଉଛି। ଏମାନେ କ'ଣ ଦମକଲ ବାହିନୀର ସେବକ ? ଶିକ୍ଷାଦାନ ଭଳି ମହାନ ଓ ଗୁରୁତ୍ୱ ପୂର୍ଣ୍ଣ ଦାୟିତ୍ୱ ବହନକାରୀ ଏମାନେ। ରୋଷଶାଳାରୁ ଭୋଗ ମଣ୍ଡପକୁ ଅଭଡ଼ା ବୁହାହେଲାବେଳେ ଯେମିତି ନାକରେ, ପାଟିରେ କପଡ଼ା ଭିଡ଼ି ବୁହାଯାଏ। ସମସ୍ତେ ତାଙ୍କୁ ବାଟ ଛାଡ଼ିଦିଅନ୍ତି, ସେମିତି ମର୍ଯ୍ୟାଦା ଓ ସାବଧାନତା ଏ ଶିକ୍ଷକ, ଶିକ୍ଷୟିତ୍ରୀମାନଙ୍କୁ ନ ମିଳିଲେ ପୂଜା ପୂର୍ବରୁ ଭୋଗ ମାରା ହେବା ତ ବାଧ। ପାଞ୍ଚ, ଛ' ଘଣ୍ଟା ବିଦ୍ୟାଳୟରେ ରହୁଥିବା ଏ ଉଦ୍ଦଣ୍ଡ ଛାତ୍ରମାନେ ଅଠର ଘଣ୍ଟାରୁ ଅଧିକ ସମୟ ବାପା, ମା'ଙ୍କ ପାଖେ ରହୁଛନ୍ତି। ଶିକ୍ଷକ (ସରକାର) କୁହନ୍ତି ପିଲାମାନେ ଆମ ପାଖରେ ୨୪ ଘଣ୍ଟାରୁ କେବଳ ୬ ଘଣ୍ଟା ରହୁଛନ୍ତି, ଆମେ ଯାହା ଶିଖେଇବା କଥା ସବୁ କରୁଛୁ। କିନ୍ତୁ ପିଲାମାନେ ତୁମ ପାଖରେ ୧୮ ଘଣ୍ଟା ରହୁଛନ୍ତି ତୁମେ କରୁଛ କ'ଣ ? ଖାଲି ତ ପିଲାଟିଏ ଜନ୍ମ କଲେ ହେବନାହିଁ। ତାକୁ ଯୋଗ୍ୟ କରିବାର ଦାୟିତ୍ୱ ପିତା, ମାତାଙ୍କର। ଶ୍ଲୋକଟ କହିଲା "ମାତାଶତ୍ରୁ ପିତା ବୈରୀ ଯେନବାଳ୍ୟ ନ ପଠିତ। ସଭା ମଧ୍ୟେ ନିଶୋଭନ୍ତେ ହଂସ ମଧ୍ୟେ କାକୋ ଯଥା" ପାଠ ପଢ଼ି ନ ପାରିଲା ପିଲାର ବାପା, ମା ଶତ୍ରୁଭଳି। ପୁଣି ବି କୁହାଯାଇଛି "ଅଦାତା ବଂଶ ଦୋଷେଣ, ପିତୃ ଦୋଷେଣ ମୂର୍ଖତା। ରୁଗ୍ଣତା ମାତୃ ଦୋଷେଣ, କର୍ମ ଦୋଷେଣ ଦରିଦ୍ରତା।" ବାର ଚଉଦ ବର୍ଷର ପିଲା ଉପରେ ନଜର ରଖୁ ନଥିବା ଓ ସେମାନଙ୍କ ଉପରେ ନିୟନ୍ତ୍ରଣ ନଥିବା ପିତା, ମାତା କି ଦାୟିତ୍ୱ ବହନ କରୁଛନ୍ତି ? ମାତ୍ର ସବୁ ଘଟଣାରେ ବିଦ୍ୟାଳୟର ପ୍ରଧାନ ଶିକ୍ଷକ-ଶିକ୍ଷୟିତ୍ରୀଙ୍କୁ ଦାୟୀ କରାଯିବାଠୁ ନିଜଠୁ ଦୋଷ ଛଡ଼ାଇବା ଲାଗି ସହଜ ଓ ସରଳ ବ୍ୟବସ୍ଥା ଆଉ କିଛି ନାହିଁ। ସେମାନେ ତ ସବୁବେଳେ ବଳିବୋଦା। ଛାତ୍ରଛାତ୍ରୀ ମାନେତ ଏବେ ଦଣ୍ଡମୁକ୍ତ। ମନ୍ତ୍ରୀମାନେ ଏବେ ଦୋଷ ପୁରସ୍କୃତ ବ୍ୟବସ୍ଥା ଗ୍ରହଣ କରି ଗୋଳିଆ ପାଣିର ଫାଇଦା ଉଠାଉଛନ୍ତି। ଶିକ୍ଷକ ଶିକ୍ଷୟିତ୍ରୀମାନଙ୍କ ଠାରୁ ସମସ୍ତ ପ୍ରଶାସନିକ କ୍ଷମତା ପ୍ରତ୍ୟାହାର କରାଯାଇ ସେମାନଙ୍କୁ ଲାଞ୍ଛିଗାଈ ବା ଶିଙ୍ଗଭଙ୍ଗା ବଳଦ କିମ୍ବା ଷଣ୍ଢ ବନାଇ ସରକାର ଏବେ ପୁଣି ବାହାଦୁରି ନେବାକୁ ବସିଛନ୍ତି। ସମୟାନୁଯାୟୀ, ଅନେକ ଶିକ୍ଷା ସଂସ୍କାର ଅପରିହାର୍ଯ୍ୟ ହୋଇପଡ଼ିଛି। ପିଲାମାନଙ୍କର ମାନସିକତାର ପରିବର୍ତ୍ତନ ଓ ଯୁଗମତେ ଶିକ୍ଷା ବ୍ୟବସ୍ଥାରେ ମଧ୍ୟ ସଂସ୍କାର ହେବା ଆବଶ୍ୟକ।

ତା'ବାଦ୍ କୌଣସି ମଣିଷର ଅନ୍ତର୍ନିହିତ ଜ୍ଞାନପିପାସା ବୁଝିବାରେ ଜଣେ ଶିକ୍ଷକର ଭୂମିକା ଅତ୍ୟନ୍ତ ମହତ୍ତ୍ୱପୂର୍ଣ୍ଣ। ବହୁତ ସମୟରେ ଆମେ ଶିକ୍ଷକଙ୍କୁ କେବଳ ଜଣେ ଶିକ୍ଷା ସଂକ୍ରାନ୍ତ ବୃତ୍ତି ଅବଲମ୍ୱନଧାରୀ ବ୍ୟକ୍ତି ବୋଲି ଭାବୁ। କିନ୍ତୁ ପ୍ରକୃତରେ ଶିକ୍ଷକ ଜଣେ ମାନବଧର୍ମୀ ବ୍ୟକ୍ତିବିଶେଷ।

ଶିକ୍ଷକ ହେଉଛନ୍ତି ଜଣେ ମହାନ୍ ଦେଶ ସଂଗଠକ ଏବଂ ମଣିଷ ଗଢ଼ିବା କାରିଗର। ଯାହାର ଜ୍ଞାନ ଅର୍ଜନ ଓ ଜ୍ଞାନ ପ୍ରସାରଣ ପାଇଁ ନିଷ୍ଠାର କୌଣସି ତୁଳନା ନାହିଁ। ସେ ହେଉଛନ୍ତି ପ୍ରକୃତ ଶିକ୍ଷକ। ଶିକ୍ଷକତା ଏକ ବୃତ୍ତି ନୁହେଁ ବରଂ ଏହା ଏକବ୍ରତ। ଗୋଟିଏ ମହାନ ଆଦର୍ଶ। ଶିକ୍ଷକତା ସମାଜର ଅକ୍ଷମ ବ୍ୟକ୍ତିମାନଙ୍କର ଶେଷ ଆଶ୍ରୟସ୍ଥଳୀ ନୁହେଁ। ଶିକ୍ଷକଙ୍କର ନିଜ ପ୍ରତି ଓ ଆପଣାବୃତ୍ତି ପ୍ରତି ପୂର୍ଣ୍ଣ ଆସ୍ଥା ରହିବା ଦରକାର। ଶିକ୍ଷକ ସମାଜଦ୍ୱାରା ଆମ ରାଷ୍ଟ୍ର, ଆମ ଜାତିର ଉନ୍ନତ ହୁଏ ଏବଂ ଆମର ସୁସ୍ଥ ଭବିଷ୍ୟତ ସୁନିଶ୍ଚିତ ହୁଏ। ଶିକ୍ଷକ ମାନଙ୍କର ମନରେ ଦୃଢ଼ ସଂକଳ୍ପ ରହିବା ଉଚିତ୍ ଯେ ସ୍ୱାଧୀନ ଭାରତର ନାଗରିକ ହିସାବରେ ଭାରତକୁ ମୁଁ ମର୍ଯ୍ୟାଦାର ଆସନରେ ପ୍ରତିଷ୍ଠିତ କରିବାକୁ ଚାହୁଁଛି। ମୁଁ ମଧ୍ୟ ଦେଖିବାକୁ ଚାହୁଁଛି ଆମର ଜନସାଧାରଣ ଜ୍ଞାନ ଓ ସଂସ୍କୃତିର ଶିଖରରେ ପହଞ୍ଚନ୍ତୁ। ସ୍ୱାଧୀନ ଭାରତରେ ଜଣେ ଶିକ୍ଷାବିତ ହିସାବରେ ମୁକ୍ତ ଭାରତର ଜଣେ ସୁନାଗରିକ ହିସାବରେ ଜାତୀୟ ଦାୟିତ୍ୱର ସାର୍ଥକ ରୂପାୟନ ପାଇଁ ସ୍ୱଦେଶର ଆହ୍ୱାନକୁ ଉତ୍ତର ଦେବା ପାଇଁ ମୁଁ ବାଧ୍ୟ। ମୋର ସକ୍ରିୟ ଚେଷ୍ଟାରେ, ମୋ ଶିକ୍ଷାଦାନ

ଯେପରି ମଣିଷ ଗଢ଼େ, ରାଷ୍ଟ୍ର ଗଢ଼େ ଓ ଚରିତ୍ର ଗଢ଼େ, ଶିକ୍ଷକ ସେହି ଶିକ୍ଷା ଦେବା ଦରକାର ଯାହା ଦ୍ୱାରା ଶିକ୍ଷାର୍ଥୀମାନଙ୍କ ମଧ୍ୟରେ ଜାଗରଣ ଜନ୍ମିବ। ଦୀପ୍ତ ଚରିତ୍ରବଳ, ନିର୍ମଳ ଜାତୀୟତା ବୋଧ, ଗଣତନ୍ତ୍ର ପ୍ରତି ଗଭୀର ଆସ୍ଥା ଏବଂ ସାମାଜିକ କର୍ତ୍ତବ୍ୟ ପାଇଁ ନିଶ୍ଚଳ ବିଶ୍ୱାସ ସେମାନଙ୍କ ମଧ୍ୟରେ ପ୍ରସାର ହେବ। ବୈଜ୍ଞାନିକ ତଥା ମାନବିକ ଦୃଷ୍ଟିଭଙ୍ଗୀ ସେମାନଙ୍କ ମଧ୍ୟରେ ବିକଶିତ ହେବ ଆତ୍ମଶୃଙ୍ଖଳା। ମଣିଷଙ୍କ ପ୍ରତି ମହତ୍ୱବୋଧ ଏବଂ ପରିବେଶ ଓ ପ୍ରକୃତି ପ୍ରତି ଆଦର ଆଦିଗୁଣ। କୌଣସି ଏକ ପ୍ରସଙ୍ଗରେ ମୂଲ୍ୟବୋଧକୁ ଶିକ୍ଷକ ନିଜେ ଅନୁଭବ କରି ତା'ର ପ୍ରୟୋଗ ଶିକ୍ଷାର୍ଥୀ ମାନଙ୍କଠାରେ କରିବା ଦରକାର। ମନୁସଂହିତା ଏବଂ ବିଭିନ୍ନ ନୀତି ଗ୍ରନ୍ଥର ବିଚାରରେ ସତ୍ୟ, ଶାନ୍ତି, ଦୟା, କ୍ଷମା, ସ୍ନେହ, ମମତା, ପ୍ରେମ, ଆଦର, ଶ୍ରଦ୍ଧା, ଭକ୍ତି, କରୁଣା, ସହନଶୀଳତା, ପରୋପକାର, ସମାଜସେବା ଇତ୍ୟାଦି ଦେବତ୍ୱ ଗୁଣଗୁଡ଼ିକ ମନୁଷ୍ୟର ସର୍ବଶ୍ରେଷ୍ଠ ସମ୍ପଦଭାବେ ବିବେଚିତ। ଏହି ଦେବତ୍ୱ ଗୁଣଗୁଡ଼ିକର ସମାହାରକୁ ବିବେକ କୁହାଯାଏ। ବିବେକକୁ ପୂର୍ଣ୍ଣ ବିକଶିତ କରାଇ ମାନବ ତଥା ସମାଜ କଲ୍ୟାଣରେ ନିଯୋଜିତ କରିବାର ଅର୍ଥ ହେଉଛି ମୂଲ୍ୟବୋଧଭିତ୍ତିକ ଶିକ୍ଷା। ଶିକ୍ଷକ ଓ ଶିକ୍ଷା ପ୍ରଶାସକମାନେ ଏହି ଦେବତ୍ୱ ଗୁଣ ଗୁଡ଼ିକର ବିକାଶ ଦୃଷ୍ଟିରୁ ଆଧ୍ୟାତ୍ମିକ ଓ ମୂଲ୍ୟବୋଧ ଭିତ୍ତିକ ଶିକ୍ଷାର ପ୍ରସାରକୁ ବିଶେଷ ଭାବରେ ଗୁରୁତ୍ୱ ଦେବା ଉଚିତ।

ଆମ ସଂସ୍କୃତି, ପରମ୍ପରା ଓ ସାମାଜିକ ଜୀବନରେ ଶିକ୍ଷକମାନଙ୍କୁ ଉଚ୍ଚାସନ ଦିଆଯାଇଛି। ଶିଷ୍ୟ ବା ଛାତ୍ରଛାତ୍ରୀଙ୍କ ଭିତରେ ଆବଶ୍ୟକ ସଂସ୍କାର ତଥା ସେମାନଙ୍କ ବ୍ୟକ୍ତିତ୍ୱ ବିକାଶରେ ଶିକ୍ଷକମାନଙ୍କ ଭୂମିକାକୁ ସର୍ବଦା ସମ୍ମାନ ଦିଆଯାଇ ଆସୁଥିଲା। ଯେଉଁ ଦେଶ ବା ରାଜ୍ୟର ସଂସ୍କୃତିରେ ଶିକ୍ଷକ ଏବଂ ଈଶ୍ୱରଙ୍କୁ ଏକୀଭୂତ କରି ଦେଖିବାର ପରମ୍ପରା ଥିଲା, ସେଠି ଆଜି ଶିକ୍ଷକମାନଙ୍କୁ 'ଓଲା' ବା 'ଉବେର' ଭଳି ଭଡ଼ା ଗାଡ଼ି କମ୍ପାନୀ ସହିତ ତୁଳନୀୟ ହେବାର ପରିସ୍ଥିତିକୁ ସାମନା କରିବାକୁ ପଡୁଛି। ପୂର୍ବରୁ ଯେଭଳି କିମ୍ବଦନ୍ତୀୟ ଶିକ୍ଷକ, ପ୍ରଧାନଶିକ୍ଷକମାନେ ଥିଲେ ସେମିତି ଏବେ ଆଉ ନାହାନ୍ତି। ଏହି ଅପସୃୟମାଣ ମହାନ ଶିକ୍ଷା ପରମ୍ପରାକୁ ନିଶ୍ଚିହ୍ନ କରିବା ଲାଗି ଯେଉଁ ଷଡ଼ଯନ୍ତ୍ର ଚାଲିଛି ସେଥିରେ ସରକାର ଓ ଆମ ଅମଲାତନ୍ତ୍ର ପ୍ରମୁଖଭାବେ ଦାୟୀ।

ବିଭିନ୍ନ ଦେଶର ଶିକ୍ଷକମାନଙ୍କ ମର୍ଯ୍ୟାଦା ଧାରାକୁ ଅବଲୋକ କଲେ ଆମ ଶିକ୍ଷକମାନଙ୍କୁ ହତାଶ ହେବାକୁ ହୋଇଥାଏ। ଜର୍ମାନୀରେ ଶିକ୍ଷକମାନେ ଦେଶର ସବୁଠାରୁ ଅଧିକ ଦରମା ପାଆନ୍ତି। ଥରେ ବିଚାର ପତି, ଡାକ୍ତର ଏବଂ ଇଂଜିନିୟରମାନେ ଚାନ୍‌ସେଲର ଆଞ୍ଜେଲା ମରକେଲଙ୍କୁ ସାକ୍ଷାତ କରି ଶିକ୍ଷକଙ୍କ ସହ ସମାନ ଦରମା ଦେବାକୁ କହିବାରୁ ମରକେଲଙ୍କ ଉତ୍ତର ଥିଲା "ଆପଣମାନଙ୍କୁ ଯେ ଶିକ୍ଷା ଦେଇ ପଦପଦବୀ ଦେଇଛନ୍ତି ତାଙ୍କ ସହ ନିଜକୁ କିପରି ତୁଳନା କରୁଛନ୍ତି।" ଆମେରିକାରେ କେବଳ ବୈଜ୍ଞାନିକ ଏବଂ ଶିକ୍ଷକମାନଙ୍କୁ ଭିଆପିର ମାନ୍ୟତା ମିଳିଥାଏ। ଅବଶ୍ୟ ଆମେରିକାରେ ପ୍ରଶାସନ ବିଦ୍ୟାଳୟକୁ ବନ୍ଦୁକ ନେଇ ଯିବାକୁ ଶିକ୍ଷକମାନଙ୍କୁ କ୍ଷମତା ଦେଇଛି। ଫ୍ରାନ୍ସର କୋଟରେ କେବଳ ବସିବା ପାଇଁ ଶିକ୍ଷକମାନଙ୍କୁ ଚଉକି ମିଳିଥାଏ। ଜାପାନରେ କୌଣସି ଶିକ୍ଷକଙ୍କୁ ଗିରଫ କରିବାକୁ ହେଲେ ସରକାରଙ୍କ ଅନୁମତି ଦରକାର। ଆମ ରାଜ୍ୟରେ ପିଣ୍ଡାଓଲୁ, ପିଣ୍ଡାଓଲୁ କହି ଭୁବନେଶ୍ୱର ପିଏମଜି ଛକକୁ ପଠାଇ ଦିଆଯାଏ। ଜଣେ ମହାନ ଶିକ୍ଷକ କିପରି ଦୃଢ଼ତାର ସହ ଆହ୍ୱାନ ଦେଇପାରେ ତା'ର ଏକ ଉଦାହରଣ ରୁଷିଆର ଜଣେ ଶିକ୍ଷକଙ୍କ ଉକ୍ତିରୁ ମିଳିଥାଏ। ସେ କହିଥିଲେ— "ଗୋଟିଏ ପିଲାକୁ ମୋ ଦାୟିତ୍ୱରେ ୨ ବର୍ଷ ଛାଡ଼ିଦିଅ। ମୁଁ ତାକୁ ଏପରି ତିଆରି କରିବି ଯେ ଭଗବାନ ବି ତାକୁ ବଦଲାଇ ପାରିବେ ନାହିଁ।" ପରମାଣୁ ବୋମା ପକାଇ କୌଣସି ଜାତି ନଷ୍ଟ ହୁଏନାହିଁ। କେବଳ ଶିକ୍ଷାର ମାନଦଣ୍ଡ ନଷ୍ଟ ହେଲେ, ପରୀକ୍ଷାରେ କପି କରିବାକୁ ଆଇନ କଲେ ଏବଂ ସର୍ବୋପରି ଶିକ୍ଷାର ସଂରକ୍ଷଣ ଜାରି କଲେ ସମଗ୍ର ସମାଜ ନଷ୍ଟ ହୁଏ।

ରୁଷର ମହାନ ଲେଖକ ମାକସିମ୍ ଗର୍କି ନିଜ ଦେଶର ଅନ୍ୟତମ ବିଖ୍ୟାତ ଲେଖକ ଚେକଭଙ୍କୁ ପଚାରିଥିଲେ— "ଆପଣ ସମାଜର ବିଭିନ୍ନ ବର୍ଗର ଲୋକଙ୍କୁ ନେଇ ଲେଖୁଛନ୍ତି। ତେବେ କେଉଁ ବର୍ଗରକୁ ସର୍ବାଧିକ ଗୁରୁତ୍ୱ ଦେଇଥାଆନ୍ତି।"

ଟେକଭଙ୍କ ଉତ୍ତର ଥିଲା– "ମୁଁ ସମାଜର ସକଳ ବର୍ଗର ଲୋକଙ୍କୁ ସ୍ୱ ସ୍ୱ ସ୍ଥାନ ଅନୁସାରେ ଗୁରୁତ୍ୱ ଦେଇଥାଏ। କିନ୍ତୁ ସର୍ବାଧିକ ଗୁରୁତ୍ୱ ଦେଇଥାଏ ଶିକ୍ଷକ ବର୍ଗଙ୍କୁ। ଯେ କୌଣସି ରାଷ୍ଟ୍ରରେ, ସମାଜରେ ଶିକ୍ଷକ ବର୍ଗ ନିଃସନ୍ଦେହରେ ପୂଜନୀୟ ଏବଂ ସର୍ବଶ୍ରେଷ୍ଠ।" ଏହା ଶୁଣି ଗର୍ଜି ପଚାରିଥିଲେ– "ଶିକ୍ଷକ ବର୍ଗଙ୍କର ଏମିତି କ'ଣ ବିଶେଷ ଗୁଣ ଅଛି ଯେ, ଆପଣ ସେମାନଙ୍କୁ ସର୍ବାଧିକ ଗୁରୁତ୍ୱ ଦେଉଛନ୍ତି।" ଟେକଭଙ୍କର ଉତ୍ତର ଥିଲା "ଯେକୌଣସି ଦେଶର ଆଗାମୀ ପିଢ଼ିକୁ ଉତ୍ତମ ସଂସ୍କାର ଦେଇ ସୁନାଗରିକ ଭାବରେ ଗଢ଼ି ତୋଲିବାରେ ଶିକ୍ଷକ ସମାଜର ଭୂମିକା ଅତୁଳନୀୟ।" ସମୃଦ୍ଧ ରାଷ୍ଟ୍ର ଗଠନରେ ଆଦର୍ଶ ଶିକ୍ଷକ ଗୁରୁତ୍ୱପୂର୍ଣ୍ଣ ଭୂମିକା ନିଭାଇଥାନ୍ତି। ସେମାନେ ଆଗାମୀ ପିଢ଼ିଙ୍କୁ ସଂସ୍କାରିତ କରିଥାନ୍ତି। ସେମାନଙ୍କୁ ମୂଲ୍ୟବୋଧ, ନୀତି ଓ ନୈତିକତା, ଦେଶାତ୍ମବୋଧ ସମ୍ପର୍କରେ ଶିକ୍ଷାଦେବା ସହ ସାମାଜିକ ଜୀବନରେ ସେମାନଙ୍କର ଭୂମିକା ସମ୍ପର୍କରେ ଉଚିତ ମାର୍ଗ ଦର୍ଶାଇଥାନ୍ତି। ଆଦର୍ଶ ନାଗରିକ ସୃଷ୍ଟିର ଗୁରୁଦାୟିତ୍ୱ ଶିକ୍ଷକ ସମାଜ ଉପରେ ନ୍ୟସ୍ତ। ସେମାନେ ହିଁ ପୂର୍ଣ୍ଣ ଏକାଗ୍ରତାର ସହ ଆଦର୍ଶ ପିଢ଼ି ଗଠନରେ ମନୋନିବେଶ କରିଥାନ୍ତି। ଯେକୌଣସି ଦେଶରେ ଶିକ୍ଷକ ଓ ନାଗରିକମାନଙ୍କ ଜ୍ଞାନଭଣ୍ଡାର ବୃଦ୍ଧିର ଆବଶ୍ୟକତା ଉପଲବ୍ଧ କରାଯାଇଥାଏ। ସାମାଜିକ, ସାଂସ୍କୃତିକ ବିକାଶ, ଜ୍ଞାନର ଉନ୍ମେଷ ଲାଗି ଏହାର ଆବଶ୍ୟକତା ଅନସ୍ୱୀକାର୍ଯ୍ୟ। ଏହି କାରଣରୁ ମୁଁ ମର୍ଯ୍ୟାଦା ସଚେତନ ଶିକ୍ଷକମାନଙ୍କୁ ସର୍ବାଧିକ ଗୁରୁତ୍ୱ ଦେଇଥାଏ। ଏହି ବର୍ଗର ବ୍ୟକ୍ତିଙ୍କ ପ୍ରତି ମୁଁ ମୋର ବିଶେଷ କୃତଜ୍ଞତା ଜ୍ଞାପନ କରିବାକୁ ଲାଳାୟିତ। ବାସ୍ତବରେ ଶିକ୍ଷକ ବର୍ଗ ଆଦର୍ଶ ସମାଜ ଗଠନର ମେରୁଦଣ୍ଡ।

ବିଦ୍ୟାଦାନ ଇଞ୍ଜେକ୍ସନ ଦେବାଭଳି ବ୍ୟବସ୍ଥା ନୁହେଁ। ଦାତା, ଗ୍ରହୀତା ଓ ସ୍ଥାନାଦିର ବିଚାର ଏଥିରେ ମୁଖ୍ୟ, ନୋହିଲେ ଏଶିକ୍ଷା ଫଳପ୍ରଦ ନୁହେଁ, ହେଉ ନି ମଧ୍ୟ। ଏଠି ଗୁଣର ବିଚାର ପାଇଁ ବ୍ୟକ୍ତିତ୍ୱ କାହାନ୍ତି? ଶିକ୍ଷା, ଶିକ୍ଷକ ଓ ଶିକ୍ଷାଦାନ ବ୍ୟବସ୍ଥା ଭୁଶୁଡ଼ି ପଡ଼ିଛି। ସଂସ୍କୃତରେ ତ କୁହାଯାଇଛି "ରେଷ୍ୟତ୍ର ବିଚାରଣା ଗୁଣୀଗଣୈର୍ଦୋଶାୟ ତସ୍ମୈ ନମଃ।" ଅର୍ଥାତ୍ ଯୋଗ୍ୟମାନଙ୍କ ପ୍ରତି ଯେଉଁଠି ଏପରି ବିଚାର ସେ ଦେଶକୁ ଆମର ଦଣ୍ଡବତ।

'ଗୁ' ଅର୍ଥାତ ଅନ୍ଧକାର, 'ରୁ' ଅର୍ଥାତ ଆଲୋକ ପ୍ରଦାୟକ। ସର୍ବୋପରି ଯିଏ ଅଜ୍ଞାନ ରୂପକ ଅନ୍ଧକାରରେ ଜ୍ଞାନ ରୂପକ ଆଲୋକ ଶକ୍ତି ଦେଖାନ୍ତି, ସେ ହିଁ ଗୁରୁ। ତେଣୁ ଶିକ୍ଷା ମାନବ ସମ୍ବଳ ବିକାଶର ମୁଖ୍ୟ ଆୟୁଧ। ବିକଶିତ ରାଷ୍ଟ୍ରରେ ଶିକ୍ଷିତ ଓ ସ୍ୱାକ୍ଷରତାର ହାର ସବୁଠାରୁ ଅଧିକ। ଦେଶକୁ ବିକାଶ ପଥରେ ଆଗେଇ ନେବାକୁ ହେଲେ ଛାତ୍ର ଓ ଶିକ୍ଷାନୁଷ୍ଠାନ ଏବଂ ସର୍ବୋପରି ଶିକ୍ଷକର ଗୁରୁତ୍ୱ ବେଶ ଅନୁମେୟ। ନିଜ ନିଜ ଦେଶର ଶିକ୍ଷା ପରମ୍ପରାକୁ ନେଇ ଶିକ୍ଷା ପ୍ରଦାନ ଓ ରାଷ୍ଟ୍ର ଗଠନରେ ଶିକ୍ଷକମାନଙ୍କର ଗୁରୁତ୍ୱପୂର୍ଣ୍ଣ ଅବଦାନକୁ ସ୍ୱୀକାର କରିବା ହିଁ ଉଚିତ।

ଶିକ୍ଷାନୁଷ୍ଠାନ ଗୁଡ଼ିକରେ ଶିକ୍ଷାଦାନ ପାଇଁ ନିଯୁକ୍ତ ଶିକ୍ଷକମାନେ ବୃତ୍ତି ନିର୍ବାହକାରୀ ବ୍ୟକ୍ତି ବିଶେଷ ହେଲେ ହେଁ ସେମାନଙ୍କୁ ସମାଜରେ ପୂର୍ବ ଗୁରୁମାନଙ୍କ ତୁଲ୍ୟ ସମ୍ମାନ ଦିଆଯାଉଥିଲା। ସେ ସମୟର ଶିକ୍ଷା, ଶିକ୍ଷକ ଓ ଶିକ୍ଷାନୁଷ୍ଠାନ ପରସ୍ପର ସହ ସମନ୍ୱୀତ ଥିଲେ। ଜଣେ ଶିକ୍ଷକ ବା ଶିକ୍ଷୟତ୍ରୀଙ୍କ ନାମ ଉଚ୍ଚାରଣ କରାଗଲେ ଶିକ୍ଷାୟତନ ଓ ସେଠିକାର ଶିକ୍ଷା ଆପେ ଆପେ ସାମାଜିକ ଚର୍ଚ୍ଚାକୁ ଆସି ଯାଉଥିଲା। ଗ୍ରାମ ଚାଟଶାଳୀ ବା ବିଦ୍ୟାଳୟରେ ପ୍ରବେଶ କରିବା ସମୟରେ ବାପା କହି ଆସୁଥିଲେ–"ଆପଣଙ୍କୁ ଲାଗିଲା"। ଆଉ କିଛିର ଅନୁଭୂତ ହେଉ ନ ଥିଲା। ଶିକ୍ଷାଳୟର ଗୁରୁଜୀମାନେ ବିଦ୍ୟାଳୟଗୁଡ଼ିକରେ କଟାଉଥିବା ସମୟତକ ପାଇଁ ଛାତ୍ରଛାତ୍ରୀଙ୍କର ହେଇଯାଉଥିଲେ ଅଭିଭାବକ, ଠିକ୍ ଘରର ବାପ, ମା'ଙ୍କ ଭଳି।

ଶିକ୍ଷକତା କେବଳ ଦରମା ନିଆ ଯେକୌଣସି ଚାକିରି (ସ୍କୁଲ ବା ମହାବିଦ୍ୟାଳୟ) ଅଧିକାରୀ ହେବା ଉଚିତ ନୁହେଁ। ଏହା ଜୀବନ ବିଚ୍ଛିନ୍ନ ପ୍ରବୃତ୍ତି ଶୂନ୍ୟ ଏକ ବୃତ୍ତି ନୁହେଁ। ଏହା ଜୀବନର ଏକ ଆଦର୍ଶ, ଏକ ମିଶନ।

ଭାରତବର୍ଷର ବିଖ୍ୟାତ ଦାର୍ଶନିକ ଶ୍ରୀ ଅରବିନ୍ଦଙ୍କର ଉକ୍ତି। ସେ କହିଥିଲେ– କୌଣସି ବିଷୟକୁ ପଢ଼ାଇବା ଆଦୌ

ସମ୍ଭବ ନୁହେଁ। କୌଣସି ଶିକ୍ଷକ ଯଦି ଭାବୁ ଥାଆନ୍ତି ଯେ, ବହିରେ ଥିବା ପାଠଟିକୁ ପଢ଼ାଇ ଦେଲେ ତାଙ୍କର ଦାୟିତ୍ୱ ସଂପନ୍ନ ହୋଇଗଲା। ଏହା ଏକ ଭ୍ରାମକ ବିଶ୍ୱାସ। ଏହାର ଅର୍ଥହେଲା ଶିକ୍ଷକ ପାଠଟିକୁ ପଢ଼ାଇ ଦେଇ ଆତ୍ମସନ୍ତୋଷ ଲାଭ କରିବେ ନାହିଁ ବରଂ ପିଲାଙ୍କ ମଧ୍ୟରେ ଶିଖିବାର ଏକ ଆଗ୍ରହ ଓ ଅନୁପ୍ରେରଣାଟିଏ ସୃଷ୍ଟି କରିବେ। ଯାହା ଦ୍ୱାରା ସେମାନଙ୍କ ମଧ୍ୟରେ ଅହରହ ଜ୍ଞାନ ଆହରଣ କରିବାର ପିପାସାଟିଏ ସୃଷ୍ଟି ହେବ। ସେମାନେ କୌଣସି ବିଷୟରେ ଏ ପର୍ଯ୍ୟନ୍ତ ଯାହା କୁହାଯାଇଛି ବା ଲେଖାଯାଇଛି ତାହାକୁ ଚିରନ୍ତନ ଓ ଏକମାତ୍ର ସତ୍ୟ ବୋଲି ଗ୍ରହଣ କରିବେ ନାହିଁ।

ଶିକ୍ଷକମାନେ ନିଜକୁ ସଂଶୋଧନ କରି କିପରି ଜଣେ ଛାତ୍ରବତ୍ସଲ ଗୁରୁହୋଇପାରିବେ, ସେଥିପାଇଁ ସାଧୁ ଉଦ୍ୟମ କରିବା ସର୍ବାଦୌ ବାଞ୍ଛନୀୟ।

'ଆଲୋସଖ୍ ଆପଣା ମହତ ଆପେରଖ୍' ନ୍ୟାୟରେ 'ସବୁଯାଉ ମହତ ଥାଉ, ମହତ ଗଲେ ନ ଆସେ (ମିଲେ) ଥାଉ; ଏଥିପ୍ରତି କେବଳ ଗୁରୁକୁଳ ଗୁରୁତ୍ୱ ଦେବା କଥା। ଅତୀତରେ ସ୍ୱଳ୍ପ ଓ ଅର୍ଦ୍ଧଶିକ୍ଷିତ ଅଣତାଲିମ ପ୍ରାପ୍ତ ପ୍ରାଥମିକ ଓ ହାଇସ୍କୁଲର ଶିକ୍ଷକମାନଙ୍କୁ ଆଜିର କାର୍ଯ୍ୟରତ ଶିକ୍ଷକ ଗୋଷ୍ଠୀ ଝୁରି ହେଉଥିବାବେଲେ ଏବର ଗୁରୁମାନଙ୍କୁ ଝୁରି ହେବା ପାଇଁ କିଛି ଉଦାହରଣ ରଖି ଯାଉଛନ୍ତି କି ? ନିଜର ଗୁରୁତ୍ୱ ହରାଇବାରେ ଏକାମାତ୍ର ନିଜେ ଶିକ୍ଷକ ଦାୟୀ। ଯେପରି ଲୁହାଖଣ୍ଡିଏ କେବଳ କଳଙ୍କି ଦ୍ୱାରା ନଷ୍ଟ ହୋଇଥାଏ। ସେହିପରି ନିଜ କଳଙ୍କ ବୋଧ ହିଁ ବ୍ୟକ୍ତିଟିକୁ ନଷ୍ଟ କରିଥାଏ। ପରିବାରରେ ବାପା ଓ ମାଆ ଭାବେ ଗୁରୁତ୍ୱ ନ ଥିବା ଏହି ଶିକ୍ଷକଙ୍କର ଶିକ୍ଷାନୁଷ୍ଠାନରେ ଅବା ସମାଜରେ ବିଦ୍ୟାର୍ଥୀଙ୍କର ପକ୍ଷେ ଗ୍ରହଣୀୟ ହେବ କିପରି ? ପରିବାରରେ ଆଦର୍ଶ ବାପା ଶିକ୍ଷା କ୍ଷେତ୍ରରେ କୃତୀ ଶିକ୍ଷକ ଓ ସମାଜରେ ଆଦରଣୀୟ ଶିକ୍ଷାବିତ୍ ହେବା ଆଶା କରିବା ବୃଥା। ଏବେ ଶିକ୍ଷକ ବର୍ଗ ଆତ୍ମସମୀକ୍ଷା କରିବା ନିତାନ୍ତ ଆବଶ୍ୟକ। ଶିକ୍ଷକ ଶବ୍ଦଟି ଭବଭୂତିଙ୍କ ବ୍ୟାଖ୍ୟା ଅନୁସାରେ ଶି = ଶ୍ରଦ୍ଧା, କ୍ଷ = କ୍ଷମା, କ = କର୍ମ। ଏହି ତିନୋଟି ଗୁଣର ଅଧିକାରୀ ହିଁ ଶିକ୍ଷକ। ସ୍ୱାମୀ ବିବେକାନନ୍ଦଙ୍କ ମତରେ– ମୁଦ୍ରାଟିଏ ପଢ଼ିଲାବେଲେ ଶବ୍ଦ କରିଥାଏ, କିନ୍ତୁ କାଗଜ ନୋଟଟି ସର୍ବଦା ଶବ୍ଦ ମୁକ୍ତ। ମାତ୍ର ଶବ୍ଦ ସୃଷ୍ଟିକାରୀ ମୁଦ୍ରାଟି ଠାରୁ କାଗଜ ନୋଟର ମୂଲ୍ୟ ସବୁ ସମୟରେ ଅଧିକ ଓ ଗୁରୁତ୍ୱପୂର୍ଣ୍ଣ। ସେହିପରି ନିଜର ମାନବୃଦ୍ଧି ହେଲେ ବ୍ୟକ୍ତି ଶାନ୍ତ, କୋମଳ ଓ ନମ୍ର ହୋଇଥାଏ। ଆଚରଣ ଥିଲେ ବିତରଣ କରାଯାଇଥାଏ। ଶ୍ରଦ୍ଧାହୀନ ଭାବେ ଶିକ୍ଷକ ନିଜର ଡିଗ୍ରୀ ଗୁଡ଼ିକୁ ସଂଗ୍ରହ କରୁଛି। ମାତ୍ର ଜ୍ଞାନ ଆହରଣ କରୁନାହିଁ। ନିଜେ ଯାହା ଜାଣିଛେ ତାହା ପୂର୍ଣ୍ଣାଙ୍ଗ ଜ୍ଞାନ ବୋଲି ଭାବିବା ଆଦୌ ସମୀଚୀନ ନୁହେଁ। ଏହା ମଧ୍ୟ ଅନୁଭବନୀୟ ଯେ ଆଜିର ବିପର୍ଯ୍ୟସ୍ତ ସମାଜରେ ଓ କଲୁଷିତ ଶିକ୍ଷା ବ୍ୟବସ୍ଥାରେ ମଧ୍ୟ କିଛି ଶିକ୍ଷକ ଗୁରୁଙ୍କ ବିକଳ୍ପ ଭାବେ ଆସୁଛନ୍ତି। ଶୈକ୍ଷିକ ପରିବେଶ ଅଭାବରୁ ଏହି ମହାନ ଶିକ୍ଷକମାନେ ଭାଙ୍ଗି ପଡ଼ୁଥିବା ଦେଖାଯାଏ। ଉଇଲିୟମ ଆର୍ଥରଙ୍କ ଉକ୍ତିର ଯଥାର୍ଥତା କାଲେ କାଲେ ଅଛି। ଜଣେ ଶିକ୍ଷକ କେବଳ କହେ। ଭଲ ଶିକ୍ଷକ ବୁଝାଏ। ଉତ୍ତମ ଶିକ୍ଷକ ଯାହା କହେ ତାହା କାର୍ଯ୍ୟରେ କରି ଦେଖାଏ ଓ ମହାନ୍ ଶିକ୍ଷକ ଉସ୍ସାହିତ କରେ। ପ୍ରଥମ ପ୍ରକାର ଶିକ୍ଷକଙ୍କ ସଂଖ୍ୟା ଆଜିର ଶିକ୍ଷା କ୍ଷେତ୍ରରେ ବହୁଳ ଭାବରେ ଦେଖା ଯାଉଥିବାରୁ ଶୈକ୍ଷିକ ପରିବେଶ କଲୁଷିତ ଓ ମର୍ମନ୍ତୁଦ।

ବାସ୍ତବ କ୍ଷେତ୍ରରେ କାର୍ଯ୍ୟରତ ଶିକ୍ଷକମାନେ ବିଦ୍ୟାର୍ଥୀ ଓ ଅଭିଭାବକଙ୍କର ଉଦାହରଣ ହୁଅନ୍ତୁ। ଛାତ୍ରଛାତ୍ରୀମାନେ ଅନୁକରଣ ପ୍ରିୟ। ସ୍କୁଲ ଖୋଲିବାଠାରୁ ପୁଣି ବନ୍ଦ ହେବା ପର୍ଯ୍ୟନ୍ତ ଶିକ୍ଷକଙ୍କର କାର୍ଯ୍ୟକଳାପ ପ୍ରତି ନଜର ଥାଏ ଅଭିଭାବକ, ପ୍ରଶାସକ ଓ ଜନସାଧାରଣଙ୍କର। ସମୟାନୁବର୍ତ୍ତିତାରୁ ପ୍ରଧାନଶିକ୍ଷକଙ୍କ ଶ୍ରେଣୀ ଶିକ୍ଷାଦାନରେ ଗଭୀରତା, ଛାତ୍ରଛାତ୍ରୀମାନଙ୍କ ସମସ୍ୟା ପ୍ରତି ସଜାଗତା, ନିରପେକ୍ଷତା ଓ ଅଭିଭାବକଙ୍କ ସହ ସହଯୋଗିତା ଜଣେ ଶିକ୍ଷକର ସର୍ବନିମ୍ନ ଆବଶ୍ୟକତା ହେଉ। ଅତ୍ୟନ୍ତ ପରିତାପର ବିଷୟ ଯେ ଶିକ୍ଷକମାନଙ୍କ ପର୍ଯ୍ୟନ୍ତ ପ୍ରାୟତଃ ଅଧିକାଂଶ ଆଦୌ ସମୟାନୁବର୍ତ୍ତୀତ ନୁହନ୍ତି। ଶ୍ରେଣୀରେ ଶିକ୍ଷାଦାନ ଚାଲିଛି ମାତ୍ର ବାଧ୍ୟବାଧକତାରେ, ଆନନ୍ଦ ଦେଇ ଆନନ୍ଦ ପାଇବାକୁ ନୁହେଁ। ବ୍ୟକ୍ତିଗତ ଶ୍ରଦ୍ଧାଦେଇ

ବିଦ୍ୟାର୍ଥୀର ସମସ୍ୟା ସମାଧାନ କରିବା ଦେଖାଯାଏନି । ଯେଉଁ ଅଭିଭାବକ ସଚେତନ, ରାଜନେତା କ୍ଷମତାଶାଳୀ, ନିଜର ସ୍ୱାର୍ଥ ହାସଲ କରିବାକୁ ଶ୍ରେଣୀରେ ଏବଂ ଘରେ ଅଯାଚିତ ଭାବେ ତାଙ୍କର ଗୋଡ଼ାଣିଆ ହେବାକୁ ଭଲ ପାଆନ୍ତି ଶିକ୍ଷକ । ହେଲେ ଜଣେ ବାଧ୍ୟ, ଅସହାୟ ଶୃଙ୍ଖଳିତ ବିଦ୍ୟାର୍ଥୀ ଭଲ ନ ପଢ଼ୁ ଥିଲେ ଶିକ୍ଷକଙ୍କର ଅନାଦର ହୋଇଥାଏ । କିନ୍ତୁ ଦେଖାଯାଏ ଯେଉଁମାନଙ୍କୁ ଶିକ୍ଷକ ଗୁରୁତ୍ୱ ଦେଇଥାଏ ସେହିମାନେ ତାଙ୍କ ଜୀବନ କାଳ ମଧ୍ୟରେ ଶିକ୍ଷକଙ୍କୁ ଗୁରୁତ୍ୱହୀନ ମନେ କରନ୍ତି । ଏହି ପରିପ୍ରେକ୍ଷୀରେ ଶିକ୍ଷକମାନଙ୍କୁ କାଲେକାଲେ ନିଜର ମହତ୍ତ୍ୱକୁ ସାଇତ ରଖିବାକୁ ହେଲେ ବିଦ୍ୟାର୍ଥୀମାନଙ୍କ ମଧ୍ୟରେ ଶିକ୍ଷାଦାନ କ୍ଷେତ୍ରରେ ନିରପେକ୍ଷତା ଅବଲମ୍ବନ ଜରୁରୀ । ମହାତ୍ମା ଗାନ୍ଧୀଙ୍କ ମତରେ ଜଣେ ଭୀରୁ ଶିକ୍ଷକ ଶିକ୍ଷାର୍ଥୀକୁ ବୀରତ୍ୱ ଶିଖାଇ ପାରିବ ନାହିଁ । ମିଛୁଆ ସତ ନ କହିବା ପରି ଅଯୋଗ୍ୟ ଶିକ୍ଷକ ଛାତ୍ର ତିଆରି କରିପାରିବନାହିଁ । ଜଣେ ବିଶୃଙ୍ଖଳିତ ଶିକ୍ଷକ ଶୃଙ୍ଖଳା ଶିଖାଇ ପାରିବନାହିଁ । ଶିକ୍ଷକଙ୍କର ଶିକ୍ଷାଦାନ, ଲିଖନ ଓ ପଠନକୁ ଯଦି କୌଣସି କ୍ଷେତ୍ରରେ ତ୍ରୁଟିପୂର୍ଣ୍ଣ କହି ସଂଶୋଧନ କରାଯାଇପାରେ ଏହାଠାରୁ ନିନ୍ଦନୀୟ ଶିକ୍ଷକତା ନାହିଁ । ଏଣୁ ଶିକ୍ଷକମାନେ ସର୍ବପ୍ରଥମେ ନିଜକୁ ଜ୍ଞାନଦୀପ୍ତ, ଶୃଙ୍ଖଳିତ, ସମୟାନୁବର୍ତ୍ତୀ ଓ ସହଯୋଗୀ କରିପାରିଲେ ଆଜିର ଶିକ୍ଷା କ୍ଷେତ୍ରରେ ଥିବା ବିଶୃଙ୍ଖଳିତ ପରିବେଶ ଓ ଦିଗଭ୍ରଷ୍ଟ ଛାତ୍ରଛାତ୍ରୀ ସମାଜର ସଂପତ୍ତି ହେବେ । ନିଜକୁ ପିଲାଙ୍କର ଜ୍ଞାନଦାତା, ପ୍ରେରଣାଦାତା ଓ ନୀତି ନିର୍ଦ୍ଧାରକ ଭାବେ ଭୂମିକା ଲିଭାନ୍ତୁ । ପିଲାଙ୍କୁ ଚିହ୍ନନ୍ତୁ, ଅଭିଭାବକଙ୍କୁ ଜାଣନ୍ତୁ ଏବଂ ପ୍ରଶାସନକୁ ଶୁଣାନ୍ତୁ । ବ୍ୟକ୍ତିତ୍ୱ ହେଉ ଶାଣିତ ଓ ଉତ୍ସର୍ଗୀକୃତ ଏବଂ ବିଫଳତାକୁ ସଫଳତାରେ ପରିଣତ କରିବାରେ ଆପଣ ହେବେ ସିଦ୍ଧହସ୍ତ । ସମାଲୋଚନାକୁ ଗଠନମୂଳକ ଭାବେ ଗ୍ରହଣ କରି ଭୟ କରନ୍ତୁ ନାହିଁ । ଯେଉଁ ବ୍ୟକ୍ତି କାର୍ଯ୍ୟର ମୂଲ୍ୟ ବୁଝନ୍ତି କିନ୍ତୁ ମର୍ଯ୍ୟାଦା ଦିଅନ୍ତି ନାହିଁ, ସେ ହିଁ ସମାଲୋଚକ ।

ପିଲାମାନଙ୍କର ପ୍ରକୃତ ପାଠ୍ୟ ପୁସ୍ତକ ହେଉଛନ୍ତି ଶିକ୍ଷକ । ବହି ଅପେକ୍ଷା ଶିକ୍ଷାଦାନ ଅଧିକ ପ୍ରଭାବଶାଳୀ ଓ ଉପଯୋଗୀ । ଯେଉଁ ଶିକ୍ଷକ ନିଜ ଛାତ୍ରଛାତ୍ରୀଙ୍କଠାରୁ ହାରମାନେ ସେ ଅପେକ୍ଷାକୃତ ଭଲ ଶିକ୍ଷକ । ମଣିଷ ଶିକ୍ଷାଲୟ ଗଢ଼େ । ଏହି ଶିକ୍ଷାଲୟ କ୍ରମଶଃ ମଣିଷ ଗଢ଼ିବାରେ ଲାଗେ । ଇଂରାଜୀ ବ୍ୟାକରଣ ଅନୁଯାୟୀ, "ହେଡ ମାଷ୍ଟର" ଓ "ହେଡମାଷ୍ଟର" ଯଥାକ୍ରମେ ଦୁଇଟି ଓ ଗୋଟିଏ ଶବ୍ଦ ଦେବା ଗ୍ରହଣୀୟ । ଅର୍ଥ, ଉଦ୍ଦେଶ୍ୟ, କାର୍ଯ୍ୟରେ ଭିନ୍ନତା ନାହିଁ କିନ୍ତୁ ଏବର ପ୍ରଧାନଶିକ୍ଷକ ଓ ଶିକ୍ଷକମାନଙ୍କ ମଧ୍ୟରେ ସଂପର୍କ ଓ ଦୂରତାକୁ ଲକ୍ଷ୍ୟ କଲେ ଏହାହିଁ ଆଜିର ବିପର୍ଯ୍ୟସ୍ତ ଶିକ୍ଷା କ୍ଷେତ୍ରରେ 'ହେଡ ମାଷ୍ଟର' ଦୁଇଟି ଶବ୍ଦ ଯଥାର୍ଥ ମନେ ହୁଏ । କାରଣ ଆଜିର ପ୍ରଧାନ ଶିକ୍ଷକ ମାଷ୍ଟରମାନଙ୍କର ମୁଖ୍ୟ ହେବାର ଯୋଗ୍ୟତା ହରାଇଛନ୍ତି ଏବଂ ଶିକ୍ଷକମାନେ ମଧ୍ୟ ହେଡଙ୍କର ଅନୁଗାମୀ ହେବାକୁ ନା'ପସନ୍ଦ କରୁଛନ୍ତି । ଶିକ୍ଷା, ଶିକ୍ଷାଦାନ ଓ ଶିକ୍ଷାନୁଷ୍ଠାନର ପରମ୍ପରା, ନିଜର ଆତ୍ମସମ୍ମାନ, ସମଗ୍ର ଗୁରୁକୁଳଙ୍କର ସ୍ୱାଭିମାନ ଓ ଶିକ୍ଷା ବ୍ୟବସ୍ଥାର ଗୌରବ ରକ୍ଷା କରିବାକୁ ନିଜ ମଧ୍ୟରେ ଦୂରତାକୁ ହ୍ରାସ କରି ଏକ ହୋଇ ଦୁଇଟି ଶବ୍ଦ ବିଶିଷ୍ଟ ଶବ୍ଦକୁ ଗୋଟିଏ ଶବ୍ଦରେ ପରିଣତ କରିବାକୁ ଶିକ୍ଷକ ବର୍ଗ ଆତ୍ମସମୀକ୍ଷା କରି ସମାଜକୁ କୃତଜ୍ଞ କରନ୍ତୁ ଏବଂ ମୋତେ ସଂସାରକୁ ଆଣି ଥିବାରୁ ମୁଁ ମୋ ପିତାଙ୍କ ନିକଟରେ କୃତଜ୍ଞ । କିନ୍ତୁ ମୋ ଜୀବନକୁ ସାର୍ଥକ କରିଥିବାରୁ ମୁଁ ମୋ ଶିକ୍ଷକଙ୍କ ନିକଟରେ ରଣୀ । ଆଲେକଜାଣ୍ଡାରଙ୍କ ଏହି ଉକ୍ତିକୁ ସାର୍ଥକ କରନ୍ତୁ । ପ୍ରଧାନ ଶିକ୍ଷକଙ୍କ ବିଦ୍ୟାର୍ଥୀଙ୍କ ପ୍ରତି ଉତ୍ତର ଦାୟିତ୍ୱବୋଧତା, ସହକର୍ମୀଙ୍କ ପ୍ରତି ସହୃଦୟତା, ଅଭିଭାବକଙ୍କ ପ୍ରତି ବନ୍ଧୁ ବତ୍ସଲତା, ବିଦ୍ୟାଳୟ ପରିଚାଳନାରେ ନିରପେକ୍ଷତା, ଅର୍ଥ ବ୍ୟବସ୍ଥାରେ ସ୍ୱଚ୍ଛତା, ବିଦ୍ୟାଳୟର ସଂସ୍କୃତି ଓ ଐତିହ୍ୟ ପ୍ରତି ତତ୍ପରତା, ପ୍ରଶାସକଙ୍କ ପ୍ରତି ସଜାଗତା, ଜନସାଧାରଣ ପ୍ରତି ସହନଶୀଲତା, ନିଷ୍ପତ୍ତି ନେବାରେ ବିଜ୍ଞତା ଓ ସମସ୍ୟା ଚାଲିବାରେ ଦୃଢ଼ତାଥିବା ଏକ ବିଦ୍ୟାଳୟର ପାରଦର୍ଶୀ ସମ୍ପତ୍ତି ହୁଅନ୍ତୁ, ଛାତ୍ରଛାତ୍ରୀ ଏବଂ ସେମାନଙ୍କ ପ୍ରତିଭା । ଯେଉଁ ବିଦ୍ୟାଳୟ ଏହି ଲୁକ୍କାୟିତ ପ୍ରତିଭାକୁ ସମୁଚିତ ଭାବେ ଉନ୍ମୋଚିତ କରିବାରେ ସିଦ୍ଧହସ୍ତ ତାହାହିଁ ଆଦର୍ଶ ବିଦ୍ୟାଳୟର ମାନ୍ୟତା ପାଇଥାଏ । ପ୍ରକୃତରେ ଏହି ମାନ୍ୟତା ସୁରକ୍ଷିତ କରିଥାଆନ୍ତି ଶିକ୍ଷକ ଓ ଶିକ୍ଷାର୍ଥୀ (ବିଦ୍ୟାର୍ଥୀ) ଗଣ ।

ଆପଣ ଆଜି ଜଣେ ଶିକ୍ଷକ, ସାହିତ୍ୟିକ, କଳାକାର, ସଂଗଠକ, ଶ୍ରୋତା, ବକ୍ତା ଓ ରୋଜଗାରକ୍ଷମ ଭାବେ ପ୍ରତିଷ୍ଠିତ ହୋଇଛନ୍ତି ତା'ମୂଳରେ ଅଛି ଆପଣଙ୍କ ଗୁରୁଙ୍କର ଓ ପାଠ ପଢୁଥିବା ବିଦ୍ୟାଳୟର ପ୍ରେରଣା ଓ ପ୍ରଭାବ। ହେଲେ ଆପଣ କେତୋଟି ସର୍ଜନଶୀଳ ଓ ପ୍ରତିଭାବାନ ବିଦ୍ୟାର୍ଥୀ ସମାଜକୁ ଦେଇଛନ୍ତି। ମଣିଷ ଧନ କମାଏ, ହେଲେ ଧନ ମଣିଷ ଗଢ଼ିନଥାଏ। ବିଦ୍ୟାର୍ଥୀ ହିଁ ଜଣେ ଶିକ୍ଷକର ପ୍ରକୃତ ଧନ, ଯାହାକି ଆମ୍ସନ୍ତୋଷ ଦେଇ ଶିକ୍ଷକଙ୍କୁ ମୃତ୍ୟୁ ପର୍ୟ୍ୟନ୍ତ ସୁସ୍ଥ ଓ ନିରୋଗ ରଖିଥାଏ। ଅର୍ଜୁନଙ୍କ ପରି ଜଣେ ଶିଷ୍ୟକୁ ଶିକ୍ଷାଦାନ କରିଥିବାରୁ ବା ଶିଷ୍ୟ ରୂପେ ପାଇଥିବାରୁ ଆଚାର୍ୟ୍ୟ ଦ୍ରୋଣଙ୍କୁ ଶ୍ରେଷ୍ଠ ଗୁରୁର ମାନ୍ୟତା ଦିଆଯାଏ।

ସରକାର ଆପଣଙ୍କୁ (ଶିକ୍ଷକଙ୍କୁ) କ'ଣ ଦେଲେ ନ ଦେଲେ ଛାତ୍ରଛାତ୍ରୀଙ୍କର ସେଥିରେ କିଛି ଯାଏ, ଆସେନାହିଁ। ହେଲେ ଆପଣ ଶିଶୁ ଓ କିଶୋରଟିକୁ ଯାହା ଦେଲେ ତାକୁ ନେଇ ସମଗ୍ର ସମାଜ ଉପକୃତ ହେବ। ପିଲାଦିନେ ଲାଜୁଆ ଓ ଡରୁଆ ଥିବା ଏବଂ ଇତିହାସରେ ଫେଲ ହେଉଥିବା ମହାତ୍ମା ଗାନ୍ଧି ଇତିହାସ ରଚିଲେ। ଶିକ୍ଷକଙ୍କ ସହଯୋଗରେ ଉଡୁଥିବା ପକ୍ଷୀଟିଏ ଦେଖିତ ଅବଦୁଲ କଲାମ ମହାକାଶ ବିଜ୍ଞାନୀ ହେଲେ। କିନ୍ତୁ ଆଜିର ଶିକ୍ଷକ ସେସବୁକୁ ଭ୍ରୁକ୍ଷେପ ନ କରି ଗଢ଼ଟିଆରି କାରଖାନାରେ ଗୁଡ଼ିଏ ଅକାମି ଓ ଅଚଳ ବିଦ୍ୟାର୍ଥୀ ସୃଷ୍ଟି କରିବା ଏକ ଦାରୁଣ ବିପର୍ୟ୍ୟୟ ଓ ଅନୁଶୋଚନୀୟ। ଜଣେ ବିଦ୍ୟାର୍ଥୀର ମନ କିଣିବାକୁ ଓ ଅଭିଭାବକଙ୍କୁ ନ୍ୟାୟ ଦେବାକୁ ହେଲେ ଆବଶ୍ୟକ ହୁଏ ଉନ୍ନତ ଶିକ୍ଷାଦାନ, ସ୍ୱଚ୍ଛ ପରୀକ୍ଷା ପ୍ରଚଳନ ଓ ନିର୍ଭୁଲ ମୂଲ୍ୟାଙ୍କନ। ତ୍ରୁଟିଶୂନ୍ୟ ଉପଯୋଗୀ ପାଠ୍ୟ ପୁସ୍ତକ, ଶିକ୍ଷା କର୍ତ୍ତୃପକ୍ଷ ଓ ଶିକ୍ଷକ ପ୍ରଥମେ ଗୁଣବାନ ଓ ମୂଲ୍ୟବାନ ହେବା ଜରୁରୀ। ଏହାର ବ୍ୟତିରେକେ ଗୁଣାମ୍ନକ ଓ ମୂଲ୍ୟବୋଧ ଶବ୍ଦ କେବଳ ଭାଷଣରେ ସୀମିତ ରହିଯିବ। ଯେତେ ବଡ଼ ପଦବୀଧାରୀ ହୁଅନ୍ତୁ ନା କାହିଁକି ସେ ଶିକ୍ଷକ ସୃଷ୍ଟିକରି ପାରିବେ ନାହିଁ ବରଂ ସେ ନିଜେ ଶିକ୍ଷକଙ୍କ ଦ୍ୱାରା ସୃଷ୍ଟି। ଏହାହିଁ ସାବ୍ୟସ୍ତ କରନ୍ତୁ ଆଜିର ଶିକ୍ଷାଗୁରୁ।

ସେତେବେଳେ ସ୍କୁଲରୁ ପାସ୍ କରୁଥିବା ପିଲାଏ ଶିକ୍ଷିତ ପରିଚୟ ପାଇଥିଲେ। ମାତ୍ର ଫେଲ ପିଲାମାନେ ଅଶିକ୍ଷିତ ଭାବେ ଗଣା ହେଉ ନଥିଲେ। ସେହି ପଦ୍ଧତିରେ ଶିକ୍ଷିତ ହୋଇଥିବା ଲୋକେ ଏ ଦେଶକୁ ସ୍ୱାଧୀନ କରିଥିଲେ, ସ୍ୱାଭିମାନ ଦେଇଥିଲେ, ଶାସନ କରୁଥିଲେ, କୀର୍ତ୍ତି ସ୍ଥାପନ କରୁଥିଲେ ଏବଂ ଏବେ ଜୀବିତ ବା ମରଣୋତ୍ତର ଭାବେ ଫୁଲମାଲ ପିନ୍ଧୁଛନ୍ତି। ଗାନ୍ଧୀ, ସୁଭାଷ ବୋଷ, ବିବେକାନନ୍ଦ, ଅରବିନ୍ଦ ଓ ରବୀନ୍ଦ୍ର ନାଥ ଇତ୍ୟାଦି ସେଇ ପ୍ରକାର ପାଠ ପଢ଼ିଥିଲେ।

ଶିକ୍ଷକମାନେ ଆଉ ମାଷ୍ଟର ବା ପ୍ରଭୁ ହୋଇନାହାନ୍ତି। ତାଙ୍କ ଉପରେ ମାଷ୍ଟରଗିରି କରି ସିଆଇ, ଡିଆଇ, ଡିପିସି, ବିଡିଓ, ସିଆରସି, ବିଆରସି ଏମିତିକି ସର୍ବଶିକ୍ଷା ଅଭିଯାନର କୁନି କର୍ମଚାରୀଟି ପାଖରେ ଆଜିର ଶିକ୍ଷକ ସତେ ଅବା କୁଜି ଅସରପା। ତଣ୍ଟଯୁକ୍ତ ଅଞ୍ଚଳରେ ଏଇ ଲଗୁଜୀ, ଲଗୁମା ମାନଙ୍କର ମାନ ମର୍ୟ୍ୟଦା ବୋଲି ଆଉ କିଛି ଗୋଟାଏ ନାହିଁ। ଶିକ୍ଷକ ସବୁବେଳେ ମାଷ୍ଟର। ସେ ଚାକର ହୋଇପାରେନା। ସେ ପ୍ରଭୁ। ସେ ଗୁରୁ। ସେ ଆଚାର୍ୟ୍ୟ।

ଯେଉଁ ଜାତି ଶିକ୍ଷକଙ୍କୁ ସମ୍ମାନ ଦେଇ ଶିଖୁନାହିଁ। ସେଠି ପିଲା ଅଶିକ୍ଷିତ ହେବା ନିଷ୍ଠିତ। ଏଠି କିନ୍ତୁ ସାଂପ୍ରତିକ ଶିକ୍ଷାକୁ ନେଇ ଗଜୁରୁଥିବା ଜାତିଭେଦ କ୍ରମେ ଡାଲପତ୍ର ମେଲି ଦିକେନିଆ ଦ୍ରୁମ ହେବାକୁ ଯାଉଛି। ଗୋଟିଏ କେନା ସମ୍ଭ୍ରାନ୍ତ ଜାତିଆ ଆର କେନାଟି ସାଧାରଣ ଜାତି। ସମ୍ଭ୍ରାନ୍ତ ବିଶେଷ କରି ଆଜିର ବିଦ୍ୟାଳୟ ଶିକ୍ଷା ବିଷୟରେ ପଣ୍ଡିତ ପଣିଆ ଦେଖାଉଥିବା କୌଣସି ନେତା ଜାତୀୟ ନର ବା ସାର ଓ ମାଡାମ ଜାତୀୟ ମଣିଷମାନଙ୍କ ପିଲା କେହି ସରକାରୀ ବିଦ୍ୟାଳୟରେ ପଢ଼ନ୍ତି ନାହିଁ। ସେଥିପାଇଁ ଏଇଭଳି ସମ୍ଭ୍ରାନ୍ତ ଜାତି ବା ସାର ଓ ମାଡାମ ଜାତୀୟ ମଣିଷମାନେ ସରକାରୀ ବିଦ୍ୟାଳୟର ଶିକ୍ଷକଙ୍କୁ ସମ୍ମାନ ଦେଇ ଶିଖୁନାହାନ୍ତି। ତାଙ୍କ ଗୋଟିଏ ପିଲାର ମାସକର ସ୍କୁଲଖର୍ଚ୍ଚ, ପକେଟ ଖର୍ଚ୍ଚ, ଟିଉସନ୍ ଖର୍ଚ୍ଚ ଯେତିକି ହୁଏ ସରକାରୀ ବିଦ୍ୟାଳୟର ଗଣଶିକ୍ଷକ କିମ୍ବା ଶିକ୍ଷା ସହାୟକ ଅଥବା ଚୁକ୍ତିଭିତ୍ତିକ ଶିକ୍ଷକଟିଏ ମାସକୁ ସେତିକି ଦରମା ପାଏନି। ଅନ୍ୟ ପକ୍ଷରେ ଯେଉଁ ସାଧାରଣ ଜାତିର ପିଲା ସରକାରୀ ବିଦ୍ୟାଳୟରେ ପଢ଼େ ସେ ଜାତି ମାଗଣା

ମଧ୍ୟାହ୍ନ ଭୋଜନ, ମାଗଣା ପୋଷାକ, ମାଗଣା ବହି, ମାଗଣା ସାଇକେଲ ଦେଖି ଆନନ୍ଦରେ ଆତ୍ମହରା ହୁଏ । ପିଲା ତା'ର ସ୍କୁଲରି ପ୍ରଥମ ଶ୍ରେଣୀରେ ପଶି ବିନା ଫେଲ ଫାଲରେ ଫଡ଼୍କରି ଅଷ୍ଟମ ଶ୍ରେଣୀ ପାସ କରିବାର ଦେଖି ପିଲାର କୃତିତ୍ୱ ପାଇଁ ସେ କୃତଜ୍ଞତାରେ କୁରୁକୁରୁ ହୁଏ ସାର ଓ ମାଡାମ ଜାତୀୟ ମଣିଷମାନଙ୍କ ପାଖରେ । ବିଚରାଟି ବୁଝି ପାରେନି ସାରଙ୍କ ପିଲା ଅଫିସର ହେଲେ ତା' ପିଲା ଅର୍ଦ୍ଧଲି ହେବ । ମାଡାମଙ୍କ ପିଲା ଗାଡ଼ି ଚଢ଼ିଲେ ତା' ପିଲା ଗାଡ଼ି ଚଲାଇବ । ସେମାନଙ୍କ ପିଲା ମାଲିକ ହେଲେ ତା' ପିଲା ମୂଲିଆ ହେବ । ସେମାନଙ୍କ ପିଲା ସାଆନ୍ତ ହେଲେ ତା' ପିଲା ସେବାକାରୀ ହେବ । ବିଚରାଟି ସମଝି ପାରୁନି ମଣିଷ ତିଆରି କାରଖାନା ବୋଲାଉ ଥିବା ପୂର୍ବର ସେହି ବିଦ୍ୟାଳୟ ଗୁଡ଼ିକ କେମିତି ଅମଣିଷ ତିଆରି କାରଖାନାରେ ପରିଣତ ହୋଇଛି । ତା' ପିଲାର ବୌଦ୍ଧିକ ଉନ୍ନତି, ଉତ୍ତରଣ ଜାଗାରେ ଆଜି ଅବନତି, ଅଧୋଗତି ଆରମ୍ଭ ହୋଇଛି । ଆମ ଦେଶର ତଥା କଥିତ ମଣିଷ ତିଆରି କାରଖାନା ଗୁଡ଼ିକ ଯେ କ୍ରମଶଃ 'ଗଧ ତିଆରି କାରଖାନା'ରେ ପରିଣତ ହେଲାଣି ।

ଶିକ୍ଷକମାନଙ୍କର ଆଦର୍ଶ, ଶିକ୍ଷାଦାନ, ଶୃଙ୍ଖଳା, ନିଷ୍ଠା, ଦକ୍ଷତା, କଠୋର ସଂକଳ୍ପ, ତ୍ୟାଗ, ଧୈର୍ଯ୍ୟ, ଆଦର୍ଶ ଚରିତ୍ର ଓ ସୁପରିଚାଳନା ଯୋଗୁ ବିଦ୍ୟାଳୟ ଗୁଡ଼ିକ ଆଦର୍ଶ ବିଦ୍ୟାଳୟ ଭାବେ ଗଢ଼ି ତୋଲିବାରେ ସାହାର୍ଯ୍ୟ କରୁଥିଲା । ଯେ କୌଣସି ବିଦ୍ୟାଳୟକୁ ଆଦର୍ଶ କରି ଗଢ଼ି ତୋଲିବାରେ ଶିକ୍ଷକଙ୍କର ମହତ୍ତ୍ୱପୂର୍ଣ୍ଣ ଭୂମିକା ଥାଏ । କେବଳ ଦକ୍ଷ ଓ ଆଦର୍ଶ ଶିକ୍ଷକମାନେ ପିଲାଙ୍କୁ ପ୍ରଭାବିତ କରି ଓ ପ୍ରେରଣା ଯୋଗାଇ ପାଠ ପଢ଼ାଇ ପାରିବେ । ତେଣୁ ଜ୍ଞାନୀ, ଦକ୍ଷ, ଅଭିଜ୍ଞ ଓ ସୃଜନଶୀଳ ଶିକ୍ଷକଙ୍କୁ ମନୋନୀତ କରି ବିଦ୍ୟାଳୟ ଗୁଡ଼ିକରେ ନିଯୁକ୍ତି ଦେବାରେ ଆବଶ୍ୟକତା ଅଛି । ଏତଦ୍ ବ୍ୟତୀତ ଶିକ୍ଷକମାନଙ୍କର ଗୁଣାତ୍ମକମାନର ଅଭିବୃଦ୍ଧି ପାଇଁ ପଦକ୍ଷେପ ନିଆଗଲେ ସେମାନେ ଶିକ୍ଷାଦାନ କାର୍ଯ୍ୟକୁ ଆହୁରି ସଫଳତାର ସହ ତୁଲାଇ ପାରିବେ । ବର୍ତ୍ତମାନ ଶିକ୍ଷାର ଗୁଣାତ୍ମକ ଦିଗ ଉପରେ ଅଧିକ ଗୁରୁତ୍ୱ ନଦେଇ ପରିମାଣାତ୍ମକ ଦିଗକୁ ଗୁରୁତ୍ୱ ଦିଆଯାଉଛି । ବିଦ୍ୟାଳୟକୁ ପିଲାମାନେ ପଢ଼ିବାକୁ ଆସୁଛନ୍ତି । କିନ୍ତୁ ପାଠପଢ଼ା ଫଳାଫଲ ଅତ୍ୟନ୍ତ ନିମ୍ନମାନର । ଶିକ୍ଷାର ଗୁଣାତ୍ମକମାନ ଧୀରେ ଧୀରେ କମିଯାଉଛି । ଗ୍ରାମାଞ୍ଚଲ ଓ ବନାଞ୍ଚଲରେ ଅବସ୍ଥା ଅଧିକ ଜଟିଲ । ଏହାର କାରଣ ବହୁ ସ୍କୁଲରେ ପାଠପଢ଼ା କାର୍ଯ୍ୟ ଠିକ୍ ଢଙ୍ଗରେ ହେଉନାହିଁ । ଅଧିକାଂଶ ସ୍କୁଲରେ ଠିକ୍ ସଂଖ୍ୟକ ଶିକ୍ଷକ ନାହାନ୍ତି । ବହୁ ଶିକ୍ଷକ ପଦ ଖାଲି ପଡ଼ିଛି । ଶିକ୍ଷକ ଅଭାବରୁ ଶିକ୍ଷାଦାନ କାର୍ଯ୍ୟ ବ୍ୟାହତ ହେଉଛି । ଏତଦ୍ ବ୍ୟତୀତ ବହୁ ପ୍ରକାରର ଶିକ୍ଷକ ଯଥା– ଗଣଶିକ୍ଷକ, ଚୁକ୍ତିଭିଉିକ ଶିକ୍ଷକ, ଶିକ୍ଷା ସହାୟକ, ବ୍ଲକ ଗ୍ରାଣ୍ଟ ଶିକ୍ଷକ, ସ୍ଥାୟୀ ଶିକ୍ଷକ ଓ ପରିଚାଳନା କମିଟି ଦ୍ୱାରା ନିଯୁକ୍ତ ଅସ୍ଥାୟୀ ଶିକ୍ଷକ ତଥା ସ୍ଥାୟୀ ଶିକ୍ଷକମାନଙ୍କ ଦ୍ୱାରା ଠିକା ଶିକ୍ଷକ ପ୍ରଭୃତି କାର୍ଯ୍ୟ କରୁଛନ୍ତି । ସେଇ ଅନୁସାରେ ଦରମା ଭିନ୍ନ ଭିନ୍ନ । ଏହା ମଧ୍ୟ ଶିକ୍ଷାଦାନ କାର୍ଯ୍ୟକୁ ପ୍ରଭାବିତ କରୁଛି । ଛାତ୍ରଛାତ୍ରୀମାନେ ପବ୍ଲିକ ସ୍କୁଲ ମୁହାଁ ହେଉଛନ୍ତି । ସାଧାରଣତଃ ଲୋକଙ୍କର ଧାରଣା ଯେଉଁଠି ମାଗଣାରେ ଶିକ୍ଷା ସେବା ଦିଆଯାଏ, ସେଠାରେ ମୂଲ୍ୟ ଓ ଗୁଣାତ୍ମକମାନ ନଷ୍ଟ ହୋଇ ଯାଇଥାଏ । ଅସ୍ୱଚ୍ଛଲ ବର୍ଗର ଲୋକମାନେ ମଧ୍ୟ ଏହି ଧାରଣାର ବଶବର୍ତୀ ।

ତା'ପରେ ଶିକ୍ଷାଦାନ କରିବାରେ ଶିକ୍ଷକମାନଙ୍କର ଏକ ଗୁରୁତ୍ୱପୂର୍ଣ୍ଣ ଭୂମିକା ଅଛି । ଶିକ୍ଷକମାନେ ଦକ୍ଷ ଓ ଅଭିଜ୍ଞ ହେଲେ ପିଲାମାନଙ୍କର ପାଠ ପଢ଼ାର ମାନ ବଢ଼ିବା ସହ ବିଦ୍ୟାଳୟର ମର୍ଯ୍ୟାଦା ମଧ୍ୟ ବଢ଼ିଯାଏ । କାରଣ ଶିକ୍ଷକମାନେ ହିଁ ମୂଲ୍ୟ ବୋଧର ଜୀବନ୍ତ ମୂର୍ତ୍ତି । ଏହା ନିଶ୍ଚିତ ଯେ ଗୁଣାତ୍ମକ ଶିକ୍ଷା ଗୁଣାତ୍ମକ ଶିକ୍ଷକଙ୍କ ଉପରେ ନିର୍ଭର କରେ । ଏକବିଂଶ ଶତାବ୍ଦୀର ପିଲାଙ୍କୁ ଶ୍ରେଣୀ କକ୍ଷରେ ସମ୍ମୁଖୀନ ହେବା ପାଇଁ ଶିକ୍ଷକଙ୍କ ପାଖରେ ଆବଶ୍ୟକ ହେଉଥିବା ଜ୍ଞାନ ଓ ଦକ୍ଷତା ଥିବା ଦରକାର । ଶିକ୍ଷକମାନେ ଶ୍ରେଣୀକକ୍ଷରେ ପରିବେଶକୁ ଏପରି ପ୍ରସ୍ତୁତ କରିବେ ଯେପରି ପିଲା ପଢ଼ିବା ପାଇଁ ଓ ଶିକ୍ଷକଯାହା କହୁଛନ୍ତି ତାହା ଶୁଣିବା ଲାଗି ଆଗ୍ରହ ପ୍ରକାଶ କରିବେ । ଶିକ୍ଷକଙ୍କର ବୃଉିଗତ ଦକ୍ଷତା ବୃଦ୍ଧି ନିମନ୍ତେ ସେମାନଙ୍କୁ ଏପରି ସମର୍ଥ କରାଯିବା ଆବଶ୍ୟକ ଯେପରିକି ଶ୍ରେଣୀ କକ୍ଷ ଭିତରେ ଓ ବାହାରେ ସେମାନଙ୍କ ଉପରେ ନ୍ୟସ୍ତ କରାଯାଉଥିବା

ଶିକ୍ଷା ସମ୍ବନ୍ଧୀୟ ବହୁବିକଚ୍ଚ ଦାୟିତ୍ବକୁ ସୁଚାରୁରୂପେ ତୁଲାଇବା ପାଇଁ ପ୍ରତିଶ୍ରୁତିବଦ୍ଧ ରହିବେ। ଏଥିପାଇଁ ଶିକ୍ଷକ ମନୋନୟନ ପଦ୍ଧତିରେ ବ୍ୟାପକ ସଂସ୍କାର ଆଣି କିପରି ଉପଯୁକ୍ତ, ଦକ୍ଷ ଶିକ୍ଷକ ନିଯୁକ୍ତି ପାଇବେ, କର୍ତ୍ତୃପକ୍ଷ ଦେଖିବା ଆବଶ୍ୟକ। ଶିକ୍ଷକତା କରିବା ପାଇଁ ମନୋନୀତ କରାଯାଉଥିବା ବ୍ୟକ୍ତି ଶ୍ରେଣୀ କକ୍ଷରେ ପାଠ ପଢ଼ାଇବା ଆହ୍ବାନକୁ ସମ୍ମୁଖୀନ ହେବା ପାଇଁ ସ୍ପୃହା ଓ ଦକ୍ଷତାର ଅଧିକାରୀ ହୋଇଥିବେ ଓ ତାଙ୍କର ଶିକ୍ଷକତା କରିବା ପାଇଁ ଆଗ୍ରହ ଥିବା ଆବଶ୍ୟକ। ଏତଦ୍ବ୍ୟତୀତ ଶିକ୍ଷକମାନଙ୍କର ଗୁଣାତ୍ମକ ମାନର ଅଭିବୃଦ୍ଧି ପାଇଁ ରିଫ୍ରେସର କୋର୍ସ, ସେମିନାର, ଓରିଏଣ୍ଟେସନ କୋର୍ସ, ଏକ୍ସଟେନସନ୍ ଲେକଚର ଓ ତତ୍ତୁଲ୍ୟ କାର୍ଯ୍ୟକ୍ରମର ଆୟୋଜନ ପ୍ରତି ଜିଲ୍ଲାରେ ଅନୁଷ୍ଠିତ ହେବା ଆବଶ୍ୟକ। ଏଥିସହ ବର୍ଷକୁ ଦୁଇଥର ପ୍ରଧାନ ଶିକ୍ଷକ ସମ୍ମିଳନୀ, ଶିକ୍ଷା ସମ୍ମିଳନୀମାନ ଅନୁଷ୍ଠିତ କରାଯାଇ ଶିକ୍ଷାଦାନ ଓ ପଦ୍ଧତି, ପାଠ୍ୟକ୍ରମ, ପରୀକ୍ଷା ମୂଲ୍ୟାୟନ ଓ ବିଭିନ୍ନ ଶିକ୍ଷା ସମସ୍ୟା ଉପରେ ଆଲୋଚନା କରାଯାଇ ସମାଧାନର ପଥ ନିର୍ଦ୍ଧାରଣ କରାଯିବା ଉଚିତ। ଏପରି କାର୍ଯ୍ୟକ୍ରମରେ ଶିକ୍ଷକମାନେ ଅଂଶଗ୍ରହଣ କରିବା ସହ ମତ ବିନିମୟ କରିପାରିବେ।

ନୂତନ ଭାବେ କାର୍ଯ୍ୟରେ ଯୋଗ ଦେଉଥିବା ଶିକ୍ଷକମାନଙ୍କର ପାଠପଢ଼ା ଦକ୍ଷତା ଓ ବିଦ୍ୟାଳୟରେ କାର୍ଯ୍ୟ ସମ୍ପାଦନା କିପରି କରୁଛନ୍ତି ତାହାର ମୂଲ୍ୟାୟନ କରାଯାଇ ସହାୟତା ଯୋଗାଇ ଦିଆଗଲେ, ସେମାନେ ଅଧିକ ସଫଳ ହୋଇପାରିବେ। ଶ୍ରେଣୀକକ୍ଷ ପରିଚାଳନା ଏବଂ ଅଭିଭାବକଙ୍କ ସହ ମତ ବିନିମୟର ବିଭିନ୍ନ ଦିଗ ବିଷୟରେ ପ୍ରଶିକ୍ଷଣ ଦେଇ ସେମାନଙ୍କର ଦକ୍ଷତା ଅଭିବୃଦ୍ଧି କରାଯିବା ଆବଶ୍ୟକ। ଶିକ୍ଷକମାନଙ୍କୁ ଶିକ୍ଷାଦାନ କାର୍ଯ୍ୟରେ ସହଯୋଗ ଓ ପରାମର୍ଶ ଦେବା ପାଇଁ ପ୍ରତି ବ୍ଲକ, ଜିଲ୍ଲା ଓ ରାଜ୍ୟସ୍ତରରେ ଅଭିଜ୍ଞ, ଆଦର୍ଶ ଶିକ୍ଷକ ଏବଂ ପରିଦର୍ଶକମାନଙ୍କୁ ନେଇ ମାର୍ଗଦର୍ଶିକ ଦଳ ଗଠନ କରାଯାଇ ଶ୍ରେଣୀ କକ୍ଷରେ ଶିକ୍ଷକମାନେ ଯେପରି ଗୁଣାତ୍ମକ ଶିକ୍ଷାଦାନ କରିପାରିବେ, ମାର୍ଗଦର୍ଶନର ବ୍ୟବସ୍ଥା କରାଯିବା ଉଚିତ। ଶିକ୍ଷାକମାନେ ହେଉଛନ୍ତି ଛାତ୍ରଛାତ୍ରୀଙ୍କର ବନ୍ଧୁ ଓ ମାର୍ଗଦର୍ଶକ। ସେମାନେ ମଣିଷଗଢ଼ା କାରଖାନାର ପରିଚାଳକ। ଶିକ୍ଷକତା ହେଉଛି ଏକ ପବିତ୍ର ବୃତ୍ତି। ଏହି ବୃତ୍ତି ପାଇଁ ଶିକ୍ଷକମାନେ ନିଜକୁ ଯୋଗ୍ୟ କରିବାକୁ ଅହରହ ସାଧନା କରିବା ଆବଶ୍ୟକ।

ପ୍ରତ୍ୟେକ ଅଭିଭାବକ ପିଲାଙ୍କୁ ସ୍କୁଲରେ ନାମ ଲେଖାଇଲାବେଳେ ସେ ଭବିଷ୍ୟତରେ ଜଣେ ମେଧାବୀ ଛାତ୍ର ହୋଇ ବାହାରୁ ବୋଲି ଆଶା କରନ୍ତି। ବିଦ୍ୟାଳୟରେ ପରୀକ୍ଷାର ଫଳାଫଳ, ପରିବେଶ ଓ ପରିଚାଳନାରେ ସନ୍ତୁଷ୍ଟ ହୋଇ ଅଭିଭାବକମାନେ ନାମଲେଖାଇବାକୁ ଚାହିଁଥାଆନ୍ତି ତେଣୁ ଶିକ୍ଷକମାନଙ୍କ ଉପରେ ଭଲ ଫଳ କରାଇବାର ଚାପ ରହିଥାଏ। ସେଥିନିମନ୍ତେ ସେମାନେ ପିଲାମାନଙ୍କୁ ପାଠ ପଢ଼ାଇବା ପାଇଁ ତାଗିଦ କରନ୍ତି। ଶିକ୍ଷକ ପିଲାର ଆଚରଣରେ କିଛି ବ୍ୟତିକ୍ରମ ଦେଖିଲେ ତାକୁ ଅନୁଶାସନ କରିଥାଆନ୍ତି। ଆଶ୍ଚର୍ଯ୍ୟ ଲାଗେ ଅଭିଭାବକମାନେ ମଧ୍ୟ ଆସି ଶିକ୍ଷକମାନଙ୍କୁ କହନ୍ତି "ସାର ମୋ ପିଲାକୁ ଆଖି ଦୁଇଟି ଛାଡ଼ି ଭଲ କରି ପିଟିବେ, ଫଳରେ ସେ ମଣିଷ ହେବ। ଏ ପ୍ରକାର ମାନସିକତା ଆମ ଦେଶରେ ବସାବାନ୍ଧି ରହିଛି। ଯେଉଁ ଟିଉସନ ସାର ଭଲ ବାଡ଼ାନ୍ତ, ତାଙ୍କ ପାଖକୁ ଅଭିଭାବକ ପିଲାଙ୍କୁ ପଠାଇବେ, ସ୍କୁଲ ଶିକ୍ଷକ ଯଦି ବୁଝାଇ ପଢ଼ାଇ ଭଲ ରେଜଲଟ କଲେ ତା'ର ନାମ ନାହିଁ। ଏପରି ଅଭିଭାବକ ମାନଙ୍କୁ ସିଧାସଳଖ କହିବା ଉଚିତ ଯଦି ବାଡ଼େଇଲେ ପିଲା ଭଲ ପଢ଼ିବେ ତେବେ ଗାଈ ଗୋରୁ ତ ଫାଷ୍ଟ କ୍ଲାସ ପାଆନ୍ତେ।"

ଆହୁରି ମଧ୍ୟ ଆମର ବୁଝିବା ଦରକାର ଆଜିର ଶିଶୁ ଆଗାମୀ କାଲିର ଭବିଷ୍ୟତ। ଦେଶର ଭବିଷ୍ୟତକୁ ଗଢ଼ିବାରେ ପ୍ରାଥମିକ ଶିକ୍ଷାର ମହତ୍ତ୍ବ ରହିଛି। ବାପା, ମା', ପରିବାର ଓ ଶିକ୍ଷକମାନଙ୍କଠାରୁ ଶିଶୁ ଜ୍ଞାନ ଆହରଣ କରିଥାଏ। ଶିକ୍ଷକମାନେ ଶିଶୁମାନଙ୍କର ଚରିତ୍ର ଗଠନର ମୂଳଭିତ୍ତି ପକାଇ ଥାଆନ୍ତି। ଶିକ୍ଷକମାନଙ୍କର ପ୍ରମୁଖ ଦାୟିତ୍ବ ଏହି ଶିଶୁମାନଙ୍କୁ ଉପଯୁକ୍ତ ଶିକ୍ଷାଦେଇ ମଣିଷ କରାଇବା। ଜୁଲିଆନ୍ ସାଇମନଙ୍କ ମତରେ ମାନବ ସମ୍ବଳ ହିଁ ଦେଶର ବଡ଼ ସମ୍ପଦ। ବ୍ୟକ୍ତି କୁଶଳୀ, ଉଦ୍ୟୋଗୀ, ସ୍ବାଧୀନ ମତବାଦୀ ହେଲେ ଦେଶ ତଥା ଜାତି ଉପକୃତ ହେବ। ଆର୍ଥର ଲୁଇସଙ୍କ ମତରେ– ଶିକ୍ଷାର ମୁଖ୍ୟ

ଉଦ୍ଦେଶ୍ୟ ହେଉଛି ପ୍ରତ୍ୟେକ ବ୍ୟକ୍ତି ଜଗତକୁ ଭଲ ରୂପେ ବୁଝି ସେହି ଅନୁସାରେ ତା'ର ଅନ୍ତର୍ନିହିତ ଶକ୍ତିକୁ ବିକାଶ କରିବା ପାଇଁ ସୁଯୋଗ ଓ ପ୍ରୋତ୍ସାହନ ଦେବା।

ଆହୁରି ମଧ୍ୟ ଶିକ୍ଷକ ହିସାବରେ ସେମାନଙ୍କର ଗୁରୁଦାୟିତ୍ୱ ଥିଲା। ସେ ଦାୟିତ୍ୱ ହେଉଛି ପ୍ରକୃତ ଶିକ୍ଷାଦାନ ଦ୍ୱାରା ଏକ ସୁସ୍ଥ ସମାଜ ଗଠନରେ ମୁଖ୍ୟ ଭୂମିକା ଗ୍ରହଣ କରିବା। ଶିକ୍ଷକ ଜଣେ ବୁଦ୍ଧିଜୀବୀ ଭାବରେ ନିଜ ବୁଦ୍ଧିକୁ ସମାଜର କଲ୍ୟାଣ ନିମିତ୍ତ ନିୟୋଜିତ କରିବା ଆବଶ୍ୟକ। ଜଣେ ଶିକ୍ଷକ ପ୍ରକୃତରେ ପରିବର୍ତ୍ତନର ବାର୍ତ୍ତାବହ। ସମାଜରେ ବିଭିନ୍ନ ସମୟରେ ସଂଘଟିତ ପରିବର୍ତ୍ତନରେ ଜଣେ ଶିକ୍ଷକର ପ୍ରତ୍ୟକ୍ଷ ବା ପରୋକ୍ଷ ପ୍ରଭାବ ରହିଥାଏ। ତା' ବାଦ୍ ଶିକ୍ଷକ ଜଣେ ଜ୍ଞାନଯୋଗୀ ହେବା ବିଧେୟ। ଜ୍ଞାନ ହିଁ ତା'ର ଶକ୍ତି ଓ ସାମର୍ଥ୍ୟର ଉସ୍ ଏବଂ ଜୀବନର ଇପ୍ସିତ ମନ୍ତ୍ର। ବିଦ୍ୟାର୍ଥୀଙ୍କ ଲାଗି ଶିକ୍ଷକମାନେ ହେଲେ ଆଦର୍ଶ। ସେମାନଙ୍କୁ ପ୍ରେରଣା ଓ ପ୍ରୋତ୍ସାହନ ଦେବା ସେମାନଙ୍କର କର୍ତ୍ତବ୍ୟ ହେବା ବାଞ୍ଛନୀୟ। ସେମାନଙ୍କର ଆଙ୍ଗିକ, ବୌଦ୍ଧିକ, ମାନସିକ ତଥା ଆତ୍ମିକ ବିକାଶ କରାଇବା ଶିକ୍ଷକଙ୍କର ଲକ୍ଷ୍ୟ ହେବା ଉଚିତ୍। ଶିକ୍ଷକଙ୍କର ନିଜର ମେଧା, ଆବେଗ ଓ ଆଧ୍ୟାତ୍ମିକତା ଏବଂ ପ୍ରତିଶ୍ରୁତିବଦ୍ଧତା ରହିବା ଦରକାର। ଜଣେ ଶିକ୍ଷକର ଶିକ୍ଷାଦାନ ଅପେକ୍ଷା ନିଜର ବ୍ୟକ୍ତିତ୍ୱ, ଚରିତ୍ର ଓ ବ୍ୟବହାର ଅଧିକ ମହତ୍ତ୍ୱପୂର୍ଣ୍ଣ। ବିଦ୍ୟାର୍ଥୀଙ୍କ ମନରେ ପଢ଼ିବାର, ଶିଖିବାର, ଗ୍ରହଣ କରିବାର ଓ ଆହରଣର ଆଗ୍ରହକୁ ସବୁବେଳେ ଉଜ୍ଜୀବିତ କରି ରଖିପାରିଲେ ଯାଇ ଶିକ୍ଷକର ଶିକ୍ଷାଦାନ ଦକ୍ଷତା, ସାମର୍ଥ୍ୟ ଅଧିକ ରୁଚି ସଂପନ୍ନ, ଶାଣିତ ଓ ଗ୍ରହଣୀୟ ହୋଇପାରିବ। ଶିକ୍ଷା ପ୍ରତି ପିଲାମାନଙ୍କର ଆଗ୍ରହ ବଢ଼ିବ ଓ ଶ୍ରଦ୍ଧା ଜନ୍ମିବ। ଉଚିତ ଶିକ୍ଷା ମାଧ୍ୟମରେ ସକାରାମ୍କ ମନୋଭାବ ସଂପନ୍ନ, ଜୀବନ କଳା କୌଶଳ (ଲାଇଫ ସ୍କିଲ)ରେ ଦକ୍ଷ, ଜୀବିକା ଅର୍ଜନକ୍ଷମ, ଦାୟିତ୍ୱବାନ, ସୁନାଗରିକ ସୃଷ୍ଟି କରିବା ହେଉଛି ଜଣେ ଶିକ୍ଷକର ସ୍ୱପ୍ନ ଓ ସମାଜର ଅଭିଳାଷ।

ଏହି ପ୍ରକାର ଜ୍ଞାନପ୍ରାପ୍ତ ଗୁରୁ ବା ଶିକ୍ଷକଙ୍କ ସଂସ୍ପର୍ଶରେ ଆସୁଥିବା ଶିଷ୍ୟମାନଙ୍କର ମନରେ ସନ୍ଦେହ ରହେନାହିଁ। ଅଜ୍ଞାନ ଦୂରୀଭୂତ ହୋଇଯାଏ। ଏହାର ଅର୍ଥନୁହେଁ ଯେ ଶିଷ୍ୟ ବା ଛାତ୍ରକୁ ସାଧନା ବା ପ୍ରଚେଷ୍ଟା କରିବାରକୁ ପଡ଼ିବ ନାହିଁ। ଏହି ବିଷୟରେ ଜଣେ ଶିଷ୍ୟ ରମଣ ମହର୍ଷିଙ୍କୁ ପଚାରିଲେ– "ଜଣେ ସିଦ୍ଧଗୁରୁ କ'ଣ ଶିଷ୍ୟକୁ ଆମ୍ଜ୍ଞାନ ଦାନ ଭାବରେ ଦେଇପାରିବେ ନାହିଁ?" ଉତ୍ତରରେ ଶ୍ରୀରମଣ କହିଲେ– "ଜ୍ଞାନ ମାର୍ଗରେ ଗୁରୁ ଜଣେ ଶକ୍ତିଶାଳୀ ସହାୟକ, କିନ୍ତୁ ଶିଷ୍ୟଙ୍କର ପ୍ରଚେଷ୍ଟା ଏବଂ ସାଧନା ମଧ୍ୟ ଅତ୍ୟନ୍ତ ଆବଶ୍ୟକ। ତୁମେ ଯେପରି ନିଜେ ସୂର୍ଯ୍ୟଙ୍କୁ ଦର୍ଶନ କରିବାକୁ ପଡ଼ିବ। ଚକ୍ଷମା ତ ତୁମପାଇଁ ସୂର୍ଯ୍ୟାଲୋକ ଦେଖି ପାରିବ ନାହିଁ। ତୁମକୁ ହିଁ ସାଧନାରେ ଜ୍ଞାନ ଲାଭ କରିବାକୁ ପଡ଼ିବ। ସେସବୁର ତାତ୍ପର୍ଯ୍ୟ ହେଉଛି ଯେ ନିଜର ବ୍ୟକ୍ତିଗତ ସାଧନା ବିନା ସିଦ୍ଧି ଅସମ୍ଭବ।"

ତାହା ନ ହେବାରୁ ଯେଉଁଥି ପାଇଁ ଶିକ୍ଷା ବ୍ୟବସ୍ଥା ଅଶନିଃଶ୍ୱାସୀ ହୋଇଯାଉଛି। ବିଦ୍ୟାଳୟକୁ ଦଣ୍ଡମୁକ୍ତ ଅଞ୍ଚଳ ବୋଲି ଘୋଷଣା କରି ବିଦ୍ୟାଳୟର କାନ୍ଥରେ ଲେଖିଦିଆଯାଇଛି। ଏହାସହିତ ସ୍ଟୁଡେଣ୍ଟ ହେଲ୍ପଲାଇନ ନମ୍ବର ମଧ୍ୟ ଲେଖାଯାଇଛି। ଫଳରେ ଶିକ୍ଷକମାନଙ୍କର ଛାତ୍ରଛାତ୍ରୀମାନଙ୍କ ଉପରେ କର୍ତ୍ତୃତ୍ୱ ରହୁନାହିଁ। ଏହା ଶିକ୍ଷକମାନଙ୍କର କଣ୍ଠରୋଧ କରାଯିବା ସହିତ ସ୍ୱାଭିମାନକୁ ବନ୍ଧାପକାଉଛି। ଆଗରୁ ଛାତ୍ରଛାତ୍ରୀମାନେ ଶିକ୍ଷକଙ୍କୁ ଡରୁଥିଲେ। ଏଇନେ ଶିକ୍ଷକମାନେ ଛାତ୍ରଛାତ୍ରୀମାନଙ୍କୁ ଭୟ କଲେଣି। ଶିକ୍ଷକଙ୍କ ଉପଦେଶକୁ ଛାତ୍ରଛାତ୍ରୀମାନେ ଗ୍ରହଣ କରିବା ଅବସ୍ଥାରେ ନାହାନ୍ତି। ପାଞ୍ଚମନ ପଚିଶ ପ୍ରକୃତିର କୋମଳମତି ଛାତ୍ରଛାତ୍ରୀମାନଙ୍କୁ ପ୍ରତ୍ୟେକ ଶିକ୍ଷକ ଯେ ଉପଯୁକ୍ତ ଉଦାହରଣ ଦେଇ ଠିକ୍ ରାସ୍ତାକୁ ନେଇ ଆସିବ ଭାବିବାଟା ଆଦୌ ଠିକ୍ ନୁହେଁ। ତଥାପି ପ୍ରତ୍ୟେକ ଛାତ୍ରଛାତ୍ରୀ ଶିକ୍ଷକମାନଙ୍କୁ ଉପଯୁକ୍ତ ସମ୍ମାନ ଦେଇ ସେମାନଙ୍କ ନୀତି ଶିକ୍ଷାକୁ ଗ୍ରହଣ କରି ସତ୍କଥା, ସତ୍ଚିନ୍ତା ଏବଂ ସତ୍ମାର୍ଗକୁ ଆପଣାଇଲେ ଶୃଙ୍ଖଳିତ ସମାଜ ଗଠନରେ ସହାୟକ ହେବ। ଆଜିର ଶିକ୍ଷା ବ୍ୟବସ୍ଥା ପାଇଁ ସମାଜରେ ସ୍ମାର୍ଟର ପରିଭାଷା ପରିବର୍ତ୍ତନ ହୋଇ ଶିକ୍ଷିତଅସଭ୍ୟ ସୃଷ୍ଟି ହେଉଛନ୍ତି। ନିଜକୁ ସ୍ମାର୍ଟ ବୋଲାଉଥିବା ଶିକ୍ଷିତ ଅସଭ୍ୟମାନଙ୍କର ସଂଖ୍ୟା ଯେପରି ବୃଦ୍ଧି ଘଟୁଛି। ବର୍ତ୍ତମାନର ସମାଜ ବିଶୃଙ୍ଖଳାର

ଚରମ ସୀମାରେ ପହଞ୍ଚିବାକୁ ଆଉ ଖୁବ୍ କମ୍ ଦିନ ଲାଗିବ । ପ୍ରାଥମିକ ଶିକ୍ଷା ଠିକ୍ ଭାବରେ ପାଇଲେ ଶିଶୁ ବଡ଼ ହେଲେ ନିଜକୁ ଠିକ୍ ଭାବରେ ଚିହ୍ନି ପାରିବ । ନିଜର ସାମର୍ଥ୍ୟ ଓ ନିଜର ଦୁର୍ବଳତା ସଂପର୍କରେ ସଚେତନ ହୋଇପାରିବ । ଭଲ, ମନ୍ଦ, ସତ୍ୟ, ଅସତ୍ୟ ଜାଣିବାରେ ସହାୟକ ହେବ ।

ଶିକ୍ଷା ଶିଶୁ କୈନ୍ଦ୍ରିକ ନ ହେଲେ ଶିଶୁର ଉନ୍ନତି କଦାପି ସମ୍ଭବ ନୁହେଁ ଏବଂ ଏହା ଶିକ୍ଷାର ପ୍ରକୃତ ଉଦ୍ଦେଶ୍ୟ ପୂରଣରେ ବିଫଳ ହେବା ସହିତ ଏଥି ନିମିତ ପ୍ରଣୀତ ନୀତି, ନିୟମ ଏବଂ ସରକାରୀ ବ୍ୟବସ୍ଥା ଶିଶୁର ଆଧ୍ୟାତ୍ମିକ, ଶାରୀରିକ ଏବଂ ମନସ୍ତାତ୍ତ୍ୱିକ ବିକାଶରେ ସହାୟକ ହୋଇପାରିବ ନାହିଁ । ଔପନିବେଶିକ ଭାରତ ବର୍ଷରେ ଆଧୁନିକ ଶିକ୍ଷା ବ୍ୟବସ୍ଥା ପ୍ରବର୍ତ୍ତନ ହେବା ପରେ ତୃତୀୟ ଶ୍ରେଣୀ ପରେ ତାକୁ ଦ୍ୱିତୀୟ ଭାଷା ଭାବେ ଇଂରାଜୀକୁ ଶିକ୍ଷା ଦିଆଯାଉଥିଲା । ଏବେ ମଧ୍ୟ ସେପରି ହେବା ଉଚିତ । କାରଣ ସବୁଭାଷା ବିଜ୍ଞାନୀଙ୍କ ମତରେ ଗୋଟିଏ ଶିଶୁକୁ ତା'ର ମାତୃଭାଷାରେ ବାଲ୍ୟ ଶିକ୍ଷା ଦିଆଯିବା ଉଚିତ ।

ମାତୃଭାଷା ସଂପର୍କରେ ନିଜର ମତ ଦେବାକୁ ଯାଇ ଜାତିର ପିତା ମହାତ୍ମାଗାନ୍ଧୀ କହିଥିଲେ "ଜଣେ ଭାରତବାସୀ ନିଜର ମାତୃଭାଷା ଭୁଲିଯିବ, ଅବହେଳା କରିବ ବା ନିଜ ମାତୃଭାଷା ବ୍ୟବହାର କରୁଛି ବୋଲି ଲଜ୍ଜା ଅନୁଭବ କରିବ– ଏକଥା ମୁଁ ସେମାନଙ୍କୁ ଅନୁଭବ କରିବାକୁ ଦେବିନାହିଁ । ସେ ପୁଣି ଜୋର ଦେଇ କହିଛନ୍ତି ଉଭୟ ବିଦ୍ୟାଳୟ ଓ ବିଶ୍ୱ ବିଦ୍ୟାଳୟ ସ୍ତରରେ ଦେଶୀୟ ଭାଷା ଶିକ୍ଷାର ମାଧ୍ୟମ ହେବା ଜରୁରୀ ।" ଉତ୍କଳମଣି ଗୋପବନ୍ଧୁ ଦାସ ମଧ୍ୟ ବାପୁଙ୍କ ସ୍ୱୀକାରୋକ୍ତିକୁ ସମର୍ଥନ ଜଣାଇ କହିଛନ୍ତି– "ଉଚ୍ଚ ବିଦ୍ୟାଳୟର ଉଚ୍ଚତମ ଶିକ୍ଷା ଦେଶୀୟ ଭାଷା ସାହାଯ୍ୟରେ ଦିଆଯିବା ଉଚିତ ।" ଅନୁରୂପ ଭାବେ କବି ଗଙ୍ଗାଧର ପ୍ରତ୍ୟେକଙ୍କୁ ସଚେତନ କରାଇବାକୁ ଯାଇ କହିଛନ୍ତି– "ଯାଭାଷା ଦୁର୍ବଳ ସେ ନିଶ୍ଚେ ଅଧମ, କାହିଁହେବ ଆନେ ପ୍ରତିଯୋଗେ କ୍ଷମ ।" ବ୍ୟାସକବି ଆଉ ପାଦେ ଆଗକୁ ଯାଇ କହିଛନ୍ତି– "ପଢ଼ିଲି ନାନାଦେଶ ଭାଷା, କାହିଁତ ନ ପୂରିଲା ଆଶା, ହେଉ ପଛକେ ସେ ନିକୃଷ୍ଟ, ମୋ ମାତୃଭାଷା ମୋତେ ଶ୍ରେଷ୍ଠ ।" ଓଡ଼ିଆ ଜାତି ଏବଂ ଓଡ଼ିଆ ଭାଷାକୁ ଭଲ ପାଉଥିବା ଉତ୍କଳ ଗୌରବ ମଧୁସୂଦନ ମଧ୍ୟ ରୋକ୍‌ଠୋକ ମତ ରଖି କହିଛନ୍ତି– "ଜାତି ଇତିହାସ ଜାତିର ନିର୍ଭର, ତହୁଁବହେ ସଦା ଜାତି ପ୍ରାଣଧାର ।" ସୁତରାଂ ମାତୃଭାଷା ହିଁ ଆମ ହୃଦୟର ଅମୂଲ୍ୟ ପୁଞ୍ଜି ।

ପ୍ରାକ୍ ସ୍ୱାଧୀନତା କାଳରେ ଇଂରେଜମାନେ ସମଗ୍ର ଭାରତ ବର୍ଷକୁ ନିଜର ଆୟତରେ ରଖିଥିଲେ ଏବଂ ସାରା ଦେଶରେ ଇଂରାଜୀ ଭାଷାର ପ୍ରଚଳନ କରାଇଥିଲେ । ସ୍ୱାଧୀନତା ପ୍ରାପ୍ତି ପର୍ଯ୍ୟନ୍ତ ଦୀର୍ଘ ଦୁଇ ଶହ ବର୍ଷ ଇଂରେଜ ରାଜତ୍ୱ କାଳରେ ତତ୍କାଳୀନ ଭାରତର ଦୁଇ ହଜାର ଲୋକଙ୍କ ମାଧ୍ୟମରେ ମାତ୍ର ୨ଜଣ ଲୋକ ଇଂରାଜୀ ଭାଷାକୁ ଆପଣେଇ ନେଇଥିଲେ ବୋଲି ସେ ସମୟର ସର୍ବେକ୍ଷଣରୁ ଜଣାପଡ଼ିଥିଲା । ସୁତରାଂ ଆଜି ବି ଇଂରାଜୀ ଭାଷା ସଭିଙ୍କର ପ୍ରିୟ ହୋଇପାରି ନାହିଁ । ଯଦିଓ ପଶ୍ଚିମା ହାୱା ଏମିତି ଜୋର ଧରିଛି, ଯେଉଁଥିରେ ଅଧା ଓଡ଼ିଆ ଏବଂ ଅଧା ଇଂରାଜୀ କହି ଯାହାକୁ ଓଡ଼ିଆ + ଇଂଲିଶ (ଔଲିଶ) ଆଖ୍ୟା ଦିଆଯାଇପାରେ । ଏଭଳି ମିଶ୍ର ଭାଷା ମାତୃଭାଷାର ଘୋର ଘାତକ ।

ସଂସ୍କୃତି ପରମ୍ପରା ଓ ପୌରାଣିକ ପୃଷ୍ଠଭୂମିକୁ ଅନୁଧ୍ୟାନ କଲେ ଜଣାଯାଏ, ଅଖଣ୍ଡ ଭାରତ ବର୍ଷରେ ଗୁରୁ–ଶିଷ୍ୟ ପରମ୍ପରାର ଅନେକ ଉଦାହରଣ ରହିଛି । ଦ୍ୱାପରରେ ସ୍ୱୟଂ ଭଗବାନ ଶ୍ରୀକୃଷ୍ଣ ଶିକ୍ଷା ଗ୍ରହଣ ନିମିତ ଗୁରୁଙ୍କ ଆଶ୍ରମରେ ରହି ଅନ୍ୟ ସମସ୍ତ ଛାତ୍ରଙ୍କ ଭଳି ଗୁରୁସେବାକୁ ବ୍ରତଭାବରେ ଗ୍ରହଣ କରିଥିଲେ । ପୂର୍ବ କାଳରେ ଚାଟଶାଳୀରେ ଛାତ୍ରମାନେ ବିଦ୍ୟା ଅଧ୍ୟୟନ କରୁଥିବା ସମୟରେ ଅନୁଶାସନ ଥିଲା । ବେଦଶିକ୍ଷାଠାରୁ ଯୋଗଶିକ୍ଷା, ପରିମାର୍ଜିତ ଆଚରଣ, ସ୍ୱାସ୍ଥ୍ୟ ଶିକ୍ଷା, ପରିଷ୍କାର, ପରିଚ୍ଛନ୍ନତା, ପରିବେଶ ଶିକ୍ଷା ଆଦି ଶିଶୁର ମାନସିକ, ଶାରିରୀକ ଓ ବୌଦ୍ଧିକ ବିକାଶର ଲକ୍ଷ୍ୟଥିଲା । ସେମାନେ ସାମାଜିକ ମୂଲ୍ୟବୋଧକୁ ହୃଦୟଙ୍ଗମ କରୁଥିଲେ । ଶିକ୍ଷା ସମାପ୍ତି ପରେ କିପରି ସମାଜରେ ଚଳିବାକୁ ହୁଏ ତାହା ମଧ୍ୟ ଭଲ ଭାବରେ ଶିକ୍ଷା କରୁଥିଲେ । ଶୃଙ୍ଖଳିତ ସମାଜ ସବୁବେଳେ ବିକାଶ ମୁଖୀ ଏବଂ ଉତ୍ତରାଧିକାରୀମାନେ ମଧ୍ୟ

ସମୟ ଜ୍ଞାନ, କର୍ତ୍ତବ୍ୟବୋଧ, ସମ୍ମାନ ଏସବୁ ନେଇ ଚଳୁଥିଲେ । ପ୍ରାଚୀନରୁ ମଧ୍ୟଯୁଗୀୟ ଶିକ୍ଷା ଓ ମଧ୍ୟ ଯୁଗରୁ ଆଧୁନିକ ଯୁଗ ଶିକ୍ଷା ନୀତିରେ ବ୍ୟାପକ ପରିବର୍ତ୍ତନ ହେଲାଣି । ଆଜିର ସମାଜରେ ଦାୟିତ୍ୱବୋଧ ନାହିଁ । ନିଜକୁ ସମସ୍ତେ ସ୍ୱୟଂ ସଂପୂର୍ଣ୍ଣ ଭାବୁଛନ୍ତି । ବିଶୃଙ୍ଖଳା ପ୍ରତି କାହାରି ଖାତିର ନାହିଁ । ଯେମିତି ନଦୀ ଦୁଇପାଖରେ ଥିବା କୂଳକୁ ଖିଅ ଅଧିକ ବିସ୍ତୃତ କରାଏ । ସେମିତି ଆଜିର ସମାଜରେ ଛାତ୍ରଛାତ୍ରୀମାନଙ୍କ ପାଇଁ କୌଣସି ନିର୍ଦ୍ଦିଷ୍ଟ ସୀମାନାହିଁ । ସତେ ଯେମିତି ଲଗାମ ବିହୀନ ଜୀବନର ଗତି ପାଇଁ ଶିକ୍ଷା ଦିଆଯାଉଛି । ଆଜିର ଶିକ୍ଷା ଉତ୍ତମ ଚରିତ୍ର ଗଢ଼ିବା ଉପରେ ଗୁରୁତ୍ୱ ଦେଉନାହିଁ । ଏହା କେବଳ ପ୍ରତିଯୋଗିତା ସର୍ବସ୍ୱ ହୋଇ ସଫଳତା ପାଇଁ ଦୌଡ଼ାଇବା ଶିଖାଉଛି । ଏବେ ତ ଶିକ୍ଷା ବେପାର ଧର୍ମୀ ଓ ପ୍ରତିଯୋଗିତା ମୂଳକ ହୋଇଗଲାଣି । ଯେଉଁଥି ପାଇଁ ଛାତ୍ରଛାତ୍ରୀମାନଙ୍କୁ ନିଜର ନୀତି ନୈତିକତାକୁ ଭୁଲି ଯାଇ ଆଗେଇବାକୁ ପ୍ରୋତ୍ସାହିତ କରୁଛି ।

ଶିକ୍ଷା ଆଉ ଜ୍ଞାନ ଅର୍ଜନର ପରିସୀମା ଭିତରେ ଆବଦ୍ଧ ନୁହେଁ । ଶିକ୍ଷା ଉପାର୍ଜନରେ ମାଧ୍ୟମ ସାଜିଛି । ସଚରିତ୍ର ଗଠନ ପାଇଁ ଶିକ୍ଷାର ଆବଶ୍ୟକତା ଆଉ ଲୋଡ଼ା ପଡ଼ୁନାହିଁ । ଉପାର୍ଜନର କୌଶଳ ଶିଖାଇବା ପାଇଁ ଶିକ୍ଷା ଏକ ତାଲିମ ବ୍ୟବସ୍ଥା ଭିତରେ ଆବଦ୍ଧ ହୋଇଯାଇଛି । ଶିକ୍ଷା ବ୍ୟବସ୍ଥା କ'ଣ ଏକ ଲାଭକାରୀ ବ୍ୟବସ୍ଥା ଯେଉଁଥିରୁ ଆମେ ଲାଭକ୍ଷତିର ହିସାବ ରଖିବା । ଧର୍ମ ଓ ସଂସ୍କୃତିକୁ ଆପଣାଇବା ପାଇଁ କୌଣସି ଉଦ୍ୟମ ଏଥିରେ ନାହିଁ ବରଂ ପ୍ରତିଯୋଗିତା ବଢ଼ିଛି । ଅଧର୍ମ ରାସ୍ତାରେ ବ୍ୟବସ୍ଥା ଭିତରୁ ଲାଭକୁ ଲୁଟିନେବା ପାଇଁ ଶିକ୍ଷା, ସ୍କୁଲସ୍ତରରୁ ବିଶ୍ୱବିଦ୍ୟାଳୟ ପର୍ଯ୍ୟନ୍ତ ମୁଖ୍ୟତଃ ବୈଷୟିକ, ଉପାଦନକ୍ଷମ, ରୋଜଗାରକ୍ଷମ ହେଲାଣି । ଅନେକଙ୍କୁ ଲାଗେ ସେକ୍ସପିଅର, ରବୀନ୍ଦ୍ରନାଥ, ଫକୀର ମୋହନ, ଗୋପୀନାଥଙ୍କୁ ପଢ଼ି କ'ଣ ଚାରିପଇସା ରୋଜଗାର କରିହେବ ? ସଚିରାଉତରାୟଙ୍କ ଚିତାନିଆ କ'ଣ ସେଇ ଛୋଟ ଗାଁ ମଣାଶିରେ ଶେଷରେ ଜଳିଥିଲାକି କିମ୍ୟ । ପଲ୍ଲୀକବି ନନ୍ଦ କିଶୋର କୁସୁପୁରରେ ସମାଧ୍ୟ ନେଇଥିଲେ ? ସେସବୁ ପଢ଼ି ଲାଭ କ'ଣ ? ଏଭଳି ଭାବିଲାବେଳେ ବୁଝିପାରନ୍ତି ନାହିଁ ବା ଜାଣି ପାରନ୍ତି ନାହିଁ ଯେ ନିଜର ମନୁଷ୍ୟତ୍ୱର ନିର୍ମାଣରେ ବିକାଶରେ ସେସବୁ ସାହିତ୍ୟ ଭାରି ସାହାଯ୍ୟକାରୀ ଅତ୍ୟନ୍ତ ଉଦାଦେୟ । ଭଲ ମଣିଷଟିଏ ହେବାକୁ ଆଉ କୌଉ କୋମଳମତି ଚପଳ ବୟସର ଛାତ୍ର ମନରେ ପ୍ରତ୍ୟାଶା ନାହିଁ । ସେ କବେଳ ଚାହେଁ ଏ ସୃଷ୍ଟିର ସବୁ ସଂପଦ, ସବୁ କ୍ଷମତା ସବୁ ଯଶ କେବଳ ତା'ର ହେଉ । ଶିକ୍ଷା ବ୍ୟବସ୍ଥା ସହିତ ଗୁରୁମାନଙ୍କ ମାନସିକ ବିଚାରକୁ ମଧ୍ୟ ଗୁରୁତର ସହିତ ନିଆଯାଇପାରେ । ସେମାନଙ୍କୁ ଭିତରୁ ଅନେକ ବ୍ୟବସ୍ଥାକୁ ସୁଧାରିବା ପରିବର୍ତ୍ତେ ଭ୍ରଷ୍ଟାଚାରର ପ୍ରୋତ୍ସାହକ ସାଜିଛନ୍ତି । ଶିକ୍ଷା ସମ୍ବଳକୁ ହରିଲୁଟ କରୁଛନ୍ତି ।

ଅବଶ୍ୟ ଡିଗ୍ରୀ ହାସଲ କରିବାରେ ଶିକ୍ଷାଲାଭ ହୋଇ ନ ଥାଏ । ପ୍ରକୃତ ଶିକ୍ଷା କାହାକୁ କୁହାଯାଏ ତାହା ଛାତ୍ରଛାତ୍ରୀ କ'ଣ କେତେକ ତଥାକଥିତ ଶିକ୍ଷାବିତ୍‌ମାନଙ୍କୁ ମଧ୍ୟ ପରିଷ୍କାର ଭାବେ ଜଣାନାହିଁ ବୋଧହୁଏ । ସମାଜର ଚଳଣି ଅନୁଯାୟୀ ସମସ୍ତେ ପାଠପଢ଼ି ପାକାଉଛନ୍ତି ଏବଂ ସେ ପାଠକୁ ଧନାର୍ଜନରେ ଲଗାଇବା ତାଙ୍କର ଏକମାତ୍ର ଲକ୍ଷ୍ୟ ହୋଇଯାଉଛି । ସମ୍ୟାଦପତ୍ରମାନଙ୍କରୁ ଜଣାଯାଉଛି ଶିକ୍ଷିତ ଯୁବକମାନେ ହିଁ ବହୁ ଅସାମାଜିକ କାର୍ଯ୍ୟରେ ଲିପ୍ତ ହେଉଛନ୍ତି । କେବଳ ଧନ ଅର୍ଜନ କରିବା ଯଦି ଶିକ୍ଷା ଲାଭ କରିବାର ଏକମାତ୍ର ଉଦ୍ଦେଶ୍ୟ ହୁଏ ତେବେ ଅଶିକ୍ଷିତ ଲୋକମାନେ ବି ଭଲ ପଇସା ରୋଜଗାର କରିବା ଦୃଷ୍ଟି ଗୋଚର ହେଉଛି । ତାହେଲେ ଶିକ୍ଷିତ ଓ ଅଶିକ୍ଷିତ ବ୍ୟକ୍ତିମାନଙ୍କ ମଧ୍ୟରେ କି ପାର୍ଥକ୍ୟ ରହିଲା ? ରହିବା ଉଚିତ ନା ନାହିଁ ?

ଆମ ପିଲାବେଳେ ସାରମାନେ କହୁଥିଲେ "ଛାତ୍ରମାନେ ଗୁରୁ ପରାୟଣ ହୁଅନ୍ତୁ, ଗୁରୁମାନେ ଛାତ୍ର ପରାୟଣ ହୁଅନ୍ତୁ । ଉଭୟେ ବିଦ୍ୟା ପରାୟଣ ହୁଅନ୍ତୁ ଏବଂ ବିଦ୍ୟା ସେବା ପରାୟଣ ହେଉ ।" ଆଜିକାଲି ମୂଳରୁ ସବୁକଥା ଅଶୁଦ୍ଧ ହେଲାଭଳି ଜଣାଯାଉଛି । ପ୍ରାଥମିକ ବିଦ୍ୟାଳୟର ଛାତ୍ରମାନେ ଗୁରୁ ପରାୟଣ ହେଉଛନ୍ତି । ଉଚ୍ଚ ବିଦ୍ୟାଳୟରେ ମଧ୍ୟ କିଛି ଛାତ୍ର ଗୁରୁପରାୟଣ ରହୁଛନ୍ତି କିନ୍ତୁ ଅଧିକାଂଶ କ୍ଷେତ୍ରରେ ଗୁରୁଭକ୍ତି ବା ଗୁରୁଙ୍କ ପ୍ରତି ସମ୍ମାନ ଜ୍ଞାନ ବି ରହୁନାହିଁ । ଗୁରୁମାନେ ଛାତ୍ର ପରାୟଣ ରହିବା ସ୍ୱାଭାବିକ । ସେଥିରେ ମଧ୍ୟ ବ୍ୟତିକ୍ରମ ଦେଖା ଦେଲାଣି । ଉଭୟେ ବିଦ୍ୟା ପରାୟଣ

ହେଉଛନ୍ତି କି ? କେଉଁ ପ୍ରକାର ବିଦ୍ୟାର୍ଜନ କଲେ କେତେ ଅଧିକ ପରିମାଣର ଧନ ଅର୍ଜନ କରିହେବ ସେପରି ପରାୟଣ ହେଉଛନ୍ତି, ତାହା ସମାଜର ଚଳଣିରୁ ସ୍ୱଷ୍ଟ ଜଣାପଡ଼ିଯାଉଛି। ଶେଷ କଥାଟି ଅତିକମ୍ ଦେଖାଯାଉଛି। ବିଦ୍ୟାକୁ ସେବାରେ ଲଗାଇବା ବହୁତ କମ୍ ଦେଖାହେଉଛି। ଯେତେ ସଂଖ୍ୟକ ଶିକ୍ଷିତ ବ୍ୟକ୍ତି ଅଛନ୍ତି ସେ ସମସ୍ତେ ଯଦି ଧନାର୍ଜନ ସହିତ ସେଥିରୁ କିଞ୍ଚିଟା ସେବାରେ ଲଗାନ୍ତେ। ନିଜର ନିଜ ପରିବାରର ତଥା ଆମେ ବାସ କରୁଥିବା ସମାଜର ବହୁ ଉପକାର ସାଧିତ ହୁଅନ୍ତା। ଶିକ୍ଷିତ ବ୍ୟକ୍ତିମାନେ ଏହି ଉଦାହରଣ ଦେଖାଇଲେ ଶିକ୍ଷା ଲାଭ କରି ନ ଥିବା ଲୋକମାନେ ଏହାଦ୍ୱାରା କିଛି ପରିମାଣରେ ପ୍ରଭାବିତ ହୁଅନ୍ତେ।

ସମାଜରେ ଜନ୍ମ ହୋଇଥିବା ଆମେ ସମସ୍ତେ ସମାଜ ପ୍ରତି ରଣୀ। ଆମର ଅବସ୍ଥିତି, ଶିକ୍ଷାଲାଭ, ପ୍ରତିଷ୍ଠା ଲାଭ ସବୁକିଛି ସମାଜ ଯୋଗୁ ସମ୍ଭବ ହୋଇଛି। ସମାଜର ବହୁ ଅବଦାନ ଯୋଗୁଁ ଆମେ ଆଜି ଏହିଠାରେ ପହଞ୍ଚି ପାରିଛୁ। ସମାଜର ଏହି ରଣ କେବଳ ସମାଜର ସେବା କରି ପରିଶୋଧ କରାଯାଇପାରିବ। ସମାଜର ସେବା କରିବା ଆମ୍ଭମାନଙ୍କର ନୈତିକ ଦାୟିତ୍ୱ। ବିଶେଷ କରି ଶିକ୍ଷିତ ଲୋକମାନଙ୍କର ସମାଜସେବା ସହିତ ସମାଜରୁ ଫାଇଦା ଉଠାଇବା ଦ୍ୱାରା ଗୋଦରା କୋଡ଼ିବା ଓ ମାଡ଼ିବା ସମାନ ହୋଇଯିବ। ଅଧିକାଂଶ ଲୋକ ଭାବନ୍ତି ଆମେ ଦେଶରୁ କେତେ ବେଶୀ ପାଇବା। ଶିକ୍ଷିତମାନେ କିନ୍ତୁ ଭାବିବା ଦରକାର, ସେମାନେ ଦେଶକୁ କ'ଣ ବା କେତେ ଦେଇ ପାଇବେ। ବ୍ୟକ୍ତିର ସାମାନ୍ୟ ଅବଦାନ ମଧ ଦେଶ ପାଇଁ ବଡ଼ ସେବା ଭାବେ ପରିଗଣିତ ହେବ। ଏଥିପାଇଁ ଦରକାର କେବଳ ଦେଶର ନିୟମ ମାନି ଚଳିବା। ସେତିକି କଲେ ମଧ ବହୁତ ବଡ଼ ସେବାହେବ। ଏହାଠାରୁ ଆହୁରି ବଡ଼ ଦେଶ ସେବା ହେବ ସ୍ୱାର୍ଥପରତାକୁ ଛାଡ଼ି ପାରିଲେ। ସ୍ୱାର୍ଥକୁ ସଂପୂର୍ଣ୍ଣ ଛାଡ଼ିବାକୁ କୁହାଯାଉନାହିଁ। ତାହାତ ଜଣକୁ ମହାପୁରୁଷ କରିଦେବ। କିଛି ପରିମାଣରେ ସ୍ୱାର୍ଥ ପୂରଣ କରାଯାଉ ଓ କିଛି ପରିମାଣରେ ସ୍ୱାର୍ଥତ୍ୟାଗ କରାଯାଉ। ସେତିକି ଦେଶସେବା ବା ସମାଜ ସେବା ଯଥେଷ୍ଟ ହୁଅନ୍ତା। ସଂସାରିକ ସ୍ୱାର୍ଥ କମାଇବା ଫଳରେ ପରମାର୍ଥିକ ସ୍ୱାର୍ଥ ଅଧିକ ଲାଭ ହୋଇଥାଏ। ପରମାର୍ଥିକ ଶାସ୍ତ୍ରରେ ବିଦ୍ୟାର ଉଦ୍ଦେଶ୍ୟ ବାବଦରେ କୁହାଯାଇଛି। 'ସା ବିଦ୍ୟା ଯା ବିମୁକ୍ତୟେ'। ବିଦ୍ୟାବାନ ଲୋକ ସର୍ବତ୍ର ପୂଜା ପାଆନ୍ତି। ବିଦ୍ୟା ଧନକୁ ଚୋର ଚୋରି କରି ପାରେନାହିଁ। ବିଦ୍ୟାର ପ୍ରକୃତ ବ୍ୟବହାର ବ୍ୟକ୍ତିକୁ ମୁକ୍ତି ପ୍ରଦାନ କରିଦେଇପାରେ। ମୁକ୍ତି ଲାଭ କରିବା ପାଇଁ କୌଣସି ଭଗବାନଙ୍କର ଆଶୀର୍ବାଦ ବା ବର ଲଭ ଦରକାରନାହିଁ। ପ୍ରକୃତ ବିଦ୍ୟା ହିଁ ମୁକ୍ତି ବା ମୋକ୍ଷ ଦେଇପାରେ। ତାହାକୁ ସେ ଅଧିକାର ଦିଆଯାଇଛି। ପ୍ରକୃତ ବିଦ୍ୟା ପ୍ରକୃତରେ ଆଧ୍ୟାତ୍ମିକ ବିଦ୍ୟା। ବିଦ୍ୟା ବତାତି ବିନୟମ। ଯେଉଁ ବିଦ୍ୟା ଲାଭକରି ଅହଂକାର ବଢୁଛି ସେ ବିଦ୍ୟାକୁ କୁହାଯିବ ଅବିଦ୍ୟା। ଏହି ବିନୟ ଭାବ ହିଁ ମନୁଷ୍ୟକୁ ଅମର କରିଦେଇପାରେ। ଅମରତ୍ୱ ଲାଭ କରିବାର ଅନ୍ୟ ଏକ ଉପାୟ ଅବଶ୍ୟ ଶାସ୍ତ୍ରମାନେ ଉଲ୍ଲେଖ କରିଛନ୍ତି। 'ତ୍ୟାଗେନୈକ ଅମୃତତ୍ୱ ମାନୁଷୁ'। ତ୍ୟାଗ ବଳରେ କେବଳ ମଣିଷ ଅମରତ୍ୱ ଲାଗ କରିପାରିବ। ଏହି ତ୍ୟାଗ ମୁଖ୍ୟତଃ ସ୍ୱାର୍ଥ ତ୍ୟାଗକୁ ବୁଝାଏ। ଶିକ୍ଷା ଏସବୁ ଦେଉ ନ ଥିବାରୁ ଆଜିକାଲି ଶିକ୍ଷାର ଓ ଶିକ୍ଷିତ ବ୍ୟକ୍ତିଙ୍କର ପରିଣତି ଦୁଃଖଦ ହେବାରେ ଲାଗିଛି। ଜୀବିକାର୍ଜନ ପାଇଁ ଶିକ୍ଷାଲାଭ କରାଯାଉ କିନ୍ତୁ କେବଳ ସେତିକିରେ ମଣିଷର ପରିପୂର୍ଣ୍ଣତା ମିଲି ପାରିବନାହିଁ। ଜୀବିକାର୍ଜନ ପାଇଁ ରୋଜଗାର କରାଯାଉଥିବା ସଂପତ୍ତିକୁ ବ୍ୟବହାର କରି କିଛି ମହତ ଓ ଯଶ ଅର୍ଜନ କରାଯାଉ। ତାହା ପୁଣି ନିଷ୍କାମ ଭାବରେ, ନିଃସ୍ୱାର୍ଥ ଭାବର ସହିତ। ଏହା ଫଳରେ ତ୍ୟାଗ କରୁଥିବା ବ୍ୟକ୍ତି ଓ ସେ ତ୍ୟାଗ ଫଳରେ ଉପକୃତ ହେଉଥିବା ବ୍ୟକ୍ତି ଉଭୟ ଆନନ୍ଦ ଲାଭକରନ୍ତି। ଅନ୍ୟ ସମସ୍ତ ପ୍ରକାର ଆନନ୍ଦ ଅପେକ୍ଷା ଏହି ତ୍ୟାଗାନନ୍ଦ ଅତୀବ ସନ୍ତୋଷ ଦାୟକ ଓ ଆତ୍ମସନ୍ତୋଷ ଲାଭର ସୁନିଶ୍ଚିତ ଉପାୟ। ଆତ୍ମସନ୍ତୋଷ ହିଁ ଆତ୍ମ ସାକ୍ଷାତକାରର ନିକଟତମ ଅବସ୍ଥା। ଆତ୍ମ ସାକ୍ଷାତକାରର ଅନ୍ୟ ନାମ ମୋକ୍ଷ ବା ମୁକ୍ତି ଯାହା ହାସଲ କରିବା ଶିକ୍ଷାଲାଭ କରିବାର ଉଦ୍ଦେଶ୍ୟ।

ଏପ୍ରକାର ଶିକ୍ଷା ଆଜିକାଲିର ଶିକ୍ଷାନୁଷ୍ଠାନ ମାନଙ୍କରେ ଉପଲବ୍ଧ ନୁହେଁ। ଆଜିକାଲିର ଶିକ୍ଷାନୁଷ୍ଠାନ ଗୁଡ଼ିକ ଆଧୁନିକ ସମାଜର ଚାହିଦାକୁ ଦୃଷ୍ଟିରେଖ୍ ଚାଲିଛନ୍ତି। କିନ୍ତୁ ଭାରତୀୟ ସଂସ୍କୃତି ଓ ଆଧ୍ୟାତ୍ମିକତା ଦୃଷ୍ଟିରୁ ଏ ଶିକ୍ଷା– ଶିକ୍ଷା ପଦବାଚ୍ୟ ହେଉନାହିଁ।

ଏ ଶିକ୍ଷା ସହିତ ଆଧ୍ୟାତ୍ମିକ ଶିକ୍ଷା ଓ ପରମାର୍ଥିକ ଶିକ୍ଷା ମଧ୍ୟ ଆହରଣ କରାଯାଉ। ଜୀବିକାର୍ଜନ ପାଇଁ ଆହରଣ କରାଯାଉଥିବା ଶିକ୍ଷା କେବଳ ଦେହକୁ ବଞ୍ଚାଇ ଦେବ। କିନ୍ତୁ ମଣିଷ କ'ଣ କେବଳ ହାଡ଼, ମାଂସ, ରକ୍ତ ବିଶିଷ୍ଟ ଦେହଟିଏ। ତା'ଠାରେ ମନ, ବୁଦ୍ଧି, ଚେତନା, ହୃଦୟ ଓ ହୃଦୟରେ ଭକ୍ତି, ସ୍ନେହ, ଶ୍ରଦ୍ଧା, ସେବାଭାବ, ସୁଶୁଶ୍ରା, ଅନୁକମ୍ପା ପ୍ରଭୃତିକୁ ବଞ୍ଚାଇବା ଓ ବଢ଼ାଇବା କ'ଣ ଏହି ତଥାକଥିତ ଶିକ୍ଷା ଦ୍ୱାରା ହୋଇପାରିବ ? ଉଭୟ ପ୍ରକାରର ଶିକ୍ଷା ଦ୍ୱାରା ମଣିଷର ଉଭୟ ପ୍ରକାର ଆବାଶ୍ୟକତାକୁ ପୂରଣ କରାଯାଇ ପାରିବ। ଏହି ଉଭୟ ପ୍ରକାରର ଶିକ୍ଷା ମଣିଷକୁ ତା' ଜନ୍ମ ସାର୍ଥକ କରିବା ଦିଗରେ ଆଗେଇ ନେବ।

ବର୍ତ୍ତମାନ ଶିକ୍ଷା ଏପରି ହେଲାଣି ରାସ୍ତାରେ ନାରୀର ଅବମାନନା ବେଳେ କେହି ଅଟକେ ନାହିଁ। ଦୁର୍ଘଟଣାଗ୍ରସ୍ତ ହୋଇ କୌଣସି ବ୍ୟକ୍ତି ରକ୍ତାକ୍ତ ଅବସ୍ଥାରେ ରାସ୍ତାରେ ପଡ଼ିଥିଲେ ତାକୁ ଶୀଘ୍ର ଡାକ୍ତରଖାନା ନେବାର ଭଲପଣ ଆମ ଶିକ୍ଷା ଆମକୁ ଶିଖାଏ ନାହିଁ। ଆଇନଷ୍ଟାଇନ୍‌ଙ୍କ ମତରେ, ଛାତ୍ରମାନେ ଜ୍ଞାନ ଅର୍ଜନ ସହିତ ମୂଲ୍ୟବୋଧ ଆହରଣ କରିବା ନିତ୍ୟାନ୍ତ ଆବଶ୍ୟକ। ସବୁ କଥାରେ ବିବାଦ ସୃଷ୍ଟି କରି ସାମାନ୍ୟ କଥାରୁ ଗଣ୍ଡଗୋଳ ସୃଷ୍ଟିକରି ଦାବି ପୂରଣ ପାଇଁ ରାସ୍ତାରେ ମାର୍ଚ କରିବା ପାଇଁ ଆମର ସମୟର ଅଭାବ ନାହିଁ। ସାମାନ୍ୟ କେତୁଟା ଡଲାର ପାଇଁ ଓଡ଼ିଶା ଓ ଭାରତ ଛାଡ଼ି ଆମେରିକା, ଅଷ୍ଟେଲିଆ (ବିଦେଶ) ଗଲାବେଳେ ଆମର ଦେଶ ପ୍ରେମ ଆଘାତ ପାଏନାହିଁ। ଆମର ଲୋକପ୍ରତିନିଧିମାନେ ଯେଉଁ ଭାଷା କହନ୍ତି ଏବଂ ବିଧାନସଭା, ଲୋକସଭା, ରାଜ୍ୟସଭାରେ ଯେପରି ବ୍ୟବହାର କରନ୍ତି, ସେହି ହେଲା ଆମର ଗୁଣାତ୍ମକ ଶିକ୍ଷାର ଆଦର୍ଶ। ତାକୁ ହିଁ ଆମେ ଅନୁକରଣ କରୁ। ତେବେ ଜ୍ଞାନ, ପ୍ରଜ୍ଞା ଓ ଗୁଣାତ୍ମକ ଶିକ୍ଷାର ଅନ୍ୟ ଲକ୍ଷଣ ସବୁ ଆମେ ପାଇବା କେଉଁଠୁ ? ସରକାରୀ ନୀତି ଓ ସଂସଦ-ବିଧାନସଭାରେ ନୀତି ନିର୍ଦ୍ଧାରକଙ୍କ ଆଚରଣ ଆମ ଗୁଣବତ୍ତାକୁ ଯେଉଁ ଦିଗଦର୍ଶନ ଦିଏ, ସେହି ଅନୁପାତରେ ଆମର ଗୁଣାତ୍ମକ ଶିକ୍ଷା ଚାଲିଛି। ଯେଉଁମାନଙ୍କୁ ଆମେ ଆମର ଉତ୍ତରାଧିକାରୀ ବା ଦେଶର ଭବିଷ୍ୟତ କହୁଛେ ସେମାନେ ନା ବାପା, ମା' ନା ଗୁରୁଜନ ବା ଲଘୁଜନଙ୍କ କଥା ଉପଦେଶ ମାନୁନାହାନ୍ତି କି ସମ୍ମାନ, ସ୍ନେହ କରୁନାହାନ୍ତି। ଆଜି ଦେଶର ଜାତୀୟ ଚରିତ୍ର ଦୁର୍ନୀତି, ଭ୍ରଷ୍ଟାଚାର, ଅନ୍ୟାୟ, ଅନୀତି ଦ୍ୱାରା କବଳିତ। ଘୋଷାପାଠ ସେମାନଙ୍କୁ ଧୀରେ ଧୀରେ 'ରୋବଟ' କରିଦେଲାଣି। ପଢ଼ାବହି ବାହାରୁ ଗୋଟିଏ ଅତି ସାଧାରଣ ପ୍ରଶ୍ନ କଲେ ବି ସେମାନେ ତାହାର ସନ୍ତୋଷଜନକ ଉତ୍ତର ଦେଇପାରୁନାହାନ୍ତି। ଯେଉଁମାନଙ୍କ ଦ୍ୱାରା ଶିକ୍ଷାର ନୀତି ନିର୍ଦ୍ଧାରଣ ହେଉଛି ବା ଜଗତୀକରଣ ନାମରେ ଶିକ୍ଷାଧାରାକୁ ପରିବର୍ତ୍ତନ କରୁଛନ୍ତି, ସେମାନେ ଏହାକୁ ତର୍ଜମା କରିବାର ବେଳ ଉପନୀତ ହେଲାଣି।

ଏକଦା କିଛି ଭିକ୍ଷୁକଙ୍କ ଆମ୍ଭ୍‌ହତ୍ୟାରେ ମର୍ମାହତ ହୋଇ ବୁଦ୍ଧଦେବ ଭିକ୍ଷୁକମାନଙ୍କୁ ଅଜ୍ଞାନତା ଓ ସଂକୀର୍ଣ୍ଣତାରେ ପତିତ ନ ହୋଇ ଶିକ୍ଷାକୁ ବୁଦ୍ଧିମତ୍ତାର ସହ ଅଧ୍ୟୟନ ଓ ଅଭ୍ୟାସ କରିବାକୁ ପରାମର୍ଶ ଦେଇ କହିଥିଲେ- "ଯଦି ମୋ ଶିକ୍ଷାକୁ ଉପଯୁକ୍ତ ଭାବେ ଗ୍ରହଣ କରିବ ନାହିଁ, ତେବେ ତୁମେ ସଂକୀର୍ଣ୍ଣତା ଜାଲରେ ପତିତ ହୋଇ ଯନ୍ତ୍ରଣା ଓ ଦୁଃଖ ଭୋଗ କରିବ। ମନଯୋଗ ସହକାରେ ଶିକ୍ଷାକୁ ଶ୍ରବଣ କର ହୃଦୟଙ୍ଗମ କର ଏବଂ ଏହାକୁ କାର୍ଯ୍ୟରେ ବୁଦ୍ଧିମତା ସହ ପ୍ରୟୋଗ କର।" ସ୍ୱାମୀ ବିବେକାନନ୍ଦ କହିଲେ- "ଯେଉଁ ଶିକ୍ଷିତ ବ୍ୟକ୍ତିମାନେ କୋଟି କୋଟି ଦରିଦ୍ର ଜନସାଧାରଣଙ୍କର ବୁକୁର ରକ୍ତ ବିନିମୟରେ ଶିକ୍ଷାଲାଭ କରି ଆରାମ ଅୟସରେ ଲାଳିତ ପାଳିତ ହୋଇ ମଧ୍ୟ ସେହି ଦରିଦ୍ରମାନଙ୍କ ସମ୍ପର୍କରେ ଥରେ ହେଲେ ଚିନ୍ତା କରନ୍ତି ନାହିଁ, ମୁଁ ସେମାନଙ୍କୁ ବିଶ୍ୱାସଘାତକ ବୋଲି କୁହେ।"

ଶିକ୍ଷା ହିଁ ମାନବିକ ମୂଲ୍ୟବୋଧର ବିକାଶ ଘଟାଇଥାଏ ଏବଂ ଜଣେ ସୁନାଗରିକ ହେବାର ଶୃଙ୍ଖଳା ଶିଖାଏ। ଶିକ୍ଷା ହେଉଛି ଜ୍ଞାନ ବିକାଶର ପଥପ୍ରଦର୍ଶକ। ଆମେ ଯେତେ ପାଠ ପଢ଼ିବା, ସେତେ ଆମ ଜ୍ଞାନର, ମସ୍ତିଷ୍କର ବିକାଶ ଘଟିବ ଯାହା ଫଳରେ ଆମେ ସ୍ୱାବଲମ୍ବୀ ହେବା ସଙ୍ଗେସଙ୍ଗେ ନୂତନତ୍ୱର ସନ୍ଧାନ କରି ନିଜର ଉର୍ଜା ବୃଦ୍ଧି କରିପାରିବା। ଯାହାଦ୍ୱାରା ଏକ ବଳିଷ୍ଠ ରାଷ୍ଟ୍ର ଗଠନ ସମ୍ଭବ ହୋଇପାରିବ। ତେଣୁ ମଣିଷକୁ ଆଗ ଶିକ୍ଷା ପରେ ରୋଜଗାର ବିଷୟରେ ଚିନ୍ତା କରିବା ଦରକାର। ତେଣୁ ଆର୍ଥିକ ଓ ବୈଷୟିକ ବିକାଶର ସମାନୁପାତିକ ଭାବେ ଯଦି ବୌଦ୍ଧିକ ବିକାଶ ନ ଘଟେ,

ତେବେ ଏକ ସମତୁଲ ସମାଜ ଗଠନ ସମ୍ଭବ ହୋଇପାରିବ ନାହିଁ । ସେଥିପାଇଁ ଶିକ୍ଷା ଏକ ସର୍ବୋ୍ଚ ଅତ୍ୟାବଶ୍ୟକ ସେବା ଯାହାର ପ୍ରୟୋଗ ସମାଜରେ ପ୍ରାଧାନ୍ୟ ଲାଭ କରିବା ଦରକାର ।

ରାଜା ରାମମୋହନ ରାୟ କହିଥିଲେ– "ଅତ୍ୟାଚାରୀ ଶାସକମାନେ ସର୍ବଦା ଜାଣନ୍ତି ଯେ, ଜ୍ଞାନର ପ୍ରସାର ସମସ୍ତ ଶାସକ ଗୋଷ୍ଠୀ ପାଇଁ ବିପଦଜନକ । କାରଣ ଜନସାଧାରଣ ଜ୍ଞାନଦୀପ୍ତ ହେଲେ ସହଜରେ ବୁଝିପାରିବେ ଯେ, ସଂଖ୍ୟାଧିକ ଲୋକ ମିଳିତ ଭାବେ କାର୍ଯ୍ୟକଲେ ଅତି ସହଜରେ ଅଳ୍ପ ଲୋକଙ୍କର ଶାସନକୁ ନିଃଶେଷ କରିପାରିବେ ଏବଂ କ୍ଷମତାଧାରୀ ମାନଙ୍କର ବାଧା ନିଷେଧରୁ ସମ୍ପୂର୍ଣ୍ଣ ମୁକ୍ତ ହୋଇପାରିବେ । ଉପଯୁକ୍ତ ଶିକ୍ଷା ପାଇଲେ ମଣିଷ ତା'ର କର୍ମ– ଯୋଜନା ନିଜେ କରିନେବ । ସେଥିପାଇଁ ତାକୁ କାହାର ଆଶ୍ରା ନେବାକୁ ପଡ଼ିବ ନାହିଁ କି ସରକାରଙ୍କ ଦୟା ଓ ଅନୁକମ୍ପା ଉପରେ ନିର୍ଭର କରିବାକୁ ପଡ଼ିବନାହିଁ ।" କର୍ମ ଯୋଜନା କେବଳ ସରକାରୀ କି ବେସରକାରୀ ଚାକିରିକୁ ବୁଝାଏ ନାହିଁ । ଜଣେ ଉଚ୍ଚ ଶିକ୍ଷିତ ମଣିଷ ଚାଷଠାରୁ ଆରମ୍ଭକରି ପ୍ରତ୍ୟେକ କ୍ଷେତ୍ରରେ ଉଭମ ଓ ଉନ୍ନତ ପ୍ରଣାଳୀରେ ନିଜର କର୍ମ ଯୋଜନା ସୃଷ୍ଟି କରିପାରିବ । ତେଣୁ ପ୍ରତ୍ୟେକକୁ ବାଧ୍ୟତାମୂଳକ ଶିକ୍ଷାଦେବା ହେଉଛି ଆମ ମୁଖ୍ୟଆମାନଙ୍କର ନୈତିକ ଦାୟିତ୍ୱ । ଯଦି ଉପଯୁକ୍ତ ଶିକ୍ଷାର ପ୍ରସାର ଘଟିବ, ଜ୍ଞାନର ବିକାଶ ଘଟିବ, ତେବେ ଆମେ ଆଜି ଯେଉଁ ସାମାଜିକ ବିଶୃଙ୍ଖଳା ଦେଖୁଛୁ କେଉଁଠି ଜାତି–ଜାତି, ସଂପ୍ରଦାୟ–ସଂପ୍ରଦାୟ, ଧନୀ–ଗରିବ, ଧର୍ମ–ଧର୍ମ, ଉଚ୍ଚ–ନୀଚକୁ ନେଇ ଲଢ଼େଇ, ଧ୍ୱଂସର ଲୀଳା ଚାଲିଛି ତ କେଉଁଠି ଉଗ୍ରବାଦ, ବିଚ୍ଛିନ୍ନତାବାଦ, ଆଞ୍ଚଳିକତାବାଦ, ସନ୍ତ୍ରାସବାଦ, ମାଓବାଦର ନିଆଁରେ ମଣିଷ-ମଣିଷକୁ ହତ୍ୟା କରୁଛି । ଯୁଦ୍ଧର ଘନଘଟା ସୃଷ୍ଟି କରୁଛି । ଏସବୁ ହେଉଛି ମଣିଷର ଅଜ୍ଞାନତା ଓ ଅଶିକ୍ଷାର ପ୍ରତିଫଳନ ।

ଶିକ୍ଷା ଜ୍ଞାନ ଆହରଣର ମୂଳଦୁଆ । ଶିକ୍ଷା ମଣିଷକୁ ଜ୍ଞାନ ପିପାସୁ କରାଏ ଏବଂ ଜ୍ଞାନ ପ୍ରାପ୍ତି ପାଇଁ ରାସ୍ତା ଦେଖାଏ । ଶିକ୍ଷାକୁ ଯେତେ ସକରାମ୍ଣକ ଓ ସମାଜ ଉପଯୋଗୀ କରିବେ ଜ୍ଞାନ ସେତେ ପ୍ରଗତିଶୀଳ ଓ ତାତ୍ପର୍ଯ୍ୟପୂର୍ଣ୍ଣ ହେବ । ତେଣୁ ସାମାଜିକ ସଚେତନତା ଓ ବ୍ୟବହାରିକ ଜ୍ଞାନ ବୃଦ୍ଧି ନିମନ୍ତେ ଶିକ୍ଷାର ଘୋର ଆବଶ୍ୟକତା ଅଛି । ଶିକ୍ଷା ଓ ଜ୍ଞାନ ପ୍ରଦାନ କରିଦେଲେ ସେ କାହାର ବୋଝ ହେବନି । ରୋଜଗାର ଠାରୁ ଆରମ୍ଭ କରି ଭଲ ମନ୍ଦ ବିଚାର କରିବାର ଶକ୍ତି ଆସିଯିବ । ସେ ଆଉ କାହାଦ୍ୱାରା ଠକି ଯିବନି । ନିଜକୁ ଶୃଙ୍ଖଳିତ କରିପାରିବ । ଏକ ସମ୍ୱେଦନଶୀଳ ଓ ସୁଶୃଙ୍ଖଳିତ ସମାଜ ଗଠନ ହୋଇପାରିବ । ଏବେ ନେତାଙ୍କଠାରୁ ଆରମ୍ଭ କରି ଠିକାଦାର, ଅଫିସର, ଓକିଲ, ଡାକ୍ତର ସମସ୍ତେ ଠକି ଚାଲିଛନ୍ତି । ତାଙ୍କ ଭୁଲକୁ ଧରିବା ପାଇଁ ଯେଉଁ ଜ୍ଞାନଟିକକ ଦରକାର ତାହା ଆମ ପାଖରେ ନ ଥିବାରୁ ସେମାନେ ତା'ର ଫାଇଦା ନେଉଛନ୍ତି ।

କେବଳ ପିଲାଙ୍କୁ ଅତ୍ୟାଧୁନିକ ଯାନ୍ତ୍ରିକ ବା ପ୍ରଯୁକ୍ତି ବିଦ୍ୟାର ଉଚ୍ଚତର ଶିକ୍ଷା ଦେଇଦେଲେ, ଆମ ପିଲାଏ ଆଦର୍ଶ ନାଗରିକ ହୋଇଯିବେ ନାହିଁ । ସେଥିପାଇଁ ଜ୍ଞାନୀ ଲୋକେ ମନୀଷୀମାନେ ବିଜ୍ଞାନ ଓ ଆଧ୍ୟାମ୍ଣିକତାର ସମନ୍ୱୟ ଚାହାଁନ୍ତି । ବିଗତ ୫୦ ରୁ ୬୦ ବର୍ଷ ଭିତରେ ଜ୍ଞାନ, କୌଶଳରେ ବିକାଶ ଘଟିଛି । ଏହାଦ୍ୱାରା ଦେଶ ସମୃଦ୍ଧ ହୋଇଛି । ଅର୍ଥନୀତିରେ ବିକାଶ ଘଟିଛି । ମାତ୍ର ସଭ୍ୟତାର ବିକାଶ ଆଶା ଅନୁରୂପେ ହୋଇନାହିଁ । ପ୍ରକୃତ ଜ୍ଞାନ ଓ ଆଧ୍ୟାମ୍ଣିକତାର ପ୍ରଚାର ଓ ପ୍ରସାର ହିଁ ସଭ୍ୟତାର ମାନଚିତ୍ର ବଦଳାଇ ଦେଇପାରିବ । ପ୍ରକୃତ ପକ୍ଷେ କହିବାକୁ ଗଲେ, ଆଧୁନିକ ସଭ୍ୟ ମଣିଷର ଆଧ୍ୟାମ୍ଣିକତା ବିଷୟରେ ସ୍ପଷ୍ଟ ଧାରଣା ନାହିଁ । ଆମେମାନେ ବ୍ୟକ୍ତିଗତ ଭାବେ ଧର୍ମକୁ ମାନୁଛୁ । ମାତ୍ର ଆଧ୍ୟାମ୍ଣିକତା କ'ଣ ଜାଣୁନାହୁଁ । ଧର୍ମ ଭୌତିକ ବସ୍ତୁ ଓ ଜଡ଼ବାଦକୁ ପ୍ରାଧାନ୍ୟ ଦେଉଛି । ତେଣୁ ମଣିଷ ସ୍ୱାର୍ଥପର ହୋଇପଡ଼ିଛି । ଆଧ୍ୟାମ୍ଣିକତା କେବଳ ଆମକୁ ଭୌତିକ ମୋହରୁ ମୁକ୍ତ କରିପାରିବ । ମଣିଷର ମନ ବ୍ୟାପକ ହୋଇ ଉଠିବ । ସଂପ୍ରତି ଧର୍ମ ନାଁରେ ବିଭିନ୍ନ ପ୍ରକାର ମଠ, ଧର୍ମାନୁଷ୍ଠାନ ଗଢ଼ି ଉଠିଛି । ଧର୍ମ ନାଁରେ ଲୋକମାନଙ୍କୁ ଶୋଷଣ କରାଯାଉଛି । ଯେଉଁଥି ପାଇଁ ସମାଜରେ ଧର୍ମକୁ ନେଇ ଏତେ ବାଦ ବିବାଦ ଦେଖାଦେଉଛି ।

ଯେଉଁ ଶାସକ ଏ ଚିନ୍ତା ନେଲେ ସେ ପ୍ରଥମେ ପୁରାଣ ପୁରୁଷ ଶ୍ରୀରାମ ବା ରାଜର୍ଷ ଜନକଙ୍କ ଇତିବୃତ୍ତ ଜାଣନ୍ତି

କି ? ଯେଉଁମାନେ ବିଧାୟକ ଧାଡ଼ିରେ ରହି ମନ୍ତ୍ରୀ ପଦାସୀନ, ସେମାନେ ଉତ୍କଳ ଗୌରବ ମଧୁସୂଦନ ଦାସଙ୍କ ଜୀବନୀକୁ ଆୟତ୍ତ କରିଛନ୍ତି କି ? ରୋଗୀ ସେବା, ଆଇନ ସେବା ଅଥବା ପରିବେଶ ସେବା ସହିତ ଆହାର ଯୋଜନା ପର୍ଯ୍ୟନ୍ତ ସମସ୍ତ କାର୍ଯ୍ୟାରମ୍ଭ କାଳରେ ଅଧିକାରୀମାନେ ପଣ୍ଡିତ ଗୋପବନ୍ଧୁଙ୍କ ସେବାଭାବକୁ ଥରେ ବି ଚିନ୍ତନ କରିଛନ୍ତି କି ? ଆଉ ଯାହା ମଣିଷର ଚେତନାକୁ ବିସ୍ତାରିତ କରେ ତାହା ହେଉଛି ପ୍ରକୃତ ଶିକ୍ଷା ।

ଆଜିର ଛାତ୍ରଛାତ୍ରୀ ବିବେକାନନ୍ଦ, ମଧୁବାବୁ, ସୁଭାଷ ବୋଷଙ୍କ ପରି ଉତ୍ତମ ଚରିତ୍ରର ମହାପୁରୁଷଙ୍କୁ ଭୁଲି ଗଲେଣି । ଆଧୁନିକ ଜ୍ଞାନ କୌଶଳର ଅନ୍ଧକାର ଭିତରେ ଦେଶର ଭବିଷ୍ୟତମାନେ ଉବୁଟୁବୁ ହେଉଛନ୍ତି । ଆମ ସରକାରୀ ଶିକ୍ଷା ବ୍ୟବସ୍ଥାରେ ପିଲା ଯେ କେବଳ ପ୍ରମାଣ ପତ୍ରଧାରୀ ଜଣେ ଜଣେ ଅଙ୍କଭାବେ ବିକାଶ ଲାଭ କରୁଛନ୍ତି, ତାହା ସେମାନଙ୍କୁ ପ୍ରଦାନ କରାଯାଉଥିବା ଶିକ୍ଷାର ମାନକୁ ଦେଖିଲେ ସହଜରେ ଜଣାପଡ଼େ । ପ୍ରତିବର୍ଷ ଆମ ଦେଶରେ ଏ ନେଇ ସ୍ୱେଚ୍ଛାସେବୀ ସଂଗଠନ 'ପ୍ରଥମ' ପକ୍ଷରୁ ସର୍ବେକ୍ଷଣ କରାଯାଏ ଓ ଗତ ଅନେକ ବର୍ଷଧରି ସେଇ ସମାନ ପ୍ରକାରର ନିଷ୍କର୍ଷ ବାହାରି ଆସୁଛି ଯେ, ପଞ୍ଚମ ଶ୍ରେଣୀରେ ପଢୁଥିବା ପିଲାମାନେ ଠିକ୍ ଭାବେ ଦ୍ୱିତୀୟ ଶ୍ରେଣୀର ବହି ବି ପଢ଼ିବାରେ ସମର୍ଥ ନୁହଁନ୍ତି । ଏଭଳି ନ୍ୟୁନମାନର ଶିକ୍ଷା ହାସଲ କରିଥିବା ବିଦ୍ୟାର୍ଥୀମାନେ ଉଚ୍ଚ ଶ୍ରେଣୀରେ ଅଧ୍ୟୟନ କରିବାପରେ ପରୀକ୍ଷାରେ କୃତକାର୍ଯ୍ୟ ହେବା ପାଇଁ ନକଲ କରିବା ବା ଅନ୍ୟ ବେନିୟମ ଉପାୟ ଅବଲମ୍ବନ କରିବାକୁ ବାଧ୍ୟ ହେଉଛନ୍ତି । ସବୁଠୁ ବିସ୍ମୟ ଓ ପରିତାପର ବିଷୟ ଯେ ଜଣେ ଜଣେ ପରୀକ୍ଷାର୍ଥୀଙ୍କ ପାଇଁ ନକଲି ପରୀକ୍ଷାର୍ଥୀ ମଧ୍ୟ ପରୀକ୍ଷା ଦେଇ ଧରା ପଡ଼ିବାର ନଜିର ରହିଛି । ଏପରିକି ଡାକ୍ତରୀ, ଇଞ୍ଜିନିୟରିଂ ପାଇଁ ହେଉଥିବା ପ୍ରବେଶିକା ପରୀକ୍ଷାରେ ସୁଦ୍ଧା ନକଲ କରିବା ଓ ପ୍ରଶ୍ନ ପ୍ରଚ୍ଚ କରିବା ଭଳି ଘଟଣା ନଜରକୁ ଆସୁଛି । ଆଜିକାଲି ଆଧୁନିକ ପ୍ରଯୁକ୍ତି କୌଶଳକୁ ନକଲ କରିବା ପାଇଁ ମଧ୍ୟ ବେଶ ଚତୁରତାର ସହ ବ୍ୟବହାର କରାଯାଉଛି । ଏହି କାରଣରୁ ନିକଟ ଅତୀତରେ ଡାକ୍ତରୀ ପରୀକ୍ଷା ପାଇଁ ଆୟୋଜିତ ପ୍ରବେଶିକା ପରୀକ୍ଷା ଦେଉଥିବା ଛାତ୍ରଛାତ୍ରୀଙ୍କ ଉପରେ ବହୁ ପ୍ରକାରର ସର୍ତ ଲଗାଯାଉଥିଲା । ଏପରିକି ସେମାନଙ୍କ ପୋଷାକ ପରିଚ୍ଛେଦରେ ମଧ୍ୟ କଟକଣା କରାଯାଉଥିଲା । ଓଡ଼ିଶାରେ ଆଜିକାଲି ମାଟ୍ରିକ ପରୀକ୍ଷାର୍ଥୀଙ୍କୁ ଜଗିବା ପାଇଁ ବି ପରୀକ୍ଷା କେନ୍ଦ୍ରରେ ସିସିଟିଭି କ୍ୟାମେରା ଲଗାଗଲାଣି । ଏଥରୁ କେବଳ ଆମର ଶିକ୍ଷା ବ୍ୟବସ୍ଥାର ଅଧୋଗତି ନୁହେଁ, ନୈତିକତାର ଅଧୋପତନ ମଧ୍ୟ କିଭଳି ଘଟୁଛି, ତାହା ଅନୁଭବୀଟିଏ ଅତି ସହଜରେ ବୁଝିପାରିବ । ତେଣୁ ଭାରତରେ ଆମୂଳଚୂଲ ଏକ ପ୍ରକାରର ଶିକ୍ଷା ବ୍ୟବସ୍ଥା ଲାଗୁକରି ବିଦ୍ୟାଳୟଗୁଡ଼ିକୁ ପ୍ରକୃତରେ ଗୋଟିଏ ଗୋଟିଏ ଶିକ୍ଷାକେନ୍ଦ୍ର ଭାବେ ଗଢ଼ିବାର ଆବଶ୍ୟକତା ରହିଛି । ସେପରି ହେଲେ ପରୀକ୍ଷା ଆପେ ଆପେ ଶୃଙ୍ଖଳିତ ହୋଇଯିବ । ନହେଲେ ମଣିଷ ତିଆରି କାରଖାନାରୁ ଏମିତି 'ଗଧ' ଗୁଡ଼ା ବାହାରୁ ଥିବେ, ତାହା ନିଧାର୍ଯ୍ୟ ।

ତା'ପରେ ଶିକ୍ଷାର ଏବେ କେବଳ ଏକମାତ୍ର ଲକ୍ଷ୍ୟ ହେଉଛି ପରୀକ୍ଷାରେ ଅଧିକ ନମ୍ବର ରଖି ପାସ କରିବା । ପିଲାଏ ପଢ଼ିବା ପାଇଁ କେଉଁ ବିଷୟ ବାଛିବେ ତାହା ବାପା ମା'ମାନେ ନିର୍ଦ୍ଧାରଣ କରନ୍ତି । ଏଥିପାଇଁ ପିଲାଙ୍କ ଆଗ୍ରହ ଓ ପ୍ରବୃତ୍ତିକୁ ଗୁରୁତ୍ୱ ଦିଆଯାଏ ନାହିଁ । ଖେଳକୁଦ ତଥା ନିଜ ଖୁସି ଅନୁସାରେ ପସନ୍ଦ କରିଥିବା ବିଷୟରେ ଅଗ୍ରସର ହେବା ପାଇଁ ସେମାନଙ୍କୁ ଉସ୍ନାହିତ କରାଯାଉନାହିଁ । କାରଣ ଏସବୁ ନମ୍ବର ମୂଲ୍ୟାୟନ ବେଳେ ବିଚାରକୁ ନିଆଯାଉନାହିଁ । ପାଠ୍ୟକ୍ରମ ଏବଂ ସଫଳତାରେ ଯେଉଁ ପ୍ରକାର ପ୍ରତିକ୍ରିୟାଶୀଳତା ଭରି ରହିଛି ତା'ର ଅର୍ଥ ହେଉଛି, ବାସ୍ତବ ପୃଥିବୀ ଏବଂ ପ୍ରକୃତି ଭିତରେ ନିଜକୁ ଛଦି ଦେବାକୁ ହେବ ଏବଂ ପୁସ୍ତକ ମଧ୍ୟରେ ନିଜକୁ ତାଲା ପକାଇ ରଖିବାକୁ ପଡ଼ିବ । ଏପରିକି ଷଷ୍ଠ ଶ୍ରେଣୀରେ ଛାତ୍ରଛାତ୍ରୀମାନଙ୍କୁ ନମ୍ବର ପ୍ରତିଯୋଗିତାରେ ଛିଡ଼ା ହେବାକୁ ହେଲେ ସ୍କୁଲ ପାଠପଢ଼ା ବାହାରେ ଆହୁରି ଅଧିକ ଚାରିଘଣ୍ଟାକାଳ ପାଠ ପଢ଼ିବାକୁ ପଡ଼ୁଛି । ବେଳେବେଳ 'ପିୟର ଗ୍ରୁପ' ବା ସାଙ୍ଗସାଥୀମାନେ

ବି ପ୍ରଭାବିତ କରିଥାଆନ୍ତି । ଏହାଛଡ଼ା ଉଭୟ ସରକାରୀ ଓ ବେସରକାରୀ ବିଦ୍ୟାଳୟ ଶିକ୍ଷକମାନଙ୍କୁ ମଧ୍ୟ ଅଭିଭାବକମାନେ ପ୍ରଭାବିତ କରିପାରନ୍ତି ନାହିଁ । ବେସରକାରୀ ସ୍କୁଲର ଶିକ୍ଷକ ଭଲ ନ ପଢ଼ାଇଲେ ବା ପିଲାର ପରୀକ୍ଷାଫଳ ସନ୍ତୋଷଜନକ ନହେଲେ ଅଭିଭାବକମାନେ ସ୍କୁଲ ବଦଳାଇ ଦେଇ ଥାଆନ୍ତି ବା ପିଲାଙ୍କୁ ଅନ୍ୟତ୍ର ନେଇଯିବାର ଚାପ ପକାଇ ଶିକ୍ଷକଙ୍କୁ ବଦଳାଇ ଦେଇଥାଆନ୍ତି । ପିଲା କିନ୍ତୁ ସରକାରୀ ବିଦ୍ୟାଳୟର ଶିକ୍ଷକଙ୍କୁ ଏମାନେ ବଦଳାଇ ଦେଇପାରନ୍ତି ନାହିଁ । ପ୍ରକୃତରେ ସରକାରୀ ସ୍କୁଲର ଶିକ୍ଷକମାନେ ଉଚ୍ଚ ହାରରେ ଦରମା ପାଇ ସୁଦ୍ଧା ଅଳ୍ପ ବେତନଭୋଗୀ ବେସରକାରୀ ସ୍କୁଲ ଶିକ୍ଷକମାନଙ୍କ ପରି ବିଦ୍ୟାର୍ଥୀଙ୍କ ଆବଶ୍ୟକତା ଓ ଦୁର୍ବଳତାକୁ ଦୃଷ୍ଟିରେ ରଖି ଯେପରି ପଢ଼ାଇ ଥାଆନ୍ତ ସେମାନେ ସେପରି ପାରନ୍ତିନାହିଁ ବା ସେପରି କରିବାକୁ ଚେଷ୍ଟା ମଧ୍ୟ କରି ନ ଥାଆନ୍ତି । ଆଉ ତର୍ଷିକଟା ପ୍ରତିଯୋଗିତା ଉତ୍ତମ ଶିକ୍ଷକ ଅଭାବରୁ ଏହି ପ୍ରତିଯୋଗିତାରେ ସରକାରୀ ସ୍କୁଲ ପଛରେ ପଡ଼ିଥାଆନ୍ତି । ତା'ପରେ ସରକାରୀ ସ୍କୁଲର ଶିକ୍ଷକମାନେ ବେଶ ଭଲଭାବରେ ଜାଣିଥାଆନ୍ତି ଯେ, ସବୁପିଲାଙ୍କୁ ତାଙ୍କ ଅଭିଭାବକ ନିଶ୍ଚୟ କୌଣସି ନା କୌଣସି କୋଚିଂ ସେଣ୍ଟର ବା ଟିଉସନ ସାରଙ୍କ ପାଖକୁ ପିଲାର ଭବିଷ୍ୟତ ଉନ୍ନତି ପାଇଁ ପଠାଉଥିବେ । ତେଣୁ ପରିଶ୍ରମ କରି ପଢ଼ାଇବାର ଆଉ ଆବଶ୍ୟକତା ନାହିଁ । ଏଇଥିପାଇଁ ବେସରକାରୀ ସ୍କୁଲର ଚାହିଦା ଦିନକୁ ଦିନ ବଢ଼ିବାରେ ଲାଗିଛି ।

ତାବାଦ୍ ଶିକ୍ଷାର ଗୁଣାମ୍ମକମାନ ପ୍ରତିବଦଳରେ ପ୍ରକୃତ ଜ୍ଞାନ ପ୍ରଦାନ କରିବାରେ ବିଫଳ ହୋଇ ଅସାଧୁ ଉପାୟ ମାଧମରେ ସଂଖ୍ୟାମ୍ମକମାନ ବୃଦ୍ଧି କରି ଆମେ ବୃଥା ଆମ୍ମସନ୍ତୋଷ ଲାଭକରୁଛୁ । ସ୍ୱୟଂ ଶାସିତ ମହାବିଦ୍ୟାଳୟ ଓ ଏକକ ବିଶ୍ୱବିଦ୍ୟାଳୟ ମାନଙ୍କ ପରୀକ୍ଷାଫଳ ଏହା ପ୍ରମାଣ କରେ । କାହାର କେତେ ଅଧିକ ପ୍ରତିଶତ ପାସ୍ହାର ହୋଇ ପାରିବ ସେଥିପାଇଁ ଏକ ଅସ୍ୱାସ୍ଥ୍ୟକର ପ୍ରତିଯୋଗିତା ଓ ଗଣଦୌଡ଼ ଚାଲିଛି । ଆଜିକାଲି ଶିକ୍ଷା ଯେପରି ବଜାରର ପଣ୍ୟପରି କେବଳ ବିକ୍ରି ପାଇଁ ହିଁ ଉଦ୍ଦିଷ୍ଟ । ନିମ୍ନ ପ୍ରାଥମିକ ବିଦ୍ୟାଳୟଗୁଡ଼ିକର ଅବସ୍ଥା ଶୋଚନୀୟ ହୋଇଥିବାରୁ ପିତା, ମାତାମାନେ ଅଧିକ ଅର୍ଥ ବ୍ୟୟ କରି ଇଂରାଜୀ ମାଧ୍ୟମ ବିଦ୍ୟାଳୟରେ ପାଠ ପଢ଼ାଉଛନ୍ତି । ରାଜ୍ୟରେ ଓପେପା (odisha primary education programme) ନିମ୍ନ ପ୍ରାଥମିକ ଶିକ୍ଷା ସଂଚାଳନରେ ସଫଳ ସଂସ୍କାର ଆଣିବାଲାଗି ଅଭିପ୍ରେତ । ଓପେପା ପାଇଁ ରାଜ୍ୟ ସରକାର ଅଧିକ ଖର୍ଚ୍ଚ ବରାଦ କରୁଛି । ମାତ୍ର ସଂସ୍କାର ତ ଦୂରର କଥା, ସାମୟିକ ଶିକ୍ଷାପରିଚାଳନା କ୍ଷେତ୍ରରେ ମଧ୍ୟ ଏହାର ଅବଦାନ ଅତ୍ୟନ୍ତ ନିରୁତ୍ସାହ ଜନକ । ଧଦାମୂଲକ ଶିକ୍ଷା ପାଇଁ ସରକାରଙ୍କର ଖାସ୍ ଆନ୍ତରିକତା ନାହିଁ । ବିନା ଭିତ୍ତିଭୂମି ଓ ଶିକ୍ଷକରେ ଚାଲିଛି ଧଦାମୂଲକ ଶିକ୍ଷା କେବଳ କାଗଜ କଲମରେ, ସରକାରୀ ନଥିପତ୍ରରେ । ପ୍ରକୃତ ପକ୍ଷେ ଧଦାମୂଲକ ଶିକ୍ଷାରୁ ରାଜ୍ୟର ଛାତ୍ରଛାତ୍ରୀ ମାନଙ୍କୁ କୌଣସି ସୁଫଳ ମିଳୁନାହିଁ । ଇଂରାଜୀ ମାଧ୍ୟମ ବିଦ୍ୟାଳୟ ଗୁଡ଼ିକ ନିରୀହ ଛାତ୍ରଛାତ୍ରୀମାନଙ୍କୁ ଶୋଷଣ କରି ଚାଲିଛି । ସେମାନଙ୍କ ମନମୁଖୀ 'ଫି' ଆଦାୟ ଉପରେ ସରକାରଙ୍କର କୌଣସି ଅଙ୍କୁଶ ନାହିଁ । ମାଧ୍ୟମିକ ଓ ଉଚ୍ଚଶିକ୍ଷା ସ୍ଥିତି ନ କହିବା ଭଲ । କେଉଁଠି ଶିକ୍ଷକ ନାହାଁନ୍ତି ତ କେଉଁଠି ଶ୍ରେଣୀଗୃହ ନାହିଁ । ପାଠ୍ୟପୁସ୍ତକ ମିଳୁନାହିଁ । କେଉଁ ପ୍ରାଚୀନ କାଲର ପାଠ୍ୟ ଖସଡ଼ା ପ୍ରଚଲିତ ହେଉଅଛି । ଶିକ୍ଷକମାନଙ୍କୁ ନୂତନ ଜ୍ଞାନ ଆହରଣ ପାଇଁ ସୁଯୋଗ ଦିଆଯାଉନାହିଁ । ପ୍ରତି ଦୁଇବର୍ଷରେ ଥରେ ପାଠ୍ୟ ଖସଡ଼ା ବଦଲି ଯିବାର ବିଶ୍ୱବିଦ୍ୟାଳୟର ମଞ୍ଜୁରି କମିଶନ ବ୍ୟବସ୍ଥା କରିଥିଲେ ମଧ୍ୟ ବିଶ୍ୱଦ୍ୟାଳୟ କର୍ତ୍ତୃପକ୍ଷ ଏହାକୁ କାର୍ଯ୍ୟକାରୀ କରିବାକୁ କୁଣ୍ଠା ପ୍ରକାଶ କରୁଛନ୍ତି । ଶିକ୍ଷକମାନଙ୍କ ଆଧୁନିକ ଜ୍ଞାନ କୌଶଲ ଆହରଣ କରିବାକୁ ପ୍ରଶିକ୍ଷଣର ସୁଯୋଗ ଦିଆଯାଉନାହିଁ । ସେଥିପାଇଁ ଆବାସିକ ମହାବିଦ୍ୟାଳୟର ଚାହିଦା ବୃଦ୍ଧି ପାଉଛି । ସ୍ୱୟଂଶାସିତ ମହାବିଦ୍ୟାଳୟ ମାନଙ୍କରେ ପାଠ ପଢ଼ାଇବା ଯେତେ ଗୁରୁତ୍ୱ ବହନ ନ କରୁଛି, ପରୀକ୍ଷା କରି ଅଧିକ ନମ୍ବର ଦେଇ ପିଲାଙ୍କୁ ପାସ କରାଇବା ପାଇଁ ତଦାପେକ୍ଷା ଅଧିକ ଧ୍ୟାନ ଦିଆଯାଉଛି ।

ପ୍ରତିଯୋଗିତାମୂଲକ ଶିକ୍ଷାନୀତିର ପରିବର୍ତ୍ତନ କରି ନୈତିକ ଶିକ୍ଷା ଓ ଆଧ୍ୟାମ୍ମିକ ଶିକ୍ଷାକୁ ହାସଲ କରିବାର ଆବଶ୍ୟକ

ଦେଖା ଦେଇଛି । ଶିକ୍ଷାଦାନ କ୍ଷେତ୍ରରେ ଶିକ୍ଷକମାନଙ୍କୁ ପୂର୍ଣ୍ଣ ସ୍ୱାଧୀନତା ଦେବା ସହିତ ଅଭିଭାବକ ମାନଙ୍କର ମଧ୍ୟ ନିଜ ନିଜ ପିଲାମାନଙ୍କ ପ୍ରତି ଗୁରୁଦାୟିତ୍ୱ ରହିଛି ।

ସଂସ୍କୃତ ଭାଷାରେ ଶିକ୍ଷା ଶବ୍ଦ ଶିକ୍ଷ୍ ଧାତୁରୁ ଉତ୍ପନ୍ନ ହୋଇଛି । ଏହାର ଅର୍ଥ ଶୃଙ୍ଖଳାର ସହିତ ଅଧ୍ୟୟନ କରିବା । ସେହିଭଳି ବିଦ୍ୟା ଶବ୍ଦ ବିଦ୍ ଧାତୁରୁ ଉଦ୍ଭବ ହୋଇଛି । ଯାହାର ଅର୍ଥ ଜାଣିବା । ତେଣୁ ଆକ୍ଷରିକ ଅର୍ଥରେ ଶିକ୍ଷାର ଅର୍ଥ ଶୃଙ୍ଖଳିତ ଭାବରେ ଜ୍ଞାନ ଆହରଣ କରିବା । ଗ୍ରୀକ୍ ଶିକ୍ଷାବିତ୍ ଆରିଷ୍ଟଟଲଙ୍କ ମତରେ ଶିକ୍ଷାର ଅନ୍ୟଅର୍ଥ ହେଉଛି ପ୍ରକାଶ କରିବା । ଶିକ୍ଷା ମାଧ୍ୟମରେ ଶିଶୁର ଅନ୍ତର୍ନିହିତ ଶକ୍ତି ସମୂହ ପ୍ରକାଶିତ ହୋଇଥାଏ । ଗାନ୍ଧିଜୀଙ୍କ ମତରେ ଶିକ୍ଷା ଦ୍ୱାରା ଆମର ଅଭାବ ଓ ଭୟ ଦୂର ହୋଇଯାଏ । ତେଣୁ ଯାହାଦ୍ୱାରା ଆମର ଶାରୀରିକ, ମାନସିକ ତଥା ଆଧ୍ୟାତ୍ମିକ ଶକ୍ତିର ବିକାଶ ସାଧନ ହୋଇଥାଏ । ତାହା ହେଉଛି ପ୍ରକୃତ ଶିକ୍ଷା । ମନୁଷ୍ୟ ହୃଦୟରେ ଯାହା ବିଦ୍ୟମାନ ହୋଇ ମାନବସ୍ତରରୁ ଅତି ମାନବୀୟ ସ୍ତରକୁ ଉନ୍ନୀତ କରେ, ପଶୁତ୍ୱରୁ ଦେବତ୍ୱ କରାଯାଇଥାଏ । ତାହା ହେଉଛି ଶିକ୍ଷା । ତେଣୁ ମନୁଷ୍ୟ ଭିତରେ ଥିବା ଦେବତ୍ୱ ଗୁଣର ପରିପ୍ରକାଶ କରିବା ହେଉଛି ଶିକ୍ଷା । ସମସ୍ତ ଆବିଷ୍କାର ଓ ଉଦ୍ଭାବନର ପ୍ରାଣକେନ୍ଦ୍ର ହେଉଛି ଏହି ଶିକ୍ଷା । ଏହା ହେଉଛି ମାନବ ସମ୍ବଳ ବିକାଶର ବିଜ୍ଞାନ । ଏହା ମନୁଷ୍ୟ ଭିତରେ ଥିବା ସୁପ୍ତ ଶକ୍ତିକୁ ଜାଗ୍ରତ କରାଇଥାଏ । ମନୁଷ୍ୟର ଶାରୀରିକ, ମାନସିକ, ବୌଦ୍ଧିକ, ଆତ୍ମିକ, ନୈତିକ ତଥା ଆଧ୍ୟାତ୍ମିକ ବିକାଶ ହେଉଛି ଶିକ୍ଷାର ମୂଳ ଲକ୍ଷ୍ୟ । ଶିକ୍ଷା ବିଦ୍ୱାନ, ବୁଦ୍ଧିମାନ ଓ ସର୍ବୋଉତ୍ତମ ମନର ମଣିଷମାନଙ୍କୁ ଆକୃଷ୍ଟ କରିଥାଏ । ଏହା ହେଉଛି ମନୁଷ୍ୟ ମଧ୍ୟରେ ଥିବା ଅନ୍ତର୍ନିହିତ ଦୈବୀ ପରାକାଷ୍ଠାର ଏକ ଅଭିବ୍ୟକ୍ତି । ଉତ୍ତମ ଚରିତ୍ର ଗଠନ, ମାନସିକ ଶକ୍ତି ବୃଦ୍ଧି ଓ ବିଜ୍ଞାନର ଉନ୍ନତି ଶିକ୍ଷାର ମୁଖ୍ୟ ଉଦ୍ଦେଶ୍ୟ । ସର୍ବୋପରି ବ୍ୟକ୍ତିତ୍ୱର ପୂର୍ଣ୍ଣାଙ୍ଗ ବିକାଶ ହେଉଛି ଶିକ୍ଷା । ତେଣୁ 'ସାବିଦ୍ୟା ଯା ବିମୁକ୍ତୟେ ।'

ଆମ ଦେଶରେ ପ୍ରାଥମିକ ସ୍ତରରୁ ବିଶ୍ୱବିଦ୍ୟାଳୟ ପର୍ଯ୍ୟନ୍ତ ଶିକ୍ଷା କ୍ଷେତ୍ରରେ ବ୍ୟାପକ ବିଷମତା ଦେଖାଦେଇଛି । ସେଥିପାଇଁ ସାମାଜିକ ଓ ଅର୍ଥନୈତିକ ଅବସ୍ଥା ଓ ବିଷମତାହିଁ ଦାୟୀ । ଭାରତୀୟ ସମ୍ବିଧାନରେ ଆର୍ଥିକ ଓ ସାମାଜିକ ବିଷମତା ତଥା ତାରତମ୍ୟ ଦୂରୀକରଣ ପାଇଁ ନୀତି ନିର୍ଦ୍ଦେଶ ରହିଥିବା ସତ୍ତ୍ୱେ ସେଗୁଡ଼ିକର ପ୍ରତିକାର ପାଇଁ ଆଶାନୁରୂପ ପ୍ରଚେଷ୍ଟା ହୋଇ ପାରିନାହିଁ । ଉନ୍ନବିଂଶ ଶତାବ୍ଦୀର ଶେଷ ଭାଗରେ ପଡ଼ୋଶୀ ଭାଷାଭାଷୀଙ୍କ ଆକ୍ରମଣ ଚାପରୁ ଓଡ଼ିଆ ଭାଷାକୁ ବଞ୍ଚାଯାଇ ପାରିଥିଲା ଦୁଇଟି ମୁଖ୍ୟ କାରଣ ଯୋଗୁଁ । ଗୋଟିଏ ହେଲା ସାମାଜିକସ୍ତରରେ ଭାଷା ପ୍ରେମର ଉତ୍ତରଣ ଜନିତ ଆନ୍ଦୋଳନ ଓ ଅନ୍ୟଟି ହେଲା ଫୋର୍ଟ ଉଇଲିୟମ୍ ଦୁର୍ଗର ସରକାରୀ ଅଫିସରମାନେ ଓଡ଼ିଆ ଭାଷା ବୁଝି ନ ପାରିବା ଯୋଗୁଁ ଓଡ଼ିଆ ଜାତି ନଅଙ୍କ ଦୁର୍ଭିକ୍ଷର ଶିକାର ହୋଇଥିଲା ବୋଲି ତତ୍କାଳୀନ ବ୍ରିଟିଶ ସରକାରଙ୍କର ସର୍ବୋଚ୍ଚସ୍ତରରେ ଯଥାର୍ଥ ଅନୁଭବ । ସେ ଅନୁଭବ ଓଡ଼ିଶାର ବିଭିନ୍ନ ଅଞ୍ଚଳରେ ଥିବା ଶାସନାଧିକାରୀ ମାନଙ୍କୁ ଓଡ଼ିଆ ଭାଷା ସୁରକ୍ଷା ଲାଗି ପ୍ରୟାସୀ ହେବାକୁ ନିର୍ଦ୍ଦେଶିତ କରିଥିଲା । ସେ ନିର୍ଦ୍ଦେଶନାମାରେ ଥିଲା–ଓଡ଼ିଶାର ଶାସକ ହୋଇଛ ଓଡ଼ିଆ ଭାଷା ଶିଖ । ଓଡ଼ିଆ କଥା ବୁଝ । ଓଡ଼ିଆଙ୍କ ଆପତ୍ତି ଶୁଣ । ସେମାନଙ୍କ ଅଭିଯୋଗ ଗ୍ରହଣ କର । ସେମାନଙ୍କ ସମସ୍ୟାର ସମାଧାନ ପାଇଁ ଉଦ୍ୟମ କର । ସେମାନଙ୍କ ଅସୁବିଧା ପ୍ରତି ଦୃଷ୍ଟି ଦିଅ । ସେମାନଙ୍କ ଦୁର୍ଦ୍ଦଶା ଆଡ଼କୁ ଲକ୍ଷ୍ୟ ରଖ । ସେମାନଙ୍କ ଦୁଃଖ ଦୂର କରିବାକୁ ଚେଷ୍ଟା କର । ସେମାନଙ୍କ ଦୁର୍ବିପାକ ପ୍ରତି ଧ୍ୟାନ ଦିଅ । ସେମାନଙ୍କୁ ସୁବିଧା ଯୋଗାଇ ଦେବାକୁ ଯତ୍ନ କର । ତା'ଫଳରେ ତତ୍କାଳୀନ ପ୍ରଶାସନିକ ଅଫିସରମାନେ ଓଡ଼ିଆ ଭାଷାର ବିକାଶ ଓ ପ୍ରସାର ଲାଗି ସକ୍ରିୟ ଉଦ୍ୟମ କରିଥିଲେ । ବର୍ତ୍ତମାନ ପାଇଁ (ଆମ ମାନଙ୍କର) ଇଚ୍ଛାଶକ୍ତିର ମଧ୍ୟ ଅଭାବ ଦେଖାଯାଉଛି । ଫଳରେ ସର୍ବଜନୀନ ଶିକ୍ଷାରେ ବ୍ୟାପକ ଦୁର୍ନୀତି ଦେଖାଯାଉଛି । ଆର୍ଥିକ ସ୍ୱଚ୍ଛଳ ଥିବା ପରିବାର ଗୁଡ଼ିକ ଶିକ୍ଷା କ୍ଷେତ୍ରରେ ନିଜ ନିଜର ସନ୍ତାନ ସନ୍ତତି ଓ ସମ୍ପର୍କୀୟ ମାନଙ୍କୁ ଉପଯୁକ୍ତ ଶିକ୍ଷା ଦେଇ ପାରୁଥିଲା ବେଳେ ସାମାଜିକ ଓ ଅର୍ଥନୈତିକ କ୍ଷେତ୍ରରେ ଅନଗ୍ରସର ପରିବାର ମାନେ ସର୍ବନିମ୍ନ ଶିକ୍ଷା ଅର୍ଜନ କରିବାରେ ସକ୍ଷମ ହୋଇ ପାରୁନାହାନ୍ତି । ସେଥିପାଇଁ ସମାଜରେ ହିଂସା, ଦ୍ୱେଷ, ପରଶ୍ରୀକାତରତା ଆଦି ଦେଖାଯାଉଛି । ପ୍ରଚଳିତ ଆଇନକାନୁନ ବ୍ୟବସ୍ଥା ଓ ସାମ୍ବିଧାନିକ ନିର୍ଦ୍ଦେଶ ମଧ୍ୟ

ସଠିକ ତଥା ସଫଳ ଭାବେ କାର୍ଯ୍ୟକାରୀ ହୋଇପାରୁନାହିଁ। ଶିକ୍ଷାକୁ ସାର୍ବଜନୀନ ରୂପରେଖ ଓ ରୂପାୟନ କରିବା ପାଇଁ ସରକାରୀ ଓ ବେସରକାରୀ ସ୍ତରରେ ବ୍ୟାପକ ପ୍ରଚେଷ୍ଟା ଦରକାର। ଆଶାନୁରୂପ ଶିକ୍ଷକ ଓ ଶିକ୍ଷୟିତ୍ରୀ ମାନଙ୍କର ଅଭାବ ମଧ୍ୟ ଦେଖାଯାଉଛି। ସାମାଜିକ ଓ ଆର୍ଥିକ ସମସ୍ୟାର ଶିକାର ହୋଇଥିବା ଛାତ୍ରଛାତ୍ରୀ ମାନଙ୍କର ପୋଷାକ, ବେଶଭୂଷା ଓ ଶାରୀରିକ ଅବସ୍ଥା ଅତ୍ୟନ୍ତ ଦୟନୀୟ। ପୁନଶ୍ଚ ସରକାରଙ୍କ ଦ୍ୱାରା ପ୍ରାୟୋଜିତ ମଧ୍ୟାହ୍ନ ଭୋଜନ ମଧ୍ୟ ସଠିକ୍ ପରିମାଣରେ ଦିଆଯାଉନାହିଁ। ଏଠାରେ ବ୍ୟାପକ ଦୁର୍ନୀତି ଓ ଅନିୟମତା ଦେଖାଯାଉଛି। ଗରିବ ତଥା ନିମ୍ନ ମଧ୍ୟବିତ୍ତ ଶ୍ରେଣୀର ଲୋକଙ୍କ ପାଇଁ ଦାରିଦ୍ର ଏକ ଅଭିଶାପ ସଦୃଶ।

ଅପର ପକ୍ଷରେ ବେସରକାରୀ ସ୍ତରରେ ପ୍ରଚଳିତ ଶିକ୍ଷାନୁଷ୍ଠାନ ଗୁଡ଼ିକରେ ବ୍ୟାପକ ସୁବିଧା ସୁଯୋଗ ଯୋଗାଇ ଦିଆଯାଉଛି। ପର୍ଯ୍ୟାପ୍ତ ପରିମାଣର ଆନୁସାଙ୍ଗିକ ବ୍ୟବସ୍ଥା ମଧ୍ୟ ରହିଛି। ସେଥିପାଇଁ ଉକ୍ତ ଅନୁଷ୍ଠାନ ଗୁଡ଼ିକ ଆଶାତୀତ ଅର୍ଥ ଆଦାୟ କରୁଛନ୍ତି। ବିଦ୍ୟାଳୟ ଗୁଡ଼ିକରେ ନାମଲେଖା ସମୟରେ ଯେପରି ଭାବରେ ନାମଲେଖା ତଥା ଅନ୍ୟାନ୍ୟ ପାଉଣା ଆଦାୟ କରାଯାଉଛି, ତାକୁ ଅଭିଭାବକମାନେ ସ୍ୱଇଚ୍ଛାରେ ସ୍ୱୀକାର କରୁଛନ୍ତି ଏବଂ ପାଉଣା ପଇଠ କରୁଛନ୍ତି। ପାରିପାର୍ଶ୍ୱିକ ଅବସ୍ଥା ସହିତ କୋଠାବାଡ଼ି, ଆସବାବପତ୍ର, ଚଉକି, ଟେବୁଲ, ପାଠ୍ୟ ଉପକରଣ ଆଦିର ଅଭାବ ଦେଖାଯାଉନାହିଁ। ଛାତ୍ରଛାତ୍ରୀମାନେ ଉପଯୁକ୍ତ ବାତାବରଣରେ ଶିକ୍ଷାଲାଭ କରିପାରୁଛନ୍ତି। ବିଦ୍ୟାଳୟ ପରିସରଗୁଡ଼ିକ ପରିଷ୍କାର ପରିଚ୍ଛନ୍ନ ଦେଖାଯାଉଛି। ସ୍ୱାସ୍ଥ୍ୟପ୍ରତି ଧ୍ୟାନ ଦିଆଯାଉଛି। ସେଥିପାଇଁ ଆର୍ଥିକ ସ୍ୱଚ୍ଛଳ ପରିବାର ବର୍ଗ ସେପରି ବିଦ୍ୟାଳୟ ଗୁଡ଼ିକୁ ଆକୃଷ୍ଟ ହେଉଛନ୍ତି। ନିଜ ନିଜର ସନ୍ତାନ ସନ୍ତତି ମାନଙ୍କ ଭବିଷ୍ୟତ ପାଇଁ ଯଥେଷ୍ଟ ଖର୍ଚ୍ଚ କରିବା ଲାଗି ପଛାଉ ନାହାନ୍ତି। ମହାବିଦ୍ୟାଳୟ ସ୍ତରରେ ମଧ୍ୟ ଏପରି ଅବସ୍ଥା ଓ ବ୍ୟବସ୍ଥା ଦେଖାଯାଉଛି। ତେଣୁ ଶିକ୍ଷା ଆଜି ଏକ ଖର୍ଚ୍ଚ ବହୁଳ ବିଷୟ ହୋଇଯାଇଛି। ଗରିବ ଖଟିଖିଆ ଲୋକମାନେ ନିଜ ପରିବାରର ଭରଣପୋଷଣ ପାଇଁ ଦିନ ତମାମ ଅକ୍ଲାନ୍ତ ପରିଶ୍ରମ କରି ସମୟ ବିତାଉଥିବା ବେଳେ ନିଜ ପୁଅ ଝିଅମାନଙ୍କ ଉଚ୍ଚଶିକ୍ଷା ପାଇଁ ମହାବିଦ୍ୟାଳୟରେ ପାଠ ପଢ଼ାଇବା ପାଇଁ କଳ୍ପନା କରିପାରୁନାହାନ୍ତି। କେବଳ ଧନୀକ ଶ୍ରେଣୀର ଲୋକଙ୍କୁ ଛାଡ଼ିଦେଲେ ଅନ୍ୟମାନଙ୍କ ପାଇଁ ଉଚ୍ଚଶିକ୍ଷା ଏକ ସ୍ୱପ୍ନର ମୀନାର ପାଲଟିଛି। ବୈଷୟିକ ଶିକ୍ଷାତ କଳ୍ପନାର ବାହାରେ କହିଲେ ଚଳେ। ବେସରକାରୀ ମହାବିଦ୍ୟାଳୟ ଓ ବିଶ୍ୱବିଦ୍ୟାଳରେ ନାମଲେଖା ପାଇଁ ଲକ୍ଷାଧିକ ଟଙ୍କା ଦରକାର ପଡ଼ୁଛି। ଉଚ୍ଚବେତନ ଭୋଗୀ, ଶିଳ୍ପପତି ଆଦି ବିଉଶାଳୀ ବ୍ୟକ୍ତିମାନେ ହିଁ ଏହି ବ୍ୟୟବହୁଳ ଶିକ୍ଷାନୁଷ୍ଠାନ ଗୁଡ଼ିକରେ ନିଜର ସନ୍ତାନ ସନ୍ତତିଙ୍କୁ ଭର୍ତ୍ତି କରିପାରୁଛନ୍ତି। ଗରିବ ଓ ସାଧାରଣ ଲୋକଙ୍କ ପାଇଁ ଉଚ୍ଚ ଶିକ୍ଷା ଗ୍ରହଣ ସମ୍ଭବ ହୋଇପାରୁନାହିଁ।

ଶିଶୁ ଶିକ୍ଷାଠାରୁ ଦେଖିଲେ ଭାରତ ଦି'ଭାଗ। ସରକାରୀ ଓ ବେସରକାରୀ। ଫୋକଟ ଏବଂ ଖର୍ଚ୍ଚ ବାର୍ତ୍ତ ଜରିଆରେ ଶିକ୍ଷା। ପ୍ରଥମ ପିଢ଼ିରେ ଶିକ୍ଷା ହାସଲ କରିପାରୁଥିବା ପିଲାମାନେ ଏ ଦିଗରେ ପିତା, ମାତାଙ୍କ ଠାରୁ କିଛି ସାହାୟ୍ୟ ବା ଦିଗଦର୍ଶନ ପାଇପାରନ୍ତି ନାହିଁ। କାରଣ ସେମାନେ ନିଜେ ନିରକ୍ଷର। ଆର୍ଥିକ ଭାବେ ଅସଂରକ୍ଷିତ ବୋଲି ଟିଉସନ୍ କରାଇ ପାରନ୍ତିନି। ତେଣୁ ଧରି ନିଅନ୍ତି-ପାଠ-ଗୋଟେ-କ'ଣ? ଖର୍ଚ୍ଚବାର୍ତ୍ତ ଶିକ୍ଷା ଯେ ଶିଶୁର ମାନସିକ ଏବଂ ଗୁଣାତ୍ମକ ଅଭିବୃଦ୍ଧିରେ କିଛି ମାତ୍ରାରେ ସହାୟକ ହୁଏ। ସେପରି ମଧ୍ୟ ନୁହେଁ।

ପ୍ରଥମତଃ ସରକାରୀ ବିଦ୍ୟାଳୟର ଶିକ୍ଷକ, ଶିକ୍ଷୟିତ୍ରୀଙ୍କ ନିଜ ପିଲାଙ୍କ ଭିଡ଼ ଏଠି କମ ନୁହେଁ। ସର୍ବ ଭାରତୀୟ ସ୍ତରରେ ଏହି ବ୍ୟବସାୟର ଆକାର ବାର୍ଷିକ ପ୍ରାୟ ଅଢ଼େଇ ଲକ୍ଷ କୋଟି ଟଙ୍କା। ୨୦୧୨-୧୩ ମସିହାରେ ଏହାର ପରିମାଣ ଥିଲା ଲକ୍ଷେ ଚଉବନ ହଜାର କୋଟି ଟଙ୍କା। ଏସବୁ ଟଙ୍କା ପିଲାଙ୍କ ପାଇଁ ଅଭିଭାବକମାନେ ଖର୍ଚ୍ଚ କରିଥାଆନ୍ତି। ତୁଳନାତ୍ମକ ଭାବରେ ଓଡ଼ିଶା ସରକାର ବିଦ୍ୟାଳୟ ଶିକ୍ଷାପାଇଁ ବର୍ଷକୁ ୧୧ ହଜାର କୋଟି ଓ ଭାରତ ସରକାର ପ୍ରାୟ ୭୨ ହଜାର କୋଟି ଖର୍ଚ୍ଚ କରି ଥାଆନ୍ତି। କିନ୍ତୁ ଦେଶରେ ସରକାରୀ ବିଦ୍ୟାଳୟ ଅପେକ୍ଷା ବେସରକାରୀ ବିଦ୍ୟାଳୟର ସଂଖ୍ୟା ଅଳ୍ପଦିନ ମଧ୍ୟରେ ଅଧିକ ହୋଇଯିବା ଅସମ୍ଭବ ନୁହେଁ।

ଯଦି ସରକାରୀ ବିଦ୍ୟାଳୟରେ ପଢ଼ାପଢ଼ି ଭଲ ହେଉନାହିଁ ବୋଲି ସମସ୍ତେ ସହମତ ତ ଏ ଦିଗରେ ସାହସର ସହିତ ଖୋଲାଖୋଲି ଆଲୋଚନା ହେବା ଦରକାର। ଏହା ଏକ ବାସ୍ତବତା ଯେ ଏସବୁ ସରକାରୀ ବିଦ୍ୟାଳୟ, ମହାବିଦ୍ୟାଳୟରେ ନିଯୁକ୍ତ ଶିକ୍ଷକମାନେ ଆମରି କାହାରି ନା କାହାରି ସମ୍ପର୍କୀୟ। ତେବେ ପିଲାଏ ତ ଆମରି, ଯାହାଙ୍କର ଗୁଣାତ୍ମକ ଶିକ୍ଷା ଦେଶର ସବୁଠାରୁ ମୂଲ୍ୟବାନ ସଂପଦ ହୋଇପାରିବ। ଏହି ଦ୍ୱନ୍ଦ୍ୱ ଭିତରୁ, ଆମ ଭବିଷ୍ୟତ ଦୃଷ୍ଟିରୁ, କିଛି ନିର୍ମମ ନିଷ୍ପତ୍ତି ନେଲେ ହେଁ ଶିକ୍ଷା ଆକାଶରେ ସୁପ୍ରଭାତର ଆଭା ଦେଖାଦେବ। ଶିକ୍ଷା ନୀତିରେ ଅନେକ ନୂଆ ନୂଆ ପାଠ ଓ ପଢ଼ାଇବାର ନୂତନ ମାର୍ଗମାନ ଉପସ୍ଥାପନ କରାଯାଉଛି। କିନ୍ତୁ ପଢ଼ାଉଥିବା ଶିକ୍ଷକମାନଙ୍କର ଏକାନ୍ତିକତା ଓ ଦକ୍ଷତା ବୃଦ୍ଧି ପାଉ ନ ଥିବାରୁ ସେସବୁ ରିପୋର୍ଟ ନିରର୍ଥକ ହୋଇଛି ଏବଂ ହେବ। ଆମର ଦେଶ ପ୍ରେମର ଘୋର ଅଭାବ। ପରିବାରର ମୁରବିମାନେ ବା ଶିକ୍ଷକମାନେ ସେମାନଙ୍କ ମଧ୍ୟରେ ଏପରି ଭାବ ରୋପଣ କରୁନାହାଁନ୍ତି।

ଅତୀତରେ ଗୁରୁକୁଲ ବା ଆଶ୍ରମରେ ଶିକ୍ଷା ପ୍ରଦାନରେ ଶୁଦ୍ଧତା, ପବିତ୍ରତା ଥିଲା। ଆଧୁନିକ ଯୁଗର ଶିକ୍ଷା ପଦ୍ଧତି ଚାକଚକ୍ୟ, ବ୍ୟୟବହୁଳ ଓ ଅଣନିଃଶ୍ୱାସୀ କରିଦେଉଛି। ଅନୁଷ୍ଠାନର ଗୁଣବତ୍ତା ଯେମିତି ନିର୍ଦ୍ଧାରଣ କରାଯାଉଛି, ସେହିଭଳି ମଧ୍ୟ ଶିକ୍ଷାନୁଷ୍ଠାନ ସହ ଯେଉଁମାନଙ୍କର ଭାଗୀଦାରି ରହିଛି, ସେମାନଙ୍କ ଗୁଣବତ୍ତା ନିର୍ଦ୍ଧାରଣ ହେବା ଉଚିତ୍। ଶିକ୍ଷକମାନଙ୍କର ଉପଯୁକ୍ତ ତାଲିମ, ସେମାନଙ୍କର କାର୍ଯ୍ୟଶୈଳୀର ତଦାରଖ, ପୁଣି କୃତୀ ଶିକ୍ଷକଙ୍କୁ ପୁରସ୍କାର ଏସବୁ ନିରବଚ୍ଛିନ୍ନ ଭାବରେ ବିଭିନ୍ନ ଅନୁଷ୍ଠାନ ତରଫରୁ ଦେବା ଉଚିତ। ଖୋସାମତିଆ, ଚାଟୁକାର ଓ ସେବାବାବଦକୁ ମୋଟା ଅଙ୍କର ଅର୍ଥ ପ୍ରଦାନ କରିପାରୁଥିବା ପିଣ୍ଢା ଟେକାମାନଙ୍କୁ ପୁରସ୍କାର ଦେବା ଉଚିତ୍ ନୁହେଁ। ଶିକ୍ଷା ସମୟୋୟ ଉନ୍ନତିକରଣର ଟିଏ ଅଭିଭାବକମାନଙ୍କ ଠାରୁ ମଧ୍ୟ ଗ୍ରହଣ କରାଯିବା ଉଚିତ୍। ବହୁ ଅଭିଭାବକ ପ୍ରତ୍ୟକ୍ଷ ଅବା ପରୋକ୍ଷ ଭାବରେ ଶିକ୍ଷାନୁଷ୍ଠାନ ସହ ଜଡ଼ିତ ଅଛନ୍ତି। ତେଣୁ ସେମାନଙ୍କର ମତାମତକୁ ସମ୍ମାନ ଦେଇ ଶିକ୍ଷା ବ୍ୟବସ୍ଥାରେ ସୁଧାର ଆଣାଯାଇ ପାରନ୍ତା। ଯାହାକୁ ପାଶ୍ଚାତ୍ୟ ରାଷ୍ଟ୍ରମାନଙ୍କରେ ସର୍ବପ୍ରାଧାନ୍ୟ ଦିଆଯାଉଛି। ବର୍ତ୍ତମାନ ପିଢ଼ିର ଶିକ୍ଷା ବ୍ୟବସ୍ଥାକୁ ସୁଦୃଢ଼ ନ କଲେ ପରପିଢ଼ିର ସମାଜ ଦୁର୍ବଳ ହେବ। ଆମେ ସବୁକ୍ଷେତ୍ରରେ ଆଗୁଆ ବୋଲି ଯେତେ ବାହାବା ନେଲେବି ବାସ୍ତବ କ୍ଷେତ୍ରରେ ଆମେ ପଛୁଆ ହୋଇ ରହିଯିବା।

ପ୍ରାୟ ପ୍ରତ୍ୟେକ ସରକାର କ୍ଷମତାକୁ ଆସିବା ପରେ ନିଜ ବିଚାରଧାରା ସଂପନ୍ନ ବ୍ୟକ୍ତିଙ୍କୁ ସରକାରୀ ସଂସ୍ଥା ବା ଅନୁଷ୍ଠାନଗୁଡ଼ିକର ମୁଖିଆ ପଦରେ ଅବସ୍ଥାପିତ କରିଥାଆନ୍ତି, ଏହା କିଛି ନୂଆ କଥା ନୁହେଁ। କିନ୍ତୁ ଏକାଡେମିକ ବା ଶିକ୍ଷାନୁଷ୍ଠାନ ଗୁଡ଼ିକୁ ସାଧାରଣତଃ ଏଥିରୁ ବାଦ୍ ଦିଆଯିବା ଉଚିତ୍। କାରଣ ଏହାଦ୍ୱାରା କେବଳ ଶୈକ୍ଷିକ ବାତାବରଣ ବଦଳି ନ ଥାଏ ବରଂ ତା'ର ସୁଦୂର ପ୍ରସାରୀ ପ୍ରଭାବ ମଧ୍ୟ ଶିକ୍ଷାନୁଷ୍ଠାନ ଉପରେ ପଡ଼ିଥାଏ। ସରକାର କେବଳ ଶିକ୍ଷାନୁଷ୍ଠାନ ଗୁଡ଼ିକରେ ଆପଣା ବିଚାରଧାରା ସମର୍ଥକଙ୍କୁ ମୁଖ୍ୟ ପଦରେ ନିଯୁକ୍ତି ଦେଉନାହାନ୍ତି ବରଂ ଏଭଳି ନିଯୁକ୍ତିରେ ଯୋଗ୍ୟତା, ଅଭିଜ୍ଞତା ବା ବୈଶିଷ୍ଟ୍ୟ ଭଳି ମହତ୍ତ୍ୱପୂର୍ଣ୍ଣ କଥା ଗୁଡ଼ିକୁ ସମ୍ପୂର୍ଣ୍ଣ ଉପେକ୍ଷା କରାଯାଉଛି। ଏହା କେବଳ ଗୋଟିଏ ସଂସ୍ଥା ବା ସଙ୍ଗଠନରେ ସୀମିତ ହୋଇ ରହିନାହିଁ। ଦେଶର ବିଭିନ୍ନ ବିଶ୍ୱବିଦ୍ୟାଳୟ ଠାରୁ ଆରମ୍ଭ କରି ସରକାରୀ ଟ୍ରଷ୍ଟ ଓ ଏକାଡେମୀରେ ଦେଖିବାକୁ ମିଳୁଛି।

କେବଳ ଚୀନକୁ ଛାଡ଼ିଦେଲେ ଯେଉଁ ସବୁ ଶିକ୍ଷାନୁଷ୍ଠାନ ବିଶ୍ୱରେ ସର୍ବୋଚ୍ଚ ସ୍ଥାନ ଲାଭ କରିଛି ସେସବୁ ବେସରକାରୀ ପରିଚାଳନାରେ ଚାଲିଛି। ସେସବୁ ଅନୁଷ୍ଠାନ ଖାଲି ପରିଚାଳନାରେ ନୁହେଁ ଶିକ୍ଷାର ଦିଗ ଓ ମାର୍ଗ ନିଜେ ସ୍ଥିର କରନ୍ତି। ଭାରତ ବର୍ଷ ଭଳି ରାଜନେତାମାନେ ସେସବୁ ଅନୁଷ୍ଠାନ ନିୟନ୍ତ୍ରଣ କରନ୍ତି ନାହିଁ। ଚୀନରେ ଅନ୍ୟାନ୍ୟ ବ୍ୟାପାର ସରକାର ବା ସାମ୍ୟବାଦୀ ଦଳ ନିୟନ୍ତ୍ରଣ କରୁଥିଲେ ହେଁ ସେଠାକାର ବିଶ୍ୱବିଖ୍ୟାତ ଉଚ୍ଚଶିକ୍ଷାନୁଷ୍ଠାନ ମାନଙ୍କରେ ଦଳର ନିୟନ୍ତ୍ରଣ ନଥିବାରୁ ସେସବୁ ବିଶ୍ୱସ୍ତରୀୟ ହୋଇ ପାରିଛନ୍ତି। ବଜେଟରେ ଯେତିକି ଅର୍ଥ ବ୍ୟବସ୍ଥା ହେଉଛି ତାହାର ଫଳ ଆମେ ଯଥାର୍ଥ ଭାବରେ ପାଉନାହୁଁ। ଆମ ପାଇଁ ସମସ୍ୟା ହେଉଛି ବର୍ତ୍ତମାନର ସରକାରୀ ପରିଚାଳିତ ବିଦ୍ୟାଳୟ ଓ ବିଶ୍ୱବିଦ୍ୟାଳୟ

ଗୁଡ଼ିକୁ କିଭଳି ଯଥାର୍ଥ ସ୍ୱୟଂଶାସିତ ଅନୁଷ୍ଠାନ, ନିହାତି ନ ହେଲେ ବେସରକାରୀ ପରିଚାଳନାରେ ଚଳାଯାଇପାରିବ।

ତେଣୁ ଶିକ୍ଷାକୁ ସରକାରୀ ନିୟନ୍ତ୍ରରୁ ମୁକ୍ତ କରି ବିକଳ୍ପ ବ୍ୟବସ୍ଥା ହାତରେ ସମର୍ପଣ କରାଯିବା ସଙ୍ଗେସଙ୍ଗେ ସୁଯୋଗ୍ୟ ଛାତ୍ରମାନେ ଶିକ୍ଷକ ହେବା ଲାଗି ଆଗଭର ହେଲେ ହିଁ ଶିକ୍ଷା ବ୍ୟବସ୍ଥାରେ ଉନ୍ନତି ଘଟିବ। ଏକଥା ନବକୃଷ୍ଣ ଚୌଧୁରୀ ପଚାଶ ବର୍ଷ ତଳେ କହିଥିଲେ। ଆଜି ତାହା ଅଧିକ ଆବଶ୍ୟକ ହୋଇପଡ଼ିଛି। ଏକଥା ନିଶ୍ଚୟ ଯେ ଶିକ୍ଷା ଦିଗରେ ଆହୁରି ଅଧିକ ଅର୍ଥ ବଜେଟରେ ବ୍ୟବସ୍ଥା କରିବାକୁ ହେବ। କିନ୍ତୁ ସେ ଅର୍ଥ ସଫଳ ଭାବରେ ବ୍ୟବହୃତ ନ ହେଲେ ଅଧିକ ଅର୍ଥବ୍ୟୟ ନିରର୍ଥକ ହେବ।

ଆମ ଦେଶରେ ପ୍ରାଥମିକ ଅବା ଉଚ୍ଚଶିକ୍ଷା ଅଥବା ଉଚ୍ଚତର ଶିକ୍ଷା ବ୍ୟବସ୍ଥାକୁ ଯଦି ଆମେ ତର୍ଜମା କରିବା ତା'ହେଲେ ଦେଖିପାରିବା ଶିକ୍ଷା ବ୍ୟବସ୍ଥାରେ ଏଯାବତ୍ ଆମର ସେଭଳି ବିରାଟ ତ୍ରୁଟି ପରିଲକ୍ଷିତ ହୋଇନାହିଁ। ମାତ୍ର ଶିକ୍ଷା ବ୍ୟବସ୍ଥା ସହ ଯେଉଁମାନେ ଜଡ଼ିତ ଯଥା ଶିକ୍ଷକ, ଶିକ୍ଷାକର୍ମୀ, ଛାତ୍ରଛାତ୍ରୀ ଓ ଅଭିଭାବକ ଏମାନଙ୍କ ମଧ୍ୟରେ ଏକ ଲକ୍ଷ୍ୟହୀନ ବ୍ୟବସ୍ଥା କେମିତି କେଜାଣି ଯୋଡ଼ି ହୋଇଯାଇଛି। ଛାତ୍ରଛାତ୍ରୀମାନେ ଶିକ୍ଷା ବ୍ୟବସ୍ଥା ସହ ଠିକ୍ ଭାବରେ ସାମିଲ ହୋଇପାରୁ ନାହାନ୍ତି। ପ୍ରତିଥର ବ୍ୟବସ୍ଥାର ଯେଉଁ ପରିବର୍ତ୍ତନ ହେଉଛି ତାକୁ ଆମ ପିଲାମାନେ ଠିକ୍ ଭାବରେ ଗ୍ରହଣ କରୁନାହାନ୍ତି। ପ୍ରତି ଦଶବର୍ଷରେ ଥରେ ଶିକ୍ଷା ସଂକଳ୍ପକୁ ପରିବର୍ତ୍ତନ କରାଯାଇ ବିଭିନ୍ନ ସ୍ତରରେ ତାକୁ ଲାଗୁ କରାଯିବାର ବ୍ୟବସ୍ଥା ଥିଲେ ବି ତାହା କେବଳ କାଗଜ କଲମ, ନଥିପତ୍ର ମଧ୍ୟରେ ସୀମିତ ରହିଯାଉଛି। ଆହୁରି ମଧ୍ୟ ଶିକ୍ଷା କ୍ଷେତ୍ରରେ ଶିକ୍ଷକମାନଙ୍କ ପରାମର୍ଶ ଅଥବା ଅଭିଭାବକମାନଙ୍କର ଉପଦେଶକୁ କୌଣସି କ୍ଷେତ୍ରରେ ଗ୍ରହଣ କରାଯାଉନାହିଁ। ଆମର ଶିକ୍ଷା ବ୍ୟବସ୍ଥାରେ ଏସବୁ ବିଧିର ବ୍ୟବସ୍ଥା ଥିଲେ ମଧ ତାହା ଠିକ୍ ବାଟରେ ପରିଚାଳିତ ହେଉନାହିଁ। ଏହି କାରଣରୁ ଶିକ୍ଷାର ପରିଚାଳନା ଦପ୍ତର ମାଧମରେ ସରକାରୀ ନଥିପତ୍ର ଦ୍ୱାରା ପରିଚାଳିତ ହେଉଛି।

କାଁ ଭାଁ କେଉଁଠି ବେସରକାରୀ ଉଦ୍ୟମରେ ଗଢ଼ି ଉଠିଥିବା ଉଚ୍ଚ ବିଦ୍ୟାଳୟକୁ ସରକାରୀ ଶିକ୍ଷା ବିଭାଗ ସ୍ୱୀକୃତି ଦେଉଥିଲେ କିନ୍ତୁ ଶିକ୍ଷକମାନଙ୍କ ଦରମା ସ୍ଥାନୀୟ ପରିଚାଳନା ସଂସ୍ଥା ତୁଲାଉଥିଲେ। ପେନସନ୍ ନ ଥିଲା। ପ୍ରୋଭିଡେଣ୍ଟ ଫଣ୍ଡ ଥିଲା। ସ୍ୱାଧୀନତା ପରବର୍ତ୍ତୀ କାଳରେ ବ୍ୟାପକ ସଂଖ୍ୟାରେ ସ୍ଥାନୀୟ ଲୋକେ ନିଜ ଉଦ୍ୟମରେ ମାଧ୍ୟମିକ ଓ ଉଚ୍ଚବିଦ୍ୟାଳୟମାନ ଖୋଲିଲା ପରେ ଛାତ୍ରମାନଙ୍କ ଦରମାରେ ତାହା ଚଳିବା କଷ୍ଟକର ହେଉଥିଲା। ଏଣୁ ପରିଚାଳନାକାରୀ ମାନେ ବିଦ୍ୟାଳୟର ଦାୟିତ୍ୱ ସରକାରଙ୍କ ଉପରେ ଅର୍ପଣ କରିବା ଲାଗି ଲାଗିପଡ଼ିଲେ। ଶିକ୍ଷକମାନେ ବି ନିଜ ଚାକିରି ଓ ଦରମା ଆଦିର ନିରାପଭା ଲାଗି ସେମାନଙ୍କର ଦାୟିତ୍ୱ ସରକାର ନିଅନ୍ତୁ ବୋଲି ଆନ୍ଦୋଲନ କଲେ। ଘଟଣା ପ୍ରବାହରେ ରାଜ୍ୟର ବିଦ୍ୟାଳୟ, ମହାବିଦ୍ୟାଳୟ ଓ ବିଶ୍ୱ ବିଦ୍ୟାଳୟମାନ ସରକାରଙ୍କ ଦ୍ୱାରା ପରିଚାଳିତ ହେଲା। ଶିକ୍ଷକମାନେ ସରକାରୀ କର୍ମଚାରୀ ହେଲା ପରେ ବିଭିନ୍ନ ବିଦ୍ୟାଳୟକୁ ବଦଲି ହେଲେ। ଆଗରୁ ଅବଶ୍ୟ ପ୍ରାଥମିକ ବିଦ୍ୟାଳୟ ସ୍ତରରେ ଶିକ୍ଷକମାନେ ଗୋଟିଏ ଗୋଟିଏ ବିଦ୍ୟାଳୟରେ ବହୁବର୍ଷ ଲଗାତର ଶିକ୍ଷାଦାନ କରୁଥିଲେ। ନିଜେ ଚାହିଁଲେ ବଦଲି ହେଉଥିଲେ। ନ ହେଲେ ଗୋଟିଏ ଗୋଟିଏ ବିଦ୍ୟାଳୟରେ ନିଜର ଚାକିରିକାଲ କଟାଉଥିଲେ। ବାପାଙ୍କ ପଢ଼ାଉଥିବା ଶିକ୍ଷକ ପୁଅକୁ ପଢ଼ାଇଲା। ଶିକ୍ଷକଙ୍କର ବିଦ୍ୟାଳୟ ସହିତ ଆତ୍ମିକ ସମ୍ପର୍କ ଥିଲା। ତିନି ଚାରୋଟି ଛୁଟିରେ ସେମାନେ ଘରକୁ ଯାଉଥିଲେ। ଅଳ୍ପଦିନ ରହିବା ପରେ ବଦଲି ଯୋଗୁଁ ଶିକ୍ଷକମାନଙ୍କର ସ୍କୁଲ ପ୍ରତି ଆଉ ମମତା ରହିଲା ନାହିଁ ଓ ସ୍ଥାନୀୟ ଲୋକମାନଙ୍କ ସହିତ ସେମାନଙ୍କର ସଂପର୍କ ସେତେ ନିବିଡ଼ ହୋଇପାରିଲା ନାହିଁ। ଆଉ ସ୍ଥାନୀୟ ଲୋକମାନଙ୍କର ବିଦ୍ୟାଳୟ ପଢ଼ାପଢ଼ି ଉପରେ କିଛି କର୍ତ୍ତୃତ୍ୱ ରହିଲା ନାହିଁ। ଶିକ୍ଷକମାନେ ସରକାରୀ ଚାକିରିର ନିରାପଭା ପାଇଗଲେ। କିଛି ଅସୁବିଧା ହେଲେ ରାଜନୈତିକ ନେତାମାନଙ୍କ ସହାୟତା ବି ପାଇଲେ। ଏଣୁ ସରକାରୀ ବିଦ୍ୟାଳୟମାନଙ୍କରେ ପାଠ ପଢ଼ାର ମାନ ହ୍ରାସ ପାଇଲା। ତା'ପରେ ପ୍ରାଇମେରୀ ଶିକ୍ଷକ ମାନଙ୍କୁ ଅନ୍ୟାନ୍ୟ କାମରେ ନିୟୁକ୍ତ କରିବା ଫଳରେ

ପାଠପଢ଼ା କିଛି ପରିମାଣରେ ବ୍ୟାହତ ହେଲା ସତ; ମାତ୍ର ସେସବୁ ଦାୟିତ୍ୱ ହଟାଇ ଦେଲେ ବି ଶିକ୍ଷାର ମାନ ଉନ୍ନତ ହେବାର ଆଶା ନାହିଁ। ଶିକ୍ଷାଦାନ ସେମାନଙ୍କର ସ୍ୱଧର୍ମ ହୋଇ ରହିନାହିଁ। ଛାତ୍ରମାନଙ୍କ ସହିତ ଓ ନିର୍ଦ୍ଦିଷ୍ଟ ବିଦ୍ୟାଳୟ ସହିତ ଶିକ୍ଷକମାନଙ୍କର ଆତ୍ମିକ ସମ୍ପର୍କ ନାହିଁ। ଯାହା ସମ୍ପର୍କ ଅଛି; ତାହା ଦୋକାନର ଓ ଗ୍ରାହକଙ୍କ ସମ୍ପର୍କ।

ଏକବିଂଶ ଶତାବ୍ଦୀର ପ୍ରଥମ ପାହାଚରେ ଶିକ୍ଷା କ୍ଷେତ୍ରରେ ବୈପ୍ଲବିକ ପ୍ରଗତି ଘଟିଛି। ତଥାପି କମ୍ପ୍ୟୁଟର ଜନିତ ଶିକ୍ଷା ପ୍ରଗତି ମଣିଷ ମଣିଷ ମଧ୍ୟରେ ବିଷମତା ଓ ତାରତମ୍ୟ ସୃଷ୍ଟି କରିଛି। ଆଧୁନିକ ଶିକ୍ଷା ପଦ୍ଧତି ଗରିବ, ଖଟିଖିଆ ଓ ନିମ୍ନ ମଧ୍ୟବିତ୍ତ ପରିବାର ପ୍ରତି ଅପହଞ୍ଚ ମନେ ହେଉଛି। ଏହା ଥିଲାବାଲା ଓ ନଥିଲାବାଲା ମନୋଭାବ ସୃଷ୍ଟି କରୁଛି। ସମାଜକୁ ବିଭାଜିତ କରୁଛି। ତେଣୁ ଉଚ୍ଚଶିକ୍ଷା କେବଳ ଧନୀକ ଓ ଆର୍ଥିକ ସ୍ୱଚ୍ଛଳ ଥିବାଲୋକଙ୍କ ପାଇଁ ଉଦ୍ଦିଷ୍ଟ ପରି ମନେହୁଏ। ସରକାର ଓ ସରକାରୀ ଆଭିମୁଖ୍ୟ ଉଚ୍ଚଶିକ୍ଷା ପାଇଁ କେବଳ ଲୋକଦେଖାଣିଆ ବ୍ୟବସ୍ଥା ମାତ୍ର। ଯେକୌଣସି ଜନମଙ୍ଗଳ ରାଷ୍ଟ୍ରରେ ସମସ୍ତଙ୍କର ପ୍ରାଥମିକସ୍ତରୁ ବିଶ୍ୱବିଦ୍ୟାଳୟ ପର୍ଯ୍ୟନ୍ତ ଶିକ୍ଷାଲାଭ କରିବାର ଅଧିକାର ରହିଛି। ସେଥିପାଇଁ ବିଶ୍ୱର ସମସ୍ତ ରାଷ୍ଟ୍ରରେ ଜନମଙ୍ଗଳ କାର୍ଯ୍ୟକ୍ରମ ରୂପାୟନ କରିବା ପାଇଁ ଅଧିକାର ଦିଆଯାଇଛି। ଲୋକେ ଶିକ୍ଷିତ ନହେଲେ ସଂସ୍କୃତି ସଂପନ୍ନ ସଭ୍ୟତା ସୃଷ୍ଟି କରାଯାଇ ପାରିବନାହିଁ। ମାନବିକ ଚିନ୍ତାଧାରାର ବିକାଶ ପାଇଁ ଶିକ୍ଷାହିଁ ଏକମାତ୍ର ମାଧ୍ୟମ। ଏହାକୁ ରୂପାୟନ କରିବା ପାଇଁ ଶିକ୍ଷାନୁଷ୍ଠାନ ଗୁଡ଼ିକର ପ୍ରମୁଖ ଭୂମିକା ରହିଛି। ଏହି ପରିପ୍ରେକ୍ଷୀରେ ଶିକ୍ଷା କ୍ଷେତ୍ରରେ ବିଷମତା ତଥା ତାରତମ୍ୟ ଦୂରହେବା ଜରୁରୀ।

ଆଜିକାଲି ଅନେକ ବିଦ୍ୟାଳୟ କେବଳ ପରୀକ୍ଷାରେ ରଖିଥିବା ନମ୍ବରର ମାପକାଠିରେ ପିଲାମାନଙ୍କ ମେଧାକୁ ମାପି ତଥାକଥିତ ପ୍ରତିଭାବାନ ପିଲାଙ୍କ ପାଇଁ ସ୍ୱତନ୍ତ୍ର ଶ୍ରେଣୀଗୃହ ସୃଷ୍ଟି କରିବା ଦେଖାଯାଉଛି। ଯେଉଁ ପିଲାମାନେ ଅପେକ୍ଷାକୃତ ପଛୁଆ, ସେମାନଙ୍କୁ ନିକୃଷ୍ଟ ଶ୍ରେଣୀର ବୋଲି ବିଚାର କରି ଶିକ୍ଷକଙ୍କର ସ୍ୱତନ୍ତ୍ର ଯତ୍ନ ଓ ଦୃଷ୍ଟିରୁ ବୋଧହୁଏ ବଂଚିତ କରାଯାଉଛି। ମାତ୍ର ମନେରଖିବା ଉଚିତ ସଫଳତା ଓ ବିଫଳତା ଗୋଟିଏ ମୁଦ୍ରାର ଦୁଇଟି ପାର୍ଶ୍ୱ। ଅନେକ ବିଫଳତା ପରେ ସଫଳତା ମିଳେ। ବିଭିନ୍ନ କ୍ଷେତ୍ରରେ ଯେଉଁମାନେ ସଫଳତା ହାସଲ କରିଛନ୍ତି, ସେମାନେ ବାରମ୍ବାର ବିଫଳତାର ସ୍ୱାଦ ମଧ୍ୟ ଚାଖି ଥାଆନ୍ତି। ସେହିସବୁ ବିଫଳତା ଲୋକଲୋଚନକୁ ଆସେନାହିଁ। ବିଖ୍ୟାତ ଉଦ୍ଭାବକ ଟମାସ ଏଡିସନ ତାଙ୍କ ଶତାଧିକ ଉଦ୍ଭାବନ ପାଇଁ ବିଶ୍ୱ ବନ୍ଦିତ। କିନ୍ତୁ ଏସବୁ ସଫଳତା ପଛରେ ରହିଥିଲା ଅଗଣିତ ବିଫଳତା। ସେହିପରି ପ୍ରଖ୍ୟାତ ବୈଜ୍ଞାନିକ ଆଇନ୍‍ଷ୍ଟାଇନଙ୍କର ପ୍ରତିଭା ତାଙ୍କର ଶିକ୍ଷକମାନେ ଚିହ୍ନିପାରି ନଥିବା ସମସ୍ତଙ୍କୁ ଜଣା। ବିଫଳତାକୁ ହତାଦର କରି କେବଳ ସଫଳତାକୁ ହିଁ ସ୍ୱୀକୃତି ଦେବା ଦ୍ୱାରା ବିଭିନ୍ନ ଅନୁଷ୍ଠାନରେ ଓ ସମାଜରେ ଏକ ଅସମାନ ପରିବେଶ ସୃଷ୍ଟି ହୁଏ। ଅନେକ ସମୟରେ ସଫଳତାର ଜୟଗାନ କଲାବେଳେ ଜଣେ କିପରି ସଫଳ ହେଲା। ସେ ଲକ୍ଷ୍ୟ ହାସଲ କରିବା ପାଇଁ କି ମାଧ୍ୟମ ବ୍ୟବହାର କଲା ଏସବୁର ପ୍ରଶ୍ନ ଉତ୍ଥାପନ କରାଯାଏ ନାହିଁ। ରଉୟାର୍ଡ କିପଲିଙ୍ଗ କହିଥିଲେ ଉଭୟ ବିଜୟ ଓ ପରାଜୟ ଆମ ଜୀବନକୁ ଆସନ୍ତି ପ୍ରତାରକ ଭାବରେ। ଆମକୁ ସବୁବେଳେ ମନେ ରଖିବାକୁ ହେବ ଯେ ସମାଜର ବିଭିନ୍ନ କ୍ଷେତ୍ରରେ ଉତ୍କର୍ଷ ସୃଷ୍ଟି କରିବା ପାଇଁ ଅବିରତ ଉଦ୍ୟମ ହେବା ଅତ୍ୟନ୍ତ ଆବଶ୍ୟକ। କିନ୍ତୁ ସଫଳତାର ଜୟଗାନ କଲାବେଳେ ସଫଳତା ନିକଟରେ ପହଞ୍ଚ ପାରୁନଥିବା ଅଗଣିତ ସାଧାରଣ ଛାତ୍ରଛାତ୍ରୀ ଓ ଯୁବକଯୁବତୀ ଯେପରି ଅଣହେଲାର ଶିକାର ନ ହୁଅନ୍ତି, ଏଥିପ୍ରତି ଦୃଷ୍ଟି ଦେବାକୁ ପଡ଼ିବ। କିଏ ଜାଣେ ସେହିମାନଙ୍କ (ଭିତରେ) ମଧ୍ୟରେ ଲୁକ୍କାୟିତ ରହିଛନ୍ତି ଭବିଷ୍ୟତର ତାରକାମାନେ।

କିନ୍ତୁ ପ୍ରକୃତପକ୍ଷେ ବିଦ୍ୟାଳୟ ଗୁଡ଼ିକ ଏପରିସ୍ଥାନରେ ହେବା କଥା ଯେଉଁଠାରେ ପିଲାଙ୍କ ନିଜସ୍ୱ ପ୍ରତିଭାକୁ ରୂପ ଦିଆଯାଏ। ସେମାନଙ୍କର ବିଶେଷ ଗୁଣଗୁଡ଼ିକୁ ଆବିଷ୍କାର କରି ତା’ର ବିକାଶ ପାଇଁ ଅହରହ ଉଦ୍ୟମ ହୋଇଥାଏ ଏବଂ ଯେଉଁଠାରେ ଜାତିଧର୍ମ ଓ ଶ୍ରେଣୀର ପାର୍ଥକ୍ୟ ହୋଇଯାଏ ସମ୍ପୂର୍ଣ୍ଣ ଅର୍ଥହୀନ। ସବୁ କାଲରେ ଆମର ମହାନ ଦାର୍ଶନିକ ଓ

ଶିକ୍ଷାବିତ୍‌ମାନଙ୍କର ଏହାହିଁ ଥିଲା ଆଦର୍ଶ। କିନ୍ତୁ ଏବେ ସେସବୁ ଆଦର୍ଶର ହତ୍ୟା ହେଉଥିବା ଏକ ନିତିଦିନିଆ ଘଟଣା।

ଗୋଟିଏ ସମୟ ଥିଲା ଛ’ କି ସାତ ବର୍ଷରେ ପିଲାଟି ସ୍କୁଲଯିବା ଆରମ୍ଭ କରୁଥିଲା। ମା’ ପ୍ରଥମ ଦିନ କେଡ଼େ ଶ୍ରଦ୍ଧାରେ ଠାକୁର ଘରେ ତାକୁ ନେଇ ଜୁହାର କରାଉଥିଲା। ଆଉ କାନେ କାନେ କହି ଦେଉଥିଲା– “ବାପରେ ମନଦେଇ ପଢ଼ିବୁ। ଭଲ ମଣିଷ ହେବୁ। ଭଲ କଥା ଶିଖ୍‌ବୁ। ସାଙ୍ଗସାଥୀ ମାନଙ୍କ ସହ କଳି କରିବୁନି। ସମସ୍ତଙ୍କ ସହ ମିଶିକି ରହିବୁ।” ଏବେ କିନ୍ତୁ ତିନିବର୍ଷର ପିଲାକୁ ପ୍ରିନର୍ସରୀକୁ ପଠାଇବା ବେଳେ ଏବର ମା’ ରୂପୀ ମମିମାନେ କହିଦେଉଛନ୍ତି– “କ୍ଲାସରେ ଫାଷ୍ଟ ହେବୁ ଯେମିତି। ପାଠପଢ଼ି ବଡ଼ ଚାକିରି କରିବୁ। ବହୁତ ପଇସା ରୋଜଗାର କରିବୁ। କାହାସହ ମିଶିବୁନି। ଟିଫିନ୍‌ କାହାକୁ ଦବୁନି।” ବାସ୍‌ ବିଚରା ପିଲାଟିର ମୁଣ୍ଡରେ ଭରିଦିଆଯାଏ ବସ୍ତୁବାଦୀ ଦୁନିଆର ସବୁତକ ମନ୍ତ୍ର। ଯୋଉ ବୟସରେ ପିଲାଟା ମନପବନ କଅଁ କି ପକ୍ଷୀରାଜ ଘୋଡ଼ା ପିଠିରେ ବସି ସ୍ୱପ୍ନରେ ଉଡ଼ି ବୁଲିବା କଥା। ସେ ବୟସରେ ସେ କାନ୍ଧରେ ପକେଇଲା ପାଞ୍ଚ କିଲୋର ସ୍କୁଲ ବ୍ୟାଗ। ଯୋଉ ସମୟରେ ବାହାରେ ସାଙ୍ଗସାଥୀଙ୍କ ସହ ଖେଳି ପଡ଼ିଉଠି ବହୁତ କିଛି ଶିଖିବା କଥା, ସେଇ ସମୟରେ ତାକୁ ବାଧ୍ୟ କରାଗଲା ହୋମୱର୍କ କରିବାକୁ, ଟିଉସନ୍‌ ଯିବାକୁ, ପାଠ ଘୋଷିବାକୁ ବା ଇଂରାଜୀରେ ଫର୍ମାଲିଟି ଶିଖିବାକୁ, ଏମିତି ଅନେକ କିଛି। ଟାର୍ଗେଟ କ୍ଲାସରେ ଫାଷ୍ଟ ହେବାକୁ ପଡ଼ିବ। ଚାକିରି ଆଉ ବହୁତ ପଇସା। ବିଚରା ପିଲାଟା ହାଲିଆ ହେଇ ଟିକେ ଶୋଇବାକୁ ଚାହିଁଲେ ବି ସେଥିପାଇଁ ଅନୁମତି ନାହିଁ। ବିଚରା ପିଲାଟା ଯଦି କେତେବେଳେ ଏ ବାବଦରେ ପ୍ରଶ୍ନକରେ ଉଭରମିଲେ– “ଏସବୁ ତୋ ଭବିଷ୍ୟତ ପାଇଁ। ହାୟରେ ଜୀବନ! କିଏ ଦେଖିଛି, ସେ ଭବିଷ୍ୟତକୁ? ଗୋଟିଏ ଅଦେଖା ଭବିଷ୍ୟତ ଲାଗି କେହି କ’ଣ ଚଲଚଞ୍ଚଳ ବର୍ତ୍ତମାନକୁ ହତ୍ୟାକରେ?”

ଆଉ ଯୌଥ ପରିବାର ନାହିଁ। ଏବେ ସବୁ ଏକକ ପରିବାର। ପାଖରେ ଜେଜେ, ଜେଜେମା’ ନାହାନ୍ତି ଗପ ଶୁଣେଇ ପିଲାଙ୍କ ଭାରାକ୍ରାନ୍ତ ମନକୁ ହାଲକା କରିଦେବାକୁ। ଆଇମା’ ଗପ ପେଡ଼ିର କାହାଣୀ ସବୁ ମରି ହଜି ଗଲେଣି ଅନେକ ଦିନରୁ। ମିଛ ରାଜକୁମାର ଆଉ କଞ୍ଚନାର ରାଜକୁମାରୀର ମନଗଢ଼ା କଥା ଶୁଣିଦେଇ ଖୁସିରେ ବିଭୋର ହୋଇ କୋଉ ପିଲା ଆନନ୍ଦରେ ଶୋଇ ପଡ଼ୁନି। ଶିଶୁର ବୟସ ବଢ଼ିବା ସଙ୍ଗେ ସଙ୍ଗେ ସେ ତା’ ଚାରିପାଖରେ ଦେଖୁଥିବା ଜିନିଷ ସହ ପରିଚିତ ହୁଏ। ତା’ର ସ୍ମରଣଶକ୍ତି ଜାତ ହୁଏ। ଏଇ ସମୟରେ ସେ ଯାହା ଶୁଣେ ଓ ଦେଖେ ତାକୁ ମନେରଖେ। ଏଇ ଅବସ୍ଥାରେ ତା’ ପାଇଁ ପ୍ରଥମ ପାଠପଢ଼ା ହେଲା ଗପ ଶୁଣିବା। ଆଦର୍ଶ ପୌରାଣିକ ଚରିତ୍ର ଓ ନୀତି ଶିକ୍ଷାମୂଳକ କଥା ଓ କାହାଣୀ ବହୁ ଅନୁଭବୀ ଓ ଅଭିଜ୍ଞ ବ୍ୟକ୍ତିଙ୍କଠାରୁ ସେ ଶୁଣି ଖୁସିହୁଏ। ଅଭିଜ୍ଞ ବ୍ୟକ୍ତିମାନେ ହେଲେ ତା’ର ଜେଜେ ଓ ଜେଜେମା’, ଅଜା ଓ ଆଇ କିମ୍ବା ସେଇଭଲି ସମ୍ପର୍କୀୟମାନେ ଇତ୍ୟାଦି। ସେମାନେ ନିଜ ଭାଷାରେ ନୁହେଁ ବରଂ ଶିଶୁ ବୁଝୁଥିବା ଭାଷାରେ ଓ ଭଙ୍ଗୀରେ ତାକୁ କାହାଣୀ କହନ୍ତି। ପିଲାମାନଙ୍କୁ ଗପ ଶୁଣାଇ ଶୁଣାଇ ପରିବାରର ବୁଢ଼ା, ବୁଢ଼ୀମାନେ ନିଜ ବାର୍ଦ୍ଧକ୍ୟ ଜନିତ ଅବସାଦରୁ ମୁକ୍ତ ରହନ୍ତି। ଶିଶୁମାନଙ୍କର ବି ମାନସିକ ଓ ବୌଦ୍ଧିକ ବିକାଶ ଘଟି ଚାଲେ ଏବଂ ଶିଶୁର ପିତାମାତା ହନ୍ତସନ୍ତ ନହୋଇ ନିଜ କର୍ମ ସଂପାଦନରେ ଲିପ୍ତ ରହନ୍ତି ନିଶ୍ଚିନ୍ତରେ। ମାତ୍ର ପରିତାପର ବିଷୟ ଆଜି କର୍ମଜୀବୀ ବାପା, ମା’ମାନେ ‘ଛୋଟ ପରିବାର-ସୁଖୀ ପରିବାର’ ସ୍ଲୋଗାନର ଦ୍ୱାହିରେ ପରିବାର କହିଲେ ନିଜେ ଦୁଇ ପ୍ରାଣୀ ଓ ସେମାନଙ୍କର ଗୋଟିଏ କି ଯୋଡ଼ିଏ ପିଲାକୁ ହିଁ ବୁଝାଏ। ନିଜ ପୈତୃକ ଗୃହକୁ ପରିତ୍ୟାଗ କରି ବାହାରେ ଆସି ସରକାରୀ ଘରେ ବା ଭଡ଼ା ଘରେ ରହିଲେ। ଏହାଏକ ଆମ୍ଭକୈନ୍ଦ୍ରିକ ବିଚ୍ଛିନ୍ନତାବାଦୀ। ମୁଁ ଓ ମୋ ସଂସାର ଏକ ସ୍ୱାର୍ଥପର ତଥା ଅହଂ ପ୍ରଣୋଦିତ ସାମାଜିକ ବିଶୃଙ୍ଖଳା।

ପିଲାର ନିଜସ୍ୱ ଇଚ୍ଛା ବୋଲି କିଛି ନାହିଁ। ତାକୁ ଗୀତ ଶୁଣିବାକୁ ମନା, ନାଚିବାକୁ ମନା, ଖେଳିବାକୁ ମନା, ଖାଲି ପଢ଼ିବ। ଗୋଟିଏ ନିର୍ଦ୍ଦିଷ୍ଟ କୋଠରିରେ ବସି ରହି ବହି ଘୋଷିବ। ବାହାରକୁ ବୁଲି ଯିବାକୁ ତାକୁ ଅନୁମତି

ମିଳେନା । ଫଳରେ ସେ ବାହାର ଲୋକମାନଙ୍କ ସହ ମିଶି ପାରେନା । ପରିଚିତ ହୋଇ ପାରେନା ପାଖ ପଡ଼ୋଶୀମାନଙ୍କ ସହିତ । ତା'ର ସାମାଜିକ ଜୀବନଟା ନଷ୍ଟ ହୋଇଯାଏ । ଅର୍ଥନୈତିକ ନିରାପତା କଥା ଚିନ୍ତା କଲା ଭିତରେ ସାମାଜିକ ନିରପଭାତି ଚାଲିଯାଏ । ଅଥଚ ଏହାର ପରିଣାମ କେହି ଦେଖି ପାରୁନାହାନ୍ତି । ତା' ଚାରିପଟରେ ତିଆରି ହୋଇଯାଏ ସ୍ୱାର୍ଥପରତାର ପାଚେରି । ବଡ଼ ହୋଇଯିବା ପରେ ବି ସେ ପାଚେରି ଡେଇଁ ଆସି ପାରେନା କି କାହାସହ ମିଶିପାରେନା । କ'ଣ ଲାଭ ଏମିତି ଶିକ୍ଷାରୁ ? ଯିଏ ଆମକୁ ମଣିଷ ସହ ମିଶିବାର ଶିକ୍ଷା ଦେଇ ପାରିଲା ନାହିଁ । ଭଲ ମଣିଷ ହେବାର ଶିକ୍ଷା ଆବଶ୍ୟକ ଆମ ପାଇଁ ଓ କେବଳ ଅର୍ଥ ରୋଜଗାର ଶିକ୍ଷା ନୁହେଁ । ଦୁନିଆରେ ସବୁ କିଛି ମିଳୁଛି ମଧ୍ୟ, ଖାଲି ଭଲ ମଣିଷଙ୍କ ଅଭାବ ଅଛି ।

ବିଦ୍ୟାର ଆଲୟ ତେଣୁ ତାହା ବିଦ୍ୟାଳୟ । ବିଦ୍ୟାର ଏହି ଆଲୟ ଗୁଡ଼ିକରେ ବିଦ୍ୟା ହେଉଛି ମୂଳଭିତ୍ତି । ପିଲାଏ ଏଠି ବିଦ୍ୟା ଆହରଣ କରନ୍ତି । ଏ ବିଶ୍ୱ ବ୍ରହ୍ମାଣ୍ଡ ଏବଂ ଦୁନିଆକୁ ଜାଣିବା ପାଇଁ, ସମାଜରେ ବଞ୍ଚି ରହିବା ଲାଗି ଆବଶ୍ୟକ ଜ୍ଞାନ କୌଶଳ ଶିଖିବା ନିମନ୍ତେ ।   ଚାରିପଟର ପରିବେଶ ଭିତରେ ନିଜର ସ୍ଥିତିକୁ ସଠିକ ଆକଳନ କରି ଆପଣାର ଦାୟିତ୍ୱ ଓ କର୍ତ୍ତବ୍ୟ ବିଷୟରେ ସଚେତନ ହେବା ପାଇଁ । କିନ୍ତୁ ଆଜିର ପିଲାମାନେ କ'ଣ ପ୍ରକୃତରେ ଦୁନିଆକୁ ଭଲ ଭାବରେ ଜାଣିବାକୁ, ଜଗତକୁ ବୁଝିବାକୁ, ସଂସାରକୁ ଚିହ୍ନିବାକୁ, ସମାଜର ସମସ୍ୟାକୁ ହୃଦୟଙ୍ଗମ କରିବାକୁ, ପ୍ରାକୃତିକ ସୌନ୍ଦର୍ଯ୍ୟ ଅବଲୋକନ କରିବାକୁ ଓ ନିଜ ଜୀବନକୁ ଉପଭୋଗ କରିବାକୁ ସମୟ, ସୁବିଧା, ସୁଯୋଗ କିମ୍ବା ସହଯୋଗ ପାଇପାରୁଛନ୍ତି ? ତିନିବର୍ଷର ପିଲାଟି ଯେତେବେଳେ ଗାଁ ଦାଣ୍ଡରେ ସାଙ୍ଗସାଥୀ ପଡ଼ିଶାଘରର ପିଲାଙ୍କ ମେଳରେ ଧୂଳିଘର କରି ଖେଳିବା କଥା ସେତେବେଳେ ସେ ଇଂରାଜୀ ମାଧ୍ୟମ ସ୍କୁଲରେ ପଢ଼ିବା ପାଇଁ ନାମ ଲେଖାଉଛି । ଯେଉଁ ଗୁରୁକୁଳ ବ୍ୟବସ୍ଥା ଭିତରେ ମଣିଷଟିଏ ଭାରତୀୟ ସଂସ୍କୃତିରେ ଗଢ଼ାହୋଇ ଆସୁଥିଲା, ତାହା ଏଇ ଇଂରାଜୀ ଶିକ୍ଷାର ପ୍ରଚଳନ ଫଳରେ ଖୁବ ସ୍ୱାର୍ଥନ୍ଧେଷୀ ହୋଇଯାଇଛି । ଶୈଶବ ବୟସରେ ପଡ଼ିଶା ପିଲାମାନଙ୍କ ସହିତ ସାଙ୍ଗ ହେବା ବୟସରେ ସେ ପ୍ରତିଯୋଗିତା ମୂଳକ ପରୀକ୍ଷାରେ ଅବତୀର୍ଣ୍ଣ ହେବା ଲାଗି ନାମକରା କୋଚିଂ ସେଣ୍ଟରେ ନାମ ଲେଖାଇ ନିଜକୁ ପ୍ରସ୍ତୁତ କରୁଛି । କୈଶୋରରେ ଚପଲମତି ପିଲାଟି ପରୀକ୍ଷାରେ ସର୍ବୋଚ୍ଚ ନମ୍ବର ରଖିବା ଲାଗି ଦିନରାତି ବହି ଘୋଷି ଚାଲିଛି । ଆଦ୍ୟ ଯୌବନରେ ନିଜକୁ ପ୍ରସ୍ତୁତ କରୁଛି ନାଡ଼ାକ ମହାବିଦ୍ୟାଳୟରେ ଭର୍ତ୍ତି ହେବା ଲାଗି । ଯୌବନରେ ବିଦେଶ ଯାଇ ଡିଗ୍ରୀ ହାସଲ ଲାଗି ଆପ୍ରାଣେ ଉଦ୍ୟମ ଅଭ୍ୟାହତରେ ବ୍ୟସ୍ତ ରଖୁଛି ନିଜକୁ । ଆଜିର ଶିଶୁଟିର ବାଲ୍ୟ ଜୀବନ ଅଭିଶପ୍ତ । ଶୈଶବ କ୍ଷତାକ୍ତ ଓ କୈଶୋର ବିପର୍ଯ୍ୟସ୍ତ ଏବଂ ଯୌବନ ସଫଳତା ହାସଲ ଲାଗି ଅଣନିଃଶ୍ୱାସୀ ଧାଁ ଦୌଡ଼ରେ ବ୍ୟସ୍ତ ବିବ୍ରତ । ବର୍ତ୍ତମାନ ସବୁକିଛି ବିଚାର କରାଯାଉଛି ଅର୍ଥ ଉପାର୍ଜନ ଆଉ ଲାଭ କ୍ଷତି ଆଧାରରେ । ଜଣେ ବ୍ୟକ୍ତି ତା'ର ଜୀବନରେ କେତେ ବଡ଼ ପଦବୀରେ ଅବସ୍ଥାପିତ ହୋଇପାରିଛି, କେତେ ଜମି ହାତେଇ ପାରୁଛି, କେତେ ସହରରେ ତା'ର କେତେ କୋଠା ତୋଲା ହୋଇପାରିଲା, ବ୍ୟାଙ୍କରେ କେତେ ଟଙ୍କା ଜମା ରଖିପାରିଲା, କେତେ ପରିମାଣରେ ସେ କ୍ଷମତାର ଉପଯୋଗ କରି (ଦୁରୁପୋଯୋଗ ହେଲେ ସୁଦ୍ଧା) କେତେ ସୁବିଧା ହାସଲ କରି ପାରିଲା । ବ୍ୟକ୍ତିତ୍ୱ ବଳରେ କେତେ ସୁଯୋଗ ଅକ୍ତିଆର କରିନେଲା । ଏହି ହେଉଛି ଜଣକୁ ମୂଲ୍ୟାଙ୍କନ କରିବା ଲାଗି ମାନଦଣ୍ଡର ମାଧ୍ୟମ । ଖର୍ଚ୍ଚବାର୍ଚ୍ଚ ଶିକ୍ଷା ଯାହାକୁ ଆମେ ଉନ୍ନତିର ଏକ ସୋପାନ ବୋଲି ଧରୁ । ତାହା ସବା ଆଗେ ଶିଶୁର ଶାନ୍ତ ଶୈଶବକୁ ଧ୍ୱଂସ କରେ । ତା' ମନରେ ଏମିତିକା ପ୍ରତିଯୋଗିତାର ବୀଜ ବୁଣେ ଯାହା ସେ ବଡ଼ ହେଲା ପରେ ବୁଝେ । ଆଇଏଏସ୍ ହେବ, ଓଏଏସ୍, ଇଂଜିନିୟର, ଡାକ୍ତର ହେବ । ଦେଶ ବା ଲୋକଙ୍କୁ ଲୁଟିବା ପାଇଁ ଶିକ୍ଷା ଜରିଆରେ ବୁଦ୍ଧି ଶିଖିଥବ ଏବଂ ତାକୁ ସେ ଜ୍ଞାନ ବୋଲି ଭାବୁଥବ । ଏହା ଯଦି ଠିକ୍ ତା'ହେଲେ ଆମ ଶିକ୍ଷା ବି ଠିକ୍ ।

ସେ ବାଲ୍ୟ କାଲରୁ ସାଙ୍ଗ ଭାବେ ପାଉଛି କମ୍ପ୍ୟୁଟର ଓ ଟାବଲେଟକୁ । ପିଠିରେ ନିଜ ଓଜନଠାରୁ ଅଧିକ ଓଜନର

ବ୍ୟାଗ ବୋହି ପାଉଛି ଏକ ଭାରବାହୀ ପଶୁ ଗଧର ଅନୁଭୂତି । ବିଶିଷ୍ଟ ଲେଖକ ଆର.କେ. ନାରାୟଣ ଥରେ ରାଜ୍ୟ ସଭାରେ କହିଥିଲେ "ପାଞ୍ଚବର୍ଷର ଶିଶୁ ପ୍ରତିଦିନ ଚାଳିଶି କିଲୋ ବହି ବସ୍ତାନି ବୋହି ସ୍କୁଲକୁ ଯିବ କାହିଁକି ? ସେ ପାଠ ପଢ଼ୁଛି ନା କୁଲି ହେବାକୁ ଅଭ୍ୟାସ (ପ୍ରାକ୍ଟିସ) କରୁଛି ? ଘରେ ରହି ଘରକାମ ନ କରି ସ୍କୁଲକୁ କ'ଣ କରିବାକୁ ଯାଉଛି ?" ମୋର ପିଲାକୁ ମୁଁ ଏଇଆ କରି ଗଢ଼ି ତୋଲିବି– ଏଇ ଭାବନାର ବଂଶବର୍ତ୍ତୀ ଉଚ୍ଚାକାଂକ୍ଷୀ ବାପା, ମାଆମାନେ ଆଜି ଶିଶୁର ଶୈଶବକୁ ହତ୍ୟା କରୁଛନ୍ତି । ଆଉ ତା'ସହିତ ନଷ୍ଟ କରି ଚାଲିଛନ୍ତି ତା'ର ଭବିଷ୍ୟତ । ଏମିତି ସମୟରୁ ଶିଶୁକୁ ତିଆରି କରିବା ପ୍ରକ୍ରିୟା ଆରମ୍ଭ ହେଉଛି, ଯେତେବେଳେ କି ସେ ଭଲଭାବେ କଥାବି କହି ଜାଣିନି । ଆଜିର ବାପ, ମା'ଙ୍କ ହାତରେ ସେମାନେ ବୋଧହୁଏ ମାତୃଗର୍ଭରୁ ନିଜ ସନ୍ତାନ କିଭଳି ହେବ ତାହା ତିଆରି କରି ପାରନ୍ତେ ପରା ଯଦି ତାଙ୍କ ପିଲା ମହାଭାରତର ଅଭିମନ୍ୟୁ ପରି ମାତୃଗର୍ଭରେ ଥାଇ (ଅଭିମନ୍ୟୁ ମାତୃଭର୍ଗରେ ଥାଇ ଚକ୍ରବ୍ୟୁହ ଭେଦ ଶିକ୍ଷା କଲା ପରି) ଶିକ୍ଷା କରିପାରନ୍ତେ । ମଣିଷ ପ୍ରକୃତିର ସନ୍ତାନ । ଅନ୍ୟ ଜୀବଜନ୍ତୁଙ୍କ ଭଳି ତାକୁ ପ୍ରକୃତି ଭିତରେ ସ୍ୱାଭାବିକ ଭାବେ ବଢ଼ିବାକୁ ଦିଆଯିବା ଆବଶ୍ୟକ । ଏକ ସାମାନ୍ୟ ସରଳ ସତ୍ୟ ପାସୋରି ପକାଉଛନ୍ତି ଆଜିର ବାପା ମାଆମାନେ । ପ୍ରତିଯୋଗିତାରେ କାଲେ ହାରିଯିବ ସେଇ ଭୟରେ ଶିଶୁର ଜନ୍ମଦିନ ଠାରୁ ଆରମ୍ଭ ହୋଇଯାଉଛି ସ୍ୱପ୍ନ ଦେଖା ଆଉ ସେ ଲାଗି ପ୍ରସ୍ତୁତି । ସେଇ ସ୍ୱପ୍ନ ସାକାରର ପ୍ରକ୍ରିୟାରେ ବଲି ଦିଆଯାଉଛି କୋମଳମତି ଶିଶୁର ପିଲାଦିନ । ସମାଜରେ ବସ୍ତୁବାଦ ପ୍ରତି ମୋହ ବଢ଼ି ଚାଲିଛି । ଆଉ ତା' ସହିତ ବଢ଼ି ଚାଲିଛି ଶିଶୁଙ୍କ ଉପରେ ମାନସିକ ନିର୍ଯ୍ୟାତନା । ଖେଳକୁଦ ସମୟରେ ଛୋଟିଆ ଶିଶୁଟି ଉପରେ ପାଞ୍ଚକେଜି ଓଜନର ବ୍ୟାଗ ଲଦିଦେବା ଦ୍ୱାରା ପିଲାଟିର କି ବିକାଶ ହେଉଛି ତାହା କିଏ ଜାଣେ ? ପାଠପଢ଼ା ମଧ୍ୟ ହେଉଛି ଯନ୍ତ୍ରବତ । ପାଠ ପଢ଼ାରୁ ହଜିଯାଉଛି ଶିଶୁର ଆନନ୍ଦ ।

ଏବେ ଚପଳମତି ଶିଶୁର ଦିନ ଆରମ୍ଭ ହେଉଛି ସ୍କୁଲ ବ୍ୟାଗର ବୋଝ, ପାଣି ବୋତଲ ଆଉ ସ୍କୁଲ ଗାଡ଼ି ବା ଅଟୋବାଲାର ପେଁ ପେଁ ଶବ୍ଦ ସହିତ । ଦିନ ଭିତରେ କେତେବେଳେ ବି ତା'ର ନିସ୍ତାର ନାହିଁ ବହି ଆଉ ଅଭିଭାବକ ମାନଙ୍କ ନାଲି ଆଖ୍ରୁ । ଘରର ବାପ ମାଆମାନେ ଦଲିମନ୍ତୁ ପକାଉଛନ୍ତି ଘରର କୁନି କୁନି ଶୈଶବକୁ । ହେ ବିଲକ୍ ଅଭିଭାବକମାନେ ନିଜ ବିବେକର ଝରକା ଖୋଲି ଦେଖିଲ କ'ଣ ଚାହୁଁଛି ତୁମର କୁନି ପିଲାଟି । ସେ ଚାହୁଁଛି କି ତୁମେ ତା' ନିଦ ହଜାଇ ଦିଅ । ତୁମେ ତା' ହସ ଚୋରାଇ ନିଅ । ତା' ଆନନ୍ଦକୁ ହତ୍ୟାକର । ତା' ଖୁସିକୁ ବିକଲାଙ୍ଗ କରି ପକାଅ । ତା' ମନର ପ୍ରଫୁଲ୍ଲତାକୁ ନିର୍ଦୟ ଭାବରେ ନିର୍ମମ ଅନ୍ତରେ ନିଷ୍ଠୁର ଭାବରେ ତା'ଠାରୁ ଦୂରେଇ ଦେଇ ତା' ବଦଳରେ ତୁମର ମନବୃତ୍ତିକୁ ନଦିଦିଅ ତା' ଉପରେ । ଜୀବନ କେମିତି ଆରମ୍ଭ ହୁଏ ? ଜୀବନ କେବେ ବି ପ୍ରତିଯୋଗିତା ନୁହେଁ ବରଂ ସହଯୋଗିତା ପରସ୍ପର ମଧ୍ୟରେ ରକ୍ଷା କରିବା । ଜୀବନର ଶାଶ୍ୱତ ନିୟମ ହେଉଛି ସ୍ୱାଭାବିକତା, ସ୍ୱାଭାବିକ ଭାବେ ଜୀବନ ଆଗାଏ । ପ୍ରକୃତି ଜୀବନ ଲାଗି ଖଞ୍ଜି ଦେଇଛି ସବୁ କିଛି । ତୁମେ କେବଳ ସେସବୁର ସୁବିଧା ପିଲାମାନଙ୍କ ପାଖରେ ଯୋଗାଇ ଦିଅ । ହାତଧରି ଶିଶୁକୁ ପ୍ରକୃତି କୋଲରେ ଛାଡ଼ିଦିଅ । ଦେଖ ପ୍ରକୃତି କେମିତି ନେଉଛି ତା'ର ଯତ୍ନ । ଆମ ପ୍ରତ୍ୟେକଙ୍କ ଜୀବନର ମଜବୁତ୍ ମୂଲଦୁଆ ହେଉଛି ଶୈଶବ । ଶୈଶବ ଯେତେ ବେଶୀ ପ୍ରକୃତି ସହ ଯୋଡ଼ି ହେବ ସେତେବେଶୀ ଭାବ ସମୃଦ୍ଧ ହେବ । ପ୍ରକୃତି ମଧ୍ୟଦେଇ ସେ ଦୁନିଆର ଅସଲ ଚେହେରା ଦେଖେ । ତା' ଅନ୍ତମନରେ ଜାତ ହେଉଥିବା ଅନେକ ପ୍ରଶ୍ନର ଉତ୍ତର ସେ ପ୍ରକୃତିକୁ ନିଜ ଭାଷାରେ ପଚାରି ବୁଝିନିଏ । କେବେକେବେ ଅଜଣା ତଥ୍ୟ ଓ ତଉର ସନ୍ଧାନ ପାଏ ସେ ପ୍ରକୃତି ଠାରୁ । ସେସବୁ ତା' ସୂକ୍ଷ୍ମ ଚିନ୍ତନକୁ ପରିପୁଷ୍ଟ କରାଏ । ଅବୋଧ ଶିଶୁଟିର ଆଚରଣ ସୁଧାରିବାର ଗୁରୁ ଦାୟିତ୍ୱ ପିତାମାତାଙ୍କର । ସେଥିପାଇଁ ପାଞ୍ଚବର୍ଷ ପର୍ଯ୍ୟନ୍ତ ସେମାନଙ୍କୁ ପ୍ରତ୍ୟକ୍ଷ ତତ୍ତ୍ୱାବଧାନରେ ରଖ୍ ତା'ର ଶିକ୍ଷାରମ୍ଭ କରାଇବା ଆବଶ୍ୟକ । ମାତ୍ର ଦୁର୍ଭାଗ୍ୟର କଥା ଯେଉଁ ବାପା, ମାଆମାନେ ଦିନେ ପ୍ରକୃତି କୋଲରେ ହସିଖେଲି ନିଜ ଶୈଶବକୁ ସମୃଦ୍ଧ କରିଥିଲେ, ସେମାନେ ଆଜି ତାଙ୍କ ଶିଶୁ ସନ୍ତାନକୁ ଖେଳିବାକୁ ଦେଉନାହାନ୍ତି । ଅଧିକ

ଗେଲବସର ହୋଇଯିବ ବୋଲି ଆଶଙ୍କା କରି ଜେଜେବାପା, ଜେଜେମା'ଠାରୁ ତାକୁ ଦୂରେଇ ଆଣୁଛନ୍ତି । ତାକୁ ସବୁବେଳେ ନାଲିଆଖି ଦେଖାଇ ପାଠ ପଢ଼ିବାକୁ ତାଗିଦ କରୁଛନ୍ତି । ବିଚରା ଶିଶୁଟି ଏକୁଟିଆ ଘର ଭିତରେ ବସି ପାଠ ନାଁରେ ଗୁଡ଼ାଏ ଅସାର ତଥ୍ୟ ଘୋଷିଚାଲିଛି । ଏକାନ୍ତରେ ଶୈଶବକୁ ଅତ୍ୟନ୍ତ ବିରକ୍ତିରେ ବିତାଉଥିବା ପିଲାମାନେ ପରବର୍ତ୍ତୀ ଜୀବନରେ ଖୁବ୍ ଅସଂଲଗ୍ନ ହୋଇଯାଆନ୍ତି । ପରିବାର ସହ ସେମାନଙ୍କ ସମ୍ପର୍କ ଆଉ ନିବିଡ଼ ହୁଏ ନାହିଁ । ଗୁରୁଜନଙ୍କ ପ୍ରଭାବ ମଧ୍ୟ ସେମାନଙ୍କ ଉପରେ ପଡ଼େନାହିଁ । ଅପରପକ୍ଷେ ବାଲିରେ (ଦାଣ୍ଡଧୂଳିରେ) ଭାତ ଡାଲି ରାନ୍ଧୁଥିବା, ଖେଳନା ସହ ଗପୁଥିବା ଓ ଅନ୍ୟ ସାଙ୍ଗ ପିଲାଙ୍କ ଗହଣରେ ଖେଳୁଥିବା ଶିଶୁଟିକୁ ଗୋପନରେ ରହି ନିରୀକ୍ଷଣ କରନ୍ତୁ । ସେ ବଡ଼ ଲୋକଙ୍କ ପରି ତା'ବିଚାର ବିବେକକୁ କେମିତି ପରିପକ୍ୱ କରିଚାଲିଛି । ଅନ୍ୟମାନଙ୍କ ସହ ସେ କେମିତି ଉପୁଜିଥିବା କଳିତକରାଳ ଓ ସମସ୍ୟାର ସମାଧାନ ପନ୍ଥା ନିର୍ଦ୍ଧାରଣ କରି ପାରୁଛି ଦେଖନ୍ତୁ । ଅନ୍ୟ ସାଙ୍ଗମାନଙ୍କ ସହ ତା' ଅନ୍ତରଙ୍ଗତା ଦୃଢ଼ୀଭୂତ ହେଉଥିବା ଦେଖି ଆପଣ ବିସ୍ମିତ ହେବେ ।

ସୁତରାଂ ଶିଶୁକୁ ସ୍ନେହ କରନ୍ତୁ । ଶାସନ ବି କରନ୍ତୁ । ବିନା ଶୃଙ୍ଖଳାରେ ସେମାନଙ୍କ ଜୀବନ ଯାତ୍ରା ବିପଥଗାମୀ ହେବ । ବିନା ସ୍ନେହରେ ସେମାନଙ୍କ ହୃଦୟ ଦୁଆର ରୁଦ୍ଧ ହୋଇଯିବ । ଜୀବନ ଫୁଲର ସୁନ୍ଦରତମ କଅଁଳ ପାଖୁଡ଼ା ହେଉଛି ଏଇ ଶୈଶବ । ତାକୁ କୃଟ କପଟତାର କୀଟ ଯଦି କାଟି କଣା କରିଦିଏ, ସେ ଆଉ ସୁରଭିତ ହୋଇ ପାରିବନି । ଶୁଷ୍କ ଶୁଷ୍କ ମଉଳିଯିବ । ତା' ହୃଦୟର ମଧୁଚକ୍ ରସହୀନ ହୋଇଯିବ । ସେ ଧୀରେ ଧୀରେ ବାପ, ମା' ପରିବାର, ପରିଜନ, ସାଙ୍ଗସାଥୀ, ସମାଜ ଓ ରାଷ୍ଟ୍ର ଭବିଷ୍ୟତ ସ୍ୱପ୍ନକୁ ଚୁରମାର କରିଦେଇ ସମସ୍ତଙ୍କ ଅଲକ୍ଷ୍ୟରେ ଝରିଯିବ । ଜଣେ ମହାନ ଅସ୍ତିତ୍ୱବାଦୀ ଦାର୍ଶନିକ ମାର୍ଟିନ ହାଇଡେଗର କହିଥିଲେ- "As soon as a man is born he is old enough to die" । ସ୍ୱଳ୍ପ ଅବଧ୍ କି ଦୀର୍ଘ ଅବଧିର ଜୀବନ ହେବ ତାହା କାହାରିକୁ ଜଣାନାହିଁ । କିନ୍ତୁ ସେଇ ଜୀବନଟି ଯଦି କିଛି ମହନୀୟ କର୍ମ ସାଧନ କରିଥିବ ଓ ଶୋଭନୀୟ ଗୁଣର ଅଧିକାରୀ ହୋଇଥିବ ସେ ପୃଥିବୀରୁ ବିଦାୟ ନେଲା ପରେ ବି କାଳ କାଳକୁ ଆମର ରହିବ । ତା'ର ଆଦର୍ଶ ସମଗ୍ର ମାନବ ଜାତିକୁ ମାର୍ଗଦର୍ଶନ କରିବ ଚିରଦିନ ପାଇଁ । ମାତୃଗର୍ଭରୁ ବାହାରି ମଶାଣିଯାଏ ଯିବା ପର୍ଯ୍ୟନ୍ତ ଜୀବନର ଚଲାପଥ ପ୍ରଲମ୍ବିତ । ଏହି ଚଲାପଥ ଏତେ ଦୁର୍ଗମ ଯେ ତାକୁ ଚାଲିବାକୁ ହେଲେ ମଣିଷର ପାଦ ଦୁଇଟି ଖୁବ୍ ଦୃଢ଼ ଓ ସମର୍ଥ ହେବା ଦରକାର । ଦୃଢ଼ତା ଓ ସାମର୍ଥ୍ୟର ମୂଳ ଉପାଦାନ ଯୋଗେଇ ଦେବା ଉପଯୁକ୍ତ ସଂସ୍କାର, ଆମ୍ଭଜ୍ଞାନ ଓ ଶୃଙ୍ଖଳା ଶିକ୍ଷା, ଏଥିଲାଗି ପ୍ରକୃତ ସମୟ ହେଉଛି ଶୈଶବ ।

ଧୈର୍ଯ୍ୟ ଓ ଧୀଶକ୍ତି ତା' ଶୈଶବକୁ ସୁରଭିତ କରେ । ଜୀବନର ଆଧାରଶୀଳା ହେଉଛି ଶୈଶବ । ଇଏ କେବଳ ଆଧାରଶୀଳ ନୁହେଁ । ଆଦ୍ୟ ପାଠଶାଳା ବି । ଏଇ ପାଠଶାଳା ସାଧାରଣ ଶିଶୁଟିକୁ ରୂପାନ୍ତରିତ କରେ ସତ୍ତୁରେ, ସଜ୍ଜନରେ, ସାଧକରେ । ଶୈଶବର ମନ ସଦା କାଗଜପରି ସଫା ଓ ଫାଙ୍କା । ତା'ଉପରେ କିଛି ଚିତ୍ର ସବୁରି ଅଲକ୍ଷରେ ଆଙ୍କିହୋଇ ଯାଉଥାଏ । ଅଲିଭା ସେ ଚିତ୍ର । ପରବର୍ତ୍ତୀ ସମୟରେ ସେଇ ଚିତ୍ର ତା'ର ଚରିତ୍ର ପାଲଟିଯାଏ । ଏହା ସର୍ବଠୁ ମୂଲ୍ୟବାନ ଓ ଅକ୍ଷୟ ସଂପଦ ଜୀବନର । ପିତା, ମାତା ଶିଶୁକୁ ଏଇ ସଂପଦରେ ଧନୀ କରାଇ ପାରିବେ । ଏଥିପାଇଁ ଲୋଡ଼ା ଯଥାର୍ଥ ସଂସ୍କାର ଓ ସଂସ୍କୃତି । ଶିଶୁ ଜନ୍ମ ହେବା ଆଗରୁ ତା' ଅବଚେତନ ମନରେ ସଂସ୍କାର ପ୍ରବେଶ କରିବା ଦରକାର । ମା'ମାନେ ସେଥିପାଇଁ ସବୁଠୁ ବେଶୀ ଯତ୍ନବାନ ହୋଇଥାଆନ୍ତି । ମାଆର ଶୁଦ୍ଧ ଆଚରଣ, ନିଷ୍କପଟ ଚିନ୍ତନ ଏବଂ ଆଧ୍ୟାମ୍ନିକ ଭାବଧାରା ତା' ଗର୍ଭସ୍ଥ ଶିଶୁକୁ ଭୂମିଷ୍ଠ ହେବା ଆଗରୁ ସଂସ୍କାରିତ କରିଥାଏ ବହୁ ମାତ୍ରାରେ । କହିବା ବାହୁଲ୍ୟ ଶିଶୁର ଅନ୍ତଶ୍ଚେତନାରେ ପିତା, ମାତାଙ୍କ ସମସ୍ତ ଗୁଣ, କର୍ମ, ଆଶା, ଆକାଂକ୍ଷା, ପ୍ରଜ୍ଞା, ପରମାର୍ଥ-ଚିନ୍ତନର ବୀଜ ବପନ ହୋଇ ସାରିଥାଏ ସେ ଜନ୍ମ ହେବା ଆଗରୁ । ତାକୁ କେବଳ ଅଙ୍କୁରିତ ଓ ଦ୍ୱିମାୟିତ କରିବାର ଉପାଦନ ଏବଂ ବାତାବରଣ ଲୋଡ଼ା । ତହିଁରୁ ଗୋଟିଏ ଉପାଦାନ ହେଉଛି କଥା ଓ କାହାଣୀ । ନିଜର ଆଶା ଆଉ

ହତାଶାକୁ ପିଲାମାନଙ୍କ ଜୀବନ ଭିତରକୁ ପଶିବାକୁ ଦିଅନା। ସୃଷ୍ଟିକୁ ସୁନ୍ଦର ନକଲ ନାହିଁ, ଅସୁନ୍ଦର କରନା, ବର୍ତ୍ତମାନତ ପିତା, ମାତାଙ୍କର ସଂଯୋଗ ଦ୍ୱିଧାଗ୍ରସ୍ତ, ନୀତିଭ୍ରଷ୍ଟ, କମାଶଙ୍କୁ ଓ ପ୍ରଦୂଷିତ। ସେପରି ସ୍ଥଳେ ଉତ୍ତମ ସ୍ଵାଭାବର ପିଲା ସୃଷ୍ଟି ହେବାର ସମ୍ଭାବନା ଖୁବ୍ କମ୍।

ପ୍ରତିଯୋଗିତାରେ ନ ହାରିବା ଲାଗି ଦିନରାତି ସେ ଲାଗି ରହୁଛି ସେଇ ଗୋଟିଏ ପ୍ରକାର ଗଣିତ ବାରମ୍ବାର କଷିବାରେ। ଗୋଟିଏ ରକମର ପାଠ ବାରମ୍ବାର ଘୋଷିବାରେ। ବଡ଼ ହେବା ପରେ ବି ପ୍ରତିଯୋଗିତାରୁ ତା'ର ନିସ୍ତାର ନାହିଁ। ମୋଟା ଅଙ୍କର ଦରମା ଥିବା ଚାକିରି ପାଇଁ ଦୌଡ଼। ଚାକିରି ପାଇଲେ ବିଦେଶ ଯିବା ଲାଗି ପ୍ରତିଯୋଗିତା। ବିଦେଶ ଯାଇ ସାରିଲାପରେ ଓ ପଦୋନ୍ନତି ପାଇବା ପରେ ସେ କମ୍ପାନୀ ଛାଡ଼ି ଆଉ ଗୋଟିଏ କମ୍ପାନୀକୁ ଅଧିକ ଦରମାରେ ଯିବା ଲାଗି ଡିଆଁ ଦେଙ୍। ଏମିତି କର୍ମ ଚଞ୍ଚଳ ରହିଛି ଜୀବନ। ତେଣୁ ମାର୍କ୍ସ ଘାଲିବ କହିଥିବା ଭଲି ଏବେ ହିଁ ପ୍ରକୃତରେ ଜୀବନ ଏକ ବଜାର ପାଲଟିଯାଇଛି। ଜୀବନ ବଜାରରେ ଅନିଃଶ୍ୱାସୀ ହୋଇ ଦୌଡୁଥିବା ପିଲାଟି ଯୁବକରୁ ବୃଦ୍ଧ ହୋଇଯାଉଛି କିନ୍ତୁ ବର୍ଷବର୍ଷ ଧରି ଆକାଶର ଘନନୀଳରଙ୍ଗ ଦେଖିବାକୁ ସମୟ ପାଉନାହିଁ। ବର୍ଷା ସମୟର ଇନ୍ଦ୍ରଧନୁ କିମ୍ବା ରାତି ଆକାଶର ତାରାମାନଙ୍କୁ ସେ ମନଭରି ଦେଖିବାକୁ ସମୟ ପାଉନାହିଁ। ଜୋଛ୍ନାବିଧୌତ ରଜନୀ ବିତାଇ ଦେଇନି ପ୍ରେମିକ ରୂପେ ନିଜକୁ ଦେଖି ପ୍ରିୟତମା ଅବା ପ୍ରଣୟିନୀର କଥା ମନେ ପକାଇ। ବ୍ୟସ୍ତତା ଭିତରେ ପକ୍ଷୀଙ୍କ କଳରବକୁ ଧ୍ୟାନ ଦେଇପାରିନାହିଁ। ଉଦୟ ବା ଅସ୍ତ ସୂର୍ଯ୍ୟର ଅରୁଣିମା ଦେଖିନାହିଁ। ଝରଣା କିମ୍ବା ସ୍ଵତଃସ୍ଵନୀ ତଟିନୀର କଳକଳ ତାନ ସେ ଶୁଣିନି। ଫୁଲର ଫଗୁଣରେ ବିମୋହିତ ହୋଇ ନିଜକୁ ହଜାଇ ଦେଇନି ଗୋଧୂଳିର ମନୋରମ ପରିବେଶରେ ବିଗତ ଦିନର ମୋଟେ ଭୁଲି ହେଉନଥିବା ଅଭୁଲା କଥାକୁ ମନେ ପକାଇ। ଚଇତି ବାଆର ପରଶ ତା' ଶରୀରରେ ଶିହରଣ ଆଣିନି। ଜହ୍ନ ଆଲୁଅରେ ବସି ସେ ପ୍ରେମିକା ପାଖରୁ ପାଇଥିବା ଚିଠି ପଢ଼ିନି କିମ୍ବା ତା ନିକଟକୁ ପ୍ରେମ ପତ୍ର ଲେଖିବାର ଅବକାଶ ସେ ପାଇପାରିନି। ପାହାନ୍ତା ପହରର ନିରୋଳା ପରିବେଶରେ ପଢ଼ିଲେ ପାଠ ଭଲ ମନରେ ରହିବ ବାହାନାରେ ବହି ଭିତରେ ଲୁଚେଇ ସେ ଭଲ ପାଉଥିବା ଝିଅର ଚିଠିକୁ ପଢ଼ିନି କିମ୍ବା ପ୍ରଶ୍ନୋତ୍ତର ଲେଖିବା ଆଳରେ ଖାତାରେ ରଖି କୌଣସି ଝିଅ ପାଖକୁ ଚିଠି ଲେଖି ପାରିନାହିଁ। କୌଣସି ମନୋରଞ୍ଜନ କାର୍ଯ୍ୟକ୍ରମ ସେ ମନଭରି ଦେଖିବାର ସୁଯୋଗ ପାଇନି। ସ୍କୁଲ ପଢ଼ା ନଥିବାବେଳେ ବନ୍ଧୁଘର ବୁଲି ଯାଇନି କିମ୍ବା କୌଣସି ଖରାଛୁଟି ମାମୁଁଘରେ କାଟିଦେଇ ପାରିନାହିଁ। ପାଣି ବୋହି କିମ୍ବା ନଇ ଗୋଲେଇ ମାଛ ଧରିନି। ଗଛ କାଉ ଖେଳିନି ସାଙ୍ଗ ମେଳରେ ବରଗଛ ଡାଲରେ ଓହଲି। ସଞ୍ଜରେ ଜେଜେମା' କୋଳରେ ବସି ଗପ ଶୁଣିନି। ଜେଜେ ପିଠିରେ ନାଉ ହୋଇନି କିମ୍ବା ଜେଜେକୁ ଘୋଡ଼ା କରି ନିଜେ ଶଇଶ ହୋଇ ସେ ଘୋଡ଼ା ପିଠିରେ ବସି ପାରିନି। ବାପାଙ୍କ କନ୍ଧରେ ଚାନ୍ଦୁ ହୋଇ ଦୂର ଆକାଶର ଚାନ୍ଦ ଦେଖିନି। ମା' କାଖରେ କାଖ ହୋଇ 'ଆ ଜହ୍ନ ମାମୁଁ' ଗୀତ ଶୁଣିନି ଅଥବା ବୋଉ ଲୁଗାକାନି ମୁହଁରେ ଘୋଡେଇ "ଧୋଆରେ ବାଇଆ ଧୋ" ଶୁଣି ଶୋଇ ପଡ଼ିବା ତା' ଭାଗ୍ୟରେ ଯୋଟିନି। ସ୍କୁଲରେ ସରସ୍ଵତୀ ପୂଜାରେ ହେଉଥିବା ନାଟକ ପରିବେଷଣରେ ଭାଗନେଇ ଅଭିନୟ କରି ପାରିନି କିମ୍ବା ଗାଁ ଡ୍ରାମାରେ ନିଜକୁ ସାମିଲ କରି ପାଟ କରିନି। ଖରାଦିନିଆ ନଇ କୂଳିଆ ସନ୍ତୁଆ ପବନର ମଜା ନେଇନି, ନଇବଢ଼ି ପାଣିରେ ପହଁରିବା ସେ ଶିଖିନି। ଗାଁ ତୋଟାରେ ଦୋଳି ଖେଳିନି ବା ଖରା ବେଳିଆ ଗଛଚଢ଼ି ଆମ୍ବ ପାରିବା ସେ ଜାଣିନି କିମ୍ବା ଖରାଦିନ ଅପରାହ୍ନରେ ବାଗୁଡ଼ି ଖେଳିବାକୁ ଅବସର ପାଇନି। ପାଖ ପଡ଼ିଶାକୁ ଭଲ ଭାବରେ ଚିହ୍ନି ପାରିନାହିଁ। ବେଲବୁଡ଼ିଆ ବନ୍ଧୁ ମେଳରେ ଅଥବା ସାଙ୍ଗଙ୍କ ଗହଣରେ ବସି ଗପ କରି ଅଳସ ଅପରାହ୍ନ କାଟିନାହିଁ। ଏଇକ୍ରମରେ ସେ ପାଖ ପଡ଼ିଶାଙ୍କ ସହିତ ସମ୍ପର୍କ ରଖିପାରେନା କିମ୍ବା ତା' ବୟସର ବା ସମବୟସ୍କୀମାନଙ୍କ ସହିତ ତା'ର ସମନ୍ଵ ରହିପାରେନାହିଁ। ଗାଁ ପିଲାମାନଙ୍କୁ ସେ ଚିହ୍ନି ପାରେନି ଅଥବା ସାଇର ବୟସ୍କା ନାରୀମାନଙ୍କ ଗହଣରେ ସେ ସମ୍ପୂର୍ଣ୍ଣ ଅଜଣା ଅପରିଚିତ ଲୋଟିଏ ହୋଇ ରହିଯାଏ। ସେ ଏକ

ପ୍ରକାର ହେଇଯାଇଛି ଏକ ନିଃସଙ୍ଗ ପ୍ରାଣୀ। ଟଲଷ୍ଟୟଙ୍କ ଗପର ଚରିତ୍ର ଭଳି ସେ ଅଧିକରୁ ଅଧିକ ଜମି (ସୁଯୋଗ) ହାତେଇବା ଲାଗି କେବଳ ଦୌଡ଼ି ଚାଲିଛି। ନିଜକୁ ଅଟକାଇ ପାରୁନାହିଁ। ଶେଷରେ ଦେଖୁଛି ବହୁତ ଡେରି ହୋଇଯାଇଛି। ପ୍ରାୟଶ୍ଚିତ କରିବାକୁ ମଧ୍ୟ ବିଲମ୍ବ ହେତୁ ସମୟ ନାହିଁ। ଏମିତି ଜୀବନ ବିତାଇ ଦେଇଥିବା ଲୋକଟି କିପରି ପ୍ରଜ୍ଞାଶକ୍ତି ହାସଲ କରିପାରିବ ନୂଆ କିଛି ସୃଷ୍ଟି କରିବା ଲାଗି।

ଛୁଟିରେ ବି ପିଲାଟି ପାଇଁ ବିଶ୍ରାମ ନାହିଁ। ପିଲା ଦିନୁ ଆଧୁନିକ ଶିକ୍ଷା ପ୍ରଣାଳୀର ଦୌଡ଼ରେ ସାମିଲ ହୋଇ ଯାଉଛନ୍ତି କୁନ କୁନି ଚପଲମତି ଶିଶୁମାନେ। ଶିଶୁର ଶୈଶବ ବିରାଟ ବହି ବୋଝ ଅନ୍ତରାଳରେ କେଉଁଠି ଆମ୍ଗୋପନ କରୁଛି। ଛୁଟି ହେଲେ ପିଲା ଆଉ ଖେଳକୁଦ କରୁନି। ମାମୁଁଘର ପୋଖରୀରୁ ଗାମୁଛାରେ କୁନିମାଛ ଧରୁନି। ଗାଁ ଦାଣ୍ଡରେ ପୁଟି ଖେଳୁନି। ଦିନ ଦିନ ପାଠକୁ ଭୁଲିଯାଇ ତା' ମନ ରାଇଜରେ ରାଜା ହେବାକୁ ନା ତାକୁ ଶିକ୍ଷା ପ୍ରଣାଳୀ ଦେଇଛି, ନା ତା'ର ବାପା ମାଆ। ଛୁଟିରେ ହୋମୱାର୍କ ହେଉଛି ପିଲାଙ୍କ ପାଇଁ ଲେବନ ଚୁସ୍‌ରେ ନିମପିତା ପରି ତାକୁ ନ କରିବାରେ ପିଲାର ସର୍ବାଧିକ ଇଚ୍ଛା ତାକୁ କରାଇବାରେ ବାପା, ମାଆଙ୍କ ସର୍ବୋତ୍ତମ ଲକ୍ଷ୍ୟ। ଏହି ଟଣାଟଣି ଭିଡ଼ାଭିଡ଼ିରେ ଆକ୍ରାନ୍ତ ହୋଇ ପିଲା ବିଚରା ସାରୁଛି ତା'ର ଛୁଟିଦିନ। ଛୁଟିରେ ଅଭିଭାବକ ଯଦି ବି ପିଲାକୁ ଦିନେ ଘଡ଼ିଏ କୁଆଡ଼େ ବୁଲାଇ ନେଉଛନ୍ତି ତାହାବି ସର୍ତରେ "ଆସିଲେ ହୋମୱାର୍କ କରିବୁ।" ସର୍ତ ଭ୍ରମଣରେ ପିଲା କେତେଦୂର ପ୍ରଭାବିତ ହେଉଛି ତାହା ଚିନ୍ତାର ବିଷୟ ନୁହେଁ କି ? ଏହାଦ୍ୱାରା ପିଲାର ଶିକ୍ଷାପ୍ରତି ପ୍ରୀତି ସୃଷ୍ଟି ନ ହୋଇ ଭୀତି ସୃଷ୍ଟି ହେଉଛି। 'ଏ' ସ୍ତାର ପାଇବାର ଦୌଡ଼ରେ ପିଲାର ପାଦ ସିନା ଥକୁନି ହେଲେ ଥକି ଯାଉଛି ମସ୍ତିଷ୍କ। ଏ ନେଇ ସମାଜରେ ସଚେତନତା ସୃଷ୍ଟି ହେବା ଉଚିତ। ନହେଲେ କେତୋଟି ବର୍ଷ ପରେ ସମାଜ ଏହାର କୁପ୍ରଭାବ ଭୋଗ କରିବ। ଅସଂଖ୍ୟ ଶିଶୁଙ୍କ ଭିତରେ ଥିବା ସେହି ଚପଲତା, ସେହି ଉନ୍ମାଦନା, ସେହି ସରଲତା, ସେହି ଉଲ୍ଲାସ ଏସବୁ ହଜିଯିବ ଖୁବ୍ ଛୋଟ ବୟସରୁ ସେମାନେ ବୟସ୍କର ବ୍ୟବହାର କରିବା ଶିଖିବେ। ତାଙ୍କ ମନର ସଫା ଆଇନାରେ ଈର୍ଷା, କ୍ରୋଧ, ବିରକ୍ତି ରୂପକ ଧୂଲି ଯାହା ଖୁବ୍ ଡେରିରେ ବସି ଥାଆନ୍ତା ତାହା ଶୀଘ୍ର ବସିଯିବ। ସମାଜ ଶିକ୍ଷିତ, ଉଚ୍ଚଶିକ୍ଷିତ, ଡାକ୍ତର, ଇଞ୍ଜିନିୟର ଏସବୁ କଲକାରଖାନାର ଚିଜପରି ବହୁଳ ଉତ୍ପାଦନ କରିବ ସତ, ସମପରିମାଣର ମାନସିକ ବିକାରଗ୍ରସ୍ତ ଶିଶୁ ମଧ୍ୟ ଉତ୍ପାଦନ କରିବ। ସ୍ୱଚ୍ଛ ପାଶ୍ଚାତଦର୍ଶୀ ହୋଇ ଅଭିଭାବକମାନେ ସେମାନଙ୍କ ଶୈଶବକୁ ସ୍ମରଣ କରନ୍ତୁ। ଶିଶୁ ଶିକ୍ଷା ଗ୍ରହଣ କରୁଥିଲା ସତ କିନ୍ତୁ ତା'ର ମାନସିକ ପ୍ରକ୍ରିୟାରେ ଏହାର ଚାପ ପଡ଼ୁନଥିଲା। ତେଣୁ ଏକ ପ୍ରତିଶତ ଶିଶୁ ମଧ୍ୟ ମାନସିକ ଅବସାଦଗ୍ରସ୍ତ ହେଉନଥିଲେ।

କିନ୍ତୁ ଆଧୁନିକ ଶିକ୍ଷା ପ୍ରଣାଳୀ, ଅଭିଭାବକମାନଙ୍କର ପ୍ରଣାଳୀ ସହ ଶିଶୁକୁ ନିତ୍ୟ ଯୋଡ଼ିବାର ପ୍ରୟାସରେ ଶିଶୁ ମାନସିକ ଚାପଗ୍ରସ୍ତ ହେଉଛି। ଏହା ମଧ୍ୟରୁ ମାନସିକ ଦୁର୍ବଲ ଥିବା ଶିଶୁମାନେ ଧୀରେଧୀରେ ପିତାମାତାଙ୍କ ଇପ୍ସିତ ଲକ୍ଷ୍ୟରେ ନିଜକୁ ପହଞ୍ଚାଇ ନପାରି ଅନ୍ତଃଶୈଶବ, ଆଦ୍ୟ କୈଶୋର ଅବସ୍ଥାରେ ମାନସିକ ଅବସାଦଗ୍ରସ୍ତ ହେଉଛନ୍ତି। ଶୈଶବରୁ ହିଁ ଶିଶୁର ସର୍ବୋତ୍ତମ ଆଗ୍ରହକୁ ଅନୁଧ୍ୟାନ କରି ସେ ଦିଗରେ ତାକୁ ପ୍ରୋତ୍ସାହିତ କଲେ ସମାଜ ଆସନ୍ନ ଏକ ବିପଦରୁ ମୁକ୍ତ ହୁଅନ୍ତା। ଶିଶୁଟିଏ ଗଣିତରେ ବା ବିଜ୍ଞାନର ବିଭିନ୍ନ ଦିଗରେ ଆଗ୍ରହ ସୃଷ୍ଟି କଲେ ପିତାମାତାଙ୍କର ଏ ଦିଗରେ ଯଥେଷ୍ଟ ଉଦ୍ୟୋଗ ରହିଛି। କିନ୍ତୁ ଖେଳକୁଦ ବା କଲାରେ ଆଗ୍ରହ ସୃଷ୍ଟି କଲେ ଶତକଡ଼ା ୭୫ ଭାଗ ପିତାମାନେ ପଞ୍ଚମୁଣ୍ଡା ଦେଇ ନିଜର ଇଚ୍ଛାଟି ପିଲା ଉପରେ ଉଦି ଦେଉଛନ୍ତି। ପୁନଶ୍ଚ ପିଲାଟି ନିଜର ଅନିଚ୍ଛା ସତ୍ତ୍ୱେ ଏହାକୁ ଆଦରି ନେଇ ମାନସିକ ଚାପଗ୍ରସ୍ତ ହେଉଛି। ଅଭିଭାବକ ମାନଙ୍କର ଏତାଦୃଶ ଚିନ୍ତାଧାରାରେ ଶିଶୁ ସୃଜନ ଶକ୍ତି କେଉଁଠିନା କେଉଁଠି ମରିଯାଉନାହିଁ ତ ? ପ୍ରକୃତିକୁ ଦେଖିବାକୁ ସମୟ ଦେଲେ ହୁଏତ ସେ ଚିତ୍ରକରଟିଏ, କବିଟିଏ (ଲେଖକଟିଏ) ହୋଇପାରନ୍ତା। ଥରେ ଚିନ୍ତାକରନ୍ତୁ ଯେଉଁ ନିଉଟନଙ୍କ ନାମକୁ ବୈଜ୍ଞାନିକଙ୍କ ନାମ ହିସାବରେ ପିଲାମାନଙ୍କୁ ମନନ

କରିବାକୁ କହି ଆପଣମାନଙ୍କର ପିଲାଟି ବୈଜ୍ଞାନିକ ହେଉ ବୋଲି ପିତାମାତାମାନେ (ଆପଣମାନେ) ସ୍ୱପ୍ନ ଦେଖୁଛନ୍ତି, ସେ ଯଦି ପ୍ରକୃତିକୁ ଦେଖିବାକୁ ସମୟ ପାଇ ନଥାଆନ୍ତେ, ନିଜସ୍ୱ କଳ୍ପନା ପାଇଁ ତାଙ୍କ ପାଖରେ ସମୟ ନ ଥାଆନ୍ତା, ସେ ସକାଳ ୬ଟାରୁ ଦିନ ୩ଟା ଯାଏଁ ବିଦ୍ୟାଳୟରେ ରହି ଗୃହକୁ ଫେରି ସନ୍ଧ୍ୟା ପର୍ଯ୍ୟନ୍ତ ସମୟ ଟିଉସନରେ କଟାଇ ପରେ ଗୃହକର୍ମ (ହୋମୱର୍କ) ଅଭିଭାବକଙ୍କ ଶିକ୍ଷାଦାନରେ ବିଳମ୍ବିତ ରାତିରେ ଓଜନିଆ ମସ୍ତିଷ୍କ ନେଇ ଶୋଇଥାନ୍ତେ । ଏହିପରି ଦିନଚର୍ଯ୍ୟାରେ ବ୍ୟସ୍ତ ରହି ସେଓ କ'ଣ, ଖଣ୍ଡ ଖଣ୍ଡ ପଥର ତାଙ୍କ ସମ୍ମୁଖରେ ନିମ୍ନଗାମୀ ହୋଇଥିଲେ ସୁଦ୍ଧା ସେ ଚିନ୍ତା ତାଙ୍କ ମସ୍ତିଷ୍କକୁ ଉଦବେଲିତ କରି ପାରି ନ ଥାଆନ୍ତା । ଏହା ନିମ୍ନଗାମୀ ହେଉଛି କାହିଁକି ? ବିଶିଷ୍ଟ ବୈଜ୍ଞାନିକ, ସାହିତ୍ୟିକ, ଚିତ୍ରକର, ଗାୟକ ଏମାନଙ୍କର ଶୈଶବ କଥା–ଆଜିକାଲିର ଅଭିଭାବକମାନେ ପଢ଼ିବା ଜରୁରୀ । ଅନ୍ତତଃ ଏସବୁ ପାଠ କରିବା ଦ୍ୱାର ପିତା, ମାତାଙ୍କର ହୃଦବୋଧ ହୁଅନ୍ତା ଶିକ୍ଷା ଗ୍ରହଣ କରିବା ଉଚିତ, କିନ୍ତୁ ଚାପରେ ନୁହେଁ । ମହାନ ବ୍ୟକ୍ତୁତ୍ୱମାନଙ୍କର ଶୈଶବ ଏହାର ସୂଚନା ଦିଏ ଯେ, ଶିଶୁର ଜ୍ଞାନର ପରିସୀମା ତା'ର ପରୀକ୍ଷାର ଫଳାଫଳ ନୁହେଁ । ଶିଶୁର ବୁଦ୍ଧିର ବିକାଶ କହିଲେ ମସ୍ତିଷ୍କର ବିକାଶ କେବଳ ନୁହେଁ । ଅର୍ଥାତ୍ ବୁଦ୍ଧି ବିକାଶ ନାମରେ ଶିକ୍ଷା ବିଭାଗର ଶିକ୍ଷା ପ୍ରଣାଳୀ ଓ ପିତାମାତାଙ୍କର ଅତ୍ୟଧିକ ଶିକ୍ଷା ସଚେତନତା ଶିଶୁର ମସ୍ତିଷ୍କର ବିନାଶ କରୁଛି । ତା'ର ଉଜ୍ଜ୍ୱଳ ଭବିଷ୍ୟତ ପାଇଁ ଆଶାୟୀ ପିତାମାତା ଅଧିକ ଯତ୍ନଶୀଳ ଓ ଯୁଗଧର୍ମୀ ହୋଇ ତା'ର ଭବିଷ୍ୟତକୁ ଅନ୍ଧାର ଆଡ଼କୁ ଘେନି ଯାଉଛନ୍ତି । ଏନେଇ ସେମାନେ ଅନ୍ଧ । ପେଟରୁ ଯଦି ପଢ଼େଇ ହୁଅନ୍ତା ପାଠ ମାଆଏଁ ପଢ଼ନ୍ତେ, ପିଲାଏ ପଢ଼ନ୍ତେ, ତାଙ୍କ ପାଇଁ ଆଉ କିଛି ନାହିଁ ଅନ୍ୟବାଟ । ବାହାରି (ପେଟରୁ) ଆସିଲେ ବ୍ଲିଙ୍କ ସ୍କୁଲରେ ପଶିବେ ପୁଣି ସରିଯିବ ଝିନଟେ । ସଭିଏଁ କହିବେ ବ୍ରିଲିୟାଣ୍ଟ ପିଲା ଜନ୍ମରୁ ଜାଣିଛି ସବୁଯାକ ପାଠ । ଏଇ ହେଲା ବାପ, ମାଆଙ୍କର ମୋଟା ବୁଦ୍ଧିର କାରନାମା ।

ମହାଭାରତର ଅଭିମନ୍ୟୁ ପରି ମାତା ସୁଭଦ୍ରାଙ୍କ ଗର୍ଭରେ ଥାଇ ଯେପରି ପିତା ଅର୍ଜୁନଙ୍କ ବର୍ଣ୍ଣନାରୁ ଚକ୍ରବ୍ୟୂହ ଭେଦ ଶିଖ୍ଥାରିଥିଲେ, ସେହିପରି ଯଦି ଅଧୁନା ପିଲାମାନେ ମାତୃଗର୍ଭରେ ରହି ପାଠ ପଢ଼ି ପାରନ୍ତେ ତେବେ ବାପାମାଆମାନେ ସେମାନଙ୍କୁ ମାତୃଗର୍ଭରୁ ପାଠ ପଢ଼ାଇ ବ୍ରିଲିୟାଣ୍ଟ କରି ଜନ୍ମ ଦିଅନ୍ତେ । ଭାରୁଆର ଭାର ଅଧିକ ହେଲେ, ସେ କାନ୍ଧରୁ ବା ମୁଣ୍ଡରୁ ଭାର ଓହ୍ଲାଇ ବିଶ୍ରାମ ନିଏ । ଠିକ୍ ସେହିପରି ଶିକ୍ଷା ପ୍ରଣାଳୀ ଶିଶୁର ମସ୍ତିଷ୍କର ଭାର ଅଧିକ କରିବା ସମୟରେ ଏହାକୁ ଅଧିକ ଭାରାକ୍ରାନ୍ତ କରିବାକୁ ଚେଷ୍ଟା ନ କରି ଏହାକୁ ହାଲ୍କା କରିବା ଦିଗରେ ପିତାମାତା ଯତ୍ନଶୀଳ ହେବା ଆବଶ୍ୟକ । ନିଜର ବ୍ୟସ୍ତ ଜୀବନର ବିରକ୍ତିବୋଧକୁ ସରଳମତି ଶିଶୁ ଉପରେ ଆରୋପ ନକରି ଶିକ୍ଷାଦାନ କରିବା ସମୟରେ ତା'ର ମନସ୍ତତ୍ତ୍ୱକୁ ଅଧିକରୁ ଅଧିକ ବୁଝିବା ଆବଶ୍ୟକ । ମନସ୍ତାତ୍ତ୍ୱିକ ବିକାଶ ତା'ର ଭବିଷ୍ୟତରେ ସମସ୍ତ ଦିଗକୁ ଅର୍ଥାତ ଶିକ୍ଷାଗତ ବୃତ୍ତିଗତ, ଆଚାରଗତ ଏବଂ କଳାମ୍କ ଦିଗକୁ ବିକଶିତ କରିବ । ପ୍ରତିଯୋଗିତାର ଯୁଗରେ ପିଲାଟି ମୋର ନିଜ ସ୍ଥାନଟିଏ ତିଆରି କରିପାରିବ । ଏହି ଭାରୀମନର କୌଣସି ପ୍ରତିଫଳନ ପିଲାଟି ଉପରେ ପଢ଼ିବାକୁ ନଦେବା ଉଚିତ । ଶିକ୍ଷା ଏକ ଚିତ୍ ଆମୋଦନକାରୀ ଜ୍ଞାନ । ନତୁବା ଚିତ୍ ରୋଧନକାରୀ, ଏ ଉପଲବ୍ଧିରେ ପ୍ରତ୍ୟେକ ଛାତ୍ର ଶିକ୍ଷା ଗ୍ରହଣ କଲେ ସେ ପ୍ରତ୍ୟେକ ବିଷୟର ସାରତତ୍ତ୍ୱକୁ ଗ୍ରହଣ କରିପାରିବ ଓ ଜ୍ଞାନର ସଟିକ ବ୍ୟବହାର କରିପାରିବ ।

ଆଗକାଲର ମଣିଷଙ୍କ କଥା ଆମେ ଆଦୌ ଭାବୁନାହୁଁ । ବର୍ତ୍ତମାନ ବେଳର କଥା କେବଳ ଭାବୁଛୁ । ସେ ବେଳର ଶିକ୍ଷକଟିଏ ଏବେ ଆଉ ଖୋଜିଲେ ମିଳିବ ନାହିଁ । ଆମେ ସବୁତ କେହି ସେତେବେଳେ ଇଂରାଜୀ ମାଧ୍ୟମ ସ୍କୁଲରେ ପାଠପଢ଼ି ନଥିଲୁ । ସେତେବେଳର ପାଠପଢ଼ା କ'ଣ ନିକୃଷ୍ଟ ଥିଲା । ଏବେ ଉତ୍କୃଷ୍ଟ ହୋଇଯାଇଛି । ନିଜ ଇଚ୍ଛାରେ ଆପଣ ବିଚାରରେ ଆମେ ଆମ ପିଲାମାନଙ୍କୁ ସେହି ଶିକ୍ଷା ବିପଣୀ ମାନଙ୍କୁ ପଠାଇଦେଉଛୁ । ଇଚ୍ଛା ନ କରିବି ଆମେ ଶିକ୍ଷାକୁ ବ୍ୟବସାୟର ମାନ୍ୟତା ଦେଲୁ । ଆମେ ବୁଝିବାକୁ ପ୍ରସ୍ତୁତ ନାହୁଁ ଯେ ଏଇ ଇଂରାଜୀ ମାଧ୍ୟମ ସ୍କୁଲମାନେ ଆମର ଦୁଇଶହ ବର୍ଷର ଦାସତ୍ୱର (ଗୋଲାମୀର) ପ୍ରମାଣ । ମ୍ୟାକ୍ଲେ, ଚାର୍ଲସ ଉଡ ଓ ପରବର୍ତ୍ତୀ କାଳରେ ବ୍ରିଟିଶ୍ କାଉନସିଲଙ୍କ ଆପ୍ରାଣ

ଉଦ୍ୟମ ପ୍ରଚ୍ଛଦରେ ସେମାନଙ୍କ ସାମ୍ରାଜ୍ୟବାଦୀ ଉଦ୍ଦେଶ୍ୟ ନିହିତ ଥିଲା ବୋଲି ଗବେଷକଙ୍କ ମତକୁ ଅସ୍ୱୀକାର କରାଯାଇ ପାରିବ ନାହିଁ। ବ୍ରିଟିଶ କାଉନସିଲ ତ ଏବେ ବି ଭାରତରେ ଇଂରାଜୀ ଭାଷାର ପ୍ରାବଲ୍ୟକୁ ଦେଖି ଅତ୍ୟନ୍ତ ଆହ୍ଲାଦିତ। ସେମାନଙ୍କ ଦୀର୍ଘସୂତ୍ରୀ ଯୋଜନା ଯେ ଏଠାରେ ସଫଳ ହୋଇଛି। ସମଗ୍ର ଆଫ୍ରିକା ଓ ଦକ୍ଷିଣ ଆମେରିକାରେ ଶହଶହ ବର୍ଷ ଧରି ବିଦେଶୀ ଶାସନ ଚାଲିଥିଲା। ସେମାନେ (ବିଦେଶୀମାନେ) ଆପ୍ରାଣ ଉଦ୍ୟମ କଲେ ସେଇ ମାଟିର ଭାଷା, ସଂସ୍କୃତି ଓ ଜୀବନର ସବୁ କିଛିକୁ କବର ଦେବାକୁ। ପାରିଲେ କି? ନା' କାରଣ ଶାସିତଙ୍କ ମଧ୍ୟରେ ଯେଉଁ ଅସ୍ମିତା ଭାବଟି ବଞ୍ଚିଥିଲା, ତାକୁ ସେମାନେ ମରିବାକୁ ଦେଲେନି ତା'ମୂଳରେ ପାଣିଦେଇ ତାକୁ ଜିଆଇ ରଖିଲେ। ଇଂରାଜୀ ଶିଖିଲେ, ଅଥଚ ଆମପରି ସେଥିରେ ବାନ୍ଧି ହେଲେ ନାହିଁ। ତାକୁ (ଇଂରାଜୀ ଭାଷାକୁ) ବନ୍ଦନ ହେବାକୁ ମୋଟେ ସୁଯୋଗ ଦେଲେ ନାହିଁ। ଏଣୁ ସେମାନେ ନିଜ ଭାଷା ସଂସ୍କୃତି ସହ ବିଦେଶୀ ଭାଷାକୁ ଏମିତି ଢଙ୍ଗରେ ଗ୍ରହଣ କଲେ ଯେ ସେମାନଙ୍କ ଅସ୍ମିତା ଉପରେ ମୋଟେ ଆଞ୍ଚ ଆସିଲା ନାହିଁ। ଆମେ ଥରେ ବି ଗଭୀର ଭାବରେ ଚିନ୍ତା କଲେ ଆମେ ଓ ଆମ ଭାଷା ସଂସ୍କୃତି କେଉଁ ଦିଗକୁ ଯାଉଛି ତାହା ଆମକୁ ଜଳଜଳ ଦେଖାଯିବ। ପୃଥିବୀରେ କ'ଣ ଏମିତି କୋଉ ମୂଳକଟିଏ ଅଛି, ଯେଉଁ ମୂଳକରେ ଲୋକେ ନିଜ ଭାଷା ସଂସ୍କୃତି ତଥା ବେଶ ପୋଷାକକୁ ଏତେ ଘୃଣା କରନ୍ତି।

ନିଜପାଇଁ ଏକ ସ୍ୱତନ୍ତ୍ର ଶ୍ରେଣୀ ଖୋଜିବା ଆମର ଅଭିପ୍ରାୟ ଥିଲା। ଗ୍ରାମ ବିଦ୍ୟାଳୟର ସାଧାରଣ ପିଲାଙ୍କଠାରୁ ଆମ ପିଲାମାନେ ଟିକିଏ ଉପର ପାହାଚରେ ବସନ୍ତୁ, ଏହି ଅଭିପ୍ରାୟ ଆମକୁ ସେଇ ବାଟରେ ନେଲା। ନିଜ ପାଇଁତ ଆମେ କୌଣସି ଲାଭ ପାଇଲୁ ନାହିଁ ବରଂ ସାଧାରଣ ସ୍କୁଲମାନଙ୍କ ଲାଗି ଆମେ ଅସାଧାରଣ କ୍ଷତି ସାଧନର କାରଣ ହେଲୁ। ଯେତେବେଳେ ସେଇ ଶିକ୍ଷା ବିପଣୀ ମାନଙ୍କରେ ସଉଦା କିଣିବା ପାଇଁ ଆମ ପାଖରେ ସମ୍ବଳ ନଥାଏ, ଧନର ଅଭାବ ପଡେ, ଅର୍ଥ ନିଅଣ୍ଟ ହୁଏ। ଆମେ ସେତେବେଳେ ସ୍ଥିର କଲୁ ଅସତ୍ ଉପାୟରେ ଅନୀତି ମାର୍ଗରେ, ଅଧର୍ମ ପନ୍ଥାରେ ଅନ୍ୟକୁ ଲୁଟିବୁ, ନହେଲେ ଆମେ ଟିଷ୍ଟିବୁ କେମିତି? କିପରି ଆମର ବଡ଼ତି ପଣ ବଜାୟ ରହିବ। ଏହି ଅନ୍ୟାୟ ଅଭିଳାଷ କାର୍ଯ୍ୟକାରୀ ହୋଇ ନପାରିଲେ ଆମେ ସେପରି ବ୍ୟବସ୍ଥା ବିରୋଧରେ ଚିତ୍କାର କରୁ, ଆପତ୍ତି ଉଠାଉ, ପ୍ରତିବାଦ ବାଢ଼ୁ, ପିକେଟିଂ କରୁ, ହରତାଲର ଡାକରା ଦେଉ, ଆନ୍ଦୋଲନ ପାଇଁ ରାସ୍ତାକୁ ଓହ୍ଲାଉ, ଅସହଯୋଗର ଆହ୍ବାନ ଦେଉ।

"ସା ବିଦ୍ୟା ଯା ବିମୁକ୍ତାୟେ" ସଂସ୍କୃତରେ ଏହି ଶ୍ଲୋକଟି ବିଦ୍ୟାଳର ଏକ ବିସ୍ତାରିତ ଦିଗକୁ ଦର୍ଶାଏ। ଯାହାର ଅର୍ଥ ହେଉଛି ବିଦ୍ୟା ହେଉଛି ମୁକ୍ତିର ମାର୍ଗ। ଅନ୍ଧାରରୁ ଆଲୋକ ଆଡ଼କୁ ନେଇ ଯିବାର ଏକ ବାଟ। ଗୋଟିଏ ଜାତି ବା ଦେଶର ଉନ୍ନତି ଏବଂ ବିକାଶ ନିର୍ଭର କରେ ଏହାରି ଉପରେ। ବିଦ୍ୟା ଯେଉଁଠି ଯେତେ ପରିବ୍ୟାପ୍ତ ଦେଶ, ଜାତି ସେଠି ସେତେ ଉନ୍ନତ ଓ ବିକଶିତ। ଲୋକେ ସେଠି ସେତେ ମୁକ୍ତ ଓ ଉଦ୍ଭାସିତ। ସେଥିପାଇଁ ଶାସ୍ତ୍ରରେ କୁହାଯାଇଛି "ବିଦ୍ୟା ଦଦାତି ବିନୟମ୍, ବିନୟାଦ୍ ଯାତି ପାତ୍ରତାମ୍। ପ୍ରାତ୍ରତ୍ୱାଦ୍ଧନମା ପ୍ନୋତି ଧନାଦ୍ଧର୍ମଂତତଃ ସୁଖମ୍।" ଅର୍ଥାତ୍ ବିଦ୍ୟା ଅଧ୍ୟୟନ ଫଳରେ ମନୁଷ୍ୟ ବିନୟୀ ହୁଏ। ବିନୟ ହେତୁରୁ ସେ ସୁପାତ୍ର ବୋଲି ଗଣ୍ୟ ହୁଏ। ସୁପାତ୍ର ହେବାରୁ ସେ ଧନ ଲାଭକରେ। ଧନ ଲାଭ ହେତୁ ସେ ଧର୍ମକାର୍ଯ୍ୟ କରିବାକୁ ସମର୍ଥ ହୁଏ। ଧର୍ମକାର୍ଯ୍ୟ ଦ୍ୱାରା ପୁଣ୍ୟ ଅର୍ଜନ ଫଳରେ ସେ ସୁଖ ଭୋଗ କରେ। ସେଥିପାଇଁ ଆମ ବିକାଶ ପ୍ରକ୍ରିୟାରେ ବିଦ୍ୟାଳୟ ଗୁଡ଼ିକର ଭୂମିକା ଖୁବ ଗୁରୁତ୍ୱପୂର୍ଣ୍ଣ। ମାତ୍ର ଆମର ରାଜ୍ୟର ବିଦ୍ୟାଳୟ ଗୁଡ଼ିକୁ ଦେଖିଲେ ମନରେ ଅବଶୋସ ଆସେ। ମନ ଆଉଟୁପାଉଟୁ ହୁଏ। ଲାଗେ ସେଠି ଆଲୟତ ଅଛି। ହେଲେ ବିଦ୍ୟା ରୂପକ ଚିଜଟି ନାହିଁ। ବିଦ୍ୟା ବିବର୍ଜିତ ହୋଇଯାଉଛି ବିଦ୍ୟାଳୟ ଗୁଡ଼ିକରୁ। ଶିକ୍ଷାର ଗୁଣାତ୍ମକ ଦିଗଟିକୁ ଅବଲୋକନ କଲେ ମନ କଷ୍ଟହୁଏ। ଲାଗେ ସତେ ଯେମିତି ପାଠର ଘରେ ଅପାଠୁଆ ମାନେ ଭିଡ଼ କରୁଛନ୍ତି। ବିଦ୍ୟାଳୟ ଚାଲିଛି ହେଲେ ସେଠି ବିଦ୍ୟା ନାହିଁ। ବିଦ୍ୟା ବିବର୍ଜିତ ହେବା ପରି ଲାଗୁଛି ଆମ ବିଦ୍ୟାଳୟ ଗୁଡ଼ିକ।

ଶିକ୍ଷାର ଉନ୍ନତି ହେଲେ ଦେଶର ଉନ୍ନତି ସମ୍ଭବ। କେବଳ ପୁସ୍ତକ ପାଠ ଦ୍ୱାରା ଶିକ୍ଷା ଲାଭ ହୁଏ ନାହିଁ କି ଧର୍ମ

ଲାଭ ହୁଏ ନାହିଁ। ଚରିତ୍ର ଗଠନ ଶିକ୍ଷାର ମୂଳ ଉଦ୍ଦେଶ୍ୟ। ବିଶ୍ୱର ସବୁ ଧର୍ମରେ ଏହି ଶିକ୍ଷା ଦିଆଯାଏ। ହେଲେ ତଥା କଥିତ ପୋଷାକଧାରୀ ଧର୍ମଧରମାନେ ନିଜ ସଂସ୍କାର ନେଇ ଶିକ୍ଷା ଦେଉଥିବାରୁ ଦେଶରେ, ଜାତିରେ ବିଭ୍ରାଟ ସୃଷ୍ଟି ହେଉଛି। ଅଶାନ୍ତି କାୟା ବିସ୍ତାର କରୁଛି। ଧର୍ମକୁ ଯିଏ ଯେପରି ବୁଝିଛନ୍ତି ସେମାନେ ସଦା ସେହିପରି ଶିକ୍ଷା ଦିଅନ୍ତି। ତାହାହିଁ ସାମ୍ପ୍ରତିକ ସମସ୍ୟା। ଧର୍ମଧରମାନେ ସଠିକ୍ ମାର୍ଗରେ ଯାଇ ଶିକ୍ଷା ପ୍ରଦାନ କରିବା ଉଚିତ। ଭାରତ ବର୍ଷରୁ ଚରିତ୍ର ଗଠନ ଉଠିଗଲା ପରି ଲାଗୁଛି। ସାଧୁ, ମହାତ୍ମା, ଧନୀ, ଜ୍ଞାନୀ ସମସ୍ତେ ଏକଥା ଗଭୀର ଭାବରେ ବିଚାର କରିବା ଉଚିତ। ଆଧୁନିକ ଶିକ୍ଷାରେ ଦେଶ ଏକାବେଲେ ଅନ୍ତସାର ଶୂନ୍ୟ ହୋଇଯାଇଛି। ଆଧାତ୍ମିକ ବିହୀନ ଶିକ୍ଷା ଫଳରେ ମାନବ କେତେ ନିମ୍ନକୁ ଖସି ଆସେ ସେ କଥା ଶୁଣିଲେ ବିସ୍ମିତ ହେବାକୁ ହେବ। ଆମ ଭିତରେ ଅନେକ ଲୋକ ଅଛନ୍ତି ଯେଉଁମାନେ ବୈଷୟିକ ଉନ୍ନତିକୁ ପ୍ରକୃତ ଉନ୍ନତି ବୋଲି ଭାବିଥାଆନ୍ତି। କିନ୍ତୁ ଆଧାତ୍ମିକ ଦିଗଟି ପ୍ରତ୍ୟେକ ଉନ୍ନତିର ଲଗାମ ଭଳି। ଆଧାତ୍ମିକତାକୁ ଛାଡ଼ି ବୈଷୟିକ ଉନ୍ନତି (ଯେ ମୂଲ୍ୟହୀନ)ର କିଛିମାନେ ନାହିଁ ଏକଥା ସେମାନେ ଜାଣି ନ-ଥାଆନ୍ତି।

ଭାରତୀୟମାନଙ୍କ ପରି ଗ୍ରୀକ ଏକ ପ୍ରାଚୀନ ଜାତି। ଗ୍ରୀକମାନଙ୍କ ବିଶ୍ୱାସ ବିଜ୍ଞାନ ବିନା ମାନବ ସମାଜ ଟିଷ୍ଟ ପାରିବ। ମାତ୍ର ବିନା ଧର୍ମରେ ମାନବ ସମାଜ ଟିଷ୍ଟ ପାରିବନାହିଁ। କାରଣ ଧର୍ମ ହେଉଛି ନୈତିକତାର ଉସ୍. ଏକତାର ରଜ୍ଜୁ। ଏହା ସାମାଜିକ ନିୟନ୍ତ୍ରଣର ମାଧ୍ୟମ। ଏହା ବ୍ୟକ୍ତିର ମାନସିକ ଦ୍ୱନ୍ଦ ପ୍ରଶମିତ କରିଥାଏ। ଧର୍ମ ମଣିଷକୁ ଆସ୍ଥା ଓ ବିଶ୍ୱାସ ଆଡ଼କୁ ମୁହାଁଇ ଦିଏ। 'ବିଶ୍ୱାସେ ମିଳେତ ହରି, ତର୍କେ ବହୁ ଦୂର।' ତା'ପରେ ଅନ୍ତଃ ନିରୀକ୍ଷଣ କଲେ ଜାଣିହେବ ବିଜ୍ଞାନ ଓ ଆଧାତ୍ମ (ଧର୍ମ) ବସ୍ତୁତଃ ଏକ ପରସ୍ପରର ବିରୋଧୀ ନୁହନ୍ତି। ଆଧାତ୍ମବାଦ ଏକ ବିଜ୍ଞାନ ମଧ୍ୟ, ବିଜ୍ଞାନ ଭୌତିକ ତତ୍ଵ ଉପରେ ଆଧାରିତ ଥିବାବେଲେ ଆଧାତ୍ମ ଅ-ଭୌତିକ ଅର୍ଥାତ ଅଦୃଶ୍ୟ ତତ୍ଵ ଉପରେ ଆଧାରିତ। ଆମ ଶରୀରର ଭିତରେ ଓ ବାହାରେ ଭୌତିକ ବିଜ୍ଞାନ ଓ ଭୌତିକ ଜଗତର ଅବସ୍ଥିତି। କିନ୍ତୁ ଆଧାତ୍ମ ବିଜ୍ଞାନର ସ୍ଥିତି ହେଉଛି ଅଭୌତିକ ବା ଅଦୃଶ୍ୟ ବସ୍ତୁରେ ଯଥା-ମନ, ହୃଦୟ, ପ୍ରାଣ, ଅନ୍ତର, ଆତ୍ମା, ବୁଦ୍ଧି, ଜ୍ଞାନ ଓ ବିବେକ ଭଳି ଅ-ବସ୍ତୁ ମାନଙ୍କରେ। ଏସବୁର କୌଣସି ଦୃଶ୍ୟ ରୂପନାହିଁ।

ବିଜ୍ଞାନର ଅର୍ଥ- କୌଣସି ବିଷୟ ଓ ବସ୍ତୁ ସମ୍ବନ୍ଧରେ ବିଶେଷ ଜ୍ଞାନ। କିନ୍ତୁ ତାହା କୌଣସି ଅ-ବସ୍ତୁ ଉପରେ ଆଧିପତ୍ୟ ଓ ନିୟନ୍ତ୍ରଣ କରିପାରିବ ନାହିଁ। କାରଣ ପ୍ରତ୍ୟେକ ବିଷୟ ଓ ଜ୍ଞାନର ସୀମା ଅଛି। କୌଣସି ଜ୍ଞାନ ବା ବିଦ୍ୟା ଅସୀମ ନୁହେଁ। ବିଜ୍ଞାନ ଭୌତିକ ବସ୍ତୁ ସମ୍ବନ୍ଧରେ ଜ୍ଞାନ ଲାଭ ଦ୍ୱାରା ମନୁଷ୍ୟକୁ କିଛି ସୁଖର ସାଧନ ବା ଉପକରଣ ଯୁଟାଇ ପାରିବ କିନ୍ତୁ କାହାର ଶୋକ, ସନ୍ତାପ, ଦୁଃଖ ଓ ମାନସିକ ପୀଡ଼ା ଦୂର କରିବ ନାହିଁ ଓ ଆତ୍ମିକ ଶାନ୍ତି ଦେଇ ପାରିବ ନାହିଁ। ଯଦି ପାରୁଥାନ୍ତା ତେବେ ସୁଖ ସମ୍ପନ୍ନ ଘରର ଲୋକ ଆତ୍ମହତ୍ୟା କରୁ ନ ଥାଆନ୍ତେ କିୟ। ମାନସିକ ଅବସାଦର ଶିକାର ହେଉ ନଥାନ୍ତେ। ଆଜି ପୃଥିବୀର ଅଧାଅଧ୍ୱ ଲୋକ ମାନସିକ ଅବସାଦର ଶିକାର। କାରଣ ସେମାନଙ୍କର ଆଧାମ୍ମିକ ଜ୍ଞାନ ନାହିଁ। ସେମାନଙ୍କର ଅନିୟମିତ ଓ ଉସୃଂଖଳିତ ଜୀବନଶୈଲୀ ଧନ ଲୋଭ ଓ କାମ ବିକାର ସୀମା ଲଂଘନ କରିଥିବାରୁ ସେମାନେ ଅବସାଦ ଓ ଅଶାନ୍ତିର ଶିକାର ହେଉଛନ୍ତି। ବୈଜ୍ଞାନିକ ଉଦ୍ଭାବନ ଆବିଷ୍କାର ପୃଥିବୀକୁ ସ୍ୱର୍ଗ କରିପାରିବ ନାହିଁ ବରଂ କ୍ଷଣକରେ ଧ୍ୱଂସ କରିଦେଇ ପାରିବ। ଏହା ମାନବ ସଭ୍ୟତାର କାମ୍ୟ ନୁହେଁ। ମାନବ ସଭ୍ୟତା ଟିଷ୍ଟ ରହିବା ପାଇଁ ସର୍ବାଦୌ ଆଧାତ୍ମ ଜ୍ଞାନର ଆବଶ୍ୟକତା ଅଛି। ସେହିପରି ବିଜ୍ଞାନର ଆବଶ୍ୟକତା ମଧ୍ୟ ଅଛି। ବିଖ୍ୟାତ ବୈଜ୍ଞାନିକ ଆଇନ୍‌ଷ୍ଟାଇନ କହିଥିଲେ "ଧର୍ମ (ଆଧାତ୍ମ) ବିନା ବିଜ୍ଞାନ ଛୋଟା ଓ ବିଜ୍ଞାନ ବିନା ଧର୍ମ ଅନ୍ଧ।" ବାସ୍ତବରେ ବିଜ୍ଞାନ ଓ ଆଧାତ୍ମ ଜ୍ଞାନ ଗୋଟିଏ ବୃକ୍ଷର ଦୁଇଟି ଶାଖା। ଦୁଇଟି ଶାଖାରେ ଯେପରି ପତ୍ର ଓ ଫୁଲ ସମାନ। ସେହିପରି ବିଜ୍ଞାନ ଓ ଆଧାତ୍ମଜ୍ଞାନ ଉଭୟର ଲକ୍ଷ୍ୟ ସମାନ। ତାହା ହେଲା ମାନବ ଓ ଜୀବଜଗତର କଲ୍ୟାଣ।

ଅପରପକ୍ଷରେ ପୃଥିବୀର ବହୁ ଦେଶରେ ଭାରତୀୟ ସଂସ୍କୃତି, ଆଚାର ବିଚାର ଶାସ୍ତ ଆଦିର ପ୍ରଭାବ ଆଜିବି

ଦେଖିବାକୁ ମିଳୁଛି । ରୋମ, ବେବିଲୋନ ପରି ଏକଦା ସର୍ବୋପରି ଥିବା (ସର୍ବୋଉମ) ସଭ୍ୟତା ଲୋପ ପାଇଯାଇ ଇତିହାସ ପାଲଟି ଯାଇଛି । ପରନ୍ତୁ ଭାରତୀୟ ଅସ୍ମିତାର ଆରୋହଣ ଚାଲିଛି ଅଖଣ୍ଡ ଭାବରେ ଅନାଦି ଅନନ୍ତକାଲୁ ।

ଆହୁରି ମଧ ବିଶ୍ୱ ବଜାରରେ ଭାରତର ଯୁବକ ଯୁବତୀଙ୍କ ଚାହିଦା କାହିଁରେ କେତେ ସେମାନେ ବିଶ୍ୱ–ପ୍ରଗତିରେ ସହାୟକ ହୋଇ ପାରୁଛନ୍ତି । ମାତ୍ର ସେ 'ଟାଲେଣ୍ଟ' ଦେଶ ପାଇଁ କାମରେ ଲାଗୁନି । ଭାରତୀୟ ଶିକ୍ଷା ବ୍ୟବସ୍ଥାରେ କିଛି ଆମୂଳ ଏବଂ ବୈପ୍ଲବିକ ପରିବର୍ତ୍ତନ ଦରକାର ।

ଚରିତ୍ର ଗଠନ ଓ ସ୍ୱାଭିକ ଭାବ ନଥିଲେ ଶିକ୍ଷାର ଲକ୍ଷ୍ୟ ପୂରଣ ହୁଏନାହିଁ । ଏହି ପ୍ରକାର ଶିକ୍ଷା ହିଁ ସତ୍ ଶିକ୍ଷା । ଧର୍ମଶିକ୍ଷା ଅର୍ଥ ଚରିତ୍ର ଗଠନ ମୂଳକ ଶିକ୍ଷାକୁ ବୁଝାଏ । ତେଣୁ ଦେଶବାସୀ ଜନସାଧାରଣ ସତ୍ଶିକ୍ଷା ପ୍ରତି ଆଗ୍ରହ ପ୍ରକାଶ କରିବା ଉଚିତ । ତାମସିକ ଭାବାପନ୍ନ ଛାତ୍ର ଓ ସ୍ୱାଭିକ ଭାବାପନ୍ନ ଛାତ୍ରଙ୍କ ମଧରେ ଅନେକ ପ୍ରଭେଦ । ସ୍ୱାଭିକ ଭାବାପନ୍ନ ଛାତ୍ର ହିଁ ସତ୍ଶିକ୍ଷା ପ୍ରାପ୍ତ ଛାତ୍ର ।

ବୈଦିକ ଯୁଗରେ ଯେଉଁ ଧାରା ପ୍ରଚଳନ ଥିଲା ସେହି ଧାରାରେ ଶିକ୍ଷା ଗ୍ରହଣ କଲେ ଅଶାନ୍ତି ଅନଳରେ ଆଉ ଆମକୁ ଦଗ୍ଧ ହେବାକୁ ପଡ଼ନ୍ତା ନାହିଁ । ବୈଷୟିକ ଶିକ୍ଷା ସହିତ ନୈତିକ ଶିକ୍ଷାକୁ ଅଧିକ ଗୁରୁତ୍ୱ ଦେଲେ ଆର୍ଯ୍ୟଧାରା ଉଜ୍ଜିବୀତ ହେବ । ଆର୍ଯ୍ୟପୁତ୍ର ଓ ଆର୍ଯ୍ୟ ଲଲନାମାନେ ପୁଣି ଆର୍ଯ୍ୟାବର୍ତ୍ତ ଭାରତ ବର୍ଷକୁ ମଣ୍ଡନ କରିବେ । ସମଗ୍ର ବିଶ୍ୱରେ ଭାରତ ପୁଣି ଅଦ୍ୱିତୀୟ ହୋଇ ଇତିହାସର ପୁନଃରାବୃତି ଘଟାଇବ । ପୁନର୍ବାର ଏହି ଦେଶରେ ଶତଶତ ବ୍ୟାସ, ବଶିଷ୍ଟ, ବିବେକାନନ୍ଦ ଭୂମିଷ୍ଟ ହୋଇ ଦେଶର ସୁନାମ ବଢ଼ାଇବେ । କାରଣ ପୁରୁଣା କାଠ ଭଲ ଜଳେ । ପୁରୁଣା ବହି ଜ୍ଞାନ ଢାଲେ । ପୁରୁଣା ବନ୍ଧୁ ବିପଦେ ମିଳେ ।

ତା'ବାଦ୍ ଶିକ୍ଷାଦାତାମାନେ ସତ୍ ପରାୟଣ ହେବା ବାଞ୍ଛନୀୟ । ଶିକ୍ଷାଦାତାମାନେ ସମାଜରେ ସତ୍ ଶିକ୍ଷା ଦେବା ଆବଶ୍ୟକ । ସତ୍ୟକୁ ଯେ ଗ୍ରହଣ କରେ ଓ ପାଳନ କରେ ସେ ସତ୍ ପୁରୁଷ । ସତ୍ରେ ରହି ଯେ ଶିକ୍ଷାଦାନ କରେ ସେ ପ୍ରକୃତରେ ଧର୍ମଧର । ସାଂସାରିକ ଲୋଭ ମୋହର ବଶବର୍ତ୍ତୀ ହୋଇ ଶିକ୍ଷକ ସାଜିଲେ ସମାଜରେ କାହାର ଉନ୍ନତି ହେବା ସମ୍ଭବ ନୁହେଁ । ଅର୍ଥ ଓ ପ୍ରତିପଭ ଲାଳସାରେ କେହି ଶିକ୍ଷକ ହୋଇପାରିବ ନାହିଁ । ଆଶ୍ଚର୍ଯ୍ୟର କଥା ଏହିପରି ବ୍ୟକ୍ତିମାନେ ଆଜି ଆମ ସମାଜରେ ନେତା ସାଜି ଶିକ୍ଷା ଆସନରେ ବସି ଆମକୁ ନୀତିଶିକ୍ଷା ଦେଉଛନ୍ତି । ଏମାନଙ୍କ ଦ୍ୱାରା ଦେଶ ଓ ଜାତିର ତଥା ସାମଜର ଉନ୍ନତି ସ୍ୱପ୍ନମାତ୍ର । ସେମାନଙ୍କ ପରି ଧର୍ମଧର ସମାଜର କୌଣସି କାର୍ଯ୍ୟରେ ଲାଗନ୍ତିନାହିଁ । ସତ୍ୟ ଏକ କିନ୍ତୁ ଅନ୍ଧକାରୀ ମାନେ ସେମାନଙ୍କର ସ୍ଥୁଲ ବୁଦ୍ଧିରେ ଶାସ୍ତ୍ର ଆଲୋଚନା କରି ପରସ୍ପରକୁ ବିଚ୍ଛିନ୍ନ କରିଦେଇ ଥାଆନ୍ତି । ସେଥିପାଇଁ ଏବେ ଏକାଶାସ୍ତକୁ ପାଞ୍ଜଣ ନିଜ ନିଜ ସଂସ୍କାର ଓ ଶିକ୍ଷାଅନୁସାରେ ପାଞ୍ଚ ପ୍ରକାର ବାଖ୍ୟା କରି ହିଂସା ଦ୍ୱେଷ ବନ୍ଧିରେ ସମାଜକୁ ଦଗ୍ଧ କରୁଛନ୍ତି । କିଛି ଲୋକ ବ୍ୟବହାରିକ ବୁଦ୍ଧିରେ ଶାସ୍ତ୍ର ପାଠ ପୂର୍ବକୁ ଅଣ୍ଟ ସମାଜରେ ବିଖ ଦେଶରେ କେବଳ ବିରାଟ ତର୍କ ଜାଲ ବିସ୍ତାର କରି ବୃଥା ପାଟିତୁଣ୍ଡ କରିବୁଲନ୍ତି । ଏପରି ପଲ୍ଲବଗ୍ରାହୀମାନେ କେବେହେଲେ ପ୍ରକୃତ ଜ୍ଞାନଲାଭ କରି ପାରନ୍ତି ନାହିଁ । କିୟ ସେମାନେ ଜ୍ଞାନୀତ ନୁହନ୍ତି, ଜ୍ଞାନ କୁହାଳିଆ । ଜ୍ଞାନ ବନ୍ଧୁ । କାରଣ ଆଚରଣ ହୀନ ଜ୍ଞାନ ପ୍ରକୃତରେ ଜ୍ଞାନ ନୁହେଁ । ଜ୍ଞାନ କୁହାଳିଆରେ ସବୁ ସୀମିତ "କର୍ମ ସ୍ୱଦେଷ୍ଟଃ ନ ବୋଧଃ ଫଳିତୋ ଯସ୍ୟ ଦୃଶ୍ୟତେ, ବୋଧଶିଚ୍ଚୋପଜୀବିତ୍ୱା ଜ୍ଞାନ ବନ୍ଧୁଃସ ଉଚ୍ୟତେ ।" ଭାଷଣ ସତ୍ତ୍ୱେ ଏ ଜ୍ଞାନର ବୋଧଫଳ ତାଙ୍କୁ ପ୍ରାପ୍ତ ହୋଇନାହିଁ । ଏହିପରି ଜ୍ଞାନ କୁହାଳିଆ ଓ ଜ୍ଞାନ ବନ୍ଧୁରେ ଆଜି ଏ ସମାଜ ଓସାଓସି ହୋଇଯାଇଛି । "ସୁନାଚିହ୍ନେ ବଣିଆ, ଗୁଣ ଚିହ୍ନେ ଗୁଣିଆ ।" ଏବେ ଏଠି ଗୁଣିଆ ନାହାଁନ୍ତି । ଅବଶ୍ୟ ଭିନ୍ନ ଗୁଣର ଅଛନ୍ତି । ଯେମିତି ମହୁମାଛି, ଭ୍ରମର ସହ ଡଣ୍ଡଶିଆ ନେଲି ଟିକ୍ଟିକ୍ ମାଛି କି ମଶା ବା ଡାଉଁଶ, ଗାଈ ସହ ଘୁଷୁରି ଇତ୍ୟାଦି ।

ଏହିମାନେ ଆଉ ପାଞ୍ଚ ଜଣଙ୍କୁ ବିପଥରେ ପରିଚାଳିତ କରି ସମାଜରେ ଦଲମାନ ସୃଷ୍ଟି କରନ୍ତି । ସାଧୁମାନେ ସତ୍ୟ

ଲାଭକରି ଜନସାଧାରଣଙ୍କୁ ଶିକ୍ଷା ଦେବା ଉଚିତ । ଶିକ୍ଷା ଦେବା ନିମିତ୍ତ ହିନ୍ଦୁ ଶାସ୍ତ୍ର ଅଧ୍ୟୟନ କରିବା ଆବଶ୍ୟକ । ହିନ୍ଦୁ ଶାସ୍ତ୍ରରେ କେତେ ଅଗଣିତ ତତ୍ତ୍ୱ ସ୍ତରେ ସ୍ତରେ ସଜ୍ଜିତ ହୋଇରହିଛି । କୌଣସି ଶାସ୍ତ୍ର ମିଥ୍ୟା ବା ନିରର୍ଥକ ନୁହେଁ । ବିଶାଳ ହିନ୍ଦୁ ଶାସ୍ତ୍ରମାନଙ୍କରେ କୌଣସି ଜ୍ଞାନର ଅଭାବ ନାହିଁ । ରାଜନୀତି, ସମାଜନୀତି, ଧର୍ମନୀତି ପ୍ରଭୃତି ଏପରି କୌଣସି ନୂତନ କଥା କେହି କହିପାରିବେ ନାହିଁ ଯାହା ହିନ୍ଦୁ ଶାସ୍ତ୍ରରେ ନାହିଁ । ଆମେମାନେ ଉପଯୁକ୍ତ ଗୁରୁ ଅଭାବରେ ଉପଯୁକ୍ତ ଶିକ୍ଷାଲାଭରୁ ବଞ୍ଚିତ ବୋଲି ଆମେ ଅସୀମ ଜ୍ଞାନ ସମ୍ପନ୍ନ ଆର୍ଯ୍ୟ ବଂଶରେ ଜନ୍ମଗ୍ରହଣ କରି ମଧ୍ୟ ଅକର୍ମଣ୍ୟ ଓ ନଗଣ୍ୟ ହୋଇ ରହିଛୁ । ସତ୍‌ଶିକ୍ଷା ଲାଭ କରି ହିନ୍ଦୁ ଧର୍ମଶାସ୍ତ୍ର ରୂପକଣ୍ଠ ଭଣ୍ଡାରକୁ ସମାଜରେ ସୁଖ ଶାନ୍ତି ପାଇଁ ଉନ୍ମୁକ୍ତ କଲେ ସମଗ୍ର ବିଶ୍ୱରେ ଅମୃତ ଆଭା ପ୍ରବାହିତ ହେବ । ସେହି ଅମୃତ ପାନ କରି ପୃଥ୍ୱୀ ଅମୃତମୟ ହୋଇପାରିବ । ଦେଶର ପ୍ରକୃତ ଉନ୍ନତି ସେହିଦିନ ସମ୍ଭବ ହେବ, ଯେଉଁଦିନ ଦେଶର ନେତୃମଣ୍ଡଳୀ ସତ୍‌ଶିକ୍ଷାର ଆବଶ୍ୟକତାକୁ ଅନୁଭବ କରି ଶିକ୍ଷା ବ୍ୟବସ୍ଥାର ଆମୂଳଚୂଲ ପରିବର୍ତ୍ତନ କରିପାରିବେ । ସେହି ବ୍ୟବସ୍ଥା ମଧ୍ୟରେ ସତ୍‌ଶିକ୍ଷା ବିସ୍ତାର ହେବ । ଆମ ଦେଶ ହସି ଉଠିବ । ବେଦ ଅନୁଯାଇ "ସା ବିଦ୍ୟାୟା ବିମୁକ୍ତ ୟେ" ଅର୍ଥାତ୍‌ ଆମେ ସମସ୍ତେ ଶିକ୍ଷିତ ସତ୍‌ ଶିକ୍ଷାରେ ।

ସେଥିପାଇଁ ଭାରତର ପୂର୍ବତନ ରାଷ୍ଟ୍ରପତି ବିଶ୍ୱର ଜଣେ ବିଶିଷ୍ଟ ଦାର୍ଶନିକ ସର୍ବପଲ୍ଲୀ ଡଃ ରାଧାକୃଷ୍ନ ଶିକ୍ଷାନୀତି ଉପରେ ସ୍ୱସ୍ତ ମତଦେଇ କହିଥିଲେ– "ଦେଶର ପାଠକ୍ରମ ସେ ଦେଶର ସଂସ୍କୃତି ଓ ସଂସ୍କାର ଉପରେ ପର୍ଯ୍ୟବେଶିତ ନହେଲେ ତାହା ଫଳପ୍ରଦ ହେବନାହିଁ, ବରଂ ବିକୃତିକରଣର କାରଣ ହେବ ।" ଆହୁରି ମଧ୍ୟ ପ୍ରଖ୍ୟାତ ଦାର୍ଶନିକ ଓ ସାହିତ୍ୟିକ ବର୍ଟ୍ରାଣ୍ଡ ରସେଲଙ୍କ ମତରେ, "ସରକାରଙ୍କର ପ୍ରତ୍ୟେକଟି ଶିକ୍ଷାଭିତ୍ତିକ ଯୋଜନା ଅବା ସଂସ୍କାର ଶିକ୍ଷାର୍ଥୀ ଅନୁକୂଳ ହେବା ଜରୁରୀ ।"

ଆମେ ବହୁ ପୋଥି, ପୁରାଣ, ବାଇବେଲ, କୋରାନ, ତ୍ରିପିଟକ ଆଦି ଶାସ୍ତ୍ର ପଢ଼ୁ । ଶାସ୍ତ୍ର ଜାଲରେ ଛନ୍ଦି ହୋଇଯାଉ । କ'ଣ କରିବା ଉଚିତ, କ'ଣ କରିବା ଅନୁଚିତ୍‌ ସେଇ ସମାଧାନ କରୁକରୁ ଜୀବନ ଦୀପ ଲିଭିଯାଏ । ଶାସ୍ତ୍ର ଘୋଷିବାର ଅହଂକାର ଅନ୍ଧାରୀ ମୂଲକରେ ଜ୍ଞାନ ସୂର୍ଯ୍ୟ ଆଲୋକକୁ ଦେଖ ପାରୁନା । ଶେଷରେ ସେହି ଶାସ୍ତ୍ର ଆମ ପାଇଁ ନିର୍ଜୀବ ହୋଇ ରହିଯାଆନ୍ତି । ଜୀବନକୁ ବୁଝିପାରୁନା । ଶାସ୍ତ୍ରକୁ ମୁଖସ୍ତ କରି ଆମେ ପଣ୍ଡିତ ବୋଲାଉ । ମାତ୍ର ତାକୁ ହିଁ ବଡ଼ ପଣ୍ଡିତ କୁହାଯାଇପାରେ ଯିଏ ଶାସ୍ତ୍ରକୁ ଜୀବନରେ ପ୍ରୟୋଗ କରିଛନ୍ତି । ଯେଉଁମାନେ ବୈଷୟିକ ବିଦ୍ୟା ପଢ଼ନ୍ତି ସେମାନଙ୍କ ପାଇଁ ଦୁଇଟି ପାଠ ଥାଏ । ଗୋଟିଏ ହେଉଛି ତତ୍ତ୍ୱଭିତ୍ତିକ(ଥିଓରିଟିକାଲ) ଅନ୍ୟଟି ହେଉଛି ପ୍ରୟୋଗାତ୍ମକ ଭିତ୍ତିକ (ପ୍ରାକ୍ଟିକାଲ) । ଆମେ ଶାସ୍ତ୍ରକୁ କେବଳ ଆଲୋଚନାରେ ସୀମିତ ରଖ୍‌ଦେଉ । ତା'ର ପ୍ରୟୋଗାତ୍ମକ ଦିଗପ୍ରତି ଆଦୌ ଦୃଷ୍ଟି ଦେଉନା । ପିଲାମାନେ ପାଠ ପଢ଼ନ୍ତି, ରାତିରେ ବହିକୁ ଘୋଷି ମୁଖସ୍ତ କରନ୍ତି । ପରୀକ୍ଷାରେ ସଫଳ ହୁଅନ୍ତି । ରୋଜଗାର କରନ୍ତି ସେହି ପରୀକ୍ଷାରେ ହାସଲ କରିଥିବା ପ୍ରମାଣ ପତ୍ର (ସାର୍ଟିଫିକେଟ୍‌) ବଳରେ । ହେଲେ ପାଠର ପ୍ରୟୋଗାତ୍ମକ ଦିଗଟି ଶୂନ୍ୟ । ଫଳରେ ଆମ ପାଠପଢ଼ା, ଆମ ଶାସ୍ତ୍ର ଆଲୋଚନା, ଆମ ବହି(କୁ ମୁଖସ୍ତ କରିବା) ଘୋଷା କେବଳ ମୂର୍ଖାମିର ପରିଚୟ ଦେଇଥାଏ ।

ସେଥିପାଇଁ ୧୯୦୯ ମସିହା ୨୫ ମାର୍ଚ୍ଚରେ ଦକ୍ଷିଣ ଆଫ୍ରିକାର ଭୋଲକ୍‌ରଷ୍ଟ ଜେଲରେ ବନ୍ଦୀଥିବା ମହାତ୍ମା ଗାନ୍ଧୀ ତାଙ୍କର ଦ୍ୱିତୀୟ ପୁତ୍ର ୧୭ ବର୍ଷୀୟ ମଣିଲାଲାଙ୍କୁ ଦେଇଥିବା ଚିଠିରେ ଲେଖ୍‌ଥିଲେ ଯେ ମୁଁ ଏମରସନ, ରସ୍‌ଜିନ ଓ ମାଜିନିଙ୍କ ବହି ପଢ଼ି ଆସୁଛି । ଉପନିଷଦ ଗୁଡ଼ିକୁ ମଧ୍ୟ ପଢ଼ି ଆସୁଛି । ସମସ୍ତେ ଗୋଟିଏ କଥାରେ ଏକମତ ଯେ ଶିକ୍ଷାର ଅର୍ଥ କେବଳ ଅକ୍ଷର ଜ୍ଞାନ ନୁହେଁ, ଶିକ୍ଷାର ଅର୍ଥ ଚରିତ୍ର ଗଠନ । ଶିକ୍ଷାର ଅର୍ଥ କର୍ତ୍ତବ୍ୟ ଜ୍ଞାନ । କିନ୍ତୁ ବର୍ତ୍ତମାନ ଆମ ଦେଶରେ ଶିକ୍ଷାକୁ ଆମେ ଚାକିରି ଖଣ୍ଡେ ପାଇବାର ମାଧ୍ୟମ ରୂପେ ବ୍ୟବହାର କରୁଛୁ । ଆଉ କିଛି କ୍ଷେତ୍ରରେ ଔପଚାରିକ ଶିକ୍ଷାକୁ ପ୍ରମାଣପତ୍ର ବା ସାର୍ଟିଫିକେଟ ହାସଲ କରିବାର ମାଧ୍ୟମ ରୂପେ ବ୍ୟବହାର କରୁଛୁ । ସ୍ୱାକ୍ଷର ହେବା ଏବଂ ପାଠପଢ଼ି

ପ୍ରମାଣ ପତ୍ର ହାସଲ କରିବା, ଚାକିରି ପାଇବାକୁ ଆମେ ଶିକ୍ଷା ବୋଲି ଭାବୁଛେ। ଚରିତ୍ର ଗଠନ, କର୍ତ୍ତବ୍ୟର ଜ୍ଞାନତ ବହୁ ଦୂରର କଥା। ପାଠ ପଢ଼ାରୁ ଲବ୍ଧ ଜ୍ଞାନକୁ ଆମେ ଆମର ଦୈନନ୍ଦିନ ଜୀବନରେ ପ୍ରୟୋଗ ନକରି ତା'ର ଓଲଟା କାର୍ଯ୍ୟ କରୁଛେ। ଏଠାରେ ଉଲ୍ଲେଖଯୋଗ୍ୟ ଯେ ସେତେବେଲେ ଗାନ୍ଧିଜୀଙ୍କୁ ମାସକୁ ଗୋଟିଏ ମାତ୍ର ଚିଠି ସୀମିତ ପୃଷ୍ଠାରେ ଲେଖିବା ଏବଂ ଗୋଟିଏ ଚିଠି ଗ୍ରହଣ କରିପାରିବାର ଅନୁମତି ଥିଲା। ତା'ସତ୍ତ୍ୱେ ସେ ମିଷ୍ଟର ରିଚ, ମିଷ୍ଟର ପୋଲକ ଭଳି ଅନ୍ୟ ଲୋକଙ୍କୁ ଚିଠି ନଲେଖି କିଶୋର ପୁତ୍ରକୁ ଚିଠି ଲେଖି ଉତ୍ତମ ସାମାଜିକ ଜ୍ଞାନ ବିଷୟରେ ବୁଝେଇ ଥିଲେ। ବଗିଚା କାମ କରିବା, ଗଣିତ, ସଂସ୍କୃତ ଓ ସଙ୍ଗୀତ ଶିଖିବା, ଟଲଷ୍ଟୟ, ଏମରସନଙ୍କ ପୁସ୍ତକ ପଢ଼ିବା। ଘର ଲୋକଙ୍କ ଯତ୍ନ ନେବା, ଜିନିଷ ପତ୍ର ସଜାଡ଼ି ରଖିବା ଭଳି ପରାମର୍ଶ ଦେଇଥିଲେ। ଏପରିକି ସେ ନିଜ ପୁଅକୁ କୌଣସି ଔପଚାରିକ ଶିକ୍ଷା ନଦେଇ ବା ବିଦ୍ୟାଳୟ, ମହାବିଦ୍ୟାଳୟରେ ପାଠ ନ ପଢ଼ାଇ ଉତ୍ତମ ମଣିଷ ରୂପରେ ଗଢ଼ି ତୋଳିବା ପାଇଁ ଆବଶ୍ୟକ ଶିକ୍ଷା ଦେଇଛନ୍ତି। ଏହିସବୁ କଥାରୁ ଗାନ୍ଧିଜୀ କେବଲ ମାତ୍ର ପାଠପଢ଼ା ଅପେକ୍ଷା ଚରିତ୍ର ଗଠନ ଓ କର୍ତ୍ତବ୍ୟ ବୋଧ ଉପରେ କେତେ ଗୁରୁତ୍ୱ ଦେଉଥିଲେ ସହଜରେ ଅନୁମାନ କରି ହୁଏ। ଗାନ୍ଧିଜୀଙ୍କ ଏହିସବୁ ଗୁଣ ତାଙ୍କୁ ଅନ୍ୟ ରାଜନୈତିକ ବ୍ୟକ୍ତିଙ୍କ ଠାରୁ ଏକ ସ୍ୱତନ୍ତ୍ର ପରିଚୟ ପ୍ରଦାନ କରିଥିଲା ଏବଂ ମୋହନ ଦାସ କରମ ଚାନ୍ଦ ଗାନ୍ଧିରୁ ମହାତ୍ମା ଗାନ୍ଧୀକୁ ପରିଣତ କରିଥିଲା। ମାତ୍ର ଦୁଃଖର କଥା ସାଂପ୍ରତି ଆମ ଦେଶରେ ଢେର ପାଠ ପଢ଼ିଥିବା ଲୋକମାନେ ନିଜ ପାଠ ପଢ଼ାରୁ ଲବ୍ଧ ଶିକ୍ଷାକୁ ନିଜର ଦୈନନ୍ଦିନ ଜୀବନରେ ଉପଯୋଗ କରୁନାହାନ୍ତି। ଏହି ପ୍ରକାରର ଲୋକମାନେ ପାଠ ପଢ଼ିଥିବାରୁ ପାଠୁଆ ଏବଂ ପାଠରୁ ମିଳିଥିବା ଶିକ୍ଷାକୁ ଉପଯୋଗ କରୁନଥିବାରୁ ଅଶିକ୍ଷିତ। ଅର୍ଥାତ୍ ଅଶିକ୍ଷିତ ପାଠୁଆ। ପ୍ରକୃତରେ ଯିଏ ନିଜକୁ ଠିକଣା ଭାବେ ଅଧ୍ୟୟନ ଓ ଅନୁଶୀଳନ କରିପାରେ, ସେ ହିଁ ପ୍ରକୃତରେ ଜ୍ଞାନୀ ବ୍ୟକ୍ତି ଅଟନ୍ତି।

ପଢ଼ୁଥିବା ପାଠରୁ ପ୍ରାପ୍ତ ଜ୍ଞାନ ବା ଶିକ୍ଷାକୁ ଆମେ ଯେ ପର୍ଯ୍ୟନ୍ତ ନିଜ ନିଜର ଦୈନନ୍ଦିନ ଜୀବନ ତଥା କାର୍ଯ୍ୟ କଲାପରେ କାର୍ଯ୍ୟକାରୀ ନ କରିବା ସେ ପର୍ଯ୍ୟନ୍ତ ଆମ ଦେଶରେ ଉତ୍ତମ ଲୋକ ଚରିତ୍ର ବିକଶିତ ହୋଇପାରିବନାହିଁ। କେବଲ ପାଠୁଆଙ୍କ ନାଁରେ ଗୁଡ଼ାଏ ଅଶିକ୍ଷିତ ବା ମୂର୍ଖ ପଲ ସୃଷ୍ଟି ହେବେ। ଶାସ୍ତ୍ର ମଧ୍ୟ ଏକଥାକୁ ସମର୍ଥନ କରି କହିଛି- କେବଲ ନିଜର ପଠନ ବିଲାସକୁ ଚରିତାର୍ଥ କରିବାକୁ ପଢ଼ୁଥିବା, ପଢ଼ାଉଥିବା ତଥା ଶାସ୍ତ୍ରଚିନ୍ତାରେ ନିମଗ୍ନ ଓ ଶାସ୍ତ୍ର ଆଲୋଚନାରେ ସମୟ ଅତିବାହିତ କରୁଥିବା ପ୍ରବଚକ ବ୍ୟକ୍ତିମାନେ ସମସ୍ତେ ମୂର୍ଖ। ମାତ୍ର ଯିଏ ଶାସ୍ତ୍ରୋପଦେଶକୁ କାର୍ଯ୍ୟକାରୀ କରେ, ସେ ହିଁ ପଣ୍ଡିତ। "ପାଠକାଃ ପାଠ କୌଣ୍ଠେବ ଯେ ଚାନ୍ତେ୍ୟ ଶାସ୍ତ୍ରଚିନ୍ତକାଃ, ସର୍ବେ ବ୍ୟସନିନୋ ମୂର୍ଖାଃ ଯଃ କ୍ରିୟାବାନ ସ ପଣ୍ଡିତଃ।" ଚୈତନ୍ୟ ଦେବ ଅନ୍ୟ ସତ୍ତୁମାନଙ୍କ ପରି ସେ କୌଣସି ବାଣୀ ଶୁଣାଇ ନାହାନ୍ତି। ତାଙ୍କର ଜୀବନ ଥିଲା ତାଙ୍କର ବାଣୀ। ସେଥିପାଇଁ ଶ୍ରୀଚୈତନ୍ୟଙ୍କ ଜୀବନୀକାର କୃଷ୍ଣ ଦାସ କବିରାଜଗୋସ୍ୱାମୀ ଶ୍ରୀ ଚୈତନ୍ୟ ଚରିତାମୃତ ଗ୍ରନ୍ଥରେ ଶ୍ରୀ ଚୈତନ୍ୟଙ୍କ ସମ୍ପର୍କରେ ଲେଖିଛନ୍ତି "ଆପନେ ଆଚରି ପ୍ରଭୁ ଅପରେ ଶିଖାଏ।" ଅର୍ଥାତ୍ ଶ୍ରୀଚୈତନ୍ୟ କଥାରେ ଉପଦେଶ ଦେବା ପରିବର୍ତ୍ତେ ନିଜ ଜୀବନରେ ତାହା ଆଚରଣ କରି ଅନ୍ୟମାନଙ୍କୁ ଶିଖାନ୍ତି। ମାତ୍ର ଏବେ ସବୁ କ୍ଷେତ୍ରରେ ଅନ୍ୟମାନଙ୍କୁ ଉପଦେଶ ଦେବା ବା ବାଣୀ ଶୁଣାଇବାର ଯେଉଁ ପ୍ରବଲ ମୋହ ସୃଷ୍ଟି ହୋଇଛି, ସେଥିରେ ଅନ୍ୟକୁ ବାଣୀ ନ ଶୁଣାଇ ନିଜର ଜୀବନଚର୍ଯ୍ୟାରେ ଯଦି ତାହାକୁ ପ୍ରମୂର୍ତ୍ତ କରାଯାଇପାରନ୍ତା ତା'ହେଲେ ତାହା ଅଧିକ ପ୍ରଭାବଶାଳୀ ହୋଇପାରନ୍ତା। ଆଉ ଏପରି କ୍ଷେତ୍ରରେ ଲେଖକମାନଙ୍କର ଗୋଟିଏ ଦୁର୍ବଲତା ହେଉଛି ସେମାନେ ଭାବନ୍ତି ସେମାନଙ୍କ ଲେଖାରେ ଗୋଟିଏ ମହାନ ବାଣୀ ପ୍ରଚ୍ଛନ୍ନ ହୋଇ ରହିଛି।

ଆମେ ସ୍ୱାକ୍ଷର ହେଲେ କ'ଣ ହେବ ଶିକ୍ଷିତ ହୋଇ ପାରିନାହାନ୍ତି। ସ୍ୱାକ୍ଷର ଲେଖାପଢ଼ା କରିପାରେ। ଶିକ୍ଷିତ ଲେଖାପଢ଼ାକୁ କାମରେ ଲଗାଏ। ସ୍ୱାକ୍ଷର ଘୋଷବନ୍ତ ଜୀବଟିଏ। ଶିକ୍ଷିତ ଅନୁଭବି ମଣିଷଟିଏ। ଦିନକୁ ଦିନ ଆମେ ବିଭିନ୍ନ କାରଣରୁ ପାଠୁଆ ମୂର୍ଖ ସାଜୁଛୁ।

ତା'ପରେ ମଧ କିଛି ବିଦ୍ୟା ବା ସୂଚନାକୁ ଆମେ ଅତି ସହଜରେ 'ଜ୍ଞାନ' ବୋଲି ଭାବିନେଉ। ହ୍ୟାରି ପୋର୍ଟର ବା ପ୍ରୀତି ପରିଜନ ପରି ସୂଚନା ଗୁଡ଼ିକୁ ମାପିରୂପି କେଉଁଠାରୁ କେତେ ଜାଣିବା ଉଚିତ ଏହା ଜ୍ଞାନ ନୁହେଁ। କେବଳ କାଣ୍ଡଜ୍ଞାନ- ଯାହା ଆମକୁ ସାରା ଜୀବନ ବାଟ ବତାଇଥାଏ। ଏଥିପାଇଁ ସତର୍କ ରହିବା ଲାଗି ରଗବେଦ କହିଛନ୍ତି - "ନ ବି ଜାନାମି ଯଦି ବେଦ ମସ୍ମି, ନିତ୍ୟଃ ସଂନବ୍ଧୋ ମନସା ଚରାମି।" (ମଣ୍ଡଳ-୧ ସୂକ୍ତ-୧୬୪ ମନ୍ତ ୩୧୬) ହୁଣ୍ଡା ମୂଳରେ ଏଥରୁ ଯାହା ବୁଝୁ ତାହାହେଲା। ମୁଁ କିପରି ଅଛି ସେ କଥା ବି ଠିକ୍ ଠିକ୍ ଜଣେନା। ସୁଦୁ ଧାରଣାରେ ସାରା ବିଶ୍ୱ ବିଚରଣ କରୁଥାଏ। ଏତତ୍ ପରିଚିତ ବା ଅତି ବିଶ୍ୱସ୍ତ ମୋର ସେପରି କିଛି ଧାରଣା ହୁଏତ ସ୍ରଷ୍ଟାଙ୍କ ଅନୁଗ୍ରହରୁ ଜ୍ଞାନରେ ରୂପାନ୍ତର ହୋଇପାରେ।

ନୋବେଲ ବିଜେତା ଅମର୍ତ୍ୟ ସେନ୍ ଥରେ କହିଥିଲେ ଯେ, ଯେମିତି ସ୍କୁଲ ପାଠ ଭିତରେ ସବୁ ମୌଳିକ ଶିକ୍ଷା ଶେଷ ହୋଇପାରିବ, ସେଟିକି ଧ୍ୟାନ ଦେଇ ଶିକ୍ଷାଦାନର ଢଙ୍ଗ ବଦଳାଯାଉ। ନହେଲେ କୁହାଯାଉଥିବା ପରି ଏଶିକ୍ଷା ମୌଳିକ ହେବ କେମିତି ? ଭାରତୀୟ ଶିକ୍ଷାର ମୂଳମନ୍ତ ଥିଲା- 'ବାୟ୍ୱନ୍-ଏଣ୍ଡ-ଗେଟ୍ ଥ୍ୱାନ୍ ଫ୍ରୀ'। ମାନେ ଖର୍ଚ୍ଚବାର୍ଚ୍ଚ କରି ପାଠପଢ଼ ଓ ଜୀବନ ପାଇଁ ଯେତେ ଦରକାର ସେତେ ବୁଦ୍ଧି ମାଗଣାରେ ନେଇ ଘରକୁ ଯା। ଏବେ ଆମେ ଯାହା ପାଇଛୁ ତାହା ହେଲା-ଖର୍ଚ୍ଚବାର୍ଚ୍ଚ କରି ପଢ଼। ଯେତେ ଇଚ୍ଛା ସେତେ ସାର୍ଟିଫିକେଟ୍ ନେଇ ଘରକୁ ଯା। କେଉଁ କାଳରୁ ଆମ ଶିକ୍ଷା ବାଟ ହୁଡ଼ି ଯାଇଛି। ଆଜି ତାହା ସାର୍ବଜନୀନ କଲା ବେଳକୁ ଯେଉଁ ରାସ୍ତାରେ ପକାଇଲେ ବି ତାହା ପୁଣି ବାଟ ହୁଡୁଛି। ପୁନଃ ଦୁର୍ଭାଗ୍ୟ ଯେ 'ଟାଲେଣ୍ଟ' ବୋଲି ଯାହା କୁହାଯାଏ ତହିଁର ବହୁଳ ପ୍ରାପ୍ତି ଅଂଚଳ ହେଉଛି ଶିକ୍ଷା। ତେବେ ବି ଏ ଅବ୍ୟବସ୍ଥା ସେଇଠି। ସଜାଡ଼ିବାକୁ ଆମେ ବେଶୀରୁ ବେଶୀ କମିସନ ବା କମିଟି ବସାଇବାକୁ ସକ୍ଷମ ହୋଇପାରିଛୁ।

ଅର୍ଥପୂର୍ଣ ଭାବେ ବଞ୍ଚିବା ଗରଜ ସବୁ ମଣିଷର ସବୁ କାଲରେ ରହିଛି ଓ ରହିଥିବ ମଧ। ଶିକ୍ଷା କିପରି ସେ ମହା- ଅଭିଯାନରେ ନିଜକୁ ଯୋଡ଼ି ପାରିବ। ସେ ଗରଜ ଶିକ୍ଷାର। ଔପଚାରିକ ଶିକ୍ଷାବିନା ମଧ ମଣିଷ ବେଶ୍ ବୁଦ୍ଧି ହାସଲ କରିପାରେ। ସରକାରୀ ଚାକିରି ଖଣ୍ଡେ ନ କରିପାରେ ହୁଏତ। କିନ୍ତୁ ଜଗତଜିତା ହେବାକୁ କିଛି ପ୍ରତିବନ୍ଧକ ନଥାଏ ତା'ର ଶିକ୍ଷାର ପଟିଆରା କେତେ ତାହା ମାପିବା ପାଇଁ ବିବର୍ତ୍ତନର ଏକ ସାମାନ୍ୟ ଚିତ୍ର ଦେଖ ପାରିବା। ସ୍ୱାଧୀନତା ପରେପରେ ୟୁନିଭର୍ସିଟି ବା ବୋର୍ଡ ଗୁଡ଼ିକ ଦେଶର ସବୁ ଚାକିରି ଦାତାଙ୍କ ପାଇଁ ଆସ୍ତା ଓ ବିଶ୍ୱାସର ଉଜ୍ଜାଉଜ୍ଜ ଦୀପ ଦଣ୍ଡି ହୋଇ ବସିଗଲେ। ସେମାନଙ୍କ ଠୁ ସାର୍ଟିଫିକେଟ ଅଛିତ; ତମ ଚାକିରି ପାଇଁ ଦୁଆର ଖୋଲା। ଏହା ବେଶୀଦିନ ଚାଲିଲାନି। ପ୍ରଥମ ଅନସ୍ତା ପ୍ରକାଶ କଲେ ସରକାର।

ଆମ ପାଇଁ କି ପାଠ ଦରକାର। ସେ କଥା ଆମେ ଜାଣିବୁ। ୟୁନିଭର୍ସିଟି ସାର୍ଟିଫିକେଟ କେବଳ ପାର୍ଥୀକୁ ଆମ ଦୁଆର ମୁହଁ ପର୍ଯ୍ୟନ୍ତ ପହଞ୍ଚାଇବାକୁ ଯୋଗ୍ୟ ରହିବ। ସରକାରକୁ ଆଦର୍ଶ ଭାବି ଅନ୍ୟମାନେ ଯଥା- ଡିପାର୍ଟମେଣ୍ଟ, ପିଏସୟୁ, ବଡ଼ ବଡ଼ କର୍ମାନୀ- ମଧ ନିଜର ପରୀକ୍ଷା ଓ ପାଠ୍ୟ ଖସଡ଼ା ତିଆରି କଲେ। ତା'ପର ଯୁଗ ଏବେ ଚାଲିଛି, ପାଠ ସହିତ ଚାକିରିର ସମ୍ପର୍କ ଏକଦମ ହୁଗୁଲା। ପାଠ ଆମର, ସାର୍ଟିଫିକେଟ ଆମର, ଚାକିରି ବି ଆମର, ଆଉ କାହା ସାର୍ଟିଫିକେଟ ସହିତ ଆମର କିଛି ସମ୍ପର୍କ ନାହିଁ। ଅବସ୍ଥା ଏମିତି ଯେ ଏବେ ୟୁନିଭର୍ସିଟି ଗୁଡ଼ିକ ଗୋଡ଼ାଉଛନ୍ତି ସେମାନଙ୍କ ପଛରେ- ତୁମେ କୁହ ଯେ ଆମେ ଆମ ପାଠ ପଢ଼ାଇବାକୁ ଯୋଗ୍ୟ। ବଦଲି ଥିବା ଏପରି ଚିତ୍ର ଭଲ କି ଖରାପ ତାହା ଆଉ ଏକ ପ୍ରସଙ୍ଗ। ମାତ୍ର ତଥ୍ୟ ଟଙ୍କାକୁ ଷୋଲଣା ସତ।

ଆଜିର ସମାଜ ପାଇଁ ଆବଶ୍ୟକତା ରହିଛି ମଣିଷ ଗଠନକାରୀ ଶିକ୍ଷା। ଶିଶୁର ଜୀବନ ଆରମ୍ଭରୁ ତାକୁ ମୂଲ୍ୟବୋଧ ଭିତ୍ତିକ ଶିକ୍ଷା ଅର୍ଥାତ୍ ମାନବିକତାର ସୁଗୁଣ ଗୁଡ଼ିକ ସମୟରେ ଶିକ୍ଷା ଦେବାକୁ ହେବ। ଯଦି ମାନବିକତାର ସୁଗୁଣଗୁଡ଼ିକ ତା'ର ହୃଦୟ ମଧରେ ପ୍ରତିଫଲିତ ହୁଏ, ତେବେ ନିଶ୍ଚିନ୍ତ ଭାବରେ ତା'ର ଭଲମନ୍ଦ ବିଚାର କରିବାର ଦକ୍ଷତା ଆସିବ।

ସେ ଅନ୍ୟାୟ, ଅନୀତି, ଶୋଷଣ, ଅତ୍ୟାଚାର, ଭ୍ରଷ୍ଟାଚାର ଭଳି ସମାଜକୁ ନଷ୍ଟ କରୁଥିବା ତତ୍ତ୍ୱ ସମୂହକୁ ବିରୋଧ କରିବାକୁ ପଛାଇବ ନାହିଁ । ସେ ଆତ୍ମନିର୍ଭରଶୀଳ ହେବାକୁ ଚେଷ୍ଟା କରିବ । ସେଥିପାଇଁ ପିତାମାତା, ଆତ୍ମୀୟ ସ୍ୱଜନ, ଗୁରୁକୁଳ ତଥା ସରକାରଙ୍କ ଶିକ୍ଷାନୀତି ସହାୟକ ହେବା ଅତ୍ୟନ୍ତ ଜରୁରୀ । ଜଣେ ଶିକ୍ଷିତ ଯୁବକ ଏଭଳି ମୂଲ୍ୟବୋଧଭିତ୍ତିକ ଗୁଣାତ୍ମକ ଶିକ୍ଷାପାଉ ଯାହାଦ୍ୱାରା ସେ ଜଣେ ସୁସ୍ଥ, ସଚେତନ ଓ ସଂସ୍କୃତି ସଂପନ୍ନ ଦେଶପ୍ରେମୀ ନାଗରିକ ହୋଇପାରିବ । ତା'ପାଖରେ ଯେଉଁ ସାମାଜିକ ନୈତିକତା ରହିବା ଆବଶ୍ୟକ ଯାହାକୁ ସେ ଏହି ଶିକ୍ଷା ମାଧମରେ ହାସଲ କରି ସମାଜକୁ ସୁଦୃଢ଼ କରିପାରିବ । ଆଜିର ଶିକ୍ଷା ପଦ୍ଧତିରେ ଶିକ୍ଷାର୍ଥୀମାନଙ୍କୁ ବଞ୍ଚିବାର ଅର୍ଥ ଶିଖାଇବାକୁ ହେବ, ଯାହା ଫଳରେ ସେମାନେ ବ୍ୟକ୍ତିର ସୀମା ଲଙ୍ଘନ କରି ବିକଶିତ ବ୍ୟକ୍ତିରେ ପରିଣତ ହୋଇପାରିବେ । ସହନଶୀଳତା ହେଉଛି ଗଣତନ୍ତ୍ରର ମୂଳ ଆଧାର, ସେମାନଙ୍କ ମନରେ ଏହି ବିଶ୍ୱାସ ଦୃଢ଼ୀଭୂତ କରିବାକୁ ହେବ । ସେମାନଙ୍କ ମଧ୍ୟରେ ଚେତନାର ପ୍ରବାହ ହେବା ଫଳରେ ଆମ ଗଣତନ୍ତ୍ରରେ ଥିବା ନାରୀ ଓ ପୁରୁଷମାନଙ୍କର ସମାନ ଅଧିକାର କଥା ସେମାନେ ସ୍ୱୀକାର କରିବେ । ଜାତି, ବର୍ଣ୍ଣର ସଂକୀର୍ଣ୍ଣତା, ଅସ୍ପୃଶ୍ୟତା, ନିକୃଷ୍ଟ ସାଂପ୍ରଦାୟିକତା ଇତ୍ୟାଦି ସେମାନଙ୍କ ମନରୁ ଲୋପ ପାଇବ ଏବଂ ସେମାନେ ବ୍ୟକ୍ତି ସ୍ୱାତନ୍ତ୍ର୍ୟ ଓ ମର୍ଯ୍ୟାଦାରେ ଭୂଷିତ ହେବେ । ତେବେ ଆସନ୍ତୁ ଆମ ସଂସ୍କୃତି, ପରମ୍ପରା, ବିଶ୍ୱାସ ଓ ମୂଲ୍ୟବୋଧକୁ ବଜାୟ ରଖିବା ପାଇଁ ଆମେ ସମସ୍ତେ ବ୍ୟକ୍ତିଗତ ସ୍ତରରୁ ପ୍ରୟାସ କରିବା ।

"ଲାଲନେ ବହବଃ ଦୋଷା, ତାଡ଼ନେ ବହବଃ ଗୁଣାଃ, ତସ୍ମାତ ପୁତ୍ରଞ୍ଚ ଶିଷ୍ୟଞ୍ଚ ତାଡ଼ୟେନ୍ନତୁ ଲାଲୟେତ ।" ପୁତ୍ର ଏବଂ ଶିଷ୍ୟଙ୍କୁ କେବଳ ଲାଲନ କରିବା ଦ୍ୱାରା ସେମାନଙ୍କ ଦୁର୍ଗୁଣ ବଢ଼ିଯାଏ କିନ୍ତୁ ଶାସନ ଦ୍ୱାରା ସେମାନେ ଦୋଷ ପରିହାସ କରି ଗୁଣ ଅର୍ଜନ କରନ୍ତି । ତେଣୁ ପୁତ୍ର ଏବଂ ଶିଷ୍ୟଙ୍କୁ କେବଳ ଲାଲନ ନ କରି ଶାସନ କରିବା ଉଚିତ । ଅକଟ ଅର୍ଗଳ ତ ଅନୁଶାସନର ସର୍ବନିମ୍ନ ଆବଶ୍ୟକତା ସର୍ଥ । ଶୈଶବାବ୍ୟ ସ୍ନେହସିକ୍ତ ଲାଲନ ପାଲନରେ ରହି ଯାଇଥିବା ଦୋଷ ତ୍ରୁଟି ତାଡ଼ନରେ, କଠୋର ଅନୁଶାସନରେ ସଂଶୋଧିତ ହୋଇଯାଏ । ତେଣୁ ପୁତ୍ର ବା ଶିଷ୍ୟମାନଙ୍କୁ ତାଡ଼ନ ବା ଶାସନ କରିବା ଆବଶ୍ୟକ ବୋଲି ଚାଣକ୍ୟ କହିଲେ । ମାତ୍ର ଏପରି ତାଡ଼ନା ମଧ୍ୟ ଅସୀମ ନୁହେଁ । ସେ ପୁନି କହିଲେ "ପ୍ରାପ୍ତେ ତୁ ଷୋଡ଼ଶେ ବର୍ଷେ ପୁତ୍ର ମିତ୍ରାବଦାଚରେତ ।" ଅର୍ଥାତ ପୁଅ ବା ଶିଷ୍ୟର ୧୬ ବର୍ଷ ବୟସ ହୋଇଗଲେ ତାହା ସହ ମିତ୍ରତୁଲ୍ୟ ବ୍ୟବହାର କରିବ । ଅନେକ ପ୍ରକାର ଅର୍ଥ ବାହାରୁଥିବା ଗାଲୁମୟ ଆଇନ ଆମ ସଂସ୍କୃତିରେ ନ ଥିଲା । ଜୀବପାଇଁ ଆବଶ୍ୟକ ନିୟମ ମାନ ପ୍ରଥା ବନି ଯାଉଥିଲା ମନରେ ବାନ୍ଧି ହୋଇ ଯାଉଥିଲା । ଯେଉଁମାନେ ଏପରି ନୀତି ନିୟମ ତିଆରି କରୁଥିଲେ ସେମାନେ ବିଶ୍ୱବିଦ୍ୟାଳୟ ଚକଡ଼ା ମଡ଼ା ବିଶେଷଜ୍ଞ ବା ଗୁରୁ ନ ଥିଲେ । ଯେଉଁଠି ଯୁବତୀ ଛାତ୍ରୀ ଗୁରୁବ୍ରହ୍ମାଙ୍କ ଚରିତ୍ର ଉପରେ ଥାନାରେ ଏତଲା ଦେଉ ନ ଥିଲେ । ପ୍ରଜ୍ଞା ଓ ଦୈବୀଶକ୍ତି ସମନ୍ୱିତ ମହାମାନବ ଓ ମହାମ୍ନାମାନଙ୍କ ସିଦ୍ଧି, ସାଧନା ଓ ଅନୁଭୂତି ପ୍ରସୂତ ଥିଲା ଏହି ନିୟମମାନ । ବ୍ୟାସ, ମନୁ, ପରାଶର ପ୍ରମୁଖ ମୁନିରଷିମାନଙ୍କ ଦ୍ୱାରା ଆମ ସଂସ୍କୃତିର ନୀତି ନିୟମ ବା ଖସଡ଼ା ପ୍ରସ୍ତୁତ ହୋଇଥିଲା । ବିଶ୍ୱ ବନ୍ଦିତ ଏ ସଂସ୍କୃତି ଅନ୍ୟମାନଙ୍କ ପାଇଁ ଆକାଶ ଛୁଆଁ ଥିଲା । ଗୁରୁଶିଷ୍ୟ ପରମ୍ପରା ଓ ବ୍ୟବସ୍ଥା ଆମ ଦେଶରେ ଜଗତଜିତାର ଗୋପନୀୟ ସୂତ୍ର ଥିଲା ।

ବିଦ୍ୟାଧ୍ୟୟନ ପାଇଁ ଛାତ୍ରକୁ ଗୁରୁଗୃହ ବା ଆଶ୍ରମରେ ରହିବାକୁ ହେଉଥିଲା । (ପ୍ରାଚୀନ ଭାରତରେ ବିଦ୍ୟାର୍ଥୀ ଗୁରୁଗୃହରେ ରହି ବିଦ୍ୟା ଅର୍ଜନ କରୁଥିଲେ । ଅବଶ୍ୟ ରାଜପୁତ୍ରମାନଙ୍କ ଶିକ୍ଷାଲାଗି ସ୍ୱତନ୍ତ୍ର ଶିକ୍ଷକ ନିଯୁକ୍ତ ହେଉଥିଲେ ।) ଗୁରୁ କେଉଁଦିନ ଆକଟିବାକୁ ଦିପାହାର ଦେଲେ ଶିଷ୍ୟର ବାପା ଥାନାରେ ଏତଲା ଦେଇ ଗୁରୁଙ୍କୁ ଉଠବସ କରି କ୍ଷମା ମଗାଉନଥିଲା । ଗୁରୁ ଗୃହରେ ଶିକ୍ଷା ଅବୈତନିକ ଥିଲା । ମାନସିକ, ନୈତିକ ଓ ଶାରୀରିକ ଶିକ୍ଷାର ଏହି ତ୍ରିବିଧ ଲକ୍ଷ୍ୟ ଗୁରୁଗୃହ ତାଲିମରେ ସିଦ୍ଧ ଗୁରୁଙ୍କ ଠାରୁ ମିଳିଯାଉଥିଲା । ଅରୁଣା, ଉପମନ୍ୟୁ ଓ କୌସ ଆଦି ଶିଷ୍ୟଙ୍କ କଠୋର ସାଧନା ଓ ଗୁରୁମୟଭାବ ବିଷୟରେ ବହୁ ପ୍ରାଣଛୁଆଁ କଥା ଏ ଦେଶର ଶାସ୍ତ୍ର ପୁରାଣରେ ଉତ୍ତରପିଢ଼ିଙ୍କ ପାଇଁ ଗଚ୍ଛିତ ଅଛି । ମାତ୍ର

ତାଙ୍କୁ ଏବେ ପଢୁଛି କିଏ ? ସେସବୁ ଏବେ ତମାଦୀ ଓ ମୂଲ୍ୟହୀନ ହୋଇଗଲାଣି । ଗୁରୁମାନେ ପରଶ ମଣିଥିଲେ । ରାମକୃଷ୍ଣ କହିଲେ- "ଛୁଇଁଲେ ପରଶମଣି, ଲୁହା ହୋଇଯାଏ ସୁନା ସେଷ୍ଣି । ମୋ ବାଇଧନ, ଲୁହା ହୁଏକି ସେ ପୁଣି ।" ପୁରାଣକୁ ଏବେ ମନଗଢ଼ା ଗପବୋଲି କହୁଥିବା ସବ୍‌ଜାନତା ମଣିଷ ତା'ର ଉପାଖ୍ୟାନକୁ ହସି ଉଡ଼ାଇ ଦେବାରେ ବିସ୍ମୟ ହେବାରେ କିଛି ନାହିଁ । ତେବେ କାଲି ପରି ଘଟିଥିବା ଓ ଆମ ପାଇଁ ଇତିହାସ ବନି ଯାଇଥିବା ଗୁରୁଶିଷ୍ୟ ପରମ୍ପରା ଏବଂ ଗୁରୁଶିଷ୍ୟ ପ୍ରଭାବ ବିଷୟକ ବହୁ ଉଦାହରଣକୁ କେବଳ ରକ୍ତଗତ ସୂତ୍ରରେ ଗାଲୁ କହୁଥିବା ବ୍ୟକ୍ତିଟିଏ ଏଡ଼ାଇ ଦେଇ ପାରିବ । ମା' ଓ ଗୁରୁଙ୍କ ଆଶୀର୍ବାଦରେ ଶିବାଜୀ ଭାରତରୁ ମୁସଲମାନ ସାମ୍ରାଜ୍ୟ ଲୋପ କରିବାକୁ ଚେଷ୍ଟା କରିଥିବା କଥା ଇତିହାସ ବର୍ଣ୍ଣିତ । ଗୁରୁ ରାମଦାସଙ୍କ ପ୍ରଭାବ ଶିବାଜୀଙ୍କୁ ଶିବଙ୍କ ଅବତାର ପରି ଗଢ଼ି ତୋଳିଥିଲା । ଯୁବକ ନରେନ୍, ଗୁରୁ ରାମକୃଷ୍ଣଙ୍କ ସାକ୍ଷାତରେ ଏକ ଅଦ୍ଭୁତ ଚେତନାରେ ବିଲୀନ ହୋଇଯିବା ଓ ବିଶ୍ୱରେ ହିନ୍ଦୁ ସଂସ୍କୃତି ଏବଂ ଦର୍ଶନକୁ ବିବେକାନନ୍ଦ ନାମରେ ସର୍ବଶ୍ରେଷ୍ଠ ଆସନରେ ଆସୀନ କରି ପାରିଥିବା ତ ଆଖିରେ ଦେଖିଥିବା କଥା ।

ଗୁରୁଙ୍କୁ ତ କୁହାଯାଉଥିଲା- "ଅଜ୍ଞାନ ତିମିରାନ୍ଧସ୍ୟ ଜ୍ଞାନାଞ୍ଜନ ଶଲାକାୟ, ଚକ୍ଷୁ ଉନ୍ମିଲିତଂ ଯେନ ତସ୍ମୈଶ୍ରୀ ଗୁରୁବେ ନମଃ !" ଜ୍ଞାନ ଅଞ୍ଜନ ଥିବା ଏହି ଗୁରୁମାନଙ୍କର ବର୍ତ୍ତମାନ କି ଅବସ୍ଥା । ଗୋଟେ ଗୁରୁ ସକ୍ରେଟିସ୍, ଗୋଟେ ପ୍ଲାଟୋଙ୍କୁ ସୃଷ୍ଟି କଲେ । ଗୋଟେ ପ୍ଲାଟୋ ଗୋଟେ ଆରିଷ୍ଟୋଟଲ ଓ ଗୋଟେ ଆରିଷ୍ଟୋଟଲ ଗୋଟେ ଆଲେକଜାଣ୍ଡାର ସୃଷ୍ଟି କରି ବିଶ୍ୱ ଇତିହାସ ଓ ବୌଦ୍ଧିକତାର ମୋଡ଼ ବଦଲାଇ ଦେଇଥିଲେ । ଗୁରୁ ଯେମିତି ସ୍ୱାଭିମାନୀ ଶିଷ୍ୟ ତତୋଧିକ ଜ୍ଞାନୀ ଓ ଉଦାର ଥିଲେ । ଜ୍ଞାନ ପିପାସୁ ବିଶ୍ୱ ବିଜୟୀ ଆଲେକଜାଣ୍ଡାର ପ୍ରଜ୍ଞା ପ୍ରତିଭା ଡାଇଜିନିସ୍‌ଙ୍କ ବିଷୟରେ ଶୁଣି ନିଜେ ଏହି ଦାର୍ଶନିକ ଗୁରୁଙ୍କୁ ଦର୍ଶନ ପାଇଁ ଗଲେ । ମହାରାଜ ତାଙ୍କୁ ଦରବାରକୁ ଡକାଇ ପାରିଥାନ୍ତେ । ଦୀନହୀନ ଜୀବନ ଯାପନ କରୁଥିବା ଏଇ ମହାଜ୍ଞାନୀ ଗୋଟେ ବଡ଼ ଘମ ମଧ୍ୟରେ ପ୍ରାୟତଃ ଚିନ୍ତାମଗ୍ନ ଥାନ୍ତି । ସରକାରଙ୍କ ଦୃଷ୍ଟି ଆକର୍ଷଣ କରିବା ପାଇଁ ରାସ୍ତାକଡ଼ରେ ତମ୍ବୁ ପକାଇ ଧାରଣା ଦେଉଥିବା ଆଜିକାର ପରି ଗୁରୁ ସେ ନଥିଲେ । ଜଣେ ବିଶ୍ୱ ବିଜୟୀ ସମ୍ରାଟ ତାଙ୍କ ପାଖକୁ ଟାଣିହୋଇ ଆସୁଥିଲେ । ଆହୁରି ଚମକାର ହେଲା ଆଲେକଜାଣ୍ଡାର ତାଙ୍କୁ ଛାଇକରି ଠିଆ ହୋଇ ପଚାରିଲେ- "I am Alexandar, May I help you" ମୁଁ ଆଲେକଜାଣ୍ଡାର ଆପଣଙ୍କୁ ସାହାଯ୍ୟ କରି ପାରେ କି ? ବିଶ୍ୱ ବିଜୟୀ ସମ୍ରାଟଙ୍କୁ ନିଜ ପାଖରେ ହଠାତ୍ ପାଇ ଯିଏବି ଜଣେ ସମ୍ୟୀଭୂତ ହୋଇ ଯାଇଥାନ୍ତା । ଆଜିର ଏ ମାଗନ୍ତା ଗୁରୁଙ୍କ କଥା ନ କହିବା ବରଂ ଶ୍ରେୟସ୍କର । ମାତ୍ର ସେ କ'ଣ ମାଗିଲେ ? "Yes, you can standout of my Sunshine" ହଁ ତମେ ମୋ ଖରାରୁ ଆଡ଼େଇ ଯାଇପାର । ଚକିତ ହୋଇଗଲେ ଗୁଣଙ୍କ ଆଲେକଜାଣ୍ଡାର । ଆମର ଏ ସରକାର ଭଲି ବିଚରା ମାଗନ୍ତାଙ୍କ ଉପରେ ଲାଠି ଚାଲନା ମାନସିକତାର ବହୁ ଉଚ୍ଚରେ ଥିବା ଏ ବିରଳ ବ୍ୟକ୍ତିତ୍ୱ ମହାରାଜ, ଫେରିଯିବାବେଳେ ଗୁଣ୍ଡୁଗୁଣ୍ଡୁ ହୋଇ ମନକୁ ମନ କହୁଥିଲେ "Had I not been Alexandar, I would have liked to be Dygenis" ମୁଁ ଆଲେକଜାଣ୍ଡାର ନ ହୋଇଥିଲେ ଡାଇଜିନିସ୍ ହେବାକୁ ପସନ୍ଦ କରିଥାନ୍ତି । ଗୁରୁ ଗୋବିନ୍ଦ ପାଦ ଶିଷ୍ୟ ଆଦି ଶଙ୍କରଙ୍କ ଭଲି ମହାନ ଆଧ୍ୟାମିକ ଚେତନା ଦୀପ୍ତ ସନ୍ନ୍ୟାସୀଙ୍କୁ ନିର୍ମାଣ କରିବାରେ ସଫଳ ହୋଇଥିଲେ । ସମର୍ଥ ଗୁରୁ ରାମଦାସ ଛତ୍ରପତି ଶିବାଜୀ ମହାରାଜଙ୍କୁ ଯଶସ୍ୱୀ ଅମର କୀର୍ତ୍ତିଶାଳୀ ସମ୍ରାଟ ଭାବରେ ପ୍ରସ୍ତୁତ କରିପାରିଥିଲେ । ଅତ୍ୟାଚାରୀ ତିନିଶହ ବର୍ଷ ମୋଗଲ ସାମ୍ରାଜ୍ୟକୁ ଦୋହଲାଇ ଦେଇ ତା'ର କବର ତିଆରି କରି ଦେଇଗଲେ । ଜଣେ ମାଧବେନ୍ଦ୍ରପୁରୀ, ଜଣେ ଇଶ୍ୱରପୁରୀ, ଜଣେ ଇଶ୍ୱରପୁରୀ ଜଣେ ତୋଟାପୁରୀ ଓ ତୋଟାପୁରୀ ଜଣେ ଚୈତନ୍ୟ ସୃଷ୍ଟି କରି ଭକ୍ତିର ମନ୍ଦାକିନୀ ବୁହାଇ ଦେଇଗଲେ । ଜଣେ ଗୁରୁଗୋବିନ୍ଦ ସିଂହ, ତେଗ୍ ବାହାଦୂର ବିଶ୍ୱରେ ମର୍ଯ୍ୟାଦାବନ୍ତ ଲଢ଼ୁଆ ଶିଖ ଜାତି ସୃଷ୍ଟି କରିଗଲେ । ଜଣେ ବାମା କ୍ଷେପା, ଜଣେ ରାମକୃଷ୍ଣ ଓ ଜଣେ ରାମକୃଷ୍ଣ, ଜଣେ ବିବେକାନନ୍ଦ ସୃଷ୍ଟି କରି ହିନ୍ଦୁ ଦର୍ଶନକୁ ପାଶ୍ଚାତ୍ୟ ଜଗତରେ ଏକ ମର୍ଯ୍ୟାଦା ଦେଇଗଲେ । କାହିଁଗଲା ସେ ଗୁରୁ, ସେ ଶିଷ୍ୟ ଓ ଗୁରୁଶିଷ୍ୟ ପରମ୍ପରା ।

ସେମିତି ଯୁବକ ଆଲେଜାଣ୍ଡାରଙ୍କ ଉଦାହରଣ । ମାତ୍ର ୩୬ ବର୍ଷ ବୟସରେ ପ୍ରାଣତ୍ୟାଗ କରିଥିବା ବିଶ୍ୱବିଜୟୀ ସମ୍ରାଟଙ୍କ ଜୀବନଶୈଳୀ ଓ ଦର୍ଶନ ଅଦ୍ଭୁତ ଥିଲା । ଅପରିପକ୍ୱ ଯୌବନରେ ଗାଦିସୀନ ହୋଇ ରାଜା ହୋଇଥିବା ଯୁବରାଜମାନେ ରାଜ୍ୟ ପାଇଁ ପ୍ରଜାଙ୍କ ଲାଗି କ୍ୱଚିତ ଅନୁକୂଳ ହୋଇଥାଆନ୍ତି । କାହିଁକି ନା "ଯୌବନଂ ଧନସମ୍ପତ୍ତି, ପ୍ରଭୁତ୍ୱଂ ଅବିବେକିତା ଏ କୈଳ ମପ୍ୟନର୍ଥାୟ କିମୁ ଯତ୍ର ଚତୁଷ୍ଟୟମ୍ ।" ଅର୍ଥାତ ଯୌବନ, ଧନ ସମ୍ପତି, କ୍ଷମତା ଓ ଅବିବେକିତାରୁ ଗୋଟିଏ ମଧ୍ୟ ଅନର୍ଥ ସୃଷ୍ଟି ପାଇଁ ଯଥେଷ୍ଟ । ଆଉ ଯେଉଁଠି ଚାରୋଟି ଯାକ ଏକାକାର ସେଠି ଅବସ୍ଥା କ'ଣ ନହେବ ? ଆଲେକଜାଣ୍ଡାରଙ୍କ ଠାରେ ଏ ଚାରୋଟି ଯାକ କାରଣ ଏକୀଭୂତ ଥିଲା । ମାତ୍ର ଗୁଣାଙ୍କ୍ୱତାରେ, ଗୁଣ ଗ୍ରାହିତାରେ ସେ ଇତିହାସରେ ଉଦାହରଣ ସୃଷ୍ଟି କରିଦେଲେ । ବିପୁଳ ସଂପତ୍ତିର ଅଧିକାରୀ ବିଶ୍ୱର ସର୍ବଶ୍ରେଷ୍ଠ ବହୁ ରୂପସୀଙ୍କୁ ସ୍ତ୍ରୀ ଭାବେ ପାଇଥିବା ସେହି ସମ୍ରାଟ ମାତ୍ର ବତିଶବର୍ଷ ବୟସରେ ପରଲୋକ ଗମନ କରିଥିବା ତାଙ୍କର ଶେଷ ଇଚ୍ଛା କ'ଣ ଥିଲା ? ଆଉ ଲୁଣ୍ଠନକାରୀ ମାମୁଦଙ୍କ ମୃତ୍ୟୁକାଳୀନ ଅସ୍ଥିରତା । ରକ୍ତର ନଦୀ ବୁହାଇ ଭାରତରୁ ଲୁଟି ନେଇଥିବା ବହୁ ହୀରାଲାୀଲା ବାକ୍ସକୁ ସବୁ ଆଣି ତାଙ୍କ ଚାରିପାଖରେ ଥୋଇବାକୁ ନିର୍ଦ୍ଦେଶ ଦେଲେ । ପିଲାଙ୍କୁ ଆଉଁଶିଲା ପରି ସେ ଦୁଇହାତ ଟେକି ଏ ବାକ୍ସକୁ ସବୁ ବିକଳରେ ଅଣ୍ଟାଳୁଥିଲେ । ସେ ଲୁଣ୍ଠନ ଲବ୍ଧ ସଂପତ୍ତିର କି ଅବସ୍ଥା ହେବ ଓ ତାକୁ କିପରି ଛାଡ଼ିଯିବେ । ସେଇ ଆକୁଳତାରେ ସେ ପିଲାଙ୍କ ପରି ଯେମିତି କାନ୍ଦୁଥିଲେ, ତାହା ଖୁବ୍ ମର୍ମାନ୍ତୁଦ, ଦୁଃଖ ଦାୟକ ଓ ଦୟନୀୟ ଥିଲା । ମାଲାବେଳେ ହାତରେ କୁଞ୍ଜିକାଠି ଜାବୁଡ଼ି ଧରି ହା ହତାଶରେ ମରୁଥିବା ବିଷୟାୟ ବୁଢ଼ାବୁଢ଼ୀଙ୍କ ଉଦାହରଣ କିଛି କମ୍ ନୁହେଁ । ମାତ୍ର ବିଶ୍ୱ ବିଜୟୀ ଯୁବ–ସମ୍ରାଟଙ୍କ ଅକାଲ ବିୟୋଗରେ ଶେଷଇଚ୍ଛା ବାସ୍ତବିକ୍ ବିସ୍ମୟକର ଯେତିକି ପ୍ରେରଣାପ୍ରଦ ବି ସେତିକି । ତାଙ୍କ ଶବକୁ ନେଲାବେଳେ କୋକେଇରେ ତାଙ୍କ ଦୁଇ ହାତକୁ ନବାନ୍ଧି ବାହାରକୁ ଝୁଲାଇ ଦେବାକୁ କହିଥିଲେ । ଯାହାକୁ ଦେଖି ସାରା ଜଗତ ଜାଣିବ ଅସଂଖ୍ୟ ମଣିଷ ମାରି, କେତେ ଯୁବତୀଙ୍କୁ ବିଧବା ସଜାଇ, କେତେ ବୃଦ୍ଧା ମା'ଙ୍କ କୋଳ ଶୂନ୍ୟ କରି, କେତେ ପିଲାଙ୍କୁ ଅନାଥ କରିଦେଇ, କେତେ ଜନପଦକୁ ଧ୍ୱଂସ କରି, କେତେ ଜନବହୁଳ ଗ୍ରାମକୁ ଶ୍ମଶାନରେ ପରିଣତ କରି ଜୟ କରିଥିବା ଏହି ବିଶାଲ ଭୂଖଣ୍ଡରୁ କାଣିଚାଏ ମାତ୍ର ସାଙ୍ଗରେ ନେବାକୁ ସମର୍ଥ ନ ହୋଇ ଶୂନ୍ୟ ହସ୍ତରେ କିପରି ଫେରିଯାଉଛି ।

ଆଉ ୧୮୮୬ ମସିହାରେ ଲିଖିତ ବିଶ୍ୱ ବିଖ୍ୟାତ କଥା 'ହାଓ ମଚ ଲ୍ୟାଣ୍ଡ ଡଜ୍ ଏ ମ୍ୟାନ୍ ନିଡ୍'ରେ ଟଲ୍‌ଷ୍ଟୟ ମଣିଷର ଏ ବସ୍ତୁ ଭୋଗ ଇଚ୍ଛାପ୍ରତି ଅଙ୍ଗୁଲି ନିର୍ଦ୍ଦେଶ କରିଛନ୍ତି । ଗୋଟିଏ ଲୋକ କବର ନେବା ପାଇଁ ମାତ୍ର ଛ ଫୁଟ ଲମ୍ୱର ଗାତଟିଏ ଦରକାର । "ସିକ୍ ଫିଟ୍ ଫ୍ରମ୍ ହିଜ୍ ହେଡ ଟୁ ହିଜ୍ ହିଲ, ୱାଜ୍ ଅଲହି ନିଡେଡ୍ ।" ଯାକୁ ମରମରେ ଭେଦେଇବା ଦରକାର । ସେଥିପାଇଁ ତ ଶାସ୍ତ୍ରରେ କୁହାଯାଇଛି "ଧନେଷୁ ଜୀବିତବ୍ୟେଷୁ ସ୍ତ୍ରୀଷୁ ଚାହାର କର୍ମସୁ । ଅତୃପ୍ତଃ ପ୍ରାଣିନଃ ସର୍ବେ ଯାତା ଯାସ୍ୟତି ଯାନ୍ତିଚ ।" ଯେଉଁମାନେ ଅଛନ୍ତି, ଯିବେ ଓ ଯାଇଛନ୍ତି ସମସ୍ତେ ଧନରେ, ବଞ୍ଚିବାରେ, ସ୍ତ୍ରୀ ଭୋଗରେ ଓ ଭୋଜନରେ ସର୍ବଦା ଅତୃପ୍ତ ।

"ଏକଃ ପ୍ରସୂତୋ ରାଜେନ୍ଦ୍ର ଜନ୍ତୁରେକୋ ବିନଶ୍ୟତି । ଏକସ୍ତରତି ଦୁର୍ଗାଣି ଗଚ୍ଛତେୟ୍‌କଃ ଦୁର୍ଗତିମ୍ ।" ଜନମେ ଜୀବ ଏକାକୀ ମରଣେ ପୁଣି ଏକାକୀ, ଏକାକୀ ଭୋଗେ ଜଗତେ କ୍ଲେଶ ଯାବତ୍ । ସେ ଜୀବ ଏକାକୀ ପୁଣି ତରଇ ଦୁର୍ଗତି ଶ୍ରେଣୀ । ଜୀବସଦା ଏକା ଏହା ଦେବଗୁରୁଙ୍କ ମତ । (ଏଠାରେ ଦେବଗୁରୁ ବୃହସ୍ପତି ଯୁଧିଷ୍ଠିରଙ୍କ ଜୀବାମ୍ୟ ସମୟରେ କହିଛନ୍ତି ।) ଜନ୍ମବେଲେ ମଣିଷ ଏକୁଟିଆ ଜନ୍ମଲାଭ କରିଥାଏ । ମୃତ୍ୟୁ ଲଭିଥାଏ ପୁଣି ଏକା । ସାରା ଜୀବନ ସେ କେବଲ ଏକାକୀ ଦୁଃଖ, ଯନ୍ତ୍ରଣା ଓ ନିର୍ଯାତନା ଭୋଗ କରିବା ସହିତ ନିଜର ଦୁର୍ଭାଗ୍ୟ ଓ ଦୁର୍ଦ୍ଦିନ ଦୁର୍ଯୋଗ ସହିତ ସଂଗ୍ରାମ କରିଥାଏ । "ଜନ୍ମ ମୃତ୍ୟୁ ହିଁ ଯାତ୍ୟେକୋ ଭୁଙ୍କ୍ତେ ଏକଂ ଶୁଭା ଶୁଭମ୍ ନରକେ ସ ପତତେୟକ ଏକୋ ଯାତି ପରାଂ ଗିତିମ୍ ।" ଏହା ନିଶ୍ଚୟ ଯେ ମନୁଷ୍ୟ ଏକୁଟିଆ ହୋଇ ଜନ୍ମ ହୁଏ । ଏକୁଟିଆ ହୋଇ ମରେ, ଆପଣାର ଭଲମନ୍ଦ କର୍ମକୁ

ଭୋଗ କରେ । ଏକୁଟିଆ ହୋଇ ନରକକୁ ଏବଂ ଏକୁଟିଆ ହିଁ ପରମ ପଦ ପ୍ରାପ୍ତ ହୁଏ । ଅର୍ଥାତ୍ ସବୁଠାରେ ତା'ର କେହି ସହାୟକ ନାହିଁ ।

ଅଶୀତିପର ବୁଢ଼ାବୁଢ଼ୀଙ୍କଠାରେ ପରିଲକ୍ଷିତ ହେଉ ନ ଥିବା ଏଭାବ ଉପଭୋଗର ମହାସ୍ୱପ୍ନରେ ଝୁଟୁବୁଟୁ ଜଣେ ଯୁବ ସମ୍ରାଟଙ୍କ ମନରେ । ପ୍ରାଣରେ କିପରି ଜାଗ୍ରତ(ଉଦିତ) ହେଲା ? ଖାଲି ସେତିକି ନୁହେଁ ଗ୍ରୀକ୍ ଦାର୍ଶନିକ ଡାୟୋଜିନିସଙ୍କ ସହିତ ତାଙ୍କର ସାକ୍ଷାତକାର ତାଙ୍କ ମାତୃଭକ୍ତି ଆଦି ବିଷୟ ବହୁ ପ୍ରାଣଛୁଆଁ ଓ ଗଭୀରତର ବିଷୟ । ଏହା କେବଳ ସମ୍ଭବ ହୋଇଥିଲା ତାଙ୍କ ଗୁରୁ ବିଶ୍ୱବିଖ୍ୟାତ ଦାର୍ଶନିକ ଆରିଷ୍ଟୋଟଲଙ୍କ ପ୍ରଭାବରେ । ଆରିଷ୍ଟୋଟଲ ମଧ କମ ଗୁରୁଙ୍କ ଚେଲା ନଥିଲେ । ଅସାଧାରଣ ପ୍ରଜ୍ଞା ପ୍ରତିଭାଧାରୀ ଦାର୍ଶନିକ ପ୍ଲାଟୋଙ୍କର ସେ ଥିଲେ ଶିଷ୍ୟ । ପ୍ଲାଟୋ ବି ତାଙ୍କ ଚିନ୍ତାରେ ବିଶ୍ୱକୁ ମହିମାମୟ କରିବାରେ ଯେଉଁ ପରଶ ମଣିର ସ୍ୱର୍ଶ ପାଇଥିଲେ, ଯେଉଁ ଗୁରୁଙ୍କୁ ବ୍ରହ୍ମାଭାବେ ପାଇଥିଲେ ସେ ହେଲେ ସକ୍ରେଟିସ । ସେହି ସକ୍ରେଟିସ ମଲାବେଳକୁ କହିଥିଲେ– "ନିଜକୁ ନିଜେ ପ୍ରଶ୍ନ ପଚାରିବାଟା ଗୋଟେ ମହତ୍‌ଗୁଣ । ମୋତେ ସିନା ହେମଲକ୍ ବିଷ ଦେଇ ମାରିଦେଉଛ, କିନ୍ତୁ ଏ ପ୍ରଶ୍ନ ପଚାରବା ଗୁଣଟି ମଣିଷର ଥିବା ଯାଏ ସେ ସତ୍ ବାଟରେ ଚାଲିବ ଓ ଦୁଷ୍ଟ ଶାସକମାନଙ୍କୁ ସାବାଡ଼ କରିବ । ଏ ଧରାପୃଷ୍ଠରେ ଯିଏ ଜନ୍ମ ନେଇଛି ତା'ର ମୃତ୍ୟୁ ଅବଶ୍ୟ ଅନିବାର୍ଯ୍ୟ । "ଜାତସ୍ୟ ହିଁ ଧ୍ରୁବୋ ମୃତ୍ୟୁ ।" ମାତ୍ର ସଂପୂର୍ଣ୍ଣ କ୍ରାନ୍ତି ଆଣିବା ପାଇଁ ମୁକ୍ତ ସମ୍ବାଦପତ୍ର (ପ୍ରେରଣା ମାଧମ) ସ୍ୱାଧୀନ ନ୍ୟାୟପାଳିକା । ଫଳପ୍ରଦ ଜନମତ, ସମ୍ବେଦନଶୀଳ ଓ ମୁକ୍ତ ବୌଦ୍ଧିକ ସମାଜ ଏବଂ ଶକ୍ତିଶାଳୀ ଲୋକ ସଂଘ ତଥା ବଳିଷ୍ଠ ନେତୃତ୍ୱ ମାଧମରେ ପ୍ରୟାସ ଜାରି ରଖ୍ଵିବା ଜରୁରୀ । ଯାହାର ଅଭାବରେ ସେଦିନ ହେମଲକ ବିଷପାନ କରି ସକ୍ରେଟିସ୍ ମୃତ୍ୟୁଦଣ୍ଡକୁ ବରଣ କରି ନେବାକୁ ବାଧ୍ୟ ହୋଇଥିଲେ ।

ଗୁରୁଶିଷ୍ୟ ପରମ୍ପରାରେ ସେମାନେ ତହୁଁକୁ ତହୁଁ ବଳିଗଲେ । ଭାରତବର୍ଷରେ ମଧ ଏମିତି ଉଦାହରଣର ଅଭାବନାହିଁ । ବାକ୍‌ସିଦ୍ଧ, ମନ୍ତ୍ରସିଦ୍ଧ, ଆଚରଣସିଦ୍ଧ, ନରଦେହେ ନାରାୟଣ, ବ୍ରହ୍ମା, ବିଷ୍ଣୁ, ମହେଶ୍ୱର ଭାବରେ ଗୁରୁରୂପେ ଅବତୀର୍ଣ୍ଣ ଓ ପୂଜିତ ହେଉଥିଲେ । ଗୀତାତ କହିଲେ– "ଶ୍ରଦ୍ଧାବାଁଲ୍ଲଭତେ ଜ୍ଞାନଂ ତତ୍ପରଃ ସଂଯତେନ୍ଦ୍ରିୟଃ ।" ଅର୍ଥାତ୍ ଶ୍ରଦ୍ଧାବାନ ବ୍ୟକ୍ତି ଜ୍ଞାନ ଲାଭକରେ । 'ଶ୍ରଦ୍ଧା' ଶବ୍ଦର ଅର୍ଥ କେହିକେହି ଆଗ୍ରହ ବୋଲି ବୁଝ୍‌ଥାନ୍ତି । ମାତ୍ର ଆଗ୍ରହ ଅନାଗ୍ରହ ସହ ତା'ର କୌଣସି ସମ୍ପର୍କନାହିଁ । 'ଶ୍ରଦ୍ଧା' ଶବ୍ଦର ଅର୍ଥ ହେଲା– "ଗୁରୁ ଶାସ୍ତ ବାକ୍ୟେଷୁ ବିଶ୍ୱାସଃ ଇତି ଶ୍ରଦ୍ଧା ।" ଅର୍ଥାତ୍ ଗୁରୁ ଓ ଶାସ୍ତ କଥାରେ ଦୃଢ଼ ବିଶ୍ୱାସ ଥିବା ବ୍ୟକ୍ତି ହିଁ ଜ୍ଞାନ ଲାଭ କରିବ । ଜ୍ଞାନ ଦାନ ଓ ଜ୍ଞାନ ଗ୍ରହଣ ଏକ ପଦ୍ଧତି, ଅବସ୍ଥା ଓ ବ୍ୟବସ୍ଥା । ଏଥିରେ ବ୍ୟତିକ୍ରମ ହେଲେ ତା'ର ଦିଆନିଆ ସମ୍ଭବ ନୁହେଁ ।

ସତ୍ୟବାଦୀ ବନବିଦ୍ୟାଳୟ ତ କାଲିର କଥାବଳି ଲାଗୁଛି । ସତ୍ୟବାଦୀରୁ ଉତ୍ତୀର୍ଣ୍ଣ ଜଣେ ବି ଛାତ୍ର ସମାଜରେ ଅବହେଳିତ ଅନାଦୃତ ଓ ଅନନୁଭୂତ ହୋଇନାହିଁ । ପରମତ୍ୟାଗୀ ଓ ଆହୁରି ଅନେକଙ୍କ ତ୍ୟାଗପୂତ ପ୍ରଜ୍ଞା ପ୍ରତିଭା ଏମାନଙ୍କ "ହୃଦକନ୍ଦର ତାମସ ଭାସ୍କର" ବାସ୍ତବିକ୍ ବନି ଯାଉଥିଲେ । ଛାତ୍ର ଜୀବନ କଠୋର ଅନୁଶାସନ ଅନ୍ତର୍ଗତ ଥିଲା । ପାରଦ ଭଳି ତ୍ରଳ ତ୍ରଳ ହେଉଥିବା ଏହି ଯୌବନ ଟିକିଏ ଚହଲି ଗଲେ ସାରା ଜୀବନ ମାଟିରେ ଲିଟି ହୋଇଯାଉଥିବାରୁ ଯୌବନ ସବୁଠୁ ସତର୍କତାରେ ଅଙ୍କୁଶିତ ଓ ନିୟନ୍ତ୍ରଣ ଥିଲା । ଆମ ସଂସ୍କୃତିରେ, ଆମ ସମାଜରେ "ସୁଖେନ ବିଦ୍ୟାଂ ପୌରୁଷେଣ ନାରୀଂ, ଶାଠ୍ୟେନ ଧର୍ମଂ, କପଟେନ ମୈତ୍ରୀଂ, ପରପ୍ରତାପେବା ସମୃଦ୍ଧିଭାବଂ, ବାଞ୍ଛନ୍ତି ଯେ ବ୍ୟକ୍ତ୍ୟୋ ।ପଣ୍ଡିତାସ୍ତେ ।" ଅର୍ଥାତ୍ ଭୋଗ ବିଲାସ ମଧ୍ୟରେ ବିଦ୍ୟା ଲାଭ, ବଳ ପ୍ରୟୋଗରେ ସ୍ତ୍ରୀ ଭୋଗ, ଶଠତା ବା ଭଣ୍ଡାମିରେ ଧର୍ମ ଅର୍ଜନ, କପଟ ପଣିଆରେ ବନ୍ଧୁ ଲାଭ ଓ ଅନ୍ୟକୁ ଦରାଇ ସମ୍ମାନ ଓ ସମୃଦ୍ଧିଲାଭ ଯେଉଁମାନେ ଆଶା କରନ୍ତି ସେମାନଙ୍କୁ ଗଜମୂର୍ଖ ବ୍ୟତୀତ ଆଉ କ'ଣ କୁହାଯିବ ? ତେଣୁ ଛାତ୍ର ଜୀବନ କୃଚ୍ଛସାଧନ, ବ୍ରହ୍ମଚର୍ଯ୍ୟ ଓ କଠୋର ନୀତି ନିୟମ ଅନ୍ତର୍ଗତ ଥିବାରୁ ଆମ ଦେଶରୁ ମାଲମାଲ ରକ୍ଷି ଉପ୍ଯୁଥିଲେ । ସେମାନେ ବି ଗୁରୁର ଆଦର୍ଶରେ ଅନୁପ୍ରାଣିତ ହୋଇ ପରବର୍ତ୍ତୀ ଜୀବନରେ

ଆଦର୍ଶ ଗୁରୁ ହେଉଥିଲେ । ଏବେ ଏହାସବୁ ଶ୍ରୁତିରୋଚକ ଗପ ବନିଯାଇଛି । ନୀତି ନିୟମ ଓ ଆଦର୍ଶର ବ୍ୟବସ୍ଥା ଯେଉଁ ଦେଶରେ ଯେତେ ବେଶୀ, ମହାତ୍ମା, ସଂସ୍କାରକ ମାନଙ୍କ ଆବିର୍ଭାବ ସେଇ ଅନୁସାରେ ସେତେ ଅଧିକ । ଏ ଦେଶରେ ସେଥିପାଇଁ ମହାତ୍ମା ଓ ଦେବଦୂତଙ୍କ ଆବିର୍ଭାବ ବିଶ୍ୱ ସଂସ୍କୃତିକୁ ଚମକାଇ ଦେଇଥିଲା । ନୀତି, ନିୟମ, ଆଦର୍ଶ ଉଠିଯାଇଛିତ ମହାମାନରୂପୀ ଦେବତାମାନଙ୍କ, ସତ୍ତୁମାନଙ୍କ ଆବିର୍ଭାବ ଧ୍ରମେଇ ଯାଇଛି, ବନ୍ଦ ବି ହୋଇଯାଇଛି ।

ପ୍ରାଚୀନ ଭାରତରେ ଗୁରୁକୁଳ ମାନଙ୍କରେ ଶିଷ୍ୟମାନେ ସବୁ ବିଦ୍ୟାରେ ପାଣ୍ଡିତ୍ୟ ଲାଭ କରିବା ପରେ ତପୋବନ ତ୍ୟାଗ କରିବା ସମୟରେ ଗୁରୁ ସେମାନଙ୍କୁ ଆଶୀର୍ବାଦ କରୁଥିଲେ ଏବଂ ଜୀବନରେ କେତେକ ଆଦର୍ଶ ପାଳନ କରିବାକୁ ଉପଦେଶ ଦେଉଥିଲେ । ସେତେବେଳେ ପ୍ରଦାନ କରାଯାଉଥିବା ସନ୍ଦେଶ ଅତ୍ୟନ୍ତ ଜ୍ଞାନଦୀପ୍ତ ଏବଂ ଦୈନନ୍ଦିନ ଜୀବନରେ ବ୍ୟାବହାରିକ ପ୍ରୟୋଗ ପାଇଁ ଉପଯୁକ୍ତ ଥିଲା । ପ୍ରତ୍ୟେକ ଉପଦେଶରେ ପ୍ରେରଣାର ଆଚ୍ଛାଦନ ରହିଥିଲା । ସେବେଳର ସନ୍ଦେଶର ସ୍ୱର ଓ ହିତକାରୀ ପ୍ରଭାବ ସମୟ ଗର୍ଭରେ ଲୀନ ହୋଇଯାଇଛି । ଛାତ୍ରମାନଙ୍କର କଲ୍ୟାଣ ପାଇଁ ତୈତ୍ତରୀୟ ଉପନିଷଦର ଦିକ୍ଷାବଲ୍ଲୀର ଅମରବାଣୀ ଆବୃତ୍ତି କରାଯିବାବେଳେ ସେ କାଳର ଶିଷ୍ୟମାନେ ସେଗୁଡ଼ିକ ଦ୍ୱାରା ରୋମାଞ୍ଚିତ ଓ ରୂପାନ୍ତରିତ ହେଉଥିଲେ । ଶିକ୍ଷା ନୈତିକ ଓ ଆଧ୍ୟାତ୍ମିକ ଉତ୍କର୍ଷ ବଢ଼ାଇବା ଉଚିତ୍ । ଛାତ୍ରମାନେ ଚିତ୍ତଶୁଦ୍ଧି କରିବାକୁ, ନିଜ ଗୋଡ଼ରେ ଠିଆ ହେବାକୁ ଏବଂ ମନୁଷ୍ୟମାନଙ୍କର ସେବା କରିବାକୁ ଆବଶ୍ୟକ ବୁଦ୍ଧିର ଅନୁଶୀଳନ କରିବା ଉଚିତ । ଅତୀତରେ ଛାତ୍ରମାନେ ସରଳ ଜୀବନ ଓ ଉଚ୍ଚ ବିଚାରର ଅନୁଶୀଳନ କରୁଥିଲେ । ସମୟଥିଲା ଯେତେବେଳେ ବେଦ ପଢ଼ିବା ପାଇଁ ଶିଷ୍ୟକୁ ଘରଛାଡ଼ି ଗୁରୁକୁଳରେ ବର୍ଷବର୍ଷ ଧରି ରହିବାକୁ ପଡ଼ୁଥିଲା । ସମୁଦାୟ କୈଶୋର ସହିତ ଯୌବନର ଆଦ୍ୟକାଲ ଗୁରୁଙ୍କ ସାନ୍ନିଧ୍ୟରେ ଅତିବାହିତ ହେଉଥିଲା । କଠୋର ବ୍ରହ୍ମଚର୍ଯ୍ୟ ଓ ନୀତି ନିୟମ ସହିତ ପ୍ରତ୍ୟହ ଅଗ୍ନିହୋତ୍ର, ତପ ଧ୍ୟାନରେ ସମୟ କାଟିବା ସଙ୍ଗେସଙ୍ଗେ ଗୁରୁଙ୍କ ସେବା ପୂର୍ବକ ତାଙ୍କ ଆଜ୍ଞା ଶିଷ୍ୟଙ୍କର ଶିରୋଧାର୍ଯ୍ୟ ଥିଲା । ପୁସ୍ତକର ପ୍ରଚଳନ ନଥିଲା । ଶୁଣି ମନେ ରଖିବା ନିମିତ୍ତ ଯେତିକି ଏକାଗ୍ରତା ଓ ଅଭ୍ୟାସ ଲୋଡ଼ା ତାହା ଶିଷ୍ୟଙ୍କର ଅବଶ୍ୟ ଥିଲା । ସରଳ ଜୀବନ ଯାପନ ସହିତ ଶ୍ରେଷ୍ଠ ଚିନ୍ତନ ସେକାଲର ଆଦର୍ଶ ଥିଲା । ସୁସ୍ଥ, ସ୍ୱଚ୍ଛଳ ସମାଜ ଗଠନର ସୂତ୍ର ଅରଣ୍ୟର ଆଚାର୍ଯ୍ୟ ତଥା ବାନପ୍ରସ୍ଥୀଙ୍କଠାରୁ ପ୍ରସାରିତ ହେଉଥିଲା । ତେଣୁ ସେମାନେ ସର୍ବୋତ୍ତମ ସମ୍ରାଟଙ୍କର ମଧ୍ୟ ପୂଜ୍ୟଥିଲେ । ଜ୍ଞାନର ଚର୍ଚ୍ଚା ସବୁବେଳେ ଆଶ୍ରମରେ ଓ କେବେ କେବେ ରାଜସଭାରେ ଚାଲୁଥିଲା । ଚିକିତ୍ସା, ଜ୍ୟୋତିର୍ବିଦ୍ୟା, ଆୟୁର୍ବେଦ, ଯୁଦ୍ଧବିଦ୍ୟା, ଦର୍ଶନ, ଗଣିତ, ପଦାର୍ଥ ବିଜ୍ଞାନ, ରସାୟନ ବିଜ୍ଞାନ, ଗୃହ ନିର୍ମାଣ ତଥା ଉପଦ୍ରବର ନିରାକରଣ ଆଦି ନାନାବିଧ ଜୀବନୋପଯୋଗୀ ବିଦ୍ୟାର ସନ୍ଧାନ ରଷିମାନେ ଦେଉଥିଲେ । ସହଜ, ସରଳ ଜୀବନଯାପନ ସେ କାଳର ଆଦର୍ଶ ଥିବା ହେତୁ ବିଲାସ ବ୍ୟସନରୁ ବିଦ୍ୱାନମାନେ ଦୂରେଇ ରହିବାକୁ ପସନ୍ଦ କରୁଥିଲେ । "ସୁଖାର୍ଥୀ ଚ ତ୍ୟଜେଦ୍ ବିଦ୍ୟାଂ ବିଦ୍ୟାର୍ଥୀ ଚ ତ୍ୟଜେତ୍ ସୁଖଂ, ସୁଖାର୍ଥିନଃ କୁତୋ ବିଦ୍ୟା ବିଦ୍ୟାର୍ଥିନଃ ସୁଖମ୍ ।" ସୁଖ ଇଚ୍ଛା କଲେ ବିଦ୍ୟା ପରିତ୍ୟାଗ କରିବାକୁ ହେବ ଓ ବିଦ୍ୟା ଇଚ୍ଛା କଲେ ସୁଖକୁ ଛାଡ଼ିବାକୁ ପଡ଼ିବ । ସୁଖାଭିଲାସୀ ଲୋକ ବିଦ୍ୟା ଲାଭ କରେନାହିଁ । ବିଦ୍ୟାର୍ଥୀର ମଧ୍ୟ ସୁଖନାହିଁ । ଆହୁରି ମଧ୍ୟ "କାମଂ, କ୍ରୋଧଂ ତଥା ଲୋଭଂ ସ୍ୱାଦଂ ଶୃଙ୍ଗାର କୌତୁକେ, ଅତିନିଦ୍ରାଂତିସେବା ଚ ବିଦ୍ୟାର୍ଥୀହ୍ୟଷ୍ଟ ବର୍ଜୟେତ୍ ।" କାମ, କ୍ରୋଧ, ଲୋଭ, ଜିଭର ସ୍ୱାଦ, ଶୃଙ୍ଗାର, ଖେଳ, କୌତୁକ, ବେଶୀ ଶୋଇବା ଅତ୍ୟଧିକ ସେବା ଏହି ଆଠଟିକୁ ବିଦ୍ୟାର୍ଥୀ ପରିତ୍ୟାଗ କରିବା ଉଚିତ୍ ।

ଶ୍ରୀଲଙ୍କା (ପୂର୍ବତନ ସିଂହଲ)ର କାଣ୍ଡିଠାରେ ଥିବା ଧର୍ମରାଜ କଲେଜରେ ୧୯୨୭ ମସିହା ନଭେମ୍ବର ୧୮ ତାରିଖରେ ଛାତ୍ରମାନଙ୍କୁ ବ୍ୟକ୍ତିର ପବିତ୍ରତା ସମ୍ପର୍କରେ ବକ୍ତୃତା ଦେଇ ମହାତ୍ମାଗାନ୍ଧି କହିଥିଲେ- "ଶିକ୍ଷା ଯଦି ସତ୍ୟ ଏବଂ ପବିତ୍ରତାର ସୁଦୃଢ଼ ଭିତ୍ତି ଉପରେ ପ୍ରତିଷ୍ଠିତ ନହୁଏ, ତେବେ ତାହା ସମ୍ପୂର୍ଣ୍ଣ ରୂପେ ନିରର୍ଥକ ।" ହାଇଦ୍ରାବାଦରେ ଅବସ୍ଥିତ ସିନ୍ଧୁ ନ୍ୟାସନାଲ କଲେଜର ଛାତ୍ରମାନଙ୍କୁ ୧୯୨୯ ମସିହା ଫେବ୍ରୁଆରୀ ୧୪ ତାରିଖରେ ଦେଇଥିବା ଭାଷଣରେ

ଶେଷରେ ଗାନ୍ଧିଜୀ ଉଲ୍ଲେଖ କରିଥିଲେ- "କେବେ କେବେ ପାଦ୍ରୀମାନଙ୍କର ତଥା ଡାକ୍ତରମାନଙ୍କର ଏବଂ ପ୍ରଭାବଶାଳୀ ବ୍ୟକ୍ତିମାନଙ୍କର ଦସ୍ତଖତରେ ମଦ୍ୟପାନ ଓ ଭୋଗାସକ୍ତିକୁ ସମର୍ଥନ କରି ଘୋଷଣା ପତ୍ରମାନ ପ୍ରଚାରିତ ହେଉଅଛି । କିନ୍ତୁ ନୈତିକ ସଦାଚାର, ସରଳ ଓ ସଂକୀର୍ଣ୍ଣ ପଥରୁ ଛାତ୍ରମାନେ ବିଚ୍ୟୁତ ହେବା କେବେହେଁ ଉଚିତ୍ ନୁହେଁ । ଭୋଗାସକ୍ତି ଏବଂ ନୈତିକ ଅସଂଯମ ହିଁ ସର୍ବନାଶର ବାଟ ।"

ବିଦ୍ୟାର୍ଥୀ ଜୀବନରେ ଚରିତ୍ର, ସଂଯମ, ଶୃଙ୍ଖଳା, ନୈତିକତା ଗୋଟିଏ ଗୋଟିଏ ଅନିର୍ବାର୍ଯ୍ୟ ଗୁଣ । ଯାହା ଦ୍ୱାରା ସେ ସକରାମ୍ନକ ଦୃଷ୍ଟିରୁ ନିଜର ଅନ୍ତର୍ନିହିତ ପ୍ରତିଭାର ବିକାଶ କରିବାରେ ସକ୍ଷମ ହୋଇପାରେ । ନୈତିକ ଓ ଆଧ୍ୟାମ୍ନିକ ଶିକ୍ଷା ମାଧ୍ୟମରେ ଛାତ୍ରଛାତ୍ରୀଙ୍କୁ ଏହି ସଦ୍‌ଗୁଣ ସମ୍ପର୍କିତ ଜ୍ଞାନ ପ୍ରଦାନ କରାଯାଇପାରେ । ପବିତ୍ରତା ସହିତ ଏହିସବୁ ଗୁଣ ଧାରଣ କରିବାକୁ ଆଧ୍ୟାମ୍ନିକ ପରିଭାଷାରେ ବ୍ରହ୍ମଚର୍ଯ୍ୟ କୁହାଯାଏ । ଆଜିକାଲି ବିଦ୍ୟାର୍ଥୀମାନେ ଭୋଗବାଦର ସହଜ ଓ ବିଳାସପୂର୍ଣ୍ଣ ଜୀବନ ଜୀଇଁବାରେ ଏକ ପ୍ରକାର ଅଭ୍ୟସ୍ତ ଏବଂ ପାଠ୍ୟକ୍ରମରେ ସଦ୍‌ଗୁଣ ଆଧାରିତ ବିଷୟବସ୍ତୁ ନ ଥିବାରୁ ତଥା କାମନା-ବାସନା, ଭୋଗଲାଳସା ଆଦି ହାସଲ କରିବା ଶିକ୍ଷାର ଲକ୍ଷ୍ୟ ଆଭିମୁଖ୍ୟ ହୋଇଥିବାରୁ ଦେଶର ଭବିଷ୍ୟତ ପିଢ଼ି ଛାତ୍ର ଓ ଯୁବସମାଜ ଦ୍ରୁତ ଗତିରେ ନାସ୍ତିକ ହେବାରେ ଲାଗିଛନ୍ତି । କାମନା-ବାସନା ରୂପୀ ଇଚ୍ଛାର ପରିପୂର୍ତ୍ତି ହେଉଛି ଶିକ୍ଷା ଏବଂ ଏହି ଇଚ୍ଛା ହିଁ ଅବିଦ୍ୟା । ତେଣୁ କୁହାଯାଇଛି "ଇଚ୍ଛା ମାତ୍ର ଅବିଦ୍ୟା ।" କାମ ବିକାର ଅନ୍ୟ ବିକାର ଗୁଡ଼ିକର ସୃଷ୍ଟିକର୍ତ୍ତା ବୋଲି ମତଦେଇ ଗାନ୍ଧିଜୀ କହିଥିଲେ- "ଅହଂକାର, କ୍ରୋଧ, ଭୟ, ଈର୍ଷା, ଆତ୍ମ୍ୟର ଆଦିର କାରଣ ହେଲା ବ୍ରହ୍ମଚର୍ଯ୍ୟ ବ୍ରତ ଭଙ୍ଗ ହେବା ।" ମନ ଆପଣା ବଶରେ ନରହିବା କାରଣରୁ ଏବଂ ଏହା ବାରମ୍ବାର ପିଲାଙ୍କଠାରୁ ମଧ ଅଧିକ ଚଞ୍ଚଳ ହେବା ଆମେ କ'ଣ ପାପ କରୁଛୁ, ଆଗପଛ ବିଚାର କରି ପାରୁନାହୁଁ । ସଂଯମର ସୁରକ୍ଷା ଅନ୍ତର୍ନାଦ ଦ୍ୱାରା ହିଁ ହୋଇପାରିବ । ସଂଯମର ବଳ ମନର ବଳ ଉପରେ ଅବଲମ୍ବିତ । ଯଦି ସଂଯମ ଜ୍ଞାନ ପ୍ରେମମୟ ହେବ, ତେବେ ଯାଇ ତା'ର ଛାପ ଆଖପାଖ ବାତାବରଣ ଉପରେ ଆବଶ୍ୟ ପଡିବ । ଏପରିକି ଏହା ଦ୍ୱାରା ବିରୋଧୀମାନେ ମଧ ଅନୁକୂଳ ଆଚରଣ କରନ୍ତି । ସହମତିକୁ ଉପେକ୍ଷା କଲେ ଆମେ ଭୋଗ ବନ୍ଦନରୁ କେବେବି ମୁକ୍ତ ହୋଇ ପାରିବାନାହିଁ । ଯିଏ କଠୋର ବ୍ରହ୍ମଚାରୀ, ସାମ୍ରାଜ୍ୟ କିମ୍ବା ସିଂହାସନ ମଧ ତାଙ୍କୁ ପ୍ରଲୋଭିତ କରିପାରିବ ନାହିଁ ।

ଆଧ୍ୟାମ୍ନିକ ଓ ନୈତିକ ଶିକ୍ଷା ଆଧାରରେ ଆମେ ଏଭଳି ଏକ ସ୍ୱର୍ଣ୍ଣିମ ଦେବୀ ଯୁଗର ନିର୍ମାଣ କରିପାରିବା । ଯେଉଁଠାରେ ସଂସାର ଭିତରେ ରହି ମଧ ଆମେ ପଙ୍କ ଭିତରେ ପଦ୍ମପତ୍ର ପରି ପବିତ୍ର ଓ ନିଲିପ୍ତ ରହିପାରିବା । ଜାତୀର ଜନକ ଗାନ୍ଧିଜୀ ସତ୍ୟ, ଶାନ୍ତି, ନୈତିକତା, ପବିତ୍ରତା ଓ ଆଧ୍ୟାମ୍ନିକତା ପ୍ରତି ଅନୁରକ୍ତ ଥିଲେ । ତାଙ୍କ ବୈଚାରିକ ଦୃଷ୍ଟିଭଙ୍ଗୀ ମଧ ସେହି ଅନୁରୂପ ଥିଲା । ଗାନ୍ଧିଜୀଙ୍କ ପରିକଳ୍ପିତ ରାମରାଜ୍ୟ ହିଁ ସତ୍ୟଯୁଗୀ ଦୁନିଆର ଆଧାରସ୍ତମ୍ଭ । ବିଦ୍ୟାଳୟରେ ନୈତିକ ଏବଂ ଆଧ୍ୟାମ୍ନିକ ଶିକ୍ଷାର ଦୃଢ଼ ସମର୍ଥକ ଥିଲେ ଗାନ୍ଧିଜୀ । ତେଣୁ ସ୍ୱାଧୀନ ଭାରତରେ ଶିକ୍ଷା ବ୍ୟବସ୍ଥା ଏହାରି ଉପରେ ହିଁ ଆଧାରିତ ହେବା ଆବଶ୍ୟକ ହେଲା । ଗାନ୍ଧିଜୀଙ୍କ ବହୁମୂଲ୍ୟ ଉପଦେଶକୁ ଫୁ କଲାଭଳି ସ୍ୱାଧୀନ ଭାରତର ସରକାର ଧର୍ମ ନିରପେକ୍ଷତାର ଦ୍ୱାହି ଦେଇ ପାଠ୍ୟକ୍ରମରୁ ନୈତିକ ଓ ଆଧ୍ୟାମ୍ନିକ ଶିକ୍ଷାର ମୂଲୋତ୍ପାଟନ କଲେ । ଫଳରେ ଦେଶରେ ଶିକ୍ଷା କ୍ଷେତ୍ରରେ ଗଣେଶଙ୍କ ବଦଳରେ ଗଧମାନଙ୍କ ପାଦୁର୍ଭାବ ବଢ଼ିଲା । ଅର୍ଥକାରି ବିଦ୍ୟା ଏବଂ ନୈତିକ ମୂଲ୍ୟବୋଧକୁ ଉପେକ୍ଷା କାରଣରୁ ଦେଶରେ ସ୍ୱାର୍ଥନ୍ବେଷୀ, ଅସ୍ଥିରଚିତ, ବିଳାସବ୍ୟସନ ପ୍ରିୟ, ବିକାରଗ୍ରସ୍ତ ପିଢ଼ିଙ୍କ ଆବର୍ଭାବ ହେଲା । ଫଳରେ ସବୁ କ୍ଷେତ୍ରରେ ମାନବୀୟ ଏବଂ ଦୈବୀ-ମର୍ଯ୍ୟାଦାର ଉଲ୍ଲଂଘନ ହେଲା ।

କିନ୍ତୁ ଏବେ ସେମାନେ(ଛାତ୍ରମାନେ) ଉଚ୍ଚ ଜୀବନ ଯାପନ ପ୍ରଣାଳୀ ଓ ହୀନ ବିଚାର ବୁଦ୍ଧିରେ ନିଜକୁ ନିୟୋଜିତ କରୁଛନ୍ତି । ଉଚ୍ଚ ଜୀବନ ପାଇଁ ଧନ ଅର୍ଜନ ଓ ଠୁଲ କରିବା ଆବଶ୍ୟକ । ଯାହାକି ମୁଦ୍ରାସ୍ଫୀତି ଓ ମୂଲ୍ୟ ହ୍ରାସର ବିଷୟ । କିନ୍ତୁ ଜ୍ଞାନ ଓ ଚରିତ୍ରର ଧନ ଏ ଦୁଇଟିରୁ ମୁକ୍ତ । ଏହାକୁ ନିଆଁ ଜାଳି ପାରିବନାହିଁ କି ଶାସକ ବାଜ୍ୟାପ୍ତି କରିପାରିବେ ନାହିଁ ।

ପାଣି ଓଦା କରି ପାରିବନାହିଁ କି ଚୋରମାନେ ନେଇ ପାରିବେ ନାହିଁ ବୋଲି କୁହାଯାଇଛି। ଜ୍ଞାତି କୁଟୁମ୍ବମାନେ ଏହା ଉପରେ ଦାବି କରିପାରବେ ନାହିଁ। ଏହି ବିଶେଷ ଧନରୁ ଅନ୍ୟମାନଙ୍କୁ ଭାଗ ଦେଲେ ଏହା ସରି ଯାଏନାହିଁ ବରଂ ପ୍ରତ୍ୟେକ ଦାନରେ ବଢ଼ିଚାଲେ। ଧନଠୁଲ କଲେ ବନ୍ଧୁ ବୋଲି ଛଳନା କରୁଥିବା ଚାଟୁକାରଙ୍କ ଦ୍ୱାରା ତୁମେ ଦୁହିଁ ହୋଇଯିବା କେବଳ ସାର ହେବ।

ବିଦ୍ୟା ପ୍ରକୃତରେ କାହା ସହିତ ତୁଲନୀୟ ନୁହେଁ। ସେଥିପାଇଁ ଶାସ୍ତ୍ରେ କୁହାଯାଇଛି "ବିଦ୍ୟତଂ ଚ ନୃପତଂ ଚ ନୈବ ତୁଲ୍ୟଂ କଦାଚନ। ସ୍ୱଦେଶେ ପୂଜ୍ୟତେ ରାଜା ବିଦ୍ୱାନ ସର୍ବତ୍ର ପୂଜ୍ୟତେ।"

ଆଜିକାଲି ଛାତ୍ରମାନଙ୍କ ପ୍ରାକୃତିକ, ଭୌତିକ ଓ ଆଧ୍ୟାମ୍ବିକ ବିଜ୍ଞାନ ଉପରଠାଉରିଆ ଓ ଅମନ ଯୋଗୀ ଅଧ୍ୟୟନ ପରିଣାମ ସ୍ୱରୂପ ମୌଲିକ ମାନବୀୟ ଗୁଣ ଗୁଡ଼ିକର ମଧ ବିସ୍ମରଣ ଓ ଉପେକ୍ଷା ହେଉଛି। ଆଜିର ଶିକ୍ଷା ପଦ୍ଧତିରେ ନୀତି ଶିକ୍ଷା, ଆଧ୍ୟାମ୍ବିକତା, ସଂଯମ ଶିକ୍ଷାନାହିଁ। ଯାହା ପିଲାଟିକୁ ସୁସଂଯତ କରି ଆଦର୍ଶ ନାଗରିକରେ ପରିଣତ କରେ। ସଂଯମ ହୀନତାରୁ ପିଲାଟିର ମନ ଭୋଗବାଦର ମୂଳ ଅର୍ଥ ସର୍ବସ୍ୱ ହୋଇ ସ୍ୱାର୍ଥପର ହୋଇଯିବାରେ କିଛି ଅସ୍ୱାଭାବିକତା ନାହିଁ। ମନ ବାନ୍ଧି ହୋଇଯାଏ ଅର୍ଥ ଆଉ ସ୍ୱାର୍ଥରେ। ସବୁ ଅସାମାଜିକତାର ମୂଳ କାରଣ ଅର୍ଥ ଆଉ ସ୍ୱାର୍ଥ। ଆଜିର ଶିକ୍ଷା ପଦ୍ଧତି ଏହାର ଜନନୀ।

ଜଗତ ଅଣୁରେ ଗଢ଼ା ବୋଲି ବୈଜ୍ଞାନିକମାନେ କହନ୍ତି। ଅନ୍ୟ ପକ୍ଷରେ ଆମ ଋଷିମାନେ "ଅଣୋରଣୀୟାନ ମହିତୋ ମହୀୟାନ" ବୋଲି କହନ୍ତି। ଅନ୍ତ ଦୃଷ୍ଟିରେ ଦେଖିଲେ ଦୁଇଟି କଥାର ଭାବାର୍ଥ ସମାନ। ଦେଶ ବା ମାନବ ଜାତିର ସମୃଦ୍ଧି ପାଇଁ ବ୍ୟକ୍ତି ଶାକ୍ତିଶାଳୀ ଓ ପବିତ୍ର ହେବା ଦରକାର। କର୍ମବିନା ଜ୍ଞାନ ନିରର୍ଥକ, ଜ୍ଞାନ ରହିତ କର୍ମ ନିର୍ବୋଧ ପୂର୍ଣ୍ଣ। ଶିକ୍ଷା, ବିବେକ ଓ ଆଧ୍ୟାମ୍ବିକତା ମାଧ୍ୟମରେ ଉଜ୍ଜ୍ୱଲ ହେବା ଉଚିତ। ଅବଶ୍ୟ ଆଜିର ଟିଚର, ଟ୍ୟୁଟର, ମାଷ୍ଟେ ଓ ସାର ଆଦିର ବ୍ୟକ୍ତିମାନଙ୍କୁ ଦେଖୁଥିବା ଷ୍ଟୁଡେଣ୍ଟମାନେ ଏକଥାକୁ ବିଶ୍ୱାସ କରି ପାରିବେ ନାହିଁ। ଭାରତୀୟ ଗୁରୁଶିଷ୍ୟର ପରମ୍ପରା ଓ କଥା ଏତେ ସତ ଏତେ ଅନାବିଳ ଯେ ଏବେର ପରିବେଶରେ ତାହା ବିଶ୍ୱାସ କରିବା ଅସମ୍ଭବ।

ଘରୁ ଦି ପାହୁଣ୍ଡ ବାଟ ଚାଲି ସ୍କୁଲକୁ ଯିବାକୁ ଛାତ୍ରମାନେ ଅମଙ୍ଗ ଓ ଅକ୍ଷମ। ସରକାର ଯଦି ଝିଅ ପିଲାଙ୍କୁ ସାଇକେଲ ଦେଲେ ପୁଅମାନେ ସେମାନଙ୍କ ଅଭିଭାବକମାନଙ୍କ ଠାରେ ଦାବିକଲେ ଝିଅମାନେ ମାଗଣାରେ ସାଇକେଲ ପାଇ ସେଥିରେ ସ୍କୁଲକୁ ଗଲାବେଳେ ସେମାନେ କାହିଁକି ଚାଲି ଚାଲି ଯିବେ? ସେମାନଙ୍କ ପାଇଁ ସାଇକେଲ କିମ୍ବା ବାଇକ୍ ନିହାତି ଆବଶ୍ୟକ। ଘରଟୁ ଆଠଦଶ ମାଇଲ୍ ଦୈନିକ ଯାଇ ପାଠପଢ଼ି ସମାଜକୁ ଋଣୀ କରିଦେଇଥିବା ଶହଶହ ଚାଟ ପ୍ରତିବର୍ଷ ଆମ ଦେଶରେ ଉତୁରୁଥିଲେ। ବ୍ରହ୍ମମୁହୂର୍ତ୍ତରୁ ଉଠିବା ଓ ସନ୍ଧ୍ୟା ଘଣ୍ଟା ବାଜିବା ଆଗରୁ ଘରକୁ ଫେରିବା ଏକ ଉଦ୍ଭଟ ବ୍ୟବସ୍ଥା ବୋଲି ଆଜି ବିଚାର କରାଯାଉଛି। ମାଟ୍ରିକ ବା କଲେଜ ପଢ଼ୁଥିବା ମେଞ୍ଚଡ଼ ଟୋକାଏ ଏବେ ଖୋଲିପାନ କିମ୍ବା ତେଲଭାଜି ଦୋକାନ ଅଥବା ସେମିତି କୌଣସି ସ୍ଥାନରେ ରାତି ଦଶଟା ଯାଏ ଖଟିକରି ଘରକୁ ଫେରୁଛନ୍ତି। ସେମାନଙ୍କର କାଲେ ରାତି ଗୋଟିଏ ପରେ ପାଠପଢ଼ା ଆରମ୍ଭ ହୁଏ। ସୂର୍ଯ୍ୟୋଦୟ ସମୟ ହେଉଛି ସେମାନଙ୍କର ଶୋଇବାର ବେଳ। ତାପର ରୁଟିନ୍ ସବୁ ସହଜେ ଅନୁମେୟ କରାଯାଇପାରେ। ଦେହମନ, ଇନ୍ଦ୍ରିୟମାନଙ୍କର ସୁରକ୍ଷା ଓ ସୁସ୍ଥତା ପାଇଁ ଉଦ୍ଦିଷ୍ଟ ଆମ ଦେଶର ଶାସ୍ତ୍ରୀୟ ନିୟମମାନ ଏବେ ଅବାଞ୍ଛିତ, ଅବହେଲିତ, ଅନାଦୃତ ଓ ଅପାଂକ୍ତେୟ। ଏହାସବୁ ହେଲା ଅବଧାନୀ ଯୁଗର କଥା, ମରହଟ୍ଟୀ ସମୟର ପ୍ରଥା, ପୁରାତନ ଅମଲର ଚଳଣି। ମାନଧାତା ବେଲର ସାମନ୍ତବାଦୀ ନିୟମ ମାନ, ତମାଦି ସୂତ୍ର ସମୂହ।

ବାଃ କି ଚମକ୍କାର ସୃଷ୍ଟି। କି ଅଦ୍ଭୁତ ନିର୍ଲଜ ପିଢ଼ି। ଏପଟେ ବାପ, ମା'ଙ୍କୁ ଦୀନ ଦରିଦ୍ର କରି ଓଡ଼ଶ ପରି ସେମାନଙ୍କ ରକ୍ତ ଶୋଷୁଛ। ସବୁ ଦୁଃଖ ଦୁର୍ବିପାକ ଭିତରେ ବି ତୁମ ଜନ୍ମଦାତା ଭାରତୀୟ ବାପା, ମା'ହୋଇ ସେମାନଙ୍କ

କର୍ତ୍ତବ୍ୟ କରୁଛନ୍ତି । ଭାରବାହୀ ପଶୁଟିଏ ପରି ତୁମମାନଙ୍କ ବୋଝ ବୋହୁଛନ୍ତି । ଆଉ ତୁମେମାନେ ସବୁ ଡ଼େଷ୍ଟର୍ଶ ସାଜୁଛ । ବ୍ରେଷ୍ଟିଫାଷ୍ଟ ସେଷ୍ଟୁରୀ ଦେଖାଉଛ । କାରଣ ଏମାନେ ସବୁ ହେଲେ ପୁରାତନ ସଂସ୍କୃତି ପ୍ରିୟ ପରମ୍ପରାବାଦୀ ଭାରତୀୟ ବାପ, ମା'ଙ୍କର ପର୍ଣ୍ଣିମା ଚଳଣିକୁ ଆଦରି ନେଇଥିବା ଓ ସେମାନଙ୍କ ଆଦବ କାଇଦାକୁ ମାନି ଚଳୁଥିବା ଅତ୍ୟାଧୁନିକ ପିଲାମାନେ ।

ମୋବାଇଲ ଫୋନ ତ ଏବେ ପିଲାମାନଙ୍କୁ ତଥା ସମାଜକୁ ଓଲିଆ କଲାଣି । ଶ୍ରେଣୀଗୃହ ମଧକୁ ମୋବାଇଲ ନିଷିଦ୍ଧ କରିବାକୁ ବିଚରା ଶିକ୍ଷକ, ଶିକ୍ଷୟତ୍ରୀମାନେ ନାକେଦମ ହେଲେଣି । ସହପାଠିନୀମାନଙ୍କ ଫଟୋ ଉଠାଇ, ଅଶ୍ଲୀଲ ବାର୍ତ୍ତା ପଠାଇବାରେ ଏ ଛାତ୍ରମାନଙ୍କର ମେଧା ମୋବାଇଲ ବ୍ୟବହାରକୁ ବୁଝିଛି । ଏହାହିଁ ହେଲା ଆଜିକାର ବା ଆଧୁନିକ ଯୁଗର ପାଠପଢ଼ା ପଦ୍ଧତି । ଆହୁରି ମଧ ଆଜିର କିଶୋର କିଶୋରୀମାନେ ଏକ ପରିବର୍ତ୍ତିତ ଯୁଗରେ ବାସ କରୁଛନ୍ତି । ହାତରେ ମୋବାଇଲ, ଇଣ୍ଟରନେଟ୍‌ରେ ଖେଳ, ଗୀତ, ଟିଭି, ଫେସବୁକ୍, ଚାଟିଂ ଓ କ୍ରିକେଟ ମାନିଆରେ ସେମାନେ ମାତୁଆଲା । ବାପା, ମା' ମଧ ପିଲାଙ୍କୁ ତାଗିଦ୍‌ କରିବାର ବେଲନାହିଁ । ପେଟ ପାଟଣା ପାଇଁ ସେମାନେ ବ୍ୟସ୍ତ । ଏପରିକି ଅଭିଭାବକମାନେ ବିଦ୍ୟାଳୟରେ ଥରେ ନାମ ଲେଖାଇ ଦେବା ପରେ କାମ ସରିଲା । ଆଉ ସେମାନଙ୍କର ଦେଖା ଦର୍ଶନ ମିଳେନା । ଏପରି ଅବସ୍ଥାରେ ବର୍ତ୍ତମାନ ଶିକ୍ଷକ ଓ ଅଭିଭାବକଙ୍କ ମଧ୍ୟରେ ଦୂରତା ବଢ଼ିଯାଇଛି । ସେମିତି ଆମେ ଯେତେ କହିଲେ, ଆକଟିଲେ, ଉପଦେଶ ଦେଲେ ତାକୁ ଶୁଣିବାକୁ, ବୁଝିବାକୁ, ମାନିବାକୁ, ତା'ର ସାରମର୍ମ ଗ୍ରହଣ କରିବାକୁ କେହି ଥିଲେ ସିନା ।

"ଅପ୍ରତିବୁଦ୍ଧେ ଶ୍ରୋତରି ବକ୍ତୁର୍ବାକ୍ୟଂ ପ୍ରଯାତିବୈଫଲ୍ୟମ୍ । ନୟନ ବିହୀନେ ଭର୍ତ୍ତରି ଲାବଣ୍ୟମିଦେହ ଖଣ୍ଟନାକ୍ଷୀଶାମ୍ ।" ଚକ୍ଷୁହୀନ ସ୍ୱାମୀ ପାଖରେ ସୁନ୍ଦରୀ ସ୍ତ୍ରୀର ଅପରୂପ ଲାବଣ୍ୟ ଯେପରି ବୃଥା, ସେହିପରି ଗ୍ରହଣ କରିବାକୁ ସାମର୍ଥ୍ୟ ନ ଥିବା ଶ୍ରୋତା ନିକଟରେ ବକ୍ତାର ସମସ୍ତ ବକ୍ତବ୍ୟ ବିଫଳ ହୋଇଥାଏ । ନଟିଆନନା ନର୍ମ୍ମଦାକୁ କହିଥାଆନ୍ତି "ତୁମେ ହେଲ ମାଇପି ଜାତି । ତୁମ କଥାରେ ପଡ଼ିଲେ ସର୍ବନାଶ ହେବା କେବଳ ସାର ହେବ । ମଣିଷ ଦୁନିଆରେ ଚଳି ପାରିବ ନାହିଁ । ସମାଜରୁ ବାଛନ୍ଦ ହୋଇଯିବ । ଏକ ଘରକିଆ ହୋଇ ରହିବ ସଂସାର ଛଡ଼ା ଜୀବଙ୍କ ପରି । ଆଉ ମଧ ବାଦ୍ୟ ଦ୍ରବ୍ୟ, ମୂର୍ଖ, ଭୃତ୍ୟ, ପଶୁ, ନାରୀ ଏମାନେ ସବୁ ତାଡ଼ନାରେ ଶାସିତ ହୁଅନ୍ତି । ବିନା ମାଡ଼ରେ ଶାସନ ହୋଇ ପାରନ୍ତି ନାହିଁ । ଆଉ ନାରୀମାନଙ୍କର ଆଠ ପ୍ରକାର ଅବିଗୁଣ ଅଛି । ମିଥ୍ୟା, ଚଞ୍ଚଳତା, ମାୟାବାଛଲ, ଭୟ, ଅଜ୍ଞାନ, ଅଶୌଚ, ନିର୍ଦ୍ଦୟ ଓ ସହସା ସତ୍ରୁପ୍ତ ହେବା । "ପ୍ରକୃତିଂ ଯାନ୍ତି ଭୂତାନି ନିଗ୍ରହ କିଂ କରିଷ୍ୟତି" ମୋତେ ଯେତେ ମାଠିବୁ ମାଠ, ମୁଁ ସେଇ ଦରପୋଡ଼ା କାଠ । ଆମ୍ବୁଦ୍ଧିଃ ସୁଖାୟେବ ଗୁରୁବୁଦ୍ଧି ବିଶେଷତଃ, ପରବୁଦ୍ଧି ବିନାଶାୟ ସ୍ତ୍ରୀ ବୁଦ୍ଧିଃ ପ୍ରଲୟଙ୍କରୀ । ନିଜବୁଦ୍ଧି ବିଶୋତଃ, ଗୁରୁଙ୍କ ବୁଦ୍ଧି ସୁଖଦାୟକ ହୁଏ । ପରବୁଦ୍ଧି ବିନାଶ ଘଟାଏ, ସର୍ବୋପରି ସ୍ତ୍ରୀର ବୁଦ୍ଧି ସର୍ବନାଶ କରେ ।

ତୁମ ମାଇପି ବୁଦ୍ଧିରେ ରାମ ଗୋଡ଼ାଇଲେ ମାୟା ମିରିଗ ପଛରେ । ସେହି ନାରୀ- ସ୍ତ୍ରୀ ସୀତାଙ୍କ ବୁଦ୍ଧିରେ ପଡ଼ି ମାୟା ମୃଗର ମରଣ କାଳୀନ ସ୍ୱର (ତ୍ରାହିଲକ୍ଷ୍ମଣ) ଶୁଣି ରାମଙ୍କ ଉପରେ ବିପଦ ପଡ଼ିଛି ଏବଂ ସେ ଲକ୍ଷ୍ମଣଙ୍କ ସାହାଯ୍ୟ ଚାହୁଁଛନ୍ତି ସେଥିପାଇଁ ତାଙ୍କୁ ସହାୟତା ଦେବା ଉଦ୍ଦେଶ୍ୟରେ ସୀତାଙ୍କୁ ଏକୁଟିଆ କୁଡ଼ିଆରେ ଛାଡ଼ି ଯିବା ଲକ୍ଷ୍ମଣଙ୍କ ପକ୍ଷରେ ମାରାତ୍ମକ ଭୁଲ ନିଷ୍ପତ୍ତି ଥିଲା । ତ୍ରାହି ଲକ୍ଷ୍ମଣ ଡାକ ଶୁଣି ସୁଦ୍ଧା ଲକ୍ଷ୍ମଣ ସୀତାଙ୍କୁ ଏକୁଟିଆ କୁଡ଼ିଆରେ ଛାଡ଼ି ରାମଙ୍କୁ ସାହାଯ୍ୟ କରିବାକୁ ଯିବା ଲାଗି ଅମଙ୍ଗ ହେଲେ । କାରଣ ମୃଗକୁ ଧରିବାକୁ ଯିବା ପୂର୍ବରୁ ଜ୍ୟେଷ୍ଠ ଭ୍ରାତା ରାମଚନ୍ଦ୍ରଙ୍କର ଆଦେଶ ଥିଲା "ଯେକୌଣସି ପରିସ୍ଥିତିରେ ସୁଦ୍ଧା ଯେପରି ସିଏ ସୀତାଙ୍କୁ କୁଡ଼ିଆରେ ଏକୁଟିଆ ଛାଡ଼ିନଯାଏ । ମାତ୍ର ସେ ରାମଙ୍କୁ ସାହାଯ୍ୟ କରିବାକୁ ନ ଯିବା ଦ୍ୱାରା ସୀତା ତାଙ୍କୁ ଭର୍ସନା କରିଥିଲେ । ସୀତାଙ୍କ‌ଠାରୁ କଟୁ ବାକ୍ୟ ଶୁଣି ତାଙ୍କୁ ସହିନପାରି

ଲକ୍ଷ୍ମଣ ଚାଲିଯିବାରୁ ସୀତାଙ୍କୁ ବିନା ବାଧାରେ ଚୋରାଇ ନେବାକୁ ରାବଣ ସୁଯୋଗ ପାଇଥିଲେ । ଭଉଣୀ ସୁପର୍ଣ୍ଣଲେଖା କଥାରେ (ନାରୀ କଥାରେ) ରାବଣ-ସୀତାଙ୍କୁ ଅପହରଣ କରି ସବଂଶେ ନାଶ ଗଲେ । ସେଇ ପତ୍ନୀ (ମାଇପି) ବୁଦ୍ଧିରେ ରାଜା ଦଶରଥ ରାମଙ୍କ ପରି ଭେଣ୍ଡିଆ ପୁଅକୁ ବନକୁ ପଠାଇ ଦେଲେ । ମାତା କୁନ୍ତୀଙ୍କ ବୁଦ୍ଧିରେ (ସେ ମଧ ଜଣେ ନାରୀ) ପାଣ୍ଡବ ପାଞ୍ଚଭାଇ ଗୋଟିଏ ସ୍ତ୍ରୀ (ନାରୀକୁ)କୁ ବିବାହ କଲେ । ଆଉ ମହାପ୍ରଭୁ ଜଗନ୍ନାଥ ରହିଲେ ଅଧାଗଢ଼ା ହୋଇ ତୁମ ମାଇପି ବୁଦ୍ଧିରେ । ତୁମ ବୁଦ୍ଧିତ ଏଇଆ । କେତେ ତା'ର ଗଭୀରତା ? ତୁମ ବୁଦ୍ଧିର ସାମର୍ଥ୍ୟ ପଣ କେତେ ? ମୋତେ କ'ଣ ତାହା ଅଜଣା ବୋଲି ଭାବୁଛ ? କେବେ ନୁହେଁ । ସଂସ୍କୃତରେ ଶ୍ଲୋକ ଅଛି "ମଦ୍ୟପସ୍ୟ କୁତୋ ସତ୍ୟଂ, ଦୟା ମାଂସାଶୀନ କୁତଃ । କାମିନିଷ୍ଠ କୁତୋବିଦ୍ୟା ନିର୍ଧନସ୍ୟ କୁତୋ ସୁଖମ୍ ।" ଅର୍ଥାତ୍ ମଦୁଆଠାରେ ସତ୍ୟ ମାଂସାଶୀଠାରେ ଦୟା, କାମିନୀଠାରେ ଜ୍ଞାନ ଓ ନିର୍ଧନଠାରେ ସୁଖ କାହିଁ ? ଶାଶ୍ଵତ ମନାକଲା ନାରୀମାନଙ୍କ ଠାରୁ ଜ୍ଞାନ ଆଶାକରିବା କେବଳ ବୃଥା ପ୍ରୟାସ ନୁହେଁ ବୋକାମୀ ମଧ । "ବରଂ ପର୍ବତ ଦୁର୍ଗେଷୁ ଭ୍ରାନ୍ତ ବନଚରୈଃ ସହାନ୍ ମୂର୍ଖ ଜନ- ସଂପର୍କ ସୁରେନ୍ଦ୍ର ଭବନେଷ୍ଵଷି ।" ଅର୍ଥାତ୍ ଦୁର୍ଗମ ପର୍ବତ କିମ୍ବା ବନରେ କିରାତ ଓ ପଶୁମାନଙ୍କ ସହ ଭ୍ରମଣ କରିବା ବରଂ ଭଲ, କିନ୍ତୁ ସ୍ଵର୍ଗପୁରରେ ଇନ୍ଦ୍ର ଭବନରେ ମୂର୍ଖ ଲୋକଙ୍କ ସହ ରହିବା ଶ୍ରେୟସ୍କର ନୁହେଁ । ସେଥିପାଇଁ ଜଙ୍ଗଲରେ ବଣର ହିଂସ୍ର ପଶୁମାନଙ୍କ ସହିତ ବାସ କରିବା ଭଲ କିନ୍ତୁ ତୁମ ପରି ମୂର୍ଖ ସ୍ତ୍ରୀ ସହିତ ଏକତ୍ର ବସବାସ କରିବା କେବେ ବି ଉଚିତ୍ ନୁହେଁ । 'ଅତ୍ୟନ୍ତ ବିମୁଖେ ଦୈବେ ବ୍ୟର୍ଥେୟତ୍ନେ ଚ ପୌରୁଷେ । ମନସ୍ଵିନୋ ଦରିଦ୍ରସ୍ୟ ବନାଦନ୍ୟତ୍ କୁତଃ ସୁଖବ ।' ଦୈବ ପ୍ରତିକୂଳ ହେଲେ ଏବଂ ଲୋକର ଯାବତୀୟ କର୍ମ ବ୍ୟର୍ଥ ହେଲେ ମନସ୍ଵୀ ଦରିଦ୍ର ଲୋକର ବନ ବ୍ୟତୀତ ଅନ୍ୟଠାରେ ସୁଖନାହିଁ । ଆହୁରି ମଧ ଶାସ୍ତରେ ଅଛି "ହରେଃ ପଟାହତିଃ ଶ୍ଲାଘ୍ୟାନ ଶ୍ଲାଘ୍ୟ ଖରରୋହଣମ୍ । ସର୍ଦ୍ଧାପି ବିଦୁଷା ଯୁକୋନ ଯୁକ୍ତା ମୂର୍ଖ ମିତ୍ରଣା ।" ସିଂହଠାରୁ ପାଦ ପ୍ରହାର ଲାଭ କରିବା ବ୍ୟକ୍ତି ପ୍ରଶଂସାର ପାତ୍ରହୁଏ, କିନ୍ତୁ ଗର୍ଦ୍ଦଭ ପୃଷ୍ଠରେ ଆରୋହଣ ପ୍ରଶଂସନୀୟ ନୁହେଁ । ବିଦ୍ଵାନ ଲୋକ ସହିତ ସର୍ଦ୍ଧା କରିବା ଉଚିତ, କିନ୍ତୁ ମୂର୍ଖ ସହିତ ମିତ୍ର ହେବା ଠିକ୍ ନୁହେଁ । ଆଉ ତୁମ ପାଖରେ ଏ ନୀତି ବାକ୍ୟ ବ୍ୟାଖିବା ହେଉଛି– ଅନ୍ଧ ଦେଶକୁ ଗଲି ପର୍ଦ୍ଦଣ ବିକି, କନ୍ଧ ହାତରେ ଦେଲି ଗୋଦାନ ଟେକି । ଜଡ଼ା ପକାଇ ଖଡ଼ା କଲି ରନ୍ଧନ, କାମୁଡ଼ା ଘୋଡ଼ା ମୁଖେ ଦେଲି ଚୁମ୍ବନ । ହେ ରାଜା କି କଲ, ବିଷ୍ଣୁ ପ୍ରତିମାକୁ ତଳେ ଥୋଇଲ ସଙ୍ଗୋ ସମାନ । "ବୃଥା ବୃଷ୍ଟି ସମୁଦ୍ରେଷୁ ବୃଥା ତୃପ୍ତେଷୁ ଭୋଜନମ୍ । ବୃଥାଦାନଂ ଧନାଢ୍ୟେଷୁ ବୃଥା ଦୀପୋ ଦିବାପିଚ ।" ସମୁଦ୍ରରେ ବର୍ଷା ହେବା ବୃଥା । ଭୋଜନ କରି ତୃପ୍ତ ହୋଇଥିବା ବ୍ୟକ୍ତିକୁ ପୁଣି ଭୋଜନ କରାଇବା ବୃଥା । ଧନୀ ଲୋକକୁ ଦାନ ଦେବା ବୃଥା ଏବଂ ଦିନରେ ଦୀପ ଜଳାଇବା ବୃଥା ଅଟେ । ସେମିତି ମୁଁ ତୁମ ନିକଟରେ ଏ ଶାସ୍ତ ଆଲୋଚନା କରି ଉପଦେଶ ଦେବା ବୃଥା ।

ସୁନିମା' ଆମ ଦେଶରେ ବଙ୍କିମ ଚନ୍ଦ୍ର ନାମରେ ଜଣେ ବଡ଼ ଲେଖକ ଥିଲେ । ସେ ଲେଖିଛନ୍ତି– "ବିଧାତା ଯେତେବେଳେ ଭାରତକୁ ସୃଷ୍ଟି କଲେ । ତାକୁ ସବୁଠୁ ଭଲ ଜିନିଷ ହେଲେ କିନ୍ତୁ ତା' କପାଳରେ ଲେଖିଦେଲେ ବିବାଦ । ସେଇ ଦିନଠୁ ଆମ ଦେଶରେ ପ୍ରାୟତଃ ସବୁ କ୍ଷେତ୍ରରେ ପ୍ରତ୍ୟେକ ସ୍ତରରେ ବିବାଦ ଲାଗି ରହିଛି । ଯେମିତି ରାତିର ଅନ୍ଧାରକୁ ଠେଲିଦେଇ ପୂର୍ବ ଆକାଶରେ ସୂର୍ଯ୍ୟ ଉଦୟ ହୁଅନ୍ତି ସବୁଦିନ । ଏହାକୁ ଆମେ ଦିନ କହି ଥାଆନ୍ତି । ପୁଣି ସୂର୍ଯ୍ୟ ଅସ୍ତ ହେଲେ ସଞ୍ଜ ପରେ ଅନ୍ଧାର ଘୋଟି ଆସେ । ଆମେ ତାକୁ ରାତି ବୋଲି କହିଥାଉ । ଏଇ ଆଲୁଅ– ଅନ୍ଧାର ଭିତରେ ବିବାଦ କେଉଁ ଯୁଗରୁ ଲାଗି ରହିଛି । ବୋଧେ ସୃଷ୍ଟି ଆରମ୍ଭ ଦିନରୁ । କବି ଓ ଭାବୁକମାନଙ୍କୁ ଏହା ଅନେକ ଖୋରାକ ଯୋଗାଇ ଥାଏ । ଟି.ଏସ୍. ଇଲିଅଟଙ୍କ କବିତାର ଗୋଟିଏ ଧାଡ଼ି– 'ଦି ବ୍ଲାକ୍ କ୍ଲାଉଡ୍ କ୍ୟାରିଜ୍ ଦି ସନ୍ ଆୱେ ।' ଆକାଶରେ ସୂର୍ଯ୍ୟଙ୍କୁ କଳାହାଣ୍ଡିଆ ମେଘ (ଘେନିଗଲା) ଘୋଡ଼ାଇ ଦେଲା ବା ଲୁଚାଇ ଦେଲା ବୋଲି (କବି) ସେ ଲେଖିଛନ୍ତି । ଏହି ଆଲୁଅ-ଅନ୍ଧାର ଯୁଦ୍ଧରେ ଅନ୍ଧାର ସବୁବେଳେ ଜିତିଛି । ସୂର୍ଯ୍ୟ ଯେତେ ଦର୍ପରେ ତେଜ

ଦେଖାଇ ଆସିଲେ ମଧ ଅନ୍ଧାର ଲାଗିପଡ଼ି ତାକୁ ବିଦା କରିଦେଇ ପୁଣି ଧରାପୃଷ୍ଠରେ ରାଜୁତି କରେ । ଏଇଟା ସବୁ ଦିନର ଖେଳ । ସବୁ ଦିନର ଯୁଦ୍ଧ । ଆମର ଏ ସୃଷ୍ଟି, ଏ ସଂସାର, ଏ ଦୁନିଆ ହେଉଛି ଆଲୁଅ-ଅନ୍ଧାର, ଭଲ-ମନ୍ଦ, ସତ-ଅସତ ବା ମିଥ୍ୟା, ନ୍ୟାୟ-ଅନ୍ୟାୟ, ପାପ-ପୁଣ୍ୟ, କର୍ମ-ଅକର୍ମ ଓ ନିନ୍ଦା-ପ୍ରଶଂସାର ଖେଳ ବା ଏ ପୃଥ୍ୱୀ ସେହି ଗୁଣମାନଙ୍କର ଚରାଭୂଇଁ ବା ଆବାସସ୍ଥଳ ।

ପୁରାଣ କାହାଣୀ ଅନୁଯାୟୀ, ଦେବତା ଓ ଅସୁରମାନଙ୍କ ମଧରେ ସମୁଦ୍ର ମନ୍ଥନ ହୋଇଥିଲା । ସେଥିରୁ ବାହାରିଥିବା ଐଶ୍ୱର୍ଯ୍ୟକୁ ଦେବତାମାନେ ନେଲେ । ଏପରିକି ସେଥିରୁ ଉତ୍ପନ୍ନ ଅମୃତକୁ ଭଗବାନ ବିଷ୍ଣୁ ମୋହିନୀ କନ୍ୟା ରୂପରେ ଦେବତାଙ୍କ ମଧରେ ବଣ୍ଟନ କରିଥିଲେ । ଅସୁରମାନଙ୍କୁ ଅମୃତ ପାନରୁ ବଞ୍ଚିତ କରାଯାଇଥିଲା । ସେଥି କ'ଣ ଅନ୍ୟାୟ ହୋଇ ନଥିଲା । ଦୁଇ ଦଳଙ୍କ ଶ୍ରମ ବଳରେ ମନ୍ଥନ କାର୍ଯ୍ୟ ଚାଲିଥିଲା । ସେଥିରୁ ବାହାରିଥିବା ଅମୃତ ଉପରେ ଅସୁରମାନଙ୍କର ମଧ ଭାଗ ଥିଲା । କିନ୍ତୁ ସେମାନଙ୍କୁ ତାହା ଦିଆଯାଇ ନ ଥିଲା । ସେଥିରୁ ଉତ୍ପନ୍ନ ବିଷକୁ ମହାଦେବ ପାନ କରି ନୀଳକଣ୍ଠ ହେଲେ । ବିଷରୁ ଭାଗ ନେବାକୁ କୌଣସି ଦେବତା କିମ୍ବା ଅସୁରମାନେ ଦାବି କରି ନ ଥିଲେ ଆଦୌ । ଯେପରି ଅନ୍ୟ ପଦାର୍ଥକୁ ନେବା ଲାଗି ଆଗ୍ରହ ପ୍ରକାଶ କରିଥିଲେ । ବିଷତକ ପାନ କରି ସାରା ସୃଷ୍ଟି (ସଂସାର)କୁ ନିଶ୍ଚିତ ଧ୍ୱସ ମୁଖରୁ ରକ୍ଷା କରିଥିବା ଶିବଙ୍କ କଥା କେହି କେବେ ଭାବି ନାହାଁନ୍ତି । ଏପରିକି ଦକ୍ଷଯଜ୍ଞଠାରେ ତାଙ୍କ ପ୍ରତି ଅପମାନକୁ ସହି ନପାରି ଯଜ୍ଞାନଳରେ ଝାସ ଦେଇ ପ୍ରାଣତ୍ୟାଗ କରିଥିବା ତାଙ୍କ ପ୍ରଥମା ପତ୍ନୀଙ୍କୁ ସେଠାରେ ଉପସ୍ଥିତ ଥିବା ଦେବତାମାନେ, ତାଙ୍କୁ ସେପରି କର୍ମରୁ ନିବୃତ ରହିବାକୁ ପ୍ରବର୍ତ୍ତାଇ ନଥିଲେ କିମ୍ବା ତାଙ୍କ ସ୍ୱାମୀଙ୍କ ନିନ୍ଦା ଗାଉଥିବା ଦକ୍ଷଙ୍କୁ କେହି କେବେ ବିରୋଧ ମଧ କରି ନ ଥିଲେ । ସେଠି ବି ଅନ୍ୟାୟ ହୋଇଥିଲା । ସେହି ବିଷ ଭକ୍ଷଣକାରୀ ମହାଦେବଙ୍କୁ କେହି କେବେ ଭଲରେ ମନେ ପକାଇ ନଥାନ୍ତି । ତାଙ୍କଠାରୁ ବରଲାଭ କରି ଶକ୍ତିଶାଳୀ ହୋଇ ଦେବତାଙ୍କ ଠାରୁ ସେମାନଙ୍କ ନାର୍ଯ୍ୟ ପ୍ରାପ୍ତ ଛଡ଼ାଇ ଆଣିବା ଲାଗି କେବଳ ଅସୁରମାନେ ତାଙ୍କୁ ତପସ୍ୟା ଦ୍ୱାରା ସନ୍ତୁଷ୍ଟ କରନ୍ତି ଏବଂ ଅନେକାଂଶରେ ସଫଳ ମଧ ହୋଇ ଥାଆନ୍ତି । ଆଉ ବିପଦ ପଡ଼ିଲେ ଦେବତାମାନଙ୍କର ସେ ମନରେ ପଡ଼ନ୍ତି । ନିଜର ଆତ୍ମରକ୍ଷା ଲାଗି ସେମାନେ ତାଙ୍କ ଶରଣ ଲୋଡ଼ିଥାନ୍ତି । ଯେମିତି ଦେଶକୁ ପରାଧୀନ ଶୃଙ୍ଖଳରୁ ମୁକ୍ତ କରିବା ପାଇଁ ଅନୁଷ୍ଠିତ ସ୍ୱାଧୀନତା ସଂଗ୍ରାମ ରୂପକ (ସମୁଦ୍ର)ମନ୍ଥନରୁ ବାହାରିଥିବା ବିଷକୁ ପାନ କରିଥିବା ଭାରତର ମହାନ ସ୍ୱାଧୀନତା ସଂଗ୍ରାମୀ ମହାତ୍ମା ଗାନ୍ଧୀ ଓ ସୁଭାଷ ଚନ୍ଦ୍ର ବୋଷଙ୍କୁ କୌଣସି ଭାରତୀୟମାନେ ପ୍ରାୟତଃ ମନେ ପକାନ୍ତି ନାହିଁ । କେବଳ ରାଜନେତାମାନେ ଭୋଟ ବେଳେ ନିର୍ବାଚନ ବୈତରଣୀ ପାର ହେବା ପାଇଁ ସେ ଦୁହିଁଙ୍କୁ ଆୟୁଧ ରୂପେ ବ୍ୟବହାର କରି ଥାଆନ୍ତି । ସଭା ସମିତିରେ ସେମାନଙ୍କ ଗୁଣଗାଇ ଭାଷଣ ଦିଅନ୍ତି । ନିର୍ବାଚନ ଜିତି ମନ୍ତ୍ରୀପଦ ହାସଲ କଲାପରେ ଗାନ୍ଧି କିମ୍ବା ନେତାଜୀ ଆଉ ସେମାନଙ୍କ ମନରେ ନଥାଆନ୍ତି । ଯେପରି ଦେବତାମାନେ ଅମୃତ ପାନ କରି ବିଷତକ ଶିବଙ୍କୁ ଖୁଆଇ ତାଙ୍କୁ ଦେବଦେବ ମହାଦେବ ଉପାଧ ଦେଇଦେଲେ । ଅର୍ଥାତ୍ ସେ ହେଲେ ସବୁ ଦେବତାଙ୍କ ଉପରେ ଦେବତା- ମହାଦେବ । ସେମିତି ଆମ ଦେଶର ନେତୃବର୍ଗ ସ୍ୱାଧୀନତା ସଂଗ୍ରାମ ମନ୍ଥନରୁ ବାହାରିଥିବା ବିଷକୁ ପାନ କରିଥିବା ଦୁଇ ମହାନ୍ ବ୍ୟକ୍ତିତ୍ୱ ଗାନ୍ଧିଙ୍କୁ ଜାତିର ପିତା (ଦେଶବାସୀଙ୍କ ବାପ) ଫାଦର ଅଫ୍ ନେସନ ଓ ସୁଭାଷଙ୍କୁ ନେତାଜୀ (ସବୁ ନେତାଙ୍କ ଉପରେ ନେତା) ଉପାଧ ଦେଇ ପ୍ରିନସ ଅଫ୍ ପ୍ରାଟିୟଟି (ଦେଶଭକ୍ତଙ୍କ) ରାଜକୁମାର ତାଙ୍କ ପ୍ରତି ଥିବା ସେମାନଙ୍କ କର୍ତ୍ତବ୍ୟ ସାରି ଦେଲେ । ତେଣିକି ସେ ଦୁଇଜଣ ଶିବଙ୍କ ପରି ଦେହରେ ପାଉଁଶ ବୋଳି ହୋଇ ସାପ ଗୁଡ଼େଇ ଶ୍ମଶାନରେ ବୁଲନ୍ତୁ । ଅର୍ଥାତ ଜନମାନସରୁ ଅନ୍ତର୍ହିତ ହୋଇ ବିଲୁପ୍ତିର ଅତଳ ଗର୍ଭରେ ଲୀନ ହୋଇ ଯାଆନ୍ତୁ । ସେଥିରେ କିଛି ଯାଏ ଆସେ ନାହିଁ । ଏପରିକି ଜୀବିତ ନେତାଜୀଙ୍କୁ ନିଖୋଜ କରି ଦିଆଗଲା ଅଥଚ ତାଙ୍କ ପରିବାର ପଛରେ ଗୁଇନ୍ଦା ନିଯୁକ୍ତ କରାଯାଇଥିଲା ଏବଂ ଗାନ୍ଧିଙ୍କୁ ଗୁଲିମାରି ହତ୍ୟା କରାଗଲା । କିଏ ଜାଣେ ନେତାଜୀ ନିଖୋଜ ନ ହୋଇ ଦେଶରେ ଥିଲେ ତାଙ୍କୁ ଗୁଲିର ଶିକାର ହେବାକୁ ପଡ଼ି ଥାଆନ୍ତା

କି ନାହିଁ। ଆମ ନେତାମାନେ ସେ ଦୁହିଁଙ୍କ ଜନ୍ମତିଥିରେ ତାଙ୍କ ପ୍ରତିମୂର୍ତ୍ତିରେ ଫୁଲମାଲ ଦେଇ କେବଳ ସେଇ ଦିନଟି (ଅବଶ୍ୟ ଗାନ୍ଧିଙ୍କ ଶ୍ରାଦ୍ଧ ଦିବସରେ ମଧ୍ୟ) ସେମାନଙ୍କ ସ୍ତୁତିଗାନ ପୂର୍ବକ ସେମାନଙ୍କୁ ସମ୍ମାନ ଜଣାଇ ଥାଆନ୍ତି। ତା'ପରେ ବର୍ଷକ ପାଇଁ ପୁଣି ତାଙ୍କ ଜନ୍ମତିଥି ନ ପଡ଼ିବା ପର୍ଯ୍ୟନ୍ତ ସେମାନେ ବିସ୍ମୃତିର ଅଥଳ ଗର୍ଭରେ ଲୀନ ହୋଇଯାଆନ୍ତି।

ଆମ ଦେଶରେ ପ୍ରାୟ ସବୁ ଗ୍ରାମରେ ଶିବ ମନ୍ଦିର ଅଛି। ସେଠାକୁ ଠାକୁରଙ୍କ ଦର୍ଶନ ଲାଗି ଯାଉଥିବା କୌଣସି ବ୍ୟକ୍ତି କେବେ ମହାଦେବଙ୍କର ସଂସାର ପ୍ରତି ଥିବା ଉତ୍ସର୍ଗୀକୃତ ଭାବନା ସହିତ ପରିଚିତ ହୋଇ ନଥାଆନ୍ତି। ଦେହରେ ପାଉଁଶ ବୋଲି ସାପ ଗୁଡ଼େଇ ହୋଇ ଶ୍ମଶାନରେ ବୁଲୁଥିବା ଶିବଙ୍କୁ ମଣିଷ ନିଜର ସୌଭାଗ୍ୟ ଉଦୟ ଲାଗି ଆରାଧନା କରିଥାଏ। ଯେମିତି ଭାରତୀୟ ରାଜନେତାମାନେ ଗାନ୍ଧୀ ଓ ନେତାଜୀଙ୍କୁ ନିର୍ବାଚନ ବେଳେ ମନେ ପକାଇ ଥାଆନ୍ତି ନିର୍ବାଚନ ବୈତରଣୀ ପାର ହେବା ଲାଗି ସେମାନଙ୍କ ନାମ କାର୍ଡିନ ରୂପକ ଭେଲାକୁ ଆଶ୍ରା କରନ୍ତି। ସେମିତି ଏ ସଂସାର ମୋହ ମାୟାରେ ଘେରି ହୋଇଥିବା ମଣିଷ ମନ୍ଦିରକୁ ଯାଇ ମାଗିଥାଏ– ମୋତେ ସୁଖ ଦିଅ, ଧନ ସମ୍ପଦ ମୋର ବଢ଼ୁ। ମୋ ପରିବାର ଭଲରେ ରହନ୍ତୁ। ଦେବତାଙ୍କ ମନ୍ଦିରକୁ ଯାଇଥିବା କେହିଭକ୍ତ କେବେ କହି ନ ଥାଏ– ମୋତେ ଦୁଃଖ, କଷ୍ଟ, ନିର୍ଯ୍ୟାତନା ଦିଅ। ମୋର ଦିନ ଦୁର୍ଯୋଗରେ କଟୁ। ଧନ, ସମ୍ପଦରୁ ମୋତେ ବଞ୍ଚିତ କରି ନିଃସ୍ୱ କାଙ୍ଗାଲ କରିଦିଅ। କେବଳ ଜଣେ କହିଥିଲେ ଏ ବିଶ୍ୱ ବ୍ରହ୍ମାଣ୍ଡରେ ସେପରି କଥା। ବଡ଼ ଠାକୁରଙ୍କୁ ବଡ଼ ଦେଉଳରେ ପ୍ରତିଷ୍ଠା କରିସାରିବା ପରେ ଠାକୁର ତାକୁ ବର ଯାଚିବାରୁ ସେ କହିଥିଲେ – ପ୍ରଭୁ ମୋ ବଂଶ ଲୋପ କରିଦିଅ। ମୋ କୁଳରେ କେହି ନ ରହୁ। ରାଜା ଇନ୍ଦ୍ରଦ୍ୟୁମ୍ନ ଠାକୁରଙ୍କୁ ଆମମାନଙ୍କ ପରି ସର୍ବଗୁଣ ସଂପନ୍ନ ଦାୟଦ ମାଗି ନ ଥିଲେ। ଆପଣା ବଂଶ କ୍ଷୟ ଲାଗି ମିନତି କରିଥିଲେ ଆଉ ମହିମା ଧର୍ମାଳୟୀ ସନ୍ତକବି ଭୀମଭୋଇ ନିଜର ଜୀବନ ପଛେ ନର୍କେ ପଡ଼ିଥାଉ ତା ବଦଳରେ ଜଗତ ଉଦ୍ଧାର ହେଉ ବୋଲି ବିଶ୍ୱନିୟନ୍ତାକୁ ଗୁହାରି କରିଥିଲେ।

ସେହି ଇନ୍ଦ୍ରଦ୍ୟୁମ୍ନଙ୍କ ଦ୍ୱାରା ପ୍ରତିଷ୍ଠିତ ଜଗନ୍ନାଥଙ୍କ ପାଇଁ ଓଡ଼ିଶାର ଗୌରବ କିଛି କମ୍ ନୁହେଁ। ଆଜିକୁ ହଜାର ବର୍ଷ ତଳେ ଓଡ଼ିଆ ଶିଳ୍ପୀକୁଳ ଗଢ଼ିଥିଲେ ଶ୍ରୀମନ୍ଦିର। ସାରା ବିଶ୍ୱରେ ଏକ ସମୟରେ ଦୁଇଟି ମହାନ କାର୍ଯ୍ୟର ଶୁଭାରମ୍ଭ କରାଯାଇଥିଲା। ଗୋଟିଏ ହେଉଛି ପୂର୍ବ ଉପକୂଲ ଓଡ଼ିଶାରେ ଜଗନ୍ନାଥଙ୍କ ମନ୍ଦିର ଓ ଅନ୍ୟଟି ହେଉଛି ପଶ୍ଚିମ ଉପକୂଲ ଇଂଲଣ୍ଡରେ ୟୁନିଭର୍ସିଟି ଅଫ୍ ଅକ୍ସଫୋର୍ଡ। ୧୦୭୮ ମସିହା ବେଳକୁ ଶ୍ରୀ ଜଗନ୍ନାଥଙ୍କ ପ୍ରାଚୀନ ମନ୍ଦିର (ଆଜି ଯେଉଁ ମନ୍ଦିର ଦେଖୁଛନ୍ତି ତାହା ନୁହେଁ) ଗଢ଼ା ଯାଇଥିଲା ଏବଂ ୧୦୯୬ରେ ଅକ୍ସଫୋର୍ଡ ବିଶ୍ୱ ବିଦ୍ୟାଳୟର ଭିତ୍ତିପ୍ରସ୍ତର ପଡ଼ି ଶିକ୍ଷାଦାନ ଆରମ୍ଭ ହୋଇଥିଲା। ଏ ହଜାର ବର୍ଷ ଭିତରେ ବିଶ୍ୱରେ ଜଗନ୍ନାଥଙ୍କ ପ୍ରଭାବ ଓ ବିସ୍ତୃତି କେବଳ ସୁଦୂର ପ୍ରସାରୀ ହୋଇନାହିଁ ବରଂ ଧର୍ମ ଓ ରହସ୍ୟର ଅଲୌକିକତା ମଧ୍ୟରେ ଆଧ୍ୟାମ୍ତିକତାର ନୂତନ ଦ୍ୱାର ଉନ୍ମୋଚିତ କରିଛି। ସେମିତି ଜ୍ଞାନ-ବିଜ୍ଞାନ ଓ ଗବେଷଣାର ସୁଉଚ ସ୍ତମ୍ଭ ଓ ଉଚ୍ଚ– ଉତ୍ରାଣ ସ୍ଥାପନ କରିବାରେ ଅକ୍ସଫୋର୍ଡ ବିଶ୍ୱବିଦ୍ୟାଳୟ ତା'ର ଅଦ୍ୱିତୀୟ ଅବଦାନ ଏବେ ବି ବଜାୟ ରଖିଛି। ଉଭୟେ ନିଜ ନିଜ ବାଟରେ ଖୁବ ପ୍ରସାରିତ ଓ ପ୍ରଭାବ– ଉତ୍ପନ୍ନକାରୀ ହୋଇଛନ୍ତି।

ଆମମାନଙ୍କ ଅନ୍ତର ଭିତରେ ମଧ୍ୟ ସତ, ରଜ ଓ ତମର ମନ୍ଥନ ଅହର୍ନିଶି ଚାଲିଛି। ସେଥିରୁ ଅମୃତ ଓ ବିଷ ବାହାରୁଛି। ଅମୃତ ବାହାରିଲା ବେଳେ ଆମେ ଭଦ୍ର, ନମ୍ର ଓ ସହନଶୀଳ ହୋଇଥାଆନ୍ତି। ସେ ସମୟରେ ଆମାମାନଙ୍କ ହୃଦୟରେ ବିବେକ ଓ ବିଚାରଶୀଳତା, ମଣିଷ ପଣିଆ ଏବଂ ଆଦର୍ଶବାଦ ବିରାଜମାନ କରିଥାଏ। କିନ୍ତୁ ବିଷ ବାହାରିଲାବେଳେ ଆମେ ଉଗ୍ର, ନୃଶଂସ, ରୁକ୍ଷ ଓ ନିର୍ଦୟ ହୋଇଯାଆନ୍ତି ଏବଂ ଅପକର୍ମ କରିବାକୁ ଆଗ୍ରହୀ ହୋଇ ପଡ଼ନ୍ତି।

ଆମ ଦେଶକୁ ବିଦେଶୀ ଶାସନରୁ ମୁକ୍ତ କରିବା ପାଇଁ ହୋଇଥିବା ସ୍ୱାଧୀନତା ସଂଗ୍ରାମର ମନ୍ଥନରୁ ଯେତେ ବିଷ ବାହାରି ଥିଲା, ତାହା ଜାତିର ଜନକ ମହାତ୍ମା ଗାନ୍ଧିଙ୍କ ଭାଗରେ ପଡ଼ିଲା ଓ ସେ ସେହି ବିଷତକ ପିଇ ନୀଳକଣ୍ଠ ହେଲେ। ଏକଥା ଡ଼ ହରେକୃଷ୍ଣ ମହତାବ ତାଙ୍କ ନିୟମିତ ସ୍ତମ୍ଭ "ଗାଁ ମଜଲିସ"ରେ ଲେଖିଛନ୍ତି। ଶୁନିମା' ମୋ ବିଚାରରେ ବୈଦିକ

ଯୁଗର ଇନ୍ଦ୍ରଦ୍ୟୁମ୍ନଙ୍କ ପରି ଏ ଯୁଗରେ ଥିଲେ ଗାନ୍ଧି। ସ୍ୱାଧୀନତା ପରେ ସେ ଚାହିଁଥିଲେ ଦେଶର କ'ଣ ହୋଇ ପାରି ନ ଥାଆନ୍ତେ। ରାଷ୍ଟ୍ରପତି, ପ୍ରଧାନମନ୍ତ୍ରୀ କିମ୍ଵା ଗଭର୍ଣ୍ଣର ଜେନେରାଲ ଯାହା କିଛି ହେଉନା କାହିଁକି ? କିନ୍ତୁ ସେ ରାଜା ଇନ୍ଦ୍ରଦ୍ୟୁମ୍ନଙ୍କ ପରି ତ୍ୟାଗର ନମୁନା ପ୍ରଦର୍ଶନ କରିଗଲେ। ଭାରତର ସ୍ୱାଧୀନତା ସଂଗ୍ରାମର ମନ୍ଥନରୁ ଯେଉଁ ବିଷ ବାହାରି ଥିଲା ତାକୁ ଦେଶର ଦୁଇଜଣ ମହାନ ସଂଗ୍ରାମୀ ଜାତିର ଜନକ ମହାତ୍ମା ଗାନ୍ଧି ଓ ନେତାଜୀ ସୁଭାଷ ଚନ୍ଦ୍ର ବୋଷ ଏହି ଦୁଇଜଣ ପିଇଥିଲେ। ଫଳରେ ସଂଗ୍ରାମର ମନ୍ଥନରୁ ବାହାରି ଥିବା ସ୍ୱାଧୀପତା ରୂପକ ଅମୃତକୁ ଦେଶବାସୀ ପାଇବା କଥା କିନ୍ତୁ ସେ ଅମୃତକୁ କେତେ ଜଣ ମୁଷ୍ଟିମେୟ, ରାଜନେତା କରାୟତ କରିନେଲେ। ସ୍ୱାଧୀନତା ସଂଗ୍ରାମରୁ ବାହାରିଥିବା ବିଷକୁ ପିଇଥିବା ଦୁଇ ତୁଙ୍ଗ ନେତାଙ୍କ ମଧ୍ୟରୁ ଜଣେ ନିଖୋଜ ହୋଇଥିଲାବେଲେ ଆଉ ଜଣେ ଆତତାୟୀ ଗୁଲିରେ ଟଳି ପଡିଲେ। ସେହି ଦିନରୁ ଅନେକ ବ୍ୟକ୍ତି ରାଷ୍ଟ୍ରପତି ଓ ପ୍ରଧାନମନ୍ତ୍ରୀ (ଆସନ) ପଦବୀ ମଣ୍ଡନ କରୁଛନ୍ତି। ଦୁଃଖ ଓ ପରିତାପର ସହ କହିବାକୁ ପଡ଼ୁଛି ଯେ ଉପରୋକ୍ତ ନେତାମାନଙ୍କ ମଧ୍ୟରୁ କେହି ଜଣେ କେବେହେଲେ କହି ନାହାଁନ୍ତି ଯେ ଆମମାନଙ୍କ ଅପେକ୍ଷା ଗାନ୍ଧି ଓ ନେତାଜୀଙ୍କ ବଂଶଧରମାନେ ଏ ପଦବୀ ପାଇଁ ଆମମାନଙ୍କଠାରୁ ସେମାନେ ଅଧିକ ଯୋଗ୍ୟତମ। ଆମକୁ ଏ ଆସନରେ ଅଧିଷ୍ଠିତ ନକରି ବରଂ ସେମାନଙ୍କ ବଂଶଧରମାନଙ୍କ ମଧ୍ୟରୁ କାହାକୁ ଏ ଆସନ ପ୍ରଦାନ କରାୟାଉ। ସ୍ୱାଧୀନ ଭାରତରେ ସରକାର କେତେ ରକମର ସଂରକ୍ଷଣ କୋଟା ସୃଷ୍ଟି କରିଛନ୍ତି। ହରିଜନଙ୍କ ଲାଗି, ଆଦିବାସୀ ସଂପ୍ରଦାୟ ପାଇଁ, ଶାରୀରିକ ଅକ୍ଷମ (ଭିନ୍ନକ୍ଷମ, ଦିବ୍ୟାଙ୍ଗ)ମାନଙ୍କ ପାଇଁ, ମହିଲାଙ୍କ ସକାଶେ ରାଜନୀତି କ୍ଷେତ୍ରରେ ଯେପରି ହରିଜନ, ଆଦିବାସୀ ଓ ମହିଲାଙ୍କ ପାଇଁ ସ୍ଥାନ ସଂରକ୍ଷଣ ବ୍ୟବସ୍ଥା କରାୟାଇଛି। ଯେମିତି ନେହରୁଙ୍କ ପରିବାର ପାଇଁ ଜାତୀୟ କଂଗ୍ରେସ ଦଳର ସଭାପତି ଓ କଂଗ୍ରେସ ଦଳ କ୍ଷମତାସୀନବେଲେ ଦେଶର ପ୍ରଧାନମନ୍ତ୍ରୀ ପଦବୀ ସଂରକ୍ଷଣ କରାୟାଇ ରଖାୟାଇଛି। ସେମିତି ଗାନ୍ଧି ଓ ସୁଭାଷ ବୋଷଙ୍କ ପରିବାର ଲାଗି କୌଣସି ଉଚ୍ଚ ପଦବୀ କାହିଁକି ସଂରକ୍ଷଣ ହୋଇ ନ ରହିବ ? କେଉଁ ନ୍ୟାୟ ବଳରେ ଦେଶ ପାଇଁ ସର୍ବାଧିକ ତ୍ୟାଗ ସ୍ୱୀକାର କରିଥିବା ଦୁଇଟି ପରିବାରକୁ କ୍ଷମତା ରାଜନୀତି କ୍ଷେତ୍ରରୁ ଦୂରେଇ ରଖାୟାଇଛି। ଅଥଚ ସେପରି କିଛି ଆଖିଦୁର୍ଶିଆ ତ୍ୟାଗ ନ କରି ଓ ଆଦୌ ଦୁଃଖ ଓ ନିର୍ଯ୍ୟାତନା ନ ଭୋଗୀ କୋଉ ପ୍ରକାର ଯୁକ୍ତିର ଦ୍ୱାହି ଦେଇ ନେହେରୁ ପରିବାର ବୃଥାଟାରେ ଦେଶର ସର୍ବୋଚ୍ଚ ସ୍ତରରେ ପୁରୁଷାନୁକ୍ରମେ ଆସୀନ ହୋଇ ଅପ୍ରତିଦ୍ୱନ୍ଦୀ ଭାବେ କ୍ଷମତା ଉପଭୋଗ କରିଚାଲିଛନ୍ତି। ନେହରୁଙ୍କଠାରୁ ଅନେକ ନେତା ସ୍ୱାଧୀନତା ସଂଗ୍ରାମରେ ଅଧିକ ନିର୍ଯ୍ୟାତିତ ହୋଇଛନ୍ତି। ହେଲେ ସେମାନେ ଓ ସେମାନଙ୍କ ବଂଶଧରମାନେ ପାଇଛନ୍ତି କ'ଣ ?

ନେହେରୁ ପରିବାର ଯେପରି ଗାନ୍ଧି ମୁଖା ପିନ୍ଧି ବା ଗାନ୍ଧିକ ଛଦ୍ମ ନାମରେ ଶାସନ କ୍ଷମତା ଉପଭୋଗ କରିବାର ସୁୟୋଗ ପାଉଛନ୍ତି। ସେମିତି ଭଗବାନ ସ୍ୱୟଂ ପରଂବ୍ରହ୍ମ ବିଷ୍ଣୁ ଜଳନ୍ଧରଙ୍କ ଛଦ୍ମ ବେଶରେ(ରୂପରେ) ତାଙ୍କ ପତ୍ନୀ ବୃନ୍ଦାବତୀଙ୍କ ସତୀତ୍ୱ ହରଣ କରିଥିଲେ। ସେଟି କେଉଁ ପ୍ରକାର ନ୍ୟାୟ ପ୍ରଦର୍ଶନ କରାୟାଇଥିଲା ? କେଉଁ ନ୍ୟାୟର ଦ୍ୱାହି ଦେଇ ଜ୍ୟେଷ୍ଠପୁତ୍ର ରାମଚନ୍ଦ୍ରଙ୍କୁ ରାଜସିଂହାସନରୁ ବଞ୍ଚିତ କରି ବନବାସକୁ ପଠାଇ ଦିଆୟାଇଥିଲା। ରଷି ଗୌତମଙ୍କ ଅନୁପସ୍ଥିତିର ସୁୟୋଗ ନେଇ ଇନ୍ଦ୍ର ଗୌତମଙ୍କ ପତ୍ନୀ ଅହଲ୍ୟାଙ୍କ ସହିତ ରତିକ୍ରୀଡ଼ାରେ ମଗ୍ନ ହେଲେ କେଉଁ ନ୍ୟାୟ ବଳରେ। ଆଉ ନିରପରାଧିନୀ ଅହଲ୍ୟା ଅଭିଶାପ ପାଇବା କେଉଁ ନ୍ୟାୟକୁ ବୁଝାଉଛି। ସୂର୍ଯ୍ୟାସ୍ତ ପରେ ଯୁଦ୍ଧ ସେଦିନଟି ପାଇଁ ସ୍ଥଗିତ ରହେ ଏହା ଆର୍ଯ୍ୟାବର୍ତର ଯୁଦ୍ଧନୀତି। ମାତ୍ର କେଉଁ ନ୍ୟାୟର ଦ୍ୱାହିରେ ଆର୍ଯ୍ୟ ରାଜପୁତ ଲକ୍ଷ୍ମଣ ରାତ୍ରିର ଅନ୍ଧାରରେ ନିକୁମ୍ଭିଲାଠାରେ ଇନ୍ଦ୍ରଜିତକୁ ବଧ କରିଥିଲେ। ଧ୍ୟାନମଗ୍ନ ବିଶ୍ୱାମିତ୍ର ତପ ପରିତ୍ୟାଗ କରି କେଉଁ ସତ୍ୟ ରକ୍ଷା କରିବାକୁ ୟାଇ ମେନକା ଅପ୍ସରୀ ସହିତ ସଂୟୋଗରେ ମାତିଲେ। ୟାହାଫଳରେ ଶକୁନ୍ତଲାଙ୍କ ଜନ୍ମ ସମ୍ଭବ ହୋଇଥିଲା। ନିଜ ପିତାଙ୍କ ପାଇଁ ଦାରା ଗ୍ରହଣ ନ କରିବା ଲାଗି ସତ୍ୟବନ୍ଧ ଦେବବ୍ରତ (ଭୀଷ୍ମ) କେଉଁ ନ୍ୟାୟ ବଳରେ କାଶୀ ରାଜକନ୍ୟା ଅମ୍ଵା, ଅମ୍ବିକା ଓ ଅମ୍ଵାଲିକାଙ୍କୁ ବଳ ପୂର୍ବକ ଅପହରଣ କରି ଆଣିଥିଲେ। ଫଳସ୍ୱରୂପ ଅମ୍ବା-ଭୀଷ୍ମଙ୍କୁ ବିବାହ କରିବା ପାଇଁ ଜିଦଧରି ବିଫଳ ହେବାରୁ ଅଗ୍ନିକୁ ୟାସ ଦେଇଥିଲେ

ଓ ତାଙ୍କ ଚିତାଭସ୍ମକୁ ଭୀଷ୍ମଙ୍କ ନିକଟକୁ ପଠାଇ ଦେବାର ବ୍ୟବସ୍ଥା କରିଦେଇ ଯାଇଥିଲେ। ଆଉ ଜନ୍ମାନ୍ଧ ଧୃତରାଷ୍ଟ୍ରଙ୍କୁ ରୂପବତୀ ଗାନ୍ଧାର ରାଜକନ୍ୟା ସୁନୟନା ଗାନ୍ଧାରୀଙ୍କ ସହିତ ବିବାହ କରାଇ ଦେଲେ। ଯାହା ଫଳରେ ଦୃଷ୍ଟି ଶକ୍ତି ଥାଇ ବି ଗାନ୍ଧାରୀ ସ୍ୱାମୀଙ୍କ ଅନୁଗାମିନୀ ହେବା ଲାଗି ଆଖିରେ ଅନ୍ଧ ପୋଟଳି ବାନ୍ଧି ଅସ୍ୱାଭାବିକ ଅନ୍ଧତ୍ୱକୁ ସବୁଦିନ ଲାଗି ବରଣ କରି ନେଲେ। କେଉଁ ନ୍ୟାୟରେ ଅଗ୍ନିକା ମହର୍ଷି ମୃଗୁଣୀ ସହିତ ରତିକ୍ରୀଡ଼ା ଲାଗି ମନ ବଳାଇଲେ। ରାଜଧର୍ମ ପାଳନ କରିବାକୁ ଯାଇ ମୃଗୁଣୀର ଆର୍ତ୍ତିକାର ଶୁଣି ତାକୁ ରକ୍ଷା କରିବା ପାଇଁ ଅନ୍ଧାରୀ ବିଜେ କରିଥିବା ପଣ୍ଡୁରାଜା ଶବ୍ଦଭେଦୀ ଶର ପ୍ରୟୋଗ କରିବାରେ ତାଙ୍କର ତିଲେ ମାତ୍ର ଭୁଲ ନ ଥିଲା। ଏଥିପାଇଁ ସେ କାହିଁକି ତୁଚ୍ଛାଟାରେ ନିଷିଦ୍ଧ ପତ୍ନୀ ସମ୍ଭୋଗ ଅଭିଶାପ ମୁଣ୍ଡାଇଲେ। ଗୋଟିଏ ଦିନସୁଦ୍ଧା କୌଣସି (ପ୍ରକାର) ଶିକ୍ଷା ନଦେଇ ଆଚାର୍ଯ୍ୟ ଦ୍ରୋଣ କେଉଁ ନ୍ୟାୟ ବଳରେ ନିଷାଦ ରାଜ ହରିଣ୍ୟ ଧନୁକ ପୁତ୍ର ଏକଲବ୍ୟ ଠାରୁ ଗୁରୁ ଦକ୍ଷିଣା ଦାବି କରି ବସିଲେ। ଗୁରୁ ଦ୍ରୋଣାଚାର୍ଯ୍ୟ ଏକନିଷ୍ଠ ସାଧକ ବନବାସୀ ବାଳକ ଏକଲବ୍ୟ ଠାରୁ ଗୁରୁ ଦକ୍ଷିଣା ବାବଦକୁ ଶର ସନ୍ଧାନର ମୁଖ୍ୟାଙ୍ଗ ଡାହାଣ ହସ୍ତର ବୃଦ୍ଧାଙ୍ଗୁଳି ମାଗି ଗୁରୁପଦର ମର୍ଯ୍ୟାଦାକୁ କ୍ଷୁର୍ଣ୍ଣ କରିଥିବାବେଳେ ଶିଷ୍ୟ ଏକଲବ୍ୟ ତତକ୍ଷଣାତ୍ ବୃଦ୍ଧାଙ୍ଗୁଳି କାଟିବେଇ ଗୁରୁ ଦକ୍ଷିଣା ପ୍ରଦାନର ଯେଉଁ ତ୍ୟାଗ ଓ ତିତିକ୍ଷାର ଦୁଷ୍ଟାନ୍ତ ପ୍ରସ୍ତୁତ କଲେ ତା'ର ପଟାନ୍ତର ନାହିଁ। ଯାହା ଫଳରେ ନିଜ ହାତର ବୃଦ୍ଧାଙ୍ଗୁଠି ଦାନ ଦେଇ ଏକଲବ୍ୟ ଅବଶିଷ୍ଟ ଜୀବନ ପାଇଁ ପ୍ରସିଦ୍ଧ ଯୋଦ୍ଧା ହେବାରୁ ବଞ୍ଚିତ ହୋଇଥିଲେ। ଭଗ୍ନୀ ସୁପର୍ଣେଲେଖାକୁ ଲକ୍ଷ୍ମଣ ଅପମାନିତ କରିଥିଲେ ମାତ୍ର ବ୍ରହ୍ମଜ୍ଞାନୀ ଦଶାନନ କେଉଁ ନ୍ୟାୟ ବଳରେ ଲକ୍ଷ୍ମଣଙ୍କ ପ୍ରତି ଜନ୍ମିଥିବା ରାଗ ଶୁଝାଇବାକୁ ଯାଇ ରାମଙ୍କ ଧର୍ମ ମତ୍ନୀ ନିରପରାଧ୍ନୀ ସୀତାକୁ ଅପହରଣ କରିନେଲେ।

ଆଉ ବେଶୀ ନ୍ୟାୟ ଓ ସତ୍ୟାରକ୍ଷାର ଦ୍ୱାହି ଦେଉଥିବା ରାମଚନ୍ଦ୍ର ନିଜ ପିତାଙ୍କ ସତ୍ୟ ରକ୍ଷା ଲାଗି ପିତାଙ୍କ ମୁହଁରୁ ନଶୁଣି ମଧ୍ୟ ବିମାତାଙ୍କ କଥାରେ ରାଜସିଂହାସନ ଓ ରାଜପ୍ରାସାଦ ପରିତ୍ୟାଗ କରି ବନକୁ ଗମନ କରିଥିଲେ। ସେହି ସତ୍ୟର ରକ୍ଷକ ଓ ପ୍ରତି ପାଳକ ରାମଚନ୍ଦ୍ର କେଉଁ ପ୍ରକାର ନ୍ୟାୟର ଦ୍ୱାହିରେ ଭାଇ ସୁଗ୍ରୀବ ସହିତ ଯୁଦ୍ଧରତ ବାଳିକୁ ନିମ୍ନ ଗଛ ଉହାଡ଼ରେ ଲୁଚିରହି ଶରାଘାତ କରିଥିଲେ। ଏହାଦ୍ୱାରା କେଉଁ ପ୍ରକାର ସତ୍ୟରକ୍ଷା ଓ କିରକମର ନ୍ୟାୟର ପରିପାଳନ କିପରି କରାଯାଇଥିଲା, ତାହାତ ଆଦୌ ବୁଝିହେଉନି। "ସତ୍ୟ ମେବେଶ୍ୱରୋ ଲୋକେ ସତ୍ୟେ ପଦ୍ମା ପ୍ରତିଷ୍ଠିତା, ସତ୍ୟମୂଲାନି ସର୍ବାଣି ସତ୍ୟାନ୍ନାସ୍ତି ପରଂପଦମ୍।" ଲୋକରେ ସତ୍ୟ ହିଁ ସର୍ବ ଶକ୍ତିମାନ, ସତ୍ୟରେ ଲକ୍ଷ୍ମୀ ଅଧ୍ୟଷ୍ଟିତ ରହିଥାନ୍ତି। ସତ୍ୟ ସବୁର ମୂଳ ଏବଂ ସତ୍ୟରୁ ବଳି ଆଉ ପରମ ପଦନାହିଁ। "ସତ୍ୟେନ୍ ଧାର୍ଯ୍ୟତେ ପୃଥ୍ୱୀ ସତ୍ୟେନ ତପତେ ରବିଃ। ସତ୍ୟେନ ବାତି ବାୟୁଶ୍ଚ, ସବଂ ସତ୍ୟେ ପ୍ରତିଷ୍ଠିତମ୍।" ସତ୍ୟ ଉପରେ ପୃଥିବୀ ପ୍ରତିଷ୍ଠିତ। ସତ୍ୟ ଥିବାରୁ ସୂର୍ଯ୍ୟ ଉଷ୍ଣତା ପ୍ରଦାନ କରୁଛନ୍ତି। ସତ୍ୟ ଦ୍ୱାରା ବାୟୁ ବହୁଛି। ଏହିପରି ଜଗତରେ ସବୁକିଛି ସତ୍ୟ ଉପରେ ଆଧାରିତ। ସତ୍ୟ ଯୋଗୁଁ ସିନା ବହେ ସମୀରଣ, ସତ୍ୟ ଯୋଗୁଁ ରବି ଦିଅଇ କିରଣ। ସତ୍ୟ ଯୋଗୁଁ ଏକା ଅଛି ଏ ଧରଣୀ। ସର୍ବେ ସତ୍ୟ ଲାଗି ପ୍ରତିଷ୍ଠିତ ମଣି (ବିଶ୍ୱନାଥକର) ଜୀବନର ଲକ୍ଷ୍ୟହିଁ ସତ୍ୟକୁ ଖୋଜିବା କାରଣ ସତ୍ୟ ହିଁ ଈଶ୍ୱର। ସତ୍ୟ ହିଁ ପ୍ରେମ, ସଦାଚାର ଏବଂ ନୈତିକତାର ପ୍ରତୀକ। ସତ୍ୟ ମଧ୍ୟରେ ହିଁ ସର୍ବଦା ଧର୍ମ ନିହିତ ଥାଏ। ତେଣୁ ସତ୍ୟ, ଧର୍ମ, ଆଶ୍ରିତ। ସଂସାରର ସକଳ ବସ୍ତୁ ସତ୍ୟ ଆଧାରିତ ଅଟେ। ସତ୍ୟଠାରୁ ବଡ଼ ଏ ସଂସାରରେ ଆଉ କିଛି ହେଲେ ନାହିଁ। ଏ ସଂସାର ସତ୍ୟ ଉପରେ ହିଁ ପ୍ରତିଷ୍ଠିତ। କୌଣସି ପ୍ରକାର ଲୋଭ, ମୋହ ଓ ଅଜ୍ଞାନର ବଶବର୍ତ୍ତୀ ହୋଇ ସତ୍ୟର ଅମର୍ଯ୍ୟାଦା କରିବା ଉଚିତ ନୁହେଁ। ଈଶ୍ୱର ସତ୍ୟ ରୂପେ ସେ ଶାଶ୍ୱତ ଶକ୍ତି। ସେ ଏକମାତ୍ର ରହସ୍ୟମୟ ଏବଂ ସର୍ବବ୍ୟାପୀ ଶକ୍ତି, ଯାହାକୁ ଦେଖ ହୁଏନା ଅଥଚ ଅନୁଭବ କରିହୁଏ। ଈଶ୍ୱର ହିଁ ଅନ୍ତରାମ୍ୟା। ଈଶ୍ୱର କୌଣସି ଦେବୀ ବା ଦେବତା ନୁହଁନ୍ତି। ସେ ସତ୍ୟ ସହିତ ଏକ ରୂପ। ତାହାହିଁ ତତ୍ତ୍ୱଜ୍ଞାନର କେନ୍ଦ୍ର। ନିରପେକ୍ଷ ସତ୍ୟର ପ୍ରାପ୍ତି ହିଁ ଜୀବନର ଅନ୍ତିମ ଲକ୍ଷ୍ୟ। ସତ୍ୟର ସେବା ହିଁ ଈଶ୍ୱରଙ୍କର ଯଥାର୍ଥ ଅର୍ଚ୍ଚନା।

ସାଧୁ, ସନ୍ତୁ, ମହାତ୍ମାମାନେ ସତ୍ୟର ପ୍ରତିଷ୍ଠା ପାଇଁ ଅଶେଷ ତ୍ୟାଗ ସ୍ୱୀକାର କରି ଆମମାନଙ୍କ ସମ୍ମୁଖରେ ରାଶିରାଶି

ଉଦାହରଣ ରଖ୍ୟାଇଛନ୍ତି । ସତ୍ୟ ରକ୍ଷା ପାଇଁ ରାଜସିଂହାସନ ଛାଡ଼ି ସ୍ୱୀକୁ ପୁତ୍ର ସହିତ ବିକ୍ରୀ ପକାଇ ଶ୍ମଶାନ ଜଗୁଆଳି ହୋଇଥିବା ରାଜା ହରିଶ୍ଚନ୍ଦ୍ରଙ୍କ କରୁଣ ଜୀବନ କାହାଣୀ । ପିତୃସତ୍ୟ ଲାଗି ବନବାସ ଯାଇଥିବା ରାମଚନ୍ଦ୍ରଙ୍କୁ ଅଯୋଧ୍ୟାବାସୀଙ୍କର ସେ ଦିନର ଶୋକୋଚ୍ଛ୍ୱାସ । ସତ୍ୟର ପୂଜାରୀ ଗାନ୍ଧୀଙ୍କ ମୃତ ଶରୀର ଶୋଭା ଯାତ୍ରାରେ ଅଶ୍ରୁମୁଖ ଜନତାର ପ୍ରବଳ ସମାଗମର ଇତିହାସ ବାସ୍ତବରେ ଅବିସ୍ମରଣୀୟ । ସତ୍ୟ ଏକ ବିସ୍ତୀର୍ଣ୍ଣ ରାଜରାସ୍ତା ଭଳି । ଏହାକୁ ପାଇବା କଷ୍ଟପ୍ରଦ ନୁହେଁ । ଅସଲ କଥା ହେଲା ଆମମାନଙ୍କ ମଧ୍ୟରୁ ଅନେକଙ୍କର ଏ ବାଟରେ ଯିବାକୁ ଅନିଚ୍ଛାଭାବ । ସୁଗନ୍ଧ ନ ଥିଲେ ଫୁଲର ସୌନ୍ଦର୍ଯ୍ୟ ଯେପରି ପ୍ରତିପାଦିତ ହୋଇ ନ ଥାଏ । ଠିକ୍ ସେହିପରି ସଦ୍‌ଗୁଣ ନ ଥିଲେ ମନୁଷ୍ୟର ମହତ୍ତ୍ୱ ପ୍ରକଟିତ ହୋଇ ନ ଥାଏ । ସଦ୍‌ଗୁଣ ଭିତରେ ସତ୍ୟ ହିଁ ଶ୍ରେଷ୍ଠତମ । ମହାତ୍ମା ଗାନ୍ଧି ସତ୍ୟର ଗୁରୁତ୍ୱ ଅନୁଭବ କରି କହିଥିଲେ- ସତ୍ୟ ହିଁ ଭଗବାନ, ଭଗବାନ ହିଁ ସତ୍ୟ । ସତ୍ୟ ହିଁ ସର୍ବଶ୍ରେଷ୍ଠ ସଂପଦ । ସତ୍ୟ ବିନା ସଦାଚାର, ଦାନ, କୀର୍ତ୍ତି, ଯଶ ମୂଲ୍ୟହୀନ । ସତ୍ୟ ରୂପୀ ସଦ୍‌ଗୁଣ ନିକଟରେ ସମସ୍ତେ ନତମସ୍ତକ ହୋଇଥାନ୍ତି । ସତ୍ୟର ବାଟ କଣ୍ଟକିତ ନିଶ୍ଚୟ । ଏ ବାଟରେ ଗଲେ ଲହୁଲୁହାଣ ହେବାକୁ ପଡ଼ିପାରେ । ନିର୍ଯ୍ୟାତନା ସହିବାକୁ ହୋଇଥାଏ । କ୍ଷତ ବିକ୍ଷତ ହେବା ପାଇଁ ବ୍ୟକ୍ତି ବାଧ୍ୟ ହୁଏ । ସାମୟିକ କ୍ଷତିଗ୍ରସ୍ତ ମଧ୍ୟ ହେବାକୁ ପଡ଼େ । ଅଶେଷ ଦୁଃଖ, କଷ୍ଟ ଓ ଯନ୍ତ୍ରଣା ଭୋଗିବାକୁ ହୁଏ । ଅନେକ ବାଧା ବନ୍ଧନ ବିପଦ ଆପଦର ସମ୍ମୁଖୀନ ହେବାକୁ ହୋଇଥାଏ । ମାତ୍ର ଏହା ସଫଳତା ପ୍ରାପ୍ତିର ଶ୍ରେଷ୍ଠ ମାର୍ଗ । ସ୍ୱର୍ଗରାଜ୍ୟ ସେଇମାନଙ୍କ ପାଇଁ ଯେଉଁମାନେ ସତ୍ୟର ପ୍ରତିଷ୍ଠା ପାଇଁ ସ୍ୱୀୟ ସତ୍ୟବାଦିତା ନିମନ୍ତେ ଅତ୍ୟାଚାରିତ ହେଲେ ମଧ୍ୟ ଏଥିରୁ ବିଚ୍ୟୁତ ହୋଇନାହାନ୍ତି । ସେମାନେ ଜାଣିଥାନ୍ତି ଯେ ସତ୍ୟ ହିଁ ସର୍ବୋତ୍ତମ ପଥ । "ସତ୍ୟ ମେକଂ ପଦଂ ବ୍ରହ୍ମ ସତ୍ୟେ ଧର୍ମଃ ପ୍ରତିଷ୍ଠିତ ସତ୍ୟ ମେବାକ୍ଷୟ। ବେଦାଃ ସତ୍ୟା ନୈବାପ୍ୟତେ ପରମ ।" ସତ୍ୟ ହିଁ ଏକମାତ୍ର ବ୍ରହ୍ମ । ସତ୍ୟରେ ହିଁ ଧର୍ମ ପ୍ରତିଷ୍ଠିତ । ସତ୍ୟ ହିଁ ଅକ୍ଷୟ ବେଦ ଏବଂ ସତ୍ୟରେ ହିଁ ପରମ ପଦ ଲାଭ ହୁଏ । "ସତ୍ୟମେବ ଜୟତେ ନାନୃତମ୍ । ସତ୍ୟେନ ପନ୍ଥା ବିତତୋ ଦେବଯାନଃ ।"(ମଣ୍ଡୁକ ଉପନିଷଦ) ଏ ବାଣୀର ପ୍ରଥମ ପଙ୍କ୍ତି ସ୍ୱାଧୀନ ଭାରତର ରାଷ୍ଟ୍ରୀୟ ପ୍ରତୀକ । ସତ ନିଶ୍ଚୟ ଜିତିବ-ମିଛ ନୁହେଁ । ଦେଶ ପାଇଁ ଏବଂ ଦେଶଠାରୁ ଜନମନର ଏହା ସବୁଠୁ ପବିତ୍ର ଆଶା ଅପରାଜେୟ ଏବଂ ଅନମନୀୟ ।

ପ୍ରକୃତ ସତ୍ୟ ଲୋକମାନଙ୍କ ମଧ୍ୟରେ ଲୁକ୍କାୟିତ ହୋଇ ରହିଛି । ଆମ୍ଭେମାନେ ଯଦି ସମସ୍ତେ ଆମ ଭିତରେ ଥିବା ସେହି ସତ୍ୟକୁ ଉପଲବ୍ଧି କରି ପାରିବା । ତେବେ ଆମକୁ ଅନ୍ୟ କେଉଁ ଆଡ଼େ ଯିବାର ଆବଶ୍ୟକତା ନାହିଁ । ମଣିଷକୁ ଭଗବାନ ବିଚାର ବୁଦ୍ଧି ଦେଇଛନ୍ତି । ଏହି ବିଚାରବୁଦ୍ଧି ଦ୍ୱାରା ଆମେ ଜାଣିପାରିବା କେଉଁଟି ନିତ୍ୟ ଆଉ କେଉଁଟା ଅନିତ୍ୟ । ଯେପର୍ଯ୍ୟନ୍ତ ମନୁଷ୍ୟ ଆଧ୍ୟାତ୍ମିକ ଚେତନା ପ୍ରାପ୍ତ କରି ଆମ୍ମାରେ ବାସ ନ କରିଛି ସେପର୍ଯ୍ୟନ୍ତ ସେ କାମ, କ୍ରୋଧ, ଲୋଭ, ମୋହ, ହିଂସାର ଶିକାର ହୋଇ ଜନ୍ମ ଜନ୍ମ ତା'ର ଅଧୀନରେ ରହିବେ । ତେଣୁ ଆମେ ମନର ବିଚାରରେ ପ୍ରେରିତ ନହୋଇ ଅନ୍ତର ପ୍ରେରଣାରେ ସତ୍ୟ ଦୃଷ୍ଟି ପ୍ରତି ଉନ୍ମୁକ୍ତ ହେବା ଉଚିତ । ଏହାହିଁ ହେଲା ଆଧ୍ୟାତ୍ମିକତା । ଧର୍ମର ଶେଷ ସୀମାରେ ଆଧ୍ୟାତ୍ମିକତାର ଆରମ୍ଭ ହୁଏ । ଆଧ୍ୟାତ୍ମିକତା ପ୍ରଦେଶରେ ପାଦ ଦେବା ପୂର୍ବରୁ ଆମେ ଧର୍ମକୁ ତ୍ୟାଗ କରିବା ଉଚିତ୍ ନୁହେଁ କାରଣ ଧର୍ମ ମାଧ୍ୟମରେ ଆମେ ଆଧ୍ୟାତ୍ମିକତାର ବ୍ୟାପକତାକୁ ହୃଦୟଙ୍ଗମ କରି ପାରିବା । ଏହାହିଁ ଆମ ସମସ୍ତଙ୍କର ଜୀବନରେ ମୂଳମନ୍ତ୍ର ହେବା ଉଚିତ ।

ସତ୍ୟକୁ ମୁକ୍ତାସହ ତୁଳନା କରାଯାଇଥାଏ । ମୁକ୍ତାକୁ ଅଧିକ ଚିକ୍‌ଚିକ୍ ଜାଜ୍ୱଲ୍ୟମାନ କରିବା ପାଇଁ ଯେମିତି କୌଣସି ପ୍ରଲେପ ବା ବସ୍ତୁର ଆବଶ୍ୟକତା ନଥାଏ । ଠିକ୍ ସେହିପରି ସତ୍ୟକୁ ଅଧିକ ମାର୍ଜିତ ପରିଶୁଦ୍ଧ କରିବା ପାଇଁ କୌଣସି ପ୍ରୟୋଜନ ପଡ଼ିନଥାଏ । "ସତ୍ୟଂ ସ୍ୱର୍ଗସ୍ୟ ସୋପାନଂ ପାରାବାରସ୍ୟ ନୌରିବ । ନ ପାବନତମଂ କିଞ୍ଚିତ ସତ୍ୟାଦଧ୍ୟଗମଂ କ୍ୱଚିତ୍ ।" ସତ୍ୟ ସ୍ୱର୍ଗର ସୋପାନ ଅଟେ । ଏହା ସଂସାର ସାଗରର ନୌକା ତୁଲ୍ୟ ଅଟେ । ସତ୍ୟଠାରୁ

ବେଲି ପବିତ୍ରବସ୍ତୁ ଆଉ କିଛି ନାହିଁ। ଯେଉଁମାନେ ମହାମନୀଷୀ ଭାବରେ କାଳକାଳକୁ ଅମର ହୋଇ ରହିଯାଇଛନ୍ତି, ସେମାନଙ୍କ ଜୀବନୀ ଅନୁଧ୍ୟାନ କଲେ ସ୍ପଷ୍ଟ ପ୍ରତିଭାତ ହୋଇଥାଏ ଯେ ସେମାନେ କାୟମନୋବାକ୍ୟରେ ସତ୍ୟର ଉପାସକ ଥିଲେ। "ସତ୍ୟେନ ରକ୍ଷତେ ଧର୍ମୋ ବିଦ୍ୟା ଯୋଗେନ ରକ୍ଷତେ, ମୃଜ୍ୟାରକ୍ଷତେ ପାତ୍ରଂ କୁଲଂଶୀଲେନ ରକ୍ଷତେ।" ସତ୍ୟ ଦ୍ୱାରା ଧର୍ମ, ବିଦ୍ୟା ଦ୍ୱାରା ଯୋଗ, ମାଜିବା ଦ୍ୱାରା ପାତ୍ର ଓ ଶୀଲ ବା ନୀତିଗତ ଆଚରଣରେ କୁଲ ରକ୍ଷା ହୁଏ। କିନ୍ତୁ ସତ୍ୟ ରକ୍ଷା କରିବାକୁ କେହି ବଦ୍ଧପରିକର ଥିବା ପରି ପ୍ରତ୍ୟୟମାନ ହେଉନାହିଁ। ରାମଚନ୍ଦ୍ର ବନକୁ ଗମନ କଲାବେଳେ ପିତାଙ୍କ ସତ୍ୟ ରକ୍ଷା ପାଇଁ ଯେପରି (ତ୍ୟାଗର) ଭାବ ପ୍ରଦର୍ଶନ କରିଥିଲେ। ବାଲି ବଧ ସମୟରେ ସେ ସତ୍ୟ ବା ଧର୍ମ ରକ୍ଷାର ସେପରି ନଜିର ରକ୍ଷ ପାରିଲେ ନାହିଁ। ଭଲ ଭାବରେ ମନେ ରଖିବା ଉଚିତ୍ ସତ୍ୟର ପରିବର୍ତ୍ତନ ନାହିଁ। ଏହା ସବୁ ସ୍ଥାନ, ସବୁ ଯୁଗ, ସବୁ ମଣିଷ ପାଇଁ ଏକ ପ୍ରକାର।

ସଂସାରରେ ଧର୍ମର ଗ୍ଲାନି ଘଟିଲେ ଅଧର୍ମର ପ୍ରଭାବ ବୃଦ୍ଧି ହେଲେ ଦୁଷ୍ଟମାନଙ୍କୁ ସଂହାର କରି (ସଜ୍ଜନଙ୍କ) ସାଧୁମାନଙ୍କ ରକ୍ଷା ନିମନ୍ତେ ଧରାପୃଷ୍ଠରେ ଧର୍ମ ସଂସ୍ଥାପନା କରିବା ପାଇଁ ଭଗବାନ ବାରମ୍ବାର ଅବତାର ନେଇ ଜନ୍ମଗ୍ରହଣ କରିବା କଥା ସ୍ୱମୁଖରେ କହିଛନ୍ତି। ମାତ୍ର ସେ କେଉଁଠି କିପରି ଭାବରେ ଧର୍ମରକ୍ଷା କରିଛନ୍ତି ଓ ସତ୍ୟ ପ୍ରତିଷା ଲାଗି ଅନ୍ୟାୟ ବିରୋଧରେ ସଂଗ୍ରାମ କରିଛନ୍ତି ତାହା ଆଦୌ ଜାଣି ହେଉନାହିଁ। ବୃନ୍ଦାବତୀଙ୍କ ସତୀତ୍ୱହରଣ କରିଥିଲେ ନିଜେ ସ୍ୱୟଂ ପରମବ୍ରହ୍ମ ବିଷ୍ଣୁ, ଜଳନ୍ଧରଙ୍କ ଛଦ୍ମ ବେଶରେ। ଯୋଗୀ ବେଶଧାରୀ ରାବଣଙ୍କ ସୀତା ହରଣଠୁ ଏପରି କର୍ମ ଆହୁରି ଜଘନ୍ୟ ନଥିଲା କି? ସେଠି ନ୍ୟାୟ ଥିଲା କି? ମା' ସୀତାଙ୍କୁ ଚୋରାଇ ନେଇ ତାଙ୍କୁ ରାଣୀହଁସପୁରରେ ନରଖି ଆଶୋକ (କାନରେ) ବନରେ ରଖି ଏବଂ ତାଙ୍କ ପ୍ରତି ପାଶବିକ ଅତ୍ୟାଚାର ନକରି ମଧ ରାବଣ ନାରୀ ଚୋର ଅପରାଧରେ ଅଭିଯୁକ୍ତ ହୋଇ ସବଂଶେ ବିନାଶ ହେଲା। କିନ୍ତୁ ପରନାରୀ ବୃନ୍ଦାବତୀଙ୍କ ସତୀତ୍ୱ ହରଣ କରି ବିଷ୍ଣୁ କିଛି ଦଣ୍ଡ ବା ଶାସ୍ତି ଭୋଗିଥିବାର କୌଣସି ପ୍ରମାଣ କିମ୍ବା ନଜିର ଆମ ପୁରାଣ ମାନଙ୍କରେ ନାହିଁ। ଏଠି କିପ୍ରକାର ସତ୍ୟ ବା ଧର୍ମ ପ୍ରତିଷା କରାଗଲା? ସୀତା ପରବର୍ତ୍ତୀ ଜୀବନରେ ଲଙ୍କା ରହଣୀ ପାଇଁ (ନିଜର ସତୀତ୍ୱ ନହରାଇ ସୁଦ୍ଧା) ନିର୍ବାସିତା ହୋଇଥିଲାବେଳେ ବୃନ୍ଦାବତୀ ବିଷ୍ଣୁଙ୍କ ମଥାରେ ସ୍ଥାନ ପାଇଲେ। ଏହା କେଉଁ ପ୍ରକାର ନ୍ୟାୟକୁ ବୁଝାଉଛି? ବାଲି ବଧ ବେଳେ ବିଷ୍ଣୁଙ୍କ ଅବତାର ରାମଚନ୍ଦ୍ର କିଭଳି ନ୍ୟାୟ ବା ସତ୍ୟ ପ୍ରଦର୍ଶନ କରିଥିଲେ? ଆଉ ଜଣେ ଅବତାର ପୁରୁଷ କୃଷ୍ଣଙ୍କ ଗୋପଲୀଲା କେଉଁ ସତ୍ୟ ପ୍ରତିଷା ପାଇଁ ନା କିଭଳି ଧର୍ମ ରକ୍ଷା ଲାଗି ଉଦ୍ଦିଷ୍ଟ ଥିଲା ତାହା ତ ଆଦୌ ବୁଝ ପଡୁନାହିଁ। ସେଥିତ ସେ ବାୟୋଜ୍ୟେଷ୍ଠା ଗୁରୁ ଗୌରବାଣୀ ମାତୁଲାଣୀ ସହିତ ସମସ୍ତ ପ୍ରକାର ନୀତି ନୈତିକତାକୁ ଜଳାଞ୍ଜଳି ଦେଇ ପ୍ରେମରେ ମାତିଥିଲେ। "ଯଦା ଯଦାହି ଧର୍ମସ୍ୟ ଗ୍ଲାନିର୍ଭବତି ଭାରତ, ଅଭ୍ୟୁତ୍ଥାନମ ଧର୍ମସ୍ୟ ତଦାମ୍ନାନଂ ସୃଜାମ୍ୟହମ୍।" ୭/୪ (ଚତୁର୍ଥୋଅଧ୍ୟାୟଃ ୭ମ ଶ୍ଲୋକ, ଜ୍ଞାନକର୍ମ ସନ୍ୟାସଯୋଗ) ହେ ଭାରତ ଭାରତ ବଂଶଜ ଅର୍ଜୁନ ଯେଉଁ ସମୟରେ ଧର୍ମର ଅବକ୍ଷୟ ହୁଏ ଏବଂ ଅଧର୍ମର ବୃଦ୍ଧି ଘଟେ। ସେହି ସମୟରେ ମୁଁ ନିଜର ରୂପ ସୃଷ୍ଟି କରିଥାଏ। ଅର୍ଥାତ୍ ସାକାର ରୂପରେ ଲୋକମାନଙ୍କ ସମ୍ମୁଖରେ ପ୍ରକଟ ହୁଏ। ମାତ୍ର ଯେଉଁ କୁରୁକ୍ଷେତ୍ର ଯୁଦ୍ଧ ପଡ଼ିଆରେ ସଖା ଅର୍ଜୁନ ମନରୁ ବିଷାଦ ରୂପକ ଦ୍ୱନ୍ଦ୍ୱ ଦୂର କରିବାକୁ କୃଷ୍ଣ ଏକଥା କହିଥିଲେ। ସେହି କୁରୁକ୍ଷେତ୍ରରେ ତ ନିରସ୍ତ ସାରଥି କୃଷ୍ଣଙ୍କ ଇଙ୍ଗିତରେ ସବୁ କିଛି ହେଉଥିଲା। ଶ୍ରୀଖଣ୍ଡିକୁ ଦେଖି ଅସ୍ତ୍ର ତ୍ୟାଗ କରିଥିବା ଭୀଷ୍ମଙ୍କୁ (ଶର ପ୍ରହାର) ଶରାଘାତ ଦ୍ୱାରା ନିଷ୍କ୍ରିୟ କରିଦେଇ ଶରଶଯ୍ୟାରେ ଶୁଆଇ ଦେଇ ହେଉ ବା ଏକ ମାତ୍ର ପୁତ୍ରର ମୃତ୍ୟୁ ସମ୍ବାଦ ଶୁଣି ଧ୍ୟାନମଗ୍ନ ନିରସ୍ତ ଆଚାର୍ଯ୍ୟ ଦ୍ରୋଣଙ୍କ ଶିରଚ୍ଛେଦ କରିବା କର୍ମ ଅବା

ବିରଥୀ କର୍ଣ୍ଣଙ୍କ ନିଧନ ଓ ଦୁର୍ଯ୍ୟୋଧନଙ୍କ ଜାନୁଭଗ୍ନ ସମୟରେ କିପରି ଧର୍ମ, ନ୍ୟାୟ ଓ ନିୟମ ପାଳନ କରାଯାଇଥିଲା ? ଗଦା ଯୁଦ୍ଧରେ ନାଭିର ତଳକୁ ଆଘାତ କରିବା ଯୁଦ୍ଧନୀତି ବିରୋଧ । ଏସବୁ କର୍ମ ମୂଳରେ ଅବତାର ପୁରୁଷ କୃଷ୍ଣଙ୍କ ଭୂମିକାକୁ ଅସ୍ୱୀକାର କରି ହେବକି ?

"ପରିତ୍ରାଣାୟ ସାଧୁନାଂ ବିନାଶାୟ ଚ ଦୁଷ୍କୃତାମ୍ । ଧର୍ମ ସଂସ୍ଥାପନାର୍ଥାୟ ସମ୍ଭବାମି ଯୁଗେଯୁଗେ ।" ସାଧୁ ପୁରୁଷମାନଙ୍କ ଉଦ୍ଧାର କରିବା ପାଇଁ, ପାପୀମାନଙ୍କୁ ବିନାଶ କରିବା ଲାଗି ଏବଂ ଧର୍ମ ସଂସ୍ଥାପନା କରିବାକୁ ମୁଁ ଯୁଗେଯୁଗେ ପ୍ରକଟ ହୋଇଥାଏ । (ଚତୁର୍ଥୋଽଧ୍ୟାୟ ୮ମ ଶ୍ଳୋକ) ୮/୪ । କାରଣ ଅଧମାର୍ମଭିଭବାତ୍ କୃଷ୍ଣ ପ୍ରଦୁଷ୍ୟତି କୁଳସ୍ତ୍ରୀୟଃ । ସ୍ତ୍ରୀଷୁ ଦୁଷ୍ଟାସୁ ବାର୍ଷ୍ଣେୟ ଜାୟତେ ବର୍ଣ୍ଣଶଙ୍କରଃ । ସଙ୍କରୋନରକାୟୈବ କୁଳଘ୍ନାନାଂ କୁଳସ୍ୟଚ । ପତନ୍ତି ପିତରୋ ହ୍ୟେଷାଂ ଲୁପ୍ତପିଣ୍ଡୋଦକ କ୍ରିୟାଃ ।" ଅଧର୍ମ ବଢ଼ିଲେ କୁଳସ୍ତ୍ରୀମାନେ ପ୍ରଦୁଷିତ ହୁଅନ୍ତି ଓ ବର୍ଣ୍ଣସଙ୍କର ଜାତ ହୁଅନ୍ତି । ବର୍ଣ୍ଣସଙ୍କରମାନେ କୁଳ ଧର୍ମ ନଷ୍ଟ କରିଦିଅନ୍ତି ଓ ନରକ ପତନର କାରଣ ହୁଅନ୍ତି । କିନ୍ତୁ ଦୁନିଆରେ ନୀତି, ନିୟମ, ନିଷ୍ଠା, ଆଦର୍ଶ, ସତ୍ୟ, ଧର୍ମ, ନ୍ୟାୟ ବୋଲି କିଛି ନାହିଁ । ଯେଉଁଠି ଯେପରି କର୍ମର ଆବଶ୍ୟକ ପଡ଼ିଲା ସେଠାରେ ସେପରି କର୍ମକୁ ଅନୁସରଣ କରାଗଲା । ଆବଶ୍ୟକ ସ୍ଥଳରେ ଅଧର୍ମ, ଅନ୍ୟାୟ, ଅପକର୍ମ, ଅନୀତିକୁ ମଧ୍ୟ ଆଦରି ନିଆଯାଇଛି । ଯାହାକୁ ଯେତେବେଳେ ଯେପରି ହେବା ଆବଶ୍ୟକ ପଡ଼ିଲା ସେତେବେଳେ ସେପରି ନୀତି ମାନିବାକୁ ହେଲା ବା ସେପରି ନୀତି, ନିୟମ ଅନୁକରଣ କରାଗଲା । ଯେପରି ନିୟମ ପାଳନ କରିବାକୁ ଦରକାର ହେଲା ସେ ସେମିତି କଲା । ଯେପରି ପିତାଙ୍କ ସତ୍ୟ ପାଳି ରାଜ୍ୟ, ରାଜସିଂହାସନର ମୋହ ତ୍ୟାଗ କରି ବନକୁ ଗମନ କରିଥିବା ରାମଚନ୍ଦ୍ର, ବାଳିବଧ ବେଳେ ନୀତି, ନିୟମ, ସତ୍ୟ, ଧର୍ମ ଓ ସଂଗ୍ରାମ ନୀତି ସବୁକୁ ଉଲ୍ଲଂଘନ କରିଥିଲେ । ସେମିତି ସେତୁ ପ୍ରତିଷ୍ଠା ସମୟରେ ଅସୀମ ନିଷ୍ଠା ପ୍ରଦର୍ଶନ କରିଥିବା ରାବଣ-ସୀତା ହରଣ ବେଳେ ତାହା ପାଳନ କରିପାରି ନଥିଲେ । ଆପଣା ସ୍ୱାଭିମାନ ତ୍ୟାଗ କରି ରାଜା ହୋଇ ମଧ୍ୟ ଭିକ୍ଷା ବୃତ୍ତି ଆଚରଣ କରିଥିଲେ । ଆଉ କୃଷ୍ଣ ଅକ୍ରୁର ରଥରେ ବସି ମଥୁରାକୁ ଯିବାବେଳେ ଧନୁଯାତ୍ରା ଦେଖିସାରି ଗୋପପୁରକୁ ଫେରିଆସିବାକୁ କଥାଦେଇ ଆଉ ବୃନ୍ଦାବନକୁ ଲେଉଟି ନ ଥିଲେ ବରଂ ମଥୁରାରୁ ଦ୍ୱାରିକାକୁ ଚାଲିଯାଇଥିଲେ । ଆଉ ଆମ ଜାତିର ଜନକ ସତ୍ୟର ପୂଜାରୀ ଅହିଂସାର ପ୍ରବର୍ଦ୍ଧକ ଗାନ୍ଧିଜୀ ସ୍ୱାଧୀନତା ସଂଗ୍ରାମ ସମୟରେ ଯେପରି କର୍ତ୍ତବ୍ୟ ନିଷ୍ଠା, ନୀତି ନିଷ୍ଠତା, ଉପଯୁକ୍ତ ନ୍ୟାୟ ଓ ସଙ୍ଗୋଟତା ପ୍ରତି ସମ୍ମାନ ପ୍ରଦର୍ଶନ କରିଥିଲେ କ୍ଷମତା ହସ୍ତାନ୍ତର ବେଳେ (ସ୍ୱାଧୀନତା ପ୍ରାପ୍ତି ବେଳେ) ଅଧିକ ପ୍ରଦେଶମାନଙ୍କରୁ ସମର୍ଥନ ପାଇଥିବା ସର୍ଦ୍ଦାର ପଟେଲଙ୍କ ସ୍ଥାନରେ କୌଣସି ଗୋଟିଏ ହେଲେ ପ୍ରଦେଶରୁ ଆଦୌ ସମର୍ଥନ ପାଇ ନ ଥିବା ତାଙ୍କ ମାନସ ସନ୍ତାନ (ପୁତ୍ର) ଜବାହରଙ୍କୁ ପ୍ରଧାନମନ୍ତ୍ରୀ କରାଇବା ପାଇଁ ଦେଶ ବିଭାଜନକୁ ରୋକିବା ଲାଗି ସେପରି ନୀତି, ନିଷ୍ଠା ଓ ନୈତିକତା ପ୍ରଦର୍ଶନ କରିପାରି ନଥିଲେ । ନିଜର ସଂକୀର୍ଣ୍ଣ ସ୍ୱାର୍ଥ ସିଦ୍ଧି ପାଇଁ ବ୍ୟକ୍ତିଗତ ଲକ୍ଷ୍ୟ ହାସଲ ଲାଗି, ଆପଣାର ଉଦ୍ଦେଶ୍ୟ ପୂରଣ କରିବାକୁ ଯାଇ ଯାହାକୁ ଯାହା ସୁହାଇଲା । ଯାହା ପାଇଁ ଯାହା ସୁଗମ ହେଲା, ଯାହା ଲାଗି ଯାହା ଆବଶ୍ୟକ ହେଲା । ଯେପରି ଦରକାର ପଡ଼ିଲା । ସିଏ ସେଠାରେ ସେପରି ଆଚରଣ କରିବାକୁ କୁଣ୍ଠିତ ହେଲା ନାହିଁ । ସେପରି ନୀତିକୁ ଆପଣାଇ ନେଲା ।

ସତ୍ୟ ରକ୍ଷା କରିବାକୁ ଯଦି ଅସୁବିଧା କିଛି ନ ଥାଏ, ତଥା ନିଜର ବ୍ୟକ୍ତିଗତ ସ୍ୱାର୍ଥ ହାସଲରେ କୌଣସି ପ୍ରକାର ବାଧା ଉପୁଜୁ ନ ଥାଏ । ତେବେ ସେଠାରେ ସତ୍ୟରକ୍ଷା ଲାଗି ସବୁକିଛି ଉତ୍ସର୍ଗ କରାଯାଇଛି । ଯେପରି ରାମଚନ୍ଦ୍ର ପିତାଙ୍କ ସତ୍ୟ ରକ୍ଷା ଲାଗି ରାଜସିଂହାସନର ମୋହ ଓ ରାଜପ୍ରାସାଦର ମାୟା ତ୍ୟାଗ କରି ବନକୁ ଗମନ କରିଥିଲେ । କିନ୍ତୁ ବାଳି ବଧ ବେଳେ ଆବଶ୍ୟକତାକୁ ଦୃଷ୍ଟିରେ ରଖି ସମସ୍ତ ପ୍ରକାର ନୀତି, ନିୟମ, ନୈତିକତାକୁ ପାଦରେ ଦଳି ଦେଇ ଅଧର୍ମ, ଅନ୍ୟାୟ, ଅପକର୍ମ ଓ ଅବିବେକିତାକୁ ଆପଣାଇ ନେଲେ । ଧର୍ମ ରକ୍ଷାର ଦ୍ୱାହି ଦେଇ ଅଧର୍ମର ବିନାଶ ପାଇଁ ସୃଷ୍ଟି କରାଯାଇଥିବା ଭାରତ ଯୁଦ୍ଧରେ (ଧର୍ମକ୍ଷେତ୍ରେ କୁରୁକ୍ଷେତ୍ରେ)ତ ପ୍ରତି ପଦକ୍ଷେପରେ ଅଧର୍ମ, ଅନ୍ୟାୟ, ଅକର୍ମ ଓ

ଅବିବେକିତାକୁ ଗ୍ରହଣ କରାଯାଇ ଅପକର୍ମମାନ ନିଃସଂକୋଚରେ, ନିର୍ବିକାର ଭାବରେ କରାଯାଇଛି । ଗୋପଲୀଳା ସମୟରେ ମଧ୍ୟ ସେଇପରି ନୀତି ନିୟମକୁ ଅନୁସରଣ କରାଯାଇଥିଲା । ଯାହାକୁ ଯେଉଁଠି ଯେଉଁ ପରି ନୀତି, ନିୟମ, ସୁହାଇଲା ସେ ସେପରି ନୀତି ବା ପ୍ରଥାକୁ ଆପଣାଇ ନେଲା ନିର୍ବିଚାରରେ, ନିଃସଂକୋଚରେ, ନିର୍ବିକାର ଭାବରେ । ଆବଶ୍ୟକସ୍ଥଳରେ ସତ୍ୟ ରକ୍ଷାର ଏବଂ ଧର୍ମ ପ୍ରତିଷ୍ଠାର ତଥା ଶାନ୍ତି ସ୍ଥାପନାର ନୂତନ ତରିକାମାନ ଆବିଷ୍କାର କରାଗଲା ।

ଆଉ ତୁମେ ଯେଉଁ ଉଚ୍ଚାରଣ ସହିତ ଆଚରଣର ସମନ୍ୱୟ ରକ୍ଷା କଥା କହୁଛ, ତାହା କେବଳ ମହାପୁରୁଷମାନେ ରକ୍ଷାପାରନ୍ତି । ସଂସାରିମାନଙ୍କ ପକ୍ଷରେ ଉଚ୍ଚାରଣ ସହିତ ଆଚରଣର କୌଣସି ପ୍ରକାର ସମନ୍ୱୟ କିମ୍ବା ସମ୍ପର୍କ ରହିପାରେ ନାହିଁ । ଆଉ ତୁମେ ଭଲ ଭାବରେ ମନରେ ରଖ ଆଚରଣ ଓ ଉଚ୍ଚାରଣରେ ସମତା ରକ୍ଷା କରିଥିବା ମହାନ ଆଚାର୍ଯ୍ୟ ସକ୍ରେଟିସ୍‌ଙ୍କୁ ସତ୍ୟର ପ୍ରତିଷ୍ଠା ପାଇଁ ହଲାହଲ ବିଷ ପାନ କରିବାକୁ ପଡ଼ିଥିଲା । ଯେପରି (ପୃଥିବୀରୁ) ଧରାପୃଷ୍ଠରୁ ଅଧର୍ମର ବିନାଶ କରି ଧର୍ମ ସଂସ୍ଥାପନା ପାଇଁ ଜନ୍ମ ଗ୍ରହଣ କରିଥିବା ଭଗବାନଙ୍କ ଅବତାରମାନେ ଉଚ୍ଚାରଣ ସହିତ ଆଚରଣର ସମନ୍ୱୟ ରକ୍ଷା କରିବାକୁ ସମର୍ଥ ହୋଇପାରି ନାହାଁନ୍ତି । ସେପରି ସ୍ଥଳେ ମୋ କଥା କ’ଣ କହୁଛ ? ଭଗବାନଙ୍କ ଅବତାର ବାମନ, ବଳି ରାଜାଙ୍କୁ ତିନି ପାଦ ଭୂମି ଦାନ ମାଗିଥିଲେ । ବଳି ରାଜା ଏକୋଇଶ ଆଙ୍ଗୁଳି (ମୁଠ‌ଣିଏ) ଉଚ୍ଚତା ବିଶିଷ୍ଟ ବାମନଙ୍କୁ ତିନିପାଦ ଭୂମି ଦାନ ଦେବାକୁ ସତ୍ୟ କରିଥିଲେ । ଅସୁରଙ୍କ ଗୁରୁ ଶୁକ୍ରାଚାର୍ଯ୍ୟଙ୍କ ଉପଦେଶକୁ ପ୍ରତ୍ୟାଖ୍ୟାନ କରିଦେଇ । ମାତ୍ର ଦାନ ଗ୍ରହଣ କଲାବେଳେ ଖର୍ବକାୟ ବାମନଙ୍କ କ୍ଷୁଦ୍ର ପାଦଟି ସାରା ବସୁଧାକୁ ବ୍ୟାପି ଗଲା ଓ ଆର କୁନି ପାହୁଲଟି ସମଗ୍ର ସ୍ୱର୍ଗପୁରକୁ (ଗ୍ରାସକଲା) ଆଛ୍ଛାଦନ କଲା । ଦୁଇପାଦ ବିଶିଷ୍ଟ ବାମନଙ୍କ ନାଭିରୁ ତୃତୀୟ ପାଦଟି ସୃଷ୍ଟି ହେଲା । ଏଠି କ’ଣ ଉଚ୍ଚାରଣ ସହିତ ଆଚରଣର ସମନ୍ୱୟ ରହିପାରିଲା କି ? ଯମଦଗ୍ନି ଋଷିଙ୍କ ପୁତ୍ର ପର୍ଶୁରାମ ବ୍ରାହ୍ମଣ କୁଳରେ ଋଷି ପତ୍ନୀଙ୍କ ଗର୍ଭରୁ ଜନ୍ମଗ୍ରହଣ କରିଥିଲେ ସୁଦ୍ଧା ସେ ଜପତପ, ଦେବାର୍ଚ୍ଚନା ପରିତ୍ୟାଗ କରି କ୍ଷତ୍ରିୟଙ୍କ ବୃତ୍ତି ଆଚରଣ କରିଥିଲେ । ଆଉ କ୍ଷତ୍ରିୟ ସନ୍ତାନ ବିଶ୍ୱାମିତ୍ର କ୍ଷତ୍ରିୟ କର୍ମ ଛାଡ଼ି ତପ ଆଚରଣ କଲେ । ରାମଚନ୍ଦ୍ରଙ୍କ କଥାତ ତୁମକୁ କହି ସାରିଛି । ଧରାପୃଷ୍ଠରୁ ପାପ ଭାର ଉଶ୍ୱାସ କରିବାକୁ ସଂସାରରେ ଧର୍ମକୁ ପୁନଃ ପ୍ରତିଷ୍ଠା କରିବା ଲାଗି ଜନ୍ମ ହୋଇଥିବା କୃଷ୍ଣ ହିଁ ସଂସାରରେ ସୃଷ୍ଟି ହୋଇଥିବା ସମସ୍ତ ପ୍ରକାର ବ୍ୟଭିଚାର ଓ ଦୁଷ୍କର୍ମର ସୂତ୍ରଧର ଥିଲେ । ଆଉ ଆମ ଦେଶକୁ ବିଦେଶୀ ଶାସନରୁ ମୁକୁଲାଇ ସ୍ୱାଧୀନ କରିବାରେ ମୁଖ୍ୟ ଶ୍ରେୟ ପାଇଥିବା ଗାନ୍ଧି ହିଁ ପ୍ରଥମେ ଭାରତର ଗଣତନ୍ତ୍ରକୁ ହତ୍ୟା କରି ଦେଶରେ ବର୍ତ୍ତମାନ ଦେଖିବାକୁ ମିଳୁଥିବା ସମସ୍ତ ପ୍ରକାର ଅରାଜକତାକୁ ପ୍ରଶ୍ରୟ ଦେଇଥିଲେ ।

କ୍ଷମତା ହସ୍ତାନ୍ତର ସମୟ । ସ୍ୱାଭାବିକ ପ୍ରକ୍ରିୟାରେ ଆଶା କରାଯାଉଥିଲା କଂଗ୍ରେସର କେହି ଜଣେ ତୁଙ୍ଗନେତା ଗାନ୍ଧିଜୀଙ୍କ ସମର୍ଥନରେ ଦେଶର ପ୍ରଥମ ପ୍ରଧାନମନ୍ତ୍ରୀ ହେବେ କିନ୍ତୁ ଗାନ୍ଧି ଉପଯୁକ୍ତ ବ୍ୟକ୍ତିଙ୍କୁ ପ୍ରଧାନମନ୍ତ୍ରୀ ନିର୍ବାଚିତ କରିବା ପାଇଁ ସମସ୍ତ ପ୍ରଦେଶକଂଗ୍ରେସ କମିଟିକୁ ଅନୁରୋଧ କଲେ । ଦେଶର ୧୭ଟି ପ୍ରଦେଶ ମଧ୍ୟରୁ ୧୩ଟି ପ୍ରଦେଶ ସର୍ଦ୍ଦାର ପଟେଲଙ୍କ ନାମ ସୁପାରିସ କରିଥିବାବେଲେ ପଟେଲଙ୍କ ତଳକୁ (ଠାରୁ) ଆଚାର୍ଯ୍ୟ ଜୀନତରାମ ଭଗବାନ ଦାସ କୃପାଲିନୀ (ଜେ.ବି.କୃପାଲିନୀ)ଙ୍କୁ (କମ) ସମର୍ଥନ ମିଳିଥିଲା । ନେହରୁଙ୍କ ପ୍ରତି ଆଦୌ ସମର୍ଥନ ମିଳିନଥିଲା । ଏଥିରୁ ପ୍ରମାଣିତ ହୁଏ ଯେ, ପ୍ରଧାନମନ୍ତ୍ରୀ ହେବାକୁ ନେହରୁଙ୍କର ସାମାନ୍ୟତମ ଯୋଗ୍ୟତା ନଥିଲା କିମ୍ବା ତାଙ୍କୁ ପ୍ରଧାନମନ୍ତ୍ରୀ କରିବାକୁ ଦେଶର କୌଣସି ଗୋଟିଏ ହେଲେ ବି ପ୍ରଦେଶ ଚାହୁଁନଥିଲେ । ଦେଶର ୧୭ଟି ପ୍ରଦେଶ ମଧ୍ୟରୁ ୧୩ଟି ପ୍ରଦେଶରୁ ସମର୍ଥନ ପାଇଥିବା ସର୍ଦ୍ଦାର ପଟେଲଙ୍କୁ ବାଦ ଦେଇ କୌଣସି ଗୋଟିଏ ହେଲେ ପ୍ରଦେଶରୁ ଆଦୌ ସମର୍ଥନ ପାଇ ନ ଥିବା ନେହରୁଙ୍କୁ କେଉଁ ନ୍ୟାୟ ବଳରେ ଗାନ୍ଧି ପ୍ରଧାନମନ୍ତ୍ରୀ ଭାବରେ ମନୋନୀତ କରିଥିଲେ । ଏପରି ନୀତି ନିୟମ କେବଳ ଭାରତର ଗଣତନ୍ତ୍ରରେ ଅନୁସରଣ କରାଯାଇଥିଲା । ଅନ୍ୟ କୌଣସି ଗଣତନ୍ତ୍ର ରାଷ୍ଟ୍ରରେ

ଏପରି ପଦ୍ଧତି ଅନୁସୃତ ହୁଏନାହିଁ । ସ୍ୱାଧୀନତା ପ୍ରାପ୍ତିପରେ ଜିନ୍ନା ପାକିସ୍ତାନର ରାଷ୍ଟ୍ରପତି ହେବାବେଳେ ଭାରତୀୟମାନଙ୍କ ଉପରେ ବିଶେଷ କରି ସ୍ୱାଧୀନତା ସଂଗ୍ରାମୀମାନଙ୍କ ଉପରେ ଅକଥନୀୟ ଅତ୍ୟାଚାର କରିଥିବା ବ୍ରିଟିଶ ଜାତିର ଭାଇସରାୟଙ୍କୁ ସ୍ୱାଧୀନ ଭାରତର ପ୍ରଥମ ବଡ଼ଲାର୍ଟ କରାଯାଇଥିଲା କେଉଁ ନ୍ୟାୟ ବଳରେ । କେଉଁ ଯୁକ୍ତିର ଦ୍ୱାହି ଦେଇ ଗାନ୍ଧି ଗଣତାନ୍ତ୍ରିକ ପଦ୍ଧତିରେ ନିର୍ବାଚିତ ସୁଭାଷ ବୋଷଙ୍କୁ ଭାରତୀୟ ଜାତୀୟ କଂଗ୍ରେସର ସଭାପତି ଭାବରେ ଅସ୍ୱୀକାର କରିଥିଲେ । ଶାସ୍ତ୍ରୀଜୀଙ୍କ ପରେ ଦେଶରେ ଅନେକ ବରିଷ୍ଠ ତଥା ପ୍ରବୀଣ ରାଜନେତା ଥାଉ ଥାଉ ସେମାନଙ୍କ ଠାରୁ କନିଷ୍ଠତମ ନେହେରୁଙ୍କ ପୁତ୍ରୀ ଇନ୍ଦିରାଙ୍କୁ କେଉଁ ନ୍ୟାୟ ବଳରେ ପ୍ରଧାନମନ୍ତ୍ରୀ ମନୋନୀତ କରାଯାଇଥିଲା । (ପ୍ରକାଶ ଥାଉକି ନେହେରୁଙ୍କ ଅନ୍ତେ ଲାଲ ବାହାଦୁର ଶାସ୍ତ୍ରୀ ୧୯୬୪ ଜୁନ୍ ୯ ତାରିଖରେ ଦେଶର ପ୍ରଧାନମନ୍ତ୍ରୀ ଦାୟିତ୍ୱ ଗ୍ରହଣ କରି ସର୍ବ ସମ୍ମତିକ୍ରମେ କଂଗ୍ରେସ ଦଳର ଦଳପତି ରୂପେ ନିର୍ବାଚିତ ହେଲେ । ସମସ୍ତଙ୍କ ସହମତି ସକାଶେ ୭ଦିନ ସମୟ ଲାଗିଗଲା । କିନ୍ତୁ ୧୯୬୬ ମସିହା ଜାନୁଆରୀ ୧୦ ତାରିଖରେ ଶାସ୍ତ୍ରୀଙ୍କ ମୃତ୍ୟୁପରେ ଇନ୍ଦିରା ଗାନ୍ଧିଙ୍କୁ ପ୍ରଧାନମନ୍ତ୍ରୀ ପଦରେ ଆସୀନ କରିବା ପାଇଁ ତତ୍କାଳୀନ କଂଗ୍ରେସ ସଭାପତି କେ. କାମରାଜ ନାଜରଙ୍କୁ ୧୭ ଦିନ କାଳ ବହୁ ପରିଶ୍ରମ କରିବାକୁ ପଡ଼ିଥିଲା । ତଥାପି କଂଗ୍ରେସ ସଭ୍ୟମାନଙ୍କର ସହମତି ମିଳିଲାନାହିଁ । ବରିଷ୍ଠ କଂଗ୍ରେସ ନେତାଙ୍କ ଦ୍ୱାରା ଗଠିତ ଏକ ସିଣ୍ଡିକେଟ ପରାମର୍ଶରେ ଶାସନ କାର୍ଯ୍ୟ ପରିଚାଳନା କରିବା ପାଇଁ ସମ୍ମତ ହେବା ପରେ ଯାଇ ଇନ୍ଦିରାଙ୍କୁ ପ୍ରଧାନମନ୍ତ୍ରୀ ହେବା ଲାଗି ଦଳୀୟ ସ୍ୱୀକୃତି ମିଳିଥିଲା ଓ ଇନ୍ଦିରାଙ୍କ ମୃତ୍ୟୁ (ହତ୍ୟା) ପରେ କେଉଁ ଯୁକ୍ତିର ଦ୍ୱାହି ଦେଇ ତାଙ୍କ ପୁତ୍ର ରାଜୀବ ପ୍ରଧାନମନ୍ତ୍ରୀ ହୋଇଥିଲେ । ସମସ୍ତେ ଜାଣନ୍ତି ଆମେ ବ୍ରିଟିଶ ଶାସନ ବ୍ୟବସ୍ଥାର ପରମ୍ପରା ଅନୁସାରେ ଆମର ସଂସଦୀୟ ଶାସନ ଚଳାଉଛୁ । ସେଇ ଅନୁସାରେ କେବେ ଯଦି କୌଣସି ପ୍ରଧାନମନ୍ତ୍ରୀ କ୍ଷମତାରେ ଥିବାବେଳେ ତାଙ୍କର ମୃତ୍ୟୁ ଘଟେ, ତେବେ ତାଙ୍କ କ୍ୟାବିନେଟର ଜଣେ ବରିଷ୍ଠ ମନ୍ତ୍ରୀ ସଙ୍ଗେସଙ୍ଗେ ପ୍ରଧାନମନ୍ତ୍ରୀ ଦାୟିତ୍ୱ ନେବେ । ପରେ ସଂସଦୀୟ ଦଳର ବୈଠକ ବସି ଯାହାକୁ ନେତା ବାଛି ପ୍ରଧାନମନ୍ତ୍ରୀ କରିବା କଥା କରିବେ । ଏହି ନିୟମ ଅନୁସାରେ ନେହେରୁ ଓ ଶାସ୍ତ୍ରୀଙ୍କ ପରେ ସେମାନଙ୍କ କ୍ୟାବିନେଟର ବରିଷ୍ଠତମ ମନ୍ତ୍ରୀ ଗୁଲ୍‍ଜାରୀ ଲାଲ ନନ୍ଦା କିଛି ଦିନ ପାଇଁ କାମଚଲା ପ୍ରଧାନମନ୍ତ୍ରୀ ହୋଇଥିଲେ । କିନ୍ତୁ ଇନ୍ଦିରାଙ୍କ ମୃତ୍ୟୁ (ହତ୍ୟା) ପରେ ସେ ପ୍ରଚଳିତ ପରମ୍ପରାକୁ ସର୍ବ ପ୍ରଥମଥର ପାଇଁ ଭାଙ୍ଗି ତାଙ୍କ (ସ୍ତାବକ) ଅବିମୃଶ୍ୟକାରୀମାନେ ମନ୍ତ୍ରିମଣ୍ଡଳରେ ସଭ୍ୟ ସୁଦ୍ଧା ନ ଥିବା ମନ୍ତ୍ରିମଣ୍ଡଳର ଜଣେ ବାହାର ବ୍ୟକ୍ତି ତାଙ୍କ ଜ୍ୟେଷ୍ଠ ପୁତ୍ର ବୟାଲିଶ ବର୍ଷର ଯୁବକ ରାଜୀବ ଗାନ୍ଧିଙ୍କୁ ସଂସଦୀୟ ଦଳର ବୈଠକ ନ ବସି ମଧ୍ୟ ପ୍ରଧାନମନ୍ତ୍ରୀ କରିଦେଲେ । ରାଜା ରାଜୁଡ଼ା ଅମଳରେ ରାଜାଙ୍କ ମୃତ୍ୟୁ ପରେ ତାଙ୍କ ବଡ଼ ପୁଅ ରାଜା ହେଲା ପରି ଘଟଣା (କଥା) ହେଲା । ସ୍ୱାଧୀନ ଭାରତରେ ଗଣତନ୍ତ୍ର ଶାସନ ଚାଲିଛି ନା ରାଜତନ୍ତ୍ର ପ୍ରତିଷ୍ଠା କରାଯାଇ ବଂଶବାଦ ଶାସନ ଚାଲିଛି ।

ଗାନ୍ଧୀଙ୍କ ନଶ୍ୱର ଶରୀରକୁ ଗୁଳି ମାରି ହତ୍ୟାକରି ନାଥୁରାମ ଗଡ଼ସେ ସେପରି କିଛି ମାରାତ୍ମକ ଅପରାଧ କରି ନଥିଲେ । ଯେଉଁଥି ଲାଗି ତାଙ୍କୁ ଫାଁଶୀ ଖୁଣ୍ଟରେ ଝୁଲାଇ ଦିଆଗଲା । ନାଥୁରାମଙ୍କୁ ଯେତେବେଳେ ଅଦାଲତ ଫାଶୀଦଣ୍ଡ ଦେଲେ, ତାଙ୍କୁ ଫାଁଶୀ ନ ଦେବା ପାଇଁ ମଧ୍ୟ କେତେ ଲୋକ ଆବେଦନ କରିଥିଲେ । ଆବେଦନକାରୀଙ୍କ ମଧ୍ୟରେ ଅନ୍ୟତମ ଥିଲେ ମହାତ୍ମା ଗାନ୍ଧୀଙ୍କ ଦୁଇ ପୁତ୍ର ମଣିଲାଲ ଗାନ୍ଧୀ ଓ ରାମଦାସ ଗାନ୍ଧୀ ଏବଂ ଗାନ୍ଧୀଙ୍କର ରାଜନୈତିକ ଉତ୍ତରାଧିକାରୀ ତଥା 'ପୁତ୍ର ପ୍ରତିମ' ଜବାହାର ନେହେରୁ । ସେମାନଙ୍କ ଯୁକ୍ତି ଥିଲା ଯେ ଅପରାଧ ଯେତେ ଗୁରୁତର ହେଲେ ସୁଦ୍ଧା ଅପରାଧୀଙ୍କୁ ଫାଁଶୀ ଦଣ୍ଡ ଦିଆଯିବ କଥା ନୁହେଁ, ମାତ୍ର ଅଦାଲତ କ୍ଷମା ଯାଚନାକୁ ଗ୍ରହଣ କରି ନ ଥିଲେ ଏବଂ ୧୫ ନଭେମ୍ବର ୧୯୪୯ ଦିନ ଅୟାଲା ଜେଲରେ ଉଭୟ ଅପରାଧୀଙ୍କୁ ଫାଁଶୀ ଦିଆଯାଇଥିଲା ।

ତେବେ ୧୯୩୯ରେ ଗଣତାନ୍ତ୍ରିକ ପଦ୍ଧତିରେ ନିର୍ବାଚିତ ସୁବାଷ ଚନ୍ଦ୍ର ବୋଷଙ୍କୁ କଂଗ୍ରେସ ସଭାପତି ଭାବେ

ସ୍ୱୀକାର ନ କରି ୧୯୪୬ରେ ଦେଶର ୧୭ଟି ପ୍ରଦେଶ ମଧରୁ ୧୩ଟି ପ୍ରଦେଶରୁ ସମର୍ଥନ ପାଇଥିବା ସର୍ଦ୍ଦାର ପଟେଲଙ୍କୁ ଏବଂ ତାଙ୍କ ଠାରୁ କମ୍ ସମର୍ଥନ ପାଇଥିବା ଓ ସେତେବେଳେ କଂଗ୍ରେସର ସଭାପତି ଥିବା ଆଚାର୍ଯ୍ୟ କୃପାଲିନଙ୍କୁ (ଯିଏକି ପରବର୍ତ୍ତୀ ସମୟରେ ଦେଶର ପ୍ରଧାନମନ୍ତ୍ରୀ ହୋଇଥାନ୍ତେ) ସୁଯୋଗ ନଦେଇ କୌଣସି ଗୋଟିଏ ହେଲେ ପ୍ରଦେଶରୁ ଆଦୌ ସମର୍ଥନ ପାଇ ନ ଥିବା ଜବାହରଙ୍କୁ କଂଗ୍ରେସ ସଭାପତି (ପରେ ପ୍ରଧାନମନ୍ତ୍ରୀ) ହେବାକୁ ସମର୍ଥନ କରି ଭାରତୀୟ ଗଣତନ୍ତ୍ରକୁ ପ୍ରଥମେ ହତ୍ୟା କରିଥିବା ଗାନ୍ଧୀ ଓ ଦେଶର କୋଟି କୋଟି ଜନତା (ଦେଶବାସୀ)ଙ୍କ ଆଗ୍ରହର ପ୍ରତୀକ ଭାରତର ଗଣତନ୍ତ୍ରକୁ ନଷ୍ଟ କରିଥିବା ଗାନ୍ଧୀଙ୍କ ନଶ୍ୱର ଶରୀରକୁ ଗୁଲି ମାରି ହତ୍ୟା କରିଥିବା ନାଥୁରାମ୍ ଗଡସେ ସେପରି କିଛି ମାରାତ୍ମକ ଅପରାଧ କରି ନଥିଲେ । ଯେଉଁଥି ଲାଗି ତାଙ୍କୁ ଫାଶୀ ଖୁଣ୍ଟରେ ଝୁଲାଇ ଦିଆଗଲା । ଅଥଚ ଗାନ୍ଧୀ କାହିଁକି ଦୋଷୀ ସାବ୍ୟସ୍ତ ନ ହେବେ ଓ ସେଥୁ ସକାଶେ ଦଣ୍ଡ ନ ଭୋଗିବେ । ୧୯୪୧ ମସିହା ଅକ୍ଟୋବର ୨୬ତାରିଖ ଦିନ ଭାରତଠାରୁ ଅପେକ୍ଷାକୃତ ଦୁର୍ବଳ ପାକିସ୍ତାନ ଯେତେବେଳେ ଜାମ୍ବୁ-କାଶ୍ମୀରର ଦୁଇ ପଞ୍ଚମାଂଶକୁ ଦଖଲ କରିନେଲା ତାକୁ ପୁନଃଦଖଲ ଲାଗି ଜେନେରାଲ ଥିମାୟାଙ୍କ ବିନୟ ଅନୁରୋଧ ଓ ଆକୁଲ ନିବେଦନକୁ ନେହେରୁ (ପ୍ରତ୍ୟାଖ୍ୟାନ) ଗ୍ରହଣ କରି ନ ଥିଲେ କିନ୍ତୁ ୧୯୬୨ରେ ଭାରତଠାରୁ ଯଥେଷ୍ଟ ଅଧିକ ଶକ୍ତିଶାଳୀ ଚୀନ ସୀମା ଭିତିରେ ଗୁଇନ୍ଦା ନିର୍ଦ୍ଦେଶକ ବି.ଏନ୍. ମଲିକଙ୍କ ପରୋଚନାରେ ଫରୱାର୍ଡ ପଲିସି ଗ୍ରହଣ କରି ୬୦ଟି ଆର୍ମି ପୋଷ୍ଟ ସ୍ଥାପନ କରି ଚୀନ ସହିତ (ଚୀନକୁ ଯୁଦ୍ଧ ପାଇଁ ଏକ ପ୍ରକାର ବାଧ୍ୟ କରି) ଯୁଦ୍ଧକୁ ଆମନ୍ତ୍ରଣ କରି ଆଣିବା ଏବଂ ତାଙ୍କ ଦୂର ସମ୍ପର୍କୀୟ ବନ୍ଧୁ ଜେନେରାଲ ବି.ଏମ୍. କାଉଲ ଯାହାଙ୍କର (ଯୁଦ୍ଧ ଭୂଇଁରେ ଲଢିବାର ପ୍ରତ୍ୟକ୍ଷ ଅନୁଭୂତି ଆଦୌ ନ ଥିଲା) ଯୁଦ୍ଧ ପରିଚାଳନା ଅଭିଜ୍ଞତା ମୋଟେ ନ ଥିବା । ତାଙ୍କୁ ଚୀନ ଯୁଦ୍ଧରେ କୋର କମାଣ୍ଡର ଭାବେ ନିଯୁକ୍ତ କରି ହଜାର ହଜାର ଭାରତୀୟ ସେନାକୁ ମରଣ ମୁହଁକୁ ଠେଲି ଦେଇଥିବା ଏବଂ ହଜାର ହଜାର ବର୍ଗ କିଲୋମିଟର ଅଞ୍ଚଳ ଚୀନକୁ ଜୋରିମାନା ଆକାରରେ ଦେଇଥିବା ଜବାହାର କାହିଁକି ଅପରାଧୀ ସାବ୍ୟସ୍ତ ହେବେ ନାହିଁ ଆଉ ସେଥୁ ସକାଶେ ଶାସ୍ତି ଭୋଗିବେ ନାହିଁ ?

ଜବାହରଙ୍କୁ ପଣ୍ଡିତ ନେହେରୁ ବୋଲି ସୟୋଧନ କରାଯାଏ । ସାଧାରଣତଃ କାଶ୍ମୀର ବ୍ରାହ୍ମଣମାନଙ୍କୁ ପଣ୍ଡିତ କୁହାଯାଏ । ନେହେରୁ କାଶ୍ମୀର ବ୍ରାହ୍ମଣ ହୋଇଥିବାରୁ ତାଙ୍କୁ ପଣ୍ଡିତ ନେହେରୁ ବୋଲି କୁହାଯାଏ । ନଚେତ ସେ ପ୍ରକୃତରେ ପଣ୍ଡିତ (ବିଜ୍ଞ ବା ଜ୍ଞାନୀ) ଆଦୌ ନୁହଁନ୍ତି । "ସତ୍ୟ ତପେ ଜ୍ଞାନ ମହିଂସ ତା ବିଦ୍ୱତ୍ ପ୍ରଣାମଂ ଚ ସୁଶୀଳତା ଚ । ଏତାନି ଯୋ ଧରାୟତେ ସବିଦ୍ୟାନ ନ କେବଳଂ, ଯଃ ପଠତେ ନସ ବିଦ୍ୟାନ ।" କେବଳ ବେଶୀ ପାଠପଢି ଉଚ୍ଚଶିକ୍ଷିତ ହୋଇଗଲେ କେହି ବିଦ୍ୱାନ ହୋଇଯାଏ ନାହିଁ । ଯିଏ ସତ୍ୟ, ତପସ୍ୟା, ଜ୍ଞାନ, ଅହିଂସା, ବିଦ୍ୱାନ ବ୍ୟକ୍ତିଙ୍କ ପ୍ରତି ସମ୍ମାନ ଓ ସୁଶୀଳତା ଆଦି ଗୁଣମାନଙ୍କୁ ଧାରଣ କରିଥାଏ । ସେ ହିଁ ଯଥାର୍ଥରେ ବିଦ୍ୱାନ । ଅତି ପରିତାପର ବିଷୟ ତାଙ୍କ କାର୍ଯ୍ୟ କଳାପ ରୀତିନୀତି ଆଚାର ବ୍ୟବହାରକୁ ଭଲଭାବରେ ନିରୀକ୍ଷଣ କରି ପର୍ଯ୍ୟାଲୋଚନା କଲେ ଜଣାଯାଏ ସେ କୌଣସି କ୍ଷେତ୍ରରେ ନିଜ ବିଜ୍ଞତାର ପରିଚୟ ଦେଇପାରି ନାହାନ୍ତି । ରାଜନୀତି କ୍ଷେତ୍ରରେ ହେଉ ବା ଶାସନ କ୍ଷେତ୍ରରେ, ବ୍ୟକ୍ତିଗତ ଜୀବନ କ୍ଷେତ୍ରରେ କିମ୍ବା ପାରିବାରିକ କ୍ଷେତ୍ରରେ ନିଜ ପାରଦର୍ଶିତାର ପରାକାଷ୍ଠା ପ୍ରଦର୍ଶନ କରିପାରିଲେ ନାହିଁ । ରାଜନୀତି କ୍ଷେତ୍ରରେ ଗାନ୍ଧୀଙ୍କ ଅନୁରୋଧରେ ଦେଶର ୧୭ଟି ପ୍ରଦେଶ ମଧରୁ ୧୩ଟି ପ୍ରଦେଶ ସର୍ଦ୍ଦାର ପଟେଲଙ୍କୁ ପ୍ରଧାନମନ୍ତ୍ରୀ ହେବା ପାଇଁ ସମର୍ଥନ କରିଥିଲାବେଳେ ନେହେରୁଙ୍କୁ ଆଦୌ ସମର୍ଥନ ମିଲି ନ ଥିଲା । ଏହା ଦ୍ୱାରା ଏହି ବାର୍ତ୍ତା ମିଲୁଛି ଯେ ଦେଶର କୌଣସି କଂଗ୍ରେସ କର୍ମୀ ନେହେରୁଙ୍କୁ ବିଶ୍ୱାସକୁ ନେଉ ନ ଥିଲେ ଓ ତାଙ୍କୁ ମଧ ପସନ୍ଦ କରୁ ନଥିଲେ । ତା'ର ସ୍ପଷ୍ଟ ପ୍ରମାଣ ମିଲିଗଲା ଗାନ୍ଧୀଙ୍କ ମୃତ୍ୟୁ ପରେ ୧୯୪୮ କଂଗ୍ରେସ ସଭାପତି ନିର୍ବାଚନୀରେ ପ୍ରଧାନମନ୍ତ୍ରୀ ପଦରେ (ଆସନରେ) ଥାଇ ସୁଦ୍ଧା ନେହେରୁ-ଟଣ୍ଡନଙ୍କଠାରୁ ହାରି ଯାଇଥିଲେ । ଶାସନ କ୍ଷେତ୍ରରେ (ନେହେରୁଙ୍କ ଶାସନ କାଲରେ ପ୍ରତିରକ୍ଷା ମନ୍ତ୍ରୀଙ୍କ ଜିପ

କେଲେଙ୍କାରୀ ଓ ହରିଦାସ ମୁଦ୍ରା ଦୁର୍ନୀତି ଉଲ୍ଲେଖନୀୟ ଘଟଣା) ୧୯୪୮ରେ ଜାମ୍ମୁ-କାଶ୍ମୀର ଅଞ୍ଚଳକୁ ବେନିୟମ ଭାବରେ ଭାରତଠାରୁ ଅପେକ୍ଷାକୃତ ଦୁର୍ବଳ ପାକିସ୍ତାନ ଦଖଲ କରିଥିବା ଅଞ୍ଚଳକୁ ଫେରାଇ ଆଣିବାକୁ ଭାରତୀୟ ସେନାବାହିନୀକୁ ଆଦେଶ ନ ଦେଇ ଓ ୧୯୬୨ରେ ଫରଓ୍ୱାର୍ଡ ପଲିସ ଗ୍ରହଣ କରି ଶକ୍ତିଶାଳୀ ଚୀନ ସୀମା ଭିତରେ ବିବାଦୀୟ କ୍ଷେତ୍ରରେ ଅନ୍ୟାୟଭାବେ ୬୦ଟି ଆର୍ମିପୋଷ୍ଟ ସ୍ଥାପନ ପାଇ ସେନାକୁ ଆଦେଶ ଦେଇ ଚୀନ-ଭାରତ ଯୁଦ୍ଧକୁ ଆମନ୍ତ୍ରଣ କରି ଆଣି ବୁଦ୍ଧି ହୀନତା ଓ ଅପରିଣାମ ଦର୍ଶିତାର ପ୍ରମାଣ ଦେଇଥିଲେ। ତାଙ୍କର ଜୀବନ ଥିଲା ବିଫଳତାର ଏକ ଗଣ୍ତାଘର। ତାଙ୍କର ବ୍ୟକ୍ତିଗତ ଜୀବନ ମଧ ନିଷ୍କଳଙ୍କ କିମ୍ୱା ସ୍ୱଚ୍ଛ ନ ଥିଲା। ସେ କେବେହେଲେ ନିର୍ମଲ ଭାବ ମୂର୍ତ୍ତିର ବ୍ୟକ୍ତି ନଥିଲେ। ପାରିବାରିକ କ୍ଷେତ୍ରରେ ସୁଦ୍ଧା ସେ ତାଙ୍କର ଏକ ମାତ୍ର ସନ୍ତାନକୁ ସେପରି ସଂସ୍କାର ଶିକ୍ଷା ଦେଇ ପାରି ନଥିଲେ। ଯାହା ଶିଖାଇବା ତାଙ୍କର ଅପରିହାର୍ଯ୍ୟ ଥିଲା।

ଏହି ସମାଜବାଦୀଙ୍କ ସାମାଜିକ ଜୀବନର ଅନେକ ଛୋଟ ଛୋଟ କାହାଣୀ ଏବେ ବି ଅକୁହା ରହିଯାଇ ଅଛି। ସମସ୍ତେ ଜାଣନ୍ତି ତାଙ୍କର ଗୋଟିଏ ପତ୍ନୀ ଏବଂ ଅନେକ ବାନ୍ଧବୀ ଥିଲେ। ତାଙ୍କର ଏକାଧିକ ଉପ ପତ୍ନୀ (ପ୍ରେମିକା) ଥିଲେ। ଏକଥା ବୋଧହୁଏ ଅନେକ ଜାଣିନାହାନ୍ତି। ନାରୀମାନେ ତାଙ୍କ ରାଜନୈତିକ ଓ ବ୍ୟକ୍ତିଗତ ଜୀବନକୁ ବିଶେଷଭାବରେ ପ୍ରଭାବିତ କରିଥିଲେ। ଅନେକ ମହିଲା ବି ତାଙ୍କ ଜୀବନକୁ ପ୍ରଭାବିତ କରିଥିଲେ। ସେମାନଙ୍କ ସହ ନେହରୁଙ୍କ ସମ୍ପର୍କକୁ ନେଇ ଅନେକ କାହାଣୀ ସବୁ ଅଛି। ଯେଉଁମାନେ ଏ ବିଷୟରେ ଲେଖିଛନ୍ତି ତାଙ୍କ ମଧରେ ଅଛନ୍ତି ଏଡୁଇନା ମାଉଣ୍ଟ ବ୍ୟାଟେନ (ଭାରତର ଶେଷ ଭାଇସ ରାୟଙ୍କ ପତ୍ନୀ)ଙ୍କ ଝିଅ ପାମେଲା ହିକ୍ସ, ନେହରୁଙ୍କ ବ୍ୟକ୍ତିଗତ ସଚିବ ଏମ୍.ଓ. ମାଥାଇ, ପର୍ସୋନାଲ ଆସିଷ୍ଟାଣ୍ଡ ଆର୍.କେ. ଗୋଏଲ, ରାଜୀବ ଦୀକ୍ଷିତ ଇତ୍ୟାଦି। ନେହରୁ ଓ ଏଡୁଇନା ମାଉଣ୍ଟବ୍ୟାଟେନଙ୍କ ବିଷୟ ସାରା ବିଶ୍ୱ ଜାଣିଛି। ଏଡୁଇନା ଓ ନେହେରୁଙ୍କ ମଧରେ ଦୈହିକ ସମ୍ପର୍କ ଥାଉ କି ନ ଥାଉ, ଉଭୟ ପରସ୍ପରକୁ ସମ୍ମାନ କରୁଥିଲେ ଓ ଭଲ ପାଉଥିଲେ। ନେହେରୁ ପ୍ରଧାନମନ୍ତ୍ରୀ ହେଲା ପରେ ବି ଏଡୁଇନା ଭାରତ ଆସିଲେ ନେହେରୁଙ୍କ ସରକାରୀ ବଙ୍ଗଳା ତିନିମୂର୍ତ୍ତି ଭବନରେ ରହୁଥିଲେ ଓ ନେହେରୁ ସରକାରୀ ଗସ୍ତରେ ଇଂଲଣ୍ଡ ରହଣୀ ସମୟରେ ଏଡୁଇନାଙ୍କ ଘରେ ରହୁଥିଲେ। ବିଖ୍ୟାତ ସାମୟିକ ପ୍ରାଣ ଚୋପ୍ରା (୧୯୨୧-୨୦୧୩) ଲେଖିଛନ୍ତି – "ନେହେରୁଙ୍କ ପ୍ରଥମ ଆମେରିକା ଯାତ୍ରାରେ ତତ୍କାଳୀନ ରାଷ୍ଟ୍ରପତି ଜନ.ଏଫ. କେନେଡିଙ୍କ ସହ ହ୍ୱାଇଟ ହାଉସରେ ସାକ୍ଷାତକାର ବିଷୟରେ। ନେହେରୁ ଜଣା ପଡୁଥାଆନ୍ତି କ୍ଲାନ୍ତ, ହତୋସାହ, ଡଲ। ହଠାତ ପାଶ ଆସିଲେ କେନେଡିଙ୍କ ସୁନ୍ଦରୀ ପତ୍ନୀ ଜାକୁଲାଇନ। ହଠାତ୍ ନେହେରୁ ଉସ୍ଥାହିତ ହୋଇ ଜାକୁଲାଇନଙ୍କୁ ଚାହିଁ ରହିଲେ। ଏହି ଘଟଣା ପରେ କେନେଡି ପ୍ରତିକ୍ରିୟାରେ କହିଥିଲେ- "ମୋ ସ୍ତ୍ରୀ ପାଖର ବସିଥିଲେ ବିଦେଶାଗତ ପ୍ରଧାନମନ୍ତ୍ରୀ ଓ ରାଷ୍ଟ୍ର ମୁଖ୍ୟମାନେ ମୋ ସହ ଅଧିକ ସମୟ କଟାନ୍ତି।" ଆଉ ଥରେ ବିଶ୍ୱ ବିଖ୍ୟାତ ଚିତ୍ର ତାରକା ମେରିଲିନ ମନରୋ ନେହରୁଙ୍କୁ ଭେଟିବା ପାଇଁ ସମୟ ମାଗିଥିଲେ। ତାଙ୍କୁ ମିଳିଥିଲା ପାଞ୍ଚ ମିନିଟ୍ ସମୟ। ସାକ୍ଷାତକାର ଚାଲିଲା ଦେଢଘଣ୍ଟା। ବ୍ୟକ୍ତିଗତ ସହକାରୀ ସ୍ଲିପ ପଠାଇ ମନେ ପକାଇବାକୁ ପଡ଼ିଲା ଯେ ମନ୍ରୋଙ୍କ ପାଞ୍ଚ ମିନିଟ୍ କେବେଠୁ ସାରିଗଲାଣି।"

ପ୍ରାୟ ଛ ଦଶନ୍ଧୀ ପରେ ନେହରୁଙ୍କ ଭୁଲଭଟକା ଗୁଡ଼ିକୁ ବାହାର କରି ତାକୁ ବଢେଇ ଥେର ବର୍ଷଣ କରାଯାଇଛି ଓ ତାଙ୍କ ହାସଲିୟତକୁ ତୁଚ୍ଛ ତାଚ୍ଛଲ୍ୟ କରାଯାଇଛି। ଦେଶର ପ୍ରଥମ ପ୍ରଧାନମନ୍ତ୍ରୀଙ୍କୁ 'ନେହେରୁ ବାଦ' କୁହାଯାଉଥିବା ଅପଖ୍ୟାତ ଆଦର୍ଶର ପ୍ରବର୍ତ୍ତକ ବୋଲି କୁହାଯାଉଛି। ପ୍ରକୃତରେ ଗାନ୍ଧିଙ୍କ ନୀତିନିୟମ ବା ଗାନ୍ଧିବାଦର ହତ୍ୟାକାରୀ ହେଉଛନ୍ତି କୌଣସି ଗୋଟିଏ ହେଲେ ପ୍ରଦେଶରୁ ସମର୍ଥନ ନପାଇ କେବଲ ତାଙ୍କ ସମର୍ଥନରେ ପ୍ରଧାନମନ୍ତ୍ରୀ ହୋଇଥିବା ଜବାହର ଲାଲ ନେହେରୁ ଗଡ଼ସେ ନୁହଁନ୍ତି। ନାଥୁରାମ କେବଲ ଗାନ୍ଧିଙ୍କ ନଶ୍ୱର ଶରୀରକୁ ଗୁଲି କରିଥିଲେ। ମାତ୍ର ତାଙ୍କ ଚିନ୍ତା, ଆଦର୍ଶ କିମ୍ୱା ବିଚାରଧାରାକୁ ହତ୍ୟା କରିଥିଲେ ତାଙ୍କ ଦ୍ୱାରା ଘୋଷିତ ତାଙ୍କ ରାଜନୈତିକ ଉତ୍ତରାଧିକାରୀ ନେହେରୁ।

ପୁତ୍ର ସ୍ନେହରେ ଅନ୍ଧ ହୋଇ ଧୃତରାଷ୍ଟ ଅନ୍ୟାୟକୁ ପ୍ରଶ୍ରୟ ଦେଇଥିଲେ । ଉଦ୍ଧତ ପୁତ୍ର ଦୁର୍ଯ୍ୟୋଧନର ଅପକର୍ମ ଓ ଅନ୍ୟାୟ ଆଚରଣକୁ ବିନା ବିଚାରରେ ସମର୍ଥନ କରିଥିଲେ । ଯାହାର ପରିଣାମ ହେଲା କୁରୁକ୍ଷେତ୍ର ମହାସଂଗ୍ରାମ ଏବଂ ଫଳାଫଳ କୁରୁବଂଶ ସମୂଳେ ଧ୍ୱଂସ । ସେହିପରି ଜବାହର ନିଜ ସନ୍ତାନଟିକୁ ପାରିବାରିକ ଅନୁଶାସନ ମଧ୍ୟରେ ରଖିନପାରି ଓଲଟି ତା'ର ରାଜନୈତିକ ସୁବିଧା ପାଇଁ କଂଗ୍ରେସର ବରିଷ୍ଠ ନେତାମାନଙ୍କୁ ଶାସନ କ୍ଷେତ୍ରରୁ ହଟାଇ ଦେଇଥିଲେ । ଏହି ଆଶଙ୍କାରେ ଯେ କାଲେ ସେମାନେ ବୟସରେ କନିଷ୍ଠ ତାଙ୍କ ସନ୍ତାନଟିକୁ ଶୀର୍ଷ ନେତାଭାବେ ସମର୍ଥନ କରିବେ ନାହିଁ, ସେଥିପାଇଁ ସେ କାମରାଜ ଯୋଜନା କାର୍ଯ୍ୟକାରୀ କରିଥିଲେ । ଯାହା ଫଳରେ ଅଭିଜ୍ଞତା ସମ୍ପର୍ଣ୍ଣ ନିଷ୍ଠାପର ଓ ବଚନ ବଦ୍ଧ ବରିଷ୍ଠ ନେତାମାନେ କ୍ଷମତା ରାଜନୀତିରୁ ଦୂରେଇ ଯିବା ପାଇଁ ଏକ ପ୍ରକାର ବାଧ୍ୟ ହେଲେ । କନିଷ୍ଠ ଅଳ୍ପ ବୟସ୍କ, ଅନଭିଜ୍ଞ, ବଚସ୍କରମାନଙ୍କୁ ଯୁବଶକ୍ତିକୁ ଶାସନ ପ୍ରକ୍ରିୟାରେ ସାମିଲ କରିବା ଆଳରେ ଶାସନ ପରିଚାଳନା କ୍ଷେତ୍ରକୁ ଅଣାଯାଇ ଶାସନ କ୍ଷମତାରେ ରହିବାକୁ ସୁଯୋଗ ଦିଆଗଲା । ଦେଶର ପ୍ରତ୍ୟେକ ପ୍ରଦେଶରେ କେବଳ ତାଙ୍କ ଅନୁଗତ, ଖୋସାମତିଆ, ପିନ୍ଧାଟେକା, ଚାଟୁକାର ସ୍ତାବକମାନେ ଶାସନ ପରିଚାଳନା କ୍ଷେତ୍ରରେ ରହିଲେ । ଯାହା ଫଳରେ ତାଙ୍କର ସେ ଅବାଧ ସନ୍ତାନଟି ତାଙ୍କ ଅନ୍ତେ ସାମାନ୍ୟ ବ୍ୟବଧାନ ପରେ ବିନା ପ୍ରତିରୋଧରେ ଶାସନ ଗାଦି ଅକ୍ତିଆର କରି ନେବାକୁ ସକ୍ଷମ ହେଲା । ମାତ୍ର ଦେଶରେ ଶାସନ ପ୍ରତି ଉତ୍ତରଦାୟୀ ରହିବା ନେତୃତ୍ୱର ଘୋର ଅଭାବ (ସଙ୍କଟ) ପରିଦୃଷ୍ଟ ହେଲା ।

ଯଦି ସ୍ୱାର୍ଥପର ଜବାହାରଙ୍କ ପରିବର୍ତ୍ତେ ଗାନ୍ଧି ଅନ୍ୟ କୌଣସି ନିଃସ୍ୱାର୍ଥପର କର୍ମଯୋଗୀଙ୍କୁ ତାଙ୍କ ରାଜନୈତିକ ଉତ୍ତରାଧିକାରୀ ଭାବରେ ମନୋନୀତ କରିଥାଆନ୍ତେ । ଏପରିକି ତାଙ୍କ କନିଷ୍ଠ ପୁତ୍ର ଦେବ ଦାସ ଯାହାକୁ ସେ ତାଙ୍କ ଅନ୍ୟ ପୁତ୍ରମାନଙ୍କଠାରୁ ଅଧିକ ସ୍ନେହ ଓ ଶ୍ରଦ୍ଧା କରୁଥିଲେ କିମ୍ବା ଅଧିକ ରାଜ୍ୟରୁ ସମର୍ଥନ ପାଇଥିବା ସର୍ଦ୍ଦାର ପଟେଲଙ୍କୁ ତେବେ ଦେଶର ଏପରି ଅଧୋଗତି ହୋଇ ନଥାଆନ୍ତା । କୌଣସି ନିଃସ୍ୱାର୍ଥପର ବ୍ୟକ୍ତି ଶାସନର ସର୍ବୋଚ୍ଚ କ୍ଷେତ୍ରରେ (ସ୍ତରରେ) ରହିଥିଲେ ସେ ଦେଶର ଭବିଷ୍ୟତ ଓ ଜନସାଧାରଣଙ୍କ ହିତ ପାଇଁ କିଛି କରିବାକୁ ଉଦ୍ୟମ କରିଥାଆନ୍ତେ । ଯାହା ଜବାହାରଙ୍କ ଦ୍ୱାରା ସମ୍ଭବ ହେଲା ନାହିଁ । ଅନ୍ୟ କେହି ନିଜ ପାଇଁ ଏବଂ ନିଜ ପରିବାର ଲାଗି ଏତେ ବ୍ୟସ୍ତ ହୋଇପଡ଼ି ନଥାଆନ୍ତେ, ସେ ଯେପରି ହେଲେ । ତାହାତ ହେଲାନାହିଁ । ଗାନ୍ଧିଙ୍କ ନିର୍ଦ୍ଦେଶରେ ଜବାହାର ହେଲେ ସ୍ୱାଧୀନ ଭାରତର ପ୍ରଥମ ପ୍ରଧାନମନ୍ତ୍ରୀ । ଗାନ୍ଧିଙ୍କ ଇଚ୍ଛାକୁ ସମ୍ମାନ ଜଣାଇ ଅନ୍ୟ ତୁଙ୍ଗ ନେତାମାନେ ନିରବ ରହିବାକୁ ଏକ ପ୍ରକାର ବାଧ୍ୟ ହେଲେ । ପ୍ରଧାନମନ୍ତ୍ରୀଙ୍କ ହାତରେ ସବୁ କ୍ଷମତା କେନ୍ଦ୍ରୀଭୂତ ହୋଇ ରହିଲା । ସେ ସେହି କ୍ଷମତାର ଅପବ୍ୟବହାର କରି ନିଜ ପାଇଁ ଓ ନିଜ ପରିବାର ଲାଗି ସୁଯୋଗମାନ ସୃଷ୍ଟି କରିବାରେ ଲାଗିପଡ଼ିଲେ । ତା'ପରେ ତାଙ୍କର ଗୋଟିଏ ପରେ ଗୋଟେ ଦୁଷ୍କର୍ମର ଘଟଣା ଲୋକ ଲୋଚନକୁ ଆସି ତାଙ୍କ ଅସଲ ସ୍ୱରୂପକୁ ପଦାରେ ପକାଇଦେଲା । ଲୋକମାନେ ତାଙ୍କ ଭଦ୍ର ବେଶ ଭିତରେ ଲୁଚି ରହିଥିବା ସଇତାନକୁ ଜାଣି ପାରିଲେ । କିନ୍ତୁ ସେତେବେଳକୁ ନେଢ଼ିଗୁଢ଼ କହୁଣି ଦେଇ ତଳକୁ ଇଟି ଯାଇଥିଲା । ସମୟ ଅତିକ୍ରାନ୍ତ ହୋଇ ସାରିଥିଲା । ତାଙ୍କର ଦେଶ ଓ ଦେଶବାସୀଙ୍କ ହିତ ପାଇଁ ଚିନ୍ତା କରିବାକୁ ସମୟ ନଥିଲା । ଇନ୍ଦିରାଙ୍କୁ କ୍ଷମତାସୀନ କରିବା ପାଇଁ କାମରାଜ ଯୋଜନା ମାଧ୍ୟମରେ ବରିଷ୍ଠ କଂଗ୍ରେସ ନେତାମାନଙ୍କୁ କ୍ଷମତା ଶାସନ କ୍ଷେତ୍ରରୁ ହଟାଇଦେଲେ । ନିଜ ସନ୍ତାନର ଭବିଷ୍ୟତ ଚିନ୍ତାରେ ସେ ସବୁବେଳେ ବୁଡ଼ି ରହିଥିଲେ ଓ ପରିଣତ ବୟସରେ ମଧ୍ୟ ସେ ସଞ୍ଚକ କରିବାରେ ବ୍ୟସ୍ତଥିଲେ । ବୃଦ୍ଧାବସ୍ଥାରେ ସୁଦ୍ଧା ଛାତି ପକେଟରେ ସଜ ଗୋଲାପ ଫୁଲ ଖୋସୁଥିଲେ । ଏପରି ଲୋକ ହାତରେ ଶାସନ ଡୋରି ରହିଲେ ଯାହା ହେବା କଥା ତାହା ହିଁ ହେଲା ।

ଭାରତୀୟ ସମ୍ବିଧାନରେ କେଉଁ ଜାଗାରେ ପଦଟିଏ ନାହିଁ ଯେ ପ୍ରଧାନମନ୍ତ୍ରୀଙ୍କର ଏଇ କ୍ଷମତା ଅଛି ବୋଲି ୭୪, ୭୫, ୭୮ ଏଇ ତିନିଗୋଟି ଧାରାକୁ ଛାଡ଼ିଦେଲେ ପ୍ରଧାନମନ୍ତ୍ରୀଙ୍କ ନୋ ଗନ୍ଧ ଆଉ କେଉଁଠିତ ନାହିଁ । ୫୨ ଧାରା କହୁଛି,

ଦେଶର ସବୁ କାର୍ଯ୍ୟନିର୍ବାହୀ କ୍ଷମତା ରାଷ୍ଟ୍ରପତିଙ୍କ ହାତରେ ଏବଂ ତାହା ତାଙ୍କର ଅଧସ୍ତନଙ୍କ ଦ୍ୱାରା କାର୍ଯ୍ୟକାରୀ ହେବ। ୭୪ଧାରା ଅନୁସାରେ ପ୍ରଧାନମନ୍ତ୍ରୀ ଓ ମନ୍ତ୍ରିମଣ୍ଡଳ ରାଷ୍ଟ୍ରପତିଙ୍କୁ ସବୁ କାମରେ ପରାମର୍ଶ ଦେବା ପାଇଁ ରହିବେ ଓ ୭୫ ଧାରା ଅନୁସାରେ ପ୍ରଧାନମନ୍ତ୍ରୀଙ୍କୁ ରାଷ୍ଟ୍ରପତି ନିଯୁକ୍ତି ଦେବେ ଏବଂ ତାଙ୍କ ପରାମର୍ଶରେ ଅନ୍ୟ ମନ୍ତ୍ରୀଙ୍କୁ ନିଯୁକ୍ତ କରିବେ।

କଂଗ୍ରେସ ଦଳ ମଧ୍ୟରେ ଜବାହାରଙ୍କ ପ୍ରତି ସଂଖ୍ୟା ଗରିଷ୍ଠ ସଭ୍ୟମାନଙ୍କର ସମର୍ଥନ ନଥିଲା। କଂଗ୍ରେସ କର୍ମୀ ତଥା ନେତାମାନେ ତାଙ୍କୁ ଆଦୌ ପସନ୍ଦ କରୁ ନଥିଲେ କିମ୍ବା ତାଙ୍କ ନେତୃତ୍ୱ ପ୍ରତି ସେମାନଙ୍କର ସାମାନ୍ୟତମ ଆସ୍ଥା ବା ସମର୍ଥନ ନଥିଲା।

ସାରା ବିଶ୍ୱର ଗଣତନ୍ତ୍ରରେ କେବଳ ଭାରତ ବର୍ଷରେ ଆଦୌ ସମର୍ଥନ ପାଇ ନ ଥିବା ଜଣେ ବ୍ୟକ୍ତି ପ୍ରଧାନମନ୍ତ୍ରୀ ପଦଲାଗି ଯୋଗ୍ୟ ବିବେଚିତ ହୋଇ ପାରିଥିଲେ। ଅନ୍ୟ କୌଣସି ଗଣତନ୍ତ୍ର ଦେଶରେ ଏପରି କେବେ ହୋଇନାହିଁ କିମ୍ବା ହୋଇ ପାରିବିନି ଅଥବା ହୋଇଥିବାର ନଜିର ନାହିଁ।

ଜବାହାର ନେହେରୁ କେବଳ ଗାନ୍ଧିଜୀଙ୍କ କଥାରେ ଉଠବସ ହେଉଥିଲେ, ତାହା ନୁହେଁ। ସେ ଅନେକ କ୍ଷେତ୍ରରେ ବିଭିନ୍ନ ବ୍ୟକ୍ତିଙ୍କ ଦ୍ୱାରା ପ୍ରଭାବିତ ଓ ସେମାନଙ୍କ କଥାରେ ଭାସିଯାଇ ଦେଶର ପ୍ରଭୂତ କ୍ଷତି ଘଟାଇଛନ୍ତି। ସ୍ୱାଧୀନତା ହାସଲ ସମୟରେ ଏଡ୍‍ଉଇନ୍‍ଙ୍କ ଦ୍ୱାରା ପ୍ରଭାବିତ ହୋଇ ମାଉଣ୍ଟ ବ୍ୟାଟେନଙ୍କ ପ୍ରତ୍ୟେକ କଥାକୁ ମାନିନେଇଥିଲେ। ଚୀନର ତିବ୍ବତ ଦଖଲ ବେଳେ ଚୀନ ରାଷ୍ଟ୍ରପତିଙ୍କ କଥାରେ ପଡ଼ି ତିବ୍ବତ ଚୀନର ଅଂଶ ବୋଲି ସ୍ୱୀକାର କରିନେବା, ଗୁଇନ୍ଦା ନିର୍ଦ୍ଦେଶକ ବି.ଏନ. ମଲ୍ଲିକଙ୍କ ପ୍ରରୋଚନାରେ ଚୀନ ସୀମା ଭିତରେ ୬୦ଟି ଆର୍ମି ପୋଷ୍ଟ ସ୍ଥାପନ କରି ଚୀନ ସହିତ ଯୁଦ୍ଧକୁ ଆମନ୍ତ୍ରଣ କରି ଆଣିବା। ଜେନେରାଲ ବି.ଏମ କାଉଲ ଯାହାଙ୍କର ଯୁଦ୍ଧ ଭୂମିରେ ଲଢ଼ିବାର ପ୍ରତ୍ୟକ୍ଷ ଅନୁଭୂତି ଆଦୌ ନ ଥିଲା ଓ ଯୁଦ୍ଧ ପରିଚାଳନା ଅଭିଜ୍ଞତା ମୋଟେ ନ ଥିଲା । ତାଙ୍କୁ ଚୀନ ଯୁଦ୍ଧରେ କୋର କମାଣ୍ଡର ଭାବରେ ନିଯୁକ୍ତ କରିବା। ମିଳିତ ଜାତିସଂଘରେ ସ୍ଥାୟୀ ସଦସ୍ୟ ଭାରତକୁ ହେବାକୁ ସୁଯୋଗ ନ ଦେଇ ତାହା ଚୀନକୁ ପ୍ରଦାନ କରିବା। ଯୁଦ୍ଧ ସମୟରେ ଆକାଶ ବାହିନୀକୁ ଚୀନ ଉପରେ ଆକ୍ରମଣ ପାଇଁ ଆଦେଶ ନଦେବା । ପାକିସ୍ତାନର ଜମ୍ମୁ-କାଶ୍ମୀର ଦଖଲ ପରେ ତାକୁ ପୁନଃ ଦଖଲ କରିବା ଲାଗି ଭାରତୀୟ ସେନାକୁ ଆଦେଶ ନଦେଇ ସେ ତଥ୍ୟକୁ ଜାତିସଂଘକୁ ନେଇଯିବା। ଦେଶର ସାମରିକ ଶକ୍ତି ବୃଦ୍ଧି ପାଇଁ ଜେନେରାଲ ଥିମାୟାଙ୍କ ଯୁକ୍ତି ଓ ଆବେଦନକୁ ଅଗ୍ରାହ୍ୟ କରିବା। ତିବ୍ବତ ରାଜଧାନୀ ଲାସାରୁ ଓ ଜାତୁଁରେ ଥିବା ଭାରତର ପିକେଟ ଉଠାଇ ଆଣିବା । ଏହିପରି ଅନେକ କାମ ସେ ଅନ୍ୟର ପ୍ରରୋଚନାରେ କରିଥିଲେ। ପ୍ରକୃତରେ ତାଙ୍କର କୌଣସି ସ୍ଥିର ବୁଦ୍ଧି କିମ୍ବା ମୌଲିକତା ନ ଥିଲା। ତାହା ନ ହୋଇଥିଲେ ଗାନ୍ଧିଙ୍କ ଅନୁରୋଧରେ ଦେଶର ୧୭ଟି ପ୍ରଦେଶ ମଧ୍ୟରୁ ସେ କୌଣସି ଗୋଟିଏ ହେଲେ ପ୍ରଦେଶ କମିଟି ଦ୍ୱାରା ପ୍ରଧାନମନ୍ତ୍ରୀ ପାଇଁ ମନୋନୀତ ହୋଇ ନ ପାରି କେବଳ ଗାନ୍ଧିଙ୍କ ସମର୍ଥନରେ କେବେ ବି ପ୍ରଧାନମନ୍ତ୍ରୀ ହେବାକୁ ସମ୍ମତ ହୋଇ ନଥାନ୍ତେ। ଗାନ୍ଧିଙ୍କ ମୃତ୍ୟୁପରେ ୧୯୪୮ କଂଗ୍ରେସ ସଭାପତି ନିର୍ବାଚନରେ ପ୍ରଧାନମନ୍ତ୍ରୀ ପଦରେ ଥାଇ ପରାଜିତ ହେବାପରେ ପ୍ରଧାନମନ୍ତ୍ରୀ ପଦରୁ ଓହରି ନ ଆସି ଓ ଚୀନ ଯୁଦ୍ଧରେ ଭାରତର ଶୋଚନୀୟ ପରାଜୟ ପରେ ଦେଶର ପ୍ରଧାନମନ୍ତ୍ରୀ ପଦରୁ ଇସ୍ତଫା ନ ଦେଇ ନିର୍ଲଜ୍ଜଙ୍କ ପରି ସେ ଆସନ ମାଡ଼ି ବସି ରହି ନ ଥାଆନ୍ତେ କିନ୍ତୁ ସୁଭାଷ ବୋଷ ସେପରି ନଥିଲେ ।

ଜଣେ ବ୍ୟକ୍ତିଙ୍କୁ ହତ୍ୟା କରିବା ଅପେକ୍ଷା ସମ୍ପୃକ୍ତ ବ୍ୟକ୍ତିଙ୍କର ନୀତି ଓ ଆଦର୍ଶକୁ ହତ୍ୟା କରିବା ନିଶ୍ଚିତ ଅଧିକ ମାରାତ୍ମକ ଦୋଷାବହ କାର୍ଯ୍ୟ। ଗାନ୍ଧିଙ୍କ ନୀତି ଓ ଆଦର୍ଶକୁ ତିଲ ତିଲ କିଛି ହତ୍ୟା କରିଥିବା ଭାରତର ପ୍ରଥମ ପ୍ରଧାନମନ୍ତ୍ରୀ କାହିଁକି ଅପରାଧୀ ଭାବେ ଦଣ୍ଡ ନ ଭୋଗିବେ ଏବଂ ଶାସନ କ୍ଷମତାରେ ରହିବାକୁ ସମର୍ଥ ହୋଇପାରିଲେ।

ମାତ୍ର ଜଣେ ବ୍ୟକ୍ତି (ଗାନ୍ଧୀଙ୍କୁ) ହତ୍ୟା କରି ନାଥୁରାମ ଫାଶୀ ପାଇଲେ ଅଥଚ ହଜାର ହଜାର ସୈନ୍ୟଙ୍କୁ ମରଣ ମୁହଁକୁ ଠେଲି ଦେଇ ଦେଶର ହଜାର ହଜାର ବର୍ଗ କି.ମି. ଅଞ୍ଚଳ ନିଜ ବୁଦ୍ଧିହୀନତା ଓ ଦୂରଦୃଷ୍ଟି ଅଭାବରୁ ହରାଇ ଜବାହାର

ଭାରତର ପ୍ରଧାନମନ୍ତ୍ରୀ ହୋଇ ରହିଲେ କେଉଁ ନ୍ୟାୟ ବଳରେ । ୧୯୬୨ ମସିହା ଚୀନ ଯୁଦ୍ଧର ବିପର୍ଯ୍ୟୟ ପରେ ତାଙ୍କୁ ଫାଶୀ ଦିଆ ନ ଗଲା କାହିଁକ ? ସେହିପରି ୧୯୭୫ରେ ଆଲ୍ଲାହାବାଦ ହାଇକୋର୍ଟଙ୍କ ରାୟ ପରେ ନିଜ ପଦବୀରୁ ଇସ୍ତଫା ଦେଇ ଉଚ୍ଚତମ ନ୍ୟାୟାଳୟର ରାୟକୁ ଅପେକ୍ଷା ନ କରି ଦେଶରେ ସେପରି କୌଣସି ଅସ୍ୱାଭାବିକ ପରିସ୍ଥିତି ଉପୁଜି ନ ଥିଲେ ମଧ୍ୟ ନିଜର ଗାଦି ରକ୍ଷା ପାଇଁ ଦେଶର ଗଣତନ୍ତ୍ରକୁ ହତ୍ୟା କରି ଜରୁରୀକାଳୀନ ପରିସ୍ଥିତି ଜାରି କରି, ସ୍ୱାଧୀନତା ଆନ୍ଦୋଳନ ସମୟରେ ବିଦେଶୀ ବ୍ରିଟିଶ ସରକାର ସ୍ୱାଧୀନତା ସଂଗ୍ରାମୀମାନଙ୍କୁ ଜେଲ ଦଣ୍ଡରେ ଦଣ୍ଡିତ କଲା ପରି ସେ ଦେଶର ତୁଙ୍ଗ (ବିରୋଧୀ) ନେତାମାନଙ୍କୁ ଗିରଫ କରି ଦେଶରେ ଅଜଣା କୋକୁଆ ଭୟ ସୃଷ୍ଟି କରିଥିବା ଇନ୍ଦିରା ଗାନ୍ଧୀଙ୍କୁ ୧୯୭୧ ନିର୍ବାଚନ ପରେ କାହିଁକି ଫାଶୀ ନ ଦିଆଗଲା ତା' ପଛରେ କୌଣସି ଯୁକ୍ତିଯୁକ୍ତ କାରଣ ଥିଲା ପରି ଜାଣି ହେଉନି କିମ୍ୱା ବୁଝା ପଡୁନି । ଆମ ଦେଶରେ ଗଣତନ୍ତ୍ର ବା ରାଜତନ୍ତ୍ର ଶାସନ ଚାଲିଛି । ଯେଉଁଠି ବଂଶାନୁକ୍ରମିକ ଭାବେ ବାପ, ବାପ ପରେ ଝିଅ ଓ ତା'ପରେ ନାତି କ୍ଷମତାସୀନ ହେବେ ଏବଂ ସେମାନେ ଭୁଲ କଲେ ମଧ୍ୟ ସେମାନଙ୍କୁ ଦଣ୍ଡ ଦିଆଯାଇପାରିବ ନାହିଁ । ରାଜାଙ୍କର ଦୋଷ ଧର୍ତ୍ତବ୍ୟ ଅପରାଧ ଭାବରେ ଗଣ୍ୟ କରାଯାଏନି । ତାଙ୍କ ଅପରାଧ ସର୍ବଦା ବର୍ଜନୀୟ । କିନ୍ତୁ ଜବାହର କିମ୍ୱା ଇନ୍ଦିରା ଭାରତବର୍ଷର ରାଜା ବା ସମ୍ରାଟ ନୁହଁନ୍ତି । ଯେଉଁଥିପାଇଁ ସେମାନେ ସେମାନଙ୍କ ଦୋଷ ପାଇଁ ଦଣ୍ଡ ପାଇବେନି ଓ ଅପରାଧ ଲାଗି ଶାସ୍ତି ଭୋଗିବେ ନାହିଁ । ସେମାନଙ୍କ ମାରାତ୍ମକ ଭୁଲ ସକାଶେ ସେମାନେ ଅପରାଧୀ ସାବ୍ୟସ୍ତ ନ ହୋଇ ଏବଂ କୌଣସି ଦଣ୍ଡ ନ ଭୋଗି କ୍ଷମା ପାଇବେ । ଭାରତରେ ପ୍ରକୃତରେ ଗଣତନ୍ତ୍ର ଶାସନ ଚାଲିଥିଲେ ୧୯୬୨ ମସିହା ଚୀନ ଯୁଦ୍ଧ ପାଇଁ ଜବାହରଙ୍କୁ ଓ ୧୯୭୫ ମସିହା ଜରୁରୀକାଳୀନ ପରିସ୍ଥିତି ଜାରି ଲାଗି ଇନ୍ଦିରାଙ୍କୁ ଫାଶୀ ଦେବା ଉଚିତ ଏବଂ ନିର୍ଭୁଲ ମଧ୍ୟ ହୋଇ ଥାଆନ୍ତା । ମାତ୍ର ଆମ ଦେଶରେ ରାଜତନ୍ତ୍ର (ବଂଶାନୁବାଦ) ଶାସନ ଚାଲିଥିବାରୁ ପିତା, ପୁତ୍ରୀ ଦୁହେଁ ଏତେ ମାରାତ୍ମକ ଅପରାଧ କରି ସୁଦ୍ଧା ଦୋଷୀ (ଅପରାଧୀ) ସାବ୍ୟସ୍ତ ନ ହୋଇ ନିରଙ୍କୁଶ କ୍ଷମତା ଭୋଗ କରିଥିଲେ ।

ଭାରତ ବିଭାଜନ ପୂର୍ବରୁ ଗାନ୍ଧିଜୀ ବାରମ୍ୱାର କହୁଥିଲେ "ଭାରତ ଯଦି କେବେ ଭାଗ ଭାଗ ହୋଇଯାଏ, ତେବେ ତାହା ମୋ ଦ୍ୱିଖଣ୍ଡିତ ଶବ ଉପରେ ହେବ । ଦେଶ ବିଭାଜନ ଆଲୋଚନା ଜୋରଦାର ହେବାରୁ ଓ 'ଟୁ ନେସନ ଥିଓରୀ'ରେ ଜିନ୍ନା ଅଟଳ ରହିବାରୁ ଗାନ୍ଧିଜୀ କହିଥିଲେ ଯେ ଦେଶ ବିଭାଜନ ହେବ ତାଙ୍କ ଶବ ଉପରେ । ଦେଶବାସୀ ଦେଖ୍ଖବାରେ ଗାନ୍ଧିଜୀଙ୍କ ଜୀବିତାବସ୍ଥାରେ ଦେଶ ବିଭାଜନ ହୋଇଗଲା ଅଥଚ ଗାନ୍ଧି ବଞ୍ଚି ଥାଆନ୍ତି । ଆଉ ଯୌବନର ଉଦ୍ଦାମତାର ଶିଖରରେ ଥିବା ସମୟରେ ସ୍ୱେଚ୍ଛାକୃତ ଭାବରେ ୧୯୦୬ ମସିହାରେ ୩୭ବର୍ଷ ବୟସରେ ଗାନ୍ଧି (ସେ କହିବା ଅନୁଯାୟୀ) କାୟ ମନୋବାକ୍ୟରେ ସମ୍ପୂର୍ଣ୍ଣ ବ୍ରହ୍ମଚର୍ଯ୍ୟ ବ୍ରତ ଅବଲମ୍ବନ କରୁଥିଲେ । ଯେଉଁଥି ପାଇଁ କି ତାଙ୍କ ଜ୍ୟେଷ୍ଠ ସନ୍ତାନ ହରିଲାଲଙ୍କ ପ୍ରଥମ ପତ୍ନୀ ଗୁଲାବଙ୍କ ମୃତ୍ୟୁ ପରେ ମଧ୍ୟବୟସ୍କ ହରିଲାଲ ଦ୍ୱିତୀୟ ବିବାହ କରିବାକୁ ଇଚ୍ଛା ପ୍ରକାଶ କରିଥିଲେ । ଯୁବକ ବୟସର ହରି ଲାଲଙ୍କର ଏହା କିଛି ଅସ୍ୱାଭାବିକ ନ ଥିଲା । ମାତ୍ର ଗାନ୍ଧି ଏହାକୁ ତୀବ୍ର ବିରୋଧ କରିଥିଲେ । "ମୁଁ ସମାଜକୁ ବ୍ରହ୍ମଚର୍ଯ୍ୟା ବ୍ରତ ଅବଲମ୍ବନ କରିବାକୁ ଉପଦେଶ ଦେଉଥିବା ବେଳେ ତୁମକୁ ଦ୍ୱିତୀୟ ବିବାହ କରିବା ପାଇଁ ଅନୁମତି ଦେବା ମୋ ଆଦର୍ଶର ବିରୋଧ ହେବ । ତୁମେ ଯଦି ଦ୍ୱିତୀୟ ବିବାହ କର ତେବେ ମୋର ତ୍ୟାଜ୍ୟ ପୁତ୍ର ହେବ ।" ଗାନ୍ଧିଜୀ ଓ ହରିଲାଲଙ୍କ ମଧ୍ୟରେ ମତଭେଦ ଥିଲା । ସେ ମତଭେଦ ଏତେ ତୀବ୍ର ଥିଲା ଯେ ହରିଲାଲ, ଗାନ୍ଧିଜୀଙ୍କ ବିରୋଧରେ ଟିସ୍ପଣୀ ଦେବାକୁ ମଧ୍ୟ ପିଛାଉ ନଥିଲେ । ହିନ୍ଦୀ ଫିଲ୍ମ 'ଗାନ୍ଧି, ମାଇଁ ଫାଦର'ରେ ଏହି ମତଭେଦର ପ୍ରତୀକାତ୍ମକ ପରିପ୍ରକାଶ ରହିଛି । ହରିଲାଲଙ୍କ କନ୍ୟା ନୀଲମ ପାରିଖ ପିତାଙ୍କ ଜୀବନୀ 'ଗାନ୍ଧିଜୀଙ୍ ଲସ୍ଟ ଜୁଏଲ' ହରି ଲାଲ ଗାନ୍ଧି, ଲେଖ୍ଖ ଗାନ୍ଧିଜୀ ଓ ହରିଲାଲଙ୍କ ସମ୍ପର୍କରେ ବହୁ ଅଜଣା ତଥ୍ୟ ପ୍ରକାଶ କରିଛନ୍ତି । କସ୍ତୁରୀବା ଏହି ସମୟରେ ବାପ-ପୁଅଙ୍କ କଥା ଭିତରେ ହସ୍ତକ୍ଷେପ କରି କହିଥିଲେ "ବାପୁ ମୋ ପୁଅକୁ ପୁଅ ଭଳି ରହିବାକୁ ଦିଅନ୍ତୁ, ତାକୁ ମହାତ୍ମା କରିବା ପାଇଁ ଚେଷ୍ଟା କରନ୍ତୁ ନାହିଁ, ମହାତ୍ମା ଗାନ୍ଧି କିନ୍ତୁ ନିଜ ଆଦର୍ଶର ଜିଦ୍ଦରେ ଅଟଳ ରହିଲେ ।

ଗାନ୍ଧିଙ୍କ ସମର୍ଥକମାନେ କହନ୍ତି ଗାନ୍ଧିଜୀଙ୍କ ପ୍ରତିବନ୍ଧତା ଓ ଆତ୍ମ ସମର୍ପଣ ଭାବ ଥିଲା ଅସାଧାରଣ। ନିଶ୍ଚିତ ଭାବରେ ଗାନ୍ଧି ଥିଲେ ଜଣେ ଜିତେନ୍ଦ୍ରିୟ। ତାଙ୍କ ଅନୁଚରମାନଙ୍କ ମଧ୍ୟରେ ଥିଲେ ସୁଶ୍ରୀସ୍ଲେଡ଼, ରାଜକୁମାରୀ ଅମୃତ କୌର, ସୁଶୀଲା ନାୟାର ଓ ପ୍ରଭାବତୀ ନାରାୟଣଙ୍କ ପରି ବିଶିଷ୍ଟ ମହିଲା ମାନେ। ଗାନ୍ଧିଜୀଙ୍କ ସହ ସେମାନଙ୍କ ସମ୍ପର୍କ ଥିଲା ବାପ-ଝିଅ ସମ୍ପର୍କଠାରୁ ଅଧିକ ଉଷ୍ମତା "ପ୍ଲାଟୋନିକ" ବା ଆଧ୍ୟାତ୍ମିକ ସମ୍ପର୍କ କୁହାଯାଇପାରେ। ମହିଲାମାନଙ୍କଠାରୁ ଦୂରେଇ ରହି କାମବାସନାକୁ ନିୟନ୍ତ୍ରଣ କରିବା ଅପେକ୍ଷାକୃତ ସହଜ କିନ୍ତୁ ମହିଲାଙ୍କ ଗହଣରେ ରହି କାମାଶକ୍ତ ନହେବା ଆତ୍ମ ସଂଯମର ପରାକାଷ୍ଠା ନିଶ୍ଚୟ। ଏହା କେବଳ ମହାତ୍ମା ଗାନ୍ଧି ହିଁ କରିପାରନ୍ତି। ଅଥଚ ସେହି ଗାନ୍ଧିଙ୍କର ଆଉ ଗୋଟେ ମାରାତ୍ମକ ଦୋଷ ଥିଲା। ୧ ୯ ୧ ୯ରେ ଯେତେବେଳେ କି ଗାନ୍ଧିଜୀଙ୍କୁ ୫୦ବର୍ଷ ବୟସ ସେତେବେଳେ (ଲାହୋରରେ) ବିଶ୍ୱ କବି ରବୀନ୍ଦ୍ର ନାଥଙ୍କ ନିଜ ଭଉଣୀ ସ୍ୱର୍ଣ୍ଣ କୁମାରୀଙ୍କ କନ୍ୟା ସରଳା ଦେବୀଙ୍କୁ ଦ୍ୱିତୀୟ ବିବାହ ପାଇଁ ଇଚ୍ଛା ପ୍ରକାଶ କଲେ। ୧ ୯ ୦୬ ମସିହାରୁ ୩୬ବର୍ଷ ବୟସ ବେଳେ କାୟମନୋବାକ୍ୟରେ ସମ୍ପୂର୍ଣ୍ଣ ବ୍ରହ୍ମଚର୍ଯ୍ୟ ବ୍ରତ ଅତ୍ୟନ୍ତ ନିଷ୍ଠାର ସହିତ ପାଳନ କରି ଆସୁଥିବା ଗାନ୍ଧିଜୀ କିପରି ଓ କାହିଁକି ଏବଂ କେଉଁ କାରଣରୁ ଅଥବା କିଭଳି ପରିସ୍ଥିତିରେ ପଡ଼ି ୧ ୯ ୧ ୯ ମସିହା ୫୦ବର୍ଷ ବୟସରେ ଆଉ ଥରେ ବିବାହ (ଦ୍ୱିତୀୟ ବିବାହ) ପୁନି ପତ୍ନୀ କସ୍ତୁରୀବାଙ୍କ ଜୀବିତାବସ୍ଥାରେ ଆଗ୍ରହୀ ହୋଇପଡ଼ିଲେ ପୁନି ବ୍ରହ୍ମଚର୍ଯ୍ୟ ପାଳନ କରିବାର ଦୀର୍ଘ ୧୩ବର୍ଷ ପରେ ଏକଥା ଭାବିଲେ ଅତି ଆଶ୍ଚର୍ଯ୍ୟ ହେବାକୁ ହୁଏ। ତାହା ପୁଣି ଆଉ କାହା ଦ୍ୱାରା ନୁହେଁ, ଖୋଦ ଜାତିର ଜନକ ରାଷ୍ଟ୍ରପିତା ପରମ ସନ୍ତୁ ସ୍ୱୟଂ ଗାନ୍ଧିଙ୍କ ଦ୍ୱାରା। ତାଙ୍କର ଏପରି ପ୍ରସ୍ତାବରେ ତାଙ୍କ ସମୁଦି ରାଜ ଗୋପଲଚାରୀ ଚିନ୍ତିତ ହୋଇ ପଡ଼ିଲେ। ତାଙ୍କର ଏଭଳି ପ୍ରସ୍ତାବକୁ ପତ୍ନୀ କସ୍ତୁରିବା ଓ ପୁତ୍ର ଦେବଦାସ ବିରୋଧ କଲେ। କିନ୍ତୁ ଗାନ୍ଧି ସେମାନଙ୍କୁ ବୁଝାଇବାକୁ ୧ ୯ ୧ ୯ ଡିସେମ୍ବର ୨୦ ତାରିଖରେ ଚିଠିରେ ଲେଖିଥିଲେ ସେ ସରଳା ଦେବୀଙ୍କୁ ସ୍ଥିରିଟୁଆଲ ମ୍ୟାରେଜ କରିବେ। ସ୍ଥିରିଟୁଆଲ ମ୍ୟାରେଜ ଅର୍ଥ ଦେହ ହୋଇଯାଏ ଦୋହାତୀତ, କାମନାର କାରାଗାର ଭିତରୁ ନିଜକୁ ମୁକ୍ତ କରିଦେଇ ଏକଦିବ୍ୟ ଚେତନା ସହ ଏକାତ୍ମା ହୋଇ ମନ ଚାଲିଯାଏ ଇନ୍ଦ୍ରିୟାତୀତ ସ୍ତରକୁ। ଏକ ଅମୂର୍ତ୍ତର ସ୍ତରକୁ। ଗାନ୍ଧୀଙ୍କ ପରି ଏକ ମହାନ୍ ଆତ୍ମା (ବ୍ୟକ୍ତିତ୍ୱ) ସହ ନିଜ ନାମ ଯୋଡ଼ା ହେବାର ସେହି ବିରଳ ସୌଭାଗ୍ୟ ଲାଗି ସରଳା ଦେବୀ ମଧ୍ୟ ଗାନ୍ଧୀଙ୍କୁ ବିବାହ ପାଇଁ ସମ୍ମତ ଥିଲେ। ମାତ୍ର ଗାନ୍ଧି ଯେତେ ପ୍ରକାର ବ୍ୟାଖ୍ୟା କରି ବୁଝାଇଲେ ସୁଦ୍ଧା ପତ୍ନୀ କସ୍ତୁରୀବା ଓ ପୁତ୍ର ଦେବଦାସ କୌଣସି ପରିସ୍ଥିତିରେ ଗାନ୍ଧିଙ୍କ ଦ୍ୱିତୀୟ ବିବାହକୁ ସମର୍ଥନ ନ କରିବାରୁ ଗାନ୍ଧି ବାଧ୍ୟ ହୋଇ ଏପରି ନିଷ୍ଠିରୁ ଓହରି ଗଲେ।

ଏହା ପରେ ସୁଦ୍ଧା ଗାନ୍ଧି ସରଳା ଚୌଧୁରୀଙ୍କୁ ନିଜ ଆଧ୍ୟାତ୍ମ ପତ୍ନୀ ବୋଲି ସ୍ୱୀକାର କରିଥିଲେ। ଆହୁରି ମଧ୍ୟ ଗାନ୍ଧିଜୀ ବ୍ରହ୍ମଚର୍ଯ୍ୟର ପରୀକ୍ଷା ପାଇଁ (ବାହାନାରେ) ତାଙ୍କର ଦୁଇ ଜଣ ଝିଆରୀ (ନାତୁଣୀ)ଙ୍କ ସହିତ ଉଲଗ୍ନ ହୋଇ ଗୋଟିଏ ବିଛଣାରେ ଶୋଉଥିଲେ ଏବଂ ଏହାକୁ ନେଇ ନାନା ବିବାଦ ଉପୁଜିଥିଲା। ଏପରିକି ତାଙ୍କ ନାଥୁରାମ ଗୁଲି ମାରିବା ଦିନ ଗାନ୍ଧି ତାଙ୍କ ଦୁଇ ନାତୁଣୀ ଆଭା ଗାନ୍ଧି ଓ ମନୁ ଗାନ୍ଧିଙ୍କ କାନ୍ଧରେ ଭରାଦେଇ (ହାତରଖି) ପ୍ରାର୍ଥନା ସଭାକୁ ଆସୁଥିଲେ। ଜାତିର ଜନକ ଗାନ୍ଧିଜୀ ଜଣେ ମହାତ୍ମା ହୋଇ ମଧ୍ୟ ଯେତେବେଳେ ଉଚ୍ଚାରଣ ସହିତ ଆଚରଣର ସମନ୍ୱୟ ରଖିପାରିନଥିଲେ। ସେପରି ସ୍ଳକରେ ସୁନିମା, ତୁମେ ମୋ କଥା ଉଠାଉଛ କାହିଁକି ? ପୁରାଣ ଯୁଗରୁ ଆଜି ପର୍ଯ୍ୟନ୍ତ କହିଥିବା କଥା ସହିତ କେତେଜଣ କରିଥିବା କର୍ମର ତାଲମେଲ ରଖିପାରିଛନ୍ତି ? ଯୋଗୀ ବେଶଧାରୀ ରାବଣ ମୁହଁରେ ଭିକ୍ଷାଂ ଦେହି ଉଚ୍ଚାରଣ କରୁଥିଲେ କିନ୍ତୁ ଆଚରରଣରେ ସେ ସୀତାଙ୍କୁ ଜୋର କରି ଚୋରାଇ ନେଲେ। ଏକଥା ତୁମେ ରାମାୟଣରୁ ଶୁଣିଥିବ। ଲକ୍ଷ୍ମଣଙ୍କ ଶକ୍ତି ଭେଦ ସମୟରେ ହିମାଳୟରୁ ବିଶଲ୍ୟକରଣୀ ଆଣିବାକୁ ଯାଇଥିବା ହନୁମାନଙ୍କ ପଥ ପାର୍ଶ୍ୱରେ କାଳନେମି ରାକ୍ଷସ ହରିନାମ ଉଚ୍ଚାରଣ କରି ଛଦ୍ମ ବାଆଜୀଙ୍କ ବେଶ ଧାରଣ କରି ରହିଥିଲେ। ହନୁଙ୍କୁ ପାଖ ପୁଷ୍କରିଣୀରେ ବାସ କରୁଥିବା ଗନ୍ଧପ୍ରଭା

କୁମ୍ଭାରୀ ଦ୍ୱାରା ମରାଇବାର ଯୋଜନା ଆଚରଣରେ ଦେଖାଇଥିଲେ । ଧନୁଯାତ୍ରା ଦେଖିସାରି ଫେରିଆସିବାକୁ କଥାଦେଇ କୃଷ୍ଣ ମଥୁରାରୁ ବରଂ ଦ୍ୱାରିକାକୁ ଚାଲିଗଲେ କେବେ ବି ଗୋପବୃନ୍ଦାବନକୁ ଫେରି ନ ଥିଲେ । ଆଉ ଆମ ଦେଶର ତଥା ରାଜ୍ୟର ରାଜନେତାମାନଙ୍କ କଥାତ ତୁମେ ଭଲ ଭାବରେ ଜାଣ । ନିର୍ବାଚନବେଳେ ଦେଇଥିବା ପ୍ରତିଶ୍ରୁତି ସେମାନଙ୍କ ମଧ୍ୟରୁ କିଏ ବା ପୂରଣ କରୁଛି କିମ୍ବା ପାଳନ କରିବାକୁ ସାମାନ୍ୟତମ ଉଦ୍ୟମ କରୁଛି । ସେମାନଙ୍କ କଥା ଆଉ ମୁଁ ଅଧିକ କ'ଣ କହିବି ? ନିର୍ବାଚନ ସମୟରେ ଆମ ରାଜନେତାମାନେ ଜନସାଧାରଣଙ୍କୁ ଦେଇଥିବା ପ୍ରତିଶ୍ରୁତି ତ ବାଆଜୀ ରାବଣର ସରଳ ମନା ସୀତାଙ୍କ ପାଖେ କେବଳ ଭଣ୍ଡତା ପରି । ସ୍କୁଲର ପ୍ରାର୍ଥନା ସଙ୍ଗୀତରେ 'ସତ କହିବାକୁ କିଆଁ ଡରିବି । ସତ କହି ପଛେ ମଲେ ମରିବି ।' ବୋଲାଇ ପିଲାଙ୍କ ଉପସ୍ଥାନ ଖାତାରେ ପ୍ରକୃତ ପିଲାଙ୍କ ସଂଖ୍ୟାଠାରୁ ଢେର ଅଧିକ ସଂଖ୍ୟାକ ପିଲା ଦର୍ଶାଇ ଅଧିକ ମଧ୍ୟାହ୍ନ ଭୋଜନ ସାମଗ୍ରୀ ଆଣି କଳା ବଜାରରେ (ବାହାରେ) ବିକ୍ରି କରୁଥିବା ଶିକ୍ଷକମାନେ ସେମାନଙ୍କ କହୁଥିବା କଥା ସହିତ ସଂପାଦନ କରୁଥିବା କାର୍ଯ୍ୟର ସମନ୍ୱୟ ରକ୍ଷା କରି ପାରନ୍ତି କି ? ସେପରି ସ୍କୁଲରେ ମୋ ଭଳି ଜଣେ ସାମାନ୍ୟ (ନଗନ୍ୟ) ଲୋକର (ବ୍ୟକ୍ତିର) ଉଚ୍ଚାରଣ ସହିତ ଆଚରଣର ସମ୍ପର୍କ କଥା ତୁମେ କ'ଣ ପଚାରୁଛ ?

ଆଜିକାଲି ସମୟରେ ଅଧିକାଂଶ ଲୋକଙ୍କର ଉଚ୍ଚାରଣ ଓ ଆଚରଣରେ ସାମଞ୍ଜସ୍ୟ ନ ରହିବା କାରଣ୍ୟ ବ୍ୟକ୍ତିଗତ ଜୀବନଠାରୁ ପାରିବାରିକ ଓ ସାମାଜିକ ଜୀବନରେ ଘୋର ବିଭ୍ରାଟ ଦେଖା ଦେଇଛି । ପାରିବାରିକ ଜୀବନରେ ଗୁରୁଜନ ଓ ବୟସ୍କ ଲୋକମାନେ ସେମାନଙ୍କ କଥା ଓ କାମରେ ସାମଞ୍ଜସ୍ୟ ରକ୍ଷା କରୁ ନଥିବା କାରଣରୁ ସେମାନଙ୍କ ଉପଦେଶ ବା ପରାମର୍ଶ ପରିବାରର ଅନ୍ୟମାନଙ୍କୁ ଆକର୍ଷିତ କରିପାରୁନି । ଯାହା ଫଳରେ ବେଲେବେଳେ ସେମାନଙ୍କ ପିଲାଛୁଆ ବି ସେମାନଙ୍କ ଉପରକୁ ଅଙ୍ଗୁଲି ଉଠାଉଛନ୍ତି । ଏଥିପ୍ରତି ସେମାନେ ମୂଳରୁ ସଚେତନ ରହିବା ଉଚିତ୍ । ସେହିପରି ଆମ ସମାଜରେ ବିଭିନ୍ନ ବର୍ଗର ଲୋକେ ଯେଉଁମାନେ ଯେଉଁ କାର୍ଯ୍ୟରେ ନିୟୋଜିତ ଥାଆନ୍ତୁନା କାହିଁକି ସେମାନଙ୍କ ଉଚ୍ଚାରଣ ଓ ଆଚରଣରେ ତାଲମେଲ ରହିବା ଉଚିତ୍ । ଏକ ସୁସ୍ଥ ଓ ଶୃଙ୍ଖଳିତ ସମାଜ ଗଠନ ଦିଗରେ ଆମ ସମସ୍ତଙ୍କ ଦାୟବଦ୍ଧତା ରହିଛି । ଆଉ ଏହାକୁ ନିର୍ବାହ କରିବାକୁ ହେଲେ ଆମକୁ ଆମ କଥା ଅନୁସାରେ କାର୍ଯ୍ୟ କରିବାକୁ ହିଁ ପଡ଼ିବ । ସମାଜର ସାମଗ୍ରିକ ବିକାଶ କରିବାକୁ ହେଲେ ସମସ୍ତେ ନିଜ କର୍ତ୍ତବ୍ୟ ପ୍ରତି ସଚେତନ ହେବା ଉଚିତ୍ । ନିଜେ ସଚେତନ ରହି ଅନ୍ୟକୁ ସଚେତନ କରିବାକୁ ପଡ଼ିବ । ଏହି ଚେତନାରେ ଛୋଟରୁ ପୁଣି ବଡ଼ ଯାଏଁ ସମସ୍ତେ ଉଦବୁଦ୍ଧ ହେବା ଉଚିତ । ମନେରଖିବା ଉଚିତ ଯେ କୌଣସି କଥା କହି ତାହା ପାଳନ ନ କରିବା ହେଉଛି ନିଜ ସହ ନିଜର ବିଶ୍ୱାସ ଘାତକତା ସହିତ ସମାନ । ଯେଉଁମାନେ ନିଜ ଜୀବନରେ କଥା ଓ କାମରେ ତାଲମେଲ ରକ୍ଷା କାର୍ଯ୍ୟ କରିଥାଆନ୍ତି । ସେମାନେ ହିଁ ସଫଳତାର ଶୀର୍ଷରେ ପହଞ୍ଚିବାକୁ ସମର୍ଥ ହୋଇଥାନ୍ତି । ଏଥିସହ ସେମାନେ ସମସ୍ତଙ୍କର ପ୍ରିୟଭାଜନ ତଥା ଆସ୍ଥା ଭାଜନ ହୋଇଥାନ୍ତି । ସେମାନଙ୍କ ଉପରେ ଅନ୍ୟମାନଙ୍କ ଭରସା ଓ ବିଶ୍ୱାସ ବଢ଼ିବା ସହିତ ସେମାନଙ୍କର ପ୍ରଭାବ ଅନ୍ୟମାନଙ୍କୁ ପ୍ରଭାବିତ କରିଥାଏ ଓ ସେମାନେ ଅନ୍ୟମାନଙ୍କ ଲାଗି ବଳିଷ୍ଠ ଉଦାହରଣ ପାଲଟିଥାନ୍ତି ।

କିନ୍ତୁ ଯେତେବେଳେ ସତ୍ୟ ବିରାଜମାନ କରିଥିଲା, ସଂସାର ଧର୍ମରେ ଚାଲୁଥିଲା । ଲୋକମାନେ ସତମାର୍ଗରେ ଚଲୁଥିଲେ । ନିରପେକ୍ଷ ନୀତି ଅବଲମ୍ବନ କରୁଥିଲେ । ଦେଶରେ ଶାସନ ଥିଲା, ଶାସକ ଥିଲେ । ଲୋକମାନଙ୍କର ଶାସନକୁ ଭୟ ଥିଲା ଓ ସେମାନେ ଶାସକମାନଙ୍କ ପ୍ରତି ଅନୁରକ୍ତ ଥିଲେ । ଆଗେ ଆମେ ବହୁତ ଭଲରେ ଥିଲୁ । ସେତେବେଳେ (ଆଗେ) ସବୁଥିଲା ଖାଣ୍ଟି । ଆଗରୁ ଲୋକେ ମିଛ କହିବାକୁ ଡରୁଥିଲେ । ପାଉଁଆଙ୍କ ସଂଖ୍ୟା ଖୁବ୍ କମ୍

ଥିଲା ସତ। ହେଲେ ପାଠ ସର୍ବୋକୃଷ୍ଟ ଥିଲା। ଶିକ୍ଷକମାନେ ଥିଲେ ଦେବୋପମ। ଛଲନା, ବ୍ୟଭିଚାର ବା ଦୁର୍ନୀତି ଚଟକରି ଧରା ପଡ଼ିଯାଉଥିଲା। ଦୁରଚାରୀ ପାପୀମାନେ କମ୍‌ସେକମ୍‌ ଈଶ୍ୱରଙ୍କୁ ଭାରି ଭୟ କରୁଥିଲେ। ସେତେବେଳେ ଲୋକେ ଧାର୍ମିକ ଓ ନିର୍ଲୋଭୀ ଥିଲେ ଏବଂ ଏବେ ଧର୍ମଛଡ଼ା ଓ ଲୋଭୀ ହୋଇଗଲେ। ଏ ଅଭିଯୋଗର ତାଲିକା ଅସରନ୍ତି। କିଥିଲା ଏ ରାଜ୍ୟ କି ହୋଇଛି ଆଜ। ପାପପୁଣ୍ୟ ବା ସ୍ୱର୍ଗ ନର୍କର ଭୟ କି ବିଚାର ବି ରହୁନି। କଳି ଏମିତି ଗ୍ରାସିଛି ଯେ, ଲୋକେ ମା'କୁ ମାଇପ କହିବାକୁ ବି ଡରୁ ନାହାଁନ୍ତି। ଜଣେ ସମ୍ମାନାସ୍ପଦ ବ୍ୟକ୍ତି ଥରେ ପଚାରିଲେ 'ଭୁଷ୍ଟାଚାର ସତରେ ଏମିତି ହଉଛି ନା ମିଡ଼ିଆ ତିଲକୁ ତାଳ ପରି ହୁରି କରୁଛି।' ଯଦି ସାମାଜିକ ଅବକ୍ଷୟ ସତ, ତା'ହେଲେ ମହାଶୟଙ୍କ ଅଭିଯୋଗ ଏକଦମ୍‌ ଠିକ୍‌। ଯେଉଁ ଶାସକମାନଙ୍କ ପ୍ରତି ପ୍ରଜାମାନଙ୍କର ବିଶ୍ୱାସ ଓ ଭକ୍ତି ରହିଥିଲା, ସେମାନେ ଏବେ ପରି ଗୋବର ସାଉଁଟାର ପୁଅ କିମ୍ୱା ଧାନକୁଟୀ, ପତର ଗୋଟେଇର ସନ୍ତାନମାନେ ଗାଦିମାଡ଼ି ବସୁ ନଥିଲେ। ଗାଈଆ ଗୋବରା ଅନାମଧେୟମାନେ ଶାସନ ପରିଚାଳନା କରୁ ନଥିଲେ। ସେ ସମୟରେ ଶାସକ ଥିଲେ ଶାସିତର ହିତରେ। ପ୍ରଜାଙ୍କୁ ନେଇ ଦେଶ, ପ୍ରଜାଙ୍କ ମଙ୍ଗଳରେ ଦେଶର ସମୃଦ୍ଧି। ସମୃଦ୍ଧ ଦେଶର ଶାସକ ରାଜାର ବଡ଼ତ୍ତି ହେଉଥିଲା। ତାଙ୍କ ସୁନାମ ବ୍ୟାପି ଯାଉଥିଲା, ଦେଶରୁ ବିଦେଶ ଯାଏ। ନାଁ ପଡ଼ୁଥିଲା ସବୁଠି, ଚାରି ଆଡ଼େ। ଅମୁକ ଦେଶର ରଜା ସୁଶାସକ, ପ୍ରଜାନୁରଞ୍ଜକ। ସେତେବେଳେ ରାଜ୍ୟ ଚଲାଉଥିଲେ ରାଜାମାନେ। ସେମାନେ ୟାଙ୍କ ପରି ଗାଈ ଜଗାଳି କିମ୍ୱା ଗୋବର ସାଉଁଟା ୟାଇ ଶାସନ ଗାଦିରେ ବସୁନଥିଲେ। ଅବଶ୍ୟ ଗାଈ ଚରାଳି କପିଲେନ୍ଦ୍ର ଦେବ ହୋଇଥିଲେ ଉକ୍କଳର ଗଜପତି। ନିଜର ପ୍ରତିଭା ବଳରେ ସେ ଦ୍ୱିତୀୟ ଖାରବେଲ ଭାବରେ ଇତିହାସରେ ନିଜର ନାଁ ରଖିଗଲେ। ତାଙ୍କ ସମୟର ରାଜୁତି କାଳରେ ଉକ୍କଳର ସୀମା ପୁଣିଥରେ ଗଙ୍ଗାଠାରୁ ଗୋଦାବରୀ ପର୍ଯ୍ୟନ୍ତ ବିସ୍ତୃତ ଲାଭ କରିଥିଲା। ସେ ଏମାନଙ୍କ ପରି ବୁଭୁକ୍ଷୁ, କାଙ୍ଗାଳ କିମ୍ୱା ଦରିଦ୍ର ମିଞ୍ଜାସର ନଥିଲେ। ଅନ୍ୟର ସଂପତ୍ତି ଆମ୍ସାତ କରିବା ମନୋବୃତ୍ତିର, ରାଜସ୍ୱ ହରଣ ମତଲବର। ପରଧନ କିମ୍ୱା ସରକାରୀ ତହବିଲ ପ୍ରତି ଲୋଭାଶକ୍ତ ଅଥବା ହୀନମନା।

ସରକାରୀ ତହବିଲ ଲୁଟି ଧାନକୁଟିର ପୁଅ କାଙ୍ଗାଳମାନେ ରାତାରାତି କୋଟିପତି ବନିଯାଉ ନଥିଲେ। ଖାଇବାକୁ ପାଉ ନ ଥିବା ବୁଭୁକ୍ଷୁ, ପିନ୍ଧିବାକୁ ଯେଉଁ ଦରିଦ୍ର୍ୟର ଭଲ ବସ୍ତ୍ର ଖଣ୍ଡେ ନଥିଲା। ରହିବାକୁ ମୁଣ୍ଡ ଉପରେ ନଥିଲା ଛପରା। ଏବେ ସେମାନେ ଦିନ କେଇଟାରେ ଗାଡ଼ିଚଢ଼ି ବୁଲୁଛନ୍ତି। ରହୁଛନ୍ତି ଶୀତ, ତାପ ନିୟମନ୍ତ୍ରିତ ପ୍ରାସାଦତୁଲ୍ୟ ବାସଭବନରେ। ବଡ଼ ବଡ଼ ସହରରେ ବିଶେଷତଃ ରାଜଧାନୀରେ ସେମାନଙ୍କ ବହୁତଳ ବିଶିଷ୍ଟ ଅଟ୍ଟାଳିକାମାନ ମୁଣ୍ଡଟେକି ଠିଆ ହୋଇଛି। ବ୍ୟାଙ୍କ ବାଲାନ୍ସରେ (ଖାତାରେ) ଅଙ୍କ ପରେ ଅଙ୍କ ଯୋଡ଼ା ଚାଲିଛି। ସେମାନେ ଜନତାଙ୍କ ଅସୁବିଧା ପ୍ରତି ଦୃଷ୍ଟି ଦେଉନାହାଁନ୍ତି। ଖଟିଖିଆ ଦରିଦ୍ରମାନଙ୍କ କଥା ବୁଝିବାକୁ ସେମାନଙ୍କ ପାଖରେ ବେଳନାହିଁ। ସେମାନଙ୍କର ସମୟ ଅଭାବ ହୁଏ ଦିନ ମଜୁରିଆର ଗୁହାରି ଶୁଣିବା ପାଇଁ। ଫୁରସତ ମିଳେନି ଶାସିତର ଦୁଃଖ, ଅଭାବକୁ ନଜର ରଖି ତା'ର ପ୍ରତିକାର ଲାଗି ବ୍ୟବସ୍ଥା କରିବା କିମ୍ୱା ନିଜେ ନିର୍ବାଚନବେଳେ ଦେଇଥିବା ପ୍ରତିଶ୍ରୁତିକୁ ପାଳନ କରିବା ପାଇଁ। ପିଲାବେଳେ ଆମ୍ଭ କୋଇଲିକୁ ଘୋରି ଆମେ ବଜାଇ ଥାଉ। ପେଁକାଳିର ସ୍ମୃତି ଓ ଅନୁଭବ ପାଇଁ। ସବୁ କୋଇଲି ବାଜି ନ ଥାଆନ୍ତି। ପିଲେ ତେଣୁ କୋଇଲିକୁ ଲାଞ୍ଛ ଯାଚନ୍ତି। ହାତୀ ଦେବି, ଘୋଡ଼ା ଦେବି। ମୋ ପେଁକାଳି ବାଜ, ପେଁକାଳି ହଟାତ୍‌ ବାଜି ଉଠେ। ମାତ୍ର କାଇଁ କୋଉ ହାତୀ ଘୋଡ଼ା ଏକୁ କିଏ ଦେଇଥାଏ। ଏ ନେତାମାନଙ୍କ ପ୍ରତିଶ୍ରୁତି ସେଇଆ। ଭୋଟରଙ୍କ କଥା ଛାଡ଼ନ୍ତୁ, ତାଙ୍କ ନିଜ ଭିତରେ ଶେଷକୁ ଶେଷ ଭୁସାଭୁସି ବି କମ ଈର୍ଷା ଓ ଭଣ୍ଡାମିର କଥା ନୁହେଁ।

ସେମିତି ସେମାନେ ସେସବୁ ପ୍ରତିଶ୍ରୁତିକୁ ଭୁଲି ନିଜସ୍ୱାର୍ଥ ହାସଲରେ ପାଞ୍ଚବର୍ଷ ବ୍ୟସ୍ତ ରହନ୍ତି। ଶାସ୍ତ୍ର କହେ "ଅବଂଶ ପତିତୋ ରାଜା ମୂର୍ଖ ପୁତ୍ରଣ୍ଚ ପଣ୍ଡିତଃ। ଅଧନଣ୍ଚ ଧନଂ ପ୍ରାପ୍ୟ ତୃଣବତ ମନ୍ୟତେ ଜଗତ।" ରାଜବଂଶର

ଲୋକ ରଜା ନହୋଇ ଯଦି ନୀଚ ବଂଶଜାତ ବ୍ୟକ୍ତି ରଜାହୁଏ। ମୂର୍ଖର ପୁତ୍ର ଯଦି ବିଦ୍ୱାନ ହୁଏ। ଧନହୀନ ଲୋକ ଯଦି ଧନ ଲାଭ କରେ। ତା'ହେଲେ ସେମାନେ ଜଗତକୁ ତୃଣଭଳି ତୁଚ୍ଛଜ୍ଞାନ କରନ୍ତି।

"ଗଜକର୍ଣ୍ଣ ଗରିଷ୍ଠେତରାଙ୍ଗି ହାରିଣି ବାପୁନଃ। ପାପକୁମ୍ ଚ ବିଦ୍ୱସ୍ୟ ନିୟନ୍ତା ଜନ୍ତୁରତ୍ରକଃ।" ଅର୍ଥାତ୍ ହାତୀର ଶରୀର କୁଣ୍ଠାଇ ହେଲେ, ଶାସକ ଅପହରଣକାରୀ ହେଲେ। ବିଦ୍ୱାନ ଲୋକ ପାପ କାର୍ଯ୍ୟରେ ଲିପ୍ତ ହେଲେ ଏହାକୁ କିଏ ନିୟନ୍ତ୍ରଣ କରିବ। ବାଡ଼ କ୍ଷେତ ଖାଇ ଉଜାଡ଼ି ଦେଲେ ପାଳନକର୍ତ୍ତା ଭକ୍ଷଣକାରୀ ହେଲେ, ଆଶ୍ରୟ ଦାତା–ଲୁଣ୍ଠନ କଲେ, ଆମେ କାହା ଆଗରେ ଆପଭି କରିବା, କାହା ପାଖରେ ଅଭିଯୋଗ ବାଢ଼ିବା, କାହା ନିକଟରେ (ଗୁହାରି କରିବା) ପ୍ରତିବାଦ ଜଣାଇବା ?

"ଉପଦେଶୋହି ମୂର୍ଖାଣାଂ ପ୍ରକୋପାୟନ ଶାନ୍ତି ଯେ। ପୟଃପାନଂ ଭୁଜଙ୍ଗାନା କେବଲଂ ବିଷ ବର୍ଦ୍ଧନମ୍।" ଅର୍ଥାତ୍ ସାପକୁ କ୍ଷୀର ପିଆଇଲେ ତା' ବିଷ କେବଳ ବଢ଼ିଥାଏ। ସେମିତି ମୂର୍ଖକୁ ଉପଦେଶ ଦେଲେ ତାହା ତା'ର କ୍ରୋଧ ସିନା ବଢ଼ାଇଥାଏ, ତାକୁ ଶାନ୍ତ କରିପାରେନି।

ଆଜିର ଏହି ତଥାକଥିତ ରାଜନେତା ମାନଙ୍କ ପରି ସେତେବେଳର ରାଜାମାନେ ଏମିତି ନଥ‍ିଲେ କିୟ ତାଙ୍କ ଦାୟଦ ମାନେ ମଧ୍ୟ। ସେମାନେ ସବୁହେଲେ ଖାନଦାନ୍ ବୁନିଆଦି ବଂଶଜ। ସମ୍ଭ୍ରାନ୍ତ ଘରର ପିଲା। ରଜାର ପୁଅ ରଜା ହେଉଥ‍ିଲା। ଉତ୍ତରାଧ‍ିକାରୀ ସୂତ୍ରରେ ସେ ରାଜ୍ୟ ଓ ରାଜସିଂହାସନ ପ୍ରାପ୍ତ ହେଉଥ‍ିଲେ ଏବଂ ସାରା ଜୀବନ ସେହି ପଦବୀର ମର୍ଯ୍ୟାଦା ଉପଭୋଗ କରୁଥ‍ିଲେ। ତାଙ୍କ ପରେ ତାଙ୍କ ବଂଶଧରମାନେ ଉତ୍ତରାଧ‍ିକାରୀ ସୂତ୍ରରେ ସେ ଅଧ‍ିକାର ପାଇ ପାରୁଥ‍ିଲେ। ବର୍ତ୍ତମାନର ଏ ପାଞ୍ଚ ବର୍ଷ‍ିଆ ରାଜାମାନଙ୍କ ପରି ନିର୍ବାଚନରେ ଜିତି ଭୋଟରଙ୍କ ଦୟାରୁ ସେମାନେ ଏ ପଦବୀ ପ୍ରାପ୍ତ ହେଉ ନଥ‍ିଲେ। ରାଜ୍ୟ ଓ ରାଜ୍ୟ ଶାସନ ପାଇଁ ସେମାନେ ଉତ୍ତରଦାୟୀ ରହୁଥ‍ିଲେ ଏବଂ ସେମାନଙ୍କ ଭବିଷ୍ୟତ ବଂଶଧରଙ୍କ ପାଇଁ ରାଜ୍ୟ ଓ ରାଜସିଂହାସନକୁ ସୁରକ୍ଷିତ କରି ରଖ‍ିବାକୁ ଯତ୍ନବାନ ହେଉଥ‍ିଲେ। ସେଥ‍ିପାଇଁ ସେମାନେ ରାଜ୍ୟଶାସନ କରୁଥ‍ିଲେ ଉଚ୍ଛିତ ମାର୍ଗରେ, ଧର୍ମକୁ ମାନ, ଆଦର୍ଶକୁ ଜରି, ନିଷ୍ଠାର ସହିତ, ନ୍ୟାୟ ପରାୟଣ ଭାବରେ, ଆଇନ ଅନୁଯାୟୀ। ସେମାନେ ରାଜ୍ୟକୁ ଏମାନଙ୍କ ପରି ଶୋଷୁ ନ ଥ‍ିଲେ। ସରକାରୀ ତହବିଲ (ରାଜକୋଷ) ଲୁଟୁ ନଥ‍ିଲେ। ଲାଂଚନେଇ ପରିବେଶ ଓ ପରିସ୍ଥିତି ପ୍ରଦୂଷଣ ପ୍ରତି ଦୃଷ୍ଟି ନଦେଇ ଖଣିପଟ୍ଟା ଦେଉ ନଥ‍ିଲେ। ଅବଶ୍ୟ ସେତେବେଳେ ଖଣିପଟ୍ଟା ଦିଆଯାଉ ନଥ‍ିଲା। ଡିଲରସିପ୍ ମାଧମରେ ଖାଦ୍ୟଶସ୍ୟ, ତୈଳଜାତ ଦ୍ରବ୍ୟ ଓ ଅନ୍ୟାନ୍ୟ ସାମଗ୍ରୀର ବଣ୍ଟନ ବ୍ୟବସ୍ଥା ନଥ‍ିଲା। ଥ‍ିଲେ ମଧ ସେମାନେ କେବେ ଦେଶର କ୍ଷତି ପହଞ୍ଚାଇ ଜନସାଧାରଣଙ୍କର ଅସୁବିଧା ହେଲା ଭଲି କାର୍ଯ୍ୟ ଦ୍ୱାରା ନିଜର ବ୍ୟକ୍ତିଗତ ସ୍ୱାର୍ଥ ହାସଲ ପାଇଁ ଏପରି କରି ନଥାଆନ୍ତେ। ଠିକାଦାରଠାରୁ ପଣି ଆଦାୟ କରୁ ନଥାଆନ୍ତେ। ରିଲିଫ୍ ସାମଗ୍ରୀକୁ କଳା ବଜାରି କରୁ ନଥାଆନ୍ତେ। ଡିଲରମାନେ ମାସିକା ବାରିଦେଇ ମନଇଚ୍ଛା କାରବାର କରିବାର ସୁଯୋଗ ପାଇପାରୁ ନ ଥାଆନ୍ତେ। ଗରିବ ପିଲାଙ୍କ ଲାଗି ଉଦ୍ଦିଷ୍ଟ ମଧ୍ୟାହ୍ନ ଭୋଜନ ଚାଉଲକୁ ଏହି ସ୍ୱାର୍ଥପର ନେତାମାନଙ୍କ ପରି ଲୁଟାଛପାରେ ବିକ୍ରି କରୁ ନ ଥାଆନ୍ତେ। ପୋକରା ଡାଲି ଯୋଗାଇ ଦେଇ ସ୍କୁଲରେ ପାଠ ପଢ଼ୁଥ‍ିବା କୋମଳମତି ପିଲାଙ୍କ ସ୍ୱାସ୍ଥ୍ୟ ବିଗାଡ଼ିବାର ପଥ ପରିଷ୍କାର କରୁ ନଥାଆନ୍ତେ। କୁନି କୁନି ପିଲାମାନଙ୍କୁ ପଚାଇଣ୍ଠା ଯୋଗାଇ ସେମାନଙ୍କ ମୃତ୍ୟୁର ବଣିକ ସାଜୁ ନ ଥାଆନ୍ତେ। ଦରିଦ୍ରମାନଙ୍କୁ ଦିଆଯାଉଥ‍ିବା ସରକାରୀ ଅନୁଦାନରୁ ଭାଗ ନେଉ ନ ଥାଆନ୍ତେ। ଗ୍ରାମାଞ୍ଚଳର ଉନ୍ନତି ଲାଗି ମଞ୍ଜୁର ହେଉଥ‍ିବା ଯେକୌଣସି କାର୍ଯ୍ୟକ୍ରମ ବାବଦରେ ଅର୍ଥରୁ ପିସି ଲାଗି ଅଢ଼ି ବସୁ ନ ଥାଆନ୍ତେ। ସେମାନେ ପରମ୍ପରା ଅନୁସାରେ, ନ୍ୟାୟକୁ ସମ୍ମାନ ଜଣାଇ, ପ୍ରଚଳିତ ସଂସ୍କୃତିକୁ ମାନି ସତ୍‍ଉପାୟରେ ଉଚିତ ମାର୍ଗରେ ଶାସନ କରୁଥ‍ିଲେ। ସେମାନଙ୍କର ଦେଶପ୍ରତି ପ୍ରତିବଦ୍ଧତା ଥ‍ିଲା। ଦେଶବାସୀଙ୍କ ଲାଗି ସେମାନଙ୍କ ହୃଦୟରେ ଦରଦଥ‍ିଲା। ଶାସନ ଲାଗି ଉତ୍ତରଦାୟୀ ରହୁଥ‍ିବା ରାଜାମାନଙ୍କର

ଜନସାଧାରଣଙ୍କ (ପ୍ରଜା) ପ୍ରତି ସହାନୁଭୂତି ପ୍ରଦର୍ଶନ କରିବା ଏକ ପ୍ରକାର ଜନ୍ମଗତ ପ୍ରବୃତ୍ତି ଥିଲା। ଆଉ ସେମାନେ କଉର୍ବ୍ୟ ପରାୟଣ ଓ ନିଷ୍ଠାପର ଥିଲେ।

ପୂଣ୍ୟ ଶ୍ଳୋକ ନଳରାଜା, ଦାନବୀର ହରିଶ୍ଚନ୍ଦ୍ର. ସତ୍ୟନିଷ୍ଠ ରାମଚନ୍ଦ୍ର ଓ ଧର୍ମରାଜ ଯୁଧିଷ୍ଠିର ଆଦି ବହୁ ଶାସକଙ୍କ ତ୍ୟାଗପୂତ ଜୀବନାଦର୍ଶରେ ଏ ଦେଶର ଇତିହାସ ଓ ଇତି କଥା ରୁଦ୍ଧିମନ୍ତ। ଏବେର ରାଜନେତାମାନେ ମନେରଖିବା ଉଚିତ୍ ଯେ ସତ୍ୟରକ୍ଷା ଲାଗି ରଜା ହୋଇ ମଧ୍ୟ ଆପଣାର ପତ୍ନୀ (ମହାରାଣୀ), ପୁତ୍ର (ରାଜପୁତ୍ର)ଙ୍କୁ କ୍ରୀତଦାସୀ ଓ କ୍ରୀତଦାସ ରୂପେ ବିକ୍ରି କରି ଏବଂ ନିଜେ ଗଙ୍ଗାକୂଳ ଶ୍ମଶାନ ଘାଟ ଜଗି ରହି ମଡ଼ା ପୋଡୁଥିବା ରାଜା ଦାନବୀର ହରିଶ୍ଚନ୍ଦ୍ରଙ୍କର ଦେଶ ହେଉଛି ଏହି ଭାରତ ବର୍ଷ। ପ୍ରଜାରଞ୍ଜନ ପାଇଁ ଏକ ପତ୍ନୀ ବ୍ରତଧାରୀ, ଭରା (ପୂର୍ଣ୍ଣ) ଯୌବନ ବୟସରେ ଦାମ୍ପତ୍ୟ ସୁଖକୁ ପାଦରେ ଦଳିଦେଇ ପ୍ରାଣପ୍ରିୟା ନିରୀହା ନିରପରାଧିନୀ ପ୍ରଣୟିନୀଙ୍କୁ ତ୍ୟାଗ କରି ଭୀଷଣ ମାନସିକ ଅଶାନ୍ତି ଓ ଯୌନ ଯନ୍ତ୍ରଣା ଭିତରେ ଜୀବନ ଅତିବାହିତ କରିଥିବା ରାଜା ରାମଙ୍କ ଦେଶ ଯେ ଭାରତ ବର୍ଷ। ଧର୍ମ ସଂସ୍ଥାପନ ଲାଗି ପ୍ରିୟ ବଇଁଶୀ ଫିଙ୍ଗି ଏବଂ ଗୋପ ଯୁବତୀଙ୍କ (ଗୋପାଙ୍ଗନାଙ୍କ) ଅଂଚଳ ତେଜି ବିଶେଷ କରି ରାଧାରାଣୀଙ୍କ ପଣତ ଛାଡ଼ି ନିଜ ତାରୁଣ୍ୟର ଚପଳତାକୁ ଅତି ନିର୍ଦ୍ଦୟ ଭାବରେ ହତ୍ୟା କରି ଓ ଆପଣାର ଯୌନ ମାଦକତାକୁ ନିର୍ମ୍ମତାର ସହ ଅଜ୍ଞାତ ଅନ୍ଧାର ଭିତରକୁ ଠେଲି ଦେଇ ସୁଦର୍ଶନ ଚକ୍ର ଓ ମହାଭାରତ ଯୁଦ୍ଧରେ ଅର୍ଜୁନଙ୍କ ରଥର ଲଗାମ ଧରିଥିବା କୃଷ୍ଣଙ୍କ ଦେଶ ହେଉଛି ଏହି ଭାରତ ବର୍ଷ। କାଳ ସ୍ରୋତରେ ଏଥିରେ ହରିଆ, ରାମିଆ ଓ କୃଷିଆମାନେ ଧସେଇ ପଶି ଆସି ଏମିତି ବିଶ୍ୱାମିତ୍ର ସର୍ଜନା, ରାବଣରାଜ୍ୟ ଓ କଂସ ରାଜୁତି ଚଳେଇଲେ ଓ ଅସତ୍ୟର ପ୍ରଚାର ଏବଂ ଅଧର୍ମର ପ୍ରସାର କଲେ ତାକୁ ରୋକିବ କିଏ ?

ସେ ପୁରାଣ କଥାକୁ ଛାଡ଼। ଗାନ୍ଧୀ ତ ଏବର ନେତା। ସ୍ୱାଧୀନତା ଲାଭପରେ ସେ ଇଚ୍ଛା କରିଥିଲେ କ'ଣ ହୋଇପାରି ନ ଥାଆନ୍ତେ। ରାଷ୍ଟ୍ରପତି, ପ୍ରଧାନମନ୍ତ୍ରୀ କିମ୍ବା ବଡ଼ଲାଟ। କିନ୍ତୁ ସେ ତାହା ନ କରି କୋଟି କୋଟି ଭାରତୀୟଙ୍କ ହୃଦୟ ସିଂହାସନରେ ରହିବାକୁ ପସନ୍ଦ କରିଥିଲେ। ଶାସ୍ତ୍ରିଜୀଙ୍କ ୧୮ ମାସର ଶାସନ ଓ ତାଙ୍କ ସରଳ ଜୀବନଯାପନ କଥାତ କାଲିପରି ଆମ ଆଖି ଆଗରୁ ଉଭେଇ ଯାଇଛି। ଲାଲ ବାହାଦୂର ଶାସ୍ତ୍ରୀଙ୍କ ସରଳତା ତ୍ୟାଗ ଭାବ କାହାକୁ ଅଜଣା କିମ୍ବା ଅଛପା ଅଛି। ତାଙ୍କ ପତ୍ନୀ ଲଳିତା ଶାସ୍ତ୍ରୀଙ୍କୁ ତାଙ୍କ ଚିରା ଲୁଗାକୁ ପରିବର୍ତ୍ତନ କରିବାକୁ ପ୍ରଧାନମନ୍ତ୍ରୀଙ୍କ ଦରମା ପାଇବା ଯାଏ ଅପେକ୍ଷା କରିବାକୁ ପଡ଼େ। ଉପପ୍ରଧାନମନ୍ତ୍ରୀ ବଲ୍ଲଭଭାଇ ପଟେଲଙ୍କ ପୁତ୍ରୀ ମନିବେନ ପଟେଲଙ୍କ ପୋଷାକ ତିଆରି ହୁଏ ସର୍ଦ୍ଦାର ପଟେଲଙ୍କ ପୁରୁଣା ପରିତ୍ୟକ୍ତ ପୋଷାକରୁ। ସ୍ୱରାଷ୍ଟ୍ର ମନ୍ତ୍ରୀ ନନ୍ଦାଙ୍କ ଶେଷ ଜୀବନର ଦାରିଦ୍ର କଥା କିଏ ନଜାଣେ ? ସେମାନଙ୍କର ରାଜନୀତିରେ ତ୍ୟାଗର ପଇଁତର ନାହିଁ। ମାତ୍ର କାହିଁ ଏସବୁର କାଣିଚାଏ ପ୍ରଭାବତ ଆମ ନେତାମାନଙ୍କ ଉପରେ ପଡ଼ୁନାହିଁ। ପଦ୍ମତୋଲା ଶୁଣିଲେ ନାଗ (ବିଜା ଗୋଖରା) ସିନା ଫଣା ଟେକି ଗାତ ଭିତରୁ ବାହାରି ଆସିବ। ମାତ୍ର ଅବିଜା କାଣ୍ଠନଳ, ଢେଣ୍ଡୁଅ ଓ କାଉଟିଆ ମାନେ ତ ଗାତ ଭିତରେ କେଉଁଠି ଛପିଯିବେ। ସବୁଠାରୁ ଅଧିକ ସାମାଜିକ ଓ ଉଦାର ଗଣତାନ୍ତ୍ରିକ ବ୍ୟବସ୍ଥାକୁ ଯେଉଁମାନେ କ୍ଷମତା ଦଖଲର ମାଧ୍ୟମ ବନାଇ ଦେଉଛନ୍ତି। ଗଣତାନ୍ତ୍ରିକ (ପଦ୍ଧତିରେ) ବ୍ୟବସ୍ଥାରେ ନିର୍ଦ୍ଧାରିତ ପଦପଦବୀକୁ ପୂର୍ବଦିନର ପୈତୃକ ଜମିଦାରି ଭଳି ବଂଶାନୁଗତ କରି ଦେଉଛନ୍ତି। ଦେଶ ରସାତଳଗାମୀ ହେଉ, ଗଣତନ୍ତ୍ର ବିପନ୍ନ ହେଉ, ଜନସାଧାରଣ ମରିହଜି ଯାଆନ୍ତୁ କିନ୍ତୁ ମୋ ରାଜଗାଦି ମୋଠାରୁ ଦୂରେଇ ନଯାଉ। ଏହା ହେଉଛି ବର୍ତ୍ତମାନ ମାନ୍ୟବର ବ୍ୟବସ୍ଥାପକ ସଭାର ସଭ୍ୟ ଓ ମନ୍ତ୍ରୀ ମହୋଦୟଙ୍କ ମାନସିକତା। ଲୋକେ ଏଭଳି ନେତାଙ୍କୁ କାହିଁକି ବାଛନ୍ତି। ସରକାରରେ ଥିବା ଉଚ୍ଚ ପ୍ରଶାସନିକ ତାଙ୍କ ହାତରେ କଣ୍ଠେଇ ସାଜନ୍ତି କାହିଁକି ? ଭାରତ ବର୍ଷରେ ସତରେ ଲୋକେ କ'ଣ ପାରିବାରିକ ରାଜନୀତିକୁ ଭଲ ପାଆନ୍ତି ? ଯଦି ସେମାନେ ଅଜ୍ଞତା ବଶତଃ ବିଭିନ୍ନ ପ୍ରଲୋଭନର ଶିକାର ହୋଇ ସେମାନଙ୍କୁ ନିର୍ବାଚିତ କଲେ ତେବେ ଜନସାଧାରଣଙ୍କ ପାଇଁ କିମ୍ବା ଦେଶ ଲାଗି ଏମାନେ ଅନୁରକ୍ତ ହେଉ ନାହାଁନ୍ତି କାହିଁକି ?

ସେମାନେ କିପରି ଭାବି ପାରୁ ନାହାଁନ୍ତି ପ୍ରବଳ ପ୍ରତାପଶାଳୀ ରାଜା ମହାରାଜାମାନଙ୍କ ବଂଶ ଲୋପ ହୋଇଯିବ ବୋଲି କିଏ ଭାବିଥିଲା ? ବହୁ ପ୍ରଭାନୁରଞ୍ଜକ ରାଜାଙ୍କ ତ୍ୟାଗରେ ଇତିହାସ ପୃଷ୍ଠା ସ୍ୱର୍ଣ୍ଣାଭରଣୀୟ ହୋଇଥିଲାବେଲେ ଅଯୋଗ୍ୟ, ସ୍ୱାର୍ଥାନ୍ଧ, ଅବିବେକୀ ରାଜପୁତ୍ରମାନଙ୍କ ଅତ୍ୟାଚାର ଔଦ୍ଧତ୍ୟ ଯୋଗୁ ଏ ରାଜୁଡ଼ା ଶାସନ ବୁଡ଼ିଗଲା । ହାଣ୍ଡିଏ ଅମୃତରେ ଟୋପାଏ ବିଷ ପଡ଼ିଲେ ହାଣ୍ଡିସାରା ବିଷମୟ ହୋଇଯିବା ପରି ତ୍ୟାଗପୂତମୟ ରାଜାମାନଙ୍କ ଦାନସବୁ କାଲିମାମୟ ହୋଇଗଲା । ଜନଅସନ୍ତୋଷ ତୀବ୍ର ରୂପ ନେଲା । ପ୍ରକାଣ୍ଡ ରାଜୁଡ଼ା ଶାସନର ବଟବୃକ୍ଷ ସମୂଲେ ଉପୁଡ଼ି ପଡ଼ିଲା । ନିଷ୍ପେଷିତ ଜନତାର କ୍ରୋଧାଗ୍ନିରେ ତାହା ଏକ ସ୍ଫୁଲିଙ୍ଗ ମାତ୍ର ଥିଲା । ଏବେ ଏ‌ଇ ଗଣତନ୍ତ୍ର ହତିଆରକୁ ଯେଉଁମାନେ ସ୍ୱାର୍ଥ ପାଇଁ ରକ୍ତରଞ୍ଜିତ କରି ଦେଉଛନ୍ତି ସେମାନେ ଯେ ଦିନେ ସବଂଶେ ନିପାତ ହେବେ ଓ ଏ ପବିତ୍ର ବ୍ୟବସ୍ଥା ମଧ୍ୟ ତା’ ସଙ୍ଗେ ବିଲୁପ୍ତ ଲଭିବ ଏକଥା ଏ ଗଣତନ୍ତ୍ରବାଦୀ ନେତୃବୃନ୍ଦ ହେଜି ପାରୁ ନାହାନ୍ତି କେମିତି ? ସ୍ୱାର୍ଥ ଓ ପରାର୍ଥ ଭିତରେ ଭେଦ ନ ଦେଖ-ସିଂହାସନ ଆରୋହଣ କଲେ ବତ୍ରିଶ ସିଂହାସନର ବତିଶଟି ପୁତ୍ତଳିଙ୍କ ପ୍ରଶ୍ନର ଉତ୍ତର ଦେବାକୁ ହେବ ଭବିଷ୍ୟତରେ ।

ସମ୍ରାଟ ଦଶାନନଙ୍କ ମନମୁଖି ଓ ଉଦ୍ଧତାମି ଶାସନ ଫଳରେ ସେ ସବଂଶେ ଜୀବନ ହରାଇଥିଲେ । ତାଙ୍କର ସାଧନା, ବ୍ରହ୍ମଜ୍ଞାନ ଓ ଦଶମହାବିଦ୍ୟା ତାଙ୍କୁ ରକ୍ଷା କରିବାକୁ ସମର୍ଥ ହେଲାନାହିଁ । ଯଦିଓ ଲଙ୍କା ରହଣି ପାଇଁ ସୀତା ବ୍ୟକ୍ତିଗତ ଭାବେ ଦାୟୀ ନ ଥିଲା । ତଥାପି ନିଜର ବିଚାରଶୀଳତା ଲାଗି ତାଙ୍କୁ ରାମ ତ୍ୟାଗକରି ବନକୁ ପଠାଇଦେଲେ । ଆଉ ପରମ ଅନୁଗତ ଭାଇ ଲକ୍ଷ୍ମଣ ଯିଏ କି ସ୍ୱଇଚ୍ଛାରେ ରାଜସୁଖ ତ୍ୟାଗକରି ରାମଙ୍କ ସହିତ ବନକୁ ଗମନ କରିଥିଲେ (କାରଣ କୈକେଇ, ଦଶରଥଙ୍କୁ ବରମାଗିଥିଲେ-ରାମ ଚଉଦ ବର୍ଷ ବନକୁ ଯିବ ଓ ଭରତ ଅଯୋଧାରେ ରାଜାହେବ । ସେ ଲକ୍ଷ୍ମଣ ବନବାସ ଲାଗି ବରମାଗି ନ ଥିଲେ ।) ରାମଙ୍କ ସେବାରେ ନିଜକୁ ଉତ୍ସର୍ଗ କରିଦେଇଥିଲେ । ବନବାସବେଳେ ରାତ୍ରୀରେ ରାମ, ସୀତା ଶୋଇଥିଲାବେଲେ କୁଡ଼ିଆ ଦ୍ୱାରରେ ଧନୁଶର ଧରି ବାର ବର୍ଷ ରାତିରେ ଉଜାଗର ରହି ଜଗି ରହିଥିଲେ । ସେହି ପ୍ରାଣାଧିକ ଲକ୍ଷ୍ମଣକୁ ସାମାନ୍ୟ ପଣରକ୍ଷା ନକରିଥିବା ଅପରାଧରେ ନିର୍ବାସନ ଦଣ୍ଡ ଦେଇଥିଲେ । ଧୃତରାଷ୍ଟ୍ରଙ୍କ ପକ୍ଷପାତ ନୀତି ଓ ଦୁର୍ଯ୍ୟୋଧନଙ୍କ ଅପରିଣାମଦର୍ଶିତା ତାଙ୍କୁ ଧ୍ୱଂସ ଆଡ଼କୁ ଆଗେଇ ନେଲା । ସ୍ୱୟଂ ପନ୍ଦ୍ରଗ ନାରାୟଣ ଦୁର୍ଯ୍ୟୋଧନ ନିଜର ବଂଶ ଓ ଭାଇମାନଙ୍କୁ ତଥା ନିଜକୁ ମଧ୍ୟ ବଞ୍ଚାଇବା ପାଇଁ ସକ୍ଷମ ହେଲେ ନାହିଁ । ସେମିତି କୃଷ୍ଣଙ୍କ ପୁତ୍ର ଶାମ୍ବଙ୍କ ଚପଲତା ପାଇଁ ତାଙ୍କୁ କୃଷ୍ଠ ରୋଗାକ୍ରାନ୍ତ ହେବାକୁ ପଡ଼ିଲା । ଭଗବାନ କୃଷ୍ଣ ମଧ୍ୟ ନିଜ ପୁଅକୁ ସେଥିରୁ ରକ୍ଷା କରିବାକୁ ମନ ବଲାଇଲେ ନାହିଁ । ସେ ପ୍ରାୟଶ୍ଚିତର ଦଣ୍ଡ ଭୋଗ କଲେ । ପାପ-ପୁଣ୍ୟ ଭୋଗର ସଂହିତା ସୃଷ୍ଟି କରୁଥିବା ଭଗବାନ ନିଜର ସାରାବଂଶକୁ ସୁଦ୍ଧା ବାଦ ଦେଲେନି । ନିଜର ଉଦ୍ଧାମତା (ଉଦ୍ଧତାମି) ଲାଗି ନିଜନିଜ ମଧ୍ୟରେ ହଣାକଟା ଲାଗି ନାଶଗଲେ । କାରଣ କ୍ଷମତା, ଦକ୍ଷତା ସବୁବେଲେ ତ୍ୟାଗାନୁଗତ ମନଇଚ୍ଛା ଉପଭୋଗ ପାଇଁ ନୁହେଁ ।

୬୮ ଖ୍ରୀଷ୍ଟାବ୍ଦର ଘଟଣା । ରୋମନଗରୀ ୬ ଦିନ ଧରି ନିଆଁରେ ଜଳିଲା । ଅଥଚ ରୋମ ସମ୍ରାଟ ନୀରୋ ସେବାବଦରେ କିଛି ପ୍ରତିକାର ବ୍ୟବସ୍ଥା ନ କରି ବୀଣା ବାଦନ କରି ଚାଲିଲେ । ଏହା ବିରୋଧରେ ଜନ ଆକ୍ରୋଶ ତାଙ୍କୁ ସେହି ବର୍ଷ ଜୁନ୍ ମାସ ୯ ତାରିଖରେ ଆତ୍ମହତ୍ୟା କରିବା ପାଇଁ ବାଧ୍ୟ କରିଥିଲା । ତା’ପରେ ୧୭୮୯ ମସିହାରେ ଯେତେବେଲେ ଫ୍ରାନ୍ସରେ ଲୋକେ ଖାଇବାକୁ ରୁଟି ପାଉନଥିଲେ; ଜନତା ସେ‌ଇକଥା ଜଣାନ୍ତେ, ସାମ୍ରାଜ୍ଞୀ ମ୍ୟାରି ଆ‌ଣ୍ଟୋନେଟେ କହିଥିଲେ- ରୁଟି ନାହିଁ ତ କେକ୍ ଖାଅ ଓ ସେହି ଜନତାଙ୍କ ଆକ୍ରୋଶରୁ ତାଙ୍କୁ ୧୭୯୩ ମସିହା ଅକ୍ଟୋବର ୧୬ ତାରିଖରେ ଗିଲୋଟିନ୍ ଯନ୍ତ୍ରରେ ନିଜ ମୁଣ୍ଡଟି ହରେଇବାକୁ ପଡ଼ିଥିଲା । ଆଶାଥିଲା ସମୟ ଯେତିକି ଯେତିକି ଆଗେଇ ଚାଲିବ । ସେହିଭଳି ଲକ୍ଷ ଲକ୍ଷ ଘଟଣା ଗୁଡିକର ଆଉ ପୁନରାବୃତି ହେବନାହିଁ । କିନ୍ତୁ ସେପରି ନହୋଇ ତୃତୀୟ ବିଶ୍ୱର ଦେଶଗୁଡ଼ିକରେ ସାଧାରଣ ଓ ଗରିବ ଲୋକମାନଙ୍କୁ ଶୋଷଣର ମାତ୍ରା ବଢ଼ି ଚାଲିଛି ଓ ପ୍ରତିରୋଧ କମିଯାଉଛି । ୧୯୪୮ ବର୍ଷ ତଲେ ଜଣେ ରାଜା ଆତ୍ମହତ୍ୟା କରିଥିଲେ । ୩୭୭ ବର୍ଷ ତଲେ ଜଣେ

ସାମ୍ରାଜ୍ଞୀଙ୍କ ବେକ କଟା ହୋଇଥିଲା । ଅଥଚ ଆଜିର ସେମାନଙ୍କର ଅବତାରମାନେ କହୁଛନ୍ତି– ଆମର କିଛି ଭୁଲ ନାହିଁ । ଏଗୁଡ଼ାକ ଆମ ବିରୋଧରେ ରାଜନୈତିକ ଚକ୍ରାନ୍ତ ଓ ତଦନୁଯାୟୀ ଦଣ୍ଡ ନାସ୍ତି ଏବଂ ଏମାନଙ୍କ ଉପରେ ଭୋଟମାନ ଅଜାଡ଼ି ହୋଇ ପଡ଼ୁଛି ।

"ବ୍ରହ୍ମଦ୍ୱିଷହ ସୂର୍ଯ୍ୟାଦ୍ ଯାବୟୟମ୍ ।" ଯେତେବେଳେ ସମାଜରେ ବ୍ରତହୀନ, ଅପରାଧୀ ଓ ଅସାମାଜିକ ଶକ୍ତି ପ୍ରବଳ ହୋଇ ଦେଶର ଶାନ୍ତି, ଶୃଙ୍ଖଳା ଓ ମର୍ଯ୍ୟାଦା ପ୍ରତି ବିପଦ ସୃଷ୍ଟି କରନ୍ତି, ସୂର୍ଯ୍ୟ ପ୍ରକାଶରେ ବଞ୍ଚିବାର ଅଧିକାରରୁ ସେମାନେ ବଞ୍ଚିତ ହେବେ । ଅର୍ଥାତ୍ ରାଷ୍ଟ୍ର କଲ୍ୟାଣ ଲାଗି ସେମାନଙ୍କୁ କାରାଗାରରେ ନିକ୍ଷେପ କରାଯିବ । ଏହାହିଁ ରାଜଦଣ୍ଡ, ମାତ୍ର ବର୍ତ୍ତମାନ କଖାରୁ କିୟା କୁକୁଡ଼ାଟିଏ ଚୋରିକରି ସାଧାରଣ ନାଗରିକଟିଏ ଜେଲ ଯାଉଥିବାବେଳେ ଦେଶର ସଂପତ୍ତିକୁ ଖୋଲ କରୁଥିବା ରାଜନୀତିର ଏହି ଅସାଧାରଣ ପୁରୁଷମାନେ ମୁକ୍ତ ଭାବରେ ବୁଲୁଛନ୍ତି । ଏହାହିଁ ନିଦାରୁଣ ସତ୍ୟ । କ୍ଷମତା ଆହରଣ ପାଇଁ କ୍ଷମତାର ଲଗ୍ନ ଅପବ୍ୟବହାର ଚାଲିଛି । ଦେଶର ସଂପତ୍ତି ଅବାଞ୍ଛିତ ଭାବରେ ବାଣ୍ଟି ଦିଆଯାଉଛି । ଦୁର୍ବଳଙ୍କ ସଶକ୍ତିକରଣ ନାମରେ ରାଜକୋଷକୁ ଏକ ପ୍ରକାର ଲୁଟ କରାଯାଉଛି । ସେହି ଅର୍ଥ ଆର୍ଥିକ ଭାବେ ଦୁର୍ବଲ ଓ ଗରିବଙ୍କ ପାଖରେ ନ ପହଞ୍ଚି ବାଟ ମାରଣା ହେଉଛି । କେବଳ ଭୋଟ ପାଇଁ ଅନେକ (ଲୋକ) ଜନକଲ୍ୟାଣ କାର୍ଯ୍ୟକ୍ରମ ନାଁରେ ଲୋକମାନଙ୍କୁ ଲାଞ୍ଚୁଆ କରିଦିଆଯାଉଛି । ସେମାନଙ୍କୁ ଶ୍ରମ ବିମୁଖ ଓ ପର ମୁଖାପେକ୍ଷୀ କରିଦିଆଯାଉଛି । ଏହି ବ୍ୟବସ୍ଥା ଭବିଷ୍ୟତରେ ଭୟାନକ ଶ୍ରମ–ସଙ୍କଟ ସୃଷ୍ଟି କରିବ । ଟଙ୍କା ଦେଇ ଭୋଟ ନେବା ଓ ଟଙ୍କା ନେଇ ଭୋଟ ଦେବା ଧୀରେ ଧୀରେ ଆମ ଗଣତନ୍ତ୍ରର ଏକ ଲଜ୍ଜାକର ପରମ୍ପରାରେ ପରିଣତ ହୋଇଛି । କୋଟି କୋଟି ଟଙ୍କା ବ୍ୟୟକାରି ଜଣେ ନିର୍ବାଚନରେ ଜିତିଲା ପରେ ଦୁର୍ନୀତି କରିବା ତା'ର ଏକ ଅଧିକାରରେ ପରିଣତ ହେଉଛି । ଅନେକ ରାଜନେତା ବିପୁଲ କଳାଧନ ଅପହରଣ କରି ଦେଶପାଇଁ ସମାନ୍ତର ଅର୍ଥନୀତିର ଆହ୍ୱାନ ସୃଷ୍ଟି କରିଛନ୍ତି । ସ୍ୱାଧୀନତାର ୭୦ବର୍ଷ ପରେ ଦେଶର ୨୭% ଲୋକ ଦାରିଦ୍ର ସୀମାରେଖା ତଳେ ଅଛନ୍ତି । ଏସ.ଡ଼ି.ତେଣ୍ଡୁଲକର କମିଟି ନିକଟରେ ଏହା ୩୮% ବୋଲି ଉଲ୍ଲେଖ କରିଛନ୍ତି । ଏବେବି ଦେଶର ଅନୁସୂଚିତ ଜନଜାତି ପଛୁଆ ବର୍ଗଙ୍କ ମଧ୍ୟରେ ଯଥାକ୍ରମେ ୪୩%, ୨୯, ୨୯.୦୪%, ୨୦.୦୭% ଓ ୧୨.୦୫%ଦାରିଦ୍ର ସୀମାରେଖା ତଳେ ଶଢ଼ୁଛନ୍ତି । ଗ୍ରାମାଞ୍ଚଲରେ ଏମାନଙ୍କ ଦୈନିକ ରୋଜଗାର ୨୨ ଟଙ୍କାରୁ ୪୨ ଟଙ୍କା ଥିବାବେଳେ ସହରାଞ୍ଚଲରେ ଏମାନଙ୍କ ରୋଜଗାର ରହିଛି । ୨୮, ୬୫ ଟଙ୍କାରୁ ୪୧ ଟଙ୍କା । ବିଶ୍ୱ ଭୋକିଲା ରାଷ୍ଟ୍ର ତୁଲନାରେ ୨୦୧୨ ମସିହା ତଥ୍ୟରେ ଭାରତର ସ୍ଥାନ ରହିଛି ୬୫ରେ । ୫ବର୍ଷରୁ କମ୍ ଶିଶୁ ମାନଙ୍କର ନ୍ୟୁନତମ୍ ଓଜନ ରହିବାରେ ଭାରତ ବିଶ୍ୱର ପ୍ରଥମ ଦେଶ । ଏହାହିଁ ଆମ ଗଣତନ୍ତ୍ରରେ ଆମେ ଅମଲ କରିଥିବା ଫସଲ ।

"ବର୍ଷାଣାଂ ଭାରତ ଶ୍ରେଷଃ ଦେଶନାଂ ଉକ୍ଲ ସ୍ମତ; ଉକ୍ଲସ୍ୟ ସମୋଦେଶଃ ତମ ସ୍ଷତିନାସ୍ତି ମହୀତଲେ ।" (କପିଲ ସଂହିତା) ଏକବିଂଶ ଶତାଦ୍ଧୀରେ ଆମର ଏହି ପବିତ୍ର ଭାରତବର୍ଷ ତଥା ପୁଣ୍ୟଭୂମି ଉକ୍ଲ ପ୍ରଦେଶ ଶଠ, ଠକ, ଚୋର, ମିଥ୍ୟାବାଦୀ, ପରଶ୍ରୀକାତର ଓ ଲୁଟେରାମାନଙ୍କର ଚରାଭୂମି ପାଲଟିଯିବ । ଏକଥା କପିଲ ସଂହିତା ଗ୍ରନ୍ଥର ଲେଖକ କେବେବି ସ୍ୱପ୍ନରେ ସୁଦ୍ଧା କଳ୍ପନା କରି ନଥିଲେ । ଏଇନେତ ଖୁନି, ଖଣ୍ଡ, ଠକମାନେ ସନ୍ତଙ୍କ ପରି ପ୍ରବଚନ ଦେଉଛନ୍ତି । ମାରାତ୍ମକ ଅପରାଧୀମାନେ ମହାପୁରୁଷଙ୍କ ବେଶ ଧାରଣ କରି ନିର୍ବାଚନରେ ପ୍ରାର୍ଥୀ ହୋଇ ଭୋଟ ଭିକ୍ଷା କରୁଛନ୍ତି । ଲଙ୍କାର ରାଜା ରାବଣ ଯେତେବେଳେ ଏକ ଜଘନ୍ୟ ଅପରାଧ କରିବାକୁ ଯାଇ ସନ୍ତଙ୍କ ବେଶରେ ଭିକ୍ଷାବୃତ୍ତି ଆଚରଣ କରିଥିଲେ । ସେପରି ମତଲବର ଲୋକମାନେ କାହିଁକି ମହାପୁରୁଷଙ୍କ ବେଶଧରି ଭୋଟଭିକ୍ଷା ନକରିବେ ? ଅନ୍ୟ କୌଣସି ବିକଳ୍ପ ବ୍ୟବସ୍ଥା ନ ଥିବାରୁ ଜନତା ଅନନ୍ୟୋପାୟ ହୋଇ ନିର୍ବାଚନରେ ପ୍ରାର୍ଥୀ ହୋଇଥିବା ସନ୍ତ ବେଶୀ ଖଣ୍ଡ ଓ ମହାପୁରୁଷଙ୍କ ଭଳି ଦିଶୁଥିବା ଦୁର୍ଦ୍ଦାନ୍ତ ଅପରାଧୀ ଏବଂ ମହତବାଣୀ ପ୍ରଚାର ମାଧ୍ୟମରେ ମିଥ୍ୟା, ପ୍ରତିଶ୍ରୁତି ଦେଉଥିବା

ଶଠ, ଠକ ଓ ପ୍ରତାରକ ମାନଙ୍କ ମଧ୍ୟରୁ ଜଣକୁ ଭୋଟ ଦେବାକୁ ବାଧ୍ୟ ହେଉଛନ୍ତି । ଦୁର୍ନୀତି ଓ ଅପରାଧୀ ମାନଙ୍କ ଚରାଭୂଇଁ ହେଉଛି ରାଜନୀତି ମାତ୍ର ନେତା ହେଉଛନ୍ତି ସେବକ ।

ଆଜି ପ୍ରକୃତରେ ବାସ୍ତବ ଦେଶପ୍ରେମୀମାନଙ୍କର ଘୋର ଅଭାବ ପରିଲକ୍ଷିତ ହେଉଛି ବରଂ ଦେଶଦ୍ରୋହୀ ମାନଙ୍କ ସଂଖ୍ୟା ଅଧିକାଧିକ ବୃଦ୍ଧି ପାଉଛି । ଏହା ଘୋର ଉଦବେଗର କାରଣ । ଯେଉଁ ମୁଷ୍ଟିମେୟ ପ୍ରକୃତ ଦେଶପ୍ରେମୀ ଅଛନ୍ତି । ସେମାନେ ନିଜକୁ ଅସହାୟ ମଣୁଛନ୍ତି ଏବଂ ସେମାନଙ୍କ ହାତରେ ଏହାର ନିରାକରଣ କରିବାର ଶକ୍ତିନାହିଁ । ଦେଶଦ୍ରୋହୀ, ଅସାମାଜିକମାନଙ୍କ ସଙ୍ଘଆଶୀ ଆକ୍ରମଣ ଏବଂ ଚାପରେ ସେମାନେ ଅଣନିଃଶ୍ୱାସୀ ଓ କିଂ କର୍ତ୍ତବ୍ୟ ବିମୂଢ଼ । ଦେଶ କହିଲେ କେବଳ ଦେଶର ଭୌଗୋଳିକ ପରିସୀମାକୁ ବୁଝାଏ ନାହିଁ । ପରିସୀମା ଭିତରେ ବାସ କରୁଥିବା ଅଧିବାସୀମାନଙ୍କୁ ହିଁ ନେଇ ଦେଶ ଗଠିତ ହୋଇଥାଏ । ଦେଶ ପ୍ରେମର ଅର୍ଥ ନୁହେଁ କେବଳ ଏ ଦେଶର ମାଟି, ପାଣି, ପବନ ଓ ପ୍ରାକୃତିକ ସଂପଦକୁ ଭଲ ପାଇବା । ତା' ସହିତ ଏ ଦେଶର ଅଧିବାସୀ ମାନଙ୍କୁ ଭଲ ପାଇବା ହେଉଛି ପ୍ରକୃତ ଦେଶପ୍ରେମ । ଆଜି ଦେଶର ସମସ୍ତ ପ୍ରାକୃତିକ ସଂପଦକୁ ବିକିଭାଙ୍ଗି ନିଜେ ଆରବପତି ହେବାପାଇଁ ଦେଶଦ୍ରୋହୀମାନେ ମସୁଧା କରୁଛନ୍ତି ଏବଂ କାର୍ଯ୍ୟରେ ମଧ୍ୟ ପରିଣତ କରୁଛନ୍ତି । ଏପରିକି ଏମାନେ ଦେଶର ଶିଶୁ ଓ ମହିଳା ମାନଙ୍କୁ ନିର୍ଯ୍ୟାତନା ଦେଇ ବିକ୍ରି କରୁଛନ୍ତି । ଶ୍ରମିକମାନଙ୍କୁ ଶୋଷଣ କରୁଛନ୍ତି ଓ ବନ୍ଦକରଖି ନିର୍ଯ୍ୟାତନା ଦେଉଛନ୍ତି । ଏ ମାନଙ୍କର ସଂଖ୍ୟା ଏବଂ କୁକର୍ମ ବଢ଼ିବଢ଼ି ଚାଲିଛି । ଏ ଦେଶର କର୍ଣ୍ଡଧାର ବୋଲାଉଥିବା ରାଜନେତା ମାନେ ମଧ୍ୟ ଦେଶକୁ ଲୁଣ୍ଠନ କରିବାରେ ଲାଗିଛନ୍ତି ଏବଂ ଅନ୍ୟ ଲୁଣ୍ଠନକାରୀ ମାନଙ୍କୁ ସୁରକ୍ଷା ଦେଇ ସେମାନଙ୍କ ଠାରୁ ବଟି ଆଦାୟ କରୁଛନ୍ତି । ଶୋଷଣ ଓ ଲୁଣ୍ଠନକାରୀମାନେ (ସେମାନଙ୍କ) ବିରୋଧୀମାନଙ୍କୁ ହତ୍ୟାମଧ୍ୟ କରୁଛନ୍ତି । ଏମାନେ ଜନତା ଆଗରେ ମୁଖାପିନ୍ଧି ଦେଶପ୍ରେମୀର ଅଭିନୟ କରୁଛନ୍ତି । ଦେଶପ୍ରେମୀମାନଙ୍କୁ ଏମାନେ ଦେଶଦ୍ରୋହୀ ଭାବେ ଚିତ୍ରଣ କରୁଛନ୍ତି । ସାଧାରଣ ଜନତା ଏମାନଙ୍କର ଅସଲ ପରିଚୟ ଜାଣି ମଧ୍ୟ କିଛି ପ୍ରତିକାର କରି ନ ପାରିବାର ଅସହାୟତା ଯୋଗୁ ବାଧ୍ୟ ହୋଇ ନିଜର ସ୍ୱାର୍ଥ ପାଇଁ ଏମାନଙ୍କ ସହିତ ସାମିଲ ହେଉଛନ୍ତି । ଦେଶଦ୍ରୋହୀ ମାନେ ରାଜନୈତିକ ବାହୁଛାୟା ତଳେ ରହି କାୟା ବିସ୍ତାର କରି ନିଜ ଓ ନିଜ ପରିବାର ପାଇଁ ବିପୁଲ ସଂପତ୍ତି ଠୁଲ କରିବାରେ ଲାଗିଛନ୍ତି । ଆମର ପୂର୍ବ ପୁରୁଷ, ମହାନ ଦେଶପ୍ରେମୀ ଜନନାୟକମାନେ ଦେଶ ସ୍ୱାଧୀନ କରିବା ପାଇଁ ଏବଂ ସ୍ୱାଧୀନତା ପରେ ଦେଶବାସୀଙ୍କର ସୁଖ ସୁବିଧା ଓ ଉନ୍ନତି ପାଇଁ ନିଜ ପରିବାର ପ୍ରତିମଧ୍ୟ ଅବହେଳା ଦେଖାଇ ଥିଲେ । ଦେଶ ଓ ଦେଶବାସୀଙ୍କ ପ୍ରତି କର୍ତ୍ତବ୍ୟ ତୁଲାଇବାରେ ବ୍ୟସ୍ତ ରହି ନିଜ ପରିବାର ପ୍ରତି ଉପଯୁକ୍ତ କର୍ତ୍ତବ୍ୟ ତୁଲାଇ ପାରି ନଥିଲେ । ଅନେକ ଦେଶପ୍ରେମୀ ଦେଶର ମଙ୍ଗଳ ପାଇଁ କର୍ତ୍ତବ୍ୟ କରି ନିଜେ ମଧ୍ୟ ସହିଦ ହୋଇଗଲେ । ସେମାନଙ୍କର ପବିତ୍ର ଆତ୍ମବଳିଦାନ ପାଇଁ ପରାଧୀନ ଭାରତରେ ପ୍ରାଣର ପୁନଃସଂଚାର ହେଲା । ସ୍ୱାଧୀନତା ପରର ଦୁଇ ଦଶନ୍ଧି ପର୍ଯ୍ୟନ୍ତ ରାଜନୀତି ଏବଂ ଶାସନ ଏପରି କଳୁଷିତ ହୋଇ ନ ଥିଲା । ଯାହା ଏବେ ଦେଖାଯାଉଛି । ସେତେବେଳେ ଶାସନର ମଙ୍ଗ ଧରିଥିବା ରାଜନେତାମାନେ ଭ୍ରଷ୍ଟ ନ ଥିଲେ । ଆଜି ସଚ୍ଚା ଦେଶପ୍ରେମୀ ବା ଦେଶଭକ୍ତ ଖୋଜିଲେ କୋଟିଏରେ ଗୋଟିଏ ମଧ୍ୟ ମିଳିବା ସନ୍ଦେହ । ପ୍ରାୟ ସମସ୍ତେ ଏଇନେ ସରକାରୀ ଧନ ଅର୍ଥାତ ଦେଶର ଧନ ଚଲୁ କରୁଛନ୍ତି ଏବଂ ନଷ୍ଟଭ୍ରଷ୍ଟ କରୁଛନ୍ତି । ଦେଶବାସୀଙ୍କ ପ୍ରତି ଅନ୍ୟାୟ, ଅତ୍ୟାଚାର, ଶୋଷଣ ଏବଂ ହତ୍ୟା କରୁଥିବା ଲୋକ କେବେବି ଦେଶପ୍ରେମୀ ନୁହନ୍ତି । ସରକାର ମଧ୍ୟ ଏମାନଙ୍କୁ ସୁଯୋଗ ଓ ସୁରକ୍ଷା ଦେଉଛି–କେବଳ ଅରାଜକ ତତ୍ତ୍ୱମାନଙ୍କ ସାହାୟ୍ୟରେ ଗାଦି ରକ୍ଷା କରିବା ପାଇଁ ।

ଦେଶଦ୍ରୋହୀ ମାନେ ଯେଉଁ ଦେଶରେ ରହୁଛନ୍ତି, ତା'ର ନିନ୍ଦା କରି ପଡ଼ୋଶୀ ଦେଶର ଗୁଣଗାନ କରୁଛନ୍ତି ଏବଂ ଦେଶ ବିରୋଧରେ ଷଡ଼ଯନ୍ତ୍ର କରୁଛନ୍ତି । ମାଓବାଦୀମାନେ ନରସଂହାର କରୁଛନ୍ତି । ସେମାନଙ୍କର ଆଦର୍ଶ ବୋଲି କିଛି ନାହିଁ । ଯେଉଁ ଜନସାଧାରଣଙ୍କୁ ନ୍ୟାୟ ଦେବା ପାଇଁ ସେମାନେ ମାଓବାଦୀ ହୋଇଛନ୍ତି, ସେହି ଜନ ସାଧାରଣଙ୍କ ଭିତରେ

ପୁଲିସ ଇନ୍‌ଫର୍ମର୍ କହି ଲୋକମାନଙ୍କୁ ବିଭୀଷ ଭାବରେ ହତ୍ୟା କରୁଛନ୍ତି । ଏହା କେଉଁ ପ୍ରକାର ଆଦର୍ଶ ବା ଦେଶପ୍ରେମ ? କେବଳ ଭୟଭୀତ କରାଇ, ଲୁଣ୍ଠନ ଓ ହତ୍ୟା କରି ନିଜର କ୍ଷମତା ଜାହିର କରିବା ଓ ସବୁପ୍ରକାର ଅୟାସୀ କରିବା ଏମାନଙ୍କ ମୁଖ୍ୟଆର ଲକ୍ଷ୍ୟ । ଶାସନର ମୁଖ୍ୟଆ ମାନଙ୍କର ମଧ୍ୟ ଠିକ୍ ଏହି ଲକ୍ଷ୍ୟ– କଲେବଲେ କୌଶଲେ ଗାଦି ଦଖଲ କରିବା ଏବଂ ମୃତ୍ୟୁ ପର୍ଯ୍ୟନ୍ତ ଗାଦିସୀନ ହୋଇ ରହିବା । ଲୋକମାନଙ୍କ ସେବା କରିବା ସେମାନଙ୍କର ଏକ ବାହାନା ମାତ୍ର । ଦେଶଦ୍ରୋହୀ ମାନଙ୍କର ବୟାନ ହେଲା– ନାଥୁରାମ ଗଡ଼ସେ ମହାନ ଦେଶପ୍ରେମୀ ଥିଲେ । ଗାନ୍ଧିଜୀ ଦେଶକୁ ବିଶେଷ କରି ହିନ୍ଦୁ ସମାଜକୁ ବରବାଦ କରିବାକୁ ଚାହୁଁଥିବାରୁ ସେ ତାଙ୍କୁ ହତ୍ୟା କଲେ । ଅବଶ୍ୟ ଏହା ଏକ ନିଚ୍ଛକ ସତ୍ୟ ।

ଆଉ ମୁସଲିମ ଲିଗର ଦାବି ମାନି ନେଇ ଦେଶର ବିଭାଜନ ପାଇଁ ରାଜି ହୋଇ ଯାଇ ଗାନ୍ଧିଜୀ ହିନ୍ଦୁ ସମାଜର ପ୍ରଭୂତ କ୍ଷତି କରିଥିଲେ । ଐତିହାସିକମାନେ ସ୍ୱାଧୀନତା ଆନ୍ଦୋଲନରେ ଗାନ୍ଧିଜୀଙ୍କ ଭୂମିକା ଭିନ୍ନଭିନ୍ ବ୍ୟାଖ୍ୟା ବୟାନ କରିଛନ୍ତି । କଂଗ୍ରେସ ସଦସ୍ୟମାନଙ୍କ ଉପରେ ଗାନ୍ଧି ହୁକୁମ୍‌ଜାରି ଜାହିର କରୁଥିଲେ ବୋଲି ଅଭିଯୋଗ ରହିଛି । ଗାନ୍ଧିଜୀ ଦେଶ ବିଭାଜନ ରୋକିଲେନି ବୋଲିବି ଅଭିଯୋଗ ରହିଛି । ଦେଶ ବିଭାଜନ ଆଲୋଚନା ଜୋରଦାର ହେବାରୁ ଓ 'ଟୁ ନେସନ ଥିଓରୀ'ରେ ଜିନ୍ନା ଅଟଳ ରହିବାରୁ ଗାନ୍ଧିଜୀ କହିଥିଲେ ଯେ ଦେଶ ବିଭାଜନ ହେବ ତାଙ୍କ ଶବ ଉପରେ । ନାଥୁରାମଙ୍କ ପରି ଲୋକେ ଦେଖିବାରେ ଗାନ୍ଧିଜୀଙ୍କ ଜୀବିତାବସ୍ଥାରେ ଦେଶ ବିଭାଜନ ହୋଇଗଲା ଅଥଚ ଗାନ୍ଧି ବଞ୍ଚିଥାଆନ୍ତି । ବିଭାଜନ ଯୋଜନାକୁ ବିରୋଧ କରନ୍ତି କି ବୋଲି ମାଉଣ୍ଟ ବ୍ୟାଟେନ ପଚାରିଲାରୁ ଗାନ୍ଧିଜୀ ହସି ଦେଇ ଉତ୍ତର ଦେଇଥିଲେ, "ମୁଁ କ'ଣ କେବେ ଆପଣଙ୍କୁ ବିରୋଧ କରିଛି ।" କିନ୍ତୁ ଭାରତ ବିଭାଜନ ପୂର୍ବରୁ ଗାନ୍ଧିଜୀ ବାରମ୍ବାର କହୁଥିଲେ "ଭାରତ ଯଦି କେବେ ଭାଗ ଭାଗ ହୋଇଯାଏ, ତେବେ ତାହା ମୋ ଦିଖଣ୍ଡିତ ଶବ ଉପରେ ହେବ । ଅବଶ୍ୟ ଭାରତ ବିଭାଜନର ଦୁଃଖଦ ଦୁର୍ଘଟଣା ଗାନ୍ଧିଜୀଙ୍କ ଜୀବଦଶାରେ ହିଁ ଘଟିଲା । କଥା କଥା କେ ଗାନ୍ଧିଜୀ ଆମରଣ ଅନଶନ କରୁଥିଲେ । ଏପରିକି ଦେଶ ବିଭାଜନ ପରେ ପାକିସ୍ତାନ, ଭାରତଠାରୁ ୫୫ କୋଟି ଟଙ୍କା ପାଇବ ବୋଲି ବିଭାଜନ ପୂର୍ବରୁ ଆପୋଷ ଆଲୋଚନା ମାଧମରେ ସ୍ଥିର ହୋଇଥିଲା । ନିଜର ସେ ପ୍ରତିଶ୍ରୁତି ରକ୍ଷା କରିବା ଦିଗରେ ଭାରତ ପଛଘୁଞ୍ଚା ଦେବା ସତ୍ୟ ହାନି ପରି ପାପ ଅର୍ଜନ କରିବା ସାର ହେବ ଏବଂ ବିଶ୍ୱ ଦରବାରରେ ଭାରତର ଭାବମୂର୍ତ୍ତି କୁସିତ ହୋଇଯିବ ବୋଲି ଗାନ୍ଧିଜୀ ଦର୍ଶାଇଥିଲେ । ସ୍ୱାଧୀନତା ପ୍ରାପ୍ତି ପରେ ଭାରତଠାରୁ ପାକିସ୍ତାନ ତା'ର ପ୍ରାପ୍ୟ ୫୫ କୋଟି ଟଙ୍କା ଦାବି କରିଥିଲା । ତାହା ଦେବା ପାଇଁ ଭାରତ ସରକାର ଟାଳଟୁଳ କରୁଥିଲେ । ଫଳରେ ପାକିସ୍ତାନ ଗାନ୍ଧିଜୀଙ୍କ ପାଖରେ ଅଭିଯୋଗ କଲା, ପାକିସ୍ତାନକୁ ତାହା ଦେବ ପାଇଁ ଗାନ୍ଧିଜୀ ଅଡ଼ି ବସିଲେ ଓ ଅନଶନ କଲେ । କିନ୍ତୁ ଭାରତ ବିଭାଜନ ବନ୍ଦ କରିବା ପାଇଁ ଗାନ୍ଧିଜୀ ତାଙ୍କର ଅତି ପ୍ରିୟ ଓ ସବୁଠାରୁ ଶକ୍ତିଶାଳୀ ଅସ୍ତ୍ର ଅନଶନକୁ କାହିଁକି ପ୍ରୟୋଗ କଲେ ନାହିଁ । ଯେଉଁ ଅସ୍ତ୍ର ବଳରେ ଦେଶ ପରାଧୀନ ଥିବା ସମୟରେ ସେ ବିଦେଶୀ ଶାସକମାନଙ୍କ ଠାରୁ ନିଜ ହକ୍ ହାସଲ କରିବାକୁ ସକ୍ଷମ ହେଉଥିଲେ ଓ ସ୍ୱାଧୀନତା ପ୍ରାପ୍ତି ପରେ ନିଜ ଦେଶର ଶାସକଙ୍କୁ ତାଙ୍କ ଦାବି ଗ୍ରହଣ ପାଇଁ ବାଧ୍ୟ କରୁଥିଲେ ଯେଉଁ ଆୟୁଧ ଦ୍ୱାରା । ବିଭାଜନ ରୋକିବା ଲାଗି ଗାନ୍ଧିଜୀ ତାଙ୍କର ସ୍ୱଭାବ ସୁଲଭ ଢଙ୍ଗରେ ସର୍ବ ଜନାଦୃତ ଅନଶନ ଅସ୍ତ୍ରକୁ ବ୍ୟବହାର ନକରି ନିରବ ରହିଯିବା ଅତି ବିଚିତ୍ର । ତେବେ ଦେଶ ବିଭାଜନ ପ୍ରସ୍ତାବ ସପକ୍ଷରେ ସେ ନିଜକୁ ପ୍ରବର୍ତ୍ତାଉ ନଥିଲେତ । ଏହା ହିଁ ଥିଲା ନାଥୁରାମଙ୍କ ମନରେ ସଂଶୟ । ଦେଶ ବିଭାଜନ ପାଇଁ ଏଥିସକାଶେ ନାଥୁରାମଙ୍କ ପରି ଲୋକମାନେ ଗାନ୍ଧିଙ୍କୁ ଦାୟୀ କଲେ । ବ୍ରିଟିଶମାନେ ଗାନ୍ଧିଜୀଙ୍କୁ ସନ୍ତୁଷ୍ଟ କରି ରଖିଲେ କିନ୍ତୁ ଅସଲ ନୀତି ନିଷ୍ପତ୍ତିରୁ ଦୂରେଇ ଦେଲେ ଏବଂ ଜିନ୍ନାଙ୍କ ପରି ଲୋକଙ୍କ ପିଠି ଥାପୁଡ଼େଇ ଦେଶ ବିଭାଜନ କରିଦେଲେ । ଦେଶ ଭିତରେ ମୁସଲମାନଙ୍କ ପାଇଁ ପ୍ରଥକ୍ ନିର୍ବାଚନମଣ୍ଡଳୀ, ନୀତି ଓ ଖିଲାଫତ ଆନ୍ଦୋଲନକୁ ଗାନ୍ଧିଜୀ ସମର୍ଥନ କଲେ । ଦେଶ ବିଭାଜନ ଜନିତ ରକ୍ତପାତ ପରେ ଗାନ୍ଧିଜୀ ବିଭିନ୍ନ ମନ୍ଦିରକୁ

ଯାଇ ସେଠାରେ ଗୀତା ସହିତ କୋରାନ୍ ପାଠ କରିବା ପାଇଁ ପ୍ରବର୍ତ୍ତାଉ ଥିଲେ। କିନ୍ତୁ ମସ୍‌ଜିଦ୍‌ରେ କୋରାନ ସଙ୍ଗେ ବେଦ କିମ୍ବା ଗୀତା ଅଥବା ଭାଗବତ ପାଠ ପାଇଁ ଗାନ୍ଧିଜୀ କେବେ କାହାକୁ ପ୍ରବର୍ତ୍ତାଉ ନ ଥିଲେ।

ଦୁନିଆ ଗଡସେଙ୍କୁ ଜାଣିଛି ଗାନ୍ଧୀଙ୍କ ହତ୍ୟାକାରୀ ରୂପେ। ଆହୁରି ମଧ୍ୟ ଗାନ୍ଧିଙ୍କୁ ହତ୍ୟା କରିବା ତାଙ୍କ ଜାତୀୟତାବାଦ ଓ ହତ୍ୟାକାରୀର ଜାତୀୟତାବାଦ ଭିତରେ ପାର୍ଥକ୍ୟର ପରିଣତି। ହତ୍ୟାକାରୀ ନାଥୁରାମ ଗଡସେ ଇତିହାସ ପୃଷ୍ଠାରେ ଜଣେ ଘୃଣିତ ବ୍ୟକ୍ତିଭାବେ ଚିତ୍ରିତ। କିନ୍ତୁ ଗଡସେଙ୍କୁ ଘୃଣା କରିବା ପୂର୍ବରୁ ତାଙ୍କ ଲଢ଼ୁଆ ଜାତୀୟତା ବାଦ ଓ ଅଖଣ୍ଡ ଭାରତ ଆଦର୍ଶ କଥା ସମଝିବାକୁ ପଡ଼ିବ। ଗାନ୍ଧି ହତ୍ୟାକାରୀ ନାଥୁରାମ ଆଚରଣରେ ଶାନ୍ତ, ବିନୟୀ ଓ ବୁଦ୍ଧିମାନ ଯୁବକ। ସେ ଜଣେ ବୁଦ୍ଧିଜୀବୀ ଓ ଗୋଟିଏ ମରାଠୀ ଖବରକାଗଜ 'ହିନ୍ଦୁ ରାଷ୍ଟ୍ର' ନାମକ ପତ୍ରିକାର ପ୍ରଭାବଶାଳୀ ସମ୍ପାଦକ ଥିଲେ। ବର୍ଷ ବର୍ଷ ଧରି ସେ ଗାନ୍ଧିଙ୍କ ଆଦର୍ଶକୁ ବିଦ୍ରୁପ, ସମାଲୋଚନା, ତିରସ୍କାର ଓ ଅଗ୍ରାହ୍ୟ କରି ଆସୁଥିଲେ। ଗାନ୍ଧି କହୁଥିଲେ ସେ ଶହେ ପଚିଶବର୍ଷ ବଞ୍ଚିବେ, ତାଙ୍କ ସ୍ୱପ୍ନର ଭାରତ ବର୍ଷ ଗଢ଼ିବା ପାଇଁ। ବଞ୍ଚିବେ ଏକ ସୁସ୍ଥ ଓ ନିରାମୟ ଜୀବନ। ଆଉ ଯେତେବେଳେ ଗାନ୍ଧି କହିଲେ ମୁଁ ତ ୧୨୫ବର୍ଷ ବଞ୍ଚି ଦେଶ ତଥା ବିଶ୍ୱର ସେବା କରିବାକୁ ଚାହେଁ। ୧୯୪୮ରେ ଗାନ୍ଧିଜୀଙ୍କୁ ହତ୍ୟା କରିଥିବା ଗଡସେ ତାଙ୍କ ମରାଠୀ ପତ୍ରିକା 'ଅଗ୍ରଣୀ'ରେ ଏହାର ଉତ୍ତର ଲେଖିଲେ– "କିନ୍ତୁ ତାଙ୍କୁ କିଏ ବଞ୍ଚି ରହିବାକୁ ଦେବ।" ପରିଶେଷରେ ସେ କଲମ ପିଙ୍ଗି ଦେଇ ପିସ୍ତଲ ଉଠାଇନେଲେ।

ଆଜିର ଦେଶଦ୍ରୋହୀ କାଲି ଦେଶ ଭକ୍ତ ଭାବେ ପୂଜା ପାଇବା ସମ୍ଭବ। ଇଏ ଯେମିତି ସମୟର କରାମତି ସେମିତି କାହା ଚରିତ୍ରରେ 'ବରପୁତ୍ର' ବା 'କୁଲାଙ୍ଗାର' ସିଲ (ବାଜିବ) ଲାଗିବ। ତାହା କେବଳ ସେହି ସମୟ ଜାଣେ। ନିଜ ପକ୍ଷ ସମର୍ଥନରେ ଓ (ନିଜ) ଆପଣାକର୍ମ ସପକ୍ଷରେ ନାଥୁରାମ ଗଡସେ ଗାନ୍ଧିହତ୍ୟା ବିଚାର ହେଉଥିବାବେଳେ ଅଦାଲତରେ ଯୁକ୍ତି ଛଲରେ କହିଥିଲେ "ମୋ ଗୁଲି ସେହି ବ୍ୟକ୍ତିଙ୍କୁ ହତ୍ୟା କରିଛି ଯାହାଙ୍କ ନୀତି ଓ କାର୍ଯ୍ୟ କୋଟି କୋଟି ହିନ୍ଦୁଙ୍କର ଧ୍ୱଂସ (rack and ruin and destruction)ସାଧନ କରିଛି। (ମୁସଲିମ୍ ଲିଗର ଦାବି ମାନି ନେଇ ଦେଶ ବିଭାଜନ ପାଇଁ ରାଜି ହୋଇ ଯାଇ ଗାନ୍ଧି ହିନ୍ଦୁ ସମାଜର ପ୍ରଭୂତ କ୍ଷତି କରି ସାରିଛନ୍ତି। ଅଧିକ ଡେରି କରିଥିଲେ ହିନ୍ଦୁ ସମାଜ ଆହୁରି ନପୁଂସକ ହୋଇଯାଇଥାଆନ୍ତା) ଏବଂ ଏପରି ଅପରାଧୀଙ୍କୁ ଦଣ୍ଡ ବିଧାନ ପାଇଁ କୌଣସି ନ୍ୟାୟିକ ବ୍ୟବସ୍ଥା ନ ଥିବାରୁ ମୋତେ ଏହି ମାରାତ୍ମକ କାର୍ଯ୍ୟ କରିବାକୁ ପଡ଼ିଲା। ନ ହେଲେ ସେ ମୋର ବ୍ୟକ୍ତିଗତ ଶତ୍ରୁ ନୁହଁନ୍ତି। ନାଥୁରାମଙ୍କ ଆଇଡିଆରେ ବିଶ୍ୱାସ କରୁଥିବା ସମସ୍ତ ତାଙ୍କୁ (ଗାନ୍ଧିଙ୍କୁ) ହିନ୍ଦୁ ବିରୋଧୀ ବୋଲି ବିଶ୍ୱାସ କରନ୍ତି। ନାଥୁରାମ ଆକଣ୍ଠ ମୁଖସ୍ତ କରିଥିଲେ ଭାଗବତ ଗୀତାକୁ। ତାଙ୍କର ଗୀତରେ ବ୍ୟୁପ୍ତି ଥିଲା। ଗାନ୍ଧିଙ୍କ ପ୍ରତି ତାଙ୍କର ଥିଲା ଗଭୀର ଭକ୍ତି ଓ ଅବିନାଶୀ ଦୃଢ଼ ବିଶ୍ୱାସ ଏବଂ ପରାକାଷ୍ଠା। ଗାନ୍ଧି ଗୀତାକୁ ଜୀବନଦର୍ଶ କରିଥିଲେ। ଉଭୟଙ୍କ ଲକ୍ଷ୍ୟ ଓ ସ୍ୱପ୍ନ ଥିଲା ଅଖଣ୍ଡ ଭାରତ। ତେବେ ସେମାନଙ୍କ ମଧ୍ୟରେ ଫରକ କ'ଣ ଥିଲା ? ପାର୍ଥକ୍ୟ ଥିଲା ଦୃଷ୍ଟିଭଙ୍ଗୀରେ। ଗଡସେ ଦେଖୁଥିଲେ ଭାରତ ବର୍ଷକୁ ଏକ ଉଗ୍ର ସାମ୍ପ୍ରଦାୟିକ ହିନ୍ଦୁତ୍ୱର ଲେନ୍ସରେ। ଗାନ୍ଧି ଦେଖୁଥିଲେ ସାମ୍ପ୍ରଦାୟିକ ବିଦ୍ୱେଷହୀନ ଉଦାର ଚକ୍ଷମାରେ। ଗାନ୍ଧି ହିନ୍ଦୁ ମୁସଲମାନଙ୍କର ଆନ୍ତରିକ ମିଳନ ଚାହୁଁଥିଲେ। ସଭରକର ଓ ଗୋଲଓ୍ୱାକରଙ୍କ ଏକାନ୍ତ ଅନୁଗାମୀ ଗଡସେ ଚାହୁଁଥିଲେ ଏକ ହିନ୍ଦୁ ରାଷ୍ଟ୍ର। ଯେଉଁଠି ମୁସଲମାନମାନେ ରହିବେ ନିଷ୍ପେଷିତ ଏବଂ ଅବଦମିତ ହୋଇ।

ନାଥୁରାମ ଭାରତ ବିଭାଜନର ପ୍ରଚଣ୍ଡ ବିରୋଧୀ ଥିଲେ ଏବଂ ଏଥିପାଇଁ ସେ ଗାନ୍ଧୀଙ୍କୁ ଦାୟୀ କରୁଥିଲେ। ଗାନ୍ଧିଙ୍କୁ ହତ୍ୟା କରିବା ଯୋଗୁ ମୃତ୍ୟୁଦଣ୍ଡ ବିରୋଧରେ ଯେତେବେଳେ ସିମ୍‌ଲାରେ ଥିବା ପଞ୍ଜାବ ହାଇକୋର୍ଟରେ ଅପିଲ ହେଲା, ସେ ନିଜେ ନିଜର ଓକିଲ ହୋଇ କାହିଁକି ଗାନ୍ଧିଜୀଙ୍କୁ ମାରିଲେ ବଳିଷ୍ଠ ଯୁକ୍ତି ଦ୍ୱାରା ବିଚାରପତିମାନଙ୍କୁ ବି ପ୍ରଭାବିତ କରିପାରିଥିଲେ। ସେଥିମଧ୍ୟରୁ ଜଣେ ବିଚାରପତି ଜି.ଡି ଖୋସଲା ଲେଖିଛନ୍ତି– "ନାଥୁରାମଙ୍କ ଯୁକ୍ତି ଏତେ ପ୍ରଭାବଶାଳୀ ଓ ତେଜସ୍ୱିନୀ ଥିଲା ଯେ ସେଦିନ କୋର୍ଟରେ ଉପସ୍ଥିତ ଥିବା ଲୋକମାନଙ୍କୁ ଯଦି ବିଚାର ଦାୟିତ୍ୱ (ଜୁରି)

ଦିଆଯାଇଥାନ୍ତା ତେବେ ସେମାନେ ନାଥୁରାମଙ୍କୁ ବିନା ଦୋଷରେ ଖଲାସ କରି ଦେଇଥାନ୍ତେ । ଗାନ୍ଧିଜୀ ଯଦି ବଞ୍ଚି ଯାଇଥାଆନ୍ତେ ତେବେ ସେ କେବେ ବି ନାଥୁରାମ ବିରୋଧରେ ଏଫ.ଆଇ.ଆର କରି ନଥାଆନ୍ତେ । ଦକ୍ଷିଣ ଆଫ୍ରିକାରେ ଜଣେ ଭାରତୀୟ ଠେଙ୍ଗା ମାଡ଼ କରି ତାଙ୍କ ମୁଣ୍ଡ ଫଟାଇ ଦେଇଥିଲେ । ଏହା ସତ୍ତ୍ୱେ ଗାନ୍ଧିଜୀ ପୁଲିସର ଅନୁରୋଧ ପରେ ବି ଆକ୍ରମଣକାରୀ ବିରୋଧରେ ଅଭିଯୋଗ କରି ନଥିଲେ । ଦକ୍ଷିଣ ଆଫ୍ରିକାରେ ତାଙ୍କୁ ଅପମାନିତ କରିଥିବା ସବୁ ବ୍ୟକ୍ତିଙ୍କୁ ଗାନ୍ଧି ଯେପରି କ୍ଷମା କରି ଦେଇଥିଲେ ସେମିତି ସେ ନାଥୁରାମଙ୍କୁ ମଧ କ୍ଷମା କରିଥାନ୍ତେ କିମ୍ଭ ଭଗତ ସିଂହଙ୍କ ଭଲି ନାଥୁରାମଙ୍କୁ ଜଣେ ଦେଶ ଭକ୍ତ ବୋଲି କହିଥାଆନ୍ତେ । ସେ ରାଷ୍ଟ୍ରୀୟ ସ୍ୱୟ ସେବକ ସଂଘର ଦେଶ ଭକ୍ତଙ୍କୁ ସକାରାତ୍ମକ ଦୃଷ୍ଟିରେ ଦେଖୁଥିଲେ ଓ ଇଂରେଜଙ୍କୁ ବିରୋଧ ନକରି ଓଲଟି କହୁଥିଲେ ଇଂରେଜମାନେ ଆମର ଶତ୍ରୁ ନୁହଁନ୍ତି । ଆମେ ନିଜ ଦୋଷ ଦୁର୍ବଳତାରୁ ପରାଧୀନ   ହୋଇଥିଲେ ।

ଭାରତର ବ୍ରିଟିଶ ଇଷ୍ଟ–ଇଣ୍ଡିଆ କମ୍ପାନୀର ଘଡ଼ିସନ୍ଧି ସମୟରେ ରବର୍ଟ କ୍ଲାଇବ ଯେପରି କଲମ ଛାଡ଼ି ବଲମ ଧରି ଭାରତରେ ବ୍ରିଟିଶ ସାମ୍ରାଜ୍ୟର ମୂଳଦୁଆ ସ୍ଥାପନ କରିଥିଲେ ସେମିତି ଗଡ଼ସେ କରିଥିଲେ ଭାରତର ସଂଖ୍ୟାଧିକ ହିନ୍ଦୁ ମାନଙ୍କପାଇଁ । ଦେଶ ବିଭାଜନ ରୋକିବାରେ ବିଫଳତା ଏବଂ ସ୍ୱାଧୀନତା ଆନ୍ଦୋଲନରୁ ଧର୍ମ ନିରପେକ୍ଷତା ବାଦ ଦିଆଯିବା ସକାଶେ ସେ ଗାନ୍ଧୀଙ୍କୁ ଦାୟୀ କରୁଥିଲେ । ମୋକଦ୍ଦମା ବିଚାର ବେଳେ ନାଥୁରାମ ଫାଶୀ ଦଣ୍ଡରୁ ରକ୍ଷା ପାଇବାକୁ ଯୁକ୍ତି ଉପସ୍ଥାପନ କରି ନଥିଲେ । ଗାନ୍ଧିକୁ ହତ୍ୟା କରିଥିବାର ଯର୍ଥାଥତା ପ୍ରତିପାଦନ କରି ଭାଷଣ ଦେଇଥିଲେ ।

ନାଥୁରାମଙ୍କୁ ଫାଶୀ ଦେବା ଉଚିତ ହେଲା କି ? ନାଥୁରାମ ଦେଶ ଭକ୍ତ କି ? ଏ ପ୍ରଶ୍ନ ଦୁଇଟିର ଉତ୍ତର ଗାନ୍ଧିଜୀଙ୍କୁ ପଚାରିଥିଲେ । ଗାନ୍ଧିଜୀ ପ୍ରଥମଟିର ଉତ୍ତର ନା’ରେ ଓ ଦ୍ୱିତୀୟଟିର ଉତ୍ତର ହଁ ରେ ଦେଇ ଥାଆନ୍ତେ । ଭଗତ ସିଂହଙ୍କ ଫାଶୀ ଆଦେଶକୁ ଗାନ୍ଧିଜୀ ବିରୋଧ କରିଥିଲେ ଓ ନେତାଜୀଙ୍କ ଭାଷଣରେ ଭଗତ ସିଂହ ପ୍ରାଣ ରକ୍ଷା ପାଇଁ ଆପ୍ରାଣ ଚେଷ୍ଟା କରିଥିଲେ । ନିଜ ମୃତ୍ୟୁର ୧୦ଦିନ ପୂର୍ବରୁ ତାଙ୍କ ପ୍ରାର୍ଥନା ସଭାରେ ତାଙ୍କ ଆଡ଼କୁ ବୋମା ନିକ୍ଷେପ କରିଥିବା ମଦନ ଲାଲ ପହଓ୍ୱାଙ୍କୁ ଦଣ୍ଡ ନଦେଇ ବୁଝାଇ ଦେବା ପାଇଁ ଗାନ୍ଧିଜୀ ପୁଲିସ ଅଧିକାରୀଙ୍କୁ ଅନୁରୋଧ କରିଥିଲେ । ହିଂସାମ୍ୱକ ପଦ୍ଧତିରେ ଦେଶ ସ୍ୱାଧୀନ କରିବାକୁ ଚାହୁଁଥିବା ଭଗତ ସିଂହଙ୍କୁ ଏବଂ ନାଜି ତଥା ଫାସିବାଦୀଙ୍କ ସହଯୋଗରେ ହିଂସାମ୍ୱକ ପଦ୍ଧତିରେ ଭାରତକୁ ସ୍ୱାଧୀନ କରିବା ପାଇଁ ଚେଷ୍ଟିତ ନେତାଜୀଙ୍କୁ ମହାନ ଦେଶଭକ୍ତ ବୋଲି ଗାନ୍ଧିଜୀ ସ୍ୱୀକାର କରିଛନ୍ତି । ନିଜର କୌଣସି ବ୍ୟକ୍ତିଗତ ସ୍ୱାର୍ଥଦ୍ୱାରା ପ୍ରରୋଚିତ ନ ହୋଇ ଦେଶର ମଙ୍ଗଳକୁ ଆଖିଆଗରେ ରଖି ଯେକେହି କିଛି କାର୍ଯ୍ୟ କରିଛି ବା କରୁଛି ତାହା ଆମ ଦୃଷ୍ଟିରେ ସମ୍ପୂର୍ଣ୍ଣ ଭୁଲ ପନ୍ଥା ହୋଇପାରେ । ଆଇନ ଆଖିରେ ସେ ଦୋଷୀ ସାବ୍ୟସ୍ତ ହୋଇପାରେ ମାତ୍ର ତା’ର ନିଃସ୍ୱାର୍ଥପର ସଂକଳ୍ପକୁ ଅସ୍ୱୀକାର କରିବା ଗାନ୍ଧି ବୋଧର ବିରୋଧୀ ନିଶ୍ଚୟ ।

ଦେଶ ବିଭାଜନ ପାଇଁ ନାଥୁରାମଙ୍କ ପରି ଲୋକେ ଗାନ୍ଧିଜୀଙ୍କୁ ଦାୟୀ କଲେ । ନାଥୁରାମ ଅଦାଲତରେ ତାଙ୍କ ଭାଷଣରେ ଗଣ ଜାଗରଣ ସୃଷ୍ଟି କରିପାରିଥିବା ପାଇଁ (ସକାଶେ) ଗାନ୍ଧିଜୀଙ୍କୁ ପ୍ରଶଂସା କରିଥିଲେ । ଦକ୍ଷିଣ ଆଫ୍ରିକାରେ ବସବାସ କରୁଥିବା ଭାରତୀୟମାନଙ୍କ ହକ୍ ହାସଲ ପାଇଁ ଅହିଂସା ଆନ୍ଦୋଲନକୁ ଅସ୍ତ କରିଥିବା ଏବଂ ସରକାରକୁ ବାଧ୍ୟ କରିବାରେ ସେଇ ଅସ୍ତ୍ର ତାକତକୁ ଗଡ଼ସେ ଭୂୟସୀ ପ୍ରଶଂସା କରିଥିଲେ । କିନ୍ତୁ ମୁସଲିମ୍ ଲିଗ୍କୁ ସନ୍ତୁଷ୍ଟ କରିବାରେ ଗାନ୍ଧିଜୀଙ୍କ ଭୂମିକାକୁ ସେ ତୀବ୍ର ସମାଲୋଚନା କରୁଥିଲେ । ନାଥୁରାମଙ୍କ ଭାଷାରେ ଗାନ୍ଧିଜୀ ତା (ଅହିଂସା) ଆଚରଣ କରୁ ନଥିଲେ । ରାଜନୀତିରେ ଅହିଂସା ଅବଲମ୍ୱନ କରି ହେବନି । ସଚ୍ଚୋଟତା ଅନୁସରଣ କରି ହବନି । ପ୍ରତି ମୁହୂର୍ତ୍ତରେ ମିଛ କହିବାକୁ ପଡ଼ିବ । ତାଙ୍କ ଅହିଂସା ଆଉ କେଉଁଠ ଅନୁସ୍ତ ହେଉଛି କି ? ଆଦୌ ନୁହେଁ । କେଉଁଠ ନୁହେଁ । ୧ ୪୬ରେ ନୂଆ ଖାଲିରେ (ଏବେ ବାଂଲା ଦେଶରେ) ହିନ୍ଦୁ ଗଣହତ୍ୟା ପୃଷ୍ଠଭୂମିରେ ଗାନ୍ଧିଜୀଙ୍କ ନିରବତା ବିରୁଦ୍ଧରେ ଏହାଥିଲା ରଣନାଦ । କାହିଁକି ଗଡ଼ସେ ଗାନ୍ଧୀଙ୍କୁ ହତ୍ୟା କଲେ । ସ୍ୱ ସମ୍ପାଦିତ (ଅଗ୍ରଣୀ) ପତ୍ରିକାରେ ଓ ପରେ ନିଜର

ବିଚାର ସମୟରେ ନ୍ୟାୟାଲୟରେ ନିଜର ବକ୍ତବ୍ୟ ପେଶ୍ କରି ନାଥୁରାମ ତାଙ୍କର ଗାନ୍ଧି ହତ୍ୟା ପାଇଁ ତିନୋଟି କାରଣ ଦର୍ଶାଇଥିଲେ । ଭାରତ ବିଭାଜନ ପାଇଁ ସେ ମୁଖ୍ୟତଃ ଗାନ୍ଧିଜୀଙ୍କୁ ଦାୟୀ କରିଥିଲେ । କାରଣ ସ୍ୱାଧୀନତା ପୂର୍ବରୁ "ବିଭାଜନ" ଯୋଜନାକୁ ବିରୋଧ କରନ୍ତି କି ବୋଲି ମାଉଣ୍ଟ ବ୍ୟାଟେନ ପଚାରିବାରୁ ଗାନ୍ଧିଜୀ ଉତ୍ତର ଦେଇଥିଲେ "ମୁଁ କ'ଣ କେବେ ଆପଣଙ୍କୁ ବିରୋଧ କରିଛି । ତେବେ ଦେଶ ବିଭାଜନ ପାଇଁ ଗାନ୍ଧି ଦାୟୀ ନୁହଁନ୍ତି କି ?"

ନାଥୁରାମ ଅଦାଲତରେ ନିଜ ଯୁକ୍ତି ବଳିଷ୍ଟ କରିବାକୁ ଯାଇ ଦେଶ ଭିତରେ ମୁସଲମାନ ମାନଙ୍କ ପାଇଁ ପୃଥକ୍ ନିର୍ବାଚନମଣ୍ଡଳୀ ନୀତି ଓ ଖିଲାଫତ ଆନ୍ଦୋଲନକୁ ଗାନ୍ଧିଙ୍କ ସମର୍ଥନ କଥା ବିସ୍ତାରିତ ଆଲୋଚନା କରିଥିଲେ । ସେ ଜଜଙ୍କୁ (ବିଚାରପତି)ଙ୍କୁ କହିଥିଲେ ମୁସଲମାନମାନେ ହିନ୍ଦୁମାନଙ୍କୁ ମସ୍‌ଜିଦ୍‌ରେ ବେଦ ପାଠ କରିବାକୁ ଏବଂ ହିନ୍ଦୁମାନେ ମୁସଲମାନଙ୍କୁ ମନ୍ଦିରରେ କୋରାନ ପାଠ କରିବାକୁ ଛାଡ଼ି ଦେବା ଦିନଟି ଇତିହାସରେ ଅଲିଭା ହୋଇଯିବ । ନାଥୁରାମଙ୍କ ପ୍ରତୀକବାଦ ତାଙ୍କ ଭାଷଣରେ ଯେତିକି ବଢ଼ିଛି ଗାନ୍ଧୀଙ୍କ ମହତ୍ତ୍ୱ ଧର୍ମ ପ୍ରବଚନରେ ସେତିକି ଆବଦ୍ଧ ହୋଇ ପାରିଛି । ଅଦାଲତରେ ନାଥୁରାମଙ୍କ ଭାଷଣରେ ଭରପୂର ରହିଛି ଜଣେ ଉଗ୍ର ଜାତୀୟତାବାଦୀର ଓ ନିଜ ନୀତିରେ ଅଟଲ ଜଣେ ସତ୍ୟାଗ୍ରହୀ ମନସ୍ତତ୍ତ୍ୱର ଝଲକ ।

ଆଜିକାଲି ମଧ୍ୟ ଦେଶଦ୍ରୋହୀ ମାନେ କହୁଛନ୍ତି– "ଗାନ୍ଧି ଏ ଦେଶଟାକୁ ଧ୍ୱଂସ କରିଦେଇ ଯାଇଛନ୍ତି ।" ଏହା ମଧ୍ୟ କହୁଛନ୍ତି ଯେ, "ଅମ୍ବେଦକର ସମ୍ବିଧାନକୁ ଠିକ୍ ଭାବରେ ଲେଖ୍ନାହାଁନ୍ତି । ସେଥିରେ ବହୁତ ଦୋଷ ରହିଛି । ବିଭିନ୍ନ ଦେଶର ସମ୍ବିଧାନରୁ ସାରାଂଶମାନ ଆଣି ସେ ଆମ ସମ୍ବିଧାନରେ ସ୍ଥାନିତ କଲେ ଯାହା ଭାରତ ଭଳି ଏକ ଦେଶ ପାଇଁ ଆଦୌ ପ୍ରଯୁଜ୍ୟ ନୁହେଁ ।" ବିଶ୍ୱର ବିଭିନ୍ନ ସମ୍ବିଧାନ ସମୂହ ବିଶେଷକରି ଇଂଲଣ୍ଡ, ଆୟାରଲ୍ୟାଣ୍ଡ, ଯୁକ୍ତରାଷ୍ଟ ଆମେରିକା, ଫ୍ରାନ୍ସ, କାନାଡା, ସୋଭିଏତ ସଂଘ (ଏବେ ବିଲୁପ୍ତ) ଜର୍ମାନର ୱେମର କନଷ୍ଟିଚ୍ୟସନ୍ (ଯାହା ବଦଲିଯାଇଛି), ଦକ୍ଷିଣ ଆଫ୍ରିକା ଓ ଜାପାନ ସମ୍ବିଧାନ ପ୍ରଭୃତିକୁ ଅନୁଶୀଳନ ଏବଂ ଅନୁଧ୍ୟାନ କରିବା ପରେ (ସେହି ସମ୍ବିଧାନ ମାନଙ୍କରୁ ଆଦର୍ଶମାନ ଉଧାର ଆଣି) ଓ ସେ ଦେଶମାନଙ୍କର ସର୍ବୋତ୍ତମ ବ୍ୟବସ୍ଥାକୁ ବାଛି ବିଚାରି ଦରକାରୀ ଓ ଗ୍ରହଣୀୟ ଲାଗିଲା ପରେ ଆମ ଦେଶର ନୂତନ ସମ୍ବିଧାନରେ ଅନେକ ଉପାଦେୟ ବ୍ୟବସ୍ଥାମାନଙ୍କୁ ସଂଯୋଗ (ଗର୍ଭିତ) କରାଯାଇଛି । ଯେମିତି ବିଭିନ୍ନ ଦେଶର ସମ୍ବିଧାନରୁ ଆମଦାନୀମାନ ହେଲା– ବ୍ରିଟେନ (ଇଂଲଣ୍ଡ) ସମ୍ବିଧାନରୁ କ୍ୟାବିନେଟ୍ ଗଠନ, ଦ୍ୱିସଦନୀୟ ସଂସଦ ଓ ରାଷ୍ଟ୍ରପତି ନାମମାତ୍ର ଶାସନ ମୁଖ୍ୟ । ଆମେରିକା ସମ୍ବିଧାନରୁ– ମୌଳିକ ଅଧିକାର, ସୁପ୍ରିମକୋଟ ଗଠନ । ରାଷ୍ଟ୍ରପତି ତିନି ବାହିନୀ ଓ କାର୍ଯ୍ୟ ପାଲିକାର ମୁଖ୍ୟ । କାନଡା ସମ୍ବିଧାନରୁ– କେନ୍ଦ୍ର ଓ ରାଜ୍ୟ ମଧ୍ୟରେ କ୍ଷମତା ବଣ୍ଟନ ଓ ସଂଘୀୟ ବ୍ୟବସ୍ଥା । ସୋଭିଏତ ରାଷ୍ଟ୍ରସଂଘ (ଏବେନାହିଁ)– ମୌଳିକ କର୍ତ୍ତବ୍ୟ ଓ ପଞ୍ଚବାର୍ଷିକ ଯୋଜନା । ଆୟାରଲ୍ୟାଣ୍ଡରୁ–ରାଷ୍ଟ୍ର ଶାସନ ସଂକ୍ରାନ୍ତ ନିର୍ଦ୍ଦେଶାବଳୀ (ଡାଇରେକ୍ଟିଭ ପ୍ରିନ୍ସ ପଲସ ଅଫ୍ ଷ୍ଟେଟ୍ ପଲିସି) । ଫ୍ରାନ୍ସ ସମ୍ବିଧାନରୁ– ସାଧାରଣତ ବ୍ୟବସ୍ଥା, ଜର୍ମାନୀ ସମ୍ବିଧାନରୁ– ଜରୁରୀ ପରିସ୍ଥିତି । ଅଷ୍ଟ୍ରେଲିଆ ସମ୍ବିଧାନରୁ– ଯୁଗ୍ମ ତାଲିକା ଓ ସମ୍ବିଧାନର ମୁଖବନ୍ଧ । ଜାପାନ ସମ୍ବିଧାନରୁ– ବ୍ୟକ୍ତି ମୌଳିକ ଅଧିକାରର ସୁରକ୍ଷା ।

ଅନ୍ୟ ଦେଶର ସମ୍ବିଧାନରୁ ସାରାଂଶମାନ ଆହରଣ କରି ଆମ ସମ୍ବିଧାନ ବିଶ୍ୱର ସର୍ବ ବୃହତ ଲିଖିତ ସୁଖପାଠ୍ୟ, ଶ୍ରୁତି ମଧୁର, ସରସ ସୁନ୍ଦର, ବୋଧଗମ୍ୟ, ମନୋରମ, ଚମତ୍କାର ହୋଇପାରିଲା । ମାତ୍ର ଆମ ଦେଶର ଚାହିଦାକୁ ମେଣ୍ଟାଇବାକୁ ସମ୍ପୂର୍ଣ୍ଣ ଅକ୍ଷମ, ଅପାରଗ ଓ ଅସମର୍ଥ ହୋଇ ପଡ଼ିଲା । କାରଣ ପରିବେଶ ଓ ପରିସ୍ଥିତି ତଥା ଚାହିଦାକୁ (ଦୃଷ୍ଟିଦେଇ) ଦୃଷ୍ଟିରେ ରଖି ସମ୍ବିଧାନ ଯେ ତିଆରି ହୁଏ । ଭାରତୀୟ ମାନସିକତା ଏହା(ଗ୍ରହଣ) ହାସଲ କରିପାରିଲା ନାହିଁ । ସେତେବେଳେ ଯେଉଁ ବିଶିଷ୍ଟ ଦେଶପ୍ରେମୀମାନେ ବାହା ସାହେବ ଡଃ ଆମ୍ବେଦକରଙ୍କ ଠିଆ ସମ୍ବିଧାନକୁ ସ୍ୱୀକୃତି ଦେଇଥିଲେ । ସେମାନେ କେବେ ଏହି ନିୟମ ଗୁଡ଼ିକ ଆମ ଦେଶ ଲାଗି ଠିକ୍ କିମ୍ବା ଭୁଲ ପରୀକ୍ଷା କରି ଦେଖ୍ ନ ଥିଲେ ।

ବର୍ତ୍ତମାନ ସେଥିରେ ଅନେକ ଦୋଷ ତ୍ରୁଟି ପରିଲକ୍ଷିତ ହେଉଛି । ଦେଶର ବହୁତ ବିଶୃଙ୍ଖଳା ମୂଳରେ ଏହି ସମ୍ବିଧାନ ହିଁ ପ୍ରଥମ କାରଣ । ଏହାର ବ୍ୟାପକ ସଂଶୋଧନ ତଥା ପରିବର୍ତ୍ତନ ଆବଶ୍ୟକ ଜରୁରୀ ମନେହୁଏ ।

ଆମ ଦେଶର ସମ୍ବିଧାନ ପୃଥିବୀର ସର୍ବ ବୃହତ ଲିଖିତ ସମ୍ବିଧାନ । ଗୋଟିଏ ଦିନରେ ଏହାକୁ ପଢ଼ି ସାରିବା ସମ୍ଭବ ନୁହେଁ । ଏଥିରେ ପ୍ରଥମେ ୩୯୫ଟି ଧାରା, ୨୨ ଭାଗ, ୮ଟି ଅନୁଚ୍ଛେଦ ଥିଲା । ଏବେ ଏଥିରେ ପରିବର୍ତ୍ତନ କରାଯାଇ ୪୪୮ ଧାରା, ୨୨ଟି ଭାଗ ଓ ୧୨ଟି ଅନୁଚ୍ଛେଦ ସ୍ଥାନିତ ହୋଇଛି । ଏପର୍ଯ୍ୟନ୍ତ ଆମ ସମ୍ବିଧାନ ୯୭ଥର ସଂଶୋଧନ କରାଯାଇଛି ।

କିନ୍ତୁ କହିବା ବାହୁଲ୍ୟ ଶ୍ରୁତି ମଧୁର ଭାରତୀୟ ସମ୍ବିଧାନରେ ଅନେକ ପ୍ରଗତି ମୂଳକ ବ୍ୟବସ୍ଥା ରହିଥିଲେ ମଧ୍ୟ ବାସ୍ତବ କ୍ଷେତ୍ରରେ ସମ୍ବିଧାନ ଏକ ଅସହାୟ ମୁକସାକ୍ଷୀ ଭାବେ ଉଭା ହୋଇଛି । କଂଗ୍ରେସ ଅଧ୍ୟକ୍ଷତାରେ ବିଭିନ୍ନ ଦେଶର ସମ୍ବିଧାନରୁ ସାରାଂଶମାନ ଆଣି ଭାରତର ଯେଉଁ ସମ୍ବିଧାନ (ଲେଖାଗଲା) ନିର୍ମାଣ ହେଲା । ଏହା କାନ୍ତୁ ଚିତ୍ରରେ ଅଙ୍କାଯାଇଥିବା କାଳ୍ପନିକ ନବଗୁଞ୍ଜର ଛବି ପରି ସୁଶୋଭିତ ଦେଖାଗଲା ସତ ମାତ୍ର ସେଥିରେ ଆତ୍ମା ନଥିଲା । କାରଣ ଉପରୋକ୍ତ କୌଣସି ଦେଶ (ଯେଉଁ ଦେଶର ସମ୍ବିଧାନମାନଙ୍କରୁ ସାରାଂଶ ମାନ ଆସିଛି) 'ସେକୁଲାର' ନ ଥିଲେ ବା ଏବେ ବି ନୁହନ୍ତି । ଭାରତରେ ଯେତେକ ଗୋଳମାଳ ଏ ସମ୍ବିଧାନ ଯୋଗୁଁ ହେଉଛି । ଏହି ନବଗୁଞ୍ଜର ରୂପୀ ସମ୍ବିଧାନ ସୁଶାସନ ଯୋଗାଇ ଦେବା ପାଇଁ ଆଗକୁ ବଢ଼ି ପାରିଲା ନାହିଁ । କାରଣ ନବଗୁଞ୍ଜର ରୂପୀ କିମ୍ଭୁତ କିମାକାର ଅଭୁତ ଜନ୍ତୁର (ଜୀବଟିର) ଚାରୋଟି ଯାକ ଗୋଡ ଭିନ୍ନ ଭିନ୍ନ ପ୍ରାଣୀମାନଙ୍କର ପାଦ । ସେଥିରେ ସେ ଦୌଡ଼ିବା କିପରି ସମ୍ଭବ ହେବ ? ଦେହ ଗାଈର ମୁଖ କିନ୍ତୁ କୁମାରୀ (କନ୍ୟା)ର । ଏହାଦ୍ୱାରା ସେ ମାନବ କିମ୍ବା ପଶୁ କିଛି ବୁଝାପଡୁ ନଥିବା ଭଳି ଭାରତୀୟ ସମ୍ବିଧାନ ପଙ୍ଗୁ ପରି ପଡ଼ିରହିଛି । ଯାହ ଚଳତ ଶକ୍ତି ରହିତ ଏବଂ ଶହେ ଥର ସଂଶୋଧନ ହୋଇ ସାରିଲାଣି । ରାଜନେତା ମାନେ ସେମାନଙ୍କ ମର୍ଜିକୁ ଜଗି ତାଙ୍କୁ ମନମୁଖ ସଂଶୋଧନ କରିବାରେ ଲାଗିଛନ୍ତି ଓ ତା'ର କାର୍ଯ୍ୟକାରିତା (ବାସ୍ତବତା) ପ୍ରତି ଆଦୌ ଦୃଷ୍ଟି ଦିଆଯାଉନାହିଁ । ଏହା କେବଳ ବାସ୍ତବରେ ସ୍ୱପ୍ନ ବିଳାସୀ ହୋଇ ପ୍ରସ୍ତୁତ କରାଯାଇଛି (ହୋଇଛି) । ସମ୍ବିଧାନ କାର୍ଯ୍ୟକାରୀ ହେଲେ ସେଥି ଯୋଗୁଁ କିଛି ସମସ୍ୟା ଉପୁଜିଲେ ତାକୁ ସଙ୍ଗେ ସଙ୍ଗେ ସଂଶୋଧନ କରାଯାଉଛି, ରାଜନେତା ମାନଙ୍କ ସ୍ୱାର୍ଥ ରକ୍ଷା ଲାଗି ସେଠି ଜନତାଙ୍କ ସ୍ୱାର୍ଥକୁ ବଳି ପକାଯାଇଛି । ସର୍ବ ସାଧାରଣଙ୍କ ହିତ ପ୍ରତି ଦୃଷ୍ଟି ଦିଆଯାଉନାହିଁ । ଜରୁରୀକାଳୀନ ପରିସ୍ଥିତିର ସୁଯୋଗ ନେଇ ୧୯୭୬ରେ ଶ୍ରୀମତୀ ଇନ୍ଦିରା ଗାନ୍ଧି ୪୨ତମ ସମ୍ବିଧାନ ସଂଶୋଧନ ଗୃହୀତ କରିଥିଲେ । ଏଥିରେ ସମ୍ବିଧାନର ପ୍ରସ୍ତାବନା ସହିତ ୪୧ଟି ଧାରା ଏବଂ ସପ୍ତମ ପରିଚ୍ଛେଦରେ ବ୍ୟାପକ ପରିବର୍ତ୍ତନ କରାଯାଇଛି । ୪ଟି ଧାରାକୁ ସମ୍ପୂର୍ଣ୍ଣ ବଦଳାଇ ଦିଆଯାଇଥିଲା ଓ ୧୧ଟି ନୂଆ ଧାରା ସୃଷ୍ଟି କରାଯାଇଥିଲା । ଏହିପରି ମୋଟ ୫୬ଟି ଧାରା ଏହା ଦ୍ୱାରା ପ୍ରଭାବିତ ହୋଇଥିଲା । ସମ୍ବିଧାନର ମୌଳିକ ଢାଞ୍ଚାକୁ ଏଥରେ ସମ୍ପୂର୍ଣ୍ଣ କ୍ଷତବିକ୍ଷତ କରି ଦିଆଯାଇଥିଲା । ଏହି ବ୍ୟବସ୍ଥାରେ ମୌଳିକ ଅଧିକାର ତଥା ଡାଇରେକ୍ଟିଭ ପ୍ରିନସପୁଲ୍ସ ବିରୁଦ୍ଧରେ ସଂସଦ ଆଇନ ପ୍ରଣୟନ କଲେ ସୁପ୍ରିମକୋର୍ଟ ସେଥିରୁ ରକ୍ଷା କରି ପାରିବ ନାହିଁ ବୋଲି ବ୍ୟବସ୍ଥା କରାଯାଇଥିଲା ।

ଗାନ୍ଧି ଭକ୍ତ କଂଗ୍ରେସ ଦଳ ପ୍ରଥମ ତିରିଶ ବର୍ଷ ଶାସନ କରିଥିଲା । ତହିଁରେ ଅଧିକ କାଳ ଇନ୍ଦିରା ଗାନ୍ଧି ଥିଲେ ପ୍ରଧାନମନ୍ତ୍ରୀ ଓ କଂଗ୍ରେସ ଅଧ୍ୟକ୍ଷା । ଯାହାତାହା କହି ସମ୍ବିଧାନକୁ ଅଧିକ ସଂଶୋଧନ, ଅପଭ୍ରଂଶ କରିବା କାମ କଂଗ୍ରେସ କରିଛି । ଏ କାର୍ଯ୍ୟ ସେ ଦଳ ସେତେବେଳେ କଲାଣି ଯେତେବେଳେ ନୂଆ କରି ସମ୍ବିଧାନ ତିଆରି ହେଲା । ସେତେବେଳେ ଏହା କରିବାକୁ ବା ଏପରି ପରିବର୍ତ୍ତନ କରିବା ସହଜ ସାଧ୍ୟ ହୋଇ ଥାଆନ୍ତା ଓ ଏଭଳି ପରିବର୍ତ୍ତନ ବିରୋଧରେ କେହି କୌଣସି ପ୍ରକାର ଆପତ୍ତି କିମ୍ବା ଅଭିଯୋଗ ଆଣିପାରି ନଥାଆନ୍ତେ । କାରଣ ମୁଖ୍ୟତଃ କଂଗ୍ରେସ ଦଳ ହିଁ ନୂଆ ସମ୍ବିଧାନ ପ୍ରଣୟରେ (ଗଢ଼ିବାରେ) ପ୍ରମୁଖ ଭୂମିକା ନିର୍ବାହ କରିଥିଲା ।

ସ୍ୱାଧୀନତା ପାଇଁ ମହାତ୍ମା ଗାନ୍ଧିଙ୍କ ଦ୍ୱାରା ପରିଚାଳିତ ବିଦେଶୀ ଶାସକ ଇଂରେଜମାନଙ୍କ ବିରୋଧରେ ଆନ୍ଦୋଳନ କରିଥିବା କଂଗ୍ରେସ ଏବଂ ଶାସନ କ୍ଷମତା ଅକ୍ତିଆର କରିବା ଲାଗି ନିର୍ବାଚନ ଲଢୁଥିବା ଆଜିର କଂଗ୍ରେସ ବିଶେଷକରି ନେହେରୁ ପରିବାର କତ୍ତୃତ୍ୱାଧୀନ କଂଗ୍ରେସ ଏକା ନୁହନ୍ତି ? ଯଦି ଏକା ଓ ଅଭିନ୍ନ ତା' ହେଲେ ସ୍ୱାଧୀନତା ମିଳିଲାତ ଦେଶ ବିଭାଜନ ହେଲା କାହିଁକି । କାଶ୍ମୀର କାହିଁକି ତିଆରି ହେଲା ସନ୍ତ୍ରାସବାଦର ଗେଟ୍‌ୱେ ଅଫ୍ ଇଣ୍ଡିଆଭାବେ । କଂଗ୍ରେସର ଏକକ ସଭା ଆଉ ନାହିଁ । ଦଳର କେବଳ ଗୋଟିଏ ସୁବିଧା ଅନ୍ୟ କୌଣସି ବିରୋଧୀ ଦଳରେ ଏତେ ବୁଦ୍ଧିଆରା ଲୋକ ଏକତ୍ରିତ ଏବଂ ବଶମ୍ୟଦଭାବେ ମିଳନ୍ତି ନାହିଁ । ଭୁଲ କ'ଣ ସ୍ୱୀକାର କରାଯାଇଛି । ହଁ 'ଏମରଜେନ୍ସ'ରେ ଏକସେସ ହୋଇଥିଲା । ସେଥିପାଇଁ ସଞ୍ଜୟ ଗାନ୍ଧି ହିଁ ଦାୟୀ । ଇନ୍ଦିରା ନୁହନ୍ତି କିମ୍ବା କଂଗ୍ରେସ ନୁହେଁ, ଇନ୍ଦିରା ଓ କଂଗ୍ରେସ ଦାୟୀ ନ ହେବେ କିପରି ? ତା'ହେଲେ ସଞ୍ଜୟ ଗାନ୍ଧି କୋଉ ଗଛର ଫଳ ? ସେ ଇନ୍ଦିରାଙ୍କ ଗର୍ଭଜାତ ସନ୍ତାନ ନୁହନ୍ତିକି ଏବଂ ସଞ୍ଜୟ କିଏ ? ସିଏତ ସରକାରର ମୁଖ୍ୟ ନୁହଁନ୍ତି । ସେତେବେଲେ ପ୍ରଧାନମନ୍ତ୍ରୀ ଥିଲେ ଇନ୍ଦିରା ଗାନ୍ଧି । ସଞ୍ଜୟ ନୁହଁନ୍ତି । ଆଉ ବିରୋଧୀ ଦଳ କ୍ଷମତାରେ ନଥିଲା । ସରକାର ଗଢ଼ି କ୍ଷମତାରେ ରହିଥିଲା (ଉପଭୋଗ) କରୁଥିଲା କଂଗ୍ରେସ ଦଳ ଆଉ କେହି ନୁହେଁ । ଦାୟିତ୍ୱହୀନ କଥା କହିବାକୁ ୟା ତଳକୁ ଆଉ ଲଜ୍ୟାର ପାହାଚ ଅଛିତ ?

ମୂଳ ୩୯୫ ଅନୁଚ୍ଛେଦ କାୟ୍ୟ ବିଶିଷ୍ଟ ୧୯୫୦ରେ ଅର୍ପିତ ସମ୍ବିଧାନ ୬୬ବର୍ଷରେ ୧୦୧ ଥର ବଦଳିଛି । ଗତ ସେପ୍ଟେମ୍ବରରେ ଜି.ଏସ୍.ଟି ବିଲ୍ ସକାଶେ ସଂଶୋଧନ ହୋଇ ଏବେ ତା'ବ୍ପୁ ହୋଇଛି ୪୪୮ ଅନୁଚ୍ଛେଦ । ଆଉ ଗୋଟେ ଗୁପ୍ତ କଥା । କ୍ଷମତା ବଦଳିଛି ତ ଯେତେ ପାରୁଛ ସମ୍ବିଧାନର ଦୋହ କର । ପାର୍ଲାମେଣ୍ଟ କାମ ନକର ଚିନ୍ତା ନାହିଁ । ନାଗରିକ କିଏ ଓ ଲୋକ କିଏ ? ପ୍ରଥମଟି ସମ୍ବିଧାନ କହିଦେଲା, ଦ୍ୱିତୀୟଟି ସରକାର ଲାଗିପଡ଼ି ନିର୍ଦ୍ଧାରଣ କରୁଥାଆନ୍ତି । ନାଗରିକ ପାଏ ପରିଚୟପତ୍ର । ଲୋକ ପାଆନ୍ତି ବିପିଏଲ, ଆରକ୍ଷଣ ଇତ୍ୟାଦି । ଏହି 'ଲୋକ' ନିର୍ଦ୍ଧାରଣ କରିବାରେ କାଲେ ସରକାରଗୁଡ଼ିକ ମାତ୍ରା ହୁଡ଼ିବେ ସେଥିପାଇଁ ସମ୍ବିଧାନରେ ଅକଟ ରହିଛି । Equality of status and of opportunity and to promate among them all (ପିଏମ୍) ମାତ୍ର ଆରମ୍ଭରୁ ଏପର୍ଯ୍ୟନ୍ତ ସବୁଠାରୁ ଅଧିକ ଆହତ ପ୍ରାପ୍ତ ହୋଇଛି ଏହି ଅନୁଚ୍ଛେଦଟି । ପୂର୍ବ ବର୍ଣ୍ଣିତ ପେଟିକ୍ ହେନେରିକ୍ ଉକ୍ତି ମନେ ପକାଇବା । ଲୋକେ ଯାହା ଅନୁଭବ କରନ୍ତି, ସମ୍ବିଧାନ ସରକାରଙ୍କୁ କଣ୍ଟ୍ରୋଲ କରିବାକୁ ଲୋକଙ୍କ ହାତରେ ଆୟୁଧ ନ ହୋଇ ସରକାର ହାତରେ ପଡ଼ିଛି । ତାକୁ ଧରି ସରକାର ନାଗରିକଙ୍କୁ କଣ୍ଟ୍ରୋଲ କରନ୍ତି । ସମ୍ବିଧାନ ଛୁଇଁ ଦେଶର ସେବା କରିବାକୁ ଶପଥ ନେଇଥିବା ସେବାୟତମାନେ ଚଟ୍ କରି ଶାସନ ଶିଖ୍ୟାଯାନ୍ତି ଏବଂ ଏକା ପରି ଶିଖନ୍ତି– ଭୋଟ ପାଇଁ 'ସେବା'ର ମାନେ କ'ଣ ।

ସମ୍ବିଧାନ ଚଲାଇବା ସହିତ ସେମାନଙ୍କର କିଛି ମତଲବ ନାହିଁ । କାଲେ କାଲେ ସରକାର ଆଗେ ଆଇନ ଅମାନ୍ୟ କରନ୍ତି । କାରଣ ନାଗରିକର ଆଇନ ଅମାନ୍ୟ କରିବାକୁ ଏତେ ସାହସ ନାହିଁ । ତେଣୁ ଯଦି ସମ୍ବିଧାନ ସରକାରଙ୍କୁ ଆକଟ କରିପାରେ ତେବେ ତାହା ହେବ 'ଆଇନର ଶାସନ' ଓ 'ଗଣତନ୍ତ୍ର ।' ନ ହେଲେ ମହାରାଣୀଙ୍କ (ଆଜ୍ଞାବହ ବ୍ରିଟିଶର) ଶାସନ ଭଲ ଥିଲା । ସେମାନେ ସେବକ ନାଁରେ ଲୋକଙ୍କ ସାଙ୍ଗରେ ମିଶି ଶାସକ ପରି ଲୁଟ୍ କରୁଥିଲେ । ସେ ମାପରେ ଆମ ନେତାଏ ତ ଡବଲ କି ଟ୍ରିପିଲ ବୋନସ ପାଉଛନ୍ତି । ବିଶେଷକରି କଂଗ୍ରେସ ଦଳର ନେହେରୁ ପରିବାରର ମିଛ ଗାନ୍ଧୀମାନେ ।

ପାଠ ପଢ଼ିଲା ବେଲେ ଆମେ ଜାଣିଥିଲୁ ଲୋକ ସଭାର ସଂଖ୍ୟା ଗରିଷ୍ଠ ଦଳର ନେତା ପ୍ରଧାନମନ୍ତ୍ରୀ ହୁଅନ୍ତି । କିନ୍ତୁ ବାସ୍ତବରେ ତାହା ନୁହେଁ । ଲୋକସଭାର ସଦସ୍ୟ ନଥାଇ ମନମୋହନ ଦଶବର୍ଷ ପ୍ରଧାନମନ୍ତ୍ରୀ ପଦରେ ରହିଲେ । କୌଣସି ଗୋଟିଏ ହେଲେ ସାଧାରଣ ନିର୍ବାଚନରେ ସମ୍ମୁଖୀନ (ପ୍ରତିଦ୍ୱନ୍ଦ୍ୱିତା ନ କରି) ନ ହୋଇ ଦେଶର ନେତୃତ୍ୱ ନେଇ ପାରିଲେ । ଏହା ସମ୍ବିଧାନରେ ଲେଖା ହୋଇଛି କି ନାହିଁ (ଲିପିବଦ୍ଧ) ଆମେ ଜାଣୁନା । ମାତୃଭୂମିର (ଦେଶର)

ଜୟଗାନ ପକାଇବାକୁ କୁଆଡ଼େ ସମ୍ବିଧାନରେ ଲେଖା ହୋଇନି ବୋଲି ଅଭିଯୋଗ ଉଠିଲାଣି। ସାମାନ୍ୟ କଥାଟିଏ ଉଠିଲେ କିମ୍ବା ସାଧାରଣ ଘଟଣାଟେ ଘଟିଲେ କୁହାଯାଉଛି ସେଇଟା ସମ୍ବିଧାନରେ ନାହିଁ। ସମ୍ବିଧାନରେ ଅମୁକ ନାହିଁ। ସମୁକ ଲେଖା ହୋଇନି। ସମ୍ବିଧାନ ଅମୁକ କଥା କହୁନି। ଆଉ କୁଆଡ଼େ ରାଜନେତାମାନଙ୍କ ସ୍ୱାର୍ଥ ରକ୍ଷା କଥା (ବିଷୟ) ସେଥିରେ ସ୍ୱର୍ଣ୍ଣାକ୍ଷରେ ଲିପିବଦ୍ଧ ହୋଇଛି ବୋଲି ଶୁଣିବାକୁ ମିଳୁଛି।

ମୌଳିକ ଅଧିକାର ଅର୍ପଣ କରି ଯେଉଁ ସମ୍ବିଧାନ କହେ, ଭାରତୀୟ ନାଗରିକ ଧର୍ମ, ପ୍ରଜାତି, ଜାତି, ଲିଙ୍ଗ ବା ବାସସ୍ଥାନରେ ଆବଦ୍ଧ ନୁହେଁ (ଅନୁଚ୍ଛେଦ-୧୫) ତା'ର ଗାର୍ଜନ-ରାଜନୈତିକ ଦଳଗୁଡ଼ିକ ସମାଜ ସଜାଡ଼ିବାକୁ ସୁଯୋଗ ନ ଦେଇ ଅନବରତ ଭାବନ୍ତି ଯେ ଏଥିରେ କୌଣସିଟା ଲୋପ ହେବା ସମ୍ଭବ ନୁହେଁ, କାରଣ ସେଇବାଟେ ଭୋଟ ମିଳେ ଓ ତାହା କ୍ଷମତାକୁ ପହଞ୍ଚିବା ପାଇଁ ସଟକଟ ନ୍ୟାସନାଲ ହାଇୱେ। ତତୋଧିକ ଅସହାୟ ଅବସ୍ଥାରେ ରହିଛି ଆମର ସେକୁଲାରୀ ଜିମ୍।

ସାମୂହିକ ନ୍ୟାୟ ପାଇଁ ଆଇନର ଶାସନ ଅପରିହାର୍ଯ୍ୟ। ସମଷ୍ଟି ଭିତରେ ସୁଚାରୁରୂପେ ବଞ୍ଚିବାକୁ ଏହା ମଣିଷର ପ୍ରଥମ ଏବଂ ପ୍ରଚଣ୍ଡ ଆବିଷ୍କାର। ଟାଣି ଯେତେ ବଡ଼ କଲେ ଏହା ବିକଶିତ ହୁଏ ପଛେ, ଛିଡ଼େ ନାହିଁ। ବଦମାସ, ପାଜି ଓ ଧୂର୍ତ୍ତ ରାଜା ପାଖରେ ବି ଅତ୍ୟାଚାର କରିବାକୁ ଆଇନଟିଏ ଥାଏ। କେଉଁ ସୀମାପାର ଆଇନ ଆଟ୍ରୋସିଅସ୍ ବା ନୃଶଂସ ହୋଇପାରେ, ଆଗେ ତାହା ରାଜା ଭାବୁଥିଲା ନିଜର ବ୍ୟକ୍ତିଗତ ମୂଲ୍ୟବୋଧ ବା ମୋରାଲ ଜ୍ଞାନରେ ଆଜି ସେ ଦାୟିତ୍ୱ ଗଣତନ୍ତ୍ର ହାତରେ। ଶାସକ ନିଜେ ମୋରାଲ କିପରି ପାଳନ କରେ ଯେ ସେ ଗଣତନ୍ତ୍ର ମୋରାଲ ରକ୍ଷା କରିପାରିବ ?

୧୯୪୮ ନଭେମ୍ବର ୪ତାରିଖ ଦିନ କନଷ୍ଟିଚ୍ୟୁଏଣ୍ଟ ଆସେମ୍ବ୍ଲିରେ ସମ୍ବିଧାନ ଚିଠା ପେଶ କଲାବେଲେ ଡକ୍ତର ଆମ୍ବେଦକର ୧୮ଶ ଶତାଦ୍ଦୀର ଗ୍ରୀସ ଐତିହାସିକ ଜର୍ଜ ଗ୍ରୋଡେଙ୍କ ଉକ୍ତି ଉଦ୍ଧାର କରିଥିଲେ- "ସମ୍ବିଧାନିକ ମୂଲ୍ୟବୋଧ ତୁଙ୍ଗ ନ ରହିଲେ ଜନ ସମଷ୍ଟିର ନୈତିକତା ଲୁଟ୍‌ପାଟ ହୋଇଯିବ। ଅଳ୍ପ ସଂଖ୍ୟକ ଲୋକେ ଅତିଶୀଘ୍ର ସମ୍ବିଧାନକୁ ଅକ୍ତିଆରକୁ ନେବେ। ଅକ୍ଷର ସେଇଆ ଥିବ କିନ୍ତୁ ଅର୍ଥ ବଦଳି ଯାଇଥିବ।

ସମ୍ବିଧାନ ଏକ ସାଧାରଣ ପୁସ୍ତକ ନୁହେଁ। ଗୋଟିଏ ରାଷ୍ଟ୍ର ପରିଚାଳନା ନିମନ୍ତେ ନିର୍ଦ୍ଦେଶ ସଂହିତା, ସମ୍ବିଧାନ ନିର୍ଦ୍ଦେଶିତ ନୀତି ପାଳନ ନିମନ୍ତେ ନିଷ୍ପାପର ଜନ ନେତାଙ୍କ ଆବଶ୍ୟକତା ଦେଖାଦେଇଛି। ସମ୍ବିଧାନ ତ୍ରୁଟିପୂର୍ଣ୍ଣ ହେଲେ ମଧ୍ୟ ଯଦି ଉତ୍ତମ ଚରିତ୍ର ତଥା ସଚ୍ଚୋଟ ବ୍ୟକ୍ତି ଲୋକ ପ୍ରତିନିଧି ଭାବେ ନିର୍ବାଚିତ ହୋଇଥାଆନ୍ତି ତେବେ ସେମାନେ ସମ୍ବିଧାନକୁ ସଫଳ ଭାବରେ ରୂପାୟନ କରିପାରିବେ।

ସମ୍ବିଧାନ ସୂର୍ଯ୍ୟାଲୋକ ଦେଖିବା ବେଲକୁ ମହାମ୍ନା ଗାନ୍ଧୀ ଇହଜଗତରେ ନଥିଲେ। ସଂଖ୍ୟାଧିକ ଭାରତୀୟଙ୍କୁ 'ହିନ୍ଦୁ' ପରି ଏକ ନାଁ ଦେଇ ଆମ ଭିତରେ ବିଭେଦ ସୃଷ୍ଟି କରିବା ଏକ ବ୍ରିଟିଶ 'ଡିଜାଇନ' ବୋଲି କହୁଥିବା ତତ୍କାଳୀନ 'ଜାତୀୟବାଦୀ' ନେତାମାନେ ଅତି ସହଜରେ ସେହି ଗୋଲକ ଧନ୍ଦାଭିତରେ ପଶିଗଲେ। ଗଠନ ହୋଇ ସାରିଥିବା ପରେ ସମ୍ବିଧାନ ରୂପ କ'ଣ ହେଲା ? ମୌଳିକ ଅଧିକାର ଅର୍ପଣ କରି ଧର୍ମ ଯୋଗୁଁ ନାଗରିକଙ୍କ ଭିତରେ ବାଛ ବିଚାର କରାଯିବ ନାହିଁ। (ଅନୁଚ୍ଛେଦ-୧୫) କୁହାଯିବା ପରେ ହିନ୍ଦୁ ଗୋଷ୍ଠୀକୁ ଆଇନ ଜରିଆରେ ପାର୍ଲିମେଣ୍ଟ ପରିଚାଳିତ କରିବାକୁ ନିର୍ବନ୍ଧ ମଣିଲା। ଆର୍ଯ୍ୟ ସମାଜ ପ୍ରତିଷ୍ଠାତା ସ୍ୱାମୀ ଦୟାନନ୍ଦ ସରସ୍ୱତୀ (୧୮୨୪-୧୮୮୩) ଭାରତକୁ ବୈଦିକ ପରମ୍ପରାର ଅଂଶ ବୋଲି ବିଶ୍ୱାସ କରୁଥିଲେ ଏବଂ ବେଦରେ ଛୁଆଁ ଅଛୁଆଁ ଭାବ ନଥିବା ଏବଂ ପରବର୍ତ୍ତୀ ସମୟରେ ପୁରାଣର ବର୍ଣ୍ଣ ଓ ଜାତିକୁ ଭାରତୀୟମାନେ ଆଦରିବାରୁ ନିବୃତ୍ତ ରହନ୍ତୁ ବୋଲି ସାମାଜିକ ଆଦୋଳନ କରୁଥିଲେ। ସ୍ୱାମୀ ଦୟାନନ୍ଦ 'ଭାରତ' ଓ 'ଭାରତୀୟତା' ଇତ୍ୟାଦିର ପ୍ରଥମ ପ୍ରବର୍ତ୍ତକ ଥିଲେ ଓ ୧୯୧୬ରୁ। ସ୍ୱରାଜ୍ୟ ଆଦର୍ଶର ପଥ ପ୍ରଦର୍ଶକ ବୋଲି ନିଜେ ଲୋକମାନ୍ୟ ବାଲଗଙ୍ଗାଧର ତିଲକ ସ୍ୱୀକାର କରିଛନ୍ତି। ଗାନ୍ଧି ମଧ୍ୟ ସେହି ଆଦର୍ଶରେ ଅନୁପ୍ରାଣିତ ହୋଇଥିଲେ।

ଧର୍ମ ଭିତ୍ତିରେ ପାକିସ୍ତାନ ଗଠନ ହେବା ଫଳରେ ମୁସଲମାନଙ୍କ ନିମନ୍ତେ ଏକ ରାଷ୍ଟ୍ର ଗଠିତ ହୋଇଗଲା ଏବଂ ଆଉ ଯେଉଁ ଭୂଖଣ୍ଡ ରହିଲା ତାହା ହିନ୍ଦୁଙ୍କର।

ଭାରତର ଧର୍ମ ନିରପେକ୍ଷ ବାଦରେ ଜାତୀୟତାବାଦ ହେଉଛି ଏକ ଅବିଚ୍ଛେଦ୍ୟ ଅଙ୍ଗ। ଭାରତର ସହର ହେଉ ବା ଗ୍ରାମ ହେଉ। ସବୁଠାରେ ଏକ ସମୟରେ ମନ୍ଦିରରେ ଘଣ୍ଟା ବାଜେ। ମସ୍ଜିଦରେ ନମାଜ ପାଠ ହୁଏ ଏବଂ ଚର୍ଚ୍ଚରେ ପ୍ରାର୍ଥନା ହୁଏ। ପ୍ରତ୍ୟେକ ନିଜ ନିଜ ସୀମାରେ ରହି କାର୍ଯ୍ୟ କରନ୍ତି। ଭାରତର ଜନସଂଖ୍ୟାର ୮୨ ପ୍ରତିଶତ ହେଉଛନ୍ତି ହିନ୍ଦୁ। ମୁସଲମାନଙ୍କ ନିମନ୍ତେ ଏକ ସ୍ୱତନ୍ତ୍ର ରାଷ୍ଟ୍ର ପାଇଁ ଦାବି ହେବାରୁ ଦେଶର ବିଭାଜନ ହେଲା। ତେବେ ଦେଶ ସ୍ୱାଧୀନ ପରେ ପ୍ରଥମେ ଯେଉଁ ପାଞ୍ଚଜଣ ରାଷ୍ଟ୍ରପତି ହୋଇଥିଲେ ସେମାନଙ୍କ ମଧ୍ୟରୁ ଦୁଇଜଣ ମୁସଲମାନ। ଏହା ବାଦ ବହୁ ରାଜ୍ୟପାଳ, ମନ୍ତ୍ରୀ ମଧ୍ୟ ମୁସଲମାନ ସମ୍ପ୍ରଦାୟର ଥିଲେ। ଆମର ପ୍ରଥମ ଶିକ୍ଷାମନ୍ତ୍ରୀ ଥିଲେ ଜଣେ ମୁସଲମାନ ଆବୁଲ କଲାମ ଆଜାଦ। ବାଂଲାଦେଶ ଗଠନକୁ କେନ୍ଦ୍ର କରି ପାକିସ୍ତାନ ସହିତ ଯୁଦ୍ଧ ଲାଗିଥିଲା ବେଲେ ବହୁ ରାଷ୍ଟ୍ରମାନଙ୍କ ସହଯୋଗ ହାସଲ ନିମନ୍ତେ ପ୍ରଧାନମନ୍ତ୍ରୀ ଇନ୍ଦିରା ଗାନ୍ଧି ବିଦେଶ ଗସ୍ତ ଯାଇଥିବାବେଲେ ମୁସଲମାନ ମନ୍ତ୍ରୀ ଫକିରଉଦ୍ଦିନ ଅଲ୍ଲୀ ଅହମ୍ମଦ କ୍ୟାବିନେଟରେ ଅଧ୍ୟକ୍ଷତା କରୁଥିଲେ। ଯୁଦ୍ଧ ସମୟରେ ସେନାଧ୍ୟକ୍ଷ ଥିଲେ ଫାର୍ସି ସାମ ମାନେକସା ଏବଂ ଏୟାର ମାର୍ଶାଲ ଥିଲେ ଲଟିଫ। କମାଣ୍ଡ ଅଫିସର ଥିଲେ ଜଗଜିତ ସିଂହ ଆରୋରା। ଯାହାଙ୍କ ନେତୃତ୍ୱରେ ଭାରତୀୟ ସେନା ବାଂଲାଦେଶ ମଧ୍ୟକୁ ପ୍ରବେଶ କରିଥିଲା ଏବଂ ତାଙ୍କ ପାଖରେ ପାକିସ୍ତାନର ସେନା ଆତ୍ମସମର୍ପଣ କରିଥିଲେ। ଭାରତରେ ଗୋଟିଏ ସମୟରେ ଜଣେ ମୁସଲମାନ ରାଷ୍ଟ୍ରପତି ଥିଲାବେଲେ ଶିଖ ଥିଲେ ପ୍ରଧାନମନ୍ତ୍ରୀ। ପ୍ରଧାନ ବିଚାରପତି ଥିଲେ ହିନ୍ଦୁ ଏବଂ ଶାସକ ଦଲର ଅଧ୍ୟକ୍ଷ ଥିଲେ ଖ୍ରୀଷ୍ଟିଆନ। ଏହା କେବଲ ଭାରତରେ ସମ୍ଭବ। ସେଥିପାଇଁ ଭାରତକୁ ପୃଥ୍ୱୀର ପାରିଜାତ କୁହାଯାଏ।

ଅଧିକାଂଶ ଲୋକ ବର୍ତ୍ତମାନ ଯୁକ୍ତି ବାଢ଼ୁଛନ୍ତି ସ୍ୱୟଂ ଗାନ୍ଧି କାଲେ ସମ୍ବିଧାନ ଏପରି ହେବା ଚାହୁଁଥିଲେ। ନ ହେଲେ ତାଙ୍କ କଥା କ'ଣ କଂଗ୍ରେସ ମାନି ନ ଥାଆନ୍ତା? ତାଙ୍କ କଥାକୁ ଫାଙ୍କି ଦେବାକୁ କେହି ସାହସ କରିପାରି ଥାଆନ୍ତେ? ଯେଉଁମାନେ ଏପରି କହିଥିଲେ ସେମାନେ ଏକଥା କହିବା ପୂର୍ବରୁ ମନେ ରଖିବା ଉଚିତ ଥିଲା ଯେ କଂଗ୍ରେସ ଦଲ ଗୋଟେ ଗୋଦାମ ବା ଫାର୍ମ ହାଉସ ନୁହେଁ। ଯାହାର ମାଲିକ ଥିଲେ ଗାନ୍ଧି। ପୂର୍ବରୁ ବିଭିନ୍ନ ରାଜନୈତିକ ପ୍ରାନ୍ତୀୟ ଓ ଜାତୀୟ କାରଣ ନିର୍ବାହ କରିଥିବା କଂଗ୍ରେସ ଏକ ମହାନ ଜାତୀୟ ଅନୁଷ୍ଠାନରେ ପରିଣତ ହୋଇ ସାରିଥିଲା ଏବଂ ଗାନ୍ଧି ତାଙ୍କୁ ପରିଚାଲନା କଲାବେଲେ ବହୁ ଦ୍ୱନ୍ଦ ହୋଇଛି ଓ ଅନେକ ଅସୁବିଧାର ସମ୍ମୁଖୀନ ହୋଇଛନ୍ତି। ନକାରାତ୍ମକ କି ସାକାରତ୍ମକ- କ'ଣ ଉପ୍ପୁଜିବ ତାହା ବହୁ ଅନ୍ୟ ସର୍ତ୍ତ ଉପରେ ନିର୍ଭର କରୁଥିବା ସତ୍ତ୍ୱେ- କ୍ରିୟାଶୀଲତାର ଲକ୍ଷଣ ହେଲା ଦ୍ୱନ୍ଦ। କିଛି ନ କଲେ ଦ୍ୱନ୍ଦ ସୃଷ୍ଟି ହୁଏନା। ସାଙ୍ଗ ମେଲରେ ବସି ଖୁସି ଗପ କରିବା ବ୍ୟତୀତ ଅନ୍ୟ ଯେକୌଶି ଛୋଟ ବା ବଡ଼ ଅନୁଷ୍ଠାନ ସହ ପରିଚୟ ଥିବା ପ୍ରତ୍ୟେକ ବ୍ୟକ୍ତି ଜାଣିଥିବେ ଯେ ଅନୁଷ୍ଠାନ କେବେ ବି ପରିଚାଲକର ଅଧୀନରେ ରହିପାରେ ନାହିଁ। ପରିଚାଲକ ଅନୁଷ୍ଠାନର ଅଂଶଭାବେ ଅନେକ ସମୟରେ ନିଜେ ସେଥିରେ ହଜିଯାଏ। ସେତେବେଲେ କଂଗ୍ରେସ କେବଲ ଏକ ଅନୁଷ୍ଠାନ ନଥିଲା, ଥିଲା ଜାତୀୟତା ନବୋନ୍ମେଷର ପ୍ରତୀକ, ତାହା ଜାତି ଓ ଜନତାକୁ ନିଜ ନିଜ ଭିତରେ ଚିହ୍ନାଇ ଥିଲା। ଆହୁରି ମଧ୍ୟ ଗାନ୍ଧିଙ୍କ କଥା କିଏ କେତେବେଲେ ରଖିଥିଲା ଯେ ସେ ସମୟରେ ଗାନ୍ଧି କହିଥିଲେ ରଖି ଥାଆନ୍ତା। ସୁବିଧା (ସ୍ୱାର୍ଥ) ହାସଲ ପର୍ଯ୍ୟନ୍ତ ପ୍ରତ୍ୟେକ ବ୍ୟକ୍ତି ନିଜର ସହଯୋଗୀ କିମ୍ବା ଉପଦେଷ୍ଟାଙ୍କ କଥା ମାନି ଥାଆନ୍ତି ଓ ସେମାନଙ୍କ ନିର୍ଦ୍ଦେଶ ମତେ (ଚଲିଥାନ୍ତି) ପରିଚାଲିତ ହୋଇଥାଆନ୍ତି। ମାତ୍ର ସୁବିଧା ହାସଲ ପରେ ଆଉ ସହଯୋଗୀ କିମ୍ବା ଉପଦେଷ୍ଟାଙ୍କ କଥାକୁ ଗୁରୁତ୍ୱ ଦେବାର ମାନସିକତା ସେମାନଙ୍କର ନ ଥାଏ ବା ସେମାନେ ଆଉ ତା'ର କୌଣସି ଆବଶ୍ୟକତା ଅନୁଭବ କରନ୍ତି ନାହିଁ, କିମ୍ବଦନ୍ତୀ ବା ଲୋକକଥା ଅନୁଯାୟୀ ଯେପରି ଯଦିଓ କୋସିଆ ଓ କପିଲା (ଗଜପତି କପିଲେନ୍ଦ୍ର ଦେବ) ସାଙ୍ଗ ହୋଇ ଗାଈ

ଚରାଉଥିଲେ । କିନ୍ତୁ ସୌଭାଗ୍ୟବଶତଃ ନିଜ ମଥାରେ ଗଜପତି ଶିରିପା ବନ୍ଧା ହେଲା ପରେ କପିଲା (କପିଲେନ୍ଦ୍ର ଦେବ) ମାନେ ଆଉ କେବେ ବି କାଶିଆମାନଙ୍କୁ ମନରେ ରଖ୍ (ପକାଇ) ନ ଥାଆନ୍ତି । ଇୟେ ହେଲା ଦୁନିଆର ନିୟମ । ସଂସାରରେ ପ୍ରଚଳିତ ପଦ୍ଧତି । ସାମାଜିକ ପ୍ରସଙ୍ଗ ଓ ଆମ ମାନଙ୍କ ମଧରେ ଚଲୁଥିବା ପ୍ରଥା ।

ସ୍ୱାଧୀନତା ପ୍ରାପ୍ତି ପରେ ଗାନ୍ଧି କହିଥିଲେ– "ମନ୍ତ୍ରୀ ଓ ଅନ୍ୟ ଲୋକ ପ୍ରତିନିଧୀମାନେ ଦେଶର ମାଲିକ ନୁହନ୍ତି । ଜନତାର ପ୍ରତିନିଧି ଓ ସେବକ ମାତ୍ର । ଶାସନ ଚଲାଇବା ପାଇଁ ଲୋକେ ସେମାନଙ୍କୁ ବାଛିଛନ୍ତି । ସରକାର ହେଉଛି ଜନସାଧାରଣଙ୍କ ମାଲିକାନାରେ ଏକ ଟ୍ରଷ୍ଟ ବୋର୍ଡ । ପ୍ରଧାନମନ୍ତ୍ରୀ, ମନ୍ତ୍ରୀ ଓ ଅନ୍ୟ ଲୋକ ପ୍ରତିନିଧୀମାନଙ୍କ ସମେତ ଅନ୍ୟ ଅଧିକାରୀମାନେ ହେଉଛନ୍ତି ଏହି ଟ୍ରଷ୍ଟବୋର୍ଡର ଜଣେ ଜଣେ ଟ୍ରଷ୍ଟୀ ଓ ସହଯୋଗୀ । ତେଣୁ ମନ୍ତ୍ରୀ ଅନ୍ୟ ପ୍ରତିନିଧି ଓ ଅଧିକାରୀମାନେ ଯେତେ ସବୁ ସୁବିଧା ସୁଯୋଗ ପାଉଛନ୍ତି ତାହାକୁ ଆରାମ ଦାୟକ ଜୀବନଯାପନ କିମ୍ବା ବ୍ୟକ୍ତିଗତ ସ୍ୱାର୍ଥସାଧନ, ନିଜସ୍ୱ ପ୍ରତିଷ୍ଠା, ବ୍ୟକ୍ତି ପାଣ୍ଠି ଓ ସମ୍ପତ୍ତି ବୃଦ୍ଧି ଲାଗି ବ୍ୟବହାର କରିବା ଠିକ୍ ନୁହେଁ । ନିର୍ବାଚିତ ହୋଇ କିମ୍ବା ବିଭିନ୍ନ ପଦପଦବୀରେ ନିଯୁକ୍ତି ପାଇ ଯେଉଁମାନେ ତଳୁ ଉପର ପର୍ଯ୍ୟନ୍ତ ସରକାର ଚଲାଇବା ଦାୟିତ୍ୱରେ ରହୁଛନ୍ତି ସେମାନେ ଭୟ, ଘୃଣା, ପକ୍ଷପାତିତା ଓ ବ୍ୟକ୍ତିଗତ ସ୍ୱାର୍ଥ ସାଧନରୁ ଊର୍ଦ୍ଧ୍ୱରେ ରହି ସ୍ୱଚ୍ଛ ମନରେ ସଚ୍ଚା ସେବକ ଭାବେ ଶାସନ ପରିଚାଳନା କରିବା ଆବଶ୍ୟକ । ଏମାନେ ନିଜ ବ୍ୟକ୍ତିଗତ ଓ ସାର୍ବଜନୀନ ଆଚରଣ ପ୍ରତି ସର୍ବଦା ସଜାଗ ରହିବା ବାଞ୍ଛନୀୟ । ସିଜରଙ୍କ ପତ୍ନୀ ପରି ଏମାନେ ସନ୍ଦେହରୁ ଊର୍ଦ୍ଧ୍ୱରେ ରହିବା ଜରୁରୀ ।

ସେ ଆହୁରି ମଧ କହିଥିଲେ କଂଗ୍ରେସକୁ ଏବେ ଭାଙ୍ଗି ଦିଆଯାଉ । ଯେଉଁଥିପାଇଁ କଂଗ୍ରେସ ଗଢ଼ା ଯାଇଥିଲା ତାହା ହାସଲ ପରେ ଆଉ କଂଗ୍ରେସର ଆବଶ୍ୟକ ନାହିଁ କିମ୍ବା କଂଗ୍ରେସକୁ ସେବା ଦଳ (ଅନୁଷ୍ଠାନ)ରେ ପରିଣତ କରାଯାଉ । ତାଙ୍କ କଥା କେହି ଶୁଣିଲେ କି ? ବରଂ କଂଗ୍ରେସକୁ ଏକ ରାଜନୈତିକ ଦଳରେ ପରିଣତ କରି ନିର୍ବାଚନ ଲଢ଼ିଥିଲେ ଓ ତାଙ୍କ ଅନୁଗତମାନେ ଫାଇଦା ହାସଲରେ ଲାଗି ପଡ଼ିଲେ । କାଶ୍ମୀର ସମସ୍ୟାକୁ ଜାତିସଂଘକୁ ନ ନେବା ଲାଗି ଗାନ୍ଧି ପରାମର୍ଶ ଦେଲେ । ତାଙ୍କ କଥା ରହିଲାକି ? କାଶ୍ମୀର ସମସ୍ୟା ଏପର୍ଯ୍ୟନ୍ତ ଜାତିସଂଘରେ ଝୁଲି ରହିଛି । ସ୍ୱାଧୀନ ଦେଶର ମନ୍ତ୍ରୀମାନେ ଅପେକ୍ଷାକୃତ ଛୋଟିଆ ଘରେ ରହି ସରଳ ଓ ନିରଡ଼ାମ୍ବର ଜୀବନଯାପନ କରି ଅନ୍ୟମାନଙ୍କ ପାଇଁ ଆଦର୍ଶ ସୃଷ୍ଟି କରିବାକୁ ଗାନ୍ଧି କହିଥିଲେ । ଅଧିକ ଗୁରୁତ୍ୱପୂର୍ଣ୍ଣ କାର୍ଯ୍ୟରେ ବ୍ୟସ୍ତ ରହିଥିଲା ବେଳେ ଆବଶ୍ୟକ ବାସଗୃହର ସନ୍ଧାନ କରି ସେଠାକୁ ଯିବାରେ କେତେକ ଅସୁବିଧା ରହିଛି ବୋଲି ଦର୍ଶାଇ ଦେଶର ପ୍ରଥମ ପ୍ରଧାନମନ୍ତ୍ରୀ ଜବାହର ଲାଲ ନେହେରୁ ପରାଧୀନ ଭାରତର ମୁଖ୍ୟ କମାଣ୍ଡର (ସୈନ୍ୟବାହିନୀ)ଙ୍କ ଲାଗି ଉଦ୍ଦିଷ୍ଟ ଦେଶର ଦ୍ୱିତୀୟ ବିଲାସପୂର୍ଣ୍ଣ ବଙ୍ଗଲାକୁ (ବାସଗୃହକୁ) ତ୍ରିମୂର୍ତ୍ତି ଭବନକୁ ନିଜର କ୍ୱାର୍ଟର ଭାବେ ବାଛି ନେଇ ଗାନ୍ଧିଙ୍କ ପ୍ରସ୍ତାବକୁ ସେତେବେଳେ ଏଡ଼ାଇ ଦେଇଥିଲେ । ନିର୍ବାଚନରେ ପ୍ରତିଦ୍ୱନ୍ଦ୍ୱିତା କରୁଥିବା କଂଗ୍ରେସ କର୍ମୀମାନେ ଅର୍ଥବ୍ୟୟ ନକରି ସେବା ମନୋଭାବ ନେଇ ଜନତାଙ୍କ ପାଖକୁ ଯିବାକୁ ଗାନ୍ଧି ପ୍ରବର୍ତ୍ତାଇଥିଲେ । ତାଙ୍କ କଥା କିଏ ଶୁଣିଲା, ମାନିଲା ନା ରଖିଲା କିମ୍ବା ପାଳନ କଲା ।

ଲଭ ଆଣ୍ଡ ରେସପେକ୍ଟ ଆର ନଟ୍ ଡିମାଣ୍ଡେଡ ବଟ କମାଡେଣ୍ଡ । ଧମକ ବେଜିତରେ କ'ଣ ପ୍ରେମ ଓ ସମ୍ମାନ ଆଦାୟ କରି ହୁଏ ? ଚଟଣାରେ ବୁଟ୍ ବାଡେଇ ତାଳ ଫୋଟକା ଫୁଟିବା ଶବ୍ଦ ସୃଷ୍ଟି କରି ଏସ୍.ପି.କୁ ସଲାମ ଦେଇ ପରେ (ପଛରେ) 'ଶଳା' କହୁଥିବା ସିପେଇର ସଲାମରେ କେତେ ଭାବ ଓ ଉକ୍ତି ଅଛି ତଉଲ କରାଯାଉ, ସେମିତି ସବୁକଥା ଯାହା ଭୋକ୍ତାର ଦୟା, କରୁଣା ଉପରେ ନିର୍ଭରଶୀଳତା, ଆଦେଶ ନୁହେଁ । ପରାମର୍ଶ, ଉପଦେଶ ଆଉ କିଛି ହୋଇପାରେ । ଗାନ୍ଧି ବି ଖସି ଆସିଥିଲେ ଏମିତି ସ୍ତରକୁ । ତାଙ୍କ ପୁଅ ତ ତାଙ୍କୁ ଫାଙ୍କି ଥିଲେ । କଂଗ୍ରେସ ବାଲା ବି ତାଙ୍କୁ ଅମାନ୍ୟ କରି ସ୍ୱାଧୀନତା ଓ କ୍ଷମତା ଲୋଭରେ ଭାରତ ବିଭାଜନ ଚୁକ୍ତିରେ ବ୍ରିଟିଶ ସରକାର ସହ ଚୁକ୍ତି କରିଦେଲେ । ଲାଲକିଲ୍ଲାରେ ତିରଙ୍ଗା ଉଡ଼ାଇ ଏ ନେତାମାନେ ସାତରଙ୍ଗିଆ ହୋଇ ଯାଉଥିବାବେଳେ ଗାନ୍ଧି କିନ୍ତୁ ଆଶାନ୍ତ ଲୁହରେ ଭିଜୁଥିଲେ । କାହିଁ

ଗଲା ତାଙ୍କର ସେ ନୈତିକ ପ୍ରଭାବ । ଅଙ୍କୁଶ ନ ଥିବା ମାହୁନ୍ତ ହାତୀ ଉପରେ ବସିଲେ । ଜୀବନକୁ ବାଜି ଲଗାଇବା କଥା ।

ସେଥିପାଇଁ ଆମର ପୂର୍ବତନ ନିର୍ବାଚନ କମିଶନ ଟି.ଏନ. ଶେଷାନ କହିଥିଲେ– ଯେଉଁମାନେ ଜେଲରେ ରହିବା କଥା ସେମାନେ ବିଧାନସଭା ଓ ଲୋକସଭା ଆସନ ମଣ୍ଡନ କରୁଛନ୍ତି ଓ ବିଧାନସଭା ଏବଂ ଲୋକସଭା ମାନଙ୍କରେ ରହିବା ଲୋକ, ସେମାନେ ଜେଲରେ । ଏବେକୁ ଘଟଣାଚକ୍ର ଆହୁରି ଆଗକୁ ଗଡ଼ିଗଲାଣି ଚଳିତ ବିଚାର ଗୁଡ଼ିକ ଅଟଳ ହେବାକୁ ଲାଗିଛି । ଲାଗୁଛି ଯେମିତି ସୁବର୍ଣ୍ଣ ଚଢ଼େଇ ଗୁଡ଼ିକ ଫୁରଫୁର ଉଡ଼ିଯାଉଛନ୍ତି । ଆମେ ଶୂନ୍ୟକୁ ଅନାଇ ପଚାରି ଚାଲିଲୁ । "ଏକଥା କେମିତି ହେଲା ।" ପ୍ରତିଧ୍ୱନି ଶୁଭୁଛି–ଗଣତନ୍ତ୍ର ତୋ ହାତରେ । ଯାର ଉଭର ତୁ କହ । ସମାଜକୁ ନେଇ ଶାସନ ପାଖରେ ବନ୍ଧା ପକେଇଲା କିଏ ? ଯାର ଉଭର ତୁ ଦେ ଶାସନ ଓ ସମାଜ ଦୂର ଛଡ଼ା ହୋଇ ରହିପାରି ନ ଥାଆନ୍ତା କି ରହି ନଥିଲା କି ? ସେମିତି ଥିଲା ନ୍ୟାୟ ରହିଥିଲା ମଣିଷଙ୍କ ପାଖରେ ଆଇନ ଥିଲା ବ୍ରିଟିଶ ହାତରେ । ଏ ସମ୍ପର୍କରେ କେତେ ଦାର୍ଶନିକ କେତେ ବିଜ୍ଞକଥା କହିଛନ୍ତି । ଏତେ ଭିତରକୁ ଯିବା ଦରକାର ନାହିଁ ।

ସେତେବେଳେ ଲୋକେ ଧାର୍ମିକ ଓ ନିର୍ଲୋଭ ଥିଲେ ଏବଂ ଏବେ ଧର୍ମଛଡ଼ା ଓ ଲୋଭୀ ହୋଇଗଲେ । ଏମିତି ଭାବିବା ଅତି ସହଜିଆ ଉପସଂହାର । ତେଣୁ ମିଡ଼ିଆ ତିଲକୁ ତାଲ କରୁ, କିଛି ଚିନ୍ତା ନାହିଁ । ଯେଉଁ ଚଢ଼େଇ ଉଡ଼ିଯାଇଛି ତାକୁ ଆଉ କେହି ପାଇବେ ନାହିଁ । ଏବେ ହୀରକ ଚଢ଼େଇଟିଏ ଉଡ଼ିବାକୁ ଆରମ୍ଭ କରୁ । କ୍ଷତି କ'ଣ ? ନିଜ ପୁଟଦେଇ ତାକୁ ନିଜର କରାଯାଉ ।

ଶାସ୍ତ୍ରରେ କୁହାଯାଇଛି "ପିତୃ ଦୋଷେଣ ମୂର୍ଖତା, ମାତୃ ଦୋଷେଣ ନିର୍ଲଜ ।" ବାକ୍ୟଟି ଭୁଲ ଚେତନାଯୁକ୍ତ ନୁହେଁ । କାରଣ ଆମ ସମାଜରେ ପ୍ରତିଟି କ୍ଷେତ୍ରରେ ଯେଉଁମାନେ ପ୍ରଧାନ କର୍ଣ୍ଣଧାର, ସେମାନଙ୍କ ବ୍ୟକ୍ତି ଚରିତ୍ର ସୁସ୍ଥ ବୋଲି ପରିଦର୍ଶିତ ନୁହେଁ । ମାତୃସମା ଆମ ଭାଷା, ସଂସ୍କୃତି ସେହି କର୍ଣ୍ଣଧାରମାନଙ୍କ ଅବହେଳାରୁ ଦିଗହରା ହୋଇ ଉଠୁଛି । ଯେତେ ସମସ୍ୟା ଆସୁ, ଯେତେ ଦୁର୍ନୀତି ଓ ଅନ୍ୟାୟ ଅତ୍ୟାଚାର ଚାଲୁ; ଆମେ ସେହି ଦୂଷିତ ଚେତନଶୀଳ କର୍ଣ୍ଣଧାରଙ୍କୁ ହିଁ ନିର୍ବାଚିତ କରୁଛୁ । କାରଣ ଏବେ ଆମ ସମସ୍ତଙ୍କ ଭିତରେ 'ମାରି ନେଉଥିବା ମହାପାତ୍ର' ମାନଙ୍କ ଆତ୍ମ ଚେତନା ସକ୍ରିୟ । ସବୁ ଆଇନ, ସବୁ କଟକଣା ଓ ଦଣ୍ଡ ବିଧାନକୁ ଜାଣି, ଦେଖି, ଶୁଣି ମଧ ଆମେ ବଧିର ଅଭିନୟ କରି ଚାଲିଛୁ । ଆଖିଥିବା ଲୋକ ଅନ୍ଧ ହେଲେ, ଶୁଣିପାରିବା ଲୋକ କାଲ ହେଲେ ଯଦି ଜାଣି ପାରିବା ଲୋକମାନେ ନ ଜାଣିବା ପରି ହେବେ ତେବେ ଏମାନେ ଅନ୍ୟାୟ କରନ୍ତି ତା'ହେଲେ ତାଙ୍କୁ ଦରପୋଡ଼ା କାଠ ନ କହି ଆଉ କ'ଣ କୁହାଯିବ ? ବଡ଼ବିସ୍ମୟ ମନରେ ଜାତ ହୁଏ ଯେ ଏହା କ'ଣ ଆମର ବାସ୍ତବ ଚରିତ୍ର ? ତେବେ ଆମେ ଭଲ ମଣିଷ ଖୋଜିବାକୁ ଇଚ୍ଛା କରିବୁ ତ ?

ରାଜନୀତି ହେଉଛି ଶ୍ରେଷ୍ଠନୀତି । କାରଣ ଏହା ଶୃଙ୍ଖଳା ଏବଂ ଶିଷ୍ଟାଚାରର ଆଧାର ଉପରେ ପର୍ଯ୍ୟବେଶିତ । ଭାରତରେ ରାନୀତିର ଅପରାଧୀକରଣ ହେବାପରେ ଏହି ଦୁଇଟି ଆଧାର କ୍ରମେ ଦୁର୍ବଳ ହୋଇପଡ଼ୁଛି । ଯାହାଫଲରେ ଆମର ଗଣତାନ୍ତ୍ରିକ ବ୍ୟବସ୍ଥା ଧୀରେ ଧୀରେ ଭୁଶୁଡ଼ିବା ଅବସ୍ଥାକୁ ଯାଉଛି ।

ବର୍ତ୍ତମାନ ଆମ ଦେଶ ସ୍ୱାଧୀନ ଏବଂ ଆମ ଦେଶରେ ଗଣତନ୍ତ୍ର ଶାସନ ଚାଲିଛି । ଗଣତନ୍ତ୍ରର ନିୟମ ହେଲା ସଂଖ୍ୟାଧିକ ସମର୍ଥନ ହାସଲ କରିଥିବା ପ୍ରସ୍ତାବ ଗୃହୀତ ହୋଇ ସ୍ୱୀକୃତି ପାଇଥାଏ ଓ ଆମେମାନେ ତାକୁ ବିନା ଆପଉରେ ଆଖିବୁଜି ଅନ୍ଧଭାବେ ମାନିନେଇ ଥାଆନ୍ତି । ମାତ୍ର ସବୁ କ୍ଷେତ୍ରରେ ଅଧିକ ଜନ ସମର୍ଥନ ପାଇଥିବା ପ୍ରସ୍ତାବ ନିର୍ଭୁଲ ନୁହେଁ କିମ୍ବା ତାହା ଗ୍ରହଣ ଯୋଗ୍ୟ ହୋଇ ନ ପାରେ । ବିଶ୍ୱବିଖ୍ୟାତ ଦାର୍ଶନିକ ତଥା ଅର୍ଥନୀତିଜ୍ଞ ଜନ୍ ଷ୍ଟୁଆର୍ଟ ମିଲଙ୍କ ମତରେ ଯଦି ସମଗ୍ର ମାନବ ଜାତିର ମତ ଠାରୁ କୌଣସି ବ୍ୟକ୍ତି ବିଶେଷଙ୍କର ମତ ପାର୍ଥକ୍ୟ ହୁଏ । ତେବେ ସେ କ୍ଷେତ୍ରରେ ମଧ ଜନସାଧାରଣ ମତଦ୍ୱାରା ସେ ବ୍ୟକ୍ତି ଜଣକ ମତକୁ ଉପେକ୍ଷା କରାଯିବା ଅନୁଚିତ । କାରଣ କୌଣସି ବ୍ୟକ୍ତିଙ୍କର ମତ ଯେ

କାହିଁକି ସମାଜର ମତ ଅପେକ୍ଷା ଅଧିକ ଯୁକ୍ତିଯୁକ୍ତ ନ ହେବ ସେପରି କିଛି କହିବା ଆଦୌ ଠିକ୍ ନୁହେଁ। ସକ୍ରେଟିସ୍ ଓ ଯୀଶୁଙ୍କ ଉଦାହରଣ ପ୍ରଦାନ କରି ମିଲ ଏହି ଯୁକ୍ତିକୁ ସାବ୍ୟସ୍ତ କରିଛନ୍ତି।

ସଂଖ୍ୟାଧିକ ବ୍ୟକ୍ତିଙ୍କ ମତପ୍ରତି ସମ୍ମାନ ଦେବା ହିଁ ଗଣତନ୍ତ୍ର। ତା'ର ବିରୋଧାଚରଣ କରିବା ହେଉଛି ଦେଶଦ୍ରୋହ। ମାତ୍ର ଏ ସମୟରେ ସକ୍ରେଟିସ୍‌ଙ୍କ ଉତ୍ତର ଥିଲା– ସଂଖ୍ୟାଧିକ ମନୁଷ୍ୟଙ୍କର ମତ ଯେପରି ମହାର୍ଘ। ଯେକୌଣସି ଏକକ ବ୍ୟକ୍ତିର ନିଜସ୍ୱ ମତବ୍ୟକ୍ତ କରିବାର ସ୍ୱାଧୀନତା ମଧ୍ୟ ସେହିପରି ମହାର୍ଘ। ସେ ମତ ଭୁଲ ହେଲେ ବି ସେ ବ୍ୟକ୍ତିର ମତ ସ୍ୱାଧୀନତା ପ୍ରତି ଅସୂୟାଭାବ ପ୍ରକାଶ କରିବାର ଅର୍ଥ ଗଣତନ୍ତ୍ର ପ୍ରତି ଅବମାନନା। ଏହା ମଧ୍ୟ ହୋଇପାରେ ଯେ ଜଣେ ମଣିଷର ସୁନିଶ୍ଚିତ ମତ ଅଗଣିତ ମନୁଷ୍ୟର ଅଚିନ୍ତିତ ମତଠାରୁ ନୂତନ ଏବଂ ତେଣୁ ବିଚାର ଯୋଗ୍ୟ। ସଂଖ୍ୟାର ଦ୍ୱାହି ଆଗରେ ବ୍ୟକ୍ତିତ୍ୱ ବିନାଶ ପାଇଁ ଚେଷ୍ଟା ନ ହେଉ। ମାତ୍ର ସକ୍ରେଟିସ୍‌ଙ୍କ ମତକୁ ସେଦିନ ଗ୍ରହଣ କରାଯାଇ ନ ଥିଲା ଓ ତାଙ୍କୁ ଦେଶଦ୍ରୋହ ଅପରାଧରେ ମୃତ୍ୟୁ ଦଣ୍ଡ ଦିଆଯାଇଥିଲା।

ଆମେ ଭୁଲି ଯାଉଛୁ ଯେ, ସଂଖ୍ୟା ଗରିଷ୍ଠ ଦଳର ମତ ବି ଭୁଲ ହୋଇପାରେ ଓ ଜଣଙ୍କର ସୁଚିନ୍ତିତ ମତ ବି ଠିକ୍ ହୋଇପାରେ। ସେତେବେଳେ ସକ୍ରେଟିସଙ୍କ ମତ ସଂଖ୍ୟାଧିକ ଏଥେନ୍‌ବାସୀଙ୍କ ମତକୁ ବିରୋଧ କରୁଥିଲା ବୋଲି ତାଙ୍କୁ ଦେଶଦ୍ରୋହୀ କୁହାଯାଇ ମୃତ୍ୟୁଦଣ୍ଡ ଦିଆଗଲା। ମାତ୍ର ଆଜି ସମସ୍ତେ ଉପଲବ୍ଧି କରୁଛନ୍ତି ଯେ ସମସ୍ତ ଏଥେନ୍‌ବାସୀ ଅଜ୍ଞାନରେ ବୁଡ଼ି ରହିଥିଲେ। କେବଳ ସକ୍ରେଟିସ୍ ହିଁ ସତ୍ୟ ଓ ଜ୍ଞାନର ସନ୍ଧାନ କରିଥିଲେ। ଏଣୁ ଗଣତନ୍ତ୍ର ସଂଖ୍ୟା ଗରିଷ୍ଠ ଦଳର ମତକୁ ସମ୍ମାନ ଦେଲେ ମଧ୍ୟ କୌଣସି ଗୁରୁତ୍ୱପୂର୍ଣ୍ଣ ଏକକ ମତକୁ ବି ଉପେକ୍ଷା କରିବା ଠିକ୍ ନୁହେଁ। ବ୍ୟକ୍ତିର ସ୍ୱାଧୀନତା ପ୍ରତି ଅସୂୟାଭାବ ପ୍ରକାଶ କରିବା ଗଣତନ୍ତ୍ରର ଅବମାନନା ବୋଲି ସକ୍ରେଟିସ୍ କହିଥିଲେ ମଧ୍ୟ ଆଜି ପର୍ଯ୍ୟନ୍ତ ତଥାକଥିତ ଗଣତନ୍ତ୍ର ନେତାମାନେ ଏ କଥାକୁ ଉପଲବ୍ଧି କରିନାହାଁନ୍ତି ଏହା ହିଁ ବିଡ଼ମ୍ବନା।

ଏବେ ମଧ୍ୟ ଲୋକମାନେ ଅଜ୍ଞାନ ଭିତରେ ରହିଛନ୍ତି। ସକ୍ରେଟିସଙ୍କ ମତରେ ଅଜ୍ଞତା ହେଉଛି ଗଭୀର ଅନ୍ଧକାର। ଅନ୍ଧକାର ଭିତରେ ରାଷ୍ଟ୍ରର ଉନ୍ନତି ଅସମ୍ଭବ। ଯଦି ରାଷ୍ଟ୍ରର ଶାସକମାନେ ଅନ୍ଧ ହେବେ। ସେମାନେ ଜନ ସମର୍ଥନ ପାଇଲେ ସୁଦ୍ଧା ନ୍ୟାୟ ଓ ଅନ୍ୟାୟ ମଧ୍ୟରେ କିମ୍ବା ସତ୍ୟ ଅଥବା ମିଥ୍ୟା ମଧ୍ୟରେ ପ୍ରଭେଦ ପାଇବେ ନାହିଁ (ଜାଣିପାରିବେ ନାହିଁ)। ଯଦି ନାଗରିକମାନେ ଅନ୍ଧ ରହିବେ, ସେମାନେ ବି ଅନ୍ୟାୟ ସହିଯିବେ ଓ ଅସହାୟ ଅବସ୍ଥାରେ ସବୁ ମାନିନେବେ। ଏଣୁ ସକ୍ରେଟିସ୍ ଲୋକମାନଙ୍କୁ ମୁକ୍ତ ଓ ବିଚାରବନ୍ତ ହେବାକୁ ଆହ୍ୱାନ ଦେଉଥିଲେ। ମାତ୍ର ଅଢ଼େଇ ହଜାର ବର୍ଷ ପରେ ସୁଦ୍ଧା ବିଶେଷ କିଛି ପରିବର୍ତ୍ତନ ଘଟିନାହିଁ। ଏବେବି ସେହି ଅନ୍ଧ ମଣିଷମାନେ ଘୁଷୁରିଙ୍କ ଭଳି ପଲପଲ ହୋଇ ବୁଲୁଛନ୍ତି। ଏମାନେ ସମସ୍ତେ ଆପଣା ସନ୍ତୋଷ ପଛରେ ଦୌଡୁଛନ୍ତି। ଅସନ୍ତୁଷ୍ଟ ସକ୍ରେଟିସମାନେ ନିଃସଙ୍ଗ ହେଉଛନ୍ତି ସତ ମାତ୍ର ସେହି ଅସନ୍ତୋଷ ସେମାନଙ୍କୁ ଜ୍ଞାନ ଓ ସତ୍ୟପାଖରେ ପହଞ୍ଚାଇଛି। ଏହା ଅବଶ୍ୟ ସତ୍ୟ ଯେ ସକ୍ରେଟିସ ମାନେ ବାରମ୍ବାର ବିଫଳ ହୋଇଛନ୍ତି। ମାତ୍ର ସେହି ବିଫଳତା ପରବର୍ତ୍ତୀ ସମୟରେ ଅନ୍ୟମାନଙ୍କୁ ପ୍ରେରଣା ଯୋଗାଇଛି। ସେମାନେ ପୃଥିବୀକୁ ବଦଳାଇବା ପାଇଁ ଚେଷ୍ଟା କରିଛନ୍ତି। ଯେଉଁ ପୃଥିବୀରେ ଅଧିକାଂଶ ମଣିଷଙ୍କର ଏ ପର୍ଯ୍ୟନ୍ତ ନିଦ ଭାଙ୍ଗି ନାହିଁ। ଅଧିକାଂଶ ମଣିଷରଙ୍କର ନିଦ ନ ଭାଙ୍ଗୁ ବୋଲି ଯେଉଁଠାରେ ଏହି ଘୁଷୁରି ମଣିଷମାନେ ଷଡ଼ଯନ୍ତ କରୁଛନ୍ତି। ସେଠି ସକ୍ରେଟିସମାନେ ସେମାନଙ୍କ ନିଦ ଭାଙ୍ଗିବାକୁ ଚେଷ୍ଟା କରିଛନ୍ତି। ବିଶିଷ୍ଟ ପ୍ରାବନ୍ଧିକ ଚିତ୍ତରଞ୍ଜନ ଦାସଙ୍କ ଭାଷାରେ ଏହି ପୃଥିବୀରେ ପୁରୁଷାର୍ଥ, ସକ୍ରେଟିସମାନଙ୍କ ସକାଶେ ହିଁ ସମ୍ଭବ ହୋଇଛି। ସନ୍ତୋଷକୁ ଶ୍ରେୟଃ ବୋଲି ମାନି ନେଉଥିବା ମଣିଷ ଘୁଷୁରିମାନଙ୍କ ସକାଶେ ସମ୍ଭବ ହୋଇନାହିଁ। ଅସନ୍ତୋଷ କୁ ହିଁ ଆଖି କରି ଆଗକୁ ଓ ଆହୁରି ଆଗକୁ ସ୍ୱପ୍ନ ଦେଖୁଥିବା ସେହି ଅନମନୀୟ ସକ୍ରେଟିସମାନଙ୍କ ସକାଶେ ସମ୍ଭବ ହୋଇଛି। ଏବେ ଆମକୁ ନିଷ୍ପତି ନେବାକୁ ହେବ। ଆମେ ଶୂକର ମଣିଷ ହେବା ନା ସକ୍ରେଟିସ୍ ହେବା।

ଆମ ଦେଶରେ ମଧ୍ୟ ଏପରି ଉଦାହରଣର ଅଭାବ ନାହିଁ । ଏଇ ଯେମିତି ପଞ୍ଜାବ କେଶରୀ ରାଜା ରଣଜିତସିଂହ (ଶିଖ ସାମ୍ରାଜ୍ୟର ପ୍ରତିଷ୍ଠାତା ମହାରାଜା ରଣଜିତ ସିଂହ ୧୩ ନଭେମ୍ବର ୧୭୮୦–୨୬ ଜୁନ୍ ୧୮୩୯) ଥିଲେ ଜଣେ ଶ୍ରେଷ୍ଠ ଯୋଦ୍ଧା । ତାଙ୍କୁ ପ୍ରାଚ୍ୟର ନେପୋଲିଅନ୍ ବୋଲି କେହି କେହି ଆଖ୍ୟା ଦେଇଥିବା ବେଳେ ଅନ୍ୟ କେହି ପଞ୍ଜାବର ସିଂହ ଭାବେ ଅଭିହିତ କରିଥାନ୍ତି । ମାତ୍ର ଦଶବର୍ଷ ବୟସରେ ସେ ଯୁଦ୍ଧ କ୍ଷେତ୍ରରେ ଅବତୀର୍ଣ୍ଣ ହୋଇଥିଲେ ଏବଂ ପିତାଙ୍କ ବିୟୋଗ ପରେ ଏକାଦଶ ବର୍ଷ ବୟସରେ ସିଂହାସନ ଆରୋହଣ କରିଥିଲେ । ଶୈଶବାବସ୍ଥାରେ ବସନ୍ତ ରୋଗର ଶିକାର ହୋଇ ବାମ ଆଖିର ଦୃଷ୍ଟି ଶକ୍ତି ହରାଇଥିଲେ । ତଥାପି ତାଙ୍କ ବୀରତ୍ୱ ସର୍ବଜନ ସ୍ୱୀକୃତ) ଥରେ ସୈନ୍ୟବଳ ସହ ଯାତ୍ରା କରୁଥିଲେ । ପଥ ମଧ୍ୟରେ ହଠାତ୍ ଢେଲାଟିଏ ଆସି ତାଙ୍କ କପାଳରେ ବାଜିଲା । ତାଙ୍କ କପାଳ ଫାଟି ରକ୍ତ ଝରିଲା ଓ ତାଙ୍କୁ ଚାରିଆଡ଼ ଅନ୍ଧାର ଦେଖାଗଲା । ସେ ତୁରନ୍ତ ଲଗାମ କଷି ଘୋଡ଼ାରୁ ଓହ୍ଲାଇ ପଡ଼ିଲେ । ରାଜାଙ୍କୁ ଅନୁସରଣ କରି ସମସ୍ତ ସୈନ୍ୟ ବାହିନୀ ଅଟକିଗଲା । ସେନାପତି ଓ ମନ୍ତ୍ରୀମାନେ ଅଟକି ଯିବାର କାରଣ ବୁଝି ସୈନ୍ୟମାନଙ୍କୁ ଆଦେଶ ଦେଲେ– 'ଟେକା ମାରିଥିବା ଲୋକକୁ ଧରିଆଣ ।'

ସୈନ୍ୟମାନେ ଖୋଜି ଖୋଜି ଜଙ୍ଗଲ ମଧ୍ୟରୁ ଜଣେ କ୍ଷୁଧାର୍ତ୍ତ ବୁଢ଼ୀକୁ ଧରି ଆଣିଲେ ଓ ବେଲଗଛକୁ ଢେଲା ମାରିଥିବା ସେହି ଅପରିଣାମଦର୍ଶୀ ବୁଢ଼ୀର ଅକ୍ଷମଣୀୟ ଅପରାଧ ପାଇଁ ତାକୁ ଅତି କଠୋରରୁ କଠୋରତମ ଦଣ୍ଡରେ ଦଣ୍ଡିତ କରିବା ପାଇଁ ଦୃଢ଼ କଣ୍ଠରେ ଦାବି କଲେ । କିନ୍ତୁ ବୁଢ଼ୀର ଦାରିଦ୍ର ଓ ଅସହାୟତାରେ ଦ୍ରବୀଭୂତ ମହାରାଜ ରଣଜିତ ସିଂହ ସମବେତ ଜନତାଙ୍କୁ ଆଶ୍ଚର୍ଯ୍ୟ ଚକିତ କରି ତାଙ୍କ ରାୟ ଶୁଣାଇଲେ– "ଉକ୍ତ ବୁଢ଼ୀର ଅବଶିଷ୍ଟ ଜୀବନର ଭରଣ ପୋଷଣ ରାଜକୋଷରୁ କରାଯିବ ।" ବିଚାରରେ ଅସନ୍ତୁଷ୍ଟ ହୋଇ ରାୟ ବିରୋଧରେ କ୍ଷୁବ୍ଧ ଜନତା ଚିକାର କରି ଉଠିଲା । ରାଜାଙ୍କର ଏପରି ବିଚାର ବିରୋଧରେ ପ୍ରତିବାଦ କଲା–'ଏହି ବୁଢ଼ୀର ଦୋଷଲାଗି ଏହା ଦଣ୍ଡନା ପୁରସ୍କାର ?' ମହାରାଜ ବିନମ୍ରତାର ସହିତ ସେଦିନ ସମବେତ ଜନତାଙ୍କୁ ବୁଝାଇ ଦେଲେ ଏହା ପୁରସ୍କାର କିମ୍ବା ଦଣ୍ଡ କିଛି ନୁହେଁ । ଏକ ଦୁଃଖଦ ଘଟଣାର ପରିଣତି । ଗୋଟିଏ ଗୁରୁତର ତ୍ରୁଟିର ସଂଶୋଧନ ଲାଗି ପ୍ରଚେଷ୍ଟା ମାତ୍ର । ଏକ ମାରାତ୍ମକ ଭୁଲର ପ୍ରାୟଶ୍ଚିତ ଲାଗି ପ୍ରୟାସ କେବଳ । ପ୍ରଥମତଃ ରାଜା ଭାବରେ ପ୍ରଜାଙ୍କୁ ନିରାପଦ ଯୋଗାଇ ଦେବା । ବିଚାରକ ରୂପେ ପ୍ରଜାଙ୍କୁ ଉଚିତ ନ୍ୟାୟ ପ୍ରଦାନ କରିବା ଓ ଶାସକଭାବେ ରାଜ୍ୟବାସୀଙ୍କ ପାଇଁ ଖାଦ୍ୟ ପାନିୟର ବ୍ୟବସ୍ଥା କରିବା ତାଙ୍କର ସର୍ବପ୍ରଥମ ଓ ପ୍ରଧାନ କର୍ତ୍ତବ୍ୟ । ଯାହା ଅବହେଲାବଶତଃ ସେ କରିପାରି ନଥିବାରୁ ଏପରି ଦୁଃଖଦ ଘଟଣା ଘଟିଲା । ବୁଢ଼ୀଟି ଭୋକ ଆତୁରରେ ବେଲଗଛକୁ ଟେକା ମାରୁଥିଲା । ବେଲଫଳ ପଡ଼ିଥିଲେ ସେ ତାକୁ ଖାଇ କ୍ଷୁଧା ନିବାରଣ କରି ଥାଆନ୍ତା । ବେଲଗଛକୁ ଢେଲା ମାରିଲେ ଯଦି ବେଲ ଗଛଟି ତା'ର କ୍ଷୁଧା ହରଣ କରି ପାରିବ । ତେବେ ସେ ଢେଲା ଲକ୍ଷ୍ୟ ଭ୍ରଷ୍ଟ ହୋଇ ଯଦି ରାଜା ରଣଜିତ୍ ସିଂହଙ୍କ ମୁଣ୍ଡରେ ବାଜିଲା, ରାଜା କ'ଣ ତା'ର ଭୋକ ମେଣ୍ଟାଇ ପାରିବେନି ? ଓଟଲି ନିଜର ଅପାରଗତା ଓ ଦୋଷ ଦୁର୍ବଳତାରୁ ଘୋଡ଼ାଇବା ପାଇଁ ତା' ଉପରେ ଦଣ୍ଡ କୁଢ଼ାଇ ଦେବେ ? ବେଲଗଛଠାରୁ ଉଦାରତାରେ ରାଜା ରଣଜିତ୍ ସିଂହ କ'ଣ ଏତେହୀନ, ନଗଣ୍ୟ, ନ୍ୟୁନ, ଅଯୋଗ୍ୟ, ଅସମର୍ଥ, ଅସହାୟ, ଅପାରଗ, ହେୟ, ଅପଦାର୍ଥ ଓ ଅମଣିଷ ତଥା ଅବିବେକୀ ଏବଂ ନିର୍ଦୟ । ସାମାନ୍ୟ ଗଛଟିଏ ତା'ର ଭୋକ ମେଣ୍ଟାଇ ପାରୁଥିଲାବେଲେ ରାଜା ରଣଜିତ୍ ସିଂହ କ'ଣ ସେତକ ପୁରଣ କରିବାକୁ ଅକ୍ଷମ ? ତା'ପରେ ସେଦିନ ସେ ଶୃଙ୍ଖଳା ଭାଷ୍ୟକାର ଜନତା ନିରବ ହୋଇ ଯାଇଥିଲା । ତେବେ ସମବେତ ସୈନ୍ୟବାହିନୀ, ରୁଣ୍ଡିଭୂତ ଜନତା, ସେଠାରେ ଉପସ୍ଥିତ ଥିବା ମନ୍ତ୍ରୀ ପରିଷଦ ଓ ସେନାପତିଗଣମାନଙ୍କ ମିଳିତ ମତ ଠିକ୍ ଥିଲା ନା ଏକୁଟିଆ (ଏକାକୀ) ରାଜାଙ୍କ ବିଚାର ନିର୍ଭୁଲ ଥିଲା ?

ଭୋଟ ବାଉଲା, ନାଲିବତୀ ଗାଡ଼ିରକ୍ଷା ଏ ନେତା ଓ ମନ୍ତ୍ରୀ ରୂପରେ ଏ ରାଜାଙ୍କ କଥାକୁ, ଆଚରଣକୁ ବିଚାର ବୋଧକୁ ମେଳ ଯାଉତ । ତଫାତ କେତେ । କେମିତି ବା ନ ହୁଅନ୍ତା । ରକ୍ତ ତ ଭିନ୍ନ, ବିଚାର, ବୁଦ୍ଧି, ବିବେକ ସବୁ

ଫରକ, ଆଚରଣ ମଧ୍ୟ ଅଲଗା । ଗଣତନ୍ତ୍ର ପଦ୍ଧତି ଅନୁଯାୟୀ ବହୁ ଲୋକ ଯାହା କହିବେ ତାହା ଠିକ୍ ଓ ଯଥାର୍ଥ ବୋଲି ଜାଣିବା କେମିତି ? ସେଥିପାଇଁ ଗଣଯଦି ରୁଦ୍ଧିମନ୍ତ ଓ ସଚେତନ ନ ହେବ ତାଙ୍କ ମୁହଁରେ ପଇସାର ତୁଣ୍ଡି ବାନ୍ଧି ଦିଆଯିବ । ଟଙ୍କାର ଜାଲ ଲଗାଇ ଦିଆହେବ ? ସ୍ୱାର୍ଥ ଲୋଭ ଦେଖାଇ ଭୋଟ ତାଙ୍କ ଠୁ କିଣି ନିଆଯିବ ? ତେବେ ଏମିତି ରାଜାମାନେ ସବୁ ଉତୁରିବେ । ଯେଉଁମାନେ ରଣଜିତ୍ ସିଂହ ନ ହୋଇ ସ୍ୱାର୍ଥପର ସିଂହ ହୋଇଯିବେ ଓ ବର୍ଷାଦିନିଆ ଝରିପୋକ ପରି ଚାରି ଆଡ଼କୁ ଖେଦିଯିବେ । ସର୍ବାଧୁନିକ ସର୍ବାଧିକ ଗୃହୀତ ଏ ଗଣତାନ୍ତ୍ରିକ ବ୍ୟବସ୍ଥାରେ ଆମର ନେତା ଓ ପ୍ରବକ୍ତାମାନଙ୍କର କ୍ଷମତା ମୋହର ଲଗ୍ନରୂପ ଦର୍ଶନରେ ଅସହାୟ ମନରୁ ଏସବୁ ଭାବ ନିଗିଡ଼ି ପଡୁଛି, ବୁଝିବ କିଏ ? କହିବା କାହାକୁ ? ଶୁଣିବ ବା କିଏ ? ଆଉ ମଧ୍ୟ ଯାକୁ ବୁଝିବାବି ଏତେ ସହଜ କଥା ନୁହେଁ, ଏଥିପାଇଁ ଭାଗବତ ଜ୍ଞାନ ଓ ସଂସ୍କାର ଲୋଡ଼ା । ଏଟି ତ ପ୍ରତ୍ୟେକ ବ୍ୟକ୍ତିଙ୍କ ଆଭିମୁଖ୍ୟ ଭିନ୍ନ ଧରଣର । ଏସବୁ ଜ୍ଞାନ ବା ଉପଦେଶ ଆମ ଏଠି ପ୍ରଚଳିତ କଥାକୁ ଓ ଗଣତନ୍ତ୍ର ପଦ୍ଧତିକୁ ଆଦୌ ଖାପ ଖାଉବନି । ଆଉ ଜୋରଜବରଦସ୍ତ ସେସବୁ ଭାବକୁ ମଗଜରେ ପୂରାଇଲେ ବିସମ ସମସ୍ୟା ଉପୁଜିବ । ଜନ୍ ଷ୍ଟୁଆର୍ଟମିଲଙ୍କ ଉକ୍ତି ଏଥୁ ପାଇଁ ଠିକ୍ ଯେ ସେ କହିଥିଲେ- "ସ୍ୱାର୍ଥ ପ୍ରେରିତ ଲକ୍ଷେ ଲୋକଙ୍କଠାରୁ ପ୍ରତିବଦ୍ଧତା ଥିବା ବିଶ୍ୱାସରେ ଉଦ୍‌ବୁଦ୍ଧ ଜଣେ ବ୍ୟକ୍ତି ଅଧିକ ଶକ୍ତିଶାଳୀ ଯିଏ ନିଜ ନୀତିରେ ଅଟଳ । ଭୋକରେ ମରିବ ପଛେ ପଶୁରାଜ ସିଂହପରି ଘାସ ଖାଇବ ନାହିଁ । ମହାତ୍ମା ଗାନ୍ଧିଙ୍କ ମତରେ ମୁଷ୍ଟିମେୟ କେତେଜଣ ସଂକଳ୍ପବଦ୍ଧ ସାଧକ ଯଦି ସେମାନଙ୍କ ଆଦର୍ଶରେ ଅବିଚଳିତ ବିଶ୍ୱାସ ରଖନ୍ତି, ତା'ହେଲେ ସେମାନେ ଇତିହାସର ମୋଡ଼ ବଦଳାଇ ଦେଇ ପାରିବେ । ଆମର ଏ ତଥାକଥିତ ନେତାମାନେ କ'ଣ ଗୁରୁ ତେଜବାହାଦୁର ହୋଇଛନ୍ତି ଯେ, କହିବେ ଶିର ଦେଙ୍ଗୋ ସାର ନେହି ଦେଙ୍ଗୋ । ଶିର ଦିଆ ପାର ଶିଶୁ ନଦିଆ । ଭର୍ତୃହରି ତ କହିଲେ- "ନ ଜୀର୍ଣ୍ଣଂ ତୃଣ ମଉିମାନ ମହତାମଗ୍ରେସର କେଶରୀ ।" ପେଟ୍ ବିକଳରେ ସିଂହ ଘାସ ନ ଖାଇଲା ପରି ମଣିଷ ପଣିଆ କେବେବି ସାଲିସ ଅନୁଗତ ନୁହେଁ । ଗୁରୁ ଗୋବିନ୍ଦ ସିଂହ ପରା ଆଉରଙ୍ଗଜେବକୁ କଡ଼ା ଭାବରେ କହି ଚମକେଇ ଦେଲେ । 'ଶିର ଦେଙ୍ଗୋ, ସାର ନହିଁ ଦେଙ୍ଗୋ ।।' ଦି ପୁଅ ପଥର ସମାଧ୍ ଲଭିଲେ ଲଭନ୍ତୁ ପଛେ, ଲଢ଼ିଲେ ବି, ମାତ୍ର ମୋଗଲ ସମ୍ରାଟ ଆଉରେଙ୍ଗଜେବ ପାଖେ ଶରଣାପନ୍ନ କୋଉ ହେଲେ । ଆଉ ପ୍ରଶ୍ନ ପତ୍ରରେ ଉଲ୍ଲେଖ କରାଯାଇଥିଲା- 'ଇଣ୍ଡିଆନ୍ ସୋଲ୍‌ଜର୍ସ ଆର ଜେନେରାଲୀ ଡିଜଅନେଷ୍ଟ ।(ଭାରତୀୟ ସୈନିକମାନେ ସାଧାରଣ ତ ଅସାଧୁ ।) ଚାକିରି ନିମନ୍ତେ ନିଜ ଲୋକଙ୍କୁ କଳଙ୍କିତ କରିବା ଅପେକ୍ଷା ଭୋକ ଉପାସରେ ମରିଯିବା ଭଲ । ଏପରି ଉତ୍ତର ରଖ୍‌ଥିବା ବ୍ୟକ୍ତି ଜଣକ ହେଉଛନ୍ତି ପିତା ଜାନକୀନାଥ ବୋଷ ଓ ମା, ପ୍ରଭାବତିଙ୍କର ସେଥିଲେ ନବମ ସନ୍ତାନ ସୁଭାଷଚନ୍ଦ୍ର ବୋଷ ।

ରାଜବଂଶଧର ମାନଙ୍କର ରାଜକୀୟ ମନବୃଭି ଥିଲା । ସେମାନେ ଗରିବ ଜନସାଧାରଣଙ୍କ ଧନ ଆମ୍ବସାତ କରିବାକୁ ଘୃଣା କରୁଥିଲେ । ଦରିଦ୍ର ସମ୍ବଳ ଅପହରଣକୁ ସେମାନେ ଅମଣିଷ ପଣିଆର କର୍ମ ଭାବରେ ବିବେଚନା କରୁଥିଲେ । ଦୁଃଖୀ ରଙ୍କିଙ୍କ ପ୍ରାପ୍ୟକୁ ହଡ଼ପ କରିବାକୁ ପସନ୍ଦ କରୁ ନ ଥିଲେ । ନିରୀହ ପ୍ରଜାଙ୍କ ପ୍ରତି ସେମାନଙ୍କ ମନରେ ଦୟା ଭାବ ଥିଲା । ଶାସନ ପ୍ରତି ସେମାନଙ୍କର ପ୍ରତିବଦ୍ଧତା, ଆନ୍ତରିକତା ଓ ନିଷ୍ଠାପରତା ତଥା ନୀତିନିଷ୍ଠତା ମଧ୍ୟ ରହିଥିଲା ।

ସଂସ୍କାର, ସଂସ୍କୃତି ପ୍ରଭୃତି ରାଷ୍ଟ୍ରଧର୍ମ ଅନ୍ତର୍ଗତ ନହେଲେ ସାଧାରଣ ଜନତା ଦ୍ୱାରା ଆଚରିତ ଓ ଗୃହୀତ ହେବ କେମିତି ? କାଳେ କାଳେ ତ ଥିଲା ରାଜାନୁଗତ ଧର୍ମ । ରାଜାଙ୍କ କରୁଣା ବିନା ଧର୍ମଟିଷ୍ଟ ପାରୁ ନ ଥିଲା । ତାଙ୍କ ସମର୍ଥନ ବ୍ୟତିରେକେ ଧର୍ମ ପ୍ରଚାର ପ୍ରସାର ଓ ପାଳନ ହୋଇ ପାରେନା । "ରାଜାନୁଗତ ଧର୍ମ । ରାଜା ଅନୁସାରେ ରାଇଜ ଚଳେ । ରାଜାଙ୍କ ଶୁଭ ଦୃଷ୍ଟି ନ ପଡ଼ିଲେ କବି, ପଣ୍ଡିତ, ବିଦ୍ୱାନମାନେ ହରବର ହୋଇ ଯାଉଥିଲେ । ରାଜାନୁଗ୍ରହରେ ଚଳୁଥିଲେ ପ୍ରଜା । ଏବେପରି ବେପରବାଏ ଭାବରେ କେହି ଧର୍ମ ବଦଳାଉ ନଥିଲେ ନିଜର ସଂକୀର୍ଣ ସ୍ୱାର୍ଥ ଲାଭ ଆଶାରେ । ପରମ୍ପରା ଭାଙ୍ଗୁ ନ ଥିଲେ ନିଜର ସୁବିଧା ନିମିଉ । ନିଜ ସଂସ୍କୃତିକୁ ମନମୁଖୀ ଛାଡୁ ନ ଥିଲେ ବ୍ୟକ୍ତିଗତ ଫାଇଦା ପାଇଁ ।

ନିଜଚଳଣି ପରିତ୍ୟାଗ କରୁ ନ ଥିଲେ ସୁବୁଧା ହାସଲର ଲକ୍ଷ୍ୟରଖ। ଲାଭ ପାଇବା ଲାଗି ହିନ୍ଦୁ ହେଉ ନ ଥିଲା ଖ୍ରୀଷ୍ଟାନ, ମୁସଲମାନ କିମ୍ବା ଆଉ କିଛି। ସ୍ୱାର୍ଥପର ଭାବରେ ଧର୍ମ ପାଳନ କରୁ ନଥିଲେ।"

ସୁନିମା, ଇୟେ ହେଲା ସେଇ ବେଳର କଥା। ସେତେବେଳେ ଆମେ ଥିଲୁ କିମ୍ବା ଆମ ପୂର୍ବପୁରୁଷମାନେ। ସେ ସମୟରେ ବି ଏବେର ଯଜମାନଙ୍କ ପରି ସେମାନଙ୍କ ପାଖକୁ ଲୋକେ ଆପଦ, ବିପଦ, ଅସୁବିଧା ପଡ଼ିଲେ, କିଛି ଅଘଟଣ ହେଲେ କିମ୍ବା ସେମାନେ ଦୁଃସମୟରେ ପଡ଼ି ଘାଣ୍ଟି ହେଲେ ଦୌଡ଼ି ଆସୁଥିଲେ। ବୁଡ଼ୁଥିଲେ, କାରିକାର ତାଲିକା ନେଉଥିଲେ। ପ୍ରତିକାର କରୁଥିଲେ। ତାଙ୍କର ଅସୁବିଧା ସୁଧୁରୁଥିଲା। ସେମାନେ ହଇରାଣ ହରକତରୁ ତ୍ରାହି ପାଉଥିଲେ। ଦୁରାବସ୍ଥା ଭୋଗିବାରୁ ମୁକ୍ତ ହେଉଥିଲେ। ଜଞ୍ଜାଳରୁ ତ୍ରାହି ମିଳୁଥିଲା। ସେମାନଙ୍କର ସେହି ଉପକାର କରି ଆମେ କିଞ୍ଚିତ ମାତ୍ରାରେ ଆମର କୌଳିକ ଧର୍ମ ବା ସ୍ୱଧର୍ମ ପାଳନ ପୂର୍ବକ ଅନ୍ୟମାନଙ୍କର ଉପକାର କରୁଥିଲୁ। ଏହାଦ୍ୱାରା ସେମାନେ ଉପକୃତ ହେଉଥିଲେ ଆଉ ଆମେମାନେ ମଧ୍ୟ ଲାଭବାନ ହେଉଥିଲୁ। ଇୟେ ହେଉଛି ସେହି କାଳର ପାଠ। ସେହି ସମୟର ବିଦ୍ୟା। ସେହି ବେଳର ନିୟମ ବା ପଦ୍ଧତି। ଯୁଗଯୁଗ ଧରି ଚଲି ଆସୁଛି। ଚାଲିଛି ପୂର୍ବପରି। ଠିକ୍ ଯେମିତି ଚାଲିଥିଲା ସେମିତି।

ପାଠ ସେହି ଗୋଟିଏ। ଆଗପରି, ପୂର୍ବଭଳି। ବଦଳିଛି, ଖାଲି ପଦ୍ଧତି। କହିବାର ଚାତୁର। ଉପସ୍ଥାପନର ଉପାୟ। ବତାଇବାର କୌଶଳ, ବରାଦ କରିବାର ଢଙ୍ଗ ଆଉ ସେମାନଙ୍କ ଉପରେ ହୁକୁମତି ଜାରି କରିବା ଲାଗି ନୂତନ ଶୈଳୀରେ ନିଜର ବାହାଦୁରି ପଣ। ପୁରୁଣା ମଦ ନୂଆ ସିଲ କରା ବୋତଲରେ। ଗ୍ରାହକ ସେହି ମାତାଲମାନେ କିମ୍ବା ସେମାନଙ୍କ ଦାୟାଦ ସବୁ। ବେପାରି ହେଲେ ପୁରୁଣା ମାଲିକର ବଂଶଧରମାନେ। କେବଳ ବ୍ୟବସାୟ ପ୍ରତିଷ୍ଠାନ(ଦୋକାନ) ଆଗରେ ଟଙ୍ଗା ହୋଇଥିବା ବୋର୍ଡ ବଦଳିଛି। ସେଠି ପୁରୁଣା ବିଜ୍ଞାପନ ଉଠିଯାଇ ମରାଯାଇଛି ନୂଆ ଫଳକ।

(ରାଜା ଆଗେ ପୁଅ। ରାଣୀ ପାଖେ ଝିଅ। ଯେତ ରଜାଘର ପାଠ) ପୁରୁଣା କାଳିଆ ପ୍ରବାଦ ଇୟେ। ମାନଧାତା ଅମଳର କାହାଣୀ। ମରହଟ୍ଟା ଯୁଗର କଥା। ସାମନ୍ତବାଦୀ ପ୍ରଥାର ବାକ୍ୟ। ଚଲି ଆସିଛି ଆଜିଯାଏ। ସେ କାଳରୁ ଆଧୁନିକ ଯୁଗ ପର୍ଯ୍ୟନ୍ତ। ପାଠ ଗୋଟିଏ, ସେଇ ପାଠ। ସମୀକ୍ଷା ହେଉଛି ଅନ୍ୟ ଉପାୟରେ, ନୂଆ ପଦ୍ଧତିରେ। ଅଲଗା ଶୈଳୀରେ। ଆଉ ଗୋଟେ ବାଗରେ। ଭିନ୍ନ ବାଟରେ, ଅର୍ଥ ବାହାରୁଛି ନୂତନ ରୂପରେଖ ନେଇ। ଭେଲିକି ଲଗାଇଲା ପରି।

ନଟିଆ ନାନା ସରଳ ଭାଷାରେ, ସହଜ ଉପାୟରେ, ସାବଲୀଳ ଭଙ୍ଗୀରେ, ସୁଗମ ପଦ୍ଧତିରେ ଉତ୍ତମ ବାକ୍ୟ ବ୍ୟବହାର କରି ବୋଧଗମ୍ୟ ଶବ୍ଦମାନ ପ୍ରୟୋଗ ପୂର୍ବକ, ତାଙ୍କ ଧର୍ମପତ୍ନୀଙ୍କୁ ବୁଝାନ୍ତି– 'ଧର୍ମର ଅର୍ଥ ହେଲା କର୍ମ। ଯିଏ ଯେଉଁ କର୍ମ କରେ, ତାହା ହେଲା ତା'ର ଧର୍ମ। ସଂସ୍କୃତ ଭାଷାରେ କର୍ମ ଶବ୍ଦଟି ଅତି ଜଣାଶୁଣା।' ଓଡ଼ିଆରେ 'କର୍ମ' ଅପଭ୍ରଂଶ ହୋଇ କାମ ହେଇଛି। ଯିଏ ଯେଉଁ ପ୍ରକାର କାମ କରେ, ତାହା ହେଲା ସମ୍ପୃକ୍ତ ବ୍ୟକ୍ତିର କର୍ମ। ଶ୍ରୀମଦ୍ ଭାଗବତ ଗୀତାରେ ବର୍ଣ୍ଣିତ କର୍ମଯୋଗ ସମଗ୍ର ସମାଜ ତଥା ମାନବ ଜାତି ପ୍ରତି ଏକ ତଥ୍ୟଭିତ୍ତିକ ଓ ପ୍ରୋତ୍ସାହଜନକ ଉଦଘୋଷଣା। ଏହି କର୍ମ ହିଁ ଧର୍ମ। ଯିଏ ଯେଉଁ କର୍ମକରେ ସେହି କର୍ମ ହେଉଛି ତା'ର ପ୍ରକୃତ ଧର୍ମ। ଧର୍ମର ପ୍ରକୃତ ଅର୍ଥ ହେଲା– ଯାହା ସଂସାରକୁ ବା ଲୋକମାନଙ୍କୁ ଧାରଣ କରେ ବା ପୋଷଣ କରେ ତାହା ହେଲା ଧର୍ମ। ଧରୟତେ ଇତି ଧର୍ମ। ଅର୍ଥାତ୍ ଯାହା ଆପଣଙ୍କୁ ଧାରଣ କରି ରଖିଥାଏ, ତାହାହିଁ ଧର୍ମ। ଆପଣଙ୍କ ନୀତିନିଷ୍ଠ ଜୀବନ ସହିତ କର୍ତ୍ତବ୍ୟ ପରାୟଣତା ହିଁ ଆପଣଙ୍କୁ ଧାରଣ କରିବାରେ ସାମର୍ଥ୍ୟ ରଖିଥାଏ। ତେଣୁ ସଂକ୍ଷିପ୍ତରେ କହିବାକୁ ଗଲେ କର୍ମହିଁ ଧର୍ମ।

ଧର୍ମ କହିଲେ ସାଧାରଣତଃ ଆମେ ବୁଝୁ କିଛିଟା ଲୋକାଚାର, ପୂଜା, ପାର୍ବଣ, ନୀତି, ନିୟମ ଯାହା ଆମେ କଡ଼ାକଡ଼ି ଭାବେ ପାଳନ କରୁ। ଏସବୁକୁ ଆମେ ଧର୍ମ ବୋଲି ଜ୍ଞାନ କରୁ। ଧର୍ମ ନୀତି ନିୟମ ମନ ନିର୍ମିତ। ଦେଶ କାଳ ପାତ୍ର ଓ ସମାଜ ଅନୁସାରେ ନିର୍ଦ୍ଧାରିତ ଓ ପରିବର୍ତ୍ତିତ ହୁଏ। ଲୋକାଚାରକୁ ଆମେ ନମାନିଲେ ସମାଜରେ ତିଷ୍ଟି ରହିବା ବଡ଼ ମୁସ୍କିଲ ହୁଏ ଏବଂ ଏହାକୁ ଆମେ ପ୍ରକୃତ ଧର୍ମ ବୋଲି କହୁ, ଯାହାକି ମୂଳତଃ ଆମର ଅଜ୍ଞାନ ଅଟେ। ହିନ୍ଦୁ ଶାସ୍ତ୍ର

ଅନୁସାରେ ଆମ୍ଜ୍ଞାନ ଲାଭ ହିଁ ଧର୍ମ । ଆମ୍ଜ୍ଞାନ ହିଁ ମୂଳତଃ ଆଧାତ୍ମିକତା ଉପରେ ପର୍ଯ୍ୟବେସିତ । ଧର୍ମ ପରିଚାଳିତ ହୁଏ ସୀମିତ ବୁଦ୍ଧି ଦ୍ୱାରା ଓ ଆଧାତ୍ମିକତା ପରିଚାଳିତ ହୁଏ ପରମସତ୍ୟ, ସ୍ୱତଃ ପ୍ରକାଶ ଭଗବାନଙ୍କ ଦ୍ୱାରା । ଅଥବା ଭଗବତ ସ୍ୱରୂପ ଆତ୍ମା ଦ୍ୱାରା । ଆଧାତ୍ମିକ ଶକ୍ତି ଅତିବ୍ୟାପକ । ଆତ୍ମାର ବ୍ୟାପକତା ଓ ପ୍ରାଣର ବିକାଶ ଘଟିଲେ ଆଧାତ୍ମିକତାର ପ୍ରଗତି ସମ୍ଭବ ହୁଏ । ଆଧାତ୍ମିକତାର ଅର୍ଥ ଚେତନାର ବିକାଶ । ଏହାଦ୍ୱାରା ବ୍ୟକ୍ତି ସହ ସମାଜର ପରିବର୍ତନ ହୋଇଥାଏ । ଏହା ସଂକୀର୍ଣ୍ଣତାରୁ ବିଶାଳତା ଆଡ଼କୁ ରାସ୍ତା ଦେଖାଇଥାଏ ।

ତେବେ ଧର୍ମର ସଂଜ୍ଞା କ'ଣ ? ଧର୍ମଶବ୍ଦ 'ଧୃ' ଧାତୁରୁ ନିଷ୍ପନ୍ନ । ଧାରୟତି ଇତି ଧର୍ମ । ଅର୍ଥାତ୍ ଯାହା ଧରିରଖେ ଓ ଆପଣଙ୍କୁ ଧାରଣ କରି ରଖ୍ଥାଏ । ତାହାହିଁ ଧର୍ମ । ତେବେ ଏଠାରେ ଏକ ବିଷମ ଅବସ୍ଥା ପ୍ରକାଶିତ ହେଉଛି । କିଏ କାହାକୁ ଧରି ରଖ୍ଛି । ସମଗ୍ର ସୃଷ୍ଟିରେ ମଣିଷ ଏବଂ ଏହା ସହିତ ସମସ୍ତ ଜୀବ ଜଗତର ସୃଷ୍ଟି ପ୍ରଶ୍ନର ପରିସରଭୁକ୍ତ ସ୍ୱତଃ ହୋଇଯାଉଛି । ତେବେ ଆମକୁ ବୁଝିବାକୁ ହେବ ମଣିଷ ତା'ର ବଞ୍ଚିବା ପାଇଁ କରୁଥିବା ଆବଶ୍ୟକୀୟ ଅବଲମ୍ବନ ହିଁ ଧର୍ମ । ପରିବେଶ ତଥା ପ୍ରକୃତିର ମଧ୍ୟ ଏକ ଧର୍ମ ଅଛି । ମଣିଷର ଧର୍ମ ହେଉଛି ମଣିଷକୁ ବଞ୍ଚିବା ପାଇଁ ଯାହା ଗୃହୀତ ନୀତି । ଅନ୍ୟ ଭାଷାରେ ପରିପ୍ରକାଶ କଲେ ବୁଢ଼ାପଡ଼େ ସୁସ୍ଥଭାବେ ବଞ୍ଚିବାଶୈଳୀ ଧର୍ମ । ସୃଷ୍ଟିରେ ପ୍ରତ୍ୟେକର ନିଜସ୍ୱ ଧର୍ମ ଅଛି । କେବଳ ମଣିଷ କାହିଁକି ସବୁ ପ୍ରାଣୀଙ୍କୁ ମେଦିନୀରେ ଧରି ରଖ୍ବାକୁ ଧର୍ମ ଏକା ସାହା, ଲୋକେ ଦାନକୁ, ପୁଣ୍ୟବ୍ରତକୁ ଧର୍ମ ବୋଲି କହନ୍ତି । ଏସବୁ କର୍ମରେ ହୁଏକି ମନରେ ହୁଏ, ସେକଥା କିଏ ଜାଣେ ? ଆପଣଙ୍କ ନୀତିନିଷ୍ଠ ଜୀବନ ସହିତ କର୍ଭବ୍ୟ ପରାୟଣତା ହିଁ ଆପଣଙ୍କୁ ଧାରଣ କରିବାରେ ସମର୍ଥ ରଖ୍ଥାଏ । ତେଣୁ ସଂକ୍ଷେପରେ କହିବାକୁ ଗଲେ କର୍ମ ହିଁ ଧର୍ମ ।

ଭାଗବତରେ ଅଛି- ଧର୍ମ ଧାରଣା ଏ ଗଜତ, ପ୍ରାଣୀ ହୁଅନ୍ତି ଆତଯାତ । ଜଗତକୁ ଧର୍ମ ବିନା ଆଉ କିଏ ଧରି ରଖ୍ପାରିବ ? ଈଏ ଖାଲି ସଂସାରକୁ ଧରି ରଖେନାହିଁ । ମଣିଷକୁ ଏଥ୍ରୁ ପାରି କରିଦିଏ । ଏ ସୃଷ୍ଟିକି ଯିଏ ଧରି ରଖେ ସିଏ ଧର୍ମ । ଧର୍ମ ଶବ୍ଦଟି 'ଧୃ' ଧାତୁରୁ ଆସିଅଛି । ଯାହାର ଅର୍ଥ ଧାରଣ କରିବା । ଧର୍ମ କାହାକୁ ଧାରଣ କରିବ ? ଜଗତକୁ ଅର୍ଥାତ୍ ସଂସାରର ପ୍ରତ୍ୟେକ ବସ୍ତୁ ଓ ଜୀବମାନେ ସ୍ୱସ୍ୱ ଧର୍ମ ବା ନୀତି ନିୟମ ମଧ୍ୟରେ ପରିଚାଳିତ ହେବା । ସଂପ୍ରତି ବିଶ୍ୱରେ ବିବିଧ ଧର୍ମମତ ପ୍ରଚଳିତ । କାଳାନ୍ତରରେ ଅନେକ ଯୋଗୀ ଋଷି ଓ ମହାପୁରୁଷ ଜନ୍ମ ଲାଭ କରିଛନ୍ତି ଏବଂ ନିଜ ନିଜର ସାଧନାର ସିଦ୍ଧାନ୍ତ ଗୁଡ଼ିକୁ ମାନବ ଜାତିର କଲ୍ୟାଣ ପାଇଁ ଲିପିବଦ୍ଧ କରିଯାଇଛନ୍ତି । ସେ ସବୁ ହିଁ ହିନ୍ଦୁ ଧର୍ମର ଶାସ୍ତ୍ର ଅଟେ । ଶାସ୍ତ୍ର ଅର୍ଥାତ୍ ନିୟମ । ପଦାର୍ଥର ଗୁଣ ବି ଧର୍ମ । ଜଳର ତଳକୁ ବୋହିଯିବା । ବାଷ୍ପର ଉପରକୁ ଉଠିବା । ଗନ୍ଧର ଅଣୁ ବାୟୁରେ ବିସ୍ତାରିତ ହେବା । ଅଗ୍ନିର ଆଲୋକ ଓ ଉତ୍ତାପ ଦେବା ସେମାନଙ୍କର ଧର୍ମ । ସେମିତି ଅନ୍ନର ପ୍ରାଣକୁ ରକ୍ଷା କରିବା । ବାୟୁ ଶ୍ୱାସ ହୋଇ ପ୍ରାଣ ରୂପକ ଅଗ୍ନିକୁ ତେଜୀୟାନ କରିବା ଆଦି ବି ଧର୍ମ । ଜଗନ୍ନାଥ ଦାସେ ପରା କହିଲେ 'ଅନ୍ନ ବିହୁନେ ହଂସହାନି, ଯୋଗ ସାଧୁରୁ କାହା ଘେନି ।' ଅନ୍ନ ପ୍ରାଣକୁ ଧରି ରଖ୍ଛି । ସେଥ୍ପାଇଁ ଋଷି କହିଛନ୍ତି- ଅନ୍ନ ହିଁ ବ୍ରହ୍ମ, ଅନ୍ନଭୋକ୍ତା ବି ବ୍ରହ୍ମ "ଅହମନଂ ଅହମନ୍ନାଦ୍ୟ" ଭକ୍ଷିବା ଶକ୍ତି ଥିବା ପର୍ଯ୍ୟନ୍ତ ପ୍ରାଣୀଟିଏ ବଞ୍ଚିବ । ପଦାର୍ଥମାନଙ୍କ ପରି ସମାଜକୁ ଧରି ରଖ୍ବା ପାଇଁ ବି ଧର୍ମର ଆବଶ୍ୟକତା ଅଛି । ପିତା, ମାତାଙ୍କ ଧର୍ମ ସନ୍ତାନମାନଙ୍କୁ ପାଲିପୋଷି ମଣିଷ କରି ସୁଖ ସୁବିଧାରେ ବଞ୍ଚିବାକୁ ଶିଖାଇବା, ବଡ଼ ହେଲେ ପୁଅ, ଝିଅଙ୍କ ଧର୍ମ ସେହିପରି ବାପ, ମା'ଙ୍କ ଯତ୍ନ ନେବା । ସେମାନଙ୍କୁ ଅଣହେଳା କରିବା କିମ୍ବା ଜରାନିବାସକୁ ପଠାଇ ଦେବା ନୁହେଁ । ମଣିଷର ଧର୍ମ ହେଉଛି ମଣିଷକୁ ମଣିଷଭଳି ବିଚାର କରିବା । ମଣିଷକୁ ଭଲ ପାଇବା । କେବଳ ମଣିଷକୁ ନୁହେଁ, ସମଗ୍ର ପଶୁ ପ୍ରାଣୀଙ୍କୁ ମଧ୍ୟ ଭଲ ପାଇବା । ଆମର ଭାଗବତର ପରମ ଦର୍ଶନ ହେଲା ଜୀବପ୍ରତି ଦୟା ।

ଧର୍ମ ସମ୍ବନ୍ଧରେ ମନୁ କହିଲେ- "ସଂକ୍ଷେପାତ୍ କଥ୍ୟତେ ଧର୍ମଂ ଜନାଃ କିଂ ବିସ୍ତରେଣତୁ । ପରୋପକାର

ପୁଣ୍ୟାୟ ପାପାୟ ପର ପୀଡନଂ।” ଅର୍ଥାତ୍ ଧର୍ମ ସମ୍ବନ୍ଧରେ ସାଧାରଣ ଜନତାଙ୍କୁ ବ୍ୟାନ ଦେଇ କିଛି ଲାଭ ନାହିଁ। ସଂକ୍ଷେପରେ କହିଲେ ଯାହା ପରର ବା ଅନ୍ୟର ଉପକାର ସାଧନ କରେ, ତାହା ଧର୍ମ ବା ପୁଣ୍ୟ। ଆଉ ଯାହା ପରର ଅପକାର କରେ ଅନ୍ୟର କ୍ଷତି ପହଞ୍ଚାଏ ତାହା ପାପ ବା ଅଧର୍ମ। ଧର୍ମ ଶବ୍ଦର ମୌଲିକ ଅର୍ଥ ହେଉଛି ଧାରଣା। ତେଣୁ ଏହା ସ୍ପଷ୍ଟ ଯେ ଯେଉଁଥିରେ ମନୁଷ୍ୟର ଜୀବନ ତଥା ସମାଜର ଉଚ୍ଚଧାରଣା ସୃଷ୍ଟି ହେବ ଏବଂ ବ୍ୟକ୍ତି ତଥା ସମାଜର କଲ୍ୟାଣ ହେବ। ଏହା ସହିତ ମନୁଷ୍ୟ କର୍ତ୍ତବ୍ୟନିଷ୍ଠ ହୋଇ ପାପଠାରୁ ଦୂରେଇ ରହି ମୁକ୍ତି ତଥା ସ୍ୱର୍ଗପ୍ରାପ୍ତି କରିପାରିବ– ତାହା ହିଁ ଧର୍ମ।

ମନୁ ସ୍ମୃତିରେ ମହର୍ଷି ମନୁ ଧର୍ମର ଦଶଟି ଲକ୍ଷଣ ନିର୍ଦ୍ଦେଶ କରିଛନ୍ତି। ସେହି ଦଶଟି ଲକ୍ଷଣ ମଧ୍ୟରୁ ‘ଧୃତି’ ହେଉଛି ଧର୍ମର ଗୋଟିଏ ଲକ୍ଷଣ। ଧୃତିର ଅର୍ଥ ଧୈର୍ଯ୍ୟ, ସହନଶୀଳତା ଏବଂ ସନ୍ତୋଷ। ଶ୍ରୀମଦ୍ ଭାଗବତରେ ମହର୍ଷି ବ୍ୟାସଦେବ ଧର୍ମର ତିରିଶ ଗୋଟି ଲକ୍ଷଣ ଉଲ୍ଲେଖ କରିଛନ୍ତି। ସେଥିମଧ୍ୟରୁ ‘ସନ୍ତୋଷ’ ଏକ ଧର୍ମର ଲକ୍ଷଣ। ସାଧୁ ଓ ସନ୍ଥମାନେ ଶାସ୍ତ୍ରରେ ନିର୍ଦ୍ଦେଶ ଥିବା ଧର୍ମର ଲକ୍ଷଣ ସମୂହକୁ ଅକ୍ଷରେ ଅକ୍ଷରେ ପାଳନ କରିଥାଆନ୍ତି। ଯେଉଁ ମହତ କର୍ମ ଆଚରଣରେ ପାଳନ କରାଯାଇଥାଏ ତାହାହିଁ ଧର୍ମ। ମହତ କର୍ମ ହିଁ ଧର୍ମ। ମହତ କର୍ମ ହିଁ ବ୍ୟକ୍ତିସତ୍ତା ଠାରୁ ଆରମ୍ଭ କରି ବିଶ୍ୱ ପର୍ଯ୍ୟନ୍ତ ସଚରାଚର ଜଗତକୁ ଧାରଣ କରିଥାଏ। ଏହି ଦୃଷ୍ଟିରୁ ଧର୍ମର ପରିଭାଷା ହେଉଛି– “ଧରତି ଲୋକାନ୍” ଅର୍ଥାତ ସୁଖ ଓ ଆନନ୍ଦମୟ ଜୀବନ ଯାପନ କରିବାରେ ମନୁଷ୍ୟମାନଙ୍କୁ ଯାହା ସହାୟତା କରିଥାଏ ତାହାହିଁ ଧର୍ମ। ଅନ୍ୟ ଏକ ପରିଭାଷା ହେଉଛି “ଧ୍ରୁୟତେ ପୁଣ୍ୟାମୃଭିଃ।” ପୁଣ୍ୟାମ୍ମା ପୁରୁଷମାନେ ଯାହା ଆଚରଣ କରିଥାଆନ୍ତି ବା ଧାରଣ କରିଥାଆନ୍ତି ତାହା ଧର୍ମ।

ତେଣୁ କର୍ମ ରୂପର ଧର୍ମ ସାଧନବେଳେ ଲକ୍ଷ୍ୟ ରଖିବାକୁ ପଡ଼ିବ ଯେ ଆମେ ସମ୍ପାଦନ କରୁଥିବା କର୍ମଦ୍ୱାରା କାହାର କିଛିକ୍ଷତି ହେଉଛି କି ? ଅନ୍ୟର କ୍ଷତି ଘଟାଇ ନିଜେ ଲାଭରେ ରହିଲେ ଅନ୍ୟାୟ ବା ପାପ ହୋଇଥାଏ। ଅଳ୍ପ ଲାଭ ହେଉଥିଲେ ସୁଦ୍ଧା ଅନ୍ୟର କ୍ଷତି ନ ହେଲାଭଳି କର୍ମ କରାଯିବା ଉଚିତ। ଅଧିକ ଲାଭ ଆଶାରେ ଅନ୍ୟକୁ କ୍ଷତି ପହଞ୍ଚାଉଥିବା ପରି କାମ ନ କରିବା ହେଉଛି ବିଜ୍ଞତାର ପରିଚୟ। କାହିଁକିନା ଭାଗବତରେ କୁହାଯାଇଛି– “ଧନ ଅର୍ଜନେ ଧର୍ମ କରି, ଧର୍ମେ ପ୍ରାପତ ନରହରି। ଧର୍ମ ସଞ୍ଚରେ ରାତ୍ରଦିନ, ନ କରି ସୁଖ ଭୋଗ ଦାନ।” ତୁମେ ଏପରି କର୍ମ କର ଯାହାଦ୍ୱାରା ଅନ୍ୟର କ୍ଷତି ହେବ ନାହିଁ। ସେପରି କର୍ମ ଦ୍ୱାରା କୁଟୁମ୍ବ ପ୍ରତିପୋଷଣ ନିମିତ୍ତ ତୁମର ଧନ ରୋଜଗାର ଅଳ୍ପ ହେଲେ ସୁଦ୍ଧ ଧନ ରୋଜଗାର ହେବା ସହିତ ଧର୍ମ ମଧ୍ୟ ଅର୍ଜନ ହେବ। ସେହି ସତପଥରେ ଅନ୍ୟକୁ କ୍ଷତି ପହଞ୍ଚାଉ ନଥିବା ଉପାୟରେ ସେହି ଧନ ସହିତ ଧର୍ମ ଅର୍ଜନ ହିଁ ଭଗବାନଙ୍କୁ ପ୍ରାପ୍ତି ସହିତ ସମାନ। ଏହାର କାରଣ ଦର୍ଶାଇ କୁହାଯାଇଛି– “ଅଷ୍ଟାଦଶ ପୁରାଣେଷୁ ବ୍ୟାସସ୍ୟ ବଚନ ଦ୍ୱୟମ୍, ପରୋପକାରାୟ ସ୍ୱର୍ଗାୟ ପାପାୟ ପରପୀଡନମ୍।”

“ଅକୃତ୍ୱା ପରସନ୍ତାପ ମଗତ୍ୱା ଖଳନମ୍ପତାମ୍, ଅନୁସ୍ତ୍ୟ ସତାଂ ବର୍ତ୍ତ୍ୟତ୍ ସ୍ୱଜ୍ଜମପି ତଦବହୁ।” ପରକୁ ଦୁଃଖ ନ ଦେଇ, ଖଳ ଲୋକ ନିକଟରେ ବଶ୍ୟତା ସ୍ୱୀକାର ନ କରି, ସଜ୍ଜନମାନଙ୍କର ମାର୍ଗ ତ୍ୟାଗ ନ କରି, ଅଳ୍ପଧନ ଲାଭ କଲେ ମଧ୍ୟ ତାକୁ ବହୁତ ବୋଲି ମନେ କରିବା। ଆଜିର ମଣିଷ କିନ୍ତୁ ଏହି ତତ୍ତ୍ୱ ବୁଝେନାହିଁ। ସେ ନିଜର ସ୍ୱାର୍ଥ, ବିଶେଷ କରି ଆହୁରି ସ୍ୱାର୍ଥ ପାଇଁ ପ୍ରତି ମୁହୂର୍ତ୍ତରେ ବ୍ୟସ୍ତ। ‘ଆଉ’ ଧାର୍ଯ୍ୟତେ ଜନୈରିତ ଧର୍ମଃ। ଅର୍ଥାତ୍ ଏପରି ଆଚରଣ ଯାହା ସମସ୍ତଙ୍କୁ ନିଜର କରିନେବ, ତାହାହିଁ ଧର୍ମ। ଧର୍ମ ବ୍ୟକ୍ତିକୁ କର୍ତ୍ତବ୍ୟାନ୍ମୁଖ କରିବା ସଙ୍ଗେ ସଙ୍ଗେ ସର୍ବଶ୍ରେଷ୍ଠ ପଥରେ ଚାଲିବା ପାଇଁ ପ୍ରେରଣା ଯୋଗାଇବା ସହ ସମବେଦନା ଜ୍ଞାପନ ପୂର୍ବକ ବ୍ୟକ୍ତିର ବିକାଶ ସହ ସାମୂହିକ ବିକାଶ ଏହାର ମୂଲଲକ୍ଷ୍ୟ। ପୁନରାୟ କୁହାଯାଇଛି, ଧର୍ମେଣ ଧାର୍ଯତେ ଲୋକଃ ଅର୍ଥାତ୍ ଧର୍ମହିଁ ସଂସାରକୁ ଧାରଣ କରିଥାଏ ଏବଂ ସୁଖସ୍ୟ ମୂଳ ଧର୍ମଃ–ସୁଖର ମୂଳ ହେଉଛି ଧର୍ମ।

ଆଜି ମୁଁ, ଆପଣ ସେ, ସେମାନେ ଅର୍ଥାତ୍ ସମଗ୍ର ଗାଁ ରାଜ୍ୟ–ଦେଶ ଏବଂ ବିଶ୍ୱରେ ଧର୍ମର ଅବକ୍ଷୟ ହେବାରେ ଲାଗିଛି । ଆତ୍ମଘୋଷିତ ଧର୍ମଗୁରୁ, ପୁରୋଧା, ଧର୍ମପ୍ରଚାରକଙ୍କ ସଂଖ୍ୟା ବୃଦ୍ଧି ପାଉଛି । କିନ୍ତୁ ଧର୍ମର ଗ୍ଲାନି ଅଧିକ ଭାବେ ପରିଲକ୍ଷିତ ହେଉଛି । ବ୍ୟକ୍ତି ଜୀବନ, ଶାସନର ଚରିତ୍ରରେ 'ଧର୍ମ'ର ବିପରୀତ ଲକ୍ଷଣ ଅଧିକ ଭାବେ ଉଜାଗର ହେଉଛି । ଫଳତଃ ଶାସକୀୟ ବିଭ୍ରାନ୍ତି, ସାମାଜିକ ବିଶୃଙ୍ଖଳା, ହିଂସା, ଅସହିଷ୍ଣୁତା ବ୍ୟକ୍ତି ଜୀବନର ମୂଲ୍ୟବୋଧ ପତନକୁ ସୂଚାଉଛି । ଧର୍ମର ମର୍ମ, ଧର୍ମ ପାଳନର ପ୍ରାସଙ୍ଗିକତାକୁ ଅନୁସରଣ ଅନୁକରଣ ନ କରିବା କାରଣରୁ ଧର୍ମକୁ ବ୍ୟବସାୟର ବସ୍ତୁ ବୋଲି ବ୍ୟବହାର କରାଯିବା ଦ୍ୱାରା ଜୀବନ ପଦ୍ଧତିରେ ପ୍ରତିକୂଳ ପ୍ରଭାବ ପକାଉଛି । ବେଦମତେ ରାଷ୍ଟ୍ର ଭାବନା ଧର୍ମର ପରିଭାଷାକୁ ବୁଝିବାର ସମୟ ଆସିଛି । ଧର୍ମ ପାଳନ ବିନା ସମାଜ ସଜାଡ଼ି ହେବ ନାହିଁ । ବସ୍ତୁ ବିକାଶରେ ବିବେକ, ଜ୍ଞାନ ଉଦ୍ଭାସିତ ହେବନାହିଁ ।

"ଏକ ବର୍ଣ୍ଣ ଯଥା ଦୁଗ୍ଧଂଭିନ୍ନ ବର୍ଣ୍ଣାସୁ ଧେନୁଷୁ । ତଥୈବ ଧର୍ମ ବିଚିତ୍ରଂ ତତ୍ସମେକଂ ପରଂ ସ୍ମତମ୍ ।"(ମହାଭାରତ) ଯେଉଁ ପ୍ରକାର ବିବିଧ ରଙ୍ଗର ଗାଈ ଗୋଟିଏ ରଙ୍ଗର(ଧଳା) କ୍ଷୀର ଦେଇଥାନ୍ତି । ସେହି ପ୍ରକାର ବିବିଧ ଧର୍ମପନ୍ଥା ଗୋଟିଏ ତତ୍ତ୍ୱର ଶିକ୍ଷା ଦେଇଥାନ୍ତି । "ଧର୍ମଯୋ ବାଧତେ ଧର୍ମା ନ ସ ଧର୍ମଃ କୁଧର୍ମକଃ । ଅଭିରୋଧାରୁ ଯୋ ଧର୍ମଃ ସତ୍ୟ ବିକ୍ରମ ଧର୍ମ ।"(ମହାଭାରତ ଶାନ୍ତି ପର୍ବ) ଯଦି ଆପଣାର କୌଣସି କର୍ତ୍ତବ୍ୟ ନିଜର ବା ଅନ୍ୟଙ୍କର କର୍ତ୍ତବ୍ୟ ପ୍ରତି ବାଧକ ବୋଲି ଜଣାପଡ଼େ ତେବେ ତାହା ନିନ୍ଦନୀୟ ବୋଲି ଗ୍ରହଣ କରାଯିବ । ଏହାକୁ ଧର୍ମବୋଲି କୁହାଯିବ ନାହିଁ । ଯେଉଁ କର୍ତ୍ତବ୍ୟ ଅନ୍ୟ କର୍ତ୍ତବ୍ୟ ପ୍ରତି ବାଧା ସୃଷ୍ଟି ନକରେ ତାହାକୁ ଧର୍ମ ବୋଲି ଗ୍ରହଣ କରାଯାଏ । "ଧର୍ମା ଯୋ ଦୟାଯୁକ୍ତଃ ସର୍ବପ୍ରାଣୀ ହିତପ୍ରଦଃ । ସ ଏବୌଡ଼ାରେଣ ସାକ୍ତୋ ଭବାମବୋଧେଃ ସୁଦୁଃସ୍ତରାତ ।" ଯିଏ ଦୟାଯୁକ୍ତ ଏବଂ ସମସ୍ତ ପ୍ରାଣୀମାନଙ୍କ ପ୍ରତି କଲ୍ୟାଣକାରୀ ଅଟେ ତାହାହିଁ ଧର୍ମ । ଏପରି ଧର୍ମହିଁ, ଭବ ସାଗରରୁ ମୁକ୍ତି ଦେବା ପାଇଁ ସମର୍ଥ ହୋଇଥାଏ । "ଧୃତିଃ କ୍ଷମା ଦମୋ ଅସ୍ତେୟଂ ସୌଚମିନ୍ଦ୍ୟାନିଗ୍ରହଃ ଧୀର୍ବିଦ୍ୟା ସତ୍ୟମ୍ କ୍ରୋଧୋ ଦସକଂ ଧର୍ମଲକ୍ଷଣମ୍ ।" ଧୈର୍ଯ୍ୟ, କ୍ଷମା, ଚିଭବୃଭିର ନିୟନ୍ତ୍ରଣ, ଚୋରି ନ କରିବା, ଶୁଦ୍ଧତା ଇନ୍ଦ୍ରିୟ ନିଗ୍ରହ, ସୁବିଦ୍ଧି, ବିଦ୍ୟା, ସତ୍ୟବାଦିତା ତଥା କ୍ରୋଧ ନକରିବା, ଏହି ଦଶହିଁ ଧର୍ମର ପ୍ରଧାନ ଲକ୍ଷଣ ବୋଲି କୁହାଯାଇଛି । ଉପଯୁକ୍ତ ସୁଭାଷିତ ଦ୍ୱାରା ଧର୍ମକୁ ଏହାର ବିଭିନ୍ନ ତତ୍ତ୍ୱ ଦ୍ୱାରା ପରିଭାଷିତ କରାଯାଇଛି । ଯେଉଁ ବ୍ୟକ୍ତିଙ୍କ ମଧ୍ୟରେ ଏହି ଗୁଣ ରହିଛି ଏବଂ ସେ ଏହାର ପାଳନ ନିଷ୍ଠା ପୂର୍ବକ କରିଥାନ୍ତି, ସେ ହିଁ ପ୍ରକୃତରେ ବାସ୍ତବ ଭାବରେ ଧାର୍ମିକ ବ୍ୟକ୍ତି ଭାବେ ଯୋଗ୍ୟ ଅଟନ୍ତି ।

"ନାରୁଂ ତୁ ଦଃ ସ୍ୱାଦାର୍ତା ଅପି ନ ପରଦ୍ରୋହ କର୍ମଧୀଃ । ୟଯ୍ୟାରୟୋତ କଜତେ ବାଚା ନା ଲୋକୟ୍ୟାଂ ତାମୁଦୀର ଯେଟଃ ।" ଅର୍ଥାତ ମନୁଷ୍ୟର କର୍ତ୍ତବ୍ୟ ହେଉଛି କୌଣସି ପ୍ରକାର କଷ୍ଟ ଦେଇ କାହାର ହୃଦୟରେ ଦୁଃଖ ସୃଷ୍ଟି ନ କରିବା । ନିଜେ ଅନ୍ୟର ଦୁଃଖକୁ ଗ୍ରହଣ କରି ଦୁଃଖ ଦୂରେ ସହଭାଗି ହେବା । କାହାରିଙ୍କ ପ୍ରତି ଅକାରଣରେ ଦ୍ୱେଷ ଭାବ ନ ରଖି ଏବଂ କୌଣସି କଟୂବାକ୍ୟ କହି କାହାରିଙ୍କ ମନକୁ ଉଦବିଗ୍ନ ନ କରିବା । "ପରିତେଜେ ଦର୍ଥକାମୌ ଯୋ ସ୍ୟାୟତାଂ ଧର୍ମ ବର୍ତ୍ତିତୋ । ଧର୍ମଚାପ୍ୟ ସୁଖୋଦର୍କଲୋକାନି କୃଷ୍ଟ ମେବାଚ (ମନୁ)" ଅର୍ଥାତ୍ ଯେଉଁ ସମ୍ପଭି ତଥା ମନକୁ ଅଭିଲାଷ ଧର୍ମର ବିପରୀତ ତାହାକୁ ତ୍ୟାଗ କରିବା ଉଚିତ । କେବଳ ଏହା ନୁହେଁ । ପ୍ରଥାକୁ ମଧ୍ୟ ତ୍ୟାଗ କରିବା ଅନୁଚିତ ହେବନାହିଁ; ଯାହା ଭବିଷ୍ୟତରେ ସଙ୍କଟ ସୃଷ୍ଟି କରିବ । ଯାହା ସମାଜ ପାଇଁ ପ୍ରତିକୂଳ ପ୍ରଭାବ ପକାଇବ । ଧର୍ମ ପାଳନର ଆବଶ୍ୟକତା, ପ୍ରାସଙ୍ଗିକତା ଆଜି ଦିନରେ ଗୁରୁତ୍ୱ ବହନ କରେ । ଯଥାର୍ତରେ ଏତିକି କୁହାଯାଇପାରେ "ଧର୍ମ ରକ୍ଷତି ରକ୍ଷକଃ । "ଧର୍ମେଣ ହିନାଃ ପଶୁଭି ସମାନାଃ ।"

ସେହି କର୍ମରୂପକ ଧର୍ମ ସାଧନରେ ଯିଏ ସହଯୋଗ କରେ । କର୍ମ ସଂପାଦନା ଲାଗି ସହାୟତା ଦିଏ । କର୍ମକୁ

କାର୍ଯ୍ୟକାରୀ କରିବାରେ ଅକୁଣ୍ଠିତ ଚିତ୍ତରେ ସାହାଯ୍ୟ କରିଥାଏ । ନିଜ ଦାୟିତ୍ୱ ପାଳନରେ ପୂର୍ଣ୍ଣ ସମର୍ଥନ ଯୋଗାଇଥାଏ ଓ କର୍ତ୍ତବ୍ୟ ପାଳନ କ୍ଷେତ୍ରରେ ଆଗେଇ ନିଏ, ସିଏ ହେଲା-ଧର୍ମ ପତ୍ନୀ ବା ସହଧର୍ମିଣୀ । ତେଣୁ ତୁମେ ମୋ କାମରେ ମୋତେ ସାହାଯ୍ୟ କର, ସହଯୋଗ କର ମୋ କର୍ତ୍ତବ୍ୟ ପାଳନରେ । ପୂର୍ଣ୍ଣ ପ୍ରାଣରେ ସହାୟତା ଯୋଗାଇ ଦିଅ ମୋତେ ମୋ କର୍ମ କାର୍ଯ୍ୟକାରୀ କରିବା ଲାଗି, ଦାୟିତ୍ୱ ସଂପାଦନା ନିମିତ୍ତ । ଯେଣୁ ତୁମେ ମୋର ପତ୍ନୀ, ଧର୍ମପତ୍ନୀ । ସହଧର୍ମିଣୀ ତେଣୁ ।

ଯଦି ତୁମେ ମୋ କାମରେ ମୋତେ ସାହାଯ୍ୟ ନ କର ତେବେ ତୁମେ ମଧ୍ୟ ମୋର ସ୍ତ୍ରୀ ହୋଇପାରିବ, ଯେହେତୁ ମୁଁ ତୁମ ହାତ ଧରି ବିବାହ କରିଛି । ମାତ୍ର ମୋର ଧର୍ମପତ୍ନୀ ତୁମେ ହୋଇ ପାରିବ ନାହିଁ । କାରଣ ମୋ କର୍ମରୂପକ ଧର୍ମ ପାଳନରେ ସାହାଯ୍ୟ ନ କଲେ ତୁମେ ମେର ଧର୍ମପତ୍ନୀ କିପରି ହେବ ? ସେହିପରି ମୋ କର୍ତ୍ତବ୍ୟ ପାଳନରେ ମୋତେ ସହାୟତା ପ୍ରଦାନ କଲେ ତୁମେ ମୋ ଭାର୍ଯ୍ୟା ହେବ କାହିଁକିନା ଆମେ ଦୁହେଁ ପତିପତ୍ନୀ ଭାବରେ ଏକତ୍ର ବାସ କରୁଛନ୍ତି କିନ୍ତୁ ତୁମେ ମୋ ଅର୍ଦ୍ଧାଙ୍ଗିନୀ କେବେ ବି ହୋଇପାରିବନି ଯେହେତୁ ତୁମେ ମୋତେ ମୋ କର୍ମ ସଂପାଦରେ ଅର୍ଦ୍ଧେକ ଭାଗିଦାରୀ ନହୋଇ ମୋ କାମରେ ଅର୍ଦ୍ଧେ ସହଯୋଗ ଯୋଗାଇ ନ ଦେଇ କିପରି ମୋର ଅର୍ଦ୍ଧାଙ୍ଗିନୀ ହୋଇପାରିବ ? ତା'ପରେ ପ୍ରତ୍ୟେକ ହିନ୍ଦୁ- ଗୃହସ୍ଥ ଆଶ୍ରମରେ ପତିପତ୍ନୀ ନିୟମରେ ଚଳିବା ଉଚିତ୍ । ସାଧାରଣ ଗୃହସ୍ଥ ଆଶ୍ରମରେ ପତ୍ନୀଙ୍କର ଭୂମିକା ଶ୍ରେଷ୍ଠ ଅଟେ । କାରଣ ତାଙ୍କୁ ଧର୍ମପତ୍ନୀ କୁହାଯାଏ । ଆଦର୍ଶ ଗୃହିଣୀ ଯେପରି ଅନସୂୟାଙ୍କ ଭଳି ପତିବ୍ରତା । ଅସୂୟା ଭାବ ନ ରଖିବା ଏବଂ ସ୍ୱାମୀଙ୍କୁ ସର୍ବଦା ଧର୍ମ ପଥରେ, ସତ୍ ମାର୍ଗରେ, ଉଚିତ୍ ରାସ୍ତାରେ ପରିଚାଳିତ କରି ନ୍ୟାୟୋଚିତ ଉପାୟରେ ଅର୍ଥ ରୋଜଗାର କରିବା ନିମନ୍ତେ ପ୍ରେରଣା ଦେବା ଆବଶ୍ୟକ ।

ବୁଝିଲ ସୁନି ମା' ଶାସ୍ତ କହେ- "ଅନୁକୂଲାଂ ବିମଲାକ୍ଷୀଂ କୁଲଜାଂ କୁଶଲାଂ ସୁଶୀଲ ସଂପନ୍ନାମ୍ । ପଞ୍ଚଲକାରାଂ ଭାର୍ଯ୍ୟାଂ ପୁରୁଷଃ ପୁଣ୍ୟୋଦୟାଲ୍ଲଭତେ ।" ସ୍ୱାମୀର ଅନୁକୂଲ ଆଚରଣ କରୁଥିବା ସୁନ୍ଦରୀ, ଉଭମ କୁଲରେ ଜନ୍ମ ହୋଇଥିବା କର୍ମ କୁଶଲତା, ସତ୍ ସ୍ୱାଭାବ ସଂପନ୍ନା ଭାର୍ଯ୍ୟାକୁ ମନୁଷ୍ୟ ପୁଣ୍ୟ ବଳରେ ପାଇ ପାରିଥାଏ । ଆଉ ଭାର୍ଯ୍ୟା ହି ପରମୋହାୟଃ, ପୁରୁଷ ସ୍ନେହ ପତ୍ୟତେ । ଅସହାୟସ୍ୟ ଲୋକେ ୨ସ୍ମିଲ୍ଲୋକ ଯାତ୍ରା ସହାୟିନୀ । ଏ ସଂସାରରେ ଭାର୍ଯ୍ୟା ହିଁ ପୁରୁଷର ପରମ ଲାଭ ବୋଲି କୁହାଯାଏ । କାରଣ ଜୀବନ ଯାତ୍ରା ନିର୍ବାହ କରିବାରେ ଏ ସଂସାରରେ ଅତ୍ୟନ୍ତ ଅସହାୟ ମନୁଷ୍ୟର ସ୍ତ୍ରୀ ହିଁ ଏକମାତ୍ର ସହାୟ ଅଟେ । ଆଉ "କୋକିଲାନାଂ ସୁରୋରୂପଂ ନାରୀ ରୂପଂ ପତିବ୍ରତମ୍ । ବିଦ୍ୟାରୂପଂ କୁରୁପାଣାଂ କ୍ଷମାରୂପଂ ତପସ୍ୱିନାମ୍ ।" କୋଇଲିମାନଙ୍କର ସ୍ୱର ରୂପ ଅଟେ । ଅର୍ଥାତ ସମସ୍ତେ ତା'ର ସ୍ୱରକୁ ପ୍ରଶଂସା କରନ୍ତି । ପତି ସେବା ହିଁ ସ୍ତ୍ରୀର ସୌନ୍ଦର୍ଯ୍ୟ । ସେ ପତିବ୍ରତ୍ୟ ଦ୍ୱାରା ସମସ୍ତଙ୍କୁ ମୁଗ୍ଧ କରେ । ରୂପ କୁସିତ ହେଲେ ମଧ ବିଦ୍ୟା ବଳରେ ମନୁଷ୍ୟ ସମସ୍ତଙ୍କର ମନ ଆକର୍ଷଣ କରେ । ତପସ୍ୱୀମାନଙ୍କର କ୍ଷମା ଭୂଷଣ ଅଟେ । ଆଉ ପ୍ରେମ ଓ ସହଯୋଗରେ ପରିପୂର୍ଣ୍ଣ ପରିବାର ହିଁ ଧରିତ୍ରୀର ସ୍ୱର୍ଗ ।

"ପ୍ରଣୟା ଲପନଂ ପରସ୍ପରଂ ଘଟତେ ଯତ୍ର ଗୃହେ ନିରନ୍ତରମ୍ । ନ ଚ ଯତ୍ର ମନୋଃତରଂ ପୁନଃ ପତିଣା ତେଦ୍ୟାଃ ପ୍ରକୃତଂ ଗୃହଂ ହିତତ୍ ।" ଯେଉଁ ଗୃହରେ ପତିପତ୍ନୀଙ୍କର ପରସ୍ପର ପ୍ରଣୟ ଜନିତ ଆଲାପ ସର୍ବଦା ଥାଏ ଏବଂ ପୁନଶ୍ଚ ଯେଉଁ ଘରେ ପତିପତ୍ନୀଙ୍କର ମନୋମାଲିନ୍ୟ ଘଟେନାହିଁ । ସେହିପରିବାର ହିଁ ପ୍ରକୃତ ଗୃହ ଅଟେ । ସଂସାରିକ ସୁଖର ମୂଲ କାରଣ ହେଉଛି ପତ୍ନୀ । ସଂସାର ରଥର ଦୁଇଟି ଚକ । ଗୋଟିଏ ପୁରୁଷ ଓ ଅନ୍ୟଟି ନାରୀ । ଏଥରୁ ଗୋଟିଏ ଖରାପ ହୋଇଗଲେ, ସଂସାର ରଥ କେବେ ବି ଆଗକୁ ଯାଇପାରିବନି । ଗାର୍ହସ୍ଥ୍ୟ ସୁଖଲାଭ ପାଇଁ ପତ୍ନୀର ସହଚର୍ଯ୍ୟ ସମ୍ପୂର୍ଣ୍ଣ ଆବଶ୍ୟକ । ଉତ୍ତମା ପତ୍ନୀ ଯୋଗୁ ସଂସାର ବା ପରିବାରର ଉନ୍ନତି ହୁଏ ଏବଂ ଅଧମା ପତ୍ନୀ ଯୋଗୁଁ ସଂସାର ଛାରଖାର ହୋଇଯାଏ । ପତ୍ନୀ ଯଦି ପତିର ବିପରୀତ ସ୍ୱାଭାବର ହୋଇଥାଏ, ପତିର ଭାବନା ଓ କାର୍ଯ୍ୟକୁ ସମର୍ଥନ ନ କରି ବିପରୀତ ବାକ୍ୟ କହେ ଓ ଆଚରଣ କରେ ତେବେ କେବେ ବି ସେହି ପରିବାରରେ ସୁଖ ସମୃଦ୍ଧି ଆସି ପାରିବ ନାହିଁ । ସେଥ୍ୟପାଇଁ

ଆଜିକାଲି ଅନେକ ପରିବାରରେ ଝଡ଼ ଉଠୁଛି। ବିଶୃଙ୍ଖଳା ଓ ବିଭେଦ ସୃଷ୍ଟି ହେଉଛି। ଅନେକ ସଦସ୍ୟ ଥବା ବଡ଼ ପରିବାର କଥା ଛାଡ଼ନ୍ତୁ, କେବଳ ପତି-ପତ୍ନୀ ଓ ଗୋଟିଏ/ଦୁଇଟି ପିଲାଙ୍କୁ ନେଇ ଗଠିତ ଛୋଟ ଛୋଟ ପରିବାରରେ ମଧ୍ୟ ଅଶାନ୍ତି ଓ ବିଶୃଙ୍ଖଳା ସୃଷ୍ଟି ହେଉଛି। ପତ୍ନୀ ଯଦି ପିଲାଙ୍କ ବିଷୟରେ ଅସଚେତନ, ଅସତର୍କ ଓ ପିଲାଙ୍କ ଆଚରଣ ପ୍ରତି ଧ୍ୟାନ ନଦିଅନ୍ତି, ଶତ ପ୍ରତିଶତ ଚେଷ୍ଟା କଲେ ମଧ୍ୟ ସେ ପିଲାକୁ ଏକା ମଣିଷ କରି ପାରିବ ନାହିଁ। ପିଲାଙ୍କୁ ଅତି ଗେହ୍ଲା କରି, ପତିର ପିଲାଙ୍କୁ ଆକଟ ବା ଅନୁଶାସନକୁ ବିରୋଧ କରନ୍ତି। ପିଲାଙ୍କ ଆଗରେ ଯଦି ପରସ୍ପରର ଚରିତ୍ରକୁ ନେଇ ଆକ୍ଷେପ କରନ୍ତି, ଝଗଡ଼ା ଲାଗନ୍ତି ତେବେ ସେ ପିଲାମାନେ ବି ଅନାୟସରେ ବିଗିଡ଼ି ଯାଆନ୍ତି। ସେହି ପରିବାର ଶୀଘ୍ର ନଷ୍ଟଭ୍ରଷ୍ଟ ହୋଇଯାଏ। ପରିବାର ସମୂହ ହିଁ ସମାଜ ଓ ଦେଶ। ଅଧିକାଂଶ ପରିବାରରେ ଯଦି ଏପରି ବିଶୃଙ୍ଖଳା ଦେଖାଦିଏ ତ ସମ୍ପୂର୍ଣ୍ଣ ସମାଜ ମଧ୍ୟ ବିଶୃଙ୍ଖଳିତ ହୋଇଯାଏ। ଉତ୍ତମା ପତ୍ନୀ ଯେ କି ସମଗ୍ର ସମାଜ ବା ସଂସାର ପାଇଁ ଶୁଭକରୀ, ଭାଗ୍ୟରେ ଥିଲେ ହିଁ ସେପରି ପତ୍ନୀ ପ୍ରାପ୍ତ ହୋଇଥାଏ। ତେଣୁ ଦୁର୍ଗା ସପ୍ତସତୀରେ ଦେବୀଙ୍କୁ ପ୍ରାର୍ଥନା କରାଯାଇଛି– "ପତ୍ନୀ ମନୋରମାଂ ଦେହି ମନୋବୃଉଧାନୁ ସାରିଣୀମ୍। ତାରିଣୀ ଦୁର୍ଗେ ସଂସାର ସାଗରସ୍ୟକୁ ଲୋଭବାମ୍।" ଅର୍ଥାତ୍ ହେ ସଂସାର ସାଗର- ତାରିଣୀ ଦୁର୍ଗେ। ମୋତେ ଉତ୍ତମକୁଲ ସମ୍ଭବା ମନୋହାରିଣୀ ପତ୍ନୀ ଦିଅନ୍ତୁ। ଯେ ସର୍ବଦା ମୋର ମନୋବୃଉିକୁ ଅନୁସରଣ କରୁଥିବ। ଶାସ୍ତ୍ରାନୁସାରେ ପତ୍ନୀ ଯଦି ପତିର ବଶରେ ରହେ ତ ଗୃହସ୍ଥାଶ୍ରମଠାରୁ ବଳି ଆଉ ଆଶ୍ରମ ନାହିଁ। ପତି ଓ ପତ୍ନୀ ପରସ୍ପରର ଅନୁକୂଳତା, ଧର୍ମାର୍ଥ କାମ ମୋକ୍ଷ ସିଦ୍ଧିର ପ୍ରଧାନ କାରଣ। ଅନୁକୂଳ ପତ୍ନୀ ମିଳେ ତ ଘର ସ୍ବର୍ଗ ହୋଇଯାଏ। ସ୍ବର୍ଗରେ ଆଉ କି ଲାଭ ? ଯଦି ପତ୍ନୀ ବିପରୀତ ସ୍ବାଭାବର ହୋଇଥାଏ ତ ନର୍କକୁ ଯିବାର ଆବଶ୍ୟକତା ନ ଥାଏ। ଘରେ ହିଁ ନର୍କର ଦୃଶ୍ୟ ଉପସ୍ଥିତ ହୋଇଯାଏ। ସୁଖ ପାଇଁ ଗୃହସ୍ଥାଶ୍ରମକୁ ସ୍ବୀକାର କରାଯାଇଥାଏ ମାତ୍ର ସୁଖ ପତ୍ନୀର ଅଧୀନ ଅଟେ। (ବ୍ରହ୍ମପୁରାଣ)

 କେତେକ ନାରୀ ନାରାୟଣୀ ତ କେତେକ ନାଗୁଣୀ। କିନ୍ତୁ ପ୍ରତ୍ୟେକ ନାରୀ ସୃଷ୍ଟିର ସର୍ଜନା ଏବଂ ବିନାଶର କାରଣ। ଶାସ୍ତ୍ରରେ କୁହାଯାଇଛି "କାମ ମୂଲଂ ଜଗସର୍ବଂ। "ଅର୍ଥାତ୍ ସୃଷ୍ଟିର ମୂଲରେ "କାମ" ନିହିତ। ଏହି କାମ ବା ଯୌନ ଉପଭୋଗ ପାଇଁ ପୁରୁଷ ଓ ନାରୀ ଉଭୟ ଲାଲାୟିତ। ପ୍ରାଚୀନ ଯୁଗରେ କାମ ପ୍ରବଣତା ଉପରେ ଲୋକେ ସଂଯମର ଅଙ୍କୁଶ ଲଗାଉଥିଲେ। ଅଧୁନା କିନ୍ତୁ ପାଶ୍ଚାତ୍ୟ ଶିକ୍ଷା ଓ ଚଳଣି ପ୍ରଭାବରେ ଯୌନ ଉପଭୋଗ ପାଇଁ ପରକୀୟା ପ୍ରେମ ଅତି ମାତ୍ରାରେ ବଢ଼ି ଚାଲିଛି ନିରଙ୍କୁଶ ଅବସ୍ଥାରେ। କିନ୍ତୁ ପୁରୁଷ ସର୍ବଦା ଶାସ୍ତ୍ର ଏହି ଅମୂଲ୍ୟ ଉପଦେଶ ମନେରଖିବା ଉଚିତ୍ ଯେ "ଆନଦୟନ୍ତି ପ୍ରମଦାସ୍ତାପୟନ୍ତି ଚ ମାନବମ୍। ସର୍ବା ଏକ ବିଶେଷେଣ କିମୁ ମାୟାମୟୀ ତୁ ସା।" ଅର୍ଥାତ୍ ପ୍ରାୟ ସବୁ ତରୁଣୀ ପୁରୁଷକୁ ପ୍ରଥମେ କିଛି ଆନନ୍ଦ ଦିଅନ୍ତି ଏବଂ ପଛରେ ଅନେକ ସନ୍ତାପ ଦିଅନ୍ତି। ସେ ତ ସହଜେ ମାୟାମୟୀ ଥିଲା। ତେଣୁ ସେ ତୁମକୁ ସନ୍ତାପ ଦେବାରେ ଆଶ୍ଚର୍ଯ୍ୟ ବା କ'ଣ ? (ବ୍ରହ୍ମପୁରାଣ ବ୍ରହ୍ମା, ରାଜା ଧନ୍ବନ୍ତରୀଙ୍କୁ କହିଲେ) ତେଣୁ ନିଜର ପରିବାର ତଥା ସମାଜର କଲ୍ୟାଣ ପାଇଁ ଗୁଣବତୀ ପତ୍ନୀର ଗ୍ରହଣ ଯଥାର୍ଥ ଅଟେ।

ମୋ କଥାରେ ପ୍ରତିବାଦ କରନି। ପ୍ରତିବାଦ ଭାରି ଭୟଙ୍କର, ଅନିଷ୍ଟକାରୀ, ଖୁବ୍ କ୍ଷତିକାରକ, ଅଦରକାରୀ ମଧ୍ୟ। ତାଦ୍ବାରା କ୍ଷତି ହେବ। କ୍ଷତିରେ ପଡ଼ିବା ଆମେ। ଆମ ପରିବାର କ୍ଷତିଗ୍ରସ୍ତ ହେବ। ଅସୁବିଧା ଉପୁଜିବ ଆମର। ଅଠୁଆ ବାହାରିବ। ବିଭ୍ରାଟ ସୃଷ୍ଟିହେବ ଆମ ଘରେ। ସଂସାର ଉଜୁଡ଼ି ଯିବାର ସମ୍ଭାବନା ମଧ୍ୟ ରହିଛି। ଯଦି ତୁମ ପ୍ରତିବାଦ ଜୋରଦାର ହୁଏ। ଆଉ ମୁଁ ଅଟଳ ରହେ ମୋ ଜିଦରେ। ତେଣୁ।

"ନିମିଉ ମୁଦୃଶ୍ୟ ହି ଯଃ ପ୍ରକୁପ୍ୟତି ଧୃବଂ ସ ତସ୍ୟା ପରମେ ପ୍ରଶାମ୍ୟତି। ଅକାରଣଂ ଦ୍ବେଷି ମନସ୍ତୁ ଯସ୍ୟ ବୈ କଥଂ ଜନସ୍ତଂ ପରିତୋଷୟିଷ୍ୟତି।" ଯେଉଁ ବ୍ୟକ୍ତି କୌଣସି କାରଣରୁ କ୍ରୁଦ୍ଧ ହୋଇଥାନ୍ତି; ସେହି କାରଣ ଦୂର ହେଲେ ସେ ପୁଣି ନିଶ୍ଚୟ ପ୍ରସନ୍ନ ହୁଅନ୍ତି, କିନ୍ତୁ ଯାହାଙ୍କର ମନ ବିନା କାରଣରେ ଶଠ୍ ଭାବାପନ୍ନ, କିଏ ତାକୁ ସନ୍ତୁଷ୍ଟ କରି ପାରିବ।

"ଲୋକେଷୁ ନିର୍ଧନୋ ଦୁଃଖୀ ରଣଗ୍ରସ୍ତ ସତୋଽଧିକମ୍। ତାଭ୍ୟାଂରୋଗଯୁତୋ ଦୁଃଖୀ ତେଭ୍ୟୋ ଦୁଃଖୀ କୁଭାର୍ଯ୍ୟକଃ।" ସଂସାରରେ ଦରିଦ୍ର ଦୁଃଖୀ ଅଟେ। ରଣ ଭାରରେ ଆକ୍ରାନ୍ତ ବ୍ୟକ୍ତି ତା'ଠାରୁ ବଳି ଦୁଃଖୀ। ଏ ହୁଁଙ୍କ ଅପେକ୍ଷା ସର୍ବଦା ରୋଗ ପିଡ଼ିତ ବ୍ୟକ୍ତି ଅଧିକ ଦୁଃଖୀ। ମାତ୍ର ଏ ସମସ୍ତଙ୍କ ଅପେକ୍ଷା ଯାହାର ଭାର୍ଯ୍ୟା ଦୁଷ୍ଟା ସେ ଅତ୍ୟଧିକ ଦୁଃଖୀ। ଆହୁରି ମଧ ଶାସ୍ତ୍ର କହିଛି "ମାତାଯସ୍ୟ ଗୃହନାସ୍ତି ଭାର୍ଯ୍ୟା ଚାପ୍ରିୟ ବାଦିନୀ। ଅରଣ୍ୟଂ ତେନ ଗନ୍ତବ୍ୟଂ ଯଥାରଣ୍ୟଂ ତଥା ଗୃହମ୍।" ଯାହାର ଗୃହରେ ମା' ନ ଥାଏ ଓ ସ୍ତ୍ରୀ ବ୍ୟଭିଚାରିଣୀ (ସ୍ୱାମୀ କଥାରେ ପରିଚାଳିତ ନ ହୋଇ ତାଙ୍କ ପ୍ରତି ବିରୋଧାଚାରଣ କରେ) ହୋଇଥାଏ, ତାଙ୍କଠାରୁ ଦୂରେଇ ଯାଇ ବଣକୁ ପଳାଇବା ଦରକାର। କାରଣ ତାହା ପାଇଁ ଗୃହ ଓ ବଣ ଉଭୟ ଏକାପରି। "ରାଜା ଘୃଣୀ ବ୍ରାହ୍ମଣଃ ସର୍ବଭିକ୍ଷୀ ସ୍ତ୍ରୀ ଚାବଶା ଦୁଷ୍ଟକୃତିଃ ସଦାୟଃ। ପ୍ରେଷ୍ୟ ପ୍ରତୀପୋଽଧିକୃତ ପ୍ରମାଦୀ ତ୍ୟାଜ୍ୟା ଇମେ ଯଃ କୃତଂ ନ ବେଦି।" ଘୃଣା କରୁଥିବା ରାଜା, ସର୍ବଗ୍ରାସୀ ବ୍ରାହ୍ମଣ, ଅବାଧସ୍ତ୍ରୀ, ମନ୍ଦ ପ୍ରକୃତିର ସାହାଯ୍ୟକାରୀ ପ୍ରତିକୂଳ ଭୃତ୍ୟ, ପ୍ରମାଦଯୁକ୍ତ ଅଧିକାରୀ ଯିଏ ନିଜର କର୍ତ୍ତବ୍ୟ ବିଷୟରେ ଅନଭିଜ୍ଞ ଏମାନଙ୍କୁ ତ୍ୟାଗ କରିବା ଉଚିତ୍। ଜଣେ ପ୍ରାଚୀନ ପ୍ରବର୍ତ୍ତକ ହେଉଛନ୍ତି ସଂସ୍କୃତରେ "ନୀତିସାରମ୍" ର ରଚୟିତା ତ୍ରୟୋଦଶ ଶତାବ୍ଦୀର କବି ଭଦ୍ରଭୂପାଳ। ସେଥିରେ ଥିବା ଶ୍ଳୋକଟି "କାର୍ଯ୍ୟେଷୁ ଦାସୀ, କରଣେଷୁ ମନ୍ତ୍ରୀ, ଭୋଜ୍ୟେଷୁ ମାତା, ଶୟନେଷୁ ରମ୍ଭା, ଧର୍ମେଽନୁକୂଳା କ୍ଷମୟା ଧରିତ୍ରୀ ଭାର୍ଯ୍ୟା ଚ ଷଡ୍‌ଗୁଣବତୀ ଦୁଲ୍ଲଭା।" କାର୍ଯ୍ୟକ୍ଷେତ୍ରରେ ମନ୍ତ୍ରୀ ସଦୃଶ, ସେବାରେ ଦାସୀପ୍ରାୟ, ଭୋଜନ ସମୟରେ ମାତା ସମାନ, ଶୟନବେଳେ ରମ୍ଭା ପରି, ଧର୍ମ ଆଚରଣରେ ଅନୁକୂଳ ଭାବ, କ୍ଷମା ଦେବାରେ ଧରିତ୍ରୀ ସମାନ—ଏହି ଷଡ୍ ଗୁଣବତୀ ଭାର୍ଯ୍ୟା ଦୁଲ୍ଲଭ।

ସୁନିମା ମୁଁ ସତ କହେ କି ମିଛ କହେ। ଠିକ୍ କହେ କିମ୍ବା ଭୁଲ କହେ, ପୁରାଣ ଶାସ୍ତ୍ରରୁ କହେ ନତୁବା ମନଗଢ଼ା (କାଳ୍ପନିକ କାହାଣୀ) କଥା କହେ। ଶାସ୍ତ୍ରରେ ଅଛି- "ସ୍ତ୍ରୀ ଷୁ ନର୍ମବିବା ହେ ଷୁ ବୃଭ୍ୟର୍ଥେ ପ୍ରାଣ ସଂକଟେ। ଗୋବ୍ରାହ୍ମଣାର୍ଥେ ହିଂସାୟାଂ ନାନୃତଂ ସ୍ୟା ଜ୍ଜୁଗୁପ୍ସିତମ୍।" ସ୍ୱାମୀମାନଙ୍କୁ ପ୍ରସନ୍ନ କରିବା ସକାଶେ, ହସ-ପରିହାସର ଆନନ୍ଦ ନେବା ଉଦ୍ଦେଶ୍ୟରେ, କୌଣସି ବର-କନ୍ୟାଙ୍କ ବିବାହ ବନ୍ଧନର ଅନୁଷ୍ଠାନ ପାଇଁ, ନିଜର ଜୀବିକା ରକ୍ଷା ହେତୁ, ପ୍ରାଣ ସଂକଟରୁ ଆମ୍ରକ୍ଷା କରିବାକୁ ଯାଇ, କୌଣସି ହିଂସାମ୍ଲକ ସ୍ଥିତିକୁ ରୋକିବା ନିମିତ୍ତ, ଗୋ-ବ୍ରାହ୍ମଣାଦିଙ୍କ ହିତ ସାଧନ ଲାଗି ଅସତ୍ୟ ବା ମିଥ୍ୟା କହିବା ନିନ୍ଦନୀୟ ନୁହେଁ। ସେଥିପାଇଁ ମୁଁ ଯଦି ମୋ ଜୀବିକା ବୃଭି ରକ୍ଷା ନିମିତ୍ତ ମିଥ୍ୟାର ଆଶ୍ରୟ ନିଏ, ତେବେ ତାହା ଧର୍ତ୍ତବ୍ୟ ଅପରାଧ ଭାବେ ଗଣ୍ୟ ହେବନି ଏବଂ ମୋ କଥାକୁ ବିଶ୍ୱାସ କରି ମହତ, ଶିକ୍ଷିତ ବିଦ୍ୱାନ ମାନେ ହିଁ ଆସିବେ। ଧର୍ମ ପରାୟଣ ବ୍ୟକ୍ତି ମୋ ପରାମର୍ଶ ଗ୍ରହଣ କରିବ। ନ୍ୟାୟବନ୍ତ, ନିଷ୍ଠାପର, ନୀତିନିଷ୍ଠ ଲୋକମାନେ ମୋ ଉପଦେଶ ମାନିବେ ମୂର୍ଖ, ଅମଣିଷ, ପାପାଚାରୀମାନେ ନୁହଁନ୍ତି। ସେଥିପାଇଁ ଶାସ୍ତ୍ରରେ ଲେଖା ହୋଇଛି "କାକଂ ପଦ୍ମବନେ ରତିଂ ନ କୁରୁତେ ହଂସ ନ କୃପୋ ଜଲେ, ମୂର୍ଖ ପଣ୍ଡିତ ସଙ୍ଗତେ ନରମତେ ଦାସୋନ ସିଂହାସନେ। କୁସ୍ତ୍ରୀ ସଜ୍ଜନ ସଙ୍ଗତେ ନରମତେ ନୀଚ ଜନ ସେବତେ ଯାଯସ୍ୟ ପ୍ରକୃତିଃ ସ୍ୱାଭାବ ଜନୀତ ନ କେନାପିନ ତ୍ୟଜ୍ୟତେ।" ଅର୍ଥାତ କୁଆ ପଦ୍ମ ବନରେ ବା ହଂସ କୁଥ ପାଣିରେ ଆମୋଦିତ ହୁଏ ନାହିଁ। ମୂର୍ଖ ବିଦ୍ୱାନମାନଙ୍କ ପ୍ରତି ବା ଚାକର ସିଂହାସନ ପ୍ରତି ଆକର୍ଷିତ ହୁଅନ୍ତି ନାହିଁ। ଦୁଷ୍ଚରିତ୍ରା ସ୍ତ୍ରୀ ସଜ୍ଜନଙ୍କ ସଙ୍ଗେ ନରହି ନୀଚ ବ୍ୟକ୍ତିଙ୍କ ସଙ୍ଗେ ରହିଥାଏ। ଯାହାର ଯେମିତି ପ୍ରକୃତି ଓ ସ୍ୱାଭାବ ତାକୁ ସେ କିପରି ଛାଡ଼ିବ। ତୁମେ ଯଦି ପ୍ରକୃତରେ ସୁଚିନ୍ତାନାରୀ ତେବେ କୌଣସି ପ୍ରତିବାଦ ନ କରି ମୋତେ ସହଯୋଗ ଦିଅ। ଯୁକ୍ତିତର୍କ ଛାଡ଼ି ମୋ କାମକୁ ପୂର୍ଣ୍ଣପ୍ରାଣରେ ସମର୍ଥନ କର। ବିନା ଆପତ୍ତିରେ ମୋ କଥା ମାନିନିଅ।

"ମୁକ୍ତାଫଲେଃ କିଂ ମୃଗପକ୍ଷିଣାଂ ଚ ମିଷ୍ଟାନ୍ନ ପାନଂ କିମୃଗର୍ଦ୍ଧଭାନାଂ, ଅନ୍ଧସ୍ୟ ଦୀପୋ ବଧିରସ୍ୟ ଗୀତଂ ମୂର୍ଖସ୍ୟ କିଂ ଶାସ୍ତ୍ର କଥା ପ୍ରସଙ୍ଗଃ।" ମୃଗ ଓ ପକ୍ଷୀମାନଙ୍କର ମୁକ୍ତା ଫଲରେ କିଛି ପ୍ରୟୋଜନ ନ ଥାଏ। ମିଷ୍ଟାନ୍ନ ଓ ପଣା ଗଧକୁ ଭଲ ଲାଗେନାହିଁ। ତେଣୁ ସେସବୁ ତା'ର ନିଷ୍ପ୍ରୟୋଜନ। ଅନ୍ଧ ନିକଟରେ ଦୀପସ୍ଥାପନ ଓ ବଧିର ନିକଟରେ ଗୀତଗାନ ବୃଥା।

ସେହିପରି ମୂର୍ଖ ପାଖରେ ଶାସ୍ତ୍ର ଆଲୋଚନା ନିରର୍ଥକ ଅଟେ। ତୁମ ନିକଟରେ ମୋର ଏ ଶାସ୍ତ୍ର ବିଷୟର ଆଲୋଚନା କେବଳ ବୃଥା ହିଁ ବୃଥା। ଆହୁରି ମଧ୍ୟ "ସ ସୁହୃଦ୍ ବ୍ୟସନେ ଯଃ ସ୍ୟାତ୍ ସ ପୁତ୍ରୋୟସ୍ତୁ ଭକ୍ତିମାନ୍, ସଭୃତ୍ୟୋ ଯୋ ବିଧେୟଜ୍ଞଃ ସାଭାର୍ଯ୍ୟା ଯତ୍ର ନିବୃତିଃ।" ଯେଉଁ ମିତ୍ର ବିପଦ ସମୟରେ ସାହାଯ୍ୟ କରେ ସେ ପ୍ରକୃତ ମିତ୍ର। ଯେଉଁ ପୁତ୍ର ପିତା ମାତାଙ୍କୁ ଭକ୍ତି କରେ, ସେ ପ୍ରକୃତ ପୁତ୍ର। ଭୃତ୍ୟର ଯାହା କର୍ତ୍ତବ୍ୟ ତାହା ଜାଣି ତଦନୁସାରେ ଯେ କାର୍ଯ୍ୟ କରେ, ସେ ପ୍ରକୃତ ଭୃତ୍ୟ। ଯେଉଁ ସ୍ତ୍ରୀ ନିଜର ସ୍ୱାମୀର ମନରେ ଶାନ୍ତି ଦାନ କରେ, ସେ ପ୍ରକୃତ ଭାର୍ଯ୍ୟା ଅଟେ। "ପତିର୍ହି ଦୈବତଂ ସ୍ତ୍ରୀଣା ପତିରେବ ପରାୟଣାମ୍, ଅନୁଗମ୍ୟଃ ସ୍ୱୟା ସ୍ୱାଧ୍ୱୀ ପତିଃ ପ୍ରାଣ ଧନେଶ୍ୱରଃ।" ସ୍ତ୍ରୀମାନଙ୍କର ସ୍ୱାମୀ ହିଁ ଦେବତା ତଥା ପରମ ଆଶ୍ରୟ। ତେଣୁ ନିଜର ପ୍ରାଣେଶ୍ୱର ସ୍ୱାମୀଙ୍କୁ ପତିବ୍ରତା ସ୍ତ୍ରୀ ଅନୁଗମନ କରିବା ଉଚିତ୍।

ସେସବୁ ଯାହା ହେଉ ସେ କଥା ଛାଡ଼। ମୋ କଥା ଶୁଣ। ମନେ ରଖ, କାମରେ ଆସିବ। ଉପକାରରେ ଲାଗିବ। ତୁମର ମଙ୍ଗଳ ହେବ, ସୁବିଧା ମଧ୍ୟ। ସୁଯୋଗ ପାଇବ ଏହାଦ୍ୱାରା। ଏହା ଯେଗୁଁ ତୁମେ ଉପକୃତ ହେବ। ତୁମ ଦରକାର ମେଣ୍ଟିବ। ଲକ୍ଷ୍ୟ ହାସଲ କରିପାରିବ। ଏଥରୁ ତୁମକୁ ସାଫଲ୍ୟ ମିଳିବ। ସୁଫଳ ଫଳିବ। ତୁମର ଲାଭ ହେବ। କେବଳ ଲାଭ। ନହେଲେ ପରେ ପସ୍ତେଇବ। ଅନୁତାପ କରିବ। ମନରେ ଅନୁଶୋଚନା ଆସିବ। ଦୁଃଖ ଭୋଗିବ। କଷ୍ଟ ପାଇବ। ହିନସ୍ତା ହେବ। ଅପଦସ୍ତ ହେଉଥିବ। ଅପମାନ ପାଉଥିବ। ବେଇଜ୍ଜତ ମଧ୍ୟ। ବହୁ ମୂଲ୍ୟ ଦେବାକୁ ପଡ଼ିବ ସେ ସକାଶେ। ଅଖୋଜା ଅଲୋଡ଼ା ହୋଇ ପଡ଼ି ରହିଥିବ କେବଳ। କେହି ପଚାରିବେନି। ତୁମକୁ କି ତୁମ ଆଡ଼େ ଆଡ଼ ଆଖିରେ ଚାହିଁବେନି, ଖୋଜିବେନି। ଆବଶ୍ୟକ ମନେ କରିବେନି ତୁମ ଉପସ୍ଥିତିକୁ। ତୁମ ସହଯୋଗକୁ। ତୁମ ସହୟତାକୁ। ତୁମ ସାହାଯ୍ୟକୁ। ଏପରିକି ତୁମ ସହଚର୍ଯ୍ୟକୁ। ତୁମ ସାନ୍ନିଧ୍ୟକୁ। ସେତେବେଳେ ତୁମେ ଭାଲି ହୋଇଥିବ। ଲୋଡୁଥିବ। ଖୋଜି ବୁଲୁଥିବ। ଅଞ୍ଜାଳୁ ଥିବ। ଦରାଣ୍ଡିବ। ଖିଆଲ ପକାଇବାକୁ ଚେଷ୍ଟା କରୁଥିବ। ଯତ୍ନ ନେଉଥିବ ମନେ ପକାଇବାକୁ। ଉଦ୍ୟମ ଅବ୍ୟାହତ ରଖିଥିବ ସ୍ମରଣ କରିବାକୁ। ହେଲେ ପାଉ ନ ଥିବ। ଦିଶୁ ନ ଥିବ ସେ ତୁମକୁ। ପାଖରେ ଥାଇ ବି ସେ ତୁମକୁ ହୋଇଥିବ ଅଦୃଶ୍ୟ। ତୁମକୁ ସେ ଅପ୍ରାପ୍ୟ ହେବ। ଅନୁଭବକୁ ଆଣି ପାରୁନଥିବ ସେ ଘଟଣାର ପ୍ରବାହକୁ। ହେଜି ପାରୁନଥିବ ସେ କଥାକୁ। ସ୍ମରଣକୁ ଆସୁନଥିବ। ବିସ୍ମରଣ ହୋଇଯିବ। ବହୁ ଦିନରୁ ଦେଖିଥିବା ସ୍ୱପ୍ନର କାହାଣୀ ପରି। ନିକଟରେ ଥିବ ଅଥଚ ତୁମେ ଜଳକାଙ୍କ ପରି ଦେଖି ପାରୁନଥିବ। ଅନ୍ଧାରକଣା (ଅନ୍ଧାର) ରାତିରେ କିଛି ଦେଖି ନ ପାରିଲା ପରି। ଜାଣି ପାରୁନଥିବ ତା'ର ଉପସ୍ଥିତି। ଭିକାରିଟି ଅନ୍ଧ ଅଭିନୟ କରିବାକୁ ଯାଇ ଆଖିବୁଜି ସୁନାଗରା ପାର ହୋଇଗଲା ପରି। ଅଦୃଶ୍ୟ ହୋଇଥିବ ତୁମକୁ। ସେତେବେଳେ ମୁଁ ତୁମ ପାଖରେ ନଥିବି କିମ୍ବା ମୋ ମୁହଁ ତୁମକୁ ଦିଶୁ ନଥିବ। ଯେତେ ନିରେଖି ଚାହିଁଲେ ସୁଦ୍ଧା। ଆଖି ମଳି, ଡୋଲା ରଗଡ଼ି, ନେଣ୍ଟରା ପୋଛି, ମେଣ୍ଟିଆ ସଫା କରି। ଦୃଷ୍ଟିକୁ ପ୍ରସାରିତ କରି ଯେତେ ଦୂରଯାଏ ଦୃଷ୍ଟି ଶକ୍ତି ଯାଇ ପାରିବ। ମୁହଁ ଧୋଇ ଅନାଇଲେ ସୁଦ୍ଧା। ତେବେ ମଧ୍ୟ ତୁମେ ସେ କାର୍ଯ୍ୟରେ ଅସଫଳ ହେବ। କୃତିତ୍ୱ ହାସଲ କରିପାରିବ ନାହିଁ। ଫେଲ ମାରିବ। ପରାଜିତ ହେବ। ହାରି ଯାଉଥିବ ବାରମ୍ବାର ଶୋଚନୀୟ ଭାବେ। ଅନୁଶୋଚନା କରିବା କେବଳ ସାର ହେଉଥିବ। କେବଳ ଶୁଭି ଯାଉଥିବ ମୋ କଥା, ମୋର ଉପଦେଶ ତୁମ କାନ ପାଖରେ ଗୁଞ୍ଜରି ଉଠୁଥିବ। ମୋ କାହାଣୀକୁ ହେଜୁଥିବ। ମୁଁ କହିଥିବା ମୋ ବାଣୀ ମନେ ପକାଉଥିବ। ସ୍ମରଣକୁ ଆଣିବାକୁ ଚେଷ୍ଟା କରୁଥିବ ମୋ ଚରମବାଣୀକୁ। ମୋ ଅନ୍ତିମ ଉପଦେଶକୁ। ମୋରି ସ୍ୱର ମୋ କଣ୍ଠ ନିସୃତ ଶେଷ କାହାଣୀ। ମୋ ପାଟିରୁ ବାହାରିଥିବା କଥା। ମୋ ଉଚ୍ଚାରିତ ବାକ୍ୟ ସମୂହ। ମୋ ମୁହଁରୁ ନିର୍ଗତ ଶବ୍ଦ ସମାରୋହ। ତୁମ କାନ ପାଖରେ ଶୁଭୁଥିବ। ପ୍ରତିଧ୍ୱନିତ ହେଉଥିବ ରହିରହି। ଅନେକ ଦିନ ପୂର୍ବରୁ ଶୁଣିଥିବା କଥାପରି।

କଥାରେ ଅଛି– ଯେ ଯାଏ ଓତରା, ସେ ଖାଏ କୋତରା। ନେଢ଼ି ଗୁଡ଼ କହୁଣୀକୁ ବୋହି ଯାଉ। ଟେକୁଥା କହୁଣି ଚାଟିବାକୁ। କୋଉ ଚାଟି ହେବ ? ଏମିତି ସବୁକଥା ଆଉ ଯେ ବି ସଂସାର ଖେଳର ଗୋଟେ ଅଧ୍ୟାୟ, ଭାଗ ଓ ଭାବ।

ରାଜା ପଚାରିବେ– (ପଣ୍ଡିତେ କୁହ ଏଥର କ'ଣ ହେବ ?) ତୁମେ କହିବ ଛାମୁଙ୍କର ପୁତ୍ର ସନ୍ତାନ ଲାଭଯୋଗ। ଡକାଇ ପଠାଇବେ ରାଣୀମା'। ତାଙ୍କର ସେହି ଏକାପ୍ରକାର ପ୍ରଶ୍ନ–(ପଣ୍ଡିତେ) ଗୋସେଇଁ କହନ୍ତୁ। କରୁଣା କରନ୍ତୁ। ଦୟାପରବଶ ହୋଇ ମୋ ପ୍ରତି ପ୍ରସନ୍ନ ହୁଅନ୍ତୁ। ସଦୟ ହୁଅନ୍ତୁ। ଅନୁଗ୍ରହ ଘେନା କରନ୍ତୁ। ବିନତି ଗ୍ରହଣ କରନ୍ତୁ। ମିନତୀ ରଖନ୍ତୁ। କୃପା କରନ୍ତୁ, ଗୋସେଇଁଙ୍କର ସୁଦୟା ହେଉ।) ଏଥର ତୁମେ ଉତ୍ତର ଦେବ। କନ୍ୟାରତ୍ନ ରାଣୀମା'ଙ୍କ କୋଳ ମଣ୍ଡନ କରିବ। ପୁଅ ହେଲେ ରାଜା ଖୁସି ହେବେ। ଉତ୍ସବ ଲାଗିବ। ରାଜ ନଗର ଉଠିବ ଆଉ ପଡ଼ିବ। ରାଣୀଙ୍କ କଥା ଶୁଣୁଛି କିଏ ? ତାଙ୍କ ଆପଉ ଶୁଣିବାକୁ କାହାରି ପାଖରେ ବେଳ ନଥିବ। ତାଙ୍କ ଅଭିଯୋଗ ବୁଝିବା ପାଇଁ ଅବସର ଥିଲେତ ? ଅବକାଶ ଆସିବ କୁଆଡୁ ? 'ଫୁରସତ ମିଳିଲେ ସିନା ? ତର ସହିଲେ ଯାଇ ? ସେଥିପାଇଁ ସମୟ କାହିଁ ? ରାଜା ମାତିଥିବେ ଉତ୍ସବରେ। ନୂଆ ରାଜାଙ୍କ ଜନ୍ମୋତ୍ସବ ପାଳନରେ। ରାଜ କର୍ମଚାରୀ ଗଣ ରାଜାଦେଶ ପାଳନରେ ବ୍ୟସ୍ତ ଥିବେ। ସମସ୍ତେ ଯେଉଁ କାମରେ ଲିପ୍ତ ରହିଥିବେ। ଦୁଃଖୀ ରଙ୍କିକୁ ଦାନ ଭୂରି ଭୋଜନ। ଗରିବଙ୍କୁ ବସ୍ତ୍ର ବିତରଣ। ଭୂମିହୀନଙ୍କୁ ଜମି ବଣ୍ଟନ। ଦରିଦ୍ରଙ୍କୁ ଅର୍ଥ ସହାୟତା ପ୍ରଦାନ। ରାଜାଙ୍କର ପୁଅ ହୋଇଛି। ନୂଆ ରାଜା ଜନ୍ମ ହୋଇଛନ୍ତି। ଭାବି ରାଜାଙ୍କର ଜନ୍ମ ପର୍ବ ପାଳନ କରାଯାଉଛି ମହାଆଡମ୍ବର ସହକାରେ। ବଡ଼ ଧୁମଧାମରେ। ଲାଗିଥିବେ ରାଜ କର୍ମଚାରୀ ଗଣ ନିଜର କର୍ତ୍ତବ୍ୟରେ। ଚାଲିଥିବ ଉତ୍ସବ ପାଳନ ପର୍ବ। ଗୋଲଚହଲ ଲାଗିଥିବ ରାଇଜ ସାରା। କୋଲାହଳରେ ଫାଟି ପଡୁଥିବ ରାଜଉଆସ। ଲଣ୍ଠଭଣ୍ଠ ହେଉଥିବେ ଲୋକମାନେ। ପ୍ରଜାମାନେ ହାଉଜାଉ ହେଉଥିବେ। ନିମନ୍ତ୍ରିତ ଅତିଥିମାନଙ୍କର ଗହଳି ଲାଗିଥିବ, ରାଜବାଟି ଉତ୍ସବ ମୁଖର।

ରାଣୀଙ୍କ କଥା ଚପା ପଡ଼ିଯିବ ଅନ୍ତ ପୁରରେ। ସେ କଥା ଏରୁଣ୍ଡି ବନ୍ଦ ଡେଇଁ ବାହାରି ଆସି ପାରିବନି ପଦାକୁ। ବାହାରକୁ ସେ କଥାର ସ୍ୱରଶବ୍ଦ ଶୁଣାଯିବନି। ସେ କେବଳ ମନେମନେ ଗୁଣି ହେଉଥିବେ କଅଁଲା ଛୁଆ ପାଖରେ ଏଣ୍ଡୁରି ଘରେ ଶୋଇରହି–ପଣ୍ଡିତେ ଭାରି ମିଛୁଆ, ଠକ, ଦଗାବାଜ, ବାଆସଟିଆ, ବମ୍ବୁଲିଆ, ଭଗିଲିଆ, ଫିସାଦିଆ, ବାଆପିଆ, ଗାଲୁଆ, ଦଲାରୀ, ସେଥିରୁ ମୋର ଯାଏ ଆସେ କେତେ। ମାଇପି କଥାରେ ବା ମୂଲ୍ୟ କ'ଣ ଅଛି ଯେ ମୁଁ ଯିବି ତାକୁ ଶୁଣିବାକୁ ? କେବେ ରାଣୀ ଯଦି ରାଜାଙ୍କୁ ଏକଥା କହନ୍ତି, ତେବେ ରାଜା ତାଙ୍କ କଥା ଉପରେ ଗୁରୁତ୍ୱ ଦେବେନି ଓଲଟି କହିବେ ତୁମେ ଭୁଲ ଶୁଣିଛ କିମ୍ବା ତୁମେ ମନରେ ରଖିନା। ପଣ୍ଡିତେ ପୁଅ ହେବା କଥା କହିଛନ୍ତି, ମୁଁ ନିଜେ ତାଙ୍କ ମୁହଁରୁ ଶୁଣିଛି। ଏହାପରେ ରାଣୀ ସେ କଥାକୁ ଆଉ ବାହାରେ କେଉଁଠ ଉଠାଇବାକୁ ଭରସି ପାରିବେ ନାହିଁ।

ଯଦି ହେଲା ଝିଅ। ତେବେ ରାଣୀ ମହା ଆନନ୍ଦରେ ଅଧୀର ହେବେ। ତୁମର ପ୍ରଶଂସା ବହୁତ ଉତ୍ସାହରେ ଗାଇ ବୁଲିବେ। ଅନେକ ପ୍ରଶସ୍ତି କରିବେ ତୁମର। ତୁମକୁ ସାବାସି ଦେବେ। ତାରିଫ କରିବେ ତୁମର (ଗୋସେଇଁଙ୍କ ଗଣନା ନିର୍ଭୁଲ। ଭବିଷ୍ୟତ କଥା ଅଭ୍ରାନ୍ତ। ପୂରାପୂରି ଠିକ୍।) ସେଥି ସକାଶେ ତୁମକୁ ଭିତିରିଆ ରାଜାକୁ ଲୁଚାଇ ପୁରସ୍କାର ମଧ ଦେବେ। ତାଙ୍କ ଅନୁଗ୍ରହ ତୁମ ଉପରେ ଅଜାଡ଼ି ହୋଇ ପଡ଼ିବ। ତୁମ ପ୍ରତି ତାଙ୍କର ଦୟା ରହିବ। ଅନୁକମ୍ପା ମିଳିବ ତାଙ୍କ, ସହାନୁଭୂତି ବି। କନ୍ୟାରତ୍ନ ହସହସ ମୁହଁକୁ ଚାହିଁ ସେ ହେବେ ବିଭୋର। କନ୍ୟାଦାନ ମହାପୁଣ୍ୟ ପ୍ରାପ୍ତି ଆଶା ତାଙ୍କୁ ଅତ୍ୟାନନ୍ଦରେ ବିମୋହିତ କରିବ। ସେ ଖୁସିରେ ମଜଗୁଲ ରହିବେ।

କିନ୍ତୁ ପ୍ରତିବାଦ କରିବେ ରଜା। ଡାକରା ପାଇ ତୁମକୁ ଯିବାକୁ ପଡ଼ିବ। ବେଉରା ଧରି ଆସି ପହଁଚିବ ପିଆଦା। ତୁମେ ଚାଲିବ ଦୂତ ପଛେ ପଛେ। ରାଜା ପଚାରିବେ– (ପଣ୍ଡତେ ତୁମ ଗଣନାରେ ତୃଟି। ତୁମ କୋଷ୍ଠି ବିଚାର ନିର୍ଭୁଲ ନୁହେଁ। ତୁମେ ଜାତକ ଦେଖ ଜାଣିନାହଁ। ଜ୍ୟୋତିଷ ଶାସ୍ତ୍ରରେ ତୁମର ପ୍ରବେଶ ନାହିଁ। ସେ ବିଦ୍ୟାରେ ତୁମର ଗଭୀର ଚାଷ ନାହିଁ। ତୁମ ଭବିଷ୍ୟତ କଥା ସବୁ ମାରାତ୍ମକ ଭାବରେ ଭୁଲ।)

ତୁମେ ଡରି ଡରି ଭୟମିଶା ସ୍ୱରରେ ଉତ୍ତର ଦେବ ରହିରହି। କାତର କଣ୍ଠରେ ମିନତିଭରା ମୃଦ୍ଧାରେ କହିବ।

ନିବେଦନାଞ୍ଜଲି ପୁଟରେ ଆବେଦନ କରିବା ଭଙ୍ଗିରେ ଯୋଡ଼ ହସ୍ତ ହୋଇ ଜଣାଇବ (ଅଧମର ଦୋଷ ରହିଲା। କେଉଁଠି ଛାମୁ?) ରାଜା ନିଶ୍ଚିନ୍ତ କହିବେ (ତୁମେ କହିଥିଲ ପୁତ୍ର ସନ୍ତାନ ଲାଭ। କିନ୍ତୁ ଇୟେ କ'ଣ ହେଲା?)

ତୁମେ ମୁଣ୍ଡ କୁଣ୍ଠାଇ ହେବ ହାତରେ। ମୁହଁ ତଳକୁ ପୋତି ଉତ୍ତର ଦେବ– ଇୟେନା ଗୋଟେ କଥା। ଛାମୁଙ୍କ ପ୍ରଶ୍ନର ଉତ୍ତର ମୁଁ କ'ଣ ଏତେ ତରବରରେ ଖାମ ଖିଆଲି ହୋଇ ଦେଇଛି ଯେ ଭୁଲ ହେଲା? ମୁଁ ବେଶ ଭଲଭାବରେ ବୁଝିଶୁଝି, ଥଣ୍ଡା ମୁଣ୍ଡରେ, ସ୍ଥିର ଚିତ୍ତରେ, ଅବିଚଳିତ ମିଞ୍ଜାସରେ, ଅଟଳ ବିଶ୍ୱାସରେ, ବିଚାର ବୁଦ୍ଧି ଖଟାଇ, ଧୀର ସୁସ୍ଥ ଭାବରେ ଗଣନା କରି କୋଷ୍ଠି ବିଚାର କରିଛି। ଛାମୁ ରାଜ୍ୟ ଗୋଟାକର ସବୁଭାର ମୁଣ୍ଡାଇଅଛନ୍ତି? ରାଜ୍ୟ ଯାକର ଲୋକଙ୍କ ଆପତି, ଅଭିଯୋଗ, ହାରି, ଗୁହାରି, ଫେଗାଦୀ ଶୁଣୁଛନ୍ତି। କେତେ କଥା ବୁଝୁଛନ୍ତି। କେତେ ପ୍ରକାର ମାମଲାର ବିଚାର କରୁଛନ୍ତି। କେତେ ରକମର ଫଇସଲା ଶୁଣାଉଛନ୍ତି। ମୁଣ୍ଡ ଖେଲାଉଛନ୍ତି କେତେ ଆଡ଼କୁ। କେତେ ଦିଗକୁ ନିଘା ରଖୁଛନ୍ତି। ଦୃଷ୍ଟି ଦେଉଛନ୍ତି ସବୁ ବିଷୟ ପ୍ରତି। ନଜର ରଖୁଛନ୍ତି ସମସ୍ତଙ୍କ ହାବଭାବ ଓ କାର୍ଯ୍ୟ କଲାପକୁ। ଲକ୍ଷ୍ୟତ ଛାମୁଙ୍କର ଗୋଟିଏ ଆଡ଼କୁ ନୁହେଁ। ଛାମୁଙ୍କର ନଜର ଗୋଟିଏ ଦିଗକୁ କେବଳ ନାହିଁ? ରାଜ୍ୟର ଭଲମନ୍ଦ ସବୁତ ଛାମୁଙ୍କ ଉପରେ। ରାଜ୍ୟର ହାନିଲାଭକୁ ଏକାତ ଛାମୁ ଦାୟୀ। ରାଜ୍ୟର ସବୁ ସମସ୍ୟାତ ଛାମୁଙ୍କ ଉପରେ ନିର୍ଭର କରେ। ଗୋଟିଏ ରାଜ୍ୟର ବୋଝ ସମ୍ଭାଲି ରାଜ୍ୟଯାକର କଥା ମୁଣ୍ଡରେ ପୂରାଇ, ମନକୁ ବିଭିନ୍ନ ଆଡ଼ୁ ଅନେକ ପ୍ରକାର ଭାବନା ଆସୀ କେତେ ରକମର ଚିନ୍ତା କରି ହୁଏତ ଏହି କଥାଟିକୁ ପାଶୋରି ଦେଇଥିବେ। ଭୁଲି ଯାଇଥିବେ। ମନରେ ନଥିବ। ହେଜ ହେଉ ନ ଥାଇ ପାରେ। ସ୍ମରଣକୁ ଆସୁ ନ ଥବ। ବିସ୍ମରଣ ହୋଇ ଯାଇଥିବ। ମୁଁ ଛୋଟ ମୁହଁରେ ବଡ଼ କଥା କ'ଣ କହିବି? ଛାମୁସିନା ବାରଆଡ଼ର ତେର ରକମ କଥା ମୁଣ୍ଡରେ ପୂରାଇ ଭୁଲି ଯାଇଥିବେ। ହେଲେ ରାଣୀ ମା'ଙ୍କ ମନେଥବ। ତାଙ୍କୁ ପଚାରି ବୁଝିବାକୁ ଅଧମ, ଅକିଞ୍ଚନ ଅକ୍ଷମ ଅବୋଧ ସେବାକାରୀ ଛାମୁଙ୍କ ଶ୍ରୀଚରଣ ତଳେ ନିବେଦନ କରୁଛି। ରାଜା ସେଇଠୁ ଚାହିଁବେ ରାଣୀଙ୍କ ଆଡ଼େ। ରାଣୀ ତୁମକୁ ସମର୍ଥନ ଦେବେ। ତୁମକୁ ସପଟ କରିବେ। ତୁମ ପକ୍ଷ ନେବେ। ତୁମ ଆଡ଼ିଆ ହୋଇ କହିବେ–(ନା ମଣିମା ପଣ୍ଡିତେ ଠିକ୍ କହିଛନ୍ତି। ଗୋସେଞ୍ଜଙ୍କ କଥାତ ପୂରାପୂରି ନିର୍ଭୁଲ। ମୁଁ ତ ଏକା ଶୁଣିନି। ପଚାରନ୍ତୁ ଏଇ ମରୁଆ, ମାଲତୀ, ସେବତୀ, ରେବତୀ ବଉଳ ପ୍ରଭୃତିଙ୍କୁ) ସେମାନେ ସବୁ ହେଲେ ରାଣୀଙ୍କ ପରିଚାରିକାଗଣ। ସେମାନେ ଉତ୍ତର ଦେବେ–(ହଁ ମଣିମା। ରାଣୀମା' ଠିକ୍ କହୁଛନ୍ତି। ପଣ୍ଡିତେ ଗୋସେଞ୍ଜ ଏଇଆ କହିଥିଲେ। ଆମେ ସମସ୍ତେ ଶୁଣିଛୁ ତାଙ୍କରି ମୁହଁରୁ।)

ରାଜା ହେଜି ହେବେ। ରାଜା ଭାଲି ହେବେ। ଗୁଣି ହେବେ। ଚିନ୍ତା କରିବେ ମନେମନେ ଗଭୀର ଭାବରେ ଭାବିବେ ହୋଇଥିବେ। ରାଜ୍ୟ ଯାକର ଚିନ୍ତା ମୋ ମୁଣ୍ଡରେ। ମୋ ଉପରେ କେତେ ଦାୟିତ୍ୱ। କେତେ ଆପତ୍ତି ଶୁଣୁଛି। କେତେ ଗୁହାରି ବିଚାର କରୁଛି। କେତେ ଅଭିଯୋଗର ଅନୁସନ୍ଧାନ କରୁଛି। କେତେ ରକମର କଥା ବୁଝୁଛି। କେତେ ମାମଲାର ଫଇସଲା ଶୁଣାଉଛି। ହୁଏତ ମୋ ମନେ ନ ଥବ। ଭୁଲି ଯାଇଥିବି। ପାଶୋରି ପକାଇଥିବି। ବୋଧେ ସେଇଆ ହୋଇଥବ।

ଦେଗଲା ଦଣ୍ଡ ବଦଳରେ ତୁମେ ପାଇବ ପୁରସ୍କାର। ରାଜା ତୁମର ପ୍ରଶଂସା କରିବେ। ତାରିଫ କରିବେ। ବାହାବା ଦେବେ। ତୁମ ପିଠି ଥାପୁଡ଼ାଇ ସାବାସି କହିବେ। ରାଜ୍ୟ ସାରା ତୁମ ଖ୍ୟାତି ବ୍ୟାପିଯିବ। ତୁମ ଭାଉ ବଢ଼ିଯିବ କାହିଁରେ କେତେ। ରାଜନୁଗ୍ରହ ତୁମେ ପାଇପାରିଥିବାରୁ ରାଜାଙ୍କ ଶୁଭ ଦୃଷ୍ଟି ତୁମ ଉପରେ ପଡ଼ିବାରୁ। ରାଜାଙ୍କ ଦ୍ୱାରା ତୁମେ ପ୍ରଶଂସିତ ହୋଇଥିବାରୁ। ରାଜାଙ୍କ କୃପା ତୁମ ପ୍ରତି ଥିବାରୁ ରାଜାଙ୍କ ସ୍ୱୀକୃତି ତୁମ ପଛରେ ରହିବାରୁ। ରାଜାଙ୍କ ସମର୍ଥନ ବଳରେ ରାଜାଙ୍କ ପ୍ରଭାବରୁ ତୁମେ ଉପରକୁ ଉଠିବ। ତୁମ ପାଖରେ କାରିକା ପାଇଁ ଲମ୍ୱାଧାଡ଼ି ଲାଗିଯିବ। କୋଷ୍ଠି ବିଚାର ଲାଗି ଜନ୍ମ କୁଣ୍ଡଲି ଧରି ଲୋକମାନେ ତୁମ ଅପେକ୍ଷାରେ ଦିନ ରାତି ପଡ଼ି ରହିବେ। ତୁମେ ଖାଲି ତାଲିକା

ପରେ ତାଲିକା ଦେଇ ଚାଲିଥିବ । ବରାଦ କରୁଥିବ ଯଜମାନମାନଙ୍କୁ ଏଇଆ କର, ସେୟାକର, ଇୟାକର ତାହା କର । ରୋଜଗାର ବଢ଼ିଯିବ କାହିଁରେ କ'ଣ । ସୁନିମା କେଉଁ ଲୋକ କେଉଁଥିରେ ଓ କିପରି ସନ୍ତୁଷ୍ଟ ହୋଇପାରିବ । ସେ ବିଷୟରେ ଗୋଟିଏ ଶ୍ଲୋକ ଅଛି– 'ମିତ୍ରଂସ୍ୱଚ୍ଛତୟା ରିପୁଂ ନୟବଲୈର୍ଲୁବ୍ଧଂ ଧନୈରୀଶ୍ୱରଂ କାର୍ଯ୍ୟେଣ ଦ୍ୱିଜମାଦରେଣ ଯୁବତୀଂ ପ୍ରେମ୍ଣା ଶମୈର୍ବାନ୍ଧବାନ ଅତ୍ୟୁଗ୍ରଂ ସ୍ତୁତିଭିର୍ଗ୍ରୁଂ ପ୍ରଣତିଭି ମୂର୍ଖଂ କଥାଭିର୍ବୁଧ ବିଦ୍ୟାଭାୀରସିକଂ ରସେନ ସକଲଂ ଶୀଲେନ କୁର୍ୟ୍ୟା ଦୃଶମ୍ ।' ଅର୍ଥାତ୍ ମିତ୍ରକୁ ନିର୍ମଳ ଭାବରେ, ଶତ୍ରୁକୁ ଆଇନ ବା ନୀତି ବଳରେ, ଲୋଭୀକୁ ଧନରେ, ମାଲିକକୁ କାର୍ଯ୍ୟ ସଂପାଦନରେ, ବ୍ରାହ୍ମଣକୁ ଆଦର ଯତ୍ନରେ, ଯୁବତୀକୁ ପ୍ରେମରେ, ବନ୍ଧୁମାନଙ୍କୁ ସମତା ଭାବରେ, କ୍ରୋଧୀକୁ ପ୍ରଶଂସାରେ, ଗୁରୁଙ୍କୁ ପ୍ରଣାମରେ, ମୂର୍ଖକୁ ଏଣୁତେଣୁ କଥାରେ, ପଣ୍ଡିତଙ୍କୁ ଜ୍ଞାନରେ, ରସିକକୁ ରସମୟ ଭାବରେ ବା ଆଚରଣରେ ଏବଂ ସମସ୍ତଙ୍କୁ ମୋଟାମୋଟି ସୁ ଆଚରଣରେ ତୋଷ କରାଯାଇପାରେ । ଅବଶ୍ୟ କେତେକ ଏହାକୁ ତମାଦି ଯୁଗର ବିଚାର ବୋଲି କହି ଥାଆନ୍ତି ।

ସୁନିମା ଯୁଗସିନା କଦଲିଛି, କିନ୍ତୁ କଥା ରହିଛି ସେହିପରି, ଆଗପରି, ପୂର୍ବଭଳି, ସେହି ଢଙ୍ଗରେ, ସେହି ରଙ୍ଗରେ, ସେହି ବାଗରେ, ସେହି ବରଗରେ, ସେହି ପଦ୍ଧତିରେ, ସେହି ଉପାୟରେ, ସେହି ଶୈଳୀରେ, ସେହି ଆଚାରରେ, ସେହି ବିଚାରରେ । (ଜନ୍ମ, ମରଣ, ବରଷା, କହି ନ ପାରନ୍ତି ପୁରୁଷା) ଭବିଷ୍ୟତ କଥା କାହାରି ସଂପୂର୍ଣ୍ଣ ରୂପେ ଶହେକୁ ଶହେ ନିର୍ଭୁଲ ଭାବରେ ଠିକ୍ ହେଲାଣି ନା ମୋର ସତ ହେବ । ମୁଁ ଯଦି ଗୋଟିଏ ରକମର କଥା, ଏକା ପ୍ରକାରର ଭବିଷ୍ୟବାଣୀ ସମସ୍ତଙ୍କୁ କହିବି, ତେବେ ନିଶ୍ଚିନ୍ତ ଧରା ପଡ଼ିଯିବି । ମୋ ଦୁର୍ବଳତା ପଦାରେ ପଡ଼ିଯିବ । ମୋ ଗଫଲତି ବାହାରେ ପ୍ରକାଶ ପାଇଯିବ । ଜଣା ପଡ଼ିଯିବ ମୋର ନପାରିଲା ପଣ । ମୋ ଅକର୍ମା ଢଙ୍ଗ । ମୋ ଅଯୋଗ୍ୟ ପଣିଆ ଜାଣିପାରି ଲୋକେ କହିବେ-ଏଇଟା ଠାସ ମାରୁଛି । ଗାଲୁ ପେଲୁଛି । ମିଛ କହୁଛି । ସୁଦୁ ମିଛ । ନିହାଟି ମିଥ୍ୟାବାଦୀ ଏଇଟା । ଗାଲୁ ସମ୍ରାଟ । ଠାସୁଆ ରାଜା । କାମରେ ଆଦୌ କିଛି ନୁହେଁ । ଖାଲି ତୁଚ୍ଛାଟାରେ ମୁହଁ ଭୁରୁଡ଼ି ମାରୁଛି । ନଖୁରାଟାରେ ଷୋଳପଣ ହୁକୁମିଆତି ଜାରି କରୁଛି । ନିରାଟ ବମ୍ଫୁଲିଆଟା । ବାହାପିଆଟା, ଷାଠୁଆଟା, ବାୟାସଠିଆଟା । ତା'ପରେ ଯଜମାନଙ୍କ ପାଖରେ ମୋର ପତିଆରା ରହିବନାହିଁ । ମୋ ଭାଉ ଚଲିବନି । ମୋ ହାକିମିଆତି ଚାଲିବନି ଆଉ । ବୁଡ଼ିଯିବ ମୋର ପାଣ୍ଡିତ୍ୟ ଭାବ । ଉଡ଼ିଯିବ ଟାଣପଣ । ମିଲାଯିବ ବାକଚାତୁରିପୂର୍ଣ୍ଣ କଥା କହିବାର ଢଙ୍ଗ । ଛିଡ଼ିଯିବ ଲୋକମାନଙ୍କର ବିଶ୍ୱାସର ଡୋରି ମୋ ଉପରୁ । ଭାଙ୍ଗିଯିବ ମୁହଁଖୋର କଥା ବଖାଣିବାର ଓସ୍ତାଦି ରଙ୍ଗ । ଯଜମାନି ଯିବ । ପୁରୋହିତ କର୍ମ ନକଲେ ଆମେ ଚଲିବା କେମିତି ? ରୋଜଗାର ନହେଲେ ଚୁଲି ଉପରକୁ କିପରି ହାଣ୍ଡିଯିବ ? ତୁମେ କେମିତି ଆସନ ଉପରେ ଚକାପାଡ଼ି ବସି ଶିଲ୍ପୁଆ ପରି ଗୁଣ୍ଟାମାନ ଗେଫା ମାରିବ ? ସେ କଥା କେବେ ଥରେ ଚିନ୍ତା କରିଛ କି ? ଭାବିଛକି ଆମ ଭବିଷ୍ୟତ ସମ୍ପର୍କରେ ? ଆମ ପିଲାମାନଙ୍କ ବିଷୟରେ ?

"ତ୍ୟଜନ୍ତି ମିତ୍ରାଣି ଧନୈଃ ବିହୀନଂ, ଦାରାଃ ଚ ଭୃତ୍ୟାଃ ଚ ସୁହୃଦ ଜନା ଚ । ତଂ ଚ ଅର୍ଥବନ୍ତ ପୁନଃ ଆଶ୍ରୟନ୍ତେ, ହି ଅର୍ଥଃ ହି ଲୋକେ ପୁରୁଷସ୍ୟ ବନ୍ଧୁଃ ।" ନିର୍ଦ୍ଧନ ମନୁଷ୍ୟକୁ ମିତ୍ର, ସ୍ତ୍ରୀ, ଚାକର ହିତୈଷୀ ଲୋକାମାନେ ଛାଡ଼ି ଦିଅନ୍ତି, କିନ୍ତୁ ପୁଣି ଧନହେଲେ ତାହାରି ଆଶ୍ରୟକୁ ଚାଲି ଆସନ୍ତି । ଅର୍ଥାତ୍ ଧନ ହେଉଛି ମନୁଷ୍ୟର ଭାଇ-ବନ୍ଧୁ । ଧନ ନ ଥିଲେ ମୋର ରୋଜଗାର କମିଗଲେ ତୁମର ମୋ ପ୍ରତି ଥିବା ସମର୍ପିତ ଭାବ ଉଣାପଡ଼ିଯିବ । ଆଦର ଲୋପ ପାଇବ । ସୋହାଗର ହାନି ହେବ । ବର୍ତ୍ତମାନ ଯେପରି ତୁମେ ମୋ କଥାକୁ ତିଲେ ତଳେ ନ ପକାଇ ଅତ୍ୟନ୍ତ ନିଷ୍ଠାର ସହ ପାଲନ କରୁଛ । ମୋ ଡାକକୁ ଏଇନେ ଯେମିତି କାନ ଡେରି ରହିଛ । ଡାକିଲା ମାତ୍ରେ ଆସି ପାଖରେ ହାଜର ହେଉଛ । ମୋର ରୋଜଗାର କମିଗଲେ ଆଉ ସେପରି (ଏବେ ପରି) ପାଲନ କରିବାକୁ କୁଣ୍ଠା ପ୍ରକାଶ କରିବ । ମୋ ଡାକ ଶୁଣି ସାରିଲା ପରେ ସୁଦ୍ଧା ନ ଶୁଣିଲା ପରି ଅଭିନୟ କରିବ । ଯେତେବେଳେ ହାତଧରି ବାହା ହୋଇଥିବା ଧର୍ମପତ୍ନୀ ତୁମର ଅନୁରକ୍ତ ନ ହୋଇ ତୁମ

ପ୍ରତି ଫଳାଉଥିଲା ପରି ବ୍ୟବହାର କରିବ, ସେପରି ସ୍କୁଲେ ଅନ୍ୟମାନଙ୍କର କଥା ନ କହିବା ବରଂ ଭଲ। ତେଣୁ ଟଙ୍କା ରୋଜଗାର କରିବାର ପଥ ସବାଆଗେ ସଫା ରଖିବା ପ୍ରତ୍ୟେକ ବ୍ୟକ୍ତିର ପ୍ରଥମ ଓ ପ୍ରଧାନ କର୍ତ୍ତବ୍ୟ ହେବା ଉଚିତ୍। କାରଣ ଜଣକର ବୁଦ୍ଧି ଓ ବଳ ଉପରେ ତା'ର ନୁହେଁ ତା'ଉପରେ ନିର୍ଭରଶୀଳଙ୍କ ସୁଖ ଓ ବିକାଶ ତଥା ସମୃଦ୍ଧି ପୂରା ମାତ୍ରାରେ ନିର୍ଭର କରେ।

"ଅପୁତ୍ରସ୍ୟ ଗୃହଂ ଶୂନ୍ୟଂ ସନ୍ ମିତ୍ର ରହିତସ୍ୟ ଚ ମୂର୍ଖସ୍ୟ ଚ ଦିଶଃ ଶୂନ୍ୟା ସର୍ବଶୂନ୍ୟା ଦରିଦ୍ରତା।" ପୁତ୍ରହୀନ ବ୍ୟକ୍ତି ଗୃହଶୂନ୍ୟ। ଉତ୍ତମ ମିତ୍ର ହୀନ ଲୋକ ଏବଂ ମୂର୍ଖର ଚତୁର୍ଦ୍ଦିଗ ଶୂନ୍ୟ; ମାତ୍ର ଦରିଦ୍ର ସବୁ ଶୂନ୍ୟ। ଆଉ ମଧ୍ୟ "ମାନୋ ବା ଦର୍ପୋ ବିଜ୍ଞାନଂ ବିକ୍ରମୋ ବା ସୁବିଦ୍ଧିର୍ବ। ସବଂ ପ୍ରଣସ୍ୟତି ସମଂ ବିତହୀନେ ବା ପୁରୁଷଃ।" ଯେତେବେଳେ ପୁରୁଷ ଧନହୀନ ହୋଇଯାଏ, ସେତେବେଳେ ତା'ର ମାନ, ଅଭିମାନ, ବିଜ୍ଞାନ, ବିଳାସ, ସୁନ୍ଦର ବୁଦ୍ଧି-ଏସବୁ ଏକ ସଙ୍ଗରେ ନଷ୍ଟ ହୋଇଯାଆନ୍ତି।

ବା ପାଙ୍କ ସମର୍ଥନ ପାଇ ସୁନି ତା ମା'ଙ୍କ କଥା ନିରବରେ ଅମାନ୍ୟ କରିଥାଏ। ମା'ର ବାରଣ ସତ୍ତ୍ୱେ ସେ ଅଗାଧୁଆ ଖାଇ ପରେ ଡେରିରେ ଗାଧୋଇ ମନ୍ଦିରକୁ ଯାଏ। ସୁନି ପ୍ରତିଥର ସତୀ ପାଇଁ ଅପେକ୍ଷା କରେ। ମନ୍ଦିର ଦ୍ୱାର ଦିନ ତମାମ ଖୋଲାଥାଏ। ମନ୍ଦିର ଦ୍ୱାରରେ ଗ୍ରୀଲ ଲାଗିଛି। ସେଥିରେ ଦିନବେଲା ତାଲା ପଡ଼େନାହିଁ। କେବଳ କୁକୁର ପଶିଯିବେ ବୋଲି ଗ୍ରୀଲ ଆଉଜା ହୋଇଥାଏ। ସୁନି ତା' ମା'ଙ୍କ କଥା ମାନୁ ନଥିବାରୁ ସୁନିକୁ ନର୍ମଦା କହନ୍ତି– "ତୁ ତ ମନ୍ଦିରକୁ ଠାକୁରଙ୍କୁ ଦର୍ଶନ କରିବାକୁ ଯାଉନାହୁଁ ଯାଉଛୁ ସତୀ ସହିତ ଗପ କରିବାକୁ। ଯଦି ଗପସପ ହେବାକୁ ଏତେ ଇଚ୍ଛା ତେବେ ଘରେ ବସି କଥାବାର୍ତ୍ତା ହେଉନା। ମନ୍ଦିରରେ ଠାକୁରଙ୍କ ପାଖରେ ତୁମର କି ଗପ ବା ?"

ସେଦିନ ସୁନି ତା' ମା'ଙ୍କ କଥା ନ ଶୁଣି ପୂର୍ଣ୍ଣ କାର୍ତ୍ତିକ ମାସର ସଂକ୍ରାନ୍ତିରେ ସୁଦ୍ଧା ଅଗାଧୁଆ ଖାଇ ଉଚ୍ଛୁର କରି ଗାଧୋଇ ବିଳମ୍ବରେ ଦଶଟା ପରେ ମନ୍ଦରକୁ ଯାଇଥିଲା। ଦୁହେଁ ଧୂପ ଜାଲି ଠାକୁରଙ୍କୁ ହୁଜାର ହୋଇ ପାଦୁକ ପାଇସାରି ସତୀ କପାଲରେ ସୁନି ଓ ସୁନି ମଥାରେ ସତୀ ବିଭୂତି ଟିପା ଲଗାଇ ଦେଇଥିଲା। ମନ୍ଦିର ଶୂନସାନ। ମନ୍ଦିର ପାଖ ଅଣସ୍ୱୀକୃତ (ସ୍କୁଲ) ବିଦ୍ୟାଳୟଟି ଯେଉଁଟି ସ୍କୁଲର ନିଜସ୍ୱ ଗୃହ ନଥିବାରୁ ଠାକୁରଙ୍କ ଭୋଗ ମଣ୍ଡପ ଘରେ ବସେ। ସେଇଟି ସକାଲ ସାତଟାରେ ଖୋଲି ଦଶଟାରେ ବନ୍ଦ ହୋଇଥାଏ। ଦଶଟା ପରେ ମନ୍ଦିରକୁ ପ୍ରାୟତଃ ଆଉ କେହି ଆସନ୍ତି ନାହିଁ। ଯାହା କେବଳ ମନ୍ଦିର ଆଗ ଦେଇ ଗାଁକୁ ପଡ଼ିଥିବା ରାସ୍ତାଟିରେ କାଁ ଭାଁ ଲୋକ ଚଲାଚଲ କରିଥାଆନ୍ତି। ଦୁହେଁ ମନ୍ଦିର ମୁଖ ଶାଲାରେ ବସି ଗପ ଆରମ୍ଭ କଲେ।

ଛୋଟିଆ ଗାଁଟିଏ କୌଣସି ଗୋଟିଏ ବଡ଼ ମୌଜାର ସାଇଟିଏ କହିଲେ ଚଲେ। ଗାଁଟି ସେତେ ପ୍ରସିଦ୍ଧ ମଧ୍ୟ ନୁହେଁ। ଗାଁରେ ସୁଦ୍ଧା ସେମିତି କୌଣସି ନାମଜାଦା ବିଖ୍ୟାତ ଲୋକ ନାହାନ୍ତି। ଯାହାଙ୍କ ପାଖକୁ ବାହାର ଗାଁର ଲୋକେ କିଛି କାର୍ଯ୍ୟ ହାସଲ ପାଇଁ ଆସିବେ। ମାଲି ମାମଲତ କଥା ବୁଝିବେ କିମ୍ବା କୌଣସି ନ୍ୟାୟ ନିଶାପକୁ ଭଦ୍ର ଲୋକି ଭାବେ (ନ୍ୟାୟ ପତି) ମାନି ଡାକିବାକୁ ଆସିବେ। କେବଳ ନଟିଆ ନନାଙ୍କ ପାଖକୁ ଟାକ ଯଜମାନଙ୍କ ମଧରୁ କେହି କେବେ କେମିତି ଦାଏ– ଦରକାରରେ ଆସିଥାଆନ୍ତି। ନଟିଆ ନନାଙ୍କ ଘରକୁ ଆସିଥିବା ଅଧିକାଂଶ ଲୋକ ସୁନିର ପରିଚିତ।

ଏମାନେ ମନ୍ଦିର ସୁଖଶାଲାରେ ବସି ନିରାପଦରେ ଗପରେ ମଜ୍ଜି ଯାଆନ୍ତି। ସେଦିନ କଥା ଆରମ୍ଭରୁ ସତୀ ସକାଲେ ତା' ବାମ ଆଖିର ଉପର ପତା ଫରକିବା (ଡେଇଁବା) କଥା ସୁନିକୁ କହିଲା। ସତୀ କଥା ଶୁଣି ସୁନି କିଛି ସମୟ ନିରବ ରହି ଭାବି ହେଲା ପରି ମନେ ମନେ କିଛି ଗୁଣିହେଲା। ଭୁଲି ଯାଇଥିବା କୌଣସି କଥାକୁ ଯେପରି ସିଏ ମନରେ

ପକାଇବାକୁ ଚେଷ୍ଟା କରୁଥିଲା । ଆଖ୍‌ବୁଜି କପାଳରେ ହାତ ଚକି ଥୋଇ ପାଶୋରି ଦେଇଥିବା କେଉଁ ପ୍ରସଙ୍ଗକୁ ସେ ସ୍ମରଣକୁ ଆଣିବାକୁ ଭାବି ଚାଲିଥିଲା । ତା'ପରେ ସତୀ ମୁହଁକୁ ସଲଖ୍ ଚାହିଁରହିଲା । ଯେମିତି ତା' ମୁହଁରୁ ସେ କିଛି ଖୋଜୁଥିବା ପରି ବୋଧ ହେଉଥିଲା । ସତୀ ମୁହଁକୁ ଥରେ ତା' ଚାହାଁଣିରେ ସାଉଁଲି ଆଣି ସୁନି କହିଲା– "ସତୀ ତୋର ଆଗକୁ ଭଲ ସମୟ ଆସୁଛି । ଶୁଭ ବେଳାର ଆଗମନ ପୂର୍ବରୁ ବାମ ଆଖିର ଉପରପତା ଡେଇଁଥାଏ । ତୁ ନିଶ୍ଚୟ କିଛି ପାଇବୁ । ଏସବୁ ହେଲା ପ୍ରାପ୍ତିର ଲକ୍ଷଣ ।"

ସୁନି କଥା ଶୁଣି ସତୀ ତା ମୁହଁକୁ କିଛି ବୁଝି ନ ପାରିଲା ଦୃଷ୍ଟିରେ ଅନାଇ ପଚାରିଲା "ମୋର ଭଲ ବେଳ ଆସିଗଲା । ମୋର ପ୍ରାପ୍ତି ଯୋଗ ଅଛି ? ମୁଁ ଏମିତି କ'ଣ ପାଇବି ଯେ ତୁ ମୋର ପ୍ରାପ୍ତି ଯୋଗ କଥା କହୁଛୁ ?"

ସୁନି କହିଲା– "ପାଇବାକୁ ତ ଅନେକ ପ୍ରକାରଥାଏ । ତୋର ଏ ଲକ୍ଷଣ କହୁଛି ତୁ ଲାଭବାନ ହେବୁ । ତେଣୁ ମୁଁ ଭାବୁଛି ତୋର ବୋଧେ ଧନ ପ୍ରାପ୍ତି ଯୋଗ ପଡ଼ିଲା ।"

ସୁନି କଥାରେ ସତୀ ହସିଦେଲା । "ମୋର ଧନ ପ୍ରାପ୍ତ ଯୋଗ ? ଧନ, ପୁଣି ମୁଁ ପାଇବି ? ତୁ କେମିତି ଏଭଳି କଥା କହି ପାରୁଛୁ ?"

"ନ କହିବି କାହିଁକି ?"ଇୟେ ଏମିତି କେଉଁ ମାରହାଣ କଥା କି ? ନା' କିଛି ଅସମ୍ଭବ ଘଟଣା କିମ୍ବା ଅଲୌକିକକଥା ? ଆଉ ତୁ ନ ପାଇବୁ ବୋଲି କାହିଁକି ଭାବୁଛୁ ?"

ସୁନି କଥା ଶୁଣି ସତୀ ତାକୁ ବୁଝାଇବା ପରି କହିଲା– "ସୁନି ଆମେ ଘରୁ ମନ୍ଦିରକୁ ଆସିଲେ । ପୁଣି ମନ୍ଦିରରୁ ଘରକୁ ଫେରିବା । ଏଇ ମନ୍ଦିରରୁ ଆମ ଘର ପର୍ଯ୍ୟନ୍ତ ରାସ୍ତାରେ କେଉଁ ଧନୀ ଲୋକ ଯିବା ଆସିବା କରେ ଯେ, ତା' ଟଙ୍କା ବିଡ଼ାଟା ବାଟରେ ଗଲି ପଡ଼ିଥିବ ? ଆଉ ମୁଁ ସେ ବାଟରେ ଯାଉଁ ଯାଉଁ ସେ ଧନକୁ ପାଇବି ?"

"ସତୀ, ଧନ କହିଲେ କେବଳ ଟଙ୍କା ପଇସାକୁ ବୁଝାଏ ନାହିଁ । ଧନତ ଅନେକ ପ୍ରକାରର । ତା'ର କେତେ ସ୍ୱରୂପ ଅଛି । ସେ ଧନ ଟଙ୍କା ବିଡ଼ା ଆକାରରେ ନ ମିଲି ଆଉ ଅନ୍ୟ କେଉଁ ପ୍ରକାରରେ ମିଲିପାରେ । କେଉଁ ଆକାରରେ । କେଉଁ ଉପାୟରେ । କେଉଁ ରାସ୍ତାରେ ସେ ମିଲିବ । କେଉଁ ବାଟ ଦେଇ କେଉଁ ରୂପରେ ସେ ତୋ' ପାଖକୁ ଆସିବ । କେଉଁ ପଥରେ ତୋତେ ପ୍ରାପ୍ତ ହେବ । କେଉଁ ମାର୍ଗରେ କେଉଁ ସରଣୀରେ ତୁ ପାଇବୁ ତାହା କିଏ କହି ପାରିବ ?"

"ସୁନି, ଧନ ପୁଣି କେତେ ପ୍ରକାର । ତା'ର କେତେ ରୂପ । ସେ ପାଖକୁ ଆସିବାର ରାସ୍ତା ଓ ବ୍ୟକ୍ତିକୁ ମିଲିବାର ଉପାୟ ବିଭିନ୍ନ ବାଟରେ ବୋଲି, ତୁ ଏମିତି ସବୁ କି କଥା କହୁଛୁ ? ଧନ କହିଲେ ମୁଁ କେବଳ ଟଙ୍କା ପଇସା, ସୁନା, ରୂପା ଅଳଙ୍କାରକୁ ବୁଝିଥାଏ । ସାଧାରଣ ଭାବରେ ମଧ ସେଇଆ ବୁଝାଯାଏ । କିନ୍ତୁ ତୁ ଧନର ଏ ଯେଉଁ ପ୍ରକାର ଭେଦ କଥା ଓ ପାଖକୁ ଆସିବାର ଯେଉଁ ଭିନ୍‌ଭିନ୍ନ ପଦ୍ଧତି ଏବଂ ଉପାୟ କଥା କହୁଛୁ । ସେ ସବୁ କେମିତି ଓ କିପରି କହିଲୁ ଦେଖ୍ ?"

ସତୀ କଥାର ଉଉରରେ ସୁନି କହିଲା "ସତୀ ଧନ ବିଭିନ୍ନ ପ୍ରକାରର ଭିନ୍ନ ଭିନ୍ନ ଆକରର ମଧ । ମନ-ଧନ, ଦେହ-ଧନ, ଯୌବନ-ଧନ, ଲାବଣ୍ୟ-ଧନ, ପ୍ରଣୟ-ଧନ ବା ପ୍ରେମ-ଧନ, ରୂପ-ଧନ, ଜୀବନ-ଧନ, ସୌନ୍ଦର୍ଯ୍ୟ-ଧନ, ହୃଦୟ-ଧନ, ଅନ୍ତର-ଧନ, ଆତ୍ମା-ଧନ, ଏମିତି କେତେ ପ୍ରକାରର ଧନ ଅଛି କିମ୍ବା ରହିଛି ।"

ସୁନି କଥା ଶୁଣି ସତୀ ହସି ଦେଲା । ହସି ହସି ସୁନି ମୁହଁକୁ ଅନାଇ ପଚାରିଲା । "ସୁନି ତୋ'କଥା ମୋତେ କେମିତି କେମିତି ଲାଗୁଛି । ତୁ ଯେତେ ପ୍ରକାର ଧନର ନାଁ କହିଲୁ । ଯେତେ ରକମର ଧନର ବ୍ୟାଖ୍ୟା କଲୁ । ସେ ଧନ ସବୁ ମୁଁ କେଉଁଠୁ ପାଇବି ? କିପରି ବା ପାଇବି ? ଯଦିବା ସେଭଳି ଧନ ମୋତେ ମିଲେ । ତେବେ ସେସବୁ ଧନ ମୋର କେଉଁ କାମରେ ଲାଗିବ କିମ୍ବା ମୋର କୋଉ ଦରକାରରେ ଆସିବ ଅଥବା ତାଦ୍ୱାରା ମୋର କି ଦାୟିତ୍ୱ ନିର୍ବାହ ହେବ ନତୁବା କିଭଳି ଗୁଜୁରାଣ ମେଣ୍ଟିବ ? ଆହୁରି ମଧ ତା' ଯୋଗୁ ମୋର କି ରକମ ଉପକାର ହେବ କହିଲୁ ?"

“କାହିଁକି ତୋର କ’ଣ ମନ ରୂପକ ଧନ ଦରକାରରେ ଆସିବ ନାହିଁ ନା’ କାମରେ ଲାଗିବନି ? ତା’ ଦ୍ୱାରା ତୋର କୌଣସି ଗୁଜୁରାଣ ମେଣ୍ଟିବନି ନା’ କିଛି ଦାୟିତ୍ୱ ନିର୍ବାହ ହୋଇ ପାରିବନାହିଁ କିମ୍ବା ସେଥିରେ କେବେ ଉପକାର ହେବନି ବୋଲି ତୁ କାହିଁକି ଭାବୁଛୁ ?”

“ସୁନି ମୋର କ’ଣ ମନ ନାହିଁ ଯେ ମୋର ପୁଣି ଆଉ ଗୋଟେ ମନ ଆବଶ୍ୟକ ହେବ ? ଦରକାର ପଡ଼ିବ ?”

“ସତୀ ତୁ ବୁଝୁନୁ କାହିଁକି ? ତୋର ତୋ’ ନିଜର ଆପଣାର ମନ ଅଛି କିନ୍ତୁ ସେଭଳି ମନ ନାହିଁ। ଯାହାକୁ ପାଇବା ଲାଗି କୁଆଁରୀ ଝିଅମାନେ ବ୍ୟାକୁଳ ହୁଅନ୍ତି, ବ୍ୟସ୍ତ ହୁଅନ୍ତି। ଆକୁଳତା ପୋଷଣା କରନ୍ତି ଅନ୍ତରରେ ଗୋପନରେ। ବିବ୍ରତ ମଧ ହୁଅନ୍ତି ପାଇବାରେ ବିଳମ୍ବ ହେଲେ। ବିଶେଷ କରି ତୋ ପରି ନହୁଲୀ ସବୁ।”

ଏଥର ସୁନି କଥାରେ ସତୀ ଜୋରରେ ହସି ଉଠିଲା। ସୁନି ପାଖକୁ ଟିକେ ଲାଗିଯାଇ ତାକୁ ହଲାଇ ଦେଇ ପଚାରିଲା- “ସୁନି ତୁ କହୁଥିବା ସେ ମନ ଏମିତି କିଭଳି ମନ ଯେ ତାକୁ ପାଇବାକୁ କୁଆଁରୀ ଝିଅ ବ୍ୟାକୁଳ ହୁଏ। ଆକୁଳତା ହୃଦୟରେ ପୋଷଣ କରେ। ଲୁଚେଇ ଲୁଚେଇ ବ୍ୟସ୍ତ ହୁଏ। ଗୋପନରେ ଆଶା କରେ ମଧ। ଆଉ ତୁ କହିଲୁ ବିଶେଷ କରି ମୋ ପରି ନହୁଲୀମାନେ ? କାହିଁ ମୁଁ ତ ସେମିତି କୌଣସି ମନ ଲାଗି ଆଦୌ ବିବ୍ରତ ନୁହେଁ ?”

ସତୀ ହାତକୁ ନିଜ ପାପୁଲିରେ ଜାବୁଡ଼ି ଧରି ସୁନି କହିଲା- “ସେ ମନ ହେଉଛି ‘ଚିଉ ଚୋରା’ ମନ। ଆଉତୁ ଯେଉଁ କଥା କହିଲୁ ତୁ ସେପରି ମନକୁ ଆଦୌ ଖୋଜୁନାହୁଁ। ତା’ ଠିକ୍ ନୁହେଁ। ତୁ ଡାହା ମିଛ କହୁଛୁ। ତୁ ପ୍ରକୃତରେ ଅନ୍ତର ଭିତରେ ସେପରି ମନକୁ ଖୋଜି ବୁଲୁଛୁ। ଯାହାକୁ ବାହାରକୁ ଗୋପନ ରଖୁଛୁ। ଅନ୍ୟମାନଙ୍କୁ ଲୁଚାଉଛୁ। ପଦାରେ ପ୍ରକାଶ କରିବାକୁ ସଙ୍କୋଚ ବୋଧ କରୁଛୁ। ଲାଜରେ କାହାକୁ ସେ କଥା କହୁନୁ। ସରମ ଲାଗୁଥିବାରୁ ସେପରି କଥାକୁ ହୃଦୟ ଭିତରେ ଲୁଚାଇ ରଖୁଛୁ।”

ସତୀ ଏକଥା ଶୁଣି ଆଶ୍ଚର୍ଯ୍ୟ ହୋଇ ସୁନି ମୁହଁକୁ ତୀକ୍ଷ୍ଣ ଦୃଷ୍ଟିରେ ଚାହିଁ ପଚାରିଲା- “ଚିଉ ଚୋରା ମନ ପୁଣି କ’ଣ ? ଆଉ ମୁଁ ସେଭଳି ମନକୁ କାହିଁକି ବା ଖୋଜିବି।

ତୁ ଏଥିକି ବୁଝିପାରୁନୁ ? ପୁଣି ମୋତେ ଏତେ ଫଟରାଇ ହୋଇ ପଚାରୁଛୁ ? ଚିତଚୋରା ମନ ହେଉଛି ଯିଏ ଅନ୍ୟର ମନକୁ ଚୋରି କରିପାରେ। ଯାହା ପ୍ରତ୍ୟେକ କୁଆଁରୀମାନେ କାମନା କରି ଥାଆନ୍ତି। ଯାହାର ଆସିବା ବାଟକୁ ନିର୍ମିମେଶ ନୟନରେ ଚାତକ ମେଘକୁ ଅନାଇ ରହିଲା ପରି ଚାହିଁ ବସି ଥାଆନ୍ତି। ଏଇତୁ ଯେମିତି ଅପେକ୍ଷା କରି ରହିଛୁ।”

“ସୁନି ମନ ତ ମନ। ସେ ପୁଣି କେମିତିକା ମନ ? ମନଟେ ପୁଣି ଚୋରି କରିବ ଆଉ ଗୋଟେ ମନକୁ। କଥାଟା ଟିକେ ଫିଟେଇ କହ। ବୁଝି ହେଉନି।”

“ବୁଝି ପାରୁନୁ ତ ? ତେବେ ଶୁଣ ବୁଝାଇ ଦେଉଛି। ସେ ମନ ହେଲା ଜଣେ ଯୁବକର ମନ। ଯିଏ ଯୁବତୀ ଝିଅର ମନ ଚୋରି କରିପାରେ। ବିଶେଷତଃ ତୋ’ ପରି ଯୁବତୀର। ତୋ’ର ସେହିପରି ଗୋଟେ ଚିତଚୋରା ମନର ପ୍ରାପ୍ତି ଯୋଗ ଅଛି(ରହିଛି)। ଆଉ ତୁ ଯେଉଁ କଥା କହୁଛୁ। ତୁ ସେଭଳି ମନକୁ କାହିଁକି ଖୋଜିବୁ ? ଏହା ତୋ’ ଅନ୍ତରର କଥା ନୁହେଁ କିମ୍ବା ତୋ’ ହୃଦୟର ଭାଷା ମଧ ନୁହେଁ ଆଉ ତୋ’ ଆମାର ବାକ୍ୟ ସୁଦ୍ଧା ନୁହଁ। ପ୍ରକୃତରେ ତୁ ସେମିତି ଚିତଚୋରା ମନଟେ ଖୋଜୁଛୁ। କାହିଁକି ନା ସବୁ କୁଆଁରୀମାନେ ଯାହା ଚାହାଁନ୍ତି, ତୁ ତାକୁ ନ ଲୋଡ଼ିବୁ କାହିଁକି ? ତୁ କ’ଣ କୁଆଁରୀ ସୁଲଭ ଗୁଣରୁ ପୃଥକ ? ସେମାନଙ୍କ ମନୋବୃତ୍ତି ଠାରୁ ତୋ’ମନ ଅଲଗା ନା ସେମାନେ ଚାହୁଁ ଥିବା ଆବଶ୍ୟକତା ତୋ’ ଲାଗି ଅଲୋଡ଼ା। ସେମାନଙ୍କ ପରି ଚପଳତା ତୋର ନାହିଁ। କେବେ ବି ନୁହେଁ। ତୁ କଦାପି କୁଆଁରୀ ସୁଲଭର ଚପଳତା ଗୁଣରୁ ପୃଥକ ହୋଇ ସେପରି ପ୍ରକୃତିରୁ ବିଚ୍ଛିନ୍ନ ହୋଇ ରହି ପାରିବୁନି। ବିବାହ ପରେ ସ୍ୱାମୀର ସୋହାଗ ପରଶଠାରୁ କୁଆଁରୀ ଜୀବନରେ ଜଣେ ଯୁବକଠାରୁ ଦେହଭୁଆଁର ଅନୁଭବ ସ୍ୱତନ୍ତ। ସେ

ପରଶର ପ୍ରଭାବ ନିଆରା। ସେଥିପାଇଁ ସବୁ କୁଆଁରୀ ଝିଅମାନେ ଯାହା ଚାହାଁ ଥାଆନ୍ତି ତୁ ମଧ୍ୟ ସେଇଆ ଇଚ୍ଛା କରିବୁ। ଏଥିରେ ଦ୍ୱିମତ ହେବାର ଆବଶ୍ୟକ କିଛି ନାହିଁ।"

ସୁନି କଥା ଶୁଣି ସତୀ ହଠାତ୍ ଗମ୍ଭୀର ହୋଇଗଲା। କିଛି ସମୟ ନିରବ ରହି ପଚାରିଲା। "ତୁ କ'ଣ ଜ୍ୟୋତିଷ ବିଦ୍ୟା ଜାଣୁ? ଭବିଷ୍ୟତ କଥା କହୁଛୁ? କାକ ବିଦ୍ୟା ସାଧନା କରିଛୁ କି? ଅନ୍ୟର ମନକଥା ଜାଣି ପାରିଲା ପରି ଗାଇ ଯାଉଛୁ?"

"ନା ସତୀ ମୁଁ ଜ୍ୟୋତିଷ ପାଠ ପଢ଼ିନାହିଁ କିମ୍ବା କାକବିଦ୍ୟା ସାଧନା କରିନାହିଁ, ହେଲେ ତୁ କହୁଥିବା ଶୁଭ ଲକ୍ଷଣର ପୂର୍ବାଭାସରୁ ମୁଁ ଏହା ଅନୁମାନ କରୁଛି।"

ଏଥର ସତୀ ପୂର୍ବାପେକ୍ଷା ଅଧିକ ଗମ୍ଭୀର ହୋଇଗଲା। ସୁନିଠାରୁ ଆଖି ଫେରାଇ ଆଣି ମୁଖଶାଳାର ପାହାଚ ଉପରେ ଦୃଷ୍ଟିରଖି କହିଲା– "ସୁନି ତୁ ଠାକୁରୁଙ୍କ ମନ୍ଦିରରେ ବସି, ଦେବତାଙ୍କ ବିଜେ ସ୍ଥାନରେ ରହି ଏପରି କଥା କହି ପାରୁଛୁ? ଏଭଳି ଭାବନା ମନରେ ରଖି ପାରୁଛୁ?"

ସତୀ ଆଡ଼କୁ ଅନାଇ ସୁନି ତା କାନ୍ଧରେ ହାତରଖି (କହିଲା) ପଚାରିଲା "ସତୀ ମୋ କଥା ଶୁଣି ଏମିତି ଗମ୍ଭୀର ହୋଇଗଲୁ? ମୁଁ କ'ଣ କିଛି ଖରାପ କଥା କହିଲି କି? ନା' ସେପରି କୌଣସି ଅଶ୍ଳୀଲ ଭାଷା ବ୍ୟବହାର କଲି? କିମ୍ବା ଅଶାଳୀନ ବାକ୍ୟ ପ୍ରୟୋଗ କରିଛି? ଆଉ ତୁ ଯେଉଁ ଠାକୁରଙ୍କ ମନ୍ଦିର କଥା କହୁଛୁ। ସେ ଠାକୁର କ'ଣ ମନଚୋରି କରନ୍ତି ନାହିଁ ନା ସେ ଦେବତାଙ୍କୁ (ତାଙ୍କୁ) ପ୍ରେମକରି ଆସେନା? ସେ ପରା ପ୍ରେମର ଠାକୁର। ପ୍ରଣୟର ଦେବତା। ଭୋଲା ମହେଶ୍ୱର। ତାଙ୍କ ପତ୍ନୀ ପାର୍ବତୀଙ୍କୁ ସବୁବେଳେ କୋଳରେ ବସାଇ ଥାଆନ୍ତା। ତାଙ୍କୁ ଘଡ଼ିଏ ବି ପାଖରୁ ଜମା ଅନ୍ତର କରନ୍ତି ନାହିଁ। ତୁ କ'ଣ ଅର୍ଦ୍ଧାଙ୍ଗ ଈଶ୍ୱର ଅର୍ଦ୍ଧାଙ୍ଗ ପାର୍ବତୀ ମୂର୍ତ୍ତି ଅର୍ଦ୍ଧନାରୀଶ୍ୱର ରୂପ ଆଦୌ ଦେଖିନାହୁଁ? ସେହି ଈଶ୍ୱର ହେଲେ ଏହି ମହେଶ୍ୱର। ଭୋଲା ମହାଦେବ। ସଦା ପ୍ରେମମୟ। ପ୍ରଣୟର ଠାକୁର ସିଏ। ସତ୍ୟ, ଶିବ, ସୁନ୍ଦର।"

ମୁଖଶାଳାର ଏହି ପାହାଚକୁ ଅନା। ସାମ୍ନା ପଟୁ ମନ୍ଦିରକୁ ଆସିବା ପାଇଁ ପାଞ୍ଚଟି ପାହାଚ ତିଆରି ହୋଇଛି। ସେ ପାଞ୍ଚଟି ପାହାଚ କାହିଁକି ହୋଇଛି ତା'ର କାରଣ ଜାଣୁ? ପାହାଚ ଚାରୋଟି କିମ୍ବା ଛଅଟି ନହୋଇ କାହିଁକି ପାଞ୍ଚଟି ହେଲା? ତା'ର କାରଣ ହେଲା– ଶିବଙ୍କ ନାମ ହେଲା ପଞ୍ଚାନନ। ତାଙ୍କର ପାଞ୍ଚଟି ଆନନ ଅର୍ଥ ମସ୍ତକ; ତାଙ୍କ ଭୋଗର ନାମ ପଞ୍ଚାମୃତ– ଦଧି, ଦୁଗ୍ଧ, ଘୃତ, ମଧୁ ଓ ଶର୍କରା। ଏହି ପାଞ୍ଚଟି ଅମୃତର ମିଶ୍ରଣରେ ପଞ୍ଚାମୃତ ତିଆରି ହୁଏ। ତାଙ୍କ ଚରିତ ଗ୍ରନ୍ଥ ଶିବ ପୁରାଣ ପାଞ୍ଚ ଭାଗରେ ବିଭକ୍ତ ବା ପାଞ୍ଚଖଣ୍ଡ। ସିଏ ପଞ୍ଚ ଦେବତା– ବିଷ୍ଣୁ, ଶିବ, ଦୁର୍ଗା, ଗଣେଶ ଓ ସୂର୍ଯ୍ୟଙ୍କୁ ମିଶାଇ ପଞ୍ଚଦେବ ରୂପେ (ଭାବେ) ପରିଚିତ। କାର୍ତ୍ତିକ ଶୁକ୍ଲ ପକ୍ଷର ପଞ୍ଚକ – ଶୁକ୍ଲ ଏକାଦଶୀ ଠାରୁ ପୂର୍ଣ୍ଣମୀ ପର୍ଯ୍ୟନ୍ତ ପାଞ୍ଚଦିନ ହବିଷ୍ୟାନ୍ନରେ ରହି ବ୍ରତ ପାଳନ କରିବ। ପଞ୍ଚକଷାୟ–ଜାମୁ, ଶିମୁଳି, ବାଡ଼ିଅଁଳା, ବଉଳ ଓ ବରକୋଲିର ରସକୁ ସେବନ କରିବ। ପଞ୍ଚ ଗଙ୍ଗା– ଭଭାରଥୀ, ଗୋମତୀ, କୃଷ୍ଟବେଣୀ, ପିନାକିନୀ ଓ କାବେରୀ ଏହି ପାଞ୍ଚଟି ତୀର୍ଥ ନଦୀର ଜଳ ବ୍ରତ ପାଳନ ସ୍ଥାନରେ ସିଞ୍ଚନ କରିବ। ଏହି ମନ୍ଦିର ଉତ୍ତର ପଟରେ ଥିବା ତିନୋଟି ଅଶ୍ୱତ୍ଥ ଗଛ ଓ ଦକ୍ଷିଣ ପାର୍ଶ୍ୱରେ ଦୁଇଟି ଅଶ୍ୱତ୍ଥ ଗଛ ଏ ପାଞ୍ଚଟି ପଞ୍ଚ ତୀର୍ଥସ୍ଥଳ ସହ ସମାନ। ଅଶ୍ୱତ୍ଥ ବୃକ୍ଷକୁ ବିଷ୍ଣୁ ବୃକ୍ଷ କୁହାଯାଏ। ସେହି ଦୃଷ୍ଟିରୁ ମନ୍ଦିରର ଦୁଇ ପଟରେ ଥିବା ଏହି ପାଞ୍ଚଟି ଅଶ୍ୱତ୍ଥ ବୃକ୍ଷ ପଞ୍ଚତୀର୍ଥ ସମକକ୍ଷ। ପଞ୍ଚଗବ୍ୟ–ଦିଧ, ଦୁଗ୍ଧ, ଘୃତ, ଗୋମଳ ଓ ଗୋମୂତ୍ରର ମିଶ୍ରଣ ପାନ କରିବ, ମନରେ କୌଣସି ପ୍ରକାର ବିକାର ନଆଣି। ପଞ୍ଚଇନ୍ଦ୍ରିୟ– ଦର୍ଶନେନ୍ଦ୍ରିୟ(ଚକ୍ଷୁ), ଶ୍ରବଣେନ୍ଦ୍ରିୟ(କର୍ଣ୍ଣ), ଘ୍ରାଣେନ୍ଦିୟ(ନାସା), ରସନେନ୍ଦ୍ରିୟ(ଜିହ୍ୱା), ସ୍ପର୍ଶେନ୍ଦ୍ରିୟ(ଚର୍ମ)କୁ ନିଜ ଆୟତରେ ରଖିବ ସବୁବେଳେ, ସଦାକାଳେ,

ସମସ୍ତ ସମୟରେ । ପଞ୍ଚଗୁଣ- ଶବ୍ଦ, ସ୍ପର୍ଶ, ରୂପ, ରସ ଓ ଗନ୍ଧ ପ୍ରତି ଅନାଶକ୍ତ ରହିବ । ପଞ୍ଚତପାଃ-ତୁମ ଚତୁଃପାର୍ଶ୍ୱରେ ଅଗ୍ନି ଜାଳିବ । ମୁଣ୍ଡ ଉପରେ ସୂର୍ଯ୍ୟ ଥିବେ ସେ ସମୟରେ ତପ ଆଚରିବ ।

ପଞ୍ଚତିକ୍ତ- ନିମ୍ବ, ଗୁଳଞ୍ଚ, ବାସଙ୍ଗ, ପୋଟନ ପତ୍ର ଓ କଣ୍ଟକାରୀ । ଏହି ପାଞ୍ଚଟି ତିକ୍ତ ଦ୍ରବ୍ୟର ମିଶ୍ରଣକୁ ସେବନ କରିବ । ପଞ୍ଚତୀର୍ଥ- କାଶୀଧାମର ଜ୍ଞାନବାପୀ, ନନ୍ଦିକେଶ୍ୱର, ତାରକେଶ୍ୱର, ଦଣ୍ଡପାଣି ଓ ମହାକାଲେଶ୍ୱର ଏହି ପାଞ୍ଚଟି ପୁଣ୍ୟସ୍ଥଳ ଦର୍ଶନ କରିବ । ପଞ୍ଚତୃଣ- କୁଶ, କାଶତଣ୍ଡୀ, ଅଖଣ୍ଡୁଆ, କାଣ୍ଡଶର ଓ ଆଖୁପତ୍ର ଶଯ୍ୟାରେ ଉପବେଶନ କରିବ । ନିଜକୁ ପଞ୍ଚଧାରେ ବିଭକ୍ତ କରିବ- (ପାଞ୍ଚଖଣ୍ଡରେ, ପାଞ୍ଚପ୍ରକାରେ, ପାଞ୍ଚ ରକମରେ, ପାଞ୍ଚ ଦିଗରେ, ପାଞ୍ଚଥର) ପଞ୍ଚନଖ- ଶଶକ, ଶଲ୍ଲୁକୀ, ଗୋଧିକା, ଗଣ୍ଡାର ଓ କୁର୍ମମାନଙ୍କ ଗୁଣ ଗ୍ରହଣ କରିବ । ପଞ୍ଚନିମ୍ବ- ନିମ୍ବଗଛର ମୂଳ, ତ୍ୱକ, ପତ୍ର, ପୁଷ୍ପ ଓ ଫଳ ଏହି ପାଞ୍ଚ ଅଂଶ ଭକ୍ଷଣ କରିବ । ଶଯ୍ୟାରେ-ଆମ୍ବ, ଅଶ୍ୱତ୍ଥ, ବଟ, ପ୍ଲକ୍ଷ ଓ ଯଜ୍ଞ ଡିମିର ଏହି ପାଞ୍ଚ ପଲ୍ଲବ ବୃକ୍ଷର ପତ୍ର ପାରିଥିବ । ପଞ୍ଚପିତା- ଜନ୍ମଦାତା, କନ୍ୟାପିତା, ଭୟତ୍ରାତା, ଅନ୍ନଦାତା ଓ ଦୀକ୍ଷାଦାତା ଏହି ପାଞ୍ଚ ଗୁରୁ ବା ପିତାକୁ ସମ୍ମାନ ଦେଉଥିବା ପଞ୍ଚପୁଷ୍ପ- ଚମ୍ପା, ଆମ୍ର, ଶମୀ, ପଦ୍ମ ଓ ବର୍ଷକାର ଫୁଲକୁ ପୁଷ୍ପାଞ୍ଜଲିରେ ପ୍ରଦାନ କରିବ । ନୈବେଦ୍ୟବେଳେ ପଞ୍ଚମୁଖ ଥିବା ଦୀପାଳି ଜାଳିବ । ପଞ୍ଚପ୍ରାଣ- ପ୍ରାଣ, ଅପାନ, ଉଦାନ, ବ୍ୟାନ ଓ ସମାନକୁ ଶରୀରରେ ରୋଧ ପାରୁଥିବ । ପଞ୍ଚଫଳ- ହରିଡ଼ା, ବାହାଡ଼ା, ଅଁଳା, ଗୁଆ ଓ ଜାଇ ଫୁଲର ରସକୁ ପିଉଥିବ । ପଞ୍ଚକାର- ମତ୍ସ୍ୟ, ମାଂସ, ମଦ୍ୟ, ମୁଦ୍ରା ଓ ମୈଥୁନକୁ ତ୍ୟାଗ କରିଥିବ । ପ୍ରାର୍ଥନା ସମୟରେ ପଞ୍ଚମୁଦ୍ରା- ଆବାହନ, ସଂସ୍ଥାପନ, ସନ୍ନିଧାବନ, ସମ୍ୱୋଧନ ଓ ସମ୍ମୁଖୀକରଣ ଆଚରଣ କରିବ । ପଞ୍ଚଯଜ୍ଞ ବା ବେଦାଧ୍ୟନ- ପିତୃଯଜ୍ଞ ବା ପିତୃ ପୁରୁଷଙ୍କୁ ତର୍ପଣ, ବେଦଯଜ୍ଞ ବା ହୋମ, ଭୂତ ଯଜ୍ଞ- ଭୂତ ବା ପ୍ରାଣୀଙ୍କର ସେବା, ନୃଯଜ୍ଞ ବା ଅତିଥି ସକ୍କାର କରୁଥିବ । ପଞ୍ଚରତ୍ନ- ନୀଳକାନ୍ତ, ହୀରକ, ପଦ୍ମରାଗ, ମୁକ୍ତା ଓ ପ୍ରବାଳ ପ୍ରତି ଲୋଭାଶକ୍ତ ନ ଥିବ । ପଞ୍ଚଶସ୍ୟ- ଧାନ୍ୟ, ମୁଦ୍ଗ, ବ୍ରୀହି, ଯବ ଓ ତିଲ ବା ଶ୍ୱେତ ସର୍ଷପ ପ୍ରତି ମନ ଦେଉ ନ ଥିବ । ପଞ୍ଚ ଲୋହକ- ସ୍ୱର୍ଣ୍ଣ, ରୌପ୍ୟ, ତାମ୍ର, ରଙ୍ଗା, ସୀସକ ଏହି ପାଞ୍ଚ ପ୍ରକାର ଧାତୁ ପ୍ରତି ଆଶକ୍ତି ରଖିବ ନାହିଁ । ଘରେ ବା ବାସସ୍ଥାନରେ ପାଞ୍ଚ ପ୍ରକାର ଘାତକ ସ୍ଥାନ- ଚୁଲି, ଚକି, ଶିଳ ବା ଶିଳପୁଆ, ପହରା ବା ଝାଡୁ, ଢିଙ୍କି-ଉଦ୍‌ଖଳ-ମୁଷଳ ଓ ଜଳକୁମ୍ଭ ରଖ ନ ଥିବ । ପଞ୍ଚମ୍ର- ଅଶ୍ୱତ୍ଥ, ନିମ୍ବ, ଚମ୍ପକ, ବକୁଳ ଓ ନାରୀକେଳ ପତ୍ର ଆସନରେ ଉପବେଶନ କରୁଥିବ । ପଞ୍ଚବର୍ଣି- କଳା, ଧଳା, ନାଲି, ନେଳି ଓ ହଳଦିଆ ରଙ୍ଗର ମୁରୁଜରେ ଆସ୍ଥାନ ସ୍ଥଳ ସଜାଇଥିବ । ପଞ୍ଚୋପଚାର- ଗନ୍ଧ, ପୁଷ୍ପ, ଧୂପ, ଦୀପ ଓ ନୈବେଦ୍ୟ ଦେଇ ଆରାଧନା କରୁଥିବ । ପ୍ରତି ହାତ ଓ ପାଦର ପାଞ୍ଚଟି ଲେଖା ଆଙ୍ଗୁଳିକୁ ଯୁକ୍ତ କରି ବା ଯୋଡ଼ି ରଖିବ ।

ପଞ୍ଚରିପୁ- କାମ, କ୍ରୋଧ, ଲୋଭ, ମୋହ ବା ଅହଂକାର ଏବଂ ମାୟାକୁ ତ୍ୟାଗ କରିଥିବ । ସଙ୍ଗ କରିଥିବ ସଞ୍ଚସଖା- ଜଗନ୍ନାଥ ଦାସ, ବଳରାମ ଦାସ, ଅଚ୍ୟୁତାନନ୍ଦ ଦାସ, ଯଶୋବନ୍ତ ଦାସ ଓ ଅନନ୍ତ ଦାସଙ୍କ ଭଳି ସିଦ୍ଧ ସାଧକ (ପୁରୁଷ) କିମ୍ବା ଗୋପବନ୍ଧୁ, ନୀଳକଣ୍ଠ, ଗୋଦାବରୀଶ, କୃପାସିନ୍ଧୁ ଓ ଆଚାର୍ଯ୍ୟ ହରିହରଙ୍କ ପରି ତ୍ୟାଗୀ ପୁରୁଷମାନଙ୍କ ସଙ୍ଗଲାଭ କରୁଥିବ । ସ୍ୱାର୍ଥ ହାସଲ ପାଇଁ ପଞ୍ଚଯୁଧ- ତରବାରି, ଶକ୍ତି, ଧନୁ, କୁଠାର କିମ୍ବା ବର୍ମ ବ୍ୟବହାର କରୁ ନ ଥିବ । ପଞ୍ଚାଙ୍ଗ- ବାହୁ, ଜାନୁ, ବକ୍ଷ, ଚକ୍ଷୁ, ମସ୍ତକୁ ସାଧନାରେ ଲଗାଉଥିବ । କନ୍ଦର୍ପର ପଞ୍ଚବାଣ- (ରକ୍ତୋପଲ, ନୀଲୋପଲ, ଅଶୋକ, ଚୂତ ଓ ନବ ମଲ୍ଲିକା) ତାକୁ ସ୍ପର୍ଶ କରିପାରୁ ନ ଥିବ । କୋଇଲିର ପଞ୍ଚମ ତାନର କୁହୁସ୍ୱନ ତାକୁ ବିଚଳିତ କରୁନଥିବ । ପଞ୍ଚମନ- ମନ, ସୁମନ, କୁମନ, ବିମନ ଓ ଅମନ ଏବଂ ପ୍ରତ୍ୟେକ ମନର ପାଞ୍ଚ ପ୍ରକୃତି, ସମୁଦାୟ ପାଞ୍ଚମନର ମିଶି ହେଲା ପଚିଶ ପ୍ରକୃତି । ପ୍ରଥମ ମନର ପ୍ରକୃତି- ତାହି, ହାସ, ହିଂସା, ବିରସ ଓ ଚଞ୍ଚଳ । ସୁମନର ପ୍ରକୃତି- ବଳ, ଅବଳ, ଶୁଭ, ଅଶୁଭ ଓ କୃତ୍ତ । କୁମନର ପ୍ରକୃତି- ସୁମତି, କୁମତି, ଅଳସ, ଦୁର୍ମତି ଓ ବିଘ୍ନ । ବିମନର ପ୍ରକୃତି- ମଦ, ମାସର୍ଯ୍ୟ, ଛନ୍ଦ, ଗର୍ବ ଓ ଅଭିମାନ । ଅମନର ପ୍ରକୃତି- ଖଳ, କୁଟିଳ, ଅହଂକାର, ଲମ୍ପଟ ଓ

ଗୁମାନ । ଏମାନଙ୍କୁ ସବୁ ତୁମ ନିଜ ଆୟତରେ ରଖିଥିବ । ସେମାନଙ୍କ ଦ୍ୱାରା ପ୍ରଭାବିତ ହେଉ ନ ଥିବ । ମନର ପାଞ୍ଚଗୋଟି ସ୍ତର-କ୍ଷୀପ୍ର, ମୂଢ଼, ବିକ୍ଷିପ୍ତ, ଏକାଗ୍ର ଓ ନିରୁଦ୍ଧ । ଏମାନଙ୍କୁ ନିଜ ଅଧୀନରେ ରଖିଥିବ । ମନର ପାଞ୍ଚଟି ଅବସ୍ଥା । ମନର ପ୍ରଥମ ଅବସ୍ଥା-ସତ୍ୟାନ୍ଦେଷୀ, ଦ୍ୱିତୀୟ ଅବସ୍ଥା- ବାସ୍ତବ ଆନନ୍ଦ ସନ୍ଧାନୀ, ତୃତୀୟ ଅବସ୍ଥା- ନିଷ୍କଳତା ଓ ସ୍ଥିରତା, ଚତୁର୍ଥ ଅବସ୍ଥା- ବିବେକ ଓ ଜ୍ଞାନ ଯୁକ୍ତ, ପଞ୍ଚମ ଅବସ୍ଥା- ବ୍ରହ୍ମାନନ୍ଦ ମଜ୍ଜିତ । ଏଗୁଡ଼ିକରେ ନିମର୍ଜିତ ଥିବ । ସଂସାରର ବିଷୟ ବାସନା ପ୍ରତି ଉଦାସୀନ ରହିଥିବ । ସେହି କେବଳ ପାଞ୍ଚ ପାଣ୍ଡବ- ଯୁଧିଷ୍ଠିର, ଭୀମ, ଅର୍ଜୁନ, ନକୁଳ ଓ ସହଦେବଙ୍କ ପରି କୃଷ୍ଣଙ୍କ ସଙ୍ଗ ଲାଭ କରିବାକୁ ସକ୍ଷମ ହେବ । ଏହି ଦେଖନ୍ତୁ ଏଇ ମନ୍ଦିର ଚାରିକଡ଼ରେ ଥିବା ପାଞ୍ଚୋଟି ଅଶ୍ୱତ୍ଥ ଗଛ ହେଉଛନ୍ତି ପାଞ୍ଚ ପାଣ୍ଡବଙ୍କ ପ୍ରତିନିଧି । ମନ୍ଦିରର ଉତ୍ତର ପଟରେ ଥିବା ତିନୋଟି ଅଶ୍ୱତ୍ଥ ଗଛ ହେଲେ କୁନ୍ତୀ ସୃତ ଓ ଦକ୍ଷିଣ ପାଖରେ ଥିବା ଦୁଇଟି ଅଶ୍ୱତ୍ଥ ବୃକ୍ଷ ହେଉଛନ୍ତି ମାଦ୍ରୀଙ୍କ ନନ୍ଦନ । ଏହି ପାଞ୍ଚଟି ଗଛ କିପରି ମନ୍ଦିର ପାଖରେ ରହି ଠାକୁରଙ୍କ ସାନ୍ନିଧ୍ୟ ଲାଭ କରୁଛନ୍ତି ସଦା ସର୍ବଦା । ଆମର ପଞ୍ଚଭୂ- କ୍ଷିତି, ଅପ, ତେଜଃ, ମରୁତ ଓ ବ୍ୟମ ଏହି ପଞ୍ଚଭୂତରେ ବିଲୀନ ହେବ ଏହି ପଞ୍ଚ ଉପାଦାନ- ରକ୍ତ, ମେଦ, ଅସ୍ଥି, ମଜ୍ଜା ଓ ସ୍ନାୟୁ ବା ନାଡ଼ିରେ ନିର୍ମିତ ଶରୀର । ଦିବସର ପାଞ୍ଚ ପ୍ରହର (ସମୟ)କୁ ଜୀବନର ପଞ୍ଚାବସ୍ଥା ସହିତ ତୁଳନା କରାଯାଇଛି । ପ୍ରାତଃ ସମୟକୁ- ବାଲ୍ୟକାଳ ସହିତ ପୂର୍ବାହ୍ନକୁ- ଶୈଶବ ଓ କୈଶୋର ଏବଂ ପୌଗଣ୍ଡ ସହିତ । ମଧ୍ୟାହ୍ନକୁ- ଯୌବନ ସହିତ । ଅପରାହ୍ନକୁ ପୌଢ଼ାବସ୍ଥା ସହିତ ଏବଂ ସନ୍ଧ୍ୟାକୁ ବାର୍ଦ୍ଧକ୍ୟ ସାଙ୍ଗରେ ତୁଳନା ହେବ ।

ମନ୍ଦିରର ଦ୍ୱାର ଠାରୁ ଠାକୁରଙ୍କ ଆସ୍ଥାନ(ଗର୍ଭଗୃହ) ପାଖକୁ ଯିବାକୁ ଯେଉଁ ତିନୋଟି ପାହାଚ ତିଆରି ହୋଇଛି । ତା'ର ଅର୍ଥ ହେଲା- ଶିବଙ୍କର ଅନ୍ୟନାମ ତ୍ରିପୁରାରୀ । ସେ ତ୍ରିପୁରାସୁରକୁ ବଧ କରି ସେ ନାମକୁ ପ୍ରାପ୍ତ ହୋଇଛନ୍ତି । ସେ ତ୍ରିମୂର୍ତ୍ତି-ବ୍ରହ୍ମା, ବିଷ୍ଣୁ ଓ ମହେଶ୍ୱରଙ୍କ ମଧ୍ୟରେ ସ୍ଥାନିତ (ନାରଦ ପୁରାଣ ଅନୁଯାୟୀ ଯେତେବେଳେ ସୃଷ୍ଟି ସମୟ ଆସିଲା ମହାବିଷ୍ଣୁ ତିନୋଟି ରୂପ ଧାରଣ କରିଥିଲେ । ମହାବିଷ୍ଣୁ ହେଉଛନ୍ତି ସ୍ୱୟଂ ଭଗବାନ । ସେ ସର୍ବବ୍ୟାପୀ । ତାଙ୍କର ଧ୍ୱଂସ ନାହିଁ । ସେ ଅବିନେଶ୍ୱର । ମହାବିଷ୍ଣୁଙ୍କ ଡାହାଣ ପାଖରୁ ବ୍ରହ୍ମା କେନ୍ଦ୍ରରୁ ବିଷ୍ଣୁ ଓ ବାମ ପାର୍ଶ୍ୱରୁ ମହେଶ୍ୱର ସୃଷ୍ଟି ହୋଇଥିଲେ ।) ତେଣୁ ବ୍ରହ୍ମା, ବିଷ୍ଣୁ ଓ ମହେଶ୍ୱର ଏକ ଏବଂ ଅଭିନ୍ନ । ବ୍ରହ୍ମା- ସ୍ରଷ୍ଟା, ବିଷ୍ଣୁ-ପାଳକ ଏବଂ ମହେଶ୍ୱର-ସଂହାରକ । ସେ ବ୍ରହ୍ମା ରୂପରେ- ରଜୋଗୁଣ । ବିଷ୍ଣୁ ରୂପରେ ସତ୍ୱ ଗୁଣ ଓ ରୁଦ୍ର ରୂପରେ- ତମୋ ଗୁଣ । ଆମମାନଙ୍କ ଜୀବନରେ ମଧ୍ୟ ତିନୋଟି ଗୁଣର ପ୍ରାଧାନ୍ୟ ପରିଲକ୍ଷିତ ହୁଏ । ସତ୍ୱ, ରଜ ଓ ତମ । ସତ୍ୱ ଗୁଣ ଅଧିକ ହେଲେ ମଣିଷଟି ଧୀର, ସ୍ଥିର, ଶାନ୍ତଶିଷ୍ଟ, ଉଦାର ଓ ବିବେକବାନ ହୁଏ ଏବଂ ତା' ହୃଦୟରେ ଦୟା, ପ୍ରୀତି, କରୁଣା ଓ ଅହିଂସା ଆଦି ସୁଗୁଣ ଫୁଟି ଉଠେ । ରଜୋ ଗୁଣର ମଣିଷଟି ବେଳେବେଳେ କେତେକ ଭଲ କାର୍ଯ୍ୟ ସଂପାଦନ କଲେ ବି ସବୁ କାର୍ଯ୍ୟ ମୂଳରେ ତା'ର ଅହଂକାର ଓ ଗର୍ବଭାବ ରହିଥାଏ । ତମୋ ଗୁଣ ବିକଶିତ ହେଲେ ଲୋକଟି- ଆଳସ୍ୟ ପରାୟଣ, ମିଥ୍ୟାଚାରୀ, ଗର୍ବୀ ଓ ନୀଚମନା ହୋଇଯାଏ ଏବଂ ନାନା ବୀଭତ୍ସ କର୍ମରେ ଲିପ୍ତ ଥାଏ । ଏହିସବୁ ଗୁଣର ଅଧିକାରୀମାନଙ୍କୁ ଆମେ ଭଲ ବା ମନ୍ଦ ଅର୍ଥାତ ଭଲ ଗୁଣର ଅଧିକାରୀକୁ ଭଲ ମଣିଷ ଓ ଖରାପ ଗୁଣଧାରୀକୁ ମନ୍ଦ ବା ଦୁଷ୍ଟ ପ୍ରକୃତିର ବୋଲି କହି ଥାଆନ୍ତି । ଏହି ତିନି ଗୁଣରୁ ବ୍ୟକ୍ତି ଯେଉଁ ଗୁଣର ଅଧିକାରୀ ହୋଇଥାଏ, ସେହି ଗୁଣର ଲକ୍ଷଣ ଗୁଡ଼ିକ ତା'ଠାରେ ପରିଲକ୍ଷିତ ହୁଏ ।

ଶିବ ତ୍ରିକାଳଜ୍ଞ । ଅତୀତ, ବର୍ତ୍ତମାନ ଓ ଭବିଷ୍ୟତ ସବୁ ତାଙ୍କୁ ଜଣା । ସେ ମଧ୍ୟ ତ୍ରିଗୁଣ- ସତ, ରଜ ଓ ତମ ଗୁଣର ପ୍ରବର୍ତ୍ତକ । ସତ୍ ଗୁଣରୁ- ନିଷ୍ଠା ପରତା ବା ସ୍ୱାତ୍ତିକ ଭକ୍ତିର ଜନ୍ମ । ରଜଃ ଗୁଣରୁ- ରାଜକୀୟ କ୍ରିୟା ବା ନିଜ ବଡ଼ିମାପଣ ଦେଖାଇ ହେବାର ଢଙ୍ଗ ସୃଷ୍ଟି ହୋଇଥାଏ । ତମ ଗୁଣରୁ ତମଃ ତାମସିକ କର୍ମ ବା ତାମସା କରିବାର ମନବୃତ୍ତି ଉତ୍ପତ୍ତି । ତାଙ୍କର ନୀତି- ସମ, ଦଣ୍ଡ ଓ ଭେଦ । ଦୟା, ଧର୍ମ, କ୍ଷମା ତାଙ୍କ ସ୍ୱଭାବର ଅନ୍ତର୍ଭୁକ୍ତ । ସତ୍, ଚିତ, ଆନନ୍ଦ ସଚ୍ଚିଦାନନ୍ଦର ସେ ପ୍ରତୀକ । ପ୍ରେମମୟ ସେ ସତ୍ୟ ଶିବ, ସୁନ୍ଦର । ସେ ତ୍ରିଧାରା- ଗଙ୍ଗା, ଯମୁନା ଓ ସରସ୍ୱତୀର ଆଧାର ।

ମସ୍ତକରେ ତାଙ୍କର ପତିତ ପାବନୀ ଗଙ୍ଗା, କଣ୍ଠରେ ଯମୁନାର ନୀଳ ଜଳରାଶି ପରି ତାଙ୍କ କଣ୍ଠ ନୀଳବର୍ଷ । ସେ ନୀଳକଣ୍ଠ । ଧବଳାଙ୍ଗୀ ସରସ୍ୱତୀଙ୍କ ପରି ତାଙ୍କ (ଦେହ) ଶରୀର ଶୁକ୍ଳବର୍ଷ । ତ୍ରିଦେବ- ଇନ୍ଦ୍ର, ଅଗ୍ନି ଓ ବରୁଣ ତାଙ୍କରିଠେଙ୍ଗ । ବାହୁ ତାଙ୍କର ଇନ୍ଦ୍ରଙ୍କ ପରି ସମର ନିପୁଣ । ଅଗ୍ନି ତାଙ୍କର ତୃତୀୟ ନେତ୍ର । ଯେଉଁଠାରୁ ଅଗ୍ନି ସ୍ଫୁରଣ ହୋଇ କନ୍ଦର୍ପକୁ ଭସ୍ମୀଭୂତ କରିଥିଲା । ବରୁଣ ତାଙ୍କ ମସ୍ତକର ଗଙ୍ଗାର ଜଳଧାର । ସେ ତ୍ରିନେତ୍ର ଧାରୀ । ତାଙ୍କର ତିନୋଟି ଚକ୍ଷୁ । ସେ ତ୍ରିଶକ୍ତି-ତ୍ରିଶୂଳ, ଶୂଳ ଓ ପାଶୁପତର ଅଧିକାରୀ । ତିନି ଦିଗପାଳ- ବାୟୁ, ଅଗ୍ନି ଓ ଜଳ ତାଙ୍କରିଠାରେ ଲୁକ୍କାୟିତ ହୋଇ ରହିଛନ୍ତି । ବାୟୁ ତାଙ୍କ ନାସାର ଶ୍ୱାସ ପବନ । ଅଗ୍ନି- ତାଙ୍କ ତୃତୀୟ ନେତ୍ର । ଜଳ ତାଙ୍କ ମସ୍ତକରେ (ଗଙ୍ଗାଧାର) । ତିନ୍ୟାଲୋକ- ସୂର୍ଯ୍ୟ, ଚନ୍ଦ୍ର ଓ ଅଗ୍ନି ତାଙ୍କରି ଭିତରେ । ତାଙ୍କ ଦକ୍ଷିଣ ନେତ୍ର- ସୂର୍ଯ୍ୟଙ୍କ ପ୍ରତିନିଧିତ୍ୱ କରେ । ତାଙ୍କ ବାମଚକ୍ଷୁ- ଚନ୍ଦ୍ରଙ୍କ କିରଣ ପରି ଶୀତଳତା ପ୍ରଦାନ କରେ । ତାଙ୍କ ତୃତୀୟ ଆଖିଟି- ଅଗ୍ନି ବା ନିଆଁ ଏବଂ ଆଲୋକର ପ୍ରତିରୂପ । ତ୍ରିରଙ୍ଗା- ସବୁଜ, ଧଳା ଓ ନାରଙ୍ଗିର ସେ ପ୍ରତୀକ । ତାଙ୍କ କଣ୍ଠ ସବୁଜ ସେ ନୀଳକଣ୍ଠ । ତାଙ୍କ ଗ୍ରୀବା (ଚିବୁକ) ଧଳା ବା ଶ୍ୱେତ । ଓଠ ନାରଙ୍ଗି । ତାଙ୍କ ଅସ୍ତ ତ୍ରିଶୂଳ । ସେଥିରେ ତିନୋଟି ମୁନ ତ୍ରିଶାଖା ବେଲପତ୍ର ତାଙ୍କ ଉପରେ (ମସ୍ତକରେ) ଚଢ଼ାଯାଏ । ତ୍ରିଫଳ- ହରିଡ଼ା, ବାହାଡ଼ା, ଅଁଳା ଶିବ ଭଣ୍ଡାରିକ ବା ପ୍ରଦୋଷ ପୂଜାରେ ଆବଶ୍ୟକ ପଡ଼େ । ତ୍ରିମଧୁ- ଘୃତ, ମଧୁ ଓ ଶର୍କରା ଶିବଙ୍କ ପୂଜାରେ ଦରକାର ହୋଇଥାଏ । ତ୍ରିଜାତକ- ଜାଇତ୍ରୀ, ଅଲେଇଚ, ତ୍ରିତୟ ଶିବଙ୍କ ପୂଜାରେ ଲୋଡ଼ାହୁଏ । ତ୍ରିତାବସ୍ଥା- ସୃଷ୍ଟି, ସ୍ଥିତି ଓ ପ୍ରଲୟର ସିଏ ହେଲେ ହର୍ତ୍ତା, କର୍ତ୍ତା ତଥା ଦୈବ ବିଧାତା । ତ୍ରିକୁଟ- ଶୁଣ୍ଠି, ଗୋଲମରିଚ ଓ ପିପଲୀର ଚୂର୍ଣ୍ଣ ସେବନ କଲେ ଉଦରପିଡ଼ା ଦୂର ହୁଏ । ତ୍ରିକାଳ- ଅତୀତ, ବର୍ତ୍ତମାନ ଓ ଭବିଷ୍ୟତ ଆଉ ମଣିଷ ଜୀବନର ତ୍ରିତାବସ୍ଥା- ବାଲ୍ୟ, ଯୌବନ ଓ ବାର୍ଦ୍ଧକ୍ୟ ଏବଂ ଦିନର ତିନି ସମୟ- ପ୍ରାତଃ, ମଧାହ୍ନ ଓ ସନ୍ଧ୍ୟା । ମଣିଷର ବାଲ୍ୟକାଲ- ଦିବସର ପ୍ରାତଃ ସମୟ ସହିତ, ଯୌବନ- ମଧାହ୍ନ ସହିତ ଓ ବାର୍ଦ୍ଧକ୍ୟ ସନ୍ଧ୍ୟା ସହିତ ତୁଲନୀୟ ।

ସତୀ ଆମ ଝିଅ (ନାରୀ)ମାନଙ୍କ ଜୀବନକୁ ମଧ ତିନି ଭାଗରେ ବିଭକ୍ତ କରାଯାଇଛି । କନ୍ୟା, ଜାୟା ଓ ଜନନୀ । ଆମମାନଙ୍କର ପୁଣି ତିନି କୁଳ ନିଜର ପିତୃବଂଶ, ମାତାର ମାତୃବଂଶ ଓ ନିଜ ଶାଶୁଘର ବଂଶ । ଆମମାନଙ୍କର ପୁଣି ବ୍ୟକ୍ତି (ଗତ) ସ୍ୱାଧୀନତା ନାହିଁ । ଆମର ଏ ପୁରୁଷ ପ୍ରଧାନ ସମାଜରେ ସମାଜପତିମାନେ ଆମ ସମୁଦାୟ ଜୀବନ କାଳକୁ ତିନି ଭାଗରେ ବିଭକ୍ତ କରି ତିନିଗୋଟି ପୁରୁଷମାନଙ୍କ ଅଧୀନରେ ରଖିଦେଇ ଯାଇଛନ୍ତି । ଆମେ କନ୍ୟା ସମୟରେ(ପିଲାବେଲେ)- ପିତାର ଅଧୀନ । ଜାୟାବେଲେ(ଯୌବନରେ)-ସ୍ୱାମୀର ଅଧିକାର ଭୁକ୍ତ । ବୃଦ୍ଧାବସ୍ଥାରେ (ଜନନୀରେ) ପୁତ୍ର ଆମର ଏକମାତ୍ର ସାହାଭରସା । ସେଥିପାଇଁ ଏବଂ ଏହି ବ୍ୟବସ୍ଥାକୁ ପ୍ରମାଣସିଦ୍ଧ କରିବା ପାଇଁ ଶ୍ଲୋକ (ଶାସ୍ତରେ) ଅଛି (ମନୁସ୍ମୃତି) ମନୁଙ୍କ ନୀତି- ଯାହାକି ଜଣେ ପୁରୁଷଙ୍କ ଦ୍ୱାରା ଲିଖିତ । (ପିତା ରକ୍ଷତି କୌମାରେ, ଭର୍ତ୍ତା ରକ୍ଷତି ଯୌବନେ, ରକ୍ଷତି ସ୍ଥବିରେ ପୁତ୍ରା ନସ୍ତୀ ସ୍ୱାତନ୍ତ୍ୟ ଅର୍ହତି ।) ଅର୍ଥାତ୍ ନାରୀ (ସ୍ତୀ) ପିଲାଦିନେ ପିତା, ଯୌବନାବସ୍ଥାରେ ପତି ଓ ବୃଦ୍ଧାବସ୍ଥାରେ ପୁତ୍ରର ଆଶ୍ରୟରେ ରହି ଜୀବନ ବିତାଉଥିବ ।

ଶିବଙ୍କର ବର୍ଷ ଶୁଭ୍ର ଏବଂ ଏହି ଶୁଭ୍ରତା ହିଁ ଆମ ମାନଙ୍କୁ ପବିତ୍ରତା, ନିର୍ମଳ ହୃଦୟ ଓ ସତ୍‌ଚିନ୍ତା ସମ୍ପର୍କରେ ସୂଚନା ଦେଇଥାଏ । ଭାଲ ପଟରେ ତ୍ରିଧାରା ବିଭୂତି ବିଲେପନ କରିଥାଆନ୍ତି । ଏହା ସମଗ୍ର ଭକ୍ତ ସମାଜକୁ ହିଂସା, ଦ୍ୱେଷ, କାମନା, ବାସନା, ମାୟା ତ୍ୟାଗ କରିବାକୁ ନିର୍ଦ୍ଦେଶ ଦେଇଥାଏ । ‘ନନ୍ଦି’ ଶିବଙ୍କର ବାହନ । ଏହା ସତ୍ୟସଙ୍ଗର ପ୍ରତୀକ ମାତ୍ର । ସାଧୁସଙ୍ଗ ବା ସତ୍‌ସଙ୍ଗ କଲେ ମନୁଷ୍ୟ ଜାଗତିକ ଜଞ୍ଜାଳରୁ ମୁକ୍ତ ହୋଇ ମୋକ୍ଷ ଲାଭ କରେ ଏହା ସୂଚେଇଥାଏ । ପୁଣି ସେହି ନନ୍ଦି ମହାରାଜ ଧର୍ମର ଦେବତା । ତେଣୁ ଶିବ ହେଉଛନ୍ତି ଧର୍ମର ରକ୍ଷକ । ଶିବଙ୍କ ଦକ୍ଷିଣ ହସ୍ତରେ ତ୍ରିଶୂଳ ଶୋଭା ପାଉଥାଏ । ଏହା ସତ, ରଜ, ତମ ଗୁଣର ନିଦର୍ଶନ ମାତ୍ର । ପୁନଶ୍ଚ କେହିକେହି ମତ ଦିଅନ୍ତି ଶିବ ପୂଜନରେ ପ୍ରାଣୀର ଆଧ୍ୟାତ୍ମିକ, ଆଧ୍ୟଭୌତିକ ଓ ଆଧ୍ୟଦୈବିକ । ଏହି ତିନି ପ୍ରକାର ଦୁଃଖ ଦୂର ହୋଇଥାଏ ଏବଂ ଏହାର ଆୟୁଧ

ଶିବଙ୍କ ହାତରେ ତ୍ରିଶୂଳ ଶୋଭା ପାଉଥାଏ । ଶିବଙ୍କ ହସ୍ତରେ ଥିବା ଡମ୍ବରୁ ଶବ୍ଦ ବ୍ରହ୍ମଙ୍କ ପ୍ରତୀକ ଅଟେ ଓ ସୃଷ୍ଟିର ଆଦ୍ୟ ପ୍ରଣବାକ୍ଷର 'ଓଁ' ଏଥିରୁ ନିଃସୃତ ହୋଇଥାଏ । ଶିବଙ୍କ ମସ୍ତକରେ ଚନ୍ଦ୍ରକଳା ଶିବଙ୍କୁ ସଂଯମୀ ଭାବରେ ପରିଚିତ କରାଏ । କାରଣ ଚନ୍ଦ୍ର ଶୀତଳତାର ପ୍ରତୀକ ଓ ମନକାରକ ଗ୍ରହ ତଥା ମନର ଦେବତା । ତାଙ୍କର ଜଟାରୁ ପ୍ରବାହିତ ହେଉଥିବା ପତିତ ପାବନୀ ଗଙ୍ଗା । ହିଁ ଅମୃତ ଧାରାର ପ୍ରତୀକ । ଅର୍ଥାତ୍ ଜ୍ଞାନଗଙ୍ଗାର ପବିତ୍ର ସ୍ପର୍ଶରେ ପ୍ରାଣୀମାନେ ପତିତରୁ ପାବନ ହୋଇ ଥାଆନ୍ତି ଏହି ସଙ୍କେତ ଦେଇଥାଏ । ଶିବଙ୍କର ଅନ୍ୟତମ ଭୂଷଣ ହେଲା ସର୍ପ । ସର୍ପ ପ୍ରଜ୍ଞା ଓ ଚିରନ୍ତନତାର ପ୍ରତୀକ । ପୁନି ଶିବ ତ୍ରିଲୋଚନ ନାମରେ ଖ୍ୟାତ । ଅର୍ଥାତ୍ ତୃତୀୟ ନେତ୍ର ମୋକ୍ଷ ଦ୍ୱାର ଭାବରେ ବିଦିତ । ଶିବଲିଙ୍ଗ ଉପରେ ପଡ଼ୁଥାଏ ବିନ୍ଦୁ ବିନ୍ଦୁ ଜଳର ଅର୍ଥ ହେଲା ପରମାତ୍ମା ସହିତ ଆତ୍ମାମାନେ ନିରନ୍ତର ଅବିଚ୍ଛିନ୍ନ ବା ସଂଯୁକ୍ତ ହୋଇ ରହିବା । ବ୍ୟାଘ୍ରଛାଲ ଉପରେ ଆସନ ପକାଇବା ଏବଂ ହସ୍ତୀ ଚର୍ମାବୃତ ହେବା ଅର୍ଥ କାମନା ବାସନା ଆଦି ପଶୁ ପ୍ରବୃତ୍ତି ଉପରେ ସମ୍ପୂର୍ଣ୍ଣ ବିଜୟ ହାସଲ କରିବା । ପୁନଶ୍ଚ ଶିବଙ୍କର ଅନ୍ୟ ଏକ ନାମ ନୀଳ କଣ୍ଠ । ଅର୍ଥାତ୍ ସୃଷ୍ଟିରେ ସୁଖ, ଶାନ୍ତିର ପ୍ରତିଷ୍ଠା ପାଇଁ ସମସ୍ତ ବିଷକୁ ଆସ୍ୱାଦନ କରି ନିଜେ କଣ୍ଠରେ ଧାରଣ କରିଥିବାରୁ ସେ ହେଲେ ନୀଳକଣ୍ଠ । ଉଜାଗର ରହି ଦୀପ ଜାଳିବାର ଅର୍ଥ ଆତ୍ମାରୂପୀ ଦୀପକୁ ସଦା ପ୍ରଜ୍ୱଳିତ, ଜାଗ୍ରତ ରଖିବା ।

ଶିବଙ୍କୁ ତିନିପୁର- ସ୍ୱର୍ଗ, ମର୍ତ୍ୟ ଓ ପାତାଳ ଏବଂ ତିନିପୁରର ଚଉଦ ଭୁବନ ଯଥା ସପ୍ତ ସ୍ୱର୍ଗ- ଭୂଃ, ଭୂବ, ସ୍ୱଃ, ମହଃ, ଜନ, ତପ ଓ ସତ୍ୟ ଆଉ ସପ୍ତ ପାତାଳ- ଅତଳ, ସୁତଳ, ବିତଳ, ତଳାତଳ, ମହୀତଳ, ରସାତଳ ଓ ପାତାଳ ସବୁର ଖବର ତାଙ୍କୁ ଜଣା । ତିନି ପୁରୁଷ- ପିତା, ପିତାମହ, ପ୍ରପିତାମହଙ୍କ ନାମ ପିଣ୍ଡଦାନବେଳେ ଖୋଜା ପଡ଼େ । ସେ ତ୍ରିତାପକ-ଆଧ୍ୟାତ୍ମିକ, ଅଧ୍ୟବୈଦିକ ଓ ଅଧ୍ୟଭୌତିକ ଏହି ତ୍ରିବିଧ ଦୁଃଖର ହରଣ କର୍ତ୍ତା ହେଲେ ଶିବ ମହାପ୍ରଭୁ । ସେ ମଧ୍ୟ ସଂହାର କର୍ତ୍ତା । ତ୍ରିଦୋଷ- ବାତ, ପିତ୍ତ ଓ କଫର ପ୍ରାବଲ୍ୟରେ ଜୀବନର ଶେଷ ସମୟ ଉପସ୍ଥିତ ହୋଇଥାଏ । ତ୍ରିପଥ- କର୍ମ, ଜ୍ଞାନ ଓ ଉପାସନା ବିନା ଦେବାରଧନା ସମ୍ଭବ ନୁହେଁ । ତ୍ରିଗୁଣ ଭସ୍ମାଦି ଦ୍ୱାରା ପୂଜକମାନେ ଲଲାଟରେ ତିନୋଟି ରେଖା (ଗାର) ଅଙ୍କନ କରିଥାଆନ୍ତି । ତ୍ରିବର୍ଗ- ଧର୍ମ, ଅର୍ଥ ଓ କାମ ବ୍ୟତିରେକେ ଏବଂ ତ୍ରିମଦ- ବିଷୟ, ଧନ ଓ ଆଭିଜାତ୍ୟକୁ ତ୍ୟାଗ ନକଲେ ମୁକ୍ତି ମିଳେନା । ଯେଉଁ ବଡ଼ଠାକୁର ଜଗନ୍ନାଥଙ୍କୁ ଆମେ ବୁଦ୍ଧ ଅବତାର ବୋଲି ମାନି ନେଇଛନ୍ତି । ସେ ବୌଦ୍ଧ ଧର୍ମର ତିନି ମାର୍ଗ- ମହାଯାନ, ମଧ୍ୟମଯାନ ଓ ହୀନଯାନର ପ୍ରତୀକ ତିନି ମୂର୍ତ୍ତି- ବଳଭଦ୍ର, ସୁଭଦ୍ରା ଓ ଜଗନ୍ନାଥ ନୀଳ କନ୍ଦରରେ ବିରାଜମାନ ହୋଇ ବିଶ୍ୱରେ ତ୍ରିରଙ୍ଗ (ତ୍ରିବର୍ଣ୍ଣ)ର ମଣିଷଙ୍କର ପ୍ରତିନିଧିତ୍ୱ କରୁଛନ୍ତି । କଳା (କୃଷ୍ଣକାୟ) ଜଗନ୍ନାଥ ଆଫ୍ରିକାୟ, ହଳଦିଆ- ସୁଭଦ୍ରା ମଙ୍ଗୋଲିୟମାନଙ୍କ ପରି ବର୍ଣ୍ଣ ଓ ଧଳା ବା ଗୌର ବର୍ଣ୍ଣ ହେଲେ ବଳଭଦ୍ର ୟୁରୋପୀୟ ଓ ଆମେରିକୀୟ ମାନଙ୍କପରି । ପୁନି ବୌଦ୍ଧ ଗ୍ରନ୍ଥର ନାମ ହେଉଛି ତ୍ରିପିଟକ । ତାହା ପୁନି ତିନି ଭାଗରେ ବିଭକ୍ତ । ଶିବଙ୍କ ପତ୍ନୀ ଦୁର୍ଗାଙ୍କୁ ତ୍ରିଶକ୍ତି- କାଳୀ, ତାରା, ଓ ତ୍ରିପୁରା କୁହାଯାଏ । ଧ୍ୟାନ ମଗ୍ନ ହୋଇ ତ୍ରିସୀମା- ବାମ, ଦକ୍ଷିଣ ଓ ସମ୍ମୁଖକୁ ଚାହିଁବ । ଭଗବାନ ତିନି ମୂର୍ତ୍ତି ହେଲେ ତିନି ପ୍ରକାର କର୍ମ ସାଧନ ପାଇଁ । ତେଣୁ ସେ କହିଲେ- "ସୃଷ୍ଟି କରଇ ରଜୋଗୁଣେ, ସତ୍ୟୋ ପାଳଇ ଇନ୍ଦ୍ରପଦେ । ତାମସ ଗୁଣେ ସଂହାରଇ, ଅନ୍ତରେ ସର୍ବ ରୂପ ହୋଇ । ଯାର ପ୍ରସାଦେ ଦେବେ ହୋନ୍ତି । କ୍ରୋଧୁ ସମ୍ଭବ ପଶୁପତି, ହରଷୁବ୍ରହ୍ମା ଜାତ ହୁଏ, ଲୋକ ପ୍ରକାଶ ଯାର ଦେହେ ।"

ପାଞ୍ଚ ଓ ତିନି ମିଶି ହେଲା ଆଠ । ଆଠର ଭାବାର୍ଥ ହେଲା ଅଷ୍ଟାଙ୍ଗ (ଜାନୁ, ପାଦ, ହସ୍ତ, ବକ୍ଷ, ମସ୍ତକ, ଦୃଷ୍ଟି, ବୁଦ୍ଧି ଓ ବାକ୍ୟ) ସଂଯମ, ନିୟମ, ଆସନ, ପ୍ରାଣାୟମ, ପ୍ରତ୍ୟାହାର, ଧାରଣା ଧ୍ୟାନ ଓ ସମାଧି ଯୋଗ କେବଳ ସାଧି ପାରିଛନ୍ତି ଶିବ । ଯାହା କୌଣସି ମନୁଷ୍ୟ ପକ୍ଷରେ ଆଦୌ ସମ୍ଭବ ନୁହେଁ । ଋଷି ପତଞ୍ଜଲି ଯେଉଁ ଅଷ୍ଟାଙ୍ଗ ମାର୍ଗକଥା କହିଛନ୍ତି । ତାହା ହେଲା- ଯମ, ନିୟମ, ଆସନ, ପ୍ରାଣାୟମ, ପ୍ରତ୍ୟାହାର, ଧାରଣଧ୍ୟାନ ଓ ସମାଧି । ଯମ ହେଉଛି ସାମାଜିକ ଶୃଙ୍ଖଳା । ଏହା ଅହିଂସା, ସତ୍ୟ, ନିର୍ଲୋଭତା, ବ୍ରହ୍ମଚର୍ଯ୍ୟ ଓ ଅପରିଗ୍ରହ ପରି ପାଞ୍ଚଟି ଅଭ୍ୟାସ ଉପରେ

ଆଧାରିତ । ନିୟମ ହେଉଛି- ଆତ୍ମ ଶୃଙ୍ଖଳା ସହ ଶାରୀରିକ ଓ ମାନସିକ ଶୃଙ୍ଖଳା, ଶୌଚ, ସନ୍ତୋଷ, ତାପସ, ସ୍ୱଧ୍ୟାୟ ଓ ଈଶ୍ୱର ପ୍ରଣିଧାନ ଏଥିରେ ଅନ୍ତର୍ଭୁକ୍ତ । ଆସନରେ ଶରୀରକୁ ଏକ ମୁଦ୍ରାରେ ରଖି ଶରୀର ଓ ମନର ସ୍ଥିରତା ରକ୍ଷା କରିବା । ପ୍ରାଣାୟାମ ହେଉଛି- ଶ୍ୱାସ ସଂଯମତା, ମନକୁ ସଂଯମ ଓ ପବିତ୍ର କରିବା ପାଇଁ ପ୍ରାଣାୟାମ ଆବଶ୍ୟକ । ପ୍ରତ୍ୟାହାରରେ-ଇନ୍ଦ୍ରିୟ ଶୃଙ୍ଖଳା ତଥା ଇନ୍ଦ୍ରିୟକୁ ବାହ୍ୟ ସାଂସାରିକ ସୁଖରୁ ମୁକ୍ତ କରିବ । ଧାରଣା ହେଉଛି- ଚିତ୍ତର ଏକାଗ୍ରତା ରକ୍ଷା କରିବା । ଧ୍ୟାନ ମନର ତାମସିକ ଓ ରାଜସିକ ପ୍ରବୃତ୍ତି ନାଶ କରି ସତ୍ୱ ଗୁଣର ଅଭିବୃଦ୍ଧି ଘଟାଇଥାଏ । ଯେତେବେଳେ ଚିତ୍ତର ଏକାଗ୍ରତା ଦୀର୍ଘ ସମୟ ଧରି ଅବ୍ୟାହତ ରହେ, ସେତେବେଳେ ସମୟ ଓ ସ୍ଥାନର ଜ୍ଞାନ ରହେ ନାହିଁ । ସମାଧି ହେଉଛି- ଧ୍ୟାନର ଚରମ ଅବସ୍ଥା । ଏଥିରେ ମନୁଷ୍ୟର ବାହ୍ୟିକ ଓ ଆନ୍ତରିକ ସ୍ଥିତିର ଜ୍ଞାନ ରହେନାହିଁ । ଏହା ଚରମ ସୁଖ ପ୍ରଦାନ କରି ଆତ୍ମୋପଲବ୍ଧି କରାଇଥାଏ ।

ସ୍ୱଧ୍ୟାୟ ବା ଶାସ୍ତ୍ର ଅଧ୍ୟୟନ ହେଉଛି କ୍ରିୟା ଯୋଗ । ଯାହାର ଉଦାହରଣ ହେଉଛି ଗୀତା । ଶାସ୍ତ୍ର ଅଧ୍ୟୟନ ହୃଦୟକୁ ବିଶୁଦ୍ଧ କରେ ଏବଂ ମନରେ ଉଚ୍ଚ ପବିତ୍ର ଚିନ୍ତାଧାରା ପୂର୍ଣ୍ଣ କରିଦିଏ । ସମସ୍ତ ଯୋଗର ସାରକଥା ରାଜଯୋଗ ନାମରେ ବା ଅଷ୍ଟାଙ୍ଗ ଯୋଗ ନାମରେ ସମସ୍ତଙ୍କର ଗ୍ରହଣୀୟ ହୋଇଛି । ଅଷ୍ଟାଙ୍ଗ ଯୋଗ କହିଲେ ମନକୁ ସଂପୂର୍ଣ୍ଣ ବୃତ୍ତିହୀନ ବା ପୂରାପୂରି ଶୂନ୍ୟ କରି ଦେବାର ସାଧନା । ମହର୍ଷି ପତଞ୍ଜଲିଙ୍କ ଯୋଗ ଦର୍ଶନ ଗ୍ରନ୍ଥଟି ହେଉଛି ଏକ ସାଧନା ବିଷୟକ ଶ୍ରେଷ୍ଠତମ ଗ୍ରନ୍ଥ । ଅହିଂସା, ସତ୍ୟ, ବ୍ରହ୍ମଚର୍ଯ୍ୟ. ଅସ୍ତେୟ ଓ ଅପରିଗ୍ରହ ଏହି ପାଞ୍ଚଟି ହେଉଛି ଯମ । ସମସ୍ତ ସଦ୍‌ଗୁଣ ମଧ୍ୟରେ ଅହିଂସାକୁ ବିଶେଷ ପ୍ରାଧାନ୍ୟ ଦିଆଯାଉଛି । ଅହିଂସା ପରକୁ ସତ୍ୟର ସ୍ଥାନ । ସତ୍ୟ ଈଶ୍ୱରଙ୍କ ପ୍ରତୀକ ଓ କେବଳ ଅବିଚଳିତ ସତ୍ୟାନୁରାଗ ଦ୍ୱାରା ହିଁ ଈଶ୍ୱରଙ୍କୁ ପ୍ରାପ୍ତି କରାଯାଇପାରେ । ବ୍ରହ୍ମଚର୍ଯ୍ୟ ହେଉଛି ଆତ୍ମିକ ଜୀବନର ମୂଳଦୁଆ । କାମ, କ୍ରୋଧ, ଲୋଭ, ମୋହ, ମାତ୍ସର୍ଯ୍ୟ, କାର୍ପଣ୍ୟ ଆଦି ରାକ୍ଷସବୃତ୍ତି ମାନଙ୍କ ବିରୁଦ୍ଧରେ ଘୋର ସଂଗ୍ରାମ କରିବା ପାଇଁ ବ୍ରହ୍ମଚର୍ଯ୍ୟ ହେଉଛି ଏକ ଦୃଢ଼ ବ୍ରହ୍ମାସ୍ତ୍ର । ବ୍ରହ୍ମଚର୍ଯ୍ୟ ନିତ୍ୟ ସୁଖ ଓ ଅଖଣ୍ଡ ଆନନ୍ଦ ପ୍ରଦାନ କରେ । ଚତୁର୍ଥ ଅଙ୍ଗ ଆସ୍ତେୟ ଅର୍ଥ ହେଉଛି ଚୋରି କରିବା ବୃତ୍ତିର ପୂର୍ଣ୍ଣ ବିନାଶ । ସତ୍‌ମାର୍ଗରେ ଉପାର୍ଜିତ ବସ୍ତୁରେ ସନ୍ତୁଷ୍ଟିତ ହୋଇ ରହିବାକୁ ପଡ଼ିବ । ନିଜର ଆବଶ୍ୟକତା ଠାରୁ ଅଧିକ ସମ୍ପତ୍ତି ନିଜ ପାଖରେ ଠୁଲ କରିବା ଚୋରି ସହିତ ସମାନ । ପଞ୍ଚମ ଅଙ୍ଗ ଅପରିଗ୍ରହର ଅର୍ଥ ହେଉଛି ଲୋଭରୁ ମୁକ୍ତି । ନିଜର ଆବଶ୍ୟକତା ଯେତେ କମ୍ ହୋଇପାରେ, ସାଧକ ସେତିକି ପଦାର୍ଥରେ ଜୀବନ ଯାପନ କରିବା ଉଚିତ୍ । କୌଣସି କିଛିରେ ହିଁ ଯୁକ୍ତ ହେବା ବା ଏକମୁଖୀ ଆସକ୍ତିର ନାମ ହିଁ ଯୋଗ । ଯାହାଙ୍କର ମନ ସତ୍ ବା ଏକା ଶକ୍ତିରେ ପୂର୍ଣ୍ଣ- ସେ ହିଁ ସତ୍ ବା ସତୀ । ଆଦର୍ଶରେ ମନ ସାମ୍ୟକ ଭାବରେ ଲାଗି ରହିବା ନାମ ସମାଧି । ନାମ ମଣିଷକୁ ତୀକ୍ଷ୍ଣ କରେ ଓ ଧ୍ୟାନ ମଣିଷକୁ ସ୍ଥିର ଓ ଗ୍ରହଣକ୍ଷମ କରେ । ମନର ସର୍ବ ପ୍ରକାର ଗ୍ରନ୍ଥିର ସମାଧାନ ବା ମୋଚନ ହୋଇ ଏକରେ ସାର୍ଥକ ହେବା ମୁକ୍ତି । ଯେଉଁଠାକୁ ଗମନ କରିଲେ ମନର ଗ୍ରନ୍ଥିର ମୋଚନ ବା ସମାଧାନ ହୁଏ, ତାହା ହିଁ ତୀର୍ଥ । ଯାହା କରିଲେ ଅସ୍ତିତ୍ୱକୁ ରକ୍ଷା କରିହୁଏ- ତାହା ହିଁ ପୁଣ୍ୟ ।

ଆମେ ଅଷ୍ଟଧାତୁର କବଚ, ଡେଉଁରିଆ କିୟା ମୁଦ୍ରିକା ପିନ୍ଧିଲେ ଗ୍ରହ କୋପରୁ ତ୍ରାହି ପାଇବା । ଅଷ୍ଟବର୍ଗ ଶିକ୍ଷା କଲେ (ସାଧି ପାରିଲେ) ଗତ, ଆଗତ, ଅତୀତ ଓ ଭବିଷ୍ୟତ ବିଷୟରେ ଜାଣି ପାରିବା । ଦିନ ଓ ରାତି ମିଶି (ଏକ ଅହୋରାତ୍ର) ଅଷ୍ଟପ୍ରହର । ତାକୁ ଦୁଇଭାଗରେ ବିଭକ୍ତ କରାଯାଇଛି । ଦିନ ଚାରି ପ୍ରହର ଓ ରାତ୍ରୀ ଚାରି ପ୍ରହର ସମାନ ଭାଗ ନ ହୋଇ ଦିନ ଚାରି ପ୍ରହର ଓ ରାତିର ପ୍ରଥମ ପ୍ରହର (ଭାତଖିଆ ପ୍ରହର) ପର୍ଯ୍ୟନ୍ତକୁ ମିଶାଇ ପାଞ୍ଚ ପ୍ରହର ମଣିଷ ଜାଗ୍ରତ ରହିବ । ରାତିର ଅବଶିଷ୍ଟ ତିନି ପ୍ରହର ନିଦ୍ରାଯିବ । ଅଷ୍ଟମୀ ତିଥିର ପ୍ରଥମାଷ୍ଟମୀ ପରି ନୂତନ ବା ଶୁଦ୍ଧ ବସ୍ତ୍ର ପରିଧାନ କରି ଶାରଦୀୟ ଦୁର୍ଗାପୂଜାର ମହାଷ୍ଟମୀ ବ୍ରତ ପରି ପାଲି ଉପବାସ ରହି ନୂଆ ଚିନ୍ତାଧାରା ନେଇ ନୂତନ ଜୀବନ ଆରମ୍ଭ କରିବାକୁ ଯାଇ ଅଷ୍ଟବକ୍ରଙ୍କ ପରି ଅଷ୍ଟାଙ୍ଗ ମାର୍ଗକୁ ଆପଣାଇ ପାରିଲେ ଯାଇ ସଂସାରର ଅଠା କାଟିରୁ

ପରିତ୍ରାଣ ପାଇବ । "ଆଚାରଃ ପରମୋ ଧର୍ମଃ, ଆଚାରଃ ପରମଂ ତପଃ । ଆଚାରଃ ପରମ ଜ୍ଞାନ ମା ଚା ରାତ୍ କିଂ ନ ସାଧ୍ୟତେ ।" ଆଚାର (ସଦାଚାରଣ) ପ୍ରଧାନ ଧର୍ମ ଅଟେ । ସଦାଚାରୀ ହେବା ପରମ ତପସ୍ୟା । ସଦାଚାର ପରମ ଜ୍ଞାନ, ସତ୍, ଆଚରଣ ଦ୍ୱାରା କେଉଁକଥା ସାଧ୍ୟ ନ ହୁଏ । ନହେଲେ ସେ ପ୍ରପଞ୍ଚ ମନୋବୃଭି ନେଇ ଆଧୁନିକ ଯୁଗର ସ୍ୱାର୍ଥନ୍ବେଷୀ ଦିଗୋଡ଼ିଆ ଜନ୍ତୁ ପାଲଟିଯିବ ।

"ଶୁଚୌଦେଶେ ପ୍ରତିଷ୍ଠାପ୍ୟ, ସ୍ଥିର ମାସନମାସ୍ମନଃ । ନାତୁଚ୍ଛିତଂ ନାତିନୀ ଚଂ, ଚେଲାଜିନକୁ ଶୋଉରଂ (୬/ ୧୧) ।" ଯୋଗାରୂଢ଼ ବ୍ୟକ୍ତି ଆୟ୍ମାଶୁଦ୍ଧି ପାଇଁ ପବିତ୍ର ଦେଶ, ପବିତ୍ର ଭୂମିରେ ନିଷ୍ଠଳ ଭାବରେ ଆସନ କରିବ । ସେ ସ୍ଥାନ ତାହା ଉଚ୍ଚ ନୀଚ ବା ଅପବିତ୍ର ହୋଇ ନ ଥିବ । ଯୋଗ ସାଧନା ସମୟରେ ବାମ ପାଦକୁ ଗୃହ୍ୟ ଦ୍ୱାରରେ ରଖିବ । ତା'ଉପରେ ଦକ୍ଷିଣ ପାଦ ରଖିବ । ମେରୁଦଣ୍ଡ ସଲଖି ଜାନୁ ଉପରେ ରଖିବ ଭୁଜ । ପାଞ୍ଚମାନ, ପଚିଶ ପ୍ରକୃତି, ପଞ୍ଚେନ୍ଦ୍ରିୟଙ୍କୁ ଆପଣା ଆୟତରେ ରଖିବ । ପ୍ରାଣ, ଅପାନ ଏକ କରି ପୂରକ, କୁମ୍ଭକ ଓ ରେଚକ ପଦ୍ଧତି ଅନୁଯାଇ ଥଁଲା (ଇଡା) ପିଥଁଲା (ପିଙ୍ଗଳା) ନାଡ଼ି ଦେଇ ସୁଷୁମ୍ନାକୁ ଭେଦି ବାୟୁକୁ ତ୍ରିକୁଟରେ ରୁଦ୍ଧିବ । ସଂଯମ ପାଇଁ କର୍ମ ବାସନା ତ୍ୟାଗ ପୂର୍ବକ ମନକୁ ନିଷ୍ଠଳ କରି ନାଶାଅଗ୍ର ଧ୍ୟାନ(ଲକ୍ଷ୍ୟ) ରଖିବ ଗୋଟିଏ ବିନ୍ଦୁରେ ସ୍ଥିର କରି । ତେବେ ଯାଇ ଯୋଗ ସାଧନା ସମ୍ଭବ ହେବ । ଆମ ମନ ପଞ୍ଚଇନ୍ଦ୍ରିୟ (ଚକ୍ଷୁ, ନାସା, କର୍ଣ, ଜିହ୍ୱା ଓ ଚର୍ମ) ଦ୍ୱାରା ପରିଚାଳିତ । ଏସବୁ ଅତ୍ୟନ୍ତ ଶକ୍ତିଶାଳୀ । ଏଗୁଡ଼ିକର ଉପଯୁକ୍ତ ବିନିଯୋଗ ଓ ପରିଚାଳନା ନହେଲେ, ଏହା ଆପେ ଆପେ ନଷ୍ଟ ବାଟକୁ ଚାଲି ଯାଆନ୍ତି । ଆମ୍ ନିରୀକ୍ଷଣ ପୂର୍ବକ ଚେତନା ଶକ୍ତିର ଜାଗରଣରେ ହିଁ ଏଗୁଡ଼ିକ ପରିଚାଳିତ ହେବା ଆବଶ୍ୟକ । ପ୍ରାଣ, ଅପାନ କରି ଏକ, ସାଧ୍ୱବ ପୂରକ, କୁମ୍ଭକ । ରେଚକ କରି ଆମ୍ମା ମନ, ପ୍ରାଣ ସଙ୍ଗତେ ସ୍ଥାପି ମନ । ଯାବତ୍ କର୍ମ ହିଁ ନତ୍ୟଜେ । ତାବତ ସଂଯମ ନଭଜେ । ଏଣୁ ନିଷ୍ଠଳେ ସ୍ଥାପିମନ, ରଖିବ ନାସା ଅଗ୍ର ଧ୍ୟାନ । ଅଗ୍ନିର ବଳେ କାମବନ, ଜ୍ଞାନେଣ ଇନ୍ଦ୍ରିୟ ଦହନ । ସ୍ୱାଭାବେ ସତ୍ୟ, ଶମ, ତମ, ଅହିଂସା, ତପ, କ୍ଷମା, ଧର୍ମ ସତ୍ୟ, ଶଉଚ, ଦୟା, ତପ । ତିତିକ୍ଷା, ଶମ, ଦମ, କଣ୍ଠ । କାମ, କ୍ରୋଧ, ମୋହ, ଶୋକ, ଲୋଭ, ସାହସ, ଅବିବେକ, ପ୍ରମାଦ, ମାନ, ଅପମାନ, ଅସତ୍ୟ, ମିଥ୍ୟା, ହିଂସା, ଜ୍ଞାନ, ଅହମିକା, ଲଜ୍ୟା, ପ୍ରମାଦ, ନିଦ୍ରା, କ୍ଷୁଧା । ଏସବୁ ତ୍ୟାଗ କରିବ । ଏପରି ଯୋଗ ସାଧନା କେବଳ ବ୍ରହ୍ମା ଓ ଶିବଙ୍କ ଦ୍ୱାରା ସମ୍ଭବ ହୋଇଥାଏ । ଆଉ ତ୍ରେତୟା ଯୁଗରେ ରାମଚନ୍ଦ୍ରଙ୍କ ବିଶ୍ୱ ପ୍ରସିଦ୍ଧ ସେତୁ ପ୍ରତିଷ୍ଠା ସମୟରେ (ଉ୍ବରେ) ପୁରୋଧା ବ୍ରାହ୍ମଣ ଶ୍ରେଷ୍ଠ ଦଶାନନ କେବଳ ସେପରି ଆଚରଣ କରିବାକୁ (ପ୍ରଦର୍ଶନ କରିବା ପାଇଁ) ସକ୍ଷମ ହୋଇଥିଲେ । ତାଙ୍କ ବ୍ୟତୀତ ଏପର୍ଯ୍ୟନ୍ତ ସେଭଳି କରିବା ଲାଗି ଆଉ କେହି ମର୍ତ୍ୟ ମଣ୍ଡଳରେ ସମର୍ଥ ହୋଇପାରି ନାହାଁନ୍ତି ।

ସତୀ ମୁଁ ତୋତେ ଯେତେ ପ୍ରକାରେ ବୁଝାଇଲେ ସୁଦ୍ଧା କିମ୍ବା ତୋତେ ବୁଝାଇବା ପାଇଁ ଅଥବା ତୁ ବୁଝିପାରିବା ଲାଗି ଯେତେ ପରିଶ୍ରମ କଲେ ତୁ ଯଦି ମୋ କଥାର ସାରମର୍ମ ଧରି ନ ପାରିବୁ ତେବେ ତୋତେ ବୁଝାଇବା ଲାଗି ମୋର ଆଉ କ'ଣ ଉପାୟ ଅଛି ? "କିଂ କରିଷ୍ୟତି ବକ୍ରା ଚ ଶ୍ରୋତା ଯତ୍ର ସୁଦୁର୍ଲଭ । ନଗ୍ନ କ୍ଷପଣ କୋ ଦେଶେ ରଜକଃ କିଂ କରିଷ୍ୟତ ।" ଶ୍ରୋତା ନ ଥିଲେ ବକ୍ତା କ'ଣ କରିବ ? ଯେମିତି (ଲଙ୍ଗଳା) ଦିଗାୟର ବାବାଜୀଙ୍କ ଦେଶରେ ଧୋବାର ଆବଶ୍ୟକତା ନଥାଏ । ସେହିପରି ମୋର କଥା ସବୁ ତୋ' ଲାଗି ନିରର୍ଥକ ହେବ କେବଳ ସାର ହେବ ।

ଶିବଙ୍କର ମନ୍ତ୍ର– ନମ ଶିବାୟ । 'ନ' ଅର୍ଥ ପୃଥ୍ବୀ ଓ ବ୍ରହ୍ମ । 'ମ' ଅର୍ଥ ବିଷ୍ଣୁ । 'ଶି' ହେଉଛନ୍ତି ଅଗ୍ନି ଓ ରୁଦ୍ର । 'ବ' ବାୟୁ ଓ ମହେଶ୍ୱର ଏବଂ 'ୟ'ର ଅର୍ଥ ଆକାଶ । ସଦାଶିବ ଏବଂ ଜୀବ । ଶିବ ଏକ ବିସ୍ମୟ । ତାଙ୍କ ଶୁଭ୍ର ବର୍ଷ ନିର୍ମଳ ହୃଦୟର ସଂକେତ ଦିଏ । ଲଲାଟରେ ତ୍ରିଧାରା ବିଭୂତି ଭକ୍ତ ମନରୁ ହିଂସା, ବାସନା ଓ ମାୟା ପରିହାର କରିବାର ସୂଚନା ଦିଏ । ବାହନ ବୃଷଭ ସ୍ୱୟଂ ଧର୍ମ ଦେବତା । ତେଣୁ ଶିବ ଧର୍ମର ରକ୍ଷକ । ଦକ୍ଷିଣ ହସ୍ତରେ ଶୋଭିତ ତ୍ରିଶୂଳ ସତ୍ୟ, ରଜଃ ଓ ତମଗୁଣର ନିଦର୍ଶନ ଏବଂ ବାମ ହସ୍ତର ଡମ୍ବରୁ ଶବ୍ଦ ବ୍ରହ୍ମ 'ଁ'ର ପ୍ରତୀକ । ମସ୍ତକରେ ଶୋଭିତ

ଚନ୍ଦ୍ରକଳା ସଂଯମର ପରିଚୟ ଦିଏ । ଜଟାରେ ଶୋଭିତ ପୁଣ୍ୟତୋୟା ଗଙ୍ଗା ଅମୃତର ସଂକେତ ପ୍ରଦାନ କରନ୍ତି । ଅଙ୍ଗ ଭୂଷଣ ସର୍ପ ପ୍ରଜ୍ଞା ଓ ଚିରନ୍ତନତାର ପ୍ରତୀକ । ତୃତୀୟ ନୟନ ମୋକ୍ଷର ପ୍ରତୀକ । ତେଣୁ ସେ ସତ୍ୟ, ଶିବ, ସୁନ୍ଦର । ଶିବଲିଙ୍ଗକୁ ତିନୋଟି ଭାଗରେ ବିଭକ୍ତ କରାଯାଇଛି । ନିମ୍ନ ଭାଗକୁ ବ୍ରହ୍ମପୀଠ, ମଧ୍ୟଭାଗକୁ ବିଷ୍ଣୁପୀଠ ଓ ଉପର ଭାଗକୁ ଶିବପୀଠ ଭାବରେ ଗ୍ରହଣ କରାଯାଇଛି । ବ୍ରହ୍ମା ଯେତେବେଳେ ସର୍ବବ୍ୟାପକ ସେତେବେଳେ ସେ ବିଷ୍ଣୁ ଏବଂ ଯେତେବେଳେ ମଙ୍ଗଳମୟ ସେତେବେଳେ ସେ ଶିବ ।

ଶିବଲିଙ୍ଗ, ଶକ୍ତିର ପ୍ରତୀକ ବୋଲି ଶାସ୍ତ୍ରରେ ବର୍ଣ୍ଣନା କରାଯାଇଛି । ଭଗବାନ ଶିବଙ୍କର ପୂଜା ପାଇଁ ସୋମବାର ଓ ପ୍ରତ୍ୟେକ ପକ୍ଷର ଚତୁର୍ଦ୍ଦଶୀ ତିଥି ସବୁଠାରୁ ଉଲ୍ଲେଖଯୋଗ୍ୟ ଦିବସ । ଭଗବାନ ଭୂତଭାବନ ଶିବ ସ୍ୱାଭାବତଃ କଲ୍ୟାଣ-ମଙ୍ଗଳ-ଭଦ୍ର-ବିଭୂତିର ପାବନ-ପ୍ରତିଭୁ । ସେ ଏକାଧାରରେ ସୁଗୁଣ-ସାକାର ପୁଣି ନିର୍ଗୁଣ-ନିରାକାର । ସାକାର ଭାବରେ ସେ ଜଟାଧାରୀ, ଭୁଜଙ୍ଗହାରୀ, ପଶୁପତି, କୃତିବାସ, ଚନ୍ଦ୍ରଶେଖର ଓ ନିରାକାର ଭାବରେ ଦିଗମ୍ବର, ବ୍ୟୋମକେଶ, ଈଶାନ । ସେ କେବଳ ସୃଷ୍ଟି-ସ୍ଥିତି-ଲୟର ନିୟାମକ ନୁହଁନ୍ତି ବରଂ ଏହା ସହିତ ନିଗ୍ରହ (ଜିତେନ୍ଦ୍ରିୟତା) ଓ ଆନୁଗ୍ରହ (ସମସ୍ତଙ୍କଠାରେ କୃପା)ର ନିୟନ୍ତା ମଧ୍ୟ । ସଦ୍ୟୋଜାତ, ତତ୍ପୁରୁଷ, ଅଘୋର, ବାମଦେବ ଓ ଈଶାନ –ଏହି ପଞ୍ଚ ମୁଖରେ ଏହି ପଞ୍ଚ କୃତ୍ୟକୁ ପ୍ରମାଦିତ କରନ୍ତି ସେହି ପରମାତ୍ମା । ମାଣ୍ଡୁକ୍ୟୋପନିଷଦ ମତରେ– "ଶାନ୍ତଂ ଶିବମ୍ ଦୈତଂ ଚତୁର୍ଥଂ ମନ୍ୟନ୍ତେ" । ଅତଏବ ସେ ଶାନ୍ତ ପୁଣି ରୁଦ୍ର, ଭୀମ, ଉଗ୍ର ନାମରେ ମଧ୍ୟ ପରିଚିତ ଏବଂ ସତ୍ ଚିତ-ଆନନ୍ଦ, ବ୍ରହ୍ମ-କ୍ରମରେ ସେ ହେଉଛନ୍ତି ଚତୁର୍ଥ ତତ୍ତ୍ୱ ବା ପରଂବ୍ରହ୍ମ । ଶଙ୍କରଙ୍କ ନିରାକାର-ନିର୍ଗୁଣ ତତ୍ତ୍ୱର ପ୍ରତୀକ ଲିଙ୍ଗ । ସୂତ ସଂହିତା ମତରେ– ଶିବ ଏକ ସ୍ୱୟଂ ଲିଙ୍ଗ ଗମକ ମେ ବହି ଶିବେନ ଗମ୍ୟତେ ସର୍ବଂ ଶିବୋ ନାନ୍ୟେନ ଗମ୍ୟତେ । ଅତଃ ସତ୍ୟ ଚିଦାନନ୍ଦ ଲକ୍ଷଣଃ ପରମେଶ୍ୱରଃ ସ୍ୱୟମେବ ସଦାଲିଙ୍ଗ ନଲିଙ୍ଗ ତସ୍ୟ ବିଦ୍ୟତେ । ଯେପରି ତରଙ୍ଗମାଳାର ଉତ୍ପତ୍ତି, ନିବାସ ଓ ବିଲୟସ୍ଥଳ ଜଳ, ଠିକ୍ ସେହିପରି ଜଙ୍ଗମାତ୍ମକ ଜଗତର ଉଦୟ-ନିଲୟ-ବିଲୟ ସ୍ଥାନ ଶିବ ହୋଇଥିବାରୁ ସେ ଲିଙ୍ଗା । ସ୍କନ୍ଦ ପୁରାଣ ମତରେ– ଆକାଶଂ ଲିଙ୍ଗ ମିତ୍ୟାହୁଃ' ପୃଥିବୀ ତସ୍ୟ ପିଠିକା । ଆଲୟଃ ସର୍ବ ଦେବାନାଂ ଲୟନାଲିଙ୍ଗ ମୁଚ୍ୟତେ । ଅର୍ଥାତ୍ ଆକାଶ ରୂପୀ ବ୍ରହ୍ମ ହେଉଛନ୍ତି ଲିଙ୍ଗ । ପୃଥିବୀ ରୂପିଣୀ ଜଗଦମ୍ବା ଏହାର ଶକ୍ତିପୀଠ । ଏହା ସମସ୍ତ ଦେବଙ୍କର ଆଲୟ ବା ନିବାସ ଓ ଜୀବର ଲୟସ୍ଥଳ ହୋଇଥିବା ହେତୁ ଯଥାର୍ଥରେ ଲିଙ୍ଗ ପଦବାଚ୍ୟ ।

ସତୀ ତୁ ଶିବଙ୍କ ମନ୍ଦିରକୁ ଆସିଛୁ । ତୁ ପଞ୍ଚାଙ୍ଗ ସାଧ୍ୟ ନାହୁଁ । ତ୍ରିପଦର ପଦ୍ଧତି ତୁ ଜାଣିନୁ । ଅଷ୍ଟାଙ୍ଗ ମାର୍ଗ ତୋତେ (ଅଜଣା) ମାଲୁମ ନାହିଁ । ଅଷ୍ଟବର୍ଗ ସମୟରେ ତୁ ସମ୍ପୂର୍ଣ୍ଣ ଅକ୍ଷ । ସେଥିପାଇଁ ତୁ କିଛି ଅନୁଭବ କିମ୍ୱା ଅନୁମାନ କରିପାରୁନୁ । ତୋର ବାମ ଆଖି ଫରକୁଛି । ତୁ ବାମାଙ୍ଗି ପାର୍ବତୀଙ୍କ ପରି ଶିବ (ଭୋଲା ମହେଶ୍ୱର)ଙ୍କ ସହିତ ଅଠାକାଟିରେ ଛାଦି ହେବୁ ନିଶ୍ଚୟ । ଅର୍ଦ୍ଧାଙ୍ଗ ଈଶ୍ୱର– ଅର୍ଦ୍ଧାଙ୍ଗ ପାର୍ବତୀ – ଅର୍ଦ୍ଧ ନାରୀଶ୍ୱର ମୂର୍ତ୍ତିପରି ।

ସୁନି କଥା ଶୁଣି ସତୀ ଆଶ୍ଚର୍ଯ୍ୟ ହୋଇ ତା' ଆଡ଼କୁ ଅନାଇ ରହିଲା । ସୁନି ତା ବାପାଙ୍କ ପାଖରୁ ଶୁଣି ଏମିତି କେତେ କଥା କହେ, ଯେତିକି ସେ ମନରେ ରଖିଥାଏ । କଥା ପୂର୍ଣ୍ଣାଙ୍ଗ କରିପାରେନା । ସେଥିପାଇଁ ତା କଥା ଅଳ୍ପ କିଛି ବୁଝି ହୁଏ । ଅବୁଝା ରହିଯାଏ ବେଶୀ ।

ସତୀ ତୁ ଡରୁଛୁ କି ? ଭୟ ପାଉଛକି ? ମୋତେ ଭୟ କରନା । ତୋର ଡରିବାର କିଛି ନାହିଁ । ମୁଁ ତୋ ପାଖେ ପାଖେ ରହିଛି । ଆପଦ ବିପଦକୁ ନିଶ୍ଚୟ ସାହାପଣ ହେବି । ମୁଁ ଭରସା ଦେଉଛି, ତୁ ମୋତେ ବିଶ୍ୱାସ କରିପାରୁ ଏବଂ ମୋ ଉପରେ ଆସ୍ଥା ମଧ୍ୟ ରଖିପାରୁ । ଶାସ୍ତ୍ର କହେ– "ଜାନୀୟାତ୍ ସମରେ ଭୃତ୍ୟାନ ବାନ୍ଧବାନ ଆପତ୍ କାଲେଷୁ ମିତ୍ରାଣି ଭାର୍ଯ୍ୟାଂ ବ୍ୟସନାଗମେ ଚ ବିଭବକ୍ଷୟେ ।" ଭୃତ୍ୟମାନଙ୍କୁ ଯୁଦ୍ଧରେ, ବନ୍ଧୁମାନଙ୍କୁ ବିପଦରେ, ମିତ୍ରମାନଙ୍କୁ ଆପଦରେ ଓ ଭାର୍ଯ୍ୟାକୁ ଧନକ୍ଷୟ ସମୟରେ ଜାଣିପାରିବ । ସେମିତି ଯଦି ତୋର ବିଦଦ ଆପଦରେ ମୁଁ ସାହାପଣ ନ ହେବି ତେବେ ମୁଁ ତୋର କି ମିତ୍ର କହନି ?

ଆଉ ଶୁଣ ସତୀ ମୁଁ ଏସବୁ କଥା ମୋ ମନରୁ ଫାଦି କହୁନାହିଁ। ସାତକାଣ୍ଡ ରାମାୟଣ, ଅଠର ପର୍ବ ମହାଭାରତ, ଗୀତାର ଅଷ୍ଟାଦଶ, ଯୋଗର ସାତ ଶହ ଏକଟି ଶ୍ଲୋକ, ଦ୍ୱାଦଶ ସ୍କନ୍ଦ, ଭାଗବତର ତିନିଶହ ବୟାଳିଶ ଯାକ ଅଧ୍ୟାୟ ଅଧ୍ୟୟନର ଏହା ହେଉଛି ସାରାଂଶ।

ବିସ୍ମିତ ଆଖିରେ ଅନାଇଁ ସତୀ କହିଲା – "ସୁନି ତୁ ଏମିତି ସବୁ କ'ଣ କହୁଛୁ ? ତୋତେ କ'ଣ କାଳେସି ଲାଗିଲାଣି କି ?"

ହଁ ଲୋ ସତୀ ମୋତେ କାଳେସି ଲାଗିଲାଣି। ମୋ ଦେହରେ ଠାକୁର ଆସି ସବାର ହେଲେଣି। ମୋ ପ୍ରତି ଠାକୁର ପ୍ରସନ୍ନ ହୋଇ ନଥିଲେ ମୁଁ ତୋ ଆଖି ଫରକିବା କଥାରୁ କେମିତି ତୋ ଭବିଷ୍ୟତ ବିଷୟରେ ସବୁ ଜାଣି ପାରନ୍ତି। ମୋ ମନରେ ଠାକୁର ବିଜେ ହୋଇନଥିଲେ ମୋତେ ଏସବୁ ବିଷୟ ଜଣା ଯାଆନ୍ତା କେମିତି ? ଆମେ ଶିବଙ୍କ ମନ୍ଦିରରେ ବସିଛନ୍ତି। ଏହିଶିବ ବାଘଛାଲ ପିନ୍ଧି, ଦେହରେ ପାଉଁଶ ବୋଲି ସାପ ଗୁଡ଼ାଇହୋଇ ବୁଲନ୍ତି ଶ୍ମଶାନରେ। ସେ ମହାଯୋଗୀ ଓ ସର୍ବଶ୍ରେଷ୍ଠ ସାଧକ। କେବଳ ଦେବତାଙ୍କ ମଧ୍ୟରେ କାହିଁକି ଏ ତ୍ରିଭୁବନର ଚଉଦ ବ୍ରହ୍ମାଣ୍ଡରେ ଏକା ଶିବ ଅଷ୍ଟାଙ୍ଗ ଯୋଗ ସାଧନା କରିପାରିଛନ୍ତି। (ଅନ୍ୟମାନଙ୍କ କଥା ଛାଡ଼ ଯାହା ସ୍ୱୟଂ ବ୍ରହ୍ମା ସୁଦ୍ଧା ସାଧ୍ୟ ପାରିନାହାନ୍ତି।) ସେ ପୁଣି ମହାକାଳ। ଭୂତମାନଙ୍କ ମଧ୍ୟରେ ଶ୍ରେଷ୍ଠ ହୋଇଥିବାରୁ ଭୂତନାଥ। ସଂହାର କର୍ତ୍ତା। ଦେବ ଦେବ ମହାଦେବ। ଭୋଲା ମହେଶ୍ୱର। ମୋ ମନ କହୁଛି ଅର୍ଥାତ୍ ଠାକୁର ମୋତେ ସବାର ହୋଇ ସେ ନିଜେ ମୋ ଦେହ ଭିତରେ ବିଜେ ହୋଇ ମୋ ଆତ୍ମାକୁ ଅଧିକାର କରି କହୁଛନ୍ତି ତୁ ଆଜି ତାଙ୍କ ପରି ଜଣେ ପୁରୁଷ ନୁହଁତ ସୁପୁରୁଷଙ୍କ ମନପାଇବୁ। ଯିଏ ଶିବଙ୍କ ପରି ମହାନ ହୋଇଥିବେ। ଶିବ ଯେପରି ସବୁ ଦେବତାଙ୍କ ଉପରେ ଦେବତା ହୋଇ ଦେବ ଦେବ ମହାଦେବ ହେଲେ, ଯେମିତି ଅନ୍ୟ ଦେବତାଙ୍କ କ୍ଷେତ୍ରରେ ସେମାନଙ୍କ ପତ୍ନୀଙ୍କ ନାମ ପରେ ତାଙ୍କ ସ୍ୱାମୀଙ୍କ ନାମ ସଂଯୋଗ କରାଯାଇଛି ଯଥା- ଲକ୍ଷ୍ମୀ-ନାରାୟଣ, ସୀତା-ରାମ ଓ ରାଧା-କୃଷ୍ଣ। ମାତ୍ର ଶିବଙ୍କ କ୍ଷେତ୍ରରେ ଏହାର ବ୍ୟତିକ୍ରମ ହୋଇ ଶିବଙ୍କ ଲାଗି ସେପରି ହୋଇନି। ପ୍ରଥମେ ତାଙ୍କ ନିଜ ନାମ ଓ ପରେ ତାଙ୍କ ସ୍ତ୍ରୀଙ୍କ ନାମ ଯେପରି ହର-ପାର୍ବତୀ ହୋଇଛି। କାରଣ ଶିବ ହେଲେ ଦେବଦେବ ମହାଦେବ ଅର୍ଥାତ୍ ସମସ୍ତ ଦେବତାଙ୍କ ଉପରେ ତାଙ୍କର ଆସନ ସ୍ଥାନିତ ହୋଇଥିବାରୁ ତାଙ୍କ କ୍ଷେତ୍ରରେ ଏପରି ବ୍ୟତିକ୍ରମ ସମ୍ଭବ ହୋଇଥିବା ସୁସ୍ପଷ୍ଟ। ସେହିପରି ସିଏ ହୋଇଥିବେ- ଜାତିରେ, ଗୋତ୍ରରେ, ବଂଶରେ, ବୁନିଆଦିରେ, ଖାନଦାନରେ, ସମ୍ଭ୍ରାନ୍ତ ପଣିଆରେ, ଶିକ୍ଷାରେ ବଡ଼ ମାନେ ମହାନ। ସେ ଶିବଙ୍କ ପରି ମହାନ ସାଧକ ଅର୍ଥାତ୍ ସେ ପାଠ ପଢ଼ାରେ ଉଚ୍ଚ ଶିକ୍ଷିତ ହୋଇଥିବେ। ସାଧନାରେ ଅଗାଧ ଜ୍ଞାନର ଅଧିକାରୀ, ଶିବ ଯେପରି ଅଷ୍ଟାଙ୍ଗ ଯୋଗ ସାଧକ। ପଦପଦବୀରେ ନିର୍ଦ୍ଦିଷ୍ଟ ସରକାରୀ ସ୍ତରରେ ଉଚ୍ଚ ପାହ୍ୟାରେ ଅଧିଷ୍ଠିତ ହୋଇଥିବେ। ଆଉ ରୂପରେ ତ ଶିବଙ୍କ ପରି ତୋଫା। ଗୋରା। ଗୁଣରେ ଶିବ ଙ୍କ ଭଳି ଭୋଲା ମଣିଷ। ସ୍ୱାଭାବରେ ସ୍ତ୍ରୀ ସୁହାଗିଆ। ଆଚାରରେ ଶିବଙ୍କ ପରି ଅବିକଳ ହୋଇଥିବେ। ଶିବ ଯେପରି ପତ୍ନୀ ପାର୍ବତୀଙ୍କୁ କ୍ଷଣେ ମାତ୍ର ପାଖରୁ ଅନ୍ତର କରନ୍ତି ନାହିଁ। ସେମିତି ସେ ତୋ ପାଖ ମୋତେ ଛାଡ଼ିବେ ନାହିଁ। ଆଚରଣରେ- ତୋ କଥାରେ ପରିଚାଳିତ ହେଉଥିବେ। ବିଚାରରେ ସର୍ବଦା ସ୍ତ୍ରୀ ସଙ୍ଗ ଲାଭ କରୁଥିବେ। ବ୍ୟବହାରରେ ଅର୍ଦ୍ଧନାରୀଶ୍ୱର ମୂର୍ତ୍ତିପରି ତୋତେ ତାଙ୍କ କୋଳରୁ ତଳକୁ ଓହ୍ଲାଇବାକୁ ଦେବେନି ଜମା। ଢଙ୍ଗରେ ମାଇପ ବୁଢ଼ିଆ ହୋଇଥିବେ। ରଙ୍ଗରେ ତ ତୋ ମନ ମୋହୁଥିବେ ସବୁବେଳେ ମିଠା ମିଠା କଥା କହି। ହସିବାରେ ତାଙ୍କର ତ ହସଯାର ଲକ୍ଷେ ଟଙ୍କିଆ। ସେ କଥା ମୁଁ କ'ଣ ଅଧିକ କହିବି ଆଉ। ତାଙ୍କ କଥାର ଭାଷାତ ଅମୃତ (ସୁଧାଜିଣା) ଠାରୁ ଆହୁରି ଅଧିକ ମଧୁର (ମିଠା) ଚାଲିରେ - ତୋ ହାତଧରି ଚାଲିବେ ଜୀବନ ସାରା। ଚଳଣିରେ ତୋ କଥା ମାନି ଚଳୁଥିବେ, ପତ୍ନୀ ଆଜ୍ଞା ଶିରୋଧାର୍ଯ୍ୟମଣି। ତୋ କଥା ଆଦୌ ତଳେ ପକାଇବେ ନାହିଁ। ପରାଣ ମୋହିବାରେ ସେ ମାଇପ ବୋଲା ହୋଇଥିବେ। ତାଙ୍କର ଅବସର ସମୟ ବିତିଯିବ ତୋ ମାନଭଞ୍ଜନ କରିବାରେ। ଆଉ ତାଙ୍କର କର୍ମ

ହେଲା – ସିଏତ ଚୋରଙ୍କ ଭିତରେ ଓସ୍ତାତ ହୋଇଥିବେ । ଡାକୁ ସର୍ଦ୍ଦାର , କୁଆଁରୀ ଝିଅଙ୍କ ମନ ଚୋରି କରିବାରେ ପ୍ରବୀଣ । ବିଶେଷ କରି ତୋ ପରି ନହୁଲିଙ୍କ ମନକୁ ।

ଏଥର ସତୀ ଚିଡ଼ି ଉଠି କହିଲା– "ଶୁନି ଠାକୁରଙ୍କ ମନ୍ଦିରରେ, ଦେବତାଙ୍କ ବିଜେ ସ୍ଥଳିରେ, ଦିଅଁଙ୍କ ନିବାସରେ, ମହାଦେବଙ୍କ ପୀଠରେ ବସି ତୁ ଆଉ ଏମିତି କଥା ଆଦୋ କହନା ।"

"କାହିଁକି ? କୋଉଥି ପାଇଁ ? କି ସକାଶେ ? କେଉଁ କାରଣରୁ କହିବି ନାହିଁ । ମୋ ମନତ ଡାକୁଛି – ସିଏ ଆଜି ଆସିବେ । ମୋ ଅନ୍ତର ଆମ୍ଭା କହୁଛି ସେ ନିଶ୍ଚୟ ଆସିବେ ।"

ସତୀ ପଚାରିଲା – "କିଏ ? କିଏ ଆସିବେ ? ତୁ କାହା କଥା କହୁଛୁ ?"

"ଯିଏ ତୋ ମନ ଚୋରି କରିବେ । ତୋ ମନ ଚୋର । ଭୋଲା ମହେଶ୍ୱର, ଦେବଦେବ ମହାଦେବ । ସତୀ ତୁ ଜାଣିନୁ ବୋଧେ– ଶିବଙ୍କ ପ୍ରଥମ ପତ୍ନୀଙ୍କ ନାମ ହେଉଛି ସତୀ । ତୋ ନାଁ ମଧ ସତୀ । ଅବଶ୍ୟ ସେ ଆମ ଗାଁ ଆର ସାଇର ସପନିଦାମର ବଡ଼ୁଆ (ଜ୍ୟେଷ୍ଠାକନ୍ୟା) ନୁହେଁ ସେ ହେଉଛନ୍ତି ଦକ୍ଷ ପ୍ରଜାପତିଙ୍କର କନିଷ୍ଠ କନ୍ୟା ସତୀ । ମୋ ଅନ୍ତର ଭିତରୁ ସଙ୍କେତ ଆସୁଛି, ମୋ ହୃଦୟ ମଧରୁ ସୂଚନା ମିଳୁଛି, ମୋ ଆମ୍ଭା ପୂର୍ବାଭାସ ଦେଉଛି, ମୋ ମନର ଇଙ୍ଗିତରୁ ମୁଁ ସ୍ୱଷ୍ଟ ଅନୁଭବ କରୁଛି, ମୋ ଅନୁଭୂତିରୁ ମୁଁ ନିଧାର୍ଯ୍ୟ ରୂପେ କହୁଛି, ମୋ ଅଭିଜ୍ଞତାରୁ ମୁଁ ଜାଣିପାରୁଛି ତୁ ନିର୍ଶ୍ଚିତ ଆଜି ଶିବଙ୍କ ପରି ଜଣେ ଭୋଲା ମଣିଷର ସାକ୍ଷାତ ପାଇବୁ । ଯିଏ ତୋ ପାଇଁ ସବୁଦିନ ଲାଗି ଅଭୁଲା ଚିର ଅପାଶୋରା ହୋଇ ରହିଯିବେ । ତୁ ତାଙ୍କ ମନ ପାଇବା ସହିତ ତୋ ନିଜ ମନକୁ ତାଙ୍କୁ ସମର୍ପି ଦେବୁ ।"

"ସେ ପୁଣି କିଏ ?"

"ଯିଏ ସବୁଥିରେ ହୋଇଥିବେ ମହାନ । ହେଲେ ଲଙ୍କାର ରାଜା ରାବଣଙ୍କ ପରି ପାପିଷ୍ଠ ନୁହନ୍ତି କିମ୍ବା ସିନ୍ଦୁରାଜ ପୁତ୍ର ଜଳନ୍ଧରଙ୍କ ଭଳି ଦୁଷ୍ଟ ପ୍ରକୃତିର ଅବା ଜୟଦ୍ରଥ ପରି ଦୁରାଚାରୀ ଅଥବା ସ୍ୱୟଂ ନାରାୟଣଙ୍କ ପରି ପାମର କିମ୍ବା ନରାଧମ ମଧ ନୁହନ୍ତି । ଅବଶ୍ୟ ସିଏ ନାରାୟଣଙ୍କ ଅବତାର ଗୋପପୁରର କୃଷ୍ଣଙ୍କ ଭଳି ନଟନାଗର, ନନ୍ଦରାଜାଙ୍କ ପୁଅ କାହ୍ନାଙ୍କପରି ରସଶେଖର ହୋଇଥିବେ । ହେଲେ ସିଏ ସାଧାରଣ ମଣିଷଟିଏ । ସାଦାସିଧା ଭଦ୍ରଲୋକ । ଭୁଲାମନର ବ୍ୟକ୍ତି ଜଣେ ଅବିକଳ ଶିବଙ୍କ ପରି ରୂପ-ତୋଫା ଗୋରା ହୋଇଥିବେ, ଶିବଙ୍କ ଭଳି ଜ୍ଞାନୀ, ଶିବ ଯେପରି ଅଷ୍ଟାଙ୍ଗ ଯୋଗର ସାଧକ ସିଏ ସେମିତି ମହାଜ୍ଞାନୀ, ଉଚ୍ଚଶିକ୍ଷିତ । ଶିବ ଯେମିତି ସବୁ ଦେବତାଙ୍କ   ଉପରେ ଦେବଦେବ ମହାଦେବ, ସିଏ ସେମିତି ଉଚ୍ଚ ପଦବୀର ଅଧିକାରୀ ହୋଇଥିବେ । ଶିବ ଯେଭଳି ପାଉଁଶ ବୋଳି ହୋଇ ଶ୍ମଶାନରେ ବୁଲନ୍ତି, ସିଏ ସେମିତି ଭାରି ଭୋଲା ମତଲବର । ଭୁଲାମନର ଭାବ ଗମ୍ଭୀର ମଣିଷଟିଏ ହୋଇଥିବେ । ଯାହାକୁ ଦେଖି ଜାଣି ହେବନି ଜମା ତାଙ୍କ ସ୍ୱଭାବ ବିଷୟରେ । ଯାହାଙ୍କ ମନଭାବ ବୁଝିହେବନି, ଯାହାଙ୍କ ମନକଥା ପଢ଼ି ହେବନି । ଅନୁମାନ କରି ହେବନି ଯାହାଙ୍କ ଇଚ୍ଛା ସମ୍ପର୍କରେ । ଆକଳନକୁ ଆସି ହେବନି ଯାହାଙ୍କ ଆଗ୍ରହକୁ । କଳନା କରିହେବନି ଯାହାଙ୍କ ଆବେଗକୁ । ଅନୁଭବର ସୀମା ବାହାରେ ଯାହାଙ୍କ ମନ ଗହନର ଗୋପନ କାହାଣୀ । ସିଏ ଆସିବେ, ରାବଣଙ୍କ ପରି ଛଦ୍ମ ବେଶରେ ନୁହେଁ । ଜଳନ୍ଧରଙ୍କ ଭଳି ବେଶ ବଦଲାଇ ଆସିବେନି କିମ୍ବା ବିଷ୍ଣୁଙ୍କ ପରି ଅନ୍ୟ ରୂପରେ ନୁହେଁ । ଅଥବା ଦୁମିଳ ରାକ୍ଷସ ଭଳି ନିଜର ସ୍ୱରୂପ ପରିବର୍ତ୍ତନ କରି ଅବା କୃଷ୍ଣଙ୍କ ଭଳି ସୁଖୀ ନୁହେଁ (କୃଷ୍ଣ ନାପିତୁଣୀ ହୋଇ ରାଧାଙ୍କ ପାଦରେ ଅଲତା ଲଗାଇ ଦେଇଥିଲେ) । ସିଏ ଆସିବେ ନିଜର ପ୍ରକୃତ ବେଶରେ । ଆପଣାର ପୋଷାକ ପରିହିତ ହୋଇ । ତୋ ମନକୁ ଚୋରିକରି ନେଇଯିବେ ।"

"ଶୁନି ତୁ କ'ଣ ଜାଣି ପାରୁନୁ କିମ୍ବା ଦେଖି ପାରୁନୁ ଅଥବା ଅନୁଭବ କରି ପାରୁନୁ ବର୍ତ୍ତମାନ ଦିନ ଏଗାରଟା । ଦିନରେ କ'ଣ ଚୋର ସବୁ ଆସନ୍ତି ?"

"ହଁ ଲୋ ସତୀ; ଆସନ୍ତି । ବିଉ ଚୋରମାନେ ସିନା ରାତିରେ ଆସିଥାନ୍ତି ହେଲେ ଚିଉ ଚୋରମାନେ ସବୁ ଆସନ୍ତି

ଦିନରେ । ନାରୀମାନଙ୍କୁ ଦିନରେ ହିଁ ଅପହରଣ କରି ନିଆଯାଏ । ତୁ କ'ଣ ଜାଣିନୁ ରାବଣ ଦିନରେ ସୀତାଙ୍କୁ ଚୋରାଇ ନେଇଥିଲେ । ରୁକ୍ମିଣୀଙ୍କୁ କୃଷ୍ଣ ଦିନରେ ଆଣିଥିଲେ । ଅର୍ଜୁନ ମଧ୍ୟ ସ୍ୱଷ୍ଟ ଦିବାଲୋକରେ କୃଷ୍ଣଙ୍କ ଭଗ୍ନୀ ସୁଭଦ୍ରାଙ୍କୁ ନେଇ ଯାଇଥିଲେ ଦେବତାଙ୍କ ମନ୍ଦିରକୁ ଯିବା ବାଟରୁ । ନିଶିଥ ରାତି ଅନ୍ଧାରରେ ଧନ ଚୋରିହୁଏ, କିନ୍ତୁ ମନ ଚୋରି ହୁଏ ପ୍ରକାଶ୍ୟ ଦିନା (ସୂର୍ଯ୍ୟା)ଲୋକରେ ସର୍ବ ସମ୍ମୁଖରେ, ଅନ୍ୟମାନଙ୍କ ଉପସ୍ଥିତିରେ । ଷୋଲସହସ୍ର ଗୋପୀଙ୍କ ଉପସ୍ଥିତିରେ ପା କୃଷ୍ଣ, ରାଧାଙ୍କ ମନକୁ ଚୋରି କରିଥିଲେ ଦିନର ପ୍ରକାଶ୍ୟ ଆଲୋକରେ ।"

"ହଁ ଆସନ୍ତୁ, ସତୀ ଟିକେ ଦର୍ପିଲା ସ୍ୱରରେ କହିଲା ।"

"ତୋ ମନକୁ ଚୋରି କରି ନେବେ ଯେ ।"

"କେମିତି ନେବେ ? ତୁ ମୋ ପାଖରେ ଅଛୁ । ଅଟକାଇବୁ ନାହିଁ ? ତୁ ଏଇନେ କହୁଥିଲୁପା ତୁ ମୋର ସାଙ୍ଗ । ତୁ ମୋତେ ସାପକ୍ଷ ହେବୁ । ଆଉ ମୁଁ ତୋ ଉପରେ ଭରସା ରଖିବାକୁ ।"

"ହଁ ସତୀ ତୋତେ କେହି ନେବାକୁ ଚେଷ୍ଟାକଲେ ମୁଁ ତାକୁ ବାଧା (ଦେଇପାରିବି) ଦେବାକୁ ଉଦ୍ୟମ କରିବି । କିନ୍ତୁ ତୋ'ମନକୁ ନେଲେ ମୁଁ କେମିତି ଅଟକାଇ ପାରିବି ? ମନ କ'ଣ ଗୋଟେ ବ୍ୟକ୍ତି, ବସ୍ତୁ, ପଦାର୍ଥ ନା ଜିନିଷ ହୋଇଛି ଯେ ତାକୁ କେହି ନେଲେ ଅଟକାଇ ହେବ ? ତାକୁ ଚୋରି କରୁଥିବା ବ୍ୟକ୍ତିକୁ ରୋକି ହେବ ? ରାବଣଙ୍କ ପରି କେହି ତୋତେ ନେଲେ ମୁଁ ତାକୁ ବାଧା ଦେବାକୁ ଯାଇ ଜଟାୟୁ ପକ୍ଷୀ ପରି ପ୍ରାଣ ବଲି ଦେବାକୁ ପଛାଇବି ନାହିଁ । କିନ୍ତୁ ଯଦି କେହି କୃଷ୍ଣଙ୍କ ଭଲି ତୋ ମନକୁ ନିଏ ତେବେ ସେପରି କ୍ଷେତ୍ରରେ ମୁଁ କ'ଣ କରିପାରିବ କହିଲୁ ? ରାଧାଙ୍କୁ ତାଙ୍କ ଶାଶୂ ଜଟିଲା, ନଣନ୍ଦ ଚନ୍ଦ୍ରକଲା (କୁଟୀଲା), ସ୍ୱାମୀ ଚନ୍ଦ୍ରସେଣା ଜଗୁ ଜଗୁ ରାଧାଙ୍କ ମନକୁ କ'ଣ କୃଷ୍ଣ ଚୋରାଇ ନେବାରେ କେହି ବାଧାଦେଇ ପାରିଥିଲେ କି ? ମନ ତ ଚୋରି ହୁଏ ଦୁଇ ପକ୍ଷର ସମର୍ଥନରେ, ଦୁଇ ଜଣଙ୍କ ସହମତି ଭିତିରେ । ଧନ ଚୋରି ସିନା କୌଶଳରେ, ରାତିର ଅନ୍ଧାରରେ, ବୁଦ୍ଧି ଖଟାଇ, ଆବଶ୍ୟକ ସ୍ଥଲେ ବଲ ପ୍ରୟୋଗ କରି । ଶକ୍ତି ବିନିଯୋଗରେ, ଅନ୍ୟମାନଙ୍କ ଦୃଷ୍ଟି ଉହାଡ଼ରେ, କର୍ତ୍ତାର ଅଜାଣତରେ, ମାଲିକର ଅଜ୍ଞାତରେ, ବ୍ୟକ୍ତିର ଅଗୋଚରରେ, ଲୁଚାଛପାରେ, ଆଖି ଆଢୁଆଲରେ, ଦରକାର ପଡ଼ିଲେ ଜୋର ଜବରଦସ୍ତ ନହେଲେ ଖୁନ୍ କରାଯାଇ ହୋଇଥାଏ । ରାମ, ଲକ୍ଷ୍ମଣଙ୍କ ଅନୁପସ୍ଥିତିରେ ପଞ୍ଚବଟୀରୁ ସୀତାଙ୍କ ଅନିଚ୍ଛାରେ ତାଙ୍କ ହାତଧରି ଟାଣିନେଇ ରାବଣ ତାଙ୍କୁ ରଥରେ ବସାଇ ନେଇଥିଲେ । କିନ୍ତୁ ରାଧାଙ୍କ ମନକୁ କୃଷ୍ଣ ନେଲେ ରାଧାଙ୍କ ସମ୍ମତିରେ, ତାଙ୍କ ସ୍ୱୀକୃତିରେ । ମନ ସବୁ ରାଧାଙ୍କ ମନପରି ଚୋରିହୁଏ ପ୍ରକାଶ୍ୟ ଦିବାଲୋକରେ, ଦୁଇ ଜଣଙ୍କ ଇଚ୍ଛାରେ, ଦୁଇ ପକ୍ଷର ଜ୍ଞାତ ସାରରେ, ଜଣାଶୁଣାରେ, ସାଲିସରେ, ସହମତିରେ, ଦେବାନେବା, ଭାବ ବିନିମୟ ଦ୍ୱାରା । ମନକୁ ମନାଇ, ହସଖୁସିରେ, ଭାବ ବିହ୍ୱଲରେ, ଭାବ ପ୍ରବଣତାରେ   ସମ୍ପର୍କର ପରିସର ମଧରେ ହୋଇଥାଏ । ଚୋରର ଇଚ୍ଛାଥିବ ଚୋରି କରିବାକୁ, ଚୋରି ହେଉଥିବା ମନର ଆଗ୍ରହ ରହିଥିବ ମନଚୋର ସହିତ ଯିବାଲାଗି । ଦୁଇ ଜଣଙ୍କ ସହଯୋଗରେ ମନ ଚୋରି ହୁଏ । ଦେହ ଚୋର ରାବଣକୁ ମାରି ରାମ, ସୀତାଙ୍କୁ ଉଦ୍ଧାର କରିଥିଲେ । ହେଲେ ମନଚୋର କୃଷ୍ଣଙ୍କ ପାଖରୁ ରାଧାଙ୍କ ମନକୁ କେହି ଛଡ଼ାଇ ଆଣିବାକୁ ସକ୍ଷମ ହୋଇ ପାରିଲେ ନାହିଁ । କୃଷ୍ଣ ମଥୁରାରୁ ଦ୍ୱାରୀକା ପଲାଇଲେ ତଥାପି ରାଧାଙ୍କ ମନ ତାଙ୍କୁ ଛାଡ଼ି ପାରି ନଥିଲା । କିମ୍ୱା ସିଏ ରାଧାଙ୍କୁ ତାଙ୍କ ମନରୁ ଦୂରେଇ ଦେଇ ପାରିନଥିଲେ । ରାଧାଙ୍କ ମନ କୃଷ୍ଣଙ୍କ ସହିତ ଗୋପରୁ – ମଥୁରା ଓ ସେଠାରୁ ଦ୍ୱାରିକା ଚାଲି ଯାଇଥିଲା ହେଲେ ଆଉ କେବେ ହେଲେ ଗୋପପୁରରେ ରହିଥିବା ରାଧା କିମ୍ୱା ତାଙ୍କ ସ୍ୱାମୀ ଚନ୍ଦ୍ରସେଣଙ୍କ ପାଖକୁ ଫେରି ଆସିନଥିଲା । ତାକୁ (ମନକୁ) ପୁଣି ଅଟକାଇବ କିଏ ? କୌଉ ବ୍ୟକ୍ତି ବିଶେଷ ? ସମ୍ପର୍କୀୟ ? ନିଜର ଲୋକ ? ଆପଣାର ଜ୍ଞାତି କୁଟୁମ୍ୱ ? ବନ୍ଧୁ ବାନ୍ଧବ ? ସାଙ୍ଗସାଥୀ ? ସହପାଠୀ ? ସହଯୋଗୀ ? ଦେହରକ୍ଷୀ ? ନା ଏମିତି କେଉଁ ଦ୍ୱାରପାଲ ଅଥବା କୌଉ ପୋଲିସ ଅଫିସର ? ତେଣିକି ସିଏ ଯେତେ ବଡ଼ (ଉଚ୍ଚ) ପାହ୍ୟାର ହୋଇ ଥାଆନ୍ତୁ (ପଛେ) ନା କାହିଁକି ?

ସତୀ ଏଥର ଜୋର ଦେଇ କହିଲା- " ଆଉ ତୋ ଭାଷଣ ସେତିକିରେ ବନ୍ଦ କର। ତୁ ଆଉ ଅଧିକ ପ୍ରବଚନ ଦେଏନା। ମୋତେ ଆଉ ତୋ ପ୍ରବଚନରେ ରହିଥିବା ସେ ଶରୀମାର୍ଥର ଗୁଢ଼ ତତ୍ତ୍ୱକୁ ଏତେ ପ୍ରାଞ୍ଜଳକରି ସରଳ ଭାବରେ ବୋଧଗମ୍ୟ ଭାଷାରେ ବ୍ୟାଖ୍ୟା କରି ବୁଝାନା। ଦେଖିବା କିଏ ଆସୁଛି ଆସୁ ? ମୋ ମନ କ'ଣ ଶସ୍ତା ପଡ଼ିଛି ? ଯିଏ ପାର ସିଏ ଆସି ନେଇଯିବ ? ମୋତେ କ'ଣ ମାହାଲିଆ ପାଇଲୁକି ? ନା ମୁଁ ମୋଫତରେ ପଡ଼ିଛି ? ଯିଏ ଯେତେବେଳେ ପାରିବ (ଇଚ୍ଛା କରିବ) ଆସି ନେଇଯିବ ?"

"ଦେଖିବୁ ରହ ଟିକେ ଅପେକ୍ଷା କର। ସାମାନ୍ୟ ଧୈର୍ଯ୍ୟ ଧର। ସ୍ଥିର ହୋଇରହ। ତୁ ଶସ୍ତା କି ଦାମି (ମୂଲ୍ୟବାନ), ମୋଫତ କି ମହାର୍ଘ୍ୟ, ମହରଗ କିମ୍ବା ମାହାଲିଆ ବଲେ ଜାଣିବୁ ନାହିଁ ? ସିଏ ପା ତୋ ମନକୁ ନେବା ପୂର୍ବରୁ ତୁ ଆଗତୁରା ଉପରେ ପଡ଼ି ତାଙ୍କୁ ତୋ ମନକୁ ଯାଚିକରି ଦେବୁ। ସିଏ ଏଠୁ ଫେରିଗଲା ବେଳେ ତୋ ମନକୁ ତାଙ୍କ ପକେଟରେ, ବ୍ୟାଗରେ (ଝୁଲାରେ) ପୂରାଇ କିମ୍ବା ହାତରେ ମୁଠାଇ ଧରି ନେବେନି। ତୁ ବଲେ ବଲେ ଆପଣାଛାଏଁ ତାଙ୍କ ପଛେ ପଛେ ଗୋଡ଼ାଇ ଯିବୁ। ଆଉ ତୁ ଭଲଭାବରେ ମନେରଖ ମନକୁ କେହି ନିଏନାହିଁ, ମନକୁ ଦିଆଯାଏ। ତୁ ତୋ ମନକୁ ତୋ ନିଜ ଇଚ୍ଛାରେ ଆଉ ଅତ୍ୟନ୍ତ ଆଗ୍ରହ ସହକାରେ ତାଙ୍କୁ ଖୁସାମନ୍ତ କରି ବଲେଇ ନେହୁରା ହୋଇ ଦେଇଦେବୁ।"

"ମୋର କିଛି କାମ ନଥିଲା କି ଗୁଜୁରାଣ ମେଣ୍ଟୁନି କିମ୍ବା କୌଣସି ଦାୟିତ୍ୱ ନାହିଁ ଯେ ମୋ ମନକୁ ତାଙ୍କୁ ଦେଇଦେବି। ତାଙ୍କ ସାଙ୍ଗରେ ପଲେଇ ଯିବି। ମୋର ଆଉ କିଛି ଧନ୍ଦା ନାହିଁ ଯେ ମୁଁ ଲୋକଙ୍କ ପଛରେ ଗୋଡ଼େଇବି ? ମୋର ଗରଜ ପଡ଼ିଛି କାହା ସାଙ୍ଗରେ ଯିବାକୁ।"

"ସତୀ ତୁ ଯିବୁନି। ଯିବ ତୋ ମନ।"

"ଦେଖିବି କେମିତି ମୋ ମନଯିବ ?"

"ସତୀ; ମନକୁ କେହି ଦେଖି ପାରନ୍ତି ନାହିଁ। ସେ ଦୃଶ୍ୟ ନୁହେଁ କିମ୍ବା ତାକୁ ସ୍ପର୍ଶ କରି ହୁଏ ନାହିଁ। ସେ ଅଦୃଶ୍ୟ ଓ ଅସ୍ପର୍ଷ ମଧ। ତାକୁ କେବଳ ଅନୁଭବକୁ ଆଣି ଜାଣିହେବ। ଆଉ ଜାଣିବା ଲୋକ କେବଳ ସେହି ବ୍ୟକ୍ତି ଯାହାର ମନ ଯାଇଥିବ। ଅନ୍ୟମାନଙ୍କୁ ଏପରିକି ତା ନିକଟତମ ଲୋକ ଯିଏକି ତା ପାଖେପାଖେ ସବୁବେଳେ ରହିଥାଏ। ତାକୁ ସୁଦ୍ଧା ସେ କଥା ଅଜଣା ଅଛପା ହୋଇ ରହିଯିବ।"

ସେମାନେ କଥାବାର୍ତ୍ତାରେ ବ୍ୟସ୍ତ ଥିବା ସମୟରେ ଜଣେ ଅପରିଚିତ ଯୁବକ, ମନ୍ଦିର ସାମ୍ନା ଦେଇ ଗାଁକୁ ପଡ଼ିଥିବା ରାସ୍ତାରେ ଆସୁଥିବାର ଦେଖିଲେ। ତାଙ୍କୁ ଦେଖି ସେମାନଙ୍କର କଥା ବନ୍ଦ ହୋଇଗଲା। ସେମାନେ ଅନୁମାନ କଲେ ବୋଧେ ଯଜମାନି କାମରେ କେହି ସୁନିର ବାପାଙ୍କ ପାଖକୁ ଆସିଥିବେ।

ସେଦିନ ଯେଉଁ ଯୁବକ ଜଣକ ଆସିଥିଲେ ସେ ପୁରୋହିତ ନଟିଆ ନନାଙ୍କ ଘରକୁ ଆସିନଥିଲେ। ଆସିଥିଲେ ଧବଲେଶ୍ୱରଙ୍କ ଦର୍ଶନ ପାଇଁ। ଗାଁକୁ ଯାଇଥିବା ରାସ୍ତାରେ ନଯାଇ ତାଙ୍କ ସାଇକେଲ ଚକ ମନ୍ଦିର ଆଗ ପଡ଼ିଆକୁ ଗଡ଼ିଲା। ମନ୍ଦିର ଆଗ ଗଛ ଛାଇରେ ସାଇକେଲ ରଖି ସେ ମନ୍ଦିରର ଉତ୍ତର ପଟରେ ଥିବା ନଳକୂପରୁ ଗୋଡ଼, ହାତ ଓ ମୁହଁ ଧୋଇଲେ । (ପ୍ୟାଣ୍ଟ) ପକେଟରୁ ରୁମାଲ କାଢ଼ି ମୁହଁ ହାତ ପୋଛୁ ପୋଛୁ ଉତ୍ତରପଟରୁ ପାହାଚ ଚଢ଼ି ମୁଖଶାଲା ଓ ମନ୍ଦିର ମଝିରେ ଉପରକୁ ଉଠି ଆସିଲେ। ମନ୍ଦିର ଦ୍ୱାର ସାମ୍ନାରେ ଆଣ୍ଠୁ ମାଡ଼ି ଜୁହାର ହୋଇ ଉଠି ଠିଆ ହେଲେ। ଚାରିପାଖରୁ ଟିକେ ଆଖି ବୁଲାଇ ଆସି କହିଲେ- "କେହି ନାହାନ୍ତି କି ?" ଟିକେ ରହି କିଛି ସମୟ ପରେ ପୁଣି କହିଲେ – "ପାଦୁକ ପାଇ ଥାଆନ୍ତି ।"

ମୁଖଶାଲାରେ ସେ ଝିଅ ଦୁହିଁଙ୍କ ବ୍ୟତୀତ ମନ୍ଦିରରେ ସେ ସମୟରେ ଆଉ କେହି ନ ଥିଲେ। ତାଙ୍କ କଥା ଶୁଣି ସତୀ କାନ ପାଖରେ ସୁନି ରୁପ୍ ରୁପ୍ କରି କହିଲା- "ଯାଙ୍କୁ କ'ଣ ଦେଖାଯାଉନି ? ଆମେ ଦୁଜଣ ଏଠି ବସିଛନ୍ତି।

ସଫା। ସିଧା କଥା କହିବ ମୋତେ ପାଦୁକ ଦିଅ। ନ ଦେଖିଲା ପରି କହୁଛନ୍ତି କ'ଣ ନା କେହି ନାହାନ୍ତି କି ? ଜାଣିଲୁ ସତୀ ସବୁ ଯୁବକମାନଙ୍କର ଗୋଟେ ବଦଖୋଇ ହେଉଛି, ଯୁବତୀ ଝିଅଙ୍କୁ ଦେଖିଲେ ସେମାନଙ୍କର ପରା କେତେ ରକମର ରୋଗ ବାହାରେ। ପେଖନା କାଢ଼ି, ବୁଲେଇ ବଙ୍କେଇ କେତେ ବାଗରେ, କେତେ ଢଙ୍ଗରେ, କେତେ ରଙ୍ଗରେ, କେତେ ରକମର କଥା କହିବେ। କଥାର ଭାଷାରେ ପାଣିରେ ସର ପକାଇ ଦେବେ। ବୁଝିଲୁ ସତୀ ସବୁ ଟୋକାମାନେ ହେଲେ ଗୋଟିଏ ନାଉର ମଞ୍ଜି। ଇୟେ ସେଥିରୁ ବାଦ ଯିବେ କେମିତି ?"

ସୁନି ସେ ଯୁବକଙ୍କ ଉପରକୁ ଚିଡ଼ି ଉଠୁଥିଲା। କିନ୍ତୁ ସିଏ ଯେତେବେଳେ ମୁହଁ ଉପରେ ପାଟିଖୋଲି ପାଦୁକ ମାଗିଲେଣି, ଦେବାର ସାମର୍ଥ୍ୟ ଥାଇ ମାଗିବା ଲୋକଙ୍କୁ ଜାଣିଜାଣି ଫେରାଇ ଦେବା ଅକ୍ଷମଣୀୟ ଅପରାଧ। ଠାକୁରଙ୍କ ପାଦୁକ ମାଗୁଥିବା ଲୋକଙ୍କୁ ପୁଣି ଦେବତାଙ୍କ ବିଜେ ସ୍ଥଳିରେ। ମନ୍ଦିର ପରିସର ମଧରେ ସେ ଦୁହେଁ ଛଡ଼ା ସେତେବେଳେ ମନ୍ଦିରରେ ଆଉ କେହି ନଥିଲେ। ଅନିଚ୍ଛା ସତ୍ତ୍ୱେ ବାଧ ହୋଇ ସୁନି ଉଠିଲା। ଆଉଜା ଗ୍ରିଲକୁ ଆଡ଼େଇ ଦେଇ ମନ୍ଦିର ଭିତରକୁ ଗଲା। ତା ପଛେ ପଛେ ସତୀ। ସୁନି ମନ୍ଦିର ଭିତରୁ ପାଦୁକ ଗ୍ଲାସ ଆଣିଲା। ମନ୍ଦିର ଦୁଆରେ ରହି ସତୀ ତା ହାତରୁ ଗ୍ଲାସ ଆଣି ଆଗେଇ ଆସିଲା ମୁଖଶାଳା ଆଡ଼କୁ। ସତୀ ହାତରେ ପାଦୁକ ଗ୍ଲାସ ଦେଖ୍ ଯୁବକ ଜଣକ ହାତ ପାତିଲେ ତା ଆଗରେ। ତାଙ୍କ ଚକିରେ ସତୀ ପାଦୁକ ଦେଲା। ପାଦୁକ ପାଇସାରି ସେ ଗଲେ ନଳକୂପ ପାଖକୁ ଅଞ୍ଜୀ ହାତ ଧୋଇବା ପାଇଁ। ସେତିକି ବେଳେ ସତୀ ଅନାଇଁଦେଲା ତାଙ୍କ ଆଡ଼କୁ, ତାଙ୍କ ପଛ ପଟରୁ। ହାତ ଧୋଇ ସାରି ସେ ଫେରିଲେ। ସତୀ ଦୃଷ୍ଟିନତ କଲା 'ସାମ୍ନାରୁ ତାଙ୍କୁ ଅନାଇ ହେଲାନାହିଁ।' ଅନାଇଁଲେ ତାଙ୍କୁ ଅନାଉଛି ବୋଲି ତାଙ୍କ ପାଖରେ ଧରା ପଡ଼ି ଯିବାର ସମ୍ଭାବନା ରହିଛି। କୁଆଁରୀ ଝିଅଟିଏ, ଯୁବତୀ ବୟସର। ଯୌବନ ଦୀପ୍ତ ତନୁଲତାକୁ ନେଇ, ଅଚିହ୍ନା ଯୁବକକୁ ଚାହିଁଲେ ଲାଜ ମାଡ଼ିବ, ସରମ ଲାଗିବ, ସଙ୍କୋଚ ଆସିବ, ମାଡ଼ି ମାଡ଼ି ପଡ଼ିବ ନିଜକୁ।

ସେ ମୁଖଶାଳାକୁ ଉଠି ଆସିବାରୁ ମନ୍ଦିର ଭିତରେ ବିଭୂତି ଥାଲିଆ ଧରି ଠିଆ ହୋଇଥିବା ସୁନି ହାତରୁ ସତୀ ଥାଲିଆ ଆଣି ତା ଡ଼ାହାଣ ହାତର ମଝି ଅଙ୍ଗୁଲି ଟିପରେ ବିଭୂତି ନେଇ ତାଙ୍କ କପାଳରେ ଲଗାଇଦେଲା। ଟିପା କପାଳର ମଝିରେ ନ ଲାଗି କାଲେ ବଙ୍କାରେ ଲାଗିଯିବ, ସେଥିପାଇଁ ଟିପା ପିନ୍ଧାଇ ଦେଲା ବେଳେ ସେ ତାଙ୍କ ମୁହଁକୁ ଅନାଇଁବାକୁ ବାଧ ହୋଇଥିଲା। ଯେତେବେଳେ କି ସେ ଯୁବକ ଜଣକ ତା ମୁହଁକୁ ଚାହିଁ ରହିଥିଲେ। ଚାରି ଆଖ୍ ମିଶିଯାଇଥିଲା ଅଳ୍ପ ସମୟ ପାଇଁ।

ଯୁବତୀ ବୟସର କୁଆଁରୀ ଝିଅଟିଏ। ଆଖ୍ ଝଲସା ରୂପ ସମ୍ଭାରକୁ ନେଇ ଉଚ୍ଛୁଳା ଯୌବନ ଦୀପ୍ତ ଦେହକୁ ଧରି, ନିଜର ନିଟୋଲ ଶରୀର ସହିତ ଜଣେ ଅପରିଚିତ ଯୁବକଙ୍କ ଆଖ୍ ସହିତ କେତେ ସମୟ ଦୃଷ୍ଟି ମିଶାଇ ରଖ୍ ପାରିବ ? ସଙ୍କୋଚ ଆସିବା କଥା। ଲାଜରେ ସତୀ ଦୃଷ୍ଟି ତଳକୁ କଲା। ତଳେ ତାଙ୍କ ଫୁଙ୍ଗୁଲା ପାଦ। ତାଙ୍କ ଖୋଲା ପାଦକୁ ସେ ଅନାଇ ରହିଲା। ଟିପା ପିନ୍ଧାଇ ଦେଲା ବେଳେ ତା ଅଙ୍ଗୁଲି ପାଇଛି ତାଙ୍କ କପାଳର ପରଶ। ସେ ଦେହ ଛୁଆଁର ପରଶରେ ତା ଅଙ୍ଗୁଲିରେ ଶିହରଣ ସୃଷ୍ଟି ହେଲା। ସେ ଶିହରଣ ଖେଳିଗଲା ହାତକୁ। ହାତରୁ ଦେହକୁ। ଦେହରେ ଭରିଗଲା ପୁଲକ। ମନରେ ଉଙ୍କିମାରିଲା ଅଲଗା ଭାବର ଆବେଗ। ପ୍ରାଣରେ ଉଦ୍‌ବେଲିକ ହେଉଛି ତରଙ୍ଗ। ଅନ୍ତରେ ନୂତନ ଉତ୍ସାହର ଉନ୍ମାଦନା। ହୃଦୟରେ ଝଙ୍କୃତ ହେଇଛି ଉଦ୍‌ବୀପଦା। ସାରା ଶରୀରରେ ସେ ପରଶର ଉଷ୍ଣତା ଲାଗି ରହିଛି ଯେମିତି। ଯୁବକ ଦେହ ଛୁଆଁର ପରଶ। ପରପୁରୁଷର ଦେହଛୁଆଁ ପୁଲକ। ପରଶ ଅଚିହ୍ନା, ଅଜଣା, ଅପରିଚିତ ଯୁବକ ଜଣକର।

ସେ ପରିବେଶର ପରିସ୍ଥିତି ସମ୍ପର୍କରେ ସମୀକ୍ଷା କରିବା ପାଇଁ କିଛି ସମୟ ଅବକାଶ ପାଇବା ପୂର୍ବରୁ ସେ ପୁଣିଥରେ ସେହି ଯୁବକଙ୍କ ହାତର ପରଶ ନିଜ ପାପୁଲିରେ ଅନୁଭବ କଲା। ସେ ପକେଟରୁ ପଇସା କାଢ଼ି ସତୀ ହାତରେ

ଦେଇ "ଠାକୁରଙ୍କ ଥାଳିରେ ଦେଇଦେବ" କହି ଫେରି ଯିବାପାଇଁ ପାହାଚ ଓହ୍ଲାଇ ଗଲେ। ସେଠାରେ ଘଟି ଯାଇଥିବା ଘଟଣାର ସମୀକ୍ଷା କିମ୍ବା ତର୍ଜମା ଲାଗି ଆଦୌ ଅବସର ନଦେଇ।

ଅବସର ଅର୍ଥ ଅବ୍ୟାହତି। କୌଣସି କାମଟିର ସମ୍ପାଦନା ପରେ ମିଳିଥିବା ବିଶ୍ରାମ ସମୟ ହିଁ ଅବସର ବା ଅବକାଶ। ଯେଉଁ ସମୟରେ ହିଁ ସମ୍ପାଦିତ କାମଟିର ପରିଣାମ ବିଷୟରେ ସମୀକ୍ଷା କରାଯାଏ। ଯେମିତି ସନ୍ଧ୍ୟା ସମୟରେ ବିଶ୍ରାମ ସ୍ଥାନରେ ସେ ଦିନଟିରେ କରାଯାଇଥିବା କାର୍ଯ୍ୟକ୍ରମର ସମୀକ୍ଷା ପାଇଁ ଅବସର ମିଳିଥାଏ। ପ୍ରତ୍ୟେକ କାମକୁ କାର୍ଯ୍ୟକାରୀ କରିସାରିଲା ପରେ ହିଁ ସେ ସମ୍ପର୍କରେ (ସମନ୍ଦରେ) ଅବସର ସମୟରେ ସମୀକ୍ଷା କରାଯାଏ। କିନ୍ତୁ ଜର୍ଜ ବର୍ଣ୍ଣାଡଶଙ୍କ ମତରେ- "ତୁମେ ଯାହା କରିବାକୁ ଚାହୁଁଛ ଓ ଯେତେବେଳେ କରିବାକୁ ଇଚ୍ଛା କରୁଛ ତାହାହିଁ କରିପାରିବ କେବଳ ଅବସର ପରେ।" ଅବସରକୁ ଅନେକ ଅଭିଶାପ ବୋଲି ଭାବନ୍ତି କିନ୍ତୁ ପ୍ରକୃତରେ ଅବସର ଅଭିଶାପ ନୁହେଁ, ବରଂ ଏହାକୁ ଆଶୀର୍ବାଦ ବୋଲି ଗ୍ରହଣ କରାଗଲେ ଅବସାଦ ଦୂରେଇ ଯିବ ଏହା ନିଃସନ୍ଦେହ।

ସେ ଫେରି ଯାଉଥିଲେ। ସତୀ ତାଙ୍କୁ ପଛରୁ ଅନାଇଁ ରହିଥିଲା। ସାମ୍ନାରୁ ଅଧିକ ସମୟ ଧରି ଅନାଇ ପାରି ନଥିଲା। ତା ନିଜ ଆଖି ତାଙ୍କ ଆଖି ସହିତ ମିଶିଯିବା ଯୋଗୁ ଲାଜରେ ମୁହଁ ତଳକୁ କରିଥିଲା। ହେଲେ ପଛପଟରୁ ଅନାଇଁବାରେ କିଛି ଅସୁବିଧା ନାହିଁ। ଲାଜ ଲାଗିବାର ଆଶଙ୍କା କିମ୍ବା ବିବେକର ବାରଣ ଅଥବା ସଙ୍କୋଚର ଆକଟ।

ଯୁବକ ଜଣକ ଫେରି ଯାଉଥିଲେ। ପାହାଚ ଓହ୍ଲାଇ ସେ ଆଉ ପଛକୁ ଫେରି ଚାହିଁ ନ ଥିଲେ। ପଡ଼ିଆରୁ ରାସ୍ତା ଉପରକୁ ଯାଇ ସାଇକେଲରେ ମନ୍ଦିରର ଉତ୍ତରରୁ ପଶ୍ଚିମକୁ ପଡ଼ିଥିବା ଚଉଡ଼ା ବାଟ ହିଡ଼ରେ (ଦେଇ) ସେ ଚାଲିଗଲେ। ମନ୍ଦିରର ଉତ୍ତର-ପଶ୍ଚିମ ପଟକୁ ଥିବା ବାଉଁଶ ବୁଦା ଉହାଡ଼ରେ ସେ ଲୁଚିଯିବା ପର୍ଯ୍ୟନ୍ତ ସତୀ ତାଙ୍କୁ ଅନାଇ ରହିଥିଲା। ସତୀ ସେ ଆଡ଼କୁ ଏପରି ତନ୍ମୟ ହୋଇ ଚାହିଁ ରହିଥିଲା ଯେ ତା ପାଖରେ ଥିବା ସୁନିର ଉପସ୍ଥିତିକୁ ଏକ ପ୍ରକାର ସେ ଭୁଲି ଯାଇଥିଲା, ଯିଏ ମନ୍ଦିର ଭିତରେ ଠିଆ ହୋଇ ତା ଅଲକ୍ଷ୍ୟରେ ତା ଗତିବିଧିକୁ ଲକ୍ଷ୍ୟ କରୁଥିଲା।

ସୁନି ମନ୍ଦିର ଭିତରେ ପାଦୁକ ଗ୍ଲାସ ଥୋଇଦେଇ ବିଭୂତି ଥାଳିଆକୁ ଠିକ୍ ଜାଗାରେ ରଖି ସାରି ସତୀ ଆଡ଼କୁ ଅନାଇଁ ରହିଥିଲା। ସତୀ ସେହିପରି ସେ ଯୁବକ ଜଣକ ଫେରି ଯାଉଥିବା ରାସ୍ତା ଆଡ଼କୁ ଏକ ଧ୍ୟାନରେ ଚାହିଁ ରହିଥାଏ। ଠାକୁରଙ୍କ ଥାଳିରେ ଦେବା ପାଇଁ ସିଏ ଦେଇ ଯାଇଥିବା ମୁଦ୍ରା କେତୋଟି ରହିଥାଏ ତା ହାତ ମୁଠାରେ।

ସୁନି ମନ୍ଦିର ଭିତରେ ରହି ସତୀକୁ ଲକ୍ଷ୍ୟ କରି କହିଲା- "ପାଇଲୁତ ? ଧନ ପାଇଲୁ ତ ? ମୁଁ କହୁ ନଥିଲି ତୁ ଆଜି ଧନ ପାଇବୁ ବୋଲି। ଆଖି ଡେଙ୍ଗିଲେ (ଫରକିଲେ) ପ୍ରାପ୍ତି ଯୋଗ ହୋଇଥାଏ। ଏଥର ମୋ କଥା ଉପରେ ବିଶ୍ୱାସ ହେଲାତ ?"

ସୁନିର କଥା ଶୁଣି ସତୀ ଚମକି ପଡ଼ିଲା। ତା ଧ୍ୟାନ ଭାଙ୍ଗି ଗଲା। ସେ ରାସ୍ତା ଉପରୁ ଦୃଷ୍ଟି ଫେରାଇ ଆଣି ମନ୍ଦିର ଭିତରକୁ ଅନାଇଁ ଦେଖିଲା। ସୁନି ତା ଆଡ଼କୁ ଚାହିଁ ହସ ହସ ମୁହଁରେ କହୁଥିଲା, ସତୀ ପ୍ରଥମେ ନିଜକୁ ପ୍ରକୃତିସ୍ଥ କରିବାକୁ ଚେଷ୍ଟାକଲା। କିଛି ସମୟ ଗୁମ ଖାଇ ପରେ ସୁନି କଥାର ଉତ୍ତର ଦେଲା। "ଧନ ? ଧନ କାହିଁ ?"

"ତୋ ହାତରେ ମୁଠାଇ ଧରିଛୁ।" ସୁନିର ଜବାବ।

ସରଳ ଭାବରେ ସତୀ ଉତ୍ତର ଦେଲା- "ଠାକୁରଙ୍କ ଥାଳିରେ ଦେବା ପାଇଁ ଦେଇଗଲେ।"

ସତୀ; ଠାକୁରଙ୍କ ଥାଳିରେ ତୁ ପଇସା ପକାଇଲେ। ପୁଣ୍ୟ ତୋର ହେବ ନିଶ୍ଚୟ। ତୋର ଆଜି ପ୍ରାପ୍ତି ଯୋଗ କଥା ମୁଁ ତୋତେ କହିଥିଲି। ଆଖି ଫରକିବାର ଫଳ ତୁ ଆଜି ପାଇବୁ। ତେଣିକି ତାହା ଧନ ହେଉ ଅବା ପୁଣ୍ୟ। ଆଉ... ସୁନିର କଥା ଅଧା ରହିଲା।

"ତାଙ୍କ ପଇସା ମୁଁ ଠାକୁରଙ୍କ ଥାଳିରେ ପକାଇବି। ଏଥିରେ ମୋର କେମିତି ପୁଣ୍ୟ ହେବ ? ତୁ ପୁଣି ଆଉ କ'ଣ କହୁଛୁ ?" ସତୀ 'ଆଉ'ର ଉତ୍ତର ଜିଜ୍ଞାସା କରୁଥିଲା।

"ପଇସା ତାଙ୍କର ହେଲେ ସୁଦ୍ଧା। ତୁ ଯେତେବେଳେ ଠାକୁରଙ୍କ ଥାଲିରେ ଦେବୁ, ପୁଣ୍ୟରୁ କିଛି ଅଂଶ ନିର୍ଦ୍ଦିଷ୍ଟ ତୋତେ ପ୍ରାପ୍ତ ହେବ। ଯେମିତି ଦଲାଲମାନେ କାରବାର ହେଉଥିବା ଧନରୁ କିଛି ଅଂଶ ପରସେଣ୍ଟ ବାବଦରେ ପାଇ ଥାଆନ୍ତି ଏବଂ ବିବାହ କାର୍ଯ୍ୟରେ ମଧ୍ୟସ୍ତ ଯେପରି ପାଇଥାଏ। ସେମିତି ତୁ ପାଇବୁ "ଆଉ?"

"ସୁନି ମୁଁ ପର ଧନରେ ଦାତା ସାଜି ପୁଣ୍ୟ ଅର୍ଜିବାକୁ ଚାହୁଁ ନାହିଁ। ତୁ ପୁଣି 'ଆଉ' କ'ଣ କହୁଛୁ? ଫିଟାଇ କହନୁ?"

"ତୁ ଚାହାଁ ବା ନ ଚାହାଁ? ଇଚ୍ଛାକର ବା ନକର? ତୋର ଆଗ୍ରହ ଥାଉ ବା ନଥାଉ? ଦାବି ଉପସ୍ଥାପନ କରିପାରୁ ଅଥବା କରିନପାରୁ? ତୋର ଦରକାର ଥାଉ ବା ନଥାଉ? ଆବଶ୍ୟକ ହେଉ ଅବା ନହେଉ। ତୁ ଆଶା ନ କରୁଥିଲେ ସୁଦ୍ଧା। ଦଲାଲ ଓ ମଧ୍ୟସ୍ତିମାନେ ପରସେଣ୍ଟ ପାଇଲାପରି ପୁଣ୍ୟରୁ କିଛି ଅଂଶ ତୋ ପାଖକୁ ଆପଣା ଛାଏଁ ଚାଲିଆସିବ। ପଲିସ କରୁଥିବା ଏଜେଣ୍ଟଙ୍କ ପାଖକୁ ତାଙ୍କ ପ୍ରାପ୍ୟର ଅଂଶ ତାଙ୍କ ଆକଉଣ୍ଟକୁ ଚାଲି ଆସିଲା ପରି।"

"ସୁନି; ମୁଁ କ'ଣ ଜଣେ ଦଲାଲ ନା ମଧ୍ୟସ୍ତ କିମ୍ଭା ଏଜେଣ୍ଟ"

"ନୁହଁତ ଆଉ କ'ଣ?"

"କେମିତି?"

"ଏଇ ଯେମିତି ଭଗବାନଙ୍କୁ ପାଇବା ପାଇଁ (ତାଙ୍କ ଦର୍ଶନ ପାଇ ତାଙ୍କ ଆଶୀର୍ବାଦ ଲାଭ କରିବାକୁ) ଲୋକ(ଭକ୍ତ)ମାନଙ୍କୁ ବାଟ ବତାଇ ଦେଉଥିବା ଲୋକଟି ଧର୍ମ ପ୍ରଚାରକ କିମ୍ଭା ଜୀବନର ସଦ୍‌ଗତି ପ୍ରାପ୍ତି ଲାଗି ମାର୍ଗ ପ୍ରଦର୍ଶକଙ୍କୁ ଧର୍ମଯାଜକର (ପ୍ରତିଷ୍ଠା) ମାନ୍ୟତା ମିଳିଥାଏ। ଦେଶ ଶାସନ ଓ ଜନସାଧାରଣ (ଶାସକ ଓ ଶାସିତ)ଙ୍କ ମଧ୍ୟରେ ଯୋଗସୂତ୍ର ରକ୍ଷା କରୁଥିବା ବ୍ୟକ୍ତିମାନେ ନେତାର ସମ୍ମାନ ପାଇ ଥାଆନ୍ତି। ରୋଗ ଓ ରୋଗୀ ମଧ୍ୟରେ ଯିଏ ମଧ୍ୟସ୍ତ ହୁଏ ସେ ଡାକ୍ତରର ମର୍ଯ୍ୟାଦା ପାଏ। ପାଠ (ବିଦ୍ୟା) ଏବଂ ଛାତ୍ର (ଚାଟ)ଙ୍କ ଭିତରେ ସମନ୍ୱୟ ରକ୍ଷା କରୁଥିବା ଲୋକଟି ଶିକ୍ଷକର ଗୌରବ ପାଇଥାଏ। କ୍ରେତା ଓ ବିକ୍ରେତା ତଥା ବରପକ୍ଷ ଓ କନ୍ୟାପକ୍ଷ ମଧ୍ୟରେ ଯୋଗାଯୋଗ ରକ୍ଷା କରୁଥିବା ବ୍ୟକ୍ତି ମଧ୍ୟସ୍ଥ ଭାବରେ ସମ୍ମାନିତ ହୋଇଥାଏ। ଗଣିକା ଓ ବେଶ୍ୟାସକ୍ତଙ୍କ ମଧ୍ୟରେ ଦର ଦସ୍ତୁର ଛିଣ୍ଟାଇ ଥିବା ଲୋକଟିକୁ ଦଲାଲ କୁହାଯାଏ। ଠାକୁର (ଦେବତା) ଓ ଭକ୍ତଙ୍କ ମଧ୍ୟରେ ସମନ୍ୱୟ ନିର୍ବାହ ପାଇଁ ଯନ୍ କରୁଥିବା ଲୋକଟି ପୂଜକ ଭାବରେ ଚିହ୍ନିତ ହୁଏ। ଅଭିଯୁକ୍ତ ଓ ଅଭିଯୋଗକାରୀଙ୍କ ମାମଲାକୁ ପରିଚାଳନା କରୁଥିବା ତଥା ଆଇନ ଓ ଅଦାଲତ ମଝିରେ କସରତ କରୁଥିବା ଆଇନ ବ୍ୟବସାୟୀଙ୍କୁ ଆଇନଜୀବୀ ବୋଲି ମାନ୍ୟତା ମିଳେ। ପ୍ରଶାସନ ଓ ପ୍ରଶାସିତଙ୍କୁ ନ୍ୟାୟ ପ୍ରଦାନ କରୁଥିବା ବ୍ୟକ୍ତି ବିଚାରପତିର ସମ୍ମାନପାଏ। ଆଉ ଯିଏ ଠାକୁରଙ୍କ ପାଦୁକ ଦେଇ ଈଶ୍ୱର (ଦେବତା) ଏବଂ ମନ୍ଦିରକୁ ଠାକୁରଙ୍କ ପାଖକୁ ଆସୁଥିବା ଭକ୍ତଙ୍କ (ଦର୍ଶନାଭିଳାଷୀ)ଙ୍କ ମଧ୍ୟରେ ଯୋଗସୂତ୍ର ନିର୍ବାହ ପାଇଁ ଚେଷ୍ଟା (ଯନ୍) କରିଥାଏ ତା ପାଇଁ ତ କୌଣସି ପଦବୀ ସଂରକ୍ଷିତ ହୋଇ ରହିଥିବ? ଧର୍ମ ପ୍ରଚାରକଙ୍କୁ ସେହି ଧର୍ମାଲମ୍ୟୀମାନେ ଭଗବାନଙ୍କ ଅବତାର ଭାବରେ ଓ ଧର୍ମ ଗ୍ରହଣ ସମୟରେ ଦୀକ୍ଷାଦାତାଙ୍କୁ ଗୁରୁ ବୋଲି ପୂଜା କରିଥାଆନ୍ତି। ନେତା ଜନସାଧାରଣ ତଥା ସେହି ଦଳର ସମର୍ଥକମାନଙ୍କ ଦ୍ୱାରା ସମ୍ମାନିତ ହୁଏ। ଜନପ୍ରତିନିଧ୍ୟ ହୋଇ ଭୋଟପାଏ। ଭାଗ୍ୟରେ ଥିଲେ ମନ୍ତ୍ରୀ ପଦ ମଣ୍ଡନ କରି ଶାସକ ବନିଯାଏ। ଡାକ୍ତର ଫି ନେଇ ଥାଏ। ଶିକ୍ଷକ ଦରମା ପାଏ। ମଧ୍ୟସ୍ତ ପରସେଣ୍ଟ (କମିସନି) ନିଏ। ପୂଜକ ପାଇଥାଏ ଦକ୍ଷିଣା। ବିଚାରପତିମାନେ ମଧ୍ୟ ଦରମା ନେଇଥାଆନ୍ତି। ସେମିତି ତୁ ନିର୍ଦ୍ଦିଷ୍ଟ ତ କିଛି ନା କିଛି ପାଇବାକୁ ହକଦାର ହେବୁ ଏବଂ ତୁ ପଚାରୁଥିବା "ଆଉ"ର ଅର୍ଥ ବୁଝି ପାରୁନାହୁଁ ନା ବୁଝି ନପାରିବାର ଅଭିନୟ କରୁଛୁ? ଭାରି ତ ଜାଣି ସିଆଣି ହେଲୁଣି?

"ସୁନି" ତୁ ଏସବୁ କ'ଣ କହୁଛୁ ? ମୁଁ ଆଦୌ ପ୍ରକୃତରେ କିଛି ବୁଝି ପାରୁ ନାହିଁ। ମୁଁ କ'ଣ ଅଭିନୟ କରୁଛି ? ଆଉ ଜାଣି ସିଆଣି ହେଲି କେତେବେଲେ ?"

"ସତୀ ତୁ ଏତିକି ବୁଝି ପାରୁନୁ ? ସିଏ ତୋ ହାତରେ ପଇସା ଦେଇଗଲେ। ନିଜେ ଠାକୁରଙ୍କ ଥାଲିରେ ପକାଇଲେ ନାହିଁ। ମୁଁ ମନ୍ଦିର ଭିତରେ ଅଛି, ମୋ ହାତକୁ ସୁଦ୍ଧା ଦେଲେ ନାହିଁ। ମନ୍ଦିର ବାହାରେ ଥିବା ଜଣେ ଲୋକ ହାତରେ କାହିଁକି ଦେଇଗଲେ ?"

"ମୁଁ ତାଙ୍କ ପାଖରେ ଥିଲିତ।"

"ସେଇଥି ପାଇଁ।" ସତୀର ଅଧା କୁହା କଥାକୁ ସୁନି ପୂରଣ କଲା।

"ହଁ, ସେଇଆ"

"ନା, ପ୍ରକୃତରେ କଥା ସେଇଆ ନୁହେଁ।"

"ଆଉ କ'ଣ ?"

"ଆଉ କ'ଣ ? ସେ କଥା କ'ଣ ତୁ ଜାଣିନୁ ?"

"ନାଥାତ। ମୁଁ ଆଉ କିଛି ଜାଣିନି। ତୁ ଯଦି ଜାଣିଛୁ ତେବେ କହୁନୁ ?"

"ତୁ ଭାରି ଚତୁରୀ ହେଲୁଣିତ। ସେଥିପାଇଁ ଜାଣି ଅଜଣା ହେଉଛୁ। ଶାସ୍ତ୍ର କହେ– ଯା ରାକା ଶଶୀ ଶୋଭନୀ ଗତଘନା ସାୟାମିନୀ, ଯାମିନୀ ଯା ସୌନ୍ଦର୍ଯ୍ୟ ଗୁଣାନ୍ଵିତା ପତିରତା ସା କାମିନୀ କାମିନୀ। ଯା ଗୋବିନ୍ଦ ରସ ପ୍ରମୋଦ ମାଧୁରୀ ସା ମାଧୁରୀ ମାଧୁରୀ। ଯା ଲୋକଦ୍ଵୟ ସାଧନୀ ତନୁଭୃତାଂ ସା ଚାତୁରୀ ଚାତୁରୀ। ପୂର୍ଣ୍ଣ ଚନ୍ଦ୍ର ଶୋଭିତ ରାକା ଯଦି ବାଦଲ ବା ମେକମୁକ୍ତ ହେଲା, ତାହାହିଁ ପ୍ରକୃତ ରାକା ରଜନୀର ଆନନ୍ଦ ଦେଇଥାଏ। ସେମିତି କାମିନୀ ସୁନ୍ଦରୀ କେବଳ ହେଲେ ନୁହେଁ, ପତିରତା ଗୁଣାନ୍ଵିତା ହୋଇଥିଲେ ଯାଇ ପ୍ରକୃତ ବା ସାର୍ଥକ ନାରୀଟିଏ ଅଥବା କାମିନୀଟିଏ। ଅନ୍ୟଥା ତ ଘୃଣ୍ୟା। ଆଉ ମଧ ଗୋବିନ୍ଦ ବା ପ୍ରଭୁରସରେ ଆପ୍ଲୁତ ମାଧୁରୀ ହିଁ ପ୍ରକୃତ ମଧୁରତା। ଅନ୍ୟସବୁ ଅର୍ଥହୀନ। ଏ ସଂସାରରେ ସେଇ ଚତୁରତା ହିଁ ପ୍ରକୃତ ଚତୁରତା ବା ବୁଦ୍ଧିଆ ପଣିଆ ଯାହା ଦ୍ଵିଲୋକ ସାଧନୀ ବା ସ୍ଵୀକୃତ ହୋଇଥିବ। ଦ୍ଵିଲୋକ ହେଲା ଇହଲୋକ ଓ ପରଲୋକ। କେବଳ ଇହଲୋକ ସୁଖ ବା ବାହାବା, ଯାହା ପରଲୋକରେ ପ୍ରତ୍ୟାଖ୍ୟାତ, ସେ କି ବୁଦ୍ଧି ବା ଚତୁରତା। ସେମିତି ଯେଉଁ ଚତୁରତାରେ ଜୀବ ଇହ ଓ ପରଲୋକ, ଏହି ଦ୍ଵିଲୋକରେ ସ୍ଵୀକୃତି ଲାଭ କରି ଦ୍ଵିଲୋକ ସାଧନୀ ହେବ ସେଇ ବୁଦ୍ଧି ବା ଚତୁରୀ ହିଁ ଚାତୁରୀ। ବାକି ସବୁ କୁଆ ଚତୁରତା। କୁଆ ଅତି ବୁଦ୍ଧି ବଶତଃ ବିଷ୍ଠା ଖାଇଥାଏ। ଅର୍ଥାତ୍ ସେହି ରାତି ହିଁ ପ୍ରକୃତ ଉପଭୋଗ୍ୟ ରାତି ଯେଉଁଥିରେ ଆକାଶରେ ଜହ୍ନଥିବେ। ମାତ୍ର ତାଙ୍କୁ ଢାଙ୍କିବାକୁ ବାଦଲ ନଥିବ, ସୁନ୍ଦରୀ ହୋଇଥିବ। ମାତ୍ର ପତିବ୍ରତା ହୋଇଥିବ। ସେଇ ସ୍ତ୍ରୀ ଯେ ପ୍ରକୃତ ସ୍ତ୍ରୀ। ଗୋବିନ୍ଦ ବା ପ୍ରଭୁ ରସରେ ମଧୁର ହୋଇଥିବା ମାଧୁରୀ ହିଁ ପ୍ରକୃତ ମାଧୁରୀ। ସେମିତି ଦ୍ଵିଲୋକ (ଇହ ଓ ପରଲୋକ)ର ଶ୍ରେୟ ସାଧନ କରି ପାରୁଥିବା ଚାତୁରୀ ହିଁ ଚାତୁରୀ। ତୋର ଏ ଚାତୁର୍ଯ୍ୟପୂର୍ଣ୍ଣ ବ୍ୟବହାର ଦେଖି ତୋତେ ଚତୁରୀ କହିବାକୁ ମୁଁ ବାଧ ହେଉଛି। ସତୀ ମୋତେ ତ ଚାତୁରୀ ପଣ ଜମା ନାହିଁ। ତେଣୁ ମୁଁ ଚତୁରୀ ନୁହେଁ; କି ଚାତୁରୀ ଦେଖାଇ କଥା କୁହେନି; କିମ୍ଵା ମୋ ପାଖରେ ଚାତୁରୀ ପଣ ଜମା ନାହିଁ।"

"ମୁଁ କ'ଣ ଚତୁରୀ ହେଲି ? ଜାଣି ଅଜଣା ହେଉଛି ?" ସୁନି କଥାରେ ଆଶ୍ଚର୍ଯ୍ୟ ହୋଇ ସତୀ ଏହା କହିଲା। ସୁନି କିନ୍ତୁ ହସୁଥାଏ।

"କ'ଣ ଅଜଣା ହେଉଛୁ ? ତେବେ କହୁଛି ଶୁଣ। ସେ ତୋ ହାତରେ ପଇସା ଦେଇଗଲେ। କାରଣ ତୁ ତାଙ୍କର ନିକଟତମ ଲୋକ।"

ସୁନି କଥାରେ ସତୀର ଆଶ୍ଚର୍ଯ୍ୟ ଭାବ କିଛି ପରିମାଣରେ କଟିଗଲା । ସେ ସହଜ ଭାବରେ କହିଲା– "ହଁ ମୁଁ ତ ସେଇଆ କହୁଛି । ମୁଁ ତାଙ୍କ ପାଖରେ ଥିଲି ।"

"ସେଇଥ୍‌ ପାଇଁ ସିଏ ତୋ ହାତରେ ଦେଇଗଲେ, ନୁହେଁ ।"

"ହଁ ସେଇଆ ।" କହିସାରି ସତୀ ତା'କଥାର ଉତ୍ତର ପାଇଁ ସୁନି ମୁହଁକୁ ଅନାଇଁ ରହିଲା ।

ସୁନି କିନ୍ତୁ କଥାକୁ ରହସ୍ୟମୟ କରୁଥାଏ । "ତୁ ଯାହା ଭାବୁଛୁ କଥାଟା ଠିକ୍ ସେଇଆ ନୁହେଁ । ପ୍ରକୃତ କଥା ହେଲା ତୁ ହେଲୁ ତାଙ୍କର ନିକଟତମ ଲୋକ ।"

ସତୀ ଏଥର ମୁହଁ ଫଣଫଣ କରି କହିଲା – "ମୁଁ ମାନୁଛି । ମୁଁ ତାଙ୍କ ପାଖରେ ଠିଆ ହୋଇଥିଲି ।"

"ସତୀ ରାଗୁଛୁ କାହିଁକି ? ନାସ୍ତି ରାଗସମଂ ଦୁଃଖ ।" ସୁନି ମୁହଁରେ ହସ ଲାଗି ରହିଥାଏ ପୂର୍ବ ପରି । ସେ ସତୀର ମୁହଁ ଫଣ ଫଣ କଥାରେ ଆଦୌ ବିଚଳିତ ହେଉ ନଥାଏ । "ତୁ ରାଗିଲେ କ'ଣ ମୁଁ ଡରିଯିବି କିମ୍ବା ଛାଡ଼ିଦେବି ବୋଲି ଭାବୁଛୁ ? କେବେ ନୁହେଁ ? । ମୁଁ ଜମା ଭୟ କରିବିନି । ତୁ ସତ କଥା ମାନିଯା ।"

ସତୀ ଏଥର ମୁହଁ ଗମ୍ଭୀର କରି କହିଲା, "ସତ କଥା ଆଉ କ'ଣ ? ମୁଁ ତାଙ୍କ ପାଖରେ ଥିଲି । ତେଣୁ ସେ ମୋ ହାତରେ ଦେଇଗଲେ ।"

"ସତୀ; ନିକଟତମ ଲୋକ ଆଉ ପାଖରେ ଥିବାଲୋକ ଭିତରେ ବହୁତ ତଫାତ ରହିଛି ।"

"ପାଖରେ ଆଉ ନିକଟତମ ମଧ୍ୟରେ ତଫାତ କ'ଣ ?" ସତୀ ପଚାରିଲା ସୁନିକୁ ।

ସୁନି ବୁଝାଇ ଦେଲା– "ପାଖରେ ବସିଲେ କିମ୍ବା ପାଖରେ ଠିଆ ହେଲେ କେହି ନିକଟତମ ହୋଇ ପାରେନା । ପାଖରେ ମାନେ ଆମ ଘରେ ଆମେ ସମସ୍ତେ ପାଖାପାଖି ହୋଇ ଏକାଠି ରହିଛନ୍ତି । କିନ୍ତୁ ମୋ ବାପା ପୁରୋହିତ କର୍ମକରି ଯଜମାନଙ୍କ ପାଖରୁ ପାଉଥିବା ପଇସା ମୋ ମା' ହାତରେ ଦିଅନ୍ତି । ସେହିପରି ତୋ ବାପା ପର ଘରେ ଖଟି ମଜୁରି ବାବଦକୁ ଯେଉଁ ଟଙ୍କା ଆଣନ୍ତି ତାକୁ ତୋ ବୋଉ ହାତକୁ ବଢ଼ାଇ ଦେଇ ଥାଆନ୍ତି । କାରଣ ବୋଉ କିମ୍ବା ମା'ମାନେ ହେଲେ ବାପାଙ୍କର ନିକଟତମ ଲୋକ । ମାନେ ଅତି ଆପଣାର । ଆମେମାନେ ପରିବାର ସାରା ସମସ୍ତେ ବାପାଙ୍କ ପାଖ ଲୋକ, ଅର୍ଥାତ୍ ନିଜ ଲୋକ ନୁହନ୍ତି କି ? କିନ୍ତୁ ସେ ଆମ ହାତକୁ ପଇସା ନ ଦେଇ ବୋଉ କିମ୍ବା ମା'ଙ୍କ ହାତରେ ଦେଇ ଥାଆନ୍ତି । ଆଉ ଦିଅଁ ଦର୍ଶନ ପାଇଁ କୌଣସି ମନ୍ଦିର କିମ୍ବା ଦେବାଳୟକୁ ଗଲେ ପତ୍ନୀମାନେ ହିଁ ସ୍ୱାମୀଙ୍କ ଲାଗି ଓ ନିଜ ପାଇଁ ଉଭୟଙ୍କ ପଇସା ଠାକୁରଙ୍କ ପାଖରେ ଦେଇଥାଆନ୍ତି, ଯଦିବା ସେ ଦେଉଥିବା ପଇସା ସ୍ୱାମୀମାନେ ରୋଜଗାର କରିଥାଆନ୍ତି । ସିଏ ଯେତେବେଳେ ଏତେ ଦୂର ବାଟରୁ ଆସି ନିଜେ ଠାକୁରଙ୍କ ଥାଲିରେ ପଇସା ନ ଦେଇ ତୋ ହାତରେ ଠାକୁରଙ୍କ ଥାଲିରେ ଦେବା ପାଇଁ ଦେଇଗଲେ ଅଥଚ ମୁଁ ଏଠି ମନ୍ଦିର ଭିତରେ ଅଛି, ମୋ ହାତକୁ ଦେଲେ ନାହିଁ । ଏଥର ପାଖଲୋକ ଆଉ ନିକଟତମ ଲୋକ ମଧ୍ୟରେ ଥିବା ତଫାତକୁ ତୁ ବୁଝି ପାରିଲୁତ ?"

ସତୀ ସ୍ୱାଭାବିକ ଭାବରେ ଉତ୍ତର ଦେଲା "ବୋଉ ଓ ମା'ମାନେ ଘର ଚଳାନ୍ତି । ସେଥିପାଇଁ ବାପା–ବୋଉ କିମ୍ବା ମା'ଙ୍କ ହାତରେ ପଇସା ଦିଅନ୍ତି । ଆମ ହାତକୁ ତୁଚ୍ଛାଟାରେ କାହିଁକି ଦେବେ ?"

ସତୀ କଥାରେ ସୁନି ଏଥର ଆହୁରି ହସିଲା । "ହେଲା ତୋରି କଥା ହେଉ । ବୋଉ ବା ମା' ଘର ଚଳାଉ ଥିବାରୁ ବାପା ତାଙ୍କୁ ପଇସା ଦିଅନ୍ତି । କିନ୍ତୁ ତୁତ ଏ ଠାକୁରଙ୍କୁ ଚଳାଉ ନାହୁଁ କିମ୍ବା ମନ୍ଦିରର ହାନି ଲାଭ କଥା ବୁଝୁନାହୁଁ । ମନ୍ଦିର ପରିଚାଳନା କମିଟିର ସଭାପତି ସୁଦ୍ଧା ନୁହଁ । ଏପରିକି ସେ କମିଟିର ସାଧାରଣ ସଭ୍ୟାଟିଏ ବି ନୁହଁ । ତା ବାଦ୍ ତୁ ମନ୍ଦିରର ପୂଜକ (ଠାକୁର ବାବା) ବଡ଼ ବାପାଙ୍କର ସମ୍ପର୍କୀୟ ମଧ୍ୟ ନୁହଁ । ତେବେ ସିଏ ତୋ ହାତରେ କାହିଁକି ପଇସା ଦେଲେ ।"

ସହଜ ଭାବରେ ସତୀ ଉତ୍ତର ଦେଲା । "ଠାକୁରଙ୍କ ଥାଲିରେ ଦେବା ପାଇଁ ।"

ଠାକୁରଙ୍କ ଥାଲିରେ ସିଏ ନିଜେ ଦେଇପାରି ଥାଆନ୍ତେ । ଯିଏ ଦୂରରୁ ଠାକୁରଙ୍କ ଦର୍ଶନ ପାଇଁ ଆସି ପାରିଲେ । ସିଏ ଆଉ ଦୁଇ ପାଦ ଆଗକୁ ଆସି ନିଜେ ଥାଲିରେ ନପକାଇ ତୋ ହାତକୁ କାହିଁକି ଦେଇଗଲେ । ?

"ମୁଁ କେମିତି ଜାଣିବି କାହିଁକି ଦେଇଗଲେ ।"

"ଏଇଥି ପାଇଁ ଦେଇଗଲେ, ଯେପରି ପତି ଓ ପତ୍ନୀ ଉଭୟ ଠାକୁର ଦର୍ଶନ କରିଥିଲାବେଳେ ପୁରୁଷର ରୋଜଗାର ଅର୍ଥ ପୁରୁଷ ନିଜେ ନ ଦେଇ ସ୍ତ୍ରୀଙ୍କ ହାତରେ ଦିଆଇଥାଏ । ସେମିତି ତୁ ତାଙ୍କ ପଇସା ଠାକୁରଙ୍କ ଥାଲିରେ ଦେବୁ । ଆହୁରି ମଧ ବୋଉ ଓ ମା'ମାନଙ୍କ ପରି ଏଣିକି ତୁ ତାଙ୍କୁ ଚଲାଇବୁ ।" ସତୀ କଥାର ଉତ୍ତରରେ ସୁନି ଏହା କହିଲା ।

"ମୁଁ ତାଙ୍କୁ ଚଲାଇବି ?" ସତୀ ବିସ୍ମୟ ସହକାରେ ପଚାରିଲା ।

ତତ୍କ୍ଷଣାତ ସୁନି ଜବାବ ଦେଲା । "ହଁ ତୁ ତାଙ୍କୁ ଚଲାଇବୁ । ଏଇଟା ତା'ର ପୂର୍ବାଭାଷା ।"

"ମୁଁ ତାଙ୍କୁ କ'ଣ ଚଲାଇବି ? ସତୀ କିଛି ବୁଝି ନ ପାରିଲା ଭଳି ପଚାରୁଥିଲା ।"

"ଏଇ ଯେମିତି ବୋଉ ଓ ମା'ମାନେ ବାପାଙ୍କୁ ଚଲାନ୍ତି ।"

"ସୁନି, ବୋଉ ଓ ମା'ମାନେ ହେଲେ ବାପାଙ୍କର ବିବାହିତା ପତ୍ନୀ । ସେମାନେ ଘର, ସଂସାର କରିଛନ୍ତି । ସେଥିପାଇଁ ବୋଉ ଓ ମା'ବାପାଙ୍କୁ ଚଲାଇ ନିଅନ୍ତି । ଏଠି ସିଏ ମୋର କିଏକି ? ତାଙ୍କ ସହିତ ମୋର ସମ୍ପର୍କ କ'ଣ ? କି ପ୍ରକାର ସମ୍ବନ୍ଧ ତାଙ୍କ ସାଙ୍ଗରେ ମୋର ? ମୁଁ କାହିଁକି ତାଙ୍କୁ ଚଲାଇବି ?"

ସତୀ କଥା ଶୁଣି ସୁନି ମୁରୁକି ମୁରୁକି ହସି କହିଲା । "ସିଏ ତୋର କିଏ ମୁଁ ଜାଣିନାହିଁ । ତୁମମାନଙ୍କ ମଧରେ ସମ୍ବନ୍ଧର କଥା ମୋତେ ଅଜଣା । ତୋର ତାଙ୍କ ସହିତ କି ପ୍ରକାର ସମ୍ପର୍କ ସେ କଥା ମୁଁ କହି ପାରିବିନି । ତୋର ତାଙ୍କ ସାଙ୍ଗରେ କେଉଁ ରକମ ପରିଚୟ ତାହା ମୋତେ ସମ୍ପୂର୍ଣ୍ଣ ଅମାଲୁମ । କିନ୍ତୁ ତୁ ମୋତେ କହି ପାରିବୁକି ସିଏ ଯେତେବେଳେ ପାଦୁକ ପାଇବା ପାଇଁ କହିଲେ, ତାଙ୍କୁ ପାଦୁକ ଦେବା ଲାଗି ମୁଁ ଉଠି ଆସିଲି ମନ୍ଦିର ଭିତରୁ ପାଦୁକ ଗ୍ଲାସ ଆଣୁଥିଲି ତାଙ୍କୁ ଦେବା ପାଇଁ । ତୁ କାହିଁକି ମୋ ପଛେ ପଛେ ଉଠି ଆସିଲୁ ? ମୋ ହାତରୁ ଗ୍ଲାସ ନେଇ ତାଙ୍କ ହାତରେ ପାଦୁକ ଦେଲୁ ? ପାଦୁକ ପାଇସାରି ଅଇଁଠା ହାତ ଧୋଇବାରୁ ଓଦା ହାତରେ ବିଭୂତି ପିନ୍ଧି ହେବନି । ସେଥିପାଇଁ ତାଙ୍କ ମଥାରେ ବିଭୂତି ଦେବାଲାଗି ମୁଁ ବିଭୂତି ଥାଲିଆ ନେଉଥିଲି, ତୁ କାହିଁକି ମୋ ହାତରୁ ଥାଲିଆ ନେଇ ତାଙ୍କ କପାଲରେ ବିଭୂତି ଟିପା ଲଗାଇ ଦେଲୁ ? ଏସବୁ କାମ କରିବା ପାଇଁ ସିଏ କ'ଣ ତୋତେ କହିଥିଲେ ନା ମୁଁ ତୋତେ ଏଥିଲାଗି ଅନୁରୋଧ କରିଥିଲି ?"

"ନା ମୋତେ କେହି କିଛି କହିନାହିଁ । ଆମେ ଦୁଇଜଣ ସାଙ୍ଗ ହୋଇ ବସିଥିଲେ, ତୁ ଉଠି ଆସିଲୁ । ମୁଁ କେମିତି ସେଠି ଏକୁଟିଆ ବସି ରହି ଥାଆନ୍ତି ? ତୁ ମନ୍ଦିର ଭିତରୁ ଗ୍ଲାସ ଆଉ ଥାଲିଆ ଆଣିଲୁ । ମୁଁ ପଦାରେ ଥିଲି । ସେଥିପାଇଁ ତୋ ହାତରୁ ଆଣି ମୋ ପାଖରେ ଠିଆ ହୋଇଥିବାରୁ ତାଙ୍କୁ ଦେଲି । ଏଥିରେ ମୋର ଦୋଷ ରହିଲା କେଉଁଠି ?"

ସତୀ ଖୁବ୍ ନରମ ଭାବରେ କଥା କହୁଥିଲା ।

ସୁନି ତାକୁ ବୁଝାଇବା ଭଳି କହିଲା । "ନାହିଁ । ତୋର ଏଥିରେ କିଛି ଦୋଷ ନାହିଁ । ସିଏ କ'ଣ ରାବଣ ପରି ତୋତେ ଚୋରାଇ ନେବାକୁ ଆସିଥିଲେ ? ଆଉ ମୁଁ ତୋତେ ଲକ୍ଷ୍ମଣଙ୍କ ଭଳି ଜଗି ରହିଥିଲି, ତୁ ସୁକୁମାରୀ ସୀତା ଠାକୁରାଣୀ ତ । ମୁଁ ତୋ ପାଖରୁ ଉଠି ଆସିବାରୁ କାଲେ ଲକ୍ଷ୍ମଣଙ୍କ ଅନୁପସ୍ଥିରେ ରାବଣ, ସୀତାଙ୍କୁ ନେଇଗଲା ପରି ମୋ ଅନୁପସ୍ଥିତିରେ ସିଏ ତୋତେ ନେଇ ଯିବେ ଏହି ଭୟର ଆଶଙ୍କାରେ ତୁ ମୋ ପଛେପଛେ ଉଠି ଆସିଲୁ । ରାବଣ ଭିକ୍ଷାର୍ଥୀ ସନ୍ୟାସୀଙ୍କ ପରି ଆସି ପଞ୍ଚବଟୀ କୁଡ଼ିଆରୁ ପୁଷ୍ପକ ବିମାନରେ ବସାଇ ସୀତାଙ୍କୁ ନେଇ ଯାଇଥିଲେ । ଏଠି ତ ପଞ୍ଚବଟୀ ଭଳି ଜଙ୍ଗଲ ନାହିଁ କିମ୍ଵା ପଞ୍ଚବଟୀ ପରି ଏହା ନିର୍ଜନ କିମ୍ଵା ନିକାଞ୍ଚନ ସୁଧା ନୁହେଁ ଏବଂ ସିଏ ସନ୍ୟାସୀ ବେଶରେ ଛଦ୍ମ ରୂପରେ ମଧ ଆସି ନାହାନ୍ତି କିମ୍ଵା ଭିକ୍ଷା ମାଗୁନଥିଲେ । ସିଏତ ସାଧା ସିଧା ଭଦ୍ର ବ୍ୟକ୍ତିଙ୍କ ଭଳି ଆସି

ଠାକୁରଙ୍କୁ ଦର୍ଶନ କରି ପାଦୁକ ମାଗିଥିଲେ । ଆଉ ସିଏ ବି ଗାଡ଼ି ମୋଟର ନେଇ ଆସିନଥିଲେ, ଯେଉଁଥିରେ ତୋତେ ବସାଇ ନେଇ ଯାଇ ଥାଆନ୍ତେ, ସିଏତ ଖଣ୍ଡେ ସାଇକେଲ ଆଣିଥିଲେ । ଯେଉଁଥିରେ କ୍ୟାରିଏଲ ନଥିଲା । ସିଏ ତୋତେ କିପରି ଓ କେଉଁଥିରେ ବସାଇ ନେଇ ଥାଆନ୍ତେ ? ତୋ ଅନିଚ୍ଛାରେ ପୁଣି ମୋ ଉପସ୍ଥିତିରେ । ମୁଁ ତୋତେ ଆଗରୁ କହିଛି ତୋତେ କେହି ନେବାକୁ ଚେଷ୍ଟା କଲେ ମୁଁ ଅଟକାଇବାକୁ ଯାଇ ତାକୁ ବାଧା ଦେବି ଏବଂ ତୋର ସୁରକ୍ଷା ପାଇଁ ଆବଶ୍ୟକ ହେଲେ ପ୍ରାଣବଳି ଦେବାକୁ ମୁଁ ସଦା ସର୍ବଦା ପ୍ରସ୍ତୁତ ଅଛି । ମାତ୍ର ତୋ ମନକୁ କେହି ନେଲେ ମୁଁ ତାକୁ ଅଟକାଇ ପାରିବି ନାହିଁ । ସେଥିପାଇଁ ମୁଁ ତୋତେ ଆଗରୁ କହିଛି ଓ ବର୍ତ୍ତମାନ ସୁଦ୍ଧା କହି ଦେଉଛି ତୋ ଦେହର ନିରାପତ୍ତା ଦାୟିତ୍ଵ ନେବାକୁ ମୁଁ ସଦା ସର୍ବଦା ପ୍ରସ୍ତୁତ ହୋଇ ରହିଛି, କିନ୍ତୁ ତୋ ମନର ଦାୟିତ୍ଵ ତୋର । ତା’ର ସୁରକ୍ଷା ତୋ ଉପରେ ସମ୍ପୂର୍ଣ୍ଣ ରୂପେ ନିର୍ଭର କରେ । ତୋ ମନର ଦାୟିତ୍ଵ ନେବାକୁ ମୁଁ ପୂର୍ଣ୍ଣମାତ୍ରାରେ ଅକ୍ଷମ ଏବଂ ଅସମର୍ଥ ମଧ । ବର୍ତ୍ତମାନ ତୁ ମୋ ପାଖରେ ମୁଖଶାଲାରେ ଠିଆ ହୋଇଛୁ । ତୋ ଦେହ ଆମ ଗାଁ ମନ୍ଦିର ନିକଟରେ ରହିଛି । ହେଲେ ତୁ ତୋ ମନକୁ ଅଟକାଇ ପାରିଛୁକି ? ନା ତୋ ମନ ତୋ ଦେହକୁ ଛାଡ଼ି ତାଙ୍କ ସହିତ ଚାଲିଯାଇଛି ? ଯେପରି ରାଧାରାଣୀଙ୍କ ଦେହ ତାଙ୍କ ସ୍ଵାମୀ ଚନ୍ଦ୍ରସେଣାଙ୍କ ପାଖରେ ଥିଲା ବେଳେ ତାଙ୍କ ମନ ରହିଥିଲା ପ୍ରେମିକ କୃଷ୍ଣଙ୍କ (ସହିତ) ନିକଟରେ । ଆଉ ତୁ ଏଠି ମୋ କାମ ହାଲୁକା କରିଦେବାକୁ ଯାଇ ମୋତେ ପାଦୁକ ଓ ବିଭୂତି ଦେବା କାର୍ଯ୍ୟରେ ସାହାଯ୍ୟ କରୁଥିଲୁ କି ? ଯେତେହେଲେ ତୁ ମୋର ସାଙ୍ଗତ ।”

“ସୁନି ତୁ ସେମିତି କାହିଁକି ଭାବୁଛୁ ?”

“ଆଉ କେମିତି ଭାବିବି ? ମାଗି ଅବଧାନ (ଜୁହାର) ଜାତି କଲ୍ୟାଣ (ଆଶୀର୍ବାଦ) ରେ କିଛି ମୂଲ୍ୟ ନଥାଏ । ବେଲେବେଲେ ବିନା ଡାକରାରେ କୌଣସି ଅନୁରୋଧ କି ଆମନ୍ତ୍ରଣ ନପାଇ ମୋ ପଛେ ପଛେ ଆସି ଉପରେ ପଡ଼ି ଯେତେବେଲେ ମୋ ହାତରୁ ନେଇ ତାଙ୍କୁ ଦେଲୁ । ଏହାଦ୍ଵାରା ତୁ ତାଙ୍କୁ ଜଣାଇ ଦେବାକୁ ଚାହୁଁଥିଲୁ ଯେ ତୁ ଠିକ୍ ଭାବରେ ତାଙ୍କର ସେବା କରି ପାରିବୁ ଏବଂ ତାଙ୍କୁ ଉଚିତ ମାର୍ଗରେ ଚଲାଇ ନେବାର ଦକ୍ଷତା ଓ ସାମର୍ଥ୍ୟପଣ ତୋର ଅଛି । ତୁ ତାଙ୍କୁ ପରୋକ୍ଷ ଭାବରେ ଏଇଆ କହିଦେଲୁ । ଯେଉଁଥିପାଇଁ କି ସିଏ ନିଜେ ଠାକୁରଙ୍କ ଥାଲିରେ ପଇସା ନ ଦେଇ ତୋତେ ତାଙ୍କର ଉପଯୁକ୍ତା ଡ୍ୟାସ୍ ଭାବି (ମନେକରି) ତୋ ହାତରେ ପଇସା ଦେଇଗଲେ । ସ୍ଵାମୀମାନେ ସ୍ତ୍ରୀଙ୍କ ହାତରେ ଦିଆଇଲା ପରି ନୁହେଁ କି ?”

ସୁନି କଥା ଶୁଣି ସତୀ କହିଲା– “ସୁନିତୁ ସେପରି ଭାବନା ମନରେ ଆଣୁଛୁ କାହିଁକି ?”

“ସତୀ ତୁ ଯେତେବେଲେ ତାଙ୍କର ଏତେ କାମ କଲୁ” ସିଏ ତୋ କାମ କରିବାର ଦକ୍ଷତା ଓ ଅଭିଜ୍ଞତା ଦେଖ୍ ଜାଣି ପାରିଲେ । ତୋ ବ୍ୟବହାରରୁ ଅନୁମାନ କରିନେଲେ, ତୋ ଚାଲି ଚଲଣିରୁ ବୁଝିଗଲେ , ତୋ ହାବଭାବରୁ ଭାବି ନେଲେ ଏବଂ ତୋ ରଙ୍ଗ ଓ ଢଙ୍ଗଢାଙ୍ଗ ଦେଖ୍ ନିଶ୍ଚିତ ହୋଇଗଲେ ଯେ ତୁ ହିଁ ତାଙ୍କୁ ଭଲ ଭାବରେ ଉତ୍ତମ ରୂପେ ଚଲାଇପାରିବୁ । ଉଚିତ ମାର୍ଗରେ ଆଗେଇ ନେଇ ପାରିବୁ । ସେଥିପାଇଁ ତୋ କାର୍ଯ୍ୟ ସମ୍ପାଦନ ଶୈଲୀକୁ ଅବଲୋକନ କରି ସେଥିରେ ସନ୍ତୁଷ୍ଟ ହୋଇ ସ୍ଵୀକୃତି ସ୍ଵରୂପ ତୋ ହାତରେ ପଇସା ଦେଇଗଲେ ।”

ସୁନି କଥାରେ ସତୀ ଅଡୁଆ ବୋଧ କରୁଥିଲା । ସେ ଘାବରାଇ ଯାଇ ପଚାରିଲା “ସ୍ଵୀକୃତି କ’ଣ ଦେଲେ ସୁନି ?”

“ସ୍ଵୀକୃତିମାନେ କ’ଣ ତୁ ଜାଣିନାହୁଁ ? ବରପିଲା କନ୍ୟାଟି ସହିତ ସାକ୍ଷାତ କରିବାକୁ ଆସିଲେ, ସାକ୍ଷାତ ପରେ କନ୍ୟାଟି ହାତରେ ମାନ୍ୟ ସ୍ଵରୂପ କିଛି ଦେଇଯାଏ । ଏଠି ସିଏ ସାକ୍ଷାତ ପରେ ଫେରିଗଲା ବେଲେ ତୋ ହାତରେ ଦେଇଗଲେ । ଏଣିକି ତୁ ହେବୁ ତାଙ୍କର ଆଉ ସିଏ ହେବେ ତୋର ।” ସୁନି ଏତିକି କହିସାରି ସତୀଙ୍କୁ ତୀକ୍ଷ୍ଣ ଦୃଷ୍ଟିରେ ଅନାଇଁ ପଚାରିଲା “ଏବେ ବୁଝି ପାରିଲୁ ତ ?”

ସତୀ ବୁଝାଉଥିଲା ସୁନିକୁ । “ସୁନି; ସିଏ ମୋତେ ସାକ୍ଷାତ (ଦେଖ୍‌ବାକୁ) କରିବାକୁ ଆସି ନଥିଲେ ।”

"ଶୁଣ ସତୀ; ଯେତେବେଳେ ଝିଅଟି ସାକ୍ଷାତକାର ପାଇଁ ଯାଏ ସେତେବେଳେ ସେ ଝିଅଟି ଏକୁଟିଆ ଯାଇ ନଥାଏ । ତା' ସାଙ୍ଗରେ ଆଉ ଗୋଟିଏ ଝିଅ ଯାଇଥାଏ । ଅବଶ୍ୟ ସେ ଝିଅଟି ସାକ୍ଷାତକାର ଦେବାକୁ ଯାଇଥିବା ଝିଅଟିଠାରୁ ବୟସରେ ସାନ ହୋଇଥିବା ଆବଶ୍ୟକ କରେ । ଏଠି କିନ୍ତୁ ଆମେ ଦୁହେଁ ସମବୟସୀ ହୋଇଗଲେ । କିନ୍ତୁ ସାକ୍ଷାତ ପାଇଁ ଆସିଥିବା ପୁଅ ପ୍ରଶ୍ନର ଉତ୍ତର ଦେଇଥାଏ ସାକ୍ଷାତକାର ଲାଗି ଯାଇଥିବା ଝିଅଟି । ଯଦିଓ ସେହି ପୁଅ ପିଲାଟି ସେ ଦୁଇଟି ଝିଅଙ୍କ ଭିତରୁ କାହାରିକୁ ନିର୍ଦ୍ଦିଷ୍ଟ ଭାବରେ ପ୍ରଶ୍ନ ପଚାରି ନଥାନ୍ତି । ତାଙ୍କ ପ୍ରଶ୍ନର ଉତ୍ତର ଶୁଣିଲା ପରେ ସେହି ଆଗନ୍ତୁକ ଜଣକ ଜାଣି ପାରନ୍ତି ତାଙ୍କ କଥାର ଉତ୍ତର ଦେଉଥିବା ଝିଅଟି ହିଁ ସାକ୍ଷାତକାର ପାଇଁ ଆସିଛି । ଠିକ୍ ସେମିତି ଆମେ ଦୁହେଁ ମୁଖଶାଳାରେ ବସିଥିବା ବେଳେ ସିଏ ଆସି ଆମ ଦୁହିଁଙ୍କୁ ଠାକୁରଙ୍କ ପାଦୁକ ମାଗିଥିଲେ । ତୁ ମୋ ହାତରୁ ପାଦୁକ ଗ୍ଲାସ ଓ ବିଭୂତି ଥାଳିଆ ନେଇ ତାଙ୍କୁ ଦେଇ ତାଙ୍କୁ ଜଣାଇ ଦେଲୁ ଯେ ସାକ୍ଷାତକାର ପାଇଁ ଆସିଥିବା ଝିଅଟି ହେଉଛୁ ତୁ, ମୁଁ ନୁହେଁ । ଯଦିବା ମୁଁ ମନ୍ଦିର ଭିତରୁ ପାଦୁକ ଗ୍ଲାସ ଓ ବିଭୂତି ଥାଳିଆ ଆଣିଥିଲି ।"

ସୁନି କଥା ଶୁଣି ସତୀ ଚମକି ଉଠି କହିଲା- "ସୁନି ତୋ'ର ଇୟେ କି କଥା- ଯଦି କେହି ଶୁଣିବେ ତେବେ କ'ଣ ଭାବିବେ କହିଲୁ ?"

ସୁନି କିନ୍ତୁ ହସୁଥାଏ । ସତୀର ରାଗ ତମତମ କଥା, ଚିଡ଼ିଚିଡ଼ା ଢଙ୍ଗ, ଅସହଣୀ ମନୋବୃତ୍ତି ଓ ଅସ୍ଥିରତା ଭାବ ଯେପରି ତାକୁ ହସିବା ଲାଗି ଖୋରାକ ଯୋଗାଉଥିଲା । ସେ ସତୀକୁ ପ୍ରବୋଧନା ଦେବାକୁ ଯାଇ କହିଲା- "ସତୀ ଆମ କଥା ଆଉ ଶୁଣିବ କିଏ ? ମନ୍ଦିରରେ ତୁ ଆଉ ମୁଁ । ଅନ୍ୟ ଲୋକ କେହି ନାହାନ୍ତି । ଶୁଣିଲେ ଶୁଣୁଥିବେ ପ୍ରଭୁ ଧବଳେଶ୍ଵର । ଯିଏ ତାଙ୍କୁ ଆଣି ତୋ ସହିତ ଭେଟ କରାଇଛନ୍ତି ।"

ସୁନିର ଏପରି କଥାରେ ସତୀ କିନ୍ତୁ ସନ୍ତୁଷ୍ଟ ହୋଇ ପାରିଲା ନାହିଁ । ସେ କୃତ୍ରିମ କ୍ରୋଧ ପ୍ରକାଶ କରି ତା କଣ୍ଠ ସ୍ଵରକୁ ପଞ୍ଚମ ପର୍ଯ୍ୟନ୍ତ ବଢ଼ାଇ ଡାକିଲା- "ସୁନି"

ସତୀର ଉଚ୍ଚ ସ୍ଵର ଶୁଣି, ତା କ୍ରୋଧ ପ୍ରକାଶ ଦେଖି ସୁନି ନରମି ନ ଯାଇ ତାକୁ ଚିଡ଼ାଇବା ପାଇଁ ଆହୁରି ଚଢ଼ା ଗଳାରେ କହିଲା- "ଆଲୋ ମନ୍ଦିର ଭିତରେ ମୁଁ ଏଣେ କାମରେ ବ୍ୟସ୍ତ । ଏହା ଭିତରେ ତୁମ ଦୁହିଁଙ୍କ ମଧ୍ୟରେ ଏତେ କଥା ଘଟିଗଲା । ମୋତେ ଟିକେ ସେ ବିଷୟରେ ସମ୍ୟକ୍ ପୂର୍ବାଭାସ ଦେଲୁନାହିଁ । ମୋତେ କୌଣସି ସୂଚନା ଜଣାଇଲୁ ନାହିଁ । ତାଙ୍କ ସହିତ କେମିତି କଥା ହେଲୁ ସତୀ ଆଖିରେ ନା ଓଠରେ (ପାଟିରେ) ?"

ସୁନି ଏପରି କଥା ସତୀକୁ ପଚାରିବାର କାରଣ ହେଲା- ଆଖି ମନର କଥା କହେ, ଆମ୍ଭର ବ୍ୟଥା ଓ ବେଦନା ଏବଂ ଅକୁହା କାହାଣୀକୁ ବ୍ୟକ୍ତ କରିପାରେ । ହୃଦୟର ନିଭୃତ କୋଠରିରେ ସାଇତା ହୋଇଥିବା ଅତି ଗୋପନ ବାରତାକୁ ପ୍ରକାଶକରେ । ଅନ୍ତରର ଗହନ ବଳରେ ସାଇତା ହୋଇଥିବା ସଂଜ୍ଞାକୁ ଖୋଲିଦିଏ କାହାରିକୁ ବଶ କରିବା ଭଲି ଶକ୍ତି ବି ତା ପାଖରେ ଅଛି । ଗବେଷଣା କହେ, ମାତ୍ର କେଇକ୍ଷଣ ଆଖିରେ ଆଖି ମିଶାଇଲେ ଦୁଇ ଅଜଣା ମଣିଷ ବି ପ୍ରେମରେ ପଡ଼ିଯିବେ । କାରଣ ଆପଣଙ୍କୁ ଚାହୁଁଥିବା ବ୍ୟକ୍ତିଙ୍କ ଶରୀରରୁ ସେହି ସମୟରେ ଫିନାଇଲେ ଥିବା ମାଇନ୍ ନାମକ ରସାୟନ ନିର୍ଗତ ହୁଏ । ଯଦି ଦୁହେଁ ଦୁହିଁଙ୍କୁ ଏଭଳି ଦେଖନ୍ତି (ଅନାନ୍ତି) ଦୁହିଁଙ୍କ ଶରୀରରୁ ଏଭଳି ରସାୟନ ନିର୍ଗତ ହୁଏ, ଯାହା ପ୍ରେମରେ ପକାଇବାକୁ ଯଥେଷ୍ଟ । ଚକ୍ଷୁ ପ୍ରେମର ମାଧ୍ୟମ । ସେଇଥିପାଇଁ କୁଆଡ଼େ ପ୍ରେମ ଅଙ୍କୁରିତ ହୁଏ ପ୍ରଥମ ଦେଖାରୁ ଏବଂ ତା'ପରେ ହୃଦୟରେ ପ୍ରବେଶ କରି ପ୍ରସ୍ଫୁଟିତ ହୁଏ ।

ସତୀ ଏଥର ଆଉଟିକେ ରାଗିଯାଇ କହିଲା- "ସୁନି ତୋର ଯେମିତି କଥାନ ?"

ସୁନି କହିଲା- "ଆଲୋ ତୁତ ବାହାରକୁ (ପଦାକୁ) ଭାରି ସାଦାସିଧା ଜଣାଯାଉଛୁ ? ତୋର ଭିତରେ ପୁଣି ଏତେ ଗୁଣ ଅଛି ବୋଲି ମୁଁ କେବେ ବି ସ୍ଵପ୍ନରେ ସୁଦ୍ଧା କଳ୍ପନା କରି ପାରିନଥିଲି । ତୋତେ ପୁଣି ଏମିତି ଅଭିନୟ

କରିଆସେ ଏକଥା ମୁଁ ଜମାଭାବି ପାରୁନାହିଁ । ତୋ ଭିତରେ ତ ଅଭିନୟ କଳା ପୂର୍ଣ୍ଣ ମାତ୍ରାରେ ରହିଛି । ତୁ ତ ଭଲ କଳାକାରଟିଏ ହେବୁ । ସତୀ କଳା ହେଉଛି ସୃଷ୍ଟି ଚାତୁର୍ଯ୍ୟ । ଶ୍ରୀଜଗନ୍ନାଥ ହସ୍ତ ପାଦ ଶୂନ୍ୟ ହୋଇ ମଧ ଷୋଳକଳାରେ ପରିପୂର୍ଣ୍ଣ । କଳା ଶବ୍ଦର ଅର୍ଥ ଅଂଶ ବିଶେଷ । ଶିକ୍ଷ ବିଦ୍ୟା ଓ କାଳିଆ ରଙ୍ଗ । ଉପନିଷଦ ବର୍ଣ୍ଣନାନୁସାରେ ପରଂ ବ୍ରହ୍ମଙ୍କର ଚାରିଗୋଟି ପାଦ ରହିଛି । ସେ ପାଦଗୁଡ଼ିକ ହେଲା– ପ୍ରକାଶବାନ, ଅନନ୍ତବାନ, ଜ୍ୟୋତିଷ୍ମାନ ଏବଂ ଆୟତବାନ । ପୁନଶ୍ଚ ପ୍ରତ୍ୟେକ ପାଦ ଚାରି କଳା ବିଶିଷ୍ଟ । ପ୍ରଥମ ପାଦ ପ୍ରକାଶବାନ ହେଉଛି– ପୂର୍ବ ଦିଗ କଳା, ପଶ୍ଚିମ ଦିଗ କଳା, ଦକ୍ଷିଣ ଦିଗ କଳା ଓ ଉତ୍ତର ଦିଗ କଳା । ଦ୍ୱିତୀୟ ପାଦ ଅନନ୍ତବାନ ହେଉଛି– ପୃଥିବୀ କଳା, ଅନ୍ତରୀକ୍ଷ କଳା, ଦ୍ୟୁଲୋକ କଳା ଓ ସମୁଦ୍ର କଳା । ତୃତୀୟ ପାଦ ଜ୍ୟୋତିଷ୍ମାନ ହେଉଛି– ଅଗ୍ନି କଳା, ସୂର୍ଯ୍ୟ କଳା, ଚନ୍ଦ୍ର କଳା ଓ ବିଦ୍ୟୁତ୍ କଳା । ଚତୁର୍ଥ ପାଦ ଆୟତବାନ ହେଉଛି– ପ୍ରାଣ କଳା, ଚକ୍ଷୁ କଳା, ସୋତ୍ର କଳା ଓ ମନ କଳା । ଏହିପରି ପରମେଶ୍ୱର ନିରାକାରରୁ ଚତୁଷ୍ପଦ ବିଶିଷ୍ଟ ଓ ଷୋଳକଳା ସମ୍ପନ୍ନ । ଏହି ଷୋଳକଳା ହେଉଛି– ସମଗ୍ର ବିଶ୍ୱବ୍ରହ୍ମାଣ୍ଡର ରୂପ । ଶ୍ୱେତଶ୍ୱତର ଉପନିଷଦର ୫ମ ଅଧ୍ୟାୟ ୧୪ ମନ୍ତ୍ରରେ ପରବ୍ରହ୍ମଙ୍କୁ 'କଳାସର୍ଗଙ୍କର' ଅର୍ଥାତ୍ ଷୋଳ କଳାର ସ୍ରଷ୍ଟା ବୋଲି ମଧ ବର୍ଣ୍ଣନା କରାଯାଇଛି । ଏହି କଳା ଗୁଡ଼ିକର ନାମ ହେଲା– ଶ୍ରୀ, କୀର୍ତ୍ତି, ଇଦ୍ଦା, ଲୀଳା, କାନ୍ତି, ବିଦ୍ୟା, ବିମଳା, ଉତ୍କର୍ମଣୀ, ଜ୍ଞାନ, କ୍ରିୟା, ଯୋଗ, ପ୍ରୋଥ୍ୱୀ, ସତ୍ୟା, ଈଶାନା, ଭୂ ଏବଂ ଅନୁଗ୍ରହ । ଜଗନ୍ନାଥ ବା ପରଂବ୍ରହ୍ମ ଷୋଳ କଳା ବିଶିଷ୍ଟ, କିନ୍ତୁ ମୁଁ ଯାହା ଦେଖୁଛି ତୁ ତ ଚଉଷଠି କଳାରେ ପୂର୍ଣ୍ଣ ଏବଂ ସେଗୁଡ଼ିକୁ ଯଥା ସମୟରେ ପ୍ରୟୋଗ କରିବାରେ ବେଶ ପାରଙ୍ଗମ, ସିଦ୍ଧିହସ୍ତା, ନିପୁଣା, ଧୁରନ୍ଧର ଆଉ ମଧ ସେଥିରେ ପଟୁତା ହାସଲ କରି ସାରିଛୁ ।

କହିସାରି ସୁନି ମନ୍ଦିର ଭିତରୁ ବାହାରକୁ ଆସିଲା । ରାଗରେ ମୁହଁ ଫୁଲେଇ ମନ୍ଦିର ଓ ମୁଖଶାଳା ମଝିରେ ଠିଆ ହୋଇଥିବା ସତୀକୁ ତା ଆଡ଼କୁ ଟାଣି ନେଇ ତା କାନ୍ଧରେ ବାମ ହାତକୁ ରଖ୍ ତା ଚିବୁକକୁ ଡାହାଣ ହାତରେ ହଲାଇ ଦେଇ ଗେଲ କଲାଭଳି କହିଲା– "ସତୀ; ମୁଁ ସବୁବେଳେ ତୋର ଉପକାର ହେବାଭଳି କଥା ଚିନ୍ତା କରିଥାଏ । ତୋର ଭଲ ଚାହିଁଥାଏ । ତୋର ଶୁଭ ମନାସୀ ଥାଏ । ତୋର ମଙ୍ଗଳ କାମନା କରେ । ମୁଁ ତୋର ସାଙ୍ଗ, ମୋ ମନ ସବୁବେଳେ ତୋର ଭଲ ପାଇଁ ଈଶ୍ୱରଙ୍କୁ ଜଣାଏ । ତୁ ସୁଖରେ ରହିଲେ ମୁଁ ଖୁସି ହେବି । ତୋ ମୁହଁରେ ହସ ଦେଖ୍ଲେ ମୋର ମନ ଆନନ୍ଦିତ ହେବ । ତୋର ଆଶା ସଫଳ ହେଉ । ବାବା ଧବଳେଶ୍ୱର ତୋର ମନସ୍କାମନା ପୂରଣ କରନ୍ତୁ । ସିଏ ତୋର ହୁଅନ୍ତୁ, ଆଉ ତୁ ତାଙ୍କର । ସତୀ; ମୁଁ ବ୍ରାହ୍ମଣ ଘରେ ଜନ୍ମ ହୋଇଛି ସତ । ତୋ ଅପେକ୍ଷା ବେଶୀ ପାଠ ପଢ଼ିଛି ମଧ, ତୁମ ଘରଠାରୁ ଆମର ଅଧିକ ଧନ ଅଛି । ତୋ ବାପା ଅପେକ୍ଷା ମୋ ବାପା ବେଶୀ ପ୍ରସିଦ୍ଧ ଓ ଖ୍ୟାତି ସମ୍ପନ୍ନ । ହେଲେ ତୁ ମୋଠାରୁ ରୂପରେ ଅନେକ ଅଧିକ ସୁନ୍ଦର । ବର ପିଲା ହୁଅନ୍ତୁ ବା ତାଙ୍କ ଅଭିଭାବକ ସମସ୍ତେ ପ୍ରଥମେ ରୂପକୁ ଦେଖନ୍ତି ଓ ରୂପର ପ୍ରଶଂସା ମଧ କରିଥାଆନ୍ତି । ସୁନ୍ଦର ରୂପ ହିଁ ପ୍ରଥମେ ସମସ୍ତଙ୍କର ଆଖିରେ ପଡ଼େ । ସୁନ୍ଦର ଚେହେରା ସଭିଙ୍କ ଦୃଷ୍ଟି ଆକର୍ଷଣ କରିଥାଏ । କେହି ଗୁଣକୁ ଖୋଜନ୍ତି ନାହିଁ କିମ୍ୱା ଶିକ୍ଷା କଥା ବୁଝନ୍ତି ନାହିଁ । ସ୍ୱଭାବ ବିଷୟରେ ଜାଣିବାକୁ କେହି ଆବଶ୍ୟକ ମନେ କରନ୍ତି ନି ଅବା ଆଚରଣକୁ ନିରୀକ୍ଷଣ କରିବା ଦରକାର କରନ୍ତି ନାହିଁ । ବଂଶ ବୁନିଆଦିକୁ ମଧ ଅନୁସନ୍ଧାନ କରି ନ ଥାଆନ୍ତି । ତା'ପରେ ଗୁଣରେ ତୁ ମୋ ଉପରକୁ । ତୋର ସ୍ୱଭାବ ମଧ ମୋ ଠାରୁ ବହୁତ ଭଲ । ତାଙ୍କର ନିକଟତମ ହେବା ପାଇଁ ମୋଠାରୁ ତୋର ଯଥେଷ୍ଟ ଅଧିକ ଯୋଗ୍ୟତା ଅଛି । ଅନ୍ୟର ପସନ୍ଦ ହେଲା ଭଲି ଗୁଣ ତୋ ପାଖରେ ରହିଛି ପୂର୍ଣ୍ଣ ମାତ୍ରାରେ । ଯାହା ମୋ ନିକଟରେ ଆଦୌ ନାହିଁ । ତୁ କୈବର୍ତ୍ତ ଘରେ ଜନ୍ମ ହେଲେ ସୁଦ୍ଧା ତୋ ଚେହେରା କହି ଦେଉଛି ତୁ କୁଳୀନ ବ୍ରାହ୍ମଣ ଘରର ଝିଅ । ତୋର ସ୍ୱାଭାବ ଜଣାଇ ଦେଇଛି, ତୁ ଖୁବ୍ ଖାନଦାନ ବୁନିଆଦି ସମ୍ପନ୍ନ କରଣ ପରିବାରର ପିଲା । ତୋର ଚାଲି ଚଳଣ, କଥା ଭାଷା ଆଚାର ଆଚରଣ ଓ ବ୍ୟବହାର ସବୁ ସମ୍ଭ୍ରାନ୍ତ ବଂଶଜଙ୍କ ପରି । ମୋ

ବିବେଚନାରେ ତାଙ୍କର ନିକଟତମା ହେବା ପାଇଁ ତୁ ହିଁ ଯୋଗ୍ୟା । ସତୀ ତୁ କେବଳ ତାଙ୍କ ଲାଗି ଉପଯୁକ୍ତା । "ଗୁଣାଃ ସର୍ବତ୍ର ପୂଜ୍ୟନ୍ତେ ପିତୃ ବଂଶୋ ନିରର୍ଥକଃ । ବାସୁଦେବଂ ନମସ୍ୟନ୍ତି ବସୁଦେବଂ ନ ମାନବାଃ ।" ସବୁଠାରେ ଗୁଣ ପୂଜା ପାଏ । କିନ୍ତୁ ଉଚ୍ଚ ବଂଶକୁ କେହି ପୂଜା କରନ୍ତି ନାହିଁ । ଏଣୁ ପିତୃ ପିତାମହଙ୍କ ବଂଶ ଗୌରବରେ ଗର୍ବ କରିବା ବୃଥା । ବସୁଦେବଙ୍କ ପୁତ୍ର ଗୁଣବାନ ଶ୍ରୀକୃଷ୍ଣଙ୍କୁ ମାନବମାନେ ପ୍ରଣାମ କରନ୍ତି । ତାଙ୍କ ପିତା ବସୁଦେବଙ୍କୁ କେହି ଜୁହାର ହୁଅନ୍ତି ନାହିଁ । ଉଚ୍ଚବଂଶରେ ଜନ୍ମ ହୋଇ ତୋ ଠାରୁ ଅଧିକ ପାଠ ପଢ଼ିଥିଲେ ସୁଦ୍ଧା ଓ ତୁମ ଘର ଅପେକ୍ଷା ଆମର ବେଶୀ ଧନ ସମ୍ପତ୍ତି ଥିଲେ ମଧ ତାଙ୍କର ନିକଟତମା ହେବା ଲାଗି ତୁ ଉପଯୁକ୍ତା ସତୀ, ମୁଁ ନୁହେଁ ।

ସୁନି ଉପରକୁ ଆଉଜିପଡ଼ି ସତୀ ବାଷ୍ପାକୁଳ କଣ୍ଠରେ କହିଲା– "ସୁନି ତୁ ଯେମିତି ଭାବୁଛୁ ପ୍ରକୃତରେ ସେମିତି କିଛି ହୋଇନି ।"

ସତୀର ମୁଣ୍ଡ ଆଉଁଶି ଦେଇ ସୁନି ବୁଝାଉଥିଲା– "କ'ଣ ହୋଇ ନାହିଁ ସତୀ । ପ୍ରଥମ ଥର ଦେଖାରେ ଏହାଠାରୁ ଆଉ ଅଧିକ କ'ଣ ହୋଇ ପାରିଥାଆନ୍ତା ? ଯେତିକି ହୋଇଛି ସେତିକି ଯଥେଷ୍ଟ । ଏହାଠାରୁ ବେଶୀ ଆଶା କରିବା ଠିକ୍ ନୁହେଁ । ଅଧିକ ଚାହିଁବା ମଧ ଉଚିତ୍ ହେବନି । ଅତ୍ୟଧିକ ଖୋଜିବାର ଲୋଭ ମଣିଷକୁ ବିପଦରେ ପକାଇଥାଏ । କାରଣ ଶାସ୍ତ କହେ– "ଅସାର ଖଲୁ ସଂସାରେ ସାରମେତ ଚତୁଷ୍ଟୟମ । କାଶ୍ୟାଂ ବାସଃ, ସତାଂ ସଙ୍ଗୋ ଗଙ୍ଗାୟଃ ଶମ୍ଭୁ ସେବନମ୍ ।" କାଶୀରେ ବାସ, ସାଧୁଲୋକମାନଙ୍କ ସଙ୍ଗଲାଭ, ଗଙ୍ଗା ଜଳରେ ସ୍ନାନ ଏବଂ ଶିବ ପୂଜା ଏହି ଚାରୋଟି ହିଁ ଅସାର– ସଂସାରରେ ସାର ଅଟେ । ଆମେତ ଠାକୁରଙ୍କ ପ୍ରତି ବାରିରେ ଦିଁ (ଶିବ) ଦର୍ଶନ କରୁଛନ୍ତି । ଆଉ ଠାକୁର ବାବାଙ୍କ ପରି ସାଧୁ ବ୍ୟକ୍ତିଙ୍କ ସଙ୍ଗଲାଭ ସହିତ ଯାଙ୍କ ପରି ଯୁବକର ଦେଖା ପାଇବା ନିର୍ଦ୍ଦିଷ୍ଟ ଭାଗ୍ୟର କଥା । ସତୀ ମୁଁ ମନ୍ଦିର ଭିତରୁ ଥାଇ ଲକ୍ଷ୍ୟ କରିଛି । ତୁ ଯେତେବେଳେ ତାଙ୍କ ହାତରେ ପାଦୁକ ଦେଉଥିଲୁ ଆଉ ତାଙ୍କ କପାଳରେ ବିଭୂତି ଟିପା ଲଗାଇ ଦେଲୁ, ସେତବେଳେ ତୁ ତାଙ୍କର ଅତି ନିକଟରେ ଠିଆ ହୋଇଥିଲୁ । ତୁମ ଦୁହିଁଙ୍କ ଯୋଡ଼ି ଭାରି ବଢ଼ିଆ ଦିଶୁଥିଲା । ତୁ ତାଙ୍କ ସାଙ୍ଗକୁ ଖୁବ ମାନିବୁ, ସିଏ ତୋ ସହିତ ବେଶ ସୁନ୍ଦର ଦିଶିବେ । ତୁମେ ଦୁହେଁ ସାଙ୍ଗ ହୋଇ ଯେଉଁ ରାସ୍ତାରେ ଚାଲିଯିବ ସେ ବାଟ ଶୋଭା ପାଇବ । ବହୁତ ସୁନ୍ଦର ଦିଶିବ । ଦେଖ଼ାଲା ଲୋକର ପେଟ ପୂରି ଉଠିବ । ଆଖ଼ି ଝଲସିଯିବ । ସେ ପଥ ହସି ଉଠିବ ଓ ଧନ୍ୟ ହୋଇଯିବ ତୁମ ଦୁହିଁଙ୍କ ପରି ପଥିକକୁ ପାଇ ।

ମନ୍ଦିରରୁ ସେମାନେ ନିରବରେ ଫେରିଥିଲେ । ବାଟରେ କେହି କାହାରିକୁ କିଛି କହି ନଥିଲେ । ଘରେ ପହଞ୍ଚ ସତୀ ନିଜ ଭିତରେ ଏକ ଅଜଣା ଭାବାବେଗର ପ୍ରଭାବ ଅନୁଭବ କରିଥିଲା । ତାଙ୍କ ସହିତ ଘଟିଥିବା ଘଟଣାଠାରୁ ସୁନିର ଆକ୍ଷେପ ମୂଳକ କଥା ତାକୁ ବେଶୀ ଅଡ଼ୁଆ ଲାଗୁଥିଲା । ଜଣେ ଅଜଣା, ଅଚିହ୍ନା, ଅପରିଚିତ, ଆଗନ୍ତୁକ ଅଚାନକ ଅବେଳରେ ମନ୍ଦିରକୁ ଆସିଥିଲେ ଠାକୁରଙ୍କୁ ଦର୍ଶନ କରିବା ପାଇଁ, ସେ ଦୁହେଁ ତ ପୁନି ଡେରିରେ ମନ୍ଦିରକୁ ଯାଉଛନ୍ତି । ନ ହେଲା ଏବେ ସିଏ ଟିକେ ବିଳମ୍ବରେ ଆସିଥିଲେ । ମନ୍ଦିରରେ ପହଞ୍ଚ ଠାକୁରଙ୍କୁ ଜୁହାର ହେଲେ । ପୂଜକଙ୍କୁ ଖୋଜିଲେ ପାଦୁକ ପାଇବା ପାଇଁ । ଅଜଣା ଜାଗା, ଅଚିହ୍ନା ପରିବେଶ, ଅପରିଚିତ ପରିସ୍ଥିତି, ଅମାଲୁମ ଏଠିକାର ପ୍ରଥା । କିପ୍ରକାର ନିୟମ ପ୍ରଚଳିତ ଥ୍ବ ? କିଭଳି କଟକଣା ଲାଗୁ ହୋଇଥ୍ବ ମନ୍ଦିରରେ ? କିରକମ ଆଦବ କାଇଦା ମାନିବାକୁ (ପାଲନ କରିବାକୁ) ହେବ ? ବାହାର ଲୋକ ମନ୍ଦିର ଭିତରକୁ ପଶି ପାରିବେ କି ନାହିଁ, ପଦାରୁ ଆସୁଥିବା କୌଣସି ଭକ୍ତଙ୍କର ମନ୍ଦିର ମଧକୁ ପ୍ରବେଶର ବାରଣ କରାଯାଇଛି କି ? ତାହା ତାଙ୍କୁ ଜଣା ନାହିଁ । ଅଧିକାଂଶ ମନ୍ଦିର ଭିତରକୁ ବ୍ରାହ୍ମଣ (ପୂଜକ)ଙ୍କ ବ୍ୟତୀତ ଅନ୍ୟ ଜାତିର ଲୋକମାନଙ୍କର ପଶିବାକୁ ନିଷେଧ କରାହୋଇଥାଏ ।

ଜାତି ପ୍ରଥା ଯଦିଓ ଏକ କୁସଂସ୍କାର ଭାବେ ପରିଗଣିତ ହୋଇଥାଏ । ତେବେ ଗୁଣ ଓ କର୍ମ ଅନୁସାରେ ମନୁଷ୍ୟକୁ ଜନ୍ମ ମିଳିଥିବାରୁ ତାହାର ଜାତି- ଜନ୍ମ ଅନୁସାରେ ଧରାଯିବା ସମୀଚୀନ । ପଂକ୍ତି ଭୋଜନ ଓ ବିବାହଆଦି ଲୌକିକ ବ୍ୟବହାର ପାଇଁ ଜାତିର ଗୁରୁତ୍ୱ ରହିଛି ସତ, କିନ୍ତୁ ପରମାତ୍ମାଙ୍କ ପ୍ରାପ୍ତି ପାଇଁ ଭାବ ଓ ବିବେକ ଗୁରୁତ୍ୱପୂର୍ଣ୍ଣ । ସେ କ୍ଷେତ୍ରରେ ଜାତି ବା ବର୍ଣ୍ଣର ଗୁରୁତ୍ୱ ନାହିଁ । ମାଆ କୋଳରେ ବସିବାକୁ ଯେପରି ସବୁ ସନ୍ତାନ ସମାନ ରୂପେ ଅଧିକାରୀ (ହକଦାର) ସେହିପରି ପରମାତ୍ମାଙ୍କ ଅଂଶ ହୋଇଥିବାରୁ ସମସ୍ତ ଜୀବ ଭଗବତ ପ୍ରାପ୍ତି ପାଇଁ ସମାନ ରୂପେ ଅଧିକାରୀ। ପ୍ରତ୍ୟେକ ମାନବ ମୁକ୍ତି, ତତ୍ତ୍ୱଜ୍ଞାନ, ଭଗବତ ପ୍ରେମ, ଭଗବତ ଦର୍ଶନ ଲାଭ କରିବାକୁ ସ୍ୱତନ୍ତ୍ର ସମର୍ଥ, ଯୋଗ୍ୟ ଓ ଅଧିକାରୀ। ବିଦୁର, ନିଷାଦରାଜ, କବୀର, ରୈଦାସ, ସଦନ କଂସେଇ ପ୍ରଭୃତି ଅନେକ ନୀଚ ବର୍ଣ୍ଣ ଜାତି ମାନବ, ଭକ୍ତି ବଳରେ ଭଗବାନଙ୍କୁ ପାଇ ପାରିଛନ୍ତି ଏବଂ ମହାନ ହୋଇପାରିଛନ୍ତି । ତେଣୁ ଯେଉଁ କୁଳ ବା ଜାତିରେ ଶରୀରକୁ ଜନ୍ମ ମିଳିଥିଲେ ମଧ ସାମାଜିକ ମର୍ଯ୍ୟାଦା ରକ୍ଷା ନିମନ୍ତେ ଯଦିଓ ଭେଦ ଆବଶ୍ୟକ ତଥାପି ଭଗବତ ପ୍ରାପ୍ତି କ୍ଷେତ୍ରରେ ବ୍ରାହ୍ମଣ, ଶୁଦ୍ର, ଅନ୍ତ୍ୟଜ ଆଦି ନିର୍ବିଶେଷରେ ସମସ୍ତଙ୍କୁ ଭଗବତ ପ୍ରାପ୍ତି ହୋଇପାରିବ । କାରଣ ଭଗବତ ପ୍ରାପ୍ତି ଶରୀରଠାରୁ ବହୁ ଊର୍ଦ୍ଧ୍ୱରେ ଅର୍ଥାତ ଶରୀରଠାରୁ ସମ୍ବଦ୍ଧ ଛିନ୍ନ ହେବା ପରେ ହିଁ ଭଗବତ ପ୍ରାପ୍ତି ହୋଇଥାଏ। ଯାହାଠାରୁ ସମ୍ବଦ୍ଧ ଛିନ୍ନ କରିବାକୁ ହେବ । ତାହା ଶ୍ରେଷ୍ଠ ହେଉ ବା ନିକୃଷ୍ଟ ହେଉ ସେଥିରେ କି ପ୍ରୟୋଜନ । ସେଥିପାଇଁ ଯଦିଓ ଆମ ସାମାଜିକ କ୍ଷେତ୍ରରେ ଜାତିପ୍ରଥା ଧରାଯାଉଛି, ତାହା ଦେବ ମନ୍ଦିର କିମ୍ବ ଦିଅଁ ଦର୍ଶନରେ ପ୍ରୟୋଗ କରାଯିବା ଉଚିତ ନୁହେଁ ।

ଭଗବାନ ପୁରୁଷୋତ୍ତମ ଶ୍ରୀ ରାମଚନ୍ଦ୍ର ଜାତି ଧର୍ମର ଭେଦଭାବ ଭୁଲି ଶବରୀଠାରୁ ଅଇଁଠା ବରକୋଲି ଖାଇଛନ୍ତି । ଭଗବାନ ଶ୍ରୀକୃଷ୍ଣ ଅହଂକାରୀ ଏବଂ ଦାମ୍ଭିକ ଦୁର୍ଯ୍ୟୋଧନର ସୁବର୍ଣ୍ଣ ପାତ୍ରରେ ପରିବେଷିତ ଛପନ ପ୍ରକାର ସୁସ୍ୱାଦୁ ଖାଦ୍ୟକୁ ପରିତ୍ୟାଗ କରି ଦରିଦ୍ର ବିଦୁର ପତ୍ନୀଙ୍କ ସହୃଦୟର ଭାବପଣକୁ ସମ୍ମାନିତ କରିବା ଲାଗି କେବଳ ଶୁଙ୍ଖଳା ବଗଡ଼ା ଭାତ ଖାଇବାର କଥା କାହାକୁ ବା ଅଜଣା ଅଛି । ଅର୍ଥାତ୍ ଅହଂକାର ତ୍ୟାଗ ନ କଲେ ମହାନତା ଆସେ ନାହିଁ । ଏ ସଂସ୍କୃତିରେ ଏହା ଏକ ଅନ୍ତଃ ସ୍ରୋତ ରୂପେ ବିଦ୍ୟମାନ ।

ଦଳିତମାନଙ୍କୁ ଧର୍ମାନୁଷ୍ଠାନ ମାନଙ୍କଠାରୁ ଦୂରେଇ ରଖିଲେ ଧର୍ମ ଅର୍ଜନ ହୋଇଗଲା । ଏହା ହେଉଛି ଅଜ୍ଞମାନଙ୍କ ଧର୍ମ । ଗୀତା କହନ୍ତି- "ଅଜ୍ଞ ଶ୍ରାଶ୍ରଦ୍ଧାନସ୍ୟ ସଂଶୟାତ୍ମା ବିନଶ୍ୟତି ।" ଅଜ୍ଞାନ, ଶ୍ରଦ୍ଧାହୀନ ଓ ସଂଶୟୀ ପୁରଷର ମଦଗତି ହୁଏ। ଧର୍ମର ସୃଷ୍ଟି ହୋଇଥିଲା ମନୁଷ୍ୟମାନେ ଅହିଂସା ଆଚରଣ କରି ପାରସ୍ପରିକ ପ୍ରେମ ଭାବରେ ଶାନ୍ତି ପୂର୍ବକ ଜୀବନ ଯାପନ କରିବା ପାଇଁ ।

ଭାରତୀୟ ସଂସ୍କୃତିରେ ସ୍ଥୂଳରୁ ସୂକ୍ଷ୍ମ ଆଡ଼କୁ, ଜଡ଼ରୁ ଚେତନ ଆଡ଼କୁ, ସସୀମରୁ ଅସୀମ ଆଡ଼କୁ, ଅସତ୍ୟରୁ ସତ୍ୟ ଆଡ଼କୁ, ଅନ୍ଧାରରୁ ଆଲୋକ ଆଡ଼କୁ, ମୃତ୍ୟୁରୁ ଅମୃତ ଆଡ଼କୁ। ଜୀବାତ୍ମାରୁ ପରମାତ୍ମା ଆଡ଼କୁ ଗତିଶୀଳ ହେବାର ଶିକ୍ଷା ପରିପୂର୍ଣ୍ଣ ହୋଇରହିଛି । କେତେକ ଅହଂକାରୀ ଓ ସ୍ୱାର୍ଥପର ବ୍ୟକ୍ତି ଧାର୍ମିକ ରକ୍ଷଣଶୀଳତା ପ୍ରସାର କରିଛନ୍ତି । ବାସ୍ତବଧର୍ମ ଆମକୁ ଯୋଡ଼ିବା ଶିଖାଏ, ଭାଙ୍ଗିବା ନୁହେଁ । ଅନ୍ୟକୁ ଭଲ ପାଇବା, ପ୍ରେମ, ସଦ୍ଭାବ, ସେବା ଓ ସହିଷ୍ଣୁତା ଆଡ଼କୁ ବାଟ ଦେଖାଏ । ପତିତ ଏବଂ ଦୀନଦୁଃଖୀଙ୍କୁ ପରିତ୍ରାଣ କରିବା ପାଇଁ ଭାରତୀୟ ସଂସ୍କୃତି ଆମକୁ ପ୍ରେରଣା ଦିଏ । ମାନବ ସେବା ହିଁ ମାଧବ ସେବାର ବାର୍ତ୍ତା ଦିଏ । ମଣିଷକୁ ଭଲ ପାଇବା ହିଁ ପ୍ରକୃତ ଧର୍ମ ଅଟେ । ମୂଳ ସଂସ୍କୃତିର ପ୍ରାଣ ଅଟେ । କିନ୍ତୁ ବିଧର୍ମୀ, ଅଧର୍ମୀ ଓ ରାକ୍ଷସମାନେ ହାଣ, କାଟ, ଲୁଟତରାଜ, ଅଗ୍ନି ସଂଯୋଗ ଓ ଡକାୟତ ଭଳି କୁକର୍ମ କରିଥାନ୍ତି । ଯେଉଁ ପରମ୍ପରା ମାନବ ସମାଜକୁ ଧ୍ୱଂସ ଆଡ଼କୁ ଟାଣିନିଏ, ତାହାକୁ କେବେ ବି ଧର୍ମସହ ସାମିଲ କରାଯାଇପାରିବ ନାହିଁ କି ଧର୍ମ ବୋଲି ସ୍ୱୀକାର କରାଯାଇ ପାରିବ ନାହିଁ ।

ସନାତନ ଧର୍ମର ମୂଳ ହେଲା– "ସତ୍ୟଂ ଦମସ୍ତପଃ ଶୌଚ ସନ୍ତୋଷ ହ୍ରୀ କ୍ଷମାର୍ଜବମ୍। ଜ୍ଞାନଂ ଶମୋ ଦୟା ଧ୍ୟାନମେଷ ଧର୍ମ ସନାତନଃ।" ସତ୍ୟ, ଦମ, ତପ, ଶୌଚ, ସନ୍ତୋଷ ହ୍ରୀ (ଈଶ୍ୱର ବିରୋଧୀ କାର୍ଯ୍ୟରେ ଲଜ୍ଜା ଅନୁଭବ) ଆର୍ଜବ (ସରଳତା) ଜ୍ଞାନ, ଶମ, ଦୟା ଏବଂ ଧ୍ୟାନ। ତେବେ ଏପରି ଧାର୍ମିକ କେଉଁଠାରେ ବି ଦୃଷ୍ଟି ଗୋଚର ହେଉ ନାହାନ୍ତି, ଏହା ହିଁ ସତ୍ୟ। ଉପରେ ଲିଖିତ ସନାତନ ଧର୍ମର ପାଳନୀୟ ଆଚାର ମଧ୍ୟରେ ସର୍ବ ପ୍ରଥମେ ସତ୍ୟ ଅଛି। ଯାହା ପାଳନ କରିବା କୌଣସି କଷ୍ଟକର କଥା ନୁହେଁ। ହେଲେ ସେତିକି ପାଳନ କରିବାକୁ ଲୋକେ କୁଣ୍ଠିତ। ପ୍ରତ୍ୟେକ ଛୋଟ ଛୋଟ କଥାରେ ମଧ୍ୟ ମିଛ କହୁଛନ୍ତି। ମୁହଁରେ ଗୋଟେ କଥା ତ ଅନ୍ତରରେ ଆଉ ଗୋଟେ ରକମର କଥା। କେବଳ ସ୍ୱାର୍ଥ ପାଇଁ ନାନା ପ୍ରକାର ଛଳ କପଟ ଆଚରଣ କରାଯାଉଛି। ମହାମହା ଧାର୍ମିକ ବୋଲାଉଥିବା ଲୋକଙ୍କୁ ମଧ୍ୟ ଦେଖାଯାଉଛି ଏପରି ମିଥ୍ୟାଚାର କରୁଥିବାର। ଶାସ୍ତ୍ରରେ ଧର୍ମର ଦଶାଙ୍ଗ ବର୍ଣ୍ଣନା କରାଯାଇଛି– ବ୍ରହ୍ନ ଚର୍ଯ୍ୟେଣ ତପସ ମଖପଞ୍ଚକ ବର୍ତ୍ତେନେ, ଦାନେନ ନିୟମୈଷ୍ଠାଣି କ୍ଷମା ଶୌଚେନ ବଲ୍ଲଭ। ଅହିଂସୟା ସୁଶକ୍ଷ୍ୟା ଚ ହ୍ୟସ୍ତେୟେନାପି ବର୍ତ୍ତନେ। ଏତେ ଦଶାପିର ଢୌସ୍ତୁ ଧର୍ମମେଦ ପ୍ରପୁରୟେତ। ବ୍ରହ୍ନଚର୍ଯ୍ୟ, ତପସ୍ୟା, ପଞ୍ଚୟଜ୍ଞ (ପିତୃଭକ୍ତି, ପିତୃବ୍ରତ୍ୟ, ସମତା, ଅଦ୍ରୋହ ଓ ବିଷ୍ଣୁଭକ୍ତି– ଏ ପଞ୍ଚ ମହାୟଜ୍ଞ) କ୍ଷମା, ଶୌଚ, ଅହିଂସା, ଉତ୍ତମ ଶକ୍ତି, ଅ-ଚୌର୍ଯ୍ୟ, ଦାନ, ନିୟମ– ଏସବୁ ଧର୍ମର ଦଶାଙ୍ଗ। ଏହାର ଆଚରଣ ପୂର୍ବକ ଧର୍ମର ପୂର୍ତ୍ତି କରିବା ବିଧେୟ। ଏସବୁ ପାଳନ କରୁନଥିବା ଲୋକକୁ ଆମେ ଧାର୍ମିକ କିପରି କହିବା ? ଏହା ସତ୍ତ୍ୱେ କିଛି ଲୋକ କହିବାରେ ଲାଗିପଡ଼ିଛନ୍ତି– ଗର୍ବରେ କହ ମୁଁ ହିନ୍ଦୁ ବୋଲି। ଏହା ଏକ ରାଜନୈତିକ ଦଳର ପ୍ରଚାର ମାତ୍ର। ସେମାନେ ପ୍ରକୃତରେ ଧର୍ମ କ'ଣ ବାସ୍ତବରେ ଜାଣନ୍ତି ନାହିଁ। କେବଳ କିଛି ବ୍ୟକ୍ତିଙ୍କୁ ଧର୍ମନାମରେ ଉସୁକାଇ, ବିଭେଦ ସୃଷ୍ଟି କରି ଫାଇଦା ଉଠାଇବାକୁ ଚାହାନ୍ତି।

ଧର୍ମରେ ଗର୍ବର ସ୍ଥାନ ନାହିଁ। ଗୀତାରେ କୁହାଯାଇଛି– ଦମ୍ଭ, ଦର୍ପ, ଅଭିମାନ, କ୍ରୋଧ ଏସବୁ ଆସୁରୀ ପ୍ରବୃତ୍ତି। ଏହା ପ୍ରକୃତ ପକ୍ଷେ ଧାର୍ମିକର ଲକ୍ଷଣ ନୁହେଁ। ତଥାକଥିତ ଧାର୍ମିକଙ୍କ ଘରେ ପୋଥି, ପୁରାଣ, ଗୀତା, ଭାଗବତ ଆଦି ଗାଦିରେ ଥୁଆହୋଇ ପୂଜା ହେଉଛି। ଅଥଚ ଦିନେ କେବେ ସେମାନେ ତାକୁ ପଢ଼ି ନାହାନ୍ତି। ଯିଏବି ପଢ଼ିଛନ୍ତି ତାକୁ ବୁଝିବାକୁ ଚେଷ୍ଟା କରି ନାହାନ୍ତି ଯେ ଧର୍ମର ମର୍ମ କ'ଣ ? ଫୁଲ, ଚନ୍ଦନ, ଧୂପ-ଦୀପ ଦେଇ ଧର୍ମଗ୍ରନ୍ଥ ବା ଶାସ୍ତ୍ରର ପୂଜା କରିବା ପ୍ରକୃତ ପୂଜା ନୁହେଁ। ତା'ର ପ୍ରକୃତ ପୂଜା ହେଉଛି ତାକୁ ପଢ଼ିବା। ପଠନ ଓ ମନନ ନ କରି ପଠନର ବି କୌଣସି ମୂଲ୍ୟନାହିଁ। କେବଳ ଶୁଆ ପରି ଶବ୍ଦ ଉଚ୍ଚାରଣ କରିବା ସାର। ଶୁଆ ପ୍ରତିଦିନ ରାମ, କୃଷ୍ଣ ନାମ ଉଚ୍ଚାରଣ କରେ। କିନ୍ତୁ ପଞ୍ଜୁରିରୁ ମୁକ୍ତି ପାଇପାରେ ନାହିଁ। ମନୁଷ୍ୟ ମଧ୍ୟ ସେହିପରି ସଂସାର ପଞ୍ଜୁରିରେ ପଡ଼ି ଛଟପଟ ହେଉଥାଏ। ମୁକ୍ତ ବିହଙ୍ଗ କେବଳ ଜାଣେ ମୁକ୍ତିର ଆନନ୍ଦ। ଆଉ କିଛି ଲୋକ ଶୁଣି ଶୁଣି ମନଇଚ୍ଛା ଧର୍ମର ବ୍ୟାଖ୍ୟା କରିବସନ୍ତି। ଆଉ କିଛି ଲୋକ ଶାରୀରିକ ଶୁଦ୍ଧତାକୁ ଆଚାର ଏବଂ ତାହାହିଁ ଧର୍ମବୋଲି ଧରି ନେଇଥାଆନ୍ତି। ଅଥଚ ମାନବିକତା ସେମାନଙ୍କ ପାଖରେ ଟିକେ ବୋଲି ନ ଥାଏ।

ଧର୍ମ ପାଇଁ ଶାରୀରିକ ଶୌଚ ଆବଶ୍ୟକ। ମାତ୍ର ତାଠାରୁ ଅଧିକ ଆବଶ୍ୟକ ମାନସିକ ଶୌଚ। ମନ ଯଦି ନିର୍ମଳ, ଗୋବର ଗାଡ଼ିଆ ଗଙ୍ଗା ଜଳ; ଭାବନାର ଶୁଦ୍ଧତା ହେଉଛି ପରମ ଶୌଚ। ଯାହାର ଭାବନା ଶୁଦ୍ଧ ନୁହେଁ ବାହ୍ୟ ଶୌଚ ବା ଚାରରେ କ'ଣ ଲାଭ ? କୁହାଯାଇଛି– ଆଚାରେ ଲକ୍ଷ୍ମୀ, ବିଚାରେ ପଣ୍ଡିତ। ଆଚାର କରି ସମସ୍ତେ ଲକ୍ଷ୍ମୀ (ଧନ) ପ୍ରାପ୍ତ ହେବାକୁ ଚାହାନ୍ତି କିନ୍ତୁ ବିଚାର ଶୁଦ୍ଧି କରି କେହି ପଣ୍ଡିତ ହେବାକୁ ଇଚ୍ଛା କରନ୍ତି ନାହିଁ। ଅର୍ଥାତ୍ ମୂର୍ଖତା ବା ଅଜ୍ଞତାରେ ବୁଡ଼ି ରହିବାକୁ ଚାହାନ୍ତି। ସନ୍ତ କବୀରଙ୍କ ଭାଷାରେ– କେଁୟା ପାନି ମେଁ ମଲମଲ ନହାଏ। ମନ୍ କା ମୈଲା ଧୋଓରେ ପାପୀ ମନକା ମୈଲା ଧୋଓ। ଅର୍ଥାତ୍– ପାଣିରେ ଯେତେ ଘଷିମାଜି ହୋଇ ବାରମ୍ବାର ଗାଧୋଇଲେ କ'ଣ ହେବ। ଆଗ ମନର ମଇଲାକୁ ଧୁଅ। ମହାଭାରତରେ କୁହାଯାଇଛି– ଜ୍ଞାନ ହ୍ୱର୍ବତ ଧ୍ୟାନ ଜଲେ ରାଗଦ୍ୱେଷ ମାଲା ପହେ।

ହିନ୍ଦୁ ବର୍ଣ୍ଣ ବ୍ୟବସ୍ଥା କିପରି ସୃଷ୍ଟି ହୋଇଛି ଏ ସମ୍ପର୍କରେ ଅର୍ଜୁନକୁ ବୁଝାଇବା ପାଇଁ ଭଗବାନ ଶ୍ରୀକୃଷ୍ଣ କହିଲେ "ଚତୁର୍ବର୍ଣ୍ଣ୍ୟଂ ମୟାସୃଷ୍ଟଂ ଗୁଣକର୍ମ ବିଭାଗଶଃ। ତସ୍ୟ କର୍ତ୍ତାରମପି ମାଂବିଦ୍ଧ୍ୟ କର୍ତ୍ତା– ରମବ୍ୟୟମ।" (ଇସକନ ପ୍ରକାଶିତ– ଶ୍ରୀମଭଗବତ ଗୀତା–୪/ ୧୩) ଅର୍ଥାତ୍ ଭୂତ ପ୍ରକୃତିର ଗୁଣ ଓ କର୍ମାନୁଯାୟୀ ମଣିଷ ସମାଜରେ ଥିବା ଚାରିବର୍ଣ୍ଣ ମୋ ଦ୍ୱାରା ସୃଷ୍ଟି ହୋଇଛି। ଯଦିବା ମୁଁ ଏ ବର୍ଣ୍ଣ ବ୍ୟବସ୍ଥା ସୃଷ୍ଟି କରିଛି ତଥାପି ତୁମେ ଜାଣିରଖିବା ଉଚିତ୍ ହେବ ଯେ ମୁଁ ଅପରିବର୍ତ୍ତନୀୟ ହୋଇଥିବା ଯୋଗୁ ଅକର୍ତ୍ତା ଅଟେ। ସୁତରାଂ ମନୁଷ୍ୟର ସୃଷ୍ଟିଠାରୁ ଲିଙ୍ଗ ନିର୍ବିଶେଷରେ ମଣିଷ ସମାଜ ଚାରିଭାଗରେ ବିଭକ୍ତ– ବ୍ରାହ୍ମଣ, କ୍ଷତ୍ରିୟ, ବୈଶ୍ୟ ଓ ଶୂଦ୍ର। ଯିଏ କେଉଁ କାର୍ଯ୍ୟ କରନ୍ତି ତାହା ସେମାନଙ୍କ ଗୁଣ ଓ କର୍ମଦ୍ୱାରା ନିର୍ଣ୍ଣୟ କରାଯାଇଥାଏ। ପ୍ରଥମ ବର୍ଣ୍ଣ ହେଇଛି ବ୍ରାହ୍ମଣ। ଏମାନେ ସ୍ୱତ୍ୱ ଗୁଣରେ ଅବସ୍ଥାନ କରନ୍ତି। ଦ୍ୱିତୀୟ ବର୍ଣ୍ଣ କ୍ଷତ୍ରିୟ। ଏମାନେ ରଜଗୁଣରେ ଅବସ୍ଥାନ କରୁଥିବାରୁ କ୍ଷତ୍ରିୟ ଭାବେ ପରିଚିତ। ତୃତୀୟରେ ରହିଛନ୍ତି ବୈଶ୍ୟ। ବାଣିଜ୍ୟ ବ୍ୟବସାୟ ଇତ୍ୟାଦି କରିବା ପାଇଁ ଏମାନଙ୍କର ଜନ୍ମ। ଶେଷରେ ଶୂଦ୍ରମାନେ ସମାଜର ସବା ତଳ ଥାକରେ ଥାଇ ଜୀବିକା ନିର୍ବାହ କରୁଥିବା ଶ୍ରମିକ ଶ୍ରେଣୀ। ସାଧାରଣତଃ ହିନ୍ଦୁମାନଙ୍କ ମଧ୍ୟରେ, ମଣିଷମାନଙ୍କ ମଧ୍ୟରେ ଥିବା ବର୍ଣ୍ଣ ପାର୍ଥକ୍ୟ ଈଶ୍ୱର ସୃଷ୍ଟି ଏବଂ ଜାତି ବା ବର୍ଣ୍ଣ ସାମାଜିକ ବିଭାଜନ ପାଇଁ ଉଦ୍ଦିଷ୍ଟ ନୁହେଁ। ଗୁଣ ଓ କର୍ମ ଅନୁସାରେ, ଯିଏ ଯେଉଁ ବର୍ଣ୍ଣର କର୍ତ୍ତବ୍ୟ କରେ ତାହା ନିର୍ଦ୍ଧାରିତ ହୋଇଛି। ଅଷ୍ଟେଲିଆର ପ୍ରଖ୍ୟାତ ଅଧ୍ୟାପକ ଏ.ଏଲ.ବାସମ୍ 'ଦ ଓ୍ୱଣ୍ଡର ଦ୍ୟାଟ ୱାଜ ଇଣ୍ଡିଆ' (ବିସ୍ମୟକର ଭାରତ) ପୁସ୍ତକରେ ଏ ସମ୍ବନ୍ଧରେ ଲେଖିଛନ୍ତି– "ଜନ୍ମଠାରୁ ଲାଗି ରହିଥିବା ଅସମାନତା ଧର୍ମାନୁମୋଦିତ ଏବଂ ସେମାନଙ୍କ ଭାଗ୍ୟ ଅତି କଠୋର। ଅନ୍ୟ କୌଣସି ଧର୍ମ ଜନ୍ମଗତ ଆସମାନତାକୁ ଅନୁମୋଦନ କରି ନଥିବା ବେଳେ ହିନ୍ଦୁ ସମାଜରେ ଜନ୍ମ ହେବା ମାତ୍ରେ ବର୍ଣ୍ଣ ବ୍ୟବସ୍ଥାର ସମସ୍ତ ବିଧିବିଧାନ ମାନିବାକୁ ବାଧ୍ୟ ହୋଇଥାଆନ୍ତି। ପ୍ରାଚୀନକାଳରେ ସମାନତା, ସାଧୁତା, ନିଷ୍ଠା, କର୍ତ୍ତବ୍ୟବୋଧ, ନ୍ୟାୟପ୍ରତି ଅଙ୍ଗୀକାର ଥିଲା। ତେଣୁ ଗୁଣ ଓ କର୍ମ ଅନୁସାରେ ଜାତିବର୍ଣ୍ଣ ପ୍ରଥା ପାଳନ କରିବା ସକାଶେ ବ୍ୟକ୍ତି ମାନସରେ ଥିଲା ଚେତନାଦୀପ୍ତ ଶୃଙ୍ଖଳା ଓ ପ୍ରତିବଦ୍ଧତା। ବ୍ରାହ୍ମଣର ଧର୍ମପାଳନ କରୁନଥିବା ବ୍ୟକ୍ତି ବ୍ରାହ୍ମଣ ବୋଲି ବିବେଚିତ ହେଉନଥିଲା। ଶୂଦ୍ର ସବା ତଳେ ଥାଇ ମଧ୍ୟ କର୍ମ କରିବା ନିମନ୍ତେ ଶୁଦ୍ଧତା, ସମତା ଓ ଶୃଙ୍ଖଳା ବୋଧ ପାଳନ ଥିଲା କର୍ତ୍ତବ୍ୟ। ଏହି ସତ୍ୟ ନିଷ୍ଠାରୁ ଜଣେ ଶୂଦ୍ର, ବୈଶ୍ୟ ବା କ୍ଷତ୍ରୀୟ ନିଜ ଗୁଣ ଦ୍ୱାରା ଉପରକୁ ଉଠିବାର ବାଧା ନଥିଲା। ଫଳରେ ଜାତିବର୍ଣ୍ଣ ଥାଇ ମଧ୍ୟ ସମାଜର ଥିଲା ଗତିଶୀଳତା, କର୍ମର ବିବିଧତା ସତ୍ତ୍ୱେ ବିଭିନ୍ନ ବର୍ଣ୍ଣ ମଧ୍ୟରେ ପାର୍ଥକ୍ୟ ଥାଇସୁଦ୍ଧା କୌଣସି କର୍ମ ଉଚ୍ଚ ବା ନୀଚ ବିବେଚିତ ହେଉନଥିଲା। ଗୁଣ ଓ କାମକୁ ଆଧାର କରି ବର୍ଣ୍ଣ ନିର୍ଣ୍ଣୟ ହେଉଥିଲା।

ମଣିଷ ମଣିଷ ମଧ୍ୟରେ ଯେଉଁ କିସମ ବିଚାର ପୂର୍ବେ ଥିଲା, ଯାହାକୁ ଜାତିପ୍ରଥା କୁହାଯାଉଛି ତା କର୍ମାନୁଗତ ଥିଲା। ଏଇ କର୍ମ ବିଚାର ଅନ୍ତର୍ଗତ ମଣିଷକୁ ଆଦର ଅନାଦର ସମ୍ମାନ ବା ଘୃଣା କରିବା ନିର୍ବୋଧତା ବୋଲି ବି କୁହାଯାଉଥିଲା। ସମସ୍ତଙ୍କୁ ସମାନ ଭାବେ ବିବେଚନା କରିବା ହିଁ ପଣ୍ଡିତ ପଣିଆ କୁହାଯାଉଥିଲା। ଗୀତାରେ କୁହାଗଲା "ବିଦ୍ୟା ବିନୟ ସମ୍ପନ୍ନେ ବ୍ରାହ୍ମଣେ ଗବିହସ୍ତିନି, ସୁନିଟେ ସ୍ୱପାକେ ଚ ପଣ୍ଡିତାଃ ସମଦର୍ଶିନଃ।" ମଣିଷଗୁଡ଼ା ସିନା ହାଉଯାଉ ମାତ୍ର ମଣିଷ ପଣିଆ ଓ ପଣ୍ଡିତ ପଣିଆ ସେମିତି ହାଉଯାଉ ନୁହନ୍ତି। ଗାନ୍ଧି, ଯିଶୁଖ୍ରୀଷ୍ଟ, ସକ୍ରେଟିସ ପ୍ରମୁଖ ଏ ନୀଳ କଣ୍ଠିଆ ଗୋଷ୍ଠୀର ମଣିଷ ପଣିଆର ସୁରକ୍ଷା ପାଇଁ ଏମାନେ ଆପଣା ଜୀବନକୁ ହଲାହଲମୟ କରି ଦେଇଛନ୍ତି। ଏଠି ଜାତିଭେଦ ଥିଲା ମାତ୍ର ତା ଘୃଣା ବା ବିଦ୍ୱେଷ ପ୍ରଚୋଦିତ ଆଦୌ ନଥିଲା। ଦାସିଆ ବାଉରୀଠୁ ହାତ ବଢ଼ାଇ ନଡ଼ିଆ ନେବା ପ୍ରଭୁ ଏ ରାଜନୀତିଆଙ୍କୁ ଠୋକର ଦେଇ ଏ ବଡ଼ପଣ୍ଡାମାନଙ୍କୁ ହୀନ ପ୍ରମାଣିତ କରିଥିଲେ। ଅଘଁଆ କୋଳି ଶବରୀଠୁ ଯେଉଁ ସଂସ୍କୃତିରେ ପ୍ରଭୁ ପ୍ରେମାପ୍ଲୁତ ହୋଇ ଖାଉଥିଲେ ସେଠି ଦଲିତ ଓ ଅସ୍ପୃଶ୍ୟଭାବ ସ୍ୱାର୍ଥାନ୍ଧ ଓ ଅହଂ ଅନ୍ଧ ମଣିଷ କେତେଟାଙ୍କ ଟେଙ୍ଗ ଥିଲା। ତାକୁ ପ୍ରସାର କରି ସେମାନେ ତାଙ୍କ ସ୍ୱାର୍ଥ ବେପାର ମେଲୁଥିଲେ। ହଇଓ ପଣ୍ଡିତେ କହିଲ, "ପଠାଣ ସାଲବେଗ, ଯବନ ହରିଦାସ ଜଗାର ଏକ ନମ୍ବର ଭକ୍ତ କେମିତି ବନିଗଲେ।"

କେତେକ ବିଶ୍ୱାସ କରନ୍ତି ଯେ ସବାତଳେ ଥିବା ଶୂଦ୍ର ଯାହାକୁ ସାଧାରଣ ଭାବେ ଜଳ ଅସ୍ପୃଶ୍ୟ ବୋଲି ବିବେଚନା କରାଯାଏ। ସେମାନେ ତପସ୍ୟା, ଯଜ୍ଞାନୁଷ୍ଠାନ, ଧର୍ମ ଶାସ୍ତ୍ର ଆଲୋଚନା ଓ ପଠନ, ଦେବତାଙ୍କ ମନ୍ଦିରକୁ ପ୍ରବେଶ ପ୍ରଭୃତି ବର୍ଜିତ। ତେବେ ଆସ ଜାଣିବା ଏହି ସବାତଳସ୍ତରରେ ଥିବା ଶୂଦ୍ରକିଏ ? ଗୀତାର ତତ୍ତ୍ୱ ଦର୍ଶନ ଅନୁଯାୟୀ ନିମ୍ନମାନର ଗୁଣ- କର୍ମକୁ ଶୂଦ୍ର କୁହାଯାଏ। ଜାତି ବା ବର୍ଷ ଆଧାରରେ ନୁହେଁ। ନିମ୍ନଗୁଣ କର୍ମରେ ଲିପ୍ତ ବ୍ୟକ୍ତି ହିଁ ଶୂଦ୍ର। ଶାସ୍ତ୍ରାନୁସାରେ- "ଜନ୍ମଣା ଜାୟତେ ଶୂଦ୍ର, ସଂସ୍କାରେ ଦ୍ୱିଜ ମୁଚ୍ୟତି, ବେଦ ଭାଷ୍ୟେ ଉଚ୍ୟତି ବିପ୍ର, ବ୍ରହ୍ମ ଜାନାତି ସଃ ବ୍ରାହ୍ମଣ"। ମନୁ ମଧ ସ୍ୱଭାବକୁ ନେଇ ବର୍ଷ ବ୍ୟବସ୍ଥା ଉପରେ ମଦ ଦେଇଛନ୍ତି। କିନ୍ତୁ ସମୟକ୍ରମେ ଜାତି-ବ୍ୟବସ୍ଥା ଏପରି କାର୍ଯ୍ୟକାରୀ ହୋଇଛି ଯେ ଆଜି ମଣିଷକୁ ମଣିଷ ଭାବେ ନୁହେଁ ଶୂଦ୍ର (ଜଳ ଅସ୍ପୃଶ୍ୟ) କହି ଘୃଣା କରାଯାଉଛି। ସମ୍ୟକ ହତ୍ୟାକୁ ଭିନ୍ନ ଅର୍ଥରେ ବ୍ୟବହାର କରାଯାଇ ସାମାଜିକ ସ୍ତରରେ ଭେଦଭାବର ଭାବନାକୁ ଅଧିକ ପ୍ରସାରିତ ଏବଂ ପ୍ରଚାରିତ କରାଯାଉଛି। ତେବେ ଶୂଦ୍ର ବା ଜଳ ଅସ୍ପୃଶ୍ୟ ଜାତି କିଏ ? ଯଜୁର୍ବେଦ ୩୦/୫ ଅନୁସାରେ "ତପସେ ଶୂଦ୍ରମ୍" ଅର୍ଥାତ୍ ବିଶେଷ ପରିଶ୍ରମୀ, କଠିନ କାର୍ଯ୍ୟ କରୁଥିବା ସାହସୀ ଏବଂ ପରମ ଉଦ୍ୟୋଗୀ ଅର୍ଥାତ୍ ତପ କରୁଥିବା ଆଦିକୁ ଶୂଦ୍ର କୁହାଯାଏ। ସେହି ଅନୁସାରେ ପୁରୁଷର ଅନ୍ୟନାମ ଶୂଦ୍ର। ନମୋ ନିଶାଦେଭ୍ୟ ଯଜୁର୍ବେଦ- ୧ ୬/ ୨ ୭ ଅର୍ଥାତ୍ ଶିଳ୍ପ କାରିଗରି ବିଦ୍ୟାରେ ଯୁକ୍ତ ସହ ଯିଏ ପରିଶ୍ରମୀ ଲୋକ, ସେହିଁ ଶୂଦ୍ର ଅଟନ୍ତି। ତାଙ୍କୁ ନମସ୍କାର ଏବଂ ତାଙ୍କର ସକ୍ରାର କରିବା ପାଇଁ କୁହାଯାଇଛି। ରିଗ୍ ଶୂଦ୍ରେସ୍ତୁ-ଯଜୁର୍ବେଦ-୧ ୮/୪୩। ଅର୍ଥାତ୍ ଯେପରି ଈଶ୍ୱର ବ୍ରାହ୍ମଣ, କ୍ଷତ୍ରୀୟ, ବୈଶ୍ୟ ଏବଂ ଶୂଦ୍ରଙ୍କୁ ସମାନ ଭାବେ ଭଲପାଆନ୍ତି। ସେହିପରି ବିଦ୍ୱାନ ଲୋକ ମଧ ବ୍ରାହ୍ମଣ, କ୍ଷତ୍ରୀୟ, ବୈଶ୍ୟ ଏବଂ ଶୂଦ୍ରଙ୍କୁ ସମାନ ଭାବେ ଭଲ ପାଇଥାନ୍ତି। ରଗ୍ ବେଦରେ ଉଲ୍ଲେଖ ଅଛି 'ପଞ୍ଜନା ମମ' ଅର୍ଥାତ୍ ପଞ୍ଚ ମନୁଷ୍ୟ ଯଥା-ବ୍ରାହ୍ମଣ, କ୍ଷତ୍ରୀୟ, ବୈଶ୍ୟ, ଶୂଦ୍ର ଏବଂ ଅତିଶୂଦ୍ର ମୋର ଯଜ୍ଞକାର୍ଯ୍ୟକୁ ପ୍ରୀତି ପୂର୍ବକ କର। ପୃଥିବୀର ସମସ୍ତ ଯେତେ ମନୁଷ୍ୟ ସମସ୍ତେ ଯଜ୍ଞ କରିବାକୁ କୁହାଯାଇଛି।

ଏଥିରୁ ସ୍ପଷ୍ଟ ଯେ ଶୂଦ୍ର ତପକରିବା-ସକ୍ରାର କରିବା, ଯଜ୍ଞ କରିବା ବେଦରେ ଉଲ୍ଲେଖ ରହିଛି। ଋଷି ବାଲ୍ମିକି କହିଛନ୍ତି- ରାମାୟଣ ପଢ଼ିଲେ ବ୍ରାହ୍ମଣ ବଡ଼ ସୁବକ୍ତା ଋଷି ହେବେ। କ୍ଷତ୍ରୀୟ ଭୂପତି ହେବେ। ବୈଶ୍ୟ ଉଭମ ଧନ ଅର୍ଜନ କରିବେ ଏବଂ ଶୂଦ୍ର ମହାନ ହେବେ। ରାମାୟଣରେ ବର୍ଷକୁ ସମାନ ଅଧିକାର ପ୍ରଦାନ କରାଯାଇଛି। ସନ୍ଦର୍ଭ- ପ୍ରଥମ ଅଧ୍ୟାୟ ଶେଷ ଶ୍ଲୋକ। ଅଯୋଧାକାଣ୍ଡ ଅଧ୍ୟାୟ ୬୩ ଶ୍ଲୋକ ୫୦-୫୧ ତଥା ଅଧ୍ୟାୟ ୭୪, ଶ୍ଲୋକ ୩୨-୩୩ରେ ବୈଶ୍ୟ-ଶୂଦ୍ରଙ୍କୁ ସମାନ ଅଧିକାର ରହିଥିବା କୁହାଯାଇଛି। ଶ୍ରୀମଦ ଭଗବତ ଗୀତା ୯/୩ ୨ରେ ଶ୍ରୀକୃଷ୍ଣ କହିଛନ୍ତି- ହେ ପାର୍ଥ ମହିଳା, ବୈଶ୍ୟ-ଶୂଦ୍ର ଯୋଗ ଉପାସନା କରି ପରମ ଗତି ପ୍ରାପ୍ତ ହେବେ। (ସନ୍ଦର୍ଭ ବୃହଦାରଣ୍ୟକ କାପନିଷଦ- ୧- ୪-୧୩) ଶୂଦ୍ର ବର୍ଷ ପୁଷଣଃ; ଅର୍ଥାତ ପୋଷଣ କରୁଥିବା ଲୋକ, ଶୂଦ୍ର ସାକ୍ଷାତ ପୃଥିବୀ ସହ ସମାନ। ପୃଥିବୀ ଯେପରି ଭରଣ-ପୋଷଣ କରିଥାଏ, ଶୂଦ୍ର ସମସ୍ତଙ୍କର ଭରଣ ପୋଷଣ କରିଥାନ୍ତି। ଛାନ୍ଦୋଗ୍ୟ ଉପନିଷଦ- ୩-୪ରେ କୁହାଯାଇଛି ଯେ ବ୍ୟକ୍ତି ଗୁଣ ଅନୁସାରେ ଶୂଦ୍ର ଅଥବା ବ୍ରାହ୍ମଣ ହୋଇଥାଏ। ଜନ୍ମ ଅନୁସାରେ ନୁହେଁ (ସତ୍ୟ କାମ ପ୍ରସଙ୍ଗ) ମହାଭାରତରେ ଯୁଧୁଷ୍ଠିର ସମ୍ୱାଦ- ୩/୩/୧୦୮-୧୦୯- ଯକ୍ଷ ଯୁଧୁଷ୍ଠିର ସମ୍ୱାଦରେ ଯୁଧୁଷ୍ଠିର କହିଛନ୍ତି ବ୍ୟକ୍ତି କୁଲ ସ୍ୱାଧ୍ୟାୟ ବା ଜ୍ଞାନରେ ଶ୍ରେଷ୍ଠ ହୋଇ ନଥାଆନ୍ତି। ଆଚରଣରେ ଶ୍ରେଷ୍ଠତ୍ୱ ଲାଭ କରିଥାନ୍ତି। ଅପସ୍ତୟ ଧର୍ମସୂତ୍ର ୨/୫/୧ ୧/୧୦- ୧ ୧ରେ ମନୁ ମଧ ସ୍ମୃତିର ୧୦/୬୫ ରେ ଉଲ୍ଲେଖ କରିଛନ୍ତି ଆଚରଣରେ ଶ୍ରେଷ୍ଠ ପଦବାଚ୍ୟ। ମହାଭାରତ ବନପର୍ବ ୩- ୩/ ୧ ୧୬ରେ ସ୍ପଷ୍ଟ ଭାବେ କୁହାଯାଇଛି ଚରିତ୍ରହୀନ ବ୍ରାହ୍ମଣ ଶୂଦ୍ରଠାରୁ ନିକୃଷ୍ଟ। ବନ ପର୍ବ ୧ ୮୦/୨ ୧-୧ ୨୬ ରେ ଗୁଣ ଉପରେ ଗୁରୁତ୍ଵ ଦିଆଯାଇଥିବା ବେଳେ- ସମାନତାର କଥା କୁହାଯାଇଛି।

ଜାତିବାଦ, ଛୁଆଁ, ଅଛୁଆ ଏବଂ ସବର୍ଷ- ଦଲିତ ବର୍ଗ ପ୍ରସଙ୍ଗକୁ ନେଇ ଧର୍ମ ଶାସ୍ତ୍ରକୁ ଦୋଷୀ କରାଯାଇଛି। କିନ୍ତୁ ପ୍ରକୃତ କଥା ହେଲା- ଦଲିତ- ନାମ ହିନ୍ଦୁ ଧର୍ମରେ ନାହିଁ। ତୁଳସୀ ଦାସ କୃତ ରାମଚରିତ ମାନସ ହେଉ କିମ୍ୱା ମନୁସ୍ମୃତି,

ପୁରାଣ-ରାମାୟଣ, ମହାଭାରତରେ ଦଳିତ ଜାତି ବର୍ଷ-ଛୁଆଁ ଛୁଟି ନାହିଁ । କାଳାନ୍ତରରେ ଜାତି ଆଧାରରେ ଜଣେ ମଣିଷଠୁ ଆଉ ଜଣେ ମଣିଷକୁ ଅଲଗା କରାଯାଇଛି । ଦଳିତ ଭାବେ ଶିବାଜୀ ମହାରାଜା ହିନ୍ଦୁ ଥିଲେ । ଏକନାଥ, ତୁକା ରାମ, ରବି ଦାସ ସନାତନ ଧର୍ମ ସମାଜର ସନ୍ତ । ବେଦ ବା ମନୁସ୍ମୃତି ଆଧାରିତ ଆର୍ଯ୍ୟ ସମାଜରେ- ଅନେକ ଦଳିତ ବ୍ରାହ୍ମଣ, ରାମାୟଣର ଲେଖକ ବାଲ୍ମିକି, ମହାଭାରତର ଲେଖକ ବେଦବ୍ୟାସ ମଧ୍ୟ ଶୂଦ୍ର ବର୍ଷ୍ଟର ଥିଲେ । (ବାଲ୍ମିକି ନିଜେ ବ୍ରାହ୍ମଣ ହୋଇ ଶୂଦ୍ରାଣୀକୁ ବିବାହ କରି ଜାତି ଭାଇରୁ ବାଛନ୍ଦ ହୋଇ ଗ୍ରାମ ବାହାରେ ରହିଥିଲେ ଆଉ ବ୍ୟାସ କୈବର୍ତ୍ତ ରାଜ ବସୁଙ୍କ କନ୍ୟା ସତ୍ୟବତୀଙ୍କ ଗର୍ଭରୁ ଜନ୍ମ ହୋଇଥିଲେ) । ଏହି ସନ୍ତୁମାନେ ହିନ୍ଦୁ ନୁହେଁ ସନାତନ ଧର୍ମବୋଲି କହିଯାଇଛନ୍ତି ।

ମହାଭାରତରେ (ଅନୁଃ ୧ ୧୯୩/୮)ରେ ଧର୍ମର ସଂକ୍ଷିପ୍ତ ଲକ୍ଷଣ କୁହାଯାଇଛି ଯେ "ନ ତସ୍ୟ ପରସ୍ୟ ସଂଦଧ୍ୟାତ୍ ପ୍ରତି କୂଳଂ ଯଦାମ୍ନଃ ଏଷ ସଂପେଗଣେ ଧର୍ମଃ କାମାଦିନ୍ୟ ପ୍ରବର୍ତ୍ତେ ।" ଅର୍ଥାତ୍ ଯାହା ନିଜକୁ ଭଲ ନ ଲାଗେ, ଅନ୍ୟ ପ୍ରତି ସେପରି କରିବା ଅନୁଚିତ । ଏହା ବ୍ୟତୀତ ଅନ୍ୟ ସବୁ କର୍ମ କାମନା ଫରକ- ଧର୍ମ ନୁହେଁ । ଆମର ଧର୍ମ ହିନ୍ଦୁ ଧର୍ମ ନୁହେଁ । ଏହା ସନାତନ ଧର୍ମ । ଅର୍ଥାତ୍ ସତ୍ୟ ଉପରେ ପ୍ରତିଷ୍ଠିତ । ଅତି ପୁରାତନ ଧର୍ମ, ଯାହାକୁ ଆମର ପୂର୍ବଜ ମୁନି- ରଷିମାନେ ସମଗ୍ର ଜଗତର କଲ୍ୟାଣ ପାଇଁ ଉପଦେଶ କରିଛନ୍ତି । ହିନ୍ଦୁ ଧର୍ମ ହେଉଛି ଏକ ବିଶାଳ ଓ ଉଦାର ସନାତନ ଧର୍ମର ଏକ ସୀମିତ ଅଂଶ ।

ସାମାଜିକ ସ୍ତରରେ ଦେଖା ଦେଉଥିବା ଅବକ୍ଷୟ ପ୍ରତି ସଜାଗ ରହି ନୂତନକୁ ସ୍ୱାଗତ କରିବା । ସତ୍ୟ ଅସତ୍ୟର ଦୋଛକିରେ ବାସ୍ତବତାକୁ ଆଦରର ସହ ଗ୍ରହଣ କରିବା ଆମର ଲକ୍ଷ୍ୟ ହେଉ । ରଥାରୂଢ଼ ଶ୍ରୀଜଗନ୍ନାଥ ଅଛ୍ଛଦ ଦାସିଆଠାରୁ ହାତ ବଢ଼େଇ ନଡ଼ିଆ ନେଇପାରନ୍ତି । ପ୍ରଭୁ ଶ୍ରୀରାମ ଶବରୀର ଅଇଠା ଫଳ ମହାନଦରେ ଭୁଞ୍ଜି ପାରନ୍ତି । ଦରିଦ୍ର ସୁଦାମାର ଖୁଦଭଜା ଗ୍ରହଣ କରିପାରନ୍ତି । ଏସବୁ ହୁଏତ ରୋମାଞ୍ଚକର, କୌତୂହଳ ଲାଗିପାରେ । ତେବେ ଜନବିଶ୍ୱାସକୁ ବିଲୁପ୍ତ କରିହେବ ନାହିଁ । ଏସବୁ ଜାଣି ସୁଦ୍ଧା ଏ ମଣିଷ ବୁଝି ପାରେନା ସୁଦାମା, ଶବରୀ, ଦାସିଆ କେଉ ଉଚ୍ଚ କୂଳର ନଥିଲେ । ଯେଉଁମାନେ ଦଳିତ ସେମାନଙ୍କୁ ଦଳିତ ରୂପରେ ସଜାଇଲା କିଏ ? ସ୍ୱାର୍ଥପର ମଣିଷ ନିଜର ସୁଖ, ସୁବିଧା ପାଇଁ ଏସବୁ ସୃଷ୍ଟିକରି ବୃଥା ବାହାସ୍ଫୋଟ ମାରୁଛି । ଆଦିବାସୀ ଦଳିତ ଶବର ପୂଜିତ ଠାକୁର ମାନବର ଅବଚେତନ ମନରେ ଧୀରେ ଧୀରେ ପ୍ରବେଶ କରି ଏବେ ବିଶ୍ୱ ମୁଖ ହେଇ ପାରିଥିବା ବେଳେ, ସେହି ଦଳିତଙ୍କ ଉପରେ କରାଯାଉଥିବା ଘୃଣା, ବିତୃଷ୍ଣା, ହିଂସା ଦୂରେଇ ଯାଇନାହିଁ । ବାସ୍ତବରେ ଏଭଳି ବାସ୍ତବତାର ଚିତ୍ରପଟ ପ୍ରତ୍ୟହ କେଉଁଠି ନା କେଉଁଠି ଉନ୍ମୋଚିତ ହେଉଛି ।

ସେମାନେ ଭିନ୍ନ ମଣିଷ, ମାଟିର ମଣିଷ ସତ । ବଣ, ପାହାଡ଼, ଜଙ୍ଗଲ ଭଳି ଘୋର ଅପନ୍ତରା ଜାଗା, ପ୍ରାକୃତିକ ପରିବେଶ ଭିତରେ ତଥା କଥିତ ସଭ୍ୟ ସମାଜଠାରୁ ଅନେକ ଦୂରେ ରହି ଶାନ୍ତି ଓ ସୁଖରେ ଜୀବନ ବିତାଉଥିବା ମଣିଷ ଅଛନ୍ତି ସେମାନଙ୍କ ପ୍ରତି ନାସିକା ଟେକୁଥିବା ଏ ସଭ୍ୟ ମଣିଷର ପ୍ରକୃତ ସ୍ୱରୂପ ଧରାପଡ଼େ ନାହିଁ । ପାରମ୍ପରିକ ରୀତିନୀତି ଅନୁଯାୟୀ ଜଣେ ବ୍ୟକ୍ତିର ବୃଭି ତାହାର ଜାତି ଓ ପଦମର୍ଯ୍ୟାଦାକୁ ନିର୍ଦ୍ଧାରଣ କରିଥାଏ । କେତେକ କ୍ଷେତ୍ରରେ ବ୍ୟତିକ୍ରମ ଥାଇ ମଧ୍ୟ ଜାତି ହିଁ ସାମାଜିକ ମର୍ଯ୍ୟାଦାର ସୂଚକ । ସାଧାରଣରେ ଦେଖାଯାଏ ଜଣେ ଅଶିକ୍ଷିତ ବ୍ରାହ୍ମଣ ଯେତିକି ସମ୍ମାନ ଲାଭକରେ ତତୋଧିକ ପରିମାଣରେ ଜଣେ ଉଚ୍ଚ ଶିକ୍ଷିତ ଦଳିତ ସମାଜରେ ଶୂଦ୍ରସମ୍ମାନ ବଦଳରେ ନିର୍ଯାତନାର ଶିକାର ହୋଇଥାଏ । ଜାତିପ୍ରଥା ଅଧୀନରେ ଆବଦ୍ଧ ଏହି ଦଳିତ ଜାତି ବିଭିନ୍ନ କ୍ଷେତ୍ରରେ ସାମାଜିକ, ରାଜନୈତିକ ଓ ଅର୍ଥନୈତିକ ଶିଷ୍ଟତା ମଧ୍ୟ ହରାଇଥାଏ । ହିନ୍ଦୁ ପରମ୍ପରା ଅନୁଯାୟୀ ଜାତିପ୍ରଥା ଚାରି ବର୍ଷ୍ଟରୁ ସୃଷ୍ଟି । ସେମାନେ ମୁଖ୍ୟତଃ- ବ୍ରାହ୍ମଣ, କ୍ଷତ୍ରିୟ, ବୈଶ୍ୟ ଓ ଶୂଦ୍ର । ବିଶ୍ୱ ସ୍ରଷ୍ଟା ବ୍ରହ୍ମା ତାଙ୍କର ଚାରୋଟି ଅଙ୍ଗରୁ ଅର୍ଥାତ୍ ମୁଖରୁ ବ୍ରାହ୍ମଣ, ବାହୁରୁ କ୍ଷତ୍ରିୟ, ଜାନୁରୁ ବୈଶ୍ୟ ଓ ପାଦରୁ ଶୂଦ୍ର ସୃଷ୍ଟି କରିଛନ୍ତି । ଜାତି ବଦଳରେ ଏମାନଙ୍କୁ ଚାରି ବର୍ଗ ବା ଚାରି ବର୍ଷ୍ଟ ଭାବରେ ଧରାଯାଇପାରେ ।

ଆର୍ଯ୍ୟମାନେ ବ୍ୟବହାର କରୁଥିବା ବର୍ଣ୍ଣର ଆକ୍ଷରିକ ଅର୍ଥ ରଙ୍ଗ । କୁହାଯାଏ ଚାରି ରଙ୍ଗର ଲୋକଙ୍କ ଶରୀର ହୋଇଥିବାରୁ ଓ ସେମାନଙ୍କୁ ସହଜରେ ବାରି ହୋଇ ପଡୁଥିବାରୁ ବର୍ଣ୍ଣ ଭିତ୍ତିରେ ରୂପାୟନ କରାଯାଇଛି । ଶରୀରର ବର୍ଣ୍ଣ ଦୃଷ୍ଟିରୁ ଧାତୁ ରଙ୍ଗର ସାମଞ୍ଜସ୍ୟକୁ କଳନା କରି ବ୍ରାହ୍ମଣମାନେ 'ସ୍ୱର୍ଣ୍ଣ', କ୍ଷତ୍ରିୟମାନେ 'ତାମ୍ର' ଓ ବୈଶ୍ୟମାନେ 'ଲୌହ' ଧାତୁର ରଙ୍ଗ ଧାରଣ କରିଥିବା ଧରାଯାଇଛି । କିନ୍ତୁ ଶୂଦ୍ରମାନଙ୍କ ରଙ୍ଗ କୌଣସି ଧାତୁ ସହିତ ତୁଳନୀୟ ହୋଇନଥିବା ବେଳେ ସେମାନଙ୍କ ଦେହର ବର୍ଣ୍ଣ ଦେଖିବାକୁ ସମ୍ପୂର୍ଣ୍ଣ କଳା । ଉଇଗ୍ନାଇଁ ମାନ୍ୟରେ ଚିହ୍ନିତ ବର୍ଣ୍ଣମାନଙ୍କ ନିର୍ଦ୍ଦିଷ୍ଟ ବୃତ୍ତି ମଧ୍ୟ ଥିଲା । ବର୍ଣ୍ଣ ଶ୍ରେଷ୍ଠ ବ୍ରାହ୍ମଣ ବେଦ ଉପନିଷଦ ପାଠ ସହ ଓଁକାର ଧ୍ୱନି ଉଚ୍ଚାରଣ କରିବା ସହ ପୂଜା, ଯଜ୍ଞ କର୍ମାଦି କରିବା ବେଳେ, କ୍ଷତ୍ରିୟମାନେ ନିଜର ଅମାପ ବାହୁବଳ ଦ୍ୱାରା ରାଜ୍ୟକୁ ସୁରକ୍ଷା ଯୋଗାଇ ଦେଉଥିଲେ । ବୈଶ୍ୟମାନେ ବାଣିଜ୍ୟ ବ୍ୟବସାୟ କାମରେ ଲିପ୍ତ ଥିବାବେଳେ ଶୂଦ୍ରମାନେ ଉପରୋକ୍ତ ତିନିବର୍ଣ୍ଣର ସେବାରେ ନିୟୋଜିତ ରହୁଥିଲେ । ରଗ୍ ବେଦରେ ଏହି ବର୍ଣ୍ଣମାନଙ୍କ ବିଷୟରେ ଯଥେଷ୍ଟ ବର୍ଣ୍ଣନା ରହିଥିବାବେଳେ ଯୁରୋପୀୟ ପର୍ଯ୍ୟବେକ୍ଷକମାନେ ଭାରତୀୟ ଜାତି ବିଭାଜନକୁ ଚତୁର ବ୍ରାହ୍ମଣ ବାଦ ବା ପୂଜକ ବାଦର ସୃଷ୍ଟି ବୋଲି ଦର୍ଶାଇ ଥାଆନ୍ତି ।

ତେଣୁ ବ୍ରାହ୍ମଣ, କ୍ଷତ୍ରିୟ ଓ ବୈଶ୍ୟଙ୍କୁ ଛାଡ଼ିଦେଲେ କେବଳ ଶୂଦ୍ରମାନଙ୍କୁ ଅସ୍ପୃଶ୍ୟ ଦଳିତ କହି ସେମାନଙ୍କୁ ସକଳ ପ୍ରକାର ଅଧିକାରରୁ ବଞ୍ଚିତ କରାଯାଉଛି । ଯୁଗଯୁଗ ଧରି ଏହି ଦଳିତ ବର୍ଗ ଶୋଷିତ ହୋଇ ଇତିହାସର ବିଭିନ୍ନ କାଳରେ ବିଦ୍ରୋହ କରି ଆସିଥିଲେ ମଧ୍ୟ ନିଜକୁ ବର୍ଣ୍ଣ ଶ୍ରେଷ୍ଠ ବୋଲାଉଥିବା ବଡ଼ ଜାତିଆମାନଙ୍କ ନିକଟରେ ସଫଳ ହୋଇପାରି ନାହାନ୍ତି । ଦଳିତମାନେ ଅନେକ କ୍ଷେତ୍ରରେ ଭେଦଭାବର ଶିକାର ହୋଇଛନ୍ତି । ସେମାନଙ୍କୁ ଧର୍ମଶାସ୍ତ୍ର ପଠନ, ଅଧ୍ୟୟନ, ଶ୍ରବଣ କରିବା ମନା । ଅଧ୍ୟୟନ ଓ ଶିକ୍ଷାଦାନ କରିବା ମନା । ସର୍ବସାଧାରଣଙ୍କ ଭୋଜନାଳୟରେ ଭୋଜନ ନ କରିବା, ପୁଷ୍କରିଣୀରେ ସ୍ନାନ ନ କରିବା, କୂଅରୁ ଜଳ ନ ନେବା, ପୁରୋହିତ କାର୍ଯ୍ୟ ନ କରିବା, ସମ୍ପତ୍ତି ଅଧିକାରରୁ ବଞ୍ଚିତ ହେବା, ସମାନତା ଦାବି ନ କରିବା, ବର୍ଣ୍ଣ ଶ୍ରେଷ୍ଠମାନଙ୍କୁ ସ୍ପର୍ଶ ନ କରିବା ଓ ସେମାନଙ୍କ ସହ ବିବାହ ବନ୍ଧନରେ ବାନ୍ଧି ନ ହେବା କି ଶୁଭାଦି କାର୍ଯ୍ୟରେ ଯୋଗ ନ ଦେବା, ବିଶେଷ କରି ଉଚ୍ଚ ଜାତିର ବୃତ୍ତିକୁ ଆବୋରି ନ ନେଇ ଆପଣାର ନିମ୍ନ ଅଶୁଦ୍ଧ ଓ ହୀନ ବୃତ୍ତିକୁ ଆପଣେଇ ନେବା ଇତ୍ୟାଦି ହେଉଛି ଦଳିତମାନଙ୍କ କାର୍ଯ୍ୟ ବୋଲି ବର୍ଣ୍ଣ ଶ୍ରେଷ୍ଠମାନେ ନିର୍ଦ୍ଧାରଣ କରନ୍ତି ।

ଇତିହାସରେ ଏହି ଅସ୍ପୃଶ୍ୟ ଦଳିତମାନଙ୍କୁ ନିଜ ପନ୍ଥାରେ ସାମିଲ କରି ସମାନତା ଓ ସହାବସ୍ଥାନ ଆଧାରିତ ଏକ ସୁସ୍ଥ ସମାଜ ଗଠନ ଦିଗରେ ଗୌତମ ବୁଦ୍ଧ ହିଁ ସର୍ବ ପ୍ରଥମ ପଦକ୍ଷେପ ନେବା ଜଣାଯାଏ । ତାଙ୍କ ପରେ ମହାପଦ୍ମ ନନ୍ଦ ଏକ ଶୂଦ୍ର ରାଜ୍ୟ ପ୍ରତିଷ୍ଠା କରି ସେମାନଙ୍କ ମର୍ଯ୍ୟାଦା ବୃଦ୍ଧି ଓ ସୁଦୃଢ଼ କରିଥିଲେ । ମଧ୍ୟଯୁଗରେ ଭକ୍ତି ଆନ୍ଦୋଳନର ସନ୍ତ ରବିଦାସ, କବୀର, ନାନକ, ଚୈତନ୍ୟ ଆଦି ଅଭିନବ ଉପାୟରେ ଜାତିପ୍ରଥା ବିରୋଧରେ ସ୍ୱର ଉତ୍ତୋଳନ କରିଥିଲେ । ଊନବିଂଶ ଶତାଦ୍ଧୀରେ ଅନେକ ସାମାଜିକ ଓ ଧାର୍ମିକ ସଙ୍ଗଠନ ଦଳିତ ଚେତନାର ଉତ୍ଥାନ ନିମନ୍ତେ କାର୍ଯ୍ୟ କରିଥିଲେ । ବିଶେଷ କରି ନାମଦେବଙ୍କ ପ୍ରତିଷ୍ଠିତ ନାମଦେବ ପନ୍ଥ, ଗୁରୁ ଘାସିରାମଙ୍କ ସତନାମୀ ପନ୍ଥ, ଆର୍ଯ୍ୟ ସମାଜ ପ୍ରଭୃତି ଦଳିତମାନଙ୍କ ନିମନ୍ତେ କାର୍ଯ୍ୟ କରିଆସିଛନ୍ତି । ବିଂଶ ଶତାଦ୍ଧୀରେ ଦଳିତମାନଙ୍କ ଆନ୍ଦୋଳନକୁ ଉତ୍ସାହିତ କରିବା ଦିଗରେ ଇ.ବି.ରାମସ୍ୱାମୀ ନାୟକର ପେରିୟାର ନୂତନ ପ୍ରେରଣା ଦିଗରେ ସ୍ଲୋଗାନ ଦେଇଥିଲେ- ଈଶ୍ୱର ନାହିଁ । ଧର୍ମ ନାହିଁ । ବ୍ରାହ୍ମଣ ନାହିଁ । ସେ ବ୍ରାହ୍ମଣ ପଣ୍ଡିତ, ଜାତି ପ୍ରଥା ଓ ତା ସହିତ ଜଡ଼ିତ ସକଳ ପରମ୍ପରାକୁ ଘୋର ବିରୋଧ କରିବା ସଙ୍ଗେ ସଙ୍ଗେ ଧର୍ମକୁ ନେଇ ସମାଲୋଚନା କରି ନାସ୍ତିକତା ଓ ଲିଙ୍ଗଗତ ସମାନତାରେ ବିଶ୍ୱାସ କରିଥିଲେ । ତଥାପି ଦଳିତମାନଙ୍କ ପାଇଁ ବହୁ ବାଦ ବିବାଦ ଲାଗି ରହିଛି । ଭାରତୀୟ ସମ୍ୱିଧାନର ମୁଖ୍ୟ ସ୍ଥପତି ଡକ୍ତର ଭୀମରାଓ ରାମଜୀ ଆମ୍ବେଦକର ଦଳିତଙ୍କ ନ୍ୟାୟ ଓ ସମ୍ମାନ ନିମନ୍ତେ ଆଜୀବନ ସଂଗ୍ରାମ କରି ଭାରତକୁ ସ୍ୱତନ୍ତ୍ରତା, ସମାନତା ଓ ଭ୍ରାତୃତ୍ୱ ଆଧାରିତ ଏକ ଜାତିହୀନ, ଶ୍ରେଣୀ ବିହୀନ ସମାଜ ରୂପେ ଦେଖିବାକୁ ଚାହିଁଥିଲେ । ତାହା ତାଙ୍କ ସ୍ୱପ୍ନରେ ରହିଯାଇଛି ।

ଭାରତ ସ୍ୱାଧୀନତା ପାଇବାର ସାତ ଦଶନ୍ଧି ପରେ ବି ଜାତି, ବର୍ଣ୍ଣକୁ ନେଇ ଦଲିତ ରଖାଯିବା ଶୁଭଙ୍କର ନୁହେଁ। ଯୁଗର ପରିବର୍ତ୍ତନ ଅନୁସାରେ ଜାତି, ବର୍ଣ୍ଣକୁ ନେଇ କର୍ମ କରିବାକୁ ପ୍ରଶ୍ରୟ ଦେବା ଏକ ବିଂଶ ଶତାଧୀରେ ଆଉ ସମ୍ଭବ ନୁହେଁ କି ଯେଉଁମାନେ ନାସ୍ତିକ ସେମାନେ ଦଲିତ ଏହା ଭାବିବା ଉଚିତ ନୁହେଁ। ଧର୍ମ ଅଧର୍ମର ଏ କେବେ ମାପକାଠି ନୁହେଁ। ଏହା ମାନବବାଦର ମାପକାଠି। ସବର୍ଣ୍ଣ –ଅସବର୍ଣ୍ଣ ଏଭଳି ଧାରଣା ସୃଷ୍ଟି କରାନଯାଇ ସକଳ ମଣିଷ 'ମାନବ ସେବାହିଁ ଭଗବତ ସେବା', 'ସକଳ ଘଟେ ନାରାୟଣ' ଏଭଳି ମତବାଦର ନବ ଜାଗରଣ ଘଟୁ। ହୁଏତ ସ୍ୱାଭିମାନରେ ଦରିଦ୍ର ବ୍ରାହ୍ମଣ ଭିକ୍ଷା ମାଗିପାରେ। କିନ୍ତୁ ଜୋତା ସିଲେଇ କରିନପାରେ। ମଣିଷ ଜାତି କହିଲେ ଗୋଟିଏ ଏଭଳି ଧାରଣା ଯେ ପର୍ଯ୍ୟନ୍ତ ସକଳ ମଣିଷର ହୃଦୟରେ ମନରାଜ୍ୟରେ ଉଙ୍କି ଆସି ପାରିନାହିଁ ସେ ପର୍ଯ୍ୟନ୍ତ ଏହାର ବିଲୁପ୍ତି ନାହିଁ। ଦରିଦ୍ରକୁ ଦଲିତ କୁହାଯାଉ ବରଂ କୌଣସି ଜାତି ବର୍ଣ୍ଣକୁ ଆଧାର କରି ନୁହେଁ। ବ୍ୟକ୍ତିର ବ୍ୟକ୍ତିତ୍ୱକୁ ତର୍ଜମା କରାଯାଇ ଉପଯୁକ୍ତ ସ୍ଥାନରେ ତାକୁ ଥଇଥାନ କରାଯାଉ। ଦଲିତ ଆଲରେ କେତେକ କୁଚକ୍ରୀଙ୍କୁ ଉଚ୍ଚସ୍ଥାନରେ ରଖ ଦକ୍ଷ ବ୍ୟକ୍ତିତ୍ୱ ସମ୍ପନ୍ନ ଶ୍ରେଷ୍ଠମାନଙ୍କ ପ୍ରତି ଅବିଚାର କରାନଯାଉ। ଏଥିପାଇଁ ଆନ୍ଦୋଲନ ନୁହେଁ, ମାନବୀୟ ଗୁଣାବଳୀର ଆବଶ୍ୟକତା ରହିଛି। କିନ୍ତୁ ଗୋଟିଏ ପଟରେ ଅହେତୁକ କ୍ଷମତାର ଲୋଭ, ଅର୍ଥମୋହର ଅଦମନୀୟ ଲାଲସା ସର୍ବୋପରି ଅହଂକାର ବୋଧ ଏ ମଣିଷକୁ ଏଭଳି ଗ୍ରାସ କରିଛି ଯେଉଁଥିପାଇଁ ବୃଥାରେ ସେ ମୁଣ୍ଡ କୋଡ଼ି ସୁସ୍ଥ ପରିବେଶକୁ ଆଶାନ୍ତି ଆଡ଼କୁ ଠେଲି ଦେଉଛି। ତେଣୁ ମଣିଷ ମଣିଷ ଭିତରେ ଏ ଜାତି, ବର୍ଣ୍ଣ, ବ୍ୟବସ୍ଥା ସେଇଦିନ ଉଠିବ ଯେଉଁ ଦିନ ଉଚ୍ଚ ବର୍ଣ୍ଣ ବୋଲାଉଥିବା ମଣିଷ ନିଜର କ୍ଷମତାର ଲୋଭ, ଅହଂକାରକୁ ଜଲାଞ୍ଜଲି ଦେବ। ନିଜର ସକଳ ସୁବିଧା ସୁଯୋଗ ଉପଭୋଗକୁ ଛାଡ଼ିଦେଇ ପାରିବ ଓ ମାନବିକତା ନିକଟରେ କୌଣସି ଧର୍ମ ବା ଆଇନ କାର୍ଯ୍ୟ କରିପାରିବ ନାହିଁ ।

ହିନ୍ଦୁ ଧର୍ମଶାସ୍ତ୍ର ବେଦବେଦାନ୍ତ, ଗୀତା ଓ ମନୁସଂହିତାର ରଚନା କାଳ ଖ୍ରୀଷ୍ଟପୂର୍ବ ପ୍ରାୟ ହଜାର ବର୍ଷ ପୂର୍ବର ବୋଲି ଧାରଣା କରାଯାଏ। ସୁତରାଂ ପ୍ରାୟ ତିନିହଜାର ବର୍ଷ ଧରି ବର୍ଣ୍ଣ ବ୍ୟବସ୍ଥା ଚଲି ଆସୁଛି। ଦୀର୍ଘକାଳ ଧରି ଚାରିବର୍ଣ୍ଣର ସ୍ୱତନ୍ତ୍ରତା ଚଲି ଆସୁଥିବାରୁ ସମୟ ସ୍ରୋତରେ ଏହାର ଅବକ୍ଷୟର ପରିବର୍ତ୍ତନ ବା ପରିବର୍ଦ୍ଧନ ଯେ ଘଟିଥିବ ଏଥିରେ ସଦେହ ନାହିଁ। ଜାତିବର୍ଣ୍ଣ ବ୍ୟବସ୍ଥାର ଚେର କେତେ ତଳକୁ ଯାଇଛି ସେ ବିଷୟରେ ଲେଖିବାକୁ ଯାଇ ନେହେରୁ "ଭାରତ ଆବିଷ୍କାର" ପୁସ୍ତକରେ ଲେଖିଛନ୍ତି– ଆର୍ଯ୍ୟମାନଙ୍କ ଉତ୍ତର ପଶ୍ଚିମ ଭାରତକୁ ଆସିବା ପରେ ଦ୍ରାବିଡ଼ମାନେ ଦକ୍ଷିଣକୁ ଚାଲିଗଲେ। ଆର୍ଯ୍ୟମାନଙ୍କ ଆଗମନ ପରେ ପରେ ଯେ ବେଦ, ଉପନିଷଦ, ଗୀତା, ମନୁସଂହିତା ଇତ୍ୟାଦି ରଚିତ ହୋଇଥିବ ଏହା ଅନୁମାନ କରାଯାଏ। ସୁତରାଂ ହିନ୍ଦୁମାନଙ୍କ ମଧ୍ୟରେ ବର୍ଣ୍ଣବ୍ୟବସ୍ଥା ପ୍ରାୟତିନି ହଜାର ବର୍ଷ ବା ଏହାଠାରୁ ଅଧିକ। ଏହି ଦୀର୍ଘକାଳ ଶୂଦ୍ର ଓ ଜନଜାତିର ଲୋକମାନେ ପରିଷ୍କାର, ପରିଚ୍ଛନ୍ନତା, ମଳମୂତ୍ର ସଫା ଓ ଅନ୍ୟାନ୍ୟ ଛୋଟ ଛୋଟ କାର୍ଯ୍ୟ କରି ଆସୁଛନ୍ତି। ନେହେରୁ "ଭାରତ ଆବିଷ୍କାର" ପୁସ୍ତକରେ ଦର୍ଶାଇଛନ୍ତି ଯେ ଏମାନେ ହିଁ 'ଶୂଦ୍ର' ଏମାନେ ଏଇସବୁ କାର୍ଯ୍ୟ କରୁଥିବା ଯୋଗୁ କ୍ରମଶଃ ଅସ୍ପୃଶ୍ୟରେ ପରିଣତ ହେଲେ। ବର୍ଣ୍ଣ ବ୍ୟବସ୍ଥା କ୍ରମଶଃ କଠୋର ହେବାରୁ ଯେଉଁମାନେ ସବାତଳେ ମୁଣ୍ଡ ନୁଆଁଇ ରହିଲେ ସେମାନେ ଯେ ଅନ୍ୟମାନଙ୍କ ଅଧୀନ, ଏଇ ଧାରଣା ମନରେ ସ୍ଥାୟୀ ହୋଇଗଲା। ଉଚ୍ଚବର୍ଣ୍ଣ ଓ ସମ୍ଭ୍ରାନ୍ତମାନଙ୍କ ସୁଖ ସୁବିଧା କରିବା ଏମାନଙ୍କର ହେଲା ପ୍ରଧାନ କାର୍ଯ୍ୟ। ସମାଜର ଗତିଶୀଳତା ଓ ସଂସ୍କାର କରିବା ମାନସିକତାରେ କ୍ରମଶଃ ଅବକ୍ଷୟ ହେବାରୁ ଅସମାନତା ବୃଦ୍ଧି ପାଇଛି।

ଆର୍ଯ୍ୟମାନଙ୍କ ସମୟରେ ବେଦବେଦାନ୍ତ ସୃଷ୍ଟି ହୋଇଥିବାରୁ ବିଶେଷଜ୍ଞମାନଙ୍କ ମତରେ ସେଇ ସମୟରୁ ଏଯାବତ ଗୋଟିଏ ଦୃଢ଼ ଧାରଣା ରହି ଆସିଛି ଯେ ବେଦ, ଭଗବାନଙ୍କ ମୁଖ ନିଃସୃତ ବାଣୀ । ତେଣୁ ବେଦ ଓ ଶାସ୍ତ୍ରବାଣୀ ମାନି ଚଲିବା ପାଇଁ କ୍ରମଶଃ ଏପରି ବାଧ୍ୟବାଧକତା ସୃଷ୍ଟି ହୋଇଥିବ, ଯାହା ଭାଙ୍ଗିବା ସମ୍ଭବ ହୋଇନାହିଁ।

ପ୍ରାଚୀନ ଭାରତ ପରି ଏକ ବିଶାଳ ଦେଶରେ କେହି ଜଣେ ଶାସକ ନ ଥିଲେ କିନ୍ତୁ ବିଭିନ୍ନ ଅଞ୍ଚଳରେ ରାଜା, ମହାରାଜାମାନେ ଈଶ୍ୱରଙ୍କ ପ୍ରତିନିଧି ଭାବେ ଶାସନ କାର୍ଯ୍ୟ ଚଳାଉଥିଲେ। କାଶ୍ମୀରରୁ କନ୍ୟା କୁମାରୀ ଓ ଦ୍ୱାରକାଠାରୁ ଆସାମ ପର୍ଯ୍ୟନ୍ତ ସମାନ ଧର୍ମ ଓ ସଂସ୍କୃତି ବାନ୍ଧି ରଖିଥିଲା ସମସ୍ତଙ୍କୁ। ସେଥିରୁ ସୃଷ୍ଟି ହୋଇଥିଲା ସମାନ ଆଚାର, ବିଚାର ଓ ଚଳଣି। ସ୍ନାନ ତର୍ପଣ କଲାବେଲେ ସମଗ୍ର ଦେଶର ଭୌଗୋଳିକ ସୀମା ଭାସି ଉଠୁଥିଲା, ମନ୍ତ୍ର ଉଚ୍ଚାରଣ କଲାବେଲେ- ଗଙ୍ଗେବ ଯମୁନେଚୈବ ଗୋଦାବରୀ ସରସ୍ୱତୀ...। ଧର୍ମ ପ୍ରଭାବିତ ଆଚାର ବିଚାରକୁ ଆଧାର କରି ଅନେକ ଅବକ୍ଷୟ ଯେ ଘଟିଥିବ ଏଥିରେ ସନ୍ଦେହ ନାହିଁ।

"ଯାଃ ସ୍ୱାତି ମାନସେ ତୀର୍ଥେ ସୟାତି ପରମାଂଗତିମ, ଆତ୍ମାନଦୀ ସଂଯମତୋୟ ପୂର୍ଣ୍ଣା ସତ୍ୟହୃଦା ଶୀଳତଟା ଦୟୋମି, ତତ୍ରାବଗାହ କୁରୁପାଣ୍ଡୁ ପୁତ୍ରନ ବାରିଣା ଶୁଦ୍ଧ୍ୟତି ଚାନ୍ତରାମ୍ଭ।" ଅର୍ଥାତ୍- ଜ୍ଞାନ ରୂପକ ହ୍ରଦରେ, ଧ୍ୟାନ ରୂପକ ଜଲରେ, ରାଗ (ମମତା) ଓ ଦ୍ୱେଷର ମଲିକୁ ଧୋଇବାକୁ ମନର ତୀର୍ଥରେ- ଯେ ସ୍ନାନ କରେ ସେ ପରମଗତି ପ୍ରାପ୍ତହୁଏ। ଆତ୍ମାନଦୀ ଯେଉଁଠାରେ ସଂଯମର ଜଲପୂର୍ଣ୍ଣ ହେଇଛି। ସତ୍ୟ ରୂପକ ଗଭୀର ଗଣ୍ଠ, ଶୀଲ ଯାହାର ତଟ ଦେଶ, ଦୟା ଯେଉଁ ନଦୀର ଲହରୀ, ହେ ପାଣ୍ଡବ ସେହିଠାରେ ସ୍ନାନକର। ଏହି ସାଧାରଣ ତୀର୍ଥ ଜଲରେ ଅନ୍ତରାତ୍ମା ଶୁଦ୍ଧ ହୁଏ ନାହିଁ।

ଯାହା ଶରୀର ଭିତର ଭାବ ଦୂଷିତ, ସେ ଅଗ୍ନିରେ ପ୍ରବେଶ କଲେ ମଧ ସ୍ୱର୍ଗ ବା ମୋକ୍ଷ ତାକୁ ମିଲେ ନାହିଁ। ତାକୁ ସର୍ବଦା ଦେଶ ବନ୍ଧନରେ ପଡ଼ିରହିବାକୁ ହୁଏ। ତେଣୁ ଭାବ ଶୁଦ୍ଧି ହିଁ ପ୍ରକୃତ ପବିତ୍ରତା। ଗୋସ୍ୱାମୀ ତୁଲସୀ ଦାସ କହିଛନ୍ତି- 'ଯୋ କରେ ଦମ୍ଭ ସୋ ବଡ଼ା ଆଚାରୀ'। ଅର୍ଥାତ୍ ଦାମ୍ଭିକ ଲୋକ କଲିଯୁଗରେ ଶ୍ରେଷ୍ଠ ଆଚାରବନ୍ତ ବୋଲାଇବେ। ସ୍ୱାମୀ ବିବେକାନନ୍ଦ କହିଛନ୍ତି- 'ଯଦି ମଲିନ ପୋଷାକ ପିନ୍ଧିବାକୁ ଲାଜ ଲାଗୁଛି, ତେବେ ସେ ବ୍ୟକ୍ତି ମଲିନ ଚିନ୍ତାଧାରାକୁ ମନଭିତରେ ଧରି ବୁଲୁଛି, ତାକୁ ଲାଜ ଲାଗୁନି କାହିଁକି ?' ପୃଥିବୀରେ ଅଜ୍ଞାନ ମାନଙ୍କ ଠାରେ ବଡ଼ ବିଚିତ୍ର ଅନ୍ଧବିଶ୍ୱାସ ଦେଖିବାକୁ ମିଲେ। ଭଗବାନ ହେଉଛନ୍ତି ସଦା ପବିତ୍ର। ଯାହାଙ୍କ ନାମ ଉଚ୍ଚାରଣରେ ମନୁଷ୍ୟ ନିଜକୁ ପବିତ୍ର ବୋଲି ଭାବେ। 'ଁ ଅପବିତ୍ରୋ। ପବିତ୍ରୋ। ବା ସର୍ବାବସ୍ଥାଂ ଗତୋଽପି ବା, ଯଃ ସ୍ମରେଦ୍ ପୁଣ୍ଡରୀକାକ୍ଷଂ ସ ବାହ୍ୟଭ୍ୟନ୍ତରୋଂ ଶୁଚୀ।' ଯଦି ମୂର୍ତ୍ତିରେ ସେହି ଭଗବାନ ପ୍ରତ୍ୟକ୍ଷ ଥାନ୍ତି, ତେବେ କୁକୁର ଓ ଦଲିତମାନେ ଛୁଇଁ ଦେଲେ ଭଗବାନ ଅପବିତ୍ର ହୋଇଯାନ୍ତି କେମିତି ? ଏଠାରେ ଦଲିତମାନଙ୍କୁ କୁକୁର ସହ ସମାନ ଧରାଯାଇଛି। ପୁଣି ପୂଜକ ବ୍ରାହ୍ମଣର ଏତେ ଶକ୍ତି ଯେ ସେ ଭଗବାନଙ୍କ ମୂର୍ତ୍ତିକୁ ପବିତ୍ର କରିଦେବ। ଚିନ୍ତାଧାରାରେ ବି ହୀନମନ୍ୟତା। ମଣିଷ ତିଆରି କରିଥିବା ମୂର୍ତ୍ତିକୁ ମଣିଷ ଭଗବାନ ଭାବି ପୂଜା କରୁଛି ଅଥଚ ଭଗବାନ ତିଆରି କରିଥିବା ମଣିଷକୁ ଘୃଣା କରୁଛି। ଏହା ହିଁ ବିଡ଼ମ୍ବନା। ସତ୍ୟ ଶୁଣିବାକୁ ଭାରି ଅପ୍ରିୟ ଲାଗେ ଆଉ କହିବାକୁ ମଧ ଲୋକେ ଭାରି କଷ୍ଟ ଅନୁଭବ କରନ୍ତି। ଏବେତ ସତ୍ୟ ଲୋପ ପାଇବାକୁ ବସିଲାଣି। କାରଣ ଏହା କଲିଯୁଗ। ଯେ ସତ୍ୟ କହିବ ସେ ଧର୍ମର, ସମାଜର ଏବଂ ଶାସନର ବିରୋଧୀ ହେବ।

ମନେରଖିବାକୁ ହେବ ମଣିଷର ହୃଦୟଠାରୁ ଅଧିକ ଭବ୍ୟ ମନ୍ଦିର ପୃଥିବୀରେ ଅନ୍ୟ କେଉଁଠି ନାହିଁ କି ପ୍ରେମଠାରୁ (ଶ୍ରଦ୍ଧା) ଅଧିକ ଦିବ୍ୟ ଉପାସନା ନାହିଁ। ଏକଥା ବୁଝିବାକୁ ଲୋକେ ନାରାଜ।

ପ୍ରତ୍ୟେକ ଧର୍ମରେ ବିଦ୍ୱେଷ ବା ଅନୁଗାମୀମାନଙ୍କ ମଧରେ ବିଭେଦ ଅଛି ମାତ୍ର ଅସ୍ପୃଶ୍ୟତା ନାହିଁ। ଯେଉଁ ହିନ୍ଦୁତ୍ୱ ପ୍ରଚାର କରାଯାଉଛି, ବୋଧହୁଏ ଜାତିଭେଦ ହିଁ ଉଚ୍ଚ ବର୍ଣ୍ଣର ହିନ୍ଦୁମାନଙ୍କର ତ୍ୱ (ବିଶେଷଣ) ଅଟେ। ଦେଶର ଜନସଂଖ୍ୟାର ୪୦ ଭାଗରୁ ଅଧିକ ଦଲିତମାନଙ୍କୁ ଧର୍ମାନୁଷ୍ଠାନରୁ, ଆନନ୍ଦ ଉତ୍ସବରୁ ତ ଦୂରେଇ ରଖାଯାଇଛି। ଅଧିକ ଚିନ୍ତାଜନକ ଦୁଃଖର ବିଷୟ ହେଉଛି ସେମାନଙ୍କ ପ୍ରତି ଅବିଚାର, ନିର୍ଯାତନା, ହତ୍ୟା, ଧର୍ଷଣ, ଗୃହଦାହ ଆଦି ନାରକୀୟ ଘଟଣା ବଢ଼ିଚାଲିଛି। ଏଥିପାଇଁ ଦୁର୍ବଲ ଉପରେ ଅତ୍ୟାଚାର ଚଲାଇ ନିଜକୁ ଧର୍ମାଧିକାରୀ ପରମ ବୈଷ୍ଣବ

ବୋଲାଉଥିବା କିଛି ଅହଂକାରୀ, ଦାମ୍ଭିକ ଓ ସ୍ୱାର୍ଥାନ୍ୱେଷୀ ଉଚ୍ଚ ଜାତିର ଲୋକେ କହୁଛନ୍ତି– ଗର୍ବରେ କୁହ ମୁଁ ହିନ୍ଦୁ। ସେମାନଙ୍କ କଥାରେ ପରିଚାଳିତ ହୋଇ ଅନ୍ୟ ଗରିବ, ଅଶିକ୍ଷିତ, ଅବହେଳିତ, ଅପରିଣାମଦର୍ଶୀ ଲୋକମାନେ ମଧ ଡାଟି ଉଠୁଛନ୍ତି, ଅଥଚ ସେମାନଙ୍କୁ ଅନ୍ୟ କଥାରେ କେହି ପଚାରନ୍ତି ନାହିଁ। ଯେଉଁ ଉଚ୍ଚଜାତି ବୋଲାଉଥିବା ଏହିପରି ଲୋକମାନଙ୍କର ଅନ୍ୟ କିଛି ଗୁଣଗ୍ରାମ, ଶିକ୍ଷା ଦୀକ୍ଷା ଓ ଧନ ସମ୍ପତ୍ତି କିଛି ନାହିଁ। କେବଳ ଜାତିକୁ ନେଇ ସେମାନେ ଗର୍ବିତ। କିନ୍ତୁ ଆଷ୍ଚର୍ଯ୍ୟର କଥା ଯେ ସେମାନଙ୍କର ଅନ୍ୟ କିଛି ନ ଥିବାରୁ ସେହି ଉଚ୍ଚଜାତିର ଲୋକେ ବି ସେମାନଙ୍କୁ ମଣିଷରେ ଗଣା କରନ୍ତି ନାହିଁ। ତେଣୁ ଦେଖାଯାଉଛି ଘୃଣା ହିଁ ହିନ୍ଦୁ ଧର୍ମର ଲକ୍ଷଣ। ପ୍ରେମ (ଶ୍ରଦ୍ଧା) ନୁହେଁ। ଏହାକୁ ଦୂର ନ କଲେ ଧର୍ମର ଗାରିମା ନଷ୍ଟ ହେବ ଏବଂ ସମାଜ ଭ୍ରଷ୍ଟ ହୋଇଯିବ।

ଜାତିଭେଦ କଥା ପଛକୁ ଥାଉ। ଆଗ ଦେଖିବା ଯେ ହିନ୍ଦୁମାନେ ଦେବତାମାନଙ୍କ ମଧ୍ୟରେ ମଧ ବିଭେଦ କରନ୍ତି। କିଏ କହିଲାଣି ଶିବ ବଡ଼ ତ କିଏ କହିଲାଣି ବିଷ୍ଣୁ ବଡ଼। ପୁଣି ମହାବିଷ୍ଣୁଙ୍କ ଅଂଶାବତାର ରାମ ଓ କୃଷ୍ଣଙ୍କୁ କେହି ଆଦର କରନ୍ତି ନାହିଁ ତ ମଥୁରା, ବୃନ୍ଦାବନ ବ୍ରଜରେ କେହି ରାମଙ୍କୁ ପୂଜା କରନ୍ତି ନାହିଁ। ଏପରି ଅଜ୍ଞାନତାକୁ କିପରି ଦୂର କରାଯାଇପାରିବ ତାହା ଚିନ୍ତାର ବିଷୟ। ଧର୍ମର ଦଶ ଅଙ୍ଗ ମଧ୍ୟରୁ କେହି ଗୋଟିଏ ଦୁଇଟି ମଧ ପାଳନ କରୁନାହାନ୍ତି। ଏଥିରେ ପୁଣି ଦମ୍ଭୋକ୍ତି କରାଯାଇଛି ଯେ– ମୁଁ ହିନ୍ଦୁ। ଧର୍ମକୁ ଢାଲ କରି ନାରକୀୟ କାଣ୍ଡ ସୃଷ୍ଟି କରୁଥିବା ବ୍ୟକ୍ତିମାନେ ନିଷ୍ଚୟ ପଶୁ– ଅଜ୍ଞାନ।

"ଯେଷାଂ ନ ବିଦ୍ୟା ନ ତପୋ ନଦାନମ୍। ଅଜ୍ଞାନଂ ନଶୀଲଂ ନ ଗୁଣୋ। ତେ ମର୍ଯ୍ୟଲୋକେ ଭୁବି ଭାରଭୂତା, ମନୁଷ୍ୟ ରୂପେଣ ମୃଗା ଚରନ୍ତି।" (ନୀତିଶ୍ଳୋକ) ଅର୍ଥାତ୍ ଯେଉଁମାନଙ୍କର ବିଦ୍ୟା (ଆଧୁନିକ ବୈଷୟିକ ଶିକ୍ଷାନୁହେଁ) ତପସ୍ୟା ନାହିଁ, ଦାନ, ଜ୍ଞାନ ଓ ଶୀଳତା ନାହିଁ, ସେମାନେ ଏ ପୃଥିବୀର ଭାର ସ୍ୱରୂପ। ସେମାନେ ମନୁଷ୍ୟ ରୂପଧାରୀ ପଶୁ। ଠାକୁର ଅନୁକୂଳ ଚନ୍ଦ୍ରଙ୍କ ଭାଷାରେ ସେମାନେ– ଦେଖିତେ ମାନୁଷ ଆଚାରେ ପଶୁ। ଏମାନଙ୍କୁ କେବେ ବଦଳାଇ ହେବ ନାହିଁ। 'ଅଙ୍ଗାର ଶତ ଧୌତେନ ମଲିନତା ନ ଜାୟତେ।'

ମେଗାସ୍ଥିନିସ ଲିପିବଦ୍ଧ କରିଯାଇଛନ୍ତି ଯେ ପ୍ରାଚୀନ ଭାରତରେ ଲୋକମାନେ ନାନା ଶ୍ରେଣୀରେ ବିଭକ୍ତ ଥିଲେ। ଦାସତ୍ୱ ପ୍ରଥା ପ୍ରଚଳନ ଥିବା ଦେଶମାନଙ୍କରେ କଠୋର ବ୍ୟବସ୍ଥା ଥିଲା ଏବଂ ଦାସମାନେ ଆଜ୍ଞାବହ ଭାବେ ବନ୍ଧ ରହିଥିଲେ। କିନ୍ତୁ ଭାରତରେ ଅସ୍ପୃଶ୍ୟମାନଙ୍କ ଅବସ୍ଥା ସେମାନଙ୍କ ତୁଳନାରେ ଭଲ ଥିଲା। ସେମାନେ ଅନ୍ୟ ଦେଶର ଦାସମାନଙ୍କ ଅପେକ୍ଷା ଅଧିକ ଅଧିକାର ଓ ସ୍ୱାଚ୍ଛନ୍ଦ୍ୟ ଉପଭୋଗ କରୁଥିଲେ। ବର୍ଣ୍ଣ ପ୍ରଥାର ସବାତଳେ ଥିବା ଶୂଦ୍ରମାନେ ଦୁଇ ଶ୍ରେଣୀରେ ବିଭକ୍ତ ହୋଇଥିଲେ– ଅନିର୍ବାସିତ ଓ ନିର୍ବାସିତ। ନିର୍ବାସିତମାନେ ଧର୍ମ ପରିବର୍ତନ ଯୋଗୁ ହିନ୍ଦୁ ସମାଜ ବାହାରେ ଥିବାରୁ ସେମାନଙ୍କୁ ଅସ୍ପୃଶ୍ୟ କୁହାଯାଉଥିଲା ଏବଂ ଅନିର୍ବାସିତ ମାନେ ପବିତ୍ର ବୋଲି ପରିଗଣିତ ହେଉଥିବାରୁ ସେମାନେ ସମାଜ ଭିତରେ ଚଲପ୍ରଚଳ ହେଉଥିଲେ। ଅସ୍ପୃଶ୍ୟମାନେ ସେମାନଙ୍କ ପ୍ରଭୁଙ୍କ ଆଦେଶ ମାନି ସେମାନେ ଦେଉଥିବା ପରିତ୍ୟକ୍ତ ଖାଦ୍ୟ ଓ ବସ୍ତ୍ର ପରିଧାନ କରି ଚଲୁଥିଲେ ଏବଂ ଯେଉଁ କାମ ଅନ୍ୟମାନେ କରୁନଥିଲେ ସେଇକାମ ଏମାନେ କରୁଥିବାରୁ ଅସ୍ପୃଶ୍ୟ ଭାବେ ପରିଗଣିତ ହେଉଥିଲେ। ଏଇ ଅସ୍ପୃଶ୍ୟମାନଙ୍କୁ ସାମାଜିକ ଓ ଶାସନର ସୁରକ୍ଷା ମିଳୁନଥିଲା। ଏ.ଏଲ.ବାସମ ଏଇ ନିପୀଡ଼ିତ ଓ ନିଷ୍ପେଷିତମାନଙ୍କୁ ଅସ୍ପୃଶ୍ୟ ଭାବେ ନେଇଥିଲେ ମଧ ସେମାନେ ଇଉରୋପ ଓ ଏସିଆର ଅନ୍ୟାନ୍ୟ ଦେଶରେ ବାସ କରୁଥିବା ଦାସମାନଙ୍କଠାରୁ ଭଲ ଅବସ୍ଥାରେ ଥିଲେ ବୋଲି ଅର୍ଥଶାସ୍ତ୍ରରେ ବର୍ଣ୍ଣିତ ଅଛି।

ଗାନ୍ଧିଜୀଙ୍କ ଅଦମ୍ୟ ଉଦ୍ୟମ ବଳରେ ଦେଶ ସ୍ୱାଧୀନ ହେବା ପରେ ଅସ୍ପୃଶ୍ୟତା ଉଠାଇ ଦିଆଯାଇଥିଲା। ତା'ପରେ ସେମାନେ ଦଲିତ ବା ନିଷ୍ପେଷିତ ଭାବେ ଚିହ୍ନିତ ହେଉଛନ୍ତି। ନେହେରୁ 'ଭାରତ ଆବିଷ୍କାର' ପୁସ୍ତକରେ ପ୍ରଶ୍ନ ଉଠାଇଛନ୍ତି

ଦଲିତ ଜାତି ବା ଅସ୍ପୃଶ୍ୟ କିଏ ? ଏହାର ଉତ୍ତର ଦେଇ ସେ ଲେଖିଛନ୍ତି– ଏଇ ନୂତନ ନାମକରଣ 'ଦଲିତ ଜାତି' ବା ସବାତଳେ ଥିବା ଜାତିକୁ କୁହାଯାଉଛି। ଅନ୍ୟମାନଙ୍କଠାରୁ ଏମାନଙ୍କୁ ପ୍ରଥକ କରିବା ପାଇଁ ଧରାବନ୍ଧା ସେଭଳି ସୀମାରେଖା କିଛି ନାହିଁ। କିନ୍ତୁ ଅସ୍ପୃଶ୍ୟ ଜାତି କହିଲେ ସେଠାରେ କିଛି ନିର୍ଦ୍ଦିଷ୍ଟତା ରହିଛି। ଉତ୍ତର ଭାରତର ଅନ୍ୟତ୍ର ମୁଷ୍ଟିମେୟ ଲୋକ ଯେଉଁମାନେ ମେହେନ୍ତର କାର୍ଯ୍ୟ କରନ୍ତି। ସେମାନେ ଅଛ୍ୟବ ବା ଅସ୍ପୃଶ୍ୟ ବୋଲି ବିବେଚିତ ହୁଅନ୍ତି। ଏଇ ପ୍ରଥା ଅନ୍ୟତ୍ର ମଧ୍ୟ ରହି ଆସିଛି। ଫାହିୟାନ କହିଛନ୍ତି ଯେ ସେ ଭାରତ ପରିଦର୍ଶନରେ ଆସିଥିବାବେଳେ ଯେଉଁମାନେ ମଣିଷର ମଳମୂତ୍ର ସଫା କରୁଥିଲେ ସେମାନେ ଥିଲେ ଅସ୍ପୃଶ୍ୟ। ଦକ୍ଷିଣ ଭାରତରେ ଏମାନଙ୍କ ସଂଖ୍ୟା ଆହୁରି ବେଶୀ। ଏ ଜାତିର ଆରମ୍ଭ କିପରି ହେଲା ଏବଂ ଏତେ ସଂଖ୍ୟାରେ ବୃଦ୍ଧି ପାଇଲା ତାହା କହିବା କଠିନ। ଦୁର୍ଭାଗ୍ୟର କଥା ଯେ ଦେଶ ସ୍ୱାଧୀନ ହେବା ପରେ ମଧ୍ୟ ଏହି ମଳମୂତ୍ର ସଫା ବା ଗୋରୁଛାଲ ଉତାରିବା ପରି କାମ କରିବା ପାଇଁ ଏବେ ବି ଏମାନେ ବାଧ୍ୟ ହେଉଛନ୍ତି ଏବଂ ଏହାର ବିକଳ୍ପ ବ୍ୟବସ୍ଥା କିଛି ନାହିଁ। ସମାଜ ଓ ଶାସନ ସେମାନଙ୍କୁ ମୁଖ୍ୟ ସାମାଜିକ ସ୍ରୋତରେ ସାମିଲ କରିପାରିନାହିଁ। ସେମାନେ ପୂର୍ବପରି ଗରିବ ଓ ନିଷ୍ପେସିତ ହୋଇ ରହିଛନ୍ତି। ସେମାନଙ୍କୁ ମନ୍ଦିର ପ୍ରବେଶ ନିଷେଧ କରାଯାଇଥିବାର କାରଣ ଦର୍ଶାଇ ଉଚ୍ଚଜାତିର ପଣ୍ଡିତମାନେ କହନ୍ତି ଯେ ସେମାନଙ୍କର ମନ୍ଦିର ପ୍ରବେଶକୁ ଈଶ୍ୱର ମନା କରିଛନ୍ତି। ଚାରି ବର୍ଷ ଈଶ୍ୱର ସୃଷ୍ଟି ବୋଲି କହିଲା ବେଳେ ଜାତିପ୍ରଥା ଅନୁସୃତ ହେଉଥିବାରୁ ଏହା ପାଳନ କରିବା ସେମାନଙ୍କ (ଉଦ୍ଦେଶ୍ୟ) କର୍ତ୍ତବ୍ୟ। କିନ୍ତୁ ଏଇ ବ୍ୟାଖ୍ୟା ଠିକ୍ ନୁହେଁ।

'ସମ୍ୟାଦ'ର ୩୬ ତମ ବାର୍ଷିକ ଉସ୍ଟବରେ ରମଣ ମାଗାସେସେ ପୁରସ୍କାର ବିଜେତା ବିଶିଷ୍ଟ ସମାଜ ସେବୀ ବେଜ୍ୱାଡା ଉଲ୍ସନ ଏକ ବିସ୍ଫୋରକ ବୟାନ ଦେଇଥିଲେ। "ଅସ୍ପୃଶ୍ୟତା ଆତଙ୍କବାଦଠାରୁ ବି ଭୟଙ୍କର" (ସମ୍ୟାଦ,୪– ୧୦–୧୬)। ତାଙ୍କର ଏଇ ବୟାନ ଲୋକଙ୍କ ମନରେ ଗଭୀର ରେଖାପାତ କରିବା ସହିତ ଅନେକ ଭାବାନ୍ତର ସୃଷ୍ଟି କରିଥିଲା। ଆମ ସମାଜରେ ଏବେ ମଧ୍ୟ ଜାତିଆଶ ମନୋଭାବ ରହିଛି। ଛୁଆଁ ଅଛୁଆଁ ଏକ ଜଘନ୍ୟ ସାମାଜିକ ଓ ମାନସିକ ବ୍ୟାଧ୍ୟ। ଏବେ ବି ଏହି ବର୍ଗର ବ୍ୟକ୍ତିମାନେ ଅନ୍ୟମାନଙ୍କ ଦ୍ୱାରା ଅଛୁଆଁ ମନୋଭାବର ଶିକାର ହେଉଛନ୍ତି।

ଜାତିଭେଦ ପ୍ରଥା ହେଉଛି ମଣିଷକୃତ। ଆମ ପୂର୍ବ ପୁରୁଷମାନେ ହିଁ ଏହି ପ୍ରଥାର ଉଦ୍‌ଗାତା। ତାହା ସେମାନେ ଯେଉଁ କାରଣରୁ ସୃଷ୍ଟି କରି ଥାଆନ୍ତୁ ନା କାହିଁକି, ତାହାର କୁପରିଣାମ ସମାଜ ଭୋଗି ଆସୁଛି। ଯେଉଁମାନେ ତାହାର ପ୍ରବର୍ତ୍ତନ କରିଥିଲେ, ସେମାନେତ ଏବେ ଆରପାରିରେ। ତେଣୁ ତାଙ୍କୁ ଆଉ ଦାୟୀ କରି ଲାଭ କ'ଣ ? ସେ ସମୟରେ ବଳଶାଳୀମାନେ ନିଜର କର୍ତ୍ତୃତ୍ୱକୁ ବଳବତ୍ତର ରଖିବାକୁ ଏପରି କରିଥିଲେ। ଅନ୍ୟ କେହି ଯେପରି ତାଙ୍କର ଚାଲାଖ୍ ପଣିଆ ସହିତ ସମକକ୍ଷ ନହେବେ ସେଥିପାଇଁ ଉପାୟର ଉଦ୍‌ଭାବନ କ୍ରମରେ ଏହି ଜାତିପ୍ରଥା ନିଷ୍ଠିତ ଭାବରେ ଜନ୍ମ ନେଇଥିଲା। ସେଥିପାଇଁ ସେମାନେ କହିଥିଲେ– ବ୍ରାହ୍ମଣମାନେ ବିଶ୍ୱ ପୁରୁଷଙ୍କ ମୁଖରୁ, କ୍ଷତ୍ରୀୟମାନେ ବାହୁରୁ, ବୈଶ୍ୟମାନେ ଜାନୁରୁ ଓ ଶୂଦ୍ରମାନେ ପାଦରୁ ଜନ୍ମ। ଏହାକୁ ଯିଏ ଅଣଦେଖା କରିବ ସେ ନର୍କଗାମୀ ହେବ। ଶାସ୍ତରେ ଏଭଳି ଲେଖାଯାଇଥିବାରୁ ତା'ରି ବଳରେ ଜାତିବାଦକୁ ପ୍ରୋତ୍ସାହନ ଦିଆଯାଇଛି। କେହି ତାହାର ବିରୋଧ କଲେ ବିତର୍କର ୫ଢ଼ ସୃଷ୍ଟି ହୋଇଛି।

ଗଣତନ୍ତ୍ରରେ ସମସ୍ତେ ଆଇନ ଆଗରେ ସମାନ ଓ ସମସ୍ତଙ୍କୁ ସମାନ ଅଧିକାରର ସୁରକ୍ଷା ଯୋଗାଇ ଦେବାପାଇଁ ଶାସନ ବ୍ୟବସ୍ଥାରେ ଲିପିବଦ୍ଧ ଅଛି। ସତରେ ବେଳେବେଳେ ପ୍ରଶ୍ନ ଉଠେ ଏହା କେବଳ ଆମ ମନକୁ ହାଲୁକା କରିଦେବା ପାଇଁ ବା ବୁଝାଇ ଦେବା ଲାଗି କୁହାଯାଇ ନାହିଁତ ? ଭାରତୀୟ ସମାଜ ମହର୍ଷି ମନୁଙ୍କ ନୀତିରେ ପରିଚାଳିତ ହୋଇ ଆସୁଥିବା ବେଳେ, ଅଚାନକ ଗଣତନ୍ତ୍ର ନାମରେ ଗୋଟିଏ ବ୍ୟବସ୍ଥା ଭାରତୀୟ ସମାଜକୁ ନିୟନ୍ତ୍ରଣ କରିବାର ବିଧ୍ୟ ପ୍ରସ୍ତୁତ କଲା ଓ ତାହା ଦ୍ୱାରା ସକଲେ ନିୟନ୍ତ୍ରିତ ହେଲେ ଏହା

ଅସ୍ୱୀକାର କରିହୁଏ ନାହିଁ । ତେବେ ବ୍ୟତିକ୍ରମ ଏଠିକି ସାଧାରଣ ଜନତାଠାରୁ ଆଉ ପାଦେ ବଢ଼ିଥିବା ଉଚ୍ଚଶ୍ରେଣୀର ଅର୍ଥାତ୍‌ ସମ୍ଭ୍ରାନ୍ତ ଶ୍ରେଣୀର ଜନତାମାନେ ନିଜ ନିଜର ସୁବିଧା, ସୁଯୋଗାନୁସାରେ ଏହାକୁ ଯେମିତି ବୁଝିଛନ୍ତି ସେଭଳି ବ୍ୟବହାର କରିଥାନ୍ତି । ସେମାନଙ୍କୁ ଶତଗୁଣ ସାତସାଫ (ସାତଖ୍ମୁଣ) ମାଫ । ସେମାନଙ୍କ ମନରେ ଭଦ୍‌ଭଦଲିଆ ପକ୍ଷୀ, ଉଡ଼ି ଯାଉଥିବା ଗେଣ୍ଠାଲିଆ ପର ଝାଡ଼ିଦେଲେ କଲକତରିଆ ପୋକ ଭଲି ସଫାସୁତୁରା, ଉଜ୍ଜ୍ଵଳ । ଦେଶର ଶାସନ ବ୍ୟବସ୍ଥା ଓ ସମାଜକୁ କେବେ ନିନ୍ଦା କରାଯାଇନପାରେ । ଶାସନ ବ୍ୟବସ୍ଥାରୁ ବାଡ଼ ବା ଆକଟ (ଲକ୍ଷ୍ମଣ ରେଖା) ଡେଇଁଯିବାର ଦୁଃସାହସ କରିବା ଅନୁଚିତ । ତଥାପି ଭାରତ ସ୍ୱାଧୀନତା ଲାଭ କରିବାର ସାତ ଦଶନ୍ଧି ପୂରା ହୋଇଥିଲେ ମଧ ଏବେ ସୁଦ୍ଧା ସମାଜରେ ଦେଖାଦେଉଛି ଆଦିବାସୀ ଓ ଦଲିତ ବିରୋଧୀ ମନୋଭାବ । ବ୍ରାହ୍ମଣବାଦୀ ହିନ୍ଦୁ ଧର୍ମାଲୟୀମାନେ ସେମାନଙ୍କୁ ମଣିଷ ହିସାବରେ ମାନ୍ୟତା ଦିଅନ୍ତି ନାହିଁ କି ଗ୍ରହଣ କରିବାକୁ କେବେ ପ୍ରସ୍ତୁତ ନୁହଁନ୍ତି । ଅତି ଚମକାର ଢଙ୍ଗରେ ପୌରାଣିକ ଉପାଖ୍ୟାନ, କାହାଣୀ, କିମ୍ୟଦନ୍ତୀ ଲୋକମୁଖର ଲୋକକଥା ସନ୍ନିବେଶ କରି ସ୍ୱ-ସ୍ୱାର୍ଥ ଜଡ଼ିତ ସୁବିଧା ସୁଯୋଗାନୁଯାଇ ବେଳକାଳ ଉଣ୍ଟି ପ୍ରୟୋଗ କରିଥାଆନ୍ତି । ସେମାନେ ଏଭଳି ଭ୍ରମ ସୃଷ୍ଟି କରନ୍ତି, ଯାହାଦ୍ୱାରା ସ୍ୱୟଂ ଭଗବାନ ସେମାନଙ୍କୁ ଏକାନ୍ତ ଆପଣାର ମନେକରି ଅହେତୁକ ଖୁସିରେ ବୋଧହୁଏ ଅମରତ୍ୱକୁ ନିଜ ପାଇଁ ସାଇତି ରଖି ସକଳ ବରଦାନ ରୂପକ ଆଶୀର୍ବାଦ ସେମାନଙ୍କ ଉପରେ ବର୍ଷିଯାଇଥିବେ । ବୋଧହୁଏ ସେଭଳି ଅଭୟ ଆଶୀର୍ବାଦ ପାଇ କ୍ଷମତା, ଅର୍ଥ ଓ ବାହୁବଳୀ ହେବାର ନଜିର ଥାଇପାରେ । ସେମାନେ କହନ୍ତି "କିଂ ପୁନ ବ୍ରାହ୍ମଣାଃ ପୁଣ୍ୟା ଭକ୍ତା ରାଜର୍ଷୟ ସ୍ତଥା, ଅନିତ୍ୟମସୁଖଂ ଲୋକମିମଂ ପ୍ରାପ୍ୟ ଭାଜସ୍ୱ ମାମ୍‌ ।" ପବିତ୍ର ଆଚରଣ ସମ୍ପନ୍ନ ବ୍ରାହ୍ମଣ ଏବଂ ରକ୍ଷି ସ୍ୱରୂପ କ୍ଷତ୍ରିୟ ଭଗବାନଙ୍କର ଭକ୍ତ ହେଲେ ସେମାନେ ଯେ ପରମଗତି ପ୍ରାପ୍ତ ହେବେ, ଏଥିରେ ଆଉ କହିବାର କ'ଣ ଅଛି । ତେଣୁ ଏହି ଅନିତ୍ୟ ଓ ସୁଖ ରହିତ ଶରୀର ପାଇ ତୁମେ ମୋତେ ଭଜନକର । କେଉଁଠାରେ ଭଗବାନ ଶୂଦ୍ରମାନେ ତାଙ୍କୁ ଭଜନ କରି ମୁକ୍ତି ବା ମୋକ୍ଷ ହେବା କଥା ଆଦୌ କହିନାହାଁନ୍ତି ।

"ମାଂ, ହି ପାର୍ଥ ବ୍ୟପାଶ୍ରିତ୍ୟ ଯେଽପି ସ୍ୟୁଃ ପାପଯୋନୟଃ । ସ୍ତ୍ରୀୟୋ ବୈଶ୍ୟାସ୍ତଥା ଶୂଦ୍ରାସ୍ତେଽପି ଯାନ୍ତି ପରାଂଗତିମ୍‌ ।" ହେ ପୃଥାନନ୍ଦନ, ଯେଉଁମାନେ ପାପ ଯୋନି ସମ୍ଭୂତ ତଥା ଯେଉଁମାନେ ନାରୀ, ବୈଶ୍ୟ ଓ ଶୂଦ୍ର, ସେମାନେ ମଧ ମୋର ଶରଣାପନ୍ନ ହୋଇ ନିଃସନ୍ଦେହରେ ପରମଗତି ଲାଭ କରନ୍ତି । ଏକଥା ଶାସ୍ତ୍ରରେ ଲେଖା ହୋଇଥିଲେ ସୁଦ୍ଧା କୌଣସି ଉଚ୍ଚବର୍ଗର ବ୍ୟକ୍ତି ଏହା ବାହାରେ ପ୍ରକାଶ କରନ୍ତି ନାହିଁ ।

ଯେହେତୁ ତଥାକଥିତ ଉଚ୍ଚ ବଂଶଜମାନେ ଏସବୁଥିରେ ପାରଂଗମ, ତେଣୁ ଏଇ ଜାତିପ୍ରଥା ନାମକ ଘୃଣ୍ୟ ପନ୍ଥାଟିର ଅବସାନ କରିବା ପରିବର୍ତ୍ତେ ଏହାକୁ କୌଣସି ମତେ ଚଲେଇ ନେବାକୁ ଅନେକ ପ୍ରଚେଷ୍ଟା ଚାଲିଛି । ସାମାଜିକ ଗଣମାଧ୍ୟମ କରିଆରେ ଜାତିବାଦୀ ସମର୍ଥକମାନେ ଏବେ ସବୁଆଡ଼େ ମାଡ଼ିଯାଇଛନ୍ତି । ଏଇ ଜଘନ୍ୟ ପ୍ରଥା ବିରୋଧରେ ଅତୀତରେ କେକେ କେତେ ଆନ୍ଦୋଳନ ହୋଇଛି, ଏବେବି ହେଉଛି । କିନ୍ତୁ ଭାରତରେ ଜାତିପ୍ରଥା ଉଚ୍ଚବର୍ଗ ବୋଲାଉଥିବା ଲୋକମାନଙ୍କର 'ରକ୍ତଗତ' ହୋଇ ଯାଇଥିବାରୁ ତାହା ହଟୁନାହିଁ । ଏବେଶିକ୍ଷା ବେଶ ବିସ୍ତାର ଲାଭ କରିଛି । ତଥାପି ଆଧୁନିକ ଶିକ୍ଷିତ ଉଚ୍ଚବର୍ଗଙ୍କ ଭିତରୁ କ'ଣ ଏଇ ଉତ୍କଟ ପ୍ରଥା ଲୋପ ପାଇଲାଣି ?

ଆମ ଦେଶରେ ଜାତି, ଧର୍ମ, ଭାଷା ଆଦିକୁ ନେଇ ବିଭେଦକାରୀ ସ୍ଲୋଗାନ ଭୋଟ ରାଜନୀତି ପାଇଁ ଭଲ କାମ ହେଉଥିବାରୁ ପ୍ରାୟ ସବୁ ରାଜନୈତିକ ଦଲ ସେଗୁଡ଼ିକୁ ଆପଣେଇ ନେଉଥିବା ଦେଖାଯାଏ । ଯଦିଓ ମୁହଁରେ ଏମାନେ ସମସ୍ତେ କହନ୍ତି ଯେ ଜାତିଭେଦ ହଟୁ । ଅସଲରେ ସେମାନେ ଏଇ ଜାତିପ୍ରଥାକୁ ଚଲାଇ ରଖିବା ଲାଗି ଚାହାଁନ୍ତି । ତେଣୁ ସହସ୍ର ନାଗର ଫୁଙ୍କାର ପରି ଆଜି 'ଜାତିପ୍ରଥା' ଭାରତ ଛାତିରେ ବଢ଼ିଛି ଏବଂ ତା'ର ଯେମିତି ମନ ହେଉଛି ସେମିତି

ଦଂଶୁଛି । ଏଇ ଗରଳର ପ୍ରଭାବରେ ସମସ୍ତେ ଘାଇଲା ହୋଇ ପଡ଼ିଛନ୍ତି । 'ଜାତି' ଆଧାରରେ କେବଳ ସମାଜ ବିଭାଜିତ ବୋଲି କହିଲେ ଭୁଲ ହେବ । କାରଣ ଜାତି ଆଧାରରେ ନାଗରିକମାନେ ଭୋଟର ଭାବେ ବିଭାଜିତ ଏବଂ ରାଜନୈତିକ ଦଳଗୁଡ଼ିକ ବି ଜାତି ଆଧାରରେ ତିଆରି ହୋଇ ନିର୍ବାଚନରେ ଚମକ୍କାର ପ୍ରଦର୍ଶନ କରୁଛନ୍ତି । ଆଜି ସବୁ ଜାତି ନିଜ ନିଜ ଜାତିର ଅସ୍ମିତାକୁ ନେଇ ଘୋର ସ୍ୱର୍ଶକାତର । ଜାତି ନାମରେ ଅପଶଦ ଶୁଣିବା ମାତ୍ରକେ ଲୋକେ କୋର୍ଟର ଆଶ୍ରୟ ନେଉଛନ୍ତି । ନିଜ ଜାତି ନାମରେ ମହାସଭାମାନ ଗଠନ କରୁଛନ୍ତି । ଜାତିଭେଦର ଲଗ୍ନ ପଟୁଆର ଆଗକୁ ଚାଲିଛି ।

ତଥାକଥିତ ଦଲିତମାନଙ୍କଠି ଯେ ଆନ୍ଦୋଲନ ବଳ, ଧର୍ମଘଟର ଶକ୍ତି, ପ୍ରତିବାଦର କ୍ଷମତା, ହରତାଲର ସାମର୍ଥ୍ୟ ଅଛି ତା'ର ସକାରାମ୍କ ପ୍ରମାଣ ଉଛୁଲିପଡୁ । ସେ ବି ରାଜାପୁଥ ପରି ରାଜକନ୍ୟାଙ୍କ ଗର୍ଭରୁ ଜନ୍ମିଥିଲେ । ଦୈବ ଯୋଗୁ 'ସୂତ ପୁତ୍ର'ର ପରିଚିତ ଲଭିଲେ ମାତ୍ର ରାଜ ପଣିଆର ସ୍ୱାଭିମାନ କେଉଁ ଛାଡ଼ି ପାରିଲେ । 'ସୂତ୍ର ପୁତ୍ର' କହି କର୍ଣ୍ଣଙ୍କୁ ଯେତେବେଳେ ଅର୍ଜୁନ ଅପମାନିତ କଲେ ସୂତ ପୁତ୍ର କର୍ଣ୍ଣ ଉଚ୍ଚଜାତିର ଅର୍ଜୁନଙ୍କୁ ଆହ୍ୱାନ ଦେଇ କହିଥିଲେ ଯେ, "ସୂତୋ ବା ସୂତ ପୁତ୍ରୋ ବା ଯୋବା କୋବା ଭବାମ୍ୟପୂ ଦୈବାୟତଂ କୁଲେ ଜନ୍ମ, ମଦାୟତଂ ଚ ପୌରୁଷମ୍ ।" ଜାତି ସିନା ଦୈବାୟତ ମାତ୍ର ପୁରୁଷ ପଣିଆ ତ ମୋ ଆୟତ୍ତାଧୀନ । ଯେ ହେଲା କୁଲ ଅହଂକାରୀଙ୍କୁ ଉତ୍ତର ।

୧ ୯୫୦ ମସିହାରୁ ପ୍ରୟୋଗାତ୍ମକ ଭାବରେ ଦଶବର୍ଷ ପାଇଁ ଅନୁସୂଚିତ ଜାତି ଓ ଜନଜାତିଙ୍କର ଆରକ୍ଷଣ ବ୍ୟବସ୍ଥା ଆରମ୍ଭ ହୋଇଥିଲା । ଏବେ ୬୬ ବର୍ଷ ପୂରିଗଲାଣି । ଆହୁରି ବି ବଢ଼ିପାରେ । ଜାତି ପ୍ରଥାର ଶିକାର ହୋଇଥିବା ବର୍ଗର ବିକାଶ ଲାଗି ଏହି ଆରକ୍ଷଣ ବ୍ୟବସ୍ଥା ସମ୍ୱିଧାନରେ ରଖାଯାଇଥିଲା ସିନା, ଏହାଦ୍ୱାରା ଏବେ ସମାଜରେ ଜାତି ବିଦ୍ୱେଷ ଅଧିକ ଉକ୍ତ ହେଉଥିବା ଦେଖାଯାଉଛି । କେବଳ ସେତିକି ନୁହେଁ ଆରକ୍ଷଣ ବ୍ୟବସ୍ଥା ଏବେ ଆରକ୍ଷଣ ରାଜନୀତିର ରୂପ ନେଇ ଭାରତର ଗଣତନ୍ତ୍ରକୁ ବିପର୍ଯ୍ୟସ୍ତ କରିବାକୁ ବସିଲାଣି । ସମ୍ୱିଧାନ ପ୍ରଣୟନ କାଲରେ ଆରକ୍ଷଣ ବ୍ୟବସ୍ଥାକୁ ନେଇ ନେହେରୁଙ୍କ ମନ୍ତବ୍ୟ ଉଲ୍ଲେଖ ଯୋଗ୍ୟ । ସେ କହିଥିଲେ– "ମୁଁ ଆରକ୍ଷଣ ବାଦକୁ ଘୃଣା କରେ । କାରଣ ଏହାଦ୍ୱାରା ଦ୍ୱିତୀୟ ଶ୍ରେଣୀ ନାଗରିକ ତିଆରି ହେବେ । ଜାତି ବା ସମ୍ପ୍ରଦାୟ ଆଧାରରେ ଏହା କରାଗଲେ ଅନେକଙ୍କର ଉଜ୍ଜ୍ୱଳ ବ୍ୟକ୍ତିତ୍ୱ ଏବଂ ଆରକ୍ଷଣର ଉପଭୋକ୍ତା ଭାବେ ସେମାନଙ୍କର ଦକ୍ଷତା ଉଭୟ ରସାତଲଗାମୀ ହେବ । ମୁଁ ଚାହେଁ ମୋ ଦେଶ ସବୁଥିରେ ପ୍ରଥମ ହେଉ । ଦ୍ୱିତୀୟ ଶ୍ରେଣୀ ସୃଷ୍ଟିକୁ ପ୍ରଶ୍ରୟ ଦିଆଗଲେ ତାହା କେବଳ ମୂର୍ଖାମି ହେବ ନାହିଁ, ଏହାଦ୍ୱାରା ପ୍ରଲୟର ସୂତ୍ରପାତ ହେବ ।"

ଯେ ହେଲା ଜାତି, ଧର୍ମ ବିଚାର ମାର୍ଗ ଏ ଦେଶରେ । ମାତ୍ର ବିକୃତି କରଣ, ବୀଭସ୍ ଏକୁ କରିଚାଲିଛନ୍ତି ରାଜନୀତିଆମାନେ । ଧୋବା ବା ଭଣ୍ଡାରିମାନେ ଆଦୌ ଘୃଣିତ ନଥିଲେ । ସେମାନେ ପରିବାରର ଅଙ୍ଗ, ଅଂଶ ଥିଲେ । ମାତ୍ର ଏକୁ ନେଇ ରାଜନୀତି, ଭୋଟ ଖେଲତ ସାରା ସମାଜ ଓ ବ୍ୟବସ୍ଥାକୁ ଭୁଣ୍ଡୁଡ଼ାଇ ଦେବ, ଭଣ୍ଡାମିରେ ପହଞ୍ଚାଇ ଦେବ, ଦେଲାବି । ରାଜା ରାଜୁଡ଼ାଙ୍କୁ ଅତ୍ୟାଚାରୀ କହି ତଡ଼ିଥିବା ଏ ବଡ଼ପଣ୍ଡାମାନେ ସେମାନଙ୍କ କମ୍ପାନୀ ଖୋଲି ଏ ଦେଶକୁ ଯେମିତି ଲୁଟୁଛନ୍ତି, ଧ୍ୱଂସ କରିଦେଉଛନ୍ତି ଯାହାର ସଂସ୍କାର ଓ ସଂସ୍କୃତିକୁ ଯେମିତି ପୋଡ଼ିଜାଲି ଦେଉଛନ୍ତି ତା ବର୍ଷବାକୁ ଭାଷା କାଇଁ ? ସେବା, ସେବକ ଭାବରେ ଯେଉଁ କାଲି ବୋଲୁଛନ୍ତି ତା'ତ ଏ ଦେଶକୁ ବୁଡ଼ାଇ ଦେଲାଣି । ନିଜକୁ ଦଲିତ, ନିଷ୍ପେଷିତ କହି ବେପାର କରୁଥିବା ଗୁଡ଼େଲୋକ ହିଂସାକାଣ୍ଡ ଘଟାଉଛନ୍ତି । ଯଦି ସେମାନେ ନିଷ୍ପେଷିତ ଓ ଦଲିତ ତେବେ ରାସ୍ତାରୋକ କରିବାର, ହିଂସାକାଣ୍ଡ ଘଟାଇବାର ବଲ ପାଇଲ କେମିତି ? ଆଉ ଏ ବଲ ଯାହାର ଅଛି ସେ ଦଲିତ ବା ନିଷ୍ପେଷିତ ଏବଂ ନିଃସହାୟ କେମିତି ହେବ ।

ରାଜନେତାମାନଙ୍କର ତ ଭୋଟ ଦରକାର । ବୋଲକରା ସରକାରୀ କର୍ମଚାରୀମାନେ ତ ନିରବ । କବି, ଲେଖକମାନେତ ଗୋଡ଼ାଶିଆ । କିଏ ଜନସଚେତନା ସୃଷ୍ଟି କରିବାକୁ ସମର୍ଥ ହେବ । ଚଉକି ଲୋଭରେ ରାଜନେତାମାନେ

ଜାତିବାଦୀମାନଙ୍କ ନିକଟରେ ଶରଣ ପଶିଥିବାରୁ ଜାତିବାଦର ଯେ ବିଲୋପ ଘଟିବ ସେ ଭରସା ମୋଟରୁ ଜଣାଯାଉନାହିଁ । ନାନାପ୍ରକାର ଗଣତାନ୍ତ୍ରିକ ଅଭିଯାନ ଜରିଆରେ ଜାତିବାଦର ନବକଲେବର ଅବଶ୍ୟ ହେଉଛି । ଯଦିଓ ଆଜି ମଧ୍ୟ ଅନେକ ଦେବଦେବୀଙ୍କ ମନ୍ଦିରକୁ ଦଳିତମାନଙ୍କର ପ୍ରବେଶ ନିଷେଧ ଓ ଉଚ୍ଚ ବଂଶଜଙ୍କ ଅନାବଶ୍ୟକ ଜିଦ୍ ପାଇଁ ଏହା ଚାଲିଛି । କିନ୍ତୁ ମନେ ରଖ୍ବାକୁ ହେବ ଯେ ଜାତି ବଡ଼ ନୁହେଁ, ଧର୍ମ ବଡ଼ ନୁହେଁ, ବେଶ ପୋଷାକ ବଡ଼ ନୁହେଁ । ବଡ଼ କେବଳ ମଣିଷ । ମଣିଷର ବୃଭି । କେବେ ହେଲେ ତା'ର ଜାତି (ପରିଚୟ) ନୁହେଁ, ହୋଇ ନ ପାରେ ।

ରାମାୟଣ ରଚନାକାର ଆଦି କବି ମହର୍ଷି ବାଲ୍ମୀକି ସିଡ଼ିଉଲ କାଷ୍ଟ କି ଟ୍ରାଇବ ଥିଲେ । ଏପରି ବାଜେ ପ୍ରଶ୍ନର ଉତ୍ତର କେହି ଜାଣନ୍ତିନି ଅଥବା ଆମେ ବି ଜାଣୁନା ।

ଏମିତି କ'ଣ ହୁଏନା । ନୂଆ ସ୍ଥାନକୁ ଯାଇଥିବାଲୋକ କୌଣସି କାମ ପାଇଁ ସେଠାକାର ବାସିନ୍ଦାଙ୍କ ସହାୟତା, ସହଯୋଗ (ଲୋଡ଼ନ୍ତି) କାମନା କରନ୍ତି ନାହିଁ । ସିଏ ଏବେ ସେଇଆ କଲେ । ଠାକୁରଙ୍କ ପାଦୁକ ପାଇବାକୁ ଭାରିଇଚ୍ଛା, ଦିଅଁଙ୍କ ବିଭୂତି ନାଇଁବାକୁ ପ୍ରବଳ ଆଗ୍ରହ କିନ୍ତୁ ପାଦୁକ ଓ ବିଭୂତି ଆଣିବା ପାଇଁ ମନ୍ଦିର ଭିତରକୁ (ଯାଇ) ପଶି ପାରୁନାହାନ୍ତି । ସେଥିପାଇଁ ଅନ୍ୟର ସାହାଯ୍ୟ ଲୋଡ଼ିଲେ । ସାହାରା ଆବଶ୍ୟକ କଲେ । ସହାୟତା ଖୋଜିଲେ । ଏଥିରେ ଅସୁବିଧା କେଉଁଠି ରହିଲା ?

ସିଏତ ସେମାନଙ୍କୁ ପାଦୁକ ଦେବା ପାଇଁ କହିନଥିଲେ ବରଂ ସେମାନେ ସ୍ୱଇଚ୍ଛାରେ ନିଜେ ନିଜେ ଉଠିଯାଇ ମନ୍ଦିର ଭିତରୁ ପାଦୁକ ଗ୍ଲାସ ଆଣି ତାଙ୍କୁ ପାଦୁକ ଦେଇଥିଲେ । ପାଦୁକ ପାଇସାରି ସିଏ ଅଢ଼ଁା ହାତ ନଳକୂପରୁ ଧୋଇଥିଲେ । ଏମାନଙ୍କୁ ଅନୁରୋଧ କରିନଥିଲେ ତାଙ୍କୁ ଠାକୁରଙ୍କ ବିଭୂତି ଟିପା ପିନ୍ଧାଇ ଦେବା ଲାଗି । ସେ ବେଲେବେଲେ ନିଜେ ଆଗ୍ରହରେ ତାଙ୍କ କପାଲରେ ବିଭୂତି ଟିପା ଲଗାଇ ଦେଇଥିଲା । ଅବଶ୍ୟ ଜଣେ ଅଜଣା ଯୁବକଙ୍କ ହାତରେ ପାଦୁକ ଦେବାଥିଲା ସତୀ ପାଇଁ ପ୍ରଥମ ଘଟଣା । ଜଣେ ଅପରିଚିତଙ୍କ କପାଲରେ ଜୀବନରେ ପହିଲୁଥର ସେ ବିଭୂତି ଟିପା ଲଗାଇ ଦେଇଥିଲା । ସେଇଟିପା ଦେଲା ସମୟରେ ତାଙ୍କ ଦେହ ଛୁଆଁର ପରଶ ପାଇଥିଲା ଦାହାଣ ହାତର ମଝି ଅଙ୍ଗୁଲି ଟିପରେ । ଟିପା ଲଗାଇଦେଲା ବେଲେ ପରଦେଶୀ ଯୁବକଙ୍କ ଆଖ୍ ସହିତ ତା ନିଜ ଆଖ୍ ମିଶି ଯାଇଥିଲା । ଲାଜେଇ ଯାଇ ସେ ଦୃଷ୍ଟି ନତ କରିଥିଲା । ଚାହିଁ ରହିଥିଲା ତଲକୁ । ତଲେ ତାଙ୍କ ଫୁଙ୍ଗୁଲା ପାଦର ଅଙ୍ଗୁଲିକୁ । ସେହି ଅଚିହ୍ନା ଯୁବକଙ୍କର ପରଶ ଆଉଥରେ ପାଇଥିଲା ଠାକୁରଙ୍କ ଥାଲିରେ ଦେବା ଲାଗି ସିଏ ପଇସା ଦେଲା ବେଲେ । ତା'ପରେ ସିଏ ଫେରି ଯାଇଥିଲେ ।

ବାସ୍ । କଥା ହେଲା ଏତିକି । ଏଥିରେ ବା କ'ଣ ଅଛି । ଏମିତି କିଏ କାହା ହାତରେ ପାଦୁକ ଟିକେ ଦେଉନି ? ବିଭୂତି ଟିପାଟିଏ ଲଗାଇ ଦେଉନି କପାଲରେ ? ପଇସା ରଖୁନି ଠାକୁରଙ୍କ ପାଇଁ । ସାଧାରଣ କଥାଟିଏ । ଘଟଣାଟା ଖୁବ ମାମୁଲି ଧରଣର । କ'ଣ ବା ଏଥିରେ ଗୁରୁତ୍ୱ ଅଛି । କି ପ୍ରକାର ଅବା ତାତ୍ପର୍ଯ୍ୟ ରହିଛି । କିନ୍ତୁ ସୁନି ତାକୁ ଅନ୍ୟ ପ୍ରକାର ବୁଝିଲା । ଭିନ୍ନ ଅର୍ଥରେ ଗ୍ରହଣ କଲା । ଆର ବାଗରେ କଲା ଟିକା ଟିପ୍ପଣୀ । ଆଉ ଗୋଟେ ରକମର ଭାବାର୍ଥ ବାହାର କଲା । ଘଟଣାର ସରଲାର୍ଥ ବୁଝେଇଲା ବୁଲେଇ ବଙ୍କେଇ । ପରୀକ୍ଷାରେ ପରୀକ୍ଷାର୍ଥୀମାନେ ପ୍ରଶ୍ନ ପତ୍ର ଉତ୍ତରରେ ଲେଖ୍ଲା ପରି । ସତେ ଯେମିତି ଅନେକ କିଛି ହୋଇଯାଇଛି । ଗୋଟେ ବିରାଟ ବିପର୍ଯ୍ୟୟ ଘଟିଯାଇଛି । ସୃଷ୍ଟି ହୋଇଛି ବଡ଼ଧରଣର ଚମକ୍କାରୀ ଚାଞ୍ଚଲ୍ୟକର ଘଟଣାଟିଏ । ବିଶାଲକାୟ ଅନର୍ଥ ମଧ୍ୟ ।

ସେତିକି ବେଳୁ ସୁନିକଥା ଶୁଣି ତାକୁ ଭାରି ଅବାଗିଆ ବୋଧ ହେଉଛି । ଭାରି ଅଡୁଆ ଲାଗୁଛି । ଛାତିରେ ଛନକା ପଶିଯାଉଛି । ରକା ଅଟକୁଛି । ଝିମ୍ ଝିମ୍ ହେଉଛି ଦେହ । ଗୋଡ଼ହାତ ଥରୁଛି । ଖିନିମାରି ଯାଉଛି ପାଟି । ତୃଷ୍ଣା ଲାଗୁଛି ଶୁଖିଗଲା ଭଳି । ଜିଭ ତଳ ଅଠାଳିଆ ବୋଧ ହେଉଛି । ଜୋରକରି କଥା କହିବାକୁ ଚେଷ୍ଟା କଲେ କଣ୍ଠସ୍ୱର ଥରି ଉଠୁଛି । ଅବଶ ଲାଗୁଛି ଶରୀର । ସେ ଅନୁଭବ କରୁଛି କ୍ଲାନ୍ତି । ଥକି ପଡୁଛି ତୁଚ୍ଛାଟାରେ ବିନା ପରିଶ୍ରମରେ । ଉଦ୍‌ବିଗ୍ନ ହୋଇଉଠୁଛି ଶୃଙ୍ଖଳାରେ ବିନା ଉତ୍ତେଜନାରେ ସେପରି କୌଣସି ସକାରାମ୍ମକ କାରଣ ନଥାଇ ।

ସେ ନିଜକୁ ସଂଯତ କରିବାକୁ ଚେଷ୍ଟାକଲା । ଉଦ୍ୟମ ଜାରି ରଖିଲା ସ୍ୱାଭାବିକ ଅବସ୍ଥାକୁ ଫେରିଯିବାକୁ । ସଂକ୍ରାନ୍ତିରେ ଉସୁନା ଖାଏ ନାହିଁ । ଅରୁଆ ଭାତ ତା ଦେହରେ ଯାଏନା । ସେଥିପାଇଁ ଦ୍ୱିପହରରେ ଜଳଖିଆ ଖାଇ ବିଛଣାରେ ଗଡ଼ିପଡ଼ିଲା । ନିଦ କିନ୍ତୁ ଆସିଲାନି, ଯେତେ ଯତ୍ନକଲେ ସୁଦ୍ଧା ଅନେକ ଉଦ୍ୟମ ପରେ ମଧ । ବହୁତ ଚେଷ୍ଟା କରି ସାରିଥିଲେବି । ଯାହା ଖାଲି ଆଖି ବନ୍ଦ କରି ବିଛଣାରେ ପଡ଼ିରହିବା କଥା । ମନ ଅସ୍ଥିର । ଚିତ୍ତ ଅଶାନ୍ତ । ଅଥୟ ଅନ୍ତର । ବିଭ୍ରାନ୍ତ ହୃଦୟ । ଉଦ୍‌ବେଳିତ ଆମ୍ମା । ଅସ୍ୱାଭାବିକ ଲାଗୁଛି ତାକୁ । ନିଜ ଘର ତାକୁ ନୂତନ ସ୍ଥାନ ପରି ଜଣାଯାଉଛି । ଗୃହର ପରିବେଶ ଲାଗୁଛି ଅଚିହ୍ନା, ଅଜଣା ଭଳି । ଅପରିଚିତ ବୋଧ ହେଉଛନ୍ତି ପରିବାରର ଲୋକମାନେ ସବୁ । ଅସୁମାରି ଭାବନାର ଭାରରେ ଭାରାକ୍ରାନ୍ତ ତା'ର ମନ, ଆମ୍ମା, ଅନ୍ତର, ହୃଦୟ, ପ୍ରାଣ ଓ ପୂରା ଶରୀର ।

ତା' ଜୀବନରେ ପ୍ରଥମ ଥର ଜଣେ ଅପରିଚିତଙ୍କ ଆଖି ସହିତ ତା' ନିଜ ଆଖିର ଦୃଷ୍ଟି ମିଶାଇଥିଲା । ଅଚିହ୍ନା ଯୁବକର ନିକଟତର ହୋଇ ତାଙ୍କ ସାନ୍ନିଧ୍ୟ ଲାଭ କରିଥିଲା ଜୀବନରେ ନୂଆ କରି । ଆଉ ପାଇଥିଲା ଜଣେ ଅଜଣା ଯୁବକର ପରଶ । ଛୁଆଁ ପର ପୁରୁଷର ଜୀବନରେ ପହିଲୁଥର, ଟିପା ଦେଲା ବେଳେ ଓ ଠାକୁରଙ୍କ ଲାଗି ପଇସା ରଖିବା ସମୟରେ ।

ସେ ଆଜି ଜୀବନରେ ପହିଲୁଥର (ପାଇଁ) ଜଣେ ପରଦେଶୀ ଯୁବକର ନିକଟତର ହୋଇଥିଲା ଯିଏକି ତା'ର ସମ୍ପର୍କୀୟ ନୁହେଁ । ସେହି ଅପରିଚିତଙ୍କ ପରଶ ମଧ ପାଇଥିଲା ବିଭୂତି ଟିପା ଦେଲାବେଳେ, ପଇସା ଠାକୁରଙ୍କ ପାଇଁ ରଖିବା ସମୟରେ । ଯେକୌଣସି ପରିଚିତ ଯୁବକଙ୍କ ପରଶଠାରୁ ସେହି ଅଚିହ୍ନା ଯୁବକଙ୍କର ଦେହ ଛୁଆଁର ଅନୁଭବ ଥିଲା ସମ୍ପୂର୍ଣ୍ଣ ଭିନ୍ନ । ପୁରାପୁରି ସ୍ୱତନ୍ତ୍ର । ନିଆରା ସେ ପରଶର ଅନୁଭୂତି । ଯେଉଁ ସ୍ପର୍ଶ ତା ମନରେ ନୂତନ ଭାବନା ଜଗାଇଥିଲା । ଭାବାନ୍ତରର ଶିହରଣ ଆଣିଥିଲା ତନୁଲତାରେ । ପ୍ରାଣରେ ଦେଇଥିଲା ନୂଆ ପୁଲକ । ହୃଦୟରେ ଭରିଥିଲା ମିଠା ଅନୁଭବର ମହକ । ଆମ୍ମାରେ ଅଲଗା ଉତ୍ତେଜନାର ଉଡ଼ାପ । ଅନ୍ତରରେ ଭିନ୍ନ ଉପାଦାନ ଚମକର ଆବେଗ ।

ସେ ଜାଣି ନାହିଁ– ସେହି ଯୁବକ ଜଣକ କିଏ ? ତାଙ୍କ ଘର କେଉଁଠି ? ସିଏ କ'ଣ କରନ୍ତି ? କ'ଣ ତାଙ୍କର ବେଉସା ? ସିଏ କେଉଁ ଜାତିର ? କ'ଣ ତାଙ୍କର ଗୋତ୍ର ? ସିଏ ଏହା ଆଗରୁ ଏହି ମନ୍ଦିରକୁ ଆସିବା ସତୀ କେବେ ଦେଖିନାହିଁ ? ତାଙ୍କୁ ମଧ ଏହା ପୂର୍ବରୁ କେଉଁଠି ଭେଟିନାହିଁ । ସିଏ ପାଦୁକ ପାଇବାକୁ କହିବାରୁ ପାଦୁକ ପାଇଁ ସୁନି ଯାଇଥିଲା ମନ୍ଦିର ଭିତରକୁ । ତା'ପଛେ ପଛେ ସେ ନିଜେ, ଯନ୍ତ୍ରଚାଳିତ ପରି ସେ କିପରି ସୁନି ପଛେ ପଛେ ଉଠିଗଲା ତାହା ସେ ଜମା ଜାଣି ପାରିଲାନି । ପୂର୍ବ କଳ୍ପିତ ଯୋଜନା ମୁତାବକ ବିନା ଡାକରାରେ ସୁନିକୁ ଅନୁସରଣ କରି ବସିଲା ? ତାଙ୍କ ପାଇଁ ସୁନି ହାତରୁ ଗ୍ଲାସ ଆଣି ତାଙ୍କ ଚକିରେ ପାଦୁକ ଦେଲା । ସୁନି ହାତରୁ ଥାଳିଆ ନେଇ ବିଭୂତି ଟିପା ଲଗାଇ ଦେଲା ତାଙ୍କ କପାଳରେ । ତାଙ୍କ ହାତରୁ ପଇସା ରଖିଲା ଠାକୁରଙ୍କ ଥାଳିରେ ଦେବା ପାଇଁ । ସବୁ ଯେମିତି ଆପଣାଛାଏଁ ହୋଇଗଲା । ପୂର୍ବରୁ ନିର୍ଦ୍ଧାରିତ ହୋଇଥିଲା ପରି, ଆଗରୁ ନିର୍ଦ୍ଦେଶିତ ହେଲା ଭଳି । ସେ ଆଦୌ କିଛି ଜାଣି ପାରିଲା ନାହିଁ । ଗ୍ଲାସରୁ ପାଦୁକ ଢାଳିଲା ବେଳେ ସତୀ ତାଙ୍କ ଡାହାଣ ହାତ ଚକିକୁ ଦେଖିଥିଲା । କପାଳରେ ବିଭୂତି ଟିପା ଲଗାଇ ଦେଲା ସମୟରେ ଅନାଇଥିଲା ସିଧା ତାଙ୍କ ମୁହଁକୁ । ସେ ତାଙ୍କ ମୁହଁକୁ ଅନାଇଲା ବେଳେ ସିଏ ଚାହିଁ ରହିଥିଲେ ସତୀକୁ । ଚାରି ଆଖି ମିଶିଯାଇଥିଲା ଅଳ୍ପ ସମୟ ପାଇଁ । ଅବଶ୍ୟ ଜଣେ ଅଚିହ୍ନା ଯୁବକର ମୁହଁକୁ ଗୋଟିଏ ଅପରିଚିତା ଷୋଡ଼ଶୀ ଯୁବତୀ

କେତେ ସମୟ ପାଇଁ ଚାହିଁ ରହିପାରିବ ? ରଖିପାରିବ କେତେବେଳ ପର୍ଯ୍ୟନ୍ତ ତାଙ୍କ ଆଖି ସହିତ ନିଜ ଆଖିକୁ ମିଶାଇ ? ସାମ୍ନାସାମ୍ନି ଆଖି ମିଶିଗଲେ ଲାଜଲାଗେ । ସଂକୋଚ ଆସେ । ସଂଭ୍ରମ ବାଧାଦିଏ । ସରମ ବାଟ ଓଗାଳି ଆଗରେ ଠିଆ ହୁଏ । ବିବେକ ବାରଣ କରେ । ବେଶୀ ସମୟ ଅନ୍ୟର ଆଖି ସହିତ ନିଜର ଦୃଷ୍ଟି ମିଶାଇ ରଖି ହୁଏନା । ସେ ଦୃଷ୍ଟି ତଳକୁ କରିଥିଲା । ତଳେ ତାଙ୍କ ଫୁଙ୍ଗୁଲା ପାଦକୁ ଚାହିଁଥିଲା ।

ପାଦ ଦୁଇଟି ସୁନ୍ଦର ଦିଶୁଥିଲା । ବେଶୀ ଲମ୍ବ ନୁହେଁ କିମ୍ବା ଖୁବ୍ ଛୋଟ ମଧ ନୁହେଁ । ମଧମ ଧରଣର । ଭାରି କମନୀୟ ଦିଶୁଥିଲା ସେ ପାଦ ଯୋଡ଼ିକ ସତୀ ଆଖିକୁ । ଯୁବତୀ ବୟସର ଝିଅଙ୍କ ପାହୁଲ ପରି ମସୃଣ ଏବଂ ସାଉଁଲା ।

ଯେତିକି ସମୟ ତାଙ୍କ ମୁହଁକୁ ଅନାଇଁଥିଲା, ସେ ଦେଖିଥିଲା ଗୋରା ତକ୍ତକ୍ ଗୋଲ ମୁହଁ । ଉଜ୍ଜ୍ୱଲ ଆଖି । ଠାକୁର ବାବାଙ୍କ ମୁଖ ନିଃସୃତ ପୁରାଣ ବର୍ଣ୍ଣିତ କାମଦେବଙ୍କ ଧନୁପରି ଭୁଲତା । ସିଧା ଉନ୍ନତ ନାକ ଖଣ୍ଡାପରି । ନିଶ ଗଜୁରି ଆସୁଥିବା ନାକ ତଳର କଅଁଳ ଓଠ । ଓଠ ଦୁଇଟି ଇସତ ଲାଲ । ପୂରିଲା ପୂରିଲା ଗାଲ । ହସ ହସ ମୁହଁ । ହସିଲେ କିମ୍ବା ପାଟି ଖୋଲିଲେ ଗାଲ ମଝିରେ ଖାଲ ସୃଷ୍ଟି ହୁଏ । ପାଣିରେ ଭଉଁରି ପରି । ମଧମ ଧରଣର ସଫା ଦାନ୍ତ ଦିଧାଡ଼ି । ମୁହଁକୁ ଖୁବ୍ମାନେ ।

ଉଚ୍ଚତା ପାଖାପାଖି ସାଢ଼େ ପାଞ୍ଚ ଫୁଟ ହେବ । ବଳିଲା ପରି ସ୍ୱାସ୍ଥ୍ୟ । ମଥାରେ ଛୋଟ ଛୋଟ ଚୁଲ । ବାମ ପଟକୁ ସୁତାନି କଟାଯାଇ କୁଣ୍ଡା ହୋଇଛି । ପୂରା ପ୍ୟାଣ୍ଟ ସାଙ୍କୁ ଅଧା ହାତ ହାଵ୍ଟନି ସାର୍ଟ । ସାର୍ଟ ଇନ ହୋଇ ପ୍ୟାଣ୍ଟରେ ଡାଉଆ ରଙ୍ଗର କମରପଟି (ବେଲ୍ଟ) ଭିଡ଼ା ହୋଇଛି । ବାରୁଦ ରଙ୍ଗର ପ୍ୟାଣ୍ଟ ସାଙ୍କୁ ଫିକା ଆକାଶୀ ରଙ୍ଗର ସାର୍ଟ ତାଙ୍କ ଗୋରା ଦେହକୁ ବଢ଼ିଆ ମାନୁଥିଲା । ହାତର ଅଙ୍ଗୁଲି ଲମ୍ବ ଓ ସରୁ । ଡାହାଣ ହାତର ଅଙ୍ଗୁଲିରେ ଚାରୋଟି ମୁଦି ପିନ୍ଧିଛନ୍ତି । ପାଦୁକ ଦେଲାବେଲେ ସତୀ ଦେଖିଛି । ବେକରେ ମୋଟା ସୁନା ଚେନ ଜାମା ତଳେ ଥିଲା । ଯାହାକୁ ସେ ବିଭୂତି ଟିପା ଲଗାଇ ଦେବା ସମୟରେ ତାଙ୍କ ମୁହଁକୁ ଚାହିଁଥିବା ବେଲେ ଦେଖିଥିଲା ।

କଥାଟି ଖୁବ୍ ସାଧାରଣ । ମାମୁଲି ଘଟଣାଟିଏ । ସେମିତି କିଛି ତାର୍ପର୍ଯ୍ୟ ନ ଥିଲା ସେଥ୍ରେ । ସେପରି ଗୁରୁତ୍ୱପୂର୍ଣ୍ଣ ମଧ ନୁହେଁ । ସେଭଲି ଚାହିଦା ସୁଦ୍ଧା ନ ଥିଲା ସେ କଥାରେ । ଯେମିତି ତାକୁ ସୁନି ବ୍ୟାଖ୍ୟା କରି ବସିଲା । ସେହି ସୁନି ସେ କଥାକୁ ଅସାଧାରଣ କରି ବଖାଣି ବସିଲା । ରୋଇ ଥୋଇଦେଲା । ଅର୍ଥ କଲା ବଡ଼ ଆକାରରେ । ଯେମିତି ସେଥ୍ରୁ ଅନର୍ଥ ବାହାର କରିବା ଥିଲା ତା'ର ଭିତିରି ଉଦ୍ଦେଶ୍ୟ । ବିଶଦ ଭାବରେ ଆଲୋଚନା କରି କଥାର ମାହାମ୍ୟକୁ ବଢ଼ାଇ ଦେଲା କାହିଁରେ କ'ଣ । ତା'ର ଭାବାର୍ଥ ବାହାର କଲା ବିରାଟ ଧରଣର । ଯେପରି ଗୋଟେ ଅଲୌକିକ ଘଟଣା ଘଟିଯାଇଛି । ବିରାଟ ଆକାରର ବିଶାଲ ସମସ୍ୟାଟିଏ ଠିଆ ହୋଇଛି ସାମ୍ନାରେ ବାଟ ଓଗାଳି ଆଉ ମଧ ଚମକ୍ରାରିତା ଅଛି ସେ କାର୍ଯ୍ୟରେ । ଯେପରି ସେ ଘଟଣାଟି ପଥରୋଧ କରୁଛି ଆଗକୁ ଯିବା ଲାଗି ନ ଛାଡ଼ିବାକୁ । ତା'ର ସମାଧାନ ଲୋଡ଼ା । ତାକୁ ମୁକାବିଲା କରିବାକୁ ପଡ଼ିବ । ସମ୍ମୁଖୀନ ହେବାକୁ ପଡ଼ିବ ସେ ଆହ୍ୱାନର । ସାମ୍ନା କରିବାକୁ ହେବ ସେ ପରିସ୍ଥିତିର । ସେଥିଲାଗି ଦୃଢ଼ ଇଚ୍ଛାଶକ୍ତି, ଅସୀମ ଧୈର୍ଯ୍ୟ, ଅଗାଧ ମନବଲ ଆବଶ୍ୟକ । ପଥରୋଧ କରିଥିବା ସେ ସମସ୍ୟାର ସମାଧାନ କରି ତା'ର ବିଲୋପ କରାଯିବା ଦରକାର ।

ସତୀ ଭୁଲିଯିବାକୁ ଚେଷ୍ଟା କଲା । କିବା କଥା ଯେ ପାସୋରି ହେବ ନାହିଁ, ଏପରି କଥା ନୁହେଁ । ସେମିତି କିଛି ବିଶେଷତ୍ୱ ନାହିଁ ସେ ଘଟଣାରେ । ଯାହାକୁ ଗୁରୁତ୍ୱର ସହକାରେ ବିଚାର ବିମର୍ଶ କରିବାକୁ ପଡ଼ିବ । କଷ୍ଟ ସ୍ୱୀକାର କରିବାକୁ ହେବ ସମାଧାନ ଲାଗି । ଅଜସ୍ର ପରିଶ୍ରମ ଓ ଅପର୍ଯ୍ୟାପ୍ତ ପ୍ରଚେଷ୍ଟା ଆବଶ୍ୟକ ହେବ ସେପରି ପରିସ୍ଥିତିର ମୁକାବିଲା ପାଇଁ । ଅସୀମ ଧୈର୍ଯ୍ୟ ଲୋଡ଼ା ହେବ ତାକୁ ଅତିକ୍ରମ କରିବାକୁ । ଦୃଢ଼ ଇଚ୍ଛାଶକ୍ତି ଏବଂ କଠିନ ଅଦ୍ୟମ ଉଦ୍ୟମ ଦରକାର ପଡ଼ିବ । ପାସୋରି ଦେବା ପାଇଁ ଅଟୁଟ ମନବଲ ଖୋଜା ହେବ, ମନରେ ନ ପକାଇବା ଲାଗି ।

ସାଧାରଣ କଥାଟିଏ। ନିତି ଦିନିଆ ଘଟୁଛି, ଏମିତି କେତେ ଘଟୁଥିବ ଏତିସେଟି ଯେଉଁଠି ହେଲେ। ଘଟଣାର ପ୍ରବାହରେ ଧାରେ ସ୍ୱଅପରି। ସେଇ ସମୟ ସ୍ରୁଅ ମଧ୍ୟରେ ଗୋଟିଏ ଭଉଁରୀ, ଯାହା ସେ ଘଟଣାକୁ ଚିହ୍ନାଏ। ମନେ ପକାଇ ଦିଏ ସେ କଥାକୁ। ସ୍ମରଣକୁ ଆଣେ ସେ ଆଲୋଚନାକୁ। ହେଜେଇ ଦିଏ ସେ ଟିକା ଟିପ୍ପଣିକୁ। ସ୍ମୃତି ହୋଇ ସେ ବାରମ୍ୱାର ଆସି ଆନମନାକରେ। ଯାହା ସୁନି ସହିତ ତା'ର ଆଲୋଚନା ହୋଇଥିଲା ମନ୍ଦିରର ମୁଖଶାଲାରେ। ଯାହା ମନକୁ ଝୁରାଏ। ଆନ୍ଦୋଳିତ କରେ ଚେତନାକୁ। ଚିନ୍ତାଧାରାକୁ ବିପର୍ଯ୍ୟସ୍ତ କରିଦିଏ। ବ୍ୟତିବ୍ୟସ୍ତ କରିଥାଏ ଆମ୍ଭାକୁ। ବିବ୍ରତ କରୁଥାଏ ଅନ୍ତରକୁ। ନୂତନ ଚମକ ଆଣିଦିଏ ହୃଦୟରେ। ସେ ଘଟଣାର ଆଲୋଚନାକୁ ଭାବି ବସିଲେ ଆନମନା ହୁଏ ସତୀ। ଅବଶ ଲାଗେ ତା'ର ଶରୀର ତା ନିଜକୁ।

ମନ୍ଦିରରେ। ଠାକୁରଙ୍କ ସାମ୍ନାରେ। ଦେବାଳୟରେ। ପ୍ରଭୁଙ୍କ ବିଜେସ୍ଥଳରେ। ଦିଅଁଙ୍କ ନିକଟରେ। ଦେବତାଙ୍କ ପୀଠରେ। ପବିତ୍ର ଭାବନା ନେଇ। ଶୁଦ୍ଧ ମନରେ। ସ୍ୱଚ୍ଛ ପ୍ରାଣରେ। ନିର୍ମଳ ହୃଦୟରେ। ଅନାସକ୍ତ ଅନ୍ତରରେ। ନିରାଶକ୍ତ ଆମ୍ଭାରେ। ଅନାବିଳ ଦେହକୁ ନେଇ। ଚିନ୍ତାରେ କଳୁଷ ଭାବନରଖି। ନିଷ୍କାମ ଚେତନାରେ। କଳ୍ପନାରେ କପଟ ନ ଆଣୀ। ଛଳନା ନକରି କିଏ ଠାକୁରଙ୍କ ପାଦୁକ କାହା ହାତରେ ଦେଲା। ମଥାରେ ଲଗାଇଦେଲା ବିଭୂତି ଟିପା। ଟଙ୍କା କେତୋଟି ରଖିଲା ଠାକୁରଙ୍କ ପାଇଁ। ସେଥିରେ ବା କି ଦୋଷ ରହିଲା ? ଅପରାଧ ହେଲା କେଉଁଠି ? ଭୁଲ ବା ଏଥିରେ କ'ଣ ଅଛି ? ଏହା ଅକର୍ତ୍ତବ୍ୟ ହେବ କିପରି ? ଏଇଟା କ'ଣ ତ୍ରୁଟି ବିଚ୍ୟୁତି କର୍ମ ଭାବରେ ପରିଗଣିତ ହେବ ? ଅବିବେକୀତା ହେବ ? ଅମାନବିକତା କାମ ଭାବରେ ଧରାଯିବ ? ଅମଣିଷଙ୍କ କ୍ରିୟା କଳାପରେ ଅନ୍ତର୍ଭୁକ୍ତ ହୋଇପାରିବ ? ଯାକୁ ଅନ୍ୟାୟ କୁହାଯିବ ? ଅପକର୍ମ ଭାବେ ବିବେଚିତ ହେବ ? ଏହା ଅସତ ମାର୍ଗିକ କାର୍ଯ୍ୟ ହେବ ? ଅଥବା ଧର୍ଡବ୍ୟ ଅପରାଧରେ ଗଣ୍ୟ କରାଯିବ ? କେହି ଯଦି ସେ କଥାକୁ ଅନ୍ୟ ପ୍ରକାରେ ବୁଝେ ? ଭିନ୍ନ ଅର୍ଥରେ ଗ୍ରହଣ କରେ ? ଶୁଙ୍ଗୁରା ମାରିବସେ ଆଉ ଗୋଟେ ବାଟରେ ? ଅନ୍ୟ ରକମର ତର୍ଜମା କରେ ? ବ୍ୟାଖ୍ୟା କରେ ବିଶଦ ଭାବରେ ଅନର୍ଥ ବାହାର କରିବା ପାଇଁ ? ମନ୍ଦ ଉଦ୍ଦେଶ୍ୟ ନେଇ ଭାବାର୍ଥ ପ୍ରକାଶ କରେ ? ସେ ଘଟଣାର ସରଳାର୍ଥକୁ ବୁଝାଏ ଖରାପ ମନଭାବ ରଖି ? କଦର୍ଯ୍ୟ ମତଲବ ନେଇ ? ସେ କଥାକୁ ବା କାହାର ଚାରା ଅଛି ? କାହାର ବଳ ପାଇବ ତାକୁ ବୁଝାଇବାକୁ ? ସେପରି ଅର୍ଥରେ କଥାଟାକୁ ନ ନେବା ପାଇଁ; ଶକ୍ତି କୁଲାଇବ ଅବା କାହାର ସାଧ ଅଛି କଥାର ଚଳନ୍ତି ପ୍ରବାହକୁ ବଦଳାଇ ଦେବାକୁ ? ସେପରି ପ୍ରଭାବକୁ ପ୍ରତିହତ କରି ପରିବାର ସାମର୍ଥ୍ୟ ପଣ କାହାର ଅଛି ?

ଯେମିତି ହୋଇଛି ତା'ର ସୁନି କଥାରେ।

ସେ କିନ୍ତୁ ଭୁଲିଯିବ। ପାସୋରି ପକାଇବ। ମନରେ ଆଉ ଗୁଣି ହେବ ନାହିଁ ସେ ଘଟଣାକୁ। ହେଜିବ ନି ସେ କଥାକୁ। ସେଥିପାଇଁ ସେମିତି କିଛି କଷ୍ଟ କରିବାକୁ ପଡ଼ିବ ନାହିଁ। ସେଥିଲାଗି ଲୋଡ଼ା ହେବ ନାହିଁ ଅଧିକ ପରିଶ୍ରମ। ସାମର୍ଥ୍ୟ ପଣିଆର କିବା ଆବଶ୍ୟକ ସେପରି କଥାକୁ ନ ଭାବିବା ଲାଗି। ସେ ବିଷୟରେ ଚିନ୍ତା ନ କରିବା ପାଇଁ ଅସୀମ ଧୈର୍ଯ୍ୟ ଶକ୍ତିର ଦରକାର ନାହିଁ। ଘାରିହେବା ପାଇଁ, ଝୁରିହେବା ଲାଗି। ସନ୍ତାପିତ ହେବାକୁ ସେପରି ଅନାବଶ୍ୟକ ଘଟଣା ସମ୍ପର୍କରେ। ନଭାବିବାକୁ ସେ ଅଦରକାରୀ କଥା ବିଷୟରେ। ଅଲୋଡ଼ା, ଅଲଣା, ଅଖୋଜା ପ୍ରସଙ୍ଗ ଉପରେ ଆଲୋଚନା କରିବା ଲାଗି ମନେ ମନେ ନିରବରେ।

ତେଣିକି ସୁନି ଯାହା ଭାବୁଛି ଭାବୁ ? ଯେମିତି ଚିନ୍ତା କରିବସୁ ? ଯେଭଳି ଯୋଜନାକୁ କଳ୍ପନା କରୁ ? ଯାହା ମନେ କରୁ ପଛେ। ଯେପରି ଅର୍ଥ ବାହାର କରୁ ସେଥିରୁ ? ସେଥିରେ ତା'ର କିବା ଯାଏ ଆସେ ? ସେ ଘଟଣା ସହିତ ତା'ର କ'ଣ ସମ୍ପର୍କ ଅଛି ନା କିଛି ସମ୍ୱନ୍ଧ ଅବା ପରଚୟ ରହିଛି ସେ ଲୋକଟି ସହିତ ? ସେ ନିଜେ ଭଲ ଥିଲେ, ଠିକ୍ ରହି ପାରିଲେ ହେଲା। ସଚ୍ଚୋଟ, ସୁଦୃଢ, ସ୍ଥିର, ଅବିଚଳିତ, ନିର୍ଭୀକ, ନିର୍ମଳ, ସ୍ୱଚ୍ଛ ଓ ନିର୍ଣ୍ଡିତ।

କଥାରେ ଅଛି- "ମନର ସତୀତ୍ୱ ଦେହରେ ନାହିଁ; ରାବଣ ସୀତାଙ୍କୁ ନେଲା ଚୋରାଇ। ଦ୍ରୌପଦୀ ଚିନ୍ତିଲେ କର୍ଣ୍ଣଙ୍କୁ ପରା, ଚିତ୍ରଗୁପ୍ତ ପାଖେ (ଆଗେ) ପଡ଼ିଲେ ଧରା। "ରାବଣ ପଞ୍ଚବଟୀରୁ ସୀତାଙ୍କ ହାତଧରି ଟାଣି ନେଇ ଜୋର ଜବରଦସ୍ତ ରଥରେ ବସାଇ ଲଙ୍କାକୁ ନେଇ ଯାଇଥିଲେ। ସେଥିପାଇଁ ସୀତାଙ୍କୁ କଳଙ୍କିନୀ କୁହାଯାଇ ପାରିବନାହିଁ। ଦି, ଦି'ବର୍ଷ ରାବଣ ପୁରରେ ରହିଲେବି ନିଜର ସତୀତ୍ୱର ପରୀକ୍ଷା ଦେବାକୁ ଯାଇ ନିଆଁ ଭିତରେ ପଶି ସୀତା ପୁରା ଅକ୍ଷତ ଅବସ୍ଥାରେ ବାହାରି ଆସି ପାରିଥିଲେ (ଯାହା ସମ୍ପୂର୍ଣ୍ଣ ଅସମ୍ଭବ ମାତ୍ର ପୁରାଣରେ ଲେଖା ହୋଇଛି)। କିନ୍ତୁ ଦ୍ରୌପଦୀ ଇନ୍ଦ୍ରପ୍ରସ୍ତ ରାଜମହଲର ରାଣୀ ଅନ୍ତପୁରରେ କର୍ଣ୍ଣଙ୍କଠାରୁ ଅନେକ ଦୂରରେ ରହିସୁଦ୍ଧା। କର୍ଣ୍ଣଙ୍କୁ ନିଜ ମନରେ ସ୍ଥାନ ଦେଇ ଥିବାରୁ ଚିତ୍ରଗୁପ୍ତଙ୍କ ବିଚାରରେ ଦୋଷୀ ସାବ୍ୟସ୍ତ ହୋଇ ସଜ୍ଜା ଭୋଗିଲେ। ସେଥିପାଇଁ କୁହାଯାଏ ବଡ଼ ନିରିଦୟ ଚିତ୍ରଗୁପ୍ତ ହିଆ, ଅଦଭୂତ ତା'ର ପାଞ୍ଝିଆ ପଣିଆ। ଯେଉଁଥିଲାଗି କୁହାଯାଏ ମନର ପବିତ୍ରତା ଦେହରେ ନଥାଏ। ସେ ସିନା ସେହି ଅପରିଚିତକୁ ଛୁଇଁ ତାଙ୍କ ସ୍ପର୍ଶ ତା' ହାତର, ଅଙ୍ଗୁଳିରେ ଅନୁଭବ କରିଛି ହେଲେ ତା' ମନ ତ ରହିଛି ନିର୍ମଳ, ସୁଦ୍ଧ ଓ ପବିତ୍ର ଏବଂ ନିଷ୍କଳଙ୍କ। ଏହା ପରେ ସେ ଆଉ କଳଙ୍କିନୀରେ ଗଣ୍ୟ ହେବ କିପରି ?

ଈଶ୍ୱର ଚନ୍ଦ୍ର ବିଦ୍ୟାସାଗରଙ୍କ ଭାଷାରେ- "ମନ୍ନିହ୍ୱୟା ଯଦି ଜନଃ ପରିତୋଷମେତି, ନ ନ୍ୟୂପ୍ରଯନ୍ ସୁଲଭୋଽୟ ମନୁଗ୍ରହୋମେ। ସତୁଷ୍ଟଯେ ଜନିମତାଂ ଜଗତୀଽଲୋକାଃ, କଷ୍ଟାର୍ଜିତାନ୍ୟପି ଧନାନି ପରିତ୍ୟଜନ୍ତି।" ଅନ୍ୟର ଆନନ୍ଦ ଜାତ କରାଇଲେ ନିଜର ମଙ୍ଗଳ ହୁଏ ବୋଲି ଏପରି ମଙ୍ଗଳ ଆଶାୟୀ, ରିଷ୍ଟ ଖଣ୍ଡନ ଇଚ୍ଛୁକ ଲୋକ ବହୁ ଅର୍ଥ ବ୍ୟୟ କରି, ଦାନ ଦକ୍ଷିଣା ଦେଇ, ବାଳକଲିଳା ଓ ବ୍ରାହ୍ମଣ ଭୋଜନ ଆଦି ବ୍ୟବସ୍ଥା କରିଥାଆନ୍ତି। ମାତ୍ର ବିନା ଅର୍ଥବ୍ୟୟ ଓ ଶ୍ରମରେ ମୋର ନିନ୍ଦା ମାତ୍ର କରି ଯଦି ଜଣେ ଆନନ୍ଦ ଲାଭକଲା। ତେବେ ପ୍ରକାରାନ୍ତରେ ସେ ମୋ ମଙ୍ଗଳର କାରଣ ହେବାର ଅନୁଗ୍ରହ ମୋ ପ୍ରତି (ବିଧାନ) କଲା। ତେଣୁ ନିନ୍ଦୁକମାନଙ୍କ ପ୍ରତି ଏଇ ଭାବ ହିଁ ଯଥାର୍ଥ। ମୋର ନିନ୍ଦା ମାତ୍ର ଦ୍ୱାରା ଯଦି କେହି ପରିତୋଷ ଲାଭ କରୁଥାଏ ତେବେ ତାହା ସେହି ବ୍ୟକ୍ତିକ ପକ୍ଷରୁ ମୋ ପାଇଁ ଏକ ଅନାୟାସରେ ସୁଲଭ ହେଉଥିବା ଅନୁଗ୍ରହ ରୂପକ ଆନନ୍ଦ। କାରଣ ଏହି ଜଗତରେ ଜୀବମାନଙ୍କୁ ସନ୍ତୁଷ୍ଟ କରିବା ପାଇଁ ଲୋକମାନେ ନିଜର କଷ୍ଟ-ଅର୍ଜିତ ଧନ ସମୂହକୁ ମଧ ପରିତ୍ୟାଗ କରିଥାନ୍ତି। ଅର୍ଥାତ ବିନା ପ୍ରୟାସରେ ଅନ୍ୟକୁ ଆନନ୍ଦିତ କରିବାର ପୁଣ୍ୟ ଲାଭ ନିମନ୍ତେ ଯଦି ମୋତେ କେବଳ ମାତ୍ର ନିନ୍ଦା ସହିବାକୁ ପଡ଼େ, ତେବେ ତାହା ହିଁ ମୋ ପାଇଁ ଶ୍ରେୟସ୍କର ଓ ସାଦର ଗ୍ରହଣୀୟ ମଧ। ସୁନି ଯଦି ମୋ ନିନ୍ଦାଗାଇ ଓ ମୋର ବଦନାମ କହି ଏବଂ ମୋତେ ଅପବାଦ ଦେଇ ସୁଖ ପାଉଛି କିମ୍ୱ ଖୁସି ହେଉଛି ହେଉ। ମୋର ସେଥିରେ ଆପଉି କରିବା ଅଥବା ତା ବିରୋଧରେ ଅଭିଯୋଗ ଉଠାଇ ପ୍ରତିବାଦ କରିବା କ'ଣ ଦରକାର।

ସଂକ୍ରାନ୍ତିର ଦୁଇଦିନ ପରେ ପଡ଼ିଲା ସୋମବାର। କାର୍ତ୍ତିକ ମାସର ପ୍ରଥମ ସୋମବାର। ପ୍ରତିଥର ପରି ସେ ଦୁହେଁ ଡେରି କରି ମନ୍ଦିରକୁ ଗଲେ। ଅଗାଧୁଆ (ଜଳଖିଆ) ଖାଇ ବିଳମ୍ୱରେ ଗାଧୋଇ। ସେ ସମୟରେ ମନ୍ଦିର ଫାଙ୍କା ଥାଏ। ପୂଜକ ଠାକୁର ବାବା ଧବଳେଶ୍ୱରଙ୍କ ପୂଜାସାରି ମନ୍ଦିର ନିର୍ମାତା ପ୍ରାଣନାଥଙ୍କ ଘରକୁ ଯାଇ ସାରିଥାନ୍ତି ତାଙ୍କ ଘର ଠାକୁରଙ୍କୁ ପୂଜା କରିବା ପାଇଁ। କେହି ଭକ୍ତ କୌଣସି କାର୍ଯ୍ୟ ବ୍ୟସ୍ତତା ଯୋଗୁ ବିଳମ୍ୱରେ ଆସିଲେ ଠାକୁରଙ୍କୁ ଦର୍ଶନ କରି ପାଦୁକ ପାଇ ଫେରିଯାଆନ୍ତି। କେବଳ ଗପ ଜମାଇ ମୁଖଶାଳାରେ ବସିରହନ୍ତି ଦୁଇ ସାଙ୍ଗ ସୁନି ଆଉ ସତୀ। ସେଦିନ ସେହି ଦୁଇଜଣ ମଧ ବସିଥିଲେ। ନିରୋଳା ପରିବେଶ। ମନ୍ଦିର ଓ ମୁଖଶାଳା ନିର୍ଜନ। ମନ୍ଦିର ସାମ୍ନା ରାସ୍ତା ବି ଶୂନସାନ। ସେମାନଙ୍କ ମଧରେ ଗପ ଆରମ୍ଭ ହୋଇଥିଲା ସେହି ଜନଶୂନ୍ୟ ଅନୁକୂଳ ପରିବେଶ ଯୋଗୁ। ଅନ୍ୟ କିଛି ଅସୁବିଧା ନ ଥିଲା। ସେମାନଙ୍କ କଥା ମଝିରେ ବିଶୃଙ୍ଖଳା ପୁରାଇବାକୁ ଅନ୍ୟ କେହି ସେଠାରେ ଉପସ୍ଥିତ ନ ଥିଲେ ସୁଦ୍ଧା କଥାବାର୍ତ୍ତାରେ ସେମାନଙ୍କର ସେତେଟା ଆନ୍ତରିକତା ନଥିଲା। କୌଣସି ବ୍ୟକ୍ତି ସେମାନଙ୍କ ମଧରେ ଚାଲିଥିବା ଆଲୋଚନାରେ ବିଭ୍ରାଟ ସୃଷ୍ଟି କରିବାକୁ ନଥିଲେ ମଧ ସେମାନେ ମନଖୋଲା ଆଳାପରୁ ବଞ୍ଚିତା ହେଉଥିଲେ ବାଧ ହୋଇ। ସେହି ସଂକ୍ରାନ୍ତି

ଦିନଠାରୁ ସତୀ ଟିକେ ନିରବ ହୋଇଗଲା ପରି ଲାଗୁଥିଲା। ଖୁବ୍ ଗମ୍ଭୀର ଦିଶୁଥିଲା ତା ହସ ହସ ମୁଖ ମଣ୍ଡଳ। ସେ କଥା କହୁଥିଲା ଭାରି ଜଗିରଖ୍, ମାପିରୂପି, ବୁଝି ବିଚାରି, ଆଉ ଭଲ ଭାବରେ ଅନୁଶୀଳନ କରି ଗଭୀର ଭାବରେ। ଯେତିକି ଆବଶ୍ୟକ ସେତିକି। ଅଧିକ ନୁହେଁ।

ମଳିନ ପଡ଼ି ଯାଇଥିଲା ତା ରୂପ ଝଟକର ଚମକାର ଆଭା। ତା' ଲାବଣ୍ୟର ଶୋଭା ଝଲକ ମଉଳି ଗଲା ପରି ଦିଶୁଥିଲା। ବିରସ ବଦନରେ ମୁହଁ ଓଲାଇ ଓଠ ଶୁଖାଇ ସେ କେତେବେଳେ ତଳକୁ ଓ କେତେବେଳେ ମନ୍ଦିର ସାମ୍ନା ଦେଇ ଯାଇଥିବା ରାସ୍ତାକୁ ଅନାଇଁ ରହି ସୁନି କଥାର ଉତ୍ତର ଦେଉଥିଲା କେବଳ। ନିଜ ଆଡୁ କୌଣସି ପ୍ରସଙ୍ଗ (କଥା) ଆରମ୍ଭ ନ କରି।

କାଳେ କେଉଁଠି ଟିକେ ଭୁଲ ରହିଯିବ। ଯେଉଁ ତ୍ରୁଟି ବିଚ୍ୟୁତିର ଖୁଣଧରି ସୁନି ଆରମ୍ଭ କରିଦେବ ସେଇକଥା। ତା କଥାରେ ସାମାନ୍ୟ ଭ୍ରମ ରହିଗଲେ ସୁନି ଅବତାରଣା କରି ବସିବ ସେ ଦିନ ଆଲୋଚନାର ଅସମାପ୍ତ ଅଧ୍ୟାୟରୁ ବାକିଥିବା ଅବଶିଷ୍ଟ ଅଂଶ।

ସେଦିନର କଥା ପୁରା ମନରୁ ଯାଇ ନଥାଏ। ଅଧାଦେଖା ସପନପରି ତା'ର ଛାଇଛାଇଆ ଦୃଶ୍ୟ ପ୍ରତୀୟମାନ ହେଉଥାଏ ସତୀର ମନ ପରଦାରେ। ବହୁ ଦୂରରେ ଥିବା କୌଣସି ବସ୍ତୁର ଅସ୍ପଷ୍ଟ ଛବିପରି।

କିନ୍ତୁ ସୁନି କଥାରୁ ଜଣାଯାଉଥିଲା ଯେପରି ସେ ସେଦିନର ଘଟଣାକୁ ସବୁ ପୁରାପୁରି ଭୁଲି ଯାଇଛି। ତା'ମନରେ ସେଦିନ ଭାବାବେଗର ଲେଶ ଥିଲାପରି ଜଣାଯାଉନଥିଲା। ସେ ଖୁବ୍ ଖୁସିମନରେ କଥା କହୁଥାଏ। ଆଲୋଚନା କରୁଥାଏ ବେଶ୍ ଖୋଲା ହୃଦୟରେ। କୌଣସି ଦ୍ୱିଧା ଅନ୍ତରରେ ନ ରଖି ବକି ଚାଲିଥାଏ। ଦ୍ୱନ୍ଦ ମୁକ୍ତ ଆମ୍ଭାରେ ଆଲାପ ଜମାଇ ନିବିଡ଼ ଆତ୍ମୀୟତାକୁ ଆହୁରି ଅଧିକ ସୁଦୃଢ଼ କରିବାକୁ ଚେଷ୍ଟା କରୁଥାଏ। ଯେମିତି ଆଗରୁ କରୁଥିଲା ସେମିତି କରିବାକୁ ଯନ୍ କରୁଥାଏ। ସେଭଳି ଗପର ପସରା ମେଲାଇ ଦେଇ ଉଦ୍ୟମ ଅବ୍ୟାହତ ରଖିଥାଏ ପୂର୍ବର ସେ ସମ୍ପର୍କକୁ ଉଦ୍ଜୀବିତ କରି ଅଟୁଟ ରଖିବାକୁ। ଆରକ୍ତିତାର ସହିତ ଆମ୍ ବିଶ୍ୱାସ ରଖି, ଦୃଢ଼ତାର ସହକାରେ ମୁଖଶାଲାରେ ବସି।

ସତୀ କିନ୍ତୁ ସତର୍କ ରହିଥାଏ। କଥା କହୁଥାଏ ସଚେତନ ହୋଇ। ସେ ଚାହୁଁନଥିଲା ସେ ଦିନର କଥା ପୁଣି ପଡ଼ୁବୋଲି। ସେ ପୁରୁଣା ବିଷୟର ଆଲୋଚନା ଆଉଥରେ ହେଉ ବୋଲି ସେ ଜମାଇଚ୍ଛା କରୁନଥିଲା। ତା'ର ଆଦୌ ଆଗ୍ରହ ନ ଥିଲା ଆରମ୍ଭ କରିବାକୁ ସେହି ଗତ ଘଟଣା ସମ୍ପର୍କରେ। ସେ ବିଲକୁଲ ଆଶା କରୁନଥିଲା ଅବତାରଣା କରିବାକୁ ସେହି ବିଗତ କଥାକୁ ଆଉଥରେ ଆଲୋଚନା ପରିସରକୁ ଆଣିବାକୁ। ଆଉଥରେ ପକାଇବାକୁ ସେ ଦିନର ବିଷୟବସ୍ତୁ ଯାହାକୁ ନେଇ ଦୁଇ ସାଙ୍ଗ ମୁହଁ ଫୁଲାଫୁଲି ହୋଇଥିଲେ। ମନ ଫଟା ପଟି ପର୍ଯ୍ୟନ୍ତ କଥା ଯାଇଥିଲା। ଅନ୍ତକେ ବର୍ତ୍ତି ଯାଇଥିଲା ସେମାନଙ୍କ ଦୀର୍ଘ ଦିନର ଦୋସ୍ତି ଭାଙ୍ଗି ଯିବାରୁ। ଅନ୍ତରଙ୍ଗତା ତୁଟି ଯିବାରୁ ରକ୍ଷା ପାଇ ଯାଇଥିଲା। ଆନ୍ତରିକତା ଭରା ବନ୍ଧୁତ୍ୱର ବନ୍ଧନ ଛିନ୍ନ ହେବାକୁ ଯାଉଥିଲାବେଳେ ଅଟକି ଯାଇଥିଲା ଭାଗ୍ୟବଳରୁ। ସମ୍ପର୍କର ରଜ୍ଜୁ ଛିଡ଼ିଯିବା ପୂର୍ବରୁ ସେମାନେ କୌଣସି ମତେ ନିଜକୁ ବୁଝାଇ ଦେଇ ପାରିଥିଲେ। ପୂର୍ବଜନ୍ମର ସୁକୃତ ଜୋରରୁ ସେମାନଙ୍କ ସାଙ୍ଗ ହେବା ଆଗପରି ରହିଥିଲା। ବାବା ଧବଲେଶ୍ୱରଙ୍କ ଆଶୀର୍ବାଦରୁ ସେମାନଙ୍କ ଭିତରେ ଥିବା ନିବିଡ଼ତା ଶିଥିଲ ହୋଇ ଯାଇନଥିଲା। ଠାକୁରଙ୍କ ଅଶେଷ କରୁଣାରୁ, ଈଶ୍ୱରଙ୍କ କୃପାରୁ, ମହାପ୍ରଭୁଙ୍କ ଦୟାରୁ, ଭଗବାନଙ୍କର ସେମାନଙ୍କ ଉପରେ ଥିବା ସହାନୁଭୂତିରୁ ସେମାନଙ୍କ ମଧ୍ୟରେ ଥିବା ଘନିଷ୍ଟତା, ଆନ୍ତରିକତା ଓ ଅନ୍ତରଙ୍ଗତା ଏବଂ ନିବିଡ଼ତା ରକ୍ଷା ପାଇ ଯାଇଥିଲା। ସୁନି ସବୁ ଭୁଲି ଯାଇଥିଲା ପରି ଲାଗୁଥିଲା। ଜଣାଯାଉଥିଲା ଯେପରି ତା ମନରେ ସେ ଦିନର ଘଟଣା ସମ୍ପର୍କରେ ଆଉ କିଛି ଅବସୋସ ନାହିଁ। ସେ କଥା ସମୟରେ ମଧ୍ୟ କିଛି ଅବକାଶ ଥିଲା ପରି ପ୍ରତୀୟମାନ ହେଉନଥିଲା। ସେଦିନର ଆକ୍ଷେପ, ପ୍ରତ୍ୟାକ୍ଷେପ, କଥା କଟାକଟି, ଦେଖେଇ ଶେଖେଇ କହିବା। କଥାକୁ ବୁଲେଇ ବଙ୍କେଇ ବଖାଣି ଘଟଣାର ମୋଡ଼ ବଦଲାଇବାକୁ ଚେଷ୍ଟା

କରିବା ଉଦ୍ୟମ ଜାରି ରଖିବା ସେଥୁରୁ କଦର୍ଯ୍ୟ ଅର୍ଥ ବାହାର କରିବା ପାଇଁ, ଅଭିଯାନ ଅବ୍ୟାହତ ରଖିବା ସତୀକୁ ବଦନାମ କରିବା ଲାଗି, ତାଙ୍କୁ ସବୁ ସେ ଯେପରି ପାସୋରି ଦେଇଛି ।

ସତୀ ବି ଭୁଲିଯିବ– ସେ ଦିନର କଥା । ସେଦିନ କଥାର ବିଷୟ ବସ୍ତୁ । ସେଦିନର ଘଟଣା । ସେ ଘଟଣାର ସାରମର୍ମ । ସେ ଦିନର ଆଲୋଚନା । ସେ ଆଲୋଚନାର ଭିତିରି ଭାବାର୍ଥ । ସେ ଦିନର ଆକ୍ଷେପ । ସେ ଆକ୍ଷେପର ସରଳାର୍ଥର ପରିଭାଷା । ସେ ଦିନର ଯୁକ୍ତିତର୍କ । ସେ ଯୁକ୍ତିତର୍କର ମାର୍ମିକ ଲକ୍ଷର ଅବତାରଣା । ଯାହା ପରିସ୍ଥିତି ବାଧ୍ୟରେ ହୋଇ ନଥିଲା । ସୃଷ୍ଟି ହୋଇଥିଲା ସୁନିର ଖାମ ଖିଆଲି ମନୋବୃତ୍ତିରୁ । ଉଦ୍ଭବ ହୋଇଥିଲା ଠଙ୍ଗଣାଜରେ କଥା କହିବା ଭଙ୍ଗୀରୁ । ଜନ୍ମିଥିଲା ଇୟାରିକ ହେବା ଭାବରୁ । ବାହାରିଥିଲା ପରିହାସରେ ତାଙ୍କୁ ଚିଡ଼ାଇବା ଉଦ୍ଦେଶ୍ୟ ରଖ୍ କରିଥିବା ବାର୍ତ୍ତାଳାପର ଭଙ୍ଗୀରୁ ।

ସେଇ ଅପରିଚିତ ଜଣକ, ଅଦିନିଆ ଝଡ଼ପରି ଅକସ୍ମାତ ଅବେଳରେ ଆସି ପହଞ୍ଚିଲେ । ତାଙ୍କର ଅକ୍ଷ ସମୟର ରହସ୍ୟ ଅନେକ ଭାବନାର ଖିଅ ସୃଷ୍ଟି କରିଥିଲା । ବହୁତ କାଳ୍ପନିକ ସମ୍ଭାବ୍ୟ ଘଟଣାର ସୂରାକ ଆଣି ପାରିଥିଲା ତାଙ୍କ ସ୍ୱଚ୍ଛ ବେଳର ଉପସ୍ଥିତି । ସେ ଦୁହିଁଙ୍କ ମଧ୍ୟରେ ଅସୁମାରି କଥାର ପୂର୍ବାଭାଷ ଯୋଗାଇ ପାରିଥିଲା । ଯାହା କେବେ ହେବାର ନଥିଲା । ଅବତାରଣା ହେଲା ଖାସ୍ ତାଙ୍କରି ଆଗମନ ଯୋଗୁ । ମନ୍ଦିରରେ ତାଙ୍କ ଉପସ୍ଥିତି ହେତୁ । ଅସମ୍ଭବ ଭାବେ ଅଣିଷ୍ଠା, ଅସମାପ୍ତ, ଅସରନ୍ତି ଅଢ଼ୁଆ ସ୍ମୃତିର କର୍ଣ୍ଧାର (ସୃଷ୍ଟିକାରୀ) ସାଜି ଅପସରିଗଲେ ଆପଣାଛାଏଁ ନିଜକୁ ନିଜେ । ଯାଇଛନ୍ତି ତ ଯାଆନ୍ତୁ । ଯାଇ ଥାଆନ୍ତୁ । ଆଉ ନଫେରନ୍ତୁ । ନଆସନ୍ତୁ, ନପହଞ୍ଚନ୍ତୁ ମନ୍ଦିରରେ । ତାଙ୍କର ପୁଣି ଫେରିବା କ'ଣ ଦରକାର ? ନ ଆସନ୍ତୁ, ତାଙ୍କର ଅକାରଣଟାରେ ଆଉ ଆସିବାର ଆବଶ୍ୟକ କ'ଣ ଅଛି ? କାହିଁକି ବା ତାଙ୍କୁ ଲୋଡ଼ି ବସିବ କିଏ ? କେଉଁ ଅର୍ଥରେ ? କ'ଣ ପାଇଁ ତାଙ୍କୁ କିଏ ଖୋଜିବ ? କେଉଁ କାରଣ ସକାଶେ ତାଙ୍କ ଆସିବା କିଏ ଚାହିଁବ ? ଇଚ୍ଛାକରି ବସିବ ତାଙ୍କ ସାନ୍ନିଧ୍ୟ କୋଉ କାମ ପାଇଁ ? ଆଶା କରିବ ତାଙ୍କ ଉପସ୍ଥିତି କେଉଁ ଉଦ୍ଦେଶ୍ୟ ଚରିତାର୍ଥ ନିମିତ୍ତ ? ଲକ୍ଷ୍ୟ ରଖିବ ତାଙ୍କ ଆଗମନକୁ କେଉଁ କର୍ତ୍ତବ୍ୟ ସମ୍ପାଦନ ଲାଗି ? ଆଗ୍ରହ ପ୍ରକାଶ କରିବ ତାଙ୍କୁ ଦେଖ୍ବାକୁ ପୁଣିଥରେ ଏହି ମନ୍ଦିରରେ କେଉଁ ତୁଟୁନଥିବା ସମସ୍ୟାର ସମାଧାନ ପାଇଁ ? କାହାରବା କେଉଁ ପ୍ରକାର ସ୍ୱାର୍ଥ ହାସଲ ହେଉଛି ତାଙ୍କ ଆସିବା ଦ୍ୱାରା ? କିମ୍ଭ ତାଙ୍କ ଯୋଗୁ କାହାର କେଉଁ ରକମର ଲକ୍ଷ୍ୟ ପୂରଣ ହୋଇ ପାରୁଛି ? ତାଙ୍କ ଉପସ୍ଥିତି ପାଇଁ କାହାର କି ରକମ ଉପକାର ହୋଇପାରିବ ? ଯେଉଁ ମନ ଥିଲା ଚିନ୍ତା ମୁକ୍ତ, ଦୁର୍ଭାବନା ରହିତ । ଆଶଙ୍କା ଶୂନ୍ୟ, ନିର୍ମଳ, ନିର୍ଭୀକ । ତାଙ୍କୁ କେବଳ ବେଦନାସିକ୍ତ, ଭୟଭୀତ, ଯନ୍ତ୍ରଣା ଜର୍ଜରିତ, ଦୁଃଖରେ ବ୍ୟଥିତ, ଆମ୍ଳାନିରେ ସଂକ୍ରମିତ କରିବା ବ୍ୟତୀତ ସିଏ ଆଉ କ'ଣ ଅଧିକ କରି ପାରୁଛନ୍ତି ?

କେବେତ ତାଙ୍କର ଦେଖା ମିଳୁନଥିଲା । ସାକ୍ଷାତ ହେଉନଥିଲା ତାଙ୍କ ସହିତ । ଭେଟୁ ନଥିଲେ ସେ ଦୁହେଁ ତାଙ୍କୁ । ଜମା ସିଏ ଆସୁନଥିଲେ । ତାଙ୍କ ପାଦ ଆଦୌ ପଡ଼ୁନଥିଲା ଏହି ମନ୍ଦିର ପ୍ରାଙ୍ଗଣରେ । ସିଏ ନ ଆସିବା ଦ୍ୱାରା ତାଙ୍କ ପାଇଁ ତ କିଛି ଅଟକି ଯାଉନଥିଲା । ବକେୟା ପଡ଼ୁନଥିଲା । ବଳେଇ ଯାଉନଥିଲା । ଅଧା ହୋଇ ରହୁନଥିଲା । ଅସମ୍ପୂର୍ଣ୍ଣ ରହିଯାଇ ନଥିଲା । ବିଟିଡ଼ି ଯାଉନଥିଲା । ବିଶୃଙ୍ଖଳା ସୃଷ୍ଟି ହେଉନଥିଲା । ସିଏ ଆସୁନଥିଲା ବେଳେ କିଛି ତ ଅସୁବିଧା (ସୃଷ୍ଟି) ଉପୁଜୁନଥିଲା, ଏବେ ଯେମିତି ହୋଇଛି । ସବୁତ ଚାଲିଥିଲା ଠିକ୍ ଠାକ୍ ଆଗଭଳି, ପୂର୍ବ ପରି । ସିଏ ଏଠାକୁ ଆସିବା ଆଗରୁ ଯେପରି ଚାଲିଥିଲା । ଯେମିତି ହେଉଥିଲା ସେମିତି ସବୁ ନିୟମିତ ଶୃଙ୍ଖଳାର ସହିତ ହେଉଥିଲା । ବରଂ ସିଏ ଆସିଲେ ଅସୁବିଧା ହେଉଛି । ଅଢ଼ୁଆ ବାହାରୁଛି । ଅନର୍ଥ ସୃଷ୍ଟି ହେଉଛି । ଅଘଟଣ ଘଟୁଛି । କଥା ତର୍କର ରୂପ ନେଉଛି । ଭାଷା ଯୁକ୍ତିକୁ ବଦଳିଯାଉଛି । ଆଲୋଚନା ପରିହାସର ପଥ ବାଛି ନେଉଛି । ଆଲାପ ବିଦ୍ରୁପର ବାଟ ଧରୁଛି । ଅପଢ଼ ହେବାକୁ ଯାଉଛି ଦୁଇ ସାଙ୍ଗଙ୍କ ମଧ୍ୟରେ ତାଙ୍କୁ ନେଇ । ସିଏ ନ ଆସିବା ଭଲ । ବହୁ ତ ଭଲ ହେବ ସିଏ ଯଦି ଆଉ କେବେ ବି ନ ଆସନ୍ତି । ଅନେକ ସୁବିଧା ହେବ ଯଦି ତାଙ୍କ ପାଦ ଏଠାରେ ଆଦୌ ନ ପଡ଼େ । ସେ ଦୁହିଁଙ୍କ ବନ୍ଧୁତ୍ୱ ଅଟୁଟ ରହିବ । ସମ୍ପର୍କ ରହିବ ପୂର୍ବ ପରି ନିବିଡ଼ । ଆଗ ଭଳି ଘନିଷ୍ଠ । ଏକାନ୍ତ ଅନ୍ତରଙ୍ଗ ଆଗରୁ ଯେପରି ଥିଲା । ସେମିତି ରହିବ । ତେଣୁ । ତେଣୁ ସିଏ ନ ଆସନ୍ତୁ ।

କାହାରି କଥାରେ ସମୟ ଚାଲେ ନାହିଁ। କାହା ନିର୍ଦ୍ଦେଶ କାର୍ଯ୍ୟକାରି ହୁଏ ନାହିଁ ସଂସାରରେ। ଘଟଣା ସବୁ ଘଟେ ନାହିଁ କାହାରି ଇଚ୍ଛା ମୁତାବକ। କାହା ବ୍ୟକ୍ତିଗତ ଇଙ୍ଗିତରେ ଚଲେ ନାହିଁ ସମାଜ। ମଣିଷ ସମାଜ, ପକ୍ଷୀଙ୍କ ଜଗତ କିମ୍ବା ପଶୁମାନଙ୍କ ଦୁନିଆ। କୀଟପତଙ୍ଗଙ୍କ ପୃଥିବୀ। କାହାରି (ବ୍ୟକ୍ତି ବିଶେଷଙ୍କ) ନିର୍ଦ୍ଦେଶରେ ଚାଲେ ନାହିଁ ସଂସାର। ତେଲଲୁଣର ସଂସାର। ଦେବା ନେବାର ସଂସାର। ଭାବ ଅଭାବର ସଂସାର। ପିଲା ଛୁଆଙ୍କୁ ନେଇ ସଂସାର। ପରିବାର ସହ ସଂସାର। ସ୍ୱଚ୍ଛଳ କିମ୍ବା ଅନାଟନର ଦୁନିଆ। ସାରା ଦୁନିଆ। କାହାରି (ଜନକର) ଆଦେଶକୁ କେବେ ବି ମାନିବାକୁ କେହି ପ୍ରସ୍ତୁତ ନୁହନ୍ତି। ଏପରିକି ନିଜର ଲୋକମାନେ ସୁଦ୍ଧା ଆଜ୍ଞାଧୀନ ହୋଇ ରହୁନାହାନ୍ତି। ଆପଣାର ପିଲାମାନେ ବାପ, ମା'ଙ୍କୁ ମାନିବାକୁ ପ୍ରସ୍ତୁତ ନୁହଁନ୍ତି। ପରିବାର ଉପରେ ଆଉ କାହାରି ମୁରବି ପଣିଆ ନାହିଁ। ସମାଜରେ ବୟୋଜ୍ୟେଷ୍ଠଙ୍କୁ ସମ୍ମାନ ମିଳୁନି କିମ୍ବା ସେମାନଙ୍କ କଥାକୁ ଗୁରୁତ୍ୱ ଦିଆଯାଉନି। ସମସ୍ତେ ଚଲନ୍ତି ଆପଣା ଇଚ୍ଛାମତେ। ନିଜ ନିଜ ବାଟରେ। ନିଜ ମନନେଇ। ନିଜ ଇଚ୍ଛା ମୁତାବକ ଆପଣା ମର୍ଜିକୁ ଘେନି। ନିଜ ମତଲବକୁ ନେଇ। ନିଜର ଲକ୍ଷ୍ୟ ଅନୁଯାୟୀ। ଯାହା ତାଙ୍କ ମନକୁ ଆସିଲା, ଯାହା ମନକୁ ପାଇଲା। ତାଙ୍କ ଇଚ୍ଛା ଯେମିତି ହେଲା। ମନ ଘେନିଲା ଯେପରି। ଯେଉଁଥିରେ ମନ ମାନିଲା। ଆଗ୍ରହ ଯେଉଁ ଆଡ଼କୁ ଡ଼ାକିଲା। ଯୁଆଡ଼କୁ ଢାଳିଲା ଲକ୍ଷ୍ୟ। ବଳିଲା ଆସକ୍ତି।

ସମୟ ଏଗାରଟା ପାଖା ପାଖି। ସାଇକେଲ ଆସିବା ଶବ୍ଦ ଶୁଣି ଶୁନି ରାସ୍ତାକୁ ଅନାଇଁଲା। ରାସ୍ତା ଆଡ଼କୁ ଚାହିଁଥିବା ସମୟରେ ତା'ପାଟିରୁ ଆପେ ଆପେ ବାହାରି ପଡ଼ିଲା– 'ସତୀ ସିଏ ଆସିଲେଣି।'

ସେଦିନ ସିଏ ଆସିବେ, ଏକଥା ସେମାନେ କେବେ ଭାବି ନଥିଲେ। ସେ ଦୁହେଁ ତାଙ୍କୁ ଚିହ୍ନନ୍ତି ନାହିଁ। ସଂକ୍ରାନ୍ତି ଦିନ ଆସିଥିବା ଲୋକଟି ପୁଣି ଯେ ସୋମବାର ଦିନ ଆସିବେ ଏପରି ଧାରଣା କଳ୍ପନାରେ ସୁଦ୍ଧା ସେମାନେ ଆଦୌ କରିନଥିଲେ। ସାଧାରଣତଃ ସୋମବାରଠାରୁ ସଂକ୍ରାନ୍ତି ହେଉଛି ଆଧ୍ୟାମ୍ନିକ ଦୃଷ୍ଟିରୁ ଅଧିକ ଗୁରୁତ୍ୱ ପୂର୍ଣ୍ଣ ଦିବସ। କେତେକ ଭକ୍ତ କେବଳ ସଂକ୍ରାନ୍ତି, ପୂର୍ଣ୍ଣିମୀ ଓ ଅମାବାସ୍ୟା ତଥା ଚତୁର୍ଦ୍ଦଶିରେ ମହାଦେବଙ୍କୁ (ଠାକୁରଙ୍କୁ) ଦର୍ଶନ କରିଥାଆନ୍ତି। ପ୍ରତି ସୋମବାରରେ ଠାକୁରଙ୍କ (ମହାଦେବଙ୍କ) ପାଖକୁ ଯାଆନ୍ତି ନାହିଁ। ସେଥିପାଇଁ ସିଏ ପୁଣି ସୋମବାର ଦିନ ଆସିବେ, ସେ କଥା ଏମାନେ କେବେ ବି କଳ୍ପନା କରି ନଥିଲେ। ଯଦିଓ ତାଙ୍କ ସହିତ ପ୍ରଥମ ସାକ୍ଷାତ ଦିନର କଥା ସତୀ ମନରେ ବାରମ୍ବାର ପଡ଼ୁଥିଲା। ଯାହାକୁ ସେ ଭୁଲି ଯିବାକୁ ଚେଷ୍ଟା କରି ବିଫଳ ହୋଇଥିଲା। ସେ କଥାକୁ ଶୁନି ପାଖରେ ପ୍ରକାଶ ନ କରି ମନେ ମନେ ଗୁଣି ହେଉଥିଲା ନିଜ ଭିତରେ।

ଶୁନି କଥା ଶୁଣି ସତୀ ରାସ୍ତା ଆଡ଼କୁ ଅନାଇଲା। ସିଏ ରାସ୍ତା ଉପରୁ ପଡ଼ିଆକୁ ଗଡ଼ୁଥିଲେ। ଗଛ ଛାଇରେ ସାଇକେଲ ରଖି ସିଏ ମୁହଁ, ହାତ ଓ ଗୋଡ଼ ଧୋଇଲେ। ରୁମାଲରେ ମୁହଁ ପୋଛୁ ପୋଛୁ ମୁଖଶାଲାକୁ ଉଠି ଆସିଲେ ପାହାଚ ଚଢ଼ି। ପୂର୍ବଥର ପରି ସେଦିନ ସିଏ ଆସିଲେ। ପ୍ରଥମ ସାକ୍ଷାତ ଥର ସଂକ୍ରାନ୍ତି ଦିନ ସିଏ ପୂଜକଙ୍କୁ ଖୋଜିଥିଲେ। ଦ୍ୱିତୀୟ ଥର କାହାରିକୁ ଖୋଜିଲେ ନାହିଁ। ତାଙ୍କୁ ମଧ କାହାରିକୁ କିଛି କହିବାକୁ ପଡ଼ିନଥିଲା। ସିଏ ଠାକୁରଙ୍କୁ ଜୁହାର ହୋଇ ସାରିଲା ବେଳକୁ ଶୁନି ମନ୍ଦିର ଭିତରକୁ ଯାଇ ଦ୍ୱାର ମୁହଁରେ ଠିଆ ହୋଇଥିବା ସତୀ ହାତକୁ ପାଦୁକ ଗ୍ଲାସ ବଢ଼ାଇ ଦେଇଥିଲା। ସିଏ ଜୁହାର ହୋଇ ସାରି, ମନ୍ଦିର ଦୁଆରେ ପାଦୁକ ଗ୍ଲାସ ଧରି ଠିଆ ହୋଇଥିବା ସତୀ ପାଖରେ ହାତ ପାତିଲେ। ସତୀ ପୂର୍ବଥର ପରି ପାଦୁକ ଦେଇଥିଲା ତାଙ୍କ ହାତରେ। ବିଭୂତି ଟିପା ଲଗାଇ ଦେଇଥିଲା କପାଳରେ। ବିନା ବାକ୍ୟ ବ୍ୟୟରେ ଠାକୁରଙ୍କ ଥାଲି ପାଇଁ ସତୀ ହାତକୁ ପଇସା ବଢ଼ାଇ ଦେଇଥିଲେସିଏ। ଏଥର ସିଏ ଚୁପଚାପ ଆସିଥିଲେ। ପାଟି ନ ଫିଟାଇ ଫେରି ଯାଇଥିଲେ ନିରବରେ।

ସିଏ ସିନା ନିରବରେ ଆସିଥିଲେ ଆଉ ଚୁପ୍ ଚାପ ଫେରିଗଲେ। କିନ୍ତୁ ମନ୍ଦିର ଭିତରେ ଥାଇ ଶୁନି ନିରବ ରହି

ପାରିନଥିଲା । ସିଏ ଫେରିଯାଉଥିବା ରାସ୍ତାକୁ ସତୀ ଅନାଇ ରହିଥିବା ସମୟରେ ସତୀର ଏପରି ଢଙ୍ଗ ଦେଖି ସୁନି ମନ୍ଦିର ଭିତରୁ ଥାଇ ଆରମ୍ଭ କଲା । "ତା ହେଲେ ତାଙ୍କର ପସନ୍ଦ ହୋଇଛି, ଆଉ ତୋର ମଧ୍ୟ ।"

ସୁନି କଥା ଶୁଣି ସତୀ ପ୍ରକୃତିସ୍ଥ ହେଲା । ରାସ୍ତା ଉପରୁ ଆଖି ଫେରାଇ ଆସି ମୁହଁ ବୁଲେଇ ଦେଖିଲା । ସୁନି ତା ଆଡ଼କୁ ଅନାଇଁ ହସୁଛି । ସତୀ ପଚାରିଲା "ସୁନି; କାହାର କିଏ ପସନ୍ଦ ହେଲା ?"

"ପୁଅର , ଝିଅ ପସନ୍ଦ ହେଲା ଓ ଝିଅର ମଧ୍ୟ ପୁଅ ।"

"କୋଉ ପୁଅର, କେଉଁ ଝିଅ ?"

"ପୁଅକୁ ମୁଁ ଚିହ୍ନେନା କିମ୍ବା ତାଙ୍କ ନାମ ମଧ୍ୟ ମୋତେ ଜଣା ନାହିଁ ।"

"ଝିଅ ନାଁ ତ ଜାଣିଛୁ ?"

"ହଁ" ସୁନିର ସଂକ୍ଷିପ୍ତ ଉତ୍ତର ।

"କହନୁ ତା ନାଁ କ'ଣ ?" ସତୀର ପ୍ରଶ୍ନ ।

"ନାଁ ତା'ର ସତୀ । ହେଲେ ସେ ଦକ୍ଷ ପ୍ରଜାପତିଙ୍କ କନିଷ୍ଠ କନ୍ୟା ନୁହେଁ କିମ୍ବା ଶିବଙ୍କ ପ୍ରଥମା ପତ୍ନୀ ସୁଧା ନୁହଁ । ଏ ଆମ ଗାଁ ଆର ସାଇ ସପନି ଦାସର ବଡ଼ ଝିଅ ଆୟୁଷ୍ମତୀ ସତୀ ଦେବୀ । ହାତରେ ପଇସା ଧରି ମନ୍ଦିର ଦୁଆରେ ଯିଏ ରାସ୍ତାକୁ ଅନାଇଁ ଠିଆ ହୋଇଛନ୍ତି । ସେହି ମହାମାନ୍ୟା ମହିଳା (ଯୁବତୀ) ଜଣକ ।"

"ସୁନି ତୋର ଗୋଟେ ବଦ୍‌ଖୋଇ । ତୁ ସବୁବେଳେ କଥାଟାକୁ ସିଆଡ଼କୁ ଟାଣୁଛୁ ।"

"ମୁଁ କାହିଁକି କୁଆଡ଼କୁ ଟାଣିବି ? ସତ କଥାଟା ହିଁ କେବଳ କହୁଛି ?"

"ସତ କଥା କ'ଣ ?" ସତୀ ପଚାରିଲା ।

"ସତ କଥା ହେଲା, ଯିଏ ଝିଅ ଦେଖିବାକୁ ଆସେ । ଝିଅଟି ପସନ୍ଦ ହେଲେ ତା'ହାତରେ କିଛି ଦେଇଯାଏ । ଅପସନ୍ଦ ହେଲେ ଆମର ପରେ ଅମୁକ ଆସିବେ କହି ଚାଲିଯାଏ । ଏଠି ତୁ ଯେତେବେଳେ ତାଙ୍କର ପସନ୍ଦ ହେଲୁ । ସେଥିପାଇଁ ସିଏ ତୋ ହାତରେ ଯତ୍ କିଞ୍ଚିତ୍ ଦେଇଗଲେ ।"

ସୁନି କଥା ଶୁଣି, ସତୀ ଅଜଣା ଭୟର ଆଶଙ୍କାରେ ଆତଙ୍କିତ ହୋଇ ପଡ଼ିଲା । ସେ ସେଥିପାଇଁ କଥାକୁ ଆଉ ଆଗକୁ ବଢ଼ିବାକୁ ନ ଦେଇ ସେତିକିରେ ଛିଣ୍ଡାଇ ଦେବାକୁ ଯାଇ କହିଲା- "ସୁନି ତୁ ବହୁତ କହିଲୁଣି ଆ ଘରକୁ ଯିବା ।"

"ହଉ ଚାଲ୍ ଯିବା । ଯାହାଙ୍କ ପାଇଁ ତ ଆସିଥିଲେ । ତାଙ୍କ ସାକ୍ଷାତ ମିଳିଗଲା । ଆଉ କାହା ପାଇଁ ଅକାରଣେ ଆମେ ଅପେକ୍ଷା କରିବା ? ବୃଥାରେ ଏଠି ସମୟ ନଷ୍ଟ ନକରି ବରଂ ତୋ କଥା ଅନୁସାରେ ଘରକୁ ଫେରିଯିବା ଭଲ ହେବ । ଖୁବ୍ ଭଲ ହେବ ।"

ସେମାନେ ଘରକୁ ଫେରିଥିଲେ ନିରବରେ । ବାଟରେ କେହି ପାଟି ଖୋଲି ନଥିଲେ ।

ମାସର ଦ୍ୱିତୀୟ ସୋମବାର । ତାଙ୍କ ସହିତ ତୃତୀୟ ଥର ସାକ୍ଷାତ ସମୟର କଥା । ସେ ଦୁହେଁ ମୁଖଶାଲାରେ ବସିଥିବା ସମୟରେ ସିଏ ଆସି ପହଞ୍ଚ ଥିଲେ । ତାଙ୍କୁ ଦେଖି ସୁନି ଉଠି ଠିଆହେଲା । ସତୀ କିନ୍ତୁ ବସି ରହିଥାଏ । ସୁନି ତାକୁ ଡାକିଲା ମନ୍ଦିର ଦୁଆର ପାଖକୁ ଯିବା ପାଇଁ । ସତୀ ମନାକଲା । ସଫା ସଫା କହିଦେଲା "ମୁଁ କାହାରିକୁ ପାଦୁକ ଦେଇ ପାରିବିନି କି କାହା କପାଳରେ ବିଭୂତି ଟିପା ଲଗାଇ ଦେବିନି । ମୁଁ କାହିଁକି କାହାକୁ ପାଦୁକ ଦେବି । ବିଭୂତି ଲଗାଇ ଦେବି । ସେଇ ଘଟଣାକୁ ନେଇ ପରେ କେତେ କଥା ଉଠିବ ବରଂ ମୁଁ ସେ ସବୁ କିଛି ନକଲେ ଆଉ ତ ସେକଥା ଉଠିବନି । ରୋଗଥିଲେ ସିନା ବଇଦ ଖୋଜା ପଡ଼ିବ । ରୋଗ ନଥିଲେ ଔଷଧ କାହିଁକି ଆବଶ୍ୟକ ହେବ ନା ବଇଦର ଦରକାର ପଡ଼ିବ କିମ୍ବା ପଥ୍ୟ ଲୋଡ଼ା ହେବ । ମୂଳରୁ ମାରିଦେଲେ ଗଲା । ମୂଳ ଥିବ ଯେ ସେଥିରୁ କୁଆଁ ମାରି ଗଛ ଗଜୁରି

ଉଠିବ। ମୂଲ୍ୟମାଇଲେ ଯିବ ସରି, ଦେବଙ୍କ ସଙ୍ଗେ କିମ୍ବା କଳି। ନା ବାଉଁଶ ଥିବ ନା ବଇଁଶୀ ବାଜିବ। ବୁଝିଲୁ ସୁନି ଠାକୁର ବାବାଙ୍କ ଭାଷାରେ 'ନ ଗଙ୍ଗଦଉ ପୁନଃ କୃପଂ ଗମିଷ୍ୟତିଃ।'

ସତୀ କଥା ଶୁଣି ସୁନି ତାକୁ ବୁଝାଇ ବସିଲା। ସତୀ ତୁ ବୁଝୁନୁ କାହିଁକି ? ମୁଁ ତୋର ସାଙ୍ଗ। ତୋ ପ୍ରାଣର ବାନ୍ଧବୀ। ହୃଦୟର ମିତଣୀ। ତୋ ଅନ୍ତର ସହିତ ମୋର ଆତ୍ମୀୟତାର ବନ୍ଧନ ଖୁବ୍ ନିବିଡ଼ତମ। ଖୁବ୍ ସୁଦୃଢ଼। ସତୀ ମୁଁ କୃଷ୍ଣ ସର୍ପର ଦୂତ ଗୋଧିକା ନୁହେଁ। ତୁ ମଣ୍ଡୁକ ରାଜ ଗଙ୍ଗଦଉ ନୁହଁ କିୟା ସିଏ କୃଷ୍ଣ ସର୍ପ ପ୍ରିୟ ଦର୍ଶନ ନୁହଁନ୍ତି। ଆଉ ମଧ ସିଏ ଆତତାୟୀ ନୁହନ୍ତି। "ଅଗ୍ନ। ଦୋ ଗରଦ ଶ୍ଚୈବ ଶସ୍ତ୍ର ପାଣି ଧନାପହ, ଦାରାଭୂମୀ ପହାରେଚ ଷଡେତେଆତ ତାୟୀନଃ।" ଅର୍ଥାତ୍ ନିଆଁ ଲଗାଇ ଦେଉଥିବା, ବିଷ ଦେଉଥିବା, ଅସ୍ତ୍ରଧରି ମାରିବାକୁ ଆସୁଥିବା, ଧନ, ସ୍ତ୍ରୀ ଓ ଜମି ଅପହରଣ କରୁଥିବା ଏଇ ଛଅ ଜଣ ଆତତାୟୀ ଶ୍ରେଣୀଭୁକ୍ତ। ମୁଁ କହିଥିବା ଆତତାୟୀର ଏ ଛଅ ପ୍ରକାର ଅବିଗୁଣରୁ ତାଙ୍କ ପାଖରେ କେଉଁଟି ପରିଲକ୍ଷିତ ହେଉଛି କହିଲୁ ? ତୁ ମୋ ସହିତ ଯାଇ ତାଙ୍କୁ ପାଦୁକ ଓ ବିଭୂତି ଦେବୁନି କାହିଁକି ? ସିଏପା ତୋର ଅତି ଅନ୍ତରଙ୍ଗ, ଭାରି ଆପଣାର, ନିତ୍ୟାନ୍ତ ନିକଟତମ ଲୋକ।"

ସୁନି, ଠାକୁର ବାବା କହନ୍ତି– "ଶତୁ ଦ୍ବହତି ସଂଯୋଗେ ବିଯୋଗେ ମିତ୍ରମସ୍ୟହୋ। ଉଭୟୋ ଦୁଃଖ ଦାୟିତ୍ବଂ କୋ ଭେଦଃ ଶତ୍ରୁ ମିତ୍ର ଯୋଃ।" ଶତ୍ରୁ ପାଖକୁ ଆସିଲେ ଦୁଃଖ ଦେଇ ହୃଦୟକୁ ଜାଳିଦିଏ ଏବଂ ମିତ୍ରର ବିଚ୍ଛେଦ ଘଟିଲେ ଠିକ୍ ସେହିପରି ହୃଦୟ ଦୁଃଖରେ ଦଗ୍‌ଧୀଭୂତ ହୁଏ। ଏଣୁ ଦୁଃଖ ଦେବା ଶତ୍ରୁ, ମିତ୍ର ଉଭୟଙ୍କର ଧର୍ମ। ଅତଏବ ଶତ୍ରୁ, ମିତ୍ର ମଧରେ କି ପ୍ରଭେଦ ଅଛି ? ସେହି ଦୃଷ୍ଟିରୁ ମୋ ପାଇଁ ତୁମ ଦୁହିଁଙ୍କର ଉପସ୍ଥିତି ସମାନ ଅଟେ।

ସୁନି କିନ୍ତୁ ସତୀର କଥା ଉପରେ ଗୁରୁତ୍ବ ନ ଦେଇ ସତୀର ହାତଧରି ଟାଣି ନେଲା। "ଆ ରାଗିଛୁ ମୋ ଉପରେ ? ମନରେ କ୍ରୋଧ ଭାବ ରଖିଛୁ ? ଅଭିମାନ କରିଛୁ। ସେଇ କଥାକୁ ଧରି ବସିଲେ ଚଳିବ ? ମୁଁ ଏମିତି ମଜ୍ଜା ଉଠାଇବା ପାଇଁ ଠଗ୍ଗାରେ କହି ଦେଲିନା। ତୁ ତାକୁ ସତ ବୁଝୁଛୁ କାହିଁକି ?"

ସୁନି ଠାକୁର ବାବା କହନ୍ତି– "ଦୁର୍ଜ୍ଜନଃ ପରିହର୍ତ୍ତବ୍ୟୋ ବିଦ୍ୟାୟାଲଂକୃତୋଽପିସନ୍। ମଣିନା ଭୂଷିତଃ ସର୍ପଃ କିମସୌ ନଭୟଙ୍କରଃ।" ବହୁଶାସ୍ତ୍ର ଅଧ୍ୟୟନ କରି ପଣ୍ଡିତ ହୋଇଥିଲେ ମଧ ଦୁଷ୍ଟ ଲୋକଙ୍କୁ ପରିତ୍ୟାଗ କରିବା ଉଚିତ। କାରଣ ମୂଲ୍ୟବାନ ମଣିରେ ଭୂଷିତ ହୋଇଥିଲେ ସୁଦ୍ଧା ବିଷଧର ସର୍ପ କ'ଣ ଭୟଙ୍କର ନୁହେଁ ? ସେମିତି ତୁ ମୋ ଠାରୁ ବେଶୀ ପାଠ ପଢ଼ିଲେ କ'ଣ ହେବ, ତୁ ମୋ ଲାଗି କୃଷ୍ଣ ସର୍ପ ପ୍ରିୟଦର୍ଶନ ପରି। ଆଉ ମଧ "ପାଦପାନଂ ଭୟଂ ବାତାତ୍, ପଦ୍ମାନାଂ ଶିଶିରାଦ୍ ଭୟମ୍, ପର୍ବତାନାଂ ଭୟ ବଜ୍ରାତ୍, ସାଧୁନାଂ ଦୁର୍ଜନାତ୍ ଭୟମ୍।" ସବୁ ବୃକ୍ଷ ପବନକୁ ଭୟ କରନ୍ତି। ପଦ୍ମାନେ ଶିଶିରକୁ ଭୟ କରନ୍ତି। ପର୍ବତ ସବୁ ବଜ୍ରକୁ ଭୟ କରନ୍ତି। ସାଧୁମାନେ ଦୁର୍ଜନମାନଙ୍କୁ ଭୟ କରନ୍ତି। ସେମିତି ମୋର ତାଙ୍କୁ ନୁହେଁ ବରଂ ତୋତେ ହିଁ ଭୟ। ସେଥିଲାଗି କହୁଛି, ନାହିଁ ମୁ ଯିବିନି। ଗଲେ ପୁନି ଅନେକ କଥା ବାହାରିବ। ତୋର ମୋର ମନ ଫଟା ଫଟି ହେବ। ବନ୍ଧୁତା ତୁଟିଯିବ। ସମ୍ପର୍କରେ ଭଙ୍ଗା ପଡ଼ିବ। ସଂଯୋଗର ସେତୁ ବୁଡ଼ିଯିବ। ସମ୍ବନ୍ଧରେ ଶିଥିଳତା ଆସିବ। ନିବିଡ଼ତାର ରଜ୍ଜୁ ଛିଡ଼ିଯିବ। ଘନିଷ୍ଟତା ଭାଙ୍ଗିଯିବ। ପର ପାଇଁ ଆମେ କାହିଁକି ସାଙ୍ଗ ହେବା ଛାଡ଼ି ଦେବା ? ପ୍ରଭେଦର ପ୍ରାଚୀର ଠିଆ କରାଇବା ଆମ ଦୁହିଁଙ୍କ ମଧରେ ? ବରଂ ମୁଁ ଏଠି ବସୁଛି। ତୁ ଯା ପାଦୁକ ଦେବୁ। ସୁନି ସେଦିନ ତୁ କହୁଥିଲୁ ସଂକ୍ରାନ୍ତି ଦିନ ତାଙ୍କୁ ପାଦୁକ ଦେବାକୁ ତୋର ଇଚ୍ଛାଥିଲା। ସେଥିପାଇଁ ତୁ ଉଠିଗଲୁ ମନ୍ଦିର ଭିତରୁ ଗ୍ଲାସ ଆଣି ତାଙ୍କୁ ପାଦୁକ ଦେବା ଲାଗି। ଆମେ ଦୁହେଁ ସାଙ୍ଗ ହୋଇ ବସିଥିଲେ। ତୁ ମୋ ପାଖରୁ ଉଠି ଯିବାରୁ ମୁଁ ତୋ ପଛେପଛେ ଉଠିଗଲି ଓ ମନ୍ଦିର ଦୁଆରେ ରହି ତୋ ହାତରୁ ଗ୍ଲାସ ଆଣି ତାଙ୍କୁ ପାଦୁକ ଦେଲି ଯେଉଁଥି ପାଇଁ ତୁ ସେଦିନ ମୋ ଉପରେ ବିରକ୍ତ ହୋଇଥିଲୁ। ଆଉ ମୁଁ ବିନା ଡାକରାରେ ବସିବା ଜାଗାରୁ ଆପେ ଆପେ ଉଠିଯାଇ ଉପରେ ପଡ଼ି ପାଦୁକ ଦେଲି ବୋଲି କହୁଥିଲୁ। ସେଥିଲାଗି ଆଜି ମୁଁ ଏଠି ବସି ରହୁଛି ତୁ ଯା ତାଙ୍କୁ ପାଦୁକ

ଦେବୁ। ସୁନି ଠାକୁର ବାବା କହନ୍ତି– "ଯଦିଚ୍ଛେଦ ଶାଶ୍ଵତିଂ ମୌତ୍ରୀ ତ୍ରିପଞ୍ଚତ୍ର ନକାରଯ୍ୟେତ, ବାକ୍‌ବାଦଂ ଅର୍ଥ ସମ୍ବନ୍ଧଂ ପରୋକ୍ଷେ ଦାର ଦର୍ଶନମ" ଅର୍ଥାତ୍ ଅଭଙ୍ଗ ମିତ୍ରତା ଚାହୁଁଥିବା ଜଣେ ବ୍ୟକ୍ତି ଏ ତିନୋଟି କଥା କରିବ ନାହିଁ। ଯଥା– ବନ୍ଧୁ ସହ ଯୁକ୍ତିତର୍କ କରିବ ନାହିଁ, ତାଙ୍କ ସହ ପଇସା ପତ୍ର କାରବାର କରିବ ନାହିଁ କି ତାଙ୍କ ଅନୁପସ୍ଥିତିରେ ତାଙ୍କ ସ୍ତ୍ରୀ ସହ ଦେଖା ସାକ୍ଷାତ ମଧ କରିବ ନାହିଁ।

"ଇୟେନା ଗୋଟେ କଥା। ମୁଁ ପାଦୁକ ଦେବି। ତୁ ଏଠି ଏକୁଟିଆ ବସିରହିବୁ। ସିଏ ଏଠୁ ଗଲାପରେ ମୁଁ କାହାକୁ ଚିଡ଼ାଇବି କେଉଁ କଥା କହି ? ଠଗା ହେବି କାହା ସହିତ କି ବିଷୟବସ୍ତୁର ଉଦାହରଣ ଦେଇ ? କେଉଁ ଘଟଣାର ଉପଲକ୍ଷ୍ୟ ଥୋଇ ମଜା ଉଠାଇବି ? କାହା ସହିତ ଇୟାରିକି ହେବି, କେଉଁ କଥାର ନଜିର ଦେଇ ? ଦେଖେଇ ସେକେଇ ବୁଲେଇ ବଙ୍କେଇ କାହାକୁ ପରିହାସରେ କହିବି କେଉଁ ସମ୍ୟାଦର ଅବତାରଣା କରି ? ତୁ କହ‌ତ ?"

"କାହିଁକି ମୋ ସହିତ ଠଙ୍ଗା ହେବାକୁ ମୁଁ ତୋତେ ମନା କଲିକି ?"

"ଆଲୋ ତୁ ସିନା ପାଦୁକ ଦେଲେ ଯାଇ ମୁଁ ତୋତେ ସେ ସମ୍ପର୍କରେ କିଛି କହିଲେ କଥାଟା ଶୋଭା ପାଇବ ? ସୁନ୍ଦର ଦିଶିବ। ଭଲ ଲାଗିବ। ଖାପ ଖାଇବ। ମଜା ଉଠିବ। ଆନନ୍ଦ ମିଳିବ। ସୁଖ ପ୍ରଦହେବ। ଖୁସି ପ୍ରଦାୟକ ହେବ। କହିବାଲାଗି ଉତ୍ସାହ ପ୍ରଦାନ କରିବ ? ଠିକ୍ ହେବ। ନ ହେଲେ ତୁଚ୍ଛାଟାରେ କହିଲେ କ'ଣ ଲାଭ ମିଳିବ କହିଲୁ ?"

"ତୁ ଜାଣିଥିବୁ ? ତୋତେ କି ଲାଭ ମିଳୁଛି ? ଅନ୍ୟର ମନରେ ଦୁଃଖ ଦେଇ। ଅନ୍ୟ ଅନ୍ତରରେ ଆଘାତ କରି। ଅନ୍ୟର ହୃଦୟକୁ ଯନ୍ତ୍ରଣା ଜର୍ଜରିତ କରି। ଅନ୍ୟର ପ୍ରାଣରେ ବ୍ୟଥା ପହଞ୍ଚାଇ। ଅନ୍ୟ ଆମ୍ମାର ସରସତା ନଷ୍ଟ କରି। ତୋର କି ପ୍ରକାର ଉପକାର ହେଉଛି। ତୋତେ କେଉଁ ଆନନ୍ଦ ମିଳୁଛି। ତୋର କି ରକମ ଫାଇଦା ହାସଲ ହେଉଛି। ତୁ କେତେ ଖୁସି ହେଉଛୁ। କେତେ ଉପକାର ପାଉଛୁ। ତୋତେ କେତେ ଉତ୍ସାହ ମିଳୁଛି ସେ କଥା କେବଳ ତୋତେ ହିଁ ଜଣା ? ସେ କଥା ମୁଁ କେମିତି କହିପାରିବି ?"

"ନାହିଁ। ଆଜି ଆଉ ତୋତେ କିଛି କହିବି ନାହିଁ। ତୁ ତାଙ୍କୁ ପାଦୁକ ଦେ। ବିଭୂତି ଟିପା ଲଗାଇ ଦେ। ମୁଁ ମନ୍ଦିର ଭିତରୁ ଥାଇ ବଢ଼ାଇ ହେଉଛି।"

"ସତ କହୁଛୁ କିଛି କହିବୁନି। ସେ ବିଷୟରେ ଆଦୌ କଥା ଉଠାଇବୁ ନାହିଁ। ତଥାପି ତୋତେ ଜମା ବିଶ୍ଵାସ ନାହିଁ। କାରଣ ଠାକୁରବାବା କହନ୍ତି "କୃତିତ ସର୍ପୋଽପି ମିତ୍ରା ତୃମିୟା ନ୍ଦେବ ଖଲ କୃତିତ। ନ ଶେର୍ଷ ଶାୟିନେଽପ୍ୟସ୍ୟ ବଶେ ଦୁର୍ଯ୍ୟୋଧନୋ ହରେଃ।" ସର୍ପ ବରଂ ମିତ୍ରତ୍ଵ ଗ୍ରହଣ କରିପାରେ। ମାତ୍ର ଖଲଲୋକ କେବେହେଲେ ମିତ୍ର ହୋଇ ପାରେନାହିଁ। ଦେଖନ୍ତୁ ଶେଷନାଗକୁ ବଶକରି ହରି ତା' କୋଳରେ ନିର୍ଷିନ୍ତରେ ଶୋଇପାରିଲେ। କିନ୍ତୁ ଦୁର୍ଯ୍ୟୋଧନକୁ ବଶକରି ପାରିଲେ ନାହିଁ। ଆହୁରି ମଧ "ସ୍ଵଭାବୋ ନୋପଦେଶେନ ଶକ୍ୟତେ କର୍ଣ୍ଣମନ୍ୟଥା, ସୁତସ୍ତମଣି ପାନୀୟଂ ପୁନଗଛତି ଶୀତତାମ୍ (ମିତ୍ରଲାଭ) ଅତ୍ୟନ୍ତ ଉତ୍ତପ୍ତ ହୋଇଥିବା ଜଲ, ପୁନର୍ବାର ଶୀତଲ ହେବା ପରି ଉପଦେଶ ଦ୍ଵାରା କାହାର ସ୍ଵାଭାବ ବଦଲାଇବା ସମ୍ଭବ ହୋଇ ପାରେ ନାହିଁ।"

ମୁଖଶାଲାକୁ ଉଠିବା ପାଇଁ ସିଏ ପାହାଚ ଚଢ଼ିବା ଆରମ୍ଭ କଲେଣି। ସୁନି ଚାଲିଗଲା ମନ୍ଦିର ଭିତରକୁ। ସତୀ ତା' ପଛେ ପଛେ ଯାଇ ମନ୍ଦିର ଦୁଆର ମୁହଁରେ ଠିଆ ହେଲା। ସିଏ ଠାକୁରଙ୍କୁ କୁହାର ହୋଇସାରିଲା ବେଲକୁ ସତୀ, ସୁନି ହାତରୁ ଗ୍ଲାସ ଆଣି ସାରିଥିଲା। ସିଏ ହାତ ପାତିବା ମାତ୍ରେ ସତୀ ତାଙ୍କ ଚକିରେ ପାଦୁକ ଦେଲା। ପାଦୁକ ପାଇ ହାତ ଧୋଇ ସିଏ ବିଭୂତି ଟିପା ପିନ୍ଧିଲେ ସତୀ ହାତରୁ। ଆଉ ଠାକୁରଙ୍କ ଥାଲିରେ ଦେବା ପାଇଁ ସତୀ ହାତକୁ ପଇସା ବଢ଼ାଇ ଦେଇ ସିଏ ଫେରି ଯାଇଥିଲେ ପାହାଚ ଓହ୍ଲାଇ ପଡ଼ିଆକୁ। ସାମ୍ନାରୁ ସତୀ ତାଙ୍କୁ ଅନାଇ ପାରେନା। ତାଙ୍କ ଆଖ୍ ସହିତ ତା ଆଖ୍ ମିଶିଗଲେ ଲାଜମାଡ଼େ। ସଂକୋଚ ଆସେ। ସରମ ଲାଗେ। ବିବେକ ମଧ ସେଥିପାଇଁ ବାଧାଦିଏ। ଆଉ ତାଙ୍କୁ

ଅନାଉଛି ବୋଲି ତାଙ୍କ ପାଖରେ ଧରା ପଡ଼ିଯିବାର ସମ୍ଭାବନା ବି ରହିଛି । ସେଥିପାଇଁ ସେ ତାଙ୍କୁ ଆଗପଟରୁ ଅନାଇ ପାରେନା । କିନ୍ତୁ ସିଏ ଫେରି ଯାଉଥିଲା ବେଳେ ତାଙ୍କୁ ପଛରୁ ଅନାଇଁବାରେ କିଛି ଅସୁବିଧା ନ ଥାଏ । ତାଙ୍କୁ ପଛପଟରୁ ମନଭରି ଦେଖିହୁଏ । ସେଥିପାଇଁ କେହି ବାଧା ଦିଅନ୍ତି ନାହିଁ କିମ୍ବା ପ୍ରତିବନ୍ଧକ ହୋଇ ଠିଆ ହୁଅନ୍ତିନି ଲାଜ, ସରମ, ସଂକୋଚ, ବିବେକ । ଏପରିକି ତାଙ୍କୁ ଅନାଉଛି ବୋଲି ତାଙ୍କ ପାଖରେ ଧରାପଡ଼ିଯିବାର ଆଶଙ୍କା ।

କେବଳ ସୁନିର ଆକ୍ଷେପ ମୂଳକ କଥା ସେଥିରେ ଅନ୍ତରାୟ ସୃଷ୍ଟି କରେ । ତା'ର ବ୍ୟଙ୍ଗଭରା ବିଦ୍ରୂପ ସେଥିସକାଶେ ପ୍ରତିବନ୍ଧକ ହୋଇଠିଆ ହୁଏ । ସାମ୍ନାରେ ବାଟ ଓଗାଳି ଉଭା ହୋଇଥାଏ ତା'ର ଠାଲିଆ ଭାଷା ।

ସିଏ ଫେରି ଯାଉଥିଲେ ଉତ୍ତରରୁ- ପଶ୍ଚିମକୁ । ମନ୍ଦିର ପଛପଟର ଉତ୍ତରକୁ ଥିବା ବାଉଁଶ ବୁଦା ଉହାଡ଼କୁ । ସିଏ ଯାଉଥିବା ରାସ୍ତା ଆଡ଼କୁ ସତୀ ଚାହିଁ ରହିଥିଲା । ସେ ଆଡ଼କୁ ନ ଅନାଇଁବାକୁ ଯେତେ ଚେଷ୍ଟା କଲେ ସୁଦ୍ଧା ଆଖି ଫେରୁନଥିଲା ସେଆଡ଼ୁ ଜମା । ମନ ମାନୁନଥିଲା ବିବେକର ବାରଣ । ଆଖି ଶୁଣୁନଥିଲା ଆକଟ ଅନୁଶାସନର । ଇଚ୍ଛା ହେଉ ନଥିଲା ସେ ଆଡ଼ୁ ଦୃଷ୍ଟି ଫେରାଇ ଆଣିବା ପାଇଁ । ଆବେଗ ପ୍ରସ୍ତୁତ ନଥିଲା ସେ ଦିଗକୁ ଲକ୍ଷ୍ୟ ନ ରଖିବାକୁ । ତାଙ୍କୁ ପଛ ପଟରୁ ଅନାଇ ଦେଖିବାର ଲୋଭ ସେ ଛାଡ଼ି ପାରୁନଥିଲା । ତାଙ୍କୁ ମନଭରି ଦେଖି ନେବାର ମୋହ ସେ ତ୍ୟାଗ କରିପାରୁ ନଥିଲା । ଖୁବ ମନଯୋଗ ସହକାରେ ଅତ୍ୟନ୍ତ ଆଗ୍ରହର ସହିତ ସତୀ ଚାହିଁ ରହିଥିଲା । ସିଏ ବାଉଁଶ ବୁଦା ଉହାଡ଼ରେ ଲୁଚିଯିବା ପର୍ଯ୍ୟନ୍ତ ।

ସତୀର ଏପରି ଗତିବିଧିକୁ ଲକ୍ଷ୍ୟ କରି ମନ୍ଦିର ଭିତରୁ ଥାଇ ସୁନି କହିଲା । "ସତୀ ତୁ ପାଦୁକ ଦେବାକୁ ମନା କରୁଥିଲୁ । ମୁଁ ତୋତେ ସେଥିପାଇଁ ବାଧ୍ୟ କରିଥିଲି । କିନ୍ତୁ ତାଙ୍କୁ ଏପରି ଅନାଇ ରହିବାକୁ ତୋତେ ମୁଁ କହିନଥିଲି । ଯାହା ତୁ ବର୍ତ୍ତମାନ କରୁଛୁ ।"

ସୁନି କଥା ଶୁଣି ସତୀ ଚମକି ପଡ଼ିଲା ପରି ରାସ୍ତା ଆଡ଼ୁ ଆଖି ଫେରାଇ ଆଣି ମନ୍ଦିର ଭିତରକୁ ଅନାଇଁଲା । ମନ୍ଦିର ଭିତରେ ଠିଆ ହୋଇ ସୁନି ତା ଆଡ଼କୁ ଅନାଇ ହସୁଛି । ସତୀ ତାକୁ ଚାହିଁବାରୁ ସେ ପଚାରିଲା ସାଙ୍ଗ ଏତେ ପରା ଆଖ ଦେଖାଉ ଥିଲୁ । ଗାରିମା କାଢ଼ି କଥା କହୁଥିଲୁ ତାଙ୍କୁ ପାଦୁକ ଦେବୁନି । ପୁଣି ଏବେ ଏସବୁ କାହିଁକି ହେଉଛି ?"

ସୁନି ପ୍ରଶ୍ନରେ ଅପ୍ରସ୍ତୁତ ହୋଇପଡ଼ିଲା ସତୀ । ଟିକେ ଦମ୍ ନେଇ କହିଲା । "କାହିଁ କ'ଣ ହେଉଛି ?"

"ମୋତେ କ'ଣ ସବୁ ଖୋଲି କହିବାକୁ ପଡ଼ିବ ?" ସୁନି ପଚାରିଲା ।

"କେଉଁ କଥା ?"

"ଏଇ ଟିକିଏ ଆଗରୁ ଯାହା ଘଟିଗଲା ?"

"କ'ଣ ଘଟିଗଲା ସୁନି ? କାହିଁ ମୁଁ ତ କିଛି ଜାଣିନାହିଁ ?"

"ନା ତୁ ମୋତେ କିଛି ଜାଣିନଥିବୁ । ମୁଁ ସେ କଥା ବେଶ ଭଲ ଭାବରେ ବୁଝି ପାରୁଛି । ସତୀ ବିରାଡ଼ି ଯେତେବେଳେ ଲୁଚାଇ କ୍ଷୀର ପିଇଥାଏ, ସେ ସେତେବେଳେ ତା'ଆଖି ବନ୍ଦ କରିଥାଏ । ସେ ଭାବିଥାଏ (ବିଚାରିଥାଏ) ନିଜ ଆଖି ବୁଜିବା ଦ୍ୱାରା ତାକୁ ଯେପରି କିଛି ଦିଶୁନି । ସେମିତି ତା' କ୍ଷୀର ପିଇବା କେହି ଦେଖିପାରୁନଥିବେ ।"

"ସୁନି; ଏଠି କେଉଁ ବିରାଡ଼ି କୋଉଠି କେତେବେଳେ କ୍ଷୀର ପିଉଥିଲା ?"

"ଏଇଟି ସତୀ । ମନ୍ଦିର ଦୁଆରେ । ଦି ଗୋଡ଼ିଆ ବିରାଡ଼ି କ୍ଷୀର ପିଉଥିଲା । ଆଖିବୁଜି ନୁହେଁ । ରାସ୍ତା ଆଡ଼କୁ ଅନାଇଁ ରହି ।"

ସୁନି ତୋର ଗୋଟେ ବଦଖୋଇ । ତୁ ସବୁବେଳେ କଥାଟାକୁ ସିଆଡ଼କୁ ଟାଣିବୁ । ଖାସ୍ ସେଇଥିପାଇଁ ମୁଁ ସେଠି ବସି ରହିଥିଲି । ଆସୁ ନଥିଲି । କଥାରେ ଅଛି "ନ ବିନା ଯର ବାଦେନ ରମତେ ଦୁର୍ଜ୍ଜନୋ ଜନଃ, କାକଃ ସର୍ବରସାନ

ଭୁକ୍ତା ବିନାମଧୁଘ୍ୟନ ତୃପ୍ୟତି ।" କ୍ଷୁଧା ଯେତେ ଭଲ ଖାଇଲେ ସୁଦ୍ଧା ବିଶ୍ୱ ଭୋଜନ ବିନା ତୃପ୍ତ ହୁଏ ନାହିଁ । ସେହିଭଳି ଖଳ ଲୋକ ସମସ୍ତ ସୁଖ ପାଇ ମଧ୍ୟ ପରନିନ୍ଦା ବିନା ଖୁସି ହୁଏ ନାହିଁ ।

"ସତୀ, ତୁ ପୁଣି ଆସିଲୁ କାହିଁକି ? ମୁଖଶାଳାରେ ବସି ରହିବା ଲୋକ ମନ୍ଦିର ଦୁଆର ମୁହଁରେ ଠିଆ ହୋଇ ପାଦୁକ ଦେଲା କିପରି ? ଆଉ... ।"

"ତୁ ଡାକିଲୁ । ଅନୁରୋଧ କଲୁ । ଅନୁନୟ ହେଲୁ । ହାତଧରି ଟାଣିଲୁ । ନେହୁରା ହେଲୁ । ବିନୀତ ଭାବରେ ପ୍ରାର୍ଥନା କଲୁ । ରାଣ ଖାଇଲୁ । ନିୟମ ପକାଇଲୁ । ହଲପ କଲୁ । ଶପଥ ନେଲୁ । ଖୁସାମତ କଲୁ । ସେଥିପାଇଁ ମୁଁ ବାଧ୍ୟ ହେଲି ।"

"କହିଯା ମନକୁ ଯାହା ଆସୁଛି ସବୁ କହିପକା । କିଛି ବାକି ରଖନା । ସେଥିପାଇଁ ବାଧା ଦେବାକୁ କେହି ନାହାନ୍ତି । କେହି ତୋତେ ଅଟକାଇ ନାହାନ୍ତି । କେହିବି ତୋ କଥାର ପ୍ରତିବାଦ କରିବେନି । ଆପତ୍ତି ଉଠାଇବେନି କିମ୍ବା ବିରୋଧ କରିବେ ନାହିଁ । ଅଗ୍ରାହ୍ୟ ମଧ୍ୟ କରିବେନି । ମନା କରି ପାରିବେ ନାହିଁ । ଫାଙ୍କିବେନି । ଯେତେବେଳେ କହିବାକୁ କିଛି ଅସୁବିଧା ନାହିଁ । ତୁ ସେପରି ସ୍ୱଳେ ନକହିବୁ କାହିଁକି ?"

"ତେବେ ମୁଁ କ'ଣ କିଛି ମିଛ କହୁଛି ?"

"ନା, ମୋତେ ନୁହେଁ । ଆଦୌ ନୁହେଁ । ଯମା ନୁହେଁ । କେବେ ନୁହେଁ । ବିଲକୁଲ ନୁହେଁ । କସ୍ମିନ୍‌କାଳେ ନୁହେଁ । ତୁ କିଛି ମିଛ କହୁନୁ । ପୁରା ସବୁ ସତ କହୁଛୁ । ମୁଁ ତୋତେ ଡାକିଥିଲି । ବାଧ୍ୟ କରିଥିଲି । ଅନୁରୋଧ ମଧ୍ୟ । ଖୁସାମତ ବି । ନେହୁରା ହୋଇଥିଲି । ଅନୁନୟ ହେଲି । ବିନୀତ ଭାବରେ କହିଥିଲି । ଠାକୁରଙ୍କ ରାଣ ଖାଇଥିଲି । ହଲପ କରିଥିଲି । ନିୟମ ପକାଇଥିଲି । ଶପଥ ନେଇଥିଲି । ସତ୍ୟବଦ୍ଧ ହୋଇଥିଲି । ମାତ୍ର ତୋର ଯେ ସେଥିପାଇଁ ଇଚ୍ଛାଥିଲା, ଆଗ୍ରହ ଥିଲା, ମନଥିଲା, ଉଦ୍ଦେଶ୍ୟ ଥିଲା, ଉତ୍ସାହ ଥିଲା, ଲୋଭ ଥିଲା, ମୋହ ଥିଲା, ଆସକ୍ତି ଥିଲା ଆଉ ଶ୍ରଦ୍ଧା ମଧ୍ୟ ରହିଥିଲା ପ୍ରବଳ ଭାବରେ । ସେପରି କାର୍ଯ୍ୟ କରିବାର କାମନା ମଧ୍ୟ ତୁ ତୋ ମନରେ ପୋଷଣ କରିଥିଲୁ । ସେ କଥା ତ କାହିଁ କହୁନୁ ? ସତୀ; ଯାହାର ଯେଉଁ କାମ କରିବାକୁ ଇଚ୍ଛାଥାଏ କିନ୍ତୁ ସେ କୌଣସି କାରଣରୁ ରୁଷିଥାଏ କିମ୍ବା ଅଭିମାନ କରିଥାଏ ନତୁବା ସେ ଲୋକଟିକୁ ସେହି କାମଟି କରିବା ପାଇଁ ସୁଯୋଗ ମିଳିନଥାଏ । ସେ କାମଟିକୁ କରିବାର ଆବଶ୍ୟକ ପଡ଼ିନଥାଏ । ଅଥବା ତାକୁ ସୁବିଧା ମିଳେନା ସେ କାମଟିକୁ କରିବାଲାଗି । ସେ ସେଥିପାଇଁ ବାହାନା ଖୋଜେ । କେହି ତାକୁ ଡାକନ୍ତା କି ? ଖୁସାମତ କରନ୍ତାକି ? ଅନୁରୋଧ ମଧ୍ୟ । ଏପରିକି ଅନୁନୟ ବିନୟ ବି । ତେବେ ସେ ସେଇ କାମଟିକୁ କରିବା ପାଇଁ ବାହାରି ପଡ଼ନ୍ତା ।

ରୁଷି ଶୋଇଥିବା ଲୋକଟିକୁ ତା'ଘର ଲୋକ ଡାକିଲେ ସେ ମନାକରେ । ଖାଇବ ନାହିଁ । କିନ୍ତୁ ତା ପେଟରେ ଭୋକଥାଏ । ଖାଇବା ଇଚ୍ଛା, ଆଗ୍ରହ ଓ ଲାଳସା ମଧ୍ୟ ରହିଥାଏ । ମୁହଁ ଆଷ ଛାଡ଼ିନପାରି ସେ ଖାଇବାକୁ ମନା କରେ । ମାତ୍ର ପେଟର ଜ୍ୱାଳା ବଢ଼ିଗଲେ, ଭୋକ ପ୍ରବଳ ହେଲେ, କ୍ଷୁଧା ଜୋରରେ ଲାଗିଲେ, ଉପବାସ ଅସମ୍ଭାଳ ହେଲେ, ଭୋକରେ ଆଉଟି ପାଉଟି ହୋଇ ସେ ଗୋଟେ ବାହାନା ଖୋଜେ କେହି ତାକୁ ଆଉ ଥରେ ଡାକନ୍ତା କି ? ଯଦି କେହି ଦେଇବାତ ପରବର୍ତ୍ତୀ ସମୟରେ ତାକୁ ଡାକେ ତା'ର ତ ଖାଇବାକୁ ପୁରା ମନଥାଏ । ଖୋଜୁଥିବା ବାହାନା ପାଇଗଲା ପରେ ସେ ବିଛଣାରୁ ଉଠେ । କିନ୍ତୁ ଦେଖାଇ ହେବା ପାଇଁ ଏବଂ ତା' ନିଜ ଜିଦ୍‌ଖୋର ମନବୃତ୍ତି ବିଷୟରେ ଲୋକମାନଙ୍କୁ ଜଣାଇ ଦେବାଲାଗି ସେଠାରେ ଉପସ୍ଥିତ ଥିବା ଲୋକମାନଙ୍କୁ ଶୁଣାଇଲା ଭଳି ପାଟିରେ କହୁଥାଏ – "କେବଳ ତୋଅରି କଥା କାଟି ନ ପାରି ମୁଁ ବାଧ୍ୟ ହେଉଛି । ନ ହେଲେ ତୁ କହିବୁ ନାହିଁକି ମୋତେ ମାନିଲା ନାହିଁ । ମୋକଥାକୁ ତା' ଖାତିରନାହିଁ । ମୋତେ ସେ ମଣିଷରେ ଗଣେନା । ସେ ତ ବଡ଼ (ଧନବାନ) ଲୋକ । ମୁଁ ବା କୋଉ ମଣିଷରେ ଗଣା ଯେ, ସେ ମୋ ଅନୁରୋଧ ରଖିବ । ମୋ କଥା ମାନିବ । ମୋ ଡାକ ଶୁଣିବ । ମୁଁ ଯେ ଛାର ଦୀନହୀନ ମଣିଷଟେ । ଏମିତି

ଅନେକ କିଛି ଭାବି ମନେ ମନେ ତୁ ଦୁଃଖ ପାଇବୁ। ତୋତେ ବାଧିବ। କଷ୍ଟ ହେବ। ତୁ ଅପମାନିତ ବୋଧ କରିବୁ। ଅନୁତାପ କରିବୁ। ଅନୁଶୋଚନା ମଧ ତୋ ଅନ୍ତରରେ ଜନ୍ମିବ। କାହିଁକି ତୁଚ୍ଛାଟାରେ ମୁହଁ ହରାଇଲି। ଅକାରଣେ ତାକୁ ଖୁସାମନ୍ତ କଲି। ସମ୍ମାନ ହରାଇଲି। ମାନମହତ ସବୁଗଲା, ଇଜ୍ଜତ ମଧ। ମୋ ମୁରବି ପଣିଆ କେଉ ରଖିଲା ? ଲାଭ କ'ଣ ମିଳିଲା ମୁହଁ ହରାଇ। ହେଲେ ଫଳ କିଛି ହେଲାନି। କଥା ରଖିଲାନି। ଜାତିଗଲା ହେଲେ ପେଟ ପୁରିଲାନି। କନିଷ୍ଠ ହୋଇଥିଲେ– ଗୁହାରି ଶୁଣିଲାନି। ହେଟି ଦେଲା। ଫାଙ୍କି ଦେଲା। ମୋ ଡାକ କାନରେ ପୁରାଇଲା ନାହିଁ। ଓଲଟି ତୋଡ଼ ଦେଖାଉଛି କେତେ। ଖାସ୍ ସେଇଥିପାଇଁ ତୋ ମୁହଁକୁ ଅନାଇ। ତୋ ସମ୍ମାନକୁ ଚାହିଁ। ତୋ ମାନ ରଖିବାକୁ ଯାଇ, ତୋ ଇଜ୍ଜତକୁ ଜୋରି, ତୋ ମାନ ମହତ ତଳେ ନ ପକାଇବା ଲାଗି। ତୋ ଆତ୍ମ ସମ୍ମାନ ହାନି ନ କରିବା ପାଇଁ, ତୋତେ କଷ୍ଟ ନ ଦେବାକୁ, ନ ହେଲେ ଏଘରୁ ମୋ ଆଶା ଟୁଟି ଗଲାଣି। ଆତ୍ମା ଛାଡ଼ି ଗଲାଣି। ଏମାନଙ୍କ ଉପରେ ମୋର ଆଉ ମମତା ନାହିଁ। ଏମାନଙ୍କ ପ୍ରତି ଆଉ ମୋର ମୋହବତ ରହିନି। ସ୍ନେହ କିମ୍ବ ଶ୍ରଦ୍ଧା ମଧ ନାହିଁ। ଦରଦ ବା କାହୁଁ ଆସିବ ? ଆସକ୍ତି ଆଉ ନାହିଁ ଏ ଧନ ସମ୍ପତ୍ତି ଉପରେ। ଉଦରର ଜ୍ୱାଳା ସହି ପାରୁନଥିବା, ଭୋକରେ ଆଉଟି ପାଉଟି ହୋଇ କ୍ଷୁଧା ତାଡ଼ନାରେ ଅସମ୍ଭାଳ ହେଲେ ସୁଦ୍ଧା ମୁହଁ ଟାଣ ଛାଡ଼ି ପାରୁନଥିବା, ଗାରିମାକୁ ଧରି ବସିଥିବା ନିଜର ତୁଚ୍ଛା ଆତ୍ମ ଦେଖାଇ ହେଉଥିବା ଅହେତୁକ ଅହମିକାକୁ ଜାବୁଡ଼ି ଧରିଥିବା ବିଚରା ଲୋକଟି କଥା କହୁକହୁ ପେଟ ବିକଳରେ, ଭୋକ ଆତୁରରେ, ଅସହ୍ୟ କ୍ଷୁଧାବଶତଃ ଯାଇ ଖାଇବା ଜାଗାରେ ବସି ଆରମ୍ଭ କରିଦିଏ ଭୋଜନ ପର୍ବ।

ମୁହଁରେ କିନ୍ତୁ କଥାର ସୁଅ ଛୁଟୁଥିବ ଅନର୍ଗଳ। ଶୁଦ୍ଧଲାଟାରେ ଭାଷଣର ତୋଡ଼ ଦେଖାଉଥିବ ବହୁତ। ମୁହଁ ଭୁରୁଡ଼ି ମାଗୁଥିବ ଷୋଲପଣ। କଠିନ ଶବ୍ଦ ଥାଇ ଟାଣ ଟାଣ ବାକ୍ୟମାନ ଉଚ୍ଚ କଣ୍ଠରେ କଠୋର ଭାବରେ ଉଚ୍ଚାରଣ କରୁଥିବ। ତୁ କହି ନ ଥିଲେ ମୁଁ ଆଦୌ ଅନ୍ନ ଜଳ ସ୍ପର୍ଶ କରିନଥାଆନ୍ତି। ଖାଲି ତୋ'ରି ମୁହଁକୁ ଅନାଇ। ତୋ କଥା କାଟି ନ ପାରି ବାଧହେଲି। ନ ହେଲେ ତୁ କ'ଣ ଭାବିଥାଆନ୍ତୁ। କଥା ରଖିଲା ନାହିଁ, ହେଟିଦେଲା। ବେମୁରିବାଟା, ଫାଙ୍କିବାଜ ମନବୃତ୍ତି ନେଇ। ତୁ କେତେ ଦଯ୍ୟ ପଣ ନେଇ ଆସି ମୋତେ ଡାକିଲୁ। ଖାସ ତୋ'ରି ଲାଗି ମୁଁ ନାଚାର। ନ ହେଲେ ଏପଟ ସୂର୍ଯ୍ୟ ସେପଟରେ ଉଇଁଥିଲେ (ପୂର୍ବ ଦିଗରେ ଉଦଯ ନ ହୋଇ ପଶ୍ଚିମ ପଟରେ ଉଇଁଥିଲେ) ସୁଦ୍ଧା ମୁ ମୋ ଜିଦରୁ ଟିକେ ବି ଚଳି ନଥାଆନ୍ତି। କହୁକହୁ ଏଣେ ହାତରେ ଶିଲପୁଆ ପରି ଗୁଣ୍ଠାମାନ ଗେଫୁଥିବ ପେଟକୁ। କଥା ଚାଲିଥିବ ମୁହଁରେ। କଥାରେ ଭାଷାର ତୁମ୍ଭ ତୋଫାନ ସୃଷ୍ଟି କରୁଥିବ। ପାଟିରେ ବାଟୁଲି ବାଜୁ ନଥିବ। ପୂର୍ଣ୍ଣଚ୍ଛେଦ ପଡୁନଥିବ ଭାଷଣରେ। ଝଡ଼ ସୃଷ୍ଟି ହେଉଥିବ ଉଚ୍ଚାରଣରେ। ଅସରନ୍ତି ସେ କଥାର ଭଣ୍ଡାର। ଅକଳନୀୟ ସେ ବାକ୍ୟ ସମୂହର ପ୍ରବାହ। ଅକଳନ୍ତି ସେ ଶବ୍ଦ ଆଡ଼ମ୍ବରର ସମାରୋହ। ତା'ସହିତ ଚାଲିଥିବ ଭୋଜନ ପର୍ବର ଅଗ୍ରଗତି ବିନା ବାଧାବିଘ୍ନରେ।

ସେହିପରି ତୋର ଇଚ୍ଛାଥିଲା। ଆଗ୍ରହ ଥିଲା। ଆବେଗ ଥିଲା। ମନ ଥିଲା। ଉଦ୍ଦେଶ୍ୟ, ଲକ୍ଷ୍ୟ ଆଉ ଆକାଂକ୍ଷା ମଧ। ତୁ କେବଳ ଗୋଟେ ଲୋକ ଦେଖାଣିଆ ବାହାନାର ଆଶ୍ରୟ ଖୋଜୁଥିଲୁ ନିଜକୁ ଦୋଷମୁକ୍ତ କରିବା ପାଇଁ। ଗୋଟେ ଆଳର ସାହାରା ଲୋଡୁଥିଲୁ ନିଜକୁ ଅପବାଦରୁ ରକ୍ଷା କରିବା ଲାଗି। ଚାହୁଁଥିଲୁ ଟିକେ ଖୁସାମନ୍ତ ନିଜକୁ ଅପନିନ୍ଦାରୁ ଦୂରେଇ (ମୁକ୍ତ) ରଖିବା ସକାଶେ। ଆବଶ୍ୟକ କରୁଥିଲୁ କାହାରି ଅନୁରୋଧ ତୋର ଉଦ୍ଦେଶ୍ୟ ପୂରଣ ପାଇଁ ଏବଂ ସେ କାମଟିକୁ କରିସାରି ମଧ ନିଜକୁ କଳଙ୍କରୁ ଉଦ୍ଧାର କରିବା ଅଭିପ୍ରାୟରେ। ତୋ' ଲକ୍ଷ୍ୟ ହାସଲ ଲାଗି, ତୋର ଦରକାର ମେଣ୍ଟାଇବା ପାଇଁ। ମନସ୍ଵାମନା ପୂର୍ଣ୍ଣ କରିବାଲାଗି। ଆବଶ୍ୟକ ପୂରଣ ନିମିତ୍ତ। କିନ୍ତୁ ତୋର ଭିତିରି ମତଲବ ଥିଲା ବାହ୍ୟିକ ଦୃଷ୍ଟିରୁ ନିଜକୁ ନିର୍ଦୋଷିତାର ପ୍ରମାଣ ଦେବା। ସେଥିପାଇଁ ତୁ ମନାକରୁଥିଲୁ ଉପର ମନରେ। ମୋତେ ଦେଖେଇ ଦେବାପାଇଁ। ସତୀ; ଏହି ଦେବାଳୟରେ ଠିଆ ହୋଇ ତୁ କହି ପାରିବୁ, ତୋର ତାଙ୍କୁ ପାଦୁକ ଦେବାକୁ ମନ ନଥିଲା ? ଟିପା ଲଗାଇ ଦେବା ପାଇଁ ତୁ ଇଚ୍ଛା ପୋଷଣ କରୁନଥିଲୁ ବୋଲି ଠାକୁରଙ୍କ ସାମ୍ନାରେ

କହିପାରିବୁ ? ମନ୍ଦିରେ ରହି ଦୃଢ଼ତାର ସହ କହିଲୁ ଦେଖ୍ ତୋର ଆଗ୍ରହ ନ ଥିଲା ତାଙ୍କ ହାତରୁ ପଇସା ରଖ୍ବାକୁ ? ଦେବତାଙ୍କ ପୀଠରେ ଥାଇ କହିଲୁ ତାଙ୍କୁ ଦେଖ୍ବାକୁ ତୋର ଉଦ୍ଦେଶ୍ୟ ନଥିଲା ? ଦିଅଁଙ୍କ ବିଜେ ସ୍ଥଳିରେ କହିପାରିବୁ ହଲପ କରି ତୋ ଆତ୍ମା ଡାକୁ ନଥିଲା ତାଙ୍କ ଆଖ୍ରେ ତୋ ଆଖ୍ ମିଶାଇବା ପାଇଁ ? ଈଶ୍ୱରଙ୍କ ଆସ୍ଥାନ ନିକଟରେ ରହି କହି ପାରିବୁ ତୋ ପ୍ରାଣ ଚାହୁଁନଥିଲା ତାଙ୍କ ଦେହ ଛୁଆର ପରଶ ପାଇବା ଲାଗି ? ତୋର ଆନ୍ତରିକ କାମନା ନ ଥିଲା ତାଙ୍କ ସାନ୍ନିଧ୍ୟ ତଳେ ଟିକେ ରହିବାକୁ ତୁ ଭଗବାନଙ୍କ ନାମରେ   ଶପଥ ନେଇ କହିପାରିବୁ ? ପ୍ରଭୁଙ୍କୁ ସାକ୍ଷୀ ରଖ୍ କହିନି ଦେଖ୍ ତୋ ହୃଦୟରେ ଏପରି ଭାବନା ମଧ ନ ଥିଲା ତାଙ୍କୁ ପଛ ପଟରୁ ମନଭରି ଦେଖ୍ ନେବାକୁ । ଯାହା ତୁ ଟିକିଏ ଆଗରୁ ଏଇଠି ଠିଆ ହୋଇ କରୁଥିଲୁ ?”

“ତୁ କେମିତି ଜାଣିଲୁ ?”

“ସତୀ ମୁଁ ତୋ ପାଇଁ ବାହାନାର ପ୍ରତୀକ ହୋଇଗଲି । ମୋ ଡାକିବା ତେତେ ସୁଯୋଗ ଆଣି ଦେଲା । ଅପୂର୍ବ ସୁଯୋଗ । ତୁ ଯାହା କରିବା ପାଇଁ ଚାହୁଁଥିଲୁ । କିନ୍ତୁ ସଂକୋଚ ବଶତଃ ତାହା କରି ପାରୁନଥିଲୁ । ସରମ ତୋତେ ସେ କାମ କରିବାକୁ ବାଧା ଦେଉଥିଲା । ଲୋକ ଲଜ୍ୟା ଭୟରେ ସେପରି ମନୋବୃଭିକୁ ଅନ୍ତର ଭିତରେ ଲୁଚାଇ ରଖ୍ବାକୁ ତୁ ବାଧ ହେଉଥିଲୁ । ନିନ୍ଦା, ଅପବାଦ ଡରରେ ତୁ ଯେଉଁ କାର୍ଯ୍ୟ କରିପାରୁନଥିଲୁ । ମୋର ତୋତେ ସେ କାମଟିକୁ କରିବାକୁ ଅନୁରୋଧ କରିବା ତୋ’ ପାଇଁ ସୁବର୍ଣ୍ଣ ସୁଯୋଗ ସୃଷ୍ଟି କଲା । ଆଉ ତାଆରି ମାଧ୍ୟମରେ ତୁ ସେ ସୁଯୋଗର ସତ୍ ବ୍ୟବହାର କରି ପୂରା ଫାଇଦା ଉଠାଇ ନେଲୁ ।”

“କେମିତି ?”

“ଏଇ ଯେମିତି ତୁ ଏଟି ଆଚରଣ କଲୁ ? ମୁଁ ତୋତେ ପାଦୁକ ଦେବା କଥା କହିଥିଲି । ବିଭୂତି ଲଗାଇ ଦେବାକୁ ମଧ । କିନ୍ତୁ ବିଭୂତି ଟିପା ଦେଲା ବେଳେ ତାଙ୍କ ଆଖ୍ ସହିତ ତୋ ନିଜ ଆଖ୍ ମିଶାଇବାକୁ କହିନଥିଲି କିୟ ସିଏ ଫେରିଯିବା ସମୟରେ ରାସ୍ତାକୁ ଅନାଇଁ ରହି ତାଙ୍କୁ ପଛପଟରୁ ଦେଖ୍ବା ପାଇଁ ଚାହିଁ ରହିବାକୁ । ତୁ କହିପାରୁ ବିଭୂତି ଟିପା ଲଗାଇଲା ବେଳେ କାଲେ ଟିପା କପାଳ ମଝିରେ ନ ଲାଗି ବଙ୍କାରେ ଲାଗିଯିବ ସେଥ୍ପାଇଁ ତାଙ୍କ ମୁହଁକୁ ଅନାଇଥିଲୁ । କିନ୍ତୁ ସିଏ ଫେରିଯିବା ସମୟରେ ତାଙ୍କୁ ପଛପଟରୁ ଚାହିଁ ରହିବା ବାବଦକୁ ତୋ ପାଖରେ କି କୈଫିୟତ ଅଛି ଶୁଣେ ? ସେଥ୍ପାଇଁ ତୁ କେଉଁ ଯୁକ୍ତି ଉପସ୍ଥାପନ କରିବୁ ? କି ପ୍ରକାର ତର୍କର ଆଶ୍ରୟ ନେବୁ ? କିଭଳି ଉଦାହରଣ ପ୍ରୟୋଗ କରିବୁ ? କେଉଁ ଉପଲକ୍ଷ୍ୟର ନଜିର ବାଢ଼ିବୁ ?”

ସୁନି କଥାର କୌଣସି ଜବାବ ନ ଦେଇ ସତୀ ନିରବ ରହିଲା । ତଳକୁ ମୁହଁ ପୋତି ଠିଆ ହୋଇଥିଲା ମନ୍ଦିର ଓ ମୁଖଶାଳା ମଝିରେ ।

ସତୀର ଉତ୍ତରକୁ ଅପେକ୍ଷା ନ କରି ସୁନି କହିଚାଲିଲା । “ମୁଁ ଆଦୌ ବୁଝି ପାରୁନାହିଁ, ଏତେ ଦୂରବାଟ କଷ୍ଟ କରି ଆସିଥିବା ବ୍ୟକ୍ତିଜଣକ ଆଉ ଦୁଇ ପାହୁଲ ଆଗକୁ ଆସି ଠାକୁରଙ୍କ ଥାଲିରେ ନିଜେ ପଇସା ନ ପକାଇ କିୟ ମୁଁ ମନ୍ଦିର ଭିତରେ ଅଛି ମୋତେ ନ ଦେଇ, ମନ୍ଦିର ବାହାରେ ଠିଆ ହୋଇଥିବା ଲୋକ ହେଲୁତୁ । ସିଏ ତୋ’ ହାତରେ କାହିଁକି ଦେଇ ଯାଉଛନ୍ତି ? ଟିକେ ରହି କିଛି ଭାବିଲା ପରି ଶୂନ୍ୟକୁ ଅନାଇଁ କହିଲା । “ମୁଁ ଯାହା ଭାବୁଛି ବୋଧେ ସିଏ ତୋ ବ୍ୟବହାର ଓ କାର୍ଯ୍ୟ ସମ୍ପାଦନ ପଦ୍ଧତିକୁ ପସନ୍ଦ କରିଛନ୍ତି । ଏପରିକି ତୋତେ ମଧ ।”

ଏଥର ସତୀ ପାଟି ଖୋଲିଲା । “ସୁନି ସିଏ କ’ଣ ମୋତେ ଦେଖ୍ବାକୁ ଆସିଥିଲେ ଯେ ମୋତେ ଦେଖ୍ ପସନ୍ଦ କଲେ ?”

“ସିଏ ତୋତେ ଦେଖ୍ବାକୁ ଆସି ନଥିଲେ ତ ଆଉ ଆସିଥିଲେ କୁଆଡ଼େ ?”

"ସିଏ ଧବଲେଶ୍ୱରଙ୍କ ଦର୍ଶନ ପାଇଁ ଆସିଥିଲେ ।"

"ହଁ । ମୁଁ ମାନୁଛି, ସିଏ ଧବଲେଶ୍ୱରଙ୍କ ଦର୍ଶନ ପାଇଁ ଆସିଥିଲେ । କିନ୍ତୁ ଏଠାକୁ ଆସି ସିଏ ଧବଲେଶ୍ୱରଙ୍କ ସହିତ ମନ୍ଦିର ଦୁଆରେ ଠିଆ ହୋଇଥିବା ଧବଳାଙ୍ଗୀ ଯୁବତୀର ଦର୍ଶନ ଯେତେବେଳେ ପାଇଲେ ସେତେବେଳେ ଠାକୁରଙ୍କୁ ଦର୍ଶନ କରିବାଲାଗି ଆସିଥିବା ଭକ୍ତିଟି ଠାକୁରାଣୀଙ୍କୁ ଭେଟିବା ପରେ ଠାକୁରଙ୍କ ପଥର ଲିଙ୍ଗକୁ କ'ଣ ଦେବ ବରଂ ଠାକୁରାଣୀଙ୍କ ଚଳନ୍ତି ପ୍ରତିମାଙ୍କ ହାତରେ ଦେଇଗଲେ ।"

"ସୁନି ମୁଁ ଠାକୁରାଣୀଙ୍କ ଚଳନ୍ତି ପ୍ରତିମା ନୁହେଁ । ମୁଁ ଜଣେ ସାଧାରଣ ମଣିଷ ।"

ମୁଁତ ସେଇକଥା କହୁଛି । ତୁ ସାଧାରଣ ମଣିଷ ହ କିମ୍ବା ଅସାଧାରଣ ପ୍ରତିଭା ସମ୍ପନ୍ନା ହ । ସେଥିରେ କାହାର କ'ଣ ଯାଏଆସେ ? କିନ୍ତୁ ତୁ ଯେତେବେଳେ ଜଣେ ମଣିଷ ସିଏ ମଧ ଜଣେ ମଣିଷ । ଜଣେ ମଣିଷ ଆଉ ଗୋଟିଏ ମଣିଷକୁ ପସନ୍ଦ ନ କରି କ'ଣ ପଥର ମୂର୍ତ୍ତିକୁ ପସନ୍ଦ କରିବ ?"

ସତୀ ଏଥର ଚିଡ଼ି ଉଠିଲା । "ସୁନି; ସିଏ ମୋର କିଏକି ? ପସନ୍ଦ ଅପସନ୍ଦର କଥା ଏଠି ଉଠୁଛି କାହିଁକି ?"

"ସିଏ ତୋର ସମ୍ପର୍କରେ କିମ୍ବା ସମ୍ବନ୍ଧରେ କ'ଣ ହେବେ ମୁଁ ଜାଣେନା, ହେଲେ ମୁଁ ନିଃସନ୍ଦହରେ କହିପାରେ ସିଏ କେବଳ ତୋତେ ଦେଖିବାକୁ ଏଠାକୁ ଆସନ୍ତି । ଠାକୁରଙ୍କୁ ଦର୍ଶନ କରିବା ଏଠାକୁ ଆସିବା ଲାଗି ଗୋଟେ ମାଧମ । ତୁ ତାଙ୍କର କ'ଣ ହେବୁ ଅବଶ୍ୟ ସଠିକ୍ ଭାବରେ ମୁଁ କହି ପାରିବି ନାହିଁ । ତେବେ ମୁଁ ଏଟିକି ନିଶ୍ଚିତ ଭାବରେ ଜାଣିଛି ତୁ ତାଙ୍କୁ ଭେଟିବାକୁ ବ୍ୟାକୁଳ । ଲୋକ ଲଜ୍ୟା ଭୟରେ କେବଳ ଗୋଟେ ବାହାନାର ସାହାରା ଲୋଡ଼ୁ । ପ୍ରତ୍ୟେକ ଗୋପନ କାମ ପାଇଁ ବାହାନାର ଆବଶ୍ୟକ ପଡ଼ିଥାଏ । ଲୋକ ଲୋଚନରୁ ଲୁଚାଇ କରୁଥିବା ପ୍ରତ୍ୟେକ କାମ ଲାଗି ଯେ କୌଣସି ପ୍ରକାର ଆଲର ଆଶ୍ରୟ ନେବାକୁ ହୋଇଥାଏ । ଜନସାଧାରଣଙ୍କ ଦୃଷ୍ଟି ଉହାଡ଼ରେ ହେଉଥିବା ସମସ୍ତ କର୍ମ ସକାଶେ ଆଡ଼ୁଆଲର ସାହାଯ୍ୟ ଦରକାର ହୁଏ । ଯେଉଁ ଉହାଡ଼ର ଆଡ଼ୁଆଲରେ ନିର୍ଭୟରେ ରହିହେବ । ନିର୍ବିଘ୍ନରେ ଚଳପ୍ରଚଳ କରିହେବ ଓ ନିଃସଂକୋଚରେ ବିଚରଣ କରିବା ସହିତ ସମସ୍ତ ପ୍ରକାର ମନ ମୁତାବକ କାର୍ଯ୍ୟ କରିହେବ । ଯେପରି ସୀତାହରଣ ବେଳେ ଲଙ୍କାର ରାଜା ରାବଣ ଭିକ୍ଷାବୃତିର ଆଶ୍ରୟ ନେଇଥିଲେ । ତାଙ୍କର ମୁଖ୍ୟ ଉଦ୍ଦେଶ୍ୟ ଥିଲା ସୀତାକୁ ଯେ କୌଣସି ଉପାୟରେ ଚୋରାଇ ନେବା । କିନ୍ତୁ ସନ୍ୟାସୀ ବେଶରେ ଭିକ୍ଷା ବୃତ୍ତି ଥିଲା କେବଳ ଏକ ବାହାନା । କୃଷ୍ଣଙ୍କୁ ଭେଟିବାକୁ ପ୍ରେମ ପାଗଲିନୀ ରାଧା ଯାଉଥିଲେ ଯମୁନା ଘାଟକୁ । ନଈ ତୁଠକୁ ଗାଧୋଇବାକୁ ଯିବା କିମ୍ବା ପାଣି ଆଣିବା ପାଇଁ ଯିବା, ଘରୁ ଗୋଡ଼ କାଢ଼ିବା ଲାଗି ବାହାନାର ମାଧମ । ଅସଲ ଉଦ୍ଦେଶ୍ୟ ହେଲା କୃଷ୍ଣଙ୍କୁ ଭେଟିବା । ସେମିତି ତାଙ୍କୁ ସାକ୍ଷାତ କରିବାକୁ ତୋର ମନ୍ଦିରକୁ ଆସିବା ଗୋଟେ ବାହାନା । ଆଉ ତାଙ୍କର ଠାକୁରଙ୍କୁ ଦର୍ଶନ ଆଲରେ ଏଠାକୁ ଆସିବ କେବଳ ତୋର ଦେଖା ପାଇବା ଲାଗି ଅପୂର୍ବ (ମାଧମ) ଯୋଗସୂତ୍ର ।"

ବୁଝିଲୁ ସତୀ । ପ୍ରେମ ଓ ଭକ୍ତି- ଏ ଦୁଇଟି କାମରେ ନାଲଛେଇ ହେବା ଏବଂ ନେହୁରା ହେବା ଏକଦମ ଠିକ୍ । କାରଣ ଉଭୟ ମାନସିକ ଉଦ୍ଘାଟନ ବା ଉତ୍ପୀଡ଼ନ ସୃଷ୍ଟି କରିବାକୁ ଓ ସହିବାକୁ ସକ୍ଷମ ମଧ । ପ୍ରେମ ଓ ଧର୍ମ କୁଆଡ଼େ ମାଡ଼େ ଏବଂ ବିସ୍ମିତ ହେବା ପରି - ତାହା କେତେକଙ୍କୁ ମୋଟେ ମାଡ଼ି ନଥାଏ । ସୁତରାଂ ସେମାନେ ବଢ଼ିଆ ସ୍ୱାମୀ- ମାତ୍ର ଭଲ ପ୍ରେମିକ ନୁହନ୍ତି । ନିଷ୍ପାପର ଭକ୍ତ- କିନ୍ତୁ ଉତ୍କୃଷ୍ଟ ଜଟାଧାରୀ ବାବାଜୀ ହୋଇ ପାରନ୍ତିନି । ଜନସଂଖ୍ୟା ତୁଳନାରେ ପ୍ରେମିକ ଓ ଧାର୍ମିକ -ଏମାନଙ୍କ ସଂଖ୍ୟା ସବୁଠୁ କମ୍ । ସୁତରାଂ ଅ- ପ୍ରେମିକ ଏବଂ ଅ-ଧାର୍ମିକ ଗହଲ ସମାବେଶରେ ଏ ଧାରା ହରାହରି ଚାଲେ ତା' ଦୁଇଟି ଯାକ ବିଶ୍ୱାସ ନାମକ ଗୋଟିଏ ଫଲକ୍ରମ ଉପରେ ଠିଆ ହୁଅନ୍ତି । ସେତୁ ପଡ଼ିଲେ ଦିପଟେ ନର୍କ । ଉଭୟ ନିଜ ପାଇଁ ଚିହ୍ନ ରଖନ୍ତିନି । ସାକ୍ଷୀ ପ୍ରମାଣ ଇତ୍ୟାଦି ରାଜକୀୟ ହରକତଠାରୁ ଦୂରଚ୍ଛଡ଼ା ରହିଲେ ସେଗୁଡ଼ିକ ଅଧିକ ବିକଶିତ ପ୍ରାୟ ଲାଗନ୍ତି ।

ସୁନି କଥାରେ ସତୀ ବିବ୍ରତ ହୋଇ ପଡ଼ିଲା। ତାକୁ କିଛି ଉତ୍ତର ନ ଦେଇ କଥାଟାକୁ ସେଇଠି ଛିଣ୍ଡାଇ ଦେବା ପାଇଁ କହିଲା। "ତୋ ଭାଷଣ ସେତିକି ଥାଉ। କହିବା ବନ୍ଦ କର। ଚାଲ ଘରକୁ ଯିବା। ତୋ'ର ଏ ବହୁମୂଲ୍ୟ ପ୍ରବଚନ ଶୁଣିବାକୁ ମୋର ଇଚ୍ଛା ନାହିଁ। କିମ୍ବା ତୋ'ର ଦୁଲ୍ଲଭ ଶରୀମାର୍ଥକୁ ଗ୍ରହଣ କରିବାର ଆଗ୍ରହ ଅଥବା ଧୈର୍ଯ୍ୟ ମୋର ମୋତେ ନାହିଁ। ଆଉ ତା'ର କଠୋର ଅନ୍ତର୍ନିହିତ ମର୍ମାର୍ଥକୁ ହୃଦୟଙ୍ଗମ କରିବାର ମାନସିକତା ଅଥବା ସେପରି ପରିସ୍ଥିତିର ଅବସ୍ଥାରେ ମୁଁ ଆଦୌ ନାହିଁ।"

ସତୀ କଥାରେ ସୁନି ହସିଦେଲା। ସତୀ ଓଠରେ ହାତ ମାରିଦେଇ କହିଲା "ହଉ ଚାଲ ଯିବା। ଯାହାଙ୍କ ପାଇଁ ଆସିଥିଲେ ତାଙ୍କ ସହିତ ସାକ୍ଷାତ ସରିଗଲା। ଆଉ କାହା ପାଇଁ ଅକାରଣେ ଅପେକ୍ଷା କରିବା ?"

ସୋମବାରର ତିନିଦିନ ପରେ ଅମାବାସ୍ୟ ପଡ଼ିଲା। ପବିତ୍ର ଦୀପାବଳି ଅମାବାସ୍ୟ। ପ୍ରତିଥର ପରି ସେଦିନ ସତୀ ଓ ସୁନି ମନ୍ଦିରକୁ ଯାଇଥିଲେ। ବିଳମ୍ବରେ ସେଇଟା ସେମାନଙ୍କର ଅଭ୍ୟାସ ଗତ। ମନ୍ଦିରରେ ପହଞ୍ଚି ଜୁହାର ହୋଇ ପାଦୁକ ପାଇ ବିଭୂତି ଟିପା ପିନ୍ଧିଲେ। ମୁଖଶାଲାରେ ବସିଲେ ପାଖା ପାଖ୍ ଗପସପ ହେବା ପାଇଁ। ସେ ଦିନ ପ୍ରଥମେ ସୁନି ଆରମ୍ଭ ନ କରି ସତୀ ଆରମ୍ଭ କରିଥିଲା ଆଲୋଚନା। ଯଦିଓ ପ୍ରତ୍ୟେକ ଥର ସୁନି ଆଗେ କଥା କହିବା ଆରମ୍ଭ କରିଥାଏ। ସତୀ କହିଲା– "ସୁନି; ମୋତେ ଆଜି ପାଦୁକ ଦେବା କଥା କହିବୁ ନାହିଁ।"

ସୁନି ଉତ୍ତର ଦେଲା "ସତୀ ସିଏ କ'ଣ ଆସିଲେଣି। ସିଏ ଆଗ ଆସନ୍ତୁ। ତା' ପରେ ଦେଖାଯିବ। ତା' ବାଦ ସିଏ ସଂକ୍ରାନ୍ତି ଓ ସୋମବାରରେ ଆସିଥିଲେ ବୋଲି ଅମାବାସ୍ୟରେ ଯେ ଆସିବେ ଏମିତି କିଛି ନିର୍ଦ୍ଦିଷ୍ଟତା ନାହିଁ। ନଛ ନଦେଖୁଣୁ ଲୁଗା ଖୋଲିବାର (ଲଙ୍ଗଳା ହେବା) ଅର୍ଥ କଣ ? ପାଦୁକ ପାଇବା ଲୋକର ଦେଖାଦର୍ଶନ ନାହିଁ। ଆମର ଏଠି ତାଙ୍କୁ ପାଦୁକ ଦେବା କଥାକୁ ନେଇ ବ୍ୟସ୍ତ ବିବ୍ରତ ହେବା କିମ୍ବା ସେ ବିଷୟ ସମ୍ପର୍କରେ ଏତେ ଆଲୋଚନା କରିବା ବୋକାମୀ ବ୍ୟତୀତ ଆଉ କ'ଣ ହୋଇପାରେ ?"

"ସୁନି; ସିଏ ଆସନ୍ତୁ କି ନଆସନ୍ତୁ। ମୁଁ ତୋତେ ଆଗରୁ କହି ରଖୁଛି ମୋତେ ସେତେବେଲେ ଯେପରି ପାଦୁକ ଦେବା କଥା ମୋତେ କହିବୁନି।"

"କାହିଁକି ? ତୁ ପାଦୁକ ଦେବୁନି ତ ଆଉ ଦେବ କିଏ ?"

ସେ କଥା ମୁଁ କହି ପାରିବି ନାହିଁ। ମୁଁ ଦେଇ ପାରିବିନି। ମୋ ଦ୍ୱାରା ସେ କାମ ହେବା ଆଉ କେବେ ସମ୍ଭବ ନୁହେଁ। କହିଦେଲି। ସିଏ ଆସି ପହଞ୍ଚିଲେ ତୁ ଯେପରି ମୋତେ ସେତେବେଲେ ଅଡୁଆରେ ନ ପକାଉ। କଥାରେ କହନ୍ତି 'ଧର୍ମକୁ ତିନିଥର ସାକ୍ଷୀ।' ଏ ଆପ୍ତ ବାକ୍ୟଟି ପଛରେ ଥିବା କାରଣଟି ହେଲା। ମଣିଷ ମାତ୍ରେତ ଭୁଲ କରେ। ଏମିତି କେହି ନାହିଁ, ଯିଏକି ତା ଜୀବନ କାଲ ଭିତରେ ଆଦୌ କେବେ ବି ଭୁଲ କରିନଥିବ। ଭୁଲଟିଏ ହୋଇଗଲେ କ୍ଷମା କରି ଦିଆଯାଏ। ପୁନି ଯେମିତି ସେହି ଭୁଲ ନ ହୁଏ ସେଥିପାଇଁ ସତର୍କ କରି ଦିଆଯାଏ। ମାତ୍ର ବାରମ୍ବାର ସେହି ଗୋଟିଏ ଭୁଲ କରୁଥିବା ମଣିଷକୁ କ୍ଷମା ଦେବା ସମସ୍ତଙ୍କ ପକ୍ଷରେ ସବୁବେଲେ ସମ୍ଭବ ହୁଏ ନାହିଁ। ତେଣୁ କୁହାଯାଏ – "ଧର୍ମକୁ ତିନିଥର ସାକ୍ଷୀ।" ଅର୍ଥାତ୍ ଅନ୍ତତଃ ଅଜାଣତରେ ଭୁଲ ହୋଇଛି ଭାବନା ନେଇ ତିନିଥର ଛାଡ଼ି ଦିଆଯାଉ। ଚତୁର୍ଥ ଥରକୁ ସେହି ଭୁଲ ପୁଣି କଲେ ଜାଣିବ ସେ ଜାଣିଶୁଣି ସତେତନ ଥାଇ ବାରମ୍ବାର ଭୁଲ କରୁଛି। କାରଣ ଭୁଲ କରିବା କେବେବି ମଣିଷର ସହଜାତ ପ୍ରବୃଭି ନୁହେଁ। ପରିବେଶ ଓ ପରିସ୍ଥିତିରେ ପଡ଼ି କେବେ କେମିତି ଭୁଲଟିଏ ହୋଇଯାଏ।

ଭୁଲ କରୁଥିବା ମଣିଷକୁ କ୍ଷମା କରିଦେଲେ ଏବଂ ବୁଝାଇ ଦେଲେ ହୁଏତ ପରେ ଆଉ ସେ ଭୁଲ କରିବ ନାହିଁ। ଭୁଲ ପାଇଁ ପ୍ରତିକାର ହେଉଛି- ଅନୁତାପ। ତା'ପରେ କ୍ଷମା ମାଗିବା, ଏ ଦୁଇଟି କରି ଦେଲେ ବେଶୀ ଅଡୁଆ ତଡୁଆ ହୁଏନି। କିନ୍ତୁ ବେଲେବେଲେ ଆମର ଅସୂୟା ଭାବ ଆମକୁ ବିପଥଗାମୀ କରାଏ। ମୁଁ ତୋର ଭୁଲ ପାଇଁ ତିନିଥର କ୍ଷମା କରିସାରିଲିଣି। ଏଥର ଆଉ ନୁହେଁ। ଦେଖ ସୁନି ସହିବାର ଗୋଟେ ସୀମା ଅଛି ଆଉ କହିବାର ମଧ୍ୟ। ତୁ ସେ ସୀମା ବାରମ୍ବାର ଟପି ଯାଉଛୁ। ମୁଁ ଆଉ କେତେ ସହିବି କହ ?"

"ସତୀ; ମୁଁ କାହିଁକି ତୋତେ ଅଡୁଆରେ ପକାଇବି ? ତୁ କିପରି ସେଭଳି କଥା ଭାବି ପାରୁଛୁ ? ଅଡୁଆ ତ ଆପେ ଆପେ ଆସି ପହଞ୍ଚୁଛି।"

"ଅଡୁଆ ଆପେ କିପରି ଆସିବ ? ଅଡୁଆର କ'ଣ ଗୋଡ଼ ଅଛି ଯେ ସେ ଆପେ ଚାଲି ଆସୁଛି ? ଅଡୁଆ ଯାହାଙ୍କ ଯୋଗୁ ସୃଷ୍ଟି ହେଉଛି ଆମେ ଯଦି ତାଙ୍କ କଥାରେ ମୁଣ୍ଡ ନ ଖେଳେଇବା ତେବେ କାହିଁକି ଓ କିପରି ଆଉ ଅଡୁଆ ସୃଷ୍ଟି ହେବ। ଆମେ କଥା ହେବା ପାଇଁ ଏଠି ବସିବା। ସିଏ ଯଦି ଆମ କଥାବାର୍ତ୍ତା ମଝିରେ ଆସି ପହଞ୍ଚନ୍ତି। ତେବେ ତାଙ୍କ କଥା ସିଏ ନିଜେ ବୁଝିବେ। ଆମର ସେଥିରେ ମୁଣ୍ଡ ଖେଳାଇବା ଆବଶ୍ୟକ ନାହିଁ।"

"ସତୀ ଇୟେ କେମିତିକା କଥା। ସିଏ ଆସି ପାଦୁକ ମାଗିବେ। ଆମେ ନିରବରେ ବସିରହି ପାରିବାତ ?"

"ଯଦି ପରିସ୍ଥିତିରେ ପଡ଼ି ମୁଁ ପାଦୁକ ଦେବାକୁ ବାଧ୍ୟ ହୁଏ। ତେବେ ସିଏ ଫେରିଗଲା ପରେ ତୁ ଯେପରି ମୋତେ କିଛି ନକହୁ ଅନ୍ତତଃ ସେହି ବାବଦରେ। ମୁଁ ତୋତେ ଆଗରୁ ସାବଧାନ କରି ଦେଉଛି।"

"ସତୀ କିଛି ନ କହିବା ପାଇଁ ମୁଁ ଚେଷ୍ଟା କରିବି। ମୋ ପାରୁ ପର୍ଯ୍ୟନ୍ତ ଉଦ୍ୟମ ଜାରି ରଖିବି। ଯତ୍ପରୋନାସ୍ତି ଯତ୍ନ କରିବି। କିନ୍ତୁ ତୁ ତ ଜାଣୁ ମୋ ଖଲଖଲିଆ ପାଟି। ଯଦି ମୋ ଅଜାଣତରେ ଦୈବାତ୍ ମୋ ପାଟିରୁ କିଛି ବାହାରିଯାଏ । ତେବେ ତୁ ସେ କଥାକୁ ଆଦୌ ଧରି ବସିବୁ ନାହିଁ। ମନରେ ଯମା ଆଣିବୁ ନାହିଁ। ମୁଁ ତୋତେ କିଛି କହୁଛି ବୋଲି ?"

"ତା କେମିତି ହେବ ସୁନି ? ତୁ ମୋତେ କହିବୁ ଆଉ ମୁଁ ତୋ କଥା ଶୁଣିବିନି। ବରଂ ତୋର କିଛି ନ କହିବା ଦରକାର।"

"ତା'ହାଲେ ସତୀ ସବୁଠାରୁ ଭଲ ହେବ ଆମର ଘରକୁ ଫେରିଯିବା। ଆମ ଭିତରେ କଥାବାର୍ତ୍ତା ନ ହେଉ ପଛେ ଚାଲ ଆମେ ଘରକୁ ପଲାଇବା। ପରେ କେବେ ସୁବିଧା ଦେଖ୍ ଗପସପ ହେଲେ ଚଳିବ। କିନ୍ତୁ ଆମେ ମନ୍ଦିରରେ ଥାଉଁ ଥାଉଁ ତାଙ୍କୁ ପାଦୁକ ନ ଦେବା ନିଶ୍ଚିତ ଭାବରେ ଅମଣିଷ ପଣିଆର ପରିଚୟ। ସିଏ ମୁହଁ ହାତ ଧୋଇ ପାଦୁକ ପାଇଁ ଆମକୁ ଅପେକ୍ଷା କରି ଠିଆ ହୋଇ ରହିବେ। ଆଉ ଆମେ ଏଠି ବସିରହି ତାଙ୍କୁ ଅଣଦେଖା କରିବାତା କେବେ ବି ଭଲ ହେବନି। ଅନ୍ତତଃ ଶିଷ୍ଟାଚାର ଦୃଷ୍ଟିରୁ, ସୌଜନ୍ୟତା ରକ୍ଷା କରିବାକୁ ଯାଇ ଭଦ୍ରାମିକୁ ଜଗି ସିଏ ଠାକୁରଙ୍କୁ ଜୁହାର ହୋଇ ଆମ ପାଖରେ ଠିଆ ହୋଇ ହାତ ପାତିଲେ ତାଙ୍କୁ ପାଦୁକ ଦେବାକୁ ପଡ଼ିବ। ସେଥିପାଇଁ ସିଏ ଆସିବା ଆଗରୁ ଆମେ ମନ୍ଦିର ପରିସର ଛାଡ଼ି ଚାଲିଗଲେ ଖୁବ୍ ଭଲ ହେବ। ଯପଲାୟତି ସ ଜୀବତି ନୀତିରେ ଆମେ ଘରକୁ ଫେରିଯିବା ସବୁଠାରୁ ଉତ୍କୃଷ୍ଟ ଉପାୟ। ସର୍ବୋଉମ ଶ୍ରେଷ୍ଠ ପଥ। ଆପଦ ବିହୀନ ନିରାପଦ ବାଟ। ସେପରି ଅପ୍ରୀତିକର ପରିସ୍ଥିତିରୁ (ନିଜକୁ) ରକ୍ଷା ପାଇବା ପାଇଁ ପଲାୟନ ଏକମାତ୍ର ସରଳ ଓ ସୁଗମ ପନ୍ଥା।"

ସେମାନେ ଘରକୁ ଫେରିଯିବା ପାଇଁ କହୁଥିଲେ ଉପର ମନରେ। କିନ୍ତୁ ପ୍ରକୃତରେ ଗପସପ ନହୋଇ ଘରକୁ ଫେରିଯିବାକୁ ସେମାନଙ୍କର ଆନ୍ତରିକ ଇଚ୍ଛା ନଥିଲା। ଦୁଇସାଙ୍ଗ ମନଖୋଲା କଥାବାର୍ତ୍ତା ହେବାକୁ କେବଳ ଠାକୁରଙ୍କ ବାରିରେ ସୁଯୋଗ ପାଇଥାଆନ୍ତି। ମୁଖଶାଲାରେ ବସି ସେମାନେ ଗପସପ ହୋଇଥାଆନ୍ତି। ମନ୍ଦିର ନିର୍ଜନ ଥାଏ। ମନ୍ଦିର ଚାରିପାଖ ମଧ୍ୟ ଶୂନ୍ଶାନ। ନିରୋଲା ପରିବେଶରେ ବସି କିଛି ସମୟ କଥାବାର୍ତ୍ତା ହୋଇ ସେମାନେ ବାରଟା ପରେ ଘରକୁ

ଫେରି ଥାଆନ୍ତି । ଘର ପାଖରେ କେଉଁଠି ବସି କଥାବାର୍ତ୍ତା ହେବାକୁ ବିଶେଷ ସୁବିଧା ନାହିଁ । ସତୀ ଘରେ ଲୋକ ଗହଳି । ତାଙ୍କର ପରିବାର ତୁଲନାରେ ଘର କମ୍ । ଗରିବ କୈବର୍ତ୍ତ ପରିବାର । ଆର୍ଥିକ ସ୍ଥିତି ସେତେ ଭଲ ନୁହେଁ । ପରିବାର ସକାଶେ ଯଥେଷ୍ଟ ବାସଗୃହ ନିର୍ମାଣ ଲାଗି ଅର୍ଥ ବାଧକ ସାଜେ । ସେଥିସକାଶେ ଅଳ୍ପ ବାସଗୃହ ମଧ୍ୟରେ ବହୁ କୁଟୁମ୍ବୀ ପରିବାରଟି କଷ୍ଟେ ମଷ୍ଟେ କୌଣସି ମତେ ଚଳିଥାଆନ୍ତି । ଲୋକ ଗହଳି ପାଇଁ ତାଙ୍କ ଘରେ ସବୁବେଳେ କେବଳ ରାତ୍ରିରେ ଶୋଇବା ସମୟ ବ୍ୟତୀତ ଅନ୍ୟ ସମୟରେ କୋଲାହଲ ଲାଗିରହିଥାଏ । ସେଥିପାଇଁ ତାଙ୍କ ଘରେ ବସି ଗପସପ ହେବାକୁ ସୁଯୋଗ ମିଳେନା । ସୁନି ଘରେ ଯଦିଓ ଲୋକଙ୍କ ତୁଲନାରେ ଅଧିକ ଘର ଅଛି ଓ ଘର ଫାଙ୍କା ଥାଏ ଏବଂ କଥାବାର୍ତ୍ତା ହେବାକୁ ସୁବିଧା ଅଛି । କିନ୍ତୁ ସତୀ ଛୋଟ ଜାତିର ଝିଅ ହୋଇ ଥିବାରୁ ବ୍ରାହ୍ମଣ ଗୃହର ଭିତର ଘରକୁ ଯାଇପାରେନା । ଯାହା ତାଙ୍କ ଦାଣ୍ଡ ଘର ପର୍ଯ୍ୟନ୍ତ ତା'ର ପ୍ରବେଶ ଅଧିକାର ଅଛି । ମାତ୍ର ସେଠି ବସି କଥାବାର୍ତ୍ତା ହେବାକୁ ସୁନିର ସାନଭାଇ ସୁରିଆ ସେମାନଙ୍କୁ ସୁଯୋଗ ଦିଏନା । ସେମାନଙ୍କ କଥା ମଝିରେ ଷେଣ୍ଡ ପୂରାଇ ଅଡୁଆ ସୃଷ୍ଟି କରେ । ସେଥିଲାଗି ମୁଖଶାଲାର ନିରୋଳା ପରିବେଶକୁ ଛାଡ଼ିକୋଲାହଲରେ ପରିପୂର୍ଣ୍ଣ ଗହଲ ଚହଲ ଲାଗିରହିଥିବା ଘରକୁ ଫେରିଯିବାକୁ ସେ ଦୁହେଁ ପ୍ରକୃତରେ ଆନ୍ତରିକତାର ସହିତ ଆଦୌ ଚାହୁଁ ନଥିଲେ ।

ସତୀ ମନେ ମନେ ଭାବୁଥିଲା ସେମାନେ ମନ୍ଦିରରେ ଥିବା ସମୟରେ ସିଏ ଆସି ପହଞ୍ଚିଗଲେ, ସୌଜନ୍ୟତା ଦୃଷ୍ଟିରୁ ଭଦ୍ରାମୀ ରକ୍ଷାକରି, ହିତାହିତ ଜ୍ଞାନର ପରିଚୟ ଦେବାକୁ ଯାଇ ସେ ତାଙ୍କୁ ପାଦୁକ ଦେବ । ତାଙ୍କ କପାଳରେ ବିଭୂତି ଟିପା ଲଗାଇଦେବ । ତାଙ୍କୁ ପାଦୁକ ଓ ବିଭୂତି ଦେଲେ ସୁନି ନିର୍ଘାତ କିଛି ଟିପ୍ପଣୀ କରିବ । ଯାହାକୁ ସହି ନ ପାରି ସେ ତା କଥାର ଉପଯୁକ୍ତ ଜବାବ ଦେବ । ଏମିତି ଉତ୍ତର- ପ୍ରତିଉତ୍ତର, ଆକ୍ଷେପ- ପ୍ରତ୍ୟାକ୍ଷେପ ଓ କଥା କଟା କଟି ଦ୍ୱାରା ସେମାନଙ୍କ ବନ୍ଧୁତ୍ୱ ଉପରେ କୁପ୍ରଭାବ ପଡ଼ିବ । ସମ୍ପର୍କରେ ଆଞ୍ଚ ଆସିବ । ସେମାନଙ୍କ ମଧ୍ୟରେ ଭୁଲ ବୁଝାମଣା ସୃଷ୍ଟି ହେବ । ପରସ୍ପର ପରସ୍ପରକୁ ଶତ୍ରୁ ମଣିବେ । ତା' ଅପେକ୍ଷା ବରଂ ଭଲ ହେବ । ସେମାନେ ତାଙ୍କର ମନ୍ଦିରକୁ ଆସିବା ପୂର୍ବରୁ ଘରକୁ ଚାଲିଯିବା ।

ଛୋଟ ମୋଟ କଥାକୁ ନେଇ ଅନେକ ସମୟରେ ମତାନ୍ତର ହୁଏ । ଏଇ ମତାନ୍ତର ପୁଣି କ୍ରମଶଃ ମନାନ୍ତର ଆଡ଼କୁ ଚାଲିଯାଏ । ଥରେ ମନାନ୍ତର ହେଲେ ପୁଣି ଦୁଇଟି ମନ ମିଶିବା ଭାରିକଷ୍ଟ । କାରଣ ଦେହରେ କ୍ଷତ ହେଲେ ତ ତାହା କିଛି ଦିନ ପରେ ଲିଭି ଯାଏ । କିନ୍ତୁ ମନରେ କ୍ଷତଟିଏ ହେଲେ ସେ କ୍ଷତ ଲିଭିବା ଭାରି ମୁଶ୍କିଲ । ସେ କ୍ଷତ ଯଦି ଗୋଟିଏ ସକାରାମ୍କ ଦିଗରେ ହୋଇଥାଏ ତ ବହୁତ ଭଲ । ଆଉ ଯଦି କାହା ଉପରେ ମନ୍ଦ ଭାବନାରୁ ହୋଇଥାଏ ଲୋକଟି ଯେତେ ଭଲ ହେଲେ ମଧ୍ୟ ତା'ର ସେହି ମନ୍ଦ ଗୁଣଟି ଆଗ ଆଖିରେ ପଡ଼ିବ । ପିଲାବେଳର ଅନେକ ଘଟଣା ଗୋଟିଏ ଗୋଟିଏ ଗାର ହୋଇ ରହିଯାଇଛି ଅନ୍ତର ଭିତରେ । ଶରୀର କ୍ଷତ ପାଇଁ କୌଣସି ଔଷଧ, ବଟିକା, ମଲମ କିମ୍ବା ବସ୍ତୁ ଲୋଡ଼ା, କିନ୍ତୁ ମନର କ୍ଷତ ଉପଶମ ପାଇଁ ଅସ୍ତ ହେଉଛି ଆମର ଭାଷା । ସେଥିପାଇଁ ମହାପୁରୁଷମାନେ କହିଛନ୍ତି କିଛି କଥା କହିବା ଆଗରୁ ଓ ଯେକୌଣସି କାର୍ଯ୍ୟ କରିବା ପୂର୍ବରୁ ବିବେଚନା କର । ଯାହା ଘଟିବାକୁ ଯାଇଛି ତାହା ସବୁବେଳ ପାଇଁ ଠିକ୍ ହେବତ ?

କାରଣ ସମ୍ପର୍କ ଗୋଟିଏ ସୁକୁମାରିଆ ଗଛ । ଏ ଗଛ ମୂଳରେ ମଧୁର କଥା, ସ୍ନେହ ବୋଲା ହସ ରୂପକ ଶୀତଳ ଜଳକୁ ମମତା ଓ ଶ୍ରଦ୍ଧାଭରା ହୃଦୟ କଳସୀରେ ଆଣି ସମ୍ପର୍କ ଗଛ ମୂଳରେ ଢାଳିବାକୁ ହୁଏ । ମାତ୍ର କଟୁକଥା ରୂପୀ ଗରମ ପାଣିରେ ଏ ସମ୍ପର୍କର ଗଛ ଶୁଖିଯାଏ । ସ୍ୱାର୍ଥ, ଈର୍ଷା ଭଲି କଟ ଲାଗିଲେ ସମ୍ପର୍କ ଗଛକୁ ନଷ୍ଟ କରିଦିଏ । ଜୀବନରେ ଯଦି ସମ୍ପର୍କକୁ ସ୍ଥାୟୀ କରିବାକୁ ଚାହଁ ତେବେ ସଂଯତ ହେବାକୁ ପଡ଼ିବ । ବନ୍ଧୁର ଦୁଃଖରେ ଦୁଃଖୀ ହେବା ଲୋକ ଅନେକ ଅଛନ୍ତି, ମାତ୍ର ବନ୍ଧୁର ସୁଖରେ ସୁଖୀ ହେବା ଲୋକ କେତେ ଜଣ ମିଳିବେ ? ଆତ୍ମୀୟର ସୁଖରେ ଆନନ୍ଦିତ ହେବା ଲୋକଟି ହିଁ ସଚ୍ଚା ବନ୍ଧୁଟିଏ । ବହୁତ ଲୋକ ଅଛନ୍ତି ବନ୍ଧୁର ଭଲ ଚଳଣି ଦେଖି କହନ୍ତି- ତୁମେତ ବଡ଼ଲୋକ ହୋଇଗଲଣି । ଆମକୁ ଆଉ କାହିଁକି ପଚାରିବ । କିନ୍ତୁ

ପ୍ରକୃତ ବନ୍ଧୁ କହନ୍ତି ଭଗବାନଙ୍କ କୃପାରୁ ତୁମେ ସବୁ ଭଲରେ ଥାଅ । ଜଣଙ୍କ କଥାରୁ ସହଜରେ ଜାଣିହେବ । ତା'ଭିତରେ ଭଲ ପାଇବା ଛଳନା କି ବାସ୍ତବ । ଗଛଟିଏ ବାଲିରେ ଉଠିଲେ ଉପୁଡ଼ି ପଡ଼ିବା ସହଜ । ମାତ୍ର ମାଟିରେ ଉଠିଥିଲେ ଉପୁଡ଼ିବା କଷ୍ଟ । ସେମିତି ସମ୍ପର୍କର ଗଛ ଯଦି ଛଳନାର ଭୂମି ଉପରେ ବଢ଼ିଥାଏ, ତେବେ ଅତି ସହଜରେ ଉପୁଡ଼ିଯାଏ । ଯଦି ଭଲ ପାଇବାର ମାଟିରେ ବଢ଼ିଥାଏ ତେବେ ଏତେ ସହଜରେ କେବେବି ଉପୁଡ଼େ ନାହିଁ । କେତେବେଳେ ପରିବାର ଭିତରେ ବାପ-ମାଆଙ୍କ ସହିତ ସମ୍ପର୍କ ତୁଟି ଯାଇଛିଟ, କେତେବେଳେ ଭାଇ-ଭାଇର ସମ୍ପର୍କ ତିକ୍ତ ହୋଇଯାଇଛି । ପୁଣି କେତେବେଳେ ସ୍ୱାମୀ, ସ୍ତ୍ରୀର ସମ୍ପର୍କରେ ଭାଙ୍ଗ ପଡ଼ିଯାଇଛି । ସମ୍ପର୍କ ଗଢ଼ିବା ବେଳେ ମନେ ରଖିବାକୁ ହେବ ପ୍ରତ୍ୟେକଙ୍କର ଆତ୍ମସମ୍ମାନ ଅଛି । ଅନ୍ୟର ଆତ୍ମସମ୍ମାନକୁ ଜଗି ଚଲି ପାରିଲେ ସମ୍ପର୍କ ଚିରସ୍ଥାୟୀ ହୁଏ । ବାପ, ମା, ଆମକୁ ଜନ୍ମ ଦେଇଛନ୍ତି । ଛୋଟରୁ ବଡ଼ କରିଛନ୍ତି । ସବୁ ଅଭି ଅର୍ଘ୍ୟଲି ସହିଛନ୍ତି । ତଥାପି ତାଙ୍କ ସହିତ ବ୍ୟବହାର ମନ୍ଦ ହେଲେ ସେମାନେ (ଆମେଉ) ଦୂରେଇ ଯାଆନ୍ତି । ସାଇପଡ଼ିଶା ଆଉ ଅନ୍ୟମାନଙ୍କ କଥାତ ଭିନ୍ନ । ସମ୍ପର୍କ ଗଛ ପାଇଁ ସ୍ନେହ, ପ୍ରେମ ହେଉଛି ଥଣ୍ଡା ପାଣି, ଛଳନା ଓ ଦୁର୍ବ୍ୟବହାର ଗରମ ପାଣି, ଚାରାଟିଏ ଲଗାଇ ସେଥିରେ ଥଣ୍ଡା ପାଣି ଦେଲେ ଭଲ ବଢ଼ିବ । ସମୟକ୍ରମେ ସେହି ଚାରା ମହାଦ୍ରୁମରେ ପରିଣତ ହେବ । ଚାରା ମୂଳରେ ଗରମ ପାଣି ଦେଲେ ଏକବାର ମରିଯିବ । ମହାଦ୍ରୁମ ତା' ପାଇଁ ସାତ ସପନ ହୋଇ ରହିଯିବ । କାର୍ଯ୍ୟ କ୍ଷେତ୍ରରେ ହେଉକି ବିଭିନ୍ନ ଅନୁଷ୍ଠାନ କ୍ଷେତ୍ରରେ ହେଉ । ଯଦି ବହୁ ଲୋକଙ୍କ ସଙ୍ଗ ସମ୍ପର୍କ ରଖି କିଛି କରିବାକୁ ଅଛି, ତେବେ ପ୍ରଥମେ ଭଲ ବ୍ୟବହାର ଶିଖ । ନମ୍ରହୁଅ । ବିନୟ ଭାବ ପ୍ରକାଶ କର । କଟୁକଥା ହୃଦୟ ବିଦାରଣକାରୀ କଟୁରୋଷିଲି । ଗୋଟିଏ ପଦ କଟୁକଥା ସାରା ଜୀବନର ଭଲ ପାଇବା ସମ୍ପର୍କକୁ ତୁଟେଇ ଦିଏ । ଆଉ ଯଦି ଭଲ ପାଇବା ଛଳନା ଉପରେ ବଢ଼ିଥାଏ ତେବେ ଅତି ସହଜରେ ତାହା ନଷ୍ଟ ହୋଇଯାଏ । ଅବଶ୍ୟ ସତୀ ଓ ସୁନି ମଧ୍ୟରେ ଗଢ଼ି ଉଠିଥିବା ବନ୍ଧୁତା ଛଳନା ଉପରେ ପର୍ଯ୍ୟବେଶିତ ନଥିଲା । ତାହା ବାସ୍ତବରେ ଆନ୍ତରିକତାରେ ପୂର୍ଣ୍ଣ ଥିଲା । ଯେଉଁଥି ପାଇଁ କି ସୁନିର ଏପରି କଟୁକ୍ତି ପ୍ରୟୋଗ ପରେ ସୁଦ୍ଧା ସେମାନଙ୍କ ମଧ୍ୟରେ ବନ୍ଧୁତା ତିଷ୍ଠି ରହି ପାରିଥିଲା ଓ ସେମାନଙ୍କର ପରସ୍ପରକୁ ଭଲ ପାଇବା ଅଟୁଟ ରହିଥିଲା ।

ସୁନିର ମତଲବ ଥିଲା ଅନ୍ୟ ପ୍ରକାର । ସେ ଚାହୁଁଥିଲା ସେମାନେ ମନ୍ଦିରରେ ଥିବା ସମୟରେ ସିଏ ଆସି ପହଞ୍ଚନ୍ତେ । ସତୀ ତାଙ୍କୁ ପାଦୁକ ଦିଅନ୍ତା । ଟିପା ଲଗାଇ ଦିଅନ୍ତା ତାଙ୍କ କପାଲରେ । ସିଏ ଫେରିଗଲା ପରେ ସତୀକୁ କିଛି କହିବାକୁ ସୁନିକୁ ସୁଯୋଗ ମିଳନ୍ତା ଓ ତା' ସହିତ ଇୟାରିକି ହେବାକୁ ଖୋରାକ ଜୁଟି ଯାଆନ୍ତା । ତା' ଟପରା ଏବଂ ବ୍ୟଙ୍ଗଭରା କଥାଶୁଣି, ସତୀ ଚିଡ଼ି ଉଠି କୃତ୍ରିମ କ୍ରୋଧ ପ୍ରକାଶ କରନ୍ତା । ଆଉ ସେ ହସିହସି ତାକୁ ପରିହାସ ପୂର୍ଣ୍ଣ କଥା କହି ମଜ୍ଜା ଉଠାଉ ଥାଆନ୍ତା ପୂର୍ବଥରମାନଙ୍କ ପରି ।

ଦୁହିଁଙ୍କର ଏହିପରି ବିପରୀତମୁଖୀ ମନୋଭାବ ଦ୍ୱାରା (ଯୋଗୁ) ସେମାନେ ମନ୍ଦିର ପରିସର ଛାଡ଼ି ପାରୁନଥିଲେ କିମ୍ୱା ଜଣେ ଅନ୍ୟ ଜଣକୁ ଛାଡ଼ି ଏକୁଟିଆ ଘରକୁ ଫେରିଯିବାକୁ ଇଚ୍ଛୁକ ନଥିଲେ । କେବଳ ମୁଖଶାଲାରେ ବସି ରହିଲେ କୌଣସି ନିର୍ଣ୍ଣାୟକ (ସଠିକ) ନିଷ୍ପତି ନେଇ ନ ପାରି ।

କୌଣସି ସିଦ୍ଧାନ୍ତରେ ପହଞ୍ଚିବାକୁ ସେମାନେ ସମର୍ଥ ହୋଇପାରୁ ନଥିଲେ । ମୁଖଶାଲାରେ ବସି କଥାବାର୍ତ୍ତା ହେବେ କିମ୍ୱା ଘରକୁ ଫେରିଯିବେ ? ଏହିପରି ଦୋ,ଦୋ ପାଞ୍ଚ ଅବସ୍ଥାରେ ସେମାନେପଡ଼ି ଯାଇଥିଲେ । ସେମାନଙ୍କ ସିଦ୍ଧାନ୍ତ ନେବା ବିଲମ୍ୱର ସୁଯୋଗ ନେଇ ସମୟ ଗଡ଼ି ଚାଲିଥାଏ ।

ସମୟ- ସିଏ କାହାରିକୁ କେବେ ହେଲେ ଅପେକ୍ଷା କରେ ନାହିଁ । ସେ ଆଗେଇ ଚାଲିଥାଏ । ନିରନ୍ତର, ଅହରହ ଓ ଅବିରାମ ଗତିରେ । ଅବିରତ ଭାବେ । ତାହାହିଁ ତା'ର ଧର୍ମ । ତା'ର ରୀତି, ତା'ର ନୀତି ଓ କର୍ତ୍ତବ୍ୟ ଏବଂ ଦାୟିତ୍ ମଧ୍ୟ । ଉଚିତ ସୁଦ୍ଧା ।

ପାଖାପାଖି ଏଗାରଟା, ରାସ୍ତା ଆଡ଼ୁ ସାଇକେଲ ଆସିବାର ଶବ୍ଦ ଶୁଣାଗଲା । ସୁନି ବୁଲି ଚାହିଁଲା ରାସ୍ତାକୁ । "ସତୀ

ସିଏ ଆସିଗଲେଣି । ଆମେ ଆଉ ଘରକୁ ଯିବା କେମିତି ?”

ସାଇକେଲ ରାସ୍ତା ଉପରୁ ଗଡ଼ିଲା ପଡ଼ିଆକୁ । ସିଏ ଓହ୍ଲାଇ ପଡ଼ି ମୁହଁହାତ ଧୋଇଲେ । ରୁମାଲ୍‌ରେ ମୁହଁ ପୋଛୁ ପୋଛୁ ଆଗେଇ ଆସିଲେ ମନ୍ଦିର ଆଡ଼କୁ । ସୁନି ତାଙ୍କୁ ଦେଖି ଉଠିଗଲା ମନ୍ଦିର ଭିତରକୁ । ପଛେ ପଛେ ସତୀ ।

ସୁନି ଡାକି ନ ଥିଲା ସତୀକୁ, ତା’ ସହିତ ମନ୍ଦିର ଦୁଆରକୁ ଯିବାକୁ ଅନୁରୋଧ କଲାନାହିଁ । ସେ କେବଳ ନିଜେ ଉଠିଯାଇଥିଲା ।

ଆଉ ସତୀ ଅପେକ୍ଷା କରିନଥିଲା ସୁନିର ଡାକକୁ । ଖୁସାମତକୁ । ଅନୁରୋଧକୁ । ଅନୁନୟ ବିନୟକୁ କିମ୍ବା କାକୁତି ମିନତିକୁ ଅଥବା ରୁଷି ବସି ନଥିଲା ମନମାରି ମାନକରି ଅଭିମାନରେ ମୁହଁ ଫୁଲାଇ ।

ସିଏ ମୁଖଶାଲାକୁ ଉଠି ଆସିଲେ ପାହାଚ ଚଢ଼ି । ମନ୍ଦିର ଦୁଆରେ ଥିବା ସତୀ ପାଖରେ ଠିଆ ହେଲେ ଠାକୁରଙ୍କୁ ଜୁହାର ହୋଇସାରି ।

ଯନ୍ତ୍ର ଚାଳିତ ପରି ସତୀ ମନ୍ଦିର ଭିତରେ ଥିବା ସୁନି ହାତରୁ ଗ୍ଲାସ ଆଣି ତାଙ୍କୁ ପାଦୁକ ଦେଲା । ସିଏ ହାତ ଧୋଇ ବିଭୂତି ପିନ୍ଧିବା ଲାଗି ସତୀ ନିକଟକୁ ଆସିଲେ । ସତୀ ବିଭୂତି ଥାଳିଆ ସୁନି ହାତରୁ ଆଣି ଟିପା ଲଗାଇ ଦେବା ପାଇଁ ତାଙ୍କ ପାଖକୁ ଟିକେ ଲାଗି ଯାଇଥିଲା । କାଲେ ତା’ ହାତ ଅଙ୍ଗୁଲିର ଟିପ ତାଙ୍କ କପାଲକୁ ପାଇବ ନାହିଁ । ଟିପା ପିନ୍ଧାଇ ଦେଲା ବେଳେ ସତୀ ତାଙ୍କର ଖୁବ ନିକଟରେ ହୋଇ ଯାଇଥିଲା । ସେତେବେଳେ ସେ ଦୁହିଁଙ୍କ ମଧ୍ୟରେ ଦୂରତା (ବ୍ୟବଧାନ) ଥିଲା ମାତ୍ର ଚାଖଣ୍ଡେ । ସତୀ ଡାହାଣ ହାତର ମଝି ଅଙ୍ଗୁଲି ଟିପରେ ତାଙ୍କ କପାଲକୁ ଛୁଇଁଥିବା ସମୟରେ ସତୀ ତାଙ୍କ ମୁହଁକୁ ଅନାଇଥିଲା । କାଲେ ଟିପା କପାଲର ଠିକ୍ ମଝିରେ ନ ଲାଗି ବଙ୍କାରେ ଲାଗିଯିବ ଏହି ଆଶଙ୍କାରେ । ସେତେବେଳେ ସିଏ ମଧ୍ୟ ସତୀକୁ ଚାହିଁ ରହିଥିଲେ । ପ୍ରତିଥର ପରି ଚାରୋଟି ଆଖି ମିଶି ଯାଇଥିଲା । ଲାଜରେ ସତୀ ଦୃଷ୍ଟିନତ କରିବା ପୂର୍ବରୁ ସିଏ ପଚାରିଥିଲେ– “ତୁମ ଘର ଏଠି ?”

“ହଁ” ସତୀ ପାଟିରୁ ଆପଣାଛାଏଁ ବାହାରି ଯାଇଥିଲା ।

“ପ୍ରତିଦିନ ମନ୍ଦିରକୁ ଆସ ?”

“ନା କେବଳ ଠାକୁରଙ୍କ ବାରିରେ ଆସିଥାଏ ।”

ଟିକେ ରହି ଛେପ ଢୋକି ପୁଣି କହିଲେ– “ଯାହା ହେଉ ପ୍ରତିଥର ତୁମ ସହିତ ମୋର ଭେଟ ହେଉଛି । ମୋତେ ବହୁତ ସାହାଯ୍ୟ କରୁଛ । ଧନ୍ୟବାଦ । ସେଥିପାଇଁ ତୁମ ନିକଟରେ ମୁଁ ବହୁତ ରଣୀ । ତୁମକୁ ମୋର ଆନ୍ତରିକ କୃତଜ୍ଞତା ଜଣାଉଛି । ତା’ ପରେ ପକେଟରୁ ପଇସା କାଢ଼ି ସତୀ ହାତକୁ ବଢ଼ାଇ ଦେଇ ଫେରିଯିବା ଲାଗି ପାହାଚ ଓହ୍ଲାଇ ଗଲେ । ସତୀ ତାଙ୍କୁ ପଛପଟରୁ ଚାହିଁ ରହିଥାଏ ପ୍ରତିଥର ପରି । ସିଏ ଯାଇ ବାଉଁଶ ବୁଦା ଉହାଡ଼ରେ ଲୁଟିଯିବା ପର୍ଯ୍ୟନ୍ତ ।”

ସୁନି ମନ୍ଦିର ଭିତରୁ ଥାଇ ପଚାରିଲା, “ସତୀ କହୁଥିଲୁ ଯା ଆଜି ପାଦୁକ ଦେବୁନି । ଟିପା ଲଗାଇ ଦେବୁନାହିଁ ।”

ସତୀ ରାସ୍ତା ଉପରୁ ଆଖି ଫେରାଇ ଆସି ମନ୍ଦିର ଭିତରେ ଥିବା ସୁନି ଆଡ଼କୁ ଚାହିଁ କହିଲା । “କହିଥିଲି, ହେଲେ ତୁ କ’ଣ ମୋ କଥା ଶୁଣିଲୁ? ଘରକୁ ଯିବାକୁ ବାହାରିଲୁ? ଏଣୁତେଣୁ କଥା କହି ସମୟ ଗଡ଼ାଇ ଦେଲୁ । ସିଏ ଯେତେବେଳେ ପାଦୁକ ପାଇବା ପାଇଁ ଆସି ମୋ ପାଖରେ ଠିଆ ହେଲେ, ମୋ ଆଗରେ ହାତ ପାତିଲେ । ସେପରି ସ୍ଥଲେ ମୁଁ ଆଉ କ’ଣ କରିପାରି ଥାଆନ୍ତି କହିଲୁ?”

“ନାହିଁ ସତୀ । ତୁ ମୋତେ କହିଥିଲୁ । ଆଜି ତାଙ୍କୁ ପାଦୁକ ଦେବା ପାଇଁ ତୋତେ ନ କହିବା ଲାଗି । ମୁଁ ସେଥିପାଇଁ ତୋତେ କିଛି କହିଲି ନାହିଁ । ନିଜେ ପାଦୁକ ଦେବା ଲାଗି ମୁଁ ଉଠିଆସିଲି । ମୋତେ ତ ଆଶ୍ଚର୍ଯ୍ୟ ଲାଗୁଛି । ମନା କରୁଥିବା ଲୋକଟି କିପରି ବିନା ଡାକରାରେ ଆପଣା ଛାଏଁ ଆସି ମୋ ହାତରୁ ଗିଲାସ ନେଇ ତାଙ୍କୁ ପାଦୁକ ଦେଇ ପାରିଲା ?”

"ଶୁଣି ଆମେ ମନ୍ଦିରରେ ଥିବା ସମୟରେ ସିଏ ଆସି ପହଞ୍ଚିଲେ । ମୋର ଆଉ ଚାରା କ'ଣ ଥିଲା ? ନିରୁପାୟ ହୋଇ ମୁଁ ତାଙ୍କୁ ପାଦୁକ ଦେବାକୁ ବାଧ୍ୟ ହେଲି ।"

"ସତୀ ତୁ ପାଦୁକ ଦେବାକୁ ବାଧ୍ୟ ହୋଇନଥିଲୁ । ତାଙ୍କୁ ପାଦୁକ ଦେବା ଲାଗି ତୋର ଇଚ୍ଛାଥିଲା । ତୁ କେବଳ ଉପର ମନରେ ମନା କରୁଥିଲୁ । ଭଲେଇ ହେଉଥିଲୁ ଦେଖେଇ ହେବା ଲାଗି ଯେ ତାଙ୍କୁ ସାକ୍ଷାତ କରିବା ଅବା ପାଦୁକ ଦେବାର ଉଦ୍ଦେଶ୍ୟ କିମ୍ବା ଆଗ୍ରହ ଅଥବା ଇଚ୍ଛା ତୋର ଆଦୌ ନାହିଁ । କିନ୍ତୁ ଭିତର ମନରେ ଖୋଜୁଥିଲୁ ଗୋଟେ ବାହାନା । ତୁ ଚାହୁଁଥିଲୁ ଏଥିପାଇଁ ମୁଁ ତୋତେ ଖୁସାମନ୍ତ କରେ । ଅନୁରୋଧ କରେ । ଅନୁନୟ ହୁଏ । ନେହୁରା ହୁଏ ତୋ ପାଖରେ ବିନିତ ହୋଇ କହେ । ଯାହା ହେଉ ଭଗବାନ ମୋତେ ସେ ସଙ୍କଟରୁ ଉଦ୍ଧାର କଲେ । ମୋତେ ସେଥିପାଇଁ ଅନୁରୋଧ କରିବାକୁ ପଡ଼ିଲା ନାହିଁ । ମୁଁ ରକ୍ଷା ପାଇଗଲି । ଯେଉଁକାମ କରିବାକୁ ଆଗ୍ରହ ନଥିବା ଲୋକଟିକୁ ତା' ଇଚ୍ଛା ବିରୋଧରେ ସେହି କାର୍ଯ୍ୟ କରିବା ଲାଗି ବାଧ୍ୟ କରିବା ଭଳି ଅକ୍ଷମଣୀୟ ଅପରାଧ ଅର୍ଜିବାରୁ । ସବୁ ହୋଇଗଲା ଆପଣା ଛାଏଁ । ତୁ ତୋ ନିଜ ମନକୁ ଆପେ ଆପେ ଆସିଲୁ ବିନା ଡାକରାରେ । କୌଣସି ଅନୁରୋଧ ନ ପାଇ । ନିଜକୁ ନିଜେ, କିଛି ଖୁସାମନ୍ତ ନ ଶୁଣି ।

ପରିସ୍ଥିତିରେ ପଡ଼ି । ବାଧ୍ୟ ହୋଇ । ଭଦ୍ରତା ଦୃଷ୍ଟିରୁ । ସୌଜନ୍ୟତା ରକ୍ଷା କରି । ଶିଷ୍ଟାଚାରକୁ ଜଗି । ତା' ବ୍ୟତୀତ ଆଉ କିଛି ଅନ୍ୟ ଉପାୟ ନଥିଲା । ମାନବିକତାର ପରିଚୟ ଦେବାକୁ ଯାଇ । ମଣିଷ ପଣିଆ ଲାଗି । ଅବିବେକୀ ନ ହେବାକୁ, ନ୍ୟାୟତଃ, ଧର୍ମକୁ ଜଗି । ଆପଣା ବ୍ୟକ୍ତିତ୍ୱର ପରାକାଷ୍ଠା ପାଇଁ । ନିଜର କର୍ତ୍ତବ୍ୟ ସମ୍ପାଦନ ଲାଗି । ମହାପୁରୁଷମାନଙ୍କ ହିତୋପଦେଶକୁ ମାନିବାକୁ ଯାଇ । ପୁରାଣ ଶାସ୍ତ୍ରର ନିର୍ଦ୍ଦେଶ ମୁତାବକ । ବୟୋଜ୍ୟେଷ୍ଠ ମୁରବିମାନଙ୍କ କଥା ରକ୍ଷା କରିବା ନିମନ୍ତେ । ବେଦ ଉପନିଷଦର ଉପଦେଶ ଅନୁଯାୟୀ। ଏସବୁ ହେଲା ନିଜକୁ ଦୋଷମୁକ୍ତ କରିବା ପାଇଁ ମନଗଢ଼ା ମାନବକୃତ ଯୁକ୍ତିର ଅବତାରଣା । ନିଜ ସପକ୍ଷରେ କହିବା ଲାଗି ସୁଚିନ୍ତିତ ଉପାୟ । ଆପଦଶୂନ୍ୟ ପନ୍ଥା । ନିରାପଦରେ ଖସିଯିବାର ପ୍ରଶସ୍ତ ରାଜରାସ୍ତା । ବିପଦ ରହିତ ସଲଖ ବାଟଟିଏ । ଜଞ୍ଜାଳ ମୁକ୍ତ ପଥ । ସରଳ ଭାଷାରେ ଅନ୍ୟକୁ ବୁଝାଇ ଦେବାପାଇଁ ସର୍ବୋତ୍କୃଷ୍ଟ ମାର୍ଗ । ଯାହା ସମସ୍ତେ କରିଥାଆନ୍ତି । ଆଦରି ନେଇ ଥାଆନ୍ତି ଯେଉଁ ପଦ୍ଧତିକୁ ଦ୍ୱିଧାହୀନ ଭାବେ । ଯେଉଁ ନିୟମର ଦ୍ୱାହୀ ଦେଇ ସମସ୍ତେ ଖସିଯିବା ଲାଗି ଉଦ୍ୟମ କରିଥାଆନ୍ତି । ଯାହାକୁ ନଜିର ଦେଇଥାଆନ୍ତି । ଉପଲକ୍ଷ୍ୟ ଭାବେ ଉପସ୍ଥାପନ କରି ଥାଆନ୍ତି ନିର୍ଭୟରେ । ନିର୍ଦ୍ୱନ୍ଦରେ, ନିଃସଙ୍କୋଚରେ, ନିର୍ବିକାରରେ । ନିର୍ଭୀକ ଭାବରେ । ତୁ, ମୁଁ, ସେ, ଆମେ ସଭିଁୟେ । ଯେତେବେଳେ ଯେଉଁଠି ଯେପରି ପରିସ୍ଥିତିରେ ଯାହାର ଯେମିତି ଭାବେ ଆବଶ୍ୟକ ହେଲା । ଦରକାର ପଡ଼ିଲା । କାମରେ ଲାଗିଲା । ପ୍ରୟୋଜନ ହେଲା । ଦାୟିତ୍ୱରେ ଆସିଲା । ସିଏ ଆଦରି ନେଲା କିମ୍ବା ପ୍ରୟୋଗ କଲା ।

ଦେଖ ସତୀ; ଏହିକଥା ଗଢ଼ି ଆସିଛି କାହିଁ କେତେ ଯୁଗରୁ । କେଉଁ କାଳରୁ ଆଦିମ ସମୟରୁ । ପ୍ରାକ୍ ଐତିହାସିକ ବେଳରୁ ଅତ୍ୟାଧୁନିକ ସମୟ ଯାଏ । ବୈଦିକ ସମାଜଠାରୁ କଳିଯୁଗ ପର୍ଯ୍ୟନ୍ତ । ସତ୍ୟ ଯୁଗରୁ ଆଜିଯାଏ । ଅଭିଯୁକ୍ତମାନଙ୍କ ପାଇଁ ଏହା ହେଉଛି ସର୍ବୋତ୍ତମ ସର୍ବୋତ୍କୃଷ୍ଟ ସହଜ, ସରଳ, ସୁଗମ, ସୁବିଧା ଉପାୟ । ସର୍ବାଧିକ ସର୍ବଜନାଦୃତ ନିରାପଦ ବାଟଟିଏ, ନିଜକୁ ଅନ୍ୟମାନଙ୍କ ସନ୍ଦେହ ଦୃଷ୍ଟିରୁ ଖସାଇ ନେବା ପାଇଁ; ସମସ୍ତେ ଏହାକୁ ଅନୁକରଣ କରି ଥାଆନ୍ତି । ଆଦରି ନେଇ ଥାଆନ୍ତି । ଏପରି ରାସ୍ତାକୁ ଅନୁସରଣ ମଧ୍ୟ କରାଯାଇଥାଏ । ଆବଶ୍ୟକ ହେଉଥିବା କ୍ଷେତ୍ରମାନଙ୍କରେ ।

ସତୀ; ତୁ ଚାହୁଁଥିବା କେବଳ ତୁ ତାଙ୍କୁ ପାଦୁକ ଦେବୁ । ତାଙ୍କ କପାଳରେ ଟିପା ଦେଲାବେଳେ ତାଙ୍କ ଦେହ ଛୁଆଁ ଖାଲି ତୁ ପାଇବୁ । ଠାକୁରଙ୍କ ଥାଲି ପାଇଁ ତାଙ୍କଠାରୁ ପଇସା ରଖ୍ ତାଙ୍କ ହାତର ପରଶ ଲାଭ କରିବୁ ତୁ ନିଜେ । ଆଉ ତାଙ୍କ ଆଖ୍ ସହିତ ତୋ ନିଜ ଆଖ୍ ମିଶାଇ ତୁ ଉତ୍ଫୁଲ୍ଲିତା ହେଉଥିବୁ ଅପ୍ରକାଶ୍ୟ ଆନନ୍ଦର ଅତିଶୟ୍ୟାରେ । ଆଉ ଅନ୍ୟ କେହି ତାଙ୍କୁ ପାଦୁକ ଦେଉ, ତାଙ୍କ ଦେହ ଛୁଆଁ ପାଉ, ତାଙ୍କଠୁ ପଇସା ରଖିଲା ବେଳେ ତାଙ୍କ ହାତର ପରଶ ଲାଭ କରୁ ।

ତୁ କେବେ ଆନ୍ତରିକ ଭାବେ ତାହା ଇଚ୍ଛା କରୁନା । ଏପରିକି ସେ ସୁଯୋଗ ମୁଁ ପାଇଲେ ତୁ କେବେବି ଏତେ ସହଜରେ ତାହା ସହିପାରିବୁନି । ଆପଣା ଲୋକଟିର ନିକଟରେ ଅନ୍ୟ କାହାରି ଉପସ୍ଥିତିକୁ କୌଣସି ଯୁବତୀ କେବେବି ସହିପାରେନା । ନିଜ ମଣିଷଟି ଉପରେ କେହି ଭାଗ ବସାଇଲେ ତାକୁ ଦେଖ୍ କିଏ ବରଦାସ୍ତ କରିପାରିବ ? ନିଜର ଲୋକକୁ ଅନ୍ୟର ସାନ୍ନିଧ୍ୟ ତଳକୁ ଛାଡ଼ିଦେଇ କିଏ ଧୈର୍ଯ୍ୟ ଧରି ରହିପାରିବ ? ଅତିଆପଣା ଲୋକଟି ସହିତ ଅନ୍ୟ କେହି ଅନ୍ତରଙ୍ଗତା ସ୍ଥାପନ କଲେ କିଏ ଆଖ୍ ବନ୍ଦକରି ରହିପାରିବ ? ଅନ୍ୟ କେହି ତାଙ୍କ ସହିତ ଆମ୍ମୀୟତା ବଢ଼ାଇଲେ ତୁ ତାହା ଦେଖ୍ କ'ଣ ନିରବ ହୋଇ ରହିପାରିବୁ । ଆପଣାର ଲୋକଟିକୁ ଅନ୍ୟ କେହି ନିଜର କରିନେବାକୁ ଚେଷ୍ଟା କଲେ ସେପରି ଉଦ୍ୟମକୁ ତୁ ବିରୋଧ ନ କରି ସ୍ଥିର ହୋଇ ରହିପାରିବୁନି କେବେ ? ଆନ୍ତରିକ ଭାବରେ ସମସ୍ତେ ଚାହାନ୍ତି ନିଜର ଲୋକକୁ ଆପଣା ପଣତ ତଳେ ଲୁଚାଇ ରଖିବା ପାଇଁ ଅନ୍ୟମାନଙ୍କ ହିଂସୁକ ଦୃଷ୍ଟିରୁ । ଇଚ୍ଛା କରନ୍ତି ଅନ୍ୟର ଲୋଲୁପ ଆଖିର ଉହାଡ଼ରେ ରଖିବାଲାଗି । ଆଶା ବାନ୍ଧିଥାନ୍ତି ନିଜ ସୋହାଗ ଓଢ଼ଣାରେ ବନ୍ଦି କରି ରଖିବା ଲାଗି । ତୁ ଏ ନିୟମରୁ ବାଦ୍ ଯିବୁ କିପରି ?

ସତୀ ଆଗକାଲରେ, ସେ ଯୁଗରେ, ଯେତେବେଲେ ବଂଶୀ ବାଜୁଥିଲା । ସେ ସ୍ଵନ ଶୁଣିଲା ମାତ୍ରେ ରାଧା ରାଣୀ ସବୁ ବାଧା, ବନ୍ଧନ, ଆକଟ ଓ ପ୍ରତିରୋଧକୁ ଏଡ଼ାଇ ଦେଇ ଧାଇଁ ଯାଇଥିଲେ ତମାଲ ବନକୁ । ଯମୁନା କୂଲକୁ, କଦମ୍ୟ ମୂଲକୁ । କୁଞ୍ଜ କାନନକୁ । ସେଠିବି ବାହାନା ଥିଲା । ଯମୁନାକୁ ସ୍ନାନ କରିଯିବା । ପାଣି ଆଣିବାକୁ ନଦୀ ତୁଠକୁ ଆସିବା ଲାଗି । ମଥୁରା ହାଟକୁ ଯିବା ପାଇଁ ଯମୁନା ଘାଟ ପାରି ହେବାକୁ ହୁଏ । ଖରାଦାଉରୁ ରକ୍ଷା ପାଇବା ଲାଗି କଦମ୍ୟ ଗଛ ଛାଇରେ ଠିଆ ହେବା ପାଇଁ । ତମାଲ ବନରେ ପଥଶ୍ରମର ଥକ୍କା ମେଣ୍ଟାଇବାକୁ । ଅବଲୋକନ କରିବା ଲାଗି କୁଞ୍ଜ କାନନର ଶୋଭା ସମ୍ଭାରକୁ ।

କେତେ କଥା ଉଠେ । ଲୋକ ନିନ୍ଦା ରଟେ । ଅପବାଦର ନାଗରା ବାଜେ । ଅପନିନ୍ଦାର ଡ଼ଙ୍ଗୁରା ପିଟାଯାଏ ଗୋପ ଦାଣ୍ଡରେ । ଯମୁନା ଘାଟରେ । ଗାଧୁଆ ତୁଠରେ । ମଥୁରା ହାଟରେ । ବାଟରେ ଲୋକମାନେ କୁହା କୁହି ହୁଅନ୍ତି । କାନ୍ଥରେ, ପ୍ରାଚୀରରେ, ଗଛରେ ଲେଖାଯାଏ ରାଧା ନାମ ସହିତ କୃଷ୍ଣଙ୍କ ନାମକୁ ମିଶାଇ । ହେଲେ କଥା କ'ଣ ଚପା ପଡ଼େ ନା ରାସ୍ ଅଟକି ରହେ । ଛି, ଛାକର କରନ୍ତି ପଡ଼ିଶା । ଅଲଗୁଣା ଦିଅନ୍ତି ସାଇଭାଇଏ । ମାଇପି ମହଲରେ ଆଲୋଚନା ହୁଏ । ଆକ୍ଷେପ ମୂଲକ ମନ୍ତବ୍ୟ ପ୍ରକାଶ ପାଏ । ଖୁଣ୍ଟା ଦିଅନ୍ତି ଗାଁ ଲୋକେ । ଶାଶୁ ଆକଟ କରନ୍ତି । ଟାପରା ଶୁଣାଏ ନଣନ୍ଦ, ଦେଖେଇ ସେକେଇ କହନ୍ତି ଭଗାରିମାନେ । କ୍ରୋଧ ଜରଜର ଚନ୍ଦ୍ରସେଣା କ୍ଷୋଭରେ ଛାଡ଼ନ୍ତି ଦୀର୍ଘଶ୍ଵାସ ।

ଅଭିଯୋଗ ଯାଏ ନନ୍ଦ ରାଜାଙ୍କ ପାଖକୁ । ଯଶୋଦାଙ୍କ କାନରେ ପଡ଼େ ସେକଥା । କଟେରୀରେ ବିଚାର ଚାଲେ । ରାଜସଭାରେ ଆଲୋଚନା ହୁଏ । ଉଆସରେ ସିଦ୍ଧାନ୍ତ ନିଆଯାଏ । ଆକଟ କରାଯିବ । କଡ଼ା କଡ଼ି ଭାବେ ପାଲନ କରାଯିବ ନିୟମ । ଶୁଣାଇ ଦିଆଯାଏ କଠୋରରୁ ଅତି କଠୋରତମ ଦଣ୍ଡାଦେଶ ।

ମାତ୍ର ଘଟଣାର ପ୍ରବାହ କ'ଣ ଅଟକି ରହେ, ଏସବୁ ଦ୍ଵାରା ? କୃଷ୍ଣ ବୃନ୍ଦାବନ ପଡ଼ିଆକୁ ବାଛୁରୀ ଚରାଇବାକୁ ଯାଆନ୍ତି ନାହିଁ ନା ଶୁଣା ନ ଯାଏ ବଂଶୀ ସ୍ଵନ । ରାଧାରାଣୀ ପାଣି ଆଣିବାକୁ ଘରୁ ଗୋଡ଼ କାଢ଼ନ୍ତି ନାହିଁ ନା ମଥୁରା ହାଟକୁ ଦହି ବିକିବାକୁ ଯାଆନ୍ତି ନାହିଁ ଗୋପଦାଣ୍ଡ ଦେଇ ପଡ଼ିଥିବା ବାଟରେ । ଯମୁନାକୁ ଗାଧୋଇ ଯାଆନ୍ତି ନାହିଁ ନା ମୁହଁ ସଜ୍ଜରେ ନିଜକୁ ସଜେଇ ହୋଇ ଘରୁ ବାହାରନ୍ତି ନାହିଁ । କଦମ୍ୟ ମୂଲ ଶୋଭାପାଏ ନାହିଁ ନା କୁଞ୍ଜରେ ଚାଲେ ନାହିଁ ରାସଲୀଳା ?

କୃଷ୍ଣଙ୍କ ସହିତ ପ୍ରେମ କରିବାକୁ ରାଧାରାଣୀଙ୍କୁ ସ୍ଵାଧୀନତା ଦିଆଯାଇନଥିଲା । ସାମାଜିକ ବାଙ୍ଛନ୍ଦ, ସାଂସାରିକ କଟକଣା, ପାରିବାରିକ ବନ୍ଧନ, (ସାଇଭାଇଙ୍କ) ପଡ଼ିଶାଙ୍କ ଜଗାରଖା ଓ ଅନେକ ପ୍ରକାର ଦାମ୍ପତ୍ୟ ଆକଟ ପରେ ସୁଦ୍ଧା ରାଧା ସବୁପ୍ରକାର ପ୍ରତିବନ୍ଧକୁ ଓ ସମସ୍ତ ରକମ ପ୍ରତିରୋଧକୁ ଅତିକ୍ରମ କରି କୃଷ୍ଣଙ୍କ ସହିତ କୁଞ୍ଜରେ ରାସଲୀଳାରେ ନିମଗ୍ନ ହେଉଥିଲେ । ନିନ୍ଦା, ଅପବାଦ, କଲଙ୍କ, ଟାହିଟାପରା, ଖୁଣ୍ଟା, ଅଲଗୁଣାଙ୍କୁ ରାଧା ଦେହର ଗହଣା କରି ନେଉଥିଲେ ।

ଏତେ କଟକଣା ସତ୍ତ୍ୱେ ରାଧା ଘରୁ ଗୋଡ଼ କାଢ଼ି ଦୁଆର ଏରୁଣ୍ଠି ବନ୍ଦ ଡେଇ କୁଞ୍ଜକୁ ଯାଉଥିଲେ । କାରଣ ରାଧା ଚାହୁଁ ନଥିଲେ ତାଙ୍କ ବ୍ୟତୀତ ଅନ୍ୟ କେହି କୃଷ୍ଣଙ୍କ ନିକଟତମା ହେଉ । ତାଙ୍କୁ ଛାଡ଼ି ଆଉ କାହା ସହିତ କୃଷ୍ଣ କୁଞ୍ଜରେ ସମୟ ବିତାନ୍ତୁ । ରାସରେ ନିମଗ୍ନ ହୁଅନ୍ତୁ । ଯେହେତୁ ପ୍ରେମ ଭାରି ଈର୍ଷା ପରାୟଣ ବିଷୟ । ପ୍ରଣୟରେ ଅସୂୟ୍ୟା ଭାବ ପୂର୍ଣ୍ଣ ମାତ୍ରାରେ ଥାଏ । ଭଲ ପାଇବାରେ ରହିଛି ପରଶ୍ରୀ କାତରତା ଭାବ ।

କେବଳ ପ୍ରଣୟ କ୍ଷେତ୍ରରେ ନୁହେଁ ସତୀ; ପରଶ୍ରୀ କାତରତା ଭାବ ସବୁକ୍ଷେତ୍ରରେ ଓ ଅସୂୟ୍ୟାପଣ ସମସ୍ତଙ୍କଠାରେ ପ୍ରାୟ ରହିଛି । ଏପରିକି ପୂର୍ଣ୍ଣ ଶ୍ଲୋକ, ନୀତି ନିଷ୍ଠ, ସମଦର୍ଶୀ, ଅହଂକାର ଶୂନ୍ୟ, ନିରପେକ୍ଷବାଦୀ, ବିବେକବାନ, ଉଦାରଚେତା, ବିଚାରଶୀଳ, ଶାସ୍ତ୍ରଦର୍ଶୀ, ବିବେକୀ, ଜ୍ଞାନବନ୍ତ ଓ ସ୍ଥିତପ୍ରଜ୍ଞ ଭାବେ ଆମେମାନେ ଗ୍ରହଣ କରିନେଇଥିବା ଧର୍ମରାଜ ଯୁଧିଷ୍ଠିର ମଧ୍ୟ ସେଥିରୁ ବାଦ ଯାଇନାହାନ୍ତି । ସ୍ୱର୍ଗାରୋହଣ ସମୟରେ ଅନ୍ୟ ଭାଇମାନଙ୍କ ପତନ ପରେ ଯେତେବେଳେ ଯୁଧିଷ୍ଠିର ଦେଖିଲେ ଭୀମ ଏକାକୀ ତାଙ୍କ ପଛେ ପଛେ ବାମ ଅଙ୍ଗରେ ଆସୁଛି । ସେତି ସେ ତାଙ୍କ ମନରେ କପଟ ରଖି ଭୀମଙ୍କୁ କହିଲେ ବାମ ଅଙ୍ଗରେ ଆସିଲେ ବ୍ୟଥା ହେବ । ସେଥିପାଇଁ ଦକ୍ଷିଣ ଅଙ୍ଗରେ ଆସିବାକୁ ଉପଦେଶ ଦେଇଥିଲେ । କାରଣ ଅଙ୍ଗ ବଦଳାଇବାକୁ ଗଲେ ପଶ୍ଚାତ୍ପାଦ ହେବାକୁ ପଡ଼ିବ । ପଶ୍ଚାତ ଗମନ କଲେ ଅଶୁଭ ହେବ ଓ ଅଶୁଭ କାରଣରୁ ପତନ ସୁନିଶ୍ଚିତ ଜାଣିସୁଧା ଯୁଧିଷ୍ଠିର ଏପରି କରିବାକୁ ଭୀମଙ୍କୁ କହିଥିଲେ । ଜ୍ୟେଷ୍ଠାଦେଶ ଶିରୋଧାର୍ଯ୍ୟ ଓ ତାହା ଅଲଂଘନୀୟ ବିଚାର କରି ଭୀମ ଦକ୍ଷିଣ ଅଙ୍ଗ ବୁଲାଇବା ମାତ୍ରେ ତାଙ୍କର ପତନ ହୋଇଥିଲା । ଧର୍ମରାଜ ଯୁଧିଷ୍ଠିର ଆନ୍ତରିକତାର ସହ ଚାହୁଁନଥିଲେ ତାଙ୍କ ବ୍ୟତୀତ ଆଉ ଅନ୍ୟ କେହି ସ୍ୱଦେହରେ ସ୍ୱର୍ଗାରୋହଣ କରୁବାକୁ ସମର୍ଥ ହେଉ ବୋଲି । ଧର୍ମରାଜ ଯୁଧିଷ୍ଠିର ଭାବି ପାରିଲେ ନାହିଁ । ଯେଉଁ ଭୀମ ଓ ଅର୍ଜୁନଙ୍କ ବାହୁବଳରେ କୁରୁକ୍ଷେତ୍ର ଯୁଦ୍ଧରେ ବିଜୟୀ ହୋଇ ହସ୍ତିନାର ରାଜ ସିଂହାସନ ଅଧିକାର କରି ଭାରତର ସମ୍ରାଟ ହେବା ପାଇଁ ସମର୍ଥ ହୋଇପାରିଥିଲେ । ଯେଉଁ ଭୀମ ଏକାକୀ ପାଣ୍ଡବମାନଙ୍କ ପରମ ଓ ପ୍ରଧାନ ଶତ୍ରୁ କୌରବ ଶହେ ଭାଇଙ୍କୁ ନିପାତ କରିଥିଲେ ଏବଂ ବ୍ୟାସ ସରୋବରଠାରେ ଦୁର୍ଯ୍ୟୋଧନଙ୍କ ସହିତ ଯୁଦ୍ଧ ପୂର୍ବରୁ ଯେଉଁ ଭୀମଙ୍କୁ କୃଷ୍ଣଙ୍କ ପରାମର୍ଶ କ୍ରମେ କୃଷ୍ଣଙ୍କ ସମେତ ଅନ୍ୟ ସମସ୍ତ ପାଣ୍ଡବ ଚାରି ଭାଇ ରଜା ଭାବରେ ସ୍ୱୀକାର କରିଥିଲେ । ସେହି ଭୀମ ଯୁଦ୍ଧ ପରେ ନିଜେ ସିଂହାସନ ଦାବି ନ କରି ଜ୍ୟେଷ୍ଠଭ୍ରାତା ଯୁଧିଷ୍ଠିରଙ୍କୁ ରଜା ଭାବରେ ମୁକ୍ତ କଣ୍ଠରେ ଘୋଷଣା କରିଥିଲେ । ସେହି ନିଜ ମା'ପେଟର (ଗର୍ଭର) ସହୋଦର ଭାଇ ଭୀମଙ୍କ ପ୍ରତି ଯୁଧିଷ୍ଠିର ତ ଈର୍ଷାନ୍ୱିତ ହୋଇ ପଡ଼ିଥିଲେ । ଯେଉଁଟି ସ୍ୱୟଂ ପୂର୍ଣ୍ଣ ଶ୍ଲୋକ ଧର୍ମରାଜ ଯୁଧିଷ୍ଠିର ପରଶ୍ରୀକାତରତା ଓ ଈର୍ଷା ପରାୟଣ ତଥା ସ୍ୱାର୍ଥପରତାରୁ ମୁକ୍ତ ହୋଇ ପାରିନଥିଲେ, ସେପରି ସ୍ଥଲେ ତୋ, ମୋ କଥା ବା ଉଠିବ କାହିଁକି ? ଠିକ୍ ସେମିତି ତୁ ତାଙ୍କୁ ପାଦୁକ ଦେଉଛୁ, ବିଭୂତି ପିନ୍ଧାଉଛୁ । ମୁଁ ଭୀମଙ୍କ ଭଳି ସେଥିପାଇଁ ତୋତେ ବିରୋଧ ନ କରି ସେ କାମରେ ତୋତେ ପୂର୍ଣ୍ଣ ମାତ୍ରାରେ ସମର୍ଥନ ଓ ସହଯୋଗ କଲେ ସୁଧା ତୁ ସେ ସକାଶେ ଯୁଧିଷ୍ଠିରଙ୍କ ପରି ମୋ ପାଇଁ ଅସୂୟ୍ୟା ହୋଇ ପଡ଼ିବୁ । କାରଣ ଏହା ହେଉଛି ମଣିଷର ସହଜାତ ପ୍ରବୃଭି । ତୁ ସେଥିରୁ ବାଦ୍ ଯିବୁ କିପରି ?

ଆହୁରି ମଧ୍ୟ ଏକଦା ରୁଷର ପ୍ରସିଦ୍ଧ ଲେଖକ ଏଣ୍ଟନ ଚେକଭ ନିଜ ଦେଶର ମହାନ ଲେଖକ ଟଲଷ୍ଟୟଙ୍କୁ ଭେଟିବାକୁ ଯାଇଥିଲେ । ସାକ୍ଷାତ ସମୟରେ ଟଲଷ୍ଟୟ ତାଙ୍କୁ ପଚାରି ଥିଲେ– "ଚେକଭ୍ ତୁମେ ସେକସପିଅରଙ୍କୁ ପଢ଼ ?" ଉତ୍ତରରେ ଚେକଭ କହିଥିଲେ– "ହଁ ମୁଁ ଅତି ଶ୍ରଦ୍ଧାରେ ଅତ୍ୟନ୍ତ ଆଦରର ସହିତ ଭାରି ଆଗ୍ରହରେ ଖୁବ୍ ମନଯୋଗ ସହକାରେ ତାଙ୍କ ଲିଖିତ ନାଟକ ଗୁଡ଼ିକୁ ପଢ଼ିଥାଏ ।" ଏହା ଶୁଣି ଟଲଷ୍ଟୟ କହିଲେ – "ତୁମେ କାହିଁକି ସେ ବାଜେ ଲୋକଟାର କଦର୍ଯ୍ୟ ଲେଖା ଗୁଡ଼ାକୁ ପଢ଼ିବାରେ ତୁମର ବହୁମୂଲ୍ୟ ସମୟକୁ ଅକାରଣେ ଅବାଜ୍ୟରେ ନଷ୍ଟ କରୁଛ ?" ଏହା ହିଁ ଜଣେ ଶ୍ରେଷ୍ଠ ଲେଖକର ଆଉ ଜଣେ ପ୍ରଖ୍ୟାତ ଲେଖକ ପ୍ରତି ମନ୍ତବ୍ୟ ଥିଲା । "ନା ଗୁଣୀ ଗୁଣିନଂ ଚେଭି ଗୁଣୀ

ଗୁଣିଷୁ ମ‍ସ୍ସରୀ, ଗୁଣୀ ଚ ଗୁଣରାଗୀ ଚ ବିରଲଃ ସରଲୋଜନାଃ।” ଅର୍ଥାତ୍ ଗୁଣହୀନ ବ୍ୟକ୍ତି ଗୁଣବାନ ଲୋକକୁ ଜାଣିପାରେ ନାହିଁ। ଗୁଣୀ ବ୍ୟକ୍ତି ଆଉ ଜଣେ ଗୁଣିବ୍ୟକ୍ତିକୁ ଈର୍ଷା କରେ। ଅନ୍ୟର ଗୁଣକୁ ଚିହ୍ନି ଆଦର କରୁଥିବା ସରଳ, ଗୁଣବାନ ବ୍ୟକ୍ତି ଏ ଦୁନିଆରେ ବିରଳ ଅଟନ୍ତି।

ସେଥିପାଇଁ ଆଉ କେହି ତାଙ୍କର ସାନ୍ନିଧ୍ୟ ପାଉ ତୁ କେବେହେଲେ ଆନ୍ତରିକ ଭାବେ ତାହା ଚାହିଁବୁ ନାହିଁ। ଆଉ କିଏ କାଲେ ତାଙ୍କୁ ନିଜର କରିନେବ ଏ ଆଶଙ୍କା ମଧ୍ୟ ତୋ’ର ରହିଛି। ତାଙ୍କୁ ଅନ୍ୟମାନଙ୍କଠାରୁ ଦୂରେଇ ରଖି ତୋ’ ନିଜ ପ୍ରଣୟ ଫାଶରେ ବାନ୍ଧି ରଖିବାକୁ ତୋର ଆନ୍ତରିକ ଇଚ୍ଛା। ତୋ ମନରେ ଏଭଳି ଭୟ ମଧ୍ୟ ରହିଛି ତୁ ପାଉଥିବା ସୁଯୋଗକୁ ଆଉ ଅନ୍ୟ କେହି ଅକ୍ତିଆର କରିନେବ? ଏପରି ଭାବନା ବି ଅଛି ତୋ ବ୍ୟତୀତ ଅନ୍ୟ କିଏ ତାଙ୍କର ନିଜର ହୋଇଯିବ? ଏଭଳି ଚିନ୍ତା ବି ତୋ ମନରେ ସ୍ଥାନ ପାଇଛି କାଲେ ଆଉ କେହି ତାଙ୍କୁ ତା’ ପ୍ରେମ ଫାଶରେ ବନ୍ଦୀ କରିନେବ? ସେଥିଲାଗି ବଂଶୀସ୍ୱନ ଶୁଣି ରାଧା ଯେପରି ସବୁ କାମଦାମ ଛାଡ଼ି ସମସ୍ତ ଘରଧନ୍ଦାକୁ ପଛରେ ପକାଇ ନିନ୍ଦା। ଅପବାଦକୁ ପାଦରେ ଆଡ଼େଇ ଦେଇ, ଶାଶୂ ନଣନ୍ଦଙ୍କ ଆକଟକୁ ନମାନି ପଡ଼ିଶାଙ୍କ ଟାହି ଟାପରାକୁ ଖାତିର ନକରି ସ୍ୱାମୀଙ୍କ ନାଲି ଆଖିର କୋହକୁ ଭୟନକରି କୁଞ୍ଜକୁ ଧାଁ ଯାଉଥିଲେ। ରାଧାରାଣୀ ଯେତେବେଲେ ଘରୁ ବାହାରିବାକୁ କିଛି ସୁବିଧା କିମ୍ବା କୌଣସି ସୁଯୋଗ ପାଉନଥିଲେ ସେ ସମୟରେ ତାଙ୍କ ଦେହଟି ସ୍ୱାମୀ ଚନ୍ଦ୍ରସେନାଙ୍କ ପାଖରେ ଥିଲାବେଲେ ତାଙ୍କର ମନ, ଧ୍ୟାନ, ହୃଦୟ ଏବଂ ଲକ୍ଷ୍ୟ ଯେପରି ପ୍ରେମିକ କୃଷ୍ଣଙ୍କ ନିକଟରେ ରହିଥିଲା। ସେମିତି ତୋ ଶରୀର ସିନା ଏହି ମନ୍ଦିରରେ ଅଛି ମାତ୍ର ତୋ ଆତ୍ମା ଓ ଅନ୍ତର ତାଙ୍କ ସହିତ ରହିଛି। ସେଥିପାଇଁ ତୁ ଯିବୁ ତାଙ୍କୁ ଦେଖିଲାମାତ୍ରେ। ତାଙ୍କୁ ଭେଟିବାଷଣି। ତାଙ୍କ ସାକ୍ଷାତ ପାଇଲା ଉଧାରୁ। ଆବଶ୍ୟକ ଖାଲି ଗୋଟେ ବାହାନା। ଆଉ ଆଲର ସାହାରା। ବାହାନା ଲୋଡୁଥିଲେ ଶ୍ରୀରାଧା, ଆଉ ଏଇନେ ତୁ ଖୋଜୁଛୁ। ରାଧାଙ୍କ ପାଇଁ ବାହାନାଥିଲା ଯମୁନାକୁ ଯିବା। ତୋ ଲାଗି ତାଙ୍କୁ ପାଦୁକ ଦେବା। ରାଧାଙ୍କୁ କୁଞ୍ଜକୁ ଯିବା ଲାଗି ତାଙ୍କ ସହଚରୀ ଲଲିତା ଡାକୁଥିଲେ। ତୋତେ ତୋର ସାଙ୍ଗ ମୁଁ ଡାକୁଛୁ ତାଙ୍କୁ ବିଭୂତି ଟିପା ପିନ୍ଧାଇ ଦେବାକୁ। ସେତେବେଲେ ଦୋଷ ସବୁ ମୁଣ୍ଡାଇ ଥିଲେ ଲଲିତା, କୃଷ୍ଣଙ୍କୁ ରାଧାଙ୍କ ସହିତ ଭେଟ କରାଇବା ବାବଦରେ। ମୁଁ ଏଇନେ ଦୋଷୀ ହେଉଛି ତାଙ୍କୁ ପାଦୁକ ଦେବାକୁ ତୋତେ ଅନୁରୋଧ କରି।

ଆଉ ବାହାନା ଖୋଜୁଥିଲେ କୁରୁକ୍ଷେତ୍ରରେ ତିନି ମହାରଥୀ। ପିତାମହ ଭୀଷ୍ମ, ଗୁରୁ ଆଚାର୍ଯ୍ୟ ଦ୍ରୋଣ ଓ କୁଲବୃଦ୍ଧ ଭୁରିଶ୍ରବା। ସେମାନଙ୍କର ଆନ୍ତରିକ ଇଚ୍ଛାଥିଲା, ଧର୍ମପରାୟଣ ପାଣ୍ଡବମାନେ ଯୁଦ୍ଧରେ ବିଜୟୀ ହୁଅନ୍ତୁ। କିନ୍ତୁ ରାଜ ଅନ୍ନରେ ପ୍ରତିପାଲିତ ହୋଇଥିବାରୁ ପରିସ୍ଥିତିର ଚାପରେ ପଡ଼ି କୌରବଙ୍କ ପକ୍ଷରେ ରହି ଯୁଦ୍ଧ ଲଢ଼ିବାକୁ ବାଧ୍ୟ ହୋଇଥିଲେ। ଦେହଟି ସେମାନଙ୍କର କୌରବଙ୍କ ପଟରେ ଥିଲାବେଲେ ମନ, ପ୍ରାଣ, ଆତ୍ମା, ଅନ୍ତର, ହୃଦୟ, ଇଚ୍ଛା, ଆଗ୍ରହ, ଲକ୍ଷ୍ୟ, ଆବେଗ, ସଦିଚ୍ଛା, ସମର୍ଥନ ଓ ଆଶୀର୍ବାଦ ସବୁ ରହିଥିଲା ପାଣ୍ଡବମାନଙ୍କ ସପକ୍ଷରେ। ଯୁଦ୍ଧରୁ କୌଣସି ପ୍ରକାରେ ଓହରି ଆସିବା ପାଇଁ ସେମାନେ କେବଲ ଗୋଟେ ବାହାନା ଉହାଡ଼ର ଆଢ଼ୁଆଲରେ ଲୁଚିବା ଲାଗି ସୁଯୋଗର ଅପେକ୍ଷାରେ ଥିଲେ। ନପୁଂସକ ଶ୍ରୀଖଣ୍ଡିକୁ ଦେଖି ଭୀଷ୍ମ ଅସ୍ତ୍ରତ୍ୟାଗ କଲେ। ଯାହା ଫଲରେ ନିରସ ଭୀଷ୍ମଙ୍କୁ ଶରାଘାତ ଦ୍ୱାରା ନିଷ୍କ୍ରିୟ କରିଦେଇ ଶରଶଯ୍ୟାରେ ଶୁଆଇ ଦେବାକୁ ଅର୍ଜୁନଙ୍କୁ କୌଣସି ଅସୁବିଧାର ସମ୍ମୁଖୀନ ହେବାକୁ ପଡ଼ିନଥିଲା। ଏକ ମାତ୍ର ପୁତ୍ର ଅଶ୍ୱଥାମାର ମୃତ୍ୟୁ ସମ୍ବାଦର ଅପପ୍ରଚାର (ମିଥ୍ୟା ଖବର) ଶୁଣି ଯୁଦ୍ଧକ୍ଷେତ୍ରରେ ରଥରୁ ଓହ୍ଲାଇ ବିଷାଦରେ ମ୍ରିୟମାଣ ଦ୍ରୋଣ (ଯୋଗ) ଧ୍ୟାନ ଯୋଗରେ ବସିଗଲେ। ସେଥିପାଇଁ ଦ୍ରୋଣଙ୍କ ଶିରଚ୍ଛେଦ କରିବାକୁ ଧୃଷ୍ଟଦ୍ୟୁମ୍ନ ଅପୂର୍ବ ସୁଯୋଗ ପାଇଗଲେ। ଆଉ ଭୁରିଶ୍ରବାଙ୍କର ମଥାର ପାଗବନ୍ଧା ଅଠରଦିନ କାଲ ଯୁଦ୍ଧ ଶେଷ ହେବା ପର୍ଯ୍ୟନ୍ତ ସରିପାରିଲା ନାହିଁ। ଯେଉଁଥିପାଇଁ ସେ ଯୁଦ୍ଧକ୍ଷେତ୍ରରେ ପଦାର୍ପଣ କରିପାରି ନଥିଲେ।

ସତୀ; ପାଣ୍ଡବଙ୍କ ଶତ୍ରୁ କୌରବମାନଙ୍କୁ ମାରିଥିଲେ ଭୀମ ଏବଂ ଯୁଦ୍ଧର ସେନାପତି ମହାରଥୀମାନଙ୍କୁ ବିନାଶ କରିଥିଲେ ଅର୍ଜୁନ। କିନ୍ତୁ ସେ ଦୁହିଁଙ୍କ ମଧ୍ୟରୁ କେହି ରଜା ହୋଇ ପାରିଲେ ନାହିଁ। ରଜା ହେଲେ ଯୁଧୁଷ୍ଠିର। ସେମିତି ତାଙ୍କ ଲାଗି ମନ୍ଦିର ଭିତରୁ ପାଦୁକ ଗ୍ଲାସ ଓ ବିଭୂତି ଥାଲିଆ ମୁଁ ଆଣୁଛି ହେଲେ ଦେଇପାରୁନି। ତୁ ତାଙ୍କୁ ଦେଉଛୁ।

ସତୀ କେବଳ ସୁନି କଥା ଶୁଣୁଥିଲା। ନିରବରେ ଠିଆହୋଇ। ତା' କଥାର ଉତ୍ତର ଦେବାକୁ ତା' ପାଖରେ କିଛି ତଥ୍ୟ ନଥିଲା। କୌଣସି ପ୍ରକାର ଯୁକ୍ତିଯୁକ୍ତ କଥା କହି ତା' ଆକ୍ଷେପର ଯଥାର୍ଥ ଜବାବ ଦେବାକୁ ସେ ସମର୍ଥ ହେବା ଅବସ୍ଥାରେ ନଥିଲା। ନିନ୍ଦା ଶୁଣିବାରୁ ଖସିଯିବାର ସମସ୍ତ ରାସ୍ତା ସେ ନିଜେ ବନ୍ଦ କରି ଦେଇଛି। ନିଜକୁ ଦୋଷମୁକ୍ତ କରିବାଲାଗି ତା' ପାଟିରୁ କିଛି ଭାଷା ବାହାରିଲା ନାହିଁ। ଆପଣା ସଙ୍କୋଚ ପଣିଆର ପ୍ରମାଣ ସେ ଜୁଟାଇ ପାରିଲା ନାହିଁ ସତ ଚେଷ୍ଟା ସତ୍ତ୍ୱେ। ଦୋଷରୁ ମୁକୁଲିବା ଲାଗି ସେ ବାଟ ଖୋଜି ପାଉନଥିଲା। କାରଣ ନିଜ ଇଚ୍ଛାରେ ସେ ଉଠିଯାଇଥିଲା ମନ୍ଦିର ଦୁଆର ମୁହଁ ପାଖକୁ। ସେଥିପାଇଁ ସୁନି ତାକୁ ଡାକି ନଥିଲା। ସୁନିର ବିନା ଅନୁରୋଧରେ ସେ ନିଜେ ତା' ମନକୁ ପାଦୁକ ଦେଇଥିଲା। ସୁନି ତାକୁ କହିନଥିଲା ବିଭୂତି ଟିପା ପିନ୍ଧାଇ ଦେବାକୁ। ଠାକୁରଙ୍କ ଲାଗି ପଇସା ରଖିବାକୁ ସେ ତାକୁ ଖୁସାମନ୍ତ କରିନଥିଲା। ସତୀର ଏତିକି ଥିଲା ଭୁଲ। "ଆପଣା କଳା କର୍ମମାନ ଆଗୁ ହୋଇବ ସାବଧାନ।" ପୂର୍ବରୁ ସାବଧାନ ନ ହେବା ଯୋଗୁ ଯାହାର କୁଫଳ ଏଇନେ ସତୀ ଭୋଗିବାକୁ ବାଧ୍ୟ ହେଉଛି।

ସବୁ କରିଯାଇଥିଲା ନିଜ ଇଚ୍ଛାରେ। ପୂର୍ବ ନିର୍ଦ୍ଧାରିତ କାର୍ଯ୍ୟସୂଚୀ ଅନୁଯାୟୀ ଯନ୍ତ ଚାଲିତ ଭଳି। ସେଥିପାଇଁ ସେ ଯେମିତି ଆଗରୁ ପ୍ରସ୍ତୁତ ହୋଇ ରହିଥିଲା। ପୂର୍ବରୁ ମନେ ମନେ ସ୍ଥିର କରିସାରିଥିଲା। ସେ କାମ କରିବାକୁ ପ୍ରଶିକ୍ଷଣ ପାଇଥିଲା। ତାଲିମ ନେଇ ଥିଲା। ସେପରି କରିବାକୁ ସୁନିର ଅନୁରୋଧ, ଅନୁନୟ, ନେହୁରା, ଆବେଦନ, ନିବେଦନ, ବିନୟ, ଖୁସାମନ୍ତ, ଡାକରା କିମ୍ୱା କହିବା ଆବଶ୍ୟକ ପଡ଼ିନଥିଲା। ଦରକାର ହୋଇନଥିଲା ସୁନିର ଆମନ୍ତ୍ରଣ ସେ କାମ କରିବା ଲାଗି। ସେ ପାଇ ନ ଥିଲା ସୁନିଠାରୁ ଆହ୍ୱାନ ସେପରି କାର୍ଯ୍ୟ ସମ୍ପାଦନ ନିମିତ୍ତ। ସେ ନିଜେ ତା'ମନକୁ ସବୁ କରିଥିଲା। ସେଥିପାଇଁ ସୁନି ତାକୁ ଦୋଷ ଦେଉଛି ଦେଉ। ସେ କାମଟିକୁ କରିବା ପାଇଁ ତା'ର ମନଥିଲା। ଆଉଥିଲା ଆଗ୍ରହ, ଶ୍ରଦ୍ଧା, ଇଚ୍ଛା ଏବଂ ଅନୁରାଗ ମଧ୍ୟ। ସେଥିଲାଗି ତାକୁ ସେ ଯେତେ କହିଲେ, ଯେତେ ଚିଡ଼ାଇଲେ, ଠଟ୍ଟା କଲେ, ପରିହାସ କଲେ। ଦୋଷ ଦେଲେ। ତା'ର ନିନ୍ଦା ଗାଇଲେ। ଅପବାଦ ଆରୋପ କଲେ। ତା'ନାମରେ କଳଙ୍କ ଲଗାଇଲେ। ତା'ଅସହାୟତାରୁ ଫାଇଦା ଉଠାଇ ମଜ୍ଜାକଲେ। ଇଆରିକ ହେଲେ। ମରମ କଥା କହି ତା'ମନରେ ଆଘାତ ଦେଲେ। ତା'ହୃଦୟରେ ବ୍ୟଥା ଦେଇ ଆସ୍ୟ ସନ୍ତୋଷ ଲାଭ କଲେ। ତା'ଅନ୍ତରକୁ ପୀଡ଼ା ଦେଇ ସେ ନିଜେ ଉତ୍‌ଫୁଲ୍ଲିତା ହେଲେ। ତା'ଆତ୍ମାକୁ ବାଧ୍ୟଲା ଭଳି କଟୁ ବାକ୍ୟ ପ୍ରୟୋଗ କରି ସେ ଖୁସିହେଲେ। ଅକଥା କହି ତାକୁ ଅପମାନିତ କରି ତା'ପ୍ରାଣ ଆନନ୍ଦ ଲାଭ କଲେ। ସେ ତାକୁ ସେ ବାବଦରେ କିଛି କହି ପାରିବନି। ସେଥିପାଇଁ ଦେଇ ପାରିବନି ତା' ଆକ୍ଷେପମୂଳକ କଥାର ଯଥାର୍ଥ ଉତ୍ତର। ତା' କଟୁକ୍ତିର ଜବାବ ମଧ୍ୟ ଦେବାକୁ ସେ ଅକ୍ଷମ। ସମ୍ପୂର୍ଣ୍ଣ ଅକ୍ଷମ। ସେ ସକ୍ଷମ ହୋଇ ପାରିବନି ତାକୁ ଲକ୍ଷ୍ୟ କରି, ଇଙ୍ଗିତରେ ସୁନି ପ୍ରୟୋଗ କରୁଥିବା ବାକ୍ୟ ସମୂହର ପ୍ରବାହକୁ ରୋକିବା ଲାଗି। ପ୍ରତିହତ କରିବା ପାଇଁ କିମ୍ୱା କୌଣସି ପ୍ରତିବନ୍ଧକ ସୃଷ୍ଟି କରିବାକୁ ତା' ଭାଷା ଉଦ୍ଧାମତାକୁ ପ୍ରତିରୋଧ କରିବା ଉଦ୍ଦେଶ୍ୟରେ ସେ କିଛି କରିପାରିବନି। ସେ ସବୁ ଶୁଣିଯିବ, ସହିଯିବ, ବରଦାସ୍ତ କରିନେବ, ନିରବ ରହିବ ସବୁ ଶୁଣି ମଧ୍ୟ। ଚୁପ ହୋଇ ରହିବାକୁ ଏକ ପ୍ରକାର ବାଧ୍ୟ ହେବ। କାରଣ ସେ ସବୁ ଭେଇଛି, ସୃଷ୍ଟି କରିଛି। ସବୁ ଅନର୍ଥର ମୂଲରେ ଓ ସମସ୍ତ ପ୍ରକାର ଅସମଟୀନ କର୍ମର ସୃଷ୍ଟିକର୍ତ୍ତା ସେ ନିଜେ। "ଆପଣା ହସ୍ତେ ଜିହ୍ୱା ଛେଦି, କେ ତା'ର ଅଛି ପ୍ରତିବାଦି।" ଆଗରୁ ସାବଧାନତା ଅବଲମ୍ବନ କରି ନଥିବାରୁ ସେ ଏଇନେ କେବଳ ସୁନିଠାରୁ ଶୁଣିବ ହିଁ ଶୁଣିବ। ନହେଲେ ପରେ ପଶ୍ଚାଡାପ କରିବାକୁ ପଡ଼ିବ। ସେଥିଲାଗି ସେ କେବଳ ଭାବୁଥିଲା ଆଉ ଠାକୁରଙ୍କୁ ଡାକି ଜଣାଇଥିଲା– ସୁନି ଏତିକି କହି ବନ୍ଦ ହୁଅନ୍ତା କି। ସେ ବିଷୟ ଆଉ ନ ଉଠାଇ ନିରବ ରହନ୍ତା କି। ଚୁପ ହୋଇ ଯାଆନ୍ତା କି ଏତିକିରେ।

ତା'ର ମନେ ପଡ଼ିଲା ଠାକୁରବାବା କହନ୍ତି – "ଦୁର୍ଲଭଂ ସଂସ୍କୃତ ବାକ୍ୟଂ, ଦୁଲ୍ଲଭଃ କ୍ଷେମକୃତ୍ ସୁତଃ। ଦୁର୍ଲଭା ସତୃଶୀଭାର୍ଯ୍ୟ, ଦୁର୍ଲଭଃ ସ୍ୱଜନଃ ପ୍ରିୟଃ।" ଶୁଦ୍ଧିପୂତ ଭାଷା, ମଙ୍ଗଳକାରୀ ପୁତ୍ର, ଉପଯୁକ୍ତ ଭାର୍ଯ୍ୟା ଓ ପ୍ରିୟକାରୀ ନିଜର ଲୋକ ମିଳିବା ବିରଳ ଅଟେ। ଆହୁରି ମଧ୍ୟ ଯୁକ୍ତିରେ ପରାସ୍ତ ହୋଇ ଯାଉଥିବା ଲୋକଟି ସିନା ଚୁପ୍ ହୋଇଯାଏ। ମାତ୍ର ତା' ମନ ଭିତରେ ଭିତରେ ସେମିତି ଗଜଗଜ ହେଉଥାଏ। ହାରିଯିବା କଥାଟାକୁ ସେ ସହଜ ଭାବରେ ଗ୍ରହଣ କରି ପାରେନା କିମ୍ବା ବିନା ଆପଉରେ ମାନି ନେବାକୁ ଆଦୌ ପ୍ରସ୍ତୁତ ନଥାଏ। କାରଣ ହୃଦୟର ବୁଢ଼ାମଣାରେ ହିଁ ବିଜୟ ଓ ତର୍କର ସାର୍ଥକତା କେବଳ ନିହିତ। ତେଣୁ ସବୁକଥା ସର୍ବତୋ ଭାବେ ଠିକ୍ ବା ଭୁଲ ନୁହେଁ। ଯେଉଁଠି ଉଭୟ ପକ୍ଷର ରାଜି ରୁଜା ଘଟିଗଲା ସେଠି ବିଧ୍ ବିଧାନ ଜ୍ଞାନ ଗରିମା ନୀତି ନିୟମ ଫସର ଫାଟିଯାଏ। ଫାଲତୁ ବନିଯାଏ। ବିଚାରପତି ବା କାଜି ବି ମିଞ୍ଜି ମିଞ୍ଜି ହୋଇ ଅସ୍ୱସ୍ତ ହୋଇ ଯାଆନ୍ତି। ଯେ ହେଲା ହୃଦୟ ଓ ଭାବର କାରଧନୀ ଶକ୍ତି। ମାତ୍ର ହୃଦୟକୁ କିଏ ଚିହ୍ନିବ ? ମା' ପେଟ ଚିହ୍ନେ, ମାଇପ ପକେଟ ଚିହ୍ନେ ବୋଲି କଥା ଅଛି। ପ୍ରେମିକ-ପ୍ରେମିକା, ଭକ୍ତ-ଭଗବାନ ଓ ସାଙ୍ଗ-ସାଥୀ ମାନଙ୍କ ମଧ୍ୟରେ କେବଳ ଏମିତି ହୃଦୟର ସଭା ବା ଚିହ୍ନ ଗୋଚର ହୁଏ। କାଳକାଳର ନିୟମ, ମନଗଢ଼ା ଆକଟ, ପରମ୍ପରାର ଅନୁଶାସନ, ସଂସ୍କୃତିର ଦାହି, ସଂସାରର ନାଳିଆଖ୍ତ, ସାମାଜିକ କାନୁନ, ମୁରବିମାନଙ୍କ ଫତୁଆ, ଧାର୍ମିକ ପ୍ରହସନ, ପାରିବାରିକ ରାଣ ହଲ୍ପ ସେଠି ଫୁସୁରିଯାଏ।

ସୁନି କେବେ ନିରବ ରହି ପାରେନା। ପାଟି ବନ୍ଦ କରି ଚୁପ୍ ହୋଇ ରହିବା ଝିଅ ସେ ଆଦୌ ନୁହେଁ। ପୁଣି ସବୁ କିଛି ନିଜ ଆଖିରେ ଦେଖି ସାରିଲା ପରେ। ସତୀ ତା କଥାର ଉତ୍ତର ନ ଦେଇ ନିରବ ରହିବା ଦେଖି ତା'ର ସାହସ ବଢ଼ିଗଲା। ସେ ବଳ ପାଇ ଗଲା ସତୀର ଅସହାୟତାରୁ। ସତୀର ମଉନ ଭାବ ତାକୁ ଶକ୍ତି ଯୋଗାଇ ଦେଲା। ସତୀ ବିନା ପ୍ରତିବାଦରେ ସବୁ ଶୁଣି ଯିବାରୁ ତା'ର ବହପ ବଢ଼ିଗଲା। ତା' ବିରୋଧରେ କହିବା ପାଇଁ ସତୀ ତାକୁ ବାରଣ ନ କରିବାରୁ ସେ ଆହୁରି କହିବା ଲାଗି ପ୍ରେରଣା ପାଇଗଲା। ବିନା ଆପଉରେ ସତୀ ସବୁ ସହିଯିବାରୁ ସେ ଅଧିକ କହିବା ପାଇଁ ଉସ୍ତାହ ଲାଭକଲା। ସତୀ ତା' କଥାର କୌଣସି ପ୍ରତିଉତ୍ତର ନ ଦେବାରୁ ନିଜ ଇଚ୍ଛା ଅନୁସାରେ କହିବା ପାଇଁ ସୁଯୋଗ ତାକୁ ମିଳିଗଲା। ତା' ଇଚ୍ଛା ମୁତାବକ ତା' ମନକୁ ଯାହା ଆସିଲା ସେ ବକିଗଲା। ନିର୍ଦ୍ୱନ୍ଦରେ, ନିର୍ଭୟରେ ନିର୍ବିକାର ଭାବରେ। କଥାଟା ତେଣିକି ଯାହା ହେଉନା କାହିଁକି ? ଯେପରି ଅର୍ଥ ବାହାରୁ ସେଥୁରୁ। କଥାର ପ୍ରବାହ ଯେଉଁ ଆଡ଼କୁ ଇଙ୍ଗିତ କରୁପଛେ। ଅଶ୍ୱଥମାର କାଇଁଶିକା ଶରପରି ଯେଉଁ ଦିଗକୁ ମୁହାଉ। ଯେତେ ବିକୃତ ଭାବାର୍ଥ ସେଥୁରୁ ବୁଝାପଡୁ। ଯେତେ କଦର୍ଯ୍ୟ ସାରମର୍ମ ତା'ର ହେଉ। ଯେତେ କଦର୍ଥ ଭାବ ପ୍ରକାଶ କରୁ। ହେଇଯାଉନା କାହିଁକ ସେ କଥାର ପ୍ରଭାବ ଯେତେ କ୍ଷତି କାରକ। ସେକଥା ସ୍ରୋତର ତୀକ୍ଷ୍ଣତା (ବେଗ) ଯେତେ ଦୂରଯାଏ ଖରାପ ଧାରଣା ସୃଷ୍ଟି କରୁ। ସେଥୁପ୍ରତି ନିଘା ନରଖ୍, ଲକ୍ଷ୍ୟ ନ ଦେଇ। ତା'ର କୁପରିଣତି ଦିଗ ପ୍ରତି ଦୃଷ୍ଟି ନିକ୍ଷେପ ନକରି। ନଜର ନଦେଇ ସେ ବିଷୟକୁ ନଭାବି ସେ ବାକ୍ୟ ସମୂହର କୁପରିଣତକୁ, ସେ ବକି ଚାଲିଲା– "ମୋର କିନ୍ତୁ ଲାଭ ହେଲା ପ୍ରଚୁର। ଯେଉଁ ଦୃଶ୍ୟ ଏ ଆଖି ଦେଖି ନ ଥିଲା କେବେ। ତାହା ଆଜି ଦେଖିବାର ସୁଯୋଗ ପାଇଲା। ଯେଉଁ କଥା କାନ ଆଦୌ ଶୁଣିନଥିଲା, ସେ କଥା ଶୁଣିବା ଭାଗ୍ୟରେ ଜୁଟିଲା।

ସୁନି କଥା ଶୁଣି ସତୀ ଧରକଣ୍ଠରେ ସରଳ ଭାବରେ ସାବଲୀଳ ଭାଷାରେ ପଚାରିଲା। "ସୁନି ତୁ କ'ଣ ଦେଖୁଲୁକି ? କ'ଣ ଶୁଣିଲୁ ? ମୋତେ ଟିକେ କହ।"

ସତୀର ଅନୁନୟ ଭରା ନମନୀୟ ସ୍ୱର ଶୁଣି ଓ ନିବେଦନ ପୂର୍ଣ୍ଣ ଅନୁରୋଧରେ ସୁନି ତୀର୍ଯ୍ୟକ ଚାହାଁଣିରେ ସତୀ ମୁହଁକୁ ନିରୀକ୍ଷଣ କରିନେଲା। ତା' ମନର ଅବସ୍ଥାକୁ ମୁହଁର ଭାବରୁ ବୁଝିବାକୁ ଚେଷ୍ଟାକଲା। ପଢ଼ିନେବା ପାଇଁ ଉଦ୍ୟମ କରୁଥିଲା ସତୀ ମୁଖମଣ୍ଡଳର ଭାବଭଙ୍ଗୀରୁ ତା' ଅନ୍ତରର ଅକୁହା ଆବେଦନକୁ। ତା' ହୃଦୟ ତଳର ନିଭୃତ କୋଠରିରେ

ସାଇତା ହୋଇ ରହିଥିବା ତା' ମନ ଗହନର ଅବ୍ୟକ୍ତ ଗୋପନ ଭାବନାକୁ। ସତୀ କଥାର ଉତ୍ତର ଦେଲା ହସ ହସ ମୁହଁରେ। "ଦେଖିଲି ରାଧା-କୃଷ୍ଣଙ୍କ ମିଳନର ଅପୂର୍ବ ଯୁଗଳ ମୂରତି। ଶୁଣିଲି ରାଇ କିଶୋରୀଙ୍କ ସହିତ ଚିତ୍ତବିନୋଦିଆଙ୍କ ମଧୁର ମାଧୁର୍ଯ୍ୟଭରା ଅପାସୋରା ପ୍ରେମାଳାପ।"

ଅନୁନୟ ସ୍ୱରରେ, ଆବେଦନଭରା କଣ୍ଠରେ ବିନୀତ ଭାବରେ ସତୀ କହିଲା- "ସୁନ; ତୁ ଏମିତି କାହିଁକି କହୁଛୁ।"

"ଆଉ କେମିତି କହିବି? ମୋତେ ଟିକେ ବଟେଇ ଦେ? କେଉଁ ଭାବରେ? କେଉଁ ଭଙ୍ଗୀରେ? କେଉଁ ଢଙ୍ଗରେ? କେଉଁ ରଙ୍ଗରେ? କେଉଁ ଭାଷାରେ? କେଉଁ ବାଗରେ କେଉଁ ଶୈଳୀରେ? କେଉଁ ପଦ୍ଧତିରେ? କେଉଁ ଉପାୟରେ? କିପରି କଣ୍ଠରେ? କିପରି ସ୍ୱରରେ? କିପରି ଶବ୍ଦରେ? କିଭଳି ବାକ୍ୟରେ? କେମିତି ଉଚ୍ଚାରଣରେ? ମୁଁ ତ ଆଉ କବି ନୁହେଁ କି ଲେଖକ ହେବା ମୋ କପାଳରେ ନାହିଁ। ଆଉ ମୋ କର୍ମରେତ – ଯା ଲୋକ ଦ୍ୱୟ ସାଧନୀ ତନୁଭୂତାଂ ସା ଚାତୁରୀ ଚାତୁରୀ, ସେମିତି ଦ୍ୱିଲୋକ (ଇହ ଓ ପରଲୋକ)ର ଶ୍ରେୟ ସାଧନ କରିପାରୁ ଥିବା ଚାତୁରୀ ହିଁ ଚାତୁରୀ। ଏହି ଲୋକରେ ତ ସେପରି ଚାତୁର୍ଯ୍ୟ ପୂର୍ଣ୍ଣ କଥା କହିବାର ଦକ୍ଷତା ମୋର ନାହିଁ। ମୋ ଭାଗ୍ୟରେ ସେପରି ସୁଯୋଗ କୁଆଡୁ ଆସିବ? ଯେମିତି ଆସିଲା ସେମିତି କହିଦେଲି। ଏଥିରେ ମୋର ଦୋଷ କ'ଣ?"

ସୁନ; ଠାକୁର ବାବା କହନ୍ତି- କାବ୍ୟ ପଦୀୟମରେ କୁହାଯାଇଛି "ନ ସୋଽଡ୍ତି ପ୍ରତ୍ୟୟୋ ଲୋକେ ଯଃ ଶ୍ରଦ୍ଧାନୁଗମାଦୃତେ। ଅନୁ ବିଦ୍ୟାମିବଃ ଜ୍ଞାନଂ ସର୍ବ ଶବ୍ଦେନ ଭାଷତେ।" ଅର୍ଥାତ୍ ମଣିଷର ସବୁ କିଛି ଭାବନା ଶବ୍ଦଦ୍ୱାରା ପ୍ରାପ୍ତି ହୋଇଥାଏ। ପ୍ରତ୍ୟେକ ଶବ୍ଦ, ଜ୍ଞାନ, ଅନୁଭବ, ବାକ୍- ମୂର୍ତ୍ତ ଓ ଅମୂର୍ତ୍ତର ସ୍ରଷ୍ଟା। ଛାନ୍ଦୋଗ୍ୟ ଉପନିଷଦରେ ସନତ୍ କୁମାର, ନାରଦଙ୍କୁ କହିଛନ୍ତି ଧର୍ମ-ଅଧର୍ମ, ସତ୍ୟ- ଅସତ୍ୟ ବାକ୍ ଦ୍ୱାରା ବିଜ୍ଞପିତ। ଏଣୁ ବାକ୍ର ଉପାସନା କର। ଅର୍ଥାତ୍ ଭାବିଚିନ୍ତି କଥା କହ। ସ୍ୱାମୀ ଶିବାନନ୍ଦ ସରସ୍ୱତୀଙ୍କ ଭାଷାରେ ସତ୍ୟ କହନ୍ତୁ ଅଳ୍ପ କହନ୍ତୁ। ମଧୁର ବଚନ କହନ୍ତୁ ତାହା ନ କରି ତୁ ଏମିତି କାହିଁକି ତୋ' ମନକୁ ଯାହା ଆସୁଛି ତାହା କହିଯାଉଛୁ। ଏମାତ୍ର ଆଠବର୍ଷ ତଳେ ଜ୍ୟୋତି ସାନ୍ୟାଲ ଇଂରାଜୀରେ ଲେଖାଟିଏ ଲେଖିଥିଲେ। ତହିଁରେ ସେ ଦର୍ଶାଇ ଥିଲେ- ଆଜିର ଗଣତନ୍ତ୍ର ଚାହୁଁଛି ସହଜ(ର) ଓ ସ୍ୱଚ୍ଛଭାଷା। ଆଉ ତୁ ଯେମିତି କଥା କହୁଛୁ କବି ହୋଇ ଲେଖୁନୁ। ତୁ ଯେପରି ବୁଲେଇ, ବଙ୍କେଇ, କଡ଼େଇ, ମୋଡ଼େଇ, ଉଦାହରଣ ଦେଇ, ଉପଲକ୍ଷ୍ୟ ଥୋଇ, ବନେଇ, ଚୁନେଇ, ବାଗେଇ, ସାଗେଇ, ଉପମା ପ୍ରୟୋଗ କରି କଥା କହୁଛୁ ଲେଖିଲେ ଭଲ ଲେଖକଟିଏ ହୋଇ ପାରିବୁ।

ସୁନ; କୁହାଯାଏ "ଉପମା କାଳିଦାସସ୍ୟ ଭାର ବେରଥ୍ ଗୌରବମ, ନୈଷଧ ପଦଲାଲିତ୍ୟଂ ମାଘେସନ୍ତି ତ୍ରୟୋଗୁଣା।" କାଳିଦାସଙ୍କର କାବ୍ୟବଳୀରେ ଉପମା, ବୈଚିତ୍ର୍ୟ, ଭାରବିର କାବ୍ୟରେ ଅର୍ଥଗୌରବ ଶ୍ରୀହର୍ଷଙ୍କର ନୈଷଧରେ ଲଳିତ ପଦ ବିନ୍ୟାସ ଓ ମାଘ କବିଙ୍କ ଲେଖାରେ ଏହି ତ୍ରିବିଧ ଗୁଣର ହୋଇଛି ଅପୂର୍ବ ସମନ୍ୱୟ। ସେମିତି ଓଡ଼ିଆ କବିମାନଙ୍କୁ କୁହାଯାଏ- ଉପମା ଭଞ୍ଜ ବିରସ୍ୟ ତସ୍ୟେବଚାର୍ଥ ଗୌରବମ କଲ୍ଲୋଲ ପଦଲାଲିତ୍ୟ ସଚ୍ଚିବିଜ୍ଞ ମନୋତ୍ରୟମ। ମଧ ଯୁଗୀୟ ଓଡ଼ିଆ କାବ୍ୟ ସାହିତ୍ୟରେ ପ୍ରତିଭା ତ୍ରୟାଙ୍କ ମଧରୁ କବି ସମ୍ରାଟ ଉପେନ୍ଦ୍ର ଭଞ୍ଜଙ୍କ ଲେଖାରେ ଉପମା ଅର୍ଥ ଗୌରବ ଦୀନକୃଷ୍ଣଙ୍କ କାବ୍ୟରେ ଶ୍ରୀହର୍ଷଙ୍କ ନୈଷଧ କାବ୍ୟ ପରି ପଦ ଲାଲିତ୍ୟ ଓ ବିଧଗ୍‍ଧ ଚିନ୍ତାମଣିରେ (କବି ଅଭିମନ୍ୟୁଙ୍କର) ତ୍ରିବିଧ ଗୁଣର ସମାରୋହ ଘଟିଛି। ସୁନ; ତୁ ଯେପରି ଭାବରେ କଥା କହୁଛୁ ଆଉ ତୋ କଥାବାର୍ତ୍ତାରୁ ଯାହା ଜଣାଯାଉଛି ତୁ ସଂସ୍କୃତ କବି କାଳିଦାସଙ୍କ ଠାରୁ ଉପମା ପ୍ରୟୋଗରେ ଭାରବିଙ୍କଠାରୁ ଅର୍ଥ ଗୌରବ ଓ ଶ୍ରୀହର୍ଷଙ୍କୁ ପଦଲାଲିତ୍ୟରେ ଏବଂ ଓଡ଼ିଆ କବିମାନଙ୍କ ମଧରୁ ଭଞ୍ଜ, ଦୀନକୃଷ୍ଣ ଓ ଅଭିମନ୍ୟୁଙ୍କୁ ମଧ ପଛରେ ପକାଇ ଦେବୁ ଅକ୍ଲେଶରେ। ଏହା ସତ୍ୟ ସିଦ୍ଧ ଏବଂ ନିର୍ଣ୍ଣିତ ପ୍ରମାଣ ସିଦ୍ଧ ଅଟେ। ଏଥିରେ ଟିଲେ ହେଲେ ସନ୍ଦେହର ଅବକାଶ ଆଦୌ ନାହିଁ।

ଆଉ ଭାଷାର କାମହେଲା ଭାବ ଜଣାଇବା ବା ବାର୍ତ୍ତାବାହୀଏକ ସାମାଜିକ ଦାୟିତ୍ୱ। ତାହାର ଦୁଇଟି ସ୍ତର ଯଥା— କଥାବାର୍ତ୍ତା ଓ ଲେଖାଲେଖିରେ ଲାଗେ। ଯେଉଁ ଲେଖକ ଭାଷାର ଶବ୍ଦଗୁଡ଼ିକୁ ସଜାସଜି କରି ମେଢ଼ ବନାନ୍ତି ସମାନେ ଦରକାରବେଲେ ବାହାରୁ ଶବ୍ଦ ମଧ୍ୟ ଆଣିଥାଆନ୍ତି। ସେମାନଙ୍କୁ ଲୋକମାନେ ସାଧାରଣତଃ କବି, ଗାଳ୍ପିକ, ଔପନ୍ୟାସିକ, ନାଟ୍ୟକାର ଓ ସମାଲୋଚକ ଆଦି କହିଥାଆନ୍ତି। ଆଉ କେତେ ଜଣ ନିଜ ଭାଷାର ଶବ୍ଦଗୁଡ଼ିକୁ ପରିବହନ ଉପଯୋଗୀ କରି ପାରିବାରେ ପରିଣତ କରି ତା ମାଧ୍ୟମରେ ବିଶ୍ୱର ଜ୍ଞାନ ଓ ବିଜ୍ଞାନକୁ ନିଜ ଲୋକମାନଙ୍କ ପାଖକୁ ବୁହାଇ ଆଣିଥାନ୍ତି। ଅଷ୍ଟାଦଶ ଶତାବ୍ଦୀର ଶେଷ ପର୍ଯ୍ୟାୟ ବେଲକୁ ସାହିତ୍ୟ ମାଧ୍ୟମରେ ଜ୍ଞାନ ବିଜ୍ଞାନ ବୁହାଯିବା କଥା ହିଁ ନବଜାଗରଣ ରୂପେ ଚିହ୍ନିତ। ସାହିତ୍ୟ କ୍ଷେତ୍ରରେ ଏହା ହିଁ ହେଉଛି ଆଧୁନିକତା, ଯେଉଁଠି ଭାଷା ହିଁ ସ୍ୱୟଂ ସଂସ୍କୃତି ଓ ତାହା ବିଜ୍ଞାନ ପରିବହନର ମାଧ୍ୟମ।

ଶୁଣି ଆଉ ଥରେ ସତୀ ମୁହଁ ଉପରୁ ଦୃଷ୍ଟି ବୁଲାଇ ଆଣିଲା। ସତୀ ମନର ଅବସ୍ଥା ତା' ଆଖିର ଚାହାଁଣି ଦ୍ୱାରା ଜାଣିବା ଥିଲା ତା'ର ପ୍ରକୃତ ବାସ୍ତବ ଉଦ୍ଦେଶ୍ୟ। "ବୁଝିଲୁ ସତୀ ପ୍ରଜ୍ଞାଶକ୍ତି ଥିବା ଲୋକଟି ହିଁ ଲେଖକ ହୋଇପାରେ। ପ୍ରଜ୍ଞାଶକ୍ତି ଅର୍ଥ— ଯେ କୌଣସି ବସ୍ତୁ ବା ପଦାର୍ଥକୁ ଦେଖି ତା'ର ତ୍ରିତାବସ୍ଥା କଥା କଳ୍ପନା କରିପାରିବା (ଅତୀତରେ ସେ କିପରି ଥିଲା, ବର୍ତ୍ତମାନ କିପରି ଅଛି ଓ ଭବିଷ୍ୟତରେ କିଭଳି ହେବ)।

ଏ ଦୁନିଆରେ ଯେଉଁମାନେ ସବୁ ଶ୍ରେଷ୍ଠ ଲେଖକର ମୁକୁଟ ପିନ୍ଧିଛନ୍ତି ସେମାନେ ସମସ୍ତେ ହେଲେ ଜଣେ ଜଣେ ବ୍ୟର୍ଥ ପ୍ରେମିକ। ପ୍ରେମରେ ଅସଫଳ ହୋଇ ସଂସାର ଜଞ୍ଜାଲରେ ଜର୍ଜରିତ ବ୍ୟକ୍ତିମାନେ ସେମାନଙ୍କ ନିର୍ଯ୍ୟାତିତ ମନର ଭାବକୁ ପ୍ରକାଶ କରିବା ପାଇଁ ସାହିତ୍ୟର ଆଶ୍ରୟ ନେଇଛନ୍ତି। ଗପ ହେଉ ବା ଉପନ୍ୟାସ, କବିତା ବା କାବ୍ୟ, ଏକାଙ୍କିକା ବା ନାଟକ, ରମ୍ୟରଚନା ଅଥବା ସମାଲୋଚନା, ସ୍ତମ୍ୟ କିମ୍ବା ପ୍ରବନ୍ଧ, ଗୀତିନାଟ୍ୟ କିମ୍ବା ଗୀତି କବିତା ଯାହା କିଛି ହେଉ, ଏହାରି ମାଧ୍ୟମରେ ସେମାନେ ଆତ୍ମ ପ୍ରକାଶ କରିବା ପାଇଁ ଉଦ୍ୟମ କରିଛନ୍ତି। ସେମାନଙ୍କର ମନଗହନର ଗୋପନ ଅକୁହା କଥାର ପରିପ୍ରକାଶରୁ ହିଁ ସାହିତ୍ୟର ସୃଷ୍ଟି ସମ୍ଭବ ହୋଇଛି। ତୁ ବୋଧେ ଜାଣି ନାହୁଁ ସତୀ କେହି ଜଣେ କହିଥିଲେ— ସମସ୍ତଙ୍କୁ ପ୍ରେମ କରିବାକୁ ଛାଡ଼ିଦିଅ ଦେଖିବ ସମସ୍ତେ କବି ପାଲଟି ଯିବେ। ଏଭଳି କହିବାର ତାତ୍ପର୍ଯ୍ୟ ହେଉଛି ଯେମିତିକି ପ୍ରେମରୁ ଆରମ୍ଭ ହୁଏ ଭାବନା। ଭାବନାରୁ ଜନ୍ମନିଏ କବିତା, ଆଉ କବିତା ହିଁ କଳେବର ଧାରଣ କରେ କବି। ଆଉ କେହି ଦ୍ୱିମତ ହେବେ ନାହିଁ ଯେ ବହୁ ବିଫଳ ପ୍ରେମର ନାୟକଙ୍କ ମୁଣ୍ଡରେ ହିଁ ବନ୍ଧା ହୋଇଛି ବିଶ୍ୱ ବିଖ୍ୟାତ କବିର ଶିରିପା।

ମଣିଷ ଜୀବନର ସବୁଠୁ ବଡ଼ ଶକ୍ତିଶାଳୀ ଆବେଗ ହେଉଛି ପ୍ରେମ, ଯାହା କେବଳ ଜୀବନକୁ ନାନା ରୂପରେ ରସାନ୍ତିତ କରେ। ପ୍ରେମ ଶାଶ୍ୱତ, ଯାହା ଯୁଗ ଯୁଗ ଧରି ମଣିଷ ଜୀବନ ସହ ଅପରିବର୍ତ୍ତନୀୟ ଭାବରେ ଜଡ଼ିତ ହୋଇରହିଛି। ମଣିଷର ଜୀବନ ପରିଧିରୁ ପ୍ରେମକୁ— କେହି ବାଦ ଦେଇପାରେ ନାହିଁ। ସମଗ୍ର ବିଶ୍ୱରେ ପ୍ରେମ ଏକ ପରମ ଆବେଗ। ଏପରି କେହି ଜଣେ ନାହିଁ ଯିଏ କି ଥରେ ଅଧେ କେବେ ପ୍ରେମ ନ କରି ରହିନାହିଁ। ଜୀବନକୁ ପ୍ରେମମୟ କରି ବଞ୍ଚିବା ଗୋଟେ ସବୁକାଲର ମଣିଷର ଅଦ୍ୟମ ପ୍ରୟାସ ହୋଇ ରହିଛି ଓ ରହିଥିବ। କୁହାଯାଏ ନାରୀଦ୍ୱାରା ହିଁ ଏ ସୁନ୍ଦରତର ପୃଥିବୀର ଆତ୍ମ ପରିଚୟ ମିଳିଛି। ଏ ସଂସାରରେ ବହୁ ମହାପୁରୁଷ ଜଣେ ଜଣେ ନାରୀ ଦ୍ୱାରା ହିଁ ଅସାଧାରଣ ପାଲଟି ଯାଇଛନ୍ତି। ଜଣେ ଶୁଦ୍ଧ ଏକଲା ମଣିଷ ହେବାର ସାହସ କେବଳ ସେ ନାରୀ ପ୍ରେମରୁ ହିଁ ପାଇଥାଏ। ପ୍ରାଣକୁ ନାରୀ ନିକଟରେ ଢାଲି ଦେବାର ଗୋଟେ ସମର୍ପିତ ଭାବ କେବଳ ନାରୀ ପ୍ରେମରୁ ମିଳେ। ଏକଲା ମଣିଷ ହେବାର ପ୍ରେରଣା ପ୍ରେମରୁ ହିଁ ମିଳେ। ପ୍ରେମ ମହାର୍ଘ୍ୟ ପାଲଟେ। ସବୁ ବିଷାଦ, ସବୁ ଉଲ୍ଲାସର ନାଭିକେନ୍ଦ୍ର ହେଉଛି ସେଭଳି ଗୋଟେ ବିପ୍ଲବ୍ୟ ପ୍ରକାର ପ୍ରେମ, ଯାହା ବିୟୋଗିତ ବିରହାତ୍ମକ ଭାବ— ଭାବନାକୁ ଶୋକ ଜର୍ଜରିତ କରେ। ବିଚ୍ଛେଦ (ଜନିତ) ବିରହ ନ ଥିଲେ ପ୍ରେମ ବହଳ ହୋଇ ପାରେନାହିଁ। ଆତ୍ମଶୋକ ଜର୍ଜରିତ ନହେଲେ ସୁବର୍ଣ୍ଣ ଦୀପ୍ତ ଶୁଦ୍ଧ ପ୍ରେମର ଅନୁଭବ ନାହିଁ। ପ୍ରେମରେ ଅକଳ୍ପନୀୟ ଅସରନ୍ତି ଯାତନା ସହିଥିବା ବ୍ୟକ୍ତି ବିପ୍ଲବ୍ୟ ପ୍ରେମର ସ୍ୱାଦ ଚାଖିଥାଏ।

ପ୍ରେମରେ ହିଁ ଲୁଚିରହେ ବିରହ ମିଳନର ମଧୁର ମୂର୍ଚ୍ଛନା । କାରଣ ପ୍ରେମ ଏକ ମଧୁର ମୃତ୍ୟୁ ଓ ମଧୁର ଯନ୍ତ୍ରଣା । ତା'ସଙ୍ଗେ ପ୍ରେମ ଆଧ୍ୟାମ୍ଳିକ ମହାନନ୍ଦ ।

ପ୍ରେମ ଏକ ଗଭୀରତର ଚିତ୍ତ ପ୍ରଶାନ୍ତି ଜନିତ ବିଗଳନର ସ୍ୱାଭିକ ଆସ୍ୱାଦନ । ଜୀବନର ସେଇ ଏସ୍ଥେଟିକ ଆସ୍ୱାଦନ ଯେ କରି ପାରିଛି, ସେ ହିଁ ସଫଳ ପ୍ରେମିକ । ଆଦ୍ୟ ଯୌବନ ଏମିତି ମଣିଷକୁ କାଇଲା, ବାଉଲା କରିପକାଏ । ସେତେତ ମନେ ହୁଏ ମଣିଷ ପ୍ରାଣରେ ଏତେ ପ୍ରେମ, ଏତେ ଜୀବନ ଶକ୍ତି ଆସେ କେଉଁଠୁ ? ଗୋଟେ ରହସ୍ୟମୟ ପୃଥିବୀର ସନ୍ଧାନେ ଥିବା ଭଳି, ଗୋଟେ ସ୍ୱପ୍ନିଳ ଜୀବନରେ ପ୍ରେମ ଉବୁଟୁବୁ ହୋଇଉଠେ । ସେଇଠୁ ପ୍ରେମରେ ଆରମ୍ଭ ହୁଏ ଗୋଟେ ବିୟୋଗିତ, ବିରହର ପର୍ବ । ପ୍ରେମରେ ପ୍ରେମିକା ପାଲଟେ ପ୍ରେରଣା ପ୍ରଦାୟିନୀ । ଯେମିତିକି ପ୍ରେମିକ ଜୀବନର ଏକ ବଡ଼ ମିଉଜ, ଯାହାର ସେ ଜଣେ ମସ୍ତବଡ଼ ପୂଜାରୀ । ଏ ପୃଥିବୀରେ କେବେ ପତ୍ନୀ ପ୍ରେମ କୌଣସି ପୁରୁଷକୁ କସ୍ମିନ କାଳେ କବିଟିଏ କରିପାରି ନାହିଁ ବରଂ ପତ୍ନୀମାନେ ସ୍ୱାଭାବିକ ଶତ୍ରୁ ପାଲଟି ଯାନ୍ତି । କବିତ୍ଵର ପ୍ରସବଣ କେବଳ କାଶିଚାଏ ପରକୀୟା ପ୍ରେମ ପ୍ରୀତିରୁ ଅଙ୍କୁରୋଦଗମ ଘଟେ । ଅସ୍ୱୀକାର କରିହେବ ନାହିଁ ଚେତନାକୁ ବଢ଼ାଇବା ପାଇଁ ଜଣକର କବିମନକୁ ଉଜ୍ଜାଗତ କରିବା ପାଇଁ ପ୍ରେରଣା ଦାତ୍ରୀଟିଏ ଦରକାର । ଯେ ପର୍ଯ୍ୟନ୍ତ ସେଭଳି ଏକ ପ୍ରେମ ଛଲଛଲ ପ୍ରେମମୟୀ, ପ୍ରେରଣାମୟୀ, ହାସ୍ୟ ବିନୋଦିନୀ ପ୍ରେମିକାଟି ପ୍ରେମିକ କବି ପୁରୁଷ ଜୀବନ ପରିଧୁ ମଧକୁ ଧସେଇ ଅନୁପ୍ରବେଶ କରପାରି ନାହିଁ । ସେତେଦିନ ପର୍ଯ୍ୟନ୍ତ ତା ଥମ ଥମ ମନ ଓ ଚେନାରେ କଦାପି ସୃଜନଶୀଳ ହୋଇ ପାରେ ନାହିଁ । ଛଲଛଲ କବିତ୍ଵର ଅନୁଭବ ଲାଗି ନିହାତି ପ୍ରେମିକାଟିଏ ଲୋଡ଼ା । ପ୍ରେମରେ ଥରେ ଅଧେ ପଡ଼ି ଗୋଟେ ଏସ୍ଥେଟିକ ପର୍ଯ୍ୟାୟରେ ନ ପହଞ୍ଚିଲେ ଉଭମ କବିଟିଏ ପାଲଟିବା କେବେ ବି ଏତେ ସହଜରେ ଆଦୌ ସମ୍ଭବ ହୋଇପାରିନି । ପୃଥିବୀରେ ଏଭଳି ହଜାର ହଜାର କବି କେବଳ ଖାଲି କବିତା ଲେଖ ସେଇ ପର୍ଯ୍ୟାୟକୁ ଯାଇପାରି ନାହାନ୍ତି । ଗୋଟିଏ ଏକଲା ନିଃସଙ୍ଗ ମଣିଷ ଭିତରେ ସଭା ମଣିଷପଣଟିଏ ଆମ୍ଗୋପନ କରି ରହିଛି । ଯେକି ଜଣେ ଛଲନା ବିହୀନ ଆଉ କେବଳ କବି ପଣର ମଣିଷଟିଏ ଯେ ଖାଲି ପ୍ରେମଧାତୁରେ ଗଢ଼ା ହୋଇ ଏ ପୃଥିବୀକୁ ଆସିଛି, ପ୍ରେମରେ ପଡ଼ିବା ପାଇଁ ଓ ପ୍ରେମରେ ପକାଇବା ପାଇଁ । ଏଠି କେବଳ ଜୀବନର ଅସଲ ଗୌରବ ଓ ପ୍ରେମର ଗୌରବ କେବେ ଅଲଗା ନୁହେଁ ବରଂ ଜୀବନକୁ ତାହା ଆଧାର କରିଥାଏ ।

ପ୍ରେମ ସବୁବେଳେ ପ୍ରାଣର ବିନୟ ପଣ, ସତ୍ୟ, ସାଧୁତା ଓ ଉଦାରତା ଲୋଡ଼ିଥାଏ । କବି – ନାରୀ ଭିତରେ କବିତାର ଅନନ୍ତ ସମ୍ଭାବନାକୁ ଖୋଜିଚାଲେ । ତା' ନିକଟରେ ହୁଏତ ଧନ, ମାନ, ପଦମର୍ଯ୍ୟାଦା କ୍ଷମତା, ପ୍ରତିଷ୍ଠା, ପ୍ରତିପତ୍ତି, ପରିଚୟ, ସମ୍ପତ୍ତି ନଥାଇପାରେ । କିନ୍ତୁ ପରମ କାରୁଣିକ ଭଗବାନ ତାକୁ ଛଲ ଛଲ କବି ପ୍ରାଣ ପଣର ସଭା ହୃଦୟଟିଏ ଦେଇଛନ୍ତି । ଗଭୀର ପ୍ରେମଭାବ ହିଁ କବିତାର ମୂଳଉସ୍ । କବିର ଭାବନା ଶିଘ୍ର ହୋଇ ଝରୋଶେଫାଳୀ ଭଳି ଝରିପଡ଼େ କବିତାହୋଇ । ଜୀବନ ଅନ୍ତସ୍ତଲର କାରୁଣ୍ୟ ହିଁ ଶୁଦ୍ଧ କବିତାର ରୂପନିଏ । ପ୍ରତ୍ୟେକଙ୍କ ଜୀବନ ଗୋଟେ ଗୋଟେ ପ୍ରେମଗ୍ରନ୍ଥ । କବି ଯେତେ ଇଶ୍ୱର ପ୍ରେମୀ ନ ହୋଇ ତାଙ୍କର ବନ୍ଦନା ବା ଜୟଗାନ ନକରି ତା ପ୍ରେମିକାକୁ ବେଶୀ ଖୋଜେ । ପ୍ରେମ ସହ ମୃତ୍ୟୁ ଚେତନାକୁ ମିଶ୍ରିତ କରି ଜୀବନକୁ ପରଖନିଏ । ମୃତ୍ୟୁ ଅଛି ବୋଲିତ ପ୍ରେମରେ ସଭିଏଁ ଭିଜାଇ ଦେବାକୁ ଚାହାଁନ୍ତି । ପ୍ରେମର ଅମରତ୍ଵ ପ୍ରୟାସ କରନ୍ତି । ଜଣେ ପତ୍ନୀ ବା ପ୍ରେମିକା କେବେ ଦାସୀ ନ ହେଉ । "ସ୍ମର ଗରଳ ଖଣ୍ଡନଂ ମମ ଶିରସି ମଣ୍ଡନଂ ଦେହି ପଦ ପଲ୍ଲବଂ ମୁଦାରଂ ।" କାରଣ ଗଭୀର ପ୍ରେମ ପାଇବା ପାଇଁ ନିଜକୁ ଦାସ ହେବାକୁ ପଡ଼ିବ । ସତରେ ପ୍ରେମ ଅଢ଼େଇ ଅକ୍ଷରର ସମାହାର । ଯାହାର ପୁଲକରେ ପ୍ରେମର ଭାଷା ଅବ୍ୟକ୍ତ । ଆଧ କଥା କହେ । ନାରୀ ଯେତିକି ପ୍ରେମ କାଙ୍ଗାଳୁଣୀ ପୁରୁଷ ମଧ ତଦପେକ୍ଷା ସେତିକି ପ୍ରେମ କାଙ୍ଗାଲ ।

ପ୍ରେମରୁ କବି ଓ ପ୍ରେମରୁ କବିତା, ଗଳ୍ପ, ଉପନ୍ୟାସ, ନାଟକର ଉଭବ ଘଟିଛି । ଆଦି କବି ବାଲ୍ମିକିଙ୍କ– "ମା

ନିଷାଦ ପ୍ରତିଷାଂ ତ୍ୱମଗମଃ ଶାଶ୍ୱତୀ ସମାଃ, ଯତ୍ର, କ୍ରୌଞ୍ଚ ମିଥୁନାଦେ୍ୟଦଂ ଅବଧୂ କାମ ମୋହିତଂ, ଆଦ୍ୟ ୠଙ୍କାର କ୍ରୌଞ୍ଚ-କ୍ରୌଞ୍ଚୀର ପ୍ରେମ ସଞ୍ଜାତ କାବ୍ୟ ପଂକ୍ତି। ଜଗତର ସକଳ ସନ୍ତାପ ବିରହ, ବିଷାଦ, ବଞ୍ଚନାକୁ ସହ୍ୟ କରିବା ଭିତରେ କବି ପ୍ରାଣ ଯେତେବେଳେ ଶୋକ ଜର୍ଜରିତ ହୋଇ ଉଠେ ସେତେବେଳେ ପ୍ରେମର ବୈଦଗ୍ଧ୍ୟକୁ କବି ଉପଲବ୍ଧ କରେ। ସେ ପ୍ରେମ ବିଷାଦ ମଥିତ ବିପ୍ରଲୟ ପ୍ରେମ ପାଲଟି କବିକୁ ବିଷାଦଭୋଗୀ ପ୍ରେମିକ କବିଟିଏ କରିଦିଏ। ଆଉ ସେଇ ସତେଜ ପ୍ରେମ ତାକୁ ସତ୍ୟାନୁସନ୍ଧାନୀ, ଧର୍ମାନୁସରଣ, ସର୍ବଜ୍ଞାତା, ତ୍ରିକାଳଦର୍ଶୀ ଋଷି ବାଲ୍ମିକୀରେ ସଜାଇଦିଏ। ଉପନିଷଦ ବର୍ଣ୍ଣିତ ବ୍ରହ୍ମପରି ଏହାଏକ ମହାନସଭା। ପ୍ରେମ କାଳଜୟୀ, ପ୍ରେମବିନା ଜଗତ ମିଥ୍ୟା। ତେଣୁ ପ୍ରେମ ହିଁ ସତ୍ୟ-ଶିବ-ସୁନ୍ଦରର ସମାହାର। ଏଣୁ ଜୀବନରେ ପ୍ରତ୍ୟେକ ମଣିଷର ପ୍ରେମ ଓ ତା'ର ଯାବତୀୟ ସ୍ୱପ୍ନିଲ ସୃଜନଶୀଳତା ରହି ଆସିଛି। ସେହି ଅମୃତମୟ ପ୍ରେମରେ ମସ୍ଗୁଲ ହେବା ବ୍ୟତୀତ, ନିଜକୁ ଭିଜାଇ ଦେବା, ହଜେଇ ଦେବା ବ୍ୟତୀତ ସତରେ ତା'ଜୀବନରେ ଆଉ ଅନ୍ୟ କିଛି ବିକଳ୍ପ ପନ୍ଥାନାହିଁ।

କୌଞ୍ଚୀର ବେଦନା ନିଜ ଦେହରେ (ଛାତିରେ) କ୍ଷରିତ ନ ହେଲେ ପୃଥିବୀରେ ଆଦି ଶ୍ଲୋକର ସ୍ଫୁରଣ ସମ୍ଭବ ହୋଇପାରି ନଥାଆନ୍ତା। ଯକ୍ଷର ବିରହରେ ପୀଡ଼ିତ ନ ହୋଇଥିଲେ ମେଘଦୂତର ସୃଷ୍ଟି ପରାହତ ହୋଇଥାନ୍ତା। କିଶୋର ପ୍ରେମର ମାଧୁର୍ଯ୍ୟ ଅଶେଷ ଯନ୍ତ୍ରଣାରେ ପରିଣତ ହୋଇ ନଥିଲେ। ଓଡ଼ିଆ ସାହିତ୍ୟ ହରାଇ ଥାଆନ୍ତା। ଧୂପ ଓ ଠିକ୍ ସେହିପରି ଦାସତ୍ୱ ପ୍ରଥାରେ ସ୍ରଷ୍ଟା ପୀଡ଼ିତ ହୋଇ ନଥିଲେ ବିଶ୍ୱ ସାହିତ୍ୟ ହରାଇଥାଆନ୍ତା। 'ଅଙ୍କଲ ଟମସ୍ କ୍ୟାବିନ' ପୃଥିବୀରେ କତିପୟ ଲେଖକଙ୍କୁ ଛାଡ଼ି ଦେଲେ ଅନ୍ୟ କୌଣସି ଲୋକର ଏଇ ଯନ୍ତ୍ରଣା ବୋଧେ ନାହିଁ ନୁହେଁ। ଅନେକଙ୍କର ଅଛି। କିନ୍ତୁ ସେମାନେ ସେହି ବେଦନାଟିକୁ ପ୍ରକାଶ କରି ସର୍ବଜନୀନ କରିପାରନ୍ତି ନାହିଁ ବୋଲି ସେମାନେ ଲେଖକ ନୁହଁନ୍ତି। ସେମାନେ କାନ୍ଦିକାନ୍ଦି ଅସ୍ଥିର ହୋଇପଡ଼ନ୍ତି। କୋହ ସମ୍ଭାଳି ପାରନ୍ତି ନାହିଁ। କେହି କେହି ଏକାଠିରେ ଚୁପ ଚାପ ହୋଇଯାଆନ୍ତି। ପୁଣି କେହି କେହି ଠାକୁର ଦେଉଳ କରି ଏଇ ବେଦନାକୁ ନିଷ୍କ୍ରାନ୍ତ କରିବାକୁ ଉଦ୍ୟମ କରନ୍ତି। କିନ୍ତୁ ଲେଖକ ସେହି ବେଦନାକୁ ପୂରାପୂରି ହଜମ କରି ଏକ ନିର୍ଦ୍ଦିଷ୍ଟ ଶୃଙ୍ଖଳାର ସହିତ ପ୍ରକାଶ କରିପାରେ। ତେଣୁ ସେହି ଲୋକଟିକୁ ଅନ୍ୟମାନଙ୍କଠାରୁ ଅଲଗା କରି ଚିହ୍ନିବାକୁ ତାକୁ ଡକାଯାଏ ଲେଖକ।

"ନରତ୍ୱଂ ଦୁର୍ଲ୍ଲଭଂ ଲୋକେ ବିଦ୍ୟା ତତ୍ର ସୁଦୁର୍ଲ୍ଲଭା। କବିତ୍ୱଂ ଦୁର୍ଲ୍ଲଭଂ ଲୋକେ ସ୍ତତ୍ର ଶକ୍ତିଃ ସୁଦୁର୍ଲ୍ଲଭା।" ଏ ସଂସାରରେ ମନୁଷ୍ୟତ୍ୱ ଦୁର୍ଲ୍ଲଭ ଅଟେ। ମନୁଷ୍ୟତାରେ ବିଦ୍ୟା ଆହୁରି ଦୁର୍ଲ୍ଲଭ ଅଟେ। ସେହିପରି ସଂସାରରେ କବିତ୍ୱ ଦୁର୍ଲ୍ଲଭ ଅଟେ ଏବଂ ଏହି ଶକ୍ତି (ପ୍ରତିଭା) ତତୋଽଧିକ ଦୁର୍ଲ୍ଲଭ ଅଟେ।

ପ୍ରକୃତ ସାହିତ୍ୟର ଗୋଟେ ଅର୍ଥ ହେଉଛି ଯାହା ମଣିଷ ଜୀବନର ଗତି ସହିତ ପାଦମିଳାଇ ତା'ର ହିତ ସାଧନ କରି ଚାଲିଥାଏ। ଜୀବନର ନିରୂତା ଲକ୍ଷ୍ୟ ଯେ ଆନନ୍ଦ ଲାଭ, ଏଥିରେ ବିତର୍କର ଆବଶ୍ୟକ ନାହିଁ। ସାହିତ୍ୟ ଅବଶ୍ୟ କବିତାର ଆଦ୍ୟ ସ୍ଫୁରଣ, ସୌନ୍ଦର୍ଯ୍ୟବୋଧରୁ। ଏହି ସୌନ୍ଦର୍ଯ୍ୟବୋଧ ଆନନ୍ଦର ଉସ୍। ଏହି ସୌନ୍ଦର୍ଯ୍ୟବୋଧ ଜନିତ ଆନନ୍ଦ ଜୀବନର ବ୍ୟାପ୍ତି ଓ ମୁକ୍ତି ଲାଗି ବାଟ ଫିଟାଏ। ତେବେ ସୌନ୍ଦର୍ଯ୍ୟ ବୋଧରୁ ଆନନ୍ଦ ଆହରଣ ସାହିତ୍ୟର କେବଳ ମାତ୍ର ଲକ୍ଷ୍ୟ ନୁହେଁ। ଜଗତ୍ ଓ ଜୀବନର ସଂହତି ରକ୍ଷାର ଦାୟିତ୍ୱ ମଧ ସାହିତ୍ୟ ବହନ କରେ। ଏହି ସଂହତିରେ ମଧ ସୌନ୍ଦର୍ଯ୍ୟବୋଧ ଥାଏ। ଯାହା ସାହିତ୍ୟର ଜୀବନ ବୋଲି ଧରାଯାଏ। ଆନନ୍ଦ ପ୍ରାପ୍ତି ପ୍ରତ୍ୟେକ ସର୍ଜନା କର୍ମର ମୂଳ ଓ ଅନ୍ତିମ ଲକ୍ଷ୍ୟ। ଏହା କର୍ମକାଳରେ ତତ୍କ୍ଷଣାତ୍ ମିଲେ। ସାହିତ୍ୟକୁ ବୁଝିବାକୁ ହେଲେ ଜୀବନକୁ ବୁଝିବାକୁ ପଡ଼ିବ। ଜୀବନକୁ ବୁଝିବାକୁ ହେଲେ ସମାଜକୁ ବୁଝିବାକୁ ପଡ଼ିବ। ସମାଜକୁ ବୁଝିବାକୁ ହେଲେ ପୁଣି ସାହିତ୍ୟକୁ ବୁଝିବାକୁ ପଡ଼ିବ। ସାହିତ୍ୟର ବହୁତ ସଂଜ୍ଞା ଅଛି, ବିଭିନ୍ନ ବ୍ୟକ୍ତି ଭିନ୍ନ ଭିନ୍ନ ଭାବେ ସାହିତ୍ୟର ସଂଜ୍ଞା ନିରୂପଣ କରିଛନ୍ତି। କିନ୍ତୁ ପ୍ରକୃତ ପକ୍ଷେ ଦେଖିବାକୁ ଗଲେ ସାହିତ୍ୟ ହେଉଛି ସଂଜ୍ଞାତୀତ। ସାହିତ୍ୟରେ ରହିଛି ସତ୍ୟ ଓ

ସୌନ୍ଦର୍ଯ୍ୟର ଅପୂର୍ବ ସମନ୍ୱୟ। ସତ୍ୟର ସୌନ୍ଦର୍ଯ୍ୟ ହେଉଛି ସାହିତ୍ୟ ଏବଂ ସୌନ୍ଦର୍ଯ୍ୟର ସତ୍ୟ ହେଉଛି ସାହିତ୍ୟ। ପୁଣି ଏହି ସତ୍ୟର ସୌନ୍ଦର୍ଯ୍ୟ ଓ ସୌନ୍ଦର୍ଯ୍ୟର ସତ୍ୟ ଭିତରେ ରହିଛି ଜୀବନ ତତ୍ତ୍ୱ। ଯାହାଦ୍ୱାରା ଅନ୍ତର୍ଚେତନା ଜାଗୃତି ସମ୍ଭବ। ସାମୁଏଲ ଜନ୍ସନ୍ କହିଥିଲେ ଯେ- ସାହିତ୍ୟ ହେଉଛି ଏକ ପ୍ରକାର ବୌଦ୍ଧିକ ଆଲୋକ ଯାହା ସୂର୍ଯ୍ୟର ପ୍ରକାଶ ଭଳି କାର୍ଯ୍ୟ କରିଥାଏ। ଏହା ଆମର ଦେଖିବାକୁ ଇଚ୍ଛା ନଥିବା ଜିନିଷକୁ ମଧ ଦେଖିବା ପାଇଁ ଆମକୁ ବେଳେବେଳେ ସକ୍ଷମ କରାଇଥାଏ। ସାହିତ୍ୟର ଏକ ଧର୍ମ ହେଉଛି ସତ୍ୟର ସୌନ୍ଦର୍ଯ୍ୟକୁ ଏବଂ ସୌନ୍ଦର୍ଯ୍ୟର ସତ୍ୟକୁ ଅନୁଭବ କରାଇବା। ଷ୍ଟପଫର୍ଡ ବ୍ରୁକଙ୍କ ଅନୁସାରେ କେବଳ ଲେଖିବାକୁ ସାହିତ୍ୟ କୁହାଯିବ ନାହିଁ। ସାହିତ୍ୟ ହେବା ପାଇଁ ସେ ଲେଖାରେ ପାଠକ ପାଇଁ ଏକ ଅପୂର୍ବ ଆନନ୍ଦ ଥିବା ଦରକାର। ଯାହା କେବଳ ଲେଖକର ସୁନ୍ଦର ଶବ୍ଦରୁ ନୁହେଁ ବରଂ ତାହାର ସୁନ୍ଦର ଶୈଳୀ ଓ ଚିନ୍ତାଧାରାରୁ ଆସିଥାଏ। ଯେମିତି ଭାବ ସେମିତି ପ୍ରଭାବ। ଭାବ ବିନା ପ୍ରଭାବ ନାହିଁ। କିନ୍ତୁ ଏ ଭାବ ଓ ପ୍ରଭାବ ଉଭୟେ ସତ୍ୟାନ୍ୱେଷୀ ହେବା ଦରକାର। ସତ୍ୟ ସୃଷ୍ଟି ହେବା ଦରକାର ଏବଂ ସତ୍ୟ-ସୁନ୍ଦର ହେବା ଆବଶ୍ୟକ। ଯେଉଁଠି ସତ୍ୟ ରହିଛି, ସେଇଠି ବ୍ୟାପକତା ରହିଛି। ସେଇଠି ଅମରତ୍ୱ ରହିଛି ଏବଂ ସେଇଠି ଆକର୍ଷଣ ମଧ ରହିଛି। ଏଥିରେ ଜୀବନ ଓ ସମାଜର ସତ୍ୟ ରହିଛି ଏବଂ ସେ ସତ୍ୟକୁ ଉପସ୍ଥାପନ ବା ବ୍ୟକ୍ତ କରିବାର ପ୍ରକ୍ରିୟାରେ ସୌନ୍ଦର୍ଯ୍ୟର ଗୁରୁତ୍ୱ ରହିଛି। ଯେଉଁଠି ସତ୍ୟ ନାହିଁ ଏବଂ ସତ୍ୟର ସୌନ୍ଦର୍ଯ୍ୟ ନାହିଁ, ସେଇଠି ସାହିତ୍ୟ ନାହିଁ। ସେହି ମର୍ମରେ ଅଗଷ୍ଟ ସ୍ଟ୍ରିଣ୍ଡବର୍ଗ କହିଥିଲେ ଯେ ସାହିତ୍ୟ ହେଉଛି ମୁଦ୍ରିତ ନିର୍ବୋଧତା।

ସାହିତ୍ୟିକ ସତ୍ୟଶୀଳ, ବିବେକଶୀଳ, ସହନଶୀଳ, ସମ୍ବେଦନଶୀଳ ଏବଂ ସର୍ବୋପରି ପ୍ରଗତିଶୀଳ ହେବା ଦରକାର। ଏହା ହିଁ ସାହିତ୍ୟର ସୌନ୍ଦର୍ଯ୍ୟ। ସାହିତ୍ୟର ପ୍ରାଣ ଏକ ସାମାଜିକ ସମ୍ବେଦନ ଉପରେ ଗତିଶୀଳ। ଜଜ୍ ଏମ୍.ଟି. ମାନ୍ଟନ୍ କହିଥିଲେ ଯେ ସାହିତ୍ୟ ସାଧାରଣ ଲୋକଙ୍କ ପାଇଁ ବଞ୍ଚେ ଏବଂ ସେମାନଙ୍କ ବିଭିନ୍ନ ସ୍ଥିତି ପ୍ରତି ସଚେତନ ଓ ସମ୍ବେଦନଶୀଳ ରହେ। କ୍ଲାନ୍ତ ମନରେ ଆନନ୍ଦ ଆଣିବା, ଦୁଃଖୀ ମନରେ ଖୁସି ଆଣିବା, ବିରସ ମନରେ ଆହ୍ଲାଦ ଆଣିବା ଏବଂ ମଣିଷର ବିଭିନ୍ନ ପ୍ରତିକୂଳ ଅବସ୍ଥା ସତ୍ତ୍ୱେ ତା'ମନରେ ଜୀବନ ପ୍ରତି ଆଗ୍ରହ ଓ ଉନ୍ମାଦ ଆଣିବା ସାହିତ୍ୟର ଉଦ୍ଦେଶ୍ୟ ହେବା ଦରକାର।

ଏକ ସଫଳ ସୃଷ୍ଟି ହେଉଛି ସର୍ଜନା କର୍ମର ପ୍ରକୃତ ପାରିଶ୍ରମିକ ବା ପୁରସ୍କାର। ସେଇ ଆଧାରରେ ସ୍ରଷ୍ଟା ଅମୃତ ଆନନ୍ଦ ପାଇଥାଏ। ପରେ ଗ୍ରାହକ ବା ପାଠକମାନଙ୍କ ପାଖରୁ ପ୍ରଶଂସା ଓ ସ୍ୱୀକୃତି ମାଧମରେ ଯାହା ମିଳେ, ତାହା ସ୍ରଷ୍ଟା ଲାଗି ଅତିରିକ୍ତ ଆନନ୍ଦ। ସୃଷ୍ଟିରୁ ପାଠକ ଯେଉଁ ଆନନ୍ଦ ପାଏ, ସେଥିଲାଗି ପ୍ରଶଂସା ଓ ଧନ୍ୟବାଦ ଦ୍ୱାରା ସେ ସ୍ରଷ୍ଟାକୁ କୃତଜ୍ଞତା ଜଣାଏ। ଆମେ ମନେ ରଖିବା ଉଚିତ୍ ଜଣେ ସତ୍ ସାହିତ୍ୟିକ ଯଶ, ପ୍ରଶଂସା ଓ ପୁରସ୍କାର ପାଇଁ ସାହିତ୍ୟ ଲେଖେ ନାହିଁ। ଏହା ତା'ର ବୃତ୍ତି ନୁହେଁ, ପ୍ରାଣ ପ୍ରବୃତ୍ତି। ସାହିତ୍ୟ ରଚନା ପଛରେ ପ୍ରକୃତରେ କୌଣସି ଉଦ୍ଦେଶ୍ୟ ନ ଥାଏ। ଅନ୍ତର୍ନିହିତ ଚେତନା ଓ ପ୍ରାଣ ପ୍ରବୃତ୍ତିର ସ୍ୱତଃସ୍ଫୂର୍ତ ଅଭିବ୍ୟକ୍ତି ହେଲା ସାହିତ୍ୟ ସୃଷ୍ଟି ପଛରେ ଥିବା ଅନୁପ୍ରେରଣା। ସାହିତ୍ୟ ସୃଷ୍ଟି ସାହିତ୍ୟିକର ଧର୍ମ। ତା'ର ଧର୍ମ ପାଳନ କରିବାରେ ବାଧା ଉପୁଜିଲେ, ତା'ର ସ୍ୱାଧୀନତା ବ୍ୟାହତ ହେଲେ ସେ ବିଦ୍ରୋହ କରେ। ଏହି ବିଦ୍ରୋହରୁ ସାହିତ୍ୟକୁ ଆସେ ଉଦ୍ଦେଶ୍ୟ। ସ୍ରଷ୍ଟାର ସ୍ଥିତି ଓ ସୁରକ୍ଷା ପାଇଁ ସାହିତ୍ୟର ଏହି ଲକ୍ଷ୍ୟ ଓ ଉଦ୍ଦେଶ୍ୟ ଆଦୌ ଦୋଷାବହ ନୁହେଁ ବରଂ କାମ୍ୟ। ମାତ୍ର ଆଜିର ସମୟରେ ଦେଖା ଯାଉଥିବା ସବୁ ସାହିତ୍ୟିକମାନେ ପ୍ରକୃତରେ ସାହିତ୍ୟିକ ନୁହନ୍ତି।

ଲେଖକଟିଏ ବିଚିତ୍ର ବା ବିସ୍ମୟ ସୃଷ୍ଟି ନୁହେଁ; ସେ ଏ ମାଟିର ଜଣେ ସାଧାରଣ ମଣିଷ। ଯିଏ ମାଟିରୁ ରସ ଓ ମଣିଷଠୁ ଭାବ ନେଇ ନିଜ ରଚନାକୁ ସମୃଦ୍ଧ କରେ। ସମାଜଠୁ କେବେ ସେ ଦୂରେଇ ଯାଇ ପାରିବ ନାହିଁ। ସମାଜର ସମସ୍ତ ଘଟଣାର ସ୍ୱାକ୍ଷର ସେ ବହନ କରେ ନିଜ ରଚନା ମାଧମରେ। ତା'ର ଅଭୀପ୍ସା ଯେତେ ଆକାଶଚୁମ୍ବୀ

ହେଉନା କାହିଁକି ବାମନଙ୍କ ପରି ତା'ର ତୃତୀୟ ପାଦଟା ମାଟିରେ ପଡ଼ିବା ସ୍ୱାଭାବିକ। ବ୍ୟକ୍ତିଟିଏ ଭାବେ ଲେଖକ ଯାହାପାଏ ତା'ର କାଣିଚାଏ କଅଣ ସମାଜକୁ ଫେରାଇପାରେ ପ୍ରତିଦାନରେ। ସର୍ବଦା ସମାଜ ପାଖରେ ଋଣୀ ହେବା ଛଡ଼ା ଆଉ କଅଣ ବା ଦେଇପାରେ ଲେଖକ ? ସେ ସମାଜ ଭିତରେ ସମସ୍ତେ ଅନ୍ତର୍ଭୁକ୍ତ ହୋଇଥାଆନ୍ତି। ଏ ଦୃଷ୍ଟିରୁ ଦେଖିଲେ ଲେଖକଟି କେବେ ବି ସାମାଜିକ ଦାୟବଦ୍ଧତାରୁ ଓହରି ପାରିବ ନାହିଁ। ସଜ୍ଜା ଲେଖକଟିଏ ପାଇଁ ଫଳକ ଓ ମାନପତ୍ର କେବଳ ଛଦ୍ମ ସ୍ୱୀକୃତି ଛଡ଼ା ଆଉ ଅନ୍ୟ କିଛି ଦିଏ ନାହିଁ। ପୁରସ୍କାର ପ୍ରାପ୍ତି ଓ ଅପ୍ରାପ୍ତିରୁ ନିରାସକ୍ତ ଭାବେ ଲେଖକ ସମଦୂରତା ବଜାୟ ରଖିବା କଥା। ଆହୁରି ମଧ୍ୟ ଭାରତରେ ପୁରସ୍କାର ସ୍ୱରୂପ ଲେଖକ ଏତେ ଟଙ୍କା ବି ପାଏ ନାହିଁ ଯେ ସେ ସାରା ଜୀବନ ଏଥିରେ ସୁରୁଖୁରୁରେ (ଆରାମରେ) ଚଳିଯିବ। ତା'ର ସମ୍ମାନ ବି ତାକୁ ଚିରଞ୍ଜୀବୀ କରେ ନାହିଁ। ଲେଖକଟିକୁ ତା'ର ରଚନା ଓ ଯୁଗଯନ୍ତ୍ରଣାର ସ୍ୱର ହିଁ ଦୀର୍ଘାୟୁ କରେ। ଅର୍ଥ, ସମ୍ମାନ, ପୁରସ୍କାରର ପ୍ରହେଲିକା ଭିତରେ ବୁଡ଼ି ନରହି ଲେଖକ ଏକ ସାମାଜିକ ପ୍ରତିବଦ୍ଧତାର ସ୍ୱର ଛୁଟାଉ। କାରଣ ଜୋସେଫ ଷ୍ଟାଲିନଙ୍କ ଭାଷାରେ – "ଲେଖକମାନେ ହେଉଛନ୍ତି ମଣିଷ ଆମ୍ଭାର ଇଞ୍ଜିନିୟର। ପ୍ରତିଟି ସ୍ରଷ୍ଟାର ଧର୍ମ ନିଜ ଭିତରୁ ଉତୁରି ଆସୁଥିବା ଗୂଢ଼ତତ୍ତ୍ୱ ମାନଙ୍କୁ ରୂପ ଦେବା।"

ସାହିତ୍ୟରେ ବିଦ୍ରୋହର ଅନିବାର୍ଯ୍ୟତାର କାରଣ ହେଲା, ଆମେ ଜାଣୁ ସୌନ୍ଦର୍ଯ୍ୟବୋଧ ହେଉଛି ସାହିତ୍ୟର ଉସ୍, ଉପାଦାନ ଓ ଜୀବନର ସଂହତି। ଜଗତ ଓ ଜୀବନର ଏହି ସଂହତି ଉପରେ ଯେତେବେଳେ ଆକ୍ରମଣ ହୁଏ, ତା'ର ସୌନ୍ଦର୍ଯ୍ୟ ପ୍ରଦୂଷିତ ଓ କଲୁଷିତ ହେବାକୁ ଲାଗେ। ସେତେବେଳେ ସ୍ରଷ୍ଟା ବିଦ୍ରୋହୀ ହୋଇଉଠେ। ଯେଉଁଠି ସେ ଦ୍ରୋହ ଦେଖେ ସେଠି ତା'ର ବିରୋଧରେ ଛିଡ଼ାହୁଏ। ବିଧି, ବ୍ୟବସ୍ଥା, ସମାଜ ଓ ଆନୁଷ୍ଠାନ ଯେଉଁଠି ସେ ଦ୍ରୋହ ଦେଖେ ତା' ବିରୋଧରେ ସାହିତ୍ୟ ସ୍ରଷ୍ଟା ସ୍ୱର ଉତ୍ତୋଳନ କରେ, ପ୍ରତିବାଦକରେ ପ୍ରଶ୍ନ ଛିଡ଼ା କରାଏ। ତେଣୁ ସାହିତ୍ୟର ଦୁଇଟି ମୁଖ୍ୟ ସ୍ୱର ରହିଥାଏ। ତାହାହେଲା ପ୍ରେମ ଓ ବିଦ୍ରୋହ। ଧ୍ୱଂସ ନୁହେଁ। ସୃଷ୍ଟିଶୀଳତା ସ୍ରଷ୍ଟାର ଧର୍ମ। ତେଣୁ ସ୍ରଷ୍ଟାର ବିଦ୍ରୋହରେ ହିଂସା, ଘୃଣା ଓ ଯୁଦ୍ଧ ନ ଥାଏ। ତା'ର କ୍ରୋଧରେ ବି ରହିଥାଏ ପ୍ରେମ। ଜଗତ ଓ ଜୀବନକୁ ସଜାଡ଼ିବା ଓ ସଂଖୋଳିବାର ଗୋଟେ ସ୍ୱପ୍ନ ତା' ପାଖରେ ଥାଏ।

ପେଟ ପାଟଣା ଓ ସଂସାର ପାଇଁ ଚାକିରି କରୁଥିବା ସାରସ୍ୱତ ପୁରୁଷଟି ଯେ ସାଧାରଣ କର୍ମଜୀବୀଠାରୁ ନିଆରା। ବଂଶବାର ସ୍ପୃହା ଓ ପେଟର ଭୋକ ଯେ ସାରସ୍ୱତ ପୁରୁଷର ବିବେକ ଓ ସାଧୁତାକୁ ମାରେ ନାହିଁ, ଗଦା ଗଦା ପାଣ୍ଡୁଲିପି ରଚି ଭୋକ ସମ୍ଭାଳି ଯେ ଶ୍ରୀମନ୍ତ ରାଜପୁରୁଷଟିଏ ସାହିତ୍ୟକୁ ବଞ୍ଚାଏ ନାହିଁ। ପେଟ ଖାଲି ରହିଲେ ଅର୍ଥାତ ଭୋକରେ ଆଉଟି ପାଉଟି ହେଲେ ପ୍ରଭୁଙ୍କ ଭଜନତ ଦୂରର କଥା ଆମ ମଗଜରେ କିଛି କଥା ବି ପଶିନଥାଏ। ବିଶ୍ୱବିଖ୍ୟାତ ଔପନ୍ୟାସିକା ଭର୍ଜିନିଆ ଉଲଫଙ୍କ ମତରେ – "ଠିକ୍ ଭାବରେ ପେଟରେ ଗଣ୍ଡାଏ ନ ପଡ଼ିଲେ ଉଚିତ ବିଚାର, ସ୍ନେହ, ଶ୍ରଦ୍ଧା ତଥା ଶୋଇବା ସମ୍ୟକପର ହୋଇନଥାଏ। ସାହିତ୍ୟକୁ ଯେ ବଞ୍ଚାଏ ପ୍ରବଳ ଜୀବନ ବୋଧର କର୍ମମୟତା ତଳେ ଭବିଷ୍ୟତ ପାଇଁ ସଜାଡ଼ି ହୋଇ ରହିଯାଉଥିବା ପ୍ରାଣବନ୍ତ ପ୍ରତିଭାବାନମାନଙ୍କ ନିରବଚ୍ଛିନ୍ନ ଉଦ୍ୟମ ଓ ନିଷ୍ଠାପରତା।

ସତୀ; ମୁଁ ତ ସମୂଳରୁ ପ୍ରେମ ଜାଣିନି। ପ୍ରେମିକା ହେବି କେମିତି ? ବ୍ୟର୍ଥ ପ୍ରେମିକା ହେବା ଯାଇ କେଉଁଠି ? ମୋତେ ଭଲା ଟିକେ ପ୍ରେମ କରିବା ଶିଖାଇ ଦିଅନ୍ତୁ। ପ୍ରେମିକା ହେବା ବାଟ ବତାଇ ଦିଅନ୍ତୁ। ପ୍ରଣୟର ଉପାୟ କହି ଦିଅନ୍ତୁ। ପ୍ରେମ କରିବାର ପଦ୍ଧତି ଯାହାକୁ ତୁ (ଖୁବ୍) ବେଶ ଭଲଭାବରେ ଆୟତ କରିପାରିଛୁ ମୋତେ ତାହା ଜଣାଇ ଦିଅନ୍ତୁ ନ ହେଲେ ମୋର (ମୁଁ ପ୍ରେମିକା ନ ହୋଇ କିୟା ଆଦୌ ପ୍ରେମ ନ କରି) ସେ କବିତ୍ୱ ଭାବ ଆସିବ କୁଆଡ଼ୁ ଯେ ମୋ କଥାରେ କବିତା ଫୁଟିବ। କହିବୁ ଯଦି ମୁଁ ସେ ବିଷୟରେ ତୋ ପାଖରେ ଟିଉସନ ହୁଅନ୍ତି। ତୁ ସେ ଟିଉସନ ବାବଦକୁ କେତେ ଫି (ପାରିଶ୍ରମିକ) ନେବୁ କହିନି ?

ସତୀ ସର୍ବ ପ୍ରଥମେ ପ୍ରେମ ଖେଳର ନିୟମ ଶିଖିବା ଦରକାର। ତେବେ ଯାଇ ଯେ କୌଣସି ଖେଳାଳିଙ୍କଠାରୁ ଭଲ ଖେଳି ପାରିବ। ଯେମିତି ଜୀବନ ଯଦି ଏକ ଖେଳ, ତେବେ ଏହାକୁ ଖେଳିବା ପାଇଁ ସ୍ୱତନ୍ତ୍ର ନିୟମ ମଧ୍ୟ ରହିଛି। ତୋ' ପାଖରୁ ସିନା ଆଗ ପ୍ରେମର ନିୟମ ସବୁ ଜାଣିଲେ ଓ ପ୍ରେମ ଖେଳ ଭଲ ଭାବରେ ଶିଖିଲେ ଯାଇ ତୋତେ ପ୍ରେମରେ ପରାସ୍ତ କରି ତାଙ୍କୁ ତୋ'ଠାରୁ ଛଡ଼ାଇ ଆଣି ନିଜର କରିପାରିବି। ନହେଲେ କେମିତି ହେବ ?

"ସୁନି ତୁ କବି ହୁଅ ବା ନ ହୋଇ ପାର। ତା'ତ ଦୂରର କଥା। ତୋ' କଥାରେତ ଦର୍ଶନତତ୍ତ୍ୱ ପୂର୍ଣ୍ଣମାତ୍ରାରେ ରହିଛି। ତୁ ଠିକ୍ ଜଣେ ପ୍ରସିଦ୍ଧ ଦାର୍ଶନିକଙ୍କ ପରି କଥା କହୁଛୁ।"

"ସତୀ; ଜଗତ (ସଂସାର) ଓ ଜୀବନ ସମ୍ବନ୍ଧରେ ଅନେକ ଅଭିଜ୍ଞତା ହାସଲ କରିପାରିଥିବା ବ୍ୟକ୍ତିମାନେ ହିଁ ଦାର୍ଶନିକ ହୋଇ ପାରିଥାଆନ୍ତି। ଚିନ୍ତାଶୀଳ ଲୋକ ବିଶେଷତଃ ଭାବୁକମାନେ ହିଁ ଦାର୍ଶନିକ ହୋଇଥାଆନ୍ତି। ଯିଏ ସଂସାରକୁ ଠିକ୍ ଭାବରେ ଚିହ୍ନିଥାଏ ଏବଂ ଅନ୍ୟମାନଙ୍କୁ ଚିହ୍ନାଇ ଦେଇପାରେ- ଯିଏ ଦୁନିଆର ପ୍ରକୃତ ସ୍ୱରୂପକୁ ଅବଲୋକନ କରିପାରିଥାଏ ଓ ଅନ୍ୟମାନଙ୍କୁ ତାହା ଦେଖାଇ ପାରେ। ଯିଏ ପ୍ରକୃତିର ଭାଷା ପଢ଼ିବାକୁ ସକ୍ଷମ ହୋଇପାରେ ଆଉ ଅନ୍ୟମାନଙ୍କୁ ସେ ପାଠ ପଢ଼ାଇବାର ଦକ୍ଷତା ଯା'ର ଥାଏ। ଯିଏ ସମାଜର ପ୍ରଚଳିତ ବିଦ୍ୟାରେ ପାରଙ୍ଗମତା ହାସଲ କରିଛି ଏବଂ ସେ ବିଦ୍ୟାକୁ ବିତରଣ କରିବାର କଳା କୌଶଳ ଯିଏ ଆୟଉ କରିପାରିଛି। ଯିଏ ନୂତନ ଦିଗ୍‌ଦର୍ଶନ ଦେବାକୁ ଚେଷ୍ଟାରତ। ଅନ୍ଧକାରରୁ ଆଲୋକ ଆଡ଼କୁ ନେଇଯିବାର ଦକ୍ଷତା ଯାରଥାଏ। ବୁଦ୍ଧିଜୀବୀମାନଙ୍କର ସମର୍ଥନ ହାସଲ କରିପାରିବାର ସାମର୍ଥ୍ୟପଣ ଥିବା ବ୍ୟକ୍ତିଟି ହିଁ ଦାର୍ଶନିକ ପଦବାଚ୍ୟ ହେବାକୁ ଯୋଗ୍ୟ ଏବଂ ସେ ବିଷୟରେ ଅଧିକ ଅଭିଜ୍ଞତା ଆହରଣ ଲାଗି ଅଧିକାଂଶ ସମୟରେ ସେ ଗଭୀର ଭାବରେ ଧ୍ୟାନମଗ୍ନ ରହିଥାଏ। ମୁଁ ତ ଚକଟକିତାଏ ସବୁବେଳେ ବକବକ ହେଉଥାଏ। କେବେ ନିରବରେ ବସିରହି ଚିନ୍ତାରେ ବୁଡ଼ିପାରିଛି ଯେ ଅଭିଜ୍ଞତା ହାସଲ କରିବାକୁ ସକ୍ଷମ ହେବି। ଆଉ ତୁ ଭଲ ଭାବରେ ମନେରଖ ସତୀ ଅଭିଜ୍ଞତା କାହାରିକୁ କେବେ ବି ପ୍ରାପ୍ତ ହୋଇନଥାଏ। ପରିସ୍ଥିତି, ପରିବେଶ, ସାମାଜିକ ବିଧି ବ୍ୟବସ୍ଥା, ସଂସାରର ଜଞ୍ଜାଳ ଦୁରାବସ୍ଥା ଏବଂ ତା'ଉପରେ ପଡ଼ୁଥିବା ତା' ଚାରିପଟର ପାରିପାର୍ଶ୍ୱିକ ପ୍ରଭାବର ଅନୁଭବର ଅନୁଭୂତି ମଣିଷକୁ ଅନୁଭବୀ କରାଇ ଦେଇଥାଏ। ଆଉ ଅନୁଭବ ବିନା ଅନୁଭୂତି ଆସିନଥାଏ। ଅନୁଭୂତି ବ୍ୟତିରେକେ ଅଭିଜ୍ଞତା ମିଳିନଥାଏ ଏବଂ ଅନୁଭବ ସିଦ୍ଧ ଅନୁଭୂତି ହିଁ ପ୍ରକୃତ ଅଭିଜ୍ଞତା।

ସୁନି କହି ଚାଲିଥାଏ। "ସତୀ ତୁ କହୁଛୁ, ଆମେ ମନ୍ଦିରରେ ଥିବା ବେଳେ ସିଏ ଆସି ପାଦୁକ ପାଇବା ପାଇଁ ଆମ ପାଖରେ ଠିଆ ହେଲେ। ଆମେ ତାଙ୍କୁ ପାଦୁକ ନ ଦେଇ ଅଣଦେଖା କରିବାଟା ନିହାତି ମାରାତ୍ମକ ଭୁଲ ହୋଇ ଥାଆନ୍ତା। ଦେବତାଙ୍କ ମନ୍ଦିରରେ, ଦିଅଁଙ୍କ ପୀଠରେ, ଠାକୁରଙ୍କ ବିଜେ ସ୍ଥଳରେ ତାଙ୍କ ପାଦୁକ ପାଇବାକୁ ଇଚ୍ଛୁକ ଥିବା ବ୍ୟକ୍ତିଙ୍କୁ ପାଦୁକ ଦେବାକୁ ସାମର୍ଥ୍ୟ ଥାଇ ନଦେବା ନିଶ୍ଚିତ ଭାବରେ ଏକ ଅପରାଧ ପ୍ରବଣ କର୍ମରେ ଅନ୍ତର୍ଭୁକ୍ତ ହେବ। ସତୀ ତୁ ବୁଝୁନୁ କାହିଁକି ମଣିଷ ମାତ୍ରେ ହିଁ ଭୁଲ କରିଥାଆନ୍ତି। ଆଉ ସେ ଭୁଲ କର୍ମରୁ ଅପରାଧ ସୃଷ୍ଟି ହୋଇଥାଏ। ମହାପ୍ରଭୁ ରାମଚନ୍ଦ୍ର ଯାହାଙ୍କୁ ଆମେ ସ୍ୱୟଂ ଭଗବାନଙ୍କର ଅବତାର ଭାବେ ଗ୍ରହଣ କରି ପୂଜା କରନ୍ତି। ସେହି ସତ୍ୟ ନିଷ୍ଠ ରାମଚନ୍ଦ୍ର, ଭାଇ ସୁଗ୍ରୀବ ସହିତ ଯୁଦ୍ଧରତ ବାଲିକୁ ନିମ୍ୟ ଗଛ ଉହାଡ଼ରେ ଲୁଚିରହି ଶରାଘାତ କରିଥିଲେ। ଯେଉଁ କୃଷ୍ଣଙ୍କ ନାମକୁ ଜପିଲେ ମୁକ୍ତିମିଳେ ବୋଲି ଆମ ସଂସାରୀ ଲୋକମାନଙ୍କର ଦୃଢ଼ ଧାରଣା ରହିଛି। ସେହି ନାରାୟଣଙ୍କ ଅଂଶରେ ଜନ୍ମଲାଭ କରିଥିବା କୃଷ୍ଣ ତାଙ୍କ ମାଇଁ ରାଧାଙ୍କ ସହିତ ପ୍ରେମ (ପାପ ସମ୍ପର୍କ) କରୁଥିଲେ। ପୁଣ୍ୟ ଶ୍ଳୋକ ଧର୍ମରାଜ ଯୁଧିଷ୍ଠିର ସ୍ୱର୍ଗାରୋହଣ ବେଳେ ମନରେ କପଟ ରଖି ନିଜ ମା'ପେଟର ସହୋଦର ଭାଇଙ୍କୁ ସ୍ୱଦେହରେ ସ୍ୱର୍ଗକୁ ଯିବାର ସୌଭାଗ୍ୟରୁ ବଞ୍ଚିତ କରିଥିଲେ। ମହାପ୍ରଭୁ ଜଗନ୍ନାଥଙ୍କୁ ପ୍ରତିଷ୍ଠା କରିଥିବା ରାଜା ଇନ୍ଦ୍ରଦ୍ୟୁମ୍ନଙ୍କ ମହାପ୍ରଭୁ ନିଜେ ନିର୍ଦଂଶ କରି ଦେଇଥିଲେ। ଯେଉଁ ଗାନ୍ଧୀଙ୍କୁ ଆମେ ମହାତ୍ମା ବୋଲି ନିଃସଙ୍କୋଚରେ ମାନି ନେଇଛନ୍ତି

ଓ ଜାତିର ଜନକ ଭାବରେ ନିର୍ଦ୍ଧନ୍ଦ୍ୱରେ ସ୍ୱୀକାର କରୁଛନ୍ତି । ସେହି ଗାନ୍ଧୀ ହିଁ ଗଣତାନ୍ତ୍ରିକ ପଦ୍ଧତିରେ ନିର୍ବାଚିତ ସୁଭାଷଚନ୍ଦ୍ର ବୋଷଙ୍କୁ କଂଗ୍ରେସର ସଭାପତି ଭାବରେ ଗ୍ରହଣ କରି ନଥିଲେ ଏବଂ ଦେଶର ସତରଟି ପ୍ରଦେଶ ମଧରୁ ତେରଟି ପ୍ରଦେଶ ସର୍ଦ୍ଦାର ପଟେଲଙ୍କୁ ପ୍ରଧାମନ୍ତ୍ରୀ ହେବାପାଇଁ ସୁପାରିସ କରିଥିଲା ବେଳେ ତା'ତଳକୁ ସମର୍ଥନ ପାଇଥିଲେ ଆଚାର୍ଯ୍ୟ କୃପାଲିନ୍ । ନେହରୁଙ୍କୁ କୌଣସି ଗୋଟିଏ ହେଲେ ପ୍ରଦେଶରୁ ଆଦୌ ସମର୍ଥନ ମିଳିନଥିଲା । କିନ୍ତୁ ଜାତିର ଜନକ, ସତ୍ୟର ପୂଜାରୀ, ଅହିଂସାର ପ୍ରବର୍ତ୍ତକ ଗାନ୍ଧୀହିଁ ସର୍ବ ପ୍ରଥମେ ଭାରତର ଗଣତନ୍ତକୁ ଅତି ନିର୍ମମ ଭାବେ ହତ୍ୟାକରି ନେହରୁଙ୍କୁ ଦେଶର ପ୍ରଥମ ପ୍ରଧାନମନ୍ତ୍ରୀ ହେବାର ସୁଯୋଗ ଦେଲେ ।

ଯେଉଁମାନେ ଏପରି ଅବିବେକୀ ଅମଣିଷ ପଣିଆର କର୍ମ କରିଗଲେ ସେମାନେ ମଧ ଦୋଷମୁକ୍ତ ହେବା ପାଇଁ ନିଜ ସପକ୍ଷରେ ଯୁକ୍ତି ଉପସ୍ଥାପନ କରିଯାଇଛନ୍ତି । ପତ୍ନୀ ସୀତାଙ୍କ ଉଦ୍ଧାର ଲାଗି ଲଙ୍କା ଅଭିଯାନକୁ ଆଖି ଆଗରେ ରଖି ନିଜ ସହିତ ଶତ୍ରୁତା ନଥିବା ଓ ନିଜର ପ୍ରତିଦ୍ୱନ୍ଦ୍ୱୀ ନ ହୋଇ, ଆପଣା ଭାଇ ସୁଗ୍ରୀବ ସହିତ ଯୁଦ୍ଧରତ ବାଲିକୁ ସତ୍ୟସନ୍ଧ ରାମଚନ୍ଦ୍ର ଗଛ ଉହାଡ଼ରେ ଲୁଚିରହି କାପୁରୁଷୋଚିତ ଭାବେ ଶରାଘାତ କରିଥିଲେ । ନିଜ ଉପରୁ ଦୋଷ ଖସାଇ ଦେବାକୁ ଯାଇ ଉପଲକ୍ଷ୍ୟ ଦେଲେ ଯେ –ମାତା, ଭଗ୍ନୀ, ଭାତୃବଧୂ ଓ କନ୍ୟା ସହିତ ପାପ ସମ୍ପର୍କ ରଖ୍ଥିବା ବ୍ୟକ୍ତିର ସଂସାରରେ ବଞ୍ଚି ରହିବାର କୌଣସି ଅଧିକାର ନାହିଁ । ଏ ଯୁକ୍ତିକୁ ଠିକ୍ ବୋଲି ସ୍ୱୀକାର କଲେ ଅନ୍ୟ ଏକ ଅବତାର କୃଷ୍ଣ ମାତୃ ସ୍ଥାନୀୟା ମାଈଁ ରାଧାଙ୍କ ସହିତ ରାସ ରଚି ବଞ୍ଚିରହିବାର ଅଧିକାର ହରାଇଥିଲେ । ମାମୁ ଚନ୍ଦ୍ରସେଣାଙ୍କ ନପୁଂସକ ଦୋଷରୁ ମାଈଁଙ୍କ ବିରହ ଜନିତ ବ୍ୟଥା ଦୂର କରିବା (ପାଇଁ) ଲାଗି ଭଣଜା କୃଷ୍ଣ- ରାଧାରାଣୀଙ୍କ ସହିତ କୁଞ୍ଜରେ ରାସ ରଚୁଥିଲେ । ସ୍ୱ ଦେହରେ ସ୍ୱର୍ଗକୁ ଗଲେ ଦୁଷ୍ଟ ବୁଦ୍ଧି ମୂର୍ଖ ପ୍ରକୃତିର ଭୀମ ସ୍ୱର୍ଗରାଜ୍ୟରେ ଅନର୍ଥ ଘଟାଇବ ବୋଲି ଆଶଙ୍କା କରି ଧର୍ମରାଜ ଯୁଧିଷ୍ଠିର ତାଙ୍କୁ ସାଥୀରେ ସ୍ୱର୍ଗକୁ ନେବାକୁ ଚାହୁଁନଥିଲେ । ଶବର ଶରାଘାତ କୃଷ୍ଣ ପ୍ରାଣର ସଖା ଅର୍ଜୁନଙ୍କ ସାନିଧ ଚାହୁଥିଲା ବେଳେ ଅର୍ଜୁନ ତାଙ୍କୁ ଛୁଇଁବାକୁ ଜ୍ୟେଷ୍ଠ ଭାତ୍ରାଙ୍କର ଆଦେଶ ନାହିଁ ବୋଲି କହି ଜ୍ୟେଷ୍ଠାଦେଶ ଲଂଘନ ଅପରାଧରେ ଭାଗି ହେବାଲାଗି ତାଙ୍କୁ ଛୁଇଁବା ପାଇଁ ନିଜର ଅକ୍ଷମତା ପ୍ରକାଶ କରିଥିଲେ । ରାଜା ଇନ୍ଦ୍ରଦ୍ୟୁମ୍ନ ନିଜେ ନିବଂଶ ହେବାକୁ ବରମାଗି କହିଥିଲେ– ବଂଶଧରମାନେ ରହିଲେ ସେମାନେ ଭବିଷ୍ୟତରେ କହିବେ "ଆମର ପୂର୍ବପୁରୁଷ ଏ ମନ୍ଦିର ନିର୍ମାଣ କରିଛନ୍ତି ।" ଯାହା ଯୋଗୁ ମୋର ଧର୍ମନଷ୍ଟ ହେବ । ଦେଶର ସତରଟି ପ୍ରଦେଶ ମଧରୁ ତେରଟି ପ୍ରଦେଶ ସର୍ଦ୍ଦାର ପଟେଲଙ୍କୁ ପ୍ରଧାନମନ୍ତ ହେବାକୁ ସୁପାରିସ କରିଥିବାବେଳେ କୌଣସି ପ୍ରଦେଶରୁ ଆଦୌ ସମର୍ଥନ ପାଇନଥିବା ଜବାହାରଙ୍କୁ ପ୍ରଧାନମନ୍ତ୍ରୀ କରିବା ପାଇଁ ଗାନ୍ଧି ଦେଶ ବିଭାଜନକୁ ଗ୍ରହଣ କରିଥିଲେ । ମାତ୍ର ନିଜ ଉପରୁ ଦୋଷ ଟାଲି ଦେବା ପାଇଁ ସଫେଇ ଦେଇଥିଲେ ଇଂଲଣ୍ଡର ହାରୋ ଓ କେମ୍ବ୍ରିଜରୁ ପାଠପଢ଼ି ପରେ ବାରିଷ୍ଟର ହୋଇଥିବାରୁ କ୍ଷମତା ହସ୍ତାନ୍ତର ସମୟରେ ନେହରୁ ଇଂରେଜମାନଙ୍କ ସହିତ ଇଂଲିଶରେ ଭଲ ବାର୍ତ୍ତାଳାପ କରିପାରିବେ । ପ୍ରକାଶ ଥାଉକି ସର୍ଦ୍ଦାର ପଟେଲ ମଧ ଇଂଲଣ୍ଡରୁ ବାରିଷ୍ଟର ପାଶ କରିଥିଲେ । ଗାନ୍ଧିଜୀଙ୍କ ଦୃଷ୍ଟିରେ ବୋଧେ ସମଗ୍ର ଭାରତ ବର୍ଷରେ କେବଳ ଏକମାତ୍ର ବ୍ୟକ୍ତି ଜବାହର ଭଲ ଇଂଲିଶ କହି ପାରୁଥିଲେ କିଆ ତାଙ୍କ ପରି ଆଉ କୌଣସି ଭାରତୀୟ ପରିଷ୍କାର ଇଂଲିଶରେ କଥାବାର୍ତ୍ତା କରିପାରୁ ନଥିଲେ । ସାତ ଦଶନ୍ଧି ପରେ ଗାନ୍ଧିଜୀଙ୍କ ଏପରି ମନ୍ତବ୍ୟ ଅତ୍ୟନ୍ତ ହାସ୍ୟାସ୍ପଦ ମନେହୁଏ । ଗାନ୍ଧୀ ଇଂରାଜୀ ଭାଷାରେ ଅତ୍ୟନ୍ତ ଦୁର୍ବଳ ଥିବାରୁ ସାମଲ ଦାସ କଲେଜରେ ଇଂରାଜୀ ବୁଝି ନ ପାରି ଶିକ୍ଷା ପ୍ରତି ବିତୃଷ୍ଣ ହୋଇ ପଢ଼ିଥିଲେ । ପାରମ୍ପରିକ କଲେଜ ବଦଳରେ ଗାନ୍ଧି ପରିବାର ଶୁଭେଚ୍ଛୁ ଉପଦେଷ୍ଟା ମାଲବୀ ଯୋଷୀଙ୍କ ଉପଦେଶ କ୍ରମେ ବାରିଷ୍ଟରୀ ପଢ଼ିବାକୁ ଇଂଲଣ୍ଡ ଯାଇଥିଲେ । ଶୁଣିବାକୁ ମିଳେ ଇଂଲଣ୍ଡରୁ ବାରିଷ୍ଟରୀ ପାସ କରିଥିବା ସତ୍ତ୍ୱେ ସୁଦ୍ଧା ଗାନ୍ଧୀ ଇଂଲିଶରେ ଭାରି ଦୁର୍ବଳ ଥିଲେ । ସେ ସ୍ୱସ୍ଥ ଇଂରାଜୀ କହିପାରୁ ନ ଥିଲେ । ସାରା ବିଶ୍ୱର ଗଣତନ୍ତ୍ରରେ କେବଳ ଭାରତ ବର୍ଷରେ ଆଦୌ ସମର୍ଥନ ପାଇ ନ ଥିବା

ଜଣେ ବ୍ୟକ୍ତି ପ୍ରଧାନମନ୍ତ୍ରୀ ପଦ ଲାଗି ଯୋଗ୍ୟ ବିବେଚିତ ହୋଇପାରିଥିଲେ । ଅନ୍ୟ କୌଣସି ଗଣତନ୍ତ୍ର ଦେଶରେ ଏପରି କେବେ ହୋଇନାହିଁ କିୟା ହୋଇ ପାରିବନି ଅଥବା ହୋଇଥିବାର ନଜିର ନାହିଁ । କେବଳ ଭାରତରେ ଗଣତାନ୍ତ୍ରିକ ପଦ୍ଧତିରେ ନିର୍ବାଚିତ ଜଣେ ସଭାପତିଙ୍କୁ ସ୍ୱୀକାର କରାଯାଇ ନ ଥିଲା ଓ ଆଦୌ ସମର୍ଥନ ପାଇ ନ ଥିବା ଜଣେ ବ୍ୟକ୍ତିଙ୍କୁ ପ୍ରଧାନମନ୍ତ୍ରୀ ହେବାକୁ ସୁଯୋଗ ଦିଆଯାଇଥିଲା । ଏମିତି କେତେ ପ୍ରକାର କଥାର ଉପଲକ୍ଷ୍ୟ ଦିଆଯାଏ ନିଜ ଉପରୁ ଦୋଷ ଗଡ଼ାଇ ଦେବା ପାଇଁ । ସେମିତି ନ ହେଲେ ଆମେ ମନ୍ଦିରରେ ଥାଇ ତାଙ୍କୁ ପାଦୁକ ନ ଦେଇଥିଲେ କୋଉ ମହାଭାରତ ଅଶୁଦ୍ଧି ହୋଇଯାଉଥିଲା । ଯୁଗ ପୁରୁଷମାନେ, ଜଣେ ଧର୍ମର ରକ୍ଷକ ଓ ପାଲକ, ସ୍ୱୟଂ ମହାପ୍ରଭୁ ଜଗନ୍ନାଥ ଏବଂ ଆଉ ଜଣେ ମହାମ୍ମା ଯେଉଁଠି ମାରାମ୍ମକ ଭୁଲ କାମ କରି ଅପରାଧୀ ଭାବରେ ଗଣା ହେଉ ନାହାନ୍ତି । ସେପରି ସ୍ଥଳେ ଆମେ କାହିଁକି ଆମ ଭୁଲ ଆଚରଣ ପାଇଁ ଅପରାଧ ଦୋଷରେ ଦୋଷୀ ସାବ୍ୟସ୍ତ ହୋଇ ଥାଆନ୍ତେ ?”

“ସୁନି; ମୁଁ ତୋ’ଠାରୁ ଦର୍ଶନତତ୍ତ୍ୱ ଶୁଣିବାକୁ ଚାହୁଁନାହିଁ । ତୋତେ କବି ହେବାକୁ ବାଧ୍ୟ କରୁନି । କାହାରିକୁ ପ୍ରେମ କରିବାକୁ ତୋତେ ଉପଦେଶ ମଧ ଦେଉନାହିଁ ।”

“ତେବେ କ’ଣ ହେବା ପାଇଁ କହୁଛୁ ?” ସୁନି ପଚାରିଲା ।

“ତୁ ମୋତେ ଏପରି ଆକ୍ଷେପ କରି କାହିଁକି କହୁଛୁ ?”

“ସତୀ; ତୁ ମୋତେ ଭୁଲ ବୁଝୁଛୁ । ମୁଁ ତୋତେ ଆଦୌ ଆକ୍ଷେପ କରୁନି ।”

“ମୋତେ ଆକ୍ଷେପ କରି କହୁନୁତ ଆଉ କାହାକୁ କହୁଛୁ ?”

“ମୁଁ କେବଳ ମୋ ଭାଗ୍ୟକୁ ପ୍ରଶଂସା କରୁଛି । ଆଉ ତୋ ଉପସ୍ଥିତିକୁ ମଧ । ଖାଲି ତୋରି ପାଇଁ ଆଜି ମୋର କି ସୌଭାଗ୍ୟ ଯେ ମୁଁ ମୋ ଚର୍ମ ନେତ୍ରରେ ସେ ଅପୂର୍ବ ଦୃଶ୍ୟ ଦେଖିବାର ସୁଯୋଗ ପାଇଲି । ଯେଉଁ ଦୃଶ୍ୟ ଦେଖିବା ଲାଗି କେତେ ମୁନି, ଋଷି, ସିଦ୍ଧ ସାଧକ ଯୁଗ ଯୁଗ ଧରି ଅନେକ ତପସ୍ୟା କରି ସାରା ଜୀବନ ବିତାଇ ଦେଇ ସୁଦ୍ଧା ସଫଳକାମୀ ହୋଇ ପାରିନାହାନ୍ତି । ମୋ ପାପ କର୍ଣ୍ଣରେ ସେ ଅମୃତବୋଲା ଆଲାପକୁ ଶ୍ରବଣ କଲି । ଯେଉଁ କଥାଟିକୁ ଟିକେ ଶୁଣିବା ପାଇଁ କେତେ ଯତି, ତପି, ଯୋଗୀ, କୃଚ୍ଛ୍ରସାଧନା କରି ସୁଦ୍ଧା ସଫଳତା ପାଇବାକୁ ସମର୍ଥ ହୋଇପାରି ନାହାନ୍ତି ।”

ସତୀ ଏଥର ବିରକ୍ତି ପ୍ରକାଶ କରି କହିଲା, “ସୁନି, ଏସବୁ କ’ଣ ହେଉଛି ।”

“ସତୀ; ତୁ ଯାହା କହ ପଛେ ମୋର ଆଜି ଖାଲି ଗୀତ ଗାଇବାକୁ ଭାରି ଇଚ୍ଛା ହେଉଛି । ମନରେ ପ୍ରବଳ ଆଗ୍ରହ ଜନ୍ମୁଛି ମଧ ।”

“କେଉଁ ଗୀତ ?”

“ସେଇ ଗୀତ । ଯାହା କୃଷ୍ଣ ଗାଇଥିଲେ ବଇଁଶୀ ସୁରରେ, ବିରହର ବ୍ୟଥା ଆଲାପରେ । ତୁ ତେଣିକି ଯାହା ଭାବିବ । ମୋର ମନଭାରି ଡାକୁଛି ଓ ଆମ୍ମାରେ ଭୀଷଣ ଶ୍ରଦ୍ଧା ଆସୁଛି (ସୃଷ୍ଟି ହେଉଛି) ଗୋଟେ କଥା କହିବାକୁ ।”

“ତୁ ଆଉ କ’ଣ ବାକି ରଖୁଛୁ ଯେ କହିବୁ ? ସବୁତ କହି ସାରିଲୁଣି ।”

“ନାହିଁ ସତୀ । ମୁଁ ସେ କଥା ଏପର୍ଯ୍ୟନ୍ତ କହିନାହିଁ । ଯେଉଁ କଥା କୃଷ୍ଣ କଦମ୍ୟ ଗଛ ମୂଲରେ ରାଧାଙ୍କ କାନରେ କହିଥିଲେ ।”

ସତୀ ଏଥର ଚଡ଼ା ଗଳାରେ କହିଲା, “ ସୁନି ତୋତେ ଆଉ ପାରି ହେବନି ?”

“କ’ଣ ବଳ କଷୁଛୁ ? ପାରିବୁନି କହୁଛୁ ?”

“ନା ସୁନି ବଳରେ ନୁହେଁ! କଥାରେ । ମୁଁ ତୋତେ କେବେ କଥାରେ ପାରିଛି ନା ଆଜି ପାରିବି ?”

ସୁନି ଏଥର ମନ୍ଦିର ଭିତରୁ ବାହାରି ଆସି, ସତୀର ହାତଧରି ତାକୁ ଟାଣି ଟାଣି ନେଇ ମୁଖଶାଳାରେ ବସାଇ ଦେଲା । "ସତୀ; ତୁ ନୁହେଁ ବରଂ ମୁଁ ତୋତେ କେବେ ପାରିବିନି । ପାଠ ପଢ଼ିଲାବେଳେ ପରୀକ୍ଷାରେ ସବୁଠୁ ବେଶୀ ନମ୍ବର ରଖି ତୁ ମୋ ଉପରକୁ ରହୁ । ଆଉ ରୂପରେ ମୁଁ ତୋ ପାଦ ତଳିପାକୁ ବି ସରିହେବନି । ସ୍ୱଭାବରେ ତୁ ଆମ ଗାଁର ସବୁଠାରୁ ଶାନ୍ତଶିଷ୍ଟ ଝିଅ । ସମସ୍ତଙ୍କର ପ୍ରିୟପାତ୍ରୀ । ସମସ୍ତେ ତୋତେ ସ୍ନେହ କରନ୍ତି । ଆଦର କରନ୍ତି । ଶ୍ରଦ୍ଧା କରନ୍ତି । ଭଲ ପାଆନ୍ତି । ଗାଁର ପ୍ରତ୍ୟେକ ଲୋକଙ୍କ ମୁହଁରେ ତୋ'ର ପ୍ରଶଂସା । କାରଣ ଶାସ୍ତ କହେ "ବିଦେଶଷୁ ଧନଂ ବିଦ୍ୟା ବ୍ୟସନେଷୁ ଧନଂ ମିତଃ । ପରଲୋକେ ଧନଂ ଧର୍ମଃ ଶୀଲଂ ସର୍ବତ୍ର ବୈଧନମ୍ ।" ବିଦେଶରେ ବିଦ୍ୟା ହିଁ ଧନ । ବିପଦରେ ବୁଦ୍ଧି ହିଁ ଧନ, ପରଲୋକରେ ଧର୍ମ ହିଁ ଧନ । କିନ୍ତୁ ସବୁ ସ୍ଥାନରେ ଶୀଳ (ସଦାଚାର, ଚରିତ୍ର, ସତ୍ ସ୍ୱଭାବ) ବ୍ୟକ୍ତିର ଧନ ତୁଲ୍ୟ ଅଟେ । ଆଖ ପାଖ ଦଶଖଣ୍ଡ ଗାଁରେ ବି ତୋର ସୁନାମ ରହିଛି । ମୁଁ ତୋର କେଉଁ ଗୁଣକୁ ସମସରି ହେବି ଯେ ତୁ ପୁଣି କହୁଛୁ ମୋତେ ପାରିବୁନି ? ବରଂ ଓଲଟି ମୁଁ କେବେ ବି ତୋର ସମକକ୍ଷ ହେବିନି । ତୋତେ ମୁଁ କୌଣସି ଗୁଣରେ ଟପିଯାଇ ପାରିଛି ନା ଏ ଜନମରେ ପାରିବି । ନୀଚ ଜାତିରେ ଜନ୍ମ ହୋଇ ସୁଦ୍ଧା । ତୋର କର୍ମ ଉଚ୍ଚ । ତୁ ଜାଣିନୁ କି "ମଣି ଲୁଣ୍ଠତି ପାଦେଷୁ କାଚଃ ଶୀରସି– ଧାର୍ୟ୍ୟତେ । ଯଥୈବାସ୍ତେ ତଥୈବାସ୍ତେ କାଚଃ କାଚୋ ମଣି ମଣିଃ ।" ମଣିକୁ ପାଦରେ ଓ କାଚକୁ ମୁଣ୍ଡରେ ପିନ୍ଧିଲେ ମଧ ଯେଉଁଠିଥିଲେ ବି କାଚ କଚ ଓ ମଣି ହିଁ ମଣି ।

"କାହିଁକି ତୁ ତ ମୋଠାରୁ ଅଧିକ ପଢ଼ିଛୁ । ପାଠରେ ମୁଁ କିପରି ତୋତେ ଟପି ଯାଇ ପାରିବି ? ଅବଶ୍ୟ ରୂପ କଥା ଅଲଗା ହୋଇପାରେ ।"

"ସତୀ ପାଠାପଢ଼ା କଥା କହୁଛୁ । ମୁଁ ତୋ'ଠାରୁ ବେଶୀ ପାଠ ପଢ଼ିଛି । ତୁ ମୋ ଅପେକ୍ଷା କମ୍ ପଢ଼ିଛୁ । ମାତ୍ର ବିଦ୍ୟା ଓ ବୁଦ୍ଧି ମଧ୍ୟରେ ଅନେକ ଫରକ ରହିଛି । ମୂର୍ଖ ଓ ବୁଦ୍ଧିମାନ ବା ଶିକ୍ଷିତଃ ମଧ୍ୟରେ ଫରକ ହେଉଛି ବୁଦ୍ଧିମାନର ବା ଶିକ୍ଷିତର ଗୋଟିଏ ସୀମା ଅଛି ଯାହାକି ମୂର୍ଖର ନଥାଏ । ବିଦ୍ୟା ବା ଡିଗ୍ରୀ ଏକ ଶୈକ୍ଷିକ ପ୍ରତିଭା, କିନ୍ତୁ ସମାଜର ସମସ୍ୟା ବୁଦ୍ଧି, ବିବେକ ଓ ଅନୁଭବ ଦ୍ୱାରା ହିଁ ସମାଧାନ କରିହୁଏ । ପୁସ୍ତକଗତ ବିଦ୍ୟା ଦ୍ୱାରା ନୁହେଁ ଆଉ ତୁ ଶିକ୍ଷାଗତ ଯୋଗ୍ୟତା କଥା କହୁଛୁ । ସ୍ୱାଧୀନ ଭାରତର ଶେଷ ବଡ଼ ଲାଟ ଚକ୍ରବର୍ତ୍ତୀ ରାଜଗୋପାଳାଚାରୀ ଥିଲେ ପ୍ରଚଣ୍ଡ ଓ ବିଚକ୍ଷଣ ବିଦ୍ୱାନ । ସେ ତାମିଲନାଡୁର ମୁଖ୍ୟମନ୍ତ୍ରୀ ମଧ ଥିଲେ । କିନ୍ତୁ ସେ ରାଜ୍ୟର ସବୁଠାରୁ ଦକ୍ଷ ମୁଖ୍ୟମନ୍ତ୍ରୀ ଥିଲେ କେ. କାମରାଜ ନାଦର । ସେ ଶିକ୍ଷାମନ୍ତ୍ରୀ ବି ଥିଲେ । ପରେ ହେଲେ ଭାରତୀୟ ଜାତୀୟ କଂଗ୍ରେସର ସଭାପତି । ସେ ଉଭୟ ଲାଲବାହାଦୂର ଶାସ୍ତ୍ରୀ ଓ ଇନ୍ଦିରା ଗାନ୍ଧୀଙ୍କୁ ପ୍ରଧାନମନ୍ତ୍ରୀ କରାଇଥିଲେ । ମାତ୍ର ତାଙ୍କର ଶିକ୍ଷାଗତ ଯୋଗ୍ୟତା ହେଉଛି ପ୍ରାଇମେରି ପାସ୍ । ସେ ଭଲ ଭାବରେ ଲେଖ୍ଯପଢ଼ି ପାରୁନଥିଲେ । ଭାରତର ପ୍ରଥମ ପାର୍ଲ୍ଲାମେଣ୍ଟରେ ୧୧୨ ଜଣ ସଦସ୍ୟ ମାଟ୍ରିକ୍ ବି ପାସ୍ କରିନଥିଲେ । କିନ୍ତୁ ସେମାନଙ୍କ ମଧରୁ ଅନେକ ନୂଆ ସମ୍ୱିଧାନ ରଚନାରେ ଗୁରୁତ୍ୱପୂର୍ଣ୍ଣ ଭୂମିକା ଗ୍ରହଣ କରିଥିଲେ । ପୃଥିବୀର ବୃହଉମ (କ୍ଷେତ୍ର ଫଳରେ) ଓ ଜନ ବହୁଳ (ଲୋକସଂଖ୍ୟାରେ) ମହାଦେଶ ଏସିଆ ମହାଦେଶରେ ସାହିତ୍ୟରେ ପ୍ରଥମେ ନୋବେଲ ପୁରସ୍କାର ପାଇଥିବା ବିଶ୍ୱକବି ରବୀନ୍ଦ୍ରନାଥ ଟାଗୋର ସ୍କୁଲ ଦୁଆର ମାଡ଼ି ନଥିଲେ । ତାଙ୍କର ନିଜର କୌଣସି ଡିଗ୍ରୀ, ଶିକ୍ଷାଗତ ଯୋଗ୍ୟତାର ସାଟିଫିକେଟ ନଥିଲା । ଦ୍ୱିତୀୟ ବିଶ୍ୱ ମହାଯୁଦ୍ଧରେ ଇଂଲଣ୍ଡକୁ ଜିତାଇଥିଲେ ସେ ଦେଶର ପ୍ରଧାନମନ୍ତ୍ରୀ ଉଇନ୍ସ୍ଟନ ଚର୍ଚିଲ । ଯୋଗ୍ୟତା ମ୍ୟାଟ୍ରିକ । ସେ ମଧ ପୃଥିବୀର ଏକମାତ୍ର ରାଜନେତା ଯିଏକି ସାହିତ୍ୟରେ ନୋବେଲ ପୁରସ୍କାର ପାଇଥିଲେ । ଦକ୍ଷିଣ ଆଫ୍ରିକାର ପ୍ରଥମ ଅଣଶ୍ୱେତାଙ୍ଗ ରାଷ୍ଟ୍ରପତି ନେଲସନ୍ ମାଣ୍ଡେଲାଙ୍କ ଶିକ୍ଷାଗତ ଯୋଗ୍ୟତା ଥିଲା ମ୍ୟାଟ୍ରିକ ବା ସେକେଣ୍ଡାରୀ ସ୍କୁଲ । ବିଶ୍ୱର ସବୁଠୁ ଶକ୍ତିଶାଳୀ ରାଷ୍ଟ୍ର ଆମେରିକାର ପ୍ରଥମ ରାଷ୍ଟ୍ରପତି ଜର୍ଜ ୱାସିଙ୍ଗଟନ ତାଙ୍କ ବାପାଙ୍କ ମୃତ୍ୟୁ ଯୋଗୁ ଅଧାରୁ ସ୍କୁଲ ଛାଡ଼ି ଦେଇଥିଲେ । ବିଖ୍ୟାତ ସାହିତ୍ୟକାର ଲିଓଟଲ୍ସ୍ଟୟଙ୍କର କୌଣସି ଡିଗ୍ରୀ ନଥିଲା । ଆମେରିକା ଆବିଷ୍କାର କରିଥିବା କଲମ୍ବସ ୧୪ ବର୍ଷ ବୟସରେ ସ୍କୁଲ ଛାଡ଼ି

ଦେଇଥିଲେ । ଇଲେକ୍ଟ୍ରିକ୍ ବଲ୍ବ୍ ସମେତ ୧୦୦ ଉଦ୍ଭାବନର ଜନକ ଥୋମାସ ଏଡିସନ ନିଜ ସ୍କୁଲ ଶିକ୍ଷକମାନଙ୍କ ଦ୍ୱାରା ଅପମାନିତ ହୋଇ ଶିକ୍ଷା ଛାଡ଼ି ଦେଇଥିଲେ । ଆବ୍ରାହମ ଲିଙ୍କନ ଅର୍ଥାଭାବରୁ ସ୍କୁଲ ନ ଯାଇ ଘରେ ପଢ଼ୁଥିଲେ ।

ମହାନ ଲେଖକ ଚାର୍ଲସ ଡିକେନ୍ସ୍ ଓ ମାର୍କଟ୍ୱେନ ୧୨ ବର୍ଷ ବୟସରେ ପାଠପଢ଼ା ଛାଡ଼ି ଦେଇଥିଲେ । ବିଶ୍ୱର ପ୍ରସିଦ୍ଧ ଆପଲକମ୍ପାନୀର ପ୍ରତିଷ୍ଠାତା ସ୍ଟେଭଜବ୍ସ୍ ଆଡ଼୍ମିସନର ଛଅମାସ ଭିତରେ କଲେଜ ପରିତ୍ୟାଗ କରିଥିଲେ । ସେମିତି ମାଇକ୍ରୋସଫ୍ଟ ପ୍ରତିଷ୍ଠାତା ବିଲ୍ଗେଟ୍ସ୍ଙ୍କର କୌଣସି ବିଶ୍ୱ ବିଦ୍ୟାଳୟର ଡିଗ୍ରୀ ନଥିଲା । ଭାରତର ସବୁଠୁ ବଡ଼ ଧନୀ ବ୍ୟବସାୟୀ ଓ ରିଲାଏନ୍ସ୍ ପ୍ରତିଷ୍ଠାତା ଧୀରୁଭାଇ ଅମ୍ବାନୀ କଲେଜ ଦୁଆର ମାଡ଼ି ନଥିଲେ । ଇଂଲଣ୍ଡର ମହାରାଣୀ ଏଲିଜାବେଥ(୧)ଙ୍କ ରାଜତ୍ୱ କାଳକୁ ଇଂଲଣ୍ଡର ସ୍ୱର୍ଣ୍ଣ ଯୁଗ କୁହାଯାଏ । କିନ୍ତୁ ମହାରାଣୀ ନିଜେ ଥିଲେ ନିରକ୍ଷରା । ସେମିତି ମୋଗଲ ବାଦଶାହ ଆକବର ବି ଥିଲେ ନିରକ୍ଷର (ଟିପ ଦିଆବାଲା) କିନ୍ତୁ ମୋଗଲ ସାମ୍ରାଜ୍ୟର ସର୍ବୋତ୍ତମ ସମ୍ରାଟ । ଇଲିଆଡ ଓ ଓଡେସୀ ଦୁଇ ମହାକାବ୍ୟର ରଚୟିତା ଗ୍ରୀକ୍ର ମହାକବି ହୋମର ନିଜେଥିଲେ ନିରକ୍ଷର । ମୋଟେ ସିଲଟ ଧରି ନଥିବା ଆଦୌ ଅଧ୍ୟୟନ କରିନଥିବା ଜନ୍ମାନ୍ଧ ସନ୍ତକବି ଭୀମଭୋଇ ମଧ୍ୟ ନିରକ୍ଷରଥିଲେ । ତାଙ୍କ ଅନୁଗତ ଓ ଶିଷ୍ୟମାନେ ତାଙ୍କ ମୁଖନିଃସୃତ କବିତା ଓ କାହାଣୀକୁ ଲିପିବଦ୍ଧ କରିଥିଲେ । କୁହାଯାଏ ମହାଭାରତର ରଚୟିତା ମହାମୁନି ବ୍ୟାସ ନିରକ୍ଷର ଥିବାରୁ ଗଣେଶଙ୍କ ଦ୍ୱାରା ମହାଭାରତ ଲେଖାଇଥିଲେ । ଇଟାଲିର ଏକ ସାଧାରଣ ପରିବାରରୁ ଆସିଥିବା ଜଣେ ରାଜମିସ୍ତ୍ରିର ଝିଅ ସୋନିଆଙ୍କ ଯୋଗ୍ୟତା ଦ୍ୱାଦଶ ପାଶ୍ । କିନ୍ତୁ ସେ ଭାରତ ଜାତୀୟ କଂଗ୍ରେସର ସଭାପତି ସର୍ବାଧିକ ବର୍ଷ ରହିଥିଲେ ଏବଂ ରାଷ୍ଟ୍ରୀୟ ପରାମର୍ଶଦାତା ପରିଷଦର ଚେୟାରମ୍ୟାନ ଓ ଦଶବର୍ଷ ଧରି ଭାରତର ସୁପର ପ୍ରାଇମିନିଷ୍ଟର ରହିଲେ । ଭାରତର ସବୁଠାରୁ କ୍ଷମତାଶାଳୀ ଓ ଦକ୍ଷ ପ୍ରଧାନମନ୍ତ୍ରୀ ଇନ୍ଦିରାଗାନ୍ଧି ମ୍ୟାଟ୍ରିକ ପାଶ୍ ପରେ ଅକ୍ସଫୋର୍ଡ ବିଶ୍ୱବିଦ୍ୟାଳୟରେ ପଢ଼ିବାକୁ ଯାଇଥିଲେ । ପ୍ରବେଶ ପରୀକ୍ଷାରେ ଫେଲ ହୋଇ ଫେରି ଆସିଥିଲେ । ପୁଣି ଶାନ୍ତିନିକେତନରେ ପଢ଼ିବାକୁ ଯାଇଥିଲେ । ମାତ୍ର ତାଙ୍କ ମାଆଙ୍କ ଦେହ ଖରାପ ହେବାରୁ ସେଠାରୁ ପାଠ ଅଧାରେ ରହିଲା । ଯୁବ ପ୍ରଧାନମନ୍ତ୍ରୀ ରାଜୀବ ଗାନ୍ଧୀ ଦୁନ ସ୍କୁଲରେ ଶିକ୍ଷା ସାରି କେମ୍ବ୍ରିଜର ଟ୍ରିନିଟ କଲେଜରେ ପଢ଼ିବାକୁ ଯାଇଥିଲେ । କିନ୍ତୁ ଫେଲ ହେବାରୁ ଡିଗ୍ରୀ ମିଳିଲାନାହିଁ । ଜେନେରାଲ ବି.ଏମ୍. କାଉଲ ତାଙ୍କ ବହୁଚର୍ଚ୍ଚିତ ପୁସ୍ତକ 'ଅନ୍‌ଟୋଲଡ ଷ୍ଟୋରୀ'ରେ ଦସ୍ତଖତ ଜାଣିନଥିବା ତାଙ୍କ ମା'ଙ୍କ ବିଷୟରେ ଲେଖିଛନ୍ତି । "ମାଇଁ ମଦର ଇଜ ଇଲିଟ୍‌ରେଟ (Illiterate) ବଟ୍ ହାଇଲି ଏଜୁକେଟେଡ ।" ଅର୍ଥାତ୍ ମୋ ମା, ନିରକ୍ଷରା, ମାତ୍ର ଢେରଜ୍ଞାନୀ । ତେଣୁ ପାରମ୍ପରିକ ଶିକ୍ଷାଗତ ଯୋଗ୍ୟତା ଦକ୍ଷତାର ଏକମାତ୍ର ମାନଦଣ୍ଡ ନୁହେଁ । ଆଉ ଜର୍ଜ ଉଇଲିସ ନାମକ ଜଣେ ଦାର୍ଶନିକ ଲେଖିଛନ୍ତି– "ଶିକ୍ଷିତ ସେହି ଯେ ବରାବର ଚଳପ୍ରଚଳ ହେଉଥିବା ନିଜଭାଷାକୁ ବୁଝେ ।"

ତୁ ମାଇନର ପାସ କରି ଘରେ ରହିଲୁ । ମୁଁ ହାଇସ୍କୁଲରେ ଚାରିବର୍ଷ ତୋ' ଠାରୁ ଅଧିକ ପଢ଼ିଛି । ହେଲେ କ'ଣ ହେବ ଅନେକ ଲୋକ ଅଛନ୍ତି ସେମାନେ ଶିକ୍ଷିତ ହୋଇ ମଧ୍ୟ ମୂର୍ଖଙ୍କ ଭଳି ଆଚରଣ କରନ୍ତି । ଯେପରି ବାଦଶାହ ମହମ୍ମଦ ବିନ୍ ତୁଗଲକ ଓ ସ୍ୱାଧୀନ ଭାରତର ପ୍ରଥମ ପ୍ରଧାନମନ୍ତ୍ରୀ ଜବାହରଲାଲ ନେହରୁ । ମହମ୍ମଦ ବିନ୍ ତୋଗଲକଙ୍କ ସମସ୍ତ ଯୋଜନା କେବେବି ସଫଳ ହୋଇ ପାରିନଥିଲା । ଯଦିଓ ଦିଲ୍ଲୀର ବାଦଶାହମାନଙ୍କ ମଧ୍ୟରେ ସେ ଥିଲେ ସବୁଠାରୁ ଜ୍ଞାନୀ ଏବଂ ପାଣ୍ଡିତ୍ୟରେ ପରିପୂର୍ଣ୍ଣ ବ୍ୟକ୍ତିତ୍ୱ । ତାଙ୍କର ତର୍କଶାସ୍ତ୍ର, ଦର୍ଶନ, ଗଣିତ ଓ ଧର୍ମଶାସ୍ତ୍ର ବିଦ୍ୟାରେ ବହୁତ ଜ୍ଞାନଥିଲା । ସେ ଜଣେ ସୁପ୍ରତିଷ୍ଠିତ କବି ଓ ସାହିତ୍ୟିକ ଥିଲେ । ମାତ୍ର ତାଙ୍କର ଜୀବନବ୍ୟାପୀ ସମସ୍ତ କାର୍ଯ୍ୟ କେବେବି ସଫଳ ହୋଇ ପାରିନଥିଲା । ଆଉ ଆମ ଦେଶର ପ୍ରଥମ ପ୍ରଧାନମନ୍ତ୍ରୀ ଜବାହର ଥିଲେ ଖୁବ୍ ଉଚ୍ଚଶିକ୍ଷିତ ଓ ଲେଖକ ମଧ୍ୟ । ମାତ୍ର ତାଙ୍କର ଜୀବନବ୍ୟାପୀ ପ୍ରତ୍ୟେକ କାର୍ଯ୍ୟଥିଲା ରାଷ୍ଟ୍ର ହିତ ବିରୋଧୀ । ତାଙ୍କର ଜୀବନଥିଲା କେବଳ ବିଫଳତାର ଗଚ୍ଛାଘର । ଅଛ କେତେକ ବ୍ୟକ୍ତି ଯେଉଁମାନେ ଅଶିକ୍ଷିତ ହୋଇ ସୁଦ୍ଧା ଜ୍ଞାନୀମାନଙ୍କ ପରି ଜୀବନ ଯାପନ କରିଥାଆନ୍ତି । ଯେପରି ସ୍ୱାକ୍ଷର

ଜାଣି ନଥିବା ଟିପଦିଆବାଲା ମୋଗଲ ବାଦଶାହ ଆକବର ଓ ସନ୍ତକବି ଭୀମଭୋଇ ଥିଲେ। ଆମକୁ ମନେ ରଖିବାକୁ ହେବ– ସବୁ ସମାଜରେ ସବୁଯୁଗରେ ଅନେକ ଶିକ୍ଷିତ ମୂର୍ଖ ଏବଂ ଅଶିକ୍ଷିତ ଜ୍ଞାନୀ ରହିଥାଆନ୍ତି। ଏ ବିଷୟରେ ଆମେ ମାନେ ସଚେତନ ରହିବା ଆବଶ୍ୟକ। ସ୍ୱାମୀ ବିବେକାନନ୍ଦ ଥରେ କହିଥିଲେ– "ଶିକ୍ଷା କ'ଣ? ଏହା କ'ଣ ପୁସ୍ତକରୁ ଲବ୍ଧ ଜ୍ଞାନ। ଶିକ୍ଷା କ'ଣ ବିଭିନ୍ନ ବିଷୟରେ ଜ୍ଞାନ ଆହରଣ କରିବା, ତା ମଧ୍ୟ ନୁହେଁ। ଜ୍ଞାନ ହେଉଛି ସେହି ପ୍ରକାର ଶିକ୍ଷା, ଯେଉଁଥିରେ ନିଜର ଇଚ୍ଛା ଶକ୍ତିକୁ ନିୟନ୍ତ୍ରଣ କରି ସମାଜରେ ଫଳପ୍ରଦ କାର୍ଯ୍ୟରେ ନିୟୋଜିତ କରାଯାଏ। "ସ୍ୱାମୀଜୀ ପାରମ୍ପରିକ ଶିକ୍ଷା ବିଷୟରେ ଥରେ କହିଥିଲେ– "ଶିକ୍ଷାର ଅର୍ଥ ନୁହେଁ ଯେ ମସ୍ତିଷ୍କରେ ଗୁଡ଼ାଏ ଖବର ଭର୍ତ୍ତି କରି ପାଗଳ ପରି ବୁଲିବା କିମ୍ବା ଗପିବା ଅଥବା କିଛି ନ ବୁଝି କାର୍ଯ୍ୟ କରିବା। ଶିକ୍ଷା ସେହି ପ୍ରକ୍ରିୟା ଯେଉଥିରେ ଆମେ ଜ୍ଞାତ ସାରରେ ଜୀବନ ଗଠନ, ଚରିତ୍ରବାନ ମଣିଷ ସୃଷ୍ଟି କରିବାରେ ସହାୟକ ହେଉ?" ଗତ ଶତାବ୍ଦୀରେ ପ୍ରସିଦ୍ଧ ଇଂରେଜ ନାଟ୍ୟକାର ବର୍ଣ୍ଣାଡ଼ଶ କହିଥିଲେ – ମୋର ଶିକ୍ଷାର (ଗ୍ରହଣ) ଆରମ୍ଭ ହେଲା ବିଦ୍ୟାଳୟ ଛାଡ଼ିବା ପରେ। ଯଦି ମୋର ଶିକ୍ଷା କେବେ ବାଧା ପ୍ରାପ୍ତ ହୋଇଥିଲା ସେଇଟା କେବଳ ମୁଁ ଶିକ୍ଷାନୁଷ୍ଠାନରେ ପଢ଼ୁଥିଲା ବେଳେ। ରମଣ ମହର୍ଷି ଥରେ କହିଥିଲେ– "ଜଣେ ତଥା କଥିତ ଶିକ୍ଷିତ ବ୍ୟକ୍ତି ଜଣେ ଅଶିକ୍ଷିତ ଜ୍ଞାନୀଙ୍କୁ ମଧ୍ୟ ସମ୍ମାନ ଦେବା ଉଚିତ୍। କାରଣ ପ୍ରକୃତ ଜ୍ଞାନ ବିନା, ପାରମ୍ପରିକ ଶିକ୍ଷା ହେଉଛି ଶିକ୍ଷା ପ୍ରାପ୍ତ ଅଜ୍ଞତା ମାତ୍ର।" ଆହୁରି ମଧ୍ୟ ସଂସ୍କୃତରେ ଲିଖିତ ନୈଷଧ୍ୟ ଚରିତମ୍‌ରେ ନଳଙ୍କ ପାଠପଢ଼ା ସମୟରେ ଉଲ୍ଲେଖ ଅଛି– "ଅଧୀତି ବୋଧା ଆଚରଣ ପ୍ରଚାରଣୈ।" ଅର୍ଥାତ୍ ଅଧ୍ୟୟନ, ଅଧ୍ୟୟନ ଦ୍ୱାରା ପ୍ରସଙ୍ଗକୁ ଠିକ୍ ଭାବରେ ବୁଝିବା, ବୁଝିବା କଥାକୁ ନିଜ ଆଚରଣରେ ଫୁଟେଇବା, ତା'ପରେ ଲେଖାଲେଖି ବା କୁହା କହି ପାଇଁ ବାହାରିବା। "ପାଠକାଃ ପାଠକୋଣ୍ଠେବ ଯେ, ତାନ୍ୟେ ଶାସ୍ତ୍ରଚିନ୍ତ ଚିନ୍ତକାଃ। ସର୍ବେ ବ୍ୟସନିନୋ ମୂର୍ଖଃ ଯଃ କ୍ରିୟାବାନ ସ ପଣ୍ଡିତ।" କେବଳ ନିଜର ପଠନ ବିଲାସକୁ ଚରିତାର୍ଥ କରିବା ପାଇଁ ପଢ଼ୁଥିବା, ପଢ଼ାଉଥିବା ତଥା ଶାସ୍ତ୍ର ଚିନ୍ତାରେ ନିମଗ୍ନ ବ୍ୟକ୍ତିମାନେ ସମସ୍ତେ ମୂର୍ଖ। ମାତ୍ର ଯିଏ ଶାସ୍ତ୍ରୋପଦେଶକୁ କାର୍ଯ୍ୟକାରୀ କରେ ସେହିଁ ପଣ୍ଡିତ।

ଆମର ପାରମ୍ପରିକ ଶିକ୍ଷା ଆମକୁ କ'ଣ ଶିକ୍ଷା ଦିଏ। ବର୍ତ୍ତମାନର ପାରମ୍ପରିକ ଶିକ୍ଷାରେ ମୁଖ୍ୟତଃ ଧନ୍ଦାମୂଳକ ବା ନିର୍ଦ୍ଦିଷ୍ଟ ଗୋଟିଏ ବୃଦ୍ଧି ଏବଂ ଜୀବିକା ପାଇଁ ଶିକ୍ଷା ଦିଆଯାଏ। ଫୁଲଟିଏ ଗଛରେ ଫୁଟିଲେ ସୁନ୍ଦର ଦିଶେ, ମହକ ଦିଏ। କିନ୍ତୁ ଫୁଲଦାନିର ପ୍ଲାଷ୍ଟିକ ଫୁଲ ହୋଇ ସାଜିଲେ ସୁନ୍ଦର ଦିଶେ ସିନା ମହକ ଆସେନା। ସେମିତି ଶିକ୍ଷା ଗ୍ରହଣ କେବଳ ଚାକିରି କରି ଅର୍ଥ ରୋଜଗାର ଲାଗି ନୁହେଁ। ନିଜର ବାହ୍ୟ ଜ୍ଞାନ ବୃଦ୍ଧି ଏବଂ ଅନ୍ତର ଶୁଦ୍ଧି ନିମନ୍ତେ ଏହାର ପ୍ରୟୋଜନ। ଏହି ଶିକ୍ଷା ପଦ୍ଧତିରେ ଜୀବନର ସୁନ୍ଦର ବିଭବ ସବୁକୁ ଦୃଷ୍ଟି ଦିଆଯାଇନଥାଏ। ଫଳରେ ଏପରି ଶିକ୍ଷା ପ୍ରାପ୍ତ ବ୍ୟକ୍ତିମାନେ ଜୀବନର ପ୍ରାଣ ପ୍ରାଚୁର୍ଯ୍ୟ, ସୌନ୍ଦର୍ଯ୍ୟ ଓ ଗଭୀରତାର ମାଧୁର୍ଯ୍ୟ ତଥା ମାନବିକତା ଓ ମୂଲ୍ୟବୋଧର ପ୍ରୟୋଜନୀୟତା ବିଷୟରେ ଅଜ୍ଞହୋଇ ରହିଯାଆନ୍ତି। ଜୀବନର ବିଭିନ୍ନ ସମସ୍ୟାକୁ ସମ୍ମୁଖୀନ ହେବାକୁ ସେମାନଙ୍କ ନିକଟରେ ଶକ୍ତି ଓ ସାମର୍ଥ୍ୟ, ଜ୍ଞାନ ଏବଂ ଅଭିଜ୍ଞତାର ଅଭାବଥାଏ। ତେଣୁ ସେମାନେ ସମାଜର ବିଫଳ ନାଗରିକ ଭାବରେ ଜୀବନ ଯାପନ କରନ୍ତି।

ଆମ ଦେଶରେ ସାହିତ୍ୟରେ ମାତ୍ର ଜଣେ ନୋବେଲ ପୁରସ୍କାରପ୍ରାପ୍ତ ଲେଖକ ରବୀନ୍ଦ୍ର ନାଥ ଠାକୁର ପାରମ୍ପରିକ ଶିକ୍ଷା ନ ପାଇଥିଲେ ମଧ୍ୟ ବିଶ୍ୱକବି ହୋଇ ପାରିଥିଲେ ଏବଂ ନିଜେ ଏକ ମହାନ ଶିକ୍ଷାନୁଷ୍ଠାନ ଭାବରେ ଶାନ୍ତିନିକେତନର ବିଶ୍ୱବିଦ୍ୟାଳୟ ସୃଷ୍ଟି କରି ଆଦର୍ଶ ଅନୁଷ୍ଠାନଟିଏ ଗଢ଼ି ପାରିଲେ। ସେଠାରେ ଅଣପାରମ୍ପରିକ ରୀତିରେ ବିଭିନ୍ନ ବିଷୟରେ ଅତି ଉଚ୍ଚସ୍ତରର ଶିକ୍ଷା ଦିଆଯାଇ ପାରୁଥିଲା।

ଉଭୟ ସାମାଜିକ ଓ ଆଧ୍ୟାତ୍ମିକ କ୍ଷେତ୍ରରେ ପାରମ୍ପରିକ ଶିକ୍ଷା ଅପେକ୍ଷା ଅଣପାରମ୍ପରିକ ସୁଶିକ୍ଷାର ପ୍ରାଧାନ୍ୟ ଅଧିକ। ଉପଯୁକ୍ତ ମଣିଷ ଗଢ଼ିବା ହିଁ ସବୁ ଶିକ୍ଷାନୁଷ୍ଠାନର ମୂଳ ଲକ୍ଷ୍ୟ ହେବା ଉଚିତ୍। ଆଧ୍ୟାତ୍ମିକ କ୍ଷେତ୍ରରେ

ପାରମ୍ପରିକ ଶିକ୍ଷାର ପ୍ରାୟ କିଛି ମୂଲ୍ୟ ନାହିଁ। ଯିଶୁଖ୍ରୀଷ୍ଟଙ୍କଠାରୁ ଆରମ୍ଭ କରି ରାମକୃଷ୍ଣ ପରମହଂସ, ଶିରିଡି ସାଇବାବା, ରମଣ ମହର୍ଷି, ନିସର୍ଗଦତ୍ତ ମହାରାଜାଙ୍କ ପର୍ଯ୍ୟନ୍ତ ଅନେକ ସାଧୁ, ସନ୍ତ, ମହାତ୍ମା, ଅଳ୍ପ ଶିକ୍ଷିତ ଅଥବା ଅଶିକ୍ଷିତ ହୋଇଥିଲେ ହେଁ ସର୍ବୋଚ୍ଚ ଜ୍ଞାନ ପ୍ରାପ୍ତ ହୋଇ ସମଗ୍ର ଜଗତର ତଥାକଥିତ ପଣ୍ଡିତମାନଙ୍କୁ ଶିକ୍ଷା ଦେଇଥିଲେ। ଶିକ୍ଷା ଯେତେବେଳେ ଅନୁଭବରେ ପ୍ରମାଣ ସିଦ୍ଧ ହୋଇଯାଏ ଏବଂ ପ୍ରଚଣ୍ଡ ଅନୁଭୂତିରେ ରସାଣିତ ହୋଇଯାଏ ସେତେବେଳେ ତାହା ପ୍ରକୃତରେ ପରିପକ୍ ଜ୍ଞାନରେ ରୂପାୟିତ ହୋଇଥାଏ। ସେ ଅବସ୍ଥାରେ ପ୍ରଶ୍ନ, ସନ୍ଦେହ, ଦ୍ୱନ୍ଦ୍ୱ ବା ଆଶଙ୍କାର ଅବକାଶ ରହେ ନାହିଁ। ଏହି ପରିପକ୍, ଅନୁଭବସିକ୍ତ ଜ୍ଞାନ ହିଁ ସର୍ବୋଚ୍ଚ ଜ୍ଞାନ।"

"ସେ ଜ୍ଞାନ– ଅଜ୍ଞାନ କଥାରୁ ଆମକୁ କ'ଣ ମିଳିବ ସୁନି; ସେ କଥା ସବୁ ଛାଡ଼। ତୋ କଥା ଯଦି କିଏ ଶୁଣିବ? ତେବେ କ'ଣ ଭାବିବ କହିଲୁ? ଆମେ ମନ୍ଦିରକୁ ଠାକୁରଙ୍କୁ ଦର୍ଶନ କରିବାକୁ ଆସୁଛନ୍ତି ନା... ?"

"ସତୀ; ଏଠି ଆମ ଦୁହିଁଙ୍କ ବ୍ୟତୀତ ଆଉ ଅନ୍ୟ କେହି ନାହାନ୍ତି। ଶୁଣିଲେ ଶୁଣିବେ ଧବଳେଶ୍ୱର। ମୁଁ ଜୁହାର ହେଲାବେଳେ ତାଙ୍କୁ ସେ କଥା କହିଥିଲି। ସେ ମୋ ମନଭାବ ବୁଝିପାରିଲେ ମୋ କଳ୍ପନାକୁ ଜାଣି ପାରିଲେ। ସମସ୍ତଙ୍କ ଅନ୍ତରକୁ ସେ ଦେଖିପାରନ୍ତି। ସେ ଅନ୍ତର୍ଯ୍ୟାମୀ। ସର୍ବଦ୍ରଷ୍ଟା। ସର୍ବଜ୍ଞତା। ତାଙ୍କୁ ସମସ୍ତଙ୍କ ହୃଦୟର ଡାକ ଶୁଭେ। ଭକ୍ତଙ୍କ ପ୍ରାଣର ମିନତି ସେ ଘେନା କରନ୍ତି। ସମସ୍ତଙ୍କ ମନ ଜାଣି ସେ ଫଳ ଦିଅନ୍ତି। ସେ ଆଶୁତୋଷ। ଅଳ୍ପକେ ସନ୍ତୁଷ୍ଟ ହୁଅନ୍ତି। ଶୀଘ୍ର ବର ପ୍ରଦାନ କରି ଥାଆନ୍ତି। ଶିବ ଶଦର ଅର୍ଥ ମଙ୍ଗଳମୟ। ଶିବ ହେଉଛନ୍ତି ସମସ୍ତ ଜ୍ଞାନ ଓ ପ୍ରଜ୍ଞାର ଆଧାର। ସେ ଆଦର୍ଶ ଯୋଗୀ ଓ ତେଜସ୍ୱୀ ମୁନି। ପ୍ରକୃତି ଓ ପୁରୁଷର ଊର୍ଦ୍ଧ୍ୱରେ। ସେ ମହେଶ୍ୱର। ମଙ୍ଗଳ କର୍ତ୍ତା। ଏବଂ ସକଳ ପ୍ରାଣୀଙ୍କର ସର୍ବ କୁଶଳର କାରଣ। ଶୈବ ଦର୍ଶନ ବେଦାନ୍ତର ଶ୍ରେଷ୍ଠ ଦର୍ଶନ। ଭଗବାନ ଶ୍ରୀରାମଚନ୍ଦ୍ର ଲଙ୍କା ଯାତ୍ରା ସମୟରେ ଶିବ ପୂଜା କରିଥିଲେ।

ମୋ ଗୁହାରି ତାଙ୍କୁ ଜଣାଇଲି। ସେ ମୋ ଡାକ ଶୁଣିଲେ। ମୋ ହୃଦୟର କଥା ତାଙ୍କୁ ଶୁଭିଗଲା। ମୋ ଅନ୍ତରର ଆବେଦନକୁ ସେ ଗ୍ରହଣ କଲେ। ପ୍ରାଣର ନିବେଦନକୁ ରଖିଲେ। ମୋ ଆତ୍ମାର ମିନତି ଘେନା କଲେ। ମୋ ମନର କାମନା ପୂରଣ କରିବାକୁ ଯାଇ ତାଙ୍କୁ ଆଣି ଭେଟ କରାଇଲେ। ତୁ କ'ଣ ଜାଣିଲୁ ଶିବ ମଙ୍ଗଳମୟ। ତୁ ଭଲ ଭାବରେ ମନରେ ରଖିଥା ଈଶ୍ୱର ଯାହା କରନ୍ତି ସବୁକିଛି ପ୍ରାଣୀମାନଙ୍କ ମଙ୍ଗଳ ପାଇଁ କରିଥାଆନ୍ତି। ତୁ ଦେଖିବୁ ରହିଥା ଏଥିରେ ତୋର ନିଶ୍ଚିତ ଉପକାର ହେବ।

ସୁନି କଥାରେ ସତୀ ଏଥର ଚିଡ଼ିନଯାଇ ତାକୁ ବୁଝାଇବାକୁ ଯାଇ କହିଲା, "ସୁନି ଏଥରେ ମୋର କି ପ୍ରକାର ଉପକାର ହେବ? ତାଙ୍କ ସହିତ ମୋର ସାକ୍ଷାତ ହେବା କଥାକୁ ନେଇ ତୁ ମୋତେ ଅନେକ ରକମର, ବହୁତ ପ୍ରକାରର କଥା କହିବୁ। ମୁଁ ସେ କଥାକୁ ଧରି ବସିବି। ଫଳରେ ଆମମାନଙ୍କ ମଧ୍ୟରେ ମନ ଫଟାଫଟି ହୋଇ ଆମ ବନ୍ଧୁତ୍ୱରେ ଭଙ୍ଗା ପଡ଼ିବ। ଆମ ଭିତରେଥିବା ସୁସମ୍ପର୍କରେ ଆଞ୍ଚ ଆସିବ। ଘନିଷ୍ଠତା ତୁଟିଯିବ। ନିବିଡ଼ତା କଟିଯିବ। ଏଇ ଲାଭତ? ଆଉ ଆମ ଦୁହିଁଙ୍କ ମଧ୍ୟରେ ରହିଥିବା ଅଟୁଟ ବିଶ୍ୱାସ ଉଭେଇଯିବ। ତୁ ମୋତେ ପରତେ ଯିବୁନି କି ମୁଁ ତୋ ଉପରେ ଭରସା ରଖି ପାରିବିନି। ଆଉ ସୁନି ତୁ ଏଠାକୁ କାହିଁକି ଆସୁ? ଠାକୁରଙ୍କ ଦର୍ଶନ ପାଇଁ ତ? ତେବେ ତୁ ଜୁହାର ହେଲାବେଳେ ତାଙ୍କୁ ତୋ' କଥା ଜଣାଇଲୁ ନାହିଁ? ତୋ'ର ଯାହା ଦରକାର ଥିଲା। ତୋ'ର ଯାହା ଆବଶ୍ୟକ ଅଛି। ତୋ'ର ଯାହା ମାଗିବା ଉଚିତ୍ କରୁଛି। ତୋ'ର ଯାହା କହିବା ଜରୁରୀ। କିନ୍ତୁ ତୁ ତାହା ନ କରି ମୋ ଲାଗି କାହିଁକି ଗୁହାରି କରୁଥିଲୁ।"

"ମୋର କ'ଣ ଲୋଡ଼ା ପଡ଼ିଛି ଯେ ମୋ କଥା ଜଣାଇବି? ମୋର କିଛି ଦରକାର ଥିଲେ ତ? କ'ଣ ଆବଶ୍ୟକ ଅଛି ମୋର? ଖାଲି ତୁଚ୍ଛାଟାରେ କ'ଣ କହିଥାଆନ୍ତି।"

"କାହିଁକି ତୋ'ର କ'ଣ କିଛି କହିବାକୁ ନାହିଁ। କିଛି କଥା ନାହିଁ ଜଣାଇବା ଲାଗି? ଠାକୁରଙ୍କୁ ମାଗିବା ପାଇଁ କୌଣସି ବିଷୟରେ। ତୋ' ନିଜ ଦେହ ପା, ଭଲ ମନ୍ଦ, ହାନିଲାଭ? ତୁମ ଘରକଥା। ତୋ ମା' ଲାଗି କିଛି? ତୋ

ବାପାଙ୍କ ଆରୋଗ୍ୟ ଶରୀର ପାଇଁ ? ଆଉ ତୋ ଭାଇ ସୁରିଆର ପାଠପଢ଼ା ଏବଂ ତୋ ଭବିଷ୍ୟତ ବିଷୟରେ ? ଏସବୁ କ'ଣ ତୋ'ର ଜଣାଇବା ଉଚିତ୍ ନ ଥିଲା ? ଏସବୁ ତୋ'ର କାମରେ ଆସିବନି ? ତୁ କ'ଣ ତୋ' ପରିବାରର ମଙ୍ଗଳ ଚାହୁଁନି ? ତୁମ ଘରର ଉନ୍ନତି ଆଶା କରୁନି ? ତୁମ ପରିବାର ଉପରକୁ ଉଠୁ । ଏକଥା କ'ଣ ତୁ ଇଚ୍ଛା କରୁନି ? କାମନା କରୁନି ? ତୋର ଏସବୁ କିଛି ଦରକାରରେ ଲାଗିବନି ? ତୋ'ର ଏସବୁ କଥା ଠାକୁରଙ୍କୁ ନଜଣାଇ ମୋ ଲାଗି ଜଣାଇଲୁ ? ମୋ ପାଇଁ କହିଲୁ ? ମୋ ସକାଶେ ଗୁହାରି କଲୁ ? ମୋ ପାଇଁ ନେହୁରା ହେଲୁ । ମୋ ଲାଗି ତୁ ଯେଉଁ ପ୍ରାର୍ଥନା କଲୁ ତାହା ମୋର କେଉଁ ଉପକାର ଲାଗି ? ମୋର କେଉଁ ସୁବିଧା ସକାଶେ ? ମୋର କିଭଳି ଉନ୍ନତି ପାଇଁ ? ଜଣେ ଅଜଣା, ଅଚିହ୍ନା, ଅପିରିଚିତ, ଯୁବକଙ୍କୁ ଆଣି ମୋ ସହିତ ଭେଟ କରାଇବାକୁ ଗୁହାରି କଲୁ ? କ'ଣ ପାଇଁ ? କେଉଁ ଉଦ୍ଦେଶ୍ୟ ରଖି ? କେଉଁ ମତଲବରେ ? ତୋ'ର ଲକ୍ଷ୍ୟ କ'ଣ ? ଆଭିମୁଖ୍ୟ କ'ଣ କହନି ? କ'ଣ ତୋ'ର ଆନ୍ତରିକ ଇଚ୍ଛା ? ତୋ'ର କିଭଳିଆ କାମନା ? ତୋ' ମନରେ କି ରକମ ଭାବନା ଅଛି ? କିପରି ବାସନା ରହିଛି ତୋ' ହୃଦୟରେ ? ତୋ' ଅନ୍ତରରେ କି ପ୍ରକାର ଆଗ୍ରହ ? ତୋ' ଆତ୍ମାରେ କିଭଳି ଉନ୍ମାଦନା ଅଛି ? ସିଏ ଗଲାପରେ ତାଙ୍କ ସହିତ ମୋର ସାକ୍ଷାତ କଥାକୁ ନେଇ କେତେ ରକମର ଅର୍ଥ ବାହାର କରି ବସିବୁ ସେଥିରୁ । ଏଇଆଟ, ନା ଆଉ କିଛି ?

ସିଏ କ'ଣ ଦିଅଁ ନା ଦେବତା ? ଦେବ ନା ମହାଦେବ ? ଠାକୁର ନା ଭଗବାନ ? ଈଶ୍ୱର ନା ପରମେଶ୍ୱରୀ ? ଧାତା ନା ଦଇବ ବିଧାତା ? ସୃଷ୍ଟିକର୍ତ୍ତା ନା ସୃଷ୍ଟିର ପାଲକପତି ? ସର୍ଜନାକାରୀ ନା ସଂହାରକର୍ତ୍ତା ? ତାଙ୍କ ଭେଟ ମିଳିବା କ'ଣ ଲାଗି ଆମ ପାଇଁ ଏତେ ଜରୁରୀ ? ତାଙ୍କୁ ସାକ୍ଷାତ କରିବା ଆମ ଲାଗି ଏତେ ଗୁରୁତ୍ୱପୂର୍ଣ୍ଣ ? ଆଉ ଦରକାର ତାଙ୍କ ଦର୍ଶନ ମିଳିବା ନିହାତି ଆବଶ୍ୟକ ? ତାଙ୍କୁ ଦେଖା କରିବା ଆମ ସକାଶେ ଏକାନ୍ତ ପ୍ରୟୋଜନ ? କ'ଣ ପାଇଁ ଆମେ ତାଙ୍କୁ ଦେଖା କରିବା ? ତାଙ୍କ ଉପସ୍ଥିତିରୁ ଆମକୁ କ'ଣ ମିଳିବ ? ତାଙ୍କ ସାକ୍ଷାତ ନ ମିଳିଲେ ଆମର ବା କ'ଣ ଅସୁବିଧା ହେବ ? ଆମର କି ପ୍ରକାର ଲାଭ ହେବ ତାଙ୍କୁ ଦେଖା କରିବା ଦ୍ୱାରା ? ତାଙ୍କ ପାଖରେ ଆମର କି କାମ ଅଛି ଯେ ତାଙ୍କୁ ଏତେ ଖୋଜା ପଡ଼ିଛି ? ତାଙ୍କ ଦ୍ୱାରା ଆମର କୌଣସି ଗୁଜୁରାଣ ମେଣ୍ଟୁଛିକି ? ତାଙ୍କ ଯୋଗୁ ଆମର କି ପ୍ରକାର ଫାଇଦା ହେଉଛି ? ତାଙ୍କ ଭେଟ ମିଳିଲେ ଆମେ କ'ଣ ପାଉଛନ୍ତି ? କ'ଣ ଲାଭ ଅଛି ସେଥିରେ ଆମର ? ତା'ଦ୍ୱାରା ଆମର କେଉଁ ପ୍ରକାର ସୁବିଧା ହେଉଛି କିମ୍ବା ଆଗକୁ ହେବାର ସମ୍ଭାବନା ଅଛି ?

ବରଂ ତାଙ୍କ ଉପସ୍ଥିତି ଆମ ପାଇଁ କ୍ଷତିକାରକ ? ତାଙ୍କ ସହିତ ଭେଟ ହେଲେ ତାକୁ ତୁ ଅନ୍ୟ ପ୍ରକାରେ ଗ୍ରହଣ କରୁଛୁ । ଭିନ୍ନ ଭାବରେ ବୁଝୁଛୁ । ଅଲରା ପ୍ରକାରେ ଘେନୁଛୁ । ଆଉ ଗୋଟେ ରକମରେ ଧରି ବସୁଛୁ । ସେଥିରୁ ଅନ୍ୟ ପ୍ରକାର ଅର୍ଥ ଖୋଜୁଛୁ । ଅଡ଼ୁଆ ବାହାର କରୁଛୁ ସେଥିରୁ । ମୋତେ ଅସୁବିଧାରେ ପକାଇବା ଲାଗି ଉଦ୍ୟମ କରୁଛୁ । ଚେଷ୍ଟା କରୁଛୁ ମୋ ନାଁରେ ଅପବାଦ ଉଠାଇ ମୋତେ ବଦନାମ କରିବାକୁ । ତାଙ୍କ ସହିତ ମୋତେ ଯୋଡ଼ି ମତେ କଳଙ୍କିନୀ କରିବାକୁ ତୋ'ର ମନ । ମୋ ନାଁରେ ଦୁର୍ନାମ ପ୍ରଚାର କରିବା ତୋ'ର ଅଭିପ୍ରାୟ । ତୋ'ର ମତଲବ ମୁଁ ସମାଜରେ ବାଞ୍ଛନ ହୁଏ । ମୋତେ ଲୋକହସା କରିବା ତୋ'ର ଆନ୍ତରିକ ଇଚ୍ଛା । ସୁନି ତୁ ବୋଧେ ଜାଣିନୁ– ଲୋକ ହସା, ଲୋକ ନିନ୍ଦା ଏକ ଶାସିତ ନୈତିକ ପ୍ରତିକ୍ରିୟା । ଆଇନଗତ ଦଣ୍ଡଧର୍ମକ । ସାମାଜିକ ବାସନ୍ଦ ସବୁଠୁ ବଳି ଶକ୍ତିଶାଳୀ, ଏଇ ଲୋକହସା ଅବସ୍ଥା ପୁରୁଷ ପୁରୁଷ ଧରି ଏହା ବ୍ୟକ୍ତିର ଇଜ୍ଜତ, ମହତ ଓ ବୁନିଆଦିରେ ଏମିତି କାଳିମା ବୋଳିଦିଏ ଯେ ତାକୁ ଧୋଇବା, ମାଜିବାରେ ଲିଭେଇ ହୁଏନି ।

ଆମ ପରିବାରକୁ ଗାଁରେ ଏକ ଘରକିଆ କରି ରଖିବା ତୋ'ର ଇଚ୍ଛା । ତା' ପରେ ଲାଜ, ସଙ୍କୋଚ ଆଉ ଭୟ ଯୋଗୁ ମୁଁ ଘରୁ ଗୋଡ଼ କାଢ଼ି ପଦାକୁ ବାହାରି ନ ପାରେ ସେଥିପାଇଁ ତାଙ୍କ ସହିତ ସାକ୍ଷାତକୁ କଦର୍ଥ କରି ପ୍ରକାଶ କରୁଛୁ । ଆର ବାଗରେ ଅର୍ଥ ବାହାର କରୁଛୁ । ଯାହା ମୋତେ ଚିଡ଼ା ଲାଗେ । ବିରକ୍ତିକର ବୋଧ ହୁଏ । ଖରାପ ଲାଗେ । ଯେଉଁ

କଥାକୁ ମୁଁ ଘୃଣା କରେ । ଯାହା ମୋ ଲାଗି କ୍ଷତି କାରକ । ମୋ ଲାଗି ଯାହା ଅସହ୍ୟ । ଯେଉଁ କଥାକୁ ମୁଁ ଖରାପ ପାଏ । ମୋତେ ଯାହା ଅସୁଖ ଲାଗେ । ମୁଁ ଯାହା ଘୃଣା କରେ । ମୁଁ ଯାହା ଆଦୌ ଭଲ ପାଏ ନାହିଁ । ଯାହା ସହି ପାରେନି । ବରଦାସ୍ତ କରିପାରେନି । ତୁ ସେହିପରି ଭାବାର୍ଥ ସେଥିରୁ ବାହାର କରି ତାକୁ ବିଶଦ ଭାବରେ ବର୍ଣ୍ଣନା କରୁଛୁ । ତୁ ସେପରି ସରଳାର୍ଥ ସେଥିରୁ ବାହାର କରୁଛୁ । ଯାହା ଦ୍ୱାରା ଆମ ସମ୍ପର୍କରେ ତିକ୍ତତା ସୃଷ୍ଟି ହେଉଛି । ଆମ ବନ୍ଧୁତାରେ ଆଞ୍ଚ ଆସୁଛି । ଫାଟ ସୃଷ୍ଟି ହେଉଛି ଆମ ଦୁହିଁଙ୍କ ନିବିଡତା ମଧ୍ୟରେ । ଆମ ବନ୍ଧୁତା ବନ୍ଧନର ରଜ୍ଜୁ ଛିଡ଼ି ଯିବାକୁ ବସିଲାଣି । ହୁଗୁଲା ହୋଇ ଶିଥିଳତା ଧରିଲାଣି ଆମ ଦୁହିଁଙ୍କ ମଧ୍ୟରେ ଥିବା ପରସ୍ପର ପ୍ରତି ଆକର୍ଷଣ । ମୁଁ ତୋତେ ଭୁଲ ବୁଝୁଛି, ତୁ ବି ବୋଧେ ମୋତେ । ସୁନି ତୁ ବୁଝୁନୁ କାହିଁକି ଠାକୁରବାବା କହିଥିବା କଥା– “ଅବିଧେୟୋ ଭୃତ୍ୟଜନଃ ଶଠାନି ମିତ୍ରାଣ୍ୟ ଦାତା ଚ ସ୍ୱାମୀ, ଅବିନୟବତୀ ଚ ଭାର୍ଯ୍ୟା ମସ୍ତକ ଶୂଳାନି” । ସ୍ୱେଚ୍ଛା ଚାରି ଚାକର, ଶଠମିତ୍ର, ଅଦାତା ମାଲିକ, ଉଦ୍ଧତ ଭାର୍ଯ୍ୟା, ଏହି ଚାରିଜଣ ସର୍ବଦା ମୁଣ୍ଡବ୍ୟଥାର କାରଣ ହୋଇଥାଆନ୍ତି । ସୁନି ମୁଁ ତୋତେ ପର ଭାବୁନାହିଁ । କିନ୍ତୁ ତୁ ମୋ ସହିତ ବିଶ୍ୱାସ ଘାତକତା କରୁଛୁ । ଇତିହାସ କଥା ତୋର ମନେ ନାହିଁ । ଯେମିତି ସାହାଜାହାନଙ୍କ ବଡ଼ ପୁଅ ଦାରାଶିକୋ ଗୋଟିଏ ପରେ ଗୋଟିଏ ସଂଘର୍ଷରେ ପରାଜିତ ହୋଇ ବାଦାରଠାରେ ଥିବା ଆଫଗାନ ଶାସକ ଜାଓ୍ଥାନ ଖାଁର ପ୍ରାସାଦରେ ଆଶ୍ରୟ ନେଲେ । କିନ୍ତୁ ଜାଓ୍ଥାନ ଖାଁ ତାଙ୍କ ବିଶ୍ୱାସରେ ବିଷ ମିଶାଇ ଆଉରଙ୍ଗଜେବଙ୍କ ହାତରେ ଦାରା ଶିକୋଙ୍କୁ ସମର୍ପି ଦେଇଥିଲେ । ତୁ ସେମିତି ମୋତେ ବଦନାମ କରି ମୋର ସର୍ବନାଶ କରିବା ମତଲବ ଜାରି ରଖୁଛୁ ।

ଖରାପ କଥାଟେ କାହିଁକି ମନରେ ଧରି ବସିଛୁ ? ଭୁଲ ଧାରଣାର ବଶବର୍ତ୍ତୀ ହୋଇଛୁ ? ଅବାନ୍ତର ଭାବନାକୁ ଅନ୍ତର ମଧ୍ୟରେ ଧରି ରଖିଛି ? ହୃଦୟରେ ସାଇତି (ରଖିଛୁ) ବସିଛୁ ଏପରି କଦର୍ଯ୍ୟ ଚିନ୍ତା ଧାରାକୁ ? ଏଭଳି କଦାକାର କଥା ସହିତ ଆତ୍ମୀୟତା ସ୍ଥାପନ କରିଛୁ ? ପ୍ରାଣରେ ପ୍ରଶ୍ରୟ ଦେଇଛୁ ଏମିତି ଖଳ ମନବୃତ୍ତିକୁ ? ଇୟେ ଠାକୁରଙ୍କ ସ୍ଥାନ । ଦିଅଁଙ୍କ ବିଜେ ସ୍ଥଳି । ଦେବାଳୟ, ମହାଦେବଙ୍କ ମନ୍ଦିର । ମୁଖଶାଳାର ଗର୍ଭଗୃହରେ ତୁ ବସିଛୁ । “ପରଦାରାନ ପରଦ୍ରବ୍ୟଂ ପରବାଦଂ ପରସ୍ୟଚ । ପରିହାସଂ ଗୁରୋସ୍ଥାନେ ଚାପଲ୍ୟଂଚ ବିବର୍ଜ୍ୟେତ୍ ।” ପର ସ୍ତ୍ରୀ , ପରର ଦ୍ରବ୍ୟ, ପର ନିନ୍ଦା, ଗୁରୁଙ୍କ ସମକ୍ଷରେ ପରିହାସ ଏବଂ ଉପଯୁକ୍ତ ସ୍ଥାନରେ ଚପଳତା ବର୍ଜନ କରିବା ଉଚିତ୍ । ଏଠାକୁ ସତ୍ ମନ, ସ୍ଥିର ଚିତ୍ତ, ଅଟଳ ଭକ୍ତି, ନିର୍ମଳ ହୃଦୟ, ପବିତ୍ର ଅନ୍ତର, ଖୋଲା ପ୍ରାଣ, ଅନାବିଲ ଆତ୍ମା, ନିଷ୍ପାପ ଭାବନା, ଦୃଢ଼ ବିଶ୍ୱାସ ନେଇ ଆସିବା କଥା । ପେଟ ଭିତରେ ଗୋଟେ ପ୍ରକାର ଭାବ ରଖି ବାହାରକୁ ଆଉ ଅନ୍ୟ ରକମର ଲୋକଦେଖାଣିଆ ଉଦ୍ଦେଶ୍ୟ ନେଇ ଯେଉଁ କାମ କରାଯାଏ କିମ୍ୱା ସେପରି ମତଲବ ରଖି କେଉଁଠିକୁ ଗଲେ କେବେବି ସୁଫଳ ମିଳିବ ନାହିଁ । ମନରେ ଆବିଲତା ଥିଲେ କୁଫଳ ମିଳେ । ଅନାବିଲ ମନରେ ଭକ୍ତି ସହକାରେ ପବିତ୍ର ଭାବନାରେ ଉଦ୍‌ବୁଦ୍ଧ ହୋଇ, ମହତ ଆଶାରଖି, ଉଚ୍ଚାକାଂକ୍ଷା ମତଲବ ନେଇ ନିଷ୍ପାପର ଭାବରେ, ନୀତିନିଷ୍ଠ ଅନ୍ତରରେ ଠାକୁରଙ୍କୁ ଡ଼ାକିଲେ, ଦେବତାଙ୍କୁ ସ୍ମରଣ କଲେ, ମହାପ୍ରଭୁଙ୍କୁ ଭଜିଲେ ସେ ନିଶ୍ଚୟ ଡାକ ଶୁଣିବେ । ଗୁହାରି ଘେନାକରିବେ । ମନସ୍କାମନା ପୁରଣ ହେବ । ସେଥିରୁ ତୁ ଶାନ୍ତି ପାଇବୁ । ମାନସିକ ଶାନ୍ତି । ଇଚ୍ଛା ସାର୍ଥକ ହେବ । ତୁ ଆନନ୍ଦ ଲାଭ କରିବୁ । ସ୍ଥାୟୀ ଆନନ୍ଦ । ମନୋବାଞ୍ଛା ସିଦ୍ଧ ହେଲେ ଉଲ୍ଲାସରେ ହେବୁ ବିଭୋର । ପ୍ରାଣ ଉଲ୍ଲସା ଉଲ୍ଲାସ । ଆଶା ସଫଳ ହେଲେ ତୁ ଉପକୃତ ହେବୁ ନିଶ୍ଚୟ । ପ୍ରକୃତରେ ବାସ୍ତବ ଉପକୃତ । ତା'ଦ୍ୱାରା ସଂସାରର ମଙ୍ଗଳ ହେବ । ସମାଜ ଭଲରେ ରହିବ । ସୁଫଳ ମିଳିବ ଦୁନିଆକୁ । ଚିରସ୍ଥାୟୀ ସୁଫଳ କାହିଁକିନା ସେଥିରେ କାହାରି ପ୍ରତି ଅନିଷ୍ଟ ଚିନ୍ତା ନଥାଏ । ଅମଙ୍ଗଳ କାମନା ରହେନା, କାହାରି କ୍ଷତି ହେବାର ଯୋଜନା ସେଥିରେ ସ୍ଥାନ ପାଇନଥାଏ । କାହାକୁ ଅସୁବିଧାରେ ପକାଇବାର କଳ୍ପନା ରହେନା ସେଥିରେ । (ସେଥିରେ) ତା'ମଧ୍ୟରେ ମଧ୍ୟ ଅନ୍ୟକୁ ହଇରାଣ କରିବାର ମତଲବ ନଥାଏ । ତାହା ନକରି ତୁ ଯେଉଁ ବାଟ ଧରିଛୁ, ଯୋଉ ପଥ ଅନୁସରଣ କରୁଛୁ, ଯେପରି ସରଣୀର ପଥିକ ହୋଇଛି ସେ ରାସ୍ତା କଣ୍ଟକିତ,

କର୍ଦ୍ଦମାକ୍ତ, ପିଚ୍ଛିଳ, ଅବାଟ, ଅବର୍ଜନାରେ ଭରପୂର, ବିପଦ ସଂକୁଳ, ପ୍ରତିଗନ୍ଧମୟ। ସେ ପଥରୁ ତୁ ଫେରିଆ। ସେପରି ଲକ୍ଷ୍ୟରୁ ଓହରିଯା। ସେମିତି ନୀତିରୁ ବିଶ୍ରାମନେ। ବୃଥାରେ ଘୁରି ବୁଲୁଛୁ। ସେଥିରୁ ଲାଭ ପାଇବୁ ନାହିଁ। ତୋତେ ସେଥିରୁ କେବେ ବି କୌଣସି ପ୍ରକାର କିଛି ହେଲେ ସୁଫଳ ମିଳିବ ନାହିଁ ଆଦୌ। ବରଂ କ୍ଷତିରେ ପଡ଼ିବୁ। ବିପର୍ଯ୍ୟୟର ସମ୍ମୁଖୀନ ହେବୁ। ବିପଦକୁ ଡାକି ଆଣିବୁ। ଆମନ୍ତ୍ରଣ କରି ବସିବୁ ଦୁର୍ଦ୍ଦିନକୁ। ଆବାହନ କରିବୁ ଦୁଃଖଦ ଦୁଃସମୟକୁ। ସ୍ୱାଗତ ଜଣାଇବୁ ଦୁର୍ବିପାକକୁ ଉଭୟ ତୋ ଲାଗି ଆଉ ମୋ ପାଇଁ।

“ଶୁଣ ସତୀ ବିପଦ କେଉଁଠି ନାହିଁ ? ଯେତେ ସାବଧାନ ହେଲେ ମଧ। ଯେତେ ହୁସିଆର ହୋଇ ଚଲିଲେ ବି। ଯେତେ ପ୍ରକାର ସତର୍କ ରହିଲେ ସୁଦ୍ଧା। ବିପଦ ଯଦି ପଡ଼ିବାର ଥାଏ, ତେବେ ବିପଦ ନିଶ୍ଚୟ ଆସିବ। ତୁ କ’ଣ ଜାଣିନୁ “ଯତ୍ର ଧର୍ମ ସୁତୋ ରାଜ, ଗଦାପାଣି ବୃକୋଦର, କୃଷ୍ଣୋଽସୀ ଗାଣ୍ଡିବଂ ଚାପ ସୁହୃତ୍ କୃଷ୍ଣସ୍ତତୋ ବିପଦ।” ଅନୁବାଦରେ ହେଲା– ଯେ କୁଳେ ରାଜା ଧର୍ମସୂତ, ରକ୍ଷକ ଭୀମ ଗଦାହସ୍ତ। ଅର୍ଜୁନ ଯହିଁ ଧନୁଧରେ। ତହିଁ ଗୋବିନ୍ଦ ରକ୍ଷା କରେ। ସେ କୁଳେ ପଡ଼ିଲା ବିପଢ଼ି, ଦେଖ ଏ ଦଇବର ଗତି। ଯେଉଁଠି ଧାର୍ମିକ ରାଜ ଯୁଧିଷ୍ଠିର, ଗଦାଧାରୀ ଭୀମ ଓ ଧନୁର୍ଦ୍ଧାରୀ ଅର୍ଜୁନ ଏବଂ ସ୍ୱୟଂ କୃଷ୍ଣ ସହାୟ ଅଛନ୍ତି ସେଠାରେ ମଧ ବିପଦ ପଡ଼ିଛି। ତେଣୁ ଅନ୍ୟମାନଙ୍କ (ଆମମାନଙ୍କ) କଥା କ’ଣ କହିବା।”

ଆମେ ମନ୍ଦିରକୁ କାହିଁକି ଆସୁ ଶୁନି ? ଠାକୁରଙ୍କୁ ଆମ ଅନ୍ତରର ବ୍ୟଥା ଜଣାଇ ମନକୁ ହାଲୁକା କରିବା ପାଇଁତ ? ଏଠିକୁ ତୁ ଯେପରି ମନ ନେଇ ଆସିବୁ ସେପରି କଲେ ହୁଏତ ଠାକୁରଙ୍କୁ ଦର୍ଶନ କରି ତାଙ୍କ ମନ୍ଦିରରେ ରହିଥିବା ପର୍ଯ୍ୟନ୍ତ ମନ ହାଲୁକା ରହିପାରେ। କିନ୍ତୁ ମନର ସେପରି ହାଲୁକା ଅବସ୍ଥା ବେଶୀ ସମୟ ରହିବ ନାହିଁ। ଏଠୁ ଗଲା ପରେ ଘରେ ପହଞ୍ଚିବାର ଅଳ୍ପ କିଛି ସମୟ ପରେ ବିଭିନ୍ନ ସମସ୍ୟା ମନକୁ ପୁଣି ବ୍ୟତିବ୍ୟସ୍ତ କରିବସିବ। ବାସ୍ତବରେ ଆମର ମନ କେବେବି ଚିନ୍ତାଗ୍ରସ୍ତ ନଥିଲା। ଆମେ ନିଜେ ଜାଣିଶୁଣି ଆମ ମନକୁ ଚିନ୍ତାଗ୍ରସ୍ତ କରାଉଛନ୍ତି। ଶୁନି ମନ ରୂପକ ଦର୍ପଣରେ ଧୂଳି ଜମିଗଲେ ସେଥିରୁ ଆଉ ଆମର ପ୍ରତିବିମ୍ବକୁ ସ୍ପଷ୍ଟ ଭାବରେ ଦେଖି ହୁଏ ନାହିଁ। ଶାନ୍ତ, ସରଳ, ନିଷ୍କପଟ ମନରେ ହିଁ ପରମାତ୍ମାଙ୍କର ପ୍ରତିଫଳନ ସ୍ପଷ୍ଟବାରି ହୁଏ। ଏହି ଦେହ ଆମର ଗୋଟିଏ ମନ୍ଦିର। ଏଇଠି ରହିଛନ୍ତି ପରମାତ୍ମା। ତେଣୁ ଶ୍ରୀମଦ୍ ଭାଗବତରେ କୁହାଯାଉଛି– “ସକଳ ଘଟେ ନାରାୟଣ, ବସନ୍ତି ଅନାଦି କାରଣ।” ପୁଣି ଫକିର କହିଛନ୍ତି “ଦିଲ ଦୋ ଆଲ୍ଲାକା ଘର।” ଠାକୁର ରାମକୃଷ୍ଣ ପରମହଂସ କହିଛନ୍ତି “ମଣିଷର ହୃଦୟରେ ହିଁ ଭଗବାନଙ୍କର ବୈଠକ ଖାନା।” ସନ୍ତୁ ତୁଲସୀ ଦାସ କହିଛନ୍ତି “ଯିଏ ହରିକଥା ଶ୍ରବଣ କରେ ଏବଂ ସମସ୍ତ ସୁଗୁଣରେ ପରିପୂର୍ଣ୍ଣ।” ଭଗବାନ ଶ୍ରୀରାମ, ସୀତା ଏବଂ ଲକ୍ଷ୍ମଣଙ୍କୁ ନେଇ ତା’ରି ହୃଦୟରେ ବାସ କରନ୍ତି। ଆମମାନଙ୍କ ଦେହ ମନ୍ଦିରରେ ମନ ବା ହୃଦୟ ହେଉଛି ସିଂହାସନ। ଏହି ସିଂହାସନରେ ନିଜର ଆରାଧ ବା ଇଷ୍ଟଙ୍କୁ ବସାଇବା ଉଚିତ। ଆମେତ ଇଷ୍ଟଙ୍କୁ ମନ୍ଦିରରେ ବସାଇଛୁ। ପୂଜା କରୁଛୁ। ଧୂପ, ଦୀପ ଅର୍ପଣ କରୁଛୁ। ଫୁଲ ଚଢ଼ାଉଛୁ। ଭୋଗରାଗ ବାଢ଼ି ଦେଉଛୁ। ତାଙ୍କ ସାମନାରେ ପୁରାଣ ପଢ଼ୁଛୁ। ଏସବୁ କାମ କଲାବେଳେ ଆମ ମନ କିନ୍ତୁ ଥାଏ ଅନ୍ୟଆଡ଼େ। ଅସ୍ଥିର ମନରେ ପରମାତ୍ମା ଧରା ଦିଅନ୍ତି ନାହିଁ। ପ୍ରଥମେ ନିଜକୁ ନିର୍ମଳ କରିବାକୁ ହେବ। ଫରାସୀ ସମ୍ରାଟ ନେପୋଲିଅନ ତାଙ୍କ ଲୋକଙ୍କୁ କହନ୍ତି ଆଗେ ନିଜେ ନିର୍ମଳ ହୁଅ। ତା’ପରେ ସମସ୍ତ ଆବଶ୍ୟକ ତୁମକୁ ଆପେ ଆପେ ମିଳିଯିବ। ତାଙ୍କ ପାଇଁ ଆସନ ସଜାଡ଼ିବାକୁ ପଡ଼ିବ। ମନ ଆସନରେ ଆମର ଗଦାଗଦା ଅଳିଆ ଜମା ହୋଇଛି। କାମ, କ୍ରୋଧ, ଲୋଭ, ମୋହ ଭଳି ନାନାଦି ଉକ୍ଟ ଗନ୍ଧ କରୁଥିବା ଦ୍ରବ୍ୟ ସିଂହାସନରେ ଅଛି। ତାକୁ ସଫା କରିବାକୁ ହେବ। ମନ ନିଷ୍କଳ ହେଲେ ଯାଇ ତାଙ୍କ ରୂପ ମନ ଆଇନାରେ ପ୍ରତିଫଳିତ ହୁଏ। ଯେଉଁଠି ତାଙ୍କର ରୂପ ଥାଏ। ତାହାତ ମନ୍ଦିର, ତାଙ୍କ ପୂଜା ପାଇଁ ଯେତେ ସବୁ ସାମଗ୍ରୀ ଯୋଗାଡ଼ ହେବା ଦରକାର ପଡ଼ୁଛି।

ସେସବୁ ସାମଗ୍ରୀ ତ ଆମରି ପାଖରେ ଅଛି । ଅନୁତାପ ରୂପକ ଅନଳରେ ପ୍ରକୃତି ରୂପକ ଧୂପକୁ ଜାଳିଦିଅ । ବାସନା ରୂପକ ଦୀପବତୀ ଜାଳି ଦିଅ । ଜୀବନର ସମସ୍ତ କର୍ମକୁ ସମୀକ୍ଷା କରି ସୁକର୍ମର ଶ୍ରେୟଫଳ ସବୁ ତାଙ୍କ ପାଖରେ ନିବେଦନ କର । ହୃଦୟ ଫୁଲସବୁ କୋମଳରୁ ଅଧିକ କୋମଳ କରି ତାଙ୍କ ପାଖରେ ଅର୍ପଣ କରିଦିଅ । ଆଉ କରପତ୍ର ଯୋଡ଼ି ଆଖ୍ଖିର ଲୁହରେ ତାଙ୍କ ପୂଜାର୍ଚ୍ଚନା କରିବା ଅଭ୍ୟାସ କର । ଶ୍ୱାସ ପ୍ରଶ୍ୱାସରେ ଆଲଟ ଚାମର ଢାଳିଦିଅ । ଶରୀରର ସମସ୍ତ କ୍ରିୟା ପଳାପହିଁ ତାଙ୍କୁ ଝୁରି ହେବାର ନାମ ଶ୍ରେଷ୍ଠପୂଜା । ଦେହ ମନ୍ଦିରରେ ପୂଜା ପ୍ରଥମେ ହେଉ । ଆମର ଦେହ ଗୋଟିଏ ଭାବ୍ୟ ମନ୍ଦିର । ଏଇଟି ପରମାତ୍ମା ବିରାଜମାନ କରିଛନ୍ତି । ଏକଥା ଆମେ ସହଜରେ ଗ୍ରହଣ କରିବାକୁ ରାଜି ନୋହୁଁ । ସେଇଥିପାଇଁ ବହୁ ଅଶାନ୍ତିର ସୂତ୍ରପାତ ହୁଏ । ପ୍ରଥମେ ମନ ମନ୍ଦିରରେ ତାଙ୍କୁ ବସାଇ ତା'ପରେ ଅନ୍ୟ ମନ୍ଦିରକୁ ଯାତ୍ରା କରିବା ଉଚିତ୍ ।

ଆମେ କିଛି କାମ କରିବା ପଛରେ ପ୍ରେରଣା ଦିଏ ଆମମାନଙ୍କ ମନ । ମନ ଭଲ ଅଛି ତ ବହୁତ କାମ ସୁରୁଖୁରୁରେ ହୋଇଯିବ । ମନ ଭଲ ନାହିଁତ ପ୍ରତ୍ୟେକ କାର୍ଯ୍ୟ ପଛେଇ ଯିବ । ଶରୀରରେ ଶକ୍ତି ସାମର୍ଥ୍ୟ ଥାଇ ବି ଯଦି ମନ ଭଲ ନାହିଁ ତେବେ କାମ ଠିକ୍ ହେବ ନାହିଁ । ସ୍ଥଳ ଶରୀରକୁ ପରିଚାଳନା କରିବା ଦିଗରେ ମନର ଭୂମିକା ଅତ୍ୟନ୍ତ ଗୁରୁତ୍ୱ ପୂର୍ଣ୍ଣ । ଅନୁଷ୍ଠାନରେ କର୍ମଚାରୀମାନଙ୍କ ମନ ନ ମିଶିଲେ ଅଶାନ୍ତି ଦେଖାଦିଏ । ପରିବାରରେ ସମସ୍ତ ସଦସ୍ୟଙ୍କ ମନ ନ ମିଶିଲେ ଅଶାନ୍ତି ବଢ଼େ । ଚଞ୍ଚଳ ମନକୁ ଆୟତ୍ତ କରିବାକୁ ବହୁ ମହାପୁରୁଷ ବହୁବାଟ ବତାଇଛନ୍ତି । କିଏ ଯୋଗ, ସମାଧ୍ୟ, ପ୍ରାଣାୟାମ ଇତ୍ୟାଦିର ପଥ ବତାଇଛନ୍ତି ତ କିଏ ଜପ, ତପ, କୀର୍ତ୍ତନ, ଅଧ୍ୟୟନର ଦିଗ ଦର୍ଶାଇଛନ୍ତି । ମନକୁ ବୋଲ ମନେଇ ପାରିଲେ ସେ ଆୟତ୍ତରେ ରହେ ।

ମୋତେ ତ ଆଶ୍ଚର୍ଯ୍ୟ ଲାଗୁଛି । ତୁ ଏପରି ଖରାପ କଥା ଠାକୁରଙ୍କୁ କହିପାରିଲୁ କେମିତି ? ଏଭଳି ମନ୍ଦ ମନଭାବ ନେଇ କିପରି ମନ୍ଦିରକୁ ଆସୁଛୁ । ଠାକୁରଙ୍କୁ ଦର୍ଶନ କରୁଛୁ କେମିତି ଏଭଳି କଦର୍ଯ୍ୟ ମତଲବ ରଖ୍ ? ଏପରି କୁଉଦ୍ଦେଶ୍ୟ ଧରି ତୋର ଦେବାଳୟକୁ ଆସିବା ଆଦୌ ଉଚିତ ନୁହେଁ । ତୁ କ'ଣ ଜାଣିନାହୁଁ ସୁନି ଠାକୁର ବାବା କହନ୍ତି "ଯାଦୃଶୀ ଭାବନା ଯସ୍ୟ ସିଦ୍ଧିର୍ଭବତି ତାଦୃଶୀ ।" ଯାହାର ମନ ଯେଡ଼େ, ତା ପ୍ରଭୁ ସେଡ଼େ । ତୁ ବ୍ରାହ୍ମଣ ଘରର ଝିଅ ସୁନି; ଉଚ୍ଚଜାତି ବ୍ରାହ୍ମଣ କୁଳରେ ତୋର ଜନ୍ମ । ଛତିଶ ପାଟକର ରାଜା ବ୍ରାହ୍ମଣର ରକ୍ତ ତୋ ଦେହରେ ପ୍ରବାହିତ । ଜାତି ଶ୍ରେଷ୍ଠ ବ୍ରାହ୍ମଣ ହୋଇ ତୋ'ର ଏତେ ଛୋଟ ବୁଦ୍ଧି କାହିଁକି ? ଛୋଟ ମନ, ନିମ୍ନ ଚିନ୍ତା, କଦର୍ଯ୍ୟ ଲକ୍ଷ୍ୟ, କଦାକାର ଉଦ୍ଦେଶ୍ୟ, ଖରାପ ଭାବ, ମନ୍ଦ ଭାବନା, ହୀନ ମନ୍ୟତା ।

ତୋ ବାପା ପୁରୋହିତ କର୍ମ କରନ୍ତି । ଯଜମାନମାନଙ୍କ ମଙ୍ଗଳ ପାଇଁ ଠାକୁରଙ୍କୁ ଜଣାନ୍ତି । ସେମାନଙ୍କ ରିଷ୍ଟ ଖଣ୍ଡନ ଲାଗି ଗୁହାରି କରନ୍ତି ଦେବା ଦେବୀଙ୍କ ପାଖରେ । କେତେ ହୋମ, କେତେ ଯାଗ, କେତେ ପୂଜାର୍ଚ୍ଚନା କରି ଥାଆନ୍ତି ଠାକୁରଙ୍କ ନିକଟରେ ସଂସାରର ମଙ୍ଗଳ ପାଇଁ, ସମାଜର ଭଲଲାଗି, ଦୁଲିଆର ଉନ୍ନତି କଣ୍ଠେ, ଲୋକମାନଙ୍କର କଲ୍ୟାଣ ନିମିତ୍ତ ତାଙ୍କର ହୋମ ପୂଜା ଆଦି ଉଦ୍ଦିଷ୍ଟ । ତୁ ତାଙ୍କରି ଝିଅ । ତାଙ୍କ ରକ୍ତ ତୋ ଦେହରେ ପ୍ରଭାବିତ । ତାଙ୍କ ଶରୀରର ଉତ୍ତାପ ତୋ ସ୍ନାୟୁରେ ଭରି ରହିଛି । ତାଙ୍କ ସ୍ୱଭାବ ତୋ ହୃଦୟରେ । ତାଙ୍କ ପରି ଭାବନା ତୋ' ଅନ୍ତରରେ । ତାଙ୍କ ସଦୃଶ କାମନା ତୋ' ଆତ୍ମାରେ ପୂର୍ଣ୍ଣ ମାତ୍ରାରେ ରହିବା କଥା । ତାଙ୍କ ଭଳି ମନଭାବ ତୋ' ମନରେ ଥବା ଉଚିତ୍ । ତାଙ୍କ ପରି ଉଦ୍ଦେଶ୍ୟ ମଧ୍ୟ ତୋ'ର ହେବା ଆବଶ୍ୟକ । ତୋ' ପ୍ରାଣରେ ତାଙ୍କ ପରି ସଂସ୍କାର ଗୁଞ୍ଜରଣ ହେବା ଦରକାର । ତାଙ୍କ ପରି କାମନା ତୋ'ର ରହିବା କଥା । ତୋ'ର ବିଚାରରେ, ବ୍ୟବହାରରେ, ଆଚାର ଓ ଆଚରଣରେ ମଧ୍ୟ । ତୁ ସୁନି କ'ଣ ଜାଣୁନା ଯେ ଆଚରଣ ମନୁଷ୍ୟର ଆଧ୍ୟାମ୍ନିକ ଜୀବନକୁ ବିଶେଷ ଭାବେ ପ୍ରଭାବିତ କରିଥାଏ । ଧର୍ମ ସବୁବେଳେ ମନୁଷ୍ୟର ଆଚରଣ ଓ ବ୍ୟବହାରରେ ନିହିତ ଥାଏ । ଜଣେ ବ୍ୟକ୍ତି ଧାର୍ମିକ କି ନୁହେଁ, ତାହା ତା'ର

ବିଦ୍ୟା, ବୁଦ୍ଧି, ପଦ ବା ମର୍ଯ୍ୟାଦାରୁ ଜଣାପଡ଼େ ନାହିଁ ବରଂ ଏହା ବ୍ୟକ୍ତିର ବ୍ୟବହାର ତଥା ଆଚରଣରୁ ଜଣା ପଡ଼େ। ତେଣୁ ବ୍ୟକ୍ତିକୁ ଧାର୍ମିକ ହେବାକୁ ହେଲେ, ପ୍ରଥମେ ନିଜ ଆଚରଣରେ ପରିବର୍ଦ୍ଧନ ଆଣିବା ଉଚିତ୍। ପୋଥି କିମ୍ବା ଧର୍ମଗ୍ରନ୍ଥ ପଢ଼ିଲେ କେହି କେବେ ବିଦ୍ୱାନ କିମ୍ବା ଧାର୍ମିକ ହୋଇଯାଏ ନାହିଁ। କିମ୍ବା ସେ ବାସ କରୁଥିବା ସମାଜରେ ଧର୍ମବନ୍ତ ପୁରୁଷର ପରିଚୟ ସୃଷ୍ଟି କରିବାକୁ କେବେ ବି ସକ୍ଷମ ହୋଇ ପାରେ ନାହିଁ। ଯେଉଁ ବ୍ୟକ୍ତିର ଆଚରଣ ଶୁଦ୍ଧ ସେହି କେବଳ ପ୍ରକୃତ ବିଦ୍ୟା ବା ଜ୍ଞାନର ଅଧିକାରୀ ହୋଇପାରିବ। ଆଚରଣକୁ ଶୁଦ୍ଧ, ନିର୍ମଳ ତଥା ନିରପେକ୍ଷ କରିବାକୁ ହେଲେ ପ୍ରଥମେ ବ୍ୟକ୍ତିକୁ ସତ ପଥରେ ଚାଲିବାକୁ ହେବ। ଏହା ସହ ବ୍ୟକ୍ତିକୁ ନିଜ କର୍ତ୍ତବ୍ୟ ମଧ୍ୟ ସମ୍ପାଦନ କରିବାକୁ ପଡ଼ିବ। ଉତ୍ତମ ଆଚରଣ ଓ ବ୍ୟବହାର ଦ୍ୱାରା ବ୍ୟକ୍ତି ଧାର୍ମିକ ତଥା ଭଗବାନଙ୍କ ନିକଟତର ହୁଏ। ଏହା ବ୍ୟକ୍ତିର ଆଖପାଖର ଲୋକମାନଙ୍କୁ ମଧ୍ୟ ପ୍ରଭାବିତ କରିଥାଏ। ତୋରତ ମୂଳରୁ ଆଚରଣ କୁକର୍ମରେ ପୂର୍ଣ୍ଣ ଓ ତୋ' ମନର ଭାବନାରେ କଲୁଷ ଭାବ ପୁରା ମାତ୍ରାରେ ଭରପୂର। ସେପରି ସ୍ଥଳେ ତୋ' ଦ୍ୱାରା ମୁଁ ତୋ' ପାଖ ଲୋକ ଭାବରେ ଉତ୍ତମ ଭାବନାରେ ପ୍ରଭାବିତ ହେବି କିପରି ?

ଯାହା ବାପାଙ୍କର ଦିନରାତି ସମୟ ବିତୁଛି ଯଜମାନଙ୍କର ମଙ୍ଗଳ କାମନାରେ। ସଂସାରର ଉପକାର କରିବା ଉଦ୍ଦେଶ୍ୟରେ। ସମାଜର ହିତ ସାଧାନରେ। ଦୁନିଆର ଉପକାର ହେବା ଲକ୍ଷ୍ୟରେ। ତୁ ତାଙ୍କଠାରୁ ଜନ୍ମ ହୋଇ ଏପରି ବିପରୀତ ଗୁଣର, ସ୍ୱଭାବର, ମତଲବର, ଅଭିପ୍ରାୟର, ଉଦ୍ଦେଶ୍ୟର, ଲକ୍ଷ୍ୟର ଅଧିକାରିଣୀ ହେଲୁ କିପରି ? ତୋ' ମନ ତୋ' ବାପାଙ୍କ ନିର୍ଦ୍ଧେଶିତ ଦିଗରେ ନ ଯାଇ ଅନ୍ୟ ଆଡ଼କୁ କିଭଳି ଗତି କରୁଛି ? ଢଳି ଯାଉଛି ? ମାଡ଼ି ଚାଲିଛି ଏପରି ଅରମ ପଥରେ। ସୁନି; ଭଲ କାମଟିଏ କରିବାକୁ ଭଲ ମାନସିକତା ଦରକାର। ଖରାପ କାମ କରୁଥିବା ଲୋକମାନଙ୍କ ମାନସିକତା ହିଁ ମନ୍ଦ। କାହିଁକି ନା ମଣିଷ ପ୍ରଥମେ ମନରେ ଚିନ୍ତା କରିବା ପରେ ଯାଇ ଶରୀର ଦ୍ୱାରା ଭୁଲ କାମ କରିଥାଏ। ଜଣେ ମଣିଷର ଦେହ ସୁସ୍ଥ ସବଳ ପାଇଁ ଯେମିତି ପୁଷ୍ଟିକର ଖାଦ୍ୟ ଦରକାର ସେମିତି ମନ ଶୁଦ୍ଧ ରହିବା ଲାଗି କିଛି ବ୍ୟବସ୍ଥା ମଧ୍ୟ ରହିଛି। ମନର ଅବସ୍ଥାକୁ କହନ୍ତି ସଂସ୍କାର। ଆମ ମନରେ କିଛି ଭାବନା ଜନ୍ମନିଏ। ପରେ ତାହା ଶରୀର ମାଧ୍ୟମରେ କ୍ରିୟାଶୀଳ ହୁଏ। ଭଲକାର୍ଯ୍ୟକୁ (ଭଲ) ଉତ୍ତମ ସଂସ୍କାରର ଫଳ ଓ ମନ୍ଦ କାର୍ଯ୍ୟକୁ ଖରାପ (ମନ୍ଦ)ସଂସ୍କାରର ଫଳ କହନ୍ତି। କେହି ଜଣେ ଦୁଃଖୀ ରଙ୍କିକୁ ଦେଖି ସାହାଯ୍ୟ କଲା। ଆମେ ତାହା ଦେଖି କହୁ ତା ପରିବାରରେ ଭଲ ସଂସ୍କାର ଅଛି। ମନ୍ଦ କାମ ପାଇଁ ସଂସ୍କାରକୁ ବି ଦାୟୀ କରାଯାଏ। ପରିବାରରେ ନୂଆ କରି ଆସିଥିବା ବୋହୂଟିର କାର୍ଯ୍ୟ-କଳାପ, ଶିକ୍ଷାନୁଷ୍ଠାନରେ ଛାତ୍ର-ଛାତ୍ରୀଙ୍କ, କାର୍ଯ୍ୟାଳୟରେ କର୍ମଚାରୀଙ୍କ ପ୍ରତିଟି କର୍ମ ସଂସ୍କାର ଅନ୍ତର୍ଗତ, ଭଲ-ମନ୍ଦ, ଖରାପ-ଉତ୍ତମ ଚିନ୍ତାଧାରା, ସଂସ୍କାର ବିଷୟ। ତୋ' ବାପା,ମା' ତୋତେ ଟଙ୍କା ଖର୍ଚ୍ଚ କରି ପାଠ ପଢ଼ାଇ ଶିକ୍ଷିତା କଲେ ତୋ' ମନ ଜାଣି ସବୁ ଯୋଗାଇବାକୁ ଯାଇ ଅର୍ଥ ବ୍ୟୟ କରିବା ପାଇଁ କେବେ କାର୍ପଣ୍ୟ ଭାବ ପ୍ରକାଶ କରିନାହାନ୍ତି ହେଲେ ସେମାନେ ତୋତେ ଠିକ୍ ସଂସ୍କାର ଶିଖାଇ ପାରିଲେ ନାହିଁ। ଉପଯୁକ୍ତ ସଂସ୍କାର ନ ଥିବା ଜୀବନ ବେକାର ହୋଇଯାଏ। ଏଇ ତୋ'ର ଯେମିତି ହୋଇଛି।

ଭାଇ ରାବଣକୁ ମିଛସତ କହି ରାମାୟଣ ଯୁଦ୍ଧ ରଚନା କରିଥିବା କଥା କାଳ ଗର୍ଭରେ ସାଇତା ହୋଇ ରହିଛି। ମାୟାମୃଗ ଭାବେ ମାରୀଚ ରାକ୍ଷସକୁ ପ୍ରେରଣ କରି ଓ ନିଜେ ବାଆଜୀ ବେଶରେ ସୀତାଙ୍କୁ ଅପହରଣ ଆଦି ନାନା ମିଥ୍ୟାଚାରର ଆଶ୍ରୟ ନେଇ ଶେଷରେ ବଂଶ ସହିତ ରାବଣ ନିଜେ ନାଶ ଗଲେ। ମାତ୍ର ସର୍ବଦା ସୀତାଙ୍କୁ ଛାଡ଼ିଦେବା, ଶ୍ରୀରାମଙ୍କ ସହିତ ଯୁଦ୍ଧ ନ କରିବାକୁ ସ୍ୱାମୀ ରାବଣଙ୍କୁ କାକୁତି ମିନତି ହେଇଥିବା ମନ୍ଦୋଦରୀ, ରାବଣର ମୃତ୍ୟୁପରେ ଶ୍ରୀରାମଙ୍କ ଅନୁରୋଧରେ ବିଭୀଷଣଙ୍କୁ ବିବାହ କରି ଲଙ୍କାର ସାମ୍ରାଜ୍ଞୀ ଭାବେ ପୁନଃ ପ୍ରତିଷ୍ଠିତା ହେଲେ ନି କେବଳ। "ପଞ୍ଚକନ୍ୟା ସ୍ମରେ ନିତ୍ୟମ୍ ମହାପାତକ ନାଶନାମ୍" ମନ୍ତ୍ର ଅନ୍ତର୍ଭୁକ୍ତ ହୋଇଗଲେ। ରାବଣର ପାଖେ ପାଖେ ଥିଲେ ବି

ତାଙ୍କ ପାପର କାଳିମାଏ ବି ସ୍ୱୀ ମନ୍ଦୋଦରୀଙ୍କଠାରେ ଲାଗି ପାରି ନଥିଲା। ସେ' ତ ରାମାୟଣର କଥା। ଶ୍ଲୋକବି କହିଲା। "ବିକୃତଂ ନୈବ ଗଚ୍ଛନ୍ତି ସଙ୍ଗ ଦୋଷେଣ ସାଧବଃ, ଅବେଷ୍ଟିତଂ ମହାସର୍ପୈଃଶ୍ଚଦନଂ ନ ବିଷାୟତେ।" କୁସଙ୍ଗ ଦୋଷରେ ସାଧୁଏ କଦାପି ବାଟବଣା ହୁଅନ୍ତିନି। ସର୍ପସଙ୍ଗ ସତ୍ତ୍ୱେ ଚନ୍ଦନ କେବେ ବିଷଘେନା କରିନଥାଏ। ଯେ ହେଲା କଷଟି ପଥରରେ କଷା ଯାଇଥିବା ସାଧୁର କଥା। ସେମିତି ଆମେ ଦୁହେଁ ଯେତେ ଅନ୍ତରଙ୍ଗ, ଘନିଷ୍ଠ ଏବଂ ନିବିଡ଼ ସାଙ୍ଗ ହେଲେ ସୁଦ୍ଧା। ସର୍ବଦା ପାଖା ପାଖି ରହି ମଧ ତୋ' ମନର କାଳିମା, ଅନ୍ତରର କୁଚିନ୍ତା, ହୃଦୟର ଦୁର୍ଭାବନା, ପ୍ରାଣର ପାପଚିନ୍ତା, ଆମ୍ମାର ଅଶୁଦ୍ଧ ଭାବନା ମୋତେ କେବେ ବି ସ୍ପର୍ଶ କରିବାକୁ ସକ୍ଷମ ହୋଇପାରିବ ନାହିଁ ସୁନି, କେବେ ବି ମୋତେ ଛୁଇଁ ପାରିବନି।

ସତୀର କଥା ସୁନି ମନଯୋଗ ସହକାରେ ଶୁଣୁଥିଲା। ସତୀକୁ ନିଜ ଉପରକୁ ଆଉଜାଇ ଆଣି ତା' ପିଠି ଥାପୁଡ଼ାଇ ଦେଲା। "ସତୀ ତୁ ଯାହା କହ ପଛେ, ମୋ ମନ କାହିଁକି ସେ ଆଡ଼କୁ ଡାକିଲା। ଟାଣି ହୋଇ ଗଲା ମୋ ଆମ୍ମା ସେ ଦିଗକୁ। ମୋ ହୃଦୟକୁ କିଏ ଯେପରି ଟିଙ୍କି ନେଲା ସେ ବିଷୟ ପ୍ରତି। ମୋ ପ୍ରାଣକୁ ଓଟାରି ନେଲା ସେହି କଥାକୁ ଲକ୍ଷ୍ୟ ରଖ। ମୋ' ଅନ୍ତରରେ ସେପରି ଭାବନା ଜାଗିଲା। କାରଣ ତୋ' ସହିତ ତାଙ୍କୁ ଦେଖିଲେ ମୋ ଆଖି ପୁରିଉଠେ। ପ୍ରାଣ କୁଣ୍ଡେ ମୋଟ ହୋଇଯାଏ। ହୃଦୟରେ ଆସିଯାଏ ଅଲଗା ଭାବନାର ଉନ୍ମାଦନା। ଅନ୍ତର ଭରିଯାଏ ଆବେଗରେ। ମନ ଉଲ୍ଲ୍ୱସିତ ହୋଇଉଠେ। ତୋ ସହିତ ସିଏ ଭଲ ଦେଖା ହେବେ। ତୁ ତାଙ୍କୁ ବେଶ ମାନିବୁ। ତୁ ତାଙ୍କ ପାଇଁ ଉପଯୁକ୍ତ। ସିଏ ବି ତୋ' ଲାଗି । ତୁମ ଯୋଡ଼ି ରତି–କାମଦେବଙ୍କ ପରି ଦିଶିବ। ଶିବ–ପାର୍ବତୀଙ୍କ ଯୁଗଳ ମୂର୍ତ୍ତିଭଳି ତୁ ତାଙ୍କ ସାଙ୍ଗକୁ ଶୋଭାପାଇବୁ। ଲକ୍ଷ୍ମୀବନ୍ତ ସୌଭାଗ୍ୟବାନ ପୁରୁଷ ସିଏ ଆଉ ତୁ ଲକ୍ଷ୍ମୀଙ୍କ ଅଂଶରେ ସୌଭାଗ୍ୟବତୀ ହୋଇ ଜନ୍ମ ହୋଇଛୁ। ସେଇଲକ୍ଷ୍ୟ ନେଇ, ସେହି ଉଦ୍ଦେଶ୍ୟ ରଖି, ସେଇ ଭାବନାରେ ବିଭୋର ହୋଇ, ସେହି ଉନ୍ମାଦନାର ବଶବର୍ତ୍ତୀ ହୋଇ, ସେପରି କଳ୍ପନା ମନରେ ରଖି ଠାକୁରଙ୍କୁ ଜଣାଇଲି। ସିଏ ଆସି ପହଞ୍ଚିଲେ। ତୁ ତାଙ୍କୁ ପାଦୁକ ଦେଲୁ। ଟିପା ଲଗାଇ ଦେଲୁ। ତାଙ୍କ ପରଶ ତୁ ପାଇଲୁ ତାଙ୍କ କପାଳକୁ ଛୁଇଁ। ଟିପା ଦେଲାବେଳେ ତାଙ୍କ ଆଖି ସହିତ ତୁ ତୋ ଆଖିକୁ ମିଶାଇଲୁ। ତାଙ୍କ ସାନ୍ନିଧ୍ୟ ପାଇଲୁ ନିଜେ। ଏଥିରେ ମୋର ଫାଇଦା କ'ଣ ଅଛି ?

ଆଉ ତୁ ଯେଉଁକଥା କହୁଛୁ, ମୁଁ ଏପରି ଭାବନା କାହିଁକି ମନରେ ପୋଷଣ କରିଛି ? ସତୀ; ଗୌତମ ବୁଦ୍ଧ କହିଥିଲେ– "କାମନାର ବିନାଶରେ ଦୁଃଖର ବିନାଶ।" ସେମିତି ଶାସ୍ତ୍ରରେ ମଧ କୁହାଯାଇଛି– "ନାସ୍ତି କାମ ସମୋବ୍ୟାଧ ନାସ୍ତି ମୋହ– ସମୋରିପୁଃ, ନାସ୍ତି କ୍ରୋଧ ସମୋ ବହ୍ନି ନାସ୍ତି ଜ୍ଞାନତପରଂ ସୁଖମ।" କାମ ସମାନ ବ୍ୟାଧ ନାହିଁ। ମୋହ ସମାନ ଶତ୍ରୁ ନାହିଁ। କ୍ରୋଧ ସମାନ ଅଗ୍ନିନାହିଁ ଏବଂ ଆମ୍ଜ୍ଞାନ ତୁଲ୍ୟ ସୁଖନାହିଁ। ହେଲେ ତୁ କହି ପାରିବୁ କାହାର କାମନା ନାହିଁ ? କିଏ ଉଦ୍ଦେଶ୍ୟ ବିବର୍ଜିତ ? ଲକ୍ଷ୍ୟ ରହିତ ? ତୋର ମୋର କିମ୍ବା ଆଉ କାହାର କାମନା ନାହିଁ। ଉଦ୍ଦେଶ୍ୟ ନ ରଖି କିଏ କେଉଁ କାମ କରେ ? ଲକ୍ଷ୍ୟହୀନ ଭାବରେ କିଏ ରହିପାରିଛି ? ତୁ, ମୁଁ କିମ୍ବା ଆଉ କେହି ? ପାଟିରେ କହିଦେବା ଆଉ କାମରେ ଲଗାଇବା ମଧରେ ଅନେକ ତଫାତ ଥାଏ। ଉପଦେଶ ଦେବା ଏବଂ ତାହା ପାଳନ କରିବା କିମ୍ବା ତାକୁ କାର୍ଯ୍ୟକାରୀ କରିବା ଭିତରେ ବହୁତ ଫରକ ଅଛି । ତୋ'ର ମଧ କାମନା ଅଛି, ମୋ ସହିତ ଏକାନ୍ତରେ ଭେଟ ହେବା। ତୋ'ର ଉଦ୍ଦେଶ୍ୟ ହେଲା ମୋ ସାଙ୍ଗରେ ନିରୋଲାରେ ବସି ମନଖୋଲା କଥାବାର୍ତ୍ତା କରିବା। ଲକ୍ଷ୍ୟ ମୋ ପାଖରେ ବସି ଅନ୍ତରଙ୍ଗ ମୁହୂର୍ତ୍ତ ଅତିବାହିତ କରିବା। ତୋ'ର ଯେମିତି କାମନା ଅଛି, ମୋର ମଧ ସେମିତି ଉଦ୍ଦେଶ୍ୟ ରହିଛି । ତୋ' ସହିତ ତାଙ୍କର ଭେଟ ହେଲେ ତୁମ ଦୁହିଁଙ୍କର ଯୁଗଳ ମୂର୍ତ୍ତିକୁ ଆଉ ଥରେ ଆଖି ପୁରାଇ ମନଭରି ଦେଖିବି। ସେଥିପାଇଁ ଖାସ ସେଇଥିଲାଗି ମୁଁ ଏମିତି କଥା ଠାକୁରଙ୍କୁ ଜଣାଇଲି।

ସତୀ, ଆମମାନଙ୍କ କଥା ଛାଡ଼, ଖୋଦ ଗୌତମ ବୁଦ୍ଧଙ୍କର ବି କାମନା ରହିଥିଲା– "ସଂସାରର ଯାତନାରୁ

ପ୍ରାଣୀମାନଙ୍କୁ ଉଦ୍ଧାର କରିବା। କାମନାର ବିନାଶରେ ଦୁଃଖର ବିନାଶ" ବୋଲି କହିଥିବା ଗୌତମ ବୁଦ୍ଧଙ୍କର ମଧ୍ୟ ଉଦ୍ଦେଶ୍ୟ ରହିଥିଲା। "ସାମାଜିକ ବିଶୃଙ୍ଖଳାକୁ ପ୍ରତିହତ କରି ଦୁନିଆରେ ବିଶ୍ୱଭ୍ରାତୃତ୍ୱଭାବ ପ୍ରତିଷ୍ଠା କରିବା" ଲକ୍ଷ୍ୟ ଥିଲା କୁସଂସ୍କାର ରହିତ, ହିଂସାମୁକ୍ତ, ସତ୍ୟଭାବନା ସମ୍ପନ୍ନ ସମାଜ ଗଠନ କରିବା। ମାତ୍ର କାମନା ନାହିଁ କାହାର ? କିଏ ଉଦ୍ଦେଶ୍ୟ ମୁକ୍ତ ହୋଇ ରହିପାରିଛି ? ଲକ୍ଷ୍ୟ ହୀନ ଭାବରେ କିଏ ଜୀବନ ଧାରଣ କରିଛି କହିପାରିବୁ ? ମନରେ ବାସନା ପୋଷଣ କରିନଥିବା ମନୁଷ୍ୟ ଏ ଦୁନିଆରେ ଅଛନ୍ତିକି ? କେବଳ ପାଗଳ ବା ଉନ୍ମାଦଗ୍ରସ୍ତଙ୍କୁ ଛାଡ଼ିଦେଲେ, ନା କେହି ରହିପାରିବ ସେପରି ହୋଇ ? ନିଜେ କହୁଥିବା କଥାରୁ ନିଜେ ପ୍ରଚାର କରୁଥିବା ଆଭିମୁଖ୍ୟରୁ ଆପଣା ମୁଖ ନିଃସୃତ ବାଣୀରୁ, ନିଜେ ଦର୍ଶାଇଥିବା ମାର୍ଗରୁ ଆପଣା ପ୍ରଦର୍ଶିତ ରାସ୍ତା ଏବଂ ନିଜ ନିର୍ଦ୍ଦେଶିତ ପଥରୁ ନିଜେ ବୁଦ୍ଧ ଦେବ ଯେତେବେଳେ ବିଚ୍ୟୁତ ହୋଇଛନ୍ତି। ସେପରି ସ୍ଥଳେ ଆମେମାନେ କିପରି ସେଥିରୁ ମୁକ୍ତ ହୋଇ ପାରିବା ବୋଲି ତୁ ଭାବୁଛୁ ? ନିଜେ ପ୍ରଦର୍ଶନ କରିଥିବା ନିଜ ପ୍ରଦର୍ଶିତ ପଥରେ ନିଜେ ଗୌତମ ବୁଦ୍ଧ ଯେଉଁଠି ଚାଲିବାକୁ ଅକ୍ଷମ ହେଲେ। ସେଠି ଆମେ (କିପରି) କେମିତି ତାହା ପାଳନ କରିବା ପାଇଁ ସମର୍ଥ ହେବା ବୋଲି ତୁ ଆଶା ପୋଷଣ କରିପାରୁଛୁ ?

ସତୀ; କାମନା, କର୍ମପନ୍ଥା, ବାସନା, ଯୋଜନା, ଉଦ୍ଦେଶ୍ୟ, ଲକ୍ଷ୍ୟ ଓ ଆଭିମୁଖ୍ୟ ସମସ୍ତଙ୍କର ଅଛି ଓ ରହିଛି, ରହିଥିଲା ଏବଂ ରହିବ। ବୁଦ୍ଧଦେବଙ୍କ ପରି ଯୁଗଜନ୍ମା, ସିଦ୍ଧସାଧକ, ମହାପୁରୁଷମାନେ ସଂସାର, ସମାଜ, ଜୀବଜଗତ, ପ୍ରାଣୀଙ୍କ ଦୁନିଆ ଏବଂ ସମଗ୍ର ମଣିଷ ଜାତି ପାଇଁ ଚିନ୍ତା କରୁଥିଲାବେଲେ ଆମେ କେବଳ ନିଜର ସୁବିଧା, ସୁଯୋଗ, ଲାଭ, ଫାଇଦା ଓ ଅଧିକାର ବିଷୟରେ ଖୁବ୍ ଗଭୀର ଭାବରେ ଭାବି ଥାଆନ୍ତି। ତଫାତ କେବଳ ଏତିକି ସେମାନେ ସମଗ୍ର ମାନବ ସମାଜ ଲାଗି, ଜନଗଣଙ୍କ ମଙ୍ଗଳ ନିମିତ୍ତ, ପ୍ରାଣୀମାନଙ୍କ ହିତ ଉଦ୍ଦେଶ୍ୟରେ ଚିନ୍ତାରେ ମଗ୍ନଥିବା ସମୟରେ ଆମେ ନିଜ ବ୍ୟକ୍ତିଗତ ସ୍ୱାର୍ଥ ସାଧନ ଭାବନାରେ ବ୍ୟସ୍ତ ରହୁଛନ୍ତି।

ଈଶ୍ୱରଙ୍କ ସହିତ କାମନା ମିଶିଲେ ସେ ମଣିଷ ରୂପ ନିଅନ୍ତି। ମଣିଷ ସହିତ କାମନା ମିଶିଗଲେ ସେ ପଶୁ ପାଲଟିଯାଏ। ମଣିଷଠାରୁ କାମନା ଦୂରେଇ ଗଲେ ସେ ଦେବତା ପାଲଟିଯାଏ। ଈଶ୍ୱର କାମନା ସହିତ ସଂଯୁକ୍ତ ହୋଇ ମାନବ ହୁଅନ୍ତି। ମାନବୀୟ ଲୀଳା ଶେଷ କରି ପୁଣି ସ୍ୱଧାମକୁ ଫେରିଯାଆନ୍ତି। କାମନା ଦୁଇ ପ୍ରକାର। ଗୋଟିଏ ହେଉଛି ପରମାର୍ଥିକ ଯାହା ଗୌତମ ବୁଦ୍ଧଙ୍କର ଥିଲା ଓ ଅନ୍ୟଟି ସାଂସାରିକ ସ୍ୱାର୍ଥ ଜନିତ ଯାହା ଆମମାନଙ୍କର ଅଛି। ପରମାର୍ଥିକ କାମନା ଊର୍ଦ୍ଧ୍ୱଗତି ଦିଏ। ସାଂସାରିକ ସ୍ୱାର୍ଥ ଜନିତ କାମନା ନିମ୍ନଗତି ପ୍ରଦାନ କରେ।

ସୁନି କୋଳରେ ନିଜକୁ ହଜାଇ ଦେଇ ସତୀ କହିଲା, "ମୁଁ ତୋର ଦୋଷ ଧରୁନି ସୁନି। ଦୋଷ ଦେଉଛି ତୋ' କଥାକୁ। ତୋ' ଭାବନାକୁ। ତୋ' ଇଚ୍ଛାକୁ। ତୋ' ଚିନ୍ତାଧାରାକୁ। ତୋ' ଆଗ୍ରହକୁ। ତୋ' ଆବେଗକୁ। ତୋ'ର ଲକ୍ଷ୍ୟକୁ। ତୋ'ର ମନୋଭାବକୁ। ତୋ' ହୃଦୟ ନିର୍ମଳ ହୋଇପାରେ। ତୋ'ର ଉଦ୍ଦେଶ୍ୟ ଯେତେ ମହତ ହୋଇ ଥାଉନା କାହିଁକି ? ତୁ ତୋ' ନିଜ ପାଇଁ ଅନାସକ୍ତ ହୋଇପାରୁ। ତୋ'ର ବ୍ୟକ୍ତିଗତ କାମନା ନ ଥାଇ ପାରେ। ତୁ କୌଣସି ପ୍ରକାର ଲାଳସା ନ ରଖ୍ଥା ପଛେ। ତୋ'ର ନିଜର ସ୍ୱାର୍ଥ ନ ଥିଲେ ମଧ୍ୟ। ତୋ'ର ଅନ୍ତରରେ କପଟ ଭାବ ନ ରହିଥିଲେ ସୁଦ୍ଧା। ତୋ'ର ଆତ୍ମା ସ୍ୱାର୍ଥପର ନ ହୋଇଥିଲେ ବି। ତୋ' ପ୍ରାଣ ଯେତେ ନିଷ୍କଳଙ୍କ ହୋଇ ଥାଉନା କାହିଁକି। ତୋ' କଳ୍ପନା ହେଉଛି ଅବାସ୍ତବ। ତୋ' ଦୃଷ୍ଟିକୋଣ ଭ୍ରାମାତ୍ମକ। ତୋ'ର ଆଭିମୁଖ୍ୟ ଓ ଅଭିପ୍ରାୟ ଅପରିଣାମ ଦର୍ଶିତାର ପରିଚୟ ଦେଉଛି କେବଳ। ତୋ'ର ଯୋଜନା ଲକ୍ଷ୍ୟ ହିନ। ତୋ'ର ଏ କିମ୍ଭୁତକିମାକାର ବିଷୟ ଭାବିଲେ ହସ ଲାଗୁଛି ଯେତିକି ଆଶ୍ଚର୍ଯ୍ୟ ହେବାକୁ ପଡୁଛି ତା' ଠାରୁ ଅଧିକ। ଶାସ୍ତ୍ରରେ କୁହାଯାଇଛି-"ଅନୁରୂପ୍ୟ ସତାଂ ସଙ୍ଗ ସଦ୍ଗୁଣହନ୍ତି ବିସ୍ତୁତମ। ଗୁଣଂ ରୂପାନ୍ତରଂ ଯାତି ତକ୍ର ଯୋଗାଦ୍ ଯଥାପୟଃ।" ଦହି ଟିକିଏ

ପଡ଼ିଗଲେ କ୍ଷୀରର ରୂପଗୁଣ ବଦଳିଗଲା ପରି ସାମାନ୍ୟ ଅସତ୍ ସଙ୍ଗ ବ୍ୟକ୍ତିର ସମସ୍ତ ସଦ୍‌ଗୁଣକୁ ବିନାଶ କରେ। ସେମିତି ତୋ'ର ପଦିଏ କଥା ଆମ ଦୀର୍ଘ ଦିନର ବନ୍ଧୁତ୍ୱରେ ପ୍ରତିବନ୍ଧକ ସାଜୁଛି।

"ସଭିରେବ ମହାସୀତ ମଭିଃ। କୁର୍ବୀତ ସଂଗତିମ। ସଭିର୍ବିବାଦଂ ମୈତ୍ରୀଂ ଚ ନାସଭିଃ କିଞ୍ଚିଦାଚରେତ୍।" ସାଧୁଲୋକଙ୍କ ସହିତ ଉପବେଶନ, ଆଲାପ, କଳହ ଓ ବନ୍ଧୁତା କରିବା ଉଚିତ୍। ମାତ୍ର ଅସାଧୁ ସହିତ କିଛି କରିବା ଉଚିତ ନୁହେଁ। ସେଥିପାଇଁ ତୋ' ସହିତ ମୁଁ ସମସ୍ତ ପ୍ରକାର ସମ୍ପର୍କ ତୁଟାଇ ଦେବାକୁ ସିଦ୍ଧାନ୍ତ ନେଇଛି।

କଥାରେ ଅଛି– ନିଜ ଦୋଷକୁ ନକରେ ଘୃଣା, ଖାଇବାକୁ ଦେଇ କରଇ ଉଣା, ଗୁରୁଗୁରୁଜନେ ନାହିଁ ଖାତିର, ପଶୁ ବୋଲି ତାକୁ ମନରେ ଧର।

କିପରି ତୁ ଏଭଳି କଥା ଭାବି ପାରିଲୁ? ମନରେ ସ୍ଥାନ ଦେଲୁ ଏମିତି ଅଦ୍ଭୁତ କାମନାକୁ? ଯୋଜନା କରି ବସୁଛୁ ଏପରି ଅବାସ୍ତବ କଳ୍ପନାକୁ। ଏପରି ଉଦ୍‌ଭଟ ଚିନ୍ତା ଆଶୁଛୁ କେମିତି ଚେତନାରେ। ତୋ' ଭାବନାର ସ୍ଥିତି କ'ଣ? ତୋ' କଳ୍ପନାର ଅବସ୍ଥିତି କେଉଁଠି? ତୋ' ଆଭିମୁଖ୍ୟର ରୂପରେଖ କିଭଳି। ତୋ' ଲକ୍ଷ୍ୟର କିଛି ଅସ୍ତିତ୍ୱ ଅଛି କି? ତୋ' ଯୋଜନାକୁ କିପରି କାର୍ଯ୍ୟକାରୀ କରିବୁ ସେ କଥା କେବେ ଚିନ୍ତା କରିଛୁ। ତୋ' କାମନାର ବାସ୍ତବତାକୁ ତୁ ଅନୁଭବକୁ ଆଣିଲୁଣି କି? ଉପଲବ୍ଧ କରିବାକୁ ଯନ୍ କଲୁଣିକି ତୋ' ଉଦ୍‌ଭଟ ଚିନ୍ତାର ରୂପାୟନ ବିଷୟରେ। ତୁ ଭାବୁଥିବା କଥାର କିଛି ଠିକ୍ ଠିକଣା ଅଛି? ତୁ ଚିନ୍ତା କରୁଥିବା ଘଟଣାର ସମନ୍ୱୟ ରକ୍ଷା କରିବା ପାଇଁ ସମର୍ଥ ହୋଇ ପାରିବୁକି? ତୁ ଲକ୍ଷ୍ୟ ରଖିଥିବା ଶୀର୍ଷ ସ୍ଥଳରେ ପହଞ୍ଚିବାକୁ ତୋର ସାମର୍ଥ୍ୟ ପଣ ଅଛି ତ? ତୁ କାହା ସହିତ କାହାକୁ ତୁଳନା କରୁଛୁ? କାହାକୁ ନେଇ ଥୋଉଛୁ କେଉଁଠି? ତୁ କାହାକୁ ଆଣି କେଉଁଠି ପହଞ୍ଚାଇବାକୁ ଲକ୍ଷ୍ୟ ରଖିଛୁ? କାହାକୁ କାହା ସହିତ ଯୁଟାଇବାକୁ କଳ୍ପନା କରୁଛୁ? କାହାକୁ କାହା ସହିତ ଛନ୍ଦିବା ଯୋଜନା ପ୍ରସ୍ତୁତିରେ ନିମଗ୍ନ ରହିଛୁ? କାହାକୁ ନେଇ କାହା ସହିତ ମିଶାଇବା ଚିନ୍ତାରେ ବୁଡ଼ି ରହୁଛୁ? ତୁ ବିଶାଳ ପ୍ରାସାଦ ତୁଲ୍ୟ କୋଠା ଦେଖି ଖୁସି ହେବୁ। ସେ ଘରେ କ'ଣ ତୋତେ ରହିବାକୁ ସୁଯୋଗ ମିଳିବ? ଭଲ ଗାଡ଼ିଟିଏ ଦେଖି ଲୋଭାଇବୁ। ସେ ଗାଡ଼ିରେ ବସିବା ତୋ ଭାଗ୍ୟରେ ଅଛି କି? ସୁନ୍ଦର ଦୃଶ୍ୟକୁ ଅଧିକ ସମୟ ଧରି ନିରୀକ୍ଷଣ କରି ଦେଖିବାକୁ ଇଚ୍ଛା ଥିଲେ କ'ଣ ସେପରି ଦୃଶ୍ୟ ଉପଭୋଗ କରିବାକୁ ଅବସର ମିଳିବ? ସୁଆଦିଆ ଖାଦ୍ୟ ପାଇଁ ମନ ଡାକୁଛି। ମାତ୍ର ସେପରି ସୁମିଷ୍ଟ ଖାଦ୍ୟ ଖାଇବାର ସୁଯୋଗ ଆମେ ପାଇ ପାରୁଛନ୍ତି କି? ମନଲୋଭା ପୋଷାକ ପିନ୍ଧିବାକୁ ଇଚ୍ଛାଥିଲେ। ତାହା କ'ଣ ଆମ କପାଳରେ ଲେଖାଅଛି କି। ଦାମୀ ଗହଣା ଲାଗି ଯେତେ ଆଉଟି ପାଉଟୁ ହେଲେ ତାକୁ ନାଇବା ଆମ କର୍ମରେ ଯୋଟୁଛି କି? ଏସବୁ ନ ପାଇ ମନ ମାରି ଦେବାକୁ ଆମେ ଏକ ପ୍ରକାର ବାଧ୍ୟ ହୋଇ ଥାଆନ୍ତି।

କିଏ ନଚାହେଁ ଚିଲିକା ମାଛକୁ ବାଡ଼ି କଇଁଆ ଖଟା ଦେଇ ରାନ୍ଧି ଖାଇବାକୁ। ମାତ୍ର ତାହା କ'ଣ ସମସ୍ତଙ୍କ ପକ୍ଷେ ସମ୍ଭବ ହୁଏ। ସେହିପରି ଆକାଶରେ ଉଡ଼ିବାକୁ ଇଚ୍ଛା ହେଲେ ଆମେ କ'ଣ ଉଡ଼ାଜାହାଜରେ ଚଢ଼ି ପାରୁଛନ୍ତି। ଚନ୍ଦ୍ରକୁ ଛୁଇଁବାକୁ କାହା ମନ ନ ଡାକେ। ଆମେ ସେଥିରେ ସଫଳ ହୁଅନ୍ତି କି? ସମସ୍ତେ ନିଲ୍ ଆର୍ମଷ୍ଟ୍ରଙ୍ଗ କିମ୍ବା ବଜ୍ ଆଲଡ଼୍ରିନ୍ ହୋଇ ପାରନ୍ତି ନାହିଁ (ପ୍ରକାଶ ଥାଉ କି ୧୯୬୯ ମସିହା ଜୁଲାଇ ତା. ୨୦ ରିଖରେ ବିଶ୍ୱର ପ୍ରଥମ ମଣିଷ ଭାବେ ଚନ୍ଦ୍ରପୃଷ୍ଠରେ ଅବତରଣ କରିଥିଲେ ନିଲ୍ ଆର୍ମଷ୍ଟ୍ରଙ୍ଗ। କିଛି ସମୟ ପରେ ଦ୍ୱିତୀୟ ବ୍ୟକ୍ତି ଭାବେ ଅବତରଣ କଲେ ବଜ୍ ଆଲଡ଼୍ରିନ୍)। ସେମିତି କିଏ ଜଣେ ଅଜଣା, ଅଚିହ୍ନା, ଅପରିଚିତ ଯୁବକ ଧବଳେଶ୍ୱରଙ୍କ ଦର୍ଶନ ପାଇଁ ଆସିଥିଲେ। ଠାକୁରଙ୍କୁ ଜୁହାର ହୋଇସାରି ପାଦୁକ ପାଇବା ଲାଗି ପୂଜକଙ୍କୁ ଖୋଜିଥିଲେ। ଆମେ ଦୁହେଁ ସେତେବେଳେ ସେଠି ଉପସ୍ଥିତ ଥିଲେ। ତାଙ୍କୁ ପାଦୁକ ଦେଇ ତାଙ୍କ କପାଳରେ ବିଭୂତି ଟିପା ମୁଁ ଲଗାଇ ଦେଲି। ସେହି ସମୟରେ ସିଏ ମୋ ପାଖରେ ଠିଆ ହୋଇଥିବାର ଦେଖି ତୁ ତାଙ୍କୁ ମୋ ସହିତ କଳ୍ପନା କଲୁ ମନେମନେ। ସିଏ ମୋ ସହିତ ଭଲ

ମାନିବେ । ମୁଁ ତାଙ୍କ ସହିତ ସୁନ୍ଦର ଦିଶିବି । ଆମ ଯୋଡ଼ି ବେଶ ଜମିବ । ଏହି ଭାବନାରେ ତୁ ବିଭୋର । ନିଜ କଳ୍ପନାରେ ମସଗୁଲ । ସେପରି ଚିନ୍ତାରେ ଏପରି ଉତ୍ସାହିତ ହୋଇ ପଡ଼ିଲୁ ଯେ ତୋ'ର ହିତାହିତ ଜ୍ଞାନ ରହିଲା ନାହିଁ । ଆପଣା ବିଚାର ବୁଦ୍ଧି ତୋ'ର ଲୋପ ପାଇଗଲା । ନିଜର ସାଧାରଣ ଜ୍ଞାନ ହରାଇ ବସିଲୁ । ବାସ୍ତବ ଦିଗ ପ୍ରତି ତୁ ନଜର ଦେଲୁନି । ତୁ ଆଖ୍ବୁଜି ଅନ୍ଧଭାବରେ ଯୋଜନା କରି ବସିଲୁ । ସିଏ କିଏ ? ତାଙ୍କ ନାଁ କ'ଣ ? ଘର କେଉଁଠି ? କ'ଣ କରନ୍ତି ? କାହିଁକି ଆସିଛନ୍ତି ? କେତେ ଦିନ ଆସିବେ ? ଏଠି ତାଙ୍କର କି କାମ ? ତାଙ୍କର ଉଦ୍ଦେଶ୍ୟ କ'ଣ ? କ'ଣ ତାଙ୍କର ଆଭିମୁଖ୍ୟ ? ଲକ୍ଷ୍ୟ, ଅଭିପ୍ରାୟ ଏବଂ ଆନ୍ତରିକ ଇଚ୍ଛା ? ସେ କଥା ଆମେ କିଛି ଜାଣନ୍ତି ନା ସେ ସମୟରେ ଆମର କିଛି ଧାରଣା ଅଛି ? ସେ ବିଷୟରେ କିଛି ନ ବୁଝି ନ ସୁଝି ଏଠି ଥାଇ ମନେମନେ ସ୍ୱପ୍ନର କୋଣାର୍କ ଗଢ଼ିଦେଲୁ । ମୁଖଶାଳାରେ ବସି କଳ୍ପନାରେ ତୋଳି ବସିଲୁ ତାଜମହଲ । ପ୍ରେମର ସ୍ମୃତି ସ୍ୱୟଂ । ପ୍ରଣୟର ସ୍ମାରକୀ । ମିନାର ତୋ ଯୋଜନାର । ଦିଲ୍ଲୀର କୁତବମିନାର ପରି ।

ଠାକୁରବାବା କହନ୍ତି– "ଯସ୍ୟ ନ ଜ୍ଞାୟତେ ଶୀଲଂ ନ କୁଲଂ ନ ଚ ସଂଶ୍ରୟଃ, ନ ତେନ ସଙ୍ଗତିଂ କୁର୍ଯ୍ୟାଦିତ୍ୟୁବାଚର ବୃହସ୍ପତିଃ ।" ବୃହସ୍ପତି କହିଛନ୍ତି ଯେଉଁ ଲୋକର ସ୍ୱଭାବ, କୁଲ, ବାସସ୍ଥାନ ଜଣାନଥାଏ ତା' ସଙ୍ଗେ ସଙ୍ଗତି (ସମ୍ବନ୍ଧ ସ୍ଥାପନ) କରିବା ଉଚିତ ନୁହେଁ ।

ସୁନି; ଏ କଥା ଚିନ୍ତା କରିବା ପୂର୍ବରୁ ପ୍ରଥମେ ତୋ'ର ନିଜକୁ କଳନା କରିବା ଦରକାର ଥିଲା । ଯାହା ତୁ କରିନାହୁଁ । ଆମର ଜାତି, ବିଶେଷ କରି ମୋର । ମୋର ସ୍ଥିତି । ଆମ ଉଭୟଙ୍କ ଦକ୍ଷତା । ଆମର ସାମର୍ଥ୍ୟ । ଆମର ଉପସ୍ଥିତି । ଆମ ସାମାଜିକ ଅବସ୍ଥା । ଆର୍ଥିକ ସମ୍ବଳ । ଚଳଣିର ସ୍ୱଚ୍ଛଳତା, ସର୍ବୋପରି ଆମର ପାରିଲା ପଣ ଆକଳନ କରିନେବା ଆବଶ୍ୟକ କରୁଥିଲା । ଆମେ କେତେ ବାଟ ଯାଇପାରିବା ? କେତେ ଉପରକୁ ଉଠିପାରିବା ? ଉଡ଼ିପାରିବା କେତେ ଉଚ୍ଚରେ ? କେତେ ଦୂରକୁ ଲକ୍ଷ୍ୟଭେଦ କରିପାରିବା । ଆଗେଇ ପାରିବା କେତେ ପଥ ପ୍ରତିରୋଧର ସମ୍ମୁଖୀନ ହୋଇ । ସମ୍ଭାଳି ପାରିବା କେତେ ବାଧାବିଘ୍ନ, ପ୍ରତିବାଦ ଓ ପରୋକ୍ଷ ଆକ୍ଷେପକୁ ? ପ୍ରତିହତ କରିପାରିବା ଆମର ଅନିଷ୍ଟକାରୀ ବିରୋଧୀ ଗୋଷ୍ଠୀକୁ ? ସେ କଥା ନ ଭାବି, ସେ ବିଷୟରେ ଚିନ୍ତା ନ କରି, ସେ ଦିଗ ପ୍ରତି ଲକ୍ଷ୍ୟ ନ ଦେଇ, ସେଥିପ୍ରତି ଦୃଷ୍ଟି ନ ରଖି, ଆକଳନ ନ କରି ସେପରି ପରିସ୍ଥିତି ସମ୍ପର୍କରେ । ସେ ଆଡ଼କୁ ଧ୍ୟାନ ନ ରଖି, କଳ୍ପନାର ମିନାର ତୋଳିବାରେ । ଦିନରେ ଶୋଇ ରହି ସ୍ୱପ୍ନ ଦେଖ୍‌ବାରେ, ଆପଣା ଭାବନାରେ ମସଗୁଲ ହେବାରେ କିଛି ମୂଲ୍ୟ ନ ଥାଏ ସୁନି; ସେଥିରେ କୌଣସି ଉଦ୍ଦେଶ୍ୟ ପୂରଣ ହୁଏନା । ଇଚ୍ଛା ସାର୍ଥକ ହୁଏନା କିମ୍ବ ସଫଳ ହୋଇନଥାଏ ଆଶା, କାମନା ଚରିତାର୍ଥ ହୋଇ ପାରେ ନାହିଁ ସେପରି ଯୋଜନା ଦ୍ୱାରା କଳ୍ପନା ରୂପାୟନ ଅସମ୍ଭବ ହୁଏ । ବାସ୍ତବତାଠାରୁ ଦୂରେଇ ଯିବାକୁ ପଡ଼େ । ସେପରି କଲେ କେବଳ ପରାଜୟ ଜନିତ ଗ୍ଲାନିରେ ମ୍ରିୟମାଣ ହେବାକୁ ପଡ଼େ । ବିଜୟର ସ୍ୱାଦ କେବେ ବି ଚାଖ୍ ହୁଏନା କିମ୍ବ ଜୟଯାତ୍ରା ଆନନ୍ଦର ଉଲ୍ଲାସରେ ବିଭୋର ହେବା ମୁହୂର୍ତ୍ତ କେବେ ହେଲେ ଆସେନା ଆପଣା ଜୀବନ କାଲ ମଧ୍ୟରେ । ସେଥିପାଇଁ ଲୋକହସା ହେବାକୁ ପଡ଼େ । ଅପଦସ୍ତ ବି ହେବାକୁ ହୁଏ । ପରିହାସ ଶୁଣିବାକୁ ସୁଦ୍ଧା ମିଳିଥାଏ । ଖୁସ୍‌ଣା ଅଲଗୁଣା ମଧ ଭାଗ୍ୟରେ ଯୋଟେ । ବ୍ୟଙ୍ଗ ବିଦ୍ରୁପ ବି କରିଥାଆନ୍ତି ତାଙ୍କୁ ଜନସାଧାରଣ ମାନେ । ସେପରି କର୍ମରେ କେବଳ ବିଫଳତା ଭୋଗିବାକୁ ପଡ଼େ । କପାଲରେ ନିନ୍ଦା, ଅପବାଦ, ଉପହାସ, ବ୍ୟଥୀତ ଆଉ ଅନ୍ୟ କିଛି ନ ଥାଏ ।

"ସତୀ, ତୋତେ ତାଙ୍କ ସାଙ୍ଗରେ ଦେଖ୍‌ଦେଲେ ମୋ ମନ ପୂରି ଉଠେ । ମୁଁ ନିଜକୁ ଆଉ ସମ୍ଭାଳି ପାରେ ନାହିଁ । କହିଦିଏ, ମୁଁ ଡବଡବିଆଏତ । ମୋର ହେଲା ଖଲଖଲିଆ ପାଟି ମୋ ବାରଣ ନ ମାନି ପାଟି କଥା ଓକାଲି ପକାଏ । ସକ୍ରିୟ ଆଗ୍ନେୟଗିରି ପରି ଉଦ୍‌ଗାଲି ଥାଏ କଟୁ ଭାଷା ରୂପକ ଉତ୍‌ପ୍ତ ଶିଲାଖଣ୍ଡମାନ । ଧନୁରୁ ତୀର ଛୁଟିଗଲା

ପରି ପାଟିରୁ ମୋର ଖସିଯାଏ ବାକ୍ୟ ସମୂହ ଅବାନ୍ତର ଶବ୍ଦଗୁଡ଼ିକୁ ବହନ କରି । ବାଟୁଲି ଖଡ଼ାରୁ ଗୋଲି ବାହାରିଲା ଭଳି ମୋ ମୁହଁରୁ କଥାର ବତାଶ ମାଡ଼ିଯାଏ । ପ୍ରଖର ସ୍ରୋତର ପ୍ରବାହ ପରି ବହିଯାଏ ଅଶ୍ରାବ୍ୟ ଭାଷା ପାଣିର ଧାରା । ଶେଷ ଚୈତ୍ରର କାଳ ବୈଶାଖୀ ୟଡ଼ ଯେମିତି ଘରର ଛପର ଉଡ଼ାଇ ନେଇ ଘରଦ୍ୱାର ଭାଙ୍ଗିଦିଏ ଓ ବୃକ୍ଷଲତାକୁ ଉପାଡ଼ି ନଷ୍ଟ ଭ୍ରଷ୍ଟ କରିଥାଏ । ସେମିତି ମୋ କଥା ଦ୍ୱାରା ମୁଁ ପ୍ରଥମେ ହିଁ ମୋ ନିଜର କ୍ଷତିମାନ କରିଥାଏ କେବଳ ମୋ ଅଜାଣତରେ । ଗ୍ରୀଷ୍ମକାଳୀନ ଝାଞ୍ଜି ପରି ମୋ ଭାଷା ଅନ୍ୟକୁ ମୋ ଅଲକ୍ଷ୍ୟରେ ପୀଡ଼ା ଦେଇଥାଏ ଯାହା । ମୋ ଅଜାଣତରେ ମୁଁ (ଅନ୍ୟର) ଅପରର ମନ ଦୁଃଖର କାରଣ ହୋଇଥାଏ ଖାଲି । "ନିଷ୍ଠା ମୋନାଧିକାର ସ୍ୟାତ୍ ନାକାମୀ ମାର୍ତ୍ତିନ ପ୍ରିୟଃ । ନା ବିଦଗ୍ଧଃ ପ୍ରିୟଂ ବ୍ରୁୟାତ୍ ସ୍ତୁତବକ୍ତା ନ ବଞ୍ଚକଃ ।" ଯାହାର ଲାଲସା ବା କାମନା ନାହିଁ, ସେ ପଦପଦବୀ ବା ଅଧିକାର ଚାହେଁ ନାହିଁ । ଯେ କାମୀ ନୁହେଁ, ସେ ନିଜକୁ ସଜାଇ ନ ଥାଏ ବା ଆକର୍ଷଣୀୟ କରିନଥାଏ । ଯେଉଁ ଲୋକ ନିଜେ ଆହତ ବା ଦଗ୍ଧ ନ ହୋଇଛି ସେ ପ୍ରିୟ କଥା କହି ଶିଖି ନଥାଏ ବା ଜାଣି ନ ଥାଏ । ସେପରି ଫୋଫା ହକ୍‌କଥା କହି ଦେଉଥିବା ଲୋକ ଆଦୌ ପ୍ରବଞ୍ଚକ ବା ଶଠ ନୁହେଁ । ସେମିତି ମୁଁ ସିନା ମୁହଁରେ ଏମିତି କଥାସବୁ କହି ଦେଉଛି କିନ୍ତୁ ମୁଁ ପ୍ରକୃତରେ ଆନ୍ତରିକ ଭାବରେ ତୋର ଖରାପ ବା ଅନିଷ୍ଟ କାମନା କରୁନାହିଁ, ତୁ ଯେପରି ଭାବୁଛୁ? ବରଂ ତୋ'ର ଭଲ ବା ଶୁଭ ମନାସୁଛି । କିନ୍ତୁ ସଂସାରର ନିୟମ ହେଲା- "ସତ୍ୟଂ ବ୍ରୁୟାତ, ପ୍ରିୟମ ବୃୟାତ, ମା ବୃୟାତ ସତ୍ୟମ ଅପ୍ରିୟମ ।" ସତ କହିବ ମାତ୍ର ଅପ୍ରିୟ ସତ୍ୟ କହିବନି । ଯଦି କହିବ ତେବେ ମୋ ପରି ଦଶା ଭୋଗିବ । ତୁ ତାଙ୍କ ସାଙ୍ଗକୁ ଖୁବ୍ ମାନୁ । ବିଭୂତି ଟିପା ଲଗାଇ ଦେଲାବେଳେ ତାଙ୍କ ପାଖରେ ଠିଆ ହୋଇଥିବା ସମୟରେ ତୋତେ ଯିଏ ଦେଖିବ ସିଏ କହିବ । ନକହି କେବେ ରହି ପାରିବନି । ନ ହେଲା ଏବେ ମୁଁ କହିଦେଲି । ସେଇ କଥାକୁ ନେଇ ତୋ'ର ଏତେ ରାଗ । ଏତେ ଛଳ । ଏତେ ଅଭିମାନ । ଏତେ ଅସହିଷ୍ଣୁତା ଭାବ । ଏତେ କୋପିତା ପ୍ରକୃତି । ଶୁଣ ସତୀ କ୍ରୋଧୀ ବ୍ୟକ୍ତି କର୍ତ୍ତବ୍ୟ - ଅକର୍ତ୍ତବ୍ୟ, ଉଚିତ - ଅନୁଚିତ, ଠିକ - ଭୁଲ, ନ୍ୟାୟ- ଅନ୍ୟାୟ କାର୍ଯ୍ୟ ପ୍ରତି ଧ୍ୟାନ ରଖ୍ ନଥାଆନ୍ତି । ତୁ କୋପିତା ପ୍ରକୃତିର ବଶବର୍ତ୍ତୀ ହୋଇ ଏତେ ଆପଉଜନିତ ବ୍ୟବହାର ପୁଣି ମୋ ସହିତ କରିବାକୁ କୁଣ୍ଠିତ ହେଉନୁ ଆଦୌ । ମୋତେ ପର ଭାବୁଛୁ । ଶତ୍ରୁ ମନେକରୁଛୁ । ପ୍ରତିଦ୍ୱନ୍ଦ୍ୱୀଭାବେ ଧରିନେଇଛୁ । ମୋ ସହିତ ବୈରତା ଆଚରଣ କରୁଛୁ । ସେଥିପାଇଁ ମୋ ସହିତ କଥା ନ ହୋଇ ନିରବ ରହୁଛୁ । ମୋ ଆଡ଼ୁ ମୁହଁ ଫେରାଇ ନେଉଛୁ । ମୋତେ ଆଡ଼ଆଖିରେ ଅନାଉନୁ । ମୋ ଠାରୁ ନିରାପଦ ଦୂରତା ରକ୍ଷା କରି ରହୁଛୁ । ମୋତେ ଆଡ଼େଇ ଯାଉଛୁ । କରଛଡ଼ା ଦେଇ ରହୁଛୁ । ଆମ ମଧରେ ଥିବା ସମ୍ପର୍କ କ'ଣ ଏମିତି ପରକଥାରେ ତୁଟିଯିବ? ବୁଡ଼ିଯିବ ଆମ ଭିତରେ ଗଢ଼ି ଉଠିଥିବା ସମ୍ବନ୍ଧର ସେତୁ? ବନ୍ଧୁତ୍ୱ ଭାଙ୍ଗିଯିବ? ଛିଡ଼ିଯିବ ଆମ ମଧ୍ୟରେ ଥିବା ବନ୍ଧନର ଡୋର? ଶିଥିଳ ହୋଇଯିବ ଆମ ଦୁହିଁଙ୍କ ଭିତରେ ଥିବା ନିବିଡ଼ତା, ଘନିଷ୍ଟତା, ଅନ୍ତରଙ୍ଗତା, ଆନ୍ତରିକତା? ଆମେ ପରସ୍ପରକୁ ଭୁଲିଯିବା? ଦୂରେଇଯିବା ଦୁହେଁ ଦୁହିଁଙ୍କଠାରୁ? ପ୍ରତ୍ୟେକ ପ୍ରତ୍ୟେକଙ୍କଠାରୁ ରହିବା ଅଲଗା ହୋଇ? ସମ୍ପର୍କୁ ଆଉ ଆଗକୁ ନ ବଢ଼ାଇଲେ ଏମିତି ଗୋଇ ଖୋଲା ଖୋଲି ହେଲେ ତାହା କ୍ରମେ କ୍ରମେ ଶିଥିଳ ହୋଇ ତୁଟିଯିବ । ଏହାକୁ ମଜବୁତ ଓ ଅଧିକ ନିବିଡ଼ କରିବା ଲାଗି ନିରନ୍ତର ଉଦ୍ୟମ ଓ ବ୍ୟକ୍ତିଗତ ସାୟନର ଆବଶ୍ୟକତା ରହିଛି ।

"ଖଗା ବୀତଫଲଂ ବୃକ୍ଷଂ ଭୁକ୍ତ୍ୱା ଚାତିଥୟୋ ଗୃହମ୍ । ବଗ୍ରଂ ମୃଗାଷ୍ଟଥାରଷ୍ୟ । ଜାରୋ ଭୁକ୍ତ୍ୱା ରଣଂ ସ୍ତ୍ରିୟମ୍ ।" ପକ୍ଷୀମାନେ ଫଳହୀନ ବୃକ୍ଷକୁ । ଭୋଜନ ପରେ ଅତିଥି ଗୃହକୁ । ପଶୁମାନେ ପୋଡ଼ି ଯାଇଥିବା ବଣକୁ ଓ କାମ ସରିଗଲେ ଜାର ପୁରୁଷ ବ୍ୟଭିଚାରିଣୀ ସ୍ତ୍ରୀକୁ ପରିତ୍ୟାଗ କରେ । ଆମେ କାହିଁକି ପର କଥାରେ ଶୁଷ୍ଖଲାତାରେ ଆମ ସମ୍ପର୍କ ତୁଟାଇ ଦେବା କହିଲୁ?"

ସୁନି; ସେ କଥା ତୋ ଉପରେ ନିର୍ଭର କରେ । ତୁ ଭଲ ଭାବରେ ମନେରଖ ଜଣେ ଦୁଷ୍ଟ ବନ୍ଧୁ- ହିଂସ୍ର ପଶୁଠାରୁ

ଅଧିକ ଭୟଙ୍କର । ତୁ ଯଦି ମୋ ନାଁ'ର ଏମିତି କହିବୁ ତେବେ ଅନ୍ୟମାନେ କ'ଣ ନ କହିବେ ? ତୁ କ'ଣ ଜାଣିନୁ କଥା ତ ଅଛି "bad news wrong apace" ମନ୍ଦ ଖବର ଶୀଘ୍ର ବ୍ୟାପିଯାଏ । ଠାକୁର ବାବା କହନ୍ତି ନାହିଁ "ଯତ୍ରାତ୍ମୀୟୋ ଜନୋନାସ୍ତି ଭେଦସ୍ତତ୍ର ନ ବିଦ୍ୟତେ । କୁଠାରେଃ ଦଣ୍ଡନିର୍ମୁକ୍ତୈ ଭିଦ୍ୟନ୍ତେ ତରବଃ କଥମ୍ ।" କାଠ ଦଣ୍ଡଟିଏ ନ ପଶିଲେ କୁରାଢ଼ି ଯେଭଳି ଗଛକୁ କାଟି ପାରେନାହିଁ । ସେହିପରି ନିଜଲୋକ ସମ୍ପୃକ୍ତ ନ ଥିଲେ ଭିତରର ଭେଦ କଥା ବାହାରେ ପ୍ରକଟ ହୁଏ ନାହିଁ । ସେହିପରି "ବ୍ରଣ ମିଚ୍ଛନ୍ତି ମଷ୍ଣୀକାଃ, ନୃତ୍ୟନ୍ତି ଭୋଜନେ ବିପ୍ରାଃ, ମୟୂର ମେଘ ଦର୍ଶନେ, ଖଳ ପର ବିପଢ଼ିଷୁ ।" ଅର୍ଥାତ ପାଚିଲା ଘା'ରେ ମାଛିର ମନ, ଗୋସେଇମାନେ ଭୋଜନ କଥା ଶୁଣିଲେ, ମୟୂର ମେଘ ଦେଖିଲେ ଓ ଖଳ ଅନ୍ୟର ବିପଢ଼ିରେ ନାଚି ଉଠନ୍ତି । ଖଳ ଦୁଷ୍ଟ ପ୍ରକୃତିର ଲୋକତ ସବୁବେଳେ ପରଛିଦ୍ର ଖୋଜି ବୁଲୁ ଥାଆନ୍ତି । ସେମାନେ ଏକଥା ଶୁଣିଲେ ମୋର ଅବସ୍ଥା କ'ଣ ହେବ ଭାବିଛୁ ? "ସମଝଦାରକୋ ଇସାରା କାଫି", ସଂସ୍କୃତରେ "ଜଳେ ତୈଲଂ ଖଳେ ଗୁହ୍ୟଂ ପ୍ରାଞ୍ଜେ ଶାସ୍ତ ମନାଗପି ସ୍ବୟଂ ବିସ୍ତାରତାଂ ଯାନ୍ତି ଏତତ୍ ବସ୍ତୁ ସ୍ବଭାବତଃ ।" ପାଣିରେ ଟୋପେ ତେଲ ପଡ଼ିଗଲେ, ଦୁର୍ଜନକୁ ଗୋପନ କଥାଟିଏ କହିଦେଲେ, ଜ୍ଞାନୀ ଲୋକକୁ ଶାସ୍ତ୍ରବାଣୀଟିଏ ଶୁଣାଇଲେ ତାହା ଆପେ ଆପେ ବ୍ୟାପିଯାଏ । ତୁ ଯେତେବେଳେ ମୋର ଏକାନ୍ତ ଘନିଷ୍ଟ ଓ ନିବିଡ଼ ସାଙ୍ଗ ହୋଇ ସୁଦ୍ଧା ମୋ ନାଁ'ରେ ଏପରି କଥା କହିପାରୁଛୁ ସେପରି ସ୍ତ୍ରେ ଅନ୍ୟମାନେ ଯିଏ ବାହାର ଲୋକ ସବୁ ଶୁଣିବେ ସେମାନେ କ'ଣ ଭାବିବେ କହିଲୁ ?

ତୁ ଟିକେ ଭଲ କରି ବୁଝି ବିଚାର କରି କଥା କହ । ସୁନି ତୋ'ର ମନରେ ଥିବ ଠାକୁର ବାବା କହନ୍ତି– ବିଚାରରେ ସ୍ବଚ୍ଛତା ବିଦ୍ୟମାନ ଥିଲେ ବ୍ୟକ୍ତିଠାରେ ନିର୍ଭୀକତା, ସାହସିକତା, ବିବେକ ଶୀଳତାଦି ସଦ୍‌ଗୁଣ ପରିଲକ୍ଷିତ ହୁଏ । ବିଚାର, ମସ୍ତିଷ୍କରେ ସୂକ୍ଷ୍ମ ଅବସ୍ଥାରେ ଥାଏ । ଏହା ମୁଖରବାଣୀ ଭାବରେ ସ୍ତୁଳ ରୂପରେ ପ୍ରକଟିତ ହୁଏ । ଏଣୁ ବାଣୀ ବା କହୁଥିବା କଥା ହେଉଛି ବିଚାରର ବାହକ । ବାକ୍ୟ ପଦୀୟମରେ (ଭର୍ତୃହରି) କୁହାଯାଇଛି "ବାଗେନ ବିଦ୍ୟା ଭୁବନାନି" ଅର୍ଥାତ୍ ବାକ୍‌ରୁ ସମଗ୍ର ବିଶ୍ବସୃଷ୍ଟି । ଲୋକଙ୍କ ଭିତରେ ଏପରି କିଛି ପ୍ରତ୍ୟୟ ନାହିଁ– ଯାହା ଶବ୍ଦବିନା ପ୍ରାପ୍ତ ହୋଇଥାଏ । ଏଣୁ ପ୍ରତ୍ୟେକ ଜ୍ଞାନ, ଶବ୍ଦର ଅନୁବନ୍ଧ ଅଟେ । ଆମର ମୁଖ ନିଃସୃତ ବାକ୍ୟ (ବାଣୀ) କୋମଳ, ପ୍ରିୟ, ଅମୃତରସ ପୂର୍ଣ୍ଣ ହେବା ଉଚିତ । ତାହା ହେଲେ ବିଦ୍ବେଷ ମଧ୍ୟରେ ଜଳୁଥିବା ହତୁ ହତୁ ନିଆଁ ଅଚିରେ ନିର୍ବାପିତ ହୋଇଯିବ । ଜ୍ବାଳାମୟୀ ବାକ୍ୟ ଉସ୍କାଣ ଘଟାଏ । ଭଙ୍ଗାରୁଜା, ହତ୍ୟା ଲୁଣ୍ଠନକୁ ପ୍ରରୋଚିତ କରିଥାଏ । ଈର୍ଷା, ଦ୍ବେଷ, ଶଠତା, ଅସୂୟା ଭଳି ନାନା କଲୁଷିତ ଗୁଣକୁ ପ୍ରଳୟାଗ୍ନିରେ ଜାଳି ପୋଡ଼ି ଦେବାଭଳି ଶକ୍ତି ପ୍ରତ୍ୟେକ ମଣିଷଠାରେ ରହିଛି । ଏସବୁକୁ ଜାଳି ଦେବା ପରେ ସେ ନିଷ୍କଳଙ୍କ ହୋଇଯିବ । ଦସ୍ୟୁ ରତ୍ନାକର–ବାଲ୍ମୀକି ହେବାଭଳି । ସେହି ଜ୍ବଳନ ଶକ୍ତି ହେଲା ଦେବୋପମ ଗୁଣ ସମୂହ–ସ୍ନେହ, ପ୍ରେମ, ଦୟା, କ୍ଷମା, ତ୍ୟାଗ, ତିତିକ୍ଷା । ଏସବୁର ଯେଉଁମାନେ ଉପଯୋଗ କରି ନଥାଆନ୍ତି । ସେମାନେ କମାରର ଭାଟିଭଳି ଭିତରେ ଦାଉ ଦାଉ ଜଳୁଥାନ୍ତି । ଏ ସଂସାର ମନୁଷ୍ୟର ସ୍ଥାୟୀ ବାସସ୍ଥଳ ନୁହେଁ । ସେ ଦିନ କେଇଟା ପାଇଁ ଏ ସଂସାରକୁ ଅତିଥି ସଦୃଶ ଆସିଛି । ଧନ, କ୍ଷମତା, ଐଶ୍ବର୍ଯ୍ୟ ସବୁ ପଦ୍ମ ପତ୍ରରେ ଜଳ କି ମେଘ କୋଳରେ ବିଜୁଳି ତୁଲ୍ୟ କ୍ଷଣିକ ମାତ୍ର । ଏ କ୍ଷେତ୍ରରେ ମାନବୀୟ ମୂଲ୍ୟବୋଧକୁ ଜଳାଞ୍ଜଳି ଦେଇ ସ୍ବାର୍ଥଲାଭ ଆଶାରେ ହିଂସ୍ର ପଶୁ ସଦୃଶ ଆଚରଣ କରିବାରେ କି ଲାଭ ଅଛି ? ନିଜ ପାଖରେ ଦେବା ଭଳି କିଛି ନାହିଁ । ହେଲେ ମଧୁର କଥା ପଦେ କହି ଅନ୍ୟର ଦୁଃଖ ଲାଘବ କରିବା ଭଳି ଅତୁଳନୀୟ ଶକ୍ତି ଭଗବାନ କେବଳ ମନୁଷ୍ୟଠାରେ ଦେଇଛନ୍ତି । ତେବେ ଏହାର ସଦୁପଯୋଗ କରୁଛନ୍ତି କେତେଜଣ ? କୁହାଯାଇଛି ମନଘେନି ଫଳ, ତୀର୍ଥ ଘେନି ଜଳ । ଯା ମନ ଯେପରି ତା ପାଇଁ ସେପରି ଫଳ ଥୋଇଥାଏ ବିଶ୍ବ, ଉଚ୍ଚମନା ସିନା ଅମୃତ ଲଭଇ ନୀଚ ମନା ଲଭେ ବିଷ (ଗଙ୍ଗାଧର ମେହର) । ମନ ଏଠାରେ ମଣିଷର ବିଚାରବୋଧକୁ ବୁଝାଇଥାଏ । ସ୍ବଚ୍ଛ ବିଚାର କହିଲେ– ଚିତ୍ତ ସଂସ୍କାରକୁ ବୁଝାଏ । ସୁସ୍ଥ ଓ ସ୍ବଚ୍ଛ ବିଚାର ବିନା ଅନ୍ୟ କୌଣସି ସାଧନ ଦ୍ବାରା ପ୍ରକୃତ ଜ୍ଞାନୋପଲବ୍ଧି ସମ୍ଭବ ନୁହେଁ । ବ୍ୟକ୍ତିତ୍ବର ବିକାଶ ଓ ସମୁନ୍ନତ

ଜୀବନ, କେବଳ ମନ–ବାକ–ଚିତ ସଂସ୍କାର ଦ୍ୱାରା ସମ୍ଭବ। ଯଦୁର୍ବେଦ (୩୯/୪) କହେ– ମୁଁ ମୋର ବାଣୀରେ ସତ୍ୟକୁ ପ୍ରତିଷ୍ଠା କରିବି। ଛାନ୍ଦେଗ୍ୟ ଉପନିଷଦରେ ସନତ କୁମାର ନାରଦଙ୍କୁ ବାଣୀର (ଉପାସନା) ସାଧନ କରିବାକୁ କହିଛନ୍ତି। ମାପିଚୁପି ଯେତିକି ଆବଶ୍ୟକ, ସେତିକି କୁହ। ଅଧିକ କହିଲେ– ଅଧିକ ଭ୍ରମ, ପ୍ରମାଦ, ସଂଶୟ ସୃଷ୍ଟି ହେବ। ସେମିତି ତୋ କଥା। ଭଗବାନ ଆମକୁ ଦୁଇଟି ଆଖି, ଦୁଇଟି କାନ, ଦୁଇଟି ନାକ (ନାକର ଦୁଇଟି ପୁଡ଼ା) ଓ ଗୋଟିଏ ପାଟି ଦେଇଛନ୍ତି। କାରଣ ଆମେ ଦେଖିବା, ଶୁଣିବା ଓ ଆଘ୍ରାଣ କରିବା ଅଧିକ ମାତ୍ର କହିବା କମ। ତେଣୁ ପାଟିକୁ ସେତେବେଳେ ଖୋଲ ଯେତେବେଳେ ନିରବତାଠାରୁ କିଛି ଭଲ କଥା କହିବାର ଅଛି। ଆଉ ଯେଉଁଠି ନିରବତା ଦରକାର ସେଠି ଅଯଥା ବାକ୍ୟ ବ୍ୟୟ କରନାହିଁ। କାରଣ ନିରବତା ହିଁ ହେଉଛି ଅବିବେକୀ ପ୍ରଶ୍ନର ଶ୍ରେଷ୍ଠ ଉତ୍ତର। ସେଥିପାଇଁ ଯଦି ନିରବ ନ ରହି କୌଣସି କଥାର ଉତ୍ତର ଦେବାକୁ ଚାହୁଁଛ ତେବେ ୪ଟି ଦିଗ ପ୍ରତି ଲକ୍ଷ୍ୟ ରଖିବା ଉଚିତ। ୧ରେ ବିନୟ ପୂର୍ବକ ଶୁଣିବା, ୨ରେ ବିଚକ୍ଷଣତା ସହ ଉତ୍ତର ରଖିବା, ୩ରେ ଶାନ୍ତ ଚିତ୍ତରେ ବିଚାର କରିବା, ୪ରେ ନିରପେକ୍ଷ ନିଷ୍ପତ୍ତି ନେବା। ଏସବୁ ଦିଗ ପ୍ରତି ନଜର ରଖି ନ ପାରିଲେ ନିରବ ରହିବା ଶ୍ରେୟସ୍କର।

ପିଲାଳିଆମି ଛାଡ଼ ସୁନି। ଏଇଟା ପିଲାବେଳେ ନୁହେଁ। ଆମେ ଆଉ ନାଇ କଅଁଳା ଛୁଆ ହୋଇ ରହି ନାହାଁନ୍ତି ଯେ ଶେଯରେ ଶୋଇ ଗୋଡ଼ହାତ ଛାଟି (ହଲେଇ) ଖେଳିବା। ଯାହାକୁ ଦେଖ ଘରର ଅନ୍ୟମାନେ ଖୁସିହେବେ। ଆମେ ଆଉ ଛୋଟ ଛୁଆ ହୋଇନାହାନ୍ତି। ଦାଣ୍ଡରେ ଧୂଳିଘର କରି ଖେଳୁନାହାଁନ୍ତି। ସେ ସମୟ ଗଡ଼ି ଗଲାଣି। ସେ ବୟସ ଆମର ଆଉ ନାହିଁ। ତୁ ପୁଅର ମା' ହେବୁ, ମୁଁ ହେବି ଝିଅର ମା'। କଣ୍ଠେଇ ବାହାଘର କରି ସମୁଦୁଣୀ ଡକା ଡକି ହେବା। ଆମର ଆସି ବୟସ ହୋଇ ଗଲାଣି। ଏଣିକି ହାତେ ମାପି ଚାଖଣ୍ଡେ ଚାଲିବା କଥା। ସହି ସମ୍ଭାଳି ରହିବାକୁ ପଡ଼ିବ। ଗୁରୁଜନଙ୍କୁ ସମ୍ମାନ ଜଣାଇ, ପିଲାମାନଙ୍କୁ ସ୍ନେହବାଣୀ ଶୁଣାଇ ସାଙ୍ଗମାନଙ୍କୁ ଶରଧା ଦେଇ, ସମବୟସ୍କ ମାନଙ୍କ ମନ ବୁଝି, ନିଜର ଗୁମର ଜଗି, ଆପଣା ଇଜ୍ଜତକୁ ରକ୍ଷାକରି, ସାମାଜିକ ସଂସ୍କାର ଓ ପରିବାରର ଅନୁଶାସନକୁ ମାନିବାକୁ ହେବ। ଦୁନିଆର ନିର୍ଦ୍ଧାରିତ ଲକ୍ଷ୍ମଣରେଖା ଡେଙ୍ଗଲେ ଆମେ ସୀତା ଠାକୁରାଣୀଙ୍କ ପରି ବିପଦରେ ପଡ଼ିବା ସୁନି। ସଂସାରର ସମାଜ ନିର୍ଦ୍ଧାରିତ ନିୟମ ନମାନିଲେ ମହାବିଷମ ସମସ୍ୟା ସୃଷ୍ଟି ଦେବ। ଯାହାର ମୁକାବିଲା ଲାଗି ଆମେ ସମ୍ପୂର୍ଣ୍ଣ ଅସମର୍ଥ। ଏପରିକି ସେ ସମାସ୍ୟାର ସମ୍ମୁଖୀନ ହେବାକୁ ସୁଦ୍ଧା ଆମେ ସକ୍ଷମ ନୁହନ୍ତି। ଆମେ ତାହା ନ କରି ଏମିତି ହେଲେ ଚଲିବ କେମିତି ? ଯେଉଁ ପରିସ୍ଥିତିକୁ ସମ୍ମୁଖୀନ ହେବା ପାଇଁ ଆମର ଶକ୍ତି ନାହିଁ। ବଳ ପାଇବନି ଯାହାକୁ ଅତିକ୍ରମ କରିବାକୁ। ଯାହାକୁ ପାର ହେବାକୁ ଆମେ ଅକ୍ଷମ। ଡେଙ୍ଗିବା ଲାଗି ଯାହାକୁ ଆମେ ଅସମର୍ଥ। ସେପରି ବିପଦକୁ ଆମେ କାହିଁକି ଜାଣିଶୁଣି ଡାକି ଆଣିବା ? ତୁଚ୍ଛାଟାରେ ଅଡୁଆରେ ପଡ଼ି ଘାଣ୍ଟିହେବା। ଅସୁବିଧାରେ ପଡ଼ିବା। ନିର୍ଯ୍ୟାତନା ଭୋଗିବା। ବାହାର ଦୁନିଆକୁ ଅନା। ପଦା ସଂସାରକୁ ନିରୀକ୍ଷଣ କରି ଭଲ ଭାବରେ ଦେଖ। ଆମ କ୍ଷମତା ପାଇବା ପରିସର ବାହାରେ ବି ବିଚାଟ ପୃଥିବୀ ରହିଛି। ଆମ ଜ୍ଞାତସାରର ପଦାରେ ମଧ ଗୋଟିଏ ବିଶାଳ ଦୁନିଆ ଅଛି। ସେ ସଂସାରକୁ ନଜର ପକା। ସେ ସଂସାରକୁ ବୁଝିବାକୁ ଚେଷ୍ଟା କର। ସମାଜ ପ୍ରତି ତୀକ୍ଷ୍ଣ ଦୃଷ୍ଟି ରଖ। କଥାରେ, ଭାଷାରେ, ଆଚାରରେ, ଆଚରଣରେ, ଉଚ୍ଚାରଣରେ, ବ୍ୟବହାରରେ, ବିଚାରରେ, ଚାଲିରେ, ଚଳଣିରେ, ହାବ ଭାବରେ, ଢଙ୍ଗଢାଙ୍ଗରେ ସବୁଠରେ ସଂଯମତା ରଖିବାକୁ ପଡ଼ିବ। କଥାରେ ଅଛି– "କହିବୁ ଏମନ୍ତ କଥା, ଶତ୍ରୁଏ ପୋଟିବେ (ନଇଁବେ) ମଥା" ମାତ୍ର ତୋ କଥାଟ ଶାଣଦିଆ ଛୁରିଠାରୁ ବି ଅଧିକ ଧାରୁଆ। କାରଣ ପ୍ରବାଦ ଅଛି– "ଟଙ୍ଗ ଇଜ ସାର୍ପର ଦ୍ୟାନ ସୋର୍ଡ। ଖଣ୍ଡାଠାରୁ ବି ଜିଭ ଅଧିକ ଧାରୁଆ।"

ଅସାମାଜିକ, ଅମଣିଷ, ଅଭଦ୍ର, ଅବିବେକୀ, ସଂସାର ଛଡ଼ାଙ୍କର ଏଠି ସ୍ଥାନ ନାହିଁ। ଦୁନିଆରୁ ବାହାର ଲୋକ ଏଠି ରହିପାରିବନି। ପରିବାରର ଅନୁଶାସନ ମାନୁନଥିବା ବ୍ୟକ୍ତି ଏଠି ଚଳିବ କେମିତି ? ଏଠି ଶୃଙ୍ଖଳା ମାନି, ଶିଷ୍ଟାଚାରକୁ

ଜଗି ଭଦ୍ରାମୀର ସହିତ ରହିବାକୁ ହେବ। ନୀତି ନିୟମ ପ୍ରତି ସମ୍ମାନ ପ୍ରଦର୍ଶନ କରିବାକୁ ପଡ଼ିବ। ନିଜେ ଶାନ୍ତିରେ ରହି ଅନ୍ୟମାନଙ୍କୁ ଆନନ୍ଦରେ ରହିବା ପାଇଁ ସୁସ୍ଥ ବାତାବରଣ ସୃଷ୍ଟି କରିବାକୁ ପଡ଼ିବ। ନିଜେ ଖୁସି ହେବା ସହିତ ଅନ୍ୟମାନଙ୍କୁ ସୁଖରେ ରହିବାକୁ ସୁଯୋଗ ଦେବା ଆମର କର୍ଭବ୍ୟ। ଏଇଟା ଭଗବାନଙ୍କ ସଂସାର। ବିଶାଳ ମାନବ ସମାଜ। ଜୀବମାନଙ୍କ ଜଗତ। ଈଶ୍ୱରଙ୍କ ଦୁନିଆ। ପରମେଶ୍ୱରଙ୍କ ସୃଷ୍ଟି। ଏଠି ସମସ୍ତେ ନିୟମରେ ବନ୍ଧା। ନୀତିର ଅଧୀନ। ଶୃଙ୍ଖଳାର ଆନୁଗତ୍ୟରେ ପରିଚାଳିତ। ଠାକୁରବାବା କହନ୍ତି ରୁଷୋ କହିଥିଲେ "ମଣିଷ ମୁକ୍ତ ଭାବରେ ଜନ୍ମ ହୋଇଥିଲେ ସୁଦ୍ଧା ସବୁବେଳେ ଓ ପ୍ରତ୍ୟେକ କ୍ଷେତ୍ରରେ ସେ ଶୃଙ୍ଖଳାରେ ବନ୍ଧା।" ବେନିୟମ ଏଠି ଚଳିବନି। ନିୟମ ଖିଲାପକାରୀ, ଗଣ୍ଠଗୋଳ ସୃଷ୍ଟି କର୍ତ୍ତା, ଗୋଲମାଲକୁ ଉସ୍କାଉଥିବା ଦୁଷ୍ଟ ପ୍ରକୃତିଧାରୀ, ବିଶୃଙ୍ଖଳ ବ୍ୟକ୍ତି, ଅସୁବିଧା ଭିଆଉଥିବା, ଖଲ ମତଲବର ଲୋକ ଏଠି ଦଣ୍ଡିତ ହେବ। ଶାସ୍ତି ଭୋଗିବ। ତଡ଼ାଖାଇବ। ଏଠି ରହିପାରିବନି। ଗୋଲମାଲିଆଙ୍କ ଲାଗି ଏଠାରେ ସ୍ଥାନ ନାହିଁ। ସେ ଦିନ ଠାକୁରବାବା କହୁନଥିଲେ- ମନୁ ସଂହିତା ତଥା ଉପନିଷଦରେ ଯଥାର୍ଥରେ କୁହାଯାଇଛି- ଉପଦ୍ରବ ସୃଷ୍ଟିକାରୀ ଦଣ୍ଡ ଭୟରେ ଅପରାଧ ପ୍ରବଣ ହୁଏ ନାହିଁ ଏବଂ ଆଇନ ଶୃଙ୍ଖଳାର ଗଣ୍ଡି ମଧ୍ୟରେ ନିଜକୁ ଖାପ ଖୁଆଇ ଚଳିବାକୁ ବାଧ୍ୟ ହୋଇଥାଏ। ଦଣ୍ଡ ଭୟରେ ଶ୍ୱାନ ଯେପରି ଯଜ୍ଞାନ୍ନ ଉଚ୍ଛିଷ୍ଟ କରିବାକୁ ଭୟକରେ। ସମ୍ଭାବ୍ୟ ଅପରାଧୀ ସେହିଭଳି ଦଣ୍ଡ ଭୟରେ ଅପରାଧରୁ ନିବୃତ ରହିଥାଏ। ଗଣ୍ଠଗୋଳକାରୀ ଅପରାଧୀ ବିଶୃଙ୍ଖଳା ସୃଷ୍ଟିକାରୀ ଲାଗି ଯେପରି ସମାଜରେ ଦଣ୍ଡପ୍ରଦାନର ବ୍ୟବସ୍ଥା ଅଛି, ସେମିତି ଆମ ପାଇଁ ମଧ୍ୟ ଦଣ୍ଡ ବ୍ୟବସ୍ଥା ଲାଗୁ ହେବ ଯଦି ଆମେ ଭୁଲ କରି ବସିବା। ସେଥିପାଇଁ କୁହାଯାଇଛି- ଯଦି ତୁମେ ପ୍ରଶଂସାର ପାତ୍ର ନ ହୋଇ ପାରୁଛ ତେବେ ନିରବ ରହିବା ବରଂ ଭଲ କିନ୍ତୁ ନିନ୍ଦାର ପାତ୍ର ହୁଅ ନାହିଁ। କାରଣ ଶାସ୍ତ ତ କହିଲା "ଦକ୍ଷଃ ଶ୍ରିୟନଧ୍ରଗଚ୍ଛତି ପଥ୍ୟାଶୀ କଲ୍ୟାଣ ସୁଖମଭୋଗୀ ଉଦ୍ୟୁକ୍ତୋ ବିଦ୍ୟାନ୍ତଂ ଧର୍ମାର୍ଥୟଶାସିତ ବିନୀତଃ।" ଦକ୍ଷ ବ୍ୟକ୍ତି ଲକ୍ଷ୍ମୀଙ୍କୁ, ମିତାହାରୀ ଲୋକ ଆରୋଗ୍ୟକୁ, ନିରୋଗ ଲୋକ ସୁଖକୁ, ଉଦ୍ୟୋଗୀ ଲୋକ ବିଦ୍ୟାକୁ ଓ ବିନୀତଲୋକ ଧର୍ମ, ଅର୍ଥ ଓ ଯଶକୁ ଲାଭ କରିଥାଏ।

ତୋ, ମୋ କଥା ଅଲଗା। ଆମର ସମ୍ପର୍କ ଭିନ୍ନ ପ୍ରକାର। ସମଯ଼ବି। ଆମ ଭିତରେ ଥିବା ସଦ୍ଭାବ ଆଉ ଗୋଟେ ରକମର। ତା ବୋଲି ଉତ୍‌ଶୃଙ୍ଖଳ ହେବା, ବିଶୃଙ୍ଖଳା ସୃଷ୍ଟି କରିବା, ସାମାଜିକ କ୍ଷେତ୍ରରେ ବ୍ୟତିକ୍ରମ ଆଣିବା, ସଂସାର ଭିତରେ ବିଭ୍ରାଟ ପୁରାଇବା, ଅସୁବିଧା ଭିଆଇବା, ଗୋଲମାଲ ଭର୍ତ୍ତି କରିବା ଆମର କାମ ନୁହେଁ। ଶାନ୍ତି ଶୃଙ୍ଖଳା ରକ୍ଷା କରିବା ଆମର କର୍ଭବ୍ୟ। ଆମର ଦାୟିତ୍ୱ ଜ୍ଞାନ ରହିବା ନିହାତି ଦରକାର। ଆବଶ୍ୟକ ସୁସ୍ଥ ବାତାବରଣ ବଜାୟ ରଖିବା। ଆମେ ଆମ ଲକ୍ଷ୍ୟ ପୂରଣ ଦିଗରେ ଅଗ୍ରସର ନ ହେଲେ ଠକିଯିବା ସୁନି। ଆମେ ସଚେତନ ନ ରହିଲେ ବିପଦରେ ପଡ଼ିବା। ଆମେ ସତର୍କ ନ ହେଲେ ଦୁର୍ଯୋଗକୁ ଡାକି ଆଣିବା। ଅସୁବିଧାରେ ଘାଣ୍ଟି ହେବା, ନିର୍ଯାତନା ଭୋଗିବା। ଆମେ ଆସି କୁଆଁରୀ ବୟସରେ ପହଞ୍ଚିଗଲେଣି। ଆମେ କୈଶୋର ଓ ପ୍ରୌଢ଼ଗଣ୍ଡ ଡେଇଁ ଆସି ଯୌବନରେ ପାଦ ଦେଲେଣି। ତୁ ମନେରଖ ଯୌବନର ଉଦ୍ଦୀପନା ଅପଶକ୍ତିରେ ପରିଣତ ହେଲେ। ଏହାର ପ୍ରାଣ ପାଚୁର୍ଯ୍ୟ ଅବାଞ୍ଛିତ ରୋମାଞ୍ଚରେ ବିନିଯୋଗ ହେଲେ। ଏହାର ବିପୁଳ ସାମର୍ଥ୍ୟ କେବଳ ସ୍ୱପ୍ନାଭିଷେକରେ ଅପଚୟ ହେଲେ ଯୌବନ ଅଭିମନ୍ତ୍ରିତ ନ ହୋଇ ବିଦ୍ୟମିତ ହୋଇଥାଏ। ଯୌବନର ଉଦ୍ଦାମତାକୁ, ଯୌବନର ଉଦ୍ଦୀପନାକୁ, ଏହାର ଅଫୁରନ୍ତ ଶକ୍ତିକୁ ଅନୁଭବ କରିପାରିଲେ ଯୌବନ ହୁଏ ମହିମାମଣ୍ଡିତ। ଅନ୍ତଃକରଣ ହୁଏ ଆଲୋକିତ। ଦୃଷ୍ଟିଭଙ୍ଗୀ ହୁଏ ପରିଷ୍କାର। ମନୋଭାବ ହୁଏ ସକାରାମ୍ଳକ। ଆମ୍ନିଷ୍ଠା ହୁଏ ଅଟୁଟ। ବାହ୍ୟ ଆଡ଼ମ୍ବର, ଅଟୋପ କୃତିମତା ଅର୍ଥହୀନ ମନେହୁଏ ଏବଂ ହୃଦୟର ଆଲୋକନ ଦ୍ୱାରା ଜୀବନର ସମଗ୍ର ନିର୍ଯାସ ବୁଝିବା ସହଜ ହୋଇଥାଏ। ହୃଦୟର ଏହି ଆଲୋକନ ଦ୍ୱାରା ହିଁ ଜୀବନ ହୁଏ କଳାମ୍ଳକ ଓ ସୃଜନଶୀଳ। ଆଗକୁ ଅଗ୍ରସର ହେବାର ଅଭିଳାଷ ହୁଏ ତୀବ୍ର, ଆଉ ସେତେବେଳେ ସବୁ ବିଦ୍ୟମାନ ସମ୍ଭାବନାରେ, ସବୁ ଅସାମର୍ଥ୍ୟ ସାମର୍ଥ୍ୟରେ। ସବୁ ସମସ୍ୟା ସମାଧାନରେ ରୂପାନ୍ତରିତ ହୁଏ। ପିଲାଳିଆମି ଛାଡ଼ ସୁନି। ଚଗଲାମି, ଫାଜିଲାମି

ଏ ବୟସରେ ଆମ ପାଇଁ ଶୋଭନୀୟ ନୁହେଁ । ଦୁଷ୍ଟାମୀ କରିବା ବୟସ ଆମର ଚାଲିଗଲାଣି କେବେଠୁ । ଚପଲାମିର ସମୟ ମଧ ଆଉ ନାହିଁ । ଯାହାକିଏ ଜୀବନରେ ଆଉ କେବେ ଫେରି ଆସିବନି । କେବେ ବି ଫେରିବନି ।

ତୋର ମନେ ଅଛି ସୁନି ସେଥର ଘରୁ ଆସିଲା ବେଳେ ମନ୍ଦିରରେ ପହଞ୍ଚିବା ପର୍ଯ୍ୟନ୍ତ କେହି କାହାରିକୁ କିଛି କଥା କହି ନଥିଲେ । ତୁ ସବୁଥର ପରି ତୁମ ଦୁଆର ମୁହଁରେ ଠିଆ ହୋଇ ମୋ ପାଇଁ ଅପେକ୍ଷା କରିଥିଲୁ । ତୋତେ ତୁମ ଘର ଦୁଆରେ ଠିଆହୋଇଥିବା ଦେଖି ମୁଁ ତୋ ପାଇଁ ଅପେକ୍ଷା କଲି । ମୋତେ ଦେଖିଲା ମାତ୍ରେ ତୁ ବିଲମ୍ବ ନ କରି ବାହାରି ଆସିଲୁ । ବାଟରେ କେହି ପାଟି ଖୋଲି ନ ଥିଲେ । ଆଗରେ ମୁଁ, ମୋ ପଛରେ ତୁ ଚାଲିଥାଉ । ସେହିଦିନ ଆମ ଆସିବାରେ ବ୍ୟତିକ୍ରମ ପ୍ରଥମ ଥର ହୋଇଥିଲା । ଯେବେବି ଆମେ ମନ୍ଦିରକୁ ହେଉ ବା ଅନ୍ୟ କେଉଁଟିକୁ ଯାଇଥାଆନ୍ତି ସବୁବେଳେ ତୁ ଆଗରେ ଚାଲୁ । ମୁଁ ପ୍ରତିଥର ତୋ ପଛେ ପଛେ ଚାଲିଥାଏ । କିନ୍ତୁ ସେ ଥର ବିପରୀତ ଘଟଣା ଘଟିଥିଲା । ମୁଁ ଥାଏ ଆଗରେ, ତୁ ମୋ ପଛରେ । ମନ୍ଦିରରେ ପହଞ୍ଚ ଧୂପ ଜାଳିବା ପାଇଁ ତୁ ଦିଆଶିଲି ଯାଚିଥିଲୁ । ମୁଁ ତୋ ହାତରୁ ଦିଆଶିଲି ଆସି କାଠି ମାରିଥିଲି । ଧୂପ ଲଗାଇ ଧୂପକାଠି ବୁଲାଇ ସାରି ଆମେ ଜୁହାର ହେଲେ । ସେ ପର୍ଯ୍ୟନ୍ତ କେହି କାହାରିକୁ କିଛି କହୁନଥାନ୍ତି । ମୁଁ ମୁହଁ ଫୁଲାଇଥାଏ ତୋ'ର ପୂର୍ବଥର ଅକ୍ଷେପମୂଳକ କଥାରେ । ଆମେ ପାଦୁକ ପାଇଲେ । ପ୍ରଥମେ ତୁ ମୋ କପାଳିରେ ବିଭୂତି ଟିପା ଲଗାଇ ଦେଲୁ । ଟିପାଲଗାଇ ଦେଲା ବେଳେ ତୁ ମୋ ମୁହଁକୁ ଚାହିଁଥିଲୁ । ମୁଁ କିନ୍ତୁ ତଳକୁ ଦୃଷ୍ଟି ରଖିଥିଲି । ମୁଁ ଯେତେବେଲ ତୋ ମଥାରେ ଟିପା ଲଗାଇଲି ସେତେବେଳେ ତୋ ମୁହଁକୁ ଅନାଇବା ଲାଗି ବାଧ ହୋଇଥିଲି । କାଲେ କପାଲ ମଝିରେ ଟିପା ନ ଲାଗି ବଙ୍କାରେ ଲାଗିଯିବ । ତୁ ସେତିକିବେଳେ ମୋ ମୁହଁକୁ ଚାହିଁ ଦେଲୁ । ତୋ ଆଖି ସହିତ ମୋ ଆଖି ମିଶିଗଲା । ତୁ ହସିଦେଲୁ । ମୁଁ କିନ୍ତୁ ଥିଲି ନିରବ, ନିର୍ବିକାର, ନିରୁଭର, ନିଶବ୍ଦ ।

ମୋ କାମ ମୁଁ କରି ଯାଉଥିଲି ନିରବରେ । ମୁହଁ ନଖୋଲି, ତୁଣ୍ଡ ନଫିଟାଇ, ତୁ କିନ୍ତୁ ପାଟି ନ ଖୋଲି ରହି ପାରିଲୁନି । ମୋତେ ଦେଖେଇ ଦେଖେଇ କହିଲୁ– ସତ ସତିକା ମାନ କରୁ ବୋଲି ତୋ ନା ହେଲା ସତୀ । ସତୀ; ସବୁ କଥାରେ ସତକୁ ଜଗିବା ଉଚିତ୍ । କର୍ତ୍ତବ୍ୟ ମଧ ନ ହେଲେ ନାମର ସାର୍ଥକତା ରହିବ ନାହିଁ । କିନ୍ତୁ ସତକୁ ଏତେ ନିଠାଇ ଜାବୁଡ଼ି ଧରିବା ଭଲ ନୁହେଁ । ପରିମାଣର ମାତ୍ରା ଟିକେ କମ୍ ହେଲେ ଭଲ ହୁଅନ୍ତା । ଅତିଟା ଠିକ୍ ନୁହେଁ, ଆଦୌ ସୁବିଧା ନୁହେଁ । ଜମାଭଲ ନୁହେଁ । "ଅତି ସର୍ବତ୍ରଃ ଗହିତମ ।"

ତା'ପରେ ମୁଁ ଆଉ ମୋତେ ସମ୍ଭାଲି ହୋଇ ରହି ପାରିଲି ନାହିଁ । ପଚାରିଲି– "ମୁଁ ସତକୁ ମାନୁ ଥିବାରୁ ମୋ ନା' ସତୀ ହେଲା । ତେବେ ତୋ ନାମ କାହିଁକି ସୁନି ହୋଇଛି କହି ପାରିବୁ କି ?

ତୁ ସଙ୍ଗେ ସଙ୍ଗେ ଉତ୍ତର ଦେଲୁ– "ନିଶ୍ଚୟ' ମୁଁ ଏଇ ସାମାନ୍ୟ କଥାଟିକୁ କହି ପାରିବିନି । ତୁ ଏମିତି କିପରି ଭାବି ପାରୁଛୁ ? ମୁଁ ସୁନା ପିଲା ହୋଇଥିବାରୁ ମୋ ନାଁ ହେଲା ସୁନି ।"

ମୁଁ ସେଇଠୁ କହିଲି । "ତୋ ମନେ ମନେ ତୁ ସୁନା ହୋଇଥା । ତୋ ନା' ଖାଲି ସୁନି । କିନ୍ତୁ ତୁ କାମରେ, କଥାରେ, ବ୍ୟବହାରରେ , ହାବ ଭାବରେ, ଭାଷାରେ ପଢ଼ିଆ ସୁନା ବି ନୁହଁ । ବେଙ୍ଗ ପିଢ଼ଲଟାଏ । ସଇସୁନା ତ ଯାଇ କେଉଁଠ ? ତୁ ତୋ ମନେ ମନେ ସୁନା ହୋଇଛୁ ନା ତୋତେ କେହି ସୁନା ବୋଲି କହୁଛନ୍ତି ?"

ସତୀ; ପୁରାଣ ମତ ଅନୁଯାୟୀ– "ବୃହତ କ୍ଷେତ୍ର ଯେ ବନ, ହସ୍ତୀ ନାମରେ ବିଦ୍ୟମାନ । ଯେଣୁ ସେ ଗୁରୀ ନିର୍ମାଣିଲା, ତେଣୁ ହସ୍ତିନା ନାମ ହେଲା । କୌରବଙ୍କ ରାଜଧାନୀ ହସ୍ତିନାପୁରର ନାମକରଣ ଏଇଥିପାଇଁ ହସ୍ତିନା ହୋଇଥିଲା । ସେମିତି ମୁଁ ସୁନା ବୋଲି ତୁ ତ ଏଇନେ କହିଲୁ । ଆଉ କେହି ନ କହନ୍ତୁ ମୁଁ ସୁନା ନ ହୋଇଥିଲେ ତୁ ମୋତେ ସୁନି ବୋଲି ଡାକନ୍ତୁ, କାହିଁକି ?"

"ହଉ ତୁ ସୁନା ହୋଇଥା । ସୁନାପରି ଝଟକି ତୁମ ଘରକୁ ଆଲୋକିତ କରୁଥା । ତୁମ ବଂଶର ନାଁକୁ ଉଜ୍ଜ୍ୱଲ କର । ତୁମ କୁଳକୁ ଗରୀୟାନ କରି ଥୋଇଦେ । ତୁମ ସାଇକୁ ସୁଦ୍ଧା । ତୋ' ଜ୍ୟୋତିରେ ଆମ ଗାଁ ଝଲସି ଉଠୁ । ତୋ' ଆଭାରେ ଏ ମନ୍ଦିର ମଧ । ଏପରିକି ଆଖ ପାଖ ଅଞ୍ଚଳ ବି ।"

ତୁ ସେଇଠୁ କହିଥିଲୁ– "ଆଉ ତୁ ଏମିତି ସତ ସତିକା ମାନ କରି ମୁହଁ ଫୁଲେଇ ମନ ମାରି ଅଭିମାନରେ ବସିଥା । ମଉନ ହୋଇ । ନହେଲେ ନିରବରେ ବସି ତପସ୍ୟା କର । ସିଦ୍ଧିଲାଭ ନିଶ୍ଚୟ ହେବ । ପାର୍ବତୀ ତପସ୍ୟା କରି ଶିବଙ୍କୁ ସ୍ୱାମୀ ଭାବେ ପାଇଥିଲେ । ଆଉ ତୁ ତପସ୍ୟା କଲେ ତାଙ୍କୁ ବର ରୂପେ ନିଶ୍ଚିତ । ଟିକେ ରହି ପୁଣି କହିଲୁ–"ମୁଁ ଜାଣିପାରେ କି ମୋର ଦୋଷ କ'ଣ ? ମୁଁ ଏପରି କେଉଁ ଗୁରୁତର ଅପରାଧ କରି ପକାଇଲି ଯେ ମହାରାଣୀ ମୋ ଉପରେ ରାଗିକରି କଥା କହୁନାହାନ୍ତି ?"

ତା'ପରେ ମୁଁ ତଳୁ ମୁହଁ ଉଠାଇ ତୋତେ ଚାହିଁଲି । ତୀର୍ଯ୍ୟକ ଚାହାଁଣିରେ– "ତୋ'ର କଥା । ତୁ ଯେଉଁ କଥା ସବୁ କହୁଛୁ । ତା'ର ଅର୍ଥ କିଛି ବୁଝିଛୁ କିୟା ବୁଝିବାକୁ କେବେ ଚେଷ୍ଟା କରିଛୁ ? କେବେ ଉଦ୍ୟମ କରିଛୁ । ହୃଦୟଙ୍ଗମ କରିବାକୁ ତୋ କଥାର ଅର୍ଥ ବିଷୟରେ ? ଆଗ୍ରହୀ ହୋଇଛୁ କି ଜାଣିବାକୁ ତୋ କଥାର କ୍ଷତିକାରକ ପ୍ରଭାବ ସମ୍ପର୍କରେ ? ପାଦୁକ ଦେବାକୁ ମୁଁ ମନା କରୁଥିଲି । ତୁ ମୋତେ ବାଧ୍ୟ କଲୁ ସେ କାମ କରିବା ପାଇଁ । ପାଦୁକ ଦେବାକୁ ମୋର ମନ ନଥିଲେ ସୁଦ୍ଧା ତୋ କଥାରେ ମୁଁ ବାଧ୍ୟ ହୋଇ ତାଙ୍କୁ ପାଦୁକ ଦେଇଥିଲି । କିନ୍ତୁ ପାଦୁକ ଦେଲା ପରେ ତାଙ୍କ ସହିତ ମୋତେ ଯୋଡ଼ି କଥା ଉଠାଉଛୁ କେତେ ରକମର । ତୋର ବ୍ୟବହାର ଭଲ ସୁନି; ମାତ୍ର କଥା କଟୁ । ଭାଷା କଦର୍ଯ୍ୟ । ବାକ୍ୟ ବିଦ୍ରୂପଭରା । ତୁ ଉଚ୍ଚାରଣ କରୁଥିବା ଶବ୍ଦଗୁଡ଼ିକ ସବୁ ହେଲା ତାଚ୍ଛଲ୍ୟପୂର୍ଣ୍ଣ । କଟୁବାଣୀ କେବଳ ବନ୍ଧୁତ୍ୱ ନଷ୍ଟକରେ । ସମ୍ପର୍କରେ ଫାଟ ସୃଷ୍ଟିକରିଥାଏ । ସଦ୍‌ଭାବ ମଧ୍ୟରେ ପ୍ରଭେଦର ପାର୍ଥକ୍ୟ ରେଖା ଟାଣିଦିଏ । ଦୁହିଁଙ୍କ ମଧ୍ୟରେ ତିକ୍ତତା ଭରିଦିଏ । ମନୋମାଳିନ୍ୟ କରାଇଥାଏ । ଦୁଇ ସାଙ୍ଗଙ୍କ ଭିତରେ ବ୍ୟବଧାନର ଦୂରତା ବଢ଼ାଇ ଦେବାକୁ ସକ୍ଷମ ହୋଇଥାଏ ଯାହା । ସମ୍ପର୍କ ଯୋଡ଼ିବାକୁ ବନ୍ଧୁତ୍ୱ ସଜାଡ଼ିବା ପାଇଁ କିୟା ସାଙ୍ଗର ମନ ସହିତ ଆପଣା ମନକୁ ମିଶାଇବା ଲାଗି କେବେ ବି ସମର୍ଥ ହୋଇପାରେ ନାହିଁ । କଥାକୁ କୋମଳ କଲେ ପର ମଣିଷ ବି ଆପଣାର ହୋଇପାରିବ । ସାବଲୀଳବାଣୀ ଦ୍ୱାରା ଚିରଶତ୍ରୁ ମଧ୍ୟ ପରମ ମିତ୍ର ପାଲଟିଯାଏ । ଦୀର୍ଘ ଦିନର ପ୍ରତିଯୋଗୀ– ଚିର ସହଯୋଗୀକୁ ରୂପାନ୍ତର ହୋଇଥାଏ । ଆଉ ସୁହୃଦୟ ବନ୍ଧୁକୁ ବଦଲିଯାଏ ଅତ୍ୟନ୍ତ ବୈରୀ ଭାବାପନ୍ନ ବ୍ୟକ୍ତି ଜଣକ । ଅନ୍ୟ ଲୋକକୁ ନିଜର କରିହେବ କେବଳ ମିଠା ମିଠା କଥାରେ । ମଧୁର ବାକ୍ୟାଳାପ ମାଧ୍ୟମରେ । ସାନ୍ତ୍ୱନା ପୂର୍ଣ୍ଣ ଭାଷାରେ । ସହାନୁଭୂତି ଭରା ଶବ୍ଦ ପ୍ରୟୋଗରେ । ସେଥିପାଇଁ କୁହାଯାଇଛି –ମଧୁର ବିନୟ ବଚନ; କହି ତୋଷିବ ପ୍ରାଣୀ ମନ । ଭଗବାନ ଆମକୁ କଥା କହିବାର ସାମର୍ଥ୍ୟ ଦେଇଛନ୍ତି । ପ୍ରାଣୀ ଜଗତରେ କେବଳ ମଣିଷ ହିଁ କଥା କହିପାରେ । ମନୋଭାବକୁ ପ୍ରକାଶ କରିପାରେ । ଇଚ୍ଛା କରୁଥିବା ଭାବନାକୁ ଭାଷା ମାଧ୍ୟମରେ ବ୍ୟକ୍ତ କରିପାରେ । କେଉଁଠି, କେମିତି, କିପରି, କିଭଳି କହିଲେ ଭଲ ହେବ ତାକୁ ବିଚାର ପୂର୍ବକ ବିଶ୍ଲେଷଣ କରି ପ୍ରୟୋଗ କରିବାର ଶକ୍ତି ବି ଦେଇଛନ୍ତି ପରମେଶ୍ୱର । ବିଶେଷ କରି ନାରୀମାନଙ୍କ କଣ୍ଠରେ କୋମଳତା ଭରି ଦେଇଛନ୍ତି । ମିଠା ମିଠା କଥା କହୁଥିବା, କୋମଳ ବଚନ ପ୍ରକାଶ କରୁଥିବା, ମଧୁର ଭାଷା ବ୍ୟକ୍ତ କରୁଥିବା, ଅମୃତ ପୂର୍ଣ୍ଣ ବାକ୍ୟ ଉଚ୍ଚାରଣ କରି ପାରୁଥିବା, ସୁଧାଝରା ଶବ୍ଦ ପ୍ରୟୋଗ କରୁଥିବା ଲୋକ କେବେବି କେଉଁଠି କାହାରି ବି ଶତ୍ରୁ ହୋଇ ନ ପାରେ । ସେଥିପାଇଁ ଆମ କଥାରେ ମଧୁରତା ଓ ଭାଷାରେ ଶାଳୀନତା ତଥା ଉଚ୍ଚାରଣରେ ବିନୟ ଭାବ ଏବଂ ବକ୍ତବ୍ୟରେ ଅନ୍ୟକୁ (ପରକୁ) ଆପଣାର କରିନେବାର ସମ୍ବୋଧନଶୀଳତା ରହିବା ଉଚିତ ଆଉ ଆବଶ୍ୟକ ମଧ୍ୟ । ପଦେ ମିଠା କଥା ପାଖରେ, ମଧୁର ଭାଷା ନିକଟରେ ରୂପ, ଧନ, ଜ୍ଞାନ, ମାନ ସବୁ କିଛି ସାମୟିକ ଭାବରେ ହାରମାନି ଯାଆନ୍ତି ।

"ଆକ୍ରୋଶିତୋଽପି ସଜନୋ ନବଦତ୍ୟବାଚମ, ନିଷ୍ଠୀଡ଼ିତୋ ମଧୁର ମୁଦ୍ଗବମତୀୟୁଦଣ୍ଠଃ। ନୀତୋ ଜନୋ ଗୁଣ ଶତେରପି ସେବ୍ୟମାନେ, ହାସ୍ୟେନ ତଦ୍ ବଦତି ଯତ୍ କଳହେଽପ୍ୟବାଚ୍ୟମ।" ଉତ୍ତମଲୋକକୁ ତିରସ୍କାର କଲେ ମଧ ସେ କୁକଥା କହେ ନାହିଁ। ଆଖୁକୁ ପେଡ଼ିଲେ ସେଥିରୁ ମଧୁର ରସ ନିର୍ଗତ ହୁଏ। ନୀଚ ଲୋକକୁ ନାନା ଉପକାର ଦ୍ୱାରା ସେବା କଲେ ସୁଦ୍ଧା। ସେ ହାସ୍ୟରେ ଯାହା କହେ, ତାହା କଳହରେ ମଧ ଅକଥ୍ୟ ଅଟେ।

ଗୋଟିଏ କଥାକୁ କେତେ ରକମରେ, କେତେ ପ୍ରକାରରେ, କେତେ ବାଗରେ କହିହେବ। ଖା, ଭୁଞ୍ଜ, ଗିଲ। ଅର୍ଥ ଏକ କିନ୍ତୁ ଭାବ ସୁଚେଇବ ତିନି ପ୍ରକାରରେ। ତେଣୁ ଭାଷା କେବଳ ଅର୍ଥ ପ୍ରଦାନ କରୁଥିବା, ଶଦ୍ଦରାଜିର ସମାହାର ନୁହେଁ। ଭାଷା ଭିତରେ ମଧୁରତା, ତିକ୍ତତା, ମାଦକତା, ରସିକତା, ସବୁକିଛି ଲୁଚି ରହିଥାଏ। ମଧୁର ଭାଷାରେ ଶତ୍ରୁକୁ ବଶ କରି ବୋଲ ମନାଇ ହୁଏ। ସେହିଭଳି କଟୁ କଥାରେ ମରମ ବିନ୍ଧିଯାଏ। ଆମ୍ଭା ଛାଡ଼ିଯାଏ। ପ୍ରାଣହାରି ଦେବାକୁ ଇଚ୍ଛା ହୁଏ। ଶାଶୁ ଶ୍ୱଶୁର କଥା ସହି ନ ପାରି ଅମୁକ ଘର ବୋହୁ ଦଉଡ଼ି ଦେଇଦେଲା ବା ବିଷ ପିଇଦେଲା ଭଳି କଥା ଆମେ ଶୁଣୁନାକି। ସେଥିପାଇଁ ତ ଅଭାଷା ଅକଥା କିମ୍ବା ଅପ୍ରିୟ କଥା କହିବାକୁ ମନା କରାଯାଏ। ଚାଣକ୍ୟ ସେଥିଲାଗି କହିଥିଲେ "ପ୍ରିୟବାକ୍ୟ ପ୍ରଦାନେନ ସର୍ବେ ତୁଷ୍ୟନ୍ତି ଜନ୍ତବଃ, ତସ୍ମାଦେବ ବକ୍ତବ୍ୟଂ ବଚନୋକୋ ଦରିଦ୍ରତା।" ଏହାର ଅର୍ଥ ହେଲା ପ୍ରିୟ ଓ ମିଠାକଥା କହିଲେ ସମସ୍ତେ ସନ୍ତୁଷ୍ଟ ହୁଅନ୍ତି। ତେଣୁ ସେହିଭଳି ମଧୁର କଥା କହିବା ପାଇଁ କୁଣ୍ଠିତ ହେବା ଉଚିତ ନୁହେଁ। ସେଥିପାଇଁ ମଧୁର କଥା କହିବାରେ ଦାରିଦ୍ର୍ୟ କାହିଁକି ? କଥାରେ କହନ୍ତି ଜଣଙ୍କର ମୁହଁ ଖୋଲିଲେ ଜଣାପଡ଼େ ତା'ର ଓଜନ କେତେ। ଜଣଙ୍କର ଜିଜ୍ଞାସାରୁ ଜଣାପଡ଼େ ସେ କେଉଁ ଧରଣର ବ୍ୟକ୍ତି ଓ ସଦିଚ୍ଛାର ଅଧିକାରୀ। ଅଭିଜ୍ଞତା ବୁଝାଇ ଦିଏ ଯେ ସ୍ନେହ, ସୁଖର ସବୁଠାରୁ ବଡ଼ ସାଧନ। ଏହାର ଅର୍ଥ ଜଣେ କିଭଳି ସଂସ୍କାର ପାଇଛି ତାହା ତାହାର କଥାବାର୍ତ୍ତାରୁ ଜଣାପଡ଼େ। ନମ୍ର ଓ ଭଦ୍ର ଭାବେ କଥା କହୁଥିବା ବ୍ୟକ୍ତିଙ୍କୁ ସମସ୍ତେ ଭଲ ପାଆନ୍ତି ଓ ସେ ଏକ ଉଚ୍ଚ ସଂସ୍କାର ସଂପନ୍ନ ବ୍ୟକ୍ତି ବୋଲି ଧାରଣା କରିହୁଏ। ଭଦ୍ର, ଭବ୍ୟ, ନମ୍ର କିମ୍ବା ସଲଜ୍ଜ ଓ ବିନୀତ ମଣିଷକୁ କେବଳ ଶାଳୀନ କୁହାଯାଏ। ଶାଳୀନ ବ୍ୟକ୍ତି ସବୁବେଳେ ସଚେତନ। ସେ ଭଲ ଭାବରେ ଜାଣନ୍ତି ଓ ପରିଷ୍କାର ବୁଝି ପାରିଛନ୍ତି ତୁଣ୍ଡରୁ ଭାଷା, ବହିଗଲା ପାଣି ପରି ଓ ଧନୁରୁ ଛୁଟିଥିବା ଶର ଭଳି ଏବଂ ବାଟୁଲି ଖଡ଼ାରୁ ବାହାରିଥିବା ଗୋଲି ପରି ସେ କେବେବି ପୁନରାୟ ଫେରିବ ନାହିଁ। ଯେତେ ସଫେଇ ଦେଲେ ବି (ଲୋକେ) ଲୋକମାନେ ଆଉ ତାକୁ ଗ୍ରହଣ କରିବେ ନାହିଁ। ସେଥିଲାଗି ସେ କିଛି କହିବା ପୂର୍ବରୁ ଏହାର ସୁଦୂର ପ୍ରସାରି ପରିଣତି ସଂପର୍କରେ ଅନେକଥର ଭାବିଥାଏ। ତା'ପରେ ଶାଳୀନ ହେବା ସମସ୍ତଙ୍କ ପକ୍ଷେ ନିହାତି ଜରୁରୀ। ଶାଳୀନ ହେଲେ ଅନ୍ତଃଶୁଦ୍ଧତା ଆପଣା ଛାଏଁ ଆସିଯିବ। କାରଣ ଶାଳୀନତା ହେଲା ଏକ ପରିତୃପ୍ତ ପିଣ୍ଠର ଆଧାର। ଜୀବନ ଚାଲିଯାଉ ପଛେ ଶାଳୀନତା ବଞ୍ଚିରହୁ। ଏହା ଆମମାନଙ୍କର ଧେୟୟ ହେବା ଉଚିତ।

ଚାଟୁକାର ମାନେ ବି ମଧୁର କଥା କହି ମନ କିଣି ନେଇ ପାରନ୍ତି ଏବଂ କ୍ଷମତାଶାଳୀ ଲୋକମାନଙ୍କ ପାଖରେ ଚାଟୁକାରମାନେ ଭିଡ଼ ଜମାଇ ତୋଷାମଦ ପୂର୍ଣ୍ଣ କଥା ଦ୍ୱାରା ମନ ହରଣ କରି ନିଜ ଲାଗି ସୁବିଧା ଆହରଣ କରିବା ସହିତ ଅନ୍ୟ ବିରୋଧରେ ଚୁଗୁଲି କରି ତା'ର କ୍ଷତି ଘଟାଇଥାନ୍ତି। ଅନେକ ସମୟରେ ଅତି ବିଶିଷ୍ଟ ଜ୍ଞାନୀ ଓ ଗୁଣୀ ଲୋକେ ବି ବୁଝି ପାରନ୍ତି ନାହିଁ ଯେ ନମ୍ର ଓ ମଧୁର ବଚନ କେଉଁଟି ଏବଂ ଚାଟୁକାରୀ ତୋଷାମଦ ପୂର୍ଣ୍ଣକଥା କେଉଁଟି ? କଥାରେ ଭୋଳ ହୋଇ ଗୁଣୀ ଲୋକେ ବି ବିଚାର ବୁଦ୍ଧି ହରାଇ ବସନ୍ତି। ତେଣୁ ମଧୁର ବଚନ ଓ ସ୍ୱାବକତା ଭିତରେ ଫରକ ଜାଣିବାବି ଦରକାର। ଆମମାନଙ୍କର ଭଲ ଭାବରେ ମନରେ ରଖିବା ଉଚିତ ଶଦ୍ଧ ହିଁ ବ୍ରହ୍ମ। ତେବେ ଶଦ୍ଦର ଗଲତ ପ୍ରୟୋଗ ଉଭୟ ଶ୍ରୋତା ଓ ବକ୍ତା ପାଇଁ ଘାତକ ପୂର୍ଣ୍ଣ ସାବ୍ୟସ୍ତ ହୋଇଥାଏ। କାହିଁକିନା, କାହାକୁ ଯଦି ଚାଟୁପୂର୍ଣ୍ଣ ପ୍ରଶଂସା କରାନଯାଏ ତାକୁ ଶ୍ରବଣ କରୁଥିବା ବ୍ୟକ୍ତିଟି ଅତି ସହଜରେ ବିଗିଡ଼ିଯାଏ । କେବଳ ପ୍ରତ୍ୟେକଙ୍କ ତୁଣ୍ଡରୁ ପ୍ରଶଂସା

ଶୁଣିବାହିଁ ତା'ର ଅସ୍ଥି ମଜ୍ଜାଗତ ହୋଇଥାଏ। କେହି ଯଦି କେବେ ମିଛଟରେ ତାରିଫ ନ କଲା ତାହାହେଲେ ତା' ମନ ବିଗିଡ଼ିଯାଏ। ତେବେ ଏକଥା ନିହାତ ସତ ଯେ, ପ୍ରଶଂସାରେ ପୋତି ନ ପକାଇ ଯଦି କେହି କାହା ସହିତ କିଏ କଥା ଭାଷା କଲା ତାହା ହେଲେ ଶୁଣୁଥିବା ଲୋକଟିକୁ ତାହା ଜମା ଭଲ ଲାଗିବ ନାହିଁ। ନ୍ୟସ୍ତ ସ୍ୱାର୍ଥର ବଶବର୍ତ୍ତୀ ହୋଇ ବହୁ ବ୍ୟକ୍ତି ଗଲତ ପ୍ରକୃତି ସ୍ୱାଭାବର ବ୍ୟକ୍ତିଙ୍କୁ ମିଛଟାରେ ପ୍ରଶଂସା ଅଜାଡ଼ି ଦିଅନ୍ତି। ପ୍ରାୟତଃ ଏସବୁ ଲୋକଙ୍କୁ ମିଛୁଆ ପ୍ରଶଂସକ ବୋଲି ଆଖ୍ୟା ଦିଆଯାଏ। ସେମିତି ଆପଣାର ଛଳନା ପୂର୍ଣ୍ଣ ଆଚରଣ ଦେଖାଇ ପ୍ରତିପତିଶାଳୀ ତଥା ପ୍ରଭାବଶାଳୀ ବାହାବା ନେବାକୁ ବେଶୀ ପସନ୍ଦ କରିଥାନ୍ତି। ଏ ଭଳି ଲୋକ କୁବାଟରେ ଚାଲିବାକୁ ବେଶ ଧୁରନ୍ଧର। ତେବେ ସେ ଯାହା ହେଉ କଥାର ଶକ୍ତି ବହୁତ। ଶାସ୍ତ୍ରରେ ଅଛି ଅପ୍ରିୟ ସତ କହିବାଠାରୁ ପ୍ରିୟ ମିଥ୍ୟା କହିବା ଶ୍ରେୟସ୍କର। କୁହାଯାଇଛି "ସତ୍ୟଂ ବୂୟାତ, ପ୍ରିୟଂ ବୂୟାତ, ମାବୂୟାତ ସତ୍ୟମ ଅପ୍ରିୟମ୍।" ସତ କୁହ, ମାତ୍ର କୁଟୁକୁଟିଆ ସତ କହ। ଅପ୍ରିୟ ସତ ଆଦୌ କହନି। ଆହୁରି ମଧ୍ୟ ଯେଉଁ ସତ୍ୟ ଦ୍ୱାରା ଅନ୍ୟର ଅହିତ ସାଧନ ହୁଏ ସେଭଳି ସତ୍ୟ ସର୍ବଦା ବର୍ଜନୀୟ। ସେ ସ୍ଥାନରେ ବରଂ ନୀରବତା ଶତଗୁଣେ ଶ୍ରେୟସ୍କର। ଏତେ ହିସାବ ନିକାସ, ଅଙ୍କ କଷା ଅପେକ୍ଷା କିଛି ନ କହିବା ବରଂ ଭଲ। ସବ୍ ସେ ଭଲା ଚୁପ୍। ତେଣୁ ମୂଳ କଥାଟା ଆମେମାନେ ମନେ ରଖିବା, ପରିସ୍ଥିତି ଯାହା ହେଉ ଆମେ ସମସ୍ତଙ୍କୁ ମଧୁର ବଚନ ହିଁ କହିବା। "ଲକ୍ଷ୍ମୀ ବସତି ଜିହ୍ୱାଗ୍ରେ, ଜିହ୍ୱାଗ୍ରେ ମିତ୍ର ବାନ୍ଧବଃ, ଜିହ୍ୱାଗ୍ରେ ବନ୍ଧନଂ ପ୍ରାପ୍ତ, ଜିହ୍ୱାଗ୍ରେ ମରଣଂ ଧ୍ରୁବମ୍।" ସମ୍ପତ୍ତି, ମିତ୍ର, ବନ୍ଧନ ଓ ମରଣ ଏସବୁ ଜିହ୍ୱାର ସୁପରିଚାଳନା ଓ କୁପରିଚାଳନା ଉପରେ ନିର୍ଭରଶୀଳ। ତେଣୁ ଜିହ୍ୱାକୁ ସଂଯମ କରିବା ଉଚିତ।

କୋମଳ ବଚନ କହିଲେ ଶତ୍ରୁ ସୁଦ୍ଧା ବଶ ହୋଇଥାଏ। ଆଉ କର୍କଶ, କଠୋର ବାକ୍ୟ କହିବା ଦ୍ୱାରା ମିତ୍ର ମଧ୍ୟ ଶତ୍ରୁ ହୋଇଯାଏ। ବାଣ ଦ୍ୱାରା ଆଘାତ ପାଇଥିବା କିମ୍ୱା କୁରାଢ଼ି ଦ୍ୱାରା ହଣାଯାଇଥିବା ଗଛ ପୁଣି ହୁଏତ କଅଁଳି ପାରେ। ମାତ୍ର କୁବାକ୍ୟ ବାଣ ଦ୍ୱାରା ଯେଉଁ ହୃଦୟକୁ ଥରେ ମାତ୍ର ଆଘାତ କରାଯାଇଥାଏ ତାହା ଏତେ ସହଜରେ ଉପଶମ ହୁଏ ନାହିଁ। ତେଣୁ ଯେଉଁ ଜିଭ କଟୁ କଥା କହୁଥିଲା ସେହି ଜିଭ ମିଠା କଥା କହୁ। ମିଠା କଥା କହିବାକୁ ତ ଜିଭରେ ମୁକ୍ତା, ହୀରା, ଲୀଳା ଆଦି ଅଳଙ୍କାର ପିନ୍ଧିବାକୁ ପଡ଼ୁନି କି ଧନ ଖର୍ଚ୍ଚ କରିବାକୁ ପଡ଼ୁନି। ତେବେ ବଚନରେ ଦରିଦ୍ରତା କାହିଁକି ? ଅଚଳ ସଂସାର ରୂପୀ ବୃକ୍ଷରେ ଦୁଇଟି ଅମୃତ ତୁଲ୍ୟ ଫଳ ଅଛି। ଗୋଟିଏ ହେଉଛି ସରସ ମିଠା ବଚନ ଓ ଅନ୍ୟଟି ସୁନ୍ଦର ସଜ୍ଜନ ସଙ୍ଗ। ଆଗ ଯୁଗର ଲକ୍ଷଣ– କାମ ନାହିଁ କି ଫୁରସତ ନାହିଁ। ସେହି ଉଙ୍ଗରେ ଗପ ହେବାକୁ କାହାରି ପାଖରେ ସମୟ ନାହିଁ। ଅନେକ ପରନିନ୍ଦା ଓ ପରଚର୍ଚ୍ଚା ପରି ଗପ କହିବାକୁ ସହଜରେ ସମୟ ଯୋଗାଡ଼ କରିପାରନ୍ତି। ଭଲ କଥାଟିଏ କହିବାକୁ ଭଲ ମନଟିଏ ଦରକାର, ଶୁଣିବାକୁ ବି। ନ ହେଲେ ବଥ (ଖପଖପ) ହାଲୁହାଲୁ ହେଲା ବେଳେ କୋଉ ବୈରାଗୀର ବ୍ରହ୍ମ ମନେପଡ଼େ ଯେ ଭଲ କଥାକୁ ବେଦ କହିଲା– ରନ୍ "ଓଁ ଭଦ୍ରଂ କର୍ଣ୍ଣେଭିଃ ଶୁଣୁୟାମ ଦେବାଃ ଭଦ୍ରଂ, ପଶ୍ୟେ ମାକ୍ଷଭି ର୍ୟବତ୍ରାଃ".... । ଓଁ ଶାନ୍ତି ଶାନ୍ତି (ଋଗବେଦ) କାନ ଶୁଭ ଶୁଣୁ, ଆଖ୍ଖ ଶୁଭ ଦେଖୁ। ଆମେ ଭଦ୍ର ହେଉ। ଏ ସଂସ୍କାରର ବୁକୁଲା ମୁଣ୍ଡରେ ବୋହି ସମସ୍ତେ ଚାଲନ୍ତି। ସକାଳୁ ଭଲ କଥା ପଦେ ଶୁଣିଲେ ଦିନଟା ସାରା ମନ ସତେଜ ରହେ। ମାତ୍ର ଏହି ବ୍ୟବସ୍ଥା ପଦାରେ ଏବେ ଖାସ କିଛି ଅସୁବିଧା ହେଉଛି। କେହି କାହା ସାଙ୍ଗରେ କଥା ହେଉନାହାନ୍ତି। ଯାହା ହେଉଛନ୍ତି, ତାହା ବି ଖୁସି ପାଇଁ ନୁହେଁ। ଆବଶ୍ୟକତା ଯୋଗୁ। ଏକଥା ପୂର୍ଣ୍ଣ ମାତ୍ରାରେ ସତ ଯେ ଆମେ ଟେକ୍ନୋଲଜି ସାହାୟ୍ୟରେ ଢେର ଆଗେଇଛୁ। ତେଣୁ ମନରୁ ଅନେକ ଲଳିତ ଆବେଗ ଆପେ ହଜି ଯାଉଛି ମଧ୍ୟ।

ତେବେ ତୁ ଯଦି ମୋ ସହିତ କଥା ହେବାକୁ ଆଶା ରଖୁଛୁ ତେବେ ପ୍ରଥମେ– ନିଜର ଭାଷା ସଜାଡ଼େ। କଥା କହିବାର ଶୈଲୀ ବଦଳା। ପରମାତ୍ମା ଆମମାନଙ୍କ ଭଳି ନାରୀମାନଙ୍କ କଣ୍ଠରେ ମଧୁରତା ଭରି ଦେଇଛନ୍ତି ଆହୁରି ମିଠା

ମିଠା କଥା କହିବାକୁ। କଟୁ କଥା କହିବାକୁ ନୁହେଁ। କଟୁକଥାରେ କଳି ସୃଷ୍ଟି ହୁଏ। ମନ ଫାଟି ଯାଏ। ସମ୍ପର୍କ ତୁଟି ଯାଏ। ସମ୍ବନ୍ଧ ଭାଙ୍ଗିଥାଏ। ମିଠା କଥାରେ ସମ୍ପର୍କ ଯୋଡ଼ିହୁଏ। ସମ୍ବନ୍ଧ ନିବିଡ଼ ରହେ। ଆତ୍ମୀୟତା ବଢ଼ିଯାଏ। କିଏ ଜଣେ କହିଥିଲେ- "କ'ଣ କୁହାଯିବା ଦରକାର ଶିଖିବାକୁ ଗୋଟିଏ ଶିଶୁକୁ ଦୁଇ ବର୍ଷ ଲାଗେ। ମାତ୍ର, କ'ଣ କୁହାନଯିବା ଉଚିତ ଏହା ଶିଖିବାକୁ ଗୋଟିଏ ଜୀବନକାଳ ସୁଦ୍ଧା ଯଥେଷ୍ଟ ନୁହେଁ।

କିନ୍ତୁ ସୃଷ୍ଟିର ପ୍ରାରମ୍ଭରେ ଯେଉଁ ତିନୋଟି ଅକ୍ଷରର ଶବ୍ଦ ସୃଷ୍ଟି ହୋଇଥିଲା। ତାହା ହେଉଛି- ଓଁ (ଅ+ଭ+ମ) ତେଣୁ ଆକାଶ ତତ୍ତ୍ୱରୁ ଶବ୍ଦର ସୃଷ୍ଟି। ଆକାଶ ଅତ୍ୟନ୍ତ ସୂକ୍ଷ୍ମ ପଦାର୍ଥ ଏବଂ ଏହା ଏତେ ସୂକ୍ଷ୍ମତତ୍ତ୍ୱ ଯେ ଅନେକ ଏହାକୁ ଶୂନ୍ୟ ବୋଲି କହନ୍ତି। ଭାରତୀୟ ଦାର୍ଶନିକମାନଙ୍କ ମତରେ "ଏତସ୍ମାତ ଆମ୍ନ ଆକାଶ ସମ୍ଭୂତ। ଆକାଶାଦ୍ ବାୟୁ ବାୟୋରଗ୍ନି ଅଗ୍ନିରାପଃ ଅଦଭ୍ୟ ପୃଥ୍ୱୀ"। ଅର୍ଥାତ ଆମ୍ନରୁ ଆକାଶ ସୃଷ୍ଟି। ଆକାଶରୁ ବାୟୁ। ବାୟୁରୁ ଅଗ୍ନି। ଅଗ୍ନିରୁ ଜଳ ସୃଷ୍ଟି ହେଲା। ତେଣୁ ସୃଷ୍ଟିର ପ୍ରାରମ୍ଭରେ ଶବ୍ଦ ଓ ସାହିତ୍ୟର ସୃଷ୍ଟି ଏବଂ ସୃଷ୍ଟି ଥିବା ଯାଏ ଶବ୍ଦ ଓ ସାହିତ୍ୟ ଥିବ। ସାହିତ୍ୟକୁ ଛାଡ଼ି ବିଜ୍ଞାନ, ସଭ୍ୟତା, ସୁଖ, ଶାନ୍ତି ପ୍ରଭୃତି ଓ ଈଶ୍ୱର ପ୍ରାପ୍ତି ଅସମ୍ଭବ। ତେଣୁ ପ୍ରକୃତ କବି ହେଉଛନ୍ତି ପରମ ବ୍ରହ୍ମଙ୍କର ଅଂଶ। ସାହିତ୍ୟ ହେଉଛି ମାନବର ସମସ୍ତ ଚିନ୍ତା, ଚେତନା, କର୍ମ ଓ ପ୍ରତିକ୍ରିୟାର ପ୍ରକାଶ ମାଧ୍ୟମ ହେଉଛି ଭାଷା। ଭାଷା ପାଇଁ ହିଁ ମଣିଷ ଶ୍ରେଷ୍ଠ ଜୀବର ମାନ୍ୟତା ପାଇଛି। ଏହି ଭାଷାକୁ ବ୍ରହ୍ମ ବା ଭଗବାନ ବ୍ରହ୍ମାଙ୍କ ସୃଷ୍ଟ ଆଶିଷ ବୋଲି ମାନବ ଗ୍ରହଣ କରି ନେଇଛି। ଏହାକୁ ମଧ୍ୟ ସ୍ୱୟଂ ସରସ୍ୱତୀ ବୋଲି ପଣ୍ଡିତଗଣ କହିଛନ୍ତି। ଅମର ସିଂହଙ୍କ "ଅମର କୋଷ"ରେ ଲେଖାଅଛି- "ବ୍ରହ୍ମୀ ତୁ ଭାରତୀ ଭାଷା ଗୀର୍ବାକ ବାଣୀ ସରସ୍ୱତୀ" ବାସ୍ତବରେ ମଣିଷ ପାଇଁ ଭାଷା ହିଁ ଭଗବାନଙ୍କର ଶ୍ରେଷ୍ଠ ଅବଦାନ। ଭାଷାର ମାଧ୍ୟମ ହେଉଛି ଅକ୍ଷର। ଲିପି ବା ଅକ୍ଷର ଯେବେଠାରୁ ଓ ଯାହାଙ୍କ ଉଦ୍ୟମରୁ ସୃଷ୍ଟି ହେଉନା କାହିଁକି- ଏଗୁଡ଼ିକ ଯେ ଦେବ ବା ବ୍ରହ୍ମ ଶକ୍ତି ସମ୍ପନ୍ନ ଏ କଥା ନିର୍ଣ୍ଣିତ ସ୍ୱୀକାର କରାଯାଏ। କାରଣ ବେଦଠାରୁ ବିଜ୍ଞାନର ଅତ୍ୟାଧୁନିକ ରୂପ ପ୍ରକାଶ ପର୍ଯ୍ୟନ୍ତ ପ୍ରକୃତିଠାରୁ ଅନ୍ତରୀକ୍ଷର ମହାଶୂନ୍ୟ ପର୍ଯ୍ୟନ୍ତ ଏହି ଭାଷା ହିଁ ମଣିଷକୁ ସମସ୍ତ ପ୍ରକାର ବିକାଶରେ ସହାୟକ ହୋଇଛି। ଭାଷାର ଅକ୍ଷର ନିଜସ୍ୱ ବୈଦିକ ଶକ୍ତିରେ ସମ୍ପୂର୍ଣ୍ଣ। କାରଣ ଦେଖାଯାଉଛି ଦେବ ପୂଜା ସମୟରେ କୌଣସି ଦେବତାଙ୍କର ପ୍ରାଣ ପ୍ରତିଷ୍ଠା ପାଇଁ ଯେଉଁ ମନ୍ତ୍ର ଉଚ୍ଚାରଣ କରାଯାଏ, ତାହା କେବଳ ବର୍ଣ୍ଣମାଳାର ଅକ୍ଷର କ୍ରମ ମାତ୍ର। ଯଥା "ଓଁ ଅଂ ଆଂ ଇଂ ଲୁଂ ରଂ ଏଂ ଔଂ କଂ ଖଂ ଗଂ ଘଂ ଡ ଇତ୍ୟାଦି। ଏହି ଅକ୍ଷର (ଉଭୟ ସ୍ୱରବର୍ଣ୍ଣ ଓ ବ୍ୟଞ୍ଜନ ବର୍ଣ୍ଣ)କୁ ବୀଜ ମନ୍ତ୍ର ବୋଲି କୁହାଯାଇଛି। ଏଗୁଡ଼ିକୁ ବିଭିନ୍ନ ଦେବଦେବୀଙ୍କ ଶକ୍ତି ସହ ଏପରି ଆରୋପ କରାଯାଇଛି ଯେ ଏହାର ଏକ ନିର୍ଦ୍ଧିଷ୍ଟ ସଂଖ୍ୟକ ଜପ ପରେ ଇପସିତ୍ ଦେବତା ଉପସ୍ଥିତ ହୋଇ ସାଧକକୁ ସିଦ୍ଧି ପ୍ରଦାନ କରନ୍ତି। ଏହି ସମସ୍ତ ଅକ୍ଷର ମଧ୍ୟରୁ ଓଁ କାରକୁ ଶ୍ରେଷ୍ଠ ଓ ଅଗ୍ରଜ ଆସନ ଦିଆଯାଇ ସବୁ ମନ୍ତ୍ର ଆଦ୍ୟରେ ରଖାଯାଇଛି। ଗୀତାର ଅଷ୍ଟମ ଅଧ୍ୟାୟର ୧୩ଶ ଶ୍ଲୋକରେ କୁହାଯାଇଛି "ଓଁ ମିତ୍ୟେକାକ୍ଷରଂ ବ୍ରହ୍ମ" ଧ୍ୱନୀ ବିଜ୍ଞାନୀମାନଙ୍କ ମତରେ ପ୍ରତ୍ୟେକ ଅକ୍ଷର ଏକ ନିର୍ଦ୍ଧିଷ୍ଟ ଅବୟବରୁ ହିଁ ଉଚ୍ଚାରିତ ହୋଇଥାଏ। ମାତ୍ର ଓଁକାର ନାଭି ପିଣ୍ଡରୁ ତ୍ରିକୁଟ ସନ୍ଧିଯାଏ ସମ୍ପର୍କ ରଖି ଉଚ୍ଚାରିତ ହୁଏ। ଫଳରେ ସମଗ୍ର ଶରୀର ସହିତ ମନର ଏକ ଦୈବିକ ସଂଯୋଗ ସ୍ଥାପନ କରାଯାଏ।

ଅକ୍ଷର ଓ ଜୀବ ସତ୍ତା ଏକ ସମାନ୍ତରାଳ ସ୍ଥିତିରେ ସାଧକ ଓ ସାଧ୍ୟ ଭାବେ ଚର୍ଚ୍ଚିତ ହେତୁ ଅକ୍ଷରକୁ ବ୍ରହ୍ମ ବା ଭଗବତ ଶକ୍ତିର ଉସ୍ କହିବା ସମୀଚୀନ। ସେଥିପାଇଁ ଗୀତାର ଅଷ୍ଟମ ଅଧ୍ୟାୟ ତୃତୀୟ ଶ୍ଲୋକରେ ଅକ୍ଷରକୁ ପରମବ୍ରହ୍ମ କହି ଜୀବକୁ ପରା ପ୍ରକୃତି ବା ଅଧ୍ୟାୟ ବୋଲି କୁହାଯାଇଛି। ତତ୍ସହିତ ପ୍ରାଣୀର ସତ୍ତା ପ୍ରକଟକାରୀ ତ୍ୟାଗକୁ ହିଁ କର୍ମ ନାମରେ ଶ୍ରୀକୃଷ୍ଣ ଅଭିହିତ କରି କହିଛନ୍ତି "ଅକ୍ଷରଂ ବ୍ରହ୍ମ ପରମଂ ସ୍ୱଭାବୋଽଧ୍ୟାମ୍ ମୁଚ୍ୟତେ। ଭୂତଭାବୋ ଭବ କରୋଽବିସର୍ଗଃ କର୍ମ ସଂଜ୍ଞିତଃ।" ଅର୍ଥାତ ଯେଉଁ କର୍ମରେ ଆଧ୍ୟାମ୍ ଭାବର ପ୍ରାଣ ସଂଚାର ଅଛି ତାହା ହିଁ ସ୍ୱଭାବ। ସ୍ଥାବର ଜଙ୍ଗମ ଭାବ ପ୍ରକଟନର ଯେଉଁ ଭାବନା କର୍ମରେ ପରିଣତ ହୁଏ ତାକୁ ଭୂତ ଭାବ କୁହାଯାଏ। ଏହି ଭାବନାକୁ ବିସର୍ଗ ବା ତ୍ୟାଗ କରି

ଯେଉଁ ପ୍ରକ୍ରିୟା ସାଧିତ ହୁଏ ତାହା ହିଁ ବାସ୍ତବ କର୍ମ । ଏଥିପାଇଁ ଜୀବକୁ "ମମୈବାଂ ଶୋ ଜୀବଲୋକେ (ଗୀତା ୧୫/ ୭)ର ସଂଯୋଗରୁ ଉତ୍ପନ୍ନ ହେତୁ ସମସ୍ତେ ଆଧ୍ୟାମ୍ ଶ୍ରେଣୀଭୁକ୍ତ । ମାତ୍ର ବ୍ୟବଧାନ ଚେତନା ହିଁ କର୍ମର ବିଚ୍ୟୁତି ଆଣୁଥିବାରୁ ତାହା ତ୍ୟାଗ କରିବା ହିଁ ବାସ୍ତବ କର୍ମ ପ୍ରବଣତା ବୋଲି କୁହାଯିବ । ଯଦି ସମସ୍ତ ଅକ୍ଷର ହିଁ ବ୍ରହ୍ମ ଏବଂ ଆମେ ମଧ ଓଁ କାରକୁ (ଅ+ଉ+ମ) ବ୍ରହ୍ମା, ବିଷ୍ଣୁ ଓ ଶିବ କିମ୍ବା ସୃଷ୍ଟି, ସ୍ଥିତି ଏବଂ ପ୍ରଳୟର ପ୍ରତୀକ ରୂପେ ଗ୍ରହଣ କରୁ, ତେବେ ଭାଷା ପାଇଁ ବ୍ୟବହୃତ ଅକ୍ଷର ପୁନଶ୍ଚ ସୁ-ଭାଷା ଓ କୁ ଭାଷାରେ ପରିଣତ ହୁଏ କାହିଁକି ? ଏହାର ସରଳ ଉତ୍ତର ହେଉଛି ଆମ ଚିନ୍ତା ଓ ଚେତନାର ବିକାର ଭାବରୁ ଏହା ସମ୍ଭବ ହୁଏ । ଉଦାହରଣ ସ୍ୱରୂପ କ୍ଷୀର ଅମୃତ ତୁଲ୍ୟ । ଆମେ ତାକୁ ସ୍ୱାସ୍ଥ୍ୟର ଉନ୍ନତି ପାଇଁ ଯେକୌଣସି ଅବସ୍ଥାରେ (କ୍ଷୀର, ଦହି, ଲହୁଣୀ, ଛେନା, ଘିଅ) ଗ୍ରହଣ କରିପାରୁ । ମାତ୍ର କ୍ଷୀରର ଅବସ୍ଥାନ୍ତର ସୃଷ୍ଟି କରିବାର କ୍ଷମତା ଆମ ପାଖରେ ଅଛି ବୋଲି ଆମେ ଯଦି ତାକୁ ଗୋବର ପାଣିରେ ମିଶାଉ ତେବେ ତାହା ସ୍ୱାସ୍ଥ୍ୟ ଉପଯୋଗୀ ହେବ କି ? ତଦନୁରୂପ ଆମ ଭାଷାକୁ ମଙ୍ଗଳକର କରିବାକୁ ଅକ୍ଷର ରୂପୀ ବ୍ରହ୍ମ ଶକ୍ତି ଆମକୁ ପ୍ରଦତ୍ତ । ଆମେ ତା'ର ଅପବ୍ୟବହାର କରି ଅନ୍ୟକୁ ଆଘାତ ଦେବା ପାଇଁ ବ୍ୟବହାର କଲେ, ତାହା ବ୍ରହ୍ମ ସ୍ୱରୂପ ନ ହୋଇ ବ୍ରହ୍ମ ଘାତକ ହୋଇଯିବା ସ୍ୱାଭାବିକ । ଏହି ବ୍ୟତିକ୍ରମ ପଛରେ ଆମ ମନର କର୍ମ ପ୍ରତୋଚନା ହିଁ ଅଧିକ ଦାୟୀ । ଆମେ ଯେପରି କର୍ମ କରିବାକୁ ଚିନ୍ତା କରିବୁ ସେହି ଅନୁରୂପ ବାଣୀ ନିର୍ଗତ ହେବ । କବୀର ଦାସଙ୍କ ମତରେ- "ଐଶୀବାଣୀ ବୋଲିଏ ମନକା ଆପାଖୋୟ, ଔରନ୍ କୋ ଶୀତଲ କରେ ଆପଦୁ ଶୀତଲ ହୋୟ, ଅର୍ଥାତ ଭାଷା ଏପରି ହେବା ଆବଶ୍ୟକ, ଯେପରି ଅକ୍ଷର ରୂପି ବ୍ରହ୍ମ ସ୍ୱୟା ଶୁଣିବା ଲୋକକୁ ଓ କହିବା ଲୋକକୁ ଦୈବିକ ଆନନ୍ଦ ହେବ । ଫଳତଃ ତୁଳସୀ ଦାସଙ୍କ "କଥନୀ ତଇ କରଣୀ କରେ" ଅର୍ଥାତ୍ କର୍ମ ଭାଷାନୁରୂପ ହେବା ସମ୍ଭବ ହେବ । ଏହା ହିଁ ଅକ୍ଷର ବ୍ରହ୍ମ ଓ ବାସ୍ତବ କର୍ମର ସାଧନା ।

ତା'ପରେ ତୁ ମୋ ପାଖକୁ ଘୁଷ୍ଟି ଆସିଲୁ । ମୋ ପାଖକୁ ଲାଗି ଆସି ମୋ ଚିବୁକ ଧରି ହଲାଇ ଦେଇ କହିଲୁ "ଏଇ କଥାରେ ଏତେ ରାଗ, କ'ଣ ଅଛି ସେ କଥାରେ କହିଲୁ! ଗେଲରେ ଟିକେ କହିଦେଲି । ସେଇ କଥାକୁ ଧରି ବସିଛୁ । କୌଣସି ଜିନିଷ ବା କଥାକୁ ଧରି ବସିବା ଅର୍ଥ ନିଜେ ନିଜର ଶ୍ୱାସ ରୁଦ୍ଧ କରିବା । ସେଇଥିଲାଗି ଛଳ କରି ମନରେ ଅଭିମାନ ଆଣି ଆସିଲା ବେଳରୁ ମୋତେ କଥା କହନୁ । ସତୀ ତୁ ଜାଣିନୁ ଶାସ୍ତ୍ରକାରଗଣ ଅଭିମାନକୁ ସୁରାପାନ ବା ମଦ୍ୟପାନ ସହିତ ତୁଲନା କରିଛନ୍ତି । ଯେମିତି ମଦ୍ୟପ ସେମିତି ଅଭିମାନୀ । ମଦ୍ୟପ ନିଶାରେ ଥାଇ କ'ଣ କହେ କ'ଣ କରେ ଜାଣି ପାରେନା । ଯଦି ଜାଣେ ତେବେ ନିଶା ଖସିଲା ପରେ । ମଣିଷର ଠିକ୍ ଦିଗଟିକୁ ଅଭିମାନ ସହଜରେ ଜଣାଇ ଦିଏନା । ଅଭିମାନ ଥିବା ଯାଏ ମଣିଷର ନମ୍ରତା ଆସେନା । ଅଭିମାନ ଔଦ୍ଧତ୍ୟର ସହଯୋଗୀ । ଯିଏ ଯେତିକି ଉଦ୍ଧତ । ସେ ସେତିକି ଅଭିମାନୀ ।, ବିଦ୍ୟା, ଧନ, ରୂପ ଓ କ୍ଷମତା ଇତ୍ୟାଦିକୁ ନେଇ ମନରେ ଅଭିମାନ ବସା ବାନ୍ଧେ । କାହାର ବିଦ୍ୟାକୁ ନେଇ ଅଭିମାନ ତ କାହାର ଧନ ସମ୍ପଦକୁ ନେଇ । ପୁଣି କାହାର କ୍ଷମତାକୁ ନେଇ ସେମିତି ତୋର ରୂପକୁ ନେଇ ଅଭିମାନ । ବିଦ୍ୟା ବିନୟତା ପ୍ରଦାନ କରେ । ସେଥି ପାଇଁ କୁହାଯାଇଛି "ବିଦ୍ୟା ଦଦାତି ବିନୟମ୍ ।" ବିଦ୍ୟାକୁ ନେଇ ଅଭିମାନ କରୁଥିବା ମଣିଷ ପ୍ରକୃତ ବିଦ୍ୟାର ଅଧିକାରୀ ନୁହେଁ । ସେ ମୂର୍ଖ । ଧନକୁ ନେଇ ଅଭିମାନ କରୁଥିବା ମଣିଷ ଧନୀ ନୁହେଁ, ଦରିଦ୍ର । ଅଭିମାନୀ ମଣିଷ ସିନା ନିଜକୁ ବଡ଼ ଭାବେ କିନ୍ତୁ ଜଗତ ତାକୁ ଛୋଟ କହେ । ସଂସାର ତାକୁ ହୀନ ଦୃଷ୍ଟିରେ ଦେଖାଥାଏ । ନିରଭିମାନୀ ମଣିଷ ଅନ୍ୟ ନିକଟରେ ନିଜକୁ ଛୋଟ ମଣେ । ମାତ୍ର ଦୁନିଆ ତାକୁ ସମ୍ମାନ ଦିଏ । ସତୀ ଆମ ଭିତରେ ଅଭିମାନ ଅଛି । ସରଳତା ବି ଅଛି । ଆମେ ଅଭିମାନକୁ ଆପଣେଇ ନେଉ । ସରଳତାକୁ ଟିକେ ବି ଗୁରୁତ୍ୱ ଦେଉନା । ଫଳରେ ଆମେ ଜଟିଳରୁ ଜଟିଳତର ହେଉ । ସରଳ ହୋଇ ପାରୁନା । ଯେଉଁ ଜିଭରେ କଟୁ କଥା ଆମେ କହୁଥାଆନ୍ତି । ସେହି ପାଟି ମଧ ମିଠା କଥା କହି ପାରିବ । ଦୀର୍ଘ ଦିନ କଥା ବାର୍ତ୍ତା ନ ହୋଇ ସମ୍ପର୍କ ଖରାପ କରି ଲାଭ କ'ଣ କହିଲୁ ବରଂ ଭିତରେ ଭିତରେ ଆମେ ଜଳୁଛନ୍ତି ।

ଅଭିମାନ ଗୋଟିଏ ଅସୁସ୍ଥ ମାନସିକତା । ସରଳତା ହେଉଛି ସୁସ୍ଥ ମାନସିକତା । ଅଭିମାନର ପାଚେରି ଗଢ଼ିବା ଯେତିକି ସହଜ ଭାଙ୍ଗିବା ତା'ଠୁଁ ଅଧିକ କଷ୍ଟ । ସରଳତାର ପାଚେରି ଗଢ଼ିବା ବହୁ କଷ୍ଟ ସାଧ୍ୟ କାମ । ତାକୁ ଭାଙ୍ଗିବା ଅତି ସହଜ । ଅଭିମାନର ପରିସର ସୀମିତ । ସରଳତାର ସୀମାରେଖା ନାହିଁ । ମୋତେ ତୁ କଥା ନ କହିବା ଦ୍ୱାରା ମୋତେ କେତେ କଷ୍ଟ ହେଉଛି ଜାଣୁ ? କେତେ ଖରାପ ଲାଗୁଛି ? ବାଧୁଛି କେତେ ମୋତେ ?

"ଉତ୍ତମେ ତୁ କ୍ଷଣଂ କୋପୋ, ମଧ୍ୟମେ ଘଟିକା ଦ୍ୱୟମ୍ । ଅଧମେସ୍ୟା ଦିନରାତ୍ରଂ ଚାଣ୍ଡାଲେ ମରଣାନ୍ତକ ।" ଉତ୍ତମ ବ୍ୟକ୍ତି କ୍ଷଣ ମାତ୍ର କ୍ରୁଦ୍ଧ ହୋଇ ଶାନ୍ତ ହୋଇଯାଆନ୍ତି । ମଧ୍ୟମ ଶ୍ରେଣୀ ବ୍ୟକ୍ତିର କ୍ରୋଧ ଦୁଇ ଘଡ଼ି ରହେ । ଅଧମ ବ୍ୟକ୍ତିର କ୍ରୋଧ ଅହୋରାତ୍ର ରହେ । ମାତ୍ର ଚାଣ୍ଡାଲର କ୍ରୋଧ ତା'ର ମରଣ ପର୍ଯ୍ୟନ୍ତ ରହେ । ତୁ ତ ଉତ୍ତମ ବ୍ୟକ୍ତି ଭାବରେ ଗଣା । ସେ ଦୃଷ୍ଟିରୁ ତୁ କ୍ଷଣମାତ୍ର ରାଗ ରଖିବା କଥା । କିନ୍ତୁ ତୁ ଏତେ ଦିନ ପର୍ଯ୍ୟନ୍ତ ମୋ ଉପରେ ରାଗ ରଖୁଛୁ କିପରି ମୁଁ ଆଦୌ ତାହା ବୁଝି ପାରୁନାହିଁ । ତୁ କ'ଣ ଏହା ଭିତରେ ନିଜକୁ ଚାଣ୍ଡାଲ ଶ୍ରେଣୀଭୁକ୍ତ କରି ସାରିଲୁଣି କି ?

ସୁନି "ସ୍ୱ ଜିହ୍ୱାନ ବଶେଯସ୍ୟ ଜଜ୍ୱନେ ଭୋଜନେ ତଥା । ସଉବେଦ ଦୁଃଖିତୋ ନିତ୍ୟ ମାତୃନୋ ଦୁଷ୍ଟ ଭାଷଣୈଃ ।" ସୁନି; କଥା କହିବାରେ ଓ ଭୋଜନରେ ଯାହାର ଜିହ୍ୱା ନିଜର ବଶବର୍ତ୍ତୀ ନୁହେଁ, ସେହି ବ୍ୟକ୍ତି ନିଜର ମନ୍ଦ ଭାଷଣ ଦ୍ୱାରା ସର୍ବଦା ଦୁଃଖଭାଗୀ ହୁଏ ।

ତୋତେ କଥା ନ କହିବା ଦ୍ୱାରା ମୋତେ ବୋଧେ ଦୁଃଖ ଲାଗୁନି ? ମୋତେ ଭଲ ଲାଗୁଛି ବୋଲି ଭାବୁଛୁ ? ତୋତେ କଥା ନ କହି ମୁଁ କ'ଣ ଖୁସିରେ ଅଛି ? ରହିପାରିବି କି ଆନନ୍ଦରେ ? ନିଶ୍ଚିନ୍ତରେ ? ଆରାମରେ ? ଅନାୟାସରେ ? ସୁଖରେ ? ତୋତେ କଥା କହିବାକୁ ମୋ ମନରେ କେତେ ଆଗ୍ରହ, କେତେ ଇଚ୍ଛା, କେତେ ଆବେଗ, କେତେ ଉଠ୍କଣ୍ଠା, କେତେ ଆଶା ଓ ଆକାଂକ୍ଷା ତାକୁ ମୁଁ ଭାଷାରେ ପ୍ରକାଶ କରି ପାରିବିନି । କିନ୍ତୁ ତୋ ସହିତ କଥା ହେବା ପାଇଁ ଯେତେ ମନଥିଲେ, ଯେତେ ଆଗ୍ରହ ଥିଲେ, ଆକାଂକ୍ଷା ଥିଲେ, ଆବେଗ ଥିଲେ, ଉ‌ସ୍ଯାହ ଥିଲେ, ଯେତେ ଇଚ୍ଛାଥିଲେ, ଯେତେ ଆଶା ଥିଲେ ସୁଦ୍ଧା ତୋର ସେ ଆକ୍ଷେପମୂଳକ ଭାଷା ତାକୁ ମୋ ସହିତ ଯୋଡ଼ି କଥାର ଅବତାରଣା କରିବା । ମୋତେ ବଦନାମ କରିବାର ମାନସିକତା । ମୋ ନାମରେ ଅପବାଦ ଉଠାଇବାର ଆଗ୍ରହ । ମୋ ନାମରେ କଳଙ୍କ ଲଗାଇବାର ଇଚ୍ଛା । ମୋତେ ଅପନିନ୍ଦା ଦେବାର ତୋର ମତଲବ । ତୋତେ କଥା ନ କହିବାକୁ ମୋତେ ବାଧ କରୁଛି ଅବିଶ୍ୱସ୍ତ ଲୋକଙ୍କ ସହ ମିତ୍ରତା । ଇନ୍ଦ୍ରିୟାଧୀନ ବ୍ୟକ୍ତିର ମର୍ଯ୍ୟଦା, ଧନଲୋଭୀ ବ୍ୟକ୍ତିର ଧନ, ଉଦ୍ଧତ ଅମାତ୍ୟ ସେବିତ ମୁନିବ ଅସମୟରେ ନାଶଯାଏ । କିନ୍ତୁ ଯେଉଁମାନେ ସଜ୍ଜନ (ସାଧୁ, ମହାତ୍ମା, ସଦ୍‌ଗୁରୁ)ଙ୍କୁ ଆଶ୍ରା କରି ଥାଆନ୍ତି, ସେମାନେ ଜୀବନରେ ଯଶ, କୀର୍ତ୍ତି, ଶ୍ରୀଲାଭରେ ସକ୍ଷମ ହୋଇଥାଆନ୍ତି । ସେଥିପାଇଁ କୁହାଯାଇଛି ସଂସାରରେ କ୍ଷଣିକ ପାଇଁ ହେଉ ପଛେ ସଜ୍ଜନ ସଙ୍ଗତି ଏହି ଭବାର୍ଣ୍ଣବକୁ ପାରି ହେବାରେ ନୌକା ଭଳି ସାହାଯ୍ୟ କରିଥାଏ । "ମୂର୍ଖାସ୍ତୁ ପରିହର୍ତ୍ତବ୍ୟଃ ପ୍ରତ୍ୟକ୍ଷୋ ଦ୍ୱିପଦଃ ପଶୁଃ । ଭିଦ୍ୟତେ ବାକ୍ୟଶୁଲେନ ଅଦୃଶ୍ୟଂ କଣ୍ଟକ ଯଥା ।" ମୂର୍ଖ ଲୋକକୁ ଦି ଗୋଡ଼ିଆ ପ୍ରତ୍ୟକ୍ଷ ପଶୁ ବୋଲି ଭାବି ପରିତ୍ୟାଗ କରିବା ଉଚିତ୍‍ । କାରଣ ଅଦୃଶ୍ୟ କଣ୍ଟା ଆମକୁ କଷ୍ଟ ଦେବା ଭଳି ମୂର୍ଖବ୍ୟକ୍ତିର କଟୁ ବାକ୍ୟ ବାଣ ଭଳି କଣ୍ଟା ଦ୍ୱାରା ଆମ ଶରୀରକୁ ବିଦ୍ଧ କରିଥାଏ । "ତ୍ୟଜ ଦୁର୍ଜନ ସଂସର୍ଗ ଉଚ ସାଧୁ ସମାଗମମ୍ । କୁରୁ ପୁଣ୍ୟ ମହୋରାତ୍ର ସ୍ମର ନିତ୍ୟମ୍ ।" ଦୁର୍ଜନମାନଙ୍କର ସମ୍ପର୍କୁ ତ୍ୟାଗ କର । ସଜନମାନଙ୍କ ମିଳନକୁ ଆଶ୍ରୟ କର । ଅହର୍ନିଶ ପୁଣ୍ୟ କାର୍ଯ୍ୟକର ଏବଂ ସଂସାର ନଶ୍ୱର ଅଟେ । ଏହା ସର୍ବଦା ସ୍ମରଣ କର । ମୁଁ ତୋ'ପରି ଅବିଶ୍ୱସ୍ତ ଲୋକ ସହିତ ମିତ୍ରତା ରଖିବାକୁ ଚାହୁଁ ନାହିଁ । ଠାକୁରବାବା କହନ୍ତିନି "ଅହୋ ଦୁର୍ଜନ ସଂସଗାନ ମାନ ହାନିଃ ପଦେପଦେ । ପାଚକୋ ଲୋହସଂଗେଣ ମୃଦଗରୌରଭି ହନ୍ୟତୋ ।" ଦୁଷ୍ଟ ଲୋକ ସହିତ ସଙ୍ଗଦୋଷରୁ ପ୍ରତ୍ୟେକ ସ୍ଥଳରେ ମାନହାନି ଘଟେ । ଅଗ୍ନି ଲୁହାର ସଂସର୍ଗରୁ ହାତୁଡ଼ିରେ ପାହାରପାଏ । ଆଉ "ଦୁର୍ଜନେନ ସମଂ ସଖ୍ୟଂ ପ୍ରତି

ଚାପି ନକାରୟେତ । ଉସ୍ତୋଦହତି ଚାଙ୍ଗାରଃ ଶୀତଃ କୃଷ୍ଣୟତେ କରମ୍ ।” ଦୁର୍ଜନ ସହିତ ମିତ୍ରତା କିୟା ଆଦର ସମ୍ଭାଷଣ କରିବା ଅନୁଚିତ । ଜଳନ୍ତା ଅଙ୍ଗାର ହାତକୁ ପୋଡ଼ି ଦିଏ ଏବଂ ଶୀତଳ ଅଙ୍ଗାର ଦ୍ୱାରା ହାତ କଳା ହୁଏ । ସୁନି ଆହୁରି ମଧ ତୁ ଭଲ ଭାବରେ ମନେ ରଖ୍‌ଥିବୁ ଠାକୁର ବାବା କହନ୍ତି– “ନ କର୍ଷିତ କସ୍ୟ ଚିନ୍ଦିତ୍ୱଂ ନ କର୍ଷିତ– କସ୍ୟଚିଦ୍‌ରିପୁଃ । ବ୍ୟବହାରେଣ ଜାୟତେ ମିତ୍ରାଣି ରିପବସ୍ତଥା ।” ସଂସାରରେ କେହି କାହାରି ଶତ୍ରୁ କି କେହି କାହାରି ମିତ୍ର ରୂପେ ଜନ୍ମ ହୋଇ ନଥାଆନ୍ତି । କିନ୍ତୁ ନିଜର କାର୍ଯ୍ୟ କଳାପ, ଆଚରଣ ଓ ବ୍ୟବହାର ଦ୍ୱାରା ଲୋକେ ପରସ୍ପରର ମିତ୍ର ହୋଇଥାଆନ୍ତି କିୟା ଶତ୍ରୁ ପାଲଟିଥାଆନ୍ତି । ସୁନି ତୁ ପରା ମୋତେ ସେଦିନ କହୁଥିଲୁ, ମୁଁ ସତକୁ ସତ ଟିକେ କଥାକୁ ଧରି ବସେ ବୋଲି ମୋ ନାଁ ସତୀ । ଆଉ ତୁ ସୁନା ପିଲା ହୋଇଥିବାରୁ ତୋ ନାମ ହେଲା ସୁନି । କିନ୍ତୁ ତୋ ନାମ ଯେପରି ତୋ କାର୍ଯ୍ୟକଳାପ କିୟା କଥାଭାଷା ତ ସେମିତି ନୁହଁ ।

ସୁନି ଧରି ପକାଇଲା ସତୀର ହାତ । ମୋତେ କ୍ଷମା କର ସତୀ, “ନରସ୍ୟାଭରଣଂ ରୂପ, ରୂପସ୍ୟା ଭରଣଂ ଗୁଣଃ, ଗୁଣସ୍ୟା ଭରଣଂ ଜ୍ଞାନ, ଜ୍ଞାନସ୍ୟା ଭରଣଂ କ୍ଷମା ।” ଲୋକର ରୂପ ହେଉଛି ଆଭରଣ । ରୂପର ଗୁଣ ହେଉଛି ଆଭରଣ । ଗୁଣର ଜ୍ଞାନ ହେଉଛି ଆଭରଣ ଏବଂ ଜ୍ଞାନର କ୍ଷମା ହେଉଛି ଆଭରଣ । ମହାମୁନି କାଶ୍ୟପ କହିଛନ୍ତି– “କ୍ଷମା ହିଁ ଧର୍ମ, କ୍ଷମା ହିଁ ଯଜ୍ଞ, କ୍ଷମା ହିଁ ବେଦ ଓ କ୍ଷମା ହିଁ ସକଳ ଶାସ୍ତ୍ର । କ୍ଷମାର ସ୍ୱରୂପ ଜାଣିବା ବ୍ୟକ୍ତି ସମସ୍ତଙ୍କୁ କ୍ଷମା କରି ଦେଇଥାନ୍ତି । କ୍ଷମା ହିଁ ବ୍ରହ୍ମ, କ୍ଷମା ଭୂତ ଭବିଷ୍ୟ, ତପ, ସତ୍ୟ ସବୁକିଛି । ଏହି ଚରାଚର ଜଗତ କ୍ଷମାକୁ ହିଁ ଧାରଣ କରିଛି । ତପସ୍ୱୀ, ଜ୍ଞାନୀ, କର୍ମଯୋଗୀ ମାନଙ୍କୁ ଯେଉଁ ଗତି ମିଳିଥାଏ, ତା’ଠାରୁ ଉଉମ ଗତି କ୍ଷମାଶୀଳ ବ୍ୟକ୍ତି ପାଇଥାନ୍ତି । ଏଣୁ ପ୍ରତ୍ୟେକ ନିରନ୍ତର କ୍ଷମାଶୀଳ ହେବା ଉଚିତ୍ । “ହସ୍ତାଦପି ନ ଦାତବ୍ୟଂ ଗୃହାଦପି ନ ଦୀୟତେ । ପରୋପକାରଣାର୍ଥାୟ ବର୍ତେନ ତା ଦରିଦ୍ରତା ।” ପରର ଉପକାର ପାଇଁ କଥା ପଦେ କହିଲେ ନିଜ ହାତରୁ କିୟା ନିଜ ଘରୁ କିଛି ଦେବାକୁ ପଡ଼େ ନାହିଁ । ଏଣୁ ଏପରି କଥା ପଦେ କହିବାରେ କୁଣ୍ଠା ପ୍ରକାଶ କରିବ କାହିଁକି ? ସତୀ; ମୋର ଭୁଲ ହୋଇଯାଇଛି । ସତୀ କେବଳ ଆତ୍ମ ବିଶ୍ୱାସରେ ଭରା ମନୁଷ୍ୟ ନିଜ ଦୋଷକୁ ସ୍ୱୀକାର କରିବାର ସାହସ ରଖେ । ମୋର ଦୃଢ଼ ଆତ୍ମବିଶ୍ୱାସ ଥିବାରୁ ମୁଁ ମୋ ଦୋଷ ସ୍ୱୀକାର କରୁଛି । ତୁ ଯେମିତି ୟାକୁ ଅନ୍ୟ କିଛି ନ ଭାବୁ । ଏଥର ମୋତେ ମାଫ୍ କରିଦେ । ମୁଁ କହିଥିବା କଥା ପାଇଁ କ୍ଷମା କର । “ପରାର୍ଥେ ପ୍ରାଜ୍ଞ ପ୍ରାଣ ଉସ୍ତ୍ରଜେତ ।” କ୍ଷମା ହେଉଛି ମହତ ଲୋକର ଲକ୍ଷଣ । କ୍ଷମା ଅର୍ଥ ଦୁର୍ବଳତା ବା ଭୀରୁତା ଆଦୌ ନୁହଁ । କ୍ଷମାର ଅର୍ଥ ଉଦାରତା ଏବଂ ସହିଷ୍ଣୁତା । ଉଦାର ମନୁଷ୍ୟ ନିମିଉ ଧନ, ବୀର ମନୁଷ୍ୟଙ୍କ ନିମିଉ ମୃତ୍ୟୁ, ବିରକ୍ତଙ୍କ ନିମିଉ ସ୍ତ୍ରୀ ଓ ନିଃସ୍ୱହଙ୍କ ନିମିଉ ସଂସାର ତୃଣ ସମାନ ବୋଧ ହୁଏ । ଅର୍ଥାତ୍ ଅତି ତୁଚ୍ଛ ଅଟେ । ଉଦାର ବ୍ୟକ୍ତି ପରର ନିନ୍ଦାକୁ ମୂକ, ପରଦୋଷ ଦେଖ୍‌ବାରେ ଅନ୍ଧ, ଚୁଗୁଲି କରିବାରେ ବଧିର ଭଳି ହୋଇଥାଆନ୍ତି । ପରନିନ୍ଦା କରିବା ଅର୍ଥ ପରର ଦୋଷକୁ ବୁଢ଼ାଇ ଆଣି ନିଜେ କଳଙ୍କିତ ହେବା । ଚନ୍ଦନ ବୃକ୍ଷକୁ କୁରାଢ଼ିରେ କାଟିଲେ ଯେପରି କାଟିବା ଯନ୍ତ୍ରକୁ ସେ ବାସ ବିତରଣ କରେ ବରଂ ବାରଣ କରେ ନାହିଁ ଯେ ମୋତେ କାଟୁଛି ୟାକୁ ବାସ୍ନା ଦେବି ନାହିଁ । ସେହିପରି ଉଦାର ବ୍ୟକ୍ତିମାନେ ସେମାନଙ୍କୁ ଆହତ କରୁଥିବା ଲୋକଙ୍କୁ ସୁଦ୍ଧା କ୍ଷମା ପ୍ରଦାନ କରନ୍ତି ଏବଂ ଭଲ ପାଇଥାଆନ୍ତି । ଯେପରି ଦାନ ବୀର କର୍ଣ୍ଣ ଜାଣିଥିଲେ କୁଣ୍ଡଳଟି ଚାଲିଗଲେ ମୃତ୍ୟୁ ସୁନିର୍ଷିତ ତଥାପି ନିଜର କୁଣ୍ଡଳକୁ ଦାନ କରିଛନ୍ତି । ସେହିପରି ଶିବି ରାଜା ଗୋଟିଏ ପକ୍ଷୀକୁ ବଞ୍ଚାଇବାକୁ ଯାଇ ନିଜର ମାଂସକୁ ମଧ ପ୍ରଦାନ କରିଥିଲେ । ଦେବତାମାନଙ୍କ ଦୁର୍ଦ୍ଦଶାକୁ ଦୂର କରିବାକୁ ଦିଧୀଚୀ ରଷି ନିଜର ଶରୀରକୁ ତିଳତିଳ କରି କ୍ଷୟ କରିଥିଲେ ଏବଂ ନିଜର ଅସ୍ଥିକୁ ସମଗ୍ର ଜଗତ ପାଇଁ ଦାନ କରିଥିଲେ । ଯେଉଁ ଅସ୍ଥିରୁ ଜୀମୂତ ବାହାନ ଇନ୍ଦ୍ରଙ୍କ ବଜ୍ର ନିର୍ମିତ ହୋଇଥିଲା । ସାରା ସଂସାରରେ ମହାମ୍ଯାଙ୍କ ନିକଟରେ କିଛି ଅଦେୟ ନଥାଏ ।

ପଲ୍ଲୀ କବି ନନ୍ଦ କିଶୋରଙ୍କ ଭାଷାରେ–“କ୍ଷମା ଦେଲେ ଝିଅ କ୍ଷମା ତ ମିଳଇ କ୍ଷମାର ନ ମିଳେ ଅନ୍ତ, କ୍ଷମାର

ଗ୍ରହୀତା କ୍ଷମାଦାତା ଦୁହେଁ, ଏ ଭୁବନେ ଭାଗ୍ୟବନ୍ତ । ରାଜଦଣ୍ଡ ସିନା ଉପୂଜାଏ ଭୀତି, କ୍ଷମା ଭକତି କାରଣ, କ୍ଷମାମୟ ହରି ଅନନ୍ତ କ୍ଷମାରେ ପାଳନ୍ତି ବିଶ୍ୱ ଭୁବନ । କହିବା ଲୋକତ ମହତ ନୁହଁ, ମହତ ସହିବା ଜନ, ସହିଷ୍ଣୁତା ହୀନ ବାଳକବାଳିକା ହୁଅନ୍ତି କ୍ରୋଧେ ଅଜ୍ଞାନ । (ଶର୍ମିଷ୍ଠା) ମୋର ସେ କଥାକୁ ମୋତେ ମନରେ ଧରନା, ରାଗ ଛାଡ଼ । ଭୁଲି ଯା ସେ ପଛ କଥା । ପୋଢ଼ିପକା ସବୁ ରାଗ, ରୁଷା, ମାନ, ଅଭିମାନକୁ ।)

ମଦ ପିଆ ମଦ୍ୟପୀ ଯେଭଳି ମୂର୍ଚ୍ଛାବତ ନିଜର ହୋସ ହରାଇଥାଏ । ସେହିଭଳି କ୍ରୋଧରେ ପୀଡ଼ିତ ଆତ୍ମା ଏକ ପ୍ରକାର ମୂର୍ଚ୍ଛିତ ଥାଏ । ସେ ନିଜକୁ ଜାଣିପାରେ ନାହିଁ । ସମ୍ପୂର୍ଣ୍ଣଭାବେ କ୍ରୋଧର ବଶରେ ଥାଏ । ଜଣେ କ୍ରୋଧୀ ବ୍ୟକ୍ତିର ମୁହଁକୁ ଦେଖନ୍ତୁ, ତା’ର ଆଖି ତା’ର ଭାବକୁ ଶରୀରକୁ ଦେଖନ୍ତୁ । ସ୍ୱଷ୍ଟଜଣା ପଡ଼ିବ ଯେ ସେ ନିଜ ନିୟନ୍ତ୍ରଣରେ ନାହିଁ । ବୈଜ୍ଞାନିକଙ୍କ ମତ ହେଲା କ୍ରୋଧ ବେଳେ ଶରୀର ଗନ୍ଥି ଗୁଡ଼ିକରୁ ବିଷ ବର୍ଷଣ ହୋଇଥାଏ । ଏହି ବିଷ ମଦଠାରୁ ମଧ୍ୟ ଭୟଙ୍କର ।

କ୍ରୋଧ ଏମିତି ଏକ ବ୍ରହ୍ମ ଚଣ୍ଡାଳ ଯାହା ମଣିଷ ମସ୍ତିଷ୍କର ସନ୍ତୁଳନକୁ ଏକଦମ ବିଗାଡ଼ି ଦିଏ । କୋପ ଉପରେ ମସ୍ତିଷ୍କର ନିୟନ୍ତ୍ରଣ ନଥିଲେ ତାହା ବ୍ୟକ୍ତିତ୍ୱର ସୌନ୍ଦର୍ଯ୍ୟ ତଥା ଔଜଲ୍ୟକୁ ନଷ୍ଟବିନଷ୍ଟ କରିଦିଏ । ଯେମିତି ଭୂକମ୍ପ କେଇ ସେକେଣ୍ଡ ପାଇଁ ଅଚାନକ ମାଡ଼ି ଆସି ପ୍ରଳୟ ସୃଷ୍ଟି କରେ । ପୁଣି ଆଖି ପିଛୁଳାକେ ପୃଥିବୀରେ ତାଣ୍ଡବ ଲୀଳା ଭିଆଇ ଧ୍ୱସ୍ତବିଧ୍ୱସ୍ତ କରି ଧନ ଜୀବନର ପ୍ରଭୂତ କ୍ଷତି ପହଞ୍ଚାଏ । ଠିକ୍ ସେମିତି ଭୂକମ୍ପରୂପୀ କ୍ରୋଧ କେଇ ସେକେଣ୍ଡ ଭିତରେ ଏମିତି କିଛି ଅକଳନୀୟ ହାନୀ ଘଟାଏ ତାହା ଆମେ ଜୀବନ ଥିବା ଯାକେ ଭୁଲି ପାରିବା ନାହିଁ । ମନରେ କ୍ରୋଧ ଜାତ ନ ହେଲେ ଆମର କ୍ଷତି ହୁଅନା । କ୍ରୋଧ କିନ୍ତୁ ସ୍ୱାଭାବତଃ ପ୍ରାୟ ସବୁ ବ୍ୟକ୍ତିଙ୍କୁ କବଳିତ କରିଥାଏ । ତେବେ କ୍ରୋଧକୁ ଯଦି ଆମ୍ ଶକ୍ତି ବଳରେ ବଶୀଭୂତ କରାଯାଏ ଭୂକମ୍ପ ଭଳି ସ୍ଥିତି କେବେ ବି ଉପୂଜି ନଥାଏ କି ବ୍ୟକ୍ତିତ୍ୱର ଉଜ୍ଜ୍ୱଳତା କେବେ ନିଷ୍ପ୍ରଭ ହୋଇନଥାଏ । ଏପ୍ରସଙ୍ଗରେ ଆମେ ଜଳକୁ ଉଦାହରଣ ରୂପେ ଅବତାରଣା କରିପାରିବା । ଜଳ ନିର୍ଦ୍ଦିଷ୍ଟ ସୀମାୟାଏ ଗରମ ହୁଏ ଆଉ ତା’ପରେ ତାକୁ ନିଆଁରେ ଫୁଟାଇଲେ ବାଷ୍ପ ହୋଇଯାଏ । ହେଲେ ତା’ର ତାପମାତ୍ରାରେ ଆଉ ବୃଦ୍ଧି ଘଟେ ନାହିଁ ବରଂ ଏହି ବାଷ୍ପ ଶୀତଳ ହୋଇପୁଣି ଜଳରୂପ ଧାରଣ କରେ । ଠିକ୍ ସେଇମିତି କୌଣସି ବ୍ୟକ୍ତିକୁ ଅପଶଦ ପ୍ରୟୋଗ କରି ଗାଳି ଗୁଲଜ କରିବା ଅଥବା ଘୋର ଅପମାନ ଦେଲେ ତା’ର ମନ ଯେ ନିଶ୍ଚିତ ରୂପେ କୋପିତ ହେବ ଏଥିରେ ତିଲେ ପ୍ରମାଣେ ହେଲେ ସନ୍ଦେହ ନାହିଁ । ତେବେ ସେ ଯାହା ହେଉ, ଜଳ ଭଳି ମଣିଷ ନିର୍ଦ୍ଦିଷ୍ଟ ସୀମା ଠାରୁ ଅଧିକ ରାଗିବା ଅନୁଚିତ । ଏପରି ସ୍ଥଲେ ତା’ର ମୂଳ ସ୍ୱଭାବ ଜଳର ଧର୍ମ ତୁଲ୍ୟ ହୋଇପାରିବ । ସୁତରାଂ ତା’ର ମନ ଜଳ ସମାନ ଶୀତଳ ହୋଇରହିବ । ଅଧିକନ୍ତୁ କୌଣସି ବ୍ୟକ୍ତିଠାରେ ଜଳ ଧର୍ମ ସମ ଗୁଣ ଥିଲେ ତା’ର କ୍ରୋଧ କେବେ ବି ଭୂକମ୍ପ ଭଳି ସ୍ଥିତି ଉପୂଜାଇ ନଥାଏ । ଖାଲି ସେତିକି ନୁହେଁ, ତା ବ୍ୟକ୍ତିତ୍ୱର ଔଜଲ୍ୟ ସେମିତି ଅମଳିନ ରହେ । ଉଭୟ ଗରମ ଓ ଶୀତଳ ଅବସ୍ଥାରେ ଯେମିତି ଜଳରେ ସାମ୍ୟତା ଥାଏ ଠିକ୍ ସେହିପରି ବ୍ୟକ୍ତିର କ୍ରୋଧ ଓ ସ୍ୱାଭାବିକ ଅବସ୍ଥାରେ ସମତା ରହିବା ବାଞ୍ଛନୀୟ । ଏତଦ୍ୱାରା ବ୍ୟକ୍ତିତ୍ୱର ଔଜ୍ଜ୍ୱଲ୍ୟ କେବେ ବି ଫିକା ପଡ଼େନି, ବରଂ ତାହା ଆହୁରି ଦୀପ୍ତିମାନ ଓ ଶାନ୍ତଶିଷ୍ଟ ହୋଇଯାଏ । ସେଥିପାଇଁ ତୁ ଆଉ ମୋ ଉପରେ ନ ରାଗି ମୋତେ କ୍ଷମା କରିଦେ । ପାସୋରି ଦେ (ଅତୀତରେ) ଘଟିଯାଇଥିବା ଘଟଣାକୁ । ମନରୁ ପୋଛିଦେ ତୋ – ମୋ ଭିତରେ ପର କଥାକୁ ନେଇ କିଛି ହୋଇଯାଇଛି ବୋଲି । କଥା କହ ସତୀ, ମୋତେ କଥା କହ, ମୋ ସହିତ କଥା ହ, ମୁହଁ ଖୋଲି କଥା ପଦେ କହନୁ । ମୋତେ କଥା ପଦେ କହିବାକୁ ଏତେ କୁଣ୍ଠିତ କାହିଁକି ? କ’ଣ ପାଇଁ ମୋ ସହିତ କଥାବାର୍ତ୍ତା ହେବାକୁ ଏପରି କୃପଣ ହେଉଛୁ ? କଞ୍ଜୁସ ପଣ ପ୍ରକାଶ କରୁଛୁ । କାର୍ପଣ୍ୟ ଭାବ ଆଚରଣ କରୁଛୁ । ଭାଷା ଦ୍ୱାରା (ମନ) ଭାବର ବିନିମୟ ପାଇଁ । ତୋତେ କଥା ଦେଉଛି ଆଉ ସେମିତି ହେବନି । କେବେ ବି ହେବନି । ମୋ ଉପରେ ଭରସା ରଖ । ମୋତେ ବିଶ୍ୱାସ କର । କଳି ଝଗଡ଼ା କରିବା ପାଇଁ

ସବୁ ବେଳେ କେହି ପ୍ରସ୍ତୁତ ନ ଥାଆନ୍ତି । ଯଦି କୌଣସି ପରିସ୍ଥିତିରେ ଝଗଡ଼ା ଲାଗିଯାଏ ତେବେ ଭୁଲକୁ ସ୍ୱୀକାର କରି ନେଲେ ସତ କଥାଟି ମାନି ଗଲେ ଆଉ ମନୋମାଳିନ୍ୟ ରହେ ନି । ସମାଧାନ ପାଇଁ ଉଭୟଙ୍କ ଭିତରେ ବୁଝାମଣା ରହିବା ଦରକାର । ଜୀବନରେ ବଡ଼ ବଡ଼ ଝଗଡ଼ା ସବୁ ତୁଟି ଯାଏ କ୍ଷମା ମାଗି ନେବା ଦ୍ୱାରା । ସତୀ ଇତିହାସରେ ଅଛି ମୋଗଲ ବାଦଶାହା ମୁସଲମାନ ଆକବର ଓ ଅମ୍ବରର ରାଜପୁତ ରାଜା ମାନସିଂହ ଶେଷ ଜୀବନ ପର୍ଯ୍ୟନ୍ତ ପରସ୍ପରର ପରମ ମିତ୍ର ଥିଲେ । ମାନସିଂହଙ୍କ ପରାମର୍ଶରେ ପରିଚାଳିତ ହୋଇ ଆକବର ମୋଗଲ ସାମ୍ରାଜ୍ୟର ସବୁଠାରୁ ଲୋକପ୍ରିୟ ଶାସକ ଭାବରେ ପରିଚିତ ହେଲେ । ମାନସିଂହଙ୍କ ଭଉଣୀ ଯୋଧାବାଈ ଓ ଆକବରଙ୍କ ମଧ୍ୟରେ ବିବାହ ପରେ ଏହି ସମ୍ପର୍କ ଆହୁରି ସୁଦୃଢ଼ ହୋଇଥିଲା । ରାଜଧାନୀ ଦିଲ୍ଲୀରେ ଆକବର ରୋଡ଼ ଓ ମାନସିଂ ରୋଡ଼ ଗୋଟିଏ ଛକରେ ପରସ୍ପର ସହ ସଂଯୁକ୍ତ । କିନ୍ତୁ ନିଜ ରାଜ୍ୟ ରାଜସ୍ଥାନରେ ମାନସିଂକୁ ଲୋକେ ଏବେ ବି ଘୃଣା କରନ୍ତି । ମୋଗଲ ସାମ୍ରାଜ୍ୟ ବିରୋଧରେ ସଂଗ୍ରାମ କରିଥିବା ରାଣା ପ୍ରତାପଙ୍କୁ ସେଠାରେ ରୋଲ ମଡ଼େଲ ଓ ମହାନାୟକର ମର୍ଯ୍ୟାଦା ଦିଅନ୍ତି । ସେଠି ରାଜା ମାନସିଂଙ୍କ ଅପେକ୍ଷା ରାଣା ପ୍ରତାପଙ୍କ ବାହାନ ଚେତକ ଘୋଡ଼ାର ସମ୍ମାନ ଅଧିକ । ସେମିତି ମହାଭାରତରେ ପରସ୍ପର ବିରୋଧୀ ଗୁଣ ଓ ଚରିତ୍ର ଥାଇ ସୁଦ୍ଧା କର୍ଣ୍ଣ ଓ ଦୁର୍ଯ୍ୟୋଧନଙ୍କ ମଧ୍ୟରେ ବନ୍ଧୁତା ଶେଷ ଜୀବନ ପର୍ଯ୍ୟନ୍ତ ଅଟୁଟ ରହିଥିଲା । ଆର୍ଯ୍ୟାବର୍ତ୍ତର ଶ୍ରେଷ୍ଠ ଧନୁର୍ଦ୍ଧର ଅର୍ଜୁନଙ୍କ ବିରୋଧରେ ଲଢ଼ୁଥିବା କୌରବଙ୍କ ହାରିବା ସୁନିଶ୍ଚିତ ଜାଣି ମଧ୍ୟ କର୍ଣ୍ଣ ତାଙ୍କ ସପକ୍ଷରେ ଯୁଦ୍ଧ କରି ପ୍ରାଣବଳି ଦେଇଥିଲେ । ସେହିପରି ଶ୍ରୀକୃଷ୍ଣ ଓ ଅର୍ଜୁନ, ଧୃତରାଷ୍ଟ ଓ ଶକୁନି, କୁନ୍ତି ଏବଂ ଗାନ୍ଧାରୀ, ଚାଣକ୍ୟ ଆଉ ଚନ୍ଦ୍ରଗୁପ୍ତ ଶେଷ ପର୍ଯ୍ୟନ୍ତ ପରସ୍ପରକୁ ବିଶ୍ୱାସକୁ ନେଇଥିଲେ । "ସ୍ୱସ୍ତି ପନ୍ଥା ମନୁ ଚରେମ୍ ସୂର୍ଯ୍ୟୋ ଚନ୍ଦ୍ରମାସାବିବ, ପୁନର୍ଦ୍ଦତାଃୟତା ଜନତା ସଂ ଗମେମହି ।" ଆମେ ସୂର୍ଯ୍ୟ ଏବଂ ଚନ୍ଦ୍ରଙ୍କ କଲ୍ୟାଣକାରୀ ମାର୍ଗ ଅନୁସରଣ କରୁ । ମନ ମିଶୁଥିବା ସତ୍‌ମିତ୍ରଙ୍କ ସହିତ ସଙ୍ଗତି ସ୍ଥାପନ କରୁ ।

ହେଲେ ରାଜଗାଦି ପାଇଁ ଆଲ୍ଲାଉଦ୍ଦିନ ନିଜ ପିତୃବ୍ୟଙ୍କୁ ଗୁପ୍ତ ହତ୍ୟା କରିଥିଲେ । ମହମ୍ମଦ ବିନ୍ ତୋଗଲକ ନିଜ ପିତାଙ୍କ ମୃତ୍ୟୁର କାରଣ ଥିଲେ । ସାହାଜାହାନ ନିଜ ଜ୍ଞାତିଙ୍କ ରକ୍ତରେ ହସ୍ତ ରଞ୍ଜିତ କରିଥିଲେ । ଆଉରଙ୍ଗଜେବ ନିଜ ମା' ପେଟର ଭାଇମାନଙ୍କୁ ହତ୍ୟା କରିବା ପାଇଁ ପଛାଇ ନଥିଲେ । ଧର୍ମାଶୋକ ହେବା ପୂର୍ବରୁ ଚଣ୍ଡାଶୋକ ମଧ୍ୟ ସେମିତି ଥିଲେ । ଅଜାତଶତ୍ରୁ ନିଜ ପିତା ବିମ୍ବିସାରକୁ ବନ୍ଦିକରି ଅନାହରରେ ରଖି ଉପବାସରେ ଶୁଖାଇ ଶୁଖାଇ ମାରିଥିଲେ । ସ୍ୱାଧୀନ ଭାରତର ପ୍ରଥମ ପ୍ରଧାନମନ୍ତ୍ରୀ ଜବାହରଲାଲ ନେହରୁ ଦୀର୍ଘ ଦିନ କ୍ଷମତାରେ ରହିବା ଲାଗି ନେତାଜୀ ସୁଭାଷଙ୍କୁ ଯୁଦ୍ଧ ଅପରାଧୀ ଭାବେ ଦର୍ଶାଇ ବ୍ରିଟିଶ ପ୍ରଧାନମନ୍ତ୍ରୀ କ୍ଲିମେଣ୍ଟ ଅଟଲିଙ୍କୁ ଏକ ପତ୍ର ଲେଖିଥିଲେ । ଭାରତୀୟ ଜନତା ପାର୍ଟିର ଅନ୍ୟତମ ସ୍ରଷ୍ଟା ୧୯୧୬ ମସିହା ସେପ୍ଟେମ୍ବର ୨୫ ତାରିଖରେ ଜନ୍ମିତ ଭାରତୀୟ ଦାର୍ଶନିକ, ଅର୍ଥନୀତିଜ୍ଞ, ସାମ୍ୟଦିକ ଏବଂ ରାଜନୈତିକ ବିଶେଷଜ୍ଞ ତଥା ଏକାମ୍ ମାନବବାଦ ଚିନ୍ତାଧାରା ପଲି ପ୍ରଗତିଶୀଳ ଚିନ୍ତାଧାରର ସ୍ରଷ୍ଟା ସେ ସମୟରେ ଭାରତୀୟ ଜନ ସଂଘର ଅଧ୍ୟକ୍ଷ ତଥା ଭାରତୀୟ ଜନତା ପାର୍ଟିର ସକ୍ରିୟ ନେତା ଦୀନ ଦୟାଲ ଉପାଧ୍ୟାୟଙ୍କୁ ଚଳନ୍ତା ରେଲଗାଡ଼ିରେ ତାଙ୍କୁ ହତ୍ୟା କରି ଉତ୍ତର ପ୍ରଦେଶର ମୋଗଲ ସରାଇ ନିକଟରେ ତାଙ୍କ ରକ୍ତଭିଜା ଶବକୁ ଫିଙ୍ଗି ଦିଆଯାଇଥିଲା । କ୍ଷମତା ପାଇବା ଲୋଭରେ ଏହି ହତ୍ୟାକାଣ୍ଡ ପଛରେ ଶ୍ରୀ ଅଟଲ ବିହାରୀ ବାଜପେୟୀଙ୍କ ପ୍ରଚ୍ଛନ୍ନ ହାତ ଥିଲା ବୋଲି ଜନସଂଘର ବିଶିଷ୍ଟ ନେତା ଶ୍ରୀ ବଲରାଜ ମୋଧକ ଅଭିଯୋଗ କରିବାକୁ ପଛାଇ ନଥିଲେ । ଅତୀତରେ ମୋଗଲ, ମରାଠା ଶାସନ କାଳରେ ସିଂହ କ୍ଷମତା ପାଇଁ ପିତା ପୁତ୍ରକୁ ହତ୍ୟା କରୁଥିଲା କିମ୍ବା ପୁତ୍ର ପିତାକୁ ହତ୍ୟା କରୁଥିଲା । କିନ୍ତୁ ଭାରତ ସ୍ୱାଧୀନତା ହାସଲ କଲା ପରେ ବି ସେହି ଯୁଗକୁ ଆମେ ଯଦି ଚାଲି (ଫେରି) ଯିବା ତେବେ ଗଣତାନ୍ତ୍ରିକ ଭାରତ ବର୍ଷର ଭବିଷ୍ୟତ ନିର୍ମାଣ ପାଇଁ ଏମାନେ ସକ୍ଷମ ହେବେ ବୋଲି ଆମେ ବିଶ୍ୱାସ କରି ପାରିବା କି ? କ୍ଷମତା ହାସଲ ଲାଳ୍‌ସାରେ ବିଭୋର ହୋଇ ଛଅ ଶହ ଚଉଦ ଜଣ ରାଜା ଭାରତକୁ ଛଅ ଶହ ଚଉଦ ଭାଗରେ ବିଭକ୍ତ

କରି ରଖିଥିଲେ ଓ ମହିରେ ମହିରେ ଦିଗ୍ ବିଜୟରେ ବାହାରି ପଡ଼ି ପରସ୍ପର ମଧ୍ୟରେ ଯୁଦ୍ଧ କରୁଥିଲେ । ଯେଉଁଥି ପାଇଁ ବୈଦେଶିକ ଶତ୍ରୁମାନେ ଭାରତକୁ ବାରମ୍ବାର ପରାସ୍ତ କରି ଲୁଣ୍ଠନ କରିବାକୁ ସୁଯୋଗ ପାଉଥିଲେ । କ୍ଷମତା ହାତରୁ ଚାଲିଗଲେ କୃତ୍ରିମ ବନ୍ଧୁମାନେ ଦୂରେଇ ଯାଆନ୍ତି । କ୍ଷମତାରେ ଥିଲା ବେଳେ ବ୍ୟକ୍ତି ଅନ୍ତରଙ୍ଗମାନଙ୍କୁ ଚିହ୍ନି ପାରନ୍ତି ନାହିଁ । ତୋ-ମୋ ମଧ୍ୟରେ ତ ସେମିତି କିଛି କ୍ଷମତା ହାସଲର ଲାଳସାକୁ ନେଇ ମନୋମାଳିନ୍ୟ ନାହିଁ । ସ୍ୱାର୍ଥପରତା କିୟା ସୁଯୋଗ ହାସଲ ପାଇଁ ଆମେ ଚେଷ୍ଟିତ ନୁହଁନ୍ତି । ତେବେ ଆମ ମଧ୍ୟରେ ଥିବା ବନ୍ଧୁତ୍ୱକୁ ଆମେ କାହିଁକି ତୁଚ୍ଛାଟାରେ ପର କଥାରେ ତୁଟାଇ ଦେବା ?

ବନ୍ଧୁତା ଶବ୍ଦଟି କାହିଁ କେତେ ପୁରୁଣା । ସମାଜରେ ଚଲିବା ପାଇଁ ମଣିଷ ମଣିଷ ମଧ୍ୟରେ ପରସ୍ପର ସହଯୋଗ, ସମ୍ପର୍କ ଅନିବାର୍ଯ୍ୟ । ଇତିହାସରୁ ଜଣାଯାଏ ପ୍ରଥମ ଅବସ୍ଥାରେ ମଣିଷ ଦଳବଦ୍ଧ ହୋଇ ରହୁଥିଲା । କୌଣସି ଆକ୍ରମଣ, ବିପଦକୁ ଦଳବଦ୍ଧ ଭାବରେ ପ୍ରତିରୋଧ କରୁଥିଲା । ସଂଗୃହୀତ ଖାଦ୍ୟକୁ ସମସ୍ତେ ମିଳିମିଶି ଖାଉଥିଲେ । ଗୋଟିଏ ସ୍ଥାନ ଛାଡ଼ି ଅନ୍ୟତ୍ର ଗଲା ବେଳେ ଏକତ୍ର ଯାତ୍ରା କରୁଥିଲେ । ତେଣୁ ପରସ୍ପରର ସହଯୋଗରେ ଚଲିବାଟା ମଣିଷର ଜନ୍ମଗତ ପ୍ରବୃତ୍ତି । କ୍ରମେ ସଭ୍ୟତାର ବିକାଶ ଘଟିଲା । ଦଳବଦ୍ଧ ଜୀବନର ଅନ୍ତ ହେଲା । ସ୍ଥାୟୀ ବସତି ଆରମ୍ଭ ହେଲା । କିନ୍ତୁ ପରସ୍ପର ସହଯୋଗ, ସହାବସ୍ଥାନ ଦିଗଟି ଅପରିବର୍ତ୍ତିତ ରହିଲା । ଏ ସମ୍ପର୍କକୁ ଆହୁରି ଦୃଢ଼ କରିବା ପାଇଁ ବନ୍ଧୁତ୍ୱ ଭାବ ସୃଷ୍ଟି କରାଗଲା । ଆବଶ୍ୟକ ବେଳେ ବନ୍ଧୁର ସହଯୋଗ, ସାମାଜିକ ଜୀବନକୁ ଚଳଚଞ୍ଚଳ କଲା । ବନ୍ଧୁ ଶବ୍ଦଟି ଏତେ ବ୍ୟାପକ ହେଲା ଯେ ଝିଅ, ପୁଅ ବାହା ଦେବା ପାଇଁ ସମସ୍ତେ ଖୋଜନ୍ତି ଭଲ ବନ୍ଧୁ । ଛାତ୍ରମାନେ ଖୋଜନ୍ତି ଭଲ ସାଙ୍ଗ । କାର୍ଯ୍ୟାଳୟ, ପଡ଼ୋଶୀ, କ୍ଲବ ଇତ୍ୟାଦିରେ ବନ୍ଧୁତ୍ୱପୂର୍ଣ୍ଣ ପରିବେଶକୁ ଗୁରୁତ୍ୱ ଦିଆଯାଇଥାଏ । ବନ୍ଧୁର ଆବଶ୍ୟକତା ଓ ମର୍ଯ୍ୟାଦା ଏତେ ଗୁରୁତ୍ୱପୂର୍ଣ୍ଣ ଯେ କେହି କେହି ସୂର୍ଯ୍ୟ ବନ୍ଧୁ, ପ୍ରୀତି ବନ୍ଧୁ, ମହାପ୍ରସାଦ ବନ୍ଧୁ, ଗୁଆ ପକା ବନ୍ଧୁ ଇତ୍ୟାଦି କରନ୍ତି । ଉଦ୍ଦେଶ୍ୟ ଏହି ଯେ ପରସ୍ପର ଦରକାର ବେଳେ ଯେମିତି ବିବାହ, ବ୍ରତ, ଶୁଦ୍ଧିକ୍ରିୟା, ଅଭାବ ଅସୁବିଧା ବେଳେ ବନ୍ଧୁର ସହଯୋଗ ପାଇବେ । "ଅଧ୍ୟାବାପି ଦରିଦ୍ରୋ ବା ଦୁଃଖିତଃ, ସୁଖିତୋଽପିବା, ନିର୍ଦୋଷଣ୍ଣ ସଦୋଷଣ୍ଣ ବୟସ୍ୟଃପରମ ଗତିଃ ? ଧନୀ ହେଉ ବା ଦରିଦ୍ର ହେଉ, ଦୁଃଖୀ ହେଉ, ସୁଖୀ ହେଉ, ନିର୍ଦୋଷ ହେଉ ବା ଦୋଷଯୁକ୍ତ ହେଉ, ମିତ୍ର ହିଁ ମିତ୍ର ନିମନ୍ତେ ପରମ ସହାୟ ଅଟେ ।"

ସୁନି କଥାଟ ଅଛି- "ନ ବିଶ୍ୱାସୋ ବିଶ୍ୱସ୍ତେ, ନୀତିରେ ବିଶ୍ୱସେ ।" ବିଶ୍ୱାସୀକୁ ଅତି ବିଶ୍ୱାସ କଲେ କେତେବେଳେ ସେ ମୂଳ ଉପାଡ଼ି ଦେବ ତା'ର ଠିକଣା ନାହିଁ । ବନ୍ଧୁ, ମୈତ୍ରୀ ଯେତେବେଳେ ଏଇ ସ୍ତରର ଚାକରବାକର କଥା କ'ଣ କୁହାଯିବ ? ସେମିତି ତୁ ମୋର ବାନ୍ଧବୀ ହେଲେ ମଧ ତୋତେ ଅତି -ବିଶ୍ୱାସ କରିବା ମୋ ପାଇଁ ବିପଦର କାରଣ ହେବ ସୁନି ।"

"ନାତ୍ୟନ୍ତଂ ସରଲୈଃ ଭ୍ୟାବ୍ୟଂ ଗତ୍ୱା ପଶ୍ୟ ବନ ସ୍ଥଲମ୍, ଛିଦ୍ୟନ୍ତେ ସରଲାସ୍ତତ୍ର କୁବ୍ଜାସ୍ତିଷ୍ଟନି ପାଦପାଃ ।" ସ୍ୱଭାବ ଅତ୍ୟନ୍ତ ସରଲ ହେବା ଅନୁଚିତ । କାରଣ ବନକୁ ଗଲେ ଦେଖିବ ଯେ ସେଠାରେ ସିଧା ଗଛଗୁଡ଼ିକ ହଣା ହେଉଛନ୍ତି; କିନ୍ତୁ ବଙ୍କା ଗଛଗୁଡ଼ିକ ସେମିତି ଅଛନ୍ତି ।

"ନାହିଁ ସତୀ; ସେପରି ଭାବନା ମନରେ ଆଣେନା । ମୋତେ ସେମିତି ଭାବେନା । ତୁ ମୋତେ ପରତେ ଯାଉନୁ କାହିଁକି ? ଦେଖ ସତୀ ବିଶ୍ୱାସ ପରି ଆଉ ସିଦ୍ଧି ନାହିଁ ଓ ଜ୍ଞାନ ଭଲି ଆଉ ଦୃଷ୍ଟି ନାହିଁ । ଅନ୍ୟକୁ ଆପଣାର କରିବା କଳାକୁ ଆଦରି ନେଇପାରିଲେ ଏହା କେତେ ଆନନ୍ଦଦାୟକ ହୋଇଥାଏ ତାହା କେବଳ ଅନୁଭବି ହିଁ ଜାଣିଥାନ୍ତି ।"

"ଅପ୍ରିୟ ସ୍ୟାପି ପଥ୍ୟସ୍ୟ ପରିଣାମଃ ସୁଖାବହଃ, ବକ୍ରା ଶ୍ରୋତା ଚ ଯତ୍ରସ୍ଥି ରମନ୍ତେ ତତ୍ର ସଂପଦ" ଆପାତତଃ ଶୁଣିବାକୁ ଅପ୍ରିୟ ହେଲେ ମଧ ହିତ ବଚନ ପରିଣାମରେ ସୁଖଦାୟକ ହୁଏ । ଯେଉଁଠାରେ ଅପ୍ରିୟ ଏବଂ ହିତକଥାର ବକ୍ରା

ଏବଂ ଶ୍ରୋତା ଥାଆନ୍ତି ସେଠାରେ ସକଳ ପ୍ରକାର ସୁଖଥାଏ । ମୁଁ ଅପ୍ରିୟ କଥା କହୁଥିଲେ ମଧ ତୋର ହିତ ପାଇଁ ହିଁ କହୁଛି ।

ଶୁଣ ସୁନି କୃତଘ୍ନତା ଏ ମଣିଷର ଚରିତ୍ର ଓ ଚରିତ୍ରର ଏକ ବ୍ୟବସ୍ଥିତ ଅଂଶ । ସକ୍ରେଟିସଙ୍କୁ ବିଷ ପିଆଇ, ଯିଶୁଙ୍କୁ କ୍ରୁଶବିଦ୍ଧ କରି ଓ ଗାନ୍ଧିଙ୍କୁ ଗୁଲି କରି ଏ ଲୋକମାନେ ମାରିଛନ୍ତି । ଏପରିକି ଯିଶୁଖ୍ରୀଷ୍ଟ କୁଷ୍ଠ ରୋଗରୁ ମୁକ୍ତ କରିଥିବା ଦଶ ଜଣ କୁଷ୍ଠରୋଗୀଙ୍କ ମଧରୁ କେହି ଜଣେ ହେଲେ ବି କୃତଜ୍ଞତା ଜଣାଇନଥିଲେ । ବରଂ ଜଣେ ତାଙ୍କୁ ଚିହ୍ନାଇ ଦେବାରୁ ସେ ରାଜାଙ୍କ ଲୋକମାନଙ୍କ ଦ୍ୱାରା ଧରାପଡ଼ି କ୍ରୁଶବିଦ୍ଧ ହେଲେ । ଗାନ୍ଧିଙ୍କୁ ସେହିପରି ସ୍ୱାଧୀନତା ସଂଗ୍ରାମର ମହାନ ତଥା ଅଦ୍ୱିତୀୟ ଯୋଦ୍ଧା ଭାବରେ ସମସ୍ତ ଦେଶବାସୀ ଶ୍ରଦ୍ଧା କରୁଥିଲେ ଓ ସେମାନେ ତାଙ୍କ ନିକଟରେ କୃତଜ୍ଞ ଥିଲେ । କିନ୍ତୁ କେତେକେ ରାଜନେତା ନିରଙ୍କୁଶ କ୍ଷମତା ଭୋଗ ଲାଲସାର ବଶବର୍ତ୍ତୀ ହୋଇ ତାଙ୍କ ଉପସ୍ଥିତିକୁ ଆନ୍ତରିକତାର ସହିତ ସମର୍ଥନ କରୁନଥିଲେ । ସେଥିପାଇଁ ଗୁଲିବିଦ୍ଧ ଗାନ୍ଧିଙ୍କୁ ଚିକିତ୍ସା ଲାଗି କୌଣସି ଡାକ୍ତରଖାନାକୁ ନିଆଯାଇ ନଥିଲା କିୟ କୌଣସି ଡାକ୍ତରଙ୍କୁ ଡକାଯାଇ ନଥିଲା । ତାଙ୍କୁ ଆହତ ଅବସ୍ଥାରେ ବିରଲା ଭବନକୁ ଉଠାଇ ନିଆଗଲା ଓ ମରିବାକୁ ଛାଡ଼ି ଦିଆଯାଇଥିଲା । ଗୁଲିବିଦ୍ଧର ୧୫ ମିନିଟ ପରେ ଗାନ୍ଧିଙ୍କ ପ୍ରାଣବାୟୁ ଉଡ଼ି ଯାଇଥିଲା । ଅଥଚ ସେହି କ୍ଷମତାଧାରୀ ମାନେ ଗାନ୍ଧିଙ୍କ ଯୋଗୁ ହିଁ କ୍ଷମତାସୀନ ହେବାକୁ ସକ୍ଷମ ହୋଇଥିଲେ । କୃତଘ୍ନତା ଓ ନିନ୍ଦାର ଏମିତି ଅସରନ୍ତି କଥା ଅଛି । ସବୁର ମୂଲ– ମନ ଏବଂ ଏସବୁ, ମନକୁ ଉଦ୍‌ଚାଟିତ ଓ ପ୍ରଭାବିତ କରିଥାଆନ୍ତି ।

ଶୁଣ ସୁନି ଅନୁରାଗ ଓ ବିରାଗ ଅସଂଯୁକ୍ତ ଲୋକମାନଙ୍କୁ ଆକଟ କରିପାରିବ । ଗୀତାବି ତ ସ୍ଥିତଧୀମାନଙ୍କ ବିଷୟରେ ସୁଖ, ଦୁଃଖ, ଭୟ, କ୍ରୋଧ କଥା ଚେତାଇ ଦେଇଛନ୍ତି ।

“ଜାନୀମହେ ଚନ୍ଦନ ଶୀତଲୋଽସି ସଂବେଷ୍ଟିତୋ ଦୁଷ୍ଟଗଣୈଃ ସମନ୍ତାତ୍ । ମୂଲଂ ଭୁଜଙ୍ଗୈଃ ଶିଖରଂ ବିହଙ୍ଗୈଃ ଶାଖା ପ୍ଲବଙ୍ଗୈଃ କୁସୁମାନ ଭୃଙ୍ଗୈଃ ।” ମୂଲରେ ସର୍ପ, ଚୁଲରେ ପକ୍ଷୀ ଆଦି ବେଢ଼ି ରହିଲେ ବି ଚନ୍ଦନ ଗଛରୁ ସୁଗନ୍ଧ ଓ ଶୀତଳତା ଦୂର କରି ନ ପାରିବା ପରି ମହତ ଜନଙ୍କ ପ୍ରତି ଆକ୍ଷେପ ବା ନିନ୍ଦା ତାଙ୍କ ମହାନତା ବା ପ୍ରତିଭାକୁ ମଳିନ କରିପାରେ ନାହିଁ । ଦେଖ ସୁନି ଅବଶ୍ୟ ମଣିଷ ମାତ୍ରେ ଇ ଭୁଲ କରେ ଏବଂ ସମୟକ୍ରମେ ସେ ତାକୁ ସଂଶୋଧନ କରେ । ଏହା ମହତ ଲୋକର ଧର୍ମ । କିନ୍ତୁ କରିଥିବା ଭୁଲ ଲାଗି ଅନୁତପ୍ତ ହେବା ପରେ ପୁଣି ଭୁଲ କରିବା କେବେ ବି ଗ୍ରହଣୀୟ ନୁହେଁ । ତୋର ଯେପରି ସେମିତି ନ ହୁଏ । ଯେଉଁ ଭୁଲରୁ କେହି କେବେ କିଛି ଶିଖନ୍ତି ନାହିଁ, ତାହା ହିଁ ଅସଲ ଭୁଲ ।

“ସତୀ ଅବଶ୍ୟ ମୁଁ ଆଉ ଭୁଲ ନ କରିବାକୁ ଚେଷ୍ଟା କରିବି । କିନ୍ତୁ ତୁ ବୁଝୁନୁ କାହିଁକି ଅଭିକ୍ଷତାର ଅନ୍ୟ ନାମ ହେଲା ଭୁଲ କରିବା । ସତୀ ତୁ ମୋତେ ପରତେ ଯାଉନୁ କାହିଁକି ? ମୋ କଥାକୁ ଅବିଶ୍ୱାସ କରୁଛୁ ? ସନ୍ଦେହ କରୁଛୁ ? ଭିନ୍ନ ଦୃଷ୍ଟିରେ ଦେଖୁଛୁ ? ଅନ୍ୟ ରକମରେ ବୁଝୁଛୁ ? ମୁଁ ନିୟମ କରୁଛି । ହଲପ ପକାଇଛି । ରାଣ ଖାଉଛି । ଶପଥ ନେଉଛୁ, ସତ୍ୟ କରି କହୁଛି, ଠାକୁରଙ୍କ ଦ୍ୱାହୀ ଦେଉଛି । ଭଗବାନଙ୍କ ନାମ ନେଇ କହୁଛି । ଧବଲେଶ୍ୱରଙ୍କ ଆସ୍ଥାନରେ ବସି କଥା ଦେଉଛି । ଠାକୁରଙ୍କ ବିଜେ ସ୍ଥଲିରେ ରହି ଉଚ୍ଚାରଣ କରୁଛି । ମନ୍ଦିରରେ ଥାଇ ପାଟିରେ ପ୍ରକାଶ କରୁଛି । ଦିଅଁଙ୍କ ଆସ୍ଥାନ ଛୁଇଁ କହୁଛି । ଦେଖ ସତୀ କେବଳ ମୁଁ ତୋତେ ଚିଡ଼ାଇବା ପାଇଁ ଗେଲରେ, ଇୟାରିକିରେ, ଭଗିଲିରେ କେଇପଦ କଥା କହିଛି ମାତ୍ର । ଦେଖ ଇତିହାସ ପୃଷ୍ଠାରେ କିପରି ସବୁ ହୋଇଛି ।

ମଧ ଯୁଗରେ ସାରା ପୃଥିବୀରେ ପ୍ରତ୍ୟେକ ଦେଶରେ ଭୟଙ୍କର ଅସ୍ଥିରତା ସୃଷ୍ଟି ହୋଇଥିଲା । ଇହୁଦିମାନେ ତ୍ରାଣକର୍ତ୍ତା ଯିଶୁଙ୍କୁ କ୍ରୁଶବିଦ୍ଧ କରିଥିଲେ । ମାତ୍ର ଅତୀତକୁ ଭୁଲି ଉଭୟ ସମ୍ପ୍ରଦାୟ ଏବେ ପରସ୍ପରର ପରମମିତ୍ର । ଯେଉଁ ଆମେରିକୀୟ ଲୋକମାନେ ମାନବୀକ ମୂଲ୍ୟବୋଧର ଶ୍ରେଷ୍ଠ ପ୍ରବକ୍ତା ବୋଲି ଦାବି କରୁଛନ୍ତି । ଉନବିଂଶ ଶତାଧୀର ଶେଷ ପର୍ଯ୍ୟନ୍ତ ସେମାନେ ଦାସପ୍ରଥାର ସମର୍ଥକ ଥିଲେ । ଆଫ୍ରିକାର କଳାଲୋକମାନଙ୍କୁ ଜଙ୍ଗଲର ପଶୁ

ଭଲି ବାନ୍ଧି ହାଟରେ ବିକ୍ରି କରୁଥିଲେ । ଚାବୁକରେ ପିଟିପିଟି ପିଠିରୁ ମାଂସ ବାହାର କରି ଦେଉଥିଲେ । ମାତ୍ର ସେହି କାଳିମାକୁ ଧୋଇ ସେମାନେ ସବୁଠାରୁ ସଭ୍ୟ ବୋଲି ଆଜି ଡିଣ୍ଡିମ ପିଟୁଛନ୍ତି । ମଧ୍ୟ ଯୁଗରେ ୟୁରୋପରେ ପ୍ରୋଟେଷ୍ଟାଣ୍ଟମାନଙ୍କୁ ଦାରୁଣ ନିର୍ଯାତନା ଦିଆଯାଇ ନିଆଁରେ ପୋଡ଼ି ମାରି ଦିଆଯାଉଥିଲା । ଇଂଲଣ୍ଡ-ଫ୍ରାନ୍ସ ମଧ୍ୟରେ ଶହେ ବର୍ଷ ଧରି ଯୁଦ୍ଧ ଲାଗିଥିଲା । ପରମାଣୁ ବୋମା ପକାଇ ଆମେରିକା-ଜାପାନକୁ ଧ୍ୱଂସ କରି ଦେଇଥିଲା । ଦ୍ୱିତୀୟ ମହା (ବିଶ୍ୱ) ଯୁଦ୍ଧରେ ଆମେରିକା ଜର୍ମାନ ବିରୁଦ୍ଧରେ ଲଢ଼ିଥିଲା । ଏମାନେ ଆଜି ପରସ୍ପରର ପରମ ବନ୍ଧୁ । ଅତୀତର ତିକ୍ତତା ପାସୋରି ଦେଇଛନ୍ତି ।

ଏହି ଭାରତରେ ବ୍ରିଟିଶମାନଙ୍କ ରାଜତ୍ୱ ସମୟରେ ସମ୍ଭ୍ରାନ୍ତ କ୍ଲବ ଓ ହୋଟେଲ ଆଗରେ ଲେଖାଯାଇଥିଲା "ଡଗ୍ ଏଣ୍ଡ ଇଣ୍ଡିଆନ୍ ଆର୍ ନଟ ଆଲାଉଡ୍ ।" ବିଖ୍ୟାତ ଶିଳ୍ପପତି ଜେ.ଆର୍.ଡି ଟାଟା ଅପମାନିତ ହୋଇ ସେଥିପାଇଁ ବମ୍ବେରେ ତାଜ୍ ହୋଟେଲ ସ୍ଥାପନ କରିଥିଲେ । ସେହିକଥା ଭୁଲି ଭାରତ ସରକାର ସ୍ୱାଧୀନତା ପରେ ପୁଣି ବ୍ରିଟିଶ ମହାରାଣୀଙ୍କ ଅଧୀନରେ ଥିବା କମନ ଓ୍ଵେଲଥରେ ଯୋଗ ଦେଇଛନ୍ତି । ଭାରତର ପଶ୍ଚିମ ଦିଗରୁ ଆକ୍ରମଣକାରୀ ଇସଲାମୀୟ ଶାସକମାନେ କି ନିର୍ଯାତନା ଏ ଦେଶକୁ ଦେଇନାହାନ୍ତି । ଲକ୍ଷ ଲକ୍ଷ ଭାରତୀୟଙ୍କୁ ହତ୍ୟା କରିଛନ୍ତି । ପ୍ରାଚୀନ କୀର୍ତ୍ତିରାଜିକୁ ମାଟିରେ ମିଶାଇ ଦେଇଛନ୍ତି । ଅମାପ ଧନରତ୍ନ ଲୁଟି ନେଇଛନ୍ତି । ସେ ବିଷୟରେ କିଏ ଆଜି ପାଟି ଖୋଲୁଛିକି ? ବରଂ ରାଜନୈତିକ ଫାଇଦା ପାଇଁ ସେମାନଙ୍କୁ ସ୍ୱତନ୍ତ୍ର ସୁବିଧାମାନ ପ୍ରଦାନ କରାଯାଉଛି । ସେପରି ସ୍ଥଳେ ମୁଁ ତୋର ଏମିତି କି କ୍ଷତି କରି ଦେଇଛି ନା ସେମିତି କିଛି (କୌଣସି) ମାରାମ୍ୟକ କଥା କହି ଦେଇଛି ଯେ ତାକୁ ନେଇ ତୋର ମୋ ଉପରେ ଏତେ ରାଗ, ଏତେ ଅଭିମାନ । ଆହୁରି ମଧ୍ୟ ଦେଖ ସତୀ ତାଙ୍କ ଅପେକ୍ଷାରେ ମୁଖଶାଳାରେ ତୋ ସହିତ ବସି ରହିବା ଦ୍ୱାରା ତୋର କଳଙ୍କ ହେଲେ ମୁଁ ମଧ୍ୟ ତୋ ସହିତ ବଦନାମ ହେବି । ଏ କଥା ଜାଣି ସାରି ସୁଦ୍ଧା । ମୁଁ ତୋ ଲାଗି ମୁଖଶାଳାରେ ତୋ ସହିତ ତାଙ୍କ ଅପେକ୍ଷାରେ ବସିରହିଛି । ନିଜର କ୍ଷତି ହେବା ଜାଣି ମଧ୍ୟ ଯେଉଁ ବ୍ୟକ୍ତି ଅନ୍ୟକୁ ସାହାଯ୍ୟ କରେ ସେହିଁ ପ୍ରକୃତରେ ପ୍ରଶଂସା ଯୋଗ୍ୟ । କିନ୍ତୁ ସେ ବାବଦରେ ତୁ ମୋତେ ମୋତେ ପ୍ରଶଂସା କରୁନୁ ବରଂ କ'ଣ ପଦେ କହିଦେଲି ବୋଲି ଓଲଟି ସେଇ କଥାକୁ ଗଣ୍ଡି ପକାଇ ଧରି ବସିଛୁ ।

ଘରକୁ ଫେରିବା ପୂର୍ବରୁ ସୁନି ବୁଝାଇ ଦେଇଥିଲା ସତୀକୁ । ସତୀ ମାନି ନେଇଥିଲା ସୁନିର ଉପଦେଶକୁ ବିନା ଆପତ୍ତିରେ । କୌଣସି ପ୍ରତିବାଦ ନ କରି । ଅଭିଯୋଗ ନ ଆଣି, ତା'କଥା ବିରୋଧରେ ସ୍ୱର ନ ଉଠାଇ । ତା' ଉପଦେଶକୁ ଗ୍ରହଣ ନ କରିବା ଲାଗି ଜିଦ୍ ନ ଧରି । ଏପରିକି ତା' ପ୍ରସ୍ତାବରେ ସଂଶୋଧନ ଆଣିବାକୁ ନ କହି । ସେ ଦୁହିଁଙ୍କ ମଧ୍ୟରେ ଥିବା ଅବୁଝାମଣା ଦୂର ହୋଇ ଯାଇଥିଲା । ଟୁଟି ଯାଇଥିଲା ସେମାନଙ୍କ ଭିତରେ ରହିଥିବା ରାଗ, ରୁଷା, ମାନ, ଅଭିମାନ । ପରସ୍ପର ପ୍ରତି ଥିବା ଅବିଶ୍ୱାସରେ ପୂର୍ଣ୍ଣଚ୍ଛେଦ ପଡ଼ିଯାଇଥିଲା । ସୁନିର ସମସ୍ତ କଥାକୁ ଗ୍ରହଣ କରି ନେଇଥିଲା ସତୀ । ସୁନିକୁ ପ୍ରାଣର ସଙ୍ଗିନୀ ଭାବେ ଆଦରି ନେଲା ସତୀ । ପ୍ରାଣପ୍ରିୟ ବାନ୍ଧବୀ ପରି ଗ୍ରହଣ କରିନେଲା । ଆଗ ଭଲି ଏ ଘଟଣା ସୂତ୍ରପାତ ହେବାର ପୂର୍ବସ୍ଥିତିକୁ ଫେରି ଯାଇଥିଲେ ଦୁଇ ସାଙ୍ଗ । ସେତେବେଳେ ଯେମିତି ଥିଲେ ସେମିତି । ଅନ୍ତରଙ୍ଗତା ଫେରି ଆସିଥିଲା ଦୁହିଁଙ୍କ ମନରେ । ସୁନିକୁ ଆନ୍ତରିକତାର ସହିତ ଆଦରି ନେଲା ସତୀ । ସେମାନଙ୍କ ମଧ୍ୟରେ ବୁଝାମଣା ହୋଇ ଯାଇଥିଲା ।

ବୁଝାମଣା ଓ ଚୁକ୍ତି ଏ ଦୁଇଟି ଏକା ଭଲି ଲାଗୁଥିଲେ ହେଁ ଉଭୟଙ୍କ ଭିତରେ ରହିଛି ଅନେକ ଫରକ । ବୁଝାମଣାରେ ଜୀବନୀ ଶକ୍ତି ଅଛି । ଚୁକ୍ତିରେ ମୃତ୍ୟୁର ପଦଧ୍ୱନି ରହିଛି । ବୁଝାମଣାରେ ଜୀବନର ସରସତା ଥାଏ । ଭଲରେ ଜିଅ ହୁଏ । ଚୁକ୍ତିରେ ଜୀବନର ସ୍ୱାଦ ନ ଥାଏ । ଚୁକ୍ତି ପାଖରେ ଯୁକ୍ତି ଆସେ । ଆଇନ କାନୁନ ଥାଏ । ବୁଝାମଣା ପାଖରେ ସେସବୁ ନିଷ୍କ୍ରିୟ, ଚୁକ୍ତି ହେଉଛି ସ୍ୱାର୍ଥ ବ୍ୟାପାର । ବୁଝାମଣା ହେଉଛି ପ୍ରେମର ବ୍ୟବସ୍ଥା (ବ୍ୟାପାର) ।

ଚୁକ୍ତିରେ ଥାଏ ମାପଚୁପ, ବୁଝାମଣାରେ ସୀମାରେଖା ନଥାଏ। ସନ୍ତାନ ପାଖରେ ମା' ଚୁକ୍ତି କରେନା। ବୁଝାମଣାରେ ଚଳେ। ସ୍ୱାମୀ ଓ ସ୍ତ୍ରୀ, ପ୍ରେମିକ ଏବଂ ପ୍ରେମିକା ମଧ୍ୟରେ ଚୁକ୍ତି ନୁହେଁ ବୁଝାମଣା ହୋଇଥାଏ। ବୁଝାମଣାରେ ସମ୍ପର୍କ ଦୃଢ଼ ହୁଏ। ସମ୍ପର୍କରେ ଫାଟ ଥିଲେ ଚୁକ୍ତି କରାଯାଏ। ବୁଝାମଣା ହେଉଛି ପରସ୍ପର ମିଶିଯିବା। ବୁଝାମଣାର ସୁଖ, ଚୁକ୍ତିରେ ନଥାଏ। ଚେଷ୍ଟା କଲେ 'ଚୁକ୍ତି' ବୁଝାମଣା ସ୍ତରକୁ ଆସିପାରେ। ବୁଝାମଣା ଭିତରେ ହିଁ ପ୍ରେମର ପଦଧ୍ୱନି ଶୁଣାଯାଏ। ଭକ୍ତ ଓ ଭଗବାନଙ୍କ ଭିତରେ ଥାଏ ବିରାଟ ବୁଝାମଣା। ତେଣୁ ଭକ୍ତ ଓ ଭଗବାନ ପରସ୍ପରକୁ ଭୁଲି ପାରନ୍ତିନି। ଭକ୍ତ କହେ- ଭଗବାନ ବଡ଼। ଭଗବାନ କହନ୍ତି- ଭକ୍ତ ବଡ଼। ଏଠି ଭକ୍ତ ଓ ଭଗବାନ ଉଭୟ ବଡ଼ ହୋଇଯାଆନ୍ତି। ସେମିତି ବନ୍ଧୁତା। ବନ୍ଧୁତାରେ ଚୁକ୍ତି ଚଳେନା। ସେଠି ବୁଝାମଣା ଆବଶ୍ୟକ ପଡ଼େ। ଚୁକ୍ତି ଅନୁସାରେ ନିୟମ ମାନି ଆଇନ ଅନୁଯାଇ, ମାପିଚୁପି ବନ୍ଧୁତା ରହେନା। ବନ୍ଧୁତାରେ ବୁଝାମଣା ହୁଏ। ସେଠି ନିୟମ କାନୁନ୍‌ କାମ କରେନା। କାମଦିଏ ଆନ୍ତରିକତା, ଅନ୍ତରଙ୍ଗତା, ସୁହୃଦୟତା, ନିବିଡ଼ତା, ଘନିଷ୍ଟତା।

ଘରକୁ ଫେରି ଖାଇସାରି ଗଡ଼ପଡ଼ ହେଲା ସତୀ। ନିଦ ଆସୁନଥିଲା। ଯାହା ଖାଲି ବିଛଣାରେ ପଡ଼ିରହିବା କଥା। ସେ କଡ଼ ଲେଉଟାଇ ଶୋଇବାକୁ ଚେଷ୍ଟା କଲା। ସେଥିରେ ବି ସଫଳ ହେଲା ନାହିଁ। ବାମ କଡ଼ ଲେଉଟାଇ ଚିତ୍‌ ହୋଇ ଶୋଇଲା, ହେଲା ନାହିଁ। ଲେଉଟାଇଲା ଡାହାଣ କଡ଼, ତାହା ବି ଫଳ ଦେଲାନି। ପେଟେଇ ଶୋଇଲା, ତା' ମଧ୍ୟ ବିଫଳ ହେଲା। ଉଠି ବସିଲା, ତା' ବି ତଦ୍ରୁପ। ଶୋଇ ହେଉନି କି ବସି ହେଉନି। ତେବେ କରିବ କ'ଣ? କେଉଁ ଉପାୟ ଅବଲମ୍ବନ କରିବ?

ମନ ଅଶାନ୍ତ। ଚିତ୍ତ ଅସ୍ଥିର। ପ୍ରାଣ ଚଞ୍ଚଳ। ଆତ୍ମା ଥୟ ଧରୁନି। ହୃଦୟରେ ଉଦ୍‌ବେଗ, ଉଦ୍‌ବିଗ୍ନ ଅନ୍ତରରେ ସେ ହତସତ ହେଉଥାଏ। ମନ୍ଦିରରେ ଘଟିଥିବା ଘଟଣା ପାଇଁ ଯେତେ ନୁହେଁ, ସୁନିର ଆକ୍ଷେପ ମୂଳକ କଥା ଯୋଗୁ ତା'ର ଏମିତି ଦଶା ହୋଇଛି। ସେ ବୁଝିପାରୁନଥିଲା ସୁନି କାହିଁକି ତାକୁ ଏପରି କଥା କହୁଛି? ତା' ପ୍ରତି ଏଭଳି ବ୍ୟବହାର କରୁଛି। ତା' ମନରେ ଏମିତି ଧାରଣା ରହିଛି କାହିଁକି? ସୁନି କାହିଁକି ତାକୁ ସନ୍ଦେହ କରୁଛି? ତା' ଅନ୍ତରରେ ଏମିତି ଅବିଶ୍ୱାସର ବାତାବରଣ ସୃଷ୍ଟି ହେଲା କିପରି? ତେବେ କ'ଣ ତା' ନିଜ ବ୍ୟବହାରରେ, କଥାବାର୍ତ୍ତାରେ, ଚାଲିଚଳନରେ, ହାବଭାବରେ ଏଭଳି କିଛି ବ୍ୟତିକ୍ରମ ଘଟିଛି କି? ଯେଉଁଥି ପାଇଁ ସୁନି ମନରେ ତା' ପ୍ରତି ଏପରି ଧାରଣା ସୃଷ୍ଟି ହୋଇଛି? ଏମିତି ମତଲବ ଜନ୍ମ ନେଇଛି। ଏଭଳି ମନୋଭାବ ଉଦ୍ରେକ ହୋଇଛି। ଏତେ ଦିନର ବନ୍ଧୁତ୍ୱ, ଏତେ ଦିନର ସାଙ୍ଗ, ଏତେ ମିଳାମିଶା, ଏତେ ନିବିଡ଼ତା, ଏତେ ଘନିଷ୍ଟତା, ଏତେ ଆନ୍ତରିକତା, ଏତେ ଦିନର ସମ୍ପର୍କ ଓ ଅନ୍ତରଙ୍ଗତାକୁ ଭୁଲି ସୁନି କେମିତି ଏପରି ଭାବରେ ବଦଳିଗଲା? କ'ଣ ତା'ର ଉଦ୍ଦେଶ୍ୟ? ତା'ର ମତଲବ କ'ଣ ହୋଇପାରେ? ତା'ର ମନଭାବ କ'ଣ? କେଉଁ ଲକ୍ଷ୍ୟରେ ସେ ତାକୁ ଏପରି କଥା କହିଲା? କି ପ୍ରକାର ଆଭିମୁଖ୍ୟ ତା'ର ତା ପ୍ରତି ରହିଛି ଏବଂ କେଉଁ ରକମର ଅପକାର କରିବାକୁ ସେ ଚାହୁଁଛି? ଇଚ୍ଛା କରୁଛି କିଭଳି ବିପଦରେ ପକାଇବାକୁ? ଆଶା ପୋଷଣ କରୁଛି କିପରି ବିପର୍ଯ୍ୟୟ ସୃଷ୍ଟି କରିବାକୁ ତା' ଜୀବନରେ? ଯେଉଁଥି ପାଇଁ କି ତା'ର ତା ଉପରେ ଏପରି ଅସହଣି ଭାବ ସୃଷ୍ଟି ହୋଇଛି?

ସେଥିପାଇଁ ଅବଶ୍ୟ ସେ ସୁନିକୁ ତାଗିଦ୍‌ କରି ଦେଇଛି, ଅବଗତ କରାଇ ଦେଇଛି, ଚେତାଇ ଦେଇଛି, ହେଜେଇ ଦେଇଛି, ଜଣାଇ ଦେଇଛି, ଶୁଣାଇ ଦେଇଛି ଅନ୍ତିମବାଣୀ, ଚରମ ବାର୍ତ୍ତା କଠିନ ଶବ୍ଦମାନ ପ୍ରୟୋଗ କରି ଅପ୍ରିୟ ବାକ୍ୟ

ସମୂହର ନିଷ୍ଠୁର, ନିର୍ଦ୍ଦୟ ଓ ନିର୍ମମ ଭାବରେ ପ୍ରୟୋଗ ଦ୍ୱାରା। ଆହୁରି ମଧ ସତର୍କ କରାଇ ଦେଇଛି ଏମିତି ଅସତ୍ୟ ମନଗଢ଼ା କାହାଣୀର ପୁନଃରାବୃଭି ନ କରିବା ପାଇଁ। ତାକୁ ଧମକ ବି ଦେଇଛି। ତଥାପି ତା' ପ୍ରତି ଏଣିକି ତାକୁ ହୁସିଆର ରହିବାକୁ ପଡ଼ିବ। ସତର୍କତାର ସହିତ କଥାବାର୍ତ୍ତା ହେବାକୁ ହେବ। ସାବଧାନତା ଅବଲମ୍ୱନ କରିବ ତା ସହିତ ସାଙ୍ଗ ହେଲା ବେଳେ। ମିଳାମିଶା କରିବ ଜଗିରଖ୍, ମାପିଚୁପି, ନିରାପଦ ବ୍ୟବଧାନ ରକ୍ଷା କରି। ଯେତିକି ଆବଶ୍ୟକ ସେତିକି ? ଅଧିକ ନୁହେଁ। ତା' ବାଦ୍ ସୁନିକୁ ସେ ତା' ପାରୁ ପର୍ଯ୍ୟନ୍ତ ବୁଝାଇବାକୁ ଚେଷ୍ଟା କରିଛି। ତା'ର ଉଦ୍ୟମ ମଧ ଅନେକାଂଶରେ ସଫଳ ହୋଇଛି। ସୁନି ବୁଝି ଯାଇଛି, ଜାଣି ପାରିଛି, ହେଜି ସାରିଛି। ଆଉ ଶପଥ କରି କହିଛି–ଏଣିକି ଏମିତି କଥା କହିବ ନି। ଭାବିବନି ତାକୁ ଏପରି। ତା' ପ୍ରତି ତା'ର ସୃଷ୍ଟି ହୋଇଥିବା ଭୁଲ ଧାରଣାକୁ ବଦଲାଇବ। ପରିବର୍ତ୍ତନ ଆଣିବ ତା ବ୍ୟବହାରରେ, କଥା ଭାଷାରେ, ତା' ପ୍ରତି ଥିବା ତ୍ରୁଟିପୂର୍ଣ୍ଣ ଦୃଷ୍ଟିକୋଣ ଓ ଆଭିମୁଖ୍ୟରେ।

ତା' କଥା ସୁନି ମନେ ରଖିଛି କି ନାହିଁ। ତା' ଉପଦେଶକୁ ସୁନି ବୁଝିପାରିଛି କି ନାହିଁ। ଆଉ ତା'ର ତାଗିଦ୍କୁ ସୁନି ହୃଦୟଙ୍ଗମ କରିଛି କି ନାହିଁ। ତା'ତ ପରର କଥା। ଯାହା ସୁନି ଉପରେ ସମ୍ପୂର୍ଣ୍ଣ ଭାବରେ ନିର୍ଭର କରେ। କିନ୍ତୁ ସୁନିକୁ ସେ ଯେତେ କଥା କହିଛି। ଯେତେ ଉପଦେଶ ଦେଇଛି। ଯେତେ ବୁଝାଇଛି। ଯେତେ ପ୍ରକାର ବିଷୟବସ୍ତୁର ଉଦାହରଣ ମାନ ଅବତାରଣା କରି ଯେତେ ଉପଲକ୍ଷ୍ୟମାନ ଉପସ୍ଥାପନା କରିଛି ତା' ଆଗରେ। ତାହା ସବୁ ସେ ନିଜେ ବୁଝିଛି କି ? ନିଜେ ଗ୍ରହଣ କରି ପାରିଛିକି ସେ କହିଥିବା ବିଷୟ ବସ୍ତୁର ସାରାଂଶ, ସେ ଉଦାହରଣର ଉପାଦାନକୁ ସେ ନିଜେ ହେଜି ପାରିଛି କି ? ସେ ବ୍ୟବହାର କରିଥିବା ଭାଷାର ଭାବାର୍ଥ, ସେ ଲକ୍ଷ୍ୟର ମାହାମ୍ୟ, କହିଥିବା କଥାର ଉଦ୍ଦେଶ୍ୟ ନିଜେ ରକ୍ଷାବାକୁ, ପାଳନ କରିବାକୁ, ମାନିବାକୁ, ସେ କଥା ପ୍ରତି ନିଷ୍ଠା ପ୍ରଦର୍ଶନ କରିବାକୁ ସମର୍ଥ ହେବ ତ ? ସେ ଦେଇଥିବା ଆଖ୍ୟାନର ଦୃଷ୍ଟାନ୍ତକୁ ନିଜେ ପାଳନ କରି ପାରିବତ ? ତା'ର କେବଳ "କହିଦେଉ ଥାଇ ପରକୁ, ବୁଦ୍ଧି ନ ଦିଶଇ ଘରକୁ" ପରି କଥା ହୋଇ ଯିବନି ତ ?

ସତୀ ଭାବୁଥିଲା ଟେଙ୍କାଁ ଟେଙ୍କାଁ, ଶୋଇ ରହି ବିଛଣାରେ।

ନିଜ ଭିତରେ ସେ ଏକ ଅଜଣା ଭାବାବେଗର ଅନୁଭୂତି ଅନୁଭବ କରୁଥିଲା। ଯେଉଁ ଅନୁଭୂତି ତାକୁ ବିହ୍ୱଳ କରୁଥିଲା। ଆହ୍ଲାଦିତ କରୁଥିଲା, ନିମଜ୍ଜିତ କରି ଦେଉଥିଲା ଗଭୀର ଭାବରେ। ତା'କୁ ଚିନ୍ତା ସାଗରର ଅଗାଧ ଜଳ ରାଶିରେ ବୁଡ଼ାଇ ରଖୁଥିଲା ତାକୁ ଆନମନା କରି ଦେଉଥିଲା ଟିକିଏ ଅବକାଶର ଅବସର ପାଇଲା ମାତ୍ର। ପୁନି ଉଡ଼ାଉ ଥିଲା ଭାବନା ରାଇଜର ମନ ଆକାଶରେ କଞ୍ଚନାର ସ୍ୱର୍ଶ ଦେଇ। ସେ ଚିନ୍ତା କ'ଣ ? ସେ ବିହ୍ୱଳ ଭାବ କିପରି ? ସେ ଆନମନାର ଢଙ୍ଗ କିଭଳି ? ଆଉ ନିମଜ୍ଜିତ ହୋଇଯିବା ଅସହାୟତାର ସ୍ୱରୂପ ଏବଂ ଅନୁଭୂତିର ରୂପରେଖ ?

ସେ ଭାବିପାରୁ ନଥିଲା, ଚିନ୍ତା କରି ପାରୁନଥିଲା, ଜାଣି ପାରୁନଥିଲା ? ବୁଝିପାରୁନଥିଲା, ହେଜି ପାରୁନଥିଲା, ପାରୁନଥିଲା ଅନୁଭବ କରି। ସେ ଅଲଗା ଭାବର, ଅଲଗା ଅନୁଭୂତିର, ଅଲଗା ଆହ୍ଲାଦ ପଣିଆର, ଅଲଗା ବିହ୍ୱଳତାର, ଆନମନା ହେବାର ଅଲଗା କଥାର ବିଷୟବସ୍ତୁ ସମ୍ପର୍କରେ।

ସେହି ବିଷୟ ଯାହା ତା'କୁ ସୁନି କହିଥିଲା, ଇଙ୍ଗିତରେ, ଇୟାରିକିଥାରେ, ପରିହାସରେ, ଦେଖେଇ ସେଖେଇ, ଠଟ୍ଟାରେ ମଜ୍ଜା ଉଠାଇବା ପାଇଁ, ଚିଡ଼ାଇବା ଲାଗି, ତାକୁ ବିରକ୍ତ କରାଇବାକୁ। ଆକ୍ଷେପରେ– "ମୁଁ କୁଆଡ଼େ ଯିବିଲୋ ମା। ମୋ ଆଖ୍ ଆଜି କ'ଣ ନ ଦେଖିଲା ? କ'ଣ ନ ଶୁଣିଲା ମୋ କାନ ?"

ସୁନି କଥା ଶୁଣି ସତୀ ପଚାରିଥିଲା– "ତୋ'ର ପୁଣି କଣ ହେଲା ?"

"ନା, ମୋର କିଛି ହୋଇନି।"

"କ'ଣ ପା' କହୁଥିଲୁ ?" ସତୀ ପଚାରିଲା।

“ଯାହା ଦେଖିଲି। ଯାହା ଶୁଣିଲି। ସେଇଆ କହୁଛି। ଆଉ କ’ଣ କହିବି ?”

ତା’ପରେ ସତୀ ଆଉ କିଛି ପଚାରିଲା ନାହିଁ। ସେ ଭଲ ଭାବରେ ଜାଣିଥିଲା ସୁନି ତା’କଥାର କ’ଣ ଉତ୍ତର ଦେବ। କେଉଁ ପ୍ରକାର କଥା କହି ବସିବ। ଅବତାରଣା କରିବ କିଭଳି ବିଷୟ ବସ୍ତୁର। ଉପଲକ୍ଷ୍ୟ ଥୋଇବ କେଉଁ ଉଦାହରଣର, କି ବାଗରେ, କି ଢଙ୍ଗରେ, କେଉଁ ଉପାୟରେ, କେଉଁ ଭାଷାରେ, କେଉଁ ଭାବରେ, କେଉଁ ଶୈଳୀରେ, କେଉଁ ପଦ୍ଧତିରେ, କେଉଁ ପ୍ରକାରେ, କିପରି ଶବ୍ଦମାନ ପ୍ରୟୋଗ କରି, କିଭଳି ବାକ୍ୟ ସବୁ ଗଠନ ଦ୍ୱାରା, କହି ବସିବ ମେଲିଦେଇ ଖୋଲିବାକୁ ଯାଇ ଗପର ପେଡ଼ି। କାହାଣୀର ଅସରନ୍ତି ଭଣ୍ଡାର ଉନ୍ମୁକ୍ତ କରିବାକୁ। ସେହି ଘଟଣାର ଉପଲକ୍ଷ୍ୟ ଥୋଇ, ଅବତାରଣା କରି ସେହି କଥା ପ୍ରସଙ୍ଗର ପସରା ମେଲିଦେଇ।

ସେ ସୁନିକୁ ପଚାରି ନ ଥିଲା। ତା’ମୁହଁରୁ କିଛି ଆକ୍ଷେପ ମୂଳକ କଥା ଶୁଣିବା ଭୟରେ। ମାତ୍ର ସେ କିଛି ନ କହିବାରୁ ସୁନି ଆଉ କୌଣସି କଥା ନ କହି ନିରବ ହୋଇ ଯାଇଥିଲା। ହେଲେ ସତୀ ତା’ ନିଜକୁ ଦୁଶ୍ଚିନ୍ତାରୁ ମୁକ୍ତ କରି ରଖି ପାରି ନ ଥିଲା। ଅସୁମାରି କଥାର ବିଚରଣ, ଅସଂଖ୍ୟ ଭାବନାର ଲହଡ଼ି, ଅପର୍ଯ୍ୟାପ୍ତ ଚିନ୍ତାର ବତାଶ। ଅନର୍ଗଳ ବାକ୍ୟ ସମୂହର ତୋଫାନ। ଅକଳନ ଭାଷାର ପ୍ରତିଧ୍ୱନି ଅନେକ ଶବ୍ଦମାନଙ୍କ ତରଙ୍ଗାୟିତ ଢେଉ। ଯାହା ବାରମ୍ବାର ତା’ ଅନ୍ତରର ନିରବତାକୁ ଭଙ୍ଗ କରୁଥିଲା, ପ୍ରାଣର ସରସତା ସବୁକୁ ନଷ୍ଟ କରି ବିଲପୁ ଥିଲା ରହି ରହି। ତା’ ହୃଦୟର ପ୍ରଫୁଲ୍ଲତାକୁ ବିପର୍ଯ୍ୟସ୍ତ କରି ଦେଉଥିଲା ନିର୍ଦ୍ଦୟ ଭାବରେ। ଆମ୍ରାର ସରାଗକୁ ଅହରହ ଧ୍ୱଂସ କରି ଚାଲିଥିଲା ବେପରବାଏ ଭାବେ। ସେହି ବିଲାପର ସ୍ୱର। ସେହି ଭାବନାର କଥା। ସେହି ଚିନ୍ତାର ବିଷୟ। ନୂଆ ଅନୁଭୂତିର ବାର୍ତ୍ତା ଯାହା ପ୍ରତିଧ୍ୱନିତ ହେଉଥିଲା ତା’ ପ୍ରାଣରେ। ଯାହାକୁ ସେ ଅବିରତ ଶୁଣି ପାରୁଥିଲା ନିଜ ହୃଦୟ ଭିତରୁ। ଅନ୍ତରାମ୍ରା ଠାରୁ। ସେ ଅନୁଭୂତିର ବାର୍ତ୍ତା ଭାବନାର କଥା, ଚିନ୍ତାର ବିଷୟ। ଆଲାପର ସ୍ୱର ଶୁଣି ସେ ଅସ୍ଥିର ହୋଇ ଉଠୁଥିଲା।

ଅସ୍ଥିର ମନକୁ ସ୍ଥିର କରିବାକୁ ଚେଷ୍ଟା କରି ସେ ଭାବନାର ଅଥଳ ଜଳ ରାଶିରେ ଭାସି ଯାଉଥିଲା। ଲକ୍ଷ୍ୟହୀନ ଭାବରେ ବିଚରଣ କରୁଥିଲା ଚିନ୍ତା ରାଇଜରେ। ଉଡ଼ି ବୁଲୁଥିଲା କଳ୍ପନାର ଆକାଶରେ ସ୍ୱପ୍ନ ବିଭୋର ହୋଇ। ଅମାନିଆ ମନକୁ ନିଜ ଆୟତ୍ତକୁ ଆଣି ଆପଣା ନିୟନ୍ତ୍ରଣରେ ରଖିବାକୁ ଚେଷ୍ଟା କରିବା ଲାଗି ଉଦ୍ୟମ ସ୍ୱରୂପ ସେସବୁର କାରଣ ଭାବରେ ଖୋଜିବାକୁ ଯାଇ ସେ ଯେଉଁ ଅକୁହା କଥାର ସନ୍ଧାନ ପାଇଲା। ଅଶୁଣା ବିଷୟକୁ ଆବିଷ୍କାର କଲା। ଅବ୍ୟକ୍ତ ସଂଲାପର ଆବୃତ୍ତି ଶୁଣିଲା। ଯେଉଁ ଅଚିହ୍ନା ସଙ୍କେତର ଆଭାସ ପାଇଲା। ଅଜଣା ଇଙ୍ଗିତ ହାତ ଠାରିବା ଦେଖିଲା। ଠଉରାଇଲା ଅପରିଚିତ ବିଲାପର ଯେଉଁ ସ୍ୱର ଝଙ୍କାର। ଯେଉଁଥିରେ ସେ ଆଶ୍ଚର୍ଯ୍ୟ ହୋଇଗଲା। ହତବାକ୍ ହେଲା। ଚକିତ ହୋଇଗଲା। ଦେହରେ ସରମ ଝାଳ ଜକାଇ ଆସିଲା। ହାତଗୋଡ଼ ହେଲା ଝିମ୍ଝିମ୍। ଥରି ଉଠିଲା ସାରା ଶରୀର। ମୁଣ୍ଡ ବୁଲାଇ ଦେଲା। ତା’ଚାରିପଟର ବସ୍ତୁସବୁ ତା’ଚାରି ପାଖରେ ବୁଲୁଥିଲା ପରି ତାକୁ ବୋଧ ହେଲା। ପୁଣି ଥରେ ଅବଶ ଦେହଟାକୁ ବିଛଣାରେ ଲୋଟାଇ ଦେଇ ସେ ବିସ୍ମିତ ପୁଲକରେ ଚମକି ପଡ଼ିଲା। ପରକ୍ଷଣରେ ନିଜକୁ ସଂଯତ କରିବାକୁ ସେ ଚେଷ୍ଟା କଲା। ସ୍ୱାଭାବିକ ଅବସ୍ଥାକୁ ଫେରି ଆସି ସେ ପ୍ରକୃସ୍ଥିତ ହୋଇ ଜାଣିପାରିଲା। ସେ ତାଙ୍କୁ ଭଲ ପାଇ ବସିଛି। ଠାକୁରଙ୍କ ଥାଲରେ ଦେବା ପାଇଁ ତାଙ୍କ ହାତରୁ କେତୋଟି ମୁଦ୍ରା ରଖି ତା’ବଦଲରେ ସେହି ଅପରିଚିତ ଯୁବକଙ୍କ ନିଜ ମନ ବିକି ଦେଇଛି। ନିଜ ଅଜାଣରେ ତାଙ୍କୁ ସାଦରେ ଆମନ୍ତ୍ରଣ କରି ଆଣି ନିଜ ହୃଦୟ ସିଂହାସନରେ ବସାଇ ସାରିଛି। ତା’ମନ ମନ୍ଦିରରେ ତାଙ୍କୁ ଦେବତାର ଆସନରେ ଅଧିଷ୍ଠିତ କରି ପ୍ରୀତିର ନୈବେଦ୍ୟ ବାଢ଼ି ଦେଇଛି ପ୍ରେମର ପୂଜାରିଣୀ ସାଜି। ତାଙ୍କୁ ଅନ୍ତରରେ ସାଇତି ରଖିଛି ଇପ୍ସିତ ଅପୂର୍ବ ପଦାର୍ଥ ପରି। ଏବେ ତାଙ୍କରି ଭାବନାରେ ବିଭୋର ହେବା ବ୍ୟତୀତ ତା’ର ଆଉ ଅନ୍ୟ ଉପାୟ କିଛି ନାହିଁ। ଆଉ କୌଣସି ରାସ୍ତା ନ ପାଇ ତାଙ୍କରି ଚିନ୍ତାରେ ନିଜକୁ ହଜାଇ ଦେଇଛି। ଅନ୍ୟ ବିକଳ୍ପ ପଥ ଅନ୍ୱେଷଣ ନ କରି ପାରି ତାଙ୍କରି ବିଷୟରେ ବୁଡ଼ି ରହିଛି।

ବିଭୂତି ଟିପା ପିନ୍ଧାଇ ଦେଲା ବେଳେ ସେ ଯେତେବେଳେ ତାଙ୍କର ଅତି ନିକଟତର ହୋଇଥିଲା। ସେତିକି ବେଳେ ସିଏ ପଚାରିଥିଲେ– "ତୁମ ଘର ଏଠି ?" ସେହି କଥା ପଦକ ଖୁବ ସଂକ୍ଷିପ୍ତ ହେଲେ ସୁଦ୍ଧା, ସେ ବାକ୍ୟଟି ଯେତେ କ୍ଷୁଦ୍ର ହୋଇଥିଲେ ମଧ୍ୟ, ସେ ସଂଲାପଟି ଯେତେ ଅଳ୍ପ ହେଲେ ବି ତାହା ପ୍ରାଣରେ ପୁଲକ ଭରିଦିଏ। ଦେହରେ ସିହରଣ ଖେଳାଇ ଦିଏ। ଆତ୍ମାରେ ଆବେଗ ଜନ୍ମାଏ। ହୃଦୟରେ ଆଗ୍ରହ ସୃଷ୍ଟି କରେ। ଆଉ ଉତ୍ସାହ ସଞ୍ଚାର କରାଏ ଅନ୍ତରରେ। ସିଏ କଥା କହିଲା ସମୟରେ ସେ ଲକ୍ଷ୍ୟ କରିଥିଲା। ସିଏ କେତେ ଶାନ୍ତ ଆଉ ସରଳ, ଭଦ୍ର ଏବଂ ନମ୍ର। ନିଶ ଗଜୁରି ଆସୁଥିବା କଅଁଳ ଓଠ ଦିଫାଳ ଖୋଲି ସିଏ କେତେ ଧୀରସ୍ଥିରରେ କଥା କହୁଥିଲେ। କଥା କହିଲା ବେଳେ ସ୍ମିତ ହସରେଖା ଲାଗି ରହିଥିଲା ତାଙ୍କ ଓଠ ଧାରରେ। ପୁରିଲା ପୁରିଲା ଗାଲ। କଥା କହିଲା ବେଳେ କିମ୍ବା କଥା କହିବାକୁ ପାଟି ଖୋଲିଲେ ଗାଲ ମଝିରେ ଭଉଁରୀ ସୃଷ୍ଟି ହେଉଥିଲା।

ପଇସା ବଢ଼ାଇ ଦେଇ, ପାହାଚ ଓହ୍ଲାଇ ସିଏ ମନ୍ଦିର ତଳକୁ ଚାଲି ଯାଇଥିଲେ। ପଡ଼ିଆ ପାର ହୋଇ ରାସ୍ତା ଉପରକୁ। ସିଏ ଧବଳେଶ୍ୱରଙ୍କ ମନ୍ଦିରରୁ ବିଦାୟ ନେଇଥିଲେ ହେଲେ ରହିଯାଇଥିଲେ ସତୀର ମନ ମନ୍ଦିର ଭିତରେ। ସିଏ ମୁଖଶାଳାର ପାହାଚ ଓହ୍ଲାଇ ଯାଇଥିଲେ ସତ କିନ୍ତୁ ସତୀର ହୃଦୟ ସିଂହାସନକୁ ଆରୋହଣ କରି ଆସିଥିଲେ। ସିଏ ଫେରି ଯାଇଥିଲେ ମନ୍ଦିର ପରିସରରୁ ସତୀର ଅନ୍ତର ମଧ୍ୟକୁ ତା' ପ୍ରାଣକୁ ଆକ୍ରାନ୍ତ କରି। ସେଠି ସିଏ ଆସ୍ଥାନ ଜମାଇ ବସିଗଲେ। ସତୀ ନିକଟରୁ ସିଏ ଅପସରି ଯାଇ ତା'ଆତ୍ମାକୁ ଅଧିକାର କରିନେଲେ। ସତୀ ଯେତେ ଚେଷ୍ଟା କଲେ ସୁଦ୍ଧା ତାଙ୍କୁ ସେଠାରୁ ହଟାଇ ଦେଇ ପାରୁନି। ତାଙ୍କୁ ତା' ଅନ୍ତରରୁ ଅନ୍ତର କରିବାକୁ ଇଚ୍ଛା କଲେ ମଧ୍ୟ ସିଏ ଅଧିକ ମାତ୍ରାରେ ନିବିଡ଼ରୁ ନିବିଡ଼ତର ଭାବରେ ଆବୋରି ବସୁଛନ୍ତି। ତାଙ୍କୁ ତଡ଼ି ଦେବାକୁ ଉଦ୍ୟମ କଲେ ସିଏ ତା' ପ୍ରାଣକୁ ଆହୁରି ଅଧିକତର ଜୋରରେ ଆକ୍ରାନ୍ତ କରି ନେଉଛନ୍ତି। ତାଙ୍କ ଆସ୍ଥାନ ସତୀର ଅନ୍ତର ଭିତରେ ଏପରି ଦୃଢ଼ ହୋଇ ଗଲାଣି ଯେ, ତାଙ୍କୁ ଭୁଲିବାକୁ ଯାଇ ତାଙ୍କ କଥା ବେଶୀ ଭାବି ହେଉଛି। ପାସୋରି ଯିବା ପରିବର୍ତ୍ତେ ସିଏ ଅଧିକ ମନେ ପଡ଼ୁଛନ୍ତି। ଯେଉଁ ଆଡ଼କୁ ଅନାଇଁଲେ ତାଙ୍କ ଦର ହସିଲା ମୁହଁ ତା' ଆଖି ଆଗରେ ନାଚିଯାଉଛି। ତାଙ୍କର ସେ ସ୍ନେହବୋଲା କୋମଳ କଥା ଦିପଦ ବାରମ୍ବାର ତା' କାନ ପାଖରେ ପ୍ରତିଧ୍ୱନିତ ହେଉଛି। ଗୁଞ୍ଜରିତ ହେଉଛି ଶ୍ରୁତି ପଟହରେ। କେତେ ନରମ ସେ ସ୍ୱର। କେତେ ଶ୍ରୁତି ମଧୁର ସେ ଭାଷା। କେତେ କୋମଳ ସେ ଉଚ୍ଚାରଣ। ସ୍ନେହ ବୋଲା ବାର୍ତ୍ତା। ମଧୁଝରା ଶବ୍ଦ। ଆଦରର ସଂଲାପ। ଆକର୍ଷଣକାରୀ ନିବେଦନ। ଆନ୍ତରିକତାରେ ଭରା ସେ କଥା। ଶରଧାରେ ଉଚ୍ଚାରିତ ବାକ୍ୟଟିଏ – "ତୁମ ଘର ଏଠି ?" ବିନ୍ଦୁଏ କଥାରେ ଆଶା ପୁରିଯାଏ– ସିନ୍ଧୁଏ ଗପରେ ନୁହେଁ। ପ୍ରୀତି ପଦ୍ମାସନା କାହାକୁ ଅନେଇ କାହାକଥା ଝୁରୁଥାଏ।

ସେ ଠାକୁର ବାବାଙ୍କଠୁ ଶୁଣିଛି– "ପିଣ୍ଡେ ପିଣ୍ଡେ ମତି ଭିନ୍ନା କୁଣ୍ଡେ କୁଣ୍ଡେ ନବଂତୋୟଃ। ଜାତୋ ଜାତୋ ନବା ଚାରା ନବା ବାଣୀ ମୁଖେମୁଖେ।" ପ୍ରତ୍ୟେକ ମନୁଷ୍ୟର ବୁଦ୍ଧି ଭିନ୍ନ ସେହିପରି ପ୍ରତ୍ୟେକ ଜଳାଧାରର ଜଳ ନୂତନ ପ୍ରତ୍ୟେକ ବର୍ଷର (ଜାତିର) ଆଚାର, ବ୍ୟବହାର ଓ ଚଳଣି ପୃଥକ। ପ୍ରତ୍ୟେକ ମୁଖର ବାଣୀ ନୂତନ ଅଟେ। ତାଙ୍କ ସହିତ ସିଧାସଳଖ କଥା ହେବା ଏଇ ପ୍ରଥମ। ବୋଧେ ସେଥିପାଇଁ ତାଙ୍କ କଥା ତାକୁ ଏତେ ଭଲ ଲାଗୁଛି ଓ ଆନନ୍ଦ ତଥା ସୁଖପ୍ରଦାନ କରୁଛି।

ଜୀବନରେ ପ୍ରଥମଥର ସେ ଜଣେ ଅପରିଚିତ ଯୁବକର ସାନିଧ୍ୟ ପାଇଛି। ଯାହାଙ୍କୁ ସେ ପାଦୁକ ଦେଇଛି। ବିଭୂତି ଟିକା ତାଙ୍କ କପାଳରେ ଲଗାଇ ଦେଇ ତାଙ୍କ ଦେହ ଛୁଆଁର ପରଶ ପାଇଛି। ଟିକା ଲଗାଇ ଦେଲା ବେଳେ ତାଙ୍କ ଆଖି ସହିତ ତା' ନିଜ ଆଖି ମିଶାଇଛି। ଥରେ ନୁହେଁ, ପ୍ରତିଥର ଟିକା ପିନ୍ଧାଇଲା ବେଳେ। ତାଙ୍କ ଆଖିରେ ତା' ନିଜ ଦୃଷ୍ଟି ମିଶିଗଲା ପରଠାରୁ ଦେହରେ ଜାତ ହୋଇଛି କମ୍ପ। ସୁନିର ଆକ୍ଷେପମୂଳକ କଥା ସେ କମ୍ପନକୁ ଭୟରେ ପରଣିତ

କରିଦେଇଛି । ସେବେଠାରୁ ସେ ଅନେକ ସମୟରେ ସେହି ଭାବନାରେ ବୁଡ଼ି ରହୁଛି । ଟିକେ ଅବସର ମିଳିଲେ ତାଙ୍କ ମୂର୍ତ୍ତି ଆଖ୍ୟ ଆଗରେ ଭାସିଉଠେ । ସିଏ ଆସି ଉଭା ହୁଅନ୍ତି ସାମ୍ନାରେ । ଯେମିତି ପାଦୁକ ଦେଲାବେଳର, ବିଭୂତି ଟିକା ଲଗାଇଦେବା ସମୟର । ତାଙ୍କ କପାଳର ପରଶ ବାରମ୍ବାର ଛୁଁ ଯାଇଛି ତା’ ଡାହାଣ ହାତର ମଝି ଆଙ୍ଗୁଳି ଟିପକୁ । ଟିକିଏ ନିରୋଳା ପାଇଲେ କାନ ପାଖରେ ଶୁଭି ଯାଉଛି ସେହି ଆଦରର ଅତି ଆପଣାର ଏକାନ୍ତ ନିଜର ସ୍ନେହବୋଲା କଥା । ଏକୁଟିଆ ବେଳେ ଏମିତି କେତେ ଭାବନା ଆସେ ଆପେ ଆପେ । ଆପଣାଛାଁଏ । ସେ ଚାହୁଁ ବା ନ ଚାହୁଁ, ଇଚ୍ଛା କରୁ ବା ନକରୁ, ଖୋଜୁ ବା ନ ଖୋଜୁ, ସେଥିପ୍ରତି ତା’ର ଆଗ୍ରହ ଥାଉ ବା ନ ଥାଉ । ସେପରି କାମନା ତା’ର ନ ଥିଲେ ସୁଦ୍ଧା । ତା’ର ଆବଶ୍ୟକ ନ ଥାଇ ମଧ । ଦରକାର ନ ହେଉ ପଛେ । ତା’ର ଲୋଡ଼ା ନ ପଡ଼ିଲେ ବି, ସେପରି ଭାବନା ତା’ର କୌଣସି କାମରେ ନ ଆସିଲେବି, ତା’ର କୌଣସି ଉପକାରରେ ନ ଲାଗିଲେ ସୁଦ୍ଧା, ଶରଧା ନ ବଲାଉ ପଛେ ସେ ଦିଗକୁ । ମନ ନଦେଉ ସେ ଆଡ଼କୁ । ସେଥିପ୍ରତି ଆବେଗ ନଥିଲେ ମଧ । ଆଗ୍ରହ ନ ଜନ୍ମୁ ତା’ଲାଗି । ନଜର ନରଖୁ ସେ ଦିଗପ୍ରତି । ଆକାଂକ୍ଷା ସୃଷ୍ଟି ନ ହେଉ ତା’ଲାଗି । ସେ ଭାବନା କିନ୍ତୁ ମାଡ଼ିଆସେ । ସମୁଦ୍ରର ଲହଡ଼ି ପରି ତା’ପଛକୁ ତା’ପଛକୁ ଲାଗି ରହିଥାଏ । ଯେପରି ସମୁଦ୍ରର ଢେଉ କୂଳରେ ପିଟି ହୋଇ ମିଳାଇ ଗଲାପରେ ପୁଣି ଢେଉ ମାଡ଼ିଆସୁଥାଏ ତା’ପଛକୁ ତା’ପଛ । ଯେପରି ସାଗରରେ ଲହଡ଼ି ଆସିବାରେ ବିରାମ ନଥାଏ । ସେମିତି ତା’ଭାବନାର ସମାପ୍ତି ଘଟେନା । ଶେଷ ହୁଏନା । ଅନ୍ତ ନଥାଏ । ସେଥିରେ ଯବନିକା ପାତ ହୁଏନା । ପଡ଼େନା ପୂର୍ଣ୍ଣଚ୍ଛେଦ । ସେ ଭାବନା ତାକୁ ଆନମନା କରାଏ । କରିଥାଏ ବ୍ୟତିବ୍ୟସ୍ତ । ଅନ୍ୟମନସ୍କ ହୋଇ ସେ ଘର କାମରେ ଭୁଲ କରିବସେ ।

ଏବେ ତା ଆଖ୍ୟ ଚାହୁଁଛି ସବୁବେଳେ ତାଙ୍କ ଦର ହସିଲା ମୁହଁକୁ ଅନାଇ ରହିବାକୁ । କାନ ଖୋଜୁଛି ତାଙ୍କ ମୁଖ ନିଃସୃତ ସୁଧାବୋଲା କଥା ଶୁଣିବା ପାଇଁ । ମନ ତାଙ୍କରି ଭାବନାରେ ହଜିଯିବା ପାଇଁ ବ୍ୟାକୁଳ । ତାଙ୍କରି ଚିନ୍ତାରେ ବୁଡ଼ି ରହିବା ଲାଗି ପ୍ରାଣ ବ୍ୟଗ୍ର ହୋଇ ଉଠୁଛି । ଅନ୍ତରରେ ଅସୁମାରି ଆବେଗ ଭରିରହିଛି ମନ୍ଦିରର ମୁଖଶାଳାରେ ବସିରହି ତାଙ୍କୁ ଅପେକ୍ଷା କରିବାକୁ । ହୃଦୟରେ ଜାଗୁଛି ତାଙ୍କ ଲାଗି ଧବଲେଶ୍ୱରଙ୍କ ମନ୍ଦିରରେ ଦିନରାତି ବସି ରହିବା ଲାଗି ତାଙ୍କ ପ୍ରତୀକ୍ଷାରେ । ଆମ୍ଭା ଇଚ୍ଛା କରୁଛି ତାଙ୍କ ଉଦ୍ଦେଶ୍ୟରେ ବିତାଇ ଦେବାକୁ ତମାମ ଜୀବନଟା । ଦୁନିଆର ଆଉ କୌଣସି ଦୃଶ୍ୟ ଦେଖିବାକୁ ତାକୁ ଆଉ ଭଲ ଲାଗୁନି । ଆଗ୍ରହ ହେଉନି ସଂସାରର ଅନ୍ୟ କିଛି କଥା ଶୁଣିବାକୁ । ସମାଜର ଅନ୍ୟ ପ୍ରକାର ଭାବନାକୁ ହୃଦୟରେ ସ୍ଥାନ ଦେବାକୁ ତା’ର ଆଦୌ ଆଗ୍ରହ ନାହିଁ । ସେ ଚାହୁଁନି ଅନ୍ୟ କୌଣସି ଚିନ୍ତା ଅନ୍ତରରେ ସାଇତି ରଖିବାକୁ । ତାଙ୍କ ବ୍ୟତୀତ ସେ ଆଉ କାହାର ରୂପ, ଛବି, କଥା, ଭାଷା, ଚିନ୍ତା କିମ୍ଭ ଭାବନାର କଳ୍ପନା କରିବାକୁ ପ୍ରୟାସି ନୁହେଁ । କେବଳ ତାଙ୍କରି ଭାବନାରେ ବିଭୋର ହୋଇ ସେ ହଜି ଯିବାକୁ, ମଜି ରହିବାକୁ, ବୁଡ଼ିଯିବାକୁ, ନିମଗ୍ନ ହେବାକୁ ଆଗ୍ରହ ରଖୁଛି ଆଶାୟୀ ହୋଇଛି । ଇଚ୍ଛା କରୁଛି ସାରାଦିନ ସାରା ରାତି ।

ସୁନି ଭାଷାରେ ସିଏ ତା’ର ନିକଟତମ ହୋଇସାରିଛନ୍ତି । ସେହି ଯୁବକ ଜଣକ ଅଜଣା, ଅଚିହ୍ନା, ଅପରିଚିତ ହୋଇ ସୁଦ୍ଧା ତା’ର ଅତି ପ୍ରିୟ ହୋଇ ପାରିଛନ୍ତି । ସିଏ ହୋଇ ଯାଇଛନ୍ତି ତା’ହୃଦୟର ଦେବତା । ତା’ଅନ୍ତରର ଅନ୍ତରଙ୍ଗ । ତା’ପ୍ରାଣର ଠାକୁର । ତା’ଆମ୍ଭା ତାଙ୍କ ସହିତ ଆମ୍ମିୟତା ସ୍ଥାପନ କରିସାରିଛି । ସିଏ ତା’ର ପ୍ରିୟତମ ହୋଇସାରିଛନ୍ତି । ପ୍ରିୟ ପୁରୁଷ, ମନର ମଣିଷ ।

ସୁନିର କଥା ଶୁଣି ସେ ଚିଡ଼ି ଉଠୁଥିଲା । ରାଗି ଯାଉଥିଲା । ଅସହିଷ୍ଣୁ ହୋଇ ପଡୁଥିଲା । ବିରକ୍ତ ହେଉଥିଲା । ଆଉ ତା’ କଥାକୁ ବିରୋଧ କରୁଥିଲା । ତା’ ଭାଷାକୁ ସୁଦ୍ଧା । ଏପରିକି ତାକୁ ମଧ । ତା’ ଆଲୋଚନାକୁ ଘୃଣା କରୁଥିଲା । ତା’ କଥା ତଥା ଇଙ୍ଗିତକୁ ସୁଦ୍ଧା । ଏମିତି କଥା ନ କହିବା ପାଇଁ ତାକୁ ତାଗିଦ୍ କରି ଦେଇଛି । ତାକୁ କଡ଼ା ଭାଷାରେ ଶୁଣାଇ ଦେଇଛି । ହେଜେଇ ଦେଇଛି, ଶ୍ରୁତିକଟୁ ଶବ୍ଦମାନ ସଂଯୋଗ କରି କଠୋର ବାକ୍ୟ ସବୁ ପ୍ରୟୋଗ ଦ୍ୱାରା ନିଷ୍ଠୁର ଭାବରେ ।

ତା'ର ସେ ଅନ୍ବେଷଣ ତା' ପକ୍ଷରେ ସହିବା ଆଉ ସମ୍ଭବ ନୁହେଁ। ତାକୁ ଏକଥା ମଧ୍ୟ କହିଛି ଯେ ମନ୍ଦିରକୁ ସ୍ୱଚ୍ଛ ମନ, ନିର୍ମଳ ହୃଦୟ, ପବିତ୍ର ଅନ୍ତର, ଦୃଢ଼ ବିଶ୍ୱାସ, ଅଟଳ ଭକ୍ତି, ନିଷ୍ପାପ ପ୍ରାଣ, ନିଷ୍କାମ ଆତ୍ମା, ନିରପେକ୍ଷ ଭାବନା, ସୁଦ୍ଧ ଚିନ୍ତାଧାରା ନେଇ ଆସିବାକୁ ହୋଇଥାଏ। ମନରେ ଆବିଳତା ଥିଲେ ଆମ୍ଳିଲା ଫଳ ମିଳେ। ଦେବାଳୟକୁ ସତ୍ଚିନ୍ତା, ସତ୍ ଭାବନା, ସତ୍ ଉଦ୍ଦେଶ୍ୟ, ସତ୍ ଇଚ୍ଛା, ସତ୍ କାମନା, ସତ୍ ଲକ୍ଷ୍ୟ, ସତ୍ ଆଗ୍ରହ, ସତ୍ ଆବେଗ ନେଇଯିବା କଥା। ଠାକୁରଙ୍କୁ ଦର୍ଶନ କରିବ ନିର୍ମଳ ହୃଦୟରେ, ଅନାବିଳ ଅନ୍ତରରେ, ସର୍ବ ଜନୀନ ଚିନ୍ତାଧାରା ନେଇ, କଦର୍ଯ୍ୟ ମନୋଭାବ, ଖରାପ ଉଦ୍ଦେଶ୍ୟ, ପଙ୍କିଳ ଲକ୍ଷ୍ୟ, ଅନିଷ୍ଟକାରୀ ଭାବନା, ମନ୍ଦ କାମନା, ଭୁଲ ଆଭିମୁଖ୍ୟ ପରିତ୍ୟାଗ କରି।

ଏପରି ଉପଦେଶ ଦେଇଥିବା ବ୍ୟକ୍ତି ଜଣକ ନିଜେ ସେ ସବୁ ଗୁଣର ଅଧିକାରିଣୀ କି? ସତୀ ନିଜେ ନିଜକୁ ଏ ପ୍ରଶ୍ନ ପଚାରୁଥିଲା। ସେ ସୁନିକୁ କହିଥିଲା ତୋର ଏ କିମ୍ଭୁତ କିମାକାର ବିଷୟ ଶୁଣିଲେ ହସ ଲାଗୁଛି ଯେତିକି ଆଶ୍ଚର୍ଯ୍ୟ ହେବାକୁ ପଡୁଛି ତା'ଠାରୁ ଅଧିକ। କିନ୍ତୁ ପରର ଭୁଲ ଦେଖି ହସିବା ଠାରୁ ନିଜ ଭୁଲ ଦେଖି ହସିବା ତା'ଠାରୁ ଶତଗୁଣେ ଭଲ। ସେମିତି ହେଲେ ଜୀବନ ସାରା ଆମୋଦିତ ରହିବ। ମାତ୍ର ସତୀ ସେମିତି କରି ପାରିଛି କି? ତା' ନିଜ ମନ ନିର୍ମଳ କି? ତା' ହୃଦୟ ପବିତ୍ର ନା? ତା' ଅନ୍ତର ସ୍ୱଚ୍ଛ ରହିପାରିଛି କି? ତା' ଭାବନା ସତ, ଚିତ୍, ଆନନ୍ଦ, ସଚ୍ଚିଦାନନ୍ଦରେ ପରିପୂର୍ଣ୍ଣ ହୋଇପାରିଛି ନା? ତା' ଆତ୍ମାରେ ଆବିଳତା ନାହିଁ ତ? ତା' ପ୍ରାଣ ସର୍ବଜନୀନ ଚିନ୍ତାରେ ନିମଜ୍ଜିତ ନା? ତା' ଆବେଗ ଦୁଃଚିନ୍ତା ରହିତ ତ? ତା' ଆଗ୍ରହରେ ସଂସାରର ମଙ୍ଗଳ କାମନା ଅଛି କି? ତା' ଭାବନା ତ୍ରୁଟି ଶୂନ୍ୟ ତ? ସବା କୁହାଲିଆଙ୍କ ଘର ଛପର ନ ହୋଇପାରିଲା ପରି ହୋଇଯାଇନି ତ? ନିଜେ ଦେଇଥିବା ଉପଦେଶକୁ ସେ ପାଳନ କରିପାରିଛି କି? ନିଜ ପାଟିରେ କହିଥିବା କଥା ରକ୍ଷା କରିବାକୁ ସେ କେତେଦୂର ସମର୍ଥ ହୋଇଛି? ସୁନିକୁ ବୁଝାଇଥିବା ନୀତିବାକ୍ୟ ସେ ନିଜେ ବୁଝିପାରିଛି ତ? ସେ ହୃଦୟଙ୍ଗମ କରିପାରିଛି କି ନିଜେ ଉଚ୍ଚାରଣ କରିଥିବା ବାକ୍ୟ ସମୂହକୁ। ସେହିପରି ରହିବା ଏବଂ ସେହି ହିସାବରେ କାମ କରିବା ତା' ଦ୍ୱାରା ସମ୍ଭବ ହୋଇପାରିବ ତ? ସେ ହେଜି ପାରିଛି କି ନିଜେ କହିଥିବା ହିତବାଣୀର ମହତ ଉଦ୍ଦେଶ୍ୟକୁ? ମନରେ ରଖିପାରିଛି କି ଆପଣା ମୁଖ ନିଃସୃତ କଥାକୁ? ନିଜ ତୁଣ୍ଡରେ ଦେଇଥିବା ଉପଦେଶକୁ।

ବଙ୍ଗଳାରେ କୁହାଯାଏ "ଦାଦା ସବ୍‍କିଛୁ କରବେ, କିନ୍ତୁ ଜ୍ଞାନ ଦେବେ ନା।" ଅର୍ଥାତ୍ ଭାଇ ସବୁ କରିବ ମାତ୍ର ଉପଦେଶ ଦେବ ନାହିଁ। ଏଥିପାଇଁ ପରା ନେପୋଲିଅନ କହିଥିଲେ- "ପୃଥିବୀରେ ସବୁଠାରୁ ସହଜରେ ଓ ଅତି ଶସ୍ତାରେ ମିଳୁଥିବା ଜିନିଷ ହେଉଛି ଉପଦେଶ।" ଅଯାଚିତ ଭାବେ ଉପଦେଶ ଦେବାର ଅପସଂସ୍କୃତିକୁ ଏମାନେ ଆଗେଇ ନିଅନ୍ତି। କିଏ ଚାହୁଁ ବା ନ ଚାହୁଁ, ଏମାନେ ଉପଦେଶ ଦିଅନ୍ତି। ଏହା ହେଉଛି ଏମାନଙ୍କର ଦୁରାରୋଗ୍ୟ ବା ଅଭ୍ୟାସଗତ ଖୋଡ଼। ଏପରି ଉପଦେଶ ଦାତା ମାନଙ୍କର କୌଣସି ଅଙ୍ଗୀକାର ବଦ୍ଧତା ନଥାଏ। ସଙ୍କଟରେ ପଡ଼ିଥିବା ଲୋକପ୍ରତି କୌଣସି ସହାନୁଭୂତି ମଧ୍ୟ ନଥାଏ। ତା'ର ଦୁଃଖରେ ଏକାତ୍ମା ହେବାର ଭାବ ମଧ୍ୟ ନଥାଏ। ସେମାନେ ଉପଦେଶ ଗୁଡ଼ାକୁ ଏପରି ଚାତୁରୀରେ କହନ୍ତି ଯେ ଲାଗେ ଯେମିତି କିଛି ନୂଆ କଥା କହୁଛନ୍ତି। ସେମାନେ କଥା କଥାକେ ଭଗବାନଙ୍କ ଦାହି ଦିଅନ୍ତି ନିଜକୁ ସତେ ଅବା ଭଗବାନଙ୍କ ପ୍ରେରିତ ଦୂତଭାବେ ଅଭିନୟ କରନ୍ତି। ଦାନ୍ତୁରା କି ଦାନ୍ତୁରୀ ହସ୍ତ କି କାନ୍ଦୁ ଠଉରାଇବା ଯେମିତି ମୁସ୍କିଲ ସେମାନଙ୍କ କଥା ଶୁଣି ସେମାନଙ୍କ ଭିତର କ'ଣ ଜାଣିବା ମଧ୍ୟ ମୁସ୍କିଲ।

ଏହିପରି ଅସୁମାରୀ ପ୍ରଶ୍ନ ତା'ମନରେ ମୁଣ୍ଡ ଟେକୁଥିଲା। ଉଙ୍କିମାରି ଉଠୁଥିଲା। ଏହିଭଳି କଥା ସବୁ ତା' ନିଜ ଅନ୍ତରରେ। ଯାହାର ଯଥାର୍ଥ ଉତ୍ତର ଦେବାକୁ ତା' ପାଖରେ ଯୁକ୍ତି ନ ଥିଲା, ସାହାସ ନ ଥିଲା, ସାମର୍ଥ୍ୟ ନ ଥିଲା, ସେ ସକ୍ଷମ ନ ଥିଲା, ଆଉ ନ ଥିଲା ଦୃଢ଼ ମନୋବଳ। ଇଚ୍ଛାଶକ୍ତିର ଅଭାବ ସେ ଅନୁଭବ କରୁଥିଲା ଏବଂ ଧୈର୍ଯ୍ୟର ମଧ୍ୟ। ସେ ଆଶ୍ଚର୍ଯ୍ୟ ହେଉଥିଲା ଯାହାଙ୍କ ସହିତ ତାକୁ ଯୋଡ଼ି କିଛି କହିଲେ ସେ ସୁନି ଉପରକୁ ଚିଡ଼ି ଉଠୁଥିଲା। ତାଙ୍କୁ କିପରି

ନିଜ ହୃଦୟରେ ସ୍ଥାନ ଦେଇପାରିଲା ? ସେ ଚକିତ ହେଉଥିଲା ମନ୍ଦିରରେ ଯାହାଙ୍କ ଉପସ୍ଥିତି ତାକୁ ଭଲ ଲାଗୁ ନ ଥିଲା। ତାକୁ ସେ କିପରି ଭଲ ପାଇ ବସିଲା ? ସେ ବିଶ୍ୱାସ କରି ପାରୁ ନ ଥିଲା ଯାହାଙ୍କ ଯୋଗୁ ସେମାନଙ୍କର ମୁଖଶାଳାରେ ବସି କଥାବାର୍ତ୍ତା ହେବାରେ ବାଧା ସୃଷ୍ଟି ହେଉଥିବାରୁ ତାଙ୍କର ମନ୍ଦିରକୁ ଆସିବା ଘଟଣାକୁ ସେ ସହଜ ଭାବରେ ଗ୍ରହଣ କରି ପାରୁ ନ ଥିଲା। ସେ ତା' ଅନ୍ତର ଭିତରକୁ ପ୍ରବେଶ କରିବାକୁ କିଭଳି ସକ୍ଷମ ହେଲେ। ସେ ବିସ୍ମିତ ହେଉଥିଲା ଯାହାଙ୍କ କଥା ମନରେ ଭାବିବାକୁ ତା'ର ସାମାନ୍ୟତମ ଇଚ୍ଛା ନ ଥିଲା। ସିଏ କେମିତି ତା'ମନର ମଣିଷ ପାଲଟି ଗଲେ! ଯାହାଙ୍କ ବିଷୟରେ ଆଲୋଚନା କରିବାକୁ ସେ ଦୃଢ ଭାବରେ ବିରୋଧ କରୁଥିଲା। ତାଙ୍କୁ ଜୀବନର ସର୍ବସ୍ୱ ଭାବରେ ବରଣ କରି ନେବାକୁ ସେ କାହିଁକି ଆଗ୍ରହୀ ହୋଇ ପଡ଼ିଲା। ଯାହାଙ୍କୁ ଦେଖିବାକୁ ସେ ଖରାପ ପାଉଥିଲା, ସିଏ କେମିତି ତା' ଜୀବନର ନାୟକ ହୋଇଗଲେ। ମନ୍ଦିରରେ ଯାହାଙ୍କ ଉପସ୍ଥିତି ତା'ପକ୍ଷରେ ଅସହ୍ୟ ହୋଇ ଉଠୁଥିଲା। ସିଏ କେମିତି ତା' ପ୍ରାଣର ପ୍ରିୟତମ ହେଲେ ? ଯାହାଙ୍କ ବିଷୟରେ ଯେ କୌଣସି କଥା କହିବାକୁ ସେ ସୁନିକୁ ବାରଣ କରୁଥିଲା ସେ ତାଙ୍କୁ କିପରି ଭଲ ପାଇ ପାରିଲା! ଯିଏ ଆଉ କେବେବି ଆଦୌ ମନ୍ଦିରକୁ ନ ଆସନ୍ତୁ ବୋଲି ସେ ଆନ୍ତରିକ ଭାବେ ଚାହୁଁ ଥିଲା ଏବଂ ଏ କଥା ଜୁହାର ହେବା ବେଳେ ଠାକୁରଙ୍କୁ ଜଣାଇବାକୁ ପଛାଇ ନ ଥିଲା। ସିଏ କିଭଳି ତା'ର ଏତେ ଆପଣାର ହୋଇପାରିଲେ ସତୀ ଆଦୋ ଜାଣି ପାରୁ ନ ଥିଲା କିୟ। ଜମା ବୁଝି ପରୁ ନଥିଲା ? ଯାହାଙ୍କ ସଂପର୍କରେ ବା ସମ୍ବନ୍ଧରେ କିଛି ଆଲୋଚନାକୁ ସେ ଆଦୌ ପସନ୍ଦ କିୟ। ସମର୍ଥନ ଏପରିକି ବରଦାସ୍ତ କରି ପାରୁ ନ ଥିଲା। ସିଏ କେମିତି ତା'ର ଅତି ଅନ୍ତରଙ୍ଗ ହୋଇଗଲେ। ସତୀ ଶତ ଚେଷ୍ଟା ସତ୍ତ୍ୱେ ତାହା କସ୍ମିନ୍ କାଳେ ହୃଦୟଙ୍ଗମ କରିପାରୁ ନ ଥିଲା।

ଯାହାଙ୍କୁ ସେ ଭଲ ପାଉଛି, ତା' ଆପଣା ମନ ତାଙ୍କୁ ସମର୍ପିଛି, ନିଜ ହୃଦୟରେ ସ୍ଥାନ ଦେଇଛି, ଅନ୍ତରର ନିଭୃତ କୋଠରିରେ ସାଇତି ରଖିଛି, ପ୍ରିୟତମ କରି ନେଇଛି। ଯାହାଙ୍କୁ ମନର ମଣିଷ ଭାବରେ ଗ୍ରହଣ କରିସାରିଛି, ବରଣ କରିଛି, ଜୀବନର ସର୍ବସ୍ୱ ଭାବରେ। ସେ ତାଙ୍କ ମନ ଆସି ପାରିଛି କି ? ତାଙ୍କ ହୃଦୟରେ ତା'ର ସ୍ଥାନ ଅଛି କି ? ତାଙ୍କ ଅନ୍ତର ମଧ୍ୟକୁ ସେ ପ୍ରବେଶ କରିବାକୁ ସକ୍ଷମ ହୋଇଛି କି ? ତାଙ୍କ ଆମ୍ଭାକୁ ଅଧିକାର କରି ପାରିଛି କି ? ତାଙ୍କୁ ନିଜ ଅଧିକାରକୁ ଆଣିବାକୁ ତା'ର ସାମର୍ଥ୍ୟ ଅଛି କି ? ତାଙ୍କୁ ସିଏ ତାଙ୍କ ପ୍ରାଣରେ ସାଇତି ରଖିଛନ୍ତି କି ? ସିଏ ତାକୁ ଭଲ ପାଉଛନ୍ତି କି, ସେ ଯେପରି ତାଙ୍କୁ ଭଲପାଉଛି ଠିକ୍ ସେମିତି ଭାବରେ ସେ ତାଙ୍କ ମନର ମାନସୀ ହେଇ ପାରିଛି କି, ଅବିକଳ ଯେଭଳି ତାଙ୍କୁ ଆପଣା ମନର ମଣିଷ କରି ନେଇଛି ? ତାଙ୍କର ପ୍ରେମିକା କିୟ। ପ୍ରିୟତମା ଅଥବା ପ୍ରଣୟିନୀ କିଛି ବି ହେଲେ ହୋଇ ପାରିବ କି, ଯେପରି ସେ ତାଙ୍କୁ ତାର ପ୍ରେମିକ ଆଉ ପ୍ରିୟତମ ଏବଂ ପ୍ରିୟ ପୁରୁଷ ସବୁ କିଛି କରି ନେଇ ସାରିଛି।

ସେ ଜାଣି ପାରୁନଥିଲା ଯାହାକୁ ସେ ଦିନରାତି ଝୁରି ମରୁଛି, ସିଏ ତା'କଥା କେବେ ଚିନ୍ତା କରୁଛନ୍ତି କି ? ଯାହାଙ୍କୁ ସେ ମନର ମଣିଷ ଭାବରେ ଗ୍ରହଣ କରିନେଇଛି, ସିଏ ତାକୁ କେବେ ମନରେ ପକାନ୍ତି କି ? ଯାହାଙ୍କ ଭାବନାରେ ସେ ବିଭୋର ସିଏ ତା' ସମ୍ପର୍କରେ କେବେ ଭାବନ୍ତି କି ? ଯାହାଙ୍କୁ ପ୍ରିୟ ପୁରୁଷ ହିସାବରେ ସେ ସାଦରେ ବରଣ କରିସାରିଛି, ସିଏ କେବେ ତା ବିଷୟ ସ୍ମରଣକୁ ଆଣନ୍ତି କି ?

ଯେଉଁ ସୁନିକଥା ଶୁଣି ସେ ଚିଡ଼ି ଉଠୁଥିଲା, ଯାହାର ଆକ୍ଷେପମୂଳକ ଟିସ୍ପଣୀ ତାକୁ ଭଲ ଲାଗେ ନାହିଁ ବୋଲି ତାକୁ ମୁହେଁ ମୁହେଁ ଶୁଣାଇ ଦେଇଥିଲା। ତା'ର ମନୋଭାବକୁ ସେ ସମାଲୋଚନା କରିଥିଲା। ଭାଷାରେ ଶାଳୀନତା ଓ କଥାରେ ସଂଯମତା ରକ୍ଷା କରିବା ପାଇଁ ଉପଦେଶ ଦେଇଥିଲା। ତା'ର ଇଙ୍ଗିତକୁ ସେ ପସନ୍ଦ କରେ ନାହିଁ, ଏକଥା ରୋକ୍‌ଠୋକ୍ କହି ଦେଇଥିଲା। କଥାରେ ଭଦ୍ରତା, ବ୍ୟବହାରରେ ଶିଷ୍ଟାଚାରତା, ଭାଷାରେ ଶୁଦ୍ଧତା ଓ ଆଚାରରେ ଶିଷ୍ଟାଚାର ସେ ତା'ଠାରୁ ପାଇବାକୁ ଆଶା କରେ ବୋଲି ତାକୁ ପରିଷ୍କାର କଠୋର ଶବ୍ଦରେ କହି ଦେଇଥିଲା। ତାକୁ ଏକଥା ମଧ

କହିବାକୁ ଭୁଲିଯାଇନଥିଲା ଯେ ତା'ର ପରିହାସ ସହିବା ତା'ପକ୍ଷରେ ସୀମାଟପି ଗଲାଣି ଏବଂ ସେପରି କଥା ଶୁଣିବା ଆଉ ତା' ପକ୍ଷରେ ସମ୍ଭବ ନୁହେଁ। ସେହି ସୁନି ଯେତେବେଳେ ଜାଣିବ ତା'ର ଅନୁମାନ ଠିକ୍। ତା'ର ଆକ୍ଷେପ ଭୁଲ ନୁହେଁ। ତା' ପରିହାସରେ ସତ୍ୟତା ରହିଛି। ତା' କଥାର ମୂଲ୍ୟ ଅଛି। ତା' ସନ୍ଦେହ ନିର୍ଭୁଲ। ତା'ର ଯୁକ୍ତି ଅକାଟ୍ୟ ଏବଂ ତା'ର ଇଙ୍ଗିତ ବିଶ୍ୱାସ ଯୋଗ୍ୟ। ସେତେବେଳେ ସେ ତାକୁ ମୁହଁ ଦେଖାଇ ପାରିବ ତ? ତା' ସାମ୍ନାରେ ଠିଆ ହୋଇ ରହିବ ତ ଦର୍ପର ସହିତ? ତା'ଆଖିରେ ଦୃଷ୍ଟି ମିଶାଇ ତାକୁ ଚାହିଁ ପାରିବ ତ? ଯୁକ୍ତି କରି ପାରିବ ତ ତା' ସହିତ ନିର୍ଭୀକ ଭାବରେ? ତା' କଥାର ପ୍ରତିବାଦ କରିବାକୁ ସତ୍ସାହସ ତା'ର ହେବ ତ? ତା' ସମାଲୋଚନାର ଜବାବ ଦେବା ପାଇଁ ତା' ପାଟିରୁ ଭାଷା ବାହାରିବ ତ? ତା' ସହିତ ସେ ବିଷୟରେ ଆଲୋଚନା କରିବା ଲାଗି ସେ ଆଗଭର ହୋଇପାରିବ ତ? ତା'ର ସାମ୍ନାସାମ୍ନି ହୋଇ ତର୍କ କରିବାକୁ ଦକ୍ଷତାର ଅଭାବ ସେ ଅନୁଭବ କରିବନି ତ? ତା' ବିଦ୍ରୁପ ବିରୋଧରେ ଆପତ୍ତି କରିବାର ଦୃଢ଼ତା ତା'ର ଅଛି କି? ଆପଣା ମୁହଁ ଉଠାଇ ନିଜର ମୁଣ୍ଡ ଟେକି ସେ ସୁନି ସହିତ ଯୁକ୍ତି କରିବାର ଧୈର୍ଯ୍ୟ ଶକ୍ତି ସ୍ୱ ଦେହରେ ସଞ୍ଚାର କରିପାରିବ ତ? ତାକୁ ଭୟ ନ କରି ତା' ପ୍ରତି ମନରେ ସଙ୍କୋଚ ନ ଆଣି ତା' ମହଁକୁ ତୀର୍ଯ୍ୟକ ଦୃଷ୍ଟିରେ ଅନାଇ ପାରିବ ତ ପୂର୍ବପରି? ଯେପରି ଏହି ଘଟଣା ଆଗରୁ ତା' ସହିତ ତର୍କ କରୁଥିଲା?

ଏହିପରି ଅନେକ କଳ୍ପନାର ଚିନ୍ତାରେ ସେ ମ୍ରିୟମାଣ ହୋଇପଡ଼ୁଥିଲା। ଏପରିକି ସେ ଯାହାକୁ ଭଲ ପାଉଛି ତାଙ୍କ ବିଷୟରେ ସେ କିଛି ଜାଣି ନାହିଁ। ତାଙ୍କ ନାଁ କ'ଣ? ଘର କେଉଁଠି? କ'ଣ କରନ୍ତି? ମନ୍ଦିରକୁ କାହିଁକି ଆସନ୍ତି? କେତେଦିନ ଆସିବେ? ଏମିତି ଅନେକ ପ୍ରଶ୍ନ ତା' ମନରେ ଉଙ୍କିମାରି ତାକୁ ବ୍ୟଥିତ କରୁଥିଲା। ସେ ବିବ୍ରତ ହୋଇ ପଡ଼େ ଯେତେବେଳେ ଭାବେ ସେ ଭଲ ପାଉଥିବା ଲୋକଟିର ପରିଚୟ ଜାଣିନାହିଁ। ତାଙ୍କ ଠିକଣା ତାକୁ ସମ୍ପୂର୍ଣ୍ଣ ଅଜଣା।

ଯେଉଁ ଲୋକଟିକୁ ସେ ଭଲ ପାଉଛି। ସେ ତାଙ୍କୁ ମାତ୍ର କେତେ ଥର ମନ୍ଦିରରେ ଦେଖିଛି ପୁଣି ଅଳ୍ପ ସମୟ ପାଇଁ। ତାଙ୍କ ସହିତ ସେମିତି ମିଶିପାରି ନାହିଁ। ତାଙ୍କ ସାଙ୍ଗରେ କଥାବାର୍ତ୍ତା ହେବାର ସୁଯୋଗ ମଧ ପାଇନାହିଁ ସେ। ତାଙ୍କ ବ୍ୟବହାର ସମ୍ପର୍କରେ ସେ ସମ୍ପୂର୍ଣ୍ଣ ଅଜ୍ଞ। ତାଙ୍କ ଚରିତ୍ର ତାକୁ ପୂରା ଅଜଣା। ତାଙ୍କ ସ୍ୱଭାବ ବିଷୟରେ ସେ କିଛି କହିପାରିବ ନାହିଁ। ପାଦୁକ ଦେଲା ବେଳେ ଟିପା ପିନ୍ଧାଇ ଦେବା ସମୟରେ ତାଙ୍କ ହାତରୁ କେତେଥର ଠାକୁରଙ୍କ ଲାଗି ପଇସା ରଖିଥିବା ବାବଦର ବ୍ୟବହାରକୁ ମାପକାଠି କରି ସାରା ଜୀବନର ଆଚାର, ଆଚରଣ, ବିଚାର, ବ୍ୟବହାର, ଚଳଣି, ହାବଭାବ ଓ ଚରିତ୍ରର ମାନଦଣ୍ଡକୁ କଳନା କରାଯାଇ ପାରିବନି। ସେହି ମନ୍ଦିର ଭିତରେ କେତେ ଥର ଦେବା-ନେବା ମାଧ୍ୟମରେ ହୁଏତ ତାଙ୍କ ପ୍ରତି ତା'ର ଦୁର୍ବଳତା ଆସିଯାଇଛି। ସେଇ ଦୁର୍ବଳତା ପରେ ଭଲ ପାଇବାର ରୂପ ନେଇଛି। ସେହି କ୍ଷଣିକ ସାନ୍ନିଧ୍ୟ, କିଛି ସମୟର ସାକ୍ଷାତ, ଅଳ୍ପ ବେଳର ବ୍ୟବହାର ଏବଂ କେତୋଟି ମୁହୂର୍ତ୍ତର ଆଖି ସହିତ ଦୃଷ୍ଟି ମିଶାଇ ଓ କେତେଥର ଦେବା ନେବାର ମାଧ୍ୟମ ଦ୍ୱାରା ପ୍ରକୃତ ଚରିତ୍ରର ସ୍ୱରୂପକୁ ଜାଣି ହୁଏନା। ଏତିକିରୁ ବୁଝି ପାରି ହେବ ନାହିଁ ତାଙ୍କ ସ୍ୱାଭାବ ବିଷୟରେ କିଛି। ତାଙ୍କର ଅସଲ ପ୍ରକୃତି ସମ୍ପର୍କରେ ସବିଶେଷ ଭାବରେ କିଛି କହି ହେବ ନାହିଁ ଏହି ସୀମିତ ଦେଖା ସାକ୍ଷାତରୁ। ତାହାରି ଭିତରେ ତାଙ୍କ ଭଦ୍ର, ନମ୍ର ସ୍ୱଭାବ। ଶାନ୍ତଶିଷ୍ଟ ପ୍ରକୃତି। ମନଲୋଭା ଚେହେରା। ଆକର୍ଷଣୀୟ ବ୍ୟକ୍ତିତ୍ୱ ତାକୁ ତାଙ୍କ ପ୍ରତି ଆକୃଷ୍ଟ କରିନେଇଛି। ସେହି ଆକର୍ଷଣ ଦ୍ୱାରା ଆକର୍ଷିତ ହୋଇ ସେ ତାଙ୍କୁ ଭଲ ପାଇ ବସିଲା। ଯାହାକି ବର୍ତ୍ତମାନ ତା' ଲାଗି ଏକ ବିରାଟ ସମସ୍ୟା ହୋଇ ଠିଆ ହୋଇଛି। ତା' ପାଇଁ ବହୁତ ମହଙ୍ଗା ସାବ୍ୟସ୍ତ ହୋଇଛି। ଡଭା ହୋଇଛି ବିସମ୍ତାର ରୂପନେଇ। ପ୍ରତିବନ୍ଧକ ଭାବେ ଦଣ୍ଡାୟମାନ ହୋଇଛି। ଅସୁବିଧା ସୃଷ୍ଟି କରୁଛି। ଅଘଟଣ ଘଟାଇବାକୁ ଯାଉଛି, ଅଡୁଆରେ ପକାଉଛି।

ଦିନ ଥିଲା ଯେଉଁ ସୁନି କଥା ଶୁଣି ସେ ଚିଡ଼ି ଉଠୁଥିଲା। ଯାହାର ଥଟ୍ଟାଲିଆ ଭାଷା ତାକୁ ବିରକ୍ତ ଲାଗୁଥିଲା, ଯାହାର ବ୍ୟଙ୍ଗଭରା ଆକ୍ଷେପକୁ ତା'ପ୍ରତି ବିଦ୍ରୁପ ବୋଧ କରି, ସେଥିପାଇଁ ଅନ୍ତରଙ୍ଗ ସାଙ୍ଗ ହୋଇ ସୁଦ୍ଧା ଯାହାକୁ ସେ ଦୂରେଇ ଦେବାକୁ

ନିଷ୍ପତ୍ତି ନେଇସାରିଥିଲା । ଯୋଜନା କରି ସାରିଥିଲା, ତା'ସହିତ ସମ୍ପର୍କ ଛିନ କରିବାକୁ । ତୁଟାଇ ଦେବାକୁ ବନ୍ଧୁତ୍ୱ ଭାବ, ନିବିଡ଼ତାକୁ ପାଶୋରି ଦେବାକୁ ସିଦ୍ଧାନ୍ତ ଗ୍ରହଣ କରିସାରିଥିଲା । ଶ୍ରଦ୍ଧାର, ସ୍ନେହର, ନିଜର, ଆଦରର, ଆପଣାର, ଆତ୍ମୀୟତାର, ପ୍ରାଣପ୍ରିୟ, ପ୍ରିୟତମା ସୁନିକୁ ଭୁଲି ଯିବାକୁ ସଙ୍କଳ୍ପ ନେଇଥିଲା । କିନ୍ତୁ ବର୍ତ୍ତମାନ ସେ ଅନୁଭବ କରୁଛି, ସୁନିର ସେ କଥା ସବୁ ତାକୁ ଏଣିକି କଷ୍ଟ ଦେବନି, ବରଂ ଭଲ ଲାଗିବ । ସୁନିର ବ୍ୟଙ୍ଗଭରା ଭାଷା ତାକୁ ଦୁଃଖ ନ ଦେଇ ସୁଖ ଦେବ । ସୁନିର ଆକ୍ଷେପ ତାକୁ ଯନ୍ତ୍ରଣା ନ ଦେଇ ଆନନ୍ଦ ପ୍ରଦାନ କରିବ । ସୁନିର ବୁଲେଇ ବଙ୍କେଇ କଥା କହିବା ଶୈଳୀ ତା'ଲାଗି ଯନ୍ତ୍ରଣାଦାୟକ ନ ହୋଇ ଖୁସିର ଖୋରାକ ଯୋଗାଇବ । ସୁନିର କଦର୍ଥ ଭାବାର୍ଥ ତାକୁ ବ୍ୟତିବ୍ୟସ୍ତ ନ କରି ଉଲ୍ଲାସରେ ବିଭୋର କରାଇବ । ଏଣିକି ସୁନିର ଉପସ୍ଥିତି, କଥା, ଭାଷା, ବ୍ୟଙ୍ଗ, ବିଦ୍ରୁପ, ଆକ୍ଷେପ, ଠଗ୍ଗା, ପରିହାସ ତା'ପାଇଁ ଦୁଃଖର କାରଣ ନ ହୋଇ ସୁଖ ପ୍ରଦାନକାରୀ ବିଷୟ ହେବ । ତାକୁ ବ୍ୟଥିତ ନ କରି ଉଲ୍ଲସିତ କରାଇବ । ଖୁସିରେ ବିଭୋର କରାଇବ । ସେ ଆନନ୍ଦରେ ମଜଗୁଲ ହୋଇଯିବ ତା'ସହିତ ସେହି ବିଷୟରେ ଆଲୋଚନା ସମୟରେ, ସୁଖ ଅନୁଭବ କରିବ ସୁନିର ସେ ସମ୍ପର୍କିତ କଥା ଶୁଣିଲା ବେଳେ, କେବଳ ତାଙ୍କରି ବିଷୟରେ କଥା ଏବଂ ତାଙ୍କ ସମ୍ପର୍କରେ ଆଲୋଚନା ଦ୍ୱାରା ।

କେଉଁ ଜ୍ୟୋତିଷ ତାଙ୍କ ଜାତକ ଦେଖି ତାଙ୍କୁ କ'ଣ ପାଇଁ ଧବଳେଶ୍ୱରଙ୍କୁ ଦର୍ଶନ କରିବାକୁ କହିଛନ୍ତି, ସତୀ ସେ କଥା ଜାଣେନା । ତାଙ୍କ ଜନ୍ମ କୁଣ୍ଡଲିର କେଉଁ ଗ୍ରହ ଜନିତ ରିଷ୍ଟ ଖଣ୍ଡନ ଲାଗି କେଉଁ ଗ୍ରହବିପ୍ରଙ୍କ ପରାମର୍ଶରେ ସିଏ ମନ୍ଦିରକୁ ଆସୁଛନ୍ତି ସତୀ ସେ ବିଷୟ ବୁଝିନାହିଁ । ସତୀ ସେ ଖବର ମଧ୍ୟ ରଖିନାହିଁ, ସିଏ କେତେଦିନ ପାଇଁ ଠାକୁରଙ୍କୁ ଦର୍ଶନ କରିବାକୁ ଆସିବେ । ତଥାପି ତା'ମନ ଚାହୁଁଛି, ସିଏ ଏମିତି ଏଠାକୁ ଆସୁଥାଆନ୍ତୁ ଆଉ ସେ ତାଙ୍କୁ ଭେଟୁଥାଉ ଠାକୁରଙ୍କ ପ୍ରତି ବାରିରେ ।

ତାଙ୍କୁ ଭେଟିବା ପାଇଁ ସେ ଯେତେ ଉଦ୍‌ବିଗ୍ନ ହେଉଥାଏ, ତାଙ୍କ ସହିତ ସାକ୍ଷାତ କରିବା ଲାଗି ତା'ର ଉତ୍କଣ୍ଠା ସେହି ପରିମାଣରେ ବଢ଼ି ବଢ଼ି ଚାଲିଥାଏ । ତାଙ୍କୁ ଥରେ ଦେଖିବା ପାଇଁ ତାକୁ ଠାକୁରଙ୍କ ବାରି ପର୍ଯ୍ୟନ୍ତ ଅପେକ୍ଷା କରିବାକୁ ପଡ଼ିଥାଏ । ସେଥ୍ ସକାଶେ ସତୀକୁ ଧୈର୍ଯ୍ୟ ଧରି ରହିବାକୁ ହୋଇଥାଏ । ସପ୍ତାହକ ସାତଦିନ । ସପ୍ତାହରେ ଗୋଟିଏ ସୋମବାର ପଡ଼ିଥାଏ । ସୋମବାରଟି ହେଉଛି ମହାଦେବେଙ୍କର ପ୍ରିୟବାର । ସୋମବାରରେ ଭକ୍ତମାନେ ମହାଦେବଙ୍କ ଦର୍ଶନ ଲାଗି ମନ୍ଦିରକୁ ଆସିଥାଆନ୍ତି । ସପ୍ତାହର ସାତଦିନ ତାକୁ ସାତ ଯୁଗ ପରି ଲାଗୁଥାଏ । ତାଙ୍କ ଦେଖା ପାଇବା ଲାଗି ସାତ ଦିନର ପ୍ରତୀକ୍ଷା ସତୀକୁ ଅସହ୍ୟ ବୋଧ ହେଉଥାଏ । ବର୍ତ୍ତମାନ ଧବଳେଶ୍ୱରଙ୍କ ସେ ମନ୍ଦିରରେ ମହାଦେବଙ୍କୁ ଦର୍ଶନ କରିବା ପାଇଁ ଯେତେ ବ୍ୟସ୍ତ ନୁହେଁ, ଠାକୁରଙ୍କ ବାରିରେ ତାଙ୍କ ସହିତ ସାକ୍ଷାତ ଲାଗ ତତୋଧିକ ବ୍ୟଥିତ ଏବଂ ବିବ୍ରତ ମଧ୍ୟ ।

ସେ ଚାହୁଁଥିଲା ବର୍ଷକ ବାର ମାସ ଗୋଟିଏ ମାସରେ ଦ୍ରବୀଭୂତ ହୋଇଯାଆନ୍ତା, କେବଳ କାର୍ତ୍ତିକ ମାସରେ । ସପ୍ତାହକ ସାତଦିନ ରୂପାନ୍ତରିତ ହୋଇଯାଆନ୍ତା ସୋମବାରକୁ । ଦିନରାତି ଚବିଶ ଘଣ୍ଟା ପରିଣତ ହୋଇଯାଆନ୍ତା ଗୋଟିଏ ଘଣ୍ଟାରେ । ଦିନ ଏଗାରଟାରେ । ଯେଉଁ ସମୟ ହେଉଛି ତାଙ୍କର ମନ୍ଦିରକୁ ଆସିବା ବେଳ । ସିଏ ଆସନ୍ତେ । ସେତେବେଳେ ମନ୍ଦିରରେ ଆଉ କେହି ନ'ଥାଆନ୍ତେ, ରହିଥାଆନ୍ତେ କେବଳ ସୁନି ଆଉ ସେ ନିଜେ । ସେ ଦୁହେଁ ମୁଖଶାଲାରେ ବସି ରହି ଥାଆନ୍ତେ ତାଙ୍କ ଅପେକ୍ଷାରେ କଥାବାର୍ତ୍ତା ହେବା ବାହାନାରେ । ଗପସପ ହେବା ଆଳରେ । ତାଙ୍କ ଆସିବା ବାଟକୁ ଅନାଇ ରହି ।

ସିଏ ଆସି ପହଞ୍ଚନ୍ତେ, ମୁହଁ ହାତ ଧୋଇ, ଠାକୁରଙ୍କୁ ଝୁହାର ହୋଇ ସାରି ପାଦୁକ ପାଇବା ପାଇଁ ଆସି ଠିଆ ହୁଅନ୍ତେ ସତୀ ପାଖରେ । ସତୀ ମନ୍ଦିର ଦୁଆରେ ରହି ମନ୍ଦିର ଭିତରେ ଥିବା ସୁନି ହାତରୁ ଗ୍ଲାସ ଆଣିବା ମାତ୍ରେ ସିଏ ହାତ ପତାନ୍ତେ । ତାଙ୍କ ଚକିରେ ସତୀ ପାଦୁକ ଢାଳି ଦିଅନ୍ତା । ଅଞ୍ଜୁଠା ହାତ ଧୋଇ ସିଏ ବିଭୂତି ନାଇବା ଲାଗି ଆସନ୍ତେ । ସତୀ

ପାଖରେ ଠିଆ ହୋଇ ରହନ୍ତେ ସୁନା ପିଲାଟି ପରି, ଧୀରସ୍ଥିର ଭାବରେ । ସତୀ ବିଭୂତି ଥାଲିଆରୁ ବିଭୂତି ନେଇ ତାଙ୍କ କପାଳରେ ଲଗାଇ ଦିଅନ୍ତ, ଟିପା ବଙ୍କା ନ ହୋଇ କପାଳର ଠିକ୍ ମଝିରେ ଲାଗିବା ପାଇଁ ସତୀ ତାଙ୍କ ମୁହଁକୁ ଅନାଇ ଦିଅନ୍ତ । ଯେତେବେଳେ କି ସିଏ ଚାହିଁ ରହିଥାଆନ୍ତେ ସତୀ ମୁହଁକୁ । ମିଶି ଯାଆନ୍ତା ଚାରୋଟି ଆଖ । ଡାହାଣ ହାତର ମଝି ଆଙ୍ଗୁଳି ଟିପ ଛୁଇଁ ଯାଇଥାଆନ୍ତ ତାଙ୍କ କପାଳକୁ, ହାତ ଅଙ୍ଗୁଳି ଟିପରେ ସେ ତାଙ୍କ ପରଶ ପାଉଥାଆନ୍ତ ଏମିତି । ଗଡ଼ିଯାଆନ୍ତା ସମୟ । ଦିନ ଯାଇ ରାତି ବି ପାହି ଯାଆନ୍ତା । ବିତି ଯାଉ ଥାଆନ୍ତା ସପ୍ତାହ, ପକ୍ଷ ଓ ମାସ । ମାସ ପରେ ମାସ ସରିଯାଆନ୍ତା, ଋତୁ ପରେ ଋତୁ ବଦଳୁ ଥାଆନ୍ତେ, ବର୍ଷ ବର୍ଷ ହୋଇ କେତେ ଯୁଗ । ସତୀ ଚାହିଁ ରହିଥାଆନ୍ତା ତାଙ୍କୁ । ସିଏ ଅନାଇଁ ଥାଆନ୍ତେ ସତୀର ମୁହଁକୁ । ଚାରିଆଖ ମିଶିଯାଇ ଥାଆନ୍ତା । ଏକାକାର ହୋଇ ଯାଇଥାଆନ୍ତା ତାଙ୍କ ନଜର ସହିତ ତା ନିଜ ଦୃଷ୍ଟି । ଡାହାଣ ହାତ ମଝି ଅଙ୍ଗୁଳିର ଟିପ ଲାଗି ରହି ଥାଆନ୍ତା ତାଙ୍କ କପାଳରେ । ତାଙ୍କ ଦେହ ଛୁଆଁର ପରଶ ପାଉଥାଆନ୍ତା ସେ ଏମିତି । ସେହି ଘଟଣାର ଅବସାନ ହୁଅନ୍ତା ନାହିଁ । ପଡ଼ନ୍ତା ନାହିଁ ସେ ଦୃଶ୍ୟରେ ପୂର୍ଣ୍ଣଚ୍ଛେଦ । ଯବନିକା ପାତ ହୁଅନ୍ତା ନାହିଁ ମଞ୍ଚସ୍ଥ ହେଉଥିବା ସେ ନାଟକର । ଅସରନ୍ତି ରହନ୍ତା ସେ ବିଷୟ ବସ୍ତୁର କାହାଣୀ । ହୃଦୟର ପରଦା ଖୋଲା ଥାଆନ୍ତା, ଅଭିନୟ ଚାଲୁ ରହିଥିବା ମଞ୍ଚର ପରଦା । ଅନ୍ତରୁ ଲାଜର ଓଢ଼ଣି ଉଡ଼ି ଯାଆନ୍ତା ମିଳନ ଆଶାର ବତାଶରେ । ସଂକୋଚର ଅବଗୁଣ୍ଠନ ଖୋଲି ଯାଆନ୍ତା ଦେହଛୁଆଁ ପରଶ ପାଉଥିବା ଆହ୍ଲାଦ ପଣିଆରେ । ସରମର ଲମ୍ବ ପଣତ ଖସିପଡ଼ନ୍ତା ତାଙ୍କ ଅକୁହା କଥାର ଭାଷା ପ୍ରବାହରେ । ନିରବତାର ଅବ୍ୟକ୍ତ ଭାଷା ଶୁଣା ଯାଉଥାଆନ୍ତା ଅବିରତ କର୍ଣ୍ଣ ପଟହରେ । ଅସରନ୍ତି କାହାଣୀର ଅନୁଚାରିତ ସଂଲାପ ଫୁଟି ଉଠନ୍ତା ପାଟି ଖୋଲୁ ନଥିବା ମୁଖମଣ୍ଡଳରୁ । ବିବେକ ବାଧା ଦିଅନ୍ତା ନାହିଁ । ସଂକୋଚ ସାଜନ୍ତା ନାହିଁ ପ୍ରତିବନ୍ଧକ । ସରମ ଛୁଇଁ ପାରନ୍ତା ନାହିଁ କାହାରି ମନ, ପ୍ରାଣ, ଆତ୍ମା, ହୃଦୟ ଓ ଅନ୍ତରକୁ । ଲାଜ ଲାଗନ୍ତା ନାହିଁ କାହାରିକୁ ସେଠି ସେହି ମିଳନ ବେଦୀରେ । ମିଶି ଯାଆନ୍ତା ଗୋଟିଏ ମନ ସହିତ ଆଉ ଏକ ମନ । ଗୋଟିଏ ଆତ୍ମା ସହିତ ଆଉ ଏକ ଆତ୍ମାର ମିଳନ ଘଟନ୍ତା । ପ୍ରାଣ ସହିତ ପ୍ରାଣର । ଅନ୍ତର ସହିତ ଅନ୍ତରର ଆଉ ହୃଦୟ ସହିତ ହୃଦୟର । ଏକମନ, ଏକପ୍ରାଣ, ଏକ ଆତ୍ମା ହୋଇ ଯାଆନ୍ତେ କିନ୍ତୁ ଶରୀର ଥାଆନ୍ତା ଦୁଇଟି । ପରସ୍ପରଠାରୁ ପୃଥକ ହୋଇ । ଜଣକ ହୃଦୟ ସିଂହାସନରେ ଅନ୍ୟ ଜଣକ ଅଧ୍ୟଷିତ ହୋଇଥାଆନ୍ତେ । ଅନ୍ତରରେ ପରସ୍ପରକୁ ସାଇତି ରଖିଥାଆନ୍ତେ ଅତି ଯତ୍ନ ସହକାରେ ସାବଧାନତାର ସହିତ । ସେ ମିଳନ ହୁଅନ୍ତା ମହା ମିଳନ । ସେ ମିଳନର ଶେଷ ନଥାଆନ୍ତା । ଏକାକାର ହେବାର ଅନ୍ତ ଘଟନ୍ତା ନାହିଁ । ବିଚ୍ଛେଦ ଛୁଇଁ ପାରନ୍ତା ନାହିଁ ସେମାନଙ୍କ ମିଳନକୁ । ଆଉ ଅନ୍ତରାୟ ସେଠି ସୃଷ୍ଟି କରିପାରନ୍ତା ନାହିଁ ବ୍ୟବଧାନ । ଦୂରତା ବଇରି ସାଜନ୍ତା ନାହିଁ ଆଦୌ । କେହି କାହାରିକୁ ପ୍ରତ୍ୟାଖ୍ୟାନ କରିବା ମାନସିକତାରେ ନଥାଆନ୍ତେ । କେହି ହୁଅନ୍ତେ ନାହିଁ ପଲାୟନପଟୁ । ପଲାତକର ମନବୃଭି ସେଠି ସମାଧ୍ ନେଇଥାଆନ୍ତା । କେହି କାହାରିକୁ ଭୁଲି ଯିବା ପରିସ୍ଥିତିରେ ରହି ପାରନ୍ତେ ନାହିଁ । ପାସୋରି ଦେବାର ମନବୃଭି ସେଠି ବିସ୍ମରଣ ହୋଇ ଯାଇଥାଆନ୍ତା । ସେଠି ସବୁ ହୋଇଥାଆନ୍ତା ଏକାକାର, ମିଶ୍ରିତ, ଦ୍ରବୀଭୂତ, ଏକମନ, ଏକପ୍ରାଣ, ଏକ ଆତ୍ମା, ଏକ ଅନ୍ତର । ଦେହ କେବଳ ଦୁଇଟି ହରି (ବିଷ୍ଣୁ) ଆଉ ହର (ଶିବ)ଙ୍କ ପରି । ଏକାତ୍ମା ଦୁଇଟି ଶରୀରରେ ।

ଯୁଦ୍ଧ ପଡ଼ିଆରେ ନିଜର ଆତ୍ମୀୟ ସ୍ୱଜନମାନଙ୍କୁ ଦେଖ ତୃତୀୟ ପାଣ୍ଡବ ମୋହ ଗ୍ରସ୍ତ ହୋଇ ଯୁଦ୍ଧ ତ୍ୟାଗ କରିବାର ନିଷ୍ପଭି ନେବାକୁ ସିଦ୍ଧାନ୍ତ କରିଥିବା ବେଳେ ବିଷାଦ ଗ୍ରସ୍ତ ସଖା ଅର୍ଜୁନଙ୍କୁ ବୁଝାଇବାକୁ ଯାଇ କୃଷ୍ଣ ଯେପରି ଧର୍ମଭୂମି କୁରୁକ୍ଷେତ୍ର ଯୁଦ୍ଧ ପ୍ରାଙ୍ଗଣରେ ତାଙ୍କ ଅଲୌକିକ ଶକ୍ତି ବଳରେ ସମୟକୁ ସ୍ଥିର କରି ଦେଇ ପାରିଥିଲେ । ସେମିତି ଠାକୁରଙ୍କ ବାରିରେ ଦିନ ଏଗାରଟା ଧବଳେଶ୍ୱର ମନ୍ଦିର ପ୍ରାଙ୍ଗଣରେ ସ୍ଥିର ହୋଇ ଯାଆନ୍ତା କି ସବୁଦିନ ପାଇଁ । ସେ ମନ୍ଦିର ଦ୍ୱାର ପାଖରେ କିଆ ହୋଇ ତାଙ୍କୁ ପାଦୁକ ଦେଇସାର ପିନ୍ଧାଇ ଦେଉଥାଆନ୍ତା ବିଭୂତିର ଟିପା । ଯେତେବେଳେ କି ଦୁହେଁ ଦୁହଁଙ୍କୁ ଅନାଇ ରହି ମିଶାଇ ଦେଇ ଥାଆନ୍ତେ ପରସ୍ପର ଆଖ ସହିତ ଆଖ । ସେହି ମୁହୂର୍ତ ଯାହାକି ସତୀ ପାଇଁ ମାହେନ୍ଦ୍ର ବେଳା

ଭାବରେ ସାବ୍ୟସ୍ତ ହୋଇଛି । ସେହି ଅମୃତ ସମୟର ଶୁଭ ଲଗ୍ନ ଲମ୍ବି ଯାଆନ୍ତା ଭଗବତ ଗୀତାରେ ବର୍ଣ୍ଣିତ ଅଷ୍ଟାଦଶ ଯୋଗର ସାତଶହ ଏକଟି ଶ୍ଲୋକକୁ ପ୍ରାଞ୍ଜଲ ଭାବରେ ବ୍ୟାଖ୍ୟା କରି ବିସ୍ତୃତ ଭାବେ ବୁଝାଇ ସାରିବା ପର୍ଯ୍ୟନ୍ତ ।

ଅପରିଚିତକୁ ମନଦେଇ, ଅଚିହ୍ନା ଯୁବକକୁ ଭଲପାଇ, ଅଜଣା ପୁରୁଷଟିକୁ ନିଜର କରିବାକୁ ଯାଇ, ଅଜ୍ଞାତ ବ୍ୟକ୍ତିକ ପ୍ରେମିକା ହୋଇ । ଅଶୁଣା ଲୋକଟିର ପ୍ରେୟସୀ ସାଜି । ସୁନି କହିବା ମୁତାବକ ସତୀ ପଡ଼ିଯାଇଛି ଅଠାକାଟିର ଅଡ଼ୁଆରେ । ସେଥିରୁ ସେ ମୁକୁଲି ପାରୁ ନ ଥିଲା ଶତ ଚେଷ୍ଟା ସତ୍ତ୍ୱେ । ସେଥିରୁ ବାହାରିବାର କୌଣସି ରାସ୍ତା ସେ ଦେଖି ପାରୁ ନ ଥିଲା । ଖସି ଯିବାର ବାଟ ଖୋଜି ନ ପାଇ ସେହି ଅଠାକାଟି ବନ୍ଧନରେ ବନ୍ଦିନୀ ହୋଇ ରହିବାକୁ ସେ ବାଧ୍ୟ ହେଉଥିଲା । ସେ ବନ୍ଧନରୁ ବାହାରି ଆସିବାକୁ ତା'ର ସମସ୍ତ ଉଦ୍ୟମ ବ୍ୟର୍ଥ ହେଲା ପରେ ସେ ଅନନ୍ୟୋପାୟ ହୋଇ ସେଇଠି ଅଟକି ରହିଥିଲା । ଶୃଙ୍ଖଳ ବଦ୍ଧ ବନ୍ଦିନୀଟି ପରି । ଅମଡ଼ା ବାଟର ବାଟୋଇ, ଅଚିହ୍ନା ପଥର ପଥିକ, ଅଜଣା ରାସ୍ତାର ଯାତ୍ରୀ, ଅଶୁଣା ଗନ୍ତବ୍ୟ ପଥର ଲକ୍ଷ୍ୟହୀନ ପଥଚାରୀ, ଅଦେଖା ରାଇଜକୁ ନୂଆକରି ପ୍ରଥମଥର ପାଇଁ ଗଲେ ଯେପରି ପଚାରି ପଚାରି ଯାଇଥାଏ । ବୁଝା ବୁଝ୍ କରି ଆଗେଇ ଥାଏ । ଆଗକୁ ପାଦ ବଢ଼ାଇବା ପୂର୍ବରୁ ଅନେକ ବାର ସତର୍କତାର ସହିତ ଗଭୀର ଭାବରେ ବିଚାର କରିଥାଏ ମନେ ମନେ । ସେମିତି ଥିଲା ତାର ପରିସ୍ଥିତି ।

ଲକ୍ଷ୍ୟସ୍ଥଳ ଅଜଣା ଥିଲେ, ଗନ୍ତବ୍ୟର ଶେଷସୀମା ଅମାଲୁମ ହେଲେ, ଲକ୍ଷ୍ୟହୀନ ଭାବରେ ଯାତ୍ରା କଲେ, ପଥିକଟି ଦୁର୍ଦ୍ଦଶା ଭୋଗିଥାଏ । ଅପହଞ୍ଚ ସୀମାକୁ ଡେଇଁବାକୁ ଇଚ୍ଛା ପୋଷଣ କରୁଥିବା ଆରୋହୀ । ନିଷିଦ୍ଧ ଇଲାକାକୁ ପ୍ରବେଶ ଲାଗି ଆଗ୍ରହୀ ଥିବା ବିଚରା ବାଟୋଇ । ବାରଣ ଥିବା ଅନ୍ତିମ ବିନ୍ଦୁକୁ ଛୁଇଁବାକୁ ଇଚ୍ଛା କରୁଥିବା ଆଶାୟୀଟି ପଥ ଅତିକ୍ରମ କରିବା ସମୟରେ ଯାତ୍ରା ପଥରେ ଭୋଗିଥାଏ ଅସୁମାରି ଯନ୍ତ୍ରଣା । ଅଶେଷ ବ୍ୟଥା, ଅକଥନୀୟ କଷଣ, ଅପରିର୍ଯ୍ୟାପ୍ତ ଦୁଃଖ । ଯାହାକି ସତୀ ଲାଗି ସ୍ଥିରୀକୃତ ହୋଇ ସାରିଥିଲା ।

ସଞ୍ଜ ନଇଁ ଆସୁଥିଲା । ମଳିନ ପଡ଼ିଯାଉଥିଲା ଦିନର ଆଲୋକ । ଫିକା ଗୋଧୂଳିର କ୍ଷୀଣ ଆଲୋକରେ ଧରାପୃଷ୍ଠ ଯାହା ସାମାନ୍ୟ ଆଲୋକିତ ହେଉଥିଲା । ରାତିର ଅନ୍ଧାର ମାଡ଼ି ଆସି ନ ଥିଲା । ତମସା ଘୋଟି ଯିବାକୁ ବାକିଥିଲା କିଛି ସମୟ । ଦୀପାବଳି ଅମାବାସ୍ୟା । ତମସାରେ ଦୀପାବଳୀ ଆଶାର ପ୍ରତୀକ । ପଥ ପ୍ରଦର୍ଶନର ମାର୍ଗ । ଅଜ୍ଞତା, ଅନୀତି, ଅପସଂସ୍କୃତି, ଅଣପରଂମ୍ପରା ଆଦି ସକଳ ତମିସ୍ରାର ଅପନୟନ ଦୀପାବଳିର ଉଦ୍ଦେଶ୍ୟ । ଜୀବନର ସବୁ ନକାରାମ୍ମକ ଦିଗରେ ଆଲୋକ ସଂଚାରଣ କରି ତାହାକୁ ସରସ ସୁନ୍ଦର କରିବାକୁ ଏହା ପାଲିତ ହୁଏ । ଜୀବନରେ ଉତ୍ସାହ, ସରସତା, ଆମୋଦ, ଭାତୃତ୍ୱ, ଅନ୍ତରଙ୍ଗତା ଏବଂ ହର୍ଷୋଲ୍ଲାସ ଭରିବା ପାଇଁ, ଭାରତୀୟ ସଂସ୍କୃତିରେ ଅନେକ ଉତ୍ସବାନୁଷ୍ଠାନର ବ୍ୟବସ୍ଥା ରହିଛି । ସେଥିରୁ କିଛି ଧର୍ମ ଅଧାରିତ ଆଉ କିଛି ସଂସ୍କୃତି ଭିତ୍ତିକ ଓ ପରଂମ୍ପରା ଗତ । ଦୀପାବଳୀ ଆମ ଦେଶରେ ଏଭଳି ଏକ ସାର୍ବଜନୀନ ଉତ୍ସବ ଯାହା ଜାତି ବା ଧର୍ମର ଚୌହଦିରେ ସୀମିତ ନୁହେଁ । ବିଭିନ୍ନ ସଂପ୍ରଦାୟ ଏହାକୁ ଆଲୋକର ପର୍ବ କହି କେଉଁ କାଳରୁ ପାଳନ କରି ଆସୁଛନ୍ତି । ଏହି ଉତ୍ସବ ପାଳନର ଧାର୍ମିକ ରୀତିନୀତି ଯାହା ଥାଉନା କାହିଁକି ଜୀବନରେ ଆଲୋକର ମହତ୍ତ୍ୱ ଯେ ସର୍ବଜନୀନ ତଥା ସର୍ବକାଳୀନ ଏହି ଉତ୍ସବ ତା'ର ପ୍ରମାଣ କରୁଛି । ଜୀବନର ଗୁଢ଼ ରହସ୍ୟ ବୁଝିବା ପାଇଁ ଦର୍ଶନ ହେଉଛି ମୂଳମନ୍ତ୍ର । ସେହି ଦର୍ଶନ ମାର୍ଗରେ ଚଲିବା ପାଇଁ ପୂଜା, ପାର୍ବଣ ଓ ଉତ୍ସବାନୁଷ୍ଠାନ ମାନ ଆୟୋଜିତ ହୋଇଥାଏ ।

ଆମ ଦେଶ ଏକ ଧର୍ମନିରପେକ୍ଷ, ଗଣତନ୍ତ୍ର ରାଷ୍ଟ୍ର ଭାବରେ ସାରା ବିଶ୍ୱରେ ପରିଚିତ । ଆମ ଦେଶରେ ବିଭିନ୍ନ ଧର୍ମାବଲମ୍ବୀମାନେ ବସବାସ କରନ୍ତି । ଏମାନଙ୍କ ମଧ୍ୟରେ ହିନ୍ଦୁ ଧର୍ମାଲମ୍ବୀଙ୍କ ସଂଖ୍ୟା ଅଧିକ । ଏହି ହିନ୍ଦୁମାନେ ବିଶେଷତଃ ଦେବଦେବୀମାନଙ୍କୁ ଉପାସନା କରିଥାଆନ୍ତି । ଏହା ସହିତ ଅନ୍ୟାନ୍ୟ ସାଂସ୍କୃତିକ କାର୍ଯ୍ୟକ୍ରମକୁ ମଧ୍ୟ ପାଳନ କରନ୍ତି । ତେଣୁ ଆମ ଦେଶକୁ ଏକ ପାର୍ବଣର ଦେଶ ବୋଲି କୁହାଯାଇଥାଏ । ହିନ୍ଦୁ ଧର୍ମରେ ଯେତେ ସବୁ ପର୍ବପର୍ବାଣୀ ରହିଛି ତା' ମଧ୍ୟରୁ ଦୀପାବଳୀ ଗୋଟିଏ ପ୍ରଧାନ ପର୍ବ । ଏହାକୁ ସାଧାରଣତଃ ଆଲୋକର ପର୍ବ ବୋଲି କୁହାଯାଏ । ଦୀପାବଳୀ ହେଉଛି ଦୀପର ପର୍ବ । କେଉଁ ଅନାଦି କାଳରୁ ଏହି ପର୍ବ ପାଳନର ପରମ୍ପରା ରହି ଆସିଛି । ଦେଶର ବିଭିନ୍ନ ସଂପ୍ରଦାୟର ଲୋକମାନେ ଏହାକୁ ପାଳନ କରିଥାଆନ୍ତି । ଆଶ୍ୱିନ ମାସରେ ମା'ଦୁର୍ଗାଙ୍କ ପୂଜା ପରେ ଅର୍ଥାତ କାର୍ତ୍ତିକ ମାସ ଅମାବାସ୍ୟା ତିଥିରେ ଏହି ଦୀପାବଳୀ ଉସ୍ଭବ ଘରେ ଘରେ ପାଳିତ ହୁଏ । କେତେକଙ୍କ ମତରେ ଏହା ଅନ୍ଧକାର ଉପରେ ଆଲୋକର ବିଜୟ ପର୍ବ । ଜ୍ଞାନ ଓ ଆଲୋକର ପ୍ରକାଶ ହେଉଛି ଦୀପାବଳୀର ପ୍ରତୀକ । ଦୀପାବଳୀକୁ ଦିଓ୍ୱାଲୀ ବୋଲି ମଧ୍ୟ କୁହାଯାଏ । ଯେପରି ପ୍ରତ୍ୟେକ ପର୍ବପର୍ବାଣୀ ପଛରେ କିଛି ନା କିଛି କିମ୍ବଦନ୍ତି ରହିଥାଏ । ସେହିପରି ଦୀପାବଳୀର ନାମକରଣକୁ ନେଇ ଏକ ପୌରାଣିକ ମତ ରହିଛି । ଦ୍ୱାପର ଯୁଗର କଥା । ସେହି ଯୁଗରେ ଦୀପାରୀ ନାମରେ ଜଣେ ଦୈତ୍ୟ ଥିଲା । ସେ ଲୋକମାନଙ୍କୁ ବହୁତ ହଇରାଣ ହରକତ କରୁଥିଲା । ଲୋକମାନଙ୍କ ଉପରେ ଅତ୍ୟାଚାର କରୁଥିଲା । ଦିନକୁ ଦିନ ଦୀପାରୀ ଦୈତ୍ୟର ଅତ୍ୟାଚାର ବଢ଼ିବାକୁ ଲାଗିଲା । ଦୀପାରୀର ଅତ୍ୟାଚାରରେ ଲୋକେ ଅତିଷ୍ଠ ହୋଇ ଶେଷରେ ଦ୍ୱାରିକାଧୀଶ ଶ୍ରୀକୃଷ୍ଣଙ୍କ ନିକଟରେ ପହଞ୍ଚି ସମସ୍ତ ଘଟଣା ତାଙ୍କ ନିକଟରେ ବର୍ଣ୍ଣନା କଲେ । ଦୈତ୍ୟର ଅତ୍ୟାଚାରରୁ ରକ୍ଷା ପାଇବା ଲାଗି ଗୁହାରି କଲେ । ଭଗବାନ ଶ୍ରୀକୃଷ୍ଣ ପ୍ରଜାମାନଙ୍କଠାରୁ ଅସୁରର ଅତ୍ୟାଚାର କଥା ଶୁଣି ଦୀପାବଳି ଦିନ ମହାପ୍ରତାପୀ ଦୀପାରୀକୁ ବଧ କରିଥିଲେ । ସେହିଦିନଠାରୁ ତାଙ୍କରି ନାମାନୁସାରେ ଏହି ପର୍ବର ନାମ ଦୀପାବଳୀ ରଖା ଯାଇଥିବା କୁହାଯାଏ ।

ଅନ୍ୟ ଏକ କିମ୍ବଦନ୍ତୀ ଅନୁଯାୟୀ ଅସୁର ଓ ଦେବତାଙ୍କ ସମୁଦ୍ର ମନ୍ଥନ କାଳରେ ଯେଉଁଦିନ ଦେବୀ ଲକ୍ଷ୍ମୀଙ୍କର ଆବିର୍ଭାବ ହୋଇଥିଲା । ତାହା ଥିଲା କାର୍ତ୍ତିକ ମାସର ଅମାବାସ୍ୟା ତିଥି । ଦେବୀଲକ୍ଷ୍ମୀ ସୁଖ ଓ ସମୃଦ୍ଧିର ପ୍ରତୀକ । ଏ ଉସ୍ଭବ ପାଳନର ତାହା ଭିନ୍ନ ଏକ ହେତୁ ।

ହିନ୍ଦୁ ପୁରାଣରେ ବର୍ଣ୍ଣିତ ବିଭିନ୍ନ ଘଟଣା ଆଧାରରେ ଏହି ପର୍ବକୁ ଆଲୋକର ପର୍ବ ଭାବେ ପାଳନ କରାଯାଇଥାଏ । ହିନ୍ଦୁମାନଙ୍କ ପାଇଁ ଦୀପାବଳୀ ଏକ ମୁଖ୍ୟ ପର୍ବ ଯାହା ଘରେ ଘରେ ନାନାଦି ପାରମ୍ପରିକ ଢଙ୍ଗରେ ପାଳନ କରାଯାଇଥାଏ । ପୁରାଣ ଯୁଗରୁ ଏହି ଦୀପାବଳି ପର୍ବ ପାଳିତ ହୋଇଆସୁଛି । ଆହୁରି ମଧ୍ୟ ପୁରାଣରେ ଉଲ୍ଲେଖ ଅଛି ଦ୍ୱାପର ଯୁଗରେ ନାରକାସୁର ଯୁଦ୍ଧରେ ଇନ୍ଦ୍ରଙ୍କୁ ପରାସ୍ତ କରି ଦେବୀ ଆଦିତିଙ୍କ ବହୁମୂଲ୍ୟ ଅଳଙ୍କାର ଲୁଟି ନେଇଥିଲା । ଦ୍ୱାପର ଯୁଗରେ ଏହି ମହାପ୍ରତାପୀ ଅସୁରକୁ ଭଗବାନ ଶ୍ରୀକୃଷ୍ଣ ବଧ କରିଥିଲେ ଏବଂ ତା'ର ପୁତ୍ର ଭଗଜହର ସିଂହାସନ ଆରୋହଣ କରି ଖୁସିରେ କାଉଁରିଆ କାଠି ଜଳାଇଥିଲେ । ଏହି ଦିନ ଭଗବାନ ଶ୍ରୀକୃଷ୍ଣ ଇନ୍ଦ୍ରଙ୍କ କୋପରୁ ଗୋପବାସୀଙ୍କୁ ରକ୍ଷା କରିଥିଲେ । ପ୍ରଚଳିତ ପରମ୍ପରା ଅନୁସାରେ ଦୀପାବଳି ଏକ ପବିତ୍ର ଉସ୍ଭବ ଅଟେ । ଓଡ଼ିଶାରେ ଏହି ପର୍ବର ଏକ ବିଶେଷ ସ୍ୱତନ୍ତ୍ରତା ଦେଖିବାକୁ ମିଳେ । ଏହିଦିନ ଯିଏ ଯେଉଁଠି ଥାଆନ୍ତୁନା କାହିଁକି ନିଜ ଘରେ ଆସି ପହଞ୍ଚି ଥାଆନ୍ତି । ରାତ୍ର କାଳରେ ପିତୃପୁରୁଷଙ୍କୁ ଆବାହନ କରି ପିଣ୍ଡଦାନ ଦିଆଯାଏ । ପିଣ୍ଡଦାନ ପ୍ରକ୍ରିୟାକୁ ଓଡ଼ିଆ ପରମ୍ପରାରେ ପୟ୍ୟାଶ୍ରାଦ୍ଧ ବୋଲି କୁହାଯାଏ । ପିତୃପୁରୁଷ ମାନଙ୍କୁ ପରିବାରର ସଦସ୍ୟ ମାନେ ତିଳ ତର୍ପଣ କରିଥାଆନ୍ତି । କୁହାଯାଏ ପିଣ୍ଡଦାନ ପାଇଁ କାର୍ତ୍ତିକ ଅମାବାସ୍ୟା ବା ଦୀପାବଳୀ ରାତିରେ ପିତୃପୁରୁଷମାନେ ପିତୃଲୋକକୁ ଫେରିଯାଆନ୍ତି । ପରିବାରର ସମସ୍ତ ସଦସ୍ୟ ଦୀପ ଓ କାଉଁରିଆ କାଠିକୁ ହାତରେ ଧରି ଉଚ୍ଚ ସ୍ୱରରେ ପିତୃପୁରୁଷଙ୍କୁ ଡାକିଥାଆନ୍ତି । ଏହିଦିନ ମା'କାଳୀଙ୍କ ପୂଜା ହୋଇଥାଏ ।

ମହାଶକ୍ତି ଦୁର୍ଗାଙ୍କୁ କାଳୀ ରୂପରେ ପୂଜା କରାଯାଏ । ଅସୁର ବିନାଶ ନିମନ୍ତେ ମହାଶକ୍ତି ଦୁର୍ଗାଙ୍କର ଆବିର୍ଭାବ ହୋଇଥିଲା । ଶୁମ୍ଭ, ନିଶୁମ୍ଭଙ୍କ ସହିତ ତ୍ରିପୁର ବିଜୟୀ ମହିଷାସୁରକୁ ବଧ କରିବା ନିମନ୍ତେ ଦେବୀଙ୍କର କ୍ରୋଧ ଜର୍ଜରିତ କରାଳ ରୂପ ମହାକାଳୀ । ଅସୁର ବିନାଶ ପରେ ଉଗ୍ର କରାଳରୂପ ଧାରଣ କରି ଉନ୍ମତ୍ତ ଭାବରେ ଯେଉଁ ଉଦଣ୍ଡ ନୃତ୍ୟ କରିଥିଲେ ସେଥିରେ ସମଗ୍ର ମେଦିନୀ ପ୍ରକମ୍ପିତ ହୋଇ ଉଠିଲା । ତାଙ୍କର ରକ୍ତ ରଞ୍ଜିତ ଲେଲିହାନ ଜିହ୍ୱା, ଗଳାରେ ଛିନ୍ନ ମୁଣ୍ଡମାଳ, ଉନ୍ମୁକ୍ତ କେଶବାସ, ହସ୍ତରେ ଖଡ୍ଗ ଖର୍ପର ଧାରଣ କରାଳ ରୂପ ଦର୍ଶନରେ ସମଗ୍ର ଜୀବଜଗତ ଭୟରେ ଆତଙ୍କିତ ହୋଇ ଉଠିଲା । ତାଙ୍କ ସମ୍ମୁଖକୁ ଯିବା ପାଇଁ ଦେବତାମାନେ ମଧ୍ୟ ଭୟଭୀତ ହୋଇପଡ଼ିଲେ । ସମସ୍ତେ ଯାଇ ଶିବଙ୍କ ନିକଟରେ ଶରଣ ପଶିଲେ । ମହା ଯୋଗେଶ୍ୱର ଶିବ ସ୍ୱୟଂ ପତ୍ନୀଙ୍କର ଏପରି ଭୟଙ୍କର ରୂପରେ ବିଚଳିତ ହୋଇ ପଡ଼ିଲେ । ଦେବୀଙ୍କୁ ଶାନ୍ତ କରାଇବାର ଅନ୍ୟ ଉପାୟ ନଦେଖି ଶିବ ଦେବୀଙ୍କର ଯାତ୍ରାପଥ ରୋଧ କରି ଚିତ୍ ହୋଇ ଶୋଇପଡ଼ିଲେ । ଦେବୀ ଉନ୍ମତ୍ତ ଭାବରେ ନାଚିନାଚି ଆଗେଇ ଯିବା ବେଳକୁ ତାଙ୍କ ପାଦ ପଡ଼ିଲା ଶିବଙ୍କ ହୃଦୟ ଉପରେ । ଚମକି ପଡ଼ିଲେ ଦେବୀ । କିଏ ଏହି ଶକ୍ତି ଯିଏକି ତାଙ୍କର ପାଦ ଭାରକୁ ସହି ନେଇ ତାଙ୍କୁ ଅଟକାଇ (ପାରିଛି) ଦେଇଛି । ନିଜ ସ୍ୱାମୀଙ୍କ ଛାତିରେ ଆପଣା ପାଦ ଦେଇଥିବାରୁ ଅନୁତାପରେ ତାଙ୍କ ଦେହର ବର୍ଣ୍ଣ କଳା ପଡ଼ିଗଲା । ସେ ସେଇଠୁ କାଳୀ ନାମରେ ପରିଚିତ ହେଲେ । ପାଦ ତଳକୁ ଚାହିଁ ଜିଭ କାମୁଡ଼ି ଦେଲେ ଦେବୀ । ଦେବୀ ଶାନ୍ତ ହୋଇ ପଡ଼ିଲେ । ଉପସ୍ଥିତ ଦେବଗଣ ଦେବୀଙ୍କୁ ସେହି କାଳୀ ରୂପରେ ତାଙ୍କର ସ୍ତୁତିଗାନ କଲେ । ତାହା ଥିଲା କାର୍ତ୍ତିକ କୃଷ୍ଣ ଚତୁର୍ଦ୍ଦଶୀ ତିଥି । ସେହି ପରମ୍ପରା କ୍ରମେ ଆମ ଦେଶରେ କାଳୀ ପୂଜାର ପ୍ରସାର ଘଟିଛି । ଶକ୍ତିମୟୀ କାଳୀଙ୍କୁ ତାନ୍ତ୍ରିକ ବିଧାନରେ ପୂଜାର୍ଚ୍ଚନା କରିବା ଏହି ତିଥିର ମହତ୍ତ୍ୱ ।

ଆଲୋକର ପର୍ବ ଦୀପାବଳି ଭାରତୀୟ ମାନଙ୍କର ଏକ ମହାନ ପର୍ବ ଭାବରେ ପାଳିତ ହୋଇଥାଏ । ଏହି ପର୍ବ ନାନାଦି କାରଣ ହେତୁ ଅକ୍ଟୋବରର ଅଧାରୁ ନଭେମ୍ବର ଅଧା ଭିତରେ ପଡ଼ିଥାଏ । ହିନ୍ଦୁମାନଙ୍କ ପାଇଁ ଦୀପାବଳି ଏକ ପୁଣ୍ୟ ପର୍ବ ଯାହା ଘରେ ଘରେ ନାନାଦି ପାରମ୍ପରିକ ଢଙ୍ଗରେ ପାଳନ କରାଯାଇଥାଏ । ଅନ୍ୟାନ୍ୟ ଧର୍ମରେ ମଧ୍ୟ ଦୀପାବଳି ଦିନ ବିଭିନ୍ନ କାରଣରୁ ଉସ୍ତବ ବା ପର୍ବ ପାଳିତ ହୋଇଥାଏ । ଏହା ବ୍ୟତୀତ ଦୀପାବଳି ପର୍ବ ପାଳନ ନେଇ ଅନେକ କାରଣ ରହିଛି । ଜୈନ ଅନୁଗାମୀମାନଙ୍କ ପାଇଁ ଏହା ମହାବୀରଙ୍କର ମୋକ୍ଷ ବା ନିର୍ବାଣ ପ୍ରାପ୍ତିର ଦିନ ଭାବରେ ପାଳନ କରାଯାଇଥାଏ । ଜୈନ ଧର୍ମରେ ଦୀକ୍ଷିତ ବ୍ୟକ୍ତିମାନେ ୨୪ ତୀର୍ଥଙ୍କର ମହାବୀରଙ୍କର ନିର୍ବାଣ ଦିବସ ରୂପେ ଏହି ଦିବସକୁ ପାଳନ କରିଥାଆନ୍ତି । ଏ ସଂପର୍କରେ କାହାଣୀଟିଏ ଅଛି । ମହାବୀରଙ୍କର ଯେତେବେଳେ ମହାପ୍ରୟାଣ ଘଟିଲା ସେତେବେଳେ ତାଙ୍କ ପାଖରେ ବହୁ ଜୈନ ଧର୍ମାଲମ୍ବୀ ସନ୍ୟାସୀ ଏବଂ ଭକ୍ତ ଉପସ୍ଥିତ ଥିଲେ । ମହାପ୍ରୟାଣ ପରେ ଏ ପୃଥିବୀକୁ କିଏ ଆଉ ଜ୍ଞାନଲୋକ ଦେବ । ଏହାହିଁ ସେମାନେ ଚିନ୍ତାକଲେ । ସେମାନେ ସମସ୍ତେ ଏକତ୍ରିତ ହୋଇ ଦୀପାବଳୀ ଦିନ ମସାଲ ଜଳାଇ ଦିବ୍ୟଜ୍ଞାନ ସନ୍ଧାନରେ ଯାଇଥିଲେ । ସେହିଦିନ ଠାରୁ ଜୈନ ଧର୍ମାଲମ୍ବୀମାନେ ଦୀପାବଳୀ ଦିନ ଆଲୋକ ଜାଳିବାର ପରମ୍ପରା ରହି ଆସିଛି । ଖ୍ରୀଷ୍ଟପୂର୍ବ ୫୨୭ରେ ମହାବୀରଙ୍କର ଏହି ଦିନରେ ନିର୍ବାଣ ପ୍ରାପ୍ତି ହୋଇଥିଲା । ସେହି ଦିନକୁ ସ୍ମରଣ କରିବା ପାଇଁ ଜୈନମାନେ ଦୀପାବଳି ପାଳନ କରନ୍ତି । ଏହି ଅବସରରେ ଦୀପ ଜଳାଯାଏ ଏବଂ ମିଷ୍ଟାନ୍ନ ବଣ୍ଟାଯାଏ । ଜୈନ ବ୍ୟବସାୟୀମାନେ ହିସାବ ଖାତା ଏବଂ ମୁଦ୍ରା ପୂଜା କରନ୍ତି । ସେହି ବର୍ଷ ପାଇଁ ଏହି ଦିନ ହିସାବ ଖାତା ବନ୍ଦ କରାଯାଏ । ପରବର୍ତ୍ତୀ ଆଠ ଦିନ ପର୍ଯ୍ୟନ୍ତ କୌଣସି ବ୍ୟବସାୟ ହୁଏ ନାହିଁ । ସେମାନେ ଉପବାସ କରନ୍ତି । ଜପତପ କରନ୍ତି । ନବମ ଦିନରେ ଜୈନ ନବବର୍ଷ ପାଳିତ ହୁଏ । ଜୈନ ଧର୍ମାଲମ୍ବୀଙ୍କ ଭଗବାନ ମହାବୀରଙ୍କ ନିର୍ବାଣ ପ୍ରାପ୍ତି ଦିବସ ଓ ଭଗବାନ ମହାବୀରଙ୍କ ଉତ୍ତରାଧ୍ୟୟନ ସୂତ୍ର– ଶେଷ ପ୍ରବଚନ ପାଠର ମହାର୍ଘ ତିଥି ଭାବେ ଉତ୍ସାହର ସହିତ ଦୀବାବଳି ଉସ୍ତବ ପାଳନ କରାଯାଏ ।

ମୋଗଲ ସମ୍ରାଟ ଔରଙ୍ଗଜେବଙ୍କ ଦ୍ୱାରା ଶିଖ ଧର୍ମର ଷଷ୍ଠଗୁରୁ ହରଗୋବିନ୍ଦ ସିଂହ ବନ୍ଦୀ ହୋଇ କାରା କୋଠରିରେ ଆବଦ୍ଧ ହୋଇଥିଲେ । ଅଗଣିତ ଶିଖ ଧର୍ମାଳୟୀଙ୍କ ଦୃଢ଼ ବିରୋଧ ଯୋଗୁ ପରିଶେଷରେ ତାଙ୍କୁ କାରାମୁକ୍ତ କରାଗଲା । ତାଙ୍କୁ ସ୍ୱାଗତ କରିବା ପାଇଁ ସେତେବେଳେ ସ୍ୱର୍ଣ୍ଣ ମନ୍ଦିରକୁ ଦୀପରେ ସଜ୍ଜା ଯାଇଥିଲା । ସେ ଏହି ଦୀପାବଳି ଦିନ କାରାମୁକ୍ତ ହୋଇଥିବାରୁ ଏହି ଦିନଟିକୁ ଅନ୍ଧାରରୁ ଆଲୋକ ସନ୍ଧାନ ବା ପ୍ରାପ୍ତିର ଦିବସ ରୂପେ ଶିଖ ସମ୍ପ୍ରଦାୟ ପାଳି ଆସୁଛନ୍ତି । ପାରମ୍ପରିକ ଭାବେ ଏହି ଦିନରେ ଶିଖ୍‌ମାନେ ଗୋଇନ୍ଦଲ ସାହିବ ଗୁରୁଦ୍ୱାରକୁ ତୀର୍ଥ କରିଯାଆନ୍ତି । ଏହି ଦିନଟିକୁ ଶିଖ୍‌ମାନେ ଷଷ୍ଠ ଧର୍ମଗୁରୁଙ୍କ ସଂସ୍କରଣ ବନ୍ଦୀଛୋନ ଦିବସ ରୂପେ ପାଳନ କରି ଥାଆନ୍ତି । ଉତ୍ତର ଭାରତରେ ପୁରୁଷୋତ୍ତମ ଶ୍ରୀରାମଚନ୍ଦ୍ରଙ୍କ ଭକ୍ତମାନେ ଏହି ଦିନଟିକୁ ବହୁ ଜାକଜମକରେ ପାଳନ କରନ୍ତି । ଉତ୍ସବ ତତ୍ତ୍ୱାଭିଧାନ ଅନୁଯାୟୀ ଏକଦା କାର୍ତ୍ତିକ (ତୁଲା) ମାସ-ଘନ ଅନ୍ଧକାର କୃଷ୍ଣ ପକ୍ଷରେ ଜଣେ ଭବିଷ୍ୟ ଦ୍ରଷ୍ଟା ଜ୍ୟୋତିଷ ପ୍ରଭୁ ଶ୍ରୀରାମଙ୍କୁ ବିପର୍ଯ୍ୟସ୍ତ ଦୁର୍ଭାଗ୍ୟ କାଳସର୍ପ ରୂପେ ଅମା ରାତିରେ ଦଂଶନ କରିବା ପାଇଁ ଲୁଚି ଲୁଚି ଆସିବ ବୋଲି ଭବିଷ୍ୟତ ବାଣୀ କହିଥିଲେ । ତେଣୁ ସତର୍କତା ପୂର୍ବକ ଅଯୋଧ୍ୟା ରାଜନଗରୀରେ କୃଷ୍ଣପକ୍ଷ ସାରା ଉଜ୍ଜ୍ୱଳ ଆଲୋକ ପ୍ରଜ୍ୱଳନ କରାଯାଇଥିଲା ଏବଂ କାଳସର୍ପ ଦଂଶନର ଚକ୍ରାନ୍ତ ପଣ୍ଡ ହୋଇଥିଲା । ଦୈତ୍ୟରାଜ ବଳି ମହାଦାନୀ ଥିଲେ । ସେ ଏପରି ଦାନ କଲେ ଯେ ସ୍ୱର୍ଗର ଦେବତାମାନଙ୍କ ମଧ୍ୟରେ ଭାଲେଣି ପଡ଼ିଗଲା । କାରଣ ତାଙ୍କର ପୁଣ୍ୟ ଫଳରେ ସେ ସ୍ୱର୍ଗପୁରର ଅଧିକାରୀ ହୋଇପାରନ୍ତି ଏହି ଆଶଙ୍କାରେ । ଏଣୁ ଦେବତାମାନଙ୍କ କଥା ରକ୍ଷା କରି ବିଷ୍ଣୁ ବାମନ ଅବତାର ଗ୍ରହଣ କରି ବଳିରାଜାଙ୍କ ପାଖରେ ପହଞ୍ଚି ତାଙ୍କୁ ତିନି ପାଦ ଭୂମି ମାଗିଥିଲେ । ଗୋଟିଏ ପାଦରେ ପୃଥିବୀ, ଅନ୍ୟ ଗୋଟିଏ ପାଦରେ ସ୍ୱର୍ଗ ଏବଂ ତୃତୀୟ ପାଦରେ ବଳିକୁ ପାତାଳକୁ ଚାପି ଦେଲେ । ତେଣୁ ବଳି ପାତାଳପୁରକୁ ଚାଲି ଗଲେ । ତା'ପରେ ବଳିଙ୍କ ପ୍ରାର୍ଥନା ଶୁଣି ପାତାଳରେ ବଳିଙ୍କୁ ରାଜା କରିଦେଲେ । ବର୍ଷକରେ ଥରେ ମର୍ତ୍ତ୍ୟପୁରକୁ ଆସି ପ୍ରଜାମାନଙ୍କୁ ଦେଖିବାକୁ ବଳି ବର ମାଗନ୍ତେ, ବିଷ୍ଣୁ ଏଥିରେ ସମ୍ମତି ଜଣାଇ କାର୍ତ୍ତିକ ଅମାବାସ୍ୟା ଦିନ ବଳି ମର୍ତ୍ତ୍ୟକୁ ଆସିବା ଲାଗି ତଥାସ୍ତୁ କହିଥିଲେ । ତେଣୁ ସେଦିନ ମର୍ତ୍ତ୍ୟବାସୀ ଆନନ୍ଦରେ ଦୀପ ଜାଳି ଆଲୋକିତ କରନ୍ତି । ଭଗବାନ ବିଷ୍ଣୁ ଭକ୍ତ ପ୍ରହ୍ଲାଦକୁ ଇନ୍ଦ୍ରପଦ ଯାଚିବାରୁ ସେ ବିନୀତ ଭାବେ ପ୍ରତ୍ୟାଖ୍ୟାନ କରିବାରୁ ତାଙ୍କର ନାତି ବଳି ରାଜାଙ୍କୁ ଏହିଦିନ ଇନ୍ଦ୍ରପଦ ପ୍ରଦାନ କରିଥିଲେ । ତେଣୁ ଦାନବ ଗଣ ଦୀପ ଜ୍ୱଳାଇ, ବାଣ, ଆତସବାଜି ଫୁଟାଇ ଉତ୍ସବ ପାଳିଥିଲେ ।

ପାଣ୍ଡବମାନେ କୌରବଙ୍କଠାରୁ ପଶାଖେଳରେ ପରାଜିତ ହେବା ପରେ ତେରବର୍ଷ କାଳ ବନବାସ କରିଥିଲେ । ତେରବର୍ଷ ଅତିକ୍ରାନ୍ତ ହେବା ପରେ ଯେଉଁଦିନ ସେମାନେ ପ୍ରତ୍ୟାବର୍ତ୍ତନ କଲେ ତାହା ଥିଲା କାର୍ତ୍ତିକ ଅମାବାସ୍ୟା ତିଥି । ପାଣ୍ଡବମାନଙ୍କୁ ରାଜ୍ୟବାସୀ ଦୀପଜାଳି, ମହା ଆଡ଼ମ୍ବର ସହକାରେ ସ୍ୱାଗତ କରିଥିଲେ । ତେବେ ଏସବୁ କାହାଣୀ ଓ କିମ୍ବଦନ୍ତୀ ଯାହା ହେଉନା କାହିଁକି ଏସବୁର ସନ୍ଦେଶ ମହତ୍ତର । ଆମ ଚେତନାରେ ରହିଛି ନାନା ଅନ୍ଧକାର । ମାନବର ସ୍ଥୁଲ ବିକାଶ ସତ୍ତ୍ୱେ ତା'ର ଅନ୍ତର୍ଜଗତର ବିକାଶ ଅଦ୍ୟାପି ହୋଇନାହିଁ । ତେବେ ଆସୁରିକ ଶକ୍ତିର ବଳୟ ଭିତରେ ରହି ମଣିଷର ମନ ଓ ଚେତନାରେ ଆସୁରିକତା ରହିଥିବା ସତ୍ତ୍ୱେ ଅନ୍ତରାଳରେ ଲୁଚି ରହିଛି ଦେବତ୍ୱ । ଅନ୍ତରରେ ଦିବ୍ୟତାର ଦୀପ ଜ୍ୱଳିଲେ ଦୂରୀଭୂତ ହେବ ଆସୁରିକତାର ଅନ୍ଧ-ତମିସ୍ରା । ଦୀପାବଳିର ଆଲୋକ ବହନ କରେ ଏହି ଶୁଭ ସନ୍ଦେଶ ।

ଦ୍ୱାପର ଯୁଗରେ ଶ୍ରୀକୃଷ୍ଣ ରାକ୍ଷସ ନରକାସୁରକୁ ମାରି ଚଉଷଠି ସହସ୍ର ରାଜକନ୍ୟାଙ୍କୁ ଉଦ୍ଧାର କଲା ପରେ ଇନ୍ଦ୍ରମାତାଙ୍କୁ ନାରକା ଦ୍ୱାରା ଅପହୃତ ମଣି କୁଣ୍ଡଲକୁ ଫେରାଇବା ଲାଗି ସତ୍ୟଭାମାଙ୍କୁ ନେଇ ସ୍ୱର୍ଗକୁ ଯାଇଥିଲେ । ସେଠାରେ ସତ୍ୟଭାମାଙ୍କ ଅନୁରୋଧରେ ପାରିଜାତ ବୃକ୍ଷର ଚାରାଟିଏ ଆଣିବାକୁ ଗଲା ବେଳେ ଇନ୍ଦ୍ରଙ୍କ ସହିତ ସମସ୍ତ ଦେବତା ବାଧା ଦେବାରୁ ଏକାକୀ ସବୁ ଦେବତାଙ୍କୁ ପରାସ୍ତ କରି ପାରିଜାତ ବୃକ୍ଷ ସହ ଅନେକ ଧନ ରତ୍ନ ନେଇ ଏହି ଦିବସରେ ଦ୍ୱାରକା ଫେରିଥିଲେ । ତେଣୁ ଦ୍ୱାରକାବାସୀ ପ୍ରଭୁଙ୍କୁ ସ୍ୱାଗତ ଜଣାଇ ସମଗ୍ର ନଗରୀକୁ ଦୀପ ମାଳାରେ ସଜାଇ, ବାଣଫୁଟାଇ

ବିଜୟ ଉସ୍ବ ପାଳନ କରିଥିଲେ। ରୁକ୍ ବେଦରୁ ସୂଚନା ମିଳେ ପୃଥିବୀ ଏକଦା ଘୋର ଅନ୍ଧକାର ଭିତରେ ବୁଡ଼ି ରହିଥିଲା। କାଳକ୍ରମେ ସୂର୍ଯ୍ୟଙ୍କ କିରଣ ପାଇ ପୃଥିବୀ ଦିନେ ଆଲୋକିତ ହେଲା । ଏହାକୁ ମନେ ରଖିବା ପାଇଁ ଦୀପାବଳି ଉସ୍ବ ପାଳନ କରାଯାଏ। ମୋଗଲ ଯୁଗର ପ୍ରସିଦ୍ଧ ଐତିହାସିକ ଆବୁଲ ଫଜ୍‌ଲ ତାଙ୍କର ଆଇନ ଆକବରୀରେ ମୋଗଲ ଶାସନ କାଳୀନ ବଣିକ, ଆଲୋକ ଜ୍ବଳନ୍ତ ଓ ଅଷ୍ଟକ୍ରୀଡ଼ା ନାମକ ଦୀପାବଳି ଆଧାରିତ ମନୋଜ୍ଞ ଉପକଥାର ଉଲ୍ଲେଖ କରିଛନ୍ତି– ଆଲବରୁଣୀରେ ମୋଗଲ ସମ୍ରାଟଙ୍କ ଲମ୍ବା ବାଉଁଶ ପୋତି ତା'ର ଅଗରେ ଶିକାରେ ଆକାଶଦୀପ ଜାଳିବା କଥା ବରୋଦା ସଂଗ୍ରାହାଳୟରେ ରଖା ଯାଇଥିବାର ପ୍ରମାଣ ଦିଏ। ଚାଣକ୍ୟ ଓ ଚୋଲବଂଶ କାଳୀନ ଉସ୍ବ ପରମ୍ପରାରେ ଦୀପାବଳି ପାଳନ ହେଉଥିବା କନୌଜ ବଂଶୀୟ ରାଜା ହର୍ଷବର୍ଦ୍ଧନଙ୍କ କାଳଜୟୀ ଅମରକୃତି ନାଟକ ନାଗାନନ୍ଦରୁ ଜଣାପଡ଼େ। ଗୁପ୍ତବଂଶୀୟ ସମ୍ରାଟ ଦ୍ୱିତୀୟ ଚନ୍ଦ୍ରଗୁପ୍ତ ବିକ୍ରମାଦିତ୍ୟ ପବିତ୍ର ଦୀପାବଳି ତିଥିରେ ସିଂହାସନ ଆରୋହଣ କରିଥିବାରୁ ତା'ର ସ୍ମାରକୀ ରୂପେ ଦୀପାବଳି ଦିନଠାରୁ ଗୁପ୍ତାବ୍ଦର ପ୍ରଚଳନ ହୋଇଥିଲା। ପିତୃପୁରୁଷଙ୍କୁ ଆଲୋକ ଦେଖାଇ ସ୍ବର୍ଗଲୋକକୁ ଫେରିଯିବା ପାଇଁ ହିନ୍ଦୁ ଧର୍ମାବଲମ୍ବୀମାନେ ପ୍ରାର୍ଥନା କରନ୍ତି। ଅସଂଖ୍ୟ ଶ୍ରଦ୍ଧାଳୁ ସେଦିନ ପୁରୀ ଶ୍ରୀମନ୍ଦିରର ବାଇଶ ପାହାଚରେ ପିଣ୍ଡଦାନ କରି କାଉଁରିଆ କାଠି ଜାଳନ୍ତି। "ପିତୃଲୋକଙ୍କ ପରିତାଜ୍ୟ ଆଗତା ଯେ ମହାଲୟେ, ଉଜ୍ୱଲେ ଜ୍ୟୋତିଷାଂ ମାର୍ଗେ ପ୍ରପଦ୍ୟନ୍ତୋ ବ୍ରଜନ୍ତୁତେ।"

ପବିତ୍ର ଦୀପାବଳି, ଶୁଭ ଦୀପାବଳି, ପୁରାଣ ଯୁଗର କଥା। ଶ୍ରୀରାମଚନ୍ଦ୍ର ଫେରୁଥିଲେ ବନବାସରୁ ଚଉଦ ବର୍ଷ ପରେ। ଅଯୋଧା ବାସୀ ଦୀପଜାଳି, ବାଣ ଫୁଟାଇ ତାଙ୍କୁ ସ୍ବାଗତ କରିଥିଲେ। ଆମେ ସେ ସ୍ମୃତିକୁ ମନେ ପକାଇ ଦୀପଜାଳି, ଆତସବାଜି ଫୁଟାଇ ପାଳନ କରିଥାଉ ଦୀପାବଳିକୁ। ପୁରାଣ କଥାକୁ ବିଜ୍ଞାନ ଗ୍ରହଣ କରେ ନାହିଁ । ବିଜ୍ଞାନ କହେ ଦୀପାବଳି ହେଉଛି ଏକ କୃଷିଭିତ୍ତିକ ପର୍ବ। ବିଲରେ (କ୍ଷେତରେ) ଶାରଦ ଧାନ କେଣ୍ଡା ବାହାରିବା ପୂର୍ବରୁ ଶସ୍ୟ ନଷ୍ଟ କରୁଥିବା କୀଟ ପତଙ୍ଗକୁ ଓ ରବି ଫସଲକୁ କ୍ଷତି ପହଞ୍ଚାଉଥିବା ପୋକମାନଙ୍କୁ ବିନାଶ କରିବା ପାଇଁ ଏବଂ ପନିପରିବା ଲଗାଇବା (ପୂର୍ବରୁ) ଆଗରୁ ପାଳ ଫସଲର ଶତ୍ରୁ ପୋକଙ୍କୁ ମାରିଦେବା ଲାଗି ଆଲୋକର ଏହି ପର୍ବ ପାଳନ କରାଯାଏ। ଘର ଦୁଆରେ, ଦାଣ୍ଡରେ, ତୁଳସୀ ଚଉଁରା ମୂଳେ, ଦେବାଳୟରେ, ପିତୃ ପୁରୁଷଙ୍କ ସମାଧି ସ୍ଥଳରେ ଆଲୋକ ଜାଳି ଆମେ ଶସ୍ୟର ଅନିଷ୍ଟକାରୀ କୀଟମାନଙ୍କୁ ଧ୍ୱଂସ କରୁ। ଫସଲକୁ ତାଙ୍କ ଦାଉରୁ ରକ୍ଷା କରିବା ପାଇଁ। ଆଲୋକ ବା ନିଆଁ ଦେଖିଲେ କୀଟ, ପତଙ୍ଗମାନେ ସେ ଜଳନ୍ତା ଅଗ୍ନିରେ ଝାସ ଦେଇ ମୃତ୍ୟୁ ବରଣ କରି ଥାଆନ୍ତି ଆପଣା ଛାଏଁ।

ଏହି ଦିନ ମଧ୍ୟ ପିତୃ ପୁରୁଷଙ୍କୁ ପିଣ୍ଡଦାନ କରାଯାଏ। ପୟାପିଣ୍ଡ ବୋଧେ 'ପିତୃ' ଶବ୍ଦର ଅପଭ୍ରଂଶରୁ ପୟା ଶବ୍ଦର ଉତ୍ପତ୍ତି ସମ୍ଭବ ହୋଇଛି।

ପିତା ଓ ମାତା ହେଉଛନ୍ତି ପ୍ରତିଟି ସନ୍ତାନ ପାଇଁ ପ୍ରତ୍ୟକ୍ଷ ଦେବତା। ଦେବଦେବୀଙ୍କୁ ଯେଉଁଭଳି ଉକ୍ତିର ସହ ପୂଜାର୍ଚ୍ଚନା କରାଯାଏ; ଠିକ୍ ସେହିଭଳି ସନ୍ତାନ ଗଣ ସେମାନଙ୍କ (ପିତା ମାତାଙ୍କ) ଆଜ୍ଞା ପାଳନ ସହ ତାଙ୍କର ସେବା ଶୁଶ୍ରୂଷା କରିବା ଉଚିତ। ପିତା, ମାତାଙ୍କର ମୃତ୍ୟୁ ପରେ ସେମାନଙ୍କ ଉଦ୍ଦେଶ୍ୟରେ ତର୍ପଣ, ଶ୍ରାଦ୍ଧ ଓ ବୈଶ୍ୱଦେବାଦି ସମାପନ କରିବା ପ୍ରତିଟି ସନ୍ତାନଙ୍କର କର୍ତ୍ତବ୍ୟ। ସେଥିପାଇଁ ଶାସ୍ତ୍ରରେ କୁହାଯାଇଛି– "ପୁତ୍ର ପ୍ରୟୋଜନା ଦାରାଃ ପୁତ୍ର ପିଣ୍ଡ ପ୍ରୟୋଜନମ୍ ହିତ ପ୍ରୟୋଜନମ ହିତ ଧନଂ ସର୍ବ ପ୍ରୟୋଜନଂ ମିତ୍ର ଧନଂ ସର୍ବ ପ୍ରୟୋଜନମ୍" ପୁତ୍ର ପାଇଁ ସ୍ତ୍ରୀ, ପିଣ୍ଡ ପାଇଁ ପୁତ୍ର, ନିଜର ମଙ୍ଗଳ ପାଇଁ ମିତ୍ର ଓ ସକଳ କାର୍ଯ୍ୟ ପାଇଁ ଧନ ପ୍ରୟୋଜନ ହୁଏ । ପିଣ୍ଡଦାନ ଦ୍ୱାରା ସେମାନଙ୍କର ଆଶୀର୍ବାଦ ପ୍ରାପ୍ତ ହୋଇଥାଏ। ଏହି ଆଦର୍ଶକୁ ଆଧାର କରି କେବଳ ଲୋକ ଶିକ୍ଷା ନିମନ୍ତେ ପରଂବ୍ରହ୍ମ ଶ୍ରୀଜଗନ୍ନାଥ, ମହାପ୍ରଭୁ ଜ୍ୟେଷ୍ଠ ଭ୍ରାତା ବଳଭଦ୍ର ଓ ଭଉଣୀ ସୁଭଦ୍ରାଙ୍କ ସହ ଚାରି ଯୁଗର ବିଭିନ୍ନ ଅବତାରରେ ସେମାନଙ୍କର ପିତା, ମାତା ଯଥା ସତ୍ୟ ଯୁଗରେ (ବାମନ ଅବତାର) କାଶ୍ୟପ ଓ ଆଦିତି। ତ୍ରେତୟା ଯୁଗରେ (ରାମ ଅବତାର) ଦଶରଥ ଓ

କୌଶଲ୍ୟା । ଦ୍ୱାପର ଯୁଗରେ (ଶ୍ରୀକୃଷ୍ଣ ଅବତାର) ବସୁଦେବ ଓ ଦେବକୀ ଏବଂ ନନ୍ଦ ଓ ଯଶୋଦା । କଳି ଯୁଗରେ ଦାରୁବ୍ରହ୍ମ ଶ୍ରୀଜଗନ୍ନାଥ ସ୍ୱୟଂ ନିଜର କଳ୍ପିତ ପିତା, ମାତା ରାଜା ଇନ୍ଦ୍ରଦ୍ୟୁମ୍ନ ଓ ରାଣୀ ଗୁଣ୍ଡିଚାଙ୍କ ଉଦ୍ଦେଶ୍ୟରେ ଶ୍ରାଦ୍ଧ ଦେଇଥାଆନ୍ତି । ଶ୍ରୀ ଜଗନ୍ନାଥ ହେଉଛନ୍ତି ଅବତାରୀ ଓ ଅବତାର ମଧ୍ୟ । ଅବତାରୀ ଭାବେ ଜଗତର ମଙ୍ଗଳ ପାଇଁ ସେ ଶ୍ରାଦ୍ଧ ଗ୍ରହଣ କରନ୍ତି ଏବଂ ଅବତାର ହୋଇ ଲୋକଶିକ୍ଷା ନିମନ୍ତେ ଶ୍ରାଦ୍ଧ ଦିଅନ୍ତି । ସେ ସମୟରେ ଯେଉଁମାନେ ମହାପ୍ରଭୁଙ୍କୁ ଶ୍ରାଦ୍ଧ ବେଶରେ ଦର୍ଶନ କରନ୍ତି ସେମାନେ ଇହଲୋକରେ ସୁଖ ଲାଭ କରିଥାଆନ୍ତି ଓ ପରଲୋକରେ ବିଷ୍ଣୁ ଲୋକରେ ସ୍ଥାନ ପାଆନ୍ତି । ବାମଦେବ ସଂହିତା ଅନୁସାରେ "ପ୍ରତିମାଃ ସ୍ୱପଦେ ରକ୍ଷେଦେତତ୍ ପଶ୍ୟନ୍ତି ଯୋନରଃ। ଇହଲୋକେ ସୁଖଂଭୁକ୍ତ୍ୱା ବ୍ରଜେଦନ୍ତେ ହରେଃ ପଦମ" । ପରଂବ୍ରହ୍ମ ଶ୍ରୀଜଗନ୍ନାଥ ହେଉଛନ୍ତି ପୁରୁଷୋତ୍ତମ–ଶ୍ରେଷ୍ଠ ବା ଉତ୍ତମ ପୁରୁଷ । ସେ ଜଣେ ଉତ୍ତମ ପୁରୁଷ ପରି ଆଚରଣ କରନ୍ତି ଏବଂ ସେହିପରି କରିବା ପାଇଁ ପ୍ରେରଣା ଦେଇଥାଆନ୍ତି ।

ଶ୍ରାଦ୍ଧ ସମ୍ପର୍କରେ ପୁଲସ୍ତ୍ୟ ସ୍ମୃତିରେ ଉଲ୍ଲେଖ ଅଛି "ଶ୍ରଦ୍ଧୟା କ୍ରିୟତେ ଯସ୍ମାସାଦଂ ତେନ ପ୍ରକୀର୍ତିତମ।" ଅର୍ଥାତ୍ ଶ୍ରଦ୍ଧାର ସହିତ ନିଜର ପିତୃ ପିତାମହାଦି ଭୂତ ପୁରୁଷମାନଙ୍କର ତୃପ୍ତି ପାଇଁ ଯେଉଁ କର୍ମ କରାଯାଏ ତାହାର ନାମ ଶ୍ରାଦ୍ଧ ।

ଶ୍ରଦ୍ଧାରୁ 'ଶ୍ରାଦ୍ଧ'ର ଉତ୍ପତ୍ତି । କେବଳ ସେତିକି ନୁହେଁ, ଗୀତାରେ କୁହାଯାଇଛି "ଶ୍ରଦ୍ଧାବାନ ଲଭତେ ଜ୍ଞାନମ୍" ଯେଉଁ ବ୍ୟକ୍ତି କୌଣସି କାର୍ଯ୍ୟକୁ ଶ୍ରଦ୍ଧାର ସହିତ କରିଥାଏ ସେ ଜ୍ଞାନ ଲାଭ କରିଥାଏ । ପ୍ରତ୍ୟେକ ହିନ୍ଦୁ ନିଜର ପିତୃପୁରୁଷଙ୍କ ତୃପ୍ତି ପାଇଁ ଶ୍ରାଦ୍ଧ ଓ ତର୍ପଣାଦି କରିଥାଆନ୍ତି । ଏକ ନୈଷ୍ଠିକ ହିନ୍ଦୁ ଗୃହସ୍ଥଙ୍କ ପକ୍ଷରେ ଶ୍ରାଦ୍ଧଦାନ ଏକ ମହତ୍ତ୍ୱପୂର୍ଣ୍ଣ କର୍ମ ଅଟେ । ପ୍ରଥମେ ଆମେ ଜାଣିବା– ହିନ୍ଦୁ କାହାକୁ କୁହାଯିବ । ପ୍ରତ୍ୟେକ ହୀନ କାର୍ଯ୍ୟରୁ ଯିଏ ନିଜକୁ ଦୂରେଇ ରଖେ, ସେ ପ୍ରକୃତ ହିନ୍ଦୁ ପଦବାଚ୍ୟ । ହିନ୍ଦୁ ଧର୍ମ ଏବଂ ବୈଦିକ ମାନ୍ୟତା ଅନୁଯାୟୀ ପୁତ୍ରର ପୁତ୍ରତ୍ୱ ସେତେବେଳେ ସାର୍ଥକ ହୁଏ, ଯେତେବେଳେ ସେ ଜୀବିତାବସ୍ଥାରେ ଥିବା ପିତାମାତାଙ୍କର ସେବା କରେ ଏବଂ ସେମାନଙ୍କ ମୃତ୍ୟୁ ପରେ ଶ୍ରାଦ୍ଧ ବା ବାର୍ଷିକ ଦିନ ସେମାନଙ୍କୁ ବିଧିବଦ୍ଧ ଶ୍ରାଦ୍ଧ ପ୍ରଦାନ କରେ । ଶ୍ରାଦ୍ଧର ଅର୍ଥ ଦେବତା, ପିତୃପୁରୁଷ ଏବଂ ବଂଶ ପ୍ରତି ଶ୍ରାଦ୍ଧ ପ୍ରକଟ କରିବା । ବିଶ୍ୱାସ କରାଯାଏ ଯେଉଁମାନେ ନିଜ ଶରୀର ଛାଡ଼ି ଚାଲିଯାଇଥାଆନ୍ତି, ସେମାନେ ଯେଉଁ ଲୋକରେ ଯେଉଁ ରୂପରେ ଥିଲେ ବି ଶ୍ରାଦ୍ଧ ଦିବସରେ ନିଶ୍ଚେ ପୃଥ୍ୱୀକୁ ଆସନ୍ତି । ତେଣୁ ସେମାନଙ୍କ ତୃପ୍ତି ପାଇଁ ଶ୍ରାଦ୍ଧାସହ ଯେଉଁ ଶୁଭ ସଂକଳ୍ପ ଏବଂ ତର୍ପଣ କରାଯାଏ ତାହାକୁ ଶ୍ରାଦ୍ଧ କୁହାଯାଏ । ହିନ୍ଦୁ ମାନ୍ୟତା ଅନୁଯାୟୀ ପିଣ୍ଡଦାନ ମୋକ୍ଷ ପ୍ରାପ୍ତି ପାଇଁ ଏକ ସହଜ ଏବଂ ସରଳ ମାର୍ଗ । ଶାସ୍ତ୍ରରେ ପିତୃପୁରୁଷଙ୍କ ସ୍ଥାନ ଖୁବ୍ ଉଚ୍ଚରେ ବୋଲି ବର୍ଣ୍ଣନା କରାଯାଇଛି । ସେ ଚନ୍ଦ୍ରମାଠାରୁ ଦୂରରେ ଏବଂ ଦେବତାଙ୍କ ଠାରୁ ଉଚ୍ଚ ସ୍ଥାନରେ ରୁହନ୍ତି ବୋଲି ଶାସ୍ତ୍ରରେ ବର୍ଣ୍ଣନା ରହିଛି । ପିତୃପୁରୁଷଙ୍କ ମଧ୍ୟରେ ମୃତ ପୂର୍ବଜ ଯଥା– ବାପା, ମା, ଜେଜେ ବାପା, ଜେଜେ ମା, ଅଜାଆଇଙ୍କ ସମେତ ସବୁ ପୂର୍ବଜ ସାମିଲ । ପରଲୋକ ଗତ ଗୁରୁ ଏବଂ ଆଚାର୍ଯ୍ୟ ମଧ୍ୟ ପିତୃପୁରୁଷଙ୍କ ମଧ୍ୟରେ ସାମିଲ ।

ଗୟାରେ ପିଣ୍ଡଦାନ ସବୁଠାରୁ ଶ୍ରେଷ୍ଠ କର୍ମ ଭାବରେ ପରିଗଣିତ ହୁଏ । ଗରୁଡ଼ ପୁରାଣରେ କୁହାଯାଇଛି ପିତୃପୁରୁଷଙ୍କୁ ପିଣ୍ଡଦାନ ପାଇଁ ଘରୁ ବାହାରିବା ପରେ ଗୟାରେ ପହଞ୍ଚିବା ପର୍ଯ୍ୟନ୍ତ ପ୍ରତ୍ୟେକ ପଦକ୍ଷେପ ପିତୃପୁରୁଷଙ୍କ ସ୍ୱର୍ଗାରୋହଣ ପାଇଁ ଗୋଟିଏ ଗୋଟିଏ ସିଡ଼ିର ଫଳି ସଦୃଶ । ହିନ୍ଦୁ ପୁରାଣ ଅନୁଯାୟୀ ପିତୃ ପୁରୁଷଙ୍କ ତିନି ପିଢ଼ି ପିତୃ ଲୋକରେ ରୁହନ୍ତି । ଏହା ପୃଥ୍ୱୀ ଲୋକ ଓ ଦେବଲୋକ ମଧ୍ୟରେ ଅଛି । ଏହି ଲୋକର ଅଧ୍ୱେଶ୍ୱର ମୃତ୍ୟୁ ଦେବତା ଯମ । ତୃତୀୟ ପିଢ଼ି ପରେ ଚତୁର୍ଥପିଢ଼ିର ବଂଶଜ ପିତୃଲୋକରେ ପହଞ୍ଚିଲେ ପ୍ରଥମ ପିଢ଼ିର ପୂର୍ବଜ ସ୍ୱର୍ଗକୁ ଚାଲି ଯାଆନ୍ତି । ତେଣୁ ସେମାନଙ୍କ ପାଇଁ ପିଣ୍ଡ ଦେବା ଆବଶ୍ୟକ ହୁଏନି । ସେଥିପାଇଁ ପିତୃଲୋକରେ ଥିବା ଆମ ପୂର୍ବଜଙ୍କ ତିନି ପିଢ଼ି ପାଇଁ ପର୍ଯ୍ୟାୟଶ୍ରାଦ୍ଧ ଦିଆଯାଏ । ଏହି ଶ୍ରାଦ୍ଧଦାନ ଓ ଆମର ପରମ୍ପରା ବିଶ୍ୱାସ ଉପରେ ପ୍ରତିଷ୍ଠିତ । ଶ୍ରାଦ୍ଧ ଚନ୍ଦ୍ରିକା ଅନୁସାରେ "ପ୍ରବୃଦତେ ଯମଃ ପ୍ରେତାନ୍ ପିତ୍ୟଂୱ୍ଣାତ ଯମାଲୟାତ, ବିସର୍ଜୟତି ଭୂଲୋକ କୃତ୍ୱା ଶୂନ୍ୟଂ ସ୍ୱକଂ ପୁରମ୍–ଯାବତ୍ କନ୍ୟା ତୁଲୟୋଃ କ୍ରମବାସ୍ତ ଦିବାକରଃ। ଶୂନ୍ୟଂ ପ୍ରେତପୁରଂ ତାବତ ବୃଷ୍ଟିକେ ଯାବତାଗତଃ।" ପ୍ରତ୍ୟେକ ପିତୃପୁରୁଷ ନିଜ ନିଜ ଅଧିକାର ଥିବା ଦ୍ୱାର ଦେଶକୁ

ବାୟୁ ରୂପରେ ଆସି ମଧୁ, ପାୟସ, ଘୃତ ଓ ପୁଷ୍ପାଦି ମିଷ୍ଟାନ୍ନ ପାନକାଂକ୍ଷାରେ ଦଣ୍ଡୟମାନ ହୁଅନ୍ତି।

ପିତୃଦେବ ଭବ। ପିତା ହେଉଛନ୍ତି ଏପରି ଦେବତା ଯାହାଙ୍କୁ ଉଭୟ ଜୀବିତାବସ୍ଥାରେ ଓ ମୃତ୍ୟୁ ପରେ ବି ଆରାଧନା କରାଯାଏ। ଜନକ ହିସାବରେ ଆମକୁ ସ୍ନେହ ପ୍ରଦାନ କରି ମୃତ୍ୟୁ ପରେ ଆମ ପାଇଁ ଛାଡ଼ି ଯାଆନ୍ତି ସମ୍ପତ୍ତି। ଯାହାକୁ ଆମେ ପୈତୃକ ସମ୍ପତ୍ତି କହିଥାଉ। ପିତା ଧନୀ କିମ୍ବା ନିର୍ଦ୍ଧନ ହୁଅନ୍ତୁ, ମାତ୍ର ସୁପୁତ୍ର ପାଇଁ ସେଥିରେ କୌଣସି ଫରକ ପଡ଼େ ନାହିଁ। ସେ ଭୌତିକ ସମ୍ପତ୍ତି ହେଉ ବା ବୌଦ୍ଧିକ ସମ୍ପତ୍ତି। ପୁତ୍ର ପାଇଁ ସବୁକିଛି ସମାନ। ମୃତ୍ୟୁ ପରେ ବିଶ୍ୱାସ କରାଯାଏ ଯେ, ସେ ପିତୃଲୋକର ଅମୃତମୟ ଧାମରେ ଅବସ୍ଥାନ କରନ୍ତି ଓ ପୁତ୍ର କନ୍ୟାଙ୍କୁ ସର୍ବଦା ଆଶୀର୍ବାଦ ପ୍ରଦାନ କରୁଥାଆନ୍ତି। ହିନ୍ଦୁ ଶାସ୍ତ୍ର ଅନୁସାରେ ମାନବର ଗୋଟିଏ ବର୍ଷ ପିତୃଙ୍କର ଗୋଟିଏ ଦିନ। ସେ ଦିନରେ ତାଙ୍କୁ ପିଣ୍ଡଦାନ କଲେ ତାଙ୍କ ଆତ୍ମା ଚିର ଶାନ୍ତି ଲାଭ କରେ। ଶ୍ରାଦ୍ଧରେ ପୁରୋହିତ ଯେଉଁ ମନ୍ତ୍ର ଉଚ୍ଚାରଣ କରନ୍ତି ସେଥିରେ ଜଣେ ପୁତ୍ର ତାଙ୍କ ପିତାଙ୍କ ପ୍ରତି ଥିବା ଗଭୀର ଶ୍ରଦ୍ଧା, ଭକ୍ତି ଓ ଅନୁରକ୍ତି ପ୍ରଦର୍ଶିତ ହୋଇଥାଏ। ପ୍ରତିବର୍ଷ ମହାଲୟା ତିଥିରେ ପିତୃ ପୁରୁଷମାନେ ଅମୃତଧାମ ତ୍ୟାଗ କରି ମର୍ତ୍ୟଲୋକକୁ ଆଗମନ କରନ୍ତି। ନିଜ ପୁତ୍ର ଦ୍ୱାରା ପ୍ରଦତ୍ତ ପିଣ୍ଡଦାନକୁ ଗ୍ରହଣ କରି ଶୁଭାଶିଷ ପ୍ରଦାନ କରନ୍ତି ଓ ପିତୃଲୋକକୁ ପ୍ରତ୍ୟାଗମନ କରନ୍ତି। ମାସକ ପର୍ଯ୍ୟନ୍ତ ମର୍ତ୍ୟ ଭୂମିରେ ରହି ଦୀପାବଳିର ପ୍ରଜ୍ୱଳିତ ଆଲୋକ ଶିଖାରେ ପୁତ୍ର ତାଙ୍କୁ ମେଲାଣି ଦିଏ। ପ୍ରତ୍ୟାବର୍ତ୍ତନ ସମୟରେ ନିଜ ପୁତ୍ର କନ୍ୟାଙ୍କୁ ଓ ଆତ୍ମୀୟ ସ୍ୱଜନଙ୍କୁ ଯେଉଁ ଆଶୀର୍ବାଦ ପ୍ରଦାନ କରନ୍ତି, ତାହା କୌଣସି ଦେବାଳୟରୁ ମଧ୍ୟ ପ୍ରାପ୍ତ ହୁଏ ନାହିଁ।

"ତେ ପୁତ୍ରା ଦେଃ ପ୍ରକାଂକ୍ଷତି ପାୟସଂ ମଧୁସଂଯୁତମ୍। ଯଦି ଏହି ଶ୍ରାଦ୍ଧଦିନରେ ପିତୃଲୋକ ନିଜର ପରିବାରରୁ ନିରାଶ ହୋଇ ଫେରନ୍ତି ତେବେ ସେମାନେ ଦୁଃଖରେ ଗୃହସ୍ୱାମୀଙ୍କୁ କଠୋର ଶାପ ଦେଇ ପୁନର୍ବାର ନିଜ ଲୋକକୁ ପ୍ରତ୍ୟାବର୍ତ୍ତନ କରନ୍ତି। କାଷ୍ଟାଲିନିକା ଭକ୍ତି ଅନୁସାରେ "ଅମାବାସ୍ୟା ଦିନେ ପ୍ରାପ୍ତେ ଗୃହଦ୍ୱାରଂ ସମାଶ୍ରିତାଃ, ଶ୍ରାଦ୍ଧାଭାବେ ସ୍ୱଭବନଂ ଶ'ପ ଦିଣ୍ଵାବ୍ରଜନ୍ତିତେ"। କୂର୍ମ ପୁରାଣରେ ମଧ୍ୟ ଲେଖା ଅଛି। "ଅମାବାସ୍ୟା ଦିନେ ପ୍ରାପ୍ତେ ଗୃହଦ୍ୱାରେ ସମାଶ୍ରିତାଃ। ବାୟୁଭୂତା ପ୍ରାପଶ୍ଚତି ଶ୍ରାଦ୍ଧଂ ବୈପିତରୋ ନୃଣାମ୍। ଯାବଦସ୍ତ ମନଂ ଭାନୋଃ ସ୍ୱୁପ୍ରିପାସା ସମାକୁଳାଃ, ତତଣ୍ଵାସ୍ତଂ ଗତେ ଭାନୋ ନିରାଶା ଦୁଃଖ ସଂଯୁତାଃ ନିଶ୍ୱ ଶୃସ୍ୟ ସଚିରଂଯାନ୍ତି ଗର୍ହୟନ୍ତଃ ଦ୍ୱଂଶଜମ୍।" ପିତୃଗଣ ଶ୍ରାଦ୍ଧ ପାଇଁ ଅପେକ୍ଷା କରି ଶେଷରେ ନିରାଶ ହୋଇ ନିଜର ବଂଶକୁ ନିନ୍ଦା କରି ଯେପରି ଫେରି ଯାଆନ୍ତି। ସେହିପରି ମଧ୍ୟ ପିତୃଗଣ ଶ୍ରାଦ୍ଧ କରିବା ଲୋକକୁ ତଥା ତା' ପରିବାର (ପୁତ୍ର, କୁଟୁମ୍ବାଦିଙ୍କୁ) ଶ୍ରାଦ୍ଧରେ ମନୋବାଞ୍ଛିତ ଫଳ ପ୍ରଦାନ କରି ସୁଖୀ କରାଇଥାଆନ୍ତି। ହିମାଦ୍ରିଙ୍କ ଭକ୍ତି ପ୍ରକାରେ "ଆୟୁଃ ପୁତ୍ରାନ୍ ଯଶଃ ସ୍ୱର୍ଗ କୀର୍ତ୍ତିଂ ପୁଷ୍ଟିଂ ବଳଂ ଶ୍ରିୟମ, ପଶ୍ୱନ୍ ସୁଖଂ ଧନଂ ଧାନ୍ୟଂ ପ୍ରାପ୍ନୁୟାତ, ପିତୃପୂଜନାତ।" ଏହି ଦୃଷ୍ଟିରୁ ଶ୍ରାଦ୍ଧକୁ ନିତ୍ୟ ଓ କାମ୍ୟ ବୋଲି କୁହାଯାଇଥାଏ। ଏହି ଶ୍ରାଦ୍ଧ ପିତା, ପିତାମହ, ପ୍ରପିତାମହ, ମାତା, ପିତାମହୀ, ପ୍ରପିତା ମହୀ, ବିମାତା, ପିତୃଭ୍ରାତା, ଜନନୀ, ଭଗିନୀ, ଶାଶୁ, ଶ୍ୱଶୁର, ଗୁରୁ, ଶିଷ୍ୟ ଏବଂ ଆଶ୍ରିତ ଦାସାଦି ଏ ସମସ୍ତଙ୍କର ଶ୍ରାଦ୍ଧରେ ଅଧିକାର ଥାଏ ।

ଯେଉଁ ବ୍ୟକ୍ତି ଏହି ଗୋଟିଏ ଦିନ ମଧ୍ୟ ନିଜ ପିତୃ ପୁରୁଷଙ୍କ ପାଇଁ ଶ୍ରାଦ୍ଧ କରିନଥାଏ, ସେ ଜୀବନ ବ୍ୟାପୀ ଦୁଃଖ ଭୋଗ କରେ। କିନ୍ତୁ ଦୁଃଖ ଓ ପରିତାପର ବିଷୟ ଆଜି ଏକ ବିଂଶ ଶତାବ୍ଦୀରେ ଯନ୍ତ୍ରବତ ମଣିଷ ହିନ୍ଦୁ ସଂସ୍କୃତିର ଐତିହ୍ୟ, ପରମ୍ପରା, ଧର୍ମଧାରାକୁ ଭୁଲି ଯାଇ ଏହାକୁ ମାହାଲିଆ ବୋଲି ମନ୍ତବ୍ୟ ପ୍ରଦାନ କରନ୍ତି। ଏହିଭଳି ବ୍ୟକ୍ତି ବିଶେଷ ଭୁଲି ଯାଉଛନ୍ତି "As you sow, sow you reap" ଯେପରି ବୁଣିବ ସେଭଳି ପାଇବ। ସେହିଭଳି ପରିବାର ପିତୃ ପୁରୁଷଙ୍କ ଶାପରେ ଭାଗୀଦାରି ହୋଇ ନାନା କଷ୍ଟର ସମ୍ମୁଖୀନ ହୋଇଥାଆନ୍ତି।

ହିନ୍ଦୁମାନଙ୍କର ଶ୍ରାଦ୍ଧ ଉତ୍ସବକୁ ଲକ୍ଷ କରି ପିଣ୍ଡଦାନ ପଦ୍ଧତିରେ ସନ୍ତୁଷ୍ଟ ହୋଇ ଦିଲ୍ଲୀ ବାଦଶାହ ସାହାଜାହାନ ପୁତ୍ର ଆଉରଙ୍ଗଜେବଙ୍କ ଦ୍ୱାରା ବନ୍ଦୀ ଥିବା ସମୟରେ କହିଥିଲେ "ଏ ପିତର ତୁ ଅଜବ ମୁସଲମାନ। ବପିଦରେ ଜିନ୍ଦା

ଅବତର ସାମୀ ଆଫଦରବାଦ ହିନ୍ଦବାନ ଶତବାର ମୋଁ ଦେହଦପିଦରେ ମଦୁରାବାଦାୟ ମାଆବ।" ଅର୍ଥାତ ହେ ପୁତ୍ର! ତୁ କି ବିଚିତ୍ର ମୁସଲମାନ ଯିଏ ଆପଣା ଜୀବିତ ପିତାଙ୍କୁ ପାଣି ଟିକିଏ ପାଇଁ ବି କଷ୍ଟ ଦେଉଛି। ଶତବାର ପ୍ରଶଂସନୀୟ ଏ ହିନ୍ଦୁ ଯିଏ ଆପଣା ମୃତ ପିତାଙ୍କୁ ବି ଜଳ ଦେଉଛନ୍ତି।

ପିତୃ ପୁରୁଷଙ୍କ ଉଦ୍ଦେଶ୍ୟରେ ଦୀପଦାନ (ପିଣ୍ଡଦାନ) ସମୟରେ ଏହି ମନ୍ତ୍ରକୁ ଉଚ୍ଚାରଣ କରାଯାଏ। "ନମଃ ପିତୃଭ୍ୟଃ ପ୍ରେତେଭ୍ୟୋ ନମୋ ଧର୍ମାୟ ବିଷ୍ଣବେ, ନମୋଽୟମାୟ ରୁଦ୍ରାୟ, କାନ୍ତାର ପତୟେ ମନଃ।"

ଆହୁରି ମଧ୍ୟ ଉତ୍କଳ ନୌବାଣିଜ୍ୟରେ ବିଦେଶକୁ ଯାଉଥିବା ନୌକା ବା ଜାହାଜ ସବୁ କାର୍ତ୍ତିକ ପୂର୍ଣ୍ଣମୀ ଦିନ ଯାତ୍ରାରମ୍ଭ କରିଥାଆନ୍ତି। କାର୍ତ୍ତିକ ଅମାବାସ୍ୟା ଦିନ ଗୃହିଣୀମାନେ ସେହି ନୌକା ବା ଜାହାଜର ବନ୍ଦାପନା କଲା ପରେ ସ୍ୱଦେଶ ଦ୍ରବ୍ୟରେ ସେହି ନୌକା ବା ଜାହାଜକୁ ପୂର୍ଣ୍ଣ କରାଯାଇ ଥାଏ। ଏହି ବିଧି ଉତ୍କଳରେ ପୂର୍ବ କାଳରୁ ପ୍ରଚଳିତ ଅଛି। ଜାହାଜରେ ପଣ୍ୟଦ୍ରବ୍ୟ ଭରିବା ଆରମ୍ଭ କରିବା ପାଇଁ କାର୍ତ୍ତିକ ଅମାବାସ୍ୟା ଶୁଭଦିନ ଭାବେ ନିର୍ଦ୍ଦିଷ୍ଟ ହୋଇଥିଲା। ଏହିଦିନ ପିତୃପୁରୁଷଙ୍କୁ ପିଣ୍ଡଦାନ କରାଯାଏ। ପିତୃ ଶ୍ରାଦ୍ଧାନ୍ତେ ଗୃହିଣୀମାନେ ସେହି ନୌକା ବା ଜାହାଜର ବନ୍ଦାପନା କଲା ପରେ ସ୍ୱଦେଶ ଲବ୍ଧ ଦ୍ରବ୍ୟରେ ତାକୁ ଭରିବା କାମ ଆରମ୍ଭ ହୋଇ କାର୍ତ୍ତିକ ପୂର୍ଣ୍ଣମୀ ପୂର୍ବଦିନ ଶେଷ ହୁଏ ଓ କାର୍ତ୍ତିକ ପୂର୍ଣ୍ଣମୀ ପ୍ରତ୍ୟୁଷରୁ ଜାହାଜ ବିଦେଶକୁ ଯାତ୍ରା ଆରମ୍ଭ କରେ। ଆଜି ଉତ୍କଳ ନୌବାଣିଜ୍ୟ କେବଳ ଇତିହାସର କଥାରେ ପରିଣତ ହୋଇଥିଲେ ହେଁ ଉତ୍କଳ ଗୃହିଣୀମାନେ କାର୍ତ୍ତିକ ଅମାବାସ୍ୟା ରାତିରେ ନିଜ ନିଜ ଗୃହ-ଚତ୍ୱରରେ ନୌକା ଓ ଜାହାଜର ଚିତ୍ର ଲେଖି (ଅଙ୍କନ କରି) ଗୃହର ଦ୍ରବ୍ୟାଦି ସେହି ଚିତ୍ର ଉପରେ ରଖି ବନ୍ଦାପନା କରନ୍ତି। ଉତ୍କଳର ଯୁବକ ଜାଣେନା ଯେ ଏହା ତା'ର ପୂର୍ବ ଗୌରବର ଚିହ୍ନ। ସେ ଭାବେ ଏହା ସ୍ତ୍ରୀ ଲୋକମାନଙ୍କର ଏକ ଅର୍ଥହୀନ କୁସଂସ୍କାର ମାତ୍ର।

ହିନ୍ଦୁ ପରମ୍ପରାରେ ପ୍ରଚଳିତ ଦୀପାବଳି ପର୍ବର ରହିଛି ଅନେକ ମହାମ୍ଯ। ୧- ଲକ୍ଷ୍ମୀଙ୍କର ଜନ୍ମ ତିଥିକୁ ଅମାବାସ୍ୟାକୁ ଗ୍ରହଣ କରାଯାଇଥାଏ। ୨- ଭଗବାନ ବିଷ୍ଣୁ ନିଜ ବାମନ ଅବତାରରେ ଏହି ଦିନ ରାଜା ବଳିଙ୍କ କବଳରୁ ମହାଦେବୀଙ୍କୁ ମୁକ୍ତ କରିଥିଲେ। ୩- ଭଗବାନ ଶ୍ରୀକୃଷ୍ଣ ଦୀପାବଳୀ ପରଦିନ ରାକ୍ଷସରାଜ ନାରକାସୁରଙ୍କୁ ବଧ କରିଥିଲେ ଏବଂ ଷୋଳ ସହସ୍ର ନାରୀଙ୍କୁ ଉଦ୍ଧାର କରିଥିଲେ। ଏହି ବିଜୟ ଉତ୍ସବ ଦୁଇ ଦିନ ଧରି ପାଳିତ ହୋଇଥିଲା। ତେଣୁ ଦୀପାବଳି ପରବର୍ତ୍ତୀ ଦୁଇ ଦିନ ମଧ୍ୟ ହିନ୍ଦୁ ଦୀପାବଳି ଅନ୍ତର୍ଭୁକ୍ତ ପବିତ୍ର ଦିବସ ଭାବରେ ଗ୍ରହଣ କରାଯାଇଥାଏ। ୪- ମହାଭାରତ ଅନୁସାରେ କାର୍ତ୍ତିକ ଅମାବାସ୍ୟା ଦିନ ପାଣ୍ଡବମାନେ ବନବାସରୁ ପ୍ରତ୍ୟାବର୍ତ୍ତନ କରିଥିଲେ। ୫- ରାମାୟଣରେ କାର୍ତ୍ତିକ ଅମାବାସ୍ୟା ତିଥିରେ ରାମ, ସୀତା, ଏବଂ ଲକ୍ଷ୍ମଣଙ୍କ ସହ ଅଯୋଧ୍ୟା ପ୍ରତ୍ୟାବର୍ତ୍ତନ କରିଥିଲେ। ଅଯୋଧ୍ୟାବାସୀ ନଗରକୁ ଆଲୋକ ମାଳା (ଦୀପମାଳା)ରେ ସୁସଜ୍ଜିତ କରି ତାଙ୍କ ଆଗମନକୁ ସ୍ୱାଗତ କରିଥିଲେ। ୬- ରାଜା ବିକ୍ରମାଦିତ୍ୟ ଏହି ଦିବସରେ ସିଂହାସନରେ ଅଭିଷିକ୍ତ ହୋଇଥିଲେ। ୭- ଆର୍ଯ୍ୟ ସମାଜର ପ୍ରତିଷ୍ଠାତା ମହର୍ଷି ଦୟାନନ୍ଦ ଏହିଦିନ ମହାନିର୍ବାଣ ପ୍ରାପ୍ତ ହୋଇଥିଲେ। ୮- ଜୈନ ଧର୍ମର ପ୍ରତିଷ୍ଠାତା ମହାବୀର ତୀର୍ଥଙ୍କର ଏହିଦିନ ମହାନିର୍ବାଣ ପ୍ରାପ୍ତି ହୋଇଥିଲା। ୯- ତୃତୀୟ ଶିଖ ଗୁରୁ ରାମଦାସ ଏହି ଦିବସକୁ "ଲୋହିତ ପତ୍ର" ଦିବସ ଭାବରେ ମାନ୍ୟତା ଦେଇଥିଲେ। ଏହିଦିନ ଗୁରୁଙ୍କର ଆଶୀର୍ବାଦ ନେବାର ଦିବସ। ଏହି ଦିବସରେ ଅମୃତସର ସ୍ଥିତ ସ୍ୱର୍ଣ୍ଣ ମନ୍ଦିର ଭିତ୍ତି ସ୍ଥାପିତ ହୋଇଥିଲା।

ପ୍ରକୃତରେ ହିନ୍ଦୁ ଧର୍ମର ଏହି ମହାପର୍ବର ଅନେକ ମାହାମ୍ୟ ରହିଛି। ଏହି ମାହାମ୍ୟ ସହିତ ରହିଛି ଆମ ପରମ୍ପରା, ଆମ ଐତିହ୍ୟ ତଥା ସଂସ୍କୃତି। ଆଲୋକର ଉପସ୍ଥିତିରେ ଅନ୍ଧକାର ହୁଏ ଦୂରୀଭୂତ। ଏହାହିଁ ଅଧର୍ମ ଉପରେ ଧର୍ମର ବିଜୟ। ଏହାହିଁ ପୁଣ୍ୟର ଜୟଗାନ। ଭାରତୀୟ ପରମ୍ପରାର ପ୍ରତୀକ ଭାବରେ ଏହା ସମଗ୍ର ବିଶ୍ୱକୁ ଏକ ବାର୍ତ୍ତା ପ୍ରଦାନ କରେ। ତାହା ହେଉଛି– ଆସନ୍ତୁ ଆମେ ସମସ୍ତେ ଏକ ମନ, ଏକ ପ୍ରାଣରେ ନିଜ ଭିତରେ ଥିବା କାଳିମାକୁ ଦୂର କରିବା। ଜ୍ଞାନ, ପ୍ରେମ, ଦୟା ଆଦି ଗୁଣରେ ନିଜକୁ ଆଲୋକିତ କରିବା। ଏହାହିଁ ଏହି ଦିବସର ସ୍ୱତନ୍ତ୍ରତା ତଥା ହିନ୍ଦୁ ସଂସ୍କୃତିର ବିଶେଷତ୍ୱ।

କୈବର୍ତ ବସ୍ତିର ଦକ୍ଷିଣକୁ ଥିବା ଶ୍ମଶାନରେ କେଉଟ ସାହିର ପିଲାମାନେ, ବ୍ରାହ୍ମଣ ସାଇର ଉତ୍ତରକୁ ଥିବା ମଶାଣିରେ ବ୍ରାହ୍ମଣ ଘରର ଛୁଆ (ପିଲା) ମାନେ ମହମବତି ଜାଳି ଦେଇଥିଲେ। ଦୀପ ଥୋଇ ଦେଇଥିଲେ ଧବଳେଶ୍ୱରଙ୍କ ମନ୍ଦିରର ମୁଖଶାଳାରେ।

ଘର ଦୁଆର, ପିଣ୍ଡା, ଚଉଁରା ପାଖ, ଶ୍ମଶାନ ପଡ଼ିଆ ଓ ଦେବାଳୟମାନ ଆଲୋକରେ ଉଦ୍‌ଭାସିତ। ବିସ୍ତୀର୍ଣ୍ଣ ଶସ୍ୟକ୍ଷେତ୍ର ମଝିରେ ଗାଁଗୁଡ଼ିକ ଅମାବାସ୍ୟାର ଘନ ଅନ୍ଧକାର ରାତିରେ ଆଲୋକ ମାଳାରେ ସଜ୍ଜିତ ହୋଇ ସମୁଦ୍ରର ଗାଢ଼ ନୀଳ ଜଳରାଶି ଉପରେ ରାତ୍ରୀ କାଳୀନ ଆଲୋକ ଭୂଷିତ ଜଳ ଜାହାଜ ପରି ପ୍ରତୀୟମାନ ହେଉଥିଲା। ତଫାତ୍ କେବଳ ଏତିକି ଜାହାଜ ସବୁ ସମୁଦ୍ରରେ ଗତିଶୀଳ ଥିଲା ବେଳେ ଶ୍ୟାମଳ ବର୍ଣ୍ଣର ଧାନକ୍ଷେତ ମଝିରେ ଆଲୋକରେ ସଜ୍ଜିତ ଗାଁ ଗୁଡ଼ିକ ସ୍ଥିର (ଅବିଚଳିତ) ରହିଥିଲା।

ସତୀର ମଝିଆ ଭଉଣୀ ସେବ ଓ ସର ମନ୍ଦିରରେ ଦୀପ ଦେଇସାରି ଶ୍ମଶାନରେ ମହମବତି ଜଳି ଘରକୁ ଫେରି ଆସିଲେଣି ଅନେକ ବେଳୁ। ଘର ଦୁଆରେ ମହମବତି ଓ ଚଉଁରା ମୂଳେ ଦୀପ ଥୋଇ ଦେଇଥିଲେ ସେ ଦୁହେଁ। ସବିତା ଚୁଲି ପାଖରେ ବସି ପିଠା କରୁଥିଲେ। ଧନିକ ଘର ମାନଙ୍କରେ ସେଦିନ ମଣ୍ଡାପିଠା ହୋଇଥାଏ। ମଣ୍ଡା ପାଇଁ ନଡ଼ିଆ, ଛେନା ଓ ଗୁଡ଼ ଆବଶ୍ୟକ ପଡ଼େ। ଅଭାବୀ ଘରରେ ସେସବୁ ଆବଶ୍ୟକ ହେଉଥିବା ଜିନିଷ ପାଇଁ ଅର୍ଥାଭାବ ବାଧକ ସାଜେ। ସେମାନେ କେବଳ ପିଣ୍ଡ ସକାଶେ ଦରକାର ହେଉଥିବା ଦଶଟି ମଣ୍ଡା କରି ଘରେ ଖାଇବା ଲାଗି ଚକୁଲି କରିଥାଆନ୍ତି। ସପନିର ସଂସାରଟି ନଥିଲା ଘର ଭିତରେ ଗଣା। ସେତେବେଳେକୁ ବିଲ କାମ ନ ଥାଏ। ମୂଲିଆ ଶ୍ରେଣୀର ଲୋକମାନେ ସେ ସମୟରେ ଦୁଃଖେ କଷ୍ଟେ ଚଳିଥାଆନ୍ତି। ଅର୍ଥାଭାବ ଭିତରେ ରହି, ଅନଟନ ମଧ୍ୟରେ ଥାଇ, ଅସୁବିଧାରେ ପଡ଼ି ସେମାନେ ସେତେବେଳେ ଦୀପାବଳି ପାଳନ କରିଥାଆନ୍ତି।

ସପନି ପର ଘରେ ମୂଲ ଲାଗେ। ଅନ୍ୟର ଜମି ଭାଗକୁ ଆଣି ଚାଷ କରି ଯାଇତାଇ ପ୍ରକାରେ ଚଳିଥାଏ। ଆଗକୁ ଧାନକଟା ଆସୁଥାଏ। ଧାନକଟାକୁ ଆଗୁଆ ମଜୁରି ଆଣି ସପନି ପରି ମୂଲିଆ ଶ୍ରେଣୀର ଲୋକମାନେ ଦୀପାବଳିକୁ ସ୍ୱଚ୍ଛ ଖର୍ଚ୍ଚରେ ଚଳାଇ ନେବା ପାଇଁ ଯନ୍ କରିଥାଆନ୍ତି। ସପନି ଘର ଦୁଆରେ ଓ ସମାଧିରେ ଦେବା ପାଇଁ ଅଳ୍ପ କିଛି ମହମବତି ଏବଂ ଛୋଟ ପିଲାଙ୍କ ଲାଗି ଝରଝରି ଆଣିଥିଲା। ମନ୍ଦିରରେ ଓ ଚଉଁରା ମୂଳେ ଦୀପ ଦେବା ଲାଗି ସବିତା ଅଳ୍ପ ରେଡ଼ିତେଲ ଆଣି ଭିତର ଦୁଆର ମାନଙ୍କରେ ଛୋଟ ମହମବତୀ ଜଳିଗଲା ପରେ ଦୀପରେ କରଞ୍ଜ ତେଲ ଦେଇ ଜାଳିବା ପାଇଁ କରଞ୍ଜ ତେଲ ସାଇତି ରଖିଥିଲେ। ବାଡ଼ିରେ ଥିବା କରଞ୍ଜ ଗଛରୁ ଖରାଦିନେ କରଞ୍ଜ ପାରି ତା ଚୋପାକୁ ଛଡ଼ାଇ ମଞ୍ଜିକୁ ଖରାରେ ଶୁଖାଇ କଲରୁ ପେଡ଼ାଇ ଆଣି ଘରେ ରଖିଥାଆନ୍ତି। ଦୀପରେ ଜଳିବା ବ୍ୟତୀତ କରଞ୍ଜ ତେଲ ଆହୁରି ଅନେକ ପ୍ରକାର କାମରେ ଲାଗିଥାଏ। ବର୍ଷା ଦିନେ ପାଣି କାଦୁଅରେ ଖରାବର୍ଷା। ଖାଇ ବିଲରେ କାମ କଲେ ଅଧିକାଂଶ ବେଳେ ଥଣ୍ଡା ଧରିଥାଏ। କରଞ୍ଜ ତେଲକୁ ଉଷ୍ମ କରି ପାଦର ତଳିପା ଓ ପିଠିର ମଝି ଶିରାରେ ମାଲିସ କଲେ ଥଣ୍ଡା କମିଯାଏ। ଗରିବ ଘରମାନଙ୍କରେ ଲୋକ ସଂଖ୍ୟା ତୁଳନାରେ ବାସଗୃହ ଅଭାବ ଥାଏ। ସେମାନଙ୍କର ଖାଇବା ଶୋଇବା ପ୍ରାୟତଃ ଗୋଟିଏ ଘରେ ହୋଇଥାଏ। ଖାଇବା ଜାଗାରେ ମାଛି ଭଣଭଣ ହୁଅନ୍ତି। ବିଶେଷ କରି ଆଷାଢ଼ ମାସରେ। ସେହି ସ୍ଥାନରେ ଦିନରେ ଖରା ବେଳେ ଶୋଇଲେ ମାଛି ଦେହରେ ବସି ଶୋଇ ଦେଇ ନଥାଆନ୍ତି। (ବର୍ଷର ବାର ମାସ ମଧ୍ୟରୁ ମାର୍ଗଶିର, ପୌଷ ଓ ମାଘ ତିନି ମାସକୁ ଛାଡ଼ିଦେଲେ ବାକି ନଅମାସ ଦିନ ବଡ଼ ହୋଇଥିବାରୁ ମଧ୍ୟାହ୍ନ ଭୋଜନ ପରେ ଗ୍ରାମାଞ୍ଚଳର ଲୋକମାନେ ପ୍ରାୟତଃ କିଛି ସମୟ ବିଶ୍ରାମ ବାବଦରେ ଶୋଇଥାଆନ୍ତି।) କରଞ୍ଜ ତେଲ ଦେହରେ ଲଗାଇ ହୋଇ ଶୋଇଲେ ଆଷାଢ଼ୁଆ ମାଛି ସୁଦ୍ଧା ବସିପାରନ୍ତି ନାହିଁ। କରଞ୍ଜ ତେଲ ପିତା ହୋଇ ଥିବାରୁ ମାଛି

ପିତା ତେଲ ବୋଲା ଦେହରେ ବସି ପାରିନଥାଆନ୍ତି । ସେଥିପାଇଁ କେବଳ କରଞ୍ଜ ତେଲର ପିତା ଅଂଶ ଯୋଗୁ ଖାଇବା ଜାଗାରେ ମାଛି ଭଣଭଣ ହେଉଥିଲେ ସୁଦ୍ଧା ଖରା ବେଳେ ଅନାୟାସରେ ଶୋଇହୁଏ । କରଞ୍ଜ ତେଲ ପାଇଁ ହାତରୁ ପଇସା ଖର୍ଚ୍ଚ କରିବାକୁ ପଡ଼େ ନାହିଁ ।

ଆହୁରି ମଧ୍ୟ ମେଘୁଆ ପାଗରେ ଗାଁ ତଳ ଜମିରେ କାମକଲେ ଡାଆଁଶ, ପୋତକ ଲାଗି ଥାଆନ୍ତି । ସେ ସକାଶେ କରଞ୍ଜ ତେଲ ଲଗାଇ ମେଘୁଆ ପାଗରେ ବିଲକୁ ଯିବାକୁ ହୋଇଥାଏ । ଗାଈ, ଗୋରୁ, ଛେଳି, ମେଣ୍ଢା ପ୍ରଭୃତି ଗୃହପାଳିତ ପଶୁଙ୍କୁ ଥଣ୍ଡା ଧରିଲେ ତାଙ୍କ ଶିଙ୍ଗ ଓ ପିଠି ମଝି ଶିରାରେ କରଞ୍ଜ ତେଲ ମାରି ଖରାରେ ବାନ୍ଧି ଦେଲେ ଉପଶମ ମିଳିଥାଏ । କଣ୍ଟ୍ରୋଲ ବଜାରରେ କିରୋସିନି ଅଭାବ ବେଳେ ଅର୍ଥାତ୍ କଳା ବଜାର ସମୟରେ ଦୀପରେ କରଞ୍ଜ ତେଲ ଦେଇ ଜାଲି ରାତିର କାମ ଚଳାଇ ନିଆଯାଏ । କରଞ୍ଜ ମଞ୍ଜିକୁ ପେଡ଼ି ତେଲ ବାହାର କଲା ପରେ ଅବଶିଷ୍ଟ ରହିଥିବା ଖାଦକୁ ପିଡ଼ିଆ କୁହାଯାଏ । କରଞ୍ଜ ପିଡ଼ିଆ ଧାନ ଚାଷ ପାଇଁ ବିଲରେ ଉକ୍ରୁଷ୍ଟ ଖତର କାମ ଦେଇଥାଏ ।

ସବିତା ପିଠ ଲାଗି ଆବଶ୍ୟକ ହେଉଥିବା ଦଶଟି ମଣ୍ଡା ତିଆରି କରିସାରି ଘରେ ଖାଇବା ଲାଗି ଚକୁଲି ପିଠା କରୁଥାଆନ୍ତି । ଯେଉଁଦିନ ଘରେ ପିଠା ହୁଏ, ସେଦିନ ଗୁଡ଼ିକରେ ଘରର ସାନ ପିଲାମାନେ ଭାରି ଖୁସି ଥାଆନ୍ତି । ବିଶେଷ କରି ଗରିବ ଘରର ଛୋଟ ପିଲାମାନେ । ମା'ପିଠା କଲା ବେଳେ ସେମାନେ ଚୁଲି (ପାଖରେ)କୁ ଘେରି ବସନ୍ତି । ପିଠା ହେଲେ ନାଳିଆରୁ (ପିଠା ତିଆରି ପରେ ଯେଉଁଥିରେ ରଖାଯାଏ) ଫଢ଼େଲେଖା ଆଣି ମନ ଖୁସିରେ ଘର ଓ ପିଣ୍ଡାରେ (ବାରଣ୍ଡାରେ) ବୁଲି ବୁଲି ଖାଇଥାଆନ୍ତି । ସେଦିନ ତାଙ୍କ ଘରେ ପିଠା ହେଉଥିଲେ ସୁଦ୍ଧା ସତୀର ସାନ ଭାଇ ଶରତ ଓ ସାନ ଭଉଣୀ ପ୍ରଭାତୀର ମନ ପିଠା ଖାଇବାରେ ନଥାଏ । ତାଙ୍କର ବାଣ ଆସି ନଥିବାରୁ ସେ ଦୁହେଁ ପଡ଼ିଶା ଘର ପିଲାମାନଙ୍କର ବାଣ ଫୁଟାଉଥିବା ଦୃଶ୍ୟକୁ ତାଙ୍କ ପିଣ୍ଡାରେ ଠିଆ ହୋଇ ଦେଖୁଥିଲେ । ସେ ଦୁହେଁ ଗରିବ ଘରର ପିଲା । ତାଙ୍କ ବାପା ସେମାନଙ୍କ ମନୋରଞ୍ଜନ ଲାଗି ବାଣ କିଣିବାକୁ ଅସମର୍ଥ, ସେ କଥା ସେମାନଙ୍କର ବୁଝିବାକୁ ବାକି ନଥିଲା । ତାଙ୍କ ବାପା ସପନି ଧାନକଟା ପାଇଁ ଆଗୁଆ ମଜୁରୀ ବାବଦକୁ କିଛି ଟଙ୍କା ଆଣି ପିଣ୍ଡଦାନ ଲାଗି ଆବଶ୍ୟକ ହେଉଥିବା ସାମଗ୍ରୀ ଓ ଭୋଗ ପାଇଁ ନଡ଼ିଆ, କଦଳି, ଗୁଡ଼ ଇତ୍ୟାଦି ଆଣିଥିଲେ । କେବଳ ବିଧ୍ୱରକ୍ଷା ପାଇଁ ସମାଧ୍ୱ ଓ ଦୁଆର ମୁଁହରେ ଦେବା ଲାଗି ଅଳ୍ପ ଛୋଟ ମହମବତି ଆଣିଥିଲେ । ପର ଘରେ ମୂଲ ଲାଗି, ଅନ୍ୟର ବିଲ ଭାଗ ଚାଷକୁ ଆଣି ପିଲା ଓ ସ୍ତ୍ରୀ ହାତରେ ବେଉଷଣ କରାଇ ନିଜ ପରିବାର ପ୍ରତିପୋଷଣ କରୁଥିବା ବାପର ଯେ ସେମାନଙ୍କୁ ଖୁସି କରାଇବା ପାଇଁ ଅର୍ଥର ଅଭାବ ଥିଲା, ତାହା ପିଲା ଦୁଇଟି ସେମାନଙ୍କ ବୋଉ (ମା)ପାଖରୁ ଶୁଣି ବାଣ ଆଣିବା ଲାଗି ଘରେ ଅକଡ଼ାଇ ନ ଥିଲେ ବରଂ ତାଙ୍କ ଦାଣ୍ଡରେ ଠିଆ ହୋଇ ପଡ଼ିଶା ଘର ପିଲାମାନଙ୍କ ବାଣ ଫୁଟା ଦେଖୁଥିଲେ ।

ସତୀ ତାଙ୍କ ଘର ପିଣ୍ଡାରେ ବସିଥିଲା । ତା'ର ପିଠା ଖାଇବାକୁ ଆଗ୍ରହ ନ ଥିଲା କିମ୍ୱା ପଡ଼ିଶା ଘର ପିଲାଙ୍କ ବାଣଫୁଟା ଦୃଶ୍ୟ ଦେଖିବାର ଇଚ୍ଛା କିମ୍ୱା ଆଗ୍ରହ ନ ଥିଲା । ସେଦିନ ଯେମିତି ତା' ବୋଉ ତାକୁ ପିଠା ଆଣିବାକୁ ଡାକିଥିଲା । ସେ ପିଠା ପାଇଁ ନ ଯିବାରୁ ନିଜେ ପଡ଼େ ଆଣି ସେଥରୁ ଖଣ୍ଡେ ଛିଣ୍ଡାଇ ତା' ପାଟିରେ ଦେଇ ଅବଶିଷ୍ଟକୁ ତା' ହାତରେ ଧରାଇ ଦେଇ ତରତର ହୋଇ ଜଳନ୍ତା ଚୁଲି ପାଖକୁ ଫେରି ଯାଇଥିଲା । ସେ ପିଠାର ଅବଶିଷ୍ଟ ଅଂଶ ଯାହା ତା' ବୋଉ ତା ହାତରେ ଧରାଇ ଦେଇଥିଲା ସେ ତାକୁ ନ ଖାଇ ଶରତ ଓ ପ୍ରଭାତୀଙ୍କୁ ଖୁଆଇ ଦେଇଥିଲା । ସେଦିନ ପରି ସେ ଦୀପାବଳି ରାତିରେ ମଧ୍ୟ ତା'ର ପିଠା ଖାଇବାକୁ ମନ ନ ଥିଲା । ତା' ମନରେ ନିର୍ଦ୍ଦିଷ୍ଟ ଗୋଟିଏ ଭାବନା ଅନବରତ ଖେଳି ବୁଲୁଥିଲା । ଯିଏ ପ୍ରେମରେ ପଡ଼େ । ତାକୁ ଭୋକ ହେଉଥିଲେ ସୁଧା ସେ ଖାଇ ପାରେନା । ରାତିରେ ସେ କେବଳ ବିଛଣାରେ ପଡ଼ିରହେ । ନିଦରେ ଶୋଇ ପାରେନା । କୌଣସି କାମ

କରିବାକୁ ତା'ର ଆଗ୍ରହ ନ ଥାଏ । ସେ ଗୋଟିଏ ଜାଗାରେ ସ୍ଥିର ହୋଇ ବସି ରହି ପାରେନା । କାହା ସହିତ କଥା ହେବାକୁ ସେ ଇଚ୍ଛା କରେନି । ବେଶୀ ମିଳାମିଶା କରିବାକୁ ସେ ଚାହେଁ ନଥାଏ । କୌଣସି ହସ ଖୁସିରେ ସେ ଭାଗ ନେଇ ପାରେନା । କେଉଁ କ୍ରୀଡ଼ା କୌତୁକରେ ସେ ଅଂଶ ଗ୍ରହଣ କରି ନ ଥାଏ । ନିଜକୁ ସାମିଲ କରି ପାରେନି କୌଣସି ଆନନ୍ଦ ଉସବରେ । ସେ ଆଶା କରେନି ଅନ୍ୟ କାହା ସହିତ ସାଙ୍ଗ ହୋଇ ସମୟ ବିତାଇ ଦେବାକୁ । ତା'ର ଆଗ୍ରହ ନ ଥାଏ ସେହି ଗୋଟିଏ କଥା ବ୍ୟତୀତ ଅନ୍ୟ କୌଣସି ବିଷୟରେ ଚିନ୍ତା କରିବାକୁ କିମ୍ବା ଭାବିବାକୁ । ତା'ର ମନ ସର୍ବଦା ଗୋଟିଏ ଲକ୍ଷ୍ୟରେ ବୁଡ଼ି ରହେ । ସେ ବିଷୟଟି ହେଉଛି ପ୍ରିୟତମର ଭାବନା ।

ଭଲ ପାଇବାର ସମ୍ମୋହନ ଶକ୍ତି ତାକୁ ଏପରି ବିବଶ କରି ଦେଇ ଥାଏ ଯେ ସେ ଟିକେ ଅବସର ପାଇଲେ ସେହି ଭାବନାରେ ନିଜକୁ ହଜାଇ ଦିଏ । ତାକୁ ସାମାନ୍ୟ ଅବକାଶ ମିଳିଲେ ସେ ବୁଡ଼ି ରହେ କେବଳ ସେହି ଗୋଟିଏ ନିର୍ଦିଷ୍ଟ ଚିନ୍ତାରେ, ନିର୍ଦିଷ୍ଟ ଲକ୍ଷ୍ୟରେ, ନିର୍ଦିଷ୍ଟ ଆବେଗରେ । ନିର୍ଦିଷ୍ଟ ଗୋଟିଏ ବିଷୟ ତା' ମନରେ ବସା ବାନ୍ଧିଥାଏ । ପ୍ରିୟତମର ଛବି ତା' ଆଖି ଆଗରେ ଅନବରତ ଭାସି ଉଠେ ବାରମ୍ବାର । ତା'କୁ ସବୁବେଳେ ଶୁଭି ଯାଉଥାଏ କେବଳ ପ୍ରିୟତମର ମଧୁବୋଲା ସୁଧାଝରା କଥା । ସେହି ତାଙ୍କ ମୁଖନିଃସୃତ ଅନୁପମ ଭାଷା । ସେ ବସିବସି ଦିବା ସ୍ୱପ୍ନ ଦେଖୁଥାଏ । ପ୍ରିୟତମ ସାନ୍ନିଧ୍ୟ ଲାଭର, ପ୍ରିୟତମ ସହିତ ସାକ୍ଷାତ ମିଳିବାର, ପ୍ରିୟତମର ପରଶ ପାଇବା ଅନୁଭବର, ଦେହ ଛୁଆଁର ଦୁର୍ଲଭ ପରଶ । ସେଇଥିପାଇଁ ବିଦଗ୍ଧ କବି ନିରସ ହୋଇ କହିଲେ, ଯେତେ ବୁଝାଇଲେ ଚିତ୍ତ, ଆୟତେ ମୋ ନାହିଁ ରହେ କିଞ୍ଚିତ । ଦୀନବନ୍ଧୁ ହେ' କି ହେବ ଜାଣି ଉଚିତ । ମନ ମୋ ହେଲା ଉଗାରି, ମିଛେ ମାଟି ଦେଲା ଜନମ ସାରି । ଦୀନବନ୍ଧୁ ହେ ମମତା ଗରଲେ ଘାରି । (ବିଦଗ୍ଧ ଚିନ୍ତାମଣି) ।

ପ୍ରେମ ବ୍ୟାପାରରେ ପ୍ରେମିକ ଚାହେଁ ପ୍ରେମିକାକୁ ସାକ୍ଷାତ କରିବା ପାଇଁ । ସେହିପରି ପ୍ରେମିକା ମଧ୍ୟ ଇଚ୍ଛା ପୋଷଣ କରେ ପ୍ରେମିକକୁ ଭେଟିବାକୁ । ସେମାନେ କେବଳ ସେମାନଙ୍କ ଈପ୍ସିତକୁ ଦେଖୁବାର ଆଶା ପ୍ରକାଶ କରିଥାଆନ୍ତି (ରଖୁଥାଆନ୍ତି) । କାମଳ ରୋଗୀକୁ ସବୁକିଛି ହଳଦୀ ବର୍ଣ୍ଣ ଦେଖାଗଲା ପରି ସେମାନଙ୍କୁ ସାରା ଜଗତଟା ଖାଲି ପ୍ରେମମୟ ଦିଶେ । ଆନ୍ତରିକତାର ସହିତ ଅନ୍ୟ କୌଣସି କାମରେ ସେମାନେ ମନ ଦେଇ ପାରନ୍ତି ନାହିଁ । କୌଣସି ଧନ୍ଦା କରିବାର କଳ୍ପନା ସେମାନଙ୍କର ନଥାଏ । ଅନ୍ୟ କୌଣସି ବିଷୟର ଆଲୋଚନା ସେମାନେ କରିନଥାଆନ୍ତି କିମ୍ବା ଅନ୍ୟ କାହାରି ସମାଲୋଚନାକୁ ମନଯୋଗ ସହକାରେ ଶୁଣି ପାରନ୍ତି ନାହିଁ । କାରଣ ସେଥିପାଇଁ ଯେଉଁ ଧୈର୍ଯ୍ୟ ଶକ୍ତିର ଆବଶ୍ୟକ ତାହା ସେମାନଙ୍କର ନଥାଏ । ସେମାନଙ୍କର କଥାବାର୍ତ୍ତାରେ ସଂଯମତା ରହେନା । ଦୈନନ୍ଦିନ କାର୍ଯ୍ୟପ୍ରତି ସେମାନଙ୍କର ଧ୍ୟାନ ନଥାଏ । କୌଣସି ବିଷୟ ପ୍ରତି ସେମାନେ ନିଘା ରଖୁପାରନ୍ତି ନାହିଁ । ନିଜ କର୍ତ୍ତବ୍ୟ ପାଳନରେ ଅସମର୍ଥ ହୁଅନ୍ତି । ଆପଣା ମାନସିକ ଭାରସାମ୍ୟ ରକ୍ଷା ପ୍ରତି ଲକ୍ଷ୍ୟ ଦେଇପାରନ୍ତି ନାହିଁ । ବିଫଳ ହୁଅନ୍ତି କୌଣସି କଥା ସଠିକ୍ ଭାବେ ହେଜିବା ପାଇଁ । ନିର୍ଦିଷ୍ଟ ଗୋଟିଏ ଦିଗକୁ ଛାଡ଼ି ଦେଲେ ଅନ୍ୟ କୌଣସି କାର୍ଯ୍ୟରେ ଆଗ୍ରହ ପ୍ରକାଶ କରି ନଥାଆନ୍ତି । ଆମ୍ଗ୍ଲାନ୍ତିରେ ନିରନ୍ତର ଭାବେ ବ୍ୟଥିତ ହେଉଥାଆନ୍ତି । ସେଥିପାଇଁ ସାମନ୍ତସିଂହାର କହିଛନ୍ତି- "ପ୍ରେମ ବୋଲି ଯେଉଁ ଦୁଇଟି ଅକ୍ଷର, କାହୁଁ ଜନ୍ମିଲା ଏ କେଉଁଠ ତା'ଘର । ସେତ ଅନଳ ନୁହଁ ଦେହ ଦହଇ, ଅସ୍ତ୍ର ନୁହଁଇ ମରମେ ଭେଦଇ । ନୁହଁଇତ ଜଳ ବୁଡ଼ାଏ କୂଲ, ନୁହଁଇ ମାଦକ କରେ ବିହ୍ୱଲ । (ବିଦଗ୍ଧ ଚିନ୍ତାମଣି) ପ୍ରେମକୁ କେହି ସୃଷ୍ଟି କରନ୍ତି ନାହିଁ । ସେ ସ୍ୱତଃ ଜନ୍ମ । ହୃଦୟରେ ପ୍ରେମ ସଞ୍ଚାର ହେଲେ ବିନା ଅଗ୍ନିରେ ଅହରହ ଜଳାଉଥାଏ । ଅସ୍ତ୍ରବିନା ବିଦୀର୍ଣ୍ଣ କରିପାରେ । ଜଳର ଚିହ୍ନବର୍ଣ୍ଣ ନଥାଇ ମଧ ମହାପ୍ଲାବନରେ ସବୁ ଜଳମୟ କରିଦିଏ । କୌଣସି ମାଦକ ଦ୍ରବ୍ୟ ସେବନ ନ କରି ସୁଦ୍ଧା ଅନବରତ ନିଶାଗ୍ରସ୍ତ ଥାଏ ମଣିଷ । ଗୋଟିଏ ବିହ୍ୱଲ ଭାବ ତା'ର ଚିନ୍ତା ଓ ଚେତନାକୁ କାବୁ କରି ନେଇଥାଏ । ରୂପ, ରଙ୍ଗ, ଗନ୍ଧ ନଥାଇ ମଧ ପ୍ରେମ ହସ୍ତଗତ କରୁଥାଏ ପ୍ରେମୀମାନଙ୍କ ହୃଦୟକୁ । ଯନ୍ତ୍ରଣା ଓ ଆନନ୍ଦର ଏକ ଫେଣ୍ଟା ଫେଣ୍ଟି ପରିଣାମ ଏଇ ପ୍ରେମ । ଏହି ପ୍ରେମାନୁଭୂତି

ଦିବ୍ୟ ପ୍ରେମ ଓ ମାନବୀୟ ପ୍ରେମରେ ଅନୁଭୂତ ହୁଏ । ଏ ଅନୁଭବ ସ୍ୱତନ୍ତ୍ର । ଏ ସ୍ପନ୍ଦନ ନିହାତି ବ୍ୟକ୍ତିଗତ । ପ୍ରେମ ସର୍ବକାଳୀନ, ପ୍ରେମ-ହୃଦୟର ରସ କେବଳ ହୃଦୟରୁ ଝରେ । ତାହା ଶରୀରର ଅନ୍ୟ ଅଙ୍ଗକୁ ପ୍ଲାବିତ ହୁଏ । ମରୁମୟ ସଂସାରରେ ମରୁଦ୍ୟାନଟିଏ ସୃଷ୍ଟି କରିପାରେ । ଅସୁମାରି ବିରହ ଭିତରେ ବି ସେ ଦିକ୍ ଦିକ୍ ହୋଇ ଜଳୁଥାଏ ।

ପ୍ରେମ ହିଁ ମଣିଷ ପାଇଁ ସର୍ବଶେଷ ଆଶା । ଭଲ କି ମନ୍ଦ ଯାହା ହେଉ ଜୀବନର ପ୍ରତ୍ୟେକ ପାହାଚରେ ପ୍ରେମ ମଣିଷକୁ ରାସ୍ତା ବତାଏ । ପ୍ରତି ମଣିଷ ଭିତରେ ତ ରହିଥାଏ ପ୍ରେମ ପାଇବାର ଆଶା ଓ ନିଜକୁ ପ୍ରେମ ପାଖରେ ସମର୍ପିବାର ଉନ୍ମାଦ ପଣ ।

ପ୍ରଣୟର ଏହି ନୀତିରୁ ସତୀ ବାଦ ଯିବ କିପରି ?

ପଡ଼ିଶା ଘର ପିଲାମାନଙ୍କର ବାଣ ଫୁଟାର ଘନଘଟା ଭିତରେ ।, ଦୀପାବଳିର ହର୍ଷ ଉଲ୍ଲାସ ମଧ୍ୟରେ ରହି ସୁଦ୍ଧା ସତୀ ଅନ୍ୟମାନଙ୍କ ସହିତ ନିଜକୁ ସାମିଲ କରିପାରୁନଥିଲା । ଏକୁଟିଆ ବସିରହି ବୁଡ଼ି ଯାଇଥିଲା ନିଜସ୍ୱ ଭାବନାରେ । ଏକାନ୍ତ ପଣରେ ।

ଯାହାଙ୍କୁ ସେ ଭଲ ପାଇ ବସିଛି । ସିଏ ତା'ର ସମ୍ପୂର୍ଣ୍ଣ ଅପରିଚିତ । ସେହି ଅଚିହ୍ନା ଯୁବକ ଜଣଙ୍କୁ, ଯାହାଙ୍କୁ ସେ ମନ ଦେଇଛି । ସିଏ ତା' ମନକୁ ଗ୍ରହଣ କରିବେ ତ ? ଯାହାଙ୍କୁ ସେ ପ୍ରେମିକ ଭାବରେ ଭାବି ନେଇଛି । ସିଏ ତାକୁ ପ୍ରେୟସୀର ମର୍ଯ୍ୟାଦା ଦେବେ ତ ? ଯାହାର ପ୍ରେମିକା ହେବାକୁ ସେ ମନ ବଳାଇଛି, ସିଏ ତାକୁ ତାଙ୍କ ମନର ମାନସୀ ରୂପେ ମାନି ନେବେତ ? ଯାହାଙ୍କୁ ସେ ଆପଣାର ମଣିଷ ବୋଲି ସିଦ୍ଧାନ୍ତ କରି ସାରିଛି ସିଏ ତାକୁ ନିଜର କରିବାର ଅଧିକାର ତାକୁ ପ୍ରଦାନ କରିବେ ତ ? ସର୍ବୋପରି ସେ ନିଜେ ତାଙ୍କର ପସନ୍ଦ ଯୋଗ୍ୟା କି ନୁହଁ, ସେକଥା ସେ ତାଙ୍କୁ ଭଲ ପାଇବା ପୂର୍ବରୁ କେବେ ଭାବିନାହିଁ । ଯାହା ତା'ର ଭାବିବା ନିହାତି ଆବଶ୍ୟକ ଥିଲା । ସେ ବୁଢ଼ି ନାହିଁ ତାଙ୍କ ମନର ମାନସୀ ହେବାର ଯୋଗ୍ୟତା ତା'ର ଅଛି କି ନାହିଁ । ଯାହା ତା'ର ବୁଝିବା ଦରକାର ଥିଲା । ତାଙ୍କର ପ୍ରେମିକା ହେବା ଲାଗି ଯେଉଁସବୁ ଗୁଣ ଦରକାର ତା'ଠାରେ ସେସବୁ ଗୁଣ ଅଛି କି ? ସେ ତାହା ଜାଣିନି । ଯାହା ତା'ର ଜାଣିବା ନିହାତି ଜରୁରୀ ଥିଲା । ସେ ଏକଥା ମଧ୍ୟ କଳନା କରି ନାହିଁ । ତାଙ୍କୁ ନିଜର କରି ନେବାର କୌଶଳ ସେ ଶିଖିଛି କି ନାହିଁ, ଯାହା ତା'ର ଶିଖିବାର ଥିଲା । ଅନ୍ୟ ଜଣକର ନିକଟତମ ହେବା ପାଇଁ ଯେଉଁ ନୀତି ନିଷ୍ଠତା ଦରକାର । ସେ ସେପରି ନିଷ୍ଠାରେ ରହି ପାରିବ କି ? ସେଭଳି ନିୟମ ଆପଣେଇ ନେବ ତ ? ସେ ପ୍ରଣୟିନୀ ହେବା ଗୁଣର ଅଧିକାରିଣୀ କି ନୁହଁ, ତାହା ତା'ର କଳନା କରିନେବା ଉଚିତ୍ ଥିଲା । ଯାହା ସେ କରିପାରିନାହିଁ, ତା'ର କେବେ ସେପରି ଯୋଜନା ନାହିଁ, ଯେଉଁ ଯୋଜନାର ରୂପରେଖ ତା'ର ଯଥେଷ୍ଟ ଆଗରୁ ସଜାଡ଼ି ନେବାର ଥିଲା ।

ତାଙ୍କଠାରୁ ଭଲ ପାଇବାର କୌଣସି ସୂଚନା ନ ପାଇ ତାଙ୍କୁ ହୃଦୟରେ ସ୍ଥାନ ଦେବାର ଅର୍ଥ କ'ଣ ହୋଇପାରେ ? ତାଙ୍କ ସମ୍ମତି ବିନା ତାଙ୍କୁ ଅନ୍ତରରେ ସାଇତି ରଖିବାର ମାନେ କ'ଣ ହେବ ? ତାଙ୍କଠାରୁ ସ୍ୱୀକୃତି ନ ଆସି ତାଙ୍କୁ ପ୍ରାଣର ବନ୍ଧୁ ଭାବେ ବରଣ କରିବାରେ ତାତ୍ପର୍ଯ୍ୟ କ'ଣ ଅଛି ? ତାଙ୍କ ମନୋଭାବ ନ ବୁଝି ତାଙ୍କ ସହିତ ଆତ୍ମୀୟତା ସ୍ଥାପନ କରିବା ପ୍ରୟାସର ମୂଲ୍ୟ କ'ଣ ? ତାଙ୍କ ହାବଭାବ ନ ଜାଣି ତାଙ୍କୁ ନିଜର କରି ନେବା ଲାଗି ଉଦ୍ୟମ ବ୍ୟର୍ଥ ହେବ ନି କି ? ଯାହାଙ୍କ ଅନ୍ତର କଥା ଜାଣିବାକୁ ତା'ର ଉପାୟ ନାହିଁ । ଯାହାଙ୍କୁ ମନଖୋଲି ପଦେ କିଛି କହିପାରିବନି । ନିଜର ଇଚ୍ଛା ତାଙ୍କ ପାଖରେ ପ୍ରକାଶ କରିବାର ସୁଯୋଗ ଯେଉଁଠି ନାହିଁ । ଯାହାଙ୍କୁ ଭଲ ଭାବରେ ଚିହ୍ନିବାକୁ, ଜାଣିବାକୁ ତାଙ୍କ ମନକଥା ବୁଝିବାକୁ, ତାଙ୍କ ମର୍ମ ତଳର ଅକୁହା ଭାଷା ଶୁଣିବାକୁ କିୟା ତାଙ୍କ ମନ ଗହନର ଗୋପନ କାହାଣୀ ପଢ଼ିବାକୁ ସେ ଅସମର୍ଥ ସେଠି ତାଙ୍କର ଆଗ୍ରହ ବିନା, ତାଙ୍କୁ ନିଜର କରିବାର ଉଦ୍ୟମକୁ ଅପଚେଷ୍ଟା ବ୍ୟତୀତ ଆଉ କ'ଣ କୁହାଯାଇପାରିବ ? ତାଙ୍କ ସମର୍ଥନ ବ୍ୟତିରେକେ ତାଙ୍କୁ ଭଲ ପାଇବାକୁ ଅବାସ୍ତବ ପଦକ୍ଷେପ ନ କହି ଆଉ କେଉଁ ଶ୍ରେଣୀଭୁକ୍ତ କରାଯିବ ? ସବୁ ପ୍ରକାର ଅସୁବିଧା

ମଧ୍ୟରେ ଭଲ ପାଇବାରେ ତାକୁ କି ପ୍ରକାର ଆତ୍ମ ସନ୍ତୋଷ ମିଳିପାରିବ ? ସେହି ଭାବନାରେ ସତୀ ବୁଡ଼ି ରହିଥିଲା ।

ସତୀର ମନେ ପଡ଼ିଲା ତାଙ୍କ ଗାଁର ଯେଉଁମାନେ କଲିକତା ଯାଇ ସେଠାରେ କାମ କରନ୍ତି, ସେମାନେ ବଙ୍ଗଳାର ଏକ ଲୋକକଥା କହନ୍ତି । ବଙ୍ଗଳାରେ ଏକ ବହୁ ପୁରୁଣା ଓ ଜନପ୍ରିୟ ଲୋକଗୀତ ରହିଛି । ତାହା ହେଉଛି- "ଗୋଲେ ମାଲେ, ଗୋଲେ ମାଲେ ପୀରତି କରୋନା, ପୀରତି କାଠାଲେର ଆଠା ଲାଗଲେ ପରେ ଛାଡ଼େନା ।" ଯାହାର ମୋଟାମୋଟି ଅର୍ଥ ହେଉଛି ବିଚାର ବିବେଚନା ନ କରି ପ୍ରେମ କର ନାହିଁ । ପ୍ରେମ ହେଉଛି ପରସ ଆଠା, ଥରେ ଲାଗିଲେ ସହଜରେ ଛାଡ଼େନାହିଁ ।

ଦୀପାବଳିର ପିଣ୍ଡଦାନ । ବଡ଼ବଡ଼ୁଆଙ୍କ ଲାଗି ଖାଦ୍ୟ ଜଲା ସବୁକୁ ସେ ଅନାସକ୍ତ ଭାବରେ ଦେଖୁଥିଲା । ସେଥିରେ ଯୋଗ ଦେଇଥିଲା ଅନିଚ୍ଛା ସତ୍ତ୍ୱେ ବାଧ୍ୟ ହୋଇ ନିରାସକ୍ତରେ । ଇଚ୍ଛା ନଥାଇ ଯୋଗ ଦେବାରେ, ଆଗ୍ରହ ନଥାଇ ମିଶିବାରେ, ଆବେଗ ନଥାଇ ସହଯୋଗରେ, ମନ ନଥାଇ ସାମିଲ ହେବାରେ, ଆକାଂକ୍ଷା ବିନା ଅନ୍ତର୍ଭୁକ୍ତ ହେବାରେ, ଉଦ୍ଦେଶ୍ୟ ନ ରଖି ପକ୍ଷଭୁକ୍ତ ହେଲେ କିବା ମୂଲ୍ୟ ଅଛି ନା କିଛି ଆତ୍ମସନ୍ତୋଷ ମିଳିବ ସେଥିରୁ । ଖାଇବା ତ ସେହିପରି । ସେଦିନ ରାତିରେ ସେ ସବୁଦିନ ଭଳି ତା' ବୋଉ ସହିତ ଖାଇ ବସିଲା । ସେ ଖାଇବାରେ ପେଟ ପୂରେ । ସେ ଭୋଜନରେ ଭୋକ ମରେ । ମାତ୍ର ସେ ଆହାର ଗ୍ରହଣରେ ମନ ବୁଝେନା । ସେ ଖାଦ୍ୟ ଭୁଞ୍ଜିବାରେ ତୃପ୍ତି ମିଳେନା । ମିଳେ ନାହିଁ ଆତ୍ମ ସନ୍ତୋଷ ସେପରି ଆପ୍ୟାୟିତରୁ । ଔପଚାରିକ ଭାବରେ କେବଳ କର୍ତ୍ତବ୍ୟ ପାଳନ କରିବା ସାରହୁଏ ଦୈନନ୍ଦିନ ରୁଟିନ ବନ୍ଧା କର୍ତ୍ତବ୍ୟ ପରି । ସେଥିରୁ କିଛି ସୁଫଲ ମିଳେନା । ଯଦି ଭାଗ୍ୟ ଜୋରୁ କିଛି ସଫଳତା ମିଳିଥାଏ । ତେବେ ତାକୁ ମନ ଗ୍ରହଣ କରିବାକୁ ସକ୍ଷମ ହୋଇପାରେ ନାହିଁ ।

ଶୋଇବାବି ସେମିତି । ବିଛଣାରେ ଯାହା ଖାଲି ଅବଶ ଦେହଟାକୁ ଲୋଟାଇ ଦେବା କଥା । ଶେଜରେ ପଡ଼ି ରହି ଏପଟ ସେପଟ ହୋଇ କର ଲେଉଟାଇବା, ନିଦ ଆସେନା । ତନ୍ଦ୍ରା ଘାରେନା । କେବଳ ଆଖି ବୁଜି ପଡ଼ି ରହି ଛଟପଟ ହେବା ସାର ହୁଏ । ସେମିତି ଶୋଇ ରହିବାରେ ଆରାମ ନଥାଏ, ଥାଏ ଯନ୍ତ୍ରଣା, ଗାଢ଼ ନିଦରେ ଚେତା ହରାଇ ଦେଇ ଶୋଇ ଯାଇଥିବା ଲୋକ ପାଇଁ ଶୋଇବା ଆରାମ ଦାୟକ ହୋଇଥାଏ । କିନ୍ତୁ ଯିଏ ଦୁର୍ଭାବନାରେ ବୁଡ଼ିରହି ବିଛଣାରେ ପଡ଼ି କଡ଼ ଲେଉଟାଇ ଛଟପଟ ହେଉଥାଏ । ତା' ପାଇଁ ତ ଶୋଇବା ନିଶ୍ଚିତ ଭାବରେ ଯନ୍ତ୍ରଣାଦାୟକ ହେବ ହିଁ ହେବ । ସେ ଶୋଇବା ଆରାମ ଦିଏନା । ସେମିତି ଶୋଇଆବାରେ ଶାନ୍ତି ମିଳେନା । ସୁଖୀ ହୋଇ ପାରେନା ବିଛଣାରେ ପଡ଼ି ରହି ଚେଁ ଶୋଇଥିବା ଲୋକଟି । ଖୁସିପାଏନା ସେପରି ବ୍ୟକ୍ତି ଜଣକ, ତୃପ୍ତି ପାଇ ନଥାଏ ସେ ବିଛଣାର ନରମ ଶେଜରୁ । ଗଦିର ମୁଲାୟମତା ତାକୁ ଆନନ୍ଦ ପ୍ରଦାନ କରେନା । ବିଛଣା ଆସ୍ତରଣର ମଖମଲ ଆଶ୍ଲେଷ ତାକୁ ସୁଖୀ କରାଇନଥାଏ । ଭାବନାର ଅସୁମାରି ଢେଉ ପିଟି ହେଉଥାଏ ପ୍ରାଣ ଉପକୂଲରେ । ପ୍ରାଣବନ୍ଧୁଙ୍କ ପାଇଁ ପ୍ରଳୟ ସଂଘଟିତ ହେଉଛି ବୁକୁ ତଲର ଗଭୀରତମ ପ୍ରଦେଶରେ । ହୃଦୟ ସାଗରରେ ଅମାନିଆ ଝଡ଼ । ମନ ଆକାଶରେ କାଳବୈଶାଖୀ ବତାସର ତାଣ୍ଡବଲୀଳା । ଅନ୍ତର ପ୍ରଦେଶ ଇଲାକାରେ ବଜ୍ରପାତର ଘନଘଟା ଲାଗି ରହିଥାଏ । କାର୍ତ୍ତିକ ମାସ ସଂକ୍ରାନ୍ତି ଦିନ ତା' ଆଖି ଫରକିବା କଥା ସୁନିକୁ ପଚାରିବାରୁ ସେ କହିଲା- ତା'ର ଆଖି ଡେଙ୍ଗାଁବା ହେଉଛି ଶୁଭ ବେଲ ଆଗମନର ସୂଚନା । ତା'ର ଭଲ ସମୟ ପଡ଼ିଲା । ଉତ୍ତମ ଯୋଗ, ଆସିଗଲା ତା' ପାଇଁ । ଏହି ତେବେ କ'ଣ ସୁନି କହିଥିବା ଭଲ ସମୟ ? ଶୁଭ ବେଲ ? ଉତ୍ତମ ଯୋଗ ? ଅନେକ ସମୟରେ ଦୁଃଖ, ସୁଖ ବେଶରେ ଆସେ । ତାକୁ ଚିହ୍ନିବା ମୁସ୍କିଲ । ଯାହାର ପରିଣାମ କେବଳ ଦୁର୍ଦ୍ଦଶା । ଦୁର୍ଭାବନାରେ ସମୟ ବିତାଇବା, ଅଶାନ୍ତି, ଆଶଙ୍କା, ଅନିଶ୍ଚିତତା ଭିତରେ ଦିନ କାଟିବା । ଅନୁତାପନଲରେ ଦଗ୍ଧ ହୋଇ ବେଲ ଅତିବାହିତ କରିବା । ଆତ୍ମ ପ୍ରବଞ୍ଚନାରେ ବ୍ୟସ୍ତ ରହିବାକୁ ହୁଏ । ଦୁଃଖକୁ ମନ ଭିତରେ ଗୋପନ ରଖି ବାହାରେ ସ୍ୱାଭାବିକ ଭାବରେ ଚଲପ୍ରଚଲ କରିବାକୁ ପଡ଼େ । ଅନ୍ତର ମଧ୍ୟରେ ଯନ୍ତ୍ରଣାକୁ ଲୁଚାଇ ଦେଇ ସୁଖୀ ମଣିଷ ପରି

ବ୍ୟବହାର କରେ ଅନ୍ୟମାନଙ୍କ ସହିତ। ଛାତି ଭିତରର କୋହକୁ ବୁକୁ ତଳେ ଚାପି ରଖି ହସିବାକୁ ହୋଇଥାଏ ବାହାର ଦୁନିଆ ଲାଗି। ନିଜ (ଆପଣାର) ଦୁନିଆ ରହିଯାଏ ଆଭ୍ୟନ୍ତରରେ। ଗୋପନରେ ଲୁଚାଇ ଲୁଚାଇ ସେଥ ପାଇଁ ଲୁହ ଢାଳିବାକୁ ପଡେ଼। ଅଶ୍ରୁ ଝରାଇବାକୁ ହୁଏ। କାନ୍ଦିବାକୁ ପଡ଼ିଥାଏ ସଙ୍କେଇ ସଙ୍କେଇ ଅନ୍ୟମାନଙ୍କ ଅଲକ୍ଷ୍ୟରେ। ସମାଜର ଉହାଡ଼ରେ। ସଂସାରର ଆଢୁଆଳରେ ଆମ୍ଭ ଗୋପନ କରି, ବିଳାପ କରିବାକୁ ହୁଏ ନିରବରେ । ସେ ବିଳାପ ପ୍ରଲାପକୁ ରୂପାନ୍ତର ହେଲେ ବ୍ୟକ୍ତି ହୁଏ ପାଗଳ, ଉନ୍ମାଦ ଗ୍ରସ୍ତ, ମସ୍ତିଷ୍କ ବିକୃତ ମଣିଷଟିଏ।

ହାସ୍ୟ ଅଭିନେତାର ଭୂମିକାରେ ଅବତୀର୍ଣ୍ଣ ହୋଇଥିବା ନଟଟି ପରି ନିଜସ୍ୱ ଦୁଃଖ, ଯନ୍ତ୍ରଣା, ଲୁହ, କୋହ, ବ୍ୟଥା, ବେଦନାକୁ ନିଜ ଭିତରେ ଗୋପନ ରଖି ମଞ୍ଚରେ ନିଜେ ହସି ଦର୍ଶକଙ୍କୁ ହସାଇଲା ପରି ହେବାକୁ ସେ ବାଧ୍ୟ ହୁଏ । ଦୁଆରିର ସୁଆଙ୍ଗ ଅଭିନୟ ମାଧମରେ ସେ ବ୍ୟକ୍ତି ସୃଷ୍ଟି କରିଥାଏ ହସର ଫୁଆରା। ଭିତରେ ଗୋଟେ ରକମରେ ରହି ବାହାରକୁ ଆଉ ଗୋଟେ ପ୍ରକାର ଦେଖାଇ ହେବାରେ ତାତ୍ପର୍ଯ୍ୟ କ'ଣ ଅଛି। ସେଇମିତି ଅଭିନେତା ପରି ରହିବାକୁ ହୁଏ ସଂସାରର ରଙ୍ଗ ମଞ୍ଚରେ କଞ୍ଚନରେ ଆଶାର ସବୁଜ ସ୍ୱପ୍ନ ଦେଖ। ସେ ସ୍ୱପ୍ନରେ ବି ସିଏ ଆସନ୍ତି। ଅଧା ଚେତା ଅଧା ଚନ୍ଦ୍ରାରେ ଆଖି ପତା କେବେ ଟିକେ ଲାଗିଗଲେ। ଟିକେ ସାମାନ୍ୟ ଛାଇ ନିଦ ଆସିଗଲେ। ଘୁମାଇ ପଡ଼ିଲେ କେବେ କେମିତି ଅସତର୍କ ମୁହୂର୍ତରେ। ଆସକଟ ଲାଗିଲେ ତାଙ୍କରି ଛବି ଭାସି ଉଠେ (ଆଖି) ଦୃଷ୍ଟି ସାମ୍ନାରେ। ସ୍ୱପ୍ନରେ ସିଏ ଆସନ୍ତି। ନଜରରେ ପଡେ଼ ଠିକ୍ ତାଙ୍କରି ଚେହେରା। ଅବିକଳ ତାଙ୍କରି ରୂପ। ତାଙ୍କ ପରି ଦେହର ଗଠଣ। ମୁଖ ଭଙ୍ଗୀ ତାଙ୍କଠାରୁ ଛଡ଼ାଇ ଆଣିଛନ୍ତି ଯେମିତି। ଅବୟବ ଯେଭଳି ଅବିକଳ ତାଙ୍କ ଚେହେରା ସହିତ ମିଶି ଯାଉଛି। ତାଙ୍କରି ଛିଟିକା ସେଇ ମୂର୍ତିର ଚାଲି, ଚଳଣ, ହାବ, ଭାବ ଆଉ ସ୍ୱାଭାବରେ। ସିଏ ଆସନ୍ତି ରାସ୍ତାରୁ ପଡ଼ିଆକୁ। ମୁହଁ ହାତ ଧୁଅନ୍ତି ନଳକୂପରୁ, ଗଛ ଛାଇରେ ସାଇକେଲ ରଖିଦେଇ। ପାଦୁକ ପାଇଁ ହାତ ପତାନ୍ତି ଠାକୁରଙ୍କୁ ଜୁହାର ହୋଇସାରି। ତା'ଠାରୁ ପାଦୁକ ପାଆନ୍ତି। ତା'ହାତରୁ ଟିପା ପିନ୍ଧନ୍ତି ମାଥାରେ। ତାଙ୍କ କପାଳରେ ସେ ଲଗାଇ ଦିଏ ଟିପା। ମଝି ଆଙ୍ଗୁଳି ଟିପରେ। ଡାହାଣ ହାତ ଅଙ୍ଗୁଳିରେ ତାଙ୍କ ଦେହ ଛୁଆଁର ପରଶ। ତାଙ୍କ ଆଖି ସହିତ ମିଶି ଯାଇଛି ତା' ନିଜ ଆଖି। ଆଖିର ପିଛୁଡ଼ା ପଡୁନି। ସେଟିକି ବେଲେ ତାଙ୍କ ଓଠ ଖୋଲି ଯାଉଛି। ନିଶ ଗଜୁରି ଆସୁଥିବା ନରମ କଅଁଳ ଓଠ। ଅସମ୍ଭବ ଭାବେ ତାଙ୍କ କଣ୍ଠ ସ୍ୱରର ସାଦୃଶ ରହିଥାଏ ତାଙ୍କଠି। କି ମଧୁଝରା ସେ କଥା। କେତେ ଶ୍ରୁତି ମଧୁର ସେ ବାକ୍ୟ ସମୂହ। କେତେ ସୁରିଲା ସେ କଣ୍ଠ ସ୍ୱର। ସତେ କି ଅମୃତ ବୋଲା ହୋଇଛି ସେ ଭାଷାରେ। ମନ ମୁଗ୍ଧକର, ମଧୁଝରା ମିଠା ମିଠା ଶଢ଼ରେ ସିଏ ପ୍ରକାଶ କଲେ- "ତୁମ ଘର ଏଠି ? ପ୍ରତିଦିନ ମନ୍ଦିରକୁ ଆସ, ଟିକେ ରହି ବିଶ୍ରାମ ନେଇ କ୍ଷେପ ଢୋକି, "ଧନ୍ୟବାଦ", ସାହାଯ୍ୟ ପାଇଁ କୃତଜ୍ଞତା ଜ୍ଞାପନ। ତା'ପରେ ଫେରି ଯାଉଛନ୍ତି ନିରବରେ। ଚୁପଚାପ ପାହାଚ ଓହ୍ଲାଇ ମୁଖଶାଳାରୁ ପଡ଼ିଆକୁ। ତା'ପରେ ଧରିଲେ ରାସ୍ତା। ଲୁଚିଗଲେ ବାଉଁଶ ବୁଦା ଉହାଡ଼ରେ। ଆଉ କିଛି ଦିଶେନା। ଯେତେ ନିରେଖ ଚାହିଁଲେ ଆଖି ପାଏନା, ସେ ଦୂର ଦିଗ୍‌ବଳୟକୁ। ଦୃଷ୍ଟି ଫେରିଆସେ କାନ ପାରିଲେ ଆଉ ଶୁଭେନା ସେ ମିଠା ମିଠା କଥା। ମଧୁର ମନ କିଣା ସଂଲାପ। ଯେତେ ପ୍ରତୀକ୍ଷା କଲେ ସୁଦ୍ଧା ଫେରେ ନାହିଁ ସେ ମଧୁଝରା ମୁହୂର୍ତ। ସୁଖପ୍ରଦ ସାକ୍ଷାତ ସମୟ। ସରସତା ଦାୟିନୀ ଠାକୁରଙ୍କ ବାରି। ଉଲ୍ଲାସର ସୋମବାର। ଆନନ୍ଦ ଭରା ସମୟ। ପ୍ରତୀକ୍ଷାର ବେଲ। ଖୁସିପ୍ରଦ ଦିନ ଏଗାରଟା।

ସେ ଅପରିଚିତଙ୍କ କଣ୍ଠସ୍ୱର। ଯାହା ଖୁବ୍ ପରିଚିତ ଭଳି ଶୁଭୁଥିଲା। ଆଗରୁ ଶୁଣିଥିଲା ପରି। ଥରେ ଦୁଇ ଥର ନୁହେଁ ଅନେକ ଥର। ଅନେକ ବାର। ବହୁଦିନ ଧରି। ବର୍ଷବର୍ଷ ବ୍ୟାପି। ଯୁଗ ଯୁଗ ପାଇଁ। ସେ ଅଚିହ୍ନା ମୁହଁ, ଯାହା ଚିହ୍ନା ଚିହ୍ନା ଦିଶୁଥିଲା। ନିଜ ଲୋକଙ୍କ ମୁଖ ପରି ଲାଗୁଥିଲା। ପୂର୍ବରୁ ଦେଖିଲା ଭଳି । ସେହି ଅଜଣା ଜଣକ, ଯିଏ ଭାରି ଆପଣାର ଲାଗନ୍ତି। ନିଜ ଲୋକଙ୍କ ଭଳି। ଯିଏ ଭାରି ମନେ ପଡ଼ନ୍ତି। ଖୁବ ଘନିଷ୍ଠ ସମ୍ପର୍କୀୟଙ୍କ ପରି। ଯେପରି

ତାଙ୍କ ସହିତ କେଉଁଠି ଦୀର୍ଘ ଦିନ ଧରି ଏକତ୍ର ବସବାସ କରିଛି । ସେହି ପରିଚିତ ପରି ଶୁଭି ଯାଉଥିବା କଣ୍ଠସ୍ୱର । ଚିହ୍ନିଲା ଭଳି ଦିଶୁଥିବା ମୁଖମଣ୍ଡଳ । ଖୁବ୍ ଆପଣାର ପରି ଲାଗୁଥିବା ଲୋକ ଜଣକ । ଘନିଷ୍ଠ ସମ୍ପର୍କୀୟଙ୍କ ପରି ଜଣାଯାଉଥିବା ମଣିଷଟି । ଭାରି ନିଜର ପରି ପ୍ରତୀୟମାନ ହେଉଥିବା ବ୍ୟକ୍ତିଟିର ଭାବନା ତାକୁ ବ୍ୟତିବ୍ୟସ୍ତ କରିଥିଲା ରାତିସାରା । ଅସ୍ଥିର କରିଥିଲା ତାଙ୍କ ଅପାସୋରା ବ୍ୟବହାର । ବିବ୍ରତ କରିଥିଲା ତାଙ୍କ ମୁଖ ନିଃସୃତ ମଧୁର କଥା କେଇପଦ । ତା' ନିଦ୍ରାରେ ଆଘାତ ସୃଷ୍ଟି କରିଥିଲା ତାଙ୍କ ସାନ୍ନିଧ୍ୟ ପାଇଥିବା ଆହ୍ଲାଦ ପଣିଆ ମୁହୂର୍ତ ସମୂହ । ତାଙ୍କରି ବିଷୟରେ ଚିନ୍ତା । ଯାହାକୁ ସେ ଅନେକ ଚେଷ୍ଟା କରି ସୁଦ୍ଧା ଛାଡ଼ି ପାରୁନଥିଲା । ପାସୋରି ପାରୁନଥିଲା ଅକ୍ଲାନ୍ତ ଉଦ୍ୟମ ଜାରି ରଖି ମଧ୍ୟ । ଇଚ୍ଛା କରି ସୁଦ୍ଧା ଭୁଲି ପାରୁନଥିଲା । ଦୁଃଖ ଡାକିଆଣେ ଦୁଶ୍ଚିନ୍ତାକୁ । ଥରେ ଦୁଶ୍ଚିନ୍ତା ଆସିଗଲେ ଏବଂ ଦୁଃଖ ଦୁଶ୍ଚିନ୍ତା ଏକାଠି ହୋଇଗଲେ ସେ ତାତି ସହିବା ବଡ଼ କଷ୍ଟକର ହୁଏ । ସେ ତାତିରେ ସବୁ ଭଲ କଥା ପୋଡ଼ି ଜଳି ପାଉଁଶ ହୋଇଯାଏ । ମାଟି ହାଣ୍ଡିକୁ ଲୁଣ ଖାଇଗଲା ପରି ସେ ଦୁହେଁ ମିଶି ଦେହ ମନକୁ ଖାଇ ଯାଆନ୍ତି । ତେଣୁ କୁହାଯାଏ ଯେ ଚିତାନଳଠାରୁ ଚିନ୍ତାନଳ ଅଧିକ ଭୟଙ୍କର ।

ସେ ସଂଶୟ ମନ ନେଇ ପଡ଼ି ରହିଥିଲା ବିଛଣାରେ । ଅଧା ଉଦାଗର ରହି ବିତାଇ ଦେଇଥିଲା ରାତି । ସନ୍ଦେହ ମୋଚନ ପାଇଁ ଉପାୟ ନଥିଲା । ବାଟ ପାଉନଥିଲା ତା' ମନରେ ବସା ବାନ୍ଧିଥିବା ସଂଶୟ ଦୂର କରିବାକୁ । ଅଜଣା ପଥର ପଥଚାରୀ ପରି ସେ ଅନ୍ୟର ସାହାରା ଲୋଡୁଥିଲା । ଯେପରି ସିଏ ପ୍ରଥମ ଥର କାର୍ତିକ ମାସ ସଂକ୍ରାନ୍ତି ଦିନ ମନ୍ଦିରକୁ ଆସି ପାଦୁକ ପାଇବାକୁ ଏମାନଙ୍କ ସାହାଯ୍ୟ ଆବଶ୍ୟକ କରିଥିଲେ । ସେ ଖୋଜୁଥିଲା ଏପରି ଜଣେ ବ୍ୟକ୍ତିଙ୍କୁ ଯାହାଙ୍କ ଠାରୁ ସେ ତାଙ୍କ ନାଁ କ'ଣ ଶୁଣିପାରନ୍ତା । ସେ ଚାହୁଁଥିଲା ଏଭଳି ଜଣେ ଲୋକକୁ ଯିଏ ତାକୁ ଜଣାଇପାରନ୍ତା କେଉଁଠି ତାଙ୍କ ଗାଁ । ସେ ଲୋଡୁଥିଲା ଏମିତି ଜଣକୁ ଯାହାଙ୍କଠୁ ପାଇ ପାରନ୍ତା ତାଙ୍କ ପରିଚୟ । ସେ ଆବଶ୍ୟକ କରୁଥିଲା ଏଭଳି ଜଣକୁ ଯାହାଙ୍କଠୁ ରଖିପାରନ୍ତା ତାଙ୍କ ଠିକଣା, ବୁଝିପାରନ୍ତା ତାଙ୍କ ପରିବାର ସମ୍ପର୍କରେ ଓ ତାଙ୍କ ବିଷୟର ସବିଶେଷ ବିବରଣୀ । ଯାହା ସମ୍ଭବ ହେବାର କୌଣସି ସାମାନ୍ୟତମ ସୂଚନା କିମ୍ବା ସୁରାକ ସେ ଦେଖିପାରୁନଥିଲା ।

ତା'ଆଗରେ ସମସ୍ୟା ଅନେକ । ହେଲେ ତା'ର ସମାଧାନର କୌଣସି ରାସ୍ତା ସେ ଖୋଜି ପାଉନଥିଲା । ଦାର୍ଶନିକମାନେ କହିଛନ୍ତି– ସମସ୍ୟା ନଥିଲେ ଜୀବନକୁ ଚିହ୍ନିବା ସହଜ ହୁଅନ୍ତା ନାହିଁ । ଯିଏ ସଙ୍କଟର ସାମ୍ନା କରି ନାହିଁ, ବାଧା, ବିଘ୍ନ, କ୍ଲେଶଯୁକ୍ତ ହୋଇନାହିଁ ତା'ର କିଛି ଉପଲବ୍ଧି ହୋଇନାହିଁ ବୋଲି ବୁଝିବାକୁ ହେବ । ଏପରି ବ୍ୟକ୍ତି ଅପୂର୍ଣ୍ଣ ବା ଅଳ୍ପ ପ୍ରାପ୍ତିର ମଣିଷ । ଆହୁରି ମଧ୍ୟ ତୁମକୁ ବାଧା ଦେଉଥିବା ପ୍ରତିଟି କାରଣ ତୁମ ହିତରେ, ତାହା ଦ୍ୱାରା ତୁମର ସାମର୍ଥ୍ୟ ବଢ଼େ । ଜୀବନକୁ ଜାଣିବା, ପ୍ରତିଷ୍ଠା କରିବା, ଲକ୍ଷ୍ୟ ପଥରେ ଆଗେଇବା ପାଇଁ ସମସ୍ୟା ରହିବ ହିଁ ରହିବ । କର୍ମ କ୍ଷେତ୍ରରେ ସମସ୍ୟାରେ ସମାଧାନ ପାଇଁ ଜୀବନକୁ ପଥର ପରି ଦୃଢ଼ କରି ରଖିବାକୁ ପଡ଼ିବ । ସମସ୍ୟା ଆସିବା ଜୀବନର ଏକ ପର୍ଯ୍ୟାୟ ଏବଂ ଏଥରୁ ସହଜରେ ବାହାରି ଆସିବା ହେଉଛି ଜୀବନର କଳା । ସମସ୍ୟା ଆମକୁ ବୁଦ୍ଧି ଦେଉ, ବିଫଳତା ସାହାସ ଦେଉ, ପ୍ରତିକୂଳତା ଶକ୍ତି ଦେଉ । କିନ୍ତୁ ଅନ୍ୟର ସମସ୍ୟାକୁ ନେଇ ଅନେକ ଲୋକ ଫାଇଦା ହାସଲ କରିବାରେ ଲାଗିପଡ଼ନ୍ତି । ଏସବୁ ଆଦୌ ଠିକ୍ ନୁହେଁ ।

ସେହିକଥା ସେ କାହାକୁ ପଚାରି ପାରିବ ? ଯେଉଁ କଥା କାହାକୁ କହି ହୁଏନା । କାହାଠାରୁ ବୁଝିପାରବ ସେହି ବିଷୟରେ ? ଯେଉଁ ବିଷୟ ବୁଝିବା ଭଦ୍ରତା ଦୃଷ୍ଟିରୁ ଆଦୌ ଉଚିତ ନୁହେଁ । ସେ ଉପାଖ୍ୟାନ କାହାଠାରୁ ଶୁଣିପାରିବ ? ଯେଉଁ ଉପାଖ୍ୟାନର ଉଦାହରଣ ଜମା କୌଣସି ପୁରାଣ, ପୋଥିରେ ନାହିଁ । ସେ ଘଟଣା ବିଷୟରେ ସେ କେଉଁଠୁ ଜାଣିବ ? ଯାହା କେଉଁ ଇତିହାସ କିମ୍ବା ଭୂଗୋଳରେ କେବେ ଲିପିବଦ୍ଧ ହୋଇନାହିଁ । ସେ କେମିତି ଜ୍ଞାତ ହେବ ତାଙ୍କ ସମ୍ପର୍କରେ ଯେଉଁ କଥା ସମନ୍ଦର ବିନ୍ଦୁ, ବିସର୍ଗ ପର୍ଯ୍ୟନ୍ତ ସେ ଦେଖି ପାରୁନାହିଁ କସ୍ମିନ୍‌କାଳେ । ସେ ତାଙ୍କ ପ୍ରସଙ୍ଗରେ

କେଉଁଠାରୁ ତଥ୍ୟ ସଂଗ୍ରହ କରିପାରିବ ? ଯେଉଁ ପ୍ରସଙ୍ଗ ବିଷୟରେ ବେଦ, ଉପନିଷଦ କିମ୍ବା ଶାସ୍ତ୍ରଗୁଡ଼ିକ ନିର୍ଦ୍ଦୟତାର ସହିତ ନିଷ୍ଠୁର ଭାବରେ ସମ୍ପୂର୍ଣ୍ଣ ନିରବ । ଶିଷ୍ଟାଚାର ଜଗିବାକୁ ଯାଇ, ନିଜ ସ୍ୱାଭିମାନ ରକ୍ଷା କରିବା ପାଇଁ, ଦୁର୍ନାମକୁ ଭୟ କରି, କଳଙ୍କକୁ ଡରି, ଅପବାଦ ବ୍ୟାପିବା ଆଶଙ୍କାରେ ଆପଣା ଚରିତ୍ରରେ କାଳିମା ନ ଲଗାଇବା ଲାଗି ସେ ବିଷୟକୁ ପାଟି ଖୋଲି କାହା ମୁହଁ ଉପରେ ଏକଥା ପଚାରି ପାରୁନଥିଲା । "ଅଜଗା ଘା' ଦେଖି ହୁଏନି କି ଦେଖାଇ ହୁଏ ନାହିଁ" ଭଳି ଅବସ୍ଥା । କଥାରେ ଅଛି "ବଣ ପୋଡ଼ି ଗଲେ ସଭିଏ ଜାଣନ୍ତି" କାରଣ ସେ ନିଆଁ ବାହାରକୁ ଦେଖାଯାଏ । ମାତ୍ର "ନିରବରେ ପୋଡ଼େ ମନ" ତାହା ସମସ୍ତଙ୍କ ଅଗୋଚରରେ, ଅଲକ୍ଷ୍ୟରେ, ଅମାଲୁମରେ ହୁଏ ।

ଶାସ୍ତ୍ର ମତରେ "ମନସା ଚିନ୍ତିତଂ କାର୍ଯ୍ୟଂ ବଚାନୈବ ପ୍ରକାଶୟେତ, ମନ୍ତ୍ରବତ ରକ୍ଷୟେତ ଗୁଢ଼ଂ ଚାପି ନିୟୋଜୟେତ" ମନରେ ବିଚାରିଥିବା କାର୍ଯ୍ୟକୁ କାହାରିକୁ କଥାରେ କହିବା ଉଚିତ ନୁହେଁ । କାରଣ ତା'ଦ୍ୱାରା ଅନ୍ୟମାନେ ତୁମ ଯୋଜନା ବିଚାର ଜାଣିଗଲେ ସେ କାର୍ଯ୍ୟ ରୂପାୟନରେ ବାଧା ସୃଷ୍ଟି କରିପାରନ୍ତି । ସେଥିପାଇଁ ସେ କଥାକୁ ମନ୍ତ୍ର ସ୍ୱରୂପ ଗୁପ୍ତ ରଖି କାର୍ଯ୍ୟରେ ଲଗାଇବା ଉଚିତ ।

ସଂଶୟ ମନ ନେଇ । ସନ୍ଦେହ ଘେରରେ ରହି । ଅବସୋସକୁ ହୃଦୟରେ ଚାପି ରଖି । ଅନ୍ତରରେ ଅତୃପ୍ତିକୁ ଲୁଚାଇ ରଖି । ପ୍ରାଣରେ ଆଶଙ୍କାକୁ କବର ଦେଇ । ଆତ୍ମାରେ ନିଜ ଅସ୍ଥିରତାର ସମାଧି ରଚି । ସେ କେତେବେଳେ ଚିନ୍ତା ସମୁଦ୍ରରେ ବୁଡ଼ି ଯାଉଥିଲା ତ କେତେବେଳେ ଭାବନା ରାଇଜରେ ବିଚରଣ କରୁଥିଲା । କଳ୍ପନା ଆକାଶରେ ଉଡ଼ି ବୁଲୁଥିଲା ତା'ର ଆଗାମୀ ଯୋଜନାର ରୂପରେଖ ଧରି । ପରିକଳ୍ପିତ ସୁନେଲି ସପନ ସବୁକୁ ଏକାଠି କରି ସେ ଭାସି ବୁଲୁଥିଲା ସପନ ସାଗରର ଅଗାଧ ଜଳ ରାଶିରେ । ତା'ସପନର ରାଜକୁମାର, ତା'ଯୋଜନାର ବିଷୟବସ୍ତୁ । ତା'ଭାବନାର କେନ୍ଦ୍ରବିନ୍ଦୁ । ତା' କଳ୍ପନାର ରୂପରେଖ । ଯାହା ପାଇଁ ସେ ଚିନ୍ତିତ, ବ୍ୟଥିତ, ବିବଳିତ, ବ୍ୟତିବ୍ୟସ୍ତ, ମର୍ମାହତ । ଯାହାକୁ ଜାଣିବାକୁ । ଯାହା ବିଷୟ ବୁଝିବାକୁ । ଯାହା କଥା ଶୁଣିବାକୁ । ଯାହା ଗୁଣ ଗୁଣି ହେବାକୁ । ଯାହା ରୂପ ଭାବିବାକୁ । ଯାହା ସହିତ ମିଳନର ଦୃଶ୍ୟ ସପନରେ ଦେଖିବାକୁ ତାକୁ ଭଲ ଲାଗେ । ଭାରି ଭଲ ଲାଗେ, ତାହା ତାକୁ ଶାନ୍ତି ଦିଏ, ସୁଖ ଦିଏ, ଆନନ୍ଦ ଦିଏ, ଉତ୍ସାହ ଦିଏ, ଆରାମ ଦିଏ, ଖୁସି ଦିଏ, ସନ୍ତୋଷ ଦିଏ, ଆବେଗ ଦିଏ, ଆଉ ପ୍ରଦାନ କରେ ତୃପ୍ତି, ଆମ୍ବତୃପ୍ତି । ପରମ ତୃପ୍ତି ।

ଯେଉଁ ପରମ ତୃପ୍ତିର ସନ୍ଧାନରେ ସେ ନିଜକୁ ନିୟୋଜିତ କରିଥିଲା । ଯେଉଁ ଅସରନ୍ତି ତୃପ୍ତିର ପ୍ରାପ୍ତି ପାଇଁ ସେ ଅପେକ୍ଷା କରିଥିଲା । ଯେଉଁ ପୂର୍ଣ୍ଣ ତୃପ୍ତିର ଆଶାରେ ଆଶାୟୀ ହୋଇ ସେ ରହିଥିଲା । ପ୍ରତୀକ୍ଷା କରିଥିଲା ଉତ୍କଣ୍ଠାର ସହିତ ଯେଉଁ ଆମ୍ବତୃପ୍ତି ପାଇବା ଲାଗି । ସେହି ତୃପ୍ତି, ଆମ୍ବ ସନ୍ତୋଷ, ପରମ ଆନନ୍ଦର ସନ୍ଧାନ ତାକୁ ଦେଇଥିଲା ସୁନି । ତା'ସାଙ୍ଗ, ଅନ୍ତରଙ୍ଗ ବାନ୍ଧବୀ, ପ୍ରାଣର ମିତଣୀ, ଘନିଷ୍ଠ ସହଚରୀ, ଏକାନ୍ତ ସହପାଠିନୀ ମଧ ସୁନିତା ତ୍ରିପାଠୀ । ଦୀପାବଳି ପରଦିନ ସକାଳେ ସୁନି ତାଙ୍କ ଘରକୁ ଆସିଥିଲା । ସତୀର ସାଙ୍ଗ ଓ ପଡ଼ିଶା ଘରର ଝିଅ ହିସାବରେ ସୁନି ଅଧିକାଂଶ ସମୟରେ ସତୀ ଘରକୁ ଆସିଥାଏ । ସତୀ ସହିତ ତା'ର ବନ୍ଧୁତା ଥିଲା, ନିବିଡ଼ ବନ୍ଧୁତା, ପିଲାଦିନୁ ଧୂଳିଖେଳଠାରୁ ଦୁହେଁ ସାଙ୍ଗ । ସେ ସମ୍ପର୍କ ଅଧିକ ନିବିଡ଼ ହୋଇଥିଲା ପାଠ ପଢ଼ିବା ସମୟରେ । ଦୁହେଁ ସାଙ୍ଗ ହୋଇ ପଢ଼ୁଥିଲେ ଗୋଟିଏ ସ୍କୁଲରେ ଏକା ଶ୍ରେଣୀରେ ।

ବ୍ରାହ୍ମଣ ଘରର ଝିଅ ହୋଇଥିବାରୁ ସୁନି ପାଇଁ ସତୀ ଘରେ କିଛି ବାରଣ ନଥାଏ, ତା'ର ପ୍ରବେଶ ଲାଗି ସତୀ ଘରେ କୌଣସି ସୀମାରେଖା ଟଣାଯାଇନଥିଲା । ଏପରିକି ହାଣ୍ଡିଶାଳ, ଦେଇପିଣ୍ଡ ପର୍ଯ୍ୟନ୍ତ ତା'ର ଅବାଧ ପ୍ରବେଶକୁ ସତୀ ଘରେ କେହି ବିରୋଧ କରନ୍ତି ନାହିଁ । ଯାହାକି ସତୀ ଲାଗି ସୁନି ଘରେ ସମ୍ଭବ ହୋଇନଥାଏ । ସତୀ ଲାଗି ଯଦିଓ ସୁନି ଘରର ଦ୍ୱାର ସବୁବେଳେ ଖୋଲା, ମୁକୁଳା ଉନ୍ମୁକ୍ତ । ତଥାପି ତା'ପାଇଁ ଟିକେ କଟକଣା ଲାଗୁହୁଏ । କାହିଁକିନା ସତୀ

ଯେତେହେଲେ ତଳ ବର୍ଗର, ଦଲିତ ଗୋଷ୍ଠୀର, ନିମ୍ନ ସମ୍ପ୍ରଦାୟ, ଛୋଟ ଜାତି କେଉଟ ଘର ଝିଅ। ବ୍ରାହ୍ମଣ ଘରେ ଭିତର ଘରକୁ ତାକୁ ଯିବା ମନା। ସତୀ ଯେବେ ସୁନି ଘରକୁ ଯାଏ, ସେ କେବଳ ତାଙ୍କ ଦାଣ୍ଡ ଘରେ ପଡ଼ିଥିବା ଖଟ ଯେଉଁଠି ସୁନି ବସି ପଢ଼ାପଢ଼ି କରେ। ସେହି ଖଟ ଉପରେ ବସି ସୁନି ସହିତ କଥାବାର୍ତ୍ତା ହୋଇ ଫେରିଥାଏ। ତାଙ୍କ ଦାଣ୍ଡ ଘର ଡେଇଁ ସେ କେବେ ତାଙ୍କ ଭିତର ଖଣ୍ଡାକୁ ଯାଇପାରେନା। ଜାତି ଶ୍ରେଷ୍ଠ ଛତିଶ ପାଟକର ରାଜା ବ୍ରାହ୍ମଣ ଘର, ଠାକୁର ଅଛନ୍ତି, ଛୁଆଁସ୍ତା ହେବାର ଭୟ ରହିଛି। ଯେତେହେଲେ କେଉଟମାନେ ହେଲେ ଜଳ ଅସ୍ପର୍ଶ ଜାତି। ସେହି ଯୋଗୁ ତାକୁ ତାଙ୍କ ଦାଣ୍ଡଘର ଡେଇଁବା ମନା। ସେ ସକାଶେ ସେ ସୁନି ଘରକୁ ବେଶୀ ଯାଇ ନଥାଏ। ସୁନି ଯେପରି ତାଙ୍କ ଘରକୁ ଆସେ। ସତୀ ସିନା ସୁନି ଘରକୁ କେବେ କେମିତି ଗଲେ ବ୍ରାହ୍ମଣ ଘର ଛୁଆଁସ୍ତା ହେବା ଭୟରେ ସେ ତାଙ୍କ ଦାଣ୍ଡଘରୁ ଫେରିବାକୁ ବାଧ୍ୟ ହୋଇଥାଏ। ହେଲେ ଘର ବାହାରେ ସେମାନେ ଦୁହେଁ ଘନିଷ୍ଠ ସାଙ୍ଗ। ପଦରେ ସେମାନଙ୍କ ମଧ୍ୟରେ ସମ୍ପର୍କ ଖୁବ ନିବିଡ଼। ସେମାନେ ପରସ୍ପର ଏମିତି ଅନ୍ତରଙ୍ଗ ଯେ ସୁନି କେବେ ଭାବେ ନାହିଁ ସତୀ ଛୋଟ ଜାତି କେଉଟ ଘରର ଝିଅ କିମ୍ବା ସତୀ ମନରେ ଧରି ବସେନା ଯେ ସେ ଜଣେ ବ୍ରାହ୍ମଣ ଘର ଝିଅ ସହିତ ବନ୍ଧୁତା କରିଛି। ବାହାରେ ସେମାନଙ୍କ ମଧ୍ୟରେ ଅବାଧ ମିଳାମିଶା। ଏକା ଜାତି। ଏହା ଭାଇଆର। ଗୋଟିଏ ପରିବାରର ପିଲାଙ୍କ ପରି।

ଦୀପାବଳି ପରଦିନ ସକାଳେ ସୁନି ତାଙ୍କ ଘରକୁ ଆସି ସତୀକୁ ଡାକିଥିଲା। ଦୁହେଁ ତାଙ୍କ ସାଇର ଦକ୍ଷିଣକୁ ଥିବା ପଡ଼ିଆକୁ ଯାଇଥିଲେ। ସେଇ ଯୋରକୂଳ ପଡ଼ିଆ ଯେଉଁଠି ବିଲରେ ଫସଲ ଥିବା ସମୟରେ ଗୋରୁ ଚରନ୍ତି। ସାହିର ଲୋକମାନେ ଯେଉଁଠି ସଞ୍ଜ ସକାଳେ ନିତ୍ୟକର୍ମ ସମାପନ ପାଇଁ ଯାଇଥାଆନ୍ତି। ସେହି ପଡ଼ିଆର ଗୋଟେ ପାଖକୁ ଥରାଏ ଛାଇ। ଗଛ କେତୋଟି ଠିଆ ହୋଇଥାଆନ୍ତି ଖରା ଓ ଝିପଝିପ ବର୍ଷା ଦାଉରୁ ରକ୍ଷା କରିବା ପାଇଁ ତାଙ୍କ (ତଳ ଛାଇରେ) ଛାଇ ତଳେ ଆଶ୍ରୟ ନେଇଥିବା ଜୀବମାନଙ୍କୁ ଛାୟା ପ୍ରଦାନ କରି। ତାକୁ ଟିକେ ଛାଡ଼ି ଯୋଗକୁ ଯିବା ବାଟରେ ଗୋଟେ ବରଗଛ। ଲୋଟଣି ବଟବୃକ୍ଷ, ଝଙ୍କାଳିଆ, ଗହଳିଆ ଶାଖା ପ୍ରଶାଖା ବିଶିଷ୍ଟ ବହଳିଆ ପତ୍ର ଶୋଭିତ। ଆଗରୁ ଯେବେ ଗାଁର ସମସ୍ତେ ଯୋରରେ ଗାଧୋଉ ଥିଲେ। ପିଲାଠାରୁ ବୁଢ଼ା, ଝିଅ, ବୋହୂ ଓ ଭୁଆଁଶୁଣୀଠାରୁ ବୟସ୍କ ବୁଢ଼ି ହାଡ଼ି ପର୍ଯ୍ୟନ୍ତ। ସେତେବେଳେ ସେମାନେ ଏହି ବରଗଛ ମୂଳେ ଝାଲମାରି (ଶୁଖାଇ) ଗାଧୋଇବାକୁ ଯାଉଥିଲେ ଯୋରକୁ। ବିଲରୁ କାମକରି ଫେରିଥିବା ଚାଷୀ। ପରିଶ୍ରମ କରି ଆସିଥିବା ଶ୍ରମଜୀବୀ। ଖେଳସାରି ଗାଧୋଇବାକୁ ଯାଇଥିବା ପିଲାମାନେ ସମସ୍ତେ ସେହି ବରଗଛ ମୂଳେ ଛାଇରେ ଝାଲମାରି ଗାଧୋଉଥିଲେ। ଏବେ ଆଉ କେହି ଅବଶ୍ୟ ଯୋରରେ ଗାଧୋଇ ନାହାନ୍ତି। ଯୋର ପାଣି ଏଇନେ ଆସନା ଓ ଯୋର କୂଳ ଅପରିଷ୍କାର। ବେଶୀ ଓ ତଣ୍ଟି ବୁଦା ମାଡ଼ିଯାଇ ଯୋରକୂଳ ନିବୁଜ (ବନ୍ଦ) ହୋଇ ଗଲାଣି। ଯାହା ଖାଲି ପାଦ ଚଲା ସରୁ ବାଟଟିଏ ପଡ଼ିଛି ଯୋର ସେପଟ ଲକ୍ଷ୍ମୀ ବଜାର ଗାଁକୁ ଯିବା ଆସିବା କରିବା ଲାଗି।

ସେହି ଗଛ ମୂଳେ ଦୁଇସାଙ୍ଗ ବସିଲେ। ସୁନୀ ଆରମ୍ଭ କଲା "ସତୀ ଜାଣିଲୁଣି ସେଇ ଯିଏ ମନ୍ଦିରକୁ ଆସନ୍ତି, ତାଙ୍କର ହେଉଛନ୍ତି ମୋ ବାପାଙ୍କ ଯଜମାନ। ଗତକାଲି ମନ୍ଦିରରୁ ସିଏ ଫେରୁଥିବା ବାଟରେ ବାପାଙ୍କ ସହିତ ତାଙ୍କର ଦେଖା ହୋଇଥିଲା। ସିଏ ଧବଳେଶ୍ୱରଙ୍କୁ ଦର୍ଶନ କରିବାକୁ ଆସିଥିବା କଥା ବାପାଙ୍କୁ କହିଲେ।"

"ତାଙ୍କର ବଡ଼ ବାପାଙ୍କ ସହିତ ଦେଖାହେବା କଥା ତୁ କେମିତି ଜାଣିଲୁ?"

ସୁନି ବାପାଙ୍କୁ ସତୀ ବଡ଼ ବାପା ସମ୍ବୋଧନ କରିଥାଏ। ସୁନିର ବାପା ଜାତି ଶ୍ରେଷ୍ଠ ବ୍ରାହ୍ମଣ। ଯଦିଓ ନଟିଆ ନନା ସପନିର ସମବୟସ। ତଥାପି ସେ ବଡ଼ (ଉଚ୍ଚ) ଜାତି ହୋଇଥିବାରୁ ନିଜ ଜାତି ସପନି ତାଙ୍କୁ ନନା ସମ୍ବୋଧନ କରେ। ସେହି ହିସାବରେ ସତୀ ନଟିଆ ନନାଙ୍କୁ ବଡ଼ ବାପା ଡାକିଥାଏ। ସତୀ କଥା ଶୁଣି ସୁନି କହିଲା, "କାଲି ସଞ୍ଜରେ ପୟ୍ୟପିଣ୍ଡ ପକାଇବା ପାଇଁ ଯଜମାନଙ୍କ ଘରକୁ ଯିବା ପୂର୍ବରୁ ବାପା ଆମ ଘରେ ସେ କଥା କହୁଥିଲେ।"

"କ'ଣ କହୁଥିଲେ ?" ସତୀ ଉସ୍ତୁକ ସହିତ ପଚାରିଲା ।

ସୁନି କହିଲା ସତୀକୁ । ଯାହା ସେ ତା' ବାପାଙ୍କ ଠାରୁ ଶୁଣିଥିଲା । "ସିଏ ହେଉଛନ୍ତି ଆମ ମୌଜାର ଆରପଟ ଗାଁର ପୂର୍ବତନ ଜମିଦାର ଘରର ସାନପୁଅ । ଅଧର ସାମନ୍ତରାୟ । ବହୁତ ପାଠ ପଢ଼ିଛନ୍ତି । ସରକାରୀ ସଂସ୍ଥାରେ ବଡ଼ ପଦବୀର ଅଧିକାରୀ । ମୋଟା ଅଙ୍କର ଦରମା ପାଉଛନ୍ତି । ତାଙ୍କର ତ ସମ୍ପତ୍ତି କାହିଁରେ କ'ଣ । ଖାଲି ଆମ ମୌଜାର କାହିଁକି ଆଖପାଖ ପଚାଶ ଖଣ୍ଡ ଗାଁରେ ତାଙ୍କର ସବୁଠାରୁ ବଡ଼ ଧନୀ, ମାନୀ ମଧ୍ୟ । ତାଙ୍କର ଜମି ଅନେକ । ଅଗାଧ ଭୂ ସମ୍ପତ୍ତିର ମାଲିକ । ବିରାଟ ଘର, ପଥର କୋଠା, ଉଆସ, କଚେରି ଘର । ଅତିଥି ଅଭ୍ୟାଗତଙ୍କ ପାଇଁ ଅଲଗା ଅତିଥି ଶାଲା । ଚଉପାଢ଼ି ବନ୍ଧୁବାନ୍ଧବଙ୍କ ଲାଗି । ବଡ଼ଦାଣ୍ଡ । ବିଶାଳ ଖାନାବାଡ଼ି । ବଡ଼ ପୋଖରୀ । ବଡ଼ବଡ଼ ବଳଦ । ବଡ଼ ଆମ୍ବ ତୋଟା । ବଡ଼ ବାଉଁଶ ବାଡ଼ି, ବଡ଼ଖଳା । ତାଙ୍କ ଖଳାରେ ବଡ଼ ଓ ଉଚ୍ଚା ଧାନଗଦା ସବୁ ବସେ । ବିଲର (ପାଟର) ପ୍ରତ୍ୟେକ ଚକର ବଡ଼ ବଡ଼ କ୍ଷେତ (କିଆରି) ସବୁ ତାଙ୍କର । ବଡ଼ ଘରେ ସବୁ ତାଙ୍କର ବନ୍ଧୁ । ତାଙ୍କ ଘରର ଲୋକମାନେ ବେଶୀ ପାଠ ପଢ଼ିଛନ୍ତି । ଆମ ଏରିଆରେ ବଡ଼ ଚାକିରି ସବୁ ତାଙ୍କ ଘର ଲୋକମାନେ କରିଛନ୍ତି । ସହଜେତ ସିଏ ବଡ଼ ପଦବୀର ଅଧିକାରୀ ।

ସତୀ ସବୁ ଶୁଣୁଥାଏ ନିରବରେ ବସି । ସୁନି କହିସାରି ତା' ମୁହଁକୁ ଚାହିଁଲା । ତା' ମୁହଁ ଗମ୍ଭୀର । ସେ ଚିନ୍ତିତ ଥିଲା ପରି ଜଣା ଯାଉଥାଏ । "କିଛି କହୁନୁ ଯେ ? କ'ଣ ଖାଲି ଶୁଣିବୁ । କିଛି କହିବୁ ନାହିଁ ?"

ସୁନି କଥା ଶୁଣି ସତୀ କେବଳ ଏତିକି କହିଲା, "କ'ଣ କହିବି ?"

"ତୋର ଯାହା କହିବା କଥା ? ତୋ'ର ଯାହା ପଚାରିବାର ଅଛି ? ଯାହାତୁ ଜାଣିବାକୁ ଚାହୁଁଛୁ ? ଯେଉଁ କଥା ଶୁଣିବାକୁ ତୋର ଇଚ୍ଛା ? ତୋ'ର ଆନ୍ତରିକତ ଆଗ୍ରହ ? ତୋ'ର ଅଭିଲାଷ ? ଦୀର୍ଘ ଦିନର କାମନା ? ଅନେକ ଦିନ ହେଲା ତୁ ଆକାଂକ୍ଷିତ ହୋଇପଡ଼ିଛୁ ଯେଉଁ କଥା ପଚାରିବାକୁ ?"

"ମୁଁ କ'ଣ ଜାଣିବାକୁ ଚାହୁଁଛି ? କ'ଣ ବୁଝିବାକୁ ଇଚ୍ଛା କରୁଛି ? କ'ଣ ପଚାରିବାର ଆଶା ମୋର ଅଛି ? କ'ଣ ଶୁଣିବାକୁ ମୋର ଆବେଗ ରହିଛି ? ତୋ' କଥା ତ ସବୁ ଶୁଣିଲି, ଆଉ କ'ଣ ବାକି ଅଛି ? ତୋତେ ପଚାରିବି ?

ଯେଉଁ କଥାଟିକୁ ମୁଁ କହି ନାହିଁ, ଯାହା ଜାଣିବା ତୋ'ର ନିହାତି ଦରକାର । ଯାହା ମୁଁ ପ୍ରକାଶ କରିନାହିଁ । ଯାହା ବୁଝିବା ତୋର ଜରୁରୀ ଆବଶ୍ୟକ ? ଯେଉଁ କଥା ମୁଁ ଏ ପର୍ଯ୍ୟନ୍ତ ଖୋଲି କହିନାହିଁ, ଯେଉଁ ଖବର ଶୁଣିବାକୁ ତୁ କାନ ଡେରିଛୁ ଆଗ୍ରହର ସହିତ ? ଉସ୍ତୁକ ଅନ୍ତରରେ ? ଆଶାୟୀ ମନରେ । ଆକାଂକ୍ଷିତ ଅନ୍ତରରେ । ଉଦ୍‌ବିଗ୍ନ ହୃଦୟରେ । ଆବେଗ ଭରା ପ୍ରାଣରେ । ଅବସୋସଭରା ଆମ୍ଭାରେ ।

"ମୋର ଆଉ କ'ଣ ଦରକାର ? କେଉଁ କଥା ଶୁଣିବାକୁ ମୁଁ କାନ ଡେରିଛି । ତୁ କେମିତି ଜାଣିଲୁ ଯେ ମୋର ଆଉ କିଛି ଶୁଣିବାକୁ ଇଚ୍ଛା ଅଛି ? ଜାଣିବାକୁ ବାକି ରହିଛି ।"

"ସତୀ ଯୁବତୀଟିକୁ ଦେଖିଲେ ଜାଣି ହୁଏ ସେ ବିବାହିତ କିମ୍ଭ କୁମାରୀ । ତା' କପାଳର ସିନ୍ଦୂର ଟୋପା ଓ ସିନ୍ଥିର ସିନ୍ଦୂରଗାର ଜଣାଇଦିଏ । ସିନ୍ଦୂର ବିଭାହିତା ମହିଲାଙ୍କ ଚିହ୍ନ । ଏହା ନାରୀ ଶକ୍ତିର ପ୍ରତୀକ ଏବଂ ସଧବାଙ୍କ ୧୬ ଶୃଙ୍ଗାରରୁ ଗୋଟିଏ । ସନାତନ ହିନ୍ଦୁ ଧର୍ମରେ ଏହାର ସ୍ୱତନ୍ତ୍ର ମହତ୍ତ୍ୱ ଓ ମାନ୍ୟତା ରହିଛି । ଆଧ୍ୟାତ୍ମିକ କାରଣ ହେଉକି ପରମ୍ପରା । ହିନ୍ଦୁ ସଧବାମାନେ କାହିଁ କେଉଁ କାଳରୁ ମୁଣ୍ଡରେ ସିନ୍ଦୂର ଧାରଣ କରି ଆସିଛନ୍ତି । ବିବାହ ବେଦୀରେ ସ୍ୱାମୀ ପତ୍ନୀ ସିନ୍ଥିରେ ସିନ୍ଦୂର ଲଗାଇଦିଏ । ସେହି ଦିନଠାରୁ ସେ ସ୍ୱାମୀର ଦୀର୍ଘ ଜୀବନ, ମଙ୍ଗଳ ଓ ସୌଭାଗ୍ୟ କାମନା କରି ପ୍ରତିଦିନ ମଥା ଓ ସିନ୍ଥିରେ ସିନ୍ଦୂର ଧାରଣ କରେ । ଭାରତୀୟ ନାରୀ ପାଞ୍ଚଟି ସ୍ଥାନରେ ସିନ୍ଦୂର ପିନ୍ଧେ । ଶଙ୍ଖାରେ ସିନ୍ଦୂର ପିନ୍ଧିଲେ ଶଙ୍ଖା ସିନ୍ଦୂର, କାନରେ ପିନ୍ଧିଲେ ଗଙ୍ଗା ସିନ୍ଦୂର, ବେକରେ ପିନ୍ଧିଲେ ଭକ୍ତି ସିନ୍ଦୂର, ତ୍ରିକୁଟରେ ପିନ୍ଧିଲେ

ସତୀ ସିନ୍ଦୂର ଓ ସିନ୍ଥିରେ ପିନ୍ଧିଲେ ପତି ସିନ୍ଦୂର। ହିନ୍ଦୁ ମାନ୍ୟତା ଅନୁସାରେ ସିନ୍ଦୂର ବିବାହିତା ନାରୀର ଭୂଷଣ। ହାତରେ ଚୁଡ଼ି, ଶଙ୍ଖା, କଙ୍କଣ ଆଉ ଗୋଡ଼ ଆଙ୍ଗୁଠିର ମୁଦି ଏବଂ ମଥାର ଓଢ଼ଣା ସବୁ ଜଣାଇଦିଏ। କିନ୍ତୁ ଜଣେ ଯୁବକ କୁଆଁରା କି ବିବାହିତ ତାକୁ ଦେଖି ଜାଣି ହୁଏନା।

ସୁନି ଏଥର ସତୀ ପାଖକୁ ଲାଗିଯାଇ ତା' ଚିବୁକ ଧରି କହିଲା "ତୋ' ମୁହଁ କହି ଦେଉଛି। ତୋ' ଆଖ୍ ଖୋଜି ବୁଲୁଛି। ତୋ' କାନ ସଜାଗ ହୋଇ ରହିଛି। ତୋ' ମନ ବ୍ୟାକୁଳ ହେଉଛି। ବ୍ୟସ୍ତ ହେଉଛି ତୋ' ଅନ୍ତର। ତୋ ହୃଦୟ ପ୍ରତୀକ୍ଷା କରିଛି। ଚାହିଁ ବସିଛି ତୋ' ଆତ୍ମା। ତୋ' ପ୍ରାଣ ବିବ୍ରତ ପ୍ରାଣ ବନ୍ଧୁଙ୍କ କଥା ଶୁଣିବା ପାଇଁ। ପରାଣ ମିତଙ୍କ ଖବର ଜାଣିବା ଲାଗି। ତାଙ୍କ ବିଷୟରେ ବୁଝିବାକୁ ଅନାଇ ରହିଛୁ ଉକ୍ରଣ୍ଠିତା ହୋଇ।"

"କେଉଁ କଥା?" ସତୀ ପଚାରିଲା।

"ତଥାପି ବୁଝି ପାରିଲୁନି?"

"ତୁ ନ କହିଲେ ମୁଁ ଜାଣିବି କେମିତି? ତେଣିକି ତୋ' କଥା ବୁଝି ପାରିବା ନ ପାରିବା ଅଲଗା କଥା।"

"ତେବେ ଶୁଣ। ସବୁଝିଆମାନେ ଯାହା ଶୁଣିବାକୁ ଚାହିଁ ଥାଆନ୍ତି, ଇଚ୍ଛା କରିଥାଆନ୍ତି, ଯାହା ବୁଝିବା ପାଇଁ ଆଗ୍ରହୀ ହୋଇପଡ଼ନ୍ତି, ଯାହା ଜାଣିବାକୁ ବ୍ୟସ୍ତ ହେଉଥାଆନ୍ତି। ଯେଉଁ ଖବର ରଖିବାକୁ ଆକାଙ୍କ୍ଷିତ ଥାଆନ୍ତି। ଯେଉଁ ବିଷୟରେ ଅବଗତ ହେବାକୁ ଆଶାୟୀ ଆଖିରେ, ଲୋଭିଲା ପ୍ରାଣରେ, ଭୋକିଲା ହୃଦୟରେ, ତୃଷିତ ଆତ୍ମାରେ, ପ୍ରତୀକ୍ଷିତ ଅନ୍ତରରେ ଅପେକ୍ଷାରତ ଥାଆନ୍ତି ଯେଉଁ କଥା ଶୁଣିବା ପାଇଁ। ଯେଉଁ ସମ୍ବାଦ ଜାଣିବା ଲାଗି। ଯେଉଁ ଖବର ପାଇବା ଉଦ୍ଦେଶ୍ୟରେ। କୁଆଁରୀ ବୟସର ପୌଗଣ୍ଡ ସମୟ ଆସିଲା ପରେ, ଯୌବନର ପରଶ ପାଇଗଲା ଉଠାରୁ। ନହୁଲିମାନେ, ଯୁବତୀ ସବୁ, କୈଶୋର ପାର ହୋଇଯିବା ପରେ ଅଭିଆଡ଼ିଏ, ବିଶେଷ କରି ଯେଉଁମାନେ... ।"

ସତୀ ପଚାରିଲା। "କଥା ଅଧା ରଖିଲୁ?"

"ତୁ ରାଗିବୁ। ସେଥିପାଇଁ ପୂରା କଥାଟିକୁ କହିବାକୁ ମୋତେ ଭୟ ଲାଗୁଛି।"

"ମୁଁ ତୋ ଉପରେ କେବେ ରାଗିଛି ନା ରାଗି ପାରିବି?"

"ରାଗୁନା ଯେ ଚିଡ଼ି ଉଠୁ। ତୋ'ର ସେ ଚିଡ଼ି ଉଠିବାକୁ ମୋର ଡର"

"ନାହିଁ ମୁଁ ଚିଡ଼ିବିନି। ତୁ କହ।"

"ସତ କହୁଛୁ?"

"ହଁ ସତୀର ଛୋଟିଆ ଉତ୍ତର।"

ତା' ହେଲେ ତୋର ସେ କଥାଟା ଶୁଣିବା ନିହାତି ଦରକାର। ସେଥିପାଇଁ ତୁ ଚିଡ଼ିବୁନି।

ତୁ ତ ସେ ବିଷୟରେ ମୂଳରୁ କିଛି କହିନାହୁଁ। ସେ କଥା ଶୁଣି ମୁଁ ଚିଡ଼ିବି ବୋଲି ତୁ ଜାଣିଲୁ କେମିତି? ଆଉ ଯଦି ନ ଚିଡ଼େ। ତେବେ ସେ କଥା ମୋର ଜାଣିବା ନିହାତି ଦରକାର ତୁ ଏମିତି କାହିଁକି ଭାବୁଛୁ?"

"ସତୀ, ଯେଉଁମାନେ ପ୍ରେମରେ ପଡ଼ିଥାଆନ୍ତି, ଭଲ ପାଇ ବସନ୍ତି, ପ୍ରେମିକା ହୋଇ ଥାଆନ୍ତି, ପ୍ରେମିକକୁ ବାଛି ସାରି ଥାଆନ୍ତି। ଜୀବନ ସାଥୀ ସ୍ଥିର କରି ସାରିଥାଆନ୍ତି। ମନ ମଣିଷକୁ ନିର୍ବାଚନ କରିବାର ସିଦ୍ଧାନ୍ତ ନେଇ ସାରିଥାଆନ୍ତି। ସେମାନେ ସେକଥା ଅର୍ଥାତ ସେମାନେ ଭଲ ପାଉଥିବା ଲୋକଟିର କଥା ଶୁଣିବାକୁ, ତାଙ୍କ ବିଷୟରେ ଜାଣିବାକୁ, ତାଙ୍କ ସମ୍ପର୍କରେ ବୁଝିବାକୁ ଯେତେ ବ୍ୟାକୁଳ ହେଉଥିଲେ ସୁଦ୍ଧା ବାହାରକୁ ମୁହଁଚାଣ ରଖିଥାଆନ୍ତି। ପଦାକୁ ଭାରି ଆଣ୍ଟ ଦେଖେଇ ହୁଅନ୍ତି। ଗାରିମା କାଢ଼ନ୍ତି କାହିଁରେ କ'ଣ। ମୁହଁ ଭୁରୁଡ଼ି ମାରୁ ଥାଆନ୍ତି ପଚା(ପଣ) କାହାଣେ। ସେମାନଙ୍କର ଭୟ ହୁଏ କାଲେ ତାଙ୍କର ଭିତିରି କଥା ପଦାରେ ପ୍ରକାଶ ପାଇଯିବ। ବାହାର ଲୋକମାନେ ସେମାନଙ୍କ ଗୁମର ଜାଣି ପାରିବେ?

ଦାଣ୍ତ ଘାଟ୍ରେ ସେମାନଙ୍କ ଗୋପନ କାମ ବିଷୟରେ ଆଲୋଚନା କରିବେ । ହାଟ ବାଟ୍ରେ କଥାବାର୍ତା ହେବେ ସେମାନଙ୍କ ଭିତିରି କଥା ଉପରେ । ସମାଲୋଚନା ଚାଲିବ ସେମାନଙ୍କ ଗୁପ୍ତ କାର୍ଯ୍ୟ ସମ୍ପର୍କରେ ।"

ସୁନି କଥା ଶୁଣି ସତୀ ସେଦିନ କିଛି କହି ନଥିଲା । କେବଳ ତା' ଆଡ଼କୁ ନିରବରେ ଅନାଇ ରହିଲା । ସତୀ ନିରୀହ ଆଖିର ସରଳ କରୁଣ ଚାହାଁଣିରେ ଦ୍ରବୀଭୂତ ହୋଇଯାଇ ସୁନି କହିଲା– "ତେବେ ଶୁଣ, ମୁଁ ଆଉ ତୋ'ର ଉକ୍ରଣ୍ଠା ବଢ଼ାଇବାକୁ ଚାହୁଁନାହିଁ । ତୋର ବ୍ୟାକୁଳତା ମୋ ପକ୍ଷରେ ଅସହ୍ୟ ହେଲାଣି । ତୋର ଅଧୈର୍ଯ୍ୟ ମନୋବୃତ୍ତି ମୋତେ ସେ କଥା କହି ଦେବାକୁ ଏକ ପ୍ରକାର ବାଧ୍ୟ କରୁଛି । ସିଏ ଅବିବାହିତ । ବାହା ହୋଇନାହାଁନ୍ତି । କେତେ ଧନୀ, ଶିକ୍ଷିତ ଓ ନାମଜାଦା ଘରୁ ତାଙ୍କ ପାଇଁ ବାହାଘର ପ୍ରସ୍ତାବ ଆସୁଛି । ଯୌତୁକ ବାବଦକୁ କାହିଁରେ କ'ଣ ଦେବେ । ସତୀ ଶାସ୍ତ୍ର କହେ "କନ୍ୟା ବରୟତେ ରୂପଂ ମାତା ବିତ୍ତଂ ପିତା ଶ୍ରୁତମ୍ । ବାନ୍ଧବାଃ କୁଳ ମିଚ୍ଛନ୍ତି ମିଷ୍ଟାନ୍ନ ମିତରେ ଜନାଃ ।" ଅର୍ଥାତ ପ୍ରତ୍ୟେକ ଝିଅର ମା' ଖୋଜେ ଜ୍ୱାଇଁ ସମ୍ପତ୍ତିବାନ ହୋଇଥିବ । ବାପା ଚାହେଁ ଜ୍ୱାଇଁ ରୋଜଗାରକ୍ଷମ ହେବା ଆବଶ୍ୟକ । ପରିବାର ଚାହାଁନ୍ତି ପିଲା ଭଲ ଗୁଣର ହେଉ ଏବଂ ବନ୍ଧୁବାନ୍ଧବଙ୍କ ଇଚ୍ଛା ପିଲାର ଉତ୍ତମ ବ୍ୟବହାର ଥିବା ଦରକାର ଓ ବାହାର ଲୋକମାନେ ଉତ୍ତମ ଭୋଜନ ଚାହିଁ ଥାଆନ୍ତି । ମାତ୍ର ଝିଅ ଆଶା କରେ ରୂପବାନ ପିଲା । ସବୁ କୁଆଁରୀମାନେ ସୁନ୍ଦର ରୂପଯୁକ୍ତ ଜୀବନ ସାଥୀଟିଏ ଚାହିଁ ଥାଆନ୍ତି । ପୂନେଇଁ ଚାନ୍ଦ ପରି ରୂପ ପାଇଥିବା ଯୁବକକୁ ଆଶା କରନ୍ତି ଯୁବତୀମାନେ । ଆଉ ଚନ୍ଦ୍ରକିରଣର ଶୀତଳତା ପରି ତାଙ୍କ ସାନ୍ନିଧ୍ୟ, କଥା ଭାଷା ଓ ବ୍ୟବହାର ଶାନ୍ତି ପ୍ରଦାନ କରୁଥିବ ତା' ମନରେ । ବର ପିଲାର ଆଉ କିଛି ଥାଉକି ନ ଥାଉ ଅତ୍ୟନ୍ତ ସୁନ୍ଦର ଚେହେରା ଥିବା ସବୁ ଝିଅମାନଙ୍କର ଆନ୍ତରିକ କାମନା । ଅଧରବାବୁ ତ ସେସବୁ ଗୁଣର ଅଧିକାରୀ । କନ୍ୟା ଖୋଜୁଥିବା ପରି ରୂପବାନ । କନ୍ୟାର ମାଆ ଚାହୁଁଥିଲା ଭଳି ତାଙ୍କର ଅଗାଧ ସମ୍ପତ୍ତି ଅଛି । ଝିଅର ବାପା ଆଶା କରୁଥିବା ପୁଅ ପରି ସିଏ ମଧ୍ୟ ସରକାରୀ ସ୍ତରରେ ନିଯୁକ୍ତ । ଉଚ୍ଚ ପଦବୀଧାରୀ ଓ ରୋଜଗାର କ୍ଷମ । ତୁତ ନିଜେ ଦେଖୁଛୁ ତାଙ୍କର ଯେଉଁ ସୁନ୍ଦର ଚେହେରା । ଯୁବତୀ ମନଚୋରା ରୂପ । ଲୋଭନୀୟ ବ୍ୟକ୍ତିତ୍ୱ । ଆକର୍ଷଣକାରୀ ବ୍ୟବହାର । ତା' ସାଙ୍ଗକୁ କେତେ ପାଠ ପଢ଼ିଛନ୍ତି । ପୁରୁଣା ଖାନଦାନ୍ ବୁନିଆଦି ଘରର ପିଲା । ଖ୍ୟାତନାମା ସମ୍ଭ୍ରାନ୍ତ କୁଳରେ ତାଙ୍କର ଜନ୍ମ । ତାଙ୍କୁ ଜ୍ୱାଇଁ କରିବାକୁ କିଏ ବା ଇଚ୍ଛା ପୋଷଣ ନ କରିବ ?

ସତୀ କେବଳ ଶୁଣୁଥିଲା । କିଛି ବି ଉତ୍ତର ଦେଲାନି । ସୁନି କହିସାରି ସତୀର ପ୍ରତିକ୍ରିୟାକୁ ଲକ୍ଷ୍ୟ କରୁଥିଲା । ସତୀ କିଛି ନକହି ନିରବ ରହିବାରୁ ସେ ପଚାରିଲା "ଯେଉଁ କଥା ଜାଣିବାକୁ ଏତେ ବ୍ୟସ୍ତ ହେଉଥିଲୁ । ଯେଉଁ ଖବର ଶୁଣିବାକୁ ଚାତକ ମେଘକୁ ଅନାଇଲା ପରି ଚାହିଁ ରହିଥିଲୁ, ଉକ୍ରଣ୍ଠାର ସହିତ ଅପେକ୍ଷା କରିଥିଲୁ, ଯେଉଁ ବିଷୟ ବୁଝିବା ପାଇଁ ଧୈର୍ଯ୍ୟହରା ହୋଇ ପଡୁଥିଲୁ । ଯେଉଁ ବାରତା'ର ପ୍ରତୀକ୍ଷାରେ ରହି । ଆବେଗଭରା ନେତ୍ରରେ ଯେଉଁଥିପାଇଁ ଅନାଇ ବସିଥିଲୁ । ଆଗ୍ରହୀ ହୋଇ ପଡୁଥିଲୁ ଯାହା ଖବର ରଖିବା ଲାଗି । ଆକାଂକ୍ଷିତ ପ୍ରାଣରେ ଯେଉଁଥିପାଇଁ ଅପେକ୍ଷା କରିଥିଲୁ । ସେ ଖବର ଶୁଣିସାରି, ସେ ବିଷୟ ଜାଣିସାରି, ସେ ସମ୍ବାଦ ପାଇସାରି । ସେ କଥା ବୁଝିଗଲା ପରେ, ସେ ସନ୍ଦେଶ ଜାଣିସାରି । ସେ ଖବର ପାଇଗଲା ଉତ୍ତାରୁ । ଯିଏ ତୋତେ ସେ ଖବର ଦେଲା, ସେ କଥା ତୋ ପାଖରେ ଆସି କହିଲା । ସେ ଖବରଦାତାକୁ । ସେ ବିଷୟ ବକ୍ତାକୁ ସେ ବାର୍ତା ବାହକକୁ । ସେ ସମ୍ବାଦ ଉପସ୍ଥାପକକୁ ସେ ପ୍ରସଙ୍ଗ ପ୍ରବକ୍ତାକୁ ପ୍ରବଚକୁ ଧନ୍ୟବାଦ ଦେବୁନି ? କୃତଜ୍ଞତା ଜଣାଇବୁ ନାହିଁ ? ଅକୃତଜ୍ଞ ହୋଇ ରହିବୁ ? ଭାଷା ପଦକ ପାଇଁ ହୀନମନ୍ୟତା ପ୍ରଦର୍ଶନ କରୁବୁ ? କାର୍ପଣ୍ୟଭାବ ଦେଖାଇବୁ କଥା ଟିକେ କହିବାରେ ?

"ସୁନି; ଆମକୁ ଗତକାଲି ଜଣେ ଧନ୍ୟବାଦ ଦେଇଥିଲେ । ଶୁଭେଚ୍ଛା ଜ୍ଞାପନ କରିଥିଲେ । କୃତଜ୍ଞତା ଜଣାଇଥିଲେ । ତୁ ତା'ର କି ଉତ୍ତର ଦେଇଥିଲୁ ? ତୋ'ର ମନେ ଅଛି ତ ? ସେଥିପାଇଁ ମୁଁ ଆଜି ଆଉ ସେ କଥାର ପୁନଃରାବୃତ୍ତି କରିବାକୁ ଚାହୁଁନାହିଁ ।"

"ସତୀ ମୁଁ ତାଙ୍କୁ ଯେପରି କହିଥିଲି। ତୋତେ ସେପରି କହିବି। ତୁ ସେମିତି କଥା ଭାବି ପାରିଲୁ କେମିତି?"

"କାହିଁକି? ତୁ ଯେତେବେଳେ କାଲି ଜଣକୁ କହିଛୁ। ଆଜି ମୋତେ କେମିତି ନ କହିବୁ?"

"ସତୀ; ତୁ ମୋର ସାଙ୍ଗ। ଏମିତି ସେମିତି ସାଙ୍ଗ ନୁହେଁ। ଗାଁର ଆଉ ପାଞ୍ଚ ଜଣଙ୍କ ପରି ତୁ ନୋହୁଁ। ତୁ ମୋର ଅନ୍ତରଙ୍ଗ ବାନ୍ଧବୀ। ପ୍ରାଣର ସଙ୍ଗିନୀ। ମୋ ମନର ମିତିଣୀ। ତୋତେ ମୁଁ କିପରି ସେମିତି କଥା କହି ପାରିବି? ସିଏ ଜଣେ ଅପରିଚିତ। ଆମଠାରୁ ସାହାଯ୍ୟ ପାଇ ପ୍ରତିବଦଳରେ ଶୁଖ୍ଲା କଥା ଦିପଦ କହିଗଲେ। ତାଙ୍କୁ ସେପରି କଥା କହି ନଥାଆନ୍ତି କେମିତି? ତୋ କଥା ଆଉ ତାଙ୍କ କଥା ସମାନ ହୋଇପାରିବନା? ତୋ' ସହିତ ମୋର ନିବିଡ଼ ସମ୍ପର୍କ ରହିଛି। ଆମମାନଙ୍କ ମଧରେ ଅନ୍ତରଙ୍ଗତା ଏକାନ୍ତ ଘନିଷ୍ଠ। ତାଙ୍କ ସହିତ ମୋର କି ସମ୍ବନ୍ଧ କହିଲୁ? ସିଏ ମୋର କିଏ ଯେ ତାଙ୍କୁ ନକହି ଛାଡ଼ି ଦେଇଥାଆନ୍ତି।"

"ସୁନି; ସିଏ ଯଦି ତୋର କେହି ନୁହନ୍ତି। ତୋ ସାଙ୍ଗରେ ତାଙ୍କର କିଛି ସମ୍ବନ୍ଧ ନାହିଁ, ତାଙ୍କ ସହିତ ତୋର କୌଣସି ସମ୍ପର୍କ ନାହିଁ, ତେବେ ତାଙ୍କ ଖବର ରଖୁଥିଲୁ କାହିଁକି? ବଡ଼ବାପା କହୁଥିଲେ ଶୁଣି ଦେଇଥାଆନ୍ତୁ। ଏତେ ବ୍ୟସ୍ତ ହୋଇ ସକାଳଟାରୁ ମୋ ପାଖକୁ ଦୌଡ଼ି ଆସି ମୋତେ ସେ ଖବର କହିବା (ଶୁଣାଇବା) କ'ଣ ଦରକାର ଥିଲା?"

"ମୋର ଏ ବ୍ୟସ୍ତତା କେବଳ ତୋରି ପାଇଁ। ତୋରି ଲାଗି ଏ ବ୍ୟଗ୍ରତା। ଏ ଉଦ୍‌ବିଗ୍ନତା ଏ ତତ୍ପରତା ସବୁ ତୋରି ସକାଶେ। ଖାସ୍ ତୋତେ ସେ ଖବର ଜଣାଇବା ପାଇଁ ମୁଁ ତରବର ହୋଇ ଏତେ ସକାଳୁ ତୁମ ଘରକୁ ଆସିଥିଲି।"

ସୁନି କଥା ଶୁଣି ସତୀ ପଚାରିଲା, "ସେ ଖବର ଦେବାକୁ ମୁଁ ତୋତେ କହିଥିଲି କି?"

ସୁନି ଉତ୍ତର ଦେଲା, "ହଁ ସତୀ, ତୁ ମୋତେ କହିଥିଲୁ।"

"ମୁଁ କହିଥିଲି? କେତେ ବେଳେ? କେଉଁଠି?" କହିସାରି ସତୀ ବିସ୍ମୟରେ ସୁନି ମୁହଁକୁ ଅନାଇଁ ରହିଲା।

"ସତୀ ତୁ ପାଟି ଖୋଲି ମୋତେ ସେ କଥା କହି ନଥିଲୁ। ତୁ ତୋ ତୁଣ୍ଡ ଫିଟାଇ ସେ କଥା ପ୍ରକାଶ କରି ନଥିଲେ କ'ଣ ହେବ। କିନ୍ତୁ ତୋ' ମୁହଁର ଭଙ୍ଗୀ, ଆଖିର ଚାହାଁଣି, ଓଠର କମ୍ପନ, ହୃଦୟର ଦୁକୁଦୁକି, ଅନ୍ତରର ସ୍ପନ୍ଦନ, ଆମ୍ଭର ଆବେଦନ, ପ୍ରାଣର ନିବେଦନ. ତୋ'ର ପ୍ରଶ୍ୱାସ ନେବା ଓ ନିଃଶ୍ୱାସ ଛାଡ଼ିବା ପ୍ରକ୍ରିୟା। ତୋ'ର ଚାଲି, ଚଳନ, ହାବ ଭାବ, ଆଚାର ବ୍ୟବହାର ଥରେ ନୁହେଁ ମୋତେ ବାରମ୍ବାର କହୁଥିଲା, ତୁ ତାଙ୍କ ପରିଚୟ ଜାଣିବା ପାଇଁ ବ୍ୟାକୁଳ ହେଉଛୁ? କଥାରେ ଅଛି "ଶେଜ ମଉଲା ଚଉଠି ପରେ କନିଆ ହୁଏ ବାସି। ରାଜାଙ୍କ କଚ୍ଛା ଭଣ୍ଡାରି ଛୁଏଁ, ରାଣୀଙ୍କ କାନି ଦାସୀ।" ଚଉଠି ଶେଜ ଯଦି ମଇଲା ତା' ହେଲେ ଧରି ନେବାକୁ ହେବ ଯେ ମଧୁଚନ୍ଦ୍ରିକା ପାଳିତ ହୋଇଛି। ଏହାର ଭିଡିଓ ପ୍ରମାଣ ଅସମ୍ବ। ରାଜାଙ୍କ କଚ୍ଛା ଭଣ୍ଡାରି ଖୋସି (ମାରି)ଦିଏ ଓ ରାଣୀଙ୍କ କାନି ତାଙ୍କ ସେବାଦାସୀ ସଜାଡ଼ି ଦେଇଥାଏ। ସେମିତି ତୋ' କଥା କହିବାର ଶୈଳୀରୁ, ଭାଷା ଉଚ୍ଚାରଣ କରିବା ଭଙ୍ଗିରୁ, ଶବ୍ଦ ଚୟନ କରିବା ପଦ୍ଧତିରୁ, ବାକ୍ୟ ଗଠନ ପ୍ରକ୍ରିୟାରୁ, ସଂଜ୍ଞାପ ପ୍ରୟୋଗ ମାଧମରୁ ତାହା ପରିଷ୍କାର ଫୁଟି ଉଠୁଥିଲା। ସେଥିରୁ ମଧ ସେହି ଇଙ୍ଗିତ ସ୍ପଷ୍ଟ ବାରି ହୋଇ ପଡ଼ୁଥିଲା ଯେ ତୁ ତାଙ୍କ ବିଷୟରେ ସବିଶେଷ ବିବରଣୀ ବିସ୍ତୃତ ଭାବରେ ଜାଣିବାକୁ ଚାହୁଁଛୁ। ସତୀ; ମହାକବି କାଳିଦାସ ତାଙ୍କ 'ମେଘଦୂତମ'ରେ ଲେଖିଛନ୍ତି ଯାହା ରାଧାନାଥଙ୍କ ଅନୁବାଦରେ– 'କାନ୍ତ ବାରଣ କାନ୍ତ ମିତ୍ର ମୁଖରୁ, ଊଣା ନୁହଁଇ କାନ୍ତ ସଙ୍ଗ ସୁଖରୁ। ତୁ ତାଙ୍କ ସାକ୍ଷାତ ପାଇ ତାଙ୍କ ସାନ୍ନିଧ୍ୟ ତଲେ ରହି ଯେତିକି ଆନନ୍ଦ ପାଇଥାଆନ୍ତୁ। ମୋ ମୁହଁରୁ ତାଙ୍କ ବିଷୟରେ ଶୁଣି ସେତିକି ଖୁସି ହେବୁ ନିଷ୍ଚୟ।"

"ସୁନି; ସିଏ ମୋର କାନ୍ତ ନୁହନ୍ତି। ସିଏ ଜଣେ ସମ୍ପୂର୍ଣ୍ଣ ଅପରିଚିତ ବ୍ୟକ୍ତି। ଆଉ ତୁ ମୋର ସାଙ୍ଗ। ତୁ ତାଙ୍କର ମିତିଣୀ ନୁହଁ।"

"ସତୀ; ଏକଥା ପୂରା ମାତ୍ରାରେ ସତରେ ଯେ ମୁଁ ତାଙ୍କର ମିତିଣୀ ନୁହେଁ, ତୋର ସାଙ୍ଗ। ଆଉ ତୁ ଯେଉଁ କଥା

କହୁଛୁ ସିଏ ତୋ'ର କାନ୍ତ ନୁହନ୍ତି- ସମ୍ପୂର୍ଣ ଅପରିଚିତ । ସତୀ ତୁ ବୁଝୁନୁ କାହିଁକି ଏହିପରି ଅପରିଚିତ ମାନେ ହିଁ କାନ୍ତ ହୋଇଥାଆନ୍ତି । ରାଜିରୁଜା ବାହା ଘରେ ସିନା ପୁଅ ଓ ଝିଅ ଚିହ୍ନା ଜଣା ହୋଇଥାଆନ୍ତି । କିନ୍ତୁ ପ୍ରସ୍ତାବିତ (ଯୋଗାଯୋଗ) ବିବାହରେ ସମ୍ପୂର୍ଣ ଅପରିଚିତ ଯୁବକଟି ଜଣେ ଅଚିହ୍ନା ଯୁବତୀର ସ୍ୱାମୀ ହୋଇଥାଏ । ସେମିତି ସିଏ ତୋ'ର ଅପରିଚିତ ହୋଇ ମଧ ପ୍ରେମିକ ଭଳି ଓ ପରେ ସ୍ୱାମୀ ବା କାନ୍ତ ହେବେ । ହିଟ୍‌ଲରଙ୍କ ପ୍ରେମିକା ଇଭାବ୍ରାଉନ ଯେପରି ପ୍ରଥମେ ତାଙ୍କର ପ୍ରେମିକା ଥିଲେ । ଦୀର୍ଘ ଦିନ ପ୍ରେମିକା ହୋଇ ରହିବା ପରେ ତାଙ୍କର ପତ୍ନୀ ହେବାର ସୁଯୋଗ ପାଇଥିଲେ । ଆଉ ସେହିପରି ଜଣେ ଅପରିଚିତ, ଅଚିହ୍ନା, ଅଜଣା ଲୋକଙ୍କୁ ହିଁ ତୁ ବିବାହ କରିବୁ । ଯେମିତି ସବୁ ଝିଅମାନଙ୍କ କ୍ଷେତ୍ରରେ ହୋଇଥାଏ । ସେହି ଦୃଷ୍ଟିରୁ ଧରି ନିଆଯାଉ ସିଏ ତୋ'ର ସ୍ୱାମୀ ମାନେ ଭାବି କାନ୍ତ ।"

ଉତ୍ତରରେ ସତୀ କେବଳ ଏତିକି କହିଲା, "ସତରେ ତେବେ ତୁ ମୋ କଥାବାର୍ତ୍ତାରୁ ଏକଥା ଠଉରାଇଥିଲୁ ।"

"ହଁ ସତୀ; ଗତକାଲି ଯେତେବେଳେ ମୁଁ କହିଥିଲି- ସତୀ ସିଏ ତୋ' ମନ କିଣିବାକୁ ପଇସା ଦେଇ ଯାଉଛନ୍ତି । ଠାକୁରଙ୍କ ଥାଳରେ ଦେବା କଥାଟା କେବଳ ଗୋଟେ ବାହାନା । ଯଦି ପ୍ରକୃତରେ ତାଙ୍କର ଠାକୁରଙ୍କ ଥାଳିରେ ଦେବାକୁ ଆନ୍ତରିକ ଇଚ୍ଛା ଥାଆନ୍ତା ତେବେ ସିଏ ନିଜେ ଥାଳିରେ ନ ପକାଇ କାହିଁକି ତୋ' ହାତରେ ହେଉଛନ୍ତି । ସେତେବେଳେ ତୁ ମୋ କଥା ଓଲଟା ବୁଝିଥିଲୁ । ତା'ପରେ ତୋତେ ଟାଣିଟାଣି ଆଣି ମୁଖଶାଳାରେ ପାଖରେ ବସାଇ ମୋ ଉପରକୁ ଆଉଜାଇ ଆଣି ତୋ' ପିଠି ଆଉଁଶି ଦେଇ କହିଥିଲି- ସତୀ ଆମର ଏହି ଯେଉଁ ଯୋର ସେ ଆମ ଗାଁ ଯୋର ନୁହେଁ । ସେ ହେଉଛି ଯମୁନା ନଈ । ମନ୍ଦିର ପାଖ ଅଶ୍ୱତ୍ଥ ଗଛ ହେଉଛି କଦମ୍ବ ବୃକ୍ଷ । ଧବଳେଶ୍ୱରଙ୍କ ପୋଖରୀ କାଳନ୍ଦୀ ହ୍ରଦ । ପୋଖରୀ ପାଖ ଦୋକାନଘର ନିଃସନ୍ତାନ ହେତୁ ଗୋପପୁରରୁ ବିତାଡ଼ିତ ହୋଇଥିବା ନନ୍ଦ ଗଉଡ଼ର କୁଡ଼ିଆ । ମୁଖଶାଳା ହେଉଛି କୁଞ୍ଜିଲତା ବେଷ୍ଟିତ ମିଳନ ବେଦୀ । ତୁ ଆମ ଗାଁ ସପନି ଦାସର ଝିଅ ସତୀ ନୁହଁ । ତୁ ହେଉଛୁ ମାନିନୀ ଶ୍ରୀରାଧା ଆଉ ମୁଁ ବ୍ରାହ୍ମଣ ନଟବର ତ୍ରିପାଠୀଙ୍କ ଜ୍ୟେଷ୍ଠା କନ୍ୟା ସୁନିତା ନୁହଁ । ମୁଁ ତୋ'ର ସହଚରୀ ଲଳିତା କିମ୍ବା ବିଶାଖା । ଆଉ ସିଏ ହେଲେ ନଟନାଗର କୃଷ୍ଟଚନ୍ଦ୍ର । ଯିଏ ମୋ ସତୀ ରୂପୀ ରାଧାର ମନକୁ ଚୋରି କରି ନେଇ ତାକୁ ବାରମ୍ବାର ବିରହ ଜ୍ୱାଲାରେ ଜଳାଇ ଚାଲିଛନ୍ତି । ଟିକେ ଅଳ୍ପ ସମୟ ଲାଗି ଦେଖା ଦେଇ ଶୁଣି ଅଦୃଶ୍ୟ ହୋଇ ଯାଉଛନ୍ତି ଦୀର୍ଘ ସମୟ ପାଇଁ । ତାଙ୍କର ଯଦି ଏମିତି ଉଦ୍ଦେଶ୍ୟ ଥିଲା । ତେବେ ସିଏ କାହିଁକି ଅଯାଚିତ ଭାବେ ଆସି ମୋ' ସତୀର ମନକୁ ଚୋରି କରି ନେଲେ ? କାହିଁକି ତା' ହୃଦୟରେ ପୀରତିର ଫଳ୍‌ଗୁଧାରା ବୁହାଇ ଦେଲେ ? ତାଙ୍କର କ'ଣ ବିବେକ ବୋଲି କିଛି ନାହିଁ ? ତାଙ୍କ ଅନ୍ତରରେ କ'ଣ ପ୍ରେମର କୁଆର କେବେ ଉଠେନା ? ସବୁବେଳେ ବିଚ୍ଛେଦର ଭଙ୍ଗା ପଡ଼ିଥାଏ ? ସିଏ କେବଳ ବିରହରେ ଜଳାଇ ମାରିବା ଶିଖୁଛନ୍ତି । ପ୍ରଣୟର ବାରି ଛିଞ୍ଚ ଭିଜାଇବାର କଳାକୌଶଳ ତାଙ୍କୁ ଜଣାନାହିଁ । ତାଙ୍କ ଛାତି କ'ଣ ଲୁହା ପଥରରେ ଗଢ଼ା ? କେବଳ କଠିନ ଆସ୍ତରଣ ସେଠି ଅଛି ? ରକ୍ତ ମାଂସର ନରମତା ଆଦୌ ନାହିଁ । ସ୍ନେହ-ଶ୍ରଦ୍ଧାର, ପ୍ରେମ ପ୍ରଣୟର, ଆଦର-ସଦିଚ୍ଛାର କୋମଳତା ତାଙ୍କ ହୃଦୟରେ ରହିନାହିଁ । ସିଏ କେବଳ ନେଇ ଜାଣିଛନ୍ତି ? ଦେଇ ଶିଖୁ ନାହାନ୍ତି ? ଅନ୍ୟର ମନକୁ ଚୋରି କରି ନେବାରେ ସିଏ ତ ଖୁବ୍ ଧୁରନ୍ଦର । ନିଜର ମନ ଦେବାକୁ ଏତେ କୁଣ୍ଠିତ କାହିଁକି ? ସିଏ ଖାଲି କନ୍ଦାଇ ଜାଣିଛନ୍ତି । ହସାଇବା ଜମା ଶିଖୁ ନାହାନ୍ତି । ସିଏ ଅନ୍ୟ ମନର ସରସତା ନଷ୍ଟ କରିବାର କୌଶଳ ହାସଲ କରିଛନ୍ତି । କାହା ମନରେ କେବେ ଆନନ୍ଦ ଭାରି ଦେବା ତାଙ୍କ ଜାତକରେ ବୋଧେ ନାହିଁ । ଅନ୍ୟ ହୃଦୟର ପ୍ରଫୁଲ୍ଲତା ଶୁଷ୍କ କରିବାର କଳାକୁ ଉତ୍ତମ ରୂପେ ସିଏ ଭଲ ଭାବରେ ଆୟତ୍ତ କରି ପାରିଛନ୍ତି । ହେଲେ କାହା ଅନ୍ତରକୁ କ'ସିନ କାଲେ ଉତ୍‌ଫୁଲ୍ଲିତ କରାଇବା ସମ୍ଭବତ ତାଙ୍କ ବୁନିଆଦିରେ ନାହିଁ । ଅନ୍ୟର ସୁଖଶିରି ସମ୍ଭବତ ତାଙ୍କ ଆଖିରେ ଯାଏନା । ଅନ୍ୟର ହସଖୁସି ଦେଖିଲେ ବୋଧେ ତାଙ୍କ ଦେହ ସହେନା । ଅନ୍ୟକୁ ଆନନ୍ଦ ପ୍ରଦାନ କରିବା

କ'ଣ ତାଙ୍କ ପାଠପଢ଼ା ସିଲାବସ ବହିର୍ଭୂତ ବିଷୟବସ୍ତୁ। ଅନ୍ୟକୁ ବିଷାଦରେ ବୁଡ଼ାଇ ରଖିବାରେ ସିଏ ବିଚକ୍ଷଣତା ହାସଲ କରିଛନ୍ତି ମାତ୍ର ଆଗ୍ରହର ଆବେଗ ଭରି ଦେବାରେ ପୂର୍ଣ୍ଣ ମାତ୍ରାରେ କଣ୍ଟୁସ। ଅନ୍ୟକୁ ବିରହରେ ଜଳାଇବାରେ ସିଏ ତ ପ୍ରବିଣ। ମାତ୍ର କାହାକୁ ପ୍ରେମାପ୍ଳୁତ ଉସ୍ଵାହରେ ଆମ୍ଲାଦିତ କରିପାରନ୍ତି ନାହିଁ।

ସିଏ କେମିତି ଜାଣିପାରୁନାହାନ୍ତି, କାହିଁକି ଜଣେ ଯୁବତୀ ତାଙ୍କ ଆସିବା ବାଟକୁ ଅନାଇଁ ବସି ରହୁଛି ? ସିଏ କିପରି ବୁଝି ପାରୁନାହାନ୍ତି ଜଣେ ଷୋଡଶୀ କି ଉଦ୍ଦେଶ୍ୟରେ ତାଙ୍କ ଅପେକ୍ଷାରେ ଘଣ୍ଟା ଘଣ୍ଟା ସମୟ ବିତାଇ ଦେଉଛି ? ସିଏ କିଭଳି ଅନୁଭବ କରିପାରୁ ନାହାନ୍ତି ସିଏ ଆସି ପହଞ୍ଚିବା ମାତ୍ରେ ଠାକୁରଙ୍କ ପ୍ରତ୍ୟେକ ବାରିରେ ବିନା ଡାକରାରେ ବସିଥିବା ଜାଗାରୁ ଉଠି ଯାଇ ମନ୍ଦିର ଦୁଆରେ ପାଦୁକ ଗ୍ଲାସ ଧରି ଠିଆ ହୋଇରହୁଛି ? ସିଏ କିପରି ହେଜି ପାରୁନାହାନ୍ତି ସିଏ ହାତ ପତାଇଲା କ୍ଷଣି ବିନା ବାକ୍ୟ ବ୍ୟୟରେ ଧରିଥିବା ଗ୍ଲାସରୁ ତାଙ୍କ ହାତ ଚକିରେ ଠାକୁରଙ୍କ ପାଦୁକ ଢାଳି ଦେଇଛି ? ସିଏ କେମିତି ଜ୍ଞାତ ହେଉନାହାନ୍ତି ଅଳିଆ ହାତ ଧୋଇସାରି ଆସିବା ପରେ ସେ ନିଃସଂକୋଚରେ ତାଙ୍କ କପାଳରେ ଲଗାଇ ଦେଉଛି ବିଭୂତି ଟିପା। ସିଏ କିଭଳି ଭୁଲି ଯାଉଛନ୍ତି ବିନା ଆପତ୍ତିରେ ଠାକୁରଙ୍କ ପାଇଁ ତା' ହାତରୁ ପଇସା ରଖୁଥିବା ଯୁବତୀଟିକୁ ? ସିଏ ଶ୍ରମର ମୂଲ୍ୟ ବୁଝିପାରନ୍ତି ନାହିଁ କିମ୍ୱା ହୃଦୟଙ୍ଗମ କରିପାରନ୍ତି ନାହିଁ ପ୍ରତୀକ୍ଷାର ଯନ୍ତ୍ରଣା ? ଜଣେ ଯୁବତୀର ମନୋଭାବ କଳନା କରିବାକୁ ସିଏ ସମ୍ପୂର୍ଣ ଅକ୍ଷମ। ତାଙ୍କର ଯୁବକ ସୁଲଭ ହୃଦୟ ନାହିଁ ନା ତାଙ୍କ ଅନ୍ତରକୁ ପ୍ରୀତିର ବାରିଧାରା ଆଦୌ ସ୍ପର୍ଶ କରିପାରିନାହିଁ। ତାଙ୍କ ପ୍ରାଣ କୁଞ୍ଜରେ (ବନରେ) ପ୍ରଣୟର ମଲୟ ପବନ କ'ଣ କେବେହେଲେ ବହେନା ? ତାଙ୍କ ଆମ୍ରା ବୃକ୍ଷରେ କୋଇଲି ପଞ୍ଚମ ତାନରେ ଗାୟନା ? ପ୍ରେମର କୁସୁମ ପ୍ରସ୍ଫୁଟିତ ହୁଏନା କି ତାଙ୍କ ଦେହ ଇଲାକା କାନନରେ ? ପରଦେଶୀ ବାନ୍ଧବବୀର ଅକୁହା ମୂର୍ଚ୍ଛନା ଛୁଇଁ ପାରେନା କି ତାଙ୍କୁ କେବେ କେମିତି କୌଣସି ଅନ୍ତରଙ୍ଗ ମୁହୂର୍ତ୍ତରେ ? କାଳିଦାସ ତ ଲେଖିଲେ – ପତଂ ନୈବ ଯଦି କରୋ ବିଟପେ ଦୋଷଃ ବସନ୍ତସ୍ୟ କିମ୍, ଧାରାନୈବ ପତନ୍ତି ଚାତକ ମୁଖେ ମେଘସ୍ୟ କିଂ ଦୁଷ୍ଣମ ? ନୋଲୁକେଭ୍ୟେଽବଲୋକତେ ଯଦି ଦିବା ସୂର୍ଯ୍ୟସ୍ୟ କିଂ ଦୁଷଣଂ, ଯଦ୍କର୍ମ ବିଧିନା ଲଲାଟେ ଲିଖିତଂ ତନ୍ମାର୍ଜିତୁଂ କିଃକ୍ଷମଃ।" ବସନ୍ତର ସ୍ପର୍ଶରେ ସବୁ ଗଛ ଡାଳ କଅଁଳ ପତ୍ରରେ ଛନ୍ଛନ ଦିଶିଲା। ମାତ୍ର ବାଉଁଶ ଗଛ ସେମିତି ଲଣ୍ଠାଠିଆ ହେଲା ତ ବସନ୍ତର ଦୋଷ କଣ ? ସୂର୍ଯ୍ୟୋଦୟ ପରେ ଏହାର କିରଣରେ ଉଦ୍ଭାସିତ ଦିନରେ ସମସ୍ତେ ଦେଖି ପାରିଲେ, ମାତ୍ର ପେଚାକୁ କିଛି ଦିଶିଲାନି ସୂର୍ଯ୍ୟଙ୍କର ଦୋଷ କ'ଣ ? ଧାରା ଶ୍ରାବଣର ବର୍ଷାରେ ନଦୀନାଳ ଉଚ୍ଛୁଲି ପଡ଼ିଲା ମାତ୍ର ଚାତକ ପକ୍ଷୀ ତୁଣ୍ଡରେ ଟୋପେ ବି ପାଣି ପଡ଼ିଲାନି ତ ମେଘର ଦୋଷ କ'ଣ ? ପ୍ରଭୁ ସମସ୍ତଙ୍କ ଲଲାଟରେ ଯାହା ଲେଖିଛନ୍ତି ତାକୁ କିଏ ଲଙ୍ଘି ପାରିବ ? ସେମିତି ସବୁ କଥା। ଆମ ସମସ୍ତଙ୍କ କଥା, ବ୍ୟଥା, ବ୍ୟବସ୍ଥା। ସେହିପରି ଯୌବନ ବୟସରେ ଯଦି ଅଧର ବାବୁଙ୍କ ମନରେ ପ୍ରୀତି ନଜାଗେ ତେବେ ଯୌବନର ଦୋଷ କ'ଣ ?

ସେତେବେଳେ ତୁ କିନ୍ତୁ କହିଥିଲୁ ସୁନି; ତାଙ୍କୁ ଦୋଷ ଦେଇ ଲାଭ ନାହିଁ। ଆମେ ତାଙ୍କ ଅପେକ୍ଷାରେ ବସିଛନ୍ତି ସେ କଥା ସିଏ କେମିତି ଜାଣିବେ ? ସିଏ ଠାକୁରଙ୍କ ଦର୍ଶନ ପାଇଁ ଆସିଥିଲେ। ଜୁହାର ହୋଇସାରି ପାଦୁକ ପାଇବା ଲାଗି ପୂଜକଙ୍କୁ ଖୋଜିଥିଲେ। ବିନା ଡାକରାରେ ଆମେ ନିଜମନକୁ ଯାଇ ତାଙ୍କୁ ପାଦୁକ ଦେଲେ। ବିଭୂତି ଲଗାଇ ଦେଲେ। ଠାକୁରଙ୍କ ପାଇଁ ପଇସା ରଖିଲେ। ପାଦୁକ ଦେବା ପାଇଁ ସିଏ ଆମକୁ କହିନଥିଲେ। ଅନୁରୋଧ କରିନଥିଲେ ବିଭୂତି ଟିକା ପିନ୍ଧାଇ ଦେବାଲାଗି। ଖୁସାମନ୍ତ କରିନଥିଲେ ଠାକୁରଙ୍କ ଲାଗି ପଇସା ରଖିବାକୁ କିମ୍ୱା ବରାଦ କରିନଥିଲେ ଆଗାମୀ ବାରିକୁ ତାଙ୍କ ପାଇଁ ଅପେକ୍ଷା କରିବାକୁ। ଭୁଲ ତାଙ୍କର ନଥିଲା ବରଂ ଆମ ପକ୍ଷରୁ ଚୁଟି ହୋଇଯାଇଛି।

ସତୀ ସେତେବେଳେ ତୋ' କଥା ଶୁଣି ମୋତେ ଆଶ୍ଚର୍ଯ୍ୟ ଲାଗିଥିଲା। ମୁଁ ତୋ' ପାଇଁ କହୁଥିଲା ବେଳେ ତୁ ତାଙ୍କ ଲାଗି ଓକିଲାତି କରୁଥିଲୁ। ମୁଁ ତାଙ୍କୁ ଦୋଷୀ ସାବ୍ୟସ୍ତ କରିବାକୁ ଉଦ୍ୟମ କଲା ସମୟରେ ତୁ ତାଙ୍କୁ ନିର୍ଦ୍ଦୋଷ

ପ୍ରମାଣ କରିବା ପାଇଁ ତାଙ୍କ ସପକ୍ଷରେ ମୋ' ସହିତ ଯୁକ୍ତି କରୁଥିଲୁ। ସତୀ ଅନ୍ୟମାନଙ୍କ ବେଳକୁ ସମସ୍ତେ ନିଷ୍ଠୁର ବିଚାରକ ହୋଇଥିଲା ବେଳେ ନିଜ ପାଇଁ ଭଲ ଓକିଲ ହୁଅନ୍ତି । ପ୍ରେମର କୁହୁକ ମାୟାରେ ପଡ଼ି ତୁ ବାୟାଣୀ ହୋଇ ଯାଇଥିଲୁ। ମୋ' ସହିତ ତୋ'ର ଦୀର୍ଘ ଦିନର ମମତାକୁ ଏଡ଼ି ଦେଇ ତୁ ତାଙ୍କ ପ୍ରତି ଦରଦୀ ହୋଇପଡ଼ିଥିଲୁ। ମୋ'ଠାରୁ ସିଏ ତୋ' ପାଇଁ ବେଶୀ ଆପଣାର ହୋଇଯାଇଥିଲେ। ମୋ' ଅପେକ୍ଷା ସିଏ ତୋ' ଲାଗି ଅଧିକ କାମ୍ୟ ଥିଲେ। ମୋ' ଠୁ ସିଏ ତୋ' ସକାଶେ ଉତ୍କୃଷ୍ଟତର ଅନ୍ତରଙ୍ଗ ହୋଇଯାଇଥିଲେ। ତୁ ତାଙ୍କ ଆଢ଼ିଆ ହୋଇ କଥା କହୁଥିଲୁ। ତୋ'ର କ'ଣ ସେସବୁ କିଛି ମନେ ନାହିଁ।

ସତୀ; ଯିଏ ପ୍ରେମର ମୋହିନୀ ମାୟାରେ ଥରେ ପଡ଼ିଯାଏ, ସେ ତା' ବାପ, ମା, ଭାଇ, ଭଉଣୀ, ପରିବାର, ଜ୍ଞାତି, କୁଟୁମ୍ବ, ବନ୍ଧୁ, ବାନ୍ଧବ, ସାଙ୍ଗ, ସାଥୀଙ୍କ ସହିତ ଥିବା ଦୀର୍ଘ ଦିନର ମମତାକୁ ତୁଚ୍ଛକରି ପ୍ରେମିକକୁ ନିଜର କରି ନେଇଥାଏ। ପୁଅ ହେଉ ବା ଝିଅ। ସେମାନେ ଯୌବନରେ ପାଦ ଦେଲେ ପରସ୍ପର ପ୍ରତି ଆକୃଷ୍ଟ ହୋଇଥାଆନ୍ତି। ସେ ସମୟରେ ସେମାନଙ୍କର ବାତ୍ସଲ୍ୟ ସ୍ନେହ ଦରକାର ନଥାଏ। ଆବଶ୍ୟକ ହୁଏ ପ୍ରଣୟର ପରଶ। ଯୌବନ ସମୟରେ ସେମାନଙ୍କ ପାଇଁ ପ୍ରେମର କାମନା ଅଧିକ କାମ୍ୟ ହୋଇଥାଏ। ପ୍ରିୟାର ପ୍ରଣୟ ପୁଠିଟି ପାଇଁ ମା' ଭଉଣୀର ସ୍ନେହଠାରୁ ବେଶୀ ମୂଲ୍ୟବାନ ହୋଇପଡ଼େ। ଯୁବତୀଟି ଲାଗି ବାପ, ଭାଇଙ୍କ ଶ୍ରଦ୍ଧା ଅପେକ୍ଷା ସ୍ୱାମୀର ବା ପ୍ରେମିକର ସୋହାଗ ଲୋଭନୀୟ ହୋଇଉଠେ। ପିଲା ବେଳର କଥା ଭୁଲି ଯୁବକାବସ୍ଥାରେ ଯୌବନର ମାଦକତାରେ ବିଭୋର ହୋଇ ସେମାନେ ପ୍ରେମ ପାଇଁ ନିଜର ସମ୍ପର୍କୀୟଙ୍କୁ ପର କରି ଦେବାକୁ ପଶ୍ଚାତ୍ପଦ ହୁଅନ୍ତି ନାହିଁ।"

ଶୁନି ଜଣେ ଦାର୍ଶନିକଙ୍କ ପରି କଥା କହୁଥିଲା।

"ମୁଁ ଖାଲି ତୋ' କଥା କହୁନାହିଁ ସତୀ; ସାରା ସଂସାରର କଥା କହୁଛି। ଆମ ସାମାଜିକ ଚଳଣି ବିଷୟରେ କହୁଛି। ଆମେ ରହିଥିବା ଦୁନିଆରେ ପ୍ରଚଳିତ ପ୍ରଥା, ପ୍ରସଙ୍ଗ ସମ୍ବନ୍ଧରେ କହୁଛି। ବର୍ତ୍ତମାନ ଯୌବନ ସମୟରେ ମୋ ପାଇଁ ତୋ'ର ମମତା ଓ ତୋ' ଲାଗି ମୋ'ର ସଦିଚ୍ଛାଠାରୁ ଯେତେ ଅଚିହ୍ନା, ଅଜଣା, ଅଶୁଣା, ଅପରିଚିତ ହେଲେ ସୁଦ୍ଧା ଜଣେ ଯୁବକର ପ୍ରେମ ଆମମାନଙ୍କର ବେଶୀ କାମ୍ୟ। ବିବାହ ପରେ ସ୍ୱାମୀ ନାମଧାରୀ ଅଜ୍ଞାତ, ଅପରିଚିତ ଯୁବକର ସୋହାଗ ପ୍ରତ୍ୟେକ ଯୁବତୀଙ୍କ ଲାଗି ଅଧିକ ପ୍ରୟୋଜନ ହୋଇଥାଏ। ଶାଶୂ ଘରକୁ ନୂଆ କରି ନବବଧୂ ସାଜି ଆସିଥିବା ଯୁବତୀଟି ତା' ବାପ ଘରର (ଜନ୍ମ ସ୍ଥାନର) ମାୟା, ମମତାକୁ ଭୁଲି ଯାଇ ସ୍ୱାମୀର ପ୍ରଣୟ ଫାଶରେ ବାନ୍ଧି ହୋଇଯାଏ। ନିଜକୁ ହଜାଇ ଦିଏ ସ୍ୱାମୀର ବୁକୁରେ। ସ୍ୱାମୀ ବାହୁର କାରାକୁ ସାଦର ସହିତ ବରଣ କରିନିଏ ସାରା ଜୀବନ ପାଇଁ। ନିଜକୁ ସ୍ୱାମୀ ନିକଟରେ ସମର୍ପି ଦେଇ ସେ ଆନନ୍ଦରେ ଆତ୍ମହରା ହୋଇଯାଏ। ସ୍ୱାମୀ ପ୍ରେମରେ ବିଭୋର ହୋଇ ସେ ତା'ର ଅତୀତ ଦିନର ଘଟଣାବଳିକୁ ପ୍ରାୟତଃ ଭୁଲିଯାଏ। ଏପରିକି ମାଆର ଲୁଗାକାନି ଧରି ଅଝଟ କରିବାକୁ ସେ ପସନ୍ଦ କରିନଥାଏ। ବରଂ ସ୍ୱାମୀ ତା' ପଣତ ଭିଡ଼ିଧରି ତାକୁ ତାଙ୍କ ବୁକୁରେ ଜଡ଼ାଇ ଆଲିଙ୍ଗନ କରିବାଟାକୁ ସେ ଅଧିକ ମୂଲ୍ୟବାନ ବୋଲି ଧରିନିଏ। କୌଣସି ଆକାଂକ୍ଷିତ ଜିନିଷ ପାଇଁ ବାପାଙ୍କ ପାଖରେ ଦାବି ବାଢ଼ିବା ବଦଳରେ ସ୍ୱାମୀର ଛାତିରେ ମୁହଁ ଗୁଞ୍ଜି ଅଳି କରିବାକୁ ସେ ଶ୍ରେୟସ୍କର ମଣେ। ଭାଇର ଶ୍ରଦ୍ଧାଠାରୁ ସ୍ୱାମୀର ସ୍ନେହ ତା' ଲାଗି ଅଧିକ ଦରକାରୀ ସାବ୍ୟସ୍ତ ହୋଇଥାଏ। ସେଥିପାଇଁ ବାପ ଘରର ମମତା ଅପେକ୍ଷା ଶାଶୂ ଘରର ମାୟା ତାକୁ ବେଶୀ ଆକର୍ଷିତ କରିବାକୁ ସମର୍ଥ ହୁଏ। କାରଣ ସେ ଯୁବା ବୟସରେ ସାନଭାଇ ଭଉଣୀଙ୍କ ଚଗଲାମିଠାରୁ ପତି ଦେବତାଙ୍କ ଦୁଷ୍ଟାମିକୁ ଅଧିକ ପସନ୍ଦ କରିଥାଏ। ପଡ଼ୋଶୀ ଝିଅଙ୍କ ମେଳରେ ବସି କଥାବାର୍ତ୍ତା ହେବା ଅପେକ୍ଷା ସ୍ୱାମୀଙ୍କ ସହିତ ଆଲାପକୁ ସେ ବେଶୀ ଆବଶ୍ୟକ ମଣେ। ସାଇ ଝିଅଙ୍କ ଗେଲ ଭଗଲିଠାରୁ ତା' ନଣନ୍ଦ, ଦିଅରଙ୍କ ଠଟ୍ଟା ମଜ୍ଜା ତାକୁ ଅଧିକ ଆନନ୍ଦ ପ୍ରଦାନ କରିଥାଏ। ନିଜ ବାପ, ମା'ର

ଆଦର ଅପେକ୍ଷା ତା' ଶାଶୁ, ଶ୍ୱଶୁରଙ୍କ ଅନୁଶାସନ ତାକୁ ବେଶୀ ସୁଖ ଦେବାକୁ ସକ୍ଷମହୁଏ । କୁଆଁରୀ ବେଳର ଫୁଲାଫାଙ୍କିଆ ମନୋବୃଭିଠାରୁ ବଧୂ ସମୟର (ସାମାଜିକ) ଆକଟ ତା' ଲାଗି ଅଧିକ ଆକର୍ଷଣୀୟ ହୋଇଥାଏ । ପରିଚିତ ସ୍ଥାନ ଚିହ୍ନା ଜଣା ପରିବେଶଠାରୁ ଅପରିଚିତ ଜାଗା ଓ ଅଜଣା, ଅଚିହ୍ନା ମୁହଁ ତାକୁ ଅଧିକ ଖୁସି କରାଇପାରନ୍ତି । ପୁରୁଣା ଅପେକ୍ଷା ନୂତନତା ଅଧିକ ଆମ୍ ସନ୍ତୋଷ ଦେବାକୁ ସକ୍ଷମ ହୋଇଥାଏ । କୌଣସି ଯୁବତୀ ଝିଅ ସେଥରୁ କେବେ ବି ବାଦ ଯାଆନ୍ତି ନାହିଁ, ଆମେ ଯିବା କିପରି ? (ଅବଶ୍ୟ ଏଥରୁ ବ୍ୟତିକ୍ରମ ହେଲେ ସେମାନଙ୍କ ମଧ୍ୟରେ ବିଶୃଙ୍ଖଳା ସୃଷ୍ଟି ହୋଇ ମନାନ୍ତର ଘଟେ ଓ ବିବାହ ବିଚ୍ଛେଦ ହୋଇଥାଏ ।)

ବୁଝିଲୁ ସତୀ; ଯୁବତୀ ଝିଅଟିଏ ସ୍ୱାମୀ (ପ୍ରେମିକ)ର ସୋହାଗ ପାଇ ତାଙ୍କ ପ୍ରତି ଏମିତି ଆକୃଷ୍ଟ ହୋଇପଡ଼ିଥାଏ ଯେ ତାଙ୍କ ବିରୋଧରେ କିଛି ଶୁଣିଲେ ସେ ଜମା ସହି ପାରେନା । ପ୍ରତିବାଦ କରିଥାଏ, ସେ କଥାର ବିପକ୍ଷରେ । ଆପଣି ଉଠାଏ ହେଇଥିବା ଅଭିଯୋଗ ବିରୋଧରେ । ଯୁକ୍ତି ବାଢ଼େ ଆରୋପିତ ଘଟଣାର ସତ୍ୟାସତ୍ୟକୁ ନେଇ । ସ୍ୱାମୀର ପ୍ରଣୟ ଫାଶରେ ଛନ୍ଦି ହୋଇଗଲା ପରେ ତାଙ୍କୁ ଆଖିବୁଜି ସମର୍ଥନ କରିଥାଏ । ପ୍ରତ୍ୟେକ କ୍ଷେତ୍ରରେ, ସବୁ କଥାରେ, ସମସ୍ତ ବିଷୟରେ ସହଯୋଗ ଦିଏ । ତାଙ୍କର ସବୁ କାର୍ଯ୍ୟକଲାପ ତାକୁ ଭଲ ଲାଗେ । ତାଙ୍କ କଥା ଯେତେ କର୍କଶ, ତାଙ୍କ ଭାଷା ଯେତେ ରୁକ୍ଷ, ତାଙ୍କ ଉଚ୍ଚାରଣ ଯେତେ ଶ୍ରୁତିକଟୁ, ତାଙ୍କ ଶବ୍ଦ ପ୍ରୟୋଗ ଯେତେ କଠୋର, ତାଙ୍କ ବାକ୍ୟମାନ ଯେତେ ଅସହ୍ୟ ହେଲେ ମଧ୍ୟ ତା'ପାଇଁ ତାହା ଶ୍ରୁତି ମଧୁର, ଆନନ୍ଦ ଦାୟକ, ସୁଖ ପ୍ରଦାନକାରୀ, ଖୁସି ପ୍ରବାହକ, ପ୍ରେରଣାକାରୀ ଆଲାପ ହୋଇଥାଏ । ତାଙ୍କ କାର୍ଯ୍ୟକଲାପ ପରିବାର ଲାଗି ଲାଭ ପ୍ରଦ ନ ହେଲେ ସୁଦ୍ଧା, ପତ୍ନୀଟି ସ୍ୱାମୀର ସେପରି କର୍ମକୁ ନା ପସନ୍ଦ ନ କରି ସାଦରେ ଗ୍ରହଣ କରିନିଏ । ତାଙ୍କ ବିରୋଧରେ ଆପଣି କରେନି କି ତାଙ୍କ ନିଷ୍ଠୁର ସ୍ୱଭାବ ପ୍ରତି ପ୍ରତିବାଦ ଉଠାଏ ନାହିଁ । କୌଣସି ପ୍ରକାର ବାଛ ବିଚାରକୁ ମାନି ନେବା ଲାଗି ସେ ରାଜି ହୁଏନା । ସ୍ୱାମୀର ଆଚରଣ ସଂସାର ପାଇଁ ଯେତେ କ୍ଷତି କାରକ ହୋଇଥାଉ ପଛେ ପ୍ରିୟତମା ପତ୍ନୀଟି ତାଙ୍କୁ ସେପରି କର୍ମରୁ ବିରତ ହେବାକୁ ନ କହି ଓଲଟି ତାଙ୍କ ଅନ୍ୟାୟ ଅନୀତିକୁ ସମର୍ଥନ କରି ସେଥିପାଇଁ ତାଙ୍କୁ ଉତ୍ସାହିତ କରିଥାଏ । ଯଦି ସେପରି କର୍ମଦ୍ୱାରା ସେମାନଙ୍କର ବ୍ୟକ୍ତିଗତ ସ୍ୱାର୍ଥ ହାସଲ ହେଉଥାଏ । ସେପରି କର୍ମ ସାଧନରେ ତାଙ୍କୁ ଅନ୍ଧ ଭାବେ ବିନା ଆପଉିରେ କୌଣସି ପ୍ରତିବାଦ ନ କରି, ବାରଣ ନ କରି ସହଯୋଗ କରେ ଯଦି ପତି ଦେବତା ସେଭଳି କାମ କରିବାକୁ ଭଲ ପାଉଥାଆନ୍ତି ।

ଏତି ସେମିତି ସିଏ ତୋ'ର କେହି ନୁହନ୍ତି ମୁଁ ଜାଣେ । ତୋ'ର ତାଙ୍କ ସହିତ କୌଣସି ସମ୍ପର୍କ ନାହିଁ, ଏକଥା ମୁଁ ଖୁବ୍ ଭଲ ଭାବରେ ବୁଝିଛି । ସେ ବିଷୟରେ ମୁଁ ନିଶ୍ଚିନ୍ତ ଯେ ତୋ'ର ତାଙ୍କ ସାଙ୍ଗରେ କିଛି ସମ୍ବନ୍ଧ ମଧ୍ୟ ନାହିଁ । ତଥାପି ତୁ ମୋ' କଥା ଶୁଣି ତାଙ୍କୁ ସପକ୍ଷ କରି ମୋତେ ବିରୋଧ କଲୁ । ମୋର ତାଙ୍କ ବିପକ୍ଷରେ ଅଭିଯୋଗ ଶୁଣି ତୁ ତାଙ୍କୁ ସମର୍ଥନ କରି ମୋ' ସହିତ ତାଙ୍କ ସପକ୍ଷରେ ଯୁକ୍ତି କରୁଥିଲୁ । ତାଙ୍କ ସପକ୍ଷରେ ମୋ ସାଙ୍ଗରେ ତାଙ୍କୁ ସପକ୍ଷ କରି ତର୍କ କଲୁ । ତାଙ୍କ ପ୍ରତି ମୋର ଆକ୍ଷେପ ତୋତେ ଅସହ୍ୟବୋଧ ହେଉଥିଲା । ତାଙ୍କୁ ମୋ'ର ସମାଲୋଚନାକୁ ତୁ ଆଦୌ ବରଦାସ୍ତ କରିପାରିଲୁ ନାହିଁ । ତାଙ୍କ ନିନ୍ଦା ମୋ' ପାଟିରୁ ଶୁଣି ତୁ ନିରବ ହୋଇ ରହିଲୁନି । ତାଙ୍କ ତୁଟିକୁ ମୁଁ ଧରିବାରୁ ତୁ ପ୍ରତିବାଦ କଲୁ । ତାଙ୍କ ଭୁଲ ପାଇଁ ତୁ ତାଙ୍କୁ ଦୋଷ ନ ଦେଇ ଓଲଟି ମୋ ଉପରେ ଚିଡ଼ି ଉଠୁଥିଲୁ । କାହିଁକି ନା ତୁ ବିରକ୍ତ ହୋଇଥିଲୁ ମୋ ଉପରେ ମୁଁ ଯେତେବେଳେ ଟୀକା ଟିପ୍ପଣୀ ଦେଇ ତାଙ୍କୁ କିଛି କହୁଥିଲି । କାରଣ ଏହା ହେଉଛି ପ୍ରେମର ନିୟମ । ପ୍ରଣୟର ସଂଜ୍ଞା । ଭଲ ପାଇବାର ଲକ୍ଷଣ । ପ୍ରୀତିର ସାମାନ୍ୟ କଥନ ।

"ବନ୍ଧନାନି ଖଲୁସନ୍ତି ବହୁନି ପ୍ରେମର ଜ୍ବକୃତ ବନ୍ଧନ ମନ୍ୟତ, ଦାରୁଭେଦ ନିପୁଣୋଽପି ଷାଢ଼୍ଗ୍ରିଂନିଷ୍ଟିଯୋ ଭବତି ପଙ୍କଜ କୋଶେ ?" ଏହା ନିଶ୍ଚିନ୍ତ ଯେ ବନ୍ଧନ ଅନେକ ଅଛି । କିନ୍ତୁ ପ୍ରେମର ବନ୍ଧନ ଅଧିକ ଦୃଢ଼ । ଦେଖ

କାଠକୁ କାଟିବାରେ ସମର୍ଥ ଭ୍ରମର ମଧ କମଳ ପାଖୁଡ଼ା ଭିତରେ କ୍ରିୟାହୀନ ହୋଇଯାଏ। ଅର୍ଥାତ୍ ପ୍ରେମ ହେତୁ ତାକୁ ଛେଦନ କରେ ନାହିଁ। ସେମିତି ତାଙ୍କୁ ତୁ ଏମିତି ଭଲ ପାଉ ଯେ ତାଙ୍କ ବିରୋଧରେ କିଛି ଶୁଣିଲେ ନିରବରେ ନ ରହି ପ୍ରତିବାଦ କରିବୁ।

ଆବେଗର ତାଡ଼ନା ତୋତେ ଏମିତି ଅନ୍ଧ କରିଦେଇଛି ଯେ ଆଗପଛ, ଭଲ–ମନ୍ଦ ବିଚାର କରିବାର ଶକ୍ତି ବି ତୋ' ପାଖରେ ନାହିଁ। ଏହି ଆବେଗ ଶକ୍ତି ଏତେ ଯେ ତୋତେ ଜନ୍ମ କରିଥିବା ଏବଂ ତୋତେ ପ୍ରାଣଠାରୁ ବି ଅଧିକ ଭଲ ପାଉଥିବା ବାପ, ମା'ଠାରୁ ବି ତଥାକଥିତ ପ୍ରେମିକ ପ୍ରବରକୁ ଅଧିକ କାମ୍ୟ ମନେ କରିବୁ।

ସତୀ; ବିବାହ ପରେ ସବୁ ଝିଅମାନେ ବଦଳି ଯାଇଥାଆନ୍ତି। ପରିସ୍ଥିତି ସେମାନଙ୍କ ମନଭାବକୁ ପରିବର୍ତ୍ତନ କରିବା ଲାଗି ବାଧ୍ୟ କରିଥାଏ। ପରିବେଶ ସେମାନଙ୍କୁ ସେପରି ହେବାକୁ ସୁଯୋଗ ପ୍ରଦାନ କରେ। ସେମାନେ ବିନା ଆପତ୍ତିରେ ଶାଶୁ ଘରକୁ ଆଦରି ନେଇ ଥାଆନ୍ତି। ସେହି ଅଦେଖା ଜାଗାରେ ନିଜକୁ ଖାପ ଖୁଆଇ ନେବାକୁ ଚେଷ୍ଟା କରିଥାଆନ୍ତି ଆଦୌ ଅସୁୟାଭାବ ପ୍ରଦର୍ଶନ ନ କରି। ସେ ଅଜଣା ପରିବେଶରେ ନିଜକୁ ଚଳାଇ ନିଅନ୍ତି ସ୍ୱତଃସ୍ଫୂର୍ତ୍ତ ଭାବେ। ମନରେ କୌଣସି ଅନୁଶୋଚନା ନ ଆସି। ସ୍ୱାମୀ ରୂପକ ଅପରିଚିତ ପୁରୁଷଟିକୁ ଆପଣାଇ ନିଅନ୍ତି ଅଜାଚିତ ଭାବେ। ପରମାନଙ୍କୁ ନିଜର ଭାବି ଆଦରି ନେଇ ନିଜଘର, ଜନ୍ମ ସ୍ଥାନ, ନିଜଲୋକ, ପୂର୍ବ ପରିଚିତ, ପୂର୍ବ ଜଣାଶୁଣା ଆପଣାରମାନଙ୍କୁ ଏକ ପ୍ରଚାର ଭୁଲି ଯାଆନ୍ତି। ପିଲା ବେଳର ଅପାସୋରା ସ୍ମୃତିକୁ ସମସ୍ତେ ଯେପରି ପରିଣତ ବୟସରେ ମନେପକାଇ ଥାଆନ୍ତି। ସେହିପରି ନିଜ ଭାଇ, ଭଉଣୀ, ବାପ, ମା', କ୍ଷାତି, କୁଟୁମ୍ବ, ସାଇ, ପଡ଼ିଶା, ସାଙ୍ଗ ସାଥୀ ମାନେ ମନେପଡ଼ନ୍ତି କେବେ କେମିତି, ରହିରହି। ବେଳେ ବେଳେ, ସମୟେ ସମୟେ, କଦବା କ୍ବଚିତ। ବହୁଦିନ ପୂର୍ବରୁ ଅନେକ ବର୍ଷ ଆଗରୁ ଦେଖ୍ ଆଦୌ ଭୁଲି ହେଉନଥିବା କୌଣସି ଅପାସୋରା ଦୃଶ୍ୟପଟ ପରି।

ସୁନି କହି ଚାଲିଥାଏ।

"ସତୀ; ତାଙ୍କ ପାଇଁ ଆମର କେତେ ଯେ ପ୍ରତୀକ୍ଷା। ଆଉ ସେହି ପ୍ରତୀକ୍ଷା ସମୟ ଯେତେ ଯନ୍ତ୍ରଣାଦାୟକ ତାହା କେବଳ ଭୁକ୍ତଭୋଗୀ ଜାଣିଥାଏ। ଏତେ ସମୟ ଅପେକ୍ଷା କରି ଆମେ ତାଙ୍କ ପାଇଁ ମୁଖଶାଳାରେ ବସି ରହୁଥିଲେ। ସିଏ ଆସି ପହଞ୍ଚିଲା ମାତ୍ରେ ବିନା ଡାକରାରେ ଉଠି ଯାଇ ମନ୍ଦିର ଭିତରୁ ପାଦୁକ ଆଣି ତାଙ୍କୁ ଦେଲେ। ଟିପା ଲଗାଇଲେ। ଏତେ ପ୍ରତୀକ୍ଷା ଓ ପରିଶ୍ରମର ଫଳ ସ୍ୱରୂପ ପ୍ରତିଦାନରେ ତାଙ୍କର କ'ଣ କିଛି କରିବାର ନଥିଲା? କେବଳ ତୁମ ଘର ଏଠି? ପଚାରିଲେ ସାହାଯ୍ୟ ପାଇଁ କୃତଜ୍ଞତା ଜଣାଇଲେ। ଧନ୍ୟବାଦ ଦେଲେ। ଏତିକିରେ ତାଙ୍କର କର୍ତ୍ତବ୍ୟ ଶେଷ ହୋଇଗଲା। ଆମ ଲାଗି ତାଙ୍କର କ'ଣ ଆଉ କିଛି କରିବାର ନଥିଲା। ତୋ'ର ମନେ ଅଛି ସତୀ ତୁ ମୋ କଥା ଶୁଣି କହିଥିଲୁ ଏହା ବ୍ୟତୀତ ସିଏ ଆଉ କ'ଣ ଅଧିକ କରି ପାରିଥାଆନ୍ତେ? ସୁନି ତୁ ବୁଝନୁ କାହିଁକି ସବୁଠାରୁ ବଡ଼ ମାନବୀୟ ଗୁଣ ହେଲା କୃତଜ୍ଞତା ଜ୍ଞାପନ। ଏହା ମଣିଷକୁ ମହାନ କରେ। ସିଏ ତ ତାହା ଜଣାଇ ସାରିଛନ୍ତି। ତା'ପରେ ଆଉ କ'ଣ ଦରକାର ଯେ?"

କାହିଁକି ଘର କେଉଁଠି ପଚାରିଲେ। ତୁମ ଘର ସମ୍ପର୍କରେ। ତୁମ ପରିବାର ବିଷୟରେ। ବିଶେଷ କରି ତୋ' ସମ୍ବନ୍ଧରେ ପଚାରି ବୁଝିଲେ ନାହିଁ? ତୋ' ନା ପଚାରିଲେ ନାହିଁ। ତୁ କେମିତି ଅଛୁ ଓ କ'ଣ କରୁଛୁ ଏବଂ କିପରି ଜୀବନ ନିର୍ବାହ କରୁଛୁ ତଥା ତୋର ସମୟ କିପରି ଅତିବାହିତ ହେଉଛି ସେ କଥା ସବୁ ପଚାରି ବୁଝିଲେ ନାହିଁ କାହିଁକି? ଠାକୁରଙ୍କ ଥାଲିରେ ଦେବା ପାଇଁ ପଇସା ଖୁବ ସହଜରେ ବଢ଼ାଇ ଦେଉଛନ୍ତି। ଚିଠି ଖଣ୍ଡେ ଦେବାକୁ କ'ଣ ତାଙ୍କ ମନ କେବେ ତାଙ୍କୁ କହେ ନାହିଁ। ଚିଠି ଦେବାକୁ ତାଙ୍କର ଇଚ୍ଛା ହୁଏନା। ଆଗ୍ରହ ଜନ୍ମେନା? ଉଦ୍ଦେଶ୍ୟ ଜାଗେନା? ସେପରି କଣ୍ଢନା ଉଙ୍କି ମାରେନା ତାଙ୍କ ଅନ୍ତର ଭିତରୁ? ହୃଦୟର ନିଭୃତ କୋଣରୁ? ତାଙ୍କ ପ୍ରାଣରେ ସେଭଳି ପିପାସା ଜନ୍ମେନା?

ଆମ୍ଭା ଡାକେନା ? ଚିଠି, ପ୍ରେମ ଚିଠି । ପ୍ରଣୟର ସନ୍ଦେଶ । ଭଲ ପାଇବାର ଅଲୋଡ଼ା ସ୍ମାରକୀ । ମନ ଦେବା ନେବାର ଅପ୍ରକାଶ୍ୟ ଇସ୍ତାହାର । ଦୁଇଟି ହୃଦୟ ମିଳନର ଅସ୍ୱୀକୃତ ଦଲିଲ । ଅଦରକାରୀ ଦସ୍ତାବିଜ ଦୁଇ ଆମ୍ଭା ସଂଯୋଗର । ଅନାବଶ୍ୟକ କବଲା । ଅଖୋଜା ରସିଦ । ମୂଲ୍ୟହୀନ ପାଉତି । ଯାହା ଯୁବକଟିଏ ଯୁବତୀକୁ ଦେଇଥାଏ । ଯୁବତୀଟି ମଧ୍ୟ ଯୁବକକୁ । ତୋ'ପାଖକୁ ଚିଠି ଦେବାକୁ ତାଙ୍କର ଯୋଜନା ନାହିଁ ନା' ସେଥିପାଇଁ ତାଙ୍କୁ ଲାଜ ଲାଗେ ? ସଂକୋଚ ଆସେ ? ବିବେକ ବାଧା ଦିଏ ? ସରମ ବାଟ ଓଗାଳେ ? ଶିଷ୍ଟାଚାର ପ୍ରତିବନ୍ଧକ ହୋଇ ଠିଆ ହୁଏ ? ଭଦ୍ରାମି ଆକଟ କରେ । ଅନ୍ୟ ନିକଟରେ ଛୋଟ ହୋଇ ଯିବାର ଆଶଙ୍କା! ସିଏ କରି ବସନ୍ତି କିମ୍ୱା ଅନୁଭବ କରନ୍ତି ଆଉ କିଛି ? ଶାସ୍ତ୍ର କହେ "ନାତ୍ୟନ୍ତଂ" ଗୁଣବତ୍ କିଞ୍ଚନ୍ନ ଚାପ୍ୟତ୍ୟନ୍ତ ନିର୍ଗୁଣମ, ଉଭୟଂ ସର୍ବକାର୍ଯ୍ୟେଷୁ ଦୃଶ୍ୟତେ ସାଧ୍ୱ ସାଧୁ ବା କୌଣସିଟି ସମ୍ପୂର୍ଣ୍ଣ ଗୁଣଯୁକ୍ତ ନୁହେଁ ବା କୌଣସିଟି ସମ୍ପୂର୍ଣ୍ଣ ଗୁଣହୀନ ନୁହେଁ । ସବୁଠାରେ ଉଭୟ ଭଲମନ୍ଦ ଗୁଣ ମିଶାମିଶି ଦେଖାଯାଏ । ଅଧର ବାବୁଙ୍କର ସବୁଗୁଣ ଭଲ ହେଲେ ସୁଦ୍ଧା ସେ ଟିକେ ଲାଜ କରୁଛନ୍ତି । ସଙ୍କୋଚ ରଖୁଛନ୍ତି । ଆହୁରି ମଧ୍ୟ "ଅଧମା ଧନ ମିଚ୍ଛନ୍ତି, ଧନଂ ମାନଂ ଚ ମଧ୍ୟମାଃ । ଉତ୍ତମା ମାନ ମିଚ୍ଛନ୍ତି ମାନୋହି ମହତାଂ ଧନମ୍ ।" ନିକୃଷ୍ଟ ଲୋକ ଧନ ଚାହାନ୍ତି । ମଧ୍ୟମ ଲୋକ ଧନ ଓ ବଡ଼ପଣ ଚାହାନ୍ତି । ଉତ୍ତମ ଲୋକ ସମ୍ମାନ ଚାହାନ୍ତି କାରଣ ମାନ (ଇଜ୍ଜତ) ବଡ଼ ଲୋକର ଧନ ଅଟେ । ସେହି ସମ୍ମାନ ହାନି ଭୟରେ ସିଏ ଚିଠି ଦେବାକୁ ଡରୁଛନ୍ତି କି ଭୟଭୀତ କି ? ଯେଉଁ ଭାବନାର ବଶୀଭୂତୀ ହୋଇ ସିଏ ଚିଠି ଦେଇ ପାରନ୍ତି ନାହିଁ ନା ଆଉ ଅନ୍ୟ କିଛି କାରଣ ଅଛି ? ଚିଠିଟିଏ ଲେଖି ତୋତେ ଦେବା ପାଇଁ ଅଧରବାବୁ ଲାଜେଇ ରାତିର ଅନ୍ଧକାରରେ ଲୁଚି ନ ଯାଇ ପାହାନ୍ତି ସକାଳର ସିନ୍ଦୂରାରେ ପରିଣତ ହେଉ ନାହାନ୍ତି କାହିଁକି ?

ଚିଠି କଥା ଶୁଣି ତୁ ଚମକି ପଡ଼ିଥିଲୁ । ତୋ'ର ଯଦି ତାଙ୍କ ଠାରୁ କିଛି ପାଇବାର ଆଶା ନଥିଲା । ତେବେ ତୁ ତାଙ୍କ ଅପେକ୍ଷାରେ କାହିଁକି ଦୀର୍ଘସମୟ ଧରି ବସିରହୁ ? ବିନା ଡାକରାରେ ତାଙ୍କୁ ପାଦୁକ ଦେବାକୁ ମନ୍ଦିର ଦ୍ୱାର ପାଖକୁ ଉଠିଯାଉ ? ବିଭୂତି ଟିପା ପିନ୍ଧାଇ ଦେଉ ? ଠାକୁରଙ୍କ ଲାଗି ଏତେ ଆଗ୍ରହରେ ତାଙ୍କଠାରୁ ପଇସା ରଖୁ ।

ସିଏ ଯଦି ତୋ'ର କେହି ନୁହେଁ କିମ୍ୱା ତୁ ତାଙ୍କର କିଛି ନୁହେଁ ତେବେ ତାଙ୍କ ପାଇଁ ଏତେ ପ୍ରହଂଶନ କରୁ କାହିଁକି ?

ତୁ ମୋତେ ବୁଝାଇଥିଲୁ । ସୁନି; ସିଏ ହେଲେ ଜଣେ ବିଦେଶୀ । ଅପରିଚିତ ଜାଗାକୁ ଆସିଛନ୍ତି । ଏଠିକାର ନିୟମ ତାଙ୍କୁ ଅଜଣା । ଏଠିକାର ଲୋକମାନେ ତାଙ୍କର ଅଚିହ୍ନା । ଅମାଲୁମ ତାଙ୍କୁ ଏଠିକାର ପରିବେଶ । ଅଶୁଣା ତାଙ୍କୁ ଆମ ଗାଁରେ ପ୍ରଚଳିତ ଆଦବ କାଇଦା । ସେପରି ସ୍ଥଳେ ତାଙ୍କୁ ସାହାଯ୍ୟ କରିବା ଆମର ଧର୍ମ, କର୍ତ୍ତବ୍ୟ ଆଉ ଉଚିତ ମଧ୍ୟ ।

ସତୀ; ତାଙ୍କୁ ସାହାଯ୍ୟ କରିବା ଆମର ଧର୍ମ । ତାଙ୍କୁ ସହଯୋଗ ଦେବା ଆମର କର୍ତ୍ତବ୍ୟ । ତାଙ୍କୁ ସହାୟତା ପ୍ରଦାନ କରିବା ଉଚିତ ମଧ୍ୟ । ପ୍ରତିବଦଳରେ ଆମ ପ୍ରତି ତାଙ୍କର କିଛି ଦାୟିତ୍ୱ ରହିବା ଉଚିତ । ଆମ ଲାଗି ତାଙ୍କର ମଧ୍ୟ କର୍ତ୍ତବ୍ୟ ଥିବା ଦରକାର । ଆବଶ୍ୟକ ଆମ ପାଇଁ ତାଙ୍କର ସହାନୁଭୂତି । ତୁ କହିନି ସତୀ; ସେ ଶୁଖିଲା ଧନ୍ୟବାଦରେ କ'ଣ ପେଟ ପୂରେ ? ତୁ ନିଜେ ବିଚାର କରି ଦେଖ ସେ ନୁଖୁରା କୃତଜ୍ଞତାରେ ମନ ବୁଝେ କି ? ତୁ କିନ୍ତୁ ସେତେବେଳେ ମୋ' ଯୁକ୍ତି ଶୁଣି ନଥିଲୁ । ମୋ କଥାକୁ ବୁଝି ନଥିଲୁ । ମୋ' ଲକ୍ଷ୍ୟକୁ ହେଜି ନ ଥିଲୁ । ମୋ ଉଦ୍ଦେଶ୍ୟକୁ ବିଚାର କରି ନଥିଲୁ । ମୋ ଆଭିମୁଖ୍ୟକୁ ଗ୍ରହଣ କରିବା ଅବସ୍ଥାରେ ତୁ ନଥିଲୁ । ମୋ ବୋଲ ମାନିବା ସ୍ଥିତିରେ ତୁ ଆଦୌ ରହିନଥିଲୁ । ତୁ ଜମା ସାମାନ୍ୟତମ ଚେଷ୍ଟା କରି ନଥିଲୁ ମୋ କଥାର ଅନ୍ତର୍ନିହିତ ତତ୍ତ୍ୱକୁ ହୃଦୟଙ୍ଗମ କରିବାକୁ । ମୋ କଥା ବିଷୟରେ ସମ୍ପୂର୍ଣ୍ଣ ଅବଗତ ହେବାକୁ ତୋର ବିଲକୁଲ ଇଚ୍ଛା ନଥିଲା । ତୋ'ର ଆଗ୍ରହ କିମ୍ୱା ଆକାଂକ୍ଷା ନଥିଲା ମୋ କଥାର ଭାବାର୍ଥକୁ ଗ୍ରହଣ କରିବାର ମତଲବ । ସେ କଥାକୁ ବିଚାର କିମ୍ୱା ବିଶ୍ଳେଷଣ କରିବାକୁ ଆବେଗ ମଧ୍ୟ ତୋ'ର ନଥିଲା । ସେ ବିଷୟରେ ମୁଣ୍ଡ ଖେଳାଇବାକୁ ତୁ ସାମାନ୍ୟତମ ଉଦ୍ୟମ କରି ନଥିଲୁ । ଆଉ ସେଥି ଲାଗି ପ୍ରସ୍ତୁତ ନଥିଲୁ । ଗୋଟି ପୁଣି ତାଙ୍କର ହୋଇ ଓଲଟି ମୋ ସହିତ ଯୁକ୍ତି କରିଥିଲୁ । ତର୍କ ବାଢ଼ିଥିଲୁ । ଅଭିଯୋଗ

ଆଣିଥିଲୁ। ଆପଣି ଉଠାଇ ଥିଲୁ। ପ୍ରତିବାଦ କରିଥିଲୁ। ମୋ କଥାକୁ ବିରୋଧ କରିଥିଲୁ। ଯେମିତି ଦକ୍ଷ ପ୍ରଜାପତିଙ୍କ କନିଷ୍ଠା କନ୍ୟା ସତୀ ସ୍ୱାମୀ ଶିବଙ୍କ ଅପମାନ ସହିନପାରି ଦକ୍ଷ ଯଜ୍ଞର ହୋମ କୁଣ୍ଡରେ ଆତ୍ମାହୁତି ଦେଇଥିଲେ। ଠିକ୍ ସେମିତି ସତୀ; ତାଙ୍କ ବିରୋଧରେ ମୁଁ କିଛି କହିଲେ ତୁ ଆଦୌ ସହି ପାରୁନଥିଲୁ।

ସତୀ; ଅନୁରାଗ ଓ ବିରାଗ ଦୁଇଟି ଭୟଙ୍କର ଅସ୍ତ୍ର। ଗୋଟିଏ ଛୁରିତ ଅନ୍ୟଟି ଖୁର (ଗୋଟିଏ ବୋମା ଓ ଅନ୍ୟଟି କ୍ଷପଣାସ୍ତ୍ର) ପ୍ରବଣତା ଦୁଇଟି ଯାକର ଜନନୀ। ପ୍ରେମରେ ପଡ଼ିଯାଇ ପଚାଶ ବର୍ଷର ବୁଢ଼ା ଓ ଚାରି ପାଞ୍ଚଟି ପିଲାର ଜନନୀ ଦରବୁଢ଼ୀ କେମିତି ଲାଜସରମ ଭୁଲି ନିଜ ଘରଭାଙ୍ଗି ଓ ଆପଣାର ସଂସାର ଛାଡ଼ି କୋଡ଼ିଏ ବର୍ଷର ଟୋକା, ଟୋକୀଙ୍କ ପରି ଘରୁ ଲୁଚି ପଳାଉଛନ୍ତି। ଆବଶ୍ୟକ ପଡ଼ିଲେ ଦୁହେଁ ସାଙ୍ଗ ହୋଇ ଆତ୍ମହତ୍ୟା ବି କରୁଛନ୍ତି।

ସତୀ, ମୁଁ ମାନୁଛି ସେ ଦୋଷ ତୋ'ର ନୁହେଁ। ତାଙ୍କର କିମ୍ବା ମୋର ମଧ୍ୟ ନୁହେଁ। ସେ ଦୋଷ ବୟସର, ସମୟର, ପରିବେଶର, ପରିସ୍ଥିତିର, ପାରିପାର୍ଶ୍ୱିକ ଅବସ୍ଥାର, ଉପସ୍ଥିତ ବେଳର, ପ୍ରଚଳିତ କାଳର ଦୋଷ।

ସତୀ; ସବୁ ସମୟରେ ସମସ୍ତ ଘଟଣାର ପ୍ରତିବିମ୍ବ ପ୍ରତ୍ୟେକ ମନ ପରଦାରେ ପ୍ରତିଫଳିତ ହୋଇନଥାଏ। ଆମ ସାମ୍ନାରେ ପ୍ରତିଦିନ ଅନେକ ଘଟଣା ଘଟିଥାଏ। ଯାହାକୁ ଆମେ ଗୁରୁତ୍ୱ ନ ଦେଇ ସାଧାରଣ ମାମୁଲି ଘଟଣା ଭାବରେ ଗ୍ରହଣ କରିଥାଆନ୍ତି। ଖାମଖିଆଲି ମନବୃଭି ନେଇ ସାଧାରଣ ଭାବରେ ଗ୍ରହଣ କରିନେଲେ ସେ ଘଟଣା ଦେହ ସୁହା ହୋଇଯାଏ। ସେମିତି ଭାବରେ ଯାଇତାଇ ବୋଲି ଧରି ବସିଲେ ତା'ର କିଛି ପ୍ରତିଫଳନ ଆମେ ପାଇ ପାରନ୍ତି ନାହିଁ। ତା'ର କୌଣସି ପ୍ରଭାବ ଆମ ଉପରେ ପଡ଼ି ପାରେନା। ଯଦି ଦୈବାତ୍ କୌଣସି କାରଣରୁ ସେ ଘଟଣା ସଂଗଠିତ ହେବା ସମୟରେ ଆମେ ତାକୁ ମାମୁଲି ଭାବରେ ଗ୍ରହଣ ନ କରି ଗୁରୁତ୍ୱର ସହିତ ବିଚାର କରି ବସିବା ତେବେ ତା'ର ସୁଦୂର ପ୍ରସାରି ପ୍ରଭାବ ଆମ ଉପରେ ପଡ଼ିବ ଓ ସେ ପ୍ରଭାବ ଦ୍ୱାରା ପ୍ରଭାବିତ ହୋଇ ଆମେ ଏପରି କିଛି କରିବସୁ ଯାହାର ଫଳାଫଳ ପରବର୍ତ୍ତୀ ସମୟରେ ଆମକୁ ଚକିତ କରି ଦେଇଥାଏ ଓ ସେପରି ଫଳାଫଳକୁ ଦେଖ୍ ଆମେ ବିସ୍ମିତ ମଧ୍ୟ ହୋଇଥାନ୍ତି।

ଏଇ ଯେମିତି ସମୁଦ୍ର କୂଳରେ ବସି ଲହଡ଼ି ଦେଖିବା। ସମୁଦ୍ରରେ ପ୍ରତି ମୁହୂର୍ତ୍ତରେ ଢେଉ ସୃଷ୍ଟି ହୁଏ। ତାହା ଏତେ ବିରାଟ ଆକାର ଯେ ଆମେ ତାକୁ ଲହଡ଼ି ବା ଜୁଆର କହନ୍ତି। ସେ ଲହଡ଼ି ସମୁଦ୍ର ଭିତରୁ ସୃଷ୍ଟି ହୋଇ ଆସି କୂଳରେ ପିଟି ହୋଇ ମିଳାଇଯାଏ। ସାଗର ବକ୍ଷରେ ଲହଡ଼ି ସୃଷ୍ଟି ହେବାରେ ବିରାମ ନଥାଏ। ଗୋଟିଏ ଜୁଆର ପଛକୁ ଆଉ ଗୋଟିଏ ଲହଡ଼ି। ଏହିପରି ପଛକୁ ପଛ ଲହଡ଼ି ଲାଗି ରହିଥାଏ। ଆମେ କୌଣସି ଜଳାଶୟ ନିକଟରେ ଠିଆ ହୋଇ ଟେକାଟିଏ ପାଣି ଭିତରକୁ ପକାଇଲେ। ଟେକା ପଡ଼ିବା ସ୍ଥାନରୁ ତରଙ୍ଗ ସୃଷ୍ଟି ହୋଇ ତାହା ବିସ୍ତାର ଲାଭ କରେ ଓ ଜଳାଶୟ କୂଳରେ ଯାଇ ପଟି ହୋଇଥାଏ। ପାଣି ଗରମ କଲେ ଗରମ ପାଣିର ବାଷ୍ପ ପାଣି ପାତ୍ର ଉପରେ ଢଙ୍କା ହୋଇଥିବା ଘୋଡ଼ଣିକୁ ଉପରକୁ ଠେଲିଥାଏ। ଆଉ ସବୁ ଫଳନ୍ତି ବୃକ୍ଷରୁ ପାଚିଲା ଫଳ ଝଡ଼ି ପଡ଼ିଥାଏ ତଳକୁ।

ଏପରି ଘଟଣାମାନ ନିତି ଘଟିଥାଏ। ସେପରି ଘଟଣାକୁ ଅନେକ ଲୋକ ବହୁତ ଥର ଦେଖିଥିବେ। ସେତେବେଳେ ସେହି ଘଟଣା ପ୍ରତି କେହି ସେମିତି ଗୁରୁତ୍ୱ ଦେଇ ନଥିଲେ। ଏପରି ସମୟ ଆସିଲା ଯେତେବେଳେ ସେହି ଘଟଣାର ଅନ୍ତର୍ନିହିତ ପ୍ରକ୍ରିୟାକୁ ଆମର ଅନ୍ତର୍ଦୃଷ୍ଟି ନିରୀକ୍ଷଣ କଲା। ସେ ନିରୀକ୍ଷଣର ଅନୁଭବ ପଡ଼ିଲା ସମ୍ପୃକ୍ତ ବ୍ୟକ୍ତିଟି ଉପରେ। ନିରୀକ୍ଷଣ କରିଥିବା ଅନ୍ତର୍ଦୃଷ୍ଟିର ଅନୁଭବ ଦ୍ୱାରା ପ୍ରାପ୍ତ ହୋଇଥିବା ଅନୁଭୂତି ଯୋଗୁ ପ୍ରଭାବିତ ହୋଇ ମନ ସେ ଅନୁଭୂତିକୁ ଚେତନା ଦ୍ୱାରା ଗଭୀର ଭାବରେ ବିଶ୍ଳେଷଣ କରି ସଫଳ ହେବାକୁ ସମର୍ଥ ହୋଇ ପାରିଲା। ସେ ଫଳାଫଳର ପ୍ରତୀକ ହେଲା– ଜନ ବୟେଡ଼ଙ୍କ ଦ୍ୱାରା ଟେଲିଭିଜନ। ମାର୍କୋନିଙ୍କ ଦ୍ୱାରା ରେଡିଓ। ଜନ୍ଷ୍ଟିଫେନସନ୍ଙ୍କ ଦ୍ୱାରା ରେଳଇଞ୍ଜିନର ଉଦ୍ଭାବନ ଓ ସାର୍ ଆଇଜାକ୍ ନିଉଟନଙ୍କ ଦ୍ୱାରା ମାଧ୍ୟାକର୍ଷଣ ଶକ୍ତିର ଆବିସ୍ତାର।

ସତୀ; ନୂଆ କିଛି ସୃଷ୍ଟି କରିବାକୁ କେହି କାହାରିକୁ ଗୁଆ ଅରୁଆ ଚାଉଳ ଦେଇ ନିମନ୍ତ୍ରଣ କରିନଥାଏ ବା କୌଣସି ସ୍ରଷ୍ଟା ପୁରସ୍କାର କିମ୍ୱା ଖ୍ୟାତିଲାଭ ଅଥବା କୌଣସି ପଦବୀ ପାଇବା ଲୋଭରେ ସୃଷ୍ଟି କରିବାକୁ ଆଗଭର ହୁଏ ନାହିଁ । ନୂତନର ସୃଷ୍ଟି ସବୁ ଏହିପରି ଅଚାନକ ଓ ଅଦ୍ଭୁତ ପ୍ରକ୍ରିୟାରୁ ସମ୍ଭବ ହୋଇଛି ।

ସେମାନଙ୍କ ପୂର୍ବରୁ ଏପରି ଘଟଣାମାନ ଅନେକ ଲୋକ ଅନେକ ଥର, ବହୁବାର ଦେଖିଥିଲେ । କେହି କେବେ ତା'ର ଅନ୍ତର୍ନିହିତ ପ୍ରକ୍ରିୟାକୁ ନିଜ ଅନ୍ତ ଦୃଷ୍ଟିରେ ନେଇନଥିଲେ । କାରଣ ସେପରି ଘଟଣାମାନ ଘଟିଥିବା (ସଂଗଠିତ ହୋଇଥିବା) ସମୟରେ ମନ ତା'ର ଚେତନା ଶକ୍ତି ଦ୍ୱାରା ସେ ଘଟଣାର ଅନ୍ତର୍ନିହିତ ପ୍ରକ୍ରିୟାକୁ ନିରୀକ୍ଷଣ କରି ତା'ର ସାରମର୍ମକୁ ଗ୍ରହଣ କରିବା ଅବସ୍ଥାରେ ନ ଥିଲା । କିମ୍ୱା ତାକୁ ଗ୍ରହଣ କରିବା ଆବଶ୍ୟକ ମନେ କରିନଥିଲା । ଯେପରି କୌଣସି ଘଟଣାର ପ୍ରକ୍ରିୟାକୁ ଅନୁଭବ କରିବା ପାଇଁ ମନ ବା ଚେତନା ଶକ୍ତି ତା'ର ସ୍ଥିତାବସ୍ଥା ଉପରେ ସମ୍ପୂର୍ଣ୍ଣ ନିର୍ଭର କରେ । ସେହିପରି ତୁ ତାଙ୍କ ପ୍ରତି ଆକର୍ଷିତ ହେବାର କାରଣ ସେ ସମୟରେ ତୋ'ମନର ଅବସ୍ଥା ସେହିଭଳି ସ୍ଥିତିରେ ଥିଲା । କୌଣସି ମନ୍ଦିରରେ ଏଇଭଳି କେତେ (ବହୁତ) ଯୁବତୀ କେତେ (ଅନେକ) ଯୁବକଙ୍କୁ ପାଦୁକ ଦେଉଥିବେ । ସେ ସମସ୍ତ ଯୁବତୀମାନେ କ'ଣ ସମ୍ପୃକ୍ତ ଯୁବକଙ୍କୁ ଭଲପାଇ ବସୁଛନ୍ତି ? କେବେ ନୁହେଁ । ତାହା ସବୁ କ୍ଷେତ୍ରରେ କେବେ ବି ସମ୍ଭବ ହେଉନଥିବ । କାରଣ ସେମାନଙ୍କର ମନର ଅବସ୍ଥା ସେ ସମୟରେ ସେହି ଘଟଣାର ଅନ୍ତର୍ନିହିତ ଭାବକୁ ଅନୁଭବ କରି ପାରିବାକୁ ସକ୍ଷମ ହୋଇ ନଥିବ ? ଯୁବତୀଟିଏ ତା' ଜୀବନକାଳ ମଧ୍ୟରେ ଅନେକ ଯୁବକଙ୍କ ସଂସର୍ଶରେ ଆସିଥାଏ । ଯୁବକମାନେ ସେହିପରି ଯୁବତୀମାନଙ୍କ ସହିତ ମଧ୍ୟ ସମ୍ପର୍କରେ ଆସିଥାଆନ୍ତି । କିନ୍ତୁ ସମସ୍ତଙ୍କ କ୍ଷେତ୍ରରେ ଭଲ ପାଇବା ସମ୍ଭବ ହୋଇପାରେ ନାହିଁ । କାରଣ ସେମାନଙ୍କ ମନର ଅବସ୍ଥା ସେତେବେଳେ ସେହିପରି ପରିସ୍ଥିତିରେ ନଥାଏ । ଯେତେବେଳେ କି ସେ ସେହି ଘଟଣାକୁ ଅନୁଭବକୁ ନେଇପାରିବ ଓ ନିଜର ଚେତନା ଶକ୍ତି ଦ୍ୱାରା ସଂଗଠିତ ହୋଇଥିବା ଘଟଣାର ଅନ୍ତର୍ନିହିତ ପ୍ରକ୍ରିୟାକୁ ବିଶ୍ଳେଷଣ କରିବାକୁ ସକ୍ଷମ ହେବ । ସେତେବେଳେ ଏହା ଯାଇ ସମ୍ଭବହେବ ।

ଜରାଗ୍ରସ୍ତ ଲୋଚିତ ଚର୍ମ ବୃଦ୍ଧ । ଯନ୍ତ୍ରଣା କାତର ବ୍ୟାଧ୍ୟଗ୍ରସ୍ତ ରୋଗୀ । ଚଳନଶକ୍ତି ରହିତ ନିର୍ଜୀବ, ନିଷ୍ଟେଜ ଶବ (ମୁର୍ଦ୍ଦାର) ଏବଂ ଗୈରିକ ବସନ ପରିହିତ ସନ୍ନ୍ୟାସୀ । ଏମାନଙ୍କୁ ଦେଖିବା ଅତି ସାଧାରଣ କଥା । ଯାହା ଆମେ ସମସ୍ତେ ପ୍ରାୟତଃ ଦେଖିଥାଆନ୍ତି । କିନ୍ତୁ ସେହି ସାଧାରଣ ଘଟଣା ସମୟେ ସମୟେ ଦର୍ଶକଙ୍କୁ ଏପରି ଭାବେ ପ୍ରଭାବିତ କରିଥାଏ ଯେ ସେମାନଙ୍କ ଜୀବନର ଗତିପଥକୁ ବଦଲାଇ ଦେଇଥାଏ । ସେଦିନ ରାଜକୁମାର ଗୌତମ ନଗର ଭ୍ରମଣରେ ଯାଇ, ଏହି ଚାରୋଟି ଦୃଶ୍ୟ ଦେଖି ସଂସାରପ୍ରତି ବିରଗି ହୋଇ ପଡ଼ିଥିଲେ । କିନ୍ତୁ କାହିଁ ଆମେମାନେତ ଏପରି ଦୃଶ୍ୟ ଦେଖି, ଏମିତି ଘଟଣାକୁ ଭେଟି, ଏଭଳି ପରିସ୍ଥିତିକୁ ସାମ୍ନା କରି, ଏପରି ଚରିତ୍ର (ବ୍ୟକ୍ତି)ମାନଙ୍କର ସାକ୍ଷାତ ପାଇ, ସେପରି ଲୋକମାନଙ୍କର ସଂସର୍ଶରେ ଆସି ସଂସାର ପ୍ରତି ଥିବା ମୋହ, ମାୟା, ମମତାକୁ ତ୍ୟାଗ କରିବାକୁ କିମ୍ୱା ସଂସାର ଛାଡ଼ିବାକୁ ସମର୍ଥ ହୋଇପାରୁ ନାହାଁନ୍ତି । ଗୌତମ ପୈତୃକ ରାଜ୍ୟ ଓ ରାଜସିଂହାସନ, ଅନିନ୍ଦ୍ୟ ସୁନ୍ଦରୀ, ଅତୁଳନୀୟା ରୂପବତୀ ରୂପସୀ ପ୍ରିୟତମା ପତ୍ନୀ ଯଶୋଧାରା (ଗୋପା) ଏବଂ ସୁକୁମାର ଲାବଣ୍ୟ ପିତୁଳା ପୁତ୍ର ରାହୁଲର ଆକର୍ଷଣକୁ ତୁଟାଇ ସଂସାର ବିରାଗି ହୋଇଥିଲେ । ସେପରି ସ୍ଥଲେ ଆମେ ଅଭାବରେ ରହି ଅସୁବିଧାରେ ପଡ଼ି ସଂସାର ଯାତନାରେ ଘାଣ୍ଟି ହୋଇ, ତେଲ ଲୁଣର ଅନାଟନ ଜନିତ ଜଞ୍ଜାଳରେ ବ୍ୟଥିତ, ଜର୍ଜରିତ, ଅତ୍ୟାଚାରିତ, ନିର୍ଯାତିତ, ଅବହେଳିତ ହୋଇ ସୁଦ୍ଧା ସଂସାରର ଆକର୍ଷଣ ତ୍ୟାଗ କରି ପାରୁନାହାଁନ୍ତି । ଛାଡ଼ି ପାରୁନାହାନ୍ତି ଧନ ପ୍ରତଥିବା ଆସକ୍ତି (ରାଜପୁତ୍ର ଗୌତମଙ୍କ ଧନ ତୁଳନାରେ ଆମର ବା କେତେ ସମ୍ପଭି) ପ୍ରିୟାର ପ୍ରଣୟ (ରାଜବଧୂ ଯୁବରାଣୀ ଅନିନ୍ଦିତା ରୂପବତୀ, ଅସାମାନ୍ୟା ଲାବଣ୍ୟମୟୀ ନୀଲୋୟରୀ

ପାଟ୍(ଶାଢ଼ି)ପରିହିତା ଗୋପାଙ୍କ ତୁଳନାରେ ଆମମାନଙ୍କ ଘରେ ଉପଯୁକ୍ତ ସୁଷମ ଖାଦ୍ୟ, ବିଶ୍ରାମ, ପରିଧାନ (ବାସି ପଖାଳ ସାଙ୍ଗକୁ ଖଟା, ଲଙ୍କା କିମ୍ବା ଶାଗଖରଡ଼ା ଖାଇ ଫଟା ସାୟା, ଚିରା ଲୁଗା, କୋତରା ବ୍ଲାଉଜ ପିନ୍ଧି) ପ୍ରସାଧନ ଓ ଆୟ ଅଳଙ୍କାର ଅଭାବରେ ସଢ଼ୁଥିବା ଆମ ସ୍ତ୍ରୀ ରୂପ ଯାହା ହୋଇଥିବ। ପୁତ୍ର ପ୍ରତିଥିବା ବାସଲ୍ୟ ମମତା, ଶ୍ରଦ୍ଧା, ସ୍ନେହ (ଗୌତମଙ୍କ ପୁତ୍ର ସୁକୁମାର ରାହୁଲ ସ୍ଥାନରେ ଆମର ପିଲାବେଳେ ଖାଇବାକୁ କ୍ଷୀର ଟୋପେ, ପିନ୍ଧିବାକୁ ଭଲ ପୋଷାକ ଖଣ୍ଡେ ପାଉନଥିବା, ଛିଣ୍ଡା ମଇଲା ପୋଷାକ ପିନ୍ଧିଥିବା ବୁଭୁକ୍ଷୁ ପିଲାମାନେ)। ସଂସାର ପ୍ରତିଥିବା ଆକର୍ଷଣ, ଅଭାବ, ଅନଟନ ଓ ଅସୁବିଧାରେ କେବଳ ଘାଣ୍ଟି ହେବା ସାର ହୁଏ।

ସଂସ୍କୃତରେ କୁହାଯାଇଛି- "ପୁରାଣାନ୍ତେ ମୈଥୁନାନ୍ତେ ଶ୍ମଶାନାନ୍ତେ ଚ ଯା ମତି ସା ଯଦି ଗୁଚିର ଚେତ୍ ସ୍ୟାତ୍ କୋନମୁଚ୍ୟତେ ବନ୍ଧନାତ୍" ଅନୁବାଦରେ ଶ୍ରୀକୃଷ୍ଣ ଚିନ୍ତାମଣିରେ କବି ଲେଖିଲେ- "ପୁରାଣ ଶ୍ରବଣ ଅନ୍ତେ, ଶବ ଦାହ ପରେ, ମୈଥୁନାନ୍ତେ ଯେଉଁ ଭାବ ଜନମେ ମନରେ। ସେ ଭାବରେ ଦୃଢ଼ ହୋଇ ରହୁଥିଲେ ମତି, କିଏ ଅବା ନ ଲଭନ୍ତା ସଂସାରୁ ମୁକ୍ତି।" ଓମାର ରୁବାୟତର ଓଡ଼ିଆରେ କବି ଓ ଶିଳ୍ପୀ ଗୋପାଳ କାନୁନଗୋ ଲେଖିଲେ "ସବୁ କଥା ପରେ ଏକଇ ସତ ଏ ଜୀବନ ଯାଏ ବହି ଏକଇ ସତ୍ୟ ଏଇଯେ ଜୀବନ। ଆଉ ସବୁ ମିଛି ସହି। ଫୁଲ ଗଲେ ବୃନ୍ତଟିରି ନୁହେଁ ତାହାକୁ ଧରି। ପୁରାଣ ଶ୍ରବଣ ପରେ ବୈରାଗ୍ୟ ଭାବ, ମୈଥୁନ ପରେ ଅବସନ୍ନ ଓ ବିରକ୍ତି ମାନସିକତା ଏବଂ ଶ୍ମଶାନ ଘାଟରେ ଜୁଇ ବଗଧ ମଣିଷର ପରିଣତି ଦୃଶ୍ୟରେ ଉଦାସ ଓ ବିବଶ ମାନସିକତା ଯଦି ସ୍ଥାୟୀ ରହନ୍ତା, ତେବେ କିଏ ଏ ବନ୍ଧନରୁ ଏ ଅଜ୍ଞାନତା ଓ ମୋହରୁ ମୁକ୍ତି ନ ପାଆନ୍ତା, ମାତ୍ର ତାହା ହେବାର ନାହିଁ, ସେଇ ଘଡ଼ିଏ ପରେ ଅବସ୍ଥା ଯାହାକୁ ତାହା।

ମଡ଼ା ସାଙ୍ଗିଆ ତୁ ସ୍ନାନ ସାରି ଘର ଦୁଆର ମୁହଁରେ ପହଞ୍ଚିବା ଯାଏ ଯେପରି ବୈରାଗ୍ୟ ଘାରିଥାଏ, କିନ୍ତୁ ଏରୁଣ୍ଡି ବନ୍ଧ ଡେଙ୍ଗିଲେ ପୁଣି ସଂସାରର ମୋହ ଘାରେ। ସଂସାର ପ୍ରତି ତୁଟି ଆସୁଥିବା ମମତାରେ ପୁଣି ନୂଆ ରଙ୍ଗଲାଗେ। କାରଣଟି ହେଲା ସେତେବେଳକୁ ମଶାଣି ପରୋକ୍ଷ ଏବଂ ଘରସଂସାର ପ୍ରତ୍ୟକ୍ଷ ହୋଇ ସାରିଥାଏ। ତେଣୁ "ତତ୍ ମତିର୍ମ୍ମ" ବୋଲି ଆମ ମୁହଁରୁ ବାହାରିବାର ସମ୍ଭାବନା ରହିବ କୁଆଡ଼ୁ।

ସତରେ ଏ ସଂସାରରେ ଲୋକମାନେ କେତେ ଦାଉ, ଧକ୍କା, ଗାଳି, ବେଜିତ ନ ସହନ୍ତି। ସୁଖରେ ଉଚ୍ଛୁଳି ପଡ଼ିବା ଓ ଦୁଃଖରେ ଆତ୍ମହତ୍ୟା କରି ଦେବା ବା ମ୍ରିୟମାଣ ହୋଇଯିବା କେବେ ନିନ୍ଦା ମଣିଷ ପଣିଆ ଆଦୌ ନୁହେଁ। ଗୀତାରେ କୃଷ୍ଣ କହିଛନ୍ତି "ଦୁଃଖେଷ୍ଵନୁଦ୍‍ବିଗ୍ନମନାଃ ସୁଖେଷୁ ବିଗତ ସ୍ପୃହଃ। ବୀତରାଗଭୟ କ୍ରୋଧଃ ସ୍ଥିତଧୀର୍ମୁନିରୁଚ୍ୟତେ।" ପ୍ରଭୁ ତାଙ୍କ ଖେଳ ପାଇଁ, ତାଙ୍କ ଆନନ୍ଦ ଲାଗି ସୃଷ୍ଟି ସର୍ଜନା କରିଛନ୍ତି। ତାକୁ ଗ୍ରହଣ କରି ନେବା ହିଁ ଈଶ୍ଵରାନୁଗତତା, ତାକୁ ବିରୋଧ କରିବା, ପ୍ରଶ୍ନ କରିବା ଓ ଅମାନ୍ୟ କରିବାତ ପାପ ନିଶ୍ଚୟ। ସେଇଥି ପାଇଁ ତ କୁହାଯାଇଛି- "ନାଭିନନ୍ଦତି ଜୀବନଂ ନାଭିନନ୍ଦତି ମରଣଂ"ର ଅନୁବାଦରେ ଭକ୍ତକବି ମଧୁସୂଦନ ରାଓ ଲେଖିଛନ୍ତି- "ନ ବାଞ୍ଛିବ ମୃତ୍ୟୁ କେବେ, ନ ଇଚ୍ଛିବ ପରମାୟୁ ଭୋଗ। ପ୍ରତୀକ୍ଷା କରିବ କାଳ ଭୃତ୍ୟ ଯେହ୍ନେ ପ୍ରଭୁର ନିଯୋଗ। ଇଏ ହେଲା ଜୀବନ, ଜୀବ ଓ ସଂସାର ବିଷୟକୁ ଆମ ଶାସ୍ତ୍ର ବା ଦର୍ଶନର ନିୟମ। ଚାକରର ଯେମିତି ନିଜର କିଛି ରୁଚି ବା ସିଦ୍ଧାନ୍ତ ନଥାଏ। ମାଲିକ ଯାହା ନିର୍ଦ୍ଦେଶ ଦେବେ ତାହାହିଁ ପାଳନ କରିବ। ସେମିତି ଜୀବ ପ୍ରଭୁ ନିଷ୍ଠିକୁ ସାଗ୍ରହ ମାନି ନେବା ହିଁ ନିୟମ ଓ ନୈତିକତା।

ସେମିତି ମନ୍ଦିରରେ କାହାକୁ ପାଦୁକ ଦେବା ଓ ବିଭୁତିଟିପା ଲଗାଇ ଦେବା ଯଦିଓ ସାଧାରଣ କଥା, କିନ୍ତୁ ତୋ' ମନ ଭିତରେ ସେ ଘଟଣାର ପ୍ରକ୍ରିୟା ଏମିତି ପ୍ରଭାବ ପକାଇ ଥିଲା ଯେ ଯାହା ଦ୍ୱାରା ତୁ ତାଙ୍କ ପ୍ରତି ଆକୃଷ୍ଟ ହୋଇପଡ଼ିଲୁ। ତାଙ୍କୁ ମନେ ମନେ ତୋ' ମନର ମଣିଷ ଭାବରେ ବରଣ କରିନେଲୁ। ନିଜର ଲୋକ ମନେ କରି ଆଦରି ବସିଲୁ। ତାଙ୍କ

ପ୍ରତି କୌଣସି ସନ୍ଦେହ ନ ଆସି ତାଙ୍କୁ ଅବିଶ୍ୱାସ ନ କରି ବିନା ବିଚାରରେ ବିନା ଅପଉରେ, ତାଙ୍କ ସ୍ୱଭାବ, ଚରିତ୍ର କିମ୍ବା ବ୍ୟବହାର ବିଷୟରେ କିଛି ବିଶ୍ଳେଷଣ ନ କରି, ଅନୁସନ୍ଧାନ ନ କରି, ସେ ସମ୍ପର୍କରେ ନ ଭାବି, ସେ ସମୟରେ କିଛି ନ ବୁଝି ନିର୍ବିକାର ଭାବରେ, ନିଃସଙ୍କୋଚରେ, ନିର୍ବିଘ୍ନରେ, ନିର୍ଭୟରେ ଆପଣାର କରିନେଲୁ ।

ଗୋଟିଏ ଦୃଶ୍ୟ ସବୁ ଲୋକମାନଙ୍କୁ ଏକାପରି ଦିଶେ । କିନ୍ତୁ ତା'ର ତାପ୍ରର୍ଯ୍ୟ ଭିନ୍ନ ଭିନ୍ନ ହୋଇଥାଏ ପ୍ରତ୍ୟେକଙ୍କ ଲାଗି । ଅର୍ଥ ବି, ଅନ୍ୟ ରକମର । ବିଭିନ୍ନ ପ୍ରକାର ପ୍ରଭାବ ମନ ଉପରେ ପକାଇଥାଏ ସେ ଘଟଣାସବୁ । ରୁଚି ନେଇ ପସନ୍ଦ । ପସନ୍ଦକୁ ଭିତ୍ତି କରି ଗ୍ରହଣୀୟ କିମ୍ବା ବର୍ଜନୀୟ ହୋଇଥାଏ ତାହା । କେତେ ସୁଖପ୍ରଦ କିମ୍ବା କେତେ ଦୁଃଖଦାୟକ ସେ ପ୍ରବାହର ପ୍ରଭାବ । କେତେ ଆନନ୍ଦପ୍ରଦାନକାରୀ କିମ୍ବା ଯନ୍ତ୍ରଣାସିକ୍ତ ସେସବୁ ଦୃଶ୍ୟପଟ ସମୂହ । କେତେ ଗହନରେ ତା'ର ସ୍ଥିତି । ତା' ଅବସ୍ଥିତିର ଗଭୀରତା କେତେ ସୁଦୂର ପ୍ରସାରୀ, ବୃଦ୍ଧ, ଜରାଗ୍ରସ୍ତ, ଶବ କିମ୍ବା ସନ୍ନ୍ୟାସୀ ଦେଖିବା, ମନ୍ଦିରରେ କାହାକୁ ପାଦୁକ ଦେବା କିମ୍ବା କାହା କପାଳରେ ଠାକୁରଙ୍କ ବିଭୂତି ଟିପା ପିନ୍ଧାଇ ଦେବା ସମସ୍ତଙ୍କ ଲାଗି ଏକାପରି କଥା ନୁହେଁ, ଅବା ହୋଇ ନପାରେ । ସବୁ ଦୃଶ୍ୟର ଅନୁଭବ ସମସ୍ତଙ୍କ ପାଇଁ ସମାନ ହୋଇନଥାଏ । ପ୍ରତ୍ୟେକ ଘଟଣାର ପ୍ରଭାବ ପ୍ରତ୍ୟେକଙ୍କ ଲାଗି ଅଲଗା ଅଲଗା ଭାବ ବହନ କରେ । ପ୍ରଦାନ କରେ ଭିନ୍ନ ଭିନ୍ନ (ଅର୍ଥ) ମର୍ମାର୍ଥ । ଅନ୍ୟ ପ୍ରକାରର ଅନୁଭୂତି ମଧ୍ୟ । ପୃଥକ ଚିନ୍ତା ଧରା ବି ଦେଇଥାଏ ଭୁକ୍ତଭୋଗୀ ମାନଙ୍କୁ । ଅନୁଭବ ମଧ୍ୟ ଅନ୍ୟ ରକମର ହୋଇଥାଏ ପ୍ରତ୍ୟେକଙ୍କ ଲାଗି । ବୃଦ୍ଧ, ଜରାଗ୍ରସ୍ତ, ଶବ ଓ ସନ୍ୟାସୀଙ୍କୁ ଦେଖି ଗୌତମ ସେଥ୍ରୁ ଯେଉଁ ତାପ୍ରର୍ଯ୍ୟ ଖୋଜି ପାଇଥିଲେ ଆମେ କିମ୍ବା ଅନ୍ୟମାନେ ସେଥ୍ରୁ ସେପରି ଅର୍ଥ ଖୋଜି ପାଇପାରୁନାହାଁନ୍ତି । ସେମିତି ଠାକୁରଙ୍କ ପାଦୁକ ଦେଇ ଓ ବିଭୂତି ଲଗାଇ ଦେଇ ତୁ ଯେଉଁ ଅନୁଭୂତି ପାଇପାରିଲୁ । ଅନ୍ୟମାନେ ସେପରି ଘଟଣାର ସମ୍ମୁଖୀନ ହୋଇଥିଲେ ସୁଦ୍ଧା, ସେ ଘଟଣାର ଅନୁଭବକୁ ସେପରି ଅର୍ଥରେ ନେବାକୁ ସକ୍ଷମ ହୋଇପାରୁନାହାଁନ୍ତି ।"

ସୁନି କହିବା ବନ୍ଦ କରୁନଥାଏ ।

"ତୋ' କ୍ଷେତ୍ରରେ ତାଙ୍କ ହାତରେ ପାଦୁକ ଦେଲା ବେଳେ । ବିଭୂତି ଟିପା ଲଗାଇ ଦେବା ସମୟରେ ତୋ' ମନର ଅବସ୍ଥା ଏପରି ଥିଲା ଯେ ଯାହା ଘଟଣାର ଅନୁଭୂତିକୁ ଅନୁଭବକୁ ନେଇ ତା'ର ପ୍ରଭାବ ଦ୍ୱାରା ପ୍ରଭାବିତ ହେଲା । ସେ ଘଟଣାର ତାପ୍ରର୍ଯ୍ୟକୁ ତୁ ଏପରି ଭାବରେ (ଅର୍ଥରେ) ଗ୍ରହଣ କରିନେଲୁ, ଯାହା ଫଳରେ ତାଙ୍କ ପ୍ରତି ତୋ' ମନ ଢଳିଗଲା । ଯାହାକୁ ଆମେ ଭଲ ପାଇବା କହି ଥାଆନ୍ତି । ସବୁ ମଣିଷ ଭିତରେ ଭଲ ପାଇବା ଥାଏ । ଭଲ ପାଇବାକୁ ନେଇ ଜୀବନ ଗତିଶୀଳ । ଆମ ଚାରିପାଖର ବସ୍ତୁ ଓ ବ୍ୟକ୍ତିଙ୍କୁ ଆମେ ଭଲ ପାଉ ସେମାନଙ୍କୁ ମନେ ପକାଉ, ଯନ୍ ନେଉ । ସେମାନଙ୍କ ଭଲମନ୍ଦ ପଚାରି ବୁଝୁ । ଭଲ ପାଇବା ମଣିଷର ଗୋଟିଏ ସହଜାତ ପ୍ରବୃତ୍ତି । ତୁ ଯେହେତୁ ଜଣେ ମଣିଷ, ତୋ'ର ମଧ୍ୟ ପ୍ରବୃତ୍ତି ସେପରି ହେବାକୁ ବାଧ୍ୟ । ତୁ ସେମିତି ତାଙ୍କୁ ଭଲ ପାଇ ବସିଲୁ । ଏଥ୍ରେ ତୋ'ର କିଛି ଦୋଷ ନାହିଁ । ତାଙ୍କର କିମ୍ବା ମୋର । ମୁଁ ଅବଶ୍ୟ ତାଙ୍କ ମନ କଥା ଜାଣିନାହିଁ । କିନ୍ତୁ ତୋ ମନର ଭାବନା ମୋ ପାଖରେ ଅଛ୍ପା ରହିଲାନି, ତୁ ଯେତେ ଲୁଚାଇଲେ ଯେତେ ସତର୍କ ରହିଲେ, ଯେତେ ସାବଧାନତା ଅବଲମ୍ବନ କଲେ ସୁଦ୍ଧା ଯେତେ ହୁସିଆର ହେଲେ ମଧ୍ୟ । ତୋ' ନିରୁତ୍ସାହିତ ମୁଖ ମଣ୍ଡଳ ତୋ' ଅନ୍ତରର ଭାବନାକୁ ପ୍ରତିଫଳିତ କରୁଛି । ମୋ ପାଖରେ ତୋ' ମନଭାବକୁ ଗୋପନ ରଖିବାକୁ ଯାଇ ସ୍ୱଚ୍ଛମନ, ନିର୍ମଳ ହୃଦୟ, ପବିତ୍ର ଅନ୍ତର ଓ ସଦ୍ଭାବନା ନେଇ ମନ୍ଦିରକୁ ଆସିବା କଥା କହିଥିଲୁ । ମାତ୍ର ତୋ' ମନର ପଙ୍କିଲତା, ପ୍ରାଣର ଆବିଲତା, ତୋ' ଆମ୍ଭାର ବ୍ୟାକୁଳତା, ତୋ' ହୃଦୟରେ ତାଙ୍କ ପ୍ରତି ଥିବା ଦୁର୍ବଳତାକୁ ତୁ ମୋ ନିକଟରୁ ଲୁଚାଇ ରଖିବାକୁ ଯେତେ ସତର୍କ ରହିଲେ ମଧ୍ୟ ଯେତେ ଯନ୍ କଲେ ସୁଦ୍ଧା ଯେତେ ଉଦ୍ୟମ କଲେ, ଯେତେ ଚେଷ୍ଟାରତ ଥିଲେ

ସେଥିରେ ସମର୍ଥ ହୋଇ ପାରିଲୁ ନାହିଁ । ତୋ' ଅନ୍ତରର କାଳିମା ଓ ସଙ୍କୀର୍ଣ୍ଣ ଭାବନାକୁ ମୋ ଠାରୁ ଗୋପନ ରଖିବାକୁ ଯେତେ ଉଦ୍ୟମ କଲେ ସୁଦ୍ଧା ତୋ'ର ସେ ଚେଷ୍ଟା କେବେବି ସଫଳ ହେବ ନାହିଁ । ଆଉ ସତୀ ତୁ ଭଲ ଭାବରେ ମନେରଖ ଭଲକୁ ସମର୍ଥନ କରିବା ମନ୍ଦକୁ ପ୍ରତିବାଦ କରି ଜଣେ ନିଜକୁ କେବେ ଭଲ କି ମନ୍ଦ ପ୍ରମାଣ ବା ପ୍ରତିଷ୍ଠା କରି ପାରିବନି କାରଣ ଅନ୍ତର୍ନିହିତ ମନସ୍ତାତ୍ତ୍ୱିକ ପ୍ରବାହମାନ ସ୍ରୋତ ତ ନିଜ ଅଜାଣତରେ ତୁମ ଭିତର କଥା ଓ ଭାବକୁ ଅନ୍ୟକୁ ଛୁଆଁଇ ଦେଇଥାଏ । ତା'ଠି ଧରା ପକେଇ ଦେଇଥାଏ । ଇଂରାଜୀରେ ଏହାକୁ "ଟେଲିପାଥ୍" ପ୍ରକ୍ରିୟା କହୁଛନ୍ତି । କ୍ରିୟାପ୍ରକ୍ରିୟାରୁ ଜଣକର କିସମ ଆପେ ଆପେ ନିର୍ଣ୍ଣିତ ହୋଇଯାଏ । ତୁ ଏକଥା ଭଲ ଭାବରେ ମନେ ରଖିଥା ତୋ'ର ପ୍ରଥମେ ବୁଝିବା ଆବଶ୍ୟକ ଯେ ଅନ୍ୟକୁ ଉପଦେଶ ଦେବା ପୂର୍ବରୁ ଆଗ ନିଜକୁ ଠିକ୍ ରଖିବା ନିହାତି ଦରକାର । ଅନ୍ୟର ଭୁଲକୁ ନଜର ଦେବା ଆଗରୁ ନିଜର ତ୍ରୁଟିବିଚ୍ୟୁତି ପ୍ରତି ଲକ୍ଷ୍ୟ ରଖିବା ଆବଶ୍ୟକ । ଅନ୍ୟର ଦୋଷ ଧରିବା ଆଗରୁ ପ୍ରଥମେ ନିଜକୁ ସଜାଡ଼ି ନେବା ଉଚିତ । ଅନ୍ୟର ଦୁର୍ବଳତାକୁ ଲକ୍ଷ୍ୟ ରଖିବା ପୂର୍ବରୁ ନିଜର ସାମର୍ଥ୍ୟ ପ୍ରତି ନଜର ଦେଇ ସେଥିପ୍ରତି ସଚେତନ ହେବା ଆବଶ୍ୟକ । ଯାହା ତୁ କରିପାରି ନାହୁଁ ।

ସତୀକୁ ବୁଝାଇ ଚାଲିଥିଲା ସୁନି । ସତୀ ତୁ ମୋର ସାଙ୍ଗ, ପିଲାଟି ବେଳରୁ ମୁଁ ତୋତେ ଦେଖି ଆସିଛି । ତୋ ସହିତ ମିଶିଛି । ତୋ'ର ମନଭାବ ବୁଝିଛି । ଯେତେ ଲୁଚାଇଲେ ତୁ ମୋତେ କେବେ କିଛି ନ କହିଲେ ବି ମୋ ପାଖରେ ନିଶ୍ଚିତ ଧରା ପଡ଼ିବୁ । ତୁ ମୋତେ ନ ଜଣାଇଲେ ସୁଦ୍ଧା ମୁଁ ତୋ' ମନର କଥା ଜାଣି ପାରେ । ମୋତେ ଗୁପ୍ତ ରଖି ତୁ କେବେ କିଛି ଭାବୁଥିଲେ ମୁଁ ତୋ' ମନରେ ଥିବା ଅବଶୋଷକୁ ଧରିପାରେ ସଠିକ ଭାବରେ । ବୁଝିପାରେ ତୋ ଚିନ୍ତାଧାରାକୁ ସଠିକ୍‌ରେ । ଆଉ ତୁ ପ୍ରକୃତରେ କ'ଣ ଚାହୁଁଛୁ ? ତୋ' ଠାରୁ ନ ଶୁଣି ମଧ ତୁ ଯାହା ଇଚ୍ଛା କରୁ ତାହା ମୁଁ ନିର୍ଭୁଲ ଭାବରେ କହିଦେଇପାରେ । ସତୀ କଥାରେ ଅଛି "ଆକାରାଚ୍ଛାଦ୍ୟ ମନୋଽପିନ ଶକ୍ୟୋ ବିନିଗ୍ରହୀତୁମ୍‌। ବଳାଦ୍ଧି ବିବୃତ୍ୟୋପୋତ୍ୟେବ ଭାବ ମନ୍ତଗତିଂ ନୃଣାମ୍‌।" ଆନ୍ତରିକ ଭାବକୁ ଘୋଡ଼ାଇ ରଖିବାକୁ ଚେଷ୍ଟା କଲେ ମଧ ତାହା ଗୋପନ କରି ରଖି ହୁଏ ନାହିଁ । କାରଣ ମନୁଷ୍ୟର ମନୋଗତଭାବ ବଳପୂର୍ବକ ବାହାରି ପଡ଼େ ।"

ସୁନ ଆହୁରି ଜୋରରେ ସତୀକୁ ଛାତିରେ ଭିଡ଼ି ଧରିଲା । ସତୀ ତୁ ମୋର ସାଙ୍ଗ । ଏମିତି ସେମିତି ଆଉ ପାଞ୍ଚ ଜଣଙ୍କ ପରି ସାଙ୍ଗ ନୁହଁ, ତୁ ହେଉଛୁ ମୋର ଅନ୍ତରଙ୍ଗ ବାନ୍ଧବୀ । ଆମ୍ଭାର ସଙ୍ଗିନୀ । ପ୍ରାଣର ମିତଣୀ । ଆମ ମଧରେ ସମ୍ପର୍କ ଖୁବ୍ ନିବିଡ଼ । ଘନିଷ୍ଠତା ତୋ' ସହିତ ମୋର ଅଛି । ଏକାନ୍ତ ଭାବରେ ସାଥୀ ତୁ ମୋର ଏବଂ ମୁଁ ତୋ'ର ମଧ । ସମ୍ପର୍କ ଥିଲେ ସମ୍ବୋଧନ ରହେ । ସେହି ସମ୍ପର୍କ ସୂତ୍ରରେ କିଏ, କାହାର ବାପା, ମା' ଭାଇ, ଭଉଣୀ, ଦାଦା (ଖୁଡ଼ୁତା) ଖୁଡ଼ୀ, ଜେଜେ, ଜେଜେମା, ମାମୁଁ, ମାଈଁ, ଅଜା, ଆଈ ଏମିତି କିଛି ସମ୍ପର୍କରୁ ହିଁ ସମ୍ବୋଧନର ସୃଷ୍ଟି । ସବୁଥର ମୂଳରେ ହେଉଛି ସମ୍ପର୍କ । ସେହି ସମ୍ପର୍କର ଶପଥ ନେଇ, ବନ୍ଧୁତ୍ୱର ଦୁଆହି ଦେଇ, ଆମ୍ଭୀୟତାର ହଲପ ପକାଇ, ଘନିଷ୍ଠତାର ରାଣ ଖାଇ, ନିବିଡ଼ତାର ନିୟମ ଥାଇ, ଏକାନ୍ତ ସାଥୀ ପଟିଆର ଉପଲକ୍ଷ୍ୟ ରଖି ତୋତେ ପଚାରୁଛି । ସତ କଥା କହିବୁ ମିଛ କହିବୁ ନାହିଁ । "ମିଥ୍ୟାତ୍ୱଂ ପରମୋ ରୋଗେ, ମିଥ୍ୟା ତ୍ୱଂ ପରମଂ ବିଷମ । ମିଥ୍ୟାତ୍ୱଂ ପରମଃ ଶତ୍ରୁ ନାସ୍ତ୍ୟ ସ୍ତାନ୍ଦ ପରଂତମଃ" ମିଥ୍ୟା ପ୍ରଧାନ ରୋଗ ଅଟେ । ମିଥ୍ୟା ଉକ୍ତଟ ବିଷ । ମିଥ୍ୟା ପ୍ରଧାନ ଶତ୍ରୁ । ମିଥ୍ୟା ଠାରୁ ବଳି ଅଧିକ ଅଜ୍ଞାନ ନାହିଁ । ଏଣୁ ତେଣୁ କହି ଭୁଲାଇ ଦେବାକୁ ଚେଷ୍ଟା କରିବୁ ନାହିଁ କିମ୍ବ କୌଣସି କଥା ଲୁଚାଇବୁ ନାହିଁ । ବୁଲେଇ ବଙ୍କେଇ ନ କହି ମନଖୋଲି, ଆମ୍ଭା ଖୋଲି, ଖୋଲା ହୃଦୟରେ, ଖୋଲା ଅନ୍ତରରେ, ଖୋଲା ଆମ୍ଭାରେ ମୋ ପାଖରେ ତୋ ପ୍ରାଣର ଗ୍ଲାନି ସବୁ ଖୋଲିଦେ । ଖୋଲି କହି ଦେଲେମନ ହାଲୁକା ହୋଇଯାଏ । ଚିନ୍ତାରୁ ମୁକ୍ତି ମିଳେ । ପରିତ୍ରାଣ ମିଳେ ଦୁର୍ଭାବନାରୁ, ଜଞ୍ଜାଳରୁ, ଦହନରୁ, ଜ୍ୱଳନରୁ, ଦହଗଞ୍ଜରୁ ରକ୍ଷା ହୋଇଥାଏ । ଶାସ୍ତ କହେ "ସୁହୃଦି ନିରନ୍ତରତିରେ

ଗୁଣବତୀ, ଭୃତ୍ୟେଽନୁବର୍ଭିନି କଲତ୍ରେ । ସ୍ୱାମିନ ଶକ୍ତ ସମେତେ ନିବେଦ୍ୟ ଦୁଃଖଂ ସୁଖୀ ଭବତି ।" ଅଭିନ୍ନ ହୃଦୟ ମିତ୍ରଠାରେ । ଗୁଣବାନ ଅନୁଚର ଠାରେ, ଅନୁରକ୍ତ ପତ୍ନୀଠାରେ ଓ ଶକ୍ତିଶାଳୀ ପ୍ରଭୁଙ୍କ ଠାରେ ନିଜର ଦୁଃଖ ଜଣାଇଲେ ପ୍ରାଣୀ ସୁଖୀ ହୋଇଥାଏ ।

ନିଜର ମନୋଭାବକୁ ଗୋପନ ରଖ କେତେଦିନ ମୋ'ଠାରୁ ଲୁଚେଇ ତୁ ଏମିତି ରହିପାରିବୁ ? ଭିତରେ ଭିତରେ ଗୁଣି ହେଉଥିବୁ । ବାହାରେ ପ୍ରକାଶ କରି ପାରୁନଥିବୁ । ଜଳୁଥିବୁ କୁହୁଳି କୁହୁଳି ଅନ୍ୟମାନଙ୍କୁ ନିଜ କଥା ଲୁଚାଇ ରଖ । ଖୁସି ଅଛୁ ବୋଲି ବାହାରକୁ ଦେଖେଇ ହେଉଥିବୁ । ଅନ୍ତରରେ କାନ୍ଦି ପଦାକୁ ହସି ପାରିବୁ କେତେଦିନ ? କେତେଦିନ ଏମିତି ଯନ୍ତ୍ରଣା ଭୋଗୁଥିବୁ କିନ୍ତୁ ଆନନ୍ଦରେ ଅଛୁ ବୋଲି ଅଭିନୟ କରି ପାରିବୁ ? କେତେଦିନ ତୋ' କଥାକୁ ମରମ ତଲେ ଚାପି ଦେଇ ଅନ୍ତରରେ ଗୋପନ ରଖ ପାରିବୁ ? ମୋ ପାଖରୁ ଓ ଅନ୍ୟମାନଙ୍କଠାରୁ ? ସେମିତି କଲେ ତୁ କ୍ଷତିରେ ପଡ଼ିବୁ । ଠକିଯିବୁ ସାଂଘାତିକ ଭାବେ । ତୋତେ କଷ୍ଟ ହେବ । ତୋ' ଦୁଃଖ ବଢ଼ିଯିବ । ତୁ' ଯନ୍ତ୍ରଣା ଭୋଗିବୁ । ଭୋଗ କରିବୁ ଦୁର୍ଦ୍ଦଶା । ତୋ' ଦୁଃଖ ଦେଖିଲେ ମୁଁ କେବେ ଖୁସି ହୋଇ ପାରିବି କି ? ହସି ପାରିବିକି ଅନ୍ତର ଖୋଲି ? ନା' ରହି ପାରିବିକି ଆନନ୍ଦରେ । ମାରାମ୍ନକ ଭାବନା ମନରେ ରଖିଖନା । ସାଂଘାତିକ ଚିନ୍ତାକୁ ହୃଦୟରେ ଲୁଚାନାହିଁ । ବରଂ ତୋ' ମନର କଥା ମୋତେ ଖୋଲି କହ । ମଣିଷଟ ସାମାଜିକ ପ୍ରାଣୀ । ତା'ର ସ୍ନେହ ଓ ଶ୍ରଦ୍ଧା ଏବଂ ସମ୍ପର୍କ ଲୋଡ଼ାଥାଏ । ତାହା ଯେବେ ସିଏ ନ ପାଏ ତେବେ ଭିନ୍ନ ଭିନ୍ନ ଉପାୟ ସେହି ଅସୁରକ୍ଷିତ ଭାବନା ସହିତ ତାକୁ ଲଢ଼ିବାକୁ ପଡ଼ିଥାଏ । ଶୁଣିବାରେ ବହୁତ ଶକ୍ତିଥାଏ । ଯେକୌଣସି ଉଭମ ସମ୍ପର୍କର ମୂଳଦୁଆ ଶୁଣିବାରୁ ହିଁ ଆରମ୍ଭ ହୋଇଥାଏ । ଆମେମାନେ ଯେତେବେଲେ କଥାକହୁ ସେତେବେଲେ ଆମେ ସେଇ ଜିନିଷର ପୁନରାବୃଭି କରୁ ଯାହା ଆମେ ଆଗରୁ ଜାଣିଥାଉ । କିନ୍ତୁ ଶୁଣିବା ଦ୍ୱାରା କିଛି ନୂଆ ଜିନିଷ ଶିଖିବାକୁ ମିଳିଥାଏ । ଆମେ ଯେଉଁମାନଙ୍କୁ ଭଲପାଉ ତାଙ୍କ କଥା ମନ ଦେଇ ଶୁଣିଲେ ସେମାନେ ନିଜକୁ ତା' ଆଗରେ ଗ୍ରହଣୀୟ, ପ୍ରଶଂସିତ ଓ ସମ୍ମାନିତ ମନେକରିଥାଆନ୍ତି ।

ସତୀ; ମନଟା ସମୁଦ୍ର ଢେଉ ପରି ଅସ୍ଥିର । ଆକାଶର ବିଜୁଲି ଭଲି ଚଞ୍ଚଳ । କ୍ଷଣିକେ ସେ ବିଶ୍ୱ ବ୍ରହ୍ମାଣ୍ଡ ବୁଲି ଆସେ । ଆକାଶକୁ ଛୁଇଁ ଦିଏ । ପାତାଳକୁ ଭେଦି ଯାଏ । ପ୍ରତି ମୁହୂର୍ଭରେ କେତେ ଆବୁଡ଼ ଜାବୁଡ଼ କଥା ସବୁ ମନକୁ ଆସେ । ସେ ସବୁକୁ ପ୍ରକାଶ କରି ହୁଏନି । ତାହା ପ୍ରକାଶ କରିବା ଅସମ୍ଭବ । ତା' ଭିତରୁ ଏମିତି କିଛି ଗହୀର କଥା ଥାଏ ଯାହା ପ୍ରକାଶ କରିବା ନିଷିଦ୍ଧ ମଧ । କିଛି କ୍ଷେତ୍ରରେ ମଣିଷ ମଲା ବେଲକୁ ସେ ନିଷିଦ୍ଧ କଥାଗୁଡ଼ିକୁ ସତର୍ପଣରେ ଅତି ନିଜ ଆପଣାର ଲୋକଙ୍କୁ କହେ । କହିବାକୁ ଗଲେ ସ୍ଥାନ, କାଲ, ପାତ୍ର ବିଶେଷରେ କିଛି ମନର ଗହୀର କଥା କୁହାଯାଏ । ଆଉ କିଛି କହି ହୁଏ ନାହିଁ । ଆଉ ଯଦିବା କୁହାଯାଏ ତେବେ ଶୁଣିବା ଲୋକଟି ସେ କଥାକୁ ଗୋପନ ରଖିବାକୁ ବାଧ ହୁଏ । ମୁଁ ତୋତେ କଥା ଦେଉଛି, କଥାଟି ତୋ–ମୋ ଭିତରେ ସୀମିତ ରହିବ । ଗୋପନ ରହିବ ଆମ ଦୁହିଁଙ୍କ ମଧ୍ୟରେ । ବାହାରେ ପ୍ରକାଶ ପାଇବ ନାହିଁ । ପଦାରେ ପ୍ରଘଟ ହେବନି । ମୋ ଦ୍ୱାରା କେବେ ବି ନୁହେଁ, କଦାପି ନୁହେଁ, ଆଦୌ ନୁହେଁ, କସ୍ମିନ କାଲେ ନୁହେଁ, ଜମା ନୁହେଁ । ତୋ'ର କ'ଣ ମୋ ଉପରେ ଏତିକି ଭରସା ରହୁନି ? ଆସ୍ଥା ରଖ ପାରୁନୁ ମୋ' ପ୍ରତି ? ମୋତେ ତୁ ବିଶ୍ୱାସ କରି ପାରୁନୁ ? ମୋତେ ପରତେ ଯାଉନୁ ? "ମିତ୍ର ଦ୍ରୋହୀ କୃତଘ୍ନଶ୍ଚ ଯଶ୍ଚ ବିଶ୍ୱାସ ଘାତକଃ, ତ୍ରୟସ୍ତେ ନରକଂୟାନ୍ତି ଯାବଦାଭୂତ ସଂପ୍ଲବମ୍ ।" ମିତ୍ର ଦ୍ରୋହୀ, କୃତଘ୍ନ ଓ ବିଶ୍ୱାସ ଘାତକ ଏହି ତିନି ପ୍ରକାର ଲୋକ ସବୁଦିନ ପାଇଁ ନରକରେ ପଡ଼ିଥାଆନ୍ତି ।

"ଅନାହୂତୋ ବିଶେଦ୍ୟସ୍ତୁ ଅପୃଷ୍ଟୋ ବହୁ ଭାଷାତେ । ଆମ୍ପାନଂ ମନ୍ୟତେ ପ୍ରୀତଂ ଭୂପାଲସ୍ୟ ସ ଦୁର୍ମତିଃ ।" ଡକା ନ ହୋଇ ମଧ ଯେ ପାଖକୁ ଆସେ । ନ ପଚାରିଲେ ମଧ ଯେ ବହୁତ କଥା କହେ । ଯେ ନିଜକୁ ଶାସକର ଅତି ପ୍ରିୟ ବୋଲି ମନେ କରେ । ସେ ନିର୍ବୋଧ ଅଟେ । ସେମିତି ତୁ ନ ଡାକିଥିଲେ ସୁଦ୍ଧା! ମୁଁ ବଲେ ବଲେ ତୁମ ଘରକୁ

(ତୋ ପାଖକୁ) ଆସିଛି ଓ ତୁ କିଛି ନ କହିଲେ ମଧ ମୁଁ ତୋତେ ବହୁତ କଥା ପଚାରୁଛି । ସେଥିପାଇଁ ତୁ ମୋତେ ନିର୍ବୋଧ ମନେ କରିବା ଅସମୀଚୀନ ନୁହେଁ ।

ଏହାଦ୍ୱାରା ତୁ କହିପାରୁ ମୁଁ ତୋ ବ୍ୟକ୍ତିଗତ ସ୍ୱାଧୀନତା ଉପରେ ହସ୍ତକ୍ଷେପ କରୁଛି । ଅବଶ୍ୟ ମୁଁ ଜଣେ ସାମ୍ୟାଦିକ ନୁହେଁ କିମ୍ବା ତୁ ଗୋଟିଏ ଚର୍ଚ୍ଚିତ ବ୍ୟକ୍ତିତ୍ୱର ଅଧିକାରିଣୀ । ସାକ୍ଷାତକାର ବା 'ଇଣ୍ଟରଭ୍ୟୁ' ସାମ୍ୟାଦିକତାର ଏକ ଗୁରୁତ୍ୱପୂର୍ଣ୍ଣ ବିଭାଗ ତଥା ବିଭବ । ଘୋଡ଼ା ମୁହଁରୁ କଥା ଆଦାୟ ଭଳି ଚର୍ଚ୍ଚିତ ବ୍ୟକ୍ତିତ୍ୱଙ୍କ ମୁହଁରୁ ସତ ଉଗାଳିବା ପାଇଁ, ମିଛ ଅର୍ଦ୍ଧସତ୍ୟ ସହ ସତ୍ୟର ଆମ୍ନା-ସାମ୍ନା ପାଇଁ ଏହା ଏକ ଅବକାଶ । ତେବେ ସାମ୍ୟାଦିକତାରେ ଏକ ଆୟୁଧ ଭାବେ ସାକ୍ଷାତକାରର ପ୍ରୟୋଗ ନେଇ କିଛି ଆପତ୍ତି ମଧ ରହିଛି । କେତେକେ ପ୍ରାଚୀନ ସଂସ୍କୃତିରେ କୌଣସି ବ୍ୟକ୍ତିଙ୍କ ଫଟୋ ତୋଳିବା କିମ୍ବା ତାଙ୍କ ରୂପର ଚିତ୍ର ଆଙ୍କିବା ସମ୍ପୃକ୍ତ ବ୍ୟକ୍ତିଙ୍କ ଆତ୍ମାର ଚୋରି ବୋଲି ବିଚାର କରାଯାଉଥିଲା । ସେହି ପ୍ରାଚୀନ ସଂସ୍କୃତିର ଆଧାରରେ ଅନେକ ସୃଜନଶୀଳ ଲେଖକ, ଦାର୍ଶନିକଙ୍କ ମତ ହେଲା ସାକ୍ଷାତକାର ଜଣେ ବ୍ୟକ୍ତିର ବ୍ୟକ୍ତିଗତ ଜୀବନ ଓ ବିଚାର ଉପରେ ଅହେତୁକ ହସ୍ତକ୍ଷେପ । ସାକ୍ଷାତକାର ବିରୋଧରେ ଏ ପ୍ରକାର ମତର ଜଣେ ଅଧିବକ୍ତା ହେଲେ ସାହିତ୍ୟରେ ନୋବେଲ ପୁରସ୍କାର ବିଜେତା ଜି.ଏସ୍. ନାଇପଲ । ନାଇପଲଙ୍କ ମତରେ ସାକ୍ଷାତକାର ଦ୍ୱାରା ଜଣେ ବ୍ୟକ୍ତିର ନିଜସ୍ୱ ସତ୍ତା ଆଂଶିକ ଭାବେ ହରଣ କରି ନିଆଯାଏ । ସାକ୍ଷାତକାର ସମ୍ପର୍କରେ ନାଇପଲଙ୍କ ମତ ସହ ପ୍ରଖ୍ୟାତ ଲେଖକ ଏଚ୍.ଜି. ୱେଲ୍ସ ଏବଂ ରୁଡ୍ୟାର୍ଡ କିପ୍ଲିଙ୍ଗଙ୍କ ମତ ଅନେକ ପରିମାଣରେ ମେଳଖାଏ । ତେବେ କୌତୁହଲର ବିଷୟ ହେଲା-ୱେଲ୍ସ ଓ କିପ୍ଲିଙ୍ଗଙ୍କ ସାକ୍ଷାତକାର ଦେବାରେ କୁଣ୍ଠା ଥିଲେ ବି ଏ ଦୁହେଁ ଅନେକ ପ୍ରମୁଖ ବ୍ୟକ୍ତିଙ୍କ ସହ ସାକ୍ଷାତକାରରେ ସାକ୍ଷାତକାରୀ ଭୂମିକା ନିର୍ବାହ କରିଛନ୍ତି । କିପ୍ଲିଙ୍ଗ ବିଶିଷ୍ଟ ମାର୍କିନ ଉପନ୍ୟାସକାର ମାର୍କଟ୍ୱାଇନଙ୍କ ସାକ୍ଷାତକାର ନେଇଥିବା ବେଳେ ୱେଲ୍ସଙ୍କ ପାଇଁ ସାକ୍ଷାତକାରର ବ୍ୟକ୍ତିତ୍ୱ ଥିଲେ ରୁଷ୍ ଜନନାୟକ ଯୋସେଫ ସ୍ତାଲିନ । ବିବାଦ ନିର୍ବିଶେଷରେ ଏକଥା ସ୍ୱୀକାର କରିବାକୁ ହେବ ଯେ ସତ୍ୟ ଉଦ୍‌ଘାଟନ ଲକ୍ଷ୍ୟରେ ଯଦି ସାମ୍ୟାଦିକତା ଏକ ଆଧ୍ୟାମିକ କସରତ ହୁଏ ତେବେ ସାକ୍ଷାତକାର ସତ୍ୟ ପର୍ଯ୍ୟନ୍ତ ପହଞ୍ଚିବା ପାଇଁ ଏକ ବଳିଷ୍ଠ ମାଧ୍ୟମ । ଗାନ୍ଧିଜୀ ୧୯୧୫-ରେ ଦକ୍ଷିଣ ଆଫ୍ରିକାର ଫିନିକ୍ସରୁ ଫେରିବା ବେଳେ ସେଠାରେ "ଇଣ୍ଡିଆନ ଓପିନିଅନ"ର କାର୍ଯ୍ୟଭାର ସମ୍ଭାଳୁଥିବା ତାଙ୍କ ଦ୍ୱିତୀୟ ପୁତ୍ର ମଣିଲାଲଙ୍କୁ ସମ୍ପାଦକର କର୍ତ୍ତବ୍ୟ ସମ୍ପର୍କରେ କହିଥିଲେ- ଯାହା ସତ୍ୟ ତାହାହିଁ ତୁମେ ଇଣ୍ଡିଆନ ଓପିନିଅନରେ ଲେଖିବା ଉଚିତ୍ । ତୁମେ କେବେ ଅବିନୀତ, ଅଶିଷ୍ଟ ହେବ ନାହିଁ ଓ କ୍ରୋଧ କରିବ ନାହିଁ । ଶବ୍ଦ ପ୍ରୟୋଗରେ ସଂଯମୀ ହେବ । ଯଦି କୌଣସି ତ୍ରୁଟିକର ତେବେ ତାକୁ ସ୍ୱୀକାର କରିବାକୁ ଦ୍ୱିଧା କରିବ ନାହିଁ । ସତୀ, ମୁଁ ଜଣେ ସାମ୍ୟାଦିକ ନୁହେଁ କିମ୍ବା ତୁ ସମ୍ପାଦକ ମଧ ନୁହେଁ । ତଥାପି ସମ୍ପାଦକ ଭାବରେ ତୁ ପ୍ରକୃତ ସତକଥା ପ୍ରକାଶ କରିବା ଉଚିତ ସେଥିଲାଗି ତୁ ସତକଥା କହିବୁ । ତୋତେ ମୁଁ ଯେଉଁ କଥା ପଚାରୁଛି ଏହା ତୋ'ର ସମ୍ପୂର୍ଣ୍ଣ ବ୍ୟକ୍ତିଗତ ବ୍ୟାପାର । ଏକଥା ପଚାରିବା ଦ୍ୱାରା ମୁଁ ତୋ' ବ୍ୟକ୍ତି ସ୍ୱାଧୀନତା ଉପରେ ହସ୍ତକ୍ଷେପ କରୁଛି ବୋଲି ତୁ ଭାବୁଥିବୁ । ତୋ' ଅନ୍ତର ଭିତର କଥା ଓ ହୃଦୟର ଭାବନାକୁ ଜାଣିବାର ମୋର କୌଣସି ନୈତିକ ଅଧିକାର ନାହିଁ । ସେଥିଲାଗି ସେ କଥା ତୋତେ ପଚାରିବା ମୋର ଅନୁଚିତ । ତଥାପି ତୋ'ର ବାଲ୍ୟ ସଙ୍ଗିନୀ ଓ ଅନ୍ତରଙ୍ଗ ବାନ୍ଧବୀ ଭାବରେ ଏବଂ ଆମମାନଙ୍କ ମଧରେ ଥିବା ଘନିଷ୍ଠତା, ନିବିଡ଼ତା ଦୃଷ୍ଟିରୁ ମୁଁ ତୋତେ ସେ କଥାଟି ପଚାରୁଛି । ତୁ ମନରେ ଅନ୍ୟ ପ୍ରକାର କିଛି ଭାବିବୁ ନାହିଁ ।

ସୁନି ଛାତିରେ ମୁହଁଗୁଞ୍ଜି ସତୀ ବାଷ୍ପାକୁଳ କଣ୍ଠରେ କେବଳ କହିଲା 'ସୁନି' । ସତୀର ପିଠି ଆଉଁଶି ସୁନି ପଚାରିଲା "ସତୀ ତେବେ ମୋ ଅନୁମାନ... ?"

ସୁନି ଛାତିରୁ ମୁହଁ ନ ଉଠାଇ ତଳକୁ ଦୃଷ୍ଟି ରଖି ସତୀ ମୁଣ୍ଡ ହଲାଇ ମାନିଗଲା । ଆଉ କଅଁଲା ପିଲାଟି ଭୟଭୀତ

ହୋଇ ମା' କୋଳକୁ ଶ୍ରେଷ୍ଠ ନିରାପଦ ଆଶ୍ରୟ ସ୍ଥାନ ମଣି ମା'କୁ ଆଦରି ନେଲାପରି ସୁନି ଛାତିରେ ସତୀ ନିଜକୁ ସମ୍ପୂର୍ଣ୍ଣ ଭାବରେ ହଜାଇ ଦେଲା ଅନେକ ସମୟ ପାଇଁ ।

ସେଦିନ ସେମାନେ ଡେରିରେ ଘରକୁ ଫେରିଥିଲେ ।

ସତୀ ଯେଉଁ କଥା ଜାଣିବା ପାଇଁ ବ୍ୟସ୍ତ ହୋଇ ପଡ଼ୁଥିଲା, ବ୍ୟଗ୍ର ହୋଇ ଉଠୁଥିଲା ଯାହାଙ୍କ ପରିଚୟ ବୁଝିବା ଲାଗି । ଯେଉଁ କଥା ଶୁଣିବାକୁ ସେ ଇଚ୍ଛୁକ ଥିଲା, ଯାହାଙ୍କ ବିଷୟରେ କିଛି ନଜାଣି ସେ ଲକ୍ଷ୍ୟହୀନ ଭାବରେ ଘୁରି ବୁଲୁଥିଲା ତାଙ୍କୁ କେନ୍ଦ୍ର କରି ତାଙ୍କ ଚତୁଃପାର୍ଶ୍ୱରେ । ଯାହାଙ୍କ ସମ୍ବନ୍ଧରେ ଜ୍ଞାତ ହେବା ଲାଗି ସେ ବ୍ୟାକୁଳ ହେଉଥିଲା । ଅଥୟ ହୋଇଉଠୁଥିଲା ଯାହାଙ୍କ ସମ୍ପର୍କରେ ଖବର ରଖିବା ଲାଗି । ତାଙ୍କର ପରିଚୟ ତାକୁ ଆମ୍ୟ ସନ୍ତୋଷ ଦେଇ ପାରିଲା ନାହିଁ । ଯେଉଁ ଅପରିଚିତକୁ ଲକ୍ଷ୍ୟ ରଖି ସେ ଅଗ୍ରସର ହେଉଥିଲା ତା' ଗନ୍ତବ୍ୟ ପଥରେ ଲକ୍ଷ୍ୟ ସ୍ଥଳରେ ପହଞ୍ଚିବା ଲାଗି । ଇଚ୍ଛା ପୂରଣ ସକାଶେ, ଲକ୍ଷ୍ୟ ହାସଲ କରିବାର ଆବେଗରେ ସେ ଆମ୍ଭହରା ହୋଇ ପଡ଼ୁଥିଲା ବେଳେ ତାଙ୍କ ପରିଚୟ ତା' ପାଇଁ ସୁଖପ୍ରଦ ନ ହୋଇ ବରଂ ତାକୁ ଅନିଶ୍ଚିତତା ଭିତରକୁ ଠେଲିଦେଲା । ତାଙ୍କ ପରିଚୟ ଶୁଣି ସାରିଲା ପରେ ସେ ଖୁସି ହୋଇ ପାରିନଥିଲା ବରଂ ଦୁଃଖର ଭାର ବଢ଼ିଗଲା ପରି ଅନୁଭବ କରୁଥିଲା । ତାଙ୍କ ପରିଚୟ ପାଇ ସେ ଆନନ୍ଦିତ ହେବା ପରିବର୍ତ୍ତେ ବ୍ୟଥାରେ ବ୍ୟଥିତ ଓ ବେଦନାରେ ମ୍ରିୟମାଣ ହୋଇ ପଡ଼ିଲା । ତାଙ୍କ ପରିଚୟ ଅଜଣା ଥିଲା ବେଳେ ମନର ଦ୍ୱନ୍ଦ ପରିଚୟ ଜାଣି ସାରିଲା, ଉତ୍ତାରୁ (ପରେ) ଯନ୍ତ୍ରଣାକୁ ରୂପାନ୍ତରିତ ହୋଇଗଲା । ଜାଣିବା ଲାଗି ବ୍ୟାକୁଳତା, ଜାଣିବା ପରେ ବ୍ୟଥାରେ ପରିଣତ ହେଲା । ଜାଣିବାର ଜିଜ୍ଞାସା, ଜାଣିପାରିବାର ସଫଳତାର ଉଲ୍ଲାସରେ ବିଭୋର ନ ହୋଇ ବରଂ ତା' ମନର ସରସତାକୁ ନଷ୍ଟ କରିଦେଲା । ତାଙ୍କ ପରିଚୟ ପାଇ ସେ ନିଶ୍ଚିତ ହୋଇ ରହି ପାରିଲା ନାହିଁ । ଅଧିକନ୍ତୁ ପୂର୍ବାପେକ୍ଷା ଅଧିକ ମାତ୍ରାରେ ଚିନ୍ତାରେ ବ୍ୟଥିତ ହେଲା । ଯନ୍ତ୍ରଣାରେ ଜର୍ଜରିତ ହୋଇପଡ଼ିଲା ପରିଚୟ ଅଜଣା ଥିବା ସମୟ ଅପେକ୍ଷା ପ୍ରବଳତର ଭାବରେ ।

ମନର ଶାନ୍ତି ଭଙ୍ଗ ହେଲା । ପ୍ରାଣର ସରସତା ନଷ୍ଟ ହେଲା । ଉଭେଇ ଗଲା ଆନନ୍ଦ ପଣିଆର ଉଲ୍ଲାସ ଭାବ । ମୃତ୍ୟୁ ଲଭିଲା ହୃଦୟର ପ୍ରଫୁଲ୍ଲତା । ଆମ୍ୟାର ସରାଗ ବିଲୁପ୍ତ ହେଲା । ଅନ୍ତରର ଆଗ୍ରହ ବିଲୀନ ହେଲା ସ୍ୱଇଚ୍ଛାରେ । ଆବେଗର ପ୍ରବାହ ଶୁଖିଗଲା ମରୁନଦୀର ଜଳଧାର ପରି । ସେ ବିବ୍ରତ ହେଲା । ଘାରି ହେଲା ସନ୍ତାପରେ । ଚିନ୍ତିତ ହେଲା କଣ୍ଟିତ ଯୋଜନାର ଭବିଷ୍ୟତକୁ ନେଇ । ଭାଙ୍ଗି ପଡ଼ିଲା ଲକ୍ଷ୍ୟ ପୂରଣ ନ ହୋଇ ପାରିବାର ହତାଶରେ । ଭାସ୍ତି ବୁଲିଲା ନିରାଶାର ଢେଉରେ ଭରସାର କୌଣସି ରାହା ନପାଇ । ବୁଡ଼ିଗଲା ଅନିଶ୍ଚିନ୍ତତାର ଅଗାଧ ଜଳ ରାଶିରେ କାହାରିଠାରୁ କୌଣସି ପ୍ରକାର ସାହାଯ୍ୟ ପାଇବାର ସୁରାକ ନଦେଖି । ଆଶା ପାଲଟି ହେଲା ଆଶଙ୍କା । ଆଶଙ୍କା ମନରେ ଭରି ଦେଲା ଶଙ୍କା । ଶଙ୍କା–ଭୟକୁ ଜାଗ୍ରତ କରାଇଲା । ସେ ଆପେ ଆପେ ଭୟଭୀତ ହୋଇପଡ଼ିଲା । କଳ୍ପନାର କଳିକାଟି ପ୍ରସ୍ଫୁଟିତ ହେବା ପୂର୍ବରୁ ମଉଳି ଗଲା ଭରସାର କୌଣସି ପ୍ରକାର ଆଭାସ ନପାଇ । ସାହାଯ୍ୟର ପ୍ରତିଶ୍ରୁତି ସେ ଖୋଜି ପାଉନଥିଲା କାହାରିଠାରୁ । ସେ ବିଶ୍ୱାସ ହରାଇ ବସୁଥିଲା ନିଜଉପରୁ । ନିଜ ସାମର୍ଥ୍ୟ ଉପରୁ । ନିଜ ଭାଗ୍ୟ ଉପରୁ । ତା' ଚାରି ପଟରେ ତାକୁ ଘେରି ରହିଥିବା ସହାୟତା ପ୍ରଦାନକାରୀଙ୍କ ଉପରୁ । ଭଗବାନଙ୍କଠାରୁ । ବିଶ୍ୱ ନିୟନ୍ତାଙ୍କ ଉପରୁ । ଏପରିକି ସେ ଠାକୁରଙ୍କ ପ୍ରତି ବାରିରେ ଦର୍ଶନ କରିବାକୁ ଆସୁଥିବା ଧବଳେଶ୍ୱରଙ୍କ ଉପରୁ ମଧ ।

ତଥାପି ଏତେ ଦୁର୍ଭାବନା, ହତାଶା, ନିରାଶା, ଅନୁଶୋଚନା, ବ୍ୟଥା, ବେଦନା ଓ ଯନ୍ତ୍ରଣା ଭିତରେ ତାକୁ ଗୋଟିଏ କଥା ଭଲ ଲାଗୁଥିଲା ତାଙ୍କ ନାଁଟି– ଅଧର । ଏ ନାଁଟିକୁ ଯଦିଓ ସେ ପ୍ରଥମ ଥର ସୁନିଠାରୁ ଶୁଣିଲା । ତଥାପି ଏ ନାଁ ତାକୁ ପୂର୍ବ ପରିଚିତ ପରି ଜଣା ଯାଉଥିଲା । ଅତି ଆପଣାର ଭଳି ଲାଗୁଥିଲା । ନିଜର ପରି ମନେ ହେଉଥିଲା । ଏନାଁଟିକୁ ବହୁତ ଆଗରୁ ଶୁଣିଥିଲା ପରି ତାକୁ ବୋଧ ହେଉଥିଲା । ଯେମିତି ଏ ନାଁ ସହିତ ତା'ର ଯୁଗ ଯୁଗର, ଜନ୍ମଜନ୍ମର

ସମ୍ବନ୍ଧ ଅଛି । ରହିଛି କାଳ କାଳର ସମ୍ପର୍କ । ଆଉ ଅନୁଭବ କରୁଥିଲା ଏ ନାଁଟି ସହିତ ତା'ର ଆମ୍ନିୟତା ରହିଛି । ଅନେକ ଦିନରୁ ଏ ନାଁଟି ସହିତ ସେ ପରିଚିତ, ଅଭ୍ୟସ୍ତ, ସମ୍ପର୍କିତ । ଏ ନାଁ ତା'ର ଚିହ୍ନା ଜଣା, ଜଣାଶୁଣା । ତାଙ୍କୁ ଲାଗୁଥିଲା ଯେପରି ଏ ନାଁଟି ସଂସାର ସାରା ସବୁ ନାମର ସାରାଂଶ ବହନ କରିଛି । ସବୁ ନାମ ଠାରୁ ଶ୍ରେଷ୍ଠତର, ଗରିଷ୍ଠତମ, ଉତ୍କୃଷ୍ଟତର । ଏ ନାମର ସାର୍ଥକତା କାହିଁରେ କେତେ । ଏ ନାମରେ ସଫଳତାର ସମ୍ଭାବନା ଭରି ରହିଛି ଯେପରି । ସତୀଙ୍କୁ ସେ ନାମଟି ଭାରି ଭଲ ଲାଗିଲା । ଭଲ ନ ଲାଗିବ କେମିତି ? ପସନ୍ଦ ନ ହେବ କିପରି ? କିଭଳି ତାଙ୍କୁ ସୁଖ ପ୍ରଦାନ କରିବ ନାହିଁ । ଶାନ୍ତି ପ୍ରଦାନ ନ କରିବ ? ଯେତେ ହେଲେ ତା' ମନ ମଣିଷର ନାଁଟି ଯେ, ତା' ପ୍ରିୟତମର ନାମ । ଆପଣା ପୁରୁଷର ନାମ । ପ୍ରାଣ ବନ୍ଧୁଙ୍କ ନାମ । ନାମ ତା' ପରାଣ ମିତଙ୍କର । ହୃଦୟର ଦେବତାଙ୍କର । ଅନ୍ତରର ଅନ୍ତରତମଙ୍କର । ତା' ତନୁ, ମନ, ଯୌବନ ଜୀବନର ଠାକୁରଙ୍କର ନାମ ।

ଯେଉଁ ଭାଗ୍ୟ ତାକୁ ସର୍ବଦା ଉପେକ୍ଷା କରି ଆସିଛି । ଯେଉଁ ଭଗବାନ ତାକୁ କୌଣସି ସୁଯୋଗ ଦେଇ ନାହାନ୍ତି । ତାକୁ ଘେରି ରହିଥିବା ତା' ଚାରିପଟର ସହାୟକମାନେ ତାକୁ ଆଗକୁ ଯିବା ପାଇଁ କୌଣସି ପ୍ରକାର ସାହାଯ୍ୟ କରି ପାରିନାହାନ୍ତି । ନିଜ ସାମର୍ଥ୍ୟ ଯାହାକି ତାକୁ ଉନ୍ନତି ପଥରେ ଅଗ୍ରସର ହେବାକୁ କିଛି ବି ସହାୟତା ଯୋଗେଇ ଦେଇନି । ସେମାନଙ୍କ ଉପରେ ସେ କି ପ୍ରକାର ଆସ୍ଥା ରଖିପାରିବ ? କି ରକମର ଭରସା ପାଇ ପାରିବ ସେମାନଠୁ ? କି ବିଶ୍ୱାସ ଥାଇିବ ସେମାନଙ୍କ ପ୍ରତି ? କେବଳ ଦୁର୍ଭାଗ୍ୟର କଷାଘାତରେ, ଦୁର୍ଯୋଗର ପ୍ରତିରୋଧ ଦ୍ୱାରା ସେ ଜର୍ଜରିତ ହେଉଛି ପ୍ରତି ପଦକ୍ଷେପରେ । ସବୁ କ୍ଷେତ୍ରରେ । ପ୍ରତ୍ୟେକ ସ୍ତରରେ ସେ ଅବହେଲାର ଶିକାର ହୋଇଛି । କିଛି କରିବାକୁ କିମ୍ବା କିଛି ବି ହେବାକୁ ସେ କେବେ ହେଲେ ସୁଯୋଗ ପାଇନାହିଁ ଏ ପର୍ଯ୍ୟନ୍ତ । ସେଥିଲାଗି ନୀତିବାଣୀ ଅଛି– ତୁମକୁ ବାଧା ଦେଉଥିବା ପ୍ରତିଟି କାରଣ ତୁମ ହିତରେ । କାରଣ ତାହା ଦ୍ୱାରା ତୁମର ସାମର୍ଥ୍ୟ ବଢ଼େ । ସେଥିପାଇଁ ସେ ଭଗବାନଙ୍କୁ ଜଣାଏ– ପ୍ରଭୋ ମୋର ଏ ଜନ୍ମ ଦ୍ୱାରା ତୁମର କେଉଁ ଉଦ୍ଦେଶ୍ୟ ସାଧିତ ହେବ ମୁଁ ଜାଣେନା । ତେଣୁ ନିରନ୍ତର ମୋ' ସହିତ ଉପସ୍ଥିତ ରହି ତୁମ ଲକ୍ଷ୍ୟପୂରଣ କରିବାର ବାଟ ମୋତେ ବତେଇ ଦିଅ । ତୁମେ ତ ମଙ୍ଗଳମୟ । ଆଉ ତୁମେ ଯାହାକର ତାହା ସବୁ ପ୍ରାଣୀଙ୍କ ମଙ୍ଗଳ ପାଇଁ । ତେଣୁ କେବଳ ତୁମର ଇଚ୍ଛା ହିଁ ପୂରଣ ହେଉ ।

ବିଧାତା ଯେତେବେଳେ ଆମ ଦେଶ ଭାରତକୁ ସୃଷ୍ଟି କଲେ, ତାକୁ ସବୁଠୁ ଭଲ ଜିନିଷ ଦେଲେ କିନ୍ତୁ ତା' କପାଳରେ ଲେଖିଦେଲେ 'ବିବାଦ' । ଏ କଥା ଲେଖିଥିଲେ ପ୍ରସିଦ୍ଧ ବଙ୍ଗୀୟ ଉପନ୍ୟାସିକ ବଙ୍କିମ ଚନ୍ଦ୍ର । ସେଇ ଦିନଠୁ ଏ ଦେଶରେ ସବୁ ସ୍ତରରେ ପ୍ରତି କ୍ଷେତ୍ରରେ ବିବାଦ ଲାଗି ରହିଛି । ସେମିତି ଯେତେବେଳେ ଭଗବାନ ସତୀକୁ ଜନ୍ମ ଦେଲେ । ସେତେବେଳେ ତାକୁ ସୁନ୍ଦର ରୂପ, ଭଲ ଗୁଣ, ଉତ୍ତମ ସ୍ୱାଭାବ, ସାଂସ୍କାରିତ ଚାଲି, ଚଳନ, ପ୍ରଶଂସନୀୟ ଢଙ୍ଗ, ରଙ୍ଗ, ଆକର୍ଷଣକାରୀ ଆଚାର, ଆଚରଣ ଓ ସଠିକ ବ୍ୟବହାର ଆଦିରେ ଉତ୍କୃଷ୍ଟତର କରିଥିଲା । ବେଲେ ତା' ଭାଗ୍ୟରେ ଲେଖି ଦେଇଥିଲେ ଦୁଃଖିନୀ । ରାତିର ଅନ୍ଧାରକୁ ଠେଲି ଦେଇ ପୂର୍ବ ଆକାଶରେ ସୂର୍ଯ୍ୟ ଯେତେ ଦର୍ପରେ ସକାଳୁ ଉଦୟ ହୋଇ ଆସିଲେ ବି ଅନ୍ଧାର ଲାଗିପଡ଼ି ତାକୁ ବିଦା କରି ପୁଣି ରାଜୁତି କରେ । ଏଇଟା ସବୁ ଦିନର ଖେଳ । ପ୍ରତି ଦିନର ଯୁଦ୍ଧ । ଆଲୋକ–ଅନ୍ଧାର ଯୁଦ୍ଧରେ ସବୁବେଳେ ଅନ୍ଧାର ଜିତିଛି । ଆଲୁଅ–ଅନ୍ଧାରର ଲଢ଼େଇ ପରି ସତୀ ଯେତେ ଉଦ୍ୟମ କଲେ ମଧ ତା' ଭାଗ୍ୟରେ ସବୁବେଳେ ଦୁଃଖର ବିଜୟ ହୋଇଛି । ସେ ଅକ୍ଲାନ୍ତ ଚେଷ୍ଟା କରି ଦୁଃଖକୁ ତଡ଼ି ଦେଲେ ସୁଧା ଦୁଃଖ ସବୁବେଳେ ସୁଖକୁ ଠେଲିପେଲି ତା' ଭାଗ୍ୟ ଆକାଶରୁ ହଟାଇ ଦେଇ ନିଜେ ନିଷ୍କଣ୍ଟକ ରାଜୁତି କରି ଚାଲିଛି । ଆଜିବା କିପରି ସେ ଭାଗ୍ୟର ସମର୍ଥନ ପାଇବା ପାଇଁ ଆଶା ରଖି ପାରିବ । ଯେଉଁ ଭାଗ୍ୟରେ କେବଳ ଦୁଃଖ ଭୋଗିବା ଲାଗି ଲେଖା ହୋଇଛି । ସେହି ଭଗବାନଙ୍କ ଉପରେ କିପରି ସେ ଭରସା କରିପାରିବ ? ଯେଉଁ ଭଗବାନ ତାକୁ ଦୁଃଖିନୀ କରି ସୃଷ୍ଟି କରିଛନ୍ତି । ଆମକୁ ଯାହାବି ମିଳିଛି, ତାହା ଈଶ୍ୱରଙ୍କ ନିର୍ମଳ

ସ୍ନେହରେ କିଛି ପାଇବାର ଆଶା ନଥାଏ । ଅଲୌକିକତା । ତେଣୁ ଈଶ୍ୱରଙ୍କ ଉପରେ ଅସନ୍ତୁଷ୍ଟ ନ ହୋଇ ତାଙ୍କ ପ୍ରତି କୃତଜ୍ଞ ରହ । ବିଶ୍ୱାସକୁ ନେବ ତା' ଚାରିପାଖର ସହାୟକମାନଙ୍କୁ କିମ୍ବା ନିଜ ସାମର୍ଥ୍ୟକୁ କିପରି ସେ ପରତେ ଯିବ ? ଠାକୁରଙ୍କ ପାଖରେ ତା'ର ଗୁହାରି ବାରମ୍ବାର (ଅନେକ ଥର) ବ୍ୟର୍ଥ ହୋଇଛି । ଗୁରୁଜନମାନଙ୍କ ଆଶୀର୍ବାଦ ତାକୁ ସଫଳ ହେବା ପାଇଁ କେବେ ସାହାଯ୍ୟ ପ୍ରଦାନ କରିବାକୁ ସମର୍ଥ ହୋଇନି । ସେ କେବଳ କୁହୁଲି କୁହୁଲି ଜଳି ଚାଲିଛି । ହେତୁ ହେବା ଦିନୁ ସେ କେବେ ଶାନ୍ତି ପାଇନାହିଁ । ସୁଖ ପାଇନି । ଆନନ୍ଦ ମିଳିନି ତାକୁ । ସନ୍ତୁଷ୍ଟ ହୋଇ ପାରିନି ତା' ପ୍ରତି ବିଶ୍ୱ ନିୟନ୍ତାଙ୍କ ନିର୍ଦ୍ଧାରିତ ପ୍ରାପ୍ୟ ପାଇଁ । ଦୁଃଖୀ ଜୀବନର ଦୁଃଖର କଥା କାହା ଆଗେ କହି ହୁଏନାହିଁ କିମ୍ବା ସହି ହୁଏନି । କହିଲେ କିଏବା ଶୁଣିବ ? ତେଣୁ ନିରବରେ ସହିବା ବ୍ୟତୀତ (ଛଡ଼ା) ଅନ୍ୟ ଗତି ନାହିଁ । ଦୁଃଖତ ଜୀବନରେ ଅଛି । ସମସ୍ତଙ୍କ ଜୀବନରେ ଅଳ୍ପେ ବହୁତେ ରହିଛି । ସବୁବେଳେ ଦୁଃଖଦୁଃଖ ବୋଲି କହିଲେ ତ ଦୁଃଖ ଯିବ ନାହିଁ, ବରଂ ଅଧିକ କାୟାବିସ୍ତାର କରି ମାଡ଼ି ଆସିବ ।

କିନ୍ତୁ ଶାସ୍ତ୍ର ତ କହୁଛି "କାସ୍ୟ ଦୋଷଃ କୁଲେ ନାସ୍ତି ବ୍ୟାଧ୍ନା କେ ନପୀଡିନାଃ, ବ୍ୟସନଂ କେ ପ୍ରାପ୍ତ, କସ୍ୟ ସୌଖ୍ୟଂ ନିରନ୍ତରମ ।" କାହାର କୁଳରେ ଦୋଷ ନାହିଁ । ଏପରି କିଏ ଅଛି ଯାହାକୁ ରୋଗ କଷ୍ଟ ଦିଏ ନାହିଁ । ଦୁଃଖ କିଏ ନ ପାଇଛି ? ସଦାସର୍ବଦା ସୁଖୀ କିଏ ରହିଛି ? ଆହୁରି ମଧ୍ୟ ଅନେକ ସମୟରେ ଦୁଃଖର ଆରମ୍ଭ କେଉଁଠି ? ଶେଷ କେବେ ତାହା ସ୍ଥିର କରି ହୋଇନଥାଏ । ଏହାର ପ୍ରତିକାର ରାସ୍ତା ମଧ୍ୟ ସେହି ସମୟରେ ମିଳି ନଥାଏ । ଠିକ୍ ସେହିପରି ଉଆଁସ ରାତିରେ ଜହ୍ନ ଉଦୟ ହେବା ଅସମ୍ଭବ । ସୁଖରେ ସମୟ କାଟୁଥିବା ବେଳେ ଦୁଃଖ ବିଷୟରେ ଭାବିବାକୁ ମଧ୍ୟ କାହା ପାଖରେ ସମୟ ନଥାଏ । ଯେତେବେଳେ କିନ୍ତୁ ଦୁଃଖ ପରିସ୍ଥିତି ଚାଲିଥାଏ ସେ ସମୟରେ ଏହା କାହିଁକି ହେଲା, ଏହାର କାରଣ ଖୋଜିବାକୁ ଅଧିକାଂଶ ଲୋକ ଲାଗି ପଡ଼ନ୍ତି । ଦୁଃଖ କେବେ କହି କରି ଆସେ ନାହିଁ କିମ୍ବା ସୁଖ କଦାପି ଯିବା ପୂର୍ବରୁ (କୌଣସି) ଇଙ୍ଗିତ ଦିଏ ନାହିଁ । "ଅପ୍ରାର୍ଥିତାନି ଦୁଃଖାନି ଯଥା ବାୟନି ଦେହିନଂ ସୁଖାନ୍ୟପି ତଥା ମନ୍ୟଦୈନ୍ୟ ମତ୍ରାତିରିଚ୍ୟତେ ।" ଦୁଃଖ କେହି କେବେ ନ ମାଗିଲେବି ତା କୁଢେଇ ହେଲା ପରି ପଡ଼ିଥାଏ । ସୁଖ ମାଗ କି ନ ମାଗ, ଦୁଃଖ ଆପେ ଆସିଲା ପରି ତା ବାଟରେ ଆସିବ ହଁ ଆସିବ । ମାଗିବା ଦ୍ୱାରା ନିଜର ଦୀନତା, ଛୋଟ ଲୋକୀ ସ୍ୱାଭାବ ଯାହା ପ୍ରକାଶ ପାଏ ତଥାପି ମଧ୍ୟ ସ୍ୱାର୍ଥ ଓ ବିଷୟ ନିଶାରେ, ବିଷୟ ଜର୍ଜରିତ ଜୀବ ବଞ୍ଚା ବଞ୍ଚିରେ ଘାରିସାରି ହେଉଥାଏ । ତୁମେ ବଞ୍ଚ କି ନ ବଞ୍ଚ, ମାଗ କି ନ ମାଗ ତୁମକୁ ଯାହା ମିଳିବାର ଥିବ ମିଳିବ । ମନୁଷ୍ୟକୁ ହିଁ ସେତିକି ସଚେତନ ହେବାକୁ ପଡ଼େ ଯେ କେଉଁ ସମୟରେ ପରିସ୍ଥିତିର ମୁକାବିଲା କିଭଳି ଉପାୟରେ କରିବା ଦରକାର । ତା' ନ କରି ଏହା କାହିଁକି ହେଲା । ସେ ସଂକ୍ରାନ୍ତରେ ତର୍ଜମା କରିବା ମୂର୍ଖାମି ଅଟେ ।

ସତୀ ଭାରୁଥିଲା ସେ ତାଙ୍କ ଘରର ବଡ଼ପିଲା । ବାପା, ମା'ଙ୍କର ପ୍ରଥମ ଜନ୍ମିତ ସନ୍ତାନ । ସେହି ଦୃଷ୍ଟିରୁ ସେ ସେମାନଙ୍କଠାରୁ ତଥା ତାଙ୍କ ପରିବାର ପାଖରୁ ଅନ୍ୟମାନଙ୍କ ତୁଳନାରେ ଯଥେଷ୍ଟ ଅଧିକ ସ୍ନେହ, ଶ୍ରଦ୍ଧା ତଥା ଆଦର ପାଇଛି । ସମସ୍ତ ପ୍ରକାର ସୁବିଧା ସୁଯୋଗ ହାସଲ କରିପାରିଛି । ମାତ୍ର ପରିବାରର ଆର୍ଥିକ ଉନ୍ନତି ତଥା ଘର ଚଲାଚଲରେ ପରିବର୍ତ୍ତନ ଆସିବା ଦିଗରେ ତା'ର କୌଣସି ପ୍ରକାର ସାମାନ୍ୟତମ ଅବଦାନ ରହେ ନାହିଁ । ଝିଅଟିଏ ହୋଇଥିବାରୁ କୌଣସି ରକମ କାମ ପାଇଁ ସେ ଉପଯୁକ୍ତା ବିବେଚିତ ହୋଇପାରେନା । ସବୁ ପ୍ରକାର ଯୋଗ୍ୟତା ଥାଇସୁଦ୍ଧା ସେ କୋଉ କାମକୁ ଆସେ ନାହିଁ । ପିଲାବେଳେ ଭଲ ପଢ଼ୁଥିଲା । ଦୁର୍ଭାଗ୍ୟକୁ ଘରର ଆର୍ଥିକ ଅନାଟନ ପାଇଁ ସେ ପଢ଼ିବା ସୁଯୋଗରୁ ବଞ୍ଚିତା ହେଲା ବାଧ୍ୟ ହୋଇ । ସପ୍ତମ ଶ୍ରେଣୀରୁ ତା' ପାଠ ପଢ଼ାରେ ଡୋରି ବନ୍ଧା ହେଲା । ସେ ମାଇନର ପାସ୍ ପାଠ ବା କୋଉ କାମକୁ ଆସେ ନା କେଉଁ ପାଖକୁ ପାଏ କିମ୍ବା ବୁଝାଏ କୋଉ କଥାକୁ ? ହାଇସ୍କୁଲର ବାରଣ୍ଡା ମାଡ଼ିବା ତା' ପାଇଁ ସାତସପନ ହୋଇ ରହିଗଲା । ଘରେ ରହି ଘର ଆର୍ଥିକାବସ୍ଥାର ଉନ୍ନତି

ଆଣିବା ଲାଗି ସେ ଇଚ୍ଛା କରୁଥିଲେ ସୁଦ୍ଧା ସେଥିପାଇଁ କିଛି କରିପାରେନା । ସେ ମନ ବଳାଉଥିବା ଧନ୍ଦା ଲାଗି ତାଙ୍କ ପରିବାରରୁ ପ୍ରେରଣା ପାଏନାହିଁ । ତା'ର ଆଗ୍ରହର ଆବେଗ ପାଇଁ ପାରିବାରିକ ସମର୍ଥନ ନ ଥାଏ । ଝିଅଟିଏ କ'ଣ ବା କରିପାରିବ ? ଇୟେତ ସହର ବା ବଜାର ନୁହେଁ । ସେଠି ହୁଏତ ଝିଅମାନଙ୍କ ଲାଗି ରୋଜଗାରର କିଛି ଉପାୟ ଅଛି । କିନ୍ତୁ ନିରାଟ ମଫସଲ ଗାଁ, ଗହଳିର ନିପଟ ପଲ୍ଲୀ ଅଞ୍ଚଳର ଦରପାଟୋଇ ଝିଅଟିଏ ସେ ବା କି କାମ କରିପାରିବ ? ମା'କୁ ଘର କାମରେ କିଛି ମାତ୍ରାରେ ସାହାଯ୍ୟ କରିବା ବ୍ୟତୀତ, ରନ୍ଧାବଢ଼ା, ଘର ଓହଲାଇବା, ଲିପା ପୋଛା କାମ, ଘର ଲୋକମାନଙ୍କ ଲୁଗାପଟା ସଫା କରିବା, ଫଟା(ଚିରା) ଲୁଗାକୁ ସିଲାଇ କରିବା, ସଞ୍ଜରେ ବିଲ କାମରୁ ଫେରିଥିବା ବାପ, ଭାଇଙ୍କ ଗୋଡ଼ ମୋଡ଼ିଦେବା । ନିଜ ଘର ପଞ୍ଚପଟ ବାଡ଼ିରେ ଲଗା ହୋଇଥିବା ପରିବା ଗଛରେ ପାଣିଦେବା । ଏଇତ କାମ ଯାହା ଗୋଟିଏ ଅଶିକ୍ଷିତା ନିରକ୍ଷରା ଗାଉଁଲି ଝିଅ ଦ୍ୱାରା ଅନାୟାସରେ ହୋଇପାରିବ । ମାତ୍ର ସେ ରୂପ ପାଇଛି ରଜା ଝିଅ ପରି । ଗୁଣ ସମ୍ଭ୍ରାନ୍ତ ଘରର ଖାନଦାନି ପରିବାର ପିଲାଙ୍କ ଭଳି । କୁଲୀନ ବ୍ରାହ୍ମଣ ଝିଅଙ୍କ ସଦୃଶ ତା ସ୍ୱଭାବ । ତା'ର ଆଚାର ବ୍ୟବହାର ବୁନିଆଦି ସମ୍ପନ୍ନ କରଣ ଘରର ଝିଅମାନଙ୍କ ପରି । କିନ୍ତୁ ଜନ୍ମ ହୋଇଛି ନୀଚ ସମ୍ପ୍ରଦାୟରେ । ଛୋଟ ଜାତିରେ । କୈବର୍ତ କୁଳରେ । ଯେଉଁଠି ଗୁଣର ଆଦର ନାହିଁ । ଭଲ ସ୍ୱଭାବ ଯେଉଁଠି ମୂଲ୍ୟହୀନ । ଉତ୍ତମ ବ୍ୟବହାର ଯେଉଁଠି ଅଦରକାରୀ । ଉତ୍କୃଷ୍ଟ ଆଚାର ଯେଉଁଠି କେହି କେବେ ଖୋଜେନା । ଉନ୍ନତ ଭାବନା ଯେଉଁଠି ନିଜ ଲାଗି କ୍ଷତିକାରକ ହୋଇଥାଏ । ଉଚ୍ଚ ଚିନ୍ତାଧାରାକୁ ଯେଉଁଠି ବିଦ୍ରୁପ କରାଯାଏ । ସଚରିତ୍ରବତା ଯେଉଁଠି ପରିହାସର ବିଷୟବସ୍ତୁ ପାଲଟି ଯାଏ । ସଂଯମତା ଯେଉଁଠି ଉପହାସ ଶୁଣିବା ଲାଗି ପଥ ପରିଷ୍କାର କରିଥାଏ । ସୌନ୍ଦର୍ଯ୍ୟ ଯେଉଁଠି ଅଲୋଡ଼ା ପଚାଫଳ ପରି ଫିଙ୍ଗା ଯିବାର ପଦାର୍ଥ ସହିତ ସମାନ । ରୂପବତୀଙ୍କ ଭାଗ୍ୟରେ ଯେଉଁଠି ମଉଳା ଫୁଲର ଦଶା ଭୋଗିବାକୁ ପଡ଼େ । ଶିଷ୍ଟାଚାର ଲାଗି ବ୍ୟକ୍ତି ଯେଉଁଠି ହଇରାଣ ହରକତ ହୁଏ । ଅଙ୍ଗ ସୌଷ୍ଠବତା ଯେଉଁଠି କାମୁକ ପୁରୁଷମାନଙ୍କୁ ବଳାତ୍କାର ଲାଗି ଉସ୍ସାହିତ କରେ । ଦୋଷୀ ସାବ୍ୟସ୍ତ ଧର୍ଷଣକାରୀ ଯେଉଁଠି କ୍ଷମା ପ୍ରାର୍ଥନା କରି ଦୋଷମୁକ୍ତ ହୁଏ । ମାରାମ୍ନିକ ବଳାତ୍କାରିମାନେ ସାମାନ୍ୟଅର୍ଥ ଜୋରିମାନା ଦେଇ ଦଣ୍ଡ ଭୋଗରୁ ଖସିଯାଏ । ଜଘନ୍ୟ ଅପରାଧୀମାନେ ନିରାପଦରେ ବେପରବାୟ ଭାବରେ ଯେଉଁ ସମାଜରେ ରହିପାରନ୍ତି । ଭଦ୍ରାମୀ ମନୋବୃଭିଧାରୀ ଯେଉଁଠି ଅତ୍ୟାଚାର ଭୋଗେ । ଶିଷ୍ଟାଚାର ପ୍ରଦର୍ଶନ କାରୀ ଯେଉଁଠି ନିର୍ଯାତନାର ଶିକାର ହୁଏ । ଭଦ୍ର ଗୁଣଧାରୀ ଯେଉଁଠି ନପୁସକ (ଅଣପୁରୁଷ)ର ଆଖ୍ୟା ପାଏ । ସେହିଭଳି ପରିବେଶରେ ରହିବାକୁ ସେ ନିଜର ଅନିଚ୍ଛା ସତ୍ତ୍ୱେ ଏକ ପ୍ରକାର ବାଧ୍ୟ ହୋଇଛି । ଶତଚେଷ୍ଟାରେ ବି ଯେଉଁ କଦାକାର, କଦର୍ଯ୍ୟ, ଘୃଣିତ, ନିର୍ଯାତିତ, ପଙ୍କିଲ ପରିବେଶରୁ ସେ ମୁକ୍ତ ହୋଇ ପାରୁନାହିଁ । ଯେଉଁ ପରିସ୍ଥିତିରୁ ବାହାରି ଆସିବା ଲାଗି ସେ ବାଟ ଖୋଜି ନ ପାଇ ଉପାୟ ଶୂନ୍ୟ ହୋଇ ପଡ଼ିରହିଛି । ଏଇତ ତା'ର ଭାଗ୍ୟ ଆଉ ବିଶ୍ୱନିୟନ୍ତା ଭଗବାନଙ୍କର ତା' ପ୍ରତି ନ୍ୟାୟବିଧାନ ।

"ଛେଦଷ୍ଟନ ଚୂତ, ଚମ୍ପଲ ବନେ ରକ୍ଷା କବୀର ଦୁମେ, ହଂସା, ହଂସ, ମୟୂର, କୋକିଲ କୁଲେ କାଲେଷୁ ବଢ୍ୟାଦରଃ । ମାଙ୍କଡେନ ଖରକ୍ରୟଃ ସମତୁଲା କର୍ପୂର କାର୍ପାସୟୋ ରେଖାୟତ ବିଚାରଣୀ ଗୁଣିଗୁଣେ ଦୈଶାୟ ତ ସ୍ନେହନମ୍ଃ ।" ଚନ୍ଦନ, ଚମ୍ପା ଓ ଆମ୍ବ ଗଛକୁ ହଣାଯାଇ ବାଉଁଶ ଗଛକୁ ଯେଉଁଠି ରକ୍ଷା କରାଯାଏ । ହଂସ, ମୟୂର ଓ କୋଇଲିକୁ ହିଂସା କରାଯାଏ । କୃଆ ମାନଙ୍କୁ ଆଦର ଯେଉଁଠି ଥାଏ । ହାତୀ ବଦଳରେ ଗଧ ଯେଉଁଠି କିଣାଯାଏ, କର୍ପୂର ଓ ତୁଲାକୁ ଯେଉଁଠି ସମତୁଲ କରାଯାଏ । ଗୁଣି ଗଣଙ୍କର ଏପରି ବିଚାର ଯେଉଁଠି କରାଯାଏ । ସେହି ଦେଶକୁ ନମସ୍କାର, ଦଣ୍ଡବତ ।

ତା' ବାପ ସପନି, ତଳ ଭାଇ ସୁବଳ ପର ଘରେ ମୂଲ ଲାଗନ୍ତି । ବୋଉ (ମା) ମଝିଆ ଭଉଣୀ ଦୁହିଁକୁ ନେଇ ତା' ବାପା ଭାଗ ଚାଷକୁ ଆଣିଥିବା ଜମିକୁ ବେବୁଷଣ ସମୟରେ କାମକରେ । ବିଲ କାମ ସରିଗଲେ ତା' ବୋଉ

ବେପାର କରେ । କୈବର୍ତ୍ତ ଘରର ବୋହୂ ସେ । ସେ କରିଥାଏ କେଉଟୁଣୀର କର୍ମ । ମାଛ ଶୁଖୁଆ ବେପାର । ତାକୁ ବାହାରକୁ ଛାଡ଼ନ୍ତି ନାହିଁ । ଘରେ ରହି ଘର ଗୋଟାକର ସବୁକାମ ତାକୁ କରିବାକୁ ପଡ଼ିଥାଏ । ଭଉଣୀମାନଙ୍କ ସହିତ ବିଲ କାମ କରିବାକୁ କହିଲେ ବୋଉ ମନା କରେ । ତାକୁ ବିଲକୁ ଯାଇ କାମ କରିବାକୁ ବାରଣ କରି କହେ – "ଯେତେହେଲେ ତୁ ଘରର ବଡ଼ ପିଲା, ପରିବାରର ପ୍ରଥମ ସନ୍ତାନ ହୋଇ ଘରୁ ବାହାରକୁ ଗୋଡ଼ କାଢ଼ିବୁ ? ଶାଢ଼ି ପିନ୍ଧି ଯୁବା ବୟସରେ ବିଲ ବାଡ଼ିରେ କାମ କରିବୁ ? ତା' କେମିତି ହେବ ? ତୁ ବଡ଼ ଝିଅ ଘର ସମ୍ଭାଳେ । ଆମେ ଯାଉଛୁ ପଦା କାମକୁ ।"

ଘର କାମ ତାକୁ ସୁଖ ଦିଏନା । ସେ ଶାନ୍ତି ପାଏନା ସେ କାମ କରି । ଖୁସି ହୋଇପାରେ ନାହିଁ ତା' ପାଇଁ ଉଦ୍ଦିଷ୍ଟ କର୍ତ୍ତବ୍ୟ ସମ୍ପାଦନରେ । ଘରର ସବୁ କାମ ସୁଚାରୁ ରୂପେ କରି ସାରି ସୁଭା ସେ ସନ୍ତୁଷ୍ଟ ହୋଇପାରେନା । ଘର ଗୋଟାକର ଯାବତୀୟ ଧନ୍ଦା ତୁଲାଇ ତା' ଉପରେ ନ୍ୟସ୍ତ ସମସ୍ତ ଦାଇତ୍ୱ ସାରି ମଧ ସେ ଆନନ୍ଦ ଅନୁଭବ କରିନଥାଏ, ସେପରି କର୍ମ କରିବା ଦ୍ୱାରା । ତା'ର ଅନ୍ୟ ବାଟ ନାହିଁ । ଅଲଗା ରାସ୍ତା ତା' ପାଇଁ ଉନ୍ମୁକ୍ତ ନୁହେଁ । ତା' ସମ୍ମୁଖରେ ଥିବା ସବୁ ସରଣୀ ତା' ଲାଗି ବନ୍ଦ । ପ୍ରତ୍ୟେକ ପଥ ତା' ପାଇଁ (ରୁଦ୍ଧ) ଅବରୁଦ୍ଧ । ନିରୁପାୟ ହୋଇ କୁହୁଳି କୁହୁଳି ନିରବରେ ଘର ଭିତରେ ରହି ସେ ସନ୍ତୁଳି ହୁଏ । ଏକ ପ୍ରକାର ବନ୍ଦିନୀର ଜୀବନ ବିତାଇ ଥାଏ । ନିଜ ଇଚ୍ଛାନୁସାରେ କିଛି କରିବାକୁ ସୁବିଧା ନାହିଁ । ସ୍ୱାଧୀନ ଭାବେ ନିଜ ସାମର୍ଥ୍ୟପଣ ବିନିଯୋଗ କରିବାର ସୁଯୋଗ ପାଏନି । କାହା ଠାରୁ ତାକୁ ଉତ୍ସାହ ମିଳେନା କୌଣସି ପ୍ରକାର ରୋଜଗାରକ୍ଷମ କର୍ମ କରିବା ପାଇଁ । କେହି ପ୍ରେରଣା ଦିଅନ୍ତି ନାହିଁ ତାକୁ ସେପରି ମାର୍ଗରେ ଅଗ୍ରସର ହେବାକୁ ।

ରୂପର ସମ୍ଭାର ନେଇ ଜନ୍ମ ହୋଇଛି ନୀଚ କୁଳରେ । ହୀନ ସମ୍ପ୍ରଦାୟରେ । ଛୋଟ ଜାତିରେ । ଗରିବ ଘରେ । ଦରିଦ୍ର ପରିବାରରେ । ଗାଁ ମୁଣ୍ଡ ପଙ୍କ ଗଢ଼ିଆର ପଦ୍ମ ଫୁଲ ପରି ତା'ର ଜୀବନ । ସେ ସୌନ୍ଦର୍ଯ୍ୟର କ'ଣ ବା ମୂଲ୍ୟ ଅଛି ? ନା' କିଛି ସାର୍ଥକତା ଅଛି ସେ ଜୀବନରେ ? ଏମିତି ଘରେ । ଏପରି ପରିବାରରେ । ଏଭଳି ଜାତିରେ । ଏଇମିତି କୁଳରେ । ଏହିପରି ସମ୍ପ୍ରଦାୟରେ ଜନ୍ମ ହେବାରେ ତାତ୍ପର୍ଯ୍ୟ କ'ଣ ଅଛି ? ବାଟଚଲା ବାଟୋଇ । ପଥଚଲା ପଥିକ । ଗାଁ ଗଣ୍ଡାର ସାଇଭାଇ, ଆଖପାଖ ପଡ଼ିଶା ଗଢ଼ିଆ ଆଢ଼ିରେ ଠିଆହୋଇ ଦେଖିବେ । ଭଲ ଦିଶୁଛି, ରୂପଗୁଣର ଫୁଲଟିଏ । ମନ୍ତବ୍ୟ ଦେବେ । ତାରିଫ କରିବେ । ବକ୍ତବ୍ୟ ରଖିବେ । ପ୍ରଶଂସା ଗାଇବେ । ଭଲ ବୋଲି କହିବେ । ସୁନ୍ଦର ଦିଶୁଛି । ମନଲୋଭା ହୋଇଛି । ଦୃଷ୍ଟି ଆକର୍ଷଣ କରୁଛି । ନଜରକୁ ତା' ଆଡ଼କୁ ଟାଣି ନେଉଛି । ଆଖିଲାଖି ରହୁଛି । ବାନ୍ଧି ରଖୁଛି ଆଖିକୁ । ହୃଦୟରେ ତା' ପ୍ରତି ଆସକ୍ତି ଜଗାଉଛି । ମନକୁ ଓଟାରୁଛି । ଅନ୍ତରରେ ତା' ଲାଗି ଆଦର ବଢ଼ାଉଛି । ତା' ପରେ ଯେଣ । ବାଟରେ ସେମାନେ ଚାଲିଯିବେ । ନିଜ ନିଜ ଧନ୍ଦାରେ ଲାଗି ପଡ଼ିବେ । ବ୍ୟସ୍ତ ରହିବେ ତାଙ୍କ କର୍ମ ସମ୍ପାଦନରେ । ତାଙ୍କ କର୍ତ୍ତବ୍ୟରେ ହେଲା ନ କରି ବୁଡ଼ି ଯିବେ ନିଜସ୍ୱ ଘର ସଂସାର ମାମଲାରେ । ସେ କେବଳ ପଙ୍କ ଗଢ଼ିଆରେ ଫୁଟି ବାହାରକୁ ଦିଶୁଥିବ । ଢଲ ଢଲ ହେଉଥିବ ପାନୀ ଢେଉର ଆଘାତରେ । ନଇଁ ପଡ଼ୁଥିବ, ପାଣିକୁ ଛୁଇଁ ପୁଣି ଉଠି ସଲଖ ହୋଇ ରହୁଥିବ । ପୁଣି ତା' ଦେହରେ ପିଟି ହେଉଥିବ ପାଣିର ଲହଡ଼ି । ସେ ପଡ଼ି ଉଠି ରହିଥିବ ପାଣିରେ । ଗାଁ ମୁଣ୍ଡ ପଙ୍କ ଗଢ଼ିଆରେ ଢେଉମାନଙ୍କର ଆଘାତ ସହି ସହି । ସଂସାରର ଦୁଃଖ ନିର୍ଯ୍ୟାତନାରେ ଘାରି ହୋଇ ବଞ୍ଚ ରହିଲା ପରି । ପଡ଼ି ରହି ଥିବ ବଣଖମଣ ଘେରା, ପଙ୍କ କାଦୁଅ ସଡ଼ସଡ଼ ସେଇ ଛୋଟିଆ ନିରାଟ ମଫସଲ ନିପଟ ପଲ୍ଲୀ ଗାଁର ଛଣ ଛପର ଢଙ୍କା ଘର କଣରେ । ଅନିନ୍ଦ୍ୟ ସୁନ୍ଦର ରୂପ ସମ୍ଭାର ଓ ଅସାମାନ୍ୟ ସୌନ୍ଦର୍ଯ୍ୟକୁ ଧରି ।

ଚାହିଁ ରହିଥିବ ସୂର୍ଯ୍ୟଙ୍କୁ । ସକାଳୁ ସଞ୍ଜଯାଏ । ପାଉଥିବ କେବଳ ଆଲୋକର ପରଶ । ତାଙ୍କ କିରଣର ଉତ୍ତାପ । ସୂର୍ଯ୍ୟ ରଶ୍ମି ଛୁଇଁ ଯାଉଥିବ ତା' ତନୁଲତାକୁ । ଯାହା ସେ ଅନୁଭବ କରୁଥିବ ପାଣି ଭିତରେ ରହି । ଘରକାମ ସାରି, ନିରୋଳା ବେଳରେ ଫୁରସତ ସମୟରେ, ବିଶ୍ରାମ ନେଉଥିଲେ । ଥକ୍କା ମେଣ୍ଟାଉଥିଲେ, ଦମ୍

ମାରିବା ମୁହୂର୍ତ୍ତରେ କେବେ କେବେ ତାଙ୍କ କଥା ମନକୁ ଆଣି ଭାବି ବସିଲା ପରି । ସେ ସେହି ସୁଦିନର ଅପେକ୍ଷାରେ ରହି ଦିନ ଗଣୁଥିବ ସୌଭାଗ୍ୟର ଉଦୟ ଲକ୍ଷ୍ୟରେ ଥାଇ । କେବେ ସେ ସୁଫଳ ଫଳିବ, ତା' ମନସ୍କାମନା ସଫଳ ହେବ ? ମନବାଞ୍ଛା ପୂର୍ଣ୍ଣତା ଲାଭ କରିବ ।

ସୂର୍ଯ୍ୟ କେବେ ତା' ପାଇଁ ଆକାଶରୁ ଓହ୍ଲାଇ ଆସିବେନି । ତାକୁ ତୋଲି ନେବେନି ନିଜ ପାଖକୁ । ତାଙ୍କ ବାହୁ ପ୍ରସାରି, ସ୍ନେହ ଦେବା ପାଇଁ । ସୋହାଗରେ ଆଲିଙ୍ଗନ କରିବେନି ତାକୁ ପ୍ରେମାସ୍ପଦ ମନନେଇ । ତାଙ୍କ ଶ୍ରଦ୍ଧା ପାଇ ପାରିବନି ସେ । ପ୍ରେମ କରିବା ଲାଗି ପ୍ରେମିକା ଭାବେ ଗ୍ରହଣ କରିବାକୁ ସୂର୍ଯ୍ୟ ହାତ ବଢ଼ାଇ ଦେବେନି ତା' ଆଡ଼କୁ । ସୂର୍ଯ୍ୟଙ୍କ ଆହ୍ଲାଦ ପାଇ ଆହ୍ଲାଦିନୀ ହେବା ତା' ଭାଗ୍ୟରେ ନାହିଁ । ତା' କପାଳରେ ଲେଖା ହୋଇନି ତାଙ୍କ ପ୍ରେମରେ ବନ୍ଦିନୀ ହୋଇ ତାଙ୍କ ସୋହାଗ ପାଇ ସୋହାନିନୀ ହେବାକୁ । ତାଙ୍କ ବାହୁର କାରାକୁ ସାଦରେ ବରିନେଇ ତାଙ୍କ ଛାତିରେ ନିଜକୁ ହଜାଇ ଦେବାର ସ୍ୱପ୍ନ ସେ କେବେ ଦେଖି ପାରେନା, କଳ୍ପନା କରି ବସେନା ତାଙ୍କ କୋଳରେ ବିତାଇ ଦେବାକୁ ଅବସର ସମୟଟକ । ଅବହେଳିତା ହୋଇ ରହିବାକୁ ଓ ଦୁଃଖ କଷ୍ଟ ବିରହ ବେଦନା ବ୍ୟଥା ଯନ୍ତ୍ରଣା ସବୁ ସହିବାକୁ ତା' କର୍ମରେ ଅଛି । ପ୍ରିୟତମର ପ୍ରଣୟ ପାଇବା ତା' କପାଳରେ ଲେଖା ହୋଇନି । ତା' ଭାଗ୍ୟ ଫଳ ମଧ ପ୍ରେମିକର ପ୍ରେମରେ ବିଭୋର ହେବାକୁ ତାକୁ ସୁଯୋଗ ଦେବନି । ନିରାଶା ଭରା ଜୀବନ, ନିରାନନ୍ଦ ମନ, ନିର୍ଲିପ୍ତ ଶରୀର, ନିଃସଙ୍ଗ ପ୍ରାଣକୁ ନେଇ ନିର୍ବାସିତାଙ୍କ ପରି ନିର୍ଜନରେ ରହି ନିର୍ଯାତିତା ହେଉଥିବ ଜନମ ଜନମ । ଯୁଗ ପରେ ଯୁଗ ବିତି ଯାଉଥିବ । ସୂର୍ଯ୍ୟ ଉଦୟ ହୋଇ ପୁଣି ଅସ୍ତ ଯାଉଥିବେ । ପଦ୍ମ ଫୁଟୁଥିବ ଆଉ ଭ୍ରମର ପ୍ରଜାପତି ଓ ମହୁମାଛିମାନଙ୍କ ଦ୍ୱାରା ଭ୍ରଷ୍ଟା ହୋଇ ମଉଳି ଯାଉଥିବ ଫୁଲର ଆୟୁଷ ନେଇ । କେତେ ବା ତା'ର ପରମାୟୁ ? କେତେଟା ଦିନର ଜୀବନ ତା'ର ? ସପ୍ତାହେ ନୁହେଁ, ପକ୍ଷେ ନୁହେଁ, ମାସେ ନୁହେଁ, ବର୍ଷେ ମଧ ନୁହେଁ । ଯୁଗ ଯୁଗ କଥା ଉଠିବ ବା କାହିଁକି ?

ସେମିତି ତା'ର ଜୀବନ । ଗଢ଼ିଆର ପଦ୍ମପରି । ଗରିବ ଘର ଦରିଦ୍ର ପରିବାର । ଛୋଟ ଜାତି, ନୀଚ ବର୍ଗ, ଦଳିତ ସମ୍ପ୍ରଦାୟ, କେଉଟ ଘରର ଦରପାଟୋଇ ଝିଅଟିଏ ସେ । ନିଦାନ ମୂର୍ଖ ଜାଲିଆମାନଙ୍କ ମେଳରେ ତା'ର ଜନ୍ମ । ମଦୁଆ ମାତାଲଙ୍କ ଗହଣରେ ତା'ର ଅବସ୍ଥାନ । ଆଉ ସିଏ ହେଲେ ସୌରମଣ୍ଡଳର ପ୍ରଚଣ୍ଡ ତେଜଧାରୀ ସୂର୍ଯ୍ୟ । ପୁରୁଣା ଖାନଦାନ, ପ୍ରତିପତିଶାଳୀ ବୁନିଆଦି, ପ୍ରତିଷ୍ଠିତ ସମ୍ଭ୍ରାନ୍ତ ବଂଶର ପୁଅ । ଉଚ୍ଚ ଶିକ୍ଷିତ, ସରକାରୀ ମହଲରେ ବଡ଼ ପଦବୀର ଅଧିକାରୀ । ସୌମ୍ୟକାନ୍ତ ଯୁବକ । ଖ୍ୟାତି ଆଉ କ୍ଷମତାର ଶୀର୍ଷରେ ତାଙ୍କର ଅବସ୍ଥିତି । ବିଶାଳ ଭୂସମ୍ପତିର ମାଲିକ । ଜମିଦାର ଘରର ଅଳିଅଳ କୋଳପୋଛା ସାନପୁଅ । ଭାରି ଗେହ୍ଲା ହୋଇଥିବେ । ସ୍ନେହ ଆଦର ପାଉଥିବେ ଅପରିସୀମାସତ । ଶରଧା ପାଉଥିବେ ପରିବାରର ସମସ୍ତଙ୍କଠୁ । ସଧିଲ୍ଲା ଅଜାଡ଼ି ହୋଇପଡୁଥିବ ତାଙ୍କ ଉପରେ ଚାରିଆଡ଼ୁ । ବନ୍ଧୁବାନ୍ଧବଙ୍କଠାରୁ ଆରମ୍ଭ କରି ଚିହ୍ନାଜଣା-ସାଙ୍ଗ-ସାଥୀ-ପ୍ରିୟ ପରିଜନ ପର୍ଯ୍ୟନ୍ତ । ପରିଚିତ ସମ୍ପର୍କିଙ୍କଠାରୁ ଆଶୀର୍ବାଦ ପାଇ ସିଏ ଭାଗ୍ୟବାନ୍ । ଭଗବାନ ତାଙ୍କ ପ୍ରତି ପ୍ରସନ୍ନ । ଭାଗ୍ୟଦେବୀ ତାଙ୍କୁ ସର୍ବଦା ସଦୟ ହେଉଥିବାରୁ ସିଏ ଭାଗ୍ୟଶାଳୀ ଯୁବକ । ଉଚ୍ଚ ଗ୍ରହରେ ତାଙ୍କର ଜନ୍ମ । ସିଏ ପୂର୍ବ ଜନ୍ମର କର୍ମଫଳ ଏ ଜନ୍ମରେ ଭୋଗ କରୁଛନ୍ତି । ମଣିଷର କର୍ମକୁ ଦୁଇ ଭାଗରେ ବିଭକ୍ତ କରାଯାଏ ବୋଲି ଠାକୁର ବାବାଙ୍କଠାରୁ ସେ ଶୁଣିଥିଲା । ତାହା ହେଲା-ସକାମ ଓ ନିଷ୍କାମ । ସକାମ ବା କାମନାଯୁକ୍ତ କର୍ମମାନଙ୍କୁ ତିନୋଟି ଶ୍ରେଣୀରେ ବିଭାଜନ କରାଯାଏ । ଯଥା- କ୍ରିୟମାଣ, ସଞ୍ଚିତ ଓ ପ୍ରାରବ୍ଧ । ଯେଉଁ କାମ କରି ଚାଲିଛେ ତାହା କ୍ରିୟମାଣ । ଯେଉଁ କର୍ମର ଫଳ ଫଳି ନାହିଁ, ସଞ୍ଚିତ ହୋଇ ରହିଛି ତାହା ସଞ୍ଚିତ । ଯେଉଁ କର୍ମର ଫଳ ଫଳିଲାଣି ତାହା ପ୍ରାରବ୍ଧ । ଏହି ତତ୍ତ୍ୱ ଅନୁଯାୟୀ କ୍ରିୟମାଣ କର୍ମ ଓ ସଞ୍ଚିତ କର୍ମର ଫଳ ସଞ୍ଚିତ ହୋଇ ରହେ ଏବଂ ଏହାର ଫଳ ପରେ କର୍ତ୍ତାକୁ

ମିଳେ। ଅତୀତ କର୍ମର ଯେଉଁ ସଞ୍ଚିତ ଫଳ ଏ ଜନ୍ମରେ କର୍ତ୍ତାଙ୍କୁ ମିଳେ ତାହା ହେଲା ପ୍ରାରବ୍ଧ। ଅଧରବାବୁ ଗତ ଜନ୍ମର କର୍ମଫଳ ପ୍ରାରବ୍ଧ ଫଳକୁ ଏବେ ଏ ଜନ୍ମରେ ଭୋଗ କରୁଛନ୍ତି। ତେଣୁ ସିଏ ଏତେ ଭାଗ୍ୟବାନ ହୋଇ ପାରିଛନ୍ତି। କର୍ମ, ପ୍ରାରବ୍ଧ ଓ ଅଦୃଷ୍ଟ ପରସ୍ପର ଓତଃପ୍ରୋତ ଭାବେ ସଂଶ୍ଳିଷ୍ଟ। ଗୋଟିକ ବିନା ଅନ୍ୟଟିର ସ୍ଥିତି ଅସମ୍ଭବ। ପ୍ରତ୍ୟେକ କର୍ମର ପ୍ରତିକ୍ରିୟା, ପ୍ରତିଫଳନ ଓ ପ୍ରତିଧ୍ୱନି ଅଛି। କର୍ମଫଳ ଅନୁସାରେ ଭାଗ୍ୟ ନିର୍ଦ୍ଧାରଣ ହୁଏ। କର୍ମରେ ପ୍ରବୃଭି ଓ ଫଳରେ ନିବୃଭି ସାତ୍ତ୍ୱିକ କର୍ମ। କର୍ମରେ ପ୍ରବୃଭି ଓ ଫଳରେ ନିବୃଭିକୁ ରାଜସିକ କର୍ମ, କର୍ମରେ ନିବୃଭି ଓ ଫଳରେ ପ୍ରବୃଭିକୁ ତାମସିକ କର୍ମ କୁହାଯାଏ। କର୍ମ ଯେପରି, ଫଳପ୍ରାପ୍ତି ସେହିପରି ହେବ। ଯେମିତି ମଞ୍ଜି ବୁଣିବ, ସେପରି ଫଳ ମିଳିବ। ମନ୍ଦ କର୍ମ କରି ଉଭମ ଫଳ ଆଶା କରିବା ନିରର୍ଥକ। ସେହିପରି ଉଭମ କର୍ମ କରି ମନ୍ଦ ଫଳ ପ୍ରାପ୍ତି ଅସମ୍ଭବ। ଆଜିକାଲି ଅନେକ ଲୋକ ଉଭମ ଫଳ ଆଶା କରୁଛନ୍ତି କିନ୍ତୁ ତଦନୁସାରେ କର୍ମ କରୁନାହାନ୍ତି। ଜନ୍ମ ସମୟରୁ କିଏ ସୁନା ହାର ପିନ୍ଧିଛି ତ କିଏ ଲୁହାକଡ଼ା ପିନ୍ଧିଛି। ଏହା ତାହାର କୃତକର୍ମର ଫଳ। ସ୍ୱାମୀ ବିବେକାନନ୍ଦ କହିଛନ୍ତି– କିଏ ଅମୃତ ପାତ୍ର ଓ ଆଉ କିଏ ବିଷର ପାତ୍ର ଧରି, ଅମୃତ ବା ବିଷ ପାନ କରୁଛି। ଏହା ତା'ର କର୍ମଫଳ। ଭାଗବତରେ ଅଛି– "କର୍ମର ଫଳ ଏ ଜଗତ, କର୍ମ ସରିଲେ ହୁଏ ହତ। ସ୍ୱାବୁ ବ୍ରହ୍ମ ଲୋକଯାଏ, କର୍ମ ସରିଲେ ହୋନ୍ତି କ୍ଷୟେ।" ବ୍ରହ୍ମବୈବର୍ତ୍ତ ପୁରାଣରେ ଅଛି "ଅବଶ୍ୟମେବ ଭୋକ୍ତାବ୍ୟଂ କୃତକର୍ମ ଶୁଭାଶୁଭଂ, ନାଭୁକ୍ତ କ୍ଷୀୟତେ କର୍ମଂ କଳ୍ପ କୋଟି ଶତୈରପି।" ଶୁଭବେଳ ହେଉ ବା ଅଶୁଭ ବେଳ ହେଉ କର୍ମର ଫଳ କ୍ଷୟ ହେବ ନାହିଁ। କର୍ମ ତିନି ପ୍ରକାର– ସଞ୍ଚିତ କର୍ମ, ପ୍ରାରବ୍ଧ କର୍ମ ଓ କ୍ରିୟମାଣ କର୍ମ। ଉଦାହରଣ ସ୍ୱରୂପ– ଗୋଦାମ ଘରେ ଚାଉଳ ସଂଗ୍ରହ କରି ରଖାଯାଇଛି। ଯାହା ସଂଗୃହୀତ ହୋଇଛି ତାହା ସଞ୍ଚିତ କର୍ମ ଓ ସେଥିରୁ ଦୈନିକ ଯାହା ଖର୍ଚ ହେଲା ତାହା ପ୍ରାରବ୍ଧ କର୍ମ। ପୁନଶ୍ଚ ବଜାରରୁ କିଛି ଚାଉଳ କିଣି ଭବିଷ୍ୟତ ପାଇଁ ରଖାଯାଏ। ଏହା କ୍ରିୟମାଣ କର୍ମ ସହିତ ତୁଳନୀୟ। ଯଥା – "ଧେନୁ ସହସ୍ରେଷୁ ବତ୍ସୋ ବିନ୍ଦତିମାତରମ୍, ତଥା ପୂରା କୃତଂକର୍ମ କର୍ତ୍ତାରମନୁ ଗଚ୍ଛତି।" ଯେପରି ବାଛୁରୀ ସହସ୍ର ଗାଈ ମଧ୍ୟରେ ନିଜ ମା'କୁ ଚିହ୍ନି ତା' ପାଖରେ ପହଞ୍ଚେ। ସେହିପରି ପୂର୍ବକୃତ କର୍ମ ସେହି କର୍ମକର୍ତ୍ତାର ପଛେ ପଛେ ଚାଲିଥାଏ।

ଯୋର କଡ଼, ନଈକୂଳ, ନାଲ ପାଖ, ନଦୀ ପଠା, ଜଳାଶୟ ନିକଟ, ପୋଖରୀ ହୁଡ଼ା, ଗଡ଼ିଆ ଆଢ଼ି ଓ ଗହୀର ପାଟରେ ଏବଂ ବିଲ ହିଡ଼ ମାନଙ୍କରେ ଫୁଟିଥିବା କାଶତଣ୍ଡୀ ଫୁଲ ପରି ତା'ର ଜୀବନ। ସୌନ୍ଦର୍ଯ୍ୟମୟୀ କାଶତଣ୍ଡୀ ଫୁଲକୁ ଦେଖି ସମସ୍ତେ ଖୁସି ହୁଅନ୍ତି। ସେ ଫୁଲକୁ ଦେଖିଲେ ମନରେ ଆନନ୍ଦ ଜାତ ହୁଏ। ଆବେଗରେ ଅନ୍ତର ପୂରି ଉଠେ। ହୃଦୟରେ ଉତ୍ସାହର ପ୍ରେରଣା ସୃଷ୍ଟି ହୁଏ। ଦେଖଣାହାରୀର ପ୍ରାଣ ପ୍ରଫୁଲ୍ଲତାରେ ପୁଲକିତ ହୋଇଥାଏ। ତାକୁ ସମସ୍ତେ ପସନ୍ଦ କରନ୍ତି। ତା' ସୌନ୍ଦର୍ଯ୍ୟକୁ ପ୍ରଶଂସା କରନ୍ତି। ତା'ଶୋଭାକୁ ବାହାବା ଦିଅନ୍ତି। ତା' ରୂପ ସମ୍ଭାରକୁ ତାରିଫ କରିଥାଆନ୍ତି। କିନ୍ତୁ ତା'ର ବାସନା ନଥିବାରୁ ଓ ସେ କୌଣସି ଦେବତାଙ୍କ (ଠାକୁରଙ୍କ) ପୂଜାରେ ଲାଗୁନଥିବାରୁ ତାକୁ କେହି ଆଦର କରନ୍ତି ନାହିଁ। ତା'ର ଆବଶ୍ୟକତା ଅନୁଭବ କରନ୍ତି ନାହିଁ କିମ୍ବା ତାକୁ ଦରକାରୀ ଭାବି ଆଗ୍ରହର ସହିତ ତୋଳି ଆଣି ଶୃଙ୍ଖାରେ ସାଇତି ରଖନ୍ତି ନାହିଁ। ପ୍ରକୃତିର ଶୋଭା ବଢ଼ାଉଥିବା ଓ ଜନମନ ହରଣ ତଥା ଆକର୍ଷଣ କରି ପାରୁଥିବା କାଶତଣ୍ଡୀ ଫୁଲ ଯେମିତି ଫୁଟିଥିବା ଜାଗାରେ ଫୁଟି ଆପଣା ଛାଏଁ ମଉଳି ଗଲା ପରି ତା'ର ଜୀବନ। ତା'ର ସୁନ୍ଦର ରୂପକୁ ତାଙ୍କ କେଉଟ ବସ୍ତିରେ, ତାଙ୍କ ଗାଁର ବ୍ରାହ୍ମଣ ସାଇ ଏବଂ ଆଖ ପାଖର ପଚିଶ ଖଣ୍ଡ ଗାଁର ଲୋକେ ପସନ୍ଦ କରନ୍ତି। ତା' ଗୁଣକୁ ସମସ୍ତେ ପ୍ରଶଂସା କରିଥାଆନ୍ତି। ତା'ର ଭଦ୍ରୋଚିତ ବ୍ୟବହାର ଲାଗି ତାକୁ ତାରିଫ କରୁଥିଲା ବେଳେ କେହି କେବେ ହେଲେ ତା'ବାସ୍ତବ ଜୀବନ ପ୍ରତି ସହାନୁଭୂତି ପ୍ରଦର୍ଶନ କରନ୍ତି ନାହିଁ। ତା' ନିର୍ଯାତିତ ଜୀବନ ଯାପନ ଲାଗି ସମବେଦନା ପ୍ରକାଶ କରି ନଥାଆନ୍ତି

କିମ୍ବା ତା'ଦୁଃଖ ଦୈନ୍ୟତା ଲାଗି ଅନୁକମ୍ପା ଜ୍ଞାପନ କରିନଥାଆନ୍ତି । କାଶତଣ୍ଡୀ ଫୁଲ ପରି ତା'ର ଅନିନ୍ଦ୍ୟ ରୂପଲାବଣ୍ୟ ଦିନେ ମଉଳି ଯିବ । ଦେହର ଅନୁପମ ଜ୍ୟୋତି ଲିଭିଯିବ ଓ ମଉଳା କାଶତଣ୍ଡୀ ଫୁଲ ଭଳି ଶରୀରର ଅପୂର୍ବ ଯୌବନକାନ୍ତି ବିଲୟ ଭଜିବ । ବିଲୀନ ହେବ ତନୁଲତାର କମନୀୟ ସୌନ୍ଦର୍ଯ୍ୟ ।

ତଥାପି ସେ ତା' ନିଜ ସହିତ ତାଙ୍କୁ ମନେ ମନେ କଳ୍ପନା କରେ । ଯୋଜନା କରି ବସେ ଏକାନ୍ତରେ । ନିରବରେ, ନିଷ୍କଳତା ମଧ୍ୟରେ । ଏକୁଟିଆ ବେଳେ । ନିରୋଳା ସମୟରେ । ଘରେ କେହି ନଥିଲା ଅବସରରେ । ଘର କାମଦାମ ସାରିଦେଇ ବସି ଦମ ମାରିଲା ବେଳେ । ଥକ୍କା ମେଣ୍ଟାଇବା ସମୟରେ । ତାଙ୍କ ସହିତ ବାନ୍ଧି ହୋଇ ଯିବାର । ଛନ୍ଦି ହୋଇଯିବା ଲାଗି ତାଙ୍କ ସଙ୍ଗେ । ବିଶାଳ ଦୁମରେ ଦୁର୍ବଳ ସୁକୁମାରୀ ଲତାଟିଏ ଲତେଇଲା ପରି ।

କଳ୍ପନା, କଳ୍ପନାରେ ରହିଯାଏ । ଆଶା ମରିଯାଏ ମନ ଭିତରେ । ଯୋଜନା ସବୁ ସମାଧି ନିଏ ଆପଣା ଛାଇଁ । ଇଚ୍ଛାର, ଇଚ୍ଛାମୃତ୍ୟୁ ଘଟେ ଶରଶଯ୍ୟାଶାୟୀ ପିତାମହଙ୍କ ପରି । ଆକାଂକ୍ଷା ନିରବ ହୋଇଯାଏ ଅନ୍ତର ଭିତରେ ଥାଇ । ଆଗ୍ରହ ଆଉ ଗୁମୁରି ଉଠେନା । ଆବେଗ କରେ ନାହିଁ ଚଳଚଞ୍ଚଳ । ସେ ଆଡ଼କୁ ଅନାଇବା ପାଇଁ ସାହସ ହୁଏନା । କେବେ କେମିତି ଅନାଇଲେ ବି ଆଖି ପାଏନା । ହିମତ ଜୁଟାଇ, ଗରିମା ଖଟାଇ, ଆଖି ବାନ୍ଧି ଚାହିଁଲେ ଦିଶେନା କିଛି । ଅଧିକ ସମୟ ଚାହିଁ ରହିବାକୁ ଧୈର୍ଯ୍ୟ ଶକ୍ତି ନଥାଏ । ନିରୀକ୍ଷଣ କରି (ନିରେକ୍ଷ) ଅନାଇବାକୁ ନଥାଏ ଦମ୍ଭପଣ । ସେଥିପ୍ରତି ଧ୍ୟାନ ଦେବାକୁ ବଳ କୁଲାଏନା । ଦୃଷ୍ଟି ଆର ପାରିରେ ସିଏ ରହି ଯାଆନ୍ତି । ଅଭୁଲା ଦୃଶ୍ୟଟିଏ ହୋଇ । ଅପହଞ୍ଚ ସୀମା ସେ ପଟରେ ସିଏ ଥାଆନ୍ତି ଅପାଶୋରା ଛବିଟିଏ ପରି । ଅକଳ୍ପନୀୟ ରେଖା ବାହାରେ ସିଏ ଅସ୍ପଷ୍ଟ ଭାବରେ ରୁହନ୍ତି ମୋଟେ ଭୁଲି ହେଇନଥିବା ଚିତ୍ର ପ୍ରତିମାପରି । ନିଷିଦ୍ଧ ଇଲାକାରେ ସିଏ ରୁହନ୍ତି ମନରୁ ଲିଭି ଯାଉନଥିବା ସ୍ମୃତିଟିଏ ଭଳି । ଅସ୍ତଗିରି ଉହାଡ଼ରେ ଅସ୍ତ ଯାଉଥିବା ସୂର୍ଯ୍ୟଙ୍କ ପରି । ବୁଡ଼ି ଯାଉଥିବା ପୂର୍ଣ୍ଣମୀ ତିଥିର ମଉଳା ମଳିନ ଚନ୍ଦ୍ରଙ୍କ ଭଳି । ଆଗାମୀ କାଲି ପୁଣି ଉଇଁବାର ପ୍ରତିଶ୍ରୁତି ପ୍ରଦାନ କରି ।

ଠାକୁରଙ୍କ ବାରିରେ ସିଏ ଆସନ୍ତି । ଦେଖା ହୁଏ । ଭେଟ ମିଳେ । ସାକ୍ଷାତ ପାଏ । ଠାକୁରଙ୍କ ପାଦୁକ ନିଅନ୍ତି । ଟିପା ପିନ୍ଧନ୍ତି । ଠାକୁରଙ୍କ ବିଭୂତିର ଟିପା । ଦେଇ ଯାଆନ୍ତି ଟିକେ ସାନିଧ୍ୟ । ଦେହ ଛୁଆଁର ପରଶ । ଯାହା ସେ ପାଇଥାଏ ଟିପା ଲଗାଇ ଦେଲା ବେଳେ ପାଖରେ ଠିଆ ହୋଇ ଦାହଣ ହାତର ମଝି ଅଙ୍ଗୁଳି ଟିପରେ ତାଙ୍କ କପାଳକୁ ଛୁଇଁ । ଆଉ ପ୍ରଦାନ କରନ୍ତି ମୁଦ୍ରା କେତୋଟି ଠାକୁରଙ୍କ ଥାଲିରେ ଦେବା ପାଇଁ । ଫେରି ଯାଆନ୍ତି ରୂପଚାପ୍ ପାହାଚ ଓହ୍ଲାଇ । ନିରବ ଭାଷାର, ଅବ୍ୟକ୍ତ ସଂଲାପର, ଅନୁଚାରିତ ଶବ୍ଦର, ଅକୁହା ବାକ୍ୟର ପ୍ରତିଶ୍ରୁତିଟିଏ ଦେଇ ଯାଆନ୍ତି । ଆଗାମୀ ବାରିରେ ସାକ୍ଷାତ ହେବାର ।

ପାଦୁକ ଦେଲା ବେଳେ ଦାହଣ ହାତର ଚକି ଓ ସେହି ହାତର ଅଙ୍ଗୁଳି ଦେଖ ହୁଏ । ଟିପା ଲଗାଇବା ସମୟରେ ମୁହଁକୁ ଅନାଇବାକୁ ପଡ଼େ । କାଲେ ଟିପା ସିଧାରେ ନ ଲାଗି ବଙ୍କା ହୋଇ ଯିବ ବୋଲି । ଯେତେବେଳେ କି ସିଏ ଚାହିଁ ରହିଥାଆନ୍ତି ସତକୁ । ସେଥିପାଇଁ ତାଙ୍କ ଆଖି ସହିତ ତା' ନିଜ ଆଖି ମିଶିଯାଏ । ଗୋଟିଏ କୁଆଁରୀ ଝିଅର ଆଖି ସହିତ ଜଣେ ଅଚିହ୍ନା ଯୁବକର ଦୃଷ୍ଟି । ଲାଜ ଲାଗେ, ସରମ ଆସେ, ସଂକୋଚ ଜାଗେ, ମାଡ଼ି ମାଡ଼ି ପଡ଼େ ନିଜକୁ । ଲାଜରେ ଦୃଷ୍ଟି ନତ ହୁଏ । ସେ ଚାହିଁ ରହେ ତଳକୁ । ତଳେ ତାଙ୍କ ପାଦର ବୁଢ଼ା ଅଙ୍ଗୁଳି ନଖକୁ ଅନାଇଥାଏ ତାଙ୍କ ପାଖରେ ଠିଆ ହୋଇଥିବା ପର୍ଯ୍ୟନ୍ତ ।

ଅଚିହ୍ନା ପୁରୁଷ, ଅପରିଚିତ ଯୁବକ । ଅଜଣା ମଣିଷ ଜଣେ । ତାଙ୍କ ସହିତ କେତେ ସମୟ ଆଖି ମିଶାଇ ରଖିପାରିବ । କୁଆଁରୀ ଝିଅଟିଏ । ଯୁବତୀ ବୟସର । ଯୌବନଦୀପ୍ତ ଶରୀରକୁ ଧରି । ସୁଗଠିତ ଦେହକୁ ନେଇ । ସୁଠାମ ଅଙ୍ଗ ସୌଷ୍ଠବ ସହିତ । ସୁଷମାଭରା ତନୁଲତାକୁ ଧରି । ଶଙ୍କାଗ୍ରସ୍ତ ମନକୁ ନେଇ । ଭୟଭୀତ ଅନ୍ତରରେ । ଶଙ୍କା ଜଡ଼ିତ ହୃଦୟରେ ।

ଡରିଲା ଭାବକୁ ପ୍ରାଣରେ ଭରି । ଛାନିଆ ଆତ୍ମାରେ । କାଳେ କିଏ ଦେଖି ନେବ ଭାବନାକୁ ମନକୁ ଆଣି । ଅନ୍ୟ କାହାରି ନଜରରେ ପଡ଼ି ଯିବାର ଆଶଙ୍କାରେ । ବାହାର ଲୋକଙ୍କ ଦୃଷ୍ଟିରେ ପଡ଼ିଯିବାର ସନ୍ଦେହକୁ ନେଇ । ପଦା ମଣିଷଙ୍କ ଲକ୍ଷ୍ୟରେ ରହିଯିବାର ଭୀତଗ୍ରସ୍ତ ହୋଇ । ନିରୋଲା ମନ୍ଦିର ଚାରିପଟର ପରିବେଶ । ମୁଖଶାଳାର ନିର୍ଜନତାର ସୁଯୋଗ ନେଇ । ନିରାପଦ ଲକ୍ଷ୍ମଣରେଖାର ସୀମା ଭିତରେ ରହି ଯେତିକି ସମ୍ଭବ ସେତିକି ବାସ୍ ? ଅଧିକ ନୁହେଁ । ମାତ୍ରାଧିକ ବିପଦର କାରଣ ହୋଇଥାଏ । ବିଶୃଙ୍ଖଳା ସୃଷ୍ଟି କରେ । ବିପର୍ଯ୍ୟୟରେ ପକାଏ । ଅନର୍ଥକୁ ଡାକି ଆଣେ । ଆମନ୍ତ୍ରଣ କରିଥାଏ ଅସ୍ୱାଭାବିକତାକୁ । ଅସୁବିଧାକୁ ଆବାହନ ଜଣାଏ । ଦ୍ୱନ୍ଦ୍ୱକୁ ସ୍ୱାଗତ କରେ । ଅତିବେଶୀ ଆଦୌ ଭଲ ନୁହେଁ । ଅତ୍ୟଧିକ ଦୁର୍ଗତିର ବାହକ ।

ଆଗାମୀ ବାରିରେ ଭେଟିବାର ଭରସା ପାଏ ସତୀ । ସେଇ ଅନୁଚାରିତ ସଂଜ୍ଞାରୁ । ନିଃଶବ୍ଦ ଭାଷାରୁ, ନିରବ ଆଳାପରୁ । ଅକୁହା ବାକ୍ୟ ବିନିମୟରୁ । ଅବ୍ୟକ୍ତ କଥାରୁ ସିଏ ଦେଇନଥିବା ପ୍ରତିଶ୍ରୁତିରୁ ।

ରାତି ହୋଇଗଲାଣି । ସବିତାଙ୍କ ପିଠା ତିଆରି ଶେଷ ପର୍ଯ୍ୟାୟରେ ଉପନୀତ । ସେ ପିଠାଉ ମାଣ୍ଡିଆ ଧୋଇ ଶେଷ ପିଠା ଫଡ଼ାକ ପାଇଁ ପିଠାଉ ତାଉଆରେ ଢାଲିଲେ । ସେହି ପାଣିମିଶା ପିଠାଉ ତାତିଲା ତାଉଆର ସଂସ୍ପର୍ଶରେ ଆସିବାରୁ ପିଠା ତିଆରି ବେଳର ଚେଁ ଚେଁ ଶବ୍ଦ ନ ହୋଇ ଚଡ଼ ଚଡ଼ ଶବ୍ଦ ଉତ୍ପନ୍ନ ହେଲା । ସେହି ଶବ୍ଦର ଆବାଜରେ ସତୀ ଭାବନାରେ ପୂର୍ଣ୍ଣଚ୍ଛେଦ ପଡ଼ିଗଲା, ସେ ଭାବନା ରାଇଜରୁ ଫେରି ଆସିଲା । ବାସ୍ତବ ଦୁନିଆକୁ । ପ୍ରକୃତିସ୍ଥ ହୋଇ ତା' ଚାରିପଟକୁ ଦୃଷ୍ଟି ଦେଲା । ଚୁଲି ପାଖରେ ତା' ବୋଉ ପିଠାଉ ଢାଲୁଥିବା ତାଟିଆରେ ଲାଗିଥିବା ପିଠାଉକୁ ପୋଛି ତାଉଆରେ ଦେଉଥିଲେ । ଜାଳୁଥିବା ଛଣକୁ ଚୁଲି ଭିତରକୁ ସମ୍ପୂର୍ଣ୍ଣ ପେଲି ଦେଇ ଜାଳ ଛିଣ୍ଡାଇ ଦେଇ ଚୁଲି ପାଖରୁ ଉଠି ଆସିଲେ । ଶେଷ ଫଡ଼ା ପିଠାର ପିଠାଉ ପାଣିମିଶା ହୋଇଥିବାରୁ ସିଝିବା ପାଇଁ ଅଧିକ ସମୟ ଲାଗିବ । ହେଲେ ସେଥି ସକାଶେ ଆଉ ଜାଳିବାକୁ ପଡ଼ିବ ନାହିଁ । ତାତିଲା ତାଉଆର ତୀବ୍ର ଉଷ୍ଣତାର ସ୍ୱର୍ଶ ପାଇ ଶେଷ ଫଡ଼ାଟି ହୋଇଯିବ । ସବିତା ଘୃଷା କନା ରଖିଦେଇ ପିଠା ନାଲିଆରେ ଥାଲି ଢାଙ୍କି ଦେଇ ସତୀ ପାଖକୁ ଉଠି ଆସିଲେ ।

"ଇୟେ କ'ଣ ? ଦିନ ତମାମ ନାଚିକୁଦି ହାଲିଆ ହୋଇ ଶେଷରେ ତୋଠାରି ଉପରେ ସବାର ହେଲେ ।" ସବିତା ଚୁଲି ପାଖରୁ ଆସି, ସତୀକୁ ଆଉଜି ଶୋଇ ପଡ଼ିଥିବା ସାନ ପିଲା ଦୁଇଟିଙ୍କୁ ଦେଖି ଏହା କହିଲେ । ବୋଉ କଥା ଶୁଣି ସତୀ କେବଳ ହସି ଦେଲା ।

"ଆଲୋ ତୁ ପିଠା ଖାଇଲୁ ନା' ଏଦୁହିଁଙ୍କୁ ଖୋଇଦେଲୁ । ପେଟ ପୁରି ନ ଥିଲେ ତ ତାଙ୍କ ଆଖିକୁ ଏତେ ଚଞ୍ଚଳ ନିଦ ଆସି ନ ଥାଆନ୍ତା ?"

"ଖାଆନ୍ତୁ; ଆଇତ ଖାଇବେ ନାହିଁ ।" ସତୀ ତା' ବୋଉ କଥାର ଉତ୍ତରରେ ଏହା କହିଲା ।

"ମୁଁ ତୋତେ ଦେଇଗଲି, ତୁ ଖାଇବୁ କ'ଣ ନା ତାଙ୍କୁ ଖୋଇ ଦେଲୁ ।" ସବିତା ତାଗିଦ୍ କରିବା ଢଙ୍ଗରେ କହିଲେ ।

"ମୁଁ ପରେ ଖାଇବି । ତୁ ସେମାନଙ୍କ ଉପରେ ଏମିତି ଚିଡୁଛୁ କାହିଁକି ?"

"ହଉ ତୋ' ଇଚ୍ଛା ଯାହା ହେଉଛି ତୁ ସେଇଆ କର ।" ସବିତା ଏତିକି କହିସାରି ଘର ଭିତରକୁ ଚାଲିଗଲେ ।

ଘରେ ବିଛଣା ପାରି ପିଲା ଦୁଇଟିଙ୍କୁ ନେଇ ଶୁଆଇ ଦେଲେ, "ତୋ ଗୋଡ଼ ବିନ୍ଧିବନି ? ସେଇ ପହରରୁ ଗଲା ପିଲା ଦିଇଟା ଶୋଇଛନ୍ତି । ତୁ ମୋତେ ଟିକେ ଡାକୁନୁ ?" ସବିତା କଅଁଳେଇ ଗେଲ କରିବା ଭଲି ସତୀକୁ କହୁଥିଲେ ।

"ନା ମୋ ଗୋଡ଼ କିଛି ହେଉନାହିଁ । ତୁ ଗଲୁ ।" ସତୀ ହସି ହସି ତା ବୋଉ କଥାର ଉତ୍ତର ଦେଉଥିଲା ।

ସବିତାଙ୍କର ସତୀ ପ୍ରତି ଭାରି ଶ୍ରଦ୍ଧା । ସତୀ ପାଦରେ ଟିକେ କଣ୍ଟା ଫୁଟିଗଲେ, ସବିତାଙ୍କ ଦେହରୁ ଯେପରି ଫାଲେ ହାନି ହୋଇଯାଏ । ସତୀକୁ ସବିତା ତାଙ୍କ ଅନ୍ୟ ପିଲାମାନଙ୍କଠାରୁ ଅଧିକ ସ୍ନେହ କରିଥାଆନ୍ତି । ସତୀ ତାଙ୍କର ବଡ଼ଝିଅ । ତାଙ୍କର ପ୍ରଥମ ସନ୍ତାନ । ତାଙ୍କ ଆଖିର ଜ୍ୟୋତି । ତାଙ୍କ ହୃଦୟର ମଣି । ରକ୍ଷ୍ମଣି ଧନ ତାଙ୍କ ଅନ୍ତରର । ତାଙ୍କ ପ୍ରାଣର ନିଧି । ତାଙ୍କ ଆୟାର ଅମୂଲ୍ୟ ସମ୍ପଦ । କଥାରେ ଅଛି ମା'ଠୁ ଯେ ବେଶୀ ଭଲ ପାଏ ସେ ଡାହାଣୀ । କିନ୍ତୁ ସବିତା ସେପରି ନୁହଁନ୍ତି । ସେ ନିଜେ ନିରକ୍ଷରା ଥିବାରୁ ତାଙ୍କର ସାମାଜିକ ସଚେତନତା ନଥିଲା । ସେଥି ଯୋଗୁଁ ସେ ସତୀକୁ ବେଶୀ ପାଠ ପଢ଼ାଇବାକୁ ଆଗ୍ରହ ଦେଖାଇଲେ ନାହିଁ । ଆହୁରି ମଧ ଅଭାବ ଅନାଟନରେ ରହି ଓ ବହୁତ ଅସୁବିଧା ସତ୍ତ୍ୱେ ଅନେକ ପିଲାଙ୍କର ଜନନୀ ହେବାକୁ ସେ କୁଣ୍ଠା ପ୍ରକାଶ କରି ନଥିଲେ ।

ନିଦୁଆ ପିଲା ଦୁଇଟିଙ୍କୁ ଶୁଆଇ ଦେଇ ସାରି ସବିତା ଆସି ସତୀ ପାଖରେ ବସିଲେ । ମଝିଆଁ ଝିଅ ଦୁଇ ଜଣ ଆରପାଖ ପିଣ୍ଡାରୁ ଉଠି ଆସି ତାଙ୍କ ପାଖରେ ବସି ପଡ଼ିଲେ । ସାଧାରଣତଃ ଏକାଧିକ ସ୍ତ୍ରୀଲୋକ ଗୋଟିଏ ଜାଗାରେ ଏକାଠି ହେଲେ ସେମାନଙ୍କ ମଧରେ କିଛି ନା କିଛି ଆଲୋଚନା ଚାଲେ । ତେଣିକି ସେ ପରିସ୍ଥିତି ଓ ପରିବେଶ ଯାହା ହୋଇ ଥାଉନା କାହିଁକି । ସେମାନେ ସମ୍ପର୍କରେ ଯାହା ହୁଅନ୍ତୁ ପଛେ । ସ୍ତ୍ରୀ ଲୋକମାନଙ୍କର ଗୋଟେ ବଦଭ୍ୟାସ ସେମାନେ କିଛି ନା କିଛି କଥାବାର୍ତ୍ତା ନ ହୋଇ କେବେ ଚୁପ୍ ଚାପ୍ ହୋଇ ନିରବରେ ବସି ରହି ପାରିବେ ନାହିଁ । ମଝିଆଁ ଝିଅ ଦୁଇଜଣଙ୍କ ଆଡ଼କୁ ଅନାଇ ସବିତା ଆରମ୍ଭ କଲେ – "ଏଥରକ ଦେଖୁଛ ତ ଭାରି ଅଭାବ । ପ୍ରଥମାଷ୍ଟମୀ ଗୁରୁବାରରେ ପଡ଼ୁଛି । ସେର (ମାଣବସା) ପରୁହାଁ (ପଡୁଆ) ହେବ । ଦେଇ ପାଇଁ ତ ନ ହେଲେ ନଚଲେ । ତୁମେ କେହି ମନ ଉଣା କରିବ ନାହିଁ । ଅଗିରା ପୂର୍ଣ୍ଣମୀକୁ ତୁମ ଲାଗି ହେବ ।"

ପ୍ରଥମାଷ୍ଟମୀ ମାର୍ଗଶିର ମାସ ଗୁରୁବାରରେ ପଡ଼ିଲେ, ମାଣବସା ଗୁରୁବାରରେ ହେଉଥିବାରୁ ସେଥର ସେର ପଡୁଆଁ ହୋଇଥାଏ । ସେ ସକାଶେ ମାଣବସା ପାଇଁ ନୂଆ କପଡ଼ା ଖଣ୍ଡେ ଆଣିବାକୁ ପଡ଼େ । ସହଜେ ତ ସତୀ ଘରର ବଡ଼ ପିଲା । ପରିବାରର ପ୍ରଥମ ସନ୍ତାନ ପଡୁଆଁ ହେବା ଓଡ଼ିଆ ଘରର ବିଧି । ସବିତା ସେହି କଥା ତାଙ୍କ ମଝିଆଁ ଝିଅ ଦୁଇ ଜଣଙ୍କୁ ବୁଝାଉଥିଲେ । ମଝିଆଁ ଝିଅ ଦୁଇ ଜଣ ସତୀ ତଲ ଭାଇ ସୁବଲ ତଲେ । ସେ ଦୁହେଁ ସବିତାଙ୍କର ତୃତୀୟ ଓ ଚତୁର୍ଥ ସନ୍ତାନ । ଏହି ପିଲା ଦୁଇଟି ସବୁ କ୍ଷେତ୍ରରେ ଅଣହେଳାର ଶିକାର ହୋଇଥାଆନ୍ତି । ଯେକୌଣସି ଘରୋଇ କାମ ପଡ଼ିଲେ ଆଗ ସେ ଦୁହିଁକୁ ଖୋଜା ହୋଇଥାଏ । ସେମାନଙ୍କୁ କାମ ପାଇଁ ଡକାଯାଏ । ମାତ୍ର ଘରେ କିଛି ସୁବିଧା ହେଲେ ସେତେବେଲେ ସେ ଦୁହିଁକୁ କେହି ମନରେ ପକାନ୍ତି ନାହିଁ । ସେ ଦୁଇ ଜଣ ସବୁ ପ୍ରକାର ଅସୁବିଧା ଭୋଗି ଥାଆନ୍ତି । ଘରେ ସମସ୍ତ ରକମ ସୁବିଧାର ସୁଯୋଗ ପାଇଥାଏ ସତୀ । ଯେହେତୁ ସେ ଘରର ଜ୍ୟେଷ୍ଠ ସନ୍ତାନ ଓ ସବିତାଙ୍କ ଶ୍ରଦ୍ଧାର ପାତ୍ରୀ ।

ତୃତୀୟ ପିଲା ସେବ ଓ ତା' ତଲ ଝିଅ ସର ଘରେ ଅଭାବ ପାଇଁ ସେ ଦୁହିଁକର କିଛି ଅସୁବିଧା ହେଲେ ସେବ ତାକୁ ଚଲାଇ ନିଏ । କିଛି କହେ ନାହିଁ । କେବଲ ସର ମଝିରେ ମଝିରେ ଆପତ୍ତି ଉଠାଇଥାଏ । ନିଜର ଦାବି ଉପସ୍ଥାପନ କରେ । ନିର୍ଭୀକା ଭାବରେ ନିଜର ମତ ବ୍ୟକ୍ତ କରିଥାଏ । ହେଲେ ଦାବି ପୂରଣ ପାଇଁ ଅଡ଼ି ବସେନା । ସବିତା ତାକୁ ବୁଝାଇ ଦେଲେ ସେ ବୁଝିଯାଏ । ସେ ଈର୍ଷା ପରାୟଣା ନୁହେଁ । ପରଶ୍ରୀକାତରତା ଭାବ ତା'ଠେଇଁ ନାହିଁ । ଅଦେଖା ଗୁଣର ଲେଶ ମାତ୍ର ତା'ପାଖରେ ନଥାଏ । ହିଂସୁକି ପ୍ରକୃତିର ଝିଅ ସେ ନୁହେଁ କିମ୍ୱା ଅସହିଷ୍ଣୁ ସ୍ୱାଭାବର । କିନ୍ତୁ ତା' ମା ସବିତାଙ୍କ ପରି ସେ ଟିକେ ମୁଖରା । ମୁହେଁ ମୁହେଁ ଚଟାଇ ଦିଏ । ସେ କେବେ ଡରେ ନାହିଁକି କାହାରିକୁ ଭୟ କରି ଚୁପ୍ ରହିବା ଝିଅ

ସେ ନୁହେଁ । ଉପ୍ରୋଧ ରଖ୍ ବାହାରକୁ ନିରବ ରହି ଭିତରେ ଭିତରେ କୁହୁଳିବା ପ୍ରକୃତି ତା' ପାଖରେ ନାହିଁ । ଚସମ ରଖ୍ କିଛି ନ କହି ସେ ଛାଡ଼ି ଦିଏନା । ନବାବ ମୁହଁରେ ଜବାବ ଦେବା ଢଙ୍ଗ ତାଠେଇଁ ଅଛି । ଭୟରେ ପରିସ୍ଥିତିକୁ ଡରି ବିନା ପ୍ରତିବାଦରେ ଅବିଚାର ସହି ଯାଇ ନିରବ ରହିବା ଆଦୌ ତା' ଜାତକରେ ନାହିଁ । ଅନ୍ୟାୟକୁ ଓ ଅବିଚାରକୁ ସେ ବିରୋଧ କରେ । ସେଥି ସକାଶେ ସବିତାଙ୍କର ତାକୁ ଟିକେ ଆନ୍ତରିକ ଭୟ ରହିଛି ।

ସବିତାଙ୍କ କଥା ଶୁଣି ସେହି ସର କହିଲା "ବୋଉ ଆମ ଘରେ କେବେ ଭାଆାବ ଥିଲା ଯେ ଆଜି କହୁଛୁ ଏଥର ଭାରି ଅଭାବ । ଆମ ଘରେ ତ ସିବୁ ଦିନ ଅଭାବ । ତୁ ସେ କଥା ମାନୁନୁ କାହିଁକି ? ଆଉ ତୁ କେବେ ଆମ ପାଇଁ କିଛି କଲୁଣି । ଯାହା ତ ହେବ ସବୁ ଦେଇ ଲାଗି । ଦେଇକୁ ଏକା ତୁ ଜନମ କରିଛୁ । ଆମେମାନେ ସବୁ ନଈ ପାଣିରେ ଭାସି ଆସିଥିଲୁ । ତୁ ଦୟା ଦେଖାଇ ଆମକୁ ଆଣି ତୋ' ଘରେ ରହିବା ପାଇଁ ଟିକେ ଜାଗା ଦେଇଛୁ ।"

"ତୋର ଯୋଉ କଥାନା ?"

"କି କଥା ?"

"ମୁଁ କ'ଣ ସେଇଆ କହିଲି" ସବିତା ଅଭିମାନରେ କହିଲେ ।

"ଆଉ କଣ କହିଲୁ ?" ସରର ପ୍ରଶ୍ନ ।

"ମୁଁ କହୁଛି ସତୀ ଘରର ବଡ଼ ପିଲା । ସେ ପଢୁଆଁ ହେବା କଥା । ତା' ପାଇଁ ଅଷ୍ଟମୀକୁ ହେବ । ତୁମମାନଙ୍କ ଲାଗି ଅଗିରା ପୂର୍ଣ୍ଣମୀକୁ ହେଲେ ଚଳିବ ନାହିଁ ?"

"ବୋଉ ତୁ ଏଇନେ କହୁଛୁ ଦେଇ ପଢୁଆ ପିଲା । ତା' ପାଇଁ ଅଷ୍ଟମୀକୁ ହେବ । ଯେତେବେଳେ ଅଗିରା ପୂର୍ଣ୍ଣମୀ ପଡ଼ିବ ସେତେବେଳେ ତୁ କ'ଣ କହିବୁ ଜାଣିଛୁ ।

"କ'ଣ କହିବି ?" ସର ଆଡକୁ ଅନାଇଁ ସବିତା ପଚାରିଲେ ।

"କହିବୁ ଦେଇ ଘରର ବଡ଼ ଝିଅ । ସେ ପୁରୁଣା ଲୁଗା (ବାସି ଶାଢ଼ି) ପିନ୍ଧି ଓଷା କରିବାକୁ ଗାଁ ଦାଣ୍ଡକୁ ଗଲେ ଲୋକେ ଦେଖିଲେ କ'ଣ କହିବେ । ତା' ପାଇଁ ନିହାତି ନୂଆ ଶାଢ଼ି ଦରକାର"। ସବିତାଙ୍କ କଥାର ଉତ୍ତରରେ ସର କହିଲା ।

"ତୁମ ପାଇଁ କ'ଣ ଜମା ବାପାଙ୍କୁ କହେ ନି ? ତୁମେ ସବୁ ପୁଣି ପିନ୍ଧୁଛ ନା ଫୁଙ୍ଗୁଲା ଦେହରେ ରହୁଛ ?"

"ବୋଉ; ତୋତେ କଥାରେ ମୋଟେ ପାରି ହେବନିଲୋ । ବୁଝିଲୁ ତୁ ସବୁବେଳେ ତୋ' ବଡ଼ ଝିଅ ପଟ ନେଇ କଥା କହିବୁ ।"

"ତୁମମାନଙ୍କ ପାଇଁ ମୁଁ କ'ଣ କେବେ କିଛି କହେନାହିଁ ।"

"କ'ଣ କହିଛୁ ? କହନୁ ?"

"ତୁମ ପାଇଁ ନୂଆ ଜାମା ପଟା କଥା ବାପାଙ୍କୁ କହେ ନା ?"

"କହୁ ଯେ । ଆଗ ଦେଇ ପାଇଁ । ପରେ ଆମ କଥା ।"

"ସିଏ ପା' ଘରର ବଡ଼ ପିଲା ।"

"ଆମେ କ'ଣ ମନା କରୁଛୁ । ସିଏ ଯେତେବେଳେ ଘରର ବଡ଼ ପିଲା । ପରିବାରର ଜ୍ୟେଷ୍ଠ ସନ୍ତାନ । ତୋ'ର ପ୍ରଥମ ଛୁଆ । ସେଥିପାଇଁ ଯାହା ହେବ କେବଳ ତା'ପାଇଁ ହେବ । ବଳିଲେ ଯାଇ ତୋ'ର ଆମ କଥା ମନରେ ପଡ଼େ ।

"କାହିଁକି ? ରଜକୁ ତୁମମାନଙ୍କ ଲାଗି ହୋଇ ନଥିଲା ନା ?"

"ହଁ ହୋଇଥିଲା, ଦେଇ ପାଇଁ ହୋଇଥିଲା । ଆମ ଲାଗି ହୋଇଥିଲା । କୁଆଁର ପୂର୍ଣ୍ଣମୀକୁ ଆମ ପାଇଁ ହେଲାକି ?

କେବଳ ଦେଇ ଲାଗି ହେଲା । ବୋଉ ତୁ କହି ପାରିବୁ କେଉଁ ଓଷାରେ ଦେଇ ପାଇଁ ନ ହୋଇ ଖାଲି ଆମ ଲାଗି ହୋଇଛି । ସବୁ ଓଷାରେ ଆଗ ଦେଇ ଲାଗି ହେବ । ତେଣିକି ବଳିଲେ ଯାଇ ଆମ ପାଲି ପଡ଼ିବ ।"

ସବିତା ଏଥର ସଲଖ୍ୟ ବସିଲେ । ତାଙ୍କ ମୁହଁକୁ ସର ଆଡ଼କୁ ଟିକେ ବଢ଼େଇ ଦେଇ କହିଲେ "ଆଲୋ ଯେତେବେଳେ ସିଏ ଏ ଘରର ବଡ଼ପିଲା, ଆଗ ତା' ପାଇଁ ନା ତୁମ ଲାଗି ।"

କିଏ ମନା କରୁଛି । ଦେଇ ଆମ ଘରର ବଡ଼ ପିଲା ନୁହେଁ ବୋଲି ?

"ହେଇ ତୁ ପା କୁହୁଛୁ ?"

"ବୋଉ; ଦେଇ ତ ଆମ ଘରର ବଡ଼ ପିଲା । ତୁମ ମାନଙ୍କର ପ୍ରଥମ ଜନ୍ମିତ ସନ୍ତାନ । ପରିବାରର ଜ୍ୟେଷ୍ଠ ଛୁଆ । ତା'ର ଜନ୍ମ ଦ୍ୱାରା ତ ଘରର ଝିଅଟିଏ ହେବା ଅଭାବ ମେଣ୍ଟିଗଲା । ଦେଇ ପରେ ତୁ କାହିଁକି ଆମକୁ ଆଉ ଜନମ ଦେଉଥିଲୁ ?"

ସର କଥା ଶୁଣି ସବିତା ଅଭିମାନ ଭରା କଣ୍ଠରେ କହିଲେ "ତୋର ତ ସବୁବେଳେ ସେଇ କଥା ।"

"କୋଉ କଥା ?" ସର ପଚାରିଲା ।

"ସତୀ ବିରୋଧରେ ସବୁବେଲେ ତୋ'ର ଅଭିଯୋଗ ।"

"କ'ଣ କହିଲୁ ? ଦେଇ ବିରୋଧରେ ମୁଁ ଅଭିଯୋଗ କରୁଛି ?"

"ସେଇଆ ନୁହଁ ତ ଆଉ କ'ଣ ?"

"କେତେ ବେଲେ ମୁଁ ଅଭିଯୋଗ କଲି ?"

"ହେଇ ଏଇପା ତୁ କହୁଛୁ ।"

"କ'ଣ ହେଲା । ମୁଁ ଅଭିଯୋଗ କଲି ? ଏଇ କଥାକୁ ତୁ ଦେଇ ବିରୋଧରେ ଅଭିଯୋଗ ବୋଲି କହୁଛୁ । ଯଦି ଅଭିଯୋଗ କରିବା କଥା ଶୁଣିବାକୁ ତୋ'ର ଇଛା ତେବେ କହୁଛି ଶୁଣ । ଦେଇ ଆଜି ମନ୍ଦିରକୁ ସକାଳ ଦଶଟା ବେଳେ ଯାଇ ସଞ୍ଜ ପାଞ୍ଚଟାରେ ଫେରିଲା । କାହିଁ ତୁ ତ ତାକୁ ସେ ବିଷୟରେ କିଛି ପଚାରିଲୁ ନାହିଁ ? ନା' ମୁଁ ତୋତେ ସେ ବିଷୟରେ କିଛି କହିଛି ? ଆଉ ଆମେ ଯଦି କେଉଁଠି ଟିକେ ବସିଯିବୁ ତୋ' ଦେହ ଜମା ସହିବନି । ଆମକୁ ଜେରା କରିବୁ । କୁଆଡ଼େ ଯାଇଥିଲ ? କାହିଁକି ଯାଇଥିଲ ? କାହା ପାଖକୁ ଯାଇଥିଲ ? ସେଠି ତୁମର କି କାମ ଥିଲା ? କି ବେପାର ଚାଲିଛି ଶୁଣେ ? କେଉଁ କଥା ପଡ଼ିଛି ? କେଉଁ ଦାୟିତ୍ୱ ମେଣ୍ଟାଇବାକୁ ଯାଇଥିଲ ? ଏଣେ ଘରଟା ଯାକର କାମ ପଡ଼ିଛି । ସେଥିପ୍ରତି ନିଘା ନାହିଁ । ଖ୍ୟାଲ ନାହିଁ । ଦୃଷ୍ଟି ନାହିଁ ସେ ଆଡ଼କୁ । ଲକ୍ଷ୍ୟ ରହୁନି ସେଥି ପ୍ରତି । ଝିଅର ଗାଁ ବୁଲା ପଲେଇ ଯାଉଛି । କି ମାମଲଟିରେ ଯାଇଥିଲୁ କହନି ? ପଦା ଲୋକଙ୍କ ସହିତ ଗପ କରିବାକୁ ବେଲ ସହୁନି ? ବାହାର ଲୋକମାନଙ୍କ ସାଙ୍ଗରେ ପାଟି ଗଲୁ ମାରିବାକୁ ସମୟ ଅଣ୍ଟୁନି । ଖଲଖଲିଆ ପାଟିତ ସେଥିରୁ କଥା ନ ବାହାରିଲେ ଚଲିବ କେମିତି ? ଉଦେଶ୍ୟ ରହିଲା ଗୋଡ଼ ବୁଲାଇବା ଉପରେ । ଘରେ ସିନା ରହିଲେ ଘର କାମ ପ୍ରତି ଦୃଷ୍ଟି ପଡ଼ିବ । ଘର କାମ ଦେଖା ହେବ । ଘର ପାଇଟିରେ ମନ ଲାଗିବ । ମତଲବ ତ ବାରବୁଲିଙ୍କ ପରି ଇୟାଘର ତା'ଘର ହେବା । ନିଜ ଘର କାମର ହେପାଜତ ନେବାକୁ ତାଙ୍କର ବେଲ କାହିଁନା ସମୟ କୁଆତୁ ମିଲିବ । ଆମେ କାହା ସହିତ କଥା ଦିପଦ ହେଲେ ତୁ ଆଦୌ ବରଦାସ୍ତ କରିପାରିବୁ ନାହିଁ । ଏମିତି ବାଗେଇ ସାଗେଇ କହିବୁ ଯେମିତି ଆମକୁ ସେଠୁ ଉଠି ଆସିବାକୁ ତର ସହିବ ନାହିଁ । ଦେଇ ସୁନିନାନୀ ବସି ଗପସପ ହୋଇ ସାରାଦିନ ବିତାଇ ଦେଲେ, ରାତି ପୁହାଇ ଦେଲେ ତୁ ତାକୁ କିଛି କହିବା ତ ଦୂରର କଥା ବରଂ ମନେମନେ ଭାରି ଖୁସି ହେଉ । ଦେଇ କିଛି କାମ ନ କରି ନୁଖୁରାତାରେ ବସି ରହିଲା ବେଲେ ତୋରତ ଦରଦ ଉଛୁଲି ପଡ଼େ । ହେଲେ ଆମକୁ କହିଲା ବେଲେ ତୋ ପାଟିରେ ତ କଥାର ଖଇ ଫୁଟେ ।

ପାଟିରେ ବାଟୁଲି ବାଜେନା । ଜିଭ ଅଟକି ଯାଏନା । ତୁଣ୍ଡ ନିରବ ରହେନା । କଥା ବନ୍ଦ କରୁନା । କହିବାକୁ ଥିବା କଥା କହି ନ ସାରି ତୁ ଦମ୍ ନେଉନା । କହିଲା ବେଳେ, ସେତୁ ପ୍ରତିଷ୍ଠା ସମୟରେ, ମନ୍ତ ଉଚ୍ଚାରଣ କରୁଥିଲା ବେଳେ ପୁରୋଧା ରାବଣ ନିଃଶ୍ୱାସ ନେବା ବନ୍ଦ କରି ପାରିଥିଲା ପରି ତୋ'ର ନିଃଶ୍ୱାସ ବନ୍ଦ ହୋଇଯାଏ । ମାତ୍ର ଏତେ ବେଳକୁ ଦେଇ ଲାଗି କ'ଣ ମୁହଁରେ କୋଲପ ପଡ଼ିଛି ନା ପାଟିରେ ବିଣ୍ଡା ଦେଇ ବସିଛୁ?

"ଡର ମାଡ଼େ ଯେଉଠି, ସଞ୍ଚହେଲା ସେଇଠି । ଯେଉଁ ଜାଗାରେ ଭୟ ଲାଗେ । ସେଇ ସ୍ଥାନରେ ପହଞ୍ଚିଲା ବେଳକୁ ଅନ୍ଧାର ଘୋଟି ଆସିଥିଲା ପରି ସତୀର ଅବସ୍ଥା ହେଲା । ଯାହା ଘଟୁ ବୋଲି ସେ ଚାହୁଁନଥିଲା । ସେ ଇଚ୍ଛା କରୁନଥିଲା ଯାହା ହେଉ ବୋଲି । ସେ ଯାହା ଖୋଜୁ ନଥିଲା । ଲୋଡ଼ୁ ନଥିଲା ଯେଉଁ କଥାଟିକୁ । ଯେଉଁ ଅବସ୍ଥାକୁ ସେ ଆବଶ୍ୟକ ବୋଲି ଭାବୁନଥିଲା । ଯେଉଁ ପରିସ୍ଥିତିକୁ ସେ ଭୟ କରୁଥିଲା । ଯେଉଁ କଥାଟି ଚପା ପଡ଼ିଗଲା ବୋଲି ସେ ଚିନ୍ତା କରୁଥିଲା । ସେ ଧରି ନେଇଥିଲା ଯେଉଁ ଘଟଣାକୁ କେହି ଗୁରୁତ୍ୱ ଦେଇନାହାନ୍ତି । ଯାହା କେହି ଭାବି ନାହାଁନ୍ତି । ଚିନ୍ତା କରିବା ଆବଶ୍ୟକ ମନେ କରି ନାହାଁନ୍ତି । ତାହା ଓଲଟା ହେଲା । ତା'ର ବିପରିତ ଘଟିଲା । ଲେଉଟିଲା ସେ କଥାର ସ୍ରୋତ ଯମୁନା ନଦୀର ଉଜାଣି ସୁଅ ପରି । ଓଲଟି ପଡ଼ିଲା ମରିଯାଇଥିବା ଭାବନାର ପ୍ରବାହ । ମୁର୍ଚ୍ଛାର ପାଲଟି ଯାଇଥିବା ଘଟଣାଟି ଜୀବନ୍ୟାସ ପାଇଗଲା । କଡ଼ ଲେଉଟାଇଲା ଜଡ଼ ହୋଇ ଶୋଇ ରହିଥିବା ମଲା ମଣିଷର ଦେହଟି ପୁନଃ ଜନ୍ମ ପାଇଲା ପରି । ଦେବାସୁର ଯୁଦ୍ଧରେ ଇନ୍ଦ୍ରଙ୍କ ବଜ୍ରାଘାତରେ (ପ୍ରହାରରେ) ପ୍ରାଣ ହରାଇ ପଡ଼ିରହିଥିବା ଅସୁରଙ୍କ ଶବ ଗୁରୁ ଶୁକ୍ରାଚାର୍ଯ୍ୟଙ୍କ ମୃତ୍ୟୁ ସଞ୍ଜୀବନୀ ମନ୍ତ ବଳରେ ଜୀବନ୍ୟାସ ପାଇଲା ଯେପରି । ସେ ମରି ଶୋଇଥିବା ମଡ଼ା ଆଖି ମିଟିକା ମାରି ତାକୁ କହୁଥିଲା– ମୁଁ ଚେଇଁ ଉଠିଲିଣି । ତୋ' ଅବିଗୁଣ ପଦାରେ ପକାଇ ଦେବାକୁ । ତୁ ଲୁଚାଇ ଲୁଚାଇ ଗୋପନରେ, ଅନ୍ୟମାନଙ୍କ ଦୃଷ୍ଟି ଆଢ଼ୁଆଲରେ କରୁଥିବା କାମଟିକୁ ବାହାରେ ପ୍ରକାଶ କରିବା ଲାଗି । ତୋ' ଭିତିରି ଗୁମର ଖୋଲି ଦେବାକୁ ଏଠି ସର ଅସୁର ଗୁରୁ ଭୂମିକାରେ ଅବତୀର୍ଣ୍ଣ ହୋଇଛି ତା ପାଇଁ । ସେ ଆଶା କରୁନଥିବା କଥାଟି ସରଠାରୁ ଶୁଣି ତା' ମନରେ ଭୟଜାତ ହେଲା । ଛନକା ଲାଗିଲା, ଦକା ପଶିଗଲା, ଛାତିରେ ଅଟକି ଗଲା ରକା । ସେ ଡରିଗଲା । ଦବକ ଜନ୍ମିଲା ତା' ଅନ୍ତରରେ । ଯେଉଁ କଥାର ଆଶଙ୍କାରେ ସେ ଶଙ୍କାଗ୍ରସ୍ତ ଥିଲା । ଭୟଭିତ ହେଇଥିଲା । ସର ସେଇ କଥାକୁ ପ୍ରକାଶ କରିଦେଲା । ଲିଭି ଆସୁଥିବା ନିଆଁକୁ ଉଖୁରାଇ ପାଉଁଶ ତଳୁ ବାହାରକୁ କାଢ଼ିବାକୁ ସର ଚେଷ୍ଟା କରୁଛି । ଯନ୍ ନେଇଛି ପୁଣି ସେ ନିଆଁକୁ କୁହୁଲାଇ ଜଳାଇବା ଲାଗି । ଉଦ୍ୟମ ଜାରି ରଖିଛି ସେ କୁହୁଲା ନିଆକୁ ଧୁନିରେ ପରିଣତ କରିବାକୁ । ସର କଥାରେ ସତୀ ଆଶଙ୍କା କରୁଥିଲା । ବୋଉ କାଲେ ସର କଥା ଶୁଣି ତାକୁ ପଚାରିବ– "ମନ୍ଦିରରେ ଏତେ ସମୟ କାହିଁକି ରହିଥିଲୁ? ସେଠାରେ ତୋ'ର କି କାମ ଥିଲା । ଯେଉଁଥି ପାଇଁ ତୋତେ ସଞ୍ଜ ପାଞ୍ଚଟା ପର୍ଯ୍ୟନ୍ତ ରହିବାକୁ ପଡ଼ିଲା । ପ୍ରତିବାରିରେ ଦଶଟାରେ ଯାଇ ଦୁଇଟା ସୁଦ୍ଧା ଫେରିଆସୁ । ଆଜି କାହିଁକି ଏତେ ଡେରି ହେଲା ? ସେଠାରେ ଏତେବେଳ ପର୍ଯ୍ୟନ୍ତ ରହି ତୁ କାହାକୁ ଅପେକ୍ଷା କରିଥିଲୁ କି ?"

ଠାକୁର ବାବା କହିଥିବା କଥା ତା'ର ମନେ ପଡ଼ିଗଲା । "କ୍ଷତେ ପ୍ରହାର ନିପତନ୍ତ୍ୟ ଭୀଷଣଂ ଧନକ୍ଷୟେ ବର୍ଦ୍ଧତେ ଜାଠରାଗ୍ନିଃ । ଆପତ୍ସୁ ବୈରାଣି ସମୁଦ୍ଭବନ୍ତି ଛିଦ୍ରେଷ୍ୱନର୍ଥା ବହୁଳୀ ଭବନ୍ତି ।" କ୍ଷତ ଜାଗାରେ ହିଁ ବାରମ୍ବାର ଆଘାତ ଲାଗିଥାଏ । ଘରେ ଧନ ନ ଥିଲେ ବେଶୀ ଭୋକ ଲାଗେ ଓ ବିପଦ ବେଳେ ବହୁତ ଶତ୍ରୁ ହୋଇଯାଆନ୍ତି । ତେଣୁ ଯଥାର୍ଥରେ କୁହାଯାଇଛି ଛିଦ୍ରଥିଲେ ବହୁତ ଅନର୍ଥ ସୃଷ୍ଟି ହୁଏ । ଅର୍ଥାତ୍ ବିପଦ ପରେ ବିପଦ ମାଡ଼ି ଆସେ ।

ତା' ମନରେ ଚେତା ପଶିଲା । ମନ୍ଦିରୁ ଫେରିବା ବାଟରେ ସୁନିର ମା' ଯେପରି ବିରକ୍ତ ହୋଇ ସୁନିକୁ କହିଥିଲେ । ତା' ବୋଉ ତାକୁ ସେପରି କହିବ କି ? ଯଦିବା ତା'ବୋଉ ସେ ବିଷୟରେ ତାକୁ ଏ ପର୍ଯ୍ୟନ୍ତ କିଛି କହିନାହିଁ

ବର୍ତ୍ତମାନ ସର କଥା ଶୁଣି ସେ ସେହି କଥା ଉଠାଇବ କି ? ବିଳମ୍ବ ଯୋଗୁଁ ଭୟ କରି ସନ୍ଧ୍ୟା ବେଳେ ତା' ବୋଉ ପିଠା କରୁଥିବା ସମୟରେ ସାନଭାଇ ଭଉଣୀ ଦି ଜଣ ପିଠା ଆଣି ଖାଉଥିଲା ବେଳେ ସେ ନିରବରେ ବସି ରହିଥିଲା। କାଲେ ପାଖକୁ ଯାଇ ପିଠା ଆଣିଲେ ବୋଉ ମୁହଁ ଫଣ୍‌ଫଣ୍‌ କରି କିଛି କହିବ। ସୁନିର ମା' ଯେପରି ସୁନିକୁ କହିଥିଲେ ମନ୍ଦିରରୁ ଫେରିବା ସମୟରେ ବାଟରେ ସେ ଶୁଣିଥିଲା। କିନ୍ତୁ ତା'ବୋଉ ଯେତେବେଳେ ତାକୁ ପିଠା ଆଣିବା ପାଇଁ ଡାକିଲା ସେତେବେଳେ ସେ ଜାଣି ପାରିଥିଲା ତା'ର ମନ୍ଦିରରୁ ଫେରିବା ବିଳମ୍ବକୁ ତା'ବୋଉ ସେତେଟା ଗୁରୁତ୍ୱ ଦେଇନାହିଁ। ସୁନିର ମା' ଯେପରି ଦେଇଥିଲେ। ତା' ପରେ ସେ ପିଠା ଆଣିବାକୁ ନ ଯିବାରୁ ତା'ବୋଉ ନିଜେ ଆସି ତାକୁ ଦେଇ ଯାଇଥିଲା। ସେ ଘଟଣା ପରେ ସତୀର ହୃଦବୋଧ ହୋଇଥିଲା ତା'ର ବିଳମ୍ବ ହେବା କଥାକୁ ତା ବୋଉ ପୂରାପୂରି ଭୁଲି ଯାଇଛି। ସେ ଦୃଢ଼ ନିଶ୍ଚିନ୍ତ ହେଲା ଯେ ତା' ବୋଉ ସେ କଥାକୁ ମୋଟେ ମନରେ ଧରିନାହିଁ। ତା'ର ବିଶ୍ୱାସ ଜନ୍ମିଥିଲା ତା'ବୋଉ ସେ କଥା ଉଠାଇ ତାକୁ ଆଉ ସେ ବିଷୟରେ କିଛି ପଚାରିବ ନାହିଁ। କିନ୍ତୁ ବର୍ତ୍ତମାନ ସର ସେ କଥା ସମ୍ପର୍କରେ ଖୋଲତାଡ଼ କରି ତାକୁ ଗାଲି ଦେବାକୁ ତା' ବୋଉକୁ ଯେପରି ଉସ୍କାଉଛି।

ଫଲ କିନ୍ତୁ ହେଲା ଓଲଟା। ସର କଥାରେ ତା'ବୋଉ ତାକୁ କିଛି କହିଲା ନାହିଁ। ଏପରିକି ମନ୍ଦିରରେ ବିଳମ୍ବ ହେବାର କାରଣ ସୁଦ୍ଧା ପଚାରିଲା ନାହିଁ। ତା'ବୋଉ ତା'ଉପରେ ମନ୍ଦିରରୁ ବିଳମ୍ବରେ ଫେରିଥିବା ଯୋଗୁ ବିରକ୍ତ ନ ହୋଇ ଓଲଟି ତାକୁ ତା' କୋଲକୁ ଆଉଜାଇ ନେଇ ତା' ପିଠି ଆଉଁଶି ଦେଇ କହିଲା "ମୋ ସତୀକୁ ପୁଣି ମୁଁ ସନ୍ଦେହ କରିବି। ଅବିଶ୍ୱାସ ଆଣିବି ତା' ଚରିତ୍ର ଉପରେ। ମୋ ଝିଅ ନାଁରେ କିଏ କ'ଣ କହିଦେବ ? କାହା ବାପର ବହପ ଅଛି ? କାହା ଜିଭରେ ହାଡ଼ ହେଲାଣି ମୋ' ସତୀର ଦୋଷ ଧରିବ ? ତା' ବ୍ୟବହାରରେ ଅସନ୍ତୁଷ୍ଟ ହେବ ? ତା' କାମକୁ ଖୁନ୍ଦି ଦେବ ? ବାଛି ବସିବ ତା' ଚାଲି ଚଲନକୁ। ତା' କଥା ଭାଷା ଶୁଣିବାକୁ ଅସୁଖ ପାଇବ ?"

ସତୀ ଭୟ ଓ ବିପଦର ଆଶଙ୍କାରେ ତା' ବୋଉ କୋଲକୁ ଆଉଜି ଯାଇ ଥିଲା। ଅଜଣା ଆତଙ୍କ ତା' ମନକୁ ଦବାଇ ଦେଉଥିଲା। ମାତ୍ର ତା' ବୋଉର ସ୍ନେହ ବୋଲା କଥା ଶୁଣି ଓ ଆଦର ପାଇ ସେ ମନରୁ ଭୟ ଛାଡ଼ି ନିଶ୍ଚିନ୍ତ ହେଲା। ବୋଉର ତା' ପ୍ରତି ଥିବା ଦୃଢ଼ ବିଶ୍ୱାସ, ଅଟୁଟ ଭରସା, ସ୍ଥାୟୀ ଆସ୍ଥା, ଆଦର ଓ ଶ୍ରଦ୍ଧା ପାଇ ଏବଂ ଆଶ୍ୱାସନାଭରା କଥା ଶୁଣି ସେ ନିର୍ଭୟରେ ତା'ବୋଉ କୋଲକୁ ଆଉଜି ଗଲା। ସରର ତା' ପ୍ରତି ଆକ୍ଷେପକୁ ମନରେ ନ ଧରି। ବୋଉ ପାଖରେ ସରର ତା' ବିରୋଧରେ ଅଭିଯୋଗକୁ ମନକୁ ନ ଆଣି। ସରର ସେ ପ୍ରସଙ୍ଗ ଉଠାଇ ତାକୁ ଗାଲି ଶୁଣାଇବା ଉଦ୍ୟମକୁ ଭ୍ରୁକ୍ଷେପ ନକରି। ସରର ସେ ବିଷୟକୁ ଇଙ୍ଗିତ କରି କହିଥିବା କଥାକୁ ଖାତିର ନ କରି। ତା' ପ୍ରତି ସରର ଆପଠି ଭରା ଆଭିମୁଖ୍ୟକୁ ନଜର ନ ଦେଇ। ବୋଉ ଆଗରେ ତାକୁ ବଦନାମ କରିବା ଯୋଜନାକୁ ପାସଙ୍ଗରେ ନପକାଇ। ତା' ନାଁରେ ଦୁର୍ନାମ ଉଠାଇ ବୋଉଠାରୁ ଭର୍ସନା ଶୁଣାଇବା ମତଲବକୁ ଗଣନା ନ କରି ବୋଉର ଅଭୟ ପ୍ରଦାନକାରୀ ସାନ୍ତ୍ୱନା ମୂଲକ କଥା ଶୁଣି ବୋଉର ନିରାପଦ ଆଶ୍ରୟ ତଲେ ନିଜକୁ ହଜାଇ ଦେଲା।

ସପନି ଓ ସୁବଲ ଘରକୁ ଫେରି ଆସିଲେଣି। ତାଙ୍କୁ ଦେଖ ମା' ଝିଅଙ୍କ ଆଲୋଚନା ବନ୍ଦ ହୋଇଗଲା। ସେବ ଅଲଙ୍ଗ ଖରକି ଆସନ ପକାଇ ଦେଲା। ସବିତା ଥାଲିରେ ପିଠା ବାଢ଼ି ସର ହାତରେ ପଠାଇ ଦେଲେ। ପିଠା ଉପରେ ଅଙ୍କ କଲସୀ ଗୁଡ଼ ଥିଲା। ବାପ, ପୁଅ ଦାଣ୍ଡ ଘର ଅଲଙ୍ଗରେ ଖାଇ ବସିଲେ। ବାଡ଼ି ପଟ ଅଲଙ୍ଗରେ ମା'ସହିତ ତିନି ଝିଅ ବସିଲେ ଗୋଟିଏ ଜାଗାରେ।

ସବିତା ମିଠା ଖାଇବାକୁ ଭଲପାଆନ୍ତି ନାହିଁ। ସେ ପିଠା ସାଙ୍ଗରେ ଭରତା, ଭାଜି କେବେ କେମିତି ତରକାରୀ ଲଗାଇ ଖାଇଥାଆନ୍ତି। ସେଦିନ ସେମାନେ ସାରୁ ସିଝାଇ ସେଥିରେ କଞ୍ଚାଲଙ୍କା ପକାଇ ଭରତା କରି ଖାଇଲେ। ରସୁଣ

କିମ୍ବା ପିଆଜ ପକାଇଲେ ଭରତା ବାସିଥାଏ । କିନ୍ତୁ ସତୀ ପୂର୍ଣ୍ଣିମୀ, ଅମାବାସ୍ୟା ଓ ସଂକ୍ରାନ୍ତିରେ ରସୁଣ କିମ୍ବା ପିଆଜ ଖାଇ ନଥାଏ । ସେଥିପାଇଁ ମାର୍ଗଶିର ମାସ ସଂକ୍ରାନ୍ତିରେ ସେମାନେ ପିଆଜ କିମ୍ବା ରସୁଣ ନ ପକାଇ ଭରତା କରିଥିଲେ । କଞ୍ଚାଲଙ୍କା ଓ ଗୋଲମରିଚର ମଧ ଗୋଟେ ସ୍ୱତନ୍ତ୍ର ବାସ୍ନା ଅଛି । ବାଡ଼ି କଞ୍ଚାଲଙ୍କା ଦଳି କରିଥିବା ଭରତା ଥାଲିଆକୁ ମଝିରେ ରଖି ଦୁଇଟି ଥାଲିରେ ମା' ଝିଅ ଚାରିଜଣ ଖାଇ ବସିଲେ ।

ପିଠାରେ ଚିନି ହେଉକି ଗୁଡ଼ ଯେକୌଣସି ମିଠା ଲଗାଇ ଖାଇବାକୁ ହେଲେ ତାହା ଖର୍ଦ୍ଦି କରିବାକୁ ପଇସା ଆବଶ୍ୟକ ହୋଇଥାଏ । ଗରିବ ଘରମାନଙ୍କରେ ସେପରି ସୁବିଧା ନଥିବାରୁ ସେମାନେ ଅନ୍ୟ ଉପାୟରେ ଲଗାଇ ଖାଇବା (ବ୍ୟଞ୍ଜନ) ଯୋଗାଡ଼ କରିଥାଆନ୍ତି । ଗ୍ରାମାଞ୍ଚଳରେ ପ୍ରାୟତଃ ପ୍ରତ୍ୟେକ ଘର ସାରୁ ଚାଷ କରିଥାଆନ୍ତି । ସାରୁ ଜ୍ୟେଷ୍ଠ ମାସ ଶେଷ କିମ୍ବା ପହିଲା ଆଷାଢ଼ରେ ଲଗାହୁଏ । ଆଶ୍ୱିନ ଶେଷ ଅଥବା କାର୍ତ୍ତିକ ପହିଲାରେ ଖୋଲା ଯାଇଥାଏ । ଅବଶ୍ୟ ସବଳିଆ ଘରମାନଙ୍କରେ ପୌଷ ମାସ ଶେଷ କିମ୍ବା ମାଘ ମାସରେ ସାରୁ ଖୋଲା ହୋଇଥାଏ । ସାରୁକୁ ଖୋଲି ଆଣି ତାକୁ ସିଝାଇ କିମ୍ବା ପୋଡ଼ି ବାଡ଼ି କଞ୍ଚାଲଙ୍କା ପକାଇ ଭରତା କରିବାରେ ଖର୍ଚ୍ଚ ପ୍ରାୟତଃ ପଡ଼ିନଥାଏ । ତାହା ମଧ୍ୟ ଉତ୍ତମ ଲଗାଇ ଖାଇବା (ବ୍ୟଞ୍ଜନର) ଭାବରେ କାମ ଚଳାଇ ନେଇଥାଏ । ସାରୁ ମଧ୍ୟ ସମସ୍ତ ପ୍ରକାର ତରକାରୀରେ ପଡ଼ିପାରେ । ସେଥିପାଇଁ ଗ୍ରାମାଞ୍ଚଳରେ ଗୋଟେ ପ୍ରବାଦ ଅଛି । ମେଘ ଯୁଆଡ଼େ, ଛତା ସିଆଡ଼କୁ ବୁଲାଉଥିବା ଲୋକ ବା ଦୁଇ ପକ୍ଷକୁ ସମର୍ଥନ କରୁଥିବା ବ୍ୟକ୍ତିକୁ କୁହାଯାଏ– କ'ଣ ସିଏ ସାରୁ ପରିବା କି ?"

ସେଦିନ ମାର୍ଗଶୀର ମାସର ସଂକ୍ରାନ୍ତି ଥିବାରୁ ସଂକ୍ରାନ୍ତିରେ ପୋଡ଼ା ଖାଇବେନି ଓ ସଂକ୍ରାନ୍ତିରେ ଘରେ ପୋଡ଼ା (ଯାଉ) ହେଉନଥିବାରୁ ସେମାନେ ସାରୁକୁ ସିଝାଇ ଭରତା କରିଥିଲେ ।

ଗୋଟିଏ ଥାଲିରେ ସେବ ଓ ସର । ଆର ଥାଲିରେ ସତୀ, ସବିତାଙ୍କ ସହିତ ବସିଲା । ତାଙ୍କ ଘରେ ଗୋଟେ ପରମ୍ପରା ରହିଆସିଛି । ଯେକୌଣସି ଘଟଣାକୁ ନେଇ ଅବା କୌଣସି କାରଣରୁ ସେମାନଙ୍କ ମଧ୍ୟରେ କଥା କଟାକଟି ହେଇ ବା ଯୁକ୍ତିତର୍କ ଅଥବା ଝଗଡ଼ା, ଝାଣ୍ଟି, ମନ ଫଟାଫଟି, ମୁହଁ ଫୁଲାଫୁଲି ଯାହା ବି ହୋଇଥାଉ ଖାଇଲା ବେଳେ ସମସ୍ତେ ସାଙ୍ଗ ହୋଇ ଏକତ୍ର ଖାଇଥାଆନ୍ତି । ଘରେ ସ୍ନେହ, ଶ୍ରଦ୍ଧା ଓ ପ୍ରେମ ଭରପୂର ରହିବା (ହେବା) ଦରକାର । ନ' ହେଲେ ହୋଟେଲରେ ବି ଖାଇବା ଓ ରହିବାର ବ୍ୟବସ୍ଥା ଅଛି । ଘରକୁ ହୋଟେଲ ନୁହେଁ, ମନ୍ଦିର ବନାଇବା ଦରକାର । ପରସ୍ପର ସହିତ ସ୍ୱର ମିଳାଇ ଓ ତାଳ ଦେଇ ଚଳି ପାରିଲେ ଜୀବନ ସଙ୍ଗୀତର ମାଧୁର୍ଯ୍ୟ ପରିପ୍ରକାଶ ହେବ । ଭକ୍ତ କବିଙ୍କ ଭାଷାରେ – ବୈକୁଣ୍ଠ ସମାନ ଆହା ଅଟେ ସେଇ ଘର, ପରସ୍ପର ସ୍ନେହ ଭାବ ଯହିଁ ଥାଏ ନିରନ୍ତର । ମା' ଝିଅ ଓ ଭାଇ ଭଉଣୀ ମଧ୍ୟରେ ଯେତେ ରାଗ, ରୁଷା, ବଚସା, ଯୁକ୍ତିତର୍କ ହୋଇଥିଲେ ସୁଦ୍ଧା କେହି କେବେ କାହାରି କଥା ହେଟି ଦିଅନ୍ତି ନାହିଁ । ମା'ଏବଂ ତା'ଠାରୁ ଜନ୍ମିତ ସନ୍ତାନ କିଏ କାହା ଉପରେ କେତେ ସମୟ ରାଗ ରଖି ପାରିବ ? ଯଦି ବା ସେମାନଙ୍କ ମଧ୍ୟରେ କୌଣସି କାରଣ ବଶତଃ ରାଗରୁଷା ଥାଏ ସେ ରାଗ କ୍ଷୀଣସ୍ଥାୟୀ । ସେ ଅଭିମାନ ପାଣିରେ ଗାରପରି । ଅଳ୍ପ ସମୟ ଭିତରେ ମିଳାଇଯାଏ । ମା' ଯାହା ଉପରେ ରାଗିଥାଏ, ତା' ନାମ ଧରି ଡାକି ଦେଲେ ସେ ପିଲାର ରାଗ ଆପେ ଆପେ ଉଭେଇ ଯାଏ । କଥାରେ ଅଛି ମା' ଗାଳି, ଦାଣ୍ଡ ଧୂଳି, ଯେତେହେଲେ ମା' ଜନ୍ମଦାତ୍ରୀ । କ'ଣ ଟିକେ ରାଗତମରେ କହିଦେଲା ବୋଲି ପିଲା ସେ କଥାକୁ ଧରି ବସିବ କିପରି ? ମା' ଯଦି କୌଣସି ଘଟଣାକୁ ନେଇ ପିଲାମାନଙ୍କ ଉପରେ ବିରକ୍ତ ହୋଇଥାଏ । ପିଲାଙ୍କ କଥାରେ ମୁହଁ ମୋଡ଼ି, ଗୋଡ଼ି କଚାଡ଼ି, ରାଗ ତମତମ ହୋଇ ଚାଲି ଯାଇଥାଏ । ପର କ୍ଷଣରେ ପିଲାର ମୁହଁକୁ ଅନାଇ ଦେଲେ ତା'ର ସେ ରାଗ କୁଆଡ଼େ ଚାଲିଯାଏ । ଯେତେହେଲେ ଦଶମାସ ଗର୍ଭ ବେଦନା ସହି ଅନ୍ତ ଫାଡ଼ି ଜନମ ଦେଇଛିଟି । ସେମାନଙ୍କ ଉପରେ ଅଭିମାନ କରି କେତେ ସମୟ ରହିପାରିବ ?

ମାତୃତ୍ୱ ଏକ ଅନୁଭବ । ଏକ ସାଧନା । ଏକ ତପସ୍ୟା ସଙ୍ଗେ ସମାନ ମଧ୍ୟ । ସନ୍ତାନଟିଏ ଜନ୍ମ ଦେବା ପୂର୍ବରୁ ଆରମ୍ଭ ହୁଏ ମା'ର ସାଧନା । ତପସ୍ୱୀ ଯେପରି ପ୍ରଭୁଙ୍କ ପାଦ ପଦ୍ମରେ ସର୍ବଦା ଲକ୍ଷ୍ୟ ରଖିଥାଏ । ସେହିପରି ସନ୍ତାନର ଅନୁପସ୍ଥିତିରେ ମା'ର ଧ୍ୟାନ ସନ୍ତାନ ପାଖରେ ଅହରହ ରହିଥାଏ । ମା'ର ବିକଳ୍ପ ପ୍ରକୃତରେ ଏ ଦୁନିଆରେ କିଛି ନାହିଁ । ନାରୀ ସର୍ବଂସହା । ମା' ଏକ ପ୍ରେରଣା । ଏକ ନିର୍ବିକଳ୍ପ ସଭା । ପ୍ରାଣୋଚ୍ଛଳ ହୃଦୟବତ୍ତା । ମା' ସକାରାମ୍ଭକ ସୃଷ୍ଟିର ସୂତ୍ରଧର । ନାରୀ ବନ୍ଦନୀୟା । ଘରକୁ ସ୍ଥିର ରଖୁଥିବା ସ୍ତ୍ରୀଟିଏ ନାରୀ, ଆଗାମୀ ବଂଶଧରକୁ ଜନ୍ମ ଦେଇଥିବା ନାରୀଟି ଜନନୀ । ସ୍ନେହ ଓ ପ୍ରୀତିର ଏକ ସୂତ୍ରରେ ଖୁସି ବାନ୍ଧୁଥିବା ନାରୀଟି ଭଗ୍ନୀ । ବନ୍ଧୁତା ସୂତ୍ରରେ ଦୁଇ କୁଳର ସମନ୍ୱୟ ରକ୍ଷା କରୁଥିବା ନାରୀଟି କନ୍ୟା । ନାରୀର ଉପମା ନାହିଁ । ନାରୀକୁ କାହା ସହ ତୁଳନା କରାଯାଇ ପାରେନା । ସେ ପ୍ରକୃତି ଓ ଏ ବିଶ୍ୱର ମୂଳାଧାର । ହୃଦୟର ସ୍ନେହ, ଅନ୍ତରର ମମତା ନିଗାଡ଼ି, ପ୍ରାଣର ନିବେଦନ ଅର୍ପଣ କରି, ସମସ୍ତ ସ୍ୱାର୍ଥ ପରତାକୁ ଜଳାଞ୍ଜଲି ଦେଇ ପିଲାଟିକୁ ମଣିଷ କରିବାକୁ ଅହରହ ଆପ୍ରାଣ ଚେଷ୍ଟା କରେ । ତା'ର ପାରୁ ପର୍ଯ୍ୟନ୍ତ ଉଦ୍ୟମ କରିଥାଏ । ସବୁ ନାରୀମାନେ ଜନ୍ମଦାତ୍ରୀ ହୋଇପାରନ୍ତି ନି । ତେବେ ସୁଦ୍ଧା ପ୍ରତ୍ୟେକ ନାରୀ ଜଣେ ଜଣେ ମାଆ । ତେଣୁ ମାତୃତ୍ୱ ଏକ ଅନୁଭବ । ପୋଷ୍ୟ ସନ୍ତାନ ଗ୍ରହଣ କରି ଲାଳନପାଳନ ବେଳେ ମାଆ ନିଜ ପରର ବାଛ ବିଚାର କରି ନଥାଏ । ଅନାଥ ଆଶ୍ରମରେ ମଧ୍ୟ ପିଲାମାନେ ସେହି ମମତା ପାଇ ବଡ଼ ହୁଅନ୍ତି । ସେଠାରେ ଯେଉଁମାନେ ସେମାନଙ୍କୁ ପାଳି ପୋଷି ବଡ଼କରନ୍ତି ସେମାନେ ସବୁ ମାଆ ନୁହଁନ୍ତି ତ ଆଉ କ'ଣ ? ସେଥିପାଇଁ ଆମେ ପ୍ରାର୍ଥନାରେ ଗାଉ "ତୁମେ ବ ମାତା ଚ ପିତା ତୁମେବ ।" ପ୍ରଥମରୁ ଆମେ ଏ ଦୁନିଆର ପାଳନ କର୍ତ୍ତା ବିଷ୍ଣୁ (ଭଗବାନ)ଙ୍କୁ ମାଆ ବୋଲି ସମ୍ବୋଧନ କରିଥାଉ । ଆହୁରି ମଧ୍ୟ ମାତୃତ୍ୱ ଅନୁଭବରେ ନିର୍ଦ୍ଦିଷ୍ଟ ବୟସ ସୀମା ନଥାଏ । ଶିଶୁ କନ୍ୟାଟିଏ ମାଆ ହୋଇ କଣ୍ଢେଇକୁ ଗେଲ କରେ । ତାକୁ ଖୁଆଏ । ଶୁଆଇ ଦିଏ । ତା' ମନ ଭୁଲାଇବା ପାଇଁ, ଅଝଟ ଭାଙ୍ଗିବାକୁ ଯାଇ "ଆ ଜନ୍ମ ମାମୁ, ଧୋରେ ବାଇଆ ଗୀତ ଗାଏ ।" ଯାହା ସେ ପିଲାଟି ବେଳେ ତା'ମାଆଠାରୁ ଶୁଣିଥିଲା । ପୁଣି ତା'ର ଅଝଟ ପଣ ଓ ଦୁଷ୍ଟାମୀ ପାଇଁ ଶାସନ କରିବାକୁ ଯାଇ ମାଡ଼ମାରେ । ଏକଥା ତାକୁ କେହି ଶିଖାଇ ନଥାଏ । ତାହା ସେ ତା' ମନରୁ କରିଥାଏ । ଆଉ ଅନୁଭବ ପାଇ ଏ କ୍ଷେତ୍ରରେ କିଛି ଯୋଗ୍ୟତା ନଥାଏ । ମାତୃତ୍ୱ ସ୍ନେହରେ ଯିଏ ବାନ୍ଧିଦିଏ ସେ ମାଆ । ପିଲାର ମନ ସିଲଟରେ ଲେଖା ଥିବା ଭାବକୁ ମାଆହିଁ ପଢ଼ିପାରେ । ପଶୁ, ପକ୍ଷୀ, ହୁଅନ୍ତୁ କିମ୍ବା ମଣିଷ ସମସ୍ତଙ୍କ ପାଇଁ ମାତୃତ୍ୱ ଏକ ଅନୁଭବ । ମାଆର ନିବିଡ଼ ମମତା ପାଖରେ ପାଠ, ଧନ, ଯୋଗ୍ୟତା, ରୂପ, ବୟସ କିଛି ବି ଫରକ ପଡ଼େନା । ମାଆ ତା'ର ଶିକ୍ଷିତ ପିଲାକୁ ଭଲ ପାଏ ଓ ମୂର୍ଖ ସନ୍ତାନକୁ ମଧ୍ୟ ଶ୍ରଦ୍ଧା କରିଥାଏ । ସୁନ୍ଦର ରୂପ ପାଇଥିବା ପିଲା ପ୍ରତି ତା'ର ସ୍ନେହ ଯେତେ, କୁସିତ କଦାକାର ସନ୍ତାନ ପାଇଁ ମଧ୍ୟ ସେତିକି । ଧନବାନ ପୁଅକୁ ସେ ଯେତେ ଆଦର କରିଥାଏ, ଦରିଦ୍ର କାଙ୍ଗାଳ ପୁଅ ପ୍ରତି ମଧ୍ୟ ତା'ର ଦରଦ ସମାନ ପରିମାଣରେ ଥାଏ । ପିଲାବେଳେ ଯେତେ ମମତା ଥାଏ ସନ୍ତାନ ପ୍ରତି, ପିଲା ବଡ଼ ହେଲେ ମଧ୍ୟ ତା'ର ସେ ଶ୍ରଦ୍ଧା ତା' ପ୍ରତି ସେମିତି ଅଟୁଟ ରହିଥାଏ । ଜନ୍ମ ଦେଇଥିବା ସନ୍ତାନ ପ୍ରତି ହୃଦୟରେ ମମତା ସୃଷ୍ଟି ହେବା ଓ ଅନ୍ତରରେ ଦରଦ ଜାଗ୍ରତ ହେବା ଏକ ଈଶ୍ୱରୀୟ ଆଶୀର୍ବାଦ । ଜନ୍ମଦାତ୍ରୀ ନ ହୋଇ ଲାଳନପାଳନ କରିବା, ମାତୃତ୍ୱର ସ୍ନେହ, ଶ୍ରଦ୍ଧା, ଅଜାଡ଼ି ଦେବା ବିଭୁ କରୁଣାର ଫଳ ନିଶ୍ଚୟ । ନିଜ ପିଲା ହେଉ ବା ପରପିଲା ହେଉ ତାକୁ ପାଳନ କରୁଥିବା ନାରୀଟି ହିଁ ମାଆ । ଯେମିତି ଯଶୋଦା ଜନ୍ମ ନ ଦେଇ ଥିଲେ ସୁଦ୍ଧା କୃଷ୍ଣ, ବଳରାମଙ୍କ ପ୍ରତି ଲାଳନପାଳନରେ ବ୍ୟତିକ୍ରମ କରିନଥିଲେ କି କାର୍ପଣ୍ୟ ଭାବ ଦେଖାଇ ନଥିଲେ । ପିଲା ଲାଗି ମାଆ ନିଜର ସ୍ୱାର୍ଥକୁ ଜଳାଞ୍ଜଲି ଦିଏ । ସେ ନିଜ ଆଖିର ନିଦ ହଜେଇ ଶିଶୁ ଆଖିରେ ନିଦ ଭରିଦିଏ । ନିଜ ପେଟକୁ ଉଶା କରି ଶିଶୁ ପେଟକୁ ଆହାର ଦିଏ । ନିଜ ଓଠରେ ଲୁହ ପିଇ ଶିଶୁ ଓଠରେ ହସ ଦେଖେ । ନିଜ ଦେହକୁ

ଫୁଙ୍ଗୁଲା ରଖ୍ ପିଲାକୁ ଡାକି ଦେଇଥାଏ । ମାତୃତ୍ୱ ଅନୁଭବରେ ସ୍ୱାର୍ଥ ପରତା ପରାଜିତ । ସ୍ୱପ୍ନରେ ବି ମାଆ ସନ୍ତାନର ସୁଖ ଖୋଜେ । ନିଜର ସ୍ୱାର୍ଥକୁ ପାଦରେ ଦଲି ଦେଇ ସନ୍ତାନ ସୁଖକୁ ମଥାରେ ମୁଣ୍ଡେଇ ଥାଏ ।

ସନ୍ତାନ ସିନା ବେଳେବେଳେ ସ୍ୱାର୍ଥପର, ନିର୍ଦୟ, ନିଷ୍ଠୁର ହୁଏ ମାତ୍ର ମାଆର ଶେଷ ନିଃଶ୍ୱାସ ବି ସନ୍ତାନର ସୁଖ ଖୋଜିଥାଏ । ସନ୍ତାନଟିକୁ ଜନ୍ମ ଦେଇ ଜଣେ ନାରୀ ଜନନୀ ହୋଇପାରେ, ମାତ୍ର ବାସ୍ତବ ଅର୍ଥରେ ସେ ମାଆ ହୋଇପାରେ ନାହିଁ । ଯିଏ ଜନ୍ମ ଦେଲା ସେ ଜନନୀ । ଯିଏ ସନ୍ତାନର ମଳମୂତ୍ରରେ ଘାଣ୍ଟିହୋଇ ତା'ର ସକଳ ଅଳି ଅଋଟକୁ ସହି ତା'ର ସୁଖ ପାଇଁ ନିଜ ସୁଖକୁ ଭୁଲିଯାଏ ସେ ହିଁ ମାଆ । ତେଣୁ ସଂସ୍କୃତରେ ମାତା ଶବ୍ଦର ବ୍ୟାଖ୍ୟା କରାଯାଇଛି, "ମାତି ଇତି ମାତା ।" ଅର୍ଥାତ ନ କହିଲେ ବି ଯିଏ ସନ୍ତାନର ମନକୁ ମାପି ପାରେ (ବୁଝି ପାରେ) ସେ ହେଉଛି ମାଆ । ସନ୍ତାନ ଓ ମାଆ ମଧରେ ଥିବା ଏସମ୍ପର୍କ ନୈସର୍ଗିକ । ଏହାକୁ କେହି ଶିଖାଏ ନାହିଁ । ତାହା ସ୍ୱତଃସ୍ଫୁର୍ତ୍ତଭାବ ଏବଂ ଆବେଗରୁ ସୃଷ୍ଟି ହୋଇଥାଏ । ତେଣୁ ସଂସାରରେ ସମସ୍ତେ ଦୂରେଇ ଯାଇପାରନ୍ତି । ମାତ୍ର ସନ୍ତାନଠାରୁ ମାଆ କେବେ (ଆଦୌ) ଦୂରେଇ ଯାଇ ପାରେ ନାହିଁ । ଶଙ୍କରାଚାର୍ଯ୍ୟ କହିଛନ୍ତି, "କୁପୁତ୍ରୋ ଜାୟତେ, କ୍ୱଚିଦପି କୁମାତା ନଭବତି ।" ଅର୍ଥାତ ବେଳେବେଳେ କୁପୁତ୍ର ଜନ୍ମ ହୋଇପାରେ । (ଯେମିତି ରୋମ ସମ୍ରାଟ ନିରୋ, ଯିଏକି ତା ମା' ବିରୋଧରେ ମିଥ୍ୟା ଅଭିଯୋଗ ଆଣି ତାଙ୍କ ମୁଣ୍ଡ କାଟ ଆଦେଶ ଦେଇଥିଲେ ।) ମାତ୍ର ମାତା କଦାପି କୁମାତା ହୋଇ ପାରେନାହିଁ । ଯେଉଁମାତା ସନ୍ତାନର ମଳମୂତ୍ରରେ ଯେତେ ଘାଣ୍ଟି ଚକଟି ହୋଇଛି, ତା' ଦେହର ଧୂଳିକୁ ଚନ୍ଦନ ପରି ନିଜ ଦେହରେ ବୋଳି ହୋଇଛି, ସେ ତା ସନ୍ତାନର ସେତିକି ନିକଟବର୍ତ୍ତୀ ଏବଂ ଆପଣାର ହୋଇପାରିଛି । ଜଣେ ମାଆର ସନ୍ତାନ ପ୍ରତି ଆବେଗ ଏବଂ ଭାଗବତ ସମ୍ବନ୍ଧ କେତେ ନିବିଡ଼ ଏବଂ ପବିତ୍ର ଯେ ତାହା ଭାଷାରେ କିମ୍ବା ବାକ୍ୟରେ ପ୍ରକାଶ କରିହେବନି । ପ୍ରତ୍ୟେକ ପ୍ରାଣୀ ପାଇଁ ମାଆ ହେଉଛି ଅମୂଲ୍ୟ ବରଦାନ । ତା' ଠାରୁ ଅଧିକ ନିଜର ଏ ଦୁନିଆରେ ଆଉ କେହି ନାହିଁ । ପାଖରେ ମାଆ ଥିଲେ ସନ୍ତାନ ନିର୍ଭୟଓ ନିଶ୍ଚିତ ହୋଇଯାଏ । କାରଣ ସନ୍ତାନକୁ ରକ୍ଷା କରିବା ପାଇଁ ଜଣେ ମାଆ ନିଜ ଜୀବନକୁ ବି ତୁଚ୍ଛ କରିଦିଏ । ପିଲା କ'ଣ ଖାଇବ ସେ ଭାବେ । ସନ୍ତାନକୁ କ'ଣ ଖାଇବାକୁ ଭଲ ଲାଗେ ତାହା ତାକୁ ଜଣା । ରାତିରେ ପିଲା ଯଦି ନ ଖାଇ ଶୋଇ ପଡ଼ିଥାଏ । ମୋ ଛୁଆଟା ଖାଇ ନାହିଁ ବୋଲି କହି ସେ ସାତ ସାଇତା କରି ରଖ୍ ଦେଇଥାଏ । ସତରେ ପେଟ ଚିହ୍ନେ ମାଆ, ଘାଟ ଚିହ୍ନେ ନାଆ । ସକାଳୁ ବଡ଼ିଚୂରା, ପଖାଳ ଭାତ, ଶାଗ ଭଜା କି ମାଛଶୁଖୁଆ ପ୍ରଭୃତିର ବ୍ୟଞ୍ଜନ ପ୍ରସ୍ତୁତ କରି ସନ୍ତାନମାନଙ୍କ ଭିତରୁ କାହାକୁ କ'ଣ ଭଲ ଲାଗେ ସେ ମନ ଜାଣି ଖଞ୍ଜି ଦେଇଥାଏ । ସେଥିକୁ ସନ୍ତାନ ମାନଙ୍କର ବି ଅଦଉଟି କମ୍ ନଥାଏ । ଏଇଟା ଭଲ ହୋଇନି । ସେଇଟା ଲୁଣି ହୋଇଛି । ଇତ୍ୟାଦି ଇତ୍ୟାଦି ଅଭିଯୋଗ । ସନ୍ତାନର ରାଗରୁଷାକୁ ସେ ହସି ହସି ସହିଯାଏ । ଆପଣା ଦୋଷ ବି ମାନିଯାଏ । ଜନ୍ମଦିନ, ରଜ, ପ୍ରଥମାଷ୍ଟମୀରେ ପିଲା ପାଇଁ ନୂଆ ପୋଷାକ ନ ହୋଇଥିଲେ ସେ ସମସ୍ତଙ୍କ ଠାରୁ ବେଶି କଷ୍ଟପାଏ । ପିଲାର ପେଟର ଭୋକ ଓ ମନର ଦୁଃଖକୁ ସେ କେବେ ବି ସହି ପାରେ ନାହିଁ । ପିଲାକୁ ସୁଖୀ ଏବଂ ଖୁସି କରାଇବା ପାଇଁ ସତେ ଯେମିତି ତା'ର ସବୁ ତପସ୍ୟା ଓ ବ୍ରତ ଉତ୍ସର୍ଗୀକୃତ । ମାଆର ଏପରି ସେବା ଯତ୍ନରେ ସନ୍ତାନମାନେ ଏମିତି ଅଭ୍ୟସ୍ତ ହୋଇଯାଇଥାନ୍ତି ଯେ ଦିନେ ମାଆକୁ ନ ଦେଖିଲେ ତାଙ୍କର ଅନ୍ତରାମ୍ଆ ବିଲପିଉଥୋ । କୌଣସି କାମରେ ଦିନେ ଦି ଦିନ ମାଆ ବାହାରକୁ ଚାଲିଗଲେ ଘରଟା ଶୁନଶାନ ଲାଗେ । କେହି ନଥିଲା ପରି ମନେହୁଏ । ଏ ହେଉଛି ଜଣେ ମା' ସହିତ ତା ସନ୍ତାନ ମାନଙ୍କର ନୈସର୍ଗିକ ସମ୍ପର୍କ ।

ପିଲା ଯେତେ ଦୋଷ କରିଥାଉ, ଯେତେ ଦୁଃଖ ଦେଇଥାଉ । ଯେତେ କଷ୍ଟ ଦେଇଥାଉ, ଯେତେ ଯନ୍ତ୍ରଣାର କାରଣ ହେଉ, ଯେତେ ନଷ୍ଟ କରି ଦେଉ, ଯେତେ କ୍ଷତି ପହଞ୍ଚାଇ ଥିଲେ ସୁଦ୍ଧା ରାଗ କରି ଯେତେ କଟୁ କଥା କହିଥିଲେ

ମଧ କିମ୍ବା କ୍ରୋଧ ବଶତଃ ମା' କଥା ହେଟି ଦେଲେ ବି ଅଥବା ଅଫଟ କରି ରୁଷ୍ଟ ବସିଥିଲେ। ରାଗରେ କିଛି ଜିନିଷ ଭାଙ୍ଗି ତୁଟି ଦେଇଥିଲେ ସୁଦ୍ଧା ଯେତେବେଳେ ବୋଉ କିମ୍ବା ମା' ବୋଲି ଡାକିଦିଏ, ଶ୍ରାବଣ ମାସର ଚାଲ ନିଗିଡ଼ା ବର୍ଷା ପାଣିରେ ସୃଷ୍ଟି ହୋଇଥିବା ଫୋଟକା ପରି ସେ ରାଗ ଠୋ କରି ଫାଟିଯାଏ। ଉଭେଇ ଯାଏ ଅଭିମାନ। ରୋଷ ଭାବ ଅପସରିଯାଏ ମନରୁ। ବାପ, ମା'ର ରାଗ ପିଲା ମୁହଁକୁ ଚାହିଁ ଦେଲେ ଚାଲିଯାଏ।

ସେ ମାଆ, ମମତାମୟୀ ମା'। ସେ ଜନନୀ। ସେ ପୁଣି ଜନ୍ମଭୂମି। ସ୍ୱର୍ଗର ସବୁ ସୁଖ ଯେମିତି ମା' କୋଳରେ ମିଳିଯାଏ। ମାଆର ଅଭୟ ଦାୟିନୀ ପଣତ ତଳେ ଯେପରି ସବୁ ନିରାପଦା, ଅଭୟ, ସୁଖ ଓ ଶାନ୍ତି ଠୁଲ ହୋଇରହିଛି। ଧରିତ୍ରୀ ରୂପରେ ସେ ସଂସାରର ସମସ୍ତଙ୍କର ମା। ସେ ମା...। ଦଶ ମାସ ଦଶଦିନ ଗର୍ଭ ବେଦନା ସହି ଜନ୍ମ ଦିଏ ସନ୍ତାନ ସନ୍ତତିଙ୍କୁ। ନିଜର ସବୁ ସୁଖକୁ ଦୂରରେ ପକାଇ ସନ୍ତାନର ଯତ୍ନ ନିଏ। ଅଳି ଅଫଟ ସମ୍ଭାଳେ। ସିଏ ପରା ମା। ମାଆ କ'ଣ ବିଶ୍ରାମ ନିଏ। ଶୋଇଲେ ଯାହା, ଚେଇଁଲେ ସେଇଆ। ମାଆ ଚେଇଥିଲେ ଛୁଆର ଚିନ୍ତା ନାହିଁ। ସୃଷ୍ଟିର ଶ୍ରେଷ୍ଠ ଜୀବ ମଣିଷଠାରୁ ପଶୁପକ୍ଷୀ, କୀଟପତଙ୍ଗ ପର୍ଯ୍ୟନ୍ତ ସବୁ ମାଆଙ୍କର ଅନ୍ତର ବୋଧହୁଏ ଗୋଟିଏ ତାହା ହେଲା ତାଙ୍କ ପିଲାଙ୍କର ସୁରକ୍ଷା। ମାଆ ପାଖେ ପାଖେ ପିଲାଟି ଥିଲେ ତା'ର କାହାକୁ ଡର ଭୟ ନଥାଏ। ସେ ଭାବି ନେଇଥାଏ ମାଆ ତା'ର ସବୁରୁ ରକ୍ଷାକର୍ତ୍ରୀ। ମାଆ ଧରିତ୍ରୀ ପରି ସର୍ବସଂହା। ଜନ୍ମଦାତ୍ରୀ–ପାଳନକର୍ତ୍ରୀ। ମା' ପୁଣି ଆଶୀର୍ବାଦର ଗଙ୍ଗାଘର। ସେଥିପାଇଁ ସେ କେବେ ପୂଜା ପାଏ ମାହେଶ୍ୱରୀ ରୂପେ ତ କେବେ ପୂଜା ପାଏ ଜଗତଜନନୀ ମା ଦୁର୍ଗା, କାଳୀ ଏମିତି କେତେ ରୂପରେ। ମା'ର ପଣତ ପିଲାଙ୍କ ପାଇଁ ଅଭୟ ଆଶ୍ରୟ ହେତୁ ସବୁ ଗାଁରେ ଗ୍ରାମ ଦେବତୀ ପ୍ରଥମେ ପୂଜ୍ୟା ମା'ରୂପରେ। କାରଣ ମା' ହିଁ ମମତାର ସୀମାହୀନ ସାଗର। ମା' ହିଁ– କରୁଣାର ଭଣ୍ଡାର। ସେହିଁ ମା'– ଅମୃତମୟୀ, କରୁଣାମୟୀ। ମାଆ ପାଇଁ ସନ୍ତାନ, ପରିବାର, ସମାଜ, ସଂସାର ତା' ପାଇଁ ସବୁ କିଛି। ସନ୍ତାନ ଉପରେ ଟୋପାଏ ପାଣି ପଡ଼ିଲେ, ମାଆ ଉପରେ ଯେମିତି ଅସରାଏ ବର୍ଷା ବରଷିଯାଏ, ଖରାରେ ବୁଲି ପିଲା ଦେହରୁ ଝାଳ ବହି ଗଲେ, ମାଆର ପଣତରେ ଯେପରି ନିଆଁ ଲାଗି ଯାଏ। ମାଆ ସବୁଦିନେ ସକାଳେ ଗାଧୋଇ ଦାଣ୍ଡ ତୁଳସୀ ମୂଳେ ପାଣି ଢାଲି ଓ ସଞ୍ଜରେ ସଳିତା ଜାଳି ମୁଣ୍ଡ ବାଡ଼େଇ ଜୁହାର ହୋଇ କହିଥାଏ– ମୋ ପିଲାକୁ ଘଣ୍ଟ ଘୋଡ଼େଇ ରଖିବୁ। ତାକୁ ସାହା ଭରସା ହେବୁ। ପିଲାକୁ ମୋର ଭଲରେ ରଖ। ତାକୁ ପାଞ୍ଚ ଜଣରେ ଜଣେ କରିଦିଅ। ସେ ମାଆ ନିଜର ସବୁ ସୁଖ, ସ୍ୱଚ୍ଛନ୍ଦକୁ ପାଦରେ ଦଳି ଦେଇ ପରିବାର ପାଇଁ ତ୍ୟାଗ କରେ। ପିଲାର ଦେହ ପା' ଖରାପ ହେଲେ ରାତିରାତି ଉଜାଗର ରହି ପାଖରେ ଜଗି ବସେ। ମା' ମନରେ ତା' ପିଲା ପାଇଁ ସବୁ କିଛି ସମର୍ପଣ କରି ଦେବାର ଭାବନା ଆସେ। ପିଲାର ଦେହ ଖରାପ ହେଲେ ପ୍ରାର୍ଥନା କରି କେତେ ମାନସିକ କରି ପକାଏ ଗ୍ରାମଦେବତାଙ୍କ ପାଖରେ। ପ୍ରଥମ ମୋଗଲ ସମ୍ରାଟ ବାବରଙ୍କ ପରି ଈଶ୍ୱରଙ୍କୁ ଜଣାଏ– ଭଗବାନ ମୋତେ ନେଇ ଯାଅ ପଛେ ମୋର ଆଖିର ପିତୁଲାକୁ ବଞ୍ଚାଇ ରଖ। ମୋ ଆୟୁ ତାକୁ ଦେଇଦିଅ। ଖାଇଲା ବେଳେ ପାଖରେ ବସି ବିଞ୍ଚିଦେଇ ବେଲେଇ ବେଲେଇ ଖୁଆଏ। ପାଠ ପଢ଼ିଲା ବେଳେ ପାଖରେ ବସି ପଙ୍ଖା କରିଦିଏ। ସ୍କୁଲ ବେଳ ହୋଇଗଲେ ଖୁଆଇ ପିଆଇ କାନ୍ଧରେ ବ୍ୟାଗ ପକାଇ ଦିଏ। ଆଉ ତା' ସହିତ ମନେ ମନେ ଦିଅଁଙ୍କ ପାଖରେ ମୁଣ୍ଡିଆ ମାରି କହେ ମୋ ପିଲା ଭଲରେ ଯାଇ ଭଲରେ ଫେରି ଆସନ୍ତୁ। ସେ ମା' ପିଲାଙ୍କ ପାଇଁ କେତେ ଉପବାସ, ବ୍ରତ, ଓଷା, ପୂଜା କରିଥାଏ। କେତେ ରକମର ପିଠାପଣା, ଖେଚୁଡ଼ି କରି ଠାକୁରଙ୍କ ପାଖରେ ଭୋଗ ଲଗାଏ ତା' ପିଲାର ଶୁଭ ମନାସୀ। ତା'ର କେବେ ନିଜର ସୁଖ ମନାସୀବାର ଅଭିପ୍ସା ନଥାଏ। ପିଲାପାଇଁ ମାଆ ବାଡ଼ ଓଷା କରେ। ବଡ଼ ଓଷା କରେ। ଦୁତୀୟା ଉପବାସ କରିଥାଏ। କାର୍ତ୍ତିକ ମାସରେ ସବୁ ସୋମବାରରେ ଥୁରୁଥୁରୁ ଶୀତରେ ଗାଧୋଇ ଶିବଙ୍କ ଦର୍ଶନ କରେ। ପୁଣି ଜାଗରରେ କ୍ଷୀର ଢାଲିଥାଏ, ମହାଦେବଙ୍କ ଉପରେ ପିଲାର ଶୁଭ ମନାସୀ। ସେ ପରା ମା' ତା' ଆଖିରେ ତା' ପିଲା ହିଁ ଶ୍ରେଷ୍ଠ ସମ୍ପତ୍ତି। ଖାଇ ସାରିଲା ବେଳକୁ ଅଝଁଠା ହାତ ଧୋଇବାକୁ ଡାଲ ବଢ଼ାଇ ଦିଏ। ମା' ହାତ ମୁହଁ

ପୋଛିବାକୁ ପଣତ ବଢ଼ାଇ ଦିଏ ତ କେବେ ନିଜେ ପୋଛି ଦେଇଥାଏ । ସେଥିପାଇଁ ମାଆ ଯୁଗେ ଯୁଗେ-ମମତାମୟୀ, ବାସଲ୍ୟମୟୀ, କଲ୍ୟାଣମୟୀ, କରୁଣାମୟୀ । ମା' ଭାବେ ସେଥିପାଇଁ ପୂଜା ପାଆନ୍ତି ମା ଦୁର୍ଗା । ତାଙ୍କ ମୃଣ୍ମୟୀ ମୂର୍ତ୍ତି ପାଖରେ ସଂସାର ସୁଖ ପାଇଁ କାମନା କରନ୍ତି କେତେ ଭକ୍ତ । ମା'ଶକ୍ତି ଦାୟିନୀ, ଶାନ୍ତି ପ୍ରଦାୟିନୀ ମା'ଙ୍କୁ ପୂଜାର୍ଚ୍ଚନା କରି ଆଶୀର୍ବାଦ ନେଇ ଦେଶର ବିକାଶରେ ଲାଗି ପଡ଼ନ୍ତି ତା'ର ସନ୍ତାନମାନେ, ପିଲା ଯେତିକି ବଢ଼ି ଚାଲିଥାଏ ତା' ସହିତ ମାଆର ଚିନ୍ତା ମଧ ବଢ଼ି ଚାଲେ । ପିଲାର ଶିକ୍ଷା, ପ୍ରତିଷ୍ଠା, ଘର କରଣା ପାଇଁ ମାଆ ବ୍ୟସ୍ତ ହୋଇପଡ଼େ । ଝିଅକୁ ବାହା ଦେଇ ସେ କେବଳ ଇଶ୍ୱରଙ୍କୁ ଡାକେନି । ଝିଅର ଭଲ ପାଇଁ, ଝିଅର ମଙ୍ଗଳ ନିମିତ୍ତ ସମୁଦି ଓ ସମୁଦୁଣୀଙ୍କ ପାଦ ଧରି ବ୍ୟାକୁଳ ଲୁହଲୋଟ ହୋଇ ଆକୁଳ ନିବେଦନ କରିଥାଏ । ପୁଅ ବାହାଘର ବେଳେ ଆଞ୍ଚୁଳି ଚାଉଳ ଆପଣା ପଣତ କାନିରେ ନେଲା ବେଳେ ସେ ଯେପରି ନିଃସ୍ୱ ପାଲଟିଯାଏ । ନିଜ ପଣତରେ ଆଞ୍ଚୁଳି ଚାଉଳ ନେଇ ପୁଅକୁ କୃତାର୍ଥ କରାଏ । ପୁଅ ବୋହୂଙ୍କ ପାଇଁ ସେ କେତେ ଦୀପ ଜାଳେ । ସେ ମାଆ ଜୀବନକୁ ତିଲ ତିଲ କରି ଉତ୍ସର୍ଗ କରି ଚାଲେ ତା' ସନ୍ତାନଙ୍କ ପାଇଁ । ପୁଅ ବୋହୂ ବିଦେଶରେ ଥାଇ କେବେ ଘରକୁ ଆସିଲେ ସେମାନଙ୍କ ପାଇଁ କେତେ ପିଠାପଣା ଶ୍ରଦ୍ଧାରେ କରି ପକାଏ । ଝିଅ ଜ୍ୱାଇଁ ଆସିଲେ ତା'ର ପାଦ ତଳେ ଲାଗେନି । ସିଏ ପା ମାଆ । ସେ କ'ଣ କେବେ ବୁଝେ ଯେ ତା'ର ପିଲାମାନେ କେତେ ବଡ଼ ହୋଇଗଲେଣି । ବାହା ସା ହୋଇ ଘର ସଂସାର କଲେଣି ବୋଲି ।

ମା' ଶଦରେ ଏକ ନୈସର୍ଗିକ ଆତ୍ମୀୟତା ଭରି ରହିଛି । ମା' ଏକ ଛୋଟ ଶଦ ମାତ୍ର ଏଥିରେ ସାରା ସଂସାରର ପୂର୍ଣ୍ଣତା ରହିଛି । ପ୍ରତ୍ୟେକ ମନୁଷ୍ୟର ଅସ୍ତିତ୍ୱ, ପ୍ରେମ ଓ ବିଶ୍ୱାସରେ ଭରି ରହିଛି ମା' ଶଦର ବ୍ୟାପକତା, ମା' ଏଇ ଗୋଟିଏ ଅକ୍ଷର ଭିତରେ ନିହିତ ରହିଛି ସବୁ ଶକ୍ତି । ଜନ୍ମଦାତ୍ରୀ ଜନନୀ ଓ ଜନ୍ମଭୂମି ଉଭୟେ ଗରିୟସୀ । ଉଭୟେ ସନ୍ତାନକୁ କୋଳରେ ଧାରଣ କରିଥାନ୍ତି । ହେଲେ ଜନନୀ ଗର୍ଭରେ ଧାରଣ କରିଥାଏ ସନ୍ତାନକୁ । ସନ୍ତାନ ପାଇଁ ସବୁ ସୁଖ ସ୍ୱାଚ୍ଛନ୍ଦ୍ୟକୁ ନିର୍ବିକାରରେ ବଳି ଦେଇଥାଏ । ସନ୍ତାନର ଦୁଃଖରେ ତା'ର ଆଖିରୁ ଲୁହଝରେ । ସନ୍ତାନର ସୁଖରେ ସେ ସୁଖୀ ହୋଇଥାଏ । ମାଆର ପଣତ କାନି ତଳେ ଆଶ୍ରୟ ନେଇଥିଲେ ସନ୍ତାନକୁ ଇନ୍ଦ୍ରଙ୍କର ଶକ୍ତିଶାଳୀ ବଜ୍ର ମଧ କିଛି କ୍ଷତି କରିପାରିନଥାଏ ବୋଲି କୁହାଯାଏ । ମାଆର ଅଭୟ ଆଶୀର୍ବାଦ ଯେଉଁ ମାନେ ଲାଭ କରିଥାଆନ୍ତି ସେମାନେ ଯଶସ୍ୱୀ ମଧ ହୋଇଥାଆନ୍ତି । ଇତିହାସ ପର୍ଯ୍ୟାଲୋଚନା କଲେ ଏହା ମଧ ଜଣାଯାଇଥାଏ ଛତ୍ରପତି ଶିବାଜୀ, ଆବ୍ରାହମ ଲିଙ୍କନ, ବିନୋବା ଭାବେ । ନେପୋଲିଅନ ବୋନାପାଟ, ମହାମ୍ମା ଗାନ୍ଧି ଓ ଶାସ୍ତ୍ରୀଜୀ ପ୍ରମୁଖ ମହାପୁରୁଷମାନଙ୍କ ଶ୍ରେଷ୍ଠତ୍ୱ ଲାଭ ପଛରେ ଥିଲା ସେମାନଙ୍କ ମାଆଙ୍କର ଆଶୀର୍ବାଦ ।

ଏହି ମା' ଡାକ ପ୍ରତିଟି ମୁହୂର୍ତ୍ତରେ ମନକୁ ଆନ୍ଦୋଲିତ କରିଥାଏ । ଏହା ସବୁବେଳେ ହୃଦୟର ସ୍ୱଦନ ସହ ଜଡ଼ିତ ହୋଇରହିଛି । ଥରେ ଭାବନ୍ତୁ, ମା' ଶଦ କ'ଣ ସତରେ ଯାଦୁକାରୀ ନୁହେଁ- କି ? ସେସବୁ ସମୟରେ ଯାହାକୁ ଜନ୍ମ ଦେଇଛି ଓ ଅବା ଯାହାକୁ ଅନ୍ୟ କେହି ମା' ଜନ୍ମ ଦେଇଛି । ତା'ରି ମଙ୍ଗଳକାମନା ଓ ଉନ୍ନତି ଚିନ୍ତାରେ ସର୍ବଦା ନିମଗ୍ନ ରହିଥାଏ । ନିବିଡ଼ ସମ୍ପର୍କକୁ ଛିନ୍ନ କରିବାକୁ କ୍ଷଣିଏ ସମୟ ନେଉନଥିବା ଅବା ସମ୍ପର୍କ ନ ରଖିବାର ବାହାନା କରୁଥିବା ବର୍ତ୍ତମାନର କଥିତ ସମାଜରେ ମା' ପିଲାର ସମ୍ପର୍କ ମୃତ୍ୟୁ ପର୍ଯ୍ୟନ୍ତ ସାଥୀରେ ଅତୁଟ ରହିବାର ଯାଦୁ କ'ଣ ସତରେ ଆଶ୍ଚର୍ଯ୍ୟକର ନୁହେଁ ? ନିଜର ସମସ୍ତ ସୁଖ ସ୍ୱାଚ୍ଛନ୍ଦ୍ୟକୁ ପଛରେ ପକାଇ ସନ୍ତାନର ସୁଖ ପାଇଁ ନିଜକୁ ତିଲ ତିଲ କରି ଜାଳିବାରେ ବି ମା' ମନରେ ଥାଏ ଆନନ୍ଦ । ମାଆ, ଯନ୍ତ୍ରଣାର ବିଷ ପାନକରି ଯିଏ ସିଞ୍ଚିଦିଏ ପୀୟୂଷ । ପଣତ କାନି ଉହାଡ଼ରେ ଭରି ଦିଏ ଜୀବନର ଅମୂଲ୍ୟ ଅମୃତ । ସଂସାରର ଯାବତୀୟ ଦୁଃଖ ଓ କଷ୍ଟକୁ ମୁଣ୍ଡପାତି ସହି ନେଇ ଦୃଢ଼ କରିଥାଏ ନିଜକୁ । ଆଉ ଶିକ୍ଷା ଦେଇଥାଏ ନିଜ ସନ୍ତାନକୁ ସହିବାକୁ ଦୁଃଖର ପାହାଚ ଆଉ ସାହାସ ଦିଏ ସାମ୍ନା କରିବାକୁ ଶତ୍ରୁର ରଣହୁଙ୍କାର । ମା' ହିଁ ନାରୀତ୍ୱର ପରିଚୟ ଆଉ ମା' ହିଁ ସକଳ ଧୈର୍ଯ୍ୟର ପାହାଡ଼ ।

ସ୍ରଷ୍ଟାଙ୍କ ସୃଷ୍ଟିରେ ମା' ନାରୀର ଏକ ଏଭଳି ରୂପ ଯେଉଁଥିରେ ସମ୍ପୂର୍ଣ୍ଣତା, ପବିତ୍ରତା, ତ୍ୟାଗ, ମମତା, ପ୍ରେମ ସବୁକିଛି ଅନ୍ତର୍ନିହିତ ହୋଇ ରହିଛି । ବୋଧହୁଏ ଦୁନିଆରେ ଏଭଳି ଆଉ କୌଣସି ସମ୍ପର୍କ ନାହିଁ, ଯେଉଁଥିରେ ଏ ସମସ୍ତ ଗୁଣ ଏକ ସଙ୍ଗେ ରହିଥିବ । ସେଥିପାଇଁ ତ ଇଶ୍ୱର ମା'କୁ ସୃଷ୍ଟି କରିଛନ୍ତି । ସବୁବେଳେ ସବୁ ସ୍ଥାନରେ ପ୍ରତ୍ୟକ୍ଷ ଭାବେ ଇଶ୍ୱର ଦେଖା ଦେବା ସମ୍ଭବ ପର ହୋଇନଥିବାରୁ ମା'କୁ ନିଜର ପ୍ରତିନିଧୂ ଭାବେ ପଠାଇ ମା'ର ମହନୀୟତାକୁ ବୃଦ୍ଧି କରିଛନ୍ତି । ଜଣେ ମହିଲା ଭାବେ ସନ୍ତାନକୁ ଜନ୍ମ ଦେଇ ମା' ନିଜର କୁଳ ଅଥବା ବଂଶର ମର୍ଯ୍ୟାଦା ବୃଦ୍ଧି କରିଥାଏ । ସୁସଂସ୍କାର ମାଧ୍ୟମରେ ସନ୍ତାନକୁ ପାଠ ପଢ଼ାଇ ମର୍ଯ୍ୟାଦାର ଆଚାର ସଂହିତାରେ ବଞ୍ଚବାର ପଥ ଦେଖାଇଥାଏ ମା' । ଏହି ଶବ୍ଦ ଯେତିକି ମିଠା ସେତିକି ମିଠା ହେଉଛି ମା'ର ମମତା । ନିଜସନ୍ତାନ ପାଇଁ ସବୁବେଳେ ମଙ୍ଗଳ ମନାସୁଥିବା ମା' ସବୁବେଳେ ତା'ର ପିଲା କେମିତି ଓ କିପରି ଥିବ ତାହା ଭାବିଥାଏ । ମା'ର ଅଙ୍ଗୁଳି ଧରି ଚାଲି ଶିଖିବାଠାରୁ ଆରମ୍ଭ କରି ବିଭା ହୋଇ ସନ୍ତାନ ଜନ୍ମ କରିବା ପରେ ମା'ର ଚିନ୍ତା ତଥାପି ପୂର୍ବପରି ରହିଥାଏ । ଛୋଟ ବେଳେ ଯେପରି ମା' ଆମକୁ ନେଇ ଚିନ୍ତା କରୁଥିଲା ଏତେ ବଡ଼ ହୋଇ ନିଜ ପୁଅ, ଝିଅର ବାପ, ମା ହେଲା ପରେ ମଧ୍ୟ ମା'ର ଚିନ୍ତା ପୂର୍ବପରି ବଜାୟ ରହିଥାଏ । ନିଜର ପ୍ରତ୍ୟେକଟି ନିଃଶ୍ୱାସ ପ୍ରଶ୍ୱାସରେ ମା' ସନ୍ତାନର ମଙ୍ଗଳ କାମନା ଓ ଉନ୍ନତି ଲାଗି ପ୍ରାର୍ଥନା କରିଥାଏ । ତା'ର ପୂଜା ପାଠ, ଆରାଧନା, ବ୍ରତ ଉପବାସ, ଆଶୀର୍ବାଦରେ ବି ଆମର ମଙ୍ଗଳ କାମନା ସାମିଲ ରହିଥାଏ । ଯଦି ଇଶ୍ୱର ଧରା ପୃଷ୍ଠରେ ଜନ୍ମ ନିଅନ୍ତି ତେବେ କେବଳ ତାଙ୍କୁ ମା ରୂପରେ ହିଁ ଅନୁଭବ କରିହେବ । ଯଦି ପାଖରେ ମା ଅଛି ତେବେ ନିଜକୁ ବିଶ୍ୱର ସବୁଠାରୁ ସୌଭାଗ୍ୟଶାଳୀ ବ୍ୟକ୍ତି ମଧ୍ୟରୁ ଜଣେ ବୋଲି ଭାବନ୍ତୁ । ନିଜ ପାଖରେ ମା' ରୂପୀ ଭଗବାନଙ୍କୁ ସବୁବେଳେ ସାଥୀରେ ରଖନ୍ତୁ । ମା' ପ୍ରତି କୃତଜ୍ଞତା ବ୍ୟକ୍ତ କରିବା ଆମର ମୁଖ୍ୟ କର୍ତ୍ତବ୍ୟ ହେବା ଉଚିତ । କେହି ଜଣେ କହିଛନ୍ତି ଯେ ଯଦି ବିଶାଳ ସମୁଦ୍ରକୁ କାଳି ଭାବେ ବ୍ୟବହାର କରାଯାଏ ଓ ସାରା ପୃଥ୍ବୀ ପୃଷ୍ଠକୁ କାଗଜ ବୋଲି ଗ୍ରହଣ କରି ମା'ର ମହିମା ଲେଖାଯାଏ ତେବେ ତାହା ମା'ର ମମତା ନିକଟରେ ତୁଚ୍ଛ ମନେ ହେବ । ଆଉ ବାସ୍ତବ ପକ୍ଷେ କେବେ ବି କୌଣସି କାଳରେ ମାଆଟିଏ ନିଜର ପରିଚୟ ପ୍ରତିଷ୍ଠା ପାଇଁ ସନ୍ତାନ ମୁଣ୍ଡ ଲୋଡ଼େ ନାହିଁ । ବରଂ ଯେତେ ଅରୁଚିକର, ଅସମ୍ମାନୀୟ ହେଲେ ବି ସନ୍ତାନର ସଂକୀର୍ଣ୍ଣ ସ୍ୱାର୍ଥ ସାଧାନ ପାଇଁ ନିଜ କଟା ମୁଣ୍ଡ ତା' ପାଦତଳେ ଲୋଟାଇ ଦେଇପାରେ । ନିଜ ପାଇଁ ସବୁ ଯାକ ଦୁଃଖ ନେଇ ତାକୁ (ସନ୍ତାନ)କୁ ସୁଖରେ ବଢ଼ାଇ ଆଣିଥିବା ମାଆ କେବେ ବି ତା' ଆଖ୍ ଆଗରେ ସନ୍ତାନର ଦୁଃଖ ଦେଖ ସହିପାରେ ନାହିଁ ।

ପିଲା ହୁଏତ ଘଟଣା ଚକ୍ରରେ ପଡ଼ି ମା'କୁ ପର କରିଦେଇ ପାରେ । କିନ୍ତୁ ମା' କେବେ ପିଲାକୁ ପର କରି ପାରିବନାହିଁ । କେବେ ବି ନୁହେଁ । ଯେକୌଣସି ପରିସ୍ଥିତିରେ ପଡ଼ି ସୁଦ୍ଧା ଯେତେ ଅସୁବିଧା ପରିବେଶରେ ରହିଲେ ବି ଯେତେ ଅଭାବ ଅନଟନରେ ଥାଇ ଯେକୌଣସି ମାରାମ୍ମକ ବିପଦର ସମ୍ମୁଖୀନ ହୋଇ ମଧ୍ୟ ନୁହେଁ । ହୁଏତ ପରିସ୍ଥିତି ଚାପରେ ସେ ପିଲାଠାରୁ ଦୂରେଇ ଯାଇପାରେ । (ଛାଡ଼ପତ୍ର କ୍ଷେତ୍ରରେ ବା ଦ୍ୱିତୀୟ ବିବାହ କିମ୍ୱ ଅନ୍ୟସଂସାର କରିଥିଲେ) କିନ୍ତୁ ତା' ମନ ପିଲାଠାରୁ କେବେ ବି ଦୂରେଇ ଯାଇପାରିବ ନାହିଁ ଅଥବା ତା' ଅନ୍ତରରେ ପିଲା ପ୍ରତିଥିବା ବାସଲ୍ୟ ମମତାର ଅନ୍ତ ଘଟିବ ନାହିଁ । ସେ ତା' ପିଲାକୁ ଭୁଲିଯାଇ ପାରିବ ନାହିଁ ଅବା ତା' ହୃଦୟରେ ପିଲା ପ୍ରତି ଥିବା ସ୍ନେହ, ଶ୍ରଦ୍ଧା ଲିଭିଯିବନି ।

ରାଗ କରି ପିଲା ଖାଇ ନଥିଲେ, ମା' ପେଟକୁ ପାଣି ଯାଏନା । ମା' ରୁଷି ଶୋଇଥିଲେ ପିଲା ହୁଏତ ଖାଇ ପାରେ, ମା'କୁ ଭୁଲି ଯାଇପାରେ । ସ୍ତ୍ରୀ କଥାରେ ପରିଚାଳିତ ହୋଇ ମା'ଠାରୁ ଦୂରେଇ ଯାଇପାରେ । ମା' ପ୍ରତି ବିମୁଖ ହୋଇପାରେ । ମା' ମୁହଁକୁ ଅନାଇ ନ ପାରେ । ସେମାନଙ୍କ ବାର୍ଦ୍ଧକ୍ୟରେ ବାପ, ମା, ଆଡ଼କୁ ଲକ୍ଷ୍ୟ ନ ଦେଉ, ରୋଗିଣା ବାପ, ମା'ର ଯତ୍ନ ନ ନେଉ । ସେବା ସୁଶ୍ରୁଷା ନ କରୁ । ସେମାନଙ୍କ ଅସହାୟତା ପ୍ରତି ଦୃଷ୍ଟି ନ ପକାଉ । କିନ୍ତୁ ପିଲାର କୌଣସି ଅସୁବିଧା କଥା ମା' ଶୁଣିଲେ ସେ ଧୈର୍ଯ୍ୟ ଧରି ରହିପାରେନା । ପିଲାର ବିପଦ ଗୁଞ୍ଚାଇଦେବାକୁ ତା'ର ସାମର୍ଥ୍ୟ ନଥିଲେ ମଧ୍ୟ

ସନ୍ତାନର ଦୁଃଖ ଦୂର କରିବାକୁ ସେ ଅକ୍ଷମ ହୋଇଥିଲେ ସୁଦ୍ଧା ପିଲାର କୌଣସି ସୁବିଧା କରିବା ତା’ ପକ୍ଷରେ ସମ୍ଭବ ନ ହେଉ ପଛେ ସେ ପିଲାର ଆପଦ, ବିପଦ, ଅସୁବିଧା, ଦୁର୍ଯୋଗ ସମ୍ବାଦ ପାଇ କେବେ ବି ନିଶ୍ଚିନ୍ତ ହୋଇ ରହି ପାରିବନି । କାରଣ ଇୟେ ହେଲା ସମ୍ପର୍କର କଥା । ରକ୍ତର ଆକର୍ଷଣ, ମମତାର ବନ୍ଧନ ବାସଲ୍ୟତାର ଅଭିବ୍ୟକ୍ତି । ସ୍ନେହର ନମୁନା, ଶ୍ରଦ୍ଧାର ବାସ୍ତବତା । ତାକୁ ଏତେ ସହଜରେ ଏଡ଼ି ଦେଇ ହୁଏ ନାହିଁ । ପିଲାର ଅସୁବିଧା କିୟା ଦୁର୍ଘଟଣାଗ୍ରସ୍ତ ସମ୍ବାଦ ପାଇ ମାଆ କେବେ ଦେହ ଛପା ଦେଇ, ମୁହଁ ଲୁଚାଇ, ନ ଶୁଣିଲା ପରି, ନ ଜାଣିଲା ଭଳି, ଅଣଦେଖା କରି ଆଡ଼ ହୋଇ ରହି ପାରିବନି ନିଶ୍ଚିନ୍ତରେ । ପିଲା ହୁଏତ ମା’କୁ ଭୁଲି ଯାଇପାରେ କିନ୍ତୁ ମା’ କେବେ ପିଲାକୁ ପର କରି ରହି ପାରିବ ନାହିଁ ।

ମା’ ସଦାବେଳେ ମା’ ଶୁଭାକାଂକ୍ଷୀ । ପୁତ୍ର- ସୁପୁତ୍ର ବା କୁପୁତ୍ର ହୋଇପାରେ କିୟା କୁପୁତ୍ର ସିନା ଜନ୍ମିବେ । ମାତ୍ର ମା’ କେବେ ବି କୁମାତା ହୋଇପାରିବନି । ସେହି ସେ ମା’ ଯିଏ ଦଶମାସ ଗର୍ଭରେ ଧାରଣ କରେ । ପ୍ରସବ କାଳୀନ ବେଦନା ସହେ । ସନ୍ତାନଟିଏ ଭୂମିଷ୍ଠ ହେବା ପରେ ସେବିକା ସାଜେ । ସେବା କରେ । ଦାୟିତ୍ୱ ନିଏ । ଆପଣାର ଛାତିରେ ପାଦ ଦେଇ (ରଖ୍) ଚାଲି ଶିଖାଏ । କଥା କହିବା ଶିଖାଏ । ଆଉ ଦୈବାତ ପିଲାର ଦୁଃଖଦ ବିୟୋଗ ଘଟିଲେ– କେ କାନ୍ଦିବ ଦିନ ଦଶ, କେ କାନ୍ଦିବ ଦିନ ବାର । ମାତା କିନ୍ତୁ ନିରତେ କାନ୍ଦିବ ମରିବାର ଯୁଗାନ୍ତର । ପୁଥ୍ର ବାପ ଅନ୍ୟ କାହା ପୁଥ୍ର ଯୋଗ୍ୟତା ଦେଖିଲେ (ନିଜ) ପୁଥ୍ କଥା ମନେ ପକାଇବ । ଭାଇ ବିପଦରେ ପଡ଼ିଲେ ଭାଇକୁ ଖୋଜିବ । ଅନ୍ୟର ଭାଇକୁ ତା’ ଶାଶୂ ଘରେ ଦେଖିଲେ ଭଉଣୀ ଆପଣା ଭାଇ କଥା ଭାବି ବସିବ । କିନ୍ତୁ ମା’ ସାରା ଜୀବନ ପୁଥ୍କୁ ଝୁରି ମରୁଥିବ ।

କେବେ ସେ ଧୋଇରେ ବାଇଆ ଧୋ ଗୀତଗାଏ ତ ପୁଣି କେବେ ପରୀ ରାଇଜର କାହାଣୀ କହେ । କେବେ ମାଟିରୁ ଗୋଟାଇ ନେଇ ଦେହରୁ ଧୂଳି ଝାଡ଼ି ଦିଏ ତ ପୁଣି କେବେ ଦୁଷ୍ଟ ହେଲେ ଚାପୁଡ଼ାଏ ମାରିଲେ ନିଜେ ଲୁହରେ ଭିଜିଯାଏ । ସେ ପୃଥିବୀ ଯାକର ସବୁ ଦୁଃଖ ଯନ୍ତ୍ରଣାକୁ ପିଇଯାଏ ଅନାୟାସରେ । ଆଉ ତା’ ବଦଳରେ ଆମକୁ ଦିଏ ପୃଥିବୀ ଯାକର ସବୁତକ ହସଖୁସି । ସାତ ସିଆ ଲୁଗା ପିନ୍ଧି, ଆମକୁ ସମାଜରେ ସଭ୍ୟ ଆଉ ଚାକଚକ୍ୟ ଭାବେ ଜୀଇବାକୁ ବାଟ ଦେଖାଏ । ଆଉ ସେଥିପାଇଁ ସେ ମାଆ । ସେ ସ୍ନେହ ପ୍ରେମର କୋମଳ ଗାନ୍ଧାର ତା’ର ତୁଳନା କାହା ସହିତ ବି କରାଯାଇ ପାରେନା । ମାଆର ଆଶୀର୍ବାଦ ଥିଲେ କୌଣସି ବିପଦ ଆମ ଉପରକୁ ଆସେନା । ଅଗ୍ନିଶାଳରୁ ମଶାଣି ଯାଏ ସେ ଖାଲି ଯାତନାହିଁ ସହିଚାଲେ ବିନା କାରଣରେ । ସେଥିପାଇଁ ସେ କେବେ ସାଜେ ସବଂ‍ସହା ଧରିତ୍ରୀ ତ ପୁଣି କେବେ ଶକ୍ତି ଦାୟିନୀ ଦୁର୍ଗା । ମାଆ ଡାକରେ ଗୋଟେ ନିଆରା ମାଦକତା ଭରି ରହିଥାଏ । ସେଥିପାଇଁ ମାଆକୁ ଯେତେ କଷ୍ଟ ହେଲେ ବି ସେ ସବୁ ସମୟରେ ସନ୍ତାନର ମଙ୍ଗଳ କାମନା କରେ । ଘରୁ ତଡ଼ି ଦେଇଥିବା ପୁଥ୍ ପାଇଁ ବି ପରିଣତ ବୟସରେ ମନ୍ଦିରରେ ମାଆ ତା’ ଅମାନିଆ ସନ୍ତାନ ପାଇଁ ଦୀପ ଜାଳେ । ଠାକୁରଙ୍କ ପାଖରେ ଭୋଗ ମନାସେ । କଅଁଲା ଛୁଆରୁ ବଢ଼ାଇ କୁଢ଼ାଇ ମଣିଷ କରେ । ତା’ ବଦଳରେ କିଛି ବି ସ୍ୱାର୍ଥ ଲାଳସା ରଖ୍ନଥାଏ । ସେଥିପାଇଁ ଏସମ୍ପର୍କକୁ କେହି ତୁଟାଇ ପାରନ୍ତିନି ଏତେ ସହଜରେ । ସମୟ, ପରିସ୍ଥିତି ଓ ପରିବେଶ ବଦଳିଲେ ମଧ୍ୟ ମାଆ ସେଦିନ ବି ଦୀପ ଜାଳୁଥିଲା (ଆମ ପାଇଁ) ତା’ ସନ୍ତାନ ଲାଗି ଭୋଗ ମନାସୁ ଥିଲା ଠାକୁରଙ୍କ ପାଖେ, ଆଉ ଆଜିବି । ମାଆ କେବେ ବଦଳେ ନାହିଁ । କେବେ କେବେ ହୁଏତ ଇତିହାସ ବଦଳି ଯାଇପାରେ ।

କେବେ କେବେ ଇତିହାସର ସଂଜ୍ଞାକୁ ନେଇ ହୋଇଛି ତର୍ଜମା ତର୍କ, ବିତର୍କ କିନ୍ତୁ ମାଆର ସଂଜ୍ଞା ସେଦିନ ଯାହା ଥିଲା ଆଜି ବି ସେଇଆ (ତାହା) ଅଛି । ଆଉ ପୃଥିବୀର ସୂର୍ଯ୍ୟ, ଚନ୍ଦ୍ର ଓ ତାରାମାନେ ଆତ୍ମଘାତ ହେଉଥିବା ପର୍ଯ୍ୟନ୍ତ ମାଆର ସଂଜ୍ଞା ସେମିତି ଥିବ । ଦିନ, ମାସ, ରୁତୁ, ବର୍ଷ, ଯୁଗ ସବୁ ବଦଳେ ହେଲେ ମାଆ କେବେ ବଦଳେ ନାହିଁ । ସେ ମମି ହେଉକି ମାଆ । ପ୍ରତିଟି ରାତିର ସକାଲ ଥାଏ । ସମସ୍ତେ ପ୍ରଚୁର ପରିଶ୍ରମ କରନ୍ତି ଏକ ସୁନ୍ଦର ସକାଳ ପାଇଁ । କିନ୍ତୁ

ପୃଥ୍ବୀର ଜଣେ ମାତ୍ର ବ୍ୟକ୍ତି ଯାହାଙ୍କ ପାଇଁ ନା ସକାଳ ନା ରାତି କିଛି ବି ବଦଳେ ନାହିଁ । ତା' ପାଇଁ ରାତି ଦିନ ଆସେ ଯେମିତି ଚିରାଚରିତ ପ୍ରଥାରେ ଆଉ ଚାଲିଯାଏ ସେମିତି । ସେ କେବେ କ୍ଳାନ୍ତ ହୁଏ ନାହିଁ । ସେଥିପାଇଁ ତ ସେ ମାଆ । ସେ କେବେ ଅଭିମାନ କରେନି । ରାଗେନି ଆଉ ସଂସାରର ସବୁଯାକ ଗାଳିକୁ ନୀଳକଣ୍ଠ ସାଜି ପିଇ ଦେଇଥାଏ । ସୃଷ୍ଟିର ଆଦିମ ଲଗ୍ନର ମାଆ ଯେମିତି ଥିଲା ଏକ ବିଂଶ ଶତାବ୍ଦୀରେ ବି ମାଆ ସେମିତି ଅଛି ।

ଟିକିଏ ଆଗରୁ ସବିତାଙ୍କର ସର ସହିତ ବଚସା ହୋଇଥିଲା । ସେ ତାଙ୍କ ବଡ଼ ଝିଅକୁ ସପଟ କରିବାରୁ ମା' ଝିଅଙ୍କ ମଧ୍ୟରେ କଥା କଟାକଟି ଲାଗିଥିଲା । ସତୀ ବିରୋଧରେ ସର ଅଭିଯୋଗ ଆଣିଥିଲା । ସତୀକୁ ସବିତା ତାଙ୍କର ଅନ୍ୟ ପିଲାମାନଙ୍କ ଅପେକ୍ଷା ଅଧିକ ଶ୍ରଦ୍ଧା କରି ବେଶୀ ସୁବିଧା ଦେଉଥିବାରୁ, ଫଳରେ ତା' ପ୍ରତି ହେଉଥିବା ଅନ୍ୟାୟ ପାଇଁ ସେ ଆପତ୍ତି ଉଠାଇଥିଲା । ସବିତାଙ୍କ ପକ୍ଷପାତ ନୀତି ଯୋଗୁ ସେ ପ୍ରତିବାଦ କରିଥିଲା । ତା' ବୋଉର ଅବିଚାର ଲାଗି ଅଭିଯୋଗ ବାଢ଼ିଥିଲା । କିନ୍ତୁ ଖାଇବା ପାଇଁ ବୋଉର ଡାକ ଶୁଣି ତା'ର ସେ ରାଗ କୁଆଡ଼େ ଚାଲିଗଲା । ମା' ଝିଅ ସାଙ୍ଗ ହୋଇ ଗୋଟିଏ ଜାଗାରେ ଖାଇ ବସିଲେ ।

ସବିତାଙ୍କର ଛଅଟି ପିଲା । ମଧ୍ୟରୁ ବଡ଼ ଝିଅ ସତୀ । ପୁଅ ସୁବଳ । ତା' ତଳଝିଅ ସେବ । ଏ ତିନି ଜଣଙ୍କର ତାଙ୍କ ବାପାଙ୍କ ପରି ସ୍ୱଭାବ । ଭାରି ଧୀର, ସ୍ଥିର, ଶାନ୍ତ, ଶିଷ୍ଟ, ଭଦ୍ର, ନମ୍ର ଓ ନିରବ ପ୍ରକୃତିର । ଏମାନେ ଆବଶ୍ୟକଠାରୁ ଅଧିକ କଥା କହନ୍ତି ନାହିଁ କାହାରି ଉପରେ ସହଜରେ ରାଗି ପାରନ୍ତିନି । ସାମାନ୍ୟ କିଛି ଅସୁବିଧା ହେଲେ ବିନା ପ୍ରତିବାଦରେ ଚଲାଇ ନିଅନ୍ତି । ସେମିତି ବଡ଼ ଧରଣର ଅସୁବିଧା ନ ହେଲେ ସେମାନେ ବାହାରକୁ କିଛି ଆପତ୍ତି (ପ୍ରକାଶ) କରିନଥାନ୍ତି । କିନ୍ତୁ ତାଙ୍କ ଚତୁର୍ଥ ପିଲା ସର ଠିକ୍ ତା ମା' ପରି । ତାତିଲା ବାଲିରେ ଖଇ ଫୁଟିଲା ପରି ତା' ପାଟିରେ କଥାର ଖଇ ଫୁଟେ । ଥରେ କୌଣସି କାରଣରୁ ପାଟି ଖୋଲିଲେ କହିବାକୁ ଥିବା କଥା ଶେଷ ନ ହେବା ଯାଏ ସେ କହିଚାଲିଥାଏ । କୌଣସି କଥାରେ ହେଉ ବା କାମରେ ଟିକେ ଭୁଲ ଭଟକା ତା' ନଜରକୁ ଆସିଲେ ସେ ଖୁଣ୍ଟି ଦିଏ । ଆପତ୍ତି ଉଠାଇ ଅଭିଯୋଗ ଆଣେ ତା' ପ୍ରତି ଅବିଚାର ହେଲେ ଅବିଚାର କରିଥିବା ବ୍ୟକ୍ତି ବିରୋଧରେ । ସେ ଅନ୍ୟାୟର ପ୍ରତିବାଦ କରିଥାଏ । ପାତର ଅନ୍ତର ନୀତିର ବିରୁଦ୍ଧାଚରଣ କରେ । ଯାହା ତା' ବୋଉ କରିଥାଏ ସତୀ କ୍ଷେତ୍ରରେ ।

ତା'ବାଦ୍ ସବିତାଙ୍କର ଟିକେ ଦୋଷ ରହିଛି । ପ୍ରଥମ ସନ୍ତାନ ଭାବରେ ସେ ସତୀକୁ ବେଶୀ ଶ୍ରଦ୍ଧା କରିଥାଆନ୍ତି । ଅଧିକ ଆଦର କରିଥାଆନ୍ତି । ତା' ବୋଲି ଯେ ସେ ତାଙ୍କର ଅନ୍ୟ ପିଲାମାନଙ୍କୁ ଭଲ ପାଆନ୍ତି ନାହିଁ ସେମିତି ନୁହେଁ । ସାନ ପିଲାମାନଙ୍କ ତୁଳନାରେ ସେ ସତୀକୁ ଅଧିକ ସ୍ନେହ କରିଥାଆନ୍ତି । ସେଇଠୁ ଅସୁବିଧା ସୃଷ୍ଟି ହୁଏ । ସୁବଳ ଓ ସେବ ସେ କଥା ପ୍ରତି ଦୃଷ୍ଟି ଦିଅନ୍ତି ନାହିଁ । ସେମାନେ ତାଙ୍କ ବାପାଙ୍କ ପରି ଶାନ୍ତ, ସରଳ ସ୍ୱଭାବର । ସହି ଯାଆନ୍ତି ପଛେ ପାଟି ଖୋଲି କିଛି କହନ୍ତି ନାହିଁ । ସର ତା' ବୋଉ ଢଙ୍ଗର । ଟିକେ କିଛି ବ୍ୟତିକ୍ରମ ଦେଖିଲେ ମୁହେଁ ମୁହେଁ ବତାଇ ଦିଏ । ସେଇଠୁ ମା'ସହିତ ଝିଅର କଳି ଆରମ୍ଭ ହୁଏ । ଝଗଡ଼ା ଲାଗନ୍ତି । ଝିଅ ମୁହଁ ଫୁଲାଇ ଗୋଟେ ଦିଗକୁ ମୁହଁ ବୁଲାଇ ନିଏ । ମା' ମୁହଁ କରିଥାଏ ଧାନ ଉସ୍ନୁମା ହାଣ୍ଡି ପରି ।

ସେ ରାଗ ବେଶୀ ସମୟ ରହେନା । ଘଡ଼ିଏ ଦି ଘଡ଼ି ପରେ ଯୋଉ କଥାକୁ ସେଇକଥା । ମା' ନିଜ ପିଲା ଉପରେ କେତେ ସମୟ ରାଗ ରଖିପାରିବ ? ଆଉ ପିଲାମାନେ ଆପଣାର ମା'କୁ କଥା ନ କହି କେତେବେଳ ପର୍ଯ୍ୟନ୍ତ ରହି ପାରିବେ ? ସେମାନଙ୍କ ମଧ୍ୟରେ କଳି ଲାଗିବାର କିଛି ସମୟ ପରେ ମା'ଡାକେ "ସର ସେଇଟା ଆଣିଲୁ ।" ଟିକିଏ ଆଗରୁ ଲାଗିଥିବା ଝଗଡ଼ା ଭୁଲି ସର ଯାଇ ବୋଉ ପାଖରେ ହାଜର ହୁଏ । ପାଟି ତୁଣ୍ଡ ପରେ ସର କୌଣସି ଦାଏ ଦରକାରରେ ଡାକି ଦେଲେ, ସବିତା ଅଭିମାନକୁ ପାସୋରି ପକାଇ ଜବାବ ଦିଅନ୍ତି "ସର କ'ଣ ହେଲା ?" ଆଦି କବି

ବାଲ୍ମିକୀ ରାମାୟଣରେ ଲେଖିଛନ୍ତି –ରାବଣକୁ ବଧ କରି ମାତା ସୀତାଙ୍କୁ ଉଦ୍ଧାର କରିବା ପରେ ଅଯୋଧ୍ୟା ଫେରିବା ପାଇଁ ବାହାରିବା ସମୟରେ ବିଭୀଷଣ ପ୍ରଭୁ ଶ୍ରୀରାମଙ୍କୁ ଲଙ୍କାର ରାଜା କରିବା ପାଇଁ ଇଚ୍ଛା ପ୍ରକଟ କରିବା ଏବଂ ଲକ୍ଷ୍ମଣ ମଧ୍ୟ ଲଙ୍କାରେ ରହିବା ପାଇଁ ଚାହିଁବ ଦେଖି ଶ୍ରୀରାମ, ଲକ୍ଷ୍ମଣକୁ କହିଥିଲେ – "ଅପି ସ୍ୱର୍ଣ୍ଣମୟୀ ଲଙ୍କା! ଲକ୍ଷ୍ମଣ ନ ମେ ରୋଚତେ, ଜନନୀ ଜନ୍ମଭୂମିଶ୍ଚ ସ୍ୱର୍ଗାଦପୀ ଗରିୟସୀ" ଏହି ଉକ୍ତିରୁ ଜନନୀ ଓ ଜନ୍ମଭୂମି ପ୍ରତିଥିବା ମମତା ଜଣାପଡ଼େ।

ପ୍ରତ୍ୟେକ ମଣିଷର ମା'ଟିଏ ଥାଏ, ମାତୃଭୂମିଟିଏ ବି ଥାଏ। ଜଣଙ୍କ ଗର୍ଭରୁ ସେ ଜନ୍ମ ନେଇଥାଏ ଓ ଆର ଜଣକ ଉପରେ ପାଦ ଥାପି ଜନ୍ମରୁ ମୃତ୍ୟୁ ପର୍ଯ୍ୟନ୍ତ ସେ ନିଜ ପାଇଁ ପରିଚୟଟିଏ ସୃଷ୍ଟି କରେ। ଉଭୟ ଜନନୀ ଓ ଜନ୍ମଭୂମିର ସଂସ୍କାର ସହ ସେ ଏମିତି ଅଭିନ୍ନ ଭାବେ ସଂଯୁକ୍ତ ଥାଏ ଯେ ଉଭୟ ଠୁ ବିଚ୍ଛିନ୍ନ ହୋଇ ପରିଚିତ ହେବା ତା' ନିୟନ୍ତ୍ରଣରେ ନଥାଏ। ପ୍ରକୃତ ପକ୍ଷେ, କେବଳ ମାତା ବା ଜନ୍ମଭୂମି କାହିଁକି ନିଜ ନାମ, ପିତା, ଭାଷା, ଧର୍ମ ବା ଜାତୀୟତା ଭିତରେ ମଣିଷର ଯେଉଁ ପରିଚୟଟି ଗଢ଼ି ଉଠିଥାଏ, ସେ ସବୁର ଗୋଟିଏ ବି ମଣିଷର ସ୍ୱାଧୀନ ଇଚ୍ଛା ସମ୍ମତ ନୁହେଁ। ନିଜ ପସନ୍ଦ ଅନୁଯାୟୀ ମଣିଷ ଏ ମଧରୁ ଗୋଟିଏ ବି ନିର୍ବାଚନ କରେ ନାହିଁ, କରିପାରେ ନାହିଁ। ଯଦିବା କରିବସେ ତେବେ ଧରି ନେବାକୁ ହେବ ଯେ ଉଭୟ ଜନନୀ ଓ ଜନ୍ମଭୂମିର ଅମୃତମୟ ଅନୁଭବରୁ ସେ ନିଶ୍ଚିତ ବଞ୍ଚିତ। ଉଭୟ ଜନନୀ ଓ ଜନ୍ମଭୂମିର ଅନ୍ତର ମହନୀୟ ଉଦାରତାର ଚିରକାଳ ଭରପୂର। କୌଣସି ପ୍ରାପ୍ତିର ପ୍ରତ୍ୟାଶା ନରଖି, ଅପ୍ରାପ୍ତି, ଅବଜ୍ଞା ଓ ଅବହେଳାର ବୋଝ ମୁଣ୍ଡାଇ ତଥାପି ଥକି ପଡ଼ୁନଥିବା ଓ ସଦାକାଳ ସନ୍ତାନର ମଙ୍ଗଳ କାମନା କରୁଥିବା ଶକ୍ତି କେବଳ ଦିଓଟି –ମାଆ ଓ ମାତୃଭୂମି। ସକଳ ପ୍ରକାର ସମୁଚିତ ମର୍ଯ୍ୟାଦାର ହକଦାର ହୋଇବି ବ୍ୟକ୍ତିବାଦ, କୁସଂସ୍କାର, ଅଜ୍ଞାନତା ଓ ଧର୍ମାନ୍ଧତା ଭଳି ହୀନ ମତବାଦରେ ଆକ୍ରାନ୍ତ ସନ୍ତାନମାନଙ୍କ ଦ୍ୱାରା ଏ ଦୁହେଁ ବହୁଭାବେ ଲାଞ୍ଛିତ ଓ ନିର୍ଯାତିତ ହୁଅନ୍ତି। ଦାରୁଣ ବେଦନାରେ ଏମାନଙ୍କ ହୃଦୟ ମଟୁ ହୋଇ ଯାଉଥାଏ ବାରମ୍ବାର। ତଥାପି ଏମାନେ ଅବାଧ୍ୟ ସନ୍ତାନକୁ କୋଳେଇ ନିଅନ୍ତି। ନିଜ ବୁକୁରେ ଚାପି ଧରି ଗର୍ବ କରନ୍ତି । ଏମାନଙ୍କ ମହାର୍ଘ ମହାନୁଭବତା ନିକଟରେ ଫିକା ପଡ଼ିଯାଏ ଅବାଟରେ ଯାଉଥିବା ସନ୍ତାନର ଯାବତୀୟ ଉଦ୍ଧଣ୍ଡପଣ।

"ଜନନୀ ଜନ୍ମଭୂମିଶ୍ଚ ସ୍ୱର୍ଗାଦପି ଗରୀୟସୀ।" ଜନନୀ ଓ ଜନ୍ମଭୂମି ସ୍ୱର୍ଗଠାରୁ ଗରୀୟାନ। ମା' ଆମକୁ ଜନ୍ମ ଦିଏ। ମାତୃଭୂମି ଦିଏ ନାଗରିକତା, ମା' ଦିଏ ଭାଷା, ମାତୃଭୂମି ଦିଏ ସାହିତ୍ୟ, ମା' ଦିଏ ସଂସ୍କାର, ମାତୃଭୂମି ଦିଏ ସଂସ୍କୃତି। ମା' କ୍ଷୀର ଦେଇ ଆମକୁ ଜୀବନ ଦିଏ। ମାତୃଭୂମି ଶସ୍ୟ ଦେଇ ଆମକୁ ବଞ୍ଚାଏ। ମା' ପରି ବନ୍ଦନୀୟା ମାତୃଭୂମି। ମା' ପଣତର ମହକ ପରି ମା' ମାଟିର ବାସ୍ନା ସମସ୍ତଙ୍କର ପ୍ରିୟ। ମାତୃଭୂମି ଆମ ଅସ୍ତିତ୍ୱକୁ ସ୍ୱୀକୃତି ଦେବା ସହ ସାମାଜିକ ପରିଚୟ ଦିଏ ଏବଂ ଆମ ଅଧିକାରକୁ ସୁନିଶ୍ଚିତ କରେ। ତା'ର ପରମ୍ପରା, ସଂସ୍କୃତି, କଳା ଓ ସାହିତ୍ୟ ଆମ ବ୍ୟକ୍ତିତ୍ୱର ବିକାଶରେ ସହାୟକ ହୁଏ। ମାତୃଭୂମି ଆମକୁ ବଢ଼ାଏ। ବଞ୍ଚିବା ପାଇଁ ବୃତ୍ତି ଯୋଗାଇ ଦିଏ ଏବଂ ଶେଷରେ ସୁରକ୍ଷା ମଧ୍ୟ ଦିଏ । ମାତୃଭୂମି ପ୍ରତି ବିଶ୍ୱସ୍ତ ହେବା ଆମ ସମସ୍ତଙ୍କ କର୍ତ୍ତବ୍ୟ । ତା'ର ସୁରକ୍ଷା ଓ ମର୍ଯ୍ୟାଦା ଅକ୍ଷୁର୍ଣ୍ଣ ରଖିବା ଆମର ଦାୟିତ୍ୱ। ଜାତି, ସମ୍ପ୍ରଦାୟ, ଧର୍ମ, ଭାଷା ତଥା ଶ୍ରେଣୀଗତ ବିଭେଦର ଊର୍ଦ୍ଧ୍ୱକୁ ଉଠି ମାତୃଭୂମିର ଉନ୍ନତି ପାଇଁ ପ୍ରତ୍ୟକ୍ଷ ଓ ପରୋକ୍ଷରେ ପ୍ରୟାସ କରିବା ଆମ ସମସ୍ତଙ୍କ କର୍ତ୍ତବ୍ୟ।

ସମଗ୍ର ବିଶ୍ୱ ପ୍ରେକ୍ଷାପଟରେ ଭାରତୀୟ ସଂସ୍କାର ଓ ସଂସ୍କୃତିର କାନ୍ତ କମନୀୟତା ଏବଂ ଏହାର ପଦ୍ଧାନ୍ତରହୀନ ସହିଷ୍ଣୁତା ସର୍ବଜନ ସ୍ୱୀକୃତ। ଏ ଦେଶର ମହିମା ବଡ଼ ଅଦ୍ଭୁତ । ଏଠି ରାସ୍ତା କଡ଼ରେ ଯେକୌଣସି ପଥରକୁ ଦେବାସନରେ ଥୋଇ ଫୁଲ, ସିନ୍ଦୁର ଲଗାଇ ପୂଜା କରାଯାଇପାରେ। ଏଠି ପୁଣି ସମଗ୍ର ବସୁଧାକୁ କୁଟୁମ୍ବ ଜ୍ଞାନ କରି ପଡ଼ୋଶୀ ଦେଶର ବିତାଡ଼ିତ ଲେଖକକୁ, ଆଶ୍ରୟ ନୁହେଁ ଆତିଥ୍ୟ ଦିଆଯାଇ ପାରେ। ସାଂସ୍କୃତିକ ସ୍ୱାଧୀନତା ନାମରେ ଆରାଧ୍ୟ ସରସ୍ୱତୀଙ୍କର ଆଶ୍ଳୀଳ ଚିତ୍ର ଆଙ୍କିଥିବା ଚିତ୍ରକରଙ୍କୁ ଭାରତ ଗୌରବ ବୋଲି କହି ସମ୍ମାନିତ କରାଯାଇପାରେ। ନିଜ ପାଇଁ ଏକ ମଧୁମୟ

ଜୀବନ ଅପେକ୍ଷା ଗୋଟିଏ ଅମୃତମୟ ବିଶ୍ୱର ବରଦାନ ପାଇଁ ପ୍ରଭୁଙ୍କୁ ପ୍ରାର୍ଥନା କରାଯାଇଥାଏ । ଏଥିପାଇଁ ବୋଧହୁଏ ସେଦିନ ନିଜ ମାତୃଭୂମି ଭାରତକୁ ଅବଶିଷ୍ଟ ବିଶ୍ୱ ସହ ପରିଚିତ କରାଇ ବିଶ୍ୱ ବିଜୟୀ ସ୍ୱାମୀ ବିବେକାନନ୍ଦଙ୍କ କଣ୍ଠରୁ ଭାସି ଆସିଥିଲା ଅନିର୍ବଚନୀୟ ଦେଶ ପ୍ରେମର ଉଚ୍ଛାଳ ତରଙ୍ଗ । ମୋ ପ୍ରିୟ ଭାରତ ବର୍ଷ, ମୋ ଶୈଶବର ଫୁଲ ଶଯ୍ୟା । ମୋ ଯୌବନର ଉପବନ । ମୋ ବାର୍ଦ୍ଧକ୍ୟର ବାରଣାସୀ ।

ଗର୍ଭ ବେଦନା ସହି ସନ୍ତାନକୁ ଜନ୍ମ ଦେଇଥିବା ମାଆ ପରି ଗୋଟିଏ ମାତୃଭୂମିର ମଧ୍ୟ ଏକା କାହାଣୀ । ଆପଣାର ଭୌଗଳିକ ପରିସୀମା ଯାଏଁ ପରିବ୍ୟାପ୍ତ ଗୋଟିଏ ବିଶାଳ ଭୂଖଣ୍ଡ ନିଜ ବୁକୁ ବିଦାରଣ କରି ତାହାର ମାଟି, ପାଣି, ପବନରେ ନିଜ ଅଧିବାସୀମାନଙ୍କୁ ଯେମିତି ବଞ୍ଚାଇ ରଖେ, ସେମିତି ବିକଶିତ ମଧ୍ୟ କରିଥାଏ । ସେମାନଙ୍କ ଜୀବନ ସହ ସଂଯୁକ୍ତ ସଂସ୍କାର, ସଂସ୍କୃତି, ଶିକ୍ଷା, ସଭ୍ୟତା ଓ ସମୃଦ୍ଧିର ଏକ ପ୍ରବାହମାନ ଧାରାକୁ । ଦେଶ ବୋଲି କୁହାଯାଉଥିବା ଏହି ଭୂଖଣ୍ଡର ସୀମାହୀନ ତ୍ୟାଗ ପାଇଁ ଏହାର କୃତଜ୍ଞ ନାଗରିକମାନେ ତାକୁ ମାଆ ବୋଲି ଜ୍ଞାନ କରି ପୂଜା କରନ୍ତି । ଆଉ ଅବାଧ ସନ୍ତାନର ଜନନୀ ବୋଲାଇବା କୌଣସି କାଳରେ କୌଣସି ମାଆଙ୍କ ପାଇଁ ଗୌରବଦାୟୀ ନୁହେଁ । ସନ୍ତାନ ସର୍ବଦା ମା' ଓ ମାତୃଭୂମିର ଜୟଗାନ କରିବା ହେଉଛି ତା'ର ମହନୀୟତା ଆଉ ଜୟଗାନ ନ କରିବା ତା'ର ହୀନ ମନ୍ୟତାର ପରିଚୟ ପ୍ରଦାନ କରିଥାଏ । ସେମିତି ଆମର ଜନ୍ମଭୂମି ଭାରତର ଜୟଗାନ କରିବାକୁ ଯାଇ ଭାରତ ମାତାକୀ ଜୟ ସ୍ଲୋଗାନ ଦେବା ଆମମାନଙ୍କ ଲାଗି (ଭାରତୀୟମାନଙ୍କ) ଅସମୀଚୀନ କାର୍ଯ୍ୟ ନୁହେଁ । ଆହୁରି ମଧ୍ୟ ଭାରତ ମାତାକୀ ଜୟ ସ୍ଲୋଗାନଟି ପରାଧୀନ ଭାରତ ବର୍ଷର ଏକ ପ୍ରାତଃ ସ୍ମରଣୀୟ ମନ୍ତ୍ର ହୋଇ ଯାଇଛି । କାହିଁକି ନା ତାହା ତାକୁ ବ୍ରିଟିଶ ସରକାରଙ୍କ ସହ ଲଢ଼ିବା ପାଇଁ ଶକ୍ତି ଯୋଗାଉଥିଲା । ଏବଂ ନିଜର ଏକ ଭୂଖଣ୍ଡକୁ ଚିହ୍ନଟ କରି ସାରା ପୃଥିବୀକୁ ଜଣାଇ ଦେବା ଥିଲା ତତ୍କାଳୀନ ଆବଶ୍ୟକତା ।

ପ୍ରତ୍ୟେକ ଦେଶ ପାଇଁ ଆବଶ୍ୟକ ହେଉଛି, ସେ ଦେଶର ନାଗରିକଙ୍କ ମଧ୍ୟରେ ରାଷ୍ଟ୍ର ଭକ୍ତିର ଭାବନା ସଞ୍ଚାର ହେବା କଥା । ମାତୃଭୂମିକୁ ନିଜ ଜନ୍ମଦାତ୍ରୀ ମା' ସଦୃଶ ସ୍ୱୀକାର କରିବା ଭଳି ରାଷ୍ଟ୍ରଭକ୍ତି ହିଁ ରାଷ୍ଟ୍ରର ବାସ୍ତବ ଭକ୍ତ ହୋଇ ପାରିବେ । ପରସ୍ପର ମଧ୍ୟରେ ସର୍ବଦା ରାଷ୍ଟ୍ରଭକ୍ତି ଜାଗ୍ରତ ରହିବା ଉଚିତ୍ । ଯିଏ ରାଷ୍ଟ୍ରକୁ ସଞ୍ଚାଳନ କରିବେ ବା ପରିଚାଳନା କରିବେ ସେ ବିଦ୍ୱାନ ହେବା ଆବଶ୍ୟକ । ସମଗ୍ର ରାଷ୍ଟ୍ରର ନିଷ୍ଠା ଏବଂ ବିଶ୍ୱାସ ତାଙ୍କ ମଧ୍ୟରେ ବିରାଜମାନ କରିବା ଉଚିତ । ସେ ରାଷ୍ଟ୍ରକୁ ପିତା ସଦୃଶ ସୁରକ୍ଷା ଦେବା (ଆବଶ୍ୟକ) ଦରକାର । ନାଗରିକଙ୍କ ମଧ୍ୟରେ ଏହି ପ୍ରକାର ଉଦାତ୍ତ ଭାବନା ଏହି ଲକ୍ଷ୍ୟନେଇ ଆଗକୁ ବଢ଼ିବା ଉଚିତ । ଯାହା ଦ୍ୱାରା ପ୍ରତ୍ୟେକ ବ୍ୟକ୍ତିଙ୍କ ମଧ୍ୟରେ ପରସ୍ପର ସଦ୍ଭାବ ଏବଂ ସମଭାବ, କିଏ ଛୋଟ (ଏବଂ) କିଏ ବଡ଼, ଏଭଳି ବିଚାର- ଆଚରଣକୁ ଭାଙ୍ଗିବା ଆଗରୁ ବଢ଼ିବା ଉଚିତ । ରୁଗ୍ ବେଦରେ କୁହାଯାଇଛି- "ତେ ଅଜ୍ୟେଷ୍ଠା ଅକନିଷ୍ଠାସ୍ ଉଦିଦ୍ୱୋ ଅମଣ୍ୟମାସୋ ମହସାବିବଧୋଃ, ସୁଜାତା ସୋ ଜନୁଷା ପସିର୍ମାତରୋଦେବୋ ମର୍ଯ୍ୟା ଆନୋ ଅଗ୍ନା ଜିଗାତନ ।" ଅର୍ଥାତ୍ ରାଷ୍ଟ୍ରଭକ୍ତଙ୍କ ମଧ୍ୟରେ କୌଣସି ପ୍ରକାର ଜ୍ୟେଷ୍ଠତା ଏବଂ କନିଷ୍ଠତା ଭାବନା ନରହିବା ଉଚିତ୍ । ସମସ୍ତଙ୍କୁ ନିଜ କାର୍ଯ୍ୟଧାରା ମଧ୍ୟରେ ରାଷ୍ଟ୍ରର ଉନ୍ନତି ପାଇଁ ପ୍ରୟତ୍ନଶୀଳ ହେବା ଦରକାର । ସାମଗ୍ରିକ ହିତ ଭାବନା ଯୋଗୁ ହିଁ ସମସ୍ତଙ୍କର ଉନ୍ନତି ହୋଇପାରିବ । ସମସ୍ତଙ୍କ ଉନ୍ନତି ହିଁ ରାଷ୍ଟ୍ରକୁ ସଶକ୍ତ କରାଇବ । ଏହାଦ୍ୱାରା ଏକତା ଓ ଅଖଣ୍ଡତା ଏବଂ ଦୃଢ଼ତା ସୁନିଶ୍ଚିତ ହୋଇପାରିବ ।

ରୁଗ୍ ବେଦରେ ଆହୁରି କୁହାଯାଇଛି "ଇଷା ସରସ୍ୱତୀ ମହି ତେସ୍ରୋ ଦେବୀ ମର୍ଯ୍ୟୋଭୁବଃ ବହିଃ ସିଦନ୍ତ୍ ସିଧଃ ।" ଅର୍ଥାତ୍ ରାଷ୍ଟ୍ରଭକ୍ତଙ୍କ ମଧ୍ୟରେ ସମାନତାର ଭାବନା ଆବଶ୍ୟକ । ପ୍ରତ୍ୟେକ ରାଷ୍ଟ୍ରର ଭାଷା, ସଂସ୍କୃତି ଏବଂ ଭୂମି ହିଁ ସୁଖ ପ୍ରଦାତା ଏବଂ ଶ୍ରେୟସ୍କର ଦେବତା ଅଟନ୍ତି । ଏହାର ଉନ୍ନତି ହେବାରେ ହିଁ ବାସ୍ତବିକ ରାଷ୍ଟ୍ରର ଉନ୍ନତି ହୋଇପାରେ ଏବଂ ରାଷ୍ଟ୍ର ଉନ୍ନତିରେ ହିଁ ସାମୂହିକ ସୁଖ ପ୍ରଦାନ ସମ୍ଭବ ହୋଇପାରେ । ଶତ୍ରୁ ସବୁବେଳେ ସଙ୍ଗଠିତ ରାଷ୍ଟ୍ରକୁ ଭାଙ୍ଗିବା

ପାଇଁ ଏବଂ ଏହାର ଅଖଣ୍ଡତା ଉପରେ ଆଘାତ ଦେବା ପାଇଁ ସୁଯୋଗ ଖୋଜିଥାନ୍ତି । ଏଥିପାଇଁ ରାଷ୍ଟ୍ରର ଜାଗ୍ରତ ସୈନିକ ସର୍ବବେଳେ ସଜାଗ ରହିବା ଉଚିତ । ରାଷ୍ଟ୍ରର ଆଘାତକାରୀ ଶକ୍ତିଙ୍କ ସମ୍ପର୍କରେ ରଗ୍‌ବେଦରେ ଉଲ୍ଲେଖ ରହିଛି । ପରେହ୍ୟଯୁଥ୍ୟ ଧର୍ଷ୍ଣୁହିନତେ ବିକ୍ରୋନିୟଂସତେ ଇନ୍ଦ୍ର ନର୍ଷେହିତେ ସଂବୋ ହିନୋବର୍ତ୍ତ ଜୟା ଅପୋ ଅର୍ଜନ୍ନୁ ସ୍ଵରାଜ୍ୟମ୍ ।" ଅର୍ଥାତ୍ ସ୍ଵରାଜ୍ୟ ଶାସନ ପ୍ରତିଷ୍ଠାକୁ ଅବିଚଳ ରଖିବା ପାଇଁ ଆବଶ୍ୟକ ହେଉଛି ଯେ ଶକ୍ତିକୁ ବିନାଶ କରିବା ଉଚିତ । ଯେଉଁ ପ୍ରକାର ସୂର୍ଯ୍ୟଙ୍କୁ ମେଘ ହନନ ପାଇଁ କୌଣସି ପ୍ରଯତ୍ନ କରିବାକୁ ପଡ଼େନାହିଁ କିନ୍ତୁ ସରଳ ଭାବେ ଏହାକୁ ହନନ କରାଯାଏ । ଏହି ପ୍ରକାର ରାଷ୍ଟ୍ରପ୍ରେମୀ ଭକ୍ତ ସୁବ୍ୟବସ୍ଥା ମାଧ୍ୟମରେ ଶତ୍ରୁକୁ ବିନା କୌଣସି ଚେଷ୍ଟାରେ ବିନାଶ କରାଯାଇପାରେ । ରଗ୍‌ ବେଦରେ ରାଷ୍ଟ୍ରୋଜାଗ୍ରୟାମ୍ ବୟମ୍ ଦ୍ଵାରା ରାଷ୍ଟ୍ରର ଏକତା ଏବଂ ଅଖଣ୍ଡତା ପ୍ରତି ସଜାଗତାର ଭାବ ମାନବ ମାତ୍ରରେ ସର୍ବଦା ବିଦ୍ୟମାନ ରହିବାକୁ ଆଦେଶପ୍ରାପ୍ତ ସମ୍ପର୍କରେ ଉଲ୍ଲେଖ କରାଯାଇଛି । ପ୍ରତ୍ୟେକ ବ୍ୟକ୍ତି ନିଜର ରାଷ୍ଟ୍ରପ୍ରତି କର୍ତ୍ତବ୍ୟବୋଧ ସମ୍ପର୍କରେ ପରିଚିତ ରହିବା ଉଚିତ୍ । ରାଷ୍ଟ୍ରର ରକ୍ଷା ଦାୟିତ୍ଵ କେବଳ ରାଜାଙ୍କର ନୁହେଁ, ପ୍ରତ୍ୟେକ ପ୍ରଜାଙ୍କର ପ୍ରୟାସ ଅତ୍ୟନ୍ତ ମହତ୍ତ୍ଵପୂର୍ଣ୍ଣ ସ୍ଥାନ ରହିଛି । ବଙ୍ଗର ନବାବ (ଶାସନମୁଖ୍ୟ) ସିରାଜଉଦ୍ଦୌଲା, ରାଜ୍ୟବାସୀଙ୍କ ସାହାଯ୍ୟ ବିନା ଏକାକୀ ରାଜ୍ୟକୁ ସୁରକ୍ଷା ଦେବାକୁ ସମର୍ଥ ହୋଇ ପାରିନଥିଲେ । ଏହିଠାରୁ ହିଁ ଭାରତ ପରାଧୀନର ପର୍ବ ଆରମ୍ଭ ହୋଇଥିଲା । ସଂକ୍ଷେପରେ ରଗ୍‌ ବେଦର ଏହି ଉଲ୍ଲେଖ ସୂଚାଇ ଦେଇଛି କେବଳ ରାଷ୍ଟ୍ରର ନାୟକ କି ମହାନାୟକ ନୁହନ୍ତି ବା ନିର୍ବାଚିତ ପ୍ରଧାନମନ୍ତ୍ରୀ- ରାଷ୍ଟ୍ର ମୁଖ୍ୟ ନୁହନ୍ତି, ପ୍ରତ୍ୟେକ ନାଗରିକଙ୍କର ରାଷ୍ଟ୍ରପତି ଭକ୍ତି ଭାବନା ରହିବା ଉଚିତ । କିନ୍ତୁ ରାଷ୍ଟ୍ର ଭକ୍ତିର ଭାବନା ଏପରି ହେବା ଉଚିତ ନୁହେଁ, ଯାହାଦ୍ଵାରା ଦେଶରେ ଧର୍ମନାମରେ ଧର୍ମାନ୍ଧତା ଅଧିକ କାର୍ଯ୍ୟବିସ୍ତାର କରିବ । ରାଷ୍ଟ୍ର ଭକ୍ତିର ଭାବନା ଏପରି ହେବା ଉଚିତ ନୁହେଁ ଯାହାଦ୍ଵାରା ଦେଶରେ ଦୁର୍ନୀତି, ଭ୍ରଷ୍ଟାଚାର ନାଗରିକଙ୍କ ଜୀବନ ଜୀବିକାକୁ ପ୍ରଭାବିତ କରିବ ଏବଂ ବ୍ୟବସ୍ଥାର ଲକ୍ଷ୍ୟକୁ ଭାଙ୍ଗି ଦେବ ।

ଭାରତର ସାଂସ୍କୃତିକ ଇତିହାସକୁ ଅନୁଧ୍ୟାନ କଲେ ଜଣାଯାଏ ଯେ ସର୍ବ ପ୍ରଥମେ ଭାରତ ମାତାର ମୂଳ ସ୍ଵରୂପଟି ଭୂଦେବ ମୁଖୋପାଧ୍ୟାୟଙ୍କ ଦ୍ଵାରା ୧୮୬୬ ମସିହାରେ ରଚିତ 'ଉନବିଂଶ ପୁରାଣ' ନାମକ ଏକ ବ୍ୟଙ୍ଗାତ୍ମକ ରଚନାରେ ପରିଦୃଷ୍ଟ ହୁଏ । ଏଥିରେ ଭାରତମାତାକୁ 'ଅଧ୍ୱଭାରତୀ'ର ଆଖ୍ୟା ଦିଆଯାଇଛି । ପରେ ୧୮୭୩ ମସିହାରେ ନାଟକ 'ଭାରତମାତା'ରେ କିରଣଚନ୍ଦ୍ର ବଦୋପାଧ୍ୟାୟ ଭାରତମାତାର ସ୍ଵରୂପକୁ ଚିତ୍ରଣ କରିଥିଲେ । ଯାହା ପ୍ରାରମ୍ଭିକ ପର୍ଯ୍ୟାୟରେ ଦର୍ଶକଙ୍କ ମନରେ ଜାତୀୟତାବାଦ ସୃଷ୍ଟି କରିଥିବା କୁହାଯାଏ । ତେବେ ଏ କ୍ଷେତ୍ରରେ ମାଇଲଖୁଣ୍ଟ ସ୍ଥାପନ କଲା ଭଳି ସୃଷ୍ଟି ଥିଲା ବଙ୍କିମଚନ୍ଦ୍ର ଚଟ୍ଟୋପାଧ୍ୟାୟଙ୍କ 'ଆନନ୍ଦ ମଠ' ଯେଉଁଥିରେ ଭାରତମାତର ସ୍ଵରୂପକୁ ତିନୋଟି ଦେବୀ ରୂପରେ ଦର୍ଶାଯାଇଛି । (୧୮୮୨ ମସିହାରେ ବଙ୍ଗଳା ଓ ସଂସ୍କୃତ ଭାଷାରେ ରଚିତ ଏହି ଉପନ୍ୟାସର ମାତୃଭୂମି ବନ୍ଦନା, ବନ୍ଦେ ମାତରଂ, ସ୍ଵାଧୀନତା ସଂଗ୍ରାମର ମନ୍ତ୍ର ହେବା ସହ ପରେ ଜାତୀୟ ଗୀତ (ପ୍ରଥମ ଦୁଇଟି ପଦ ହେଲା) । ସେଗୁଡ଼ିକ ହେଲା ଜଗଦ୍ଧାତ୍ରୀ, କାଳୀ ଓ ଦୁର୍ଗା । ଏହାର ଦୁଇ ଦଶକ ପରେ ୧୯୦୫ ମସିହାରେ ଭାରତର ଆଧୁନିକ କଳା ଇତିହାସରେ ସର୍ବ ପ୍ରଥମେ ଭାରତମାତାର ସ୍ଵରୂପକୁ ବଙ୍ଗ ନବଜାଗରଣ (ରେନେସାଁ) ସମୟରେ ଚିତ୍ରଣ କଲେ ଧୁରୀଣ ଶିଳ୍ପୀ ଅବନୀନ୍ଦ୍ର ନାଥ ଠାକୁର (ରବୀନ୍ଦ୍ରନାଥଙ୍କ ସମ୍ପର୍କୀୟ ଜେଜେ) । ସେ ମଧ୍ୟ ବଙ୍କିମଙ୍କ ପରି 'ଭାରତମାତା'କୁ ଜଣେ ଦେବୀ (ଲକ୍ଷ୍ମୀ) ରୂପରେ ଚିତ୍ରଣ କଲେ । ତାଙ୍କ 'ଭାରତମାତା' ଗୈରିକ ବସ୍ତ୍ର ପରିହିତା, ଶାନ୍ତ ମୁଖମଣ୍ଡଳ, ଚତୁଃହସ୍ତ ବିଶିଷ୍ଟା ଜଣେ ମହିଳା । ଯାହାଙ୍କ ମସ୍ତକ ଚାରିପାଖେ ଏକ ଶୁଭ୍ର ପ୍ରଭା ମଣ୍ଡଳ । ଚାରିଟି ହାତରେ ସେ ପୋଥି, ମାଳି, ଧାନଗଛ ଓ ବସ୍ତ୍ର ଧରିଥିବାରୁ ସିଷ୍ଟର ନିବେଦିତା ତାଙ୍କୁ ଶିକ୍ଷା-ଦୀକ୍ଷା-ଅନ୍ନ-ବସ୍ତ୍ର ବୋଲି ଅଭିହିତ କରିଛନ୍ତି । (ଦ୍ରଷ୍ଟବ୍ୟ; ଦ କମ୍ପ୍ଲିଟ୍ ଓ୍ୱାର୍କସ ଅଫ ସିଷ୍ଟର ନିବେଦିତା, ପୃ-୫୮) ଉଲ୍ଲେଖ ଯୋଗ୍ୟ ଆଉ ଜଣେ ବିଶିଷ୍ଟ ଚିତ୍ର ଶିଳ୍ପୀ ଏମ୍.ଏଫ୍ ହୁସେନ ମଧ୍ୟ ଆଙ୍କିଥିଲେ ଭାରତ ମାତା (ଚିତ୍ର) ଯାହାକୁ ନିଷିଦ୍ଧ କରିଦିଆଯାଇଥିଲା ।

(ଜୀବନର ଶେଷ ପର୍ଯ୍ୟନ୍ତ ତାଙ୍କୁ ବିଦେଶରେ ନିର୍ବାସନ ଜୀବନ ବିତାଇବାକୁ ପଡ଼ିଥିଲା।) ଦେଶକୁ ମାତା ଭାବରେ କରାଯାଇଥିବା ଏ ପରିକଳ୍ପନାକୁ ନେଇ ସେଇ ୧୯୦୫ ମସିହାରେ ବିପ୍ଲବୀ ଅରବିନ୍ଦ ଘୋଷ ପତ୍ନୀ ମୃଣାଲିନୀ ଦେବୀଙ୍କୁ ଏକ ପତ୍ରରେ ଲେଖିଥିଲେ "ମୁଁ ମୋ ଦେଶକୁ ମାତା ରୂପରେ ଦେଖୁଛି। ମୁଁ ତାଙ୍କୁ ମା' ଭାବେ ପୂଜା କରୁଛି। ଜଣେ ରାକ୍ଷସ ତା' ମା' ଥନରେ ବସି ରକ୍ତ ଶୋଷିଲେ ତା' ପୁଅ କ'ଣ କରିବ?" ଏହି ଚିଠିକୁ ଅଲିପୁର ବୋମା ବିସ୍ଫୋରଣ ମାମଲାରେ ଅରବିନ୍ଦଙ୍କ ବିରୋଧରେ ପ୍ରମାଣ ସ୍ୱରୂପ ଉପସ୍ଥାପନ କରାଯାଇଥିଲା।

ସେ ଯାହା ହେଉ 'ଭାରତ ମାତା'ର ସ୍ୱରୂପ ଆଙ୍କିବାରେ ବଙ୍ଗୀୟ ସ୍ରଷ୍ଟାମାନେ ପ୍ରଥମ ହୋଇଥିବାରୁ ସେଠାରେ ଦୁର୍ଗା ଓ କାଳୀ ଭଲି ସେମାନଙ୍କ ଗୃହ ଦେବୀଙ୍କ ରୂପ ସ୍ଥାନ ପାଇବା ସ୍ୱଷ୍ଟ। ତେଣୁ ସେମାନଙ୍କର 'ଭାରତ ମାତା' ପ୍ରକୃତରେ 'ବଙ୍ଗ ମାତା' ବୋଲି ଅନେକ ଐତିହାସିକ କହନ୍ତି। 'ବଦେ ମାତରଂ'ରେ ବଙ୍କିମଚନ୍ଦ୍ର କେବଳ 'ସପ୍ତକୋଟି' ଶବ୍ଦ ଉଲ୍ଲେଖ କରିଛନ୍ତି। ଯାହା ବଙ୍ଗର ସାତ କୋଟି ଲୋକଙ୍କୁ ବୁଝାଏ। ବଙ୍ଗ ବିଭାଜନର (୧୫) ପନ୍ଦର ବର୍ଷ ପରେ ୧୯୨୦ ମସିହା ଅଗଷ୍ଟରେ ଅରବିନ୍ଦ 'ବଦେ ମାତରଂ' ସ୍ଲୋଗାନର ସୀମା ସମ୍ପର୍କରେ ସଚେତନ କରାଇବା ସହ ଅନ୍ୟଏକ ଉତ୍ତମ ସ୍ଲୋଗାନ ସୃଷ୍ଟି ପାଇଁ ଆହ୍ୱାନ ଦେଇଥିଲେ। ସେ ଲେଖିଥିଲେ– ଆମେ ଆମର ହୃଦୟ ଓ ଆମ୍ଭର ସହ 'ବଦେ ମାତରଂ' ମନ୍ତ୍ରିକୁ ବ୍ୟବହାର କରୁଛୁ, କିନ୍ତୁ ମନ୍ତ୍ରିଟିର ମୂଲ ଉଦ୍ଦେଶ୍ୟ ବୁଡ଼ି ଯିବାକୁ ବସିଛି ଓ ଦେଶରେ ଏହା ଗୁରୁତ୍ୱ ହରାଇ ବିବର୍ଷ ହେବାକୁ ଆରମ୍ଭ କରିଛି। ଯାହା ନିଜ ଭିତରେ ଝଙ୍କୃତ ହୁଏ, ତାହା ହିଁ ସର୍ବଶ୍ରେଷ୍ଟ ମନ୍ତ୍ର। ଏଥରୁ ଗୋଟିଏ କଥା ସ୍ୱଷ୍ଟ ହେଇଛି ଯେ ତାଙ୍କ ପରିକଳ୍ପିତ 'ଭାରତମାତା'ର ଉପାସନା ପାଇଁ 'ବଦେ ମାତରଂ' ବନ୍ଦନା ଉପଯୁକ୍ତ ନୁହେଁ ବୋଲି ଅରବିନ୍ଦ ଭାବୁଥିଲେ। ତେବେ ଦାସତ୍ୱର ବେଢ଼ିରେ ବନ୍ଧା ହୋଇଥିବା ଏକ ଦେଶର ଜନଗଣକୁ ନୂତନ ଉଦ୍ଦୀପନାରେ ଭରିଦେବାରେ ଯେ 'ବଦେ ମାତରଂ'ର ଭୂମିକା ଅତୁଳନୀୟ ତାହା ନିଃସନ୍ଦେହ। ଭାରତ ମାତା ପ୍ରତି ଅରବିନ୍ଦଙ୍କର ଏକ ସ୍ୱତନ୍ତ୍ର ଦୃଷ୍ଟିକୋଣ ମଧ ଉଲ୍ଲେଖନୀୟ, ଯାହା ଚେତାବନୀ ପୂର୍ଣ। ୧୯୨୦ ମସିହାରେ ସେ ଲେଖିଥିଲେ– "ଆମେ କଂଗ୍ରେସରେ କୃତ୍ରିମ ଭାବେ ନିର୍ମିତ ଯେଉଁ 'ଭାରତମାତା'କୁ ପୂଜା କରୁଛନ୍ତି, ତାହା ବ୍ରିଟିଶ ଲୋକଙ୍କ ସାଥୀ ଓ ପ୍ରିୟ। ଆମର ମାତା ନୁହେଁ। ଆମେ ଯେଉଁଦିନ ଆମର ମାତୃରୂପର ଅବିଭାଜିତ ଦୃଶ୍ୟ ଦେଖିବା, ସେତେବେଲେ ହିଁ ଭାରତର ସ୍ୱାଧୀନତା, ମୈତ୍ରୀ ଓ ପ୍ରଗତି ସମ୍ଭବ ହେବ।" ସେ ଆହୁରି ଚେତାଇ ଦେଇଥିଲେ "ଯଦି ଆମେ ହିନ୍ଦୁ ରାଷ୍ଟ୍ରବାଦ ପ୍ରତିଷ୍ଠା ପାଇଁ ମାତା ସ୍ୱରୂପର ପରିକଳ୍ପନା କରିବା, ତେବେ ତାହା ଏକ ବିରାଟ ଭୁଲ ହେବ ଓ ଆମେ ସମ୍ପୂର୍ଣ ଜାତୀୟତାରୁ ବଞ୍ଚିତ ହେବା; ପରବର୍ତ୍ତୀ କାଲରେ ଠିକ୍ ତାହା ଦେଖିବାକୁ ମିଲିଲା ଓ ଭାରତ ମାତାର ରୂପ ଶୁଭ୍ରବସନା ଦେବୀ, ସିଂହବାହନ ସହ ଅଭୟ ମୁଦ୍ରାରେ ଠିଆ ହୋଇ ହାତରେ ଗୈରିକ ପତାକା (କେତେକ ପ୍ରତିମାରେ ଜାତୀୟ ପତାକା) ଧରିଥିବା ଦେଖାଗଲା।

ପଣ୍ଡିତ ଦୀନ ଦୟାଉ ଉପାଧ୍ୟାୟ ଲେଖିଲେ ଭାରତ ମାତା ଆମ ରାଷ୍ଟ୍ରବାଦର ଭିତ୍ତିଭୂମି। ମାତାକୁ ହଟାଇ ଦେଲେ ଭାରତ କେବଳ ଏକ ଭୂଖଣ୍ଡରେ ପରିଣତ ହୋଇଯିବ। ଭାରତର ଦୁଇଟି ମନ୍ଦିର ମାଲିନୀ ତୀର୍ଥ ସ୍ଥଳୀରେ ଦୁଇଟି ଭାରତମାତା ମନ୍ଦିର ମଧ ଅବସ୍ଥିତ। ଯାହାର ପୃଷ୍ଠଭୂମି ଅବଶ୍ୟ ଭିନ୍ନ ଭିନ୍ନ। ଅସହଯୋଗ ଆନ୍ଦୋଳନ ସମୟରେ ଦେଶର ଏକତା ଓ ଅଖଣ୍ଡତାକୁ ବଜାୟ ରଖିବା ପାଇଁ ସ୍ୱାଧୀନତା ସଂଗ୍ରାମୀ ଶିବ ପ୍ରସାଦ ଗୁପ୍ତ ଓ ସ୍ଥପତି ଦୁର୍ଗା ପ୍ରସାଦ ଖତ୍ରୀ ୧୯୩୬ ମସିହାରେ ବାରଣାସୀର ଭାରତମାତା ମନ୍ଦିର ନିର୍ମାଣ କରିଥିଲେ ଯାହାକୁ ଉଦ୍‌ଘାଟନ କରିଥିଲେ ଖୋଦ ମହାମ୍ନା ଗାନ୍ଧୀ। ଏଥିରେ ଦେବଦେବୀ ବଦଲରେ ଅଖଣ୍ଡ ଭାରତ ନକ୍ସା ସ୍ଥାନ ପାଇଥିଲା। ହରିଦ୍ୱାରରେ ରହିଥିବା ଭାରତ ମାତା ମନ୍ଦିରରେ କିନ୍ତୁ ପୂଜା ପାଆନ୍ତି 'ଭାରତମାତା' ପ୍ରତିମା। ଯାହାକୁ ୧୯୮୩ ମସିହାରେ ସ୍ୱାମୀ ସତ୍ୟ ମିତ୍ରାନନ୍ଦ ଗିରି ପ୍ରତିଷ୍ଠା କରିଥିଲେ। ମନ୍ଦିରର ଦିଗ୍‌ଦର୍ଶିନ ବହିରେ ଲେଖାଯାଇଛି "ଏହି

ମନ୍ଦିର ଭାରତଙ୍କ ପ୍ରତି ଭକ୍ତିଭାବ ସୃଷ୍ଟି ଉଦ୍ଦେଶ୍ୟରେ ସମର୍ପିତ । ଯାହାକୁ ଐତିହାସିକ ଓ ପୁରାଣବିତ୍‌ମାନେ ଛାଡ଼ି ଯାଇ ଥାଇପାରନ୍ତି । ୧୯୫୭ ମସିହାର 'ମଦର ଇଣ୍ଡିଆ' ଚଳଚ୍ଚିତ୍ର ଭଳି ଲୋକପ୍ରିୟ ଗଣମାଧ୍ୟମରେ ଭାରତ ମାତାର ଚିତ୍ରଣ ଏକ ଗୁରୁତ୍ୱପୂର୍ଣ୍ଣ ସାଂସ୍କୃତିକ ହସ୍ତକ୍ଷେପ, ଯିଏ ଜଣେ ସ୍ୱାଧୀନ ଅଥଚ ଦୁଃଖୀ ମହିଳା ଏବଂ ନ୍ୟାୟ ପାଇଁ ନିଜ ପୁଅକୁ ହତ୍ୟା କରିବାକୁ ବି ପଛାଏ ନାହିଁ । (ଉଲ୍ଲେଖ ଯୋଗ୍ୟ, ମୁଖ୍ୟଚରିତ୍ରରେ ନର୍ଗିସ ଅଭିନୟ କରିଥିବା ବେଳେ ନିର୍ଦ୍ଦେଶକ ଥିଲେ ମେହବୁବ୍ ଖାଁ, ଉଭୟେ ମୁସଲମାନ ।)

ତେବେ କୌଣସି ଦେଶର ବ୍ୟକ୍ତିତ୍ୱ କରଣ ଯେ ପ୍ରମାଦପୂର୍ଣ୍ଣ ହୋଇପାରେ, ତାହା ରବୀନ୍ଦ୍ରନାଥ ଠାକୁର ନିଜର ଏକ କବିତା 'ଭାରତ ତୀର୍ଥ'ରେ ଦର୍ଶାଇଛନ୍ତି । ସେ ଭାରତକୁ ଏଭଳି ଏକ ସ୍ଥାନ ଭାବେ ସ୍ୱୀକାର କରିଛନ୍ତି, ଯେଉଁଠି କି ସେ ଆର୍ଯ୍ୟ-ଅନାର୍ଯ୍ୟ, ହିନ୍ଦୁ-ମୁସଲମାନ, ଇଂରେଜ, ଖ୍ରୀଷ୍ଟିଆନ, ଦ୍ରାବିଡ଼, ଚୀନା, ଶକ, ହୁଣ, ପଠାଣ, ମୋଗଲ ସମସ୍ତଙ୍କୁ ଆହ୍ୱାନ କରି ଗୋଟିଏ ଶରୀରରେ ପରିଣତ ହେବାକୁ କହିଛନ୍ତି । ସତେ ଯେମିତି ଭାରତ ସମଗ୍ର ପୃଥିବୀର ମଣିଷଙ୍କୁ ନିଜ କୋଳରେ ସ୍ଥାନ ଦେବ ବୋଲି ସେ କଳ୍ପନା କରୁଥିଲେ । ସେ ଜାତୀୟତାବାଦର କୌଣସି ସଂକୀର୍ଣ୍ଣ ସଂଜ୍ଞାକୁ ଗ୍ରହଣ କରିପାରିନଥିଲେ । ଯାହାକୁ ସେ ତାଙ୍କର ଏକ ପ୍ରସିଦ୍ଧ ଉପନ୍ୟାସ 'ଘରେ ବାଇରେ' (ସତ୍ୟଜିତ ରାୟ ଯାହାକୁ ନେଇ ଚଳଚ୍ଚିତ୍ର ନିର୍ମାଣ କରିଛନ୍ତି)ର ଏକ ଚରିତ୍ର ନିଖିଲ ମାଧ୍ୟମରେ ଦର୍ଶାଇଛନ୍ତି । ବିମଲା ତା' ସ୍ୱାମୀ ନିଖିଲ ଉପରେ ଏଇଥିପାଇଁ ଖଫା ହୋଇଛି ଯେ ସେ ବନ୍ଦେ ମାତରଂ ସ୍ଲୋଗାନ ଦେବାକୁ ମନା କରିଛି; ଭାରତକୁ ଦେବୀ କହି ବନ୍ଦନା କରିବାକୁ ବି ମନା କରିଛି । ସେ ମନେ ପକାଇଛି ଯେ ତା' ଶିକ୍ଷକ ତାକୁ କହିଥିଲେ ଦେଶ ଅର୍ଥ ପାଦ ତଳର ମାଟି ନୁହେଁ, ତା' ଉପରେ ବିଚରଣ କରୁଥିବା ଲୋକ ।

ଭାରତ ସେହି ସବୁକିଛି, ଯେମିତି ସେମାନେ ଭାବନ୍ତି; କିନ୍ତୁ ତାହା ତା'ଠୁ ବି ବହୁତ ଅଧିକ । ଭାରତର ପାହାଡ଼, ପର୍ବତ, ନଦୀ, ଜଙ୍ଗଲ, ଆମକୁ ଭୋଜନ ଦେଉଥିବା ବିସ୍ତୃତ କ୍ଷେତ, ସବୁ ଆମର ପ୍ରିୟ; କିନ୍ତୁ ସର୍ବୋପରି ଆମର ସବୁଠୁ ବେଶୀ ପ୍ରିୟ ଭାରତର ଲୋକ । ତୁମ ମୋ' ପରି ଲୋକ, ଯେଉଁମାନେ ଏହି ବିଶାଳ ଭୂଖଣ୍ଡର ପ୍ରତ୍ୟେକ ଜାଗାରେ ବାସ କରନ୍ତି । ପ୍ରକୃତରେ ସେହି କୋଟି କୋଟି ଲୋକ ହିଁ 'ଭାରତ ମାତା' ଏବଂ ଭାରତ ମାତାର ବିଜୟ ଅର୍ଥ ପ୍ରକୃତରେ ସେମାନଙ୍କ ବିଜୟ । ଆମେ ସମସ୍ତେ ଭାରତ ମାତାର ଅଙ୍ଗ । ଭାରତମାତାର ପରିକଳ୍ପନା ପ୍ରାଚୀନ ବା ମଧ୍ୟଯୁଗୀୟ ଭାରତରେ କେବେ ନଥିଲା । ଭୂଖଣ୍ଡଟିର ନାମ ସର୍ବ ପ୍ରଥମେ 'ଭାରତ' ବୋଲି ପ୍ରାକୃତରେ ଲିଖିତ ସମ୍ରାଟ ଖାରବେଳଙ୍କ ସମୟର ଶିଳା ଲେଖରେ ଦେଖିବାକୁ ମିଳେ ବୋଲି ପ୍ରଖ୍ୟାତ ଐତିହାସିକ ଇରଫନ ହବିବଙ୍କ ମତ । ଦେଶକୁ ମାତା ବା ପିତା ଭଳି ମାନବୀୟ ରୂପଦେବା ପ୍ରାଚୀନ ଭାରତରେ ନଥିଲା ଏବଂ ଏହା ରାଷ୍ଟ୍ରବାଦର ଉଦ୍ଭବ ସହ ଆରମ୍ଭ ହୋଇଥିବା ୟୁରୋପର ଏକ ଆମଦାନୀ, ଯାହା ବ୍ରିଟେନ, ରୁଷିଆ ଆଦି ଦେଶରେ ଦେଖାଯାଏ । ହିନ୍ଦୁଙ୍କ ସଙ୍କଳ୍ପ ଶ୍ଳୋକ (ଜମ୍ବୁ ଦ୍ୱୀପେ, ଭାରତବର୍ଷେ, ଭାରତ ଖଣ୍ଡେ, ଆର୍ଯ୍ୟାବର୍ତ୍ତେ ଇତ୍ୟାଦି) ହେଉ ବା ମୁନିରଷିଙ୍କ ରଚନା, କେଉଁଠି ହେଲେ 'ଭାରତ ମାତା' ଦେଖାଯାଏ ନାହିଁ । ଭାରତୀୟ ମୁନିରଷି ସର୍ବଦା ସମଗ୍ର ବିଶ୍ୱର ଧରିତ୍ରୀକୁ ହିଁ ମାତା ରୂପେ କଳ୍ପନା କରୁଛନ୍ତି ଓ ଗାଇଛନ୍ତି ଭାବ ବିଭୋଗର ହୋଇ 'ମାତା ପୃଥିବୀ ମହିତମ୍' (ଋଗ୍‌ବେଦ) ଅର୍ଥାତ୍ ଏହି ବିଶାଳ ପୃଥିବୀ ଆମର ମାତା; ମାତାଭୂମିଃ ପୁତ୍ରୋ ଅହଂ ପୃଥିବ୍ୟାଃ (ଅଥର୍ବବେଦ) ଅର୍ଥାତ ପୃଥିବୀ ମୋର ମାତା ଓ ମୁଁ ତାଙ୍କର ପୁତ୍ର । କୌଣସି ବ୍ୟକ୍ତି, ବସ୍ତୁ, ସ୍ଥାନ ବା ମନୁଷ୍ୟେତର ଜୀବକୁ ମାତା ସମ୍ବୋଧନ କରିବାରେ ସମସ୍ୟା ନାହିଁ । (ମହାତ୍ମା ଗାନ୍ଧୀ ଗୀତାକୁ ମାତା କହୁଥିଲେ ଓ 'ଗୀତା ମାତା' ନାମକ ଏକ ସ୍ତବ ଲେଖୁଥିଲେ) କିନ୍ତୁ ତା'ର ସମ୍ବନ୍ଧ ମନୁଷ୍ୟର ବ୍ୟକ୍ତିଗତ ଭାବନା ସହ ହିଁ ହେବା ଚାହି । ଏହାକୁ ରାଜନୈତିକ, ସରକାରୀ ବାଧ୍ୟ ବିଚାର କରିବାର ପ୍ରୟାସ ହିଂସାତ୍ମକ/ଅବୈଜ୍ଞାନିକ । ୧୯୪୬ ମସିହା ଫେବ୍ରୁଆରୀରେ ହୋଇଥିବା ବିଫଳ ନୌବିଦ୍ରୋହର

ସମର୍ଥନ କରି ଆନ୍ଦୋଳନକାରୀ ମାନେ ମୁମ୍ବାଇରେ ଲୋକଙ୍କୁ ଯେତେବେଳେ 'ଜୟହିନ୍ଦ' ସ୍ଲୋଗାନ ଦେବାକୁ ବାଧ୍ୟ କରୁଥିଲେ, ଗାନ୍ଧି ସେତେବେଳେ କହିଥିଲେ "କୌଣସି ଜଣେ ବ୍ୟକ୍ତିକୁ ମଧ୍ୟ ଜୟହିନ୍ଦ କହିବାକୁ ବାଧ୍ୟକରିବା ଅର୍ଥ ସ୍ୱରାଜର କଫିନରେ ଗୋଟିଏ ଗୋଟିଏ କଣ୍ଟା ବାଡେଇବା।" (ହରିଜନ ୩ ମାର୍ଚ୍ଚ ୧୯୪୬ ମସିହା) ଏକଥା ଆମ ସମ୍ବିଧାନ ପ୍ରଣେତା ମାନେ ବି ଭଲ ଭାବେ ବୁଝିଥିଲେ।

ଯେତେ କଳିଗୋଳ ଲାଗି ମନ ମନାନ୍ତର ହୋଇଥିଲେ ସୁଦ୍ଧା ସବିତା ଖାଇ ବସିଲା ବେଳେ ସମସ୍ତଙ୍କୁ ଡାକି ସାଙ୍ଗରେ ବସାନ୍ତି। ଏଇଟା ତାଙ୍କର ଗୋଟେ ଭଲ ଗୁଣ। ସେ କେବେ ବି ଏକୁଟିଆ ଖାଇ ବସନ୍ତି ନାହିଁ କିମ୍ବା କାହାରିକୁ ବାଦ ଦେଇ ଖାଇ ନଥାଆନ୍ତି। ପୁଅ ସୁବଳ ବାପା ସାଙ୍ଗରେ କାମକୁ ଯାଏ। ସାନ ପିଲା ଦୁଇ ଜଣ ସ୍କୁଲକୁ ଯାଆନ୍ତି। ବାକି ତିନି ଝିଅ ଓ ମା' ଏକା ସମୟରେ ଗୋଟିଏ ଜାଗାରେ ଖାଇ ବସନ୍ତି। ସବିତା ତାଙ୍କ ପିଲାମାନଙ୍କୁ ଭଲ ପାଇ ଥାଆନ୍ତି। ଆଦର କରନ୍ତି। ଶ୍ରଦ୍ଧା ବାଣ୍ଟନ୍ତି। ବାସଲ୍ୟ ମମତାରେ ବାନ୍ଧି ରଖିଛନ୍ତି ସବୁପିଲାମାନଙ୍କୁ। ସେ ଭାରି ସ୍ନେହୀ ମଣିଷ।

ଜନମ ତ ଦେଇଛନ୍ତି ସମସ୍ତଙ୍କୁ। କାହାକୁ କିପରି ପର କରି ପାରିବେ? ସଭିଏଁ ତ ତାଙ୍କର ନିଜର। ଅତି ଆପଣାର। ଅବଶ୍ୟ ପ୍ରଥମ ପିଲା ବୋଲି ସତୀ ପ୍ରତି ତାଙ୍କ ମନରେ ଟିକେ ଅଧିକ ଶ୍ରଦ୍ଧା ରହିଛି। ତାଙ୍କ ଅନ୍ୟ ପିଲାମାନଙ୍କ ଠାରୁ ସେ ସତୀକୁ ବେଶୀ ସ୍ନେହ କରନ୍ତି। ଆଉ ଆଦର କରିଥାଆନ୍ତି।

ଦାଣ୍ଡ ଅଳିନ୍ଦରେ ବାପ ପୁଅ ଦୁହେଁ ଖାଉଥାଆନ୍ତି। ସପନି ଖାଇଲା ବେଳେ ଚୁପ୍‌ଚାପ୍‌ ବସି ଖାଇଥାଏ। ସୁବଳ ମଧ୍ୟ ତା' ବାପପରି ନିରବ ପ୍ରକୃତିର। ସତୀ ଓ ସେବ ତାଙ୍କ ବାପା ଭାଇଙ୍କ ପରି ଶାନ୍ତ ସ୍ୱଭାବର। ସର କିନ୍ତୁ ତା' ବୋଉ ଭଳି। ଖାଇଲା ବେଳେ ସୁଦ୍ଧା ସେ ମା' ଝିଅ ଦୁହିଁଙ୍କର କଥା ଚାଲିଥାଏ। ତାଙ୍କ ପାଟି କେବେ ବନ୍ଦ ହୁଏନା। ସେ ଦୁହେଁ ଖୁବ୍‌ କମ୍‌ ସମୟ ଚୁପ୍‌ ହୋଇ ରହିଥାଆନ୍ତି। ସର ବ୍ୟତୀତ ସବିତାଙ୍କୁ ତାଙ୍କ ଘରେ ଅନ୍ୟ କେହି ବିରୋଧ କରନ୍ତି ନାହିଁ। ଯେଉଁଠି ଦୁଇ ଜଣ ମୁଖରା ପ୍ରକୃତିର ଲୋକ ଗୋଟିଏ ଜାଗାରେ ରହନ୍ତି। ସେମାନଙ୍କ ମଧ୍ୟରେ ଅଧିକାଂଶ ସମୟରେ ସାମାନ୍ୟ କଥାକୁ ନେଇ କଳି ହୋଇଥାଏ। ଯେପରି ଟିକିଏ ଆଗରୁ ସରର ସବିତାଙ୍କ ସହିତ ହୋଇଥିଲା।

ସବିତା ଖାଉ ଖାଉ ସତୀକୁ କହିଲେ– "ତୁ ଭଲକି ଖାଉନୁ? ଟିକେ ଟିକେ ଚାଖୁଛୁ କଅଣ?

"ଖାଉଛି ତ।" ସତୀ ଖାଉ ଖାଉ ଉତ୍ତର ଦେଲା।

"ଦିନ ତମାମ ଖାଇନୁ, ଖୁମ୍ପିଲା ପରି ଟିକିଏ ଟିକିଏ ନେଇ ପାଟିରେ ଦେଉଛୁ। ପଚାରିଲେ କହୁଛୁ ଖାଉଛି।"

ସବିତାଙ୍କ କଥା ଶୁଣି ସୁବଳ ପଚାରିଲା "ବୋଉ; ଦେଇ କ'ଣ ଆଜି ଗାଧୁଆ ବେଳେ ଖାଇ ନଥିଲା କି?"

"ନା, ପା। ମନ୍ଦିରରୁ ଯାଇ ସଞ୍ଜବେଳେ ଫେରିଲା।"

ସେଇଠୁ ସପନି ପଚାରିଲା, "ଦିନ ଦଶଟାରୁ ସଞ୍ଜ ପାଞ୍ଚଟା ପର୍ଯ୍ୟନ୍ତ ମନ୍ଦିରରେ କ'ଣ କରୁଥିଲା?" ଅବଶ୍ୟ ସପନି ପିଲାମାନଙ୍କୁ କେବେ ବି କୌଣସି କଥାରେ କିଛି କହି ନଥାଏ। ଖାଇଲା ବେଳେ ସତୀର ମନ୍ଦିରରେ ଦୀର୍ଘ ସମୟ ଧରି ରହିଥିବା କଥା ଶୁଣି ସେ ଏକଥା ପଚାରିଥିଲା।

ବାପାଙ୍କ କଥାର ଉତ୍ତର ସତୀ କିମ୍ବା ସବିତା ଦେବା ପୂର୍ବରୁ ସୁବଳ କହିଲା, "ଠାକୁର ବାବାଙ୍କ ପାଖରୁ ଗପ ଶୁଣୁଥିବ। ନ ହେଲେ ଆଉ ସେଠି କ'ଣ କରିବ?"

ସୁବଳ କଥା ଶୁଣି ସବିତା କହିଲେ "ଆଜି ସଂକ୍ରାନ୍ତି। ଠାକୁର ବାବା ପ୍ରାଣନାଥଙ୍କ ଘରେ ନୀତି ରାନ୍ଧିଥିବେ। ନୀତି ସାରି ସେଠୁ ଫେରୁ ଫେରୁ ତାଙ୍କୁ ବେଳବୁଡ଼ ହୋଇ ଯାଇଥିବ। ସେ ଆଜି କୋଉ ମନ୍ଦିରର ଥିବେ ଯେ ତାଙ୍କ ପାଖରୁ ଗପ ଶୁଣିବେ।"

ସବିତାଙ୍କ କଥାରୁ ସୁବଳ କହିଲା, "ତା'ହେଲେ ଦେଇ ଆଉ ସୁନିନାନୀ ମନ୍ଦିରର ମୁଖଶାଲାରେ ବସି ଗପସପ

ହୋଇ ବେଳ ଗଡ଼ାଇ ଦେଇଥ୍ବେ । ସୁନିନାନୀ ସହିତ ଦେଇର ଗପ ଆରମ୍ଭ ହୋଇଗଲେ ତାକୁ କ'ଣ ଆଉ ସମୟ ଜଣା ପଡ଼େ ନା ଭୋକ କି ଶୋଷ ଲାଗେ ?"

"ସେଇଆ ପା । ସକାଳ ପହରରୁ କ'ଣ ଟିକେ ସାମାନ୍ୟ ଜଳଖିଆ ଖାଇଥ୍ଲା ଆସି ଏତେ ବେଳ ହେଲାଣି ପେଟକୁ ଦାନା ଯାଇନାହିଁ ।" ସତୀକୁ ସପଟ କରି ସବିତା କଅଁଲେଇ ଗେହ୍ଲାଇଆ ସ୍ୱରରେ କହୁଥ୍ଲେ ।

ସୁବଳ କହିଲା "ଦେଇ ତା' ନିଜ ଦୋଷରୁ ଉପାସରେ ରହୁଛି । ସେଥ୍ରେ କିଏ କ'ଣ କରିବ ।"

"ଉପବାସ ରହିଥ୍ବା ଲୋକକୁ ତ ଭୋକ ଲାଗୁନି । ଏଥ୍ରେ ତୁ କାହିଁକି ଏମିତି ହେଉଛୁ ?" ସଞ୍ଜବେଳେ ବୋଉ ସହିତ ଝଗଡ଼ା ହେବା ପରେ ସର ନିରବ ରହିଥ୍ଲା, ଏମାନଙ୍କ କଥାବାର୍ତ୍ତା ଶୁଣି ସେ ମୁହଁ ଖୋଲିଲା ।

"ଭୋକ ହେଉ ନଥ୍ବ ନା ?" ସବିତା କହିଲେ ।

ସର କହିଲା । "ଭୋକ ହେଉଥ୍ଲା ତ ଘରକୁ ଆସି ଖାଇଲା ନାହିଁ । ସେଠି ଉପବାସରେ କାହିଁକି ଅଧୁଆ ପଡ଼ିଥ୍ଲା ?"

"ସକାଳ ପହରରୁ ଅଗାଧୁଆ ବେଳେ କ'ଣ ଟିକେ ପାଟିରେ ଦେଇଥ୍ଲା ଯେ ଆସି ରାତି ହେଲାଣି । ସୁନି ସାଙ୍ଗରେ ଗପରେ ମାତି ରହିଗଲା ନା ।'

ସବିତାଙ୍କ କଥା ଶୁଣି ସର କହିଲା, "ବୋଉ; ଦେଇକୁ ତ ଭୋକ ହେଉନି । ଭୋକ ହେଉଛି ତୋତେ ।"

"ତୋର ଯେଉଁ କଥାନା, ସର କଥାର ଉତ୍ତରରେ ସବିତା ଅଭିମାନ ଭରା ସ୍ୱରରେ କହିଲେ ।

"ଦେଇ ପାଇଁ ତ ଭାରି ଓକିଲାତି କରୁଛୁ ।"

ସର ଓ ସବିତାଙ୍କ କଥା ଶୁଣି ସୁବଳ କହିଲା "ଦେଇ କ'ଣ ଛୋଟ ପିଲା ହୋଇଛି । ଭୋକ ହେଲେ ସେ ଜାଣି ପାରୁନି କିମ୍ବା ତା' ପାଟି ଫିଟି ନଥ୍ବାରୁ ପାଟି ଖୋଲି କହି ପାରୁନି । ସେ ରୁଷିଛି ନା' ରାଗ କରି କିଛି ଖାଇନି ଯେ ତା' ଖାଇବା କଥାକୁ ନେଇ ଏତେ ସରଗରମ ଆଲୋଚନା ଚାଲିଛି ।"

ସୁବଳ କଥାରେ ସବିତା ଓ ସର ଚୁପ୍ ହୋଇଗଲେ । ସପନି ସବୁ ଶୁଣି ନୀରବରେ ବସି ଖାଉଥାଏ । ସେ ଯାହା ସେଇ ପଦକ କଥା କହିଥ୍ଲା ।

ସତୀ ନିରବରେ ବସି ଖାଉଥ୍ଲା । ମନ୍ଦିରରୁ ଫେରିବା ବେଳେ ସୁନିର ମା' ନର୍ମଦାଙ୍କର ସୁନି ପ୍ରତି ରୁକ୍ଷ କଣ୍ଠରେ କଟୁକ୍ତି ପ୍ରୟୋଗରୁ ସେ ମନରେ ଯେଉଁ ଆଶଙ୍କା ଆଣୁଥ୍ଲା, ଏତେ ସମୟ ମନ୍ଦିରରେ ରହିବା ଯୋଗୁ ତାକୁ ଘରେ ନିଶ୍ଚୟ କିଛି କହିବେ । ତା' ଉପରେ ବିରକ୍ତ ହେବେ । ତା'ର ଏପରି ନୀତି ପାଇଁ ଅସନ୍ତୋଷ ପ୍ରକାଶ କରିବେ । ଏଭଳି ଢଙ୍ଗ ଲାଗି ତା' ଉପରେ ଚିଡ଼ି ଉଠିବେ । ତା'ର ସେ ଆଶଙ୍କା ସବିତା ଓ ସରର ସୁବଳ ସହିତ କଥାବାର୍ତ୍ତାରୁ ପୂରା ଦୂର ହୋଇଗଲା । ତା'ପରେ ବାପାଙ୍କ ଉପସ୍ଥିତିରେ ସେହି କଥା ପଡ଼ିଯିବାରୁ ତା'ର ଆଉ ସେ ଘଟଣା ପ୍ରତି ଭୟ ରହିଲା ନାହିଁ । ଜୀବନରେ ସେ ପ୍ରଥମ ଥର ମନ୍ଦିରରେ ଏତେ ଦୀର୍ଘ ସମୟ ରହିଥ୍ଲା । ବହୁତ ବିଳମ୍ବରେ ଘରକୁ ଫେରିଥ୍ବା ଯୋଗୁ ତା'ମନରେ ଥ୍ବା ଭୟ ସେମାନଙ୍କର ଏହି ଆଲୋଚନା ଦ୍ୱାରା ଦୂର ହୋଇଗଲା । ଡେରିରେ ମନ୍ଦିରରୁ ଫେରିବା କାରଣରୁ ତା' ମନରେ ରହିଥ୍ବା ଆଶଙ୍କା ଏହି ଘଟଣା ତାଙ୍କ ଘରେ ଘଟିଯିବା ପରେ ଉଭେଇ ଯାଇଥ୍ଲା । ଶଙ୍କା ମଧ୍ୟ ଘୁଞ୍ଚ ଯାଇଥ୍ଲା । ପରିବାରର ସମସ୍ତଙ୍କ ଉପସ୍ଥିତିରେ ସେ କଥା ପଡ଼ିଯିବାରୁ ସେ ନିଶ୍ଚିନ୍ତ ହୋଇଗଲା ଯେ ତା'ର ବିଳମ୍ବ ପାଇଁ କେହି ତାକୁ ସନ୍ଦେହ କରିନାହାନ୍ତି । ସେଥ୍ପାଇଁ ସେ କୌଣସି ପ୍ରକାର ଅସୁବିଧାର ସମ୍ମୁଖୀନ ହେବାର ସମ୍ଭାବନା ମଧ୍ୟ ଆଦୌ ନାହିଁ ବରଂ ଏହି କଥା ଆଲୋଚନା ହେବା ପରେ ସେ ଅନ୍ୟ କେଉଁଦିନ ମନ୍ଦିରରେ ଦୀର୍ଘ ସମୟ ପର୍ଯ୍ୟନ୍ତ କଟାଇ ବହୁତ ବିଳମ୍ବରେ ଘରକୁ ନିର୍ଭୟରେ, ନିର୍ବିଘ୍ନରେ, ନିରାପଦରେ, ନିର୍ଭୀକ ଭାବରେ ଫେରିପାରିବାର ନିର୍ଭର ଯୋଗ୍ୟ ଅନୁମତି ପରୋକ୍ଷ ଭାବରେ ପାଇଗଲା ।

ମନରୁ ଭୟ ଓ ଅନ୍ତରରୁ ସନ୍ଦେହ ଦୂର ହୋଇଯିବାରୁ ତା' ହୃଦୟରେ ରହିଥିବା ଅଜଣା ଆଶଙ୍କା ଅପସରିଗଲା । ପ୍ରାଣର ସଖା କୃଷ୍ଣ ଭଗବାନଙ୍କ ମୁଖରୁ ଭଗବତ ଗୀତାର ମନଛୁଆଁ ହୃଦୟସ୍ପର୍ଶୀ ସରଳ, ସୁଗମ, ସାବଲୀଳ ବ୍ୟାଖ୍ୟା ଶୁଣି ଅନ୍ତରରୁ ବିଷାଦ ଭାବ କଟିଯିବା ଦ୍ୱାରା ତୃତୀୟ ପାଣ୍ଡବ ଅର୍ଜୁନ ଯେପରି ଧର୍ମଭୂମି କୁରୁକ୍ଷେତ୍ର ରଣ ପ୍ରାଙ୍ଗଣରେ ଶତ୍ରୁ (ଆପଣାର କ୍ଷାତି କୁଟୁମ୍ଵ)ଙ୍କ ସହିତ ଯୁଦ୍ଧ କରିବାକୁ ନିଜକୁ ସମ୍ପୂର୍ଣ୍ଣ ରୂପେ ପ୍ରସ୍ତୁତ କରିପାରିଥିଲେ । ସେହିପରି ନିଜ ପରିବାରର ସଦସ୍ୟମାନଙ୍କ ମଧ୍ୟରେ ତା'ର ମନ୍ଦିରରୁ ବିଳମ୍ବରେ ଫେରିବା ବିଷୟରେ ଆଲୋଚନା ହୋଇଯିବା ଫଳରେ ତା'ର ଶଙ୍କା ଗ୍ରସ୍ତ ଆତ୍ମା ପୂର୍ଣ୍ଣମାତ୍ରାରେ ଆଶ୍ୱସ୍ତ ବୋଧକଲା । ସେ ଏହା ଦ୍ୱାରା ଭଲ ଭାବରେ ବୁଝିଗଲା ତା'ର କୌଣସି କାମକୁ (ସେ କାର୍ଯ୍ୟ ଯେତେ ଗର୍ହିତକର ହେଲେ ସୁଦ୍ଧା) ତାଙ୍କ ଘରେ କେହି ଆଦୌ ବିରୋଧ କରିବେ ନାହିଁ । ଦୀର୍ଘ ସମୟ ଧରି ମନ୍ଦିରରେ ତାଙ୍କ ଲାଗି ଅପେକ୍ଷା କରି ଯେତେ ଡେରିରେ ଘରକୁ ଫେରିଲେ ସୁଦ୍ଧା । ଏଣିକି ସେ ନିର୍ଭୟରେ ତାଙ୍କ ପାଇଁ ଅନେକ ବେଳ ପର୍ଯ୍ୟନ୍ତ ଅପେକ୍ଷା କରି ଫେରି ପାରିବ । ସେଥିଲାଗି ତାକୁ କେହି ବାରଣ କରିବେ ନାହିଁ । ଘରକୁ ଫେରିବା ଯେତେ ବିଳମ୍ବ ହେଲେ ମଧ୍ୟ କୌଣସି ଆକଟର ସମ୍ଭାବନା ତା' ପାଇଁ ରହିବ ନାହିଁ । ଭବିଷ୍ୟତ ଲାଗି ଆଶାରେ ଆଶାର ସମ୍ଭାବନାରେ ସେ ଖୁବ୍ ଖୁସି ହୋଇଗଲା । ମନରୁ ଭୟ ଓ ସନ୍ଦେହ ଅପସରି ଯିବାରୁ ମନରେ ସୃଷ୍ଟି ହୋଇଥିବା ଆଶଙ୍କାର ଅବସାନ ଘଟିଲା । ମନ ଫେରି ଆସିଲା ସ୍ୱାଭାବିକ ଅବସ୍ଥାକୁ । ସ୍ୱାଭାବିକ ଅବସ୍ଥାରେ ଦେହର ପ୍ରତ୍ୟେକ ଅଙ୍ଗପ୍ରତ୍ୟଙ୍ଗରେ ସମସ୍ତ ପ୍ରକ୍ରିୟା ଠିକ୍ ଭାବରେ ଚାଲେ । ଭୋକ ଲାଗେ । ନିଦ ମାଡ଼େ । କାମ କରିବାକୁ ଆଗ୍ରହ ଆସେ । ଯେକୌଣସି କ୍ଷେତ୍ରରେ ଆଗଭର ହେବାକୁ ଅନ୍ତର ଭିତରୁ ପ୍ରେରଣା ମିଳେ । କିଛି ଗୁରୁତ୍ୱପୂର୍ଣ୍ଣ ବିଷୟରେ ଚିନ୍ତା କରିବାକୁ ଉତ୍ସାହ ଜନ୍ମେ ହୃଦୟରେ । ମନରେ ସରସତା ଭାବର ଉଦ୍ରେକ ହୁଏ । ଆତ୍ମାରେ ସରସତା ଆସିଲେ ଦେହର ସ୍ନାୟୁ ଗୁଡ଼ିକ ସଜାଗ ହୋଇ ଯାଆନ୍ତି । ସଜାଗ ସ୍ନାୟୁ ପ୍ରାଣକୁ ଉଲ୍ଲସିତ କରାଏ । ପ୍ରଫୁଲ୍ଲତା ଭରିଦିଏ ଆତ୍ମାରେ । ପ୍ରଫୁଲ୍ଲତା ପ୍ରସନ୍ନ ଭାବ ଆଣି ଅଙ୍ଗ ପ୍ରତ୍ୟଙ୍ଗକୁ କର୍ମ ସମ୍ପାଦନ ପାଇଁ ପ୍ରେରଣା ଯୋଗାଏ । ଶରୀରର ସମସ୍ତ ଇନ୍ଦ୍ରିୟ (ପଞ୍ଚେନ୍ଦ୍ରିୟ ଓ ପଚିଶ ପ୍ରକୃତି) କାର୍ଯ୍ୟକ୍ଷମ ହୋଇଥାଆନ୍ତି । ସତୀର ମନ କର୍ମ ସମ୍ପାଦନ ପ୍ରେରଣାରେ ଉଦ୍ବୁଦ୍ଧ ହୋଇଯିବାରୁ ଓ ଇନ୍ଦ୍ରିୟମାନେ ସଜାଗ ହେବାରୁ ତା'ର କ୍ଷୁଧା ବଢ଼ିଗଲା । ସାରା ଦିନର କ୍ଷୁଧା । ସେ ଖାଇବାରେ ମନଦେଲା ।

ଖାଆପିଆ ଶେଷରେ ସବିତା ଅଇଁଠା ବାସନକୁ ନେଇ ତାଙ୍କ ଶୋଇବା ଘରେ ରଖିଲେ । ଗୁହାଳକୁ ଥରେ ଅନାଇ ଦେଇ ଆସିଲେ । ଶୋଇବା ପୂର୍ବରୁ ଗୃହକର୍ତ୍ରୀ ଗୃହପାଳିତ ପଶୁ, ପକ୍ଷୀଙ୍କ ତଦାରଖ କରିଥାଆନ୍ତି । ପଶୁପକ୍ଷୀଙ୍କର ପାଟି ଫିଟେନା । ନିଜର ଅସୁବିଧା ପ୍ରକାଶ କରିବାକୁ ସେମାନେ ଅକ୍ଷମ । ଆପଣାର ମନୋଭାବକୁ ସେମାନେ କହିପାରନ୍ତି ନାହିଁ । କୁଆଡ଼େ ପଳାଇବେ କିମ୍ବା କ୍ଷେତରେ ପଶି ଫସଲ ନଷ୍ଟ କରିଦେବେ ସେଥିଲାଗି ସେମାନେ ପଘାରେ ବନ୍ଧା ହୋଇଥାଆନ୍ତି । ତାଙ୍କର ଭଲମନ୍ଦ ଗୃହକର୍ତ୍ରୀଙ୍କ ଉପରେ ସମ୍ପୂର୍ଣ୍ଣ ନିର୍ଭରକରେ । ସେମାନଙ୍କ ହେପାଜତ ନେବା ମଧ୍ୟ ଗୃହକର୍ତ୍ରୀଙ୍କର କର୍ତ୍ତବ୍ୟ । ରାତିରେ ନିଦରେ ଶୋଇଗଲେ ଦୀର୍ଘ ସମୟ ପାଇଁ ସେମାନଙ୍କ ଅବସ୍ଥା ତଦାରଖ କରିହେବ ନାହିଁ । ସେଥିପାଇଁ ସେମାନେ କିପରି ଅବସ୍ଥାରେ ଅଛନ୍ତି ତାହା ଉତ୍ତମ ରୂପେ ଅନୁଧ୍ୟାନ କରିନେବା ଗୃହକର୍ତ୍ରୀଙ୍କର ଦାୟିତ୍ୱ । ତା'ପରେ ଗୃହକର୍ତ୍ରୀ ବିଛଣାକୁ ଯିବା କଥା ।

ସପନିର ମୁଖ୍ୟ ଘର କହିଲେ ତିନି ବଖରା । ଘରଡ଼ିଆର ପଶ୍ଚିମ ପଟକୁ ଉତ୍ତରରୁ ଦକ୍ଷିଣକୁ ଲମ୍ବ ହୋଇ । ଉତ୍ତର, ଦକ୍ଷିଣ ଦୁଇ ପଟରେ ଅଲଗା । ପୂର୍ବ ପାଖକୁ ଚାଳିଟିଏ ଟାଣି ଦେଇ ଖଣ୍ଡାବନ୍ଦି କରାଯାଇଛି । ଫାଳକେ ଗୁହାଲ ଓ ଆର ଫାଳକୁ ଦୁଇଭାଗ କରାଯାଇ ଭାଗକେ ହାଣ୍ଡିଶାଳ ହୋଇଛି । ଅନ୍ୟ ଭାଗଟି ଯେଉଁଟା ଗୁହାଲ ଓ ହାଣ୍ଡିଶାଳ ମଝିରେ, ସେଟି ରୋଷେଇ ହୁଏ । ହାଣ୍ଡିଶାଳଟି ଚାରିପଟୁ କାନ୍ଥ ଦିଆଯାଇ ନିବୁଦ ହୋଇଛି । ଗୁହାଲଟି ତିନି ପଟରୁ ବନ୍ଦ । ସାମ୍ନାରେ

ଦୁଆର ମୁହଁରେ ଧଡ଼ା ଲାଗି ଚାଞ୍ଚ ଟଙ୍ଗା ହୋଇଛି । ମଝି ରୋଷେଇ ଘରର ଗୋଟିଏ ପଟ ପୂରା ଫୁଙ୍କୁଲା ଘରର ଭିତର ପଟରେ କାନ୍ଥ ନାହିଁ । ଭିତର ଆଡ଼କୁ ମେଲା ମୁକୁଲା । ଉତ୍ତର ପଟ ଅଳଙ୍ଗରେ ଖୁଆପିଥା ହୁଏ । ତାହା ଭିତର ଆଡ଼କୁ ଫାଙ୍କା । ଦକ୍ଷିଣ ପଟ ଅଳଙ୍ଗକୁ ଭିତର ପଟରୁ କାନ୍ଥ ଦିଆଯାଇ ଦାଣ୍ଡଘର କରାଯାଇଛି । ଯେଉଁଠି ସପନି ଓ ସୁବଳ ଖାଉଥିଲେ । ସେଠି ବସି ଜଳଖିଆ କିମ୍ବା ପିଠାପଣା ଖାଇଥାଆନ୍ତି । ଭାତ ଖାଇବା ଲାଗି ଉତ୍ତର ପଟ ଅଳଙ୍ଗକୁ ବ୍ୟବହାର କରାଯାଏ । ସେଠି ମା' ଓ ଝିଅ ବସି ଖାଉଥିଲେ । ଦକ୍ଷିଣ ପଟ ଅଳଙ୍ଗ ଯାହାକୁ ଦାଣ୍ଡ ଘର କରାଯାଇଛି ସେଠି ବନ୍ଧୁବାନ୍ଧବ ଗଲା ଆସିଲା ଲୋକମାନେ ଶୁଆବସା କରିଥାଆନ୍ତି ।

ମୁଖ୍ୟଘର ତିନି ବଖରା । ମଝିରେ କାନ୍ଥ ଦିଆଯାଇ ତିନୋଟି କୋଠରୀରେ ବିଭକ୍ତ କରାଯାଇଛି । ଦାଣ୍ଡ ଘର ସଂଲଗ୍ନ ବଖରାରେ ସୁବଳ ଓ ଶରତ ଶୋଇଥାଆନ୍ତି । ଉତ୍ତର ପଟ ଘରେ ଯେଉଁଟି ଖାଇବା ଅଳଙ୍ଗକୁ ଲାଗି କରି ରହିଛି । ମା' ଝିଅ ଯେଉଁଠି ଖାଇ ବସିଥିଲେ ସେ ଘରେ ସତୀ, ସେବ ଓ ସର ତିନି ଭଉଣୀ ସାଙ୍ଗ ହୋଇ ଶୁଅନ୍ତି । ମଝି ଘରେ ସପନି, ସବିତା ଓ ସବିତାଙ୍କ ପାଖରେ କୋଲ ପୋଛା ଝିଅଟି ପ୍ରଭାତୀ ଶୁଏ ।

ଶୋଇଲା ବେଳେ ସୁବଳ ଓ ଶରତର ଘୁଙ୍ଗୁଡ଼ି ମାରିବା ଶବ୍ଦ ସତୀ ଶୋଇବା ଘରକୁ ଶୁଭେ ନାହିଁ । ମଝି ଘରୁ ପ୍ରଭାତୀର ଘୁଙ୍ଗୁଡ଼ି ସହିତ ସପନିର ନିଃଶ୍ୱାସ, ପ୍ରଶ୍ୱାସର ଶବ୍ଦ ଶୁଣାଯାଏ । ସବିତା ଶୋଇଲା ବେଳେ ଘୁଙ୍ଗୁଡ଼ି ମାରନ୍ତି ନାହିଁ । ମା'ପରି ଝିଅ ତିନିକର ଘୁଙ୍ଗୁଡ଼ି ମାରିବା ଅଭ୍ୟାସ ନାହିଁ । ବାପା ଭଳି ଦୁଇ ଭାଇ ଓ ସାନ ଝିଅଟି ଘୁଙ୍ଗୁଡ଼ି ମାରି ଥାଆନ୍ତି ।

ମଇଆ ଭଉଣୀ ଦୁଇ ଜଣ ବିଛଣା ଧରୁ ଧରୁ ଚେତା ହରାଇ ଶୋଇଗଲେ । ମଝିଘରୁ ସପନିର ନିଶ୍ୱାସ ଛାଡ଼ିବା ଶବ୍ଦ ଆରମ୍ଭ ହୋଇଗଲା ଅଳ୍ପ ସମୟ ମଧରେ । ସାନ ଝିଅଟି ତା' ଶୋଇଲା ବେଳରୁ ଘୁଙ୍ଗୁଡ଼ି ମାରି ଚାଲିଛି । ସବିତା ବୋଧେ ଶୋଇ ଗଲେଣି । ତାଙ୍କ ଶୋଇବା (ନିଦ୍ରାଯିବା) ସହଜରେ ଜାଣି ହୁଏନା । ଶୋଇ ଯାଆନ୍ତି ନିରବରେ ସେବ ଓ ସର ପରି ।

ମାର୍ଗଶିର (ମାସର) ସଂକ୍ରାନ୍ତିରେ କାର୍ତ୍ତିକେଶ୍ୱରଙ୍କର ପୂଜା ଅନୁଷ୍ଠିତ ହୁଏ । ଯେଉଁ ଘରେ ପିଲା ଛୁଆ ନାହାନ୍ତି । ଦୀର୍ଘଦିନ ସାଂସାରିକ ଡୋରିରେ ବାନ୍ଧି ହୋଇ ସୁଦ୍ଧା ଯେଉ ଦମ୍ପତି ସନ୍ତାନଟିଏ ପାଇନାହାନ୍ତି । ଯାହାର ପୁଅ ନ ହୋଇ କେବଳ କନ୍ୟା ସନ୍ତାନ ଜନ୍ମ ହେଉଛନ୍ତି, ଯାହା ଘରେ ପିଲା ଜନ୍ମ ହେଉଛି କିନ୍ତୁ ବଞ୍ଚ ରହୁନାହିଁ, ଯାହାର ଗର୍ଭରୁ ପିଲା ନଷ୍ଟ ହୋଇଯାଉଛନ୍ତି, ସେହିମାନେ କାର୍ତ୍ତିକେଶ୍ୱରଙ୍କୁ ଆରାଧନା କରି ଥାଆନ୍ତି । କାର୍ତ୍ତିକେଶ୍ୱର ହେଉଛନ୍ତି ଦେବତାଙ୍କ ସେନାପତି । ଦେବଦେବ ମହାଦେବଙ୍କ ଔରସରୁ ସମୁତ ମହାପରାକ୍ରମୀ ଅପୂର୍ବ ରୂପକାନ୍ତି ଧାରୀ ଚିର କୁମାର କାର୍ତ୍ତିକେଶ୍ୱରଙ୍କ ପୂଜା କରାଯାଏ, ମାର୍ଗଶୀର ମାସ ପହିଲୁ ଦିନ ବା ସଂକ୍ରାନ୍ତିରେ । ସେହିପରି ରୂପବାନ, ତେଜିୟାନ, ସୁଗୁଣଧାରୀ, ଖ୍ୟାତି ସମ୍ପନ୍ନ ବଳିଷ୍ଠ ପୁତ୍ର ସନ୍ତାନ ଲାଭ ଆଶାରେ । ସୁସ୍ଥ, ସବଳ ସୁଶିକ୍ଷିତ ସତ୍ ଚରିତ୍ର ସମ୍ପନ୍ନ ଦାୟିତ୍ୱବାନ ଏବଂ କର୍ତ୍ତବ୍ୟ ପରାୟଣ ଦାୟଦ ସୃଷ୍ଟି ସବୁ ବାପ, ମା'ଙ୍କର ଆନ୍ତରିକ ଇଚ୍ଛା । ସର୍ବ ଗୁଣ ସମ୍ପନ୍ନ ପୁରୁଷ ବା ନାରୀଟିଏ ସମାଜର ଓ ସଂସାରର ସର୍ବଶ୍ରେଷ୍ଠ ସମ୍ପଦ । "ଏକେନାପି ସୁପୁତ୍ରେଣ ବିଦ୍ୟାଯୁକ୍ତେନ ସାଧୁନା, ଆହ୍ଲାଦିତ କୁଳଂ ସର୍ବଂ ଯଥା ଚନ୍ଦ୍ରେଣ ଶର୍ବରୀ ।"ଯେଉଁଭଳି ଚନ୍ଦ୍ରମା ଦ୍ୱାରା ରାତି ଶୋଭା ପାଏ । ସେହିଭଳି ସାଧୁ ବା ସ୍ୱାଭାବଶୀଳ ବ୍ୟକ୍ତି ଦ୍ୱାରା ବିଦ୍ୱାନ ଶୋଭା ପାଇଥାଏ । ଯେପରି ଭଲ ବା ଉତ୍ତମ ପୁତ୍ର ଯୋଗୁ ତାହାର ସମସ୍ତ ବଂଶ ଆନନ୍ଦିତ ହୋଇଥାଏ ।

କାର୍ତ୍ତିକେଶ୍ୱର ଅବିବାହିତ । ଚିର କୁମାର । ତେଣୁ ସେ ପୁତ୍ର ପରି । ସେ କେବେ ବି ପିତା (ବାପା) ହେବେନି । ତେଣୁ ପୁତ୍ର କାମନା କରି ତାଙ୍କୁ ଆରାଧନା କରାଯାଏ ।

ଅବଶ୍ୟ ପ୍ରତ୍ୟେକ ବାପ, ମା'ଙ୍କର କାର୍ତ୍ତିକେଶ୍ୱରଙ୍କ ପରି ପୁତ୍ରସନ୍ତାନ ଲାଭ କରିବା ଆନ୍ତରିକ ଅଭିଲାଷ। ଯଦିବା ସେପରି ନହୋଇ ପାରିଲା। ତେବେ ଯେମିତି ହେଉ ପୁଅଟିଏ ପାଇବା ତାଙ୍କର ଇଚ୍ଛା। ରୋଗା ହେଉବା କଣା ହେଉ। ଛୋଟା, କେଁ, କୁଜା, ଜଡ଼ା, ହୁଣ୍ଟା, କାଲ, ହାଉଡ଼ା ଯେମିତିକା ହେଉ ପୁଅଟିଏ ନିହାତି ଦରକାର। ପୁଅ ଯୋଗ୍ୟ ହେଉ ବା ଅଯୋଗ୍ୟ। ଶାନ୍ତ ହେଉ ବା ଦୁଷ୍ଟ ପ୍ରକୃତିର। ଶିଷ୍ଟ ହେଉ ବା ଉଗ୍ର ସ୍ୱଭାବର। ସରଳିଆ ହେଉ ବା କୁଟୁଲିଆ। ଅମାଇକ ହେଉ ବା ପେଞ୍ଚୁଆ। କୁହାର ବୋଲାର ହେଉ ବା ହେଟାମୁଣ୍ଡିଆ, ଆଜ୍ଞାଧୀନ ହେଉ ବା ଫାଙ୍କିବାଜ। ଭଦ୍ର, ନମ୍ର ହେଉ ବା ବଜାରି ଛତରା ଲଫଙ୍ଗା ବାଲୁଙ୍ଗା। ହୋଇ ବୃଦ୍ଧ କାଲରେ ପ୍ରତିପୋଷଣ କରିପାରୁ ବା ନକରୁ। ଧନସମ୍ପତ୍ତି ବଢ଼ାଇ ବା ପୈତୃକ ସମ୍ପତ୍ତି ନଷ୍ଟକରୁ। ବଂଶର ମର୍ଯ୍ୟାଦା ବୃଦ୍ଧି କରୁ କିମ୍ବା ଦୁର୍ନାମ ଆଣୁ। ସୁନାମ ଅର୍ଜି ବାପ, ଗୋସିବାପାଙ୍କ ନାମ ଉଜ୍ଜ୍ୱଲ କରୁ କିମ୍ବା ଛୋଟ କାମ କରି ଖାନଦାନିରେ କଳଙ୍କ ଲଗାଉ। ନିଜେ ବିଖ୍ୟାତ ହେଉ ବା ଅନାମଧେୟ ହୋଇରହିଯାଉ। ଖଳ ପ୍ରକୃତିର ଲୋକମାନଙ୍କ ସଙ୍ଗଦୋଷରୁ ଚୋରି, ନାରୀ ପରି ଅପକର୍ମ, କୁକର୍ମ, କରି ବାପ ମୁହଁ ତଲକୁ କରିଦେଇ ବଂଶ ମର୍ଯ୍ୟାଦାରେ କାଲିବୋଲି ଦେଉ ପଛେ ସମସ୍ତେ ପୁଅଟିଏ ପାଇଁ ବ୍ୟାକୁଲ।

'ପୁତ୍' ନାମକ ନର୍କରୁ ପିତୃ ପୁରୁଷଙ୍କୁ କେବଲ ପୁଅ ହିଁ ଉଦ୍ଧାର କରିପାରେ। ପିତୃ ପୁରୁଷଙ୍କୁ ପିଣ୍ଡଦାନ ଦ୍ୱାରା ପୁଅମାନେ ହିଁ ପିଣ୍ଡଦାନର ଅଧିକାରୀ। ଆହୁରି ମଧ୍ୟ ପିତୃମାତୃ ଶ୍ରାଦ୍ଧ କେବଲ ପୁଅ ଦେଇପାରେ, ଝିଅ ନୁହେଁ। ଶ୍ରାଦ୍ଧ ସମ୍ପର୍କରେ ପୁଲସ୍ତ୍ୟ ସ୍ତୁତିରେ ଉଲ୍ଲେଖ ଅଛି- "ଶ୍ରଦ୍ଧାୟାକ୍ରିୟତେ ଯସ୍ମାସ୍ଥାଦ୍ଧଂ ତେନ୍ ପ୍ରକୀର୍ତ୍ତିତମ୍।" ଅର୍ଥାତ୍ ଶ୍ରାଦ୍ଧାର ସହିତ ନିଜର ପିତୃ, ପିତାମହାଦି ଭୂତ ପୁରୁଷ ମାନଙ୍କର ତୃପ୍ତି ପାଇଁ ଯେଉଁ କର୍ମ କରାଯାଏ ତାହାର ନାମ ଶ୍ରାଦ୍ଧ। ହିନ୍ଦୁ ଧର୍ମଶାସ୍ତ୍ର ଅନୁସାରେ ପୁତ୍ର ହିଁ ପିତାମାତାଙ୍କର ଶ୍ରାଦ୍ଧ ଦେଇଥାଏ। ପୁତ୍ର ଓ ପୁତ୍ରସ୍ଥାନୀୟ ପୌତ୍ର ଓ ପ୍ରପୌତ୍ରମାନେ ଶ୍ରାଦ୍ଧ ଅନୁଷ୍ଠାନ ଦ୍ୱାରା ପିତୃଗଣଙ୍କୁ ପରିତୃପ୍ତ କରିଥାଆନ୍ତି। ଶ୍ରାଦ୍ଧ ଦ୍ୱାରା ହିଁ ସ୍ୱର୍ଗତଃ ପିତୃଗଣମାନଙ୍କର ଆତ୍ମା ଶାନ୍ତି ପାଇଥାଏ। ଆମେ ସାଧାରଣତଃ ବାପା-ମାଆଙ୍କର ମୃତ୍ୟୁ ବାର୍ଷିକୀ ବା ମୃତ୍ୟୁ ଦିବସରେ ଶ୍ରାଦ୍ଧ ଦେଇଥାଉ ବୋଲି ଭାବିଥାଉ। ମାତ୍ର ଧର୍ମଶାସ୍ତ୍ରରେ ମୁଖ୍ୟତଃ ୯୬ ପ୍ରକାରର ଶ୍ରାଦ୍ଧ ପାଲନର ବିଧ୍ ବ୍ୟବସ୍ଥା ଅଛି। "ଶ୍ରଦ୍ଧ୍ୟା ଅନ୍ନାଦେର୍ଜାନମ୍" ଅର୍ଥାତ୍ ଶ୍ରାଦ୍ଧରେ ଯେଉଁ ଭୋଜନ ଦାନ କରାଯାଇଥାଏ ତାହାହିଁ ଶ୍ରାଦ୍ଧ। ହିନ୍ଦୁ ସମାଜରେ ୧୬ ପ୍ରକାରର ଅମାବାସ୍ୟା ଶ୍ରାଦ୍ଧ, ୪ ପ୍ରକାରର ଯୁଗଶ୍ରାଦ୍ଧ, ୧୪ ପ୍ରକାରର ମନ୍ୱଶ୍ରାଦ୍ଧ, ୧୬ ପ୍ରକାରର ସଂକ୍ରାନ୍ତି ଶ୍ରାଦ୍ଧ, ୧୩ ପ୍ରକାରର ଅନୁଷ୍ଟକା ଶ୍ରାଦ୍ଧ, ୧୬ ପ୍ରକାରର ମହାଲୟା ଶ୍ରାଦ୍ଧର ପ୍ରଚଲନ ଥିଲା। ହିନ୍ଦୁ ସମାଜରେ ନିତ୍ୟ, ନୈମିତ୍ତିକ, କାମ୍ୟ, ବୃଦ୍ଧି ଓ ପାର୍ବଣ ଶ୍ରାଦ୍ଧ ନାମରେ ଯେଉଁ ପଞ୍ଚବିଧ ଶ୍ରାଦ୍ଧ ରହିଛି ତାହା ମଧ୍ୟରୁ ମହାଲୟା ଶ୍ରାଦ୍ଧର ବିଶେଷ ଗୁରୁତ୍ୱ ରହିଛି। ଶାସ୍ତ୍ରାନୁସାରେ ମହାଲୟା ଅମାବାସ୍ୟା ହିଁ ଶ୍ରାଦ୍ଧ ପାଇଁ ବିଶେଷ ପ୍ରଶସ୍ତ ଦିବସ। ଏହା ଦୁଇ ପ୍ରକାର ଯଥା ଦେବପର୍ବ ଓ ପିତୃପର୍ବ। ଭାଦ୍ରବ ମାସ କୃଷ୍ଣ ପକ୍ଷ ପ୍ରତିପଦଠାରୁ ପରବର୍ତ୍ତୀ ଅମାବାସ୍ୟା ପର୍ଯ୍ୟନ୍ତ ପନ୍ଦର ଦିନକୁ ପିତୃପକ୍ଷ କୁହାଯାଏ। ଏହି ସମୟରେ ହିନ୍ଦୁମାନେ ତୀର୍ଥକ୍ଷେତ୍ର, ପୁଣ୍ୟତୋୟାନଦୀ, ପୁଷ୍କରଣୀରେ ପ୍ରତିଦିନ ନିଜର ପିତା-ମାତା, ପିତାମହ, ପ୍ରପିତାମହ, ମାତାମହୀ, ପ୍ରମାତାମୟୀ, ମାତାମହ, ପ୍ରମାତାମହ, ବୃଦ୍ଧ ପ୍ରମାତାମହ ଗୁରୁ ଓ ପରିବାରର ଅନ୍ୟ ସମ୍ପର୍କୀୟ ବ୍ୟକ୍ତିଙ୍କ ଉଦେଶ୍ୟରେ ତିଲତର୍ପଣ କରିଥାନ୍ତି। ପ୍ରତିପଦଠାରୁ ଚତୁର୍ଦ୍ଦଶୀ ପର୍ଯ୍ୟନ୍ତ ତର୍ପଣ କରାଯିବା ପରେ ଅମାବାସ୍ୟା ଦିନ ପିଣ୍ଡଦାନ କରାଯାଏ। ସାଧାରଣତଃ ଲୋକମାନେ ଏହାକୁ 'ମଉଲା ଶ୍ରାଦ୍ଧ' ବୋଲି କହିଥାନ୍ତି। ଯାହା ଅପଭ୍ରଂଶ ହୋଇ ମଆଲା ପିଣ୍ଡ ବୋଲି କୁହାଯାଉଛି। ପିଣ୍ଡଦାନ କାଲରେ ବୈଶ୍ୱ ଦେବ ତିନି ପୁରୁଷ ପିତୃ ଓ ତିନି ପୁରୁଷ ମାତାମହ ନିର୍ଦ୍ଦିଷ୍ଟ ଆସନରେ ପୂଜା ପାଇଥାନ୍ତି। ଏହି 'ଛ' ପୁରୁଷଙ୍କୁ ପିଣ୍ଡଦାନ ପୂର୍ବରୁ ଆଉ ଗୋଟିଏ ପିଣ୍ଡ ଦିଆଯାଇଥାଏ। ଯାହାର ନାମ 'ଲୁପ୍ତପିଣ୍ଡ'। କାରଣ ବଂଶ ମଧ୍ୟରେ ଯଦି କୌଣସି ବ୍ୟକ୍ତି ବଂଶଲୋପ ହେତୁରୁ ଶ୍ରାଦ୍ଧରୁ ବଞ୍ଚିତ ହୋଇଥାଏ ତାଙ୍କରି ଉଦେଶ୍ୟରେ ଏହି ପିଣ୍ଡଟିକୁ ଅର୍ପଣ କରାଯାଇଥାଏ।

ଏହି ଶ୍ରାଦ୍ଧ କର୍ମରେ ମୁଣ୍ଡନ କ୍ରିୟା ବା ଲଣ୍ଡା ହେବା ଏକ ପ୍ରମୁଖ କର୍ମ । ସାଧାରଣତଃ ପିତା, ମାତାଙ୍କ ମୃତ୍ୟୁରେ ଆମ ସମାଜରେ କେବଳ ପୁତ୍ରମାନେ ଲଣ୍ଡା ହୋଇଥାଆନ୍ତି । କାରଣ ଶାସ୍ତ୍ରାନୁସାରେ 'ପୁତ' ନାମକ ନର୍କରୁ କେବଳ ପୁତ୍ର ହିଁ, ପିତାମାତାଙ୍କୁ ଶ୍ରାଦ୍ଧ ମାଧ୍ୟମରେ ଉଦ୍ଧାର କରିଥାଏ । ଉକ୍ତ ପ୍ରସଙ୍ଗରେ ଶାସ୍ତ୍ରରେ ଥିବା ଶ୍ଲୋକଟି ହେଲା– "ଜୀବିତେ ବାକ୍ୟକରଣାତ୍ ମୃତାହ୍ନେ ଭୂରି ଭୋଜନାତ୍ । ଗୟାୟାଂ ପିଣ୍ଡ ଦାନେନ ତ୍ରିଭିଃ ପୁତ୍ରସ୍ୟ–ପୁତ୍ରତା" ଅର୍ଥାତ୍ ଜୀବନକାଳ ମଧ୍ୟରେ ପୁତ୍ର ପିତାଙ୍କ ଆଦେଶ ପାଳନ କରିବା, ମୃତ୍ୟୁ ପରେ ଭୂରି ଭୋଜନ ଦେବା ଓ ଗୟାରେ ପିଣ୍ଡଦାନ ଦେଇ ଶ୍ରାଦ୍ଧ କରିବା । ତେଣୁ ପରମ୍ପରାରେ ପିତାମାତାଙ୍କ ମୃତ୍ୟୁରେ ପୁତ୍ରମାନେ ଲଣ୍ଡା ହେଉଥିଲା ବେଳେ କନ୍ୟାମାନେ ଏପରି କରନ୍ତି ନାହିଁ । ଆଉ ରକ୍ତିନଦୀ ସନ୍ତରଣରେ ବାହୁବଳୀ ଏକାନ୍ତ ଅନୁଗତ ଭାଇ ଦୁଃଶାମନର ଶବ । ପ୍ରାଣାଧିକ ପରମ ମିତ୍ର ମହାବୀର ଅଙ୍ଗରାଜ କର୍ଣ୍ଣଙ୍କ ଶବ । ସର୍ବଶ୍ରେଷ୍ଠ ଗୁରୁ ମହାରଥୀ ଅଜେୟ ଯୋଦ୍ଧା ଦ୍ରୋଣାଚାର୍ଯ୍ୟଙ୍କ ଶବ କିମ୍ବା ବିଚକ୍ଷଣ କୂଟନୀତି ବିଶାରଦ ପ୍ରବୀଣ ମନ୍ତ୍ରଣା ଦାତା ଗାନ୍ଧାର ରାଜ ମାତୁଳ ଶକୁନିଙ୍କ ଶବ କେହି ଦୁର୍ଯ୍ୟୋଧନଙ୍କୁ ସାହାଯ୍ୟ କରି ପାରିନଥିଲେ । କେବଳ ପୁତ୍ର ଲକ୍ଷ୍ମଣ କୁମାରର ଅପେକ୍ଷାକୃତ କ୍ଷୁଦ୍ରକାୟ ସ୍ଥୁଲ ଶବଟି ବିଶାଳ ବଣ୍ୟୁଧାରୀ ଦୁର୍ଯ୍ୟୋଧନଙ୍କୁ ରକ୍ତନଦୀ ପାରି କରି ଦେବାରେ ସମର୍ଥ ହୋଇଥିଲା । ସେଥିପାଇଁ କୁହାଯାଏ "ଆତ୍ମାବୈ ପୁତଃ" ଆମାର ଅନ୍ୟ ନାଁ ହେଲା ପୁଅ ।

ବେଦାଦି ଶ୍ରୁତିଶାସ୍ତ୍ର ଏବଂ ସ୍ମୃତି ଶାସ୍ତ୍ରରେ ପିତା, ମାତାଙ୍କୁ ଭଗବାନଙ୍କର ସ୍ୱରୂପରେ ସେବା ପୂଜା କରିବାକୁ କୁହାଯାଇଛି । ତୈଉରୀୟ ସଂହିତା ୧/୧୦ରେ ପିତା, ମାତାଙ୍କୁ ଦେବ ଭାବରେ ପୂଜା କରିବାକୁ କୁହାଯାଇଛି । (ମାତୃଦେବୋ ଭବ, ପିତୃଦେବୋ ଭବ, ଆଚାର୍ଯ୍ୟଦେବୋ ଭବ) ଅଥର୍ବ ବେଦ ମଣ୍ଡଳ ୩ ସୂକ୍ତ ୩୦ ମନ୍ତ୍ର ୨ରେ ପିତା, ମାତାଙ୍କର ଆଜ୍ଞା ପାଳନର ନିର୍ଦ୍ଦେଶ ଅଛି । (ଅନୁବ୍ରତଃ ପିତୃଃ ପିତ୍ରୋ ମାତା ଭବତୁ ସମନାଃ) ଗରୁଡ ପୁରାଣ ମଣ୍ଡଳ ୧ ୧ ସୂକ୍ତ ୩୫ ମନ୍ତ୍ର ୩୭ କହେ ସମସ୍ତ ପ୍ରକାର ଆଧ୍ୟଭୌତିକ, ଆଧ୍ୟଦୈବିକ, ଆଧ୍ୟାତ୍ମିକ କର୍ମ, ଭୋଗ, ସୁଖ ଓ ଐଶ୍ୱର୍ଯ୍ୟର ଅଧ୍ୟସ୍ଥାନ ହେଉଛି 'ଶରୀର' । ଏହି ଶରୀର ପିତା, ମାତାଙ୍କ ଦ୍ୱାରା ସୃଷ୍ଟ । ଏଣୁ ସବୁ ପ୍ରକାର ଯତ୍ନ ସହ ପିତୃ, ମାତୃ ସେବା କରିବା ଉଚିତ୍ । "ତସ୍ମାତ ସର୍ବ ପ୍ରୟତ୍ନେନ ପୂଜୟେତ୍ ପିତାରୌ ସଦା । ପଦ୍ମ ପୁରାଣ ମଣ୍ଡଳ ୪୭ ସୂକ୍ତ ୮ ମନ୍ତ୍ର ୧୩ କହେ ପିତା ସ୍ୱର୍ଗ, ପିତା–ଧର୍ମ, ପିତା–ତପ, ପିତା ଧର୍ମଃ, ପିତା ସ୍ୱର୍ଗଃ ପିତାହିଁ ପରମ ତପଃ । ପିତରି ପ୍ରାତିମା ପନ୍ଦେ ପ୍ରିୟନ୍ତେ ସର୍ବ ଦେବତା । ପଦ୍ମ ପୁରାଣରେ ପୁନି ଉଲ୍ଲେଖ ଅଛି ପିତା, ମାତାଙ୍କୁ ଅଙ୍ଗହୀନ, ଦୀନ, ବୃଦ୍ଧ, ରୋଗଗ୍ରସ୍ତ, ଦୁଃଖିତ ଅବସ୍ଥାରେ ଯେଉଁ ଅଧମ ସନ୍ତାନ ଛାଡ଼ି ପଳାଏ ବା ସେବା ସହାୟତା କରେ ନାହିଁ ସେ ସନ୍ତାନ ଘୋର କୀଟଯୁକ୍ତ ନର୍କରେ ପଡ଼େ । ମନୁ ସ୍ମୃତି ୨/୨୨୭ (ମନୁଙ୍କର ପୁତ୍ର ହେତୁ ମନୁଷ୍ୟକୁ ମାନବ କୁହାଯାଏ) । ସନ୍ତାନକୁ ଲାଳନ ପାଳନ କରି ଗଢ଼ି ତୋଳିବାରେ ପିତା, ମାତା ଯେଉଁ ତ୍ୟାଗ କରନ୍ତି ସେ ରଣ ଶହେ ବର୍ଷ ଚେଷ୍ଟା କଲେ ବି ସନ୍ତାନ ପରିଶୋଧ କରିପାରେନି । "ସର୍ବାର୍ଥ ସମ୍ଭବୋ ଦେହୋ ଜନିତଃ ପୋଷିତୋ ଯତଃ । ନ ତସ୍ୟୋର୍ଯ୍ୟତି ନିଃଶେଷଂ ପିତ୍ରୋର୍ମର୍ତ୍ୟା ଶତାୟୁଷା ।" ପିତା, ମାତା, ଏ ଶରୀରକୁ ଜନ୍ମ ଦିଅନ୍ତି ଓ ଲାଳନପାଳନ କରନ୍ତି । ତେଣୁ ଏହି ଶରୀର ଧର୍ମ, ଅର୍ଥ, କାମ ଅଥବା ମୋକ୍ଷ କର୍ମ କରିପାରେ । ଶହେ ବର୍ଷ ପର୍ଯ୍ୟନ୍ତ ଜୀବିତ ରହି ପିତାମାତାଙ୍କର ସେବା କଲେ ସୁଦ୍ଧା କେହି ତାଙ୍କର ରଣ ପରିଶୋଧ କରିପାରିବ ନାହିଁ । ମନୁଷ୍ୟ ଜନ୍ମଠାରୁ ମୃତ୍ୟୁ ପର୍ଯ୍ୟନ୍ତ ଅନେକ ଲୋକଙ୍କର ସେବା, ଯତ୍ନ, ସାହାଯ୍ୟ ସହଯୋଗ ଓ ସାହଚର୍ଯ୍ୟ ପ୍ରାପ୍ତ ହୋଇଛି । ଖାଲି ଜନ୍ମ ହୋଇ ଏକା ଏକା କେହି କିଛି କରି ପକାଇ ନାହିଁ । ତେଣୁ ସେମାନଙ୍କ ପ୍ରତି ମନୁଷ୍ୟର କିଛି କର୍ତ୍ତବ୍ୟ ଅଛି । ତେଣୁ ଏହି ଅନୁରୂପ କର୍ତ୍ତବ୍ୟରେ ଯେ ହେଲା କରେ ସେ ମନୁଷ୍ୟ ପଦବାଚ୍ୟ ନୁହେଁ । ଯେପରିକି ପିତା, ମାତା, ଗୁରୁ, ଶିକ୍ଷକ, ଧାତ୍ରୀ, ଭାଇ ଭଉଣୀ ଇତ୍ୟାଦିଙ୍କ ସେବା, ସ୍ନେହ, ମମତାର ରଣ ସାତ ଜନ୍ମରେ ମଧ୍ୟ ପରିଶୋଧ କରାଯାଇ ପାରିବ ନାହିଁ । ଟଙ୍କା ଦେଇ ସ୍ନେହ, ଶ୍ରଦ୍ଧା, ପ୍ରେମ, ଆତ୍ମୀୟତା, ବିଶ୍ୱାସ ଏବଂ ପୁଣ୍ୟ କେବେ

କିଶା ଯାଇ ପାରିବ ନାହିଁ । ସବୁ କିଛି ସେବା ଟଙ୍କାରେ ଶୁଧି ହେବନାହିଁ । ଆହୁରି ମଧ "ପିତରୋ ଯସ୍ୟ ତୃଷ୍ୟନ୍ତି ସେବୟ ତ ଗୁଣେନଃ ତସ୍ୟ ଭଗୀରଥ ସ୍ନାନ ସହତ୍ୟ ହନି ବର୍ଭତେ ।" ଯାହାଙ୍କ ସେବା ଓ ଗୁଣରେ ପିତା, ମାତା ସନ୍ତୁଷ୍ଟ, ସେ ପ୍ରତ୍ୟହ ଗଙ୍ଗା ସ୍ନାନର ପୁଣ୍ୟ ଲାଭ କରେ । ସେଥିପାଇଁ ମନୁଷ୍ୟ ଜନ୍ମ ହୋଇ ପିତୃ ରୁଣ ପରିଶୋଧ କରିବାକୁ ତା'ର ସନ୍ତାନକୁ ଭଲ ମଣିଷ କରିବାକୁ ଚେଷ୍ଟା କରେ । ପିତା, ମାତାଙ୍କର ଜୀବିତ ଅବସ୍ଥାରେ ସେବା ଏବଂ ମୃତ୍ୟୁ ପରେ ଶ୍ରାଦ୍ଧ ଦେବାର ବ୍ୟବସ୍ଥା ପ୍ରଥା ଅଛି, ଯାହାଦ୍ୱାରା ସନ୍ତାନ ପିତୃରଣରୁ ମୁକ୍ତ ହୋଇଥାଏ ।

ଭାରତୀୟ ସଂସ୍କୃତି ଅନୁସାରେ ମାତାଙ୍କୁ ଦେବୀ ମନେ କରାଯାଏ । ଶିଶୁକୁ ଗର୍ଭରେ ଧାରଣ କରିବା ଠାରୁ ତାକୁ ଜନ୍ମ ଦେବା ଓ ପାଳନ ଦାୟିତ୍ୱ ବହନ କରନ୍ତି ମାତା । ତେଣୁ ମାତୃ ରଣକୁ ବିଭିନ୍ନ ରଣ ମଧ୍ୟରେ ସ୍ୱୀକାର କରାଯାଇ ମାତାଙ୍କ ପ୍ରତି ପ୍ରଣାମ ଜଣାଇବାର ଧାରା ଚଲି ଆସିଛି । ପୁନଶ୍ଚ ଆମ ସମାଜରେ ପିତାଙ୍କୁ ଦ୍ୱିତୀୟ ଦେବତା ମନେ କରାଯାଏ । ସେ ଜନକ ହେବା ସଙ୍ଗେ ପାଳନ କର୍ତ୍ତା ମଧ୍ୟ ଅଟନ୍ତି । ଏ ସଂସ୍କୃତିରେ କୃତଜ୍ଞତାକୁ ଏକ ମୁଖ୍ୟ ଗୁଣ ରୂପେ ପରିଗଣିତ କରାଯାଏ । ପାଇଥିବା ଉପକାରକୁ ସ୍ୱୀକାର କରି ରଣ ପରିଶୋଧ କରିବାର ପ୍ରକୃତିକୁ କୃତଜ୍ଞତା କୁହାଯାଏ । ଯେଉଁ ବ୍ୟକ୍ତିଙ୍କ ଠାରେ ଏହି ଗୁଣ ନଥାଏ ତାଙ୍କୁ କୁହାଯାଏ କୃତଘ୍ନ । କୃତଘ୍ନତା ଫଳରେ ବ୍ୟକ୍ତିଠାରେ କର୍ତ୍ତବ୍ୟ ହୀନତା ଉପୁନ୍ନ ହୁଏ । ସମାଜରେ ବୟୋବୃଦ୍ଧଙ୍କ ପ୍ରତି ଅନାଦର ପ୍ରବୃତ୍ତି ପରିଲକ୍ଷିତ ହୁଏ ।

ଭାରତୀୟ ବର୍ଣ୍ଣାଶ୍ରମ ଜୀବନର (ବ୍ରହ୍ମଚର୍ଯ୍ୟ, ଗ୍ରାହସ୍ଥ୍ୟ, ବାନାପ୍ରସ୍ତ, ଯଦିବ୍ରତ) ଏବଂ ଚତୁର୍ବର୍ଗ ଜୀବନର ଧର୍ମ, ଅର୍ଥ, କାମ, ମୋକ୍ଷ ପର୍ଯ୍ୟାୟରେ ଜୀବନକୁ ଶେଷ ପର୍ଯ୍ୟାୟରେ ତୃଷ୍ଣା, କାମନା, ବାସନା ରହିତ କରିବାର ଉଦ୍ଦେଶ୍ୟ ନିହିତ । ମୃତ୍ୟୁ ସମୟରେ ଉଗ୍ର ତୃଷ୍ଣା, କାମନା ଓ ବାସନା ପ୍ରଭାବରେ ଜୀବ ପ୍ରେତ ଭାବରେ ଅତୃପ୍ତ ଆତ୍ମା ନେଇ ଘୁରିବୁଲେ । "ଲବଧ୍ୱା ସୁଦୁର୍ଲ ଭମିଦଂ ବହୁ ସମ୍ୟବାନ୍ତେ । ମନୁଷ୍ୟ ମର୍ଥଦ ମନିତ୍ୟ ପାହାଁଧାରଃ । ତୃର୍ଣ୍ଣୟତେତନ ପତେ ଦନୁ ମୃତ୍ୟୁ । ଯାବ ନିଃଶ୍ରେୟ ବିଷୟକୁ ଖଲୁ ସର୍ବତଃ ସ୍ୟାତ୍" (ଶ୍ରୀମଭାଗବତ) ଅର୍ଥାତ- ବହୁତ ଜନ୍ମ ଶେଷରେ ସୁଦୁର୍ଲଭ ମନୁଷ୍ୟ ଶରୀର ମିଳିଛି, ଯାହା ଅନିତ୍ୟ ହେଲେ ମଧ୍ୟ ମୋକ୍ଷରୂପୀ ନିତ୍ୟ ପଦାର୍ଥ ଦାୟକ ଅଟେ । ଏହି ଶରୀର ପାଇଁ ଧୀର ପୁରୁଷ ମୋକ୍ଷପ୍ରାପ୍ତି ପାଇଁ ଶୀଘ୍ର ପ୍ରୟାସ କରିବା ଉଚିତ୍ । ଅନ୍ୟଥା ଏହାର ପଛରେ ମୃତ୍ୟୁ ସର୍ବଦା ଲାଗି ରହିଛି । ତାହାକୁ ଶୀଘ୍ର ନଷ୍ଟ କରିଦେବ । ଶୁଦ୍ଧିକ୍ରିୟା ଏବଂ ଏକୋଦ୍ଦିଷ୍ଟ ଶ୍ରାଦ୍ଧ (ପୂର୍ବଶ୍ରାଦ୍ଧ) ଦ୍ୱାରା ପ୍ରେତାମ୍ନାର ଉଗ୍ରତୃଷ୍ଣା ଓ ବାସନା କ୍ରମଶଃ ସଂଯତ ହୋଇ ଜୀବ ପିତୃଲୋକରେ ରହେ । ଶୁଦ୍ଧି ପରେ ପ୍ରତି ମାସରେ ମୃତ୍ୟୁ ତିଥିରେ ଏକୋଦ୍ଦିଷ୍ଟ ମଧ୍ୟ ଶ୍ରାଦ୍ଧ ଏବଂ ବର୍ଷ ପୂର୍ତ୍ତି ଦିନ ସପିଣ୍ଡକରଣ ସହ ଏକୋଦ୍ଦିଷ୍ଟ ଉତ୍ତର ଶ୍ରାଦ୍ଧ ଦିଆଯାଏ । ଏହାପରେ ପିତା-ପିତାମହ- ପ୍ରପିତାମହ ତଥା ମାତୃବର୍ଗ ସହ ଶ୍ରାଦ୍ଧ ଦିଆଯାଇ ତୃଷା ଶାନ୍ତି କରାଯାଏ । ଏହି ପୂର୍ବ, ମଧ୍ୟ ଓ ଉତ୍ତର ଶ୍ରାଦ୍ଧ ପରେ ବାର୍ଷିକ ଉତ୍ତର ଶ୍ରାଦ୍ଧ ଦିଆଯାଏ । ଏହାପରେ ଗୟା, ହରି ଦ୍ୱାର, ବଦ୍ରିନାଥ, ପ୍ରୟାଗ, ପ୍ରାଚୀ ଆଦି ସ୍ଥାନରେ ପବିତ୍ର ନଦୀରେ ସ୍ୱତନ୍ତ୍ର ଶ୍ରାଦ୍ଧ ଦେଇ ପିତୃ ପୁରୁଷଙ୍କ ଅତୃପ୍ତ ଆତ୍ମାକୁ ତୃପ୍ତ କରାଯାଏ ।

ପିତା, ମାତା, ହେଉଛନ୍ତି ଆମ୍ଭର ପରିଚୟ । ଆମ୍ଭାର ଡି.ଏନ୍.ଏ. । ଏ ବିଶ୍ୱ ବ୍ରହ୍ମାଣ୍ଡରେ ସେମାନେ ଆମର ପରମ ହିତୈଷୀ । ତେଣୁ ସେମାନଙ୍କୁ ସର୍ବାନ୍ତଃ କରଣରେ ଇହଲୋକ ଓ ପରଲୋକରେ ସନ୍ତୁଷ୍ଟ କରି ସେମାନଙ୍କର ଆଶୀର୍ବାଦ କାମନା କରାଯାଏ । ଚନ୍ଦ୍ର ଶୁକ୍ଲ ପକ୍ଷରେ ଦେବଙ୍କୁ ଏବଂ କୃଷ୍ଣ ପକ୍ଷରେ ପିତୃପୁରୁଷଙ୍କୁ ପୋଷଣ କରେ । ଅମାବାସ୍ୟା ଦିନ କିରଣ ନଥିବାରୁ ଶ୍ରାଦ୍ଧ ଦିଆଯାଏ ପିତୃ ପୁରୁଷଙ୍କୁ । ଆମର ସମସ୍ତ ଅଭିବୃଦ୍ଧିକ କାର୍ଯ୍ୟରେ ତଥା ଗୃହ ପ୍ରବେଶ, ବିବାହ, ମୁଣ୍ଡନ ଆଦି ଶୁଭ କାର୍ଯ୍ୟରେ ନାନ୍ଦିମୁଖ ଶ୍ରାଦ୍ଧ ଦେଇ ପିତୃ ପୁରୁଷଙ୍କ ଆଶୀର୍ବାଦ ନିଆଯାଏ । ମହାବିଷୁବ ସଂକ୍ରାନ୍ତି, ଜଳବିଷୁବ ସଂକ୍ରାନ୍ତି, ସୂର୍ଯ୍ୟପରାଗ, ଚନ୍ଦ୍ରଗହଣ, ପ୍ରତ୍ୟେକ ସଂକ୍ରାନ୍ତି ଦିନ । ଗ୍ରହପୀଡା, ଦୁସ୍ୱପ୍ନ, ଦୁର୍ଦିନ ସମୟରେ ସନ୍ତାନ ଜନ୍ମ ଏବଂ ଶୁଭ ଖବର ମିଳିବା ବେଳେ । ଯୁଗ ଆରମ୍ଭ ତିଥି ଓ ମନ୍ୱନ୍ତର ଆରମ୍ଭ ତିଥିରେ ପିତୃ ପୁରୁଷଙ୍କୁ (ନୈମିତ୍ତିକ)

ଶ୍ରାଦ୍ଧ, ଦେଇ ସେମାନଙ୍କର ଆଶୀର୍ବାଦ ନିଆଯାଏ। ତୀର୍ଥ ଯାତ୍ରା ସମୟରେ ସାମୂହିକ ଭାବରେ ପିତୃପୁରୁଷଙ୍କ ସମେତ ସମସ୍ତ ବିଶ୍ୱର ମୃତ ଜ୍ଞାତି, ବନ୍ଧୁ, ଜୀବଙ୍କ ଉଦ୍ଦେଶ୍ୟରେ ଶ୍ରାଦ୍ଧ ଦିଆଯାଏ। ତାହା ଭାରତୀୟ ମାନଙ୍କର ହୃଦୟର ବିଶାଳତା ଏବଂ 'ବିଶ୍ୱ ଭ୍ରାତୃତ୍ୱ'ର ପ୍ରମାଣ କରେ । 'ପିତୃ, ମାତୃ'କୁ ଅବହେଳା କରି ଜନସେବା କଲେ ବା ତୀର୍ଥାଟନ କଲେ ଫଳ ଶୂନ୍ୟ ଅଟେ। ପିତୃ ପୁରୁଷ ତୃପ୍ତ ହୋଇ ଆଶୀର୍ବାଦ କଲେ ବ୍ୟାସଦେବଙ୍କ ଭାଷାରେ "ଆୟୁ, ପ୍ରଜାଂ, ଧନଂ, ବିଦ୍ୟାଂ, ସ୍ୱର୍ଗଂ, ମୋକ୍ଷଂ ସୁଖାନିଚ ପ୍ରୟଚ୍ଛନ୍ତି ତଥା ରାଜ୍ୟେ ପିତରଃ ଶ୍ରାଦ୍ଧ ତର୍ପିତାଃ।" ଅର୍ଥାତ ପିତୃ ପୁରୁଷଙ୍କୁ ଶ୍ରାଦ୍ଧ ତର୍ପଣ କରି ତୃପ୍ତ କଲେ ଆୟୁଷ, ସନ୍ତାନ, ଐଶୋର୍ଯ୍ୟ, ବିଦ୍ୟା, ସ୍ୱର୍ଗୀୟ ସୁଖ, ମୁକ୍ତି, ନିର୍ବାଣ, ରାଜ୍ୟ ସମୃଦ୍ଧି ଆଦି ମିଳିଥାଏ। ପିତୃ ପୁରୁଷ ଅତୃପ୍ତ ଓ ଅଶାନ୍ତ ରହିଲେ ଜୀବନ ହାହତାଶମୟ ଓ ମାୟାମରୀଚିକା ଯୁକ୍ତ ହେଉଥିବାର ବହୁ ଦୃଷ୍ଟାନ୍ତ ଦେଖାଯାଇଛି। ପିତୃପୁରୁଷ କହିଲେ – ପିତୃ ଓ ମାତୃ ଉଭୟଙ୍କୁ ବୁଝାଏ। ସେହିପରି ଶ୍ରାଦ୍ଧ ବ୍ୟାପାରରେ ପୁତ୍ର ଉଲ୍ଲେଖ ବେଳେ ପୁଅଝିଅ ଉଭୟଙ୍କୁ ବୁଝାଏ। ବିଷ୍ଣୁ ପୁରାଣ ମଣ୍ଡଳ ୩ ସୂକ୍ତ ୧୬ ମନ୍ତ୍ର ୫୬ କହେ ଶ୍ରାଦ୍ଧ ପାଇଁ ଦୌହିତ୍ର (କନ୍ୟାର ପୁତ୍ର)କୁ ତପ ମୁହୂର୍ତ ତିଳ ତଥା ଚାଦର ବିଶେଷ ମହତ୍ତ୍ୱ ଅଛି । ଏହି ଶାସ୍ତ୍ର ବାକ୍ୟର ଅପଭ୍ରଂଶ ହୋଇ କେବଳ ପୁତ୍ର ସନ୍ତାନର ଆବଶ୍ୟକତା ଉପରେ ଅଧିକ ଗୁରୁତ୍ୱ ଦିଆଯାଇଛି। କନ୍ୟାମାନେ ମଧ୍ୟ ଶ୍ରାଦ୍ଧ ଦେଇପାରିବେ।

ପୁରୁଷ ବା ନାରୀ ସବୁ ଭଗବାନଙ୍କ ସୃଷ୍ଟି। ସ୍ରଷ୍ଟା ଉଭୟଙ୍କ ଠାରୁ ସମାନ କାର୍ଯ୍ୟ ଆଶା କରନ୍ତି। ସୀତାଦେବୀ ଶ୍ରାଦ୍ଧ ଦେଇଥିବା କଥା ବାଲ୍ମିକି ରାମାୟଣରେ ବର୍ଣ୍ଣିତ ଅଛି– "ପିଣ୍ଡଦାନ କରିଛନ୍ତି ଜନକ ଦୁଲଣୀ। ସନ୍ତୋଷ ହୋଇଛୁ ଆମ୍ଭେ ଯଥାକାଳେ ପାଇ। ତୁମେ ଆଉ ଦେଲେ କିଛି ପ୍ରୟୋଜନ ନାହିଁ। ଅକାଳରେ ଶ୍ରାଦ୍ଧ ଦେବା ନୁହଁଇ ବିଧାନ। ନକର ରାଘବ ଆଉ ତୁମେ ପିଣ୍ଡଦାନ।" ଶ୍ରୀମଦ ଭାଗବତ ଗୀତାର ୭ମ ଅଧ୍ୟାୟରେ ଭଗବାନ ଶିବ, ପାର୍ବତୀଙ୍କୁ ଶ୍ରାଦ୍ଧର ମାହାତ୍ମ୍ୟ ବିଷୟରେ ବୁଝାଇ ଥିଲେ। ପୁଅ କିମ୍ୱା ଝିଅ ଜନ୍ମ ନେବା ପରେ ପିତା, ମାତାମାନେ ଉଭୟଙ୍କଠାରୁ ଅନେକ କିଛି ଆଶା ପୋଷଣ କରିଥାଆନ୍ତି। ପୁଅ ଓ ଝିଅକୁ ଯୋଗ୍ୟ କରିବା ପାଇଁ ତାଙ୍କର ଜୀବନ ତମାମ କଷ୍ଟୋପାର୍ଜିତ ଅର୍ଥକୁ ବିନିଯୋଗ କରନ୍ତି। ପିତା, ମାତା ତଥା ଆମଠାରୁ ହଜି ଯାଇଥିବା ବଂଶଜମାନେ ଆମ ପାଇଁ ବହୁ କଷ୍ଟ ତଥା ତ୍ୟାଗ ସ୍ୱୀକାର କରିଛନ୍ତି । ତେଣୁ ପ୍ରତ୍ୟେକ ପୁଅ ଭଳି କନ୍ୟାମାନେ ମଧ୍ୟ ପୂର୍ବଜଙ୍କ ପାଇଁ ଶ୍ରାଦ୍ଧ, ଦେବା, ମୁଖାଗ୍ନି, ପିଣ୍ଡ (ଦାନ) ଦେବା ବିଧେୟ । ଦୁନିଆ ହେଉଛି ଦୁଇଟି ନିଆଁ। ଏହି ଦୁଇ ନିଆଁ ଭିତରେ ଆମର ଜୀବନ। ଅନୁଡିଶାଳର ନିଆଁ ଏବଂ ଶ୍ମଶାନ ନିଆଁ । ପ୍ରଥମ ନିଆଁ ଅନୁଡି ଶାଳରେ ଯଦି କନ୍ୟା ବା ସ୍ତ୍ରୀଲୋକମାନେ ରହିବାରେ କିଛି ଅସୁବିଧା ନାହିଁ। ତେବେ 'ଶ୍ମଶାନ'ରେ ସେହି କନ୍ୟା ମୁଖାଗ୍ନି ଦେବାରେ ଅସୁବିଧା କାହିଁକି ହେବ ? ସେମାନଙ୍କୁ ସେଥିପାଇଁ ବାରଣ କରାଯାଇ ସେପରି କର୍ମ କରିବାକୁ ବାଧାଦେବା ତ ଯୁକ୍ତିଯୁକ୍ତ ନ୍ୟାୟ ପ୍ରଦାନ ନୁହେଁ। କନ୍ୟା – ସେମାନେ ଦୁହିତା। ଦୁଇ ଘରର (ବାପ ଘର ଓ ଶାଶୁ ଘର) ହିତ କରିବା ସେମାନଙ୍କର କର୍ତ୍ତବ୍ୟ। ଘରର ଝିଅ ଯଦି ବଡ଼ (ଜ୍ୟେଷ୍ଠ ସନ୍ତାନ) ହୋଇଥାଏ ତେବେ ମୁଖାଗ୍ନି ସେହି ହିଁ ଦେବ। କୌଣସି ସ୍ୱାସ୍ଥଗତ ଅସୁବିଧା ଥିଲେ ତା'ଠାରୁ ବୟସରେ ସାନ ହିଁ ଶ୍ରାଦ୍ଧ ଦେବା ବାଞ୍ଛନୀୟ। ବାପା, ମାଆମାନେ ନିଜର ଝିଅକୁ କେତେ ଗେହ୍ଲା କରିଥାଆନ୍ତି। କିନ୍ତୁ ଦେଖାଯାଏ ବିବାହ ପରେ ସେମାନେ ସ୍ୱାମୀ ଘରକୁ ଚାଲିଗଲେ, ଗୋତ୍ର ପରିବର୍ତ୍ତନ ହେଲା ବାହାନା କରି ସ୍ୱାମୀ ଘରର କାମ କରନ୍ତି ଓ ଆସ୍ତେ ଆସ୍ତେ ବାପ ଘରକୁ ଭୁଲି ଯାହାନ୍ତି। ଏଥାରେ ଝିଅମାନେ ଆତ୍ମସମୀକ୍ଷା କରିବା ଜରୁରୀ ଯେ ସେମାନେ ନିଜ ସ୍ୱାମୀର ସହଯୋଗରେ ନିଜ ପିତା, ମାତାଙ୍କ ପାଇଁ କର୍ତ୍ତବ୍ୟ କରିବା ଆବଶ୍ୟକ। ନାରୀମାନେ ନିଜ ପିତା, ମାତାଙ୍କ କର୍ତ୍ତବ୍ୟ କରିବା ସାଙ୍ଗକୁ ତାଙ୍କର ମୃତ୍ୟୁ ପରେ ପିଣ୍ଡଦାନ କଲେ, ଆଧୁନିକ ନାରୀ ସମାଜ ପ୍ରତି ଜନସାଧାରଣଙ୍କ ସମ୍ମାନ ବୋଧ ବୃଦ୍ଧି ପାଇବ। ଏହାଦ୍ୱାରା ସ୍ୱାର୍ଥପରତା ପ୍ରତି– ବଦଳରେ ଏକ ସୁନ୍ଦର ସଂସାର ସୃଷ୍ଟି ହେବା ସହ ତା'ର ବିକାଶ ଘଟିବ।

ହିନ୍ଦୁ ସଂସ୍କୃତିରେ ପତି ମଧ୍ୟ ମରଣ କାଳରେ ପତ୍ନୀର ହାତ ଧରି କହେ– ଜ୍ଞାନ-ଅଜ୍ଞାନତରେ ମୁଁ ତୁମ ସହିତ କେବେ କଠୋର ବ୍ୟବହାର କରିଥିଲେ କ୍ଷମା କରିବ ଏବଂ ମୋର ମୁକ୍ତି ପାଇଁ ଉପଯୁକ୍ତ ଶ୍ରାଦ୍ଧକ୍ରିୟା କରିବ ବଂଶଜମାନେ ଶ୍ରଦ୍ଧାର ସହ ଶ୍ରାଦ୍ଧ ନ ଦେଲେ ବା ପିତୃଗଣଙ୍କ ପ୍ରତି କର୍ତ୍ତବ୍ୟରେ ଅବହେଳା କଲେ ପିତୃ ପୁରୁଷଙ୍କ ଦ୍ୱାରା ଅଭିଶାପର ଗ୍ରସ୍ତ ହୁଅନ୍ତି । ଶ୍ରାଦ୍ଧ ପାଇଁ ପୁତ୍ର ସନ୍ତାନ ପ୍ରାପ୍ତିର ପାଗଲାମି ଆଜି ସମାଜରେ ଲିଙ୍ଗୀୟ ଭେଦ ଭାବ, କନ୍ୟା ଭ୍ରୂଣ ହତ୍ୟା ଭଳି ଘୃଣ୍ୟ ବ୍ୟାଧି, ନାରୀ ନିର୍ଯ୍ୟାତନା ଏବଂ ଭବିଷ୍ୟତରେ କନ୍ୟା ମରୁଡ଼ି ରୂପକ ରାଷ୍ଟ୍ରୀୟ ସମସ୍ୟା ସୃଷ୍ଟି ହୋଇଛି ।

ପ୍ରକୃତିର ନିୟମରେ ପୁରସ୍କାର ବା ଦଣ୍ଡବିଧାନ ନାହିଁ । ତେବେ ପ୍ରକୃତିର ନିୟମରେ ହସ୍ତକ୍ଷେପ କଲେ ତା'ର ପରିଣାମ ମାନବ ସମାଜକୁ ହିଁ ଭୋଗିବାକୁ ପଡ଼ିବ ଏବଂ ପରେ ଏଥିପାଇଁ ପଶ୍ଚାତ୍ତାପ କରିବାକୁ ପଡ଼ିବ । ମାନବଧର୍ମ ଦୃଷ୍ଟିରୁ ମଧ୍ୟ କନ୍ୟା ଭ୍ରୂଣହତ୍ୟା ଏକ ମହାପାପ । ଏହି ଅପକର୍ମରେ ଲିପ୍ତ ଥିବା ବ୍ୟକ୍ତି ଓ ଉକ୍ତ କାର୍ଯ୍ୟରେ ତାକୁ ସହାୟତା ପ୍ରଦାନ କରୁଥିବା ବ୍ୟକ୍ତି ଆଇନ ଆଖିରେ ନିଶ୍ଚିତ ଭାବରେ ଦୋଷୀ । ଅନ୍ୟ ପକ୍ଷରେ ଏପରି ବ୍ୟକ୍ତି ପରମ କ୍ଷମାଶୀଳ ଭଗବାନଙ୍କଠାରୁ ମଧ୍ୟ କ୍ଷମା ପାଇପାରନ୍ତି ନାହିଁ । ତେଣୁ ଏପରି ବ୍ୟକ୍ତି କେବଳ ଆଇନ ଦୃଷ୍ଟିରୁ ନୁହେଁ ବରଂ ମଙ୍ଗଳମୟ ଈଶ୍ୱରଙ୍କ ନିକଟରେ ସୁଦ୍ଧା ଦୋଷୀ ଓ ଅପରାଧୀ । ଏପରି ବ୍ୟକ୍ତିର କ୍ଷମା ନାହିଁ ।

ଇହ ଜନ୍ମରେ ଓ ପରଜନ୍ମରେ ସମସ୍ତଙ୍କର ତୃପ୍ତି ଓ ମୁକ୍ତି ପାଇଁ ତଥା ଭୋଗୁଥିବା ଆଧିଦୈବିକ, ଆଧିଭୌତିକ, ଆଧ୍ୟାତ୍ମିକ କଷ୍ଟର ଲାଘବ ପାଇଁ ସୃଷ୍ଟି ହୋଇଛି ଶ୍ରାଦ୍ଧ ବ୍ୟବସ୍ଥା ଓ ଗୟା ପ୍ରୟାଗ ଆଦି ସ୍ଥାନରେ ବିଶେଷ ଶ୍ରାଦ୍ଧ, ତିଳତର୍ପଣ, ଦାନ ବ୍ୟବସ୍ଥା । ତିନି ପୁରୁଷ ପିତୃ ପୁରୁଷ ଏବଂ ତିନି ମାତୃ ପୁରୁଷଙ୍କ ଶ୍ରାଦ୍ଧ ଆବାହନ କଲା ପରେ ଅନ୍ୟ ପିତୃ ପୁରୁଷଙ୍କୁ ଆବାହନ ଲକ୍ଷ୍ୟରେ ବିଶ୍ୱ ବ୍ରହ୍ମାଣ୍ଡର ସମସ୍ତ ମୃତ ଜୀବଙ୍କୁ ଶ୍ରାଦ୍ଧ ସ୍ଥଳକୁ ଆବାହନ କରାଯାଏ ଓ ଶ୍ରାଦ୍ଧ ଦିଆଯାଏ । ଶ୍ରାଦ୍ଧ ହିଁ ପ୍ରେରଣା ଦିଏ– ବସୁଧୈବ କୁଟୁମ୍ବକମ୍ ।

ଯେଉଁ ଅଧମ ଜନ ଶ୍ରାଦ୍ଧ ଦିଅନ୍ତି ନାହିଁ, ସେମାନେ ପିତୃ ଗଣଙ୍କ ଅଭିଶାପ ରୂପକ ଅଗ୍ନିରେ ଦଗ୍ଧ ହୁଅନ୍ତି । ପିତୃଗଣଙ୍କୁ ସନ୍ତୁଷ୍ଟ କରି ମନୁଷ୍ୟ ଆୟୁ, ପୁତ୍ର, ଯଶ, ସ୍ୱର୍ଗ, କୀର୍ତ୍ତୀ, ପୁଷ୍ଟି, ବଳ, ଶ୍ରୀ, ସୁଖ ଏବଂ ଧନଧାନ୍ୟ ପ୍ରାପ୍ତ ହୁଏ । ଦେବ କାର୍ଯ୍ୟଠାରୁ ମଧ୍ୟ ପିତୃ କାର୍ଯ୍ୟର ବିଶେଷ ମହତ୍ତ୍ୱ ରହିଛି । ଦେବତାଙ୍କ ପୂର୍ବରୁ ପିତୃଗଣଙ୍କୁ ପ୍ରସନ୍ନ କରିବା ମଙ୍ଗଳ ଦାୟକ । ପିତା ମହ ବ୍ରହ୍ମାଙ୍କ ଦ୍ୱାରା ରଚିତ ମନ୍ତ୍ର ସମସ୍ତ ପାପ ହରଣକାରୀ ପରମ ପବିତ୍ର ତଥା ଅଶ୍ୱମେଧ ଯଜ୍ଞର ଫଳ ପ୍ରଦାନ କରେ । "ଦେବତାଭ୍ୟଃ ପିତୃଭ୍ୟଶ୍ଚ ମହାଯୋଗିଭ୍ୟ ଏବଚ, ନମଃ ସ୍ୱଧାୟୈ ସ୍ୱାହାୟୈ ନିତ୍ୟମେବ ଭବନ୍ତ୍ୟତା" ଅର୍ଥାତ ସମସ୍ତ ଦେବଗଣ, ପିତୃଗଣ, ମହାଯୋଗୀ ସ୍ୱଧା ଓ ସ୍ୱାହା ସମସ୍ତଙ୍କୁ ହୃଦୟର ସମ୍ମାନ । ଉପରୋକ୍ତ ମନ୍ତ୍ର ୩ ଥର ପଠନ କଲେ ପିତୃଗଣ ଶ୍ରାଦ୍ଧ ପୀଠକୁ ଆସିଥାଆନ୍ତି ଏବଂ ରାକ୍ଷସ ଗଣ ସେଠାରୁ ବିଲୁପ୍ତ ହୁଅନ୍ତି । ଶ୍ରୀମଦ୍ ଭାଗବତରେ ବର୍ଣ୍ଣିତ ଅଛି "ବିପ୍ର ଭୋଜନେ ତୋଷ ଯେତେ, ସେ ନୁହେଁ ଯଜ୍ଞେ କୋଟି ମତେ । ଏ ଘେନି ଦେବତା ବ୍ରାହ୍ମଣ, ପୂଜା କରିବ ଅନୁକ୍ଷଣ ।" ଗୟାରେ ଅଧିକ ଶ୍ରଦ୍ଧାଳୁ ପିଣ୍ଡଦାନ ଦେବାର କାରଣ ହେଉଛି ସମଗ୍ର ଧରା ବା ପୃଥିବୀର ମଧ୍ୟସ୍ଥଳରେ ଗୟା ଅବସ୍ଥିତ । ଅର୍ଥାତ ଏଠି ଉର୍ଦ୍ଧ୍ୱରେ ମୁଖ୍ୟ ପଥଟି ପିତୃଲୋକ ପର୍ଯ୍ୟନ୍ତ ସଲଗ୍ନ । ଏଠାରେ ଶ୍ରାଦ୍ଧ ଓ ତର୍ପଣାଦି ଅର୍ପଣ କଲେ ତାହା ପିତୃଲୋକ ପର୍ଯ୍ୟନ୍ତ ପହଞ୍ଚ ଶତସହସ୍ର ଗୁଣର ଫଳ ମିଳିଥାଏ । ତେଣୁ ଏହାହିଁ ଶ୍ରେଷ୍ଠ ଶ୍ରାଦ୍ଧଭାବେ ପ୍ରତିପାଦିତ । ଶ୍ରାଦ୍ଧଦାତା ଯଦି ନିଜ ପୂର୍ବଜଙ୍କୁ ପ୍ରେତ ଯୋନିରୁ ମୁକ୍ତ କରିବା ପାଇଁ ଇଚ୍ଛା ପ୍ରକଟ କରେ । ଗୟାତୀର୍ଥରେ ତର୍ପଣ, ଶ୍ରାଦ୍ଧ ଓ ପିଣ୍ଡଦାନ ଶ୍ରେୟ । ଭଗବାନ ବିଷ୍ଣୁ ଏଠାରେ 'ଗଦାଧର' ରୂପେ ଆବିର୍ଭାବ ହୁଅନ୍ତି । ଧର୍ମଶାସ୍ତ୍ର ଅନୁସାରେ ଗୟାତୀର୍ଥ ପିଣ୍ଡଦାନ ପାଇଁ ସବୁଠାରୁ ଉତ୍କୃଷ୍ଟ କ୍ଷେତ୍ର । ମହାଲୟା ଦିନ ଗୟା କ୍ଷେତ୍ରରେ ପିଣ୍ଡଦାନ କଲେ ପିତୃ ପୁରୁଷ ପରିତୃପ୍ତ ଓ ଶାନ୍ତି ପାଇଥୋଆନ୍ତି ।

ହିନ୍ଦୁ ଧର୍ମ ଏବଂ ବୈଦିକ ମାନ୍ୟତା ଅନୁଯାୟୀ ପୁତ୍ରର ପୁତ୍ରତ୍ୱ ସେତେବେଳେ ସାର୍ଥକ ହୁଏ ଯେତେବେଳେ ସେ ଜୀବିତାବସ୍ଥାରେ ଥିବା ପିତା, ମାତାଙ୍କ ସେବା କରେ ଏବଂ ସେମାନଙ୍କ ମୃତ୍ୟୁ ପରେ ଶ୍ରାଦ୍ଧବାର୍ଷିକ ଏବଂ ମହାଲୟାରେ ସେମାନଙ୍କୁ ବିଧିବଦ୍ଧ ଶ୍ରାଦ୍ଧ ପ୍ରଦାନ କରେ। ଆଶ୍ୱିନ ମାସର କୃଷ୍ଣପକ୍ଷ ପ୍ରତିପଦାଠାରୁ ଅମାବାସ୍ୟା ପର୍ଯ୍ୟନ୍ତ ଦିବସକୁ ପିତୃପକ୍ଷ ବା ମହାଲୟା ପକ୍ଷ କୁହାଯାଏ। ତାମିଲନାଡୁରେ ଏହାକୁ ଆଦି ଅମାବସାଇ, କେରଳରେ କରିକଡ଼ା ବାବୁବଲି ଏବଂ ମହାରାଷ୍ଟ୍ରରେ ପିତୃପକ୍ଷର ବଡ଼ା କୁହାଯାଏ। ଶ୍ରାଦ୍ଧର ଅର୍ଥ ଦେବତା, ପିତୃପୁରୁଷ ଏବଂ ବଂଶପ୍ରତି ଶ୍ରଦ୍ଧା ପ୍ରକଟ କରିବା।

ବିଶ୍ୱାସ କରାଯାଏ ଯେଉଁମାନେ ନିଜ ଶରୀର ଛାଡ଼ି ଚାଲି ଯାଆନ୍ତି। ସେମାନେ ଯେଉଁ ଲୋକରେ ଯେଉଁ ରୂପରେ ଥିଲେ ବି ଶ୍ରାଦ୍ଧ ପକ୍ଷରେ ନିଶ୍ଚେ ପୃଥିବୀକୁ ଆସନ୍ତି। ତେଣୁ ସେମାନଙ୍କ ତୃପ୍ତି ପାଇଁ ଶ୍ରଦ୍ଧା ସହ ଯେଉଁ ଶୁଭ ସଂକଳ୍ପ ଏବଂ ତର୍ପଣ କରାଯାଏ ତାହାକୁ ଶ୍ରାଦ୍ଧ କୁହାଯାଏ। ହିନ୍ଦୁ ମାନ୍ୟତା ଅନୁଯାୟୀ ପିଣ୍ଡଦାନ ମୋକ୍ଷପ୍ରାପ୍ତି ପାଇଁ ଏକ ସହଜ ଏବଂ ସରଳ ମାର୍ଗ। ଏମିତି ଦେଶରେ ଅନେକ ସ୍ଥାନରେ ପିଣ୍ଡଦାନ କରାଯାଏ। ତେବେ ବିହାରର ଗୟାରେ ପିଣ୍ଡଦାନ ଖୁବ୍ ମହତ୍ତ୍ୱପୂର୍ଣ୍ଣ। ବିଶ୍ୱାସ କରାଯାଏ ଭଗବାନ ଶ୍ରୀରାମ ଏବଂ ମା'ସୀତା, ରାଜା ଦଶରଥଙ୍କ ଆମ୍ଭାର ଶାନ୍ତି ପାଇଁ ଗୟାରେ ପିଣ୍ଡଦାନ କରିଥିଲେ। ଗୟାକୁ ବିଷ୍ଣୁଙ୍କ ନଗର କୁହାଯାଏ। ଏହାକୁ ମୋକ୍ଷର ଭୂମି ମଧ୍ୟ କୁହାଯାଏ। ବିଷ୍ଣୁ ପୁରାଣ ଏବଂ ବାୟୁ ପୁରାଣରେ ଏହାର ଉଲ୍ଲେଖ ଅଛି। ବିଷ୍ଣୁ ପୁରାଣ ଅନୁଯାୟୀ ଗୟାରେ ପିଣ୍ଡଦାନ କଲେ ପୂର୍ବଜଙ୍କ ଆମ୍ଭା ମୋକ୍ଷ ପ୍ରାପ୍ତି କରେ ଏବଂ ସେମାନେ ସ୍ୱର୍ଗରେ ବାସକରନ୍ତି। ବିଶ୍ୱାସ କରାଯାଏ ସ୍ୱୟଂ ବିଷ୍ଣୁ ଏଠାରେ ପିତୃ ଦେବତା ଭାବରେ ଉପସ୍ଥିତ। ତେଣୁ ଏହାକୁ ପିତୃ ତୀର୍ଥ ମଧ୍ୟ କୁହାଯାଏ।

ଗୟାରେ ଥିବା ପଣ୍ଡିତମାନେ କୁହନ୍ତି, ଫଲ୍ଗୁ ନଦୀର ତଟରେ ପିଣ୍ଡଦାନ ନ କଲେ ଏହା ଅସଂପୂର୍ଣ୍ଣ ରହିଯାଏ। କିମ୍ଦନ୍ତୀ ଅନୁଯାୟୀ ଭସ୍ମାସୁରର ବଂଶଜ ଗୟାସୁର କଠିନ ତପସ୍ୟା ଦ୍ୱାରା ବ୍ରହ୍ମାଙ୍କୁ ସନ୍ତୁଷ୍ଟ କରି ବର ମାଗି ନେଇଥିଲେ ଯେ ତା'ର ଶରୀର ଦେବତାମାନଙ୍କ ପରି ପବିତ୍ର ହୋଇଯିବ ଏବଂ ତାକୁ ଦର୍ଶନ କରିବା ମାତ୍ର ଲୋକମାନେ ପାପମୁକ୍ତ ହୋଇଯିବେ। ଏହି ବର ମିଳିବା ପରେ ସ୍ୱର୍ଗର ଜନସଂଖ୍ୟା ବଢ଼ିବାରେ ଲାଗିଲା ଏବଂ ସବୁକିଛି ପ୍ରକୃତିର ନିୟମ ବିପରୀତରେ ଚାଲିଲା। ଲୋକମାନେ ବିନା ଭୟରେ ପାପ କଲେ ଏବଂ ଗୟାସୁରକୁ ଦର୍ଶନ କରି ପାପମୁକ୍ତ ହେଲେ। ଏଥିରୁ ରକ୍ଷା ପାଇବା ପାଇଁ ଦେବତାମାନେ ଗୟାସୁରକୁ ଯଜ୍ଞ ପାଇଁ ପବିତ୍ର ଭୂମି ମାଗିଲେ। ଗୟାସୁର ନିଜ ଶରୀର ଦେବତାମାନଙ୍କ ଯଜ୍ଞ ପାଇଁ ଦେଇ ଦେଲେ। ଯଜ୍ଞ ଭୂମି ଭାବରେ ବ୍ୟବହୃତ ହେବା ପାଇଁ ଗୟାସୁର ଭୂମିରେ ଶୋଇଲା ଏବଂ ତା'ର ଶରୀର ପାଞ୍ଚକୋଶ ପର୍ଯ୍ୟନ୍ତ ପରିବ୍ୟାପ୍ତ ହୋଇଗଲା। ପରବର୍ତ୍ତୀ ସମୟରେ ଏହି ପାଞ୍ଚକୋଶ ସ୍ଥାନକୁ କୁହାଗଲା ଗୟା। ଯଜ୍ଞରେ ପୋଡ଼ିବା ପରେ ମଧ୍ୟ ଗୟାସୁର ମନରୁ ଲୋକମାନଙ୍କୁ ପାପମୁକ୍ତ କରିବାର ଇଚ୍ଛା ଲୋପ ପାଇଲା ନାହିଁ। ସେ ଦେବତାମାନଙ୍କୁ ବର ମାଗିଲା, ଏହି ସ୍ଥାନରେ ଲୋକଙ୍କୁ ମୋକ୍ଷ ହେବ। ଯେଉଁ ବ୍ୟକ୍ତି ଏଠାରେ କାହାର ଶ୍ରାଦ୍ଧ ପାଇଁ ପିଣ୍ଡଦାନ କରିବେ ତାଙ୍କୁ ମୁକ୍ତି ମିଳିବ। ଏହି କାରଣରୁ ଆଜିବି ଲୋକମାନେ ପିତୃପୁରୁଷଙ୍କ ଆମ୍ଭାକୁ ମୁକ୍ତି ଦେବା ପାଇଁ ଗୟାରେ ପିଣ୍ଡ ଦାନ କରନ୍ତି।

ଶାସ୍ତ୍ରରେ ପିତୃ ପୁରୁଷଙ୍କ ସ୍ଥାନ ଖୁବ୍ ଉଚ୍ଚରେ ବୋଲି ବର୍ଣ୍ଣନା କରାଯାଇଛି। ସେ ଚନ୍ଦ୍ରମାଠାରୁ ଦୂରରେ ଏବଂ ଦେବତାଙ୍କ ଠାରୁ ଉଚ୍ଚ ସ୍ଥାନରେ ରୁହନ୍ତି ବୋଲି ଶାସ୍ତ୍ରରେ ବର୍ଣ୍ଣନା ରହିଛି। ପିତୃ ପୁରୁଷଙ୍କ ମଧ୍ୟରେ ମୃତ ପୂର୍ବଜ ଯଥା ବାପ-ମା, ଜେଜେ ବାପା-ଜେଜେ ମା, ଅଜା-ଆଇଙ୍କ ସମେତ ସବୁ ପୂର୍ବଜ ସାମିଲ। ପରଲୋକ ଗତ ଗୁରୁ ଏବଂ ଆଚାର୍ଯ୍ୟ ମଧ୍ୟ ପିତୃପୁରୁଷଙ୍କ ମଧ୍ୟରେ ସାମିଲ। ଦେଶରେ ଶ୍ରାଦ୍ଧ ପାଇଁ ହରିଦ୍ୱାର, ଗଙ୍ଗାସାଗର, ପୁରୀ, କୁରୁକ୍ଷେତ୍ର, ଚିତ୍ରକୂଟ, ପୁଷ୍କର, ବଦ୍ରିନାଥ ସମେତ ୫୫ଟି ସ୍ଥାନର ବିଶେଷ ମହତ୍ତ୍ୱ ରହିଛି ବୋଲି ଶାସ୍ତ୍ରରେ ବର୍ଣ୍ଣନା ରହିଛି। ତେବେ ଗୟା ଏସବୁ ସ୍ଥାନର ଶୀର୍ଷରେ ରହିଛି। ଗରୁଡ ପୁରାଣରେ କୁହାଯାଇଛି ପିତୃପୁରୁଷଙ୍କୁ ପିଣ୍ଡଦାନ ପାଇଁ ଘର

ବାହାରିବା ପରେ ଗୟାରେ ପହଞ୍ଚିବା ପର୍ଯ୍ୟନ୍ତ ପ୍ରତ୍ୟେକ ପଦକ୍ଷେପ ପିତୃ ପୁରୁଷଙ୍କ ସ୍ୱର୍ଗାରୋହଣ ପାଇଁ ସିଡ଼ିର ଗୋଟିଏ ଗୋଟିଏ ଫଳି ସଦୃଶ। ହିନ୍ଦୁ ପୁରାଣ ଅନୁଯାୟୀ ପିତୃପୁରୁଷଙ୍କ ତିନି ପିଢ଼ି ପିତୃଲୋକରେ ରୁହନ୍ତି। ଏହା ପୃଥ୍ୱୀଲୋକ ଓ ଦେବଲୋକ ମଧ୍ୟରେ ଅଛି। ଏହି ଲୋକର ଅଧୀଶ୍ୱର ମୃତ୍ୟୁ ଦେବତା ଯମ, ତୃତୀୟ ପିଢ଼ି ପରେ ଚତୁର୍ଥ ପିଢ଼ିର ବଂଶଜ ପିତୃଲୋକରେ ପହଞ୍ଚିଲେ ପ୍ରଥମ ପିଢ଼ିର ପୂର୍ବଜ ସ୍ୱର୍ଗକୁ ଚାଲିଯାଆନ୍ତି। ତେଣୁ ସେମାନଙ୍କ ପାଇଁ ପିଣ୍ଡଦେବା ଆବଶ୍ୟକ ହୁଏନି। ତେଣୁ ପିତୃଲୋକରେ ଥିବା ଆମ ପୂର୍ବଜ ତିନି ପିଢ଼ି ପାଇଁ ପିତୃ ପକ୍ଷରେ ଶ୍ରାଦ୍ଧ ଦିଆଯାଏ। ହିନ୍ଦୁ ପୁରାଣ ଅନୁଯାୟୀ ଆଶ୍ୱିନ ମାସରେ ପିତୃପକ୍ଷ ଆରମ୍ଭରେ ସୂର୍ଯ୍ୟ କନ୍ୟା ରାଶିରେ ପ୍ରବେଶ କରନ୍ତି। ଏହି ସମୟରେ ପିତୃପୁରୁଷଙ୍କ ଆତ୍ମାମାନେ ପିତୃଲୋକ ଛାଡ଼ି (ନିଜ) ଆପଣା ବଂଶଜଙ୍କ ଘରକୁ ଯାଆନ୍ତି। ସୂର୍ଯ୍ୟ ବିଛା ରାଶିକୁ ଆସିଲେ ସେମାନେ ପୁଣି ପିତୃଲୋକକୁ ଫେରନ୍ତି।

କିମ୍ବଦନ୍ତୀ କହେ ମହଭାରତ ଯୁଦ୍ଧ ପରେ ଯେତେବେଳେ ମହାଦାନୀ କର୍ଣ୍ଣଙ୍କ ଆତ୍ମା ପିତୃଲୋକକୁ ଗଲା। ସେଠାରେ ତାଙ୍କୁ ସୁନାଗହଣା ଆଦି ଖାଇବାକୁ ଦିଆଗଲା। ଖାଇବାକୁ ଖାଦ୍ୟ ନ ପାଇ କର୍ଣ୍ଣ ଏହାର ରହସ୍ୟ ଯମଙ୍କୁ ପଚାରିଲେ। ଯମ କହିଲେ– ଆପଣ ଜୀବନ ଯାକ ଟଙ୍କା, ସୁନା, ରୂପା ଆଦି ଦାନ କରିଛନ୍ତି। କିନ୍ତୁ ପୂର୍ବଜ ମାନଙ୍କ ପାଇଁ ଶ୍ରାଦ୍ଧ କରି ସେମାନଙ୍କ ଉଦ୍ଦେଶ୍ୟରେ ଖାଦ୍ୟ ଦାନ କରି ନାହାଁନ୍ତି। କର୍ଣ୍ଣ କହିଲେ– ମୁଁ ମୋ ପୂର୍ବଜଙ୍କ ବିଷୟରେ ଜାଣିନି। ତେଣୁ ସେମାନଙ୍କ ସ୍ମୃତିରେ ଶ୍ରାଦ୍ଧ କରିପାରିନି। ଏହା ପରେ ଯମ ତାଙ୍କୁ ପୃଥ୍ୱୀ ଲୋକକୁ ପନ୍ଦର ଦିନ ଫେରି ଶ୍ରାଦ୍ଧ କରିବାକୁ କହିଲେ। ଏ ସମୟ ଥିଲା ପିତୃପକ୍ଷ।

ତା'ପରେ ପୁରୁଷ ପ୍ରଧାନ ଆମ ସମାଜରେ ସମସ୍ତେ ପୁଅଟିଏ ଚାହିଁଥାଆନ୍ତି। କେହି କେବେ ଝିଅଟିଏ ପାଇବା ପାଇଁ ଠାକୁରଙ୍କୁ ଜଣାଇନଥାଏ। ପୁଅ ପାଇଁ ବ୍ୟାକୁଳ ବାପ, ମା'ମାନେ କେବେ ବି ଝିଅ ଲାଗି ଦେବତାଙ୍କ ପାଖରେ କୌଣସି ମାନସିକ କରିନଥାନ୍ତି। କନ୍ୟା ଲାଭ ଆଶା ରଖି ଦେବାର୍ଚ୍ଚନା ସଂସାରରେ ପ୍ରାୟତଃ ବିରଳ। ଆଗ କାଳର ସେ ବୈଦିକ ଯୁଗ ଆଉ ନାହିଁ ଯେ କେହି ସରଗ ରଜାଙ୍କ ପରି ତପସ୍ୟା କରି ବ୍ରହ୍ମାଙ୍କୁ ଶତସହସ୍ର (ଏକଲକ୍ଷ) କନ୍ୟାର ଜନକ ହେବା ଲାଗି ଇଚ୍ଛା ପ୍ରକାଶ କରିବ।

ଆଧୁନିକ ଯୁଗର ତଥା କଥିତ ଶିକ୍ଷିତ, ବିଜ୍ଞ, ପ୍ରବୀଣ, ଖ୍ୟାତିସମ୍ପନ୍ନ, ଧନୀ, ବିଉଶାଳୀ, ପ୍ରଭାବଶାଳୀ, ପ୍ରତିଭାବାନ, ପ୍ରତିଷ୍ଠିତ, କ୍ଷମତାଶାଳୀ ବ୍ୟକ୍ତିମାନେ ଗର୍ଭସ୍ଥ ସନ୍ତାନର ଲିଙ୍ଗ ନିରୂପଣ କରାଇ କନ୍ୟା ଭ୍ରୁଣକୁ ନଷ୍ଟ କରିଦେଉଛନ୍ତି। ଯୌତୁକ ଭୟରେ କେହି କନ୍ୟାର ପିତା ହେବାକୁ ଚାହୁଁନାହାଁନ୍ତି। ସେମାନେ ବୁଝିବାକୁ ଚେଷ୍ଟା କରୁନାହାଁନ୍ତି ଯେ କେବଳ କନ୍ୟା ସନ୍ତାନମାନଙ୍କ ଯୋଗୁ ଭବିଷ୍ୟତର ବଂଶଧରମାନେ ଦୁନିଆର ଆଲୋକ ଦେଖିବାକୁ ସକ୍ଷମ ହୋଇପାରିବେ। ପିଲାଟିଏ ଜନ୍ମ ଦେବା କେବଳ ଝିଅଙ୍କ ଦ୍ୱାରା ହିଁ ସମ୍ଭବ। କାରଣ ଗର୍ଭଧାରଣ କ୍ଷମତା ଝିଅଙ୍କର ଥାଏ। ପୁଅମାନଙ୍କର ନୁହେଁ। ଆହୁରି ମଧ୍ୟ ମହିଳା ସଙ୍ଗଠନ, ସରକାରୀ କର୍ମକର୍ତ୍ତା, ଯୋଜନା ପ୍ରଣୟନକାରୀ, ଆଇନ ବିଶାରଦ ଓ ସମାଜ ସେବୀମାନେ ସେମାନଙ୍କ କର୍ତ୍ତବ୍ୟ ଠିକ୍ ଭାବରେ ପାଳନ କରୁନାହାନ୍ତି କନ୍ୟା ସନ୍ତାନମାନଙ୍କ ସୁରକ୍ଷା ପାଇଁ ଯେପରି କରିବା କଥା।

ଝିଅମାନେ ଭବିଷ୍ୟତରେ ମା' ହୋଇ ଥାଆନ୍ତି। ସେମାନଙ୍କ ଯୋଗୁ ନୂଆ ମଣିଷଟିଏ ସୃଷ୍ଟି ହୋଇଥାଏ। ଆଜିର କନ୍ୟାଟି ଆଗାମୀ କାଲିକୁ ଜାୟା ଓ ପରେ ଜନନୀ ହୋଇଥାଏ। କନ୍ୟା, ଜାୟା, ଜନନୀ ଏହି ତିନି ରୂପରେ ମାତୃ ଜାତିର ପରିଚୟ ଆମେ ପାଇଥାଉ। ଝିଅମାନେ ଜାୟା ରୂପରେ ଘର ସମ୍ଭାଳନ୍ତି। ପୁଣି ଜନନୀ ହୋଇ ପିଲାର ଲାଳନପାଳନ ଦାୟିତ୍ୱ ତୁଲାଇ ଥାଆନ୍ତି। କନ୍ୟା ସମୟରେ ସେମାନଙ୍କ ଲାଗି ଘରେ ବାର ଓଷା ତେର ପରବ ପାଳିତ ହୋଇଥାଏ। ନାରୀ ବିନା ସୃଷ୍ଟି ଅସମ୍ଭବ। ଜାୟା ବ୍ୟତିରେକେ ସଂସାର ଅସାର। ଜନନୀ ନ ଥାଇ କେଉଁଠି କେବେ

ବଂଶରକ୍ଷା ହେଲାଣି କି ? ବରଂ ପୁରୁଷର ବିନା ସହାୟତାରେ ପୁତ୍ର ଜନ୍ମ ଲାଭ କରି ପାରିଛି । ଭଗୀରଥଙ୍କ ଜନ୍ମ କେବଳ ଦୁଇ ଜଣ ନାରୀଙ୍କ ମଧ୍ୟରେ ସଙ୍ଗମରୁ ସମ୍ଭବ ହୋଇଥିଲା ।

ନାରୀଟିଏ ଦଶମାସ ଗର୍ଭବେଦନା ସହି ଅନ୍ତଟିରି ପ୍ରସବ କାଳୀନ ଯନ୍ତ୍ରଣା ଭୋଗି ପିଲାଟିକୁ ଜନ୍ମ ଦେଇଥାଏ । ଥନଭାଙ୍ଗି ନିଜ ବକ୍ଷରୁ କ୍ଷୀର ଦେଇ ପିଲାଟିକୁ ବଞ୍ଚାଇ ରଖେ । ଶିଶୁଟି ଜନ୍ମ ପରେ ମା' କୋଳରେ ବଢ଼ିଥାଏ । ପିଲାର ଲାଳନପାଳନ ଦାୟିତ୍ୱ ତା' ମା ଉପରେ ନିର୍ଭର କରେ । ଶିଶୁଟି ପ୍ରଥମେ ତା' ମା'କୁ ଚିହ୍ନେ । ମା'କୁ ଜାଣେ । ମା' କୋଲ ବୋଧ ହୁଏ ପିଲାଟି ପାଇଁ ସର୍ବଶ୍ରେଷ୍ଠ ନିରାପଦ ଆଶ୍ରୟସ୍ଥଳ ଭାବରେ ବିବେଚିତ ହୋଇଥାଏ । ପୃଥିବୀର ଆଉ କୌଣସି କ୍ଷେତ୍ର ପିଲାଟି ପାଇଁ ମା' କୋଲ ଠାରୁ ଉତ୍କୃଷ୍ଟ ସ୍ଥାନ ନୁହେଁ । ମାଆର ପଣତ ତଳେ ବିଶ୍ୱର ସବୁଠାରୁ ବେଶୀ ସୁରକ୍ଷା ମିଲିପାରେ । ମା'ର ପ୍ରଭାବ ସମ୍ପୂର୍ଣ୍ଣ ଭାବରେ ପିଲାଟି ଉପରେ ପଡ଼ିଥାଏ । ମା'ର ପ୍ରଭାବରେ ପ୍ରଭାବିତ ହୋଇ ତଦନୁଯାୟୀ ପିଲାଟି ନିଜର ଭବିଷ୍ୟତ ଗଢ଼ିବାକୁ ସମର୍ଥ ହୋଇଥାଏ । ମା'ର ପ୍ରଭାବ ପିଲାର ପ୍ରତିଭା ବିକାଶରେ ସହାୟକ ହୋଇଥାଏ । ଉତ୍ତମ ଗୁଣଯୁକ୍ତା ମା'ର ପିଲାଟି ସୁ ନାଗରିକ ହୋଇଥିବା ବେଲେ ଦୁଷ୍ଟା, ଦୁଷ୍ଚରିତ୍ରା ପ୍ରଭୃତି ଜନନୀର ସନ୍ତାନଟି ନଷ୍ଟ ଚରିତ୍ର ହୋଇଥାଏ । ଉତ୍ତମା ଜନନୀର ପ୍ରଭାବ ଦ୍ୱାରା ପ୍ରଭାବିତ ହୋଇଥିଲେ ବିଶ୍ୱର ଦୁଇମହାନ ଜନନାୟକ । ଜଣେ ପ୍ରାଚ୍ୟ ଭୂଖଣ୍ଡର ଓ ଆର ଜଣକ ପାଶ୍ଚାତ୍ୟର । ଜଣେ ଊନବିଂଶ ଶତାବ୍ଦୀର ଅନ୍ୟ ଜଣକ ବିଂଶ ଶତକର । ଜଣେ ସାମ୍ରାଜ୍ୟ ଗଠନରେ ନିଜର ପରାକାଷ୍ଠା ପ୍ରଦର୍ଶନ କରିଥିଲା ବେଲେ ଆର ଜଣକ ଶାନ୍ତିର ଅଗ୍ରଦୂତ ଥିଲେ । ଏହି ମହାନ ବ୍ୟକ୍ତି ନେପୋଲିୟନ ବୋନାପାର୍ଟଙ୍କ ଉପରେ ତାଙ୍କ ମାତା ଲଟିସିଆଙ୍କ ପ୍ରଭାବ ପଡ଼ିଥିଲା । (ସାରା ବିଶ୍ୱରେ ନେପୋଲିଅନ ହେଉଛନ୍ତି ଏକମାତ୍ର ଯୋଦ୍ଧା ଯିଏ କି ଯୁଦ୍ଧରେ ବିଜୟ ଲାଭ କରି ସାରିବା ପରେ ଶତ୍ରୁ ପକ୍ଷର ଆହତ ସୈନମାନଙ୍କର ସେବା କରିବା ପାଇଁ ନିଜ ସୈନ୍ୟ ବାହିନୀକୁ ଆଦେଶ ଦେଉଥିଲେ) ଆଉ ମୋହନ ଦାସ କରମ ଚାନ୍ଦ ଗାନ୍ଧୀଙ୍କ ଉପରେ ମା' ପୁତୁଲି ବାଈଙ୍କ ପ୍ରଭାବ କାର୍ଯ୍ୟ କରିଥିଲା । ମରହଟ୍ଟା ବୀର ଶିବାଜୀ ମଧ୍ୟ ଜନନୀ ଜୀଜାବାଇଙ୍କ ଦ୍ୱାରା ପ୍ରଭାବିତ ହୋଇଥିଲେ ।

ନାରୀ ଭଗବାନଙ୍କର ଏକ ଅନବଦ୍ୟ ସୃଷ୍ଟି । ନାରୀବିନା ପୃଥିବୀ କଳନା ବି କରାଯାଇ ପାରେନା । ପୃଥିବୀରେ ଆଜି ପର୍ଯ୍ୟନ୍ତ ଯେଉଁମାନେ ସଫଳତାର ଶୀର୍ଷରେ ପହଞ୍ଚିଛନ୍ତି ସେମାନଙ୍କ ପଛରେ ଜଣେ ନାରୀର ହିଁ ପ୍ରଚ୍ଛନ୍ନ ହାତ ରହିଛି । ସେଥିପାଇଁ କୁହାଯାଏ ଜଣେ ସଫଳ ପୁରୁଷ ହେବା ପାଇଁ ଜଣେ ସଫଳ ନାରୀର ହାତଥାଏ । ତେବେ ଏସବୁ ପଛରେ ରହିଛି ଜଣେ ନାରୀର ତ୍ୟାଗ, ସ୍ନେହ, ଭକ୍ତି ଓ ଭଲ ପାଇବା । ସେ ମାଆ ହୋଇପାରେ, ପତ୍ନୀ ହୋଇପାରେ, ପ୍ରେମିକା ହୋଇପାରେ, ଭଗ୍ନୀ ବି ହୋଇପାରେ । ବିଶ୍ୱ ତଥା ଦେଶରେ ଯେଉଁ ମନୀଷୀମାନେ ସଫଳତାର ଶୀର୍ଷକୁ ଛୁଇଁଛନ୍ତି ସେମାନଙ୍କ ପଛରେ ରହିଛି ଜଣେ ମହିଲାଙ୍କ ହାତ ।

କ୍ରମ ଅନୁସାରେ ମା' ହିଁ ଶିଶୁର (ଆମର) ପ୍ରଥମ ଗୁରୁ । ପିତା ଦ୍ୱିତୀୟ । ଶିକ୍ଷାଦାତା ତୃତୀୟ ଗୁରୁ ଅଟନ୍ତି । ଅନନ୍ତ ତପସ୍ୟାର ଫଳ ସ୍ୱରୂପ ମଣିଷ ଜନ୍ମ ମିଲେ । ଏହି ମଣିଷ ଜନ୍ମ ଦେବ ଦୁର୍ଲଭ ଅଟେ । ଏହି ମୂଲ୍ୟବାନ ଜୀବନକୁ ନେଇ କିଏ କେତେ କାଳ ବଞ୍ଚିଲା । ତାହା ଯେତିକି ଗୁରୁତ୍ୱପୂର୍ଣ୍ଣ ନୁହେଁ କିଏ କିପରି ଜୀବନଟିଏ ବଞ୍ଚିଲା ତାହା ଅତ୍ୟନ୍ତ ଗୁରୁତ୍ୱପୂର୍ଣ୍ଣ । ଏହି ଦୁର୍ମ୍ମୂଲ୍ୟ ଜୀବନକୁ ଠିକ୍ ଭାବରେ ଗତିଶୀଳ କରାଇବା ହେଉଛି ଗୁରୁଙ୍କ କାର୍ଯ୍ୟ । ଗୁରୁଙ୍କର ଆଶୀର୍ବାଦ ବିନା ମନୁଷ୍ୟର ଜ୍ଞାନ ଉଦୟ ହେବା ଅସମ୍ଭବ । ଶାସ୍ତ୍ର ମତରେ "ଧ୍ୟାନ ମୂଲଂ ଗୁରୁ ମୂର୍ତ୍ତି, ପୂଜା ମୂଲଂ ଗୁରୁପଦମ୍ । ମନ୍ତ୍ର ମୂଲଂ ଗୁରୁବାକ୍ୟ, ମୋକ୍ଷ ମୂଲଂ ଗୁରୁକୃପା ।" ମା'ର ପ୍ରେମ ଅମୂଲ୍ୟ । ବିନା କିଛି ପ୍ରତ୍ୟାଶାରେ ଯଦି କିଏ ଅକୁଣ୍ଠ ଚିତ୍ତରେ ଭଲ ପାଏତ, ସିଏ ହେଉଛି ଆମର ପ୍ରଥମ ଗୁରୁ ମା । ପିଲାକୁ ଭଲ ମଣିଷ କରିବା ଦିଗରେ ବାହାର ଶିକ୍ଷା ଯେତିକି ଗୁରୁତ୍ୱପୂର୍ଣ୍ଣ ତା'ଠାରୁ ବେଶୀ ଗୁରୁତ୍ୱପୂର୍ଣ୍ଣ ମାଆର ମମତା ଓ ମାଆର ଶିକ୍ଷା । ଶିକ୍ଷାନୁଷ୍ଠାନରେ

ଶିଶୁର ଶିକ୍ଷା ଦିଗରେ ଏକଗୁଣ ପ୍ରଭାବ ପଡ଼େ ଗୁରୁଙ୍କର (ଶିକ୍ଷାଦାତାଙ୍କର) ବାପାଙ୍କର ପ୍ରଭାବ ପଡ଼େ ଦଶଗୁଣ । ଆଉ ମାଆର ପ୍ରଭାବ ପଡ଼େ ଶହେ ଗୁଣ । ତେଣୁ କୁହାଯାଏ– ମାଆ ହେଉଛି ଶିଶୁର ପ୍ରଥମ ଗୁରୁ । ଶାସ୍ତ୍ର କହେ– "ନାସ୍ତି ମାତୃ ସମଗୁରୁଃ" । ଭଲ ମଣିଷଟିଏ ହେବାକୁ ପ୍ରଥମେ ମା' ହିଁ ପିଲାକୁ ଶିଖାଇଥାଏ । ଶାରୀରିକ ଅବୟବ ଅପେକ୍ଷା ହୃଦୟର ବିଶାଳତା ମଣିଷକୁ ସୁରଦ କରି ଗଢ଼ିତୋଳିଥାଏ ।

ପିଲା ପୁଅ ହେଉ ବା ଝିଅ ହେଉ ସେଥିରେ କିଛି ତଫାତ ନାହିଁ । ଅସଲ କଥା ହେଉଛି ପିଲାଟିକୁ ମା' କିପରି ଗଢୁଛି । ବାପ, ମା'ଙ୍କର ପରିଣତ ବୟସରେ ସେମାନେ ପିଲାଟିଠାରୁ କ'ଣ ପ୍ରତିଦାନ ପାଉଛନ୍ତି । ପିଲା ପାଇଁ ସବୁଠୁ ବଡ଼ ସାଧନା ହେଉଛି ବହୁ ଦୁଃଖ କଷ୍ଟରେ ବଢ଼େଇ ବଡ଼ କରିଥିବା ମଣିଷଙ୍କ ପାଇଁ ସେ କ'ଣ କରି ପାରୁଛି ? ପିଲାଟି ତା' ମା'ଠାରୁ ହିଁ ସଂସ୍କାର ଶିଖିଥାଏ । ମା' ହିଁ ପିଲାଟିକୁ ସଂସ୍କାର ଶିଖାଇ ଥାଏ । ପରିବାର ରୂପୀ ବିଦ୍ୟାଳୟରେ ଶ୍ରେଷ୍ଠ ଶିକ୍ଷୟିତ୍ରୀ ହେଲେ ଜନନୀ । ସନ୍ତାନକୁ ଆଦର୍ଶବାଦୀ, ସଂସ୍କାର ସମ୍ପନ୍ନ କରି ଗଢ଼ି ତୋଲିବାରେ ମାଆର ଭୂମିକା ଅତୁଳନୀୟ । ଆଉ ଉତ୍ତମ ସଂସ୍କାର ସବୁବେଲେ ବ୍ୟକ୍ତିକୁ ସଫଳତା ଦେଇଥାଏ । ସଂସ୍କାରକୁ ବ୍ୟକ୍ତିର ମୂଳଦୁଆ କହିଲେ ବି ଭୁଲ ହେବ ନାହିଁ । ସଂସ୍କାରରୁ ହିଁ ଆମର ସ୍ୱଭାବ ବିକଶିତ ହୋଇଥାଏ । ଆଉ ଏହା ଆମ ଦୈନନ୍ଦିନ ବ୍ୟବହାରରେ ପ୍ରତିଫଲିତ ହୋଇଥାଏ । ସଂସ୍କାରହୀନ ସ୍ୱଭାବ ଓ ବ୍ୟବହାର ବ୍ୟକ୍ତିକୁ ପ୍ରକୃତ ସଫଳତାଠାରୁ ଦୂରେଇ ରଖିଥାଏ । ଏହା କେବେବି ବ୍ୟକ୍ତିକୁ ପ୍ରକୃତ ଶାନ୍ତି ପ୍ରଦାନ କରିପାରେ ନାହିଁ । କେବଳ ଶିକ୍ଷାଗତ ଯୋଗ୍ୟତା ବଳରେ ଆମେ ସଫଳତା ପାଇପାରିବା ନାହିଁ । ଜୀବନରେ ଏକ ପର୍ଯ୍ୟାୟ ଆସେ ଯେଉଁଠାରେ ଶିକ୍ଷାଗତ ଯୋଗ୍ୟତା ଅପେକ୍ଷା ବ୍ୟକ୍ତିର ସଂସ୍କାରକୁ ଅଧିକ ମହତ୍ତ୍ୱ ଦିଆଯାଏ । ଆଜିର ଯୁବ ପିଢ଼ି ସଂସ୍କାରକୁ ଅଧିକ ମହତ୍ତ୍ୱ ଦେଉନାହାନ୍ତି, କିନ୍ତୁ ପ୍ରକୃତରେ ଦେଖିବାକୁ ଗଲେ ସଂସ୍କାରର ଆବଶ୍ୟକତା ସବୁଠାରୁ ଅଧିକ ରହିଛି । ଏହା ଆମର ଚରିତ୍ର ଗଠନରେ ସହାୟକ ହୋଇଥାଏ । ଉତ୍ତମ କର୍ମ ହିଁ ଉତ୍ତମ ସଂସ୍କାରର ଫଳ । କେବଳ ସେତିକି ନୁହେଁ ଉତ୍ତମ ଚରିତ୍ର ମଧ ଉତ୍ତମ ସଂସ୍କାରରୁ ଜନ୍ମ ନେଇଥାଏ । ସବୁ ଧର୍ମରେ ସଂସ୍କାରକୁ ଯଥେଷ୍ଟ ଗୁରୁତ୍ୱ ଦିଆଯାଇଛି । ଆମ ହିନ୍ଦୁ ଧର୍ମରେ ଏଣୁ ୧୬ ପ୍ରକାର ସଂସ୍କାର ବିଧ୍ ରହିଛି ।

ମନୁଷ୍ୟ ଜୀବନରେ ଗର୍ଭାଧାନଠାରୁ ଅନ୍ତ୍ୟେଷ୍ଟି ପର୍ଯ୍ୟନ୍ତ ଷୋହଲ ପର୍ଯ୍ୟାୟରେ ଷୋହଲ ସଂସ୍କାରର ବିଧାନ ଓ ପ୍ରୟୋଜନ ଥାଏ । "ବୀର୍ଯ୍ୟ ଗୁଣେ ମୃଗ ଛିଟି ଛିଟିକା' ପରି ବାପ, ମା'ଙ୍କ ରୂପ ଓ ଗୁଣ ସନ୍ତାନ ସନ୍ତତିଙ୍କୁ ପ୍ରଭାବିତ କରେ । କୁଳ ଉଜ୍ଜ୍ୱଲ ପାଇଁ କୁଳଗୁରୁଙ୍କ ଉପଦେଶରୁ ଆରମ୍ଭ ହୁଏ ବିବାହ ସଂସ୍କାର । ଗର୍ଭବତୀ ମାତାଙ୍କ ଶାରୀରିକ, ମାନସିକ ଓ ବୌଦ୍ଧିକ ଉତ୍କର୍ଷ ଭିତରେ ଗର୍ଭସ୍ଥ ଶିଶୁ ପ୍ରଭାବିତ ହୁଏ । ମା ହିଁ ଶିଶୁର ପ୍ରଥମ ଶିକ୍ଷାଦାତ୍ରୀ, ପିଲାଟି ମା'ଠାରୁ ହିଁ ପ୍ରଥମ ଶିକ୍ଷା, ସଂସ୍କାର, ସୁ ସ୍ୱଭାବ ପ୍ରାପ୍ତ ହୋଇଥାଏ । ଯେପରି ହିରଣ୍ୟକଶିପୁ ରାକ୍ଷସ କିନ୍ତୁ ତାଙ୍କ ପତ୍ନୀ କୟାଧୁ ସତ୍ୟାନୁରାଗୀ ଓ ଧାର୍ମିକା ହୋଇଥିବାରୁ ପ୍ରହଲ୍ଲାଦ ଦେବଅଂଶୀ ହେଲେ । ଏଥିପାଇଁ ଅବଶ୍ୟ ଦେବର୍ଷୀ ନାରଦଙ୍କ ଦିଗ୍‌ଦର୍ଶନ କୟାଧୁଙ୍କ ଗର୍ଭଧାରଣ ସମୟରେ କରଣୀୟ ପ୍ରତି ସମ୍ମାନ ଓ ମାନ୍ୟତା ବାଞ୍ଛନୀୟ । ଶିଶୁ ଜନ୍ମ ହେବା ଆଗରୁ ତା' ଅବଚେତନ ମନରେ ସଂସ୍କାର ପ୍ରବେଶ କରିବା ଦରକାର । ମା'ମାନେ ଏଥିପାଇଁ ସବୁଠୁ ବେଶୀ ଯନ୍ତବାନ ହୋଇଥାନ୍ତି । ମାଆର ଶୁଦ୍ଧ ଆଚରଣ, ନିଷ୍ପାପଟ ଚିନ୍ତନ ଏବଂ ଆଧ୍ୟାମ୍ବିକ ଭାବନା ତା'ଗର୍ଭସ୍ଥ ଶିଶୁକୁ ଭୂମିସ୍ଥ ହେବା ଆଗରୁ ସଂସ୍କାରିତ କରିଥାଏ ବହୁ ମାତ୍ରାରେ । କହିବା ବାହୁଲ୍ୟ ଶିଶୁର ଅନ୍ତଃଚେତନାରେ ପିତା, ମାତାଙ୍କ ସମସ୍ତ ଗୁଣ, କର୍ମ, ଆଶା, ଆକାଂକ୍ଷା, ପ୍ରଜ୍ଞା ପରମାର୍ଥ-ଚିନ୍ତନର ବୀଜବପନ ହୋଇସାରିଥାଏ ସେ ଜନ୍ମ ହେବା ଆଗରୁ । ତାକୁ କେବଳ ଅଙ୍କୁରିତ ଓ ଦ୍ୱିମାୟିତ କରିବାର ଉପାଦାନ ଏବଂ ବାତାବରଣ ଲୋଡ଼ା । ତହିଁରୁ ଗୋଟିଏ ଉପାଦନ ହେଉଛି କଥା ଓ କାହାଣୀ । ନିଜର ଆଶା ଆଉ ହତାଶାକୁ ପିଲାମାନଙ୍କ ଜୀବନ ଭିତରକୁ ପଶିବାକୁ ଦିଅନା । ସୃଷ୍ଟିକୁ ସୁନ୍ଦର ନ କଲ ନାହିଁ ଅସୁନ୍ଦର କରନା । ବର୍ତ୍ତମାନତ ପିତା, ମାତାଙ୍କର ସଂଯୋଗ ଦ୍ୱିଧାଗ୍ରସ୍ତ, ନୀତିଭ୍ରଷ୍ଟ, କାମାଶକ୍ତ ଓ ପ୍ରଦୃଷିତ

ସେପରି ସ୍ଥଳେ ଉତ୍ତମ ସ୍ୱଭାବର ପିଲା ସୃଷ୍ଟି ହେବାର ସମ୍ଭାବନା ଖୁବ୍ କମ । ଅନ୍ୟ ପକ୍ଷରେ ପିତା ଋଷି ବିଶ୍ରବା ହେଲେ ମଧ୍ୟ ମାତା ନିକଷା ରାକ୍ଷସୀ ହୋଇଥିବାରୁ ରାବଣ ରାକ୍ଷସ ପ୍ରକୃତିର ହୋଇଥିଲେ । ତେଣୁ ବାପଠାରୁ ମାତା ହିଁ ଶିଶୁର ଗୁଣ ବା ଅବିଗୁଣ ନିମନ୍ତେ ମୁଖ୍ୟତଃ ଦାୟୀ । ବାପା, ମା ହିଁ ଶିଶୁର ଆଦ୍ୟ ଗୁରୁ । ପରିବାରର ପରିବେଶରୁ ହିଁ ହୁଏ ବ୍ୟକ୍ତିତ୍ୱର ରୋପଣ । ନିଜ ଘରୁ ହିଁ ଆରମ୍ଭ ହୁଏ ଶିଶୁର ଆଦ୍ୟ ଶିକ୍ଷା, ପରିବାରର ଚଳଣି ମାଟି ପିତୁଲା ସଦୃଶ କୋମଳମତି ଶିଶୁର ଚରିତ୍ର ଗଢ଼େ । ଏହା ବ୍ୟକ୍ତିକୁ ସବୁବେଳେ ଅନ୍ତର୍ଗାମୀ କରାଇଥାଏ । ଯାହାଦ୍ୱାରା ବ୍ୟକ୍ତି ନିଜ ଭିତରେ ରହିଥିବା ପରମାତ୍ମାଙ୍କ ସତ୍ତାକୁ ଅନୁଭବ କରିପାରେ ।

ପ୍ରତ୍ୟେକ ମାତା ଏବଂ ପିତାଙ୍କର ଆବେଗ ଥାଏ । ସେମାନଙ୍କ ସନ୍ତାନ, ସନ୍ତତି ବା ଉତ୍ତରାଧିକାରୀ ଗଣ କୌଳିକ ଧର୍ମକୁ ମାନି ଚଳିବେ ବା କୌଳିକ ଧର୍ମକୁ ସୁରକ୍ଷା ଦେବେ । ସମ୍ପ୍ରତି ଆମ ସମାଜରେ ଏହାର ବହୁ ବ୍ୟତିକ୍ରମ ହେଉଛି । ସଂସାରରେ କର୍ମ ପାଇଁ କୁଳର ସୃଷ୍ଟି । କୌଳିକ କର୍ମ ସହିତ ପରିବାର ଓ ସମାଜ ନିମନ୍ତେ ଦାୟିତ୍ୱ ବୋଧ ବି ରହିବା ଆବଶ୍ୟକ । ସଂସାରକୁ ସନ୍ତୁଳିତ କରି ଧାରଣ କରିବା ଧର୍ମର ମୂଳ ତତ୍ତ୍ୱ । ଏଥିରେ ବିଶୃଙ୍ଖଳା ଦେଖା ଦେଲେ ବିଭ୍ରାଟ ଅବଶ୍ୟ ଘଟିବ । ବିପ୍ରର ଲକ୍ଷଣ ହେଲା- ଶୌଚ, ସନ୍ତାପ, ଶମ, ଦମ, ସହିଷ୍ଣୁ, ଭିକ୍ଷା, ତିଳକ୍ଷମ, ଦୟାମ୍ନା, ଅବିରତଶାନ୍ତି, କର୍ମ ହେଲା- ଅଧ୍ୟୟନାଦି ପାଟକର୍ମ । କ୍ଷତ୍ରିୟର ଲକ୍ଷଣ- ତେଜ, ଶୌର୍ଯ୍ୟ, କ୍ଷମା, ଧୃତି, ତ୍ୟାଗ, ଅର୍ଜନା, ଦୟା, ଶାନ୍ତି, ନିତ୍ୟ ପ୍ରସନ୍ନ, ବିପ୍ରରକ୍ଷା । କର୍ମ ହେଲା - ରାଜା (କ୍ଷତ୍ରିୟ) (ରାଜ୍ୟରକ୍ଷା) ପ୍ରଜାମାନଙ୍କୁ ନିରାପଦା ପ୍ରଦାନ । ବୈଶ୍ୟର ଲକ୍ଷଣ ବିପ୍ର ଦେବତା ଗୁରୁଜନ, ତ୍ରିଯୋଗ ପୋଷଣେ ନିମଜ୍ଜ, ଆସ୍ତିକ ନିତ୍ୟ ନମ୍ର ଗୁଣ । କର୍ମ- ବାଣିଜ୍ୟ, କୃଷି ଓ ଗୋରକ୍ଷଣ । ଶୂଦ୍ରର ଲକ୍ଷଣ- ଶୌଚ ପ୍ରଭୁ ସେବା କର୍ମ । କର୍ମ-ସେବା । "ଚାତୁର୍ବର୍ଣ୍ୟମୟା ସୃଷ୍ଟଂ ଗୁଣକର୍ମ ବିଭାଗତଃ" ଜାତି ଓ ଧର୍ମ ଆଦି ଗୁଣାନୁଗତ, କର୍ମାନୁଗତ ଥିଲା । ତାହା ତା'ର ପରିଚିତ ଥିଲା । ଏକୁ ଲଙ୍ଘିଲେ ଏଡ଼େଇଲେ ଫଳତ ଦାରୁଣ ହେବାକୁ ବାଧ୍ୟ । ବ୍ରାହ୍ମଣ ରଜା, ଖଣ୍ଡ ପରଜା, ଉହ୍ୟଉହ୍ୟ କାଞ୍ଜି, ଶୀତଳ ଭଜା । କହେ ଦନାଇ ଏଥେ ନଥାଏ ତ ଟିକିଏ ମଜା ।

ଏବେ କିନ୍ତୁ ଆଉ ସେପରି ହେଉନି । ବ୍ରାହ୍ମଣ ପିଲା ବୈଶ୍ୟର କର୍ମ କରୁଛି । କିନ୍ତୁ ଶାସ୍ତ୍ରବାଣୀ ହେଲା- "ଯେ ପ୍ରାଣୀ ନିଜ କର୍ମ ଛାଡ଼ି, ଅନ୍ୟ ଜୀବିକା କରେ ଲୋଡ଼ି । ଦୁର୍ଗତି ପଥ ଆବୋରନ୍ତି । ଯେସନେ ବିଟପୀ ଯୁବତୀ ।" ଫଳରେ ସାମାଜିକ ଅନୈତିକତା ବଢ଼ୁଛି ଓ ମାନବିକତାର ଅଭାବ ପରିଦୃଷ୍ଟ ହେଉଛି । ପାଣ୍ଡବମାନେ କୁଳଧର୍ମରୁ ବିଚ୍ୟୁତ ନ ହେବା ପାଇଁ ତାଙ୍କ ମାତା କୁନ୍ତୀ ସତତ ଚେଷ୍ଟିତ ଥିଲେ । ପାଣ୍ଡବଙ୍କ ପିତା ପାଣ୍ଡୁରାଜାଙ୍କର ଅକାଳ ବିୟୋଗ ଫଳରେ ପୁତ୍ର ପାଣ୍ଡବମାନଙ୍କ ଭବିଷ୍ୟତର ଦାୟିତ୍ୱ ତାଙ୍କ ମାତା କୁନ୍ତୀଙ୍କ ଉପରେ ପଡ଼ିଥିଲା । ମାତା କୁନ୍ତୀ ନିଜ ପିଲାମାନଙ୍କୁ କ୍ଷତ୍ରିୟ ଧର୍ମର ସଦୁପଦେଶ ଦେଉଥିଲେ । ଦୁର୍ଯ୍ୟୋଧନ ଯୁଦ୍ଧ ନ କଲେ ରାଜ୍ୟରୁ ଭାଗ ଦେବ ନାହିଁ ବୋଲି କହିବା ପରେ ଶ୍ରୀକୃଷ୍ଣ ମାତା କୁନ୍ତୀଙ୍କୁ ଏ ସମାଚାର ଶୁଣାଇ ଥିଲେ । ମାତା କୁନ୍ତୀ ଉତ୍ତର ଦେଲେ- "ଏତଦ୍ ଧନଞ୍ଜୟୋ ବାତ୍ୟୋ ନିତ୍ୟୋ ଦୁଃଖୋ ବୃକୋଦରଃ । ଯଦର୍ଥଂ କ୍ଷତ୍ରିୟା ସୂତେ ତସ୍ୟ କାଲୋଽୟମାଗତଃ ।" (ମହାଭାରତ ଉଦ୍ୟୋଗପର୍ବ ୧୩୭୯) ଅର୍ଥାତ୍ ଯେଉଁଥି ପାଇଁ ଜଣେ କ୍ଷତ୍ରିୟ ରମଣୀ ସନ୍ତାନ ଜନ୍ମ ଦିଏ "ହେ କୃଷ୍ଣ!" ସେହି ସମୟ ଏବେ ଉପଗତ ବୋଲି ତୁମେ ଭୀମ ଓ ଅର୍ଜୁନଙ୍କୁ କହିଦେବ । ମା' କୁନ୍ତୀଙ୍କର ଏହି ଆତ୍ମ ପ୍ରତ୍ୟୟକୁ ଆଧାର କରି ଶ୍ରୀକୃଷ୍ଣ- ଅର୍ଜୁନଙ୍କୁ ବୁଝାଇ କହିଲେ – "ଯଦୃଚ୍ଛୟା ଚୋପପନ୍ନଂ ସ୍ୱର୍ଗଦ୍ୱାର ମପାବୃତମ୍ । ସୁଖିନଃ କ୍ଷତ୍ରିୟାଃ ପାର୍ଥ ଲଭନ୍ତେ ଯୁଦ୍ଧମୀ ଦୃଶମ୍ ।" (୩୨/୨) ଅର୍ଥାତ ହେ ପାର୍ଥ ! ସ୍ୱତଃ ପ୍ରାପ୍ତ ହୋଇଥିବା ଏବଂ ଉନ୍ମୁକ୍ତ ସ୍ୱର୍ଗ ଦ୍ୱାର ରୂପକ ଏହିପରି ଯୁଦ୍ଧ ଭାଗ୍ୟବାନ କ୍ଷତ୍ରିୟମାନେ ହିଁ ଲାଭ କରି ଥାଆନ୍ତି । "ଅକୃତ୍ୟଂ ନୈବ କର୍ତବ୍ୟଂ ପ୍ରାଣତ୍ୟାଗେଽପ୍ୟୁପସ୍ଥିତ । ନ ଚ କୃତ୍ୟଂ ପରିତ୍ୟାଜ୍ୟମ୍ ଏଷ ଧର୍ମଃ ସନାତନ ।" ପ୍ରାଣ ସଙ୍କଟ ଉପସ୍ଥିତ ହେଲେ ମଧ୍ୟ ଅକାର୍ଯ୍ୟ କରିବା ଆଦୌ ଉଚିତ୍ ନୁହେଁ ବା

ଯାହା କରିବା ଉଚିତ୍ ପ୍ରାଣ ତ୍ୟାଗ ସମୟ ଉପସ୍ଥିତ ହେଲେ ବି ତାହା କରିବ । ଏହାହିଁ ସନାତନ ଧର୍ମ । "ଜ୍ୟାୟସୀ ଚେତ୍ କର୍ମଣାସ୍ତେ ମତା ବୁଦ୍ଧି ଜନାର୍ଦ୍ଦନ । ତତ୍ କିଂ କର୍ମାଣି ଘୋରେ ମାଂ ନିୟୋଜୟସି କେଶବ ।" (ଗୀତା, କର୍ମଯୋଗ/ ଶ୍ଲୋକ-୧) ହେ କେଶବ, ଥରେ କହିଲ- କର୍ମଠାରୁ ଜ୍ଞାନବଡ଼; ସେ କାମ କର, ଏବେ କହୁଚ- ହିଂସା- ଅହିଂସା କିଛିନାହିଁ; ଯୁଦ୍ଧ କର । ଗୀତାରେ କେଶବ ପୁଣି କହିଛନ୍ତି- "କର୍ମ କରୁ କରୁ ମଲେ ସ୍ୱର୍ଗକୁ ଯିବୁ, ଯଦି ନମଲୁ ତା'ହେଲେ ରାଜ୍ୟ ଭୋଗ କରିବୁ । ଲାଭ ହିଁ ଲାଭ କେବଳ । ତେଣୁ କିଛି ନ ଭାବି କର୍ମ କରିଚାଲ । ଉପସଂହାର ଭାବେ ଧରିନେବା ଯେ 'ବୁଦ୍ଧି' ଓ 'କର୍ମ'ର କକ୍ଟେଲରେ ଜୀବନ ଆଗକୁ ଚାଲେ ।

ଏ ଯୁଦ୍ଧ କ'ଣ ସ୍ୱତଃ ପାଣ୍ଡବମାନଙ୍କୁ ମିଳିଛି । ବାସ୍ତବରେ ପାଣ୍ଡବ ମାନେ ଜାଣିଶୁଣି ଏ ଯୁଦ୍ଧର କାରଣ ହୋଇନାହାନ୍ତି । ଶକୁନିଙ୍କର କୂଟ ବୁଦ୍ଧିରେ ପରିଚାଲିତ ଦୁର୍ଯ୍ୟୋଧନଙ୍କର ରାଜ୍ୟପ୍ରାପ୍ତି ଲୋଭ ହିଁ ଏହାର କାରଣ । "ଲୋଭେନ ବୁଦ୍ଧିଶ୍ଚଳତି" ନ୍ୟାୟରେ ଦୁର୍ଯ୍ୟୋଧନ ପାଣ୍ଡବମାନଙ୍କୁ ବିନା ଯୁଦ୍ଧରେ ରାଜ୍ୟରୁ ଭାଗ ନ ଦେବାକୁ ଅହମିକା ପୂର୍ଣ୍ଣ ବାକ୍ୟ ପ୍ରକାଶ କରିଛନ୍ତି । ସ୍ୱଭାବ କବି ଗଙ୍ଗାଧର ମେହେରଙ୍କ ଭାଷାରେ "ଧନ ପାଇଁ ଜନ ଜୀବନ ଦିଅନ୍ତି ଘୋର ଆହରଚେମାତି" କଥାଟି ସତ୍ୟ ହୋଇଛି । ପାଣ୍ଡବଙ୍କ ପକ୍ଷରୁ ମଧ୍ୟସ୍ଥତା ଲାଗି ଭଗବାନ ଶ୍ରୀକୃଷ୍ଣ ଦୁର୍ଯ୍ୟୋଧନଙ୍କୁ ପାଣ୍ଡବ ପାଞ୍ଚ ଭାଇଙ୍କ ଲାଗି ମାତ୍ର ପାଞ୍ଚ ଖଣ୍ଡ ପଡ଼ା ମାଗିଛନ୍ତି । ଲକ୍ଷ୍ୟ ଥିଲା ଏହାଦ୍ୱାରା ଭୟାବହ ଯୁଦ୍ଧକୁ ଏଡ଼ାଇ ଦେଇ ହେବ ।

ମାତ୍ର ଦୁର୍ଯ୍ୟୋଧନ ଅହଂକାର, କ୍ଷମତାଲିପ୍ସା ଏବଂ ରାଜ୍ୟ ଭୋଗର କବଳରେ ପଡ଼ି କହିଥିଲେ- "ଯାବଦ୍ଧି ତୀକ୍ଷ୍ଣ୍ୟା ସୂଚ୍ୟାବିଧ୍ୟେଦଗ୍ରେଣ କେଶବ, ତାବଦପ୍ୟ ପରିତ୍ୟାଜ୍ୟଂ ଭୂମେର୍ନଃ- ପାଣ୍ଡବାନ ପ୍ରତି ।" (ମହାଭାରତ, ଉଦ୍ୟୋଗ ପର୍ବ-୧୨୭/୨୫) ଅର୍ଥାତ୍ ଯୁଦ୍ଧ ବରଂ ହୋଇପାରେ ମାତ୍ର ମୁନିଆ ଛୁଞ୍ଚ ଅଗ୍ରରେ ଯେତେ ଭୂମି ପରିମାଣ ହେବ ସେତିକି ମଧ୍ୟ ପାଣ୍ଡବମାନଙ୍କୁ ସେ ଦେବେନାହିଁ । ଏହା ଦୁର୍ଯ୍ୟୋଧନଙ୍କର କେବଳ ଅହଂକାର ନୁହେଁ, ବରଂ ଯୁଦ୍ଧଭଳି ଏକ ଅସାମାଜିକ କ୍ଷତିକୁ ଆମନ୍ତ୍ରଣ କଲା । ଫଳତଃ ଭଗବାନ ଶ୍ରୀକୃଷ୍ଣଙ୍କ ଦ୍ୱୈତ କର୍ମରେ କୌଣସି ଫଳ ମିଳିଲାନାହିଁ । ଯେତେବେଳେ ମନୁଷ୍ୟ ନିଜ ବୁଦ୍ଧି ହରାଇ ବସେ, ସେତେବେଳେ ସେ ସମାଜ ବା ପରିବାରର କୌଣସି ପ୍ରକାର ମଙ୍ଗଳକୁ ଗ୍ରହଣ କରିପାରେ ନାହିଁ । ଦୁର୍ଯ୍ୟୋଧନର ଏତାଦୃଶ ଆସ୍ଫାଳନ ହିଁ ଏହି ଯୁଦ୍ଧର କାରଣ ହେଲା । ସେଥିପାଇଁ ଭଗବାନ ଶ୍ରୀକୃଷ୍ଣ ଅର୍ଜୁନଙ୍କୁ ବୁଝାଇଲେ ଯେ ସବୁ ଅନ୍ୟାୟ, ଅତ୍ୟାଚାରକୁ ଆମ୍ଳ କରିବା ପରେ ସୁଦ୍ଧା ଦୁର୍ଯ୍ୟୋଧନଙ୍କର କିଛି ପରିବର୍ତ୍ତନ ହୋଇପାରୁନାହିଁ ।

ଯୁଦ୍ଧକୁ ମଧ୍ୟ କେହି କେବେ ବି ସହଜ ଭାବରେ ଗ୍ରହଣ କରିନଥାନ୍ତି, ଯଦି ବାଧ୍ୟ ବାଧକତା ନଥାଏ । ଏକଦା ଏ ବିଷୟରେ ପ୍ରାଚୀନ ପାରସ୍ୟର ରାଜା କେମ୍ବାଇସିସ୍ଙ୍କୁ ଗ୍ରୀସର ରାଜା କ୍ରୋଏସମ୍ କହିଥିଲେ ଯେ ଶାନ୍ତି, ଯୁଦ୍ଧଠାରୁ ଶ୍ରେୟସ୍କର । କାରଣ ଶାନ୍ତି ସମୟରେ ସନ୍ତାନମାନେ ନିଜର ପିତାଙ୍କୁ କବର ଦେଇ ପାରନ୍ତି, ମାତ୍ର ଯୁଦ୍ଧ ବେଳେ ପିତାମାନେ ସନ୍ତାନମାନଙ୍କ କବର ଦିଅନ୍ତି । (ଦ ଓ୍ୱାର୍କସ ଅଫ ଫ୍ରାନ୍ସିସ୍ ବେକନ, ଖଣ୍ଡ-୧୩, ୧୮୭୦, ପୃଷ୍ଠା- ୩୫୯, ବି.ଦ୍ର; ଯେମିତି ମହାଭାରତରେ କୁରୁକ୍ଷେତ୍ରରେ ଯୁଦ୍ଧ ଚାଲିଥିବା ସମୟରେ ରକ୍ତନଦୀ ସନ୍ତରଣ ପରେ ନିଜେ ପିତା ଦୁର୍ଯ୍ୟୋଧନ ତାଙ୍କ ପୁତ୍ର ଲକ୍ଷ୍ମଣ କୁମାରଙ୍କ ଶବକୁ ସମାଧି ଦେଥିଲେ । ଆହୁରି ମଧ୍ୟ ଯୁଦ୍ଧର ଭୟାବହତା ଓ ଶାନ୍ତି ଆବଶ୍ୟକତା ସମ୍ପର୍କରେ ବ୍ରିଟିଶ ଦାର୍ଶନିକ, ରାଷ୍ଟ୍ରନୀତିଜ୍ଞ, ପ୍ରାବନ୍ଧିକ ଫ୍ରାନ୍ସିସ୍ ବେକନ (୧୫୭୧-୧୬୭୬)ଙ୍କ ଏହି ସରଳ ବାକ୍ୟଟି ସମଗ୍ର ମାନବ ସମାଜ ପାଇଁ ଯେ ଏକ ବଡ଼ ଚେତାବନୀ, ତାହା ଅଳ୍ପ ବୁଦ୍ଧି ବ୍ୟକ୍ତିଟିଏ ବି ବୁଝି ପାରିବ । ସତକୁ ସତ ପ୍ରଥମବାର ବହୁକାଂଶ ମଣିଷ ଯୁଦ୍ଧ ଚାହାନ୍ତି ନାହିଁ । କାରଣ ସେମାନେ ଆପଣା ଆପଣାର ଜୀବନ, ଜୀବିକା ସଂଘର୍ଷରେ ସର୍ବଦା ବ୍ୟସ୍ତ, ବ୍ୟାପୃତ ଥାଆନ୍ତି । ମାତ୍ର କୌଣସି କାରଣରୁ ରାଷ୍ଟ୍ର ଯେତେବେଳେ ଯୁଦ୍ଧ ଖୋର ହୋଇଯାଏ ସେତେବେଳେ ସେଠାକାର ବାସିନ୍ଦା ମଧ୍ୟ ଯୁଦ୍ଧକାମୀ ହୁଅନ୍ତି । ପ୍ରକୃତରେ ସେମାନଙ୍କୁ ଯୁଦ୍ଧକାମୀ କରିଦିଆଯାଏ । ରାଷ୍ଟ୍ର କହିଲେ ଏଇଟି

କୌଣସି ଭୌଗୋଳିକ ଭୂଖଣ୍ଡ ମାତ୍ର ନୁହେଁ, ରାଷ୍ଟ୍ରକୁ ଶାସନ (ପରିଚାଳନା) କରୁଥିବା ନାୟକ ବା ଶାସକ । ଉଦାହରଣ ସ୍ୱରୂପ ଦ୍ୱିତୀୟ ବିଶ୍ୱ ଯୁଦ୍ଧର ବିଜୟୀ ବୀର ଉନ୍‌ଷ୍ଟିନ ଚର୍ଚ୍ଚିଲ୍‌ଙ୍କୁ ଦ୍ୱିତୀୟ ବିଶ୍ୱ ଯୁଦ୍ଧ ପରବର୍ତ୍ତୀ ନିର୍ବାଚନରେ ତାଙ୍କ ଦଳ ଜାଠ ଦଳକୁ ସମର୍ଥନ ମିଳିନଥିଲା । ଯାହା ଫଳରେ ଶ୍ରମିକ ପାର୍ଟି ସଂଖ୍ୟା ଗରିଷ୍ଠତା ହାସଲ କରି ସରକାର ଗଢ଼ିବାକୁ ସମର୍ଥ ହୋଇଥିଲା । ଓ ଚର୍ଚ୍ଚିଲ୍‌ଙ୍କ ବଦଳରେ ଅଟଲି ସାହେବ ଇଂଲଣ୍ଡର ପ୍ରଧାନମନ୍ତ୍ରୀ ହୋଇଥିଲେ । ଇଂରେଜମାନଙ୍କ ପରି କେହିବି କେବେ ଯୁଦ୍ଧକୁ ପୂର୍ଣ୍ଣ ପ୍ରାଣରେ ଖୋଲା ହୃଦୟରେ ସମର୍ଥନ କରିନଥାନ୍ତି ।

ବାସ୍ତବରେ ଜଣେ ଲୋକ ଯଦି କୌଣସି ରଙ୍ଗର ଚଷମା ପିନ୍ଧି ଦୁନିଆକୁ ନିରୀକ୍ଷଣ କରେ ତେବେ ତାକୁ ସବୁ ପଦାର୍ଥ କେବଳ ସେହି ଚଷମାର ରଙ୍ଗ ସଦୃଶ ହିଁ ଦିଶିବ । ଦୁର୍ଯ୍ୟୋଧନଙ୍କ ଆଚରଣ ହିଁ ବିନା ଇଚ୍ଛାରେ ଏବଂ ସମାଧାନରେ ସମସ୍ତ ସୁଯୋଗ ଥାଇ ମଧ୍ୟ ପରିସ୍ଥିତିର ଚାପରେ ପାଣ୍ଡବମାନଙ୍କୁ ଏକ ପ୍ରକାର ଯୁଦ୍ଧରେ ପ୍ରବୃତ୍ତ ହେବାକୁ ପଡୁଛି । ସେଥିପାଇଁ ଭଗବାନ ଶ୍ରୀକୃଷ୍ଣ କହିଲେ "ଅନିଚ୍ଛା ଥାଇ ସ୍ୱତଃ ଯେଉଁ ଯୁଦ୍ଧ ଉପଗତ । ତାହାକୁ ଶାସ୍ତ୍ରକାର ମାନେ ଧର୍ମଯୁଦ୍ଧ ଆଖ୍ୟା ଦେଇଛନ୍ତି ।" ଯେପରି ଶାସକ ସମସ୍ତ ସୁଯୋଗ ଥାଇ ମଧ୍ୟ ପ୍ରଜାଙ୍କର ଆପତ୍ତି ନ ଶୁଣି, ଦମନଲୀଳା ଆରମ୍ଭ କଲେ ପ୍ରଜାଏ ଧର୍ମଘଟ କରିବାକୁ ବାଧ୍ୟ ହୁଅନ୍ତି । ହୁଏତ ଏହା ଯୁଦ୍ଧର ଆକାର ଧାରଣ କରିପାରେ । ଏଥିରେ ଦୋଷୀ ହିଁ ଦଣ୍ଡିତ ହୁଏ । ଭଗବାନଙ୍କ ବିଚାରରେ ମାତା କୁନ୍ତୀଙ୍କର ବାକ୍ୟ ସ୍ମରଣ କଲେ, ପାଣ୍ଡବଙ୍କ ପାଇଁ ଏହା ଉପଯୁକ୍ତ କର୍ତ୍ତବ୍ୟ । ଜଣେ କ୍ଷତ୍ରିୟ ମାତା ଅନ୍ୟାୟ ବିରୋଧରେ ସଂଗ୍ରାମ ପାଇଁ ହିଁ ପୁତ୍ର ଜନ୍ମ ଦେଇଥାଆନ୍ତି । ଏଣୁ ଅର୍ଜୁନ ଏ କ୍ଷେତ୍ରରେ କିଏ ପର, କିଏ ଆତ୍ମୀୟ ବିଚାର ନକରି, ବରଂ ଅନ୍ୟାୟ, ଅନୀତି ଓ ଅହଂକାର ବିନାଶ ପାଇଁ ପ୍ରସ୍ତୁତ ହେବା ଉଚିତ୍ । ଫଳତଃ ଏହା କ୍ଷତ୍ରିୟ ଭାବରେ ପାଣ୍ଡବମାନଙ୍କୁ ପରବର୍ତ୍ତୀ କାଳରେ ସୁଖ ଓ ଗୌରବ ପ୍ରଦାନ କରିବାରେ ନିଶ୍ଚିତ ସହାୟକ ହେବ । ପକ୍ଷାନ୍ତରେ ଦୁର୍ଯ୍ୟୋଧନଙ୍କର ଶହେ ଭାଇ ଓ ରାଜ ଶକ୍ତି ତାଙ୍କ ସପକ୍ଷରେ । ତା'ପରେ ଅପରାଜେୟ ଯୋଦ୍ଧା ପିତାମହ ଭୀଷ୍ମ, ଆଚାର୍ଯ୍ୟ ଗୁରୁ ଦ୍ରୋଣାଚାର୍ଯ୍ୟ, କୁଳ ପୁରୋହିତ କୃପାଚାର୍ଯ୍ୟ, ମହାରଥୀ କର୍ଣ୍ଣ, ମଦ୍ର ରାଜ ଶଲ୍ୟ ଓ ସିନ୍ଧୁ ରାଜ ଜୟଦ୍ରଥଙ୍କ ପରି ମହାନ ଯୋଦ୍ଧାମାନେ ଦୁର୍ଯ୍ୟୋଧନଙ୍କ ସପକ୍ଷରେ ଥିଲେ ମଧ୍ୟ ମାତା କୁନ୍ତୀ ତାଙ୍କର ମାତ୍ର ପାଞ୍ଚ ପୁତ୍ରଙ୍କୁ ସେମାନଙ୍କ ସହିତ ସଂଗ୍ରାମ କରିବା ପାଇଁ ପ୍ରବର୍ତ୍ତାଇ ଥିଲେ । କାରଣ ସେମାନେ ସ୍ୱଧର୍ମ ବା କୌଳିକ ଧର୍ମ ପାଳନ କରିବାକୁ ଯାଉଛନ୍ତି ।

ସେଥିପାଇଁ ଆମର ଧର୍ମଗ୍ରନ୍ଥ ଶ୍ରୀମଦ୍ ଭାଗବତ ଗୀତାରେ କୁହାଯାଇଛି- "ଶ୍ରେୟାନ୍ ସ୍ୱଧର୍ମୋ ବିଗୁଣଃ ପରଧର୍ମାତ ସ୍ୱନୁଷ୍ଠିତାତ୍ । ସ୍ୱଧର୍ମେ ନିଧନଂ ଶ୍ରେୟଃ ପରଧର୍ମୋ ଭୟାବହ ।" (୩୫/୩) ଅର୍ଥାତ ଉତ୍ତମ ଆଚରଣ ସହିତ ପାଳିତ ହେଉଥିବା ପରଧର୍ମଠାରୁ ନିଜ ଧର୍ମ ଗୁଣ ରହିତ ହେଲେ ସୁଦ୍ଧା ନିଜ ଧର୍ମ ଅଧିକ ମଙ୍ଗଳମୟ । ନିଜ ଧର୍ମରେ ମୃତ୍ୟୁ ହେଲେ ମଧ୍ୟ ତାହା କଲ୍ୟାଣ କାରକ, କିନ୍ତୁ ଅନ୍ୟର ଧର୍ମ ସର୍ବଦା ଭୟଙ୍କର ହୋଇଥାଏ, ନିଜ ଧର୍ମପାଳନ କରିବାକୁ ଯାଇ ବରଂ ମୃତ୍ୟୁବରଣ କରିବ କିନ୍ତୁ ସ୍ୱାର୍ଥ ଆଶାରେ ଅନ୍ୟଧର୍ମର ଆଶ୍ରୟ ନେବ ନାହିଁ । ଦୁର୍ଯ୍ୟୋଧନଠାରୁ ପରାସ୍ତ ହୋଇ ମୃତ୍ୟୁ ଲଭିଲେ ସୁଦ୍ଧା ତାହା ଅନ୍ୟାୟ, ଅପକର୍ମ କିମ୍ବା ଅବିବେକିତା ହେବନାହିଁ । କାରଣ ନିଜ ଧର୍ମ ବା କୌଳିକ ଧର୍ମ ପାଳନ କରିବାକୁ ଯାଇ ଧ୍ୱଂସ ହୋଇଗଲେ ମଧ୍ୟ ତାହା ପବିତ୍ର ତମ ଓ ଶ୍ରେଷ୍ଠ କର୍ମ ଭାବେ ସଂସାରରେ ଖ୍ୟାତ ହୋଇଥାଏ । ନିଜ ଧର୍ମ ପାଳନରେ ବିପଦ ଅଛି ଜାଣି ପରର (ଅନ୍ୟ) ଧର୍ମ ଅନୁସରଣ କଲେ ନୀଳବର୍ଣ୍ଣ ଶୃଗାଳର ଦଶା ଭୋଗବାକୁ ହୋଇଥାଏ ।

ଆଧ୍ୟାତ୍ମ ରାମାୟଣ ଲେଖିଲେ- "ବିପ୍ରାଃ ଲୋଭ ଗ୍ରହଗ୍ରସ୍ତାଃ ବେଦ ବିକ୍ରୟ ଜୀବିନଃ, ଧନାର୍ଜନାର୍ଥମଭ୍ୟସ୍ତ ବିଦ୍ୟାମଦ ବିମୋହିତାଃ । ତ୍ୟକ୍ତ ସ୍ୱଜାତି କର୍ମାଣଃ ପ୍ରାୟଶଃ ପରବଞ୍ଚକାଃ, କ୍ଷତ୍ରିୟାଶ୍ଚ ତଥା ବୈଶ୍ୟା ସ୍ୱଧର୍ମତ୍ୟାଗ ଶାଳିନଃ ।" ତଦନୁସାରେ ବ୍ରାହ୍ମଣ, କ୍ଷତ୍ରିୟ ଓ ବୈଶ୍ୟମାନେ ନିଜ ନୀତିରୁ ବିଚ୍ୟୁତ ହେବେ । ତେଣୁ ସେଇ କଥା ସବୁ ଘଟୁଛି ।

ଶାସ୍ତ୍ର କହନ୍ତି- "ପୁତ୍ରାର୍ଥେ କ୍ରିୟତେ ଭାର୍ଯ୍ୟା ।" ପୁରୁଣା ଯୁଗରେ କନ୍ୟାକୁ କିଣା ଯାଉଥିଲା ଏବଂ ବିବାହର ପ୍ରଥମ ଉଦ୍ଦେଶ୍ୟ ଥିଲା-ପୁତ୍ର ଲାଭ କରିବା । କାରଣ ପୁତ୍ର ହିଁ ବଂଶକୁ ଆଗକୁ ବଢ଼ାଇବ ଓ ବୃଦ୍ଧାବସ୍ଥାରେ ପିତାମାତାଙ୍କ ସେବା ଯତ୍ନ କରିବ । ଆଜିକାଲି ମଧ୍ୟ ଯେଉଁ ସ୍ତ୍ରୀର ସନ୍ତାନ ନ ହେଉଛି ତାକୁ ଶାଶୁ-ଶ୍ୱଶୁରଙ୍କ ସହ ନିଜେ ସ୍ୱାମୀ ମଧ୍ୟ ହତାଦର କରୁଛି, ଧ୍କ୍କାର କରୁଛି, ଘରୁ ତଡ଼ି ଦିଆଯାଉଛି । କନ୍ୟା ସନ୍ତାନ ଜନ୍ମ କଲେ ନିର୍ଯ୍ୟାତନା ଦିଆଯାଉଛି । ଏହା ନିଶ୍ଚୟ ମାନବିକତା ବିରୁଦ୍ଧ ଅପରାଧ । ତଥାପି ଏହା ସତ୍ୟ । ଆଇନକାନୁନ ସତ୍ତ୍ୱେ ଏ ପ୍ରକାର ଅପରାଧ ଟିଷ୍ଟି ରହିଛି । ଯାହା ହେଉ ନାରୀ ବିନା ସୃଷ୍ଟିରକ୍ଷା ଅସମ୍ଭବ । ପୁରୁଷର ଶିକ୍ଷା, ଆରୋଗ୍ୟତା, ଚରିତ୍ର ଗଠନ ଓ ପ୍ରଗତି ପାଇଁ ନାରୀର ଭୂମିକା ଓ ଅବଦାନ ଯଥେଷ୍ଟ ରହିଛି । ନାରୀର ତିନୋଟି ରୂପ ମଧ୍ୟରୁ ଜନନୀ ରୂପରେ ସେ ସନ୍ତାନର ପ୍ରଥମ ଗୁରୁ । ମା' ହିଁ ପ୍ରଥମେ ସନ୍ତାନ ଜୀବନରେ ଶିକ୍ଷା ସଂସ୍କାରର ମୂଳଦୁଆ ପକାଏ । ଏହାରି ଉପରେ ସନ୍ତାନ ଜୀବନର ସଫଳତା କିମ୍ବା ବିଫଳତା ନର୍ଭର କରେ । ଯଦି ପ୍ରତ୍ୟେକ ମା' ନିଜେ ଭଲ ହୋଇଥାଆନ୍ତି, ତେବେ ସେମାନଙ୍କର ସନ୍ତାନ ଭଲ ହେବାକୁ ବାଧ୍ୟ । ପିତାର ସଂସ୍କାର, ଚରିତ୍ର ଓ ପ୍ରକୃତି ଖରାପ ହୋଇଥିଲେ ସୁଦ୍ଧା ମାତାଙ୍କର ଉଭମ ଶିକ୍ଷାଦାନ ଓ ପ୍ରେରଣା ଦ୍ୱାରା ସନ୍ତାନ ଉଭମ ଆଚରଣ କରେ । ସେ ପିତାଙ୍କୁ ମଧ୍ୟ ପତନରୁ ଉଦ୍ଧାର କରିପାରେ । ଧ୍ରୁବ, ପ୍ରହ୍ଲାଦ, ସତ୍ୟକାମ, ଶିବାଜୀ, ଗାନ୍ଧିଜୀ, ବିନୋବାଜୀ ଓ ଲାଲ ବାହାଦୂର ଜୀ ଆଦି ଅନେକ ମହାପୁରୁଷ ମା'ଙ୍କ ପ୍ରଭାବ ଓ ପ୍ରେରଣାରୁ ହିଁ କୀର୍ତ୍ତି ସ୍ଥାପନ କରିଛନ୍ତି । ନିଜର ସ୍ନେହ, ପ୍ରେମ ଓ ମମତା ବଳରେ ଉଭମା ନାରୀ ବିପଥଗାମୀ, ଦୁଷ୍ଟଚିତ୍ତ ପତିକୁ ମଧ୍ୟ ଉଭମ ମାର୍ଗକୁ ଆଣିବା ପାଇଁ ସକ୍ଷମ ହୋଇଥାଏ ।

ବର୍ତ୍ତମାନ ଆଧୁନିକ ଯୁଗର ମଣିଷମାନେ ସେ କଥା ବୁଝିବାକୁ ଆଦୌ ପ୍ରସ୍ତୁତ ନୁହନ୍ତି । ସେମାନେ ପୁଅଟିଏ ପାଇଁ ଅତ୍ୟନ୍ତ ବ୍ୟାକୁଳ ଓ ଲାଳାୟିତ ମଧ୍ୟ । ଆମ ପୁରୁଷ ପ୍ରଧାନ ସମାଜରେ ଝିଅମାନେ ସବୁବେଳେ ସବୁ ସ୍ଥାନରେ ସବୁ ପରିସ୍ଥିତିରେ ସବୁ କ୍ଷେତ୍ରରେ ଅଣହେଳାର ଶିକାର ହୋଇ ଆସିଛନ୍ତି । ସେମାନଙ୍କ ପ୍ରତି ସର୍ବଦା ଅନ୍ୟାୟ ଅବିଚାର ପ୍ରଦର୍ଶନ କରାଯାଇଛି । ପାତରଅନ୍ତର ହୋଇଛି । ନିର୍ବୋଧ, ହୁଣ୍ଡା, ଗଧା, ଦୁଷ୍ଟ ପ୍ରକୃତିଧାରୀ ପୁଅର ଶିକ୍ଷା ଲାଭ ପାଇଁ ଯେପରି ବ୍ୟବସ୍ଥା କରାଯାଏ ଓ ସେଥିପାଇଁ ବାପା, ମା'ମାନେ ଯେତେ ଆଗ୍ରହ ଦେଖାଇ ଥାଆନ୍ତି ଗୋଟିଏ ବୁଦ୍ଧିମତୀ, ମେଧାବୀ, ଶାନ୍ତଶିଷ୍ଟ, ସରଳ, ଭଦ୍ର, ନମ୍ର ସ୍ୱାଭାବର ଝିଅର ଶିକ୍ଷା ଲାଗି ସେମାନେ ସେପରି ଇଚ୍ଛା ପ୍ରକାଶ କରିନଥାଆନ୍ତି । ପରିବାରର ରକ୍ଷାକର୍ତ୍ରୀ ହେଉଛି ନାରୀ । ଆଜିର କନ୍ୟାଟି ଆସନ୍ତାକାଲିକୁ ଜାୟା ଓ ପରେ ହୁଏ ଜନନୀ । ସେ ହିଁ ସଂସାର ତଥା ସମାଜ ଗଠନରେ ବଳିଷ୍ଠ ଭୂମିକା ନିର୍ବାହ କରିଥାଏ । ଇଂରାଜୀରେ ପ୍ରବାଦ ଅଛି "ଇଫ୍ ୟୁ ଏଜୁକେଟ୍ ଏ ମ୍ୟାନ, ୟୁ ଏଜୁକେଟ୍ ଆନ ଇଣ୍ଡିଭିକ୍ୟୁଆଲ । ଇଫ୍ ୟୁ ଏଜୁକେଟ୍ ଏ ଓମ୍ୟାନ, ୟୁ ଏଜକେଟ୍ ଦି ଏଣ୍ଟାୟାର ଫାମିଲ ଆଣ୍ଡ ଦି ସୋସାଇଟି ।" ଝିଅ ହେଲେ ପାଠୋଇ, ଦେଶ ଯିବ ଆଗେଇ ।

ଏସବୁ ସତ୍ତ୍ୱେ ଚଳନ୍ତି ସମାଜରେ ଅନେକ ପରିବାରରେ କନ୍ୟା ସନ୍ତାନ ଜନ୍ମ ହେବା ଦ୍ୱାରା ଉଦାସ ଭାବ ସୃଷ୍ଟି ହେଉଥିବା ଦେଖାଯାଉଛି । ଫଳରେ ଉପେକ୍ଷାପୂର୍ଣ୍ଣ ବାତାବରଣରେ କନ୍ୟାଟିକୁ ଜୀବନ ଅତିବାହିତ କରିବାକୁ ପଡ଼ୁଛି । ପୁତ୍ର ସନ୍ତାନ ପ୍ରତି ସ୍ନେହଶ୍ରଦ୍ଧା ଅଗାଡ଼ି ହୋଇ ପଡ଼ୁଥିଲା ବେଳେ କନ୍ୟା ସନ୍ତାନ ପ୍ରତି ପ୍ରତ୍ୟେକ କ୍ଷେତ୍ରରେ ଅବହେଳା କରାଯାଇଥାଏ । ତା'ର ଖାଦ୍ୟ, ବସ୍ତ୍ର, ଶିକ୍ଷା, ସ୍ୱାସ୍ଥ୍ୟପ୍ରତି ଧ୍ୟାନ ଦିଆଯାଇନଥାଏ । ଯଦି ମିଥିଲାର ରାଜା ଜନକ ଏପରି ପିତା ହୋଇଥାଆନ୍ତେ ତେବେ ସୀତାଙ୍କ ଆଦର୍ଶ ସ୍ୱରୂପ କିପରି ପ୍ରକଟ ହୋଇପାରି ଥାଆନ୍ତା ? ସୀତାଙ୍କୁ ପାଇ ଜନକ ନିଜକୁ ଧନ୍ୟ ମନେ କରିବା ସହିତ ଅପାର ଆନନ୍ଦ ପ୍ରକଟ କରିଥିଲେ । ସେହି କ୍ଷଣରୁ ସେ ପ୍ରଯନ୍ରେ ଲାଗି ପଡ଼ିଥିଲେ ସୀତା ଆଦର୍ଶ ନାରୀ ହୁଅନ୍ତୁ । ଆମ ଦେଶରେ ବର୍ତ୍ତମାନ ଏମିତି କେତେ ଜଣ ପିତା ଅଛନ୍ତି, ଯେଉଁମାନେ କନ୍ୟାଙ୍କ ପାଇଁ ଜନକଙ୍କ ଭଲି ହୃଦୟ ରଖିଛନ୍ତି । ସେମାନଙ୍କ କନ୍ୟା ଯଦି ଆଦର୍ଶ ନାରୀ ବା ମହିଳା ହୋଇ ପାରିବନି ଏଥିରେ ସେମାନଙ୍କର ଭୁଲ କ'ଣ ?

ଅବାଧ୍ୟ ପୁତ୍ରର ଦୁଷ୍କାମୀ, ଖଳ ପ୍ରକୃତିଧାରୀ ଅମଣିଷ ଦୁଷ୍ଟ ପୁଅର ଘର ପ୍ରତି ଓ ବଂଶ ଲାଗି କ୍ଷତିକାରକ କାର୍ଯ୍ୟକଳାପ, ଅଶିକ୍ଷିତ ପୁଅର ପରିବାର ପ୍ରତି ଦୁର୍ବ୍ୟବହାର ବାପ, ମା'ମାନେ ଯେତେ ପରିମାଣରେ ସହି ଯାଆନ୍ତି। ଉତ୍ତମ ଗୁଣ ସମ୍ପନ୍ନା, ଭଦ୍ର ବ୍ୟବହାରକାରୀ ନମ୍ର ସ୍ୱଭାବର ଝିଅଟି ପ୍ରତି ସେମାନଙ୍କର ସେତେ ଦରଦ ନଥାଏ। କୁପଥଗାମୀ ପୁଅକୁ ଶିଷ୍ଟାଚାର ଶିଖାଇବା ପରିବର୍ତ୍ତେ ଓଲଟି ଗ୍ରହ କୋପରୁ (ଦଶାରୁ) ସେ ଏପରି କୁବୁଦ୍ଧିରେ ପରିଚାଳିତ ହେଉଛି ଭାବି ତା'ର ରିଷ୍ଟ ଖଣ୍ଡନ ପାଇଁ ଓ ଗ୍ରହର କୁଦୃଷ୍ଟି ପ୍ରଶମଣ ଲାଗି ଯେମିତି ଭାବେ ଦିଆଁ ପୂଜା କରାଯାଏ। ସୁଗୁଣା ସମ୍ପନ୍ନା ଝିଅଟିର କିଛି ଅସୁବିଧା ହେଲେ ତା' ଲାଗି ସେପରି ଦେବାରାଧନାର ବ୍ୟବସ୍ଥା କରାଯାଏନା। ଝିଅ ଜନମ ପରଘରକୁ ନୀତିରେ ଝିଅଟି ପ୍ରତି ସବୁବେଳେ ସବୁ କ୍ଷେତ୍ରରେ ଅବହେଳା ପ୍ରଦର୍ଶନ କରାଯାଏ। ଝିଅ ଯେତେ ଭଲ ପଢୁଥିଲେ ସୁଦ୍ଧା ଝିଅ କରମ ଚୁଲି ମୁଣ୍ଡକୁ ନ୍ୟାୟରେ ତାକୁ ଅଧିକ ପାଠ ପଢ଼ିବା ପାଇଁ ବାପା, ମାଆମାନେ ସେତେ ବ୍ୟଗ୍ରତା ଦେଖାଇ ନ ଥାଆନ୍ତି। ଫାଜିଲ ପୁଅର ପାଠପଢ଼ା ପ୍ରତି ସେମାନେ ଭାରି ବ୍ୟସ୍ତ ହୋଇପଡ଼ନ୍ତି। ସେମାନେ ବୁଝିବାକୁ ଆଦୌ ପ୍ରସ୍ତୁତ ନୁହଁନ୍ତି ଯେ ଦୁଷ୍ଟ ପ୍ରକୃତିର ପୁଅଠାରୁ ଶାନ୍ତଶିଷ୍ଟ, ସରଳା ଝିଅଟି ଶତ ଗୁଣେ ଭଲ। ପିତାଙ୍କର ସାମାନ୍ୟ ଅସାବଧାନତାରୁ ପୁତ୍ର ବିପଥଗାମୀ ହୁଏ। ପୁତ୍ର କୁପଥଗାମୀ ହେଲେ କେବଳ ପିତା, ମାତାଙ୍କର ଅପଯଶ ହୁଏନାହିଁ ବରଂ କୁଳଧର୍ମ ନଷ୍ଟ ହୁଏ ଓ ଏହା ସଂକ୍ରାମକ ବ୍ୟାଧ୍ୟ ପରି ସମାଜ ଏବଂ ଦେଶକୁ ମଧ୍ୟ କଲୁଷିତ କରେ। ସେଥିପାଇଁ ଶାସ୍ତ୍ରରେ କୁହାଯାଇଛି "ଯସ୍ୟ କ୍ଷେତ୍ରଂ ନଦୀ ତୀରେ, ଭାର୍ଯ୍ୟାବାପି ପରପ୍ରିୟା. ପୁତ୍ରସ୍ୟ ବିନୟୋନାସ୍ତି ମୃତ୍ୟୁରେବ ନ ସଂଶୟ।" ଯାହାର ଗ୍ରହ କିମ୍ୱା ଶସ୍ୟ କ୍ଷେତ୍ର ନଦୀର କୂଳରେ ଥାଏ। ଯେଉଁ ବ୍ୟକ୍ତିର ସ୍ତ୍ରୀ ଅନ୍ୟ ଲୋକର ପ୍ରିୟା ଓ ପୁତ୍ର ଅଶିକ୍ଷିତ (ଦୁଷ୍ଟ) ହୁଏ ସେ କେବଳ ମରଣ ତୁଲ୍ୟ ଯନ୍ତ୍ରଣା ଅନୁଭବ କରେ ଏଥରେ ସନ୍ଦେହ ନାହିଁ।

ଶାସ୍ତ୍ରରେ ଉଲ୍ଲେଖ ଅଛି "ଜନନୀ ଜନ୍ମଭୂମିଶ୍ଚ, ସ୍ୱର୍ଗାଦପୀ ଗରୀୟସୀ" ଅର୍ଥାତ୍ ମାତା ଓ ମାତୃଭୂମିର ସ୍ଥାନ ସ୍ୱର୍ଗଠାରୁ ମଧ୍ୟ ବଡ଼। ଶାସ୍ତ୍ରରେ ଆହୁରି ମଧ୍ୟ କୁହାଯାଇଛି। 'ଜ' ଅକ୍ଷର ଥିବା ପାଞ୍ଚଟି କଥା ଜୀବନରେ ଦୁଲ୍ଲଭ, ଯଥା– ଜନନୀ, ଜନ୍ମଭୂମିଶ୍ଚ ଜାହ୍ନବୀ ଚ ଜନାର୍ଦ୍ଦନ, ଜନକ ପଞ୍ଚମଶ୍ଚୈବ ଜକରା ପଞ୍ଚଦୁଲ୍ଲଭ, ଜନ୍ମଦାତ୍ରୀ, ଜନ୍ମଭୂମି, ଗଙ୍ଗାନଦୀ, ଭଗବାନ, ଜନକ ଏହିପରି ପାଞ୍ଚଜଣ ଜୀବନରେ ସବୁ ବେଳେ ମିଳିବା ସମ୍ଭବ ନୁହେଁ।

ନାରୀ ଶବ୍ଦର ବ୍ୟାଖ୍ୟା କଲେ ଏଇଆ ହେବ। "ନଃ ଆରି ଯସ୍ୟ ସଃ ନାରୀ।" ଅର୍ଥାତ ଯାହାର କେହିବି ଶତ୍ରୁ ନୁହେଁ ସିଏ ହିଁ ନାରୀ। ସେ ନାରୀ କେବେ ବି କାହାର ଶତ୍ରୁ ହୋଇ ପାରେନା। କିନ୍ତୁ ନାହିଁ ଅରି ଯାହାର ସେ ନାରୀ। ହେଲେ ବିପଦ ତା'ପଖ ଛାଡ଼ି ପାରେନା। ଜାତିର ପିତା ଗାନ୍ଧିଜୀ କହିଥିଲେ– "ସେହି ଦିନ ଆମେ ସ୍ୱାଧୀନ ହେଲୁ ବୋଲି ଦାବି କରିପାରିବା ଯେଉଁ ଦିନ ରାତି ଅଧରେ ଜଣେ ନାରୀ ଏକା ଏକା ପୁରୁଷର ସାହାଯ୍ୟ ବିନା ରାଜ ରାସ୍ତାରେ ଯାଇପାରିବ। ସେ ଜାୟା, ସେ ଜନନୀ, ସେ ଭଗିନୀ, ସେ ବି ପ୍ରେୟସୀ। ତା'ଠାରୁ ସ୍ନେହ, ପ୍ରେମ, ପ୍ରୀତି- ପ୍ରଣୟ ଆରମ୍ଭ। ଯେଉଁ ମାଆର ସରାଗ ବୋଲା ହାତ ସେନେହ ଭିଜା ପଣତ ଯୁଗ ଯୁଗ ଧରି ସନ୍ତାନକୁ ରକ୍ଷା କରି ଆସିଛି। ପୁରୁଷର ଚାପରେ ହେଉକି ପୁଅର ମାଆ ବୋଲାଇବାର ଇଚ୍ଛା। ଆଜି ନାରୀକୁ ରାକ୍ଷସୀ କରି ଦେଇଛି। ଯେଉଁଥି ପାଇଁ ସେ ସ୍ୱାମୀ ଦ୍ୱାରା ପ୍ରଭାବିତ ହୋଇ ହେଉ କିମ୍ୱା ନିଜ ଇଚ୍ଛାରେ ହେଉ ଝିଅ ପ୍ରତି ବୈମାତୃକ ମନୋଭାବ ପୋଷଣ କରୁଛି। ସୃଷ୍ଟିର ସର୍ବଶ୍ରେଷ୍ଠ ପ୍ରାଣୀ ମନୁଷ୍ୟ। ତା'ଠାରେ ଈଶ୍ୱର ବିବେକ ଖଞ୍ଜି ଦେଇଛନ୍ତି। ହେଲେ ମନୁଷ୍ୟ ସ୍ୱାର୍ଥର ବଶବର୍ତ୍ତୀ ହୋଇ ପଶୁଠାରୁ ବି ଅଧିକ ଅଜ୍ଞାନ ହେଉଛି। ଯାହା ଫଳରେ ତାକୁ ମନୁଷ୍ୟ କହିବା ଉଚିତ୍ ନୁହେଁ। ପଶୁ ତ ହେଲେ ପ୍ରାକୃତିକ ନିୟମରେ ଚଳୁଛି। ମାତ୍ର ମନୁଷ୍ୟ ତାହା ବି କରୁନାହିଁ। ପ୍ରତିଟି ଜୀବ ଭିତରେ ଭଗବାନ ଖଞ୍ଜି ଦେଇଛନ୍ତି ଭଲ ପାଇବା ଭଳି ଦୈବୀ ଗୁଣ, ଯାହା ଫଳରେ ମଣିଷ, ମଣିଷକୁ ଭଲ ପାଏ। ବିପଦରେ ପଡ଼ିଥିବା ଲୋକଟିକୁ ଅନ୍ୟ ଜଣେ ସାହାଯ୍ୟର ହାତ ବଢ଼ାଏ। କାହାରି ବିପଦକୁ ଦେଖ୍‌ଲେ ଆହା ପଦଟିଏ ମଣିଷ ତୁଣ୍ଡରୁ ବାହାରି

ଆସେ । କିନ୍ତୁ ପଶୁର ଏ ପ୍ରତିକ୍ରିୟାକୁ ଆମେ ଲକ୍ଷ୍ୟ କରି ପାରୁନା । ଭଲଭାବରେ ଦେଖିଲେ ପଶୁଠାରେ ବି ଏହି ଦୈବୀ ଗୁଣଟି ରହିଛି । ଯେମିତି ମାଆ ପକ୍ଷୀଟିଏ ତା'ର ଛାବକର ପାଟିରେ ଖାଦ୍ୟ ଯୋଗାଡ଼ କରି ଆଣି ଆଧାର ଦିଏ । ପଶୁଟିଏ ତା'ର ପିଲା କ୍ଷୀର ଖାଇବା ପାଇଁ ଧୈର୍ଯ୍ୟ ଧରି ଠିଆ ହୁଏ । ମାଆ ପଶୁଟିଏ ବା ପକ୍ଷୀଟିଏ ଅନ୍ୟ ପାଇଁ ଯେତେ ହିଂସ୍ର ହେଲେ ମଧ ନିଜର ପିଲା ପାଇଁ ଅତ୍ୟନ୍ତ କୋମଳ । ମାଆ ପଶୁ ବା ପକ୍ଷୀଠାରୁ ସେମାନଙ୍କ ପିଲାକୁ ଛଡ଼ାଇ ନେବା ସହଜସାଧ ନୁହେଁ । ସେମାନେ ନିଜର ଶକ୍ତି ଅନୁଯାୟୀ ନିଜର ପିଲାକୁ ସୁରକ୍ଷା ଦେବାକୁ ଚେଷ୍ଟା କରିଥାଆନ୍ତି । ଯଦି ଗାଈ ବା କୁକୁରଟିର ପିଲା ମରିଯାଏ ସେ ସେହି ଶବ ପାଖରେ ଠିଆ ହୋଇ ଅନେକ ସମୟ ଧରି ଜଗି ରହେ, ଲୁହ ଗଡ଼ାଏ । ପୁରୁଷ ମାଙ୍କଡ଼ ଓ ବିରାଡ଼ିମାନେ ଅଣ୍ଡିଆ ଛୁଆଙ୍କୁ ମାରି ଦେଉଥିବାରୁ ମାଆ ମାଙ୍କଡ଼ ଓ ବିଲେଇ ଡାଙ୍କ ପିଲାଙ୍କୁ ସେମାନଙ୍କଠାରୁ ଲୁଚାଇ ରଖିବାକୁ ସେମାନଙ୍କ ପାରୁପର୍ଯ୍ୟନ୍ତ ଯଥାସାଧ ଚେଷ୍ଟା କରିଥାଆନ୍ତି । ସେ ନିଜର ସନ୍ତାନକୁ ସ୍ନେହ, ଶ୍ରଦ୍ଧା ଦେଇ ବଞ୍ଚାଇ ରଖିବାକୁ ଚେଷ୍ଟା କରେ । ପିଲାମାନେ ଖାଇ ଶିଖିଗଲେ ବା ନିଜେ ଖାଦ୍ୟ ଯୋଗାଡ଼ କଲେ ସେମାନଙ୍କ ସହିତ ପଶୁପକ୍ଷୀମାନେ ପୁନଶ୍ଚ ସମ୍ପର୍କ ରଖନ୍ତି ନାହିଁ । ମଣିଷ ଭିତରେ ଏସବୁ ଗୁଣ ବି ରହିଛି । ହେଲେ ମଣିଷ ବେଳେବେଳେ ଏମିତି କାମଟିଏ କରିବସେ ଯାହା ଫଳରେ ତାକୁ ପଶୁଠାରୁ ବି ହୀନ ବୋଲି କୁହାଯାଏ । ପଶୁଟିଏ ତାହାର ସମସ୍ତ ସନ୍ତାନକୁ ସ୍ନେହ, ଶ୍ରଦ୍ଧା, ଦେଇଥାଏ । ହେଲେ ମଣିଷ ଭିତରେ ପୁଅ ଝିଅର ଭେଦଭାବ ରହିଛି । ପୁଅଟିଏ ହେଲେ କେତେ ଦିଅଁ ଦେବତା ମନାସୀ ସାହି ପଡ଼ିଶାଙ୍କୁ ଅଭିବାଦନ ଜଣାଇ ମିଠା ବାଣ୍ଟେ । ମାତ୍ର ଝିଅଟିଏ କଥା ଶୁଣିଲେ ମୁହଁ ଶୁଖାଇ ଦିଏ । ସତେ ଯେମିତି କୋଟିଏ ଟଙ୍କା କ୍ଷତି ହୋଇଗଲା । ଏପରିକି ଅନେକ ସମୟରେ କନ୍ୟା ସନ୍ତାନକୁ ମାରି ଦେଉଛନ୍ତି ବା ରାସ୍ତା କଡ଼ରେ ଜୀବନ୍ତ ଅବସ୍ଥାରେ ଛାଡ଼ିଦେଇ ଯାଉଛନ୍ତି । ଥରେ ବିଚାର କରନ୍ତୁ ତ ଯେଉଁ ମାତୃ ଗର୍ଭରେ ଏ ସନ୍ତାନଟି ଥିଲା ସେ ପିତାମାତାଙ୍କର କି ଦୋଷ କରିଥିଲା ? ପିତା, ମାତାମାନେ ନିଜର ଯୌନ କାମନା ଚରିତାର୍ଥ କରିବାକୁ ଯାଇ ଏପରି କରିବା କ'ଣ ପଶୁଠାରୁ ହୀନ କାମ ନୁହେଁ । ଯେଉଁ ଦେଶରେ ମାଆକୁ ଅମୃତମୟୀ, କରୁଣାମୟୀ, ସ୍ନେହମୟୀ, ବାସଲ୍ୟମୟୀ ଭଳି ଉପମା ଦିଆଯାଇଛି ସେ ମାଆ କ'ଣ ସତରେ ଏତେ ନିଷ୍ଠୁର ହୋଇପାରେ ? ଆଜି ମାଆଟିଏ ନିଜ କନ୍ୟା ସନ୍ତାନର ପରିଚୟ ଦେବାକୁ ଘୃଣା କରୁଛି । ପିଲାଟି ଉପରେ ଦାଉ ସାଧୁଥିବା ମାଆକୁ ପଶୁ ତ କେବଳ କୁହାଯିବନି ବରଂ ରାକ୍ଷସୀ କହିଲେ ଅତ୍ୟୁକ୍ତି ହେବନାହିଁ । କେବଳ ସେତିକି ନୁହେଁ ନାରୀମାନେ ଗର୍ଭସ୍ଥ ସନ୍ତାନର ଲିଙ୍ଗ ନିରୂପଣ କରି କନ୍ୟା ସନ୍ତାନ ଥିବା ଜାଣିଲେ ତାକୁ ଜନ୍ମ ଦେଇ ସୂର୍ଯ୍ୟାଲୋକ ଦେଖିବାର ସୁଯୋଗ ବି ଦିଅନ୍ତି ନାହିଁ । ଆମ ଦେଶରେ କନ୍ୟାମାନଙ୍କ ପାଇଁ ଏତେ ହୀନମନ୍ୟତା କାହିଁକି ? ମଣିଷମାନଙ୍କ ଭିତରୁ ଏ ନିର୍ବୋଧପଣିଆ ସତରେ କ'ଣ ଲୋପ ପାଇବନାହିଁ । ଆଜି ପୁଅଟିଏ ସମାଜରେ ଯେତିକି ପ୍ରତିଷ୍ଠା ଅର୍ଜନ କରିପାରୁନାହିଁ ଝିଅଟିଏ ତ ତାଠାରୁ ଅନେକ ଗୁଣରେ ସୁନାମ ଅର୍ଜନ କରୁଛି । ସମୟ ଥିଲା ଯେତେବେଳେ ଝିଅଟିଏ ବୋଝ ହୋଇ ଠିଆ ହେଉଥିଲା ପରିବାର ଉପରେ । ଆଜି କିନ୍ତୁ ସାମାଜିକ ଅବସ୍ଥାରେ ଅନେକ ପରିବର୍ତ୍ତନ ଆସିଛି । ଝିଅଟିଏ ମହାକାଶଠାରୁ ଆରମ୍ଭ କରି ଅତଳ ସମୁଦ୍ରରେ ବୁଡ଼ିବା ପର୍ଯ୍ୟନ୍ତ କାର୍ଯ୍ୟ ଅତି ସହଜରେ କରିପାରୁଛି । ଆମକୁ ଭାବି ନେବାକୁ ପଡ଼ିବ, ଈଶ୍ୱରଙ୍କ ସୃଷ୍ଟିରେ ଆମକୁ ମାତୃତ୍ୱ ଓ ପିତୃତ୍ୱ ପରିଚୟ ଦେବାର ସୁବର୍ଣ୍ଣ ସୁଯୋଗ ପ୍ରଦାନ କରିଛନ୍ତି ଭଗବାନ । ଏହାକୁ ହାତ ଛଡ଼ା କରିବା ଉଚିତ ନୁହେଁ । ଯେଉଁ ପରିତ୍ୟକ୍ତ ସନ୍ତାନମାନଙ୍କୁ ବଦାନ୍ୟ ବ୍ୟକ୍ତିମାନେ ଆଦରରେ ତୋଳିନେଇ ଆପଣାର ସନ୍ତାନ ତୁଲ୍ୟ ଲାଳନପାଳନ କରନ୍ତି ସେମାନଙ୍କ ପ୍ରତି ମଧ ଈଶ୍ୱରଙ୍କର ଅଶେଷ ଆଶୀର୍ବାଦ ରହିଥାଏ ।

କନ୍ୟା ଭୃଣ ହତ୍ୟା ସମାଜ ପାଇଁ ଅଶୁଭଙ୍କର । ଏହା ଏକ ଜଘନ୍ୟ, କୁତ୍ସିତ ଓ ଘୃଣ୍ୟ କାର୍ଯ୍ୟ । ଆମ ସମାଜ ନିମନ୍ତେ ନିନ୍ଦନୀୟ ଓ ଲଜ୍ୟାଜନକ କର୍ମ । ମନୁ ମହାରାଜ ଏହି ନାରୀ ଜାତିକୁ ଯେଉଁ ଉଚ୍ଚାସନ ପ୍ରଦାନ କରିଛନ୍ତି ତା'ର ଉପମା

ନାହିଁ । ସେ ତାଙ୍କ ରଚିତ ମନୁ ସ୍ମୃତିରେ ଉଲ୍ଲେଖ କରିଯାଇଛନ୍ତି– "ଯତ୍ର ନାର୍ଯ୍ୟସ୍ତୁ ପୂଜ୍ୟତେ, ରମ୍ୟନ୍ତି ତତ୍ର ଦେବତା, ଯତ୍ରୈତାସ୍ତୁ ନ ପୂଜ୍ୟତେ ସର୍ବାସ୍ତତ୍ରାଫଳାଃ କ୍ରିୟା ।" ଯେଉଁଠାରେ ନାରୀ ପୂଜା ପାଆନ୍ତି ସେଠାରେ ଦେବତାମାନେ ପ୍ରୀତ ହୁଅନ୍ତି । ଯେଉଁଠାରେ ସେମାନଙ୍କୁ ପୂଜା କରାଯାଏ ନାହିଁ, ସେଠାରେ ସମସ୍ତ କାର୍ଯ୍ୟ ଫଳହୀନ ହୁଏ । ଆଦର୍ଶ ନାରୀକୁ ଆମ ସମାଜରେ ସମ୍ମାନ ଦେବାର ପ୍ରଥା ସମସ୍ତ ଶାସ୍ତ୍ରରେ ଲିପିବଦ୍ଧ । ସେଥିପାଇଁ ଉପନିଷଦ ଘୋଷଣା କରେ– "ମାତୃଦେବୋଭବ" ମାଆକୁ ଦେବତା ମନେ କରି ପୂଜା କର । ଆଦର୍ଶ ନାରୀର ମହିମା ଗାନ କରି ପ୍ରଭାତରେ ସ୍ମରଣ କରନ୍ତି– "ଅହଲ୍ୟା, ଦ୍ରୌପଦୀ, ତାରା, କୁନ୍ତୀ, ମନ୍ଦୋଦରୀ ତଥା ପଞ୍ଚକନ୍ୟା ସ୍ମରେ ନିତ୍ୟଂ ମହାପାତକ ନାଶନମ୍ ।" ଅର୍ଥାତ୍ ଅହଲ୍ୟା, ଦ୍ରୌପଦୀ, ତାରା, କୁନ୍ତୀ ମନ୍ଦୋଦରୀ ଆଦି ପଞ୍ଚକନ୍ୟାଙ୍କ ସ୍ମରଣ ଦ୍ୱାରା ମହାପାତକ ଦୂର ହୋଇଥାଏ । ଦେଖାଯାଇଛି ଯୁଗେ ଯୁଗେ ଦେବଗଣ, ମୁନି, ଋଷି, ଆଦି ମହାପୁରୁଷମାନେ ଆଦର୍ଶ ନାରୀର ଗର୍ଭରେ ଜନ୍ମ ଗ୍ରହଣ କରି ନିଜକୁ ଭାଗ୍ୟବାନ ମନେ କରିଛନ୍ତି । ସୁନୀତି– ଧ୍ରୁବଙ୍କୁ, କୟାଡୁ– ପ୍ରହ୍ଲାଦଙ୍କୁ, କୌଶଲ୍ୟା– ଶ୍ରୀରାମଚନ୍ଦ୍ରଙ୍କୁ, ଦେବକୀ ଓ ଯଶୋଦା–ଶ୍ରୀକୃଷ୍ଣଙ୍କୁ, ପୁତୁଲିବାଇ– ଗାନ୍ଧୀଙ୍କୁ, ଜିଜାବାଇ– ଶିବାଜୀଙ୍କୁ ଓ ପ୍ରଭାବତୀ–ନେତାଜୀଙ୍କୁ ଜନ୍ମ ଦେଇ ଓ ଆଦର୍ଶ ମାତାର ଦାୟିତ୍ୱ ବହନ କରି ସଂସାରକୁ ଦିବ୍ୟାଲୋକ ଦେଖାଇ ଯାଇଛନ୍ତି । ପୁରୁଷଙ୍କ ଜନ୍ମମାତ୍ର ଥରେ ହୋଇଥାଏ କିନ୍ତୁ ନାରୀର ଜନ୍ମ ଦୁଇଥର ହୋଇଥାଏ, ଯେଉଁ ଦିନ ତା'ର ବିବାହ ହୋଇଥାଏ ସେହିଦିନ ତା'ର ଦ୍ୱିତୀୟ ଜନ୍ମ ହୋଇଥାଏ । ନାରୀ ବିନା ଗୃହସ୍ଥାଶ୍ରମ ଶ୍ମଶାନ ସଦୃଶ । ଗୃହସ୍ଥାଶ୍ରମକୁ ଶୃଙ୍ଖଳିତ ଢଙ୍ଗରେ ବ୍ୟବସ୍ଥିତ କରିବାରେ ମହିଳାଙ୍କ ଭୂମିକା ସବୁଠୁ ଗୁରୁତ୍ୱପୂର୍ଣ୍ଣ । ସେ ଗୃହର ସଫା ସୁତୁରା, ପୂଜାର୍ଚ୍ଚନା ସହ ପରିବାରର ସେବା ଆଦି ସମସ୍ତ କାର୍ଯ୍ୟ କରିବା ସହିତ ସନ୍ତାନମାନଙ୍କ ପ୍ରଥମ ଶିକ୍ଷାଗୁରୁର ଦାଇତ୍ୱ ବହନ କରିଥାଏ । ସେଥିପାଇଁ ନୀତିକାର ମୁକ୍ତ କଣ୍ଠରେ କହିଛନ୍ତି– "ନଗୃହଂ ଗୃହମିତ୍ୟାହ ଗୃହିଣୀ ଗୃହ ମୁଚ୍ୟତେ ।" ଅର୍ଥାତ ଇଟା, ମାଟି, ପଥରରେ ତିଆରି ଘର ଘର ନୁହେଁ । ଯେଉଁଠି ଗୃହିଣୀ ରହେ, ତାହାକୁ ବାସ୍ତବରେ ଗୃହ କୁହାଯାଏ । ମନୁ ସଂହିତା ମଧ କହନ୍ତି– ଯେଉଁ ସମାଜରେ ନାରୀ, ପୂଜିତା ଓ ସମ୍ମାନିତା ସେ ଭୂମିକୁ ଦେବତାମାନେ ଓହ୍ଲେଇ ଆସନ୍ତି ।

ଉକ୍ତ ଶ୍ଲୋକକୁ ଆମେ ଘୋଷି ଦେଇଛୁ । ଅଥଚ ପୁରୁଷ ସହ ନାରୀକୁ ସମାନ ସ୍ଥାନରେ ଦେଖିବାକୁ ଆମେ ପ୍ରସ୍ତୁତ ନୁହଁ । ନାରୀର ଅସମ୍ମାନ ସମଗ୍ର ଧରିତ୍ରୀର ଅସମ୍ମାନ । ନାରୀ ବିନା ସୃଷ୍ଟି ଯେ ଅସମ୍ଭବ । ସ୍ୱାମୀ–ସ୍ତ୍ରୀ, ନାରୀ–ପୁରୁଷ ଗୋଟିଏ ମୁଦ୍ରାର ଦୁଇଟି ପାର୍ଶ୍ୱ । ଏକ ବିନା ଆରେକର ସ୍ଥିତି ନାହିଁ । ଏକବିନା ଆରେକର ପ୍ରଗତି ଆସିବ କୁଆଡୁ । ସ୍ୱାମୀ, ସାମ ବେଦ ହେଲେ ସ୍ତ୍ରୀ, ରୁକ୍ ବେଦ । ସ୍ୱାମୀ ଆକାଶ ଓ ସ୍ତ୍ରୀ ଏଇ ଆମ ଧରିତ୍ରୀ । ଆଜିର ସମାଜ ଏକଥାକୁ ପୁରାପୁରି ଭୁଲି ଯାଉଛି । ନାରୀକୁ କେବଳ ଶଯ୍ୟା ସଙ୍ଗିନୀ କ୍ରୀଡନକ କରି ରଖିବାର ଲାଳସା ସମାଜର ପ୍ରଗତି ପଥରେ ବାଧା ସୃଷ୍ଟି କରୁଛି । ଏକଥା ଆମର ଏ ପୁରୁଷ ପ୍ରଧାନ ସମାଜ ବୁଝିବାକୁ ଆଦୌ ପ୍ରସ୍ତୁତ ନୁହେଁ । ଏହି ନାରୀ ଦୁର୍ବଳା ନୁହେଁ । କନ୍ୟା, ଭଗିନୀ, ଜାୟା, ଜନନୀ ଭୂମିକାରେ ସେ ଯେତିକି ମହନୀୟା, ମାହେଶ୍ୱରୀ ସାଜି ପାରେ । ଅନ୍ୟାୟ, ଅନୀତି ଓ ଭ୍ରଷ୍ଟାଚାର ବିରୋଧରେ ମଧ ସେତିକି ଦୁର୍ଦ୍ଦମନୀୟା । ମହକାଳୀ, ମହିଷମର୍ଦ୍ଦିନୀଙ୍କର ବିଷମୟ ରୂପ ଧାରଣ କରିପାରେ । ଏଇ ନିରାଟ ସତ କଥାଟିକୁ ପୁରୁଷ ପ୍ରଧାନ ସମାଜ ବୁଝିବା ନିହାତି ଜରୁରୀ ।

ପ୍ରକୃତରେ ନାରୀଟିଏ ସମାଜରେ ଏବଂ ପରିବାରରେ ଭିନ୍ନ ଭିନ୍ନ ଭୂମିକାରେ ଅବତୀର୍ଷ ହୋଇଥାଏ । ସେ ଏକା ଧାରରେ ଜନନୀ, ଜୟା, ଭଗିନୀ, କନ୍ୟା, ଆଈ, ଦାଦିମା, ପିଉସୀମା ଇତ୍ୟାଦି । ନାରୀଟିଏ ସ୍ନେହମୟୀ, ମମତାମୟୀ, ମହିୟସୀ ଓ ବନ୍ଦନୀୟା । ତେଣୁ ସେ ମହିଳା ଓ ବନ୍ଦିତା । ନାରୀ ସର୍ବଂସହା, ଧରିତ୍ରୀ ସମାନ । ମାତ୍ର ନାରୀର ସମ୍ପୂର୍ଣ୍ଣ ପରିଚୟ ତ କେବଳ ଗୋଟିଏ ଶବ୍ଦରେ ବ୍ୟକ୍ତ କରିହୁଏ । ଆଉ ସେହି ମିଠା, ମଧୁର, କୋମଳ ଶବ୍ଦଟି ହେଲା 'ମା' । ମା' ଯାହାର ଘରେ ନ ଥାଏ । ଭାର୍ଯ୍ୟା ଯାହାର କଠୋର ଭାଷିଣୀ ତାହାର ନିବାସ ଅରଣ୍ୟରେ ହେବା ଉଚିତ୍ ।

ସମ୍ପ୍ରତି ଭାରତରେ ନାରୀ ନିଜର ଅଧ୍ୟବସାୟ ବଳରେ ପ୍ରତ୍ୟେକ କ୍ଷେତ୍ରରେ ପୁରୁଷର ସମକକ୍ଷ ହୋଇପାରିଛି। ପୁରୁଷ ପ୍ରଧାନ ସମାଜରେ ନାରୀ ଆଉ ଆଗ ଭଳି ଅବଳା, ଦୁର୍ବଳା ହୋଇ ରହିନାହିଁ। ଦେଶର ଜନସଂଖ୍ୟାର ଅଧେ୍ଧକ ନାରୀ ବା ମହିଳାଙ୍କ ସଂଖ୍ୟା। ନାରୀ ଉନ୍ନତି ଓ ପ୍ରଗତି ବିନା ଦେଶର ଉନ୍ନତି ଅସମ୍ଭବ। ରାଜା ରାମମୋହନ ରାୟ, ଦୟାନନ୍ଦ, ବିବେକାନନ୍ଦ ଇତ୍ୟାଦି ମହାପୁରୁଷମାନେ ଏକଥା କେବଳ ହୃଦୟଙ୍ଗମ କରିଥିଲେ ତାହା ନୁହେଁ, ଏଥିପାଇଁ ବହୁ କଷ୍ଟ ସ୍ୱୀକାର କରି ସମାଜରୁ ନାରୀ ନିର୍ଯ୍ୟାତନା ହ୍ରାସ କରାଇ ପାରିଥିଲେ। ରାଜା ରାମମୋହନ ରାୟ ସମକାଳୀନ ସମାଜରେ ନାରୀ ଜାଗରଣ ପାଇଁ ଉଲ୍ଲେଖନୀୟ ଭୂମିକା ଗ୍ରହଣ କରିଥିଲେ। ସେ ସତୀଦାହ ପ୍ରଥା, ବହୁ ବିବାହ ପ୍ରଥା, ପରଦା ପ୍ରଥା, ଦେବଦାସୀ ପ୍ରଥା ଓ ଅଶିକ୍ଷା ଆଦି ନାରୀ ଜୀବନର କୁସଂସ୍କାର ଗୁଡ଼ିକୁ ପ୍ରଚଣ୍ଡ ବିରୋଧ କରିଥିଲେ। ଈଶ୍ୱରଚନ୍ଦ୍ର ବିଦ୍ୟାସାଗର ମଧ୍ୟ ଏହି ଧାରାର ଆହ୍ୱାନ ଜଣାଇଥିଲେ। ସେ ବିଧବାମାନଙ୍କ ପୁନଃ ବିବାହ ପାଇଁ ପ୍ରଯତ୍ନ କରିଥିଲେ। ସ୍ୱାମୀ ଦୟାନନ୍ଦ ସରସ୍ୱତୀ ନାରୀ ଓ ପୁରୁଷଙ୍କ ସମାନ ଅଧିକାର, ସମାନ ଶିକ୍ଷା ବ୍ୟବସ୍ଥା, ସାମାଜିକ ଧାର୍ମିକ ଦିଗରୁ ନାରୀ ଓ ପୁରୁଷଙ୍କ ମଧ୍ୟରେ ସମାନ ବ୍ୟବଧାନ ରହିବା ଉଚିତ୍ ବୋଲି ସେ କହିଥିଲେ। ସ୍ୱାମୀ ବିବେକାନନ୍ଦ ନାରୀ ଜାତିର ବିକାଶ ପାଇଁ ଚେଷ୍ଟା କରିବା ସଙ୍ଗେ ସଙ୍ଗେ ଦେବଦାସୀ ପ୍ରଥାକୁ ଉଚ୍ଛେଦ କରିବାକୁ ଆହ୍ୱାନ ଜଣାଇଥିଲେ। ଶ୍ରୀ କେଶବଚନ୍ଦ୍ର ସେନ ସମାଜରେ ନାରୀମାନଙ୍କର ଅଧିକାରକୁ ସାମାଜିକ କ୍ଷେତ୍ରରେ ସମାନତା ପ୍ରଦାନ ପାଇଁ ପ୍ରୟାସ କରିଥିଲେ।

ନାରୀ ସୃଷ୍ଟିର ଏକ ବିସ୍ମୟ। ପୁରୁଷର କର୍ମମୟ ଜୀବନରେ ନାରୀର ଭୂମିକା ଅତୀବ ଗୁରୁତ୍ୱପୂର୍ଣ୍ଣ। ବୈଦିକ ଯୁଗର ବିଦୁଷୀ ଗାର୍ଗୀ, ମୈତ୍ରେୟୀ, ଲୋପାମୁଦ୍ରାଙ୍କଠୁ ଆରମ୍ଭ କରି ରାଣୀ ଲକ୍ଷ୍ମୀବାଈ, ରେଜିଆ ସୁଲତାନ, ରାଣୀ ଶୁକଦେଇ, ପୁତୁଲି ବାଈ, ଜୀଜାବାଈ, ମା' ଶାରଦା ଦେବୀଙ୍କ ପର୍ଯ୍ୟନ୍ତ ନାରୀମାନେ ବ୍ୟକ୍ତିତ୍ୱ ଗଠନରେ, ସମାଜର ଶିକ୍ଷା, ସଂସ୍କୃତିର ବିକାଶରେ ଯେ ମୁଖ୍ୟ ଭୂମିକା ନେଇଥିଲେ ଏହା ନିଃସନ୍ଦେହ। ସେହିପରି ଆମେରିକାର ଅନନ୍ୟ ରାଷ୍ଟ୍ରପତି ଆବ୍ରାହମ ଲିଙ୍କନ ଅତି ଦରିଦ୍ର, ସାଧାରଣ ପରିବାରରେ ଜନ୍ମ ହୋଇ ଅସାଧାରଣ ବ୍ୟକ୍ତିତ୍ୱରେ ପରିଣତ ହୋଇଥିଲେ ମଧ୍ୟ ଲିଙ୍କନ ସର୍ବଦା ଉଦାସ ରହୁଥିଲେ। ଏହା ଲକ୍ଷ୍ୟ କରି ଉସ୍ତୁକତା ବଶତଃ ଥରେ ଜଣେ ମହିଳା ଲିଙ୍କନଙ୍କୁ ଭେଟି ଉଦାସ ଭାବର କାରଣ ସମ୍ପର୍କରେ ପଚାରିଥିଲେ। ଲିଙ୍କନ ଏଭଳି ପ୍ରଶ୍ନ ଶୁଣି କିଛି (ସମୟ) କ୍ଷଣ ନିରବ ରହିବା ପରେ ଦୀର୍ଘଶ୍ୱାସ ଛାଡ଼ି କହିଲେ – "ଆଜି ତୁମେ ଏଭଳି ଏକ ପ୍ରଶ୍ନ ପଚାରିଛ, ଯାହା କେହି କେବେ ପଚାରିନଥିଲେ କିମ୍ବା ଏ ସମ୍ପର୍କରେ ଜାଣିବାକୁ ଇଚ୍ଛା କରିନଥିଲେ। ଅତି ଛୋଟ ଅବସ୍ଥାରୁ ମୁଁ ମୋ ମାଆକୁ ହରାଇଥିଲି। ମାତୃ ସ୍ନେହରୁ ସବୁଦିନ ପାଇଁ ବଞ୍ଚିତ ହେବା ମୋତେ ଅତିଶୟ ଦୁଃଖ ଦେଇଥିଲା, ମୋର ମା' ଧର୍ମପ୍ରାଣା, ସଂସ୍କାରବାଦୀ ଚିନ୍ତାଧାରା ସମ୍ପନ୍ନ ଥିଲେ। ମା' ଏହା ମୋତେ ଶିଖାଇଥିଲେ ଯେ ଅନ୍ୟମାନଙ୍କ କଥା ବିଚାର କରିବ। ମୁଁ ତାହା ହିଁ ପାଳନ କରୁଛି। ଆଜି ମୁଁ ଯାହା କିଛି ପାଇଛି। ତା'ର ଶ୍ରେୟ କେବଳ ମୋର ମାଆଙ୍କୁ ହିଁ ଦିଆଯାଇପାରେ। ମୁଁ ଏଭଳି ଏକ ଅସାଧାରଣ ମାଆକୁ ପାଇଥିଲି, ଯାହାଙ୍କୁ ମୁଁ ନିମିଷକ ପାଇଁ ଭୁଲି ପାରୁନାହିଁ। ସେହି ସ୍ନେହମୟୀ, ପ୍ରେରଣାଦାୟୀ ମାଆଙ୍କ ଅନୁପସ୍ଥିତି ମୋତେ ସର୍ବଦା ଉଦାସ ରଖିଛି। ଆଜି ମୁଁ ଯେଉଁ ସ୍ଥିତିରେ ଅଛି ତାହା କେବଳ ସେହି ମାଆଙ୍କ ଦିଗ୍‌ଦର୍ଶନ ବଳରେ ହିଁ ସମ୍ଭବ ହୋଇଛି। ଲାଗୁଛି ଏ ଦୁଃଖ, ଅବଶୋଷ, ଉଦାସ ଜୀବନର ଶେଷ ସହ ହିଁ ସମାପ୍ତ ହେବ।" ସେହି ମହିଳାଙ୍କ ଉଦ୍ଦେଶ୍ୟରେ ଲିଙ୍କନ କହିଥିଲେ– "ଆପଣ ବୋଧ ହୁଏ ଜାଣିନାହାଁନ୍ତି ଯେ ଆମେରିକା ଭଳି ଦେଶର ସବୁଠାରୁ ସୁଖୀ, ସୁପ୍ରତିଷ୍ଠିତ ଭାବରେ ବାହାରକୁ ଜଣାଯାଉଥିବା ବ୍ୟକ୍ତିଟି ବାସ୍ତବରେ କେତେ ଦୁଃଖ ଯନ୍ତ୍ରଣା, ଅବସାଦ, ଅସହ୍ୟ ପୀଡ଼ାର ବୋଝକୁ ଏକାକୀ ମୁଣ୍ଡାଇ ଚାଲିଛି। ପ୍ରକୃତରେ ସେ କେତେ ଦୁଃଖୀ ?" ଏହା କହୁ କହୁ ଲିଙ୍କନଙ୍କ ଆଖି ଲୁହରେ ଭରି ଯାଇଥିଲା।

ତଥାପି ମା'ର ଜରାୟୁ ଭିତରେ କନ୍ୟା ଭ୍ରୁଣଟିଏ ଆଜି ବି ଆତଙ୍କିତ ନିଷ୍ପେଷିତ। ଆଜି ବି ରାଜ୍ୟ ରାଷ୍ଟରେ ସ୍ୱସ୍ଥ ଦିବା ଲୋକରେ ଏକାକିନୀ ଯିବା ପାଇଁ ନାରୀଟିଏ ଭୟ କରୁଛି। କେଉଁଠି ନାରୀ ବେକରୁ ଗହଣା ଛିଣ୍ଡାଇ ନେଲେଣିତ କେଉଁଠି ଯୌତୁକ ପାଇଁ ହତ୍ୟା କଲେଣି ନବ ବଧୂଟିକୁ ମଧୁ ଶଯ୍ୟାରେ। କେଉଁଠି ଯୁବତୀ ଚାଲାଣ ହେଲାଣି ତ କେଉଁଠି ବିଧବା ନାରୀଟି ନିର୍ଯାତନାର ଶିକାର ହେଲାଣି। କେଉଁଠି କେଉଁଠି ନାରୀ ନିର୍ଯାତନା ଅନ୍ତରାଳରେ ପୁରୁଷଙ୍କ ଭୂମିକା ଥିବା ସ୍ଥଲେ କେଉଁଠି କେଉଁଠି ନାରୀମାନଙ୍କର ମଧ ଭୂମିକା ରହୁଛି। ସମ୍ପୂର୍ଣ ଭାବରେ ନାରୀଟି ସୁରକ୍ଷିତ ହେବା ପାଇଁ ଆହୁରି ଅନେକ ସଚେତନତାର ଆବଶ୍ୟକ ଅଛି। ନାରୀ-ପୁରୁଷ ଗୋଟିଏ ବୃନ୍ତର ଦୁଇଟି ପୁଷ୍ପ। ଗୋଟିକୁ ଛାଡ଼ି ଅପରର ଉନ୍ନତି ଅସମ୍ଭବ। ପଲବର୍ଟଙ୍କ ଅନୁସାରେ ପୁରୁଷ ଶିକ୍ଷିତ ହେଲେ ବ୍ୟକ୍ତିଟିଏ ଶିକ୍ଷିତ ହୁଏ। କିନ୍ତୁ ନାରୀଟିଏ ଶିକ୍ଷିତା ହେଲେ ସମଗ୍ର ପରିବାରଟି ଶିକ୍ଷିତ ହୁଏ।

ଏମ୍.ସି.ଚଗଲା ଓ ପଣ୍ଡିତ ନେହରୁଙ୍କ ଆପ୍ତ ବାଣୀ- "ଜଣେ ବାଳକ ଶିକ୍ଷା ଲାଭ କଲେ ଜଣେ ବ୍ୟକ୍ତି ଶିକ୍ଷିତ ହୁଏ। ମାତ୍ର ଜଣେ ବାଳିକା ଶିକ୍ଷିତା ହେଲେ ଗୋଟିଏ ପରିବାର ଶିକ୍ଷିତ ହୁଏ" କୁ କାର୍ଯ୍ୟକାରୀ କରିବାକୁ ପ୍ରୟାସ କରିଥିଲେ। ୧୯୪୭ ମସିହାରେ ଆମଦେଶ ସ୍ୱାଧୀନ ହୋଇଥିଲେ ବି ଭାରତୀୟ ସମାଜ ନାରୀ, ସ୍ୱାଧୀନତାକୁ ପୂର୍ଣ ସ୍ୱୀକୃତି ଦେଇନଥିଲା। ୧୯୭୮ ମସିହାରେ ଅଶୋକ ମେହେଟ୍ଟା କମିଟି ବିଭିନ୍ନ ନୀତି ନିର୍ଦ୍ଧାରଣ ତଥା ସିଦ୍ଧାନ୍ତ ଗ୍ରହଣ କ୍ଷେତ୍ରରେ ମହିଲାମାନଙ୍କର ମତାମତକୁ ସମ୍ମାନ ଦେବା ନିମିତ୍ତ ପ୍ରସ୍ତାବ ଦେଇଥିଲେ। ଏଥିରେ ଭାରତୀୟ ନାରୀର ସ୍ୱାଭିମାନକୁ ନିର୍ଦ୍ଦିଷ୍ଟ ରୂପେ ଉତ୍ସାହିତ କରାଗଲା। ରାଜନୈତିକ କ୍ଷେତ୍ରରେ ମଧ ନାରୀମାନଙ୍କର ଉପସ୍ଥିତିର କାମନା କରି ଗ୍ରାମାଞ୍ଚଳ ଓ ସହରାଞ୍ଚଳର ବିଭିନ୍ନ ପରିଷଦ ଗୁଡ଼ିକରେ ନିର୍ବାଚିତ ସଦସ୍ୟମାନଙ୍କ ମଧରୁ ଶତକଡ଼ା ୩୦ ଭାଗ ସ୍ଥାନ ମହିଲାମାନଙ୍କ ନିମିତ୍ତ ସଂରକ୍ଷଣ କରାହେଲା। ସେହି ଦିନରୁ ବାସ୍ତବରେ ଭାରତୀୟ ଗଣତାନ୍ତ୍ରିକ ପରିବେଶରେ ଭାରତୀୟ ନାରୀ ନିଜକୁ ପୂର୍ଣ ସାମିଲ କରିପାରିଲା। ରବୀନ୍ଦ୍ରନାଥ ଟାଗୋର ଯଥାର୍ଥରେ କହିଥିଲେ, "ନାରୀ ଗୋଟିଏ ରାଷ୍ଟର ନିୟତିର ବାସ୍ତବ ନିର୍ମାତା ଓ ସଂରଚୟିତା। ପୁଷ୍ପଠାରୁ କୋମଳ ଓ ପୁରୁଷ ଠାରୁ ବି ଅଧିକ ଶକ୍ତିଶାଳୀ ଏକ ହୃଦୟର ଅଧିକାରୀ ନାରୀ, ମାନବ ଅଗ୍ରଗତିରେ ସର୍ବୋଚ୍ଚ ପ୍ରେରଣା ହେଲା ନାରୀ। ବାସ୍ତବରେ ମହିଲାମାନଙ୍କୁ ସବୁ କ୍ଷେତ୍ରରେ ସଚେତନ କରାଯାଇ ପୂର୍ଣ ମାତ୍ରାରେ ସମାନତା ପ୍ରଦାନ କରାଯାଉ। ସେମାନଙ୍କର ଅନ୍ତର୍ନିହିତ ଶକ୍ତି ଓ ସାମର୍ଥ୍ୟର ସଦୁପଯୋଗ କରାଯାଇପାରିଲେ ପରିବାର, ଗ୍ରାମଠୁ ଆରମ୍ଭ କରି ସହର, ଦେଶ ପର୍ଯ୍ୟନ୍ତ ପ୍ରତ୍ୟେକ ସ୍ଥାନରେ ସୁଖ, ଶାନ୍ତି ଓ ଆନନ୍ଦ ରାଜୁତି କରିବ।

ନାରୀ ହେଉଛି ପରମାତ୍ମାଙ୍କର ଏକ ସୁନ୍ଦର ସୃଷ୍ଟି। ଦିନ ଥିଲା ପ୍ରାଚୀନ କାଳରେ ଏହି ନାରୀ ଜାତିର ମର୍ଯ୍ୟାଦାକୁ ଅଗ୍ରାଧିକାର ଦିଆଯାଉଥିଲା। ନାରୀ କୁ ପୁରୁଷର ଦକ୍ଷିଣାଙ୍ଗୀ ବା ପତିର ଉତ୍ତମ ମନ୍ଦିର ଆଖ୍ୟା ମଧ ଦିଆଯାଉଥିଲା (ସ୍ୱୀକାର କରାଯାଉଥିଲା)। ଆହୁରି ମଧ ଶାସ୍ତ କହେ- ପତି, ପତ୍ନୀର ବଳ ଓ ପତ୍ନୀ ମଧ ପତିର ଶକ୍ତି ବା ବଳ। ଯେଉଁଠାରେ ନାରୀ ଜାତିର ସମ୍ମାନ କରାଯାଏ ସେଠାରେ ଦେବତା ନିବାସ କରନ୍ତି। ସେ ଦେଶ, ଗ୍ରାମ କିୟ ଘର ସବୁଠାରେ ସୁଖ ଶାନ୍ତି ବିରାଜମାନ ହୋଇଥାଏ। ନାରୀ ମାନଙ୍କର ଯେଉଁଠାରେ ଅପମାନ କରାଯାଏ। ସେଠାରେ ନର୍କ ପରି କଷ୍ଟ କ୍ଲେଶ ଓ ଦୁଃଖର ସୀମା ନଥାଏ। ନାରୀ ଆଖି ଲୁହରେ ସବୁ ସୁଖଶାନ୍ତି ଜଳିପୋଡ଼ି ଯାଏ। ଉଦାହରଣ ସ୍ୱରୂପ ସୀତା ଦେବୀଙ୍କ ଆଖି ଲୁହରେ ସୁନାପୁରି ଲଙ୍କାପୁର ଧ୍ୱଂସବିଧ୍ୱଂସ ହୋଇଯାଇଥିଲା। ଦ୍ରୌପଦାଙ୍କ ଆଖି ନିଆଁରେ ହସ୍ତିନା ପୁର ଧ୍ୱଂସର ନଜିର ରହିଛି। ଦୁର୍ଯ୍ୟୋଧନ-ଦ୍ରୌପଦୀଙ୍କୁ ବିବସ୍ତ କରିବାର ପ୍ରଚେଷ୍ଟା କରୁଥିଲା। ପକ୍ଷାନ୍ତରେ ସେ ପ୍ରକୃତିକୁ ନଗ୍ନ କରି ତା'ର ରହସ୍ୟ ଜାଣିବାକୁ ଚାହିଁଥିଲା। ଦ୍ରୌପଦୀ ପ୍ରକୃତିର ପ୍ରତୀକ। କେବଳ ଦ୍ରୌପଦୀ ନୁହନ୍ତି, ପ୍ରତ୍ୟେକ ନାରୀ ହେଉଛନ୍ତି ପ୍ରକୃତି। ଯିଏ ଯେତେବେଳେ ଏ ପ୍ରକୃତିକୁ ଲଗ୍ନ କରିବାର ଦୁଃସାହସ କରିଛି ବା ତାକୁ ଲାଞ୍ଛିତା କରିଛି

ତା' ଉପରେ ପଡ଼ିଛି ଅଦୃଷ୍ଟର ଅଭିଶାପ। ସେମିତି ମରିଛନ୍ତି ଅଭିଶପ୍ତ ହୋଇ ରାବଣ, ମହୀଷାସୁର ବା ଦୁର୍ଯ୍ୟୋଧନ ପରି ଦୁଷ୍ଟମାନେ। ସେମାନଙ୍କର ଅପରାଧ ଏଇଆ ଯେ ସେମାନେ ପୁରୁଷର ଅହଂକାରରେ ନାରୀକୁ ନିଜର ବଶୀଭୂତ କରିବାକୁ ଚାହିଁଛନ୍ତି। ଅଥଚ ସେଇ ନାରୀ ମଧରେ ପ୍ରକୃତିକୁ ଉପଲବ୍ଧ କରି ତାକୁ ଆରାଧନା କରିବାକୁ ଚେଷ୍ଟା କରିନାହାଁନ୍ତି। ଏପରିକି ଅନେକ ନାରୀମାନଙ୍କ ଦୃଷ୍ଟାନ୍ତ ଶାସ୍ତ୍ର ପୁରାଣମାନଙ୍କରେ ଦେଖିବାକୁ ମିଳେ। ଯେଉଁ ମାତୃ ଜାତିକୁ ଗୃହର ସାମ୍ରାଜ୍ଞୀ ଓ ମହାରାଣୀର ଆଖ୍ୟା ଦିଆଯାଇଥିଲା ସେ ମାଆର ସ୍ଥାନ ଆଜି କେଉଁଠି ? (ମାତା ନିର୍ମାତ୍ରୀ ଭବତି) ଯେପରି ସଂଜ୍ଞାହୀନ ହୋଇଯାଇଛି। ନାରୀ ଗୋଟିଏ ଅଲୋଡ଼ା ବସ୍ତୁରେ ପରିଣତ ହୋଇଯାଇଛି। ନାରୀର କରୁଣ ଚିତ୍କାରରେ ଯେପରି ଅଗ୍ନିବର୍ଷା ହେଉଛି। କେଉଁଠି କନ୍ୟାଟିକୁ ଭୂଣରୁ ହତ୍ୟା କରାଯାଉଛି ତ କେଉଁଠି କିଶୋରୀ ଅବସ୍ଥାରୁ ବଳାତ୍କାରରେ ପ୍ରାଣ ହରାଉଛି। ଆଉ ବା କେଉଁଠି ଯୌତୁକ ଜୁଇରେ ଜଳି ପାଉଁଶ ମୁଠାଏ ହୋଇଯାଉଛି। ତା'ର ଇୟତା ନାହିଁ। ଯେଉଁ ମହାମାନବ ମାନେ ନାରୀ ଶିକ୍ଷାର ଉନ୍ନତି ପାଇଁ ସଂଗ୍ରାମ କରୁଥିଲେ ସେମାନେ ଯଦି ଜୀବିତ ଥାଆନ୍ତେ ମାତୃଜାତିର ଏ ଅଧଃପତନ ସହିପାରି ନଥାନ୍ତେ। ଯେଉଁ ନାରୀକୁ ପରମାତ୍ମା ସବୁ ସୁଗୁଣ ଗୁଡ଼ିକୁ ପ୍ରଦାନ କରିଛନ୍ତି ତାହା କିଏ ନଜାଣେ ? ଦୟା, ଧର୍ମ, ଦାନ, ସ୍ନେହ, ପ୍ରୀତି, କରୁଣା, ଧୈର୍ଯ୍ୟ ଆଦି ବହୁ ସୁଗୁଣର ନାରୀ ଅଧିକାରିଣୀ। ଆଜି ସଂସାରରେ ସେଇ ଲକ୍ଷ୍ମୀ ମା'ପ୍ରତି ଏତେ ବୈମାତୃକ ଭାବ କାହିଁକି ? ଏହାର ଉତ୍ତର ଦେବ କିଏ ? ଅନେକ କହନ୍ତି ବେଶଭୂଷା ଶାଳୀନତା ଅଭାବରୁ ନାରୀଟିଏ ନର୍କଦଶା ଭୋଗୁଛି। ଏଥି ପାଇଁ ସେ ନିଜେ ଦାୟୀ। ଧରି ନିଆଯାଉ ବିବାହିତା ନାରୀ ବା ଯୁବତୀ ଝିଅଟିଏ ବେଶଭୂଷାରେ ଅସଂଯତ ହୋଇ ନିଜର ସର୍ବନାଶ କରୁଛି ? କିନ୍ତୁ ଚାରି, ପାଞ୍ଚ, ଛଅ ବର୍ଷର ଶିଶୁ କନ୍ୟାଟି କ'ଣ ଅସଂଯତ ହେଲା ? ଅକାଳରେ ତା'ର ଜୀବନ ଦୀପଟି ଲିଭିଯାଉଛି। ଜ୍ଞାନର ଅଭାବ ସାଙ୍ଗକୁ ମଦ୍ୟମାଂସର ସେବନ ମଣିଷକୁ ପଶୁ ସଜାଇ ଦେଉଛି କହିଲେ ଭୁଲ ହେବନାହିଁ।

ଦିନକୁ ଦିନ ସମାଜରେ ଭ୍ରଷ୍ଟାଚାର, କୁକର୍ମ, ଅସଦାଚରଣ, ପରକୀୟାପ୍ରୀତି, ପ୍ରେମଜନିତ ବିଫଳତାରୁ ପ୍ରତିହିଂସା ପରାୟଣତା ଦ୍ରୁତଗତିରେ ବୃଦ୍ଧି ପାଇବାରେ ଲାଗିଛି। ବଡ଼ବଡ଼ିଆଙ୍କ କ୍ଷେତ୍ରରେ କାଷ୍ଟିଂ କାଉଚ ଭଳି ଘଟଣା ଘଟୁଥିବା ବେଳେ ? ସାଧାରଣ ଏବଂ ମଧ୍ୟବିତ୍ତଙ୍କ କ୍ଷେତ୍ରରେ କୁକର୍ମ ଏବଂ ଅସଦାଚରଣ ସାମାଜିକ ବିଧ୍ ବ୍ୟବସ୍ଥାକୁ କଳଙ୍କିତ କରୁଛି। ଅପରାଧୀ ଧରାପଡୁଛି। ଆର୍ଥିକ ଦଣ୍ଡରେ ଦଣ୍ଡିତ ହେବା ସହ କାରାଗାରରେ ବନ୍ଦୀ ଜୀବନ ବିତାଉଛି। ଏସବୁ ସତ୍ତ୍ୱେ ସମାଜରେ ଏଭଳି କଳଙ୍କିତ ଘଟଣାର ବିଲୋପ ଘଟୁନାହିଁ। ଏଥିରୁ ସ୍ପଷ୍ଟ ଜଣାପଡୁଛି ଯେ ଏବେ ବି ଯୁବ ସମାଜ ଦିଗଭ୍ରଷ୍ଟ, ସେମାନେ ସଂଯମତାର ମୂଲ୍ୟବୋଧ ବୁଝନ୍ତି ନାହିଁ। ନାରୀ ପ୍ରତି ପାଶବିକ କୁକର୍ମର ପରିଣାମ ସମ୍ପର୍କରେ ସେମାନେ ଅବଗତ ନୁହଁନ୍ତି। ନାରୀ ଏବେ ବି ସେମାନଙ୍କ ନଜରରେ କେବଳ ଉପଭୋଗ୍ୟ ବସ୍ତୁ ହୋଇ ରହିଯାଇଛି। ଏସବୁର ପରୋକ୍ଷ ପ୍ରଭାବ ପଡୁଛି ଭବିଷ୍ୟତର ପିଢ଼ିଙ୍କ ଉପରେ। ବେଳେବେଳେ ଦେଖାଯାଏ କିଛି ଯୁବକ ସବୁ ଜାଣିଥାଇ ମଧ ଭୁଲ କରିବସନ୍ତି।

ଦୁନିଆରେ କୌଣସି କାମ ଅସମ୍ଭବ ନୁହେଁ। ଦୁନିଆରେ ପ୍ରତ୍ୟେକ ସମସ୍ୟାର ସମାଧାନ ପାଇଁ ପ୍ରତିକାର ବ୍ୟବସ୍ଥା ରହିଛି। ଏଥିରୁ ନିବୃତ ରହିବା ଲାଗି କେତେକ ଉପାୟ ସମ୍ପର୍କରେ ଜାଣନ୍ତୁ– ନାରୀକୁ ସର୍ବଦା ମାଆ ଏବଂ ଭଉଣୀ ରୂପରେ ଦେଖନ୍ତୁ। ଯଦି କୌଣସି ପର ନାରୀକୁ ଦେଖିବା ମାତ୍ରେ ଆପଣଙ୍କ ମନରେ ଦୁର୍ବଳତା ଚାଲି ଆସୁଛି, ତେବେ ସକାଳେ ଉଠିବା ମାତ୍ରେ ଶୁଦ୍ଧ ସଂକଳ୍ପ କରନ୍ତୁ ଯେ ମୋ ନଜରକୁ ଯେଉଁ ନାରୀମାନେ ଆସିବେ ସେମାନଙ୍କୁ ମାଆ ଏବଂ ଭଗିନୀ ରୂପରେ ଦେଖିବି। ପ୍ରତ୍ୟେକ ଦିନ କିଛି ନା କିଛି ସମୟ ଶାରୀରିକ ପରିଶ୍ରମ କରିବା ଦ୍ୱାରା ଏସବୁ ଚିନ୍ତାଧାରା ମନରେ ଆସିନଥାଏ। ନିୟମିତ ଯୋଗ ଏବଂ ପ୍ରାଣାୟମ କରନ୍ତୁ। ଆମିଷ, ପିଆଜ, ରସୁଣ, ଲାଲଲଙ୍କା, ମସଲା ଜାତୀୟ ଖାଦ୍ୟଠାରୁ ଦୂରେଇ ରହନ୍ତୁ। କାରଣ ଖାଦ୍ୟର ପ୍ରଭାବ ମନ ଉପରେ ପଡ଼ିଥାଏ। ପ୍ରତ୍ୟେକ ସମୟରେ

ମନ ଦେଇ କିଛି ନା କିଛି କାମ କରନ୍ତୁ। କାମରେ ମନ ଦେବା ଦ୍ୱାରା ମନରେ ଖରାପ ଭାବନା ଆସିନଥାଏ। କାମଦେବ ଏବଂ ରତିଦେବୀଙ୍କୁ ପ୍ରତ୍ୟହ ଧ୍ୟାନ କରିବା ଦ୍ୱାରା ମନରେ କମାନା ବାସନା ଆସିନଥାଏ। ନାରୀ ହେଉଛି ଆଦି ମାତା ପାର୍ବତୀ, ମହାଲକ୍ଷ୍ମୀ, ସରସ୍ୱତୀ, ଗାୟତ୍ରୀ, ସନ୍ତୋଷୀ, ବ୍ରହ୍ମାଣୀ, ଇନ୍ଦ୍ରାଣୀ ଏବଂ ଶତରୂପାଙ୍କ ଅଂଶ ସ୍ୱରୂପୀ। ତେଣୁ ପରନାରୀକୁ ସର୍ବଦା ମାତା ଭାବେ ବିବେଚନା କରିବା ଉଚିତ୍। ପ୍ରତ୍ୟହ ଆଧ୍ୟାତ୍ମିକ ପୁସ୍ତକ ପଠନ ଲାଗି କିଛି ସମୟ ଦିଅନ୍ତୁ। ସୁସାହିତ୍ୟ, ଆଧ୍ୟାତ୍ମିକ ପୁସ୍ତକ ପଠନ ଦ୍ୱାରା ମନରେ ସକାରାତ୍ମକ ପ୍ରଭାବ ପଡ଼ିଥାଏ। ଆପଣା ପତ୍ନୀଙ୍କୁ ବାଦ ଦେଲେ ଅନ୍ୟ ନାରୀମାନଙ୍କ ସହ ଏକାନ୍ତରେ ବାର୍ତ୍ତାଳାପ କରନ୍ତୁ ନାହିଁ। ଯେକୌଣସି ବୟସର ନାରୀ, ଶାଳୀ, ଶାଳ ଭାଉଜ, ଆଇ, ଜେଜେ ମାଆ, ଛୋଟ ଝିଅ, ବାନ୍ଧବୀ ଏବଂ ମହିଳା ସହକର୍ମୀଙ୍କ ସହ ଠାଟ୍ଟା ତାମସା କରିବା ଦ୍ୱାରା ମନରେ ବିକାର ଭାବ ଉତ୍ପନ୍ନ ହୋଇଥାଏ। ଏଭଳି ଛୋଟ ଛୋଟ ଘଟଣା ଖରାପ କାମ କରିବା ଲାଗି ପ୍ରବର୍ତ୍ତାଇ ଥାଏ। ମଦ, ବିଡ଼ି, ସିଗାରେଟ ଭଳି ନିଶାଦ୍ରବ୍ୟ ପାନ କରିବା ଦ୍ୱାରା ମନରେ ଖରାପ ଭାବନା ଆସିଥାଏ। ଯେତେ ଦୂର ସମ୍ଭବ ପରିସ୍ରା କରିବା ପରେ ଶୁଦ୍ଧ ଜଳରେ ଶୌଚ ହୁଅନ୍ତୁ। ଉତ୍ତମ ଶାରୀରିକ ଏବଂ ମାନସିକ ଭାବେ ନିଜକୁ ବ୍ୟସ୍ତ ରଖନ୍ତୁ। ସିନେମା, ଅଶ୍ଲୀଲ ମୁଭି, ଆଧୁନିକ ଗୀତ, ଅଶ୍ଲୀଲ ସାହିତ୍ୟ ଏବଂ ଫଟୋ ଚିତ୍ର ମନକୁ ବିପଥଗାମୀ କରାଇଥାଏ। ପୁରୁଷ ଓ ନାରୀର ମିଳନ କେବଳ ମାନବ ବଂଶ ରକ୍ଷା ଲାଗି ଉଦ୍ଦିଷ୍ଟ। ଏହାକୁ ଉପଭୋଗର ମାଧ୍ୟମ ମନେ କରିବା ମଣିଷକୁ ସର୍ବନାଶ ଆଡ଼କୁ ନେଇଯାଇଥାଏ।

ଦିନ ଥିଲା ଘରେ କନ୍ୟା ଜାତ ହେଲେ ପରିବାରର ଲୋକେ ଖୁସି ମନାଉଥିଲେ, ଘରକୁ ଲକ୍ଷ୍ମୀ ଆସିଛି ବୋଲି। ଗୋଟିଏ କନ୍ୟା ହିଁ ଘରର ଶୋଭା ବର୍ଦ୍ଧନ କରିଥାଏ। ସେଥିପାଇଁ କନ୍ୟାକୁ ରତ୍ନ ସହିତ ତୁଳନା କରାଯାଉଥିଲା। ପୁଣି ସବୁ ଦାନ ଠାରୁ କନ୍ୟାଦାନକୁ ଅଧିକ ଗୁରୁତ୍ୱ ଦିଆଯାଇଛି। ପୁରାଣ ବର୍ଣ୍ଣିତ ସଗର ରାଜା ତପସ୍ୟା କରି ଲକ୍ଷେ କନ୍ୟା କାମନା କରିଥିଲେ। ଲକ୍ଷେ କନ୍ୟା ତ ଅସମ୍ଭବ କଥା। ତେବେ କନ୍ୟା ଦାନର ମହତ୍ୱ ଏତେ ବେଶିଥିଲା, ଯାହାର କନ୍ୟା ସନ୍ତାନ ନଥିଲା ସେ ପୋଷ୍ୟ କନ୍ୟା ଗ୍ରହଣ କରି ଦାନ କରୁଥିଲା। କାରଣ କନ୍ୟା ଦାନ କରି ପୁଣ୍ୟର ଭାଗିଦାର ହେବା ପାଇଁ। ଆଜି କିନ୍ତୁ ସମାଜ ବିପରୀତ ଦିଗରେ ଚାଲିଛି। କନ୍ୟାକୁ ଯଦି ସମସ୍ତେ ମାରି ଦେବେ ତେବେ ପୁତ୍ର ସନ୍ତାନ ପାଇଁ ବୋହୂ କ'ଣ ଗଛରୁ ଫଳିବେ କି? ଏ କନ୍ୟାର ମର୍ଯ୍ୟାଦା ଅକ୍ଷୁର୍ଣ୍ଣ ରଖି ତାକୁ ଦୁନିଆକୁ ଆଣି ତାଙ୍କର ଅଧିକାର ଦେଇ ତଥା ନିଜେ ଭ୍ରୁଣହତ୍ୟା ପରି ଏକ ଜଘନ୍ୟ ପାପରୁ ନିବୃତ୍ତ ରହି ଓ ଏପରି ଏକ କଲୁଷିତ ମାନସିକତାଠାରୁ ଦୂରେଇ ରହିବାକୁ ହେବ।

ଗର୍ଭରୁ ମଶାଣି ପର୍ଯ୍ୟନ୍ତ ସବୁ କ୍ଷେତ୍ରରେ ପ୍ରତ୍ୟେକ ସ୍ତରରେ ନାରୀ ପାତର ଅନ୍ତରର ଶିକାର ହେଉଛି। ସେମାନଙ୍କ ସ୍ୱାଭିମାନ ଓ ଭାବନାକୁ ସମ୍ମାନ ଦେବାରେ ଆମେ କୁଣ୍ଠିତ। ସବୁ କ୍ଷେତ୍ରରେ ସେମାନେ ଚରମ ଉତ୍କର୍ଷର ଉଦାହରଣ ସୃଷ୍ଟି କରି ସାରିଲେଣି। ଅଥଚ ସେମାନଙ୍କ ଭିତରେ ଥିବା ସମ୍ଭାବନା, ଆଶା ଓ ଆକାଂକ୍ଷାକୁ ଦଳି ଦେବାକୁ ଆମେ ସଦା ତତ୍ପର। ଆମ ଏଠି ନାରୀ ଜାତି ପ୍ରତି ସଂରକ୍ଷଣ ରହିଛି କିନ୍ତୁ ସୁରକ୍ଷା ନାହିଁ। କନ୍ୟାଟିଏ ଉପେକ୍ଷିତା କାହିଁକି? ଶିକ୍ଷା ଲାଭରୁ ବଞ୍ଚିତା କୋଉଥି ପାଇଁ। ବାଲ୍ୟ ବିବାହ, ବାଲ୍ୟ ବିଧବା, ସତୀଦାହ ପ୍ରଥା ପରି କଲଙ୍କିତ ପ୍ରଥାର ଯନ୍ତ୍ରଣା ଭୋଗେ କେଉଁ ସକାଶେ? ପ୍ରତାରଣାର ଶିକାର ହୋଇ ପରିସ୍ଥିତିର ବାଧ୍ୟ ବାଧକତାରେ ଅନୈତିକ କାର୍ଯ୍ୟରେ ବ୍ୟବହୃତ ହୁଏ କି ସ୍ୱାର୍ଥ ଲାଗି। ଯୌନ ଶୋଷଣ ଲାଞ୍ଛିତା ଓ ଅପମାନିତା ହୁଏ କାହିଁକି?

ଆମ ସମାଜରେ ବୋହୂଟିଏ ବୟସ୍କମାନଙ୍କୁ ଜୁହାର ହୋଇ ଆଶୀର୍ବାଦ ଶିକ୍ଷା କଲେ ସେମାନେ ସମସ୍ତେ ପ୍ରାୟତଃ "ପୁତ୍ରବତୀ ଭବଃ" ଆଶୀର୍ବାଦ କରିଥାଆନ୍ତି। କେହି କେବେ କନ୍ୟା ସନ୍ତାନର ଜନନୀ ହୁଅ ବୋଲି ଆଶୀର୍ବାଦ ଦେବାର ଶୁଣାଯାଏ ନାହିଁ। ଏହା ନିଃସନ୍ଦେହରେ କୁହାଯାଇ ପାରେ ଯେ ଅଧିକାଂଶ କ୍ଷେତ୍ରରେ ପିତାମାତାମାନେ କନ୍ୟା ସନ୍ତାନଟିଏ ଆନ୍ତରିକ ଭାବରେ ଚାହାଁନ୍ତି ନାହିଁ ଓ ବିଶେଷକରି ନାରୀଟିଏ ବି କନ୍ୟା ସନ୍ତାନର ଜନନୀ ହେବାକୁ ହୃଦୟର ସହିତ ଚାହିଁ

ନଥାଏ । ଏହାର ଏକ ପ୍ରମୁଖ କାରଣ ହୁଏତ ହୋଇପାରେ ଯେ ସେ ନିଜେ ନାରୀ ଜନ୍ମ ପାଇ ପରିବାର ଓ ସମାଜରେ ଯାହା କିଛି ଦୁଃଖ ଦୁର୍ଦ୍ଦଶା ଭୋଗିଛି, ତା'ର ସନ୍ତାନ ଅନ୍ତତଃ ସେପରି ନପାଉ (ନଭୋଗୁ) । ଉତ୍ତରପ୍ରଦେଶରେ ଏକ ଲୋକଗୀତ ଅଛି ଯାହାର ଅର୍ଥ ହେଲା – "ହେ ଈଶ୍ୱର, ମୋତେ ପଛେ ଆର ଜନ୍ମରେ ନରକରେ ପକାନ୍ତୁ କିନ୍ତୁ କନ୍ୟାର ଜନକ କରନ୍ତୁ ନାହିଁ ।" ତେବେ କନ୍ୟା ସନ୍ତାନଟିଏ ଆମ ସମାଜରେ କାହିଁକି ଅଖୋଜା, ଅଲୋଡ଼ା ? ସେ କାହିଁକି ଅବାଞ୍ଛିତ ଓ ଅଦରକାରୀ ଏବଂ ଅନାଦର ମଧ୍ୟ ? ମନରେ ପ୍ରଶ୍ନ ଉଠେ ଝିଅଟିର ଭୁଲ ରହିଲା କେଉଁଠି ? ଏଇଟା କ'ଣ ତା'ର ଭୁଲ ଯେ ସେ ସମସ୍ତଙ୍କୁ ଅତି ସହଜରେ ବିଶ୍ୱାସ କରିଯାଏ । ନିଜର ସବୁ କିଛି ସ୍ୱଇଚ୍ଛାରେ ଅନ୍ୟମାନଙ୍କୁ ସମର୍ପି ଦିଏ । ନିଜର ସ୍ୱତନ୍ତ୍ର ପରିଚୟ ଓ ସତ୍ତା ହରାଇଦେଇ ପୁରୁଷଟିଏ ମାର୍ଫତରେ ନିଜ ଅସ୍ତିତ୍ୱ ସୃଷ୍ଟି କରି ଜିଇବାକୁ ଚାହେଁ । ଏହା କ'ଣ ତା'ର ଅପରାଧ ? ସେ ନିଜର ସବୁ କିଛି ହସି ହସି ତ୍ୟାଗ କରି ଅନ୍ୟ ଉପରେ ନିର୍ଭରଶୀଳ ହୋଇ ରହିବାକୁ ପସନ୍ଦ କରେ, ନା' ପୁରୁଷ ପ୍ରତି "ତୋ ବିନୁ ଅନ୍ୟ ଗତ ନାହିଁ" ଭାବନା ତା'ର ଭୁଲ ?

ଆଜି ବି ନାରୀ ସତ୍ତାର ଶୀର୍ଷତମ ନମୁନା କହି ମା' ବୋଲି ପୂଜା କରୁଥିବା ସୀତାଙ୍କ ଠାରୁ ସତୀତ୍ୱ ବା ଯୌନ ପବିତ୍ରତାର ପ୍ରମାଣ ଖୋଜୁଥିବା ଭାରତୀୟ ସମାଜ ବିରୋଧାଭାସ ଭିତରେ ଆଉଟି ପାଉଟି ହେଉଛି । ଏହା କୌଣସି ବୟାନ ଅପେକ୍ଷା ବ୍ୟାବହାରିକ ଅଭିଜ୍ଞତା ଉପରେ ଅଧିକ ନିର୍ଭର କରିବା ଉଚିତ ବୋଲି ଆମେ ଅନୁଭବ କରୁ । ଜଣେ ଯୁବା ରାଜପୁତ୍ର, ପ୍ରୌଢ଼ ପିତାଙ୍କ ଯୌନ ଲାଲସା ଚରିତାର୍ଥ ନିମିତ୍ତ ତରୁଣୀ ପତ୍ନୀ ନିକଟରେ କାମବେଗ ଜନିତ ସତ୍ୟ ପାଳନ ସକାଶେ ସିଂହାସନ ଓ ରାଜବାଟି ପରିତ୍ୟାଗ କରି ନିଜ ପରଦାନସୀନ କୁଳବଧୂକୁ ସାଙ୍ଗରେ ନେଇ ଜଙ୍ଗଲକୁ ଗଲେ । ବନସ୍ତରେ ମଧ୍ୟ ଉଦ୍ଭାସ ଅଭ୍ୟସ୍ତ ନାରୀଠାରୁ ଅସୂର୍ଯ୍ୟ୍ୟପଶ୍ୟା ରମଣୀର ଆଚରଣ ଖୋଜାଗଲା । ଭିକ୍ଷାର୍ଥୀଙ୍କୁ ଭିକ୍ଷା ଦେବାର ସାମର୍ଥ୍ୟ ଥାଇ ଭିକ୍ଷା ନଦେଇ ଫେରାଇ ଦେବା ପାପ ଏବଂ ଭିକ୍ଷା ଦେବା ପରମ କର୍ତ୍ତବ୍ୟ ବୋଲି ଜାଣିଥିବା ସେହି ଅବଳା କୁଳବଧୂ ପାଇଁ ବନସ୍ତରେ କ'ଣ କରଣୀୟ ବା ଅକରଣୀୟ ତାକୁ କେହି ସେ ବିଷୟରେ ବୁଝାଇ ନଥିଲେ । ତଥାପି ତା' ସାମ୍ନାରେ ଟାଣି ଦିଆଗଲା ଯଥେଚ୍ଛା ପ୍ରସାରଣକ୍ଷମ ଅବୋଧ "ଲକ୍ଷ୍ମଣ ରେଖା" । ସମାଜ ଜାଣିଥିଲା ସବୁ ନାରୀଙ୍କ ପରି ମା'ସୀତା ମଧ୍ୟ ଦୁର୍ବଳ ଅବଳା । ତଥାପି ବିବାହ ବେଦୀରେ ବସି ଅଗ୍ନି ଓ ଦଶ ଦିଗପାଳଙ୍କୁ ସାକ୍ଷୀ ରଖି ତାଙ୍କର ଦଶକୋଷକୁ କ୍ଷମା କରିଦେବାକୁ ଶପଥ ନେଇଥିବା ସ୍ୱାମୀ ତାଙ୍କର ଦଶଟି ଦୋଷ ମଧ୍ୟରୁ କେଉଁ ଦୋଷକୁ କ୍ଷମା କରି ଦେଇଥିଲେ ତା'ର କିଛି ନଜର ପୁରାଣରେ ନାହିଁ । ସ୍ୱାମୀ ରାମ ତାଙ୍କୁ କେଉଁ ରକମର ସୁରକ୍ଷା ଯୋଗାଇ ଦେଇଥିଲେ ଓ ରାଜା ରାମଚନ୍ଦ୍ରଙ୍କ ଠାରୁ ସିଏ କି ପ୍ରକାର ନ୍ୟାୟ ପାଇଥିଲେ ସେ ବିଷୟରେ ମଧ୍ୟ ପୁରାଣ ନିର୍ଦ୍ଦୟ ଭାବରେ ନିରବ । କୌଣସି ଧୋବା ଧୋବଣୀଙ୍କ କଳି ତକରାଲରୁ ଗୁପ୍ତଚରଠାରୁ ଶୁଣିଥିବା ଅବର୍ଜ୍ୟା ଅଭିଯୋଗକୁ ବିଚାର କରି ସୀତା ହେଲେ କୁଲଟା ।

ଭଣ୍ଡ ସନ୍ୟାସୀ ଛଳନାର ପୋଷାକରେ ସଜ୍ଜିତ ରାବଣ, ସୀତାଙ୍କ ହାତ ଧରି ବଳ ପ୍ରୟୋଗ କରି ଟାଣି ନେଇ ରଥରେ ବସାଇ ଲଙ୍କାକୁ ନେଇଗଲା । ରାଜ ଉଦ୍ୟାସରେ ନରଖି ତାଙ୍କୁ ଅଶୋକ ବନରେ (ବାଟୀକାରେ) ଅସୁରଣୀମାନଙ୍କ ଗହଣରେ ରଖିଲା ପରେ ସୁଦ୍ଧା ସୀତା ହେଲେ କୁଲଟା । ପରମ ପୂଜ୍ୟା ମାତା ସୀତା ଚାରିତ୍ରିକ ପ୍ରମାଣ ଦେବାକୁ ଯାଇ ଅଗ୍ନି ପରୀକ୍ଷା (ଯାହା ଅସମ୍ଭବ କିନ୍ତୁ ପୁରାଣରେ ବର୍ଣ୍ଣିତ ଅଛି) ଦେଇସାରି ସୁଦ୍ଧା ଅପବାଦରୁ ମୁକୁଲି ପାରିଲେନାହିଁ । ଦଶଦୋଷ କ୍ଷମା କରି ଦେବାକୁ ଶପଥ ନେଇଥିବା ସ୍ୱାମୀ ଓ ପ୍ରଜାନୁରଞ୍ଜକ ପ୍ରଜାବତ୍ସଲ ସତ୍ୟନିଷ୍ଠ ରାଜା ରାମଚନ୍ଦ୍ର ଲୋକ କଥାରେ (ଲୋକାପବାଦରେ) ତାଙ୍କୁ ନିର୍ବାସନ ଦଣ୍ଡ ବିଧାନ କରିଦେଲେ । ରାମ ତଥାପି ହେଲେ ଯୁଗପୁରୁଷ ମହାପ୍ରଭୁଙ୍କ ଅବତାର । ରାମଚନ୍ଦ୍ର ନିଜେ ହେଲେ ପ୍ରଭୁ ଓ ଆମ ଗଣତାନ୍ତ୍ରିକ ଆଇନ ସହ ଫିଟ୍ ହୋଇ ନପାରନ୍ତି । ଆଉ ଭଣ୍ଡ ସନ୍ୟାସୀର ଛଳନା କରିଥିବା ବଳାତ୍କାରୀ ରାବଣ ହେଲେ ପରମଭକ୍ତ । ଆଉ ରାଧାଙ୍କ ପ୍ରତି କୃଷ୍ଣଙ୍କ ପ୍ରେମତ ଥିଲା ଶଠତାରେ ଭରା, ଠିକ

ବାଆଜି ରାବଣର ସରଳା ସୀତାଙ୍କ ପାଖେ ଭଣ୍ଟାପରି । ତାହା ନ ହୋଇଥିଲେ ସେ ଗୋପପୁରରୁ ଯାଇ ମଥୁରା ଓ ସେଠାରୁ ଦ୍ୱାରିକା ଚାଲିଗଲେ, ଅଷ୍ଟ ପାଟ ବଂଶୀମାନଙ୍କୁ ବିବାହ କରି ସେମାନଙ୍କ ପ୍ରେମରେ ମଜ୍‌ଗୁଲ ଥିଲା ବେଲେ ରାଧା ଅପନିନ୍ଦାର କଳଙ୍କକୁ ମୁଣ୍ଡାଇ ଥିଲେ ଜୀବନର ଶେଷ ସମୟ ପର୍ଯ୍ୟନ୍ତ । ଆଉ ପଶା ଖେଳ ପ୍ରତି ପ୍ରବଲ ଦୁର୍ବଳତା ଥିବା ଧର୍ମରାଜ ଯୁଧିଷ୍ଠିର ଖେଳରେ ହାରିଗଲେ । ମାତ୍ର ନିରପରାଧିନୀ ଦ୍ରୌପଦୀଙ୍କ କେଶ ଆକର୍ଷଣ କରି ପରିପୂର୍ଣ୍ଣ ରାଜସଭାକୁ ଭିଡ଼ି ଆଣି ତାଙ୍କୁ ଉଲଗ୍ନ କରାଇବାର ଅପଚେଷ୍ଟା କରୁଥିବା ଦୁଃଶାସନକୁ ଏପରି କର୍ମରୁ ବିରତ ହେବା ପାଇଁ କେହି ଦାବି କରିନଥିଲେ ଓ ଦୁର୍ବଳା, ଅବଳା ପ୍ରତି ହେଉଥିବା ଲାଞ୍ଛନାର ପ୍ରତିରୋଧ ନ କରି ଏ ଘୃଣ୍ୟ ଦୃଶ୍ୟ ଉପଭୋଗ କରୁଥିବା ରାଜସଭାରେ ଉପସ୍ଥିତ ଜନତା ତଥା କୁରୁକୁଲର ମାନ୍ୟବର ବୟୋଜ୍ୟେଷ୍ଠ ପୂଜ୍ୟାସ୍ପଦ ମାନନୀୟ ମହୋଦୟମାନେ ବସି ନିରବରେ ବସ୍ତ୍ରହରଣ ଦୃଶ୍ୟ ଉପଭୋଗ କରୁଥିବା ବ୍ୟକ୍ତିବିଶେଷଙ୍କୁ ଦ୍ରୌପଦୀ ସାହାଯ୍ୟ ଭିକ୍ଷା କରି ବ୍ୟର୍ଥ ହେବା ପରେ କେଶ ଆକର୍ଷଣକାରୀ ଦୁଃଶାସନର ବାହୁ ରକ୍ତରେ କେଶ ପ୍ରକ୍ଷାଳନ ପରେ କେଶ ବନ୍ଦନର ଆଗ୍ନେୟ ଶପଥ ନେଇଥିବା ଦ୍ରୌପଦୀଙ୍କୁ ମହାଭାରତର ରଚୟିତା କୃଷ୍ଣ ଦ୍ୱୈପାୟନ (ବ୍ୟାସ ମହାରାଜ) ସ୍ୱର୍ଗାରୋହଣ ସମୟରେ ଯୋଗିନୀ ସଜେଇ ତାଙ୍କ ହାତରେ ଖପରି ଧରେଇ ଦେଲେ ଆଉ ସେ ତାଙ୍କ ଶାଶୁ କୁନ୍ତୀଙ୍କ ସହିତ ଚାରି ସ୍ୱାମୀମାନଙ୍କ (ଯୁଧିଷ୍ଠିରଙ୍କ ବ୍ୟତୀତ) ମେଦକୁ ସେ ଖପରିରେ ପୁରାଇ ଭକ୍ଷଣ କରି ପରମ ତୃପ୍ତିଲାଭ କରିଥିଲେ ବୋଲି ଲିପିବଦ୍ଧ କରି ତାଙ୍କ ନାମରେ ଅପନିନ୍ଦା ଦେବାକୁ ପଛାତପଦ ହୋଇ ନାହାଁନ୍ତି । ଏହା ହେଲା ଆମ ଦେଶର ନାରୀମାନଙ୍କ ପ୍ରତି ନ୍ୟାୟ ବିଚାର । ସୀତା ଏବଂ ଦ୍ରୌପଦୀ– ଅଲଗା ପୁରାଣ ଓ ଅଲଗା (ଭିନ୍ନ) ଯୁଗର ଦୁଇଟିଯାକ ପୂଜ୍ୟ ପବିତ୍ର ଚରିତ୍ର । ସେମାନଙ୍କ ପ୍ରତି ଯେତେବେଲେ ଏପରି ଅବିଚାର କରାଯାଇଛି, ସେପରି ସ୍ଥଲେ ଅନ୍ୟ ସାଧାରଣ ନାରୀମାନଙ୍କ କଥା ବା କ'ଣ କହିବା ? ବୈଦିକ ଯୁଗରୁ ଆଜି ପର୍ଯ୍ୟନ୍ତ ପୋଷାକ ବଦଲାଇଲେ ଯେପରି ବ୍ୟକ୍ତିର (ଚରିତ୍ରର) ମୂଲ୍ୟବୋଧରେ କୌଣସି ପରିବର୍ତ୍ତନ ଘଟିନଥାଏ । ଯେମିତି ଯତି ବେଶଧାରୀ ରାବଣର ହୋଇନଥିଲା । ସେମିତି ସମାଜର ରୂପ ବଦଲିଗଲେ ରାଜତନ୍ତ୍ର ସ୍ଥାନରେ ଗଣତନ୍ତ୍ର ପ୍ରଚଲନ କଲେ ସୁଦ୍ଧା ବ୍ୟକ୍ତିର ଆଚରଣ ବଦଲି ନଥାଏ ।

ସ୍ୱାଧୀନ ମତବ୍ୟକ୍ତ କରିବା ଓ ସ୍ୱାଧୀନ ଭାବେ ବଞ୍ଚିବା ପ୍ରତ୍ୟେକ ମଣିଷର ମୌଳିକ ଅଧିକାର । ଏହି ଅଧିକାରକୁ ସୁଦୃଢ଼ କରିବା ପାଇଁ ବିଭିନ୍ନ ଆଇନ କାନୁନ ଗଢ଼ାଯାଇଛି । କିନ୍ତୁ ପ୍ରକୃତରେ ନାରୀଟିଏ ତା'ର ଭ୍ରୁଣ ଅବସ୍ଥାଠାରୁ ଆରମ୍ଭ କରି ବୃଦ୍ଧାବସ୍ଥା ପର୍ଯ୍ୟନ୍ତ ତା'ର ଏହି ମୌଳିକ ଅଧିକାରକୁ ସାବ୍ୟସ୍ତ କରିପାରିନଥାଏ । ନାରୀର ଅଧିକାରକୁ ଅପହରଣ କରିଥାଏ ଆମର ସାମାଜିକ ପ୍ରଥା । କୁସଂସ୍କାର ଓ ବୈବାହିକ ପରମ୍ପରା, 'ପୁଅ ଓ ଝିଅ ସମାନ' ସ୍ଲୋଗାନ ଦେଇ ଦେଲେ ଝିଅଟିଏ ପୁଅ ସହିତ ସମାନ ହୋଇପାରିବନି । ଯଦି ପୁଅ, ଝିଅ ଉଭୟେ ସମାନ ତେବେ ବିବାହ ପରେ ସ୍ୱାମୀ ପରିଚୟରେ ପରିଚିତ ହେବା ପାଇଁ ଝିଅଟିଏ କାହିଁକି ବାଧ୍ୟ ହୁଏ ? ଏହା ଆଇନର ପକ୍ଷପାତିତା ନୁହେଁ କି ? ଏଠାରେ ପରୋକ୍ଷରେ ପୁରୁଷମାନଙ୍କୁ ପ୍ରାଧାନ୍ୟ ଦିଆଯାଏ । ବିବାହ ପରେ ଜଣେ ମହିଲା କୌଣସି ଚାକିରିରେ ଆବେଦନ କରିବା ପାଇଁ ହେଲେ ନିଜ ବାସ ସ୍ଥାନର ପ୍ରମାଣପତ୍ର ସହିତ ତା' ସ୍ୱାମୀଙ୍କ ବାସସ୍ଥାନର ପ୍ରମାଣପତ୍ର ଯୋଡ଼ି ହୋଇଥାଏ । ତା'ର ବୈବାହିକ ସ୍ଥିତି ସ୍ଥାନରେ ସେ କାହାର ସ୍ତ୍ରୀ (ୱାଇଫ୍ ଅଫ୍) ବୋଲି ଉଲ୍ଲେଖ କରିଥାଏ । ଜାତୀୟ ନିର୍ବାଚନରେ ମତଦାନ କଲା ବେଲେ ସ୍ୱାମୀର ନିର୍ବାଚନ ମଣ୍ଡଳୀରେ ହିଁ ମତଦାନ କରିଥାଏ । କିନ୍ତୁ ଅପର ପକ୍ଷରେ ବିବାହ ପରେ ପୁରୁଷଟିଏ ତା'ର ବାସସ୍ଥାନର ପ୍ରମାଣପତ୍ରକୁ ସ୍ତ୍ରୀର ବାସସ୍ଥାନର ପ୍ରମାଣପତ୍ର ସହିତ ଯୋଡ଼ି ନଥାଏ । ବିବାହ ପରେ ସେ କାହାର ସ୍ୱାମୀ (ହଜ୍‌ବ୍ୟାଣ୍ଡ ଅଫ୍) ବୋଲି ଲେଖନଥାଏ କିମ୍ବା ସ୍ତ୍ରୀର ନିର୍ବାଚନ ମଣ୍ଡଳୀରେ ସ୍ୱାମୀଟିଏ ମତଦାନ କରିନଥାଏ । ଏହି ପରିସ୍ଥିତିରେ ଯଦି ସ୍ୱାମୀ–ସ୍ତ୍ରୀ ଉଭୟଙ୍କ ମଧ୍ୟରେ ଉତ୍ତମ ବୁଝାମଣା ଅଛି ତେବେ କିଛି ସମସ୍ୟା ସୃଷ୍ଟି ହୋଇନଥାଏ । ଯଦି ଉଭୟଙ୍କ ମଧ୍ୟରେ ମତାନ୍ତର ଓ ମନାନ୍ତର ଥାଏ ତେବେ ମହିଲାଟିଏ ନିର୍ବାଚନରେ ମତଦାନ କରିବାରୁ ବଞ୍ଚିତା ହୋଇଥାଏ ।

ତେଣୁ ପୁଅ-ଝିଅ, ସ୍ତ୍ରୀ-ପୁରୁଷ ମଧ୍ୟରେ ସମାନତା ଆଶା କରିବା ପୂର୍ବରୁ ସର୍ବ ପ୍ରଥମେ ଆଇନଗତ ସମାନତା ଅପରିହାର୍ଯ୍ୟ । ସନ୍ତାନ ପାଇଁ ମାଆର ମୁଖ୍ୟ ଭୂମିକା ରହିଥାଏ । କିନ୍ତୁ ପିଲାର ଜନ୍ମ ପ୍ରମାଣ ପତ୍ରରେ ପିତାର ଠିକଣା ପ୍ରଦାନ କଲା ବେଳେ ମାଆର ଠିକଣା ଉଲ୍ଲେଖ କରାଯାଇନଥାଏ ।

ପୁଅ ବଢ଼ି ଗଲେ ପ୍ରତିପୋଷଣ କରିବ, ପୋଷିବ, ପାଳିବ, ବୁଢ଼ାବେଳକୁ ଦେଖା ଚାହାଁ କରିବ, ଦାୟିତ୍ୱ ନେବ, ଭଲମନ୍ଦ ବୁଝିବ, ବାର୍ଦ୍ଧକ୍ୟରେ ସାହା ଭରସା ହେବ, ଚଲପ୍ରଚଲ କରି ନ ପାରିଲେ ଧରିକରି ନେବା ଆଣିବା କରିବ, ଉଠାପକା କରିବ, ପଡ଼ନ୍ତ ବେଳକୁ ସେବା ଶୁଶ୍ରୂଷା କରିବ । ଏହି ଆଶାରେ ବାପ, ମା'ମାନେ ପୁଅ ପାଇଁ ସବୁ କିଛି ତ୍ୟାଗ କରିବାକୁ ପ୍ରସ୍ତୁତ ଥାଆନ୍ତି । ମାତ୍ର ପୁଅମାନଙ୍କ ଲାଗି ଏତେ କାମ କରିପାରିଥିବା ବାପା, ମାଆମାନେ ବର୍ତ୍ତମାନ ଯୁଗର ଘୋଡ଼ା ମୁହାଁ ପୁଅମାନଙ୍କଠାରୁ ସେପରି ଆଶା ରଖିବା ବୃଥା ପ୍ରୟାସ । ଏକଥା ବାପା, ମାଆମାନେ ବୁଝିବାକୁ କେବେବି ପ୍ରସ୍ତୁତ ନୁହଁନ୍ତି । ଆଉ ମାଆର ମମତାର ମୂଲ୍ୟ କ'ଣ ଏଇଆ ନଖାଇ, ନପିଇ, ନିଜ ସୁଖକୁ ଜଲାଞ୍ଜଲି ଦେଇ ଯେଉଁ ମାଆ ସନ୍ତାନକୁ ମଣିଷ କଲା, ପାଳିଲା ସେଇ ମାଆ ତା' ପାଖରେ ଅର୍ଥହୀନ ରୂପଟିଏ । ଭିତ୍ତିହୀନ ସ୍ତୁପଟିଏ ଯେମିତି । କେଉଁଠି ଦାଣ୍ଡ ପିଣ୍ଢାରେ ପଡ଼ି ପଡ଼ି ଦିନ ବିତାଏ ମାଆ । କେଉଁଠି ମାଆ ପୁଣି ଭାଗ ହୁଏ । ପାଳି କରି ପୁଅମାନଙ୍କ ପାଖରେ ରହେ । କେଉଁଠି ଜରା ନିବାସରେ ସେମାନେ ରହିବାକୁ ବାଧ୍ୟ ହୁଅନ୍ତି । କି ପରିବର୍ତ୍ତନ ଦେଖିବାକୁ ନ ମିଳୁଛି ? ତଥାପି ତ ତା' ପଣତ ପିଲାମାନଙ୍କ ଲାଗି ଅଭୟ ଦାନ କରେ । ପିଲାମାନେ ସିନା ନିଷ୍ଠୁର ହୁଅନ୍ତି । ମାତ୍ର ମା' କ'ଣ ନିଷ୍ଠୁର ହୋଇପାରେ ? କାରଣ ସେ ମା'- ମମତାମୟୀ, କରୁଣାମୟୀ, ସ୍ନେହମୟୀ, ଚିର ଅମୃତମୟୀ ମାଆ ସେ । ଦୁଃଖ ଦୈନ୍ୟ ଭିତରେ ଥାଇ ବି ସେ ଠାକୁରଙ୍କ ପାଖରେ ପିଲାର ଶୁଭ ମନାସେ । ତା' ପିଲାକୁ ଘଣ୍ଟ ଘୋଡ଼ାଇ ରଖିବାକୁ ଅଳିକରେ ।

ସମୟ କିନ୍ତୁ ବଦଳିଯାଏ । ଆଧୁନିକତା ନାମରେ ଆଜି ମାଆର ମମତାକୁ ଅଧିକାଂଶ ପିଲାଏ ବୁଝନ୍ତି ନି । ମା' ଯେମିତି ପାଲଟି ଯାଏ ସାତ ପର । ବଜାରକୁ ଗଲେ, ବିଦେଶକୁ ଗଲେ- ସ୍ତ୍ରୀ ପାଇଁ ମନଲାଖି ଦ୍ରବ୍ୟ, ପିଲାଙ୍କ ପାଇଁ ଦ୍ରବ୍ୟ ଆସେ । ହେଲେ ଅଧିକାଂଶ ପୁଅ ଭାବନ୍ତିନି ମୋ ମା' ଏଇଟା ଭଲପାଏ- ନେଇଯିବି ତା' ଲାଗି । ପତ୍ନୀ ଲାଗି ଗଲାପରେ ମା'ର ସବୁ ସ୍ନେହ ମମତା ଯେମିତି ପିଲା କ୍ଷଣିକ ପାଇଁ ଭୁଲିଯାଏ । କିନ୍ତୁ ମା' ସେ କ'ଣ ନିଷ୍ଠୁର ହୋଇପାରେ । ସେ କ'ଣ ପିଲାଙ୍କ ଅମଙ୍ଗଳ ପାଞ୍ଛପାରେ । ଆଜୀବନ ଶୁଭ ମନାସୁଥିବା ମା' ହାତରୁ ଶଙ୍ଖା ଟୁଟିଗଲେ, ମଥାରୁ ସିନ୍ଦୂର ଲିଭିଗଲେ- ସେ ପିଲାର ଶୁଭ କାମ ପାଇଁ ଅଶୁଭ ପାଲଟିଯାଏ । ବିବାହ, ବ୍ରତ ଭଳି ସାମାଜିକ କାର୍ଯ୍ୟରେ ତା'ର ସିଧାସଳଖ ଅଂଶ ଗ୍ରହଣକୁ ସମାଜ ଅଶୁଭ କହେ, ତଥାପି ସେ ମା' ସନ୍ତାନର ତ୍ରାଣକର୍ତ୍ରୀ, ରକ୍ଷା କର୍ତ୍ରୀ, ଆଶୀର୍ବାଦଦାତା...।

କେବେ ଖବରକାଗଜ ପୃଷ୍ଠାରେ ବାହାରୁଛି- କେଉଁ ପୁଅ ତା' ମା'କୁ ଏୟାର ପୋର୍ଟରେ ଛାଡ଼ି ଗଲାଣି ତ କେଉଁଠି ପୁଅ ମା'କୁ ମନ୍ଦିର ବେଢ଼ାରେ ବସାଇ ଚାଲି ଗଲାଣି । କେଉଁଠି ମା'କୁ ବୋଝ ଭାବି- ଜରା ନିବାସରେ ଛାଡ଼ି ଦେଉଛି । ମା'ର ମମତାର ମୂଲ୍ୟ କ'ଣ ଏଇଆ । ସମୟ ସହିତ ତାଲ ଦେଇ ଯୁବ ସମାଜ ଅଧିକ ଆଗକୁ ଯାଉଛି । ଏବେ ଆଧୁନିକତାର ଦାହ ଦେଇ ମାଆ ଶବ୍ଦ କାଁ ଭାଁ ଶୁଣିବାକୁ ମିଳୁଛି । ଆମେ ଆପଣେଇ ନେଇଛୁ ଡାଉ ମମିର ସଭ୍ୟତାକୁ । ପିଲା ଛୁଆଙ୍କୁ ମଣିଷ କରିସାରିଲା ପରେ ସେମାନେ ନିଜ ଅନୁସାରେ ଜୀବନ ବିତାଉଛନ୍ତି । ଭୁଲି ଯାଉଛନ୍ତି ପିତା, ମାତାଙ୍କ ପ୍ରତି ସେମାନଙ୍କର ରହିଛି ବିଶେଷ କର୍ତ୍ତବ୍ୟ । ବୟସର ଅପରାହ୍ନରେ ସେମାନେ ଖୋଜନ୍ତି ଅନ୍ୟର ସାହାରା । ଆଖି ଲୁହକୁ ନିରବରେ ପିଇ ଭାଗ୍ୟକୁ ଆଦରି ନିଅନ୍ତି । ହେଲେ ନିଜ ପିଲାମାନଙ୍କୁ କେବେ ବି ଅଭିଶାପ ଦେଇପାରନ୍ତିନି । ଏମିତିବି ଦେଖା ଦେଇଛି କର୍ମଜୀବୀ ପୁଅ-ବୋହୂ ନିଜ ବାପ-ମାଆଙ୍କୁ ଜରାଶ୍ରମରେ ଛାଡ଼ି ଦେଇଛନ୍ତି । ଆଉ କିଛି ସଭ୍ୟ ଯୁବକ ପୁଅ-ବୋହୂ, ବାପା- ମାଆଙ୍କୁ ଭାଗ କରି ନିଅନ୍ତି । ଶେଷ ଜୀବନ ସେମାନେ କଟାନ୍ତି ଦୁଃଖ କଷ୍ଟରେ ତଥାପି ଗର୍ବ କରନ୍ତି ସେମାନଙ୍କ ପିଲାମାନଙ୍କ ପାଇଁ । କିନ୍ତୁ ଆମେ ନିଜେ ସହରୀ ଚାକଚକ୍ୟରୁ ବାହାରି ଆସି ନିରୋଳାରେ ସେମାନଙ୍କ କଥା

ଆଉ ଆମ ବଡ଼ ପଦକଥା ଭାବିବା କି ଲାଭ ଉଚ ପଦରେ ରହିବା ? ସବୁ ଜିନିଷ ଜୀବନରେ ବହୁବାର ପାଇହୁଏ । କିନ୍ତୁ, ବାପା, ମାଆ ଏମାନଙ୍କୁ କେବଳ ଥରେ ହିଁ ପାଇହୁଏ । ମାଆକୁ ସମ୍ମାନ ଦେବା ଅର୍ଥ ଈଶ୍ୱରଙ୍କର ଆଶୀର୍ବାଦ ଏହାଦ୍ୱାରା ପିଲାମାନଙ୍କର ଉପରେ ସବୁ ସମୟରେ ରହିଥାଏ । ତେଣୁ, ପିତା, ମାତାଙ୍କ ପ୍ରତି ଥିବା ଦାୟିତ୍ୱ ଯୁବପିଢ଼ି ଭୁଲି ନ ଯାଉ ।

ତେଣିକି ପୁଅ ବଡ଼ ହୋଇଗଲେ ବାପ, ମାଆ ଶଯ୍ୟାଶାୟୀ ହେଲା ବେଳକୁ ସେମାନଙ୍କୁ ନ ଅନାଉ । ପଡ଼ନ୍ତ ସମୟରେ ସେମାନଙ୍କ ସେବା ନକରୁ, ଯନ୍ ନନେଉ । ସେମାନଙ୍କ କଥା ନବୁଝୁ, ସେମାନଙ୍କୁ ନପଚାରୁ, ସେମାନଙ୍କଠାରୁ ଦୂରେଇ ଯାଉ । ସ୍ତ୍ରୀ ବୁଦ୍ଧିରେ ପରିଚାଳିତ ହୋଇ ବାପ, ମାଆଙ୍କୁ ଭୁଲି ଯାଇ ଶାଶୁ, ଶ୍ୱଶୁରଙ୍କ ସେବାରେ ସମୟ ଓ ଅର୍ଥ ବ୍ୟୟ କରୁଅଛେ । ଶ୍ୱଶୁର ଘରେ ରହି ବାପ, ମାଆଙ୍କ ଖବର ନ ରଖ୍ଲେ ସୁଦ୍ଧା । ବିଦେଶରେ ଥିଲେ 'ଛୁଟି ମିଳୁନି'ର ଆଳ ଦେଖାଇ ଅସୁସ୍ଥ ବାପ, ମାଆକୁ ଦେଖିବାକୁ ନ ଆସିଲେ ମଧ୍ୟ । ଯୁବକଟିଏ ବିବାହ ପରେ ପ୍ରାୟ ଆଉ ପିତା, ମାତା ବା ମୁରବିମାନଙ୍କୁ ପଚାରୁନାହିଁ । କାର୍ଯ୍ୟାଳୟ ଓ ଭାର୍ଯ୍ୟାଳୟ କେବଳ ତା ପାଇଁ ସାର ଓ ସଂସାର । ସାଧନ ଅପେକ୍ଷା ଧନ, ସଂସ୍କୃତି ଅପେକ୍ଷା ସମ୍ପତ୍ତି, ପରମାର୍ଥ ଅପେକ୍ଷା ପଦାର୍ଥ ତା'ର ପ୍ରିୟତର । ଇଜ୍ଜତ ନିଲାମ ଡାକରା ଭିତରେ ତା'ର ନିଜତ୍ୱ ଚାଲି ଯାଉଛି । ନିଜତ୍ୱ ନଥିବା ପୁଅଟି ଯଦି ଏପରି ଅଯୋଗ୍ୟ ହୋଇଯାଏ ତେବେ ବାପ, ମାଆମାନଙ୍କର ବିଚରା, ବିଚାରୀ ହେବା ବ୍ୟତୀତ ଆଉ କ'ଣ ଚାରା ଅଛି । ଆପଣା କ୍ରୋଧାଗ୍ନିରେ ନିଜେ ଦହି ହେବା ଏବଂ ଜୀବନର ଯାନ୍ତ୍ରିକତା ଭିତରେ ରହି ଜଡ଼ ହୋଇଯିବା ଛଡ଼ା ଆଉ କିଛି ଉପାୟ ନାହିଁ । ଏହି ଚରମ ଅବିମୃଶ୍ୟକାରିତା ଓ ଆମ୍ସୁଖୀନତାରୁ କେବେ ମୁକ୍ତି ମିଳିବ । ଯେଉଁଠି ଅଛି ଏଇ ଧରଣର ସ୍ୱାର୍ଥନ୍ଧ ମାନସିକତାରୁ ମୁକୁଳିବାର ମନ୍ତ୍ର ଆମମାନଙ୍କୁ ଏବେ ଏହି ମନ୍ତ୍ରଟିକୁ ଖୋଜିବାକୁ ପଡ଼ିବ । ସେମାନେ ପୁଅ ପ୍ରତି ଏପରି ସ୍ଥଲେ ମଧ୍ୟ ଅଧିକ ସ୍ନେହଶୀଳ ହୋଇଥାଆନ୍ତି । ବାପା ଏବଂ ମାଆଙ୍କୁ ଭଗବାନ, ପତିତପାବନୀ ଗଙ୍ଗା। ଏବଂ ଶିକ୍ଷାଦାତ୍ରୀଙ୍କୁ ପୃଥିବୀ ସହିତ ସମାନ କରାଯାଇଛି । ସମୟ ବଦଳି ଯାଇଛି । ଆଗେ ଚକ୍ଷୁ କୁଟିବାକୁ ଅକାରଣ କୁହାଯାଉଥିଲା । ଏବେ ସେଥିରୁ ତେଲ ବାହାରୁଛି । ମଣିଷର ବଦଭ୍ୟାସ ହେଲା ସେ ନିଜର ଅଭ୍ୟାସ ଛାଡ଼େନାହିଁ । ପୁରୁଣା କଥାକୁ ଘୋରଡେଇ ତୋରଡେଇ ଗପୁଥାଏ । ଶ୍ରବଣକୁମାର ଗପ ଶୁଣେଇ ପୁରାଣ ପୋଥିର ଉଦାହରଣ ଦେଇ ତା ପିଲାମାନଙ୍କୁ ଉପଦେଶ ଦିଏ– "ବାପା, ମାଆଙ୍କ ସେବା କର" । ସେ ନିଜେ ଦେଇଥିବା ଉଦାହରଣକୁ ନିଜେ କେବେ ନିଷ୍ଠାର ସହିତ ପାଳିନଥାଏ । ପାବ୍ଲୋ। ପିକାସୋ କହିଥିଲେ "ବାଳୁତ ଓ ଦୃଷ୍ଟିହୀନ ହେଉଛନ୍ତି ସବୁଠୁ ବଡ଼ କଳାକାର । ସେମାନେ କିଛି ନ ଦେଖି କେବଳ ଅନୁଭବ କରି ଚିତ୍ର ଆଙ୍କନ୍ତି । ତେଣୁ ସେମାନେ ଯାହା କରନ୍ତି ସବୁ ଅରଜିନାଲ୍ । ସେମିତି ପିଲାମାନେ ଯାହା କରନ୍ତି ସବୁ ଅରଜିନାଲ କିନ୍ତୁ ସେମାନଙ୍କୁ ଯାହା ଶିଖା ଯାଇଥାଏ କିମ୍ବା ଯାହା କରିବାକୁ କୁହାଯାଏ ତାହା ସବୁ ଡୁପ୍ଲିକେଟ୍ (ନକଲି) । ପିଲାମାନେ ବାପ, ମାଆଙ୍କ ଠୁ ସତ ଶିଖନ୍ତି । ଯେଉଁ ବାପା ଠକେଇ ରୋଜଗାର କରେ ଆଉ ସେ ରୋଜଗାର କରିଥିବା ଟଙ୍କା। ସ୍ତ୍ରୀ ହାତରେ ଦେଇ କହେ "ମୁଁ ସେ ଅନ୍ୟାୟ କାମଟି କରିନଥାଆନ୍ତି । କେବଳ ପୁଅର ପାଠ ପଢ଼ା ପାଇଁ ନିଜର ଅନିଚ୍ଛା ସତ୍ତ୍ୱେ ଏପରି କରିବାକୁ ବାଧ୍ୟ ହେଲି ।" ସେଠି ପିଲାଟି କେବଳ ଠକାମୀ ଶିଖିଲା । ଯେଉଁଥିପାଇଁ ବାପା, ସେପରି କର୍ମ କଲେ ସେ ତା'ର ସାରମର୍ମ ଗ୍ରହଣ କରିବାକୁ ସକ୍ଷମ ହେଲାନି । ଯେଉଁ ମାଆ ଶଯ୍ୟାଶାୟୀ ଶାଶୁ, ଶ୍ୱଶୁରଙ୍କର ସେବା ନ କରି ପିଲାମାନଙ୍କ ପାଖରେ ସଫେଇ ଦିଏ ନିଜେ ଦୋଷମୁକ୍ତ ହେବା ପାଇଁ "ମୁଁ କେବଳ ମୋ ପିଲାମାନଙ୍କ ଦାଇତ୍ୱ ବୁଝିବା ପାଇଁ ଏଠି ଅଟକି ରହି ବୁଢ଼ାବୁଢ଼ୀଙ୍କ ସେବାରେ ଅଣ ହେଲା। କରିବାକୁ ପଡ଼ୁଛି ।" ସେଠି ତା ପିଲାମାନେ କେବଳ ଖସିଯିବା ପାଇଁ ବାହାନାର ଅବତାରଣା ଶିକ୍ଷା କଲେ । ଜଣେ କେତେବେଳେ ନିଜକୁ ଲୁଚେଇ ଚଳିବ ବା ଦେଖେଇ ଚଳିବ ଏକଥା ପୁଅ ଝିଅମାନେ ଶିଖନ୍ତି ନିଜ ପରିବାରରୁ । ପରିଣତି ସହ ସମସ୍ତେ ଜାଣନ୍ତି ନିଜ ନିଜ ବିଚରଣର ସୀମା ।

ସମ୍ପ୍ରତି ଆମ ସମାଜରେ ପାରିବାରିକ ମଧୁର ସମ୍ପର୍କ କ୍ଷୁଣ୍ଣ ହେବାରେ ଲାଗିଛି। ପିତା-ମାତା, ପୁତ୍ର-କନ୍ୟା, ଜେଜେମା, ନାତି-ନାତୁଣୀ, ଭାଇ-ଭଉଣୀ, ଦିଅର-ନଣନ୍ଦ, ଶାଶୂ-ଶ୍ୱଶୁର, ପୁଅ-ବୋହୂ ଆଦି ପରିବାରଜନଙ୍କ ଭିତରେ ଆଉ ସ୍ନେହ, ମମତା, ଶ୍ରଦ୍ଧା, ଭକ୍ତିର ପବିତ୍ର ସମ୍ପର୍କ ପରିଲକ୍ଷିତ ହେଉନାହିଁ। କେଉଁଠି ବୃଦ୍ଧ ପିତା, ମାତା ନିଜ ସନ୍ତାନମାନଙ୍କ ଦ୍ୱାରା ଅବହେଳିତ ଉପ୍ପୀଡିତ ହେଉଛନ୍ତି ତ କେଉଁଠି ଶ୍ୱଶୁର ଦ୍ୱାରା ବୋହୂ ବଳାତ୍କାରର ଶିକାର ହେଉଛି। ଅବା କେଉଁଠି ପରିଣତ ବୟସରେ ଅସହାୟ ବୃଦ୍ଧା ଶାଶୂ-ବୋହୂଠାରୁ ପାଉଛି ପ୍ରବଳ ମାନସିକ ଲାଞ୍ଛନା, ଶାରୀରିକ ଯାତନା। ପୁଣି କେଉଁଠି ମାତୃହରା ଶିଶୁକନ୍ୟାଟି ନିଜ ଜେଜେମା କିମ୍ବା ବଡ଼ମା ଅବା ସାନ ମା' ଅଥବା ସାବତ ମା'ଙ୍କ ଠାରୁ ମାତୃଗାଳି ନିର୍ଯ୍ୟାତନା ସହୁଛି ତ କେଉଁଠି ନଣନ୍ଦ-ଭାଉଜଙ୍କ ମଧ୍ୟରେ ବିବାଦ ଲାଗି ହତ୍ୟା, ରକ୍ତ ପାତ ଭଳି ଜଘନ୍ୟ ପରିସ୍ଥିତି ଉପୁଜୁଛି। ତୁଟି ଯାଉଛି ପାରିବାରିକ ମଧୁର ସମ୍ପର୍କ। ସ୍ନେହର ନିବିଡ଼ ବନ୍ଧନ ଯାହାର କୁ ପ୍ରଭାବ ଆଜିର ଶିଶୁ, କିଶୋର, ଯୁବପିଢ଼ିଙ୍କୁ କବଳିତ କରି ଦେଉଛି। ତେବେ ସୁସ୍ଥ ସମାଜ ଗଠନ କିପରି ସମ୍ଭବ ହୋଇପାରିବ? ଏଠି ମନେ ପକାଇବା ଦରକାର ପଡୁଛି "ବୈକୁଣ୍ଠ ସମାନ ଆହା ଅଟେ ସେହି ଘର, ପରସ୍ପର, ସ୍ନେହ ଯହିଁ ଥାଏ ନିରନ୍ତର।" ଆସନ୍ତୁ ମିଳିମିଶି ନିଜ ପରିବାର ଜନ ପରସ୍ପର ମଧ୍ୟରେ ସ୍ନେହ ସମ୍ପର୍କ ତୁଟିବାକୁ ଦେବା ନାହିଁ, ବରଂ ପୂର୍ବ ପରମ୍ପରାକୁ ବଜାୟ ରଖି ସୁସ୍ଥ ସମାଜ ଗଠନ କରିବା। ସତରେ ପରିବାରରେ ପରସ୍ପର ମଧ୍ୟରେ ସ୍ନେହ ବନ୍ଧନର ଅଟୁଟ ସମ୍ପର୍କ ହିଁ ସୁସ୍ଥ ସମାଜ ଗଠନ ପାଇଁ ସହାୟକ ହୋଇ ପାରିବ।

ଚାରି, ପାଞ୍ଚ ଦଶନ୍ଧି ତଳେ ସନ୍ଧ୍ୟା ଯେତେବେଳେ ନଇଁ ଆସୁଥିଲା ଛୋଟ ଛୋଟ ପିଲାମାନେ ଆଇମା' କିମ୍ବା ଜେଜେମା'ଙ୍କ ପାଖରେ ହାଜର ହୋଇଯାଉଥିଲେ। ସେମାନେ ପିଲାଙ୍କୁ ଗେଲ କରୁଥିଲେ। ଆଉଣ୍ଶି ଦେଇ ପ୍ରେରଣାସ୍ପଦ କାହାଣୀ ଶୁଣାଉଥିଲେ। ସେ କଥା କାହାଣୀ ଶୁଣି ପିଲାଙ୍କ ଆଖି ପତାରେ ନିଦ ଓହ୍ଲାଇ ଆସୁଥିଲା। ସେମାନେ ଆନନ୍ଦରେ ଶୋଇପଡ଼ି ସ୍ୱପ୍ନରେ ସେହି କାହାଣୀର ପାତ୍ରମାନଙ୍କ ଅଭିନୟ ନିଜେ କରୁଥିଲେ। ବାଲ୍ୟକାଳରେ ସୁସଂସ୍କାର ନିର୍ମାଣରେ ଏହା ଏକ ମନୋବୈଜ୍ଞାନିକ ପ୍ରକ୍ରିୟା। ଏହାଦ୍ୱାରା ଶିଶୁର ଆପଣା ପରିବାର ପ୍ରତି ଅଙ୍ଗୀକାରବଦ୍ଧତା ପୃଷ୍ଟ ହେଉଥିଲା। ଗୁରୁଜନମାନଙ୍କ ପ୍ରତି ଶ୍ରଦ୍ଧା ପ୍ରଗାଢ଼ ହେଉଥିଲା। ମାଆମାନେ ପିଲାଙ୍କ ଆଡୁ ନିଶ୍ଚିନ୍ତ ହୋଇ ଘରର ଅନ୍ୟାନ୍ୟ କାର୍ଯ୍ୟ ସମ୍ପାଦନ କରିବାକୁ ଯଥେଷ୍ଟ ସମୟ ପାଉଥିଲେ। ପରିବାରର ବୃଦ୍ଧାମାନଙ୍କୁ ସମୟ ଅତିବାହିତ କରିବାର ପର୍ଯ୍ୟାପ୍ତ ଅବସର ମିଳୁଥିଲା। ସଂଯୁକ୍ତ ପରିବାରର ପ୍ରଥା ଭାରତର ଗୌରବଶାଳୀ ପରମ୍ପରା। ଶହ ଶହ ଲୋକ ଗୋଟିଏ ହାଣ୍ଡିରୁ ଭାତ ଖାଉଥିଲେ। ସମସ୍ତେ ଏକ ସୂତ୍ରରେ ବନ୍ଧା ହୋଇ ରହୁଥିଲେ। ଘରର ଅଗଣା ପିଲାଙ୍କ ତାମ୍ସା ଓ ମଜା କଥାରେ ଚହଟି ଉଠୁଥିଲା। ଆଜି ସଂଯୁକ୍ତ ପରିବାରର ପ୍ରଥାରେ ଅନୁପ୍ରବେଶ କରିଥିବା ବିଘଟନ ସମାଜ ଓ ଗାଁକୁ ବି ଦୁର୍ବଳ କରି ଦେଉଛି। ସମ୍ବନ୍ଧ ସମାପ୍ତ ପ୍ରାୟ। ଆମ୍ଭୀୟତା ଲୋପ ପାଇ ଆସୁଛି। ବଡ଼ ସହର ଓ ନଗର ମାନଙ୍କରେ ବିଶେଷ କରି ସଂଯୁକ୍ତ ପରିବାର ପ୍ରଥା ଧ୍ୱଂସ ପାଉଛି। ଆବାସ ସମସ୍ୟା ସେମାନଙ୍କୁ ଏକକ ପରିବାର ଗଠନ ପାଇଁ ପ୍ରୋତ୍ସାହନ ଦେଉଛି। ସମସ୍ୟା ଜଡିତ ଉତ୍ତେଜନା ବଢ଼ିବାରେ ଲାଗିଛି। ସ୍ୱାମୀ, ସ୍ତ୍ରୀ ଯେତେବେଳେ ଏହି ଚାପକୁ ବରଦାସ୍ତ କରିନପାରି ଛୋଟ ଛୋଟ କଥାରେ କଳି କରିବାରେ ଲାଗୁଛନ୍ତି। ସେତେବେଳେ କେହି ସେମାନଙ୍କୁ ଉଚିତ ପରାମର୍ଶ ଦେବା ଲୋକ ନାହାନ୍ତି। ଏହିଭଳି ସମୟରେ ଛୋଟ ପିଲାମାନେ ପ୍ରାୟତଃ ଗୁରୁଜନଙ୍କ ଉଷ୍ମ କୋଳ ଲୋଡ଼ିଥାଆନ୍ତି। ବର୍ତ୍ତମାନ ପରିବାରରେ ଅଜା, ଆଇଙ୍କ ସ୍ଥାନ ବୃଦ୍ଧାଶ୍ରମରେ ତ ଶିଶୁଙ୍କ ପାଇଁ ବେବି କେୟାର ସେଣ୍ଟର ଆଦି ଖୋଲାଚାଲିଛି। ସମ୍ପ୍ରତି ଶିଶୁର ଶୈଶବ ଅସୁରକ୍ଷିତ, ସ୍ମୃତିହୀନ। ଜେଜେ ବାପା, ଜେଜେ ମା'ମାନେ ଦୂରେଇ ଗଲା ପରେ ଏବେ ଶିଶୁମାନଙ୍କୁ କୋଳେଇ କାଖେଇ ବୁଲେଇବା, ଜହ୍ନ ଦେଖାଇ କାନ୍ଦ ବନ୍ଦ କରିବା ଓ ସେମାନଙ୍କ ସହ କଥା କହିବାକୁ କେହିନାହିଁ। ସେମାନେ ଜନ୍ମ ହେଲା ଦିନରୁ ବଢ଼ିଲେ ଆୟା କୋଳରେ। ସ୍ନେହ ଟିକେ

ପାଇଲେ ନାହିଁ। ନାନା ବାୟା ଗୀତ କି ଅଜାଆଇଙ୍କ ପାକୁଆ ପାଟିରୁ କାହାଣୀ ଶୁଣିବାର ମଜା ପାଇଲେ ନାହିଁ। କାହାଣୀ ମାଧ୍ୟମରେ ନିଜ ପୂର୍ବ ପୁରୁଷଙ୍କୁ, ମାଟି ମା'କୁ, ନିଜ ସଂସ୍କୃତିକୁ, ପୁରାଣର ଆଦର୍ଶ ଚରିତ୍ରକୁ ଓ ନିଜ ଜାତିର ଇତିହାସକୁ ଜାଣିଲେ ନାହିଁ। ହୋମ ଟ୍ୟୁଟର ଆସି ଶିଶୁ ମୁହଁକୁ ଅନାଇଁ ହସି ଦେଇ ପାଠ ପଢ଼ାଇବା ପରିବର୍ତ୍ତେ ନିଜ ହାତ ଘଣ୍ଟାକୁ ଦେଖୁ ବସୁଛି ଓ ଉଠିଯାଉଛି। ମୁଣ୍ଡୁଲା କାଟି ବ୍ରହ୍ମା, ବିଷ୍ଣୁ, ମହେଶ୍ୱର ଶିକ୍ଷା ଆଉ ପାଉନାହିଁ। ପାଠପଢ଼ା ତା'ର ଆରମ୍ଭ ହେଉଛି ଏ – ଫର– ଆପ୍ପୁଲରୁ ଓ ଶେଷ ହେଉଛି ଜେଡ୍ ଫର ଜେବ୍ରାରେ। ଶିଶୁ ବି ଲାଗିପଡ଼ି ମୁଖସ୍ଥ କରିଦେଉଛି ତାକୁ। ଅବଶ୍ୟ ଏଇ ପିଲାମାନେ ଆଜି ଆମକୁ ଦିଶୁଛନ୍ତି ଖୁବ୍ ସ୍ମାଟ୍ ଓ ବୁଦ୍ଧିମାନ। କିନ୍ତୁ ଏମାନଙ୍କ ଭିତରେ ନୈତିକତା ଆଦୌ ନାହିଁ। ଜେଜେ, ଜେଜେ ମା'ଙ୍କ କୋଳରେ ବସି ଶୁଣୁଥିବା କାହାଣୀରୁ ଶିଶୁର ନୈତିକ ଶିକ୍ଷା ଓ ସଂସ୍କାର ଲାଭ ହେବ। ତା' ବାଦ୍ ଆଜି ପରିପୂର୍ଣ୍ଣ ପରିବାର ଭିତରେ ଥାଇବି ସମାଜର ବରିଷ ନାଗରିକ ସାମାନ୍ୟ ଟିକିଏ ସ୍ନେହ ପାଇଁ ପରିବା ବିକାଳି କିମ୍ବା କ୍ଷୀରବାଲାକୁ ଚାହିଁ ରହୁଛି। ଏହା ହେଉଛି ସାମ୍ପ୍ରତିକ ସମାଜର ବୀଭତ୍ସ କାହାଣୀ। ଅଭିଶପ୍ତ ସମାଜରେ ହିଁ ବୃଦ୍ଧାଶ୍ରମ ଖୋଲାଯିବାର ଆବଶ୍ୟକତା ସୃଷ୍ଟି ହୋଇଥାଏ। ଫଳରେ ପରିଣତ ବୟସରେ ବ୍ୟକ୍ତିମାନଙ୍କ ଭିତରେ ନୈରାଶ୍ୟ, ଦୁଃଖ, ଗ୍ଲାନି ଓ ଉଦାସୀନତା ପରି ନକାରାମ୍ଳକ ଭାବନା ସୃଷ୍ଟି ହେଉଛି। ନିଜର ଅନୁଭବସିଦ୍ଧ ଜ୍ଞାନ, କର୍ମକୁଶଳତା, ଦକ୍ଷତା ପାଇଁ ସେମାନେ ବାସ୍ତବରେ ନିଜକୁ ଛୋଟମାନଙ୍କ ଠାରୁ ଯଥେଷ୍ଟ ଆଗରେ ବୋଲି ଭାବି ଗଭୀର ଆମ୍ଳ ବିଶ୍ୱାସର ସହିତ ରହିବା ଉଚିତ୍।

ଏକୁଟିଆ ଅବାଞ୍ଛିତ ଜୀବନ ବୋଝକୁ ମୁଣ୍ଡାଉଥିବା ବୃଦ୍ଧର ଜୀବନ ବଡ଼ ଦୁର୍ବିସହ "ହା କଷ୍ଟ ପୁରୁଷସ୍ୟ ଜୀର୍ଣ୍ଣ ବୟସ ପୁତ୍ରା ପ୍ୟମିତ୍ରାୟତେ।" ପୁଅ ବି ଶତ୍ରୁ ଭଳିଆ ଆଚରଣ କରୁଥିବା ଏପୁରୁଷର ଜୀବନ ସତରେ ବଡ଼ ଦୟନୀୟ। ଦେବ ତୁଲ୍ୟ ବୃଦ୍ଧ ପିତାମାତାମାନେ ଆଜି ପରିତ୍ୟକ୍ତ, ଅବହେଳିତ, ଉପହାସିତ। ପରିବାରର ବୃଦ୍ଧ ପିତାମାତାଙ୍କୁ ଅଣଦେଖା କରିବା, ବୟସ୍କମାନଙ୍କୁ ଅବହେଳା କରିବା ଏକ ସାଧାରଣ କଥାରେ ପରିଣତ ହେଲାଣି। ପିତାମାତାଙ୍କ ଯନ୍ତ ନେବାକୁ ସନ୍ତାନ ବାଧ୍ୟ ବୋଲି ଅନେକ ଆଇନ ଥିଲେ ସୁଦ୍ଧା କେହି ତାକୁ ଖାତିର କରୁନାହାନ୍ତି। ବରିଷ ନାଗରିକମାନେ ସେମାନଙ୍କ ସୁରକ୍ଷା ଲାଗି ରହିଥିବା ଆଇନର ଉପଯୋଗ କରନ୍ତୁ। ଏହି ପରିପ୍ରେକ୍ଷୀରେ ବରିଷ ନାଗରିକମାନେ ସେମାନଙ୍କ ପରିଣତ ବୟସରେ ସାମ୍ନା କରୁଥିବା ପାରିବାରିକ ହିଂସାକୁ ଏକ ବିଶାଳ ସମସ୍ୟା ଭାବେ ବିଚାର କରିବା ଉଚିତ୍। ବେଶୀ ପଇସା ଖର୍ଚ୍ଚ କରି ପୁଅ, ଝିଅମାନଙ୍କୁ ଇଂରାଜୀ ମାଧ୍ୟମ ବିଦ୍ୟାଳୟରେ ପାଠ ପଢ଼ାଉଥିବା ବାପ, ମା'ଙ୍କ ମନରେ ଏବେ ପ୍ରଶ୍ନ ଉଠିଲାଣି– ପ୍ରେମ, ଦୟା, କ୍ଷମା, ସହିଷ୍ଣୁତା, ସମ୍ବେଦନଶୀଳତା, ଅହିଂସା, ନିର୍ଭୀକତା, ଆମ୍ଳ ସମ୍ମାନ ବୋଧ, ନିର୍ଲୋଭ, ନିଃସ୍ୱାର୍ଥପରତା ଭଳି ମାନବିକ ମୂଲ୍ୟବୋଧର ଗୁରୁତ୍ୱ ନଥାଇ କେବଳ ବୈଷୟିକ ଭୋଗବାଦୀ ଅଭିମୁଖ୍ୟ ଶିକ୍ଷା ପିଲାମାନଙ୍କ ଭବିଷ୍ୟତକୁ ଠିକଣା ମାର୍ଗରେ ପରିଚାଳିତ କରିବ ତ? ସେମାନେ ବଡ଼ ହୋଇଗଲା ପରେ ପିତା, ମାତା ତଥା ସମାଜର ଅନ୍ୟମାନଙ୍କ ସହିତ ଏକ ସୌହାର୍ଦ୍ଦ୍ୟପୂର୍ଣ୍ଣ, ନିଃସ୍ୱାର୍ଥପର ସମ୍ପର୍କ ରଖିବେ ତ? କେବଳ ଟଙ୍କା ରୋଜଗାର କରିବାର ତାଲିମ ଦେଇ ସେମାନେ କିଛି ଭୁଲ କରୁନାହାନ୍ତି ତ? ମାନବିକ ମୂଲ୍ୟବୋଧର ଯେଉଁ ଆଦ୍ୟ ତଥା ମହତ୍ତ୍ୱପୂର୍ଣ୍ଣ ଶିକ୍ଷା ପାଏ ତାହା ନିଜ ଘରୁ ପାଏ। ନିଜ ମା'ଠୁ ପାଏ।

ପିତା, ମାତା ବୁଢ଼ାବୁଢ଼ୀ ହେଲେ ବି ଜୀବନର ଅନ୍ତିମକ୍ଷଣ ପର୍ଯ୍ୟନ୍ତ ସେମାନଙ୍କୁ ନିଜର ଛୋଟ ପିଲାଙ୍କ ଭଳି ସ୍ନେହ ଆଦର ଦେଇ ଲାଳନପାଳନ କରିବା ଭଳି ସମ୍ଵଳି ରଖିବାକୁ ହୁଏ। ସେମାନଙ୍କ ଅଳି ଅର୍ଦ୍ଦଳି ସହିବାକୁ ହୁଏ। ସେମାନେ ଆମ ପାଇଁ ବୋଝ ନୁହନ୍ତି ବରଂ ଆଶୀର୍ବାଦ–ଏହି ଚିନ୍ତନ ଯାହାର ଅଛି ସେହି ପରିବାର ସର୍ବଦା ସୁଖଶାନ୍ତିରେ ଥାଏ। ପରନ୍ତୁ ଆଜିକାଲି ବୃଦ୍ଧ ପିତା ମାତାଙ୍କ ପ୍ରତି ସେମାନଙ୍କ ସନ୍ତାନମାନେ ଯେଭଳି ପଶୁବତ ଆଚରଣ କରୁଛନ୍ତି ତାହା ଭାଷାରେ ବର୍ଣ୍ଣନା କରିବା ପାଇଁ ସଙ୍କୋଚ ଲାଗୁଛି। ମାତ୍ର ଆମ ଶାସ୍ତ୍ରରେ ଲେଖା ଥିଲା– "ନ ସା ସଭା ଯତ୍ର

ନସନ୍ତି ବୃଦ୍ଧା୴।" ସେ ସଭା, ସଭା ନୁହେଁ ଯେଉଁଠି ବୃଦ୍ଧ ନାହାନ୍ତି। ଏକଥା ଭୁଲିବା ଉଚିତ୍ ନୁହେଁ ଯେ ଘରେ ଅନୁଭବରେ ଶାଣିତ ବୃଦ୍ଧ ବ୍ୟକ୍ତିଙ୍କ ଉପସ୍ଥିତି ସମସ୍ତଙ୍କ ପାଇଁ କଲ୍ୟାଣକାରୀ ହୋଇଥାଏ। ସେମାନଙ୍କୁ ପୁରୁଣା କାଳିଆ, ଅଦରକାରୀ, ଅପଦାର୍ଥ କହି ତିରସ୍କାର କରିବା ଅର୍ଥ ଭଗବାନଙ୍କୁ ଅସନ୍ତୁଷ୍ଟ କରିବା ଏବଂ ନିଜ ଗୋଡ଼ରେ କୁରାଢ଼ି ଚୋଟ ମାରିବା, ବୃଦ୍ଧ, ଅକର୍ମଣ୍ୟ ବୃଦ୍ଧା ମାତାଙ୍କ ସେବା ଦ୍ୱାରା ପୁଣ୍ୟ ଖାତାରେ ସଞ୍ଚୟର ଅପୂର୍ବ ସୁଯୋଗ ଆମକୁ ମିଳେ। ତାହା ନକରି ଏମାନଙ୍କଠାରୁ ମୁକ୍ତି ଚାହିଁବା ଏବଂ ଜରାଶ୍ରମକୁ ଯିବା ପାଇଁ ସେମାନଙ୍କୁ ବିବଶ କରିବା ଦ୍ୱାରା ଭାରତୀୟ ପାରିବାରିକ ବ୍ୟବସ୍ଥାକୁ ଆମେ ଜାଣି ଶୁଣି ଚୂର୍ଣ୍ଣବିଚୂର୍ଣ୍ଣ କରୁଛୁ। ଜୀବନ ଯୌବନ ଓ ସୁଖ ଯେଉଁ ସମାଜ ପିଲାମାନଙ୍କ ପାଇଁ ଉଜାଡ଼ି ଦେଲେ ସେମାନଙ୍କର ଏ ଅବହେଳନ ମଣିଷକୁ, ଏ ସମାଜକୁ ନିତାନ୍ତ ଭ୍ରଷ୍ଟ ଓ ପାଶବିକ କରି ଦେଉଛି। ମିଜାସ ବିଗିଡ଼ି ଯିବାର ଏକ ମୁଖ୍ୟ କାରଣ ହେଉଛି ଅସହାୟତା ବୋଧ। ମିଜାସ ଖରାପ ହେବାର ଅନ୍ୟ ଏକ କାରଣ ହେଉଛି ନିଃସଙ୍ଗତା। ଉଚ୍ଚୀର୍ଣ ବୟସରେ ଜୀବନ ସାଥୀକୁ ହରାଇବା, ପିଲାମାନଙ୍କଠାରୁ ଦୂରେଇ ଯିବା ଏବଂ ମିତ୍ରମାନେ ଜୀବନରୁ ଅପସରି ଯିବା କାରଣରୁ ନିଃସଙ୍ଗତା ମାଡ଼ି ଆସେ। ଏହାଦ୍ୱାରା ନିଃସଙ୍ଗ ବରିଷ୍ଠ ନାଗରିକମାନେ ଖରାପ ମିଜାସର ଶିକାର ହୁଅନ୍ତି। ଜୀବତାତ୍ତ୍ୱିକ ଦୃଷ୍ଟିକୋଣରୁ ହରମୋନ ସେରେଟୋନିନ୍ର କମ ଭଳି ଜୀବରସର କମ କ୍ଷରଣ ଏବଂ ମସ୍ତିଷ୍କଗତ କେବଳ ବିଚ୍ୟୁତି ଖରାପ ମିଜାସର କାରଣ ହୋଇପାରେ। ମଣିଷର ଅଗ୍ର ମସ୍ତିଷ୍କର ବାମ ଭାଗର ସକ୍ରିୟତା, ମିଜାସକୁ ଭଲ ରଖୁଥିବା ବେଳେ ଦକ୍ଷିଣ ଭାଗର ସକ୍ରିୟତା ମିଜାସ ବିଗାଡ଼ି ଥାଏ। ଏବେ ଖରାପ ମିଜାସକୁ ଠିକ୍ କରିବା ଲାଗି ଡାକ୍ତର ଔଷଧ ଦେଉଛନ୍ତି। ବେଲେବେଲେ ବାହାରେ ବୁଲି ଆସିଲେ ଚାହା ବା କଫି ପିଇ ଦେଲେ ମିଜାସ ଠିକ୍ ହୋଇଯାଏ। ତା'ର କାରଣ ହେଲା ଏଭଳି କାର୍ଯ୍ୟ ଦ୍ୱାରା ସେରେଟୋନିନ୍ର ମାତ୍ରା ବୃଦ୍ଧି ପାଇଥାଏ। ତେବେ ସବୁଠାରୁ ବଡ଼ କଥା ହେଲା ଜଣେ ଚାହିଁଲେ ନିଜ ଚିନ୍ତନକୁ ସକାରାମ୍ନକ କରି ଉଚିତ୍ ବିଚାର ଜରିଆରେ ପ୍ରତିକୂଳ ସ୍ଥିତିରେ ମଧ ମିଜାସକୁ ଉଣା ଅଧିକେ ଠିକ୍ ରଖ ପାରିବ।

ଡେଣା ଓ ଗୋଡ଼ ଫିଟିଲା ପରେ କେଉଁ ପକ୍ଷୀ କି ପଶୁ ତାଙ୍କ ମାଆ ବାପାଙ୍କ ପାଖକୁ ଫେରନ୍ତି? ସେମାନେ (ଆଜିକାର ପୁଅମାନେ) ଏକୁ ବେଶ୍ ଗ୍ରହଣ କରି ଯାଇଛନ୍ତି। ମାତ୍ର ଏମିତି ଏକ ଅକୃତଜ୍ଞ ଭାବକୁ ମଣିଷ ଗ୍ରହଣ କରି ନ ପାରି ବହୁତ କଷ୍ଟ ଭୋଗୁଛି। ସତରେ ମଣିଷ ଠେଞ୍ଚ ଏ ଅବସ୍ଥା (ମାନସିକତା) କେମିତି ପଶିଲା। ବିଚରା ବାପା ମାଆଙ୍କର ପିଲାଙ୍କଠୁ କି ସେବା ଆଶା? ପିଲାମାନଙ୍କର ପିତୃ, ମାତୃ ବିମୁଖତା ବିଷୟରେ ଥୋମାସଗ୍ରେ ତାଙ୍କ ଏଲିଜି, କବିତାରେ ଲେଖିଛନ୍ତି – "For them no more the blazing hearth shall bum, or busy housewife ply her evening care. No children run to lisp their sire, sreturn orclimb his knees the envied kiss to share." ଏହାର ଅନୁବାଦରେ ଯଶସ୍ୱୀ କବି ଜଗନ୍ନାଥ ତ୍ରିପାଠୀ ଲେଖିଲେ– "ତାଙ୍କ ପାଇଁ ଜଳିବ ନାହିଁ ଇନ୍ଧନ, ଗୃହିଣୀ କାର୍ଯ୍ୟେ ନ କରିବ ଯତନ, ଦଉଡ଼ି ନ ଆସିବେ ସନ୍ତାନଗଣ, ଅଗ୍ରେ ଲଭିବା ପାଇଁ ପିତୃ ଚୁମ୍ବନ।" ଏ ବିକୃତ ବା ଆଧୁନିକ ରୁଚିବୋଧ ଓ ଚାରିତ୍ରିକ ପରିବର୍ଦ୍ଧନ ଆମ ସମାଜରେ ଘୋର ବିପର୍ଯ୍ୟୟ ସୃଷ୍ଟି କରୁଛି। ଏକାନ୍ନବର୍ତ୍ତୀ ପରିବାର ଭାଙ୍ଗି ଯାଉଛି। ଘରଦ୍ୱାର ହୀନ କେଲା ପିଲା ମାଇପକୁ ଧରି ରାଇଜକୁ ରାଇଜ ବୁଲିବା ପରି ଏବେ ବାବୁମାନେ ୱାଇଫ ବା ମିସେସ୍ଙ୍କୁ (ମ୍ୟାଡମ ମଧ କୁହାଯାଇପାରିବ କିଛି କ୍ଷତି ଉପୁଜିବନି କୌଣସି ରକମ ଅସୁବିଧା ସୃଷ୍ଟି ହେବନି) ଧରି ଠାକୁ ଠା ବଦଲି ମାଲ ସହ ଧର୍ମପନ୍ତୀଙ୍କୁ ବି ବୁଲାଉଛନ୍ତି। ଆଉ ବାପା, ମାଆ ପଡ଼ିଥାନ୍ତି ଗାଁରେ ନିଶ୍ଚିନ୍ ଘରେ।

ପରିବାର ପୁଅଟି ନିକଟରେ ଧରମା, ଧ୍ରୁବ, ଶ୍ରବଣ କୁମାର ବା ପ୍ରହ୍ଲାଦର ଆଦର୍ଶ ନାହିଁ। କେବଳ ବିନା ପରିଶ୍ରମରେ କେମିତି ଧନୋପାର୍ଜନ କରି ବେଶ ଆରାମରେ ବଞ୍ଚିବ। କଲେବଲେ କୌଶଲେ ଧନୀ ହେବା ହିଁ ଏକମାତ୍ର ଲକ୍ଷ୍ୟ ହୋଇଛି। ତେଣୁ ପିତାମାତା ଗୁରୁଜନଙ୍କୁ ସମ୍ମାନ ବା ଭକ୍ତି ଆଉ ନାହିଁ। କିନ୍ତୁ ସେମାନଙ୍କର ଦୀର୍ଘ ଶ୍ୱାସ ତାଙ୍କ

ଅନ୍ତରାତ୍ମାର କରୁଣ ଅଶ୍ରୁ ଅଭିଶାପ ଭାବେ ଯେ ପରବର୍ତ୍ତୀ ପିଢ଼ିରେ ଫେରିଆସି ତାଙ୍କୁ ହତ୍ୟସନ୍ତ କରୁଛି ଓ କରିବ ମଧ୍ୟ ଏକଥା ଯୌବନର ଆବେଗରେ ସେମାନେ ବୁଝି ପାରୁନାହାଁନ୍ତି ।

ପରିବର୍ତ୍ତନ ହିଁ ସଂସାରର ଅପରିବର୍ତ୍ତନୀୟ ନିୟମ । ପ୍ରତ୍ୟେକ ଜୀବ ଏବଂ ବସ୍ତୁ ଧୀରେ ଧୀରେ ପୁରୁଣା ହୁଅନ୍ତି । ବୟସ ବଢ଼ିବା ସଙ୍ଗେ ସଙ୍ଗେ ମଣିଷ ଦେହରେ ଏହାର ଭିନ୍ନ ଭିନ୍ନ ଅବସ୍ଥା ଦେଖାଯାଏ । ଜନ୍ମଠାରୁ ମୃତ୍ୟୁ ପର୍ଯ୍ୟନ୍ତ ଯେପରି ଆୟୁ ବୃଦ୍ଧି ହୁଏ । ସେହି ଅନୁସାରେ ବାଲ୍ୟାବସ୍ଥା, ତରୁଣାବସ୍ଥା ଅଥବା କିଶୋର ଅବସ୍ଥା, ଯୁବାବସ୍ଥା, ପୌଢ଼ାବସ୍ଥା, ବୃଦ୍ଧାବସ୍ଥା ଇତ୍ୟାଦିର ପ୍ରଭାବର ଲକ୍ଷଣ ପ୍ରକଟିତ ହୁଏ । ବୃଦ୍ଧା ଅବସ୍ଥା ହେବା ପରେ ଏପରି ଦିନ ଆସେ ଯେତେବେଲେ ଶରୀର ଜର୍ଜର, ଅଙ୍ଗ ଶିଥିଳ, ତନୁ ଦୁର୍ବଲ ଏବଂ ମନ ଉଦାସୀନ ଓ ଉସ୍ଥାହହୀନ ହୋଇଯାଏ ତଥା ମନୁଷ୍ୟ ଥୁଣ୍ଟା ବରଗଛ ପରି ପଡ଼ିରହେ । ନିଜ ସମୟର ଖୁବ୍ ଶକ୍ତିଶାଳୀ ପରାକ୍ରମୀ ଶୂରବୀରମାନଙ୍କର ଅବସ୍ଥା ମଧ୍ୟ ଏହିପରି ହୋଇଥାଏ ।

ପୂର୍ବର ମୂଲ୍ୟବୋଧ ଥିଲା କୁବେର ଏବଂ କୃପଣ । ଏବର ଅଭ୍ୟାସ ହେଉଛି କଣ୍ଟୁମୋରି- ଜିମ୍ ଓ କ୍ରେଡ଼ିଟ କାର୍ଡ଼ । ପ୍ରଲାପ କରିବା ଦରକାର ନାହିଁ । ଏଇସବୁ ଦୁର୍ଦ୍ଧାନ୍ତ ବ୍ୟବଧାନ ଆମର ବିନା ସହଯୋଗରେ କେବେ ହେଲେ ଆସି ନଥିବ ।

ବାପା-ମା-ଭାଇ-ଭଉଣୀ ଏମାନଙ୍କ ସୁଖଚିନ୍ତା ଛାଡ଼ି ନିଜେ କେମିତି ବାହା ହୋଇ ସୁଖରେ ଘର ସଂସାର କରି ଆଜୀବନ ସୁଖରେ ରହିବେ ସେହି ଚିନ୍ତା କରନ୍ତି । କେହି କେହି ସମସ୍ତଙ୍କ ସାଙ୍ଗରେ ରହି ସୁଖ ଚାହାଁନ୍ତି ତ ଆଉ କେହି ଅତ୍ୟନ୍ତ ସ୍ୱାର୍ଥପର ଭାବେ କେବଲ ନିଜ ସ୍ତ୍ରୀ ଓ ପିଲାଙ୍କୁ ନେଇ ସୁଖ ଭୋଗ କରିବାକୁ ଚାହାଁନ୍ତି । ଆଜିକାଲି ଅଧିକାଂଶ ଏହି ଶ୍ରେଣୀୟ ଯୁବକ ପାଶ୍ଚାତ୍ୟ ପରିବାର ଢାଞ୍ଚାରେ ପୃଥକ ରହିବାକୁ ସୁଖ ମଣୁଛନ୍ତି । ସେଥିପାଇଁ ସେମାନଙ୍କ ବାପା-ମା'ମାନେ ବାର୍ଦ୍ଧକ୍ୟରେ ଅସହାୟ ଜୀବନ ବିତାଉଛନ୍ତି । ସେହି ଯୁବକମାନଙ୍କର ଏଭଲି ଭାବନା ମାରାତ୍ମକ । ସେମାନେ ଅପରିଣାମଦର୍ଶୀ । ଭବିଷ୍ୟତକୁ କ'ଣ ହେବ ତାହା ସେମାନେ ଭାବି ପାରୁନାହାଁନ୍ତି । ଏହି ପରମ୍ପରା ଯଦି ସମାଜରେ ବଜାୟ ରହେ ତେବେ ସେମାନେ ବି ଦିନେ ନିଜ ବାପ-ମାଆଙ୍କ ଭଲି ଅସହାୟ ଜୀବନ ବିତାଇବାକୁ ବାଧ୍ୟ ହେବେ । ଚାହୁଁ ଚାହୁଁ ଜୀବନର ସୁଖମୟ ଯୌବନର ଦିନ କେଇଟା ସ୍ୱପ୍ନପରି ବିତିଯିବ । ତା'ପରେ ଆସିବ ନିଷ୍ଠୁର ବାର୍ଦ୍ଧକ୍ୟ । ଯଦିଓ କିଛି ଟଙ୍କା ସଞ୍ଚୟ କରିଥିବେ ତାହା ଅନେକ କ୍ଷେତ୍ରରେ କାମ ଦେବ ନାହିଁ । ଆମ୍ୀୟତା ଖୋଜୁଥିବେ କିନ୍ତୁ ମିଲିବ ନାହିଁ । କାହା ସହିତ ଆଉ ସମ୍ପର୍କ ନଥିବ । ନିଜେ ସବୁ ସମ୍ପର୍କ କାଟି ସାରିଥିବେ । ନିଜେ ସମସ୍ତଙ୍କଠାରୁ ପାଖଛଡ଼ା ହେଇସାରିଥିବେ । କିଏ କାହିଁକି ସେମାନଙ୍କୁ ବା ସାହାଯ୍ୟ କରିବ । ମନୁଷ୍ୟ ଜୀବନ କେବଲ ନିଜ ସୁଖ ପାଇଁ ଉଦ୍ଦିଷ୍ଟ ନୁହେଁ । ପରିବାରଠାରୁ ଆରମ୍ଭ କରି ଅନ୍ୟ ସମସ୍ତଙ୍କ ସାହାଯ୍ୟ, ସହଯୋଗ ଓ ସାହଚର୍ଯ୍ୟରେ ଜୀବନ ଆଗକୁ ଚାଲେ- ତାହା ଶୈଶବରେ ହେଉ, ଯୌବନରେ ହେଉ ବା ବାର୍ଦ୍ଧକ୍ୟରେ ହେଉ । ଏବେ ଯେମିତି ବାର୍ଦ୍ଧକ୍ୟରେ ସମସ୍ତେ ଛାଡ଼ି ଯାଉଛନ୍ତି ପୂର୍ବେ ଯୌଥ ପରିବାରରେ ଏବଂ ସମାଜରେ ଏପରି ବ୍ୟବସ୍ଥା ନ ଥିଲା । ଅବଶ୍ୟ ସେତେବେଲେ ବି କେତେକ ସ୍ୱାର୍ଥପର, ଧନଲୋଭୀ ଓ କୁଚକ୍ରୀ ଥିଲେ । କିନ୍ତୁ ସେମାନଙ୍କ ସଂଖ୍ୟା ମୁଷ୍ଟିମେୟ ଥିଲା । ଆଜି କିନ୍ତୁ ସେମାନଙ୍କ ସଂଖ୍ୟା ୧୦୦ ଗୁଣ ବୃଦ୍ଧି ପାଇଛି ।

ସ୍ୱାଧୀନତା ଆଗରୁ କୃଷି, ବାଣିଜ୍ୟ ଏବଂ କୌଲିକ କାରିଗରି ମୁଖ୍ୟ ବୃଭିଥିଲା । ଏଗୁଡ଼ିକ ଯୌଥ ପରିବାରକୁ ଭିଡ଼ି ରଖି ପାରୁଥିଲା । ଚାକିରି ସେ କାମ କରି ପାରିଲା ନାହିଁ । ବ୍ୟାଙ୍କ ବହି ଅଲଗା ହେଲା । ଧର୍ମ ତା'ର ସାଙ୍ଗିକତା ହରାଇ ନିଜକୁ ସମ୍ଭ୍ରାନ୍ତ ବୋଲାଇଲା । "ପୁତ୍ରାର୍ଥେ କ୍ରିୟତେ ଭାର୍ଯ୍ୟା" ଏହି ନ୍ୟାୟରେ ଜୀବନର ସକଲ ସମୃଦ୍ଧି ପାଇଁ ବିବାହ ସମ୍ପନ୍ନ ହେଉଥିଲା । ସୁଖଥିଲା, ଡର (ଭୟ) ବି ଥିଲା । ଏବେ କିନ୍ତୁ ସେଥିରେ ଡିଭୋର୍ସ ଓ ଫ୍ୟାମିଲ କୋର୍ଟ ମିଶିଯାଇଛି । ଆଗ କାଲରେ ସମାଜ ସାମଗ୍ରିକ ଥିଲା । ଏବେ ଏକକ ହୋଇ ଯାଇଛି । ଆଗେ ସାତ ଗାଁର ଲୋକେ ଚିହ୍ନୁଥିଲେ । ଏବେ

ଆପାର୍ଟମେଣ୍ଟର ପଡ଼ୋଶୀ କିଏ ଜାଣିବା ଦରକାର ପଡ଼ୁନାହିଁ।

ଆମଦାନୀ କରାଯାଇଥିବା ସଂସ୍କୃତି ଗୋଟିଏ ଦେଶର ପ୍ରାଚୀନ ପରମ୍ପରାକୁ ଏପରି ଛିନ୍ନଭିନ୍ନ କରିଦେଇ ପାରେ– ଭାବିଲେ ହୃଦୟ ଥରି ଉଠୁଛି। ବୃଦ୍ଧ, ବୃଦ୍ଧା। ଏକୁଟିଆ ଜୀବନର ନାଗ ଦଂଶନ ସହି କେବଳ ଟେଲିଭିଜନର ଆଶ୍ରୟ ନେଉଥିଲା ବେଳେ ଛୋଟ ପିଲାମାନଙ୍କୁ ଉନ୍ମୁକ୍ତ ଜିଜ୍ଞାସାର ସମାଧାନ ବି ଚାରିକାନ୍ତ ମଧରେ ବୈଜ୍ଞାନିକ ସଂସାଧନ ମାଧ୍ୟମରେ ଖୋଜା ଚାଲିଛି। ଉନ୍ମାଦିତ ମନ ସଙ୍କୁଚିତ ହୋଇ ପଡ଼ୁଛି। ଏହାର ନିରାକରଣ କରିବା ଯଦି ଆମମାନଙ୍କର ଲକ୍ଷ୍ୟ, ତା'ହେଲେ ପ୍ରଥମେ ମଣିଷକୁ କର୍ତବ୍ୟ ସଚେତନ ହେବାକୁ ହେବ। ଅନ୍ୟର ଦୋଷ ଦେଖି ସମାଜକୁ ନିଜର ତର୍ଜନୀ ଅଙ୍ଗୁଳିକୁ କଠୋରତାର ସହିତ ଉତ୍ତୋଳନ କରିବାକୁ ପଡ଼ିବ। ନ୍ୟାୟ ରକ୍ଷା ପାଇଁ ଅପ୍ରିୟତାକୁ ଆମନ୍ତ୍ରଣ କରାଯାଇପାରେ। କିନ୍ତୁ ସଂଯୋଧନ ଶୂନ୍ୟ ହେଲେ ସମାଜ ରୁଗ୍ଣ ହୋଇପଡ଼ିବ। ଜୀବିକା ଉପାର୍ଜନ, ଆବାସ ଏବଂ ଆର୍ଥିକ ବାଧ ବାଧକତାରେ ଦୁଇ ପିଢ଼ି ପୃଥକ ରହିପାରନ୍ତି, କିନ୍ତୁ ସେମାନଙ୍କ ମଧ୍ୟରେ ଆନ୍ତରିକ ଆଶ୍ଳେଷ ରହିଥିଲେ ଆପତ୍ତି ନାହିଁ। ବ୍ୟକ୍ତି ଓ ସମାଜର ସ୍ନେହ, ସରାଗ ଓ ସଚେତନତା ହିଁ ବିଶ୍ୱକୁ ମଧୁମୟ କରି ଗଢ଼ି ତୋଳିବ।

ସ୍ୱାଧୀନ ଭାରତରେ ଧର୍ମ ସାତ୍ତ୍ୱିକତା ହରାଇ ସମ୍ଭ୍ରାନ୍ତ ହୋଇଛି। ଆଗେ ମାସ ମାସ ଅଧୁଆ ପଡ଼ିଲେ ହୁକୁମ ମିଳୁନଥିଲା। ଏବେ ଫୋନ୍ କଲେ ସ୍ୱୟଂ ଶିବ–ପାର୍ବତୀ ହାଜର, ବାଟ ଖର୍ଚ୍ଚ ଠାକୁର।

ଏପରି ଏକ ସମୟ ଆସେ ଯେତେବେଳେ ଜଣେ ବାପକୁ ସ୍ଥିର କରିବାକୁ ପଡ଼େ ସେ ପୁଅର ଅଧିକାରୀ ହେବ ନା ଆଦର୍ଶ ରକ୍ଷ ଦେଇଯିବ। ସମସ୍ତେ ତ ଭାରତରେ ମୋଗଲ ସାମ୍ରାଜ୍ୟର ପ୍ରତିଷ୍ଠାତା ବାବରଙ୍କ ପରି ହୋଇପାରିବେ ନାହିଁ। ଯିଏ ରୋଗିଣା ପୁଅର ଶଯ୍ୟା ଚାରିପଟେ ପ୍ରଦକ୍ଷିଣ କରି ଆଲ୍ଲାଙ୍କୁ ଆକୁଳ ମିନତି କରି କହିଥିଲେ "ମୋ ଜୀବନ ବିନିମୟରେ ମୋ ପୁଅର ପ୍ରାଣ ରକ୍ଷା କରନ୍ତୁ।" ଆଉ କେହି ହୁମାୟୁନ ହୋଇ ପାରିବେନି ଯିଏ (ବାଲ୍ୟ) ପୁଅର ଭବିଷ୍ୟତ ପାଇଁ କିଛି ବ୍ୟବସ୍ଥା କରିବା ପୂର୍ବରୁ କିତାବ ମହଲର ଶିଡ଼ିରୁ ଖସିପଡ଼ି ମୁମୂର୍ଷୁ ଅବସ୍ଥାରେ ନିଜର ପରମ ଅନ୍ତରଙ୍ଗ ବନ୍ଧୁ ବୈରାମ ଖାଁଙ୍କ ଉପରେ ପୁଅର ଭବିଷ୍ୟତ ଟେକି ଦେଇଯିବେ। ମହାଭାରତର ଧୃତରାଷ୍ଟ ଯିଏ ଆଦର୍ଶକୁ ପରିତ୍ୟାଗ କରି ପୁଅକୁ ବାଛି ଥିଲେ। ସମସ୍ତେ ଦୁର୍ଯ୍ୟୋଧନ ହୋଇ ପାରିବେନି ଯିଏ ରାଜ୍ୟ ଲୋଭରେ ନିଜର ଭ୍ରାତା ଓ ଆପଣା ପୁଅକୁ ସୁଦ୍ଧା ବଲି ଦେଇଥିଲେ। ସମସ୍ତେ ମହାତ୍ମା ଗାନ୍ଧୀ ହୋଇପାରିବେନି ଯିଏ ନିଜର ଆଦର୍ଶ ପାଇଁ ଦେଶର ସ୍ୱାଧୀନତା ଲାଗି ନିଜ ପୁଅମାନଙ୍କ ଭବିଷ୍ୟତକୁ ନଷ୍ଟ କରି ଦେଇଥିଲେ। ସିଏ ଆଦର୍ଶକୁ ହିଁ ବାଛି ଥିଲେ। ସମସ୍ତେ ଗୋପବନ୍ଧୁ ହୋଇ ପାରିବେନି ଯିଏ ରୋଗିଣା ପୁଅର ମୁହଁକୁ ନ ଚାହିଁ ବନ୍ୟାକ୍ଲିଷ୍ଟ ଜନତାର ସେବାକୁ ଅଗ୍ରାଧିକାର ଦେଇଥିଲେ। ସମସ୍ତେତ ଧାଇପାନ୍ନା ହୋଇ ପାରିବେନି ଯିଏ ନିଜର ଦାୟିତ୍ୱ ତୁଲାଇବାକୁ ଯାଇ ଆପଣା ଗର୍ଭଜାତ ପୁଅକୁ ମରଣ ମୁହଁକୁ ଠେଲି ଦେଇ ନିଜ ପ୍ରଭୁର ସନ୍ତାନର ଜୀବନ ରକ୍ଷା କରିବାକୁ ଶ୍ରେୟସ୍କର ମଣିବେ। (ଧାଇପାନ୍ନା ସିଂହାସନ ଲୋଲୁପା କକାଙ୍କ ହତ୍ୟା ଚକ୍ରାନ୍ତରୁ ଶିଶୁ ପୁତ୍ର ବାସ୍ତାଙ୍କୁ ରକ୍ଷା କରିବାକୁ ନିଜର ୬ ମାସର ପୁତ୍ରକୁ ତାଙ୍କ ସ୍ଥାନରେ ଶୁଆଇ ଖଣ୍ଡାରେ ଦି'ଗଡ଼ ହେବାର ଦାରୁଣ ପରିଣତି ଗ୍ରହଣ କରି ନେଇଥିଲେ।) ସମସ୍ତେ ଦଶରଥଙ୍କ ପରି ହୋଇପାରିବେନି ଯିଏ ଯୁବତୀ ସ୍ତ୍ରୀର ପ୍ରେମରେ ପଡ଼ି ରାମଚନ୍ଦ୍ରଙ୍କ ପରି ଭେଣ୍ଡିଆ ପୁଅ ତଥା ନିଜର ଜ୍ୟେଷ୍ଠ ସନ୍ତାନକୁ ବନକୁ ପଠାଇ ଦେଇପାରିବେ।

ଆଉ ସମସ୍ତେ ଶ୍ରବଣ କୁମାର ପରି ପୁଅ ହୋଇ ପାରିବେନି ଯିଏ ଅନ୍ଧ ପିତା ଓ ଅନ୍ଧୁଣୀ ମାତାଙ୍କୁ ଭାରରେ ବହନ କରି ତୀର୍ଥ ଭ୍ରମଣ କରାଉଥିଲେ। ରାମଙ୍କ ପରି ହେବେନି ଯିଏ ପିତୃସତ୍ୟ ପାଲି ରାଜସିଂହାସନ ତ୍ୟାଗ କରି ବନବାସୀ ଜୀବନ ଆଦରି ନେବେ। ପର୍ଶୁରାମଙ୍କ ପରି ହୋଇ ପାରିବେନି ଯିଏ ପିତୃ ଆଜ୍ଞା ପାଲି ନିଜ ମାତାଙ୍କ ସହିତ ଚାରି ବଡ଼ ଭାଇଙ୍କ ଶିର ଛେଦନ କରିବାକୁ ପଛାଇ ନ ଥିଲେ। ପୁତ୍ର ଥିଲେ ପୁରୁ ଯିଏ ପିତାଙ୍କ ଯୌନ ଲାଳସା ପୂରଣ ପାଇଁ ପିତା

ଯଯାତିଙ୍କୁ ନିଜର ଯୌବନ ପ୍ରଦାନ କରି ପିତାଙ୍କ ବାର୍ଦ୍ଧକ୍ୟକୁ ସାଦରେ ବରଣ କରି ନେଇ ଶଯ୍ୟାଶାୟୀ ହୋଇଥିଲେ । ପୁତ୍ର ଥିଲେ ମହାଭାରତର ଦେବବ୍ରତ ଯିଏ ପିତାଙ୍କ ଲାଗି ରାଜସିଂହାସନ ଓ ନିଜର ଦାମ୍ପତ୍ୟ ଜୀବନ ପରିତ୍ୟାଗ କରିଥିଲେ ।

ସମସ୍ତେ ଲକ୍ଷ୍ମଣ କୁମାର ପରି ହୋଇ ପାରିବେନି ମୃତ୍ୟୁ ପରେ ସୁଦ୍ଧା– ଯାହାର ଶବ ନିଜ ପିତାଙ୍କୁ ସଙ୍କଟ ସମୟରେ ସହାୟତା ଦେଇପାରିବ । ଧର୍ମପଦ ପରି କେତେ ଜଣ ପୁଅ ଅଛନ୍ତି ଯିଏ ବାପାଙ୍କୁ ଧର୍ମ ସଙ୍କଟରୁ ରକ୍ଷା କରିବାକୁ ଯାଇ ନିଜର ଜୀବନ ଉତ୍ସର୍ଗ କରିଦେବ । ଅଜାତ ଶତ୍ରୁଙ୍କ ପରି ପୁଅ ତ ଅଛନ୍ତି ଯିଏ ପିତୃହତ୍ୟା କରି ପାରିଥିଲେ । ଆଉରଙ୍ଗଜେବଙ୍କ ଭଳି ସିଂହାସନ ପାଇଁ ପିତା ସାହାଜାହାନଙ୍କୁ ବନ୍ଦୀ କରି ପାରିଲେ । ମହମ୍ମଦ ତୋଗଲକ ଯିଏ ରାଜ୍ୟ ଲାଗି ପିତାଙ୍କୁ ମରାଇ ଦେଲେ । ଆଲ୍ଲାଉଦ୍ଦିନ ଯିଏ ରାଜ୍ୟ ଲାଭ ଆଶାରେ ପିତୃବ୍ୟଙ୍କୁ ଗୁପ୍ତ ହତ୍ୟା କରାଇଥିଲେ ।

ଶାସ୍ତ୍ରରେ ଚାରି ପ୍ରକାର ସନ୍ତାନଙ୍କ ବିଷୟରେ ବର୍ଣ୍ଣନା କରାଯାଇଛି । ଯଥା– "ଉତ୍ତମ ଶ୍ରୁଣ୍ଡିତଂ କୁର୍ୟ୍ୟାତ୍ ପ୍ରୋକ୍ତକାରୀ ଚ ମଧ୍ୟମ, ଅଧମୋ ଶ୍ରଦ୍ଧ୍ୟାକୁର୍ୟ୍ୟତ ଜଲବୁ ଚରିତଂପୁତ୍ରଃ ।" ଅର୍ଥାତ୍ ପିତା କ'ଣ କରିବା ପାଇଁ ଭାବୁଛନ୍ତି ଯିଏ ଜାଣି ପାରି ପିତା କହିବା ପୂର୍ବରୁ କରିଦିଏ ସେ ଉତ୍ତମ ସନ୍ତାନ । ଅଯୋଧାର ଯୁବରାଜ ରାମଚନ୍ଦ୍ର, ବାପର ବଚନ ରକ୍ଷିବା ପାଇଁ ରାଜ ସିଂହାସନ, ରାଜ ପ୍ରାସାଦ ଛାଡ଼ି ବିମାତାଙ୍କ ଚକ୍ରାନ୍ତକୁ ଚରିତାର୍ଥ କରିବା ପାଇଁ ପିତାଙ୍କ ମୁଖରୁ ନ ଶୁଣି ସୁଦ୍ଧା ବନବାସ ଗଲେ । ସେମିତି କାମାଶକ୍ତ ବୃଦ୍ଧ ପିତାର ଯୁବତୀ ବିବାହ ଇଚ୍ଛାକୁ ସାକାର କରିବା ପାଇଁ ଗଙ୍ଗାପୁତ୍ର ଦେବବ୍ରତ ଆଜୀବନ ବ୍ରହ୍ମଚର୍ୟ୍ୟ ପାଳନ ଓ ସିଂହାସନ ଆରୋହଣ ନ କରିବାର କଠୋର ପ୍ରତିଜ୍ଞା ତାଙ୍କୁ ଦେବବ୍ରତରୁ ଭୀଷ୍ମକୁ ରୂପାନ୍ତର କଲା । ପାଚିଲା ପତ୍ର ବା ଫଳ ଅବସ୍ଥାରେ ବୃଦ୍ଧ ରାଜା ଶାନ୍ତନୁ କୈବର୍ତ୍ତ କନ୍ୟା ସୌନ୍ଦର୍ଯ୍ୟରେ ପାଗଲ ହୋଇ ତାକୁ ବିବାହ କରିବା ପ୍ରସ୍ତାବ ଦେଇ କୈବର୍ତ୍ତ ଦ୍ୱାରା ପ୍ରତ୍ୟାଖ୍ୟାତ ଓ ଉପହାସିତ ହୋଇ ଘୋର ମନସ୍ତାପରେ ଉତ୍କଣ୍ଠାକୁ ଫେରିଗଲେ । ବାପାଙ୍କ ନିରବ ମନସ୍ତାପରେ ବ୍ୟସ୍ତ ପୁଅ ଦେବବ୍ରତ ଏଭଳି ଘଟଣା ଜାଣିବା ପରେ ଆଜିର ନୈତିକତାବାଦୀ ପୁଅ ପରି କହି ନଥିଲେ– "ଛି ଏଡ଼େ ବୁଢ଼ାଟେ ଷୋଳ ବର୍ଷର (ଷୋଡ଼ଶୀ) ଟୋକୀ ପ୍ରେମରେ ମଜଗୁଲ । ଯା' ମୁଣ୍ଡ ବିଗିଡ଼ି ଗଲାଣି । ସିଂହାସନରୁ ନିକାଲି ଦିଅ ଯାକୁ । ତା' ନ କରି ନିଜେ କେଉଟ ପାଖେ ତା' କନ୍ୟାକୁ ପିତାଙ୍କ ସହ ବିବାହ ଦେବାକୁ ଏକ ପ୍ରକାର ଧମକ ବି ସେ ଦେଲେ । "ତମପିତା ତ ପାଚିଲା ତାଳ (ଫଳ) କାଲି ଝଡ଼ି ପଡ଼ିବେ । ଷୋଳ ବର୍ଷର ଏ ଯୁବତୀ ଝିଅ ମୋର ବିଧବା ଜୀବନର ଅଭିଶଙ୍କ ବୋଧେ ଜୀବନ ସାରା ବହିବ । ହଁ ତା' ପୁଅ ରାଜା ହୁଅନ୍ତା ହେଲେ । ସେ ରାଜମାତାର ସମ୍ମାନରେ ନିଜ ମନକୁ ବୁଝାଇ ଚଲି ଯାଆନ୍ତା । ମାତ୍ର ତମେ ତ ରାଜା ହେବ ।" କୈବର୍ତ୍ତର ଏ କଥାରେ ଜୀବନରେ ସେ କେବେ ବି ରାଜା ନ ହେବାର ପ୍ରତିଜ୍ଞା କରିଥିଲେ । ଏଥିରେ ମଧ କୈବର୍ତ୍ତ ସନ୍ତୁଷ୍ଟ ହେଲାନି । କହିଲା– ତମେ ସିନା ରାଜା ହେବନି, ହେଲେ ତମ ପିଲାମାନେ ତ ସିଂହାସନ ଲୋଭ ଛାଡ଼ିବେନି । ଯେ ତାଙ୍କର ହକ । ଏଥିରେ ଦେବବ୍ରତ ଗର୍ଜି ଉଠଲେ । "ନା ତା ହେଲେ ମୁଁ ଆଉ ବି ପ୍ରତିଜ୍ଞା କରୁଛି ଯେ ଆଜୀବନ ବ୍ରହ୍ମଚର୍ୟ୍ୟ ପାଳନ କରିବି ।" ସେଦିନ ଚକିତ ହୋଇଗଲା ସାରା ଜଗତ । ପିତୃଭକ୍ତିର ଯାଉ ବଳି ଆଉ ଉଦାହରଣ କାହିଁ ? ଭୀଷ୍ମ ଓ ରାମଚନ୍ଦ୍ରଙ୍କ ପାଇଁ କୌଉ ନ୍ୟାୟାଳୟର ନିର୍ଦ୍ଦେଶ ଥିଲା ? ଏ ଘଟଣାରେ ପିତା ଶାନ୍ତନୁ ଘୋର ଲଜ୍ଜିତ ଓ ଅନୁତପ୍ତ ହେଲେ । ମାତ୍ର ଜଳ ଉଡ଼ି ଯାଇଥିଲା । ଭୀଷ୍ମଙ୍କ ପ୍ରତିଜ୍ଞା ଅଣଲେଉଟା ଥିଲା । ନିଜ ପିତା ଶାନ୍ତନୁଙ୍କ ଦାମ୍ପତ୍ୟ ସୁଖ ପାଇଁ ନିଜେ ଆଜୀବନ ବ୍ରହ୍ମଚର୍ୟ୍ୟ ପାଳନ ପାଇଁ ଓ ରାଜ୍ୟ ତଥା ରାଜ ସିଂହାସନ ତ୍ୟାଗ ଲାଗି ବକ୍ର ଶପଥ ନେଇ ଗଙ୍ଗା ତନୟ ଦେବବ୍ରତ ଭୀଷ୍ମକୁ ନାମାନ୍ତର ହୋଇଥିଲେ ।

ପିତା କହିବା ପରେ ଯେଉଁ ପିଲା ଅତି ଆଦର, ଆଗ୍ରହ ଓ ଉତ୍ସାହର ସହିତ ଆଜ୍ଞା ପାଳନ କରେ ସେ ପିତାଙ୍କର ମଧ୍ୟମ ସନ୍ତାନ । ବାର୍ଦ୍ଧକ୍ୟ ଉପନୀତ । ଜରା ଗ୍ରାସିଲାଣି । ଅଙ୍ଗପ୍ରତ୍ୟଙ୍ଗ ଶିଥିଲ । କିନ୍ତୁ ନାରୀ ସଂଭୋଗର ଇଚ୍ଛା ମନରୁ ଯାଇନାହିଁ । ସେଥିପାଇଁ ପୁତ୍ର ପୁରୁଙ୍କୁ କହିଲେ ପିତା ଯଯାତି – "ତୋ ଯୌବନ ପାଲଟ କରି ମୋ ବାର୍ଦ୍ଧକ୍ୟ ଗ୍ରହଣ କର ।

ପୁରୁ ରାଜି ହେଲେ। ନିଜେ ପିତାଙ୍କ ବାର୍ଦ୍ଧକ୍ୟ ବରଣ କରି ଶଯ୍ୟାଶାୟୀ ହେଲେ। ଯଯାତି ପୁତ୍ରର ଯୌବନ ନେଇ ରତି ରଙ୍ଗରେ ମାତିଲେ। ଯୌନ ଲାଳସା ମେଣ୍ଟିଲା ପରେ ଅନୁତାପ କରି ପୁରୁଙ୍କୁ ଯୌବନ ଫେରାଇ ଦେଇଥିଲେ। ଆଉ ଶ୍ରବଣ କୁମାର ପିତା ଅନ୍ଧକ ଓ ରୁଗ୍ଣା ମାତାଙ୍କୁ ଭାରରେ ବହନ କରି ତୀର୍ଥ ପର୍ଯ୍ୟଟନ କରୁଥିଲେ। ପିତା ବାରମ୍ବାର କହିବା ପରେ ଯିଏ ଅଶ୍ରଦ୍ଧାର ସହିତ ବାଧ୍ୟ ହୋଇ କାର୍ଯ୍ୟ କରେ ସେ ଅଧମ ସନ୍ତାନ। ବିଶୃଙ୍ଖଳିତା ମା'ର ମୁଣ୍ଡକାଟ ପାଇଁ ଜଣ ଜଣ କରି ପାଞ୍ଚ ପୁଅଙ୍କୁ କୋପିତ ଜମଦଗ୍ନି ନିର୍ଦ୍ଦେଶ ଦେଲେ। ପୁଅମାନେ ଏମିତି ଆଦେଶ ପାଳନକୁ ରୋକ୍ ଠୋକ ମନା କରିଦେଲେ। ମହର୍ଷି ଜମଦଗ୍ନିଙ୍କର ପାଞ୍ଚ ପୁତ୍ର ଥିଲେ– ସମ୍ପଦ, (ରୁକ୍ମବାନ), ସୁଷେଣ, ବସୁ, ବିଶ୍ୱାବସୁ ଓ ରାମ। ରାମ ଥିଲେ ସର୍ବ କନିଷ୍ଠ। ସର୍ବ କନିଷ୍ଠ ହେଲେ ମଧ ବିଦ୍ୟା, ବୁଦ୍ଧି, ବିବେକ ସର୍ବୋପରି ବଳରେ ଅନ୍ୟ ଭାଇମାନଙ୍କଠାରୁ ସେ ଢେର ଆଗରେ ଥିଲେ। ପିତାଙ୍କ ନିର୍ଦ୍ଦେଶରେ ସେ ହିମାଳୟର ଗନ୍ଧମାର୍ଦ୍ଦନ ପର୍ବତରେ ପହଞ୍ଚ କଠୋର ତପସ୍ୟା କଲେ। ଶିବ ପ୍ରସନ୍ନ ହୋଇ ତାକୁ ବର ଯାଚଞ୍ଛା କରିଥିଲେ। ରାମ ଭକ୍ତି ଗଦଗଦ ଚିତ୍ତରେ ପ୍ରଣାମ କରି ଶାସ୍ତ୍ରଜ୍ଞାନ ଶିକ୍ଷା ପୂର୍ବକ ଅଜେୟ ଯୋଦ୍ଧା ହେବାର ବର ପ୍ରାର୍ଥନା କରିଥିଲେ। ଶିବ 'ତଥାସ୍ତୁ' କହିଥିଲେ। ଖୁବ୍ ଶୀଘ୍ର ରାମ ସକଳ ଶସ୍ତ୍ରବିଦ୍ୟା ବିଶାରଦ ହୋଇଯାଇଥିଲେ। ସକଳ ପ୍ରକାର ବିଦ୍ୟା ସମ୍ପନ୍ନ ହେଲା ପରେ ଶିବ ଶଙ୍କର ପ୍ରସନ୍ନ ହୋଇ ଏକ ଭୟଙ୍କର ଦେଖାଯାଉଥିବା ଭାରି ପରଶୁ ଦେଇ କହିଥିଲେ "ଏହି ପରଶୁ ହିଁ ତୁମକୁ ଅଜେୟ ଯୋଦ୍ଧା କରିବ। ଏହାକୁ ସର୍ବଦା, ପାଖେ ପାଖେ ରଖ୍ଥିଲେ ରାମ। ଶିବଙ୍କ କୃପାରୁ ଲାଭ କରିଥିବା ପରଶୁ ଯୋଗୁ ପରବର୍ତ୍ତୀ ସମୟରେ ରାମ ହୋଇଯାଇଥିଲେ ଅଜେୟ ଯୋଦ୍ଧା 'ପରଶୁରାମ'। ପିତାଙ୍କ ଆଦେଶରେ ମାତା ସହିତ ନିଜର ଚାରି ଭାଇଙ୍କୁ ହତ୍ୟା କରିବାକୁ ପ୍ରଥମେ ପ୍ରଥମେ ଅମଙ୍ଗ ସାନ ପୁଅ ପଶୁରାମ ଶେଷରେ ବାଧ୍ୟ ହୋଇ ନିଜର ଅନିଚ୍ଛା ସତ୍ତ୍ୱେ ପିତୃ ଆଦେଶ ପାଳନ କରିବାକୁ ଯାଇ ମା'ଙ୍କ ସହିତ ଅନ୍ୟ ଚାରିଭାଇଙ୍କ ମୁଣ୍ଡ କାଟି କରି ପିତୃ ଆଶୀର୍ବାଦରେ ଜଗତ ଜିତା କଳ୍ପାନ୍ତଜୀବୀ ବନିଗଲେ। ଆଉ ଆଦେଶ କ'ଣ, ତା'ର ବ୍ୟବହାର କ'ଣ ବୁଝି ନଥିବା ଲୋକ ଏମିତି ଆଦେଶ ଦେଇ ଭାଣ୍ଡିଆ ଓ ଲୋକହସା ହୋଇଥାଏ। ଆଉ ଗୁରୁ ଆଚାର୍ଯ୍ୟ ଦ୍ରୋଣଙ୍କ ପୁତ୍ର ଅଶ୍ୱଥାମା ପିତାଙ୍କ ବାରମ୍ବାର ତାଗିଦ ସତ୍ତ୍ୱେ ଦୁଷ୍ଟମତୀ ଦୁର୍ଯ୍ୟୋଧନଙ୍କ ସଙ୍ଗ ଛାଡ଼ି ନ ପାରି ନିଜର ଅନିଚ୍ଛା ସତ୍ତ୍ୱେ ବାଧ୍ୟ ହୋଇ ପ୍ରାଣ ଭୟରେ କେବଳ ଅର୍ଜୁନଙ୍କ କୋପରୁ ବର୍ତ୍ତିବା ପାଇଁ ଶିବଙ୍କୁ ତପସ୍ୟାରେ ସନ୍ତୁଷ୍ଟ କରି ଅମର ବର ପ୍ରାପ୍ତ ହୋଇଥିଲେ। ପିତା ବାରମ୍ବାର କହିବା ପରେ ଯିଏ ଆଦୌ ଆଜ୍ଞା ପାଳନ କରେ ନାହିଁ, ସେ ପିତାଙ୍କର ମୃତ୍ର ପରିସ୍ରା ସହ ସମାନ ବା ନରାଧମ ପୁତ୍ର। ବାରମ୍ବାର ବୁଝାଇବା ସତ୍ତ୍ୱେ ପୁତ୍ର ଦୁର୍ଯ୍ୟୋଧନ ପିତା ଧୃତରାଷ୍ଟ୍ରଙ୍କ ଉପଦେଶ ଗ୍ରହଣ କରିନଥିଲେ। ହସ୍ତିନାର ରାଜା ଯଯାତିଙ୍କ ପ୍ରିୟତମା ପତ୍ନୀ ଶର୍ମିଷ୍ଠାଙ୍କ ଗର୍ଭରୁ ଜନ୍ମିତ ସନ୍ତାନ ପୁରୁ ପିତାଙ୍କ ଯୌନ ଲାଳସା ଚରିତାର୍ଥ ଲାଗି ପିତାଙ୍କ ଜରାବସ୍ଥା ନିଜେ ବରଣ କରି ନିଜର ଯୌବନ ପିତାଙ୍କୁ ଅର୍ପଣ କରିଥିବା ବେଳେ ତାଙ୍କ ଅନ୍ୟତମା ପତ୍ନୀ ଦେବଯାନୀଙ୍କ ଗର୍ଭଜାତ ପୁତ୍ର ଯଦୁ ପିତାଙ୍କ କଥା ପ୍ରତି ଆଦୌ କର୍ଣ୍ଣପାତ କରିନଥିଲେ।

"ରଣାନୁ ବଦିନ୍ୟା ସର୍ବେ ପଶୁଭୃତ୍ୟ ସୁତାଦୟ।" ଅର୍ଥାତ୍ ପୂର୍ବଜନ୍ନ ରଣରେ ଏ ଜନ୍ନରେ ଗୃହପାଳିତ ପଶୁ। ଚାକର ଓ ସନ୍ତାନ ସନ୍ତତି ଭାବେ ବନ୍ଧା ହୋଇ ଥାଆନ୍ତି। ଆମେ ବୁଝିବାକୁ ପ୍ରସ୍ତୁତ ନୁହଁନ୍ତି ଯେ ଆପଣଙ୍କ ଠାରୁ ରଣ କରି ଅପରିଶୋଧ ମୃତ ହୋଇଥିଲା ଲୋକଟି ଏ ଜନ୍ମରେ ଆପଣଙ୍କର ଚାକର ହେଉ, ଗାଈ ହେଉ ବା ସନ୍ତାନ ହେଉ ଯେଉଁ ଭାବରେ ଜନ୍ମ ହୋଇ ତିଳତିଳ ରଣ ପରିଶୋଧ କରୁଥାଏ।

ଇହ ଲୋକରେ ଏ ସମ୍ପର୍କ ପ୍ରାରବ୍ଧ କର୍ମାନୁଗତ ଏକ ନୀତିରେ ବନ୍ଧା। କୁହାଯାଇଛି "ରଣାନୁ ବନ୍ଧିନୋ ସର୍ବେ ପଶୁଭୃତ୍ୟ ସୁତାଦୟୋ।" ଅର୍ଥାତ ପାଳିତ ପଶୁ, ଚାକର ଓ ପିଲାପିଲି ଆଦି ପୂର୍ବ ଜନ୍ନ ରଣ ସୂତ୍ରରେ ବନ୍ଧା। ବିଚରା ବାପର କଠୋର ଶ୍ରମ, ତ୍ୟାଗ ଓ ସ୍ନେହ ସତ୍ତ୍ୱେ ପୁଅ ବାଳ୍ଙ୍ଗା ହୋଇ ସମ୍ପତ୍ତି ଉଜାଡ଼ିବା, ବାପକୁ କଷ୍ଟ ଦେବା

ଘଟଣାରେ ବାପ, ପୂର୍ବ ଜନ୍ମରେ ଏ ପୁଅ ରୂପ ଜୀବଠାରୁ ଧାରୁଆ ହୋଇ ମରିଥିଲା । ଏ ଜନ୍ମରେ ତେଣୁ ନାନା ମତେ ଶୁଝୁଛି । କାରଣ ଉଧାର ମାଣକ ତିନି ପା' ପ୍ରଭୁ କରେଇ ଦିଅନ୍ତି ନି । ଏମିତି ପୁଅକୁ "ଶତ୍ରୁନନ୍ଦନ" କୁହାଯାଏ । ଅର୍ଥାତ୍ ଏ ନନ୍ଦନ ଶତ୍ରୁର ଆନନ୍ଦ ଦାୟକ । ଯେ ଆନନ୍ଦ ଦିଏ ସେ ତ ନନ୍ଦନ । ଏ ବାଲୁଙ୍ଗା ପୁଅ ତେଣୁ ବାପର ଶତ୍ରୁକୁ ଆନନ୍ଦ ଦେଇ 'ଶତ୍ରୁ ନନ୍ଦନ' ବନେ । ସେଥିପାଇଁ ରଣୀ ହୋଇ ମରିବା ବା ରଣ କରିବା ଏକ ଗର୍ହିତ କଥା ବୋଲି ଆମ ସଂସ୍କୃତିରେ କୁହାଯାଇଛି । ଧର୍ମ ବକଙ୍କ କିଏ ସୁଖୀ 'କଏ ସୁଖୀ' ପ୍ରଶ୍ନର ଉଉରରେ ଯୁଧିଷ୍ଠିର ମହାରାଜ କହିଲେ "ପଞ୍ଚମେଽହନି ଷଷ୍ଠେ ବା ଶାକଂ ପଚତି ଯୋ ଗୃହେ, ଅନୃଣୀ ଚାପ୍ରବାସୀ ଚ ମ ବାରିଚର ମୋଦତେ ।" ସୁଖୀ ପାଇଁ ସର୍ଭ ହେଲା "ଅନୃଣୀ" ରଣ କଲେ କଥା ସରିଲା । ସତରେ ରଣୀର ସୁଖ କାଇଁ । ରଣୀ ହୋଇ ମଲେ ଲଙ୍କା ଗଛ ହୋଇ ଜନ୍ମ ହେବା କଥା ମଧ ଆଜିବି ଗାଁ ଗହଲିରେ ପ୍ରଚଳିତ । ଯେ ହେଲା ରଣ ବିଷୟରେ ଆମ ସଂସ୍କୃତି ଓ ଆମ ଲୋକଙ୍କ ଭାବ । ମାତ୍ର ଏବେ ରଣୀ ହେବା ଏକ ସଭ୍ୟତା ଓ ତାକୁ ବଢ଼େଇବା ଏକ ଚାତୁରୀ ବା Intelegence ଏବେ ବନିଯାଇଛି । ଏଠି ଏବେ ତିଲକ ପିନ୍ଧା ଓ ପିନ୍ଧେଇବା ରୁତୁ ଚାଲିଛି । ଏ ଦେଶରେ ଡଗ ବା କଥା ଥିଲା "ମାଗିବା ଠାରୁ ଦୀନ ନାହିଁ କି ଦେବାଠୁ ପୁଣ୍ୟ ନାହିଁ ।"

ପାଷ୍ଟତ୍ୟ ଦର୍ଶନର ଆଦି ମନିଷୀ ସକ୍ରେଟିସ୍ଙ୍କ ମୃତ୍ୟୁ ବେଳର ଶେଷ ବାଣୀ ଯାହା ସ୍ୱପ୍ରଣୀତ ଉଇଲ ଡୁରାଣ୍ଟ 'ଦି ଷ୍ଟୋରି ଅଫ ଫିଲୋସଫି' ଗ୍ରନ୍ଥରେ ଲିପିବଦ୍ଧ କରିଅଛନ୍ତି । ସକ୍ରେଟିସ୍ ହେମ୍ଲକ ବିଷପାନ କରି ମୁମୂର୍ଷୁ ଅବସ୍ଥାରେ ପଡ଼ିଥାନ୍ତି । ପ୍ରିୟ ଶିଷ୍ୟ କ୍ରିଟୋ ଶଯ୍ୟା ପାଖକୁ ଆସି ପଚାରିଲେ- "ଆମ ପାଇଁ ଆପଣଙ୍କର କିଛି ବାଣୀ ଅଛି ।" ସକ୍ରେଟିସ୍ କ୍ଷୀଣ କଣ୍ଠରେ ଉଉର ଦେଲେ "ମୋ ପଡ଼ୋଶୀ ପାଖରୁ ଗୋଟିଏ କୁକୁଡ଼ା ଥରେ ଉଧାର ଆଶୀଥିଲି ତାକୁ ଫେରାଇ ଦେବ ।" ଇଏ ହେଲା ସତ୍ୟସନ୍ଧ ଜଣେ ମହାନ ଦାର୍ଶନିକଙ୍କ ଶେଷ ବାଣୀ, ଜଣେ ମହାନ ଦାର୍ଶନିକ ଓ ଶ୍ରେଷ୍ଠ ଚିନ୍ତକର କେବଳ ଏଇପରି ଶେଷ ବାଣୀ ହୋଇପାରେ । କିନ୍ତୁ ଏହା କିପରି ଅ-ନାଟକୀୟ । ଏହା ମଧ ହୋଇପାରେ ସକ୍ରେଟିସ୍ ପରଜନ୍ମ ସମୟରେ ସଚେତନ ଥିଲେ ।

ପିତା ହେଉଛନ୍ତି ଧର୍ମ, ସ୍ୱର୍ଗ ତଥା ପରମ ତପ ସହିତ ତୁଳନୀୟ । ପିତା ସନ୍ତାନସନ୍ତତିଙ୍କ ପ୍ରତି ସନ୍ତୁଷ୍ଟ ରହିଲେ ସର୍ବ ଦେବଦେବୀ ମଧ ସନ୍ତୁଷ୍ଟ ହୁଅନ୍ତି । ପିତାଙ୍କ ଆଦେଶ ପାଳନ କରିବା, ତାଙ୍କ ଉପଦେଶ ଗ୍ରହଣ କରିବା ଓ ତାଙ୍କ ଦ୍ୱାରା ପ୍ରଦଉ ପ୍ରତିଶ୍ରୁତି ରକ୍ଷା କରିବା ପୁତ୍ରର ସର୍ବପ୍ରଧାନ କର୍ଉବ୍ୟ । ମୋ' ପିତା ଜଗତ ପିତା ପରମେଶ୍ୱରଙ୍କ ଅଂଶ ବିଶେଷ । ସେ ମୋର ଇଷ୍ଟ, ସେ ମୋର ପୂଜ୍ୟ ଓ ସେ ମୋର ପ୍ରେରଣାର ଉସ୍ସ । ବାପାଙ୍କର ଆଶୀର୍ବାଦର ହାତ ପୁଅ ମୁଣ୍ଡରେ ଥିବା ଯାଏ ତା'ର କୌଣସି କ୍ଷେତ୍ରରେ ପରାଜୟ ନାହିଁ । ପିତୃ ଆଶୀର୍ବାଦ ପୁତ୍ରକୁ ଅଦମ୍ୟ ସାହସୀ ଓ ନିର୍ଭୀକ କରିଥାଏ ।

ମାଛ ମାଂସ ବିକି ପେଟ ପୋଷୁଥିବା ଧର୍ମବ୍ୟାଧଙ୍କୁ ତାଙ୍କର ଅନୁଚିତ କାର୍ଯ୍ୟ ସଉ୍ଵେ ତ୍ରିକାଳଜ୍ଞତାର କ୍ଷମତା ଓ କାଲର ସୂତ୍ର କ'ଣ ବୋଲି ପଚରାୟିବାରେ ସେ କହିଲେ - ମୋର ସାଧନା ଫାଧନା କିଛି ନାହିଁ । ମୁଁ କେବଳ ବାପ, ମା'ଙ୍କ ସେବା ଦ୍ୱାରା ତାଙ୍କ ଆଶୀର୍ବାଦରୁ ଯାହା ପାଇଛି । "ପିତା ଧର୍ମଃ, ପିତା ସ୍ୱର୍ଗଃ, ପିତା ହିଁ ପରମଂ ତପଃ ।" ଏ ଦେଶର ସନ୍ତାନର ରକ୍ତରେ ଥିଲା- "ପିତରି ପ୍ରୀତାମାପନ୍ନେ ପ୍ରୀୟନ୍ତେ ସର୍ବ ଦେବତା ।" ପିତାମାତା ସନ୍ତୁଷ୍ଟ ହେଲେ ସବୁ ଦେବତା ବିନା ପୂଜାରେ ଆପେ ଆପେ ତୁଷ୍ଟ ହୋଇଯାଆନ୍ତି । ପିତାମାତା ପରି ଆଉ କେ ଅଛି ସଂସାରେ, ଧନ୍ୟ ସେ ଯେ ଦିଏ ପ୍ରାଣ ତାଙ୍କରି ସେବାରେ । ମୋର ପିତାମାତାଙ୍କୁ ସେବାର ଫଲ ଯେ ସବୁ । ହେଲେ ଏକଥାକୁ ଏଇନେ ପାଳୁଛି କିଏ ନା' ମାନୁଛି କିଏ ।

ଆହୁରି ମଧ ଏ ବିଷୟରେ ପଦ୍ମ ପୁରାଣରେ କୁହାଯାଇଛି- ଯେତେବେଲେ ନରୋଉମ ବ୍ରାହ୍ମଣ- ତୁଲାଧାରା ବୈଶ୍ୟକ ନିକଟକୁ ଗଲେ । ସେତେବେଲ ତୁଲାଧାରା ଗ୍ରାହକମାନଙ୍କୁ ଜିନିଷପତ୍ର ବିକିବାରେ ବ୍ୟସ୍ତ ଥିଲେ । ତେଣୁ ସେ

କହିଲେ "ବର୍ତ୍ତମାନ ମୋର ଫୁରୁସତ ନାହିଁ, ପ୍ରହରେ ରାତ୍ରି ପର୍ଯ୍ୟନ୍ତ ଗ୍ରାହକଙ୍କର ଭିଡ଼ ଲାଗି ରହିବ; ତା'ପରେ ମୋତେ ଫୁରୁସତ ମିଳିପାରେ। ଯଦି ଆପଣ ସେତେ ଡେରି ପର୍ଯ୍ୟନ୍ତ ଅପେକ୍ଷା କରିପାରିବେ ନାହିଁ, ତେବେ ଦୟାକରି ଆପଣ ସଜ୍ଜନ ଅଦ୍ରୋହକଙ୍କ ନିକଟକୁ ଯାଆନ୍ତୁ। ଆପଣଙ୍କ ଦ୍ୱାରା ଯେଉଁ ବଗ ନିହତ ହେଲା ଏବଂ ଆପଣଙ୍କର ଧୋତି ଆକାଶରେ ଶୁଖିବା ବନ୍ଦ ହୋଇଗଲା। ତାଙ୍କ ପାଖକୁ ଗଲେ ସେସବୁର ରହସ୍ୟ ଆପଣଙ୍କୁ ଜଣା ପଡ଼ିଯିବ। ନରୋଉତ୍ତମଙ୍କ ସହିତ ବ୍ରାହ୍ମଣ ବେଶରେ ଯାଇଥିବା ଭଗବାନ କହିଲେ- "ଚାଲ ଆମେ ସଜ୍ଜନ ଅଦ୍ରୋହକ ନିକଟକୁ ଯିବା।" ଏହା କହି ସେ ସେଠାରୁ ସଜ୍ଜନ ଅଦ୍ରୋହକ ନିକଟକୁ ଯିବାକୁ ଲାଗିଲେ। ରାସ୍ତାରେ ନରୋଉତ୍ତମ ତାଙ୍କୁ ପଚାରିଲେ "ମୋ ଦ୍ୱାରା ବଗଟି ଭସ୍ମ ହେବା ବିଷୟ ତୁଲାଧାରା କିପରି ଜାଣିଲେ ?" ଭଗବାନ କହିଲେ "କ୍ରୟ- ବିକ୍ରୟ କରିବା ବେଳେ ତୁଲାଧାରା ସମସ୍ତଙ୍କ ସହିତ ସତ୍ୟ ଓ ସମାନ ବ୍ୟବହାର କରନ୍ତି; ତେଣୁ ଅତୀତ, ବର୍ତ୍ତମାନ ଓ ଭବିଷ୍ୟତ- ତିନି କାଳର କଥା ଜାଣିପାରନ୍ତି। ସେ ତ୍ରିକାଳଜ୍ଞ। ତେଣୁ ତୁଲାଧାରାଙ୍କ ଘରେ ଭଗବାନ ବ୍ରାହ୍ମଣ ରୂପ ଧରି ନିବାସ କରୁଥିଲେ ଏବଂ ଶେଷରେ ସେହି ତୁଲାଧାରା ବୈଶ୍ୟ ଭଗବାନଙ୍କ ସହିତ ବିମାନରେ ବସି ପରଧାମକୁ ଗମନ କଲେ।

ଏଠାରେ ବିଚାର ଯୋଗ୍ୟ ଯେ ତୁଲାଧାର ବୈଶ୍ୟଙ୍କର ରସ ଆଦି କ୍ରୟ ବିକ୍ରୟ ରୂପୀ କ୍ରିୟାତ ଦେଖିବାକୁ ନିମ୍ନ ଶ୍ରେଣୀର; କିନ୍ତୁ ସ୍ୱାର୍ଥ ତ୍ୟାଗ, ସାଧୁତା, ସତ୍ୟ ପରାୟଣତା ତଥା ସମତା ପୂର୍ଣ୍ଣ ବ୍ୟବହାର ଯୋଗୁ ସେହି କ୍ରିୟା ଉଚ୍ଚକୋଟୀରେ ପରିଣତ ହୋଇ ତାଙ୍କୁ ପରମପଦ ପ୍ରାପ୍ତି କରାଇ ଦେଲା।

ଝିଅଟି ବଡ଼ ହେଲେ ପରଗୋତ୍ରୀ ହୋଇ ଶାଶୁ ଘରକୁ ଚାଲିଯିବ। ସେମାନଙ୍କ (ବାପା, ମାଆଙ୍କ) ସେବା କରି ପାରିବନି। ଯନ୍ତ୍ର ନେଇପାରିବନି। ତା' ଶାଶୁ ଘରର ଦାୟିତ୍ୱ ତୁଲାଉ ତୁଲାଉ ତା'ର ସମୟ ନଥିବ ବାପ, ମା'ଙ୍କ କଥା ବୁଝିବାକୁ। ତା' ସ୍ୱାମୀ, ତା' ପିଲାପିଲି, ତା' ପରିବାର, ତା' ଘରକରଣା, ତା' ଘର ସଂସାର, ତା' ଘରର ହାନିଲାଭ, ତା' ଘରର ଭଲମନ୍ଦ କଥା ସେ ଆଗ ବୁଝିବ। ବାପ ଘରକୁ ଏକରକମ ଭୁଲିଯିବ। ଏହି ଆଶଙ୍କାରେ ସେମାନେ ଝିଅଟିକୁ ଅଣହେଲା କରିଥାଆନ୍ତି। ଝିଅ ଶାଶୁଘରକୁ ଗଲା ପରେ ଯଦି ବାପ ଘରକୁ କେବେ ଆସେ, ତେବେ ସେ ଦଶ ପନ୍ଦର ଦିନ ପାଇଁ କୁଣିଆଁ ହୋଇ ଆସିଥାଏ। ଯାକୁ ନେବି, ତାକୁ ନେବି, ମୋତେ ଏଇଆ ଦିଅ, ସେଇଆ ଦିଅ ବୋଲି ଫରମାସି କରିଥାଏ। କେବେ ବାପ, ମା'ଙ୍କ ଦେହ ଖରାପ କଥା ଶୁଣିଲେ, ସେମାନଙ୍କ ଦେହ ପା ପୀଡ଼ା ଖବର ପାଇଲେ, ତାଙ୍କ ବେମାରି ଆରାମୀ ସମ୍ୱାଦ ଜାଣିଲେ ସେ ଆସି ଶଯ୍ୟାଶାୟୀ ବାପ, ମା'ଙ୍କୁ ଠାକୁର ଦେଖିଲା ଭଲି ମନବୃତ୍ତି ନେଇ ଦେଖି ଦେଇ "ମୋର ତେଣେ କେତେ କାମ ପଡ଼ିଛି। କେତେ ଦାୟିତ୍ୱ ମୋ ଉପରେ ଅଛି। ଘର ଗୋଟାକର ବୋଝ ମୁଁ ସମ୍ଭାଳିଛିତି, ସବୁ ଭଲମନ୍ଦ, ହାନି ଲାଭକୁ ମୁଁ ଏକା ଦାୟୀର ଥାଲ ଦେଖାଇ" ଶାଶୁ ଘରକୁ ଚଞ୍ଚଳ ଫେରିଯିବା ପାଇଁ ବ୍ୟସ୍ତ ହୋଇପଡ଼େ। ଏହି କାରଣରୁ ସେମାନେ (ବାପ, ମା') ଝିଅଙ୍କ ତୁଲନାରେ ପୁଅମାନଙ୍କ ପ୍ରତି ଅଧିକ ଦରଦୀ ହୋଇ ପଡ଼ିଥାଆନ୍ତି। ଝିଅକୁ ଅନାଦର କରି ବସନ୍ତି। ସେମାନେ କେବେ ବି ବୁଝିପାରନ୍ତି ନି ନାରୀ ଜାତିକୁ ସମ୍ମାନ ନ ଦେଇ, ନାରୀର ଦାୟିତ୍ୱ ଠିକ୍ ଭାବରେ ନ ତୁଲାଇ, ନାରୀ ଜାତିକୁ ଅବହେଳା କରି, ମାତୃ ଜାତି ପ୍ରତି ଉପଯୁକ୍ତ ନ୍ୟାୟ ବିଚାର ନ କରି, ସେମାନଙ୍କ ଅସୁବିଧା ନ ବୁଝି ସେମାନଙ୍କ ନିରାପଦା ପ୍ରତି ଦୃଷ୍ଟି ନ ଦେଇ, ସେମାନଙ୍କୁ ନିରାପଦ ଜୀବନ ଯାପନ ଲାଗି ସୁବ୍ୟବୋବସ୍ତ ନ କରି, ସେମାନଙ୍କ ଉପରେ ଅତ୍ୟାଚାର କରି, ସେମାନଙ୍କୁ ନିର୍ଯାତନା ଦେଇ, ସେମାନଙ୍କୁ ଲାଞ୍ଛିତ କରି, ସେମାନଙ୍କ ଆଖିରୁ ଲୁହ ଝରାଇ, ସେମାନଙ୍କ ମାନସିକ ଶାନ୍ତି ନଷ୍ଟ କରି, ସେମାନଙ୍କ (ବ୍ୟକ୍ତ) ସ୍ୱାଧୀନତା

ଅପହରଣ କରି, ସେମାନଙ୍କୁ ସ୍ୱଚ୍ଛନ୍ଦରେ ବଞ୍ଚ ରହିବା ପାଇଁ ସୁଯୋଗ ନ ଯୋଗାଇ, ସେମାନଙ୍କୁ ନିର୍ଭୟରେ, ନିର୍ବିଘ୍ନରେ, ନିର୍ଦ୍ୱନ୍ଦରେ ଜୀବନ ବିତାଇବା ପାଇଁ ସୁଯୋଗ ସୁବିଧା ନ ଦେଇ କୌଣସି ଜାତି କିମ୍ୱା ସଭ୍ୟତା ଅଥବା ସାମ୍ରାଜ୍ୟ ତିଷ୍ଠି ରହି ପାରିନାହିଁ କିମ୍ୱା ପାରିବ ନାହିଁ । ସୀତାଙ୍କ ପ୍ରତି ଅବିଚାର କରି ରାଜରାଜ୍ୟ ପରି ଶୃଙ୍ଖଳିତ ସୁଶାସନ ତିଷ୍ଠି ରହି ପାରିଲାନି । ନାରୀ (ସୀତା)ଙ୍କ ପ୍ରତି ଅବମାନନା କରି ବିଲୟ ଭଜିଛି । ରାବଣର କଠୋର ଶାସନ ବ୍ୟବସ୍ଥା, ଦ୍ରୌପଦୀଙ୍କ ପ୍ରତି ଅତ୍ୟାଚାର କରି କୁରୁ ବଂଶ ଧ୍ୱଂସ ହୋଇଛି ।

ନାରୀକୁ ଯିଏ ସମ୍ମାନ ଦେଇ ଶିଖିନାହିଁ ସେ କେବେ ପୁରୁଷ ପଦବାଚ୍ୟ ହୋଇପାରେନା । ଗୋଟିଏ ସମାଜ ସେତିକି ବେଳେ ଉନ୍ନତ ଏବଂ ସଭ୍ୟ ହେବ, ଯେତେବେଳେ ସେ ସମାଜରେ ନାରୀମାନେ ସୁରକ୍ଷିତା ରହିବେ । ଯେଉଁ ପୁରୁଷ ନାରୀକୁ ଉପଯୁକ୍ତ ମର୍ଯ୍ୟାଦା ଓ ସୁରକ୍ଷା ଦେଇପାରେ ସେ ହିଁ ପ୍ରକୃତରେ ସୁପୁରୁଷ । ନାରୀମାନଙ୍କ ଆଖିରେ ମଧ୍ୟ ପୁରୁଷର ଏକ କଳ୍ପିତ ରୂପ ଥାଏ । କାମୁକ ବା ଲମ୍ପଟ ପ୍ରକୃତିର ପୁରୁଷ ମନେକରେ ଏହା ତା'ର ପ୍ରବୃତ୍ତି ବା ପୁରୁଷ ପଣିଆ ସେ ପ୍ରକୃତରେ ମୂର୍ଖ । ଈଶ୍ୱରଙ୍କ ସୃଷ୍ଟିରେ ନାରୀ ଏକ ସର୍ବଶ୍ରେଷ୍ଠ ଚିତ୍ରକଳା । ଯାହାର ସୌନ୍ଦର୍ଯ୍ୟରେ ସମଗ୍ର ଜଗତ ବିମୋହିତ । ପୃଥିବୀର ଶ୍ରେଷ୍ଠ ସାହିତ୍ୟିକ କୃତିମାନ ସୃଷ୍ଟି ହୋଇଛି ନାରୀମାନଙ୍କୁ ଆଧାର କରି । ଯେତେବେଳେ ସମାଜରେ ବ୍ୟଭିଚାର ବଢ଼ିଯାଏ, ନାରୀମାନଙ୍କ ପ୍ରତି ଅତ୍ୟାଚାର ବୃଦ୍ଧିପାଏ ସେତେବେଳେ ତାଙ୍କର ଅଧଃପତନ ଘଟେ । ସମଗ୍ର ସମାଜ ହରାଇ ବସେ ତା'ର ମୂଲ୍ୟବୋଧ । ନାରୀର ବିଭିନ୍ନ ରୂପର ତୁଳନା ନାହିଁ ପ୍ରକୃତରେ । ସେବାରେ ଦାସୀ, କର୍ମରେ ମନ୍ତ୍ରୀ, ଭୋଜନରେ ମାତା, ଶୟନରେ ରମ୍ଭା, ରୂପରେ ଲକ୍ଷ୍ମୀ, କନ୍ୟାରେ ଧରିତ୍ରୀ । ଏତିକି ଗୁଣ ସମ୍ପନ୍ନା ହେଉଛି ନାରୀ । ତା' ଭାଷାର କୋମଳତାରେ ସେ ଦୂର କରିପାରେ ପୁରୁଷର କ୍ରୁରତ୍ୱ । ସେ ପ୍ରେରଣାର ଉସ୍ର । କନ୍ଦନାର ତାଜ । ବିଶ୍ୱନିୟନ୍ତା ସ୍ୱୟଂ ତାକୁ ସୃଷ୍ଟି କରିଛନ୍ତି । ତା'ରି ସୌନ୍ଦର୍ଯ୍ୟ ପୁଞ୍ଜି ଭରି ଦେଇଛି କେତେ କେତେ ସ୍ରଷ୍ଟାଙ୍କ ମନରେ କନ୍ଦନାର ତରଙ୍ଗ । ପ୍ରତ୍ୟେକ ସମୟରେ ପୁରୁଷ ନିଜର ପୌରୁଷର ଅହଂକାରରେ ତାକୁ ନିଜର ବଶ୍ୟତା ସ୍ୱୀକାର କରିବାକୁ ବାଧ୍ୟ କରିଛି । ତାକୁ ଗୋଟିଏ ବସ୍ତୁ ଭାବରେ କେବଳ ଉପଭୋଗର ସାମଗ୍ରୀ କରିବାକୁ ଚାହିଁଛି । ବୁଝିବା କଥା ଯେ ପୁରୁଷ ଏବଂ ପ୍ରକୃତି ଏ ଦୁଇଟି ସବୁବେଳେ ପରସ୍ପରର ପରିପୂରକ । ପ୍ରକୃତି ଚିରନ୍ତନା ତା'ର କ୍ଷୟ ନାହିଁ । ସେ ସର୍ବ ସୌନ୍ଦର୍ଯ୍ୟର ଆଧାର । ସାଧାରଣ ଘରେ ବି ଝିଅଟିଏ ନଥିଲେ, ସେ ଘରେ ପର୍ବପର୍ବାଣି ହୁଏନା । ହିନ୍ଦୁ ଘରେ ଯେତେ ସବୁ ପର୍ବପର୍ବାଣି ପାଳନ କରାଯାଏ ସବୁତ ଝିଅମାନଙ୍କର । ତେଣୁ ଘରେ ଯଦି ଝିଅଟିଏ ନାହିଁ, ଭାରି ଫାଙ୍କା! ପାଙ୍କା ଲାଗେ ସବୁ ପର୍ବ । ସେଇ ଛୋଟ ଝିଅଟି ଦିନେ ବଡ଼ ହୋଇଯାଏ । ଚାଲିଯାଏ ଆଉ କାହା ଘରକୁ ସଜାଇବା ଲାଗି । 'ଦୁହିତା'ର ଅର୍ଥ ଦୁଇ କୁଳକୁ ହିତା ।

ସତରେ ପୁରୁଷ କ'ଣ କେବେ ବୁଝିପାରିଛି ନାରୀ ମନର କଥା ? ନାରୀଟିଏ ଚାହେଁ କ'ଣ ? ତା'ର କ'ଣ ମନ ବୋଲି କିଛି ନାହିଁ? ସେ କ'ଣ ଖାଲି କର୍ତ୍ତବ୍ୟର ଶିକୁଳିରେ ବନ୍ଧା ହେବ ବୋଲି ଲେଖା ହୋଇଛି । ସେ କ'ଣ ପୁରୁଷର ପାଶବିକ ପ୍ରବୃତ୍ତିର ଶିକାର ହେବା ଲାଗି ଜନ୍ମ ହୋଇଛି । ପୁରୁଷ ଯେମିତି ଖୋଜି ବସେ ସୀତାଙ୍କ ପରି ସତୀ ନାରୀଟିଏ । ନାରୀର ମନ ବି ଚାହେଁ ଜଣେ ସୁପୁରୁଷ, ଠିକ୍ ରାମଚନ୍ଦ୍ରଙ୍କ ପରି । ଯଦି ପୁରୁଷଟି ରାମଚନ୍ଦ୍ର ନ ହୋଇ ପାରିବ ତା'ହେଲେ ସେ ସୀତାଟିଏ ଖୋଜିବ କାହିଁକି ? ପ୍ରକୃତ ସୁପୁରୁଷ ନାରୀକୁ ଜିତିବା ଲାଗି ବଳ ପ୍ରୟୋଗ କରେନା, ଆବଶ୍ୟକ ବି ନାହିଁ । ନାରୀ ମନ ଏତେ କୋମଳ ଯେ, ଟିକିଏ ସ୍ନେହ ଶ୍ରଦ୍ଧା ପାଇଲେ ତରଳି ଯାଏ ମହମପରି । ଆଉ ସୁପୁରୁଷ ନିକଟରେ ନିଜକୁ ସମର୍ପଣ କରିଦିଏ ସ୍ୱଇଚ୍ଛାରେ । ଏ କଥାକୁ ଯିଏ ବୁଝିଛି ସେହି କେବଳ ନାରୀକୁ ସମ୍ମାନ ଦେଇପାରେ । ସୁରକ୍ଷା ବି ଦେଇପାରେ । ପୁରୁଷ ପ୍ରଧାନ ସମାଜରେ ଶାସ୍ତ୍ର ଲିଖିତ କିଛି ନୀତି ନିୟମ ସମସ୍ତଙ୍କୁ ବ୍ୟଥିତ କରେ । ସମୟ ଆସିଛି ପୁରୁଣା ଶାସ୍ତ୍ରର ସେ ନିୟମକୁ ପରିବର୍ତ୍ତନ କରାଯାଉ । ସତୀ ନାରୀ ବଦଳରେ ସୁପୁରୁଷର ସଂଜ୍ଞା ନିର୍ଦ୍ଧାରିତ ହେଉ ।

କଠୋରତାର ସହ ପାଳନ କରନ୍ତୁ ସେମାନେ ସଂଯମତା । ହେଲେ ସମାଜରେ ସୁପରୁଷଙ୍କ ଅଭାବ ରହିବ ନାହିଁ କି ବାରମ୍ବାର ପ୍ରକୃତିକୁ ଏପରି ଅପମାନିତା ବା ଲାଞ୍ଛିତା ହେବାକୁ ପଡ଼ିବ ନାହିଁ । ପ୍ରକୃତ ପୁରୁଷ ହିଁ ପ୍ରକୃତିକୁ ଦେଇପାରେ ଉପଯୁକ୍ତ ମର୍ଯ୍ୟାଦା । ତେଣୁ ଦୁର୍ଯ୍ୟୋଧନ ନୁହେଁ ରାମଚନ୍ଦ୍ର ହେବାକୁ ଅନ୍ତତଃ ସମସ୍ତେ ଚେଷ୍ଟା କରନ୍ତୁ ।

ଯାହାର ବ୍ୟକ୍ତିତ୍ୱ ଏଇ ସ୍ୱାର୍ଥପର ସମାଜର ନାଲି ଆଖ୍ ନିକଟରେ ନିଷ୍ପେଷିତ ହୋଇଯାଏ । ଯିଏ ଚେଷ୍ଟା କରି ସୁଦ୍ଧା ନିଜର ଆତ୍ମାନୁଭୂତି ବ୍ୟକ୍ତ କରିପାରେନା । ସାରା ଜୀବନ ଯିଏ ଧୂପକାଠିଟିଏ ପରି ତ୍ୟାଗର ସୁଗନ୍ଧରେ ବାସ୍ନା ବିତରଣ କରି ପରିବେଶରେ ସୁବାସ ଭରିଦିଏ । ଯିଏ ଅଳିଅଳି ଭଗ୍ନୀର ଭୂମିକାରେ ଭ୍ରାତୃତ୍ୱର ସମ୍ମାନ ଦେଇ ସମାଜରେ ପୁରୁଷକୁ ପ୍ରତିଷ୍ଠିତ ହେବା ପାଇଁ ସାହାଯ୍ୟ କରେ ସେ ନାରୀ । ଯେଉଁ ଚରିତ୍ରବତୀ ଜାୟା ହୃଦୟର ପବିତ୍ର ସ୍ରୋତସ୍ୱିନୀ ଗଙ୍ଗା ପରି ଅସରନ୍ତି ପ୍ରେମ ଓ ଭକ୍ତିର ଅଫୁରନ୍ତ ଧାରା ଝରିପଡ଼େ ପତିର ସୁଖ ସମୃଦ୍ଧି ପାଇଁ ମାତୃତ୍ୱର ଗୌରବରେ ଗୌରବାନ୍ୱିତା ହୋଇ ଯେଉଁ ଚରିତ୍ରଟି ଆଜୀବନ ବାତ୍ସଲ୍ୟ ପ୍ରେମରେ ଆନନ୍ଦାଭିଭୂତ ହୁଏ ସନ୍ତାନର ମଙ୍ଗଳ କାମନାରେ ସେ ନାରୀ । ସେହି ନାରୀ ଯିଏ ପୁଣି ଭାଗ୍ୟର ବିଡ଼ମ୍ବନାରେ ମାତୃତ୍ୱ ସୁଖରୁ ଚିର ବଞ୍ଚିତା ହୋଇ ସମାଜର କଟୂକ୍ତିକୁ ସାଦରେ ଗ୍ରହଣ କରିନିଏ । କନ୍ୟା ସନ୍ତାନର ଜନନୀ ସୋପାନରେ ସର୍ବଦା ଅନ୍ୟମାନଙ୍କର ନିକଟରେ ଉପେକ୍ଷିତା ହୁଏ । ଆଉ ନବବଧୂର ଭୂମିକାରେ ଅବତୀର୍ଣ୍ଣ ହୋଇ ନିର୍ଯ୍ୟାତିତା ହୁଏ । ଜୀବନର କରୁଣ ମୂର୍ଚ୍ଛନାରେ ପରିବେଶକୁ ବେଦନା ବିଧୁରିତ କରେ । ସେହି ଚିର ବନ୍ଦନୀୟା ମମତାମୟୀ ନାରୀ ଆମ ପୁରୁଷ ପ୍ରଧାନ ସମାଜ ତାକୁ ଅବହେଳିତା, ଲାଞ୍ଛିତା କରୁଛି ଓ ପଦାକୁ ଗୋଡ଼ କାଢ଼ିଲେ ସେ ହତ୍ୟା, ଲୁଣ୍ଠନ କିମ୍ୱା ଦୁଷ୍କର୍ମର ଶିକାର ହୁଏ । ଯୌତୁକ ଜନିତ ବଧୂହତ୍ୟା, କନ୍ୟା ଭ୍ରୂଣହତ୍ୟା ଅଥବା ପ୍ରତାରିତ ପ୍ରେମିକର ବିଶ୍ୱାସ ଘାତକତା ପ୍ରଭୃତି ଆମେ ସେମାନଙ୍କୁ ଉପହାର ଦେଉ । ଆମ ସମାଜ ତା'ର ମହନୀୟତାକୁ ସ୍ୱୀକାର କରେ ନାହିଁ । ଏହି ନାରୀ ଗାର୍ଗୀ ରୂପରେ ବିଦୁଷୀ, ମୈତ୍ରୟୀ ରୂପରେ ମାନନୀୟା । ରାଣୀ ଲକ୍ଷ୍ମୀବାଈ ରୂପରେ (ତରବାରୀ ଚଳାଇପାରେ) ବୀରାଙ୍ଗନା, ଅନସୂୟା ରୂପରେ ସାତରାତିକୁ ଏକ ରାତିରେ ପରିଣତ କରିଦେଇପାରେ । ସାବିତ୍ରୀ ରୂପରେ ଯମଙ୍ଖାରୁ ପତି ଦେବତାଙ୍କ ଆତ୍ମାକୁ ଛଡ଼ାଇ ଆଣିପାରେ । ଆଉ ସୀତାଙ୍କ ରୂପରେ ସତୀତ୍ୱର ପରୀକ୍ଷା ଦିଏ ପ୍ରଜ୍ୱଳିତ ଅଗ୍ନିରେ ବସିରହି । କିନ୍ତୁ ଜନ୍ମ ପୂର୍ବରୁ ଝୁଲ ଯାଏ ତା' ପାଇଁ କଟକଣା ଓ ଦୁର୍ଘଟଣା ଭରି ରହିଛି । ସତେ କି ସମାଜ ତାକୁ କହେ– "ଠିଅରେ ମାପି ରୁପି କଥା କହୁଥିବୁ, ଦେଖ୍ ଚାହିଁ ବାଟ ଚାଲୁଥିବୁ । ସମାଜ ଆଖିରେ ସେ ମାଟି ହାଣ୍ଡିଏ । ଚୁଲିରେ ବସିଲେ କଳା ପଡ଼େ । ନହେଲେ ହାତରୁ ଖସିଲେ ଭାଙ୍ଗି ଚୁନା (ଖପରା, ଛେଲୁଆ) ହୁଏ ।

ପୁରୁଷ ଓ ନାରୀ ଗୋଟିଏ ମୁଦ୍ରାର ଦୁଇଟି ପାର୍ଶ୍ୱ । ଜଣକ ବ୍ୟତିରେକେ ଅନ୍ୟ ଜଣକର ସ୍ଥିତି ଅସମ୍ଭବ । ଉଭୟଙ୍କୁ ନେଇ ସମାଜ ଗଠିତ । ସମାଜର ଗତି, ପ୍ରଗତିରେ ଉଭୟଙ୍କ ଅବଦାନ ରହିଛି । ଉଭୟେ ମଣିଷ କିନ୍ତୁ ବାହ୍ୟିକ ଗଠନ ଦୃଷ୍ଟିରୁ ଭିନ୍ନ । ନାରୀ ତୁଳନାରେ ପୁରୁଷ ବଳଶାଳୀ । କିନ୍ତୁ ନାରୀକୁ ଯେଉଁ ଦେବତୁଲ୍ୟ ଗୁଣ ଭଗବାନ ଦେଇଛନ୍ତି, ତାହା ହୁଏତ ପୁରୁଷପାଖରେ ନାହିଁ । ଅସୀମ ଧୈର୍ଯ୍ୟ, ଅତୁଳନୀୟ ସହନଶୀଳତା, ଗଭୀର ମମତ୍ୱବୋଧ, ନୂତନ ପିଢ଼ି ସୃଷ୍ଟି କରିବା କ୍ଷମତା କେବଳ ନାରୀର ଦେବଦତ୍ତ ମୌଲିକତା । ଏକଥା ବି କୁହାଯାଇଛି ଯେ ଜଣେ ମହିଳା ପୁରୁଷ ଅପେକ୍ଷା ଅଧିକ ଧୈର୍ଯ୍ୟବାନ ଓ ସହନଶୀଳ । ଅଭାବନୀୟ, ଅକଳ୍ପନୀୟ, ଦୁର୍ବିସହ ବେଦନାରେ ଜଳୁଥିଲେ ସୁଦ୍ଧା କର୍ତ୍ତବ୍ୟ ଜ୍ଞାନ, ଅସୀମ ଧୈର୍ଯ୍ୟ ଶକ୍ତି, ଶୃଙ୍ଖଳାବୋଧ, ସହନଶୀଳତା ଓ ପତି ଭକ୍ତିର ପରାକାଷ୍ଠାରେ ପରିପୂର୍ଣ୍ଣ ହେଉଛି କେବଳ ନାରୀ । ପୁରୁଷ କଥା କଥାକେ ରାଗିଯାଏ । ସଂଜ୍ଞା ହରାଏ, ଏଣୁ ଆୟୁଷ ବି । ଆହୁରି ମଧ୍ୟ ବାପ ମଲା ପରେ ମା' ହିଁ ଛୁଆଙ୍କର ବାପା ହୋଇଯାଏ । କିନ୍ତୁ ମା' ମରିଗଲେ ବାପ ସାବତ ମା' ଆଣିବାକୁ ତତ୍ପର ହୋଇ ଉଠେ । ସେଥିପାଇଁ ଯୁଗେ ଯୁଗେ ସମାଜ ନାରୀକୁ ସମ୍ମାନ ଦେଇ ଆସିଛି । ଜନନୀ ଜନ୍ମ

ଭୂମିଷ୍ଠ ସ୍ୱର୍ଗାଦପୀ ଗରୀୟସୀ ଆଖ୍ୟା ଦେଇ ସମାଜ କୃତଜ୍ଞତା ଅର୍ପଣ କରିଆସିଛି । ବେଦ, ବେଦାନ୍ତ ପୁରାଣରେ ନାରୀର ସ୍ଥାନ ସ୍ୱତନ୍ତ୍ର । ବୈଦିକ ଯୁଗରେ ନାରୀକୁ ବେଦ ପଠନର ସୁଯୋଗ ଦିଆଯାଇଥିଲା । ସମସ୍ତ ସାମାଜିକ କ୍ରିୟା କଳାପରେ ନାରୀର ଉପସ୍ଥିତି ଥିଲା ଏକାନ୍ତ କାମ୍ୟ, ଗାର୍ଗୀ, ମୈତ୍ରେୟୀ, ଲୋପାମୁଦ୍ରା ଆଦି ଏହି ସ୍ଥାନ ଅଧିକାର କରିଥିଲେ । ପ୍ରାଗୈତିହାସ ଓ ପରବର୍ତ୍ତୀ ଐତିହାସିକ ଯୁଗରେ ନାରୀର ଭୂମିକା କିଛି କମ୍ ନଥିଲା । ଝାନ୍ସୀ ରାଣୀ ଲକ୍ଷ୍ମୀବାଇ, ରେଜିୟା ସୁଲତାନ, ଓଡ଼ିଶାର ରାଣୀ ଶୁକଦେଇ ସମେତ ବହୁ ନାରୀ ଯେଉଁ ବୀରତ୍ୱ ପ୍ରତିପାଦନ କରିଯାଇଛନ୍ତି ତା'ର ପଟାନ୍ତର ନାହିଁ । ଓଡ଼ିଶାରେ ୭ମ ଶତାବ୍ଦୀରେ ଭୌମକର ରାଜବଂଶର ରାଜତ୍ୱ ବେଳେ ୭ (ସାତ) ଜଣ ରାଣୀ ରାଜୁତି କରିବାର ବର୍ଣ୍ଣନା ଅଛି । ଯୁଗେ ଯୁଗେ ସମାଜ ପ୍ରତି ନାରୀମାନଙ୍କର ଅବଦାନର ତୁଲନା ନାହିଁ । କିନ୍ତୁ ଚରମ ବିଡ଼ମ୍ୱନାର କଥା ଆଜି ଏକ ବିଂଶ ଶତାବ୍ଦୀରେ ନାରୀ ନିଜର ଅଧିକାର ପାଇଁ ଗଳା ଫଟାଇ ଚିକ୍ରାର କରୁଛି । ନାରୀକୁ ସମ୍ମାନ ଦେବା ପାଇଁ ସେ ନିଜେ ହିଁ ସମାଜକୁ ସଚେତନ କରୁଛି । ମୁହଁ ଖୋଲି କହିବାକୁ ପଡୁଛି, ଆଙ୍ଗିକ ପାର୍ଥକ୍ୟ ମଧ୍ୟରେ କିନ୍ତୁ ଦକ୍ଷତା, ପ୍ରତିଭାର ସମାନତା ରହିଛି । ପ୍ରତ୍ୟେକ ନାରୀକୁ ସମାଜ ସମାନ ସୁଯୋଗ ସମାନ ଅଧିକାର ପ୍ରଦାନ କରିବା ଉଚିତ୍। ଏସବୁର ପୃଷ୍ଠ ଭାଗରେ ଯେଉଁ କାରଣଟି ଛପି ରହିଛି ତାହା ହେଲା ପରିବର୍ତ୍ତିତ ସମୟର ପ୍ରଗତିଶୀଳ ସମାଜରେ ତଥାକଥିତ ପାରମ୍ପରିକ ଚିନ୍ତାଧାରାର ଅପରିବର୍ତ୍ତିତ ସ୍ଥିତି । ସମୟ ସହ ତାଳ ଦେଇ ସମାଜ ବଦଳୁଛି । କିନ୍ତୁ ନାରୀ ପ୍ରତି ସମାଜର ମନୋଭାବରେ ପରିବର୍ତ୍ତନ ଆସୁନାହିଁ । ମୋଗଲ, ଇଂରେଜ ଶାସନ ସମୟରେ ନାରୀକୁ ଘରର ଚୌହଦି ମଧ୍ୟରେ ରହି ଆଭ୍ୟନ୍ତରୀଣ କଥା ବୁଝିବାକୁ ଯେପରି ଏକରକମ ବାଧ୍ୟ କରାଯାଉଥିଲା ଆଜି ବି ସମାଜ ସେହି ଆଶା ରଖୁଛି ।

"ଜାୟା ଭୂର୍ଦ୍ଧଂ ଶରୀରସ୍ୟ, ନୃଣାଂ ଧର୍ମାଦି ସାଧନେ, ନାତସ୍ତାସୁ ବ୍ୟଥାଂ କାଷ୍ଟ୍ ପ୍ରତିକୂଲଂ ସମାଚରେତ ।" ଧର୍ମ କର୍ମାଦି ସାଧନରେ ସ୍ତ୍ରୀ ହେଉଛି ପୁରୁଷର ଅର୍ଦ୍ଧାଙ୍ଗିନୀ। ତେଣୁ ତାକୁ ବ୍ୟଥା ଦେବା କିମ୍ବା ପ୍ରତିକୂଳ ଆଚରଣ କରିବା ଅନୁଚିତ । ନାରୀର ସମ୍ମାନ ଯେଉଁଠି ଦେବତାଙ୍କ ବିହାର ସେଇଠି । ଜାଣି ମଧ୍ୟ ନିରବ ରହିବା ପାପ, ବିପରୀତ ଆଚରଣ ମହାପାପ ।

ନାରୀମାନଙ୍କ ପ୍ରଗତିକୁ ଆମ ପୁରୁଷ କୈନ୍ଦ୍ରିକ ସମାଜ ପ୍ରଶଂସା କରିବା ପରିବର୍ତ୍ତେ, ତାରିଫ ନ କରି, ଉସ୍ସାହିତ ନ କରି ପ୍ରୋସାହନ ଦେବା ବଦଳରେ କେବଳ ଅସହିଷ୍ଣୁ ଭାବ ପ୍ରକାଶ କରୁଛି । ଏଇଥ୍ ପାଇଁ ଯେ ପୁରୁଷ ସମାଜ ଭୟ କରୁଛି କାଲେ ସାମ୍ୱିଧାନିକ ବ୍ୟବସ୍ଥାରେ ସମସ୍ତ କ୍ଷେତ୍ରରେ ସମାନତା ଆସିଲେ ସେମାନଙ୍କ କର୍ତ୍ତୃତ୍ୱରେ ଆଞ୍ଚ ଆସିବ । ସେମାନଙ୍କ ଅହଂକାରରେ ଆଘାତ ଲାଗିବ । ହଜାର ହଜାର ବର୍ଷର ନାରୀର ଅବଦମିତ ପୁଞ୍ଜିଭୂତ ଆମ୍ଲାଭିମାନ ପୁରୁଷର ପୁରୁଷାକାର ସାମ୍ରାଜ୍ୟକୁ ଅଚିରେ ଧ୍ୱଂସ କରିଦେବ । କିନ୍ତୁ ନାରୀ କେବେ ଏସବୁ କରିପାରିବ ନାହିଁ । କାରଣ ସେ ନାରୀ ଯାହାର କେହି ଅରି ନାହାନ୍ତି । ତା'ର ପ୍ରତିପକ୍ଷ ତା' ଜୀବନ ଯାତ୍ରାର ସାଥୀ ପୁରୁଷକୁ ପଦଦଳିତ କରି କେବେ ବି ନାରୀ ଶିଖରକୁ ଉଠି ଯିବାକୁ ଇଚ୍ଛା କରେ ନାହିଁ । ପୁରୁଷ ତା'ର ସାଥୀ, ତା'ର ସଖା, ତା ପାଇଁ ମୁକ୍ତି ଓ ଶକ୍ତି । ପୁରୁଷର ସାହାଯ୍ୟ ସାହଚର୍ଯ୍ୟ ବିନା ନାରୀ ପ୍ରଗତି ଅସମ୍ଭବ । ସେ ଏକଥା ମର୍ମେ ମର୍ମେ ଅନୁଭବ କରିଛି । ନାରୀର ଯେତେ ଉଚ୍ଚୋଉଚ୍ଚ ଉନ୍ନତି ହେଲେ ମଧ୍ୟ ସେ ସବୁ ବେଳେ ପୁରୁଷକୁ ସମ୍ମାନ ଦେଉଥିବ । କାରଣ ତା'ର ଉନ୍ନତି ଓ ପ୍ରଗତି ପଛରେ ପୁରୁଷର ଶୁଭେଚ୍ଛା, ସଦିଚ୍ଛା ଓ ଅକୁଣ୍ଠ ସହଯୋଗର ହାତ ଥାଏ । ସେଥିପାଇଁ ନାରୀ ଚାହେଁ ପୁରୁଷ ତା'ର ଦାବିକୁ ସମ୍ମାନ ଜଣାଉ । ତା'ର ସାମର୍ଥ୍ୟକୁ ଆକଲନ କରୁ । ତା' ମନ ମଧ୍ୟରେ ଗଭୀର ଆମ୍ ପ୍ରତ୍ୟୟ ସୃଷ୍ଟି କରୁ । ତା' ଖୁସିରେ ସୁଖୀ ହେଉ । ତା' ଦୁଃଖରେ ସହଭାଗୀ ହେଉ । କାରଣ ଶାସ୍ତ୍ର ମଧ୍ୟ କହେ ପତି, ପତ୍ନୀର ବଳ ଓ ପତ୍ନୀ ମଧ୍ୟ ପତିର ଶକ୍ତି । ଏତିକି ଟିକେ ଆବେଗିକ କାରଣକୁ ସମ୍ମାନ ଜଣାଇବା ପରିବର୍ତ୍ତେ ସମର୍ଥନ କରିବା

ବଦଲରେ ପୁରୁଷ ଯଦି ତାକୁ ହୀନ ଚକ୍ଷୁରେ ଦେଖେ, ଦ୍ୱିତୀୟ ଶ୍ରେଣୀ ନାଗରିକ ଭାବେ ଗଣନା କରେ, ତା'ର ଅସ୍ତିତ୍ୱ ଓ ଅସ୍ମିତାକୁ ଅସ୍ୱୀକାର କରେ, ଯଦି କୁହେ ନାରୀ କେବଳ ପ୍ରଜନନ ଓ ପ୍ରତିପାଳନ ପାଇଁ ସଙ୍ଗିନୀଟିଏ ତେବେ ସେହିଠାରେ ଆରମ୍ଭ ହୁଏ ଦ୍ୱନ୍ଦ, ଈର୍ଷା ଓ ହିଂସା । ପ୍ରାକ୍-ମଧ୍ୟ ଯୁଗ ସମୟରେ ଏହିପରି ସାମାଜିକ ଅସନ୍ତୁଳନତା ଦେଖା ଦେଇଥିଲା । ଯାହାର ପ୍ରଭାବ ଆଜି ସୁଦ୍ଧା ମଧ୍ୟ ବହୁକାଂଶରେ ଅନୁଭୂତ ହୁଏ ।

ତା'ପରେ ଯେଉଁ ଦମ୍ପତିଙ୍କର କେବଳ କନ୍ୟା ସନ୍ତାନ ଥାଆନ୍ତି, ପୁତ୍ର ସନ୍ତାନ ନ ଥାଆନ୍ତି, ସେମାନେ କନ୍ୟାଦାନ କଲା ପରେ ନିଃସନ୍ତାନ ଓ ନିଃସହାୟ ଭଳି ଜୀବନ ବିତାଇ ଥାଆନ୍ତି । ଅନ୍ୟ ପକ୍ଷରେ ପୁତ୍ର ସନ୍ତାନର ପିତା, ମାତା, ବୋହୂଟିଏ ଘରେ ରଖନ୍ତି । ତାଙ୍କ ଇଚ୍ଛା ହେଲେ ବୋହୂକୁ ଯିବାକୁ ଦିଅନ୍ତି ନ ହେଲେ ନାହିଁ । କର୍ତ୍ତବ୍ୟ ଓ ଅଧିକାର ପରସ୍ପରର ପରିପୂରକ । ଅଧିକାର ସାବ୍ୟସ୍ତ କରିବା ପୂର୍ବରୁ କର୍ତ୍ତବ୍ୟ କରାଯିବା ଉଚିତ୍ । ଅଧିକାର ରୂପକ କଲମରେ କର୍ତ୍ତବ୍ୟର କାଳି ଭରିଲେ ଯାଇ ଅକ୍ଷର ସୃଷ୍ଟିହେବ । ବିନା କାଳିଯୁକ୍ତ କଲମରେ ଲେଖିବା ସମ୍ଭବ ନୁହେଁ । ଆଇନଗତ ବ୍ୟବସ୍ଥା ବ୍ୟତୀତ ସାମାଜିକ ପ୍ରଥା ଓ ପରମ୍ପରା ନାରୀଟିକୁ ପେଷି ଦେଇଥାଏ । ଦୁଃଖ ଓ ପରିତାପର ବିଷୟ ହେଉଛି ବିଜ୍ଞାନର ଅଗ୍ରଗତି, ଶିକ୍ଷାର ବିକାଶ ଆମ ଅନ୍ଧ ବିଶ୍ୱାସକୁ ଦୂରୀଭୂତ କରିପାରିନାହିଁ । ଥରେ ନିରପେକ୍ଷ ଭାବେ ବିଚାର କରି ଦେଖିଲେ ଆମ ପୁରୁଷ ପ୍ରଭାବିତ ସମାଜ ଏହି ଦୁର୍ଗୁଣଠାରୁ କେତେ ଊର୍ଦ୍ଧ୍ୱରେ । କିଛି ମନ୍ତବ୍ୟ ଦେବା ପୂର୍ବରୁ ଥରୁଟିଏ ଆମ୍ ସମୀକ୍ଷା କରି ଦେଖିବା ଉଚିତ୍ । ଆମେ ଓ ଆମର ଝିଅ ପାଇଁ ଏହି ମନ୍ତବ୍ୟ ପ୍ରଯୁଜ୍ୟ ନୁହେଁ ତ ? ଏଣୁ 'ପୁଅ-ଝିଅ ସମାନ' ସ୍ଲୋଗାନକୁ ସମର୍ଥନ କରିବାକୁ ହେଲେ ଆମର ସାମାଜିକ ମୂଲ୍ୟବୋଧ ଓ ସମାନତା ଦୃଷ୍ଟିଭଙ୍ଗୀରେ ପରିବର୍ତ୍ତନ ଲୋଡ଼ା ।

ବ୍ୟକ୍ତି ଓ ସମାଜ ପରସ୍ପରର ପରିପୂରକ । ବ୍ୟକ୍ତି ବିଗିଡ଼ି ଗଲେ ସମାଜ ସୁଧୁରିବ କିପରି ? ନ୍ୟାୟାଳୟର ଅନୁମତି ଅଛି ବିନା ବିବାହରେ ପ୍ରାପ୍ତ ବୟସ୍କ ଓ ବୟସ୍କା ସ୍ୱାମୀ ସ୍ତ୍ରୀ ପରି ଏକତ୍ର ରହିପାରିବେ । ବିବାହ ଉଦ୍ଦେଶ୍ୟ ତାମସିକ ହେବାରୁ, ସାତ ଜନମର ସମ୍ପର୍କ କଟି ଠିକା ବିବାହ ଚାଲିଛି । ସରକାର ଶରୀର ଉଚ୍ଚେଜକ ଔଷଧ (୧) ଓ ତେଲ/ ମଲମର ଲଗାମଛଡ଼ା ଅନୁମତି ଦେଉଛନ୍ତି । ଭାରତ ବର୍ଷର ଗ୍ରୀଷ୍ମ ପ୍ରଧାନ ଜଳବାୟୁ ପ୍ରତି ଆଖିବୁଜି ଦିଆଯାଇଛି । ରାତି ପାହିଲେ ଗଣ ମାଧ୍ୟମରେ ନାରୀର ଅଶ୍ଳୀଳ ଚିତ୍ର ମାଲମାଲ ଆଖିରେ ପଡ଼ୁଛି । ପ୍ରକୃତି ତୁଲ୍ୟ ନାରୀ ଓ ନାରୀ ବାଚକର ସୁନିୟନ୍ତ୍ରଣ ଓ ସୁରକ୍ଷା ନ ହେଲେ ମାନବ ସଭ୍ୟତା ଅଚିରେ ଧ୍ୱଂସ ହୋଇଯିବ । ନଅଇରି-ନାରୀ-ନାଗରୀ, ଭବସାଗରରୁ କରେ ସେ ପାରି । ସ୍ଥଳ ବିଶେଷରେ ସର୍ବଂସହା ଓ ସଂହାରିଣୀ, ଜନନୀ ସେ ଗର୍ଭ ଧାରିଣୀ । ଜାୟାରେ କୁଳରକ୍ଷା କାରିଣୀ । ଭଗ୍ନୀ ସେ ପ୍ରେରଣା ଦାୟିନୀ, କନ୍ୟା ରୂପେ ପୁଣ୍ୟ ପ୍ରଦାୟିନୀ ।

ପୁରାଣ ଯୁଗରେ କନ୍ୟା ଜନ୍ମକୁ ଶୁଭ ଭାବରେ ଗ୍ରହଣ କରି କନ୍ୟାଦାନ କାର୍ଯ୍ୟକୁ ମହାପୁଣ୍ୟ କୁହାଯାଉଥିଲା । ସ୍ମୃତିକାର ମନୁ ମଧ୍ୟ ପୁତ୍ର ଓ କନ୍ୟା ମଧ୍ୟରେ ସମାନ ଆଦର ପ୍ରଦର୍ଶନ କରିଛନ୍ତି । "ଯଥୈବାତ୍ମା ତଥା ପୁତ୍ରଃ ପଥେଣ ଦୁହିତା ସମା ।" ଅର୍ଥାତ ଯେପରି ନିଜର ଆତ୍ମା ପୁତ୍ର, ସେହିପରି ମଧ୍ୟ ପୁତ୍ରୀ ଉଭୟ ସମାନ ସ୍ନେହ ଓ ବାସଲ୍ୟର ଅଧିକାରୀ । ମହାକବି କାଳିଦାସ ମଧ୍ୟ "କନ୍ୟେୟଂ କୁଳଜୀବିତମ୍" ବୋଲି କୁମାର ସମ୍ଭବମ୍ କାବ୍ୟରେ ଉଲ୍ଲେଖ କରିଛନ୍ତି ।

ସମାଜରେ ନାରୀର ଗୁରୁତ୍ୱପୂର୍ଣ୍ଣ ଭୂମିକାକୁ ହୃଦୟଙ୍ଗମ କରି କନ୍ୟାଭ୍ରୂଣ ହତ୍ୟା ଭଳି ଏକ ଜଘନ୍ୟ ଅପରାଧରୁ ନିବୃତ୍ତ ରହିବା ପାଇଁ ବ୍ୟାପକ ଜନ ସଚେତନତା ସୃଷ୍ଟି ହେବା ନିହାତି ଆବଶ୍ୟକ । ରାଜ୍ୟ ସରକାର ତଥା କେନ୍ଦ୍ର ଶାସିତ ଅଞ୍ଚଳର ସମ୍ପୃକ୍ତ ପଦାଧିକାରୀ ଓ କର୍ମଚାରୀଙ୍କର ନିଷ୍ଠା ଓ ଆନ୍ତରିକତାର ଅଭାବ କନ୍ୟା ଭ୍ରୁଣ ହତ୍ୟା ବିରୋଧରେ ସଚେତନତା ସୃଷ୍ଟି କରିବାରେ ବିଫଳ ହୋଇଛି । କର୍ତ୍ତୃପକ୍ଷଙ୍କର ଆଳସ୍ୟ ଓ ହାଲୁକା ମନୋଭାବ ଏବଂ ଏ ସଂକ୍ରାନ୍ତରେ ସାମାଜିକ, ସାଂସ୍କୃତିକ, ମନସ୍ତାତ୍ତ୍ୱିକ ଓ ବିଧିସଙ୍ଗତ ସଚେତନତା ସୃଷ୍ଟିର ଅଭାବ ସମସ୍ୟାକୁ ଅଧିକ ଜଟିଳ କରୁଛି ।

ଗର୍ଭସ୍ଥ ସନ୍ତାନର ଲିଙ୍ଗ ନିରୂପଣ କରିବା ଯଦିଓ ଆଇନ ବିରୋଧ ତଥାପି ଏହି କାର୍ଯ୍ୟ ସମ୍ପୃକ୍ତ କର୍ମକର୍ତ୍ତାଙ୍କ ଅପାରଗତାରୁ ନିର୍ବିଘ୍ନରେ ଚାଲିଛି । କନ୍ୟା ଶିଶୁର କୋମଳ ସ୍ପର୍ଶ ଓ ସ୍ୱରର ଲାଲିତ୍ୟ– ଅପରାଧୀ ପିତା–ମାତାଙ୍କର ହୃଦୟକୁ ସ୍ପର୍ଶ କରିପାରୁନାହିଁ । ଏପରି କର୍ମରେ ସହଯୋଗ କରୁଥିବା ଡାକ୍ତରମାନେ ମଧ୍ୟ କମ୍ ଦୋଷୀ ନୁହନ୍ତି । କନ୍ୟା ଭ୍ରୂଣ ହତ୍ୟା ଏକ ଭ୍ରମାମୂକ ସାମାଜିକ ଧାରଣା ଉପରେ ପର୍ଯ୍ୟବସିତ । ଏପରି ଧାରଣା ଯଦିଓ ବ୍ୟକ୍ତିକେନ୍ଦ୍ରିକ ଏବଂ କୌଣସି ସାମୂହିକ ମଙ୍ଗଳ ପାଇଁ ଉଦ୍ଦିଷ୍ଟ ନୁହେଁ। ଯେଉଁମାନେ କନ୍ୟା ଭ୍ରୂଣ ହତ୍ୟା ପ୍ରକ୍ରିୟାରେ ସମ୍ପୃକ୍ତ ସେମାନେ ଭୁଲି ଯାଉଛନ୍ତି ଏଭଳି କରିବା ଦ୍ୱାରା ସେମାନେ ସମାଜର ଜଣେ ମହିଳାର ବିନାଶ କରୁଛନ୍ତି । ଯାହା ଫଳରେ ଏହା ଦିନେ ଲିଙ୍ଗଗତ ଅନୁପାତରେ ଘୋର ବୈଷମ୍ୟ ସୃଷ୍ଟି କରି ବହୁବିଧ ସାମାଜିକ ସମସ୍ୟାମାନ ସୃଷ୍ଟି କରିବ।

ଆଧୁନିକ ଚିକିତ୍ସା ବିଜ୍ଞାନ ପ୍ରଣାଳୀ ଓ ଯନ୍ତ୍ରପାତି ବ୍ୟବହାର ଦ୍ୱାରା ଶିଶୁ ଜନ୍ମ ପୂର୍ବରୁ ଲିଙ୍ଗ ନିରୂପଣ କରିବା ଓ ଯଦି ମା' ଗର୍ଭରେ ଥିବା ଶିଶୁଟି କନ୍ୟା ସନ୍ତାନ ହୋଇଥାଏ। ତାକୁ ନଷ୍ଟ କରି ଦେବା କେବଳ ଆଇନ ଅନୁସାରେ ଏକ ଧର୍ତ୍ତବ୍ୟ ଅପରାଧ ନୁହେଁ ବରଂ ବିଭିନ୍ନ ଉପାୟରେ ଭ୍ରୂଣହତ୍ୟା ଯେକୌଣସି ଧର୍ମଶାସ୍ତ୍ର ଅନୁସାରେ ସମସ୍ତ ନୈତିକତାର ବିରୁଦ୍ଧାଚରଣ କରେ । ହିନ୍ଦୁ ଶାସ୍ତ୍ର ଓ ପବିତ୍ର କୋରାନର ମତ ଅନୁସାରେ ଭ୍ରୂଣ ହତ୍ୟା ମହା ପାପ ଅଟେ । କୌଟିଲ୍ୟଙ୍କ ଅର୍ଥ ଶାସ୍ତ୍ର ଅନୁସାରେ ମଧ୍ୟ ଭ୍ରୂଣହତ୍ୟା ପାଇଁ କଠିନ ଦଣ୍ଡ ଦିଆ ହୋଇଥାଏ । ଏହା ସ୍ତ୍ରୀ ଜାତିର ବଂଶ୍ୱବାର ମୌଲିକ ଅଧିକାରକୁ କ୍ଷୁଣ୍ଣ କରୁଛି । ତେଣୁ ଶିଶୁ ଜନ୍ମ ହେବା ପୂର୍ବରୁ ଲିଙ୍ଗ ନିରୂପଣ ଅଲ୍ଟ୍ରା ସାଉଣ୍ଡ ସ୍କାନ (ସୋନଗ୍ରାଫି) ଏବଂ ଅମନିଓ ଓ ସିନ୍ଟେସିସ୍ ପ୍ରଭୃତି ଆଧୁନିକ ଯନ୍ତ୍ରପାତି ଦ୍ୱାରା ଅତି ସହଜରେ କରାଯାଇପାରୁଛି । ଗର୍ଭପାତ ଦ୍ୱାରା ଭ୍ରୂଣକୁ ନଷ୍ଟ କରିବାର ମାନସିକତା ଆମ ସମାଜରେ ବହୁ ପୂର୍ବରୁ ରହି ଆସିଛି । କନ୍ୟା ସନ୍ତାନର ବଂଶ ରହିବାର ଅଧିକାରକୁ ପୁରୁଷ କେନ୍ଦ୍ରିକ ସମାଜ ଅନେକ ସମୟରେ ଅସହିଷ୍ଣୁତା ଓ ଲିଙ୍ଗ ବୈଷମତା ଆଚରଣର ବଶବର୍ତ୍ତୀ ହୋଇ ସେ ଅଧିକାରକୁ ଛିନ୍ନ କରୁଛି । ଲିଙ୍ଗ ନିରୂପଣର ଆବଶ୍ୟକତା ଗାଁ ଗହଲି ଅପେକ୍ଷା ସହରାଞ୍ଚଳରେ ବହୁ ଅଧିକ ପରିମାଣରେ ଦେଖା ଦେଇଛି ଓ ତାହା ଶିକ୍ଷିତ ଲୋକଙ୍କ ଦ୍ୱାରା କରାଯାଉଛି । କନ୍ୟା ଭ୍ରୂଣ ହତ୍ୟାକୁ ଆଇନ ପ୍ରତିରୋଧ, ଶାସ୍ତ୍ର ନାପସନ୍ଦ, ନୀତି ନିନ୍ଦା ଓ ମାନବୀୟ ଦର୍ଶନ ଘୃଣା କରେ ।

ପ୍ରତିଦିନ ସମ୍ବାଦପତ୍ର ଗୁଡ଼ିକରେ ନାରୀ ନିର୍ଯ୍ୟାତନା ଓ ଦୁଷ୍କର୍ମ ପରେ ହତ୍ୟା, କନ୍ୟା ଭ୍ରୂଣ ହତ୍ୟା, ପାରିବାରିକ ହିଂସା ତଥା ବିବାହ ବିଚ୍ଛେଦ ଆଦି ଘଟଣା ବହୁଳ ଭାବରେ ପ୍ରକାଶ ପାଉଛି । ଟେଲିଭିଜନ ଚ୍ୟାନେଲ ଗୁଡ଼ିକ ମଧ୍ୟ ଏଭଳି ଘଟଣାକୁ ଅଷ୍ଟପ୍ରହର, ନାମଯଜ୍ଞ (କାର୍ଟୁନ) ପରି ତୁହାକୁ ତୁହା ପ୍ରଚାର କରୁଛନ୍ତି । ସଂସାରର ସନ୍ତୁଳନ ରକ୍ଷାକାରୀ ଜନ୍ମଦାତ୍ରୀ ପ୍ରତି କ୍ରୁର ମଣିଷର ବୀଭତ୍ସ କାରନାମାକୁ ସର୍ବଂସହା ଧରିତ୍ରୀ ଓ ଅନନ୍ତ ଆକାଶ ନିରବରେ ଦର୍ଶନ କରୁଛନ୍ତି । ଆମ ଶାସ୍ତ୍ରରେ ମାତୃଶକ୍ତିକୁ ସର୍ବୋଚ୍ଚ ସ୍ଥାନ ପ୍ରଦାନ କରାଯାଇଥିଲେ ମଧ୍ୟ ବାସ୍ତବରେ ଏହାର ବିରୋଧ ଭାବର ଅବତାରଣା କରେ । କନ୍ୟା ରତ୍ନ ଓ ସ୍ତ୍ରୀ ଧନ ଅମୂଲ୍ୟ ଅକଣ୍ଠନୀୟ । ସାଗର ପରି ଗଭୀର ଓ ଅଗ୍ନି ଭଳି ତେଜସ୍ୱିନୀ, ବାୟୁ ପରି କୋମଳ ଓ ଶୀତଳ । କଥିତ ଅଛି 'ଝିଅ ଜନମ ପର ଘରକୁ' ପର ଘରେ ସେ ଯେଉଁ ଉକ୍ରୁଷ୍ଟ କାର୍ଯ୍ୟ କରେ ତାହାହିଁ ତପ ଓ ସେହି କନ୍ୟା ତପସ୍ୱିନୀ । ଅନ୍ୟ ପକ୍ଷରେ ନାରୀମାନଙ୍କୁ ଶୋଷଣ କରିବାର ସୂତ୍ର ବ୍ୟାନ କରି ବାସାୟନଙ୍କ ପରି ଜ୍ଞାନୀ ଜନ ମହର୍ଷିର ମର୍ଯ୍ୟାଦା ପାଇଛନ୍ତି । ସ୍ୱାମୀ ଯମଦଗ୍ନିଙ୍କ ଆଦେଶରେ କନ୍ଦାନ୍ତଜୀବୀ ପୁଅ ପର୍ଶୁରାମ ଦ୍ୱାରା ବଧ ହୋଇଥିବା ମା' ରେଣୁକା କ'ଣ ନାରୀ ନିର୍ଯ୍ୟାତନା ସହାନୁଭୂତି ଦାବି କରିପାରିବେ । ସୃଷ୍ଟିର ପ୍ରାରମ୍ଭରେ ସତ୍ୟ ଓ ପ୍ରେମର ରାଜତ୍ୱ ଥିଲା। ପ୍ରେମର ପରିଭାଷା କ୍ରମେ ଜଟିଳ ଦୁର୍ବୋଧ ଓ ସାମାଜିକ ବିଧି ବ୍ୟବସ୍ଥାର ସଂହାରକାରୀ ଭାବରେ ପ୍ରତିଭାତ ହେଉଛି, କଳଙ୍କର ଛତ୍ର ଛାୟା ତଳେ। ବୃକ୍ଷ ଯେପରି କିଛି ଭେଦଭାବ ବିଚାର କରେ ନାହିଁ ସମସ୍ତଙ୍କୁ ସୁଶୀତଳ ଛାୟା ପ୍ରଦାନ କରେ । ଅଥଚ୍ ନାରୀ ସମାଜର ସୁରକ୍ଷା ଦାୟିତ୍ୱରେ ଥିବା ପୁରୁଷ ସମାଜ ଅନେକ କ୍ଷେତ୍ରରେ ଭୟଙ୍କର ଭୂମିକାରେ

ଅବତୀର୍ଣ୍ଣ ହୋଇଥାଏ ।

କେବଳ ଦୈହିକ କାମନା ପ୍ରେମ ନୁହେଁ । ସନ୍ତ କବୀର କହନ୍ତି– ପ୍ରେମରସର କିଞ୍ଚିତ ପ୍ରାପ୍ତି ମନ ଓ ଶରୀରକୁ ପବିତ୍ର କରେ । ଏହା ଦୁର୍ଲଭ, ପ୍ରେମ ଗଛରେ ଫଳେ ନାହିଁ କି ହାଟ ବଜାରରେ ବିକ୍ରି ହୁଏ ନାହିଁ । ପ୍ରେମ ଓ ବାସନା ଜନିତ ବିକୃତି ମାନସିକତାହିଁ ସକଳ ଅନର୍ଥର କାରଣ । ମନୁଷ୍ୟ–ମଣିଷତ୍ୱ ଠାରୁ ଅନେକ ଦୂରରେ ରହି ଯାଇଛି । ଯିଶୁଖ୍ରୀଷ୍ଟ ମଧ ଯଥାର୍ଥ ମଣିଷର ସମ୍ମାନ ପାଇନଥିଲେ, ତେଣୁ କହିଥିଲେ "ସୃଷ୍ଟିର ଶେଷ ମଣିଷ ହିଁ ସର୍ବଶ୍ରେଷ୍ଠ ମଣିଷ ବିବେଚିତ ହେବ ।"

କନ୍ୟା ଶିଶୁ ବିଷୟରେ ରହିଥିବା କେତେକ କୁଧାରଣା ହିଁ କନ୍ୟା ଭ୍ରୂଣ ହତ୍ୟାର ମୂଳ କାରଣ । ମା'ର ଗର୍ଭରେ ଥିବା ଶିଶୁଟି କନ୍ୟା ହୋଇଥିବାରୁ ତାକୁ ଦୁନିଆର ଆଲୋକ ଦେଖିବାରୁ ବଞ୍ଚିତ କରାଯାଉଛି । ଗର୍ଭସ୍ଥ ନିରୀହ ଶିଶୁଟିର ସଂସାରର ଆଶା, ଆନନ୍ଦ ଓ ଆଲୋକ ସହିତ ସମ୍ପୃକ୍ତ ହେବାର ଅଦମ୍ୟ ଇଚ୍ଛାକୁ ସ୍ମରଣ କରାଇ ଦେବା ବୃଦ୍ଧିଜୀବୀମାନଙ୍କ କର୍ତ୍ତବ୍ୟ ହେବା ଉଚିତ୍ । ବିଶିଷ୍ଟ ଇଂରାଜୀ କବି ଓ୍ୱାର୍ଡସ ଓ୍ୱର୍ଥଙ୍କର ବକ୍ତବ୍ୟ– "ଶିଶୁ ହିଁ ମାନବର ଜନକ" ବିଷୟ ସମସ୍ତଙ୍କୁ ମନେ ପକାଇ ଦେବା ଏହି ବୃଦ୍ଧିଜୀବୀ ମାନଙ୍କ କର୍ମ । ତାହା ସେମାନେ କରିବାକୁ କୁଣ୍ଠିତ । ଯେତେବେଳେ ସଂସାର ଗର୍ଭସ୍ଥ ଶିଶୁଟିର ଆଗମନକୁ ଆନନ୍ଦ ଓ ଉକ୍ରଣ୍ଠା ସହ ଅପେକ୍ଷା କରି ରହିଥାଏ । ସେତେବେଳେ ତାକୁ ଆରମ୍ଭରୁ ହି ନିପାତ କରିଦେବା କେତେ ଦୂର ଯଥାର୍ଥ ? ଏହାର ଉତ୍ତର ଭ୍ରୂଣ ନଷ୍ଟ କରୁଥିବା ଡାକ୍ତର କିମ୍ବା ତା'ର ପିତା, ମାତାମାନେ ଦେଇପାରିବେନି । ଶିଶୁର ମହନୀୟତା ବିଷୟରେ ବିଶ୍ୱ କବି ରବୀନ୍ଦ୍ରନାଥ ଟାଗୋର ଓ ଚାର୍ଲସ ଡିକେନ୍ସଙ୍କ ମତ ହେଲା– ପ୍ରତ୍ୟେକ ଶିଶୁ ବିଶ୍ୱ ମାବନ ଜାତି ପାଇଁ ଏକ ନିର୍ଦ୍ଦିଷ୍ଟ ସନ୍ଦେଶ ନେଇ ଆବିଭୂର୍ତ ହୋଇଥାଏ । ନାରୀ ଏବଂ ପୁରୁଷ ଗୋଟିଏ ମୁଦ୍ରାର ଦୁଇଟି ଅବିଚ୍ଛେଦ୍ୟ ପାର୍ଶ୍ୱ । ଗୋଟିଏ ଫୁଲର ଦୁଇଟି ଆକର୍ଷଣକାରୀ ପାଖୁଡ଼ା ଏବଂ ଜୀବନର ଦୁଇ ଅନ୍ତରଙ୍ଗ ବନ୍ଧୁ । ପୁରୁଷ ପରି ନାରୀର ମଧ ପ୍ରତ୍ୟେକ କ୍ଷେତ୍ରରେ ଯଥା– ଚିନ୍ତନ, ବିଭିନ୍ନ କାର୍ଯ୍ୟକ୍ରମରେ ଅଂଶ ଗ୍ରହଣ କରିବା ଏବଂ ନେତୃତ୍ୱ ନେବାରେ ସମାନ ଅଧିକାର ରହିଛି । ଭ୍ରୂଣ ନିର୍ଦ୍ଧାରଣ ସଂକ୍ରାନ୍ତ ଆଇନ ବ୍ୟବସ୍ଥା ଅନୁସାରେ ଗର୍ଭସ୍ଥ ସନ୍ତାନର କୌଣସି ସମ୍ଭାବ୍ୟ ଅଂଶ କୈବଲ୍ୟକୁ ପୂର୍ବରୁ ଜାଣି ତାହା ପାଇଁ ଉପଯୁକ୍ତ ପ୍ରତିକାର ବ୍ୟବସ୍ଥା ପୂର୍ବକ ଶିଶୁଟିର ସର୍ବାଙ୍ଗ ସୁନ୍ଦରତାକୁ ନିଶ୍ଚିତ କରିବା ହିଁ ଉକ୍ତ ଆଇନର ଉଦ୍ଦେଶ୍ୟ । ଯେତେବେଳେ ଉକ୍ତ ଆଇନ ଅଧୀନରେ କାର୍ଯ୍ୟ କରୁଥିବା ସମସ୍ତ କର୍ତ୍ତୃପକ୍ଷ ନିଜ ନିଜର କର୍ତ୍ତବ୍ୟ ନିଷ୍ଠା ଓ ଶ୍ରଦ୍ଧାର ସହିତ ପାଳନ କରି ଥାଆନ୍ତି । ସେତେବେଳେ ହିଁ ଉକ୍ତ ଆଇନର ଉଦ୍ଦେଶ୍ୟ ଚରିତାର୍ଥ ହୋଇଥାଏ । ଏହା ବ୍ୟତୀତ ସମ୍ପୃକ୍ତ କର୍ତ୍ତୃପକ୍ଷଙ୍କର ସମାଜରେ ନାରୀର ରହିଥିବା ଗୁରୁତ୍ୱପୂର୍ଣ୍ଣ ଭୂମିକା ବିଷୟରେ ଯଥେଷ୍ଟ ଜ୍ଞାନ ଥିବା ଆବଶ୍ୟକ । ଯେଉଁ ସମାଜ ନାରୀକୁ ମର୍ଯ୍ୟାଦା ଦେଇ ଜାଣିନି ତାହାକୁ ଏକ ସଭ୍ୟ ସମାଜ କୁହାଯାଇ ପାରିବ ନାହିଁ । ବିଂଶ ଶତାବ୍ଦୀର ପ୍ରଥମ ଭାଗରେ ସ୍ୱାମୀ ବିବେକାନନ୍ଦ କହିଥିଲେ– ଯେଉଁଭଳି ଗୋଟିଏ ପକ୍ଷୀ ତା'ର ଗୋଟିଏ ପକ୍ଷ (ଡେଣା)ରେ ଉଡ଼ିବା ସମ୍ଭବ ନୁହେଁ । ଠିକ୍ ସେଇଭଳି ନାରୀର ସହାୟତା ବିନା ସମାଜ କେବଳ ପୁରୁଷଙ୍କୁ ନେଇ ଆଗେଇ ପାରିବ ନାହିଁ ।

ନାରୀ ବୁକୁରେ କ୍ଷୀର ଅଛି । କିନ୍ତୁ ନୟନ ତା'ର ଲୋତକପୂର୍ଣ୍ଣ । ରବୀନ୍ଦ୍ରନାଥ ଠାକୁର କହୁଥିଲେ (ସ୍ତ୍ରୀ) ନାରୀବିନା ବାଲ୍ୟବସ୍ଥା ଅସହାୟ । ଯୁବାବସ୍ଥା ଆନନ୍ଦ ରହିତ ଏବଂ ବୃଦ୍ଧାବସ୍ଥା ସାନ୍ତ୍ୱନା ଶୂନ୍ୟ ହୋଇପଡ଼େ । ଯେତେବେଳେ ପୁରୁଷ ନୈତିକ ପତନର ଗର୍ଭ ଆଡ଼କୁ ଦ୍ରୁତ ଗତିରେ ଖସି ଚାଲେ ସେତେବେଳେ ନାରୀ ହିଁ ତାକୁ ସାହାରା ଦେଇ ପୁଣି ନୈତିକତା ମାର୍ଗରେ ଊର୍ଦ୍ଧ୍ୱ ମୁଖୀ କରିଥାଏ । ମହର୍ଷି ବ୍ୟାସଦେବ କହନ୍ତି "ପୁତ୍ର ପୌତ୍ର ବଧ୍ୱଭୃତ୍ତେଃ ସମ୍ପୂର୍ଣ୍ଣମପି ସର୍ବଦା । ଭାର୍ଯ୍ୟାହୀନ ଗୃହସ୍ତସ୍ୟ ଶୂନ୍ୟମେବ ଗୃହଂ ମତମ୍ ।" ଘରଣୀକୁ ହିଁ ଘର କୁହାଯାଏ । ଏଣୁ ପୁଥ, ନାତି, ପୁତ୍ରବଧୂ ଓ ଭୃତ୍ୟମାନଙ୍କ ଦ୍ୱାରା ଗୃହ ସର୍ବଦା ପରିପୂର୍ଣ୍ଣ ହୋଇଥିଲେ ମଧ ଯେଉଁ ଗୃହରେ ସ୍ତ୍ରୀ ନାହିଁ ତାହାର ଗୃହ ଶୂନ୍ୟ । ଅର୍ଥାତ

ଭାର୍ଯ୍ୟାହୀନ ଗୃହ ଶୂନ୍ୟ କୋଠରୀ ସଦୃଶ । ଏହା ପଣ୍ଡିତମାନଙ୍କ ଅଭିମତ "ଭାର୍ଯ୍ୟାବନ୍ତଃ କ୍ରିୟାବନ୍ତଃ ସୁଭାର୍ଯ୍ୟା ଗୃହମେଧୁନଃ, ଭାର୍ଯ୍ୟାବନଃ ପ୍ରମୋଦନ୍ତେ ଭାର୍ଯ୍ୟାବନଃ, ଶ୍ରୀୟାନ୍ତିତାଃ ।" ଭାର୍ଯ୍ୟାବନ୍ତ ଲୋକ ସର୍ବୁଥ୍କି ଯୋଗ୍ୟ । ସକଳ କ୍ରିୟା ସାଧଇ, ଗୃହସ୍ଥ ଆଶ୍ରମ ଧର୍ମକାର୍ଯ୍ୟ କ୍ଷମ ଆମୋଦେ କାଳ କାଟଇ । ଭାର୍ଯ୍ୟା ଥିଲେ ଗୃହେ ଲକ୍ଷ୍ମୀ ରହିଥାଏ । ଭାର୍ଯ୍ୟା ଲକ୍ଷ୍ମୀ ସମାଜାଣ । ଭାର୍ଯ୍ୟାବନ୍ତ ଜନ ଭବନ ସତତ ସକଳ ଶିରୀ ସମ୍ପନ୍ନା । ନିଜ ସନ୍ତାନଠାରେ ସଂସ୍କାର ପ୍ରତ୍ୟାରୋପଣ, ଯୁବ ସମାଜକୁ ଦିଶାବୋଧ ଏବଂ ବରିଷ୍ଟ ଜନଙ୍କୁ ଚିତ୍ତ ସମାଧ୍ୱ ପ୍ରଦାନ କରିବାରେ କେବଳ ନାରୀ ହିଁ ସମର୍ଥ । କାରଣ ସେ ଏହି ସୃଷ୍ଟିର କମନୀୟ ଓ ମହନୀୟ ବିଭୂତି ।

ନାରୀ- ସୃଷ୍ଟିର ଆଦି ସ୍ରୋତ । ଭାରତ ଖଣ୍ଡର ଅମୂଲ୍ୟ ରତ୍ନ । ସନାତନ ସଂସ୍କୃତିର ଦିବ୍ୟ ଜ୍ୟୋତି । ସଂସ୍କାର ବିଗ୍ରହର ପ୍ରାଣଦାତ୍ରୀ । ସେଥିପାଇଁ ନାରୀ ବନ୍ଦନୀୟା । "ଚକ୍ରଂ ଚକ୍ରୀ ଶୂଳ ମାଦାୟ ଶୂଳୀ ବ୍ରଜଂ ବଜ୍ରୀ ପାଶ ମାଦ୍ର ପାଶୀ ଧାବନ୍ତ୍ୟାଗ୍ରେ ପୃଷ୍ଟତଃ ପାର୍ଶ୍ୱ ଯୋଷ୍ଠ ଦୁର୍ଗଃ ଦୁର୍ଗା ବା ଦିନୋ ରକ୍ଷଣାୟ ।" ଯେଉଁ ବ୍ୟକ୍ତି ଦୁର୍ଗାଙ୍କ ନାମ ଉଚ୍ଚାରଣ କରୁଥାଏ । ତାହାକୁ ରକ୍ଷା କରିବା ପାଇଁ ବିଷ୍ଣୁ ଚକ୍ରଧରି, ଶିବ ତ୍ରିଶୂଳ ଧରି, ଇନ୍ଦ୍ର ବଜ୍ର ହସ୍ତ ହୋଇ, ବରୁଣ ପାଶ ଧରି ସେ ଲୋକର ଅଗ୍ର ପଶ୍ଚାତ ଓ ପାର୍ଶ୍ୱରେ ଧାଇଁ ଥାନ୍ତି । ନାରୀ ଅର୍ଥାତ୍ ଦେବୀ ଦୁର୍ଗାଙ୍କ ନାମ ସ୍ମରଣରେ ଏହି ଦେବତାମାନେ ସହାୟ ହୋଇଥାନ୍ତି । ଆଉ କୌଣସି ଦେବତାଙ୍କୁ ସ୍ମରଣ କଲେ ଏତେ ମାତ୍ରାରେ ସହାୟତା ମିଳିନଥାଏ । ଏଥିରୁ ନାରୀ (ଦେବୀ)ର ମହିମା ଓ ଶକ୍ତି ସହଜେ ଅନୁମେୟ ।

"ଅର୍ଦ୍ଧଂ ଭାର୍ଯ୍ୟା ମନୁଷ୍ୟସ୍ୟ, ଭାର୍ଯ୍ୟା ଶ୍ରେଷ୍ଟତମ ସଖା । ଭାର୍ଯ୍ୟା ମୂଲଂ ତ୍ରିବର୍ଗସ୍ୟ, ଭାର୍ଯ୍ୟା ମୂଲଂ ତରିଷ୍ୟତି ।" ପୁରୁଷ ଜୀବନରେ ଭାର୍ଯ୍ୟାର ସ୍ଥିତି ଅଧା ଅଟେ । ସେ ଶ୍ରେଷ୍ଠ ବନ୍ଧୁ, ଧର୍ମ, ଅର୍ଥ ଓ କାମ- ଏ ତିନି ବର୍ଗର ମୂଲ । ପୁରୁଷ ମାଧମ ମାତ୍ର । ପୁରୁଷ ବିନା ନାରୀର ପୂର୍ଣ୍ଣତା ନଥାଏ । ନାରୀ ନଥିଲେ ପୁରୁଷ ଜୀବନରେ ପୂର୍ଣ୍ଣତା ବି ନଥାଆନ୍ତା । ସଂସାର ପାଇଁ ନାରୀ ଯେ ଅପରିହାର୍ଯ୍ୟ ଏହା କେବଳ ବାୟୋଲୋଜିକାଲ ଓ ଜୈବିକ ନୁହେଁ । ସୋସିଆଲ (ସାମାଜିକ) ପଲିଟିକାଲ (ରାଜନୀତିକ) ଫିଜିକାଲ (ଭୌତିକ) ଏବଂ ଲିଗାଲ (ଆଇନ ସଂଗତ) ମଧ ।

ଆହୁରି ମଧ ଆମ ଦେଶ ସ୍ୱାଧୀନତା ଲାଭ କଲା ୧୯୪୧ ମସିହା ଅଗଷ୍ଟ ୧୪ ତାରିଖ ରାତି ୧୦ଟା ୪୫ ମିନିଟ ବେଳେ ଶାସନ ଭାର ହସ୍ତାନ୍ତର ସମୟରେ ଯେଉଁ କଣ୍ଠ ଭାରତ ମାତାର ପ୍ରଥମ ପଦ ବନ୍ଦନା କଲା ତାହା ଥିଲା ଏକ ନାରୀକଣ୍ଠ, ବନ୍ଦେ ମାତରଂ, ଆଚାର୍ଯ୍ୟ ଜୀନତ ରାମ ଭଗବାନ ଦାସ (ଜେ.ବି.) କୃପାଲିନୀଙ୍କ ଧର୍ମ ପତ୍ନୀ ଶ୍ରୀମତୀ ସୁଚେତା କୃପାଲିନୀଙ୍କର କଣ୍ଠ ।

ଯେତେବେଲେ କନ୍ୟା ଭୁଣ ହତ୍ୟା କରାଯାଏ, ସେତେବେଲେ ପ୍ରତ୍ୟେକ ମା' ଯାହାର ଗର୍ଭସ୍ଥ ଶିଶୁ କନ୍ୟାକୁ ହତ୍ୟା କରାଯାଏ । ସେମାନେ ମନେ ରଖିବା ଉଚିତ ଯେ ସିଏ ବି ମା' ହୋଇ ନିଜର ସନ୍ତାନକୁ ହତ୍ୟା କରୁଛି । କନ୍ୟା ଭୁଣକୁ ହତ୍ୟା କରିବାର ଅର୍ଥ ହେଉଛି ଜଣେ ସମ୍ଭାବନା ପୂର୍ଣ୍ଣ ନାରୀର ଜୀବନକୁ ଚିରଦିନ ପାଇଁ ଅସ୍ତମିତ କରିଦେବା । ଏହି ଜଘନ୍ୟ ଅପରାଧକୁ ଆଇନ ପ୍ରତିରୋଧ କରେ । ଶାସ୍ତ ନା ପସନ୍ଦ କରେ । ମାନବୀୟ ଦର୍ଶନ ଘୃଣା କରେ । ନୀତି ନିନ୍ଦା କରେ । ନୈତିକତା ଗ୍ରହଣ କରେ ନାହିଁ ଏବଂ ସର୍ବୋପରି ସାମାଜିକ ବିଜ୍ଞାନ ଏପରି କାର୍ଯ୍ୟକୁ ପ୍ରତ୍ୟାଖ୍ୟାନ କରିଥାଏ । ଖାଲି ଆଇନ ଅନୁସାରେ ଏହା ଏକ ଧର୍ଭବ୍ୟ ଅପରାଧ ନୁହେଁ ବରଂ ବିଭିନ୍ନ ଉପାୟରେ ଭୁଣ ହତ୍ୟା ସମସ୍ତ ନୈତିକତା ଓ ମାନବିକତାର ବିରୋଧାଚରଣ କରେ । ଏହା ମହିଲାଙ୍କ ବଞ୍ଚିବାର ମୌଲିକ ଅଧିକାରକୁ କ୍ଷୁଣ୍ଣ କରିଥାଏ । ଗର୍ଭପାତ ଦ୍ୱାରା କନ୍ୟା ଭୁଣକୁ ନଷ୍ଟ କରିବାର ମାନସିକତା ଆମ ସମାଜରେ ବହୁ ପୂର୍ବରୁ ରହି ଆସିଛି । ଆମେ ଅସହିଷ୍ଣୁତା ଓ ଲିଙ୍ଗ ବୈଷମ୍ୟ ଆଚରଣର ବଶବର୍ତ୍ତୀ ହୋଇ କନ୍ୟା ସନ୍ତାନ ବଞ୍ଚ ରହିବା ଅଧିକାରର ବିରୋଧାଚରଣ କରୁଛୁ ।

ପୁରୁଷଙ୍କ କଥାକୁ ବାଦ୍ ଦିଅନ୍ତୁ । ସ୍ୱୟଂ ନାରୀମାନେ ମଧ୍ୟ ପୁତ୍ରର କାମନା କରୁଛନ୍ତି ଏବଂ କନ୍ୟା ଜନ୍ମରେ ନିରାଶା ବ୍ୟକ୍ତ କରୁଛନ୍ତି । କେତେକ ସ୍ଥାନରେ ଆଧୁନିକ ଯୁଗରେ ପିତା, ମାତା ଗର୍ଭସ୍ଥ ଶିଶୁକୁ କନ୍ୟା ସନ୍ତାନ ବୋଲି ଜାଣିବା ପରେ ଭୃଣ ହତ୍ୟା ଭଳି ଜଘନ୍ୟ ପାପକୁ ଆପଣେଇ ନିଷ୍ପାପ ନିରୀହ ଶିଶୁଟି ପୃଥିବୀର ଆଲୋକ ଛୁଇଁବା ପୂର୍ବରୁ ତା'ର ଜୀବନ ପ୍ରଦୀପକୁ ଲିଭେଇ ଦେଉଛନ୍ତି । ଏହି ସମୟରେ ଆମକୁ ନିଜର ଦୃଷ୍ଟିକୋଣ ବଦଲେଇବା ଉଚିତ୍ । ଯେଉଁଭଳି ଭାବେ ଆମେ ପୁତ୍ରର ସ୍ୱାଗତ ହର୍ଷୋଲ୍ଲାସରେ କରିଥାଉ, ସେହିଭଳି କନ୍ୟା ସନ୍ତାନର ସ୍ୱାଗତ କରିବା ଉଚିତ୍ । ପୁତ୍ରମାନଙ୍କ ଭଳି ପ୍ରତିବର୍ଷ ନିଜ କନ୍ୟାର ଜନ୍ମଦିନ ପାଳନ କରିବା ଆବଶ୍ୟକ । ପୁତ୍ର କନ୍ୟା ଉଭୟଙ୍କୁ ସମାନ ଅଧିକାର ଦେବା ପରିବାର ଓ ସମାଜର କର୍ତ୍ତବ୍ୟ । ନାରୀ ପ୍ରତି ପୁରୁଷର ଦୃଷ୍ଟିକୋଣ ବର୍ତ୍ତମାନ ମଧ୍ୟ ଆଦୌ ବଦଲି ନାହିଁ ।

ହେନେରିକ ଇବ୍‍ସେନ ନାରୀର ବ୍ୟକ୍ତିତ୍ୱର ପ୍ରଶଂସା କରିଛନ୍ତି । ଜନ୍ ମିଲ୍ଟନ ନାରୀକୁ ଭଗବାନଙ୍କର ସର୍ବଶ୍ରେଷ୍ଠ ସୃଷ୍ଟି ଭାବରେ ଚିତ୍ରିତ କରିଛନ୍ତି । ଏତେ ସୁନ୍ଦର ପୃଥିବୀର ସୁନ୍ଦରତମ ସୃଷ୍ଟି ହିଁ ନାରୀ । ସୃଷ୍ଟିର ସମସ୍ତ ସୌନ୍ଦର୍ଯ୍ୟ ପରମେଶ୍ୱର ନାରୀ ଠାରେ ନିହିତ କରିଛନ୍ତି । ତା'ରି ପାଇଁ ହିଁ ଏ ସଂସାର, ଏ ଜଗତ, ଏ ଦୁନିଆ, ଏ ପୁରୁଷ, ଏ ସମାଜ ସବୁ ସୁନ୍ଦର । "ଅସୂର୍ଯ୍ୟଂପଶ୍ୟା ଅବଳା" ସାମାଜିକ ଚିନ୍ତାନାୟକ, ଦାର୍ଶନିକ, ନାଟ୍ୟକାର, କବି ଏବଂ ଲେଖକ ମହିଳାମାନଙ୍କୁ ଅତ୍ୟନ୍ତ ପ୍ରଶଂସା କରି ସେମାନଙ୍କ ପାଇଁ ଖୁବ୍ ସୁନ୍ଦର ସୁନ୍ଦର ବିଶ୍ଳେଷଣ ଉପମାମାନ ପ୍ରଦାନ କରିଛନ୍ତି । ଏପରିକି ସେମାନଙ୍କର ଖରାପ ବ୍ୟବହାରକୁ ମଧ୍ୟ ରଚନାତ୍ମକ ଭାବେ ବର୍ଣ୍ଣନା କରି ଯାଇଛନ୍ତି । ମ୍ୟାଡାମ ଦେୟସ୍ତାଏଲ ନାମକ ଜଣେ ମହିଳା କହିଛନ୍ତି– "ମୁଁ ଖୁସି ଯେ ମୁଁ ଜଣେ ପୁରୁଷ ନୁହେଁ । କାରଣ ତାହା ହୋଇଥିଲେ ମୁଁ ଜଣେ ମହିଳାଙ୍କୁ ବିବାହ କରିଥାଆନ୍ତି ।" ଏହାର ଅନ୍ତରାଳରେ ଗୂଢ଼ ଅର୍ଥ ରହିଛି । ପ୍ରସିଦ୍ଧ ଇଂରେଜ ନାଟ୍ୟକାର ସେକ୍ସପିଅର କହନ୍ତି– "ବୟସ ତାଙ୍କୁ ସ୍ପର୍ଶ କରିପାରେ ନାହିଁ । ପରମ୍ପରା ତାଙ୍କୁ ପୁରୁଣା କରିପାରେ ନାହିଁ । ସେ ଏକ ଚିରନ୍ତନୀ ଭିନ୍ନତା ।" ଏହାର ଅନ୍ତରାଳରେ ମଧ୍ୟ ଗୂଢ଼ତତ୍ତ୍ୱ ରହିଛି । ସିଲର କହନ୍ତି– "ମହିଳାଙ୍କୁ ଉପଯୁକ୍ତ ସମ୍ମାନ ଦିଅ, ସେମାନେ ଆମର ସଂସାରିକ ଜୀବନ ପାଇଁ ସ୍ୱର୍ଗୀୟ ଗୋଲାପ ତିଆରି କରି ପାରନ୍ତି ।" ମହାଭାରତରେ ମହିଳାମାନଙ୍କ ମୁକ୍ତିର କଥା ବର୍ଣ୍ଣିତ ହୋଇଛି । ଏହା ସତ୍ତ୍ୱେ ମହିଳାମାନଙ୍କ ବିରୋଧରେ ଅପରାଧ ବଢ଼ି ଚାଲିଛି ଏବଂ ନିଃସନ୍ଦେହରେ ତାହା ଏକ ଭୟାବହ ସ୍ଥିତିରେ ପହଞ୍ଚି ଗଲାଣି । ଏହା ଅତ୍ୟନ୍ତ ଦୁର୍ଭାଗ୍ୟଜନିତ ବିଷୟ ଯେ କନ୍ୟାଭୃଣ ହତ୍ୟା ମାଧ୍ୟମରେ ଏକ ସଭ୍ୟ ସମାଜରେ ନାରୀ ବିରୋଧରେ ଅପରାଧ ବଢ଼ି ଚାଲିଛି । ଯଦି ସେହି ଗର୍ଭସ୍ଥ ଶିଶୁ କନ୍ୟାଟି ଜନ୍ମ ଗ୍ରହଣ କରେ ତେବେ ସେ ତା'ର ଜୀବନ ଏକ କନ୍ୟା ଭାବରେ ଆରମ୍ଭ କରିଥାଏ । ତା'ପରେ ସେ ହୁଏ କାହାର ପତ୍ନୀ ଏବଂ ପର୍ଯ୍ୟାୟକ୍ରମେ ସେ ମା' ହୁଏ । ସେ ମଧ୍ୟ ତା' ନିଜ ସନ୍ତାନକୁ ଦୋଳିରେ ଝୁଲାଇ ବଢ଼ାଇଥାଏ । ତା'ର ସମସ୍ତ ସ୍ନେହ ଓ ଶ୍ରଦ୍ଧା ସେ ତା' ନିଜ ସନ୍ତାନ ଉପରେ ଅଜାଡ଼ି ଦେଇଥାଏ । ସନ୍ତାନ ବଢ଼ିବା ସଙ୍ଗେ ସଙ୍ଗେ ମା' ତା'ର ସମସ୍ତ ବ୍ୟକ୍ତିତ୍ୱର ଭଲ ଗୁଣ ଗୁଡ଼ିକୁ ନିଜର ସନ୍ତାନକୁ ଦେଇ ତାକୁ ବଢ଼ାଇଥାଏ । ତା' ସନ୍ତାନର ଭାଗ୍ୟ ଓ ଭବିଷ୍ୟତ ନିର୍ଦ୍ଧାରଣ କରିଥାଏ । ସେହି ଜନନୀ ତା' ସନ୍ତାନ ପ୍ରତି ନିର୍ଦୟ ହେବା କେବେ ବି ଚିନ୍ତା କରାଯାଇନପାରେ । ଆଇନର ମୁଖ୍ୟ ଉଦ୍ଦେଶ୍ୟ ହେଲା ଜଣେ ମହିଳା ଗର୍ଭଧାରଣ ପରେ ଯେକୌଣସି ଉପାୟରେ ଲିଙ୍ଗ ନିର୍ଣ୍ଣୟକୁ ନିଷେଧ କରିବା ଆବଶ୍ୟକ ।

ତା'ପରେ ଭାରତୀୟ ନାରୀମାନେ ନିରବରେ କେବଳ ଦୁଃଖ ଓ ଯନ୍ତ୍ରଣା ଭୋଗକରନ୍ତି । ତାଙ୍କ ପ୍ରତି ପାତର ଅନ୍ତର ମଧ୍ୟ କରାଯାଏ । ଆମ୍ତ୍ୟାଗ ଓ ନିଃସ୍ୱାର୍ଥପରତା ସେମାନଙ୍କର ମହନୀୟ ଗୁଣ । ତଥାପି ସେମାନେ ବୈଷମ୍ୟ, ଅମର୍ଯ୍ୟାଦା ଓ ଅପମାନର ଶରବ୍ୟ ହୋଇଥାଆନ୍ତି । ପୁନି କୁହାଯାଇଛି "ସର୍ବବିଧ ସାମାଜିକ ପ୍ରଗତି ପାଇଁ ନାରୀମାନଙ୍କର ଅଧିକାରକୁ ସାବ୍ୟସ୍ତ କରିବା ବାଞ୍ଛନୀୟ ।" ମନୁ ସ୍ମୃତିର ଗୋଟିଏ ଶ୍ଲୋକର ପ୍ରଥମ ଧାଡ଼ିକୁ ବାଦ ଦେଇ ଦ୍ୱିତୀୟ ପାଦଟି ହେଲା "ଯତ୍ରତାସ୍ତୁ ନ ପୂଜ୍ୟତେ ସର୍ବସ୍ତତ୍ରାଫଲାଃ କ୍ରିୟାଃ" ଅର୍ଥାତ୍ ଯେଉଁଠାରେ ନାରୀମାନଙ୍କୁ ସମ୍ମାନର ସହିତ ବ୍ୟବହାର

କରାନଯାଇଥାଏ ସେଥାରେ ସମସ୍ତ କ୍ରିୟମାଣ ନିଷ୍ଫଳ ହୋଇଥାଏ । ଆଉ ଜଣେ ସ୍ମୃତିକାର ନାରୀର ସମାନ ଅଧିକାର ବିଷୟରେ ଉଲ୍ଲେଖ କରିବାକୁ ଯାଇ କହିଛନ୍ତି "ଭ-ଭାତୃ-ପିତୃ-କ୍ଷାତି-ଶ୍ୱଶ୍ରୁ- ଶ୍ୱଶୁର- ଦେବରୈଃ। ବନ୍ଧୁଭିଶ୍ଚ ସ୍ତ୍ରିୟଃ ପୂଜ୍ୟାଃ ଭୂଷଣା ଛାଦନାଶନୈଃ ।" ଅର୍ଥାତ ଭାରତୀୟ ନାରୀମାନେ ତାଙ୍କର ସ୍ୱାମୀ, ଭାଇ, ବନ୍ଧୁ, କୁଟୁମ୍ବର ଅନ୍ୟାନ୍ୟ ସଦସ୍ୟଙ୍କ ଭଳି ସମାନ ଅଧିକାର ପାଇବା ଉଚିତ ଏବଂ ସେମାନଙ୍କୁ ସମ୍ମାନସୂଚକ ଅଳଙ୍କାର ଓ ବସ୍ତ୍ର ପ୍ରଭୃତି ଉପହାର ପ୍ରଦାନ କରିବା ଦରକାର । ଶାସ୍ତ୍ରରେ ବର୍ଣ୍ଣିତ ହୋଇଛି "ଅତୁଲଂ-ଯତ୍ର-ତଭେକଃ ସର୍ବଦେବ ଶରୀରଜମ । ଏକସ୍ଥଂ ତଦଭୂନ୍ନାରୀ ବ୍ୟାପ୍ତଲୋକ ତ୍ରୟଂଦ୍ୱିଷା ।" ବର୍ତ୍ତମାନ ତ ଆଧୁନିକତାର ଅନ୍ଧ ଗଳିରେ ଦିଗଭ୍ରଷ୍ଟ ଆଜିର ମଣିଷ ସମାଜ ବିଶେଷ କରି ଯୁବ ସମାଜ । ଆମେ କାହାକୁ କହିବା କିୟ । ଏଥିପାଇଁ କାହାକୁ ଦୋଷ ଦେବା ?

ସମାଜରେ ନାରୀ ଏକ ସମ୍ବେଦନଶୀଳ ଶବ୍ଦ । ପ୍ରତ୍ୟେକ ମୁହୂର୍ତ୍ତରେ ସେ ସଂସାର ମନ୍ଥନର ବିଷ ପ୍ରକ୍ରିୟାରେ ଅଣନିଃଶ୍ୱାସୀ ହେଉଛି । ଅନେକ ଯନ୍ତ୍ରଣାମୟ ଅନୁଭୂତି ସତ୍ତ୍ୱେ ସେ ସମାଜରେ ଟିଷ୍ଟି ରହିଛି । ସ୍ୱତନ୍ତ୍ର ପରିଚୟ ଓ ଆମ୍ ମର୍ଯ୍ୟାଦା ପାଇଁ ଆଜି ବି ସଂଘର୍ଷରତ । ସୀତା, ଦ୍ରୌପଦୀଙ୍କଠାରୁ ଆରମ୍ଭ କରି ଏକ ବିଂଶ ଶତାଦ୍ଦୀର ନାରୀ ସମସ୍ତେ ଶାରୀରିକ, ମାନସିକ ଓ ଆମ୍ଳିକ ନିର୍ଯ୍ୟାତନାର ଶିକାର ହୋଇଛନ୍ତି । ଆଜି ବି ନାରୀର ଭାଗ୍ୟ ପଥର ତଳେ ଚାପି ହୋଇ ନିଷ୍ପେଷିତ ହେଉଛି । ଏଥିରୁ ମୁକ୍ତି କେବେ ମିଳିବ ? ଆମ ଶାସ୍ତ୍ର ପୁରାଣରେ କନ୍ୟା ସନ୍ତାନ ପ୍ରତି ବେଶ୍ ମମତାର ନିଦର୍ଶନ ରହିଛି । ଝିଅଟିଏ ପରିବାରରେ ଜନ୍ମ ନେଲେ ତାକୁ ରନ୍ ବୋଲି କୁହାଯାଉଥିଲା । ଝିଅ ଜନ୍ମ ହେଲେ ଘରକୁ ଲକ୍ଷ୍ମୀ ଆସିଲା ବୋଲି କୁହାଯାଏ । ଜନ୍ମ ନେବାର ଷଷ୍ଠଦିନ ପିତା କଉଡିଟିଏ ଧରି ଝିଅର ମୁଣ୍ଡରେ ଛୁଆଁଇ ଘରକୁ ମୋର ଲକ୍ଷ୍ମୀ ଆସିଲେ କହି ନିଜ ଟ୍ରେଜେରିରେ ରଖିଥାଆନ୍ତି । ଝିଅ ନ ଥିଲେ ଘର ଯେମିତି ଖାଲି ଖାଲି ଲାଗେ । ଝିଅର ଖିଲି ଖିଲି ହସରେ ଘର ହସି ଉଠେ । କନ୍ୟାକୁ ବିବାହ ବେଦୀରେ ଦାନ କରି ପିତା ଧର୍ମ ଅର୍ଜନ କରେ । ସେ ସାଜେ ସ୍ୱାମୀର ଧର୍ମ ପତ୍ନୀ । ଶ୍ୱଶୁର ଘର ଏରୁଣ୍ଡି ଡେଇଁବା ପରେ ସେ ହୁଏ ଗୃହଲକ୍ଷ୍ମୀ । ଯଦି ଝିଅଟିଏ ପଛରେ ଧର୍ମର ସବୁ ବନ୍ଧନ ରହିଛି ତେବେ ଝିଅମାନଙ୍କ ପାଇଁ ଏତେ ଅବିଚାର କାହିଁକି ? ଆଜି ଏକ ବିଂଶ ଶତାଦ୍ଦୀର ଟିକେ ପଛକୁ ଗଲେ ଜଣାଯାଏ, ଗୁରୁକୁଲ ଆଶ୍ରମରେ ରାଜପୁତ୍ର, କ୍ଷତ୍ରୀୟ ସନ୍ତାନମାନେ ହିଁ ଶିକ୍ଷା ଗ୍ରହଣ କରୁଥିଲେ । କନ୍ୟା ସନ୍ତାନମାନଙ୍କୁ ଗୁରୁକୁଲ ବୋଧହୁଏ ମନାଥିଲା । ସେମାନେ କେବଳ ଧର୍ମ ଆଚରଣ କରିବେ । ପରିବାରରେ ରହି ଧର୍ମ କରିବେ – ଧର୍ମପତ୍ନୀ ହେବେ– ଗୃହ ଜଞ୍ଜାଲରେ ନିଜକୁ ସୀମିତ ରଖିବେ । ବାହାର ଦୁନିଆର ଆଲୋକ ସେମାନଙ୍କ ପାଇଁ ବାରଣ ଥିଲା । ଏରୁଣ୍ଡି ଡେଇଁବା ଥିଲା ଅପରାଧ । ସାମାଜିକ ଅନ୍ଧ ବିଶ୍ୱାସ ଭିତରେ ସେମାନେ ହେଉଥିଲେ ଅଣନିଃଶ୍ୱାସୀ ।

ହେଲେ ସମୟ ବଦଳିଛି । ପୂର୍ବର ଅନ୍ଧ ବିଶ୍ୱାସ ଭିତରୁ କିଛି ପରିମାଣରେ ମଣିଷ ନିଜକୁ ମୁକ୍ତ କରି ପାରିଛି । କନ୍ୟା ସନ୍ତାନମାନେ ମୁକ୍ତି ପାଇ ଆନନ୍ଦରେ ବିଭୋର ହେଲେ । ଉଚ୍ଚ ଶିକ୍ଷା ପାଇଲେ । ହେଲେ ତାହା ସମ୍ପୂର୍ଣ୍ଣ ଫଳବତୀ ହେଲାନି । ପରିବାରରେ ଝିଅଟିଏ ହେଲେ ଆଲୋଚନା ହୁଏ– ଝିଅଟିଏ ହେଲା । ସତେ ଯେମିତି କନ୍ୟା ସନ୍ତାନଟିଏ କେହି ଆଶା କରୁନଥିଲେ । ଗୋଟେ ପଟେ ଶାସ୍ତ୍ର ପୁରାଣରେ କନ୍ୟା ସନ୍ତାନକୁ ସମାଜରେ ଅଗ୍ରାଧିକାର ଦିଆଗଲା ବେଲେ ଅନ୍ୟପଟେ ତାକୁ ସ୍ୱାଗତ କରିବାକୁ କୁଣ୍ଠାବୋଧ । ମଠ, ମନ୍ଦିର ଅବା ଧର୍ମାନୁଷ୍ଠାନରେ ଲୋକେ ଏବେ ବି ମିନତି କରନ୍ତି ପୁଅଟିଏ ପାଇଁ । ପୁଅ ହେଲେ ଆନନ୍ଦରେ ଉଲ୍ଲସି ଉଠନ୍ତି । ଝିଅ ହେଲେ ମୁହଁ ଶୁଖାଇ କହନ୍ତି– ଭଗବାନ ଯାହା ଦେଲେ କ'ଣ କରିବା ? ଯେମିତି ବାଧ୍ୟ ଭାବରେ ଝିଅକୁ ଗ୍ରହଣ କରନ୍ତି । କି ବିଚିତ୍ର ଏ ସଂସାର ? ଯେଉଁ ସମାଜରେ ଆଜି ଝିଅମାନେ ସବୁ କ୍ଷେତ୍ରରେ ଦୁଇ ପାଦ ଆଗରେ । ସେଠି ବି ମାନସିକତାର ପରିବର୍ତ୍ତନ ନାହିଁ । ପୁଅ ହେଲେ ଶୋଲପାଲା ଠାରୁ କେତେ ମାନସିକ । ଝିଅ ପାଇଁ ବି ସେମିତି ହେବା ଦରକାର । କେହି କେହି କହନ୍ତି ପୁଅଟାର ଟିକେ ଭଲ ସ୍କୁଲ ଦେଖ୍ ନାଁ ଲେଖାଇବି ଯାହା ପଛେ ଖର୍ଚ୍ଚ ହେଉ । ଝିଅ ଯେନେତେନେ ପ୍ରକାରେ ପାଖରେ

ରହି ଦ’ଅକ୍ଷର ପଢ଼ିଲେ ସରିଲା । କ’ଣ ପାଇଁ ଗୋଟେ ସଭ୍ୟ ଶିକ୍ଷିତ ସମାଜରେ କନ୍ୟା ସନ୍ତାନ ପ୍ରତି ଏବିଚିତ୍ର ନୀତି ? ଝିଅଟିଏ ଘରର ସବୁ କାମ କରିବ କିନ୍ତୁ ବାହାରକୁ ଗଲେ ଅନୁମତି ନେଇ ଯିବ । ଆସିବାକୁ (ଫେରିବାକୁ) ଡେରି ହେଲେ କୈଫିୟତ ଦେବ । ପୁଅମାନଙ୍କ ପ୍ରତି ସେପରି ନିୟମ ପ୍ରାୟ ଲାଗୁ ହୁଏ ନାହିଁ । ପୁଅ ମୁକ୍ତି ଦେବ । ପିଣ୍ଡ ପାଣି ଦେବ । ଏପରି ମାନସିକତା ଏବେ ବି ରହିଛି । କିନ୍ତୁ ପୁଅ ହେଉ ବା ଝିଅ ସମସ୍ତେ ପିତା, ମାତାଙ୍କର ଆମ୍ଜ । ସେଠି ପୁଅ, ଝିଅ ମଧରେ ଏତେ ତଫାତ କାହିଁକି ? ପୁଅଟେ ବାହାରେ କେଉଁଠି ସାଙ୍ଗ ମେଲରେ ହସିଲେ, କଥା ହେଲେ, ଆଚରଣରେ ପରିବର୍ତ୍ତନ କଲେ କିଛି ସମସ୍ୟା ନାହିଁ । ଝିଅଟିଏ ସାଙ୍ଗ ମେଲରେ ଦି’ ପଦ କଥା ହେଲେ କେତେ ଚାହିଁ ଚାପରା ଟିପ୍ପଣୀ । ପୁଅଟିଏ ଉଚ୍ଚ ଶିକ୍ଷା ପାଇଁ ବାହାରକୁ ଗଲେ ପ୍ରତିବନ୍ଧକ ନାହିଁ । ସେହି କ୍ଷେତ୍ରରେ ଝିଅଟିଏ ବାହାରକୁ ଉଚ୍ଚତର ଗବେଷଣା ପାଇଁ ଯିବାକୁ ଇଚ୍ଛା ପ୍ରକାଶ କଲେ ଅଧିକାଂଶ ପରିବାରରେ ସହଜରେ ସ୍ୱୀକୃତି ମିଳେନା । ଆଜିର ଅତ୍ୟାଧୁନିକ ଯୁଗରେ ଯଦି ଝିଅମାନଙ୍କ ପ୍ରତି ମନୋଭାବ ନ ବଦଳି ଯିବ, ତେବେ ଦେଶର ପ୍ରଗତିରେ ବାଧା ଆସିବ । ଝିଅମାନେ ଆଦର୍ଶବୋଧ ମଧରେ ନିଜେ ସ୍ୱାଧୀନ ଚେତା ହେବା ଜରୁରୀ । ନାରୀ ସମାଜର ଶ୍ରେଷ୍ଠ ଅଙ୍ଗ । ତା’ର ବିକାଶ, ପ୍ରଗତି, ସ୍ୱାଧୀନତାକୁ କଣ୍ଠରୋଧ କରିବା ଅନୁଚିତ । ଏଠାରେ ଉଲ୍ଲେଖଯୋଗ୍ୟ ପ୍ରତିଭାର ବିକାଶ କ୍ଷେତ୍ରରେ ପୁଅ-ଝିଅ ଉଭୟେ ସମାନ । ଝିଅମାନଙ୍କୁ ଉପଯୁକ୍ତ ସମ୍ମାନ, ଆଦର ସ୍ନେହ ମିଳିଲେ ସେମାନେ ଆହୁରି ଦି’ପାଦ ଆଗକୁ ଯାଇ ପାରିବେ । ଦେଶର ପ୍ରଗତିରେ ସାମିଲ ହୋଇପାରିବେ ।

ବେଦୀ ପାଖରେ ଝିଅର ବାପ ନିଜର ଜ୍ଞାମାତାକୁ ବରଣ କରି ତାକୁ ନମସ୍କାର କରି କନ୍ୟା ପ୍ରଦାନ କରେ । ଝିଅର କିଛି ଦୋଷ ନ ଧରିବାକୁ ମିନତି କରେ । କିନ୍ତୁ ଫଳ କ’ଣ ହୁଏ ? ବଡ଼ ଆଶ୍ଚର୍ଯ୍ୟ ଲାଗେ-ଯେଉଁଠି କନ୍ୟାକୁ ଦୁଇଟି ପରିବାର ପାଇଁ ହିତ ବୋଲି କୁହାଯାଏ, ସେଠି କେଉଁ ପରିବାରରେ ମଧ ତା’ ପାଇଁ ଆଦର ନଥାଏ । ବାପଘରେ ପୁଅକୁ ଗୁରୁତ୍ୱ ପ୍ରଦାନ ଓ ଝିଅ ପ୍ରତି ହୀନମନ୍ୟତା କରାଗଲା ବେଳେ ଶାଶୁ ଘରେ ପର ଝିଅ ବୋଲି ନିର୍ଯ୍ୟାତନା । କେହି କେହି ଶାଶୁ ଘର ଭାବନ୍ତି ଯେ ଆମ ବୋହୂ-ବୋହୂ ନୁହେଁ ଗୋଟେ ଟଙ୍କା ଗଛ । ଏଇଠି ପ୍ରଶ୍ନ ଉଠେ, କନ୍ୟାଦାନ କରି ପୁଣ୍ୟ ଅର୍ଜନ କରିଥିବା ବାପଟିର ପୁଣ୍ୟ କ’ଣ ଝିଅର ଆଖିରେ ଲୁହ ଦେଖିବା ? ଝିଅର ଆଖିରୁ ଲୁହ ପୋଛିବା ପାଇଁ କେଉଁ ବାପ ଜମିବାଡ଼ି ବିକ୍ରି କରୁଛି ତ କିଏ ଝିଅକୁ ହରାଇ ମାନସିକ ଯନ୍ତ୍ରଣା ଭୋଗୁଛି । ଘରେ ନିଜ ଝିଅର ହାତରୁ ଜିନିଷଟେ ପଡ଼ିଗଲେ ମାଆ କହେ ମୋ ଘରକୁ କେହି ବନ୍ଧୁ ଆସିବ । ବୋହୂ ହାତରୁ ପଡ଼ିଗଲେ କଥା ଉଠେ ତୋ’ ଘରେ ସାଶୁଣା ଶିଖାଯାଇନି । ବୋହୂ ଝୁଣ୍ଟି ପଡ଼ିଲେ ଉଲୁଗୁଣା । ଏହା କେବଳ ମଧ୍ୟବିତ୍ତ ବା ନିମ୍ନ ମଧ୍ୟବିତ୍ତ ପରିବାର ନୁହେଁ । ଆଭିଜାତ୍ୟ ପରିବାରରେ ବି ବେଳେ ବେଳେ ଏପରି ଘଟୁଛି । ପୁଅଟିଏ ନିଜ ଇଚ୍ଛାରେ ଝିଅଟିକୁ ଆପଣାର କରିବାକୁ ଭଲ ପାଇଲେ ବି ପରିବାର ଲୋକେ କହନ୍ତି- ସେ ଝିଅ ଏତେ ଖରାପ ଯେ ଆମ ପୁଅକୁ ଭୁଲ ରାସ୍ତାକୁ ନେଇଗଲା । ସତେ ଯେପରି ପୁଅର କୌଣସି ଦୋଷନାହିଁ । ପରିବାରରେ ବିଶୃଙ୍ଖଳା ହେଲେ ପରିବାର ଲୋକେ କେବେ କେମିତି ବୋହୂ ଉପରେ ଦୋଷଲଦି ଦିଅନ୍ତି । ନାରୀ- ପୁରୁଷ ପରସ୍ପରର ପରିପୂରକ ତେଣୁ ଉଭୟଙ୍କର ସମାଜ ଓ ରାଷ୍ଟ୍ର ବିକାଶରେ ସମାନ ଭୂମିକା ରହିବା ଦରକାର । ଝିଅମାନଙ୍କ ପ୍ରତି କୌଣସି ପ୍ରକାର ହୀନମନ୍ୟତା ରହିବା ଅନୁଚିତ ।

ଆମ ପୁରୁଷ ପ୍ରଧାନ ସମାଜରେ ଝିଅଟିଏ ଜନ୍ମ ହେଲେ ଆମେ ପ୍ରାୟତଃ ଝିଅ ଜନ୍ମ ଦେଇଥିବା ମହିଲାଙ୍କୁ ହିନ ଦୃଷ୍ଟିରେ ଦେଖୁ ଥାଆନ୍ତି । କିନ୍ତୁ ବିଜ୍ଞାନ କହୁଛି- ମହିଲାଙ୍କ ଠାରେ କ୍ରୋମୋଜମ୍ "ଏକ୍ସ-ଏକ୍ସ" ଏବଂ ପୁରୁଷଙ୍କଠାରେ "ଏକ୍ସ-ୱାଇ" ଥାଏ । ମହିଲାଙ୍କ ଏକ୍ସ ସହିତ ପୁରୁଷଙ୍କ ଏକ୍ସ ମିଶିଲେ ଝିଅ ହୁଏ ଏବଂ ମହିଲାଙ୍କ ଏକ୍ସ ସହିତ ପୁରୁଷଙ୍କ "ୱାଇ' ମିଶିଲେ ପୁଅ ହୁଏ । ଅର୍ଥାତ୍ ଗର୍ଭସ୍ଥ ସନ୍ତାନ ପୁଅ କି ଝିଅ ହେବାରେ ବାପର ଭୂମିକା ନିର୍ଣ୍ଣାୟକ ହୋଇଥାଏ । କିନ୍ତୁ ଅତି ସଚେତନ ଲୋକ ବି ଝିଅ ଜନ୍ମ ପାଇଁ ମା’କୁ ହିଁ ଦାୟୀ କରିଥାଆନ୍ତି ।

ତା'ପରେ ଯଦି ଦୈବାତ୍ ନାରୀଟି ଅଳ୍ପ ବୟସରେ ବିଧବା ହୋଇ ଗଲା ତେବେ ତା'ର ସମାଜରେ ଟିଷ୍ଟି ରହିବା ଦୁର୍ବିସହ ହୋଇପଡ଼େ । ସ୍ୱାମୀର ଅକାଳ ମୃତ୍ୟୁ ପାଇଁ କେହି ପୁରୁଷର ଅଜ୍ଞାୟୁଷର ଦୋଷ ନ ଦେଇ ମହିଲାଟିର କୁ-ଲକ୍ଷଣକୁ ବାଛି ବସନ୍ତି । ନାରୀର ପ୍ରଭାବରୁ ପୁରୁଷର ଅକାଳ ମୃତ୍ୟୁ ଘଟିବା କଥାକୁ ଏପର୍ଯ୍ୟନ୍ତ ଆମ ସମାଜରେ ଅନ୍ଧ ଭାବରେ ବିଶ୍ୱାସ କରାଯାଉଛି । ଜଣେ ଅଳ୍ପ ବୟସର ବିଧବା ପ୍ରତି ଆମ ସମାଜର ଅନୁକମ୍ପା ତ ଆଦୌ ନାହିଁ । ଏପରିକି ତାକୁ ସେ ସମୟରେ ସହାନୁଭୂତି ମଧ୍ୟ ପ୍ରଦର୍ଶନ କରାଯାଇନଥାଏ । ଏମିତି କି ତାକୁ ସାନ୍ତ୍ୱନା ଦେବା ଲାଗି କେହି ବି ଉତ୍ସାହପୂର୍ଣ୍ଣ (ଭରା) କଥା ପଦେ ତାକୁ କହି ନଥାନ୍ତି । ଜଣେ ପୁରୁଷ ଏକାଧିକ ପତ୍ନୀ ଗ୍ରହଣକୁ ସମାଜ ସ୍ୱୀକୃତି ଦେଉଛି । ତା'ର ପ୍ରଥମ ପତ୍ନୀ ବଞ୍ଚି ଥାଉ କିମ୍ବା ମୃତ୍ୟୁ ମୁଖରେ ପଡ଼ୁ ଅଥବା ତାକୁ ଛାଡ଼ି ଚାଲିଯାଉ । କିନ୍ତୁ ଜଣେ ମହିଲା ଅଳ୍ପ ବୟସରେ ଯୁବତୀ ଅବସ୍ଥାରେ ବିଧବା ହେଲେ, ସେ ବଞ୍ଚିଥିବା ବେଳେ ତା' ସ୍ୱାମୀ ଦ୍ୱିତୀୟ ବିବାହ କଲେ କିମ୍ବା ତାକୁ ଛାଡ଼ି ଅନ୍ୟ ଯୁବତୀ ସହିତ ସଂସାର କଲେ ମଧ୍ୟ ପରିତ୍ୟକ୍ତା ନାରୀଟି ଅନ୍ୟ ସ୍ୱାମୀ ଗ୍ରହଣକୁ ଆମ ପୁରୁଷ ପ୍ରଧାନ ସମାଜ ପ୍ରଶ୍ରୟ ଦିଏନାହିଁ । ମାତ୍ର ସୁଖର କଥା ଇଂରେଜ ଶାସନ ସମୟରେ ୧୮୫୬ ମସିହା ଜୁଲାଇ ୨୫ ତାରିଖରେ "ହିନ୍ଦୁ ବିଧବା ପୁନଃ ବିବାହ ଆଇନ (ଦି ହିନ୍ଦୁ ଉଇଡୋଜ ରି ମ୍ୟାରେଜ ଆକ୍ଟ) ପ୍ରଚଳନ କରାଯାଇଥିଲା । ପ୍ରଥମେ ପ୍ରଥମେ ଭାରତୀୟମାନେ ଏହି ଆଇନକୁ ବିରୋଧ କରିଥିଲେ ସୁଦ୍ଧା ପରେ ଏହାଦ୍ୱାରା ଅନେକ ଅସହାୟ ମହିଲା ଉପକୃତ ହୋଇଥିଲେ ।

ସତୀ ସେ ପର୍ଯ୍ୟନ୍ତ ଶୋଇ ନଥିଲା । ବିଛଣାର ଶେଜ ତାକୁ ଆରାମ ଲାଗୁନଥିଲା । ରୋଗୀ ରୋଗ ଶଯ୍ୟାରେ ପଡ଼ି ଛାତପଟ ହେଲା ପରି ସେ ବିଛଣାରେ ପଡ଼ି ରହି କଷ୍ଟ ଅନୁଭବ କରୁଥିଲା । 'କୁରୁକ୍ଷେତ୍ର'ରେ ଅର୍ଜୁନଙ୍କ ଦ୍ୱାରା ନିଷ୍କ୍ରିୟ ପିତାମହ ଶରଶଯ୍ୟାରେ ଶୋଇରହି ଯେପରି ଦୁଃଖ କଷ୍ଟ, କ୍ଷୋଭ, ଅନୁଶୋଚନା ଓ ଯନ୍ତ୍ରଣାରେ ଜର୍ଜରିତ ହେଉଥିଲେ । ପିତା ମହ ଦୁଃଖ ଅନୁଭବ କରୁଥିଲେ– ନିଜ ବଂଶଧର ମାନଙ୍କ ମଧ୍ୟରେ ଯୁଦ୍ଧ ସଂଗଠିତ ହୋଇଥିବାରୁ । ସେ କ୍ଷୋଭ କରୁଥିଲେ ପିତୃହୀନ ଧର୍ମପ୍ରାଣ ପାଣ୍ଡବମାନେ ଉପଯୁକ୍ତ ନ୍ୟାୟ ପାଇବାରୁ ବଞ୍ଚିତ ହୋଇଥିବାରୁ । ତାଙ୍କର ଅନୁଶୋଚନା ଥିଲା ଏଥି ପାଇଁ ଯେ ସେ ପକ୍ଷପାତ ନୀତି ଅବଲମ୍ବନ କରି ଅତ୍ୟାଚାରୀ ଦୁଷ୍ଟ ବୁଦ୍ଧି ଖଳ ପ୍ରକୃତିଧାରୀ ଦୁର୍ଯ୍ୟୋଧନଙ୍କ ସପକ୍ଷରେ ଯୁଦ୍ଧ କରୁଥିବାରୁ ଆଉ ଅର୍ଜୁନ ଦ୍ୱାରା ଶରବିଦ୍ଧ ହୋଇ ଯନ୍ତ୍ରଣାରେ ଜର୍ଜରିତ ହେଉଥିଲେ । ସେହିପରି ସତୀ ବିଛଣାରେ ପଡ଼ି ରହି ଛଟପଟ ହେଉଥିଲା । ମାର୍ଗଶିର ମାସ ସଂକ୍ରାନ୍ତିରେ କାର୍ତ୍ତିକେଶ୍ୱରଙ୍କ ପୂଜା ପାଇଁ ବାଜୁଥିବା ମାଇକର ଉଚ୍ଚ ଧ୍ୱନି ତା' ନିଦରେ ବ୍ୟାଘାତ ଆଣୁଥିଲା । ଏଣେ ସହଜେତ ସତୀର ମନ ଆକାଶରେ ଦୁର୍ଭାବନାର ବତାସ ତାଣ୍ଡବଲୀଳା ସୃଷ୍ଟି କରିଛି । ଚିନ୍ତାର ଅସୁମାରି ଲହଡ଼ି ଢେଉ ଭାଙ୍ଗୁଛି ତା' ହୃଦୟ ସାଗରର ଉପକୂଳରେ । ସତୀ ବିଛଣାରେ ଶୋଇ ରହିଥିଲା ସତ କିନ୍ତୁ କଳ୍ପନାରେ ବିଚରଣ କରୁଥିଲା ଭାବନା ରାଇଜରେ । ସେ ଝିଅଟିଏ ହୋଇଥିବାରୁ ଘରର ଜ୍ୟେଷ୍ଠ ସନ୍ତାନ ହୋଇ ମଧ୍ୟ ବାପାଙ୍କୁ କୌଣସି ପ୍ରକାର ସାହାଯ୍ୟ କରିପାରୁନି । କୌଣସି ରକମର ସହଯୋଗ ବାପା ତା'ଠାରୁ ପାଉନାହାନ୍ତି, ବରଂ ଓଲଟି ସେ ତା' ବାପାଙ୍କ ଉପରେ ବୋଝ ହୋଇ ରହିଛି, ଅଥଚ ତା' ତଳ ଭାଇ ତା'ଠାରୁ ବୟସରେ ସାନ ହୋଇ ବାପାଙ୍କୁ ପ୍ରତ୍ୟେକ କ୍ଷେତ୍ରରେ ସାହାଯ୍ୟ କରିପାରୁଛି । ଘର ଚଲାଇବା ପାଇଁ ପର ଘରେ ମୂଲ ଲାଗି ପଇସା ଆଣି ବାପାଙ୍କୁ ଦେଉଛି । ଚାଷ କାର୍ଯ୍ୟରେ ବାପାଙ୍କ ପାଖେ ପାଖେ ରହି ତାଙ୍କୁ କାମରେ ସହଯୋଗ କରୁଛି । ଯେକୌଣସି ବାହାର (ପଦା) କାମ ପାଇଁ ଆଗ ତାକୁ ଖୋଜା ପଡ଼େ । ସିଏ ନିଜେ ଯଦି ପୁଅଟିଏ ହୋଇଥାଆନ୍ତା ତେବେ ଘରେ ନିକମାରେ ବସିରହି ବାପାଙ୍କ ଉପରେ ବୋଝ ନ ହୋଇ ମୂଲଲାଗି ମଜୁରୀ ଆଣି ବାପାଙ୍କୁ ଦେଇପାରନ୍ତା । ମାତ୍ର ଝିଅଟିଏ ହୋଇଥିବାରୁ ସେଟିକି ତା' ଦ୍ୱାରା ସମ୍ଭବ ହୋଇ ପାରେନା । ସବୁ ଜାଣି ମଧ୍ୟ ସେ ଅଜଣାଙ୍କ ପରି ରହେ । ସବୁ ବୁଝି ସୁଦ୍ଧା ସେ ନିର୍ବୋଧ ହେବାକୁ ବାଧ୍ୟ ହୁଏ । ସବୁ ଦେଖି ସେ ଦୃଷ୍ଟି

ହୀନର ଅଭିନୟ କରିଥାଏ । ସବୁ ଶୁଣି ସେ କାଳର ଭୂମିକା ନିର୍ବାହ କରେ । କେବଳ ଜଳକାଙ୍କ ପରି ଜଳଜଳ କରି ଅନାଇ ରହେ । ଏଇଥି ପାଇଁ ତ ଗ୍ରାମାଞ୍ଚଳରେ ଝିଅଙ୍କଠାରୁ ପୁଅ ମାନଙ୍କର ଆଦର ବେଶୀ । ମଫସଲରେ ଏଥି ଲାଗି ଝିଅଟିଏ ଅଲୋଡ଼ା ହୋଇଥାଏ । ପଲ୍ଲୀ ଅଞ୍ଚଳରେ ଏଥିପାଇଁ ଝିଅମାନେ, ସହରର ଝିଅମାନଙ୍କ ତୁଳନାରେ ଅଧିକ ଅଣହେଳାର ଶିକାର ହୋଇଥାଆନ୍ତି । କାରଣ ଗାଁ ଗହଳିର ଝିଅମାନଙ୍କ ପାଇଁ ରୋଜଗାରର ସାମାନ୍ୟତମ ସୁଯୋଗ ନାହିଁ । ଯାହା ସହର ବଜାରର ଝିଅମାନେ ପାଇ ଥାଆନ୍ତି । ସେଥିପାଇଁ ମଫସଲର ବାପା, ମା'ମାନେ ଝିଅଟିଏ ଆଦୌ ଚାହିଁ ନଥାଆନ୍ତି । ସେମାନଙ୍କର ଝିଅ ଜନମ ହେଲେ, ସେମାନେ ତାକୁ ଦଇବଦଣ୍ଡ, ଧରମର ଦାଉ, ଭଗବାନଙ୍କ ଅବିଚାର, ଈଶ୍ୱରଙ୍କର ଅଭିଶାପ କିମ୍ବା ନିଜର ଦୁର୍ଭାଗ୍ୟ ବୋଲି ଧରି ନିଅନ୍ତି ।

ସତୀ କିନ୍ତୁ ତା' ସାଧ୍ୟ ମତେ କିଛି କରିବାକୁ ଚେଷ୍ଟା କରିଥାଏ । ଯେତିକି ତା' ଦ୍ୱାରା ସମ୍ଭବ ହୋଇ ପାରିବ । ସେତୁ ବନ୍ଦ ହେଲା ବେଳେ ଗୁଣ୍ଡୁଚି ମୁଷାଟି ପ୍ରଭୁ ରାମଚନ୍ଦ୍ରଙ୍କୁ ସାହାଯ୍ୟ କଲା ପରି ସେ ଚାଷ କାମ ସମୟରେ ବାପାଙ୍କ ଗୋଡ଼ହାତ ଘଷି ମୋଡ଼ି ଦିଏ । ବାପାଙ୍କ ଠାରୁ ସେ ତା' ସାନ ଭାଇ ସୁବଳର ସେବା ବେଶୀ କରିଥାଏ । ଯେତେହେଲେ ସିଏ ତା' ତଳ ଭାଇ । ତା'ଠାରୁ ବୟସରେ ସାନ, ବୟୋଜ୍ୟେଷ୍ଠା ଭାବରେ ସତୀ ତାକୁ ପୋଷିବା କଥା । କିନ୍ତୁ ସିଏ ଝିଅଟିଏ ହୋଇଥିବାରୁ ତା' ବଦଳରେ ତା'ଠାରୁ ବୟସରେ ସାନ ହୋଇ ସୁଦ୍ଧା ସୁବଳ ପର ବିଲରେ ମୂଲ ଲାଗେ (ଖଟେ) । ସଞ୍ଜରେ କାମରୁ ଫେରି ସୁବଳ ବସିଥିବାବେଳେ ସତୀ ତା' ଗୋଡ଼ ମୋଡ଼ିଦିଏ । ସୁବଳ ଯେତେ ମନା କଲେ ମଧ୍ୟ ସତୀ ତା' କଥା ଆଦୌ ନ ଶୁଣି ତେଲ ଉଷ୍ମ କରି ତା' ଗୋଡ଼ରେ ମାଲିସ କରି ଘଷାମୋଡ଼ା କରିଥାଏ । ସୁବଳ ବେଶୀ ଆପରି କଲେ, ସତୀ ତା' ପିଠି ଆଉଁଶି ଦେଇ କହେ ତୁ ମୋ'ଠାରୁ ସାନ । ମୁଁ ତୋ' ଅପେକ୍ଷା ବଡ଼ ହୋଇ ଘରେ ଆରାମରେ ବସି ରହିଲା ବେଳେ ତୁ ପର ବିଲରେ ଖଟୁଛୁ । ମୁଁ ନିକମାରେ ଛାଇରେ ବସି, ତୁ ଖରା ବର୍ଷା ସହି କଷ୍ଟ କରି ରୋଜଗାର କରୁଥିବା ଧନକୁ ନଷ୍ଟ କରୁଛି । ତୋ' ଝାଳ ବୁହା ଧନ ଅକାରଣେ ମୋ ଲାଗି ଖର୍ଚ ହେଉଛି । ମୁଁ ତୁମମାନଙ୍କ କଷ୍ଟୋପାର୍ଜିତ ଅର୍ଥ ରାଶି ଅବାଜ୍ୟରେ ଧ୍ୱଂସ କରୁଛି । ତୁମମାନଙ୍କ ଉପରେ ଆମ ପରି ଗରିବ ଖଟିଖିଆ ଘରେ ବୋଝ ଉପରେ ନଳିତା ବିଡ଼ା ପରି ଲଦା ହୋଇଛି ଯାହା ଅକାରଣଟାରେ ।

ସୁବଳ ତା' କଥା ଶୁଣି ସିଧା ହୋଇ ବସି କହେ– "ଦେଖ୍ ମୁଁ ତୋ' ପାଇଁ ଖଟିବିନି ତ ଆଉ କାହା ଲାଗି ଖଟିବି ? ତୁ ପରା ମୋ ଦେଖ । ମୋ' ବଡ଼ ଭଉଣୀ । ତୋ' ମୁହଁରେ ହସ ଫୁଟାଇବା ମୋର କାମ ନୁହେଁ କି ? ମୋର କର୍ତ୍ତବ୍ୟ ନୁହେଁ କି ତୋତେ ପୋଷି ପାଲି ଆରାମରେ ରଖିବା ? ତୋତେ ନିରାପଡ଼ା ଯୋଗାଇ ଦେବା । ତୋତେ ସୁସ୍ଥରେ ତଥା ଭଲରେ ରଖିବା ମୋର ଦାୟିତ୍ୱ ନୁହେଁ କି ? ମୁଁ ବୟସରେ ସାନ ହେଲେ କ'ଣ ହେଲା ମୁଁ ଯେ ପୁଅ । ପୁଅ ପିଲା ବିଲରେ କାମ ନ କରି ଆଉ କ'ଣ ତୁ ଝିଅଟା ଯାଇ ଚାଷ କାମରେ ଖଟନ୍ତୁ କି ?

ସୁବଳର କଥା ଶୁଣି ସତୀର ଆଖି ଲୁହରେ ଛଳଛଳ ହୋଇଯାଏ । ପେଟ ଭିତରୁ ଉଠି ଆସୁଥିବା କୋହକୁ ଛାତିରେ ଚାପିରଖି ସେ ସୁବଳକୁ ତା' ଉପରକୁ ଆଉଜାଇ ଆଣି ତା' ମଥାରେ ଚିବୁକ ରଖି କହେ–ସୁବଳ ଭଗବାନ କାହିଁକି ମୋତେ ଝିଅ ଜନମ ଦେଲେ । ତୋ' ପରି ପୁଅଟିଏ ହୋଇଥିଲେ ତୋ' ସହିତ ଯାଇ କାମ କରନ୍ତି । ଦିଗୁଣା ପଇସା ଆଣି ବୋଉକୁ ଦିଅନ୍ତେ । ଘର ଆମର ଭଲରେ ଚଳନ୍ତା । ଆଉ ଅଭାବ ରହନ୍ତା ନାହିଁ । ଅଭାବ ନ ରହିଲେ ଅସୁବିଧା କାହିଁକି ଓ କିପରି ସୃଷ୍ଟି ହେବ । ଭଗବାନ ଗରିବ ଘରେ କାହିଁକି ଝିଅମାନଙ୍କୁ ଜନମ ଦିଅନ୍ତି ? ସେ କ'ଣ ଜାଣି ପାରନ୍ତି ନାହିଁ ? ଝିଅମାନେ ଗରିବ ଘରେ ଜନ୍ମ ହୋଇ କେତେ ସନ୍ତାପରେ ଦିନ କଟାନ୍ତି ? କେତେ ଆମ୍ଲାନିରେ ମ୍ରିୟମାଣ ହୁଅନ୍ତି ? କେତେ କଷ୍ଟ ଭୋଗନ୍ତି ? କେତେ ଦୁଃଖ ସହନ୍ତି ? କେତେ ଦୁର୍ବିପାକରେ ସନ୍ତୁଳି ହୁଅନ୍ତି ? ନିର୍ଯାତନା

ଭୋଗନ୍ତି କେତେ ? ଆଉ କେତେ ଅଣ ହେଲାର ଶିକାର ହୁଅନ୍ତି ? ସେ ପରା ସର୍ବଜ୍ଞତା ପରମେଶ୍ୱର ? ଏତିକି କଥା ସେ କିପରି ଜାଣି ପାରୁନାହାନ୍ତି ? ଠାକୁର ବାବା କହନ୍ତି – "ଦାରିଦ୍ର୍ୟାନ୍ନର ପାଦବାପି ଦାରିଦ୍ର୍ୟ ମବରଂ ସୃତମ୍‌। ଅଙ୍ଗ କ୍ଲେଶେନ ମରଣଂ ଦାରିଦ୍ର୍ୟମତି ଦୁଃସହମ୍‌।" ଦାରିଦ୍ର ଓ ମରଣ- ଏ ଦୁଇଟି ମଧ୍ୟରେ ଦାରିଦ୍ର ହିଁ ହୀନତର, କାରଣ ଅଙ୍ଗ ଯନ୍ତ୍ରଣାରେ ମରଣ ହୁଏ, କିନ୍ତୁ ଦାରିଦ୍ର ଜୀବନସାକ ଦୁର୍ବିସହ ଯନ୍ତ୍ରଣା ଦେଇଥାଏ। ଝିଅମାନେ ଘର ଚଲାଇବା ପାଇଁ ଅର୍ଥ ଉପାର୍ଜନ କରିପାରନ୍ତି ନା ବାପ, ମା'ଙ୍କୁ ସବୁ କାମରେ ସେମିତି ସାହାଯ୍ୟ କରିପାରନ୍ତି। ପୁଅଟିଏ ଯେପରି ଭାବରେ ପାରିଥାଏ, ନିକାମାରେ ଘରେ ବସିରହି ନିଜେ ତ ଯାହା ହିନସ୍ତା ହୁଅନ୍ତି ଓ ତା' ସହିତ ବାପ, ମା'ଙ୍କ ଉପରେ ବୋଝ ହୋଇ ସେମାନଙ୍କୁ ହନ୍ତସନ୍ତ କରିଥାଆନ୍ତି।

ତା' ବାଦ୍‌ ପୁଅମାନଙ୍କ ତୁଳନାରେ ଝିଅମାନଙ୍କ ପାଇଁ ବାପା, ମା'ମାନେ ଅଧିକ ଖର୍ଚ୍ଚାନ୍ତ ହୋଇଥାଆନ୍ତି। ପୁଅର ପୋଷାକ କିଣା ବାବାଦକୁ ଅର୍ଥର ଦି ଗୁଣା ଲାଗେ ଝିଅଙ୍କର ପୋଷାକ ପାଇଁ। ଆବଶ୍ୟକ ହେଲେ ପୁଅଟି ଖୋଲା ଦେହରେ ରହିପାରେ, ଗ୍ରୀଷ୍ମ ଦିନରେ ରହିଥାଏ ମଧ୍ୟ। ଯାହା ଝିଅଟି ପାଇଁ ଆଦୌ ସମ୍ଭବ ନୁହେଁ। ତେଣିକି ଯେତେ ପ୍ରଚଣ୍ଡ ଗରମ ହେଉଥିଲେ ସୁଦ୍ଧା, ପୁଅଟି ମେଲା ବାହାର ଜାଗାରେ ଶୋଇପାରେ। ବିଳମ୍ବିତ ରାତି ପର୍ଯ୍ୟନ୍ତ ପଦାରେ ରହିଲେ ସେମିତି କିଛି ଅସୁବିଧା ହୁଏନା, ଯାହା ଝିଅଟି ପକ୍ଷରେ କେବେ ହୋଇପାରିବନି। ଝିଅଟି ଲାଗି ପ୍ରଥମେ ନିରାପଦ ପରିବେଶ ଆବଶ୍ୟକ ହେଲା ବେଳେ ପୁଅ ପାଇଁ ସେସବୁର ଦରକାର ପଡ଼ିନଥାଏ। ତା'ପରେ ବିବାହ ବେଳେ ପୁଅଟି ଯାନିଯୌତୁକ ଆଣି ଘର ଭର୍ତ୍ତି କରିଥିଲା ସମୟରେ ଝିଅଟି ବାହା ହୋଇଗଲା ବେଳକୁ ଘରେ ଏକ ପ୍ରକାର କଲାକନା ବୁଲାଇ ଦେଇଥାଏ। ଓଷା ବାରରେ, ପୂନେଇଁ ପର୍ବରେ ପୁଅର ଶ୍ୱଶୁର ଘରୁ ବୋଉଭାର ଆସିଥିଲା ବେଳେ ଝିଅ ପାଇଁ ତା ଶାଶୂ ଘରକୁ ପଠାଇବାକୁ (ଦେବାକୁ) ପଡ଼େ। ସେଥିପାଇଁ ଲୋଭାର୍ଥ ବାପ, ମା'ମାନେ ଝିଅ ବଦଳରେ ପୁଅଟିଏ ପାଇଁ ଅଧିକ ଆଗ୍ରହୀ ହୋଇପଡ଼ନ୍ତି ଓ ଝିଅ ତୁଲନାରେ ପୁଅକୁ ବେଶୀ ଆଦର ଏବଂ ସ୍ନେହ ତଥା ଶ୍ରଦ୍ଧା କରିଥାଆନ୍ତି।

ରାତି ବଢ଼ି ବଢ଼ି ଚାଲିଛି। ଆର ଘରୁ ସପନିର ଘୁଙ୍ଗୁଡ଼ି ଶବ୍ଦ ଶୁଭୁଛି। ସାନଝିଅ ପ୍ରଭାତିର ମଧ୍ୟ। ସେବ ଓ ସର ଶୋଇ ସାରିଲେଣି କେତେବେଳୁ। କେବଳ ସତୀ ଆଖିକୁ ନିଦ ଆସୁନି। ସତୀ କଡ଼ ଲେଉଟାଇଲା, ରାତି କ୍ରମେ କ୍ରମେ ଗଭୀର ହେଉଛି। ରାତ୍ରି- ଏହି ରାତି, କଳା ଅନ୍ଧାର ରାତି। ରାତି ତ ସହଜେ ଅନ୍ଧକାରର ମୁହୂର୍ତ୍ତ! ଆଉ ଅନ୍ଧାର ତା'ର ବର୍ଣ୍ଣ ଅଛି ନା ସେଥିରେ ରଙ୍ଗ ଅଛି ? ସେଥିରେ ଆନନ୍ଦ ଅଛି ନା ଖୁସି? ସଫଳତା ଅଛି ନା ପ୍ରାଚୁର୍ଯ୍ୟ ଅଛି ? ଇଚ୍ଛା ଅଛି ନା ଆଗ୍ରହ ରହିଛି ? ଐଶ୍ୱର୍ଯ୍ୟ ଅଛି ନା ଐତିହ୍ୟ ଅଛି ? ଅନ୍ଧାର କେବଳ ଆମ୍‌ ବିଶ୍ଳେଷଣର ନିରୁତା ନିର୍ଯାତନା ଦେଇଥାଏ ଆଉ ଅଶେଷ ଯନ୍ତ୍ରଣାରେ ଜର୍ଜରିତ କରିଥାଏ ଖାଲି। କେତେ ଭୀଷଣ ଆଉ କେତେ ଭୟଙ୍କର ଏହି କଳା ଅନ୍ଧାର ରାତି। ଏହି ରାତିର ଗାଢ଼ ଅନ୍ଧାର କଳା ପରଦା ତଳେ କେତେ ଅନ୍ୟାୟ, ଅନୀତି, ଅନାଚାର, ଅବିଚାର, ଅତ୍ୟାଚାର, ଅପକର୍ମ ନ ହୋଇଛି ଓ ଅନର୍ଥ ନ ଘଟିଛି ସତେ ? ଏହି ସେଇ ରାତି, କେତେ ବିଭସ! କେତେ ବିକଟାଳ କେତେ ଭୟଙ୍କର। କେତେ ଅମଣିଷଙ୍କ ମର୍ମନ୍ତୁଦ, ନିର୍ଦ୍ଦୟ, ନିର୍ମମ, ନିଷ୍ଠୁର ଅକାର୍ଯ୍ୟରେ ସହାୟକ ହୋଇଛି ଏହି କଳା ଅନ୍ଧାର ରାତି। ରାତି ଅନ୍ଧାରର କଳା ପରଦା ନଥିଲେ କେମିତି ଏହି ଗୁପ୍ତ କ୍ରିୟା ଗୁଡ଼ିକ ରୂପାୟିତ ହୋଇପାରନ୍ତା ? ଚୋର ଡକାୟତ ଓ ତସ୍କରଙ୍କ ପରଧନ ବୋହି ନେବା। ବୀଟ ପୁରୁଷ ସହିତ ଖଣ୍ଡିତା ନାୟିକାର ସାକ୍ଷାତ ହେବା। ଅନ୍ୟାୟ, କୁକର୍ମ, ଅମଣିଷ ପ୍ରବୃତ୍ତିର ସମ୍ପାଦନା ପ୍ରଭୃତି।

ବାରବର୍ଷ ଅନାବୃଷ୍ଟି କ୍ଲିଷ୍ଟ ଅଯୋଧାରେ ରକ୍ଷ୍ୟଶୃଙ୍ଗଙ୍କ ସହାୟତାରେ ବର୍ଷା ହେବାରୁ ମନ ଖୁସିରେ ଆନନ୍ଦ ମିଞ୍ଜାସରେ ରାଜା ଦଶରଥ ମୃଗୟାକୁ ଯାଇ ଜଳଘାଟ ନିକଟରେ ଶିକାରକୁ ଜଗିଥିବା ବେଳେ କଳସିରେ ଜଳ ଭରିବା ଶବ୍ଦ ଶୁଣି

ରାତିର ଅନ୍ଧାର ଯୋଗୁ ଜାଣି ନ ପାରି ତାହା ମୃଗର ଜଳପାନ ଭାବି ନିଜର ଅସାବଧାନତା ବଶତଃ ଅନ୍ଧମୁନୀ ଅନ୍ଧକଙ୍କ ପୁତ୍ର ଶ୍ରବଣ କୁମାରକୁ ଶରବିଦ୍ଧ କରିଥିଲେ ।

ସେହି କଳା ଅନ୍ଧାର ରାତିରେ ରାଜା ଦଶରଥଙ୍କ ଅନୁପସ୍ଥିତର ସୁଯୋଗ ନେଇ ଋଷ୍ୟଶୃଙ୍ଗ ଅଯୋଧ୍ୟା ରାଜ ଉଆସରେ ରାଜରାଣୀମାନଙ୍କ ସହ ରତିକ୍ରୀଡାରେ ମାତିଥିଲେ । ଚାରି ରାଜପୁତ୍ର ରାମ, ଭରତ, ଲକ୍ଷ୍ମଣ ଓ ଶତ୍ରୁଘ୍ନମାନେ ହେଲେ ଋଷ୍ୟଶୃଙ୍ଗଙ୍କ ଜାରଜ ।

ଏହିପରି ଗୋଟିଏ ରାତିରେ ଅଯୋଧ୍ୟାର ରାଜ ସଭାରେ ନିଆଯାଇଥିବା ସିଦ୍ଧାନ୍ତ ରାଜପ୍ରାସାଦରେ ବଦଳି ଯାଇଥିଲା । ଦିବସର ପ୍ରକାଶ୍ୟ ସୂର୍ଯ୍ୟାଲୋକରେ ସାବ୍ୟସ୍ତ ହୋଇଥିବା ନିଷ୍ଠୁର ପରିବର୍ତ୍ତନ କରାଗଲା । ଜ୍ୟେଷ୍ଠପୁତ୍ର ରାଜସିଂହାସନର ଅଧିକାରୀ ନିୟମ ଯାହା ସମଗ୍ର ଆର୍ଯ୍ୟାବର୍ତ୍ତରେ ପ୍ରଚଳିତ ପରମ୍ପରା ଯାହାକୁ ସମସ୍ତ ରାଜପରିବାର ମାନୁଥିଲେ ତାହା କିନ୍ତୁ ସେଠି ମୂଲ୍ୟହୀନ ପ୍ରତିପାଦିତ ହେଲା । ସେ ନୀତି ସେଠି ଅକାମୀ ସାବ୍ୟସ୍ତ ହେବା ପରେ ରାଜା ହେବା ପରିବର୍ତ୍ତେ ବଡ଼ ପୁଅ ପତ୍ନୀ ଓ ଅନୁଜ ଭ୍ରାତା ସହିତ ପ୍ରତ୍ୟୁଷରୁ ବନବାସୀ ଜୀବନ ବିତାଇବା ଲାଗି ରାଜପୁରୀ ତ୍ୟାଗ କରିବାକୁ ବାଧ୍ୟ ହେଲେ ।

ଆଉ ଗୋଟେ ରାତିରେ ଲଙ୍କାର ରାଜା ରାବଣ– ରମ୍ଭା ଅପ୍ସରୀଙ୍କୁ ତାଙ୍କ ଇଚ୍ଛା ବିରୋଧରେ ବଳାତ୍କାର କରିଥିଲେ ।

ଅନ୍ଧାର ରାତିରେ ନିକୁମ୍ଭିଲାରେ ଯଜ୍ଞ କରୁଥିବା ଇନ୍ଦ୍ରଜିତକୁ ବଧ କରିବାକୁ ଲକ୍ଷ୍ମଣ ରାତି ଅନ୍ଧାରର ସୁଯୋଗ ନେଇଥିଲେ ।

ସେମିତି ଗୋଟେ ରାତିରେ ସତୀ ଅନସୂୟା ରୋଗଗ୍ରସ୍ତ ସ୍ୱାମୀଙ୍କୁ କାନ୍ଧରେ ବହନ କରି ଲକ୍ଷହୀରା ବେଶ୍ୟା ଗୃହରୁ ଫେରିବା ବାଟରେ ଶୂଲବିଦ୍ଧ ଆତ୍ରିକ ଋଷିଙ୍କୁ ଅନ୍ଧାର ଯୋଗୁ ହାବୁଡ଼ି ପଡ଼ି ଅଭିଶାପ ଗ୍ରସ୍ତ ହେଲେ– "ସୂର୍ଯ୍ୟୋଦୟ ସହିତ ତାଙ୍କ ସ୍ୱାମୀଙ୍କର ପ୍ରାଣନାଶ ହେବ ।" ଅନସୂୟା ନିଜ ସତୀତ୍ୱର ପରାକାଷ୍ଠା ପ୍ରତିପାଦନ କରିବାକୁ ଯାଇ ସୂର୍ଯ୍ୟୋଦୟ ପାଇଁ ପ୍ରତିବନ୍ଧକ ସୃଷ୍ଟି କଲେ । ଗୋଟିଏ ରାତିର ଆୟୁଷ ବଢ଼ିଗଲା ସାତରାତିକୁ । ଯାହାର ସଂପୂର୍ଣ୍ଣ ଭରପୂର ଫାଇଦା ନେଲେ ପରମଭକ୍ତ ପବନସୁତ ହନୁମାନ । ରାବଣ ଦ୍ୱାରା ଶକ୍ତିଭେଦ ଲକ୍ଷ୍ମଣଙ୍କ ଜୀବନ ରକ୍ଷା ପାଇଁ, ରାତି ପାହିବା ପୂର୍ବରୁ ସେ ହିମାଳୟରୁ ବିଶଲ୍ୟ କରଣୀ ଲାଗି ଗନ୍ଧମାର୍ଦ୍ଦନକୁ ଆସିବା ପାଇଁ ସକ୍ଷମ ହୋଇଥିଲେ ।

ସେହି ରାତିରେ ହିମାଳୟକୁ ବିଶଲ୍ୟକରଣୀ ପାଇଁ ଯାଉଥିବା ହନୁମାନଙ୍କ ଗତି ପଥରେ ବାଧା (ପ୍ରତିବନ୍ଧକ) ସୃଷ୍ଟି କରିବାକୁ ରାବଣ ଦ୍ୱାରା ପ୍ରେରିତ ଛଦ୍ମ ବେଶଧାରୀ କାଳନେମୀ ଓ ଗନ୍ଧପ୍ରଭା କୁମ୍ଭିରୀକୁ ହନୁ ବଧ କରିଥିଲେ ।

ରାତି ଅନ୍ଧାରେ ହିମାଳୟରୁ ଗନ୍ଧମାର୍ଦ୍ଦନ ଧରି ନନ୍ଦି ଗ୍ରାମ ଉପର ଦେଇ ଲଙ୍କା ଯୁଦ୍ଧ କ୍ଷେତ୍ରକୁ ଫେରୁଥିବା ହନୁମାନ ଭରତଙ୍କ ବାଣୁଲି ଆଘାତରେ ଧରାଶାୟୀ ହୋଇଥିଲେ । (ପ୍ରକାଶ ଥାଉ କି ରାମଙ୍କ କଠାଉ (ପାଦୁକା)କୁ ସିଂହାନରେ ସ୍ଥାପନା କରି ଭରତ ନନ୍ଦି ଗ୍ରାମରୁ ଅଯୋଧ୍ୟାର ଶାସନ କାର୍ଯ୍ୟ ପରିଚାଳନା କରୁଥିଲେ ।)

ଏହିପରି ଗୋଟିଏ ରାତିରେ ଦୁର୍ମିଳ ରାକ୍ଷସ ରାଜା ଉଗ୍ରସେନଙ୍କ ଛଦ୍ମ ବେଶରେ ରାଣୀ ଇନ୍ଦୁମତୀଙ୍କ ସତୀତ୍ୱ ହରଣ ପାଇଁ ସଫଳ ହୋଇଥିଲେ । ଯାହା ଫଳରେ କଂସର ଜନ୍ମ ସମ୍ଭବ ହେଲା ।

ରାତିର ଅନ୍ଧାରେ ଦେଢ଼ଶୁର ବ୍ୟାସଦେବ ଭାତୃବଧୂ ଅମ୍ବିକା ଓ ଅମ୍ବାଲିକାଙ୍କ ସହିତ ସହବାସ ପାଇଁ ସମର୍ଥ ହୋଇଥିଲେ ।

ଆଉ ଏକ ରାତିର ଘନ ଅନ୍ଧାର ଭିତରେ ଅନ୍ଧାରୀ ବିଜେ କରିଥିବା ପଣ୍ଡୁରାଜାଙ୍କ ଶଦ୍ଭେଦୀ ଶରର ଶିକାର ହେଲେ ମୃଗୁଣୀ ସହିତ ରତିକ୍ରୀଡାରେ ଲିପ୍ତ ଥିବା ଅଗ୍ନିକା ଋଷି । ଯେଉଁ ଅପରାଧ ପାଇଁ ନିଷିଦ୍ଧ ପତ୍ନୀ ସମ୍ଭୋଗ ଲାଗି ପଣ୍ଡୁରାଜା ଶାପଗ୍ରସ୍ତ ହେଲେ ।

ଅନ୍ୟ ଏକ ବର୍ଷଣମୁଖ୍ୟ ରାତିରେ ସଦ୍ୟଜାତ ଶିଶୁଟିକୁ ଉଛୁଳା ଯମୁନା ନଦୀ ପାର କରି ମଥୁରା କଟକର ବନ୍ଦୀ ଶାଳାରୁ ଗୋପ ବୃନ୍ଦାବନକୁ ନିଆଯାଇଥିଲା ।

ରାତି ଅନ୍ଧାରରେ କୁନ୍ତୀଙ୍କ ଅନୁପସ୍ଥିତିରେ ମାଦ୍ରୀ, ଦୁର୍ବାସାଙ୍କ ପ୍ରଦତ୍ତ ମାଳାଧରି ପଣ୍ଡୁ ରାଜାଙ୍କୁ ଆବାହନ କଲେ । ପଣ୍ଡୁ ନିଷିଦ୍ଧ ପତ୍ନୀ ସମ୍ଭୋଗ ଶାପ୍ୟକୁ ଏଡିଦେଇ ମାଦ୍ରୀଙ୍କ ସହିତ ରତିକ୍ରୀଡ଼ା ବେଳେ ଶୂନ୍ୟ ଶରାଘାତରେ ପ୍ରାଣ ହରାଇ ଥିଲେ ।

ରାତିର କଳା ଅନ୍ଧାରରେ କଳାବର୍ଣ୍ଣ କୃଷ୍ଣ ଗୋପ ବୃନ୍ଦାବନର କୁଞ୍ଜରେ ମାତୁଳାଣୀ ରାଧାରାଣୀଙ୍କ ସହିତ ରାସକ୍ରୀଡ଼ାରେ ମାତିଥିଲେ ।

ରାତି ଅନ୍ଧାରରେ କାମାସକ୍ତ କୃଷ୍ଣ ଦୃତିକାକୁ ରାଧା ଭାବି ତାଙ୍କୁ ରତି କରିଥିଲେ । ଯେଉଁଥି ପାଇଁ ଖନିକାରର ଜନ୍ମ ହୋଇଥିଲା ।

ସେହି କୃଷ୍ଣଙ୍କ ଜାରଜ (ଦୃତୀ ଗର୍ଭରୁ ଜନ୍ମିତ) ଖନିକାର ଅନ୍ଧାର ରାତିରେ ଯମୁନା ନଦୀ ପର୍ଯ୍ୟନ୍ତ ସୁଡ଼ଙ୍ଗ ଖୋଲିବାକୁ ସୁବିଧା ପାଇଥିଲେ । ଯେଉଁ ସୁଡ଼ଙ୍ଗ ପଥ ଦେଇ ଜତୁଗୃହ (ଜଉରେ ନିର୍ମିତ ଘର) ଦାହ ବେଳେ ପାଣ୍ଡବମାନେ ପଳାୟନ କରି ଜୀବନ ରକ୍ଷା ଲାଗି ରାତି ଅନ୍ଧାରର ସୁଯୋଗ ନେଇଥିଲେ ।

ରାତିର ଅନ୍ଧାରରେ ଖେଳ କୌତୁକରେ ମାତି ନାରୀ ବେଶଧାରୀ ନାରଦ କୃଷ୍ଣଙ୍କ ଦ୍ୱାରା ଗର୍ଭବତୀ ହୋଇ ଉଦ୍ଧବକୁ ଜନ୍ମ ଦେଇଥିଲେ ।

ଦ୍ୱାରିକା ରାଜ ପ୍ରାସାଦରେ ଅର୍ଜୁନ, ସଖା କୃଷ୍ଣଙ୍କ ଭଗ୍ନୀ ସୁଭଦ୍ରାଙ୍କ ସହିତ ମିଳିତ ହୋଇଥିଲେ ରାତି ଅନ୍ଧାରରେ ।

ଅଭିଶାପ ଗ୍ରସ୍ତା ଉର୍ବଶୀ ଦିନରେ ଘୋଟକୀ ଓ ରାତିରେ ନାରୀ ରୂପ ଧାରଣ କରୁଥିଲେ । ରାତିରେ ଘୋଡ଼ି ବେଶୀ ଉର୍ବଶୀଙ୍କ ସହିତ ଦଣ୍ଡିରାଜା ରତି କ୍ରୀଡ଼ାରେ ନିମଗ୍ନ ହେଉଥିଲେ ଉର୍ବଶୀଙ୍କ ଅନିଚ୍ଛା ସତ୍ତ୍ୱେ ।

ପାଚକ ବଲ୍ଲଭ ବେଶଧାରୀ ଭୀମସେନ, ଦ୍ରୌପଦୀଙ୍କ ଛଦ୍ମବେଶରେ ରାତି ଅନ୍ଧାରରେ କୀଚକକୁ ବଧ କରିବାର ସୁଯୋଗ ନେଇଥିଲେ ।

ନିଜର ଓ ନିଜ ଭ୍ରାତାମାନଙ୍କ ଜୀବନ ରକ୍ଷା ଲାଗି ଛଦ୍ମରେ ଦୁର୍ଯ୍ୟୋଧନ ବେଶ ଧାରଣ କରିଥିବା ଅର୍ଜୁନ, ପିତାମହଙ୍କଠାରୁ ପାଣ୍ଡବ ନିଧନ ଲାଗି ଅଭିମନ୍ତ୍ରିତ ଶର (ବାଣ) ହରଣ କରିନେବା ପାଇଁ ରାତି ଅନ୍ଧାରର ସୁଯୋଗ ପାଇଥିଲେ ।

ଜଣେ ଅହଂକାରୀ ରାଜା ଜୀବନ ଭୟରେ ପ୍ରାଣ ବିକଳର ନିଜର ରକ୍ଷା ଉଦ୍ଦେଶ୍ୟରେ ଆପଣା ରକ୍ଷା ଲାଗି ନିଜ ପୁତ୍ର ଶବ ସାହାଯ୍ୟରେ ରକ୍ତ ନଦି ପାର ହୋଇ ବ୍ୟାସ ସରୋବରରେ ଆମ୍ ଗୋପନ ଲାଗି ଅନ୍ଧାର ରାତିର ସାହାରା ନେଇଥିଲେ ।

ନବ ନିଯୁକ୍ତ ସେନାପତି ଅଶ୍ୱଥାମା ରାତିର ଅନ୍ଧାରରେ ଚିହ୍ନି ନ ପାରି ଦ୍ରୌପଦୀଙ୍କ ପାଞ୍ଚ ପୁତ୍ରଙ୍କୁ ପଞ୍ଚୁପାଣ୍ଡବ ଭାବି ସେମାନଙ୍କ ଶିର ଛେଦନ କରିଥିଲେ ।

ସେହିପରି ରାତିରେ, ପୂର୍ବଦିନ ଏକାଦଶୀ ବ୍ରତ ପାଳନ କରିଥିବା ନିର୍ଜଳା ଉପବାସୀ କ୍ଲାନ୍ତ ରାଜଙ୍କ ଉପରେ ଅତର୍କିତ ଆକ୍ରମଣ କରିଥିଲା ଯବନ ମହମ୍ମଦ ଘୋରୀ । ତିରୋରୀରେ ପୃଥ୍ୱୀରାଜ ଚୌହାନଙ୍କ ଜୀବନ ଦୀପ ସହିତ ଭାରତର ସ୍ୱାଧୀନତା ସୂର୍ଯ୍ୟ ସାଢ଼େ ସାତ ଶହ ବର୍ଷ ପାଇଁ ଅସ୍ତମିତ ହୋଇଯାଇଥିଲା ।

ଏମିତି ଏକ ରାତି ଅନ୍ଧାରର ସୁଯୋଗ ନେଇ ବିଶ୍ୱାସ ଘାତକ ଶିକ୍ଷମନାଇ (ଚରଣ ପଟନାୟକ) ଓଡ଼ିଶାର ଶେଷ ସ୍ୱାଧୀନ ହିନ୍ଦୁ ରାଜା ମୁକୁନ୍ଦ ଦେବଙ୍କୁ ଗୁପ୍ତ ହତ୍ୟା କରିଥିଲେ ।

ବ୍ରିଟିଶ ଶାସନରୁ ମୁକ୍ତିଲାଭ କରି ଅର୍ଦ୍ଧ ରାତ୍ରୀର ଅଶୁଭ ମୁହୂର୍ତ୍ତରେ ସ୍ୱାଧୀନ ଭାରତ ଜନ୍ମ ଲାଭ କରିଥିବାରୁ, ସ୍ୱାଧୀନତା ପ୍ରାପ୍ତିର ବହୁ ବର୍ଷ ପର୍ଯ୍ୟନ୍ତ (ଆଜିଯାଏ) ଅଶାନ୍ତି ଓ ଅରାଜକତା ଭାରତ ବର୍ଷରେ ଲାଗି ରହିଛି ।

ସେହି ଭୟଙ୍କର ରାତି ପୁଣି ହୋଇଥାଏ ଆନନ୍ଦ ଦାୟକ, ଆମୋଦ ପ୍ରଦାୟକ, ଆଶା ପ୍ରଦାନ(ପୂର୍ଣ୍ଣ)କାରୀ, ନିର୍ଭୟ ଭରସା ପୂର୍ଣ୍ଣ ଆଶ୍ୱାସନା ଦିଏ ଏହି ରାତି । ରାତିର କଳା କିଟକିଟ ଅନ୍ଧକାରର ଭୀଷଣତା ମନରେ ଉଲ୍ଲାସ ଆସେ । ସ୍ନାୟୁରେ ଶିହରଣ ଜଗାଏ । ଆବେଗ ସୃଷ୍ଟି କରେ ଅନ୍ତରରେ, ହୃଦୟରେ ଭରି ଦିଏ ଉସ୍ଫାହ, ପ୍ରେରଣା ଯୋଗାଏ ପ୍ରାଣରେ । ଆମ୍ଭାକୁ କରେ ପୁଲକିତ । ଅନୁପ୍ରାଣିତ ହୁଏ ଶରୀର । ଦେହ ବିଭୋର ହୋଇ ବୁଡ଼ିଯାଏ ସୋହାଗ ପାଇବା ଆଶାରେ ।

ବିଶ୍ରାମ ଦାୟିନୀ ରାତି । ଆରାମ ଦାୟିନୀ, ତୃପ୍ତି ପ୍ରଦାୟିନୀ । ଅଭିସାର ପାଇଁ ତା'ର ସୁଦୀର୍ଘ କଳେବର ବେଶ କିଛି ନିର୍ଭର ଯୋଗ୍ୟ ନିରାପଦ ପରିବେଶ ପ୍ରଦାନ କରେ । ନିର୍ଭୟରେ, ନିର୍ବିଘ୍ନରେ, ନିଃସଙ୍କୋଚରେ, ନିଃଦ୍ୱନ୍ଦରେ, ନିର୍ବିକାର ଭାବରେ ଅନେକ କିଛି ଦେଇହୁଏ । ଆଉ ପାଇବାର ଅସୁମାରି ଆଶା ଜଗାଏ ଆହ୍ଲାଦିନୀ ଏହି ରାତି । ଚିଉବିନୋଦ ପାଇଁ ସୁଯୋଗ ଦିଏ ପ୍ରେମୀଯୁଗଳମାନଙ୍କୁ । କାମୁକର କାମନା ଲାଳସା ଚରିତାର୍ଥ ଲାଗି ରାତି ଦେଇଥାଏ ଅଭୟ ଆଶ୍ୱାସନା ଓ ନିର୍ଭରଯୋଗ୍ୟ ଅଟୁଟ ବିଶ୍ୱାସ । ସ୍ନାୟୁରେ ଶିହରଣ ଆସେ । ପିପାସା ଜଗାଏ ପ୍ରାଣରେ । ଦେହ ଚାହେଁ ସମ୍ଭୋଗ, ଶରୀର ସଙ୍ଗମ ଆଶାରେ ବିଭୋର ହୁଏ । ତନୁମନ ଓ ଇନ୍ଦ୍ରିୟମାନେ ସଜାଗ ହୋଇ ଉଠନ୍ତି । ସତେଜତା ମଧ ଭରି ଯାଏ ସ୍ନାୟୁରେ । ମନଖୋଜେ ମନର ମଣିଷକୁ ଜୀବନ ସାଥୀକୁ, ପରାଣ ବନ୍ଧୁକୁ, ହୃଦୟର ମିତକୁ, ଆମ୍ଭାର ସଙ୍ଗାତକୁ, ଆପଣାର ଲୋକଟିକୁ, ନିଜର ଏକାନ୍ତ ବ୍ୟକ୍ତିଟିକୁ । ତୃପ୍ତି ଦାୟିନୀ ରାତି ଉଲ୍ଲାସ ପ୍ରଦାୟିନୀ 'ଆହ୍ଲାଦ ପ୍ରବାହିନୀ' ଆବେଗ ସୃଷ୍ଟିକାରିଣୀ । ମନର- ମାନସାର । ପ୍ରାଣର-ପ୍ରେୟସୀର । ଅନ୍ତରର-ଅନ୍ତରତମାର । ଅନୁକମ୍ପା, ଆଶାୟୀ ମନ ସୁଖ ଲାଭ କରେ ଅନାୟସରେ । ଆନନ୍ଦରେ ବିଭୋର ହୁଏ । ଉସ୍ଫାହରେ ଉତ୍ଫୁଲ୍ଲ ହୋଇ ଉଠେ । ଆବେଗରେ ହୋଇଥାଏ ମତୁଆଲା । ଅନୁଭବରେ ଅନୁପମ ଅନୁଭୂତି ଆସେ । ଉପଭୋଗ୍ୟ ହୁଏ ରାତି । ଦେଇହୁଏ ଶ୍ରଦ୍ଧା । ନେଇହୁଏ ସୋହାଗ । ପାଇ ହୁଏ ପ୍ରଣୟ ଅନୁକମ୍ପା ଆଶାୟୀଠାରୁ । ସହିବାକୁ ପଡ଼େ ବ୍ୟଥା । ଅବୟବ ଓ ଇନ୍ଦ୍ରିୟ ମାନେ ଅନୁଶାସନ ନ ମାନିବା ମାନସିକତାରୁ । ଆଉ ହରାଇବାକୁ ବି ହୋଇଥାଏ ବରିଷ୍ଠତା, ଗରିମା, ଆତ୍ମର ଦୃଢ଼ତା, ନିଜତ୍ୱ ପଣିଆ, ଗରିଷ୍ଠ ବ୍ୟକ୍ତିତ୍ୱର ସରା ।

ରାତ୍ରିର ଦୀର୍ଘତମ ବିଶ୍ରାମ ଅଙ୍ଗନ କୋଳରେ ଶୋଇ ରହି ଉଦ୍ୟୋଗୀ ମଣିଷ ଆଗାମୀ ଦିନ ଲାଗି ଯୋଜନା ତିଆରି କରେ କଳ୍ପନାରେ । ତେଇଁ ଶୋଇ ରହି ବିଛଣାର ନରମ ଶେଜରେ ଲୋଟାଇ ଦେଇ କର୍ମକ୍ଲାନ୍ତ ଅବଶ ଦେହଟିକୁ "ଉଦ୍ୟୋଗିନଂ ପୁରୁଷ ସିଂହ ମୁପୈତି ଲକ୍ଷ୍ମୀଃ ଦୈବେନ ଦେୟମିତି କୁପୁରୁଷା ବଦନ୍ତି । ଦୈବଂ ନିହତ୍ୟ କୁରୁ ପୌରୁଷ ମାତୁ ଶକ୍ତ୍ୟା, ଯନ୍ତେ କୃତେ ଯଦିନ ମଧତି କୋଽତ୍ର ଦୋଷଃ ।" ଯେଉଁ ଲୋକ ଉଦ୍ୟୋଗୀ ସେ ଶ୍ରେଷ୍ଠ ମାନବ ରୂପେ ପରିଚିତ । ତା'ପାଖକୁ ଧନ ଆପେ ଆପେ ଆସେ । ଭାଗ୍ୟରେ ଥିଲେ ମିଳିବ ବୋଲି କାପୁରୁଷ ମାନେ କହନ୍ତି । ଏଣୁ ଭାଗ୍ୟ ଉପରେ ନିର୍ଭର ନ କରି ନିଜ ଶକ୍ତି ଅନୁଯାୟୀ ବ୍ୟକ୍ତିତ୍ୱ ପ୍ରକାଶ କର । ଚେଷ୍ଟା କରିବା ସତ୍ତ୍ୱେ ଯଦି କାର୍ଯ୍ୟ ସିଦ୍ଧି ନ ହେଲା ତେବେ ଏଥିରେ କ'ଣ ଦୋଷ ଅଛି ?

କିନ୍ତୁ ଯାହାର ପ୍ରାଣ ସଙ୍ଗିନୀ ଥାଏ ନିଜଠୁ ଦୂରରେ । ଆଉ ମନର ମଣିଷ ଅଲଘ୍ୟ ପ୍ରାଚୀର ସେ ପାଖେ । ପାଇବାର ସୀମା ଆରପଟେ ଅଟକି ରହିଥାଏ ଯାହାର ପ୍ରିୟତମା । ମନୋରମା ପତ୍ନୀ ଯା'ର ବଞ୍ଚିତା ହୁଏ ସ୍ନେହ, ଶ୍ରଦ୍ଧା, ସଦ୍ଭିଚ୍ଛାର ବାକ୍ୟାଳାପ ଶୁଣି ସାନ୍ନିଧ୍ୟ ତଳେ ରହି ମଧ ସୋହାଗ ପରଶ ପାଇବା ସୁଯୋଗରୁ ନିରନ୍ତର ରାତିର ସୁଦୀର୍ଘ ଅବୟବ ଭିତରେ ହାତ ପାଆନ୍ତାରେ ରହି ଯାହାକୁ ଆପଣାର ମଣିଷଟି ଜଳାଇଥାଏ ରାତିସାରା । ନିଜ ଅପାରଗତାର କାରଣରୁ କିମ୍ୱା ଅସୁସ୍ଥତା ଯୋଗୁ ଅଥବା କୌଣସି ଅଜଣା ଦୋଷଥୁଟି ପାଇଁ ହେଉ ବା ଆଉ କିଛି ଅଜ୍ଞାତ କାରଣ ଲାଗି । ଅପହଞ୍ଚ ରେଖାର ବ୍ୟବଧାନ

ଟାଣି ଯେଉଁ ପ୍ରେୟସୀ ତିଳ ତିଳ କରି ଜାଳି ଚାଲିଥାଏ ପ୍ରିୟତମକୁ । ନିଃସଙ୍ଗତାର ନିର୍ମମ କଷାଘାତରେ ଜର୍ଜରିତ ହୋଇଯିଏ ପୁହାଇ ଦିଏ ରାତି । କେବଳ ଅତୀତର ଭୁଲି ହେଉନଥିବା କେଇ ପଦ ଭରସାଯୋଗ୍ୟ ଆଶ୍ୱାସନାର କଥାକୁ ମନରେ ପକାଇ । ସେହି ଅଭୁଲା ସଂଲାପର ସ୍ମୃତି ଚାରଣ କରି ଯଦି ପ୍ରତୀକ୍ଷାର କକ୍ଷ ପୂରିଗଲା ପରେ ବିଲପୁଥିବା ରାତିର ଆଲାପକୁ ଶୁଣି ହୁଏ ମନେ ମନେ । ବାସ୍ତବତା ଉଭେଇ ଯାଇ, ତା'ର ରୂପାୟନ ଦୂରକୁ ଚାଲିଯାଏ ଯାହାର କଳ୍ପନା ବିଳାସି ମନ ଭୁଲାଇକାରୁ । ତା' ପାଇଁ ତ ରାତିଟା ଅତ୍ୟନ୍ତ ଯନ୍ତଣା ଦାୟକ ହୋଇ ପଡୁଥିବ ନିଶ୍ଚୟ ନିର୍ଭୁଲ ଭାବରେ ।

ମାତ୍ର ଯିଏ ପ୍ରତୀକ୍ଷା ପାଇଁ ପ୍ରତିଶ୍ରୁତି ଆଦାୟ କରି ପାରିନି । ପାଇବାର ଆବେଗ ତା'ର ଗୁମୁରି ଉଠିବ କିପରି ? ପତ୍ରଝରା ଶୀତ ରତୁ ପରେ ଯାହା ଲାଗି ଚଇତି ବାଆର ମଲୟ ପବନ ଫେରିବାର ସମ୍ଭାବନା ନାହିଁ । ଫୁଲର ଫଗୁଣ କିୟା ବସନ୍ତର ମନୋରମ ଶୋଭା ସମ୍ଭାର ସମ୍ଭାବନା ସୁସମ୍ୟାଦର ବାର୍ତା ବହନ କରି ଶୁଭ ସଙ୍କେତ ଯାହା ପାଇଁ ଦିଏ ନାହିଁ । ଆଉ ପାଇ ନାହିଁ ଯିଏ ପ୍ରିୟ ମଣିଷର ପ୍ରାଣ ଖୋଲା, ଆନ୍ତରିକତା ଭରା, ହୃଦୟ ଛୁଆଁ ମନ ମୋହି ପାରୁଥିବା ସ୍ୱ ମୁଖ ନିଃସୃତ ବାକ୍ୟ କେତୋଟି ଅପେକ୍ଷାର ପ୍ରତ୍ୟେୟ ରଖୁଥିବା ଆଶା ଝଲସା ଭାଷାର କିୟଦଂଶ । ସିଏ କେଉଁ ଆଶାରେ, କିପରି ଭାବରେ କେଉଁ ଭରସାରେ ଭବିଷ୍ୟତର ସୁନେଲି ସପନରେ ବିଭୋର ହେବାର କଳ୍ପନା କରିପାରିବ ? ହରାଇବାର ଅବସାଦରେ ଅବସନ୍ନ ଯାହାର ଅନ୍ତରାତ୍ମା ତା' ପାଇଁ ତ ରାତିଟା ନିଶ୍ଚିତ ବ୍ୟଥାଦାୟକ ବେଦନା ପ୍ରଦାୟିନୀ ଓ ଯନ୍ତଣାସିକ୍ତ ହେବ ହିଁ ହେବ । ବିରସ ମନରେ ବ୍ୟର୍ଥ ଅନ୍ତରରେ, ବେଦନାସିକ୍ତ ପ୍ରାଣରେ, ହାହାକାର ଭରା ହୃଦୟରେ, ଜ୍ୱାଲା ଜର୍ଜରିତ ଆତ୍ମାରେ, ବିଶ୍ରାମ କକ୍ଷରେ, ବିଛଣାର ଶେଜରେ ବିବଶ ଦେହଟାକୁ ଲୋଟାଇ ଦେଇ ବିୟୋଗାନ୍ତ ନାଟକର ବିକୃତ ସଂଜ୍ଞାପକୁ ସେ କେବଳ ବିଷାଦ ଗ୍ରସ୍ତ ମନରେ ବାରମ୍ବାର ଆବୃତ୍ତି କରିଚାଲିଥିବ ନେପଥ୍ୟ ନାୟକଟିପରି । ଅବସ୍ଥା ଚକ୍ରରେ ପଡ଼ି ସେ ଅବସାଦରେ ଘାରି ହେଉଥିବ । ନିଜକୁ ହଜାଇ ଦେଇଥିବ ଭାବନା ରାଜ୍ୟରେ ଅତୀତର ଅଭୁଲା ସ୍ମୃତିକୁ ମନରେ ପକାଇ, ମୋଟେ ଭୁଲି ହେଉନଥିବା ଘଟଣା ପ୍ରବାହର କଥା ତାକୁ ଅହରହ ବ୍ୟଥିତ କରୁଥିବ । ବିରହର ବିଳାପକୁ ବିନା ବିଚାରରେ ବରଣ କରିନେଇ ସେ ବିରକ୍ତି ପ୍ରକାଶ କରିପାରୁନଥିବ ବିଗତ ଦିନର ବିପର୍ଯ୍ୟୟ ପାଇଁ । ବିଷମୟ ସେ ଅନୁଭୂତି । ତିକ୍ତତା ଭରା ସେ ଅପାସୋରା ସ୍ମୃତିଚାରଣ । ବିପରୀତ ଦିଗରୁ ଉଜାଣି ସ୍ରୋତରେ ବାହୁଥିବା ନଉକା ପରି ଅନୁଭବୀ କେବଳ ସେ ବିପଦ ସଙ୍କୁଳ ରାସ୍ତାର ବିପଥଗାମୀ ପଥିକର ଦୁର୍ଦଶା ବୁଝିପାରିବାକୁ ସକ୍ଷମ ହେବ । ଯେପରି ସତୀ ତା' ନିଜ କଥା ନିଜେ ବୁଝିବାକୁ ବାଧ୍ୟ ହୋଇଛି । ନିରବରେ ସବୁ ସହିଯିବା ତା' ପାଇଁ ଶ୍ରେୟସ୍କର । ପ୍ରତିବାଦ କରିବାକୁ କିୟା ପ୍ରତିବନ୍ଧକର ପ୍ରତିକାର ଲାଗି ତା' ନିକଟରେ ସେପରି କୌଣସି ଉପଯୁକ୍ତ ବିକଳ୍ପ ପଥ ନାହିଁ । ସେ ନିରୂପାୟ, ଅସହାୟ, ଅପାରଗ, ଅସମର୍ଥ ।

ଦୀପାବଳି ଅମାବାସ୍ୟାର ଦୁଇ ଦିନ ପରେ ପଡ଼ିଲା ସୋମବାର । କାର୍ତ୍ତିକ ମାସର ତୃତୀୟ ସୋମବାର । ସେଦିନ ସେ ଦୁହେଁ ସାଙ୍ଗ ହୋଇ ମନ୍ଦିରକୁ ଗଲେ । ମୁହଁ ହାତ ଧୋଇ ଠାକୁରଙ୍କୁ ଜୁହାର ହେଲେ । ପାଦୁକ ପାଇ ସାରି ବିଭୂତି ଟିକା ପିନ୍ଧିଲେ । ତା'ପରେ ବସିଲେ ମୁଖଶାଲାରେ କଥାବାର୍ତା ହେବା ପାଇଁ । ଆଗର ସେ ମାନ-ଅଭିମାନ ଆଉ ସେମାନଙ୍କ ମଧ୍ୟରେ ନଥିଲା । ସତୀ ସତକଥା ମାନି ଗଲା ପରେ ସୁନି ଆଉ ସତୀ ସହିତ ପୂର୍ବପରି ଆଚରଣ ନ କରିବା ପାଇଁ ଶପଥ ନେଇ ଥିବାରୁ ସତୀର ତା' ପ୍ରତି ଥିବା ମନୋଭାବ ବଦଳି ଯାଇଥିଲା । ସୁନି ମନରେ ମଧ୍ୟ ପରିବର୍ଦ୍ଧନ ଘଟିଥିଲା । ମୁଖଶାଲାରେ ବସି ସୁନି କହିଲା "ସତୀ ମୁଁ ତୋତେ ନ ପଚାରି ତୋତେ ନ କହି, ତୋତେ କିଛି ନ ଶୁଣାଇ, ତୋତେ ନଜଣାଇ, ତୋ' ମତାମତ ନ ନେଇ, ତୋର ଅନୁମତି ନ ପାଇ, ତୋର ଗୋଟେ କାମ କରିଦେଇଛି । ଅବଶ୍ୟ ସେ

କାମଟି ତୋ'ର ଭଲ ପାଇଁ କରିଛି । ସେପରି କାର୍ଯ୍ୟଟି ଦ୍ୱାରା ତୁ ସୁଫଲ ପାଇବୁ । ଲାଭବାନ ହେବୁ । ତୋର ଉପକାର ହେବ । ତୁ ମଧ ଉପକୃତ ହେବୁ । ମାତ୍ର ସେ କଥାକୁ ତୁ କିପରି ଭାବରେ ଗ୍ରହଣ କରିବୁ ତାହା ମୁଁ ଜାଣିନି ?

ସୁନି କଥା ଶୁଣି ସତୀ କହିଲା "ତୋ ଲାଗି ମୋ ଅନୁମତିର କ'ଣ ଆବଶ୍ୟକ ଅଛି ? ତୁ ନିଶ୍ଚୟ ମୋ' ଭଲ ପାଇଁ କରିଥିବୁ । ଏ ବିଶ୍ୱାସ ମୋର ତୋ' ଉପରେ ପୂର୍ଣ୍ଣ ମାତ୍ରାରେ ଅଛି ।"

"ମୋର ସେ କାମ କଥା ଶୁଣି ତୁ ଚିଡ଼ିବୁ ନାହିଁ ତ ? ମୋର ଭୟ ହେଉଛି କାଲେ ସେ କଥା ଶୁଣି ତୁ ରାଗିବୁ ? ମନରେ ଛଲ ଆଣିବୁ ? ଅନ୍ୟ କିଛି ଭାବିବୁ ? ଆର ରକମରେ ଗ୍ରହଣ କରିବୁ ? ଧରି ବସିବୁ ଆଉ ଗୋଟେ ବାଗରେ । ତା'ର ଅନ୍ୟ କିଛି ଅର୍ଥ ବାହାର କରିବୁ ?"

"ନା' କେବେ ନୁହେଁ । ମୁଁ ରାଗିଲା ଭଲି କାମ ତୁ କେବେ କରି ନଥିବୁ । କରି ପାରିବୁ ନି ମଧ । ମୋର କ୍ଷତି ହେଲା ପରି କଥା ତୁ କେବେ କାହାକୁ କହିନଥିବୁ । ଯେଉଁଥି ପାଇଁ ମୁଁ ସେ କଥା ଶୁଣି ତୋ' ଉପରେ ଚିଡ଼ିବି ?"

ସୁନି କହିଥିବା କଥା ଭୟ ମିଶା କଣ୍ଠରେ ସତୀକୁ କହିଲା "ସତୀ ଆଜି ସକାଲେ ମୁଁ ବଡ଼ ବାପାଙ୍କୁ କହିଲି, ବଡ଼ ବାପା ତୁମେ ସତୀକୁ ଏତେ ଶ୍ରଦ୍ଧା କର, ସ୍ନେହ କର, ଏତେ ଭଲ ପାଅ, ତା' ବ୍ୟବହାରକୁ ପସନ୍ଦ କର, ତା' କଥାବାର୍ତ୍ତାକୁ ପ୍ରଶଂସା କର, ତା' ପାଟିର ଭାଷା ଶୁଣିବାକୁ ତୁମକୁ ଭଲ ଲାଗେ ବୋଲି କୁହ, ଆଦର କର ତା' ଢଙ୍ଗଢାଙ୍କୁ, ତା' ଚାଲି ଚଲଣକୁ ତାରିଫ କର, ତା' ଗୁଣକୁ ସମର୍ଥନ କର, ତାକୁ ଝିଅ କରି ଆଣିବା ପାଇଁ କହୁଥିଲ । ତା' ଲାଗି ଗୋଟେ କାମ କରି ପାରିବ ? ମୋ କଥା ଶୁଣି ସେ କ'ଣ କହିଲେ ଜାଣୁ ?"

"କ'ଣ କହିଲେ ?" ସତୀ ଆଗ୍ରହର ସହିତ ପଚାରିଲା "ମୋର ଦୃଢ଼ ବିଶ୍ୱାସ ସେ ନିଶ୍ଚୟ ତୋ' କଥାରେ ରାଜି ହୋଇ ଯାଇଥିବେ ।"

"ହଁ ରାଜି ତ ହେଲେ । ପ୍ରଥମେ ମୋ' କଥା ଶୁଣି ହସି ଦେଲେ । କହିଲେ- ଏମିତି କଥା ତା' ହେଲେ, ସତୀ ପାଇଁ ମୁଁ ଏତିକି କରିପାରିବି ନାହିଁ ନା ? ତୁ ସେଥିପାଇଁ ପୁଣି ମୋତେ ଅନୁରୋଧ କରୁଛୁ ।"

"ସୁନି ତୁ କୋଉ କଥା କହିଲୁ କି ? ସତୀ ଉସ୍ସୁକ ଅନ୍ତରରେ ପଚାରିଲା ।"

ସୁନି ଥରେ ମନ୍ଦିର ଆଗ ପଡ଼ିଆ ଓ ରାସ୍ତା ଉପରୁ ଆଖି ବୁଲାଇ ଆସି, ସତୀ ପାଖକୁ ଟିକେ ଘୁଞ୍ଚ ଯାଇ କହିଲା, "ମୁଁ କହିଲି ସତୀ ଗୋଟିଏ ପିଲାକୁ ଭଲ ପାଉଛି । ତୁମେ ମହାଦେବଙ୍କ ଉପରେ ସତୀ ନାମ ସହିତ ସେ ପିଲାର ନାଁରେ ବେଲପତ୍ର ଚଢ଼ାଇ ଦେବ । ଯେପରି ସତୀ ସହିତ ତା'ର ବାହାଘର ହୋଇଯିବ ।"

ସୁନି କଥା ଶୁଣି ସତୀ ଛୋଟ ପିଲାଙ୍କ ପରି ଭୟାଲୁ ଆଖିରେ ସୁନିକୁ ଅନାଇ କହିଲା, "ତୁ ଏକଥା କାହିଁକି କହିଲୁ ? ଏପରି କଥା ଶୁଣି ଠାକୁର ବାବା ଖରାପ ଭାବିଥିବେ ନିଶ୍ଚୟ । ତାଙ୍କର ମୋ' ପ୍ରତି ଥିବା ଭଲ ଧାରଣା ବଦଲି ଯାଇଥିବ ଏକା ଥରକେ ।"

"ନା ସତୀ, ମୋ କଥା ଶୁଣି ସେ ହସି ଦେଲେ । ଆଉ କହିଲେ- ଏମିତି କଥା ତା ହେଲେ, ଏତିକି କାମ ମୁଁ ସତୀ ପାଇଁ କରିପାରିବି ନାହିଁ ବୋଲି ତୁ କେମିତି ଓ କିଭଲି ଭାବି ପାରୁଛୁ ? ତା' ହେଲେ ସତୀ ଗୋଟେ ପୁଅକୁ ଭଲ ପାଉଛି । ତାଙ୍କ ଘରେ ଏକଥା ଜାଣନ୍ତି ?"

"ମୁଁ କହିଲି ନା । ସେ ପିଲାଟି ସହିତ ତା'ର ସେମିତି କିଛି ସମ୍ପର୍କ ସ୍ଥାପନ ହୋଇନି । ସେ ପିଲାଟିକୁ ଦେଖି ସିଏ ପସନ୍ଦ କରିଛି । ଆଉ ମନେ ମନେ ଭଲ ପାଇ ବସିଛି । ମୁଁ ତାଙ୍କୁ ଏକଥା ମଧ କହିଛି ତୁମେ ବଡ଼ ବାପା ଯେପରି ଏକଥା ଆଉ କାହାକୁ ନକୁହ । କଥାଟି ବାହାରେ ପ୍ରକାଶ ପାଇଲେ ବହୁତ ଅସୁବିଧା ହୋଇଯିବ । ମୋ' କଥା ଶୁଣି ସେ କହିଲେ ନା' କେବେ ନୁହେଁ । ମୁଁ କାହାକୁ କାହିଁକି ସେ କଥା କହିବି । ସେ କଥା ପ୍ରଚଟ ହେଲେ ସତୀର ଅସୁବିଧା ନିଶ୍ଚିତ ହେବ ।

ମୁଁ କେବେ ଜାଣିଶୁଣି ସତୀର କ୍ଷତି ହେଲା ଭଳି କଥା କହିବି ନା' ସେପରି କାମ କରିପାରିବି ? ତେବେ ସେ ପିଲାଟି କିଏ ? ମୋତେ ତା' ନାମ ଓ ଗୋତ୍ର କହ ।"

"ଶୁନି ଠାକୁର ବାବା ଯେତେବେଳେ ତାଙ୍କର ପରିଚୟ ଜାଣିଥିବେ । କ'ଣ ଭାବିଥିବେ କହିଲୁ ? ବରଂ ତାଙ୍କୁ ନ କହି ତୋ'ର ତାଙ୍କ ପୁଅ ବାବନକୁ ସେ କଥା କହିଥିଲେ ଭଲ ହୋଇଥାନ୍ତା ।"

"ସତୀ ମୁଁ ବଡ଼ ବାପାଙ୍କୁ ସେ କଥା କହିଲା ବେଳେ ପ୍ରକୃତରେ ମୋତେ ଭାରି ଲାଜ ଲାଗୁଥିଲା । ଯେତେହେଲେ ବଡ଼ ବାପା ଆମର ଗୁରୁଜନ । ତାଙ୍କୁ ଏପରି କଥା କହିବା ମୋର ଉଚିତ୍ ନଥିଲା । ଆଉ ଠିକ୍ ମଧ୍ୟ ନୁହେଁ । ବଡ଼ ବାପାଙ୍କୁ ନ କହି ତାଙ୍କ ପୁଅ ବାବନକୁ କହିବାକୁ ମୋତେ ଆଦୌ ସଙ୍କୋଚ ଆସି ନଥାନ୍ତା । ମୁଁ ଅତି ସହଜରେ ଓ ସୁବିଧାରେ ତା' ସହିତ ସେ ବିଷୟରେ ଆଲୋଚନା କରିପାରିଥାନ୍ତି । ବାବନ ମୋର ସାନ ଭାଇ ପରି । ସେ ମୋ' ସାନ ଭାଇ ସୁରିଆର ସାଙ୍ଗ । ତାକୁ ଅତି ସହଜରେ ତାଙ୍କ ଠିକଣା ମଧ୍ୟ କହିପାରିଥାଆନ୍ତି । ତାଙ୍କ ଠିକଣା ଶୁଣି ସୁଦ୍ଧା ସେ ତାଙ୍କ ପରିଚୟ ଜମା ଜାଣିପାରିନଥାଆନ୍ତି । ବାବନ କେତେ ଲୋକଙ୍କୁ ଚିହ୍ନିଛି ଯେ ଠିକଣା ଶୁଣିଲେ ସେ ଲୋକଙ୍କର ପରିଚୟ ଜାଣିପାରିବ କିମ୍ବା ସେ ବ୍ୟକ୍ତିଙ୍କୁ ଚିହ୍ନିପାରିବ ? ଆଉ ବାବନକୁ ମୁଁ ଖୋଲାଖୋଲି ସେ କଥା କହିପାରିଥାଆନ୍ତି । ଆହୁରି ମଧ୍ୟ ମୋର ବାବନ ଉପରେ ପୂର୍ଣ ମାତ୍ରାରେ ଭରସା ଅଛି ସେ ମନଯୋଗ ସହକାରେ ମୋ କାମଟିକୁ କରିଥାଆନ୍ତା ଓ ମୁଁ ମନା କରିଥିଲେ ସେ କଥାକୁ ମଧ୍ୟ ବାହାରେ କାହା ପାଖରେ ପ୍ରକାଶ କରିନଥାଆନ୍ତା । ଏ ବିଶ୍ୱାସ ତା' ଉପରେ ମୋର ପୁରାପୁରି ରହିଛି । ଏପରିକି ବେଲପତ୍ର ଚଢ଼ାଇଲା ବେଳେ ମୁଁ ତା ପାଖରେ ଉପସ୍ଥିତ ରହି ତାଙ୍କ ନା, ଗାଁ ଓ ଠିକଣା ବତାଇ ଦେଇ ପାରିଥାଆନ୍ତା । ବାବନ ମୋ' ଠାରୁ ତୋ' ସହିତ ତାଙ୍କର ସମ୍ପର୍କ କଥା ଶୁଣି ସେମିତି କିଛି ଖରାପ ଭାବିନଥାଆନ୍ତା । ମାତ୍ର ବାବନ ନୂଆ ନୂଆ ଠାକୁର ପୂଜା କରୁଛି । ଏ ପର୍ଯ୍ୟନ୍ତ ଠାକୁର ତାକୁ ସବାର ହୋଇନାହାନ୍ତି, ଯେମିତି ବଡ଼ ବାପାଙ୍କୁ ହୁଅନ୍ତି । ସେଥିପାଇଁ ସେ ବେଲପତ୍ର ଚଢ଼ାଇଲେ ସେପରି ସୁଫଲ ମିଳିବନି ଓ ଆମେ ସେଥରୁ କିଛି ଉପକୃତ ହେବାନି । ବଡ଼ ବାପା ବେଲପତ୍ର ଚଢ଼ାଇଲେ ଯେପରି ଫଲ ମିଳିପାରିବ । ସେଥିଲାଗି ମୁଁ ବାବନକୁ ନ କହି ବଡ଼ବାପାଙ୍କୁ କହିବାକୁ ବାଧ୍ୟ ହେଲି । ଆଉ ତୁ ଯେଉଁ କଥା ଭାବୁଛୁ ବଡ଼ବାପା ତାଙ୍କ ନାଁ ଶୁଣି ତାଙ୍କ ପରିଚୟ ଜାଣିପାରିବେ । କେବେ ନୁହେଁ, ସେ କେବେ ବି ମୋ କଥାରୁ ତାଙ୍କୁ ଚିହ୍ନି ପାରିବେ ନାହିଁ, ମୁଁ କେବଳ ତାଙ୍କ ନାଁ ବଡ଼ବାପାଙ୍କୁ କହିଛି । ତାଙ୍କ ଠିକଣା ବାବଦରେ କିଛି କହିନାହିଁ । ବଡ଼ ବାପା ବି ସେ ବିଷୟରେ ମୋତେ କିଛି ପଚାରିଲେ ନାହିଁ । ଅବଶ୍ୟ ଠାକୁରଙ୍କ ପାଖରେ ମାନସିକ କରି ଗୁଆ ରଖି ଝିଅ ନାଁ ସହିତ ପୁଅ ନାମରେ ଠାକୁରଙ୍କ ଉପରେ ବେଲପତ୍ର ଚଢ଼ାଇଲେ ସେମାନଙ୍କ ବାହାଘର ଲାଗି ଥିବା ପ୍ରତିବନ୍ଧକ ଦୂର ହୋଇଯାଏ ଏବଂ ବିନା ଅସୁବିଧାରେ କୌଣସି ରକମ ବିଶୃଙ୍ଖଳା ନ ଘଟି ସୁରୁଖୁରୁରେ ସେମାନଙ୍କର ବାହାଘର ହୋଇଥାଏ ।

ସୁନି କଥା ଶୁଣି ସତୀ ପଚାରିଲା "ସୁନି; ତାଙ୍କ ଠିକଣା ନ ଜାଣି ସେ କେମିତି ତାଙ୍କ ନାମରେ ବେଲପତ୍ର ଚଢ଼ାଇବେ ?"

"ସତୀ ବଡ଼ବାପା ମୋତେ ତାଙ୍କ କଥା ପଚାରିବାରୁ ମୁଁ କହିଲି, ବଡ଼ ବାପା ତୁମେ ତ ସତୀର ନାଁ ଓ ତାଙ୍କ ଗୋତ୍ର ଜାଣିଛ । ସତୀ ନାଁ ସହିତ ସେ ପୁଅର ନାଁରେ ବେଲପତ୍ର ଚଢ଼ାଇ ଦିଅ ।"

" ତୋ କଥା ଶୁଣି ସେ କ'ଣ କହିଲେ ?"

"ସେ ମୋ ପ୍ରସ୍ତାବରେ ରାଜି ହୋଇଗଲେ ।"

"ଠାକୁରଙ୍କ ଉପରେ ବେଲପତ୍ର ଚଢ଼ାଇଲେ କିଛି ଲାଭ ହେବ ବୋଲି ତୁ ଭାବୁଛୁ ?"

"ହଁ ସତୀ, ଝିଅ ନାଁ ସହିତ ପୁଅ ନାଁରେ ବେଲପତ୍ର ଚଢ଼ାଇଲେ ସେମାନଙ୍କ ମଧ୍ୟରେ ବାହାଘର ସୁବିଧାରେ ହୋଇଯାଏ ।"

“ଗୋଟିଏ ପକ୍ଷର ରାଜିରେ କ’ଣ କାମ ହୋଇଯିବ ? ଆମେ ତ ତାଙ୍କ ମନକଥା ଜାଣିନାହାଁନ୍ତି ?”

“ତାଙ୍କ ମନ କଥା ଜାଣିବା ଆମର ଦରକାର ନାହିଁ ।”

“ସେମିତିରେ କ’ଣ କାମ ହୋଇଯିବ ? ଠାକୁର କେମିତି ଜାଣିବେ ଯେ ଆମେ କହୁଥିବା ଲୋକଟି ସେହି ବୋଲି ?”

“ସତୀ ବଡ଼ ବାପା କହୁଥିଲେ । ପୁଅ ଘର ହେଉ କି ଝିଅ ପକ୍ଷ ହେଉ ତାଙ୍କ ଅଭିଭାବକ ଅର୍ଥାତ୍ ସେମାନଙ୍କ ବାପା, ମା’ ଉପବାସ ରହି ବ୍ରତ ପାଳନ କରିବେ । ମାନସିକ କରି ଗୁଆ ବସାଇ ସେମାନେ ପସନ୍ଦ କରିଥିବା ଝିଅ ନାଁ ସହିତ ପୁଅ ନାମରେ ଓ ପୁଅ ନାମ ସହିତ ଝିଅ ନାଁରେ ବେଲପତ୍ର ଠାକୁରଙ୍କ ଉପରେ ଚଢ଼ାଇଲେ କାର୍ଯ୍ୟ ସଫଳ ହୋଇଥାଏ । ଆହୁରି ମଧ୍ୟ ନାମ ସହିତ ସେମାନଙ୍କର ଗୋତ୍ର ଉଚ୍ଚାରଣ କରିବାକୁ ପଡ଼ିଥାଏ । ତାଙ୍କ କଥା ଶୁଣି ମୁଁ କହିଲି ବଡ଼ ବାପା ସତୀ ଘର ଲୋକ ଏ ବିଷୟରେ କିଛି ଜାଣନ୍ତି ନାହିଁ । ତୁମେ ତ ସତୀର ନାଁ ଓ ଗୋତ୍ର ଜାଣିଛ । ସେ ପିଲାର ନାମ ସହିତ ତୁମେ ସତୀ ନାଁରେ ବେଲପତ୍ର ଚଢ଼ାଇ ଦିଅ ।”

“ତୁ ତାଙ୍କ ନାମ କହିଲୁ ?” ସତୀ ପଚାରିଲା ।

“ହଁ ।”

“ସେ ତାଙ୍କ ନାଁ ଶୁଣି କିଛି କହିଲେ ନାହିଁ ?”

“ବଡ଼ ବାପା କେମିତି ଜାଣିବେ । ମୁଁ ଜମିଦାର ଘର ପୁଅଙ୍କ କଥା କହୁଛି ? ମୁଁ କେବଳ କହିଲି ସେ ପିଲାର ନାଁ ହେଲା ଅଧର । ତାଙ୍କ ନାମ ବ୍ୟତୀତ ତାଙ୍କ ବିଷୟରେ ମୁଁ ଆଉ ଅଧିକ କିଛି ଜାଣି ନାହିଁ ।”

“ଏତିକିରେ କ’ଣ କାମ ହୋଇଯିବ ବୋଲି ତୁ ଭାବୁଛୁ ?”

“ନିଶ୍ଚୟ ହେବ । ତୁ ଦେଖୁବୁ ରହିଥା ସତୀ । ଆଜି ତ ବଡ଼ ବାପା ତୋ’ ନାଁ ସହିତ ତାଙ୍କ ନାମରେ ବେଲପତ୍ର ଚଢ଼ାଇଥିବେ ।

“ଏମିତି କେତେ ଥର ବେଲପତ୍ର ଚଢ଼ାଇବାକୁ ପଡ଼ିବ ?”

“ପାଞ୍ଚପାଲି, ସତୀ ତୁ ଦେଖୁବୁ ଦୁଇ ପାଲି କିମ୍ବା ତିନି ପାଲି ବେଲପତ୍ର ଚଢ଼ା ହୋଇ ସାରୁ ଆମେ ନିଶ୍ଚୟ ତା’ର କିଛି (ସୁଫଳର) ପୂର୍ବାଭାସ ପାଇବା । କାମଟି ସୁବିଧାରେ ହୋଇ ଯିବାର ସଙ୍କେତ ଦେଖୁ ପାରିବା । କାର୍ଯ୍ୟ ସଫଳ ହେବାର ସୁରାକ ମିଳିବ । କାର୍ଯ୍ୟ ହାସଲ ହେବାର ଆଗୁଆ ଶୁଭ ସୂଚନା ପାଇଯିବା ।”

ସୁନି କଥା ଶୁଣି ସତୀ ଦୀର୍ଘ ନିଃଶ୍ୱାସଟିଏ ଛାଡ଼ି କେବଳ ଏତିକି କହିଲା, “ହେଉ ତୋ’ର ଇଚ୍ଛା ଯେମିତି ହେଉଛି ତୁ ସେମିତି କର । ଯାହାତୁ ଭଲ ଭାବୁଛୁ ଏବଂ ଯାହା ତୋ’ମନକୁ ଆସୁଛି । କିନ୍ତୁ ସାବଧାନ ଥିବୁ ଯେପରି ଆଲୁ ଖୋଲୁ ଖୋଲୁ ମହାଦେବ ନ ବାହାରନ୍ତି ।”

“ମହାଦେବ ମାଟି ତଳୁ ବାହାରବେ ନାହିଁ । ସିଏ ତ ସ୍ୱଦେହରେ ଆସି ତୋ’ ପାଖରେ ପହଞ୍ଚ ଗଲେଣି ।” ସତୀ କଥା ଶୁଣି ସୁନି ଏହା କହିଲା ।

“ସ୍ୱ ଦେହରେ ଆସି ପହଞ୍ଚ ଗଲେଣି” ? ସତୀ ଆଶ୍ଚର୍ଯ୍ୟ ହୋଇ ପଚାରିଲା ।

“ନୁହେଁ ତ ଆଉ କ’ଣ ? ଆମ ମହାଦେବ ହେଲେ ମନ୍ଦିରର ପଥର ଲିଙ୍ଗ । ଆଉ ତୋ ମହାଦେବ ହେଉଛନ୍ତି, ତୋ ମନର ମଣିଷ ଅଧର ବାବୁ । ଦେବଦେବ ମହାଦେବ । ସିଏ ତୋ’ ପାଇଁ ଭୋଲା ମହେଶ୍ୱର । ତୋ’ ପ୍ରାଣର ଠାକୁର । ହୃଦୟର ଦେବତା ଆଉ ଅନ୍ତରର ଅନ୍ତରତମ, ଏକାନ୍ତ ଅନ୍ତରଙ୍ଗ ।”

ସୁନିକୁ ସତୀ କହିଲା, “ସୁନି ଆମର କଥା ଥିଲା– ଆମର ଏକଥା ଯେପରି ଆମ ଦୁଇ ଜଣଙ୍କ ମଧ୍ୟରେ ସୀମିତ

ରହିବ । କେହି ବାହାରେ ପ୍ରକାଶ କରିବା ନାହିଁ । ତୁ ତ ପ୍ରଥମେ ତୋ ଜବାବ ଭାଙ୍ଗି ଠାକୁର ବାବାଙ୍କୁ ଏକଥା କହି ସାରିଲୁଣି ।"

"ସତୀ ମୁଁ ତୋ ଭଲ ପାଇଁ ତାଙ୍କୁ ଏକଥା କହିଲି । ସେଥିରେ ତୋ'ର ଉପକାର ହେବ, କିଛି ବି କ୍ଷତି ହେବନି ।"

"ଶୁନି ତୁ ଠାକୁର ବାବାଙ୍କୁ କହିଲୁ । ପଚାରିଲେ, ସଫେଇ ଦେଉଛୁ । ମୋର ଉପକାର ପାଇଁ କହିଛୁ । ସେମିତି ଠାକୁର ବାବା ଆଉ କାହାକୁ କହିଦେବେ । ତାଙ୍କୁ ପଚାରିଲେ ସେ ଉତ୍ତର ଦେବେ– ତୁମମାନଙ୍କର ମଙ୍ଗଳ ପାଇଁ ମୁଁ କହିଛି । ତାଙ୍କଠାରୁ ଶୁଣିଥିବ । ସେ ଲୋକଟି ଆଉ କାହାକୁ କହିବ, ତାକୁ ପଚାରିଲେ ସେ ବୁଝାଇ ବସିବ– ତୁମର ଭଲ ଲାଗି ମୁଁ କହିଛି । ଏମିତି କଥାଟିକୁ ପାଞ୍ଚ ଲୋକ ଜାଣିବେ ଏବଂ ତାହା ପଚିଶ କାନକୁ ବ୍ୟାପିଯିବ ଓ କଥାଟି ଶେଷରେ ହାତରେ ପଡ଼ି ଦାଣ୍ଡରେ ଗଡ଼ିବ ।

"ସେମିତି କାହିଁକି ଭାବୁଛୁ ସତୀ । ମୁଁ କ'ଣ ତୋ'ର କ୍ଷତି ଘଟାଇବା ପାଇଁ ତାଙ୍କୁ ଏକଥା କହିଛି ? ତୋତେ ଅସୁବିଧାରେ ପକାଇବା କ'ଣ ମୋର ଲକ୍ଷ୍ୟ । ତୋ' ଲାଗି ଅଡୁଆ ସୃଷ୍ଟି କରିବା କ'ଣ ମୋର ଉଦ୍ଦେଶ୍ୟ ? ତୋ' ପାଇଁ ଅନର୍ଥ କାଢ଼ିବା କ'ଣ ମୋର ଇଚ୍ଛା ?"

"ତୋ'ର ଲକ୍ଷ୍ୟ ଯାହା ହେଉନା କାହିଁକି । ତୋ'ର ଯେପରି ଉଦ୍ଦେଶ୍ୟ ଥାଉ । ତୋର ଇଚ୍ଛା ଯାହା ହେଉ, ତୁ ଯେମିତି ଚାହୁଁଥା ପଛେ, ତୋର ଆଭିମୁଖ୍ୟ ତେଣିକି ଯାହା ଥାଉ । ତୁ ଅବାସ୍ତବ କଥା ଚିନ୍ତା କରୁଛୁ । ଅଦ୍ଭୁତ କଳ୍ପନା କରି ବସୁଛୁ । ଅସମ୍ଭବ ଭାବନାକୁ ରୂପ ଦେବାକୁ ଯୋଜନା କରୁଛୁ । ଅନାଗିଲା କଥାକୁ ଧରି ବସୁଛୁ । କାହିଁ ଜମିଦାର ଘର ଉଚ୍ଚ ଶିକ୍ଷିତ ପୁଅ ଆଉ ମୁଁ । ଆମ ସାଇ ପରି ଗୋଟେ ନିରାଟ ମଫସଲ ଅଖ୍ୟାତ ପଲ୍ଲୀର ନିପଟ ଗାଁ ଗହଲିର ଅନାମଧେୟ ବଂଶର ପରିଚୟହୀନ ପରିବାରର ଅପାଟୋଇ ଝିଅକୁ ତୁ କାହା ସହିତ ତୁଳନା କରୁଛୁ ।

ସେପରି ଭାବନା ଆଦୌ ମନରେ ଆଣେନା ସତୀ । ସେପରି କଳ୍ପନାକୁ ହୃଦୟରେ ସ୍ଥାନ ଦେୟନା । ସେଭଳି ଯୋଜନା ଅନ୍ତରରେ ପୋଷଣ କଥରନା । ସେମିତିକା କଥା ମନରେ ଧରି ବସନା । ସେମିତି ଚିନ୍ତା ଜମା କରନା । ଠାକୁର ଚାହିଁଲେ ସବୁ ହୋଇଯିବ । ଅସମ୍ଭବ– ସମ୍ଭବ ହେବ । ଅବାସ୍ତବ-ବାସ୍ତବର ରୂପ ନେବ । ନ ହେବା କଥା ହୋଇଯିବ । ତୁ ଯାହାକୁ ଅଦ୍ଭୁତ ଭାବୁଛୁ । ସେ ଖୁବ୍ ସହଜ, ସରଳ, ସୁଗମ ଭାବରେ ହୋଇଯିବ । ଠାକୁରଙ୍କ ଇଚ୍ଛାରେ ତ ଏ ସୃଷ୍ଟି ଟିଷ୍ଟି ରହିଛି ଏବଂ ପରିଚାଳିତ ହେଉଛି ମଧ । ସୂର୍ଯ୍ୟ, ଚନ୍ଦ୍ର ଆଟଜାତ ହେଉଛନ୍ତି । ଦିନ ରାତି ହେଉଛି– ଗ୍ରୀଷ୍ମ ଯାଇଛି । ବର୍ଷା ହେଉଛି । ଶୀତ ଆସୁଛି । ବସନ୍ତ ଫେରୁଛି । ଶରତ ଲେଉଟୁଛି । ହେମନ୍ତ ଅନୁଭୂତ ହେଉଛି । ଯଦି ଗୋବର ଖାତର କଇଁ ଚନ୍ଦ୍ରଙ୍କ ପରି ରୂପବାନ ଦେବତାଙ୍କ ପ୍ରେୟସୀ ହୋଇପାରିଲା ପଙ୍କ ଗଡ଼ିଆର ପଦ୍ମ ହେଲା ସୂର୍ଯ୍ୟଙ୍କ ପରି ତେଜିଆନ ପୁରୁଷଙ୍କ ପ୍ରଣୟିନୀ । ଗୋପ ଗୋଉଡୁଣୀ ରାଧାଙ୍କ ପ୍ରେମ ଫାଶରେ ଅବତାର ପୁରୁଷ କୃଷ୍ଣ ବାନ୍ଧି ହୋଇ ପାରିଲେ । ବିଧବା ମୀରାଙ୍କ ପାଖରେ ଶ୍ୟାମ ନାଗର ଧରା ଦେଲେ । ତେବେ ତୁ ଜମିଦାର ଘର ପୁଅ ପାଇଁ ଉପଯୁକ୍ତା ହୋଇପାରିବୁନି କାହିଁକି ?"

"ଶୀଳ ଭାରବତୀ କାନ୍ତା, ପୁଷ୍ପ ଭାରବତୀ ଲତା, ଅର୍ଥ ଭାରବତୀ ବାଣୀ ଭବତେ କାମ– ପିଶ୍ରିୟମ ।" ସୁଶୀଳ ରମଣୀ, ପୁଷ୍ପ ସମ୍ଭାରରେ ପରିପୂର୍ଣ୍ଣ ଲତା ଓ ଭାବ ଗମ୍ଭୀର ଭାଷା ଅଚିନ୍ତନୀୟ ସୌନ୍ଦର୍ଯ୍ୟର ଅଧିକାରୀ ହୁଅନ୍ତି । ତୁ ତ ସୁଶୀଳ ରମଣୀ । ତେଣୁ ତୁ ଜମିଦାର ଘର ପୁଅ ଲାଗ ଉପଯୁକ୍ତା ହୋଇପାରିବୁ ।"

"ଶୁନି ତୁ ବସିବସି ସ୍ୱପ୍ନର କୋଣାର୍କ ଗଢୁଥା । କଳ୍ପନାର ତାଜମହଲ ତୋଲୁଥା । ଆଉ ନିର୍ମାଣ କର ରୂପ କଥାର ମିନାର । ତୋତେ କିଏ କାହିଁକି ସେଥିପାଇଁ ବାରଣ କରିବ ।"

"ସତୀ ତୁ ବୋଧେ ଜାଣିନୁ ଏହି ଭଲ ପାଇବାରୁ ହିଁ ତାଜମହଲ ଓ କୋଣାର୍କର ସୃଷ୍ଟି । ଶାହାଜାହାନ ତାଙ୍କ

ପ୍ରିୟତମା ପତ୍ନୀ ମମତାଜଙ୍କ ସ୍ମୃତିରେ ସପ୍ତାଶ୍ଚର୍ଯ୍ୟର ଅନ୍ୟତମ ସ୍ମାରକୀ ତାଜମହଲ ତୋଳିଥିଲେ । ଆଉ ସୂର୍ଯ୍ୟପୁରାଣ ଅନୁସାରେ ଶ୍ରୀକୃଷ୍ଣ ଓ ଜାମ୍ବବତୀଙ୍କ ପୁତ୍ର ଶାମ୍ବ ଅର୍କ କ୍ଷେତ୍ରରେ, ଚନ୍ଦ୍ରଭାଗା ତୀରରେ, ସାଗର ସଙ୍ଗମ ସ୍ଥଳରେ ତା'ର ସେତେବେଳର ନାମ ମୈତ୍ରେୟବନ'ରେ ତପସ୍ୟା କରି କୁଷ୍ଠ ରୋଗରୁ ମୁକ୍ତିଲାଭ କରିବା ପରେ ପ୍ରଥମ ସୂର୍ଯ୍ୟ ମନ୍ଦିର ନିର୍ମାଣ କରିଥିଲେ । ସେ ମନ୍ଦିର ଭାଙ୍ଗି ଯିବା ପରେ ନବମ ଶତାଦ୍ଧୀର ଶେଷ ଭାଗରେ କେଶରୀ ବଂଶର ନରପତି ସୁବର୍ଣ୍ଣ କେଶରୀଙ୍କ ବଡ଼ ଭାଇ ପୁରନ୍ଦର କେଶରୀ ଦ୍ୱିତୀୟ ମନ୍ଦିର ନିର୍ମାଣ କରାଇଥିଲେ । ଗଙ୍ଗ ବଂଶର ନରପତି ନରସିଂହ ଦେବ ପ୍ରଥମ (୧୨୩୮–୧୨୬୪)ଙ୍କ ନିଜ ମାତା କସ୍ତୁରୀ ଦେବୀ ପ୍ରତିଦିନ ସୂର୍ଯ୍ୟଙ୍କୁ ପୂଜା କରୁଥିଲେ । ସେ ତାଙ୍କ ମାତାଙ୍କୁ ଏତେ ଭଲପାଉଥିଲେ ଓ ଭକ୍ତି କରୁଥିଲେ ଯେ, ମାଦଳା ପାଞ୍ଜି ଅନୁଯାୟୀ ନରସିଂହ ଦେବ ଯୁଦ୍ଧରେ ବିଜୟ ଲାଭ କରିବା ପରେ, ମାତାଙ୍କ ଅନୁରୋଧ କ୍ରମେ ସୂର୍ଯ୍ୟ ଉପାସନା ପାଇଁ ୧୨ ଶହ କାରିଗରଙ୍କ ଦ୍ୱାରା ୧୨ ବର୍ଷରେ ରାଜ୍ୟର ୧୬ ବର୍ଷର ରାଜସ୍ୱ ବ୍ୟୟ କରି ଅର୍କ କ୍ଷେତ୍ରରେ ବିଶ୍ୱ ପ୍ରସିଦ୍ଧ ସୂର୍ଯ୍ୟ ମନ୍ଦିର ନିର୍ମାଣ କରିଥିଲେ । ୧୨୫୬ ମସିହା ମାଘ ମାସ ଶୁକ୍ଳ ସପ୍ତମୀ ତିଥି ରବିବାର ଦିନ ବିଗ୍ରହ ପ୍ରତିଷ୍ଠା କରାଇଥିଲେ । (ବାମାଟକଡ଼ା)

ସମଗ୍ର ବିଶ୍ୱରେ ଭଗବାନ ସୂର୍ଯ୍ୟଦେବ ପ୍ରତ୍ୟକ୍ଷ ଦେବତା ଅଟନ୍ତି । ସେ "ଦ୍ୟୁ" ସ୍ଥାନୀୟ ଦେବଗଣରେ ଅନ୍ତର୍ଭୁକ୍ତ । ଭଗବାନ ସବିତା ଦେବ, ବିଶ୍ୱରେ ଭାରତ ତଥା ମେକ୍ସିକୋରେ ସୂର୍ଯ୍ୟ ପୂଜା ଲାଗି ପ୍ରସିଦ୍ଧ । ଗ୍ରୀକ୍ ପୌରାଣିକ କଥାରେ ଭଗବାନ ସବିତା ଦେବଙ୍କୁ ଆପୋଲୋ ବୋଲି ସମ୍ବୋଧନ କରାଯାଇଛି । ତେବେ ବୈଦିକ ଯୁଗରୁ ଭାରତବର୍ଷରେ ସୂର୍ଯ୍ୟ ପୂଜାର ସୂତ୍ରପାତ ଘଟିଥିବା ଋକ୍ ବେଦରୁ ଜଣାପଡ଼େ । "ସସୂର୍ଯ୍ୟ ପ୍ରତିପୁଭୋ ନଉଉଡ଼ଗା ଏଭିଃ ସ୍ତୋମେଭିରେତ ଶୋଭିରେବୈଃ ପ୍ରନୋମିତ୍ରାୟ କରୁଣାୟ ବୋଟୋଃନାଗସୋ ଅର୍ଯ୍ୟମ୍ନୋ ଅଗ୍ରୟେତ ।" (ଋକ ମଣ୍ଡଳ ୧ ସୁକ୍ତ, ୬୭ ମନ୍ତ୍ର) ଅର୍ଥାତ୍ ହେ ସବିତୃ ଦେବ ଆପଣ ଉକ୍ତ ସ୍ତୋତ୍ର ଶ୍ରବଣ କରି ବେଗଗାମୀ ଅଶ୍ୱ ସହିତ, ଆମ୍ଭମାନଙ୍କ ସମ୍ମୁଖରେ ଉଦିତ ହେଉଛନ୍ତି । ଆମ ଭଳି ନିଷ୍ପାପ ମାନବର କଥା ବରୁଣ ଅର୍ଯ୍ୟାମା, ଅଗ୍ନି ପ୍ରଭୃତି ଦେବତାଙ୍କୁ ଜଣାଇ ଦେବ । ଅର୍ଥାତ ଭଗବାନ ସୂର୍ଯ୍ୟ ଦେବଙ୍କ ବାହ୍ୟ ଶରୀର ସୁନେଲି ଜ୍ୟୋତି ପିଣ୍ଡ ଦ୍ୱାରା ଆଚ୍ଛାଦିତ । ସେହି ଆଦିତ୍ୟ ପିଣ୍ଡ ମଧ୍ୟରେ ଯେଉଁ ଚେତନ ପୁରୁଷ ବିଦ୍ୟମାନ ସେ ମୁଁ ହିଁ ଅଟେ । ଅଥର୍ବ ବେଦରେ ସୂର୍ଯ୍ୟଙ୍କ ମହିମା ବିଷୟରେ ବ୍ୟକ୍ତ ହୋଇଛି କି "ସୂର୍ଯ୍ୟୋମେ ଚକ୍ଷୁର୍ବାତଃ ପ୍ରାଣୋଃନ୍ତରୀକ୍ଷମାମ୍ଯା ପୃଥିବୀ ଶରୀରମ୍ (ଅଥର୍ବ ମଣ୍ଡଳ ୫/ସୁକ୍ତ ୯/ ମନ୍ତ୍ର ୧) ।" ସୂର୍ଯ୍ୟ ହିଁ ମୋର ନେତ୍ର, ବାୟୁ, ମୋର ପ୍ରାଣ, ଅନ୍ତରୀକ୍ଷ ମୋର ଆତ୍ମା ତଥା ପୃଥିବୀ ମୋର ଶରୀର ଅଟେ । ବେଦମାନଙ୍କରେ ସୂର୍ଯ୍ୟଦେବଙ୍କ ଏପରି ବର୍ଷନାମାନ ଉପଲବ୍ଧ ହୋଇଛି ।

ବୈଦିକ ଯୁଗ ପରବର୍ତ୍ତୀ ରଚନା ବ୍ରାହ୍ମଣ, ଆରଣ୍ୟକ ଓ ଉପନିଷଦ ମାନଙ୍କରେ ସୂର୍ଯ୍ୟ ବ୍ରହ୍ମଭାବେ ଉପାସିତ । ଶତପଥ ବ୍ରାହ୍ମଣରେ ଅଦିତ୍ୟଙ୍କ ଜନ୍ମ ସର୍ବ ପ୍ରଥମ । ଏତରେୟ ବ୍ରାହ୍ମଣରେ ସୂର୍ଯ୍ୟ କ୍ଷତ୍ରୀୟମାନଙ୍କ ରାଜା ବୋଲି କୁହାଯାଇଛି । ଛାନ୍ଦୋଗ୍ୟ ଉପନିଷଦରେ "ଆଦିତ୍ୟୋ ବ୍ରହ୍ମେତି" ବୋଲି କୁହାଯାଇଛି । ମହେଞ୍ଜୋଦାରୋ ଓ ହରପ୍ପାରୁ ମିଳିଥିବା ସିଲ୍ ଓ କେତେକ ଚିତ୍ରରୁ – ପନ୍ତତ୍ତ୍ୱବିଦ୍ମାନେ ଆଜକୁ ପାଞ୍ଚ ହଜାର ବର୍ଷ ପୂର୍ବରୁ ଭାରତରେ ସୂର୍ଯ୍ୟ ପୂଜାର ପ୍ରଚଳନ କଥା ବ୍ୟକ୍ତ କରିଛନ୍ତି । ରାମାୟଣ ବର୍ଣ୍ଣନା ଅନୁସାରେ ବଶିଷ୍ଠଙ୍କ ପରାମର୍ଶକ୍ରମେ ପ୍ରଭୁ ଶ୍ରୀରାମ "ଆଦିତ୍ୟ ହୃଦୟ ସ୍ତୋତ୍ର" ପାଠ କରି ରାବଣକୁ ଜୟ କରିଥିଲେ । ମହାଭାରତରେ ଧର୍ମରାଜ ଯୁଧିଷ୍ଠିର "ସୂର୍ଯ୍ୟୋଃଷ୍ଠୋର ଶତନାମ" ପାଠ କରି ସୂର୍ଯ୍ୟଙ୍କୁ ସନ୍ତୁଷ୍ଟ କରିଥିଲେ । ଅଗ୍ନି, ଗରୁଡ଼, ଭବିଷ୍ୟ, କୁର୍ମ, ବିଷ୍ଣୁ, ସ୍କନ୍ଦ ପ୍ରଭୃତି ପୁରାଣ ମାନଙ୍କରେ ଭଗବାନ ସୂର୍ଯ୍ୟଦେବଙ୍କ ଅଶେଷ ମହିମା ମାନ ଗାନ କରାଯାଇଛି । କୁର୍ମ ପୁରାଣରେ ସୂର୍ଯ୍ୟଙ୍କ ମାନବୀକରଣ ତଥା ଦ୍ୱାଦଶାଦିତ୍ୟ ପ୍ରସଙ୍ଗ ଆସିଥାଏ । ସେ ପ୍ରଥମେ ଅଦିତିଙ୍କଠାରୁ ଜନ୍ମ ହେତୁ ଆଦିତ୍ୟ ରୂପେ ଅଭିହିତ । ଧାତା, ଅର୍ଯ୍ୟମା, ମିତ୍ର, ବରୁଣ, ଇନ୍ଦ୍ର, ବିବସ୍ୱାନ, ପୂଷା, ପର୍ଜନ୍ୟ, ଅଂଶୁ, ଭଗ, ତ୍ୱଷ୍ଟା ତଥା ବିଷ୍ଣୁ ଏମାନେ ଦ୍ୱାଦଶାଦିତ୍ୟ ଭାବେ ଅଭିହିତ । ଦ୍ୱାଦଶା ଦିତ୍ୟର ନାମ ଓ କ୍ରମ ବିଭିନ୍ନ

ପୁରାଣରେ ବିଭିନ୍ନତା ଦେଖାଯାଏ । ବ୍ରହ୍ମ ପୁରାଣ, ଶାମ୍ବ ପୁରାଣରେ ସୂର୍ଯ୍ୟ, ଶ୍ୱେତ ଦ୍ୱୀପରେ, ବିଷ୍ଣୁ, କୁଶଦ୍ୱୀପରେ, ମହେଶ୍ୱର, ପୁଷ୍କଦ୍ୱୀପରେ ବ୍ରହ୍ମା ଓ ଶାକ ଦ୍ୱୀପରେ ଭାସ୍କର ଭାବେ ଉପାସିତ ହେବା କଥା କୁହାଯାଇଛି ।

ଶାମ୍ବ ଅତୀବ ରୂପବନ୍ତ । ନିଜ ସୌନ୍ଦର୍ଯ୍ୟରେ ସେ ଗର୍ବ କରନ୍ତି । ନାରଦଙ୍କୁ ମଧ୍ୟ ଅପମାନିତ କରନ୍ତି । ଏକଦା ନାରଦ କୂଟନୀତି ପ୍ରୟୋଗ କରି ରୈବତକ ପର୍ବତକୁ ଶାମ୍ବଙ୍କୁ ପଠାଇଲେ । ସେଠାରେ ଦେବକନ୍ୟା ମାନେ ସ୍ନାନରତ ଥିଲେ । ସେମାନେ ଶାମ୍ବଙ୍କୁ ଦେଖି କାମନା ବିହ୍ବଳିତା ହୋଇ ଶାମ୍ବଙ୍କୁ ଆଲିଙ୍ଗନ କଲେ । ଏତିକି ବେଳେ କୃଷ୍ଣ ସେଠାରେ ପହଞ୍ଚ ଏସବୁ ଦୃଶ୍ୟ ଦେଖି କ୍ରୋଧ ଜର୍ଜରିତ ହୋଇ କୁଷ୍ଠ ରୋଗ ଦ୍ୱାରା ଆକ୍ରାନ୍ତ ହୋଇ ସୌନ୍ଦର୍ଯ୍ୟ ନଷ୍ଟ ହେଉ ବୋଲି ଶାପ ଦେଲେ । ଫଳରେ ଶାମ୍ବ ବ୍ୟାଧ୍ୟଗ୍ରସ୍ତ ହୋଇପଡ଼ିଲେ । ପରେ ନାରଦଙ୍କ ପରାମର୍ଶ କ୍ରମେ ସେ ମୈତ୍ରେୟବନ କୋଣାର୍କକୁ ଆସି ତପସ୍ୟା କରି ସୂର୍ଯ୍ୟଙ୍କୁ ସନ୍ତୁଷ୍ଟ କରିଥିଲେ । ସୂର୍ଯ୍ୟଦେବ ସନ୍ତୁଷ୍ଟ ହୋଇ ଶାମ୍ବଙ୍କୁ ରୋଗମୁକ୍ତ କରି ପୁନଶ୍ଚ ସୌନ୍ଦର୍ଯ୍ୟ ମଣ୍ଡିତ କଲେ। ସୂର୍ଯ୍ୟ ସେତେବେଳେ ନିର୍ଦ୍ଦେଶ ଦେଇଥିଲେ ଯେ ସର୍ବତ୍ର ସୂର୍ଯ୍ୟ ଉପାସନା ଥିଲେ ବି କେଉଁଠି ମନ୍ଦିର ନାହିଁ । ଏଣୁ ତାଙ୍କ ଲାଗି ମନ୍ଦିର ନିର୍ମାଣ ପୂର୍ବକ ଉପାସନା କରାଯିବା ବିଧେୟ । ସ୍ନାନ ସମୟରେ ସୂର୍ଯ୍ୟଙ୍କ ଏକ ପ୍ରତିମୂର୍ତ୍ତି ମଣି ବିଗ୍ରହ ପାଇ ସେଠାରେ ମନ୍ଦିର କରି ଉପାସନା କରିଥିଲେ। ତା'ପରେ କାଲୁପୀ ଓ ମୁଲତାନଠାରେ ମଧ୍ୟ ମନ୍ଦିର କରିଥିଲେ। ଶାମ୍ବ ପୁରାଣ ବର୍ଣ୍ଣନା ଅନୁସାରେ ସୂର୍ଯ୍ୟଦେବ ଶାକ ଦ୍ୱୀପରୁ ମଗ ବ୍ରାହ୍ମଣ ଆଣି ଉପାସନା ଲାଗି ପ୍ରବର୍ତ୍ତାଇ ଥିଲେ । "ତନ୍‌ମଗାନ୍ ମମ ପୂଜାର୍ଥ ଶାକଦ୍ୱୀପାଦିହ୍ୟନୟ ।" ଓଡ଼ିଶାରେ ଶାକ ଦ୍ୱୀପୀ ବ୍ରାହ୍ମଣମାନେ ଗ୍ରହବିପ୍ର, ଗ୍ରହାଚାର୍ଯ୍ୟ ଭାବେ ପରିଚିତ ।

"ତା' ହେଲେ ତୁ ଏଠି ତାଙ୍କ ପାଇଁ ନିର୍ଦ୍ଦିଷ୍ଟ କିଛି ଗୋଟେ ସ୍ମାରକୀ ଗଢ଼ିବୁ । ଯାହାକୁ ଦେଖି ସମସ୍ତେ ସାହାଜାହନ ଓ ନରସିଂହଦେବ (ପ୍ରଥମ)ଙ୍କ ପରି ତୋ' କଥା ମଧ୍ୟ ମନେ ପକାଇବେ ।"

"ନା ସତୀ, ମୁଁ ଗଢ଼ିବିନି । ଗଢ଼ିବୁ ତୁ । ତୁ ତାଙ୍କ ପାଇଁ ସ୍ମାରକୀ ତୋଳିବୁ । ପ୍ରେମର ସ୍ମାରକୀ । ପ୍ରଣୟର ମିନାର । ଭଲ ପାଇବାର ସ୍ମୃତିସ୍ତମ୍ଭ । ସେତେବେଳ ସିନା ଶାହାଜାହନ ତାଙ୍କ ପ୍ରିୟତମା ପତ୍ନୀ ମମତାଜଙ୍କ ପାଇଁ ତାଜମହଲ ଗଢ଼ିଥିଲେ । ଏଠି ତୁ ତୋ' ପ୍ରିୟ ପୁରୁଷଙ୍କ ଲାଗି ପ୍ରେମର ସ୍ମାରକୀ ପ୍ରଣୟର ମିନାର । ଭଲ ପାଇବାର ସ୍ମୃତିସ୍ତମ୍ଭ ତୋଳିବୁ । କାରଣ ତୁ ତାଙ୍କୁ ଭଲ ପାଉଛୁ । ମୁଁ ନୁହେଁ, ତୁ ତାଙ୍କୁ ପ୍ରେମ କରୁଛୁ । ମୁଁ କରୁନି । ତୁ ତାଙ୍କ ପ୍ରଣୟରେ ବିଭୋର ହୋଇଛୁ । ମୁଁ ହୋଇନି ।"

"ହଉ ବହୁତ କହିଲୁଣି । ଏବେ ଚାଲ ଘରକୁ ଯିବା ।"

"କ'ଣ ତାଙ୍କୁ ଦେଖା ନ କରି ? ତାଙ୍କ ସାକ୍ଷାତ ନ ପାଇ? ତାଙ୍କୁ ପାଦୁକ ନ ଦେଇ ? ବିଭୂତି ଟିପା ତାଙ୍କ କପାଳରେ ନ ଲଗାଇ ? ତାଙ୍କ ସାନ୍ନିଧ୍ୟ ତଳେ ଠିଆ ନ ହୋଇ ? ତାଙ୍କ ଦେହ ଛୁଆଁର ପରଶ ଲାଭ ନ କରି ? ତାଙ୍କ ଆଖି ସହିତ ଆଖି ନ ମିଶାଇ ? ତାଙ୍କ ଠାରୁ କିଛି ଆଦାୟ ନ କରି ? ତାଙ୍କ ଦର୍ଶନ ନ ମିଳିବା ପୂର୍ବରୁ? ତାଙ୍କୁ ଭେଟିବା ଆଗରୁ ?"

"ସୁନି ତୁ ଭାରି ଫାଜିଲ ହୋଇଗଲୁଣି । ତୋତେ କ'ଣ ଚଗଲାମି କରିବାକୁ କେଉଁଠି ଜାଗା ମିଳୁନି ନା ଲୋକ ମିଳୁ ନାହାଁନ୍ତି ଦୁଷ୍ଟାମୀ ହେବା ଲାଗି ?"

"ହଁ ସତୀ, ମୋ ଫାଜିଲାମି ଏବେ ତୋତେ ଖରାପ ଲାଗୁଥିବ । ମୋ' ଦୁଷ୍ଟାମୀ ତୋତେ ଏଣିକି ଅସହ୍ୟବୋଧ ହେଉଥିବ । ମୋ' ଚଗଲାମୀ ବର୍ତ୍ତମାନ ତୋ'ର ଆଉ କେଉଁ କାମକୁ ଆସିବ ? ଏମିତିକି ମୁଁ ସୁଦ୍ଧା ତୋତେ ଦୃଷ୍ଟି କଟୁ ହେଉଥିବି । ଯେତେବେଳେ ସିଏ... ।"

"ସିଏ – କିଏ ?" ସତୀ ପଚାରିଲା ସୁନିକୁ । "କଥା ଅଧା ରଖି ଦେଲୁ ?"

"ହଁ ଲୋ ସତୀ ଏଣିକି ମୋ କଥାସବୁ ଅଧା ରହିବ। ପୂରା କରିବାକୁ ମୁଁ ଆଉ ସମୟ କିମ୍ବା ସୁବିଧା ଅଥବା ସୁଯୋଗ ପାଇପାରିବି ନାହିଁ। ମୁଁ ଏବେ କେବଳ କଥା ଅଧା ରଖିବି ନାହିଁ। ତୋ ସହିତ ମୋର ମିଳାମିଶା ଅଧା ରହିବ। ମୁଁ ତୋ'ର ଅଧା ସାଙ୍ଗ ହୋଇ ରହିବି। ଅଧା ବାନ୍ଧବୀ ହୋଇ ମଧ୍ୟ। ଅଧା ବାଟରେ ଭେଟ ହୋଇଥିବା ପଥିକ ପରି। ପୂରା କରିବା ଲୋକ ତ ଆସି ପହଞ୍ଚ ଗଲେଣି। ତୁ ତାଙ୍କ ସାଙ୍ଗରେ ଫାଜିଲାମି ହେବୁ। ସିଏ ତୋ' ସହିତ ଦୁଷ୍ଟାମୀ କରିବେ। ତୁମ ଦୁହିଁଙ୍କ ମଧ୍ୟରେ ଏଣିକି ଚଗଲାମୀ ଚାଲିବ। ଆମକୁ ଆଉ ପଚାରିବ କିଏ ? ତୁ କିମ୍ବା ସିଏ ? କଥାରେ ନାହିଁ। "ହୀୟତେ ହି ମତିସ୍ତାତ ! ହୀନୈଃ ସହ ସମାଗମାତ ସମୈଶ୍ଚ ସମତାମେତି ବିଶିଷ୍ଟୈଶ୍ଚ ବିଶିଷ୍ଟତାମ୍" ଅର୍ଥାତ ନୀଚ ଲୋକର ସାନ୍ନିଧ୍ୟରେ ଆସିବା ଫଳରେ ମନ ନୀଚ ହୋଇଯାଏ। ସମାନ ଗୁଣ ବିଶିଷ୍ଟ ଲୋକର ସହାଚର୍ଯ୍ୟରେ ପୂର୍ବବତ୍ ରହେ। କିନ୍ତୁ ବିଶିଷ୍ଟ ଲୋକର ସାହଚର୍ଯ୍ୟ ଫଳରେ ମନ ଉତ୍କର୍ଷ ପ୍ରାପ୍ତ ହୁଏ। ସତୀ ତୁ ଯେତେବେଳେ ଅଧର ବାବୁଙ୍କ ପରି ମହତ୍ ଗୁଣ ବିଶିଷ୍ଟ ଲୋକର ସଂସ୍ପର୍ଶରେ ଆସିଲୁଣି ଆଉ ଏଣିକି ମୋ' ଭଳି ନୀଚ ଲୋକର ସାହଚର୍ଯ୍ୟ ପାଇବାକୁ କାହିଁକି ଇଚ୍ଛା କରିବୁ ? ଆଶା ରଖିବୁ କିମ୍ବା ମନ ବଳାଇବୁ ?"

ସେ ଦୁହିଁଙ୍କର ଏହିପରି କଥାବାର୍ତ୍ତା ଚାଲିଥିଲା ବେଳେ ସିଏ ଆସି ପହଞ୍ଚଗଲେ। ଗୋଡ଼ ହାତ ଧୋଇ ଠାକୁରଙ୍କୁ ଜୁହାର ହେଲେ। ଏଥର ତାଙ୍କୁ ପାଦୁକ ଦେବା ପାଇଁ ସତୀକୁ ଅନୁରୋଧ କରିବାକୁ ସୁନିକୁ ପଡ଼ିଲା ନାହିଁ। ସତୀ ଏଥର ରୁଷି ନଥିଲା। ତାଙ୍କୁ ପାଦୁକ ନ ଦେବା ପାଇଁ ଅଡ଼ି ବସି ନଥିଲା। ବିଭୂତି ଟିପା ଲଗାଇ ନ ଦେବା ଲାଗି ଅକଡ଼ାଇ ନଥିଲା। ଆଉ ଜିଦ୍ ଧରି ନଥିଲା ଅଧରଙ୍କ ସାନ୍ନିଧ୍ୟ ତଳେ ଠିଆ ନ ହେବାକୁ କିମ୍ବା ତାଙ୍କ ଆଖି ସହିତ ନିଜ ଆଖି ନ ମିଶାଇବାକୁ ଅକ୍ଷକ୍ଷଣ ପାଇଁ ହେଲେ ମଧ୍ୟ। ସତୀକୁ ସେ କାମ ଲାଗି ସୁନିକୁ ଖୁସାମନ୍ତ କରିବାକୁ ପଡ଼ିଲା ନାହିଁ। ସତୀ ଆଗ ଥର ପରି ଏଥର ନ ଅକଡ଼ାଇ, ଜିଦ୍ ନ ଧରି, ଆଣ୍ଠ ନ ଦେଖାଇ, ଗରିମା ପ୍ରକାଶ ନ କରି, ଅମଙ୍ଗ ନ ହୋଇ, ରୁଷି ନ ବସି, ମନା ନ କରି, ଅଡୁଆ ନ କାଢ଼ି, ଅଭିମାନ ନ ଆଣି, ଅଭିଯୋଗ ନ ବାଢ଼ି ସବୁ କାମ ପୂର୍ବ ନିର୍ଦ୍ଧାରିତ କାର୍ଯ୍ୟସୂଚୀ ଅନୁଯାୟୀ କରିଥିଲା। ସେ କାମ କରିବା ପାଇଁ କେହି କାହାରିକୁ କିଛି କହିବାର ଆବଶ୍ୟକ ଅନୁଭବ କରି ନଥିଲେ।

ସତୀ ତ ସବୁ କଥା ମାନିଯାଇଛି। ସୁନିର ଅନୁମାନ ସତ ହୋଇଛି। ସେହି କଥାର ସ୍ୱୀକାରୋକ୍ତି ସେ ସତୀ ମୁହଁରୁ ଶୁଣିଲା ପରେ ତା' ମନରେ ରହିଥିବା ସନ୍ଦେହର କଳା ବାଦଲ ଅପସରି ଯାଇଛି। ସେହି କଳା ବାଦଲ ସୁନିର ମନ ଆକାଶରୁ ଅପସରି ଯାଇ ସତୀର ଚିନ୍ତା ରାଜ୍ୟରେ ଘୋଟି ରହିଛି। ସତୀ ସେହି ଚିନ୍ତ ରାଜ୍ୟରେ ବିଚରଣ କଲା ବେଳେ ସେ ଭୁଲିଯାଏ ଯେ ସେ ଛୋଟ ଜାତି କୈବର୍ତ୍ତ ଘରର ଝିଅ। ଆଉ ଅପାଠୋଇ ଗାଉଁଲି ମଫସଲିଆ ଦରିଦ୍ରତମ ପରିବାରର ନୀଚ ବର୍ଗ ଦଲିତ ସମ୍ପ୍ରଦାୟ ଗରିବ ଦମ୍ପତିଙ୍କର କନ୍ୟା। ସିଏ ହେଉଛନ୍ତି ଉଚ୍ଚ ଶିକ୍ଷିତ, ଉଚ୍ଚ ବଂଶଜ ଖଣ୍ଡାୟତ ଘର ଖାନଦାନ ସମ୍ପନ୍ନ ବୁନିଆଦ ବଂଶର ଦାୟାଦ। ସେ ସେହି ଚିନ୍ତା ରାଜ୍ୟରେ ବୁଲୁଥିଲା ବେଳେ ଇଚ୍ଛା ପୋଷଣ କରେ ସିଏ ଏମିତି ଆସୁଥାଆନ୍ତୁ। ଠାକୁରଙ୍କ ପ୍ରତି ବାରିରେ ମନ୍ଦିରରେ ତାଙ୍କ ସହିତ ତା'ର ଏହିପରି ଭେଟ ହେଉଥାଉ। ତା' ହାତରୁ ପାଦୁକ ପାଇ, ବିଭୂତି ଟିପା ପିନ୍ଧି ଠାକୁରଙ୍କ ଲାଗି ପଇସା ତା' ହାତକୁ ବଢ଼ାଇ ଦେଉଥାଆନ୍ତୁ। କେବଳ ତାଆରି ହାତକୁ। ଆଉ କାହାକୁ ନୁହେଁ। ଅନ୍ୟ କାହାରିଠାରୁ କିମ୍ବା ଅନ୍ୟ କାହା ହାତରୁ ସିଏ ପାଦୁକ ନ ନିଅନ୍ତୁ, ଟିପା ନ ପିନ୍ଧନ୍ତୁ। ସିଏ କେବଳ ତାଆରି ହୋଇ ରହନ୍ତୁ। ଯେପରି ହୋଇ ରହିଛନ୍ତି ଏଣେ। ସେହିପରି ହୋଇ ରହି ଥାଆନ୍ତୁ କାଳକାଳକୁ। ଯୁଗ ଯୁଗ ପାଇଁ। ଜନ୍ମ ଜନ୍ମ ଧରି। ମୃତ୍ୟୁ ପରେ ମଧ୍ୟ। ଆର ଜନ୍ମକୁ ସୁଦ୍ଧା। ଅନେକ ଜନ୍ମ ପର୍ଯ୍ୟନ୍ତ।

ସତୀ ଏକଥା ମଧ୍ୟ ଭାବି ବସେ- ଦୁନିଆର ସବୁ ଗାଁ ମିଶି ଯାଆନ୍ତା କି ତାଙ୍କରି ଗାଁରେ। ତାଙ୍କ ଗାଁଟି ଯେତେ ଛୋଟ ହେଲେ ମଧ୍ୟ, ସତୀ ସେଥିପ୍ରତି ସଚେତନ ହୋଇପାରେନା। ପୃଥିବୀର ସବୁଯାକ ଦେବତାଙ୍କ ମନ୍ଦିର ତାଙ୍କ ଗାଁ ଧବଲେଶ୍ୱରଙ୍କ ମନ୍ଦିରରେ ଲୀନ ହୋଇଯାଆନ୍ତା। ସେ ମନ୍ଦିରଟି ଯେତେ କ୍ଷୁଦ୍ର ହେଲେ ସୁଦ୍ଧା ସତୀ ସେ କଥାକୁ

ବିଚାରକୁ ନିଏ ନାହିଁ । ସଂସାର ସାରା ସବୁ ଯୁବକ ତାଙ୍କରି ଭିତରେ ଆମ୍ଭ ଗୋପନ କରନ୍ତେ । ଅଧର ବିଶାଳ ବପୁଧାରୀ ନ ହେଲେ ମଧ୍ୟ ସତୀ ସେ ବିଷୟ ଭାବିନଥାଏ । ସାରା ଜଗତର ସମସ୍ତ ନାରୀଙ୍କ ମିଶ୍ରଣରେ କେବଳ ଗୋଟିଏ ଝିଅ ହୁଅନ୍ତା । ସେ ଯୁବତୀଟି ହୁଅନ୍ତା– ସତୀ, ତା’ ନିଜର ଯେ ଦୀର୍ଘକାୟ ଶରୀର ନୁହେଁ ସେ ସମ୍ପର୍କରେ ତା’ର ଧାରଣା ନ ଥାଏ । ଆଉ କେହି ନୁହେଁ । ଆଉ କିଛି ନୁହେଁ । କେବଳ ତାଙ୍କରି ଗାଁ ଠିଆଡ଼ି ସାଇ । ତାଙ୍କ ଗାଁର ମନ୍ଦିର । ଧବଳେଶ୍ୱରଙ୍କ ମନ୍ଦିର । ଯୁବକ କେବଳ ଅଧର । ଆଉ ଯୁବତୀଟି ହେଲା ସତୀ ନିଜେ । ସିଏ ଆଉ ସତୀ, ସତୀ ଏବଂ ସିଏ । ସତୀ ଯୁକ୍ତ ଅଧର । ଅଧର ମିଶାଣ ସତୀ । ସତୀ+ଅଧର । ସମଗ୍ର ବିଶ୍ୱ ବ୍ରହ୍ମାଣ୍ଡରେ ଥାଆନ୍ତେ କେବଳ ଏଇ ଦୁଇ ଜଣ ଆଉ ତାଙ୍କ ଗାଁ ଏବଂ ତାଙ୍କ ଗାଁର ଧବଳେଶ୍ୱରଙ୍କ ମନ୍ଦିର ।

ସେହି ଭାବନାରେ ପୂର୍ଣ୍ଣଚ୍ଛେଦ ପଡ଼େନା । ଟିକିଏ ନିରୋଲା ପାଇଲେ , ଫୁରସତ ମିଳିଲେ, ଅବସର ସମୟରେ, ବିଶ୍ରାମ ନେଲା ବେଳେ । ତାଙ୍କରି ଭାବନାରେ, ତାଙ୍କରି ଚିନ୍ତାରେ, ତାଙ୍କରି ବିଷୟରେ, ସେ ନିଜକୁ ହଜାଇ ଦିଏ । ସିଏ କେତେ ବଡ଼ ଧନୀ, ସମ୍ଭ୍ରାନ୍ତ ଘରର ପୁଅ । ଅଥଚ ମନରେ ଅହମିକା ନାହିଁ । କେତେ ପାଠ ପଢ଼ିଛନ୍ତି ସେଥିପାଇଁ ଅନ୍ତରେ ଅହଂକାର ନାହିଁ । କେତେ ବଡ଼ ଚାକିରି କରିଛନ୍ତି ସେ ଲାଗି ତାଙ୍କ ହୃଦୟରେ ଗର୍ବଭାବ ନାହିଁ । ଏତେ ସୁନ୍ଦର ମନଲୋଭା ଚେହେରା ପାଇଛନ୍ତି କିନ୍ତୁ ଦେଖେଇ ହେବା ମନୋବୃତ୍ତିର ବ୍ୟକ୍ତି ସିଏ ନୁହନ୍ତି । କେତେ ଧୀର ଆଉ ସ୍ଥିର, ଥଣ୍ଡା ମିଜ୍ଜାସର, ସହିଯିବା ପ୍ରକୃତିର ମଣିଷସିଏ । କେବେ କାହାରିକୁ ନେଉଟାଇ କିଛି କହନ୍ତି ନାହିଁ । କେତେ କୋମଳ ତାଙ୍କ କଥା, ଭାଷା କେତେ ମଧୁର । ବ୍ୟବହାର କେତେ ମାର୍ଜିତ ଆଉ ସଂସ୍କାର ସମ୍ପନ୍ନ । ଚାଲିଚଳଣ କେତେ ରୁଚିପୂର୍ଣ୍ଣ । ହାବଭାବ (ସ୍ୱଭାବ) କେତେ ମନଲୋଭା । ସାନ୍ନିଧ୍ୟ କେତେ ଆନନ୍ଦଦାୟକ । ବ୍ୟକ୍ତିତ୍ୱ କେତେ ଆକର୍ଷଣକାରୀ । ପରଶ କେତେ ତୃପ୍ତି ପ୍ରଦାନକାରୀ । କ’ଣ ବା ସେ ତାଙ୍କ ପାଇଁ କରିଛି । କିଛି କଠିନ ପରିଶ୍ରମ ନା କିଛି କଷ୍ଟ ସାଧ୍ୟ କର୍ମ । ନିଜର କିଛି ସ୍ୱାର୍ଥ ତ୍ୟାଗ କିମ୍ବା ତାଙ୍କ ଲାଗି କୌଣସି ଉତ୍ସର୍ଗୀକୃତ କାର୍ଯ୍ୟ । ସେଥିପାଇଁ ଧନ୍ୟବାଦ ଦେଇଗଲେ । କୃତଜ୍ଞତା ଜଣାଇଲେ, ଚୁପଚାପ ଆସିବେ । ଗଛ ଛାଇରେ ସାଇକେଲ ରଖି ନଳକୂପରୁ ମୁହଁହାତ ଧୋଇ ରୁମାଲରେ ପୋଛି ହେବେ । ଠାକୁରଙ୍କୁ କୁହାର ହୋଇସାରି ପାଖରେ ଆସି ହାତ ପାତି ଠିଆ ହେବେ । ପାଦୁକ ପାଇବେ । ବିଭୂତି ନାଇବେ । ଠାକୁରଙ୍କ ପାଇଁ ପଇସା ବଢ଼ାଇ ଦେଇ ନିରବରେ ମୁଖଶାଳାର ପାହାଚ ଓହ୍ଲାଇ ଫେରିଯିବେ । ଶାସ୍ତ୍ରକାରମାନେ ସେଥିପାଇଁ କହିଛନ୍ତି "ଯତ୍ସାର୍ଷିତୋ ମଧୁରତାଂ ନ ଜହାତି ଚେକ୍ଷୁଃ । କ୍ଷୀଣୋଽପି ନ ତ୍ୟଜତି ଶୀଳ ଗୁଣାନୁଲ୍ୟୀନଃ" ଆଖୁ ପେଡ଼ା ହେଲେ ମଧ ତାହାର ମିଠାପଣ ଛାଡ଼େନାହିଁ । କୁଲୀନ ବ୍ୟକ୍ତି ଦରିଦ୍ର ହେଲେ ସୁଦ୍ଧା ସୁଶୀଳତା ଆଦି ଗୁଣକୁ ଛାଡ଼େନାହିଁ । ଆଉ "ଛିନ୍ନୋଽପି ଚନ୍ଦନ ତରୁର୍ଜ ଜହାତି ଗନ୍ଧଂ ବୃଦ୍ଧୋଽପି ବାରଣପତିର୍ଜ ଜହାତିଲୀଲାମ୍ ।" କଟା ହୋଇଥିବା ଚନ୍ଦନ ଗଛ ମଧ ସୁଗନ୍ଧକୁ ଛାଡ଼େନାହିଁ । ଗଜରାଜ ବୁଢ଼ା ହେଲେ ସୁଦ୍ଧା କ୍ରୀଡ଼ା ଛାଡ଼େ ନାହିଁ । ସେହିପରି ଜମିଦାରି ଅମଲର ଧନ, ଖ୍ୟାତି, କ୍ଷମତା, ପ୍ରତିପତ୍ତି ସବୁ ଚାଲି ଯାଇଥିଲେ ସୁଦ୍ଧା ଅଧର ତାଙ୍କ ବଂଶ ପରମ୍ପରା ଓ ଖାନଦାନୀ ପଣିଆ ଛାଡ଼ି ପାରିନାହାନ୍ତି ।

ସତୀ ଦେଖିଛି ବିଭୂତି ଟିପା ଲଗାଇ ଦେଲା ବେଳେ ତାଙ୍କରି ମୌଜାର ପୂର୍ବତନ ଜମିଦାର, ପ୍ରତାପି ସାମନ୍ତରାୟ ବଂଶର ଦାୟାଦଙ୍କୁ । ଗୋରା ତକ୍‌ତକ୍ ରୂପ, ପ୍ରଶସ୍ତ କପାଳ, ଖଣ୍ଡାଧାର ପରି ନାକ, ଚଉଡ଼ା ବକ୍ଷସ୍ଥଳ, ନିଶ ଗଜୁରି ଆସୁଥିବା ନରମ ଓଠ, କଅଁଳିଆ ଛନଛନିଆ ଚେହେରା, ଶାନ୍ତ, ସରଳ, ସ୍ୱଭାବ, ନମ୍ର ଆଉ ଭଦ୍ର ବ୍ୟବହାର, ମାଦକତାଭରା ଚାହାଣି, ଆଖିର ଜ୍ୟୋତି ଉଜ୍ଜ୍ୱଳ, ଦୟାପୂର୍ଣ୍ଣ ହୃଦୟ, ଧୀରଧୀର ମିଠାଲିଆ କଥା, ଚୁପଚାପ ଆସିବେ, ନିରବରେ ଫେରି ଯିବେ । ଅଥଚ ଚାଲିରେ ସମ୍ଭ୍ରାନ୍ତ ପଣିଆର ଛିଟା, ଖାନଦାନୀର ଛାପ ରହିଯାଇଛି ଚେହେରାରେ । ବୁନିଆଦି ଗତ ପରମ୍ପରା ଲାଗି ରହିଛି ବ୍ୟବହାରରେ । କଥା ଭାଷାରେ ଜମିଦାରିଆ ଢାଞ୍ଚା । ମାତ୍ର ସେଥିରେ ନାହିଁ ଅହମିକାର ଭାବ । ଗର୍ବିତ ମନୋବୃତ୍ତି, ବେଖାତିର ଢଙ୍ଗ, ଅହଂକାରର ପ୍ରାବଲ୍ୟ,

ସହଜ ସାଧାରଣ ମଣିଷଙ୍କ ପରି କଥା କେତେ ନମନୀୟ । ଭାଷା କେତେ ମଧୁର । କେତେ ମିଠା ସେ କଣ୍ଠ ସ୍ୱର । କେତେ ଶାଳୀନତାଭରା ମନଲୋଭା ତାଙ୍କ ଭାଷାର ମୂର୍ଚ୍ଛନା । ଶିଷ୍ଟାଚାର ମଧ୍ୟରେ ଥାଇ ମଧୁଝରା ସ୍ମିତ ହସର ଝଲକ ଲାଗି ରହିଥାଏ, ସେ ନାଲି ନାଲି କଅଁଳିଆ ଓଠରେ । ମନକୁ କିଣି ନିଏ । ଟାଣି ନିଏ, ଓଟାରି ଧରେ, ଢଙ୍କି ଥାଏ, ଆକର୍ଷଣ କରେ ।   ଆଉ କରିବସେ ଆବାହନ, ସରଳ ଅମାୟିକ ବ୍ୟବହାର । ଆକର୍ଷଣୀୟ ବ୍ୟକ୍ତିତ୍ୱ, ବଳିଷ୍ଠ, ପୌରୁଷ ପୂର୍ଣ୍ଣ ଶାରୀରିକ କାନ୍ତି । ମନଲୋଭା ଯୁବକ ସୁଲଭ ଚପଳତାରେ ଭରପୂର ଯୌବନଦୀପ୍ତ ଦେହର କାନ୍ତି । ନିଜକୁ ଦେଖେଇ ହେବାର ପ୍ରବୃତି ନାହିଁ ତାଙ୍କଠି । ଶରୀର ଗଠନ ଏପରି ଗାମ୍ଭୀର୍ଯ୍ୟପୂର୍ଣ୍ଣ, ସୁନ୍ଦର, ସୁଠାମ, ସୁଷମାରେ ଭରା ଯେ, ଯେପରି ଯୁବତୀଙ୍କ ମନ ଚୋରାଇ ନେବାକୁ ତତ୍ପର ହୋଇ ଉଠୁଛି ପ୍ରତିକ୍ଷଣରେ । ପ୍ରତି ମୁହୂର୍ତ୍ତରେ ତାଙ୍କ ପ୍ରତି ଅନୁରକ୍ତି ଆସି ଯାଏ ଆପେ ଆପେ ଦେଖିଲା ମାତ୍ରେ । ଯେଉଁ ଗୁଣ ତାଙ୍କ ଠାରେ ନିହିତ ତାହାସବୁ ସତୀକୁ ଭଲ ଲାଗେ । ଭାରି ଭଲ ଲାଗେ । ସେଥିପାଇଁ ସେ ସତୀକୁ ଭଲ ଲାଗନ୍ତି । ଖୁବ୍ ଭଲ ଲାଗନ୍ତି । ତେଣୁ ସତୀ ତାଙ୍କୁ ଭଲପାଏ । ମନଦେଇ, ପ୍ରାଣ ଭରି, ସହୃଦୟରେ, ଆନ୍ତରିକତାର ସହିତ ।

ଈସାଇ ଜନ କଥାରେ ଅଛି– ଅଗ୍ନି ଲୁହାକୁ ତରଳାଏ । ମାତ୍ର ଜଳ ଦ୍ୱାରା ଲିଭିଯାଏ । ଜଳର ବାଦଲକୁ ପବନ ବହିନିଏ । ମାତ୍ର ମନୁଷ୍ୟ ଯୋଗ ଦ୍ୱାରା ପବନକୁ ଆୟତ୍ତ କରିଦିଏ । ନିଦ୍ରା ମନୁଷ୍ୟକୁ ଅବଶ କରିପକାଏ । ମାତ୍ର ମୃତ୍ୟୁ ନିକଟରେ ହାରମାନେ । ଏ ପ୍ରତାପଶାଳୀ ମୃତ୍ୟୁ କେବଳ କରୁଣା ପାଖରେ ନତମସ୍ତକ ହୋଇଯାଏ । ସେହିପରି ସତୀ କେବଳ ଅଧରଙ୍କର ନମ୍ରତା ଓ ଶାଳୀନତା (କରୁଣା) ବ୍ୟବହାର ଲାଗି ତାଙ୍କୁ ଭଲ ପାଇ ବସିଛି ।

ସିଏ ସତୀ ମନର ମଣିଷ । ତା' ହୃଦୟର ଦେବତା । ତା'ର ଈପ୍ସିତ ପୁରୁଷ । ତା' ପ୍ରାଣର ପ୍ରିୟତମ । ତା' ଆତ୍ମାର ଠାକୁର । ତା' ଅନ୍ତରର ଅନ୍ତରତମ । ଏକାନ୍ତ ଅନ୍ତରଙ୍ଗ ବନ୍ଧୁ । ସ୍ୱପ୍ନର ରାଜକୁମାର । ତା'ର ଅତି ନିକଟତମ । ଭାରି ଆପଣାର । ଯେପରି "ଯେଉଁ ଘର ତାକୁ ସରଗପୁରୀ, ଯେଉଁ ବର ତାକୁ ଶ୍ରୀକୃଷ୍ଣ ପରି ।" ଯେମିତି ସୁନା ଗୋରା ରାଧାକୁ ତ୍ରିପଣ୍ଡ କଳା ବର୍ଣ୍ଣ କୃଷ୍ଣ ସବୁ ପୁରୁଷଙ୍କଠାରୁ ସୁନ୍ଦର ଦିଶନ୍ତ । ସେହିଭଳି ସତୀ ଦୃଷ୍ଟିରେ ଅଧର ହେଉଛନ୍ତି ସମଗ୍ର ବିଶ୍ୱ ବ୍ରହ୍ମାଣ୍ଡର ସର୍ବଶ୍ରେଷ୍ଠ ଯୁବକ । ସାରା ସଂସାରରେ ଏକମାତ୍ର ସୁପୁରୁଷ ମଧ୍ୟ ।

ସତୀ ଭାବେ ସିଏ (ଅଧର) ତା'ର । କେବଳ ତା'ର । ଏକାନ୍ତ ଭାବେ ତା' ନିଜର । ଘନିଷ୍ଠ ଭାବେ ନିଜର । ନିଜର ସିଏ ନିବିଡ଼ ଭାବେ । ସେ ଏଣିକି ତାଙ୍କ ହାତରେ ପାଇବାକୁ (ଖାଇବାକୁ) ଖାଲି ପାଦୁକ ଦେବନାହିଁ; ଏଥିରେ ତା'ର ମନ ବୁଝେନା । ଏଣିକି ସେ ନିଜ ହାତରେ ରାନ୍ଧି ତାଙ୍କୁ ପରଷିବ । ପାଖରେ ବସି ବିଞ୍ଛ ଦେଉଥିବ ବିଞ୍ଛଣା ଧରି । ଆଉ ରାଣ ନିୟମ ପକାଇ ବଲେଇ ବଲେଇ ଖୁଆଉଥିବ । ମା'(ବୋଉ)ମାନେ ଯେପରି ବାପାଙ୍କୁ ଖୁଆଇଥାନ୍ତି ଏବଂ ନବ ବିବାହିତାମାନେ ତାଙ୍କ ପତି ଦେବତାଙ୍କୁ । ତାଙ୍କ କପାଳରେ କେବଳ ବିଭୂତି ଟିପା ଲଗାଇ ଦେବନି । ଏଥିରେ ତାକୁ ଆତ୍ମସନ୍ତୋଷ ମିଳେନା । ଏବେ ସେ ତାଙ୍କ ମୁଣ୍ଡ କୁଣ୍ଠାଇ ଦେବ । ତାଙ୍କୁ ଜାମା ପିନ୍ଧାଇ ଦେବ । ମାରିଦେବ ଜାମାର ବୋତାମ । ବାନ୍ଧି ଦେବ ବେକର ଟାଇ । ତାଙ୍କଠାରୁ ଠାକୁରଙ୍କ ଥାଳି ପାଇଁ ପଇସା ରଖି ସେ ସୁଖୀ ହୋଇପାରିବନି । ମାସକର ପୁରା ଦରମା ଟଙ୍କା । କଡ଼ାଗଣ୍ଡା କରି ଆଦାୟ କରିବ ଟିକିନିଖି ହିସାବ ନେଇ । ବୋଉ ଯେପରି ସଞ୍ଜରେ ବାପାଙ୍କଠୁ ସେଦିନ ମଜୁରି (ରୋଜଗାର) ପଇସାର ହିସାବ ନିଏ । ଏବେଠୁ ତାଙ୍କ ଛାତିରେ ମଥାରଖି ମୁହଁଗୁଞ୍ଜି ଅଳି କରିବ । ସିଏ ଉତ୍ତରରେ ଶୁଖିଲା କଥା କହି କୃତଜ୍ଞତା ଜଣାଇଲେ, ସେ ତାକୁ ଛାଡ଼ି ଦେବନି କିମ୍ବ । ନୁଖୁରା ଧନ୍ୟବାଦରେ ସନ୍ତୁଷ୍ଟ ହୋଇପାରିବନି । ସେ ଅଳଣା କଥାରୁ ତାକୁ କ'ଣ ମିଳିବ ନା। ସେହିପରି ନୁଖୁରା କୃତଜ୍ଞତାରୁ ସେ କିଛି ପାଇବ ? ତା' ମନଭାବ ବୁଝି, ତା'ମନ ରଖିବା ପାଇଁ ତାକୁ ଖୁସି କରାଇବା ଲାଗି ସେ ତାଙ୍କ ନରମ ଓଠର ପରଷ ଦେବେ ସତୀର ସୁକୋମଳ ପୂରିଲା । ପୂରିଲା ଗଣ୍ଡ ଦେଶରେ ।

ତାଙ୍କ ପରଶ ପାଇ ସେ ଉଲ୍ଲସି ଉଠୁଥିବ ଆହ୍ଲାଦ ପଣିଆର ଆବେଗରେ । ଆଉ ତାଙ୍କ ଦୃଢ଼ ବାହୁ ବନ୍ଧନରେ ବନ୍ଦିନୀ ହୋଇ ସେ ବ୍ୟସ୍ତ ବିବ୍ରତ ହେଉଥିବ ତାଙ୍କ ଯୁବକ ସୁଲଭ ଦୁଷ୍ଟାମୀ ପଣିଆରେ । ଯେଉଁ ପ୍ରକାର ଦୁଷ୍ଟାମୀ ପୁରୁଷ-ନାରୀ ସହିତ କରେ । ପ୍ରେମିକ-ପ୍ରେମିକା ସହିତ, ପ୍ରିୟ-ପ୍ରିୟା ସଙ୍ଗରେ, ପ୍ରିୟତମ-ପ୍ରିୟତମା ସହିତ, ପ୍ରଣୟୀ-ପ୍ରଣୟିନୀ ସାଙ୍ଗରେ । ସ୍ୱାମୀ କରିଥାଏ ସ୍ତ୍ରୀ ସହିତ, ପତି-ପତ୍ନୀ ଆଉ ଭର୍ତ୍ତା-ଭାର୍ଯ୍ୟା ସାଙ୍ଗରେ ।

ଏହାପରେ ସୁଦ୍ଧା ସେ ତାଙ୍କୁ ଶୀଘ୍ର ଅଫିସରୁ ଫେରିବା ପାଇଁ ଅଳି କରୁଥିବ, ଅନୁରୋଧ କରୁଥିବ, ସତ୍ୟ କରାଇବ, ନିୟମ କରାଇନେବ । ଶପଥ ପକାଇ କହୁଥିବ, ରାଣ ଦେଉଥିବ, ହଳପ କରାଇବାକୁ ଚେଷ୍ଟା କଲା ବେଳକୁ ଓ ସେଥି ସକାଶେ ଉଦ୍ୟମ ଅବ୍ୟାହତ ରଖିଥିଲା ସମୟରେ ତାଙ୍କ ଆଖି ସହିତ ତା'ନିଜ ଦୃଷ୍ଟି ମିଶିଯିବ । ଲାଜରେ ବୁଜି ହୋଇଯିବ ତା'ଆଖି ଆପେ ଆପେ । କର୍ମକ୍ଷେତ୍ରରୁ ଫେରିଥିବା କ୍ଲାନ୍ତ, ଶ୍ରାନ୍ତ ପ୍ରାଣ ପ୍ରିୟ ଲାଗି ଷୋଡଶୀ ତରୁଣୀ ଯେପରି, କାର୍ଯ୍ୟାଳୟରୁ ବାହୁଡ଼ି ଆସିଥିବା କର୍ମକ୍ଲାନ୍ତ ପ୍ରିୟତମ ପାଇଁ ରୂପସୀ ଯୁବତୀ ଯେମିତି, ନିଯୁକ୍ତ ପରିସରରୁ ପ୍ରତ୍ୟାବର୍ତ୍ତନ କରିଥିବା ଅବସାଦଗ୍ରସ୍ତ ପରାଣପତିଙ୍କ ନିମିତ୍ତ ଅପରୂପା ନାୟିକା ଯେଭଳି, ଆପଣା କର୍ତ୍ତବ୍ୟ ସମାପନ କରିସାରି ଲେଉଟିଥିବା ପ୍ରୀତିପିଆସୀ ଜୀବନସାଥୀ ସକାଶେ ପ୍ରାଣପ୍ରିୟା ଯେଉଁପରି, ନିଜର ଦାୟିତ୍ୱ ତୁଲାଇ ଆସିଥିବା ବିଶ୍ରାମ (ଆରାମ) ଆଶାୟୀ ପ୍ରାଣ ବନ୍ଧୁଙ୍କ ଉଦ୍ଦେଶ୍ୟରେ ଅଭିସାରିକାଙ୍କ ଭଳି ସେ ନିଜକୁ ସଜାଇ ରଖିଥିବ । ସେ ଆଉ କିଛି ତାଙ୍କୁ କହିପାରିବନି କିମ୍ବା ଭାବି ପାରିବନି ସେ କଥାକୁ । ସେମିତିକା ଘଟଣାର ଦୃଶ୍ୟକୁ ମନେ ପକାଇବାକୁ ତା'ର ସାହସ ନଥିବ ।

ସତୀର ଭାରି ଇଚ୍ଛା ହୁଏ ତାଙ୍କୁ ଦେଖିବାକୁ । ସବୁବେଳେ ଦେଖିବାକୁ । ସର୍ବଦା ଓ ସବୁକ୍ଷଣରେ ଏବଂ ପ୍ରତି ମୁହୂର୍ତ୍ତରେ ଦେଖିବାକୁ ସେ ବ୍ୟାକୁଳ ହୋଇଉଠେ । ତାଙ୍କୁ ତା' ଆଖି ପଲକରୁ ଅନ୍ତର କରିବାକୁ ତା' ମନ ଚାହେଁନା । ତାଙ୍କ ଠାରୁ ଦୂରେଇ ରହିବାକୁ ତା' ପ୍ରାଣରେ ଆଗ୍ରହ ସୃଷ୍ଟି ହୁଏନି ଆଦୌ । କୌଣସି ରକମ ପ୍ରେରଣା ପାଏନି ଅନ୍ତରୁ ତାଙ୍କ ପାଖରୁ ବିଚ୍ଛିନ୍ନ ହେବାକୁ । ତାଙ୍କୁ ଆପଣା ଦୃଷ୍ଟି ଉହାଡ଼କୁ ଯିବାକୁ ଦେବା ପାଇଁ ତା' ଆତ୍ମା ଡାକେନା । ସେଥିପାଇଁ କୁହାଯାଇଛି "ଅତଏବ ହି ନେଚ୍ଛନ୍ତି ସାଧବଃ ସତ୍ସମାଗମ, ଯଦ୍ ବିୟୋଗା ଽସିଲୂନସ୍ୟ ମନ ସୋନାସ୍ତି ଭେଷାଜମ୍ ।" ବିୟୋଗ ରୂପକ ଖଡ଼୍ଗ ଦ୍ୱାରା ଛିନ୍ନ ହୃଦୟକୁ ଆରୋଗ୍ୟ କରିବା ପାଇଁ କୌଣସି ଔଷଧ ନାହିଁ । ସେହି ହେତୁରୁ ସାଧୁ ଲୋକମାନେ ସଜ୍ଜନମାନଙ୍କ ସହିତ ମଧ୍ୟ ମିଳନ ଇଚ୍ଛା କରନ୍ତି ନାହିଁ ।

ତାଙ୍କୁ ଦେଖିବା ପାଇଁ ସେ ଦିନ ଗଣୁଥାଏ । କେବେ ପଡ଼ିବ ଠାକୁରଙ୍କ ବାରି । କେତେବେଳେ ହେବ ଦିନ ଏଗାରଟା । ମନ୍ଦିରରେ ତାଙ୍କର ପହଞ୍ଚିବା ସମୟ କେତେବେଳେ ଆସିବ । ଉଦ୍‌ବିଗ୍ନ ହୋଇ ସେ ଅନାଇଁ ରହେ ଖୋଜିଲା ଖୋଜିଲା ଆଖିରେ । ଅନିସନ୍ଧିସ୍ସୁ ନଜରରେ ଅଭିସନ୍ଧିସ୍ସୁ ଦୃଷ୍ଟିରେ ସେ ଚାହିଁ ରହିଥାଏ ତାଙ୍କରି ଆସିଲା ବାଟକୁ । ନିଶା ଘାରିଥାଏ ତା'ର ଦୁଇଟି ନୟନାରେ ତାଙ୍କୁ ମନ ଭରି ଦେଖିବାକୁ । ଆଖିର ଚାହାଣିରେ ବାନ୍ଧି ରଖିବାକୁ । ଅଟକାଇ ରଖିବାକୁ ଦୃଷ୍ଟିର ପଲକରେ । କିନ୍ତୁ ଫଳ କିଛି ହୁଏନାହିଁ । ସିଏ ମନ୍ଦିରରେ ଆସି ପହଞ୍ଚନ୍ତି । ମୁଖଶାଳରେ ବସି ତାଙ୍କୁ ଅପେକ୍ଷା କରିଥିବା ଦୁଇ ସାଙ୍ଗ ଉଠିଯାଆନ୍ତି ମନ୍ଦିର ଦ୍ୱାର ନିକଟକୁ । ପାଦୁକ ଦେଲା ବେଳେ ସତୀ କେବଳ ତାଙ୍କ ହାତର ପାପୁଲିକୁ ଦେଖିଥାଏ । ତାଙ୍କୁ ଆହୁରି ସୁଯୋଗ ମିଳେ ବିଭୂତି ଟିପା ଲଗାଇଲା ସମୟରେ ତାଙ୍କ ମୁହଁକୁ ଅନାଇବାକୁ । କାଳେ ଟିପା କପାଳର ମଝିରେ ନଲାଗି ବଙ୍କା ହୋଇଯିବ । ସେଥିପାଇଁ ସେ ତାଙ୍କ ମୁହଁକୁ ଅନାଇବା ଲାଗି ସୁବିଧା ପାଏ । ମାତ୍ର ସେ ସୁବିଧାର ଫାଇଦା ସେ ନେଇପାରେନା । ତାଙ୍କୁ ମିଳୁଥିବା ସୁଯୋଗର ସଦ୍ ବ୍ୟବହାର ତା'ଦ୍ୱାରା ସମ୍ଭବ ହୋଇପାରେ ନାହିଁ । ସେ ଖୁବ୍ ଅଳ୍ପ ସମୟ ପାଇଁ ତାଙ୍କ ମୁହଁକୁ ଅନାଇ ପାରେ । ସେ ତାଙ୍କୁ ଅନାଇଲା ବେଳେ ସିଏ ଚାହିଁ ରହିଥାନ୍ତି ସତୀ ମୁହଁକୁ । ଚାରି ଆଖି ମିଶିଯାଏ । ଲାଜ ଘୋଟି ଆସେ । ସଙ୍କୋଚ ଲାଗେ । ବିବେକ ବାଧା ଦିଏ । ଶିଷ୍ଟାଚାର ପ୍ରତିବନ୍ଧକ ସୃଷ୍ଟି କରେ । ଅଧିକ ସମୟ ଆଖି ମିଶାଇ

ରଖିବା ଲାଗି ସରମ ଅନ୍ତରାୟ ହୁଏ ସେଥିରେ। ଆପଣାଛାଏଁ ସତୀର ଦୃଷ୍ଟି ତଳକୁ ହୁଏ। ତାଙ୍କ ପାଦ ଉପରେ ଦୃଷ୍ଟି ନିକ୍ଷେପ କରି ସେ ତାଙ୍କ ପାଦର ବୁଢ଼ା ଆଙ୍ଗୁଲି ନଖକୁ ଚାହିଁ ରହେ। ଯେତେ ଚେଷ୍ଟା କଲେ ମଧ ଆଖିର ଦୃଷ୍ଟି ଆଉ ଉପରକୁ ଉଠେନା। ସେ ତାଙ୍କ ମୁହଁକୁ ଅନାଇ ପାରେନା। ଆଖି ତା' ବୋଲ ମାନେନା। ଦୃଷ୍ଟି ତା' କଥାକୁ ଶୁଣେନା। ନୟନ ହୋଇଯାଏ ଅବାଧ୍ୟ। ଚାହାଣିରେ ଭଟ୍ଟା ପଡ଼ିଯାଏ। ଚକ୍ଷୁ ଫାଙ୍କିବାଜ ମନୋବୃତ୍ତି ନେଇ ତା' ଅନୁରୋଧକୁ ରଖେନା। ଉତ୍ସୁକ ଅନ୍ତର ଭିତରୁ ଅନାଇ ରହିଥିବାର ଉଚ୍ଚଙ୍ଗ ଲହଡ଼ି ଆଉ ଉଠି ଆସେନା ପୂର୍ବପରି। ଭେଟ ହେବା ଆଗରୁ ଆଶା ତାଙ୍କୁ ମନଭରି ଦେଖିବାର ଇଚ୍ଛାଶକ୍ତି ଆପଣା ଛାଏଁ ମରିଯାଏ। ଦେଖା କରିବାର ଉଦ୍ଦାଲ ଢେଉ ହୃଦୟର ବେଲାଭୂମିରେ ଆଉ ପିଟି ନହୋଇ ନିରବୀ ଯାଏ ଆପେ ଆପେ। ସାକ୍ଷାତ ପାଇବାର ଆଗ୍ରହ ନିଜ ଇଚ୍ଛାରେ ମନକୁ ମନ ମୃତ୍ୟୁ ଲଭେ ଶରଶଯ୍ୟାଶାୟୀ ପିତାମହଙ୍କ ପରି ବିନା ଆଘାତ ପ୍ରାପ୍ତିରେ।

ପ୍ରେମିକ ପାଖରେ ନଥିଲେ ପ୍ରେମିକା ତାଙ୍କୁ ଦେଖିବାକୁ ଭାରି ବ୍ୟାକୁଲ ହୁଏ। ଝୁରିମରୁ ଥାଏ ସାକ୍ଷାତ ପାଇବା ଲାଗି। ଗୁଣି ହେଉଥାଏ ତାଙ୍କୁ ଭେଟିବାକୁ। ଭଜି ହେଉଥାଏ ତାଙ୍କ ସାନ୍ନିଧ୍ୟ ଲାଭ କରିବାକୁ। ବ୍ୟସ୍ତ ହୋଇପଡ଼େ ତାଙ୍କୁ ପାଖରେ ପାଇବାକୁ। ବିବ୍ରତ ହୁଏ ତାଙ୍କ ଦେଖା ନମିଳିଲେ। ମାତ୍ର ଦେଖା ହେଲେ ଆଖି ଉଠାଇ ତାଙ୍କୁ ଅନାଇ ପାରେନା। ତାଙ୍କ ସହିତ ଭେଟ ହେବା କ୍ଷଣି ତାଙ୍କ ସାମ୍ନାରେ ମୁଣ୍ଡ ଉପରକୁ ନଟେକି ମୁହଁ ପୋତି ତଳକୁ ଅନାଇ ଠିଆ ହୁଏ। ସିଏ ବିଦାୟ ନେଇ ଚାଲିଗଲା ପରେ ପୁଣି ଦେଖିବାକୁ ହାଇଁପାଇଁ ହୁଏ। ଦେଖିଲେ ଲଜ୍ଜାବଶତଃ ମୁହଁ ଟେକି ଚାହିଁବନି। ଦେଖା ନମିଳିଲେ ସାକ୍ଷାତ ପାଇଁ ବ୍ୟସ୍ତ ହେଉଥିବ। ଏହା ହେଲା ପ୍ରେମର ଲକ୍ଷଣ। ସତୀ ଏଥିରୁ ବାଦ୍ ଯିବ କିପରି ? ପାଦୁକ ଦେଲା ବେଲେ ସେ ତାଙ୍କ ହାତ ଚକିକୁ ଦେଖେ। ଡାହାଣ ହାତର ଚକି, ଯେଉଁ ହାତର (ପାପୁଲି) ଆଙ୍ଗୁଠିମାନଙ୍କରେ ସିଏ ଚାରୋଟି ମୁଦି ପିନ୍ଧିଥାନ୍ତି। ଟିପା ଲଗାଇ ଦେଲା ସମୟରେ ସେ ଯଦିଓ ତାଙ୍କ ମୁହଁକୁ ଅନାଏ କିନ୍ତୁ ତାଙ୍କ ଆଖି ସହିତ ତା' ନିଜ ଆଖି ମିଶିଗଲେ ଦୃଷ୍ଟି ନତକରେ ତଳକୁ। ତଳେ ତାଙ୍କ ପାଦକୁ ଅନାଇଁ ରହେ। ସିଏ ଫେରିଗଲା ବେଲେ ତାଙ୍କୁ ଚାହିଁ ରହେ ପଛରୁ। ସେଥି ପାଇଁ କିଛି ଅସୁବିଧା ନଥାଏ। ରହେ ନାହିଁ ବିବେକର ବାରଣ କିୟ ସଙ୍କୋଚର ଆକଟ। ଏପରିକି ଲାଜ ଲାଗିବାର ଆଶଙ୍କା। ସେତିକି ବେଲେ ତାଙ୍କୁ ପଛପଟୁ ମନଭରି ଦେଖିହୁଏ। ବାଉଁଶ ଦୁବା ଉହାଡ଼ରେ ସିଏ ଲୁଚିଥିବା ପର୍ଯ୍ୟନ୍ତ ସେ ତାଙ୍କୁ ଚାହିଁ ରହେ। ଲାଜ, ସରମ, ସଙ୍କୋଚ, ବିବେକର ବାରଣ, ଅନୁଶାସନର ଆକଟ ସବୁକୁ ଭୁଲିଯାଇ। ଏପରିକି ପାସୋରି ପକାଏ ତା' ନିକଟରେ ଥିବା ସୁନିର ଉପସ୍ଥିତକୁ।

ତାଙ୍କ ମୁହଁକୁ ନିରେଖି ଚାହିଁବାର କାମନା ଅପୂରଣ ରହିଯାଏ। ତାଙ୍କୁ ଦୀର୍ଘ ସମୟ ପାଇଁ ଦେଖିବାର ବାସନା ବାସି ହୋଇଯାଏ ଅନ୍ତର ଭିତରେ ସାଇତା ହୋଇ ରହି। ତାଙ୍କୁ ଦୃଷ୍ଟିର ରଜ୍ଜୁରେ ବାନ୍ଧି ରଖିବା ଯୋଜନାର ଅକାଲ ମୃତ୍ୟୁ ଘଟେ ନିଜ ଇଚ୍ଛାରେ। ତାଙ୍କୁ ଅନାଇ ରହି ତାଙ୍କ ଆଖିରେ ଦୃଷ୍ଟି (ଆଖି) ମିଶାଇ ରଖିବାର କଳ୍ପନା ଉଭେଇ ଯାଏ ସାମ୍ନାସାମ୍ନି ହୋଇଗଲା ପରେ। ମନମାରି ରହିବାକୁ ସେ ବାଧ ହୁଏ ଏକ ପ୍ରକାର। କଳ୍ପନା ପୂର୍ଣ୍ଣତା ଲାଭ କରିପାରେନା। ଇଚ୍ଛାଶକ୍ତିର ଅପମୃତ୍ୟୁ ହୁଏ। ଆଗ୍ରହ ପରିଣତ ହୁଏ ହତାସରେ। ମନ ପକ୍ଷୀ ଗୁମୁରି ଗୁମୁରି କାନ୍ଦେ ହୃଦୟର ନିବୃତ୍ତ କୋଣରେ ବସି। ପ୍ରାଣରେ ଭରି ରହିଥିବା ଆବେଗ ଅପସରି ଯାଏ ଆପଣାଛାଏଁ, ତାଙ୍କୁ ସେଥିପାଇଁ କେହି ବାଧ କରିବା ପୂର୍ବରୁ।

ସେ ଫେରିଯାଆନ୍ତି ପାହାଚ ଓହ୍ଲାଇ ନିରବରେ। ପଛରୁ ଅନାଇଁ ରହିବା କେବଲ ସାର ହୁଏ। ନିରର୍ଥକ ସେ ଚାହାଣି। ମୂଲ୍ୟହୀନ ସେ ଦୃଷ୍ଟିର ତୀକ୍ଷଣତା। ଅନାବଶ୍ୟକ ସେହି ନୟନର ଅନୁନୟ ଅନୁସରଣ। ଅଲୋଡ଼ା ସେ ଆଖିର ବିକ୍ଷିପ୍ତ ଦୃଷ୍ଟି। ଅଖୋଜା ସେ ଚକ୍ଷୁର ଅନୁକରଣର ଅନୁଗମନ। ସେ ଲୁଚି ଯାଆନ୍ତି ବାଉଁଶ ବୁଦାର ଉହାଡ଼ରେ। ମନ ଦକ୍‌ଦକ୍ ହୁଏ। ଛାତି ଛଲଛଲ ଆଉ ସକ୍‌ସକ୍ ହୁଏ ବୁକୁତଲର ପଞ୍ଜରା। ହଠାତ୍ ସମ୍ଭାବନା ନଥାଇ କିଛି ମୂଲ୍ୟବାନ ଦ୍ରବ୍ୟ ହରାଇ ବସିବାର ଆଶଙ୍କା ଘାରିଯାଏ। ଦାମୀ ପଦାର୍ଥ ହଜାଇ ଦେବାର ହତାଶ ଭାବ ମନରେ ଘୋଟିଯାଏ। ବାଜି

ହାରିଯିବାର ମନୋବୃତ୍ତି ପରି । କଥା ଦେଇ କଥା ରଖି ନପାରିବାର ଉଦ୍‌ବେଗଜନିତ ଆଶଙ୍କାରେ । ପୁଣି ସେ କେବେ ଆସିବେ ? ଦେଖା ହେବ ? ସାକ୍ଷାତ ମିଳିବ ? ତାଙ୍କୁ ଭେଟି ପାରିବ ? ଆଉ ଖୁବ୍‌ ନିକଟରେ ଠିଆ ହେବା ବେଳର ସାନ୍ନିଧ୍ୟ ଟିକେ ଲାଭ କରିବ ? ଅଟିପାଖରେ ଆଉ ଥରେ ପାଇବାର ସୁଯୋଗ ମିଳିବ ? ଟିପା ଲଗାଇ ଦେଲା ସମୟର ଦେହ ଛୁଆଁ ପାଇବ ଡାହାଣ ହାତର ମଝି ଆଙ୍ଗୁଠି ଟିପରେ । ତାଙ୍କଠାରୁ ବିଚ୍ଛେଦ ହେତୁ ତା'ମନରେ ଜାତ ହୋଇଥିବା ଦୁଃଖ, ପରବର୍ତ୍ତୀ ବାରିରେ ତାଙ୍କ ସାକ୍ଷାତ ପାଇବା ଆଶାର ସୁଖରେ କ୍ରମେ ଦୂର ହୋଇଯାଏ । ସେହି ସୌଭାଗ୍ୟର ମୁହୂର୍ତ୍ତ ପାଇଁ ଦିନ ଗଣିବାକୁ ହୁଏ । ସେହିପରି ସମୟକୁ ପ୍ରତୀକ୍ଷା କରିବାକୁ ପଡ଼େ । ଅପେକ୍ଷା ରହେ ଆଉ ଗୋଟିଏ ବାରିକୁ ।

ବାରଟି ମାସ କାର୍ତ୍ତିକ ମାସରେ ମିଶି ଯାଏନା । ସାତଟି ବାର କେବଳ ସୋମବାର ଭିତରେ ରହିପାରନ୍ତି ନାହିଁ । ରାତ୍ରି ଆତ୍ମଗୋପନ କରେନା ଦିବସର ଅଙ୍ଗନରେ । ଚବିଶ ଘଣ୍ଟା ପ୍ରତିଫଳିତ କରାଏନି ଦିନ ଏଗାରଟାକୁ । ପରବର୍ତ୍ତୀ ସାକ୍ଷାତ ପାଇଁ ସତୀକୁ ଅପେକ୍ଷା କରିବାକୁ ପଡ଼େ ଠାକୁରଙ୍କ ଆଗାମୀ ବାରି ପର୍ଯ୍ୟନ୍ତ ।

ସାନ୍ତ୍ବନା କେବଳ ଏତିକି ଯେ, ସୁନି ଆଉ ଆଗପରି ଚିଡ଼ାଇ କଥା କହୁନାହିଁ । ସତୀ ତା' ପାଖରେ ସବୁ କଥା ମାନିଗଲା ପରେ ସୁନିର ଅନୁମାନ ସତ ହୋଇଛି । ତା' ମନରେ ଥିବା ସନ୍ଦେହ ଦୂର ହୋଇଯିବାରୁ ସେ ବହୁତ ବଦଲି ଗଲା ପରି ଲାଗୁଛି । ସେ ଏଇନେ ଅନେକ ସମୟରେ ସତୀକୁ ସାହସ ଧରିବାକୁ ପ୍ରବର୍ତ୍ତାଉଛି । ଧୈର୍ଯ୍ୟର ସହିତ ଆଗେଇବାକୁ ବୁଝାଉଛି । କିପରି ସେ ତା' ମନ ମଣିଷର ସାକ୍ଷାତ ପାଇପାରିବ । ସେମାନଙ୍କର ଭେଟ କିପରି ନିର୍ବିଘ୍ନରେ ହେବ । ସେମାନେ କିପରି ନିରୋଳାରେ ମନଖୋଲି କଥାବାର୍ତ୍ତା ହୋଇପାରିବେ । ମନ ସହିତ ମନ ଯୋଡ଼ି ପାରିବେ । ହୃଦୟ ସହିତ ଅନ୍ତର ମିଶାଇ ପାରିବେ । ଆତ୍ମା ସହିତ ପ୍ରାଣର ସଂଯୋଗ ଘଟିବ । ଆଉ ସେହି ସାକ୍ଷାତ, ଭେଟ ହେବା ଓ ଦେଖା ପାଇବା କିପରି ସେମାନଙ୍କ ମଧ୍ୟରେ ଫଳପ୍ରଦ ହୋଇପାରିବ ଅନାୟସରେ । ସେଥିପାଇଁ ସେ ବ୍ୟସ୍ତ ହୋଇପଡ଼େ । ଅଧରଙ୍କୁ କିପରି ସେ ନିଜର କରିପାରିବ ସେ ବିଷୟରେ ସତୀକୁ ପରାମର୍ଶ ଦିଏ । ଉପାୟ ବତାଇ ଥାଏ । କୌଶଳ ବାହାର କରେ । ସତେ ଯେପରି ସୁନି ସେମାନଙ୍କର ମିଳନ ପାଇଁ ମଧ୍ୟସ୍ତ ଭୂମିକାରେ ଅବତୀର୍ଣ୍ଣା ହୋଇଛି । ରାଧାଙ୍କ ସହିତ କୃଷ୍ଣଙ୍କ ମିଳନ ଲାଗି ଯେପରି ହୋଇଥିଲେ ଦୂତିକା ଲଳିତା କିମ୍ବା ବିଶାଖା ।

କାର୍ତ୍ତିକ ମାସର ଚତୁର୍ଥ ସୋମବାରଟି ଏହା ମଧ୍ୟରେ ଚାଲିଗଲାଣି । ସେ ଦିନ ସିଏ ଆସିଥିଲେ । ଏମାନେ ମଧ୍ୟ ଯାଇଥିଲେ ମନ୍ଦିରକୁ ସାଙ୍ଗ ହୋଇ । ଅପେକ୍ଷା କରିଥିଲେ ମୁଖଶାଲାରେ ବସିରହି । ସିଏ ଆସି ପହଞ୍ଚି ଥିଲେ ଠିକ୍‌ ସମୟରେ । ପାଦୁକ ପାଇଲେ, ବିଭୂତି ଟିପା ପିନ୍ଧିଥିଲେ ସତୀ ହାତରୁ । ଠାକୁରଙ୍କ ଲାଗି ପଇସା ବଢ଼ାଇ ଦେଇ ବିଦାୟ ନେଇଥିଲେ ପାହାଚ ଓହ୍ଲାଇଯାଇ । ସତୀ ତାଙ୍କୁ ମନଭରି ଅନାଇ ଦେଖିଥିଲା ପଛପଟୁ ପ୍ରତିଥର ପରି ।

ସେ ମୁଖଶାଲାର ପାହାଚ ଓହ୍ଲାଇ ଫେରିଯାଆନ୍ତି ମନ୍ଦିରର ଉତ୍ତର ପଶ୍ଚିମ କୋଣର ବାଉଁଶ ବୁଦା ଉହାଡ଼ରେ ଲୁଚିଯାଆନ୍ତି । ତା' ସାମନାରୁ ଅଦୃଶ୍ୟ ହୋଇଯାଆନ୍ତି । ମାତ୍ର ମନର ଆଖିରେ ଦିଶୁଥାନ୍ତି । ହୃଦୟର ଚକ୍ଷୁରେ ବିରାଜମାନ କରନ୍ତି । ଅନ୍ତରର ନୟନରେ ଦୃଶ୍ୟମାନ ହେଉଥାଆନ୍ତି । ଆତ୍ମାର ଦୃଷ୍ଟିରେ ଦୃଷ୍ଟିଗୋଚର ହୁଅନ୍ତି । ଆଉ ପ୍ରାଣର ଚାହାଣିରେ ଦେଖା ଯାଆନ୍ତି ଅବିରତ ଭାବରେ ।

କାର୍ତ୍ତିକ ମାସ ଶେଷ ସୋମବାରର ଗୋଟିଏ ଦିନପରେ ପଡ଼ିଲା ପୂର୍ଣ୍ଣମୀ । କାର୍ତ୍ତିକ ବ୍ରତର ଶେଷ ଦିବସ ହେଉଛି ରାସ ପୂର୍ଣ୍ଣମା । କାର୍ତ୍ତିକ ପୂର୍ଣ୍ଣମୀକୁ ରାସ ପୂର୍ଣ୍ଣମୀ କୁହାଯିବାର ତାତ୍ପର୍ଯ୍ୟ ହେଲା- 'ରାସ' ଶବ୍ଦର ଅଭିଧାନିକ ଅର୍ଥ ହେଲା, "ନୃତ୍ୟୋସ୍ତବଂ" ବା କୋଲାହଲ । ସେଥିପାଇଁ କାର୍ତ୍ତିକ ମାସର ପୂର୍ଣ୍ଣମୀକୁ ରାସ ପୂର୍ଣ୍ଣମା ବୋଲି କୁହାଯାଏ ।

କାରଣ କାର୍ତ୍ତିକ ପୂର୍ଣ୍ଣିମାରେ ଗୋପନାରୀମାନଙ୍କ ମେଳରେ ରାଧା, କୃଷ୍ଣଙ୍କର ନୃତ୍ୟୋତ୍ସବ ହୋଇଥିଲା। ଶ୍ରୀମଦ୍ଭାଗବତ ମହାପୁରାଣରେ ଉଲ୍ଲେଖ ଅଛି, "ରାସୋତ୍ସବଃ ସଂପ୍ରବୃତ୍ତୋ ଗୋପୀନ୍ ମଣ୍ଡଲ ମଣ୍ଡିତଃ, ଯୋଗେଶ୍ଵରେଣ କୃଷ୍ଣେନ ତା ସାଂମଧ୍ୟେ ଦ୍ୱୟୋଦ୍ୟୋଃ।"। ପୂର୍ଣ୍ଣକାମ ଯୋଗେଶ୍ଵର, ରାସେଶ୍ଵର ଭଗବାନ ଶ୍ରୀକୃଷ୍ଣ ଦୁଇ ଦୁଇ ଜଣ ଗୋପୀଙ୍କର ମଝିରେ ସ୍ଵୟଂ ଆବିର୍ଭାବ ହୋଇ ସେମାନଙ୍କ ଗଳାରେ ହାତ ଛନ୍ଦି ଦେଲେ। ଏହିଭଳି ଜଣେ ଗୋପୀ ଓ ଜଣେ କୃଷ୍ଣ- ସେତେବେଳେ ଏହିପରି କ୍ରମିଥିଲା। ନିଜର ପ୍ରାଣପ୍ରିୟ ନିଜ ପାଖରେ ଥିବା ସମସ୍ତ ଗୋପୀ ଅନୁଭବ କରିବାରେ ଲାଗିଲେ। ଏହିପରି ହଜାର ହଜାର ଗୋପୀଙ୍କ ଦ୍ୱାରା ଶୋଭାୟମାନ ଭଗବାନ ଶ୍ରୀକୃଷ୍ଣଙ୍କର ଦିବ୍ୟ ରାସୋତ୍ସବ ଆରମ୍ଭ ହୋଇଥିଲା। ରାସ ମଣ୍ଡଲରେ ସମସ୍ତ ଗୋପୀ ସେମାନଙ୍କର ପ୍ରିୟତମ ଶ୍ରୀକୃଷ୍ଣଙ୍କ ସହିତ ନୃତ୍ୟ କରିଥିଲେ। ରାସର ବୈଶିଷ୍ଟ୍ୟ ହେଲା କୃଷ୍ଣ-ସମ୍ବନ୍ଧ। ପରମାତ୍ମା ସମ୍ବଳ ବା ବ୍ରହ୍ମ ସହିତ ସମ୍ବନ୍ଧ। ପରମାତ୍ମା ହେଉଛନ୍ତି ଦିବ୍ୟରସ ସ୍ଵରୂପ। ତେଣୁ ଶାସ୍ତ୍ର କୁହେ-"ରୋସୋବୈସଃ"। ପୂର୍ଣ୍ଣିମା ରାତିର ଆକାଶ ଅତି ନିର୍ମଳ ହୋଇଥାଏ। ଆମେ ସମ୍ପୂର୍ଣ୍ଣ ଭାବେ ନିର୍ମଳ, ଶୁଦ୍ଧ, ଶୁଭ୍ର ହୋଇପାରିଲେ ଈଶ୍ଵରଙ୍କ ସହିତ କ୍ରୀଡ଼ା କରିପାରିବା। ଜୀବ ଈଶ୍ଵରଙ୍କ ସହିତ ମିଳିତ ହୋଇ ପାରିବ। ସେତେବେଳେ ରାସୋତ୍ସବ ବା ରାସଲୀଳା ହେବ। ରାସଲୀଳା ହେଉଛି ମହାଯୋଗ। ଯାହାର ମନରେ ଈଶ୍ଵରଙ୍କ ଛଡ଼ା ଅନ୍ୟ କିଛି ନଥାଏ ସେ ହିଁ ଗୋପୀ। କାମର ପରାଭବ ପାଇଁ ରାସଲୀଳା ହୋଇଛି। ଏହା କାମ ବିଜୟ ଲୀଳା। ସମସ୍ତଙ୍କ ସହିତ ପ୍ରେମ ସଂପର୍କ ରଖି ଯେ, ଅନାସକ୍ତ ରହିପାରେ ସେ ହିଁ ପ୍ରକୃତରେ ଉତ୍ତମ ପୁରୁଷ। ରାସ ପୂର୍ଣ୍ଣିମା ଆମକୁ ଏହି ମହାନ ଶିକ୍ଷା ଦେଇଥାଏ। ବ୍ରଜସୁନ୍ଦର କୃଷ୍ଣଙ୍କର ରାସେଶ୍ଵରୀ ରାଧିକାଙ୍କ ସହ ରାସୋତ୍କଳ ରାସକ୍ରୀଡ଼ା। ଗୋପାଙ୍ଗନଙ୍କ ମେଳରେ ଉଦ୍ଯାପିତ ହୋଇଥାଏ। ଏହିଦିନ ହିନ୍ଦୁ ଶାସ୍ତ୍ରାନୁଯାୟୀ କାର୍ତ୍ତିକ ମାସ ହେଉଛି ଧର୍ମମାସ। କାର୍ତ୍ତିକ ମାସ ମଧ୍ୟ ଦାମୋଦର ମାସ ଭାବେ ପରିଚିତ। ଗୋପୀ ଚିତ ଚୋର, କଳାକାନ୍ତୁ ଭାବବିନୋଦିଆ ନନ୍ଦ କୁମାର ଶ୍ରୀକୃଷ୍ଣ ଭକ୍ତମାନଙ୍କ ଭକ୍ତିରେ ଏପରି ବାନ୍ଧି ହୋଇପଡ଼ନ୍ତି ଯେ, ସେ ଭକ୍ତମାନଙ୍କର ଭାକ୍ତିକ ଭାବଧାରାରେ ମଜି ଯାଇଛନ୍ତି ଓ ଭକ୍ତର ଭଗବାନ ବୋଲି ସାରା ବିଶ୍ଵରେ ପରିଚିତ। ପାପରୁ ମୋକ୍ଷ ପାଇବା ନିମନ୍ତେ ଶ୍ରଦ୍ଧାଳୁମାନେ ଏକାନ୍ତ ଚିତ୍ତରେ ଭକ୍ତି ଭାବରେ ବିଶ୍ଵନିୟନ୍ତା ବିଷ୍ଣୁଙ୍କୁ ପୂଜା ଆରାଧନା କରିଥାଆନ୍ତି। ଏହି ଧର୍ମମାସରେ ଏବଂ ସେମାନଙ୍କର ଏହି ପୂଜାର୍ଚ୍ଚନା ମାଧମରେ ଅଶେଷ ଫଳପ୍ରାପ୍ତି ହୋଇଥାଏ ବୋଲି ସ୍କନ୍ଦ ପୁରାଣରେ ବର୍ଣ୍ଣନା ରହିଛି। କାର୍ତ୍ତିକ ପୂର୍ଣ୍ଣିମାର ଅନ୍ୟନାମ ରାସ ପୂର୍ଣ୍ଣିମା ବା ରାଧାକୃଷ୍ଣଙ୍କ ରାସୋତ୍ସବ। ଭାଗବତର ଦଶମ ସ୍କନ୍ଦ ଗୋପଲୀଳାରେ ୩୦ରୁ ୩୪ ଅଧ୍ୟାୟ "ରାସପଞ୍ଚାଧ୍ୟାୟ" ବା ଶରଦ ରାସ ଭାବରେ ବର୍ଣ୍ଣିତ। କାର୍ତ୍ତିକ ଶୁକ୍ଲ ଦଶମୀଠାରୁ ପୂର୍ଣ୍ଣିମା ପର୍ଯ୍ୟନ୍ତ ପ୍ରଭାତ ସ୍ନାନ, ରାସକୀର୍ତ୍ତନ ଓ ଉତ୍ସବ ପାଳନ ଲୋକମାନଙ୍କୁ ଯେତିକି ସ୍ଵାଭିକ ଭାବ ଜାଗରିତ କରେ ସେତିକି ପରିମାଣରେ ଜୀବନକୁ ଆନନ୍ଦ ମୁଖରିତ କରିଥାଏ।

ଧର୍ମମାସର ମହାନ ପୂର୍ଣ୍ଣିମା କାର୍ତ୍ତିକ ପୂର୍ଣ୍ଣିମା। ପ୍ରାଚୀନ ଉକ୍ରଳ ନୌବାଣିଜ୍ୟର ପରମ୍ପରାକୁ ମନେ ପକାଇବା ପାଇଁ ରାତି ଥାଉଣୁ ବା ରଜନୀର ଶେଷ ଯାମରେ ପୁଷ୍କରିଣୀ ଓ ନଦୀ ମଧ୍ୟରେ ଡଙ୍ଗା ଭସାଇ ସାଧବ ପୁଅମାନଙ୍କର ମଙ୍ଗଳ ମନାସି ଅକ୍ଷତରାସି, ବଳିତା ଜାଳି ଆନନ୍ଦ ମନରେ ହୁଲହୁଲୀ ଧ୍ୱନିରେ ଗଗନ ପବନ ମୁଖରିତ କରି ଦିଅନ୍ତି। ଉକ୍ରଳୀୟମାନେ ଅତୀତକୁ ମନେ ପକାଇ ସ୍ମୃତି ଉଦ୍ଦେଶ୍ୟରେ ତାହା ପାଳନ କରିବାରେ ଧୁରନ୍ଦର। ଗ୍ରାମାଞ୍ଚଳ, ସହର, ବଜାର, ପୁରପଲ୍ଲୀ ସର୍ବତ୍ର ଡଙ୍ଗା ଭସାଯାଏ। ପୂର୍ବକାଳରେ ଓଡ଼ିଶାର ସାଧବପୁଅମାନେ ସମୁଦ୍ରରେ ନୌକା ମେଲି ଦୂର ଦେଶମାନଙ୍କୁ ବାଣିଜ୍ୟ କରିବାକୁ ଯାଉଥିଲେ। କାର୍ତ୍ତିକ ପୂର୍ଣ୍ଣିମୀ ଦିନ ସେମାନେ ଯାତ୍ରା ଆରମ୍ଭ କରୁଥିଲେ। ସେ ପରମ୍ପରାକୁ ମନେ ପକାଇ ଜଳାଶୟମାନଙ୍କରେ ଡଙ୍ଗା ଭସାଯାଏ। ସେହି ଡଙ୍ଗା କଦଳୀ ପଟୁଆ, କାଗଜ କିମ୍ବା ସୋଲରେ ତିଆରି ହୋଇଥାଏ। ଏହି ଡଙ୍ଗୀ ଭସାରେ ଅଛି ପରମ୍ପରା ଉପାସନା, ଲୋକ ସଂସ୍କୃତିର ମାନ୍ୟତା ଓ ସ୍ମୃତିଚାରଣର ଅନ୍ତରଙ୍ଗ ଭାବନା।

ଦାଣ୍ଡି ରାମାୟଣ, ବ୍ରହ୍ମାଣ୍ଡ ପୁରାଣ, କୌବର୍ଦ୍ଧ ଗୀତା, ହରିବଂଶ ଓ କାଳି ଦାସଙ୍କ ଲିଖିତ ରଘୁବଂଶ ଏବଂ ଚୀନ୍ ପରିବ୍ରାଜକ ହୁଏନ୍-ସାଂ ଓ ଗ୍ରୀକ୍ ଭୌଗୋଳିକ ଟ'ଲେମିଙ୍କ ବିବରଣୀରୁ ଉକ୍ଳର ନୌବାଣିଜ୍ୟ ବିଷୟରେ ସବିଶେଷ ତଥ୍ୟ ମିଳେ । ପ୍ରାଚୀନ ଶାସ୍ତ୍ରକାରମାନେ ମୁକ୍ତ କଣ୍ଠରେ ଉଦ୍‌ଘୋଷଣ କରିଛନ୍ତି- "ବାଣିଜ୍ୟେ ବସତେ ଲକ୍ଷ୍ମୀ, ତଦର୍ଦ୍ଧଂ କୃଷି କର୍ମାଣି, ତଦର୍ଦ୍ଧଂ ରାଜ ସେବାୟାଂ, ଭିକ୍ଷ ନୈବଚ ନୈବଚ ।" ଏକ ସମୃଦ୍ଧ ଜାତିର ଐତିହ ପରମ୍ପରା ପୃଷ୍ଟ ପରମ୍ପରାକୁ ବାଦ ଦେଲେ ସେ ଜାତି ମୃତବତ ହୋଇ ପଡ଼ିରହେ । ଓଡ଼ିଆ ଜାତିର ସ୍ୱାଭିମାନ, ନିଷ୍ଠା, ପରାକାଷ୍ଠା, ଧୈର୍ଯ୍ୟ ଓ ଅଦମ୍ୟ ସାହସ ଆଜି ତାକୁ ସମଗ୍ର ବିଶ୍ୱ ଦରବାରରେ ସୁଦୃଢ଼ ଭାବେ ଦଣ୍ଡାୟମାନ କରିଛି । ତତ୍କାଳୀନ ବାଣିଜ୍ୟ, ବିପଣନ ଓ ବ୍ୟବସାୟ ମୁଖ୍ୟତଃ ଜଳପଥ ମାଧ୍ୟମରେ ଶତାଧିକ ବର୍ଷ ଧରି ଚଳି ଆସିଥିଲା । ଯେଉଁ ଜାତି ଜଳପଥରେ ଯେତେଦୂର ଜାତାୟତରେ ପାରଙ୍ଗମ, ସେ ଜାତି ସେତେ ଧନରେ ସମୃଦ୍ଧ ।

ଭାରତୀୟ ପୁରାଣମାନଙ୍କରେ ଉଲ୍ଲେଖ ରହିଛି- "ବାଣିଜ୍ୟେ ବସତେ ଲକ୍ଷ୍ମୀ" । ଲକ୍ଷ୍ମୀ ହେଲେ ଧନ ବା ଐଶ୍ୱର୍ଯ୍ୟର ଅଧିଷ୍ଠାତ୍ରୀ ଦେବୀ । ଲକ୍ଷ୍ମୀ ବରୁଣଙ୍କ କନ୍ୟା । ବରୁଣ ହେଉଛନ୍ତି ଜଳାଧିପତି ଅର୍ଥାତ ସମୁଦ୍ରରେ ବାଣିଜ୍ୟ କରୁଥିବା ଦେଶ ହିଁ ଧନଶାଳୀ । ଏଥିରୁ ପ୍ରମାଣ ମିଳେ ଭାରତୀୟମାନେ ପୁରାଣ ଯୁଗରୁ ସମୁଦ୍ର ପଥରେ ବାଣିଜ୍ୟ କରୁଥିଲେ । ଆହୁରି ମଧ୍ୟ "ବ୍ୟାପାରେ ବର୍ଦ୍ଧତେ ଲକ୍ଷ୍ମୀ ବ୍ୟାପାରେ ଚୈବ କୌଶଲମ୍, ହନ୍ତ ବ୍ୟାପାରେ ହୀନ। ନାମ କର୍ମଣ୍ୟଦ୍ ମୂର୍ଜିତମ୍ ।" ବାଣିଜ୍ୟ ଦ୍ୱାରା ଧନ ବୃଦ୍ଧି ପ୍ରାପ୍ତ ହୁଏ । ବାଣିଜ୍ୟରେ ହିଁ କୌଶଲ ପ୍ରଯୁକ୍ତି ହୁଏ । ବାଣିଜ୍ୟହୀନ ଲୋକମାନେ ସର୍ବଥା ଅକର୍ମଣ୍ୟ ଅଟନ୍ତି ।

ସେଥିପାଇଁ ସେହି ଗୌରବମୟ ସମୟକୁ ମନେ ପକାଇବା ପାଇଁ ଓ ପ୍ରାଚୀନ ପରମ୍ପରାକୁ ବଜାୟ ରଖିବାକୁ ଯାଇ ଆଜି ବି ଓଡ଼ିଆ ଲଳନାମାନେ କାର୍ତ୍ତିକ ପୂର୍ଣ୍ଣିମାରେ ରାତିରେ ଡଙ୍ଗା ଭସାଇଥାନ୍ତି । ଡଙ୍ଗା ଭସା ପରେ ସ୍ନାନ ସାରି ଦେବାଳୟକୁ ଯାଇ ଠାକୁରଙ୍କୁ ଦର୍ଶନ କରିବାର ବିଧି ରହିଛି । ସଂପୃକ୍ତ ଗାଁଟିରେ ମଧ୍ୟ ସେ ପ୍ରଥା ଚଳେ ।

ସୁନି ପୂର୍ଣ୍ଣିମା ଆଗଦିନ ଉପରଓଲି ସତୀ ଘରକୁ ଆସିଥିଲା । ଦୁଇସାଙ୍ଗ ଗାଁ ପଛପଟ ପଡ଼ିଆକୁ ଗଲେ । ଦୀପାବଳି ବାସିଦିନ ଯେଉଁ ପଡ଼ିଆକୁ ଯାଇ କଥାବାର୍ତ୍ତା ହୋଇଥିଲେ । ସେହି ପଡ଼ିଆକୁ ସେମାନେ ପୂର୍ଣ୍ଣିମା ଆଗଦିନ ଉପରଓଲି ଯାଇ ଯୋର ତୁଠକୁ ପଡ଼ିଥିବା ରାସ୍ତା କଡ଼ର ଝାଙ୍କିଲା ବରଗଛ ମୂଲେ ବସିଲେ । ସେତେବେଳକୁ କାର୍ତ୍ତିକ ମାସ ଶେଷ ହୋଇ ଆସିଲାଣି । ଗାଁଗଣ୍ଡାରୁ କାଦୁଅ ଶୁଖି ଗଲାଣି । ମେଘ ଅନେକ ଦିନ ହେଲା ଛାଡ଼ିଯାଇଥାଏ । ପହିଲା କାର୍ତ୍ତିକରେ ଯାହା ଅସରାଏ ବର୍ଷା ହୋଇଥିଲା । ତା'ପରଠାରୁ ଆଉ ମେଘ ହୋଇନି । ଆକାଶରେ ବାଦଲ ନଥିବାରୁ ଦିନରେ ପରିଷ୍କାର ଖରା ପଡ଼ୁଛି । ଯଦିବା ରାତିରେ ବହଳ କାକର ପଡ଼େ, ସେ କାକରରେ ରାସ୍ତାଘାଟ କାଦୁଅ ଫୁଟି ଯାଏନା । ଦାଣ୍ଡ, ବାଡ଼ି, ଖଳା, ପଡ଼ିଆ ସବୁ ଶୁଖିଗଲାଣି । ଧାନ କିଆରିରେ ଆଉ ପାଣି ନାହିଁ । ବିଲର ହିଡ଼ ସବୁ ପୁରା ଶୁଖିଲା । ଶେଷ କାର୍ତ୍ତିକ ମାସର ଉପରଓଲି ସୂର୍ଯ୍ୟଙ୍କ କିରଣରେ ଆଉ ପ୍ରଖରତା ନଥାଏ । ଉଡ଼ାପ ନ ଥିବା ସୂର୍ଯ୍ୟ କିରଣ ଦେହକୁ କଷ୍ଟ ନଦେଇ ବରଂ ଆରାମ ପ୍ରଦାନ କରିଥାଏ । ବିଲରେ ଅଧାପାଚିଲା ଧାନର ସମ୍ଭାର । ଦମକା ଦମକା ପବନରେ ଧାନକେଦା ଲହଡ଼ି ଭାଙ୍ଗୁଥାଏ । ମାଛ କାକର ପଡ଼ିବା ଆରମ୍ଭ ହୋଇଗଲାଣି । ଉପରଓଲିରେ ବହଳିଆ କାକର ପଡ଼େନା । ସେହି ବରଗଛ ମୂଲେ ବସି ଦୁଇ ସାଙ୍ଗ ଆଲୋଚନା ଆରମ୍ଭ କଲେ । ଆଗାମୀ କାଲି ପୂର୍ଣ୍ଣିମା ଉପଲକ୍ଷେ ସେମାନଙ୍କର କାର୍ଯ୍ୟକ୍ରମର ଯୋଜନା ସଂପର୍କରେ ।

ସୁନି ପ୍ରଥମେ ଆରମ୍ଭ କଲା । ସେମାନଙ୍କ ମଧ୍ୟରେ ଯେବେ ବି କୌଣସି ବିଷୟରେ ଆଲୋଚନା ହୋଇଥାଏ ପ୍ରଥମେ ସୁନିଠାରୁ ହିଁ କଥା ଆରମ୍ଭ ହୁଏ । ସୁନି ମୁହଁଖୋର ଝିଅ । ସତୀ ଠିକ୍ ତା'ର ବିପରୀତ ସ୍ୱଭାବର । ଧୀରସ୍ଥିର,

ଶାନ୍ତ, ଶିଷ୍ଟ, ଭଦ୍ର, ନମ୍ର, ସରଳ, ନିରୀହ ଓ ଲାଜୁଆ ସ୍ୱଭାବର । ଆଗେ ପାଟି ଖୋଲେ ନାହିଁ । ସେ କେବଳ ସୁନି କଥାର ଉତ୍ତର ଦେଇ ଥାଏ । ସେଦିନ ସେମିତି ସୁନି ପ୍ରଥମେ ଆରମ୍ଭ କଲା ।

"ସତୀ; କାଲି ଆମେ ଶାଢ଼ି ପିନ୍ଧି ମନ୍ଦିରକୁ ଯିବା ।"

"କାହିଁକି ?" ସତୀର ପ୍ରଶ୍ନ ।

"କାହିଁକି ଗୋଟେ କ'ଣ ? ଶାଢ଼ି ପିନ୍ଧି ଯିବା । ଏଥରେ ତୁ ପୁଣି କାହିଁକି କ'ଣ କହୁଛୁ ?"

"କେହି କିଛି ଭାବିବେ ନାହିଁ ?"

"କିଏ କାହିଁକି କ'ଣ ଭାବିବ କହିଲୁ ।"

"କେହି ଖରାପ ଭାବିବେ ନି ।"

"କାହିଁକି ଖରାପ ଭାବିବେ ? ଆମେ କ'ଣ ଚୋରି କରୁଛେ ନା ମଣିଷ ମାରୁଛେ । ଅଥବା ଆଉ କିଛି ସେମିତି ଖରାପ କାମ କରୁଛନ୍ତି ଯେ, ଲୋକେ ଖରାପ ଭାବିବେ ?"

"କେହି ସିନା କିଛି ଭାବିବେ ନାହିଁ ବୋଲି କହୁଛୁ । ବୋଉ ଯଦି ପଚାରିବ ଆଜି କାହିଁକି ଶାଢ଼ି ପିନ୍ଧି ମନ୍ଦିରକୁ ଯିବୁ ? ତେବେ ମୁଁ ବୋଉ କଥାର କି ଉତ୍ତର ଦେବି କହିଲୁ ?"

"କାହିଁକି ପଚାରିବେ ? ଆମେ କ'ଣ ସେମିତି କିଛି ଆପଉଜିନକ କାମ କରୁଛନ୍ତି ଯେ ଖୁଡ଼ୀ ପଚାରିବ ।" (ସବିତାଙ୍କୁ ସୁନି ଖୁଡ଼ୀ ଡାକିଥାଏ) ଆମେ ପୁଣି ରଜରେ, ଭାଲୁକୁଣୀ ଓଷା ଶେଷ ପାଲିରେ, ଗହ୍ମା ପୂର୍ଣ୍ଣିମାରେ, କୁଆଁର ପୂର୍ଣ୍ଣିମା ଦିନ, ପ୍ରଥମାଷ୍ଟମୀରେ, ଜାଗରଦିନ ଶାଢ଼ି ପିନ୍ଧି ମନ୍ଦିରକୁ ଯାଉଥିଲେ । ସେହିପରି ପଞ୍ଚୁକ ପୂର୍ଣ୍ଣିମାରେ ଶାଢ଼ି ପିନ୍ଧି ମନ୍ଦିରକୁ ଯିବା । ଏଥିରେ ଅସୁବିଧା କେଉଁଠି ରହିଲା ଯେ, ଖୁଡ଼ୀ ତୋତେ ସେଥିପାଇଁ କିଛି କହିବେ ବୋଲି ତୁ ଭାବୁଛୁ ।

"ବୋଉ ସିନା କିଛି କହିବନି ବୋଲି ତୁ କହୁଛୁ, ଅନ୍ୟମାନେ ଆମକୁ ଦେଖି କ'ଣ ଭାବିବେ ?"

"କିଏ କାହିଁକି କିଛି ଭାବିବ । ଆମେ ଶାଢ଼ି ପିନ୍ଧି ଠାକୁରଙ୍କ ଦର୍ଶନ ଲାଗି ମନ୍ଦିରକୁ ଯିବା । ଏଥରେ କିଏ କାହିଁକି କିଛି ଭାବିବ ?"

"କେହି କିଛି ଭାବିବେନି । ସେଥିଲାଗି କୌଣସି ଅସୁବିଧା ହେବନି, ମାତ୍ର ତା' ଦ୍ୱାରା ଆମର କ'ଣ ସୁବିଧା ହେବ ନା ଆମେ କି ରକମର ଉପକୃତ ହେବା କହିନି ?" ସତୀ ପଚାରିଲା ।

"ସୁବିଧା କ'ଣ ହେବ ? ଆଉ ଆମେ କି ପ୍ରକାର ଉପକୃତ ହେବା । ସେ କଥା ତୁ କ'ଣ ଜାଣନୁ ଯେ, ପୁଣି ମୋତେ ପଚାରୁଛୁ ?"

"ଜାଣିଥିଲେ କାହିଁକି ପୁଣି ପଚାରିଥାନ୍ତି ।" ସତୀ ଆଶ୍ଚର୍ଯ୍ୟ ମିଶା ଚାହାଁଣିରେ ସୁନି ମୁହଁକୁ ଅନାଇଁ ପଚାରିଲା !

ସତୀ କଥା ଶୁଣି ସୁନି କହିଲା, "ତୁ ଜାଣି ପାରୁନାହୁଁ ନା ଜାଣି ଚତୁରୀ ହେଉଛୁ ?"

"ମୁଁ ଜାଣି ଚତୁରୀ କ'ଣ ହେଲି ?" କ'ଣ ସୁବିଧା ହେବ । ଆଉ କି ରକମ ଉପକୃତ ହେବା ତୁ କହନୁ ?

ସତୀ କଥାର ଉତ୍ତରରେ ସୁନି କହିଲା । "ତୁ ସୁବିଧା ଆଉ ଉପକୃତ ହେବା କଥା ପଚାରୁଛୁ ତ ?"

"ହଁ" ସୁନିର ପଚାରିଥିବା ପ୍ରଶ୍ନରେ ସତୀର ସଂକ୍ଷିପ୍ତ ଉତ୍ତର ଥିଲା ।

ସୁନି ବୁଝାଇବା ଭଲି କହିଲା, "ତେବେ ଶୁଣ । କାଲି ପଞ୍ଚକ ପୂର୍ଣ୍ଣିମା । ଅଧର ବାବୁ ନିଶ୍ଚୟ ଠାକୁରଙ୍କ ପାଖକୁ ଆସିବେ । ପ୍ରତିଥର ସେ ଆମକୁ ଡ୍ରେସ ବା ନାଇଟ୍ ପିନ୍ଧି ଥିବାର ଦେଖୁଛନ୍ତି । ସତୀ ତୁ ଶାଢ଼ି ପିନ୍ଧିଲେ ଭାରି ସୁନ୍ଦର ଦିଶୁ । ତୋତେ ଶାଢ଼ି ପିନ୍ଧିଥିବାର ଦେଖିଲେ ସେ ନିଶ୍ଚୟ ଖୁବ୍ ଖୁସି ହେବେ । କେବଳ ତାଙ୍କରି ପାଇଁ ମୁଁ ତୋତେ ଶାଢ଼ି ପିନ୍ଧି ମନ୍ଦିର ଯିବାକୁ କହୁଛି ।"

ସୁନି କଥା ଶୁଣି ସତୀ କହିଲା, "ସୁନି ଆମେ ଶାଢ଼ି ପିନ୍ଧି ଯିବା। ମୁଖଶାଳାରେ ବସି ତାଙ୍କୁ ଅପେକ୍ଷା କରିବା। ମନ୍ଦିରରେ ତାଙ୍କ ସହିତ ଆମର ଭେଟ ହେବ। କେହି କିଛି ଭାବିବେ ନାହିଁ ?"

"ସତୀ ଆମେ ଡ୍ରେସ ପିନ୍ଧି ଯାଉଛନ୍ତି। ମୁଖଶାଳାରେ ବସି ତାଙ୍କ ଲାଗି ଅପେକ୍ଷା କରୁଛନ୍ତି। ମନ୍ଦିର ଦୁଆରେ ତାଙ୍କ ସହିତ ଆମର ସାକ୍ଷାତ ହେଉଛି। ସେତେବେଲେ ଯଦି କେହି କିଛି ଭାବୁ ନାହାନ୍ତି। ତେବେ ଶାଢ଼ି ପିନ୍ଧି ଗଲେ, ତାଙ୍କ ସହିତ ଆମକୁ ଦେଖି କିଏ କାହିଁକି କିଛି ଭାବିବ ?"

ସୁନିର ଉତ୍ତର ଶୁଣି ସତୀ ଟିକେ ଗୁମ୍ମାରି ବସି ରହିଲା। ଯେପରି କୌଣସି ବିଷୟକୁ ସେ ଖୁବ୍ ଗୁରୁତ୍ୱର ସହିତ ବିଚାର କରୁଥିଲା। ସେ ନିରବ ରହିବା ଦେଖି ସୁନି ପଚାରିଲା, "କ'ଣ ଏମିତି ରୂପ ହୋଇ ବସିଗଲୁ। ଏଇ ସାମାନ୍ୟ କଥାଟା ପାଇଁ ତୋର ପୁଣି ଏତେ ଚିନ୍ତା ?"

କିଛି ସମୟ ପରେ ସତୀ କହିଲା, 'ହେଉ ହେଲା।'

ସୁନି କଥାରେ ସତୀ ରାଜି ହେଲା ସତ। ମାତ୍ର ତା' ହାବଭାବରୁ ଯାହା ଜଣାଯାଉଥାଏ, ସେ ଏଥିରେ ସ୍ୱତଃସ୍ଫୁର୍ତ ଭାବେ ରାଜି ନୁହେଁ। କେବଲ ସୁନି କଥାରେ ବାଧବାଧକତାରେ ହଁ ମାରିଛି। ତା'ର ଏହିପରି ଭଙ୍ଗୀ ଦେଖି ସୁନି ବୁଝାଇ ଦେଲା, ଦେଖ ସତୀ ଅଧର ବାବୁ ସେହିପରି ଲୋକ ନୁହନ୍ତି। ସିଏ କେବେ ଆମ ସହିତ ସେପରି କିଛି ଖରାପ ବ୍ୟବହାର କରିବେନି। ଏ ଭରସା ମୋର ତାଙ୍କ ଉପରେ ପୂରାପୂରି ରହିଛି। ସିଏ କେବେ ଆମ ସହିତ ହେଁହେଁ ଫେଁଫେଁ ହେବେନି। କୌଣସି ଆପଉଜିନକ କାର୍ଯ୍ୟ ତାଙ୍କଠାରୁ ଆଶା କରାଯାଇ ପାରିବନି। ସିଏ ଆମ ସହିତ ମଧ କେବେ ଗେଲା, ଭଗିଲି, ଠଗା, ମଜା, ଟାହୁଲି, ଭଗିଲି ହୋଇ ନାହାନ୍ତି କିମ୍ୱା କେବେ ବି ହେବେ ନାହିଁ। ଯାହାକୁ ଦେଖି କିମ୍ୱା ଶୁଣି କେହି ଆମକୁ ସନ୍ଦେହ କରିବେ।

ଶାଢ଼ି ପିନ୍ଧା ଯିବା କଥା ସାବ୍ୟସ୍ତ ହେଲାପରେ, କି ରଙ୍ଗର ଶାଢ଼ି ପିନ୍ଧିବେ ସେ ବିଷୟରେ ବିଚାର ଚାଲିଲା। ସୁନି ପଚାରିଲା "ତୁ କେଉଁ (କି) ରଙ୍ଗର ଶାଢ଼ି ପିନ୍ଧୁବୁ ?"

ସତୀ ଉତ୍ତର ଦେଲା, "ଶାଢ଼ି ପିନ୍ଧିବା କଥା। ଯେଉଁ ରଙ୍ଗର ହେଉ ଶାଢ଼ି ଖଣ୍ଡେ ପିନ୍ଧିଦେଲେ ହେଲା। ଏଥିରେ କ'ଣ ଅଛି।"

ସତୀର କଥା ଶୁଣି ସୁନି କହିଲା, ସତୀ ତୁ ଏମିତି ଖାମ୍ଖିଆଲି ହେଲେ ଚଲିବ ନାହିଁ। କୌଣସି କଥାକୁ ସାମାନ୍ୟ, ସାଧାରଣ କିମ୍ୱା ମାମୁଲି ଅଥବା ଅତି ସହଜ୍ ଭାବିବା ଅବା ହେୟଜ୍ଞାନ କରିବା। ଯାଇତାଇ ବୋଲି ମନରେ ଆଣିବା, ତୁଚ୍ଛ ମଣିବା, ହୀନ ଦୃଷ୍ଟିରେ ଦେଖିବା, ନଗଣ୍ୟ ବା ସାମାନ୍ୟ ଅଥବା ଛୋଟିଆ ମନେ କରିବା ଆଦୋ ଠିକ୍ ନୁହେଁ। ଜୀବନ ସଂଗ୍ରାମରେ ଯିଏ ଛୋଟକୁ ବାସ୍ତବ ଲକ୍ଷ୍ୟ କରି ଏହି ଲକ୍ଷ୍ୟ ହାସଲ ଦିଗରେ ଅଗ୍ରସର ହୁଏ, ସେ ଜୟ ଲାଭ କରିଥାଏ ଓ ଅନ୍ତତଃ ପରବର୍ତୀ ସମୟରେ ଜୀବନରେ ବଡ଼ ଉଦ୍ଦେଶ୍ୟ ସିଦ୍ଧିରେ ସଫଲ ହୋଇଥାଏ। ତାହା ନକରି ହଠାତ୍ ବୃହତର ଲକ୍ଷ୍ୟ ହାସଲ ଦିଗରେ ଅଗ୍ରସର ହେଲେ ଏହା ଉପଯୁକ୍ତ ପ୍ରୟୋଗାମ୍ୟିକ ନୀତି ଅଭାବରୁ ଅସଫଲ ହୋଇଥାଏ। ଅଧିକାଂଶ ସମୟରେ ସୀମିତ ତଥା କ୍ଷୁଦ୍ର ପରିସରରେ ନିଜ ସଫଲତା ପ୍ରତିପାଦିତ ହେଲେ, ଆତ୍ମବିଶ୍ୱାସ ବୃଦ୍ଧି ପାଇଥାଏ ଏବଂ ଏହା ପରବର୍ତୀ ସମୟରେ ବଡ଼ ଲକ୍ଷ୍ୟ ସିଦ୍ଧିରେ ବିଶେଷ ସହାୟକ ହୋଇଥାଏ।

"ସୁନି ଏଇ ଛୋଟିଆ କଥାଟିକୁ ସାମାନ୍ୟ ମନେ ନକରି କାହିଁକି ବଡ଼ ବୋଲି ଭାବିବି କହିଲୁ ?"

"ସତୀ ତୁ ବୋଧେ ଜାଣିନୁ ଛୋଟ ସାପର ବିଷ ବେଶୀ। ଖାମ୍ଖିଆଲି ପାଇଁ ସମୟେ ସମୟେ ଅନେକ ବଡ଼ ଧରଣର କ୍ଷତି ସହିବାକୁ ପଡ଼େ ଓ ସେଥିପାଇଁ ବହୁ ମୂଲ୍ୟ ଦେବାକୁ ହୁଏ ଏବଂ ଅତି ବିରାଟ ବିପର୍ଯ୍ୟୟକୁ ସାମ୍ନା କରିବାକୁ ହୋଇଥାଏ। ଛୋଟିଆ ଜୀବ ପିମ୍ପୁଡ଼ିଟିଏ ବିରାଟକାୟ ହାତୀ ଥୋଡ଼ ଭିତରେ ପଶି ତାହାକୁ ନାକେଦମ୍ କରିଦେଇ ପାରେ। ଜୁଲିଅସ୍ ସିଜରଙ୍କୁ

ନିଜର ବ୍ୟକ୍ତିଗତ ନିରାପତ୍ତା ପ୍ରତି ସତର୍କ ରହିବାକୁ ଓ ନିଜ ସୁରକ୍ଷା ବ୍ୟବସ୍ଥାକୁ ସୁଦୃଢ଼ ନକରି, ସାଙ୍ଗରେ ସୁରକ୍ଷା କର୍ମୀଙ୍କୁ (ଦେହ ରକ୍ଷୀ) ନନେଇ ଏକୁଟିଆ ସିନେଟ୍ ଗୃହକୁ ନଯିବାକୁ ତାଙ୍କୁ ତାଙ୍କ ସୈନିକ ପତ୍ନୀ କାଲିପୂର୍ଣ୍ଣିଆ ସତର୍କ କରାଇ ଦେଇଥିଲେ । କିନ୍ତୁ ସିଜର ନିଜ ସ୍ତ୍ରୀଙ୍କ କଥାକୁ ଗୁରୁତ୍ୱ ନଦେଇ ନିଜର ଖାମ୍‌ଖିଆଲି ମନୋବୃତ୍ତି ପାଇଁ ଗୁପ୍ତହତ୍ୟାର ଶିକାର ହୋଇଥିଲେ ।

ସେମିତି ଫରାସି ସମ୍ରାଟ ନେପୋଲିଅନ ଯଦିଓ ଜଣେ ବିଚକ୍ଷଣ ଓ ପ୍ରବୀଣ ସମର ବିଶାରଦ ଏବଂ ନିପୁଣ ଯୋଦ୍ଧା ତଥାପି ସିଏ କ୍ରମାଗତ ଭାବେ ଚାଳିଶଟି ଯୁଦ୍ଧରେ ବିଜୟ ଲାଭ କରି ଅତିମାତ୍ରାରେ ଆତ୍ମବିଶ୍ୱାସୀ ହୋଇପଡ଼ିଥିଲେ । ତାଙ୍କର ଆତ୍ମପ୍ରତ୍ୟୟ ଏପରି ଚରମ ସୀମାରେ ପହଞ୍ଚି ଯାଇଥିଲା ଯେ, ସେ ଯୁଦ୍ଧ ଭୂଇଁକୁ ପ୍ରକୃତ ସମର କ୍ଷେତ୍ର ନଭାବି ପିଲାବେଳର ଖେଳପଡ଼ିଆ ବୋଲି ଧରି ନେଇଥିଲେ । ତାଙ୍କ ମନରେ ଦୃଢ଼ ବିଶ୍ୱାସ ଜନ୍ମିଥିଲା ଯେ, ତାଙ୍କର ଉପସ୍ଥିତି ହିଁ ଫରାସୀବାହିନୀର ବିଜୟ ପାଇଁ ଯଥେଷ୍ଟ । ସିଏ ଯଦି ରୁଷ ଅଭିଯାନ(ମସ୍କୋ ବିପର୍ଯ୍ୟୟ) ପରେ ଚତୁର୍ଥ ୟୁରୋପୀୟ ମହାମେଣ୍ଟକୁ ସାମରିକ ଶକ୍ତି ଦ୍ୱାରା (ସାମରିକ ଉପାୟରେ) ମୁକାବିଲା କରିବାକୁ ଚାହୁଁଥିଲେ । ତା'ହେଲେ ତାଙ୍କର ସ୍ତେନ୍‌ରେ ମୁତୟନ ହୋଇଥିବା ଅଢ଼େଇ ଲକ୍ଷ ସୈନ୍ୟଙ୍କୁ ସେଠାରୁ ପ୍ରତ୍ୟାହାର କରି ଆଣି ଜର୍ମାନ ଅଞ୍ଚଳ ଯୁଦ୍ଧ କ୍ଷେତ୍ରରେ ସେମାନଙ୍କୁ ସମ୍ପୂର୍ଣ୍ଣ ରୂପେ ପ୍ରୟୋଗ କରିଥିଲେ ତାଙ୍କର ବିଜୟ ସୁଗମ ହୋଇପାରିଥାନ୍ତା । କିନ୍ତୁ ସେ ତାହା ନକରି ସ୍ତେନ୍‌ରେ ବୃଥାରେ (ଅଯଥାରେ) ଅଢ଼େଇ ଲକ୍ଷ ଅଭିଜ୍ଞ ସୈନ୍ୟଙ୍କୁ ନିୟୋଜିତ ରଖି ତରବରିଆ ଭାବେ ତାଲିମ ପାଇଥିବା ଅନଭିଜ୍ଞ ଅଢ଼େଇ ଲକ୍ଷ ସୈନ୍ୟଙ୍କୁ ନେଇ ଯୁଦ୍ଧ କରିବାରୁ ତାଙ୍କୁ ତାଙ୍କ ଜୀବନରେ ପ୍ରଥମଥର ପାଇଁ ପରାଜୟର ମୁଖ ଦେଖିବାକୁ ପଡ଼ିଲା । ନେପୋଲିଅନ ଯୁଦ୍ଧକୁ ଖାମ୍‌ଖିଆଲରେ ପିଲାବେଳର ଖେଳ ମନେ କରି ହେୟଜ୍ଞାନ ବଶତଃ ନିଜ ପତନକୁ ଆମନ୍ତ୍ରଣ କରିଆଣିଥିଲେ । କିନ୍ତୁ ସେ ଦାୟିତ୍ୱ ସଂପନ୍ନ ଭାବରେ ପ୍ରକୃତ କଥାକୁ ହୃଦୟଙ୍ଗମ କରିଥିଲେ କେବେବି ପରାଜୟର ସ୍ୱାଦ ଚାଖି ନଥାନ୍ତେ ।

୧୧୯୧ ମସିହାରେ ପ୍ରଥମ ତିରୋରି ଯୁଦ୍ଧରେ ପରାଜିତ ମହମ୍ମଦ ଘୋରୀଙ୍କୁ ହତ୍ୟା ନକରି ଛାଡ଼ି ଦେବା ରାଜା ପୃଥ୍ୱୀରାଜ ଚୌହାନଙ୍କ ପକ୍ଷରେ ମାରାତ୍ମକ ଭୁଲଥିଲା । ଯାହା ଫଳରେ ସେହି ମହମ୍ମଦ ଘୋରୀଙ୍କ ଦ୍ୱାରା ସେ ୧୧୯୨ ମସିହା ଦ୍ୱିତୀୟ ତିରୋରି ଯୁଦ୍ଧରେ ପରାଜିତ ଓ ନିହତ ହୋଇଥିଲେ ।

ବଙ୍ଗର ନବାବ ସିରାଜଉଦ୍ଦୌଲା ପଲାସିରେ କ୍ଲାଇଭଙ୍କ ବିରୋଧରେ ଯୁଦ୍ଧ ନକରି କେବଳ ତାଙ୍କର ପ୍ରଧାନ ସେନାପତି ମୀରଜାଫରଙ୍କୁ ବନ୍ଦୀ କରିଥିଲେ । ତାଙ୍କୁ ଆଉ ଇଂରେଜମାନଙ୍କ ବିରୋଧରେ ଯୁଦ୍ଧ କରିବାକୁ ପଡ଼ିନଥାନ୍ତା କିନ୍ତୁ ସେ ତାହା ନକରି ବରଂ ଓଲଟି ମୀରଜାଫରଙ୍କ ନିର୍ଦ୍ଦେଶରେ ପରିଚାଳିତ ହୋଇ ରାଜ୍ୟ ସହିତ ନିଜର ପ୍ରାଣ ହରାଇଥିଲେ । ସୁଯୋଗ ଜୀବନରେ ଖୁବ୍ କମ୍ ଥର ଆସେ । ତାହା କେବେ ବାରମ୍ବାର ଆସି ନଥାଏ । ସୁଯୋଗକୁ ଠିକ୍ କାମରେ ଲଗାଇ ନପାରିଲେ ପରେ ସେଥିପାଇଁ ଆଉ କିଛି ଉପାୟ ନଥାଏ । ସୁଯୋଗକୁ ହାତଛଡ଼ା କରିଥିବା ଯୋଗୁଁ କେବଳ ଅନୁତାପ କରିବା ହିଁ ସାର ହୋଇଥାଏ ଏବଂ ପଶ୍ଚାତାପ କରିବାକୁ ପଡ଼େ । ଶାସ୍ତ୍ର କହେ, "କର୍ମଣା ବାଧତେ ବୁଦ୍ଧିର୍ ବୁଦ୍ଧ୍ୟା କର୍ମ ବାଧତେ । ସବୁଦ୍ଧି ଚାପି ଯଦ୍ରାମୋ ଦୈମଂ ହରିଣ ମନ୍ଦ୍ୟତା ।" କର୍ମ ଦ୍ୱାରା ବୁଦ୍ଧି ବାଧାପ୍ରାପ୍ତ ହୁଏ ବୁଦ୍ଧି ଦ୍ୱାର କର୍ମ ବାଧାପ୍ରାପ୍ତ ହୁଏ ନାହିଁ । ତେଣୁ ଅତି ବୁଦ୍ଧିମାନ ରାମଚନ୍ଦ୍ର ସୁବର୍ଣ୍ଣ ହରିଣର ଅନୁଗମନ କରିଥିଲେ ।

ସତ୍ୟ ନିଷ୍ଠ ରାମଚନ୍ଦ୍ର ସମସ୍ତ ପ୍ରକାର ନୈତିକତାକୁ ଜଳାଞ୍ଜଲି ଦେଇ ନିମ୍ନ ବୃକ୍ଷ ଉହାଡ଼ରେ ଲୁଚି ରହି ଭାଇ ସୁଗ୍ରୀବ ସହିତ ଯୁଦ୍ଧରତ ବାଲିଙ୍କୁ ଶରାଘାତ କରିଥିଲେ । ଏହା କରିନଥିଲେ ବାଲିବଧ କେବେବି ସମ୍ଭବ ହୋଇନଥାନ୍ତା । କାରଣ ବାଲି ବର ପ୍ରାପ୍ତ ହୋଇଥିଲେ । ତାଙ୍କ ସମ୍ମୁଖକୁ ଆସି କେହି ଯୁଦ୍ଧକଲେ ସଂପୃକ୍ତ ଯୋଦ୍ଧାର ଅଧେ ଶକ୍ତି ବାଲିଙ୍କୁ ପ୍ରାପ୍ତ ହେବ । ସେଥିପାଇଁ ସମ୍ମୁଖ ଯୁଦ୍ଧରେ ବାଲିଙ୍କୁ ଜିତିବା କେବେବି ସମ୍ଭବ ନୁହେଁ ଜାଣି ସତ୍ୟର ରକ୍ଷକ ରାମଚନ୍ଦ୍ର ଏପରି କାପୁରୁଷୋଚିତ ଅନ୍ୟାୟ କର୍ମ କରିବାକୁ ଓ ଅନୀତି ତଥା ଅଧର୍ମ ମାର୍ଗ ଅନୁସରଣ କରିବା ପାଇଁ ବାଧ୍ୟ ହୋଇଥିଲେ ।

ନିକୁମ୍ଭିଲାରେ ଯଜ୍ଞ କରୁଥିବା ଇନ୍ଦ୍ରଜିତଙ୍କୁ ଯଜ୍ଞରେ ପୂର୍ଣ୍ଣାହୁତି ଦେବା ପୂର୍ବରୁ ବଧ କରିନଥିଲେ ଲକ୍ଷ୍ମଣଙ୍କ ଦ୍ୱାରା ଇନ୍ଦ୍ରଜିତ ବଧ ଆଉ କେବେବି ସମ୍ଭବ ହୋଇନଥାନ୍ତା । ଶ୍ରୀଖଣ୍ଡିଙ୍କୁ ଦେଖି ଅସ୍ତ୍ର ତ୍ୟାଗ କରିଥିବା ଭୀଷ୍ମଙ୍କୁ ଶର ପ୍ରହାର ଦ୍ୱାରା ନିଷ୍କ୍ରିୟ କରିଦେଇ ଶରଶଯ୍ୟାରେ ଶୁଆଇ ଦେଇ ନଥିଲେ ପାଣ୍ଡବଙ୍କ ଯୁଦ୍ଧ ଜୟ ସ୍ୱପ୍ନରେ ରହିଯାଇଥାନ୍ତା । ପୁତ୍ର ଅଶ୍ୱଥାମାର ମୃତ୍ୟୁ ସମ୍ବାଦ ଶୁଣି ଦ୍ରୋଣାଚାର୍ଯ୍ୟ ଯୁଦ୍ଧ ବନ୍ଦ କରି ଧ୍ୟାନମଗ୍ନରେ ଥିବା ବେଳେ ଧୃଷ୍ଟଦ୍ୟୁମ୍ନ ତାଙ୍କ ଶିରଚ୍ଛେଦ କରିଥିଲେ । ତାହା କରିନଥିଲେ ଦ୍ରୋଣଙ୍କୁ ହତ୍ୟା କରିବା ଦୁରୂହ ବ୍ୟାପାର ହୋଇ ରହିଯାଇଥାନ୍ତା । ବୀରଥୀ କର୍ଣ୍ଣଙ୍କୁ ଶରାଘାତ କରିନଥିଲେ ଭାରତ ଯୁଦ୍ଧର ମୋଡ଼ ଅନ୍ୟ ପ୍ରକାର ହୋଇଥାନ୍ତା । ଅର୍ଜୁନଙ୍କ ଆତ୍ମାହୁତି ଦେଖିବାକୁ ଆସିଥିବା ନିରସ୍ତ ଜୟଦ୍ରଥଙ୍କୁ ସେଇଠି ବଧ କରିନଥିଲେ ପରେ କେବଳ ପଶ୍ଚାତାପ ହିଁ ସାର ହୋଇଥାନ୍ତା । ଏସବୁ ହେଲା ସୁଯୋଗର ଉପଯୁକ୍ତ ସଦ୍‌ବ୍ୟବହାର ବା ସମୟ ଉପଯୋଗୀ ପଦକ୍ଷେପ । କୃଷ୍ଣଙ୍କ କଥା ନମାନି ଏବଂ ବିଭୀଷଣଙ୍କ ପରାମର୍ଶରେ ପରିଚାଳିତ ନହୋଇ ଯୁଦ୍ଧନୀତି, ସାମାଜିକ ନିୟମ ଓ ସାଂସାରିକ ଧର୍ମକୁ ଜଗି ଯୁଦ୍ଧ କରିଥିଲେ, ଲଙ୍କା ଭୂଇଁରେ ରାମଚନ୍ଦ୍ର ଓ କୁରୁକ୍ଷେତ୍ର ସମର ପ୍ରାଙ୍ଗଣରେ ପାଣ୍ଡବମାନେ ବିଜୟୀ ହୋଇ ପାରିନଥାନ୍ତେ ଆଦୌ । ସେମିତି ସତୀ ସୁଯୋଗକୁ ହାତଛଡ଼ା କରିବା କେବେବି ଉଚିତ୍ ନୁହେଁ କିୟା । ତାହା ଆଦୌ ବୁଦ୍ଧିମାନର କାର୍ଯ୍ୟ ହୋଇ ନପାରେ ।

ସତୀ ରୋମର ଜୁଲିୟସ ସିଜର, ଫ୍ରାନ୍ସ ସମ୍ରାଟ ନେପୋଲିଅନ ବୋନାପାର୍ଟ, ବଙ୍ଗର ନବାବ ସିରାଜଉଦ୍ଦୌଲାମାନେ ସମୟର ସୁଯୋଗକୁ ଠିକ୍ ଭାବରେ ବ୍ୟବହାର କରିନପାରି ବିଫଳ ହୋଇଥିଲା ବେଳେ ରାମଚନ୍ଦ୍ର, ଲକ୍ଷ୍ମଣ, ପାଣ୍ଡବ ଓ ଅର୍ଜୁନ ଏବଂ ରବର୍ଟ କ୍ଲାଇବମାନେ ସମୟ ଉପଯୋଗୀ ପଦକ୍ଷେପ ବା ସୁଯୋଗର ସଦୁପଯୋଗ କରି ସଫଳତା ପାଇବାକୁ ସମର୍ଥ ହୋଇଥିଲେ ।

"ସୁନି ତୁ ବୁଝିବାକୁ ଚେଷ୍ଟା କରୁନୁ କାହିଁକି ? ଠାକୁର ବାବା କହୁଥିଲେ ସମୟେ ସମୟେ ସୁଯୋଗର ସତ୍‌ବ୍ୟବହାର ମଧ ଅସୁବିଧା ସୃଷ୍ଟି କରାଇଥାଏ । ସଫଳତା ଅନେକ ସମୟରେ ଆତ୍ମପ୍ରବଞ୍ଚନାର କାରଣ ହୁଏ ।। ଏଇ ଯେପରି ୧୭୩୮ ମସିହାରେ ଆମ ଠାକୁର ରାଜା ରାମଚନ୍ଦ୍ର ଦେବ ୨ୟ (୧୭୩୨-୧୭୪୩)ଙ୍କ ଶାସନ କାଳରେ ବଙ୍ଗ, ବିହାର, ଓଡ଼ିଶାର ନବାବ ମୁର୍ଶିଦାବାଦର ମୁର୍ଶିଦକୁଲ୍ଲୀ ଖାଁଙ୍କଠାରୁ ପରାସ୍ତ ହୋଇ ଜଗନ୍ନାଥଙ୍କୁ ଯବନ ଦାଉରୁ ରକ୍ଷା ପାଇବା ପାଇଁ ନବାବଙ୍କ ଝିଅଙ୍କୁ ବିବାହ (ଅନ୍ୟ ମତରେ ପ୍ରେମ କରି) କରିଥିଲେ । ଏହା ଏକ ସମୟ ଉପଯୋଗୀ ପଦକ୍ଷେପ ନଥିଲା କି ? କିନ୍ତୁ ଫଳ ହେଲା ଓଲଟା । ଯବନ କନ୍ୟାଙ୍କୁ ବିବାହ କରିଥିବାରୁ ରାଜାଙ୍କୁ ବିଧର୍ମୀ ବିବେଚନା କରି ମନ୍ଦିର ପ୍ରବେଶ ବାରଣ କରାଯାଇଥିଲା । ମାତ୍ର ରାଜାଙ୍କ ଦର୍ଶନ ଲାଗି ସିଂହଦ୍ୱାର ଗୁମ୍ଟର ଡାହାଣ ପଟ କାନ୍ଥରେ ଜଗନ୍ନାଥଙ୍କ ପ୍ରତିମୂର୍ତ୍ତି ସ୍ଥାପନ କରାଯାଇଥିଲା । ରାଜା ରାମଚନ୍ଦ୍ର ଦେବ-୨ୟ ଠାକୁରଙ୍କ ଇଜ୍ଜତ (ମାନ) ରକ୍ଷା କରିବାକୁ ଯାଇ ନିଜେ ବ୍ୟକ୍ତିଗତ ଭାବେ ଭିଷଣ ଭାବେ ଠକି ଯାଇଥିଲେ । ସେହିପରି ମୋ କ୍ଷେତ୍ରରେ ସମୟ ଉପଯୋଗୀ କାର୍ଯ୍ୟ କରିବାକୁ ଯାଇ ସେପରି ହେବନିତ ? ଆଉ ସୁ-ଉ-ଯୋଗ । ତୁ' କାହାକୁ ସୁଯୋଗ ବୋଲି କହୁଛୁ ସୁନି ?"

ସତୀ କଥା ଶୁଣି ସୁନି ତା ମୁହଁକୁ ଅନାଇଲା । ସେତେବେଳେ ସତୀ ମଧ ତା' ଆଡ଼କୁ ମୁହଁ କରି କହୁଥିଲା । ସୁନି ତା' ମୁହଁକୁ ଥରେ ସରଳ ଚାହାଣିରେ ଆଉଁଶି ଆଣି ପଚାରିଲା, "ସତୀ ଏଇଟା କ'ଣ ତୋ' ପାଇଁ ସୁଯୋଗ ନୁହେଁ ?"

"ଇୟେ ମୋ ପାଇଁ କି ପ୍ରକାର ସୁଯୋଗ ସୁନି ?"

ସୁନି ଏଥର ସତୀ ପାଖକୁ ଟିକେ ଲାଗି ଯାଇ କହିଲା, "ସତୀ ତୁ ବୁଝୁନୁ କାହିଁକି, ଇୟେ ତୋ ଲାଗି ସୁଯୋଗ ନୁହେଁ ତ' ଆଉ କଣ ?"

"ସୁନି ଇୟେ ମୋ ପାଇଁ କାହିଁକି ସୁଯୋଗ ହେବ ?"

ସତୀର କାନ୍ଧରେ ହାତ ରଖି ସୁନି କହିଲା, "ସତୀ, ଅଧର ବାବୁଙ୍କ ପରି ଯୁବକଙ୍କୁ ନିଜର କରିପାରିବା କ'ଣ

ସମସ୍ତଙ୍କ ଭାଗ୍ୟରେ ଯୋଟେ ? ତୁ ତାକୁ ସୁଯୋଗ ନକହି ଆଉ କ'ଣ କହୁଚୁ କହନି ? ଯେକୌଣସି ଜିଅ ପକ୍ଷରେ ଏହା ଖାଲି ସୁଯୋଗ କିୟ ସୌଭାଗ୍ୟ ନୁହେଁ, ନିଶ୍ଚିତ ପରମ ସୌଭାଗ୍ୟର କଥା।"

"ଅଧର ବାବୁଙ୍କୁ କିଏ ନିଜର କରିପାରିବ।"

ସୁନି ତତ୍କ୍ଷଣାତ ସତୀ କଥାର ଉତ୍ତର ଦେଲା, "କାହିଁକି ତୁ' ତୁ ତାଙ୍କୁ ନିଜର କରିବୁ।"

ସୁନି ଉପରୁ ଆଖି ଫେରାଇ ନେଇ ଯୋରକଡ଼ କାଶତଣ୍ଡୀ ଅଡ଼କୁ ଅନାଇ ରହି ସତୀ ପଚାରିଲା, "ସୁନି ତୁ କାହା ସହିତ କାହାକୁ ସମାନ କରୁଚୁ ?"

କାଳବିଳମ୍ବ ନକରି ସୁନି ଉତ୍ତର ଦେଲା– "ତୋ ସହିତ ଅଧର ବାବୁଙ୍କୁ। କ'ଣ ହେଲା ? ତୋର କ'ଣ ତାଙ୍କ ଉପରେ ଭରସା ରହୁନି ? ତୁ କ'ଣ ତାଙ୍କୁ ବିଶ୍ୱାସ କରିପାରୁନୁ ? ସିଏ କ'ଣ ନିର୍ଭର ଯୋଗ୍ୟ ନୁହଁନ୍ତି ? ତୁ ତାଙ୍କ ଉପରୁ ଆଶା ତୁଟାଇ ନେଉଚୁ ? ତାଙ୍କ ପ୍ରତି ଆସ୍ଥା ରଖିପାରୁନୁ ? ଆତ୍ମବିଶ୍ୱାସ ଓ ଦୃଢ଼ ଆତ୍ମବଳ ସବୁଠାରୁ ବଡ଼ ଶକ୍ତି ଏବଂ ସର୍ବଶକ୍ତିମାନ ତଥା ବଳଶାଳୀ। ପ୍ରସିଦ୍ଧ ଆମେରିକୀୟ ଲେଖକ ଉଇଲିୟମ ଫକନର ତାଙ୍କ ନୋବେଲ ପୁରସ୍କାର ଅଭିଭାଷଣରେ କହିଥିବା ଭଳି "ମନୁଷ୍ୟର ଅଦମ୍ୟ ଓ ଅନତିକ୍ରମ୍ୟ ଆତ୍ମିକ ଶକ୍ତି ଯାହା ମରଣଶୀଳ ମନୁଷ୍ୟକୁ ଅମରତ୍ୱ ପ୍ରଦାନ କରେ, ତାକୁ ପ୍ରମାଣ ସିଦ୍ଧ କରିଛି। ଆତ୍ମବିଶ୍ୱାସ ବିହୀନ ବ୍ୟକ୍ତି ସକଳ ବିଫଳତାକୁ ଆମନ୍ତ୍ରଣ କରିଆଶେ।" ଉଦ୍ୟମ ନକଲେ ମନୁଷ୍ୟ ଭଗବାନଙ୍କ ଆଶୀର୍ବାଦରୁ ବଞ୍ଚିତ ହୁଏ ବୋଲି ସତ୍ୟସାଇ ବାବା ଉଲ୍ଲେଖ କରିଥିଲା ବେଳେ "କେବଳ ପବିତ୍ର ଭାବନାରେ ହିଁ ଦେବତା ନିବାସ କରିଥାନ୍ତି" ବୋଲି ପଣ୍ଡିତ ଶ୍ରୀରାମ ଶର୍ମା ଆଚାର୍ୟ୍ୟ ମତବ୍ୟକ୍ତ କରିଥିଲେ। "ଗଭୀର ଆତ୍ମବିଶ୍ୱାସ ସହ ଗୋଟିଏ ଗୁରୁତ୍ୱ କାର୍ୟ୍ୟ ସଂପାଦନ କଲେ ଆଉ ଏକ ମହତ୍ତ୍ୱପୂର୍ଣ୍ଣ କାର୍ୟ୍ୟ ନିମନ୍ତେ ଦ୍ୱାର ଉନ୍ମୁକ୍ତ ହୁଏ" ବୋଲି ଇମରସନଙ୍କ ମନ୍ତବ୍ୟ। ସାଧାରଣ ମନୁଷ୍ୟ ଭାଗ୍ୟର ଅଧୀନ, କିନ୍ତୁ ସଚେତନ ବିଜ୍ଞଜନ ଆତ୍ମବିଶ୍ୱାସର ସହ କର୍ମ ପଥର ଯାତ୍ରୀ। ସାମାଜିକ କାର୍ତ୍ତବ୍ୟ ସଂପାଦନ, ପାରିବାରିକ ସହାବସ୍ଥାନ, ଉନ୍ନୟନ ଓ ଗଠନମୂଳକ କାର୍ୟ୍ୟ ଅଥବା ଆଧାତ୍ମିକ କ୍ରିୟାଦିରେ ଆତ୍ମବିଶ୍ୱାସ ସହ କାର୍ୟ୍ୟ କଲେ ସଫଳତା ପ୍ରାପ୍ତି ସୁନିଶ୍ଚିତ। ଆଉ ପ୍ରସ୍ତୁତିରେ ବିଫଳ ହେଲେ, ବିଫଳ ହେବାକୁ ପ୍ରସ୍ତୁତ ରୁହ।

ଅତିବଡ଼ୀ ଜଗନ୍ନାଥ ଦାସ, ସନ୍ତ କବୀର ତଥା ଦାସୀଆ ବାଉରୀଙ୍କ କ୍ଷେତ୍ରରେ କିଭଳି ଭଗବାନ ମଧ୍ୟ ହାର ମାନିଥିଲେ, ତାହା ପ୍ରଣିଧାନ୍ୟ ଯୋଗ୍ୟ। କର୍ତ୍ତବ୍ୟ ପ୍ରତି ଆତ୍ମବିଶ୍ୱାସ ସହ ସମର୍ପଣ ଭାବ ସଫଳତାର ମାର୍ଗ ଉନ୍ମୁକ୍ତ କରେ। ଆତ୍ମବିଶ୍ୱାସ ପ୍ରତି ବହୁ ଚିନ୍ତାନାୟକ ଗଭୀର ଆସ୍ଥା ପ୍ରକଟ କରିଛନ୍ତି। ସ୍ୱାମୀ ବିବେକାନନ୍ଦ କହିଥିଲେ– "ସର୍ବ ପ୍ରଥମେ ଆତ୍ମବିଶ୍ୱାସ ଭାବନାକୁ ଗ୍ରହଣ କର। ଏପରି ଅନ୍ୟ କୌଣସି ମିତ୍ର ନାହାନ୍ତି, ଆତ୍ମବିଶ୍ୱାସ ହିଁ ଭବିଷ୍ୟତ ଉନ୍ନତିର ସୋପାନ। ମନର ଶକ୍ତିକୁ ଜାଗ୍ରତ ଓ କର୍ମଚଞ୍ଚଳ କରେ ଆତ୍ମବିଶ୍ୱାସ। ଉପଯୁକ୍ତ ସମୟରେ ଆତ୍ମବିଶ୍ୱାସର ସହ ଗ୍ରହଣ କରାଯାଇଥିବା ନିଷ୍ପତ୍ତି ଯଥାର୍ଥ ଫଳଦାୟକ ସିଦ୍ଧି ହୋଇଥାଏ।" କେହି ଜଣେ ଲେଖିଛନ୍ତି, ଦୃଢ଼ ଆତ୍ମବିଶ୍ୱାସ ବଳରେ ହିଁ ସଫଳତା ପ୍ରାପ୍ତ ହୁଏ। ଉତ୍ତମ ବିହନ ବିନା ଉତ୍ତମ ଫସଲ ଆଶା କରାଯାଇ ପାରିବ ନାହିଁ। ସନ୍ତ ତୁକାରାମ ବିଭିନ୍ନ ସମସ୍ୟାରେ ଭାରକ୍ରାନ୍ତ ହୋଇ ଚିନ୍ତା କଲେ, ବର୍ତ୍ତମାନ ମୁଁ କାହାର ଶରଣାପନ୍ନ ହେବି ? ସାଂସାରିକ ଜୀବନ ଯନ୍ତ୍ରଣା କାଲରେ କେହି ମୋର ହୋଇ ରହିଲେ ନାହିଁ। ଏହିପରି ସମୟରେ ଦୃଢ଼ ଆତ୍ମବିଶ୍ୱାସ ହିଁ ତାଙ୍କୁ ପ୍ରସିଦ୍ଧି ପଥରେ ଅଗ୍ରଧାବିତ କଲା।

ଜୀବନଟ ସଂଘର୍ଷରେ ଭରା, ଏଠି ଜୀବନ ଜିଇବାକୁ ହେଲେ ସଂଘର୍ଷ ଜରୁରୀ। ସଂଗ୍ରାମ ନକଲେ ବିପଦକୁ ବରଣ କରିବା ହିଁ ସାର ହେବ। ଜୀବନ ଅଛି ମାନେ ସଙ୍କଟ ରହିଛି। ସଙ୍କଟ ଅଛି ମାନେ ସଂଗ୍ରାମ ଜରୁରୀ। ଯେଉଁଠି ସଂଗ୍ରାମ ନାହିଁ ସେଇଠି ସଫଳତା ନଥାଏ। ଯଦିବା ବିନା ସଂଗ୍ରାମରେର ସଫଳତା ମିଳିଯାଏ। ତା'ର ସ୍ଥାୟିତ୍ୱ ନଥାଏ କି ସ୍ୱାଦ ବି ନଥାଏ। ସଙ୍କଟକୁ ସାମ୍ନା ନକରି ଦୁଃଖକୁ ଡରି ବାଟ ଭାଙ୍ଗି ଚାଲିଯିବା ହିଁ ଭୀରୁତା। ସଂଘର୍ଷକୁ ସାଥୀ କରି ଜୀବନ

ଜିଇବାର ମର୍ଯ୍ୟାଦା ନିଆରା । ସଂଘର୍ଷ ହିଁ ଜୀବନକୁ ପରିଭାଷିତ ଓ ପରିମାର୍ଜିତ କରିଥାଏ । ଯିଏ ସଂଘର୍ଷରେ ବିଚଳିତ ନହୋଇ ସାହସ ଓ ଧୈର୍ଯ୍ୟର ସହିତ ମୁକାବିଲା କରେ, ସେ ଆଗକୁ ବଢ଼ିବାର ବାଟ ଜାଣିପାରେ । ସଂଘର୍ଷ କରିବା ଦ୍ୱାରା ବିଚାରରେ ପରିପକ୍ୱତା ଆସିଥାଏ । ଆନ୍ତରିକ ଶକ୍ତି ଓ ସାମର୍ଥ୍ୟ ବଢ଼ିଥାଏ । ଶେଷରେ ବିଜୟର ଶିରୋପା ପିନ୍ଧେ ସେ । ଆତ୍ମବିଶ୍ୱାସ ସହିତ ଆଗକୁ ବଢ଼ିଲେ ସଫଳତା ଅବଶ୍ୟ ମିଳିବ । କେବଳ ମନରେ ଥାଏ ଆତ୍ମବିଶ୍ୱାସ ଓ ନିଜର ସାମର୍ଥ୍ୟ ପ୍ରତି ଦୃଢ଼ ଆସ୍ଥା । ସଂଘର୍ଷକୁ ସାଥୀ କରି ଜିଅ ଜାଣିଲେ ସଫଳତା ମିଳିଥାଏ ।

ଜୀବନଟି ଏକ ବିନ୍ଦୁ ପରି ସ୍ଥାଣୁ ନୁହେଁ । ଯାହାର ଅବସ୍ଥିତି ଅଛି, ମାତ୍ର ବିସ୍ତାର ନାହିଁ । ତାହା ମଧ ନୁହେଁ । ଏକ ସରଳରେଖା ଏବଂ ଏକ ଚକ୍ରରେଖା ଟିଏ । ଯେଉଁଠି ଉତ୍ଥାନ ଅଛି ସେଠି ପତନ ବି ଅଛି । ତାହା ମଧ କେତେ ଗୁଡ଼ିଏ ଛୋଟବଡ଼ ସରଳ ରେଖାର ସମାହାର । ମୋଟ ଉପରେ ଜୀବନଟି ସରଳରେଖା ପରି ସ୍ୱାଭାବିକତା ସହିତ ସୁଖ-ଦୁଃଖ, ଝଡ଼-ଝଞ୍ଜାର ସମାହାର । ଚାବିକାଠି ନଥାଇ ତାଲାଟିଏ କେବେ ତିଆରି ହୋଇପାରିଛି କି ? ସେମିତି ପ୍ରତିଟି ସମସ୍ୟା ସହିତ ଅଛି ସମାଧାନର ସୂତ୍ର । ଅର୍ଥାତ୍ ସଙ୍କଟ ଅଛି ମାନେ ସେଥିରୁ ମୁକୁଳିବାର ରାସ୍ତା ବି ଅଛି । ସଙ୍କଟ ଅଛି ମାନେ ସେଇଠି ସାଫଲ୍ୟ ଛପିକି ରହିଛି । ଘନକଳା ମେଘ ମଧରୁ ହିଁ ବିଜୁଳିର ଝଲକ ସୃଷ୍ଟି ହେଲା ପରି ଗାଢ଼ ଅନ୍ଧକାର ମଧରେ ଉଜ୍ଜ୍ୱଳତା ଛପି ରହିଥାଏ । ଗାଢ଼ ଅନ୍ଧକାର ମଧରେ ସୂର୍ଯ୍ୟଙ୍କର ସୁନେଲି କିରଣ ଲୁଚି ରହିଥାଏ । ଅନ୍ଧକାର ଅପସାରି ଗଲେ ପ୍ରଭାତର ପରିପ୍ରକାଶ ହୁଏ । କୁହୁଡ଼ିର ଘନ ଆସ୍ତରଣ ସୂର୍ଯ୍ୟଙ୍କ ଉଜ୍ଜ୍ୱଳତାକୁ ପ୍ରତିହତ କରିଥାଏ । କଳା ବାଦଲ ମଧ ସୂର୍ଯ୍ୟଙ୍କ ଗତିପଥରେ ଅନେକ ପ୍ରତିବନ୍ଧକ ସୃଷ୍ଟି କରିଥାଏ । ରାହୁ, କେତୁତ ସୂର୍ଯ୍ୟ ଓ ଚନ୍ଦ୍ରକୁ ସମ୍ପୂର୍ଣ୍ଣ ଗ୍ରାସ କରିବାକୁ ଆସ୍ପର୍ଦ୍ଧା କରିଥାନ୍ତି । ତା' ବୋଲି ସୂର୍ଯ୍ୟ ଓ ଚନ୍ଦ୍ର କ'ଣ କେବେ ଅଟକି ଯାଇଛନ୍ତ ? ସଙ୍କଟ ହିଁ ଶିକ୍ଷା ଦେଇଥାଏ ଆମକୁ । ସେ ଆମର ଆଦର୍ଶ, ଆଚାର୍ଯ୍ୟ ବା ଗୁରୁ । ସଂଘର୍ଷରେ ହିଁ ସାଫଲ୍ୟ, ସାହସ ଓ ଧୈର୍ଯ୍ୟରେ ହିଁ ଜିତାପଟ, ଜୀବନର ସଫଳତା ।

ତା' ବାଦ୍ ମୋ ଜାଣିବାରେ ସିଏତ ସେହିପରି ଲୋକ ନୁହନ୍ତ । ଯିଏ ତୋତେ ଠକି ଦେବେ, ଫାଙ୍କି ଦେବେ, ଭୁଲାଇ ଦେବେ, ତୋ' ସହିତ ଛଳନା କରି ପାରିବେ କିମ୍ୱା ଭଲ ପାଇବାର ମିଛ ଅଭିନୟ କରି ତୋତେ ଅଧା ବାଟରେ ବସାଇ ଦେଇ ପଳାଇ ଯିବେ, ବିପଦରେ ଆପଦ ବେଳେ ତୋ' ହାତ ଛାଡ଼ି ଦେବେ । ଆହୁରି ମଧ ଶାସ୍ତ୍ର କହିଛି- "ସେବିତବ୍ୟା ମହାବୃକ୍ଷଃ ଫଳଛାୟା ସମନ୍ବିତଃ । ଯଦି ଦୈବାତ୍ ଫଳଂ ନାସ୍ତି ଛାୟାକେନ ନିବାର୍ଯ୍ୟତେ ।" ଯେଉଁ ବଡ଼ ବଡ଼ ଗଛର ଫଳ ଓ ଛାୟା ଥାଏ । ତାହାରି ମୂଳରେ ଆଶ୍ରୟ ନେବା ଉଚିତ୍ । ଯଦି ସେ ଗଛର ଫଳ ନମିଳେ, ତାହା ଛାୟା ଲାଭରୁ ତ କେହି ବଞ୍ଚିତ କରିବ ନାହିଁ । ସେମିତି ଅଧର ବାବୁ ହେଲେ ଧନଶାଳୀ ଏବଂ ଉଚ୍ଚ ଶିକ୍ଷିତ । ଯଦି ଭାଗ୍ୟ ଦୋଷରୁ ସେ ଧନ ସମ୍ପତ୍ତି ହରାଇ ବସନ୍ତି କିନ୍ତୁ ତାଙ୍କ ମହତ ପଣିଆକୁ ସେ କେବେ ବି ପରିତ୍ୟାଗ କରିପାରିବେ ନାହିଁ । ସେଥିପାଇଁ ତୁ' କେବେ ହେଲେ ତାଙ୍କ ସହାନୁଭୂତିର ପ୍ରାପ୍ତିରୁ ବଞ୍ଚିତା ହେବୁ ନାହିଁ । ଏହା ଧ୍ରୁବ ସତ୍ୟ ଅଟେ ।

ସତୀ କାହାକୁ ସୁନ୍ଦର ଚେହେରା ଆକର୍ଷିତ କରିଥାଏ ତ ଆଉ କାହାକୁ ସୁଢ଼ଲ ସୁନ୍ଦର ଶରୀର । ହେଲେ ଗବେଷଣା କହେ ଶାରୀରିକ ଆକର୍ଷଣରୁ ଗଢ଼ି ଉଠୁଥିବା ସଂପର୍କ ଦୀର୍ଘସ୍ଥାୟୀ ହୋଇନଥାଏ ବରଂ ଯେବେ ଚେହେରା ପ୍ରତି ଆକର୍ଷଣରେ ସଂପର୍କ ଗଢ଼ିଉଠେ ତେବେ ଯାଇ ସଂପର୍କ ଦୀର୍ଘସ୍ଥାୟୀ ହୁଏ । ତୁମେ ଦୁହେଁ ଶାରୀରିକ ଆକର୍ଷଣରେ ସଂପର୍କ ଯୋଡ଼ିବାକୁ ଯାଇନାହିଁ । ପରସ୍ପର ପରସ୍ପରର ଚେହେରା ପ୍ରତି ଆକର୍ଷଣରେ ଭଲ ପାଇ ବସିଛ । ସେଥିପାଇଁ ତୁମ ଦୁହିଁଙ୍କ ଭଲ ପାଇବା ଦୀର୍ଘସ୍ଥାୟୀ ହୋଇ ରହିବ । କେହି କାହାରିକୁ କେବେ ହେଲେ କଦାପି ଛାଡ଼ି ପାରିବ ନାହିଁ ।

ସତୀ ଯୋର ଆଉ ମୁହଁ ବୁଲାଇ ଆଣି ତଳକୁ ଚାହିଁ ରହିଲା । କଣ୍ଠରେ ତା'ର ଉକଣ୍ଠା । ପେଟ ଭିତରୁ ଉଠିଆସୁଥିବା କୋହକୁ ଛାତି ତଳେ ଚାପି ରଖି କହିଲା- "ସୁନି ମୁଁ ଆଶା ଭରସା କଥା କହୁନି, ଠକିବା ନଠକିବା କଥା ଉଠୁଛି

କେଉଁଠି ? ବିଶ୍ୱାସ ଅବିଶ୍ୱାସ କିମ୍ବା ପଳାୟନପ୍ରବୃତ୍ତି କଥା ଯାହା ତୁ କହୁଛୁ । ତୁ ନିଜେ ବୁଝି ବିଚାରି ଟିକେ ଚିନ୍ତାକରି ତୋ' ମନରେ ବିଶ୍ଳେଷଣ ପୂର୍ବକ କହ । ଅଧର ବାବୁଙ୍କ ସହିତ ତୁ ମୋତେ କିପରି ତୁଳନା କରୁଛୁ ?"

"କାହିଁକି ମୁଁ କ'ଣ କିଛି ଭୁଲ କଲି ?"

"ଭୁଲ ନୁହେଁ ଆଉ କ'ଣ ଠିକ କରିଛୁ ? ଦେଖ ସୁନି, ଅଧରବାବୁ ଆଉ ମୁଁ । ଆମ ଦୁହିଁଙ୍କ ମଧ୍ୟରେ ଆକାଶ, ପାତାଳ ପ୍ରଭେଦ । ସିଏ ଦୂର ଆକାଶର ଉଜ୍ଜ୍ୱଳ ଜହ୍ନ, ସରଗର ଚାନ୍ଦ । ଆଉ ମୁଁ ଆମ ଗାଁ ମୁଣ୍ଡ ପଙ୍କ ଗଢ଼ିଆର କଇଁ । କଇଁ କ'ଣ କେବେ ଜହ୍ନକୁ ଛୁଇଁ ପାରେ ଯେ, ମୁଁ ତାଙ୍କୁ ନିଜର କରିବା ପାଇଁ ଆଶା ରଖିବି ? କଇଁ ପକ୍ଷରେ ଯେପରି ଚନ୍ଦ୍ରକୁ ପାଇବା ସମ୍ଭବ ହୁଏନା ସେହିପରି ଅଧର ବାବୁଙ୍କୁ ନିଜର କରିବା ମୋ ପକ୍ଷରେ ଅସମ୍ଭବ ।

ସତୀ ତୁ ବୁଝୁନୁ କାହିଁକି କ୍ଷୁଧା ଭିତରେ ଶକ୍ତି, ବିଚ୍ଛିନ୍ନତା ଭିତରେ ଏକାମ୍ବୋଧ ଓ ଦୂରତ୍ୱ ଭିତରେ ନିବିଡ଼ତାକୁ ଅଧିକରୁ ଅଧିକ ଶକ୍ତିଶାଳୀ କରିଥାଏ । ଅସମ୍ଭବ କାହିଁକି ସତୀ ଦୁନିଆରେ କିଛି ବି ଏବଂ କେଉଁଟା ମଧ୍ୟ ଅସମ୍ଭବ ନୁହେଁ କିମ୍ବା ଅସମ୍ଭବ(ଅସାଧ୍ୟ)ହୋଇ ରହିପାରେନା । ଫ୍ରାନ୍ସର ସମ୍ରାଟ ନେପୋଲିଅନ ଥରେ କହିଥିଲେ- "ଅସମ୍ଭବ ଶବ୍ଦଟି କେବଳ ବୋକାମାନଙ୍କ ଶବ୍ଦକୋଷରେ ଥାଏ ।" ଉଦ୍‌ଯୋଗୀ ମଣିଷ ପାଇଁ ଦୁନିଆରେ କିଛି ବି ଅସମ୍ଭବ କିମ୍ବା ଅସାଧ୍ୟ ନୁହେଁ । ଦ୍ୱିତୀୟ ଇଟାଲି ଅଭିଯାନ ସମୟରେ ନେପୋଲିଅନ ଯେପରି ଭାବରେ ସେଣ୍ଟବର୍ଣ୍ଟାଡ଼ ନାମକ ଦୁର୍ଗମ ଓ ସଂକୀର୍ଣ୍ଣ ବିପଦ ସଙ୍କୁଳ ଗିରି ସଙ୍କଟ ଦେଇ ଆଲ୍ପସ ପର୍ବତମାଳା ଅତିକ୍ରମ କରିଥିଲେ । ନେପୋଲିଅନଙ୍କ ଅନେକ ଜୀବନୀ ଲେଖକ ତାହା ବର୍ଣ୍ଣନା କରି ଲେଖିଛନ୍ତି । ଏହା ଆଇମା' ଗପ ପେଡ଼ିର ବୁଢ଼ି ଅସୁରୁଣୀ କାହାଣୀ ହେବ କିମ୍ବା ବେତାଳମାନଙ୍କ ଅତିଭୌତିକ କାର୍ଯ୍ୟ ହୋଇପାରେ । କିନ୍ତୁ ବାସ୍ତବ କ୍ଷେତ୍ରରେ କେବେବି ଜଣେ ମଣିଷ ପକ୍ଷରେ ଏହା ଆଦୌ ସମ୍ଭବ ନୁହେଁ । ମାତ୍ର ନେପୋଲିଅନ ପ୍ରକୃତରେ ଅସୀମ ସାହସ ଓ ଅଦମ୍ୟ ଉତ୍ସାହ ଏବଂ ଅପ୍ରତିହତ ଉଦ୍ୟମ ବଳରେ ଆଲ୍ପସ ପର୍ବତମାଳା ଅତିକ୍ରମ କରିଥିଲେ । ସେ ସ୍ଥାନରେ ଅଧର ବାବୁ ଏମିତି କ'ଣ କି ? ତାଙ୍କୁ ନିଜର କରିବା କ'ଣ ଆଲ୍ପସ ପର୍ବତମାଳାକୁ ଅତିକ୍ରମ କରିବା ଠାରୁ ଅଧିକତର ସୁଦୂର ପ୍ରସାରି ଅସମ୍ଭବ କାର୍ଯ୍ୟ । ସତୀ ମନେରଖିଥା ମଣିଷର ସାମର୍ଥ୍ୟ ଆଗରେ ଅନତିକ୍ରମ କିଛି ନାହିଁ; ତୁ ଏମିତି କାହିଁକି ଭାବୁଛୁ ଯେ ତୁ ତାଙ୍କ ପାଇଁ ଯୋଗ୍ୟା ନୁହଁ । ହସ୍ତିନାର ସମ୍ରାଟ ଶାନ୍ତନୁ ତ ପୁଣି ଧୀବର ରାଜ ବସୁଙ୍କ କନ୍ୟା ସତ୍ୟବତୀଙ୍କୁ ବିବାହ କରିଥିଲେ । କଳିଙ୍ଗ ସମ୍ରାଟଙ୍କ ରାଣୀ ତ ପୁଣି କେଉଟ ଘର ଝିଅ କାରୁବାକୀ ହୋଇଥିଲେ । ଏକଦା ଗଙ୍ଗାନଦୀ ପାର ହେବା ସମୟରେ ଋଷି ପରାଶର ସତ୍ୟବତୀଙ୍କ ସୌନ୍ଦର୍ଯ୍ୟରେ ମୁଗ୍ଧ ହୋଇ କାମଭାବାବେଗ ବଶତଃ ମାୟାର କୁହୁଡ଼ି ସର୍ଜନା କରି ତାଙ୍କ ସହିତ ରତିକ୍ରୀଡ଼ା କରିଥିଲେ । ଯାହା ଫଳରେ ଅଷ୍ଟାଦଶ ପୁରାଣର ରଚୟିତା ବେଦବ୍ୟାସଙ୍କ ଜନ୍ମ ସମ୍ଭବ ହୋଇଥିଲା । କାରୁବାକୀଙ୍କ ରୂପରେ ଆକୃଷ୍ଟ ହୋଇ ମଗଧ ସମ୍ରାଟ ଅଶୋକ କଳିଙ୍ଗ ଆକ୍ରମଣ କରିଥିଲେ । ଫଳସ୍ୱରୂପ କାରୁବାକୀ ହୋଇଥିଲେ ଅଶୋକଙ୍କ ରାଣୀ । ଅଧର ବାବୁତ ଆଉ ସୋମବଂଶ ରାଜା ଶାନ୍ତନୁଙ୍କଠାରୁ ବେଶୀ ବଡ଼ ଖାନ୍ଦାନୀର ଦାୟାଦ ନୁହନ୍ତି କିମ୍ବା ପରାଶରଙ୍କ ଅପେକ୍ଷା ଅଧିକ ଜ୍ଞାନୀ ନୁହନ୍ତି । କଳିଙ୍ଗ ସମ୍ରାଟଙ୍କଠାରୁ ତାଙ୍କ ବୁନିଆଦିତ ବେଶୀ ପୁରାତନ ନୁହେଁ କିମ୍ବା ସିଏ ମଗଧ ସମ୍ରାଟଙ୍କ ଠାରୁ ବଡ଼ ସମ୍ଭ୍ରାନ୍ତ ବଂଶଜ ନୁହଁନ୍ତି । ଅଶୋକଙ୍କ ଅପେକ୍ଷା ଅଧିକ ବିଖ୍ୟାତ ମଧ୍ୟ ହୋଇପାରିବେନି । ଆହୁରି ମଧ୍ୟ ଦେଖ ସତୀ କ୍ଷୁଦ୍ରମନା ବ୍ୟକ୍ତି, ଛୋଟ ମନୋଭାବ ଲୋକ, ସଂକୀର୍ଣ୍ଣ ଭାବାପନ୍ନ ମଣିଷମାନେ କେବେବି ବଡ଼ କିମ୍ବା ମହତ କାର୍ଯ୍ୟ କରିବାକୁ ସମର୍ଥ ହୋଇପାରନ୍ତି ନାହିଁ । ପ୍ରଥମେ ଆମ ଭାବନାରେ ବିଶାଳତା ଆସିଲେ, ଆମ କର୍ମ ବି ବିଶାଳ ବା ମହତ୍ତ୍ୱପୂର୍ଣ୍ଣ ହେବ ।"

ସତୀ ନିରବରେ ବସି ରହି ସୁନି କଥା ଶୁଣୁଥିଲା । ସୁନି କହିସାରି ସତୀ ମୁହଁକୁ ଚାହିଁଲା, ଜାଣିବା ପାଇଁ ତୋ'

କଥାକୁ ସତୀ କିଭଳି ଭାବରେ ଗ୍ରହଣ କଲା। ସତୀ ତଲୁ ମୁହଁ ଉଠାଇ ସୁନିକୁ ଅନାଇ କହିଲା– “ସୁନି ସେ ସବୁ ହେଲା ପୁରାଣର କାହାଣୀ ଆଉ ଇତିହାସ କଥା (ବିଷୟ)। ତାକୁ ଆମେ ଶୁଣନ୍ତି ବା ପଢ଼ନ୍ତି। ପରୀକ୍ଷା ପ୍ରଶ୍ନରେ ସେ ସବୁର ସଠିକ୍ ଉତ୍ତର ଲେଖିଲେ ଅଧିକ ନମ୍ବର ମିଳେ। ମାତ୍ର ତାହା ସବୁ ବାସ୍ତବ କ୍ଷେତ୍ରରେ ଚଳେନା। ବ୍ରିଟିଶ ଅମଲର ପୁରୁଣା ନୋଟ୍ ପରି ସେ ସବୁ ହେଲା ଅଚଳ ମୁଦ୍ରାର କାହାଣୀ। ତାକୁ ଦେଇ ବଜାର ହାଟରୁ ସଉଦା (ଜିନିଷ) ଖର୍ଦ୍ଦ କରି ହୁଏନା। ତାହା କୌଣସି କାମକୁ ପାଏନା କିମ୍ବା ତା'ଦ୍ୱାରା କିଛି ଗୁଜରାଣ ମେଣ୍ଟେନା। ସେମିତି ମୋ ସ୍ଥିତି ଆଉ ଅଧର ବାବୁଙ୍କ ବ୍ୟକ୍ତିତ୍ୱ। ପ୍ରତିପଉଶାଳୀ ବୁନିଆଦ, ପ୍ରତିଷ୍ଠିତ ଖାନ୍ଦାନ ବଂଶଜ, ବିଖ୍ୟାତ ଜମିଦାର, ନାମଜାଦା ସମ୍ଭ୍ରାନ୍ତ ଘରର ଉଚ୍ଚ ଶିକ୍ଷିତ ପୁଅ ଅଧର ବାବୁଙ୍କୁ ଆମ ଗାଁ ପରି ଏକ ଅଖ୍ୟାତ ପଲ୍ଲୀର ଆମଭଳି ଗୋଟେ ଅନାମଧେୟ ପରିବାରର ମୋ ପରି ଜଣେ ନିପଟ ମଫସଲୀ ଅଶିକ୍ଷିତା ଛୋଟ ଜାତି ଗରିବ ଘରର ଝିଅ ସହିତ ତୁ' କେମିତି ତୁଳନା କରିପାରୁଛୁ।”

ସତୀ କଥାରେ ସୁନି ହାରିନଯାଇ ତାକୁ ଚଳନ୍ତି ଘଟଣାର ଉଦାହରଣ ଦେଇ ବୁଝାଇବାକୁ ଚେଷ୍ଟା କଲା। “ସତୀ ତୁ' ଶାନ୍ତନୁ–ସତ୍ୟବତୀଙ୍କୁ ପୁରାଣର କଥା କହି ଏଡ଼ାଇ ଦେଉଛୁ। କାରୁବାକୀ– କଳିଙ୍ଗ ସମ୍ରାଟଙ୍କୁ ଇତିହାସର ବିଷୟ କହି ମୋ ସହିତ ଯୁକ୍ତି କରୁଛୁ। ତୁ ସେକଥାକୁ ଛାଡ଼ି ଏଇ ସମୟର ଏ ବେଳର ଘଟଣା ଉପରେ ନଜର ପକା। ଆମରି ଗାଁ କଥା।ଯାହା ତୁ' ନିଜ ଆଖିରେ ଦେଖିଛୁ ଆଉ ଆମେ ସବୁ ଯାହା ଅଙ୍ଗେ ନିଭାଇଛନ୍ତି। ଆମ ଗାଁ ଉମା ନାନୀ (ସେ ସୁନିର ପଡ଼ିଶା ଲେଖାରେ ପିଉସୀ ହେବ) ଆଉ ତୋ' ବାପାର ମାଉସୀ ପୁଅ ଭାଇ ବାଟୁଆ କଥା ଥରେ ଭାବାବେ। ଉମା ନାନୀ ଆମ ବ୍ରାହ୍ମଣ ଘରର ଝିଅ, ଆଉ ବାଟୁଆ ତୁମ ଜାତିର କୈବର୍ତ୍ତଘରର ପୁଅ। ସେମାନେ ତ ପୁଣି ବିଭା ହୋଇ ଛୁଆପିଲା ଧରି ଘର ସଂସାର କରିପାରିଛନ୍ତି। ଏକତ୍ର ରହି ଆମ ସମାଜ ଭିତରେ ଚଳୁଛନ୍ତି।”

“ସୁନି ତୁ' ଯେଉଁ କଥା କହୁଛୁ। ତାହା ଠିକ୍ ଯେ, କିନ୍ତୁ ସେମାନଙ୍କ ପରିସ୍ଥିତି ସହିତ ମୋ ପରିସ୍ଥିତି ଆଦୌ ସମାନ ନୁହେଁ।”

“କାହିଁକି ନୁହେଁ? କିପରି ନୁହେଁ? କେମିତି ନୁହେଁ? କିଭଳି ନୁହେଁ? ସେମାନେତ ଗୋଟିଏ ଜାତି କିମ୍ବା ଏକା ସମ୍ପ୍ରଦାୟର (ଗୋଷ୍ଠୀ) ନୁହନ୍ତି। ବ୍ରାହ୍ମଣ ଆଉ କୈବର୍ତ୍ତ। ସେମାନେ ଯଦି ବିଭା ହୋଇ ଘର ସଂସାର କରି ରହିପାରିଲେ, ତୁମେ ନପାରିବ କାହିଁକି? ଅସୁବିଧା କ'ଣ? ଅଡ଼ୁଆ କେଉଁଠି ଓ କେମିତି ଅଛି ଏଥିରେ? ଅଧର ବାବୁ ତ' ଆଉ ଜାତିଶ୍ରେଷ୍ଠ ଛତିଶପାଟକର ରଜା ବ୍ରାହ୍ମଣ ଘରର ପୁଅ ନୁହନ୍ତି। ସେ ଖଣ୍ଡାୟତ ଘରର ପିଲା। ଯଦି ବ୍ରାହ୍ମଣ ଘରର ଝିଅ ନିମ୍ନ ଗୋଷ୍ଠୀ ଛୋଟ ଜାତି କୈବର୍ତ୍ତ ଘରର ପୁଅକୁ ବାହା ହୋଇ ପାରିଲା। ତେବେ ତୁ' କୈବର୍ତ୍ତ ଘରର ଝିଅ ହୋଇ ବ୍ରାହ୍ମଣ ଠାରୁ କମ୍ ମାନ୍ୟତା ପ୍ରାପ୍ତ ଖଣ୍ଡାୟତ ଘରର ପୁଅକୁ କାହିଁକି ବାହା ହୋଇ ନପାରିବୁ? ସେମାନଙ୍କ ପକ୍ଷରେ ଯଦି ଏହା ସମ୍ଭବ ହୋଇପାରିଲା ତେବେ ତୋ' କ୍ଷେତ୍ରରେ ତାହା ହୋଇ ନପାରିବ କାହିଁକି?”

“ସୁନି ତୁ' ବୁଝୁନୁ କାହିଁକି? ଉମାନାନୀ ତୁମ ବ୍ରାହ୍ମଣ ଘରର ଝିଅ। ସେ ଆମ କୈବର୍ତ୍ତ ଘରକୁ ବୋହୁ ହୋଇଆସିଲା। ଏଥିରେ ସେମିତି କିଛି ଅସୁବିଧା ନାହିଁ। ଯେମିତି ମୋ କ୍ଷେତ୍ରରେ ଅଛି। ପାଣି ଖାଲି କାହିଁକି ଯେକୌଣସି ବସ୍ତୁ ଉପରୁ ଅତି ସହଜରେ ତଳକୁ ଗଡ଼ି (ଖସି) ଆସିପାରେ। ଜଣେ ଉପରୁ ଖୁବ୍ ଅଳ୍ପ ପରିଶ୍ରମରେ ତଳକୁ ଓହ୍ଲାଇ ଆସିଥାଏ। କିନ୍ତୁ ତଳପାଣି ହେଉ ବା କୌଣସି ପଦାର୍ଥକୁ ଉପରକୁ ଉଠାଇବାକୁ ହେଲେ ଅନେକ ପରିଶ୍ରମର ଆବଶ୍ୟକ ହୋଇଥାଏ। ତଳୁ ଉପରକୁ ଉଠାଇବାକୁ ବହୁତ କଷ୍ଟ କରିବାକୁ ପଡ଼ିଥାଏ। ସେହିପରି ଉମାନାନୀ ଉଚ୍ଚ ଜାତି ବ୍ରାହ୍ମଣ ଘରର ଝିଅ ହୋଇ ଛୋଟ ଜାତି କୈବର୍ତ୍ତ ଘରକୁ ବୋହୁ ହୋଇଗଲା। ତାକୁ ଆମ ଛୋଟ ଜାତିର ଲୋକମାନେ ବଡ଼ ଜାତିର ଝିଅକୁ ଅତି ସହଜରେ ଖୁବ୍ ଖୁସି ମନରେ ଆନନ୍ଦ ସହକାରେ ଉସ୍ତାହର ସହିତ ଗ୍ରହଣ କରିନେଲୋ। ସେଥିପାଇଁ କାହାରି ଆପତ୍ତି

ଅଭିଯୋଗ କିମ୍ୱା ପ୍ରତିବାଦ ଅଥବା ବିରୋଧ ନଥିଲା। ଆଉ ଉମାନାନୀ ଘର ହେଲେ ଗରିବ ବ୍ରାହ୍ମଣ। ସେ ଆଇନ୍ ର ଆଶ୍ରୟ ନେଇ ପାରିଲେ ନାହିଁ କିମ୍ୱା ବଳ ପ୍ରୟୋଗ ପାଇଁ ତାଙ୍କ ପରିବାରର ସାମର୍ଥ୍ୟ ନଥିଲା।"

"ସତୀ ତୁ' ଆଇନ୍ ର ଆଶ୍ରୟ ନେବା କଥା କହୁଛୁ। ସେଥିରେ ତ ତୋର ଲାଭ ହେବ। ସେମିତି ହେଲେ ତୋର ସୁବିଧା ଜାଣିଥା। କାରଣ ଛୋଟ ଜାତିକୁ, ଆର୍ଥିକ ଦୃଷ୍ଟିରୁ ଦୁର୍ବଳ ଶ୍ରେଣୀକୁ, ସାମାଜିକ କ୍ଷେତ୍ରରେ ଅନଗ୍ରସର ମାନଙ୍କୁ, ଦଳିତ ସଂପ୍ରଦାୟକୁ, ପଛୁଆ ଗୋଷ୍ଠୀଙ୍କୁ ସୁରକ୍ଷା ଯୋଗାଇ ଦେବାକୁ ଆଇନ୍ ପ୍ରଣୟନ ହୋଇଛି।"

ସୁନି ଇୟେ ଇଉରୋପ କିମ୍ୱା ଆମେରିକା ନୁହେଁ ଯେ, ଆଇନ୍ ତା' ବାଟରେ ଠିକ୍ ଭାବରେ କାମ କରିବ। ଇୟେ ହେଉଛି ଆମ ଦେଶ ଭାରତ। ଆମର ମହାନ ଭାରତ ବର୍ଷ। କେବଳ କଥାରେ ଓ କାଗଜ ପତ୍ରରେ(କଲମରେ) ଏଠି ଗଣତନ୍ତ୍ର ପ୍ରତିଷ୍ଠା କରାଯାଉଛି। କାର୍ଯ୍ୟ କ୍ଷେତ୍ରରେ ବାସ୍ତବରେ ନୁହେଁ। ଆମର ଏଠି ଗଣତନ୍ତ୍ର ଚାଲିଛି ସତ, ତାହା କେବଳ କାଗଜ କଲମରେ (ଫାଇଲରେ)। ହେଲେ ଏହା ରାଜତନ୍ତ୍ର ଶାସନଠୁ ବଳି ପକ୍ଷପାତ ଓ ଦୁର୍ନୀତିଗ୍ରସ୍ତ। ବଣତନ୍ତ୍ର ପରି ଜୋର୍ ଯାହାର ମୂଲକ ତାହାର ଏଠି ପ୍ରାଧାନ୍ୟ ଲାଭ କରିଛି। ଏଠି ଆମର ଗଣତନ୍ତ୍ର ନାମରେ ଭ୍ରଷ୍ଟାଚାର ଓ ମନମୁଖୀ ଶାସନ ପ୍ରତିଷ୍ଠା ଲାଭ କରିଛି। ଏଠି ଯେଉଁମାନେ ନୀତି ନିର୍ଦ୍ଧାରକ, ସେହିମାନେ ହିଁ ନୀତି ସଂହାରକ। ଗଣତନ୍ତ୍ର ନୁହେଁ ବରଂ ପରିବାରତନ୍ତ୍ର, ବଣତନ୍ତ୍ର ବି ଏଠି କାର୍ଯ୍ୟକାରୀ ହୁଏ। ରାଜା ମଲା ପରେ ତା' ପୁଅ ରାଜା ହେଲା ପରି, ବଣୁଆ ସର୍ଦ୍ଦାର ପରେ ତା' ପୁଅ ଜଙ୍ଗଲର ମୁଖିଆ ହେବା ଭଳି, ନେତାଙ୍କ ପରେ ତାଙ୍କ ପରିବାରର ଦାୟାଦମାନେ ମନ୍ତ୍ରୀ ପଦ ଅଳଙ୍କୃତ କରିଥାଆନ୍ତି। ଆଇନ୍ ଯାହା ପାଇଁ ଗଢ଼ା ହୋଇଥାଉନା କାହିଁକି ତାହା ସର୍ବଦା ଧନବାନ, କ୍ଷମତାଶୀଳ ଓ ସମାଜର ପ୍ରତିଷ୍ଠିତମାନଙ୍କୁ ସହାୟତା ପ୍ରଦାନ କରିଆସିଛି। ତା'ର ପ୍ରୟୋଗ ସବୁବେଳେ ଏହିପରିକି ସବୁ(ପ୍ରତ୍ୟେକ) କ୍ଷେତ୍ରରେ ଦୁର୍ବଳମାନଙ୍କ ବିରୋଧରେ ହୋଇଥାଏ। ଗରିବ ଓ ଅସହାୟମାନଙ୍କୁ ସାହାଯ୍ୟ ଓ ସହାୟତା ପ୍ରଦାନ କରିବାକୁ ପ୍ରକୃତରେ ବାସ୍ତବରେ କାର୍ଯ୍ୟ କ୍ଷେତ୍ରରେ କେହି ନଥାନ୍ତି। ଆଇନ୍ ର ରକ୍ଷକ ତଥା ପାଳକମାନେ ସ୍ୱାର୍ଥଲାଭ ଆଶାରେ ବିନା ବିଚାରରେ ପ୍ରତିପତ୍ତିଶାଳୀ, ବାହୁବଳୀ, ଆର୍ଥିକ ଦୃଷ୍ଟିରୁ ସବଳ ଓ ଅନୈତିକ କାର୍ଯ୍ୟରେ ଲିପ୍ତ ବ୍ୟକ୍ତିମାନଙ୍କୁ ଆଖିବୁଜା ସମର୍ଥନ କରିଆସିଛନ୍ତି ଓ କରୁଥିବେ ମଧ୍ୟ। ଆଜି ପର୍ଯ୍ୟନ୍ତ ସୁଦ୍ଧା ସେହିପରି ମାନସିକତାର ପରିବର୍ତ୍ତନ ଆମ ସମାଜରେ ଘଟି ନାହିଁ ଏବଂ ସେମାନେ ସେହିପରି ଅପକର୍ମରୁ କେବେ ବି ବିରତ ହେବେ ନାହିଁ। ଯେଉଁଠି ପ୍ରକୃତରେ ଆଇନ୍ ର ଶାସନ ଅଛି, ସେଇଠି ସଭିଏଁ ସମାନ ହେବାକୁ ବାଧ୍ୟ। ଆମେରିକା, ବ୍ରିଟେନ୍ ଭଳି ପାଶ୍ଚାତ୍ୟ ଦେଶଗୁଡ଼ିକରେ ଏହିଭଳି ବହୁ ଉଦାହରଣମାନ ଦେଖିବାକୁ ମିଳେ। ଯେଉଁଠି ଆଇନ୍ ସମସ୍ତଙ୍କ ପାଇଁ ସମାନ ବୋଲି ଅନୁଭବ କରିହୁଏ।

କାହିଁକି ନା ତୁ' ଭଲଭାବରେ ମନେ ରଖିଥା– ଏ ଦୁନିଆ ସର୍ବଦା ସ୍ୱାର୍ଥରେ ବନ୍ଧା। ନିଜର ସ୍ୱାର୍ଥହାନି ହେଲା ଭଳି କୌଣସି କାମ କରିବା ଲୋକ ଏଇନେ ବିରଳ। ଅନ୍ୟ ସ୍ୱାର୍ଥ ପ୍ରତି ଦୃଷ୍ଟି ରଖି ଆପଣା ସ୍ୱାର୍ଥ ହାସଲକୁ ଆଖିବୁଜି ଦେବା ଲୋକ ଏବେ ନାହାନ୍ତି କହିଲେ ଚଲେ। ଏଦେଶ ଆଉ ବୁଦ୍ଧ କିମ୍ୱା ମହାବୀର(ଜୈନ)ଙ୍କର ଦେଶ ହୋଇ ରହିନାହିଁ। ଏଠି ରାମରାଜ୍ୟ ଦିବା ସ୍ୱପ୍ନ ପରି। ଏଠାରେ ଏଇନେ ରାବଣ ଶାସନ ଚାଲିଛି ଓ ଚାଲିଥିବ। ଧର୍ମରାଜ ଯୁଧିଷ୍ଠିରଙ୍କ ନୀତି ଏଠି ମୂଲ୍ୟହୀନ। ଦୁର୍ଯ୍ୟୋଧନମାନଙ୍କ ହୁକୁମକୁ ଏଠି ପ୍ରାଧାନ୍ୟ ଦିଆଯାଏ। ଗାନ୍ଧୀ ଓ ଗୋପବନ୍ଧୁ ଆଉ ନାହାନ୍ତି। ଯେଉଁମାନେ ଆପଣା ସ୍ୱାର୍ଥ ଭୁଲି ସମୂହ ହିତ ପାଇଁ ସମାଜର ମଙ୍ଗଳ ନିମିତ୍ତ ଓ ସଂସାରର କଲ୍ୟାଣ ଲାଗି ଆଗେଇ ଆସିବେ। ଏଇନେ ତ' ଜବାହର ନେହରୁଙ୍କ ଯୁଗ। ଯିଏ ଆଦୌ ଜନସମର୍ଥନ ନପାଇ ସ୍ୱାଧୀନ ତଥା ଗଣତନ୍ତ୍ର ଭାରତ ପରି ଦେଶର ପ୍ରଥମ ପ୍ରଧାନମନ୍ତ୍ରୀ ବା ଶାସନ ମୁଖ୍ୟ ହୋଇପାରିଥିଲେ ଓ ସେହି ପଦବୀରେ ଥାଇ ଦେଶ ତଥା ଦେଶବାସୀଙ୍କ ଉନ୍ନତି କଥା କେବେ ନଭାବି ନିଜ ଆସନ ଓ ନିଜ ପରିବାରର ଭବିଷ୍ୟତ ଚିନ୍ତାରେ ସର୍ବଦା ବ୍ୟସ୍ତ ଥିଲେ। ସେଥିପାଇଁ ତ ନେତାଜୀ ସୁଭାଷ ଚନ୍ଦ୍ର ବୋଷ କହିଥିଲେ– "ସ୍ୱାଧୀନତା ପରେ ଅନ୍ତତଃ ପଚିଶ ବର୍ଷ ପାଇଁ ଦେଶକୁ ସାମରିକ ଶାସନ ତଳେ

ରଖିବାକୁ ହେବ ।" ତାଙ୍କ କଥାକୁ କେହି ଶୁଣିଲେ କି ?

"ତା'ହେଲେ ଆମେ ସେ କ୍ଷେତ୍ରରୁ କୌଣସି ପ୍ରକାର ସାହାଯ୍ୟ ସହଯୋଗ କିମ୍ବା ସହାନୁଭୂତି ଆଦୌ ପାଇପାରିବା ନାହିଁ ।"

"ନା ଆଦୌ ନୁହେଁ । ଶୁଣି ମୋ କ୍ଷେତ୍ରରେ ପରିସ୍ଥିତି ମଧ୍ୟ ଭିନ୍ନ ପ୍ରକାର । ମୁଁ ହେଲି ଛୋଟ ଜାତି କୈବର୍ତ୍ତ ଘରେ ଝିଅ । ଆଉ ସିଏ ହେଲେ ଆମଠାରୁ ବଡ଼ ଜାତି । ଅବଶ୍ୟ ତୁମ ବ୍ରାହ୍ମଣଙ୍କଠାରୁ ଜାତିରେ ନିମ୍ନସ୍ତର । ସିଏ ଆମ ଘରକୁ ବୋହୂ ହୋଇ ଆସିଲେ ଆମ ପରିବାର ତାଙ୍କୁ ବିନା ଆପଉିରେ ସାଦର ସହିତ ଗ୍ରହଣ କରିନେଇଥା'ନ୍ତା । ଯେମିତି ଉମା ନାନୀଙ୍କୁ ଆମ କୈବର୍ତ୍ତମାନେ ସ୍ୱାଗତ କରିଥିଲେ । ସେମିତି ଆମ ଭାଇସାହି ସେ ଘଟଣାକୁ ପୂର୍ଣ୍ଣ ପ୍ରାଣରେ ସମର୍ଥନ ଜଣାଇ ଆମକୁ ସ୍ୱାଗତ କରିଥାନ୍ତେ । ବଡ଼ ଜାତିରୁ ଝିଅ ଆଣିବାକୁ ଓ ଉଚ୍ଚ ସମ୍ପ୍ରଦାୟରେ ଝିଅ ଦେବାକୁ ସବୁ ଛୋଟ ଜାତି ବ୍ୟାକୁଳ ଓ ଆଗ୍ରହୀ ଏବଂ ଛୋଟ ଜାତିର ପ୍ରତ୍ୟେକ ଲୋକମାନେ ଏହାକୁ ସେମାନଙ୍କର ପରମ ସୌଭାଗ୍ୟ ବୋଲି ମନେ କରିଥାନ୍ତି । ମାତ୍ର ଛୋଟ ଜାତିରୁ ବୋହୂ ନେବାକୁ ଓ ନିମ୍ନ ଗୋଷ୍ଠୀରେ ଝିଅ ଦେବାକୁ କେଉଁ ଉଚ୍ଚ ଜାତିର ଲୋକ ପସନ୍ଦ କରିବେ ? ଯଦି ଆମ ଜାତିର ଝିଅଟିଏ ତୁମ ଘରକୁ (ଜାତିକୁ)ବୋହୂ ହୋଇଯିବ । ତାକୁ ତୁମ ସମାଜ ସହଜରେ ଗ୍ରହଣ କରି ନେବକି ? ନିମ୍ନ (ଛୋଟ) ଉପରକୁ ଉଠିବାକୁ ଚାହେଁ । କିନ୍ତୁ ଉଚ୍ଚ ତଳକୁ ଖସିବାକୁ ପାଇଁ କେବେବି ସହଜରେ ମଙ୍ଗିବ ନାହିଁ । ସେହିପରି ମୁଁ ତାଙ୍କ ଘରକୁ ଗଲେ ତାଙ୍କ ପରିବାର ମୋତେ କେବେବି ଗ୍ରହଣ କରିବେ ନାହିଁ । ମୁଁ ପୁଅଟିଏ ହୋଇଥିଲେ ସିଏ ଝିଅଟିଏ ହୋଇଥିଲେ ମୁଁ ତାଙ୍କୁ ଆମ ଘରକୁ ନେଇ ଆସିଥିଲେ ତାଙ୍କ ଆଗମନକୁ ଆମ ଘର ଲୋକମାନେ ଖୁସି ମନରେ ଗ୍ରହଣ କରିନେଇଥାନ୍ତେ । ତା' ବାଦ୍ ସିଏ ଉମାନାନୀ ଘର ପରି ଗରିବ କିମ୍ବା ଅନାମଧେୟ ପରିବାର ନୁହନ୍ତି । ତାଙ୍କର ପ୍ରସିଦ୍ଧ ଖାନ୍ଦାନ ବିଖ୍ୟାତ ସମ୍ଭ୍ରାନ୍ତ ବୁନିଆଦି ବଂଶ । ତାଙ୍କ ଘରେ ମୋତେ କେବେ ବି ବୋହୂ ଭାବେ ଗ୍ରହଣ କରିବେ ନାହିଁ ।"

ସେଥିପାଇଁ ଅନେକ ପ୍ରତିବନ୍ଧକ ରହିଛି । ପ୍ରତିବାଦ ମଧ୍ୟ ଉଠିବ ଏହି ଘଟଣା ବିରୋଧରେ । ସାମାଜିକ ବିଶୃଙ୍ଖଳା ସୃଷ୍ଟି ବି ହୋଇପାରେ । ଜାତିଆଣ ବିପ୍ଳବର ସମ୍ଭାବନା ସୁଦ୍ଧା ଅସମ୍ଭବ ନୁହେଁ । ତାଙ୍କ ପରିବାରକୁ ସମର୍ଥନ କରିବାକୁ ସଂଖ୍ୟା ଗରିଷ୍ଠ ଲୋକ ବାହାରିବେ । ଆମକୁ କେହି ବି ସପଟ ଦେବେନି । ଏପରିକି ଆମ ପକ୍ଷ ନେଇ କଥା ପଦେ କହିବାକୁ କେହି ନଥିବେ । ଶୁଣି ତୁ' ଦେଖୁନୁ ଯେତେ ଭାରି ଜିନିଷ ହେଉ ତାକୁ ଉପରୁ ତଳକୁ ପକାଇ ଦେବା କେତେ ସହଜ । ଆରାମରେ ଅନାୟାସରେ ଅଛ ପରିଶ୍ରମରେ ଜଣେ ବହୁତ ଓଜନିଆ ବସ୍ତୁକୁ ଉପରୁ ତଳକୁ ଖସାଇ ଦେଇପାରିବ । କିନ୍ତୁ ଯେତେ ଅଛ ଓଜନର ଜିନିଷଟିଏ ହେଲେ ସୁଦ୍ଧା ତାକୁ ତଳୁ ଉପରକୁ ନେବା କେବେ ବି ସହଜ କାମ ନୁହେଁ । ସେଥିପାଇଁ ଅନେକ ପରିଶ୍ରମ ଆବଶ୍ୟକ ଓ ଅଧିକ ସଂଘର୍ଷର ପ୍ରୟୋଜନ ହୋଇଥାଏ ଏବଂ ବହୁତ ଶକ୍ତି ବ୍ୟୟ କରିବାକୁ ପଡ଼େ । ଯେମିତି ଉମାନାନୀ ଉପରୁ ଅତି ସହଜରେ ବିନା ପରିଶ୍ରମରେ କୌଣସି ପ୍ରତିବାଦର ସମ୍ମୁଖୀନ ନହୋଇ ଓ ପ୍ରତିବନ୍ଧକର ବାଧା ନପାଇ ତଳକୁ ଖସି ଆସିପାରିଲା । ସେଥିପାଇଁ କେହି ଆପଉି କଲେ ନାହିଁ, କି ଅସୁବିଧା ସୃଷ୍ଟି ହେଲା ନାହିଁ । ଉଚ୍ଚ ଜାତିରୁ ଝିଅଟିଏ ନେଇ ଆସିପାରିଥିବାରୁ ଆମ ସମ୍ପ୍ରଦାୟ ବାଟୁଆକୁ ସାବାସୀ ଦେଲେ । ତାକୁ ପ୍ରଶଂସା କଲେ । ତା' କାମକୁ ତାରିଫ କଲେ । ଏଇଟା ମଧ୍ୟ ଆମ ଜାତି (ଗୋଷ୍ଠୀ) ପାଇଁ ଗୌରବର କଥା ହେଲା । ଆମ ଜାତିଭାଇ ଏଘଟଣାରେ ଉତ୍‌ଫୁଲ୍ଲ ହୋଇ ଖୁସିରେ ଆତ୍ମହରା ହୋଇପଡ଼ିଲେ । ଏହିଭଳି କାର୍ଯ୍ୟ ପାଇଁ ଆନନ୍ଦରେ ବିଭୋର ହୋଇ ବାଟୁଆ ଘରକୁ ଓ ଏଥି ସକାଶେ ତାଙ୍କ ପରିବାରକୁ ଧନ୍ୟବାଦ ଦେଲେ । ସେ କ୍ଷେତ୍ରରେ ମୋତେ କିନ୍ତୁ ତଳୁ ଉପରକୁ ଉଠିବାକୁ ପଡ଼ିବ । ସେଥିପାଇଁ ଅନେକ ପରିଶ୍ରମ ଲୋଡ଼ା ହେବ । ଅଜସ୍ର ଶକ୍ତି କ୍ଷୟ କରିବାକୁ ପଡ଼ିବ । ସେଥିଲାଗି ଯେଉଁ ସଂଘର୍ଷର ଆବଶ୍ୟକ ହେବ, ସେହିପରି ପରିସ୍ଥିତିର ମୁକାବିଲା କରିବା

ପାଇଁ ଆମ ପାଖରେ ଅର୍ଥ, ଶକ୍ତି, ଲୋକ ବଳ, ଜନ ସମର୍ଥନ ବା ସାମର୍ଥ୍ୟପଣ କ'ଣ ଅଛି କହିଲୁ ? ସେଥିପାଇଁ ଦରକାର ହେବ ଗୋଟିଏ ସାମାଜିକ ପରିବର୍ତ୍ତନ । ଆବଶ୍ୟକ ପଡ଼ିବ ଏକ ଜାତିଆଣ ବିପ୍ଲବ । ବିନା ବିପ୍ଲବରେ କୌଣସି ପରମ୍ପରା ଚଳଣିର କିମ୍ବା ପ୍ରଚଳିତ ସଂସ୍କୃତି ଧାରାର ପରିବର୍ତ୍ତନ କେବେ ବି ସମ୍ଭବ ହୋଇପାରିନାହିଁ । ସେହିପରି ବିପ୍ଲବ ସୃଷ୍ଟି କରିବାକୁ ଓ ସେ ବିପ୍ଲବକୁ ପରିଚାଳନା କରିବା ପାଇଁ ଏବଂ ତାହାକୁ ଆଗେଇ ନେବାକୁ ଆମର ଦକ୍ଷତା ଅଛି ତ' ? ସେ କଥା ପ୍ରଥମେ ବିଚାର କରି, ଆମର ଶକ୍ତି, ସାମର୍ଥ୍ୟ ପଣିଆକୁ ଅଟକଳ କରି ଆମ ପାରିଲା ନିପୁଣତାକୁ ପରଖି ସାରିଲା ପରେ ଯାଇ ସେହିପରି କାମରେ ଆଗେଇବାକୁ ପଡ଼ିବ ।"

ସତୀ କଥା ଶୁଣି ସୁଣି କିଛି ସମୟ ନିରବ ରହି ଚିନ୍ତା କଲା । ତା'ପରେ ହଠାତ୍ ସତୀ ଆଢ଼କୁ ଝୁଙ୍କି ପଡ଼ି କହିଲା, "ପ୍ରତିବନ୍ଧକ ଆମକୁ ରୋକିବା ଲାଗି ନୁହେଁ । ଆମର ଶକ୍ତି ଚିହ୍ନାଇ ଦେବାଲାଗି ଆସେ । ସତୀ ଗୋଟିଏ ଉପାୟ ମୋତେ ଦିଶୁଛି । ସେଥିପାଇଁ କିଛି ଅସୁବିଧା ସୃଷ୍ଟି ହେବନି କିମ୍ବା କୌଣସି ପ୍ରକାର ବିପଦର ଆଶଙ୍କା ମଧ ନାହିଁ । ଯଦି ଅଧର ବାବୁ ତୋତେ ତାଙ୍କ ଘରକୁ ନନେଇ ତାଙ୍କ ଚାକିରୀ ଜାଗାକୁ ନେଇ ଯାଆନ୍ତି । ସେଠି ତାଙ୍କୁ କିଏ କାହିଁକି ବାଧା ଦେବ ? ବିରୋଧ କରିବ ? ଆପତ୍ତି ଉଠାଇବ କିମ୍ବା ତାଙ୍କର ଏହିପରି କାମ ବିପକ୍ଷରେ ପ୍ରତିବାଦ କରିବ ?"

ସୁନି କଥା ଉତ୍ତରରେ ସତୀ କହିଲା, ସୁନି 'ସେହିପରି ଅସମ୍ଭବ କଥା କଳ୍ପନା କରିବା ଆମ ପକ୍ଷରେ ଠିକ୍ ନୁହେଁ । ସେମିତି ଭାବନା ମନକୁ ଆଣିବା ଆମର ଉଚିତ୍ କରୁନି, ଆଉ ଏହା ମଧ ଭଲ ନୁହେଁ । ଏହିଭଳି ଚିନ୍ତାଧାରା ଆମମାନଙ୍କ ଅନ୍ତରରେ ପୋଷଣ କରିବା । କାରଣ ଷାଠିଏ ମହଣ ଘିଅ ଯୋଗାଡ଼ ହେବ, ତେବେ ଯାଇ ରାଧା ନାଚିଲା ପରି ତୁ' କଥା କହୁଛୁ ।' ସୁନି ତୁ' ଯେଉଁ କଥା କହୁଛୁ ସେ ସବୁ ତାଙ୍କ ଉପରେ ସଂପୂର୍ଣ୍ଣ ଭାବେ ନିର୍ଭର କରେ । ସିଏ କ'ଣ ମୋ ପାଇଁ ତାଙ୍କ ପରିବାରଠାରୁ ସମ୍ପର୍କ ତୁଟାଇଦେଇ ପାରିବେ ? ତାଙ୍କ ଜାତି କୁଟୁମ୍ବଙ୍କଠାରୁ ସମ୍ବନ୍ଧ ଛିନ୍ନ କରି ଦେବେ ? ତାଙ୍କ ଖାନ୍ଦାନରେ କଳଙ୍କ ଲଗାଇବାକୁ ଆଗେଇ ଆସିବେ ? ଇଚ୍ଛାପୋଷଣ କରିବେ ତାଙ୍କ ବୁନିଆଦିରେ କଳଙ୍କର ଅପକୀର୍ତ୍ତି ଭରିଦେବାକୁ ? ତାଙ୍କ ନାମରେ ଦୁର୍ନାମ ଗାଇ ବୁଲିବା ପାଇଁ ଅନ୍ୟମାନଙ୍କୁ ସୁଯୋଗ ଦେବାକୁ ସିଏ କ'ଣ କେବେ ପସନ୍ଦ କରିବେ ? ନିନ୍ଦନୀୟ କାମଟେ କରିବାକୁ ତାଙ୍କର ସତ୍ସାହସ ଥିଲେ ତ' ? ମୋ ହାତ ଧରି ରାଜରାସ୍ତାକୁ ଓହ୍ଲାଇ ଯିବା ପାଇଁ ସିଏ ସକ୍ଷମ ହେବେ ତ' ? ଦୁନିଆର ନିନ୍ଦା ଅପବାଦ ଶୁଣିବାକୁ ଧୈର୍ଯ୍ୟ ଓ ତାକୁ ସହିବାର ଦକ୍ଷତା ତାଙ୍କର ଅଛି କି ? ମୋତେ ସାଥୀରେ ନେଇ ସମାଜର ତାଚ୍ଛଲ୍ୟକୁ ଭୂକ୍ଷେପ ନକରି ମଥା ଟେକି ଦମ୍ଭର ସହିତ ଚାଲିବାକୁ ସିଏ ପସନ୍ଦ କରିବେ ତ' ?

ତା' ବାଦ୍ ଏସବୁ ସିଏ କ'ଣ ପାଇଁ କରିବେ ? କାହିଁକି କରିବେ ? କେଉଁ ଭରସାରେ, କେଉଁ ଲାଭ ଆଶାରେ, କିପରି ସ୍ୱାର୍ଥକୁ ଦୃଷ୍ଟିରେ ରଖି ? କିଭଳି ଫାଇଦା ପାଇବା ଲାଗି ? ତାଙ୍କର କେଉଁ ଲକ୍ଷ୍ୟ ଏହିଭଳି କାମ ଦ୍ୱାରା ପୂରଣ ହୋଇପାରିବ ? ଏମିତି କାର୍ଯ୍ୟ କରିବାରେ ତାଙ୍କର କେଉଁ ଉଦ୍ଦେଶ୍ୟ ସାଧିତ ହେବ କହିଲୁ ? ସୁନି ମୁଁ ସିନା ତାଙ୍କ ପାଇଁ ଝୁରି ମରୁଛି । ତାଙ୍କୁ ଭେଟିବାକୁ ବ୍ୟସ୍ତ ହେଉଛି । ବ୍ୟାକୁଳ ହେଉଛି ତାଙ୍କ ଦେଖା ପାଇବା ପାଇଁ । ଅଧୈର୍ଯ୍ୟ ହେଉଛି ତାଙ୍କ ସାକ୍ଷାତ ପାଇବା ଲାଗି । ଚାତକ ନିର୍ମିମେଷ ନୟନରେ ମେଘକୁ ଅନାଇଁ ରହିଲା ପରି ତାଙ୍କ ଆସିବା ବାଟକୁ ମୁଁ ଆଶାୟୀ ଆଖିରେ ଚାହିଁ ରହିଛି । ତାଙ୍କୁ ନିଜର କରିନେବାର ଆଗ୍ରହ ମୋତେ ଅସ୍ଥିର କରୁଛି । ତାଙ୍କର ନିକଟତମ ହେବାର ଆବେଗରେ ମୁଁ ବିଭୋର ହେଉଛି । ତାଙ୍କ ସାନ୍ନିଧ୍ୟ ତଳେ ରହିବା ପାଇଁ ବିବ୍ରତ ହେଉଛି । ତାଙ୍କ ପରଶ ପାଇବା ଲାଗି ଆକୁଳତାର ସହିତ ଅନାଇ ରହିଛି । ଅଳ୍ପ ସମୟ ପାଇଁ ହେଲେ ସୁଦ୍ଧା ତାଙ୍କ ଦେହଛୁଆଁ ଲାଭ କରିବାକୁ ବ୍ୟତିବ୍ୟସ୍ତ ହୋଇ ପଡୁଛି । ତାଙ୍କୁ ପ୍ରେମିକ ରୂପେ ପାଇବାର କଳ୍ପନାରେ ମୁଁ ମଜ୍ଜୁଲ୍ ହୋଇଛି । ତାଙ୍କ ପ୍ରେୟସୀ ହେବାକୁ ମୁଁ ଆକାଂକ୍ଷିତ ନୟନରେ ତାଙ୍କରି ପଥକୁ ଅନାଇଁ ରହିଛି । ତାଙ୍କର ପ୍ରିୟତମା ହେବା ଲାଗି ଉଚ୍ଚନ ହେଉଛି । ତାଙ୍କର ପ୍ରଣୟିନୀ ହୋଇ

ତାଙ୍କ ପ୍ରେମ ପାଇବାର କାମନା ମୋତେ ଉଦ୍ଯାଟ କରୁଛି । ତାଙ୍କ ଆସିବା ବାଟକୁ ମୁଁ ଉତ୍ସୁକତାର ସହିତ ଚାହିଁ ରହିଛି । କାହିଁକି ନା ସିଏ ମୋ ପାଇଁ ଦୁର୍ଲଭ । ମୋ ଲାଗି ଅପୂର୍ବ । ସିଏ ମୋତେ ଆକାଶ କୁସୁମ ପରି ପ୍ରତୀୟମାନ ହେଉଛନ୍ତି । ମୁଁ ତାଙ୍କ ପରି ଯୁବକଙ୍କ ସାନ୍ନିଧ୍ୟ ପାଇବାକୁ ମୋର ପରମ ସୌଭାଗ୍ୟ ବୋଲି ଭାବୁଛି । ତାଙ୍କୁ ଅତି ନିକଟରେ ପାଇବା ଲାଗି ବ୍ୟାଯ୍ୟାଣୀ ହେଉଛି । କାରଣ ମୋ ପାଇଁ ତାଙ୍କ ପରି ପୁରୁଷ ମିଳିବା ସାତ ସପନ । ତାଙ୍କ ଭଳି ସ୍ଵାମୀଟିଏ ମୋ କପାଳରେ ଜୁଟିବା ଅସମ୍ଭବ । ତାଙ୍କ ପରି ବ୍ୟକ୍ତି ମୋ ଲାଗି ଅପ୍ରାପ୍ୟ । ସେଥିପାଇଁ ତାଙ୍କୁ ପାଇବାକୁ ମୁଁ ଅହରହ ଚିନ୍ତା କରୁଛି । ଏଇ ସକାଶେ ଯେ ସିଏ ମୋ ଲାଗି ଅପହଞ୍ଚ ସୀମା ଆରପାରିରେ ଦଣ୍ଡାୟମାନ । ମୋ ହାତ ପାଉନଥିବା ଦୂରତାରେ ସେ ବିଦ୍ୟମାନ । ସିଏ ମୋ ଲାଗି ଯେପରି ଅପୂର୍ବ 'ମୁଁ ତାଙ୍କ ପାଇଁ ସେମିତି ଦୁଷ୍ସ୍ୱାପ୍ୟ ନୁହେଁ ।'

"ଲକ୍ଷ୍ମୀବନ୍ତୋ ନ ଜାନନ୍ତି ପ୍ରାୟେଣ ପର ବେଦନାମ । ଶେଷେ ଧରାଭର କ୍ଲାନ୍ତେ ଶେତେ ନାରାୟଣଃ ସୁଖମ୍ ।" ସୁନି ପୃଥିବୀ ଭାରରେ କ୍ଲାନ୍ତ ଶେଷନାଗ ଉପରେ ନାରାୟଣ (ଲକ୍ଷ୍ମୀପତି) ସୁଖନିଦ୍ରା ଯାଇ ଥାଆନ୍ତି । ସେପରି ଲକ୍ଷ୍ମୀବାନ(ଧନୀ) ଲୋକମାନେ ପ୍ରାୟତଃ ପର (ଗରିବର) ଦୁଃଖ ବୁଝିପାରନ୍ତି ନାହିଁ । ସିଏ ତ ମୋଠାରୁ ସବୁଥିରେ ଉପରେ । ଧନରେ, ମାନରେ, ଖ୍ୟାତିରେ, ଖାତିରରେ, ଖାନ୍ଦାନରେ, ବୁନିଆଦିରେ, ଶିକ୍ଷାରେ, ସଭ୍ୟତାରେ । ସିଏ ମୋପରି ଜଣେ ନିମ୍ନସ୍ତର ଲୋକକୁ ପାଇବା ପାଇଁ କାହିଁକି ତଳକୁ ଖସିବାକୁ ଇଚ୍ଛା ପୋଷଣ କରିବେ ?

ମୋ ବାପା ଗରିବ । ସେ କିଛି ଯୌତୁକ ଦେଇ ପାରିବେନି । ସେଥିଲାଗି ମୋ ପାଇଁ ଉପଯୁକ୍ତ ପୁଅପିଲାଟେ ମିଳିବା କଷ୍ଟକର । ଉଚ୍ଚ ଜାତିର, ଧନୀ ଘରର, ଶିକ୍ଷିତା, ଗୁଣବତୀ, ରୂପସୀ କନ୍ୟାକୁ ଛାଡ଼ି ସିଏ କାହିଁକି ମୋ ପରି ଗୋଟେ ଛୋଟ ଜାତିର ଅଶିକ୍ଷିତା, ଗରିବ ଘରର ଝିଅ ପାଇଁ ତାଙ୍କ ପରିବାର ସହିତ ସଂପର୍କ ଛିନ୍ନ କରି ମୋ ହାତ ଧରି ରାସ୍ତାକୁ ଓହ୍ଲାଇ ଆସିବେ ? ସେପରି ପରିକଳ୍ପନା କରିବା ଆମ ପକ୍ଷରେ ମରୁଭୂମିରେ ଜଳ ଟୋପେ ପାଇଁ ମରୀଚିକା ପଛରେ ଧାଇଁବା ସହିତ ସମାନ । ସେଭଳି ଭାବନାକୁ ମନରେ ସ୍ଥାନ ଦେବା ଅର୍ଥ ଦିନରେ ବସିବସି ସ୍ୱପ୍ନ ଦେଖିବା । ତାଙ୍କୁତ ମୋଠାରୁ ଅଧିକ ଗୁଣବତୀ ଓ ରୂପବତୀ ଝିଅ ମିଳିବେ । କେତେ ଧନୀ ଘରର ଉଚ୍ଚ ଶିକ୍ଷିତା ଅଲିଅଲି କନ୍ୟାମାନେ ତାଙ୍କର ପତ୍ନୀ ହେବା ଲାଗି ମୋଠାରୁ ନିଶ୍ଚିତ ଅଧିକ ଯୋଗ୍ୟା ବିବେଚିତ ହେବେ । ଧନ, ସମ୍ପତ୍ତି, ଖ୍ୟାତି, କ୍ଷମତା, ପ୍ରତିପତ୍ତି ଥିବା ସମାଜର ପ୍ରତିଷ୍ଠିତ ବ୍ୟକ୍ତିର ଝିଅକୁ ସୁବିଧାରେ, ସହଜ ଭାବରେ ତାଙ୍କ ପରିବାର ସମର୍ଥିତ ସମାଜ ସ୍ୱୀକୃତରେ ବିଭା ନହୋଇ ମୋ ପରି ଗୋଟେ ଅଶିକ୍ଷିତା, ଛୋଟ ଜାତିର ଗରିବ ଘରର ଝିଅକୁ ବିଭା ହେବା ପାଇଁ ସିଏ କାହିଁକି ଅକାରଣେ ଜିଦ୍‌ଧରି ବସିବେ । ମୋ ଲାଗି ତାଙ୍କ ଖାନ୍ଦାନରେ କଳଙ୍କ ବୋଲିବେ ? ତାଙ୍କ ବୁନିଆଦକୁ ବଦନାମ କରିବେ ? ମୋ ପାଖରେ ଏମିତି କେଉଁ ସ୍ୱତନ୍ତ୍ର ଗୁଣ ଅଛି ଯେ, ଯାହା ପାଇଁ ସିଏ ତାଙ୍କ ପଦ, ପଦବୀ , ବଂଶ, ମର୍ଯ୍ୟାଦା, ବୁନିଆଦ, ଖ୍ୟାତିର, ସମ୍ଭ୍ରାନ୍ତ ପଟିଆର ପରମ୍ପରା ସବୁକୁ ତୁଚ୍ଛ କରି ମୋଲାଗି ଦୀନଦୁଃଖୀଙ୍କ ପରି ରାସ୍ତାକୁ ଓହ୍ଲାଇ ଆସିବେ ?

ସତୀ କଥାକୁ ସୁନି ମନଯୋଗ ସହକାରେ ଶୁଣି ସାରିବା ପରେ ତାକୁ ତାଗିଦ୍ କରିବା ଢଙ୍ଗରେ କହିଲା, "ବିପାଦପ୍ୟ ମୃତଂ ଗ୍ରାହ୍ୟମ ମେଧାଦପି କାଞ୍ଚନମ୍ । ନୀଚାଦପ୍ୟୁଉତ୍ତମାଂ ବିଦ୍ୟାଂ ସ୍ତୀରତ୍ନ ଦୁଷ୍କୁଲାଦପି ।" ବିଷ ମଧରୁ ଅମୃତ, ଅପବିତ୍ର ସ୍ଥାନରୁ ସୁବର୍ଣ୍ଣ, ନୀଚ ଲୋକଠାରୁ ଭଲ ବିଦ୍ୟା ଏବଂ ନୀଚ (ହୀନ)କୁଳରୁ ଉଉତ୍ତମା, ସ୍ତୀ ଗ୍ରହଣ କରାଯାଇ ପାରେ । ଆହୁରି ମଧ କୁହାଯାଇଛି, "ଅପୋଜିଟ୍‌ସ ଆଟ୍ରାକ୍ ।" କିନ୍ତୁ କିଛି ଗବେଷଣା ଏହାକୁ ଭୁଲ୍ ବୋଲି ପ୍ରମାଣିତ କରିଛି । ଗବେଷଣା ଅନୁସାରେ ଏକାଧିକ ସାମଞ୍ଜସ୍ୟ ଥିବା ଅଥବା କୌଣସି ସାମଞ୍ଜସ୍ୟ ନଥିବା ପ୍ରେମୀ ଯୁଗଳଙ୍କ ସଂପର୍କ ଦୀର୍ଘସ୍ଥାୟୀ ନୁହେଁ । ବନ୍ଧର ମୂଳଦୁଆ ଯଦି କିଛିତା ସାମଞ୍ଜସ୍ୟରୁ ଆରମ୍ଭ ହୋଇ ଦୁହିଁଙ୍କ ମଧ୍ୟରେ ଅନେକ ଅସାମଞ୍ଜସ୍ୟ ରହିଥାଏ, ତେବେ ଯାଇ ସଂପର୍କ ସୁଦୃଢ଼ ହୁଏ । କାରଣ ଦୁହେଁ ଦୁହିଁଙ୍କଠାରୁ ଅନେକ କିଛି

ଶିଖିବାକୁ ସୁଯୋଗ ପାଇଥାନ୍ତି । ତୁମ ଦୁହିଁଙ୍କ ଭଲପାଇବାର ମୂଳଦୁଆ ସୁନ୍ଦର ଚେହେରାର ସାମଞ୍ଜସ୍ୟରୁ ଗଢ଼ି ଉଠିଛି । ଏହାପରେ ତୁମମାନଙ୍କ ମଧ୍ୟରେ ଯେତେ ଅସାମଞ୍ଜସ୍ୟ ରହିଲେ ସୁଦ୍ଧା ତୁମମାନଙ୍କ ମଧ୍ୟରେ ସଂପର୍କ ସୁଦୃଢ଼ ରହିବ, ଆଦୌ ଭୁଟିବ ନାହିଁ । ତେଣୁ ଏହି ଅସାମଞ୍ଜସ୍ୟତାରୁ ହିଁ ତୁ ତାଙ୍କ ଲାଗି ଗ୍ରହଣୀୟ ହୋଇ ରହିବୁ । ଆହୁରି ମଧ୍ୟ ପ୍ରତ୍ୟେକ ବିପରୀତ ଧର୍ମୀ ପରସ୍ପରକୁ ଆକୃଷ୍ଟ କରିବା ପ୍ରକୃତିର ନିୟମ । ଏହା ହିଁ ପ୍ରେମର ମୂଳ ଏବଂ ଅସଲ ବ୍ୟାଖ୍ୟା । ବାକି ସବୁ ଅତିରିକ୍ତ ଆବେଗ ଏବଂ ଭାବପ୍ରବଣତା ତଥା ବିଭ୍ରାନ୍ତିର ମୁଖ୍ୟ କାରଣ ।

ସତୀ ତୁ' ଯେଉଁ କଥା କହୁଛୁ– ଆମର ସେହିପରି ଅସମ୍ଭବ କଥା ଭାବିବା ଓ କଳ୍ପନା କରିବା ଉଚିତ୍ ନୁହେଁ । ତୁ' ବୋଧେ ଜାଣିନୁ ବୁଦ୍ଧିର ସଠିକ୍ ସଙ୍କେତ ଜ୍ଞାନ ନୁହେଁ, କଳ୍ପନା ଅଟେ । ଆଉ ଜ୍ଞାନଠାରୁ କଳ୍ପନା ଅଧିକ ଜରୁରୀ । ନିଜର ଆତ୍ମବିଶ୍ୱାସ ନଥିଲେ କୌଣସି କାମ କରିହେବ ନାହିଁ । ଦୃଢ଼ ଆତ୍ମବିଶ୍ୱାସ ହିଁ ସବୁଥିର ମୂଳ । ସ୍ୱାମୀ ବିବେକାନନ୍ଦଙ୍କ ଭାଷାରେ, 'ଆତ୍ମବିଶ୍ୱାସ ରଖ ଓ ସେହି ଆତ୍ମବିଶ୍ୱାସରେ ଦୃଢ଼ ସଂକଳ୍ପ ଏବଂ ଶକ୍ତିଶାଳୀ ହୁଅ ।' ଏହା ହିଁ ଆମ ଆବଶ୍ୟକତା । ଏହିଭଳି ଆତ୍ମବିଶ୍ୱାସ ଓ ଶକ୍ତିରେ ଆମେ ମଣିଷ ହୋଇପାରିବା ଏବଂ ଦେବତ୍ୱ ପ୍ରାପ୍ତ ହେବା ।

ଆହୁରି ମଧ୍ୟ ସତୀ କଥାରେ ଅଛି, "ଭୋକ ବୁଝେନାହିଁ ତୁଚ୍ଛା ଅଳଣା । ନିଦ ଖୋଜେ ନାହିଁ ଭଲ(ଶେଯ୍ୟ)ବିଛଣା ।" ଯେମିତି କ୍ଷୁଧାତୁର ବ୍ୟଞ୍ଜନ ଖୋଜି ନଥାଏ କିମ୍ବା ଅନିଦ୍ରା ଥିବା ବ୍ୟକ୍ତି ଭଲ ବିଛଣା ଆବଶ୍ୟକ କରେ ନାହିଁ । ସେମିତି ପ୍ରେମ କରୁଥିବା ଲୋକ ବଂଶ ବୁନିଆଦି ଖୋଜି ବସେନା(ନଥାଏ) । ଭଲ ପାଇବାକୁ ହେଲେ ମାନ, ସମ୍ମାନ ହରାଇବାକୁ ପଡ଼ିଥାଏ । ସମ୍ମାନ ଜ୍ଞାନ ଥିବା ବ୍ୟକ୍ତି ପ୍ରେମ କରିନଥାଏ । ସମ୍ମାନ ଚାଲିଯିବା ଆଶଙ୍କା କରୁଥିବା ଲୋକମାନେ ପ୍ରେମରେ ପଡ଼ନ୍ତି ନାହିଁ । ଆହୁରି ମଧ୍ୟ "ଦୁଷ୍କୁଲୀନଃ କୁଲୀନୋ ବା ମର୍ଯ୍ୟାଦାଂ ଯୋ ନ ଲଙ୍ଘୟେତ, ଧର୍ମାପେକ୍ଷୀ ମୃଦୁର୍ଯ୍ୟାମାନ ସ କୁଲୀନଶତାଦ୍ ବରଃ ।" ଅଧମ କୁଲରେ ଜନ୍ମ ହେଉ କିମ୍ବା ଉତ୍ତମ ବଂଶରେ ଜାତ ହେଉ, ଯିଏ ମର୍ଯ୍ୟାଦା ଉଲ୍ଲଙ୍ଘନ କରେ ନାହିଁ, ଧର୍ମକୁ ଅନୁସରଣ କରେ, ନମ୍ର ସ୍ୱଭାବର ଓ ଲଜ୍ଜାଶୀଳ ସେ ଶତପ୍ରତିଶିତ କୁଲିନ ଲୋକଠାରୁ ଶ୍ରେଷ୍ଠତର । ସେମିତି ଏହି ଗୁଣଗୁଡ଼ିକର ଅଧିକାରିଣୀ ହୋଇପାରିଥିବାରୁ ତୁ ଉଚ୍ଚ ଜାତିର ପୁଅକୁ ବିଭା ହେବା ପାଇଁ ଓ ବଡ଼ ଲୋକର ଘରକୁ ବୋହୂ ହୋଇ ଯିବାକୁ ଶତଗୁଣେ ଉପଯୁକ୍ତ ଅଟୁ ।

ସତୀ ତୁ ବୁଝୁନୁ କାହିଁକି "ତ୍ୟଜେବେକଂ କୁଲସ୍ୟାର୍ଥେ ଗ୍ରାମସ୍ୟାର୍ଥେ କୁଲଂ ତ୍ୟଜେତ, ଗ୍ରାମଂ ଜନପଦସ୍ୟାର୍ଥେ ଆତ୍ମାର୍ଥେ ପୃଥିବୀଂ ତ୍ୟଜେତ" ଜଣକୁ ତେଜିବ ପରିବାର ହିତେ, ଗ୍ରାମହିତେ ପରିବାର, ଦେଶହିତେ ଏକ ଗ୍ରାମକୁ ତେଜିବ ଆତ୍ମାହିତେ ଏ ସଂସାର । ଯେମିତି ନୀତିବାଣୀ ଅନୁସାରେ ଆତ୍ମାହିତେ ଏ ସଂସାରକୁ ତେଜିବାକୁ କୁହାଯାଇଛି । ସେହିପରି ଅଧର ବାବୁ ନିଜର ବ୍ୟକ୍ତିଗତ ସୁବିଧା ଲାଗି ତାଙ୍କ ବଂଶ ବୁନିଆଦିକୁ ଛାଡ଼ିବା (ପରିତ୍ୟାଗ କରିବା) ନିହାତି ପ୍ରୟୋଜନ । ଦୁର୍ଯ୍ୟୋଧନ ଜନ୍ମ ମାତ୍ରେ ଗର୍ଦ୍ଦଭ ପ୍ରାୟ ରଡ଼ି କରିବା ଏବଂ ଅନେକ ଅମଙ୍ଗଳ ସୂଚନା ଦେଖାଯିବା ହେତୁ ମହାମତି ବିଦୁର ତାହାକୁ କୁଲକ୍ଷୟକାରୀ ବୋଲି କହି ତାହାକୁ ପରିତ୍ୟାଗ କରିବା ଲାଗି ଉପଦେଶ ଦେଇଥିଲେ । (ସୌଜନ୍ୟ ମହାଭାରତ ସୁକ୍ତି ସଞ୍ଚୟନ)

ଆହୁରି ମଧ୍ୟ ଗୋଟେ କଥା ସତୀ ପ୍ରକୃତରେ ବିବାହ ସ୍ୱର୍ଗରେ ଅନୁଷ୍ଠିତ ହୋଇଥାଏ । 'ମ୍ୟାରେଜ ଆର୍ ମେଡ ଇନ୍ ହେଭେନ୍ ।' ଏଠି ସଂସାରରେ କେବଲ ତାହା ଆନୁଷ୍ଠାନିକ ଭାବେ ପାଲନ କରାଯାଏ । ତେଣୁ ବିବାହ ସ୍ୱର୍ଗୀୟ ଏବଂ ସେହି ସ୍ୱର୍ଗୀୟ ପଦ୍ଧତିରେ ଏହା ହେବା ବିଧେୟ । ନୀତି, ନିୟମ, ଅନୁଷ୍ଠାନ ଦ୍ୱାରା ମନ ବୁଦ୍ଧି ଓ ବିବେକ ରଶ୍ମିମନ୍ତ ହୁଏ । ପରସ୍ପର ପ୍ରତି ଅଗାଧ ବିଶ୍ୱାସ, ପ୍ରେମ ଓ ଅନୁରାଗ ପ୍ରଭାବିତ କରେ । ନବ ଆଗନ୍ତୁକର ଜନ୍ମ ଓ ଜାତକକୁ, ବିବାହକୁ ପ୍ରହସନ କରିଦେଲେ ନିସ୍ସର୍ଗ ହୁଏ ବ୍ୟକ୍ତି ଓ ଏହା ସମାଜପ୍ରତି ଭଣ୍ଡାମୀ ସଦୃଶ୍ୟ ହୋଇଥାଏ । ତେଣୁ ବରକନ୍ୟାଙ୍କ ସହମତିରେ ବିବାହ ହେବା ଉଚିତ୍ ଅରାଜିରେ ନୁହେଁ ।

ସତୀ ତୁ ଦେଖୁନୁ କିପରି ଆଦିବାସୀମାନେ ପୁଅଝିଅଙ୍କ ସହମତିରେ ବିବାହ ସମ୍ପନ କରିଥାନ୍ତି । ଆଦିବାସୀ

ସମାଜରେ ବୈବାହିକ ସରଳତା ଓ ଆର୍ଯ୍ୟଚଳଣିର ବ୍ରାହ୍ମଣ୍ୟ ଓ ଚାତୁର୍ବର୍ଣ୍ଣ୍ୟ ଇତ୍ୟାଦି କ୍ଲିଷ୍ଟତାର ସହାବସ୍ଥାନ ବା ସଂଘର୍ଷ ସତ୍ତ୍ବେ ଗୋଟିଏ ଆଜି ପର୍ଯ୍ୟନ୍ତ ସ୍ବକୀୟ ସ୍ଥିତି ରକ୍ଷା ପରି ଚମତ୍କାର ଉଦାହରଣ ଦେଖିପାରିବା। ଆଦିବାସୀମାନେ ବିବାହ ପାଇଁ 'ଗୋତୁଲ' ଓ ଆର୍ଯ୍ୟମାନେ 'ଗୋତ୍ର' ପରମ୍ପରା ଆଦରିବା 'ପ୍ରଥମଟି' ଜୀବନ ତିଆରି ପାଇଁ ଯୁବକ-ଯୁବତୀଙ୍କ ମୁକ୍ତ ସ୍ବାଧୀନ ନିର୍ବାଚନ। ଆରଟି 'ପୁତ୍ରାର୍ଥେ କ୍ରିୟତେ ଭାର୍ଯ୍ୟା' ପାଇଁ ଗୋତ୍ର- ଶୃଙ୍ଖଳା। ଜୀବନକୁ ମୁକାବିଲା କରୁଥିବା ଦୁଇଟି ନାରୀ ଚରିତ୍ର ଭିନ୍ନ ଭିନ୍ନ। ବହୁ ବିବର୍ତ୍ତନ ସତ୍ତ୍ବେ ଆଜି ବି ଅନୁଭବ କରିହେଉଛି ଯେ, ଆଦିବାସୀ ନାରୀ ଆଉ ଜଣେ ଅଣ-ଆଦିବାସୀ ନାରୀଠାରୁ ପରିବାରରେ ଅଧିକ ସ୍ବାଧୀନ। ଅଣ-ଆଦିବାସୀ ସ୍ତ୍ରୀ-ପୁରୁଷ ମୁଖ୍ୟତଃ ବିବାହ ଓ ବିଚ୍ଛେଦ ପରି ଦୁଇଟି ଅଧିକାର ଜାହିର କରୁଥିବା ଯୋଗୁଁ ସମାଜକୁ ପୁରୁଷ ପ୍ରଧାନ କରାଇପାରିଛି।

ସତୀ ସେ ଯୁକ୍ତିତର୍କ ଛାଡ଼। ସେଥିରୁ ଆମକୁ କ'ଣ ମିଳିବ ? ଆମ କାମ ଆମେ କରିଯିବା। ତେଣିକି ଫଳ ଯାହା ହେଉନା କାହିଁକି ? ସମସ୍ୟା ଉପରେ ଚିନ୍ତାକରି ବୃଥାରେ ଶକ୍ତି ସାରିବା ଅପେକ୍ଷା ସମାଧାନ ଲାଗି ମନଦେବା ଶ୍ରେୟସ୍କର। ଗୀତାରେ ଭଗବାନ କୃଷ୍ଣ କହିଛନ୍ତି- 'କର୍ମ କରିଯାଅ, ଫଳ ଆଶ ରଖନି।' ନିଷ୍ଠାର ସହିତ କାମ କରିଥିଲେ, ନିଶ୍ଚିତ ଫଳ ପ୍ରାପ୍ତି ହେବ। ଆଉ ସେ ଫଳ ସୁଫଳ ହିଁ ହେବ। ଏହା ନିଃସନ୍ଦେହ। ଆଉ ତୁ ଭଲଭାବରେ ମନରେ ରଖ୍ଥୁବୁ- ଦାଇତ୍ବ ଓ କର୍ତ୍ତବ୍ୟ ଆଦୌ ଏକା କଥା ନୁହେଁ। ଏକା କଥା ହୋଇନପାରେ ମଧ। ସବୁ କର୍ତ୍ତବ୍ୟ କଦାପି ଦାଇତ୍ବ ହୋଇ ନ ପାରେ ଓ ସମସ୍ତ ଦାଇତ୍ବ କେବେ କର୍ତ୍ତବ୍ୟ ମଧ ନୁହେଁ। ଆଉ ଆମ ନିଜର କର୍ତ୍ତବ୍ୟ ପାଳନ (ନିର୍ବାହ) ବେଳେ ଅନ୍ୟର ଅସୁବିଧା ପ୍ରତି ଦୃଷ୍ଟି ଦେବାକୁ ହେବ ଏବଂ ଆପଣା ଦାଇତ୍ବ ସମ୍ପାଦନ ସମୟରେ ତାହା କାହାରି ପ୍ରତି କୌଣସି ପ୍ରକାର ସମସ୍ୟା ସୃଷ୍ଟି କରୁଛିକି, କାହାକୁ ଅଡୁଆରେ ପକାଉଛିକି ? ଅନ୍ୟର କ୍ଷତି ପହଞ୍ଚାଇଉଛିକି ତାକୁ ଲକ୍ଷ୍ୟ କରିବା ଆବଶ୍ୟକ। ଦାଇତ୍ବ ନିର୍ବାହ ଏବଂ କର୍ତ୍ତବ୍ୟ ତୁଲାଇବା ଆଳରେ ଅନ୍ୟର ଅନିଷ୍ଟ ଘଟାଇବା ସର୍ବାଗ୍ରେ ଅନାବଶ୍ୟକ। ଆଉ ନୀତିବାଣୀ କହେ- "ସମ୍ପତ୍ସୁ ମହତାଂ ବିଉ ଭବେଦ୍ଦୁଗୁଲ କେମଲମ୍‌। ଆପ୍ସୁତ ମହା ଶୈଲଃଶିଲା ସଂଘାତକ କଷମ୍‌।" ଅର୍ଥାତ୍‌ ସଂପଦ ବେଳେ ମହତ ବ୍ୟକ୍ତିଙ୍କ ଜୀବନଶୈଳୀ ପଦ୍ମଫୁଲଠାରୁ କୋମଳ ଓ ବିପଦ କାଳରେ ହିମାଳୟର ଆଗ୍ନେୟ ଶିଲାଠାରୁ ମଧ ଶକ୍ତ ତଥା କଠୋର ହେବା ଉଚିତ୍‌। ତୁ ବୁଝୁନୁ କାହିଁକି ସତୀ ଦୁଇ ଜଣ ବ୍ୟକ୍ତି ଏକତ୍ର ଥିଲେ ମଧ ସୁଖ ଓ ଦୁଃଖର ଭାବ ଅଲଗା ଅଲଗା- ଏହା ବାରି ହୋଇ ପଡ଼େ। ବାହାରକୁ ଜଣା ପଡ଼ିଯାଏ ମୁଖଭଙ୍ଗୀରୁ, ହାବଭାବରୁ, ଚଳଣିରୁ ଓ ବ୍ୟବହାରରୁ। ଯେମିତି "ଏକୋଦର ସମୁଦ୍ଭୂତା ଏକ ନକ୍ଷତ୍ର ଜାତକାଃ। ନ ଭବନ୍ତି ସମାଃ ଶୀଲୈଃ ଯଥା ବଦରି କଣ୍ଡକାଃ।" ଗୋଟିଏ ମା' ପେଟରୁ ଏବଂ ଏକା ନକ୍ଷତ୍ରରେ ଜନ୍ମ ହୋଇ ମଧ କେହି ସମାନ ଗୁଣଶୀଲ ହୁଅନ୍ତି ନାହିଁ। ଉଦାହରଣ ସ୍ବରୂପ ବରକୋଲି ଗଛର କୋଲି ଓ କଣ୍ଟା ସମଗୁଣର ହୁଅନ୍ତି ନାହିଁ। ଏହା ପଛରେ ଥିବା କାରଣ ହେଲା ଯେଉଁ ବ୍ୟକ୍ତି ସଦା ସର୍ବଦା ଜୀବନର ପ୍ରତ୍ୟେକଟି ସମସ୍ୟାକୁ ଶାନ୍ତ, ନିଶ୍ଚଳ ମନରେ ସମାଧାନ କରିଥାନ୍ତି, ତାଙ୍କର ମନ ସର୍ବଦା ପ୍ରସନ୍ନ ଥାଏ। ଜୀବନ ସମସ୍ୟା ବହୁଳ। ଜୀବନ ଥିଲେ ସମସ୍ୟା ଓ ଦୁଃଖ ଆସିବ ନିଶ୍ଚୟ। ଏହା ନିଶ୍ଚୟ କରି ଏହିଭଳି ପରିସ୍ଥିତିକୁ ଯେ ନିର୍ବିକାର ଭାବରେ ସାମ୍ନା କରିଥାନ୍ତି, ତାଙ୍କର ଅନ୍ତର୍ନିହିତ ଶକ୍ତି ଏତେ ଅଧିକ ଓ ମାନସିକ ସ୍ତରରେ ସେ ଏତେ ଶକ୍ତିଶାଲୀ ଯେ, କୌଣସି ସାଂଘାତିକ ପ୍ରତିକୂଳ ପରିସ୍ଥିତି ଓ ଭୟଙ୍କର ଦୁଃଖରେ ମଧ ସେ ଅବିଚଳିତ ରହି ଦୃଢ଼ ଭାବରେ ପରିସ୍ଥିତିକୁ ସାମ୍ନା କରିଥାନ୍ତି। ଯଦି ବ୍ୟକ୍ତିର ଆତ୍ମବିଶ୍ବାସ ତୁଟିଯାଏ, ତେବେ ସେ ଚାପରେ ରହି ପରିସ୍ଥିତିର ସାମ୍ନା କରିନପାରି ଦୁଃଖୀ ହୋଇଯାଏ। ଆତ୍ମବିଶ୍ବାସ ଏକ ମଜବୁତ ରଜ୍ଜୁ ଯାହା ପ୍ରତ୍ୟେକ ପରିସ୍ଥିତିରେ (ସୁଖ ଓ ଦୁଃଖରେ) ନିର୍ଣ୍ଣାୟକ ଭୂମିକା ନେଇଥାଏ। ଆଉ ପରୀକ୍ଷାତ ମଣିଷକୁ ମହାନ୍‌ କରେ। ସଫଳତାର ସମୟ ନୁହେଁ। କୌଣସି ଗୋଟିଏ ଦିଗରେ ସଫଳତା ଚାହିଁ ଓ ନପାଇ ଭାଙ୍ଗି ପଡ଼ିବା ବୋକାମୀ। ଜୀବନ କ୍ଷେତ୍ର ପ୍ରଶସ୍ତ। ଗୋଟେ ବିଫଳ ହେଲେ ଅନ୍ୟଟି ସଫଳ ହେବ। ଉଦ୍ୟମୀ

ମଣିଷ ଲକ୍ଷ୍ମୀ ପ୍ରାପ୍ତ ହୁଏ। ନିମପିତାରେ ଅଛି ଔଷଧି ଓ ଦାରୁ ଯୋଗ। ଈଶ୍ୱରଙ୍କ ପ୍ରତିଟି ସୃଷ୍ଟିରେ ସଫଳତାର ସ୍ୱାକ୍ଷର। ଭବସାଗରରେ ସେ ହିଁ କେବଳ ସବୁଠିରେ ସଫଳ, ତାରଣରେ, ମାରଣରେ ବି। ଏହା କେବଳ ସୃଷ୍ଟି କାରଣ (ତମସୋ ମା ଜ୍ୟୋତିର୍ଗମୟ।)କୁ ସଫଳ କରିବା ଅର୍ଥରେ ଅଭିପ୍ରେତ। ଆଉ ତୁ' ଦେଖ୍ନୁ ସାମାନ୍ୟ ଘାସର ଜୀବନକୁ। ସେ କିପରି ବାରମ୍ବାର ବିପର୍ଯ୍ୟୟର ସମ୍ମୁଖୀନ ହୋଇ ସୁଦ୍ଧା ମୁଣ୍ଡ ଟେକି ଠିଆ ହେବାକୁ ଚେଷ୍ଟା କରୁଛି। "ଉନ୍ମୂଲିତା ହଳ ଧରେଣ ପଦାଭିଘାତୈଃ ସଂଚୂର୍ଣ୍ଣିତା, ତପନ ତାପତ ରେଣ ତପ୍ତା, ଦାବାନଲେନ ନନୁ ଦଗ୍ଧଦଳାଃପିପୂର୍ବା ସଂଜାୟତେ ପୁନ ସୌ ଜଳଦ ପ୍ରସାଦାତ୍।" ଅର୍ଥାତ୍ ଗ୍ରୀଷ୍ମ ରୁତୁରେ ଭୂଇଁକୁ ହଳ କରିବା ଦ୍ୱାରା ଲଙ୍ଗଳର ମୁନରେ କୃଷକ ଘାସକୁ ଉପାଡ଼ି ପକାଇ ନଷ୍ଟଭ୍ରଷ୍ଟ କରିଦିଏ। ବଳଦମାନଙ୍କ କଠୋର ପଦାଘାତରେ ଦଳିତକଟି ହୋଇ ଘାସ ମୁମୂର୍ଷ ବା ଦରମଲା ହୋଇଯାଏ। ଆଉ ପୁଣି ପ୍ରଖର ସୂର୍ଯ୍ୟ କିରଣ ସୃଷ୍ଟ ପ୍ରାକୃତିକ ବନାଗ୍ନି ଦ୍ୱାରା ସେହି ଘାସ ପଟଳ ଦଗ୍ଧୀଭୂତ ହୁଏ। ମାତ୍ର ଏହି ସବୁ ବିପର୍ଯ୍ୟୟର ଶରବ୍ୟ ହୋଇଥିବା ସେହି ଘାସ କ'ଣ ସତରେ ନିଜର ସତ୍ତା ହରାଇ ନିଷ୍ଫଳ ହୋଇଯାଏ, ନା ଆଦୌ ନୁହେଁ, ବରଂ ଅପେକ୍ଷା କରିଥାଏ ପୁଣି ଥରେ ମୁଣ୍ଡ ଟେକି ଠିଆ ହେବାର ସୁବର୍ଷ ସୁଯୋଗକୁ। ତିଲେ ମାତ୍ର ହରାଇ ନଥାଏ ନିଜର ସ୍ଥିତି ସ୍ଥାପନର ସେହି ଆଦ୍ୟମ- ଆତ୍ମବିଶ୍ୱାସକୁ। ଛାଡ଼ି ନଥାଏ ବଞ୍ଚି ରହିବାର ଆତ୍ୟନ୍ତିକ ଅଭିଲାଷକୁ। ଆଷାଢ଼ଷ୍ୟ ପ୍ରଥମେ ଦିବସେ ପହିଲି ବର୍ଷାର ପ୍ରଥମ ଛୁଇଁ ତା'ପାଇଁ ତିଆରି କରେ ପୁନରୁତ୍ଥାନର ଅପେକ୍ଷିତ ସୁଯୋଗ। ପୁଣି ଜିଅ ଉଠେ ଘାସ।

"ସଂପଥୌ ଚ ବିପଥୌ ଚ ମହିତା ମେକ ରୂପତା। ଉଦୟେ ସବିତା ରକ୍ତୋ ଶ୍ୱାସ୍ତମୟେ ତଥା।" ଉଦୟ ତଥୋ ଅସ୍ତ ସମୟରେ ସୂର୍ଯ୍ୟ ଯେପରି ସମାନ ବର୍ଷ (ଲୋହିତ) ଧାରଣ କରିଥାଏ। ସେହିପରି ମହାପୁରୁଷମାନେ ସମ୍ପଦ ଓ ବିପଦ ସମୟରେ ସମଭାବରେ ରହିଥାନ୍ତି। ତୁ ସେହିପରି ନହୋଇ ଏମିତି ଭାଙ୍ଗି ପଡ଼ିଲେ ଚଳିବ କେମିତି ?

ସେମିତି ତୁ' ମନରୁ ପାଇବାର ଆଶା ଓ ତାଙ୍କୁ ନିଜର କରିନେବାର ଭରସା ପରିତ୍ୟାଗ ନକରି ଚେଷ୍ଟାକର ଏବଂ ଉଦ୍ୟମ ଅବ୍ୟାହତ ରଖ ନିଶ୍ଚିତ, ତୋ' ପ୍ରଚେଷ୍ଟାରେ ତୁ' ସଫଳତା ହାସଲ କରିବୁ। କାରଣ ଛୋଟ ଛୋଟ ପ୍ରଚେଷ୍ଟାର କ୍ରମାଗତ ଫଳସ୍ୱରୂପ ବଡ଼ କାମଟିଏ ହାସଲ ହୋଇଥାଏ। ନିରନ୍ତର ଉଦ୍ୟମ (ଅଭ୍ୟାସ) ବଳରେ ଅସମ୍ଭବ ମନେ ହେଉଥିବା କାର୍ଯ୍ୟ ସମ୍ଭବ ହୁଏ। ଇଚ୍ଛା ଥିଲେ ଉପାୟ ଆପେ ଆପେ ଆସିଥାଏ, ଏହା ଅକାଟ୍ୟ ସତ୍ୟ। ଦୃଢ଼ ଇଚ୍ଛାଶକ୍ତି ବଳରେ ଅସମ୍ଭବ ସମ୍ଭବ ହୁଏ। ଅସାଧ୍ୟ ସାଧ୍ୟ ହୁଏ। ଦୁରୁହବୋଧ ହେଉଥିବା କର୍ମ ସୁଗମ ହୋଇଥାଏ। ସାଧାରଣ ଭାବରେ ଇଚ୍ଛାଶକ୍ତିହୀନ ବ୍ୟକ୍ତି କିଛି ବିଶେଷ କାର୍ଯ୍ୟ କରିବାକୁ ଯିବା ପୂର୍ବରୁ ନକାରାତ୍ମକ ଚିନ୍ତାଧାରା ପୋଷଣ କରିଥାନ୍ତି। ଯାହା ତାଙ୍କୁ ପଶ୍ଚାତଗାମୀ କରିଥାଏ। ମାନସିକ ଦୃଢ଼ତା ହିଁ ଲକ୍ଷ୍ୟ ସିଦ୍ଧିର ପ୍ରମୁଖ ମାଧମ। ମୋ କଥା ମାନ ସତୀ। ତାଙ୍କୁ ଦେଖି ମୁଁ ଯାହା ଅନୁମାନ କରିଛି, ସିଏ କେବେ ସେମିତି ନୁହନ୍ତି। ହୋଇ ନପାରନ୍ତି। ହୋଇ ନଥିବେ। ମୁଁ ମାନୁଛି ଜମିଦାରମାନେ ଅତ୍ୟାଚାରୀ ଥିଲେ। ଥିଲେ ଉତ୍ପୀଡ଼କ। ଗରିବ ପ୍ରଜାଙ୍କୁ ଶୋଷଣ କରି ସେମାନେ ସବୁ ବଡ଼ ହୋଇଛନ୍ତି। ଅନ୍ୟର ସମ୍ପତ୍ତି ଅପହରଣ କରି ଧନୀ ପାଲଟିଥିଲେ। ସେମାନେ ସାଧାରଣ ଲୋକମାନଙ୍କୁ ହେୟ ଜ୍ଞାନ କରନ୍ତି। ହୀନ ଦୃଷ୍ଟିରେ ଦେଖନ୍ତି। ଏହପରିକି ଆନ୍ତରିକ ଘୃଣା ମଧ କରିଥାନ୍ତି। ସେମାନେ ସବୁ ଭାରି ଆତ୍ମଗର୍ବୀ, ଅହଙ୍କାରୀ, ଅଭିମାନୀ, ଅବିବେକୀ, ନିଷ୍ଠୁର, ନିର୍ଦ୍ଧୟ, ନିର୍ମ୍ମ, ନୃଶଂସ ମଧ। ମାତ୍ର ସେ ବଂଶର ଦାୟାଦ ହୋଇ ସୁଦ୍ଧା ସିଏ ତା'ର ବ୍ୟତିକ୍ରମ ପରି ଜଣାଯାଉଛନ୍ତି। ତାଙ୍କ ପୂର୍ବ ବଂଶଧରମାନଙ୍କ ଭଳି ତାଙ୍କର ଅହମିକା ନାହିଁ। ନାହିଁ ତାଙ୍କଠି ଗର୍ବଭାବ କିମ୍ବା ଅହଙ୍କାର ଅଥବା ଅନ୍ୟମାନଙ୍କ ପ୍ରତି ହେୟଜ୍ଞାନ ମନୋବୃତ୍ତି। ସିଏ ସାଧାରଣ ମଣିଷଙ୍କ ପରି ଭଦ୍ର, ନମ୍ର ଓ ଶାନ୍ତସିଷ୍ଟ ସରଳ ସ୍ୱଭାବର ଭଳି ଦେଖାଯାଉଛନ୍ତି। ଅମାୟିକ ବ୍ୟକ୍ତିଙ୍କ ପରି ଜଣା ପଡୁଛନ୍ତି। ଯୁବକ ସୁଲଭ ଚପଳତାରେ ଭରପୂର ତାଙ୍କ ଅନ୍ତର। ତାଙ୍କ ହୃଦୟ ପ୍ରଶସ୍ତ। ମୁଁ ତାଙ୍କୁ ଦେଖି ଜାଣିପାରୁଛି ସିଏ ଭାରି ଉଦାର ପ୍ରକୃତିର, ସରଳ, ନିରୀହ, ନିଷ୍ପଟ, ନିରହଙ୍କାର, ନିରାତ୍ମ୍ୟର, ନିରଳସ ପଣରେ ଊର୍ଦ୍ଧ୍ୱସ୍ଥ ତାଙ୍କ ନୈତିକ

ବ୍ୟକ୍ତିତ୍ୱ । ସିଏ କେବେବି ତୋ ପ୍ରତି ବିଶ୍ୱାସଘାତକତା କରିବେ ନାହିଁ । ସେପରି ଭରସା ତାଙ୍କ ଉପରେ ମୋର ଅଛି । ସିଏ ତୋ' ପ୍ରତି ନିଶ୍ଚୟ ଅନୁରକ୍ତ ରହିବେ । ଆଉ ତୁ' ଭଲଭାବରେ ମନରେ ରଖିଥା ଆଚରଣ ହିଁ ବ୍ୟକ୍ତିତ୍ୱର ସଟିକ୍ ପ୍ରତିଫଳନ । ଆହୁରି ମଧ୍ୟ "ନବେବୟସି ଯଃ ଶାନ୍ତ ସସାନ୍ତ ଇତି କଥ୍ୟତେ । ଧାତୁଷ୍କ୍ଷୀୟ ମାତୋସୁ ଶାନ୍ତଃ କମ୍ୟନ ଯାୟତେ ।" ଯେଉଁ ଲୋକ ଯୌବନ ଅବସ୍ଥାରେ ଶାନ୍ତ ବ୍ୟବହାର କରେ, ସେ କେବଳ ଶାନ୍ତ । ଯେହେତୁ ବଳ ବୟସ ଗଲା ପରେ ସବୁ ଶକ୍ତି କ୍ଷୟ ହୋଇ ଲୋକମାନେ ଶାନ୍ତ ହୋଇଥାନ୍ତି । ପ୍ରାରବ୍ଧ ବିଚାରରେ ଜୀବଠାରେ ବ୍ୟବସ୍ଥିତ ଅପରିବର୍ତ୍ତନୀୟ ମୌଳିକ ଉପାଦାନ ଯାହା କଲେ ବି ବଦଳି ନଥାଏ । ଇଂରାଜୀରେ କୁହାଯାଇଛି, 'No body changes fundamentally' । ଆହୁରି ମଧ୍ୟ କୁହାଯାଇଛି– "ପାପଂ ସମାଚରତି ବିତଗ୍ଦୁଣୋ ଜଘନ୍ୟଃ ପାପ୍ୟପଦଂ ସମୃଦ୍ଧ ଏବେତୁ ମଧ୍ୟବୁଦ୍ଧି । ପ୍ରାଣାତ୍ୟୟେଽପି ନତୁ ସାଧୁଜନଃ ସୁବ୍ୟଙ୍ ବେଳା ସମୁଦ୍ର ଇବ ଲଂଘୟିତୁଂ ସମର୍ଥଃ ।" ନୀଚମନା ଲୋକ ଦୟା ବିରହିତ ହୋଇ ପାପକାର୍ଯ୍ୟ କରେ । ଅଳ୍ପ ବୁଦ୍ଧି ସଂପନ୍ନ ଲୋକ ଆପଦରେ ପଡ଼ି ଦୟା ପ୍ରଦର୍ଶନ କରେ; କିନ୍ତୁ ସମୁଦ୍ର ବେଳା ଲଙ୍ଘନ ନକରିବା ପରି ସାଧୁବ୍ୟକ୍ତି ମରଣ ସମୟରେ ମଧ୍ୟ ନିଜର ଉତ୍ତମ ଆଚରଣ ପରିତ୍ୟାଗ କରେନାହିଁ ।

ଉତ୍ତରରେ ସତୀ କହିଲା, ସୁନି ଚେହେରାର ସୌନ୍ଦର୍ଯ୍ୟ ନୁହେଁ । ଅନ୍ତରର ସୌନ୍ଦର୍ଯ୍ୟ ହିଁ ବଡ଼ କଥା । ସିଏ ବାହାରକୁ ଯେମିତି ଦେଖାଯାଉଛନ୍ତି, ତାଙ୍କର ଭିତର ସେହିପରି ହୋଇଥିବା ଆବଶ୍ୟକ କରେ ।

ସତୀକୁ ବୁଝାଇ ଚାଲିଥିଲା ସୁନି "ମୋ କଥା ଶୁଣ । ମୋ ନିର୍ଦ୍ଦେଶରେ ପରିଚାଳିତ ହ । ମୁଁ ବତାଉ ଥିବା ବାଟରେ ଚାଲ । ମୁଁ ଦେଖାଉଥିବା ରାସ୍ତାରେ ଆଗେଇ ଯାଆ । ମୁଁ କହୁଥିବା ମାର୍ଗରେ ଗତି କର । ମୋ ବୋଲ ମାନ । ମୋ କହିବା ମୁତାବକ କାମ କର । ସବୁ ଠିକ୍ ହୋଇଯିବ । ତୁ' ଯାହାକୁ ଅସମ୍ଭବ ବୋଲି ଭାବୁଛୁ, ତାହା ସମ୍ଭବ ହେବ । ଯାହାକୁ ଅଲଂଘ୍ୟ ମନେ କରୁଛୁ, ତାକୁ ଅତି ସହଜରେ ଅତିକ୍ରମ କରିପାରିବୁ ଯଦି ମୋ' ବରାଦ ମତେ ଚାଲିବୁ । ତୋ ଦୃଷ୍ଟିରେ ଯାହା ଦୁର୍ଲଭ । ମୋ କଥାରେ ପରିଚାଳିତ ହେଲେ ସେ ସବୁ ତୋ ପାଇଁ ଆପଣା ଛାଏଁ ସୁଲଭ ହୋଇଯିବ । ତୁ' ଯାହାକୁ ଅପ୍ରାପ୍ୟ ବୋଲି ଧରି ନେଇଛୁ, ମୋ ବୁଦ୍ଧିରେ ତାହା ତୋ' ଲାଗି ଉପହାର ହୋଇ ତୋ ନିକଟକୁ ଚାଲିଆସିବ । ଯାହା କେବଳ ତୋତେ ଟିକେ ସମାନ୍ୟ କଷ୍ଟ ସ୍ୱୀକାର କରିବାକୁ ପଡ଼ିବ ।"

ସତୀ ସ୍ୱାମୀ ବିବେକାନନ୍ଦ କହିଛନ୍ତି– "ଶକ୍ତି ହିଁ ଜୀବନ ଓ ଦୁର୍ବଳ ତା' ହିଁ ମୃତ୍ୟୁ । ଶକ୍ତି ହିଁ ସୌଭାଗ୍ୟ, ଚିରନ୍ତନ, ଜୀବନ୍ତ ଓ ଅମୃତ । ଦୁର୍ବଳତା କେବଳ ନିରବଚ୍ଛିନ୍ନ ଦୁଃଖ । କୃତକାର୍ଯ୍ୟ ହେବା ପାଇଁ ଦରକାର ବିପୁଳ ଇଚ୍ଛାଶକ୍ତି । ଏକ ଇଚ୍ଛାଶକ୍ତି ଅନୁପ୍ରାଣିତ ମନ କହେ ମୁଁ ମହାସାଗର ପାନ କରିବି ଏବଂ ଉଚ୍ଚୁଙ୍ଗ ପର୍ବତମାଳାକୁ ଧୂଳିସାତ୍ କରିଦେବି ।" ତୋ'ର ସେହି ପ୍ରକାର ଇଚ୍ଛାଶକ୍ତି ଓ ଅଭିପ୍ସା ଦରକାର । କଠିନ ପରିଶ୍ରମ କଲେ ଲକ୍ଷ୍ୟସ୍ଥଳରେ ପହଞ୍ଚି ହୁଏ । ନିଜ ଉପରେ ବିଶ୍ୱାସ ରଖି କାର୍ଯ୍ୟ କଲେ, ନିଜ ଗୋଡ଼ରେ ଠିଆ ହେଲେ, ନିଜ ପାଇଁ ଲକ୍ଷ୍ୟ ହାସଲ ଲାଗି ଜୀବନକୁ ବଲୀ ଦେବାକୁ ଆଗେଇ ଆସିଲେ ସବୁ ସମ୍ଭବ ହେବ । କାର୍ଯ୍ୟରେ ସଫଳତା ଆଣିବାରେ ଯଦି ମୃତ୍ୟୁ ହୁଏ, ସେଥିପାଇଁ ଦୁଃଖ ନାହିଁ । ଭାଙ୍ଗି ପଡ଼ନାହିଁ । କିୟା ନିଜ ଚେଷ୍ଟାରୁ କେବେ ବିଗତ ହୁଅ ନାହିଁ । ନିଜ ଭିତରେ ଆତ୍ମବିଶ୍ୱାସକୁ ଖୁବ୍ ଦୃଢ଼ କରିବାକୁ ହେବ । ଅବଶ୍ୟ ଗନ୍ତବ୍ୟ ପଥରେ ବହୁ ବାଧାବିଘ୍ନର ସମ୍ମୁଖୀନ ହେବାକୁ ପଡ଼ିବ । ତଥାପି ସେଥିପ୍ରତି ବୀତସ୍ପୃହ ନହୋଇ ଏକାଗ୍ର ଚିତ୍ତରେ ଅଗ୍ରସର ହେବାକୁ ହେବ । ଏହି ଆତ୍ମବିଶ୍ୱାସର ଅନ୍ୟ ନାମ ହେଉଛି ଶ୍ରଦ୍ଧା । ନିଜ ଭିତରେ ଶ୍ରଦ୍ଧା ଯେତେ ଶକ୍ତିଶାଳୀ ହେବ ତୁମେ ସେତେ ଲକ୍ଷ୍ୟପଥରେ ପ୍ରଗତି କରିପାରିବ । ଭୌତିକସ୍ତରରେ ଉନ୍ନତି ଆମକୁ ନିଶ୍ଚିତ ବାହ୍ୟସୁଖ ପ୍ରଦାନ କରେ । କିନ୍ତୁ ଅନ୍ତଃସୁଖ ପାଇଁ ନିଃସ୍ୱାର୍ଥପରତା ନିହାତି ଆବଶ୍ୟକ । ନିଃସ୍ୱାର୍ଥପରତା ହିଁ ଈଶ୍ୱର । ପ୍ରଥମେ ନିଜଠାରେ ବିଶ୍ୱାସ ରଖ । ସମସ୍ତ ଶକ୍ତି ତୁମ ମଧ୍ୟରେ ରହିଅଛି । ଏଥିପ୍ରତି ସଚେତନ ହୁଅ ଏବଂ ଏହାକୁ ପରିପ୍ରକାଶ କର । କହ ମୁଁ ସବୁକିଛି କରିପାରିବି । ତୁମେ ଯାହା କିଛି ଭାବିବ, ତାହା ତୁମେ ନିଶ୍ଚୟ କରିପାରିବ । ତୁମେ ଯଦି ନିଜକୁ ଦୁର୍ବଳ

ମନେକର ତାହାଲେ ତୁମେ ପ୍ରକୃତରେ ଦୁର୍ବଲ ହୋଇଯିବ । ତୁମେ ଯଦି ନିଜକୁ ଶକ୍ତିଶାଳୀ ମନେ କର (ଭାବିବ) ତାହାଲେ, ତୁମେ ନିଶ୍ଚିତ ଶକ୍ତିଶାଳୀ ହୋଇ ଉଠିବ । ତୁମ ଭିତରେ ଅନନ୍ତ ଶକ୍ତି ରହିଛି । ତାହାକୁ ଜାଗ୍ରତ କର । ମନପ୍ରାଣ ଦେଇ କର୍ମରେ ଲାଗିପଡ଼ । ନିୟମ ନିଷ୍ଠ ନୀତିବାନ ହୁଅ । ସାଂଘାତିକ ଭାବରେ ସାହାସୀ ହୁଅ । ଏକ ପୂର୍ଣ୍ଣହୃଦୟବାନ ମାନବ ହୁଅ । ଆଦର୍ଶ ଏବଂ ଲକ୍ଷ୍ୟକୁ ଅନ୍ୱେଷଣ କର । ସମ୍ମୁଖକୁ ଦେଖ । ପଛକୁ ଅନାଇ କିଛି ଲାଭ ନାହିଁ । ଅନନ୍ତ ଶକ୍ତି, ଅନନ୍ତ ସ୍ନେହା ଓ ଅନନ୍ତ ଧୈର୍ଯ୍ୟ ଆମର ଆବଶ୍ୟକ । ତାହା ହେଲେ ଯାଇ ମହତ କାର୍ଯ୍ୟମାନ ସାଧିତ ହେବ । ତେଜସ୍ୱୀ, ପ୍ରଜ୍ଞାପନା ଏବଂ ସାହାସୀ ଯୁବକ ହେବା ଆବଶ୍ୟକ । ଯେଉଁମାନେ ମୃତ୍ୟୁ ମୁଖକୁ ଲଙ୍ଘ ଦେବାର ସାହାସ ରଖନ୍ତି, ସନ୍ତରଣ କରି ମହାସମୁଦ୍ର ଅତିକ୍ରମ କରିଯିବାକୁ ପ୍ରସ୍ତୁତ ଅଛନ୍ତି । କେବଲ ଶିକ୍ଷିତ ହୋଇ ଭଲ ଚାକିରିଟିଏ ପାଇ ଗଲେ ଯେ, ଅନ୍ତର୍ନିହିତ ଶକ୍ତି ଓ ସମ୍ଭାବନାର ଉନ୍ମେଷ ଘଟିବ ତାହା ଭାବିବା ଉଚିତ୍ ନୁହେଁ ବରଂ ଜୀବନ ଯାତ୍ରାରେ ନିଃସ୍ୱାର୍ଥପର ଓ ସତ୍ୟନିଷ୍ଠ ବ୍ୟକ୍ତି ଭାବରେ ଏହି ଅନ୍ତର୍ନିହିତ ଶକ୍ତିର ବିକାଶ ଘଟାଇବା ଉଚିତ୍ ।"

ସୁନି କଥାର କୌଣସି ଉତ୍ତର ନଦେଇ ସତୀ କେବଲ, 'ମୌନଂ ସମ୍ମତି ଲକ୍ଷଣଂ' ନୀତିରେ ନିରବରେ ତା' ମୁଁହକୁ ଅନାଇଁ ବସି ରହିଲା । ସୁନି କହିଚାଲିଥାଏ । କାଲି ଶାଢ଼ି ପିନ୍ଧି ମନ୍ଦିରକୁ ଯିବାକୁ ହେବ । ଆହୁରି ମଧ୍ୟ ଗୋଟେ କାମ କରିବାକୁ ପଡ଼ିବ ।

ଏଥର ସତୀ ପାଟି ଖୋଲିଲା, 'ଶାଢ଼ି ପିନ୍ଧି ଯିବା । ଆଉ ପୁଣି କେଉଁ କାମ କଥା କହୁଛ ?'

"ଆମେ କି ରଙ୍ଗର ଶାଢ଼ି ପିନ୍ଧିବା ଆଗ ସ୍ଥିର ହେଉ । ତା'ପରେ ଯାଇଁ ସେ କାମ କଥା ଆଲୋଚନା କରିବା ।"

"ତେବେ ତୁ' କହ କେଉଁ ରଙ୍ଗର ଶାଢ଼ି ପିନ୍ଧିବା ।" ସୁନି ଉପରେ ସତୀ ସେ ଦାୟିତ୍ୱ ଛାଡ଼ିଦେଲା ।

ସତୀ ଆଡ଼କୁ ମୁହଁ କରି ସୁନି ବସିଥିଲା । ତାକୁ ଅନାଇଁ କହିଲା, "ସତୀ, ତୋ ତୋଫା ଗୋରା ଦେହକୁ ତ' ସବୁ ରଙ୍ଗର ଶାଢ଼ି ମାନେ । ତେବେ କେଉଁ ରଙ୍ଗ ବେଶୀ ମାନିବ ? କେଉଁ ରଙ୍ଗର ଶାଢ଼ି ପିନ୍ଧିଲେ ତୁ' ଅଧିକ ସୁନ୍ଦର ଦିଶିବୁ ? ଆଉ କେଉଁ ରଙ୍ଗଟା ତୋ' ପାଇଁ ସୁବିଧା ହେବ । ତୋ'ଲାଗି ଭଲ ହେବ ? ତୋତେ ଶୁଭଫଲ ପ୍ରଦାନ କରିବ ? ତାଙ୍କ ସହିତ ସମ୍ପର୍କ ସ୍ଥାପନରେ ତତେ ସହାୟକ ହେବ । ସାହାଯ୍ୟ କରିବ । ସେହି କଥା ମୁଁ ଭାବୁଛି ।"

ସତୀ ନିରବରେ ବସି ରହି ସୁନି କଥା ଶୁଣୁଥିଲା । ଟିକେ ରହି ସୁନି କହିଲା, 'କଲା ରଙ୍ଗ ତୋ' ଚମ୍ପା ଫୁଲିଆ ଦେହକୁ ଭଲ ମାନିବ । ହେଲେ ମନ୍ଦିରକୁ କଲା ଶାଢ଼ି ପିନ୍ଧି ପୂର୍ଣ୍ଣମୀ ଭଲି ପବିତ୍ର ଦିନରେ ଯିବାନା ! କଲା ରଙ୍ଗଟା ଅଶୁଭ ଏବଂ କ୍ଷତିକାରକ । ନାଲି, ନେଲିଆ, ହଲଦିଆ, ସବୁଜ, ଧଲା ।" ସୁନି କହିଚାଲିଥାଏ । ଧଲା ରଙ୍ଗ ଶୁଭ୍ରତାର ପ୍ରତୀକ, ପବିତ୍ର ବି । ସେଥିପାଇଁ ଠାକୁରଙ୍କ ପାଖକୁ ଧଲା ଶାଢ଼ି ପିନ୍ଧି ଯିବା କଥା । କିନ୍ତୁ"... ।

'କିନ୍ତୁ ଫେର କ'ଣ ?' ସତୀ ପଚାରିଲା ।

"ସତୀ ଆମେ ମନ୍ଦିରକୁ ଠାକୁରଙ୍କ ଦର୍ଶନ ପାଇଁ ଯାଉଛନ୍ତି ସତ । ତା'ପରେ ଆମର ଆହୁରି ଗୋଟିଏ ଅଲଗା ଉଦ୍ଦେଶ୍ୟ ରହିଛି । ତୁ' ସେ କଥା ବୁଝୁନୁ କାହିଁକି ?"

ଆମର ଆଉ ଅଲଗା ଉଦ୍ଦେଶ୍ୟ କ'ଣ ? ସତୀ ଆଶ୍ଚର୍ଯ୍ୟ ହୋଇ ସୁନିକୁ ପଚାରିଲା ?

"ତୁ' କ'ଣ ସେ କଥା ଜମା ଜାଣିନୁ ଯେ, ଫଟ'ରେଇ ହେଉଛୁ ?"

"ମନ୍ଦିରକୁ ଧବଲେଶ୍ୱରଙ୍କ ଦର୍ଶନ ପାଇଁ ଯିବା । ତୋର ପୁଣି ତା'ମଧରେ କି ଭିତିରି ଉଦ୍ଦେଶ୍ୟ ଅଛି ? ସେ କଥା ମୁଁ କେମିତି ଜାଣିବି ?"

"ଆହା ଲୋ ମୋ ଜାଣିଚତୁରୀ, ଯେମିତି ମୋତେ କିଛି ଜାଣିନୁ ? ଅଜଣା ଚାଉଲର ଭାତ ଖାଉଛୁତ । କେମିତି ଜାଣିବୁ ? ସୁନ୍ଦର ଅଭିନୟ କରୁଛୁ ଦେଖୁଛି ।"

ସୁନି କଥାରେ ସତୀ ଆହୁରି ଆଣ୍ଚର୍ଯ୍ୟଭାବ ପ୍ରକାଶ କରି କହିଲା, "ମୁଁ କ'ଣ ଜାଣିଚତୁରୀ ହେଲି ? ଅଜଣା ଚାଉଳର ଭାତ ଖାଇଲି ? ଆଉ ଭଲ ଅଭିନୟ କଲି ?"

ସୁନି ବୁଝାଇବା ଭଲି କହିଲା, "ସତୀ ଆମେ ଧବଳେଶ୍ୱରଙ୍କ ଦର୍ଶନ ପାଇଁ ଯାଉଛନ୍ତି । ସେ କଥା ମୁଁ ମାନୁଛି । କିନ୍ତୁ ଧବଳେଶ୍ୱରଙ୍କ ପଥର ଲିଙ୍ଗ ପାଖକୁ ଯେଉଁ ଜୀଅନ୍ତା ଠାକୁର, ଦେବତାଙ୍କ ଚଳନ୍ତି ପ୍ରତିମା, ଜୀବନ୍ତ ବିଗ୍ରହ ଆସୁଛନ୍ତି । ତାଙ୍କ କଥା ଟିକେ ମନେପକା ?"

ସତୀ ଆହୁରି ଆଣ୍ଚର୍ଯ୍ୟ ହୋଇ ପଚାରିଲା, "ସୁନି ଜୀଅନ୍ତା ଠାକୁର ପୁଣି କିଏ ? ମନ୍ଦିର ଭିତରେ ତ' ଧବଳେଶ୍ୱରଙ୍କ ଲିଙ୍ଗ ପୂଜା ପାଉଛନ୍ତି । ସେଠି ପୁଣି ଚଳନ୍ତି ପ୍ରତିମା କୁଆଡୁ ଆସିବେ ? ଧବଳେଶ୍ୱରଙ୍କ ପଥର ଲିଙ୍ଗ କ'ଣ ଜୀବନ୍ୟାସ ପାଇ ସଜୀବ ହୋଇ ଉଠିବ ?"

ସୁନି ଏଥର ଚିଡ଼ି ଉଠି କହିଲା, "ଛେନା ଗୁଡ଼, ପାଟିଲା କଦଳୀ ବୁଝିଲୁ । ଚକଟା ହେବ । ତୁ'ବସି ଖାଇବୁ । ସାତ (କାଣ୍ଡ) ଖଣ୍ଡ ରାମାୟଣ ପଢ଼ା ସରିଲା ପରେ ତୁ' ମୋତେ ପଚାରୁଛୁ– ସୀତା ପୁରୁଷ ନା ନାରୀ । ମୁଁ ତୋର ଏ ଅବାନ୍ତର ପ୍ରଶ୍ନର କି ଉତ୍ତର ଦେବି କହିଲୁ ?"

ସତୀ ଅନୁନୟ କଣ୍ଠରେ ସୁନିକୁ କହିଲା, "ସୁନି ତୁ' ମୋ ଉପରେ ଏମିତି ଚିଡୁଛୁ କାହିଁକି ? ମୋତେ ଟିକେ ବୁଝାଇ କହ । ମୁଁ ଜାଣିପାରୁନି ବୋଲି ତ' ତୋତେ ପଚାରୁଛି ? ଆଉ ତୁ' ମୋ କଥାର ଉତ୍ତରରେ ଏମିତି ବିରକ୍ତ ହେଉଛୁ କାହିଁକି ?"

ସତୀ କଥା ଶୁଣି ସୁନି ତା' ପାଖକୁ ଆହୁରି ଟିକେ ଲାଗିଆସି ତା' ଚିବୁକ ଧରି କହିଲା, ସତୀ ତୋ' ପରି ସରଳ ବିଶ୍ୱାସୀ, କୋମଳମତୀ, ନିରୀହା ପ୍ରକୃତିର ଝିଅକୁ ଭଗବାନ କାହିଁକି ଏମିତି ପରିସ୍ଥିତିରେ, ଅସୁବିଧାରେ, ସଙ୍କଟରେ ପକାଇଲେ ମୁଁ ଆଦୌ ବୁଝିପାରୁ ନାହିଁ । କୁମ୍ଭାର ନେଇ ମଜ୍ଜି ନଇରେ କଲାଣି, ତୁ' କହୁଛୁ କ'ଣ ନା ମୁଁ ପହଁରୁଛି । ତୋତେ ମୁଁ କେମିତି, କିଭଳି, କେଉଁ ଭାବରେ, କିପରି କଥା କହ ବୁଝାଇବି, ସେଥିପାଇଁ ଭାଷା ଖୋଜି ପାଉନାହିଁ । ସେ କଥାକୁ ମୁଁ କେଉଁ ଶବ୍ଦରେ କିପରି ବାକ୍ୟରେ ପ୍ରକାଶ କରିବି ଭାବି ପାରୁନାହିଁ । ତୁ' ଏତିକି କଥା ବୁଝୁପାରୁନୁ ? ଆଗକୁ ପୁଣି କେମିତି ସବୁ ତୁଲାଇବୁ ? ସେ କଥା ଚିନ୍ତା କଲା ବେଳକୁ ମୋତେ ଯେତେ ହସ ଲାଗୁଛି । ତା'ଠାରୁ ଅଧିକ ହେଉଛି ବିବ୍ରତ, ବ୍ୟଥିତ ଏବଂ ବିସ୍ମିତ ଓ ଦୁଃଖିତ ମଧ୍ୟ । "ଯସ୍ମାଦ ଭାବୀଭାବୀ ବା ମନୁଷ୍ୟଃ ସୁଖ ଦୁଃଖ ଯୋଃ । ଆଗମେ ଯଦି ବାପାୟେ ନତତ୍ର ଗ୍ଲପୟେନ ନମଃ ।" କାର୍ଯ୍ୟ ସିଧ୍ଦ ହେଉ ଅଥବା ନହେଉ ସୁଖେଦୁଃଖେ ଏକ ଚିତ । ପାପେ ଅଥବା ପୁଣ୍ୟେ ଗ୍ଲାନି ହେବା ମନେ ସବୁକାଲେ ଅନୁଚିତ୍ । ବ୍ରାହ୍ମଣ ଅବମାନନାକାରୀ ରାଜା ନହୁଷ ଅଗସ୍ତ୍ୟଙ୍କ ଶାପ୍ୟ ଫଳରେ ଇନ୍ଦ୍ର ପଦଚ୍ୟୁତ ହୋଇ ମର୍ତ୍ୟରେ ଅଜଗର ରୂପେ ଅବସ୍ଥାନ କରୁଥିବା କାଳରେ ଫଳାନ୍ୱେଷୀ ଭୀମ ଦିବସର ଷଷ୍ଟ ଭାରେରେ ଦୃଷ୍ଟ ହୁଅନ୍ତେ, ସଙ୍ଗେ ସଙ୍ଗେ ଅଜଗର ତାଙ୍କୁ ଶରୀର ଦ୍ୱାରା ଆବଦ୍ଧ କରିନେଲା । ଭୀମ ଅଜଗରର ପୂର୍ବ ବୃତ୍ତାନ୍ତ ଶୁଣି ନିଜର ଦୁର୍ଦ୍ଦଶା ଲାଗି ଦୁଃଖିତ ନୁହନ୍ତି ବୋଲି କହିଛନ୍ତି । ସେମିତି ତୋ' କଥାରେ ମୋ ଅବସ୍ଥା । ତୁ' ଏତିକି ଜାଣିପାରୁନୁ ? ଯାହାଙ୍କୁ ତୁ' ପ୍ରତି ବାରିରେ ମନ୍ଦିରରେ ଭେଟୁଛୁ, ପାଦୁକ ଦେଉଛୁ, ବିଭୂତି ଟିପା ପିନ୍ଧାଉଛୁ, ଆଉ ଯାହାଙ୍କର ଟିକେ ସାନିଧ ପାଇବାକୁ, ଦେହ ଛୁଆଁର ପରଶ ଲାଗି ବ୍ୟାକୁଳ ଚିତରେ, ଆକୁଳ ଅନ୍ତରରେ, ଅସ୍ଥିର ମନରେ, ବ୍ୟଥିତ ହୃଦୟରେ, ପିପାସିତ ପ୍ରାଣରେ, ଆଶାୟୀ ଆଖିରେ ଅନାଇ ରହି ମନ୍ଦିର ମୁଖଶାଲାରେ ବସିରହି ଘଣ୍ଟା ଘଣ୍ଟା ବିତାଇ ଦେଉଛୁ । ସେହି ତୋ' ମନର ମଣିଷ, ତୋ' ପ୍ରାଣର ଠାକୁର, ହୃଦୟର ଦେବତା ଆତ୍ମାର ଅନ୍ତରଙ୍ଗ, ତୋର ପ୍ରିୟ ପୁରୁଷ, ପରାଶ୍ମିତ ଅଧର ବାବୁ ।

ସୁନି କଥାରେ ସତୀ ଲାଜେଇ ଗଲା । କିଛି ନକହି ତଳକୁ ଚାହିଁ ମୁହଁ ପୋତି ବସି ରହିଲା ।

"ମନ ଦୁଃଖ କରନା, ଚିଢ଼ିନା, ବିରକ୍ତ ହଅନା, ଅସନ୍ତୁଷ୍ଟ ହଅନା, ଅସହିଷ୍ଣୁତା ପ୍ରକାଶ କରନା, ମୋ କଥାରେ ଆପଉ ଉଠାନା, ମୋ' ମତ ବିରୋଧରେ ଅଭିଯୋଗ ଆଣେନା, ମୋ ଉପରେ ରାଆଗେନା, ଅଭିମାନ କଅରନା, ସବୁବେଳେ ପ୍ରିୟ କଥା କହୁଥିବା ଲୋକଙ୍କର ଅଭାବ ନାହିଁ ଏ ସଂସାରରେ। ମାତ୍ର ହିତକାରୀ ଅପ୍ରିୟ କଥା କହିବା ଓ ଶୁଣିବା ଲୋକ ଅତି ଦୁର୍ଲଭ।

ବାଲ୍ମୀକି ରାମାୟଣର ଯୁଦ୍ଧ ଖଣ୍ଡରେ ଏହି ଉକ୍ତିଟି ହେଉଛି- ବିଭୀଷଣଙ୍କର ରାବଣଙ୍କୁ, ବିଭୀଷଣ ପ୍ରକୃତରେ ରାବଣଙ୍କର ହିତ ଚାହୁଁଥିଲେ। ସେ ଛଳନାରେ ତୋସାମଦପୂର୍ଣ୍ଣ କଥା କହି ରାବଣଙ୍କ ମନ ତୋଷିବାକୁ ଇଚ୍ଛୁକ ନଥିଲେ। "ଅପ୍ରିୟସ୍ୟାପି ପଥ୍ୟସ୍ୟ ପରିଣାମଃ ସୁଖାବହଃ, ବକ୍ତା ଶ୍ରୋତା ଚ ଯତ୍ରାପି ରମନ୍ତେ ତତ୍ର ସଂପଦଃ।" ଆପାତତଃ ଶୁଣିବାକୁ ଅପ୍ରିୟ ହେଲେ ମଧ ହିତ ବଚନ ପରିଣାମରେ ସୁଖଦାୟକ ହୁଏ। ଯେଉଁଠାରେ ଅପ୍ରିୟ ଏବଂ ହିତ କଥାର ବକ୍ତା ଓ ଶ୍ରୋତା ଥାଆନ୍ତି ସେଠାରେ ସକଳ ପ୍ରକାର ସୁଖ ଥାଏ। ସେହିପରି ତୋ' ହିତ ପାଇଁ ମୁଁ ଚିନ୍ତା କରି ମରୁଛି। ବ୍ୟସ୍ତ ହେଉଛି। ତୋରି ଲାଗି ଭାବି ଭାବି ଯୋଜନା ପ୍ରସ୍ତୁତ କରୁଛି। ତୁ' ଏଶେ ଛୋଟପିଲାଙ୍କ ପରି ହେଉଛୁ। ତୋ' ସୁବିଧା ପାଇଁ ଉପାୟ ବାହାର କରିବାକୁ ମୁଁ ପ୍ରାଣପ୍ରଣେ ଲାଗିପଡ଼ିଛି। ହେଲେ ତୋ'ର ପିଲାଳିଆମି ଛାଡ଼ ଗଲାନି? କଥାଟାକୁ ମୋତେ ଗୁରୁତ୍ୱର ସହିତ ବିଚାର କରୁନୁ? କି ରଙ୍ଗର ଶାଢ଼ୀ ପିନ୍ଧି ଗଲେ ତୋ' ପାଇଁ ଭଲ ହେବ, ତୋ'ର ମଙ୍ଗଳ ହେବ, ତୋ'ର ସୁବିଧା ହେବ, ତୋ'ର ଉପକାରରେ ଆସିବ, ତୁ' ଉପକୃତ ହେବୁ, ମୁଁ କେବଳ ସେହି କଥା ଭାବୁଛି।

ତଥାପି ସତୀ ନିରବ। ମୁହଁ ତଳକୁ ପୋତି ବସିଥାଏ। ନିରବତା ଦୁହିଁଙ୍କ ମଧରେ କିଛି ସମୟ ପାଇଁ ରାଜୁତି କଲା। ଦୁହେଁ ଯେପରି ଗଭୀର ଚିନ୍ତାରେ ନିମଗ୍ନ ହୋଇଗଲେ। ବୁଡ଼ିଗଲେ ଗୁରୁତର ଭାବନାର ଭଉଁରିରେ। ସତୀ ଚାହିଁଥିଲା ତଳକୁ। ସତୀକୁ ଅନାଇଁ ରହି ସୁନି ଭାବୁଥିଲା। ନିରବତା ଭାଙ୍ଗି ହଠାତ୍ ସୁନି କହିଲା- 'ହଁ ଏଥର ମନେ ପଡ଼ିଲା।'

ମୁହଁ ଉପରକୁ ଟେକି ସୁନି ଆଡ଼କୁ ଅନାଇଁ ସତୀ ପଚାରିଲା- 'କ'ଣ ମନେ ପଡ଼ିଲା?'

ଆଖି ତରାଟି, ଡୋଲା ବୁଲାଇ, ମୁଁହରେ ସ୍ମିତହସର ରେଖା ଟାଣି- ଯେପରି ଲଟେରି ଜିତିଥିବା କାଙ୍ଗାଲଟି ହଠାତ୍ ଆନନ୍ଦରେ ବିହ୍ୱଳ ହୋଇଯାଏ। ଶ୍ରେଣୀ ଗୃହରେ ପଚ ସିଟ୍‌ରେ ବସୁଥିବା ଗଧା ପିଲାଟି ଫାଇନାଲ (ବୋର୍ଡ) ପରୀକ୍ଷାରେ ଆକସ୍ମାତ୍ ପ୍ରଥମ ଶ୍ରେଣୀରେ ଉର୍ତ୍ତୀର୍ଣ୍ଣ ହୋଇଥିବା କଥା ଶୁଣି ଯେପରି ଖୁସିରେ ଉଲ୍ଲ‌ସିତ ହୋଇ ଉଠେ। ଜୀବନ ଯୁଦ୍ଧରେ ସଂସାର କ୍ଷେତ୍ରରେ ବାରମ୍ବାର ପରାଜିତ ପଦାତିକ ସୈନିକଟି କୌଣସି ସରକାରୀ ସଂସ୍ଥାରେ ସ୍ଥାୟୀ ନିଯୁକ୍ତି ପାଇଗଲେ ଯେଭଳି ସୁଖର ଅତିଶଯ୍ୟାରେ ଶୟନ କଲାପରି ଅନୁଭବ କରିଥାଏ। ଅନେକ ଦିନ ଧରି ଦାମ୍ପତ୍ୟ ଜୀବନ ବିତାଇ ସୁଦ୍ଧା ପିଲାଟିଏ ପାଇନଥିବା ଦମ୍ପତି ପୁତ୍ର ସନ୍ତାନଟିଏ ଲାଭ କଲେ ଯେପରି ଖୁସିରେ ଆତ୍ମହରା ହୋଇପଡ଼ନ୍ତି। ପାଣି ଭର୍ତି ଗାଧୁଆ କୁଣ୍ଡରେ ପଶି ଆର୍କ‌ମିଡିସ୍ ରାଜାଙ୍କ ପ୍ରଶ୍ନର ଉତ୍ତର ପାଇଲା ପରି ସୁନି ସେମିତି ମନୋବୃତ୍ତି ନେଇ କହିଉଠିଲା, ପ୍ରେମୀ ଯୁଗଳ ପରସ୍ପରକୁ ଗୋଲାପ ତୋଡ଼ା ଉପହାର ଦେଇଥାନ୍ତି। ପ୍ରେମର ପଦ୍ଧତି ବଦଳୁଛି। ବେଶ ପୋଷାକର ପରିବର୍ତ୍ତନ ହେଉଛି, ରୁଚିର ମଧ, ଦୃଷ୍ଟିକୋଣର ବି। ନୂଆ ନୂଆ ରୂପରେ ପରିପ୍ରକାଶ ପାଉଛି ଚଳଣି, ଆଦବ କାଇଦା। ବିବାହ ଯୋଗ୍ୟ ଝିଅମାନେ ଶାଢ଼ି ବଦଳରେ ଡ୍ରେସ ପିନ୍ଧୁଛନ୍ତି। ଏପରିକି କେହି କେହି ବିବାହ ପରେ ଶାଶୁ ଘରେ ବୋହୂପଣିଆ କରି ମଧ କାମ, ଧନ୍ଦା ବିଶେଷତଃ ରୋଷେଇ ବେଳେ ଶାଢ଼ି ଅଉଆ କରୁଛି। କାମ କରିବାକୁ ଅସୁବିଧା ହେଉଛି। ଗୋଡ଼ରେ, ହାତରେ ଗୁରେଇ ହୋଇଯାଉଛି ବାହାନାରେ ଡ୍ରେସ କିମ୍। ନାଇଟ୍ ପିନ୍ଧୁଛନ୍ତି। ନବବଧୂ ଓ କଞ୍ଛା ଭୂଆଶୁଣୀମାନେ ମୁଣ୍ଡରୁ ଓଢ଼ଣା ଖୋଲି ବଜାରରେ ବୁଲିଲେଣି। ସ୍ୱାମୀ ପ୍ରବାସରେ ଥିବା ସମୟରେ ପରପୁରୁଷ ସହିତ ଯାତ୍ରାକୁ ଗଲେଣି। ସିନେମା ଦେଖିଲେଣି। ପାର୍କରେ ସନ୍ଧ୍ୟା ଭ୍ରମଣ କଲେଣି। ସାଙ୍ଗ ହୋଇ ଦୋଲି

ଖେଳିଲେଣି । ଆବଶ୍ୟକସ୍ଥଲେ ଲଜିଙ୍ର ଆଶ୍ରୟ ନେଲେଣି । ଆଗ କାଳରେ ପ୍ରେମରେ ଦୂତୀ ମଧ୍ୟସ୍ଥ (ନିଯୋଜିତ) ହେଉଥିଲେ । ପରେ ଚିଠି ମାଧ୍ୟମରେ ସମ୍ପର୍କ ସ୍ଥାପନ କରାଗଲା ।

ଏବେ ମୋବାଇଲରେ ଇମେଲ୍ ଜରିଆରେ ପ୍ରେମର ସଙ୍କେତ ଦିଆଯାଉଛି । ଟେଲିଫୋନ୍ ଉଭାବକ ଆଲେକଜାଣ୍ଟାର ଗ୍ରାହମ୍‌ବେଲ୍‌ଙ୍କ ପ୍ରେମିକାଙ୍କ ନାମ ଥିଲା ମାର୍ଗାରେଟ୍ ହେଲୋ । କିନ୍ତୁ ଗ୍ରାହାମ୍‌ବେଲ୍ ତାଙ୍କୁ ଅତି ଶ୍ରଦ୍ଧାରେ ଡାକୁଥିଲେ ହେଲୋ ବୋଲି । ଟେଲିଫୋନ୍ ଉଦ୍‌ଭାବନ କରିସାରିବା ପରେ ସେ ଏହା ସାହାଯ୍ୟରେ ତାଙ୍କ ପ୍ରେମିକାଙ୍କ ସାଥୀରେ କଥା ହେବାକୁ ଖୁବ୍ ଭଲ ପାଉଥିଲେ । ମାର୍ଗାରେଟ୍ ଟେଲିଫୋନ୍ ଉଠାଇବା ବେଳେ ଗ୍ରାହମ୍‌ବେଲ୍ ତାଙ୍କୁ ଅତି ସ୍ନେହରେ ହେଲୋ ବୋଲି ସମ୍ବୋଧନ କରୁଥିଲେ । କ୍ରମେ ଏହା ଏକ ପରମ୍ପରାରେ ପରିଣତ ହୋଇଗଲା । ତେଣୁ ଗ୍ରାହମ୍‌ବେଲ୍‌ଙ୍କୁ ସମ୍ମାନ ପ୍ରଦାନ ସ୍ୱରୂପ ଆମେ ଫୋନ୍ ବା ମୋବାଇଲ ଉଠାଇ ସାରିବା ପରେ ହେଲୋ କହିଥାନ୍ତି । ଆଉ କେତେକଙ୍କ ମତ ଯେ, ଗ୍ରାହାମ ଏହାର ବ୍ୟବହାର ବେଳେ ପ୍ରଥମେ 'ହେଓ' କହିଥିଲେ । ଯାହାକି ନାବିକମାନେ ସମୁଦ୍ର ଯାତ୍ରା ସମୟରେ ପରସ୍ପରକୁ ସ୍ୱାଗତ ଅବା ଅଭିବାଦନ ଜଣାଇବା ପାଇଁ କହୁଥିଲେ । ପରେ ଉଭାବକ ଥମାସ୍ ଆଲଭା ଏଡିସନ୍ ଟେଲିଫୋନ୍ ବ୍ୟବହାର ବେଳେ 'ହୁଲୋ' ବୋଲି କହିଥିଲେ । ଯାହାର ଅର୍ଥ ହେଲା ଆଶ୍ଚର୍ଯ୍ୟ ଅବା ବିସ୍ମିତ ହୋଇଯିବା । ଏଡିସନ୍ ୧୮୭୨ ରେ କେନ୍ଦ୍ରୀୟ ଜିଲ୍ଲା ଓ ମୁଦ୍ରଣ ଟେଲିଫୋନ୍ କମ୍ପାନୀ ପିଟର୍ସବର୍ଗର ତତ୍‌କାଳୀନ ଅଧ୍ୟକ୍ଷ ଟି.ବି.ଏ ଓଡିଭୁଙ୍କୁ ପତ୍ର ଲେଖିଥିଲେ ଯେ, ଯେହେତୁ ହେଲୋ ଶବ୍ଦ ୧୦ରୁ ୨୦ ଫୁଟ୍ ଦୂରରୁ ଶୁଣାଯାଏ । ତେଣୁ ଏହାକୁ ଟେଲିଫୋନ୍ ଯୋଗାଯୋଗରେ ବ୍ୟବହାର କରାଯାଉ ।

ତା'ପରେ ଗ୍ରାହମ୍‌ବେଲଙ୍କ ହ୍ୟାଲୋ ଡାକଟି ସବୁଦିନ ପାଇଁ ରହିଗଲା । ଫଳସ୍ୱରୂପ ପ୍ରତ୍ୟେକ ଫୋନ୍ ବ୍ୟବହାରକାରୀ ପ୍ରଥମେ ଫୋନ୍ ରିସିଭ କଲା ବେଳେ ହାଲୋ ଉଚ୍ଚାରଣ କରିଥାନ୍ତି । ୧୮୨୦ ରେ ବ୍ରିଟେନରୁ ହିଁ ଲିଖିତ ଭାବରେ ହାଲୋ ଶବ୍ଦର ଆରମ୍ଭ କରାଗଲା । ଏପରିକି ଥୋମାସ୍ ଏଡିସନ୍ ବିଶ୍ୱର ପ୍ରଥମ ଟେଲିଫୋନ୍ କଲରେ ହାଲୋ ହିଁ କହିଥିଲେ । ତାହା ଏକ ଚିରାଚରିତ ପ୍ରଥା ଭଳି ରହିଆସିଛି । ଏବେ ବିଶ୍ୱର ୫୯ଟି ରାଷ୍ଟ୍ରରେ ମୋବାଇଲ କଲରେ ପ୍ରଥମ ଉତ୍ତର ଆସେ ହାଲୋ । ବର୍ତ୍ତମାନ ପର୍ଯ୍ୟନ୍ତ ୨,୧୦୫ଟି ଭାଷାରେ ହାଲୋ କୁହାଯାଉଛି । ଯେପରିକି କେଉଁଠି ହେଲୋ, ହ୍ୟାଲୋ, ହେଲୋ, ହୋଲୋ, ହାଲୋ କୁହାଯାଉଛି ।

ସେମିତି କେଉଁ ପ୍ରେମିକ ତା' ପ୍ରେମିକାକୁ କିୟା କେଉଁ ଯୁବତୀ ତା' ପୁରୁଷ ବନ୍ଧୁକୁ ରକ୍ତ ଗୋଲାପ ଉପହାର ଦେଇଥିଲା । ତା'ର ଯଥାଯଥ ବିବରଣୀ ଯଦିଓ ଇତିହାସ ପୃଷ୍ଠାରେ ବିଧିବଦ୍ଧ ଭାବେ ଲିପିବଦ୍ଧ ହୋଇନାହିଁ । ତଥାପି ସେ ସ୍ମୃତିକୁ ବହନ କରି ଆଜି ବି ପ୍ରେମିକ-ପ୍ରେମିକାମାନେ ପରସ୍ପରକୁ ଗୋଲାପ ଫୁଲର ତୋଡ଼ା ଉପହାର ଦେଉଛନ୍ତି । ଯଦିଓ ମୋଗଲ୍ ଶାସନ କାଳରେ ଗୋଲାପ ଭାରତକୁ ଆସିଥିଲା । ମୋଗଲ୍ ସାମ୍ରାଜ୍ୟର (ରାଜବଂଶର) ପ୍ରତିଷ୍ଠାତା ବାବର ହିଁ ପ୍ରଥମେ ଗୋଲାପ ଭାରତକୁ ଆଣିଥିଲେ । ଆଉ ତୁ' ତ ଜାଣୁ ଆମେ ଝିଅମାନେ ଗୋଲାପୀ ରଙ୍ଗକୁ ଅତ୍ୟଧିକ ପସନ୍ଦ କରିଥାନ୍ତି । ଗୋଲାପ ରଙ୍ଗକୁ ଝିଅମାନେ ଭାରି ଭଲ ପାଆନ୍ତି । ଏହି ରଙ୍ଗ ପ୍ରେମର ପ୍ରତୀକ । ଗୋଲାପୀ ଏକ ଆକର୍ଷଣୀୟ ରଙ୍ଗ । ଏହା ଭଲ ଭାବନା, ଖୁସି ଓ ଆନନ୍ଦର ରଙ୍ଗ । ଏହି ରଙ୍ଗକୁ ପସନ୍ଦ କରୁଥିବା ଲୋକମାନେ ଶାନ୍ତ, ସୁନ୍ଦର, ସ୍ନେହୀ ହୋଇଥାନ୍ତି । ଗୋଲାପୀ ରଙ୍ଗର ଅନ୍ୟ ବିଶେଷତ୍ୱ ହେଉଛି, ପ୍ରେମ, ଭଲ ପାଇବା, ସ୍ନେହ, ବନ୍ଧୁତ୍ୱ, ଭଲ ସ୍ୱାସ୍ଥ୍ୟ, ଦୟା ଓ ଉତ୍ତମ(ଭଲ) ଭାବନା । କାଥୋଲିକ୍ ପରମ୍ପରାରେ ଗୋଲାପୀ ରଙ୍ଗକୁ ଖୁସି ଓ ଆନନ୍ଦର ରଙ୍ଗ ବୋଲି ମାନିଥାନ୍ତି । ୟୁରୋପରେ ବହୁ ଆଗରୁ ଗୋଲାପୀ ରଙ୍ଗର ପୋଷାକ ପୁଅମାନେ ପିନ୍ଧୁଥିଲେ । ଝିଅମାନେ ନୀଳ ରଙ୍ଗର ପୋଷାକ ପିନ୍ଧୁଥିଲେ । ପୂର୍ବ ଦେଶମାନଙ୍କରେ ଗୋଲାପୀ ରଙ୍ଗକୁ ଝିଅମାନଙ୍କର ରଙ୍ଗ ବୋଲି କୁହାଯାଏ । ଜାପାନରେ ଉଭୟ ପୁଅ ଓ ଝିଅ ଏହି ରଙ୍ଗକୁ ବ୍ୟବହାର କରନ୍ତି । ହଳଦିଆ ରଙ୍ଗ ପରି ଗୋଲାପୀ ରଙ୍ଗକୁ ମଧ୍ୟ ଆମେରିକାରେ ନାରୀ ସୁଲଭ ରଙ୍ଗ ଭାବେ ବ୍ୟବହାର କରାଯାଇଥାଏ ।

ସିନ୍ଦୂରର ସ୍ଥାନ ନାଲି ଟିକିଲି ଦଖଲ କଲାଣି। କିନ୍ତୁ ଗୋଲାପର ସ୍ଥାନ ଏପର୍ଯ୍ୟନ୍ତ କେହି ଅଧିକାର କରିପାରି ନାହାନ୍ତି। ପ୍ରେମର ଉପହାର ରକ୍ତ ଗୋଲାପ ସେମିତି ଅପରିବର୍ତ୍ତିତ ରହିଛି। ପ୍ରଣୟର ସ୍ମାରକୀ ଭାବେ ଗୋଲାପ ପୂର୍ବରୁ ଥିଲା। ବର୍ତ୍ତମାନ ରହିଛି ଓ ଭବିଷ୍ୟତକୁ ମଧ୍ୟ ରହିଥିବ ଏହିପରି। ଯେପରି ଥିଲା ଆଗରୁ ପୂର୍ବକାଲରୁ, ପୁରୁଣା ଯୁଗରୁ, ତା'ର ସ୍ଥାନ ଦଖଲ କରିବା ପାଇଁ ଏପର୍ଯ୍ୟନ୍ତ କୌଣସି ବିକଳ୍ପର ଉଦ୍ଭାବନ କରାଯାଇନି କିମ୍ୱା ଆବିଷ୍କାର ହୋଇପାରି ନାହିଁ। ଗୋଲାପ ତୋଡ଼ାକୁ ଏପର୍ଯ୍ୟନ୍ତ ପ୍ରେମୀ ଯୁଗଳ ପରସ୍ପରକୁ ଉପହାର ଦେଉଛନ୍ତି। ଅତୀତରେ ଦେଉଥିଲେ ଓ ଭବିଷ୍ୟତରେ ମଧ୍ୟ ଦେଉଥିବେ। ଗୋଲାପ ପ୍ରେମର ପ୍ରତୀକ ହୋଇ ରହିଥିଲା। ଆଜିୟାଏ ରହିଛି ଏବଂ ରହିଥିବ ପ୍ରେମ ଚାଲିଥିବା ଯାଏ। ପୁରୁଷ-ନାରୀକୁ ଓ ଯୁବକ-ଯୁବତୀକୁ ଭଲ ପାଉଥିବା ପର୍ଯ୍ୟନ୍ତ। ଯେତେ ଦିନ ଯାଏ ଧରା ପୃଷ୍ଠରେ ପ୍ରେମ ବଞ୍ଚିରହିଥିବ ସେତେ ଦିନ ଯାଏ। ନାଇଟିଙ୍ଗଲ୍ ପକ୍ଷୀର ପ୍ରେମ କାହାଣୀ ଖୋଲି ବସିଲେ ଗୋଲାପର ରକ୍ତିମତା ବୁଝାପଡ଼େ। ପ୍ରେମିକା ପକ୍ଷୀ ଅଲି କଲା ଗୋଲାପ ଲାଲ୍ ହେଲେ ମତେ ଭଲ ଲାଗିବ। ପ୍ରେମିକ ପକ୍ଷୀ ସମ୍ମାନ ଜଣାଇଲା ପ୍ରେମିକାକୁ। ନିଜ ଦେହର ସମସ୍ତ ରକ୍ତ ନିଗାଡ଼ି ଦେଲା ଧଲା ଗୋଲାପକୁ। ଆଉ ଶେଷରେ ଗୋଲାପ ହୋଇଗଲା ଲାଲ୍। ସତୀ ଗୋଲାପ ହେଲା ପ୍ରେମର ପ୍ରତୀକ, ଭଲପାଇବାର ପ୍ରତିଛବି। ଆହୁରି ମଧ୍ୟ ହାଲକା ଗୋଲାପୀ ରଙ୍ଗ ଦେଖିଲେ ମନ ହାଲକା ଲାଗିବା ସହ ଏହା ଚତୁଃପାର୍ଶ୍ଵରୁ ନକାରାତ୍ମକ ଶକ୍ତି ମଧ୍ୟ କମ୍ କରେ। ନବଜାତ ଶିଶୁକୁ ଗୋଲାପୀ ରଙ୍ଗର ପୋଷାକ ମଧ୍ୟ ଏଥିପାଇଁ ପିନ୍ଧାଇ ଦିଆଯାଏ। ଆହୁରି ମଧ୍ୟ ଫୁଲରାଣୀ (ଫ୍ଲାୱାର କ୍ଵିନ) ଗୋଲାପ ଫୁଲର ବର୍ଣ୍ଣ ଗୋଲାପୀ ରଙ୍ଗ। ଗୋଲାପୀ ଶାଢ଼ି ପିନ୍ଧି ତୁ' ଆମ ଗାଁର କାହିଁକି ଆମ ଏରିଆର ରାଣୀ (କ୍ଵିନ) ହୋଇ ମନ୍ଦିରକୁ ଯିବୁ। ସେଥିପାଇଁ କାଲି ତୁ' ଗୋଲାପୀ ରଙ୍ଗର ଶାଢ଼ି ପିନ୍ଧି ମନ୍ଦିରକୁ ଯିବୁ।

ଉତ୍ତରରେ ସତୀ କେବଳ ଏତିକି କହିଲା, "ହଉ, ତୋ କଥା ନମାନି ମୋର ଆଉ କୋଉ ଚାରା ଅଛି।"

"ହିଁ, ଆହୁରି ଗୋଟେ କଥା ଅଛି।"

"ଆଉ କି କଥା?" ସତୀ ପଚାରିଲା।

"ଶୁଣ ସତୀ; ମୁଁ ଯାହା କହୁଛି ତୁ' ତାହା ମନଯୋଗ ସହକାରେ ଶୁଣ। ତୁ' କାଲି ତାଙ୍କ ମଥାରେ ଟିପା ଲଗାଇ ଦେଲା ବେଳେ ତାଙ୍କ ଜାମାର ଉପର ବୋତାମ ମାରିଦେବୁ।"

"ମୁଁ ତାଙ୍କ ଜାମାର ବୋତାମ ମାରି ଦେବି?" ସତୀ ବିସ୍ମୟର ସହିତ ସୁନି ମୁହଁକୁ ଅନାଇଁ ପଚାରିଲା।

'ହିଁ, ଅଧର ବାବୁ ତାଙ୍କ ଜାମାର ଉପର ବୋତାମ ସବୁବେଳେ ଖୋଲା ରଖିଥାନ୍ତି। ତୁ' ବିଭୂତି ଟିପା ଲଗାଇ ଦେଲା ବେଳେ "ଆପଣଙ୍କ ବୋତାମ ଖୋଲି ଯାଇଛି" କହି ତାଙ୍କ ଜାମାର ଉପର ବୋତାମ ମାରି ଦେବୁ।'

"ତାଙ୍କ ବୋତାମ ମାରି ଦେବି? ସିଏ କିଛି ଭାବିବେ ନାହିଁ?" ସତୀ ଆଶ୍ଚର୍ଯ୍ୟ ହୋଇ ସୁନି ମୁହଁକୁ ଅନାଇ ପଚାରିଲା।

"ସିଏ କାହିଁକି କିଛି ଭାବିବେ? ଜାଣିବେ ବୋଧେ ତାଙ୍କ ବୋତାମ ଖୋଲି ଯାଇଥିଲା। ସେଥିପାଇଁ ତୁ' ମାରି ଦେଉଛୁ।"

ସୁନି ନିକଟକୁ ଲାଗିଯାଇ, ସତୀ ତା' ମୁଁହକୁ ସୁନି କାନ ପାଖକୁ ନେଇ କହିଲା, "ମୋତେ ଭାରି ଲାଜ ଲାଗିବ।"

"ସତୀ ପ୍ରେମ କଲେ ଲାଜ ଛାଡ଼ିବାକୁ ହୁଏ। ଲାଜ କରୁଥିବା ଲୋକ, ସଙ୍କୋଚ ଆଣୁଥିବା ମଣିଷ, ମନରେ ସରମ ରଖିଥିବା ବ୍ୟକ୍ତିମାନେ କେବେ ପ୍ରେମ କରିପାରନ୍ତିନି କିମ୍ୱ ପାରିବେ ନାହିଁ।"

"ମୋତେ ଡ଼ର ଲାଗୁଛି।"

"ସତୀ ଭଲଭାବରେ ମନରେ ରଖିଥିବୁ। ନିଜର କର୍ତ୍ତବ୍ୟ ସହ କିଛି ଅଧିକ କରି ଚାଲିଲେ ଭବିଷ୍ୟତ ଆପେ ସୁରକ୍ଷିତ ହେବ। ଆଉ ତୁ' ଯେଉଁ ଭୟ କଥା କହୁଛୁ, ଭୟର ପାଦ ସଦାବେଳେ ପଛକୁ ପଛକୁ ପଡ଼େ। ଡରଭୟ କେବେ ଆଗକୁ ଯିବାକୁ କିୟା ଅଗ୍ରଗତି ପାଇଁ ସୁଯୋଗ ଦିଏ ନାହିଁ। ତେଣୁ ଡରୁଆ ଓ ଭୟାଳୁମାନଙ୍କର ପ୍ରଗତି ନଥାଏ। ସାହାସ ହିଁ ପ୍ରକୃତ ଶକ୍ତି। ବାସ୍ତବରେ ତାହା ନଥିଲେ ଶକ୍ତି ମୂଲ୍ୟହୀନ ହୋଇପଡ଼େ।" ଆଉ "ତାବଦ୍ ଭୟେନ ଭେତଦ୍ୟଂ ଯାବଦ୍ ଭୟମନା- ଗତମ୍ ଆଗତଂ ତୁ ଭୟଂ ଦୃଷ୍ଟା ପହର୍ତ୍ତବ୍ୟ ମଶଙ୍କୟା।" ଯେପର୍ଯ୍ୟନ୍ତ ଭୟର ସମ୍ମୁଖୀନ ହୋଇନାହିଁ; ସେ ପର୍ଯ୍ୟନ୍ତ ଭୟକୁ ଡରଥାଏ। ମାତ୍ର ଭୟର ସମ୍ମୁଖୀନ ହେଲେ ତାକୁ ନିର୍ଭୟର ସହିତ ସମ୍ମୁଖୀନ ହୁଅ। ଶୁଣ ସତୀ ୧ ୯ ୪ ୫ ମହିସା ଅଗଷ୍ଟମାସ। ଦ୍ୱିତୀୟ ବିଶ୍ୱଯୁଦ୍ଧର ଘନଘଟା ସାରା ବିଶ୍ୱକୁ ଛାଇ ଯାଇଥାଏ। ଏହି ମାସ ୬ ତାରିଖ ଦିନ ଜାପାନର ହିରୋସୀମା ସହରରେ ଆମେରିକା ନିକ୍ଷେପ କରିସାରିଥାଏ ବିଶ୍ୱର ପ୍ରଥମ ପ୍ରାଣନାଶକାରୀ ପରମାଣୁ ବୋମା 'ଲିଟିଲବୟ'। ସେହି ପରମାଣୁ ବୋମା ମାଡ଼ରେ ଜାପାନର ହିରୋସୀମା ସହରର ଅଧିକାଂଶ ପରିବାର ନିଶ୍ଚିହ୍ନ ହୋଇଯାଇଥିଲା। ସୁନ୍ଦର ରଙ୍ଗବେରଙ୍ଗ କୋଠା ଘରର ଚିହ୍ନବର୍ଷ ନଥିଲା। ଯେଉଁଠି କେତେ ମିନିଟ୍ ତଳେ ହସଖୁସିର ଲହରି ଭାଙ୍ଗୁଥିଲା। ବାଲସୂର୍ଯ୍ୟର କଅଁଳିଆ ଖରାର ସୁନେଲି ରଙ୍ଗରେ ସାରା ହିରୋସୀମା ସହରଟା କ୍ରମେ ଉଜ୍ୱଲ ହୋଇ ଆସି ସ୍ୱର୍ଣ୍ଣ ରଙ୍ଗରେ ପରିବର୍ତ୍ତିତ ହେଉଥିଲା। ପୁଷ୍ପରେ ଭରପୂର ରାସ୍ତାର ଦୁଇ ପାର୍ଶ୍ୱରେ ପକ୍ଷୀମାନେ ବସି ସୁମଧୁର କାକଲିରେ ସହରର ପରିବେଶକୁ ମୁଖରିତ କରୁଥିଲେ। ରାଜରାସ୍ତାରେ ପ୍ରାତଃ କାଳର ଗହଳି ଆରମ୍ଭ ହୋଇସାରିଥିଲା। ଦେବପୀଠରୁ ଘଣ୍ଟା ବାଦ୍ୟର ସୁମଧୁର ଗୁଞ୍ଜନ ଶୁଭୁଥିଲା। ସେଠାରେ ଯେ, ଏତେଶୀଘ୍ର କଳା ଧୂଆଁର ଏକ ମହାଶ୍ମଶାନ ସୃଷ୍ଟି ହୋଇ ହଜାର ହଜାର ମଣିଷ ସମେତ ଜୀଜନ୍ତୁଙ୍କ ଶବର ଲମ୍ବା ଧାଡ଼ି ଲାଗିଯିବ ତାହାକୁ କେହି ବିଶ୍ୱାସ କରିପାରୁ ନଥିଲେ।

ଯେଉଁଠିରେ କି ଅଶୀହଜାର ନିରୀହ ମଣିଷ ମାତ୍ର କେତୋଟି ମୁହୂର୍ତ୍ତରେ ଜଳିପୋଡ଼ି ପାଉଁଶ ହୋଇଗଲେ। ୧ ୯ ୪ ୫ ମସିହା ଅଗଷ୍ଟ ୬ ତାରିଖ (ଜାପାନୀ କ୍ୟାଲେଣ୍ଡର ଅନୁସାରେ)ର ସେହି ଅଶୁଭ ସକାଳ। ସେଦିନର ସକାଳ କିନ୍ତୁ ଥିଲା ଆଶ୍ଚର୍ଯ୍ୟଜନକ ଭାବରେ ଶାନ୍ତ ଓ ନିରବ। ନ୍ଅ, ଦଶ ବୟସର ଦଳଦଳ ସ୍କୁଲ ପିଲା ଜାତୀୟ ସଙ୍ଗୀତ ଗାନ କରି ଚାଲିଥାନ୍ତି ରାସ୍ତାରେ। ଚାରିଆଡ଼େ ଘେରି ରହିଛି ଅନିଶ୍ଚିତ ଆଶଙ୍କା ଓ ଉଦ୍‌ବେଗର ଘନୀଭୂତ ବାତାବରଣ। ତଥାପି ସେହି ନିରୀହ ଶିଶୁଙ୍କ ହସହସ ଆଖିରେ ଆଲୋକ, ଅନେକ କୌତୂହଲ। ସମୟ ସକାଳ ୮ଟା ୧୫ ହେବାକୁ କିଛି ସମୟ ବାକି ଅଛି। ଏହି କୁନିକୁନି ପିଲାମାନେ କିଛି ବୁଝିବା ପୂର୍ବରୁ ଶୁଭିଲା ଲକ୍ଷେ ବଜ୍ରାଘାତ ହେଲା ଭଳି ବିସ୍ଫୋରଣ। ହଠାତ୍ ତାପମାତ୍ରା ବଢ଼ିଗଲା କଳ୍ପନାତୀତ ଭାବରେ। ହୋଇଗଲା ୪୦୦୦ ଡିଗ୍ରୀ ସେଣ୍ଟିଗ୍ରେଟ୍। ସେଇଠି ପୋଡ଼ି ପାଉଁଶ ହୋଇଗଲେ ପିଲାମାନେ। ଜାପାନୀମାନେ ଏ ଆଲୋକର ନାଁ ଦେଇଛନ୍ତି 'ପିକାଡୋନ୍'। ଚାରିଆଡ଼େ ଲୋକମାନେ ଦୌଡୁଛନ୍ତି। ଏଇ ଲୋମହର୍ଷଣକାରୀ ରକ୍ତଝରା ପରିବେଶରେ ସବୁଆଡ଼େ ଗୋଟିଏ ଚିତ୍କାର "ଟାସୁକେତ୍, ଟାସୁକେତ୍" (ବଞ୍ଚାଅ, ବଞ୍ଚାଅ)।

ମୃତ୍ୟୁର ଏହି ଚରମ ବିଭୀଷିକା ଏପଟେ ସଙ୍ଗଠିତ ହେବାର କିଛି ଘଣ୍ଟା ପୂର୍ବରୁ ପୃଥିବୀର ଅପରପ୍ରାନ୍ତରେ ଥିବା ଆମେରିକା ବିମାନଘାଟୀର ଦୃଶ୍ୟଟିଏ ଥିଲା ଏହିପରି। ପ୍ରସ୍ତୁତ ହୋଇ ରହିଛି ଯୁଦ୍ଧ ବିମାନ ବି- ୨ ୯। ଯେଉଁଠିରେ ରହିଛି ପରମାଣୁ ବୋମା ଯାହାର ନାଁ ଦିଆହୋଇଛି, 'ଲିଟିଲ୍ ବୟ' ବା ଛୋଟ ବାଳକ। ସାଙ୍ଗରେ ଏଗାର ଜଣଙ୍କୁ ଧରି ବିମାନ ଆରୋହଣ କଲେ କମାଣ୍ଡର କର୍ଣ୍ଣେଲ 'ଟିବେଟ୍ ଜୁନିଅର୍'। ହାତ ହଲାଇ ଶୁଭକାମନା ଜଣାଇଲେ ତଳେଥିବା ଅନ୍ୟମାନେ। ବିମାନ ଚାଲିଲା ଲକ୍ଷ୍ୟସ୍ଥଳକୁ। ସୂର୍ଯ୍ୟୋଦୟର ବର୍ଣ୍ଣିଲ ଆଭାରେ ହିରୋସୀମା ଦୂରକୁ ଦେଖାଯାଉଥିଲା ଖଣ୍ଡେ ଛାୟାଚିତ୍ର ପରି। ସତେ ଯେପରି ନିର୍ବାଣୋନ୍ମୁଖୀ ଚିତାଗ୍ନିରେ ଜଳିବାକୁ ପ୍ରସ୍ତୁତ ହୋଇରହିଥିଲା ଏହି ଅଭିଶପ୍ତ ସହର। 'ଟିବେଟ୍' ଶେଷ ଥର ପାଇଁ ପରୀକ୍ଷା କରିନେଲେ ବିମାନର ବୋମା ନିକ୍ଷେପ କରୁଥିବା

ବ୍ୟବସ୍ଥାକୁ ସବୁ ଠିକ୍‌ଠାକ୍‌। ହାତ ଘଡ଼ିକୁ ଚାହିଁ ଦେଖିଲେ, ଆମେରିକା ସମୟ ସକାଳ ୭ଟା ୧୫। ତାରିଖ ଅଗଷ୍ଟ ୫। ସେ ତାଙ୍କ କାମ କଲେ। ଏଥର ତଳକୁ ଖସିପଡ଼ିଲା 'ଲିଟିଲ୍ ବୟ'। ବିଦ୍ୟୁତ ବେଗରେ ବିମାନକୁ ବୁଲାଇ ଆଣିବା ପୂର୍ବରୁ ଆଉଥରେ ପଛକୁ ଅନାଇଲେ କମାଣ୍ଡର 'ଟିବେଟ୍'। ସେ ଅନୁଭୂତିକୁ ନିଜ ଡାଏରିରେ ଲିପିବଦ୍ଧ କରିଛନ୍ତି 'ଟିବେଟ୍'। "ମୁଁ ଦେଖୁଛି ଏକ ଅଦ୍ଭୁତ ଦୃଶ୍ୟ। ବିରାଟ ଛତୁ ଭଳି ଆକାଶକୁ ଧୀରେ ଧୀରେ ଉଠୁଛି ଏକକ୍ରମ ବର୍ଦ୍ଧମାନ ଆଣବିକ ମେଘ। ଆଉ ବେଳନାହିଁ। ଶୀଘ୍ର ଫେରିବାକୁ ପଡ଼ିବ।" କାରଣ ବିମାନଘାଟିରେ ତାଙ୍କୁ ଅପେକ୍ଷା କରିଛନ୍ତି ବନ୍ଧୁମାନେ ସମ୍ବର୍ଦ୍ଧନା ଦେବା ପାଇଁ।

ଠିକ୍ ଏହି ସମୟରେ ରାଷ୍ଟ୍ରପତି ଟ୍ରୁମାନ୍ 'ଅଗଷ୍ଟା' ନାମକ ଯୁଦ୍ଧ ଜାହାଜରେ ଫେରୁଛନ୍ତି ପୋର୍ଟ ସଦ୍ୟାମ୍‌ରୁ ଚର୍ଚ୍ଚିଲ ଓ ସ୍ତାଲିନ୍‌ଙ୍କ ସହ ଯୁଦ୍ଧ ପରିବର୍ତ୍ତିତ ୟୁରୋପର ଭବିଷ୍ୟତ ସମ୍ପର୍କରେ ଆଲୋଚନା ସାରି। ଏତିକି ବେଳେ ଯୁଦ୍ଧ ସଚିବ ଷ୍ଟିମ୍‌ସନ୍‌ଙ୍କ ଠାରୁ ଏକ ଜରୁରୀ ଗୋପନ ବାର୍ତ୍ତା ପାଇଲେ ରାଷ୍ଟ୍ରପତି ତାଙ୍କୁ ଘେରି ଠିଆ ହୋଇଥିବା ନାବିକମାନଙ୍କ ଆଡ଼କୁ ଅନାଇ କହିଲେ– "ବନ୍ଧୁଗଣ, ଏଇ ମାତ୍ର କିଛି ସମୟ ପୂର୍ବରୁ ମାନବ ଇତିହାସର ସବୁଠାରୁ ବଡ଼ ଘଟଣା ଘଟି ଯାଇଛି। ଶୀଘ୍ର ଚାଲନ୍ତୁ। ଘରକୁ ଯାଇ ସେହି ମୁହୂର୍ତ୍ତକୁ ପାଳନ କରିବା।" ପରେ ପରେ ରେଡ଼ିଓରୁ ଘୋଷଣା ହେଲା ଷୋହଳ ଘଣ୍ଟା ପୂର୍ବରୁ ଆମେ ହିରୋଶୀମା ଉପରେ ଗୋଟିଏ ଅଟମ୍ ବମ୍ ନିକ୍ଷେପ କରିଛୁ। ଏଥିରେ ଆମର ଖର୍ଚ୍ଚ ହୋଇଛି ଦୁଇ ବିଲିୟନ ଡଲାର। ଭଗବାନଙ୍କୁ ଅଶେଷ ଧନ୍ୟବାଦ, ଏ କାମଟି ଆମେ ଆଗେ କରିପାରିଛୁ, ଆମ ଶତ୍ରୁମାନେ କରିବା ପୂର୍ବରୁ।

ଗୋଟିଏ ପଟେ ଆମେରିକା, ଆରପଟେ ଜର୍ମାନୀ। ସଙ୍ଗଠିତ ହେଉଛି କ୍ଷମତା ଯୁଦ୍ଧ ପ୍ରମୁଖ ଦୁଇଟି ବୃହତ ଶକ୍ତିଙ୍କ ମଧ୍ୟରେ ଶ୍ୱାନ ଯୁଦ୍ଧର ଏକ ବିକଟାଳ ଦୃଶ୍ୟ। ରାଷ୍ଟ୍ରପତି ଟ୍ରୁମାନ୍‌ଙ୍କୁ ତାଙ୍କ ବୈଜ୍ଞାନିକ ଓସିବିୟୁଷ୍ଟର ଚିଠି ଲେଖି ଜଣାଇଛନ୍ତି, "ରାଷ୍ଟ୍ରପତି ମହାଶୟ ପରମାଣୁ ବୋମା ପ୍ରସ୍ତୁତି କ୍ଷେତ୍ରରେ ହିଟ୍‌ଲର ଆମଠାରୁ ଦଶ ବର୍ଷ ଆଗରେ। ଆଉ ବିଳମ୍ବ ନକରି ତ୍ୱରାନ୍ୱିତ ଭାବରେ ଆମକୁ ଏ କାମ ସାରିବାକୁ ପଡ଼ିବ।" ଚିନ୍ତାରେ ପଡ଼ିଛନ୍ତି ଟ୍ରୁମାନ୍। ଏପଟେ କମ୍ୟୁନିଷ୍ଟ ରଷିଆ ମଧ୍ୟ ଜାପାନକୁ ଆକ୍ରମଣ କରିବାକୁ ପ୍ରସ୍ତୁତ ହେଲାଣି। ଟ୍ରୁମାନ ଭାବୁଛନ୍ତି, ଯଦି ରଷିଆ ଆଗ ଆକ୍ରମଣ କରେ ଜାପାନକୁ। ତେବେ ଜାପାନ ରଷିଆ ପାଖରେ ଆଗ ଆତ୍ମସମର୍ପଣ କରିବ। ଆମେରିକା ପାଖରେ ନୁହେଁ। ଏହା ଦ୍ୱାରା କମ୍ୟୁନିଜିମ୍‌ର ପ୍ରଭାବ ବଢ଼ିବ, କ୍ୟାପିଟାଲିଜିମ୍‌ର ନୁହେଁ। ବିଖ୍ୟାତ ବ୍ରିଟିଶ ବୈଜ୍ଞାନିକ ବ୍ଲାକେଟ୍‌ଙ୍କ ମତରେ ପୃଥିବୀରେ ଦୀର୍ଘଦିନ ଧରି ଏହା ପରେ ପରେ ଯେଉଁ ଶୀତଳ ଯୁଦ୍ଧ ଚାଲିଲା ବାସ୍ତବରେ ତାହାର ଅୟମାରମ୍ଭ ହେଲା ଏଇ ବୋମା ନିକ୍ଷେପ ସମୟରୁ।

କିନ୍ତୁ ସେତିକିରେ ଶାନ୍ତ ପଡ଼ିନଥାଏ ଆମେରିକା। କାରଣ ପ୍ରଥମ ପରମାଣୁ ବୋମାର ଭୟାବହତା ଦେଖିବା ସତ୍ତ୍ୱେ ବି ଜାପାନ ଆତ୍ମସମର୍ପଣ କରିନଥାଏ। ତେଣୁ ଯେମିତି ବି ହେଉ ଜାପାନକୁ ପରାଜିତ କରିବା ପାଇଁ ପଡ଼ିବ। ଆରମ୍ଭ ହୋଇଗଲା ଆରେମିକାର ଯୁଦ୍ଧ ଖୋର କୃଟନୀତି। ପ୍ରସ୍ତୁତ କରାଗଲା ଆଉ ଏକ ପରମାଣୁ ବୋମା ଜାପାନର ଶିଳ୍ପ ସମୃଦ୍ଧ ସହର 'ନାଗାସାକୀ' ଉପରେ ନିକ୍ଷେପ କରିବା ପାଇଁ। ଏହି ବୋମାର ସାଙ୍କେତିକ ନାମ ବା କୋଡ୍ ଥିଲା 'ଫ୍ୟାଟ୍ ମ୍ୟାନ୍'। ପ୍ରଥମ ବୋମା ପକାଯିବାର ତିନିଦିନ ପରେ ହେଲା 'ନାଗାସାକୀ' ଉପରେ ଆଣବିକ ଆକ୍ରମଣ। ସତରେ କ'ଣ ଥିଲା ଏହାର ଆବଶ୍ୟକତା? ଏପ୍ରଶ୍ନ ଏବେ ବି ଅସମାହିତ ଓ ରହସ୍ୟଘେରରେ। ପ୍ରାୟ ପୋଡ଼ି ପାଉଁଶ ହୋଇଯାଇଛି 'ହିରୋସୀମା'। ଚୁରମାର ହୋଇଯାଇଛି ଜାପାନୀ ଶକ୍ତି। 'ହିରୋସୀମା' ଉପରେ ପକାଯାଇଥିବା ୟୁରାନିୟମ୍ ବୋମା, 'ନାଗାସାକୀ' ଉପରେ ପକାଗଲା ପ୍ଲୁଟୋନିୟମ୍ ବୋମା। ବୋଧ ହୁଏ କେତେ ଅଧିକ ଏହା ଶକ୍ତିଶାଳୀ ହେଉଥିଲା ତା'ର ପରୀକ୍ଷା ମଣିଷ ଜୀବନକୁ ନେଇ ଏ ବୈଜ୍ଞାନିକ ପରୀକ୍ଷା। ମଣିଷର ହୃଦୟହୀନତା ଓ ନିର୍ମମ ନିଷ୍ଠୁରତାର ଏକ ଉଲ୍‌ଙ୍ଗ ପ୍ରତିରୂପ।

ଯୁଦ୍ଧ ସମୀକ୍ଷକମାନଙ୍କ ମତରେ ଏ ଆଣବିକ ବିସ୍ଫୋରଣକୁ ହୁଏତ ଏଡ଼ାଇ ଦିଆଯାଇ ପାରିଥାନ୍ତା । ଯଦି ମିତ୍ରଶକ୍ତି ପକ୍ଷରୁ କିଞ୍ଚିତା ଧୈର୍ଯ୍ୟ ଓ କୃତନୈତିକ ବିଚାରବୁଦ୍ଧି ପ୍ରୟୋଗ କରାଯାଇଥାନ୍ତା । ଜାପାନ ସେତେବେଳକୁ ସାମରିକ ଦୃଷ୍ଟିରୁ ଅତି ଦୁର୍ବଳ ହୋଇପଡ଼ିଥିଲା । ମାତ୍ର ଦଶ ଦିନ ପୂର୍ବରୁ ମିତ୍ରଶକ୍ତି ପକ୍ଷରୁ ଦିଆଯାଇଥିବା ଅଲ୍ଟିମେଟମ୍ (ଚରମପତ୍ର)ରେ ଉଲ୍ଲେଖ କରାଯାଇଥିଲା, ଯଦି ଜାପାନ ଆତ୍ମସମର୍ପଣ କରେ ତେବେ ଯୁଦ୍ଧ ପରବର୍ତ୍ତୀ ରାଷ୍ଟ୍ରକୁ ପୁନଃଗଠନ କରିବା ପାଇଁ ପୂର୍ଣ୍ଣ ସହାୟତା ଦିଆଯିବ । ଦୁର୍ଭାଗ୍ୟବଶତଃ ଏଥିରେ ଜାପାନ ରାଜାଙ୍କ ପଦ ଓ ମର୍ଯ୍ୟାଦା ସୁରକ୍ଷା ସମ୍ପର୍କରେ କିଛି ଲେଖାଯାଇନଥିଲା । ଜାପାନୀମାନେ ମନେ କଲେ ଯୁଦ୍ଧ ପରେ ରାଜାଙ୍କ ବିଚାର ହେବ ଓ ଫାଶୀ ଦିଆଯିବ । ଆବେଗପ୍ରବଣ ଜାପାନୀମାନଙ୍କ ପାଇଁ ତାଙ୍କ ରାଜା ହେଲେ 'ଜୀବନ୍ତ ଭଗବାନ' । ତାଙ୍କ ଭଗବାନ କିପରି ଫାଶୀ ପାଇବେ ତାଙ୍କ ପାଇଁ ତାହା ପାଲଟି ଗଲା ଏକ ମର୍ମଭେଦୀ, ହୃଦୟବିଦାରକ ପ୍ରଶ୍ନ । ଯୁଦ୍ଧ ସରିଗଲା । ମିତ୍ର ପକ୍ଷ ବିଜୟ ଲାଭ କଲେ ସତ୍ୟ, କିନ୍ତୁ ଲକ୍ଷ ଲକ୍ଷ ଲୋକଙ୍କ ଶରୀରର ଭସ୍ମ ଗଦା ଉପରେ ହାସଲ ହୋଇଥିବା ଏ ବିଜୟ ଓ ତା'ର ପରବର୍ତ୍ତୀ ହୃଦୟବିଦାରକ ଘଟଣାକ୍ରମ ଆମେରିକାର ଗଣ ଚେତନାକୁ ଥରହର କରିଦେଲା ।

ବଦଳିଗଲା ସାରା ବିଶ୍ୱର ସାମୂହିକ ବିବେକ । ମାତ୍ର କିଛି ଦିନ ପୂର୍ବରୁ ଏ ବୋମାର ପରୀକ୍ଷାକୁ 'ସୁରା' ନାମକ ଏକ ମରୁଭୂମିରେ ଲକ୍ଷ୍ୟ କରୁଥିଲେ ନିଜେ ଉପସ୍ଥିତ ରହି ପରମାଣୁ ବୋମାର ଜନକ ଜେ. ରବର୍ଟ ଓପେନ୍ ହମାର । ଓପେନ୍ ହମାର କେବଳ ଜଣେ ବିଶିଷ୍ଟ ବୈଜ୍ଞାନିକ ନଥିଲେ, ସଂସ୍କୃତ ଭାଷାରେ ମଧ ତାଙ୍କର ଥିଲା ଅସାଧାରଣ ବ୍ୟୁତ୍ପତ୍ତି । ଏହି ଭୟଙ୍କରତାକୁ ଲକ୍ଷ୍ୟ କରୁ କରୁ ସ୍ୱତଃସ୍ଫୂର୍ତ୍ତ ଭାବରେ ଭଗବତ ଗୀତାର ବିଶ୍ୱ ରୂପ ଦର୍ଶନର ସେଇ ଉକ୍ତି ତାଙ୍କ ମୁଁହରୁ ବାହାରି ଆସିଲା । ଯାହା ଶ୍ରୀକୃଷ୍ଣ କହିଥିଲେ ଅର୍ଜୁନଙ୍କୁ "ମୁଁ ସମୟ, ମୁଁ ମୃତ୍ୟୁ, ମୁଁ ଧ୍ୱଂସକାରୀ ଶକ୍ତି ରୂପେ ଆସେ ଏଇ ଧରାପୃଷ୍ଠକୁ ।" ସେ ଦିନର ସେହି ବୋମାବାହୀ ବିମାନର ଅନ୍ୟତମ ପାଇଲଟ୍ ବ୍ଲୁ ଇଥରେଲ୍ ଘୋର ଅନୁତାପ ଓ ଅନ୍ତର୍ଦାହର ଜ୍ୱାଳାରେ ପାଗଳ ପ୍ରାୟ ହୋଇଯାଇଥିଲେ । ସେହି ବିବେକ ଦଂଶନର ଜ୍ୱାଳା ଲିପିବଦ୍ଧ ହୋଇଛି ରୋମାଞ୍ଚକର ପୁସ୍ତକ 'ଦି ବର୍ନିଂ କନ୍ ସାଇନସ୍'ରେ । ସତରେ ପ୍ରବାହମାନ କାଳର ପୃଷ୍ଠଭୂମିରେ 'ହିରୋସୀମା' ଆଜି ଇତିହାସ ପାଲଟିଯାଇଛି । କିନ୍ତୁ ସେହି ଇତିହାସର ମର୍ମଭୂମିରୁ ଏବେ- ବି ଶୁଣି ହେବ ପୋଡ଼ି ଜଳି ଯାଉଥିବା ମାଣିଷଙ୍କର ନିରବ ବିକଳ କ୍ରନ୍ଦନ ଧ୍ୱନି । ଭାରି କରୁଣ ସିଏ । ନିର୍ଜନ ନିଝୁମ ରାତିରେ ଥରିଥରି ଶୁଭୁଥିବା ଆତ୍ମାର ବିଳାପ ପରି ।

'ଫ୍ୟାଟ୍ ମ୍ୟାନ' ୯ ତାରିଖ ପ୍ରାୟ ପୂର୍ବାହ୍ନ ୧୧ଟା ସୁଦ୍ଧା 'ନାଗାସାକୀ' ଉପରେ ଖସେଇ ଦିଆଗଲା । ଆଉ 'ଫ୍ୟାଟ୍ ମ୍ୟାନ' ନିମିଷେକ ମଧରେ ଆରମ୍ଭ କରିଦେଲା ତା'ର ଖଣ୍ଡ ପ୍ରଳୟ । ତଥ୍ୟ ଅନୁଯାୟୀ ୯୦ ହଜାରରୁ ଉର୍ଦ୍ଧ୍ୱ ଲୋକ ପ୍ରାଣ ହରାଇବା ସହିତ ପାଖାପାଖି ୮୦ ହଜାର ଲୋକ ଗୁରୁତର ଭାବରେ କ୍ଷତାକ୍ତ ହୋଇ ପଡ଼ିଲେ । ନିସର୍ଗ ଆତ୍ମସମର୍ପଣ ବ୍ୟତିତ ଆଉ କିଛି ବିକଳ୍ପ (ଉପାୟ) ନଥିଲା ଜାପାନ ନିକଟରେ । ତାହା ବି ହେଲା, ବିଶ୍ୱର ଦ୍ୱିତୀୟ ତଥା ଶେଷ (ଆଜିର ତାରିଖ ଯାଏ) ପରମାଣୁ ଦାନବର ଧ୍ୱଂସଲୀଳା ସହିତ ସେଇଟି ଶେଷ ହୋଇଗଲା ଦ୍ୱିତୀୟ ବିଶ୍ୱଯୁଦ୍ଧର ଘନଘଟା । 'ହିରୋସୀମା' ଉପରେ ପଡ଼ିଥିବା 'ଲିଟିଲ୍ ବୟ'ଠୁ 'ଫ୍ୟାଟ୍ ମ୍ୟାନ'ର ଶକ୍ତି ଅତିକ୍ରମରେ ଥିଲା ୪୦ ଗୁଣ ଅଧିକ । ଏଥିରୁ ନିର୍ଗତ ୯୨ ଟେରାଜୁଲୋସ ବା ୨୨ ହଜାର ଟନ୍ ଟିଏନ୍ଟି ପରିମାଣର ଘାତକ ପ୍ଲୋଟୋନିୟମ ରଶ୍ମି ନିମିଷକ ମଧରେ 'ନାଗାସାକୀ' ସହରକୁ ପୋଡ଼ିଜାଲି ଦେବା ପାଇଁ ଯଥେଷ୍ଟ ଥିଲା । ବି- ୨ ୯ ବକ୍ସ୍କାର ନାମକ ଏକ ଯୁଦ୍ଧ ବିମାନରେ 'ଫ୍ୟାଟ୍ମ୍ୟାନ'କୁ 'ନାଗାସାକୀ' ସହରର ଆକାଶମାର୍ଗ ଯାଏ ବୋହି ନେଇଥିଲେ ଏୟାରକ୍ରାଫ୍ଟ କମାଣ୍ଡର ମେଜର ଚାର୍ଲସ ଡବ୍ଲ୍ୟୁ, ସ୍ୱିନୀ । ପ୍ରାୟ ୧,୮୦୦ ଫୁଟ ବା ୫୪୦ ମିଟର ଉଚ୍ଚତାରୁ ଏହି ବୋମାକୁ ଭୂପୃଷ୍ଠ ଉପରକୁ ନିକ୍ଷେପ କରାଯାଇଥିଲା ।

'ଫ୍ୟାଟ୍ ମ୍ୟାନ'କୁ ନିକ୍ଷେପ କରିବାର ଦାୟିତ୍ୱବହନ କରିଥିବା ମେଜର ସ୍ୱିନୀ ଖୁବ୍ ଡରି ଯାଇଥିଲେ । କାରଣ ତିନିଦିନ ଆଗରୁ ପକାଯାଇଥିବା 'ଲିଟିଲ୍ ବୟ'ର ବିଧ୍ୱଂସୀଶକ୍ତିର ସେ ପ୍ରତ୍ୟକ୍ଷଦର୍ଶୀ ଥିଲେ । 'ନ୍ୟୟର୍କ ଟାଇମ୍'ର

ଖବରଦାତା ଉଲିଅମ୍ ଏଲ. ଲରେନ୍ ଏ ସମ୍ପର୍କରେ ପ୍ରକାଶିତ ଏକ ଖବରରେ ଉଲ୍ଲେଖ କରିଥିଲେ ଯେ, ପୂର୍ବରୁ ଆମେରିକା କେବଳ କେତେ ଗୋଟି ପରମାଣୁ ବୋମା ପରୀକ୍ଷା କରିଥିଲା । କିନ୍ତୁ ତାହାକୁ କୌଣସି ରାଷ୍ଟ ଉପରେ ପ୍ରୟୋଗ କରିନଥିଲା । ସେଥିଲାଗି ପ୍ରଥମ ପରମାଣୁ ବୋମା 'ଲିଟିଲ ବୟ'କୁ ପକାଇବା ବେଳେ କାହାରିତାରେ ଭୟର କୌଣସି ଲକ୍ଷଣ ନଥିଲା । କାରଣ ପରମାଣୁ ବୋମାର ଭୟାବହତା ସମ୍ପର୍କରେ କାହାର କୌଣସି ସଠିକ୍ ଜ୍ଞାନ ନଥିଲା । ମାତ୍ର 'ଫ୍ୟାଟ୍ମ୍ୟାନ'କୁ ପକାଇବା ବେଳକୁ ସ୍ୱିନୀଙ୍କ ନିକଟରେ 'ଲିଟିଲ ବୟ'ର ଭୟାବହତା ପୁଞ୍ଜୀଭୂତ ହୋଇ ରହିଥିଲା । ସେଥିଲାଗି ସେ ବୋମା ନିକ୍ଷେପ ଦାୟିତ୍ୱରେ ଥିବା ଏୟାରକ୍ରାଫ୍ଟ କର୍ମଚାରୀ ଜାକୋଚ ବେସେରଙ୍କୁ କହିଥିଲେ, 'ଯେତେବେଳେ ଆମର ଏୟାରକ୍ରାଫ୍ଟ ସର୍ବାଧିକ ବେଗରେ ଆକାଶ ମାର୍ଗକୁ ଉଠିଯାଉଥିବ ସେତେବେଳେ ତୁମେ ବୋମାକୁ ଭୂପୃଷ୍ଠକୁ ନିକ୍ଷେପ କରିବ । ଯେମିତି ବୋମା ମାଟି ଛୁଇଁବା ବେଳକୁ ଆମେ ଆକାଶର ବହୁ ଉପରକୁ ଏବଂ ଏକ ନିରାପଦ ଦୂରତାକୁ ଚାଲି ଯାଇଥିବା । ଏଥିରୁ 'ଫ୍ୟାଟ୍ ମ୍ୟାନ'କୁ ନିକ୍ଷେପ କରିବାକୁ ଯିବା ବେଳେ ମେଜର ସ୍ୱିନୀ କେତେ ଡରି ଯାଇଥିଲେ ସେ କଥା ସହଜରେ ଅନୁମାନ କରାଯାଇପାରେ ।

ପରମାଣୁ ବୋମାର ଭୟବହତାକୁ କେବଳ ମେଜର ସ୍ୱିନୀ ଡରିଯାଇ ନଥିଲେ, ତା'ର ଉଦ୍ଭାବକ ଜେ. ରବର୍ଟ ଓପେନହାଇମର (J. Robert oppenheimer) ୨୨–୪–୧୯୦୪ ରୁ ୧୮–୨–୧୯୬୭)ଙ୍କୁ ପରମାଣୁ ବମର ଜନକ ବୋଲି କୁହାଯାଏ । ସେ ଜଣେ ଆମେରିକୀୟ ପଦାର୍ଥ ବିଜ୍ଞାନୀ । ୨ୟ ବିଶ୍ୱଯୁଦ୍ଧ ବେଳେ ପରମାଣୁ ଅସ୍ତ୍ର ପାଇଁ ଗବେଷଣା ଚାଲୁଥାଏ ମନହଟନ ଠାରେ । ସେ ଥିଲେ ପ୍ରକଳ୍ପର ବୈଜ୍ଞାନିକ ନିର୍ଦ୍ଦେଶକ । ଲସ୍ ଆଲାମୋସ୍, ନିଉ ମେକ୍ସିକୋ– ଜୁଲାଇ ୧୬ ତାରିଖ ୧୯୪୫ ଦିନ ବିଶ୍ୱର ପ୍ରଥମ ଆଟମ୍ ବମ୍ ଟେଷ୍ଟ ହେଲା । ଏହାକୁ ଟିନିଟ୍ ନିଉକ୍ଲିଅର ଟେଷ୍ଟ ବୋଲି କୁହାଯାଏ । ସଫଳତା ପରେ କିଛି ସମୟ ଓପେନହାଇମର ଆଡ଼ବାୟା ହୋଇ ରାଷ୍ଟା ବଜାରରେ ବୁଲି ଗପିଲେ, "Now I am become death-the destroyer of all worlds."

ସେ ଥାଆନ୍ତି ରଞ୍ଜେଷ୍ଟର ବିଶ୍ୱବିଦ୍ୟାଳୟରେ ଅଧ୍ୟାପକ । ଜଣେ ଛାତ୍ର ପଚାରିଲେ, 'ମାନହଟନରେ ଟେଷ୍ଟ ପାଇଁ ଯେଉଁ ବମ୍ ଫୁଟିଲା ତାହା ଇତିହାସରେ ପ୍ରଥମ ନା ?'

'ନିଶ୍ଚୟ, ମାତ୍ର ତାହା କେବଳ ଆଧୁନିକ ମଣିଷ ଇତିହାସରେ । ହୁଏତ ଆମେ ଜାଣି ନଥିବୁ, ଆଗର ମଣିଷମାନେ ପରମାଣୁ ଅସ୍ତ୍ର ପ୍ରୟୋଗ ଜାଣିଥିଲେ । ବ୍ରହ୍ମାସ୍ତ୍ର ବା ଏହିପରି ଅସଂଖ୍ୟ ଅସ୍ତ୍ରର ବ୍ୟବହାର ସୂଚନା ମିଲେ ହିନ୍ଦୁ ପୁରାଣ ରାମାୟଣ, ମହାଭାରତରେ ।'

"ବିସ୍ଫୋରଣ ବେଳେ ବାହାରିଥିବା ପ୍ରଥମ ଅଗ୍ନିପିଣ୍ଡୁଲା ଆପଣଙ୍କୁ କେମିତି ଦେଖାଗଲା ?"

"ଭାବୁଥିଲି, ଗୀତାରେ ବର୍ଣ୍ଣିତ ପାର୍ଥ ଦେଖିଥିବା ଶ୍ରୀକୃଷ୍ଣଙ୍କ ବିଶ୍ୱରୂପ ଦର୍ଶନ ଏମିତି ଥିଲା କି ?"

ଯେମିତି "ଦଂଷ୍ଟାକରାଲାନି ଚ ତେ ମୁଖାନି, ଦୃଷ୍ଟ୍ୱେବ କାଲାନଲସନ୍ନିଭାନି ଦିଶୋ ନ ଜାନେ ନ ଲଭେ ଚ ଶର୍ମ ପ୍ରସାଦ ଦେବେଶ ଜଗନ୍ନିବାସ ।" ୨୪/ ୧୧ । ବିକଟ ଦନ୍ତପାଟି ଦ୍ୱାରା ଭୟଙ୍କର ଦିଶୁଥିବା ଓ ପ୍ରଲୟ କାଲର ଅଗ୍ନି ସମାନ ପ୍ରଜ୍ୱଲିତ ହେଉଥିବା ଆପଣଙ୍କ ମୁଖଗୁଡ଼ିକୁ ଦେଖି ମୁଁ ଦିଗମାନଙ୍କୁ ଜାଣିପାରୁ ନାହିଁ ଏବଂ ସୁଖ ବି ପାଉନାହିଁ । ତେଣୁ ହେ କେଶବ ! ହେ ଜଗନ୍ନିବାସ ! ଆପଣ ପ୍ରସନ୍ନ ହୁଅନ୍ତୁ । (ଅର୍ଜୁନ ଉବାଚ–ବିଶ୍ୱସ୍ୱରୂପ ଦର୍ଶନ ।)

ନିଜକୁ ପ୍ରଲୟର ଦୂତ ବୋଲି ଅନୁଶୋଚନା ସହ ତାଙ୍କ ଜୀବନ ଶେଷ ହେଲା । ଓପେନେହାଇମର ନିଜେ ହିନ୍ଦୁ ନଥିଲେ । ମାତ୍ର ହିନ୍ଦୁ ପୂଜିତ ବେଦ, ଶାସ୍ତ, ପୁରାଣ ଆଦି ଢେର୍ ଅଧ୍ୟୟନ କରିଥିଲେ । ତାଙ୍କର ଏକ ମନ୍ତବ୍ୟ ଥିଲା, "ପରମାଣୁ ଅସ୍ତ୍ର ନୂଆ ନୁହେଁ, ମୋ କଳ୍ପନା ନୂଆ, ହେ ଈଶ୍ୱର ମୋତେ କ୍ଷମା କର ।"

ପୂର୍ବ ରାଷ୍ଟ୍ରପତି ଫ୍ରାଙ୍କଲିନ୍ ରୁଜଭେଲ୍ଟଙ୍କ ଶବାଧାରରେ ଓପେନେହାଇମରଙ୍କ ଶୋକବାଣୀ ଥିଲା ଗୀତାର ୧୭

ଅଧ୍ୟାୟ, ୩ୟ ଶ୍ଲୋକ– "ସତ୍ତ୍ୱାନୁରୂପା ସର୍ବସ୍ୟ ଶ୍ରଦ୍ଧା ଭବତି ଭାରତ, ଶ୍ରଦ୍ଧା ମାୟୋୟଂ ପୁରୁଷୋ ଯଚ୍ଛ୍ରଦ୍ଧଃ ସ ଏବ ସଃ ।"(୩/୧୭)– ହେ ଭାରତ, ସବୁ ମନୁଷ୍ୟଙ୍କ ଶ୍ରଦ୍ଧା ସେମାନଙ୍କର ଅନ୍ତଃକରଣର ଅନୁରୂପ ହୁଏ । ଏହି ପୁରୁଷ ଶ୍ରଦ୍ଧାମୟ ଅଟେ । ଏଣୁ ଯେଉଁ ପୁରୁଷ ଏପରି ଶ୍ରଦ୍ଧାବାନ୍ ଅଟନ୍ତି, ସେ ସ୍ୱୟଂ ମଧ୍ୟ ସେ ପରି ହିଁ ଅଟନ୍ତି ଏବଂ ନିଜର ଗୋଟିଏ ଧାଡ଼ି– "ହେ ଈଶ୍ୱର, ମଣିଷ ମନରେ ଦୟା ଦିଅ ଓ ତା' ହାତରୁ ପରମାଣୁ ଅସ୍ତ୍ର ଛଡ଼େଇ ନିଅ ।"

ସତୀ ପ୍ରଥମ ପରମାଣୁ ବୋମା 'ଲିଟିଲ୍ ବୟ'ର ବିଭୀଷିକା ଦେଖି ଡରିଯାଇଥିବା ମେଜର ସ୍ୱିନୀ ଯେପରି ଦ୍ୱିତୀୟ ବୋମା ଫ୍ୟାଟ୍ ମ୍ୟାନକୁ ନିକ୍ଷେପ କରିବାକୁ ନେଇଥିଲେ ଓ କଲେ ମଧ୍ୟ । ଯେଉଁଥି ପାଇଁ ଜାପାନରେ ଧ୍ୱଂସର ଲୀଳା ସଙ୍ଗଠିତ ହେବା ସହିତ ସେ ଆତ୍ମସମର୍ପଣ କରିବାକୁ ବାଧ୍ୟ ହେଲା ଓ ଦ୍ୱିତୀୟ ବିଶ୍ୱ ଯୁଦ୍ଧର ଯବନିକାପାତ ହୋଇଥିଲା । 'ତୁ' ସେହିପରି ତାଙ୍କଠାରୁ କୌଣସି ଖରାପ ବ୍ୟବହାର ଆଶଙ୍କା କରୁଥିଲେ ସୁଦ୍ଧା ତାଙ୍କ ଜାମାର ବୋତାମ ମାରି ଦେବାକୁ ଡରିଲେ ଚଳିବ କେମିତି ? ଆହୁରି ମଧ୍ୟ ତୁ' ସେହିପରି ନକଲେ ତୋ ଲକ୍ଷ୍ୟ ହାସଲରେ କିପରି ସଫଳ ହୋଇପାରିବୁ କହିଲୁ ?'

ସୁନି ବହୁତ ମଣିଷ ଅଛନ୍ତି ଭାବପ୍ରବଣତାରେ କିଛି ନା କିଛି କରି ବସନ୍ତି । ଯାହା ପରବର୍ତ୍ତୀ ସମୟରେ ସେମାନଙ୍କର ବହୁତ ଅଡୁଆ ସୃଷ୍ଟି କରେ ଓ ବଡ଼ ଧରଣର ବିପଦରେ ପକାଇଥାଏ ତଥା ସେମାନଙ୍କ ଲାଗି ଅସୁବିଧା ହୁଏ ଏବଂ ବିପର୍ଯ୍ୟୟ ହୋଇଥାଏ । ସେଥିପାଇଁ ଯେ କୌଣସି କାର୍ଯ୍ୟ କରିବା ପୂର୍ବରୁ ଭାବପ୍ରବଣତାର ବଶବର୍ତ୍ତୀ ହୋଇ ନିଜର ସାମର୍ଥ୍ୟକୁ ଆକଳନ ନକରି ନିଜ ସାମର୍ଥ୍ୟର ପରିସର ଡେଇଁ ଯାଇ ଓ ନିଜସ୍ୱ ପାରିଲା ପଣିଆକୁ ଅତିକ୍ରମ କରି କିଛି ପ୍ରତିଶ୍ରୁତି ଦେବା କିମ୍ବା ଆପଣା ପରାକ୍ରମର (ସାମର୍ଥ୍ୟର) ବାହାରକୁ ଯାଇ କିଛି କରିବାର କଳ୍ପନା କରିବା ଯେତିକି ଅବାସ୍ତବ ସେତିକି ହାସ୍ୟାସ୍ପଦ ମଧ୍ୟ । ଅନ୍ୟମାନଙ୍କ ନିକଟରେ ସେମାନେ ଅପଦସ୍ଥ ହୋଇଥାନ୍ତି ସବୁବେଳେ । ଭାବପ୍ରବଣଗ୍ରସ୍ତ ମଣିଷର କାମ ସବୁବେଳେ ନିଜ କ୍ଷମତା ପରିସର ଡେଇଁ ଆପଣା ଦକ୍ଷତାକୁ ଆକଳନ ନକରି କିଛି କରି ଦେଖାଇ ଦେବାର ମାନସିକତା । ପ୍ରତ୍ୟେକ ମଣିଷ ନିଜର ସ୍ଥିତିକୁ ବୁଝିପାରିଲେ ଭାବପ୍ରବଣତାଠାରୁ ନିଜକୁ ଦୂରେଇ ରଖିପାରିବ । ଭାବପ୍ରବଣ ହୋଇ କିଛି ପ୍ରତିଶ୍ରୁତି ଦେବା ଓ ସେହିପରି କାମ କରୁଥିବା ଲୋକଟି ନିଜ ପାଇଁ ଯେତିକି କ୍ଷତି କରନ୍ତି ଅନ୍ୟ ଲାଗି ମଧ୍ୟ ସମପରିମାଣର ସମସ୍ୟା ସୃଷ୍ଟି କରନ୍ତି । ବୁଦ୍ଧିମାନ ମଣିଷର କାମ ହେଉଛି ସବୁବେଳେ ନିଜର ସ୍ଥିତିକୁ ଲକ୍ଷ୍ୟ ରଖି ବାଟ ଚାଲିବା । ବାସ୍ତବତା ହିଁ ଜୀବନ । ଭାବପ୍ରବଣତା କିମ୍ବା କଳ୍ପନା ବିଳାସ ହେବା ନୁହେଁ । ସେଥିପାଇଁ ଇଂରାଜୀରେ କୁହାଯାଇଛି, "ଇମୋସନ୍ସ ଆର୍ ବ୍ୟାଡ ମାଷ୍ଟରସ୍ ବଟ୍ ଗୁଡ୍ ସରଭାଣ୍ଟ ।" ଅର୍ଥାତ୍ ପ୍ରବଣତା ମନ୍ଦ ମୁନିବ, ମାତ୍ର ଭଲ ଚାକର । ଠାକୁର ବାବା ମଧ୍ୟ କହିଛନ୍ତି, ଶାସ୍ତ୍ରରେ ଅଛି– "ସହସା ବିଦଧୀତ ନ କ୍ରିୟା, ମବିବେକଃ ପରମାପଦାପଦମ୍ ବୃଣୁତେ ହି ବିମୃଶ୍ୟକାରଣଂ ଗୁଣଲୁବ୍ଧାଃ ସ୍ୱୟମେବ ସଂପଦଃ ।" ବିଚାର ନକରି ହଠାତ୍ କୌଣସି କାର୍ଯ୍ୟ କରିବା ଉଚିତ୍ ନୁହେଁ । ବିଚାର ଶୂନ୍ୟତା ଦୁଃଖ ଓ ବିପଦର କାରଣ ଅଟେ । ସମ୍ପଦ (ସଫଳତା)ସବୁ ଗୁଣର ବଶବର୍ତ୍ତୀ ହୋଇ ବିଚାରବାନ ଲୋକଙ୍କୁ ପ୍ରାପ୍ତ ହୁଅନ୍ତି, ସୁନି କହିଥିବା କଥାର ଉତ୍ତରରେ ସତୀ ଏହା କହିଲା ।

ସତୀ ଜଟିଳ ଜୀବନ କ୍ଷେତ୍ର ଇୟେ । ଚାରିପାଖରେ ନିର୍ଦ୍ଦୟ, ନିର୍ମମ କଠୋର ନିଷ୍ଠୁର ବାସ୍ତବତା । ଏଠି ସ୍ୱପ୍ନ ବିଳାସୀ ହେଲେ ଚଳିବ ନାହିଁ । କଳ୍ପନା ପ୍ରୟାସୀ ମଧ୍ୟ ଅଚଳ ହୋଇଯିବ । ଭାବପ୍ରବଣତା ଏଠି କାମ ଦିଏନି । ସାମାନ୍ୟ ପ୍ରାପ୍ତିର ଆନନ୍ଦ ଅତି ଶଯ୍ୟାରେ ବିଭୋର ହୋଇ ଆତ୍ମହରା ହେଲେ ଠକିବା ହିଁ ସାର ହେବ । ଏଠି ଅଭିମାନ କଲେ ଚଳିବ ନାହିଁ । ଅଭିଯୋଗ ବାଢ଼ିବାକୁ ପଡ଼ିବ । ରୁଷି ବସିଲେ ତୋ' କଥା କେହି ଶୁଣିବେ ନାହିଁ । ସେଥିପାଇଁ ଆପଉଇ କରିବାକୁ ହେବ । ନିରବ ରହିଲେ ତୋ' ସମସ୍ୟାର ସମାଧାନ ହୋଇଯିବ ନାହିଁ ଆପଣା ଛାଏଁ । ସେଥିଲାଗି ପ୍ରତିବାଦ ଉପସ୍ଥାପନ ହେବା ଦରକାର । ଚୁପ୍ ହୋଇ ବସିଗଲେ ତୋ' ପ୍ରତି କେହି ନଜର ଦେବେନି । ସେ ସକାଶେ ଦାବି ଥୋଇ ସମାଜର

ଦୃଷ୍ଟି ଆକର୍ଷଣ କରିବାକୁ ହେବ। ତୁ' ଭଲଭାବରେ ମନେରଖ ସତୀ ଏଠି ଶୋଇଲା ପୁଅର ଭାଗ ବୁଡ଼ିଯାଏ। ନିରୀହ ଠକାମିର ଶିକାର ହୋଇଥାଏ। ହୁଣ୍ଟା ଲୋକଟିକୁ ମିଠାକଥା କହି ସମସ୍ତେ ଭୁଲାଇ ଦେଇଥାନ୍ତି। ନିର୍ବୋଧ, ବୁଦ୍ଧିହୀନ, ବୁଦ୍ଧୁ ଭକୁଆ ହୋଇ ଦେଖୁଥାଏ। ଅନ୍ୟମାନେ ତା'ର ନ୍ୟାୟୋଚିତ ପ୍ରାପ୍ୟକୁ ମାରି ନେଇଯାଆନ୍ତି। ଏଠି ପ୍ରାପ୍ୟ ଆଦାୟ କରିବାକୁ ହୋଇଥାଏ। ହକ୍ ଛଡ଼ାଇ ଆଣିବା ପାଇଁ ପଡ଼ିଥାଏ। କେହି କାହାରିକୁ ତାହା ଜାଚି ଦିଏନା। ସବୁ ସମୟରେ ସବୁ ଷେତ୍ରରେ ପ୍ରତ୍ୟେକ ସ୍ଥଳରେ ସୁଧାର ଗାଈର ବାଛୁରୀ ମରେ। କଥାରେ ଅଛି "ଉଦ୍ୟମେନ ହି ସିଦ୍ଧ୍ୟନ୍ତି କାର୍ଯ୍ୟାଣି ନ ମନୋରଥୈଃ, ନହି ସୁପ୍ତସ୍ୟ ସିଂହସ୍ୟ ପ୍ରବିଶନ୍ତି ମୁଖେ ମୃଗାଃ।" ଅର୍ଥାତ୍ ଉଦ୍ୟମ କରିବାକୁ ହେବ। ଶୋଇଥିବା ସିଂହର ପାଟିରେ ମୃଗମାନେ ଆସି ପଶି ଯାଆନ୍ତି ନାହିଁ। ଆଉ ଏଇନେ ବୈଦିକ ଯୁଗ ନୁହେଁ କିୟ ବର୍ତ୍ତମାନ ଏଠି କେହି ବୈଦିକ ବେଳର ବୈଦିକ ମନୋବୃତ୍ତିର ମଣିଷ ନାହାନ୍ତି। ସେମାନେ ପାଇବାକୁ ହକ୍‍ଦାର ନଥିବା ଜିନିଷଟି ଭୁଲ୍‌ବଶତଃ ପ୍ରାପ୍ତ ହେଲେ ଜାତିକରି ଫେରାଇ ଦେବେ।

ଇୟେ ତୋ' ଘର ନୁହେଁ ଯେ, ତୁ' ରଷି ବସିଲେ, ତୋ' ଭାଇ ସୁବଳ ତୋ' ପାଇଁ ଅକଡ଼ାଇବ– ଦେଇ ନଖାଇଲେ ମୁଁ ଖାଇବି ନାହିଁ। ତୋ ଭୋଉଣୀ ସେବ ଅଢ଼ି ବସିବ ଦେଇ ନପିନ୍ଧିଲେ ମୁଁ ପିନ୍ଧିବିନି। ତୋ' ଆର ଭଉଣୀ ସର ଜିଦ୍ ଧରିବ– ଦେଇ ନ ନାଇଲେ, ମୁଁ ନାଇବିନି। ତୋ' ସାନ ଭଉଣୀ ପ୍ରଭାତୀ ଓ ସାନ ଭାଇ ଶରତ ତୋ' ଲାଗି ଅଳି କରିବେ। ଦେଇ ଲାଗି ଆଗ ହେଉ ତା'ପରେ ଯାଇ ଆମ କଥା। ସେଇଠୁ ତୋ' ବୋଉ ତା'ର ଅନିଚ୍ଛା ସତ୍ତ୍ୱେ ତୋ' ବାପାଙ୍କୁ କହିବ। ତୋ' ବାପା ଅଭାବରେ ପଡ଼ି ସୁଦ୍ଧା ଧାଆର, କରଜ କରି ତୋ' ପାଇଁ ଆଣିବାକୁ ବାଧ୍ୟ ହେବେ। ଇୟେ ହେଉଛି ଦୁନିଆ। ଦୁଇଟି ନିଆଁର ମଧ୍ୟସ୍ଥଳ ଦୁନିଆ। ଦୁଇନିଆଁ–ଅନ୍ତୁଡ଼ି ନିଆଁ ଓ ମଶାଣି ନିଆଁର ମଝିରେ ଏହାର ଅବସ୍ଥିତି। ଅନ୍ତୁଡ଼ିଶାଳର ନିଆଁ ଓ ଶ୍ମଶାନର ଜୁଇ ନିଆଁ। ଏଇ ଦୁଇ ନିଆଁ ସହ ଜଡ଼ିତ ଦୁଇ ସ୍ଥିତିକୁ ଜନ୍ମ ଓ ମୃତ୍ୟୁ କୁହାଗଲେ, ସେହି ଜନ୍ମ ଓ ମୃତ୍ୟୁ ମଧ୍ୟବର୍ତୀ ସମୟର ନାଁ ଜୀବନ ହେବ ନିଶ୍ଚୟ। ଯଦିଓ ଆଉ ଗୋଟିଏ ନିଆଁ ଅଛି। ତାହା ହେଲା ହୋମ ନିଆଁ। ଯାହାକି ସମସ୍ତଙ୍କ ଭାଗ୍ୟରେ ଜୁଟେନା। କିନ୍ତୁ ଅନ୍ତୁଡ଼ି ନିଆଁ ଓ ମଶାଣି ନିଆଁ ସମସ୍ତଙ୍କ କପାଳରେ ଧାର୍ଯ୍ୟ ହୋଇଛି। ଏହି ଦୁନିଆରେ ରହିବାକୁ ହେଲେ ନିଆଁ ଉପରେ ପାଦ ରଖି ସଂସାରର ବାଟ ଚାଲିବାକୁ ପଡ଼େ। ତେଣିକି ପାଦ ପୋଡ଼ି ଯାଉ ବା ଫୋଟକା ହେଉ ଦୁନିଆରେ ଚଲିବାକୁ ହେଲେ ସମାଜର ଅନୁଶାସନ ରୂପକ ଖଣ୍ଡାଧାରରେ ପାଦ ଥାପିବାକୁ ହୋଇଥାଏ। ପାଦ ପଛକେ ଖଣ୍ଡାଧାରରେ ବାଜି କଟିଯାଉ। ସେଥିପ୍ରତି ନଜର ଦେଲେ ଚଲିବନି। କଣ୍ଟାଝଣ୍ଟା ନମାନି ଆଗେଇବାକୁ ହେବ ସଂସାରର ଅମଡ଼ା ବାଟରେ। ପାଦରେ କଣ୍ଟା ଫୁଟି ଗଲେ ତାକୁ ପରଖ କଲେ ଚଲିବନି। ଅରମା ମାଡ଼ି ଆଗେଇ ନଗଲେ ଲକ୍ଷ୍ୟସ୍ଥଳରେ ପହଞ୍ଚି ହେବନି। ଅରମାରେ ପାଦ କ୍ଷତାକ୍ତ ହୋଇ ରକ୍ତାକ୍ତ ହେଲେ ସୁଦ୍ଧା ତାକୁ ବରଦାସ୍ତ କରିବାକୁ ପଡ଼ିବ। ଦୁନିଆର ପିଚ୍ଛିଲ ପଥରେ ସଂସାରର କର୍ଦ୍ଦମାକ୍ତ ରାସ୍ତାରେ ସାବଧାନତା ସହକାରେ ଆଗେଇବାକୁ ପଡ଼ିବ। ଚାଲିଲା ବେଳେ ପାଦ ଖସି ଗଲେ ସୁଦ୍ଧା ଭୟ କରି ଡରିଯାଇ ପଛଘୁଞ୍ଚା ଦେଲେ ଚଲିବ ନାହିଁ। ସେଥିପାଇଁ କଥାରେ ଅଛି– "ସଂସାର ଭିତରେ ଘର କରିଥିଲେ ପଥର ପଡ଼୍‌ଲେ ସହି।"

ତୁ' ଭଲପାଉଛୁ ତୋ' ମନେମନେ। ତୋ' ଭଲପାଇବାର ପ୍ରତିବଦଳରେ ସିଏ ତୋତେ ଭଲପାଉଛନ୍ତି କି ନାହିଁ କିୟ। ତୋ' ଭଲ ପାଇବାକୁ ସିଏ ଗ୍ରହଣ କଲେଣିକି ନାହିଁ ତୁ' ତାହା ଜାଣିଲୁଣି? ତୁ' ତାଙ୍କୁ ପ୍ରେମ କରୁଛୁ ଗୋପନରେ, ସିଏ ତୋ' ପ୍ରେମରେ ପଡ଼ିଲେଣି କି? ଅବା ତୋ' ପ୍ରେମକୁ ସ୍ୱୀକାର କଲେଣି କି? ତୁ' ତାଙ୍କୁ ଲୁଚାଇ ଲୁଚାଇ ମନ ଦେଇଛୁ, ସିଏ ତୋ' ମନକୁ ନେବାକୁ ପ୍ରସ୍ତୁତ କି? ଅଥବା ତୁ' ତାଙ୍କ ମନ ଆଣିଲୁଣି? ତାଙ୍କୁ ତୋ' ହୃଦୟରେ ବିନା ବିଚାରରେ ସ୍ଥାନ ଦେଇଛୁ। ତାଙ୍କ ହୃଦୟ ଭିତରକୁ ତୁ' ପ୍ରବେଶ କରି ପାରିଛୁ କି? କିୟ ସିଏ ତୋ'

ହୃଦୟରେ ରହିବାକୁ ରାଜିତ ? ତୁ' ଆଗ ତାଙ୍କ ମନ ଆଣ, ତାଙ୍କ ଅନ୍ତର ଭିତରେ ତୋ' ଆସ୍ଥାନକୁ ଦୃଢ଼କର। ତାଙ୍କ ପ୍ରାଣର ପ୍ରିୟତମା ହୋଇସାର। ତାଙ୍କ ଆତ୍ମା ସହିତ ଆତ୍ମୀୟତା ସ୍ଥାପନା କର। ତେବେ ଯାଇ ତୋ' ଭଲପାଇବା ସାର୍ଥକ ହେବ। ତୁ' ପ୍ରେମରେ ସଫଳତା ହାସଲ କରିବୁ। ତୁ' ପ୍ରଣୟରେ ସିଦ୍ଧି ଲାଭ କରିପାରିବୁ। ଏମିତି ଡରିହରି, ଅନୁନୟ ବିନୟ ହୋଇ, କାକୁତି ମିନତି ହୋଇ, ମାଗିଯାଚି, ଭିକ୍ଷ୍ୟା ଆଣି କିମ୍ବା ଦାନ ଗ୍ରହଣ କରି, କେହି ନେହୁରା ହୋଇ ଖୁସାମନ୍ତ କରି ଅବା ଉପରେ ପଡ଼ି କେବେ ପ୍ରେମରେ ସଫଳ ହୋଇପାରି ନାହିଁ। କି ତୁ' ହୋଇ ପାରିବୁନି। ଲାଜ, ସଙ୍କୋଚ, ଡର, ଭୟ, ମାନ, ଅଭିମାନ, ଅପମାନ, ସଂଭ୍ରମ, ସରମ ସବୁ ଛାଡ଼। ମନରୁ ପୋଛି ପକା ସେହିପରି ଭାବନାକୁ। ସେମିତି କଳ୍ପନାକୁ ଅନ୍ତରରେ ସ୍ଥାନ ଦେଏନା। ମୁଁ ଯାହା କହୁଛି ସେଇଆ କର। ରୁଷିଆ ଅଭିଯାନ ବେଳେ ନେପୋଲିଅନ ମସ୍କୋର ବରଫାବୃତ ରାସ୍ତାରେ ଗଧ ଚଢ଼ି ଯିବାକୁ ଆଦରି ନେଇଥିଲେ। ସିଏ ତ' ସେହିପରି ଆଚରଣକୁ ନିଜ ପ୍ରତି ଅପମାନ ବୋଲି ଭାବି ନଥିଲେ। ଦରକାର ବେଳେ ତ' ଭଗବାନ (କୃଷ୍ଣ) ଗଧ ପାଦ ଧରିବାକୁ ଆଦୌ ପଛାଇ ନଥିଲେ। ଭଗବାନ ଯଦି ଆବଶ୍ୟକ ସ୍ଥଳେ ଗଧପାଦ ଧରିଲା ଭଳି ଲଜ୍ୟାଜନକ କର୍ମ କରିପାରିଲେ ଓ ପ୍ରେମ ପାଇଁ ରାଧା ଗୋଉଡ଼ୁଣୀର ପାଦ ଧରି ରାଧାଙ୍କ ପାଦ ପ୍ରହାର ଭଳି ଅପମାନ ବୋଧକ ନିନ୍ଦନୀୟ ବ୍ୟବହାର ସହିବାକୁ ଶ୍ରେୟସ୍କର ମଣିଲେ। ତେବେ ତୁ' ତାଙ୍କ ଜାମାର ବୋତାମ ମାରି ଦେଲେ ଯଦି ସିଏ ତୋ' ଉପରେ ବିରକ୍ତ ହୁଅନ୍ତି କିମ୍ବା ଅସନ୍ତୁଷ୍ଟ ହୋଇ ଖରାପ କରି କିଛି କୁହନ୍ତି, ତେବେ ସେ ଅପମାନକୁ ତୁ' ସହିଗଲେ କ୍ଷତି କ'ଣ ? ଆବଶ୍ୟକ ବେଳେ ଦରକାର ସମୟରେ ସେମିତି ଅପଦସ୍ତ ହେବାରେ କିଛି ଅସୁବିଧା ନଥାଏ କିମ୍ବା ତାହା ଗୁରୁତର ଅପରାଧ ବୋଧକ କ୍ରିୟା ଭାବରେ ମଧ ଗଣା ହୁଏନା। କାରଣ 'Love and respect are not de- manded but commanded.' ପ୍ରେମ ଓ ସମ୍ମାନ ଦାବି କରାଯାଇ ପାରେନା। ଜୋର କରି କିମ୍ବା ଜବରଦସ୍ତ ଆଦାୟ କରାଯାଇନଥାଏ। ଏହା ସ୍ଵତଃସ୍ଫୁର୍ତ୍ତ ମନକୁ ମନ ଆପଣା ଛାୟଁ ଏଭାବ ଜାଗେ। ସେଥିପାଇଁ ପ୍ରଥମ ପରମାଣୁ ବୋମା 'ଲିଟିଲ୍ ବୟ'ର ଭୟଭହତା ଓ ବିଭିଷିକାକୁ ଦେଖି ମେଜର ସ୍ଵିନୀ ଡରି ଯାଇଥିଲେ ସୁଦ୍ଧା। ଯେପରି ତା'ଠାରୁ ଆହୁରି ଅଧିକ ଶକ୍ତିଶାଳୀ ଓ ବିନାଶକାରୀ ବୋମା 'ଫ୍ୟାଟ୍ ମ୍ୟାନ'କୁ ଜାହାଜରେ ଜାପାନ ଆକାଶକୁ ବୋହି ନେବାକୁ ବାଧ୍ୟ ହୋଇଥିଲେ। ସେମିତି ତୁ' ତାଙ୍କ ଜାମାର ବୋତାମ ମାରିଦେଲେ, ତାଙ୍କଠାରୁ ଖରାପ ବ୍ୟବହାର କିଛି ପାଇବା ଆଶଙ୍କାରେ ଆତଙ୍କିତ ଓ ଭୟଭୀତ ହୋଇଥିଲେ ମଧ ତୋ' ପ୍ରତି ତାଙ୍କର କି ପ୍ରକାର ମନଭାବ ରହିଛି ତାହା ଜାଣିବା ପାଇଁ ତାଙ୍କ ଜାମାର ବୋତାମ ମାରିଦେବାକୁ ତୁ ବାଧ୍ୟ ହେବୁ।

ପୂର୍ବ ଦିନର ରାତି ପାହିବାକୁ ଘଣ୍ଟାଏ ବାକି ଥାଏ । ସାଇରେ ଡକାହକା ପଡ଼ିଗଲା । ବୟସ୍କ ସ୍ତ୍ରୀ ଲୋକମାନେ ଝିଅ, ବୋହୂଙ୍କୁ ଡାକି ଉଠାଉଥାନ୍ତି । "ରାତି ପାହିଯିବ । ଶୀଘ୍ର ଉଠିପଡ଼ । ଚାଲ ଯେପରି ଡଙ୍ଗିଭସା ରାତି ଥାଉରୁ ସରିବ ।" ସାହିର ସ୍ତ୍ରୀ ଲୋକମାନେ ଉଠି ଡଙ୍ଗି ଧରି ଚାଲିଲେ ଧବଳେଶ୍ୱର ପୋଖରୀ ଆଡ଼େ ।

ସେହି ବିଗତ ଦିନର ଗୌରବମୟ ପରମ୍ପରାକୁ ମନେ ପକାଇ ପୁରାତନ ସଂସ୍କୃତିର ସ୍ମାରକୀ ସ୍ୱରୂପ କାର୍ତ୍ତିକ ପୂର୍ଣ୍ଣମୀରେ ଡଙ୍ଗି ଭସାଇ ଆମେ ସେ ସୁ ଦିନକୁ ମନେ ପକାଇଥାନ୍ତି । ଏହାପରେ ମଧ ଆମ ଚଳଣିରେ ଅନେକ ପରିବର୍ତ୍ତନ ଘଟିଲାଣି । ଆମାନଙ୍କ ସେ ମଧ୍ୟଯୁଗୀୟ ଚଳଣି ଆଉ ନାହିଁ । ଆଧୁନିକତାର ଦ୍ୱାହି ଦେଇ ଆମେ ବଦଳିବାରେ ଲାଗିଛୁ । ବଦଳି ଯାଇଛି ଆମ ଚଳଣି ଓ ଚଳଣିର ଆଦବକାଇଦା । ଏଣିକି ସାଧାରଣ ଦିନଗୁଡ଼ିକରେ କାହିଁକି ଓଷାବାର ଓ ପର୍ବପର୍ବାଣି ଦିନଗୁଡ଼ିକରେ ସୁଦ୍ଧା ନଈଘାଟ ଓ ପୋଖରୀ ତୁଠମାନଙ୍କରେ ଗାଁ ଝିଅମାନେ ମେଲି ବାନ୍ଧି ଗାଧୋଇ ଥିବାର ଦୃଶ୍ୟ ଦୃଷ୍ଟି ଗୋଚର ହେଉନାହିଁ । ଗାଁମାନଙ୍କର ପରିବେଶ ଓ ପରିସ୍ଥିତି ଆଉ ପୂର୍ବପରି ନାହିଁ । ଅଗିରା ପୂର୍ଣ୍ଣମା (ଅଗ୍ନି ଉତ୍ସବ ପରଦିନ) ବାସି, ଜାଗର, ରଜ, ଭାଲୁକୁଣୀ ଓଷା, କୁଆଁର ପୂର୍ଣ୍ଣମୀ ଦିନ ଓ ହୋଲିରେ ଗାଁର ସବୁ ଝିଅମାନେ ସାଙ୍ଗ ହୋଇ ନଈଘାଟ କିମ୍ବା ଗାଁ ପୋଖରୀ ତୁଠକୁ ଯାଇଥାନ୍ତି । ସେଠି ଧନୀ, ଗରିବର ପାର୍ଥକ୍ୟ ନଥାଏ । ରହେ ନାହିଁ ଶିକ୍ଷିତା ଓ ଅପାଠୁଆ (ନିରକ୍ଷର)ର ଭେଦଭାବ, ଥିଲା ନଥିଲାର ପ୍ରଭେଦ । ସମସ୍ତେ ସାଙ୍ଗ ହୋଇ ବଟା ହଳଦୀ ଲଗାଇ ଗାଧୋଇଥାନ୍ତି । ଏକା ଘାଟରେ ଗୋଟିଏ ତୁଠରେ ଗାଧୋଇ ସାଙ୍ଗ ହୋଇ ଘରକୁ ଫେରନ୍ତି । ପରେ ସାହି ବୁଲନ୍ତି ଏକା ସାଙ୍ଗରେ ମେଲି ବାନ୍ଧି । ଗରିବର ଝିଅ ଧନୀଘର କନ୍ୟା ସହିତ ତାଙ୍କ ଘରେ ଖିରି, ପୁରି, ପିଠା, ପଲାଉ, ମାଛ ତରକାରୀ ଏକା ଥାଲିରେ ଖାଇଥିଲା ବେଳେ ଧନିକର ଅଳିଅଳ ଝିଅଟି ଗରିବ ଘର ଶାଗ ଖରଡ଼ା, ବଡ଼ି ଚୂରା, ବାଇଗଣ ଭରତା, ଆଳୁ ଛେଚା, କଲରା ଭଜା ଓ ଆମ୍ବ ଆଚାର ଲଗାଇ ପଖାଳ ଦି'ଗୁଣ୍ଠା ଖାଇଥାଏ ଗୋଟିଏ କଂସାରେ ହାତ ବୁଡ଼ାଇ । ସେମାନଙ୍କ ମଧ୍ୟରେ ଭେଦଭାବ ନଥାଏ । ରହେ ନାହିଁ ପର ଆପଣାର ମନୋବୃଦ୍ଧି । ତୋଅର ମୋଅର ପରଛିଦ୍ର ମତଲବ । ଧନର ଅହମିକା କିମ୍ବା ଦାରିଦ୍ର୍ୟର ହୀନମନ୍ୟତା ।

ସେମାନଙ୍କ ମଧ୍ୟରେ ବନ୍ଧୁତା ପାଇଁ ଘରର ମୁରବିମାନେ କେବେ ଆକଟ କରିନଥାନ୍ତି । ଧନୀ ଲୋକଟି ତା' ଝିଅକୁ ଗରିବ ଘରକୁ ଯିବା ଲାଗି ବାରଣ କରେ ନାହିଁ । ଦରିଦ୍ର ବାପା ମା' ବିଉଶାଳୀ ପରିବାରର ଝିଅ ସହିତ ତାଙ୍କ ଝିଅର ମିଳାମିଶାକୁ ବିରୋଧ କରିନଥାନ୍ତି । ମାଲିକର ଅଳିଅଳ କନ୍ୟା ଦିନ ମଜୁରିଆ ଘରେ ଓ ନିତି ମୂଲ ଲାଗୁଥିବା ଖଟିଖିଆର ଝିଅଟି କୋଟିପତି ସମ୍ଭ୍ରାନ୍ତ ଘରେ ଅବାଧରେ ଚଲପ୍ରଚଲ କରିଥାଏ । ଗୋଟିଏ ଗାଁରେ ଏକ ମନ, ଏକ ପ୍ରାଣ ହୋଇ ରହିଥାନ୍ତି ସମସ୍ତେ । ଯେଉଁ ବାଟରେ ଯେଉଁ । ଧନିକ କନ୍ୟାଟି ଓଷାରେ ଦାମୀପାଟ, ସିଲିକ୍ କିମ୍ବା ରେଶମୀ ଶାଢ଼ି ପିନ୍ଧିଥିଲା ବେଳେ ଗରିବ ଘର ଝିଅଟି ପିନ୍ଧିଥାଏ ଶସ୍ତାଲିଆ ସୂତା ଲୁଗା ନତୁବା କନ୍ତା ଶାଢ଼ିଟିଏ । ସେ ସକାଶେ ଧନିକ କନ୍ୟାଟି ମନରେ ଗର୍ବଭାବ, ଅହଙ୍କାର, ବଡ଼ପଣିଆ ମନୋବୃଦ୍ଧି ଅଥବା ଗରିବ ଝିଅ ପ୍ରତି ଘୃଣା ଭାବ କିମ୍ବା ହେୟଜ୍ଞାନ ନଥାଏ । ଆଉ ଦିନମଜୁରିଆର ଅନ୍ତରରେ ଧନୀ ଘର ଝିଅ ପ୍ରତି ଈର୍ଷା ଅବା ଅସହିଷ୍ଣୁତା । ଏକ ମନ, ଏକ ପ୍ରାଣ, ଏକ ଆତ୍ମା ହୋଇ ସାଙ୍ଗରେ ସେମାନେ ମେଲି ବାନ୍ଧି ବୁଲନ୍ତି । ଖେଳନ୍ତି, ଗପସପ, କଥାବାର୍ତ୍ତା, ଠଗା ତାମସା, ହସ ପରିହାସ, ଗେଲ ଭଗଲି ସବୁ ଚାଲେ ଗାଁ ଝିଅଙ୍କ ମେଲରେ । ନିଃସଙ୍କୋଚରେ ଅନାବିଳ ମନୋବୃଦ୍ଧି ନେଇ ।

ଏପରିକି ସେତେବେଳେ ଜମିଦାର ଘର ଝିଅ ବୋହୂମାନଙ୍କୁ ସୁଦ୍ଧା ଗାଁର ଅନ୍ୟ ସ୍ତ୍ରୀଲୋକମାନଙ୍କ ସହିତ ମିଶିବା ଲାଗି ବାରଣ କରାଯାଉ ନଥିଲା । ଗାଁର ସାଧାରଣ ଘର ଝିଅ ବୋହୂମାନେ ଜମିଦାର ଘର ଝିଅ ବୋହୂଙ୍କ ମେଲିରେ ବସି ଆଳାପ ଆଲୋଚନା କରିପାରୁଥିଲେ । ସେମାନଙ୍କ ସହିତ ମିଳାମିଶା, କଥାବାର୍ତ୍ତା କରିବାକୁ ଓ ସେମାନଙ୍କ ସହିତ ଗୋଟିଏ ଜାଗାରେ ବସି ସାଙ୍ଗ ହୋଇ ଗପସପ ହେବା ଲାଗି ସେମାନଙ୍କୁ ତଥା ଗାଁର ଅନ୍ୟମାନଙ୍କୁ ସୁଯୋଗ

ମିଳୁଥିଲା। ସେଥିପାଇଁ କୌଣସି ଆକଟ, ପ୍ରତିରୋଧ, ପ୍ରତିବାଦ, ପ୍ରତିବନ୍ଧକ, ବିରୋଧ, ଆପତ୍ତି କିମ୍ବା ବାରଣ ନଥିଲା। ଏବେ ପରି ଧାନ କୁଟୀର ପୁଅ କିମ୍ବା ଗୋବର ସାଉଁଟାର ସନ୍ତାନମାନଙ୍କ ପରି ଜମିଦାର ଘର(ପରିବାର)ଦାୟଦମାନେ ନଥିଲେ। ଜମିଦାର ଅର୍ଥ ଆଖପାଖ ପଚାଶ ଖଣ୍ଡ ଗାଁର ସବୁଠାରୁ ଧନବାନ୍, ବିଶାଳ ଭୂସମ୍ପତ୍ତିର ମାଲିକ, ଅଗାଧ ଧନର ମାଲିକ, ଅସୀମ ଜ୍ଞାନର ଅଧିକାରୀ, ଉଚ୍ଚ ଶିକ୍ଷିତ, ବିବେକୀ, କର୍ତ୍ତବ୍ୟପରାୟଣ, ସୁସଂସ୍କାର ସଂପନ୍ନ ଓ ମାର୍ଜିତ ସୁରୁଚି ଭୂଷିତ ବ୍ୟକ୍ତିମାନଙ୍କୁ ବୁଝାଏ।

ଏବେ କିନ୍ତୁ ଆଉ ସେ ସମୟ ନାହିଁ। ନଈଘାଟ କିମ୍ବା ପୋଖରୀ ତୁଠରେ ଗାଁ ଝିଅମାନଙ୍କ ମେଲି ଦେଖିବାକୁ ମିଳୁନି। ଗାଁ ଗହଲିରେ ପୁରପଲ୍ଲୀରେ ଆଗପରି ରଜ ମଉଜ ଆଉ ନାହିଁ। ଗାଁ ମୁଣ୍ଡ ତୋଟାରେ ଦୋଲି। ଦୋଲି ଉପରେ କୁଆଁରୀ ଝିଅ। ସେମାନଙ୍କ କଣ୍ଠରେ ରଜ ଦୋଲି ଗୀତ, ସାହି-ସାହି ଝିଅମାନଙ୍କ ମଧ୍ୟରେ ସଙ୍ଗୀତ ପ୍ରତିଯୋଗିତା। ଆମ ସଂସ୍କୃତି, ପରମ୍ପରା ଓ ଜୀବନଧାରାର ସମନ୍ୱିତ ରୂପଟିଏ ରଜପର୍ବ। ମାଟି ମା' ମାଟିର ମଣିଷ ଓ ପ୍ରକୃତି ମା' ଏକାତ୍ମ ହୋଇ ରହିଛନ୍ତି ଏ ପର୍ବରେ। ଧୂସରିତ ଜୀବନରେ ସବୁଜିମାର ଆହ୍ଲାଦପଣ ରଜପର୍ବ। ସୃଜନର ପ୍ରୟାସର ପ୍ରତୀକ ରଜ ପର୍ବ। କର୍ମ ମୁଖର ଜୀବନରେ ଅବସର ବିନୋଦ ଆଣି ଦେବାର ପର୍ବ– ରଜପର୍ବ। ପ୍ରକୃତି ସହ ଜୀବନକୁ ଉପଭୋଗ କରିବାର ପର୍ବ ହି ରଜପର୍ବ। ମାତୃରୂପୀ ବସୁଧାର ପୂଜା ଆରାଧନାର ପର୍ବ ହେଉଛି ରଜପର୍ବ। ଏହା ମାଟି ଓ ମଣିଷର ନିବିଡ଼ ସମ୍ପର୍କର ପର୍ବ। ଆମ ଧାର୍ମିକ ପରମ୍ପରା ଓ ସାଂସ୍କୃତିକ ଏକତାର ପ୍ରତୀକ ଭାବେ ପାଳନ କରାଯାଉଥିବା ବିଭିନ୍ନ ପର୍ବପର୍ବାଣିଗୁଡ଼ିକ ମଧ୍ୟରୁ ଓଡ଼ିଶାବାସୀଙ୍କର ଏକ ମହାନ କୃଷିଭିଭିକ ପର୍ବ ହେଉଛି ରଜ। ମାଆ ଆଉ ମାଟିକୁ ସମ୍ମାନ, ମର୍ଯ୍ୟାଦା ଦେଉଥିବା ଏହି ମଣିଷ ପାଇଁ ମାଟିମାଆକୁ ପୂଜା କରିବାର ଅବସର ସୃଷ୍ଟି କରିଥାଏ ଏହି ରଜପର୍ବ।

ରଜପର୍ବ ବସୁମତୀ ମାତାର ପୂଜାର ପର୍ବ। ଏଠି ମାଟିମା'ର ପୂଜା କରାଯାଏ। ରଜପର୍ବର ତାତ୍ପର୍ଯ୍ୟ ଓ ତାତ୍ତ୍ୱିକ ଦୃଷ୍ଟି ସାଂସ୍କୃତିକ ମାଧୁର୍ଯ୍ୟରେ ପରିପୂର୍ଣ୍ଣ। ଏହାର ପରିପୂର୍ଣ୍ଣ ବିଷୟରେ ଯଥାର୍ଥରେ ପଣ୍ଡିତମାନେ କହନ୍ତି, "ବର୍ଷାନ୍ତେ ମିଥୁନ ସ୍ୟାଦୌ ଦିନଥେପି ତ୍ରୟମ ରଜସ୍ୱଲାଜ, ପୃଥିବୀ କୃଷିକର୍ମ ବରହିତଃ, ହଳନା ଦାହନଂ ଚୈବ।" ଓଡ଼ିଶାରେ ବୃଷ ମାସର ଶେଷ ଦିନ ଆଷାଢ଼ ବା ମିଥୁନ ମାସର ସଂକ୍ରାନ୍ତି ଓ ଦ୍ୱିତୀୟ ଦିନକୁ ରଜ କୁହାଯାଏ। ରଜ ପର୍ବର ପ୍ରଥମ ଦିନକୁ ପହିଲି ରଜ, ମଝି ରଜକୁ ରଜ ସଂକ୍ରାନ୍ତି ଓ ଶେଷ ଦିନକୁ ଭୂଦାହ ବା ଶେଷ ରଜ ଏବଂ ତା' ପରଦିନକୁ ବସୁମତୀ ସ୍ନାନ କୁହାଯାଏ। ଆଷାଢ଼ର ଆରମ୍ଭରେ ପ୍ରାକ୍ ବର୍ଷାର ଆଗମନରେ ରୌଦ୍ରତପ୍ତୀ ଧରିତ୍ରୀ ପ୍ରାଣରେ ଆସେ ନୂଆ ଆଶା ଓ ପୁଲକର ସଞ୍ଚାର। ମ୍ରିୟମାଣ ଧରିତ୍ରୀ ପୁଣିଥରେ ଜାଗିଉଠେ ସ୍ୱପ୍ନର ଉନ୍ମାଦନାରେ ଉନ୍ମାଦା ହୋଇ। ସେ ହୁଏ ରଜବତୀ, ରଜସ୍ୱଲା। ଧରିତ୍ରୀ ତା'ର କୋଟି କୋଟି ସନ୍ତାନ ମୁଖରେ ଆହାର ଦେବା ପାଇଁ ବର୍ଷରେ ଥରେ ତା'ର ପୂର୍ଣ୍ଣ ଯୌବନ ପ୍ରାପ୍ତିଲାଭ କରେ। ସେ ହୁଏ ସୃଜନଶୀଲା। ପୁଣିଥରେ ଧରିତ୍ରୀ ପୃଷ୍ଠକୁ ସରସ ସୁନ୍ଦର କରିବା ପାଇଁ ସେ ମା' ରୂପେ ଆବିର୍ଭୂତ ହୁଏ।

ଭାରତୀୟ ସଂସ୍କୃତି ଏକ ପ୍ରକୃତି ଭିତ୍ତିକ ସଂସ୍କୃତି। ଯାହାର ସଂସ୍କୃତିର ବୈଶିଷ୍ଟ୍ୟ ହେଉଛି ଆଧ୍ୟାତ୍ମିକତା। କେବଳ ଆଧ୍ୟାତ୍ମିକ ନୁହେଁ ସାମାଜିକ ମୂଲ୍ୟବୋଧ ଏବଂ ଆମୋଦ ପ୍ରମୋଦର ବ୍ୟବସ୍ଥା କରି ଗତାନୁଗତିକତାର ନୂତନ ଉତ୍ସାହ ଉଦ୍ଦୀପନା ଦିଗକୁ ନେଇଯିବାକୁ ପର୍ବପର୍ବାଣି ବ୍ୟବସ୍ଥା କରାଯାଇଥାଏ। ଓଡ଼ିଆ ଜାତିର ନିଜସ୍ୱ ପର୍ବପର୍ବାଣି ଯଥା– ରଜ, ଦୃତିବାହାନ, ଖୁଦୁରୁକୁଣୀ, ଦୁର୍ଗା ପୂଜା, ପ୍ରଥମାଷ୍ଟମୀ, ଶ୍ୟାମ ଦଶମୀ, ଜାଗର ଓ ହୋଲି।

ମାଟି ଓ ମୌସୁମିର ଆରାଧନା ସଙ୍ଗେ ସଙ୍ଗେ ତା'ର ମହତ୍ତ୍ୱକୁ ଉପଲବ୍ଧ କରିବା ଓଡ଼ିଶାର ଗଣପର୍ବ। ରଜପର୍ବର ତାତ୍ପର୍ଯ୍ୟ। ରଜସ୍ୱ ଶବ୍ଦରୁ ରଜର ସୃଷ୍ଟି। ଏହାର ଅର୍ଥ ରତୁମତୀ। ପାରମ୍ପରିକ ପ୍ରଥାନୁସାରେ, ପୃଥିବୀ ମାତା ଏହି ତିନିଦିନ ରଜୋବତୀ ହୋଇଥିବାରୁ ଏହି ତିନିଦିନ ପୃଥିବୀ ମାତାକୁ ବିଶ୍ରାମ ଦିଆଯାଏ ଓ କୃଷି କାର୍ଯ୍ୟକୁ ବନ୍ଦ ରଖାଯାଏ। ଆଷାଢ଼ର

ପ୍ରଥମ ବର୍ଷାଜଳ ଗ୍ରୀଷ୍ମ ପ୍ରଚଣ୍ଡ ଉତ୍ତପ୍ତ ପୃଥିବୀ ଉପରେ ପଡ଼ି ଏକ ବାଷ୍ପ ନିର୍ଗତ ହୁଏ। ଏହି ସମୟରେ ବାଷ୍ପ ସହିତ ଏକ ସ୍ୱତନ୍ତ୍ରଧର୍ମୀ ତରଳ ପଦାର୍ଥ ନିର୍ଗତ ହୁଏ। ଯାହାକୁ ରଜ ବୋଲି କୁହାଯାଏ। ପୃଥିବୀ ମାତାଠାରୁ କ୍ଷରିତ ରଜ ପୃଥିବୀ ପୃଷ୍ଠକୁ ଶସ୍ୟଶ୍ୟାମଳା କରାଉଥିବାରୁ ଓଡ଼ିଶାରେ କାହିଁ କେଉଁ ଅନାଦି କାଳରୁ ଏହାକୁ ରଜପର୍ବ ରୂପେ ପାଳନ କରାଯାଉଛି। ଭାରତରେ ସବୁ ପର୍ବ ଦିନେ ଅଧେ ପାଳନ କରାଯାଇଥିଲେ ହେଁ ଉତ୍କଳରେ ଏହା ତିନିଦିନ ଧରି ଗୌରବରେ ପାଳନ କରାଯାଇଥାଏ। ଆଷାଢ଼ ମାସ ସଙ୍ଗମର ରତୁ ହୋଇଥିବାରୁ ମାତା ଧରିତ୍ରୀ ଓ ପିତା ଆକାଶର ମିଳନ ଘଟିଥାଏ। ଫଳରେ ବସୁମତୀ ରଜସ୍ୱଳା ହୁଏ ଓ କ୍ରମଶଃ ପ୍ରକୃତି ଶସ୍ୟଶ୍ୟାମଳାରେ ପରିପୂର୍ଣ୍ଣତା ଲାଭ କରେ।

ରଜସ୍ୱଳା ବସୁମତୀର ବିଶ୍ରାମ ଓ ପ୍ରଶାନ୍ତିର ଆବଶ୍ୟକତା ଦୃଷ୍ଟିରୁ ଆମୋଦ ପ୍ରମୋଦ, ମଉଜ-ମଜଲିସରେ ଏହି ପର୍ବ ପାଳନ କରାଯାଇଥାଏ। ସଭ୍ୟତାର ପ୍ରଥମ ଉନ୍ମେଷ ଘଟିଥିଲା ଏହି ମୃତ୍ତିକା ବକ୍ଷରେ। ଏଇ ମୃତ୍ତିକା ହିଁ ମହାନ୍ ମାନବ ସଭ୍ୟତା ଓ ସାମାଜିକ ଜୀବନର କରିଛି ପ୍ରାଣ ପ୍ରତିଷ୍ଠା। ମନୁଷ୍ୟର ଜୀବନଧାରଣ ନିମନ୍ତେ ବହୁ ପ୍ରକାର ବୈଜ୍ଞାନିକ ସାଧନ ଆବିଷ୍କୃତ ହୋଇଥିଲେ ମଧ୍ୟ ଅନ୍ନମୁଠିକ ନିମନ୍ତେ ଯୁଗଯୁଗ ଧରି ମଣିଷ ମୃତ୍ତିକା ଓ ମୌସୁମି ଉପରେ ହିଁ ସଦାସର୍ବଦା ନିର୍ଭର କରିଆସିଛି। ତେଣୁ ଏହାକୁ ଲକ୍ଷ୍ୟ କରି ଶ୍ରୀମଦ୍ ଭାଗବତ ଗୀତାରେ ବର୍ଣ୍ଣନା କରାଯାଇଛି- "ଅନ୍ନାଭବନ୍ତି ଭୂତାନି ପର୍ଜନ୍ୟାଦନ୍ନ ସମ୍ଭବଃ/ ଯଜ୍ଞଭବତି ପର୍ଜନ୍ୟାଂ ଯଜ୍ଞଃ କର୍ମସମୁଦ୍ଭବଃ।" ଅର୍ଥାତ୍ ଅନ୍ନ ହେଉଛି ଜୀବନଧାରଣର ଅବଲମ୍ବନ ବା ଉପାଦାନ। ଏହାର ସୃଷ୍ଟି ପର୍ଜନ୍ୟ ବା ମେଘରୁ, ପୁଣି ମେଘର ସୃଷ୍ଟି ଯଜ୍ଞରୁ ଓ ଯଜ୍ଞର ସୃଷ୍ଟି କର୍ମରୁ। ତେଣୁ ଆମ କୃଷି କୈନ୍ଦ୍ରିକ ସାମାଜିକ ଜୀବନରେ ରତୁଚକ୍ର ସାମ୍ୟସରିକ ପରିକ୍ରମଣ ଅନୁସାରେ ଏହିଭଳି ନାନା ପର୍ବପର୍ବାଣି ସୃଷ୍ଟି କରାଯାଇଛି। ମିଥୁନ ସଂକ୍ରାନ୍ତି ଦିନ ମୌସୁମି ଏବଂ ମୃତ୍ତିକାର ହୁଏ ମହାମିଳନ। ଘନ ମେଘମାଳା ଆକାଶ ପଥରେ ଭାସିଭାସି ଆସି ଧରିତ୍ରୀ ବକ୍ଷରେ ଢାଳି ଦିଅନ୍ତି ଅଜସ୍ର ବାରିରାଶି। ନାରୀ ସଦୃଶା ଏଇ ମାତା ବସୁନ୍ଧରା ରଜସ୍ୱଳା ହୋଇ ପୁଣି ଉତ୍ପାଦିକା ଶକ୍ତି ଲାଭ କରେ। ଉତ୍କଳୀୟ ସଂସ୍କୃତିର ପ୍ରତୀକ ଏହି ରଜ ପର୍ବର ପାଶ୍ଚାତରେ କୌଣସି ଦେବଦେବୀଙ୍କର ପରିକଳ୍ପନା ନାହିଁ।

ଆମ ସମାଜରେ ପାଳିତ ହେଉଥିବା ପ୍ରତ୍ୟେକ ପର୍ବପର୍ବାଣି ପଛରେ ଆମ ପୂର୍ବ ପୁରୁଷଙ୍କ ମହାନ୍ ଚିନ୍ତାଧାରା ଲୁକ୍କାୟିତ ହୋଇରହିଛି। ତା'ର ଏକ ସୁନ୍ଦର ଉଦାହରଣ ହେଉଛି, ଓଡ଼ିଆମାନଙ୍କର ମହାନ୍ ପର୍ବରଜ। ଜୀବନର ସରା ଥିବା ପୃଥିବୀ ନାମକ ଯେଉଁ ଏକମାତ୍ର ଗ୍ରହରେ ଆମେ ବାସ କରୁଛେ ତାରି ମାଟି, ପାଣି ଓ ପବନରେ ଗଢ଼ା ଆମ ଶରୀର। ସେ ଆମ ମା' ଧରିତ୍ରୀ ନାମରେ ଆମେ ତାକୁ ପୂଜା କରୁ। ତା'ଠାରେ ନାରୀର କଳ୍ପନା କରାଯାଇଛି। ଝିଅଟିଏ ରଜୋବତୀ ହେବା ପରେ ଯେପରି ନାରୀରେ ପରିଣତ ହୁଏ, ସନ୍ତାନ ଉତ୍ପାଦିକା ଶକ୍ତି ହାସଲ କରି ମା'ରେ ରୂପାନ୍ତରିତ ହେବାର ସମ୍ଭାବନା ହାସଲ କରେ। ଠିକ୍ ସେହି ଭଳି ଉତ୍ତପ୍ତ, ନିଃଶ୍ୱାଣ ମାଟି ମୌସୁମୀ ବର୍ଷାରେ ଭିଜି, ବାୟୁ ଓ ସୂର୍ଯ୍ୟ କିରଣ ସ୍ପର୍ଶରେ ପ୍ରସ୍ତୁତ ହୋଇଯାଏ ବୀଜରୁ ଅଙ୍କୁର ସୃଷ୍ଟି କରିବା ପାଇଁ। ମଣିଷ ଓ ପୃଥିବୀ, ନାରୀ ଓ ପ୍ରକୃତି ଭିତରେ ଏହା ଏକ ଚମତ୍କାର ସମାନ୍ତରାଳ। ପୂର୍ବ ପୁରୁଷଙ୍କ ଏଭଳି ପରିକଳ୍ପନାରେ ନାରୀ ଓ ଧରିତ୍ରୀ ଏକାକାର ହୋଇଯାନ୍ତି। ରଜ ଏକ କୃଷି ଭିତ୍ତିକ ପର୍ବ। ଇଂରାଜୀ ମାସରେ ରଜ ସଂକ୍ରାନ୍ତି ପ୍ରାୟ ଜୁନ୍ ୧୩ରୁ ୧୫ ତାରିଖ ଭିତରେ ହିଁ ପଡ଼ିଥାଏ। ଏହି ଦିନ ଝିଅ ଓ ସ୍ତ୍ରୀଲୋକମାନଙ୍କୁ ସମ୍ପୂର୍ଣ୍ଣ କର୍ମମୁକ୍ତ କରାଯାଇଥାଏ। ତେଣୁ ଏହି ତିନିଦିନ ପରିବା କଟା, ବେସର ବଟା, ଛେଚା କୁଟା ଭଳି ସମସ୍ତ କାର୍ଯ୍ୟ ବନ୍ଦ ରହେ। ନୂଆ ଲୁଗା ପିନ୍ଧି, ପାଦରେ ଅଲତା ଲଗାଇ ସୁସ୍ୱାଦୁ ପିଠା, ପଣା ସାଙ୍ଗକୁ ପାଟିରେ ପାନ ଖିଲେ ପୁରାଇ ସେମାନେ ବାହାରି ଯାଆନ୍ତି ସାହି ବୁଲି। ମା' ଧରିତ୍ରୀଙ୍କୁ ମଧ୍ୟ ଏହି ତିନିଦିନ ବିଶ୍ରାମ ମିଳେ। ସେଥିପାଇଁ ହଳ କରିବା, ମାଟି ହାଣିବା, ଘାସ ବାଛିବା, ଘଷି ପାରିବା ଇତ୍ୟାଦି କାର୍ଯ୍ୟ ସମ୍ପୂର୍ଣ୍ଣ ବନ୍ଦ ରହେ। ଏପରିକି ମାଟି ମା'କୁ ଆଘାତ ନଦେବା ପାଇଁ ଝିଅମାନେ କଦଳୀ ପତୁଆରେ ଜୋତା କରି ପିନ୍ଧନ୍ତି। ରଜରେ ପୋଡ଼ ପିଠାର ଆଦର

ସବୁଠୁ ବେଶୀ । ଏହି ପର୍ବର ଅନ୍ୟ ଏକ ଆକର୍ଷଣ ହେଲା ଦୋଳିଖେଳ, ମନ ମତାଣିଆ ରଜଦୋଳି ଗୀତଗାଇ ଝିଅମାନେ ଦୋଳି ଖେଳନ୍ତି । ଝିଅଙ୍କ ଦୋଳି ଖେଳ ଓ ପୁଟି ସାଙ୍ଗକୁ ପୁଅଙ୍କ ବାଗୁଡ଼ି ଖେଳରେ ଗାଁ ଦାଣ୍ଡ ଦୁଲୁକି ଉଠେ । ଠିକ୍ ରଜ ସମୟରେ ହିଁ ଓଡ଼ିଶାକୁ ମୌସୁମିର ଆଗମନ ହୁଏ । ଆକାଶରେ ଖଣ୍ଡ ଖଣ୍ଡ କଳା ମେଘ ଭାସି ବୁଲେ । ପହିଲି ବର୍ଷା ଭିଜା ମାଟିର ବାସ୍ନା ମନକୁ ଆହ୍ଲାଦିତ କରେ । ପ୍ରଚଣ୍ଡ ରୌଦ୍ରରେ ଜଳିପୋଡ଼ି ଯାଇଥିବା ପୃଥିବୀ ଓ ଜୀବନ ପୁଣି ପଲ୍ଲବିତ ହୋଇ ଉଠିବାର ଅବକାଶ ସୃଷ୍ଟି ହୁଏ । ରଜ ପରେ ପରେ ଧରିତ୍ରୀ ମା' ପୁଣି ସବୁଜିମା ଆଚ୍ଛାଦିତ ହୋଇ ହସିଉଠେ ।

ରଜପର୍ବକୁ ସର୍ବାଧିକ ଆନନ୍ଦଉଲ୍ଲାସ ମଧ୍ୟରେ ପାଳନ କରିବା ନିମନ୍ତେ ପ୍ରତ୍ୟେକ ପରିବାରରେ ପ୍ରାୟ ମାସକ ପୂର୍ବରୁ ପ୍ରସ୍ତୁତି ଆରମ୍ଭ ହୋଇଥାଏ । ସେଥିପାଇଁ ପହିଲି ରଜର ପୂର୍ବ ଦିନଟି ସଜବାଜ ନାମରେ କଥିତ । ନିଜ ନିଜର କର୍ମ ଜଞ୍ଜାଳରୁ ଅବସର ନେଇ ଲୋକମାନେ କ୍ରୀଡ଼ା କୈତୁକ, ଆମୋଦ, ପ୍ରମୋଦ ଓ ଆଳାପ ଆଲୋଚନା ମଧ୍ୟରେ ଦିନ ତିନୋଟିକୁ ଅତିବାହିତ କରନ୍ତି । ନାଚ, ଗୀତ, ତାଆସ, ପଶା ଓ ବାଗୁଡ଼ି ଖେଳ ଇତ୍ୟାଦି ହେଉଛି ଏହି ପର୍ବର ବିଶେଷ ଆକର୍ଷଣ । ପହିଲି ରଜର ପୋଡ଼ପିଠା ଉକ୍ତ ପର୍ବର ଏକ ପାରମ୍ପରିକ ବିଧ୍ୟ । ପହିଲି ରଜର ପ୍ରତ୍ୟୁଷରୁ ଏହି ପିଠାକୁ କାଟି ଖିଆ ଯାଏ ଏବଂ ପ୍ରିୟପରିଜନ ଓ ପ୍ରତିବେଶୀଙ୍କ ମଧ୍ୟରେ ବଣ୍ଟାଯାଏ । କୁମାରୀମାନଙ୍କ ନିମନ୍ତେ ଉକ୍ତ ପର୍ବର ଏକ ବିଶେଷ ଆକର୍ଷଣ ହେଉଛି ଦୋଳି । ଗ୍ରାମ ଉପାନ୍ତରେ ଆମ୍ବ ତୋଟାରେ, ମନ୍ଦିର ପ୍ରାଙ୍ଗଣରେ ଅଥବା ନିଜ ଗୃହର ପଛ୍ୱାତ ଭାଗ ବାଡ଼ିପଟରେ ବୃକ୍ଷ ଡାଲରେ ଦୋଳିମାନ ଝୁଲାଇ ଦିଆଯାଏ । ଦୋଳି ସହିତ ସେମାନଙ୍କ ସ୍ୱଲଳିତ ସଙ୍ଗୀତର ମୂର୍ଚ୍ଛନା ଗ୍ରାମ୍ୟ ପରିବେଶକୁ ମଧୁମୟ କରେ । କିଛିକିଛି ସ୍ଥାନରେ ଦୋଳି ଖେଳର ପ୍ରତିଯୋଗୀତାମାନ ମଧ୍ୟ ଅନୁଷ୍ଠିତ ହୁଏ । ପହିଲି ରଜ ପ୍ରତ୍ୟୁଷରୁ ସ୍ତ୍ରୀ ଓ ବାଳିକା (ଯୁବତୀ)ମାନେ ସେମାନଙ୍କର ସ୍ନାନାଦି ନିତ୍ୟକର୍ମ ଶେଷ କରି ବିଭିନ୍ନ ରଙ୍ଗର ବେଶଭୂଷାରେ ସଜ୍ଜିତ ହୁଅନ୍ତି । କୁମାରୀମାନେ ନବବସ୍ତ୍ର ପରିଧାନ କରି ମୁଣ୍ଡରେ ତିଲକ ଲଗାଇ ପୋଡ଼ପିଠା ଖାଇବାର ଆନନ୍ଦ ମଧ୍ୟରେ ରଜପର୍ବର ଆବାହନ କରନ୍ତି ।

ବିଶେଷତଃ ଉପକୂଳ ଓଡ଼ିଶାରେ ଏହା ଧୁମ୍ଧାମରେ ପାଳନ କରାଯାଏ । ସାଧାରଣତ କୃଷକଟିଏ ଏହି ସମୟରେ ଚାଷ କାର୍ଯ୍ୟରୁ ବିରତ ରହିଥାଏ । ଏହି ସମୟରେ ମା' ବସୁଧା ରଜସ୍ୱଳା ହେଉଥିବାରୁ ଭୂମିକର୍ଷଣ ନିଷେଧ ଥାଏ । ଆଷାଢ଼ର ପ୍ରଥମ ବାରିପାତ ଯୋଗୁଁ ଧରିତ୍ରୀମାତା ପ୍ରଜନନକ୍ଷମ ହୋଇଥାଏ । ଉକ୍ତ ସମୟରେ ଧରିତ୍ରୀମାତାକୁ ରଜସ୍ୱଳା ନାରୀ ସହିତ ତୁଳନା କରି ପୂର୍ଣ୍ଣ ବିଶ୍ରାମ ଦିଆଯାଏ । ରଜ ତିନିଦିନ କେହି କାର୍ଯ୍ୟ କରନ୍ତି ନାହିଁ । ମିଥୁନ ସଂକ୍ରାନ୍ତିର ପୂର୍ବ ଓ ପରଦିନ ସହିତ ବସୁମତୀ ସ୍ନାନ ଓ ରଜ ଆଗ ଦିନକୁ ମିଶାଇ ପାଞ୍ଚଦିନ ଧରି ଏହି ପର୍ବ ପାଳନ କରାଯାଏ । ପ୍ରଥମ ରଜ, ରଜ ସଂକ୍ରାନ୍ତି, ଭୂମିଦାହ (ଭୂଦାହ) ଓ ବସୁମତୀ ସ୍ନାନ ଭାବେ ଏହା ପାଳିତ । କିନ୍ତୁ ପାଳନର ପ୍ରସ୍ତୁତି ଆରମ୍ଭ ହୋଇଥାଏ, ପ୍ରଥମ ରଜ ପୂର୍ବଦିନ ସଜବାଜର ଦିନରୁ ।

ବସ୍ତୁତଃ ରଜ ପାଇଁ ପୂର୍ବରୁ ସମସ୍ତ ବଦୋବସ୍ତ କରାଯାଏ । ଉତ୍ତର ଓଡ଼ିଶାର ବାଥୁଡ଼ି ଜନଜାତିର କୁମାରୀମାନେ ଯେଉଁ ଗୀତ ବୋଲନ୍ତି ତହିଁରେ ପୂର୍ବ ପ୍ରସ୍ତୁତିର ସୂଚନା ପ୍ରକାଶ ପାଇଥାଏ । "କରିବା ରଜ ମଉଜ, ଆଜି ପାଣି ବୁହା କାଲିକି ରଜ ହୁଅ ବେଗେ ସଜବାଜ ।"

ଉକ୍ଳର ଉକ୍ର୍ଷ କଳା, ସଂସ୍କୃତି ଓ ପରମ୍ପରାର ଏକ ସ୍ୱତନ୍ତ୍ର ପରିଚୟ ରହିଛି । ଉକ୍ଳର ପର୍ବପର୍ବାଣୀଗୁଡ଼ିକ ମୁଖ୍ୟତଃ ସାମାଜିକ, ଆଧ୍ୟାତ୍ମିକତାବାଦ, ରୀତିନୀତି, କୃଷିଭିତ୍ତିକ, ଭାଇଚାରା, ଚିଉବିନୋଦ ଉପରେ ପର୍ଯ୍ୟବସିତ । ଉକ୍ଳର ପ୍ରମୁଖ ଗଣପର୍ବ ରଜ ଯାହା ଚିଉବିନୋଦ, ଆମୋଦପ୍ରମୋଦ ତଥା କୃଷିଭିତ୍ତିକ । ଏହା ଆମ ସଭ୍ୟତା, ସମାଜ ଓ ସଂସ୍କୃତିର ଏକ ମହାନ ପର୍ବ । ଯାହାକୁ କେହି ଅସ୍ୱୀକାର କରିପାରିବେ ନାହିଁ । ଏହି ରଜପର୍ବର ଏକ ନିଜସ୍ୱ ମୌଳିକତା ତଥା ପ୍ରାସଙ୍ଗିକତା ରହିଛି । ରହିଛି ଏକ ନିଆରା ବାସ୍ନା ଓ ମହକ, ଯାହା ପ୍ରତି ଓଡ଼ିଆ ମନକୁ ଛୁଇଁଥାଏ ।

ରଜପର୍ବ କେବଳ ଓଡ଼ିଶାରେ ପାଳିତ ହେଉଥିବାରୁ ଏହା ଓଡ଼ିଶାର ଏକାନ୍ତ ନିଜସ୍ୱ ପର୍ବ ।

ରଜ ବିଶେଷ ଭାବେ କୁଆଁରୀଙ୍କ ପର୍ବ ହେଲେ ହେଁ ଆବାଳ ବୃଦ୍ଧବନିତା ସଭିଙ୍କ ମନରେ ପୁଲକ ଆଣିଦିଏ । ପର୍ବ କହିଲେ ବିଷ୍ଣୁପୁରାଣ ଅନୁସାରେ, "ଚତୁର୍ଦ୍ଧ୍ୟାଷ୍ଟମୀ ଚୈବ ଅମାବାସ୍ୟାଥ ପୂର୍ଣ୍ଣିମା ପର୍ବଣ୍ୟେ ତାନି ରାଜେନ୍ଦ୍ର! ରବିସଂକ୍ରାନ୍ତି ରେବଚ"– ଚତୁର୍ଦ୍ଧ୍ୟୀ, ଅଷ୍ଟମୀ ଅମାବାସ୍ୟା, ପୂର୍ଣ୍ଣିମା ଓ ରବି ସଂକ୍ରମଣ ବା ସଂକ୍ରାନ୍ତି ଏହି ପାଞ୍ଚ ପାଞ୍ଚଗୋଟି ହିଁ ପଞ୍ଚପର୍ବ ନାମରେ ପ୍ରସିଦ୍ଧ । 'ରଜ' ଉତ୍ସବ ମିଥୁନ ସଂକ୍ରାନ୍ତିକୁ ନେଇ ଅନୁଷ୍ଠିତ ହେଉଥିବାରୁ– ଏହାକୁ ପର୍ବ ବୋଲି କହିବାରେ ଶାସ୍ତ୍ରୀୟ ସମର୍ଥନ ରହିଛି । "ଯସ୍ୟାଂ ସମୁଦ୍ର ଉତ ସିନ୍ଧୁର । ପୋ, ଯସ୍ୟା ମନ୍ନଂ କୃଷ୍ୟୟଃ ସଂବଭୂବୁଃ ଯସ୍ୟାମିଦଂ ଜିନ୍ତି ପ୍ରାଣ ଦେଜତ, ସା ନୋ ଭୂମିଃ ପୂର୍ବପେୟେ ଦଧାତୁ ।" ଯେଉଁ ପୃଥିବୀ ଉପରେ ସମୁଦ୍ର, ନଦୀ ଓ ଜଳ ରହିଛି । ଯେଉଁଠିରେ ଅନ୍ନ ଓ ମାନବ ସୃଷ୍ଟିର ସଭା ରହିଛି । ଯେଉଁଠାରେ ସମସ୍ତେ ଆନନ୍ଦିତ ହୁଅନ୍ତି, ଶ୍ୱାସପ୍ରଶ୍ୱାସ ନିଅନ୍ତି, ବିଚରଣ କରନ୍ତି । ସେହି ଭୂମିକୁ ଆମେ ପ୍ରଥମେ ସମ୍ମାନ ଦେବା । ପୃଥିବୀ ପ୍ରତି ଏହି ସମ୍ମାନବୋଧ, କୃତଜ୍ଞତା ଓ ଚେତନତ୍ୱର ଆରୋପ ହିଁ ରଜ ଉତ୍ସବର ମୂଳ ତତ୍ତ୍ୱ । ଆମର ବାସଭୂମି ପୃଥିବୀ ଏକ ନିଷ୍ପ୍ରାଣ ମୃତ୍ତିକା ପିଣ୍ଡ ନୁହେଁ । ଏହାର ପ୍ରାଣ ଅଛି । ଏହା ଆମକୁ ଧରା ହୋଇ ଧରି ରଖିଛି ଏବଂ କ୍ଷମା ଭାବରେ ସବୁ ସହି ଭୂତଧାତ୍ରୀ ପରି ପାଳନ କରୁଛି । ପୃଥିବୀଠାରେ ଏହି ମାତୃ ଚେତନା ବା ମାଟିପ୍ରତି ମମତା ହିଁ କୃତଜ୍ଞ ମନୁଷ୍ୟକୁ ରଜପର୍ବରେ ତିନିଦିନ ପାଇଁ କର୍ଷଣ କରିବାରୁ ନିବୃତ୍ତ କରିଛି ।

ସମାଲୋଚକଙ୍କ ମତରେ, ଓଡ଼ିଶାର ଜାତୀୟ ପର୍ବ ରଜ କେବଳ ଏକ ସର୍ବଜନ ଆନନ୍ଦଦାୟକ ପର୍ବ ନୁହେଁ । ଝିଅମାନଙ୍କର ଦୋଳି ଖେଳର ଅବସର ନୁହେଁ; ମାଗ ମାଗୁଣିଆଙ୍କର ପିଠା ସଂଗ୍ରହ ବେଳ ନୁହେଁ ବରଂ ସମସ୍ତଙ୍କର ମନ, ପ୍ରାଣ ଏବଂ ଶରୀର ଆମୋଦକାରୀ ଅବସର । ଏହା ଯେତିକି ପରିମାଣରେ ଆଚାର ସିଦ୍ଧ, ତା'ଠାରୁ ଅଧିକ ପରିମାଣରେ ବିଜ୍ଞାନ ସମ୍ମତ । ଏହା ବିଶେଷ ଭାବେ କୃଷି ଭିତ୍ତିକ ପର୍ବ । ପୃଥିବୀକୁ ମାଟି ମା'କୁ ମର୍ଯ୍ୟାଦା ଦେବାର ପର୍ବ । ଆମ ସଂସ୍କୃତିରେ ପୃଥିବୀକୁ ଗୋଟିଏ ନାରୀ ସହିତ ତୁଳନା କରାଯାଇଛି । ସେ ଚିର ଯୁବତୀ । ସେ ନାରୀ, ରଜରେ ରଜୋବତୀ ହୋଇଥାଏ । ତେଣୁ ପୃଥିବୀ ରଜରେ ସମ୍ପୂର୍ଣ୍ଣ ବିଶ୍ରାମ କରେ । ଭୂମି କର୍ଷଣ କାର୍ଯ୍ୟ ସମ୍ପୂର୍ଣ୍ଣ ନିଷିଦ୍ଧ । ତା'ପରେ ଚିର ତରୁଣ ମେଘ ସହିତ ତା'ର ମିଳନ ଘଟି ଶସ୍ୟ, ପୁଷ୍ପ, ଫଳ ଉପୁଜେ । ମା' ବସୁମତୀ ଆଷାଢ଼ର ପହିଲି ବର୍ଷାରେ ସ୍ନାନ କରନ୍ତି । ଏହି ମାହେନ୍ଦ୍ର ବେଳାରେ ରୂପ ନିଏ ରଜପର୍ବ । ବର୍ଷା ରତୁକୁ ସ୍ୱାଗତ କରେ ଏହି ଆହ୍ଲାଦଦାୟିନୀ ପର୍ବ । ଆଷାଢ଼ ମାସର ସଂକ୍ରାନ୍ତିକୁ ରଜ ସଂକ୍ରାନ୍ତି କୁହାଯାଏ । ଏହା ମଙ୍ଗ ରଜ, ନିଦାଘ ସହିଥିବା ମାଟି ମା'କୁ ଉଲ୍ଲସିତ କରିବାର ଶୁଭ ମୁହୂର୍ତ୍ତଟିଏ ।

ଜ୍ୟୋତିଷ ଶାସ୍ତ୍ର ଅନୁସାରେ ସୂର୍ଯ୍ୟ ବାର ଭାଗରେ ବିଭକ୍ତ ରାଶିଚକ୍ରରେ ୬୦° ବା ବୃଷ ରାଶିକୁ ତ୍ୟାଗ କରି ଯେତେବେଳେ ମିଥୁନ ରାଶିରେ ପ୍ରବେଶ କରିବେ, ସେହିଦିନ ସୂର୍ଯ୍ୟଙ୍କର ମିଥୁନ ସଂକ୍ରମଣ ମିଥୁନ ରାଶି ପ୍ରବେଶ ହୁଏ ଏବଂ ଉକ୍ତ ଦିନଟିକୁ ମିଥୁନ ସଂକ୍ରାନ୍ତି କୁହାଯାଏ । ମିଥୁନ ରାଶି ଅର୍ଥାତ୍ ରାଶିଚକ୍ର ୨୦ ଡିଗ୍ରୀଠାରୁ ୯୦ ଡିଗ୍ରୀ ପର୍ଯ୍ୟନ୍ତ ବ୍ୟାପ୍ତ ଅଂଶରେ ସୂର୍ଯ୍ୟ ଏକ ମାସ ରହନ୍ତି ଏବଂ ଏହି ମାସଟିକୁ ମିଥୁନ ସୌର ମାସ କୁହାଯାଏ । ଏକ ଗଦାଧାରୀ ପୁରୁଷ ଓ ବୀଣାଧାରିଣୀ ସ୍ତ୍ରୀର ଯୁଗ୍ମ ବିଗ୍ରହ ଭାବରେ ମିଥୁନ ରାଶିଟିର କଳ୍ପନା ହୋଇଛି । ପ୍ରଶ୍ନୋପନିଷଦରେ କୁହାଯାଇଛି, "ସଃ ମିଥୁନମ୍ ଉପାଦୟତେ, ଚନ୍ଦ୍ରିଂ ଚ ପ୍ରାଣଂ ଚ ଇତି । ଏତେ ମେ ବହୁଧା ପ୍ରଜାଃ କରିଷ୍ୟତ ଇତି । ଆଦିତ୍ୟୋହବୈ ପ୍ରାଣୋରୟିରେବ ଚନ୍ଦ୍ରମାଃ ।" ଏଠାରେ ସୂର୍ଯ୍ୟ ଓ ଚନ୍ଦ୍ରଙ୍କ ମିଥୁନଙ୍କୁ ପ୍ରାଣ ଓ ଅନ୍ନ କହି ସେମାନଙ୍କ ଗତିରୁ ହେଉଥିବା ଦିନ ଓ ରାତି, ରତୁ ଓ ମାସ ତଥା ନବବର୍ଷ ହିଁ ଅଭିଲକ୍ଷିତ । ମୃଗଶିରା ନକ୍ଷତ୍ର ଦୁଇପାଦ, ଆର୍ଦ୍ରାର ଚାରିପାଦ ଓ ପୁନର୍ବସୁ ନକ୍ଷତ୍ର ତିନିପାଦକୁ ନେଇ ମିଥୁନ ରାଶି ହୋଇଛି । ଏହି ତିନି ନକ୍ଷତ୍ରେ ସେହି ଏକ ମିଥୁନ ତତ୍ତ୍ୱ ବି ପରିଲକ୍ଷିତ ହୁଏ ।

ମାଆକୁ ସମ୍ମାନ ଜଣାଇବାର ପର୍ବ ରଜପର୍ବ, ମାଆକୁ ଯନ୍ତ୍ରଣା ନଦେବାର ପର୍ବ ରଜ ପର୍ବ । ସେଥିପାଇଁ ଆମ ପୂର୍ବସୂରୀମାନେ ମାଆର ସମ୍ମାନବୋଧକୁ ବଢ଼ାଇବାକୁ ଯାଇ ନାନାଦି ପର୍ବପର୍ବାଣି ଖଣ୍ଡିଛନ୍ତି । ପୃଥିବୀ ମାଆର କୋଳ ଆମ

ପାଇଁ ରାସ୍ତା । ଆମକୁ କୋଳରେ ଧରି ସେ ଧରିତ୍ରୀ । ଧୈର୍ଯ୍ୟର ସହିତ ଆମ ଅଳି ଅର୍ଦଳି ଶୁଣି ସେ ଧରଣୀ, ତା'ର ମହାନତା ଗୁଣରୁ ସେ ମହୀ । ଯୁଗ ଯୁଗ ଧରି ସେ ରହିଛି ରହିବ ମଧ । ଯେମିତି ମାଆ ଜନ୍ମଦାତ୍ରୀ ଗର୍ଭରେ ଧାରଣ କରି ଆମକୁ ଜନ୍ମ ଦିଏ । ଲାଳନ ପାଳନ କରେ । ସେମିତି ଧରଣୀ ମାଆ ଆମକୁ ଧରିଛି । ତା' ପର୍ବତ ରୂପୀ ସ୍ତନରୁ ଝରଣା ରୂପୀ ଦୁଗ୍ଧ ଅନବରତ ବୁହାଇ ଚାଲିଛି । କ୍ଷୁଧାର୍ତ ସନ୍ତାନ (ତରୁ, ତୃଣ, ପଶୁ-ପକ୍ଷୀ, ଦେବ-ମାନବ) ଗଣକୁ ପାଳନ ପୋଷଣ କରୁଛି । ଶିଶୁଟିଏ ହୋଇ ଜନ୍ମ ନେଉ ମାଆ କୋଳରେ । ବାର୍ଦ୍ଧକ୍ୟରେ ଝୁଇ ଜାଳିବାକୁ ହୁଏ ସେଇ ମାଆ କୋଳରେ । ସନ୍ତାନକୁ ସିନା ବାର୍ଦ୍ଧକ୍ୟ ଛୁଉଛି ହେଲେ ମାଆକୁ ଛୁଇଁପାରିନି । ସେ ଚିର ସବୁଜ । ଯିଏ ସବୁବେଳେ କର୍ମ ତତ୍ପର ତାକୁ ବାର୍ଦ୍ଧକ୍ୟ ବା ଛୁଇଁବ କେମିତି ।

ଦିନ ଥିଲା ପହିଲି ରଜର ଆଗଦିନ (ସଜବାଜ ଦିନ) ଝିଅମାନଙ୍କର ଗହଣା ବାକ୍ସ ଖୋଲାଯାଉଥିଲା । ସେ ଗହଣା ନିର୍ମଳା ଫଳ ପାଣିରେ ସଫା କରାହେଉ ଥିଲା । ପହିଲି ରଜର ଜାଙ୍ଗୁଲୁ ଜାଙ୍ଗୁଲୁ ପାହାନ୍ତା ପହରରୁ ଝିଅମାନେ ଶେଯ ଛାଡ଼ନ୍ତି । ଲୋକ ବିଶ୍ୱାସ ଥିଲା ରଜର କାଉ ଯଦି ଝିଅଙ୍କର ଗାଧୁଆ ଦେଖିଦେବ, ତେବେ ସେ ଝିଅଟିର ଦେହର ରଙ୍ଗ କାଉ ପରି ଖଇରିଆ ହୋଇଯିବ । ତେଣୁ କାଉ ରାବିବା ଆଗରୁ ଝିଅମାନେ ବଟା ହଳଦୀ, ତେଲ ଲଗାଇ ଗାଧୋଇ ପାଧୋଇ ଚନ୍ଦନ, ସିନ୍ଦୂର, କଜ୍ଜଳ ଓ ଅଳତା ନାଇ ଥାଆନ୍ତି । ନୂଆ ଲୁଗା କିମ୍ବା ବାସି ଶାଢ଼ି ପିନ୍ଧି ସହୀ, ସଙ୍ଗାତ, ମକର, ବଉଳ, ଗଜା ମୁଗ, କଷ୍ଟ କାକୁଡ଼ି, ସଭିଏଁ ଯାଇ ସାଇର ଖୋଲାମେଲା ଘରଟିରେ ରୁଣ୍ଡ ହୁଅନ୍ତି । ସେ ଘରକୁ ରଜ ଘର କୁହନ୍ତି । ସେ ଘରେ ସପ, ମସିଣା ଅବା ଶୀତଳ ପଟି ପଡ଼ିଥାଏ । ଗାଁର ସଭିଙ୍କ ଘରୁ ଫଳ, ମୂଳ, ପିଠା ପଣା ଓ ରଜପାନ ଆସେ । ପୋଡ଼ ପିଠା ରଜର ମୁଖ୍ୟ କଥା । ରଜ ତିନିଦିନ ଝିଅମାନେ ଖାଲିପାଦରେ ଚାଲନ୍ତି ନାହିଁ । ବସୁଧା ମାତାକୁ ବାଧା ଲଗିବ ବୋଲି ଗୁଆ ଖୋଲପା ଅବା କଦଳୀ ବାହୁଙ୍ଗା ପାଦରେ ଦେଇ ଚାଲନ୍ତି । ଗାଁର ବାଉଅ ଝିଅମାନେ କାମଦାମ ନକରି ମଉଜ କରି ଏହି ରଜ ତିନିଦିନ କାଟି ଦେଇଥାନ୍ତି । ସେଥିପାଇଁ ରଜପର୍ବକୁ ରଜ ମଉଜ ବୋଲି କହିଥାଆନ୍ତି ।

ସତତ କର୍ମଗତ ଗୃହବଧୂ ଓ କନ୍ୟାମାନଙ୍କର କୃଷି କର୍ମରେ କଠୋର ପ୍ରବୃତି ସକାଶେ ଏହି ତିନିଦିନ ଯେପରି ପ୍ରସ୍ତୁତି ବିଶ୍ରାମ । ପୃଥିବୀ ରଜସ୍ୱଳା ପାଳନ ବିଧିରେ ଝିଅ ବୋହୂମାନଙ୍କୁ ଶିକ୍ଷା ଦେବା ଉଦ୍ଦେଶ୍ୟରେ ଏହି ଯେଉଁ ପର୍ବର କଳ୍ପନା ସେଥିରେ ଶରୀର ସକାଶେ ବିଶ୍ରାମ, ମନ ପାଇଁ ଆନନ୍ଦ ଓ ଭବିଷ୍ୟତ ସକାଶେ ସ୍ୱପ୍ନ ଥିଲେ ହିଁ ପୃଥିବୀ ଯେପରି ଶସ୍ୟ ଶ୍ୟାମଳା ହେବ ମଣିଷର ସାଂସାରିକ ଜୀବନଯାପନ ସକାଶେ ସେହିପରି ସ୍ୱଚ୍ଛଳ ହେବ ବୋଲି ନିର୍ଦ୍ଦେଶ ରହିଛି ।

ସାମାଜିକ ପରମ୍ପରା ଓ ରୀତିନୀତିର ପରିପ୍ରକାଶ ରୂପ ନିଏ ରଜ । ଏହି ସମୟରେ ପ୍ରବାସୀମାନେ ଘରକୁ ଫେରନ୍ତି । ଜ୍ୱାଁ ଡାକରା ହୁଏ । ଝିଅ ଜ୍ୱାଁ ଆସନ୍ତି । ଖିଆପିଆ ମଉଜ ମଜଲିସରେ ସମୟ କଟିଯାଏ । ପୁରୁଷମାନେ ବାଗୁଡ଼ି ଖେଳନ୍ତି । ତାସ, ପଶାଖେଳ ଚାଲେ । ନାଗରା ବାଜା ବାଜୁଥାଏ । ହସ ଖୁସିରେ ଗାଁର ଲୋକେ ବିଭୋର ହୋଇଉଠନ୍ତି । ବିଭିନ୍ନ ଖେଳକୁ ପର୍ବ ସହ ଯୋଡ଼ିବା ହିଁ ରଜପର୍ବର ବିଶେଷତ୍ୱ । ଲୋକରତ୍ନ ଡ. କୁଞ୍ଜବିହାରୀ ଦାସଙ୍କ ମତରେ- ଓଡ଼ିଶାରେ ଦୋଳି ଖେଳ ସାଧାରଣତଃ କୈଶୋର ଜୀବନର ପ୍ରମୋଦ, ନୂଆ ଜୀବନର ମାଦକ ନିଶା ଗୀତର ଛତ୍ରେଛତ୍ରେ ଭରା ପର୍ବତ ଅରଣ୍ୟରୁ-ଗ୍ରାମ, ସହର, ସର୍ବତ୍ର କିଶୋରୀ ବା ଯୁବତୀର ରୋମାଞ୍ଚକର କଣ୍ଠଧ୍ୱନି ଜୀବନ ଆଉ ପ୍ରକୃତିକୁ ସରସ ସଜୀବ କରିଥାଏ । ଦୋଳି ଗୀତର ପରିସର ବ୍ୟାପକ ନୁହେଁ । ପରିବାର ତଥା ସମାଜର ନିତି ଦିନିଆ ଚିତ୍ର ଏଥିରେ ପ୍ରତିଫଳିତ । ଗାଁର ରଜ ମଉଜ, ଦୋଳି ଖେଳ, ରଜ ପାନ, ଉପରେ ନିଆଁ ତଳେ ନିଆଁ ମଝିରେ ବସିଛି ବୁଢ଼ା । ମିଆଁ (ପୋଡ଼ପିଠା) । ଏସବୁ ଆଜିର ନବ୍ୟ ସଭ୍ୟ ସମାଜରୁ ଦୂରେଇ ଗଲେ ବି ଆମ ହୃଦୟ ଭିତରୁ ଲିଭି ଯାଇନି । 'ରିଏଲି ଦି ଫ୍ୟେଷ୍ଟିଭାଲ୍ ରଜ ଥ୍ୟାଜ୍ ସୋ ସ୍ୱିଟ୍ ।' ସହରର ସରହଦ

ଭିତରେ ଥାଇ ବି ପହିଲି ରଜରେ ମନ ଭିତରେ ଗୁଞ୍ଜରି ଉଠୁଥାଏ ଦୋଳି ଗୀତର ପଦେ। "ବନସ୍ତେ ଡାକିଲା ଗଜ, ବରଷକେ ଥରେ ଆସିଛି ରଜ– ଆସିଛି ରଜଲୋ ଘେନି ନୂଆ ସଜବାଜ।"

ଆଗରୁ ପ୍ରତ୍ୟେକ ଗାଁ ମୁଣ୍ଠରେ ତୋଟା ଥିଲା। ଗାଁ ମୁଣ୍ଠରେ ନଈ କୂଳ ହେଉ ବା ପୋଖରୀ ଆଢ଼ିରେ ହେଉ ରହିଥିଲା ଗାଁମାନଙ୍କରେ ବିରାଟ ବିରାଟ ତୋଟାମାନ। ଗାଁ କଥା ପଡ଼ିଲେ ପ୍ରଥମେ ମନେ ପଡ଼ିଯାଏ ଗାଁର ଆମ୍ବତୋଟା ବା ନଈକୂଳ କିମ୍ବା ପୋଖରୀ ହୁଡ଼ା। ଦିନ ଥିଲା କୋଇଲିର ମଧୁର କୁହୁତାନ ସୂଚାଇ ଦେଉଥିଲା ବସନ୍ତର ଆଗମନକୁ। ଗାଁ ଆମ୍ବତୋଟାର ଧାଡ଼ି ଧାଡ଼ି ଆମ୍ବଗଛରେ ଲଦି ହୋଇଯାଉଥିଲା ବଉଳ। ଆଉ ତା'ର ମଧୁର ବାସ୍ନାରେ ମହକୁ ଥିଲା ଗାଁ। ଆମ୍ବ କଷି ଧରିଲେ ପିଲାଠାରୁ ବୁଢ଼ାଯାଏଁ ସମସ୍ତଙ୍କର ଆଖିରେ ଭରିଯାଉଥିଲା ରସାଲିଆ ମିଠା ଆମ୍ବ ଖାଇବାର ସ୍ୱପ୍ନ। ଆମ୍ବ ଯେତେ ବଡ଼ ହେଉଥିଲା ତୋଟାରେ ପିଲାଙ୍କ ସଂଖ୍ୟ ସେତେ ବଢ଼ି ବଢ଼ି ଯାଉଥିଲା। କିଏ ଘରୁ ଲୁଚି ତ' କିଏ ସ୍କୁଲ ନଯାଇ ଡେରା ବାନ୍ଧୁଥିଲେ ତୋଟାରେ। ଟେକା ମାରି, ଖପଡ଼ ପକାଇ ଆମ୍ବ ଡ୍ରୋଇବାଟାରୁ ଆରମ୍ଭ କରି ପଡ଼ିଥିବା ଆମ୍ବକୁ ଗୋଟାଇବା ଆଉ ସେସବୁକୁ କାଟି ଲଙ୍କା ଗୁଣ୍ଠ, ଲୁଣ ଲଗାଇ ସାଙ୍ଗ ସାଥୀଙ୍କ ସହ ମିଶି ଖାଇବାରେ ଯେଉଁ ଖୁସି ମିଳୁଥିଲା, ତାହା ବାପା, ମାଆ ତଥା ମୁରବିମାନଙ୍କ ଆକଟ ଓ ମାଡ଼ ଗାଳିକୁ ଭୁଲେଇ ଦେଉଥିଲା। ଭୂତ ଡର ଦେଖାଇ ତୋଟାକୁ ନଯିବା ଲାଗି ଯେତେ ବାରଣ କଲେ ବି ଆମର ଆକର୍ଷଣ ଓ ସାଙ୍ଗ ହେବାର ଆଶା ପିଲାମାନଙ୍କୁ ଟାଣି ନେଉଥିଲା ତୋଟା ଆଡ଼କୁ। ଖରା ଛୁଟିରେ ଆମ୍ବ ଖାଇ ଡାଲମାଙ୍କୁଡ଼ି (ଗଛକାଉ) ଲୁଚକାଲି, ବୋହୂଚୋରି, ପଦ୍ୟାନ୍ତର ପରି କେତେ ପ୍ରକାର ଖେଳରେ, କେତେବେଲେ ନିଛାଟିଆ ଖରାର ଦ୍ୱିପ୍ରହର ବିତିଯାଉଥିଲା ଜଣାପଡ଼ୁନଥିଲା ଜମା। ଆଗରୁ ଗାଁର ପିଲାଦିନ ସ୍ମୃତି ସହ ଆମ୍ବ ତୋଟାର ମିଠଖଟା ଅନୁଭବ କେମିତି ନା କେମିତି ଜଡ଼ିତ ହୋଇ ରହିଥିଲା। ହେଲେ ଏବେ ସେ ଗାଁ ଆଉ ପୂର୍ବପରି ଗାଁ ହୋଇ ରହିନାହିଁ। ସେଠି ଆଗଭଲି ତୋଟା ନାହିଁ କିମ୍ବା ପୂର୍ବର ପରସ୍ପର ମଧରେ ଥିବା ଭାଇଚାରା ନାହିଁ। ତଥାପି ଏବେ ବଜାରରୁ କିଣା ଆମ୍ବ ଖାଇଲା ବେଲେ ଏବେବି ଅନେକଙ୍କର ସେଇ ଗାଁ ଆମ୍ବ ତୋଟା କଥା ମନେପଡ଼େ।

ସମୟର ସୁଅ ଗଡ଼ି ଚାଲିଛି। ସେ ସୁଅରେ କିଏ ଭାସି ଯାଉଛି ତ' କିଏ କୂଳକୁ ଆଉଜି ଆସୁଛି। କେଉଁ ରାଇଜରୁ ଅନ୍ୟ ଏକ ସଂସ୍କୃତି, ପୁନିଅ, ପରବ ଆସି ଆମ ସଂସ୍କୃତି ସହ ମେଳ ହୋଇଯାଉଛିତ କେତେବେଲେ ଆମ ସଂସ୍କୃତି ସେ ସୁଅରେ ଭାସିଯାଇ ଆମଠୁ ଦୂରେଇ ଯାଉଛି। ତା'ର ଅବିକଳ ରୂପ ଆମେ ସମୟକ୍ରମେ ଖୋଜିଲେ ପାଉନା। କିନ୍ତୁ ତା'ର ସେଦିନର ସୁବାସ ଆମକୁ ବେଲେବେଲେ ଦୋହଲାଇ ଦିଏ। ଚହଲେଇ ଦିଏ। ସେମିତି ରଜ। ଦିନ ଥିଲା ଦିନେ ପଲ୍ଲୀବାଲା ନିରିମାଖୀ ଆଖିରେ ଆଖିଏ ସ୍ୱପ୍ନ ନେଇ ରଜକୁ ଚାହିଁ ବସୁଥିଲା। ଆଜି ଆଉ ସେଦିନ ନାହିଁ। କର୍ପୂର କାହିଁ କେତେ ଦିନୁ ଉଡ଼ିଗଲାଣି।

ଗାଁ ମୁଣ୍ଠ ତୋଟାମାଳ କିମ୍ବା ନଈ କୂଳରେ ଅବା ଗାଁ ପୋଖରୀ ହୁଡ଼ାରେ ଗାଁ ଝିଅମାନେ ଉପରଓଲି ସାଙ୍ଗ ହୋଇ ମେଳ ବନ୍ଧି ବସି ଗପସପ ହେବା, ଗାଁ ଦାଣ୍ଡରେ କୁଆଁର ପୁନେଇଁ ପୁତି, ପ୍ରଥମାଷ୍ଟମୀରେ ନୂଆ ଲୁଗା ପିନ୍ଧି ସାଙ୍ଗ ହୋଇ ସାହି ବୁଲିବା। ଜାଗର ଦିନ ଏକ ମେଲରେ କ୍ଷୀର ଗ୍ଲାସ ଧରି ଶିବ ମନ୍ଦିରକୁ ଯିବା। ଖୁଦୁରୁକୁଣୀ ଓଷାରେ ନଈ ଘାଟ ଓ ପୋଖରୀ ତୁଠରେ ମେଲ ହୋଇ ବଟୀ ହଲଦୀ ଲଗାଇ ଗାଧୋଇବା ସବୁ ସାତ ସପନ ହେଲାଣି। ଅଗିରା ପୁନେଇଁ ବାସିରେ (ଗୁଣ୍ଠୁଣୀ ଦିନ ରାତି ଥାଉଣ୍ଡ) ସାଇ ଝିଅମାନଙ୍କ ଗାଁ ଦାଣ୍ଠ ଖରକିବା ଦୃଶ୍ୟ ଆଉ ଦେଖିବାକୁ ମିଲୁନି। ସାଧାରଣ ଦିନମାନଙ୍କରେ ସେ କଥା (ଦୃଶ୍ୟ) ଖୋଜିବା ଦିବା ସ୍ୱପ୍ନ ସହିତ ସମାନ।

ରଜରେ ଗାଁ ମୁଣ୍ଠ ତୋଟାରେ ଝିଅମାନେ ଦୋଳି ଖେଳୁଥିଲା ବେଲେ ସହରର ଶିକ୍ଷିତା କିଶୋରୀମାନଙ୍କର ସେ ମମତା ମିଶା ଦୋଳି ଖେଳ ଆଜି ଆଉ ନାହିଁ। ସହରର ଚାକଚକ୍ୟ ଭରା ଘରର ଡ୍ରଇଂ ରୁମ୍‌ରେ ଅବା ଖୋଲାମେଲା

ବାଲକୋନିରେ ସାଜସଜା ହୋଇ ଦୋଲିଟିଏ ଝୁଲୁଥାଏ । ଘରର ସୌନ୍ଦର୍ଯ୍ୟ ବୃଦ୍ଧି କରୁଥାଏ । ସେ ଘରର ଝିଅମାନେ, ମାଆମାନେ ସବୁ ଦିନ ସେ ଦୋଲିରେ ଝୁଲିଥାନ୍ତି । ପିଅନ, ପୂଜାରୀ, ଖାନ୍‌ସମାମାନେ ଝିଅମାନଙ୍କର, ମାଆମାନଙ୍କର ମନଜଗି ଭଳିକି ଭଳି କେକ୍, ପିଜା, ବର୍ଗର, ସାଣ୍ଡୱିଚ୍ ପ୍ରସ୍ତୁତ କରି ସେମାନଙ୍କୁ ପରଷୁ ଥାଆନ୍ତି । ଟେପ୍ ରେକର୍ଡରୁ ଭଳିକି ଭଳି ଗୀତ ବାଜୁଥାଏ । ଟିଭି ପରଦାରେ କିସମ କିସମ ସୁନ୍ଦର ଲହର । ତା' ସହ ତାଳ ଦେଇ ସହରୀ ଝିଅ ଦୋଲି ଖେଳୁଥାଏ । ଏମାନେ ପ୍ରକୃତରେ ପ୍ରାକୃତିକ ସୌନ୍ଦର୍ଯ୍ୟ ଉପଭୋଗରୁ ବଞ୍ଚିତା ହୁଅନ୍ତି । ପ୍ରକୃତିର ନିର୍ମଳ ଶୋଭା ପ୍ରଦାନକାରୀ ଶରତ ରତୁ ଏମାନଙ୍କ ପାଇଁ ଅର୍ଥହୀନ । ନିୟନ ଆଲୁଅରେ ଶରତର ଜ୍ୟୋସ୍ନା ନିଷ୍ପ୍ରଭ ହୁଏ । ସୌନ୍ଦର୍ଯ୍ୟମୟୀ ବସନ୍ତ ଅଲୋଡ଼ା ଅତିଥି ପରି ଆସେ ଓ ଫେରିଯାଏ । ଶୀତତାପ ନିୟନ୍ତ୍ରିତ କୋଠରିରେ ଶୀତରତୁ କେବେ ବି ଛୁଇଁ ପାରେନା ସେମାନଙ୍କୁ । ଗାଁ ଗାଉଁଲିର ସେ ପଟା ଦୋଲିରେ ଦୋଲି ଖେଳୁଥିବା ଦୋଲି ରାଣୀ କଥା ସେ ସପନରେ ସୁଦ୍ଧା ଭାବି ପାରେନା କି ଶୁଣିପାରେନା ସେମାନଙ୍କ (ତା'ର) ମନମତାଣିଆ ଗୀତ । ସେଦିନର ରଜଦୋଲି ଗୀତ "ନଇରେ ପୋଟିଲି ଛୁରି, ଛୁରି ଚାରିପାଖେ ପାନ ମହୁରୀ, ବାପା ହେବେ ଚଉଧୁରୀ । ଗଛରେ ପାଚିଲା ଓଉ, ଦାନ, ଯଉତୁକ ଚୁଲିକି ଯାଉ, ମୁଁ ତ' ପାଇଛି କୁଳର ବୋହୂ ।"

ଏବେ ସହରଗୁଡ଼ିକରେ ରଜକୁ ଭିନ୍ନଭିନ୍ନ ରୂପରେ ପାଳନ କରାଯାଉଛି । ବିଭିନ୍ନ ଅନୁଷ୍ଠାନ ପକ୍ଷରୁ ମହିଳାମାନଙ୍କ ଲାଗି ଓଡ଼ିଆ ପିଠାପଣା ଓ ରଜ ପାନର ପ୍ରତିଯୋଗିତା ଓ ପ୍ରଦର୍ଶନ ଆୟୋଜନ କରାଯାଉଛି । ଟେଲିଭିଜନ୍‌ରେ ରଜୋସ୍ବ ବାବଦରେ ମଧ୍ୟ ଅନେକ କଥା ପ୍ରଚାର ପ୍ରସାର କରାଯାଉଛି ।

ସେଇତ ଗାଁର ଝିଅମାନେ ନ'ଥାନ୍ତି କିମ୍ବା ଗାଁର ପ୍ରାକୃତିକ ପରିବେଶ ନଥାଏ । ବାଲକୋନିରେ ହେଉ ଅବା ଚାକଚକ୍ୟ ଭରା ଘରର ଡ୍ରଇଂ ରୁମ୍‌ରେ ଲାଗିଥିବା ଦୋଲିରେ କେବଳ ବସି ଝୁଲିହୁଏ । ଗାଁ ଗହଲି ରଜ ଦୋଲିର ମଜା ସେଠାରେ କାହୁଁ ମିଳିବ ? ସହରରେ ଦୋଲି ଥାଏ କିନ୍ତୁ ଗୀତ ନଥାଏ । ଶେଯ ଥାଏ, ଗଦି ଶେଯ ମାତ୍ର କାହାଣୀ ନଥାଏ । ସେଇତ ଜେଜେମା ନ'ଥାନ୍ତି । ଯିଏ ନାତି କିମ୍ବା ନାତୁଣୀମାନଙ୍କୁ ଦାଣ୍ଡପିଣ୍ଡାରେ କୋଳରେ ଶୁଆଇ ପକାଇ ଲୁଗାର କାନି ଢାଙ୍କି ଦେଇ ଗପ କହିବ । ରଜାଇଆ କଥା । ବୁଢ଼ି ଅସରୁଣୀର କାହାଣୀ, କଲୁରାଇ ବେଣ୍ଟଗପ ଅଥବା ବଉଳା ଗାଈର ଉପାଖ୍ୟାନ । ସହରରେ ଥିବା ମାଆ ଯାହାଙ୍କୁ ଆମେ 'ମମି' ଡାକୁ ସେମାନେ ଗପ ଶିଖିନଥାନ୍ତି । କେମିତି ଗପ କହିବେ ? ସେମାନଙ୍କ ଆଖି ରହିଲା ଟିଭି ପରଦା ଉପରେ । ମନଥାଏ କିଭଳି ଦାମୀ ଜିନିଷ କିଣିବେ । ଇଚ୍ଛାଥାଏ ଧନ ଗୋଟାଇବାକୁ ଅଧର୍ମ ଉପାୟରେ ହେଉ ପଛ । ଲକ୍ଷ୍ୟ ରଖିଥାନ୍ତି କୋଟିଏରେ ଗୋଟିଏ ହେବାକୁ ଅନ୍ୟାୟ ବାଟରେ ଯିବାକୁ ପଡ଼ିଲେ ସୁଦ୍ଧା । ଆଗ୍ରହ ରହିଥାଏ ନିଜର ବଡ଼ତି ପଣରେ ଅକର୍ମ କରି ମଧ୍ୟ । ଉଦ୍ଦେଶ୍ୟ ଥାଏ ନିଜକୁ ଆଧୁନିକା ବେଶରେ ସଜେଇ ଅନ୍ୟମାନଙ୍କ ଆଗରେ ନିଜକୁ ଉପସ୍ଥାପିତ କରିବା । ସେମାନେ କିପରି ଆନ୍ତରିକ ସ୍ନେହ ଦେଇ ଶ୍ରଦ୍ଧାର ସହିତ ପିଲାଙ୍କୁ ଗପ କହିବେ ବା କାହାଣୀ ଶୁଣାଇ ପାରିବେ ?

ତା'ପରେ ମାଆର ମମତାକୁ ପୃଥିବୀର ସମସ୍ତ ସନ୍ତାନ ବୁଝ୍‌ତି କେବଳ ମଣିଷ ବୁଝ୍‌େନା । ନିଜକୁ ବୁଦ୍ଧିମାନ ମନେ କରି ତା'ର ଛାତିକୁ ଚିରି କ୍ଷତାକ୍ତ କରିଛି । ତଥାପି ମାଆ ନିରବ । ଟିକେ ବି ପ୍ରତିବାଦ, ପ୍ରତିକ୍ରିୟା କରୁନି । କାରଣ ଏ ବସୁଧା ମାଆ ଜଡ଼ ଏବଂ ନିର୍ଜୀବ ବୋଲି । ଆହୁରି ମଧ୍ୟ ଆକାଶ, ପବନ, ଅଗ୍ନି, ଜଳ ଓ ପୃଥିବୀ ଏମାନେ ସବୁ ଜଡ଼ । ଏମାନଙ୍କ କାର୍ଯ୍ୟ ମଧ୍ୟ ଜଡ଼ । ସୂର୍ଯ୍ୟଙ୍କ କଥା ନକହିଲେ ନଚଳେ । ସେ ସକଳ ଶକ୍ତିର ଆଧାର । ନିଃସ୍ବାର୍ଥ ଆଉ ନିଃସ୍ୱାର୍ଥପର ସେବାର ସେ ହେଲେ ପ୍ରାରମ୍ଭରୁ ପ୍ରଳୟ ପର୍ଯ୍ୟନ୍ତ ଚଳନ୍ତି ପ୍ରତିମା । ବିନା ଦ୍ୱିଧାରେ ଖୋଲି ଦିଅନ୍ତି ନିଜ ଆଲୋକର ପସରା । ଯେଉଁଥିରେ ପତ୍ର ରାଞ୍ଚିଚାଲେ ନିଜ ସହିତ ସାରା ଜୀବଜଗତ ପାଇଁ ଖାଦ୍ୟ । ଆକାଶ କଥା କ'ଣ ବା କୁହାଯାଇପାରେ । ମେଲି ଦେଇଛି ତା'ର ବିଶାଳ ବକ୍ଷକୁ ସମସ୍ତଙ୍କ ପାଇଁ ବିନା ସର୍ତ ଓ ବିନା ସ୍ୱାର୍ଥରେ । ଜଳ

ହଁ ଜୀବନ । ହେଲେ ଜଳର ଜୀବନ ନାହିଁ । ବାୟୁ ଜୀବନ ପାଇଁ ଅପରିହାର୍ଯ୍ୟ, ହେଲେ ସେ ନିଜେ ନିର୍ଜୀବ । ଉତ୍ତାପ ବିନା ଜୀବନ ଅସମ୍ଭବ । ହେଲେ ଅଗ୍ନି ଜୀବନହୀନ । ଆକାଶରେ ଜୀବ ଭରପୂର । ହେଲେ ଆକାଶ ନିଜେ ଜଡ଼ । ମାଟିରେ ଜୀବନ ଅଛି ମାତ୍ର ମାଟି ନିଜେ ନିଷ୍ଟେଜ । ଏ କି ବୈଚିତ୍ର୍ୟ । ନିର୍ଜୀବ ପଞ୍ଚମହାଭୂତର ନିଃସର୍ଥ ଓ ନିଃସ୍ୱାର୍ଥପର ସେବାରୁ ହିଁ ସଜୀବର ସର୍ଜନା, ବଂଶ ବିସ୍ତାର ଓ ବୃଦ୍ଧି । କିନ୍ତୁ ବିଡ଼ମ୍ବନା ଆମେ ସଂସାରରେ ଶ୍ରେଷ୍ଠ ପ୍ରାଣୀ ମନୁଷ୍ୟ ହୋଇ କେବେ ହେଜୁନୁ କିୟା ଭାବିବାକୁ ଆମ ପାଖରେ ସମୟ ନାହିଁ, ଯେ ଆମେମାନେ କେବଳ କେତେକ ଜଡ଼ ଆଉ ଜୀବମାନଙ୍କର ନିଃସର୍ଥ ଓ ନିଃସ୍ୱାର୍ଥପର ସେବାର ଶେଷ ଉତ୍ପାଦ ।

ଲକ୍ଷ ଲକ୍ଷ, ନିୟୁତ ନିୟୁତ ଏକର ଜଙ୍ଗଲ କାଟି ଖଣି ଗର୍ଭରୁ ଖଣିଜ ସମ୍ପଦ ନେଲେ । ସମଗ୍ର ପ୍ରକୃତିଗତ ନିୟମକୁ ଉଲ୍ଲଙ୍ଘନ କରି ବିଶ୍ୱକୁ ଧ୍ୱଂସ କରିବାର ଏହି ଷଡ଼ଯନ୍ତ୍ର ଚାଲିଛି । ଏହାର ପରିମାଣ ସ୍ୱରୂପ ବିଶ୍ୱର ସମଗ୍ର ହିମ ଅଞ୍ଚଲ ତରଲିବାରେ ଲାଗିଛି । ସମୁଦ୍ରର ଜଳପତ୍ତନ ବଢ଼ିଛି ଓ ମାଟି ତଲେ ଥିବା ଜଳସ୍ତର କମିବାରେ ଲାଗିଛି । ଜଳବାୟୁ ପ୍ରବାହର ପରିବର୍ତ୍ତନ ଘଟୁଛି । ଅନେକ ଅଞ୍ଚଲରେ ଶୀତରତୁ ଲୋପ ପାଇଗଲାଣି । କେବଲ ଗ୍ରୀଷ୍ମ ଓ ବର୍ଷା ରତୁ ଅଛି । ବର୍ଷା ମଧ୍ୟ ଏହିପରି ହେଉଛି ତାହାକୁ ଆକଲନ କରିବା ଅସମ୍ଭବ । ଅଦିନରେ ବର୍ଷା ହେଉଛି । ବିଶ୍ୱର କେତେକ ଅଞ୍ଚଲରେ ଶୀତର ପ୍ରକୋପ ବଢ଼ୁଛି ଓ ଆଉ କେତେକ ଅଞ୍ଚଲରେ ଗ୍ରୀଷ୍ମର ପ୍ରକୋପ ବଢ଼ୁଛି ।

ଆମର ଲୋକ ଚରିତ୍ର, ଲକ୍ଷ୍ୟ, ଆଦର୍ଶ, ନୀତି ଓ ସାଧୁତା ପ୍ରଭୃତି ମହନୀୟ ଗୁଣ ରାଜିକୁ ଭୁଲି ଯିବାକୁ ବସିଲୁଣି । ତେଣୁ ଆମ ଦେଶ ହେଉ କି ରାଜ୍ୟ ସବୁଟି ଏକ ସୁବିଧାବାଦର କଥା ହିଁ ଲକ୍ଷ୍ୟ କରାଯାଉଛି । ନୀତି ଓ ଆଦର୍ଶ ଛଡ଼ା ଲୋକମାନେ ତତ୍କାଲୀନ କିଏ କ'ଣ ଦେଇ ଦେବ, କିଏ କ'ଣ ସୁବିଧା କରିଦେବ ବୋଲି ତା' ପଛରେ ଧାଉଁଥାନ୍ତି । ଗୋଟିଏ ବସ୍ତୁବାଦୀ ଯାନ୍ତ୍ରିକ ସଭ୍ୟତାର ବିଷବଲୟ ଭିତରେ ମଣିଷ ସମାଜ ଯେତିକି ଅଣ ନିଃଶ୍ୱାସୀ ହୋଇ ପଡ଼ୁଛି ତତୋଧିକ ପରିମାଣରେ ତାହାର ସାମାଜିକ ଓ ସାଂସ୍କୃତିକ ଜୀବନ ଅବକ୍ଷୟକୁ ଦେଖୀ ଚିନ୍ତାଶୀଲ ବ୍ୟକ୍ତିମାନେ ଆଜି ବିଷାଦଗ୍ରସ୍ତ ହୋଇ ପଡ଼ିବା ସ୍ୱାଭାବିକ । ସଭ୍ୟତା ଓ ବିଜ୍ଞାନର ଜୟଯାତ୍ରା ଭିତରେ ବୌଦ୍ଧିକତାର ବିନାଶ ଘଟାଇ ଚାଲିଛେ ଆମ୍ଭେମାନେ । ଜଳ-ଜମି-ଜଙ୍ଗଲ ଉପରେ ଆଜି ଲୋଲୁପ ଦୃଷ୍ଟି ପଡ଼ିଛି ଶିଳ୍ପପତିମାନଙ୍କର । ଶିଳ୍ପ ପ୍ରତିଷ୍ଠା ନାମରେ ହଜାର ହଜାର ହେକ୍ଟର ଜମିର ମାଲିକାନା ହାସଲ କରିବାକୁ ପ୍ରଶାସନକୁ ମନେଇବା ପାଇଁ ଆପ୍ରାଣ ଉଦ୍ୟମ ଚାଲିଛି । ଗଭୀର ମନନଶୀଲତାର ସହିତ ବିଚାର କଲେ ଜଣାଯାଏ ଯେ, କେତେ ଅସୁସ୍ଥ ହୋଇ ପଡ଼ିଲାଣି ଆମ ସାମାଜିକ ବିଧି ବ୍ୟବସ୍ଥା ? ଏହାର ନିଦାନ ଖୋଜିବାକୁ କି ନୂତନ ଚିନ୍ତା ଚେତନାର ଅନ୍ୱେଷଣ କରିବାକୁ ଆମ ସମାଜ ବିଜ୍ଞାନୀମାନଙ୍କର ନାହିଁ ନିଷ୍ଠା କି ଆନ୍ତରିକତା । ତେଣୁ ପ୍ରଶ୍ନ ଉଠେ ଆମ ଭବିଷ୍ୟତ ଦାୟାଦମାନଙ୍କ ପାଇଁ କି ସେମାନଙ୍କ ସୁସ୍ଥ ସାମାଜିକ ଜୀବନ ନିର୍ବାହ ପାଇଁ ଆମେ କ'ଣ ପୃଥିବୀକୁ ଏମିତି ଛାଡ଼ିଦେବା ? ସମଗ୍ର ମାନବ ସମାଜ ପାଇଁ ଏହା ହିଁ ହେଉଛି ଏକ ବଡ଼ ପ୍ରଶ୍ନ ? ପ୍ରଥମତଃ ଆମେ ଆମର ଆର୍ଥିକ ପ୍ରଗତି ପାଇଁ ଶିଳ୍ପ ପ୍ରତିଷ୍ଠା ନାମରେ ପ୍ରାକୃତିକ ପରିବେଶକୁ ଧ୍ୱଂସ କରି ଚାଲିଛୁ । ଖଣିଖାଦାନ ଖୋଲି ଖଣିଜ ଦ୍ରବ୍ୟ ଉତ୍ତୋଲନ କରି ସମୃଦ୍ଧ ହେବା ସହିତ ଜଙ୍ଗଲ ଓ ଜଳ ଉସ୍କୁ ଧ୍ୱଂସ ମୁଖକୁ ଟାଣି ନେଉଛୁ ।

ପୁରାଣ ବର୍ଷନା ଅନୁଯାୟୀ, ଅସୁର ପ୍ରବୃତ୍ତି ବଢ଼ିଗଲେ ଧରଣୀମାତା ଦୁଃଖ କରେ, ଆଉ ପ୍ରତିକ୍ରିୟାଶୀଲ ହୁଏ । ଶାସ୍ତ୍ର କହେ, "ବସୁଧୈବ କୁଟୁମ୍ବକମ୍" । ସାରା ପୃଥିବୀବାସୀ ଗୋଟିଏ ପରିବାର ପରି । ପୃଥିବୀ ମାଆର କୋଲର ସମସ୍ତ ସନ୍ତାନ ଭାଇ ଭଉଣୀ ପରି । ଜନ୍ମଦାତ୍ରୀ ଯେମିତି ସନ୍ତାନର ଦୁଷ୍କାମୀରେ ମନ ଦୁଃଖ କରେ ସେମିତି ଆମେ ପରସ୍ପର ସହିତ କଳି ଝଗଡ଼ାରେ ମାତିଲେ ପୃଥିବୀ ମାଆ ଦୁଃଖ କରିବ । ଆମ ଭଲି ପଶୁପକ୍ଷୀ ବି ପୃଥିବୀ ମାଆର ସନ୍ତାନ । ମାଆକୁ ସମ୍ମାନ ଦେବାର ପର୍ବରେ ଜିହ୍ୱା ଲାଲସା ରଖି ମାଆ ଆଗରେ ତାର ନିରୀହ ସନ୍ତାନକୁ ହତ୍ୟା କଲେ

ମାଆ କା'ଶ ଖୁସି ହେବ। "ହନ୍ୟନ୍ତେ ପଶବେ ଯତ୍ର ନିର୍ଦୟୈର ଜିତାମ୍ୟଭିଃ, ମନ୍ୟ ମାନେରିମଂ ଦେହେ ମଜରା ମୃତ୍ୟୁ ନଶ୍ୱରମ୍।" ନିଷ୍ଠୁର ଲୋକମାନେ ନିଜ କ୍ଷଣଭଙ୍ଗୁର ଶରୀରକୁ ଅଜର ଅମର ଭଳି ମନେ କରି ନିଜ ଶରୀର ପରି ଅନ୍ୟ ଶରୀରଧାରୀ ପଶୁମାନଙ୍କୁ ହତ୍ୟା କରନ୍ତି।

ଭାରତୀୟ ଦର୍ଶନ ଶାସ୍ତ୍ର ଓ ବେଦ, ପୁରାଣ, ଉପନିଷଦ ଆଧାତ୍ମିକତାର ବାର୍ଭାବହ। ଏହା ଆମର ଜୀବନ ଶୈଳୀକୁ ମହନୀୟ କରି ତୋଲିବାର ସମସ୍ତ କଳାକୌଶଳକୁ ଲିପିବଦ୍ଧ କରି ରଖିଛି। ମୁନି ରୁଷିଙ୍କ ଦେଶ ଭାବେ ଭାରତ କେଉଁ ଆବହମାନ କାଳରୁ ସମଗ୍ର ବିଶ୍ୱକୁ ଶାନ୍ତି ଓ ପ୍ରେମର ବାର୍ଭା ପ୍ରେରଣ କରିଚାଲିଛି। ଦେବଭୂମି ଓ ତପୋଭୂମି ଭାରତ ସମଗ୍ର ବିଶ୍ୱରେ ଶାନ୍ତି ପାଇଁ ସମସ୍ତଙ୍କୁ ଯୁଗେ ଯୁଗେ ଆହ୍ୱାନ ଦେଇ ଆସିଛି। ଭାରତୀୟ ମାଟି ସମଗ୍ର ବିଶ୍ୱକୁ ଦେଇଥିବା ଦର୍ଶନରେ ମନୁଷ୍ୟ ମଧ୍ୟରେ ଭେଦଭାବ ସୃଷ୍ଟି କରେ ନାହିଁ। ଏହା ସମଗ୍ର ବିଶ୍ୱକୁ ଏକ ପରିବାର ଭାବରେ ଦେଖେ। ସେଥିପାଇଁ 'ବସୁଧୈବ କୁଟୁମ୍ବକମ୍।' ହେଉଛି ଭାରତୀୟ ଦର୍ଶନର ମୂଳତତ୍ତ୍ୱ। ଭାରତୀୟ ଜୀବନ ଶୈଳୀରେ ପ୍ରକୃତି ପ୍ରତି ମନୁଷ୍ୟ ଅତ୍ୟନ୍ତ ସମ୍ୱେଦନଶୀଳ। ସେଥିପାଇଁ ପାଞ୍ଚ ହଜାର ବର୍ଷ ତଲେ ସୃଷ୍ଟ ବେଦରେ ଦର୍ଶନର ମୂଳତତ୍ତ୍ୱ ଭାବରେ ପ୍ରକୃତି ଉପାସାନା ହିଁ ରହିଛି। ପ୍ରକୃତିର ଉପାଦାନ ଭାବେ ସୂର୍ଯ୍ୟ, ଚନ୍ଦ୍ର, ବାୟୁ, ଅଗ୍ନି ଉଭାପ, ପ୍ରଭଞ୍ଜନ, ବର୍ଷା ଆଦିଠାରେ ଦେବତ୍ୱ ଆରୋପ କରି ଜୀବନ୍ତ ଚରିତ୍ର ଭାବେ ଉପାସନା କରିଆସିଛି। ଏ ସବୁର ବ୍ୟତିକ୍ରମରେ କିମ୍ବ ବିରୁଦ୍ଧାଚରଣରେ ସୃଷ୍ଟି ନାଶ ହେବ ବୋଲି କହିଆସିଛି।

ଏ ପୃଥିବୀ କେବଳ ମନୁଷ୍ୟର ନୁହେଁ; ଏଠାରେ କୀଟ ପତଙ୍ଗଠାରୁ ଆରମ୍ଭ କରି ବିଶାଳକାୟ ହସ୍ତୀ ପର୍ଯ୍ୟନ୍ତ ସମସ୍ତଙ୍କର ସ୍ଥାନ ଅଛି। ସୃଷ୍ଟିରେ ସମସ୍ତଙ୍କର ଭୂମିକା ରହିଛି। କେହି କାହାକୁ ବିଲୋପ କରିଦେବା ପାଇଁ ଚାହାନ୍ତି ନାହିଁ। ସେଥିପାଇଁ ଶିବଙ୍କ ପରିବାର ଏକ ଆଦର୍ଶ ଭାବରେ ଭାରତୀୟ ଦର୍ଶନର 'ବସୁଧୈବ କୁଟୁମ୍ବକମ୍।' ମତକୁ ଏକ ପ୍ରମାଣ ଭାବେ ଉପସ୍ଥାପନ କରିଆସେ। ଶିବ ହେଉଛନ୍ତି ନିର୍ଲୋଭ ଏବଂ ସର୍ବସ୍ୱ ତ୍ୟାଗୀ। ନିର୍ବିକାର ବ୍ୟକ୍ତିତ୍ୱର ପ୍ରତୀକ। ତାଙ୍କ ବାହାନ ଭାବରେ ବୃଷଭ ତାଙ୍କ ନିକଟରେ ରହିଥିବା ବେଲେ ପତ୍ନୀ ପାର୍ବତୀଙ୍କର ବାହାନ ଭାବେ ରହିଛି ସିଂହ। ବୃଷଭ ଓ ସିଂହ ଖାଦ୍ୟ ଏବଂ ଖାଦକ। କିନ୍ତୁ ଗୋଟାଏ ପରିବାରର ସଦସ୍ୟ ଭାବରେ ରହନ୍ତି। ଗଣେଶଙ୍କର ବାହାନ ମୂଷିକ। କାର୍ତ୍ତିକେୟଙ୍କ ବାହାନ ମୟୂର। ଏଶେ ଶିବଙ୍କର ଆଭୂଷଣ ସର୍ପ। ମୟୂର ନିକଟରେ ସର୍ପ ଏବଂ ମୂଷିକ ଖାଦ୍ୟ ଖାଦକ ସମ୍ପର୍କରେ ଆବଦ୍ଧ। କିନ୍ତୁ ରହୁଛନ୍ତି ଗୋଟିଏ ପରିବାରରେ ଶିବଙ୍କ ପରିବାର। ଏହା ହିଁ ଭାରତୀୟ ଦର୍ଶନରେ ଏକ ବିଚିତ୍ର ପରିକଳ୍ପନା। ଏଠାରେ କେହି କାହାକୁ ସମୂଲେ ବିନାଶ ପାଇଁ ଷଡ଼ଯନ୍ତ୍ର କରନ୍ତି ନାହିଁ କିମ୍ବ ସମୁଦାୟ ସଂସାରଟା ଏକୁଟିଆ ମୋର ବୋଲି କହନ୍ତି ନାହିଁ। ଏହା ଏକ ଦାର୍ଶନିକ ପରିକଳ୍ପନା ହୋଇପାରେ କିନ୍ତୁ ବର୍ତ୍ତମାନର ବାସ୍ତବତା ଭାରତୀୟ ଦର୍ଶନର ହଜାର ହଜାର ବର୍ଷବ୍ୟାପୀ ଚଲି ଆସିଥିବା ସାମାଜିକ ସତ୍ୟତାକୁ ବାସ୍ତବ ଭାବେ ପ୍ରମାଣିତ କରୁଛି।

ଏସବୁକୁ ଟିକିଏ ସୁଦ୍ଧା ନଭାବି, ନହେଜି ମନୁଷ୍ୟ ପ୍ରଥମେ ବିଭିନ୍ନ ପ୍ରକାରର ପଶୁପକ୍ଷୀଙ୍କୁ ଶିକାର କରି ଖାଇବା ଆରମ୍ଭ କଲା। ଏଇଠୁ ଆରମ୍ଭ ହେଲା ପ୍ରକୃତିର କ୍ରୋଧ। ଏହିଭଳି ଖାଦ୍ୟରୁ ରକ୍ତବୀର୍ଯ୍ୟ ଭଳି ଏକ ଭୂତାଣୁର ସୃଷ୍ଟି– ଯାହାକି ମନୁଷ୍ୟ ସଂସ୍ପର୍ଶରେ ଆସିଲେ ମରିବାର ନାଁ ଗନ୍ଧ ହିଁ ନାହିଁ ବରଂ ସଂଖ୍ୟା ବଢ଼ିବାରେ ଲାଗିବ। ଏହା ହିଁ ବର୍ତ୍ତମାନର ମାରାତ୍ମକ ରୋଗର ଭୂତାଣୁ। ଏକଥା କୁହାଯାଉଛି ଯେ, ମନୁଷ୍ୟ ବିଭିନ୍ନ ପ୍ରକାରର ପଶୁପକ୍ଷୀ ମାଂସକୁ ଖାଦ୍ୟ ଅଖାଦ୍ୟ ନିର୍ବିଶେଷରେ ଭକ୍ଷଣ କରିବାରୁ ଏହି ଭୂତାଣୁର ସୃଷ୍ଟି। ଏହାର ସତ୍ୟତା ଏବେ ବି ପରୀକ୍ଷା ଓ ଗବେଷଣା ସାପେକ୍ଷ। କିନ୍ତୁ ମନୁଷ୍ୟ ନିଜ ସମ୍ମୁଖରେ ଦେଖୁଥିବା ଯେକୌଣସି ପ୍ରାଣୀକୁ ନିଜର ଖାଦ୍ୟ ଭାବେ ଭାବିବା ପରିବେଶ ପ୍ରତି ଏକ ଗୁରୁତର ଅପରାଧ। ଭାରତୀୟ ଦର୍ଶନରେ ଶିବ ପରିବାର ଯେଭଳି ଏକ ଆଦର୍ଶ ଠିକ୍ ସେହିପରି ହୋମ ଯଜ୍ଞ ଦ୍ୱାରା ବାୟୁ ମଣ୍ଡଲର ଶୋଧନ, ଶାକାହାର ଦ୍ୱାରା ଦୀର୍ଘ ଜୀବନ ଆଦିର ପରିକଳ୍ପନା ରହିଛି। ଆଜି ବୈଜ୍ଞାନିକ ଓ ଶରୀର ତତ୍ତ୍ୱବିତ୍‌ମାନେ ମଧ୍ୟ

ଏସବୁର ସତ୍ୟତାକୁ ସ୍ୱୀକାର କରିଲେଣି। ମୋଟ୍ ଉପରେ ଭାରତୀୟ ଜୀବନ ଦର୍ଶନ ଏବଂ ସାମାଜିକ ଜୀବନ ଶୈଳୀ ଅନେକ ଭୂତାଣୁକୁ ନିୟନ୍ତ୍ରଣ କରିବାରେ ସକ୍ଷମ ବୋଲି ମତ ଦେଲେଣି। ଏବେ ପ୍ରତ୍ୟେକ ବ୍ୟକ୍ତି ନିଜ ଜୀବନ ଶୈଳୀରେ ପରିବର୍ତ୍ତନ ପାଇଁ ବ୍ୟାକୁଳ। ଏହା ହିଁ ଭାରତୀୟ ଦର୍ଶନର ମୂଳ ତତ୍ତ୍ୱକୁ ବାସ୍ତବ ଭାବେ ପ୍ରମାଣିତ କରୁଛି।

"ବାଚାଂ ଶୌଚଂ ଚ ମନସଃ ଶୌଚ ମିନ୍ଦିୟ ନିଗ୍ରହଃ, ସର୍ବ୍ଭୂତେ ଦୟା, ଶୌଚମେତଦ୍ଦ୍ଧୋ ଚଂ ପରାର୍ଥନାମ।" ବଚନ ଶୁଦ୍ଧି ସତ୍ୟଭାଷିତା ଅଟେ। ମନ ଶୁଦ୍ଧି ଇନ୍ଦ୍ରିୟମାନଙ୍କୁ ଆୟତ୍ତରେ ରଖିବା। ସବୁ ଜୀବ ପ୍ରତି ଦୟା କରିବା ପରାମାର୍ଥ୍ୟ ଶୁଦ୍ଧି ଅଟେ।

ମଣିଷପଣିଆ ଯେ କେବଳ ନିରାମିଷ ଖାଦ୍ୟରେ ଥାଏ, ତାହା ନୁହେଁ। ସାଧନାମୟ ମଣିଷ ଜୀବନକୁ ଅଧିକ ରୁଦ୍ଧିମନ୍ତ, ଅଧିକ ତାତ୍ପର୍ଯ୍ୟପୂର୍ଣ୍ଣ ଓ ସଫଳ କରିବାକୁ ନିରାମିଷ ଆହାର ନିଶ୍ଚିତ ଓ ନିର୍ଦ୍ଦିଷ୍ଟ ସହାୟକ ବନିଥାଏ। ଅନ୍ୟ ଖାଦ୍ୟ ସବୁ ଇନ୍ଦ୍ରିୟମାନଙ୍କୁ ଅଧିକ ଉଛୁଙ୍ଖଳ ଓ ଅସଂଯତ କରାଇ, ବିବେକ ଓ ଚେତନାକୁ ଅନବରତ ଧକ୍କା ମାରୁଥାନ୍ତି। ଖାଦ୍ୟ ବିଷୟରେ ବେଶ୍ ସ୍ପଷ୍ଟ ଭାବରେ ମନୁସଂହିତାରେ ଲେଖା ଯାଇଛି, "ନ ମାଂସ ଭକ୍ଷେଣେଦୋଷଃ ନ ମଦ୍ୟେ ନ ଚ ମୈଥୁନେ, ପ୍ରବୃତ୍ତିଂ ଏଷା ଭୂତାନାଂ ନିବୃତ୍ତିଂ ଚ ମହାଫଲାଃ।" ଅର୍ଥାତ୍ ମାଂସ ଭୋଜନ, ମଦ୍ୟପାନ ଓ ମୈଥୁନ ଦୋଷାବହ ନୁହେଁ। କାରଣ ଏସବୁ ପ୍ରବୃତ୍ତି ଅନ୍ତର୍ଗତ ଥିବାରୁ ମଣିଷ ପ୍ରବୃତ୍ତି ଚାଲିତ। ମାତ୍ର ଏଥିରୁ ନିବୃତ୍ତ ରହିଲେ ମଣିଷ ମହାଫଳ ଲାଭ କରନ୍ତି। ତା' ସାଧନାସିକ୍ତ ଜୀବନ ଓ ଅଭ୍ୟାସ ଏଥିପ୍ରତି ରୁଚି ସୃଷ୍ଟି କରେ। ସେଥିପାଇଁ ନିରାମିଷ ଭୋଜନ, ଜୀବ ପ୍ରତି ଦୟା ଓ ମମତା ବିଷୟରେ ବହୁ ଭାବେ କୁହାଯାଇଛି। ଉଡ଼ିଯାଉଥିବା ଏକ ପକ୍ଷୀକୁ ସାନ ଭାଇ ଶରାଘାତ କଲେ। ଖଣ୍ଡେ ଦୂରରେ ରକ୍ତାକ୍ତ ପକ୍ଷୀଟି ପଡ଼ି ଛଟପଟ ହେଲା। ଗୌତମଙ୍କ ଦୃଷ୍ଟିରେ ଏହା ପଡ଼ିଲା ମାତ୍ରେ ସେ କରୁଣା ବିଚଳିତ ହୋଇ ପକ୍ଷୀଟିକୁ ଉଠାଇ ସେବା ଆରମ୍ଭ କରିଦେଲେ। ସାନ ଭାଇ ପକ୍ଷୀଟି ତା'ର କହି ଗୌତମଙ୍କୁ ମାଗିଲା। ଗୌତମ କହିଲେ, ଯେ ହତ୍ୟା କରେ ତା'ର ସେ ହେବ କେମିତି? ଯେ ରକ୍ଷା କରେ ସେ ହିଁ ତା'ର ଅଧିକାରୀ। ଏକଥା ରାଜାଙ୍କ କାନ ଯାଏଁ ଗଲା ଓ ଗୌତମଙ୍କ ସିଦ୍ଧାନ୍ତ ରାଜା ଗ୍ରହଣ କରିଥିଲେ। ତେଣୁ ନୈତିକତା ଓ ମଣିଷପଣିଆ ଦୃଷ୍ଟିରୁ 'ଜୀବେ ଦୟା' ମଣିଷପଣିଆର ଏକ ପରିମାପକ। ଏକଥା ରାକ୍ଷାସେ ବୁଝିବେ କେମିତ? ସେଥିପାଇଁ ବିଜୁଳି ବତିରେ କବି ଲେଖିଲେ– "ବାଦେ ବିଭାଘର ଭଙ୍ଗାଇଦିଏ, ନିଜ ପୋଷା ଜନ୍ତୁ ମାରି ଯେ ଖାଏ, ଚୁଗୁଲିରେ ମାରେ ପର ଦାନାକୁ, ଦୈବ ଦଣ୍ଡ ନିଶ୍ଚେ ମିଳିବ ତାକୁ।"

ପ୍ରତ୍ୟେକ ପ୍ରାଣୀଠାରେ ଭଗବାନଙ୍କ ଅସ୍ତିତ୍ୱକୁ ସ୍ୱୀକାର କରିବା ଏସଂସ୍କୃତିର ଏକ ଅଂଶ ବିଶେଷ। ଏଠି ତେତିଶ କୋଟି ଦେବଦେବୀଙ୍କୁ ବିଶ୍ୱାସ କରାଯାଏ। ଏ ପବିତ୍ର ଭାରତ ଭୂଇଁରେ ଶୁଦ୍ଧାତ୍ମାମାନେ ଆମକୁ ଶିକ୍ଷା ଦେଇ ଯାଇଛନ୍ତି। ଅହିଂସା ପରମ ଧର୍ମ। ଭାରତୀୟ ଶାସ୍ତ୍ରମାନଙ୍କରେ କାହାରି ଆତ୍ମାକୁ ଦୁଃଖ ନଦେବାକୁ ଶିକ୍ଷା ଦିଆଯାଇଛି। ଏ ସଂସ୍କୃତି କର୍ମଫଳ ଏବଂ ପୁନଃଜନ୍ମରେ ବିଶ୍ୱାସ କରେ। ଏହି ଶିକ୍ଷା ଆମକୁ ଖରାପ କର୍ମରୁ ଦୂରେଇ ରଖେ। କୁ-କର୍ମ ଉପରେ ଅଙ୍କୁଶ ଲଗାଏ। ଏହି ସିଦ୍ଧାନ୍ତ ଉପରେ ଆସ୍ଥା ଓ ବିଶ୍ୱାସ ଆସିଲେ ବ୍ୟକ୍ତି ପାପ କର୍ମକୁ ଭୟ କରେ। କାରଣ ପର ଜନ୍ମରେ ଏହାର କୁ-ପରିଣାମ ଭୋଗିବାକୁ ହେବ ବୋଲି ସେ ଜାଣେ। ତେଣୁ ଏହି ସିର୍ଦ୍ଧାନ୍ତ ମାନିବା ଦ୍ୱାରା ସତ୍କର୍ମ କରିବାକୁ ପ୍ରେରଣା ମିଳେ।

ଆମର ଏହି ପୃଥିବୀ କୋଳରେ କେତେ ପ୍ରକାରର ବୃକ୍ଷଲତା ଓ ଜୀବଜନ୍ତୁ ଏକ ପ୍ରାକୃତିକ ପ୍ରକ୍ରିୟାରେ ଯେ ସୃଷ୍ଟି ହୋଇଛନ୍ତି, ତାହାର ସହଜ ହିସାବ ଏ ପର୍ଯ୍ୟନ୍ତ ବୈଜ୍ଞାନିକ ଓ ଗବେଷକମାନେ ପାଇ ପାରିନାହାନ୍ତି। ତେବେ କୁହାଯାଉଛି ପ୍ରାୟେ ୪ ଲକ୍ଷ ପ୍ରକାରର ବୃକ୍ଷାଦି ପୃଥିବୀ ଉପରେ ରହିଛି ଓ ଏହି ବୃକ୍ଷାଦି ମଧ୍ୟରୁ ୨୦ ଶତାଂଶ ଧରଣର ବୃକ୍ଷାଦି ଲୋପ ହେବା ଉପରେ। ସେହିପରି ସ୍ୱୁଦ୍ରସ୍ୱୁଦ୍ର ପତଙ୍ଗଠାରୁ ଆରମ୍ଭ କରି ବଡ଼ ବଡ଼ ପ୍ରାଣୀମାନଙ୍କ ପ୍ରଜାତି ହିସାବ କଲେ ତାହା ୨୦

ଲକ୍ଷ ଠାରୁ ପାଞ୍ଚ କୋଟି ପ୍ରକାରର ହେବ ବୋଲି ବୈଜ୍ଞାନିମାନେ କହୁଛନ୍ତି । ସେମାନଙ୍କ ମତରେ ପ୍ରତି ବର୍ଷ ଦଶ ହଜାର ପ୍ରକାରର ଜୀବସତ୍ତା ଲୋପ ପାଇ ଯାଉଛନ୍ତି । ବୃକ୍ଷଲତା ଓ ଜୀବ ଜଗତର ସୃଷ୍ଟି ଜଳରୁ ହିଁ ହୋଇଛି । ଜୀବବିଜ୍ଞାନୀ ଡାରଉଇନ୍‌ଙ୍କ ମତରେ ଜୀବଜଗତର ପ୍ରଥମ ଆବିର୍ଭାବ ହୋଇଥିଲା ଜଳରୁ । ନିୟୁତ ନିୟୁତ ବର୍ଷ ଧରି ଏହି ପୃଥିବୀ ଜୀବଜଗତକୁ ଓ ଉଭିଦଜଗତର ଆବଶ୍ୟକତା ପୂରଣ କରିଛି । କିନ୍ତୁ ଧନ ପିପାସୁ ମୁଷ୍ଟିମେୟ ପୁଞ୍ଜିପତିଙ୍କ ଲୋଭକୁ ପୃଥିବୀ ପୂରଣ କରିବାରେ ଅସମର୍ଥ । ପୃଥିବୀ ଉପରେ ଥିବା ଜଙ୍ଗଲ, ଜଳ, ପାହାଡ଼, ପର୍ବତ, ନଦୀ, ସାଗର ଆଦି ସବୁକୁ ବିଧ୍ୱସ୍ତ କରି ଚାଲିଛନ୍ତି, ମୁନାଫା ପିପାସୁ ଧନୀ ପୁଞ୍ଜିପତିମାନେ । ସେମାନେ କେବଳ ଶ୍ରମଜୀବୀ ମଣିଷକୁ ଲୁଟ୍‌ କରୁଛନ୍ତି ବୋଲି ବିଚାର କଲେ ଭୁଲ୍‌ ହେବ ସେମାନେ ପ୍ରକୃତି ବିରୋଧରେ ଲଢ଼େଇ ଚଲାଇ ରଖିଛନ୍ତି ।

ସମାଜ ଓ ସମାଜ ମଧ୍ୟରେ ଯେଉଁ ପାର୍ଥକ୍ୟ ରହିଛି ତାହାକୁ ଯଥାର୍ଥ ଭାବେ ବୁଝିଲେ ସାମାଜିକ ବ୍ୟକ୍ତିଟିଏ ଅଧିକ ଦାୟିତ୍ୱ ସମ୍ପନ୍ନ ହେବାରେ ସମର୍ଥ ହୋଇପାରିବ । ସମାନ ଭାବରେ ଜାତ ହେଉଥିବା ପ୍ରାଣୀମାନଙ୍କୁ ଆମେ ସମାଜ କହୁ, ମାତ୍ର ସମାନ ଜନ୍ମ ହୋଇ ମଧ୍ୟ ସମ୍ୟକ୍‌ ଭାବରେ ନିଜର ଅନ୍ୟର ଓ ଶେଷରେ ସମୂହର ଉନ୍ନତି ସାଧନ କରିବାରେ ବ୍ୟାପୃତ ଥିବା ଜନସମୂହକୁ ଆମେ ସମାଜ ଆଖ୍ୟା ଦେଇଥାଉ । ସେଥିପାଇଁ ପଶୁ ସମାଜ, କୃମି ସମାଜ ଶଢ ପ୍ରୟୋଗ ହୁଏ ନାହିଁ । କେବଳ ମନୁଷ୍ୟ ସମାଜ ଶଢର ପ୍ରୟୋଗ ଦେଖାଯାଇଥାଏ । ମନୁଷ୍ୟ ଏକ ସାମାଜିକ ପ୍ରାଣୀ । ନିଜେ ବଞ୍ଚିବା ପାଇଁ ଆମେ ଯେତେବେଳେ ଅନ୍ୟ ଉପରେ ନିର୍ଭର କରିଥାଉ, ସେତେବେଳେ ଅନ୍ୟମାନଙ୍କ ପ୍ରତି ଆମର କିଛି କର୍ତ୍ତବ୍ୟବୋଧ ରହିବା ଆବଶ୍ୟକ । ନିଜର ଉନ୍ନତି ପାଇଁ ଯେଉଁମାନଙ୍କ ସ୍ନେହ, ଶ୍ରଦ୍ଧା, ସହଯୋଗରେ ଆମେ ଜୀବନ ଧାରଣ କଲେ ସେହିମାନଙ୍କ ସୁରକ୍ଷା ସହ ନିଜର ରକ୍ଷା କରିବା ଉଚିତ୍‌ । ଶେଷରେ ଯେଉଁ ସମୁଦାୟରେ ବା ସମାଜରେ ଆମେ ବଞ୍ଚୁଛୁ, ସେହି ସମାଜର ସର୍ବାଙ୍ଗୀନ ଉନ୍ନତି ପାଇଁ ମଧ୍ୟ ପ୍ରଯତ୍ନ କରିବା ଆବଶ୍ୟକ । ଏପରି ଚିନ୍ତନରେ ସମାଜର ଉତ୍‌ଥାନ ହୁଏ ଓ ଏହାର ବିପରୀତରେ ସ୍ୱାର୍ଥ, ସଂକୀର୍ଣ୍ଣ ବିଚାର, ଆତ୍ମକୈନ୍ଦ୍ରିକ ଜୀବନ ହିଁ ସମାଜ ପତନର କାରଣ ହୁଏ । ଏସମ୍ପର୍କରେ ଅଧିକ ବିଚାର କରିବାକୁ ପ୍ରଯତ୍ନ କରିବା ଆବଶ୍ୟକ ।

ମନୁଷ୍ୟର ଅନୈତିକ ଦାବି ଏବଂ ଅତ୍ୟାଚାର ଧରଣୀ ମାଆକୁ କଷ୍ଟ ଓ ଯନ୍ତ୍ରଣା ଦେବା ସହ ତାକୁ ଧୀରେ ଧୀରେ ନିଃଶେଷ କରୁଛି । ଦିନ ଆସିବ, ଧରିତ୍ରୀ ସମ୍ପୂର୍ଣ୍ଣ ନିଃସ୍ୱ ହୋଇଯିବ ଏବଂ ସନ୍ତାନମାନଙ୍କୁ ଦେବା ପାଇଁ ତା' ପାଖରେ ଆଉ କିଛି ନଥିବ । ଅମ୍ଳଜାନର ଅଭାବ, ଜଳାଭାବ, ବିଶ୍ୱତାପାୟନ, ଦୂଷିତ ବାୟୁମଣ୍ଡଳ, ପ୍ରଦୂଷିତ ବାତାବରଣ, ଅନିୟମିତ ଋତୁଚକ୍ର, ମୌସୁମି ପରିବର୍ତ୍ତନ ପ୍ରଭୃତି ତା'ର ସୂଚନା । ଏହାକୁ ହୃଦୟଙ୍ଗମ କରି ମଣିଷକୁ ତା'ର ଆଚରଣ ସୁଧାରିବାକୁ ପଡ଼ିବ ଏବଂ ମାଆ ଧରଣୀକୁ ରକ୍ଷା କରିବା ପାଇଁ ଆନ୍ତରିକ ଉଦ୍ୟମ କରିବାକୁ ପଡ଼ିବ । ପରିବେଶ, ବନ ସମ୍ପଦ, ପ୍ରାକୃତିକ ସମ୍ବଳର ସୁରକ୍ଷା ସହିତ ପ୍ରଦୂଷଣକୁ ରୋକିବା ପାଇଁ ବଳିଷ୍ଠ ପଦକ୍ଷେପ ଗ୍ରହଣ କରିବାକୁ ପଡ଼ିବ ।

ଆହୁରି ମଧ୍ୟ ଆମର ସେ ମଧ୍ୟଯୁଗୀୟ ଚଳଣିରେ ପରିବର୍ତ୍ତନ ଘଟିଛି । ଆଧୁନିକତାର ଦ୍ୱାହି ଦେଇ ଆମେ ଆମ ପିଲାଛୁଆମାନଙ୍କୁ ବଦଲି ଯିବା ପାଇଁ ଏକ ପ୍ରକାର ବାଧ୍ୟ କରୁଛୁ । ଆମମାନଙ୍କ ମଧ୍ୟରେ ଥିବା ଭାଇଚାରାକୁ ଆମେ ଜାଣିଶୁଣି ସଚେତନ ଥାଇ ନଷ୍ଟ କରି ଦେଉଛନ୍ତି । ଆମମାନଙ୍କ ଭିତରେ ପାର୍ଥକ୍ୟର ସୀମାରେଖା ଆମେ ନିଜେ ଟାଣି ଦେଉଛନ୍ତି । ବ୍ୟବଧାନର ପ୍ରାଚୀର ଠିଆ କରୁଛନ୍ତି । ନିଜ ବଡ଼ତିପଣ ଦେଖାଇବାକୁ ଯାଇ ତୁଚ୍ଛା ଅହମିକାରେ ଅନ୍ଧ ହୋଇ ଯାଉଛନ୍ତି । ବୃଥା ଗର୍ବ ମନୋବୃତ୍ତିର ବଶବର୍ତ୍ତୀ ହୋଇ ଆମେ ହିତାହିତ ଜ୍ଞାନ ହରାଇ ବସୁଛନ୍ତି । ଈର୍ଷା, ଦ୍ୱେଷ, ଘୃଣା, ପରଶ୍ରୀକାତରତା ଭାବ ଆମକୁ ଆବୋରି ବସିଛି । ଆସୁହ୍ୟା, ହେୟଜ୍ଞାନର ଭାବନା ଆମ ଅନ୍ତରକୁ ଅଧିକାର କରିନେଇଛି । ପରସ୍ପରକୁ ସାହାଯ୍ୟ ସହଯୋଗ ନକରି ଆମେ ପରଚ୍ଛିଦ୍ର ଖୋଜିବାରେ ବ୍ୟସ୍ତ ରହିଛନ୍ତି । ଅନ୍ୟର ଦୋଷ ଦୁର୍ବଳତାକୁ ନିରୀକ୍ଷଣ କରି କିପରି ତାକୁ ହଇରାଣ କରାଯିବ ସେନେଇ ଆମେ ବ୍ୟସ୍ତ ରହି ଆମର ବହୁ ମୂଲ୍ୟ ସମୟକୁ ବୃଥାରେ ନଷ୍ଟ

କରୁଛନ୍ତି । ଅନ୍ୟକୁ ଘୃଣା କରିବାର ମନୋବୃତ୍ତି, ଅନ୍ୟକୁ ହୀନ ଦୃଷ୍ଟିରେ ଦେଖିବାର ଅଭିରୁଚି ଆମକୁ ଗ୍ରାସ କରି ବସିଲାଣି । ଅଭିମାନ, ଗର୍ବ, ଅହଙ୍କାର ଦ୍ୱାରା ଆମେ ପୂରା ମାତ୍ରାରେ ପ୍ରଭାବିତ ହୋଇ ଉଦ୍ଧତାମି ପ୍ରଦର୍ଶନ କରିବାକୁ ଯାଇ ମଣିଷପଣିଆ ହରାଇ ବସିଲେଣି । ମାନବିକତା ଭାବ ବଦଳରେ ବର୍ବରତା, ଶଠତା, ହୀନମନ୍ୟତା, ଅମଣିଷପଣିଆ ଆମ ସ୍ୱଭାବକୁ ବଦଳାଇ ଦେଇ ସାରିଲାଣି । ଅନେକ ଦିନରୁ ଆମେ ସ୍ୱାର୍ଥକୈନ୍ଦ୍ରିକ ହୋଇଗଲୁଣି । ମଣିଷପଣିଆର ମାନସିକତା ବର୍ଜନ କରି ବ୍ୟକ୍ତି ସର୍ବସ୍ୱ ପାଲଟି ଗଲୁଣି ।

ଆହୁରି ମଧ୍ୟ ଆମେ ଅପସଂସ୍କୃତିକୁ ଆପଣେଇବାକୁ ଯାଇ ଆମ ସମାଜରେ ବ୍ୟଭିଚାରକୁ ପ୍ରଶ୍ରୟ ଦେଉଛନ୍ତି । ପାଶ୍ଚାତ୍ୟ ସଂସ୍କୃତିର ପ୍ରଭାବରେ ପ୍ରଭାବିତ ହୋଇ ଉଗ୍ର ଆଧୁନିକତାର ଦ୍ୱାହି ଦେଇ ଆମେ ଆମ ପରିବାରକୁ ସାଧାରଣ ଲୋକମାନଙ୍କଠାରୁ ପୃଥକ କରି ଦେଉଛନ୍ତି । ସେମାନଙ୍କୁ ଭିନ୍ନ (ସ୍ୱତନ୍ତ୍ର) ପ୍ରକାରେ ଗଢ଼ିବାକୁ ପ୍ରୟାସୀ ହୋଇ ପଡୁଛନ୍ତି । ପୁନେଇ ପରବରେ ଗାଁର ଧନୀ ଲୋକଟି ତା' ଝିଅକୁ ପଡ଼ିଶା ଘର ଝିଅମାନଙ୍କ ସହିତ ମିଶିବାକୁ ବାରଣ କରୁଛି । ପିଲାମାନଙ୍କୁ ମାତୃଭାଷାରେ ଶିକ୍ଷା ନଦେଇ ଇଂରାଜୀ ମାଧ୍ୟମ ସ୍କୁଲରେ ପଢ଼ାଉଛନ୍ତି । ସାଇ ପଡ଼ିଶାଙ୍କ ପ୍ରତି ଆମ ହୀନମନ୍ୟତା ଆମକୁ ଆମ ମାତୃଭାଷା ପ୍ରତି ଘୃଣାଭାବ ଉଦ୍ରେକ କରାଇବାରେ ଯଥେଷ୍ଟ ସହାୟକ ହେଉଛି । ଶିକ୍ଷିତ ବର୍ଗର ଲୋକମାନେ ତାଙ୍କ ଝିଅକୁ ପଡ଼ିଶା ଘର ଝିଅ ସହିତ ଗାଧୋଇବାକୁ ଛାଡ଼ୁ ନାହାନ୍ତି । ନିଜେ ତିଆରି କରିଥିବା ଗାଧୁଆ ଘରେ ଝିଅର ଅନିଚ୍ଛା ସତ୍ତ୍ୱେ ତାକୁ ଗାଧୋଇବାକୁ ବାଧ୍ୟ କରାଯାଉଛି । ତାଙ୍କ ଘରର ଝିଅମାନଙ୍କୁ ପଡ଼ିଶା ଘର ଝିଅମାନଙ୍କ ସହିତ ରଜରେ ଗାଁ ମୁଣ୍ଡ ତୋଟାରେ ଲାଗିଥିବା ଦୋଳି ଖେଳିବାକୁ ଓ କୁଆଁର ପୂର୍ଣ୍ଣିମାରେ ଗାଁ ଦାଣ୍ଡରେ ସାଇ ଝିଅମାନଙ୍କ ସହିତ ମିଶି ପୁଚି ଖେଳିବାକୁ ବାରଣ କରାଯାଇଛି । ପୁଅକୁ ସାଧାରଣ ପିଲାମାନଙ୍କ ସହିତ ମିଶିବାର ସୁଯୋଗ ଦିଆଯାଉନାହିଁ । ପଡ଼ିଶା ଘର ପିଲାମାନଙ୍କ ସହିତ ଖେଳିବାକୁ ଛଡ଼ାଯାଉନି । ପୁଅକୁ ଗାଁ ପିଲାମାନଙ୍କ ସହିତ ସାଙ୍ଗ ହେବାକୁ ଦିଆଯାଉ ନାହିଁ । ଯାହା ଫଳରେ ସେ ନିଜ ଘର ଲୋକଙ୍କୁ ଲୁଚି ଲୁଚି ସେମାନଙ୍କ ସହିତ (ଗାଁ ପିଲାଙ୍କ ସହିତ) ମିଶୁଛି ଓ ସେମାନେ କେବଳ ମୋବାଇଲରେ ଯାହା ସମ୍ପର୍କ ରଖୁଛନ୍ତି । ଏହାଦ୍ୱାରା ସେହି ପିଲାମାନେ ସମାଜ ସହିତ ମିଶି ନପାରି ଅସାମାଜିକ ହୋଇଯାଉଛନ୍ତି । ଧନୀ ଓ ଶିକ୍ଷିତ ବର୍ଗର ବାବୁମାନେ ଭାବନ୍ତି ଯେ, ସେମାନଙ୍କର ପିଲାର କୌଣସି ସୁଗୁଣ କିମ୍ବା ଯୋଗ୍ୟତା ନଥାଇ ସେ କେବଳ ସେମାନଙ୍କ (ବାପାର) ଖାତିରିରେ ସମାଜରେ ପ୍ରାଧାନ୍ୟ ବିସ୍ତାର କରିବାର ସୁଯୋଗ ପାଉ ଓ (ପ୍ରତିଷ୍ଠିତ ହେଉ) ପ୍ରତିଷ୍ଠା ଅର୍ଜନ କରିବାକୁ ସମର୍ଥ ହୋଇପାରୁ । ଏହିପରି ଭାବନା ଓ ମାନସିକତା ମଧ୍ୟ ଆମମାନଙ୍କ ଅନ୍ତରରେ ଭରି ରହିଛି । ଅହଙ୍କାରର ବଶବର୍ତ୍ତୀ ହୋଇ ଅମୁକ ବାବୁଙ୍କ ପୁଅ ଗାଁର ଆଉ ପାଞ୍ଚ ଜଣ ସାଧାରଣ ପିଲାଙ୍କ ପରି ଗାଁ ସରକାରୀ ସ୍କୁଲରେ ମାତୃଭାଷାରେ ପଢ଼ିବା, ନିଜ ପ୍ରତି ଅସମ୍ମାନଜନକ କାର୍ଯ୍ୟ ଭାବି ତାଙ୍କ ପିଲାମାନଙ୍କୁ ଇଂରାଜୀ ମାଧ୍ୟମ ସ୍କୁଲରେ ଅଧିକ ଅର୍ଥ ବ୍ୟୟ କରି ପଢ଼ାଉଛନ୍ତି । ମାତୃଭାଷା ପ୍ରତି ଅନାଦାର ତଥା ହେୟଜ୍ଞାନ ଓ ପଡ଼ୋଶୀଙ୍କ ପ୍ରତି ଘୃଣା ଭାବ ଯୋଗୁଁ ଆମେମାନେ ଏହିପରି କରୁଛନ୍ତି ହେଲେ କେବେ ବି ବୁଝିବାକୁ ପ୍ରସ୍ତୁତ ନୁହନ୍ତି ଯେ ଏହି ଇଂରାଜୀ ଭାଷା ପ୍ରତି ଆମର ଅହେତୁକ ଦୁର୍ବଳତା ହିଁ ଆମର ଦୁଇଶହ ବର୍ଷ ଗୋଲାମୀର ନିଦର୍ଶନ ।

ଏଠିନେ ଥିଲାବାଲାର (ଆର୍ଥିକ ସ୍ୱଚ୍ଛଳ) ଝିଅ ଗାଧୁଆ ଘରେ । ମଧ୍ୟବିତ୍ତମାନେ ନଳକୂପ ପାଖରେ ଓ କେହି କେହି ନଳକୂଳିଆ ନଳରେ କିମ୍ବା ନିଜ ବାଡ଼ିରେ ଥିବା ଆପଣା ବ୍ୟକ୍ତିଗତ ପୋଖରୀରେ ଗାଧୋଉଛନ୍ତି । ଗରିବର ଝିଅଟି ଧନିକ ଘରକୁ ଯାଇ ପାରୁନି । ଧନୀର ଝିଅକୁ ଗରିବ ଘରକୁ ଆସିବା ମନା । ଝିଅମାନଙ୍କୁ ଡାକିଲେ ତାଙ୍କ ମାଆ କହନ୍ତି- "ନାହିଁ ସେ ତୁମମାନଙ୍କ ସହିତ ମିଶିବନି, ସେ କଲେଜରେ ପଢୁଛି । ଗାଁରେ ବୁଲିବା ସେ ଜାଣି ନାହିଁ । ସେ ଆମ ପରିବାର ଛଡ଼ା ଅନ୍ୟମାନଙ୍କ ସହିତ ମିଶେ ନାହିଁ । ସବୁବେଳେ ଘରେ ବସି ପଢୁଥାଏ । ତା' ପଢ଼ା ଘରୁ ସେ ପ୍ରାୟତଃ ପଦାକୁ ବାହାରେ ନାହିଁ । ତା' ବାପା ତା' ପାଠପଢ଼ା ବାବଦରେ କାହିଁରେ କେତେ ଟଙ୍କା ଖର୍ଚ୍ଚ କରୁଛନ୍ତି କ'ଣ ତୁମମାନଙ୍କ ପରି ଅପାଠୋଇ

ମଫସଲିଆଙ୍କ ସହିତ ସାଙ୍ଗ ହେବାକୁ ?” କିଏ କହେ “ମୋ ଝିଅର ବାହାରେ ଗାଧୋଇବା ଅଭ୍ୟାସ ମୂଳରୁ ନାହିଁ। ସେ, ତା’ ପିଲାଦିନୁ କେବଳ ଗାଧୁଆ ଘରେ ଗାଧାଏ। ପୋଖରୀର ପଚା ପାଣିରେ ମୋ ଝିଅ ଗାଧାଏ ନାହିଁ। ନଦ ପାଣି ତ’ ସହଜେ ଅସନା। ତା’ ବାଦ୍ ନଦରେ କିମ୍ବା ପୋଖରୀରେ ଗାଧୋଇଲେ ତାକୁ ଥଣ୍ଡା ଧରିବ।” କେହି କହିଥାଏ, ‘ନଳକୂପ ଛଡ଼ା ଅନ୍ୟ କେଉଁଠି ଗାଧୋଇଲେ ମୋ ଝିଅର ଥଣ୍ଡାଜ୍ୱର ବାହାରିବ। ତା’ବାପା କେତେ ଯେ ଟଙ୍କା ତା’ ଦେହ ପାଇଁ ସାରିଲେଣି ତା’ର ହିସାବ ଅଛି ? ସେ ପୁଣି ତୁମମାନଙ୍କ ସହିତ ଯାଇ ହଇରାଣରେ ପଡ଼ିବ। ଅସୁବିଧା ହେବ ତା’ର। କଷ୍ଟ ଭୋଗିବ। ନା’ ସେ ତମମାନଙ୍କ ସାଙ୍ଗରେ ଯାଇ ପାରିବନି।” ଏମିତି କେତେ କଥା, କେତେ ରକମର ବାହାନା, କେତେ ପ୍ରକାର ଛଳନା, କେତେ କିସମର ପେଖନା, କେତେ ବାହାରେ ଅନ୍ୟମାନଙ୍କ ସହିତ ନମିଶିବା ଲାଗି। କାହା ସହିତ ସାଙ୍ଗ ନହେବା ପାଇଁ, କେତେ ରକମ ଆଳର ଅବତାରଣା ଆଉ ଉଦାହରଣର ଉପଲକ୍ଷ୍ୟ ଦିଆଯାଏ। କାହାରି ସହିତ କାହାର ପଡ଼େନା। ମନ ମିଶେନା। କଥାର ମେଳ ରହେନା। ଭାବନାର ଯୋଗସୂତ୍ର ନଥାଏ। ଚିନ୍ତାଧାରାର ସାମଞ୍ଜସ୍ୟ ରହେନା। ଇଚ୍ଛା ନଥାଏ ସାଙ୍ଗ ହେବାକୁ। ଆଗ୍ରହ ରହେନା ମିଳାମିଶା ଲାଗି। ମନ କରନ୍ତି ନାହିଁ ମିଶିବା ପାଇଁ, ଉଦ୍ୟମ ମଧ୍ୟ ନଥାଏ ସେମାନଙ୍କ ମଧ୍ୟରେ ଏକତ୍ର ବସାଉଠା ହେବାକୁ। ଆବେଗ ରହିନଥାଏ ଏକମେଳ ହେବାକୁ। ଆକାଂକ୍ଷା ବି ରହେନା ମେଳି ବାନ୍ଧି ସାଇ ବୁଲିବା ପାଇଁ। ଆଶା କରିନଥାନ୍ତି ସାଙ୍ଗ ମେଳରେ ପର୍ବ ଦିନଟିକୁ ଅତିବାହିତ କରିଦେବାକୁ। ହସଖୁସିରେ କଟାଇ ଦେବାକୁ ଉକ୍ତ ଦିବସକୁ ଚେଷ୍ଟା କରିନଥାନ୍ତି। ଆନନ୍ଦ ଉଲ୍ଲାସରେ ପର୍ବକୁ ପାଳନ କରିବା ନିମିତ୍ତ। ଗୋଟିଏ ଗାଁର ଝିଅଙ୍କ ମଧ୍ୟରେ ଭଲ ସମ୍ପର୍କ ରହୁନି। ଉତ୍ତମ ବୁଝାମଣାର ଅଭାବ ପରିଲକ୍ଷିତ ହେଉଛି। ଏକା ସାଇ ଝିଅମାନଙ୍କ ଭିତରେ ମନ ଫଟାଫଟି, ରାଗରୁଷା, ମାନଅଭିମାନ, ଈର୍ଷା, ହିଂସା, ଅସୂୟାଭାବ, ପରଶ୍ରୀକାତରତାପଣ, କେହି କାହାରି ଶ୍ରୀ ଦେଖିପାରୁ ନାହାନ୍ତି। ସହିପାରନ୍ତି ନାହିଁ ଅନ୍ୟର ଉତ୍‌ଥାନକୁ। ଜଣଙ୍କ ବଢ଼ତିରେ ଅନ୍ୟ ଜଣେ ଈର୍ଷାପରାୟଣ ହୋଇ ଉଠୁଛି। ଅସହଣି ଭାବ ପ୍ରକାଶ କରୁଛି। ଅସନ୍ତୁଷ୍ଟ ହେଉଛି। ବିରୋଧ କରୁଛି। ଅନ୍ୟର ପ୍ରଗତିକୁ ପ୍ରତିରୋଧ କରିବା ଲାଗି ଚେଷ୍ଟା କରୁଛି। ଉଦ୍ୟମ ଅବ୍ୟାହତ ରଖୁଛି। ଉପାୟ ଖୋଜି ବୁଲୁଛି କିପରି ତା’ର କ୍ଷତି ସାଧନ କରିପାରିବ। ତା’ର ପ୍ରଗତିରେ ପ୍ରତି ବନ୍ଧକ ସୃଷ୍ଟି କରିପାରିବ। ବିପର୍ଯ୍ୟୟ ଘଟାଇବ ତା’ର ଅଗ୍ରଗତିରେ। ସେଥିପାଇଁ ପରସ୍ପର ମଧ୍ୟରେ ଅସୂୟାଭାବ, ଅସହଣି ମନବୃତ୍ତି, ଅଦେଖାପଣିଆ, ପରଶ୍ରୀକାତର ମନବୃତ୍ତି, କାହାରି ସହିତ କାହାର ଅନ୍ତରର ମେଳ ନଥାଏ। ଆନ୍ତରିକତାର ସହିତ ମିଳାମିଶା ପାଇଁ କେହି ଆଗ୍ରହି ନୁହନ୍ତି କିମ୍ବା ଉଦ୍ୟମ କରନ୍ତିନି। ଆବେଗ ନଥାଏ ସେଥିଲାଗି ସେମାନଙ୍କର। ଯେଝା ବାଟରେ ଯେଝା। ସବୁ ଅଲଗା। ଗାଧୋଇବା, ବୁଲିବା, କଥାଭାଷା, ଗପସପ, ଦେବାନେବା, ବସାଉଠା ଏପରିକି ଦେଖାଦେଖି, ଅନାଅନି ପର୍ଯ୍ୟନ୍ତ। ସମସ୍ତେ ସମସ୍ତଙ୍କଠୁ ପୃଥକ। କାହାରି ସହିତ କାହାରି ସମ୍ପର୍କ ନାହିଁ। ମିଳାମିଶା ନାହିଁ। କାହାର କାହା ସାଙ୍ଗରେ ମେଳ ରହେନା। ଆଚାର ଆଉ ଆଚରଣର, ବିଚାରଶୀଳତା ଓ ବ୍ୟବହାରର। ମନବୃତ୍ତି ଏବଂ ହାବଭାବର। ଦେବତା ଓ ଅସୁରଙ୍କ ପରି। ଗୋଟିଏ ପଲ୍ଲୀ କୋଳରେ ଜନ୍ମ ହୋଇ ମଧ୍ୟ। ଏକ ଗାଁର ଲୋକ ହେଲେ ସୁଦ୍ଧା। ଗୋଟିଏ ସାଇରେ ବସତି, ଏକ ବସ୍ତିର ବାସିନ୍ଦା, ଘରକୁ ଲାଗିଛି ଘର, ଚାଳ ସବୁ ଲଗାଲଗି ହୋଇ ରହିଛି। ତା’ ହେତାକୁ ଇୟା ବାଡ଼ି ଲାଗିଛି। ଦୁଇ ଖଳା ବାଡ଼ି ମଝିରେ ଗୋଟିଏ ବାଡ଼। ଦାଣ୍ଡକୁ ଦାଣ୍ଡ ମିଶିଛି। ଦୁଇ ଘର ମଝିରେ ଗୋଟିଏ ଚାଲ। ଦୁଇ ଘର ମଝିରେ ଗୋଟିଏ ଗଲି। ପିଣ୍ଡାକୁ ଲାଗିଛି ପିଣ୍ଡା। ଗୋଡ଼ ବଢ଼ାଇ ଦେଲେ ଏପିଣ୍ଡାରୁ ସେ ପିଣ୍ଡାକୁ ପାଇଯାଏ। ସକାଳୁ ଉଠିଲେ ମୁହଁ ଚାହାଁଚାହିଁ। ପରସ୍ପର ପରସ୍ପରକୁ ଦେଖନ୍ତି ମଧ୍ୟ। ରାତିରେ ନିଦ୍ର ଯାଆନ୍ତି ଗୋଟିଏ ପଲ୍ଲୀମା କୋଳରେ। ସେ ଘରେ ଫୁଟଣ ଫୁଟିଲେ ଏଘରକୁ ଶୁଭେ। ସେ ଘରର ତରକାରୀ ବଘରା ହେଲେ ଏଘର ଲୋକଙ୍କୁ ବାସେ। ସେ ଘର ଡାଲି ଛୁଙ୍କ ଦିଆଗଲେ ଆଗଘର ଲୋକମାନେ ଝିଙ୍କନ୍ତି। ସେ ଘର ଛୁଆ କାନ୍ଦିଲେ ତା କାନ୍ଦଣାର କୁଆଁ କୁଆଁ ଶବ୍ଦ ଏଘରକୁ ଶୁଭାଯାଏ। ସେ ଘର ବୋହୁ

ଚାଲିଲେ ତା'ପାଦ ପାଉଁଜିର ରୁଣୁଝୁଣୁ ଶବ୍ଦ ଏଘର ଲୋକମାନେ ଶୁଣିପାରନ୍ତି । ସେ ଘର ଭୁଆଁଶୁଣୀ ହାତ କଙ୍କଣର (କାଚର) ଝମଝମ ଆବାଜ ଏଘର ଲୋକମାନଙ୍କୁ ତା' ଉପସ୍ଥିତି ଜଣାଇ ଦେଇଥାଏ । ହେଲେ କାହାରି ସହିତ କାହାର ପଡ଼େନା । ମନ ଫଟାଫଟି, ଅନ୍ତରରେ ବୈରୀ ଭାବ, ହୃଦୟରେ ଅଇରିପଣ । ଆତ୍ମାରେ ଶତ୍ରୁତା ଆଚରଣ ମନବୃଭି, ପରଶ୍ରୀକାତରତା ଭାବ, ଅସୂୟା ପଣିଆ, ଅଦେଖା ଭାବନା, ଅସହଣୀ ମନବୃଭି, ଅରାତି ଭାବନା ପୂରି ରହିଛି ପ୍ରାଣରେ । ଆମର ଏକଥା ବୁଝିବା ନିହାତି ଆବଶ୍ୟକ ଯେ ପରସ୍ପର ପ୍ରତି ସହଯୋଗର ମନବୃଭି ଦ୍ୱାରା ଏକ ସୁସ୍ଥ ସମାଜର ସଂରଚନା କରାଯାଇପାରେ, ଅସମ୍ଭବକୁ ସମ୍ଭବ କରିହେବ ।

ସାହିର ପିଲାମାନେ ସାଙ୍ଗ ହୋଇପାରନ୍ତି ନାହିଁ । ଦୁଇ ଘରର ପିଲା ସେମାନଙ୍କ ଦାଣ୍ଡପିଣ୍ଡାରେ ଠିଆ ହୋଇ ପରସ୍ପରକୁ ଅନାଇଁ ରହନ୍ତି । ମିଳିମିଶି ଖେଳିବା ଲାଗି ହାଇଁପାଇଁ ହୁଅନ୍ତି । ସାଙ୍ଗ ହେବା ପାଇଁ ବ୍ୟାକୁଳ ହେଉଥାନ୍ତି । ଆକୁଳତା ସହକାରେ ଅପେକ୍ଷା କରନ୍ତି ମୁରବିମାନଙ୍କୁ । ଆବେଗର ସହିତ ପ୍ରତୀକ୍ଷାରେ ରହନ୍ତି ବାପାଙ୍କ କଥାକୁ । ଉଦ୍ବିଗ୍ନ ଅନ୍ତରରେ ଅପେକ୍ଷା କରିଥାନ୍ତି ମାଆଙ୍କ ସାମାନ୍ୟତମ ଇସାରାକୁ । ମାତ୍ର ସେ ସକାଶେ ଘରର ମୁରବିମାନଙ୍କୁ ଅନୁମତି ମିଳେନା ସାଙ୍ଗ ହେବା ପାଇଁ । ମିଳାମିଶା ସକାଶେ । ଏକାଠି ହେବାକୁ । ଏକତ୍ର ବସା ଉଠା ଲାଗି ସୁଯୋଗ ନଥାଏ । ବଡ଼ ପିଲାମାନଙ୍କୁ ରଜ ଦୋଳି ଖେଳିବାକୁ ଡାକିଲେ ଉତ୍ତର ମିଳେ, "ନା ମୋ ଝିଅ ଦୋଳି ଖେଳିବନି । ତା' ମୁଣ୍ଡ ବୁଲାଇବ ।" ସାହି ଝିଅମାନେ ତାଙ୍କ ଝିଅକୁ ପ୍ରଥମାଷ୍ଟମୀରେ ଖାଇବାକୁ ଡାକିଲେ କୁହାଯାଇଥାଏ, "ମୋଝିଅ କାହା ସାଙ୍ଗରେ ଖାଏନା । ତା' ପେଟରେ ଏଣ୍ଡୁରି ପିଠା ହଜମ ହେବନି । ସେ ବିରଆନି ଆଉ ପଲାଉ ଖାଏ । ତୁମର ଏଗୁଡ଼ାକ କ'ଣ ଖାଦ୍ୟ ? ଯାକୁ ମଣିଷ ଖାଆନ୍ତି ? କୁକୁର ଖାଇବା କଥାନା ।" ଆଉ ସାଙ୍ଗ ମେଳରେ ଗାଁ ବୁଲି ଯିବାକୁ ପଡ଼ିଶା ଝିଅ ଡାକିଲେ ତାଙ୍କ ମାଆ ମୂଳରୁ କଥା କାଟି ଦେଇଥାଏ । ତାଙ୍କ ପାଟିରୁ ଶୁଣିବାକୁ ମିଳେ– "ମୋ ଝିଅ ଲୁଗା ପିନ୍ଧି ଶିଖି ନାହିଁ । ସେ ଡ୍ରେସ୍ ପିନ୍ଧି କଲେଜ ଯାଏ । ରାତିରେ ନାଇଟ୍ ପିନ୍ଧି ଶୁଏ । ତା'ର ସମୟ କାହିଁ ସେ ଶାଢ଼ି ପିନ୍ଧା ଶିଖିବ ।" ଏମିତ କେତେ ବାହାନା, କେତେ ଆଳ, କେତେ ଫନ୍ଦି ବାହାରେ । କେତେ ଫିକରରେ କଥା କୁହାଯାଏ । ପ୍ରକାର-ପ୍ରକାର, ରକମ-ରକମ, ବାବଦ-ବାବଦ ପେଖନା ବାହାର କରାଯାଏ ନମିଶିବା ପାଇଁ, ସାଙ୍ଗ ନହେବାକୁ । ଏକତ୍ର ନହେବା ଲାଗି ।

ଅର୍ଧ ଶିକ୍ଷିତ । ଛୋଟ ଘରର ଲୋକ, ନିମ୍ନ ଶ୍ରେଣୀୟ, ତଳ ପାହାଚ ବାଲା, ନଥିଲା ଘରର ଦାୟାଦ, ଗରିବ ଘର ଓ ଅଭାବ ଗ୍ରସ୍ତମାନେ କିଛି ଗୋଟେ ସୁବିଧା ପାଇଲେ, ସୁଯୋଗ ଆସିଲେ ସେମାନଙ୍କର କପାଳରେ, କୌଣସି ଉପାୟରେ କିଛି ଫାଇଦା ହାସଲ କରିପାରିଲେ, ଭାଗ୍ୟ ବଦଳାଇବା ଆରମ୍ଭ କଲେ, ନସିବ ପରିବର୍ତ୍ତନର ସୁରାକ ପାଇଲେ, ଉତ୍ଥାନର ସମୟ ଆସିଗଲେ, ସୁଦିନର ଆରମ୍ଭ ହେଲେ, ଆସ୍ତେ ଆସ୍ତେ କିଛି ଧନ ସଞ୍ଚୟ କରି ବଢ଼ିବାକୁ ଇଚ୍ଛା ପୋଷଣ କରୁଥିବା ଦରିଦ୍ର ପରିବାର । କ୍ରମେ କ୍ରମେ ଉପରକୁ ଉଠିବା ପାଇଁ ଉଦ୍ୟମ ରତ ଗୋବର ସାଉଁଟାର ସନ୍ତାନ । ଧୀରେ ଧୀରେ ବିଉଶାଳୀ ହେଉଥିବା ଧାନକୁଟିର ପୁଅ । ଅଳ୍ପ ଅଳ୍ପ ଜମିଜମା ବଢ଼ାଉଥିବା ଦିନମଜୁରିଆଙ୍କ ମୁହଁରୁ ଏହିପରି କଥା ସବୁ ଶୁଣିବାକୁ ମିଳେ । ସେମାନେ ଏପରି କଥା କହି ଦେଖାଇ ଦେବାକୁ ଚାହାନ୍ତି ଯେ, ସେମାନେ ଆଉ ଆଗପରି ହୋଇ ରହିନାହାନ୍ତି । ଏମିତି ଟୀକାଟିପ୍ପଣୀ ଦେଇ ସେମାନେ ଅନ୍ୟମାନଙ୍କୁ ଜଣାଇ ଦେବାକୁ ଇଚ୍ଛା କରନ୍ତି, ଯେପରି କିମିଆ ବଳରେ (ପ୍ରଭାବରେ) ବଢ଼ିଯାଇ ସେମାନେ କାହିଁରେ କଅଣ ହୋଇସାରିଲେଣି । ସେମାନେ ଏହିଭଳି ସୂଚାଇ ଦେଇ ଆଶା ପୋଷଣ କରିଥାନ୍ତି, ସେମାନେ ଏବେ ଆଉ ପୂର୍ବର ସେମାନେ (ଯେପରି ଅବହେଳିତ, ଅନାଦୃତ, ଉପେକ୍ଷିତ, ଅବଜ୍ଞା ପରିସରଭୁକ୍ତ) ହୋଇ ରହିନାହାନ୍ତି । ସେମାନଙ୍କର ଆଶଙ୍କା ଥାଏ, ସାଧାରଣ ଲୋକମାନଙ୍କ ସହିତ ମିଶିଲେ କାଳେ ତାଙ୍କୁ ସମାଜ ଆଗଭଳି ଦେଖିବ ? ସଂସାର ପୂର୍ବପରି ଦୃଷ୍ଟିକୋଣରୁ ବିଚାର କରିବ । ଦୁନିଆ ସେମାନଙ୍କ ସେତେବେଳର ସ୍ଥିତିରେ ଗଣନା କରିବ, ସେହିପରି ଆକଳନ କରି ବସିବ । ଏହି ଭୟ ଥାଏ ସେମାନଙ୍କର । ଦୁର୍ବଳ

ମାନସିକତା, ଅସହାୟ ବ୍ୟକ୍ତିତ୍ୱପଣିଆ, ଡରୁଆ ମନଭାବ, ଭୟାଳୁ ଜିଜ୍ଞାସା, ଭୀରୁତା ପ୍ରବଣତାର ଆଶଙ୍କାରେ ଜର୍ଜରିତ ହୋଇ ସେମାନେ କଳ୍ପନା କରି ବସନ୍ତି । ସମାଜ ସେମାନଙ୍କୁ ଆଗପରି କଳନା କରି ବସିବ । ସେହିପରି ହୀନ ଚକ୍ଷୁରେ ଚାହିଁବ । ଅସହାୟ ପଣିଆ ଆଖିରେ ନଜର ପକାଇବ । ନିପାରିଲା ବୁଭୁକ୍ଷୁ କାଙ୍ଗାଲ ମଣିଷଙ୍କ ଭଳି ଦେଖିବ ।

ସେମାନେ ତାଙ୍କ ପିଲାମାନଙ୍କୁ, ବାପାଙ୍କୁ-ଡାଡ଼ି ଓ ବୋଉ (ମାଆ)କୁ ମମି ଡାକିବାକୁ ବାଧ୍ୟ କରିଥାନ୍ତି । ଏମାନେ ବୁଝିବାକୁ ପ୍ରସ୍ତୁତ ନୁହନ୍ତି ବୋଉ କିମ୍ବା ମାଆ ଡାକରୁ ମିଳୁଥିବା ସ୍ନେହ ଶ୍ରଦ୍ଧା, ଆନ୍ତରିକତା, ସଦିଚ୍ଛା, କୋମଳତା, ଅନାବିଳତା, ଆଦରଣୀୟତା, ମମତା, ବାତ୍ସଲ୍ୟତା, କରୁଣାଭାବନା ଏବେ ମମିମାନଙ୍କ ପାଖରେ ନାହିଁ । ସେ ସବୁ ମାନବିକ ଗୁଣ ଫିକା ପଡ଼ିଗଲାଣି । ବୋଉ ବା ମାଆଠାରୁ ମମିମାନେ ଅନେକ ତଫାତ୍, ଫରକ୍ । ବୋଉ ବା ମାଆ ଡାକରେ ରହିଛି ଗୋଟିଏ ଅସରା କାହାଣୀର ଗପ । ଆଉ ମମି ହେଉଛି ଗୋଟିଏ ଅଡ଼ିଣ୍ଟା ଅଙ୍କ । ବୋଉ ବା ମାଆର କାହାଣୀ ଯେତେ କହୁଥିଲେ ତାହା ମୋଟେ ସରିବନି । ମମିର ଗଣିତକୁ ଯେତେ କଷୁଥିଲେ ତା'ର ସମସ୍ୟା ଜମା ଛିଡ଼ିବ ନାହିଁ ବରଂ ବଢ଼ି ବଢ଼ି ଚାଲିଥିବ । ବୋଉ ବା ମାଆ ଡାକରେ ଥିବା ଉଦାରତା, ମମି ଡାକରେ ଉଦାସୀନତାରେ ପରିଣତ ହୋଇଯାଏ ।

ସେମାନେ ଦେଖେଇ ଦେବାକୁ ଚାହୁଁ ଥାଆନ୍ତି ଯେ, ସେମାନେ ଏବେ ଗାଁ ଚାଟଶାଳୀରେ ଅବଧାନଙ୍କ ପାଖରେ ସ୍ଲେଟ୍‌ରେ ମଡ଼ାଇ ମଡ଼ାଇ ଶିଖୁଥିବା ବର୍ଣ୍ଣମାଳାର ପ୍ରଥମ (ଆଦ୍ୟ) ଅକ୍ଷର 'ଅ' ହୋଇ ଆଉ ରହିନାହାନ୍ତି । ସେମାନେ ଅନ୍ୟମାନଙ୍କୁ ଜଣାଇଦେବାକୁ ଇଚ୍ଛା ପୋଷଣ କରନ୍ତି ବର୍ଣ୍ଣବୋଧରେ ଲେଖା ହୋଇଥିବା "ଅରଣା ମଇଁଷି ରହିଛି ଅନାଇଁ"ର 'ଅ' ଅକ୍ଷର ପରିବର୍ତ୍ତନ ହୋଇ ବର୍ତ୍ତମାନ ଶ୍ରୀମଦ ଭାଗବତର "ଅନେକ ଜନ୍ମ ତପଫଳେ"ର 'ଅ' ଅକ୍ଷର ପରି ସରସ, ସୁନ୍ଦର, ସାବଲୀଳ, ମନମୁଗ୍ଧକର ଓ ସୁଦୃଶ୍ୟ ଭାବରେ ଛାପାଖାନାରୁ ବାହାରି ଥିବା ଅକ୍ଷର ହେଲେ ସେମାନେ । ସେମାନେ ଆଉ ଆଗପରି ଦିନମଜୁରିଆ କିମ୍ବା ଗରିବର ପୁଅ, ଅଭାବୀ ପରିବାରର ସନ୍ତାନ, ପର ଘରେ ଖଟୁଥିବା ଦରିଦ୍ର ଦାୟାଦ, ଧାଆର, ଉଧାର, କରଜ କିମ୍ବା ବାକି ଲାଗି କାହା ଆଗରେ ଗୋଡ଼ଭାଙ୍ଗି ଠିଆ ହୋଇ ହାତ ପାତୁଥିବା କାଙ୍ଗାଲ, ବିଭୁକ୍ଷୁ, ସହଜ, ସାଧାରଣ, ଅନାମଧେୟ, ଅଲୋଡ଼ା, ଅବାଞ୍ଛିତ, ଅପରିଚିତ, ଅବହେଳିତ, ଅଜଣା, ଅଶୁଣା ହୋଇ ରହିନାହାନ୍ତି ।

ସେମାନେ ଏଇନେ ଅସାଧାରଣ- କେହି ପଚାରୁ ନଥାନ୍ତୁ ପଛକେ । ବିଶିଷ୍ଟ- କୌଣସି ସଭା ସମିତକୁ ଯିବା ପାଇଁ ଆମନ୍ତ୍ରଣ ନପାଇ ସୁଦ୍ଧା । ବିଖ୍ୟାତ- ସେମାନଙ୍କୁ କେହି ନିଶାପି ଭାବେ ନମାନୁ ବା କୌଣସି ନିଶାପ ଲାଗି ନଡ଼ାକୁ । ପ୍ରବୀଣ-କୌଣସି ସଂସ୍ଥାରେ ଚତୁର୍ଥ ଶ୍ରେଣୀର କର୍ମଚାରୀଭାବେ ନିଯୁକ୍ତି ପାଇଥିଲେ ହେଲା । ଉଚ୍ଚ ଶିକ୍ଷିତ-ପଛକେ ଚାଟଶାଳୀ ପାଠରୁ ତାଙ୍କ ପାଠ ପଢ଼ାରେ ଡୋରି ବନ୍ଧା ହୋଇଥାଉ କିମ୍ବା ଗାଁ ସ୍କୁଲ ପାଠ ଅଧାରୁ ତାଙ୍କ ପଢ଼ାରେ ପୂର୍ଣ୍ଣଚ୍ଛେଦ ପଢ଼ିଥାଉ । ବଡ଼ ପଦବୀଧାରୀ- କୌଣସି କଳକାରଖାନାରେ ହାପ୍‌ପ୍ୟାଣ୍ଟ ପିନ୍ଧି କଳା ପୋଛୁଥାନ୍ତୁ । ମାନ୍ୟଗଣ୍ୟ-କୌଣସି ମୁଖ୍ୟ (ମୁଖିଆ)ଙ୍କ ପାଖରେ ସେବାକାରୀ ଭାବରେ ନିଯୁକ୍ତି ପାଇଥିଲେ ହେଲା । ମର୍ଯ୍ୟାଦାବନ୍ତ- ଓ୍ୱାଡ଼ମେୟରଟିଏ ହୋଇପାରିଥିଲେ ଯଥେଷ୍ଟ । ଧନଶାଳୀ-ନିଜ ପରିବାର ଯେନେତେନେ ପ୍ରକାରେ ଖୁବ୍ କଞ୍ଜୁସ ଭାବରେ ଯେତେ ସଟ୍‌କଟ୍‌ରେ ସମ୍ଭବ ଚଲାଇପାରି(ସାରି)ମାସ ଶେଷକୁ, ନିଜ ଉପାର୍ଜନରୁ କିଛି ବଳାଇ ପାରୁଥିଲେ । ପ୍ରତିଷ୍ଠିତ- କୋଠାଟିଏ ତୋଳିଥିଲେ କିମ୍ବା ଗାଡ଼ିଟିଏ କିଣିଥିଲେ (ସେକେଣ୍ଡ ହ୍ୟାଣ୍ଡ ହେଉ ପଛେ) ହେଲା । ପାରିଲାର- କୌଣସି ସର୍ବସାଧାରଣଙ୍କ ଉପକାରରେ ଆସୁଥିବା କାର୍ଯ୍ୟ ତାଙ୍କ ଦ୍ୱାରା ନହୋଇପାରୁଥିଲେ ସୁଦ୍ଧା । କରିତ୍‌କର୍ମା- ଯଦିଓ ଗାଁରେ ସେମାନଙ୍କୁ କେହି ପଚାରୁ ନାହାନ୍ତି । ସମ୍ଭ୍ରାନ୍ତ ଶ୍ରେଣୀୟ- ପରିମାଣ ଅଳ୍ପ ହେଲେ ମଧ୍ୟ ସେମାନେ କିଛି ଜମି (ଭୂସମ୍ପତ୍ତି) ଖର୍ଦ କରି ପାରିଛନ୍ତି । ଖାନ୍‌ଦାନ ସମ୍ପନ୍ନ- ଇନ୍ଦିରା ଆବାସ କିମ୍ବା ପ୍ରଧାନମନ୍ତ୍ରୀ ଆବାସ ଯୋଜନାରେ ହେଲେ ବି ବଖରେ ହୋଇଥାଉ ସୁଦ୍ଧା ଛାତପିଟା କୋଠାଘରେ ରହୁଛନ୍ତି । ବୁନିଆଦ ପରିବାର- ଖଟ ବା ପଲଙ୍କ ଉପରେ ଗଦି ଏମିତି ନହେଲେ କନ୍ତା ପାରି ଶୋଉଛନ୍ତି । ବିଉଣାଲୀ-

ବାଇପାସ୍‌ରେ କିମ୍ବା ହୁକ୍ ପକାଇ ବିଜୁଳି ଆଣୁଥିଲେ ବି ମୁଣ୍ଡ ଉପରେ ପଙ୍ଖା ବୁଲୁଛି ଓ ଘର ଭିତରେ ବିଜୁଳିବତୀ ଜାଳିବା ସହିତ ଦୁଆରେ କଲିଂବେଲ୍ ଲଗାଯାଇଛି । ଜଣାଶୁଣା– ଘରୁ ବାହାରିଲେ ଶଢ଼ାଲିଆ ହୋଇଥିଲେ ସୁଦ୍ଧା ଚିକ୍‌ଟିକ୍ ଦିଶୁଥିବା ପୋଷାକ ପିନ୍ଧି ନୂଆ ରଙ୍ଗକରା ଜୋତା ଭିତରେ ମୋଜା ନାଇ ପାରୁଛନ୍ତି । ଖ୍ୟାତିବାନ୍– କମ୍ ଦାମର ହେଲେ ମଧ ହାତରେ ଘଣ୍ଟା ବାନ୍ଧି ନକଲି ସୁନା ମୁଦି ଆଙ୍ଗୁଠିରେ ପିନ୍ଧି, ପକେଟ୍‌ରେ ସେକେଣ୍ଡ ହ୍ୟାଣ୍ଡ ମୋବାଇଲ ରଖି (ଇଶ୍ବରନେଟ୍ ସେବା ତାଙ୍କୁ ଉପଲବ୍ଧ ହେଉଛି ଦେଖେଇ ହେବା ପାଇଁ) ବେକରେ ଇମିଟେସନ୍ ଚେନ୍ ପକାଇ (ଯାହା ଜାମା ଉପରେ ଶୋଭା ପାଉଥାଏ) ପୁରୁଣା ହୋଇଥିଲେ ବି ବାଇକ୍ ପଛ ସିଟ୍‌ରେ ବସି ଚଷମା କାଚ ଭିତରୁ ଅନ୍ୟମାନଙ୍କୁ ଅନାଇ ପାରୁଛନ୍ତି, ସେମାନଙ୍କୁ ହେୟଜ୍ଞାନ ମନେକରି ।

କିନ୍ତୁ ବାହାରେ ଯେଉଁଠି ସେମାନେ ରହୁଛନ୍ତି, ସେଠି ସେମାନଙ୍କର ଖାତିର କେତେ କାହିଁରେ କ'ଣ ତାଙ୍କ ହୁକୁମାତି କେମିତି ଚାଲେ ? ତାଙ୍କ ଆସନ କାହିଁ କେତେ ଉପରେ । ସେଠି ସେମାନଙ୍କୁ ନପଚାରି କିଛି ହୁଏନା, ହୋଇପାରେନା । ହୋଇ ପାରିବ ନାହିଁ । ନା ହେଲାଣି ? ଅବଶ୍ୟ ଏକଥା ସବୁ ସେମାନଙ୍କ ନିଜ ଗାଁଲୋକମାନେ ଜାଣି ନାହାନ୍ତି । ସେମାନେ ହେଲେ ଭାଗ୍ୟଶାଳୀ, ସୌଭାଗ୍ୟବନ୍ତ । ଉଚ୍ଚା ଗ୍ରହରେ ସେମାନଙ୍କର ଜନ୍ମ । ନିହାତି ଅନାମଧେୟ ଅଜଣା, ଅଶୁଣା, ଅପରିଚିତ ପରିବାରର ହେଲେ ମଧ ସେମାନେ ହେଲେ ଗୋବର ଖାତର କଇଁ କିମ୍ବା ନହେଲେ ଗାଁମୁଣ୍ଡ ପଙ୍କ ଗଢ଼ିଆର ପଦ୍ମ ।

ସେମାନଙ୍କ ସମର୍ଥନ ବିନା ସେମାନେ ରହୁଥିବା ସହରରେ କୌଣସି ଉନ୍ନତିମୂଳକ କାମ ହେବା କେବେ ସମ୍ଭବ ନୁହେଁ । ଏପରି କି ପୌରସଂସ୍ଥା ନିର୍ବାଚନରେ ପ୍ରାର୍ଥୀଟିଏ ହେବା ମଧ ଅସମ୍ଭବ । ସେଠି ତାଙ୍କୁ ଗନ୍ଧର୍ବ, ପଞ୍ଜାନନ, ଅଢ଼ାଂଠୁ, ଅଗାଧୁ, ଶୁକଦେବ ନାମରେ ଡକାନଯାଇ ଗନ୍ଧର୍ବ ବାବୁ, ପଞ୍ଜାନନ ସାହେବ, ଅଢ଼ାଂଠୁ ସାରେ, ମିଷ୍ଟର ଅଗାଧୁ, ଚୌଧୁରୀ ଶୁକଦେବ ନାମରେ ସମ୍ବୋଧନ କରାଯାଏ । ତୁମେ ଏଠି ସେହି ପୁରୁଣା କାଳିଆ ଢଙ୍ଗରେ ପିଲାବେଳେ ସାଙ୍ଗ ହୋଇ ଯେତେବେଳେ ଗାଁ ଦାଣ୍ଡରେ ଖେଳୁଥିଲେ । ସେହି ନାମରେ ଗଣ୍ଢିଆ, ପଚା, ଅଢ଼ାଂ, ରୋଗା, ସୁକୁଟା, ବେଙ୍ଗ, ବଲିଆ, କାଳିଆ, କାଠିଆ, ଭାଲୁଆ ନାଁରେ ଡାକିବ ? ଏଠି ଆମର ଇଜ୍ଜତ ରହିବ ? ଆମ ସମ୍ମାନରେ ଆଞ୍ଚ ଆସିବନି ? ତୁମେତ ପଦାକୁ ଗଲ ନାହିଁ । ବାହାରକୁ ବାହାରିଲ ନାହିଁ । ବାହାର ଦୁନିଆ ସହିତ ମିଶିଲ ନାହିଁ । ଗାଁରେ ରହିଗଲ ମଫସଲିଆ ଭାଲୁ, କୃପମଣ୍ଡୁକ, କଣପଶା, ଘରଭୁଆଁ ହୋଇ । ତୁମର ଭାଷାଜ୍ଞାନ ଆସିବ କୁଆଡୁ ? ତୁମେ କଥା କହି ଶିଖିଲ ନାହିଁ । ବ୍ୟବହାର ତୁମେ ଜାଣିନାହିଁ । ଭଦ୍ରାମି ଶିଖିନା । ଶିଷ୍ଟାଚାର ବିଷୟରେ ତୁମର ଧାରଣା ନାହିଁ । ଆଦବ କାଇଦା ତୁମକୁ ଅଜଣା । ତୁମେ କେମିତି ମହତ କଥା ବୁଝିବ ? ସେହି ପୁରୁଣା କାଳିଆ ମାନଧାତା ଅମଲର ମନୋବୃଭି ଓ ସାମନ୍ତବାଦୀ ଢଙ୍ଗର ତୁମର ପରିବର୍ତ୍ତନ ଘଟିନାହିଁ । ତୁମ ସହିତ ସାଙ୍ଗ ହେଲେ, ତୁମ ପିଲାମାନଙ୍କ ସହିତ ମିଶିଲେ, ଆମ ଛୁଆ ତମ ପିଲାଙ୍କ ସହିତ ଏକାଠି ହେଲେ ଆମ ପିଲାକାନେ ଖରାପ ହୋଇଯିବେ । ଅବାରିଆ କଥା ଶିଖିବେ । ଅଭଦ୍ରାମିର ପରିଚୟ ଦେବେ । ଅଭାଷା, ଅକଥା କହିବେ । ଆମ ମର୍ଯ୍ୟାଦା କ୍ଷୁଣ୍ଣ ହେବ ।

ଏପରି ମନୋଭାବ ହୁଏ କାଲ । ବ୍ୟବଧାନର ପ୍ରାଚୀର ଠିଆ କରାଏ ପରସ୍ପର ମଧରେ । ଉଚ୍ଚ ନୀଚର ଭାବ ସୃଷ୍ଟି କରେ ସାଇର ଲୋକମାନଙ୍କ ଭିତରେ । ସେଥିପାଇଁ ଗରିବ ଘରର ଝିଅ, ନଥିଲା ବାଲାର ବୋହୂ, ଅଭାବଗ୍ରସ୍ତ ପରିବାରର ପିଲା, ଦରିଦ୍ର ଦମ୍ପତିଙ୍କ ଛୁଆମାନେ ପାଖ ଧନୀ ପଡ଼ୋଶୀଙ୍କ ଘରକୁ ଯାଇ ପାରନ୍ତି ନାହିଁ କିମ୍ବା ତାଙ୍କ ସେମାନଙ୍କ ସହିତ ମିଶିବା ପାଇଁ ସୁଯୋଗ ନଥାଏ । ସେମାନଙ୍କ ପରିବାର ପକ୍ଷରୁ ସେମାନଙ୍କୁ ବାରଣ କରାଯାଏ । ସାଙ୍ଗ ହେବାକୁ ଅନୁମତି ମିଳେନା । ଏକାଠି ହେବାକୁ ସୁବିଧା ଦିଆଯାଏନା । ସାଥିରେ ଖେଳିବାକୁ, ବୁଲିବାକୁ, ଗପସପ ହେବାକୁ କଥାବାର୍ତ୍ତା କରିବାକୁ ଉପାୟ ନଥାଏ । ସେମାନଙ୍କ ମଧରେ ତାରତମ୍ୟର, ଉଚ୍ଚ-ନୀଚର, ଧନୀ-

ଗରିବର, ମୂର୍ଖ-ଶିକ୍ଷିତର, ଥିଲାବାଲା-ହୀନିମାନିଆ ମଧ୍ୟରେ ପ୍ରଭେଦର ପ୍ରାଚୀର ଠିଆ କରାଇ ଦିଆଯାଏ । ଗୋଟିଏ ଗାଁ, ଏପରି କି ଏକା ସାହି, ଏକ ବସ୍ତିର ଲୋକମାନଙ୍କୁ ଦୁଇ ଭାଗ କରି ଦୁଇଟି ସ୍ତରରେ ବିଭକ୍ତ କରିଦିଏ ।

ପାରସ୍ପରିକ ମୈତ୍ରୀ ପୂର୍ଣ୍ଣ ସହାବସ୍ଥାନ ଓ ସମଗ୍ର ବସୁଧା, ଏକ ପରିବାର ମନ୍ତ୍ରରେ ଦୀକ୍ଷିତ ଆମ ଦେଶରେ ସଂପ୍ରତି ନୈତିକତା ଓ ମୂଲ୍ୟବୋଧ ଭିତ୍ତିକ ସଙ୍କଟ ଉଦ୍‌ବେଗର ବିଷୟ ହୋଇଛି । ପରଶ୍ରୀକାତରତା, ଈର୍ଷା, ଅସୂୟା, ଛଳନା ଓ ସ୍ୱାର୍ଥପରତାର ଜାଲରେ ବନ୍ଦୀ ଆମ ସମାଜ । ଶାସ୍ତ୍ର କହେ- "ଅୟମ ନିଜ ପରୋବେତି ଗଣାନାଂ ଲଘୁ ଚେତସାମ୍ ଉଦାର ଚରିତାନାମତୁ ବସୁଧୈବ କୁଟୁମ୍ୱକମ୍ ।" ତେବେ ସମଗ୍ର ବସୁଧାକୁ ଏକ ପରିବାର ମନେ କରିବା ତ' ଦୂରର କଥା । ଆମ ପାଖ ପଡୋଶୀଙ୍କୁ ମଧ୍ୟ ନିଜର ବୋଲି ଗ୍ରହଣ କରି ହେଉନାହିଁ । ନିଜେ ପଛେ ବିଧବା ହୁଏ ଆଗ ସଉତୁଣୀ ସ୍ୱାମୀ ମରୁ । ଏହି ମାରାତ୍ମକ ଭାବନା ଆମ ସମାଜରେ ଏଇନେ ବିସ୍ତାର ଲାଭ କରୁଛି । ପରଶ୍ରୀକାତରତା, ଈର୍ଷା, ଅସୂୟା ଓ ସ୍ୱାର୍ଥପରତା ଜନିତ କାରଣରୁ ଅଧିକାଂଶ ବ୍ୟକ୍ତି ଯେ କୌଣସି ସ୍ତରକୁ ଯାଇପାରୁଛି । ଏହା ହିଁ ବିଡ଼ମ୍ବନା । ଆସନ୍ତୁ ସାଙ୍ଗ ହୋଇ କାର୍ଯ୍ୟ କରିବା । ସାଙ୍ଗ ହୋଇ କଥାବାର୍ତ୍ତା ହେବା । ମିଳିମିଶି ଖେଳିବା । ଆମର ମସ୍ତିଷ୍କ ଓ ହୃଦୟ ମହତ ଉଦ୍ଦେଶ୍ୟରେ ଏକାକାର ହେଉ । ଆହୁରି ମଧ୍ୟ ବେଦ ଓ ଉପନିଷଦମାନଙ୍କରେ ସବୁକ୍ଷେତ୍ରରେ ସମାନତାବୋଧକୁ ଏତେ ଗୁରୁତ୍ୱ ଦିଆଯାଇଛି ଯେ, ପ୍ରାର୍ଥନା ବା ମଙ୍ଗଳକାମନା କଲାବେଳେ ସବୁଥିରେ ମନ, ପ୍ରାଣକୁ ଉଦ୍‌ବୁଦ୍ଧ କଲାଭଳି ବାଣୀ ରହିଛି । "ସମାନୋ ମନଃ ସମିତିଃ ସମାନ/ ସମାନଂ ମନଃ ସହଚିତ ମେଷାମ, ସମାନଂ ମନ୍ତ୍ର ମଭି ମନ୍ତ୍ରୟେବଃ/ ସମାନେନ ବୋ ହବିଶା ଜୁ ହୋମି ।" ମଣିଷମାନଙ୍କ ମନ୍ତ୍ର ଓ ବିଚାର ସମାନ ହେଉ । ପରସ୍ପର ପ୍ରତି ସମାନ ଦୃଷ୍ଟିକୋଣ ରହୁ । ଅନ୍ତଃକରଣ ସମାନ ହେଉ । ପରସ୍ପର ଚିତ ଅନୁକୂଳ ହେଉ । ସମସ୍ତଙ୍କୁ ସମାନ ବିଚାର ମିଳୁ । ସମସ୍ତଙ୍କୁ ଏକ ପ୍ରକାର ସାମଗ୍ରୀ ମିଳିବାର ସୁଯୋଗ ମିଳୁ । (ରୁକ୍ ବେଦ) ରୁକ୍ ବେଦର ଏହି ଆହ୍ୱାନ କେତେ ସାକାର ହେଉଛି ? ସ୍ୱାମୀ ବିବେକାନନ୍ଦ ମଧ୍ୟ କହିଥିଲେ- "କ୍ରୋଧ ପ୍ରକାଶ କରନାହିଁ । ଅସୂୟା ଓ ପରଶ୍ରୀକାତରତା ପ୍ରଦର୍ଶନ କରନାହିଁ । ଆମର କଥନ ଓ କାର୍ଯ୍ୟ ମଧ୍ୟରେ ଅନେକ ପାର୍ଥକ୍ୟ । ପାରିବାରିକ କ୍ଷେତ୍ରରେ ମଧ୍ୟ ଆମେ ସ୍ୱଚ୍ଛ ଅଥବା ନିର୍ମଳ ବୋଲି କହିପାରିବା ନାହିଁ । ନିଜ ଘରେ ଅନେକ ସମୟରେ ଶତ୍ରୁ ସଂଖ୍ୟା ଅଧିକ । କେବଳ ଜନ୍ମରେ ନୁହେଁ, କର୍ମରେ ମଧ୍ୟ ଆମକୁ ମନୁଷ୍ୟ ହେବାକୁ ପଡ଼ିବ ।" ପଣ୍ଡିତ ଶ୍ରୀରାମଶର୍ମା ଆଚାର୍ଯ୍ୟ କହନ୍ତି "ମଣିଷକୁ ମଣିଷ ଭାବରେ ଗଢ଼ି ତୋଲିବାର ବାସ୍ତବ ଶକ୍ତି ଭାରତୀୟ ସଂସ୍କୃତିରେ ହିଁ ଅଛି । ମଣିଷ ସହ ପ୍ରେମ କରିବାକୁ ମଣିଷର ଜନ୍ମ । ଲଢ଼େଇ କରିବା ପାଇଁ ନୁହେଁ ।" ତେଣୁ ଜୀବନର ଚରମ ସତ୍ୟ ଯେ କେତେ 'ଚରମ' ତାହା ସହଜେ ଅନୁମେୟ । ମାନବିକ ମୂଲ୍ୟବୋଧର ଅବକ୍ଷୟ ହେତୁ ଆମ ସମାଜ ଏକ ପ୍ରକାର ନପୁଂସକ ସମାଜରେ ପରିଣତ ହୋଇଯାଇଛି । ନିଜକୁ ସଂଶୋଧନ ନକରି ଅନ୍ୟକୁ ସଂଶୋଧନ କରିବାକୁ ଆମେ ଆଗେଇ ଆସୁ । ଏହାଦ୍ୱାର ଆମେମାନେ ଚରମ ଶଠତାର ପ୍ରମାଣ ଦେଉ । ଅତୀତରୁ କୌଣସି ପ୍ରେରଣା ଆମକୁ ମିଳେ ନାହିଁ କିମ୍ବା ଭବିଷ୍ୟତ ପାଇଁ ମଧ୍ୟ କୌଣସି ସ୍ୱପ୍ନ ଆମମାନଙ୍କର ଆଦୌ ନାହିଁ ।

କେବଳ କାର୍ତ୍ତିକ ପୂର୍ଣ୍ଣିମୀ ଦିନ ପ୍ରାଚୀନ ପରମ୍ପରାକୁ ରକ୍ଷା କରିବା ପାଇଁ ଗାଁର ବୟସ୍କାମାନେ ସ୍ୱଇଚ୍ଛାରେ ଓ ଯୁବତୀମାନେ ଗାଧୁଆ ଘରେ, ନଳକୂପ ପାଖରେ ଅଥବା କୂଅ ମୂଲେ ଡଙ୍ଗା ଭସାଇ ହେବ ନାହିଁ ବୋଲି ବାଧ୍ୟ ହୋଇ ଏବଂ ପିଲାମାନେ (କିଶୋରୀ) କୌତୂହଳ ବଶତଃ ଗାଁର ସବୁ ସ୍ତ୍ରୀଲୋକମାନେ ଏକ ସାଙ୍ଗରେ ରାତି ଥାଉଣୁ ଗୋଟିଏ ଜାଗାରେ ଗାଧୋଇ ଡଙ୍ଗି ଭସାଇ ଚଲି ଆସୁଥିବା ପ୍ରଥାକୁ ଆଉ ଆମେ ମାନି ଆସୁଥିବା ସଂସ୍କୃତିକୁ ସମ୍ମାନ ଜଣାଇଥାନ୍ତି । ଯେଉଁ କଥା ଏବେ ବାସ୍ତବ ରୂପରେ ନରହି କେବଳ କାହାଣୀରେ ପରିଣତ ହୋଇ ଗଲାଣି । ପୂର୍ବ କାଳର ସେ କଳିଙ୍ଗର ରାଜୁତି, ଆଗଙ୍ଗା-ଗୋଦାବରୀ ବିସ୍ତୃତ ସାମ୍ରାଜ୍ୟ, ଗଜପତିଙ୍କର ପ୍ରତାପ, ପରାକ୍ରମ, ପ୍ରତିପତ୍ତି ସବୁ ଲୋପ ପାଇଗଲାଣି । ଲୁଟି ଗଲାଣି ସେଦିନର ଓଡ଼ିଆ ପାଇକ ପୁଅର ରଣହୁଙ୍କାର । ଏକଦା ଦୁର୍ଦ୍ଧର୍ଷ ଓଡ଼ିଆମାନଙ୍କ ସହିତ ସଂଘର୍ଷରେ ଅତିଷ୍ଠ

ହୋଇ ବ୍ରିଟିଶମାନେ ଓଡ଼ିଶା ପାଇକମାନଙ୍କ ମୁଖ୍ୟ ବ୍ୟକ୍ତି ଜଗବନ୍ଧୁଙ୍କ ସହିତ ସନ୍ଧି କରିବାକୁ ବାଧ୍ୟ ହୋଇଥିଲେ ଓ ପରେ କୌଶଳ କରି କୂଟନୀତିର ଆଶ୍ରୟ ନେଇ ଓଡ଼ିଶାବାସୀଙ୍କ ସହିତ ଛଳନା ପୂର୍ବକ ଓଡ଼ିଶାକୁ ଚାରି ଭାଗ କରି ଗୋଟିଏ ଭାଗ ବଙ୍ଗଳା ସହିତ ଗୋଟିଏ ଭାଗ ମଧ୍ୟପ୍ରଦେଶ ସହିତ ଗୋଟିଏ ଭାଗ ମାଦ୍ରାଜ ସହିତ ମିଶାଇ ଦେଇ ଅବଶିଷ୍ଟ ଗୋଟିଏ ଅଂଶକୁ ବିହାର ସହିତ ମିଶାଇ ରଖିଲେ । ସାଧବ ପୁଅର ବେପାର, ବଣିଜ, ବ୍ୟବସାୟ, ନୌବିହାର, ସମୁଦ୍ରଯାତ୍ରା, ଓଡ଼ିଆ ଶିଳ୍ପୀର କୋଣାର୍କ ମନ୍ଦିର ଗାତ୍ରରେ କଳା ନୈପୁଣ୍ୟତା, ଓଡ଼ିଆଙ୍କ ଚାରୁଶିଳ୍ପ, ହସ୍ତକର୍ମ ସବୁ ଲୋକ କଥାରେ, ତୁଣ୍ଡ ବାଇଦରେ, କିମ୍ବଦନ୍ତୀରେ, ଇତିହାସ ପୃଷ୍ଠାରେ, ବହି ପାଠରେ ରହିଗଲାଣି ।

ହୁଲହୁଳୀ ଶବ୍ଦରେ ଚଉଦିଗ ମୁଖରିତ, ନଦୀଘାଟ, ଯୋରପାଖ, ପୋଖରୀ ତୁଠ ଓ ନିକଟସ୍ଥ ଜଳାଶୟମାନଙ୍କରେ ସବୁଠି ଲୋକ ଗହଳି । ବର୍ତ୍ତମାନ ଜନସଂଖ୍ୟା ବୃଦ୍ଧି ଯୋଗୁଁ ପ୍ରତ୍ୟେକ କ୍ଷେତ୍ରରେ ଅଧିକ ଜନ ସମାବେଶ ହେଉଛି । ହୁଲହୁଳୀ ଧ୍ୱନି ଏବଂ ଶଙ୍ଖ ଶବ୍ଦ ସହିତ ହରିବୋଲ ମଧ୍ୟ ଶୁଣାଯାଉଛି । ପ୍ରାଚୀନ କଳିଙ୍ଗର ପରମ୍ପରା ବୋଇତ ବନ୍ଦାଣ ଉତ୍ସବ । ପୁରାତନ ସଂସ୍କୃତିକୁ ମନେ ପକାଇବା ପାଇଁ ଉତ୍କଳର ଲଳନାମାନେ ଓ ଓଡ଼ିଆ ଘରର ଚପଲମତି କିଶୋରୀ ଏବଂ ପିଲାମାନେ ସେଦିନର ରାତି ଥାଉଁଶ୍ରୁ ନିକଟସ୍ଥ ଜଳାଶୟମାନଙ୍କରେ ଡଙ୍ଗୀ ଭସାଇ ଥାନ୍ତି । ଅତୀତର ପରମ୍ପରାକୁ ସମ୍ମାନ ଜଣାଇ ହୃତ ଗୌରବର ସ୍ମାରକୀ ସ୍ୱରୂପ କାର୍ତ୍ତିକ ପୂର୍ଣ୍ଣିମୀ ଦିନ ଡଙ୍ଗୀ ଭସାଇ ତାହା ପାଳନ କରିଥାନ୍ତି ।

ସୁନି, ସତୀ ଓ ଗାଁର ଅନ୍ୟ ଝିଅମାନେ ସେମାନଙ୍କ ମାଆମାନଙ୍କ ସହିତ ଧବଳେଶ୍ୱର ପୋଖରୀକୁ ଯାଇ ଗାଧୋଇ ଡଙ୍ଗୀ ଭସାଇ ଥିଲେ । ସମସ୍ତେ ସ୍ନାନ ସାରି ଡଙ୍ଗୀ ଭସାଇ ମନ୍ଦିରକୁ ଯାଇ ବାବା ଧବଳେଶ୍ୱରଙ୍କୁ ଦର୍ଶନ କରି ଠାକୁରଙ୍କ ଧଣ୍ଟା ପାଇ ଘରକୁ ଫେରିଥିଲେ । ପରେ ବେଳ ହେଲେ ଯେଉଁମାନେ ପୂର୍ଣ୍ଣିମୀରେ ଠାକୁରଙ୍କ ପାଖରେ କ୍ଷୀର ଢାଳିବା କଥା କିମ୍ବା ଭୋଗ ଲଗାଇବେ ସେମାନେ କ୍ଷୀର ଗ୍ଲାସ ଓ ଭୋଗ ସାମଗ୍ରୀ ଧରି ମନ୍ଦିରକୁ ଆସନ୍ତି । ସଂକ୍ରାନ୍ତି, ପୂର୍ଣ୍ଣିମୀ ଓ ଅମାବାସ୍ୟାରେ ମହାଦେବଙ୍କ ପାଖରେ ସୋମବାରଠାରୁ ଅଧିକ ଲୋକ ଗହଳି ହୋଇଥାଏ । ସେଦିନ ପଞ୍ଚକ ବ୍ରତର ଶେଷ ଦିନ କାର୍ତ୍ତିକ ପୂର୍ଣ୍ଣିମୀ ଥିବାରୁ ପ୍ରତ୍ୟେକ ଦେବାଳୟମାନଙ୍କରେ ଅନେକ ସମୟ ଧରି ଲୋକ ଗହଳି ଲାଗି ରହିଥିଲା ।

ସେଦିନ ଦଶଟା ପରେ ସୁନି ଓ ସତୀ ମନ୍ଦିରକୁ ଯାଇଥିଲେ । ସେପର୍ଯ୍ୟନ୍ତ ମନ୍ଦିରରେ ଲୋକ ଗହଳି ଲାଗି ରହିଥିଲା । ତାଙ୍କ ଗାଁ ଓ ଆଖପାଖ ଗାଁର ଲୋକମାନେ ବିଶେଷତଃ ଯୋର ଆରପାରି ସତୀ ମାମୁ ଘର ଗାଁର ଲୋକମାନେ ଧବଳେଶ୍ୱରଙ୍କ ଦର୍ଶନ ପାଇଁ ଆସିଥାନ୍ତି । ଅଧିକାଂଶ ଲୋକ ସେଦିନ ଠାକୁରଙ୍କ ପାଖେ ଭୋଗ ଲଗାଉଥିବାରୁ ସେମାନଙ୍କର ଫେରିବାକୁ ବିଳମ୍ବ ହେଉଥାଏ । ଲୋକମାନଙ୍କର ଫେରିବା ଡେରି ହେବା ଯୋଗୁ ସୁନି ଓ ସତୀ ମନେ ମନେ ସେମାନଙ୍କ ଉପରକୁ ଚିଡ଼ି ଉଠୁଥାନ୍ତି । କାହିଁକି ଏତେ ଡେରି ପର୍ଯ୍ୟନ୍ତ ଲୋକ ଗହଳି ଲାଗିରହିଛି ? ଯଦି ଏହିପରି ଭିଡ଼ ଲାଗି ରହେ ଓ ସେହି ଭିଡ଼ ବେଳେ ଅଧର ବାବୁ ଆସି ପହଞ୍ଚନ୍ତି, ତେବେ ତ’ ସେମାନଙ୍କର ସବୁ ଯୋଜନା ଫସର ଫାଟିଯିବ । ସତୀ ବଦଳରେ ହୁଏତ’ ଆଉ ଅନ୍ୟ କେହି ଜଣେ ତାଙ୍କୁ ପାଦୁକ ଦେଇ ଦେବ । ପିନ୍ଧାଇ ଦେବ ବିଭୂତି ଟିପା । ସେ ଘଟଣା ଦେଖି ସେମାନେ କିପରି ବା ସହି ପାରିବେ ? ସେପରି ଦୃଶ୍ୟ ଅବଲୋକନ କରି ନିରବ ରହିବା ବ୍ୟତୀତ ସେମାନେ କିଛି କରିପାରିବେ ନାହିଁ । ଏପରିକି ତା’ର ବିରୋଧ, ପ୍ରତିବାଦ କିମ୍ବା ପ୍ରତିରୋଧ ମଧ୍ୟ କରିପାରିବେନି । ଅନ୍ୟ କେହି ଜଣେ ପାଦୁକ ଦେଉ ଏକଥା ସତୀ ଚାହୁଁନଥିଲା । ସେ ଭାବି ନେଇଛି ଅଧର କେବଳ ତାଆର । ସେ ଧରି ବସିଛି ଅଧର ଏକାନ୍ତ ଭାବେ ତା’ ନିଜର । ସେ ମନେ ମନେ ସ୍ଥିର କରିସାରିଛି ଅଧର ଘନିଷ୍ଠ ଭାବେ ତା’ର ଅଧିକାର ଭୁକ୍ତ । ତାଙ୍କ ଉପରେ ତା ବିନା ଆଉ କାହାର ଅଧିକାର ନାହିଁ । ଅଧିକାର ରହିପାରେନା । ଅନ୍ୟ କେହି ତାଙ୍କର ଘନିଷ୍ଠ ହେଉ ଏହା ସତୀ ଚାହୁଁ ନଥିଲା । ଆଉ କାହାରି ତାଙ୍କ ସହିତ ଅନ୍ତରଙ୍ଗତା ପ୍ରତିଷ୍ଠା ହେବା ସତୀ ଲାଗି ଅସହ୍ୟ ଥିଲା । ଆଉ ଅନ୍ୟ କେହି ତାଙ୍କ ସାଙ୍ଗରେ

ନିବିଡ଼ ସମ୍ଭ୍ଭ ବାନ୍ତୁ ତାହା ସତୀ ବରଦାସ୍ତ କରିପାରିବା ମାନସିକତାରେ କେବେ ନଥିଲା। ଏପରିକି ସୁନି ସୁଦ୍ଧା। ଯିଏ କି ଅଧରଙ୍କ ସହିତ ତା'ର ସମ୍ପର୍କକୁ ନିବିଡ଼ କରିବା ପାଇଁ ବାଟ ବତାଇ ଦେବା ସହିତ ସେ କାମରେ ତାଙ୍କୁ ସମ୍ପୂର୍ଣ୍ଣ ଭାବରେ ସାହାଯ୍ୟ ସହଯୋଗ କରୁଛି। ତାଙ୍କୁ ସେ ପଥରେ ପଥିକ ହେବା ଲାଗି ପୂର୍ଣ୍ଣ ମାତ୍ରାରେ ସହାୟତା ଯୋଗାଇ ଦେବାକୁ ସଦାସର୍ବଦା ପ୍ରସ୍ତୁତ ହୋଇ ରହିଛି। ମାତ୍ର ସତୀ ଏପରି ଭାବିବାର କାରଣ ହେଲା- ପ୍ରେମ ଭାରି ଈର୍ଷାପରାୟଣର ବିଷୟ। ପ୍ରେମରେ ପ୍ରବଳ ଭାବରେ ଅସହିଷ୍ଣୁତା ଥାଏ। ପ୍ରେମରେ ରହିଛି ଅଦେଖା ପଣିଆ ଭାବ ଓ ପରଶ୍ରୀକାତରତା ଗୁଣ (ସ୍ୱଭାବ) ନିଜ ମନର ମଣିଷ ସହିତ ଅନ୍ୟ କେହି ମିଳାମିଶା କଲେ। ତାଙ୍କ ସହିତ କେହି ହସି ହସି କଥା ହେଲେ, ତାଙ୍କ ସାଙ୍ଗରେ ଆତ୍ମୀୟତା ବଢ଼ାଇଲେ, ଅନ୍ତରଙ୍ଗ ହେବାକୁ ଚେଷ୍ଟା କଲେ, ଉଦ୍ୟମ କଲେ ତାଙ୍କର ନିକଟତର ହେବା ପାଇଁ, ଯତ୍ନ କଲେ ତାଙ୍କୁ ନିଜର କରି ନେବା ଲାଗି। ଏପରିକି ତାଙ୍କ ନିକଟରେ ଅନ୍ୟ କାହାରି ଉପସ୍ଥିତିକୁ ଦେଖିଲେ, ପ୍ରଣୟୀ ଆଖିରେ ସେ ସବୁ ଆଦୌ ଯାଏନା। କୌଣସି ପ୍ରେମିକା କିମ୍ବା ପ୍ରେମିକ ଏହା ମୋଟେ ସହ୍ୟ କରିପାରେ ନାହିଁ।

ତା' ପ୍ରଣୟୀ ଉପରେ କେହି ଭାଗ ବସାଇବାକୁ ଚେଷ୍ଟା କଲେ ସେ କେବେ ସହି ପାରିବନି। ତାଙ୍କ ସାନ୍ନିଧ୍ୟ ତଳେ ସେ ଅନ୍ୟ କାହାରିକୁ ରହିବାକୁ ଦେବନି। ଏପରିକି ତା' ପ୍ରାଣର ସଙ୍ଗିନୀ ସୁନିକୁ ସୁଦ୍ଧ। ସେପରି ସୁଯୋଗ ସେ, ତାଙ୍କୁ ମଧ ଦେବାକୁ ଚାହେଁନା। ଇଚ୍ଛା କରେନା। ଭାବି ପାରେନା। କଳ୍ପନା କରେନା। ଯିଏ କି ଅଧରଙ୍କ ସହିତ ତାଙ୍କୁ ନିକଟତର କରାଇବାର ମୁଖ୍ୟ ସୂତ୍ରଧର। ଅଧରଙ୍କୁ କିପରି ନିଜର କରିହେବ ସେଥିପାଇଁ ଯିଏ ତାଙ୍କୁ ବାଟ ବତାଇ ଦେଉଛି। ତାଙ୍କୁ ନିଜର କରିନେବାକୁ ଯିଏ ଉପାୟ ବାହାର କରିବାକୁ ଆପ୍ରାଣେ ଚେଷ୍ଟା କରୁଛି। ଅଧରଙ୍କ ସହିତ ତା'ର ସମ୍ପର୍କ ସ୍ଥାପନ ଲାଗି ଯିଏ ମୂଳରୁ ଉଦ୍ୟମ ଜାରି ରଖିଛି। ଏପର୍ଯ୍ୟନ୍ତ ଆଗେଇ ଆସିବାରେ ଯିଏ ତାଙ୍କୁ ଅକୁଣ୍ଠିତ ଚିଉରେ ସାହାଯ୍ୟ କରି ଆସିଛି। ସହଯୋଗ ଯୋଗାଇ ଦେଉଛି, ସେହି ତା' ପ୍ରାଣର ବାନ୍ଧବୀ ସୁନିର ତାଙ୍କ ସହିତ ମିଲିମିଶାକୁ ମଧ ସତୀ ସହି ପାରିବ ନାହିଁ; ଇୟେ ହେଉଛି ପ୍ରେମର ସଂଜ୍ଞା, ପ୍ରଣୟର ଲକ୍ଷଣ। ଭଲପାଇବାର ସାମାନ୍ୟ କଥନ। ପ୍ରେମରେ ଭାଗୀଦାରକୁ କେହି କେବେ ପ୍ରଣୟ ଦିଏନା (ଅତୀତରେ) ଦେଇ ନାହିଁ କିମ୍ବା (ଭବିଷ୍ୟତରେ) ଦେଇପାରିବ ନାହିଁ। ଦେବା ମଧ ସମ୍ଭବ ନୁହେଁ। ଉଚିତ୍ ବି ନୁହେଁ। ସେଥିପାଇଁ ମନ୍ଦିରରେ ଲୋକ ଗହଳି କମୁ ନଥିବାରୁ ସତୀ ଧୈର୍ଯ୍ୟହରା ହୋଇପଡ଼ୁଥିଲା। ଲୋକ ଗହଳି କମିବା ବିଳମ୍ବ ହେଉଥିବାରୁ ତାକୁ ସହିଯିବା ଅବସ୍ଥାରେ ଓ ସେପରି ପରିସ୍ଥିତିକୁ ନିରବରେ ବରଦାସ୍ତ କରିନେବାର ମାନସିକ ସ୍ଥିତି ତା'ର ଆଦୌ ନଥିଲା।

ସତୀ ଦେଖୁଥିଲା ଯୋର ଆରପଟ ତା' ମାମୁ ଘର ଗାଁର ଧନୁ ମାଝି। ଗେଡ଼ା ମୋଟା ହୋଇ ଥାକୁଲ ଥୁକୁଲ ମଣିଷଟିଏ। ପୁଟୁକା ଗାଲ। ଫାପୁଲା ମୁହଁ ଧନୁ ମାଝି। କାମ ଗାଁ ମାମଲାତି। ପୂରା ମାମଲତକାର ନୁହେଁ। ଯାହାକୁ କୁଜି ମାମଲତକାର କୁହାଯାଏ। ପରଘର ଭାଙ୍ଗିବାରେ ଓସ୍ତାଦ ଇୟେ। ଭାଇ-ଭାଇ ମଧରେ, ବାପ-ପୁଅଙ୍କ ଭିତରେ ଆଉ କେଉଁଠି ବିଧବା ବୋହୁକୁ ଶାଶୁ, ଶ୍ୱଶୁର ସହିତ ଝେଗଡ଼ା ଲଗାଇ ଦେଇ ସେମାନଙ୍କୁ ପୃଥକ କରାଇ ସେଥିରୁ ଫାଇଦା ମାରିବାରେ ସେ ବେଶ୍ ପାରଙ୍ଗମ। ସେହି ଧନୁ ମାଝି ମଠା ଧୋତି ପିନ୍ଧି ଏକ ବସ୍ତ ହୋଇ ଆସିଛି ମନ୍ଦିରକୁ। ଧୋତିର ଫାଲେକ ପିନ୍ଧିଛି ଓ ଆରପାଖକୁ ପକାଇଛି ଦେହରେ। ଶୀତଦିନେ ଚଦର ଘୋଡ଼ାଇ ହେଲାପରି। ଆଖି ବୁଜି ବସିଛି ପଦ୍ମାସନ କରି। ଯୋଡ଼ ହସ୍ତ ହୋଇ, ପଶ୍ଚିମ ମୁହାଁ। ଠାକୁରଙ୍କୁ ଯେପରି ଧାନରେ ଦର୍ଶନ କରୁଛି। ମନ ଚୈତନ୍ୟ ଏକତ୍ର କରି। ଯୋଗ ସାଧୁଛି ନିଷ୍ଠାର ସହିତ। ତପ କରୁଛୁ ମହାପ୍ରଭୁଙ୍କୁ। ଧନୁ ମାଝି ମନରେ ସମର୍ପଣ ଭାବ ଆସିବାରୁ ସେ ଭକ୍ତିରେ ତଲ୍ଲୀନ ହୋଇ ଯାଇ ପ୍ରଭୁଙ୍କ ପାଦପଦ୍ମରେ ନିଜକୁ ଅର୍ପଣ କରି ନିମଜ୍ଜିତ ହୋଇଯାଇଛି। ତପ କରୁଛି ମହାପ୍ରଭୁଙ୍କୁ।

ତପ ହେଉଛି– ଚିନ୍ତା, ଭାଷା ଓ କାର୍ଯ୍ୟ ମଧ୍ୟରେ ସମନ୍ୱୟ ରକ୍ଷା କରିବା। ଦୁଷ୍ଟ ପ୍ରକୃତିର ଲୋକ ଏହା କେବେ ଆଚରଣ କରିପାରିବେ ନାହିଁ। କାରଣ ନିଜ ସହିତ ମଧ୍ୟ ସେ ମିଥ୍ୟାଚାର କରେ। ମନୁଷ୍ୟ ଯେତେବେଳେ ଏହି ତପର ଅଧିକାରୀ ହେବ ତା'ର ପ୍ରତ୍ୟେକ ବାକ୍ୟ ଏତେ ଶକ୍ତିଶାଳୀ ହେବ ଯେ, ସେ ଯାହା ଉଚ୍ଚାରଣ କରିବ ତାହା ତା' ମନରେ ପରିଣତ ହୋଇଯିବ। ତପ ପରେ ସାଧନାର ଅନ୍ୟ ସୋପାନଟି ହେଲା ଧ୍ୟାନ। ମସ୍ତକରେ ଯେତିକି କେଶ ଅଛି ସେତେ ପ୍ରକାର ଧ୍ୟାନର ପଦ୍ଧତି ଆଜିକାଲି ପ୍ରଚଳିତ। ପ୍ରତ୍ୟେକ ଠାକୁରଙ୍କ ଇଚ୍ଛା ଅନୁଯାୟୀ ଏହାକୁ ବର୍ଣ୍ଣନା କରୁଛନ୍ତି। ଧୀରସ୍ଥିର ଭାବରେ ବସି ନିଜର ଭାବନା ଓ ଚିନ୍ତାଧାରାକୁ ଈଶ୍ୱରଙ୍କ ଉପରେ କେବଳ ନିବଦ୍ଧ କରିବା ପ୍ରକୃତ ଧ୍ୟାନ ନୁହେଁ। ଈଶ୍ୱରଙ୍କ ମାଧ୍ୟମରେ ନିଜର ଇଚ୍ଛା, ଅନୁଭବ ଓ ଭାବନା ଇତ୍ୟାଦିକୁ ଐଶ୍ୱରୀକ କରିବା ଉଚିତ୍। ଈଶ୍ୱରଙ୍କୁ ନିଜ ସ୍ତରକୁ ଓହ୍ଲାଇ ଆଣିବା ଉଚିତ୍ ନୁହେଁ, ବରଂ ନିଜକୁ ଈଶ୍ୱରଙ୍କ ସ୍ତରକୁ ଉନ୍ନ କରିବା ଉଚିତ୍।

ପ୍ରଭୁଙ୍କ ଭକ୍ତ ପ୍ରଥମେ ଚେତନା ହରାଇଥାନ୍ତି। ତେଣୁ ସେ ଅସାଧାରଣ। ଉକ୍ତିଟିଏ ପୂଜା କଲାବେଳେ ହେଉ ବା ଠାକୁରଙ୍କୁ ସ୍ତୁତି କଲା ସମୟରେ ନିଜକୁ ସେଥିରେ ହଜାଇ ଦିଅନ୍ତି। ସବୁ କିଛି ଭୁଲିଯାଆନ୍ତି। ଶରୀର ଥାଇବି ଅନ୍ୟ କେଉଁ ରାଜ୍ୟରେ ବିଚରଣ କରନ୍ତି। ଯିଏ ଚେତନା ହରାଇ ବସନ୍ତି ପ୍ରଭୁ ସ୍ୱୟଂ ତା'ର ଚେତନା ହୋଇ ଉଭା ହୁଅନ୍ତି। ଧନୁ ମାଝି ବୋଧେ ପ୍ରଭୁଙ୍କୁ ଧ୍ୟାନ କରି ଚେତନା ହରାଇ ଜୀବନରେ କରିଥିବା ଅପକର୍ମକୁ ଭୁଲି ଅନ୍ୟ କେଉଁ ଧର୍ମ ରାଜ୍ୟରେ ବିଚରଣ କରୁଛି। ପ୍ରକୃତରେ ପରମାତ୍ମାଙ୍କୁ ପାଇବା ପାଇଁ ଭଜନ, କୀର୍ତ୍ତନ, ଜପ, ତପ, ପୂଜା, ପ୍ରାର୍ଥନା ଆଦି ଗୋଟିଏ ଗୋଟିଏ ମାଧ୍ୟମ। ସେମିତି ଗୋଟିଏ ମାଧ୍ୟମ ହେଉଛି ଧ୍ୟାନ। ଧ୍ୟାନ ଅର୍ଥ ନିଜର ଦେହକୁ ପାସୋରି ଦେବା। ନିଜର ଅସ୍ତିତ୍ୱକୁ ସମ୍ପୂର୍ଣ୍ଣ ଭୁଲିଯିବା। ଏହି ଅବସ୍ଥାରେ ସମସ୍ତ ଇନ୍ଦ୍ରିୟ ନିଷ୍କ୍ରିୟ ହୋଇଯାଆନ୍ତି। ଆଖି ଖୋଲା ଥିବ ମାତ୍ର କିଛି ଦେଖି ପାରୁନଥିବ। କାନରେ ଶବ୍ଦ ପଡୁଥିବ କିନ୍ତୁ ଶୁଣି ପାରୁନଥିବ। ନାକରେ ବାସ୍ନା ବାଜୁଥିଲେ ବି ବାରି ହେଉନଥିବ। ଶରୀରରେ ଛୁଇଁବାର ଅନୁଭବ ଲୋପ ପାଇ ଯାଇଥିବ। ଯୋଗୀ, ମୁନୀ, ଋଷିମାନେ ଧ୍ୟାନସ୍ଥ ହୋଇ ରହିବାକୁ ସବୁବେଳେ ଭଲପାଉଥିଲେ। ପରମାତ୍ମାଙ୍କ ଚିନ୍ତନ ଯେତେ ପ୍ରଗାଢ଼ ହୁଏ, ଧ୍ୟାନ ଅବସ୍ଥା ସେତେ ଗଭୀର ହୁଏ। ଧ୍ୟାନ ଅବସ୍ଥା ହେଉଛି ଗୋଟିଏ ସ୍ଥିତିରେ ଥାଇବି ଶରୀରକୁ ଭୁଲିଯିବା। ଅନ୍ୟକାମ ଶରୀର କରୁଥିବ। ମନ କିନ୍ତୁ ପରମାତ୍ମାଙ୍କ ଚିନ୍ତାରେ ଥିବ। ଏହା ହେଉଛି କର୍ମ ଯୋଗ। କର୍ମ କରିବା ଭିତରେ ବି ତାଙ୍କୁ ସ୍ମରଣ ପରିସରକୁ ଆଣୁଥିବା ଅବସ୍ଥା।

ଏକଥା ସହଜରେ ବୁଝାଯାଏ ଯେ, ସମସ୍ତଙ୍କୁ ଧ୍ୟାନ କରିବାର ଆବଶ୍ୟକତା ନଥାଏ। ପ୍ରତ୍ୟେକଙ୍କର ନିଜସ୍ୱ ଧାରା ରହିଥାଏ– କେହି କେହି ଭକ୍ତି ଦ୍ୱାରା, କେହି କେହି ସଙ୍ଗୀତ ମାଧ୍ୟମରେ, ଅନ୍ୟ କେହି ଶାସ୍ତ୍ର ଅଧ୍ୟୟନ ଦ୍ୱାରା, ଅନ୍ୟ କେହି ନିଷ୍କାମ କର୍ମ ଦ୍ୱାରା। ପଥ ଅନେକ। ଯେଉଁମାନଙ୍କର ଭାଗବତ ଅନ୍ୱେଷଣ ପାଇଁ ଧ୍ୟାନ ସହାୟକ ହୋଇଥାଏ ସେମାନେ ଏହି କଥାଟି ନିଶ୍ଚିତ ରୂପେ ଜାଣି ରଖିବା ଉଚିତ୍ ଯେ, ଧ୍ୟାନ ଲକ୍ଷ୍ୟ ନୁହେଁ। ତେଣୁ ଘଣ୍ଟା ଘଣ୍ଟା କାଳ ମଧ୍ୟରେ ବସିବା ଏହି ଉଦ୍ଦେଶ୍ୟ ପାଇଁ ଯଥାର୍ଥ ନୁହେଁ। ଧ୍ୟାନର ଗୁଣବରା ବାସ୍ତବିକ ଗୁରୁତ୍ୱପୂର୍ଣ୍ଣ କଥାଅଟେ। ଯେଉଁମାନଙ୍କର ପଥ ଧ୍ୟାନ ମାଧ୍ୟମ ଦେଇ ଯିବାକୁ ହୋଇଥାଏ ଅଥବା ଅତି କମରେ ଏହା ତାଙ୍କ ସାଧନାର ଏକ ମୁଖ୍ୟ ଅଙ୍ଗ ହୋଇଥାଏ। ଏହାର ଗୁରୁତ୍ୱପୂର୍ଣ୍ଣ ଅଟେ ଯେ, ସେମାନେ ନିୟମିତ ଭାବେ ଧ୍ୟାନରେ ବସିବା ଉଚିତ୍। ଏକଥା କହିଲେ ଚଳିବ ନାହିଁକି ଯେତେବେଳେ ପରିସ୍ଥିତି ଅନୁକୂଳ ଥିବ ଆମେ ସେତେବେଳେ ଧ୍ୟାନ କରିବା। ଗୋଟିଏ ଅନ୍ତରମୁଖୀ ଭାବର ଗତିବୃଦ୍ଧି କିମ୍ୱା ଶାନ୍ତିର ଅବତାରଣା ଅଥବା ଏକ ଊର୍ଦ୍ଧ୍ୱ ମୁଖୀ ଆକର୍ଷଣ। ସ୍ୱାଭାବିକ ଭାବେ ଯେତେବେଳେ ସେହି ମୁହୂର୍ତ୍ତଗୁଡ଼ିକ ଆସିଥାଏ ଜଣେ ତା'ପ୍ରତି ଧ୍ୟାନ ଦେଇଥାଏ। ଯଦି ସମୟବ୍ୟ ହୁଏ ତେବେ ଅନ୍ୟସବୁ କର୍ମକୁ ପଛରେ ପକାଇ ତାକୁ ଆଗ କରିଥାଏ। ଯାହା ଗୁରୁତ୍ୱପୂର୍ଣ୍ଣ ତାହା ହେଉଛି ଜଣକର ନିୟମିତ ଭାବେ ଧ୍ୟାନ କରିବାର ସମୟ ରଖାଯାଇଥିବା ଆବଶ୍ୟକ। ଜଣକର ମନର ଅବସ୍ଥା ଭଲ ଅଛି କି ନାହିଁ ସେ କଥା ଉପରେ ଆଦୌ ଗୁରୁତ୍ୱ ନଦେଇ, ଜଣେ ପ୍ରତ୍ୟହ ନିର୍ଦ୍ଧାରିତ ସମୟରେ ଧ୍ୟାନରେ

ବସିବା ଉଚିତ୍। ଏହି ନିୟମିତତା ଜଣଙ୍କ ପ୍ରକୃତି ମଧ୍ୟରେ ଗ୍ରହଣଶୀଳତାର ଗୋଟିଏ ଅଭ୍ୟାସ ସେହି ନିର୍ଦ୍ଦିଷ୍ଟ ସମୟରେ ହିଁ ସୃଷ୍ଟି କରିଥାଏ ଏବଂ ଚେତନା ମଧ୍ୟରେ ଗୋଟିଏ ସ୍ୱତଃସ୍ଫୁର୍ତ୍ତ ଭାବେ ଏକାଗ୍ରତା ଭାବ ସୃଷ୍ଟି କରିଥାଏ। ଏହା କେବଳ ଜଣଙ୍କ ପ୍ରକୃତି ମଧ୍ୟରେ ଆସିଥାଏ। ତାହା ନୁହେଁ ପାରିପାର୍ଶ୍ୱିକ ବାତାବରଣରେ ମଧ୍ୟ ତାହା ସୃଷ୍ଟି ହୋଇଥାଏ। ସେଠାରେ ଗୋଟିଏ ଅଭ୍ୟାସ ସୃଷ୍ଟି ହୋଇଥାଏ। ଏହି ଆସ୍ଥାହାର ପ୍ରତ୍ୟୁତ୍ତର ଦେବା ନିମନ୍ତେ ଏକଥା ଦେଖାଯିବ ଯେ, ସେହି ନିର୍ଦ୍ଦିଷ୍ଟ ସମୟରେ ଊର୍ଦ୍ଧ୍ୱସ୍ଥ କିଛି ଅବତରଣ ପାଇଁ ଅପେକ୍ଷା କରିଥାଏ ସାଧକର ଗ୍ରହଣ ନିମନ୍ତେ।

ଯଦିଓ ଏହା ପ୍ରତ୍ୟେକ ବ୍ୟକ୍ତିକୁ ତାହାର ନିଜର ସୁବିଧା ସମୟ ଉପରେ ଧ୍ୟାନ କରିବା ପାଇଁ ଛାଡ଼ି ଦିଆଯାଇଥାଏ। ଯେତେବେଳେ ସେ ବାହ୍ୟ ପରିସ୍ଥିତି ଦ୍ୱାରା ବହୁତ କମ୍ ବିଚଳିତ ହେଉଥାଏ, ତଥାପି ମଧ୍ୟ ଦିବସର କିଛି ସମୟ ଥାଏ ଯାହା ଧ୍ୟାନ କରିବା ନିମନ୍ତେ ଅନ୍ୟ ମୁହୂର୍ତ୍ତ ଅପେକ୍ଷା ଅଧିକ ଉପଯୋଗୀ ହୋଇଥାଏ। ଏହା ସର୍ବଜନବିଦିତ ଯେ, ପ୍ରାତଃ ସମୟର ମୁହୂର୍ତ୍ତ ସୂର୍ଯ୍ୟୋଦୟ ପୂର୍ବରୁ ଧ୍ୟାନ ପାଇଁ ବିଶେଷ ଫଳପ୍ରଦ ହୋଇଥାଏ। ତାହାର କାରଣ ପ୍ରକୃତିର ସକ୍ରିୟ ଶକ୍ତିରାଜି ଜାଗ୍ରତ ହୋଇନଥାନ୍ତି ଏବଂ ପରିବେଶରେ ଗୋଟିଏ ବିଶେଷ ଶାନ୍ତି ଅବସ୍ଥା ବିଦ୍ୟମାନ ଥାଏ। ସେହିପରି ଭାବେ ପ୍ରଦୋଷ ସମୟ, ଯେତେବେଳ ସୂର୍ଯ୍ୟ ଅସ୍ତ ହୋଉଥାନ୍ତି। ଯେଉଁ ସମୟରେ କି ପ୍ରକୃତିର କ୍ରିୟାଶୀଳ ଶକ୍ତିରାଜି ନିଷ୍ଫଳତା ମଧ୍ୟକୁ ଅପସରି ଯାଉଥାନ୍ତି। ଧ୍ୟାନ ଅଭ୍ୟାସ ପାଇଁ ବ୍ରହ୍ମ ମୁହୂର୍ତ୍ତ ପ୍ରକୃଷ୍ଟ ସମୟ। ଏହି ସମୟରେ ମନ ଶାନ୍ତ, ନିର୍ମଳ ଅବସ୍ଥାରେ ଥାଏ। ପ୍ରକୃତିର ପରିବେଶ ଓ ବାୟୁମଣ୍ଡଲରେ ବାୟୁର ଗତିପରି ଧୀର, ଶାନ୍ତ ଥାଏ। ଏହି ସମୟରେ ପ୍ରତ୍ୟକ୍ଷ ମୁକ୍ତି ପ୍ରଦାନକାରୀ ଓଁ ମନ୍ତ୍ର ସ୍ମରଣ କରନ୍ତୁ ଓ ଧ୍ୟାନ କରନ୍ତୁ। ପ୍ରଥମେ ୧୦ ମିନିଟ୍ ପର୍ଯ୍ୟନ୍ତ ଏକାଗ୍ରତା ଚିଉରେ ଓଁ ଆବୃତ୍ତି କରନ୍ତୁ। ଏ ପ୍ରକାର ଆବୃତ୍ତି ମନକୁ ସ୍ଥିର ଓ ଏକାଗ୍ରତା ଅଭିମୁଖୀ କରିଦେବ। ଏହାପରେ ଧ୍ୟାନସ୍ଥ ହୋଇ ପ୍ରାୟ ୩୦ ମିନିଟ୍ ପର୍ଯ୍ୟନ୍ତ ଓଁ ଜପ କରନ୍ତୁ। ଏକଥା ମଧ୍ୟ ସତ୍ୟ ଯେ, ଦିବସ ଓ ରାତ୍ରିର ମିଳନ ସମୟ ମଧ୍ୟରାତ୍ରିର ମୁହୂର୍ତ୍ତ ଧ୍ୟାନ ନିମନ୍ତେ ଅତ୍ୟନ୍ତ ଶକ୍ତିଶାଳୀ ମୁହୂର୍ତ୍ତ ଅଟେ। ଇହୁଦୀମାନଙ୍କର ଗୋଟିଏ ପରମ୍ପରାଗତ ଉପଦେଶ ଅଟେ ଯେ, ଏହି ମୁହୂର୍ତ୍ତଟି ଗଭୀର ପ୍ରାର୍ଥନା ନିମନ୍ତେ ଅତ୍ୟନ୍ତ ଉପଯୋଗୀ ସମୟ ଅଟେ। ସେହିପରି ଭାବେ ମଧ୍ୟାହ୍ନ ସମୟ ମଧ୍ୟ ଧ୍ୟାନ ନିମନ୍ତେ ଅତ୍ୟନ୍ତ ସହାୟକ ଅଟେ। ଏପରି ନୁହେଁ ଯେ ଏହି ମୁହୂର୍ତ୍ତଗୁଡ଼ିକରେ ଜଣେ କେବଳ ଧ୍ୟାନ କରିବ କୌଣସି ଗୋଟିଏ ବିଶେଷ ମୁହୂର୍ତ୍ତରେ ଅଥବା ସବୁ ଗୁଡ଼ିକରେ। ଜଣେ ଯେକୌଣସି ମୁହୂର୍ତ୍ତଟିଏ ବାଛିଲେ ମଧ୍ୟ ସେ ସମୟରେ ଧ୍ୟାନ କରିପାରୁଥିବା ଉଚିତ୍। କିନ୍ତୁ ସେହିପରି କରିବା ନିମନ୍ତେ ସକ୍ଷମ ହେବାକୁ ହେଲେ ଜଣେ ଧ୍ୟାନର ଶୃଙ୍ଖଳାଟିକୁ ନିର୍ଦ୍ଦିଷ୍ଟ ସମୟରେ ପ୍ରତ୍ୟହ ଅନୁସରଣ କରିବା ଦରକାର। ଧନୁ ମାଟି ଶାସ୍ତ୍ର ମତ ଅନୁଯାୟୀ ଦିନ ଦଶଟା ପରେ ଦିବସ ମଧ୍ୟାହ୍ନ ଆଡ଼କୁ ଅଗ୍ରସର ହେଉଥିବା ସମୟରେ ଧ୍ୟାନ କରୁଥିଲେ।

ଆଧ୍ୟାତ୍ମ ମତରେ, ସାଧନାର ତିନୋଟି ଅବସ୍ଥା ଅଛି। ଯଥା ପ୍ରବର୍ତ୍ତକ, ସାଧନା ଓ ସିଦ୍ଧି। ଯେଉଁମାନେ ଭଗବାନଙ୍କୁ ଜାଣିବା ପାଇଁ ଇଚ୍ଛୁକ ହୋଇ ମହାପୁରୁଷଙ୍କ ଆଶ୍ରୟ ଗ୍ରହଣ କରି ଏବଂ ତାଙ୍କର ଉପଦେଶ ଅନୁସାରେ ଅନୁରକ୍ତ ହୋଇ ସାଧନା କରନ୍ତି ତାଙ୍କୁ ପ୍ରବର୍ତ୍ତକ କୁହନ୍ତି। ତା'ପରେ ସାଧନା ପର୍ଯ୍ୟାୟ। ସାଧନା ପରେ ଆସେ ସିଦ୍ଧି ଅବସ୍ଥା। ସିଦ୍ଧି ଅବସ୍ଥାରେ ଭଗବାନଙ୍କର ସାରୂପ୍ୟ ଲାଭ ହୁଏ। ମନୁଷ୍ୟ ମାତ୍ରକେ ତା'ର ଭିତରେ କିଛି ନା କିଛି ସାଧାନାର ଇଚ୍ଛା ଗୁପ୍ତ ଆକାରରେ ଥାଏ। ମନୁଷ୍ୟ ସର୍ବଦା ଭୋଗରେ ରତ ରହିପାରେନା। ଏହାର କାରଣ ମନୁଷ୍ୟ ଭିତରେ ଭଗବାନଙ୍କର ସ୍ୱରୂପ ଶକ୍ତି, ତଟସ୍ଥ ଶକ୍ତି ଓ ମାୟା ଶକ୍ତି ଏହି ତ୍ରିଶକ୍ତି ଅଛି। ସ୍ୱରୂପ ଶକ୍ତି ହିଁ ଚିତ୍ ଶକ୍ତି। ତଟସ୍ଥ ଶକ୍ତିକୁ ଜୀବ ଶକ୍ତି କୁହନ୍ତି ବା କୁଣ୍ଡଲିନୀ କୁହନ୍ତି। ଏହି ଜୀବ ଶକ୍ତି ବା ତଟସ୍ଥ ଶକ୍ତିର ଭିତରେ ସ୍ୱରୂପ ଶକ୍ତି ଓ ମାୟା ଶକ୍ତି ଉଭୟ ଶକ୍ତି ବିଦ୍ୟମାନ। ସେଥି ନିମିତ୍ତ ଜୀବ ଘଣ୍ଟାର ପେଣ୍ଡୁଲମ ଭଲି ଥରେ ଏହି ଦିଗକୁ ଓ ଥରେ ଆଗ ଦିଗକୁ ଦୋଲାୟିତ ହୁଏ। ମାୟାର ଅବସ୍ଥାରେ ଶକ୍ତି ଜୀବ ମୋହଗ୍ରସ୍ତ ହେଲେ ମଧ୍ୟ ସ୍ୱରୂପ ଶକ୍ତିର ସହିତ ଜୀବଶକ୍ତି ବା କୁଣ୍ଡଲିନୀର ମିଳନ ସ୍ୱାଭାବିକ।

ଯାହାର ଜୀବ ଶକ୍ତି ପ୍ରବୃଦ୍ଧ ହେବାର ସମୟ ହୋଇଅଛି ସେ ପ୍ରବର୍ଦ୍ଧକ। ଏହି ଚିତ୍ ଶକ୍ତିର ଅନୁସନ୍ଧାନରେ କୃତ କାର୍ଯ୍ୟ ହେଲେ ଆତ୍ମାନୁଭୂତି ହେବ। କିନ୍ତୁ କଉଁ ଉପାୟରେ ତାହାର ଅନୁସନ୍ଧାନ କରିବାକୁ ହେବ। ଗୋଟିଏ ନିର୍ଦ୍ଧିଷ୍ଟ ସ୍ଥାନରେ ନିୟମିତ ସମୟରେ ପରିମିତ ସମୟ କୌଣସି ସ୍ଥିର ପଦାର୍ଥରେ ଲକ୍ଷ୍ୟ ରଖି ପରେ ନେତ୍ର ବନ୍ଦ କରି ସମ୍ପୂର୍ଣ୍ଣ ନିରାଲମ୍ବ ଅବସ୍ଥାରେ ନିଜକୁ ଭୁଲିଯିବା। ସେହି ଅନ୍ଧକାରରେ ଆମେ ନିଜକୁ ଅନୁସନ୍ଧାନ କରିବା। ଯେପରି ଅନ୍ଧକାରରେ ଥିବା ସମୟରେ ଆଲୋକ ପାଇଁ ପ୍ରାଣ ଛଟପଟ କରେ ଓ ଚଞ୍ଚଳ ହୁଏ। ଚାହେଁ ଆଲୋକ ଚାହେଁ ଜ୍ୟୋତିଃ। ଚକ୍ଷୁ ମୁଦ୍ରିତ କରି ଇଷ୍ଟ ଦେବତାର ଧ୍ୟାନ ସହ ମନ୍ତ୍ର ମାନସ ଜପ କରିବା। ଯଦି ଆମର ମନ୍ତ୍ର ଓ ମୂର୍ତ୍ତି କିଛି ନରୁହେ, ତେବେ ସମୟ ହେଲେ ଗୁରୁ ଆପଣା ଛାଇଁ ହାଜର ହେବେ। ଭଗବାନ ଆମକୁ ଜନ୍ମ ଦେଇ ବନ୍ଧନରୁ ମୁକ୍ତି କରିବା ପାଇଁ ଉପାୟ ବତାଇ ଦେଇଛନ୍ତି କିନ୍ତୁ ଭୂମିଷ୍ଠ ହେବା ସଙ୍ଗେ ସଙ୍ଗେ ମାୟା ପ୍ରଭାବରେ ତାହା ବିସ୍ମୃତ ହୋଇଛି।

ଗଠନ ମୂଳକ ଶାନ୍ତ, ସ୍ଥାୟୀ ଶାନ୍ତି, କେବଳ ଈଶ୍ୱରୋପାସନାରୁ ଲାଭ କରାଯାଇପାରେ। ଈଶ୍ୱରଙ୍କୁ ପରିତ୍ୟାଗ କଲେ ଶାନ୍ତି ମିଳିବ ନାହିଁ। ଈଶ୍ୱର ହିଁ ଶାନ୍ତି। ଈଶ୍ୱରାନୁଭୂତିର ସ୍ରୋତକୁ ପ୍ରବାହମାନ କରି ରଖିବାର ଅନ୍ୟନାମ– 'ଧ୍ୟାନ'। ଧ୍ୟାନ ଦ୍ୱାରା ମନରୁ ସମସ୍ତ ପ୍ରକାର ସଂସାରିକ ଚିନ୍ତା ଦୂର କରି ଦିଆଯାଏ। କେବଳ ଦିବ୍ୟଚିନ୍ତା, ଦିବ୍ୟଜ୍ୟୋତିର ଆଭାରେ ଓ ମହିମାରେ ମନକୁ ପରିପୂର୍ଣ୍ଣ କରିଦିଆଯାଏ। ଧ୍ୟାନ ହେଉଛି ଆତ୍ମା ଜ୍ଞାନ ଲାଭ କରିବାର ଏକ ରହସ୍ୟମୟ ନିଶ୍ରୁଣି (ସିଡ଼ି)। ଧ୍ୟାନ ବଳରେ ଏକନିଷ୍ଠତା ଓ ମନର ଜାଲ ଭିତରୁ ମୁକ୍ତି ପାଇ ଅମରତ୍ୱ ଲାଭ କରିବା। ଆତ୍ମା ସାକ୍ଷାତକାର ପଥରେ ଅଗ୍ରସର ହେବାର ଏକ ନିର୍ଦ୍ଧିଷ୍ଟ ବାଟ। ସୁତରାଂ ମୋକ୍ଷ ବା ପରମାନନ୍ଦ ଲାଭ ପାଇଁ ଧ୍ୟାନ ହିଁ ଏକମାତ୍ର ରାଜପଥ। ଏହା ବୈଦିକ ଯୁଗରୁ ବର୍ତ୍ତମାନ ବୈଜ୍ଞାନିକ ଯୁଗ ପର୍ଯ୍ୟନ୍ତ ସମସ୍ତଙ୍କ ଦ୍ୱାରା ସ୍ୱୀକୃତ ହୋଇଛି।

ଧ୍ୟାନ ଏକ ଶକ୍ତିଶାଳୀ ବଳ କାରକ ଔଷଧ। ଦୈନିକ ଧ୍ୟାନ ଦ୍ୱାରା ବର୍ତ୍ତମାନ ସମାଜରେ ସମସ୍ତଙ୍କର ଚିନ୍ତାର କାରଣ ରୂପେ ଠିଆ ହୋଇଥିବା ରକ୍ତଚାପ, ହୃଦ୍‌ରୋଗ, ବ୍ଲଡ଼ରେ କୋଲେଷ୍ଟରଲ ଓ ମାନସିକ ଉତ୍ତେଜନା ଇତ୍ୟାଦି ଧୀରେ ଧୀରେ ଦୂର ହୋଇଯିବ। ଏହାପାଇଁ କୌଣସି ଔଷଧର ଆବଶ୍ୟକ ପଡ଼ିବ ନାହିଁ। ଯଦି ଏସବୁ ରୋଗର ପ୍ରାରମ୍ଭରୁ ଧ୍ୟାନର ଅଭ୍ୟାସ କରାଯାଏ। ଏହା ମନୁଷ୍ୟକୁ ପରମାତ୍ମାଙ୍କର ନିକଟବର୍ତ୍ତୀ କରି ଶାଶ୍ୱତ ଦିବ୍ୟ ଆନନ୍ଦ ପ୍ରଦାନ କରିବା ସଙ୍ଗେ ସଙ୍ଗେ ସକଳ ପ୍ରକାର ଭୟଙ୍କର ରୋଗରୁ ମୁକ୍ତିଦେଇ ପରମ ଶାନ୍ତି ପ୍ରଦାନ କରିଥାଏ।

ସକଳ ଶକ୍ତି ଓ ପ୍ରଜ୍ଞାର ଉତ୍ସ ସାଜିଥିବା ପରମାତ୍ମାଙ୍କ ସହିତ ଯୋଡ଼ି ହେବାରେ ସାହାଯ୍ୟ କରିଥାଏ ମୌନତା ଓ ଧ୍ୟାନ। ସ୍ୱଭାବତଃ ଆମେ ଯାହା ଯଥାର୍ଥ ଭାବେ ପାଇବା କଥା ତାହା ଅନ୍ତରାତ୍ମାଙ୍କ ନିର୍ଦ୍ଦେଶରେ ସେସବୁ ଆସିନଥାଏ ଆମ ହାତକୁ। ତେବେ ଆଧ୍ୟାତ୍ମିକ, ମାନସିକ, ନୈତିକ ତଥା ଭୌତିକ ସାଧାନ ମଧ୍ୟରେ ସନ୍ତୁଳନ ରକ୍ଷା କରିବାକୁ ପଡ଼ିବ ଆମକୁ। ବାହ୍ୟ ତଥା ଭୌତିକ ସୁଖ ଅନୁସନ୍ଧାନରେ ପଞ୍ଚେନ୍ଦ୍ରିୟକୁ ତୃଷ୍ଟିକରଣ କରିବା ଲାଗି ଆମେ ଦୀଶାହୀନ ଭାବେ ଏଣେତେଣେ ଘୁରିବୁଲୁ। ଏ ଦୁନିଆର ବାହାର ମନୋରଞ୍ଜନରେ ମାତିବା ତ ଠିକ୍ କଥା ହେଲେ ଶାନ୍ତିର ବାସ୍ତବ ଖଟିଆନା ଓ ସନ୍ତୋଷ ଆମ ଭିତରେ ହିଁ ମହଜୁଦ୍ ହୋଇ ରହିଛି। ଅନ୍ତର୍ମନରେ ଶାନ୍ତି ଓ ସୁଖ ପ୍ରାପ୍ତି ଲାଗି ନିୟତ ଧ୍ୟାନ ଯୋଗ ଅଭ୍ୟାସ କରିବା ବାଞ୍ଛନୀୟ। କିନ୍ତୁ ତା' ମାନେ ନୁହେଁ ଯେ, ଆମେ ଏକାନ୍ତରେ ଜୀବନ କାଟିବା। ଆମେ ଯେତେବେଳେ ଲୋକଙ୍କ ସହିତ ମିଳାମିଶା କରୁ ତନ୍ମନ ଆନ୍ତରିକତାର ସହିତ କରିଥାଉ। ଯଦ୍ୱାରା ଆମ ସ୍ମରଣକୁ ଆସିବ ଯେ ଶାନ୍ତିପ୍ରିୟ ଓ ସ୍ନେହଶୀଳ ଲୋକଟା ସହିତ ଆମର ସାକ୍ଷାତକାର ହୋଇଥିଲା। ଧ୍ୟାନକୁ ଅନ୍ତର୍ମୁଖୀ କରିବା ଉପରେ ଗୁରୁତ୍ୱ ଦେବା ନିହାତି ଆବଶ୍ୟକ। ଯାହା ଫଳରେ କି ଆମ ଶରୀର, ମନ ଓ ଆତ୍ମାକୁ ପୁନର୍ଜୀବିତ କରୁଥିବା ଶକ୍ତି ଓ ସାମର୍ଥ ନିତ୍ୟ ନୂତନ ରୂପେ ସଞ୍ଚରି ଯିବ ଆମ ଅନ୍ତଃକରଣରେ। ଯେମିତି ପୁଷ୍କରିଣୀର ଗୋଳିଆ ପାଣି କିଛି ସମୟ ନିଶ୍ଚଳ ହୋଇଗଲ‌ା ପରେ ବାଲି ମାଟିଗୋଳି ଓ ଅଳିଆ ଆବର୍ଜନା ସବୁ ତଳେ ବସି ଯାଏ ଆଉ ପାଣି କାଚକେନ୍ଦୁ ଭଳି ସ୍ୱଚ୍ଛ

ନିର୍ମଳ ଦେଖାଯାଏ । ଠିକ୍ ସେମିତି ଧ୍ୟାନରେ ମଧ୍ୟ ବିକ୍ଷିପ୍ତ ଚିନ୍ତାଧାରା ଓ ବିଚାର ସବୁ କ୍ରମଶଃ ସ୍ଥିର ହୋଇ ଆମ ଚିତ୍ତରୂପୀ ସ୍ୱଚ୍ଛ ଜଳରେ ପ୍ରତିଫଳିତ ହେବାକୁ ଲାଗେ । ସୁତରାଂ କେବଳ ଧ୍ୟାନ ଅଭ୍ୟାସ ବଳରେ ବିଚାରରେ ସ୍ୱଚ୍ଛତା, ଅନ୍ତର୍ମନ ଏବଂ ଭଲମନ୍ଦ ବାଛିବାର କ୍ଷମତା ହାସଲ କରାଯାଇଥାଏ ।

"ବୈରାଗ୍ୟାନ୍ନ ପରଂ ସୁଖସ୍ୟ ଜନକଂ ପଶ୍ୟାମି ବଂଶ୍ୟାତ୍ମନ ସ୍ତେଜେଚ୍ଛଦ୍ୱିତରାତ୍ମ ବୋଧ ସହିତଂ ସ୍ୱରାଜ୍ୟ ସାମ୍ରାଜ୍ୟଧୁକ । ଏତଦ୍ ଦ୍ୱାର ସଜସ୍ର ମୁକ୍ତ ଯୁବ ତେର୍ଯ୍ୟସ୍ମାଭ୍ୟସ୍ମାପୁରଂ, ସର୍ବତ୍ରା ସ୍ୱହୃଦ୍ୟା ସଦାତ୍ମନି ସଦା ପ୍ରଜ୍ଞାଂ କୁରୁ ଶ୍ରେୟସେ ।" ସଚ୍ଚିଦାନନ୍ଦ ବ୍ରହ୍ମଠାରେ କେବଳ ନିଜର ବୁଦ୍ଧିକୁ ସଦା ଅଟଳ କରି ରଖିବା ପାଇଁ ଏପରି ଦିବ୍ୟ ପ୍ରେରଣା ଆମକୁ ଏହି ଶ୍ଲୋକରେ ଶିକ୍ଷା ମିଳେ । ସଂଯମୀ ପୁରୁଷ ପକ୍ଷରେ ବୈରାଗ୍ୟ ଠାରୁ ବଳି ଅନ୍ୟ କୌଣସି ଶ୍ରେଷ୍ଠ ଗୁଣ ନାହିଁ । ଏଇ ବୈରାଗ୍ୟ ଆତ୍ମଜ୍ଞାନ ସହ ଅଭିନ୍ନ ରୂପେ ହୋଇଥାଏ । ତେବେ ସେଇ ମୁକ୍ତି କାମିନୀ ପାଇଁ ସଦା ଜାଗ୍ରତ ରହିବା ଉଚିତ୍ । ଏହିଦ୍ୱାର ମଧ୍ୟ ମୁକ୍ତିରୂପିଣୀ କାମିନୀର ମୁଖ୍ୟ ଦ୍ୱାର ଅଟେ । ଏହାର ଅନୁଭୂତି ସ୍ୱର୍ଗୀୟ ସାମ୍ରାଜ୍ୟ ଭଳି ସୁଖ ପ୍ରଦାୟକ ହୋଇଥାଏ । ଏଇ ବୈରାଗ୍ୟକୁ ମୁକ୍ତ ଗମଣୀର ମୁକ୍ତଦ୍ୱାର ବୋଲି ଜାଣିବା ଉଚିତ୍ । ଏଥି ସକାଶେ ହେ ପୁତ୍ର "ତୁମେ ନିଜ ସ୍ୱର୍ଗୀୟ ସୁଖ ପାଇଁ ସବୁଆଡ଼େ କାମନା ବାସନା ଶୂନ୍ୟ ହୋଇ, ଅବିଚଳିତ ରହି ନିରନ୍ତର ସେଇ ଶୁଦ୍ଧ ଜ୍ୟୋତିର୍ମୟ ବ୍ରହ୍ମରେ ହିଁ ନିଜ ବୁଦ୍ଧିକୁ ଅଟକ ରଖ ।"

ଆଉ 'ତପ'ଟି ପୁଣି କ'ଣ ? ତପର ମୂଳ ହେଲା ତାପ । ତପ୍ତ ହେବାର ପ୍ରକ୍ରିୟା ତପ । ତପ ସହିତ ଚାପର ସମ୍ପର୍କ ଘନିଷ୍ଠ । କୌଣସିଟି ଅନ୍ୟଟିଠାରୁ ଅଲଗା ହୋଇ ପାରେନାହିଁ । ଉଭୟଙ୍କର ବଢ଼ିବା କମିବା ଏକା ସାଙ୍ଗରେ ଘଟୁଥାଏ । କାଳ ସଂଯୋଗରେ ତପ ଦ୍ୱାରା ପଦାର୍ଥର ରୂପାନ୍ତର ଘଟେ । ଇନ୍ଦ୍ରିୟମାନଙ୍କୁ ତାପ ଓ ଚାପ ଦେବା କେବଳ ମନ ପକ୍ଷରେ ସମ୍ଭବ । ମନର ସ୍ୱଭାବ ହେଲା ସଂଲଗ୍ନ ବା ଭାବନା । ସେ କେବେ ଭାବନା ଶୂନ୍ୟ ହୋଇପାରେ ନାହିଁ । ଜଣେ ଟେଣିଥିବା ସମୟରେ କିଛିନା କିଛି ଭାବନା ତା' ମନରେ ରହିବ । ମୁହଁରେ କିଛି ନକହିଲେ ବି ମନ ତା' କାମରେ ଲାଗିଥିବ । ତହିଁରୁ ଭାବନାକୁ ପୂରାପୂରି କାଢ଼ି ନେବା ଆଦୌ ସହଜ କଥା ନୁହେଁ । ଏଥିପାଇଁ ଯାହା କରିବାକୁ ପଡ଼େ ତାକୁ ତପ ବୋଲି କୁହାଯାଏ । ଶ୍ରୀକୃଷ୍ଣ ଅର୍ଜୁନଙ୍କୁ ସେଇଆ କରିବାକୁ କହିଲେ । ଅର୍ଜୁନ ଉତ୍ତର ଦେଲେ ପବନକୁ ବାନ୍ଧିବା ପରି ମନକୁ ବାନ୍ଧିବା ଅତି ଦୁଷ୍କର ବ୍ୟାପାର । ଏହ କିପରି ସମ୍ଭବ ? ସେତେବେଳ ଶ୍ରୀକୃଷ୍ଣ କହିଲେ, "ଅଭ୍ୟାସେନ ତୁ କୌନ୍ତେୟ ବୈରାଗ୍ୟେଣ ଚ ଗୃହ୍ୟତେ ।" ସେଇ କଥାକୁ କାଳାନ୍ତରରେ ମହର୍ଷି ପତଞ୍ଜଲି କହିଲେ, "ଅଭ୍ୟାସ ବୈରାଗ୍ୟାଭ୍ୟାଂ ତନ୍ନିରୋଧଃ ।" ତେବେ ମନକୁ ବାନ୍ଧିବା ପାଇଁ ସତତ ଅଭ୍ୟାସ ଜାରି ରଖିବାକୁ ପଡ଼ିବ । ସଂସାରର ଭୋଗ୍ୟ ବିଷୟ ଗୁଡ଼ିକରୁ ମନକୁ ଦୂରେଇବାକୁ ହେବ । ରୂପ, ଶବ୍ଦ, ରସ, ଗନ୍ଧ, ସ୍ପର୍ଶ ଆଦିର ଭାବନାରେ ଇନ୍ଦ୍ରିୟମାନେ ସବୁବେଳେ ମନକୁ ଟାଣିଥାନ୍ତି । ଶିବ ପୁରାଣକୁ ଅନୁସରଣ କରି କାଳିଦାସ କହିଲେ– "କ ଉପ୍ସିତାର୍ଥ ସ୍ଥିର ନିଶ୍ଚୟଂ ମନଃ ପୟଶ୍ଚ ନିମ୍ନାଭିମୁଖଂ ପ୍ରତୀପୟେତ୍ ।" ଯାହାର ଓଡ଼ିଆ ଅନୁବାଦ କରି ରାଧାନାଥ ଲେଖିଲେ– "ମାତ୍ର ନିମ୍ନମୁଖୀ ପୟଃ ପୁଣି ଦୃଢ଼ ପ୍ରତିଜ୍ଞ ମନ, ଯେତେ ବାରିଲେ ହେଁ ମାନନ୍ତି ନାହିଁ ସେ ଲୋକ ବାରଣ ।"

ତେଣୁ ଲକ୍ଷ୍ୟ ସ୍ଥିର କରି ନିରନ୍ତର ପ୍ରୟାସ କଲେ ସଫଳତା ନିଶ୍ଚିତ ମିଳିବ । ଶାସ୍ତ୍ରରେ ଏହାକୁ ପଞ୍ଚକୋଷୀ ସାଧନା ବୋଲି କୁହାଯାଏ । କୋଷଗୁଡ଼ିକ ହେଲା– ଅନ୍ନମୟ, ପ୍ରାଣମୟ, ମନୋମୟ, ବିଜ୍ଞାନମୟ ଓ ଆନନ୍ଦମୟ । ସୋପାନ ପରେ ସୋପାନମାନ ଅତିକ୍ରମ କରିବା ପାଇଁ ଧୈର୍ଯ୍ୟ ଓ ଉତ୍ସାହ ଲୋଡ଼ା । ଅଟକି ଯିବା ବା ଓହ୍ଲାଇ ଆସିବା ସହଜ । ମାତ୍ର ଚଢ଼ିବା ଲାଗି ଅଧ୍ୟବସାୟ କରିବାକୁ ପଡ଼ିବ ।

ଆମ ସମସ୍ତଙ୍କର ଇଚ୍ଛା ଆନନ୍ଦ ପାଇବା । ଏ ଆନନ୍ଦଟି କ'ଣ ? ସେ କଥା ଯୋଗୀ ଜାଣିଥିବେ । ଭୋଗୀ ନିଶ୍ଚୟ କେବେ ଜାଣନ୍ତି ନାହିଁ । ଅଧିକାଂଶ ଲୋକ ଜୀବନ ବିତାଇ ଦିଅନ୍ତି କେବଳ ଆଶାରେ, ସୁଖ ପାର୍ଥିବ, ଆନନ୍ଦ ସ୍ୱର୍ଗୀୟ ।

ଯେହେତୁ ଜୀବନ କାଳରେ ସ୍ୱର୍ଗ କେବଳ ଏକ ପରିକଳ୍ପନା, ସୁଖରେ ସନ୍ତୁଷ୍ଟ ରହିବାକୁ ଲୋକେ ବିଞ୍ଜିତା ବୋଲି ବିଚାରନ୍ତି। ସୁଖଟ ଇତର ପ୍ରାଣୀମାନଙ୍କ ଜୀବନରେ ବି କେବେ ନା କେବେ ଆସିଥାଏ। ସୁଖର ସ୍ତରରେ ଥାଇ ସେମାନଙ୍କ ସହିତ ନିଜକୁ ତୁଳନା କଲେ ଜଣେ ଏହାର ସତ୍ୟତା ଜାଣିପାରିବ। ତେଣୁ ବିଚାରବନ୍ତ ଲୋକେ ଏଥିରେ ବିହ୍ୱଳିତ ହୁଅନ୍ତି ନାହିଁ। ଏ ସ୍ୱର୍ଗୀୟ ଆନନ୍ଦଟି କ'ଣ ? ତାକୁ ଜାଣିବା ପାଇଁ କଠୋର ସାଧନାର ଆବଶ୍ୟକତା ରହିଛି। ଜୀବନରେ ଏକଥା ସତ ଯେ, ଯିଏ ଯାହା ପାଇବ ସେଥିପାଇଁ ତାକୁ ମୂଲ୍ୟ ଦେବାକୁ ପଡ଼ିବ। ସକଳ ପଦାର୍ଥର ମୂଲ୍ୟ ଏକାରୂପରେ ଦିଆଯାଇ ପାରେନାହିଁ। ଆନନ୍ଦର ମୂଲ୍ୟ ହେଲା ତପ। ତପ କରୁ କରୁ ଯେତେବେଳେ ଜଣେ ତନ୍ମୟ ହୋଇଯିବ, ସେତେବେଳେ ସେ ଏହାର ଯଥାର୍ଥ ମୂଲ୍ୟ ଦେଇ ପାରିଛି ବୋଲି ବୁଝିବାକୁ ହେବ। ତନ୍ମୟ କିପରି ହେବାକୁ ହୁଏ, ସେ କଥା କେହି କାହାରିକୁ ଶିଖାଇ ପାରିବେ ନାହିଁ। ଏହା ପ୍ରତ୍ୟେକଙ୍କର ନିଜସ୍ୱ ଅନୁଭୂତି।

ଠାକୁରଙ୍କ ପ୍ରତି ତା'ର (ଧନୁ ମାଝିର) ଏତେ ଭକ୍ତି। ଭକ୍ତି ଶବ୍ଦ ଭଜ ଧାତୁରେ କ୍ତିନ ଯୋଗେ ନିଷ୍ପନ୍ନ ହୋଇଛି। (ଭଜ୍+କ୍ତିନ୍ = ଭକ୍ତି) ଭଜ ଧାତୁର ଅର୍ଥ ସେବା କରିବା। ମହର୍ଷି ଶାଣ୍ଡିଲ୍ୟ ତାଙ୍କ ଭକ୍ତି ଗ୍ରନ୍ଥ ଶାଣ୍ଡିଲ୍ୟ ଭକ୍ତି ସୂତ୍ରରେ କହିଛନ୍ତି "ସପରାର୍ଯନୁରକ୍ତିଃ ଈଶ୍ୱରେ" ଅର୍ଥାତ୍ ଈଶ୍ୱରଙ୍କଠାରେ ଅତ୍ୟନ୍ତ ଅନୁରକ୍ତି ହିଁ ଭକ୍ତି। ନାରଦ ମହର୍ଷି "ନାରଦ ଭକ୍ତି ସୂତ୍ର"ରେ କହିଛନ୍ତି। "ସାପରା ର୍ଯନୁ ଭକ୍ତି ଈଶ୍ୱରେ" ଅର୍ଥାତ୍ ଈଶ୍ୱରଙ୍କଠାରେ ଅତ୍ୟନ୍ତ ଅନୁରକ୍ତି ହିଁ ଭକ୍ତି। ନାରଦ ମହର୍ଷି ନାରଦ ଭକ୍ତି ସୂତ୍ରରେ କହିଛନ୍ତି "ସାତୁ ଅସ୍ମିନ୍ ପରମ ପ୍ରେମ ରୂପ।" ଅର୍ଥାତ ଈଶ୍ୱରଙ୍କଠାରେ ପରମ ପ୍ରେମ ହିଁ ଭକ୍ତି। ଏହା ହିଁ ହେଉଛି ଭକ୍ତି କ'ଣ ଏବଂ ଭକ୍ତିର ସଂଜ୍ଞା। ପୁଣି ତା'ର ଏତେ ସମର୍ପିତ ଭାବ, ଏତେ ନିଷ୍ଠା, ଏତେ ପରାକାଷ୍ଠା। କିନ୍ତୁ ମନେ ରଖିବାକୁ ହେବ ଯେ– ଭାବ, ଆଚରଣ ଅନୁଗତ ନୁହେଁ, ବରଂ ଆଚରଣ ଭାବ ଅନୁଗତ। ସେଥିପାଇଁ ତ' କୁହାଯାଇଛି "ଯାହାର ମନ ଯେଡ଼େ, ତା'ର ପ୍ରଭୁ ତେଡ଼େ।" "ଯାଦୃଶୀ ଭାବନା ଯସ୍ୟ ସିଦ୍ଧି ର୍ଭାବତି ତା ଦୃଶୀ।" ବଡ଼ ସାନର ହିସାବ ଭାବାନୁଗତ ମଧ୍ୟ। ନିଜେ ବଡ଼ ବୋଲି ଜଣେ ସମ୍ମାନ ଦାବି କରିବା ହାସ୍ୟାସ୍ପଦ ଓ ଦୟନୀୟ ମଧ୍ୟ। ମାତ୍ର ଲୋକଟା (ଧନୁ ମାଝି ଦେହରେ) ଠାରେ ଅନେକ ଦୁର୍ଗୁଣ ଭରି ରହିଛି। ତା' ପେଟରେ ପେଟେ ଅବିଗୁଣ। ତା' ପାଖକୁ ଗୟଆ ତରାଇ, ଡେଙ୍ଗା ଶ୍ୟାମଳ ବର୍ଣ୍ଣର ହାଡୁଆ ମଣିଷଟିଏ। ପତଲା ସ୍ୱାସ୍ଥ୍ୟ ହେଲେ ମଧ୍ୟ ଧଡ଼ିଆ ନୁହେଁ। ଦମ୍ଭିଲା ଗଢ଼ଣ ନିନ୍ଦା ମଣିଷଟିଏ। ଲକ୍ଷ୍ମୀ ବଜାରର ଗୋଟିଏ କଡ଼କୁ ତା'ର ମାଂସ ଦୋକାନ। ଖାସି ଛେଳି କଟାଇ ମାଂସ ବିକ୍ରି କରେ, ଅର୍ଥାତ୍ ଛେଳି ହଣାରେ ମୁଣ୍ଡଧାତା ହୁଏ। ଗାଁକୁ ଗାଁ ବୁଲି ଛେଳି ଯୋଗାଡ଼ କରିଥାଏ। ତା'ର ସବୁଦିନିଆ ସ୍ଥାୟୀ ବେପାର ବୟଲର କୁକୁଡ଼ା ବିକିବା। ଦୋକାନରେ ତା' ପୁଅ ବସେ। ସେ ବୁଲୁଥାଏ ଛେଳି ଯୋଗାଡ଼ରେ। ତା'ର ବାର ଅବାର କିଛି ବାରଣ ନାହିଁ। ସବୁବେଳେ କୁକୁଡ଼ା ଭର୍ତ୍ତି କରି ରଖିଥିବ କୁକୁଡ଼ା ଘରେ। ବରାଦ ଦେଲେ ପିଟଣାରେ ପିଟି କୁକୁଡ଼ାକୁ ମାରି ମାଂସ କାଟି ବିକ୍ରି କରେ। ସେ ବି ଆସିଛି ଦର୍ଶନ ପାଇଁ ଠାକୁରଙ୍କ ମନ୍ଦିରକୁ। ପିନ୍ଧା ଖଣ୍ଡେ ଗାମୁଛା ନାଲି ରଙ୍ଗର। ଆଉ ଛୋଟ ଖଣ୍ଡେ ପଡ଼ିଛି କାନ୍ଧରେ। ଆଖି ବୁଜି ଯୋଡ଼ ହସ୍ତରେ ଠିଆ ହୋଇଛି ଠାକୁରଙ୍କ ଅଢ଼ାଡ଼କୁ ମୁହଁ କରି। ତା'ର ପୁଣି ଠାକୁରଙ୍କ ପ୍ରତି ଏତେ ଭକ୍ତି ଅଥଚ ପ୍ରତିଦିନ ଜୀବ ହତ୍ୟା କରିବା ତା'ର ପ୍ରଧାନ କର୍ମ। ବୋଧେ ଜୀବ ହତ୍ୟା ଜନିତ ପାପ ଛଡ଼ାଇବା ଲାଗି ସେ ମନ୍ଦିରକୁ ଆସିଛି। ସେ ପାଖକୁ ଅର୍ଥାତ୍ ମନ୍ଦିର ଉତ୍ତର ପଟକୁ ପର୍ଶୁରାମ ରାଉତ। ସତୀ ଜେଜେ ତା' ଜେଜେମାଆକୁ ତା' କଥା କହୁଥିବା ବେଳେ ସେ ଶୁଣିଛି। ଲକ୍ଷ୍ମୀ ବଜାର ଗାଁର ଜଣାଶୁଣା ବିଶିଷ୍ଟ ଭଦ୍ର ଲୋକ। ଡେଙ୍ଗା କଙ୍କାଳସାର ମଣିଷଟିଏ। ଧଡ଼ିଆ ବତା ଫାଲପରି ଦେଖାଯାଏ। ଭିତରେ ତା'ର ଅନେକ ବଦ୍‌ଗୁଣ। ଯଦିବା ଦେଖା ହେଲା ମାତ୍ରେ ପାଟିରେ ପାନ ପୂରାଇ ମୁହଁରେ ହସ ଫୁଟାଇ ଲୋକଟା ସମ୍ଭାଷଣ ଜଣାଇଥାଏ। ଗାଁ ଢାଙ୍କ ସେଶ୍ୱରକୁ ଆସୁଥିବା ସେବିକାମାନେ ଯଦି ସେମାନେ ଯୁବତୀ ବୟସର ହୋଇଥାନ୍ତି ଓ ସେମାନଙ୍କର ଚାରିତ୍ରିକ ଦୋଷ ଥାଏ, ତେବେ ସେମାନେ ତାଙ୍କର ଏକଚାଟିଆ ଅଧିକାର ଭୁକ୍ତ। ହୋମିଓପାଥିକ ଡାକ୍ତରଙ୍କ ରୂପବତୀ ପତ୍ନୀଙ୍କ

(ଯେଉଁମାନେ ଦୁଷ୍ଚରିତ୍ରା) ସହିତ ତାଙ୍କୁ ମିଶାଇ ଲୋକମାନେ ଅନେକ କଥା ଉଠାଇ ଥାନ୍ତି। ପଶୁ ଡାକ୍ତରଙ୍କ ସ୍ତ୍ରୀମାନେ ଯେଉଁମାନଙ୍କର ଚାରିତ୍ରିକ ଦୁର୍ବଳତା (ଦୋଷ) ଥାଏ। ସେମାନଙ୍କୁ ତାଙ୍କ ନାମରେ ଯୋଡ଼ି ଗାଁରେ ଭୁଟ୍‌ଭାଟ୍ ହେବା ଏକ ପ୍ରକାର ସାଧାରଣ ଦେହସୁହା ଘଟଣାରେ ପରିଣତ ହୋଇଗଲାଣି। ପର ଘରପଶା ଗୁଣରେ ସେ ଧୁରନ୍ଧର। ତାଙ୍କର ଧରମ ଭଉଣୀ, ଧରମ ଝିଅ ଅନେକ। ଯଦିଓ ସେ ବହୁ କୁଟୁମ୍ବୀ ପରିବାରର ଜଣେ ସଦସ୍ୟ। ସେ ପୁଣି ପଞ୍ଚକ ପୂର୍ଣ୍ଣିମାରେ ଆସିଛନ୍ତି ଧବଳେଶ୍ୱରଙ୍କ ଦର୍ଶନ ପାଇଁ। ପିନ୍ଧା ନାଲି ପାଢ଼ି ଧୋତି ସାଙ୍ଗକୁ ଧୋବ ଚଦର ଦେହରେ ଢାଙ୍କି ହୋଇଛନ୍ତି। ହାତ ଯୋଡ଼ି ଠିଆ ହୋଇଛନ୍ତି ଠାକୁରଙ୍କ ଆଡ଼କୁ ମୁହଁ କରି।

ସବା ପଛରେ ରାଜମହାକୁଡ଼। ଆର ଗାଁର ନେତା। ପୂରା ନେତା ନୁହନ୍ତି। ନେତାଙ୍କ ପାଖ ଲୋକ। ଯାହାକୁ କୁହନ୍ତି– କାନକୁହା। ପରିହାସରେ କୁହାଯାଏ, ଆଣ୍ଠିଏ ବହଲର ନେତା କିମ୍ବା କୁଜି ମାମଲତକାର। ତାଙ୍କ ଦ୍ୱାରା ଶାଗ ସିଝେନା। ପୋଡ଼ିଲା କଙ୍କଡ଼ା ସେ ଲେଉଟାଇ ପାରନ୍ତି ନାହିଁ। ସେ ସମସ୍ତଙ୍କର କ୍ଷତି ହିଁ କରିଥାନ୍ତି। କାହାରି ଉପକାର କରିବା ତାଙ୍କର ଉଦ୍ଦେଶ୍ୟ ନୁହେଁ। କିନ୍ତୁ ସବୁ କଥାକୁ ଆଗଭର ହୋଇ ବିନା ଡାକରାରେ ବାହାରି ପଡ଼ିବେ। ପହଞ୍ଚିଯିବେ ସ୍ୱତଃସ୍ଫୁର୍ତ୍ତ ଭାବେ। ତଥାପି ତାଙ୍କୁ ନେତା କୁହାଯିବ। ରାତି ଅଧରେ ଡାକିଦେଲେ ସେ ଶୋଇଲା ବିଛଣାରୁ ଉଠିଆସନ୍ତି। ଖାଇବା ଛାଡ଼ି ବାହାରି ପଡ଼ନ୍ତି। କାହାର ଅସୁବିଧା କଥା ଶୁଣିଲେ ସେ ସ୍ଥିର ହୋଇ ରହିପାରନ୍ତି ନାହିଁ। କେହି ବିପଦରେ ପଡ଼ିଛି ଜାଣିଲା ମାତ୍ର ସେ ଧୈର୍ଯ୍ୟ ଧରି ପାରନ୍ତି ନାହିଁ ଆଦୌ। ଆସି ପାଖରେ ଠିଆ ହୁଅନ୍ତି। ସାହାଯ୍ୟ ପ୍ରଦାନରେ ମୋଟେ ହେଳା କରନ୍ତି ନାହିଁ। ଭାରି ସାହାଯ୍ୟକାରୀ ମନୋବୃତ୍ତିର ଲୋକ ସେ। ପରୋପକାରୀ ବ୍ୟକ୍ତି ଜଣେ। ସେ ସେହି ପ୍ରକୃତିର। ଉପରେ ପାଣି ଛିଞ୍ଚି ଭିତରେ ଚେର କାଟିବାରେ ଧୁରନ୍ଧର ସେ। ତାଙ୍କ ଦ୍ୱାରା ବା ତାଙ୍କ ପ୍ରଚେଷ୍ଟାରେ ଗାଁରେ କଳଭେଟଟିଏ କି ନଳକୂପଟିଏ ବି ହୋଇପାରିନି। ହେବା ମଧ ସମ୍ଭବ ନୁହେଁ। ମଧ୍ୟମ ଉଚ୍ଚା। ମଧ୍ୟମ ସ୍ୱାସ୍ଥ। କଳା ବର୍ଣ୍ଣର ଲୋକଟା। ମୁଣ୍ଡରେ ଗହଳିଆ ବହଲ କଳା କେଶ। ପଛକୁ ଛାଟି କୁଞ୍ଚାଇ ଥାନ୍ତି। ଘରେ ଘରେ କେସ୍ ପୂରାନ୍ତି। ଜମି ଖର୍ଦ ବିକ୍ରିରେ ଦଲାଲି କରନ୍ତି। ଟିକକ କଥାକୁ ଟାଣି ନିଅନ୍ତି ଥାନା କିମ୍ବା କୋର୍ଟକୁ। କୋର୍ଟ କଚେରୀ ମାମଲାରେ ସେ ବେଶ ପ୍ରବିଣ। କାହା ନାମରେ ଫୌଜଦାରୀ ତ' କାହା ଘରେ ଅଦାଲତ କେସ୍ ଦାଏର କରାଇ ବେଶ୍ ମୁନାଫା ମାରନ୍ତି ମଝିରେ ରହି। ଦୟା, ଧର୍ମ, ମାୟା, ମମତା ନାହିଁ ତାଙ୍କଠି। ଅନ୍ୟମାନଙ୍କ ପ୍ରତି ଦରଦ କିମ୍ବା ଅନୁକମ୍ପା କାହୁଁ ଆସିବ ତାଙ୍କ ଅନ୍ତରରେ। ହୃଦୟ ତାଙ୍କର ପଥର ପରି ଟାଣ। ଅସହାୟଙ୍କ ପ୍ରତି ସାମାନ୍ୟତମ ସହାନଭୂତି ତାଙ୍କର ନଥାଏ। ବିପଦଗ୍ରସ୍ତଙ୍କୁ ସାହାଯ୍ୟ କରିବା ତାଙ୍କ ଜନ୍ମଜାତକରେ ନାହିଁ। ସାଇ ସାଇ ଭିତରେ ବିବାଦ ପୁରାଇ ଗାଁ ଗାଁ ମଧରେ କେସ୍ ଲଗାଇ ସେ ବେଶ୍ ଦିପଇସା ରୋଜଗାର କରନ୍ତି। ସାମନ୍ୟ ଛୋଟ ଘଟଣାକୁ ଖୁବ୍ ବଡ଼ ଆକାରରେ ପରିଣତ କରାଇ ପକ୍ଷମାନଙ୍କୁ ଅସୁବିଧାରେ ପକାଇ ହଇରାଣ ହରକତ କରାଇଥାନ୍ତି।   ସେବି ଆସିଛନ୍ତି କାର୍ତ୍ତିକ ପୂର୍ଣ୍ଣିମାରେ ଠାକୁରଙ୍କ ଦର୍ଶନ ପାଇଁ। ବାହାରକୁ ଭାରି ମନ ଭୁଲାଣିଆ ମିଠା କଥା କହି ଉପରକୁ ଖୁବ୍ ଆଦର୍ଶବାଦୀ ଦେଖାଇ ହୋଇ ସେ ସରଳ ବିଶ୍ୱାସୀ ନିରୀହ ପ୍ରକୃତିର ଲୋକମାନଙ୍କୁ ନିଜ ପାଲରେ ପକାଇ ଥାନ୍ତି। ଏତେ ଅଧର୍ମ, ଅପକର୍ମ, ଅନ୍ୟାୟ, ଅନୀତି କର୍ମ କରି ସୁଦ୍ଧା ଠାକୁରଙ୍କ ପ୍ରତି ତାଙ୍କର ଏତେ ଉତ୍ସର୍ଗୀକୃତ ଚିନ୍ତାଧାରା ଓ ସମର୍ପିତ ଭାବନା ତାହା ନିଜ ଆଖିରେ ନଦେଖିଲେ ସହଜେ ବିଶ୍ୱାସ କରିହୁଏନା। ତାଙ୍କ ବାମକୁ ମଦନ ପାତ୍ର। ବାହାଘରର ମଧ୍ୟସ୍ଥ ହେବା କାମ ତାଙ୍କର। ଟାଉଟରିରେ ଏକ ନମ୍ବର। ତାଙ୍କ ଜୀବନ କାଳ ଭିତରେ ସେ କେବେ ସତ କଥା କହନ୍ତି ନାହିଁ। ମିଛ କହିବା ତାଙ୍କର କୁଳ ଧର୍ମ ପରି।

ଧନୀ ଲୋକର ଝିଅକୁ କାଙ୍ଗାଳ ଘରେ। ପଞ୍ଚତିରିଶ ବର୍ଷର ପୁଅକୁ ଅଠର ବର୍ଷର ଝିଅ ସହିତ (କାହିଁକି ନା ସରକାରୀ ନିୟମ ଅନୁସାରେ ଅଠର ବର୍ଷରୁ କମ୍ ବୟସର ଝିଅ ବିବାହ କରିପାରିବନି। ନହେଲେ ଆହୁରି କମ୍ ବୟସର ଝିଅକୁ ସେ ଚାଳିଶ ବର୍ଷର ଦରବୁଢ଼ା ସହିତ ବାହା କରାଇଥାନ୍ତେ।) ସେଥିପାଇଁ ବୟସ ସୀମା ଆଧାରରେ ଜଣକୁ

କୁହାଯାଏ– ଶିଶୁ, ବାଲ୍ୟ, କିଶୋର, ତରୁଣ, ଯୁବକ, ପ୍ରୌଢ଼ ଓ ବୃଦ୍ଧ । ପାଞ୍ଚ ବର୍ଷ ପର୍ଯ୍ୟନ୍ତ ଶିଶୁ, ବାର ଯାଏ ବାଲ୍ୟ, ତେରରୁ ଉଣେଇଶ କିଶୋର, କୋଡ଼ିଏ ପରଠୁ ପରିଚୟ ସୃଷ୍ଟି ହୁଏ ତରୁଣ ଏବଂ ଯୁବକ । ଏବେ ତ' ଯୁବକଙ୍କ ସଂଖ୍ୟା ବା ଅବଧି (ବୟସ ବିଚାରରେ) ଚାଳିଶି ପଇଁଚାଳିଶି ପର୍ଯ୍ୟନ୍ତ ପ୍ରଲମ୍ବିତ । ପଚାଶରେ ପ୍ରୌଢ଼ । ଷାଠିଏ ବର୍ଷରେ ବୃଦ୍ଧ । ଯଦି ଆଗକାଲ ପରି "ଅଷ୍ଟବର୍ଷେ ଭବତେ ଗୌରୀ ନବ ବର୍ଷେତୁ ରୋହିଣୀ, ଦଶ ବର୍ଷେ ଭବତେ କନ୍ୟା ତଦୁର୍ଦ୍ଧ୍ଵଂ ତୁ ରଜସ୍ଵଲା" ତଦନୁଯାଇ ବିବାହର ସର୍ବନିମ୍ନ ବୟସ ସୀମା ଝିଅଙ୍କ ପାଇଁ ଦଶବର୍ଷ ଥିଲା । ସରକାରୀ ନିୟମରେ ଝିଅମାନଙ୍କ ବିବାହ ବୟସ ଦଶ ବର୍ଷ ଥିଲେ ସେପରି ଝିଅଙ୍କୁ ଚାଳିଶ ବର୍ଷର ପୁରୁଷ (ଦରବୁଢ଼ା)ସହିତ ସେ ବାହା କରାଇ ଦିଅନ୍ତେ । ତିରିଶ ବର୍ଷର ଝିଅଙ୍କୁ ପୁଅ ହୋଇଥିବ ବାଇଶ କିମ୍ଵା ତେଇଶ । ଏମିତି ଭାବରେ ସେ ବିବାହ କରାଇଥାନ୍ତି । ତାଙ୍କର ପରସେଣ୍ଟ ନେବା ବେପାର । ହଜାରରେ ଶହେ ଟଙ୍କା ସେ ନିଅନ୍ତି । ସେ ଅଧିକ ଜଖମ ଜାଗାରେ ମଧ୍ୟସ୍ଥ ହୁଅନ୍ତି । ଯେଉଁ ରୂପବତୀ ମନୋରମା ଝିଅ ମାନଙ୍କର ଦୁର୍ନାମ ଥାଏ ଓ ଅବିଗୁଣ ରହିଛି ତାଙ୍କଠି, ଯେଉଁ ପୁଅ ବେଶୀ ବଜାରି, ଛତରା, ଲଫଙ୍ଗା । ସେହିପରି ସ୍ଥଳେ ସେ ହୋଇଥାନ୍ତି ମଧ୍ୟସ୍ଥ ।

ଆହୁରି ମଧ୍ୟ ମଦନ ପାତ୍ରଙ୍କୁ ନଧରି ତାଙ୍କୁ ନପଚାରି ତାଙ୍କ ପରାମର୍ଶ ନନେଇ ତାଙ୍କ ଅମାଲ୍ମରେ ତାଙ୍କ ଗାଁରେ କିଛି ହୋଇପାରେ ନାହିଁ କିମ୍ଵା ହୋଇପାରିବ ନାହିଁ । ହେବାର ସ୍ଵପ୍ନ ମଧ୍ୟ ଦେଖାଯାଇ ନପାରେ । ଗାଁ ଡ୍ରାମା ହେଉ ବା ଠାକୁରାଣୀଙ୍କ ପାଖରେ ଜନ୍ତାଲ, ଛୋଟକାଟିଆ ସଭାଟିଏ ବା ମଉଛୁକ । ବିବାହ ଭୋଜି ବା ମଘା କର୍ମରେ ଏକାଦଶ ଦିନ ଖାଇବା ପିଇବାର ତାଲିକା ନିହାତି ତାଙ୍କୁ ପଚାରି କରାଯିବ । ତାଙ୍କୁ ଡାକି ଚିଠା କଲେ ଯାଇ ତୁମ କାମଟି ସୁରୁଖୁରୁରେ ହେବ । ନହେଲେ ଯଦି ତାଙ୍କୁ ନପଚାରି ତାଲିକା କରିଦେଇଛ ତେବେ ତମ କପାଲ ଫାଟିଲା ଜାଣ । ତୁମ କାମ ଭଣ୍ଡୁର ହେବ ହଁ ହେବ । କେବେ ବି ସଫଳ ହୋଇପାରିବନି । ତାଙ୍କ ବିନା ପରାମର୍ଶରେ ଯଦି ଗାଁରେ କୌଣସି ଅନୁଷ୍ଠାନ ହେବାକୁ ଉଦ୍ୟମ ହୁଏ କିମ୍ଵା ତାଙ୍କୁ ନଜଣାଇ କିଛି ଘରୋଇ କାମ ପାଇଁ ଚେଷ୍ଟା କରାଯାଏ, ତା' ହେଲେ ସେ ବାହାରକୁ ଚିହ୍ନ ନପଡ଼ି ପଦାକୁ ଜଣା ନଯାଇ ଭିତରେ ଭିତରେ ଲୋକମାନଙ୍କ କାନରେ ଏମିତି ମନ୍ତ ଫୁଙ୍କିବେ ଯେ, ତୁମ କାମଟି ଫସର ଫାଟିଯିବ ନିଶ୍ଚିନ୍ତ । ସେ ଜଣେ ଖଳ ପ୍ରକୃତିର ଲୋକ । ଦୁଷ୍ଟ ସ୍ଵଭାବର ବ୍ୟକ୍ତି । ବିଶୃଙ୍ଖଳା ଆଚରଣକାରୀ ଓ ଅମଣିଷ ବୋଲି ଜାଣି ସୁଦ୍ଧା ଲୋକମାନେ ସ୍ଵଇଚ୍ଛାରେ ନହେଲେ ସୁଦ୍ଧା ବାଧ୍ୟ ହୋଇ ତାଙ୍କ କାର୍ଯ୍ୟ ଭଣ୍ଡୁର ହେବା ଆଶଙ୍କା ଜନିତ ଭୟରେ ତାଙ୍କ ପରାମର୍ଶ ଗ୍ରହଣ କରିଥାନ୍ତି । ଉରେ ମରେ ତାଙ୍କୁ ଆଗ ପଚାରି ପରେ ଯାଇ କାମକୁ କାର୍ଯ୍ୟକାରୀ କରିବା କଥା ଚିନ୍ତା କରିଥାନ୍ତି ।

ଏମାନେ ସବୁ ଆଜି ଭଲି ପୁଣ୍ୟ କାର୍ତ୍ତିକ ମାସର ପବିତ୍ର ପଞ୍ଚକ ପୂର୍ଣ୍ଣିମାରେ ଠାକୁରଙ୍କ ଦର୍ଶନ ପାଇଁ ଆସିଛନ୍ତି । ସେମାନେ ନିଜ ଛାତିରେ ହାତ ରଖି କହିପାରିବେ କି ସେମାନେ ତାଙ୍କ ଜୀବଦଶାରେ କେତେ ଲୋକଙ୍କୁ ସୁଖରେ ରହିବାକୁ, ଖୁସିରେ ଚଲିବାକୁ, ସ୍ଵଚ୍ଛଦରେ ଜୀବନ ଅତିବାହିତ କରିବାକୁ ସୁଯୋଗ ଦେଇଛନ୍ତି । କେତେ ଲୋକଙ୍କ ମୁହଁରେ ହସ ଫୁଟାଇଛନ୍ତି ? କେତେ ଲୋକଙ୍କ ମନରେ ଆନନ୍ଦ ଦେଇ ପାରିଛନ୍ତି ? ନିଶ୍ଚିନ୍ତରେ ଓ ନିରାପଦରେ ଜୀବନଯାପନ ଲାଗି ସୁବିଧା ଯୋଗାଇ ଦେଇ ପାରିଛନ୍ତି ? ସେମାନେ ତ' ଅନ୍ୟମାନଙ୍କ ଉପରେ ଅତ୍ୟାଚାର କରିବା ଜାଣନ୍ତି । ଲୋକଙ୍କୁ ହତ୍ସତ କରି ହଇରାଣ ହରକତ କରିବା, କନ୍ଦାଇବା, ଲୁହଲହୁରେ ଭିଜାଇବା, ଅସୁବିଧାରେ ପକାଇବା, ଦୁଃଖ ଦେବା, କଷ୍ଟ ଦେବା, ଯନ୍ତ୍ରଣାରେ ଛଟପଟ କରାଇବା, ନିର୍ଯାତନା ଭୋଗାଇବା, ନିର୍ଯାତିତ କରି ରଖିବା, ଅପରାଧୀଙ୍କ ପରି ଜୀବନ ବିତାଇବା ଲାଗି ବାଧ୍ୟ କରିବା । ସେମାନଙ୍କ ଉପରେ ଅତ୍ୟାଚାର କରିବା ଅନ୍ୟମାନଙ୍କୁ ବିପଦରେ ପକାଇ ଫାଇଦା ମାରିବା, ଲୋକମାନଙ୍କ ସୁଖ, ସ୍ଵଚ୍ଛଦକୁ କୌଶଳରେ ଅପହରଣ କରି ନିଜର ବ୍ୟକ୍ତିଗତ ଲାଭ ଉଠାଇବା କେବଳ ଶିଖିଛନ୍ତି । ଅନ୍ୟମାନଙ୍କ ଆଖିରେ ଲୁହ ଦେଇ ନିଜେ ହସିବା । ଅନ୍ୟକୁ ଅସୁବିଧାରେ ପକାଇ ନିଜେ ସମସ୍ତ ପ୍ରକାର ସୁବିଧା ହାସଲ କରିବା ହେଉଛି ସେମାଙ୍କନର ସହଜାତ ପ୍ରବୃତ୍ତି ।

      ଏ ସମଗ୍ର ବିଶ୍ୱ ହେଉଛି ଭଗବାନଙ୍କର ସୃଷ୍ଟି । ଏହାର ସମସ୍ତ ମାନବ ଓ ଜୀବଜଗତ ଗୋଟିଏ ପରିବାର ଭଳି । ପିତା ଯେପରି ତାଙ୍କର ସବୁ ସନ୍ତାନମାନଙ୍କୁ ସମାନ ଦୃଷ୍ଟିରେ ଦେଖନ୍ତି । ଲାଳନ, ପାଳନ କରନ୍ତି ଓ ସମସ୍ତଙ୍କର ସୁଖ କାମନା କରନ୍ତି । ପରମପିତା ଭଗବାନ ମଧ୍ୟ ସେହିପରି ସମସ୍ତ ଜୀବଜଗତ ଓ ମାନବ ମାନଙ୍କୁ ପାଳନ କରନ୍ତି ଏବଂ ସେମାନଙ୍କର ସୁଖ କାମନା କରନ୍ତି । କିନ୍ତୁ ଏହିକଥା ମନୁଷ୍ୟ ଅଜ୍ଞାନତା ବଶତଃ ବୁଝିପାରେ ନାହିଁ । ଅନ୍ୟାନ୍ୟ ପ୍ରାଣୀମାନଙ୍କ ଠାରୁ ମନୁଷ୍ୟ ବୁଦ୍ଧି, ଜ୍ଞାନ ଓ ବିବେକ ପାଇଁ ଶ୍ରେଷ୍ଠତ୍ୱ ଲାଭ କରିଛି । ମାତ୍ର ଅଜ୍ଞାନ ମନୁଷ୍ୟ କେବଳ ବୁଦ୍ଧିର ପ୍ରୟୋଗ କରେ ଓ ଜ୍ଞାନ ଏବଂ ବିବେକ ପ୍ରତି ପରାଙ୍ମୁଖ ରହେ ନିଜର ସ୍ୱାର୍ଥ ପାଇଁ । ପରମାର୍ଥ କ'ଣ କେବେ ବି ବୁଝିବାକୁ ଚେଷ୍ଟା କରେ ନାହିଁ । ଅନ୍ୟ ମନୁଷ୍ୟ ଓ ପ୍ରାଣୀମାନଙ୍କୁ ମାରି, କଷ୍ଟ ଦେଇ, ଛଳକପଟ, ଶୋଷଣ ଏବଂ ଉତ୍ପୀଡ଼ନ କରି ନିଜର ପରିବାର ପୋଷଣ କରିବାକୁ ଚାହେଁ ଦସ୍ୟୁ ରତ୍ନାକର ଭଳି । ସେହି ଜଣେ ମାତ୍ର ଦସ୍ୟୁ ରତ୍ନାକର ବାଲ୍ମୀକୀ ହୋଇଥିଲେ । ଆଉ କେହି ବି ଆଜି ରତ୍ନାକରରୁ ବାଲ୍ମୀକି ହେବାକୁ ଚେଷ୍ଟା କରୁନାହାନ୍ତି । ଅଥଚ ପରଂପରାକ୍ରମେ ସମସ୍ତେ ଭଗବାନଙ୍କୁ ଡାକୁଛନ୍ତି ସୁଖଶାନ୍ତି ଦେବା ପାଇଁ । ଜଣେ ପିତାଙ୍କର ଚାରି ପୁତ୍ର ମଧ୍ୟରୁ ଜଣେ ଯଦି ଅନ୍ୟ ତିନି ଭାଇଙ୍କ ସହ ଦ୍ରୋହ କରେ ତେବେ ତାକୁ କ'ଣ ତା'ର ପିତା ଭଲ ପାଆନ୍ତି ? ସେହିପରି ପରମପିତା ଭଗବାନ ମଧ୍ୟ ଅନ୍ୟମାନଙ୍କ ପ୍ରତି ଦ୍ରୋହ କରୁଥିବା ତାଙ୍କର କୌଣସି ସନ୍ତାନକୁ ଭଲ ପାଆନ୍ତି ନାହିଁ । ଏହାକୁ କେହି ବୁଝନ୍ତି ନାହିଁ । କାରଣ "ଅଜ୍ଞାନେନାବୃତ ଜ୍ଞାନ ତେନ ମୁହ୍ୟନ୍ତି ଜନ୍ତବଃ ।" ଅର୍ଥାତ୍ ଅଜ୍ଞାନ ଦ୍ୱାରା ଜ୍ଞାନ ଅବୃତ ହୋଇଥାଏ ଏବଂ ମନୁଷ୍ୟମାନେ ସେଥିପାଇଁ ଅଜ୍ଞାନରେ ମୋହିତ ହୋଇଥାନ୍ତି । ଭଗବାନଙ୍କଠାରୁ ପ୍ରଚୁର ସୁଖଶାନ୍ତି ପାଇବାର ଆଶା ରଖି ମନୁଷ୍ୟ ତାକୁ ଉତ୍କୋଚ ଦେଇ ଓ ଦେବା ପାଇଁ ମାନସିକ ରଖି ତାଙ୍କର ପୂଜାର୍ଚ୍ଚନା ଓ ଯାଗଯଜ୍ଞ କରେ । ଏଣେ ଏତେ ସ୍ୱାର୍ଥପର ଯେ, ନିଜର ବାପ, ମାଆ, ଭାଇ–ଭଉଣୀ ଓ ସମ୍ପର୍କୀୟମାନଙ୍କୁ ଅଣଦେଖା କରେ ଓ ଦୂରେଇ ଦିଏ । ଏପରି ସ୍ଥଳେ ଭଗବାନ ତା' ପ୍ରତି କିପରି ବା ପ୍ରସନ୍ନ ହେବେ । ତାଙ୍କୁ କେହି କେବେ ଲାଞ୍ଚ ଦେଇ ବା ମାନସିକ ରଖି ସନ୍ତୁଷ୍ଟ କରିପାରି ନାହିଁ । ଭାଗବତ କହନ୍ତି– "ମନୁଷ୍ୟ ଦେହେ ଦିବ୍ୟଜ୍ଞାନ, ଦେଖି ସନ୍ତୋଷ ଭଗବାନ ।" କିନ୍ତୁ ଏହି ଦିବ୍ୟଜ୍ଞାନକୁ ନିଜ ଅନ୍ତରରେ ଉଜାଗର କରିବାକୁ କେହି ଚାହାନ୍ତି ନାହିଁ । ମନୁଷ୍ୟ ସବୁ ଜୀବମାନଙ୍କ ମଧ୍ୟରେ ଶ୍ରେଷ୍ଠ ବୋଲି ଖାଲି କହିଦେଲେ ଚଳିବ ନାହିଁ । ଶ୍ରେଷ୍ଠତ୍ୱ ପ୍ରତିପାଦନ କରିବାକୁ ହେବ । ନହେଲେ ତ' ପଶୁ ଯାହା ମନୁଷ୍ୟ ବି ତାହା । ଆହାର, ନିଦ୍ରା, ମୈଥୁନ ଉଭୟଙ୍କର ସମାନ । ତେଣୁ ସବୁ ମନୁଷ୍ୟଜୀବ ଶ୍ରେଷ୍ଠ ନୁହନ୍ତି । ଏହି ମନୁଷ୍ୟ ହେଉଛି ରାକ୍ଷସ ଓ ଏହି ମନୁଷ୍ୟ ମଧ୍ୟ ଦେବତା । ପରୀକ୍ଷା ଦେଇ ଶ୍ରେଣୀ ଉତ୍ତୀର୍ଣ୍ଣ ହେବା ଭଳି, ମନୁଷ୍ୟ ଦେବତା ସ୍ତରକୁ ଉନ୍ନୀତ ହୋଇପାରିବ । ଏଥିପାଇଁ ଚେଷ୍ଟା ଓ ଅଭ୍ୟାସ ଆବଶ୍ୟକ । କେବଳ ଆତ୍ମକୈନ୍ଦ୍ରିକ ସ୍ୱାର୍ଥୀ ଜୀବନ ଜିଇ ପରପୀଡ଼ା କରି କେହି ଶ୍ରେଷ୍ଠ ମନୁଷ୍ୟ ହୋଇପାରିବ ନାହିଁ । ଠାକୁର ଅନୁକୂଳ ଚନ୍ଦ୍ରଙ୍କ ଭାଷାରେ, ସେ– "ଦେଖିତେ ମାନୁଷ ଆଚାରେ ପଶୁ ।"

      ମନୁଷ୍ୟ ଜୀବନ କେବଳ ଖାଇପିଇ ମଉଜମଜଲିସ କରି, ପରଧନ ଆହାରଣ କରି ପରିବାର ପିଲାଛୁଆ ନେଇ ବଞ୍ଚିବା ଓ ଶେଷରେ ମରିଯିବା ପାଇଁ ହୋଇନାହିଁ । ଭଗବାନ ତାକୁ ଏଥିପାଇଁ ଜନ୍ମ ଦେଇଛନ୍ତି ଯେ– ସେ ସୁଖରେ ବଞ୍ଚିବ ଓ ଅନ୍ୟମାନଙ୍କୁ ମଧ୍ୟ ସୁଖରେ ବଞ୍ଚିବା ପାଇଁ ସୁଯୋଗ ଦେବ । ନିଜ ସହ ଅନ୍ୟର ମଧ୍ୟ ଉପକାରରେ ଲାଗିବା । ଅନ୍ୟମାନଙ୍କୁ ଦୁଃଖ ଦେବ ନାହିଁ ବରଂ ସେମାନଙ୍କୁ ସୁରକ୍ଷା ଦେବ । ସେ ନିଜ ବ୍ୟତୀତ ଅନ୍ୟମାନଙ୍କ କଥା ଭାବେ ନାହିଁ । ସେ ବା କେଉଁ ଶ୍ରେଷ୍ଠ ଜୀବରେ ଗଣା ? ସମସ୍ତ ଶାସ୍ତ୍ର ପୁରାଣରେ ଏହି କଥାଟି ଲେଖାଯାଇଛି । ସମସ୍ତ ସାଧୁସନ୍ତୁ ଏହି ଉପଦେଶ ହିଁ ଦେଇଛନ୍ତି । ଅଷ୍ଟାଦଶ ପୁରାଣର ଏହି କଥା ହିଁ ସାରବସ୍ତୁ । ଯଥା– ଅଷ୍ଟାଦଶ ପୁରାଣେଷୁ ବ୍ୟାସସ୍ୟ ବଚନ ଦ୍ୱୟମ "ପରୋପକାର ସ୍ୱର୍ଗୀୟ ନର୍କାୟ ପରପୀଡ଼ନମ୍ ।"

ଲୋକମାନେ, ପାପରୁ ମୁକ୍ତି ପାଇଁ, ସର୍ବ ସୌଭାଗ୍ୟ ଲାଭ ପାଇଁ, ରୋଗ ଓ ଦୁଃଖରୁ ମୁକ୍ତି ପାଇଁ ଧର୍ମ କରିବାକୁ ଚାହାନ୍ତି । ତେବେ ପାପ କରିବା କାହିଁକି ପୁଣି ପାପରୁ ମୁକ୍ତ ହେବା କାହିଁକି ? ମୂଳରୁ ପାପ ନକଲେ ତ' କଥା ଶେଷ । କିନ୍ତୁ ନିଜସ୍ୱାର୍ଥ ପାଇଁ ଲୋକମାନେ ଜାଣିଶୁଣି ପାପ କର୍ମ (ଛୋଟ ହେଉ ପଛେ) କରନ୍ତି । ଆଉ ପାପରୁ ଫଲ ନଭୋଗିଲେ ତାହା କ୍ଷୟ ହୁଏ ନାହିଁ । ଯେତେ ଯାହା ପ୍ରତିକାର କଲେ ମଧ "ନାଭୁକ୍ତଂ କ୍ଷିୟତେ କର୍ମାକଣ୍ଢ କୋଟି ଶତୈରପି । ଅବଶ୍ୟ ମେବଭୋକ୍ତବ୍ୟଂ କୃତ କର୍ମଂ ଶୁଭାଶୁଭମ୍ ।" (ନାରଦ ପୁରାଣ) ଶୁଭ ବା ଅଶୁଭ କର୍ମର ଫଲ ନିଶ୍ଚୟ ଭୋଗ କରିବାକୁ ହୁଏ । ଭୋଗ ନକରିବା ପର୍ଯ୍ୟନ୍ତ କୋଟିଏ କଛ ବିତିଲେ ମଧ କର୍ମଫଲ କ୍ଷୟ ହୁଏ ନାହିଁ । ଏହାକୁ ବିଚାର କରି ଜୀବନରେ ଉତ୍ତମ କର୍ମ କରିବା ଆବଶ୍ୟକ । ଅନ୍ୟଥା ଗୁପ୍ତରେ ଅପକର୍ମ କରି ପ୍ରକାଶ୍ୟରେ ଯାଗଯଜ୍ଞ, ପୂଜା-ଉପାସନାରେ ପାପ କ୍ଷୟ ହୁଏ ନାହିଁ କି ପୁଣ୍ୟୋଦୟ ହୁଏ ନାହିଁ ।

ମନୁଷ୍ୟ ସବୁକିଛି ବୁଝେ ଓ ପର ମୁହୂର୍ତ୍ତରେ ସବୁ ଭୁଲିଯାଏ । ଅପକର୍ମ କରିବାକୁ ପୁଣି ପ୍ରସ୍ତୁତ ହୋଇଯାଏ । କାରଣ ସଂସାର (ପରିବାର)ର ମୋହ ଓ ସୁଖଲାଲ୍‌ସା ତା'ର ମନକୁ ଆକର୍ଷଣ କରେ । ତେଣୁ ସେ ନିନ୍ଦିତ କର୍ମରେ ମଧ ଲୋଭ ଯୋଗୁ ପ୍ରବୃତ୍ତ ହୁଏ । ଅନ୍ୟର କ୍ଷତି କରି ନିଜର ଲାଭ ଜୁଟାଏ । ଜାଣିପାରେ ନାହିଁ ଯେ, ଏହାର ଫଲ ନିଶ୍ଚୟ ଭୋଗିବାକୁ ହେବ । ମନୁଷ୍ୟ ଯେତେବେଲେ କୃତ କର୍ମର ଫଲ ଭୋଗ କରେ ସେତେବେଲେ ତାକୁ ଗ୍ରହଦଶାରୁ ଏହିପରି ଦେଉଛି ବୋଲି କହେ ଏବଂ ନାନା ପ୍ରକାର ଉପାୟ କରେ ଗ୍ରହ ଶାନ୍ତି ହେବା ପାଇଁ । କୌଣସି ଧର୍ମ ଗ୍ରନ୍ଥରେ ଗ୍ରହମାନଙ୍କ ସମ୍ବନ୍ଧେ ଉଲ୍ଲେଖ ନାହିଁ । ଏହା ଜ୍ୟୋତିଷ ଶାସ୍ତ୍ର ଅନ୍ତର୍ଗତ । ଗ୍ରହମାନଙ୍କର ଯଦି ଶୁଭାଶୁଭ ଫଲପ୍ରଦାନରେ ପ୍ରଭୂତ କ୍ଷମତା ଥାଆନ୍ତା, ତେବେ ସର୍ବଶକ୍ତିମାନ ଭଗବାନଙ୍କୁ ଲୋକମାନେ ପୂଜା କରୁଥାନ୍ତେ କାହିଁକି ? ଜ୍ୟୋତିଷ ଶାସ୍ତ୍ର ଗଣନା କେବଲ ସମ୍ଭାବନା ଉପରେ ପର୍ଯ୍ୟବେସିତ । ନିଶ୍ଚିତତା ନାହିଁ । ଭାଗବତକାର କହିଛନ୍ତି "ଆପେ ଅର୍ଜିଲା କର୍ମମାନ, ଯାତି ଦିଅନ୍ତି ଭଗବାନ ।" ତେଣୁ ମନୁଷ୍ୟ ଲୋଭ, ମୋହ ଓ କ୍ରୋଧର ବଶବର୍ତ୍ତୀ ନହୋଇ ଉତ୍ତମ କର୍ମାଚରଣ କଲେ ଶୁଭଫଲ ପ୍ରାପ୍ତ ହେବ ଏବଂ ସମାଜର କଲ୍ୟାଣ ସାଧିତ ହେବ ।

ସତୀ ବୁଝି ପାରେ ନାହିଁ କ'ଣ ପାଇଁ ଏମାନେ ଠାକୁରଙ୍କ ଦର୍ଶନ ଲାଗି ଆସନ୍ତି ? କି ଉଦ୍ଦେଶ୍ୟ ଏମାନଙ୍କର ଅଛି ? ନିଜ ଭୁଲକୁ ସୁଧାରିବା ପାଇଁ, ଆପଣା କଲା କର୍ମର (ପାପର) ପ୍ରାୟଶ୍ଚିତ ଲାଗି, ନିଜ ଅପକର୍ମର ସଂଶୋଧନ ଉଦ୍ଦେଶ୍ୟରେ । ନିଜ ତ୍ରୁଟିକୁ ସଜାଡିବାର ଲକ୍ଷ୍ୟ ରଖି ? କି ପ୍ରକାର ମନୋଭାବ ନେଇ ଏମାନେ ଠାକୁରଙ୍କ ଦର୍ଶନ ପାଇଁ ଆସିଛନ୍ତି । ତାହା ବୁଝିବା ସତୀ ପରି ସରଲମନା, ନିରୀହ ପ୍ରକୃତି, କୋମଲମତୀ, ନିଷ୍କପଟ ହୃଦୟା, ଅନାବିଲ ଅନ୍ତର, ନିଷ୍ପାପ ଆତ୍ମା ଓ ସହାନୁଭୂତିଶୀଲ ପ୍ରାଣ ନେଇ ଏପରି ବାଲିକା ପକ୍ଷରେ ଦୁରୂହ ବ୍ୟାପାର । ଏମାନେ କେମିତି ବୁଝିପାରୁ ନାହାନ୍ତି ଯେ, ହଜାରେ ଗାଈ ମଧରେ ବାଛୁରୀ ଯେପରି ତା' ମାଆକୁ ଅନୁସରଣ କରେ, ସେହିପରି ମନୁଷ୍ୟର କୃତ କର୍ମ ତାକୁ ହିଁ ଅନୁସରଣ କରେ । ଏତେ ଅପକର୍ମ, ଅନ୍ୟାୟ, ଅନୀତି, ଅସତ, ଅବିବେକୀ କର୍ମରେ ଲିପ୍ତ ହୋଇ ମଧ ଏମାନଙ୍କର ଏତେ ଭକ୍ତି, ଏତେ ନିଷ୍ଠା, ଏତେ ସାରସ୍ୱତଃ ଭାବ, ଏତେ ସମର୍ପିତ ଇଚ୍ଛା, ଏତେ ଭଗବତ ପ୍ରେମ, ଏତେ ଦରଦୀ ମନ ଓ ଠାକୁରଙ୍କ ପ୍ରତି ଉତ୍ସର୍ଗୀକୃତ ପଣକୁ ଦେଖିଲେ ଏବଂ ଈଶ୍ୱରଗତ ଭକ୍ତିକୁ ଲକ୍ଷ୍ୟ କଲେ ଓ ସେଥିପ୍ରତି ଦୃଷ୍ଟି ଦେଲେ ଆଶ୍ଚର୍ଯ୍ୟ ଲାଗେ । ଏମାନଙ୍କ ହୃଦୟରେ ପୁଣି ଏତେ ଈଶ୍ୱରୀୟ ମନୋବୃତ୍ତି ତାହା ନିଜ ଆଖିରେ ନଦେଖିଲେ ବିଶ୍ୱାସ କରିହେବନି କିମ୍ବା ପରତେ ଆସିବନି । ରାମକୃଷ୍ଣ କହିଥିଲେ- "ହାଟ ଠାରୁ ଦୂରେଥିଲେ ହୋ ହୋ ରବେ କାନ ଅତଡ଼ା ପଡ଼େ, ମୋ ବାଇଧନ । ହାଟେ ସବୁ ତତ୍ତ୍ୱ ମିଲେ ହରିଙ୍କଠୁ ଥିଲେ ଦୂରେ । କଲି କଜିଆରେ ମଣିଷ ଭୁଲେ ମୋ ବାଇଧନ । ତାଙ୍କୁ ଦେଖିଲେ ସୁଧୁରେ ବୋଧେ" ସେଥିପାଇଁ ଏମାନେ ସବୁ ପୂର୍ଣ୍ଣିମାରେ ଠାକୁରଙ୍କୁ ଦର୍ଶନ କରିବା ଲାଗି ମନ୍ଦିରକୁ ଆସିଛନ୍ତି ।

ଏଥେନ୍ସବାସୀ କୁସଂସ୍କାରର ବଶଭୂତ ହୋଇ ନିଜେ ପାପରୁ ମୁକ୍ତି ପାଇବା ପାଇଁ ଦେବାଦେବୀମାନଙ୍କୁ ବଳି ଦେଉଥିଲେ । ମାତ୍ର ସକ୍ରେଟିସ୍ କହୁଥିଲେ ଦେବତା ଯଦି ପାପୀ ପାଖରୁ ଉତ୍କୋଚ ନେଇ କ୍ଷମା ଦେବେ । ପାପୀର ପୂଜା ପାଇଁ ତାଙ୍କୁ ପାପରୁ ନିସ୍ତାର ଦେବେ । ତା' ହେଲେ ପାପୀମାନେ ପାପ କରି ଚାଲିଥିବେ ଏବଂ ପୂଜା କିମ୍ବା ବଳି ଦେଇ ପାପମୁକ୍ତ ହେଉଥିବେ । ଏଣୁ ନିଜକୁ ପାପମୁକ୍ତ କରିବା ପାଇଁ ଦେବତାମାନଙ୍କୁ ପାପୀ ରୂପେ କଳ୍ପନା କରାନଯାଉ ।

ପ୍ରକୃତରେ ବାସ୍ତବତା ହେଉଛି ମନୁଷ୍ୟ ବାରମ୍ବାର ଭୁଲ କରିଥାଏ । ପୁଣ୍ୟପ୍ରାପ୍ତିର ସମସ୍ତ ଦ୍ୱାର ଅବରୁଦ୍ଧ କରି ପାପର ଶହେ ଦ୍ୱାର ଖୋଲି ସ୍ୱର୍ଗ କାମନା କରିଥାଏ । ଅନ୍ୟକୁ ସୁଖ ଦେଇପାରୁନଥିବା ବ୍ୟକ୍ତି ନିଜେ ସୁଖ ପାଇବାର ଆଶା ରଖିବା ଅଯଥାର୍ଥ । ଅନ୍ୟମାନଙ୍କ ମୁହଁରେ ହସ ଫୁଟାଇଲେ ତୁମେ ଆଜୀବନ ଆନନ୍ଦରେ ରହିପାରିବ । ଯଦି ଏପରି ଦୃଷ୍ଟିକୋଣ ବଦଳି ଯାଆନ୍ତା । ତେବେ ସ୍ୱର୍ଗ ଏହି ପୃଥିବୀରେ ହିଁ ବିରାଜମାନ କରନ୍ତା । ବିଡ଼ମ୍ବନାର ବିଷୟ ହେଲା- ବସ୍ତୁବାଦୀ ସଭ୍ୟତାରେ ସମସ୍ତେ ଭୋଗ ବିଳାସର ଦାସ ପାଲଟି ଯାଉଛନ୍ତି । ବିଳାସିତା, ସ୍ୱାର୍ଥପରତା ଲକ୍ଷ୍ୟ ହାସଲରେ ପୁଣ୍ୟ ଦ୍ୱାର ରୁଦ୍ଧକରି ପାପ ପଥରେ ଅନିଃଶ୍ୱାସୀ ହୋଇ ଧାଉଁଛନ୍ତି । ଏମାନେ ଅନ୍ୟର ଦୋଷ ଖୋଜିବାରେ ଖୁବ୍ ତତ୍ପର । ଅନ୍ୟର ଅମଙ୍ଗଳ କାମନା ହିଁ ତାଙ୍କ ମନର କାମନା । ପୁଣି ଅଲିକ ଓ କ୍ଷଣିକ ସୁଖ ପାଇଁ ତା'ର ଘୃଣ୍ୟ ଅନ୍ୱେଷଣ । ସେମାନେ ଭାବୁଛନ୍ତି ମୌଲିକ ସୁଖ ହିଁ ତାଙ୍କ ଜୀବନର ସବୁକିଛି । ଚେତନାର ଉଦ୍ଭରଣ ଓ ବୁଦ୍ଧିର ବିକାଶ ବଳରେ ସେ ଯଦି ଉନ୍ନତି ପଥରେ ଯାତ୍ରୀ ହୋଇପାରିଲା । ଅସତ୍ୟରୁ ସତ୍ ଦିଗରେ, ଅନ୍ଧାରୁ ଆଲୋକ ଆଡ଼କୁ, ମୃତ୍ୟୁର ଅମୃତ ପଥରେ ତା'ର ଯାତ୍ରା ସ୍ଥିରୀକୃତ । ଲକ୍ଷ୍ୟ ନିର୍ଦ୍ଧାରିତ । ନରରୁ ନାରାୟଣ ହେବା ତାଙ୍କର କାମ୍ୟ । ମାତ୍ର ନରରୁ ପୁଣି ବାନର ନୁହେଁ । ନିଜ ପାଇଁ ଅନ୍ତରୀକ୍ଷର ଦ୍ୱାର ଖୋଲି ପାରୁଥିବା ମଣିଷ ନିଜ ଅନ୍ତଃକରଣର ଦ୍ୱାର ଖୋଲିପାରୁ ନାହିଁ । ବିଜ୍ଞାନ ବଳରେ ସେ ଅନେକ କିଛି ଉଦ୍ଭାବନ ଓ ଆବିଷ୍କାର କରିଚାଲିଛି । କିନ୍ତୁ ନିଜକୁ ଆବିଷ୍କାର କରିପାରୁ ନାହିଁ । ନା' ନିଜକୁ ଚିହ୍ନି ପାରୁଛି ନା' ନିଜକୁ ଜୟ କରିପାରୁଛି । ଶାସ୍ତ୍ର କହେ, 'ଜନ୍ତୁନାଂ ନର ଜନ୍ମ ଦୁର୍ଲଭଃ' ଅର୍ଥାତ୍ ଭଗବାନଙ୍କ ସୃଷ୍ଟିରେ ୮୪ ଲକ୍ଷ ଜୀବଜନ୍ତୁଙ୍କ ମଧ୍ୟରୁ ମଣିଷ ଜନ୍ମ ଖୁବ୍ ଦୁର୍ଲଭ । ସେ ହେଉଛି ଶ୍ରେଷ୍ଠ ପ୍ରାଣୀ ।

ଜୀବନରେ ମାର୍ଗ ଦୁଇଟି 'ମୁକ୍ତି' ଅଥବା 'ବନ୍ଦନ' । ମୁକ୍ତି ପାଇଲେ ଆମେ ମୂଳ ସ୍ଥାନକୁ ଫେରିଯିବା । ବନ୍ଦନରେ ପଡ଼ିଲେ ବାରମ୍ବାର ସଂସ୍କାରକୁ ଆସୁଥିବା । ଦୁଇଟି ଭିତରୁ ଯିଏ ଯେଉଁଟିକୁ ବାଛିବ । ତାହା ହିଁ ତା'ର ଲକ୍ଷ୍ୟ । ମୁକ୍ତି ପାଇଁ ବାଟ ଖୋଜିବାକୁ ପଡ଼େ, ମାତ୍ର ବନ୍ଦନ ଅକ୍ଲେଶରେ ମିଳୁଥାଏ । ମଣିଷ ଜନ୍ମର ମହତ୍ୱକୁ ବୁଝିପାରିଲେ ଜଣେ ଅବଶ୍ୟ ମୁକ୍ତିର ମାର୍ଗ ଖୋଜିବ ।

ଯଦି ଲୋକ 'ଇହଲୋକ'ରେ ରହୁଥିବା ମଣିଷଟି 'ପରଲୋକ' ବିଷୟରେ ଚିନ୍ତା କରନ୍ତା ତାହାଲେ ସ୍ୱତଃ ପରମାର୍ଥ ଭାବ ଉଦ୍ରେକ ହୁଅନ୍ତା । ବିଡ଼ମ୍ବନା ଏହା ଯେ, ଇହ ଲୋକର ମଣିଷଟି ସଂସାରିକ ବିଷୟ ବାସନା ଭିତରେ ଏତେ ବାନ୍ଧି ହୋଇଯାଏ ଯେ, ପରଲୋକ ବିଷୟରେ ଚିନ୍ତା କରିବାକୁ ସମୟ ସୁଜା ପାଇନଥାଏ । ଅଧିକରୁ ଅଧିକ ଧନ ଆହରଣ, ଅନ୍ୟମାନଙ୍କୁ ଅସୁବିଧାରେ ପକାଇ ନିଜେ ସୁଖ ସୁବିଧାରେ ରହିବା, ନିଜର ତଥା ନିଜ ସ୍ତ୍ରୀ, ପିଲାମାନଙ୍କ ସମୃଦ୍ଧି ଚିନ୍ତା ଓ ତତ୍ଜନିତ କାର୍ଯ୍ୟରେ ସେ ଏଭଳି ମଜ୍ଜିଯାଇଥାଏ ଯେ, ଆଧ୍ୟାତ୍ମିକତା, ପରଲୋକର ଚିନ୍ତା ତା' ନିକଟରେ ଗୌଣ ହୋଇଯାଇଥାଏ ।

ଅଷ୍ଟାଦଶ ପୁରାଣ ଲେଖିସାରିବା ପରେ ମହର୍ଷି ବ୍ୟାସଦେବ ତା'ର ସାରାଂଶ ସ୍ୱରୂପ କହିଲେ ମାତ୍ର ଦୁଇଟି କଥା । ଅଷ୍ଟାଦଶ ପୁରାଣେଷୁ ବ୍ୟାସସ୍ୟ ବଚନ ଦ୍ୱୟମ୍- "ପରୋପକାର ସ୍ୱର୍ଗାୟ ପାପାୟ ପରପୀଡ଼ନମ୍ ।" ଗୋଟିଏ ହେଉଛି ପରୋପକାର, ଯାହା ସ୍ୱର୍ଗ ପ୍ରାପ୍ତିର ହେତୁ ଏବଂ ପରପୀଡ଼ା ହେଉଛି ପାପ । ଯାହା ନର୍କର ହେତୁ । ମନୁଷ୍ୟ ଜୀବନରେ ଧର୍ମ ହେଉଛି ସହଜସିଦ୍ଧ । ଅଧର୍ମ ତ ମନୁଷ୍ୟର ବିକୃତି ମାତ୍ର । ଅଧର୍ମ ଉପରେ ନିଷ୍ଠା ରଖି କେହି ପ୍ରକୃତ ମନୁଷ୍ୟ ଜୀବନ ନିର୍ବାହ

କରିପାରିବ ନାହିଁ । କିଛି ନା କିଛି ଉତ୍ତମ କର୍ମ କରିବ । କାରଣ ଧର୍ମ ହେଉଛି ସହଜ ସିଦ୍ଧ । ଧର୍ମର ଆଶ୍ରୟ ନେଇ ଅଧର୍ମ ବଞ୍ଚେ । ସ୍ୱୟଂ ଜୀବିତ ରହିବାର କ୍ଷମତା ଅଧର୍ମ ପାଖରେ ନାହିଁ । ଅଧର୍ମ ଆଚରଣ କରୁଥିବା ମନୁଷ୍ୟ ନିଶ୍ଚୟ ନଷ୍ଟ ହେବ । ଆଜିର ବୈଜ୍ଞାନିକ ଦୃଷ୍ଟିଭଙ୍ଗୀ, ବୈଷୟିକ ଜ୍ଞାନର ଉନ୍ନତ ଉପଯୋଗ, ପାଶ୍ଚାତ୍ୟ ବିଶୃଙ୍ଖଳିତ ଜୀବନ ଶୈଳୀ ଦ୍ୱାରା ପ୍ରଭାବିତ, ନିଜକୁ ଅତ୍ୟୁନ୍ନତ ଭାବୁଥିବା ନିର୍ବୋଧ ମନୁଷ୍ୟ ଆଜି କାଲି ଧର୍ମକୁ 'ଦାସତ୍ୱ' ବୋଲି କହିଲେଣି ଏବଂ ଏଥିରୁ ମୁକ୍ତି ପାଇବାକୁ ଚେଷ୍ଟା ଚଲାଇଛନ୍ତି । ଏହାର ଅର୍ଥ ହେଲା– ଧର୍ମର ଦାସତ୍ୱରୁ ମୁକ୍ତି ପାଇ ମନ–ଇନ୍ଦ୍ରିୟର ଦାସତ୍ୱ ଗ୍ରହଣ କରିବ । ଏହା ନିଶ୍ଚୟ ବିନାଶ ଆଡ଼କୁ ମନୁଷ୍ୟକୁ ନେଇଯିବ ଏବଂ ବର୍ତ୍ତମାନ ମଧ୍ୟ ନେଇଯାଉଛି । ସଂଯମର ଦାସତ୍ୱରୁ ମୁକ୍ତି ପାଇ ଏବଂ ଧର୍ମର ଦାସତ୍ୱରୁ ମୁକ୍ତିପାଇ, ମନଇଚ୍ଛା ଆହାର ବିହାର ଅସଂଯମତା ଆଚରଣ କରିବାର ଫଳ ହେଉଛି ରୋଗ, ଶୋକ, ଅକାଳ ମୃତ୍ୟୁ ଏବଂ ଅଶାନ୍ତି । ସେହି ମନୁଷ୍ୟ କେବଳ ସ୍ୱତନ୍ତ୍ର ହୋଇପାରେ ଯେ ଇନ୍ଦ୍ରିୟମାନଙ୍କର ଅଧିପତି ମନକୁ ନିଜର ଦାସ କରି ରଖିପାରେ ଏବଂ ଧର୍ମକୁ ନିଜର ମାର୍ଗଦର୍ଶକ ମାନିଚାଲେ । ସୁସ୍ଥ ଜୀବନ ଏବଂ ଶାନ୍ତ ମନ ସେ ହିଁ ପ୍ରାପ୍ତ କରିପାରେ । ଅନ୍ୟଥା– "ଅଶାନ୍ତସ୍ୟ କୁତଃ ସୁଖମ ।" ଅର୍ଥାତ୍ ଅଶାନ୍ତ ବ୍ୟକ୍ତିର ସୁଖ କାହିଁ ?   ପୁଣି ଅଧର୍ମାଚରଣ ପାଇଁ ପରଲୋକରେ ନର୍କ ପ୍ରାପ୍ତି ବା ଦଣ୍ଡ ଭୋଗ ହେଉ ନହେଉ ସେ ପରର କଥା; ଇହ ଜନ୍ମରେ ସେ କେବେ ବି ସମାଜ ବ୍ୟବସ୍ଥାର ଦଣ୍ଡରୁ ମୁକ୍ତ ହୋଇପାରିବ ନାହିଁ । ବେଳେ ବେଳେତ ଅଧର୍ମ ବା ପାପର ଫଳ 'ଧର୍ମ ଦଣ୍ଡ' ଅନେକଙ୍କୁ ଏହି ଜନ୍ମରେ ଭୋଗ କରିବାକୁ ପଡ଼ୁଛି । ଏଇଥିପାଇଁ ମାନବ ଜୀବନକୁ ବା ମନୁଷ୍ୟ ଜୀବନକୁ ଶ୍ରେଷ୍ଠ କୁହାଯାଇଛି ଯେ ମନୁଷ୍ୟ ଯୋନିରେ ମୋକ୍ଷ ବା ମୁକ୍ତି ପ୍ରାପ୍ତ କରିବା ପାଇଁ ହିଁ ଯଥେଷ୍ଟ ସୁଯୋଗ ଅଛି । ୮୪ ଲକ୍ଷ ଯୋନି ଭ୍ରମଣ କରି ମନୁଷ୍ୟ ଜନ୍ମ ମିଳିଛି ଅତି ପୁଣ୍ୟରୁ । ଆଧୁନିକ ମନୁଷ୍ୟ ଧର୍ମର ଦାସତ୍ୱରୁ ମୁକ୍ତି ପାଇ ଯେଉଁ ସ୍ୱାତନ୍ତ୍ର୍ୟ ଖୋଜୁଛି । ତାହା ତାକୁ ନର୍କକୁ ନେଇ ଯାଇପାରିବ, ସ୍ୱର୍ଗକୁ ନୁହେଁ । ସେଥିପାଇଁ ବ୍ୟାସଙ୍କ ବଚନ 'ପରୋପକାରାୟ ସ୍ୱର୍ଗୀୟ'କୁ ମାନି ତଦାନୁସାରେ ଚଲିଲେ ହିଁ ନିଶ୍ଚୟ ସ୍ୱର୍ଗ ପ୍ରାପ୍ତି ହେବ ।

କିନ୍ତୁ ଆତ୍ମ ଅନ୍ଵେଷଣ ହେଲା, ମୁଁ କିଏ ? କାହିଁକି ମୁଁ ଏଠାକୁ ଆସିଛି ? ମୋର କର୍ତ୍ତବ୍ୟ କ'ଣ ? ମେଣ୍ଢା ଲଢ଼େଇ ଦେଖିଲେ ବୁଝି ହୁଏ ମେଣ୍ଢା ହେଉଛି କ୍ରୋଧର ପ୍ରତୀକ । ଗୋଟିଏ ମେଣ୍ଢା ଓ ଆଉ ଏକ ମେଣ୍ଢା ସହ ଲଢ଼େଇ କରିଥାଏ । ଯଦିଓ ସେମାନଙ୍କ ମଧ୍ୟରେ କୌଣସି ଶତ୍ରୁତା ନଥାଏ । ଉଭୟେ ଗୋଟିଏ ଜାତିର । ହୁଏତ କିଛି ସମୟ ପୂର୍ବରୁ ସେମାନେ ଏକତ୍ର ଚରୁଥାନ୍ତି । ଏକତ୍ର ରହୁଥାନ୍ତି ମଧ୍ୟ । ମାତ୍ର ମଣିଷ ତା'ର ଆନନ୍ଦ ପାଇଁ ଏମାନଙ୍କ ମଧ୍ୟରେ ଲଢ଼େଇ ଲଗାଇ ଦିଏ । ସେମାନଙ୍କୁ ଏପରି ଉତ୍ତ୍ୟକ୍ତ କରିଦିଆଯାଏ ଯେ, ସେମାନେ ପରସ୍ପରକୁ ପ୍ରଚଣ୍ଡ ଭାବରେ ଆକ୍ରମଣ କରିଥାନ୍ତି । ଭୁଲି ଯାଆନ୍ତି ଯେ ସେମାନେ ଗୋଟିଏ ଜାତିର । ଭୁଲି ଯାଆନ୍ତି ସେମାନଙ୍କ ମଧ୍ୟରେ ଜନ୍ମଗତ ଶତ୍ରୁତା ନାହିଁ । ଠିକ୍ ଏହିପରି ମଣିଷ ସହିତ ମଣିଷର ଲଢ଼େଇ ଅବ୍ୟାହତ ରହିଛି । ପ୍ରାକ୍ ଐତିହାସିକ ଯୁଗରୁ ଆଜି ପର୍ଯ୍ୟନ୍ତ ପୃଥିବୀରେ ମଣିଷ ମଣିଷ ମଧ୍ୟରେ ଶହ ଶହ ଯୁଦ୍ଧ ସଂଘଟିତ ହୋଇଯାଇଛି । ଲକ୍ଷ ଲକ୍ଷ ଲୋକ ପ୍ରାଣ ହରାଉଛନ୍ତି । ଏକବିଂଶ ଶତାବ୍ଦୀର ମଣିଷ ନିଜକୁ ସଭ୍ୟ ବୋଲି ଦାବି କରୁଛି । ତଥାପି ଯୁଦ୍ଧରୁ ବିରତି ହୋଇନାହିଁ । ଦୁଇଟି ଦେଶର ସୈନ୍ୟ ଯେତେବେଳେ ଯୁଦ୍ଧ କରନ୍ତି, ସେମାନଙ୍କ ମଧ୍ୟରେ ବ୍ୟକ୍ତିଗତ ଶତ୍ରୁତା ନଥାଏ । ତଥାପି ରାଷ୍ଟ୍ରମୁଖ୍ୟଙ୍କ ନିର୍ଦ୍ଦେଶରେ ମେଣ୍ଢା ପରି ଲଢ଼ିଥାନ୍ତି । ଏବେ ବି ମଣିଷ ଭିତରେ ମେଣ୍ଢାର ପ୍ରବୃତ୍ତି ଲୁଚିରହିଛି । କୁକୁର ହେଉଛି ଈର୍ଷାର ପ୍ରତୀକ । ଗୋଟିଏ କୁକୁର ଆଉ ଗୋଟିଏ କୁକୁର ଉପସ୍ଥିତିକୁ ସହ ପାରେ ନାହିଁ । ସେହିପରି ଜଣେ ମଣିଷ ଅନ୍ୟ ଜଣର ବଢ଼ତି ଦେଖି ନିରବ ରହେନାହିଁ । ତା'ର ସର୍ବନାଶ ପାଇଁ ଉଦ୍ୟମ ଅବ୍ୟାହତ ରଖି କାର୍ଯ୍ୟ କରିଥାଏ । ଏମିତିକି ତାକୁ ହତ୍ୟା ମଧ୍ୟ । ଈର୍ଷା ମନୁଷ୍ୟତ୍ୱକୁ ହରଣ କରି ନିଏ । ଈର୍ଷା ବଳରେ ମଣିଷ ତା'ର ବୁଦ୍ଧି, ବିବେକ ଓ ବିଚାରଶୀଳତା ଜ୍ଞାନକୁ ହରାଇ ବସେ । ତେଣୁ ମଣିଷ ଆଜି ବି ପଶୁପକ୍ଷୀର ଚଳଣିକୁ ଜାବୁଡ଼ି ଧରି ଆଦରି ନେଇଛି ।

ମୁଁ ଏ ବିଶାଳ ସୃଷ୍ଟିକି ଦେଖି ପ୍ରଶ୍ନ କରିଛି। ନିଜ ଚାରିପାଖର ଲୋକଙ୍କୁ ଏପରିକି ପ୍ରକୃତିକୁ ମଧ ଅନେକ ପ୍ରଶ୍ନ ପଚାରି ତାକୁ ତର୍ଜମା କରିଛି। କିଛି ପ୍ରଶ୍ନର ଉଉର ପାଇଛି ଅବା କିଛି ପ୍ରଶ୍ନର ଉଉର ମଧ ପାଇପାରି ନାହିଁ। କେତେବେଳେ ତ’ ମୋ ନିଜକୁ ନେଇ କୌଣସି ପ୍ରଶ୍ନ କରିନାହିଁ। ଏ ସୁନ୍ଦର ସୃଷ୍ଟିରେ ମୁଁ କିଏ ? ମୁଁ କାହିଁକି ଆସିଛି ? ମୋ କର୍ତ୍ତବ୍ୟ କ’ଣ ? ମୋ ସ୍ୱରୂପ ସମ୍ପର୍କରେ ମୁଁ କେବେତ ଅନୁସନ୍ଧାନ କରିନାହିଁ। ସୃଷ୍ଟି ସର୍ଜନାର ପଣ୍ଢାତ ଭାଗରେ ଯେ ମୁଁ ରହିଛି ଏହାବି ତିଲେ ହେଲେ କଳ୍ପନା କରିହୋଇନାହିଁ– କୀଟପତଙ୍ଗ, ଗଛଲତା, ଫୁଲଫଳ, ନଦନଦୀ, ଝରଣା, ପଶୁପକ୍ଷୀ ଏହି ନିର୍ମଳ ନିସର୍ଗ ଦେଖି ଆମେ ସତେ କେତେ ଆତ୍ମହରା ହେଉ। ତାହା ପରା ଇଶ୍ୱରଙ୍କ ଦାନ– ନିତି ନିତି ଯେତେ ଦେଖିଲେ ସେ ସବୁ ଆମକୁ ନୂଆ ଦିଶୁଥାଏ।

ବାସ୍ତବିକ ଏହା ଚିରନ୍ତନ ସତ୍ୟ। ଆମେ କ’ଣ ତିଲେ ହେଲେ ତା’ ଦ୍ୱାରା ପ୍ରଭାବିତ ହେଉ ନାହିଁ ? ବେଳେବେଳେ ମନକୁ ମନ ଏକ ଅଭୁତ ପ୍ରଶ୍ନ ଜାଗରିତ ହୁଏନା ? ମୁଁ ନିଜକୁ ଯଦି ମନୁଷ୍ୟ ବୋଲି ଭାବୁଛି ତେବେ ମୁଁ କିଏ ? ସେତିକି ବେଳେ ମୁଁ ମୋତେ ଚିହ୍ନିବାକୁ ଆରମ୍ଭ କରେ। ଧନରେ, ଜ୍ଞାନରେ, ବଳରେ, ପ୍ରତିଷ୍ଠାରେ ମୁଁ ନିଜକୁ ଶ୍ରେଷ୍ଠ ବିଚାରୁଛି କି ? ସତରେ ମୁଁ କଣ ବଡ଼ ? ମୁଁ ଖାଲି ମଣିଷ ନା ଆଉ କିଛି ? ରୂପରେ ମୁଁ କାମ ଦେବ, ଗୁଣରେ ବୃହସ୍ପତି, ବଳରେ ମୋଠାରୁ ଶ୍ରେଷ୍ଠ କେହି ନାହିଁ। ମୋଠାରୁ ଶକ୍ତିବାନ ପୁରୁଷ ଏ ସଂସାରରେ ଆଉ କେହି ଜନ୍ମ ନାହାନ୍ତି– ଏଇଠୁ ମୋ ଭିତରେ ସୃଷ୍ଟି ହେଉଛି ଅହଂଭାବ। ସାମନ୍ୟ ମୁଁ ବିସ୍ତାରିତ ହୋଇଯାଇଛି। କିନ୍ତୁ ପ୍ରତ୍ୟେକ ସାଧାରଣ ମଣିଷ ବୁଝିବା ଉଚିତ୍ ଯେ "ସ୍ଥାବରୁ ଜଙ୍ଗମ କୀଟରୁ ପତଙ୍ଗ ଚାହିଁ ଦେଲେ ଅନୁସରି, ସବୁର ଘଟରେ ପୂରି ସମାନରେ ନୁହେଁ ସାନ ବଡ଼ କରି।"

ମଣିଷ ଆଜି ହିଂସ୍ର ବାଘକୁ ଭୟ କରୁନାହିଁ–ମଣିଷ ହିଁ ମଣିଷକୁ ଭୟ କରୁଛି–ମଣିଷ ହିଁ ମଣିଷର ପରମ ଶତ୍ରୁ ଆଜିର ଯୁଗରେ। ଯାହା ପାଖରେ ଧନ ଅଛି ପ୍ରତିପଉି ରହିଛି, ଯିଏ ବାହୁବଳୀ ତାଙ୍କ ପାଖରେ ମଣିଷ ନତମସ୍ତକ କରୁଛି। ସେମାନେ କେମିତି ନିରବୀ ଯାଉଛନ୍ତି। ନୀତିଭ୍ରଷ୍ଟ, ଅସାଧୁ ନର ଭକ୍ଷକ ହିଁ ଏହି ସମାଜର ନିୟନ୍ତକ। ସମାଜ ହେଉଛି ତାଙ୍କ ହାତରେ କ୍ରୀଡ଼ନକ। ସାଧାରଣ ଲୋକଟି ବୁଝୁଛି ଯେ ସେ ଗୋଟାଏ ଷଢ଼ଯନ୍ତକାରୀ, ଦଗାବାଜ, ଡକାୟତ, ପରଧନ ଲୁଣ୍ଠନକାରୀ, ହତ୍ୟାକାରୀ, ଭୋଗ କରିବାର ଲାଳସା ତା’ର ଏବେ ବି ବଳବଉର ଅଛି। କେତେକେତେ ନାରୀଙ୍କୁ ସେ ମାରି ଦେଇଛି ଜୀବନରୁ। ଯାର ଜୀବନ ଜେଲର ସେଲ୍ ଭିତରେ କଟିବା କଥା କିନ୍ତୁ ସେ ଆଜି ମର୍ତ୍ତର ଅମରାବତୀରେ ଜୀବନ ବିତାଉଛି। ମସ୍‌ଗୁଲ ଜୀବନ ତା’ର।

ତା’ ଭିତରେ ସେ ଆଉ ରହିନାହିଁ– ସେ ସାଜିଛି ବିଷଧର ସର୍ପ ଏସମାଜରେ। ଏକଥା ସତ୍ୟ ଯେ ମଣିଷର ବିବେକ ପଣିଆ ପାଇଁ ସେ ବିଚାରବନ୍ତ ସତ୍ୟନିଷ୍ଠ। ନୀତି ଅନୀତି କ’ଣ ସେ ଭଲ ଭାବରେ ଜାଣେ। ନୀତି ପାଳନ କଲେ ପୁଣ୍ୟ ମିଲେ। ପୁଣ୍ୟ ଦେହ ମନ ଆତ୍ମାର ପ୍ରକାଶ ସ୍ୱରୂପ। ଅବନତି ଆଚରଣ ଦ୍ୱାରା ପାପ ହୁଏ।

ଏହି ପାପର ଅଧିକାର ସଦୃଶ୍ୟ, ପାପର ଫଳ ହେଉଛି ନରକ ଅର୍ଥାତ୍ ଅନୁନ୍ନତ ଜୀବନ। ସେ ଯେଉଁ କର୍ମ କରେ ସେ ଫଳ ସେ ନୀତି ଭୁଞ୍ଜେ। ଭକ୍ତି କଲେ ଭକ୍ତ ହୁଏ। ସାଧି ପାରିଲେ ସିଦ୍ଧି ମିଲେ। ହେଲେ କେଉଁ ସତ୍ୟ ପଥରେ ଆମେ ପାଦ ଦେଇଛୁ ? କେଉଁ ନ୍ୟାୟରେ ଆମେ ସତ୍ୟବାନ ବୋଲି ଢିଣ୍ଡିମ ପିଟୁଛୁ ?

ପ୍ରତିଟି ବସ୍ତୁ ବା ପ୍ରାଣୀ ଉପୁଭି କାଲରୁ ତା’ର ଧର୍ମ ଘେନି ଆସିଥାଏ। ମନୁଷ୍ୟର ଧର୍ମ– ମନୁଷ୍ୟତ୍ୱ ବା ମଣିଷପଣିଆ। ପଶୁର-ପଶୁତ୍ୱ। ଅଗ୍ନିର-ଅଗ୍ନିତ୍ୱ। ଜଲର-ଜଲତ୍ୱ। ଆମ ରଷି ତପସ୍ୱୀମାନଙ୍କ ଅନୁଯାୟୀ ଦିବ୍ୟତ୍ୱ ମାନବ ଜାତିର ବୈଶିଷ୍ଟ୍ୟ। ତ୍ୟାଗରେ ହିଁ ଦିବ୍ୟତ୍ୱ ନିହିତ। ତ୍ୟାଗ ଅର୍ଥ ଦୁର୍ଗୁଣ ଗୁଡ଼ିକର ତ୍ୟାଗ। ତ୍ୟାଗ ବଳରେ ମଣିଷ ଦେବତା ହୁଏ। ଭୋଗ ବଳରେ ହୁଏ ଦୈତ୍ୟ। ଧର୍ମର ଅର୍ଥ କେବଳ ଆଧାତ୍ମିକତା ନୁହେଁ। ଦୟା, କ୍ଷମା, ସଂଯମ, ସହନଶୀଳତା, ସଦାଚାର, ସତ୍‌ବିଦ୍ୟା, ବିବେକ ଯୁକ୍ତ କର୍ମ, ସତ୍ ଉପାୟରେ ଅର୍ଥ ଉପାର୍ଜନ ଆଦି ଲକ୍ଷଣକୁ ବୁଝାଇଥାଏ। ସତ୍ କର୍ମ ହିଁ ଜଣେ

ମଣିଷକୁ ମହାତ୍ମାରେ ପରିଣତ କରିପାରେ । ଅନ୍ୟର ହିତ ସାଧନା ହିଁ ଜୀବନର ସାର୍ଥକତା । ଶାସ୍ତ୍ରାନୁଯାୟୀ-ସତ୍ୟ-ମାତା, ଜ୍ଞାନ-ପିତା, ଧର୍ମ-ଭ୍ରାତା, ଦୟା-ସଖା, ଶାନ୍ତି-ପତ୍ନୀ, କ୍ଷମା-ପୁତ୍ର, 'ଷଡ୍‌ଗୁଣାଃ ଆତ୍ମ କୁଟୁମ୍ୟଃ' ଅର୍ଥାତ୍ ସତ୍ୟ, ଧର୍ମ, ଦୟା, କ୍ଷମା, ଶାନ୍ତି ଓ ସଦ୍‌ଗୁଣ ଆଦି ଛଅଟି ଗୁଣ ମଣିଷର ଅତି ଆପଣାର ହେବା ଉଚିତ୍ । ହଜାରେ ଯୋଦ୍ଧାଙ୍କୁ ଜୟ କରିବା ଅପେକ୍ଷା ନିଜକୁ ଜୟ କରିପାରିଲେ, ସେ ପରିଣତ ହୋଇପାରିବ ଦେବତାରେ । ଅତି କଦାକାର ସାଁବାଳୁଆଟିଏ ଯଦି ଏକ ସୁନ୍ଦର ପ୍ରଜାପତିରେ ପରିଣତ ହୋଇପାରୁଛି । ତେବେ ମଣିଷ କାହିଁକି ଦେବତାରେ ରୂପାନ୍ତରିତ ହୋଇପାରିବ ନାହିଁ ? ତେଣିକି ସେ ଯେତେ ଦୁଷ୍ଟ ବା ଦୁର୍ଦ୍ଦାନ୍ତ ହୋଇଥାଉ ପଛେ । ଯେପରି ଅତି କ୍ରୂର, ନିଷ୍ଠୁର ପ୍ରକୃତିର ଦସ୍ୟୁ ରତ୍ନାକର ମହର୍ଷି ବାଲ୍ମୀକିକୁ ବଦଳି ଯାଇଥିଲେ । ନାଁ ଥିଲା ରତ୍ନାକର । ବ୍ରାହ୍ମଣ ହୋଇ ମଧ ଶୂଦ୍ରା ରମଣୀଙ୍କୁ ବିବାହ କରିଥିଲେ । ଶୂଦ୍ରା ରମଣୀ ଗର୍ଭରୁ ଅନେକ ସନ୍ତାନ ଜନ୍ମ ହୋଇଥିଲେ । ପରିବାର ପ୍ରତି ପୋଷଣ ପାଇଁ ଲୁଣ୍ଠନ, ଚୋରି, ନର ହତ୍ୟା ଭଳି ଜଘନ୍ୟ ଅପରାଧରେ ଲିପ୍ତ ଥିଲା । ଦସ୍ୟୁ ରତ୍ନାକର ନାମରେ ଅପଖ୍ୟାତି ଅର୍ଜି ମଧ ଶେଷରେ ମହର୍ଷି ବାଲ୍ମୀକିରେ ପରିଣତ ହୋଇଥିଲା । ଏତେ ଜଘନ୍ୟ ଅପରାଧୀ ଥିଲେ ଯେ କଲୁଷ ନାଶକ 'ରାମଂ' ନାମ ତୁଣ୍ଡରେ ଉଚ୍ଚାରଣ କରିବାକୁ ସମର୍ଥ ନଥିଲା । ତେଣୁ 'ମରା ମରା' ଜପ କରିବାକୁ କୁହାଯାଇଥିଲା । 'ମରା ମରା' ଜପ ଶେଷରେ 'ରାମ ରାମ'ରେ ଉଚ୍ଚାରିତ ହେବ । ଏହି ଉଦ୍ଦେଶ୍ୟରେ ତାହା ହିଁ ହୋଇଥିଲା । ଦସ୍ୟୁ ରତ୍ନାକର ହୋଇଯାଇଥିଲେ ପ୍ରଥିତଯଶା ବାଲ୍ମୀକୀ । ସେଥିପାଇଁ ଭଗବାନ କହିଛନ୍ତି "ଯୋ ମାମଜମନାଦିଂ ଚ ବେଦି ଲୋକ ମହେଶ୍ଵରମ୍ । ଅସମ୍ମୂଢଃ ମର୍ତ୍ତ୍ୟେଷୁ ସର୍ବପାପୈଃ ପ୍ରମୁଚ୍ୟତେ ।" ଯେଉଁ ମନୁଷ୍ୟ ମୋତେ ଅଜ ଅନାଦି ଓ ସମସ୍ତ ଲୋକର ମହାନ ଈଶ୍ଵର ବୋଲି ଜାଣେ । ଅର୍ଥାତ ଦୃଢ ଭାବରେ ମାନିନିଏ, ସେ ମନୁଷ୍ୟମାନଙ୍କ ମଧରେ ଜ୍ଞାନବାନ ଏବଂ ସେ ସମସ୍ତ ପାପରୁ ମୁକ୍ତ ହୋଇଯାଏ ।

'ସର୍ବ ଧର୍ମ୍ୟାନ ପରିତ୍ୟଜ୍ୟ ମାମେକଂ ଶରଣଂ ବ୍ରଜ, ଅହଂଦ୍ୱା ସର୍ବପାପେଭ୍ୟା ମୋକ୍ଷୟିଷ୍ୟାମି ମା ଶୁବଃ ।" କାହା ଶରଣକୁ ତେବେ ଯିବା ବିଶ୍ଵରୂପର ନା ନରର ?

ଆତ୍ମପରିଚିତ ଲାଭ, ବ୍ରହ୍ମଜ୍ଞାନର ଆଉ ଏକ ବିଭବ ମାତ୍ର । ମାତ୍ର ନରମାୟା ନାରାୟଣଙ୍କୁ ଆଗୋଚର କଥାରୁ ଅନ୍ୟ ଜଣକୁ ଚିହ୍ନିବା ଭେର କଷ୍ଟକର ବ୍ୟାପାର । No body changes fundamentaly. କାହାର ବି ମୌଳିକ ପରିବର୍ତ୍ତନ ହୋଇପାରେ ନାହିଁ । କିଏ ବା ଅଛି କେଉଁ ମତେ ତାହା ମୁଁ ଜାଣିବି କେମନ୍ତେ । ମାତ୍ର ଅନ୍ୟକୁ ଜାଣିବା ପ୍ରଚେଷ୍ଟା ବା ଜ୍ଞାନଠାରୁ ନିଜକୁ ଜାଣିବା ଆହୁରି ଅଧିକ କଷ୍ଟକର ବ୍ୟାପାର । ନିଜକୁ ଜାଣିଥିବା ବ୍ୟକ୍ତି ଜଣେ ସ୍ଵୟଂସିଦ୍ଧ ବ୍ୟକ୍ତିତ୍ୱ, ବ୍ରହ୍ମଜ୍ଞାନୀକଣ୍ଠ ।

ଜୀବନ ଗୋଟିଏ ପାଠଶାଳା । ଏଠି କେବଳ ବହି ପଢ଼ିଲେ ଜ୍ଞାନ ହୁଏନା । ମଣିଷମାନଙ୍କୁ ବିଶେଷତଃ ସେମାନଙ୍କ ଚରିତ୍ରକୁ ପଢ଼ିବାକୁ ହୁଏ । ସମସ୍ୟାମାନଙ୍କୁ ଭେଟିବାକୁ ହୁଏ । ସମାଧାନମାନଙ୍କୁ ଦେଖିବାକୁ ହୁଏ । ତାହାହେଲେ ଜୀବନ ସରସ ସୁନ୍ଦର ହୁଏ । ଆମ ପ୍ରତ୍ୟେକଙ୍କ ଜୀବନ ଗୋଟିଏ ଗୋଟିଏ ବହି । ଏ ବହିର ପୃଷ୍ଠା ଆରମ୍ଭ ହୁଏ ଜନ୍ମରୁ, ଏତୁଡ଼ିଶାଳରୁ । ବହିର ଶେଷ ପୃଷ୍ଠା ମଶାଣିରେ, ଚୁଲିରେ । ଜୀବନକୁ ଆମେ ଯେମିତି ଦେଖୁ, ବାସ୍ତବ ଜୀବନ ସେମିତି ନୁହେଁ । ଜଣେ ଅନ୍ୟକୁ ଲୁଟ୍ କରି ଆନନ୍ଦ ପାଏ । ଆଉ ଜଣେ ଦାନ କରି ଆନନ୍ଦ ପାଏ । ଜଣେ ନିଜେ ହସି ଅନ୍ୟ ଆଖିରେ ଲୁହ ଦେଇ ଖୁସି ମନାଏ । ଆଉ ଜଣେ ନିଜ ଲୁହକୁ ଚାପିରଖି ଅନ୍ୟ ଓଠରେ ହସ ଭରି ଦେଇ ଖୁସି ହୁଏ । ବାସ୍ତବରେ ଏ ଜୀବନ ଏକ ଅପଠା ବହି । ତାକୁ ପଢ଼ିବାକୁ ପଡ଼ିବ । ଅନ୍ୟମନସ୍କ ହୋଇ ନୁହେଁ, ମନ ଲଗାଇ । ଏକାଗ୍ର ଚିତ୍ତରେ ପଢ଼ିବାକୁ ହେବ । କାହାଠାରୁ ଛଡ଼ାଇ ଆଣିଲେ ଯେତିକି ସୁଖ ମିଳେ, କାହାକୁ କିଛି ଦେଇ ଦେଲେ ତା'ଠାରୁ ବେଶୀ ସୁଖ ମିଳିଥାଏ । ଯେଉଁମାନେ ଦେଇଥିବେ ସେ ଅନୁଭବ ସେମାନଙ୍କର ଥିବ । କୌଣସି ମହାପୁରୁଷ ପୁରାଣ, ପୋଥି କିୟା ଶାସ୍ତ୍ର କହିନାହାନ୍ତି, ଛଡ଼େଇ ଆସି ଉପଭୋଗ କରିବାକୁ । ସମସ୍ତେ କହିଛନ୍ତି ଦେବାକୁ, ତ୍ୟାଗ କରିବାକୁ । ତ୍ୟାଗରେ ଶାନ୍ତି

ମିଲେ । କିନ୍ତୁ ଆମ ମୂର୍ଖାମୀରେ ଆମେ ଭୋଗରେ ଶାନ୍ତି ଖୋଜୁଛୁ । ଭୋଗରେତ ରୋଗ ମିଳିବ । ଆବଶ୍ୟକତାଠାରୁ ଅଧିକ ଲୋଡ଼ିବା ହିଁ ଲୋଭ । ଲକ୍ଷ୍ୟ କଲେ ଜାଣି ହେବ ଅନ୍ୟପାଇଁ ସୁଖ ଚାହୁଁଥିବା ଲୋକ ହିଁ ଆପେ ଆପେ ସୁଖୀ ହୋଇଯାଏ । କୌଣସି ଦୁଃଖୀ ଓଠରେ ଥରେ ହସ ଫୁଟାଇବାକୁ ଚେଷ୍ଟା କଲେ, ନିଜ ଓଠରେ ହସ ଉଙ୍କି ମାରେ । ସେଥିପାଇଁ ବିଶ୍ୱ ସଂସ୍କୃତିରେ ଦାନ, ଧର୍ମ କରିବାର ବ୍ୟବସ୍ଥା ରହିଛି ।

ଉପନିଷଦରେ କୁହାଯାଇଛି 'ସତ୍ୟଂ ବଦ, ଧର୍ମଂ ଚର' । ଏହାର ସହଜ ବ୍ୟାଖ୍ୟା ହେଲା ସତ କୁହ, ଧର୍ମ ଆଚରଣ କର । ଧର୍ମ ମାନେ କାହାରି ଅନିଷ୍ଟ ଚିନ୍ତା କରନାହିଁ । ସମାଜରେ କାହାରି ଅମଙ୍ଗଳ ବା କ୍ଷତି ହେଲାପରି କାମ କରନି । କାହା ପ୍ରତି ଈର୍ଷା, ହିଂସା ଆଚରଣ କରନି । କାହା ପ୍ରତି ଅସହିଷ୍ଣୁ ହୁଅନି । "ଯନ୍ନେବ ଖଲୁ କୁପ୍ୟନ୍ତି ନ ଲୁଭ୍ୟନ୍ତି ତୃଣେଷ୍ୱପି । ତେ ଏବ ପୂଜ୍ୟତମା ହି ଯେ ଚନ୍ୟ ପ୍ରିୟବାଦୀନଃ ।" ଯିଏ କୋପ ଶୂନ୍ୟ । ଯାହା ମନରେ ତିଳେ ମାତ୍ର ଲୋଭ ନାହିଁ । ଯିଏ ସର୍ବଦା ପ୍ରିୟବାଦୀ; ସେ ସଦାସର୍ବଦା ପୂଜା ପାଇଥାଏ । ଅସୁବିଧା କିମ୍ବା ବିପଦରେ ପଡ଼ିଥିବା ମଣିଷ ସମେତ ସକଳ ପ୍ରାଣୀଙ୍କୁ ନିଜର ସାଧ୍ୟମତେ ସାହାଯ୍ୟ କର । ସତ କହିବା ସହିତ ଏହି ସବୁ ଆଚରଣ କଲେ ସମାଜ ସରସ ସୁନ୍ଦର ହେବ ବୋଲି ମହାତ୍ମା ଏବଂ ମହର୍ଷିମାନେ କହିଛନ୍ତି । ସେମାନେ କାମରେ ମଧ କରି ଦେଖାଇଛନ୍ତି । ତେଣୁ ସର୍ବଦା ସତ କହିବା ପାଇଁ ଉପନିଷଦ, ସାହିତ୍ୟ, ବିଜ୍ଞାନ, ଦର୍ଶନ, ମହାତ୍ମାମାନଙ୍କ ବାଣୀ, ହିତୋପଦେଶକୁ ସବୁଟି ଗୁରୁତ୍ୱ ଦିଆଯାଇଛି । ସତ କହିଲେ ଧର୍ମ ଆପେ ଆପେ ଆସିବ । ଅତୀତର ପରିବେଶକୁ ଅନୁଧ୍ୟାନ କଲେ- ଏବର ସାମାଜିକ ସ୍ଥିତି କେମିତି ବଦଳି ଗଲା ପରି ଲାଗୁଛି । ଆମ ସମାଜରେ ସତ ବଦଳରେ ମିଛର ପ୍ରୟୋଗ କରିବା ବିଧ ଯିଏ ଯେତେ ଜାଣିଲା । ସେ ସେତେ ପ୍ରଶଂନୀୟ ଓ ଆଗ ଧାଡ଼ିର ଲୋକର ସ୍ୱୀକୃତି ହାସଲ କଲା । ଦିନକୁ ଦିନ ମିଛ କହିବାର ନୂଆ ନୂଆ କୌଶଳ ମଧ ଉଭାବନ ହେବାରେ ଲାଗିଛି । ସତ କହିବା ପାଇଁ କେବଳ ମନବଳ ଓ ଇଚ୍ଛା ଶକ୍ତି ଥିବା ଦରକାର ଥିଲାବେଳେ ମିଛ କହିବା ଲାଗି ସ୍ୱତନ୍ତ୍ର ଭାବରେ ଯୋଜନା ପ୍ରସ୍ତୁତ କରିବାକୁ ପଡ଼ିଥାଏ । ମିଛ ଦ୍ୱାରା ବନ୍ଧୁ, ପଡ଼ୋଶୀର, ସମାଜର ବା ଦେଶର କ୍ଷତି ହେଲେ ମଧ ସେ ଦିଗକୁ ନଜର ନଥାଏ । ମିଛ କହି ଅନ୍ୟକୁ ଲୁଟି ନିଜେ ବର୍ଷିଲେ ହେଲା । ଅନ୍ୟ ଅର୍ଥରେ- ଆପେ ବର୍ଷିଲେ ବାପର ନାଁ, କାହାର କ୍ଷତି ହେଲେ ଯାଏ ଆସେ କେତେ ? ତେବେ ଯୋଜନାବଦ୍ଧ ଭାବରେ ମିଛ କହୁଥିବା ବ୍ୟକ୍ତି ଜାଣିବା ଉଚିତ୍ ଯେ, ସତ ଦିନେ ନା ଦିନେ ଜଣାପଡ଼ିବ । ତା'ପରେ ତା'ର ସମସ୍ତ ଗୌରବ, କାରାସାଦି ଧୂଳିସାତ୍ ହେବ । ସମାଜରେ ଦିନେ ନିନ୍ଦିତ ହେବାକୁ ପଡ଼ିବ । ଥରେ ଜଣେ ଦାର୍ଶନିକ ତାଙ୍କ ପଥକୁ ପଚାରିଲେ- "କେତେ ସଞ୍ଚୟ କଲୁଣି ?" ପୁଅ ଉତ୍ତର ଦେଲା- "ଖର୍ଚ୍ଚ ଯେମିତି ବଢ଼ୁଛି- କୋଉଠୁ ସଞ୍ଚୟ କରିବି ?" ବାପା କହିଲେ- ଆରେ ମୁଁ ତୋ' ବ୍ୟାଙ୍କର ଟଙ୍କା ସଞ୍ଚୟ କଥା କହୁନି । ତୋ'ର ଉପର ଆକାଉଣ୍ଟ ବା ହିସାବ ଖାତାରେ କେତେ ଧର୍ମ ସଞ୍ଚିଲୁଣି କହ । ବାପା ପୁଣି କହିଲେ- ଆରେ, ବାପ ଯାହା ରୋଜଗାର କରି ଖର୍ଚ୍ଚ କରୁଛୁ, ସବୁ ନିଜ ପାଇଁ । ପରିବାର ପାଇଁ । ତା' ସହିତ କିଛି ଧର୍ମ କର । ଯେତିକି ପାରିବୁ ଦିନ ଦୁଃଖୀଙ୍କୁ ସହାୟ ହେବୁ । କେବେ ମିଛ କହିବୁନି । ଅଫିସରେ ନିଜ କର୍ତ୍ତବ୍ୟ, ଦାୟିତ୍ୱ ଠିକ୍ ତୁଲାଇବୁ । ଏତିକି କର୍ମ କଲେ ତୋର ଉପର ଆକାଉଣ୍ଟରେ ଧର୍ମ ସଞ୍ଚିତ ହେବ । କିନ୍ତୁ ସମସ୍ତଙ୍କ ବାପା କ'ଣ ଦାର୍ଶନିକ ନା ସମସ୍ତେ ଉପନିଷଦର କଥା ଜାଣନ୍ତି । ଅବଶ୍ୟ ଏହା ପୂର୍ଣ୍ଣମାତ୍ରାରେ ସତ୍ୟନୁହେଁ । ମହାମାନବ ମହାତ୍ମା ଗାନ୍ଧି ତାଙ୍କ ଜୀବନରେ ସତ୍ୟକୁ ପ୍ରୟୋଗ କରି ପ୍ରମାଣ କରିଯାଇଛନ୍ତି, ସତର ବଳ କେତେ । ସତ ଆଗରେ ବ୍ରିଟିଶ୍ ସରକାରଙ୍କ ସମସ୍ତ କ୍ଷମତା, ଗୋଲାବାରୁଦ ହାର ମାନିଥିଲା । ସତ ବଳରେ ସେ ଗୋଟିଏ ଦେଶକୁ ବିଦେଶୀ କବଳରୁ ମୁକ୍ତ କରିଦେଲେ । ଯେଉଁ ଇଂରେଜମାନେ ଗାନ୍ଧୀଙ୍କୁ ଅଧା ଲଙ୍ଗଳା ଫକିର କହୁଥିଲେ- ସେହି ଫକିର ସତର ଅସ୍ତ୍ର ପ୍ରୟୋଗ କରି ସେମାନଙ୍କୁ ଭାରତ ମାଟିରୁ ଘଉଡ଼ାଇ ଦେଲେ । ଏହିପରି ଏକାଧିକ ଦାର୍ଶନିକ, ବୈଜ୍ଞାନିକ ଅଛନ୍ତି । ଯେଉଁମାନେ ଜୀବନରେ ସତକୁ ଅଗ୍ରାଧିକାର ଦେଇ ଦେଶ ଓ ଜାତି ପାଇଁ ଅଶେଷ ତ୍ୟାଗ ସ୍ୱୀକାର କରିଯାଇଛନ୍ତି ।

ଭଲ ମଣିଷ ଗଢ଼ିବାକୁ ବହୁ ଯୋଜନା ନିଆଯାଇ କାର୍ଯ୍ୟକାରୀ କରାଯାଇଛି । ଅନେକ ଧର୍ମାନୁଷ୍ଠାନ ଗଢ଼ାଯାଇଛି । ମଠ, ମନ୍ଦିର, ଚର୍ଚ୍ଚ, ଗିର୍ଜା, ଗୁରୁଦ୍ୱାର ଇତ୍ୟାଦି ତିଆରି କରାଯାଇଛି । ଏତେ ପରେ ସୁଦ୍ଧା ଭଲ (ସଚ୍ଚୋଟ) ମଣିଷ ମିଳିବା କଷ୍ଟକର ହୋଇପଡ଼ୁଛି । ପ୍ରକୃତରେ ମଣିଷକୁ ଗଢ଼ିବାରେ ଯାହା ସାହାଯ୍ୟ କରେ ତାହା ହେଉଛି ଆତ୍ମପ୍ରତ୍ୟୟ । ଧର୍ମାନୁଷ୍ଠାନ ନୁହେଁ । ଆଉ ଖାଲି ଧର୍ମାନୁଷ୍ଠାନ ଗଢ଼ିଦେଲେ ଭଲ ମଣିଷ ସୃଷ୍ଟି ହୁଅନ୍ତି ନାହିଁ । ଭଲ ମଣିଷଟିଏ ହେବା ପାଇଁ ମାର୍ମିକ ହେବା ବା ଭଗବାନଙ୍କ ଉପରେ ବିଶ୍ୱାସ ସ୍ଥାପନ କରିବା ନିହାତି ଜରୁରୀ ନୁହେଁ । ଏହି ମତ କୌଣସି ହେତୁବାଦୀଙ୍କର ନୁହେଁ । ଏହା ହେଉଛି ଖୋଦ୍ ପୋପ୍ ଫ୍ରାନ୍ସିସ୍ଙ୍କ ମନ୍ତବ୍ୟ । ଭଲ ମଣିଷ ହେବା ପାଇଁ ଭଲ ମାନସିକତା ଦରକାର । ମନ୍ଦିର ପଥର, ଇଟା, ସିମେଣ୍ଟରେ ଆମେ ଗଢ଼ୁଛନ୍ତି । ହେଲେ ଏହା ପୂର୍ବରୁ ଆଉ ଦୁଇଟି ମନ୍ଦିର ରହିଛି । ପ୍ରଥମଟି ମନ ମନ୍ଦିର । ଆମ ମନରେ ପ୍ରଥମେ ନିଜର ଆରଧ୍ୟକୁ ବସାଇବା ଦରକାର । ମାତ୍ର ପାର୍ଥନା ବେଳେ, ଦିଅଁ ଦର୍ଶନ ସମୟରେ ଆମ ମନ ଈଶ୍ୱରଙ୍କ ନିକଟରେ ରହୁନି କିମ୍ବା ଆମ ବୋଲ ମାନୁନି । ଏମିତି ଅସ୍ଥିର ବ୍ୟସ୍ତବିବ୍ରତ ମନରେ, ମନର ଏପରି ଅବସ୍ଥାରେ ତ ସଇତାନ ରହେ । ମନ୍ଦିର ତ ଭଗବାନଙ୍କ ପାଇଁ । ସଇତାନ ଲାଗି ନୁହେଁ । ତେଣୁ ଏପରି ମନ-ମନ୍ଦିର କେମିତି ହୋଇପାରିବ । ଏହା ଛଡ଼ା ଆଉ ଗୋଟିଏ ମନ୍ଦିର ହେଉଛି ଘର ମନ୍ଦିର । ପରିବାରଟିଏ ବୈକୁଣ୍ଠ ପରି । ସେଠି ସବୁବେଳେ ଶାନ୍ତି ବିରାଜମାନ କରିବା ଆବଶ୍ୟକ । ହେଲେ ଆଜିର ପରିବାର ତ ବିଶୃଙ୍ଖଳା ସୃଷ୍ଟିର କାରଖାନା କହିଲେ ଅତ୍ୟୁକ୍ତି ହେବ ନାହିଁ । ଶାଶୁ-ବୋହୁ, ନଣନ୍ଦ-ଭାଉଜ, ସ୍ୱାମୀ-ସ୍ତ୍ରୀ, ଭାଇ-ଭାଇ ଭିତରେ ମନୋ ମାଳିନ୍ୟ । କାରଣ ମନ ମନ୍ଦିରରେ ଈଶ୍ୱର ନାହାନ୍ତି । ସଇତାନ ଅଛି । ସଇତାନ ଦ୍ୱାରା ତ ଭଲ ପାଇବା ହୁଏନା । ହିଂସା ହୁଏ । ତେଣୁ ପରିବାର ମଧ୍ୟରେ ଶାନ୍ତି ନାହିଁ । ବାହାରକୁ ଆସି ଅନାଇଲେ–ଆକାଶକୁ ଛୁଇଁଛି ମନ୍ଦିର । ବହୁ ଆଡ଼ମ୍ବରରେ ସାଜସଜ୍ଜା ହୋଇ ମନ୍ଦିରରେ ପୂଜାର୍ଚ୍ଚନା ହେଉଛି । ହେଲେ ଅସଲ ଦୁଇଟି ମନ୍ଦିରକୁ ପଛରେ ପକାଇ କଦାପି ଆମେମାନେ ଠାକୁରଙ୍କୁ ମନ୍ଦିର ଭିତରେ ପାଇବା ନାହିଁ । ଘରେ ପରା ବାପା-ମାଆ, ଶାଶୁ-ଶ୍ୱଶୁର, ସ୍ୱାମୀ-ସ୍ତ୍ରୀଙ୍କ ଭଳି ଜୀବନ୍ତ ଦେବଦେବୀମାନେ ଅଛନ୍ତି । ଏମାନଙ୍କୁ ଅବହେଳା କରି, ସେମାନଙ୍କୁ ଘୃଣା ଆଖିରେ ଦେଖି ଆମେ କ'ଣ କୌଣସି ମନ୍ଦିର ପରିକଳ୍ପନା କରିପାରିବା ? ମନ୍ଦିର ଯିବା ପୂର୍ବରୁ ପ୍ରଥମେ ନିଜ ହୃଦୟ ମନ୍ଦିରକୁ ଯାଅ । ତା' ପରେ ଘର ମନ୍ଦିରକୁ । ତା'ପରେ ଠାକୁରଙ୍କ ମନ୍ଦିରକୁ ଯିବ । ତିନି ମନ୍ଦିରର କର୍ମ ସମତୁଲ ନହେଲେ ଯେତେ ପୂଜାର୍ଚ୍ଚନା କଲେ ସୁଦ୍ଧା ଈଶ୍ୱର ମିଳିବା କଷ୍ଟକର ହୋଇପଡ଼ିବ ।

ଅଧୁନା ବୁଦ୍ଧିଜୀବୀମାନେ ଜୀବନରେ ଗୋଟିଏ ମାତ୍ର ଲକ୍ଷ୍ୟ ରଖିଛନ୍ତି । କେମିତି ଚରମଖ୍ୟାତି ଲାଭ କରିବେ । ଏଭଳି ଉଚ୍ଚାକାଂକ୍ଷା ମନରେ ପୋଷଣ କରିବା ମନ୍ଦ ନୁହେଁ । ମାତ୍ର ପ୍ରଖ୍ୟାତ ହେଇ ଯଦି ସାଧାରଣ ଲୋକମାନଙ୍କର ଦୁଃଖଦୁର୍ଦ୍ଦଶା ଦୂର କରି ନପାରିଲେ ବରଂ ଅନ୍ୟମାନଙ୍କ ଜୀବନ ଜୀବିକା ଆତ୍ମସାତ କରି ନିଜର ଧନ ସମ୍ପତ୍ତି ବୃଦ୍ଧିରେ ଲାଗି ରହିଲେ, ସେ ପ୍ରକାର ପ୍ରଖ୍ୟାତ ହେବାରେ କିଛି ଲାଭ ନାହିଁ । ସାଧାରଣ ଲୋକଙ୍କର ଦୁଃଖ-ସୁଖରେ ଯେ ଭାଗୀଦାରି ନହେଲା, ଲୋକେ ତାକୁ ଭୁଲିଯାଆନ୍ତି । ନାଥୁରାମ ଗଡ଼ସେ କିଏ, ତାହା ୧୦% ଲୋକ ଜାଣନ୍ତି ନାହିଁ କିନ୍ତୁ ମହାତ୍ମା ଗାନ୍ଧୀଙ୍କୁ ଆବାଲବୃଦ୍ଧବନିତା ସମସ୍ତେ ଜାଣନ୍ତି । ଗାନ୍ଧୀ ହେଲେ ଜଣେ ବୁଦ୍ଧିଜୀବୀ ଆଉ ନାଥୁରାମ ଜଣେ ଆତତାୟୀ ।

ବୁଦ୍ଧିଜୀବୀର ସରଳ ଅର୍ଥ ହେଲା– ଯିଏ ବୁଦ୍ଧିକୁ ଜୀବିକା କରି ଚଳେ । ଯେମିତି ମସ୍ୟଜୀବୀ, ଶ୍ରମଜୀବୀ, ଆଇନଜୀବୀ, ଦେହଜୀବୀ ଇତ୍ୟାଦି । ଅବଶ୍ୟ ପ୍ରତ୍ୟେକ ଜୀବିକାରେ ବୁଦ୍ଧି ଖଟାଇବାର ଆବଶ୍ୟକତା ଥାଏ । ଜୀବିକା କରି ଚଳିବାର ୨ ପ୍ରକାର ବାଟ ଅଛି । ଗୋଟିଏ ନ୍ୟାୟ ମାର୍ଗରେ ଓ ଅନ୍ୟଟି ଅନ୍ୟାୟ ମାର୍ଗରେ । ଆମେ ସେହିମାନଙ୍କୁ ବୁଦ୍ଧିଜୀବୀ କହୁ, ଯେଉଁମାନେ ରାଜନେତା, ଉଚ୍ଚପଦସ୍ଥ ଅଧିକାରୀ, ଅଧ୍ୟାପକ, ଆଇନଜୀବୀ, ଲେଖକ, ସାମ୍ୟାଦିକ ଇତ୍ୟାଦି । ଯେଉଁମାନେ ବୁଦ୍ଧିବଳରେ ଜୀବିକାତ ଚଳାନ୍ତି, ତା ସହିତ ସମାଜ ତଥା ଦେଶର ଉନ୍ନତି ସାଧନ କରନ୍ତି । ସେଥିପାଇଁ ବିଶେଷତଃ ସରକାରୀ ଉଚ୍ଚ ପଦସ୍ଥ ଅଧିକାରୀମାନଙ୍କୁ ରାଜ କୋଷରୁ ପ୍ରଚୁର ଅର୍ଥ ଦିଆଯାଏ । ଦରମା, ଭତ୍ତା

ଓ ଅନ୍ୟାନ୍ୟ ଖର୍ଚ୍ଚ ବାବଦରେ । ବେସରକାରୀ ବୁଦ୍ଧିଜୀବୀମାନେ ଆପଣା ବୁଦ୍ଧି ଖଟାଇ ସରକାରଙ୍କଠାରୁ ଓ ଜନ ସାଧାରଣଙ୍କ ପାଖରୁ ପ୍ରଚୁର ଅର୍ଥ ଉପାର୍ଜନ କରନ୍ତି । ଏମାନେ ଶୋଷଣ କରୁଛନ୍ତି ବୋଲି କହି କେହି ଦୋଷାରୋପ କରନ୍ତି ନାହିଁ ଅବଶ୍ୟ । ସରକାରୀ ବୁଦ୍ଧିଜୀବୀମାନେ ପ୍ରଥମେ ନିଜର ପ୍ରଚଣ୍ଡ ସ୍ୱାର୍ଥକୁ ଦେଖନ୍ତି ଓ ପରେ ଦେଶର ବା ଜନ ସାଧାରଣଙ୍କର ସ୍ୱାର୍ଥକୁ ଅଗିରାକୁ ବାଇଗଣ (ପକାଇବା)ପରି ଯତ୍‌କିଞ୍ଚିତ ଦେଖନ୍ତି । ଏହି ବୁଦ୍ଧିଜୀବୀମାନେ, ସୁବୁଦ୍ଧି ନୁହେଁ ବରଂ ମନ୍ଦ ବୁଦ୍ଧି ପ୍ରୟୋଗ କରି ନିଜର ପ୍ରାପ୍ୟ ବାହାରେ ଲାଞ୍ଚ (ହାତ ଗୁଞ୍ଜା) ଅର୍ଥ ଆତ୍ମସାତ କରି ଅନାୟସରେ ପ୍ରଚୁର ଅର୍ଥ ସଂଗ୍ରହ କରନ୍ତି । ଏହି ବୁଦ୍ଧିଜୀବୀମାନଙ୍କ ଯୋଗୁଁ ଦେଶ ସାରଶୂନ୍ୟ ବା ଅନ୍ୟାର୍ଥରେ ଖୋଲ ହୋଇସାରିଲାଣି । ତଥାପି ଏଦେଶର ନିର୍ବୋଧ ଗରିବ ଜନସାଧାରଣ ଏମାନଙ୍କ ଥାଟବାଟ ଦେଖି ଚକିତ ହୋଇ ପ୍ରଶଂସାରେ ପୋତି ପକାଉଛନ୍ତି । ଗୋଦରୀକୁ ଶ୍ରୀମତୀ କହିଲେ, ସେ ଯେମିତି ଗୋଡ଼କୁ ବେଶୀ ବୁଲେଇ ବୁଲେଇ ପକାଏ, ସେହିପରି ଏହି ବୁଦ୍ଧିଜୀବୀମାନେ ନିଜର ଥାଟବାଟ ବଢ଼େଇ ଲୋକକୁ ଜଲକା କରି ପକାଉଛନ୍ତି । ଏଦେଶର ସମ୍ପୂର୍ଣ୍ଣ ଦାୟିତ୍ୱ ସେହିମାନଙ୍କ ଉପରେ ନ୍ୟସ୍ତ । ଅଥଚ ସେହି ବୁଦ୍ଧିଜୀବୀମାନେ ନିଜର ଦାୟିତ୍ୱ ଠିକ୍ ଭାବେ ନିର୍ବାହ କରନ୍ତି ନାହିଁ । ଅନେକ ବୁଦ୍ଧିଜୀବୀ ଘରେ ବସି ଦରମା ପାଆନ୍ତି । କ୍ୱଚିତ୍ ମାସରେ ଥରେ ଦି' ଥର ଅଫିସ୍ ଆସନ୍ତି । କାରଣ ସେମାନଙ୍କର କାମ ହେଉଛି ବୁଦ୍ଧିର । ଶ୍ରମ କରିବା ବା କାଗଜପତ୍ର ଚଷିବା ସେମାନଙ୍କର କାମ ନୁହେଁ । ଏମାନେ ବଡ଼ ବଡ଼ ସଭା ସମିତି କରନ୍ତି । ଏମିତି ଭାଷଣ ଦିଅନ୍ତି ଯେ, ସତେ ଯେପରି ଏମାନେ ଦେଶ ପାଇଁ କାନ୍ଦୁଛନ୍ତି । ଏପରି ଉଦ୍ୟମ କରୁଛନ୍ତି ଯେ, ସତେ ଏଦେଶ ସୁନା ହୋଇଯିବ । କିନ୍ତୁ ସ୍ୱାଧୀନତାର ୭୦ ବର୍ଷ ହେଲାଣି, ତଥାପି ଗରିବ ଲୋକମାନଙ୍କର-ଗାଁ ଗହଳିରେ ରହୁଥିବା ଲୋକମାନଙ୍କର କୌଣସି ଉନ୍ନତି ହୋଇନାହିଁ । ଚାରିଆଡ଼େ ନାହିଁ ନାହିଁର ଅବସ୍ଥା ।

ପ୍ରତିବର୍ଷ ଆମ ଦେଶରେ ଲକ୍ଷ ଲକ୍ଷ ବୁଦ୍ଧିଜୀବୀ ସୃଷ୍ଟି ହେଉଛନ୍ତି । ଯେନେତେନେ ମତେ ପରୀକ୍ଷାମାନଙ୍କରେ ସର୍ବାଧିକ ନମ୍ବର ରଖି ପାସ୍ କରୁଛନ୍ତି ଓ ବଡ଼ ବଡ଼ ସରକାରୀ ଚାକିରିରେ ଅବସ୍ଥାପିତ ହେଉଛନ୍ତି । ଆମେ ସେମାନଙ୍କ ଚରମ କୃତିତ୍ୱ ପାଇଁ ପ୍ରଶଂସା, ପୁରସ୍କାର ଓ ପ୍ରୋତ୍ସାହନ ଅକାତି ଦେଉଛୁ । ସେମାନେ ବି ଗଣମାଧ୍ୟମରେ ସାକ୍ଷାତକାରରେ କେତେ ବଡ଼ ବଡ଼ କଥା କହୁଛନ୍ତି ଯେ- ସମସ୍ତେ ସେବାରେ ଲାଗିଯିବେ । କ'ଣ କ'ଣ କରିପକାଇବେ ଦେଶଦଶର । କିନ୍ତୁ ଚାକିରି ପରେ ସେମାନଙ୍କର ସବୁ ପ୍ରତିବଦ୍ଧତା ଶେଷ । ତେଣିକି କେବଳ ଆତ୍ମସେବା । ଦେଶପ୍ରତି, ସମାଜପ୍ରତି ଚରମ ବିଶ୍ୱାସଘାତକତା । ଏପରି ବୁଦ୍ଧିଜୀବୀମାନଙ୍କର ଉପଯୋଗିତା ଦେଶ ପ୍ରତି ଅତି ସାମାନ୍ୟ । ଏହି ଧବଳ ହସ୍ତୀମାନେ ଅତି ଯତ୍ନରେ ଓ ନିରାପଦରେ ପୋଷା ଯାଉଛନ୍ତି । ଏମାନଙ୍କ ପଛରେ ସେବା ପାଇଁ ଅନ୍ୟ କେତେ ଲୋକ ଖଞ୍ଜା ଯାଉଛନ୍ତି । ହେଲେ ଏହି ସବୁର ଫଳ ଶୂନ୍ୟ । ଏମାନଙ୍କ ପାଇଁ ଗୋଟେ ଭିଆଇପି ଓ ଭିଭିଆଇପି ସଂସ୍କୃତି ଉଦ୍ଭବ ହୋଇଛି । କିନ୍ତୁ ଏସବୁର କୌଣସି ଲାଭନାହିଁ ।

ଦେଶ ବା ରାଜ୍ୟରେ କୌଣସି ବିଭାଗରେ ସ୍ୱଚ୍ଛତା ନାହିଁ । ଅଥଚ ଏହିସବୁ ବିଭାଗକୁ ତଥା କଥିତ ବୁଦ୍ଧିଜୀବୀମାନେ ନିୟନ୍ତ୍ରଣ କରୁଛନ୍ତି । ସମସ୍ତେ ସମାନ, କାହା ଉପରେ କାହାର ଅଙ୍କୁଶ ନାହିଁ । ସେମାନେ ଶାସନରେ ମଧ୍ୟ ବନ୍ଧା ନୁହନ୍ତି । ଆଇନ୍‌କାନୁନ ସେମାନଙ୍କର ହାତର ଖେଳନା । ସେହିମାନେ ଆଇନ୍ ଭାଙ୍ଗନ୍ତି । ମନ ମୁତାବକ ଶାସନ କରନ୍ତି । ଏପରିକି ଦେଶଦ୍ରୋହ ଅପରାଧରେ ଲିପ୍ତ ରହନ୍ତି । ଏମାନେ ଏପରି ହୁଅନ୍ତେ ନାହିଁ । କିନ୍ତୁ ଜନସାଧାରଣଙ୍କ ଅସଚେତନା, ସାମୂହିକ କାର୍ଯ୍ୟ ହାସଲ ପାଇଁ ଉଦାସୀନତା ଓ ଅନୈତିକତା ଏବଂ କିଛି ଦେଇନେଇ ବ୍ୟକ୍ତିଗତ ସ୍ୱାର୍ଥ ପ୍ରଥମ ହାସଲ କରିବାର ବ୍ୟାକୁଳତାର ସୁଯୋଗ ଏମାନେ ସହଜରେ ନିଅନ୍ତି । ପୁଣି ଏମାନେ ଚାପ ସୃଷ୍ଟି କରି ଓ ଧମକ ଚମକ ଦେଇ ଅର୍ଥ ଆଦାୟ କରନ୍ତି । ଏସବୁ ତଳସ୍ତରର ବୁଦ୍ଧିଜୀବୀମାନଙ୍କ କାମ, ଉପରସ୍ତରର ବୁଦ୍ଧିଜୀବୀମାନେ ଅତି ସହଜରେ ସରକାରୀ ଧନକୁ କିପରି ଆତ୍ମସାତ କରାଯାଇପାରିବ, ସେହି ବୁଦ୍ଧି ପ୍ରୟୋଗ କରନ୍ତି । ତଥାପି ଆମେ ସେହିମାନଙ୍କ ଥାଟବାଟ ଦେଖି ଭାତ

ବୁଦ୍ଧିରେ ପ୍ରଶଂସା କରୁ। ସେମାନେ କିନ୍ତୁ ଜନତାର ଦୁଃଖ ବୁଝିବାକୁ ନାରାଜ। ତେଣୁ ସଚେତନ ନାଗରିକମାନଙ୍କର ସେମାନଙ୍କ ପ୍ରତି ଶ୍ରଦ୍ଧା ଓ ସମ୍ମାନ ନରହିବା ସ୍ୱାଭାବିକ।

ଏମାନଙ୍କ ବାହାରେ (ବ୍ୟତୀତ) ଦେଶରେ ଅନେକ ବୁଦ୍ଧିଜୀବୀ ଅଛନ୍ତି। ଯେଉଁମାନେ ଦେଶ ଓ ସମାଜର ମଙ୍ଗଳ ଚାହାନ୍ତି। ମାତ୍ର ସେମାନଙ୍କୁ ବିଧି ବ୍ୟବସ୍ଥା ଅନୁସାରେ ସୁଯୋଗ ମିଳେ ନାହିଁ କିମ୍ବା ମିଳିବ ନାହିଁ। ତଥାପି କେତେକ ବ୍ୟକ୍ତିଗତ ଭାବେ ନିଃସ୍ୱାର୍ଥପରଭାବେ ସମାଜର ସେବା କରୁଛନ୍ତି। ସେମାନଙ୍କ ମନଭାବ ପବିତ୍ର। ସେମାନେ ପ୍ରଶଂସାର ଯୋଗ୍ୟ। କିନ୍ତୁ ସେମାନଙ୍କୁ ସରକାରୀ ସାହାଯ୍ୟ ଓ ପ୍ରୋସାହନ ମିଳୁନାହିଁ। ମିଳୁଛି କେବଳ ଏନ୍‌ଜିଓମାନଙ୍କୁ କୋଟି କୋଟି ଟଙ୍କା। କାରଣ ସେମାନେ ସଂଘବଦ୍ଧ ଓ ଲାଞ୍ଚ ଦେଇ ନେଇ ପାରନ୍ତି। ଏ କାମ ସେମାନଙ୍କର ବ୍ୟବସାୟ, ସେବା ନୁହେଁ। ଏମାନେ ସମାଜ ସେବା ଆଳରେ ବ୍ୟବସାୟତ କରୁଛନ୍ତି ଓ ତା' ସହିତ ନାନା ପ୍ରକାର କୁସିତ କର୍ମ ବି କରୁଛନ୍ତି– ରାଜନୀତିର ଛତ୍ରଛାୟା ତଳେ।

ସାଧାରଣ ମନୁଷ୍ୟମାନେ ସମସ୍ତେ ଚାହୁଁଛନ୍ତି କୋଟିପତି ହୋଇଯିବା ପାଇଁ – ଯେକୌଣସି ଉପାୟରେ ହେଉପଛେ। କିନ୍ତୁ କୋଟିପତି ହେବା ପାଇଁ ହେଲେ ଅନ୍ୟାୟ ଏବଂ ଅଧର୍ମର ମାର୍ଗ ଆପଣେଇବାକୁ ପଡ଼େ। ସେଥିପାଇଁ ମଧ୍ୟ ସେମାନେ ସଦାବର୍ଦା ପ୍ରସ୍ତୁତ। ନ୍ୟାୟ ଏବଂ ଧର୍ମ ମାର୍ଗରେ ଚାଲିଲେ ତ ଜୀବନର ସର୍ବନିମ୍ନ ଆବଶ୍ୟକତା ବି ଜଣେ ଯୋଗାଡ଼ କରିପାରିବ ନାହିଁ। କାରଣ ତା'ର ଝାଳବୁହା ପରିଶ୍ରମାର୍ଜିତ ଧନରୁ ବି ଅଧା ଶୋଷି ନେବା ପାଇଁ ଚାରିପାଖରେ ଶୋଷକ ସର୍ପର ବଂଶଧରମାନେ ଘେରି ରହିଛନ୍ତି। ସେହି ଶୋଷକ ଓ ଶାସକମାନେ ଜୀବନକୁ ଧନ୍ୟ ମନେ କରୁଛନ୍ତି ଏବଂ ନିଜକୁ ସଫଳ ବ୍ୟକ୍ତି ବୋଲି ଭାବୁଛନ୍ତି। କିନ୍ତୁ ସେମାନଙ୍କ ପଛପଟେ ସାଧାରଣ ଲୋକେ ଯେଉଁ ନିନ୍ଦା ରଚନା କରୁଛନ୍ତି ଏବଂ ଅକଥ୍ୟ ଭାଷାରେ ସେମାନଙ୍କ ସପ୍ତପୁରୁଷ ଉଦ୍ଧାର କରୁଛନ୍ତି ସେମାନେ ତାହା ଜାଣୁଛନ୍ତି ଅଥଚ ସେଥିପ୍ରତି ଆଦୌ କର୍ଣ୍ଣପାତ କରୁନାହାନ୍ତି। ହଜମ କରିନେଉଛନ୍ତି। ଏହା କି ପ୍ରକାର ବ୍ୟକ୍ତିତ୍ୱ ? କିଭଳି (ପ୍ରକାର) ସଫଳତା। କାହାର ଜୀବନ ସଫଳ, ସେ ସମ୍ପର୍କରେ ଶାସ୍ତ୍ରରେ କୁହାଯାଇଛି ଯେ "ଆତ୍ମାର୍ଥଂ ଯସ୍ତୁ ଯାତେତ ଶୋଚ୍ୟୋହିସ ସୁରେଶ୍ୱର। ଜୀବିତଂ ସଫଳଂ ତସ୍ୟ ଯ ପରାର୍ଥୋଦ୍ୟତଃ ସଦା।" (ବ୍ରହ୍ମପୁରାଣ) ଅର୍ଥାତ– ହେ ଦେବେଶ୍ୱର ଯେ ନିଜ ପାଇଁ ଯାଚନା କରେ ସେ ଶୋକର ପାତ୍ର। ପରୋପକାର ପାଇଁ ଯେ ସର୍ବଦା ଉଦ୍‌ବିଗ୍ନ ରହେ, ତାହାର ଜୀବନ କେବଳ ସଫଳ ଅଟେ।

ସମସ୍ତେ ଲୋଭର ମରୁଭୂମିରେ ଝାଳନାଳ ହୋଇ ଦୌଡ଼ୁଛନ୍ତି। ନିଜର ଜୀବନ ବିପନ୍ନ ହେଉପଛେ ତେଣିକି ନିଘା ନାହିଁ। ବାଟ ଅବାଟ କିଛି ନମାନି ଯେକୌଣସି ମତେ ଯଥେଷ୍ଟ ଧନ ଆହରଣ କରିବାକୁ ସମସ୍ତେ ବ୍ୟଗ୍ର। ଆଉ କୁଆଡ଼େ କିଛି ଦେଖିବା ଦରକାର ନାହିଁ। ନିଜର ସ୍ୱାସ୍ଥ୍ୟ ପ୍ରତି ବି ଧାନନାହିଁ। ଅଖାଦ୍ୟ ଓ ଅନିୟମିତ ଆହାର– ବିହାର ଯୋଗୁ ଶରୀରରେ ନିଜ ଅଜ୍ଞାତରେ ଦୁରାରୋଗ୍ୟ ବ୍ୟାଧି ଉତ୍ପନ୍ନ ହେଉଛି। ଯେତେବେଳେ ଜଣାପଡୁଛି ସେତେବେଳେ ନେଡ଼ିଗୁଡ଼ କହୁଣିକୁ ବୋହି ଯାଉଛି। ମନୁଷ୍ୟ କେବେ ବି ରଣ, ରୋଗ ଓ ଶତ୍ରୁ କବଳରୁ ମୁକ୍ତ ନୁହେଁ। ଜୀବନର ବି କୌଣସି ନିଶ୍ଚିତତା ନାହିଁ। ଯେଉଁମାନେ କି ଅତି ସୁଖରେ ବଞ୍ଚିଛନ୍ତି, ସେମାନଙ୍କୁ ଶେଷରେ ବାର୍ଦ୍ଧକ୍ୟ ଗ୍ରାସ କରିବ, ଯାହାର କୌଣସି ନିଦାନ ନାହିଁ। ଏହା ସହିତ ଦୁର୍ଘଟଣା ମଧ୍ୟ ରହିଛି। ଯଦିଓ କେତେକ ସ୍ୱାଭାବିକ ଭାବେ ମୃତ୍ୟୁ ପ୍ରାପ୍ତ ହୁଅନ୍ତି। ଶେଷରେ ସେମାନେ ଦୁଇ ଟୋପା ଲୁହ ଗଡ଼େଇ ପକାନ୍ତି। ସମସ୍ତଙ୍କ ମନରେ ଅବଶୋଷ ଥାଏ। ଯାହା ଭାବିଥିଲା କରିପାରିଲା ନାହିଁ। ଆଉ କିଛି ଦିନ ବଞ୍ଚିଥିଲେ ଆଉ କିଛି କରିଥାନ୍ତା। ଏବେ ସମସ୍ତଙ୍କୁ ଛାଡ଼ି ଏ ସୁନ୍ଦର ପୃଥିବୀର ମନୋହର ଦୃଶ୍ୟର ମାୟାକୁ ଛାଡ଼ି ଯିବାକୁ ପଡ଼ିବ। କେହି କେବେ ହସି ହସି ମରିନାହିଁ। ସନ୍ତ କବୀର କହିଛନ୍ତି– "କବୀରା ଜବ୍‌ହମ ପୈଦା ହୁଏ, ଜଗ ହଁସା ହମ୍ ରୋଏ। ଐସି କରନି କର ଚଲୋ, ହମ ହଁ ସେ ଜଗ୍ ରୋଏ।" ଅର୍ଥାତ୍ ଯେବେ ଆମେ ଜନ୍ମ ହେଲେ କୁଆଁ କୁଆଁ ହୋଇ କାନ୍ଦୁଥିଲେ। ସେତେବେଳେ ସମସ୍ତେ ଖୁସିରେ

ହସୁଥିଲେ । ଏବେ ଏମିତି କାମ କରି ସଂସାରରୁ ବିଦାୟ ନିଅ, ତୁମେ ହସି ହସି ଚାଲିଯିବ ଆଉ ସଂସାରରେ ସମସ୍ତେ କାନ୍ଦୁଥିବେ–ଝୁରି ହେଉଥିବେ ତୁମକୁ ।

ମନୁଷ୍ୟର ବିଶେଷତ୍ୱ ହେଉଛି ନିଜେ ବଞ୍ଚିବା ସହିତ ଅନ୍ୟକୁ ବଞ୍ଚିବାକୁ ସୁଯୋଗ ଦେବା । ଜୀବର ଆତ୍ମବିଚାର ତଥା ଦୟାଭାବ ତା'ର ଧର୍ମ ବୋଲି ବିବେଚନା କରାଯାଏ । ସାଧାରଣତଃ ମାନବ ଧର୍ମରେ ଦଶଟି ଲକ୍ଷଣ ଯଥା– ଧୃତି, କ୍ଷମା, ଦମ, ଅସ୍ତେୟ, ଶୌଚ, ଇନ୍ଦ୍ରିୟ ନିଗ୍ରହ, ଧୀ(ବୁଦ୍ଧି), ବିଦ୍ୟା, ସତ୍ୟ ଓ ଅକ୍ରୋଧ ପରିଲିକ୍ଷିତ ହୋଇଥାଏ । ଏହି ଦଶଟି ଲକ୍ଷଣକୁ ଯିଏ ପାଳନ କରେ ସେ ପରିପୂର୍ଣ୍ଣ ମଣିଷର ଶ୍ରେଣୀଭୁକ୍ତ ହୋଇଯାଏ । ଧର୍ମପରାୟଣ ମଣିଷ ସମ୍ମୁଖରେ ଅଷ୍ଟସିଦ୍ଧି ବି ତୁଚ୍ଛ ହୋଇଯାଏ । କେବଳ ସେତିକି ନୁହେଁ । ସେ କୌଣସି ପ୍ରକାର ଶତ୍ରୁତା ଦ୍ୱାରା ପ୍ରଭାବିତ ହୋଇ ନଥାଏ । ଶରୀର ସହିତ ପ୍ରାଣୀର ଯେମିତି ସମ୍ପର୍କ ମନୁଷ୍ୟ ସହିତ ଧର୍ମର ବି ସେମିତି ସମ୍ପର୍କ । କଲ୍ୟାଣକାରୀ ଧର୍ମର ଆଶ୍ରୟ ନେଲେ କାମ-କ୍ରୋଧ ଏବଂ ରାଗ ଦ୍ୱେଷ ଆଦି ଅପସରି ଯାଆନ୍ତି । କାରଣ ଧର୍ମ ଦ୍ୱାରା ଚିତ୍ତ ବା ମନ ପରିମାର୍ଜିତ ହୁଏ । ବିମଲ ମନରେ କୌଣସି ପ୍ରକାର ବିକାର ଉତ୍ପନ୍ନ ହୋଇନଥାଏ । ତେବେ ଅନ୍ତର୍ମୁଖୀ ହେବା ଧର୍ମର କଷଟି ପଥର । ସମସ୍ତଙ୍କୁ ଶ୍ରଦ୍ଧା କରିବା ତଥା କରାଇବା ଶିକ୍ଷା ଦିଏ ଧର୍ମ । ଏହା ବିନା ମନରେ ଶାନ୍ତି ଓ ସ୍ଥିରତା ରହିନଥାଏ । ଦେଶର ସର୍ବାଙ୍ଗୀନ ଉନ୍ନତି ଏବଂ ଆତ୍ମସନ୍ତୋଷ ଲାଗି ସର୍ବପ୍ରଥମେ ମାନବ ଧର୍ମର ବିକାଶ ନିହାତି ଜରୁରୀ । ବାହ୍ୟ ଓ ଅନ୍ତଃକରଣର ଶୁଦ୍ଧି ବିନା ଧର୍ମର ବିକାଶ ଅସମ୍ଭବ ମନେ ହୁଏ । କାରଣ ଧର୍ମର ଉନ୍ନତି ଉପରେ ନିର୍ଭର କରେ ବୌଦ୍ଧିକ, ସାମାଜିକ, ଅର୍ଥନୈତିକ ତଥା ସାହିତ୍ୟର ବିକାଶ । କାହିଁକି ନା ସନାତନ ଧର୍ମ ଏକ ବିଶାଳ ବଟ ବୃକ୍ଷ । ଧର୍ମର ଗତି ସୂକ୍ଷ୍ମ । ଧର୍ମର ଗୂଢ଼ ରହସ୍ୟକୁ ଭେଦ କରୁଥିବା ଲୋକ ଖୁବ୍ କମ୍ । ଧର୍ମର ମହାତ୍ମ୍ୟକୁ ହୃଦୟଙ୍ଗମ କରୁଥିବା ବ୍ୟକ୍ତି ଉଦାର ବନିଯାଏ । ଆପଣାର ସର୍ବସ୍ୱକୁ ସିଏ ସହର୍ଷରେ ଦାନ କରେ । ଶୁଦ୍ଧ ବିଚାରଯୁକ୍ତ ଓ ଉଚ୍ଚାଭିଲାଷୀ ହେବା ଏକାନ୍ତ ଜରୁରି । କେବଳ ସତ୍ୟତା ଆଧାରରେ ମନୁଷ୍ୟ ସଫଳକାମୀ ହୁଏ ପ୍ରତ୍ୟେକ କାର୍ଯ୍ୟ କ୍ଷେତ୍ରରେ । ମନୁଷ୍ୟ ଜୀବନର ଚରମ ଲକ୍ଷ୍ୟ କେବଳ ଭୌତିକ ଉନ୍ନତି, କିନ୍ତୁ ଏହା ଦ୍ୱାରା ଶାନ୍ତି ଓ ସୁଖର ଅନୁଭବ କରିହୁଏନା । ତେବେ ମନୁଷ୍ୟର ଅନ୍ତର୍ନିହିତ ପ୍ରବୃତ୍ତି ଦୁଃଖରୁ ମୁକୁଳିବା ଓ ସୁଖ ଅନୁଭବ କରିବା । କିନ୍ତୁ ବିଚାର ଶୁଦ୍ଧି, ଦ୍ରବ୍ୟଶୁଦ୍ଧି ଓ କ୍ରିୟାଶୁଦ୍ଧି ବିନା କାର୍ଯ୍ୟରେ ପ୍ରକୃତ ସୁଖ ମିଳିନଥାଏ । ମୋଟାମୋଟି ବିମଳ ଶୁଦ୍ଧ ଚୈତନ୍ୟ ସ୍ୱରୂପରେ ଅବସ୍ଥାନ କରିବା ହିଁ ପରମ ମାନବ ଧର୍ମ ।

ମନୁଷ୍ୟ ଜୀବନର ଦୁଇଟି ଦିଗ–ଗୋଟିଏ ସକାରାତ୍ମକ ଅର୍ଥାତ ଶୁକ୍ଲପକ୍ଷ ଆଉ ଅପରଟି ନକରାତ୍ମକ ଅଥବା କୃଷ୍ଣପକ୍ଷ । ମଣିଷଟି ଯେବେ ଶୁକ୍ଲପକ୍ଷରେ ଜିଇ ରହୁଛି ଶାନ୍ତ, ସୁଖ ଓ ଆନନ୍ଦରୂପୀ ସଂସାରରେ ବୁଡ଼ି ରହୁଛି । ମାତ୍ର ସେ ଯେତେବେଳେ କୃଷ୍ଣପକ୍ଷରେ ଜୀବନ କାଟୁଛି– ଅଶାନ୍ତି, ଦୁଃଖ, ଦୁର୍ଘଟ୍ଟା ବା ଅବସାଦ ତା' ମନକୁ ଆଚ୍ଛନ୍ନ କରୁଛି । ପ୍ରତ୍ୟେକ ବ୍ୟକ୍ତି ଚାହେଁ କାକୁ ଯେମିତି ଦେହ-ଦୁଃଖ ମାଡ଼ି ନବସେ । କଷ୍ଟ, ଯାତନା ଓ ଯନ୍ତ୍ରଣାରେ ସେ କଲବଲ ନହେଉ । ଆଉ ଶେଷକୁ ତା' ଜୀବନ ସରସ ଓ ସୁଖମୟ ହେଉ । ଏଥିପାଇଁ ଆରମ୍ଭରୁ ସେ "ତମସୋ ମା ଜ୍ୟୋତିର୍ମୟ– ହେ ଈଶ୍ୱର, ମତେ ଅମା ଅନ୍ଧକାରରୁ ଆଲୋକକୁ, ଅସତ୍ୟରୁ ସତ୍ୟ ଓ ଦୁଃଖରୁ ସୁଖ ଆଡ଼କୁ ନେଇଯାଅ ।" ବୋଲି ସଦାସର୍ବଦା କାମନା କରିଥାଏ । ଆତ୍ମସାକ୍ଷାତକାର ପାଇଁ ଏପରିକା ଯାତ୍ରା ନିହାତି ଜରୁରୀ । ଆମେରିକା ଦାର୍ଶନିକ ଉଇଲିଅମ ଜେମ୍ସ କହିଛନ୍ତି- "ଆଲୋକ ଆଡ଼େ ଅଗ୍ରସର ହୋଇ–ମନୁଷ୍ୟ ତା' ଜୀବନର ଅନ୍ତର୍ନିହିତ ପ୍ରବୃତ୍ତିକୁ ବଦଲାଇ ପାରିଲେ ଜୀବନର ବାହ୍ୟଦିଗକୁ ବଦଲାଇ ପାରିବ ।"

ଜୀବନ ଏପରି ଏକ ପୁସ୍ତିକା ଯାହାର ପୃଷ୍ଠାରେ କିଛି ଅକ୍ଷର ଲେଖା ହୁଏ ରଙ୍ଗବେରଙ୍ଗର ଫୁଲରେ ତ' ଆଉ କିଛି ଅଙ୍ଗାରରେ । କଷ୍ଟ-ଅସୁବିଧା, ବିବଶତା, ଛଦ-କପଟ, ଉତ୍ତେଜନା, ଅବସାଦ, ଦୁର୍ଘଟ୍ଟା ଓ ବିଷାଦ ଜୀବନର ଅଭିନ୍ନ ଅଙ୍ଗ ବନିଯାଏ । ସେଥିପାଇଁ ମନ ସମୟେ ସମୟେ ମରୁଭୂମିର ଉତ୍ତପ୍ତ ବାଲୁକା ଭଳି ପ୍ରତୀତ ହୁଏ । ଜଣେ ବିଦ୍ୱାନ କହିଛନ୍ତି–

ପ୍ରକୃତରେ ଏ ଦୁନିଆରେ ଦୁଃଖ-କଷ୍ଟ କମିନାହିଁ ସିନା କିନ୍ତୁ ଏହି ଦୁଃଖ-କଷ୍ଟ, ଯାତନାକୁ ପାରହେବା ଲାଗି ମାର୍ଗ ଅନେକ ଆମ ସାମ୍ନାରେ ଉନ୍ମୁକ୍ତ। ମନୁଷ୍ୟ ପାଶେ ଯଦି ସଦ୍‌ବିଚାର, ବୁଦ୍ଧି-ବିବେକ ଓ ସନ୍ତୁଳିତ ବ୍ୟକ୍ତିତ୍ୱ ନରହିବ ତାହା ହେଲେ ଜୀବନ କ୍ଲେଶକର ଓ ବୋଝ ପରି ମନେ ହେବ। ମନୁଷ୍ୟ ଜୀବନରେ କ୍ରମାଗତ ଭାବରେ ସମସ୍ୟା ମୁଣ୍ଡ ଟେକୁଛି ଆଉ ଆଗକୁ ଉଙ୍କି ମାରିବ ମଧ। କାରଣ ସମସ୍ୟା ବିନା ଜୀବନ ବର୍ଣ୍ଣିଳ ଓ ବିବିଧତାଧର୍ମୀ ହୋଇପାରିବ ନାହିଁ। ଜୀବନ ସେତେବେଳେ ଯାଇ ସକାରାତ୍ମକ ହୋଇପାରିବ ଯେତେବେଳେ ଜୀବନର ପ୍ରତିଟି ଦୃଷ୍ଟିକୋଣ ବାସ୍ତବଧର୍ମୀ ହେବ। ବିଶ୍ୱ ସୁପ୍ରସିଦ୍ଧ ଚାଇନା ଲେଖକ ଠାଏ କହିଛନ୍ତି- "ଜୀବନ କେବଳ ଜିଇବା ପାଇଁ ନୁହେଁ ବରଂ ଉଦ୍ଦେଶ୍ୟ ପୂର୍ତ୍ତି ତଥା ଆଭ୍ୟନ୍ତରୀଣ ବିକାଶ ପାଇଁ ଉଦ୍ଦିଷ୍ଟ।"

ଏମାନେ ସବୁ କାଳନେମୀ ଓ ରାବଣଙ୍କ ପ୍ରତିରୂପ। କାଳନେମୀ ଜଟାଜୁଟ ହୋଇ ସନ୍ୟାସୀଙ୍କ ପରି ବସ୍ତ୍ର ପରିଧାନ କରି (ବାଆଜୀ ବେଶରେ) ରାସ୍ତା ପାର୍ଶ୍ୱରେ ଆଶ୍ରମ କରି ରହିଥିଲେ। ହିମାଳୟକୁ ବିଶଲ୍ୟକରଣୀ ଆଣିବା ଲାଗି ଯାଉଥିବା ହନୁମାନଙ୍କୁ ତାଙ୍କ ଗନ୍ତବ୍ୟ ପଥରେ ବିଭ୍ରାଟ ସୃଷ୍ଟି କରିବା ଉଦ୍ଦେଶ୍ୟରେ। ଆଉ ସମ୍ରାଟ ଦଶାନନ ଯେପରି ପଞ୍ଚବଟିକୁ ଯତି ବେଶ ଧରି ଯାଇଥିଲେ ଭିକ୍ଷା ବୃଇିକୁ ଆଶ୍ରୟ କରି। ସାଧୁଙ୍କ ପରି ଚିତାଚାଇତନ ହୋଇ ସତୁକ ଭଲି କପାଲରେ ହରି ମନ୍ଦିର (ଚିତା)କାଟି ଓ ଦ୍ୱାଦଶ ତିଳକ ଧାରଣ କରି ସନ୍ୟାସୀଙ୍କ ଭଲି ଗେରୁଆ ବସ୍ତ୍ର ପିନ୍ଧି ହାତରେ ଆଶାବାଡ଼ି ଓ କମଣ୍ଡଲୁ ଧରି ଯତିଙ୍କ ପରି ହରି ନାମ ଜପି କାନ୍ଧରେ ଭିକ୍ଷା ଝୁଲି ପକାଇ 'ଭିକ୍ଷାଂ ଦେହୀ ଭିକ୍ଷାଂ ଦେହୀ' ଉଚ୍ଚାରଣ କରୁଥିବା ରାବଣ ଆଚରଣରେ ସୀତାଙ୍କୁ ଚୋରାଇ ନେବାର ମାରାତ୍ମକ ମତଲବ ମନରେ ଗୋପନ ରଖିଥିଲେ।

କାରଣ ରାବଣ ଭଲ ଭାବରେ ଜାଣିଥିଲେ ଭେକ ଦେଖି ଭିକ୍ଷା ଦିଆଯାଏ। "କିଂ ବାସସା ନାତ୍ର ବିଚାରଣୀୟଂ ବାସଃ ପ୍ରଧାନଂ ଖଲୁ ଯୋଗ୍ୟତାୟାଃ, ପୀତାମ୍ୱରଂ ଦାକ୍ଷ୍ୟଦ ଦୌ ସ୍ୱକନ୍ୟାଂ ବୀତାମ୍ୱରଂ ଯତ୍ ଗରଲଂ ପୟୋଧି।" ଭେକ ଥିଲେ ଭିକ ମିଳେ। ଏକଥା ଆଦୌ ଅମୂଳକ ନୁହେଁ। ଭେକ ହିଁ ଯୋଗ୍ୟତାର ଏକ ପ୍ରଧାନ ପରିଚୟ। ଦେଖ ସମୁଦ୍ର ପୀତାମ୍ୱର ପରିଧାନ କରିଥିବା ବିଷ୍ଣୁଙ୍କୁ ନିଜ କନ୍ୟା (ଲକ୍ଷ୍ମୀ)କୁ ଦାନ କରିଥିଲେ। ଅଥଚ ବୀତାମ୍ୱର (ଲଙ୍ଗଳା) ହୋଇଥିବା ହେତୁ ଶିବଙ୍କୁ ବିଷ ଦେଇଥିଲେ। ଲୋକମାନଙ୍କ ମନରେ ବିଶ୍ୱାସ ଜନ୍ମାଇଲା ପରି ବେଶପୋଷକରେ ସଜ୍ଜିତ ହୋଇ ଆଚାର ଓ ଆଚରଣରେ ସାଧୁସନ୍ତୁଙ୍କ ପରି ଅଭିନୟ କରି (ଦେଖେଇ ହୋଇ) ବିଚାର ଓ ବ୍ୟବହାରରେ ସେପରି ନମୁନା ପ୍ରଦର୍ଶନ କରିପାରିନଥିବା ଦଶାନନ ଅନ୍ତରରେ ହଲାହଲ ବିଷ ଭରି ଆସିଥିଲେ। ଉଦ୍ଦେଶ୍ୟ ଥିଲା ସୀତାଙ୍କୁ ଚୋରାଇ ନେବା। କଳରେ ପକାଇ, କୌଶଳ ଦ୍ୱାରା, ଆବଶ୍ୟକ ହେଲେ ବଳ ପ୍ରୟୋଗ କରି, ଶକ୍ତି ଖଟେଇ, "କାୟେନ କୁରୁତେ ପାପଂ ମନସା ସଂପ୍ରଧାର୍ୟ ଚ, ଅନୃତଂ ଜିହ୍ୱୟା ଚାହତ୍ରିବିଧଂ କର୍ମ ପାତକମ୍।" ମନୁଷ୍ୟ ପ୍ରଥମେ ମନରେ ସ୍ଥିର କରି ଶରୀର ଦ୍ୱାରା ପାପ କରେ ଏବଂ ତାହା ଗୋପନ ରଖିବା ପାଇଁ ଜିହ୍ୱା ଦ୍ୱାରା ମିଛ କହିଥାଏ। ସୁତରାଂ ମାନସିକ, କାୟିକ, ବାଚନିକ ଭେଦରେ ପାପ ତିନି ପ୍ରକାରର। ସେହିପରି ଏମାନେ ସବୁ କାଳନେମୀ ଓ ରାବଣଙ୍କ ପରି ଅନେକ ଅପକର୍ମର ନାୟକ ହୋଇ ସନ୍ତୁ ବେଶରେ ଆସିଛନ୍ତି କାର୍ତ୍ତିକ ପୂର୍ଣ୍ଣିମାରେ ଦିଅଁ ଦର୍ଶନ ଲାଗି ମନ୍ଦିରକୁ। ଏମାନେ ଠାକୁରଙ୍କ ପ୍ରତ୍ୟେକ ବାରିରେ ମନ୍ଦିରକୁ ଆସିନଥାନ୍ତି। କେବଳ କାର୍ତ୍ତିକ ପୂର୍ଣ୍ଣିମା, ମକର, ଜାଗର ଦିନ ଓ ପଣା ସଂକ୍ରାନ୍ତିରେ ଏମାନଙ୍କୁ ଧବଳେଶ୍ୱରଙ୍କ ମନ୍ଦିରରେ ଦେଖିବାକୁ ମିଳେ। ଅନ୍ୟ ଦିନଗୁଡ଼ିକରେ ଏମାନେ ନିଜ ଧନ୍ଦାରେ ବ୍ୟସ୍ତ ଥାନ୍ତି। ସେତେବେଳେ ଠାକୁରଙ୍କୁ ଡାକିବାକୁ କିମ୍ବା ତାଙ୍କ ଦର୍ଶନ କରିବା ପାଇଁ ମନ୍ଦିରକୁ ଆସିବା ଲାଗି ଏମାନଙ୍କର ସମୟ ନଥାଏ। ଆହୁରି ମଧ ସେଥିପାଇଁ ତାଙ୍କ ପାଖରେ ସମୟ ବା କାହିଁ। ଯଦିଓ ସବୁଦିନ ପରି ଆଜିବି ଦିନକ ଚବିଶ ଘଣ୍ଟା। ଘଣ୍ଟାକ ଷାଠିଏ ମିନିଟ ଓ ମିନିଟିକ ଷାଠିଏ ସେକେଣ୍ଡ। ପ୍ରେମ ଓ ଭକ୍ତି-ଏ ଦୁଇଟି କାମରେ ନାଲଛେଇ ହେବା ଏବଂ ନେହୁରା ହେବା ଏକଦମ୍ ଯାଏଜ୍। କାରଣ ଉଭୟ ମାନସିକ ଉଚ୍ଚାଟନ ବା

ଉପ୍ପୀଡନ ସୃଷ୍ଟି କରିବାକୁ ସକ୍ଷମ। 'ପ୍ରେମ' ଓ 'ଧର୍ମ' କୁଆଡ଼େ ଆପଣାଛାଏ ମାଡ଼େ ଏବଂ ବିସ୍ତୃତ ହେବା ପରି-ତାହା କେତେକଙ୍କୁ ମୋତେ 'ମାଡ଼ି' ନଥାଏ। ସେମାନେ ସବୁ ବଡ଼ିଆ ସ୍ୱାମୀ ହୋଇ ପାରନ୍ତି-ମାତ୍ର ପ୍ରେମିକ କେବେ ବି ନୁହନ୍ତି। ବଡ଼ିଆ 'ଭକ୍ତ'- କିନ୍ତୁ ଜଟାଧାରୀ ବାଆଜୀ ନୁହନ୍ତି। ଜନସଂଖ୍ୟା ତୁଳନାରେ ପ୍ରେମିକ ଓ ଧାର୍ମିକ- ଏମାନଙ୍କ ସଂଖ୍ୟା ସବୁଠୁ କମ୍। ସୁତରାଂ ଅପ୍ରେମିକ ଏବଂ ଅଧାର୍ମିକଙ୍କ ଗହଲି ସମାବେଶରେ ଏଧାରା ହାରାହାରି ଚାଲେତ ! ଏଇ ଦୁଇଟି ଯାକ 'ବିଶ୍ୱାସ' ନାମକ ଗୋଟିଏ ଫଳକ୍ରମ ଉପରେ ଠିଆ ହୁଅନ୍ତି। ସେତୁ ପଡ଼ିଲେ, ଦି' ପଟେ ନର୍କ। ଉଭୟ ନିଜ ପାଇଁ ଚିହ୍ନ ରଖନ୍ତିନି, ସାକ୍ଷୀ ପ୍ରମାଣ ଇତ୍ୟାଦି ରାଜକୀୟ ହରକତଠାରୁ ଦୂରଛଡ଼ା ରହିଲେ ସେଗୁଡ଼ିକ ଅଧିକ ବିକଶିତ ପ୍ରାୟ ଲାଗନ୍ତି। "ରାଣାନେ ବିଷଦିୟା ମାନୋ ଅମୃତ ପ୍ରିୟା"(ମୀରା ଭଜନ) ପରି। ବିଶ୍ୱାସରେ ମରି କେଦାର-ଗୌରୀ ହୁଅ, କିଏ କାହିଁକି ମନା କରିବ ? ମାତ୍ର ବଞ୍ଚିବତ ପ୍ରେମ ଲୁଚେଇବାକୁ ପଡ଼ିବ।

ବିଶ୍ୱାସ ମାନେ 'ବିଶ୍ୱାସ' ତହିଁ କି ପ୍ରମାଣ ଖୋଜିଲେ ମିଳେ ଚୋପା। ଧରାଯାଉ ଦେଖୁଚୁ ତାଜମହଲ। ଦେଖିବାକୁ ମିଳେନି ସମ୍ରାଟ ଶାହାଜାନ ଓ ବେଗମ ମମତାଜଙ୍କ ପ୍ରେମର ଝର୍‌ଣା। ଭକ୍ତି ଓ ପ୍ରେମର ଦୃଶ୍ୟ ଅଦୃଶ୍ୟ ଦିଗଗୁଡ଼ିକର ତଉଲ ବିଚାର ଭାରି କଷ୍ଟ। ତେଣୁ ହରିବୋଲିଆ ଢଙ୍ଗରେ ଶାହାଜାନଙ୍କ ପ୍ରେମକୁ ନିଜ ପ୍ରେମ ବୋଲି କହି ଗୋଟିକରେ କାମ ଚଲାଇ ନେବା ଅଭ୍ୟାସ ମଣିଷ ପାଇଁ ଏକ ମୌଳିକ ସତ୍ୟ। ମାତ୍ର ସବୁ 'ଅପେକ୍ଷା' ମିଳନରେ ଶେଷ ହୁଏନି- ପ୍ରେମ ଇଲାକାରେ। ଅପେକ୍ଷା ଭାରି ସତର୍କଟ। ହେଲେ ହେଲା, ନହେଲେ ନାହିଁ। ତେଣିକି ଜଣେ ଆତ୍ମହତ୍ୟା କରିବ କି ନୂଆ ପ୍ରେମ ଅଣ୍ଡାଳିବ-ସେ ଦାୟିତ୍ୱ ତା'ର। ଏଥିପାଇଁ କେହି ତା' ପିଠିରେ ପଡ଼ିବେନି। ତାକୁ ସେଥିପାଇଁ ଆଗରୁ ବୁଝାଇ ଦିଆଯାଇଛି। ଆଜି ଯୁଗ କରାଳ। ଜୀବନର ଦାରୁଣ ସତକୁ ପାଉଡର, ସ୍ନୋ ମରା ଗପରେ ପରିଣତ କରି ସିନେମାବାଲା ତା' ଉପରେ ଫିଲ୍ମ କରି ଦେଉଛନ୍ତି। ପ୍ରେମରେ ଯାହା 'ଚାନ୍ଦ-ଏବଂ-ଇନ୍ତେଜାର' ଧର୍ମରେ ତା' ନାଁ-ବିଶ୍ୱାସ। ତାହା ଠାକୁର ଠାରୁ ଅସୁର ଯାଏ ସବୁ ପରିଚାଳିତ କରେ। ମନରେ ଶୂନ୍ୟ ଶୂନ୍ୟ ଆଶା କଳ୍ପନା ଆଶଙ୍କା ଇତ୍ୟାଦି ତିଆରି କରି ପରମବୀର ପରି ସମୟ ସହିତ ଲଢ଼ିବାକୁ ବାହାରି ମଣିଷ ଚଟାପଟ ଠାକୁରଙ୍କ ବେକରେ ଲଦି(ଛଦି)ହୋଇପଡ଼େ। ପ୍ରେମ ଓ ଧର୍ମ-ଯେହେତୁ ଉଭୟ ଅଧିକ ଭାବ-ଇଲାକାର କଥା, ସେଟି ଲୁଚେଇ ଲୁଚେଇ ନିଜକୁ ସମର୍ପଣ କରିବା ସହଜ ଲାଗେ।

ଜଣେ କେତେ ଭକ୍ତ ହେବ କିମ୍ବା ନାସ୍ତିକ ନତୁବା କେତେ ମଣିଷ କି ଅମଣିଷ ହେବ-ଏକଥା ଶ୍ରୀମଦ ଭଗବତ ଗୀତାରେ ପ୍ରାୟ ସ୍ଥିର ହେଇଛି। "ବାପରେ, କର୍ମ କରିଯା"। ଫଳ ଆଡ଼କୁ ମୋତେ ଅନାଇବୁନି। ସିଏ ଆପେ ମିଳିବ। ନମିଲେ ନାହିଁ। ଚିନ୍ତା ନକରି ଆଗକୁ ଯିବୁ। କର୍ମ ପାଖରେ ଅଟକିବା ତୋ' ଧର୍ମ ନୁହେଁ। ହୁସିଆର, ଧର୍ମ ଛଡ଼ା ହେବୁନି। କେହି ତୋ' ପିଠିରେ ପଡ଼ିବେନି। ଏଭାବକୁ କେହି ଅବିଶ୍ୱାସ କରନ୍ତିନି କାରଣ ସମସ୍ତେ ସେହିପରି ଅଭ୍ୟାସରେ ହିଁ ବଞ୍ଚନ୍ତି। ଯିଏ ଚୋର ନୁହେଁ-ସିଏ ଆଇପିସି ଦଫା! ନଜାଣିଲା ତ' କି ଭୁଲ୍‌ଟେ କଲା ? ତରକି ଥିବା କୋକି ଶିଆଳ ଖସିଲା ବେଳେ ପଛକୁ ନଅନେଇବ କେମିତି ? କର୍ମକୁ ବିଶ୍ୱାସ କରୁଥିବା ଲୋକେ ବି ପଛକୁ ଅନାନ୍ତି-କାଁ କିଛି ହେଉନି ତ'। ମଣିଷ ଏକ ଅସାଧ ଜୀବ। ଏତେବଡ଼ ଶୂନ୍ୟତା ସହି ପାରେନି। ବଞ୍ଚିବାକୁ ନାନା ଫନ୍ଦି ପିକ୍‌ର କରେ ଓ ମନଗଢ଼ା ଗପ ତିଆରି କରେ। 'ଗୀତା'କୁ ଗାଦିରେ ରଖି ପୂଜି ଗୁପ୍ତେ ଗୁପ୍ତେ ଆମେ ଠାକୁରଙ୍କୁ ମାନସିକ ଯାଉ।

କୌଣସି ନିର୍ଦ୍ଦିଷ୍ଟ ତିଥିରେ ମନ୍ଦିର ବା ପବିତ୍ର ପାଠଗୁଡ଼ିକରେ ଗହଲି ଲାଗେ। ଆମେ ଭାବୁ ଏହି ସମୟରେ ଉପାସନା କଲେ ବା ଦିଆଁ ଦର୍ଶନ କଲେ ବହୁତ ପୁଣ୍ୟ ମିଳେ। ଅନ୍ୟ ଦିନରେ ପୂଜା ଉପାସନାରେ ଆମର ସେତେ ଶ୍ରଦ୍ଧା ନଥାଏ। ବାସ୍ତବରେ ସବୁଦିନ ହିଁ ଭଗବାନଙ୍କ ଦିନ। ଯେତେବେଳେ ଭଗବାନଙ୍କଠାରେ ମନ ଲାଗିଗଲା ସେହିଦିନ ହିଁ ପବିତ୍ର ଦିନ। ଯେଉଁଠି ସତ୍ କର୍ମଟିଏ ହୋଇଗଲା ତାହାହିଁ ପୁଣ୍ୟ, ପବିତ୍ର ପାଠ।

ମନ୍ଦିରରେ ଠାକୁରଙ୍କ ଦର୍ଶନ କରିସାରି ଘରକୁ ଫେରିଲା ପରେ ସେମାନେ ନିଜ ଧନ୍ଦାରେ ଲାଗି ପଡ଼ନ୍ତି। ମନ୍ଦିରରେ ଥିବା ସମୟରେ ସଂସାର ପ୍ରତି ମନରେ ଉଦାସୀନତା ଥାଏ। ଘରକୁ ଫେରିଗଲା ପରେ ସେମାନଙ୍କ ମନରେ ପରିବର୍ତ୍ତନ ଘଟି ଯଥାପୂର୍ବ ତଥା ପରମ୍ ଅବସ୍ଥାକୁ ଆସିଯାଏ। ମଡ଼ା ସାଙ୍ଗିଆ ତୁଠ ସ୍ନାନ ସାରି ଘର ଦୁଆର ମୁହଁରେ ପହଞ୍ଚିବା ଯାଏ ଯେପରି ବୈରାଗ୍ୟ ଘାରିଥାଏ କିନ୍ତୁ ଏରୁଣ୍ଡି ବନ୍ଦ ଡେଇଁଲେ ପୁଣି ସଂସାର ମୋହ ଘାରେ। ସଂସାର ପ୍ରତି ତୁଟି ଆସୁଥିବା ମମତାରେ ନୂଆ ରଙ୍ଗ ଲାଗେ। କାରଣଟି ହେଲା ସେତେବେଳକୁ ମଶାଣି ପରୋକ୍ଷ ଏବଂ ଘର ସଂସାର ପ୍ରତ୍ୟକ୍ଷ। ତେଣୁ "ତତ୍ର ମତି ର୍ମମ" ବୋଲି ଆମ ମୁହଁରୁ ବାହାରିବାର ସମ୍ଭାବନା ରହିବ କୁଆଡ଼ୁ। ସେହିପରି ଏମାନେ ସବୁ ଓ ସେମାନଙ୍କ ଚରିତ୍ର ସେହିଭଳି ମଧ୍ୟ। ଆହୁରି ମଧ୍ୟ ଆମେ ବୁଝିବାକୁ ପ୍ରସ୍ତୁତ ନୁହଁନ୍ତି ଯେ, ଠାକୁରଙ୍କ ପାଖରେ ଛଳନା ଚଳେନା। ଛଳନା କଲେ ସେ ବାହାରକୁ ଠେଲି ଦିଅନ୍ତି। ଆମେ ତାଙ୍କୁ ଅନ୍ତର୍ଯ୍ୟାମୀ କହି ପୁଣି ତାଙ୍କ ପାଖରେ ଛଳନା କରୁଛନ୍ତି। ମନ୍ଦିର, ମସ୍‌ଜିଦ୍, ଚର୍ଚ୍ଚରେ ଧାର୍ମିକ ବୋଲାଉଛୁ। ବାହାରକୁ ଆସିଲେ ପୁଣି କୁକର୍ମରେ ମାତି ଯାଉଛୁ। ଏମିତି କାମ କରୁଥିବା ଲୋକମାନେ ଭାବନ୍ତି ପରମାତ୍ମା କେବଳ ଉପାସନା ପୀଠରେ ଅଛନ୍ତି। ବାହାରେ ନାହାଁନ୍ତି। ସବୁଆଡ଼େ ଓ ସବୁଠାରେ ଏବଂ ପ୍ରତ୍ୟେକ କ୍ଷେତ୍ରରେ ପରମାତ୍ମାଙ୍କୁ ଅନୁଭବ କରୁଥିବା ଲୋକ ହିଁ ପ୍ରକୃତ ମଣିଷ (ଭକ୍ତ)। ପୂଜା-ପାଠ, ସ୍ତୋତ୍ର-ମନ୍ତ୍ର, ପ୍ରାର୍ଥନା-ଅର୍ଚ୍ଚନା, ଜପ-ତପ, ଧ୍ୟାନ-ଧାରଣା, ଭୋଗ-ରାଗ, ଆଳତି-ଆରାଧନା, ଧୂପ-ଦୀପ ଇତ୍ୟାଦି ମାଧ୍ୟମରେ ଆମେ ପରମାତ୍ମାଙ୍କ ଉପାସନା କରୁ। କିଏ ଉପାସନା ପୀଠକୁ ଯାଆନ୍ତି ତ' କିଏ ଘରେ ବସି ଉପାସନା କରନ୍ତି। କେତେ ମହାତ୍ମା ମଠ, ଆଶ୍ରମରେ ଦିନ ବିତାଇ ଦିଅନ୍ତି। ଚିତା, ତିଳକ, ଚନ୍ଦନ, ମାଳି ଇତ୍ୟାଦି ଜପି କାହା ଜୀବନ ବିତିଯାଏ। କିଏ ସତ୍‌ସଙ୍ଗ ଯାଇ ଯାଇ ଶେଷରେ ମଶାଣିକୁ ଯାଆନ୍ତି। ବହୁ ବାର ପରମାତ୍ମାଙ୍କୁ ଅନୁସନ୍ଧାନ କରନ୍ତି। ତେବେ ସତରେ କ'ଣ ପରମାତ୍ମା ଡାକ ଶୁଣନ୍ତି ? ଫୁଲହାରଟିଏ ତୋଳି ମନ୍ଦିରରେ ଦେଲେ ସେ କ'ଣ ଜାଣନ୍ତି ? ମାଳ ଧରି ଦିନକୁ ଯେତେ ଜପିଲେ ଏଖବର କ'ଣ ତାଙ୍କ ପାଖରେ ପହଞ୍ଚେ ?

ବର୍ଷବର୍ଷ ଧୂପ, ଦୀପ, ନୈବେଦ୍ୟ ଧରି ଏ ମନ୍ଦିରରୁ ସେ ମନ୍ଦିରକୁ ଦଉଡ଼ୁଥିବା, ଆମ ଭିତରେ ଯଦି ଭକ୍ତି, ନିଷ୍ଠା, ସମର୍ପଣ ଭାବ ନଥିବ, ତା' ହେଲେ ଏସବୁ ଲୋକ ଦେଖାଣିଆ ପୂଜା ପାଠର କିଛି ବି ମୂଲ୍ୟ ନାହିଁ। ଆମେ ଯେଉଁଠି ରହିଲେ ସେଇଠି ରହିଯିବା, ନା ଆମ ଚେତନାର କିଛି ପରିବର୍ତ୍ତନ ହେବ ନା ଆମ ବୌଦ୍ଧିକ ଜ୍ଞାନର କିଛି ବିକାଶ ହେବ। ଧର୍ମ, ନୀତି, ନିୟମ ଏସବୁ ମନ ନିର୍ମିତ। ଦେଶ କାଳ, ପାତ୍ର ଓ ସମାଜ ନୀତି ଅନୁସାରେ ନିର୍ଦ୍ଧାରିତ ହୁଏ। ସମୟକ୍ରମେ ପରିବର୍ତ୍ତନ ବି ହୁଏ। କିନ୍ତୁ ନିର୍ଦ୍ଦିଷ୍ଟ ନୀତି, ନିୟମ ହିଁ ଧର୍ମ। ଅର୍ଥାତ ଗୋଟିଏ ରାଷ୍ଟ୍ର ନିୟମ ମହାନ ହୋଇଥିଲା ବେଳେ ତାହା ଅନ୍ୟ ରାଷ୍ଟ୍ର ପାଇଁ ପାପ। ଜାତି, ଦେଶ, କାଳ ଅନୁସାରେ ମନ ନିର୍ମିତ ଧର୍ମକୁ ଭିନ୍ନ ଭିନ୍ନ ରୂପରେ ଆଚରଣ କରାଯାଏ। ଆଜି ଏହି ଧର୍ମୀୟ ଭାବନାର ସଂକୀର୍ଣ୍ଣତା ଯୋଗୁଁ ଆମେ ଆଜି ପରସ୍ପର ମଧ୍ୟରେ କଳହ ରତ। ମଣିଷର ମନକୁ ଏହି ଧର୍ମର ଗଣ୍ଡି ଏପରି ଭାବେ ବାନ୍ଧି ରଖିଛି ଯେ, ଅନ୍ଧ ବିଶ୍ୱାସର ଅନ୍ଧ ପୁତୁଲି ସହଜରେ ଆମ ଆଖିରୁ ହଟୁନି।

ତେଣୁ ମନ୍ଦିର ଯିବା ନଯିବା ଉପରେ କାହାର ଆଧ୍ୟାତ୍ମିକ ଜୀବନ ଉପରେ କିଛି ବି ଫରକ ପଡ଼ିବ ନାହିଁ, ଯଦି ଆମେ ପ୍ରକୃତରେ ଧର୍ମ ଆଚରଣ କରିବାକୁ ଚାହୁଁଛେ। ତେବେ ଏ ସଂକୀର୍ଣ୍ଣ ଚିନ୍ତାଧାରାରୁ ଆମକୁ ପ୍ରଥମେ ମୁକୁଳିବାକୁ ପଡ଼ିବ। ଈଶ୍ୱର ପ୍ରାପ୍ତି ପାଇଁ ଆମକୁ କେଉଁ ଦେବାଳୟ ବା ମଠ, ମସ୍‌ଜିଦ ଯିବାର ଆବଶ୍ୟକତା ନାହିଁ। ସେ ସବୁଆଡ଼େ ପରିବ୍ୟାପ୍ତ। ଜଳ, ସ୍ଥଳ, ଆକାଶ, ପାତାଳ, ବିଶ୍ୱ, ବ୍ରହ୍ମାଣ୍ଡର ପ୍ରତ୍ୟେକଟି ଅଣୁପରମାଣୁରେ ସେ ଅବସ୍ଥିତ। ହୃଦୟର ଭକ୍ତି ଭାବ ଓ ସମର୍ପଣ ଭାବ ଦ୍ୱାରା ଆମେ ତାଙ୍କର ସାନ୍ନିଧ୍ୟ ଲାଭ କରିପାରିବା। ଅତୀତର ଅନେକ ଦୃଷ୍ଟାନ୍ତ ଆମ ଆଖି ସାମ୍ନାରେ ଅଛି। ସାଲବେଗ, ଦାସିଆ ବାଉରି, ବଳରାମ ଦାସ, ରଘୁ ଅରକ୍ଷିତ, ସୁଦାମା ଦରିଦ୍ର ଏମାନଙ୍କର ନିଷ୍ଠା, ଭକ୍ତି ଓ ସମର୍ପଣ ପାଖରେ ସ୍ୱୟଂ ଭଗବାନ ଚିରକାଳ ଲାଗି ବାନ୍ଧି ହୋଇଯାଇଛନ୍ତି। ଏମାନ ତ'କାଇଁ କେଉଁ ଦିନ ମନ୍ଦିର ଯାଇ ନଥିଲେ।

ଏମାନଙ୍କର ଭକ୍ତିର ଶକ୍ତି ଏତେ ଥିଲା ଯେ, ଶେଷରେ ଭଗବାନ ବି ଭକ୍ତ ପାଖରେ ନିଜକୁ ସମର୍ପଣ କରିଦେଉଥିଲେ। ଆମ ହୃଦୟର ଭାବ ଓ ଆକୁଳ ପ୍ରାର୍ଥନା ଯେତେ ଆନ୍ତରିକ ହେବ ଆମେ ସେତିକି ତାଙ୍କରି ସଭାକୁ ଅନୁଭବ କରିପାରିବା। ତେବେ ଆସନ୍ତୁ ଈଶ୍ୱରଙ୍କୁ ଅନ୍ୟ କେଉଁଠି ନଖୋଜି ନିଜ ଭିତରେ ଖୋଜିବା ଓ ଆପଣା ଆତ୍ମାରେ ବାସ କରାଇ ଶିଖିବା।

ଈଶ୍ୱର କୌଣସି ସ୍ଥୂଳ ବସ୍ତୁ ନୁହଁନ୍ତି। ତାଙ୍କୁ ସବୁଠାରୁ ସୂକ୍ଷ୍ମ ଅଚିନ୍ତ୍ୟ ଶକ୍ତି ରୂପେ କଳ୍ପନା ମାତ୍ର କରାଯାଇପାରେ। କଳ୍ପନା ଯେତେବେଳେ ଏକାଗ୍ର ହୋଇ ଚିନ୍ତ୍ୟଶକ୍ତିରେ ରୂପାନ୍ତର ହୁଏ। ସେତେବେଳେ ତାଙ୍କୁ ପାଇବା ବା ଦର୍ଶନ କରିବାର ସମ୍ଭାବନା ଜାତ ହୁଏ। ଏଥିପାଇଁ ଈଶ୍ୱରଙ୍କର ବିବିଧ ରୂପ କଳ୍ପନା କରିବାର ବିଧାନ ଶାସ୍ତ୍ରମାନଙ୍କରେ ବର୍ଣ୍ଣନା କରାଯାଇଛି। ଯାହା ସ୍ୱୟଂ ବିଭାଜିତ ହୋଇ ସକଳ ପଦାର୍ଥ ଓ ପ୍ରାଣୀଙ୍କ ସହିତ ମାଲ ମାଲ ବିଶ୍ୱ ବ୍ରହ୍ମାଣ୍ଡ ସୃଷ୍ଟି ହୋଇଛି। ତାହାର ସଭା ଯେ ଆଦୌ ନାହିଁ। ଏପରି ଭାବିବା ଅମୂଳକ ହେବ। ଲୋକମାନେ ଈଶ୍ୱରଙ୍କୁ ସର୍ବବ୍ୟାପକ ଏବଂ ସର୍ବଶକ୍ତିମାନ କହନ୍ତି। ତାଙ୍କୁ ପାଇବା ପାଇଁ ମନ୍ଦିରରେ ପହଞ୍ଚନ୍ତି। ବିଭିନ୍ନ ଧର୍ମାଳୟୀମାନେ ନାନାଦି ଉପଚାର କରନ୍ତି। କିଏ ବାର ଦେଖି ମସ୍ଜିଦ ଯାଏ। ପୁଣି ଚର୍ଚ୍ଚରେ ବାର ଅନୁସାରେ ପ୍ରାର୍ଥନା ବି ହୁଏ। କାରଣ ଆମମାନଙ୍କର ଧାରଣା ଈଶ୍ୱର ହିଁ ଉପାସନା ପୀଠମାନଙ୍କରେ ସହଜରେ ମିଳିଯାଆନ୍ତି। କିନ୍ତୁ ଏଟିକି ବୁଝିବାକୁ ହେବ ଈଶ୍ୱର କୌଣସି ଫଟୋ, ମୂର୍ତ୍ତି ବା ବସ୍ତୁ ନୁହନ୍ତି ଯେ ତୁମେ ଗଲ ଆଉ ତାଙ୍କୁ ଉଠାଇ ଆଣିଲ। ଈଶ୍ୱର ଏକ ଅନୁଭବ। ତାଙ୍କୁ ପାଇବା ପାଇଁ ନିର୍ଦ୍ଦିଷ୍ଟ ସ୍ଥଳୀ ନାହିଁ। ସେ ସଚରାଚରରେ (ପୁରୀ) ଅଛନ୍ତି। ପ୍ରତି ମୁହୂର୍ତ୍ତରେ ସେ ଆମରି ଭିତରେ ଓ ଚାରିପାଖରେ ଅଛନ୍ତି। ବାସ୍ତବରେ ଐଶ୍ୱରୀୟ ସଭା ଏକ ଅନୁଭବର ବିଷୟ। ତାଙ୍କୁ କେହି ହାତରେ ଧରିଆଣିପାରିବ ନାହିଁ ବା ବସ୍ତୁଟିଏ ଭଲି ହାତରେ ଧରାଇ ଦେଇ ପାରିବ ନାହିଁ। ସେ ଆମର ଅନୁଭବ ପରିସରକୁ ଆସନ୍ତି। ଈଶ୍ୱର ନିଜ ରୂପରେ ନୁହେଁ, ନିଜ କାର୍ଯ୍ୟରେ ତାଙ୍କ ଅସ୍ତିତ୍ୱର ସୂଚନା ଦିଅନ୍ତି। ବେଲେବେଲେ ଆମେ ବିପଦ ବା ସମସ୍ୟାରେ ପଡ଼ିଲେ ତାଙ୍କୁ ସ୍ମରଣ କରୁ। ଭଗବାନ କ'ଣ ଆମକୁ କେବଳ ବିପଦରୁ ରକ୍ଷା କରିବାକୁ ଅଛନ୍ତି ନହେଲେ ଅନ୍ୟ ବେଲେ ନାହାନ୍ତି। ଆମ ସୁଖ ବେଲେ ନାହାନ୍ତି ? ସେ ତ' ସବୁବେଲେ ଅଛନ୍ତି। ମୁଖ୍ୟ କଥାଟି ହେଉଛି ଯେତେବେଳେ ଆମକୁ ବିପଦ ପଡ଼େ ଅସୁବିଧା ଆସେ ଆମେ ତାଙ୍କୁ ସ୍ମରଣ କରୁ। ଆମ ପାଇଁ ପଥର ଭଲି ହୋଇଥିବା ଟାଣ ଓ ଓଜନିଆ ବିପଦଟି ପତର ପରି ହାଲୁକା ଓ ନରମ ବୋଧ ହୁଏ। ଏହି ସମସ୍ୟାରୁ ଆମେ ଅନୁଭବ କରୁ ଭଗବାନ ଆମ ପାଇଁ ଅଛନ୍ତି। କିନ୍ତୁ ସେ ପରା ସବୁବେଲେ ଆମ ପାଖୋ ପାଖୋ ଅଛନ୍ତି। ଆମେ କେବଳ ବିପଦ ବା ସମସ୍ୟାରେ ପଡ଼ି ତାଙ୍କୁ ଡାକିଥାଉ ଏବଂ ସେହି ସମସ୍ୟାଟି ଚଲିଗଲେ ତାହା ବୁଝିପାରୁ। ପୁଣି ନୂଆ ବିପଦ ବା ସମସ୍ୟାଟିଏ ନଆସିବା ଯାଏ ତାଙ୍କୁ ସହଜରେ ମନେ ପକାଇପାରୁନା। ଏହା ଘଟେ ସାଧାରଣ ମଣିଷଙ୍କ କ୍ଷେତ୍ରରେ। କିନ୍ତୁ ଅନେକ ଅଛନ୍ତି ଯେଉଁମାନଙ୍କ ମନ ବାରମ୍ବାର ତାଙ୍କୁ ଅନୁଭବ କରେ। ଆମ ସମସ୍ତଙ୍କ ପାଖରେ ସେ ଅଛନ୍ତି ଅଥଚ ଆମେ ତାଙ୍କୁ ଅନୁଭବ କରିବା ହେଉଛି ଗୋଟିଏ ନିଆରା ଅନୁଭବ।

ଆମେ ଈଶ୍ୱରଙ୍କୁ ମନ୍ଦିର, ମସଜିଦ, ଚର୍ଚ୍ଚ, ଗୁରୁଦ୍ୱାରରେ ଖୋଜୁ। ଆମମାନଙ୍କର ବୁଝିବା ଦରକାର ସେ ଆମରି ଭିତରେ ଲୁଚିଛନ୍ତି। ଖାଲି ଆମ ଭିତରେ ନାହାନ୍ତି। ଆମ ଚାରିପାଖରେ ଅଦୃଶ୍ୟ ଭାବରେ ଅଛନ୍ତି। ତାଙ୍କୁ ଦେଖିବା ଯେତିକି ଜରୁରୀ ନୁହେଁ ତାଙ୍କୁ ଅନୁଭବ କରିବା ଅଧିକ ଜରୁରୀ। ଜଣେ ବ୍ରାହ୍ମକବି ମଧୁସୂଦନ କହିଲେ– ମନ୍ଦିର ଯିବାର ଆବଶ୍ୟକତା ନାହିଁ। କାରଣ ନିଜଠାରେ ଶ୍ରଦ୍ଧା, ଭକ୍ତି, ପ୍ରୀତି, ଦୟା, ଶୁଭକାଂକ୍ଷା ଭଲି ଦିବ୍ୟ ଗୁଣଗୁଡ଼ିକ ସମାବେଶ କରିପାରିଲେ ସେଥିରେ ଈଶ୍ୱର ବିଦ୍ୟମାନ। ତାଙ୍କୁ ଦର୍ଶନ ପାଇ ପାରିବ।

"ନ ଦେବୋ ବିଦ୍ୟତେ କାଷ୍ଠେ ପାଷାଣେ ନ ଚ ମୃଣ୍ମୟେ। ଭାବେ ହି ବିଦ୍ୟତେ ଦେବସ୍ତସ୍ମାଦ୍ ଭାବେ ହି କାରଣମ୍।" ଦେବଦେବୀ କାଷ୍ଠ ପାଷାଣ କିମ୍ବା ମାଟି ମୂର୍ତ୍ତିରେ ନଥାନ୍ତି। ସେମାନେ କେବଳ ଭାବନାରେ ହିଁ ରହିଥାଆନ୍ତି। ତେଣୁ ଭାବନା ହିଁ ଦେବତ୍ୱ ଲାଭର ମୁଖ୍ୟ କାରଣ ଅଟେ।

ଭଗବାନ ସର୍ବତ୍ର ବିଦ୍ୟମାନ କିନ୍ତୁ ଲୋକମାନଙ୍କର ସାଧାରଣ ଚକ୍ଷୁରେ ଦୃଷ୍ଟିଗୋଚର ହୁଅନ୍ତି ନାହିଁ। ସେ ପ୍ରଣବ ଧ୍ୱନି ବା ଶବ୍ଦବ୍ରହ୍ମ ରୂପେ ପରିଚିତ। ଜଗତ ଅର୍ଥ ଜନ୍ମ ଓ ଗତ ଅର୍ଥାତ ଯାହା ଯାଏ ଓ ଆସେ। ଯାହାର ଆରମ୍ଭ ଓ ଶେଷ ଅଛି। ଏହାକୁ ମଧ୍ୟ ଦୁନିଆ କୁହାଯାଏ ଏବଂ ଜୀବନ ଅନ୍ତୁଡ଼ିଶାଳର ନିଆଁରୁ ଆରମ୍ଭ ହୋଇ ଶ୍ମଶାନର ଚିତା ନିଆଁରେ ଶେଷ ହୁଏ। ଯେପରି ସିନେମାର ପରଦା ଉପରେ ଚିତ୍ର ଦେଖାଯାଏ ଓ ବଦଳୁଥାଏ କିନ୍ତୁ ପରଦା ସ୍ଥିର ଥାଏ। ଠିକ୍ ସେହିପରି ବ୍ରହ୍ମ ସ୍ଥିର ଥାଏ। ମନୁଷ୍ୟ ମାୟାରେ ଆସକ୍ତ ହୋଇ ସ୍ରଷ୍ଟାଙ୍କ କଥା ଭୁଲିଯାଏ। ଗୋଟିଏ ଅନ୍ଧ ଲୋକ ପଥର ପ୍ରାଚୀର ଚତୁଃପାର୍ଶ୍ୱରେ ହାତ ମାରି ବୁଲୁଛି। ଠିକ୍ ଦ୍ୱାର ଦେଶ ନିକଟ ହେଲା ବେଳକୁ ହାତ ନମାରି ଚାଲିଗଲା। କାରଣ ତା' ହାତ ସେତେବେଳେ ଦେହ କୁଣ୍ଢାଇବାରେ ବ୍ୟସ୍ତ ରହିଲା। ପୁନଶ୍ଚ ସେ ପ୍ରାଚୀରକୁ ଧରି ଅଗ୍ରସର ହେଲା। ଏପରି ବହୁବାର ହେବାରୁ ସେ ପ୍ରାଚୀର ବାହାରକୁ ଯାଇ ପାରିଲା ନାହିଁ ଏହା ଏକ ପ୍ରତୀକ। ସଂସାର ବେଢ଼ା ରୂପକ ପ୍ରାଚୀରରେ ଆସକ୍ତି (କୁଣ୍ଢେଇ ହେବା) ଯୋଗୁ ମୁକ୍ତିର ଦ୍ୱାର ବାଟେ ଅଜ୍ଞାନୀ ବ୍ୟକ୍ତି (ଅନ୍ଧ ଲୋକ)ଟି ଯାଇପାରିଲା ନାହିଁ। ତେଣୁ ଆମେ ସୃଷ୍ଟି ଓ ସ୍ରଷ୍ଟାଙ୍କ ବିଷୟରେ ସଠିକ୍ ରୂପେ ଅବଗତ ହେବା ଉଚିତ୍।

ସତ୍ୟ ଧର୍ମର ଆତ୍ମା ହେଲେ ଦେବାଳୟ ତା'ର ଶରୀର। ଶରୀର ଯେମିତି ଆତ୍ମା ପ୍ରକାଶନର ଏକ ହେତୁ ସେମିତି ଧାର୍ମିକ ପ୍ରତୀକ ସତ୍ୟ ପ୍ରକଟନର ଏକ ମାଧ୍ୟମ। ଏହି ଦୃଷ୍ଟିରୁ ଚିଠି ଓ ଲଫାପା ଭଳି ଧର୍ମ ଓ ଧର୍ମାଳୟ ଖୁବ୍ ଉପଯୋଗୀ ତଥା ସାର୍ଥକ ଯୋଡ଼ି। ଲଫାପା ଚିଠି ପ୍ରେରଣାର ଏକ ଶକ୍ତିଶାଳୀ ମାଧ୍ୟମ। କେହି ଯଦି ଲଫାପାକୁ ଚିଠି ବୋଲି ବୁଝେ ତାହାଲେ ଏହା ତା'ର ନିର୍ବୋଧତା ଛଡ଼ା ଆଉ କିଛି ନୁହେଁ। ସେହିପରି ଦେବାଳୟ ଆଦି ପ୍ରତୀକ ଚିତ୍ତ ବା ମନ ଶୁଦ୍ଧିକରଣର ବଳିଷ୍ଠ ସାଧନ। କେହି ଯଦି ଦେବାଳୟକୁ ଦୁରୁପଯୋଗ କରେ ଏଥିରେ ଦେବାଳୟର କିଛି ଦୋଷ ନଥାଏ। ସେହିପରି ବସ୍ତ୍ର ଦେହ ଢାଙ୍କିବା ଲାଗି ଉର୍ଦ୍ଦିଷ୍ଟ। ଏହାକୁ ଯଦି କେହି ବେକରେ ଗୁଡ଼ାଇ ଆତ୍ମହତ୍ୟା କରେ ଏଥିରେ ବସ୍ତ୍ରର କି ଦୋଷ ଅଛି। ପୌରାଣିକ ଗାଥା, ଧାର୍ମିକ କଳା ଏବଂ ଧର୍ମ ଗ୍ରନ୍ଥର ସଂସର୍ଗରେ ଆସୁଥିବା ଜୀବନ ଭିତରୁ ପୂତ ପବିତ୍ର ହେବା ଭଳି ମନେ ହୁଏ। ଡକାୟତ ସର୍ଦ୍ଦାର ସନ୍ତ ବନିଯାଏ ଏବଂ ବ୍ୟଭିଚାରୀ ପାଲଟିଯାଏ ସଦାଚାରୀ। ବାସ୍ତବରେ ଆନନ୍ଦ ଓ ଶାନ୍ତିରେ ଜୀବନ ଜିଇବାର ମଜାଥାଏ। ଈଶ୍ୱର ଜୀବିତ। ସେହି ଦୃଷ୍ଟିରୁ ତାଙ୍କ ଅସ୍ତିତ୍ୱର ସାର୍ଥକତା ପ୍ରତିପାଦିତ। ତେବେ ଧାର୍ମିକ ପ୍ରତୀକକୁ ସାଧାରଣ ଚିହ୍ନ ରୂପେ ବୁଝିବାଟା ସଂପୂର୍ଣ୍ଣ ରୂପେ ଭୁଲ। ପ୍ରତୀକ ଜୀବନ୍ତ ହେଲେ ଚିହ୍ନ ହୁଏ। ନିଷ୍ପ୍ରାଣ ଚିହ୍ନ ଖାଲି ବସ୍ତୁକୁ ନିର୍ଦ୍ଦେଶ କରେ। ଅପରପକ୍ଷେ ପ୍ରତୀକ ପ୍ରତିନିଧିତ୍ୱ କରେ ସତ୍ତାକୁ। ଚିହ୍ନର ବସ୍ତୁ ସହିତ ଘନିଷ୍ଠ ସଂପର୍କ ଥିବାବେଳେ ପ୍ରତୀକ ଈଶ୍ୱରଙ୍କ ସହିତ ଓତପ୍ରୋତ ଭାବେ ଜଡ଼ିତ ଥାଏ। ଚାରି ରାସ୍ତାର ମିଳିତ ଛକ ମଝିରେ ଥାଏ ଲାଲ ବତିର ଏକ ଚିହ୍ନ। ଯେଉଁଠୁ ଯାତ୍ରୀଙ୍କୁ ଅଟକିବାକୁ ନିର୍ଦ୍ଦେଶ ମିଳେ। ଶ୍ୱେତ ଧ୍ୱଜା ଶାନ୍ତିର ପ୍ରତୀକ। ତ୍ରିରଙ୍ଗା ପତାକା ଭାରତ ମାତାର ଗରିମାର ପ୍ରତୀକ। ତେବେ ଚିହ୍ନର ବିପରୀତ ପ୍ରତୀକ ବି ଶକ୍ତି ଓ ସତ ପ୍ରେରଣା ପ୍ରଦାନ କରେ ବ୍ୟକ୍ତିକୁ। ଯେମିତି ରାମଭକ୍ତ ପାଇଁ ଶ୍ରୀରାମଙ୍କ ପ୍ରତିମା ପ୍ରତି ଅପମାନ ପ୍ରଭୁ ଶ୍ରୀରାମଙ୍କୁ ଅପମାନ ଦେବାକୁ ହିଁ ବୁଝାଏ। ସ୍ୱୟଂ ଶ୍ରୀରାମଙ୍କ ମୂର୍ତ୍ତିରେ ଭକ୍ତ ଭଗବାନ ଶ୍ରୀରାମଙ୍କ ଗୁଣାବଳୀକୁ ନିରୀକ୍ଷଣ କରେ ଏବଂ ସେ ଗୁଣକୁ ନିଜ ଜୀବନରେ ଉଦାରିବାକୁ ପ୍ରୟାସ କରେ। ସୁତରାଂ ମୂର୍ତ୍ତିରେ ପ୍ରାଣ ପ୍ରତିଷ୍ଠା କରିବାର ଏହା ହେଉଛି ରାମ ଭକ୍ତଙ୍କ ପରମ ଉଦ୍ଦେଶ୍ୟ। ପ୍ରତ୍ୟକ୍ଷ ପ୍ରତୀତ ପ୍ରତିମା ଜରିଆରେ ଭକ୍ତ ଅଗୋଚର ପରମେଶ୍ୱରଙ୍କ ଅଭିମୁଖେ ଅଗ୍ରସର ହୁଏ। ପ୍ରତୀକ-ଏହା ହେଉଛି ଏକ ସ୍ୱଚ୍ଛ ଦର୍ପଣ, ଯାହା ବଳରେ ଭକ୍ତ ପରମାତ୍ମାଙ୍କ ସତ୍ତାକୁ ଉପଲବ୍ଧି କରେ। ପ୍ରଭୁ ଶ୍ରୀରାମଙ୍କ ପ୍ରତିମା ଅନ୍ୟ ଧର୍ମାବଲମ୍ବୀମାନଙ୍କୁ ଆକୃଷ୍ଟ କରିନପାରେ। କାରଣ ଏହି ପ୍ରତିମା ସେମାନଙ୍କ ଲାଗି ପ୍ରତୀକ ପରିବର୍ତ୍ତେ କେବଳ ହିନ୍ଦୁ ଧର୍ମର ଚିହ୍ନ ରୂପେ ପରିଗଣିତ ହୁଏ।

"ନାହଂ ତିଷ୍ଠାମି ବୈକୁଣ୍ଠେ, ମୁନିନାଂ ହୃଦୟେ ନ ଚ, ମଦ୍‌ଭକ୍ତା ଯତ୍ର ଗାୟନ୍ତି, ତତ୍ର ତିଷ୍ଠାମି ନାରଦ ।"(ପଦ୍ମ ପୁରାଣ) ଭଗବାନ ତାଙ୍କର ଶ୍ରେଷ୍ଠ ଭକ୍ତ ନାରଦଙ୍କୁ କହୁଛନ୍ତି- "ମୁଁ ବୈକୁଣ୍ଠରେ ନଥାଏ କିମ୍ବା ମୁନି ଋଷିମାନଙ୍କ ହୃଦୟରେ ରହେନାହିଁ । ମୋର ଭକ୍ତମାନେ ଯେଉଁଠି ମୋତେ ଯେପରି ଭାବେ ଲୋଡ଼ନ୍ତି, ମୁଁ ସେଇଠି ସେପରି ଭାବେ ବିଦ୍ୟମାନ ।" ପଦ୍ମପୁରାଣର ଏହି କଥାକୁ ମହାନ ଯୋଗୀ ଶ୍ରୀ ଅରବିନ୍ଦ ମାନିବାକୁ ପ୍ରସ୍ତୁତ ନୁହନ୍ତି । ତାଙ୍କ ମତରେ ଏହା ଏକ ଅଭୁତ ଘଟଣା ଯେ ମଣିଷ ଭଗବାନଙ୍କୁ ଭଲ ପାଇପାରେ ଅଥଚ ସେ ମନୁଷ୍ୟକୁ ଭଲ ପାଇପାରେ ନାହିଁ । ତାହା ହେଲେ କାହାକୁ ସେ ଭଲ ପାଏ । (ଶ୍ରୀ ଅରବିନ୍ଦ) ଆଉ ବେଦତ କହିଲେ- "ନାୟମାତ୍ମା ପ୍ରବଚନେନ ଲଭ୍ୟୋ ନ ମେଧୟା ନ ବହୁନା ଶ୍ରୁତେନ । ଯମେବୈଷ ବୃଣୁତେ ତେନ ଲଭ୍ୟଃ ତସ୍ୟୈଷାତ୍ମା, ବିବୃଣୁତେ ତନୁଂ ସ୍ୱାମ୍ ।" ଅର୍ଥାତ ଜ୍ଞାନ, ପ୍ରବଚନ ଆଦିରେ ଅଦୌ ନୁହେଁ, ତମେ ଯାହାକୁ ବାଛିବ ସେ ତମକୁ ପାଇବ ।

ଲୋକଦେଖାଣିଆ ଜପତପ, ଧ୍ୟାନ, ଧାରଣାରେ କିଛି ମୂଲ୍ୟ ନଥାଏ । ପ୍ରତ୍ୟେକ କାମରେ ନିଷ୍ଠା, ଆନ୍ତରିକତା, ଶ୍ରଦ୍ଧା, ସଦିଚ୍ଛା ଆବଶ୍ୟକ । ନହେଲେ ସବୁ ନିଷ୍ଫଳ ଜାଣ । କାରଣ ଆଧ୍ୟାତ୍ମିକ ଅନୁଶାସନ ମିଲିଟାରୀ ଶାସନଠାରୁ ଭାରି କଡ଼ା । "ଯେ ଯଥା ମାଂ ପ୍ରଣଦ୍ୟନ୍ତେ ତାଂସ୍ତଥୈବ ଭଜାମ୍ୟହମ୍ । ମମ ବତ୍ମାର୍ନୁବର୍ତ୍ତନ୍ତେ ମନୁଷ୍ୟାଃ ପାର୍ଥ ସର୍ବଶଃ ।"(ଗୀତା)ରେ ଭକ୍ତ, ମତେ ତୁ ଯେମିତି ଖୋଜିବୁ ସେମିତି ପାଇବୁ । ଏହା ମନୁଷ୍ୟମାନେ ପିଢ଼ି ପରେ ପିଢ଼ି ପାଳନ୍ତି । ରେ ପାର୍ଥ ତୁ ବି ପାଳିବୁ ।

କିନ୍ତୁ ମଣିଷର ବିଜ୍ଞାନ ସମ୍ମତ ଧର୍ମ ତତ୍ତ୍ୱଠାରୁ ଦୂରେଇ ରଖାଯାଇ ମନ୍ଦିର ଦେବତା ଏବଂ କେତେକ ସ୍ୱାର୍ଥନ୍ୱେଷୀ ଗୋଷ୍ଠୀଙ୍କ ପ୍ରଦତ୍ତ ତତ୍ତ୍ୱ ଅର୍ଥାତ ପ୍ରଦତ୍ତ ସଂଜ୍ଞା ଏବଂ ତଦନୁଯାୟୀ ଭକ୍ତ ତତ୍ତ୍ୱକୁ ସଂଯୋଜିତ କରି ଏକ ଦେବ ତଥା ଦେବସ୍ଥାନ, ମନ୍ଦିର, ମସ୍‌ଜିଦ, ଗିର୍ଜା ପ୍ରଭୃତି ଗଢ଼ାଯାଇଛି । ଉପର୍ୟ୍ୟୁକ୍ତ ପଂକ୍ତିରୁ ପ୍ରତୀତ ହୁଏ ଯେ, ନିର୍ଦ୍ଦିଷ୍ଟ ଗୋଷ୍ଠୀ ନିର୍ଦ୍ଦିଷ୍ଟ ଧର୍ମତତ୍ତ୍ୱ ଅନୁସରଣ କରେ ଏବଂ ନିଜର ତତ୍ତ୍ୱର ପ୍ରଚାର ପ୍ରସାର କରେ । ପ୍ରଚାର ପ୍ରସାରଣ କରିବା ଦ୍ୱାରା ଭାବି ନିଏ ସେ ତା'ର ଧର୍ମ ସେବା କରୁଛି । ସମଗ୍ର ଦେଶରେ, ବିଶ୍ୱରେ ପ୍ରତ୍ୟେକ ଗୋଷ୍ଠୀ ନିଜ ନିଜ ଧର୍ମର ପ୍ରଚାର ପ୍ରସାର କରିବା ଅବସରରେ ଅନ୍ୟଧର୍ମ ପ୍ରତି କଠୋର ହୋଇ ପଡ଼ିବା ଓ ଅନ୍ୟ ଧର୍ମର ନିନ୍ଦା ଗାନ କରିବା ଆମ ଅକ୍ଷତା ଏବଂ ଏହା ଧର୍ମ ତତ୍ତ୍ୱର ବିରୋଧାଭାସ କରେ ।

ହୋମର ଧର୍ମରୁ ମନ୍ତ୍ର-ତନ୍ତ୍ର ହେତୁ ତତ୍ତ୍ୱ ନିର୍ମୂଲ କରି ବିଚାରର ବୀଜ ବୁଣିଲେ । ସାମାଜିକ ବିପ୍ଳବ ପରେ ଯେଉଁଠାରେ ବାମପନ୍ଥୀ ଚିନ୍ତାଧାରା ଜନ୍ମ ନେଲା ସେଠାରେ ଧର୍ମକୁ କୁହାଗଲା- 'ଅଫିମ ନିଶା' । ପଛକୁ ଚାହିଁଲେ ଆମ ଆଗରେ ପୁରାତନ ସମାଜର ମୁହଁ ଦେଖାଯାଏ । ପୁରାତନ ସମାଜ ଆଧ୍ୟାତ୍ମଶୀଳ ହେଲେ ମଧ ଏହାକୁ ଏକ ପ୍ରକାର ଭାଗ୍ୟବାଦୀ ସମାଜ ଥିଲା ବୋଲି କୁହାଯାଏ । ବୈଦିକ ସଂସ୍କୃତିରେ ଦୈବୀଦୁର୍ବିପାକ ବିନାଶ ପାଇଁ ଓ ବୃଷ ବନସ୍ପତି ସମ୍ପନ୍ନ ପାଇଁ ଯାଗଯଜ୍ଞରେ ଦେବଶକ୍ତିକୁ ଆବହନ କରାଯାଇ ସେମାନଙ୍କ ଉଦ୍ଦେଶ୍ୟରେ ଆହୁତି (ହବି) ପ୍ରଦାନ କରାଯାଉଥିଲା । ଆଜି ଧର୍ମର ଅନ୍ତର୍ଗୁଣ ମିଲେଇ ଯାଇଛି । ଏହା ଧନ୍ଦା ଓ ଫନ୍ଦାରେ ପରିଣତ ହୋଇଛି । ସଦାଚାର ଓ ବିବେକଶୀଳତା ଠାରୁ ବଳି ଧର୍ମ ନାହିଁ ।

ପୃଥିବୀରେ ଯେତେ ଧର୍ମ ଅଛି ସେ ସବୁର ଗୋଟିଏ ମାତ୍ର ମୂଲମନ୍ତ୍ର- ଅହିଂସା ଓ ପ୍ରେମ । ଏହା ହିଁ ମାନବିକତା ବା ମାନବ ଧର୍ମ । ଯଦି ଜଣେ କୌଣସି ଧର୍ମର ଅନ୍ୟାନ୍ୟ ନୀତି ନିୟମ କର୍ମକାଣ୍ଡ ପାଳନ ନକରି କେବଳ ଅହିଂସା ଓ ପ୍ରେମକୁ ଜୀବନର ବ୍ରତ ବୋଲି ଧରି ନିଏ ତେବେ ତାକୁ ପରମ ଧାର୍ମିକ କୁହାଯିବ । କିନ୍ତୁ ଏବେ ଧର୍ମର ମୂଲଲକ୍ଷ୍ୟରୁ ଦୂରେଇଯାଇ କେବଳ ଆଚାର ଓ କର୍ମକାଣ୍ଡକୁ ଧର୍ମ ବୋଲି ଧରି ନିଆଯାଉଛି । ଅବଶ୍ୟ ଧର୍ମପାଳନ ପାଇଁ ଆଚାର ପ୍ରଥମ ଆବଶ୍ୟକତା ଯାହା ହେଉଛି ସଦାଚାର କିନ୍ତୁ କଦାକାର କେବେ ନୁହେଁ । ଏହି ଆଚାର ପୁଣି ଦୁଇ ପ୍ରକାର ଯଥା-

ମାନସିକ ପବିତ୍ରତା ଓ ଶାରୀରିକ ପବିତ୍ରତା। ପ୍ରଥମଟି ଦ୍ୱିତୀୟ ଅପେକ୍ଷା ଗୁରୁତ୍ୱପୂର୍ଣ୍ଣ। କିନ୍ତୁ ଏବେ ଶାରୀରିକ ପବିତ୍ରତାକୁ ଧର୍ମ ଭାବି ସେଇଠି ସମସ୍ତେ ଅଟକି ଯାଉଛନ୍ତି। ମାନସିକ ପବିତ୍ରକା ଓ ପ୍ରକୃତ ମାନବ ଧର୍ମ ଅଧିକାଂଶ ବ୍ୟକ୍ତି ପାଳନ କରୁନାହାନ୍ତି। କେବଳ ଶାରୀରିକ ପବିତ୍ରତା (କିଛି କାଳ) ରକ୍ଷା କରି ନାନାଦି ଜଟିଳ କର୍ମକାଣ୍ଡ ଦ୍ୱାର ଉପାସନା କରାଯଉଛି। ସେ ସବୁତ କର୍ମ କାଣ୍ଡ ମାତ୍ର। ଧର୍ମ କାଣ୍ଡ ନୁହେଁ। ଭକ୍ତ ବଳରାମ ଦାସଙ୍କର ଶାରୀରିକ ଶୁଦ୍ଧତା ନଥିଲା ଯେତେବେଳେ ସେ ବାଲି ରଥ ଟାଣୁଥିଲେ। କିନ୍ତୁ ଶ୍ରୀଜଗନ୍ନାଥ ତାଙ୍କ ଭକ୍ତିରେ ପ୍ରସନ୍ନ ହୋଇଥିଲେ। ନନ୍ଦିଘୋଷ ଛାଡ଼ି ବାଲି ରଥରେ ବିଜେ କରିଥିଲେ। ଏଣେ ନନ୍ଦିଘୋଷ ଅଟକି ଯାଇଥିଲା। ସକଳ ଘଟେ ନାରାୟଣ। ବୋଧ ହୁଏ ଭଗବାନ ବୁଦ୍ଧ ଠାକୁର ପୂଜା କିୟା ନାମ ଭଜନ ନକରି ନିର୍ବାଣ ଲାଭ କଲେ, କେବଳ ନିଷ୍ପାପର ସାଧନା ଏବଂ ଜ୍ଞାନ ଦ୍ୱାରା, କୌଣସି ଉପାସନା ଓ କର୍ମକାଣ୍ଡ ଦ୍ୱାରା ନୁହେଁ। ପବିତ୍ର ହୃଦୟରେ ଭଗବାନଙ୍କୁ ଭକ୍ତି. ଉପାସନା କରିବା ସହିତ ମାନବିକତା ବା ମାନବଧର୍ମ ଯଥା- ଅହିଂସା, ପ୍ରେମ, ଦୟା, କ୍ଷମା, ସମଦୃଷ୍ଟି ଇତ୍ୟାଦି ଉତ୍ତମ ଗୁଣଗୁଡ଼ିକ ପାଳନ କଲେ ତାଙ୍କୁ ହିଁ ପରମଧାର୍ମିକ ବୋଲି କୁହାଯିବ। କେବଳ ଲୋକଦେଖାଣିଆ ଭାବେ ପୂର୍ଣ୍ଣମୀ, ସଂକ୍ରାନ୍ତି ଓ ଅମାବାସ୍ୟା ପରି କେତେକ ଡାକୁଆ ଦିନମାନଙ୍କରେ ସକାଳୁ ଗାଧୋଇ ଚିତା ଚଇତନ ହୋଇ ନୂତନ ବା ଶୁଭ୍ର ବସ୍ତ୍ର ପରିଧାନ କରି ଠାକୁର ମନ୍ଦିରକୁ ଯାଇ ଦିଅଁ ଦର୍ଶନ କଲେ ହେବ ନାହିଁ।

ଭକ୍ତିର-ପୋଷାକ ଓ ବଚନ ସହିତ କିଛି ସମ୍ପର୍କ ନାହିଁ। କେବଳ ପୋଷାକ ଓ ଧର୍ମପରାୟଣତାର ଅଭିବ୍ୟକ୍ତିକୁ ଆଧାର କରି ଆମେ ଜଣେ ଲୋକଙ୍କୁ 'ଭଗବାନଙ୍କର ଭକ୍ତ' ବୋଲି କହିପାରିବା ନାହିଁ। ଭକ୍ତି- ବାହ୍ୟ ବ୍ୟବହାର ବା ଆଚରଣ ଅପେକ୍ଷା ଆନ୍ତରିକ ଚୈତନ୍ୟ, ଭାବନାର ବିଷୟ ଅଟେ।

ଶ୍ରୀମନ୍ଦିରରେ ରହିଥିବା ମହାପ୍ରଭୁଙ୍କ ମୂର୍ତ୍ତି ଓ ନିପଟ ମଫସଲରେ ଏକ ଚାଳଘରେ ପୂଜା ପାଉଥିବା ମହାପ୍ରଭୁଙ୍କ ମୂର୍ତ୍ତି ଭିତରେ ନିଛକ ଭକ୍ତଟିଏ ସାମାନ୍ୟତମ ଫରକ ବାରିପାରେନା। କାରଣ ହେଲା କାଳିଆ ମୂର୍ତ୍ତି ତା' ଲାଗି କେବଳ ପ୍ରତୀକ। ଅସଲ କାଳିଆ ବିରାଜମାନ କରୁଛି ତା'ର ମନ ମନ୍ଦିରରେ। ସେ ତାକୁ ବୁଝି ବି ବୁଝେନା। ଜାଣି ବି ଅଜଣା ରହେ। ବେଦ ଉପନିଷଦ କହେ, ମନରେ ଯାହାକୁ ବୁଝି ହୁଏନାହିଁ ଅଥଚ ମନ ଯାହା ଦ୍ୱାରା ବୁଝେ। ଆଖିରେ ଯାହାକୁ ଦେଖି ହୁଏ ନାହିଁ (ଅଥଚ) ମାତ୍ର ଆଖି ଯାହା ଦ୍ୱାରା ଦେଖେ। କାନରେ ଯାହାକୁ ଶୁଣି ହୁଏ ନାହିଁ, କାନ ଯାହା ଯୋଗୁ ଶୁଣେ। କଥାରେ ଯାହାକୁ ବର୍ଣ୍ଣନା କରି ହୁଏ ନାହିଁ, କଥା ଯାହା ଦ୍ୱାରା ବର୍ଣ୍ଣିତ ହୁଏ। ପ୍ରାଣରେ ଯାହାକୁ ଜୀବନ୍ତ କରି ହୁଏନାହିଁ, ଅଥଚ ପ୍ରାଣ ଯାହା ଦ୍ୱାରା ଜୀବନ୍ତ ହୁଏ ତାହା ହିଁ ବ୍ରହ୍ମ ବୋଲି କୁହାଯାଏ। ମୁଣ୍ଡକ ଉପନିଷଦରେ ଅଛି, ରଗ ପ୍ରଭୃତି ବେଦଠାରୁ ଗିରି, ନଦୀ, ସମୁଦ୍ର ପର୍ଯ୍ୟନ୍ତ ସବୁ ସେଇ ବ୍ରହ୍ମଠାରୁ ହୋଇଛି। ଏହା ସବୁର ଅନ୍ତରାମ୍ମା ରୂପେ ସମସ୍ତଙ୍କୁ ଶକ୍ତିମାନ କରି ରଖିଛି। ସେ ପୁଣି ବାୟୁ ପରି ବା ସୂର୍ଯ୍ୟ ପରି ସର୍ବଭୂତ ଅନ୍ତରରେ ରହିଛନ୍ତି। ମାତ୍ର କାହାରି ସୁଖ, ଦୁଃଖ, ବିକାରାଦିରେ ଲିପ୍ତ ନୁହନ୍ତି। ସେ ପୁଣି ମନୁଷ୍ୟ ଭିତରେ ମଧ ବିଦ୍ୟମାନ। ତୈତ୍ତରୀୟ ଉପନିଷଦରେ ଅଛି, ବ୍ରହ୍ମ ନିଜେ ନିଜକୁ ଜଗତ ରୂପରେ ପରିଣତ କରିଛନ୍ତି। ଏ ଯୁଗର ବୈଜ୍ଞାନିକମାନେ କହନ୍ତି ବିଶ୍ୱର ସୃଷ୍ଟି ହୋଇଛି ଶୂନ୍ୟ ମୁହୂର୍ତ୍ତରେ ଏକ ବିରାଟ ବିସ୍ଫୋରଣ ଦ୍ୱାରା। ଏହି ବିସ୍ଫୋରଣ ହୋଇଥିଲା ଏକ ଶକ୍ତି ପିଣ୍ଡର। ଏଥିରେ ଥିବା ଶକ୍ତି ଓ ଏହାର ସ୍ୱରୂପକୁ ଶବ୍ଦରେ ବ୍ୟାଖ୍ୟା କରି ହେବନାହିଁ। ହେଲେ ଜଗନ୍ନାଥ ଭକ୍ତ ଲାଗି ଏ ସମସ୍ତ ଅମୂଲ୍ୟ ତତ୍ତ୍ୱର ପରିସମାପ୍ତି ଦୁଇଟା ବଡ଼ ବଡ଼ କଳା ଆଖିରେ। ସେହି ଆଖି ଦିଓଟା ହିଁ ଜଗତ, ଆଉ ସେଇ ଆଖି ଦିଓଟିରେ ହିଁ ତା'ର ଆରମ୍ଭ ଓ ଶେଷ। ଭକ୍ତ ନିଜ ଆଖି ବନ୍ଦ କଲେ ତାକୁ ଦେଖାଯାଏ ସେ ଆଖି ଆଉ ଆଖି, ଖୋଲିଲେ ବି ଦେଖାଯାଏ ସେ ଆଖି। କାରଣ କେବଳ ଚକା ଆଖିରେ ହିଁ ତା'ର ଅନନ୍ତ ବିଶ୍ୱାସ।

ଡ଼ାରଉଇନ୍‌ଙ୍କ ବିବର୍ତ୍ତନବାଦ ଅନୁସାରେ, ପଶୁଠାରୁ ମଣିଷର ସୃଷ୍ଟି। ମଣିଷ ସେଥିପାଇଁ ପଶୁଙ୍କଠାରୁ ଅନେକ ଗୁଣ ଉତ୍ତରାଧିକାରୀ ସୂତ୍ରରେ ପାଇଛି। ଏଣୁ ମଣିଷ ଓ ପଶୁ ମଧ୍ୟରେ ଅନେକ ସମାନ ଗୁଣ ପରିଲକ୍ଷିତ ହୁଏ। ଯଥା- ଆହାର, ନିଦ୍ରା, ଭୟ ଓ ମୈଥୁନ। "ଆହାର, ନିଦ୍ରା, ଭୟ, ମୈଥୁନଂ ଚ-ସାମାନ୍ୟ ମେତତ୍‌ ପଶୁଭିର୍ନରାଣାମ୍‌। ଜ୍ଞାନି ହି ତେଷା ଅଧିକୋ ବିଶେଷେ-ଜ୍ଞାନେନ ହୀନାଃ ପଶୁଭିଃ ସମାନାଃ।" ଆହାର, ନିଦ୍ରା, ଭୟ ଏବଂ ମୈଥୁନ- ଏହି କର୍ମଗୁଡ଼ିକ ମନୁଷ୍ୟ ଏବଂ ପଶୁମାନଙ୍କର ସମାନ ଅଟେ। କେବଳ ଜ୍ଞାନ ମନୁଷ୍ୟର ଏକ ବିଶେଷ ଗୁଣ ଯାହା ବ୍ୟତିରେକେ ମନୁଷ୍ୟ ପଶୁ ତୁଲ୍ୟ ଅଟେ। କେବଳ ଗୋଟିଏ ମାତ୍ର ଗୁଣକୁ ନେଇ ମନୁଷ୍ୟ ପଶୁଠାରୁ ଭିନ୍ନ। ତାହା ହେଉଛି ବିବେକ। ଯେଉଁ ମଣିଷ ବିବେକ ଦ୍ୱାରା ପରିଚାଳିତ ହୁଏ ନାହିଁ, ସେ ପଶୁଠାରୁ ଅଭିନ୍ନ ନୁହେଁ। ଅନେକ ମଣିଷଙ୍କ ଚଳଣି ପଶୁ, ପକ୍ଷୀଙ୍କ ଚଳଣିଠାରୁ ପୃଥକ ନୁହେଁ। ମଣିଷ ହଂସ, ପେଚା, ଶାଗୁଣା, ଗରୁଡ଼, ମେଣ୍ଢ ଓ କୁକୁରର ଗୁଣକୁ ଆଦରି ନେଇଛି। ତେଣୁ ରଗ୍‌ ବେଦରେ ଏହି ସବୁ ପଶୁ, ପକ୍ଷୀଙ୍କ ଚଳଣିକୁ ତ୍ୟାଗ କରିବା ପାଇଁ ଉପଦେଶ ଦିଆଯାଇଛି। ହଂସ ହେଉଛି କାମୁକତାର ପ୍ରତୀକ। ଆଧୁନିକ ଯୁଗରେ ଯୁବକ-ଯୁବତୀମାନେ ସର୍ବସମ୍ମୁଖରେ କାମୁକତାର ଭାବାବେଗକୁ ନିର୍ଲଜ୍ଜ ଭାବରେ ଯଥା- ଅର୍ଦ୍ଧନଗ୍ନ ଶରୀର, ଚୁମ୍ବନ ଓ କେତେବେଳେ ଦୈହିକ ମିଳନ ମାଧ୍ୟମରେ ପ୍ରକାଶ କରୁଛନ୍ତି। କିଶୋରୀ-କିଶୋର ବା ଯୁବକ-ଯୁବତୀଙ୍କର ଯୁଗଳ ବନ୍ଦୀ ଏତେ ଜୀବନ୍ତ ଯେ, ତାହା ଖଜୁରାହୋ କି କୋଣାର୍କର ଶିଳ୍ପ ଚାତୁର୍ଯ୍ୟକୁ ବଳିଗଲା ପରି ଲାଗେ। କେବଳ ସେତିକି ନୁହେଁ- ବିଚ୍‌ ରାସ୍ତାରେ, ଚଳନ୍ତା ବାଇକ୍‌ରେ ସେମାନଙ୍କର ଆପତ୍ତିଜନକ ପ୍ରେମ ପ୍ରଣୟର ଭଙ୍ଗୀ କାହିଁ କେଉଁ କେଳିକୁଞ୍ଜର କଳ୍ପିତ ନିଭୃତ ବସନ୍ତରାସର ବର୍ଣ୍ଣନାଠୁ ମଧ୍ୟ ଅଶ୍ଳୀଳତର। ଯେଉଁଥି ପାଇଁ କେତେଯେ ଯୌନ ନିର୍ଯାତନା ଓ ଧର୍ଷଣ ଘଟଣାମାନ ଖବର କାଗଜ ପୃଷ୍ଠା ମଣ୍ଡନ କରୁଛନ୍ତି। ତା'ପରେ ମଧ୍ୟ ଯୌନକ୍ରିୟା ନିମିତ୍ତ ବେଶ୍ୟାଳୟମାନ ରହିଛି। ଏହି ଦୃଷ୍ଟିରୁ ମଣିଷ ହଂସଠାରୁ ଯୌନକ୍ରିୟାରେ ଭିନ୍ନ ନୁହେଁ।

ପେଚା ହେଉଛି ମୋହର ପ୍ରତୀକ। ସେ ଆଲୁଅକୁ ଭୟ କରେ। କାରଣ ସେ ଅନ୍ଧାରକୁ ଭଲ ପାଏ। ଆଲୋକ ହେଉଛି ଜ୍ଞାନର ପ୍ରତୀକ ଓ ଅନ୍ଧାର ହେଉଛି ଅଜ୍ଞାନର ପ୍ରତିରୂପ। ମଣିଷ ସୁଗୁଣ ଅପେକ୍ଷା ଦୁର୍ଗୁଣକୁ ବେଶୀ ଭଲପାଏ ଏବଂ ସେଥିପ୍ରତି ଶୀଘ୍ର ଆକର୍ଷିତ ହୋଇଥାଏ। ଯେତେବେଳେ ତା'ର କାମନା ପୂରଣ ହୁଏ ନାହିଁ, ସେଇଠୁ ତା'ର କ୍ରୋଧ ଜାତ ହୋଇଥାଏ ଏବଂ କ୍ରୋଧରୁ ସେ ଇଚ୍ଛା କରୁଥିବା କାମନା ପ୍ରତି ମୋହ। ମଣିଷ ଥରେ ମୋହ ଗ୍ରସ୍ତ ହେଲେ ତା' ସ୍ମୃତି ବିଭ୍ରମ ହୋଇ ବୁଦ୍ଧି ଲୋପ ପାଏ। "କାମାତ୍‌ କ୍ରୋଧୋଭିଜାୟତେ। କ୍ରୋଧାତ୍‌ଭବତି ସମ୍ମୋହ। ସମ୍ମୋହତ୍‌ ସ୍ମୃତି ବିଭ୍ରମଃ।" ଗୀତା ୬୩/୨। କୁରୁକ୍ଷେତ୍ରରେ ଅର୍ଜୁନ ମୋହ ଗ୍ରସ୍ତ ହୋଇ ବିଚାରଶୂନ୍ୟ ହୋଇ ପଡ଼ିଥିଲେ। ପେଚାର ମୋହ ଭାବ ମଣିଷ ଭିତରେ ଲୁକ୍କାୟିତ ହୋଇ ରହିଛି।

ଶାଗୁଣା ହେଉଛି ଲୋଭର ପ୍ରତୀକ। ପଶୁ, ପକ୍ଷୀମାନେ ନିର୍ଦ୍ଦିଷ୍ଟ କେତେକ ମଡ଼ାକୁ ଖାଇଥାନ୍ତି। କିନ୍ତୁ ଶାଗୁଣା ଏତେ ଲୋଭାତୁର ଯେ, ସେ ଯେକୌଣସି ପ୍ରାଣୀର ମଡ଼ା ଭକ୍ଷଣ କରେ। ମଣିଷର ମଧ୍ୟ ପ୍ରଚଣ୍ଡ ଲୋଭ। ସେ ନିଜର ରସନେନ୍ଦ୍ରିୟକୁ ତୃପ୍ତ କରିବା ପାଇଁ ବିଭିନ୍ନ ପଶୁପକ୍ଷୀଙ୍କୁ ଶିକାର କରି ସେ ମାଂସକୁ ନିଃସଂକୋଚରେ ନିର୍ବିକାର ଭାବରେ ଖାଇଥାଏ। ଶାଗୁଣାର ଲୋଭ ପ୍ରକୃତି ମଣିଷକୁ ଗୋଟିଏ ହିଂସ୍ର ପ୍ରାଣୀରେ ପରିଣତ କରିଦେଇଛି। "ଲୋଭାତ୍‌ କ୍ରୋଧଃ ପ୍ରଭବତି ଲୋଭାତ୍‌ କାମଃ ପ୍ରଜାୟତେ। ଲୋଭାନ୍‌ ମୋହଶ୍ଚ ନାଶଶ୍ଚ ଲୋଭଃ ପାପସ୍ୟ କାରଣମ୍‌।" (ମିତ୍ରଲାଭ) ଲୋଭରୁ କ୍ରୋଧ ଜାତ ହୁଏ। ଲୋଭରୁ କାମନାର ଉତ୍ପତ୍ତି ହୁଏ। ଲୋଭ ହିଁ ମୋହ (ଅବିବେକିତା) ଓ ବିନାଶ (ମୃତ୍ୟୁ)ର କାରଣ। ଏହି ଲୋଭ ସକଳ ପ୍ରକାର ପାପର ମୂଳ କାରଣ ଅଟେ।

ଗର୍ବର ପ୍ରତୀକ ହେଉଛି ପକ୍ଷୀରାଜ ଗରୁଡ଼। ସୃଷ୍ଟିର ପାଳନ କର୍ତ୍ତା ବିଷ୍ଣୁଙ୍କ ବାହାନ ହୋଇଥିବାରୁ ଗରୁଡ଼ର ମନରେ ଅନେକ ଗର୍ବଭାବ। ମଣିଷ ଯେପରି ନିଜର ଧନ, ସମ୍ପତ୍ତି, ବିଦ୍ୟା, ବୁଦ୍ଧି, ଶକ୍ତି, ଖ୍ୟାତି ଓ କ୍ଷମତା ପ୍ରୟୋଗର

ସୁଯୋଗକୁ ନେଇ ଆସ୍ଫର୍ଦ୍ଦ ପ୍ରଦର୍ଶନ କରେ । ମନକୁ ନମନୀୟ କଲେ ତାହା ଅଧିକ ସୃଜନାତ୍ମକ ହୁଏ । ମନକୁ ନମନୀୟ କରି ରଖିବାରେ ସବୁଠାରୁ ବଡ଼ ବାଧକ ହେଉଛି ଅହଂ । କାଳର କରାଳ ଗର୍ଭରେ ଏସବୁ ଦିନେ ଲୋପ ହୋଇଯାଏ ବୋଲି ଜାଣି ସୁଦ୍ଧା ମଣିଷ ଗର୍ବ ଓ ଅହଂକାରରୁ ନିଜକୁ ମୁକୁଳାଇ ପାରେନାହିଁ । "ଶୂରାଣ୍ୟ ବଲବନ୍ତଶ୍ଚ କୃତାସ୍ତ୍ରାଶ୍ଚନରା ଗଣେ । କାଳାଭିପନ୍ନଃ ସୀଦନ୍ତି ଯଥା ବାଲୁକ ସେତବଃ ।" ବୀର, ବଲବାନ୍, ଅସ୍ତ୍ର ବିଦ୍ୟା ପାରଦର୍ଶୀ ବ୍ୟକ୍ତିମାନେ ମଧ କାଳବଶ ହୋଇ ବାଲୁକା ସେତୁପରି ଅବସନ୍ନ ହୋଇପଡ଼ନ୍ତି । "କାଳଃ ପଚନ୍ତି ଭୂତାନି କାଳଃ ସଂହରତେ ପ୍ରଜାଃ, କାଳ ସୁପ୍ତେସୁ ଜଗର୍ତି କାଲୋଽହିଁ ଦୁରତିକ୍ରମଃ ।" ପଞ୍ଚଭୂତ (ପୃଥିବୀ, ଜଳ, ତେଜ, ବାୟୁ, ଆକାଶ ବା ଜୀବ)କୁ କାଳ ଅନନ୍ୟ ରୂପରେ ପରିଣତ କରିପାରେ । କାଳ ହିଁ ସମସ୍ତ ପ୍ରାଣୀଙ୍କୁ ନାଶ କରିପାରେ । ସଂସାର ପ୍ରଳୟ ହୋଇଯିବା ପରେ ବା ସ୍ୱପ୍ନାବସ୍ଥାରେ କାଳ ହିଁ ରହିଥାଏ । ଏହା ନିଶ୍ଚିତ ଯେ କାଳକୁ କେହି ନାଶ କରିପାରନ୍ତି ନାହିଁ ।

ସେହି କାଳ ବା ସମୟ ସମସ୍ତଙ୍କୁ ସମୟକ୍ରମେ କବଳିତ କରେ । ଜରା ବା ବାର୍ଦ୍ଧକ୍ୟ ଅବସ୍ଥା ସେହିପରି । ବାଉନ ଗଣ୍ଠା ଯୁଗ ବଞ୍ଚିବା ପାଇଁ ବରପ୍ରାପ୍ତ ଦଶ ମୁଣ୍ଡିଆ ରାବଣ, ନିଜେ ଚିରଞ୍ଜୀବୀ ହେବା ଲାଗି ସଦ୍ୟ ଜାତ ଶିଶୁ (ଭଣଜା)ମାନଙ୍କୁ ହତ୍ୟା କରୁଥିବା କଂସ, ସୋମନାଥ ମନ୍ଦିରକୁ ଅଠର ଥର ଲୁଣ୍ଠନ କରିଥିବା ଗଜନୀର ଦୁର୍ଦ୍ଧର୍ଷ ସୁଲତାନ ମାମୁଦ, ବିଶ୍ୱବିଜୟୀ ଗ୍ରୀକ୍ ବୀର ଆଲେକ୍ଜାଣ୍ଡର, ଏକଛତ୍ରବାଦୀ ହିଟଲର, ମୁସୋଲିନୀ, ତୋଜୋ, ଇଦ୍ଅମିନ ଏବଂ ଇରାକର ପଦଚ୍ୟୁତ ରାଷ୍ଟ୍ରପତି ସଦ୍ଦାମ ହୁସେନ ଅତି ଦୟନୀୟ ଭାବରେ ସେମାନଙ୍କର ଶେଷ ସମୟକୁ କଟାଇଥିଲେ । ବିଶ୍ୱର ପ୍ରସିଦ୍ଧ ପହିଲମାନ, ହିମାଳୟର ଏଭରେଷ୍ଟ ଶୃଙ୍ଗ ଆରୋହଣକାରୀ, ବିସ୍ମୟ ସୃଷ୍ଟି କରିଥିବା ଶୂରବୀର କ୍ରୀଡ଼ାବିତ୍ ବାର୍ଦ୍ଧକ୍ୟରେ ଅନୁରୂପ ଦୟନୀୟ ସ୍ଥିତି ପ୍ରାପ୍ତ (କରିଛନ୍ତି) ହୋଇଛନ୍ତି । ଯେଭଳି ଶ୍ରୀକୃଷ୍ଣଙ୍କର ମୃତ୍ୟୁ ପରେ ଅଭୁତ ଧନୁର୍ଦ୍ଧର ଅର୍ଜୁନ ଶକ୍ତିହୀନ ହୋଇପଡ଼ିଥିଲେ । ବୟସର ପରିବର୍ତ୍ତନ କାହାକୁ ବି ଛାଡ଼େ ନାହିଁ । ବୟସ ବଢ଼ିବା ସହିତ ସମାଜ, ସମ୍ପର୍କ ପରସ୍ପର ସ୍ନେହ ସୌହାର୍ଦ୍ଦ୍ୟ ତଥା ସମ୍ମାନ ଓ ସ୍ଥିତିରେ ମଧ ଯଥେଷ୍ଟ ଅଦଲବଦଲ ହୋଇଥାଏ । ଆଗରୁ କେବେ ବୃଦ୍ଧତ୍ୱର ଅନୁଭୂତି ନଥିବା ହେତୁ ଏହି ପରିବର୍ତ୍ତନର ସମ୍ମୁଖୀନ ହେବାର ସାମର୍ଥ୍ୟ ବ୍ୟକ୍ତିର ନଥାଏ ।

ପଶୁରୁ ପରିବର୍ତ୍ତିତ ହୋଇଥିବା ମଣିଷ ଏପର୍ଯ୍ୟନ୍ତ ପଶୁତ୍ୱରୁ ମୁକୁଳି ପାରିନାହିଁ । ସେଥିପାଇଁ ଋଗ୍ ବେଦରେ କୁହାଯାଇଛି "ଭଲ୍କ ଯାତୁଂ ଶୁଶ୍କୁଲ ଯାତୁଂ, କହିଶ୍ୱଯାତୁ, ମୂଢ଼ କେକଯାତୁମ୍ । ସୁବର୍ଣ୍ଣଯାତୁଂ ମୃତ ଗୃଧ୍ରଯାତୁଂ ବୃଷଦେବ ପ୍ରମୃଣରକ୍ଷ ଇନ୍ଦ୍ର" ଅର୍ଥାତ୍ ହେ ଜୀବନ୍ତକ ପେଚାର ଚଳଣି (ମୋହ) ମେଣ୍ଢାର ଚଳଣି (କ୍ରୋଧ), କୁକୁରର ଚଳଣି (ଈର୍ଷା), ହଂସର ଚଳଣି (କାମ), ଗରୁଡ଼ର ଚଳଣି (ଗର୍ବ), ଶାଗୁଣାର ଚଳଣି (ଲୋଭ) ତ୍ୟାଗ କର । ଏହି ଦୁର୍ଗୁଣମାନଙ୍କ ପ୍ରଭାବରୁ ନିଜକୁ ମୁକ୍ତ ରଖ । ଋଗ୍ ଦେବର ବର୍ଣ୍ଣାନୁସାରେ– "ଆ ନୋ ଭଦ୍ରାଃ କୃତବୋୟନ୍ତୁ ବିଶ୍ୱତଃ ।" ଅର୍ଥାତ ଆମକୁ ପ୍ରତ୍ୟେକ ଦିଗରୁ ଉଉମ ଭାବନାପ୍ରାପ୍ତ ହେଉ ।

ମନ୍ଦିରରେ ସେହି ଲୋକମାନଙ୍କୁ ଦେଖି ସତୀ ଭାବୁଥିଲା । ଏମାନେ ସବୁ ଆସିଛନ୍ତି ଆପଣା କଳା କର୍ମର ପ୍ରାୟଶ୍ଚିତ ପାଇଁ ନୁହେଁ । କରିଥିବା ଅପକର୍ମ ଲାଗି ଏମାନେ ଅନୁତପ୍ତ ନୁହନ୍ତି । ଅନ୍ୟକୁ ଅସୁବିଧାରେ ପକାଇ ହଇରାଣ ହରକତ କରିଥିବା ଯୋଗୁ ଏମାନେ ମଧ ଦୁଃଖିତ ନୁହନ୍ତି । ଅନ୍ୟ ଆଖିରୁ ଲୁହ(ଗଡ଼ାଇ) ଝରାଇ ସୁଦ୍ଧା ଏମାନଙ୍କ ମନରେ ସାମାନ୍ୟତମ ଅନୁଶୋଚନା ନାହିଁ । ପରକୁ ନିର୍ଯାତନା ଦେଇ ଏମାନେ କ୍ଷୋଭ ପ୍ରକାଶ କରନ୍ତି ନାହିଁ । ଏମାନେ ନିଜର ସ୍ୱାର୍ଥ(ସାଧନ)ହାସଲ ପାଇଁ, ଅଧିକ ସୁବିଧା ପାଇବା ଆଶାରେ ମନ୍ଦିରକୁ ଆସିଛନ୍ତି । କାରଣ ଏମାନେ ଯାହା ପାଇଛନ୍ତି ସେତିକିରେ ସନ୍ତୁଷ୍ଟ ନୁହନ୍ତି । ତା'ଠାରୁ ଯଥେଷ୍ଟ ଅଧିକ ପାଇବାର ଲାଲସା ଏମାନଙ୍କର ପ୍ରବଳ ମାତ୍ରାରେ ରହିଛି । ଏମାନଙ୍କର ପାଇବାର କୌଣସି ନିର୍ଦ୍ଦିଷ୍ଟ ସୀମାରେଖା ନାହିଁ । ଯେତେ ପାଇଲେ ସୁଦ୍ଧା ଆହୁରି ଅଧିକ ପାଇବାକୁ ସେମାନେ ସର୍ବଦା ଇଚ୍ଛା ପୋଷଣ କରିଥାନ୍ତି । ସେମାନଙ୍କର ଆବଶ୍ୟକତାର ପରିମାଣ ବଢ଼ି ବଢ଼ି ଚାଲିଥାଏ । ତା'

ସହିତ ଆହୁରି ଅଧିକ ପାଇବା ଆଶା ମଧ୍ୟ। ଆମେ ଅନେକ ଜିନିଷ ଖୋଜୁ। ଖୋଜୁଥିବା ଜିନିଷ ମିଳିଗଲେ ଖୁସି ଲାଗେ। ତା'ପରେ ପୁଣି ଅଶାନ୍ତି। କାରଣ ଯାହା ମିଳିଲା ତାହା ଯଥେଷ୍ଟ ନୁହେଁ। ଆମର ତା'ଠାରୁ ଆହୁରି ଯଥେଷ୍ଟ ଅଧିକ ପରିମାଣର ଆବଶ୍ୟକତା ରହିଛି।

ଆଜିର ବିଶ୍ୱାୟିତ ସମାଜ ଓ ବସ୍ତୁବାଦୀ ଯୁଗରେ ମନୁଷ୍ୟର ଜୀବନ ଯାତ୍ରା ଅତ୍ୟନ୍ତ ଦୁର୍ବିସହ ହୋଇ ପଡ଼ିଛି। ବିନା ପରିଶ୍ରମରେ ଅଧିକରୁ ଅଧିକ ଲାଭ ପାଇବାର ଆଶାରେ ମଣିଷ ଲୋଭାସକ୍ତ ଓ ମୋହଗ୍ରସ୍ତ ହୋଇ ପଡ଼ିଛି। ବିଳାସ ବ୍ୟସନ ମଧ୍ୟରେ ଜୀବନ ଅତିବାହିତ କରିବାକୁ ଚାହୁଁଥିବା ମଣିଷ ଜୀବନର ଆବଶ୍ୟକତାର ସୂଚୀ ଦୂର ଦିଗ୍‌ବଳୟର ସୀମା ସ୍ପର୍ଶ କରୁଛି। ବିଷାଦଗ୍ରସ୍ତ ମଣିଷ ତା'ର ସକଳ ପ୍ରାପ୍ତିରୁ ସାମାନ୍ୟ ବଞ୍ଚିତ ହେଲେ ତା' ମଧ୍ୟରେ ସୃଷ୍ଟି ହେଉଛି ବିଷଣ୍ଣତା ଓ ମାନସିକ ଅସ୍ଥିରତା।

ଅଳ୍ପକେ ସନ୍ତୁଷ୍ଟ ହେବା ମଣିଷ ବୋଧେ ଆଉ ନାହାନ୍ତି। ଯଦି ବା ଥିବେ ତେବେ ସେମାନଙ୍କର ସଂଖ୍ୟା ଖୁବ୍ ସୀମିତ। ବର୍ତ୍ତମାନ ତ' ମଣିଷମାନେ ଦୁଷ୍ଟ ପ୍ରକୃତିର। ଉଗ୍ରଦଣ୍ଡା ପ୍ରଚଣ୍ଡା। ଗୋଟାଇବାକୁ, ରୁଞ୍ଚାଇବାକୁ, ଓଟାରିବାକୁ, ହାସଲ କରିବାକୁ, ନିଜ ଅଧିକାରକୁ ନେଇଯିବାକୁ, ପ୍ରଭୁ ପଣିଆ ଜାହିର କରିବାକୁ ସେମାନେ ବ୍ୟସ୍ତ। ନିଜ କଥା ଆଗ। ଆପଣା ଉଦ୍ଦେଶ୍ୟ ପୂରଣ ଲାଗି ସଦାସର୍ବଦା ତତ୍ପର। ଅନ୍ୟର ସମସ୍ୟା ବୁଝିବାକୁ ସେମାନଙ୍କ ନିକଟରେ ବେଳ କାହିଁ ? ସମାଜର କଥା ବୁଝିବାକୁ କାହାର ତର ସହୁନି। ସିନା ଫୁରସତ୍ ଥିଲେ ସଂସାର କଥା ବିଷୟରେ ମୁଣ୍ଡ ପୂରାନ୍ତେ। ସମୟ ମିଳିଲେ ଯାଇ ଅନ୍ୟମାନଙ୍କ ଅସୁବିଧା ସେମାନଙ୍କ ଦୃଷ୍ଟିରେ ପଡ଼ନ୍ତା। ସମାଜର ସମସ୍ୟା ନଜରକୁ ଆସନ୍ତା ? ସେମାନେ ତ' ନିଜର ସ୍ୱାର୍ଥ ସିଦ୍ଧି ପାଇଁ ଅନ୍ୟମାନଙ୍କ ଲାଗି, ସମାଜ ଲାଗି, ସଂସାର ପାଇଁ ନୂଆ ନୂଆ ପ୍ରକାରେ ପ୍ରକାରେ ସମସ୍ୟାମାନ ସୃଷ୍ଟି କରିଚାଲିଛନ୍ତି। ସେହି ସ୍ୱାର୍ଥାନ୍ୱେଷୀ ମାନେ ହିଁ ଦୁନିଆରେ ବିଭ୍ରାଟ ପୂରାଉଛନ୍ତି। ବିଶୃଙ୍ଖଳା ସୃଷ୍ଟି କରୁଛନ୍ତି। ଅଡ଼ୁଆମାନ କାଢ଼ୁଛନ୍ତି। ଅସୁବିଧା ଭେଉଛନ୍ତି। ଠକାମି, ଭଣ୍ଡାମି, ଶଠାମି, ଚୋରି, ନାରୀ, ଅପହରଣ, ରାହାଜାନି, ପରଦ୍ରବ୍ୟ ପ୍ରତି ଆସକ୍ତି କେବେ ନିନ୍ଦନୀୟ କର୍ମ ଭାବରେ ପରିଗଣିତ ହେଉଥିଲା। ଏବେ ଆଉ ସେମିତି ନାହିଁ। ସେପରି କର୍ମଗୁଡ଼ିକ ବର୍ତ୍ତମାନ ତ' ବୁଦ୍ଧିମତାର ପରିଚାୟକ। ଯିଏ ଯେତେ ଠକାଇ ପାରିଲା, ଭଣ୍ଡ ଖାଇଲା, ମାରି ନେଇ ଗଲା, ସର୍ବସାଧାରଣ (ଲୋକମାନ)କୁ ଭୁଆଁ ବୁଲାଇ ନିଜେ ହାସଲ କରିନେଲା। ନିଜ ଲାଗି ସୁବିଧା ଜୁଟାଇ ପାରିଲା। ଅନ୍ୟକୁ ଠକାଇ ସୁଯୋଗ ସୃଷ୍ଟି କଲା ନିଜର ସ୍ୱାର୍ଥ ହାସଲ ଲାଗି। ସେ ହେଲା ବୁଦ୍ଧିମାନ ବା ଚାଲାକ, ଚତୁର ତଥା ଅଧୁନା ଆଧୁନିକ ଯୁଗରେ ସମାଜର ମୁଖ୍ୟ ବ୍ୟକ୍ତି। ତଥାକଥିତ ବଡ଼ ପଣ୍ଡା। ଅନ୍ୟର ପ୍ରାପ୍ୟକୁ କୌଶଳରେ ଆପଣା ଅକ୍ତିଆରକୁ ନେଇ ପାରୁଥିବା ଲୋକଟି ସଂସାରରେ ନା' ଡାକ ପୂଜ୍ୟ ବ୍ୟକ୍ତି ଭାବରେ ପରିଗଣିତ ହେଉଛନ୍ତି। ପରଧନକୁ ଆତ୍ମସାତ କରିପାରୁଥିବା ଲୋକଟି, ପରବିଉକୁ ହଡ଼ପ କରିପାରୁଥିବା ବ୍ୟକ୍ତି ଜଣକ, ସରକାରୀ ଅର୍ଥ, ରଣ କିମ୍ବା ଅନୁଦାନ ଅର୍ଥ ବା ଅନାବାଦୀ, ଗୋଚର ଜମୀକୁ ନିଜ ଦଖଲକୁ ନେଇପାରୁଥିବା ଦୁରାଚାରୀମାନେ, ଜନସାଧାରଣଙ୍କ ପାଇଁ ଉଦ୍ଦିଷ୍ଟ ଥିବା ସର୍ବସାଧାରଣ ଭୁଇଁକୁ ନିଜ ଅଧିକାର ଭୁକ୍ତ କରିପାରୁଥିବା ପାପିଷ୍ଠମାନେ ହିଁ ବର୍ତ୍ତମାନ ନେତୃତ୍ୱ ମାନ୍ୟତା ପ୍ରାପ୍ତ ଗରିଷ୍ଠ (ବରିଷ୍ଠ) ନାଗରିକ ଭାବରେ ଗଣ୍ୟ ହେଉଛନ୍ତି।

ଆଜି ପ୍ରତ୍ୟେକ ବ୍ୟକ୍ତି ତା' ଜୀବନରେ ସାର୍ଥକତା ଖୋଜେ ତାହାର ପାରିବା ପଣିଆରେ। ଅର୍ଥ ରୋଜଗାର କରିବାରେ। ଧନ ସଞ୍ଚୟ କରି ବିଳାସମୟ ଜୀବନ ଯାପନ କରିବା ସହିତ ଅନ୍ୟ ଉପରେ ଅଧିକାର ସାବ୍ୟସ୍ତ କରିବାରେ, ତାହା ଯେକୌଣସି ଉପାୟରେ ହେଉ ନା କାହିଁକି। କିନ୍ତୁ ଜୀବନର ସାର୍ଥକତା ସମ୍ପର୍କରେ ବୈଜ୍ଞାନିକ ଆଇନ୍‌ଷ୍ଟାଇନ୍ ସୁନ୍ଦର କଥାଟିଏ କହିଥିଲେ। ତାହା ହେଲା ସମାଜର ଉପକାର କରିବାରେ ମଣିଷର ଜୀବନ ପ୍ରକୃତରେ ସାର୍ଥକ ହେଲା ବୋଲି ବିଚାର କରାଯାଏ। ଭାବିଲେ ଆଶ୍ଚର୍ଯ୍ୟ ଲାଗେ ଯେଉଁ ଦେଶର ଗୀତା, ଭାଗବତ, ବେଦ ପୁରାଣଣ ନୀତି ନିୟମ ତ୍ୟାଗ

ଓ ଧର୍ମ ପ୍ରତି ଅନୁରକ୍ତି ତଥା ପାପ ପୁଣ୍ୟର କଥା କହେ, ସେହି ଦେଶ ଆଜି ଦୁର୍ନୀତି କ୍ଷେତ୍ରରେ ସବା ଆଗରେ ରହିଛି। ତେଣୁ କାହାକୁ କହିବା, କପାଳରେ ସିନା କର (ହାତ) ମାରିବା।

ଅଙ୍କେ ସନ୍ତୁଷ୍ଟ, ସ୍ୱୟଂ ସମ୍ପୂର୍ଣ୍ଣ ବା ସ୍ୱାବାଲମ୍ବୀ ବ୍ୟକ୍ତି ଆଉ ନାହାଁନ୍ତି। ପରସ୍ୱ ହରଣ, ସର୍ବସାଧାରଣ ଧନ ଆତ୍ମସାତ କରିବା, ଅନ୍ୟର ପ୍ରାପ୍ୟକୁ ଆପଣା ଅଧିକାର ଭୁକ୍ତ କରିନେବା ହେଲା ବର୍ତ୍ତମାନ ସମୟରେ ସମାଜର କଥାକଥିତ ବଡ଼ପଣ୍ଡାମାନଙ୍କ ନୀତି, ରୀତି, ନିୟମ, ପଦ୍ଧତି। ସବୁ ବଦଳି ଚାଲିଛି। ବଡ଼ବଡ଼ଙ୍କୁ ଦେଖି ସାନ ମାନେ ଶିଖୁଛନ୍ତି। କାରଣ ମହତେ ଯାହା ଆଚରିବେ ଇତରେ ତାହା ହିଁ ପାଳିବେ।

ଯେତେବେଳେ ଯକ୍ଷ ଧର୍ମରାଜ ଯୁଧିଷ୍ଠିରଙ୍କୁ ପ୍ରଶ୍ନ କଲେ 'କଃ ପନ୍ଥା' ରାସ୍ତା ବା ବାଟ କ'ଣର ଉତ୍ତରରେ ଯୁଧିଷ୍ଠିର ମହାରାଜ ଟ୍ରାଫିକପୋଷ୍ଟ (ନିୟମ) ବତାଇ ନଥିଲେ। ସେ କହିଲେ- "ମହାଜନ ଯେନ ଗତଃ ସ ପନ୍ଥାଃ।" ଅର୍ଥାତ ବଡ଼ ବଡ଼ ଲୋକ ଯେଉଁ ବାଟରେ (ରାସ୍ତାରେ) ଯାଆନ୍ତି, ତା' ବାଟ। ଅବଶ୍ୟ ସ୍ୱର୍ଗାରୋହଣ ବେଳେ ଭୀମ ବାମ ଅଙ୍ଗରେ ଆସୁଥିବାର ଦେଖି ସେ ଭୀମକୁ ବାମ ଅଙ୍ଗରେ ନଆସି ଡାହାଣ ଅଙ୍ଗରେ ଆସିବାକୁ କହିଥିଲେ। କାରଣ ବାମ ଅଙ୍ଗରେ (ବାମ ପଟରେ) ବାମାଙ୍ଗୀମାନେ ଅର୍ଥାତ ନାରୀମାନେ ଯିବା କଥା। ପୁରୁଷମାନେ ଦକ୍ଷିଣ ଅଙ୍ଗରେ (ଡାହାଣ ପଟରେ) ଯିବେ। ରାସ୍ତାର ଗୋଟିଏ ପଟରେ ନାରୀ ଓ ଅନ୍ୟପଟରେ ପୁରୁଷମାନେ ଯିବା ଆସିବା କଲେ ରାସ୍ତାରେ ଅଘଟଣ ଘଟିବାର ସମ୍ଭାବନା ରହିବ ନାହିଁ। ଜୁନ୍ ୩ ତାରିଖ ୧୮୫୮ ମସିହାରେ ଜନ୍ମିତ ଆମେରିକାର ବାସିନ୍ଦା ଉଲିୟମ୍ ଫେଲେସ୍ଟଭିନୋଙ୍କ ଦ୍ୱାରା ୧୯୦୪ ବେଳକୁ ସର୍ବପ୍ରଥମେ ନ୍ୟୁୟର୍କର କଲମ୍ବସ ସର୍କଲରେ ଟ୍ରାଫିକ ନିୟମ ଓ ସଙ୍କେତ କାର୍ଯ୍ୟକାରୀ ହେବା ପୂର୍ବରୁ ଦିବ୍ୟସ୍ରଷ୍ଟା ଯୁଧିଷ୍ଠିର ତାଙ୍କ ଜ୍ଞାନ ଚକ୍ଷୁରେ ଦେଖିପାରୁଥିଲେ ଯେତେବେଳେ ଲୋକମାନେ କେବଳ ରାସ୍ତାର ଗୋଟିଏ ପଟରେ (ବାମ ପଟରେ)ଉଭୟ ନାରୀ ଓ ପୁରୁଷ ମିଳିମିଶି ଯିବା ଆସିବା କରିବା ପାଇଁ ନିୟମ ଲାଗୁ କରାହେବ ସେତେବେଳେ ରାସ୍ତାରେ ଅନେକ ଦୁର୍ଘଟଣା(ଅଘଟଣ)ମାନ ଘଟିବ। ସେଥିପାଇଁ ସେ ଭୀମଙ୍କୁ ବାମ ଅଙ୍ଗରେ ନଆସି ଦକ୍ଷିଣ ଅଙ୍ଗରେ ଆସିବା ଲାଗି କହିଲେ।

ମାତ୍ର ଦୁର୍ଘଟଣା ଏକ ଅପ୍ରତ୍ୟାଶିତ ଅକ୍ତିଆର ବାହାରର ଘଟଣା। କିନ୍ତୁ ରାସ୍ତାରେ ଷଣ୍ଡ ବୁଲିବା, ଦ୍ରୁତ ଗତିରେ ଗାଡ଼ି ଚଲାଇବା, ତା'ଉପରୁ ନିୟନ୍ତ୍ରଣ ହରାଇବା କ'ଣ 'ଅପ୍ରତ୍ୟାଶିତ' ଓ 'ଅକ୍ତିଆର ବାହାର' ଘଟଣା। ଆଦୌ ନୁହେଁ। ଏ ସବୁ କଲା କର୍ମର ଫଳ। ନିଜେ ଭୋଗିବନି ତ' ଆଉ କିଏ ଭୋଗିବ ? ମାତ୍ର ଏହାର ମହାନାୟକ ମାନେ–ଖସି ଯାଉଛନ୍ତି ବେଶ ନିରାପଦରେ ଓ ଆରାମରେ, ତାହିଁ ଏଦୁର୍ଘଟଣା ବଢ଼ିବାର କାରଣ।

ଆହୁରି ମଧ୍ୟ ବିଶ୍ୱ ବିଖ୍ୟାତ ଫରାସୀ ଭବିଷ୍ୟତ ବକ୍ତା ନୋଷ୍ଟାଡମସ୍ଙ୍କ ଶତାଧିକ ଭବିଷ୍ୟତବାଣୀ ମଧ୍ୟରେ ଯାନବାହନ ସମ୍ପର୍କିତ ଭବିଷ୍ୟତବାଣୀ ଅନ୍ୟତମ। ସେତେବେଳେ ମୋଟର ଗାଡ଼ି ଆଦି କଳ୍ପନା କି କଳ୍ପନା ବାହାର ଥିଲା। ନୋଷ୍ଟାଡମସ୍ ଲେଖିଥିଲେ- "ମଣିଷ ଏପରି ଏକ ଯାନ ତିଆରି କରିବ, ଯାହା କୌଣସି ପଶୁଙ୍କ ବିନା ସାହାଯ୍ୟରେ ଗତାଗତ କରିବ ଓ ପବନ ଭଳି ଦ୍ରୁତ ଗତିଶୀଳ ହେବ। ଏହା ଦ୍ୱାରା ରାସ୍ତାରେ ପ୍ରତିଦିନ ଶହ ଶହ ଦୁର୍ଘଟଣାମାନ ଘଟି ଜନବୀବନ ନାଶ କରିବ।" ଲୋକମାନେ ଏହା ଶୁଣି ହସିଲେ କହିଲେ, 'ଘୋଡ଼ା ଓ ଓଟ ଟାଣିବେନି ତ' ଗାଡ଼ି ଯିବ କେମିତି ? ସେ କ'ଣ ଚଢ଼େଇ ନା କ'ଣ ଯେ ଦ୍ରୁତ ଗତିରେ ଯିବ ? ବାଜେ କଥା।" ମାତ୍ର ବିଶ୍ୱ ଦେଖିଲା ମଟର ଗାଡ଼ି ଓ ବ୍ୟୋମଯାନ। ପ୍ରତିଦିନ ହଜାର ହଜାର ନିରୀହ ଲୋକଙ୍କ ଦାରୁଣ ମୃତ୍ୟୁ। କାରଣ ମଣିଷ ସହଜେ ଆକଟ ମାନିବା ଜନ୍ତୁ ନୁହେଁ। "ଆହୁରି ଆହୁରି" ଲୋଭ ଓ ଭାବ ଏକୁ ଲଗାମ ଛଡ଼ା କରେ। ତା' ଏବେ ଘଟୁଛି। ନୋଷ୍ଟାଡମସ୍ ପ୍ରକୃତରେ ମଣିଷର ଏ ପ୍ରକୃତି ଓ ପ୍ରବୃତ୍ତି କଥା ବୁଝିଥିଲେ।

ଶ୍ରୀକୃଷ୍ଣ ଗୀତାରେ ମଧ ସେଇ କଥା କହିଛନ୍ତି, "ଲୋକ ସଦନୁ ବର୍ତ୍ତତେ।" ବଡ଼ ବଡ଼ ଲୋକଙ୍କ ଆଚାର ବିଚାରକୁ ଲୋକେ ଅନୁସରଣ କରିଥାନ୍ତି। ତାହା ହିଁ ଯଥାର୍ଥ। ସଠିକ୍ ବୋଲି ସାଧାରଣ ଜନତା ଗ୍ରହଣ କରିନିଅନ୍ତି। କାହିଁକି ନା ମୁଖିଆ, ମୁଣ୍ଡିଆଲ, ମାନ୍ୟବର, ବିଶିଷ୍ଟ, ସମ୍ମାନୀୟ, ପୂଜ୍ୟାସ୍ପଦ ଲୋକମାନେ, ଆଗଚଲା ଲୋକେ, ନେତୃତ୍ୱ ନେଉଥିବା ଲୋକମାନେ, ଦିଗ୍‌ଦର୍ଶନ ଦେଉଥିବା ବ୍ୟକ୍ତି ବିଶେଷ ଯେଉଁ ପଥ ଦେଇ ଗତି କରିଥାନ୍ତି। ତାହା ହିଁ ପନ୍ଥା ବୋଲି ଆମମାନଙ୍କ ମଗଜରେ ଭରି ଦିଆଯାଇଛି। ସେମାନେ ଅବଲମ୍ବନ କରୁଥିବା ପଥ ତ ଇତରଙ୍କ ପାଇଁ, ସାଧାରଣ ଜନତାଙ୍କ ଲାଗି ପନ୍ଥା; ଅନୁସରଣୀୟ, ଅନୁକରଣୀୟ। ଆଜିକାର ଏହି ରାଜନେତା ହୁଅନ୍ତୁ ବା ସମାଜର ତଥାକଥିତ ବଡ଼ ପଣ୍ଡାମାନେ କ'ଣ ପ୍ରକୃତରେ ଅନ୍ୟମାନଙ୍କର ଅନୁସରଣୀୟ କିମ୍ୱା ଅନୁକରଣୀୟ ହୋଇ ପାରିବେକି ? ଆହୁରି ମଧ ଶାସ୍ତ୍ର କହିଛି, "ଯଦ ଯଦା ଚରିତ, ଶ୍ରେଷ୍ଠ ସ୍ତଉ ଦେବେତରୋ ଜନଃ।" ଶ୍ରେଷ୍ଠ ଲୋକଙ୍କ ଆଚରଣ ହିଁ ସାଧାରଣ ଲୋକାଚାରର ବାର୍ତ୍ତା ବହ।

ସୃଷ୍ଟିକର୍ତ୍ତାଙ୍କ ସୃଷ୍ଟିରେ ଦିବ୍ୟ ଗୁଣଯୁକ୍ତ ଶ୍ରେଷ୍ଠ ଜୀବ ହେଲା ମଣିଷ, ମାନବ ଜନ୍ମ ମନୁଷ୍ୟ ପ୍ରତି ଈଶ୍ୱରଙ୍କର ପ୍ରଦତ୍ତ ଅମୂଲ୍ୟ ଅତୁଳନୀୟ ଓ ଅନୁପମ ଉପହାର। ଯାହା ଉପରେ ପରମାତ୍ମା ଦୃଶ୍ୟ ଜଗତର ଅନେକ ଗୁରୁଦାୟିତ୍ୱ ନ୍ୟସ୍ତ କରି, ସ୍ୱୟଂ ଅନ୍ତରାଲରେ ସେ ସବୁର ନିୟନ୍ତ୍ରଣ କରୁଛନ୍ତି। ଦୁନିଆରେ ସବୁତ ତାଙ୍କରି ସୃଷ୍ଟି। ଆଉ ସୃଷ୍ଟିର ଚମକ୍ରାର ଓ ଆଶ୍ଚର୍ଯ୍ୟମୟ ପ୍ରାଣୀ ହେଉଛି ମଣିଷ। ଏହାର ବିବର୍ତ୍ତନକୁ ଲକ୍ଷ୍ୟ କଲେ ଜଣାଯାଏ– ଆଜି ଯେଉଁ ମଣିଷକୁ ଆମେ ଦେଖୁଛନ୍ତି। ହଜାର ବର୍ଷେ ତଲେ ଏମାନେ ଏଭଳି ନଥିଲେ କିମ୍ୱା ଆଜି ଯେଉଁ ଜ୍ଞାନ ବା ବୁଦ୍ଧି ତା'ଠାରେ ପରିଲକ୍ଷିତ ହେଉଛି ତାହା ହଜାର ବର୍ଷ ତଲେ ନଥିଲା। ମଣିଷ ତା'ର ପରିବେଶର ପର୍ଯ୍ୟବେକ୍ଷଣ ଓ ନିଜର ଧୀ ଶକ୍ତିରୁ ଜ୍ଞାନ ଆହରଣ କରି ଆଜି ବିଜ୍ଞାନ ଯୁଗର ମାନବ ହିସାବରେ ପ୍ରତିଷ୍ଠିତ।

ପୃଥିବୀର ପ୍ରଥମ ଜୀବନ କୁଆଡ଼େ ମଣିଷ ରୂପେ ଜନ୍ମିଥିଲା ଆଫ୍ରିକାରେ। ପ୍ରକୃତି ସହ ଲଢ଼ି ଲଢ଼ି ସେ ଶାରୀରିକ ପରିବର୍ତ୍ତନ ହାସଲ କଲାପ୍ରାୟ ଦୁଇଲକ୍ଷ ବର୍ଷ ତଲେ। ପ୍ରାୟ ପଚାଶ ହଜାର ବର୍ଷ ତଲେ ଜୀବନ ସ୍ୱୟଂ ସମ୍ପୂର୍ଣ୍ଣ ଜୀବନରେ ବିବର୍ତ୍ତିତ ହେଲା। କେତେ ହଜାର ବର୍ଷ ତଲେ କୃଷି ସଭ୍ୟତାର ଆଶ୍ରୟ ନେଇଛି ମଣିଷ ନାମକ ଜୀବ। ବିଜ୍ଞାନତ ଶହେ ବର୍ଷର ଶିଶୁ ମାତ୍ର। ତେବେ ମଣିଷ କ'ଣ ଦିବ୍ୟ ମନୁଷ୍ୟତ୍ୱରେ ପହଞ୍ଚିଛି ନା ଅନ୍ୟ ଜୀବମାନଙ୍କ ପରି ହିଂସା, ଦ୍ୱେଷ ଏବଂ ଈର୍ଷାନ୍ୱିତ ଏକ ବଣ୍ୟ ଜୀବ ହୋଇ ରହିଯାଇଛି। କୋଠାଘରେ ରହିଲେ, ପିଚୁ ରାସ୍ତାରେ ମଟର ଯାନରେ ଗତି କଲେ, ଜୀବନ କ'ଣ ଦେବତ୍ୱ ଲାଭ କରେ ? ଖାଦ୍ୟ ଅନ୍ୱେଷଣରୁ ଅର୍ଥ ଅନ୍ୱେଷଣ ଏବଂ ଶେଷରେ କ୍ଷମତା ଅନ୍ୱେଷ ଯାଏ ମଣିଷ ଆସିଲା ମାତ୍ର, ଦେବତ୍ୱର ଅନ୍ୱେଷଣ ପାଇଁ ମଣିଷ ସ୍ପୃହାହୀନ କାହିଁକି ? ମଣିଷ ଜୀବନ ଏମିତି ମାୟା ଜାଲରେ ପଡ଼ିଯାଇଛି ଯେ, ଅବଶେଷରେ ସପ୍ତର୍ଷିମଣ୍ଡଳକୁ ଏ ପ୍ରଶ୍ନ ବା ଚିହ୍ନ ବୋଲି ମନେ କରୁଛି। ନିଜ ଭିତରର ଈଶ୍ୱରଙ୍କୁ ନ ଚାହିଁ ମନ୍ଦିର, ମସ୍‌ଜିଦରେ ଈଶ୍ୱରଙ୍କୁ ଖୋଜୁଛି।

ଜ୍ଞାନର ବୁଦ୍ଧି ଓ ସତ୍ୟର ଉନ୍ମୋଚନା ପାଇଁ କୌଣସି ବିଷୟ ଉପରେ ଯେତେ ଚର୍ଚ୍ଚା ବା ଆଲୋଚନା ହେବ ସେତେ ଭଲ। ଚର୍ଚ୍ଚାର ବିଷୟବସ୍ତୁକୁ ନେଇ ଯେତେତେବେଲେ ଆଲୋଚକମାନେ ଦୁଇ ଭାଗରେ ବିଭକ୍ତ ହୋଇଯାଆନ୍ତି ସେଇଠୁ ଚର୍ଚ୍ଚା–ତର୍କର ରୂପ ନିଏ। ତର୍କରେ ସତ୍ୟର ଅନୁସନ୍ଧାନକୁ ଛାଡ଼ି ହାରିବା ଜିତିବା ଉପରେ ଜୋର ଦେଇ ଯେତେତେବେଲେ ତାର୍କିକ ବିଷୟବସ୍ତୁରୁ ଓହରିଯାଇ ଅପରପକ୍ଷକୁ ବ୍ୟକ୍ତିଗତ ଆକ୍ରମଣ କରେ ସେତେତେବେଲେ ତର୍କ ଗାଲୁରେ ପରିଣତ ହୋଇଥାଏ। ଗାଲୁର ସ୍ୱଭାବ ମୁଖ୍ୟତଃ ତିନି ପ୍ରକାର। ବ୍ୟକ୍ତିଗତ ସ୍ୱଭାବର କଥା ହେଲା ଅନେକ ଲୋକ ସ୍ୱାଭାବରେ ଆକ୍ରମଣକାରୀ, ବିଦ୍ରୋହୀ କ୍ଷଣକୋପୀ ଓ ନଚ୍ଛୋଡ଼ବନ୍ଧା। ବ୍ୟକ୍ତି ନିଜର ବ୍ୟବହାର ଓ ପରିବେଶକୁ ନେଇ ଆଲୋଚନା କରିପାରେ। ଯୁକ୍ତିବାଦୀ ହୁଅ, ଠାସ ସମ୍ରାଟ ବା ଗାଲୁବାଦୀ ହୁଅ। ଯେତେ ବିଷୟବସ୍ତୁ ଉପରେ

ବେଶୀ ଆଲୋଚନା, ଯୁକ୍ତି, ତର୍କ ବା ଚର୍ଚ୍ଚା ହୋଇଛି, ସବୁଠାରୁ ବେଶୀ ଚର୍ଚ୍ଚା ହୋଇଛି ଈଶ୍ୱରଙ୍କ ଉପରେ। କାରଣ ସୃଷ୍ଟିର ସର୍ଜନା ମନୁଷ୍ୟ ପାଇଁ ଏବେ ବି ରହସ୍ୟମୟ ହୋଇ ରହିଛି। ସୃଷ୍ଟିର ବିଶାଳତା ଓ ବୈଚିତ୍ର୍ୟ ଏତେ ଚମତ୍କାର ଓ ଅକଳ୍ପନୀୟ ଯେ ମଣିଷ ଯେତେ ସେ ବିଷୟରେ ଅଧିକ ଜାଣିବ ଆହୁରି ବେଶୀ ଜାଣିବାକୁ ସେତେ ବ୍ୟଗ୍ର ଓ ଆଗ୍ରହୀ ହେବ। ଏ ସମସ୍ତେ ଯାହା ଦେଖୁଛନ୍ତି ତାହା କିଞ୍ଚିତ ମାତ୍ର। ଜଣେ ଯାହା ଦେଖୁଛି ବା ଜାଣିଛି ଅନ୍ୟ ଜଣେ ତାହା ସ୍ୱଚକ୍ଷୁରେ ଦେଖିନାହିଁ। କିନ୍ତୁ ତା' ଜ୍ଞାନରୁ ଜ୍ଞାନୀହୋଇଛି। ଜଣଙ୍କଠାରୁ ଅନ୍ୟ ଜଣେ ଯେଉଁ ଜ୍ଞାନ ଅର୍ଜନ କରେ ତାହା ବିଚାର କରେ, ସମୀକ୍ଷା କରେ ନା, ଅନ୍ଧ ଭାବରେ ଗ୍ରହଣ କରେ, ତାହା ହିଁ ବିଚାର୍ଯ୍ୟ। ସୃଷ୍ଟି ଓ ସ୍ରଷ୍ଟା ଏଭଳି ଏକ ତାର୍କିକ ବିଷୟ। ବୈଜ୍ଞାନିକମାନେ ଏ ରହସ୍ୟକୁ ଜାଣିବାକୁ ଅହରହ ଚେଷ୍ଟିତ। କିନ୍ତୁ ଆଧ୍ୟାତ୍ମିକ ଚିନ୍ତାଧାରୀମାନେ କହନ୍ତି, ସୃଷ୍ଟିର ରହସ୍ୟ କେବଳ ସ୍ରଷ୍ଟାଙ୍କୁ ଜଣା। ତାଙ୍କ ବ୍ୟତିତ ଆଉ ଅନ୍ୟ କେହି ଜାଣିପାରିବେ ନାହିଁ। ତା' ହେଲେ ସ୍ରଷ୍ଟାଙ୍କୁ ଜାଣିଲେ ସୃଷ୍ଟିର ରହସ୍ୟ ଜଣାପଡ଼ିବ। ଏ ବାବଦରେ ମଧ ତିନୋଟି ପ୍ରଶ୍ନ। ସ୍ରଷ୍ଟା-ସୃଷ୍ଟି ପୂର୍ବରୁ କେଉଁଠାରେ ଥିଲେ ? ସ୍ରଷ୍ଟାଙ୍କର-ସୃଷ୍ଟି ତିଆରି କରିବାର ଅଭିପ୍ରାୟ କ'ଣ ? ସ୍ରଷ୍ଟା-ସୃଷ୍ଟି କରିବାପରେ କେଉଁଠାରେ ଅଛନ୍ତି ? ତିନୋଟି ପ୍ରଶ୍ନ ଈଶ୍ୱରଙ୍କ ଅବସ୍ଥିତି ଓ ଅଭିପ୍ରାୟ ଉପରେ ପର୍ଯ୍ୟବେସିତ।

ପ୍ରଥମ ପ୍ରଶ୍ନର ଉତ୍ତରରେ ଧର୍ମଗୁରୁମାନେ କହିଛନ୍ତି– "ଈଶ୍ୱର ସୃଷ୍ଟି ପୂର୍ବରୁ ଥିଲେ। ଏବେ ମଧ ଅଛନ୍ତି ଓ ସୃଷ୍ଟି ବିନାଶ ପରେ ସୁଦ୍ଧା ରହିବେ।" ତା'ହେଲେ ଈଶ୍ୱର କିପରି ? ସେ ଜଣେ ପୁରୁଷ ନା ନାରୀ କିୟା କୌଣସି ପଦାର୍ଥ। ଧର୍ମଗୁରୁମାନେ କହିଛନ୍ତି– "ସେ ପୁରୁଷ କିୟା ନାରୀ ନୁହନ୍ତି। ସେ ନିର୍ବିକାର। ଏକ ଶକ୍ତି ଯାହାକୁ ଅନୁଭବ କରାଯାଇପାରେ ଓ ବିଶ୍ୱାସ ମଧ।" ଏପରି ଯୁକ୍ତି ଗ୍ରହଣୀୟ କିନ୍ତୁ ଈଶ୍ୱର ଏକ ଶକ୍ତି କହିଲେ ପୁଣି ତର୍କ ଉଠେ। କାରଣ ଶକ୍ତି ଜଣଙ୍କ ପାଇଁ ହେଲେ ଅନ୍ୟ ଜଣଙ୍କ ଲାଗି ତାହା ଶକ୍ତିହୀନ। ଯାହା ପରୀକ୍ଷିତ ନୁହେଁ ତାହା ଅବୈଜ୍ଞାନିକ ଓ ଏକ ଧାରଣା ମାତ୍ର।

୨ୟ ପ୍ରଶ୍ନର ଉତ୍ତର ହେଲା– ସୃଷ୍ଟି ସର୍ଜନା କରିବା ପଛରେ ଭଲମନ୍ଦ କିୟା ପରୀକ୍ଷା ଉଦ୍ଦେଶ୍ୟ ଥିଲା। ଯଦି ଉଦ୍ଦେଶ୍ୟ ଭଲ ଥିଲା ତା'ହେଲେ ମନ୍ଦ ଜିନିଷଗୁଡ଼ିକର ବିନାଶ କଲେ ନାହିଁ କାହିଁକି ? ଯଦି ଉଦ୍ଦେଶ୍ୟ ମନ୍ଦ ତା'ହାଲେ ସ୍ରଷ୍ଟା ଏକ ମନ୍ଦ ଉଦ୍ଦେଶ୍ୟଧାରୀ ଚରିତ୍ର ବା ଶକ୍ତି। ଯଦି ପ୍ରାଣୀମାନଙ୍କୁ ପରୀକ୍ଷା କରିବାକୁ ସୃଷ୍ଟିର ସର୍ଜନା ତେବେ ଯିଏ ଯେଉଁ କର୍ମ କରିବ ସେ ତା' ଫଳ ପାଇବ। ସ୍ରଷ୍ଟାଙ୍କର ଏଥିରେ କିଛି କରିବାର ନାହିଁ। ଯଦି ଭଲକାମ କରି ଦଣ୍ଡ ମିଲେ କିୟା ଖରାପ କାମ କରି ପୁରସ୍କାର ମିଲେ (ବର୍ତ୍ତମାନ ଯେପରି ମିଳୁଛି) ତେବେ ସ୍ରଷ୍ଟା ଏକ ଅନ୍ୟାୟୀ ଓ କୁ ଶକ୍ତି।

୩ୟ ପ୍ରଶ୍ନର ଉତ୍ତର– ଯଦି ସେ ସର୍ବ ବିଦ୍ୟମାନ। ମନ୍ଦିର, ଗିର୍ଜା, ମସ୍ଜିଦର ଆବଶ୍ୟକତା ନାହିଁ। ଯଦି ସେ ଅଦୃଶ୍ୟ, ସମସ୍ତଙ୍କର ହୃଦୟରେ ଅଛନ୍ତି ତେବେ ତାଙ୍କ ନାମରେ ଏତେ ଗଣ୍ଡଗୋଳ, ହିଂସା, ହତ୍ୟା କରିବା ଯଥାର୍ଥ କି ? ଯଦି ସେ ବିଦ୍ୟମାନ ଓ ଦୃଶ୍ୟ ତେବେ ବିଜ୍ଞାନ ଯେଉଁଠାରେ ପାଦ ଦେଇଛି, ସେ ସେଠାରୁ ବିଦାୟ ନେଉଛନ୍ତି କାହିଁକି ? ଯେପରି ଆଲୋକର ଉପସ୍ଥିତିରେ ଅନ୍ଧକାର ଦୂର ହୁଏ। ସେପରି ବିଜ୍ଞାନ ଓ ଆଧୁନିକ ସଭ୍ୟତାର ଅଭିବୃଦ୍ଧି ସଙ୍ଗେ ସଙ୍ଗେ ଈଶ୍ୱରଙ୍କର ଅବସ୍ଥିତିରେ ଅବକ୍ଷୟ ହେଉଛି କିପରି ? ଏତକ ଏଇଠି ସରି ନାହିଁ। ପୃଥିବୀର ସବୁଠାରୁ ତର୍କର ବିଷୟ ହେଲା ଈଶ୍ୱର। ମଣିଷ କୌଣସି ଅଦୃଶ୍ୟ ଶକ୍ତି ଓ ଅଲୌକିକ ଶକ୍ତି ଉପରେ ଯେ ପର୍ଯ୍ୟନ୍ତ ବିଶ୍ୱାସ ରଖିଥିବ, ଈଶ୍ୱର ସେ ପର୍ଯ୍ୟନ୍ତ ଟିଷ୍ଟି ରହିଥିବେ। ସବୁଠାରୁ ବଡ଼ କଥା ହେଲା ବିଶ୍ୱର ବିଶିଷ୍ଟ ଚିନ୍ତାନାୟକମାନେ ଏବିଷୟ ଉପରେ ତାଙ୍କ ମତାମତ ରଖିବାକୁ ଯାଇ ଯାହା କହିଛନ୍ତି। ମହାତ୍ମା ଗାନ୍ଧୀ ପ୍ରଥମେ କହିଥିଲେ– "ଭଗବାନ ହିଁ ସତ୍ୟ। ତା'ପରେ କହିଲେ ନାନା ସତ୍ୟ ହିଁ ଭଗବାନ। ସେ ଏହା ମଧ କହିଛନ୍ତି ନିରୀଶ୍ୱରବାଦୀଙ୍କର ନିରୀଶ୍ୱରବାଦିତା ଯଦି ସତ୍ୟ ତାହେଲେ ତାହା ହିଁ ଈଶ୍ୱର।" ରଜନୀଶଙ୍କ ଭାଷାରେ– "ଈଶ୍ୱର ଏକ ପ୍ରଳୟ। ତାଙ୍କ ନାମରେ ଅନେକ ଅନିଷ୍ଟ, ଅନ୍ୟାୟ, ଅନୀତି, ଅପକର୍ମ ଓ ଅତ୍ୟାଚାର। ତାଙ୍କ ମତରେ ଈଶ୍ୱରବାଦୀ ଓ ନିରୀଶ୍ୱରବାଦୀ ଉଭୟେ ଭୁଲ। ଜଣେ ଈଶ୍ୱରଙ୍କ ସପକ୍ଷରେ ଓ

ଅନ୍ୟ ଜଣେ ଈଶ୍ୱରଙ୍କ ଈଶ୍ୱରୀୟ ସତ୍ତାର ବିରୋଧୀ। ଈଶ୍ୱର ବୋଲି କିଛି ନାହିଁ। କିନ୍ତୁ ଈଶ୍ୱରୀୟ ଗୁଣ ଯଥା– ଆତ୍ମଚିନ୍ତନ, ଧ୍ୟାନ, ଶାନ୍ତି ଓ ସୌନ୍ଦର୍ଯ୍ୟ ସବୁ ମଣିଷର ଆବଶ୍ୟକତା। ତେଣୁ ବସ୍ତୁବାଦୀ ବିଜ୍ଞାନ ଓ ଆଧୁନିକ ଅନ୍ଧବିଶ୍ୱାସ।" ବାବାସାହେବ ଆମ୍ବେଦକରଙ୍କ ମତରେ– "ଈଶ୍ୱର ଯାହାଙ୍କ ପାଇଁ ଧର୍ମ ତାଙ୍କ ପାଇଁ ଆମ୍ବେଦକରଙ୍କର ଯଥେଷ୍ଟ ବ୍ୟଥା, ଘୃଣା ଓ କ୍ରୋଧ। କାରଣ ସମାଜର ଅନେକ କୁସ୍ଥିତ ପ୍ରଥା ଈଶ୍ୱର ବେଷ୍ଟିତ।" ବାବାସାହେବ କହିଛନ୍ତି– "ମୋକ୍ଷଦାତା ଭଗବାନ ନୁହନ୍ତି। ବୁଦ୍ଧି ଭଲି ମାର୍ଗଦାତା ହିଁ ଭଗବାନ।"

ଚାର୍ଲ୍ସ ଡାରଉଇନ୍ ତାଙ୍କ ପୁସ୍ତକ 'ଅରିଜିନ୍'ରେ ଲେଖିଛନ୍ତି– "ଦି ଅରିଜିନାଲ୍ ଅଫ୍ ସ୍ପାଇସେସ୍ ନଟ୍ ବି ଅରିଜିନ୍ ଅଫ୍ ଲାଇଫ୍।" ସେ ତାଙ୍କ ପୁସ୍ତକରେ ନଅ ଥର ସ୍ରଷ୍ଟା ବା କ୍ରିଏଟର ଶବ୍ଦ ବ୍ୟବହାର କରିଛନ୍ତି। ଡାରଉଇନ୍ ଈଶ୍ୱର ଜୀବନ ଦାତା ବୋଲି କେବେ କହି ନାହାନ୍ତି। ଏହା ଦ୍ୱାରା ଈଶ୍ୱରବାଦୀମାନେ ଈଶ୍ୱର ବିଶ୍ୱାସ ଓ ନିରୀଶ୍ୱରବାଦୀମାନେ ଈଶ୍ୱର ଅବିଶ୍ୱାସୀ ହୋଇ ସତ୍ୟର ଅନୁସନ୍ଧାନ ଜାରି ରଖିଲେ। ଚାର୍ଲ୍ସ ରବର୍ଟ ଡାରଉଇନ (୧୭-୨-୧୮୦୫ରୁ ୧୯-୪-୧୮୮୨)ଙ୍କ ବିବର୍ତ୍ତନ ତତ୍ତ୍ୱ ବିଶେଷ ଗୁରୁତ୍ୱ ବହନ କରେ। ପ୍ରଖ୍ୟାତ 'ଟାଇମ୍' ପତ୍ରିକା ତାକୁ ନିଉଟନଙ୍କ ପରବର୍ତ୍ତୀ ସମୟର ସବୁଠାରୁ ମହାନ ବୈଜ୍ଞାନିକ ଭାବେ ଅଭିହିତ କରିଥିଲେ। ତାଙ୍କର ଯୁଗାନ୍ତକାରୀ ତତ୍ତ୍ୱ ସମ୍ବଳିତ– ପୁସ୍ତକ 'ଅରିଜିନ୍ ଅଫ୍ ସ୍ପିସେସ୍' ନଭେମ୍ବର ୨୪-୧୮୫୯ରେ ପ୍ରକାଶ ପାଇଥିଲା। ତାଙ୍କ ତତ୍ତ୍ୱର ସାରାଂଶ ହେଉଛି, ନିଜ ପରିବେଶରେ ଟିକ୍ଷି ରହିବାକୁ ହେଲେ ଜୀବ ପାଇଁ ଜୀବନ ସଂଗ୍ରାମ (ସ୍ଟ୍ରଗଲ ଫର୍ ଏକ୍ଜିଷ୍ଟେସନ୍) ଅପରିହାର୍ଯ୍ୟ ଏବଂ ଅନୁକୂଳ ଲକ୍ଷଣଯୁକ୍ତ ଜୀବକୁ ପ୍ରକୃତି ପ୍ରାକୃତିକ ଚୟନ (ନେଚୁରାଲ ସିଲେକ୍ସନ୍) ମାଧ୍ୟମରେ ବଞ୍ଚିରହିବା ତଥା ବଂଶ ବିସ୍ତାର କରିବାର ସୁଯୋଗ ଦେଇଥାଏ। ଫଳରେ ନୂଆ ନୂଆ ଜୀବଜାତିର ଉଦ୍ଭବ ସମ୍ଭବ ହୁଏ ଏବଂ ପ୍ରକୃତି ଦ୍ୱାରା ଅଯୋଗ୍ୟ ବିବେଚିତ ଜୀବଜାତିର ବିଲୁପ୍ତି ଘଟେ। ଜୀବଜଗତର ସର୍ଜନା ନେଇ ପୂର୍ବରୁ ଥିବା ଅନ୍ଧକାର ଓ ଅନ୍ଧବିଶ୍ୱାସ କବଳରୁ ବିଶ୍ୱ ଜନମାନସକୁ ମୁକ୍ତ କରିବାରେ ଡାରଉଇନଙ୍କ ଭୂମିକା ସବୁଠାରୁ ଅଧିକ ଗୁରୁତ୍ୱପୂର୍ଣ୍ଣ। କିନ୍ତୁ ଏଥିଲାଗି ତାଙ୍କ ତତ୍ତ୍ୱକୁ ଚର୍ଚ୍ଚ ଓ ପ୍ରତିଷ୍ଠିତ ଧର୍ମଧାରାର ପ୍ରବଳ ବିରୋଧ ସହିବାକୁ ପଡ଼ିଥିଲା। ଜଣେ ଜର୍ମାନ ସମ୍ପାଦକଙ୍କ ଅନୁରୋଧ କ୍ରମେ ଡାରଉଇନ୍ ତାଙ୍କ ଜୀବନର ଏକ ସଂକ୍ଷିପ୍ତ ବିବରଣୀ ସମେତ ତାଙ୍କର ମାନସ ତଥା ବ୍ୟକ୍ତିତ୍ୱ ବିକାଶ ବାବଦରେ ୧୮୭୬ ମସିହାରେ ଏକ ଲେଖା ଲେଖିଥିଲେ। ଯାହାର ଶୀର୍ଷକ ଥିଲା "ରିଫ୍ଲେକ୍ସନ୍ସ ଅଫ୍ ଦ ଡେଭେଲପମେଣ୍ଟ ଅଫ୍ ମାଇଁ ମାଇଣ୍ଡ ଆଣ୍ଡ କ୍ୟାରେକ୍ଟର।" ଏବାବଦରେ ପରେ ତାଙ୍କ ପୁଅ ଫ୍ରାନ୍ସିସ୍ ଡାରଉଇନ୍ ଲେଖିଥିଲେ– "ତାଙ୍କ ବହିଗୁଡ଼ିକରେ ବାପା ଈଶ୍ୱର ତଥା ଧର୍ମ ବିଷୟରେ କିଛି ଲେଖିବାକୁ ଅନିଚ୍ଛୁକ ଥିଲେ ଏବଂ ଏ ବିଷୟରେ ଯାହା ବି ଲେଖିଛନ୍ତି ତାହା ପ୍ରକାଶ କରିବା ଉଦ୍ଦେଶ୍ୟରେ ଲେଖି ନଥିଲେ।"

ତାଙ୍କର ଦୃଢ଼ ମତ ଯେ, ଏହି ବିଶ୍ୱାସ (ଈଶ୍ୱର) ମୂଳତଃ ଏକ ବ୍ୟକ୍ତିଗତ ବ୍ୟାପାର। ଯାହା ଏକାନ୍ତ ଭାବେ ନିଜସ୍ୱ। ୧୮୭୯ ମସିହାରେ ଚର୍ଚ୍ଚ ଅଫ୍ ଇଂଲଣ୍ଡର ଧର୍ମଯାଜକ ଜନ୍ ଫର୍ଡିସ୍କ ପାଖକୁ ଡାରଉଇନ୍ ଲେଖିଥିଲେ– ମୋର ଦୃଷ୍ଟିକୋଣ, ମୋ ଛଡ଼ା ଅନ୍ୟ କାହା ପାଇଁ ଗୁରୁତ୍ୱପୂର୍ଣ୍ଣ ହୋଇନପାରେ। କିନ୍ତୁ ଆପଣଙ୍କ ପ୍ରଶ୍ନର ଉତ୍ତର ଭାବେ ମୁଁ କହିପାରେ ଯେ, ମୋ ବିଚାର ପ୍ରାୟତଃ ଅସ୍ଥିର, ଦୋଲାୟମାନ। ପ୍ରକୃତରେ ମୁଁ କେବେ ବି ନାସ୍ତିକ ନଥିଲି। ଈଶ୍ୱରଙ୍କ ଅସ୍ତିତ୍ୱକୁ ଅସ୍ୱୀକାର କରି ନାହିଁ। ଅନ୍ୟପକ୍ଷରେ ସବୁବେଳେ ନହେଲେ ମଧ ସାଧାରଣ ଭାବେ ମତେ 'ଏଗ୍ନିଷ୍ଟିକ୍'ବା 'ଅବିଜ୍ଞେୟବାଦୀ' କହିବାଟା ମୋର ମାନସିକତାର ପ୍ରକୃତ ଚିତ୍ରଣ ହେବ। ଏଗ୍ନିଷ୍ଟିକ୍‌ମାନେ ବିଶ୍ୱାସ କରନ୍ତି ଯେ, ଈଶ୍ୱରଙ୍କ ଅସ୍ତିତ୍ୱକୁ ମାନିବା ବା ନମାନିବା ଅଥବା ଈଶ୍ୱରଙ୍କୁ ବୁଝିପାରିବା ମଣିଷର ବୋଧ ଶକ୍ତିର ବାହାରେ।

ଜୀବନର ସୃଷ୍ଟି ଉପରେ ଅନୁଧ୍ୟାନ, ଅଧ୍ୟୟନ ଏବଂ ବିଚାର ଆଲୋଚନା କରୁଥିବା ଅବସରରେ ସେ ଈଶ୍ୱର, ଧର୍ମ ତଥା ଧର୍ମ ବିଶ୍ୱାସ ସମ୍ପର୍କରେ ଅନେକ ଚିନ୍ତନ ମନନ କରିଥିଲେ। କିନ୍ତୁ ତାଙ୍କର ବୈଜ୍ଞାନିକ ଦୃଷ୍ଟିକୋଣ ଈଶ୍ୱରଙ୍କୁ

ନେଇ ରହିଥିବା ଅନ୍ଧବିଶ୍ୱାସକୁ ଗ୍ରହଣ କରିବାକୁ ପ୍ରସ୍ତୁତ ନଥିଲା। ତେଣୁ ଧର୍ମଗ୍ରନ୍ଥରେ ବର୍ଣ୍ଣିତ ବିଭିନ୍ନ ଅଲୌକିକ ଘଟଣା ସଂକ୍ରାନ୍ତରେ ସେ ଆତ୍ମଜୀବନୀରେ ଲେଖିଛନ୍ତି, ଏ ବିଷୟରେ ଅଧିକ ଭାବିବା ପରେ ମୋତେ ଲାଗିଲା, ଖ୍ରୀଷ୍ଟଧର୍ମ ଯେଉଁ ସବୁ ଚମକ୍କାରୀ ଘଟଣା ଉପରେ ତିଷ୍ଠିଛି, କୌଣସି ସୁସ୍ଥମନା ବ୍ୟକ୍ତି ସେ ସବୁକୁ ବିଶ୍ୱାସ କରିବାକୁ ହେଲେ ସୁସ୍ପଷ୍ଟ ପ୍ରମାଣ ଦରକାର ଏବଂ ଆମେ ଅପରିବର୍ତ୍ତନୀୟ ପ୍ରାକୃତିକ ନିୟମାବଳୀ ବିଷୟରେ ଯେତେ ଅଧିକ ଜାଣୁଛେ, ଚମକ୍କାର ଘଟଣା ସମୂହ ସେତେ ଅବିଶ୍ୱସନୀୟ ଲାଗୁଛି। ତେବେ ସେହି ଡାରଉଇନ ହଲାଣ୍ଡର ଜଣେ ଛାତ୍ରଙ୍କ ଚିଠିର ଉତ୍ତରରେ ଲେଖିଥିଲେ ଏହି ଆଶ୍ଚର୍ଯ୍ୟଜନକ ଓ ଚମକ୍କାରୀ ବିଶ୍ୱବ୍ରହ୍ମାଣ୍ଡ ଆକସ୍ମିକ ଭାବେ ସୃଷ୍ଟି ହୋଇଛି ବୋଲି କଳ୍ପନା କରିବା ଅସମ୍ଭବ। ମୋ ମତରେ ଏହା ହିଁ ଈଶ୍ୱରଙ୍କ ସ୍ଥିତି ସପକ୍ଷରେ ମୁଖ୍ୟ ଯୁକ୍ତି। ମୋତେ ଲାଗୁଛି ପୁରା ବିଷୟଟି ମଣିଷର ବୋଧ ଶକ୍ତି ବାହାରେ ବୋଲି ଧରିନେବା ଠିକ୍ ହେବ।

ନିଜକୁ ଏଗ୍ନୋଷ୍ଟିକ୍ ବୋଲି ଭାବୁଥିବା ଡାରଉନ୍ଙ୍କ ବିବର୍ତ୍ତନ ତତ୍ତ୍ୱକୁ ସବୁଠାରୁ ତୀବ୍ର ବିରୋଧ କରାଯାଇଥିଲା ଚର୍ଚ୍ଚ ତରଫରୁ। 'ଅରିଜିନ୍ ଅଫ୍ ସ୍ପିସିସ୍' ପ୍ରକାଶ ପାଇବା ପରେ ପରେ ଡାରଉଇନ୍ଙ୍କ ମସ୍ତକକୁ ଏକ ବାନର ସଦୃଶ୍ୟ ପ୍ରାଗୈତିହାସିକ ମାନବର ଶରୀରରେ ଯୋଡିଦେଇ ବ୍ୟଙ୍ଗଚିତ୍ରମାନ ପ୍ରସ୍ତୁତ ତଥା ପ୍ରକାଶ କରାଯାଇଥିଲା। ତେବେ ସେହି ସମୟରେ ପ୍ରଖ୍ୟାତ ଧର୍ମଯାଜକ ତଥା ଧର୍ମଶାସ୍ତ୍ରବିତ୍ ଚାର୍ଲ୍ସକିଙ୍ଗସଲେ ଡାରଉଇନ୍ଙ୍କୁ ଧନ୍ୟବାଦ ଜଣାଇବା ବି ଦେଖା ଯାଇଥିଲା। ତେବେ ବହୁ ବର୍ଷପରେ ଚର୍ଚ୍ଚ ବିବର୍ତ୍ତନବାଦକୁ ସ୍ୱୀକୃତି ଦେଲା। ୧୯୫୧ ମସିହାରେ ପୋପ୍ ପାୟସ୍-XII ଆଣ୍ଟିଫିକାଲ ଏକାଡେମୀ ଅଫ୍ ସାଇନ୍ସେସର ଅଧିବେଶନରେ 'ବିଗ୍ ବ୍ୟାଙ୍ଗ ଥିଓରୀ' (ବ୍ରହ୍ମାଣ୍ଡ ସୃଷ୍ଟିର ବୈଜ୍ଞାନିକ ତତ୍ତ୍ୱ) ଉପରେ ଅନୁକୂଳ ମତ ଦେଇଥିଲେ। ୧୯୯୬ ମସିହାରେ ପୋପ୍ ଜନ୍ପଲ୍ ଦ୍ୱିତୀୟ କହିଥିଲେ, ବିବର୍ତ୍ତନ ଏକ ପରିକଳ୍ପନା ନୁହେଁ। ଏହା ଏକ ପ୍ରାମାଣିକ ସତ୍ୟ। ୨୦୦୮ ମସିହାରେ ଚର୍ଚ୍ଚ ଅଫ୍ ଇଂଲଣ୍ଡର 'ମିଶନ୍ ଓ ପବ୍ଲିକ୍ ଆଫେୟାର୍ସ'ର ନିର୍ଦ୍ଦେଶକ ରେଭରେଣ୍ଡ ମାଲକମ୍ ବ୍ରାଉନ୍ ଏକ ନିବନ୍ଧର ଉପସଂହାରରେ କହିଥିଲେ ଯେ, ଡାରଉଇନ୍ଙ୍କୁ ଭୁଲ ବୁଝିଥିବାରୁ ଏବଂ 'ଅରିଜିନ୍ ଅଫ୍ ସ୍ପିସିସ୍' ପ୍ରତି ଭୁଲ ପ୍ରତିକ୍ରିୟା ଦର୍ଶାଇଥିବାରୁ 'ଚର୍ଚ୍ଚ ଡାରଉଇନଙ୍କ ପାଖରେ କ୍ଷମା ପ୍ରାର୍ଥୀ।' ୨୦୧୪ ମସିହାରେ ପୋପ୍ ଫ୍ରାନ୍ସିସ୍ ଦେଇଥିବା ବକ୍ତବ୍ୟ ଚର୍ଚ୍ଚ–ଡାରଉଇନ୍ ମତ ପାର୍ଥକ୍ୟ ଦୂର କରିବାରେ ଗୁରୁତ୍ୱପୂର୍ଣ୍ଣ ସାବ୍ୟସ୍ତ ହୋଇଛି। ସେ କହିଛନ୍ତି 'ଉଭୟ ମହାବିସ୍ଫୋରଣ ତତ୍ତ୍ୱ ଓ ବିବର୍ତ୍ତନ ତତ୍ତ୍ୱ ସତ୍ୟ ଉପରେ ଆଧାରିତ ଏବଂ ଈଶ୍ୱର କାଉଁରିକାଠି ଚଳାଉଥିବା ଜଣେ ଯାଦୁକର ନୁହନ୍ତି। ପ୍ରକୃତରେ ଈଶ୍ୱର ବିଶ୍ୱାସ ତଥା ଧର୍ମ ବିଶ୍ୱାସ ଏବଂ ବିଜ୍ଞାନ ପରସ୍ପରର ବିପରୀତମୁଖୀ ନୁହନ୍ତି ବରଂ ଏସବୁ ପରସ୍ପରର ପରିପୂରକ। ଏହି ପରିପ୍ରେକ୍ଷୀରେ ଆଇନଷ୍ଟାଇନ୍ଙ୍କ ଉକ୍ତି "ଧର୍ମ ବିନା ବିଜ୍ଞାନ ପଙ୍ଗୁ, ବିଜ୍ଞାନ ବିନା ଧର୍ମ ଅନ୍ଧ" ଏବଂ ଭୋଲଟେୟାର୍ଙ୍କ ଉକ୍ତି ପ୍ରଣିଧାନଯୋଗ୍ୟ। କୃତ ବିଜ୍ଞାନ ନାସ୍ତିକ ସୃଷ୍ଟି କରେ। ପ୍ରକୃତ ବିଜ୍ଞାନ ମଣିଷକୁ ଈଶ୍ୱରଙ୍କ ପାଖରେ ନତଜାନୁ କରିଥାଏ।

ଟେମ୍ପଲଟନ୍ଙ୍କ ମତରେ କେବଳ ଧର୍ମ ନୁହେଁ, ବିଜ୍ଞାନ ଦ୍ୱାରା ବି ଆମେ ଈଶ୍ୱରଙ୍କୁ ବୁଝିପାରିବା ଏବଂ ମାନବ ସମାଜର ଆହ୍ୱାନଗୁଡ଼ିକର ମୁକାବିଲା କରିପାରିବା। ସେହିପରି ୨୦୦୩ ମସିହାରେ ମାନବ ଜିନୋମ୍ର ପ୍ରକଳ୍ପର ତତ୍କାଳୀନ ନିର୍ଦ୍ଦେଶକ ଫ୍ରାନ୍ସିସ୍ କଲିନ୍ସଙ୍କ ମତରେ ବିବର୍ତ୍ତନବାଦ ଓ ବାଇବେଲ୍ ଭିତରେ ବିରୋଧାଭାସ ନାହିଁ। ଏସବୁଠିରୁ ସ୍ପଷ୍ଟ ହୁଏ ଯେ ଈଶ୍ୱର, ଧର୍ମ, ଜୀବନ ଓ ବିଶ୍ୱବ୍ରହ୍ମାଣ୍ଡ ସମ୍ପର୍କିତ ଅଧ୍ୟୟନରେ ଏକ ସମନ୍ୱିତ ଦୃଷ୍ଟିଭଙ୍ଗୀ ରହିବା ଏକାନ୍ତ ଆବଶ୍ୟକ।

ଭକ୍ତକବି ମଧୁସୂଦନ ରାଓ କବିତା ମାଧ୍ୟମରେ ଈଶ୍ୱର ତତ୍ତ୍ୱକୁ ପ୍ରକାଶ କରିଛନ୍ତି, "ମୁଁ ସତ୍ୟ, ମୁଁ ନିତ୍ୟ, ମୁଁ ଏ ସୁନ୍ଦର। ମୁଁ ସୃଷ୍ଟି ସ୍ଥିତି ନିଜେ ମୁଁ ସଂସାର। ମୁଁ ତ' ବ୍ରହ୍ମା, ବିଷ୍ଣୁ ନିଜେ ମହେଶ୍ୱର। ତ୍ରିଗୁଣ ତ୍ରିକାଳ ସାକ୍ଷୀ ମୁଁ ଏସବୁର। ମୁଁ ଧ୍ରୁବ ଆଲୋକ ଜଗତର ଜ୍ୟୋତି। ସତ୍ୟ, ଶାନ୍ତି, ଧର୍ମ, ପ୍ରେମ ଓ ଶକ୍ତିର ପ୍ରତୀତି। ମୁଁ ସୃଷ୍ଟି ରଚନା

କଳାବେଳେ ମୋତେ କେହି ବୁଝିବାକୁ ନଥିଲେ । ପ୍ରଳୟ କାଳରେ ସମସ୍ତେ ମୋ ଭିତରେ ନିମଗ୍ନ ହେବେ । ତେଣୁ ଆମେ ସମସ୍ତେ ଏକ ସତ୍ୟରୁ ଉପନ୍ନ ଓ ତନ୍ମଧରେ ଲୁପ୍ତ ହେବୁ ।"

ଲଡ୍‍ ୟିଗ୍‍ ଫିୟର ବାକ ଜଣେ ଜର୍ମାନ ଦାର୍ଶନିକ ଯିଏ ମାର୍କସ୍‍ ଓ ଫ୍ରେଡ୍‍ରିକ୍‍ ଆଙ୍ଗେଲ୍‍ଙ୍କୁ ପ୍ରଭାବିତ କରିଥିଲେ । ତାଙ୍କ ମତରେ ଇଶ୍ୱର ମଣିଷଙ୍କୁ ନୁହେଁ, ମଣିଷ ଇଶ୍ୱରଙ୍କୁ ତିଆରି କରିଛି । ବିଗତ ଦିନର ଧର୍ମ ଆଜି ବିଜ୍ଞାନ ସମ୍ମୁଖରେ ଅର୍ଥହୀନ ଓ ଦିଗହୀନ । ନିରୀଶ୍ୱରବାଦ ଭବିଷ୍ୟତର ଧର୍ମ । ନେହରୁ କହନ୍ତି– ଚମତ୍କାରିତା କ'ଣ ମୁଁ ଜାଣେନା । ମଣିଷ ରୂପରେ ଏକ ଇଶ୍ୱର ମୁଁ ପରିକଳ୍ପନା କରିବାକୁ ଉଚିତ୍‍ ଭାବିନି । ରବର୍ଟ ଗ୍ରୀନ୍‍ ଇଙ୍ଗାରସଲ ଆମେରିକାର ବିଖ୍ୟାତ ନିରୀଶ୍ୱରବାଦୀ ରାଜନୀତିଜ୍ଞ । ତାଙ୍କ ଭାଷାରେ ଅଜ୍ଞତା ହିଁ ଇଶ୍ୱର ଓ ଜିଜ୍ଞାସା ହିଁ ବିଜ୍ଞାନ । ସ୍ୱାମୀ ବିବେକାନନ୍ଦ କହନ୍ତି, "ଇଶ୍ୱର ଏକ ପଦାର୍ଥ ନୁହେଁ । ଏହା ଏକ ଅନୁଭବ୍ୟ ଶକ୍ତି ।" ସେ ନିଜେ ସତ୍ୟ, ତେଣୁ ସେ ନିଜେ ନିଜର ପ୍ରମାଣ । ଅତଏବ କୌଣସି ଯୁକ୍ତି ଓ ପ୍ରମାଣ ସତ୍ୟ ପାଇଁ ଦରକାର ନାହିଁ । ଯେପରି ସୂର୍ଯ୍ୟଙ୍କ ଅବସ୍ଥିତି ଜାଣିବା ପାଇଁ କୌଣସି ତର୍କର ଆବଶ୍ୟତା ନାହିଁ । ବିଶିଷ୍ଟ ବ୍ରିଟିଶ ସାହିତ୍ୟିକ, ଗାୟକ ତଥା କଳାକାର ଉଲିୟମ ସୋମର ସେଟ୍‍ମମଙ୍କ ଭାଷାରେ– "ଗଡ୍‍ ଫେଲୁ ଇନ୍‍ ଦି ଟେଷ୍ଟ ଅଫ୍‍ କମନ୍‍ସେନ୍‍ ।" କେରଳରେ ଜନ୍ମ ହୋଇ ଶ୍ରୀଲଙ୍କାରେ ଅଧାପକ ଭାବେ କାମ କରିଥିବା ବିଶିଷ୍ଟ ନିରୀଶ୍ୱରବାଦୀ ଆବ୍ରାହାମ କୋଭୁର ସତ୍ୟସାଇ ବାବାଙ୍କ ଅସତ୍ୟ କାରନାମା ଉପରେ ଅନେକ ପର୍ଦାଫାସ୍‍ କରିଥିଲେ । ତାଙ୍କ ମତରେ– "ଅଲ୍‍ ଦୋ ନୋ ଗଡ୍‍ ଓ୍ୱାଜ ରେସ୍ପନ୍‍ସିବଲ ଫର ଦ କ୍ରିଏସନ୍‍ ଅଫ୍‍ ଦ ୟୁନିଭର୍ସ ଆଣ୍ଡ ଦ ଲିଭିଙ୍ଗ ଥିଙ୍ଗସ୍‍ ଇନ୍‍ ଇଟ୍‍ । ମ୍ୟାନ୍‍ ଅଫ୍‍ ଦ ପ୍ଲାନେଟ୍‍ ଆର୍ଥ ଓ୍ୱାଜ ରେସ୍ପନ୍‍ସିବଲ ଫର ଦ କ୍ରିଏସନ୍‍ ଅଫ୍‍–ନ୍ୟୁମରସ୍‍ ଗଡସ୍‍ ଇନ୍‍ ଦ ପାଷ୍ଟ ଆଣ୍ଡ ପ୍ରୋବାବ୍ଲି ହି ଉଇଲ୍‍, କଣ୍ଟିନିଉ ଟୁ ଡୁ ଇନ୍‍ ଦ ଫ୍ୟୁଚର ।" ବିଶିଷ୍ଟ ବୈଜ୍ଞାନିକ ଆଇନ୍‍ଷ୍ଟାଇନ୍‍ ୧୯୫୪ ମସିହାରେ ଏକ ଚିଠିରେ ଇଶ୍ୱରଙ୍କ ଉପରେ ତାଙ୍କ ମତ ଦେଇ କହିଛନ୍ତି ଯେ– "ଗଡ୍‍ ଡଜନ୍ଟ୍‍ ପ୍ଲେ ଡାସେଇସ୍‍ ଉଇଥ୍‍ ଦ ୟୁନିଭର୍ସ । ଦ ଓ୍ୱାର୍ଡ ଇଜ ଫର୍ମି ନଥିଙ୍ଗ ମୋର ଦ୍ୟାନ୍‍ ଦ ଏକ୍ସ‍ପ୍ରେସନ୍‍ ଆଣ୍ଡ ପ୍ରଡ୍‍କ୍ଟ ଅଫ୍‍ ହ୍ୟୁମାନ ଭାକ୍‍ନେସ ଦ ବାଇବେଲ ଏ କଲେକ୍ସନ୍‍ ଅଫ୍‍ ଅନ୍‍ରେବଲ ପ୍ରିମିଟିଭ୍‍ ଲେଜେଣ୍ଡସ୍‍ ହୁଇଚ ଆର ପ୍ରେଟି ଚାଇଲ୍ଡ୍ୟାସ୍‍ ।" ଇଶ୍ୱରଙ୍କ ଉପରେ ଏହିପରି ତର୍କର ଅନ୍ତ ନାହିଁ । କିନ୍ତୁ ପୃଥିବୀରେ ଇଶ୍ୱରଙ୍କ ସଂଖ୍ୟା ବଢ଼ି ବଢ଼ି ଚାଲିଛି ଓ ଇଶ୍ୱର ବିଶ୍ୱାସୀଙ୍କ ସଂଖ୍ୟା କମି କମି ଯାଉଛି ।

କିଏ କେଉଁ ଭାବରେ ଜୀବନ ବିତାଉଛି, ତାହା ସମ୍ପୂର୍ଣ୍ଣ ରୂପେ ନିଜ ଉପରେ ନିର୍ଭର କରେ । ଭଗବାନ କହିଛନ୍ତି– "ଯାହାର ଯେଉଁ ଭାବ ଦେଖି, ନାବ ମୁଁ ଦିଅଇ ସଳଖି ।" (ଭାଗବତ) ଆହୁରି ଯେଉଁମାନେ ଯେପରି ଭାବରେ ମୋତେ ଲୋଡ଼ନ୍ତି, ମୁଁ ମଧ ସେମାନଙ୍କୁ ସେହିପରି ଭାବରେ ଫଳପ୍ରଦାନ କରିଥାଏ । (ଗୀତା) ପାଣି ମିଶା କ୍ଷୀରରୁ ହଂସ କେବଳ କ୍ଷୀର ପିଇଲା ଭଳି, ବାଲି ମିଶ୍ରିତ ଚିନିରୁ ପିମ୍ପୁଡ଼ି କେବଳ ଚିନିକୁ ବାଛି ଖାଇଲା ପରି । ଭଲମନ୍ଦ ଭରା ସଂସାରରେ ସଜ୍ଜନ କେବଳ ଭଲକୁ ହିଁ ଖୋଜନ୍ତି । ଠାକୁର ଅଭିରାମ ପରମହଂସ କହିଲେ, "ତୁ ତାକୁ ଖୋଜିଲେ ସେ ତୋତେ ଖୋଜଇ, ସେହି ଏକା ତୋ ଜୀବନରେ ଥରେ ଉଣାକାର ନାହିଁ ମନ । ସେ ତ' ଭକତ ଭାବରେ ବନ୍ଧାରେ ସେ ତ' ଭକତ ଜୀବନ ଧନ ।" ସଂସାର ମଧରେ ମଣିଷ ଏକମାତ୍ର ଜୀବ ଯିଏ କି ସ୍ରଷ୍ଟା ଓ ତା'ର ଏ ମହାନ ସୃଷ୍ଟି ବିଶ୍ୱ ରଙ୍ଗ ମଞ୍ଚକୁ ବୁଝିବା ପାଇଁ ଯୋଗ୍ୟ । ମଣିଷ ସୃଷ୍ଟିପରେ "ଯହିଁ ବିଶ୍ରାମ ସର୍ବଲୀଳା" (ଭାଗବତ) । ଅର୍ଥାତ୍‍ ବିଧାତାଙ୍କ ଲକ୍ଷ ଲକ୍ଷ ବର୍ଷର ପରୀକ୍ଷା ନିରୀକ୍ଷା ଏହିଠାରେ ପୂର୍ଣ୍ଣଚ୍ଛେଦ ପଡ଼ିଲା । ଏହାପରେ ମଣିଷଠାରୁ ବଳି ଅଧିକ ଯୋଗ୍ୟ ପ୍ରାଣୀ ଜନ୍ମ ହୋଇନାହାନ୍ତି । ତାହାହେଲେ ବିଧାତାଙ୍କ ସର୍ବଶ୍ରେଷ୍ଟ କୃତି ଏହି 'ମଣିଷ' ପାଇଁ ପରମଧେୟ କ'ଣ ହୋଇପାରେ ? ପ୍ରଥମେ ସେ ଶିଲାଖଣ୍ଡ ବା କଳା ଗୋଡ଼ିକୁ ବାଛିବ ନା କ୍ଷୁଦ୍ର ବାଲୁକାକୁ ଅଗ୍ରାଧିକାର ଦେବ ? ଏଠାରେ ବାଲୁକା, ପାଣି ପରି ଅନାମଧେୟ ବସ୍ତୁକୁ ଆମେ ତୁଳନା କରିପାରିବା । ଦୈନଦିନ ଜୀବନରେ ଆମେ ଆବଶ୍ୟକ କରୁଥିବା ଖାଦ୍ୟ, ବସ୍ତ ଇତ୍ୟାଦି ନିତ୍ୟ ଆବଶ୍ୟକୀୟ ପଦାର୍ଥ ସହ । ଏ‍ଯୁଗର ବସ୍ତୁବାଦୀ ଚିନ୍ତା ସର୍ବସ୍ୱ, ପାଶ୍ଚାତ୍ୟପନ୍ତୀ

ଜନତା ଆଜି ମସ୍ଗୁଲ ଏହି ଅବିମୃଶ୍ୟକାରୀ କ୍ଷୁଦ୍ର ଚିନ୍ତାରେ, ଅର୍ଥ, କ୍ଷମତା, ଭୋଗ ବିଳାସରେ କାଳାତିପାତ– ଏହାଠାରୁ ବଡ଼ ଗୁରୁତ୍ୱପୂର୍ଣ୍ଣ ବିଷୟ ଚିନ୍ତା କରିବାକୁ ବେଳ କାହିଁ ? ଭଗବାନ ବାବାଙ୍କ ଭାଷାରେ, "ମଣିଷ ପାଇଁ ପ୍ରଥମ ଧ୍ୟେୟ ହେବା କଥା ସର୍ବମୂଳାଧାର ଭଗବାନ। ଦ୍ୱିତୀୟରେ ସମାଜ ଓ ତୃତୀୟରେ ବ୍ୟକ୍ତି– ଏହା ହିଁ ପ୍ରକୃଷ୍ଟ ମାର୍ଗ। ଏହା ହିଁ ସାଧନାର ସରଳ ରାଜମାର୍ଗ। ଏହା ହିଁ କ୍ରମବିବର୍ତ୍ତନର ଧାରା।"

ସେ ଭାବବିନୋଦିଆ ଭକ୍ତବତ୍ସଳ ଠାକୁରଙ୍କୁ ଭାବରେ ଅଶ୍ରୁଦେଇ ଯିଏ ଖୋଜିବ ସିଏ ପାଇବ। ହେଲେ ଏଇନେ ଚିରଶାଶ୍ୱତ ସୁଖକୁ ଛାଡ଼ି ମିଛ ମରୀଚିକା ପଛରେ ଆମର ଗତି। ଆଉ ବାରମାସୀ ଚଢ଼େଇପରି ଘଡ଼ିକୁ ଘଡ଼ି ରଙ୍ଗ ବଦଳେଇବା ଆମର ନୀତି ପାଲଟିଛି। ମଣିଷ ଆଉ ମଣିଷ ପାଖରେ ମନ ଖୋଲିପାରୁନାହିଁ। ଅନନ୍ତକାଳରୁ ସୂର୍ଯ୍ୟ, ଚନ୍ଦ୍ର, ଗ୍ରହ, ନକ୍ଷତ୍ର ନିଜ ନିଜ ଜାଗାରେ ଠିକ୍ ରହି ନିଜର କର୍ମ ସୁଚାରୁରୂପେ ସମ୍ପାଦନ କରୁଥିଲା ବେଳେ ମଣିଷ ଆପଣା ପଥ ହୁଡୁଛି। ଯାହା କି ବର୍ତ୍ତମାନର ସବୁଠାରୁ ବଡ଼ ଓ ସର୍ବାପେକ୍ଷା ଅଧିକ ଦୁଃସହ ସମସ୍ୟା ବୋଲି କହିବାକୁ ହେବ। ହେଲେ ପାପ ଆମ ଜୀବନର ସମ୍ବଳ ନୁହେଁ ବା ଅପରାଧ ଆମ ଜୀବନ ଯାତ୍ରାର ପ୍ରଧାନ ପାଥେୟ ହୋଇନପାରେ। ନିଜର ଶକ୍ତିକୁ ରଚନାକ୍ରମ କାମରେ ଲଗାଇଲେ ଯାଇ ମଣିଷର ଦୁଃଖ ଦୂର ହେବ। ମଣିଷ କେବଳ ଖାଇ, ପିଇ, ଶୋଇ, ହସି ସନ୍ତୁଷ୍ଟ ହୋଇପାରିବ ନାହିଁ। ପରସ୍ପର ପ୍ରତି ଆତ୍ମୀୟତା, ନମ୍ରତା, ସହନଶୀଳତା, ବିନୟ ଆମର ମୁଖ୍ୟ ଓ ପ୍ରଧାନ କର୍ତ୍ତବ୍ୟ ହେବା ଉଚିତ୍। ଯିଏ ଜଗତରେ ଯେତେ ଖୁସି ଓ ଆନନ୍ଦ ବାଣ୍ଟିପାରିଲା ସେ ହିଁ ପ୍ରକୃତ ଧାର୍ମିକ ଓ ଅମର ଆତ୍ମା ଯାହାକୁ, ଦୁନିଆ କାଳ କାଳକୁ ମନେ ରଖିବ। "ତୃଣାଦପୀ ସୁନୀଚେନ ତରୋରଣି ସହିଷ୍ଣୁନା, ଅମାନିନା ମାନବେନ କୀର୍ତ୍ତନୀୟଃ ସଦାହରି।" ନିଜକୁ ଘାସଠାରୁ ନ୍ୟୁନ ମନେ କରୁଥିବା ଖରା, ବର୍ଷା, ଶୀତ ଅବିଶ୍ରାନ୍ତ ଓ ଅବିଚଳିତ ଭାବେ ସହୁଥିବା ସମ୍ମାନ ଅଧିକାର ବା ଯୋଗ୍ୟତା ନଥିବା ଲୋକଙ୍କୁ ସମ୍ମାନ ଦେବା ହରିଭାବ ବା ହରି ଆଶ୍ରିତ ଲୋକର ଲକ୍ଷଣ। ସ୍ରଷ୍ଟାଙ୍କ ଉପରେ ନିର୍ଭରଶୀଳ ହେଲେ ଇଚ୍ଛାନୁସାରେ ସେ ତାହା ପରିପୂରଣ କରନ୍ତି। ଯେପର୍ଯ୍ୟନ୍ତ ଜ୍ୱିହା ସ୍ୱାଦର ଆବଶ୍ୟକତା ଲୋଡୁଥିବ ସେ ପର୍ଯ୍ୟନ୍ତ ଇନ୍ଦ୍ରିୟମାନେ ଆମ ଅଧୀନସ୍ଥ ନୁହଁନ୍ତି। ପ୍ରକୃତି ପରାଧୀନ ହୋଇ ମୁଁ ଓ ମୋର କହି ବୃଥା ଆସ୍ଫାଳନ କରିବା ଉଚିତ୍ ନୁହେଁ କିମ୍ବା କାହା ବିନା ସୃଷ୍ଟିର କୌଣସି କାର୍ଯ୍ୟ ଅଟକିବା ସୃଷ୍ଟିକର୍ତ୍ତାଙ୍କ ନିୟମ ନୁହେଁ। ଆମେ ଅନେକ ସମୟରେ ଭାବିଥାନ୍ତି ମୋର ସହଯୋଗ ବିନା ଅମୁକ କାମଟି ଅଟକିଯିବ। କିନ୍ତୁ ସବୁ ଯେମିତି ଚାଲିବା କଥା ଠିକ୍ ସେମିତି କେମିତି ଚାଲୁଛି।

ପରମାତ୍ମାଙ୍କ ସଂସାର ଯେମିତି ଚାଲିବା କଥା ଠିକ୍ ସେମିତି ଚାଲିଛି। କାହା ପାଇଁ ତାଙ୍କର କୌଣସି କାର୍ଯ୍ୟ କେବେ ବି ଅଟକି ନାହିଁ କିମ୍ବା ଭବିଷ୍ୟତରେ ଅଟକିବାର ମଧ୍ୟ ସମ୍ଭାବନା ଆଦୌ ନାହିଁ। ତେଣୁ କାହାକୁ ଟିକେ ସାମାନ୍ୟ ସାହାଯ୍ୟ କରିଦେବା କିମ୍ବା କୌଣସି ସମୂହ କାର୍ଯ୍ୟରେ ସହଯୋଗ ଦେବା (ଯୋଗୁ) ଦ୍ୱାରା ମନରେ ଗର୍ବ ନକରି ବରଂ ସେପରି ସୁଯୋଗ ପାଇଥିବାରୁ ନିଜକୁ ଧନ୍ୟ ମନେ କରିବା ଉଚିତ। କାରଣ ଆମେ ସମସ୍ତେ କର୍ମ ତତ୍ପର ଓ କର୍ତ୍ତବ୍ୟପରାୟଣ ହେବା। ଦେହ ସହିତ ମନର ସଂଯୋଗ ଅଛି। ମନ ସହିତ ଅନ୍ତରର ମଧ୍ୟ ସମ୍ବନ୍ଧ ରହିଛି। ସେଥିରୁ କେହି ଅଳସୁଆ ହୋଇଗଲେ ତିନୋଟି ଯାକ ଅଳସୁଆ ବା କର୍ମକୋଢ଼ି ହୋଇଯିବେ। ଜୀବନର ଲକ୍ଷ୍ୟ ହେଉଛି ଉନ୍ନତ ହେବା। ଆଗକୁ ଆଗକୁ ଯିବା (ଅଥର୍ବ ବେଦ)। ନିଜର ବିକାଶ ଲାଗି ପ୍ରତିଦିନ ପୂର୍ବଦିନଠାରୁ ଭଲ ହେବାକୁ ଚେଷ୍ଟା କର। ଉଦ୍ୟମ ଅବ୍ୟାହତ ରଖ। ସ୍ପେନର ଦାର୍ଶନିକ ଓର୍ଟେଗା ଗାସେଟ୍ ସମାଜର ମଣିଷକୁ ଦୁଇଟି ବିଭାଗରେ ବିଭକ୍ତ କରିଛନ୍ତି। ଗୋଟିଏ ଖୁଆଡ଼ର ମଣିଷ ଓ ଅନ୍ୟଟି ଖୁଆଡ଼ ବାହାରର ମଣିଷ। ଖୁଆଡ଼ର ମଣିଷ ସଂସାରକୁ କିଛି ଦେବାକୁ କିମ୍ବା ନେବାକୁ ଚାହେଁନାହିଁ। ସମାଜର ଉଭାବନ ଓ ଉତ୍ପାଦନରେ ଖୁବ କମ୍‌ଦିଏ। ହୁଏତ ମୋତେ ନଦେଇ ଖୁସିହୁଏ। କିନ୍ତୁ ଭୋଗ ବା ଅଧିକାର ଜାହିର କଲା ବେଳକୁ ଆଗ ଗାଦି ମାଡ଼ି ବସେ। ଅନେକ ଲୋକ ନିଜ କର୍ତ୍ତବ୍ୟ ସମ୍ପର୍କରେ ସଚେତନ ନୁହନ୍ତି।

କିନ୍ତୁ ଅଧିକାର ସାବ୍ୟସ୍ତ ପାଇଁ ପ୍ରଥମ ଦାବିଦାର । ସେମାନେ କେବଳ ସମାଜରୁ ଉପକୃତ ହେବା ଶିଖିଛନ୍ତି । ସମାଜକୁ କିଛି ଦେବା ତାଙ୍କ ଜନ୍ମଜାତକରେ ନାହିଁ । ଏମାନେତ ଅଜ୍ଞାତବାସର ବୃହନ୍ନଳା ସଦୃଶ । ନର ନୁହେଁ କି ନାରୀ ନୁହେଁ । ବୃହନ୍ନଳାମାନେ ସର୍ବଦା ଏକାପରି ଲାଗନ୍ତି । ହେଲେ ଖୁଆଡ଼ ବାହାରର ମଣିଷ ଠିକ୍ ତା'ର ଓଲଟା । ସେ ନେବାକୁ ଚାହେଁନାହିଁ, ବରଂ ଦେବାକୁ ଇଚ୍ଛା କରେ । ସେ ଅଧିକାର ଜାହିର କରେ ନାହିଁ କି ସବୁକୁ ଆବୋରି ରଖିବାରେ ତା'ର ଇଚ୍ଛା ନଥାଏ । ଅଧିକାରରୁ ପ୍ରତିଦାନରେ ଆପଣାର ପାରୁ ପର୍ଯ୍ୟନ୍ତ କିଛି ଦାନ କରିବାକୁ ଜୀବନର ବ୍ରତ ଭାବରେ ଗ୍ରହଣ କରିଥାଏ । ଯିଏ ଜୀବନକୁ ଯେମିତିକା ପଥରେ ନେବ ଜୀବନ ତାକୁ ସେମିତିକା ଫଳ ଦେବ । ଯେମିତି ପୋତିବ, ସେମିତି ପାଇବ । ସାଧୁତାକୁ ବାଛିଥିଲେ ସମସ୍ତଙ୍କର ବିଶ୍ୱାସ ଭାଜନ ହେବ । ଉତ୍ତମ ସ୍ୱଭାବ ଦେଖାଇଲେ ବନ୍ଧୁଲାଭ କରିବ । ସମସ୍ତଙ୍କୁ ନମ୍ର ବ୍ୟବହାର କରୁଥିଲେ ମହାନ ହୋଇପାରିବ । ଅଧ୍ୟବସାୟୀ ହୋଇଥିଲେ ତୃପ୍ତି ପାଇବ । ବିଚାରଶୀଳ ହୋଇଥିଲେ ସମୃଦ୍ଧ ହେବ । କଷ୍ଟ କରିଥିଲେ କୃଷ୍ଟ ପାଇବ, ଦୟାଳୁ ହୋଇଥିଲେ ସହଯୋଗ ମିଳିବ । ସର୍ବୋପରି ଭଗବାନଙ୍କ ଉପରେ ବିଶ୍ୱାସ ରଖିଥିଲେ ମୁକ୍ତି ପାଇବ । ଏଥିରେ ସନ୍ଦେହ ନାହିଁ ।

ବହୁ ଲୋକଙ୍କ ହୃଦୟର ବାଣୀକୁ ସିନା କେବେ ଭଗବତ ବାଣୀ ପ୍ରାୟେ ଜ୍ଞାନ କରାଯାଉଥିଲା । ଏଇନେ କିନ୍ତୁ ଏହି ବଡ଼ ବଡ଼ିଆ ଅର୍ଥାତ୍ ରାଜନେତାମାନଙ୍କ ମୁହଁରୁ ଛିଟିକି ପଡ଼ୁଥିବା କଥା ଏକାସାର ଆଉ ସବୁ ଅସାର ବୋଲି ଜାଣ । ଭିତରାଚା ନାରଖାର ବାହାରଚା କଦାକାର । ଭଦ୍ରପୋଷାକ ତଳେ ଦିଶୁଥିଲେ ବି ଯେମିତି ସେମାନେ ରାଜକୀୟ ପୋଷାକ ପିନ୍ଧି ସରକାରୀ ଧନ (ଯାହା ଗରିବ, ଦରିଦ୍ରମାନଙ୍କ ଓ ଜନସାଧାରଣଙ୍କ ଟିକସ ଆଦାୟାରୁ ସଂଗୃହୀତ) ଆତ୍ମସାତ କରି ଡଉଲଡ଼ାଉଲ ଦିଶୁଛନ୍ତି । ସେମିତି ସେମାନଙ୍କ ଅଳଣା କଥା ପଦକ ବି ବେଦର ଗାର । କାହିଁକିନା ନେତୃତ୍ୱ ନେଇଥିବା ଲୋକମାନେ ସବୁବେଳେ ଲୋକ ଚକ୍ଷୁରେ ଦାଉ ଦାଉ ଦିଶନ୍ତି । ତାଙ୍କର ଛୋଟିଆ ଗୁଣଟିଏ ଦାଉ ଦାଉ ହେଲା ବେଳେ ସାମାନ୍ୟ ଦୋଷ ଦୁର୍ବଳତା ବି ସମାଜକୁ ଜଳଜଳ ଦିଶିବ । ଏତେବେଳକୁ ପଞ୍ଚାତପଦ ହେଲେ ଚଳିବ କେମିତି ? ତେଣୁ ସେମାନଙ୍କୁ ସାବଧାନତା ସହକାରେ ଚଳିବାକୁ ଆବଶ୍ୟକ ପଡ଼େ । କାରଣ ଏମାନେ ହେଲେ ସମାଜର ପଥ ପ୍ରଦର୍ଶକ । ସବୁ ପୂର୍ଣ୍ମୀ କୁଆଁର କିମ୍ବା ପଞ୍ଚକ ପୂର୍ଣ୍ମୀ ନୁହେଁ । ସେମିତି ସବୁ ଅମାବାସ୍ୟା ଜାଗର କିମ୍ବା ସାବିତ୍ରୀ ଅମାବାସ୍ୟା ହୋଇନପାରେ । ସେହିପରି ସବୁ ଘଟଣା ସମାନ ଗୁରୁତ୍ୱ ବହନ କରିନଥାଏ । ଦେଶ, କାଳ, ପାତ୍ର ଭେଦରେ ତାହା ବଦଳିବାକୁ ବାଧ୍ୟ । ସେ ଦୃଷ୍ଟିରୁ ବିଚାର କରି ବସିଲେ ଡେଙ୍ଗା । ମୁଣ୍ଡରେ ଠେଙ୍ଗା ପାହାର ବାଜିବା କେବଳ ସାର ହେବ । ତାହା ଆଜିକାଲିକା ବିଚାର ପ୍ରକ୍ରିୟା ନୁହେଁ । ମହାକାଳ ସମୟ କେତେ ଭାବ, ଭାବନା, ଚିନ୍ତାଧାରାକୁ ଘଷିମାଜି ବଦଳାଇ ଦେଇଥିଲେ ସୁଦ୍ଧା । ଏପରି ବିଚାରଧାରାକୁ ପରିବର୍ତ୍ତନ କରିପାରି ନାହିଁ । ଏହା ସତ୍ୟ, ତ୍ରେତୟା ଓ ଦ୍ୱାପର ଯୁଗରୁ ଗଡ଼ି ଆସିଛି । ସେଥିପାଇଁ ବଡ଼ ଘର ବଡ଼ ଗୁମର କଥାକୁ ଜାଣିବା ପାଇଁ ସମସ୍ତେ ଅନାଇଁ ବସିଥାନ୍ତି । ଆଉ କାନ ଡେରିଥାନ୍ତି କେବେ ସେ ଗୁମର କଥା ଖୋଲିବ । ସେ କଥା ଶୁଣିବାକୁ ମିଳିବ ।

ବୃନ୍ଦାବତୀଙ୍କ ସତୀତ୍ୱ ହରଣକୁ ସମାଜ ଯେପରି ଭାବରେ ଗ୍ରହଣ କଲା । ସୀତାଙ୍କ ସାମାନ୍ୟ ଲଙ୍କା ରହଣୀକୁ ସଂସାର ସେପରି ଦୃଷ୍ଟିରେ (ଭାବରେ) ଚିତ୍ରଣ କଲା ନାହିଁ । ସୀତା ଚୋରି ଅପବାଦରେ ଅଭିଯୁକ୍ତ ରାବଣ ସୀତାଙ୍କ ସ୍ୱାମୀ ଶ୍ରୀରାମଙ୍କ ଦ୍ୱାରା ମୃତ୍ୟୁଦଣ୍ଡରେ ଦଣ୍ଡିତ ହୋଇଥିବା ସ୍ଥଲେ ବୃନ୍ଦାବତୀଙ୍କ ସହିତ ରତିକ୍ରୀଡ଼ାରେ ନିମଗ୍ନ ବିଷ୍ଣୁ, ବୃନ୍ଦାବତୀଙ୍କ ସ୍ୱାମୀ ଜଳନ୍ଧରଙ୍କଠାରୁ କୌଣସି ଶାସ୍ତି ଭୋଗିନଥିଲେ କିମ୍ବା ପରନାରୀ ହରଣ ଅପବାଦରେ ଅଭିଯୁକ୍ତ ହେଲେ ନାହିଁ ବରଂ ଜଳନ୍ଧର ଶିବଙ୍କ ଦ୍ୱାରା ବଧ ହୋଇଥିଲେ । ଆଉ ସୀତା ସାମାନ୍ୟ ଲଙ୍କା ରହଣୀ ପାଇଁ ଅଗ୍ନି ପରୀକ୍ଷାର ସମ୍ମୁଖୀନ ହୋଇଥିଲେ ସୁଦ୍ଧା ନିର୍ବାସନ ଦଣ୍ଡରୁ ମୁକୁଳି ପାରିନଥିଲେ । ସେପରି ସ୍ଥଲେ ବୃନ୍ଦାବତୀ କୌଣସି ପରୀକ୍ଷା ନଦେଇ ମଧ୍ୟ ସାମାନ୍ୟ କଳଙ୍କିନୀର ଅପବାଦ ତାଙ୍କୁ ସ୍ପର୍ଶ କରିପାରିନଥିଲା, ବରଂ ଲୋକମାନଙ୍କ ଦ୍ୱାରା ସେ ପୂଜିତା ହେଲେ । ଆଉ ସେ

ସମୟରେ ଅନ୍ୟ କୌଣସି କଥା ବା ଘଟଣା ଯଥା ଅହଲ୍ୟାଙ୍କ ଅଭିସାର, ତାରାଙ୍କ ଦ୍ୱିତୀୟ ସ୍ୱାମୀ ଗ୍ରହଣ (ବାଲ୍ୟିଙ୍କ ମୃତ୍ୟୁ ପରେ) ଓ ମନ୍ଦୋଦରୀଙ୍କ ଲଙ୍କା ପାଟରାଣୀ ପଦ ବଜାୟ ରଖିବା (ଏପରି କି ରାବଣ ବଧ ପରେ ସୁଦ୍ଧା) ନୀତିକୁ ସେପରି ଦୃଷ୍ଟିକୋଣରୁ ବିଚାର କରାଯାଇନଥିଲା। ଗୋପପୁରରେ ସମସ୍ତେ ଯମୁନାକୁ ଗାଧୋଇ ଯାଆନ୍ତି। ମଥୁରା ହାଟକୁ ଦହି ବିକିବାକୁ ଯାଇଥାନ୍ତି। କିନ୍ତୁ ରାଧାଙ୍କ ଠେଙ୍ଗ କଳଙ୍କ ଯେପରି ଲାଗିଥିଲା, ସେପରି ଅପବାଦ ଆଉ କାହା ପଛରେ ଗୋଡ଼ାଇ ନଥିଲା। ସୀତା ଅଗ୍ନି ପରୀକ୍ଷା ଦେଇସାରି ଓ କୃଷ୍ଣ ଗୋପ ବୃନ୍ଦାବନରୁ– ମଥୁରାନଗରୀ ଏବଂ ସେଠାରୁ ଦ୍ୱାରିକାପୁରୀକୁ ଗଲାପରେ ସୁଦ୍ଧା। ସେମାନେ କଳଙ୍କରୁ ମୁକ୍ତ ହୋଇପାରିନଥିଲେ। ପାରିବାରିକ ଜୀବନରେ ସଂଯମତା ଗୃହସ୍ଥାଶ୍ରମରେ ଶୃଙ୍ଖଳା ଓ କୁଳବଧୂର ଆଚରଣରେ କଠୋର ଅନୁଶାସନକୁ ପୁନଃସ୍ୱୀକୃତି ଦେବାକୁ ସୀତାଙ୍କୁ ନିର୍ବାସନ ଓ ରାଧାଙ୍କୁ ଆଜୀବନ କଳଙ୍କିନୀର ଆଖ୍ୟା ମୁଣ୍ଡାଇବାକୁ ପଡ଼ିଥିଲା।

ଆଉ ସେହି ପଦ୍ଧତି ଅନୁଯାୟୀ ଦ୍ୱାରିକାର ରାଜପ୍ରାସାଦରେ ଅଷ୍ଟପାଟବଂଶୀଙ୍କ ଗହଣରେ ରହି ସୁଦ୍ଧା। ରାଧାଙ୍କୁ ଭୁଲି ନପାରି ତାଙ୍କୁ ଝୁରି ହୋଉଥିଲେ ସୁଦ୍ଧା। କୃଷ୍ଣ ଗୋପପୁରକୁ ଫେରି (ବାହୁଡ଼ା) ନଆସିବା ଓ ଅଯୋଧ୍ୟା ରାଜପୁରୀରେ ସୀତାଙ୍କ ବିରହରେ ଦଗ୍ଧ ରାମ ସୀତାଙ୍କୁ ନିର୍ଦୋଷୀ ଜାଣି ସୁଦ୍ଧା। ରାଜପ୍ରାସାଦରୁ ନିର୍ବାସନ ଦଣ୍ଡ ଦେବାକୁ ବାଧ୍ୟ ହୋଇଥିଲେ।

କିନ୍ତୁ ବର୍ତ୍ତମାନ ପାଞ୍ଚବର୍ଷୀୟା ନିର୍ବାଚନରେ ଜିତି ପଞ୍ଚୁଆ ପୁଅ ପାଣ୍ଡୁଆ ମନ୍ତ୍ରୀପଦ ମଣ୍ଡନ କରି ପ୍ରାଣକୃଷ୍ଣ ବାବୁ ହେଲା ପରେ ଜନ୍ମଗତ ଅଧିକାର ବଳରେ ରାଜା ହୋଇଥିବା ରାଜା ରାମଙ୍କ ତ୍ୟାଗ ଓ ସାଧାରଣ ଜନତାଙ୍କ କୃପାରେ ରାଜଗାଦି ଦଖଲ କରୁଥିବା ଜଣେ ବ୍ୟକ୍ତିର ଚରିତ୍ର ମଧ୍ୟରେ ତୁଳନା କଲେ କେବଳ ହତାଶ ହେବାକୁ ପଡ଼େ। ବିପୁଳ କ୍ଷମତା, ମର୍ଯ୍ୟାଦାରେ ଜୁଟୁବୁଟୁ କାଳିର ପାଣ୍ଡୁଆ– ପ୍ରାଣକୃଷ୍ଣ ବାବୁ ବନିଗଲା ପରେ ଗଣତାନ୍ତ୍ରିକ ବ୍ୟବସ୍ଥା, ନୈତିକତା, ସ୍ୱୀୟ ମୂଳସ୍ଥିତି ଓ ପିଣ୍ଡ ବିଷୟରେ ବିସ୍ମରଣ ହୋଇଥିବା ଯେତିକି କୌତୂହଳପ୍ରଦ ତତୋଧିକ ଦୟନୀୟ ମଧ୍ୟ। ଏମାନଙ୍କଠାରୁ ଅଧିକ କ'ଣ ଆଶା କରାଯାଇପାରେ ? ଗଣତାନ୍ତ୍ରିକ ଭାବଧାରା ଏହାକୁ ପ୍ରତ୍ୟାଖାନ କରେ। ବହୁଲୋକ ଯାହା କହିବେ ତାହା ବେଦ। ତେବେ ବହୁଲୋକ ଅପାଣ୍ଡୁକ ଓ ଅଯୋଗ୍ୟକୁ ବାଛି ପାରିବେ ନାହିଁ ବୋଲି ଗଣତନ୍ତ୍ରବିଦ୍‌ମାନେ ଯୁକ୍ତି କରନ୍ତି। ନେତା ହେବା ଏକ ପୈତୃକ ଦାବି ବା ଅଧିକାର ନୁହେଁ। ଦେଶର ପ୍ରତ୍ୟେକ ନାଗରିକ ଏ ଦେଶର ନେତୃତ୍ୱ ନେବାକୁ ଯୋଗ୍ୟ। ଗାଈ ଜଗାଲି କପିଲା ଯଦି ଗଜପତି ହୋଇପାରିଲେ। ତେବେ ଏମାନେ ହୋଇ ନପାରିବେ କାହିଁକି ? କପିଲେନ୍ଦ୍ରଦେବ ନିର୍ବାଚନ ଲଢ଼ି ଗଜପତି ହୋଇନଥିଲେ। ଅବଶ୍ୟ ସେତେବେଳେ ଆମ ଦେଶରେ ଗଣତନ୍ତ୍ର ପ୍ରଚଳିତ ହୋଇ ନଥିଲା। ହୋଇଥିଲେ ଗାଈ ଜଗାଲି କପିଲା କେବେ ବି ଅର୍ଥ ବଳ ଓ ବାହୁବଳ ପ୍ରୟୋଗ କରି ଓ ଭାଷଣରେ ଧୂଆଁ ବାଣ ମାରି ନିର୍ବାଚନ ଜିତି ପାରିନଥାନ୍ତା। କପିଲେନ୍ଦ୍ର ଦେବ ଗଜପତି ପରମ୍ପରାର ଗରିମା ରକ୍ଷା କରିପାରିଥିଲେ। ଓଡ଼ିଶା (ଉତ୍କଳ ବା କଳିଙ୍ଗ) ସୀମାକୁ ଗଙ୍ଗାଠାରୁ ଗୋଦାବରୀ ପର୍ଯ୍ୟନ୍ତ ବଢ଼ାଇ ପାରିଥିଲେ। ଯେଉଁ କପିଲାର ଉଦାହରଣ ଦିଆଯାଉଛି ତାକୁ ଲୋକମାନେ ଭୋଟ ଦେଇ ବାଛିନଥିଲେ। ହାତୀଟିଏ ତାକୁ ବାଛି ଥିଲା। ହାତୀର ବିଚାର କ'ଣ ମଣିଷ ବିଚାରଠୁ ଉନ୍ନତ ? ହାତୀର ବିଚାର, ମଣିଷର ବିଚାରଠାରୁ ନିଶ୍ଚିତ ଉନ୍ନତ ଓ ନିର୍ଭୁଲ। ତାହା ହୋଇନଥିଲେ ପଶୁଟିଏ (ହାତୀ) ବାଛିଥିବା କପିଲା, କପିଲେନ୍ଦ୍ର ଦେବ ହୋଇ ଗଜପତି ପରମ୍ପରାର ଗରିମା ବଢ଼ାଇ ପାରିଥିଲା ବେଳେ ମଣିଷ ବାଛିଥିବା (ଭୋଟ ଦେଇ ନିର୍ବାଚିତ କରିଥିବା) ନେତାମାନେ କିପରି ସେମାନଙ୍କୁ ଭୋଟ ଦେଇ ନିର୍ବାଚିତ କରିଥିବା ଜନସାଧାରଣ, ଦେଶ କଥା ଓ ନିର୍ବାଚନ ବେଳେ ଦେଇଥିବା ପ୍ରତିଶ୍ରୁତି କଥା ଭୁଲିଯାଇ ନିଜର ମଣିଷପଣିଆକୁ ଜଳାଞ୍ଜଳି

ଦେଇ ନିଜ ସ୍ୱାର୍ଥ ହାସଲ ଲାଗି ବ୍ୟସ୍ତ ରହୁଛନ୍ତି। ଏ ପ୍ରଶ୍ନର ଉତ୍ତର ହୁଏତ ଆମ ପାଖରେ ନାହିଁ। ତେବେ ଗଣତନ୍ତ୍ରବାଦୀ ବା ଗଣତନ୍ତ୍ରବିଦ୍‌ମାନେ ଯେତେ ଯୁକ୍ତି କରନ୍ତୁ ପଛେ ବୁନିଆଦି ଉପରୁ ଆସ୍ଥା ତୁଟାଇ ପାରିନାହାନ୍ତି। ରାଜା ପୁଅ ରାଜା ହେବା ବ୍ୟବସ୍ଥାକୁ ଉଠାଇ ଦେଲେ ସିନା ଦେଖୁ ନାହାନ୍ତି ସାରା ଦେଶରେ ଏବେ ବାପ, ବାପ ପରେ ପୁଅ, ନାତି କିମ୍ବା ସେମିତି କେହି ସମ୍ପର୍କୀୟମାନେ ଗଣତନ୍ତ୍ରବାଦୀମାନଙ୍କ ଦ୍ୱାରା ଗାଦିସୀନ ହେଉଛନ୍ତି। କ୍ଷମତା ବା ଗାଦି ଦଖଲର ହିସାବ ପୈତୃକ ଗଣତାନ୍ତ୍ରିକ ବୋଧ ବା ଧାରାକୁ ଉପହାସ କଲାଭଳି ମନେ ହୁଏ। ଉଦାହରଣ ଅରୁଚିକର ଓ ଉତ୍ତେଜକ ହେବ। ଏଥିରେ ଆମର କାହାରି ଆପତ୍ତି କିମ୍ବା ପ୍ରତିବାଦ ଅଥବା ଅଭିଯୋଗ ଅବା ବିରୋଧ କରିବାର ନାହିଁ। ତେରାମେରା ରାଜି, କ୍ୟା କରେଗା କାଜି। ଭୋଟର ତ' ତାଙ୍କ ଗ୍ରହଣୀୟ ନେତାଙ୍କୁ ବାଛିଲେ। କାହାର କ'ଣ କରିବାର ଅଛି ବରଂ ରାଜପଦ ପରି ମନ୍ତ୍ରୀ ପଦକୁ ବଂଶାନୁଗତ କରାଯାଉ ମାତ୍ର ମୂଳ ଉପୁଡ଼େଇ ଦେଇଥିବା ରାଜା ମହାରାଜାଙ୍କଠୁ ନିଜକୁ ନିଉନ କରିଦେବାଟା ଯାହା ବାଧୁଛି। ଏଠି "ସମ୍ବଂ ନ ବାଧତେ ରାଜନ, ତବ ବାଧତି ବାଧତେ" ଭଳି ଘଟଣା ଘଟୁଛି।

ଏଠି ନୈତିକତା କଥା ନଉଠାଇବା ଭଲ। ନୈତିକତା ଆହରଣ କରାଯାଏନି। କାଲିର ପାଣ୍ଡୁଆ, ଆଜିତ ପ୍ରାଣକୃଷ୍ଣ ବାବୁ ହୋଇ ନାଲିବତି ଗାଡ଼ି ଚଢ଼ି ଗଲାବେଳେ ନୀତି–ନୈତିକତା କେମିତି ସୃଷ୍ଟି ହେବ। ଏବେ ପାଞ୍ଚ ବର୍ଷିଆ ରାଜାମାନଙ୍କଠି ସେ ଭାବ, ତ୍ୟାଗ ଆସିବ କୁଆଡୁ? ଯାଦୁ କୁଣ୍ଠିଆ ଜଣକଠି ହେଲେ ଘରସାରା ମାଡ଼ିଗଲା ପରି ସମସ୍ତେ ଯାଦୁ କୁଣ୍ଠିଆରେ ଆକ୍ରାନ୍ତ ହୋଇ କୁଣ୍ଠାଇ ହେଲା ଭଳି, ବାପ ସିନା ମନ୍ତ୍ରୀ। ପୁଅ, ସ୍ତ୍ରୀ, ପୁତୁରା, କ୍ୟାଂ, ଝିଅ ବନ୍ଧୁବାନ୍ଧବ ସମସ୍ତେ କ୍ଷମତା କଣ୍ଟୁରେ ଯେମିତି ଉଭାଲିଆ ହେଉଛନ୍ତି। ପ୍ରକୃତ ମନ୍ତ୍ରୀଙ୍କୁ ଚିହ୍ନିବା, ଜାଣିବା କଷ୍ଟକର ହୋଇପଡୁଛି। ସେଥିପାଇଁ ମନ୍ତ୍ରୀମାନଙ୍କୁ ଏହାର ମୂଲ୍ୟ ସମୟେ ସମୟେ ଦେବାକୁ ପଡୁଛି। ପରିବାରର ପ୍ରଭାବ (ମୁଖ୍ୟତଃ ସନ୍ତାନ ସନ୍ତତି ମୋହ) ଉତ୍ତମ ନେତା ସୃଷ୍ଟି କରିଥାଏ ନା ଅଧମ ନେତା ସୃଷ୍ଟି କରିଥାଏ? ଏ ସମ୍ପର୍କରେ ପ୍ରଖ୍ୟାତ ଆମେରିକୀୟ ରାଜନୀତି ବିଜ୍ଞାନୀ ଫ୍ରାନସିସ୍ ଫୁକୁୟାମାଙ୍କର ଏକ ମନ୍ତବ୍ୟ ପ୍ରଣିଧାନଯୋଗ୍ୟ। ତାଙ୍କର ୨୦୧୧ର ପ୍ରସିଦ୍ଧ ରଚନା– "ଅରିଜିନସ୍ ଅଫ୍ ପଲଟିକାଲ ଅର୍ଡର।" ପୁସ୍ତକରେ ଏକ ଆଦର୍ଶ ରାଜନୈତିକ ବ୍ୟବସ୍ଥାର ଅଭ୍ୟୁଦୟ ପଥରେ ଶତାବ୍ଦୀ ଶତାବ୍ଦୀ ବ୍ୟାପି ଦୁଇଟି ପରସ୍ପର ବିରୋଧୀ ଶକ୍ତି ମଧ୍ୟରେ ଲଢ଼େଇ ଚାଲି ଆସିଛି ବୋଲି ଫୁକୁୟାମା ଦର୍ଶାଇଛନ୍ତି। ଏ ଦୁଇଟି ଯୁଦ୍ଧରତ ଶକ୍ତି ହେଲେ– ଗୋଟିଏ ପଟରେ ପରିବାର ଏବଂ ବନ୍ଧୁବର୍ଗଙ୍କ ପ୍ରତି ଅହେତୁକ ଅନୁକମ୍ପା ପ୍ରଦର୍ଶନ କରିବା ପାଇଁ ଏକ ସ୍ୱାଭାବିକ ମାନବୀୟ ପ୍ରବୃତ୍ତି ଏବଂ ଅନ୍ୟପଟରେ ଏକ ମେଧାଭିତ୍ତିକ ରାଷ୍ଟ୍ର, ଆଇନର ଶାସନ ଏବଂ ଏକ ଉତ୍ତରଦାୟୀ ସରକାରର ବିପରୀତ ଆକର୍ଷଣ। ଯେକୌଣସି ଦେଶର ରାଜନୈତିକ ଇତିହାସ ଏହି ବିପରୀତ ସଂଘାତର ଉଦାହରଣମାନଙ୍କରେ ଭରପୂର। ଗୋଟିଏ ନମୁନା ଏହିପରି ହୋଇପାରେ। ଯେପରି ଜଣେ ସାଧାରଣ ସୈନିକରୁ ଫ୍ରାନ୍ସର ସମ୍ରାଟ ହୋଇଥିବା ଏବଂ ଏକଦା ଅପରାଜେୟ ମନେ ହେଉଥିବା କର୍ସିକାନ ଯୁବକ ନେପୋଲିଅନ୍ ଫ୍ରାନ୍ସବାସୀଙ୍କ ଆଶା ଓ ଆକାଂକ୍ଷାର ପ୍ରତୀକ ସାଜିଥିଲେ। ବିପ୍ଳବୀ ଫ୍ରାନ୍ସ ଜନତାଙ୍କ ବଡ଼ ଆଶା ଥିଲା ଏହି ଯୁବକ ମୁକ୍ତି, ସାମ୍ୟ (ସମତା), ମୈତ୍ରୀ ଓ ଭ୍ରାତୃତ୍ୱର ଏକ ସମାଜ ଫ୍ରାନ୍ସରେ ସୃଷ୍ଟି କରିବ। ନେପୋଲିୟମ ତାଙ୍କ ସବୁ ବ୍ୟକ୍ତିଗତ ଆକାଂକ୍ଷା ଓ ଉଚ୍ଚାଭିଲାଷ ପୂରଣ କଲେ ଖାସ୍ ଏହି ଚାରୋଟି ମହାର୍ଘ ପଦ ମୁକ୍ତି, ସାମ୍ୟ (ସମତା) ମୈତ୍ରୀ ଓ ଭ୍ରାତୃତ୍ୱକୁ ଢାଲ କରି। କବି–ଗେଟେ ଦେଇଥିବା ମନ୍ତବ୍ୟ (୧୭୯୨) "ଆଜିଠାରୁ ମାନବ ଇତିହାସରେ ଏକ ନୂତନ ଅଧ୍ୟାୟ ଆରମ୍ଭ ହେଲା।"– ପରବର୍ତ୍ତୀ ସମୟରେ ଯଦି ବା ସତ୍ୟ ପ୍ରମାଣିତ ହୋଇଥିଲା ତଥାପି ମୁକ୍ତି, ସାମ୍ୟ (ସମତା), ମୈତ୍ରୀ ଓ ଭ୍ରାତୃତ୍ୱରୁ ଏ ଜଗତ ବହୁ ଦୂରରେ ରହିଗଲା। ନେପୋଲିୟମ ୧୮୦୪ ମସିହାରେ ନିଜକୁ ପ୍ରଥମ କନ୍ସଲ ପଦରୁ ସମ୍ରାଟ ପଦକୁ ଉର୍ଦ୍ଧ୍ୱୀର୍ଷ କଲେ। ମାତ୍ର କେଇ ବର୍ଷ ମଧ୍ୟରେ ଫ୍ରାନ୍ସର ସବୁ ପ୍ରତିନିଧି ମୂଳକ ଶାସନ ବ୍ୟବସ୍ଥାକୁ ଓଲଟ ପାଲଟ କରି କେବଳ ନିଜ ବଂଶଧର ବନ୍ଧୁ, ବାନ୍ଧବ, ପ୍ରିୟ ଓ ନିଜ ପ୍ରତି ଆନୁଗାତ୍ୟ ଥିବା ଲୋକ ବା ନିଜ ସଙ୍ଗଠନର ଲୋକଙ୍କୁ ସହରଟୁ ପଲ୍ଲୀ ଯାଏ ନିଯୁକ୍ତି ଦେଲେ। ଏ

ପ୍ରକ୍ରିୟାଟି ଏତେ ସୁଚିନ୍ତିତ ଯୋଜନାରେ ହୋଇଥିଲା ଯେ, ଫ୍ରାନ୍ସବାସୀ ମଧ୍ୟ ଏହାର ଗୁମର ବୁଝିପାରି ନଥିଲେ। ଏହି ପଦ୍ଧତିରେ ନେପୋଲିଅନ୍ ସବୁ କ୍ଷମତା ନିଜ ହାତ ମୁଠାରେ ରଖିବାକୁ ସକ୍ଷମ ହେଲେ। ସେମିତି ଆମ ଦେଶର ନେତୃବୃନ୍ଦମାନେ ଏବେ ସେପରି ଢାଞ୍ଚାରେ ଶାସନ ଚଲାଉଛନ୍ତି।

ଅନେକ ପ୍ରକାର ଅନ୍ୟାୟ, ଅବିଚାର, ଅବିବେକିତା, ଅପକର୍ମ, ଅନୀତି, ଅତ୍ୟାଚାର, ଅସହିଷ୍ଣୁ, ଆସୁରିକ ପ୍ରବୃତ୍ତି ପ୍ରଦର୍ଶନ, ଅଦେଖା ପଣିଆ, ଅପସଂସ୍କୃତି ଅନୁସରଣ, ଅଶ୍ଳୀଳପରମ୍ପରାକୁ ଅନୁକରଣ କରି ଯଦି ଜଣେ ସାଫଲ୍ୟ ଲାଭ କରିପାରିଲା। ନିଜର ଲକ୍ଷ୍ୟ ପୂରଣ ପାଇଁ ଅସଫଳ ନହୋଇ ସଫଳ ହୋଇପାରିଲା। ସେଥିପାଇଁ ଦଣ୍ଡ ନପାଇଲା କିମ୍ବା ତା'ର କୌଣସି କୁପରିଣାମ ନଭୋଗିଲା। ତେବେ ସେ ସବୁ ଆଧୁନିକ ସମାଜ ପାଇଁ ହେଲା ନୀତି, ନିୟମ ଓ ଆଦର୍ଶ। ଯାହାକୁ ଅନ୍ଧ ଭାବେ ଅନୁକରଣ କରି ପରବର୍ତ୍ତୀ ପିଢ଼ି ନିଜ ସ୍ୱାର୍ଥ ସାଧନରେ ଲାଗିପଡ଼ୁଛନ୍ତି। ଧନୀ ଓ ଆଇନ ଉଲ୍ଲଂଘନ କରିବାରେ, କ୍ଷମତା ପ୍ରଦର୍ଶନ କରୁଥିବା ବ୍ୟକ୍ତିକୁ ହିଁ ସମାଜ ସାଦରେ ଗ୍ରହଣ କରେ ଏବଂ ସମ୍ମାନ ପ୍ରଦର୍ଶନ କରେ। ସଭ୍ୟ ସମାଜ ଓ ଗଣତାନ୍ତ୍ରିକ ଢାଞ୍ଚାରେ ଆଇନର ଶାସନ ହିଁ ମୁଖ୍ୟ କଥା। ଜ୍ଞାନ ଆହରଣ, ବିତରଣ ଓ ଚରିତ୍ର ଗଠନର ପରମ୍ପରାକୁ ପ୍ରାଥମିକତା ଦେବା ସ୍ଥଲେ ଶିକ୍ଷା କ୍ଷେତ୍ରରେ ରାଜନୀତିର ପ୍ରବେଶକୁ ପ୍ରୋତ୍ସାହନ ଦିଆଯାଏ। ଆମ ଆଭିମୁଖ୍ୟରେ ଆମୂଲଚୂଳ ପରିବର୍ତ୍ତନର ଆବଶ୍ୟକତା ରହିଛି। ଶିକ୍ଷାନୁଷ୍ଠାନଗୁଡ଼ିକରେ ସ୍ୱନିୟନ୍ତ୍ରିତ ସ୍ୱାଧୀନତା ଓ ସାମାଜିକ ସତର୍କତାର ପ୍ରୟୋଜନ ରହିଛି। ଦେଶରେ ବର୍ତ୍ତମାନ ପରିବର୍ତ୍ତନର ପ୍ରଖର ସ୍ରୋତ ଆମ ସମସ୍ତଙ୍କୁ ପ୍ରଭାବିତ କରୁଛି। ଜୀବନର ପ୍ରତ୍ୟେକ କ୍ଷେତ୍ରରେ ଧନୀ ଓ ବଳଶାଳୀ ଗୋଷ୍ଠୀଙ୍କ ଉପସ୍ଥିତି ଉପଲବ୍ଧି ହେଉଛି। ସରକାର ଓ ବ୍ୟବସାୟୀ ଗୋଷ୍ଠୀଙ୍କ ଭିତରେ ସମୀକରଣର ନୂଆ ରୂପ ଦେଖିବାକୁ ମିଳୁଛି। ଏହି ଘଡ଼ିସନ୍ଧି ମୁହୂର୍ତ୍ତରେ ବୁଦ୍ଧିଜୀବୀଙ୍କ ଆଚରଣ ହିଁ ଜ୍ଞାନ ଯୁଗରେ ଯୁବପିଢ଼ିଙ୍କ ପାଇଁ ଆଦର୍ଶ ହେବା ସେମାନଙ୍କ ପାଇଁ ଦରକାର। 'ରୋଲ୍ ମଡେଲ' ଯାହାଙ୍କ ଦ୍ୱାରା ଅନ୍ୟମାନେ ଅନୁପ୍ରାଣିତ ହେବେ। ରାଜନୀତି, ସିନେମା ଓ କ୍ରିକେଟ ବାହାରେ ମଧ୍ୟ ବିରାଟ ପୃଥିବୀ ରହିଛି। ଜ୍ଞାନର ଅନନ୍ତ ଆକାଶରେ ବିଚରଣର ସମ୍ଭାବନା ରହିଛି।

ସାମାଜିକ ବିଧ୍ୱ ବ୍ୟବସ୍ଥାରେ ଅବକ୍ଷୟ ଓ ଖଳ ପ୍ରବୃତ୍ତିର ପ୍ରାବଲ୍ୟରେ ଆମେ ଊଣା ଅଧିକେ ପ୍ରଭାବିତ। ସତେ ଯେପରି ଭ୍ରଷ୍ଟାଚାର ଆମର ଶିଷ୍ଟାଚାର ଏବଂ ଦୁଷ୍କୃତି ହିଁ ସଂସ୍କୃତିରେ ପରିଣତ ହେବାରେ ଲାଗିଛି। ଏହାର କୁପରିଣତିରେ ଆମେ ଭାରାକ୍ରାନ୍ତ। ତେବେ ଅପକର୍ମର ପ୍ରାୟଶ୍ଚିତ କୌଣସି ସ୍ୱୀକାରୋକ୍ତି ଅଥବା କ୍ଷମାପ୍ରାର୍ଥନା ଦ୍ୱାରା ସମ୍ଭବ ନୁହେଁ। କେବଳ ଆତ୍ମାନୁଭୂତି ହିଁ ଏ କ୍ଷେତ୍ରରେ ମାର୍ଗଦର୍ଶକ ହୋଇପାରିବ। କ୍ଷମାପ୍ରାର୍ଥନା କଲେ ଈଶ୍ୱର କିଭଳି କ୍ଷମା ଦେଇପାରିବେ। ଜଣେ ଦଣ୍ଡିତ ହେବ ଓ ଆଉ ଜଣେ କେମିତି କ୍ଷମା ପାଇବ ? କେବଳ ସତ୍ କାର୍ଯ୍ୟରେ ଈଶ୍ୱରୀୟ ଆଶୀର୍ବାଦ ରହିବ। ଆମେ ସମସ୍ତେ ସାଂସାରିକ ନିୟମ କାନୁନରେ ବନ୍ଧା। ଏପରିକି ଧନ, ଧରିତ୍ରୀ, ସ୍ତ୍ରୀ, ଜ୍ଞାତି, କୁଟୁମ୍ବକୁ ତ୍ୟାଗ କରିଥିବା ସନ୍ନ୍ୟାସୀମାନେ ସଧ ନିର୍ଦ୍ଦିଷ୍ଟ ନୀତି ନିୟମ ପାଳନ କରନ୍ତି। ନିଜକୁ ଅତି ଚତୁର ମନେ କରି ଅହେତୁକ ଅପକର୍ମରେ ପ୍ରମତ୍ତ ହେଲେ ତାହା ନିନ୍ଦାର କଥା ହେବ। ଯେପରି ସନ୍ନ୍ୟାସୀ ଖୋଲପା ଭିତରେ ଲୁଚି ରହିଥିବା ରାକ୍ଷସକୁ କେହି ପସନ୍ଦ କରନ୍ତି ନାହିଁ। ଯେମିତି ସନ୍ନ୍ୟାସୀ ବେଶଧାରୀ ରାବଣଙ୍କୁ କେହି ସମ୍ମାନ ଦିଅନ୍ତି ନାହିଁ ବରଂ ନାରୀ ଚୋର ଅପବାଦରେ ସେ କଳଙ୍କିତ ହୋଇଥିଲେ ବା ରାବଣ ନାରୀ ଚୋର ଅପରାଧରେ ଅଭିଯୁକ୍ତ। ଖଳ ଲୋକମାନେ ପ୍ରଭାବଶାଳୀ। ତେବେ ତାହା ଚିରସ୍ଥାୟୀ ନୁହେଁ। ଅଧିକାର, ଦାୟିତ୍ୱ ଓ ପ୍ରଭାବ ତିନୋଟି ଯାକ ଏକା କଥା ନୁହେଁ। ପୃଥକ ବିଷୟ। ସାମାଜିକ ଅଧିକାର ସାଙ୍ଗକୁ ପ୍ରତ୍ୟେକଙ୍କର ଦାୟିତ୍ୱ ମଧ୍ୟ ରହିଛି। ଅଧିକାର ସାବ୍ୟସ୍ତ କରିପାରିଲେ ଓ ଦାୟିତ୍ୱ ସଠିକ୍ ଭାବରେ ନିର୍ବାହ କରିପାରିଲେ ଯେକୌଣସି ବ୍ୟକ୍ତି ପ୍ରଭାବଶାଳୀ ହୋଇପାରିବ। ସଂଯତ ଓ ସୁନିୟନ୍ତ୍ରିତ ବ୍ୟକ୍ତିତ୍ୱର ଅଧିକାରୀ ହେବା ନିମନ୍ତେ ଆହୁରି ଆବଶ୍ୟକ ହୋଇଥାଏ କେତେକ ସାଧାରଣ ଗୁଣ।

ତା'ପରେ ମଣିଷ ଜୀବନ ଜ୍ୟେଷ୍ଠ ମାସ ପରି। ଦାରୁଣ ଗ୍ରୀଷ୍ମ, ଝାଞ୍ଜି ପବନର କ୍ଲିଷ୍ଟତାରେ ଜର୍ଜରିତ ଉହଲ୍ୟବିକଳ ମନ। ଜ୍ୟେଷ୍ଠ ମାସ ପରି ଜନଜୀବନର ସମସ୍ୟା ସବୁ କ୍ରମବର୍ଦ୍ଧମାନ। ତାହାର ମୁକାବିଲା ନିମନ୍ତେ ଅଧିକ ପ୍ରସ୍ତୁତି ଆବଶ୍ୟକ। ଜନତା ଜନାର୍ଦ୍ଦନ କେବେ ପ୍ରସ୍ତୁତ ହେବେ ? ଗରିବର ପ୍ରାତ୍ୟହିକ ଜୀବନ ଯାପନ ଚିନ୍ତା, ମଧ୍ୟବିଭୁର ମୃତ୍ୟୁ ଚିନ୍ତା ଓ ଧନୀ ବ୍ୟକ୍ତିର ଅପମାନ ଚିନ୍ତା। ଏଥିରୁ ମୁକୁଳିପାରିଲେ ଯାଇ ବାକି କଥା। ରୁଶୋ କହିଥିଲେ, "ମଣିଷ ମୁକ୍ତ ଭାବେ ଜନ୍ମ ହୋଇଥିଲେ ସୁଦ୍ଧା, ସବୁ କ୍ଷେତ୍ରରେ ଶୃଙ୍ଖଳାରେ ବନ୍ଧା।" ପ୍ରତ୍ୟେକ କ୍ଷେତ୍ରରେ ଅଥବା ଅଧିକାଂଶ କ୍ଷେତ୍ରରେ ନିରାଶ ବ୍ୟକ୍ତି କ'ଣ କରିବ ? ଯେକୌଣସି ପଥରେ ଚରୈବତିଂଚ ରୈବତିଂ ନ୍ୟାୟରେ ଚାଲିବା ପାଇଁ ବାଧ୍ୟ ହେଉଥିବ। ସମସ୍ୟାର ମୁକାବିଲା ଆଲରେ କୁକର୍ମ, ଅପକର୍ମ କରିବ ଜ୍ଞାତସାରରେ ଅଥବା ଅଜ୍ଞାତରେ କିମ୍ବା ଅଲକ୍ଷ୍ୟରେ। ସେଥିରୁ ପ୍ରଶସ୍ତି ମିଳିପାରେ କିମ୍ବା ଅକଥ୍ୟ ଦୁର୍ଗତି। ମନୁସଂହିତାର ଉପଦେଶ ହେଲା "ଭୂତାନାଂ ପ୍ରାଣିନଃ ଶ୍ରେଷ୍ଠା ପ୍ରାଣୀନାଂ ବୁଦ୍ଧିଜୀବୀନଃ।" ଶ୍ରେଷ୍ଠତ୍ୱ ଯାହାର ଜାହିର କରିବା କାଠିକର ପାଠ ହୋଇଯାଏ। ଯେକୌଣସି ଗର୍ବର ବ୍ୟକ୍ତି କ୍ରମେ ସ୍ୱତନ୍ତ୍ର ବିଚାର ବର୍ଜିତ ହୋଇ ସମାଜର ଅରାଜକ ଧାରାରେ ସାମିଲ ହୋଇଯାଏ। ନିଆରା ମଣିଷଟିଏ ଖୋଜିବା କଷ୍ଟସାଧ୍ୟ ହୋଇପଡ଼େ। ଅପରପକ୍ଷରେ ସମୁଦ୍ରରେ ମିଶୁଥିବା ସବୁ କିସମର ପାଣି ଲୁଣିଆ ହୋଇଯାଏ। ଶ୍ରୀମଦ୍ ଭାଗବତ କହେ, "ଏଇ ଯେ ଦେଖ ନଦନଦୀ, ସକଳ ମିଳନ୍ତି ଜଳଧି। ଆପଣା ଗୁଣ ପାସୋରନ୍ତି, ଲବଣ ଗୁଣକୁ ଭଜନ୍ତି।"

ଶେଷରେ ଆସିବ ଅନୁତାପ, ସ୍ୱୀକାରୋକ୍ତି, କ୍ଷମା ପ୍ରାର୍ଥନା କିମ୍ବା ନିଜର ଅପକର୍ମ ପାଇଁ ଅନ୍ୟକୁ ଦୋଷାରୋପ କରିବା। ମହାଭାରତ ଯୁଦ୍ଧ ନିମନ୍ତେ ମରଣ କାଳରେ ଦୁର୍ଯ୍ୟୋଧନ ଶ୍ରୀକୃଷ୍ଣଙ୍କୁ ଦାୟୀ କଲାପରି। ଏହା ହିଁ ଦୁର୍ଯ୍ୟୋଧନଙ୍କ ଦୁର୍ଯୋଗ। ମହାଭାରତରେ ଦୁର୍ଯ୍ୟୋଧନ କହିଛି, "ଜାନାମି ଧର୍ମ ନ ଚ ମେ ପ୍ରବୃତ୍ତି। ଜାନାମି ଅଧର୍ମ ନ ମେ ନିବୃତ୍ତି। ତ୍ୱୟା ହୃଷୀକେଶ ହୃଦିସ୍ଥିତେନ ଯଥାନିଯୁକ୍ତୋଽସ୍ମି ତଥା କରୋମି।" ଅର୍ଥାତ ଧର୍ମ କ'ଣ ମୁଁ ଜାଣିଛି। କିନ୍ତୁ ଧର୍ମାଚରଣ କରିବା ପାଇଁ ମୋର ଇଚ୍ଛା ନାହିଁ। ଅଧର୍ମ କ'ଣ ମୁଁ ଭଲ ରୂପରେ ବୁଝିଛି। ମାତ୍ର ସେଥିରୁ ମୋର ନିସ୍ତାର ନାହିଁ। ହେ ହୃଷୀକେଶ ଆପଣ ତ ମୋ ହୃଦୟରେ ଅଛନ୍ତି। ମୋତେ ଯୁଆଡ଼େ ନେବେ ମୁଁ ସିଆଡ଼େ ଯିବି। ତା' ଅର୍ଥ ପଣସତକ ଖାଇ ସେ ଅଠାତକ ଠାକୁରଙ୍କ ଉପରେ ବୋଲି ଦେଲା। ପାଞ୍ଚ ହଜାରବର୍ଷ ତଳେ ବ୍ୟାସଦେବ ଆମ ପ୍ରକୃତି ବିଷୟରେ ଯାହା କହିଛନ୍ତି, ତାହା ଅକ୍ଷରେ ଅକ୍ଷରେ ସତ। ତେବେ ଚିନ୍ତାଶୀଳ ଲୋକମାନଙ୍କ ଉଦ୍ୟମ ଜାରି ରହିଲେ ଅବସ୍ଥାରେ ଫଳପ୍ରଦ ପରିବର୍ତ୍ତନ ହୋଇପାରେ। ସବୁପ୍ରକାର ନିରାଶା ମଧ୍ୟରେ ଥାଏ ସାମାନ୍ୟ ଆଶାର ଝଲକ।

ନିଜ ସାମର୍ଥ୍ୟଠାରୁ ଅଧିକ ହାସଲ କରିବାର ବ୍ୟାକୁଳତା ବ୍ୟକ୍ତିକୁ ବିପଥଗାମୀ କରିଥାଏ। ଯାହା ଆଜି ଆମ ସମାଜରେ ଚାଲିଛି, ପ୍ରାପ୍ୟ ଯାହାର ହେଉନା କାହିଁକି ତାକୁ ଯେକୌଣସି ଉପାୟରେ ଅଧିକାର କରିନିଅ। କିଏ ପାଇବାକୁ ହକଦାର ତା' ନବୁଝି କୌଶଳରେ ନିଜ ନିୟନ୍ତ୍ରଣରେ ସେ ଜିନିଷକୁ ରଖିଦିଅ। କିଏ ପାଇବାକୁ ଯୋଗ୍ୟ ସେ ବିଷୟରେ ମୁଣ୍ଡ ନଖେଲାଇ ସେ ପଦାର୍ଥକୁ ବଳ ପ୍ରୟୋଗ କରି ଓଟାରି ଆଣ। କାହା ଲାଗି ଉଦ୍ଦିଷ୍ଟ ସେକଥା ବିଚାର ନକରି ଶକ୍ତି ଖର୍ଚ୍ଚ କରି ତାହା ନିଜ ପାଇଁ ଗୋଟାଇ ରଖ। ଅନ୍ୟ କେହି ନେଇଯିବ କି ଏହି ଭୟରେ ତାକୁ ଲୁଚାଇ ଦିଅ। ସେଥିପାଇଁ ଅନେକ ଯୁକ୍ତି କରି କହନ୍ତି ଯେ, ନିଜର କାମ ହାସଲ କରିବା ପାଇଁ ଆବଶ୍ୟକ ପଡ଼ିଲେ ବଳ ପ୍ରୟୋଗ କରିବା ଦରକାର। ନତୁ ବା ଆମେ ପଛରେ ପଡ଼ିଯିବା। ଆଜିକାଲି ଆମେ ନିଜର ଲକ୍ଷ୍ୟ ହାସଲ ଲାଗି ବଳ ପ୍ରୟୋଗର ଏବଂ ନୀତିବିରୁଦ୍ଧ କାର୍ଯ୍ୟ କରିବାରେ ବିଶ୍ୱାସ କରୁ। ଆମ ଦେଶରେ (ଭାରତରେ) ଅଧିକାଂଶ ସମୟରେ ଦେଖାଯାଉଛି ଯେଉଁମାନେ ଆଇନ୍‌କୁ ସମ୍ମାନ ଜଣାଇଥାନ୍ତି, ସେମାନଙ୍କୁ ଦଣ୍ଡ ମିଳେ ଏବଂ ଆଇନ୍‌ ଅମାନ୍ୟ କରୁଥିବା ବ୍ୟକ୍ତି ବରଂ ସୁବିଧାଜନକ ସ୍ଥିତିରେ ଥାଆନ୍ତି। ସେମାନେ ନିୟମ ମାନୁଥିବା ବ୍ୟକ୍ତିଙ୍କୁ ପଛରେ ପକାଇ ତାଙ୍କଠାରୁ ଆଗକୁ ଚାଲିଯାଆନ୍ତି। ଅଧିକାଂଶ ସ୍ଥଳରେ ଅନ୍ୟମାନେ ନିୟମ ମାନୁନାହାନ୍ତି ବୋଲି ଆମେ ମଧ୍ୟ ନୀତି ଖିଲାପ କରି ଆଗକୁ ବଢ଼ିବା ପାଇଁ ଉଦ୍ଦେଶ୍ୟ ରଖୁ। ସମ

ଭାବରେ ଧାଡ଼ିରେ ଛିଡ଼ା ହୋଇଥିବା ବ୍ୟକ୍ତିଙ୍କୁ ଠେଲାପେଲା କରି ଆଗକୁ ମାଡ଼ି ଯାଉଥିବା ବ୍ୟକ୍ତିଟି ପ୍ରଥମେ ଉଦ୍ଦିଷ୍ଟ ସ୍ଥାନରେ ପହଞ୍ଚିବାକୁ ସୁଯୋଗ ପାଏ । ଆମର ବିଧି ବ୍ୟବସ୍ଥା ମଧ୍ୟ କାହାରି କାହାରି ସୁପାରିସରେ ଜଣ ଜଣକୁ ଅଧିକ ସୁଯୋଗ ଦେଇଥାଏ । ଯେଉଁଠାରେ କି ଜଣେ ଯୋଗ୍ୟ ବ୍ୟକ୍ତି ଏହି ସୁବିଧା ପାଇବାରୁ ବଞ୍ଚିତ ହୋଇଥାଏ । ଏହା ଦ୍ୱାରା ଅନେକ ପିତାମାତା / ଅଭିଭାବକ ସେମାନଙ୍କ ପିଲାମାନଙ୍କୁ ଜୀବନରେ ସଫଳ ହେବା ନିମନ୍ତେ ଆକ୍ରମଣାତ୍ମକ ପନ୍ଥା ଅବଲମ୍ବନ କରିବା ପାଇଁ ଉସ୍ଥାହିତ କରିଥାନ୍ତି । ଏଥିପାଇଁ ବେଳେବେଳେ ସେମାନେ ଆଇନ୍‌କୁ ଠକ୍ କିମ୍ବା ଆଖିଠାର ମାରି ଯେନେତେନେ ପ୍ରକାରେ ଲକ୍ଷ୍ୟ ହାସଲ କରିବା ଉଚିତ୍ ମାର୍ଗ ବୋଲି ବିବେଚନା କରନ୍ତି । ନିଜକୁ ଦୋଷ ମୁକ୍ତ କରିବା ପାଇଁ ଏପରି ଯୁକ୍ତି ଉପସ୍ଥାପନାକାରୀ ମାନଙ୍କ ପାଇଁ ଏହା ଉପଯୁକ୍ତ ହୋଇଥାଇପାରେ, ମାତ୍ର ପରବର୍ତ୍ତୀ ସମୟରେ ସେମାନଙ୍କୁ ନିରପରାଧ କିମ୍ବା ନିରପେକ୍ଷ ବିଚାରବାଦୀ ସାବ୍ୟସ୍ତ କରିବା ଲାଗି ଉପରୋକ୍ତ ଉପସ୍ଥାପିତ ଯୁକ୍ତିଗୁଡ଼ିକର ଭିତ୍ତିଭୂମି ସେପରି ବଳିଷ୍ଠ ପ୍ରମାଣ ବହନ କରିଥିବା ପରି ମନେ ହୁଏନାହିଁ । ଯେକୌଣସି ପ୍ରକାରେ, ଆବଶ୍ୟକ ହେଲେ ଅନ୍ୟମାନଙ୍କୁ ପଛକୁ ଠେଲି ଦେଇ ଆଗକୁ ଯିବାକୁ ହେବ । ଏହା ହିଁ ଆଜିର ସଂସ୍କୃତି । ସଫଳତା ଓ ବିଶେଷତ୍ୱ ବା ଗୁରୁତ୍ୱ ମଧ୍ୟରେ ପାର୍ଥକ୍ୟକୁ ଆମେ ଯେମିତି ଭୁଲି ଯାଇଛୁ । ନିଜ କାର୍ଯ୍ୟ କ୍ଷେତ୍ର ବା ଆପଣା ବୃତ୍ତିରେ ସଫଳତା ହାସଲ କରିବା ପାଇଁ ଆମ ଭିତରୁ ଅଧିକାଂଶଙ୍କ ନିକଟରେ ପରିଷ୍କାରେ ରଣକୌଶଳଟିଏ ଥାଏ; କିନ୍ତୁ ଏକ ସମ୍ପୂର୍ଣ୍ଣ ଓ ସମାହିତ ଚରିତ୍ର ଗଠନ ପାଇଁ ସେତିକି ପ୍ରବୃତ୍ତି ଆମଠାରେ ଦେଖାଯାଏ ନାହିଁ ।

ଅନେକ ଉନ୍ନତ ଦେଶରେ ଆଇନ୍‌ର ଶାସନ ହିଁ ଉତ୍ତମ ପ୍ରଶାସନର ମାପକାଠି ଅଟେ ଓ ନାଗରିକମାନେ ଆଇନ୍ ଉପରେ ଭରସା ରଖିଥାନ୍ତି । କାରଣ ସେମାନେ ଜାଣିଥାନ୍ତି ଯେ, ପ୍ରଚଳିତ ଆଇନ୍ ଦ୍ୱାରା ସମସ୍ତେ ଉପକୃତ ହେବେ ଏବଂ ଆଇନ୍ ଅମାନ୍ୟ କଲେ ଅବଶ୍ୟ ଦଣ୍ଡ ମିଳିବ । ବହୁ ଦେଶରେ ବୈଷୟିକ ଜ୍ଞାନ ସମସ୍ତଙ୍କ ମଧ୍ୟରେ ସମାନତା ଆଣିବାରେ ମଧ୍ୟ ପ୍ରମୁଖ ଭୂମିକା ଗ୍ରହଣ କରିଛି । ଏହା ହୋଇପାରେ ବ୍ରିଟିଶ୍ ଶାସନ ଫଳରେ ଭାରତୀୟ ଜନସାଧାରଣଙ୍କ ମଧ୍ୟରେ ଶାସନ ବା ସରକାର ପ୍ରତି ରହିଥିବା ପ୍ରତିକୂଳ ଧାରଣା ଯୋଗୁ ଶାସନ ଓ ଶାସିତଙ୍କ ମଧ୍ୟରେ ଏବେ ସୁଦ୍ଧା ଦୂରତା ରହିଛି । ଏଠାରେ ମନରେ ପ୍ରଶ୍ନ ଆସିପାରେ ଯେ ଆମେ ନିୟମ ପାଳନ କରିବା ଏବଂ ଏଥିପ୍ରତି ଆନୁଗତ୍ୟ ପ୍ରକାଶ କରିବା ଉଚିତ୍ କି ଯାହା କେବଳ ସମାଜରେ ସୁବିଧା ସୁଯୋଗ ଉପଭୋଗ କରୁଥିବା ଶ୍ରେଣୀଙ୍କ ପାଇଁ ଉଦ୍ଦିଷ୍ଟ । ଏଥିସକାଶେ ଏସବୁ କ୍ଷେତ୍ରରେ ଆକ୍ରମଣାତ୍ମକ ନହୋଇ ଶିଷ୍ଟାଚାର ମାର୍ଗରେ ଦୃଢ଼ୋକ୍ତି ନୀତିରେ ବିଶ୍ୱାସ କରିବା ଉଚିତ୍ । ଏହି ଶିଷ୍ଟାଚାର-ସଦ୍‌ଗୁଣ ନିଜର ଭାବନା ଏବଂ ଅଧିକାରକୁ ସମ୍ମାନ ଦେବା ସହିତ ଅନ୍ୟର ଭାବନା ଓ ଅଧିକାର ପ୍ରତି ମଧ୍ୟ ଗୁରୁତ୍ୱ ଦିଏ । ଏହି ପରିପ୍ରେକ୍ଷୀରେ ଆମେ ନିଜକୁ ନିଜେ ପଚାରିବା କି ଆମେ ଆମର ପିଲାମାନଙ୍କୁ ଆକ୍ରମଣାତ୍ମକ ଏବଂ ଜୋର ଜବରଦସ୍ତ ଅଧିକାର ହାସଲ ପାଇଁ ପ୍ରୋସାହିତ କରିବା କେତେ ଉଚିତ୍ ବା ଯୁକ୍ତିଯୁକ୍ତ । ଯଦି ଆମେ ଏଭଳି ଏକ ନକାରାତ୍ମକ ମୂଲ୍ୟବୋଧ ପିଲାମାନଙ୍କ ମନରେ ସୃଷ୍ଟି କରିପାରିବା ତେବେ ଆମେ ଭବିଷ୍ୟତରେ ଉଚ୍ଛୃଙ୍ଖଳିତ ସମାଜ ଆଡ଼କୁ ଗତି କରୁଛେ ବୋଲି କୁହାଯାଇପାରେ ।

ଆମେ ସାଧାରଣତଃ ଭାବୁ ଯେହେତୁ ଅନ୍ୟମାନେ ଆଇନ୍‌ର ବଳୟ ମଧ୍ୟରେ ନାହାନ୍ତି, ତେବେ ଆମେ କାହିଁକି ନୀତିବାନ ହୋଇ ସମସ୍ତ ଅସୁବିଧାର ସମ୍ମୁଖୀନ ହେବା ? ଏହା କେବଳ ଆମେ ଆମର ବିବେକ ପ୍ରତି ଆଖି ବୁଜି ଦେବା ଭଳି ହେବ, କାରଣ ଆମେ ଜାଣୁ କେଉଁଟା ଠିକ୍ ଏବଂ କେଉଁଟା ଅବାଞ୍ଛିତ । ଏଭଳି ବେନିୟମ ଆଚରଣ ସହଜରେ ଏକ ବାଞ୍ଛିତ ଫଳ ଆଣିପାରେ । କିନ୍ତୁ ଦୂରଦୃଷ୍ଟି ସହ ଚିନ୍ତା କଲେ ଏହା ଆମ ପରିବାର ଓ ଏ ସମାଜରେ ସମସ୍ତ ଅଶାନ୍ତିର କାରଣ ହେବ । ଏହାର ଅର୍ଥ ନୁହେଁ ଯେ, ଆମେ ଆମର ପିଲାଙ୍କୁ ଉଦାସୀନ ଓ ନିଷ୍ଟେଷ୍ଟ କରିଦେବା । ପ୍ରତିକ୍ରିୟାହୀନ ହେବା ଆକ୍ରମଣାତ୍ମକ ଗୁଣର ବିପରୀତଧର୍ମୀ ଅଟେ ଏବଂ ଏହାଦ୍ୱାରା ପିଲାମନେ ଅଧିକ ନିଷ୍କ୍ରିୟ ଏବଂ ଭାବ ପ୍ରବଣତାରେ

ଭାସିଯାଇ ପରିଶ୍ରମ କାତର ହୋଇ ଅସାଧୁ ରାସ୍ତାରେ ଚାଲିଯିବେ । ଆମେ ଆମର ପିଲାମାନଙ୍କୁ ଅଧିକ ଆତ୍ମବିଶ୍ୱାସୀ ଏବଂ ସହନଶୀଳ କରିପାରିଲେ ଅନ୍ୟମାନଙ୍କ ଅଧିକାରକୁ ଅସମ୍ମାନ ନକରି ସେମାନେ ନିଜର ବ୍ୟକ୍ତିଗତ ଜୀବନରେ ସମ୍ମାନର ସହିତ ଶୀର୍ଷ ସ୍ଥାନରେ ପହଞ୍ଚିପାରିବେ । ମହାନ ବ୍ୟକ୍ତିମାନେ ସେମାନଙ୍କର ନେତୃତ୍ୱ ପାଇଁ କେବଳ ସ୍ମରଣୀୟ ନୁହନ୍ତି, ବରଂ ଅନ୍ୟମାନଙ୍କ ପ୍ରତି ତାଙ୍କର ମାନବିକ ଆବେଦନ ଓ ଉନ୍ନତ ଚିନ୍ତାଧାରା ପାଇଁ ଅଧିକ ପୂଜ୍ୟ । ଡ. କଲାମ ନିଜର ନମନୀୟ ଗୁଣ ଲାଗି ଜଣେ ଶ୍ରେଷ୍ଠ ରାଷ୍ଟ୍ରନାୟକ ଭାବେ ପରିଚିତ ହୋଇପାରିଛନ୍ତି । ସଂପ୍ରତି ନାନାଦି ସଙ୍କଟ ମଧ୍ୟରେ ଗତି କରୁଥିବା ସମାଜରେ ଆମେ ଆମର ପିଲାମାନଙ୍କୁ ଏହି ଶିକ୍ଷା ଦେବା ଉଚିତ୍ ଯେ, ସେମାନଙ୍କର ଚିନ୍ତାଧାରା ବେଶ୍ ନମନୀୟ ଏବଂ ସଂଚୋଟ ହେବା ଉଚିତ୍ । ସେମାନେ ନିଜର ଆତ୍ମସମ୍ମାନ ବୋଧ ସହିତ ଅନ୍ୟମାନଙ୍କୁ ସମଦୃଷ୍ଟିରେ ଦେଖିବା ମଧ୍ୟ ଜରୁରୀ । ଆମେ ସହନଶୀଳ ହେଲେ ଆମର ଲକ୍ଷ୍ୟ ହାସଲରେ ଅବଶ୍ୟ ସଫଳ ହେବା– ଏହା ନିଃସନ୍ଦେହ । ତେଣୁ ଏକ୍ଷେତ୍ରରେ ମହାତ୍ମା ଗାନ୍ଧୀଙ୍କ ମତ ହେଲା– ଲକ୍ଷ୍ୟ ହାସଲର ପଥ ଏବଂ ଲକ୍ଷ୍ୟ ଉଭୟ ଗୁରୁତ୍ୱପୂର୍ଣ୍ଣ । ଆବଶ୍ୟକତାକୁ ସତ୍‌ଉପାୟରେ ପୂରଣ କଲେ ମାନସିକ ଶାନ୍ତି ରହେ, ମାତ୍ର ଅସତ ଉପାୟରେ ପୂରଣ କଲେ ଅଶାନ୍ତି ମାଡ଼ି ଆସେ ।

ନିଜେ ସମସ୍ତ ପ୍ରକାର ଅନୀତି, ଅପକର୍ମ, ଅନ୍ୟାୟ, ଅବିବେକିତା, ଅମଣିଷ ପଣିଆ କାମ କରି, ଅନ୍ୟମାନଙ୍କୁ ସତ ମାର୍ଗରେ ଚାଲିବା ପାଇଁ ହିତଉପଦେଶ ଦେବା ହେଉଛି ବର୍ତ୍ତମାନ ସମାଜର ମାନ୍ୟଗଣ୍ୟ ବ୍ୟକ୍ତିମାନଙ୍କର ଅସଲ (ପ୍ରଧାନ) ଆଭିମୁଖ୍ୟ । "ବସୁଧୈବ କୁଟୁମ୍ବକମ୍" ଭାବନା ଆଉ କାହାରି ଅନ୍ତରରେ ନାହିଁ କିୟ ସେହିପରି ମତ କେହି ମନରେ ପୋଷଣ କରିବାକୁ ଚାହୁଁନାହାନ୍ତି । "ସର୍ବେଭବନ୍ତୁ ସୁଖିନଃ", "ପରୋପକାରାୟ ସ୍ୱର୍ଗୀୟ" ଭାବନା ଆଉ କେହି ହୃଦୟରେ ରଖିଥିବା ପରି ମନେ ହୁଏନା । "ନିଜେ ବଞ୍ଚିଲେ ବାପାର ନାଁ" ନୀତିରେ ବର୍ତ୍ତମାନ ସମସ୍ତେ ପରିଚାଳିତ ହେଉଛନ୍ତି । ଯୁଗ ବଦଳୁଛି ବଦଳି ଚାଲିଛି ଆମ ଚିନ୍ତାଧାରା । ସମୟର ପରିବର୍ତ୍ତନ ଘଟୁଛି । ପରିବର୍ତ୍ତନ ହେଉଛି ଆମମାନଙ୍କର ମାନସିକତାର, ମନୋଭାବର । ତା' ସହିତ ତାଳ ଦେଇ ମଣିଷର ସ୍ୱଭାବ, ଚରିତ୍ର, ଆଚରଣ, ବ୍ୟବହାର ସବୁକିଛି ବଦଳି ଚାଲିଛି । ପୂର୍ବରୁ ଥିବା ପରିବେଷ୍ଟନୀ ଆଉ ପୋଷି ପାରୁନି କ୍ରମ ବର୍ଦ୍ଧିଷ୍ଣୁ ମନୋବୃତ୍ତିର ମଣିଷମାନଙ୍କୁ । ନାନା ଆବଶ୍ୟକ, ଅଭାବ ବୋଧ, ନିଅଣ୍ଟିଆ ଭାବ, ଅପୂରଣୀୟ ମନୋବୃତ୍ତି ସମସ୍ତଙ୍କୁ ଘାରିଛି । ତାକୁ ପୂରଣ କରିବାକୁ ମଣିଷ ଧାଉଁଛି ଅନିଃଶ୍ୱାସୀ ହୋଇ । ମେଣ୍ଟାଇ ପାରୁଛି କେଉଁଠୁ ? ଏତେ ଧା, ଦଉଡ଼ କରି ସୁଦ୍ଧା ।

କାରଣ ଆବଶ୍ୟକତା ବଢ଼ି ବଢ଼ି ଚାଲିଛି । ତା' ସହିତ ବଢ଼ି ଚାଲିଛି ଅଭାବବୋଧ ତା' ସହିତ ତାଳମେଳ ରଖି । ଯେତେ ଗୋଟାଇଲେ, ଓଟାରିଲେ ସୁଦ୍ଧା ତା'ର ଆଶା ମେଣ୍ଟୁନି । କାରଣ ଅଭାବ ତା'ର ପରିବେଶରେ ନାହିଁ । ପରିସ୍ଥିତିରେ ମଧ୍ୟ ନୁହେଁ । ତାହା କାହ୍ନୁ ନୁହେଁ ତା' ଅନ୍ତରରେ, ମନ ଭିତରେ, ହୃଦୟରେ ଅଭାବ ବୋଧ, ଆତ୍ମା ଓ ପ୍ରାଣରେ ମଧ୍ୟ । ଯାହାର ପରିସମାପ୍ତି ନାହିଁ । ଯାହା କେବେ ମେଣ୍ଟିବାର ନୁହେଁ । ମେଣ୍ଟି ପାରେନା । କିନ୍ତୁ ପୁରାଣ ମତାନୁଯାୟୀ– ଶୁକ୍ରାଚାର୍ଯ୍ୟଙ୍କ ଦ୍ୱାରା ଅଭିଶପ୍ତ ରାଜା ଯୟାତି ପୁତ୍ରରାଜା ପୁରୁକୁ ନିଜର ଯୌବନ ଫେରାଇ ଆପଣା ଅନୁଭୂତିକୁ ବର୍ଣ୍ଣନ କରିଛନ୍ତି । "ପରିତୃପ୍ତି ଦ୍ୱାରା କାମନା ଉପଶମ ହୁଏନାହିଁ । ଅଗ୍ନିରେ ଘିଅ ଢାଲିଲେ ଜଳିଉଠିଲା ଭଳି ଏହା ପ୍ରଜ୍ୱଳିତ ହୋଇଥାଏ ।" ସେମିତି ଯେତେ ଗୋଟାଇଲେ ସୁଦ୍ଧା ମନର ଅଭାବ ଭାବ ମେଣ୍ଟେନା, ମେଣ୍ଟିବା ମଧ୍ୟ ସମ୍ଭବ ନୁହେଁ ।

ଜୀବ ଥିବା ପର୍ଯ୍ୟନ୍ତ ପ୍ରାଣୀର ବଞ୍ଚିରହିବାର ଅଧିକାର ଅଛି ଓ ଲୋଭ ମଧ୍ୟ ରହିବ । ମାତ୍ର ଏଥିପାଇଁ ଅନ୍ୟର ସୁଖ ସୁବିଧାକୁ ଛଡ଼ାଇ ନେବା ଧର୍ମ ନୁହେଁ । ସମସ୍ତଙ୍କର ପୁଣି ବଞ୍ଚି ରହିବାର ଅଧିକାର ଅଛି ବୋଲି ଆମେ ମାନିବା ନା ନାହିଁ । ଉପନିଷଦରେ କୁହାଯାଇଛି "ଈଶାବାସ୍ୟ ମିଦଂ ଯତ୍‌କିଞ୍ଚିତ ଜଗତ୍ୟାଜଗତ, ତେନତ୍ୟକ୍ତେ ନ ଭୁଞ୍ଜୀଥା ମାଗୃଧ୍ କସ୍ୟସ୍ୱିଦ୍‌ଧନମ୍ । ଅର୍ଥାତ– ଏହି ଜନଚେତନ ରୂପ ଜଗତର ସବୁକିଛି ଈଶ୍ୱରଙ୍କଠାରୁ ବ୍ୟାପ୍ତ । ତାହାକୁ ସାଥୀରେ ରଖି ତ୍ୟାଗ ପୂର୍ବକ (ଏସବୁ) ଭୋଗ କର । ଆସକ୍ତ ହୁଅ ନାହିଁ । ଏ ସଂସାରରେ ଯେତେ ଭୋଗ୍ୟ ବସ୍ତୁ ଅଛି ସେଥିରେ କୌଣସି

ଜଣକର କିମ୍ବା କେତେକ ମୁଷ୍ଟିମେୟ ଲୋକଙ୍କର ଅଧିକାର ନାହିଁ। ଏହା ସମସ୍ତଙ୍କ ପାଇଁ ଖଞ୍ଜା ଯାଇଛି। ନିଜର ଆବଶ୍ୟକତାରୁ ଯେ ଅଧିକ ସଂଗ୍ରହ କରେ ଓ ଠୁଳ କରି ରଖେ ଶାସ୍ତ୍ରାନୁସାରେ ସେ ଚୋର ଅଟେ। ରଷିମାନେ ମନ୍ତ୍ର ଦେଇ କହିଯାଇଛନ୍ତି- "ସର୍ବେ ଭବନ୍ତୁ ସୁଖିନଃ, ସର୍ବେ ସନ୍ତୁ ନିରାମୟାଃ। ସର୍ବେ ଭଦ୍ରାଣି ପଶ୍ୟନ୍ତୁ, ମା କଷ୍ଟିତ୍ ଦୁଃଖ ଭାବ ଭବେତ୍।" ସମସ୍ତେ ସୁଖ ସୁବିଧାରେ ଥାଆନ୍ତୁ। ସମସ୍ତେ କଲ୍ୟାଣମୟ ଶୁଭ ତତ୍ତ୍ୱମାନଙ୍କୁ ଆପଣାର କରନ୍ତୁ। କାହାରିକୁ ଦୁଃଖ ଭୋଗିବାକୁ ନପଡୁ। ଏଇ କଲ୍ୟାଣମୟ ଶୁଭ ତତ୍ତ୍ୱକୁ ଧର୍ମ ବୋଲି ଗ୍ରହଣ କରି ପାରିଲେ ମଣିଷ ସମାଜ ସୁଖୀ ହେବ। ଏହା ମଣିଷ ଓ ଧର୍ମ ଉଭୟଙ୍କ ପାଇଁ ସତ୍ୟ ଅଟେ।

ମନୁଷ୍ୟ ପାଇଁ ଅତ୍ୟନ୍ତ ହିତକର ଆଧାତ୍ମିକ ସାଧନାର ମାର୍ଗ ପ୍ରାଚୀନ ଭାରତର ମହାନ ଗ୍ରନ୍ଥମାନଙ୍କରେ ସରଳ ଓ ମଧୁର ଭାବରେ ନିର୍ଦ୍ଧାରିତ ହୋଇଛି। ସେଗୁଡ଼ିକ ଏହି ବିଶ୍ୱରେ ଅନ୍ତର୍ନିହିତ ଦିବ୍ୟ ତତ୍ତ୍ୱକୁ ଆଦର୍ଶ ଓ ଉପଦେଶ ମାଧ୍ୟମରେ ବୁଝାନ୍ତି ଏବଂ ଭଗବାନଙ୍କ କୃତି ଓ ତାଙ୍କର ଅପରିମେୟ ଲୀଲାକୁ ଭିତ୍ତି ଓ ଶ୍ରଦ୍ଧାର ସହିତ ଚାହିଁବା ପାଇଁ ମାନବ ଜାତିକୁ ପ୍ରେରଣା ଦିଅନ୍ତି। ସେଗୁଡ଼ିକ ମନୁଷ୍ୟକୁ ସାଧୁମାନଙ୍କର ସୁଖ ସଙ୍ଗତିରେ ତ୍ୟାଗର ତୀର୍ଥ ଯାତ୍ରାରେ ଅଗ୍ରସର ହେବା ପାଇଁ ପ୍ରେରଣା ଦିଅନ୍ତି। ଯାହାର ଶରୀର ନଷ୍ଟ ହେବା ପୂର୍ବରୁ ନିତ୍ୟର ଦର୍ଶନ ଲାଭ କରିବାକୁ ହେବ ଓ ଚିରକାଳ ପାଇଁ ହୃଦୟରେ ମୁଦ୍ରିତ କରି ହେବ। ତତ୍(ତାହା)ଶଦ୍ଧଟି ଏକ ଦୂରସ୍ଥ ବସ୍ତୁକୁ ସୂଚିତ କରେ ଅର୍ଥାତ ତୁମେ କୌଣସି ଦୂରସ୍ଥ ବସ୍ତୁକୁ ଦେଖାଉଛ। ତ୍ୱମ ହେଲା ତୁମେ। ଏହା ତୁମ ନିଜର ନିକଟତମ। ତୁମେ ନିଜକୁ ସବୁଠାରୁ ବେଶୀ ଜାଣ। ବର୍ତ୍ତମାନ ତୁମକୁ ଯାହା ଯାହା ଜାଣିବାକୁ ହେବ ତାହା ହେଲା, ତୁମେ ଓ ତାହା, ଏକ। କେବଳ ଏକ ଅଛି। ଦୁଇ ନାହିଁ। ଏହାକୁ 'ବୁଦ୍ଧି ଗ୍ରାହଂ ଅତିନ୍ଦ୍ରିୟମ' ବୋଲି କୁହାଯାଇଛି। ବୁଦ୍ଧି ଦ୍ୱାରା ବୁଝି ହେବ। ସ୍ପର୍ଶ, ଶ୍ରୋତ୍ର, ଦର୍ଶନ, ସ୍ୱାଦ ଓ ଗ୍ରାଣ ଆଦି ଇନ୍ଦ୍ରିୟମାନଙ୍କ ଦ୍ୱାରା ନୁହେଁ।

ସଂସାରରେ ଦୁଇ ପ୍ରକାର ମଣିଷ ଅଛନ୍ତି। କିଛି ମଣିଷ ସୁଖ କହିଲେ, ତତ୍କାଳିକ କ୍ଷଣ ସନ୍ତୋଷ ଅର୍ଥାତ କ୍ଷଣୋପଭୋଗ ହିଁ ବୁଝନ୍ତି। ସେମାନେ ଯଥାସାଧ୍ୟ ଅଧିକ ଭୋଗ ଓ ସ୍ୱାର୍ଥର ସାମଗ୍ରୀ ସଂଗ୍ରହ କରି ଆତ୍ମସନ୍ତୋଷ ଲାଭ କରନ୍ତି। ସେମାନେ ସନ୍ତୋଷ କହିଲେ କାମନା ଓ ବାସନାର ପୂର୍ତ୍ତି ବୋଲି ବୁଝନ୍ତି। ବିଶିଷ୍ଟ ଇଂରେଜ ଦାର୍ଶନିକ ଜନ୍ ସ୍ଟୁଆର୍ଟମିଲ୍ ଏହିଭଳି ମଣିଷକୁ ଶୂକର କହିଛନ୍ତି। ମାତ୍ର ଆଉ କିଛି ମଣିଷ ଅଛନ୍ତି ଯେଉଁମାନେ ନିଜ ଜୀବନର କ୍ଷୁଦ୍ର ପରିଧିକୁ ଅତିକ୍ରମ କରି ଅନୁଭବ କରନ୍ତି ଯେ, ସଂସାରରେ ଅନ୍ୟମାନେ ବି ଅଛନ୍ତି ଯେଉଁମାନଙ୍କ ସହ ସେମାନେ ପାରସ୍ପରିକତା। ସୂତ୍ରରେ ଆବଦ୍ଧ। ତେଣୁ କେବଳ ନିଜ ସୁଖ କଥା ଚିନ୍ତା ନକରି ସେମାନେ ଅନ୍ୟମାନଙ୍କ ସୁଖ କଥା ଚିନ୍ତା କରନ୍ତି। ଆପଣା (ନିଜ) ସୁଖରେ ସେମାନେ ସନ୍ତୁଷ୍ଟ ହୁଅନ୍ତି ନାହିଁ। ଏମାନେ ହିଁ ପ୍ରକୃତ ମଣିଷ। ଜନ୍ ସ୍ଟୁଆର୍ଟମିଲଙ୍କ ଭାଷାରେ ଏ ପୂର୍ଣ୍ଣ ସନ୍ତୁଷ୍ଟ ଘୁଷୁରି ମଣିଷ ହେବା ଅପେକ୍ଷା ଜଣେ ଅସନ୍ତୁଷ୍ଟ ମଣିଷ ହେବା ବାଞ୍ଛନୀୟ। ଜଣେ ସନ୍ତୁଷ୍ଟ ନିର୍ବୋଧ ହେବା ଅପେକ୍ଷା ଜଣେ ଅସନ୍ତୁଷ୍ଟ ସକ୍ରେଟିସ୍ ହେବା ବାଞ୍ଛନୀୟ। ଶୂକରର ଆତ୍ମତୃପ୍ତି ହେଉଛି ଏକ ନିର୍ବୋଧର ଆତ୍ମତୃପ୍ତି। କାରଣ ଶୂକର କାଦୁଅ ଭିତରେ ସନ୍ତୁଷ୍ଟ ରହିଥାଏ। ଯେଉଁ କାଦୁଅ ପ୍ରକୃତରେ ଅସନା। ମାତ୍ର ଶୂକର ତାହା ବୁଝିପାରେ ନାହିଁ। ପ୍ରାଚୀନ ଏଥେନ୍‌ରେ ଅଧିକାଂଶ ମଣିଷ ନିଜ ସୁଖ ଓ ସନ୍ତୋଷ ମଧ୍ୟରେ ନିବୁଜ ହୋଇ ରହିଥିଲେ। ମାତ୍ର ସକ୍ରେଟିସ୍ ସେହି ନିର୍ବୋଧ ଶୂକର ଭଳି ଜୀବନଯାପନ କରୁଥିବା ଏଥେନ୍‌ବାସୀଙ୍କ ରାସ୍ତାରେ ଗଲେ ନାହିଁ। ସନ୍ତୋଷର ମାର୍ଗକୁ ପରିହାର କଲେ (କରିଗଲେ)। ସେ କେବଳ ନିଜକୁ ନଦେଖି ଅନ୍ୟ ସମସ୍ତଙ୍କୁ ଦେଖିଲେ। ସେ ବିବେକର ଡାକ ଶୁଣିଲେ ଓ ସାମ୍ପ୍ରତିକ ସ୍ଥିତିରେ ଅସନ୍ତୁଷ୍ଟ ହୋଇ ପ୍ରଶ୍ନ କଲେ। ସେ ନିଜର ଅଜ୍ଞତା ବିଷୟରେ ସଚେତନ ଥିଲେ। ସତ୍ୟ ନିକଟରେ ପହଞ୍ଚିବା ପାଇଁ ସେ ସର୍ବଦା ପ୍ରଶ୍ନ କରୁଥିଲେ। ଥରେ ସେ କହିଥିଲେ, "ଯଦି ମୃତ୍ୟୁ ପରେ ଜୀବନ ସମ୍ଭବ ତେବେ ତା'ଠୁ ବଳି ସନ୍ତୋଷର କଥା ଆଉ କିଛି ନାହିଁ। କାରଣ ପର ପାରିରେ ସମସ୍ତେ ଥିବେ ଯେଉଁମାନେ

ଆଗରୁ ଚାଲିଯାଇଛନ୍ତି। ସେଠି ସେମାନଙ୍କ ସହ ମୋର ଜ୍ଞାନର ଅନ୍ୱେଷଣ ଜାରି ରହିବ। ସେଠି ମୁଁ ଭେଟିବି ହୋମର, ସିସିଫସ୍ ଓ ଟ୍ରୟର ଯୋଦ୍ଧାମାନଙ୍କୁ। ସେମାନଙ୍କୁ ଏମିତି ପ୍ରଶ୍ନ ପଚାରୁଥିବି।" ସକ୍ରେଟିସ୍ ସହଜରେ ସନ୍ତୁଷ୍ଟ ହେଉନଥିଲେ। ଏହି ଅସନ୍ତୋଷ ହିଁ ତାଙ୍କୁ ସତ୍ୟ ନିକଟରେ ପହଞ୍ଚିବାର ମାର୍ଗ ଦେଖାଉଥିଲା।

କିନ୍ତୁ ଜୀବନର ଗୂଢ଼ତମ ରହସ୍ୟ ଦୁଇଟି ଶବ୍ଦରେ ଅନ୍ତର୍ନିହିତ। ବିଜ୍ଞାନର ସିଦ୍ଧାନ୍ତ ଓ ଆଧ୍ୟାତ୍ମିକତାର ନିର୍ଷ୍କ ସେହି ଦୁଇଟି ଶବ୍ଦର ଅନ୍ତର୍ନିହିତ ରହସ୍ୟ ପ୍ରକାଶର ପ୍ରୟାସ ମାତ୍ର। ମୁଁ ଏବଂ ମୁଁ କିଏ ? ଏ ଦୁଇଟି ଶବ୍ଦର ସମାହାର ପରମ ଓ ସଠିକ୍ ସତ୍ୟର ଜିଜ୍ଞାସା ଏବଂ ଜ୍ଞାନ ଆଲୋକର ଅନ୍ୱେଷଣ ମାତ୍ର। ଏହି ଦୁଇଟି ଶବ୍ଦର ସମନ୍ୱୟ-ବ୍ୟକ୍ତି, ବିଶ୍ୱ ଏବଂ ବିଶ୍ୱାତୀତର ସମ୍ୟକର ଯୋଗସୂତ୍ର। ଏ ଦୁଇଟି ଶବ୍ଦର ପରିଧି ଗାଁ ଦାଣ୍ଡର ପିଲାବେଳର ଧୂଳି ଖେଳ ଠାରୁ ଦୂର ଦିଗ୍‌ବଳୟ ସେପାରି ଉଜ୍ଜ୍ୱଳ ଆଲୋକର ଅନ୍ତହୀନ ସମ୍ଭାବନା ପର୍ଯ୍ୟନ୍ତ ବିସ୍ତୃତ। ଏହି ଶବ୍ଦ ଦୁଇଟିରେ ପିଣ୍ଡରୁ ବ୍ରହ୍ମାଣ୍ଡ ଯାଏ ରହିଛି। ବିଜ୍ଞାନ ମତରେ ଜଡ଼ରୁ ଜୀବ ସୃଷ୍ଟି। ବିବର୍ଭିତ ହୋଇ ମଣିଷ ଆଜି ସଭ୍ୟତାର ଏହି ସ୍ତରରେ ଆସି ପହଞ୍ଚିପାରିଛି। ବିଜ୍ଞାନର ଏହି ସିଦ୍ଧାନ୍ତର ଅନେକ ଆଗରୁ ଆମର ଦିବ୍ୟଦ୍ରଷ୍ଟା ମୁନୀ, ଋଷିମାନେ ବିବର୍ଭନ ପ୍ରକ୍ରିୟାକୁ ନିରୀକ୍ଷଣ କରି କହିଛନ୍ତି- ଜଡ଼ରୁ ଜୀବନର ସୃଷ୍ଟି। ସେହି ଜଡ଼ ମଧ୍ୟରେ ଚେତନ ବା ଜୀବନୀ ଶକ୍ତି ଅତି ଗୁପ୍ତ ଭାବରେ ରହିଥିଲା। ଯେଉଁ ଜଡ଼ରୁ ଜୀବନର ସୃଷ୍ଟି ତାହା ନିର୍ଜୀବ ନୁହେଁ। ଦୁନିଆରେ କିଛି ବି ନିର୍ଜୀବ ନୁହେଁ। କେତେକ କ୍ଷେତ୍ରରେ ଚେତନ ଶକ୍ତି ବା ଚିଉସରା ପରିଷ୍କାର ଭାବରେ ପରିପ୍ରକାଶ ଓ କେଉଁଠିରେ ଆଭରଣ ଦ୍ୱାରା ଲୁକ୍କାୟିତ। ଏଥିପାଇଁ ବିଜ୍ଞାନ ଅନୁଯାୟୀ ମୁଁ ହେଉଛି ଶରୀର ଓ ମନର ରାସାୟନିକ ମିଶ୍ରଣ। ପବିତ୍ର ବେଦ ଓ ଉପନିଷଦର ତତ୍ତ୍ୱଦର୍ଶୀ ମୁନିଙ୍କ ଘୋଷଣାନୁଯାୟୀ ମଣିଷ ହେଉଛି ଦେହ, ମନ ଓ ଆତ୍ମାର ସମନ୍ୱୟ। ଏହି ତିନୋଟି କ୍ଷେତ୍ର ନିଜ ନିଜଠାରୁ ଅଲଗା। କେହି କାହାରି ପ୍ରତିଦ୍ୱନ୍ଦୀ ନୁହନ୍ତି ବରଂ ପରିପୂରକ। ଦ୍ୱନ୍ଦ୍ୱ ନହୋଇ ସମାସ। ପରିଷ୍କାର ଭାବରେ କହିଲେ ଦେହ ଅସୁସ୍ଥ ହେଲେ ମନ ବିଚଳିତ ହୋଇଥାଏ। ଦେହ ଭଲ ରହି, ମନ ବିବ୍ରତ ହେଲେ ସଂସାର ବିଷ ପରି ପ୍ରତ୍ୟ ହୋଇଥାଏ। ଆତ୍ମାର ଆହ୍ୱାନରେ ଦେହ ଓ ମନ ଉଭୟ ତଲ୍ଲୀନ ହୋଇଯାଇଛନ୍ତି। ଏହି ତିନୋଟି କ୍ଷେତ୍ରର ଆବଶ୍ୟକତା କିନ୍ତୁ ଏକା ନୁହେଁ। ଦେହ ଯେଉଁଠିରେ ସନ୍ତୁଷ୍ଟ ତାହା ହିଁ ସୁଖ। ଶାନ୍ତିରେ ମନ ସନ୍ତୁଷ୍ଟ ରହେ। ଆତ୍ମା ଆନନ୍ଦ ଇଚ୍ଛା କରେ। ସେଥିପାଇଁ ଦେହ, ମନ, ଆତ୍ମା ସର୍ବଦା ଆଶା କରି ବସେ ସୁଖ, ସନ୍ତୁଷ୍ଟ ଏବଂ ଖୁସିକୁ। ଆଉ ଆଧ୍ୟାତ୍ମିକ ସ୍ତରର ଆନନ୍ଦ ହିଁ ଚିରସ୍ଥାୟୀ। ସେପରି ଆନନ୍ଦ ପାଇବାକୁ ହେଲେ ପରମାନନ୍ଦଙ୍କ ସହିତ ସମ୍ପର୍କ ସ୍ଥାପନ କରିବାକୁ ହୁଏ।

ଦେହ, ମନ, ଆତ୍ମାର ଚାହିଁବା ଏକା ନୁହେଁ। ପ୍ରତି କ୍ଷେତ୍ରର ଆବଶ୍ୟକତା ସେ କ୍ଷେତ୍ରର ସୃଷ୍ଟିର ଉପାଦାନରେ ନିହିତ। ପଞ୍ଚମହାଭୂତରୁ ଦେହର ସୃଷ୍ଟି। ଆକାଶ, ବାୟୁ ବା ପବନ, ଅଗ୍ନି, ଜଳ ବା ପାଣି ଓ ବସୁଧା। ଏହି ପଞ୍ଚମହାଭୂତ ହେଉଛନ୍ତି ଶରୀର ତିଆରିର ମୌଲିକ ଉପାଦାନ। ତେଣୁ ଦେହ ଖୋଜୁଥିବା ସମସ୍ତ ଉପାଦାନ ଏହି ପାଞ୍ଚଟି ଦ୍ରବ୍ୟରୁ ଆସିଥାଏ। ଏହି ଦ୍ରବ୍ୟ ପାଇଲେ ଦେହ ଖୁସି ହୁଏ। ପୂରା ଦେହଟି ଖୁସି ନହୋଇ ମୁଖ୍ୟତଃ ପଞ୍ଚଇନ୍ଦ୍ରିୟ-ଜ୍ଞାନେନ୍ଦ୍ରିୟ (କର୍ଣ, ଚର୍ମ, ନେତ୍ର, ରସନା, ନାସା)। ପଞ୍ଚ କର୍ମେନ୍ଦ୍ରିୟ (ବାକ୍‌, ପାଦ, ପାଣି, ପାୟୁ, ଉପସ୍ଥ)ମାନଙ୍କ ଦ୍ୱାର ଦେହ ପରିଚାଲିତ। ଇନ୍ଦ୍ରିୟମାନେ ଯାହା ଚାହାନ୍ତି ଦେହ ତାହା ହିଁ ଆଶା କରିଥାଏ। ଇନ୍ଦ୍ରିୟମାନେ ଖୁସି ହେଲେ ଦେହ ଖୁସି ହୋଇଥାଏ। କ୍ଷୁଧା ଲାଗିଲା ଆମେ ଖାଇ ଥାଉଁ। ତାହା ଦ୍ୱାରା ପେଟର ଭୋକ ମରେ ଓ ଜିହ୍ୱା ଶାନ୍ତି ପାଏ। ଶୀତବସ୍ତ୍ର ପିନ୍ଧିଲେ ଦେହକୁ ଶୀତଦାଉରୁ ରକ୍ଷା ମିଳେ। ଦେହ ଏହାଦ୍ୱାରା ସୁଖ ପାଇ ଖୁସି ହୁଏ। ଦେହରେ ସୁଖ କିନ୍ତୁ କ୍ଷୀଣସ୍ଥାୟୀ ଆଉ ମନର ଶାନ୍ତି କିଛି ସମୟ ପାଇଁ ରହେ। କାହିଁକିନା ଇନ୍ଦ୍ରିୟମାନଙ୍କର ଆବଶ୍ୟକତାର ଚାହିଁବାରେ ପରିସମାପ୍ତି ନଥାଏ। କାରଣ କଠୋପନିଷଦରେ ଇନ୍ଦ୍ରିୟମାନଙ୍କୁ ଘୋଡ଼ା ସହିତ ତୁଳନା କରାଯାଇଛି। ତେଣୁ ଦେହର ସୁଖ ପାଇଁ ଆମକୁ ଇନ୍ଦ୍ରିୟମାନଙ୍କୁ ସନ୍ତୁଷ୍ଟ ରଖିବାକୁ ପଡ଼ିବ। ଇଚ୍ଛାକରୁଥିବା ପଦାର୍ଥ ନପାଇଲେ ଆମେ ଦୁଃଖିତ ହୋଇଥାଆନ୍ତି। ବସ୍ତ୍ର ବସ୍ତୁ କିମ୍ବା ପଦାର୍ଥ

ନୁହେଁ। ସ୍ନେହ ଓ ସଦ୍‌ଇଚ୍ଛା ହିଁ ସୁଖର ସବୁଠାରୁ ବଡ଼ କାରଣ। ଆଉ ଆଶା କରୁଥିବା ପରିମାଣଠାରୁ ଅତ୍ୟଧିକ ହେଲେ ତାହା ଆମ ଉପରେ ବୋଝ ଲଦା ହେଲା ପରି ହୋଇଥାଏ ଏବଂ ଆମକୁ କଷ୍ଟ ଦିଏ। ଯନ୍ତ୍ରଣାରେ ଜର୍ଜରିତ କରାଏ। "ବିକଳ୍ପେ ବିଦ୍ୟମାନେଽପି ନହୀ ସନ୍ତୋଷ ହେବ୍ୟୈ। ପୁଂ ସୋ ମୋହମୃତେଭିନ୍ନା ଯଲ୍ଲୋକେ ନିଜ କର୍ମଭିଃ।" ମନୁଷ୍ୟର ଅସନ୍ତୋଷର ମୂଳ କାରଣ ମୋହ ବା (ଅଶାନ୍ତି) ଆସକ୍ତି ବ୍ୟତୀତ ଅନ୍ୟ କିଛି ନୁହେଁ। ସଂସାରରେ ମନୁଷ୍ୟ ନିଜ କର୍ମାନୁସାରେ ମାନ-ଅପମାନ ବା ସୁଖ-ଦୁଃଖ ଭୋଗ କରିଥାଏ।

ସୁଖ ପାଇଁ ବ୍ୟସ୍ତ ଥିବା ମଣିଷ ନିଜ ଲାଗି ଆବଶ୍ୟକ କରୁଥିବା ପରିମାଣ ଠିକ୍ କରିନପାରି ଅନେକ ସମୟରେ ଦୁଃଖ ଭୋଗି ଥାଏ। ମଣିଷ ଭାବେ ସମ୍ପତ୍ତି ନେଇ ସେ ସୁଖୀ ହେବ କିନ୍ତୁ ଯେଉଁ ସମ୍ପତ୍ତିକୁ ସେ ସୁଖର କାରଣ ଭାବେ ତାହା ଦିନେ ତା ପାଇଁ ଦୁଃଖର କାରଣ ହୋଇ ଠିଆ ହୁଏ। ସମ୍ପତ୍ତିକୁ ଠୁଲ କରିଥିବା ମଣିଷଟି ନା ଶାନ୍ତିରେ ଶୋଇପାରେ ନା ଶାନ୍ତିରେ (ସୁଖରେ) ରହିପାରେ ? ମନଟି ତା'ର ସର୍ବଦା ସମ୍ପତ୍ତି ପାଖରେ ଥାଏ। ମଣିଷର (ଲୋକର) ପ୍ରକୃତି ହିଁ ତା ଅଶାନ୍ତିର ମୂଳ କାରଣ ହୋଇଥାଏ। ଜୀବନରେ ଯେତିକି ଆବଶ୍ୟକ ସେତିକିକୁ ନେଇ ଖୁସିରେ ଚଳିପାରିଲେ ଶାନ୍ତି ମିଳିବ। ଆମେ ମାନେ ଭାବୁ ଯେ, ବହୁ ସମ୍ପତ୍ତି ହେଲେ ଉପଭୋଗ କରିବାର ସୁବିଧା ମିଳିଯିବ। ଯେଉଁ ଲୋକ ଯେତିକି (ଆବଶ୍ୟକରୁ) ଅଧିକ ସମ୍ପତ୍ତି ଠୁଲ କରେ ସେ ସେତିକି ଦୁଃଖୀ ହୋଇଥାଏ। ଯେତିକି ସ୍ୱାର୍ଥପର ହୋଇଥାଏ ସେ ସେତିକି ପରିମାଣରେ ଯନ୍ତ୍ରଣା ଜର୍ଜରିତ ହୋଇଥାଏ। ସଂସାରରେ ତୁମେ କାହାର ଦୁଃଖର କାରଣ ନହେଲେ କେହିବି ତୁମ ଦୁଃଖର କାରଣ ହେବେ ନାହିଁ। ଗୋଟିଏ ବଖରା ଘରକୁ ମଣିଷର ଆୟୁଷ ନାହିଁ ତଥାପି ସେ ଅନେକ ଘର ତୋଳୁଛି। ସେତିକିରେ ଶାନ୍ତ ନ ରହି ଅଶାନ୍ତି ହୋଇ ଉଠୁଛି ଆହୁରି ଅଧିକ ଜମି, ଜାଗା କିଣିବା ପାଇଁ। ବାସ୍ତବରେ ଏହି ଅଧିକ ହାସଲ କରିବାର କାମନା ହିଁ ତା' ଦୁଃଖର ପ୍ରମୁଖ କାରଣ ହୁଏ। ନିଜ ଭିତରେ ସୁଖର ସଭା ଆବିଷ୍କାର କଲେ ଆଉ କେବେ ଦୁଃଖ ମିଳେ ନାହିଁ। ଇଚ୍ଛା ଓ ଆବଶ୍ୟକତା ଦୁଇଟି ଭିନ୍ନ କଥା। ଇଚ୍ଛା ହେଉଥିବା ସବୁ କଥା ଆଦୌ ଆବଶ୍ୟକତା ହୋଇ ନପାରେ। ଇନ୍ଦ୍ରିୟାନୁଗତ ଶରୀର ଓ ସେମାନଙ୍କ 'ରଜା' ମନକୁ ବୁଝିଥିବା ଲୋକର ଇଚ୍ଛା ଛଣା ପାଣି ପରି ଶୁଦ୍ଧ ଓ ନିଚ୍ଛକ ଆବଶ୍ୟକତା ଧର୍ମୀ। ବାକି ସବୁ ଇନ୍ଦ୍ରିୟ ଉତ୍ତେଜନା, ଯେମିତି ଲୋଭ ଓ କାମ ବା ଆଉ ଯାହା ସବୁ ଇନ୍ଦ୍ରିୟାନୁଗତ ପ୍ରଚୋଦନା। ମୋହାନ୍ଧତାର ଏକ ତୀବ୍ର ପରିପ୍ରକାଶ। ବିଷୟବାଇ ମଣିଷ ନିଜର ନିଚ୍ଛକ ଆବଶ୍ୟକତା କ'ଣ ବି ଜାଣିନଥାଏ। ଭାଲୁ ଆଖୁ ବିଲରେ ପଶି ବାଉଳା ହେବା ଅବସ୍ଥା ଭୋଗେ। ଅବଶ୍ୟ ନିଜ ଇଚ୍ଛା ବା ଆବଶ୍ୟକତା ଜାଣିବା ସଫଳତାର ଏକ ସୂତ୍ର। କିନ୍ତୁ ବହୁ ବାସନା କାମନାରେ ପେଷି ହୋଇ ନିର୍ଦ୍ଦିଷ୍ଟ ଲକ୍ଷ୍ୟ ହରାଇଥିବା ମଣିଷ ତେଣୁ ସନ୍ତୁଳିତ ଯାହା ହୋଇଥାଏ କେବଳ। ସେଥିପାଇଁ ଇଂରାଜୀରେ କୁହାଯାଇଛି- "ନୋ ଇୟୋର ଓ୍ୱାଣ୍ଟ ଆଣ୍ଡ ଓ୍ୱାଣ୍ଟ ଇଟ୍ ହାର୍ଡ।" ଅର୍ଥାତ ତୁମର ଆବଶ୍ୟକତା ଚିହ୍ନଟ କର ଓ ତା'ର ପ୍ରାପ୍ତି ପାଇଁ ତୀବ୍ର ମାନସିକତା ପ୍ରୟୋଗ କର।

ସୁଖ ଖୋଜୁଥିବା ମନ ବହୁର୍ମୁଖୀ ହୋଇଛି ଏବଂ ଅନ୍ତର୍ଦୃଷ୍ଟି ହରାଇଛି। ଏବେ ମଣିଷ ଅନେକ ବିଷୟରେ ଜ୍ଞାନ ଅର୍ଜନ କରିଛି ସତ। କିନ୍ତୁ ନିଜ ବିଷୟରେ ସେ ସମ୍ପୂର୍ଣ୍ଣ ଅନ୍ଧ। ଆମେ ନିଜକୁ ଚିହ୍ନିପାରୁ ନାହାନ୍ତି। ସେଥିଲାଗି ଆମେ ସମାଲୋଚନାକୁ ସହ୍ୟ କରୁପାରୁ ନାହାନ୍ତି। ସମାଲୋଚନାରେ ଯେ ଆମର ଅସଲ ଗୁଣ କଥା ସମାଲୋଚକ କହୁଛି ତାହା ଆମେ ବୁଝି ପାରୁନାହାନ୍ତି। ଆମେ ଜ୍ଞାନାର୍ଜନ ଲାଗି ତତ୍ପର। ସେଥିଲାଗି ଶିକ୍ଷା ଗ୍ରହଣ କରୁଛନ୍ତି। ପାଠ ପଢ଼ାରେ ଅନ୍ୟମାନଙ୍କୁ ପଛରେ ପକାଇ ଭଲ ଶିକ୍ଷାନୁଷ୍ଠାନରେ କେମିତି ସିଟ୍‌ଟିଏ ମିଳିବ, କେମିତି ବଡ଼ ଚାକିରିଟିଏ ମିଳିବ ତା' ପଛରେ ଧାଉଁଛନ୍ତି। ତାହା ହୋଇଯାଉଛି ଆମ ଶିକ୍ଷା ଗ୍ରହଣର ପ୍ରକୃତ ଉଦ୍ଦେଶ୍ୟ। ଆମେ ସେହି ବାଟରେ ବହୁତ କଥା ଜାଣୁଛନ୍ତି। ଅନେକ ତଥ୍ୟ ଆମ ଟିପ ଅଗରେ ସତ। କିନ୍ତୁ ଆମେ ନିଜକୁ ବୁଝୁପାରୁ ନାହୁଁ। ନିଜକୁ ଚିହ୍ନିବା ଲାଗି ଉଚ୍ଚଶିକ୍ଷା ଲଭ

ଜ୍ଞାନର ଲୋଡ଼ା ନାହିଁ । ସେଥିପାଇଁ ଦରକାର ପ୍ରଜ୍ଞା । ପ୍ରଜ୍ଞା ଅନ୍ତର୍ଦୃଷ୍ଟି ଦିଏ । ବାରମ୍ବାର ଆତ୍ମସମୀକ୍ଷା କରିବା ଲାଗି ମାନସିକ ପ୍ରସ୍ତୁତି ଆମ ନିଜ ଦୁର୍ବଳତାକୁ ଚିହ୍ନାଏ । ନିଜ କ୍ଷୁଦ୍ରତା ବାବଦରେ ସଚେତନ କରାଏ । ମନରୁ ଗର୍ବ ଦୂର କରେ । ବ୍ୟକ୍ତିକୁ ଏକ ଉନ୍ନତ ମଣିଷରେ ପରିଣତ କରେ ।

ଆଧୁନିକ ଇଂରାଜୀ ସାହିତ୍ୟର ଜଣେ ଅମର କବିଥିଲେ ଟି.ଏସ୍. ଇଲିୟଟ୍ । ସେ ତାଙ୍କ ପ୍ରସିଦ୍ଧ କବିତା 'ଫୋର୍ କ୍ୱାର୍ଟ୍ରେଟ୍ସ'ରେ ଚମତ୍କାର ତିନି ଧାଡ଼ି ଲେଖିଛନ୍ତି । ସେହି ତିନି ଧାଡ଼ିର ଓଡ଼ିଆ ମର୍ମାର୍ଥ ହେଲା– "କାହିଁ ପ୍ରଜ୍ଞା ? ଆମେ ତାକୁ ଜ୍ଞାନରେ ହଜାଇ ଦେଇଛେ । କାହିଁ ଜ୍ଞାନ ଆମେ ତାକୁ ସୂଚନା (ଇନଫର୍ମେସନ)ରେ ହଜାଇ ଦେଇଛେ ।" ତେଣୁ ଆମେ ସମସ୍ତେ ମନ ଭିତରେ ପ୍ରଜ୍ଞାର ଆଲୋକ ଜାଳିବାକୁ ଚେଷ୍ଟା କରିବା ଦରକାର । ବିବେକ ବୋଧ ଜାଗ୍ରତ ହେବା ହେଉଛି ପ୍ରଜ୍ଞା ଉଦୟର ପ୍ରଥମ ସଙ୍କେତ । ଥରେ ତାହା ଉଦୟ ହେଲେ ଆମେ ଗର୍ବ ଓ ଅହମିକା ଶୂନ୍ୟ ହୋଇଯାଇ ପାରିବା । ଆମେ ଅନ୍ୟ ପ୍ରତି ଅଧିକ ସମ୍ବେଦନଶୀଳ ହେବା । ଜ୍ଞାନ ଦ୍ୱାରା ପରିଚାଳିତ ଏଦୁନିଆରେ ଆଖି ବୁଜି ଦୌଡ଼ି ଅନ୍ୟମାନଙ୍କ ଉପରେ ମାଡ଼ି ମକଟି ଚାଲି ଶୀର୍ଷକୁ ଉଠି ବି ଶାନ୍ତି ପାଉନଥିବା ମଣିଷମାନଙ୍କ ପଟୁଆରରେ ଆମେ ସାମିଲ ହେବା ନାହିଁ । ଆମେ ମଣିଷ ଭଳି ମଣିଷ ହେବାକୁ ଚେଷ୍ଟା କରିବା ।

ଦେହ ରାଇଜରେ ମନ ହେଉଛି ରଜା । ଏକାଘା ରାଜ ଚକ୍ରବର୍ତ୍ତୀ । ଇନ୍ଦ୍ରିୟମାନଙ୍କୁ ସନ୍ତୁଷ୍ଟ କରିବାରେ ମନ କେବଳ ସମର୍ଥ ହୋଇଥାଏ । ଅତୀତର ଅଭୁଲା ସ୍ମୃତି ଯାହା ଆମକୁ ଦିନେ ଆନନ୍ଦ ଦେଉଥିଲା । ସେହି ଭଲ ଲାଗିଥିବା ମୁହୂର୍ତକୁ ମନ ହିଁ ସ୍ମରଣକୁ ଆଣିବା ପାଇଁ ସକ୍ଷମ । ଇନ୍ଦ୍ରିୟମାନେ ସର୍ବଦା ବାହାର ବିଷୟ (ଶବ୍ଦ, ସ୍ପର୍ଶ, ରୂପ, ରସ, ଗନ୍ଧ) ଦ୍ୱାରା ମଜଗୁଲ ହେବାକୁ ବ୍ୟାକୁଳ । ଇନ୍ଦ୍ରିୟମାନେ ସେହି ପଦାର୍ଥର ଅନୁଭବ ଆବଶ୍ୟକ କଲେ ମନ ତାକୁ ସ୍ମରଣକୁ ଆଣି ଦୁଃଖ ଅନୁଭବ କରିଥାଏ । କାରଣ ଆମେ ଚାହୁଁଥିବା ପଦାର୍ଥ ବା ଆମ ଇନ୍ଦ୍ରିୟମାନେ ଇଚ୍ଛା କରୁଥିବା ଦ୍ରବ୍ୟ କିମ୍ବା ଆମେ ଆଶା କରୁଥିବା ଜିନିଷ ସବୁବେଳେ ପାଇ ପାରନ୍ତି ନାହିଁ । ସେଥିପାଇଁ ମନ ବ୍ୟାକୁଳ ହୁଏ ଓ ଆମକୁ ବିବ୍ରତ କରାଏ । ମନକୁ ବୁଝାଇ ପାରିଲେ, ମନକୁ ମନାଇ ପାରିଲେ, ମନକୁ ନିଜ ଆୟଉରେ ରଖିପାରିଲେ, ମନରେ ସଂଯମତା ଆସିଲେ, ମନରେ ସ୍ଥିରତା ଆଣିପାରିଲେ, ମନରେ ଶାନ୍ତି ଆସେ । ମନକୁ ନିଷ୍କଳ ରଖିପାରିଲେ ମନରେ ଦୁଃଖ, କଷ୍ଟ, ଅବସୋସ ରହେନାହିଁ । ଆମେ ମନକୁ ଆମନିଜ ଆୟଉରେ ରଖି ବଶ କରିପାରିଲେ, ମନକୁ ବୋଲ ମନାଇ ପାରିଲେ ଶବ୍ଦର କୋଳାହଳ, ସ୍ପର୍ଶର ମାଦକତା, ରୂପର ଲାବଣ୍ୟ, ରସର ସ୍ୱାଦ ଏବଂ ଗନ୍ଧର ମହକ (ବାସ୍ନା) । ସବୁ ଆବଶ୍ୟକତାର ପରିସମାପ୍ତି ଘଟିପାରିବ । କାରଣ ଇନ୍ଦ୍ରିୟାସକ୍ତ ମନ ଚଳଚଞ୍ଚଳ ଓ ଶାନ୍ତ, ଅର୍ଥାତ ନିଜ ଆୟଉରେ ଥିବା ମନ ଆଧ୍ୟାତ୍ମ ମାର୍ଗରେ ଗତି କରିବାକୁ ସକ୍ଷମ ହୋଇଥାଏ ।

ରଜା ଯେପରି କାହାରି ଉପଦେଶ ପ୍ରତି ଗୁରୁତ୍ୱ ନଦେଇ, ଅନ୍ୟର ମତାମତକୁ ଭୁକ୍ଷେପ ନକରି ନିଜ ମର୍ଜି ଅନୁସାରେ କାର୍ଯ୍ୟ କରିଯାଆନ୍ତି । ସେମିତି ଏ ଅମାନିଆ ମନ ତା' ପସନ୍ଦର କର୍ମ କେବଳ କରିଥାଏ । ନିଜେ ଭଲପାଉଥିବା ପନ୍ଥା ଅନୁସରଣ କରେ ଓ ନିଜ ଇଚ୍ଛା ଅନୁସାରେ ଚଳିଥାଏ । ତାକୁ ନିଜର ଆୟଉରେ ରଖିବା, ବୋଲ ମନାଇବା ଓ ସଂଯମ କରାଇବା ସହଜ ବ୍ୟାପାର ନୁହେଁ । ତାକୁ ଆପଣା ଇଚ୍ଛା ମୁତାବକ କାମରେ ଲଗାଇବା ଅତ୍ୟନ୍ତ କଷ୍ଟକର କାର୍ଯ୍ୟ ଅଟେ । ସେଥିପାଇଁ ଅର୍ଜୁନ ଗୀତାରେ କୃଷ୍ଣଙ୍କୁ କହିଛନ୍ତି, "ଚଞ୍ଚଳ ହି ମନଃ କୃଷ୍ଣ ପ୍ରମାଥି ବଲବଦ୍ ଦୃଢ଼ମ୍, ତ ସ୍ୟାହଂ ନିଗ୍ରହଂ ମନ୍ୟେ ବାୟୋରିବ ସଦୁଷ୍କରମ୍ ।" ହେ କୃଷ୍ଣ ! ଏମନ ବଡ଼ ଚଞ୍ଚଳ, ଦୁର୍ଦ୍ଦାନ୍ତ, ଉଦ୍ଧତ ଏବଂ ଖୁବ୍ ବଳିଷ୍ଠ ଅଟେ । ଏହାକୁ ଦମନ କରିବା ମୋ ବିଚାରରେ ବାୟୁକୁ ଅଟକାଇବା ଭଳି ଅତ୍ୟନ୍ତ କଠିନ ବ୍ୟାପାର ଅଟେ ।

ଶାସ୍ତ୍ରଜ୍ଞମାନେ ମନକୁ ପାଞ୍ଚ ଭାଗରେ ବିଭକ୍ତ କରିଛନ୍ତି ଯଥା– ମୂଢ଼, କ୍ଷିପ୍ର, ବିକ୍ଷିପ୍ତ, ଏକାଗ୍ରତା, ନିରୁଦ୍ଧ । ସାଧାରଣତଃ ମନର ମୂଢ଼ ଅବସ୍ଥା ହେଉଛି ତମଗୁଣ । କ୍ଷିପ୍ର ଓ ବିକ୍ଷିପ୍ତ ଅବସ୍ଥା ରଜୋ ଗୁଣ । ଏକାଗ୍ରତା ଅବସ୍ଥା ସତ୍ ଗୁଣ ଏବଂ ନିରୁଦ୍ଧ

ଅବସ୍ଥା ହିଁ ଆତ୍ମା । ମନରେ ଯେଉଁ କୁଚିନ୍ତା ଆସେ ତାହା ହିଁ କୁକାର୍ଯ୍ୟର ଜନକ । ଶ୍ରୀମଦ୍ ଭାଗବତରେ ଶ୍ରୀକୃଷ୍ଣ ଉଦ୍ଧବଙ୍କୁ କହିଛନ୍ତି, "ମନ ତୋହାର ନିଜ ଗୁରୁ, ଉଦ୍ଧବ କେତେ ତୁ ପଚାରୁ। ତେବେ କେଉଁ ମନ ଗୁରୁ ହେବ ? ନିରୁଦ୍ଧ ମନ ହିଁ ଗୁରୁ ପଦବାଚ୍ୟ ।" ନଚେତ ମୂଢ଼, କ୍ଷିପ୍ତ ଓ ବିକ୍ଷିପ୍ତ ମନକୁ ଗୁରୁ କଲେ ସେ ବନ୍ଧନରେ ପକାଇଥାଏ ।

ଶାସ୍ତ୍ର କହେ, ମନ କେତେବେଳେ ଜୀବାତ୍ମାକୁ ପରମାତ୍ମାଙ୍କ ନିକଟତର କରାଇବାରେ ସହାୟକ ହୋଇଥାଏ ତ' କେତେବେଳେ ବିଷୟାସକ୍ତ କରିବାରେ ସାହାଯ୍ୟ କରିଥାଏ । ମନ, ଶାନ୍ତ, ସ୍ଥିର ଓ ନିଷ୍କଳ ହେଲେ ଉତ୍ତରଣ ପଥ ପରିଷ୍କାର ହୋଇଥାଏ । ଦେହର ଆଭ୍ୟନ୍ତରରେ ହୃଦୟ ସିଂହାସନରେ ଆତ୍ମା ଉପବେଶନ କରିଥାଏ । ସେଥିପାଇଁ ମଣିଷ ଜୀବାତ୍ମାଭାବରେ ପରିଚିତ । ସେଥିଲାଗି ଶାସ୍ତ୍ରରେ କୁହାଯାଇଛି, "ଆତ୍ମାନଂ ରଥିନଂ ବିଦ୍ଧି ଶରୀରଂ ରଥମେବ ଚ, ବୁଦ୍ଧିଂ ତୁ ସାରଥିଂ ବିଦ୍ଧି ମନଃ ପ୍ରଗ୍ରହମେବ ଚ ।" ଜୀବାତ୍ମା ହେଉଛନ୍ତି ଶରୀର ରୂପକ ରଥର ସ୍ୱାମୀ । ବୁଦ୍ଧି ହେଉଛି ସାରଥି ଏବଂ ବିବେକ ଲଗାମର କାର୍ଯ୍ୟ କରିଥାଏ, ଆମର ଆତ୍ମା ହେଉଛି ସେହି ବିଶ୍ୱନିୟନ୍ତା ପରମ ପୁରୁଷ ପରମାତ୍ମାଙ୍କ ଅଂଶ । ପରମାତ୍ମା ହେଉଛନ୍ତି ସଚ୍ଚିଦାନନ୍ଦ- ସତ, ଚିତ୍ ଓ ଆନନ୍ଦର ମିଶ୍ରଣ । ମଣିଷ ହେଉଛି ସତ୍ ଓ ଚିତ୍ର ମିଶ୍ରଣ । ତେଣୁ ଜୀବାତ୍ମା ନିଜ ଭିତରେ ଅନ୍ତରରେ ସେହି ଆନନ୍ଦ ପ୍ରଦାନକାରୀ ସତ୍ତାର ଉପସ୍ଥିତି ସବୁବେଳେ ଅନୁଭବ କରିଥାଏ । ଆମ ଆତ୍ମାର ପ୍ରଥମ, ମୂଲ ତଥା ପ୍ରଧାନ ଲକ୍ଷ୍ୟ ହେଉଛି ଆନନ୍ଦ ଅନୁଭବ କରିବା । ସିଏ ଯେତେବେଳେ ପରମାତ୍ମାଙ୍କ ଅଂଶ ତେଣୁ ସେହି ଆନନ୍ଦମୟ ସତ୍ତାର କିଞ୍ଚିତ ଝଲକର ଆଭାସ ଅନୁଭବ କରିବାକୁ ସମର୍ଥ ହୋଇଥାଏ । କେତେକ ପୁଣ୍ୟାତ୍ମା ଜୀବାତ୍ମାର ସେହି ସ୍ୱଚ୍ଛ ଝଲକର ଅନୁଭବକୁ ପୂର୍ଣ୍ଣତା ପରିବ୍ୟାପ୍ତି କରି ଆନନ୍ଦ ପାଇବାରେ ସମର୍ଥ ହୋଇଥାନ୍ତି । ସମସ୍ତ ସାଧାରଣ ଜୀବନଯାପନ କରୁଥିବା ବ୍ୟକ୍ତିଙ୍କ ପକ୍ଷରେ ଏହା କେବେ ସମ୍ଭବ ହୋଇପାରେ ନାହିଁ । ସାଧାରଣ ଜୀବନ ଶରୀର ସର୍ବସ୍ୱ ହୋଇଥିବାରୁ ଆମେ ଅଧିକାଂଶ ବେଳେ ଆତ୍ମାର ଅସ୍ତିତ୍ୱ ସମ୍ପର୍କରେ ଜାଣିପାରୁନା ବା ଅନୁଭବକୁ ଆଣିବାକୁ ସକ୍ଷମ ହେଉନା । ସେଥିପାଇଁ ତାକୁ ପରିପୁଷ୍ଟ କରିବା ଆମମାନଙ୍କ ପକ୍ଷରେ ପ୍ରାୟତଃ ସମ୍ଭବ ହୋଇପାରେ ନାହିଁ । ତେଣୁ ଆତ୍ମା ଅନ୍ତର ମଧ୍ୟରେ ଗୋପନ ଭାବରେ ଆତ୍ମଗୋପନ କରେ । ଆମେ ଯଦି ଜଗତ ଏବଂ ଜୀବକୁ ଆନ୍ତରିକତାର ସହିତ ଅନୁଶୀଳନ କରି ଏହାକୁ ସର୍ବବ୍ୟାପକ ସମସ୍ତ ପ୍ରକାର ଅବଦାନ ବୋଲି ଅନୁଭବକୁ ନେଇପାରିବା, ତେବେ ଦୁନିଆର ବିଚିତ୍ର ଗଠନ ଓ ଅଲୌକିକ କରାମତି ମଧ୍ୟରେ ପ୍ରଜ୍ଞାକୁ ସ୍ପଷ୍ଟ ଭାବେ ଜାଣିପାରିବା । ସେତେବେଳେ ଯାଇ ଆମେ ନିଜର ଆତ୍ମା ସମ୍ବନ୍ଧରେ ଜ୍ଞାତ ହେବାକୁ ସକ୍ଷମ ହେବା । ଫଳସ୍ୱରୂପ ଜାଗତିକ ନୈମିଭିକତା ନିଜ ଭିତରେ ସତ୍ୟ ପ୍ରତିଷ୍ଠା ପାଇଁ ସାମର୍ଥ୍ୟ ହାସଲ କରିପାରିବା । ସେହି ସାମର୍ଥ୍ୟ ବଳରେ ଆମେ ସୁଖ ଶାନ୍ତି ଓ ଆନନ୍ଦ ଆମ ହୃଦୟରେ, ଅନ୍ତର ଭିତରେ, ମନରେ, ପ୍ରାଣରେ ଓ ଆତ୍ମାରେ ଅନୁଭବ କରିପାରିବା । ବସ୍ତୁ ନୁହେଁ ସ୍ନେହ ଓ ସଦିଚ୍ଛା ହିଁ ସୁଖର ସବୁଠାରୁ ବଡ଼ କାରଣ । ତା' ନକରି ମିଛ ମାୟା ସଂସାରର ଜଞ୍ଜାଳ ଭିତରେ ଘାଣ୍ଟି ହୋଇ ନିଜର ଚାହିଦା ମେଣ୍ଟାଇବାକୁ ଯାଇ ଆମେ ଯେତେ ପ୍ରକାରରେ ଗୋଟାଇଲେ, ଯେତେ ଉପାୟରେ ଠୁଲାଇଲେ, ରୁଣ୍ଢାଇଲେ, ଯେତେ କୌଶଳରେ ଓଟାରିଲେ, ଯେତେ ବୁଦ୍ଧି ପ୍ରୟୋଗ କରି ସାଉଁଟିଲେ, ଆମ ଜ୍ଞାନ ବଳରେ ଯେତେ ବାଗରେ ତାକୁ ସାଇତି ରଖିଲେ ସୁଦ୍ଧା ଆମର ଆବଶ୍ୟକତା କେବେ ହେଲେ ମେଣ୍ଟିବନି କିମ୍ଵା ପୂରଣ ହୋଇପାରିବ ନାହିଁ ।

କିନ୍ତୁ ଶାସ୍ତ୍ର କହେ, "ପଞ୍ଚମେଽହନି ଷଷ୍ଠେବା ଶାକଂ ପଚତି ଯୋ ଗୃହେ, ଅନୃଣୀ ଚାପ୍ରବାସୀ ଚ ସ ବାରଚର ମୋଦତେ ।" ଯେଉଁ ଲୋକ ଦିବସର ପାଞ୍ଚ କିମ୍ଵା ଛଅ ଘଡ଼ି ତ ସମୟରେ ନିଜ ଘରେ ଶାଗ ଭାତ ଗଣ୍ଡିଏ ଖାଇବାକୁ ପାଉଥାଏ । କାହାଠାରୁ ଧାରି ନଥାଏ ଓ ବିଦେଶରେ ନରହି ନିଜ ଦେଶରେ ଭାଇ ବନ୍ଧୁଙ୍କ ସାଙ୍ଗରେ ରହେ ସେହି ଲୋକ ହିଁ ଆନନ୍ଦରେ କାଳ କାଟେ ।

ତା'ପରେ ଆମ ଆବଶ୍ୟକତାର ଚାହିଦା ମେଣ୍ଟିବ କେମିତି ? ଆମ ବାପା, ଗୋସାପ (ଜେଜେ ବାପା) ଗାମୁଛା ପିନ୍ଧି ଚଲୁଥିଲେ । ଶାଗ ପଖାଳରେ ଜୀବନ ବିତାଉଥିଲେ । ଚାଳ ଛପର ଘରେ ରହୁଥିଲେ । ଦିନ କାଟୁଥିଲେ ନିରାତ୍ମୟର ଭାବରେ । ସଂସାରର ମଙ୍ଗଳ କାମନା କରୁଥିଲେ । ସମାଜ ଭିତରେ ଭାଇଚାରା ପଣିଆ ରଖୁଥିଲେ । ନିଃସ୍ୱାର୍ଥ, ନିର୍ଲୋଭ, ନିର୍ମାୟା, ନିଷ୍କାମ, ନିଷ୍ପାପ ଭାବରେ ବଞ୍ଚୁଥିଲେ । ପରସ୍ୱ ହରଣ ସେମାନଙ୍କର ଲକ୍ଷ୍ୟ ନଥିଲା । ଅନ୍ୟର ପ୍ରାପ୍ୟକୁ ଆତ୍ମସାତ କରିନେବାର ଉଦ୍ଦେଶ୍ୟ ସେମାନେ କେବେ କଳ୍ପନାରେ ସୁଦ୍ଧା ଆଣୁନଥିଲେ । ପରବିତ୍ତ, ସରକାରୀ ଧନ, ସର୍ବସାଧାରଣ ସମ୍ପତ୍ତି ହଡ଼ପ କରିବା ମାନସିକତାର ମଣିଷ ସେମାନେ ନଥିଲେ । ଅନ୍ୟକୁ ହଇରାଣ ହରକତ କରିବାର ମତଲବ ସେମାନଙ୍କର ନଥିଲା । ଅନ୍ୟର ବିପଦରେ ଖୁସି ହେବାକୁ ସେମାନେ ସ୍ୱପ୍ନରେ ସୁଦ୍ଧା ଭାବୁନଥିଲେ । ଆମ ବାପ ଜେଜେ ବାପାଙ୍କ ପିଢ଼ି କଥା । ସେମାନେ ସମ୍ପୂର୍ଣ୍ଣ ଭୂସଂଲଗ୍ନ ଥିଲେ ଓ ପ୍ରକୃତି ସହ ତାଳ ଦେଇ ଜୀବନ ବିତାଉଥିଲେ । ଘରର ମାଆମାନେ ବଟା, କଟା, କୁଟା ଓ ପେଷା ପ୍ରଭୃତି କାର୍ଯ୍ୟ ଶାରୀରିକ ଶ୍ରମ ବିନିଯୋଗ କରି କରୁଥିଲେ । ଲୋକମାନେ ବିଲରେ କଠିନ ପରିଶ୍ରମ କରିବା ସହ ନିଜ ବାଡ଼ି ବଗିଚାରେ ପନିପରିବା ଉପୁଜାଇ ଶୁଦ୍ଧ ଖାଦ୍ୟ ଖାଉଥିଲେ । ଚାକିରି ବା ବେପାରରେ ତୀବ୍ର ପ୍ରତିଦ୍ୱନ୍ଦ୍ୱିତା ନଥିଲା କି ଲୋକଙ୍କର ସେତେଟା ଉଚ୍ଚ ଅଭିଳାଷ ନଥିଲା । ସେଥିପାଇଁ ସେମାନେ ଅଳ୍ପକେ ସନ୍ତୁଷ୍ଟ ରହୁଥିଲେ । ପରିଶ୍ରମ କରି ଯାହା ମିଳିଲା ସେତିକିରେ ପରିବାର ଚଲାଇ ବେଶ୍ ଖୁସିରେ ସମୟ କାଟୁଥିଲେ । ନିଜ ପରିବାର ତଥା ପାଖ ପଡ଼ୋଶୀଙ୍କ ସହ ଫୁରସତ୍ ସମୟ ବିତାଉଥିଲେ ଓ ପର୍ବପର୍ବାଣିରେ ଏକାଠି ଖୁସି ବାଣ୍ଟୁଥିଲେ । ସେଥିପାଇଁ ସେମାନଙ୍କର କିଛି ସମସ୍ୟା (ଟେନସନ)ନଥିଲା । ପ୍ରାୟ ସମସ୍ତେ ଏକ ଆନନ୍ଦ ଉତ୍ସବ ଭରା ଜୀବନ ବିତାଉଥିଲେ । ମାତ୍ର ଶ୍ରେଷ୍ଠତ୍ୱ ପ୍ରାପ୍ତି ଯାହା ହାସଲ କରିବା କେବଳ ଭାଗ୍ୟ ଉପରେ ସମ୍ପୂର୍ଣ୍ଣ ନିର୍ଭର କରେ । ଆମ ଉଚ୍ଚାଭିଳାଷ ଓ ସ୍ଥୁବିର ଜୀବନ ଶୈଲୀ ହିଁ ଆମକୁ ଚାପଗ୍ରସ୍ତ କରୁଛି । ଅଧିକ ସ୍ୱଚ୍ଛନ୍ଦ ଜୀବନ ବିତାଇବା ପାଇଁ ଅଧିକ ରୋଜଗାର ଚିନ୍ତା ତଥା ଅସ୍ୱାସ୍ଥ୍ୟକର କର୍ମକ୍ଷେତ୍ର ଭାରତୀୟ ଲୋକଙ୍କୁ ଚାପଗ୍ରସ୍ତ କରିବାର ପ୍ରମୁଖ କାରଣ ବୋଲି ଅତୀତରେ ହୋଇଥିବା ଏକାଧିକ ସର୍ଭେରୁ ଜଣାପଡ଼ିଛି ।

ସେପରି ସ୍କୁଲେ ଆମେ ସାହେବି ପୋଷାକ ପିନ୍ଧୁଛନ୍ତି । ତାହା ଆମ ଲାଗି ଆବଶ୍ୟକ ନଥିଲେ ସୁଦ୍ଧା । ଇଚ୍ଛା ପୋଷଣ କରୁଛନ୍ତି ପ୍ରାସାଦ ତୁଲ୍ୟ ଅଟ୍ଟାଳିକାରେ ରହିବା ପାଇଁ । ଯାହା ଆମ ସାଧ୍ୟ ବାହାର ବିଷୟ । ଚାହୁଁଛନ୍ତି କୋଟିଏ ଭିତରେ ଗୋଟିଏ ହେବା ଲାଗି । ଶ୍ରେଷ୍ଠତ୍ୱ ପ୍ରାପ୍ତି ଯାହା ହାସଲ କରିବା କେବଳ ଭାଗ୍ୟ ଉପରେ ସମ୍ପୂର୍ଣ୍ଣ ନିର୍ଭର କରେ । କଳିଙ୍ଗର ସୁବର୍ଣ୍ଣ କେଶରୀ, ପ୍ରତାପ ରୁଦ୍ର ଦେବ, ମୁକୁନ୍ଦ ଦେବ, ଭାରତର ମହାପଦ୍ମନନ୍ଦ, ପୃଥିରାଜ ଚୌହାନ, ଇବ୍ରାହିମ ଲୋଦୀ, ସିରାଜଉଦ୍ଦୌଲା ଓ ସୁବାଷ ଚନ୍ଦ୍ର ବୋଷଙ୍କୁ ଭାଗ୍ୟ ସାଥ ନଦେବାରୁ ସମୟ ସେମାନଙ୍କ ପାଇଁ ଅନୁକୂଳ ନଥିବାରୁ, ସେହିପରି କୌଣସି ସୁଯୋଗ ନପାଇବାରୁ, ସାହାଯ୍ୟ ଓ ସହଯୋଗ ସେମାନଙ୍କୁ ନମିଳିବାରୁ ସେମାନେ ନିଶ୍ଚିନ୍ନ ହୋଇଗଲେ । କାଳ ଗର୍ଭରେ ଲୀନ ହୋଇଯାଇଛନ୍ତି । ସେମାନଙ୍କର ଉତ୍ଥାନ ସମ୍ଭବ ହୋଇପାରିଲା ନାହିଁ । ଦୁର୍ଯୋଗର କରାଳ ଗହ୍ୱରରେ ବୁଡ଼ିଗଲେ । ହତାଶାର ଘୋର ଅନ୍ଧାକାରରେ ହଜିଗଲେ । ଅସଫଳତାର ଘନକୁହୁଡ଼ି ମଧ୍ୟରେ ଲୁଚିଗଲେ । ଦୁର୍ଭାଗ୍ୟର ଭଉଁରିରେ ସଭା ହରାଇ ବସିଲେ । "ଫେମ୍ ଇଜ୍ ଦ ଲାଷ୍ଟ ଇନ୍ଫାର୍ମିଟି ଅଫ ଏ ଗ୍ରେଟ୍ ସୋଲ୍ ।" ଅର୍ଥାତ୍ ପ୍ରତିଷ୍ଠା ଲାଭର ଲୋଭ ମହାମନାର ହିଁ ଚରମ ଦୁର୍ବଳତା । "ଇନ୍ଦ୍ରୋପି ଲଭୁତାଂ ଯାତି, ସ୍ୱୟଂ ପ୍ରାକ୍ଷାପିତ ଗୁଣୈଃ ।" ଅର୍ଥାତ୍ ନିଜ ଖ୍ୟାତି ବ୍ୟାପିବାରେ ସଂପୃକ୍ତି କାରଣରୁ ଦେବରାଜ ଇନ୍ଦ୍ରଙ୍କ ମଧ୍ୟ ପତନ ହୋଇଥିଲା । ଆମେ ଆଶା ପୋଷଣ କରୁଛନ୍ତି ସମସ୍ତଙ୍କ ଚୁଟି ନିଜ ହାତ ମୁଠାରେ ରଖିବା ଲାଗି । ଯାହା କୌଣସି କର୍ମବଳ କିମ୍ବା କର୍ମଫଳ ଦ୍ୱାରା କେବେ ବି ସମ୍ଭବ ନୁହେଁ । (ହୁକୁମାତି) ହାକିମିଆତି ବା ପ୍ରଭୁ ପଣିଆ ଜାହିର କରିବାକୁ ଆମେ ଅତି ମାତ୍ରାରେ ଆଗ୍ରହୀ । ଯାହା ଭଗବାନଙ୍କ ଆଶୀର୍ବାଦ ବିନା କେବେ ବି କୌଣସି ମଣିଷ ପକ୍ଷରେ ହୋଇପାରେନା । ସେଥିପାଇଁ କୁହାଯାଇଛି, "ନ ଚ ବିଦ୍ୟା ସମୋ

ବନ୍ଧୁର୍ନ୍ବ ବ୍ୟାଧି ସମୋରିପୁଃ, ନ ଚାପତ୍ୟ ସମଃ ସ୍ନେହୋ ନ ଚ ଦୈବାତ୍ ପରଂ ବଲମ୍।" ଏସଂସାରରେ ଲୋକର ବିଦ୍ୟା ପରି ବନ୍ଧୁ ଓ ରୋଗ ପରି ଶତ୍ରୁ ନାହିଁ। ପୁତ୍ରକନ୍ୟା ପରି ଆଦରର ପାତ୍ର ନାହାନ୍ତି ଏବଂ ଦୈବ ବଳଠାରୁ ଉକ୍ରୃଷ୍ଟ ବଳ ନାହିଁ।

"ମାନ୍ଧାତା ଚ ମହୀପତିଃ କୃତ ଯୁଗାଳଂକାରଭୂତୋ ଗତଃ। ସେତୁ ଯେନି ମହଦଧୌ ବିରଚିତଃ କ୍ୱ। ସୌ ଦଶାସ୍ୟାନ୍ତକଃ, ଅନ୍ୟେ ଚାପି ଯୁଧିଷ୍ଠିର ପଞ୍ଚତ୍ୱୟୋ ଯାତାଦିବଂ ଭୂପତେ। ନୈକେନାପି ସମଂଗତା ବସୁମତୀ ମୁଞ୍ଚ ତ୍ୱୟା ଯାସ୍ୟତି।" ଯୁଗ ଅଳଙ୍କାର ମହୀପତି ମାନ୍ଧାତା, ସମୁଦ୍ରରେ ସେତୁ ବାନ୍ଧିଥିବା ଦଶମୁଣ୍ଡ ରାବଣଙ୍କୁ ବଧ କରିଥିବା ଶ୍ରୀରାମଚନ୍ଦ୍ର ଓ ଅନ୍ୟ ହଜାର ହଜାର ମହୀପତି ଏବେ ସ୍ୱର୍ଗତ। ନିରୁଦ୍ଦିଷ୍ଟ। ଏପରି ସ୍ଥଲେ ହେ 'ମୁଞ୍ଚ' ଏସଂସାରରେ ତୁମେ ଏକମାତ୍ର ଓ ବସୁମତୀକୁ ନ୍ୟୂନ ମଣୁଛ କିପରି, ଆହୁରି ମଧ ସେଇ ମହାକାଲକୁ ତ' କୁହାଯାଇଛି "ଯଦୁପତେଃ କ୍ୱ ଗତା ମଥୁରାପୁରୀ, ରଘୁପତେ କ୍ୱ ଗତୋତ୍ତର କୋଶଳଃ। ଇତି ବିଚିତ୍ୟ କୁରୁ ସ୍ୱମନ ସ୍ଥିର ନସଦି ଦଂ ଜଗତିତ୍ୟ ବ ଧାରୟ।" କାହାନ୍ତି ସେ ଯଦୁପତି ଅବା ତାଙ୍କ ମଥୁରା ନଗରୀ। କାହାନ୍ତି ସେ ରଘୁପତି ଅବା ତାଙ୍କ ସେ ଅଯୋଧ୍ୟାପୁରୀ। ଅସତ୍ୟ ଏହି ଜଗତ। ତହିଁ ପୁଣି ସକଳ ଅସ୍ଥିର। ସତେ ଚିନ୍ତନ କରି ଏହି ଭାବେ ମନ ସ୍ଥିରକର। "ଶୂରାଶ୍ଚ ବଳବନ୍ତଶ୍ଚଃ କୃତା ସ୍ତ୍ରାସ୍ତ୍ରନରା ଗଣେ, କାଲାଭିପନ୍ନାଃ ସୀଦନ୍ତି ଯଥା ବାଲୁକ ସେତବଃ।" ବୀର, ବଳବାନ, ଅସ୍ତ୍ରବିଦ୍ୟା ପାରଦର୍ଶୀ ବ୍ୟକ୍ତିମାନେ ମଧ କାଳବଶ ହୋଇ କାଲୁକା ସେତୁ ପରି ଅବସନ୍ନ ହୋଇପଡନ୍ତି।

ଆଉ ଆମ ପୁରାଣର ପ୍ରବଳ ପ୍ରତାପୀମାନେ ମଧ ସ୍ୱର୍ଗକୁ ଶିଡ଼ି ବାନ୍ଧିବାର ଆସ୍ପାଳନ କରୁଥିବା ରାଜା ରାବଣ। ବିନା ଯୁଦ୍ଧେ ଦେବି ନାହିଁ ସୂଚ୍ୟାଗ୍ର ମେଦିନୀ ଜିଦ୍ରେ ଅଟଳ ଥିବା ଦୁର୍ଯ୍ୟୋଧନ। ସେମାନଙ୍କର ଶେଷ ଜୀବନ କେତେ ଦୟନୀୟ ଭାବେ କଟିଥିଲା। ରାବଣ ନାରୀ ଚୋରି ଅପବାଦରେ ଅଭିଯୁକ୍ତ ହୋଇ ସବଂଶ ନିହତ ହେଲେ। ଦୁର୍ଯ୍ୟୋଧନଙ୍କୁ ଜୀବନ ଭୟରେ ବ୍ୟାସ ସରୋବରରେ ଲୁଚିବାକୁ ପଡ଼ିଲା।

ଏସବୁ କ୍ଷଣସ୍ଥାୟୀ। କାରଣ ଅର୍ଥ-ଅନର୍ଥର ମୂଲ। ଅର୍ଥ ଆଉ ସ୍ୱାର୍ଥ ଏ ଦୁଇଟି ଯେଉଁଠି ରହିବ, ସେଠି ଆସିବ କୁଆଠୁ ସ୍ଥାୟୀ ଶାନ୍ତି, ହୃଦୟଭରା ଆନନ୍ଦ, ମନ ଫୁଲାଣିଆ ଖୁସି କିମ୍ବା ଆତ୍ମସୁଖ। ଅର୍ଥ ଆଉ ସ୍ୱାର୍ଥ ସମ୍ପର୍କ ସ୍ଥାପନ କରାଏ। ପୁଣି ସମୟକୁ ନଷ୍ଟ କରିଥାଏ। ଅର୍ଥ ବଳରେ ବ୍ୟକ୍ତି ସମାଜରେ ପରିଚିତ ହୋଇଥାଏ। ନ୍ୟସ୍ତ ସ୍ୱାର୍ଥର ପ୍ରତିଶ୍ରୁତି ଦେଇ ସେ ପରିଚୟକୁ ବ୍ୟାପ୍ତ କରିପାରେ। ଖ୍ୟାତି ସମ୍ପନ୍ନ ବ୍ୟକ୍ତି ଭାବରେ ପ୍ରତିଷ୍ଠା (ପାଏ) ଅର୍ଜନ କରେ। ଅର୍ଥ ସରିଗଲେ ସେ ଖ୍ୟାତି କମିଯାଏ, ଲୋପ ପାଇଯାଏ ସମାଜରେ ବିସ୍ତାର କରିଥିବା ପ୍ରଭାବ, ଅର୍ଥ ବଳରେ, ସ୍ୱାର୍ଥର ପ୍ରଲୋଭନ ଦେଖାଇ ହାସଲ କରିଥିବା ସୁନାମ, ପ୍ରତିପ୍ରଭି, ପ୍ରତିଷ୍ଠା ସବୁକିଛି। ବିଲଗେଟ୍ସଙ୍କ ଭାଷାରେ, "ଅର୍ଥର ପ୍ରାଚୁର୍ଯ୍ୟରେ ଅନେକ ଲୋକ ସେମାନଙ୍କର ଅସ୍ତିତ୍ୱକୁ ଭୁଲି ଯାଆନ୍ତି। ଯେତେବେଳେ ଅର୍ଥର ଅଭାବ ହୁଏ ସେ ସମୟରେ ଅନ୍ୟମାନେ ସେହି ବ୍ୟକ୍ତିର ପରିଚୟକୁ ପାସୋରି ଦିଅନ୍ତି।" ସ୍ୱାର୍ଥ ଦେଇ ହାସଲ କରିଥିବା ପ୍ରଭାବ କ୍ଷଣସ୍ଥାୟୀ। ସବୁ ପାଣି ଗାର ପରି। ସେଥିରୁ ଶାନ୍ତି ମିଳେନା। ସୁଖ ମିଳେନା ଆନନ୍ଦ କିମ୍ବା ଖୁସି। "ନୀରସେ ସରସି ସାରସବ ହୋଃ, ସାର ସାନ୍ୟ ପିଦହନ୍ତି ତପାଂସି, ଜାୟତେ ଧନୀନ ବାନ୍ଧବ ଭାବୋ, ନିର୍ଧନେ ସହ ବନ୍ଧୁର ବନ୍ଧୁ।" ପୁଷ୍କରଣୀ ଜଳଶୂନ୍ୟ ହୋଇଗଲେ, ପଦ୍ମବନ୍ଧୁ ସୂର୍ଯ୍ୟଙ୍କ କିରଣ ପ୍ରିୟତମା ପଦ୍ମକୁ ବି ପୋଡ଼ି ଦିଏ। ଯେମିତି ଲୋକେ ଧନୀ ଲୋକଙ୍କୁ ଆଲିଆ ଲେଖାରେ ବାଲିଆ ବନ୍ଧୁ କରି ବସନ୍ତି। ମାତ୍ର ଧନହୀନ, ଦରିଦ୍ର ହୋଇଗଲେ ଏକା ମାଆ ପେଟର ଭାଇ ବି ଅବନ୍ଧୁ ବା ଅଜଣା ହୋଇଯାଏ। ନିଃସ୍ୱାର୍ଥପର ଭାବରେ ଜନତାର ସେବା କରି, ସମାଜର ମଙ୍ଗଳ କାମନାରେ ଥାଇ, ସଂସାରର ହିତ ପାଇଁ କିଛି କରିଥିଲେ ଦୁନିଆରେ ଯେଉଁ ପ୍ରତିଷ୍ଠା ମିଳିଥାଏ। ସେ ଖ୍ୟାତି ଚିରସ୍ଥାୟୀ ହୋଇଥାଏ। ଯେପରି ଗୋପବନ୍ଧୁଙ୍କ ଜନସେବା, ମଧୁବାବୁଙ୍କ ସ୍ୱାର୍ଥ ତ୍ୟାଗ, ମହାତ୍ମା ଗାନ୍ଧୀଙ୍କ ଅହିଂସା ନୀତି ଓ ନେତାଜୀଙ୍କ ଦେଶ ଲାଗି ଆତ୍ମୋତ୍ସର୍ଗ ଅମର ହୋଇ ରହିଛି। ସ୍ୱାର୍ଥକୁ ଆଖି ଆଗରେ ରଖି ଅର୍ଜିଥିବା ସୁନାମ- କ୍ଷଣସ୍ଥାୟୀ। ଅଳ୍ପ ଦିନ ପାଇଁ, ସ୍ୱଳ୍ପ ସମୟ ଲାଗି। ପାଣିର ଫୋଟକା ପରି ସମାନ୍ୟତମ ଆଘାତରେ ଠୋକରି ଫାଟିଯାଏ।

"ମାନୋ ବା ଦର୍ପୋ ବିଜ୍ଞାନଂ ବିକ୍ ମୋବା ସୁବୁଦ୍ଧିର୍ବ୍, ସବଂ ପ୍ରଶସ୍ୟତି, ସମଂ ବିଭହୀନୋ ବା ପୁରୁଷଃ।" ଯେତେବେଳେ ପୁରୁଷ ଧନହୀନ ହୋଇଯାଏ, ସେତେବେଳେ ତା'ର ମାନ, ଅଭିମାନ, ବିଜ୍ଞାନ, ବିଲାସ, ସୁନ୍ଦର ବୁଦ୍ଧି ଏସବୁ ଏକ ସଙ୍ଗରେ ନଷ୍ଟ ହୋଇଯାଆନ୍ତି।

ଅନ୍ୟକୁ ସ୍ୱାର୍ଥ ଆଶା ଦେଖାଇ, ମିଥ୍ୟା ପ୍ରତିଶ୍ରୁତି ଦେଇ, ଭଣ୍ଡେଇ, ଛଲ କଥା କହି, ଲୋଭ ଦେଖାଇ, ଭୁଆଁ ବୁଲାଇ ଅର୍ଜିଥିବା ସୁନାମ, ପାଇଥିବା ସାମାଜିକ ପ୍ରତିଷ୍ଠା, ଆଦାୟ କରିଥିବା ଅର୍ଥ, ସ୍ୱାର୍ଥ ସିଦ୍ଧି ନିମିତ୍ତ ନିଜକୁ ସମାଜ ସେବୀ ଭାବରେ ଉପସ୍ଥାପନ କରି ଯେଉଁ ପ୍ରଭାବ ବିସ୍ତାର କରାଯାଏ। ତ୍ୟାଗୀ ପୁରୁଷଭାବରେ ନିଜକୁ ପରିଚିତ କରାଇବାର ମିଞ୍ଝାସ, ନିର୍ଲୋଭ ବୋଲି ନିଜକୁ ସାବ୍ୟସ୍ତ କରିବାର ଲାଲସା, ଜନସେବୀ ପଦର ଅଧିକାରୀ ଭାବରେ ନିଜକୁ ପରିଚିତ କରାଇବା କାମନା, ତାହା କେବେ ଆତ୍ମତୃପ୍ତି ପ୍ରଦାନ କରି ନଥାଏ ବରଂ ଇନ୍ଦ୍ରିୟ ଲାଲସା ଚରିତାର୍ଥ ନିମିତ୍ତ ସହାୟକ ହୋଇଥାଏ। ଛଳନା କରି କେହି କେବେ ଯୁଗସ୍ରଷ୍ଟା (ଜନ୍ମା) କିମ୍ବା ମହାପୁରୁଷ ହୋଇପାରେନା। ଯେପରି ଆମ ଦେଶର ପ୍ରଥମ ପ୍ରଧାନମନ୍ତ୍ରୀ ଓ ତାଙ୍କର ପୁତ୍ରୀଟି ତଥା ତାଙ୍କ ବଂଶଧରମାନେ ହୋଇପାରିଲେ ନାହିଁ।

ଦାନଶୀଳତା ଏକ ମହତ ଧର୍ମ। ନିଜର ଯାହା ଅଛି ଅନ୍ୟକୁ ଦେଇ ଦିଅ। ସେଥିରେ ତୁମେ ଆନନ୍ଦ ପାଇବ। ଯିଏ ଜୀବନରେ ଅନ୍ୟର ଉପକାର କରି ନିଃସ୍ୱ ହୋଇଯାଇଥାଏ, ତଥାପି ତା'ର ମନ ଅତି ଆନନ୍ଦିତ। କାରଣ ତା'ର ଧନ ଅନ୍ୟର ଉପକାରରେ ଲାଗିଲା। ସେ ଭାବେ, "ଦାତା ଏକ ରାମ ଔର ଭିକାରି ସାରେ ଦୁନିଆ ସବକୋ ଦେତା ଦୋ ଏକହି ଦାତା।" ତେଣୁ ସେ ତା'ର ଧନକୁ ଦାନ କରି ଆନନ୍ଦ ପାଇଥାଏ। ଭିକାରିଟିଏ ଅନାହାରରେ ଅଛି ଯଦି ତାକୁ ଦି'ମୁଠା ଭାତ ଖାଇବାକୁ ଦେଇପାରିବା ସେଥିରେ ଯେଉଁ ପୁଣ୍ୟ ଅର୍ଜନ ହେବ ଅନ୍ୟ କୌଣସିଠିରେ ସେଭଳି ପୁଣ୍ୟ ମିଳିବ ନାହିଁ। ଆହାର ଗ୍ରହଣ କରି ତୃପ୍ତ ହେବା ଦ୍ୱାରା ଦାତାଙ୍କ ଗୁଣ ଗାନ କରିଥାଏ ବ୍ୟକ୍ତି। ମାତ୍ର ବ୍ୟକ୍ତିର ଆତ୍ମତୃପ୍ତିଠୁ ଢେର ଅଧିକ ତୃପ୍ତି ଦାତାକୁ ମିଳିଥାଏ। ସେଥିରୁ ପ୍ରାପ୍ତ ପାରଲୌକିକ ସନ୍ତୋଷ ଅଧିକ ଆହ୍ଲାଦିତ କରି ରଖିଥାଏ ଦାତାଙ୍କୁ। ଖାଦ୍ୟାନ୍ନ ତଥା ଅନ୍ୟାନ୍ୟ ଭୌତିକ ଚିଜ ଦାନର ଗୁଣାଗାନ କରାଯାଏ ପ୍ରତ୍ୟେକ ଧର୍ମରେ। ତେବେ ଏ ସଚରାଚର ଦୁନିଆରେ ଆମେ ଯାହା ପ୍ରାପ୍ତ କରିଛେ ସେଇ ରଣକୁ ଶୁଝିବା ଆମର ନୈତିକ କର୍ତ୍ତବ୍ୟ। ପେଟପୂରା ଗଣ୍ଡେ ଖାଇବା ଲାଗି ବଞ୍ଚିତ ବସ୍ତୁ ପ୍ରତି ନିଷ୍ପୃହ ରହିଲେ ସେହି ବସ୍ତୁର ସ୍ୱପ୍ନ ଆମ ମନରେ ଆସ୍ଥାନ ଜମାଇଥାଏ। ଆମ ପାଖରେ ଆବଶ୍ୟକତାଠୁ ଯେତେ ଅଧିକ ଭୌତିକ ସାଧନ ରହିଛି ତା' ଉପରେ ଆମର କୌଣସି ନୈତିକ ହକ ନାହିଁ। ଜିମି କାର୍ଟର କହିଛନ୍ତି- ଯେତେବେଳେ ଏକ ତୃତୀୟାଂଶ ଲୋକଙ୍କ ହାତରେ ଅମାପ ଧନ ସମ୍ପଦ ଠୁଲ ହୋଇ ରହିଛି ଏବଂ ଦୁଇ ତୃତୀୟାଂଶଙ୍କ ଭାଗ୍ୟରେ ପେଟ ପୂରା ଗଣ୍ଡେ ଖାଇବାକୁ ନାହିଁ, ସେ କ୍ଷେତ୍ରରେ ବିଶ୍ୱଶାନ୍ତି କେମିତି କିଭଳି ପ୍ରତିଷ୍ଠା ହେବ ତାହା ଏକ ବଡ଼ ପ୍ରଶ୍ନବାଚୀ। ସୁତରାଂ ବ୍ୟକ୍ତିର ଜୀବନ ସେତେବେଳ ମହତ ତଥା ସମୃଦ୍ଧ ହୁଏ ଯେତେବେଳେ ତାହାର ମନୋବୃତ୍ତି ନେବାରେ ନୁହେଁ ବରଂ ଦେବାରେ ଥାଏ। ଏ ପ୍ରସଙ୍ଗରେ ଉଇନ୍ଷ୍ଟନ ଚର୍ଚିଲଙ୍କ ମତ ପ୍ରଣିଧାନଯୋଗ୍ୟ। ତାଙ୍କ କହିବା କଥା ହେଲା- ଆମକୁ ଯାହା ପ୍ରାପ୍ତ ହୋଇଛି ସେଟିକିରେ ଆମେ ଜୀବନଯାପନ କରିପାରିବା। ମାତ୍ର ଯେଉଁ ଅନୁପାତରେ ଆମେ ଦାନ କରୁଛେ ସେହି ଅନୁରୂପୀ ଜୀବନ ପରିମାର୍ଜିତ ତଥା ସାର୍ଥକ କରିବା ଦରକାର। ତେବେ ଦାନ ପ୍ରଥାର ଗୋଟିଏ ବିରୋଧୀ ବିଚାରଧାରା ରହିଛି। ତାହା ହେଉଛି ଏହା ପରାଙ୍ଗପୁଷ୍ଟ ତଥା ଅକର୍ମଣ୍ୟତାକୁ ପ୍ରଶ୍ରୟ ଦେବା। ଏକଥା ସ୍ୱୀକାର୍ଯ୍ୟ ଯେ ଧରଣୀମାତା ତା'ର ନିଜ ସନ୍ତାନ ଦୁଃଖ କଷ୍ଟରେ ରହିବାଟା ଦେଖିବାକୁ ଚାହେଁନି। ସେଥିପାଇଁ ସମଗ୍ର ଭୂମଣ୍ଡଳରେ ବସବାସ କରୁଥିବା ସମସ୍ତ ଜୀବଙ୍କ ପାଇଁ ଭରଣ ପୋଷଣ ବ୍ୟବସ୍ଥା ଖଞ୍ଜାଯାଇଛି। ବ୍ୟଷ୍ଟି ହୁଅନ୍ତୁ କି ସମଷ୍ଟି କିମ୍ବା ରାଷ୍ଟ ହୁଅନ୍ତୁ ସମସ୍ତେ କିନ୍ତୁ ଗୋଟିଏ କଥାରେ ସହମତ। ପ୍ରତ୍ୟେକ ବ୍ୟକ୍ତିଙ୍କର ହକ୍ ରହିଛି ସର୍ବନିମ୍ନ ପୌଷ୍ଟିକ ଆଧାର ଉପରେ। ଭୋକିଲା ବା କ୍ଷୁଧିତ ଲୋକ ମୁହଁରେ ଆହାର ଗଣ୍ଡାଏ ଦେବା ସବୁ ଧର୍ମ ତଥା ପନ୍ଥଙ୍କ ପରମ ତଥା ପବିତ୍ର

କାର୍ଯ୍ୟ ବୋଲି ବିବେଚନା କରାଯାଏ। ଆମ ସମାଜରେ ଅତିଥି ତଥା କୌଣସି ଆଗନ୍ତୁକଙ୍କୁ ଆହାର ପରଷିବା ଦ୍ୱାରା ଆତିଥ୍ୟ ସତ୍କାର କରୁଥିବା ବ୍ୟକ୍ତି ନିଜକୁ ଧନ୍ୟ ମନେ କରିଥାଏ। ବ୍ରାହ୍ମଣ ଓ ପୁରୋହିତ ଏବଂ ବୟୋଜ୍ୟେଷ୍ଠ ତଥା ଅଗ୍ରଜଙ୍କୁ ଯଥୋଚିତ ସମ୍ମାନ ଜଣାଇଲେ ପ୍ରତ୍ୟୁତ୍ତରରେ ସେମାନେ ଆମକୁ ଆଶୀର୍ବଚନ ଦେଇ କୁହନ୍ତି ତୁମମାନଙ୍କ ଅନ୍ନ ଭଣ୍ଡାର ଭରପୂର ରହୁ। ନବରାତ୍ର ଓ ଅନ୍ୟାନ୍ୟ ଗଣପର୍ବ ତଥା ଉସ୍ୱବ ମହାସ୍ୱୋବରେ ସର୍ବସାଧାରଣଙ୍କୁ ପ୍ରସାଦ ବିତରଣ କରିବାର ଉଦ୍ଦେଶ୍ୟ ହେଉଛି ଅଭାବୀ ତଥା ଗରିବ ଗୁରୁବାଙ୍କୁ ଖାଦ୍ୟାନ୍ନ ଆବଣ୍ଟନ କରିବା। ପ୍ରସିଦ୍ଧ ସ୍ୱର୍ଣ ମନ୍ଦିର ନାମରେ ସୁବିଦିତ ଅମୃତ ସହର ହର ମନ୍ଦିର ସାହେବ ଗୁରୁଦ୍ୱାରଠାରେ ଚବିଶ ଘଣ୍ଟା ଭକ୍ତ ଶ୍ରଦ୍ଧାଳୁମାନଙ୍କୁ ନିରନ୍ତର ପ୍ରସାଦ ବିତରଣର ସୁବ୍ୟବସ୍ଥା ରହିଛି। ଆହାର ପ୍ରଦାନ କରିବା ମାହାତ୍ମ୍ୟ ସମ୍ପର୍କରେ ମଦର ଟେରେସାଙ୍କ ଉକ୍ତି ଆମ ମନରେ ଉଦ୍‌ବେଳନ ସୃଷ୍ଟି କରିଥାଏ। ତାଙ୍କ ମତରେ- ଆମେ ଶହେ ଲୋକଙ୍କୁ ନହେଲେ ବି ଜଣକୁ ତ ଖୁଆଇ ପାରିବା।

ସତ୍ ପାତ୍ରରେ ଉପଯୁକ୍ତ ବିବେଚନା ପୂର୍ବକ ଦାନଦେବା ବିଧେୟ। "ବୃଦ୍ଧୋପ ଦେଶତୋ ଜ୍ଞାନଂ ପ୍ରତିଷ୍ଠା ରାଜସେବୟା। ଯଶଃ ପୁଣ୍ୟଂ ଚ ଦାନେନ ଦ୍ରବିଣଂ ତୁ ବଣିଜ୍ୟୟା।" ବୃଦ୍ଧମାନଙ୍କ ଉପଦେଶରୁ ଜ୍ଞାନ ଲାଭ ହୁଏ। ରାଜସେବା କଲେ ସାମାଜିକ ପ୍ରତିଷ୍ଠା ବଢ଼େ। ଦାନ ଓ ପୁଣ୍ୟ କାର୍ଯ୍ୟ କଲେ ଯଶ ରହେ ଏବଂ ବାଣିଜ୍ୟ ବ୍ୟବସାୟ କଲେ ଧନ ସମ୍ପତ୍ତି ଲାଭ ହୁଏ। କିନ୍ତୁ ବର୍ତ୍ତମାନ ଯୁଗ ପରିବର୍ତ୍ତନ ସହ ମଣିଷର ଏହିଗୁଣ କ୍ରମଶଃ ଲୋପପାଇ ଆସୁଥିବା ଲକ୍ଷ୍ୟ କରାଯାଉଛି। ପୂର୍ବେ ଲୋକେ ଅତି ମାତ୍ରାରେ ଦାନଶୀଳ ଥିଲେ। ଫଳରେ ସେମାନଙ୍କ ଦାନରୁ ହିଁ ଅସଂଖ୍ୟ ମଠ, ମନ୍ଦିର ଗଢ଼ି ଉଠୁଥିଲା। ଯେପରି ପର୍ବତରୁ ନଦନଦୀର ଉତ୍ପତ୍ତି ହୁଏ। ସେହିପରି ଇତସ୍ତତଃ ସଂଗୃହୀତ ଅର୍ଥରୁ ସମସ୍ତ ଧର୍ମ କାର୍ଯ୍ୟ ସାଧନହୁଏ। ସେମାନେ ଯେ ଖାଲି ମଠ କିୟ। ମନ୍ଦିର ଗଢ଼ିଦେଇ ସେମାନଙ୍କର କର୍ତ୍ତବ୍ୟ ଶେଷ କରି ଯାଉଥିଲେ ତାହା ନୁହେଁ। ସେସବୁର ପରିଚାଳନା ନିମନ୍ତେ ଅଜସ୍ର ସମ୍ପତ୍ତି ବାଡ଼ି ଦାନ କରିଯାଉଥିଲେ। ଏହିଭଳି ପୁଣ୍ୟ କର୍ମୀମାନଙ୍କର ମହତ ଦାନର ଫଳଶ୍ରୁତି ହେଉଛି ଅଧିକାଂଶ ମଠ, ମନ୍ଦିର। ସେମାନେ ଯେଉଁ ଭଳି ଭାବରେ ଧନ ଅର୍ଜନ କରୁଥିଲେ କିୟ। ଧନର ଉତ୍ତରାଧିକାରୀ ଥିଲେ ସେହିଭଳି ଭାବରେ ନିଜର ସମ୍ପତ୍ତିର କିୟଦଂଶ ଦାନ ସୂତ୍ରରେ ଦେଉଥିଲେ। ଉଦ୍‌ବୃତ ଦମ୍ପତ୍ତି ଦାନ ଦେବାକୁ ସେମାନେ ପବିତ୍ର କର୍ତ୍ତବ୍ୟ ବୋଲି ମନେ କରୁଥିଲେ। କୌଣସି ଲୋକ ଦେଖାଣିଆ ଯଶ ବା ଖ୍ୟାତି ଲାଭ ଆଶାରେ ସେମାନେ ଏହି ଦାନ ଦେଉନଥିଲେ କିୟ। ନିଜ ନାମକୁ ଅମର ରଖିବା ଆଶାରେ ଦାନ ଦେଉନଥିଲେ। ଉଦ୍‌ବୃତ ଧନ ମହତ କର୍ମରେ ବ୍ୟୟ କରୁଥିଲେ। ଏହିପରି ଧାରଣା ମନରେ ଆଣି ସେମାନେ ନିର୍ବ୍ୟାକାରରେ ଦାନ ଦେଉଥିଲେ। ଦୁଃଖୀ ରଙ୍କିଙ୍କ ଦୁଃଖ ମୋଚନରେ ମଧ୍ୟ ସେମାନେ ଯଥ୍ରୋନାସ୍ତି ଉଦ୍ୟମ କରୁଥିଲେ।

ଆମ ଠାକୁରମାନଙ୍କ ଭୂସମ୍ପତ୍ତିର ଅଭାବ ନାହିଁ। ରାଜା, ରଙ୍କ, ଭକ୍ତ ସମସ୍ତେ ଖୋଲା ହାତରେ ପ୍ରଭୁଙ୍କ ନୀତି ସେବା ପାଇଁ ଜମିଜମା ବାଡ଼ିବରିଚା ଖଣ୍ଡି ଦେଇ ଯାଇଥିଲେ। ବିଦେଶୀ ଶାସନ କାଳରେ ଠାକୁରଙ୍କ ନୀତିରେ କ୍ଷତିର ବିଭ୍ରାଟ ହେଉଥିଲା। ଠାକୁରଙ୍କୁ ସର୍ବଦା ବାଲୁତ ବିଚାର କରାଯାଇ ମାର୍ଫତଦାର ରଖି ତାଙ୍କ କଥା ବୁଝିବାର ବ୍ୟବସ୍ଥା ହୋଇଥିଲା। ସ୍ୱାଧୀନ ଦେଶରେ ଦେବଦେବୀଙ୍କ କଥା ବୁଝିବାକୁ ରହିଛି ଦେବୋତ୍ତର ବିଭାଗ, ପରିଚାଳନା କମିଟି। ସରକାର ପୁଣି ବଡ଼ବଡ଼ ମନ୍ଦିର, ମଠ ବାଡ଼ିକୁ ଅନୁଦାନ ଦେଉଛନ୍ତି। ହେଲେ ସେ ଦେବତ୍, ରାଜସ୍ୱ ସବୁ ଲୁଟୁଛି କିଏ ?

କିନ୍ତୁ ବର୍ତ୍ତମାନ ଦାନର ପରିସର ଅତି ମାତ୍ରାରେ ସଙ୍କୁଚିତ ହୋଇଯାଇଛି। ବସ୍ତୁ କୈନ୍ଦ୍ରିକ ସଭ୍ୟତାରେ ନିଜର ଧନ ସମ୍ପତ୍ତିକୁ ବଢ଼ାଇବା ହିଁ ଅଧିକାଂଶ ଲୋକମାନଙ୍କର ଏକମାତ୍ର ଲକ୍ଷ୍ୟ। ପ୍ରକୃତ ଦାନୀ ବ୍ୟକ୍ତି ଯେ ନାହାନ୍ତି ତାହା ନୁହେଁ, ମାତ୍ର ସେମାନଙ୍କର ସଂଖ୍ୟା ଅତି ସୀମିତ। ପୁଣି କିଛି ଲୋକ ନାଁ କରିବା କିୟ। ଯଶ ପାଇବା ଆଶାରେ ଦାନ କରୁଛନ୍ତି। ଏହି ଦାନ ନୈତିକ ଦୃଷ୍ଟିକୋଣରୁ ଦେଖିଲେ ମୂଲ୍ୟହୀନ। କାରଣ କିଛି ପାଇବା ଆଶାରେ ଏହି ଦାନ କରାଯାଉଛି। ଏପରି ଦାନ ରଜ ଓ ତମ ଗୁଣ ଯୁକ୍ତ। ଏହା ଦ୍ୱାରା ଦାନ କରୁଥିବା ବ୍ୟକ୍ତିକୁ ସାମୟିକ ଆନନ୍ଦ ମିଳିପାରେ। କିନ୍ତୁ ଏଥିରେ ଆତ୍ମାର

ଉନ୍ନତି ସାଧନ ହୁଏ ନାହିଁ। ପ୍ରତ୍ୟାଶା ନରଖି ଅନ୍ୟର ଦୁଃଖ ହରଣ ପାଇଁ ବା କୌଣସି ମହତ ଲକ୍ଷ୍ୟରେ ଯାହା ଦାନ କରାଯାଏ। ତାହା ହିଁ ପ୍ରକୃତ ଦାନ। ଏଥିରେ ଦାନ କରୁଥିବା ବ୍ୟକ୍ତିର ଅଶେଷ ପୁଣ୍ୟ ଅର୍ଜନ ହୋଇଥାଏ। କର୍ଣ୍ଣ ମହାଦାନୀ ଥିଲେ। ଦାନ ଦେବାକୁ ଯାଇ ସେ ସର୍ବସ୍ୱ ହରାଇ ଥିଲେ। ଏପରିକି ଶେଷରେ ନିଜର ଜୀବନ ରକ୍ଷାକାରୀ କବଚ- କୁଣ୍ଡଳକୁ ଦାନ ସ୍ୱରୂପ ଦେଇ ନିଜର ମୃତ୍ୟୁକୁ ଡାକି ଆଣିଥିଲେ। ବଳିଙ୍କ ଦାନପଣ କାହାରିକୁ ଅଛପା ନାହିଁ। ଏହି ଦାନ ମୂଳରେ ସେମାନଙ୍କର କୌଣସି ଅହଂଭାବ ନଥିଲା। ଶରୀରର ରକ୍ଷଣାବେକ୍ଷଣ ତଥା ଜୀବନ ଧାରଣ ପାଇଁ ଧନ ନିହାତି ଆବଶ୍ୟକ, ଏହା ସ୍ୱୀକାର୍ଯ୍ୟ। ଧନର ଅଭାବରେ ମଣିଷର ସାମାଜିକ ପ୍ରତିଷ୍ଠା ହ୍ରାସ ପାଏ। ଏହା ସତ୍ୟ ତେଣୁ ସମସ୍ତେ ଧନ ଉପାର୍ଜନକୁ ଶ୍ରେୟ ମଣନ୍ତି। ସାମାଜିକ ପ୍ରତିଷ୍ଠା ତଥା ଧନୀ ହେବା ଆଶାରେ ତିବ୍ର ପ୍ରତିଦ୍ୱନ୍ଦ୍ୱିତା ଚାଲିଛି। ଆଜିର ମଣିଷ ନୀତି ଅନୀତି ଭୁଲିଯାଇ ବିଭିନ୍ନ ଉପାୟରେ ଧନ ସଂଗ୍ରହରେ ବ୍ୟସ୍ତ। ମାତ୍ର ସେମାନେ ଭୁଲି ଯାଉଛନ୍ତି ଯେ, କୋଟିପତି ଉଇଲିଅମ୍ ଆର୍ଥରଙ୍କ ଉକ୍ତି- "ମ୍ୟାନ୍ ମେକସ୍ ମନି, ମନି ନେଭର ମେକସ୍ ଧ୍ୟାନ୍।" ଧନ ଥିଲେ ଦାରିଦ୍ର୍ୟର, ଦେହଥିଲେ ମୃତ୍ୟୁର, ରୂପ ଥିଲେ ବାର୍ଦ୍ଧକ୍ୟର, ଜ୍ଞାନରେ ଅଜ୍ଞାନର ଭୟ ବିଧି ନିର୍ଦ୍ଦିଷ୍ଟ। ଅର୍ଥ ପ୍ରତି ଉଭୟଙ୍କର ଲୋଭ ଓ ଆସକ୍ତି ଭାବ ସେମାନଙ୍କୁ ଧର୍ମ ଅର୍ଜନରୁ ନିବୃତ୍ତ କରୁଛି। ତେଣୁ ସେମାନେ ଉଦ୍‌ବୃତ୍ତ ଧନ ଦାନ କରିବା ଯେ ମଣିଷର ମହାନ କର୍ତ୍ତବ୍ୟ ଏହା ଭୁଲି ଯାଉଛନ୍ତି। ଉଦ୍‌ବୃତ୍ତ ଧନ ସତ୍ ପାତ୍ରରେ ଦାନ କର। ତାହା ତୁମକୁ ଶାଶ୍ୱତ ଆନନ୍ଦ ଦେବ। ଯଦି କିଞ୍ଚିତ୍ ଦାନ ଦେଇ ଦୁଃଖୀର ଦୁଃଖ ହରଣ କର- ଏହା ହିଁ ଆନନ୍ଦ ପ୍ରାପ୍ତିର ଠିକଣା ମାର୍ଗ। ନହେଲେ ଧନ କ'ଣ ସବୁଦିନ ପାଇଁ ତୁମ ପାଖରେ ରହିବ କିୟ୍ଧା ତାକୁ ରଖିବାକୁ ତୁମେ ସମର୍ଥ ହେବ ?

"ସମାୟାତି ଯଦା ଲକ୍ଷ୍ମୀ ନାରୀକେଲ ଫଳାମ୍ବବତ, ବିନିର୍ଯାତି ଯଦା ଲକ୍ଷ୍ମୀର୍ଗଜଭୁକ୍ତ କପିତ୍ଥବତ୍।" ନଡ଼ିଆ ଭିତରେ ପାଣି କିପରି ପଶେ ଜଣା ଯାଏନାହିଁ। ସେହିପରି ମନୁଷ୍ୟର ଧନ ଅଜ୍ଞାତରେ ଲାଭ ହୁଏ। ହାତୀ କଇଥ ଗିଲି ଦେଲେ ତା'ର ମଳ ସହ ତାହା ନିଖୁଣ ଭାବରେ ବାହାରି ଆସେ। ମାତ୍ର ଭିତର ରସ ସରିଯାଇଥାଏ। ସେ ରସ ଯେ କିପରି ଗଲା ଯେପରି ଜାଣି ହୁଏ ନାହିଁ। ସେହିପରି ଧନ ମନୁଷ୍ୟ ପାଖରୁ ଚାଲିଗଲା ବେଳେ କେଉଁ ବାଟେ ଯାଏ ଜଣାଯାଏ ନାହିଁ।

ସାରା ଦୁନିଆକୁ ନିଜ ଇଚ୍ଛା ଅନୁସାରେ ନଚାଇବାକୁ ଯାହା କେବଳ ଈଶ୍ୱରଙ୍କ ଦ୍ୱାରା ସମ୍ଭବ। ସାରା ଜଗତର ସର୍ବମୟ କର୍ତ୍ତା ହେବା ଲାଗି ଯାହା ସମ୍ପୂର୍ଣ୍ଣ ଅସମ୍ଭବ ବ୍ୟାପାର। ଆମକୁ ପରମେଶ୍ୱରଙ୍କ କରୁଣା ପ୍ରାପ୍ତ ନହେଲେ, ଭାଗ୍ୟ ଆମକୁ ସାଥ ନଦେଲେ, ଭାଗ୍ୟ ଓ ଭଗବାନଙ୍କ ନିର୍ଦ୍ଦେଶ ବିରୋଧରେ ଯାଇ ଆମେ ସାମାଜିକ ପ୍ରତିଷ୍ଠା ପାଇବା ଲାଗି କୃତ୍ରିମ ଉପାୟମାନ ଅବଲମ୍ବନ କରୁଛନ୍ତି। ଅର୍ଥ (ବଳରେ) ପ୍ରଭାବ ଦ୍ୱାରା, କୃତ୍ ବୁଦ୍ଧି ଓ ପୂର୍ବ ସୁକୃତ ବଳରେ ପାଇଥିବା ସୁଯୋଗର ଅପପ୍ରୟୋଗ କରି ଜୋର ଖଟାଇ ତାହା ବା କେତେ ଦିନ ପାଇଁ ? ସବୁ ଲୋକଙ୍କୁ କିଛି ଦିନ ପାଇଁ କିୟ୍ଧା କିଛି ଲୋକଙ୍କୁ ସବୁଦିନ ଲାଗି ଭୁଲାଇ ରଖାଯାଇପାରେ। କିନ୍ତୁ ସବୁ ଲୋକଙ୍କୁ ସବୁଦିନ ପାଇଁ ନୁହେଁ। କେବେ ବି ନୁହେଁ।

ଆମେ ବୁଝିବାକୁ ପ୍ରସ୍ତୁତ ନୋହୁଁ ଯେ, ଅର୍ଥ ବଳରେ ସ୍ୱାର୍ଥ ହାସଲ କରିହେବ। କୃତ୍ ବୁଦ୍ଧିରେ ଆୟତ୍ତ କରି ହେବ ସ୍ୱାର୍ଥନ୍ୱେଷୀ ମଣିଷ ପଲଙ୍କୁ। ସମାଜର ଲଗାମ କିଛି ସମୟ ପାଇଁ ନିଜ ହାତ ମୁଠାରେ ରଖି ହେବ ନିଜର ପ୍ରଭାବ ବଳରେ। ସଂସାରକୁ ଆପଣା ଇଚ୍ଛା ମତେ ଚଲାଇ ହେବ ବାହୁବଳ ପ୍ରୟୋଗ କରି। ପ୍ରଭୁପଣିଆ ଜାହିର କରି ହେବ ସୌଭାଗ୍ୟର କରାମତିରେ। କିନ୍ତୁ ପୁରା ଦୁନିଆଟାକୁ ନୁହେଁ। ତା'ର ସାମାନ୍ୟ କିଛି ଅଂଶ ବା ଅଞ୍ଚଳକୁ।

ମାତ୍ର କେତେଟା ଦିନ ଲାଗି ସେ ବଡ଼ତି ପଣ ?

ପୃଥିବୀର ତିନି ବିଶ୍ୱ ବିଜୟୀ ଗ୍ରୀକ୍‌ବୀର ଆଲେକଜାଣ୍ଡାର, ରୋମର ଜୁଲିଅସ୍ ସିଜର, ଫରାସୀ ସମ୍ରାଟ ନେପୋଲିଅନ୍ ବୋନାପାର୍ଟ। ପୃଥିବୀର କେତେ ଅଞ୍ଚଳକୁ ସେମାନେ ଶାସନାଧୀନ କରି ପାରିଲେ ଅଥବା କେତେ

ଦିନ ପାଇଁ। ସାରା ବିଶ୍ୱକୁ ନିଜ ଶାସନାଧୀନ କରିବାକୁ ଇଚ୍ଛା ପୋଷଣ କରିଥିବା ଗ୍ରୀସ୍‌ର ଛୋଟିଆ ରାଜ୍ୟ ମାର୍ସ୍‌ଡୋନିଆର ରାଜା ଦ୍ୱିତୀୟ ଫିଲିପଙ୍କର ପୁତ୍ର ଆଲେକ୍‌ଜାଣ୍ଡାର ଅଧା ବୟସରେ (ଯୁବକ ଅବସ୍ଥାରେ) ମାତ୍ର ବତିଶ ବର୍ଷରେ ରୋଗଗ୍ରସ୍ତ ହୋଇ ମୃତ୍ୟୁବରଣ କରିଥିଲା ବେଳେ ଅସ୍ତ୍ରୋପଚାର ବା ସିଜରିଆନ୍ ଅପରେସନ ଦ୍ୱାରା ସେ ଜନ୍ମ ହୋଇଥିଲେ। ସେଥିପାଇଁ ତାଙ୍କ ନାମ ଅନୁଯାୟୀ ଏଭଳି ଅସ୍ତ୍ରୋପଚାରକୁ ସିଜରିଆନ୍ କୁହାଯାଏ। ସିଜରିଆନ୍ ଶବ୍ଦଟି ଲାଟିନ୍ ଶବ୍ଦ 'ସିଜସ୍'ରୁ ଆସିଛି। ଯାହାର ଅର୍ଥ କାଟିବା ବା ଚିରିବା। ସେ ନିଜର ପ୍ରତିଦ୍ୱନ୍ଦୀ ପମ୍ପେକୁ ପରାଜିତ କରି ରୋମର ପ୍ରଥମ ଏକଛତ୍ରବାଦୀ ଶାସକ ହୋଇଥିଲେ ଓ ଇଫେସସ୍‌ଠାରେ ଏକ ଅନୁଶାସନ ଖୋଦନ କରାଇ ନିଜକୁ ଜଣେ ଈଶ୍ୱରଙ୍କର ପ୍ରତିନିଧି ଓ ମାନବ ଜାତିର ତ୍ରାଣକର୍ତ୍ତା ରୂପେ ଘୋଷଣା କରି ଏବଂ କୁଇରିନସ୍‌ଙ୍କ ମନ୍ଦିରରେ ତାଙ୍କ ପ୍ରତିମୂର୍ତ୍ତି ସ୍ଥାପନ କରି ତାଙ୍କୁ ଜୀବନ୍ତ ଈଶ୍ୱର ରୂପେ ପୂଜା କରିବାକୁ ଆଦେଶ ଦେଇଥିଲେ ଓ ବିଶ୍ୱର ପ୍ରଥମ ଜୀବନ୍ତ ଶାସକ ଭାବେ ନିଜ ଛବିଥିବା ମୁଦ୍ରା ପ୍ରଚଳନ କରିଥିବା ଏବଂ ନିଜର ଜନ୍ମମାସ 'କ୍ୱିଣ୍ଟିଲିସ୍' ମାସ ନାମକୁ ପରିବର୍ତ୍ତନ କରି ନିଜ ନାମାନୁଯାୟୀ 'ଜୁଲାଇ' ଭାବେ ନାମିତ କରିଥିବା ରୋମର ଏକଛତ୍ରବାଦୀ ନାସ୍ତିକ ଶାସକ ଜୁଲିଅସ୍ ସିଜର ତାଙ୍କ ଅନ୍ତରଙ୍ଗ ବନ୍ଧୁଙ୍କ ଦ୍ୱାରା ସିନେଟ୍ ସଭାଗୃହ ମଧ୍ୟରେ ଗୁପ୍ତହତ୍ୟାର ଶିକାର ହୋଇଥିଲେ। ଅସମ୍ଭବ ଶବ୍ଦଟି କେବଳ ବୋକାମାନଙ୍କ ଶବ୍ଦକୋଷରେ ଥାଏ ବୋଲି ଜୀବନ ସାରା କୁହାଟ ଛାଡ଼ି ହେଣ୍ଡାଲି ହେଉଥିବା। ଆଉ ୧୮୦୪ ମସିହାରେ ପ୍ରଥମ କନସଲ୍ ପଦରୁ ସମ୍ରାଟ ପଦକୁ ଉନ୍ନୀତ କରି ନିଜକୁ ଫ୍ରାନ୍‌ର ସମ୍ରାଟ ଘୋଷଣା କଲାବେଳେ ତାଙ୍କ ପାଖରେ ଯେତେ କ୍ଷମତା ଥିଲା ସେତିକି କ୍ଷମତା ଚତୁର୍ଦଶ ଲୁଇ ଯିଏ କି "ଆଇ ଆମ୍ ଦି ଷ୍ଟେଟ୍ ଆଣ୍ଡ ମାଇଁ ଅର୍ଡର ଇଜ୍ ଲ"। ମୁଁ ରାଷ୍ଟ୍ର ଓ ମୋ ଆଦେଶ ହିଁ ଆଇନ୍ ବୋଲି କହିଥିଲେ ତାଙ୍କ ପାଖରେ ବି ନଥିଲା ବୋଲି ଅନୁମାନ କରାଯାଏ। ସେହି ଫରାସୀ ସମ୍ରାଟ ନେପୋଲିଅନ ସେଣ୍ଟ ହେଲେନା ପରି ଏକ ଶୁଷ୍କ ଏବଂ ଉତ୍ପ୍ତ ଦ୍ୱୀପରେ ବନ୍ଦୀ ଜୀବନ ଅତିବାହିତ କରିବାକୁ ବାଧ୍ୟ ହୋଇଥିଲେ। ସେହି ନିର୍ଜନ ତଥା ଉତ୍ତପ୍ତ ଦ୍ୱୀପରେ ନିଃସହାୟ ଭାବରେ ନିଜର ବନ୍ଦୀ ଜୀବନ ବିତାଉ ଥିବା ବେଳେ (ତାଙ୍କ ପତ୍ନୀ ଓ ପୁତ୍ରଙ୍କଠାରୁ ତାଙ୍କୁ ପୃଥକ କରିଦିଆଯାଇଥିଲା।)। ଇମ୍ପସିବଲ୍ ଇଜ୍ ଏ ଓ୍ୱାଡ ଫାଉଣ୍ଡ ଇନ୍ ଦି ଡିକ୍‌ସନାରୀ ଅଫ୍ ଫୁଲ୍‌ସ୍ ବୋଲି ହେଣ୍ଡାଲି ହେଉଥିବା ନେପୋଲିଅନ ବୋନାପାର୍ଟ ବି ସେଣ୍ଟ ହେଲେନା ଦ୍ୱୀପରେ ବନ୍ଦୀ ଜୀବନ ବିତାଉଥିବା ବେଳେ ଅସମ୍ଭବତାକୁ ତିଲେ ତିଲେ ଅନୁଭବ କରି 'ମାଇଁ କଣ୍ଟ୍ରି ମାଇଁ କଣ୍ଟ୍ରି' ବିଳାପରେ ଶେଷ ନିଃଶ୍ୱାସ ତ୍ୟାଗ କରିଥିବା ଇତିହାସରେ କାନ୍ଦଣା ଭାବରେ ଏକ ବିଡ଼ମ୍ବିତ ସତ୍ୟ। ଏମିତି ସେମାନେ ଶେଷ ନିଃଶ୍ୱାସ ତ୍ୟାଗ କରିଥିଲେ। କେଡ଼େ କେଡ଼େ ରଥୀ ମହାରଥୀ ମଧ୍ୟ ଘୋର ଅସହାୟତାର ଦୀର୍ଘନିଃଶ୍ୱାସରେ ଅନ୍ତିମ ଜୀବନ ବିତାଇଛନ୍ତି। କେତେ ମଣିଷଙ୍କର ଜୀବନ ସହିତ ଖେଳି, କେତେ ଯୁଦ୍ଧର ବିଭୀଷିକା ସୃଷ୍ଟି କରି, କେତେ ଗ୍ରାମ ଓ ଜନପଦକୁ ଶ୍ମଶାନରେ ପରିଣତ କରିଦେଇ, କେତେ ସୁନାର ସଂସାରକୁ ଉଜାଡ଼ି, କେତେ ଶସ୍ୟକ୍ଷେତ୍ର ନଷ୍ଟ କରି, କେତେ ହସିଲା ମୁହଁରେ ଲୁହ ଭରି ଦେଇ, କେତେ ପୁରିଲା ଘର ଭାଙ୍ଗି, କେତେ ଲୋକଙ୍କୁ ଦାଣ୍ଡରେ ଠିଆ କରି, କେତେ ସଧବାଙ୍କୁ ବିଧବା ସଜାଇ, କେତେ ଯୁବତୀଙ୍କ ମଥାର ସିନ୍ଦୂର ପୋଛି ଦେଇ, କେତେ ମାଆର କୋଳ ଶୂନ୍ୟ କରି, କେତେ ଶିଶୁକୁ ଅନାଥ କରିଦେଇ, କେତେକଙ୍କୁ ବାସହରା କରି, କେତେ ଭଉଣୀଙ୍କ ଭାଇଙ୍କୁ ହତ୍ୟା କରି ସେମାନେ ପାଇଥିଲେ କ'ଣ ? ସୁଖକର ଜୀବନଯାପନ, ନିଷ୍କଣ୍ଟକ ସିଂହାସନ, ନିର୍ଦ୍ୱନ୍ଦ୍ୱରେ ରାଜ୍ୟ ଭୋଗ, ଆନନ୍ଦ ଉଲ୍ଲାସ ଭରା ଚିନ୍ତାଶୂନ୍ୟ ହୃଦୟ, ଦୁର୍ଭାବନା ରହିତ ଅନ୍ତର, ହସଭରା ଆତ୍ମା, ଖୁସିରେ ବିମୋହିତ ମନ ନା ଆଉ କିଛି ? କ୍ଷମତାର ବ୍ୟବହାର ଓ ଅପବ୍ୟବହାର ଦୁଇ ଭିନ୍ନ କଥା। ଇତିହାସର କେତେକେତେ ଲୋକତ କ୍ଷମତାର ଅପବ୍ୟବହାର କରି ମାଟି କାମୁଡ଼ିଛନ୍ତି। ଏକଥା ସଭିଙ୍କୁ ଲାଗୁ।

ତା'ପରେ ଏ ମର୍ତ୍ତ୍ୟ ମଣ୍ଡଳରେ କେତେ ଦିନ ପାଇଁ ଅବା ରହଣି ? ବାଲ୍ୟାବସ୍ଥା କଟୁକଟୁ ପନ୍ଦର ବର୍ଷ ବିତିଯାଏ । ସତୁରି ବର୍ଷ ପରେ ବାର୍ଦ୍ଧକ୍ୟ ଜନିତ ଜରାଗ୍ରାସ କରେ । ତା'ପରେ ନିଜ କଥା ନିଜେ ବୁଝିବାକୁ ସମର୍ଥ୍ୟ ନଥାଏ । ମଝିରେ ବା କେତେଟା ବର୍ଷ ? ସେଥିପାଇଁ ଏତେ ଆଡ଼ମ୍ବର ଆୟୋଜନର କିବା ଆବଶ୍ୟକ ? ଅଲିକ ଯଶ ଓ ଖ୍ୟାତିରେ ଉନ୍ମତ୍ତ ବ୍ୟକ୍ତି ଅନେକ ସମୟରେ ଅହଂକାରୀ ହୋଇ ଅନ୍ୟ ଉପରେ ନିଜର ଆଭିମୁଖ୍ୟକୁ ଜୋରଜବରଦସ୍ତ ଲଦି ଦେଇଥାଆନ୍ତି । ସେମାନେ ଭୁଲି ଯାଇ ଥାଆନ୍ତି ଯେ ସଂସାର ରୂପୀ ଏହି ଜୀବନ ଯୁଦ୍ଧ କ୍ଷେତ୍ରରେ ନିଜେ ହସଖୁସିରେ ରହିବା ସହ ଅନ୍ୟମାନଙ୍କୁ ମଧ୍ୟ ଶାନ୍ତି ଓ ଆନନ୍ଦରେ ରହିବାକୁ ଦେବା ଉଚିତ୍ ଏବଂ କର୍ତ୍ତବ୍ୟ ମଧ୍ୟ । ଈଶ୍ୱରଙ୍କ କୃପା ବଳରୁ ଯିଏ ଯେଉଁ ଅବସ୍ଥାରେ ଥାଆନ୍ତୁ ନା କାହିଁକି ତାହା ଈଶ୍ୱରଙ୍କ ଇଚ୍ଛା ଭାବି ଅନ୍ୟର ଅଧିକାର ଉପରେ ହସ୍ତକ୍ଷେପ କରିବା, ସେମାନଙ୍କ ସୁଖ, ଶାନ୍ତି ଓ ଆନନ୍ଦକୁ ଛଡ଼ାଇ ନେବା ଅନୁଚିତ୍ । ଅଯଥା ଦର୍ପ, ଦାମ୍ଭିକତା, ଅହମିକାର ବଶବର୍ତ୍ତୀ ହୋଇ ନିଜର ବଡ଼ପଣ ଦେଖାଇବାକୁ ଚାହିଁଲେ ବା ଇଚ୍ଛା ପୋଷଣ କଲେ, ଏହାଦ୍ୱାରା କୌଣସି ମହତ ଲକ୍ଷ୍ୟ ତ' ସାଧିତ ହେବ ନାହିଁ ବରଂ ଏହାର ଦୁଷ୍କରିଣାମ ସମୟକ୍ରମେ ସମ୍ପୃକ୍ତ କର୍ତ୍ତାକୁ ଭୋଗିବାକୁ ପଡ଼ିଥାଏ । ନିଜକୁ ଅଧିକ ଗୁରୁତ୍ୱ ଦେଉଥିବା ଲୋକ କେବେ ସୁଖୀ ହୋଇପାରେନା । ସେ ବିନା କାରଣରେ କଷ୍ଟ ପାଏ ନିଜ କର୍ମ ଫଳରୁ । ଉଇଲ ଡୁରାଣ୍ଟ ମଣିଷର ବଡ଼ପଣିଆ ବିଷୟରେ କହିଥିଲେ– 'What is great in man is that he is a bridge not a gotal.' ମଣିଷଠେଇ ବଡ଼ ବଣିଆ ହେଲା । ସେ ଏକ ଫୁକାର (ପୋଲା) ଲକ୍ଷ୍ୟ ନୁହେଁ । ଆଉ ଆତ୍ମିକ ଶାନ୍ତି ନମିଳିଲେ ଆଧାତ୍ମିକ ଶାନ୍ତି ମିଳିବ କୁଆଡୁ ? ଆତ୍ମିକ ଶାନ୍ତି ସେଇମାନେ ହିଁ ପାଇଥାନ୍ତି ଯେଉଁମାନେ କ୍ରୋଧର ଯଥେଷ୍ଟ କାରଣ ଥାଇ ମଧ୍ୟ ଉତ୍ତେଜିତ ହୋଇ ନଥାନ୍ତି ଅଥବା ଅନ୍ୟକୁ ଆଘାତ ଦେଇ ସେମାନଙ୍କର ଦୁଃଖର କାରଣ ହୋଇନଥାନ୍ତି ।

ଏ ସବୁ ଘଟଣା ଦେଖି, ପଢ଼ି, ଶୁଣି, ଜାଣି, ବୁଝି ସୁଦ୍ଧା । ମଣିଷ ନିଜର ସ୍ୱାର୍ଥ ପୂରଣ ପାଇଁ, ଲାଭ ଆଶାରେ, ସୁବିଧା ପାଇବା ଲାଗି, ସୁଯୋଗକୁ ଅକ୍ତିଆର କରିନେବା ଅଭିପ୍ରାୟରେ, ଲକ୍ଷ୍ୟ ହାସଲ ଉଦ୍ଦେଶ୍ୟରେ ପଶୁ ପାଲଟି ଯାଉଛି । ହିଂସ୍ର ହୋଇ ଉଠୁଛି । ସେଥିପାଇଁ ସେ ମାନବିକ ମୂଲ୍ୟବୋଧ, ବିବେକ ପଣିଆ ଓ ବିଚାରଶୀଳତାକୁ ଭୁଲି ଯାଉଛି । ତ୍ୟାଗ କରୁଛି ସୁଗୁଣକୁ । ପାସୋରି ଦେଉଛି ନିଜତ୍ୱକୁ । ଦୟା, ଦାନ, କ୍ଷମା, ସହାନୁଭୂତି, ପରୋପକାର ସବୁକୁ ପାସୋରି ପକାଉଛି ।

ଏବେ ଆମ ଜାତୀୟ ଜୀବନରେ ଦୁର୍ନୀତି ଓ ଅପରାଧ ପ୍ରବଣତା ଚିନ୍ତାଜନକ ଭାବେ ବୃଦ୍ଧି ପାଉଛି । ସାଧୁତା ଓ ନିଷ୍ଠାର ଘୋର ଅଭାବ ପରିଲକ୍ଷିତ ହେଉଛି । ବିବେକକୁ ଜଳାଞ୍ଜଳି ଦେଇ ଥୋକେ ଦୁର୍ନୀତିକୁ ନୀତି କରିଦେଇଛନ୍ତି । ସମାଜ ମଧ୍ୟ କ୍ରମଶଃ ହିଂସ୍ର ଓ ବିଶୃଙ୍ଖଳ ହୋଇପଡ଼ୁଛି । ଆଇନ୍ କାନୁନ୍ ଦ୍ୱାରା ସବୁ ସମସ୍ୟାର ସମାଧାନ ହୋଇପାରିବ ନାହିଁ । ଏଥିପାଇଁ ସଚେତନତା ଓ ଜନ ସହଯୋଗ ଲୋଡ଼ା । ବିବେକୀ ମଣିଷ ଅଳ୍ପ ଭୁଲ କରେ । ସେ ଅନ୍ଧାରରୁ ମୁକ୍ତି ପାଇଁ ଆଲୋକ ଖୋଜେ । ଏଭଳି ଅବସ୍ଥାରେ ସମସ୍ତେ ବିବେକବାନ ହେବା ବାଞ୍ଛନୀୟ ।

ମଣିଷ ସର୍ବଦା ସ୍ୱାର୍ଥପର । ନିଜର ସ୍ୱାର୍ଥ ସିଦ୍ଧି ପାଇଁ ଯେକୌଣସି ଗର୍ହିତକର କାର୍ଯ୍ୟ କରିବାକୁ ସେ କେବେ ବି କୁଣ୍ଠା ପ୍ରକାଶ କରେ ନାହିଁ । ନିଷ୍ଠୁର ହେବାକୁ ବି । ନିର୍ଦ୍ଦୟ ଭାବ ପ୍ରଦର୍ଶନ କରିବାକୁ । ନିର୍ମମତା ଗ୍ରହଣ କରି ନେବାକୁ । ଅପକର୍ମ ମଧ୍ୟ । ସ୍ୱାର୍ଥରେ ବାଧା ଉପୁଜିଲେ କିମ୍ବା ସ୍ୱାର୍ଥ ହାସଲରେ ଅସୁବିଧା ସୃଷ୍ଟି ହେଲେ, ଅଡ଼ୁଆ ସେଥିରେ ପଶିଗଲେ ସମ୍ପୃକ୍ତ ବ୍ୟକ୍ତି ହିତାହିତ ଜ୍ଞାନ ହରାଇ ବସେ । ଅବିବେକୀ ହୋଇଯାଏ । ଅମଣିଷ ପାଲଟି ଯାଏ । ଏଇ ଯେମିତି ସେମାନେ ମନ୍ଦିରକୁ ଆସିବା ପାଇଁ ଏବଂ ମନ୍ଦିରରେ ଦୀର୍ଘ ସମୟ ରହିବାକୁ ସେ ଦୁହିଁଙ୍କୁ କେହି ବାରଣ କରିନି । କେହି ମନା କରିନି । ବାଧା ଦେଇନି । ଆପତ୍ତି ଉଠାଇନି । ଅଭିଯୋଗ ଆଣିନି । ଅସୁବିଧା ସୃଷ୍ଟି କରିନି । କିନ୍ତୁ ସେ ଦୁହେଁ ମନ୍ଦିରରେ ଅନ୍ୟମାନଙ୍କ ଉପସ୍ଥିତିକୁ ସହଜରେ ସହ୍ୟ କରିପାରୁ ନାହାନ୍ତି । ଭଲ ଦୃଷ୍ଟିରେ ଦେଖିପାରୁ ନାହାନ୍ତି । ଭଲ ମନରେ ଗ୍ରହଣ କରୁନାହାନ୍ତି ।

ଏକାଧିପତ୍ୟ ମଣିଷର ସହଜାତ ପ୍ରବୃତ୍ତି । ସେ ଚାହେଁ ସିଏ ଇଚ୍ଛା କରୁଥିବା ବିଷୟକୁ ନିରଙ୍କୁଶ ଭାବେ, ନିର୍ଦ୍ୱନ୍ଦ୍ୱରେ, ନିର୍ବିଘ୍ନରେ, ନିରାପଦରେ, ନିର୍ଭୟରେ, ନିଜ ଇଚ୍ଛା ମୁତାବକ, ମନ ଥିବାଯାଏ, ଆଶା କରୁଥିବା ପର୍ଯ୍ୟନ୍ତ, ଆକାଂକ୍ଷା ପୂରଣ ହେବାଯାଏ, ସନ୍ତୋଷ ଆସିଲା ପର୍ଯ୍ୟନ୍ତ, ଆସକ୍ତି ଥିବାଯାଏ ଉପଭୋଗ କରିଚାଲିଥିବ । ବିତୃଷ୍ଣା ନଆସିବା ଯାଏ, ବିରକ୍ତିଭାବ ଉଦ୍ରେକ ନହେବା ପର୍ଯ୍ୟନ୍ତ, ମନ ନଛାଡ଼ିବା ଯାଏ ତାକୁ ଛାଡ଼ି ଯିବନି । ପରିତ୍ୟାଗ କରିବନି । ସେଥିପାଇଁ ସେ ତା' ନିଜ ଚାରିପାଖର ନିରାପଦା ପ୍ରତି ସେ ସର୍ବଦା ତୀକ୍ଷ୍ଣ ଦୃଷ୍ଟି ରଖିଥାଏ । କାଲେ ତା' ଉପଭୋଗରେ କିଏ ବାଧା ଦେବ । ଅସୁବିଧା ସୃଷ୍ଟି କରିବ । ଅଡୁଆ ପୁରାଇବ । ଭାଗ ବସାଇବାକୁ ଚେଷ୍ଟା କରିବ । ସେ ଚାହୁଁଥିବା ବସ୍ତୁଟିକୁ ହାସଲ କରିବା ପାଇଁ ଯେଉଁ ଉଦ୍ୟମ କରୁଛି କାଲେ ତାହା କାହାଦ୍ୱାରା ଅପହୃତ ହୋଇଯିବ । ତା'ର ନିଜର ଲକ୍ଷ୍ୟଭ୍ରଷ୍ଟ ହେବ । ହାସଲ କରି ନେବାରେ ବାଧା ଉପୁଜିବ । ଅକ୍ତିଆର ହୋଇ ନପାରିବ । ସେଥିପାଇଁ ସେ ତା' ନିଜ ଚାରିପଟରେ ଏକ ନିରାପଦ ବଲୟ ସୃଷ୍ଟି କରିବାକୁ ଇଚ୍ଛା କରେ । ସେ ନିରାପଦ ପରିବେଶ ନିର୍ଜନତା ଦ୍ୱାରା ସମ୍ଭବ ହୁଏ । ନିର୍ଜନତା ପରେ ସେ ନିରବତାକୁ ବି ଆଶା କରି ବସେ । କାରଣ ସ୍ୱାର୍ଥ ହାସଲ ପାଇଁ ପ୍ରତୀକ୍ଷାରତ ବ୍ୟକ୍ତିଟି ନିରବତା ମଧ୍ୟରେ ତା' ଯୋଜନାକୁ କିପରି ସଫଳ କରିପାରିବ ସେ ସମ୍ବନ୍ଧରେ ଚିନ୍ତା କରିବାକୁ ଅବସର ପାଇଥାଏ । ଲୋକ ଗହଳି ଓ କୋଲାହଲ ତା'ର ସେ ପ୍ରକାର ଭାବନାରେ ବ୍ୟାଘାତ ସୃଷ୍ଟି କରେ । ତା'ର କଳ୍ପିତ ଯୋଜନା ସଫଳ ହେବାରେ ପ୍ରତିବନ୍ଧକ ଆସେ । ସେଥିପାଇଁ ସେ ନିର୍ଜନତା ଓ ନିରୋଲା ପରିବେଶ ଇଚ୍ଛା କରିଥାଏ ।

ନିଜର ଗୋପନ କାମନା ଚରିତାର୍ଥ ପାଇଁ ବ୍ୟକ୍ତି ନିର୍ଜନତା ଖୋଜିଥାଏ । ନିରୋଲାରେ ହିଁ ଆପଣା ମନସ୍କାମନା ପୂରଣ ପାଇଁ ସୁଯୋଗ ମିଳିଥାଏ । ଯେପରି ନିଜର ଗୋପନ କାମନା ସିଦ୍ଧି ପାଇଁ ରାବଣ– ମାରିଚ ରାକ୍ଷସକୁ ସୁନାର ହରିଣ ବେଶରେ ପଠାଇ ରାମ, ଲକ୍ଷ୍ମଣଙ୍କୁ ପଞ୍ଚବଟୀ କୁଡ଼ିଆଠାରୁ ଦୂରକୁ ପଠାଇ ଦେଇ ସୀତାଙ୍କୁ ହରଣ କରି ନେବା ଲାଗି ସୁଯୋଗର ସୃଷ୍ଟି କରି ପାରିଥିଲେ । ସେମିତି ଅଧରଙ୍କ ସହିତ ସାକ୍ଷାତ ପାଇଁ ସତୀ ନିରୋଲା ପରିବେଶ ଓ ନିର୍ଜନତା ଖୋଜୁଥିଲା ।

ଏକଛତ୍ରବାଦୀ ଗୁଣ ସ୍ୱଭାବତଃ ମଣିଷର ରହିଛି । ଏକଛତ୍ରବାଦୀତା ବା ନିରଙ୍କୁଶ ଏକାଧିପତ୍ୟ ମଣିଷର ସହଜାତ ପ୍ରବୃତ୍ତି । ଏକାଧିପତ୍ୟ ଅର୍ଥାତ୍ ସେ ଉପସ୍ଥିତ ଥିବା କ୍ଷେତ୍ର ଉପରେ ତା'ର ନିରଙ୍କୁଶ ଅଧିକାର ସାବ୍ୟସ୍ତ । ଯେପରି ସେ ବିନା ବାଧାରେ ଓ ନିର୍ବିଘ୍ନରେ ନିଜର ଇଚ୍ଛା ମୁତାବକ ସବୁକାମ କରିବାକୁ ସୁଯୋଗ ପାଇ ପାରିବ । ନିଜେ ବଞ୍ଚିଥିଲେ ବାପାର ନାଁ ପଦ୍ଧତିରେ ନିଜ ଅଧିକାର ସାବ୍ୟସ୍ତ ପାଇଁ ସମସ୍ତେ ଏଇନେ ବ୍ୟସ୍ତ କିମ୍ବ । ଉଦ୍ୟମରତ । ଯେପରି ବିଶ୍ୱର ଅଧିକାଂଶ ଦେଶର ଶାସନ କ୍ଷମତା ନିଜ ହାତକୁ ନେବା ପୂର୍ବରୁ ଇଉରୋପୀୟମାନେ ସ୍ଥଳ ଭାଗ ଦଖଲ କରିବା ଆଗରୁ ପୃଥିବୀର ଜଳଭାଗ ଉପରୁ ଅନ୍ୟମାନଙ୍କୁ ତଡ଼ି ଦେଇଥିଲେ । ଇଉରୋପର କୌଣସି ସ୍ଥାନରେ ପ୍ରଥମେ ଆଦିମ ସଭ୍ୟତା ସୃଷ୍ଟି ହୋଇଥିବାର ପ୍ରମାଣ ଏଯାଏ ମିଳି ନାହିଁ । ଇଉରୋପରେ ସର୍ବପ୍ରଥମେ ସଭ୍ୟତା ଗ୍ରୀସରୁ ଆରମ୍ଭ ହୋଇଥିଲା । ଗ୍ରୀକ୍ ବୀର ଆଲେକ୍‌ଜାଣ୍ଡାର ଭାରତ ଆକ୍ରମଣ କଲା ବେଳେ ନନ୍ଦବଂଶ ରାଜାମାନେ ଭାରତରେ ଶାସନ କରୁଥିଲେ । ଏହା ପୂର୍ବରୁ ମଧ୍ୟ ଭାରତୀୟମାନେ ସଭ୍ୟ ଓ ଉନ୍ନତ ଥିଲେ । ତା'ର ପ୍ରମାଣ ଇତିହାସ ପୃଷ୍ଠାରୁ ମିଳିବ । ଭାରତୀୟମାନେ ସେତେବେଳେ ଭାରତ ମହାସାଗରରେ ନୌବାଣିଜ୍ୟ କରୁଥିଲେ ।

'ବାଣିଜ୍ୟେ ବସତେ ଲକ୍ଷ୍ମୀ' ଏହି ମହାନ ମନ୍ତ୍ରରେ ଦୀକ୍ଷିତ ହୋଇ ସେଦିନ ଓଡ଼ିଆ ସାଧବ ପୁଅ ସମସ୍ତ ପ୍ରକାର ପ୍ରତିକୂଳ ପରିସ୍ଥିତିକୁ ସାମ୍‌ନା କରି ପାଲଟଣା ତଥା ଆହୁଲା ଯୁକ୍ତ ଜାହାଜରେ ଦୂର ଜଳପଥରେ ଯାତ୍ରା କରି ବିଶ୍ୱବାସୀଙ୍କୁ ଚକିତ କରିଦେଉଥିଲା । ଖ୍ରୀଷ୍ଟପୂର୍ବ ତୃତୀୟ–ଚତୁର୍ଥ ଶତାବ୍ଦୀର ଅନୁଶାସନ ଏବଂ ଚାଣକ୍ୟଙ୍କ ଅର୍ଥ ଶାସ୍ତ୍ରରେ ଓଡ଼ିଶାବାସୀଙ୍କ ସମୁଦ୍ର ଯାତ୍ରାର ସଫଳ କାହାଣୀ ଲିପିବଦ୍ଧ ହୋଇଛି । ଖ୍ରୀଷ୍ଟପୂର୍ବ ଚତୁର୍ଥ ଶତାବ୍ଦୀରେ ମେଘାସ୍ଥିନ୍‌ସଙ୍କ ଭାରତ ବିବରଣୀରୁ

ମଧ ଓଡ଼ିଆ ପୁଅ ସୁଦୂର ଲଙ୍କା ଦ୍ୱୀପ ସହିତ ବାଣିଜ୍ୟ ବ୍ୟବସାୟ କରି ବେଶ୍ ଦୁନାମ ଅର୍ଜନ କରିଥିଲେ ବୋଲି ପ୍ରତୀୟମାନ ହୁଏ । "ବହିତ୍ର ଲାଗିଲା ଯାଇ ସିଂହଲ ଦ୍ୱୀପରେ" ଏହି ପଦ୍ୟ ଖଣ୍ଡ ଆମ ଓଡ଼ିଆତ୍ୱ ସହ ଓ ଓଡ଼ିଶାର ସାଧାବ ପୁଅମାନଙ୍କର ବିଦେଶ ଯାତ୍ରା ସମ୍ପର୍କରେ ସୂଚନା ଦେଇଥାଏ । ଏହା ଯେତିକି ଐତିହ୍ୟପୂର୍ଣ୍ଣ ସେତିକି କିୟଦନ୍ତୀ ମୂଳକ । ତଥାପି ଏହାର ଐତିହାସିକ ସତ୍ୟକୁ ପ୍ରତ୍ୟାପିତ କରି ଟଲେମି ପ୍ରତିପାଦିତ କରି ଲେଖିଛନ୍ତି, 'The mighty people of Kalingas has established an empire in Burma long before Ashok laid his history soldies in to Kalingas.' ଯଦିଓ ସାଧବ ପୁଅର ବୋଇତରେ ଦୂର ଦୂରାନ୍ତକୁ ବାଣିଜ୍ୟ ଆମ ପାଇଁ ସୁମହାନ ପରମ୍ପରାର ଉଜ୍ଜ୍ୱଳ ସ୍ୱାକ୍ଷର । ଚୀନ୍ ଦେଶ ସହିତ ବହୁ ପ୍ରାଚୀନ କାଳରୁ କଳିଙ୍ଗର ବାଣିଜ୍ୟ ବ୍ୟବସାୟ ଚାଲିଥିଲା । ଚୀନ୍ ଲୋକମାନେ, ବାଣିଜ୍ୟ କରୁଥିବା ଭାରତୀୟଙ୍କୁ 'କୁନୁ' ଲୋକ ବୋଲି କହୁଥିଲେ । ଏହି କୁନୁମାନେ ହିଁ କଳିଙ୍ଗ ଅଧିବାସୀ ଏଥିରେ ସନ୍ଦେହ ନାହିଁ । ଏହା ହିଁ ସତ୍ୟ ଓଡ଼ିଶାର ନୌବାଣିଜ୍ୟ ଖ୍ରୀଷ୍ଟାବ୍ଦ ସପ୍ତଦଶ ଶତାବ୍ଦୀ ପର୍ଯ୍ୟନ୍ତ ସଫଳତାର ସହ ଚାଲିଥିଲା । ମାତ୍ର ପରବର୍ତ୍ତୀ ପର୍ଯ୍ୟାୟରେ ନୌବାଣିଜ୍ୟ କ୍ଷେତ୍ରରେ ଏକ ଚରମ ଦୁର୍ଦ୍ଦିନ ଆସି ପହଞ୍ଚିଲା । ତଥାପି ଭାଙ୍ଗି ପଡ଼ିନଥିଲା ଏମାଟିର ସାଧବ ପୁଅ । ଅସୀମ ଧୈର୍ଯ୍ୟ ଏବଂ ଭବିଷ୍ୟତ ଜୀବନର ଲକ୍ଷ୍ୟ ପଥରେ ଖ୍ରୀଷ୍ଟାବ୍ଦ ୧ ୯ ଶହ ଉତ୍ତର ଶତାବ୍ଦୀ ପର୍ଯ୍ୟନ୍ତ ନୌବାଣିଜ୍ୟକୁ ଜାରି ରଖିବାରେ ନିଜର ପାରଦର୍ଶିତା ପ୍ରଦର୍ଶନ କରିଥିଲା ।

ତା'ର ଯଥେଷ୍ଟ ପୂର୍ବରୁ ଆଫ୍ରିକାର ମିଶରୀୟ ସଭ୍ୟତା ଓ ଏସିଆର ସିନ୍ଧୁ ସଭ୍ୟତା, ମେସୋପୋଟାମିଆ ସଭ୍ୟତା, ଚୀନ୍ ସଭ୍ୟତା ଚରମ ସୀମାରେ ପହଞ୍ଚିଥିଲା । ତା' ପରବର୍ତ୍ତୀ ସମୟରେ ୟୁରୋପୀୟମାନେ ଭାରତକୁ ଓ ଆମେରିକାକୁ ଜଳପଥ ଆବିଷ୍କାର କରିବା ଆଗରୁ ଏସିଆର ବାସିନ୍ଦାମାନେ ସମୁଦ୍ରରେ ଜଳଯାତ୍ରା କରି ବାଣିଜ୍ୟରେ ସଫଳତା ହାସଲ କରିଥିଲେ । ୟୁରୋପୀୟମାନେ ପ୍ରଥମେ ଦସ୍ୟୁବୃଭି କରି ସେମାନଙ୍କ ବାଣିଜ୍ୟ ତରୀ ଲୁଣ୍ଠନ କଲେ । ବାରମ୍ବାର ଲୁଣ୍ଠନର ସମ୍ମୁଖୀନ ହୋଇ ଏସିଆର ବଣିକମାନେ ଜଳପଥ ତ୍ୟାଗ କରି ସ୍ଥଳ ପଥରେ ବାଣିଜ୍ୟ କାରାବାର କରିବାକୁ ଉଦ୍ୟମ କରିଥିଲେ । ତା' ଦ୍ୱାରା ଅଧିକ ଖର୍ଚ୍ଚାନ୍ତ ହେବାକୁ ପଡ଼ିଲା । ଏସୀୟମାନେ ନିରାପଦାରେ ସମୁଦ୍ର ଯାତ୍ରା କରିନପାରିବାରୁ ଜଳପଥ ତ୍ୟାଗ କରିବାକୁ ବାଧ୍ୟ ହୋଇଥିଲେ । ଫଳରେ ୟୁରୋପୀୟମାନେ ସମଗ୍ର ଜଳପଥକୁ ନିଜ ନିୟନ୍ତ୍ରଣରେ ରଖିବାକୁ ସମର୍ଥ ହେଲେ । ତା'ପରେ ସେମାନେ ସମୁଦ୍ରରେ ଜାହାଜ ମେଲି ନିରଙ୍କୁଶ ବାଣିଜ୍ୟ କରିବାକୁ ସୁଯୋଗ ପାଇଲେ । ପରେ ସେହି ବାଣିଜ୍ୟ କରିବା ଆଧାରରେ ପ୍ରାୟ ଅଧିକାଂଶ ରାଷ୍ଟ୍ର ଶାସକ ହୋଇପାରିଥିଲେ । କାରଣ ସେମାନଙ୍କ ସହିତ ପ୍ରତିଦ୍ୱନ୍ଦିତା କରିବାକୁ ସେମାନଙ୍କ (ୟୁରୋପୀୟ) ବ୍ୟତୀତ ଅନ୍ୟ କୌଣସି ମହାଦେଶର ନାବିକ କିୟ ବଣିକ ନଥିଲେ । ଯେତେବେଳେ ଏସିଆ ଓ ଅନ୍ୟ ଅଞ୍ଚଳର ବଣିକମାନଙ୍କୁ ଜଳପଥରୁ ହଟାଇ ଦେଇ ୟୁରୋପୀୟମାନେ ସମଗ୍ର ସମୁଦ୍ର ମାଲିକ ହୋଇଗଲେ ସେତେବେଳେ ଅନ୍ୟମାନଙ୍କ ତୁଳନାରେ ବିଶେଷତଃ ଭାରତୀୟମାନେ ଅଧିକ କ୍ଷତିଗ୍ରିସ୍ତ ହେଲେ । ଭାରତୀୟ ପୁରାଣ ଓ ଶାସ୍ତ୍ରମାନଙ୍କରେ ସମୁଦ୍ରକୁ ରତ୍ନାକର ଆଖ୍ୟା ଦିଆଯାଇଛି । ରତ୍ନାକର ଅର୍ଥାତ୍ ଧନଭଣ୍ଡାରର ମାଲିକ । ସମୁଦ୍ର କନ୍ୟା ହେଲେ ଲକ୍ଷ୍ମୀ । ସେ ଐଶ୍ୱର୍ଯ୍ୟ ବା ଧନର ଅଧିଷ୍ଠାତ୍ରୀ ଦେବୀ । ଏହାର ଅର୍ଥ ସମୁଦ୍ରମାନେ ଜଳପଥରେ ବ୍ୟବସାୟ କଲେ ଅଧିକ ଲାଭଦାୟକ ହୋଇଥାଏ । ଯାହା ସ୍ଥଳପଥରେ ସମ୍ଭବ ହୋଇପାରେନା ।

ଶାସ୍ତ୍ରରେ କୁହାଯାଇଛି, "ବାଣିଜ୍ୟେ ବସତି ଲକ୍ଷ୍ମୀ, ତଦର୍ଦ୍ଧଂ ରାଜ ସେବାୟାଂ ତଦର୍ଦ୍ଧଂ କୃଷି କର୍ମାଣି, ଭିକ୍ଷା ନୈବ ଚ ନୈବଃ ।" ଧନ ପାଇଁ ପ୍ରଥମେ ବେପାରକୁ ଆଦର । ନୋହିଲେ ତା'ରୁ କମ୍ ଚାକିରି । ନୋହିଲେ କୃଷି । ମାତ୍ର ଭିକ୍ଷା ଆଦୌ ନୁହେଁ । ଆଜିକାଲି ଅବଶ୍ୟ ବାଣିଜ୍ୟକୁ ଟପି ଯାଇଛି ଚାକିରି । ବେଞ୍ଚପର ଚାଳଘରୁ ଚାକିରିକୁ ଆସିଥିବା ଲୋକଟିଏ କିରାଣିଟିଏ ହୋଇଥିଲେ ବି ଅବସର ବେଳକୁ ଦି' ତିନି ମହଲା କୋଠା, ସହରରେ ଦୁଇ

ତିନୋଟି ସ୍ଥାନରେ ଜାଗା (ପ୍ଲଟ୍), ତିନି ଚାରୋଟି ଗାଡ଼ି, ବ୍ୟାଙ୍କ ଖାତାରେ ପର୍ଯ୍ୟାପ୍ତ ପରିମାଣର ଟଙ୍କା, ସୁନା ଗହଣାରେ ଭରପୂର ଇତ୍ୟାଦି ଇତ୍ୟାଦି ।

ଯେଉଁ ଦେଶର ବାଣିଜ୍ୟ ଯେତେ ବ୍ୟାପକ, ସେ ଦେଶ ସେତେ ଅଧିକ ଧନଶାଳୀ ବା ସମୃଦ୍ଧ । ଭାରତୀୟ ଓ ଏସିଆମାନେ ଜଳଦସ୍ୟୁ ଦ୍ୱାରା ବାରମ୍ବାର ଆକ୍ରାନ୍ତ ହୋଇ ଜଳପଥ ପରିତ୍ୟାଗ କରିବାରୁ ଇଉରୋପୀୟମାନେ ବିଶେଷତଃ ଇଂରେଜମାନେ ଭାରତର ଶାସକ ହେବାକୁ ସମର୍ଥ ହୋଇଥିଲେ ।

ସେହିପରି ସତୀ ଚାହୁଁଥିଲା, ସେ ଯେଉଁ ଉଦ୍ଦେଶ୍ୟ ନେଇ ଏଠାକୁ ଆସିଛି । ମନ୍ଦିରରେ ଏତେ ଲୋକଙ୍କ ଉପସ୍ଥିତିରେ ସିଏ ତା'ର ଉଦ୍ଦେଶ୍ୟ ପୂରଣ କରିବାକୁ ସୁଯୋଗ ପାଇବନି କିୟା ଲକ୍ଷ୍ୟ ହାସଲ ପାଇଁ ସମର୍ଥ ହେବନି । ଲୋକମାନଙ୍କ ଅବବର୍ତ୍ତମାନରେ ସେ ତା'ର ଯୋଜନା ମୁତାବକ କାର୍ଯ୍ୟ କରିବାକୁ ସୁବିଧା ପାଇବ ଓ ଅଧରଙ୍କ ସହିତ ପୂର୍ବଥରମାନଙ୍କ ପରି ବ୍ୟବହାର କରିବାକୁ ଅବସର ପାଇପାରିବ । ସେ ଚିନ୍ତା କରି ଆସିଥିବା ଯୋଜନା ସଫଳ ହୋଇପାରିବ । ଅଧିକ ଲାଭ ଆଶା କଲେ ଅନ୍ୟର କ୍ଷତି କରିବାକୁ ପଡ଼ିଥାଏ । ଯେପରି ଇଉରୋପୀୟମାନେ ନିରଙ୍କୁଶ ବାଣିଜ୍ୟ ପାଇଁ ଅନ୍ୟ ବଣିକମାନଙ୍କ ତରୀ ଲୁଣ୍ଠନ କରି ସେମାନଙ୍କର କ୍ଷତି ଘଟାଇ ସେମାନଙ୍କୁ ସମୁଦ୍ର ପଥରୁ ହଟାଇ ଦେଇଥିଲେ । ରାବଣ ମଧ୍ୟ ସୀତାକୁ ଚୋରାଇ ନେବା ପୂର୍ବରୁ ରାମ, ଲକ୍ଷ୍ମଣଙ୍କୁ ପଞ୍ଚବାଟି କୁଡ଼ିଆ ପରିସରରୁ ଦୂରେଇ ଦେଇଥିଲେ । ସେମିତି ମନ୍ଦିର ପରିସରରୁ ଅନ୍ୟମାନଙ୍କୁ ତଡ଼ି ଦେଇ ପାରିଲେ ଯାଇ ତା'ର ଆଶା ସଫଳ ହୋଇପାରିବ ବୋଲି ସେ ଭାବୁଥିଲା । ଯାହା ଉପରେ ଅଧିକାର ସାବ୍ୟସ୍ତ କରିବାକୁ ବ୍ୟକ୍ତି ଚାହୁଁଥାଏ, ତା' ଉପରେ ଏକଚ୍ଛତ୍ରବାଦୀ ପଣିଆ ଜାହିର କରିବାକୁ ସେ ଆଗଭର ହୁଏ । ଏକଚ୍ଛତ୍ରବାଦ ଅର୍ଥାତ୍ ତା' ଉଦ୍ଦେଶ୍ୟ କାର୍ଯ୍ୟକାରୀ ହେବାରେ, ତା' ସ୍ୱାର୍ଥ ପୂରଣରେ, ତା' ଲକ୍ଷ୍ୟ ହାସଲରେ, ତା' ଇଚ୍ଛାନୁଯାୟୀ ବ୍ୟବହାରରେ, ତା' ମନମୁଖୀ କାର୍ଯ୍ୟ ସମ୍ପାଦନରେ ଯେପରି କେହି ବାଧା ନଦେଉ, ବିଘ୍ନ ନଘଟାଉ, ବିଭ୍ରାଟ ସୃଷ୍ଟି ନକରୁ । ବିଶୃଙ୍ଖଳା ନପୂରାଇ, ଅଡ଼ୁଆ ନ ଆଣୁ (କାଚୁ) ସେ ସହଜରେ, ସୁବିଧାରେ, ନିର୍ବିଘ୍ନରେ, ନିଃଦ୍ୱନ୍ଦ୍ୱରେ, ନିରାପଦରେ ତା'ର ଇପ୍ସିତ କାର୍ଯ୍ୟଟିକୁ କରି ନେବାକୁ ବ୍ୟଗ୍ର ହୋଇ ଉଠେ ।

ସିଏ ସେତକ ସୁବିଧା ନପାଇଲେ, ନିଃଦ୍ୱନ୍ଦ୍ୱରେ ନିଜର ସ୍ୱାର୍ଥ ହାସଲ କରିବାକୁ ସୁଯୋଗ ନମିଳିଲେ, ବିନା ବାଧାରେ ଲକ୍ଷ୍ୟ ପୂରଣ ନହୋଇପାରିଲେ, ସେ ଇଚ୍ଛା କରୁଥିବା ବସ୍ତୁଟିକୁ କରାୟତ କରିନପାରିଲେ, ସେ ଚାହୁଁଥିବା ପଦାର୍ଥଟି ତା' ଅକ୍ତିଆରକୁ ନଆସିଲେ, ସେ ଆଶା କରୁଥିବା ତା'ର ଇପ୍ସିତ ଜିନିଷଟି ଉପରେ ତା'ର ନିରଙ୍କୁଶ ଅଧିକାର ସାବ୍ୟସ୍ତ ନହୋଇପାରିଲେ । ସେ ଅସହିଷ୍ଣୁ ହୋଇ ଉଠେ । ନିଷ୍ଠୁରତା ପ୍ରକାଶ କରେ । କ୍ରୋଧୀ ହୁଏ । ରାଗ ସୁଖାଇବାକୁ ଓରଉଣ୍ଡେ । ନିର୍ଦ୍ଦୟତା ପ୍ରଦର୍ଶନ କରିଥାଏ । ଅକଳରେ ପକାଇବାକୁ ସୁଯୋଗ ଖୋଜେ, ବାଗ ପାଇବାକୁ ଅପେକ୍ଷାକରେ, ନିର୍ମମ ପାଲଟି ଯାଏ । କାରଣ ତା'ର ଆଶଙ୍କା ହୁଏ, କାଲେ ସେ ଚାହୁଁଥିବା ସୁବିଧା ଆଉ କେହି ମାରିନେବ । ସେ ଆଶା ରଖିଥିବା ସୁଯୋଗ ଅନ୍ୟ କାହା ପାଖକୁ ଚାଲିଯିବ । ଏହିପରି ଆଶଙ୍କା ତା'କୁ ଶଙ୍କାଗ୍ରସ୍ତ କରାଏ । ସେ ଶଙ୍କାଗ୍ରସ୍ତ ଏଥିପାଇଁ ହୁଏ ଯେ ସେ ଇଚ୍ଛା କରୁଥିବା ଜିନିଷକୁ ହାସଲ କରିବାର ସାମର୍ଥ୍ୟପଣ ତା'ର ନଥାଏ । ସେ ଆଶା ରଖିଥିବା ପଦାର୍ଥକୁ ଅକ୍ତିଆରଭୁକ୍ତ କରିବାର ଯୋଗ୍ୟତା ତା'ଠେ ନାହିଁ । ସେ ସେଥିପାଇଁ ଭୟଭୀତ, ଶଙ୍କାଗ୍ରସ୍ତ ଏବଂ ଚିନ୍ତିତ ଓ ବ୍ୟଥିତ ମଧ୍ୟ । ନିଜର ଦୁର୍ବଳତାକୁ ଢାଙ୍କିବାକୁ, ନିଜ ନପାରିଲା ପଣକୁ ଘୋଡ଼ାଇବା ପାଇଁ, ଆପଣା ଅସାମର୍ଥ୍ୟତାକୁ ଲୁଚାଇବାକୁ ଯାଇ, ନିଜର ଅକର୍ମୀ ଭାବକୁ ଗୋପନ ରଖିବା ଲାଗି ସେ ହିଂସ୍ର ହୋଇ ଉଠେ । ନିର୍ଦ୍ଦୟତା ପ୍ରକାଶ କରେ, ନିର୍ମମତା ଦେଖାଏ, ନିଷ୍ଠୁରତା ଆରଚରଣ କରେ, ରାଗିଯାଏ, କ୍ରୋଧୀ ହୁଏ, ଧୈର୍ଯ୍ୟ ହରାଇ ବସେ, ଅସହିଷ୍ଣୁ ହୁଏ । ତା' ନିକଟରେ ଅନ୍ୟମାନଙ୍କ ଉପସ୍ଥିତିକୁ ସହିପାରେ ନାହିଁ । ତା' ପାଖରେ ଆଉ କାହାକୁ ଦେଖିଲେ ସେ ଅସହଣୀ ହୋଇଉଠେ । ଆଜି ସତୀ ଯେପରି ମନ୍ଦିରରେ ଲୋକ ଗହଲି ଲାଗି ରହିଥିବାରୁ ହୋଇଛି ।

ବେଶୀ ପାଠ ପଢ଼ି ଉଚ୍ଚଶିକ୍ଷିତ ହୋଇଗଲେ, ଅଧିକ ଜ୍ଞାନ ଅର୍ଜନ କରି ବିଜ୍ଞ ହୋଇଥିଲେ, ବଡ଼ ଚାକିରି କଲେ, ମର୍ଯ୍ୟାଦା ଜନକ ପଦବୀର ଅଧିକାରୀ ହେଲେ, ବିଶାଳ ଭୂ ସମ୍ପତ୍ତିର ମାଲିକ ହୋଇଗଲେ, ଅଧିକ ଅର୍ଥ ପାଖରେ ରଖିଲେ, ପ୍ରାସାଦ ତୁଲ୍ୟ ବାସଭବନ ତୋଳାଇଲେ, କୌଶଳରେ ସଂଖ୍ୟାଧିକ ଲୋକମାନଙ୍କୁ ନିଜ ଅଧୀନରେ ରଖିଲେ, ଅନ୍ୟମାନଙ୍କୁ ମିଠା କଥା କହି ସେମାନଙ୍କର ନେତୃତ୍ୱ ନେଲେ, ଭାଗ୍ୟ ବଳରୁ ଉଚ୍ଚ କୁଳରେ ଜନ୍ମଲାଭ କଲେ, ପୂର୍ବ ଜନ୍ମର ସୁକୃତ ଜୋରୁ ପ୍ରତିଷ୍ଠିତ ବଂଶ ସହିତ ବନ୍ଧୁ ବାନ୍ଧିଲେ, ପାରବଦ୍ଧ ଫଳ ଯୋଗୁ ରୂପବତୀ ପତ୍ନୀ ପାଇଲେ, ଯୋଗ୍ୟତମ ପୁତ୍ରର ଜନକ ହେଲେ, ଗୁଣବତୀ ପୁତ୍ରବଧୂ ଆସିଲେ, ସର୍ବଗୁଣ ସମ୍ପନ୍ନା କନ୍ୟାର ପିତା ହୋଇଗଲେ କିମ୍ବା ବ୍ୟାଙ୍କରେ ପର୍ଯ୍ୟାପ୍ତ ପରିମାଣରେ ଟଙ୍କା ଜମା ରଖିପାରିଲେ କେହି କେବେ ମଣିଷ ହୋଇପାରେନା । ଯଦି ତା'ର ମଣିଷ ପଣିଆ ବା ମାନବିକତା ବୋଧ ନଥାଏ ।

ତେବେ ଏହି ମଣିଷ ପଣିଆଟା କ'ଣ ? ମଣିଷ କହିଲେ ଦୁଇ ଗୋଡ଼ରେ ଚାଲୁଥିବା, କଥା କହୁଥିବା ଜୀବ(ହୋମୋଏରେକ୍ଟସ)କୁ ବୁଝାଏ କି ? ନା ବୁଦ୍ଧି, ବିଚାର ଓ ସମ୍ବେଦନଶୀଳ (ହୋମୋସାପିଏନ୍)କୁ ବୁଝାଏ । ତେବେ ଏହିହୋମୋସାପିଏନ୍ ବା ମଣିଷର କେଉଁ ଗୁଣକୁ ମଣିଷପଣିଆ କହିବା ? ତା'ର ମାନବୀୟତା (ହ୍ୟୁମାନ) ଗୁଣକୁ, ତା'ର ମାନବବାଦିତା (ହ୍ୟୁମାନିଜିମ୍) ଗୁଣକୁ? ନା' ତା'ର ମାନବିକତା (ହ୍ୟୁମାନିଟାରିଆନିଜମ୍) ଗୁଣକୁ । ଏହି ତିନି ଗୁଣଗୁଡ଼ିକ କ'ଣ ନଜାଣିଲେ ମଣିଷପଣିଆ ବୁଝିବା କଷ୍ଟକର ହେବ । ମଣିଷର ମାନବୀୟ ଗୁଣ କହିଲେ, ତା'ର ଦୟା, କରୁଣା ଓ ସମ୍ବେଦନଶୀଳତାକୁ ବୁଝାଏ । ଏହି ମାନବୀୟ ଗୁଣ ବା ଦୟାଶୀଳତା ମଣିଷ, ପଶୁ, ପକ୍ଷୀ, କୀଟ, ପତଙ୍ଗ, ବୃକ୍ଷଲତା ପ୍ରତି ଥାଏ । ସଂକ୍ଷେପରେ ଏହାକୁ ଜୀବେଦୟା କୁହାଯାଏ । ଅଥଚ ମାନବିକତା ମାନବୀୟତାଠାରୁ ଟିକିଏ ଭିନ୍ନ । ମାନବିକତା ମାନେ କେବଳ ମଣିଷ ଓ ମଣିଷ ଜାତି ପ୍ରତି ଉଦାର, ଦୟାବାନ ଓ ମଙ୍ଗଳ କାମନାକୁ ବୁଝାଏ ।

ପ୍ରତ୍ୟେକ ମାନବର ଏକ ଅନ୍ତର୍ନିହିତ ଅମୂଲ୍ୟ ସମ୍ପଦ ହେଉଛି ମାନବିକତା । ମାନବିକତା ଭିତରେ ହିଁ ତା'ର ଅସ୍ତିତ୍ୱ ଓ ବିକାଶ ଅବଧାରିତ । କେବଳ ନିଜ ପାଇଁ ନୁହେଁ ଅନ୍ୟ ଲାଗି ବଞ୍ଚିବାରେ ହିଁ ମାନବିକତାର ମହତ୍ତ୍ୱ ପ୍ରକଟିତ । ମାର୍ଟିନ୍ ଲୁଥର କିଙ୍ଗ ଜୁନିଅରଙ୍କ ଭାଷାରେ– "ସଂକୀର୍ଣ୍ଣ ବ୍ୟକ୍ତି କୈନ୍ଦ୍ରିକ ଉଦ୍ବେଗର ଆବଦ୍ଧ ମଧ୍ୟରୁ ସମଗ୍ରମାନବ ସମାଜର ବ୍ୟାପକ ଉଦ୍ବେଗ ବଳୟକୁ ବ୍ୟକ୍ତି ନିଜକୁ ଅଭ୍ୟୁତଥିତ ନକରିବା ଯାଏ, ତା'ର ଜୀବନ ଯାତ୍ରା ଆରମ୍ଭ ହୋଇନଥାଏ ।" ତା' ଅର୍ଥ ନିଜ ଉଦ୍ବେଗର ସୀମାଡ଼େଇଁ ଅନ୍ୟର ଉଦ୍ବେଗରେ ଅଂଶୀଦାର ହେବା ହିଁ ମାନବିକତା ଏବଂ ସେ ଦୃଷ୍ଟିରୁ ଜୀବନ ଓ ମାନବିକତା ପରସ୍ପର ଠାରୁ ଅଭିନ୍ନ । କେବଳ ମଣିଷ ନୁହେଁ ମଣିଷଙ୍କ ଦ୍ୱାରା ସମାଜରେ ବି ଜୀବନ ହେଉଛି ମାନବିକତା । ଆପଦ-ବିପଦ ଓ ଦୁଃଖ-ଦୁର୍ଦ୍ଦଶା ବେଳେ ପାରସ୍ୱରିକ ସାହାଯ୍ୟ ପରୋପକାର ଓ ଜନ କଲ୍ୟାଣ ଭଲି ମହନୀୟ ମାନବିକତା ହେଉଛି ମାନବିକତାର ମୌଳିକ ମୂଲ୍ୟବୋଧ ଏବଂ ସେହିଭଲି ମାନବିକତା ଦୟା, ଧର୍ମ, ସ୍ନେହ, ପ୍ରେମ, ଅନୁକମ୍ପା ଓ ସର୍ବୋପରି ନିଜର ସୁଖ ଅପେକ୍ଷା ଅନ୍ୟର ଦୁଃଖ ଦୂରୀକରଣ ଲାଗି ଅକୁଣ୍ଠ ଆବେଗ ଭଲି ଦିବ୍ୟଗୁଣ ଦ୍ୱାରା ଅନୁପ୍ରେରିତ ଓ ଉଜ୍ଜୀବିତ । ଏହି ସବୁ ସକାରାତ୍ମକ ମାନସିକତା ଓ ଦିବ୍ୟଗୁଣାବଳୀର ଭିତ୍ତି ଉପରେ ହିଁ ମଣିଷର ସମାଜ ଅବଧାରିତ । ତେଣୁ ମାନବିକତାର ଅବକ୍ଷୟ ଅର୍ଥ ବ୍ୟକ୍ତିଗତ ଜୀବନରେ ମୂଲ୍ୟବୋଧ ଓ ସାମାଜିକ କ୍ଷେତ୍ରରେ ସୁସଂଯତ ଭାରସାମ୍ୟର ଅବକ୍ଷୟ, ଯାହା ଶାନ୍ତି, ସମୃଦ୍ଧି, ସଂହତିର ପରିପନ୍ଥୀ । ତେଣୁ ସଭ୍ୟତାର ପ୍ରାରମ୍ଭ କାଳରୁ ମଣିଷ ତା'ର ଧାର୍ମିକ ଓ ସାଂସ୍କୃତିକ ବିଧିବିଧାନ, ରୀତି, ପରମ୍ପରା ମାଧ୍ୟମରେ ମାନବିକତାର ଅବ୍ୟାହତି ଓ ବିକାଶ ଲାଗି ଚେଷ୍ଟା କରି ଆସୁଛି । ପ୍ରତ୍ୟେକ ଧର୍ମର ନୀତି, ନିୟମ, ମାର୍ଗ, ଦର୍ଶନ ଓ ଉପଦେଶରେ ମାନବିକତା ଏବଂ ମାନବ ପ୍ରେମକୁ ଶ୍ରେୟତା ଦିଆଯାଉଛି । ବିଭିନ୍ନ ସମୟରେ ଶାସନ ଓ ବିଶେଷ କରି ଗଣତନ୍ତ ଶାସନର ଜନ କଲ୍ୟାଣକାରୀ ବ୍ୟବସ୍ଥା ଓ କାର୍ଯ୍ୟକ୍ରମରେ ମାନବିକତା କେନ୍ଦ୍ରବିନ୍ଦୁ ହୋଇଛି । ମାନବ କଲ୍ୟାଣ ଭାବ

ସମ୍ମିଳିତ ବହୁ ବିଧ ସାରସ୍ୱତ ସୃଷ୍ଟିରେ ଅନ୍ୟ ସବୁଠାରୁ ଏପରିକି ଜୀବନଠାରୁ ମାନବିକତାର ମହତ୍ତ୍ୱ ଅଧିକ ବୋଲି ପ୍ରତିପାଦିତ କରାଯାଇ ମାନବିକତାର ବିକାଶ ଲାଗି ସଚେତନତା ସୃଷ୍ଟିର ଉଦ୍ୟମ ହୋଇଛି। ମହିମା ଧର୍ମର ପ୍ରଚାରକ ସନ୍ତକବି ଭୀମଭୋଇଙ୍କ କବିତା "ମୋ ଜୀବନ ପଛେ ନର୍କେ ପଡ଼ିଥାଉ ଜଗତ ଉଦ୍ଧାର ହେଉ।" ସେହିଭଳି ସାରସ୍ୱତ ସୃଷ୍ଟିର ଏକ ଅନନ୍ୟ ଦୃଷ୍ଟାନ୍ତ । ପୁରାଣ ଯୁଗରୁ ଏଯାଏ ବହୁ ସତ୍‌ପୁରୁଷ ମାନବ ସେବା ଓ କଲ୍ୟାଣ ଲାଗି ନିଜକୁ ସମ୍ପୂର୍ଣ୍ଣ ସମର୍ପିତ କରି ମାନବିକତାର ଚରମ ଉତ୍ତରଣ ସହିତ ନିଜ ଜୀବନର ଦେବତ୍ୱର ଅବତରଣ କରାଇଛନ୍ତି। ମାନବିକତା ହେଉଛି ସୃଷ୍ଟିର ସବୁଠୁ ମହାର୍ଘ ସମ୍ପଦ ଏବଂ ପୃଥିବୀର ଅନ୍ୟ କୌଣସି ବିଷୟ ଲାଗି ମାନବିକତାକୁ ବଳି ଦିଆଯାଇ ପାରିବ ନାହିଁ। ଏହା ସବୁ ଗୋଷ୍ଠୀ, ଧର୍ମ ଓ ଜାତିର ଊର୍ଦ୍ଧ୍ୱରେ। ମାନବିକତାର ବିକାଶ ଲାଗି ମଣିଷ ଏସବୁ ସୃଷ୍ଟି କରିଛି। ତେଣୁ କୌଣସି ମାନବ ସୃଷ୍ଟି ବିଷୟ ଲାଗି ମାନବିକତାକୁ ବଳି ପକାଇବା ସମ୍ପୂର୍ଣ୍ଣ ଅଯୌକ୍ତିକ। ମୃତ୍ୟୁ ପରେ କେହି ସ୍ୱର୍ଗ ଦେଖି ନାହିଁ। ମାତ୍ର ସମଗ୍ର ମାନବ ସମାଜ ଯଦି ଶାନ୍ତ ଓ ସଂହତି ଏବଂ ସମୃଦ୍ଧି ମଧ୍ୟରେ ବାସ କରେ ଏ ଧରା ସ୍ୱର୍ଗରେ ପରିବର୍ତ୍ତିତ ହୋଇଯିବ।

ମାତ୍ର ପରିତାପର ବିଷୟ ବର୍ତ୍ତମାନ ମଣିଷପଣିଆ ଥିବା ମଣିଷଙ୍କ ସଂଖ୍ୟା କମିବାରେ ଲାଗିଛି। ଆଉ ତାହା ସହିତ ଖୁବ୍‌ ଜୋରରେ ତାଳ ଦେଇ ମଣିଷ ପଣିଆ ହରାଉ ଥିବା ଲୋକମାନଙ୍କର ବୃଦ୍ଧି ଜ୍ୟାମିତିକ ବେଗରେ ବଢ଼ିବଢ଼ି ଚାଲିଛି। ଶହେ କୋଡ଼ିଏ କୋଟି ଜନତାର ଦେଶ ଏ ଭାରତ। ଏଠି ଶହେ କୋଡ଼ିଏ ଜଣ ସଚ୍ଚା ମଣିଷ ଖୋଜି ପାଇବା ବୋଧେ ହୁଏ ସମ୍ଭବ ନୁହେଁ। ବିବେକାନୁମୋଦିତ ବିଚାର ଶକ୍ତି ଥିବା ବ୍ୟକ୍ତି ହିଁ କେବଳ ମଣିଷ ପଦବାଚ୍ୟ ହେବାକୁ ଉପଯୁକ୍ତ ବିବେଚିତ ହୋଇଥାଏ। ମଣିଷ ପଣିଆ ଜିଅ ରହେ, ରହିଛି। ଏକଥା ସିନା ତୁହାଇ ତୁହାଇ କହିବାକୁ। ମାତ୍ର ଜାହାଜ ମୂଳରେ ବାଇ ହେଉଥିବା ଆମେ ଏ ଅଡ଼ା ବେପାରୀଙ୍କ ଠେଁ ଯେ କଥା କେତେ ଭେଦିବ ?

ସମୟ ଓ ସ୍ରୋତ ପରି ଜୀବନ ବି ପ୍ରବହମାନ ଗତିରେ ବଢ଼ି ଚାଲିଛି। କିନ୍ତୁ ଆଜିର ଦିନରେ ମଣିଷର ମନରେ ଘୋର ଅଭାବ ପରିଲକ୍ଷିତ ହେଉଛି। ସବୁ ଅଛି ମାତ୍ର କିଛି ନାହିଁ ଭଳି ବୋଧ ହେଉଛି। ଅର୍ଥ, ଯଶ, ମାନ, ଖ୍ୟାତି ଥାଇବି ଆଜିର ମଣିଷ ନିଜ ଭିତରେ ଶାନ୍ତି ଟିକକ ଖୋଜିବାରେ ସମ୍ପୂର୍ଣ୍ଣ ଅସମର୍ଥ ହେଉଛି। ନିଃସଙ୍ଗ ହୋଇ ଉଠୁଛି ଆଜିର ଜୀବନ ଓ ଜୀବନଶୈଳୀ। ସମସ୍ତ ପାର୍ଥିବ ବସ୍ତୁ ଓ ପଦାର୍ଥରେ ଅଭାବ ନଥିଲେ ବି କେଉଁ ଏକ ଅଭାବ ମଣିଷର ହୃଦୟକୁ ଅସ୍ଥିର କରି ପକାଉଛି। ତେବେ ଏହି ଅଭାବ ହେଉଛି ସଚ୍ଚା ମଣିଷର ଅଭାବ।

ମଣିଷ ପାଇଁ ଆଜି ମଣିଷ ପଣିଆ ଥିବା ମଣିଷଟିଏ ନାହିଁ। ସୁଖରେ ହେଉ ଅବା ଦୁଃଖରେ ମଣିଷ ଖୋଜି ଥାଏ ଏକ ଦରଦୀ ମଣିଷ। କିନ୍ତୁ ଆଜିର ଆଧୁନିକ ସମୟରେ ଏହା ଏକ ବ୍ୟତିକ୍ରମର ରୂପ ନେଇଛି। ଏହାର କାରଣ କ'ଣ ତାହା ମଣିଷ ବୋଧ କରିପାରୁ ନାହିଁ। ସଦ୍‌ଗୁରୁ ମଣିଷକୁ ନିଜର କରିବାର କଥା କହିଛନ୍ତି। ସମସ୍ତ ଧନ ସମ୍ପତ୍ତି ଓ ପ୍ରାଚୁର୍ଯ୍ୟଠାରୁ ଅଧିକ ମୂଲ୍ୟବାନ ଭାବେ ମଣିଷକୁ ହିଁ ବର୍ଣ୍ଣିତ କରିଛନ୍ତି। କାରଣ ଲୋକ ସଂଗ୍ରହ ହିଁ ସବୁର ମୂଳ। ମଣିଷ ନଥିଲେ ଆଉ ଗୋଟିଏ ମଣିଷ ବଞ୍ଚିବ କେମିତି। ବଢ଼ିବ କେମିତି ? ଆଜିର ଭୋଗବାଦୀ ମଣିଷ ଟଙ୍କାକୁ ଆପଣାର କରିବାକୁ ଯାଇ ମଣିଷକୁ ହିଁ ପର କରି ଦେଉଛି। ଯାହାର ପରିଣାମ ହିଁ ପ୍ରତିଟି ମୁହୂର୍ତ୍ତରେ ଅନୁଭବ କରୁଛି।

ମଣିଷ ପାଖରେ ଟଙ୍କାର ଅଭାବ ରହିନଥାଏ। କାରଣ ମଣିଷ ଟଙ୍କାକୁ ତିଆରି କରୁଛି। ଟଙ୍କା ମଣିଷ ତିଆରି କରିନଥାଏ। ଏଥିପାଇଁ କେନ୍ଦ୍ରାୟିତ ଜୀବନ ହିଁ ସବୁଠାରୁ ଗୁରୁତ୍ୱପୂର୍ଣ୍ଣ। ମଣିଷ ଯଦି ମଣିଷକୁ ଭଲ ନପାଏ ତେବେ ସେ କାହାର ବି ହୋଇପାରିବ ନାହିଁ। ମଣିଷ ଅଭାବୀ ହୋଇଥାଇପାରେ। କିନ୍ତୁ ଭାବରେ ସେହି ମଣିଷଟାକୁ ଯୁକ୍ତ କରିବାର କଳା ପ୍ରତିଟି ମଣିଷ ପାଖରେ ରହିବା ଉଚିତ୍‌। ମାତ୍ର ଗୋଟିଏ ମଣିଷ ସମ୍ମୁଖରେ ଆଉ ଗୋଟିଏ ନିର୍ଭୁଲ ମଣିଷ ଏକ ସ୍ଟାଣ୍ଡାର୍ଡ ବା ମାନକ ଭାବେ ଉପସ୍ଥାପିତ ହୋଇ ପାରିଲେ ହିଁ ଜୀବନ ସାର୍ଥକ ହୋଇ ପାରିବ ନିଶ୍ଚିତ। ଏହି ନିର୍ଭୁଲ ମଣିଷ

ହେଉଛନ୍ତି ସଦ୍‌ଗୁରୁ। ତାଙ୍କର ଆଦର୍ଶ ବହନ କରି ଚାଲିବା ଭିତର ଦେଇ ମଣିଷକୁ ଆପଣାର କରିବାର କଳା। ଶିକ୍ଷା ପ୍ରାପ୍ତି ହୋଇଥାଏ। ଆଜିର ଦିନରେ ସାଧାରଣତଃ ସଭିଁଏ ଅର୍ଥ ପଛରେ ଛୁଟୁଛନ୍ତି।

ନିଜ ପାଖରେ ନିଜର ଆତ୍ମ ଅବଲୋକନ କରିବା ସବୁଠାରୁ ବଡ଼ ଉପଲବ୍ଧି ଅଟେ, କିନ୍ତୁ ଯାହା ବିଧାନ। ଆମେ ଯଦି ସେହି ବିଧାନ ଅନୁସାରେ ନଚାଲିବା ତେବେ ମଙ୍ଗଳ ଆମର ପଦାଙ୍କ କେବେ ବି ଅନୁସରଣ କରିବ ନାହିଁ। ପ୍ରତିଟି ମଣିଷ, ମଣିଷ ହିସାବରେ ଚଲିବାରେ ହିଁ ତା'ର ଜୀବନର ସାର୍ଥକତା ନିହିତ ରହିଛି। କିନ୍ତୁ ଜୀବନ ଯାତ୍ରାରେ ଅଧିକାଂଶ ସମୟରେ ଆମେ ଭୁଲ କରି ବସୁ। କେଉଁଟା ଠିକ୍, କେଉଁଟା ଭୁଲ ତାହା ଆମେ ଜାଣି ପାରୁନାହୁଁ। ଏହିଭଳି ଏକ ଦ୍ୱନ୍ଦ୍ୱାତ୍ମକ ପରିସ୍ଥିତିରେ ଠିକ୍ ବାଟ ଦେଖାଇବାକୁ ଆମ ପାଖରେ ଜଣେ ଗୁରୁଙ୍କର ଆବଶ୍ୟକତା ରହିଛି। ଗୁରୁ ହେଉଛନ୍ତି ଆଦର୍ଶର ମୂର୍ତ୍ତିମନ୍ତ ପ୍ରତୀକ। ତାଙ୍କର ପ୍ରତିଟି ବାଣୀ ହେଉଛି ଆମ ପାଇଁ ଆପ୍ତବାକ୍ୟ। ଯାହାର ପରିଚାଳନାରେ ହିଁ ଜୀବନ ସହଜ ଓ ସୁନ୍ଦର ହୋଇଥାଏ। ଅର୍ଥ, ମାନ, ଯଶ, ଖ୍ୟାତି ସବୁକିଛି ଅର୍ଜନ ହୋଇଥାଏ। ମଣିଷ-ମଣିଷ ମଧ୍ୟରେ ସମସ୍ତ ଭେଦଭାବ ଦୂର ହୋଇଥାଏ। ଏଥିସହିତ ଆମେ ଆମ ପରିବେଶକୁ ଆପଣାର କରି ତୋଳୁ। ମଣିଷବାଦର ରାସ୍ତାରେ ଆମକୁ ବ୍ରତୀ ହେବାକୁ ପଡ଼ିବ। କାରଣ ସମସ୍ତ ବାଦର ସର୍ବଶ୍ରେଷ୍ଠ ବାଦ ହେଉଛି ଏହି ମଣିଷ ବାଦ।

ସୃଷ୍ଟିରେ ଶ୍ରେଷ୍ଠ ଜୀବ ମାନ୍ୟତା ହୋସଲ କରି, ସର୍ବାଧିକ ବୟସ ବଞ୍ଚିରହି ସମାଜ କରୁଥିବା କାର୍ଯ୍ୟର ମଣିଷ ଆତ୍ମସମୀକ୍ଷା କରିବା ଆବଶ୍ୟକ। ସ୍ୱାମୀ ବିବେକାନନ୍ଦଙ୍କ ଉକ୍ତି ଅନୁସାରେ, "ହ୍ୱାଟ୍ ୟୁ ଗିଭ୍ ଇଜ୍ ୟୁର ଇମ୍ପୋଟାଣ୍ଟ।" ଯେଉଁ ପ୍ରକୃତିଠାରୁ ଆମେ ମାଗଣାରେ ପାଣି, ପବନ, ଆଲୋକ ପାଉଛୁ 'ଯେଉଁ ସମାଜରେ ଆମେ ଭାଇ, ବନ୍ଧୁ, କୁଟୁମ୍ବ, ଆତ୍ମୀୟ ସ୍ୱଜନ, ପରିବାର ପାଇଁ ସୁଖ, ଦୁଃଖ ବାଣ୍ଟୁଛୁ ସେମାନଙ୍କ ପାଇଁ ଆମର ନୈତିକ କର୍ତ୍ତବ୍ୟ ବୋଧ ପ୍ରଥମେ ଭୁଲି ଯାଉଛୁ। ଅହଂବାଦୀ ମଣିଷ ବାଉଁଶ ଗଛଟି ପରି ଲମ୍ବା ହୋଇ ଠିଆ ହୋଇ ଥିଲେ ବି ବାଉଁଶର ଶାଖା ଫୁଲ, ଫଳରେ ଉପକାର ମିଳୁନଥିବା ବେଳେ କିଛି ମଣିଷ କଣ୍ଟା ପ୍ରବୃତ୍ତି ଧାରଣ କରି କେବଳ ବିଭେଦଗ୍ରସ୍ତ ହୋଇଥାଆନ୍ତି।

ଜଣେ ଶିଷ୍ୟ ତାଙ୍କ ଗୁରୁଙ୍କୁ ପଚାରିଲେ- "ଶାସ୍ତ୍ର ପ୍ରମାଣ କରେ ଏହି ମଣିଷ ଦୈବ ଶକ୍ତି ନେଇ ଜନ୍ମ ଗ୍ରହଣ କରିଥିଲାବେଳେ ଏପରି ଅମଣିଷ ପରି କାର୍ଯ୍ୟ କରିଥାଏ କାହିଁକି ?" ଗୁରୁ ବଳିଷ୍ଠ ଓ ଯୁକ୍ତି କୌତୂହଳପୂର୍ଣ୍ଣ ଯୁକ୍ତି (ଉଦାହରଣ) ଛଳରେ କହିଲେ। ମଣିଷର ଅଙ୍ଗ ପ୍ରତ୍ୟଙ୍ଗରୁ ସବୁ ପ୍ରକାର ଦୂଷିତ ପଦାର୍ଥ ନିର୍ଗତ ହୋଇ କ୍ରମଶଃ ସମାଜକୁ ସଂକ୍ରମିତ କରିଚାଲିଛି। ଦେହରୁ ଗନ୍ଧ, ଝାଳ, ମଳି, ପାଟିରୁ ଦୁର୍ଗନ୍ଧ ଯୁକ୍ତ ଛେପ, ଖଙ୍କାର ଓ ଅଭ୍ୟାସ। ଦାନ୍ତରୁ ପୋକ, ଜିଭରୁ ଛତିଆ, ଆଖିରୁ ନେଞ୍ଜରା, କାନରୁ ଗଇ (ଭୁଆଁ), ନାକରୁ ସିଙ୍ଘାଣି, ନଖରୁ ମଇଲା, ପେଟରୁ ଝାଡ଼ା, ମଳ ଦ୍ୱାରରୁ ଦୁର୍ଗନ୍ଧ ବାୟୁ, ସର୍ବୋପରି ଲୋମରୁ କୀଟ ଓ ମୁଣ୍ଡରୁ ଦୁର୍ବୁଦ୍ଧି। ସୃଷ୍ଟି ରକ୍ଷା କରିବାକୁ ପାଇଥିବା ପ୍ରଜନନ କ୍ଷମତା ଏବେ ସଙ୍କଟରେ। ମଣିଷ ବର୍ଷସାରା ଏଥିରେ ଲିପ୍ତ ରହି। ସଦ୍ୟ ଜାତ ଶିଶୁକୁ ଟ୍ରେନରେ, ରାସ୍ତା କଡ଼ରେ, ଗଛ ଡାଲରେ ଏବଂ ପରିସ୍ରା ଘରେ ଥୋଇଦେଇ ଏକ ବିକୃତ ସମ୍ପର୍କ 'ଲିଭ୍ ଇନ୍ ରିଲେସନସିପ୍‌'ରେ ମାତି ଥାଏ। ମଣିଷ କେବଳ ମିଛ କହିଥାଏ। ବାଘ କବଳରୁ ନିଜକୁ ବଞ୍ଚାଇ ଓ ଗୁହାଲରେ ଥିବା ବାଛୁରୀକୁ (ଖୋରାକ) କ୍ଷୀର ଦେବା ପାଇଁ ପଣ ରଖି ଯିବା ଏବଂ ପୁନଃ ପ୍ରତ୍ୟାବର୍ତ୍ତନ କରି ଗାଈଟି (ପଶୁ) ଏହି ମିଥ୍ୟାନିଷ ମଣିଷକୁ ଆଙ୍ଗୁଠି ନିର୍ଦ୍ଦେଶ କରେ। ଠକିବା, ଶଠତା, ବିଶ୍ୱାସଘାତକତା କରିବା, ଆଚରଣ ଓ ଉଚ୍ଚାରଣରେ ଜଟିଲତା ଦର୍ଶାଇ, ସ୍ୱଚ୍ଛତା ବଦଳରେ କପଟତା ପ୍ରଭୃତି ଅନେକ ଅମାନବୀୟ ପ୍ରବୃତ୍ତିରେ ପୀଡ଼ିତ ଏହି ମିଛ ମଣିଷ। ଦେବ ପ୍ରତିମା ଥାଲିରେ ରଖି, ରିକ୍‌ରେ ଫଟୋ ଟଙ୍ଗାଇ ଠାକୁରଙ୍କୁ ବି ମଣିଷ ଠକି ଥାଏ। ରୋଗାକ୍ରାନ୍ତ ହୋଇ ଠେଲା ଗାଡ଼ିରେ ବସି ଭିକ୍ଷା ମାଗୁଥିବା ଲକ୍ଷପତି ମଣିଷଟି ଶଠତା ଦେଖାଇଥାଏ। ଇଞ୍ଜେକସନ ସିରିଞ୍ଜ ସାହାଯ୍ୟରେ ପାଇଡ଼ରୁ ପାନୀୟ କାଢ଼ି ଦୂଷିତ ପାଣି ଭରିବା। କିଶୋରୀ ଝିଅମାନେ ଧରା ପଡ଼ିବା ଭୟରେ ଶଙ୍ଖା ସିନ୍ଦୁର ପିନ୍ଧି ହୋଟେଲ, ଲଜ୍, ପାର୍କରେ ସ୍ୱାମୀ-ସ୍ତ୍ରୀ ପରିଚୟ ଦେଖାଇଥାନ୍ତି ଏହି ଶଠ ମଣିଷ। ପରିବାରର ପ୍ରତ୍ୟେକଙ୍କ

ମଧ୍ୟରେ ଅବିଶ୍ୱାସ, ରୋଗୀ ଚିକିସ୍ରାରେ ଡାକ୍ତରଙ୍କର, ଶିକ୍ଷାଅନୁଷ୍ଠାନରେ ଶିକ୍ଷକଙ୍କର, ଶାସନ କ୍ଷେତ୍ରରେ ଶାସକଙ୍କର, ଆଧ୍ୟାମିକ କ୍ଷେତ୍ରରେ ପ୍ରବଚକଙ୍କର ସ୍ଖଳନ ଆରମ୍ଭ ହୋଇଛି । ମଣିଷର ଦୋମୁହାଁ ଚରିତ୍ର ଭୟଙ୍କର ରୂପ ନେଇଛି । ଏହାକୁ ଲକ୍ଷ କରି ରିଙ୍ଗରିଓଡ଼ାନ୍ କ୍ଷୋଭ ପ୍ରକାଶ କରି କହିଛନ୍ତି "ମେସିନ ଗୁଡ଼ିକ ଅପେକ୍ଷା ମଣିଷମାନଙ୍କୁ ନେଇ କାମ କରିବା ଖୁବ୍ କଠିନ । ଯେମିତି ମେସିନଟିଏ ଖରାପ ହେଲେ ତାକୁ ମଣିଷ ସଜାଡ଼ିଥାଏ– ହେଲେ ମଣିଷମାନେ ଖରାପ ହେଲେ ତାଙ୍କୁ ସଜାଡ଼ିବା କଷ୍ଟକର । ଏହି ଅତିଷ୍ଠ ସମାଜକୁ ସଜାଡ଼ିବାକୁ ହେବ । ବୈଜ୍ଞାନିକ ଆଇନଷ୍ଟାଇନଙ୍କ ଆଶ୍ୱାସନା ସମସ୍ତଙ୍କ ପାଇଁ ଏକ ଚେତାବନୀ ।" ଖଳ ଲୋକମାନେ ବାସ କରୁଛନ୍ତି ବୋଲି ବାସ କରିବା ନିମନ୍ତେ ପୃଥିବୀ ଯେ ଏକ ବିପଦ ଜନକ ସ୍ଥାନ । ତା'ନୁହେଁ ବରଂ ଯେଉଁମାନେ ଏହା ଜାଣି ମଧ୍ୟ ସେଥିପାଇଁ କିଛି କରୁନାହାନ୍ତି ତାହାହିଁ ବିପଦ ଜନକ ।

ଆଜକୁ ଦୁଇ ହଜାର ତିନିଶହ ବର୍ଷ ତଳେ ଏଥେନ୍ ନଗରୀରେ ଦାର୍ଶନିକ ଡାଉନିଜ ମଧ୍ୟାହ୍ନରେ ଦୀପ ଧରି ମଣିଷ ଖୋଜୁଥିଲେ । ପୃଥିବୀରେ ମଣିଷ୍ୟ ଶରୀର ଧାରଣ କରି ଅଗଣିତ ଜୀବ ଥିଲେ ହେଁ ଡାଉନିଜ ଯଥାର୍ଥ ମଣିଷ ଅନୁସନ୍ଧାନରେ ଥିଲେ । ଆକୃତି ବା ଆକାରରେ ମଣିଷ ଚିହ୍ନଟ ହୁଏନି । ବହୁବିଧ ଜୀବଭଳି ଆକାରରେ ସେ ଗୋଟିଏ ଜୀବ ମାତ୍ର । କୌଣସି ମଣିଷକୁ ମରାଯାଏନି । ଫାଶୀ ଖୁଣ୍ଟରେ ଚଢ଼ା ଯାଏନି । ଆକୃତି, ଆକାର ସୁବିଧା ନେଇ ଯେଉଁମାନେ ଅମଣିଷ ପଣିଆରେ ମଉ ରୁହନ୍ତି, ସେମାନେ ଉଶୃଙ୍ଖଳ ଜୀବର ଦାରୁଣ ପରିଣତି ଭୋଗିବାକୁ ବାଧ୍ୟ ହୁଅନ୍ତି । ମଣିଷଖ୍ୟା ବ୍ୟାଘ୍ରକୁ ମରାଯିବା ଭଳି ସେମାନଙ୍କୁ ମରାଯାଏ । ତେଣୁ ମଣିଷ ଭାବେ ସ୍ୱୀକୃତ ହେବାକୁ ହେଲେ ତା'ର ଗୁଣାମ୍ନକ ଭାବ ଓ ବିଭବର ଉପସ୍ଥିତି ସର୍ବାଦୌ ଆବଶ୍ୟକ । ଅତର ମାଖା ଚିକ୍‌ମିକ୍ ଦେହ, ସୌନ୍ଦର୍ଯ୍ୟ ଓ ଗାଡ଼ି ଚଢ଼ୁଥିବା ଜୀବମାନଙ୍କୁ, ବାଘ ଓ ଭାଲୁକୁ ଯନ୍ତରେ ଆବଦ୍ଧ କଲାଭଳି ଆବଦ୍ଧ ବି କରାଯାଏ । ଏବେ କେମିତି ମହାପୁରୁଷ ବୋଲାଉଥିବା ତେକେ ଦାମୀ ଜୀବମାନେ ଜେଲ୍ ଖାନାରେ ଆବଦ୍ଧ ଅଟକ । ନନ୍ଦନକାନନର ଧଳା ବାଘ ପରି ଆକର୍ଷଣୀୟତା ସେମାନେ କେବଳ ଅର୍ଜିଛନ୍ତି, ଅଧିକ କିଛି ନୁହେଁ । ତେଣୁ ଆକୃତିକୁ ମଣିଷର ମର୍ଯ୍ୟାଦା ଦେବାକୁ ଆବଶ୍ୟକ ଗୁଣ ମଧ୍ୟରେ ଦୟା, କରୁଣା, ସହାନୁଭୂତି ପ୍ରଭୃତି ବେଶ ପ୍ରଭାବଶାଳୀ ଭୂମିକା ଗ୍ରହଣ କରିଥାନ୍ତି । ସାଧା ମଣିଷଟିକୁ ଏହି ଗୁଣ ସବୁ ମହାମାନବ ବନାଇ ଦେଇପାରେ । ଅନ୍ୟର ଦୁଃଖ ଦୁର୍ଦ୍ଦଶାରେ ବିଚଳିତ ହୋଇ ପଡ଼ୁଥିବା, ଆଖିରେ ଆଖିଏ ଲୁହ ଭରି ଦେଇଥିବା ମଣିଷ ଟିଏ ସତରେ କେତେ ପବିତ୍ର କେତେ ମହାନ୍ । ସେଥିପାଇଁ ତ ଗୋପବନ୍ଧୁ ଆଜି ଅମର । କିନ୍ତୁ ସହାନୁଭୂତି ଓ ସେବାକୁ ବେପାର କରୁଥିବା ଅତି ଚତୁର ଲୋକ ଶେଷକୁ କୁଆ ବିଷ୍ଠା ଖାଇବା ଦଶା ହିଁ ଭୋଗ କରିଥାନ୍ତି ।

ସମ୍ୟାଦପତ୍ରକୁ ବ୍ୟବସାୟ ବୋଲି କେତେକ ଭାବୁଛନ୍ତି ଓ କରୁଛନ୍ତି ମଧ୍ୟ । ଫଳ ଯାହା ହେଉଛି ଦେଖା ଯାଉଛି । ଦେବତ୍ୱ ଗୁଣ ନଥାଇ ତା' ଖୋଲପା ପରିଧାନ କରି ବେପାର କରିବା ପରି ସରକାରଙ୍କ ଅନୁକମ୍ପା ରାଶି ଘୋଷଣା କଥା ବିଚାର କରାଯାଉ । ଚୋରି କରିବାକୁ ଯାଇ ଯଦି ଜଣେ ନିଜ ଗୁଳିର ଶିକାର ହୁଏ, ତେବେ ତା'ପାଇଁ ସହାନୁଭୂତି କେମିତି ଜାଗିବ ? ଦେଉଳ ତୋଳୁଥିବା ଲୋକଟି ଖସିପଡ଼ିଲେ ଆହା ପଦ ପାଟିରୁ ଆପେ ବାହାରି ଆସେ । ସେମିତି ମା' ଓ ମାଇପକୁ ମାରି ତାଙ୍କଠାରୁ (ଦେହରୁ) ଗହଣା ଉତାରି ନେଇ ମଦ ପିଉଥିବା ଲୋକଟି କାହାର ସହାନୁଭୂତି ପାଏନି । ଅନ୍ୟ ମଦୁଆମାନଙ୍କ ବ୍ୟତୀତ ଆଉ କାହାର ନୁହେଁ । ଏବେ ଭୋଟ ଲୋଭ ଆମ ସରକାର ଓ ଜନତାମାନେ ବିଷାକ୍ତ ମଦ ପିଇ ମରୁଥିବା ଲୋକଙ୍କୁ, ବକତେ ଖାଇବାକୁ ପାଉନଥିବା ଗରିବ ମେହନତି ଜନତାର ଟିକସ ପଇସାରୁ ଲକ୍ଷଲକ୍ଷ ଟଙ୍କା କ୍ଷତି ପୂରଣ ଦେବା କେଉଁ ପ୍ରକାରର ଦାନ ବା ସହାନୁଭୂତିକୁ ବୁଝାଉଛି ଜାଣି ହେଉନି । ଇୟେ କେବଳ କଙ୍ଗିମାରି ବଣି

ପୋଷିବା ମାହାତ୍ମ୍ୟ। ସେଥିପାଇଁ ଏ ମନ୍ତ୍ରୀ ଦଳିଆ ବ୍ୟବସ୍ଥାତ ସର୍ବାଧିକ ଦାୟୀ। ରେଲ ଦୁର୍ଘଟଣା ପାଇଁ ଅନୁକମ୍ପା ରାଶି ପ୍ରଦାନ ଆବଶ୍ୟକ ହେଲେ, ରେଲମନ୍ତ୍ରୀ ସ୍ୱୟଂ ଇସ୍ତଫା ଦେଇ ଏ ଅନୁକମ୍ପା ଘୋଷଣା କରାଉଛନ୍ତି। କାରଣ ଗରିବ ଜନତାର ଏ ରାଜକୋଷର ଅର୍ଥ ଏପରି ଅନୁକମ୍ପାରେ ବ୍ୟୟିତ ହେବା ଏକ ଅସୁସ୍ଥ ଉପଯୋଗ ନିଶ୍ଚୟ। ସେଥିପାଇଁ ମନ୍ତ୍ରୀ ଇସ୍ତଫା ଦେବା ନୈତିକତା ଦୃଷ୍ଟିରୁ ଏକ ସର୍ବନିମ୍ନ ଆବଶ୍ୟକତା। ତେଣୁ ମନ୍ତ୍ରୀ ତାଙ୍କ ନୈତିକ ଦାୟିତ୍ୱର ସମୀକ୍ଷା କରିବା ଆବଶ୍ୟକ। କିନ୍ତୁ ସେ’ତ ପଦ୍ମ ପତ୍ର। ଦୋଷର ପାଣି ତାଙ୍କ ଠେଙ୍ଗ ଢଳଢଳ ହେବ ସିନା ଲାଗିପାରିବନି। ହାତ ମୁଠାରେ ରାଜ୍ୟର କୋଷାଗାର ଥିବାରୁ ମୁଠା ମୁଠା ଟଙ୍କା ସେମାନେ କିପରି ପିଙ୍ଗୁଛନ୍ତି, ସେକଥା ନିଜ ମନ ଭିତରେ ଥରେ ବିଚାର କରି ଦେଖନ୍ତୁ। ଏପରି ସାହାଯ୍ୟ ଘୋଷଣା କରିବା କେତେଦୂର ଯଥାର୍ଥ। ତାହା କିଏ ବିଚାର କରିବ ? ଜନତାଙ୍କ ଟିକସ ପଇସାରେ ଦାନୀ, ଦାତା ଓ ସହାନୁଭୂତିଶୀଳ ହେବା ସହଜ ସିନା ହେଲେ ଲମ୍ବା ରାସ୍ତାରେ ପରିଣତି ଆତ୍ମାଘାତୀ ହେବ। ସରକାରଙ୍କ ଏହି ମହତ୍ତ ଦାନ କଥା ସମୀକ୍ଷା ହେଉ। ଜିଲ୍ଲାପାଳ ଓ ପ୍ରଶାସନିକ ଅଧିକାରୀଙ୍କ ତଦନ୍ତ ଓ ବିଚାର ତାଙ୍କ ମନ୍ତ୍ରୀଙ୍କ ଅନୁଯାୟୀ ହେବାତ ସ୍ୱାଭାବିକ। ଏଥିରେ ସନ୍ଦେହର ଆବଶ୍ୟକ ନାହିଁ।

ଆମ ଅପରାଧିକ ବିଚାରରେ ଭାରତୀୟ ପାରମ୍ପରିକ ସଂସ୍କୃତି ସମ୍ମତ ଭାବ ପ୍ରବଣତା ବା ମୂଲ୍ୟ ବୋଧ ଏଥରେ ଆଦୌ ସ୍ଥାନ ପାଇନାହିଁ। ଏଥିପାଇଁ ଆମ ମଧ୍ୟରେ ଏୟାବତ୍ ଜୀବିତ ‘ବ୍ରିଟିଶ ଦାସତ୍ୱ’ ଏବଂ ଆମ ଭିତରୁ ଅପହୃତ ‘ଭାରତୀୟତା’ ହିଁ ଦାୟୀ। ଆମଦାନୀ ହୋଇ ଆସିଥିବା ‘ମାନବାଧିକାର ତତ୍ତ୍ୱ’ ଭାରତରେ ଅପରାଧୀମାନଙ୍କ ସାନ୍ତ୍ୱନା ଓ ମନୋବଳ ବୃଦ୍ଧି ପାଇଁ ପର୍ଯ୍ୟାପ୍ତ ଭାବେ ବ୍ୟବହୃତ ହେଉଛି। ଏ ମାନବାଧିକାର ତତ୍ତ୍ୱରେ ମୂଲ ଭାରତୀୟ ମୂଲ୍ୟ ବୋଧରୁ କାଣିଚାଏ ନାହିଁ। କାହା ପାଇଁ ମାନବାଧିକାର ? କ’ଣ ନୃଶଂସ, ନିର୍ଦୟ, ଖୁନି, ଆସାମୀଙ୍କ ଲାଗି ?

ଫରାସୀ କଥାକାର, କବି ତଥା ଲେଖକ ଭିକ୍ଟର ହ୍ୟୁଗୋ ତାଙ୍କର ବହୁ ଚର୍ଚ୍ଚିତ ଉପନ୍ୟାସ, ‘ଦି ହିଷ୍ଟ୍ରି ଅଫ୍ ଏ କ୍ରାଇମ’ରେ ଏକ ଗୁରୁତ୍ୱପୂର୍ଣ୍ଣ ଚିନ୍ତାଧାରା ବ୍ୟକ୍ତ କରିଛନ୍ତି। ସୈନ୍ୟ ବାହିନୀର ଆକ୍ରମଣକୁ ପ୍ରତିହତ କରାଯାଇ ପାରିବ। କିନ୍ତୁ ସ୍ୱାଧୀନ ଚିନ୍ତାର ଅନୁପ୍ରବେଶକୁ ରୋକାଯାଇ ପାରିବନାହିଁ। ଦୀର୍ଘ ୧୫୦ବର୍ଷ ପରେ ଭିକ୍ଟର ହ୍ୟୁଗୋଙ୍କ ଏହି ଚିନ୍ତାଧାରା ସତ୍ୟରେ ପରିଣତ ହୋଇଥିଲା। ନିର୍ବାଚନ ସଂସ୍କାର ଉପରେ ଭାରତର ସର୍ବୋଚ୍ଚ ଅଦାଲତ ଏକ ଯୁଗାନ୍ତକାରୀ ରାୟ ୨୦୦୨ ମସିହାରେ କେନ୍ଦ୍ର ସରକାର ବନାମ ଆସୋସିଏସନ ଫର ଡେମୋକ୍ରାଟିକ ରିଫର୍ମସ (୨୦୦୨) ୫.୫ ଏସସିସି (୨୯୪)ରେ ସ୍ପଷ୍ଟ କରି ଦେଇଥିଲେ। ଦେଶର ସର୍ବୋଚ୍ଚ ଅଦାଲତ ଅନୁଭବ କରିଥିଲେ, ନୂତନ ଚିନ୍ତାଧାରାର ପ୍ରବେଶ ଭାରତୀୟ ଗଣତାନ୍ତ୍ରିକ ସୁସ୍ଥତାକୁ ଅଧିକ ସୁରକ୍ଷିତ ରଖିପାରିବ।

ସମଗ୍ର ଜୀବ ଜଗତରେ କେବଳ ମଣିଷର ବିଚାର ଶକ୍ତି ଅଛି। ବିଚାର ଶକ୍ତି ଜ୍ଞାନ ଥିବାରୁ ମଣିଷ ପଶୁଠାରୁ ପୃଥକ ହୋଇପାରିଛି। କେବଳ ବିଚାର ଶକ୍ତି ଥିଲେ ହେବ ନାହିଁ, ମଣିଷ ମାତ୍ରେ ହିଁ ବିଚାର ଶକ୍ତିର ଅଧିକାରୀ। ତାହା ବୋଲି ସବୁ ମଣିଷମାନେ ମଣିଷ ପଦବାଚ୍ୟ ହେବାକୁ ଯୋଗ୍ୟ ନୁହଁନ୍ତି। ବିଚାରଶକ୍ତି ବିବେକାନୁମୋଦିତ ହେବା ଆବଶ୍ୟକ। ଯେପରି ରାଜା ଦଶରଥ ଭୁଲ୍ ବଶତଃ ଶ୍ରବଣ କୁମାରଙ୍କୁ ହତ୍ୟା କରି ତାଙ୍କ ପିତା ଅନ୍ଧକ ଋଷିଙ୍କଠାରୁ ବିନା ଆପତ୍ତିରେ ଅଭିଶାପ ଗ୍ରହଣ କରିଥିଲେ। ପଣ୍ଡୁରାଜା ମଧ୍ୟ ଅନ୍ଧାରୀ ବିଜେ ବେଳେ ଅଗ୍ନିକା ଋଷିଙ୍କୁ ଶରାଘାତ କରି ତାଙ୍କଠାରୁ ନିଷିଦ୍ଧ ପତ୍ନୀ ସମ୍ଭୋଗର ଶପଥ ନତମସ୍ତକରେ ବରଣ କରିନେଲେ ସାଦର ସହିତ। କାରଣ ଉଭୟେ ଦଶରଥ ଓ ପଣ୍ଡୁ ସେମାନଙ୍କର ଭୁଲ୍ ନିଜର ବିଚାରଶୀଳତା ଗୁଣଯୋଗୁଁ ଉତ୍ତମ ରୂପେ ବୁଝିପାରିଥିଲେ। ନିଜର ତ୍ରୁଟି ବିଚ୍ୟୁତି ଲାଗି ସେମାନେ ନିଜ ବିବେକର ଦଂଶନ ମଧ୍ୟ ସହିଥିଲେ। ବାରିଷ୍ଟର ଗୋବିନ୍ଦ ଦାସଙ୍କ କାଳଜୟୀ ଉପନ୍ୟାସ ‘ଅମାବାସ୍ୟାର ଚନ୍ଦ୍ର’ରେ ଲେଖକ ଲେଖିଛନ୍ତି– “ଯିଏ ପାପ ପୁଣ୍ୟକୁ ସମାଜର ତତ୍କାଳୀନ ମୂଲ୍ୟବୋଧରେ ବିଚାର ନକରି ମନୁଷ୍ୟତାର ନିକିତିରେ ତଉଲି ପାରିଛନ୍ତି ସେହିପରି ମହାନ ବ୍ୟକ୍ତିଙ୍କ ହାତରେ ମୋର ଏ କାଉଳକୁ ସମର୍ପି ଦେଉଛି।”

ମଣିଷ ପାଇଁ ମଣିଷ ହୋଇ ବଞ୍ଚିରହିବା ହିଁ ସବୁଠାରୁ ବଡ଼ ଆହ୍ୱାନ । ଯେଉଁ ଆହ୍ୱାନକୁ ସ୍ୱୀକାର କରି ସମାଜରେ ଟିଷ୍ଟି ରହିବା ପାଇଁ ସଂସାରରେ ବଞ୍ଚି ରହିବା ଲାଗି ମଣିଷ ଅହରହ ସଂଗ୍ରାମ ଜାରି ରଖିଛି । ଏଠି ପ୍ରତିକୂଳ ପରିସ୍ଥିତି ଆସିବାଟା ସ୍ୱାଭାବିକ । ଗୋଡ଼ ଖସି ଯିବାର ସମ୍ଭାବନା ଅବଶ୍ୟମ୍ଭାବୀ । ତଥାପି ସଚେତନ ମନ ଏଥିପ୍ରତି ସଜାଗ ରହିବା ଜରୁରୀ । ବେଲେବେଲେ ଏମିତି କଠିନ ପରିସ୍ଥିତି ଆସେ ଯେ କେହି କେହି ସାହସର ସହିତ ତା'ର ସାମ୍ନା କରନ୍ତି ତ କେହି ପୁଣି ପରିସ୍ଥିତିର ତାଡ଼ନାରେ ପେଷି ହୋଇ ତଳିତଳାନ୍ତ ହୋଇଯାଆନ୍ତି । ମାତ୍ର ଏହିପରି ଯାବତୀୟ ଅଭାବନୀୟ ସ୍ଥିତି ସତ୍ତ୍ୱେ ଯାହାପାଖରେ ମାନବିକତା ବଞ୍ଚି ରହିଥାଏ ତାକୁ ସଂସାର ମନେ ରଖିଥାଏ । କାରଣ ଏଠି କେତେ ଦିନ କିଏ ବଞ୍ଚିଲା, ତାହା ଯେତେ ଗୁରୁତ୍ୱପୂର୍ଣ୍ଣ ନୁହେଁ ବରଂ କେମିତି ବଞ୍ଚିଲା ତାହା ଅତୀବ ଗୁରୁତ୍ୱପୂର୍ଣ୍ଣ । ଯେ ନିଜର ନିଷ୍ଠା, ସେବା, ସାମାଜିକ ଅଙ୍ଗୀକାର ବଦ୍ଧତା ତଥା ସଙ୍ଚୋଟ ମନୋଭାବକୁ ଜଗତ ହିତରେ ଲଗେଇ ବଞ୍ଚି ରହେ, ସେହି ବଞ୍ଚିବାର ମାନେ ହିଁ ମଣିଷ ପଣିଆର ପ୍ରଥମ ସୋପାନ । ଜଣଙ୍କର ଅଚଳାଚଳ ଧନସମ୍ପଭି ଥିଲେ ମଧ ତାହା ନିଜ ଛାଇପରି ନିଜ କାମରେ ଲାଗିପାରେ ନାହିଁ ବରଂ ସେ ଧନ କେବଳ ଉତ୍ତରାଧିକାରୀ ସୂତ୍ରରେ ହସ୍ତାନ୍ତର ହୋଇଯାଏ । ହେଲେ ଭଲ ମନଥିବା ମଣିଷଟିର ଆନ୍ତରିକତା, ସ୍ନେହ, ପ୍ରେମପୂର୍ଣ୍ଣ ବ୍ୟବହାର କାଲକାଲକୁ ଆହା ପଦରେ ଲୋକ ମୁଖରେ ବଞ୍ଚି ରହେ । ଏଇଟ ମାନବ ଜୀବନ, ଜିଇବାର ଉକୃଷ୍ଟ ମାଧମ ।

ଭାରତୀୟ ଧର୍ମାଶାସ୍ତ ଗୁଡ଼ିକରେ କୁହାଯାଉଛି "ଜନ୍ତୂନାଂ ନର ଜନ୍ମ ଦୁର୍ଲଭଃ" ଅର୍ଥାତ ସମସ୍ତ ପ୍ରାଣୀମାନଙ୍କ ମଧ୍ୟରେ ମନୁଷ୍ୟ ଜନ୍ମ ସର୍ବଶ୍ରେଷ୍ଠ । ଏକଥା ମଧ ଉଲ୍ଲେଖ କରାଯାଇଛି ଯେ, ଗୋଟିଏ ପ୍ରାଣୀ ପୃଥିବୀରେ ୮୪ ଲକ୍ଷ ଜନ୍ମଲାଭ କରି ସାରିବା ପରେ ମନୁଷ୍ୟ ଭାବରେ ଜନ୍ମ ନେବାର ସୁଯୋଗ ପାଇଥାଏ । ହିତବାଣୀ କହେ "ଆହାର, ନିଦ୍ରା, ଭୟ, ମୈଥୁନଞ୍ଚ ଏତଦ ପଶୁଭିଃ ନରଣାଂ" ଅର୍ଥାତ୍ ଖାଦ୍ୟ ଗ୍ରହଣ କରିବା, ନିଦ୍ରା ଯିବା, ଭୟ କରିବା ଓ ମୈଥୁନ କରିବା ଆଦି ଚାରୋଟି କାର୍ଯ୍ୟ ମନୁଷ୍ୟ ଓ ପଶୁ ସମସ୍ତେ ସଂପାଦନ କରିଥାନ୍ତି । କିନ୍ତୁ ଏସବୁ ସମୟରେ ପଶୁମାନେ ମନଦ୍ୱାରା ପରିଚାଲିତ ହୋଇ ଇନ୍ଦ୍ରିୟ ଗୁଡ଼ିକର ବ୍ୟବହାର କରୁଥିବାବେଲେ, ବିବେକ ଦ୍ୱାରା ପରିଚାଲିତ ମନୁଷ୍ୟ ଧର୍ମ, ଅଧର୍ମର ଯଥାର୍ଥତା ଅନୁଭବ କରିଥାଏ । ମନୁଷ୍ୟର ଏହି ବିଚାରଧାରା ହିଁ ମନୁଷ୍ୟ ପଣିଆ ବା ମାନବିକତା । ଭାଗବତରେ ଏହି ବିଚାର ଧାରାକୁ ଦିବ୍ୟ ଜ୍ଞାନ ଭାବରେ ଉଲ୍ଲେଖ କରାଯାଇ କୁହାଯାଇଛି– "ମନୁଷ୍ୟ ଦେହେ ଦିବ୍ୟ ଜ୍ଞାନ, ଦେଖି ସନ୍ତୋଷ ଭଗବାନ" । ମନୁଷ୍ୟ ମଧ୍ୟରେ ଥିବା ଛଅଟି କୁ ପ୍ରକୃତି– କାମ, କ୍ରୋଧ, ଲୋଭ, ମୋହ, ମଦ ଓ ମାତ୍ସର୍ଯ୍ୟ ଷଡ଼ରିପୁ ନାମରେ ପରିଚିତ । ଦୟା, କ୍ଷମା, ଅହିଂସା, ପ୍ରେମ, ସ୍ନେହ କରୁଣା ଆଦି ଗୁଣ ଗୁଡ଼ିକୁ ଦିବ୍ୟଗୁଣ ବା ମାନବିକ ଗୁଣ କୁହାଯାଏ । ସମାଜରେ ପ୍ରତ୍ୟେକ ବ୍ୟକ୍ତି ଅନ୍ୟ ଜଣେ ଲୋକ ପ୍ରତି ଏହି ମାନବିକ ଗୁଣଗୁଡ଼ିକୁ ପ୍ରଦର୍ଶନ କଲେ ହିଁ ତାକୁ ଜଣେ ମନୁଷ୍ୟ ଭାବରେ ଗ୍ରହଣ କରାଯିବ । ଅନ୍ୟଥା ସେ ପଶୁ ସହିତ ସମାନ । ଆଧୁନିକ ହେତୁବାଦୀମାନେ ହୁଏତ ଏହି ସମସ୍ତ କଥାକୁ ଧର୍ମ ବା ନୈତିକତା କହି ପ୍ରତ୍ୟାଖାନ କରିଦେଇ ପାରନ୍ତି ମାତ୍ର ଏକ ଶୃଙ୍ଖଲିତ ସମାଜ ଗଠନ କରିବା ପାଇଁ ଏଗୁଡ଼ିକର ଯଥାର୍ଥତାକୁ କଦାପି ଅସ୍ୱୀକାର କରିପାରିବେ ନାହିଁ । ହେତୁବାଦୀମାନଙ୍କ ବ୍ୟତୀତ ବର୍ତ୍ତମାନ ସମାଜର ସମସ୍ତ ମନୁଷ୍ୟ ସମାନ ଏବଂ ଜାତି, ବର୍ଣ୍ଣ, ଧର୍ମ, ଜନ୍ମସ୍ଥାନ, ଲିଙ୍ଗ ଇତ୍ୟାଦିର ଭେଦଭାବ ନରଖି ପ୍ରତ୍ୟେକ ମନୁଷ୍ୟ ଅର୍ଥାତ ସମଗ୍ର ମାନବ ଜାତି ପାଇଁ ସମାନ ଅଧିକାର ଦାବି କରିବା ମାନବିକ ଅଧିକାର କର୍ମୀମାନଙ୍କର ଲକ୍ଷ୍ୟ । ବାସ୍ତବରେ ଏହା ମଧ ଯଥାର୍ଥ । ସମସ୍ତେ ସମାନ ନୀତି ପ୍ରଚଲନ ସତ୍ତ୍ୱେ ଉଚ୍ଚ, ନୀଚ, ଧନୀ, ଦରିଦ୍ର ଭେଦଭାବ ରହିବା ଆଦୌ ଉଚିତ ନୁହେଁ । ଗଣତନ୍ତର ତିନୋଟି ମୌଲିକ ଉପାଦନ ସ୍ୱାଧୀନତା, ସମାନତା ଓ ନ୍ୟାୟ ସମସ୍ତେ ସମାନ ଭାବେ ପାଇବା ଦରକାର । ବଞ୍ଚି ରହିବା ଅର୍ଥାତ ଜୀବନ ଧାରଣ କରିବା ମନୁଷ୍ୟର ସର୍ବନିମ୍ନ ଅଧିକାର । ଯେହେତୁ ମନୁଷ୍ୟ କୌଣସି ପ୍ରାଣୀଙ୍କୁ ଜୀବନ ଦାନ କରିପାରୁନାହିଁ, ଏଣୁ କାହାରି ଜୀବନ ହରଣ କରିବାର ଅଧିକାର ମନୁଷ୍ୟର ନାହିଁ । ଏହାହିଁ ମାନବବାଦୀ ଚିନ୍ତାଧାରା ବା ମାନବିକତା ।

ଆମର ପ୍ରାଚୀନ ପରଂପରା ଓ ସଂସ୍କୃତି ମଣିଷ ଜୀବନକୁ ସଂଯତ ଶୃଂଖଳିତ ଓ ମାର୍ଜିତ କରିବା ପାଇଁ ଅନେକ ଶିକ୍ଷା ଦେଇଛି । ଭାରତୀୟ ପୁରାଣ ଶାସ୍ତ୍ର ମାନବର ଜୀବନ ଓ ମରଣକୁ ଆନନ୍ଦମୟ କରିବାକୁ ଉପଦେଶ ମଧ୍ୟ ପ୍ରଦାନ କରିଛନ୍ତି । ବର୍ତ୍ତମାନ ସମୟରେ ମଣିଷର ଧର୍ମ ଧାରଣା, ଆଚାର ବିଚାର, ଉଚ୍ଚାରଣ ଓ ଆଚରଣ, ସତ୍ୟ ଅସତ୍ୟର ଚଉହଦି ଭିତରେ ଦିଗହରା ହୋଇପଡ଼ିଛି । ଭାଗବତରେ କୁହାଯାଇଛି "ଧର୍ମ ମୂଳେ ଏହି ଜଗତ, ପ୍ରାଣୀ ହୁଅନ୍ତି ଆତ୍ମଜାତ" ଏଠାରେ ଧର୍ମ କହିଲେ କୌଣସି ଧର୍ମ ସଂପ୍ରଦାୟ ଯଥା– ହିନ୍ଦୁ, ମୁସଲମାନ କି ଖ୍ରୀଷ୍ଟିଆନ ଧର୍ମକୁ ବୁଝାଏ ନାହିଁ । ଧର୍ମ କହିଲେ ଅଗ୍ନିର ଦାହିକା ଶକ୍ତି, ଜଳର ଧର୍ମ ଶୀତଳତା, ସୂର୍ଯ୍ୟ ରଶ୍ମିର ଗୁଣ ରୌଦ୍ରତା, ଚନ୍ଦ୍ରର ଗୁଣ ଶୀତଳତାକୁ ବୁଝାଏ । ସେହିପରି ମଣିଷର ଧର୍ମ ହେଉଛି ତା'ର ମାନବିକତା । ଦୟା, କ୍ଷମାର ଆଭୂଷଣ, ସଦାଚାର ହେଉଛି ତା'ର ଧର୍ମ । ଆଜିର ସମୟରେ ମଣିଷର ବିଶ୍ୱାସ, ଆଚରଣ ଓ ମାନବିକତା ଗୁଣ ରାଜି ବଦଳିବାରେ ଲାଗିଛି । ମାନବ ସମାଜର ଆଚରଣ ଓ ଉଚ୍ଚାରଣରେ ସଂଯମତା ହ‌ଜି ଗଲାଣି । ଦୟା, କ୍ଷମା ଗୁଣ ଆଦି ପୁରାଣ ଶାସ୍ତ୍ର ଭିତରେ ବନ୍ଦୀ ହୋଇ ରହିଲାଣି । କିନ୍ତୁ ଯୁଗେ ଯୁଗେ ସନ୍ତ ମହାତ୍ମାମାନେ ଅବତୀର୍ଣ୍ଣ ହୋଇ ମାନବିକତାର ବାର୍ତ୍ତା ପ୍ରଚାର କରି ଯାଇଛନ୍ତି ।

ସମାଜରେ ଯେପର୍ଯ୍ୟନ୍ତ ମନୁଷ୍ୟ ମନରେ ଦୈବପ୍ରୀତି ଓ ପାପଭୀତି ରହିଥିଲା ସେ ପର୍ଯ୍ୟନ୍ତ ମନୁଷ୍ୟ ପାପର ଭୟରେ ନିଜକୁ ପାପ କର୍ମରୁ ଦୂରେଇ ରଖୁଥିଲା । ଆଧୁନିକ ବିଜ୍ଞାନ, ହେତୁବାଦୀ ଇତ୍ୟାଦିର ବିକାଶ ହେବା ଦିନଠାରୁ ଏଗୁଡ଼ିକର ବିନାଶ ଘଟିଛି ଓ ମଣିଷର ସମତାଳରେ ବିନାଶ ଘଟୁଛି ମଣିଷପଣିଆ ବା ମାନବିକତା । ନାରୀଟିଏ ଆଜି ସମାଜରେ ସ୍ୱାଧୀନ ବା ସୁରକ୍ଷିତ ନୁହେଁ । ମଣିଷର ଯୌନ ପିପାସା ପଶୁଠାରୁ ବି ହୀନ । ଧର୍ଷଣକାରୀଟିଏ ଆଇନ ଆଗରେ ଅପରାଧୀ ହୋଇପାରେ କିନ୍ତୁ ସମାଜ ଆଖିରେ ସେ ପଶୁଠାରୁ ଅଧିକ ଘୃଣ୍ୟ । ଧର୍ଷଣ ପରେ ପ୍ରମାଣ ଲୋପ କରିବା ଆଶା ନେଇ ଧର୍ଷିତାକୁ ତୁଣ୍ଡ ଚିପି ମାରିଦେବା, ଏସିଡ଼ ମାଡ଼ କିମ୍ବା କିରୋସିନ ଢାଲି ହତ୍ୟା କରିବା ଆଦି ଅପରାଧରେ ଅଭିଯୁକ୍ତ ବ୍ୟକ୍ତି ଜଣେ ମନୁଷ୍ୟ ପଦବାଚ୍ୟ କି ? ଯେଉଁମାନଙ୍କ ପାଖରେ ମାନବିକତା ନାହିଁ, ସେମାନଙ୍କର ମାନବିକ ଅଧିକାର ଆସିଲା କେଉଁଠୁ ବରଂ ସେଭଳି ବ୍ୟକ୍ତିଟିଏ ବଞ୍ଚି ରହିଲେ ତାହା ମାନବିକତାପ୍ରତି ସମାଜ ପାଇଁ ଅଧିକ ବିପଦ ।

ସେହିପରି ରାମଚନ୍ଦ୍ର ନିଜ ପିତାଙ୍କ ଆଦେଶ ନ‌ପାଇ ମଧ୍ୟ ବିମାତାଙ୍କ କଥାରେ ପିତାଙ୍କ ସତ୍ୟ ରକ୍ଷା ପାଇଁ ଜ୍ୟେଷ୍ଠପୁତ୍ର ସିଂହାସନର ଅଧିକାରୀ ନିୟମକୁ ଏଡ଼ିଦେଇ ବନକୁ ଗମନ କରିଥିଲେ । ତା'ର କାରଣ ହେଲା ରାମଙ୍କ ଠାରେ ବିଚାର ଶୀଲତା ଜ୍ଞାନ ଥିଲା ଏବଂ ସେ ବିଚାର ବିବେକାନୁମୋଦିତ ମଧ୍ୟ ଥିଲା । ପ୍ରତ୍ୟେକ ମଣିଷର ବିଚାର କରିବାର ଶକ୍ତି ଓ ବିବେକ ମଧ୍ୟ ଅଛି । ବିଚାରଶୀଲତା ଜ୍ଞାନ ଓ ବିବେକ ଥାଇ ସୁଦ୍ଧା ମଣିଷ ସମୟେ ସମୟେ ନିଜର ସ୍ୱାର୍ଥ ସିଦ୍ଧି ପାଇଁ ତାକୁ ଏଡ଼ି ଦେଉଛି । ଯେପରି ଲଙ୍କାର ରାଜା ରାବଣ ସୀତା ଚୋରି ଭଳି ଏକ ନିନ୍ଦନୀୟ କର୍ମ କରିବାକୁ କୁଣ୍ଠା ପ୍ରକାଶ କରିନଥିଲେ । ଆମେ କ'ଣ ରାବଣଙ୍କୁ ବିବେକହୀନ ଓ ବିଚାରଶକ୍ତି ରହିତ ବୋଲି କହିପାରିବା ? ଅନେକ ହୁଏତ ରାବଣଙ୍କୁ ଅବିବେକୀ କହିପାରନ୍ତି । କାରଣ ସେ ସେପରି (ସୀତା ଚୋରି) ଏକ ଅତିଜଘନ୍ୟ ଅବିବେକୀ କାର୍ଯ୍ୟ କରିଥିବା ହେତୁ । ମାତ୍ର ରାବଣ ବିବେକହୀନ ନଥିଲେ କିମ୍ବା ଅଜ୍ଞ । କୌଣସି ବ୍ୟକ୍ତି କେବେ ବିଚାର ଶକ୍ତି ରହିତ ନୁହେଁ କିମ୍ବା ହୋଇନ‌ପାରେ ମଧ୍ୟ । ଜୀବନର ପ୍ରତ୍ୟେକ ନିଷ୍ଠୁରେ ଆବେଗ ଓ ବିବେକ ମଧ୍ୟରେ ସଂଘର୍ଷ ଘଟେ । ଯେଉଁ ସଂଘର୍ଷରେ ଆବେଗ ଜୟଲାଭ କରେ ସେଠି ମଣିଷର ବିବେକ ଅବଦମିତ ହୋଇଯାଏ । ଯିଏ ଚୋରି ଭଳି ଅନୈତିକ କାର୍ଯ୍ୟ କରେ, ସିଏ ପ୍ରଥମେ ତା' ପାରିପାର୍ଶ୍ୱିକ ଅବସ୍ଥାକୁ ଅନୁଧ୍ୟାନ କରିନିଏ । କାଳେ କିଏ ତାକୁ ଏପରି କର୍ମ କରୁଥିବାର ଦେଖୁଛି କି ? ଯେପରି ରାବଣ, ସୀତାଙ୍କୁ ଚୋରାଇ ନେବା ପୂର୍ବରୁ ମାୟାର ସୁନା ହରିଣୀ ପଠାଇ ରାମ, ଲକ୍ଷ୍ମଣଙ୍କୁ ପଞ୍ଚବଟି କୁଡ଼ିଆ‌ଠାରୁ ଦୂରେଇ ଦେଇଥିଲେ । ଯେତେବେଳେ ଚୋରଟି ଅନୁଭବ କରେ ଯେ ତାକୁ କେହି ଦେଖୁନାହିଁ, ସେତେବେଳେ ସେ ଚୋରି କରିବା ପାଇଁ ଅଗ୍ରସର ହୁଏ । ଯେପରି ରାବଣ କରିଥିଲେ । ଚୋରଟିର ଅନ୍ତ ଚେତନା ତାକୁ ସତର୍କ କରିଥାଏ

ହୁଏତ ତାକୁ କେହି ଦେଖି ନେଇପାରେ ଓ ସେ ସେପରି କର୍ମପାଇଁ ଦଣ୍ଡିତ ହୋଇପାରେ ? ମାତ୍ର ଚୋରଟିର ଆବେଗ ଯେତେବେଳେ ଏହି ସତର୍କତାକୁ ଖାତିର କରେ ନାହିଁ, ସିଏ ସେତେବେଳେ ଚୋରି କରିଥାଏ । ଯଦି ସିଏ ତା'ର ଅନ୍ତଃଚେତନାର ସ୍ୱର ଶୁଣନ୍ତା ହୁଏତ ଚୋରିଭଳି ଅନୈତିକ କାମ ସେ କରନ୍ତା ନାହିଁ । ଏହି ଅନ୍ତଃଚେତନା ହିଁ ବିବେକ । ରାବଣ ଯେତେବେଳେ ସୀତାଙ୍କୁ ଚୋରାଇ ନେଲେ ସେତେବେଳେ ସେ ଭଲ ଭାବରେ ଜାଣିଥିଲେ ଯେ, ସିଏ ଏକ ଅନୈତିକ କାମ କରୁଛନ୍ତି । ମାତ୍ର ଭଗ୍ନୀ ସୁର୍ପଣଲେଖା ଅପମାନର ପ୍ରତିଶୋଧ ନେବା ପାଇଁ ହେଉ ବା ସୀତାଙ୍କ ଅସାମାନ୍ୟ ସୌନ୍ଦର୍ଯ୍ୟରେ ଆକୃଷ୍ଟ ହୋଇ ହେଉ ଏପରି ସୁଯୋଗ ପାଇବାର ଆବେଗ ଏତେ ତୀବ୍ର ଥିଲା ଯେ ସେ ନିଜର ବିବେକକୁ ବଳି ଦେଇ ଚୋରି ଭଳି ହୀନ କାର୍ଯ୍ୟ କରିବାକୁ କୁଣ୍ଠା ପ୍ରକାଶ କଲେ ନାହିଁ । ରାବଣ ମୂର୍ଖ କିମ୍ବା ନିର୍ବୋଧ ନଥିଲେ । ସେ ଦଶମହା ବିଦ୍ୟା ସାଧନା କରିଥିଲେ ଓ ବ୍ରହ୍ମଜ୍ଞାନୀ ମଧ୍ୟ ଥିଲେ । ଭଲମନ୍ଦ ବିଚାର କରିବାର ଶକ୍ତି ମଧ୍ୟ ତାଙ୍କର ଥିଲା । ସେ ବିଚକ୍ଷଣ ବୁଦ୍ଧି ସଂପନ୍ନ ଓ ପ୍ରସିଦ୍ଧ ରାଷ୍ଟ୍ରନୀତିଜ୍ଞ ମଧ୍ୟ ଥିଲେ । ସେ ବିଶ୍ୱ ପ୍ରସିଦ୍ଧ ସେତୁର ପ୍ରତିଷ୍ଠା ଉତ୍ସବରେ ପୁରୋଧା ହୋଇ ନିଜର ଅଭୁତ ଜ୍ଞାନ ସାଧନା ଓ ଧୀମ୍ବାର ପରିଚୟ ଦେଇଥିଲେ । ସେ ଭଲ ଭାବରେ ଜାଣିଥିଲେ ଯେ, ସେ ଯାହା କରୁଛନ୍ତି ତାହା ଅନୈତିକ କାର୍ଯ୍ୟ । ମାତ୍ର ପ୍ରଲୋଭନର ଆବେଗ ଓ ଭଗ୍ନୀ ଅପମାନର ପ୍ରତିଶୋଧ ନେବାର ମାନସିକତା ତାଙ୍କ ବିବେକକୁ ଅବଦମିତ କରି ରଖିଥିଲା । ସୀତାଙ୍କୁ ଚୋରାଇ ନେଲାବେଳେ ବିବେକର ବାରଣ ଅପେକ୍ଷା ଆବେଗର ଉନ୍ମାଦନା ତାଙ୍କର ଅଧିକ ମାତ୍ରାରେ ଥିଲା ।

ସେମିତି ସୋମବଂଶ ରାଜପୁତ୍ର ଦୁର୍ଯ୍ୟୋଧନ । ନିଷ୍କଟକ ରାଜ୍ୟଭୋଗ ପାଇଁ ପାଣ୍ଡବମାନେ ବାସ କରୁଥିବା ଜଉଘରେ ଅଗ୍ନି ସଂଯୋଗ କରାଇଥିଲେ । ଯେତେବେଳେ କି ରାତ୍ରୀର ନିଶାର୍ଦ୍ଧରେ ଅନ୍ଧାରରେ ପାଣ୍ଡବମାନେ ନିଦ୍ରିତ ଥିବାର ଅନୁମାନ କରିଥିଲେ । ଭୀମଙ୍କୁ ବିଷ ଲଡ଼ୁ ଖୁଆଇଲେ । ଏପରିକି କୁଳବଧୂ ଦ୍ରୌପଦୀଙ୍କୁ ଭରା ରାଜସଭା ମଧ୍ୟରେ ଉଲଗ୍ନ କରାଇବାର ଅପଚେଷ୍ଟା ମଧ୍ୟ କରିଥିଲେ । କୁକର୍ମ କରିବା ଯେମିକି ଦୋଷାବହ ତାକୁ ସମର୍ଥନ କରିବା ତା'ଠାରୁ ଅଧିକ ଦୋଷାବହ ଓ ସେପରି କର୍ମକୁ ବିରୋଧ ନକରି ନିରବଦ୍ରଷ୍ଟା ହୋଇ ରହିବା କମ୍ ଦୋଷାବହ ନୁହେଁ । ସେଥିପାଇଁ ଫରାସୀ ସମ୍ରାଟ ନେପୋଲିଅନ ଥରେ କହିଥିଲେ- "ଏ ବିଶ୍ୱ ଅନେକ ସହିଛି, ମନ୍ଦ ଲୋକଙ୍କ ହିଂସାମ୍କ କାର୍ଯ୍ୟରୁ ନୁହେଁ ବରଂ ଭଲ ଲୋକମାନଙ୍କ ନିରବ ରହିବା ଯୋଗୁ । ଅତ୍ୟାଚାର କରୁଥିବା ଲୋକଙ୍କ ଅପେକ୍ଷା ଅତ୍ୟାଚାର ହେଉଥିବା ଦେଖି ଶୋଇ ରହିଥିବା ଜନସାଧାରଣ ବିଶେଷ ପରିମାଣରେ ଏଥିପାଇଁ ଦାୟୀ ।" ଦୁନିଆ ବଡ଼ ଭୟଙ୍କର ଅଟେ । ଯିଏ ଖରାପ କାମ କରେ ସେମାନଙ୍କ ପାଇଁ ନୁହେଁ । ଯିଏ ଖରାପ କାର୍ଯ୍ୟ ହେଉଥିବା ଦେଖେ ଏବଂ ଖରାପ ହେବାକୁ ଦିଏ । ଅଧିକାଂଶ ସ୍ଥାନରେ ଡର ରୋଗଟି ପ୍ରବଳ ଭାବରେ ସମାଜକୁ ମାଡ଼ି ବସିଛି । କୌଣସି ସତ୍ୟ ଓ ନ୍ୟାୟ ପାଇଁ ପ୍ରତିବାଦ କରିବାକୁ ମଣିଷ ଡରୁଛି । ଅନିଷ୍ଟକାରୀ, କ୍ଷମତାବାନ, ପ୍ରଭାବଶାଳୀ, ପଇସାବାଲାମାନଙ୍କୁ ସାଧାରଣ ଜନତା ଭୟ କରୁଛନ୍ତି । ଯେମିତି ଚାଲିଛି ବ୍ୟବସ୍ଥା ସେମିତି ଚାଲିଥାଉ । କିଏ କାହିଁକି ଏଥିରେ ମୁଣ୍ଡ ପୁରାଇ ଅନ୍ୟର ଚକ୍ଷୁଶୂଳ ହେବ, ଅନ୍ୟ ରୋଷର ଶିକାର ହେବ । ସମାଜକୁ ଶାନ୍ତ ସୁନ୍ଦର କରିବାକୁ ହେଲେ ଡର ଛାଡ଼ି, ଭୟ ପରିହାର କରି, ଭୀତି ପରିତ୍ୟାଗ ପୂର୍ବକ ସତ୍ୟ, ନ୍ୟାୟ ପାଇଁ ମୁହଁ ଖୋଲିବାକୁ ପଡ଼ିବ । କଙ୍କଡ଼ାକୁ ଗୋଲିପାଣି ସୁହାଗଲା ପରି ସାଧାରଣ ଜନତାଙ୍କ ଭୀରୁତା, କାପୁରୁଷତା, ଡରକୁଲା ମନୋବୃଭି ବିଶୃଙ୍ଖଳା ସୃଷ୍ଟିକାରୀ ମଣିଷକୁ ବେଶ୍ ସୁହାଉଛି । ଏହାର ସୁଯୋଗ ନେଇ ଦୁଷ୍ଟ ପ୍ରକୃତିଧାରୀ ଦିନ ଦ୍ୱିପ୍ରହରରେ ଅପରାଧ ଘଟାଇ ଜନଗହଲି ଦେଇ ସୁରୁଖୁରୁରେ ବାଟକାଟି ଖସି ପଳାଉଛି । ଲୋକେ ଯାତ୍ରା ଦେଖିଲା ପରି ନିରବଦ୍ରଷ୍ଟା ହୋଇ ରହୁଛନ୍ତି । କାହାର କ'ଣ ହେଲା, ଆମର ସେଥରେ କ'ଣ ଅଛି ନ୍ୟାୟରେ ନିରବ ରହୁଛନ୍ତି । ଆହୁରି ମଧ୍ୟ ପ୍ରଖ୍ୟାତ ରାଷ୍ଟ୍ରନୀତିଜ୍ଞ ତଥା ଆମେରିକାର ପୂର୍ବତନ ରାଷ୍ଟ୍ରପତି ଥୋମାସ ଜେଫରସନ କହିଛନ୍ତି "ଭଦ୍ର ବ୍ୟକ୍ତିମାନେ ନିରବ ରହିଗଲେ ସେତାନମାନେ ପାଦ ରଖିବାକୁ ସ୍ଥାନ ପାଇଯାଆନ୍ତି ।"

ଦ୍ରୌପଦୀଙ୍କୁ ଉଲଗ୍ନ କରାଗଲା ବେଳେ ପିତାମହ ଭୀଷ୍ମ, ଗୁରୁ ଦୌଣାଚାର୍ଯ୍ୟ, କୁଳ ପୁରୋହିତ କୃପାଚାର୍ଯ୍ୟ, ମହାରଥୀ କର୍ଣ୍ଣ ପ୍ରଭୃତି ନିରବ ଦର୍ଶକ ସାଜିଥିଲେ। ମାତୁଳ ଶକୁନି ଅଗ୍ନିରେ ଘୃତ ଢାଳିଲା ପରି ଦୁଃଶାସନକୁ ଏଥିପାଇଁ ଉସ୍ତାହ ପ୍ରଦାନ କରୁଥିଲେ। ଯେତେବେଳେ ଦୁଃଶାସନ ଦୌପଦୀଙ୍କ କେଶ ଆକର୍ଷଣ କରି ତାଙ୍କୁ ଦ୍ୟୁତ ସଭାକୁ ଆଣିଲେ। ଦୌପଦୀ ସେହି ଭରା କୁରୁସଭାକୁ ଯେଉଁ ପ୍ରଶ୍ନ କରିଥିଲେ ସେଥିରେ ବିଦୁରଙ୍କୁ ଛାଡ଼ି ଅନ୍ୟମାନେ ନିରୁତ୍ତର ରହିବା ବେଳେ କୌରବ ଶହେ ଭାଇଙ୍କ ମଧ୍ୟରୁ ବିକର୍ଣ୍ଣ ହିଁ ସ୍ପଷ୍ଟଭାବରେ ଘଟଣାର ପ୍ରତିବାଦ ଜଣାଇଥିଲେ। କର୍ଣ୍ଣ ତାଙ୍କୁ କନିଷ୍ଠ ବୋଲି କହି ସେଥିରୁ ନିବୃତ୍ତ କରିବା ସତ୍ତ୍ୱେ, ଦ୍ରୌପଦୀଙ୍କୁ ବାଜିରେ ଲଗାଇବା ଅବୈଧ ବୋଲି ବିକର୍ଣ୍ଣ ଦେଇଥିଲେ ନିଜର ସ୍ପଷ୍ଟ ମତ।

ପଶା (ଜୁଆ) ଖେଳରେ ପଞ୍ଚପାଣ୍ଡବମାନେ ହାରିଯିବା ଓ ସର୍ବ ସମ୍ମୁଖରେ ଦ୍ରୌପଦୀଙ୍କୁ ବିବସନା କରିବା ଭଳି କଳଙ୍କ କୌରବସିଂହାସନରେ ଘଟିବା ବେଶ୍ ଲଜ୍ଜାଜନକ ଘଟଣା। ଦ୍ରୌପଦୀଙ୍କ ସମ୍ମତି ନନେଇ ତାଙ୍କୁ ପଶାଖେଳରେ ପଣ ଲଗାଇ ଖେଳିବା ନାରୀଙ୍କ ଅସହାୟତାକୁ ଦର୍ଶାଇଦିଏ। ପଣ୍ୟଦ୍ରବ୍ୟ ଭଳି ସେମାନଙ୍କୁ ବ୍ୟବହାର କରିବା ପୁରୁଷର ଆଧିପତ୍ୟକୁ ସୂଚାଇ ଦିଏ। ସର୍ବୋପରି ସର୍ବସମ୍ମୁଖରେ ଦ୍ରୌପଦୀଙ୍କୁ ବିବସନା କରିବା ଓ ଏପରି କାର୍ଯ୍ୟ ବିରୋଧରେ କେହି ଜଣେ ମୁହଁ (ପାଟି) ନଖୋଲିବା ସବୁଠାରୁ ଏଭଳି ଜଘନ୍ୟ ଅପରାଧ କୋଉଠି ନଥିବ। "ସ୍ତ୍ରୀ ଶୂଦ୍ରୌ ନାଧୀୟତିମ" ଭଳି ବାକ୍ୟ କୁହାଯାଇ ନାରୀକୁ ନିକୃଷ୍ଟ ଶୂଦ୍ର ଶ୍ରେଣୀରେ ରଖି ଦିଆଯାଇଛି, ଯାହାର କଳନା କରାଯାଇନପାରେ।

ନିଜ ଅନ୍ଧତ୍ୱର ବାହାନା କରି "ମୁଁ କିଛି ଦେଖିପାରୁ ନାହିଁ"ର ଆଳରେ ଧୃତରାଷ୍ଟ ଖସିଯିବାର ନିରାପଦ ପଥ ବାଛି ନେଇଥିଲେ। ପିତାମହ ଭୀଷ୍ମ ଦୁଇ ଆଣ୍ଠୁ ମଧ୍ୟରେ ନିଜର ମୁହଁ ଲୁଚାଇ ଦେଇଥିଲେ। ଗୁରୁ ଦୋଣାଚାର୍ଯ୍ୟ ତଳକୁ ମୁହଁ ପୋତି ନିରବ ରହିଥିଲେ। କେବଳ ମାତ୍ର ଜଣେ ବ୍ୟକ୍ତି ବିଦୁର ଯିଏକି ସେଠି ନିଜର ପାରୁ ପର୍ଯ୍ୟନ୍ତ ଦ୍ରୌପଦୀଙ୍କ ସପକ୍ଷରେ ଯୁକ୍ତି କରିଚାଲିଥିଲେ। ଆର୍ଯ୍ୟାବର୍ତ୍ତର ସର୍ବଶ୍ରେଷ୍ଠ ଧନୁର୍ଦ୍ଧର ମହାବୀର ଅର୍ଜୁନ ଅନ୍ୟ ଭାଇମାନଙ୍କ ସହିତ ନତ ମୁଖରେ ବସିରହିଥିଲାବେଳେ ମହାବଳି ଭୀମ ଅପେକ୍ଷା କରିଥିଲେ ଜ୍ୟେଷ୍ଠ ଭ୍ରାତାଙ୍କର ସାମାନ୍ୟତମ ଇଙ୍ଗିତକୁ।

ଯେଉଁ ଦୁର୍ଯ୍ୟୋଧନ ଏପରି କର୍ମପାଇଁ ଆଦେଶ ଦେଇଥିଲେ, ସେହି ଦୁର୍ଯ୍ୟୋଧନ କେମିତି ଭାବିପାରିଲେ ନାହିଁ ଯେ ଘୋଷଯାତ୍ରା ସମୟରେ ଚିତ୍ରସେନ ଗନ୍ଧର୍ବ କବଳରୁ ଦ୍ରୌପଦୀଙ୍କ ସ୍ୱାମୀ ପାଣ୍ଡବ ଅର୍ଜୁନ ହିଁ ତାଙ୍କୁ ଉଦ୍ଧାର କରିଥିଲେ। ଅନେକ ଦିବ୍ୟ ଅସ୍ତ୍ର ଅଧିକାରୀ ହୋଇ ଓ ପରଂବ୍ରହ୍ମ କୃଷ୍ଣଙ୍କ ସହଯୋଗରେ ଯୁଦ୍ଧ ଜିତିବା ସୁନିଶ୍ଚିତ ଜାଣି ସୁଦ୍ଧା ଅର୍ଜୁନ କୁରୁକ୍ଷେତ୍ରରେ ନିଜର ଆତ୍ମୀୟ ସ୍ୱଜନମାନଙ୍କୁ ଦେଖି ଅସ୍ତ୍ରତ୍ୟାଗ କରିବାର ନିଷ୍ପତ୍ତି ନେଇଥିଲେ। ରାଜ୍ୟ ପାଇଁ ସିଂହାସନ ଲାଗି ନିଜର ଜ୍ଞାତିମାନଙ୍କ ଉପରକୁ ଶର ପ୍ରହାର କରିବା ପାଇଁ ଅନିଚ୍ଛା ପ୍ରକାଶ କଲେ। ଯାହାଫଳରେ ତାଙ୍କୁ ବୁଝାଇବାକୁ ଯାଇ କୃଷ୍ଣ ଅଷ୍ଟାଦଶ ଯୋଗର ଅଠର ଅଧ୍ୟାୟ ବିଶିଷ୍ଟ ସାତଶହ ଏକଟି ଶ୍ଲୋକଥାଇ ଶ୍ରୀମଦଭଗବତ ଗୀତା ସୃଷ୍ଟି କରିଥିଲେ। ଅର୍ଜୁନଙ୍କର ଏପରି ଆଚରଣ ଏକ ମହତ୍ତର ମୂଲ୍ୟବୋଧ ଦ୍ୱାରା ଅନୁପ୍ରେରିତ ହୋଇଥିଲା। ସୂର୍ଯ୍ୟ ଯେପରି ରାତ୍ରିର ଅନ୍ଧକାର ଦୂର କରିବାକୁ ସକ୍ଷମ, ସେହିପରି ବିବେକ ହିଁ ଲୋକମାନଙ୍କର ବିପଦ ଦୂରକରିବାକୁ ସମର୍ଥ।

ଏକ ସାମାଜିକ ପ୍ରାଣୀଭାବେ ମନୁଷ୍ୟର ବିବେକ ଏକ ମହତ୍ତର(ଗୁଣ) ଅଙ୍ଗ। ମାତ୍ର ଆଜିକାଲି ସାଧାରଣତଃ ଧନଦୌଲତ ମାନର ମୋହରେ ମଣିଷ ନିଜର ବିବେକ ହରାଇ ବସିଥାଏ। ଶିଶୁଟିଏ ଜନ୍ମ ନେଇସାରି ସମାଜରେ ଶିକ୍ଷା, ସଂସ୍କୃତି, ସଭ୍ୟତା, ଚାଲିଚଳଣି ଆଦି ବିଭିନ୍ନ ସୋପାନ ଦେଇ ଗତିକରିଥାଏ। ଯାହାଫଳରେ ଭବିଷ୍ୟତରେ ସେ ଶିକ୍ଷିତ ଓ ପ୍ରତିଷ୍ଠିତ ବ୍ୟକ୍ତି ରୂପେ ସମାଜରେ ପ୍ରତିଷ୍ଠା ଲାଭ କରିଥାଏ। ପରେ ପରେ ସେ ତା'ର ଜ୍ଞାନ ଗରିମା, ବୁଦ୍ଧି ବିବେକ ବଳରେ ସମାଜର ହିତ ସାଧନ କରିଥାଏ। କଥାରେ ଅଛି ଜାତି, ଧର୍ମ, ବର୍ଷ ନିର୍ବିଶେଷରେ ସମସ୍ତେ ସମାନ। ଏଣୁ ଠିକ୍ ଏହି ଦୃଷ୍ଟିରେ ଦେଖି କାର୍ଯ୍ୟକାରୀ ହେବା ଉଚିତ୍। ସମସ୍ତେତ ସେହି ଏକା ମଣିଷ ଜାତି। ଏହାହିଁ ବିବେକ ପଣିଆ। ଧନ,

ଯଶ, ମାନ, କ୍ଷମତା ଏସବୁ କ୍ଷଣିକ ମାତ୍ର। ଏଣୁ ଏସବୁର ମୋହରେ ନପଡ଼ି ଠିକ୍ ବିବେକ ଅନୁସାରେ କାର୍ଯ୍ୟ କରିବା ଉଚିତ। ବିବେକ ଥିବା ମଣିଷ ହିଁ ସଫଳତା ହାସଲ କରିଥାଏ। ଅବିବେକୀ ମଣିଷକୁ ଅବଶ୍ୟ କିଛି ଲୋକ ପ୍ରଶଂସା କରିପାରନ୍ତି। ନିଜର ସ୍ୱାର୍ଥ ହାସଲ ହେତୁ କିନ୍ତୁ ପରେ ଯେତେବେଳେ ଲୋକ ଠିକ୍ ବୁଝିପାରନ୍ତି- ଘୃଣା କରନ୍ତି। ସମାଜ ଆଖିରେ ସେ ହୀନ ହୋଇଯାଏ। ଅବିବେକୀ ପୁରୁଷ ସବୁବେଳେ ସମାଜ ପ୍ରତି କ୍ଷତିକାରକ। ତା'ର ହିତାହିତ ଜ୍ଞାନ ନଥାଏ। ମଣିଷ ଜନ୍ମ ସମୟରେ କିଛି ନେଇକରି ଆସିନଥାଏ। ସେ ଏଇଠି ସମାଜର ଜନସାଧାରଣଙ୍କଠାରୁ ଭଲ ବ୍ୟବହାର, ବିବେକୀ ପଣିଆ, ଉତ୍ତମ ଆଚାର ଶିଖିଥାଏ। କିନ୍ତୁ କ୍ଷୋଭର ବିଷୟ- ଧନିକ ଶ୍ରେଣୀର ବ୍ୟକ୍ତି ବିଶେଷ ଆହୁରି ଅଧିକ ଧନୀ ହେବା ପାଇଁ ଦିନରାତି ବ୍ୟସ୍ତ ରହି ଦୁର୍ନୀତିକୁ ପ୍ରଶ୍ରୟ ଦେଉଥିବା ବେଳେ ଗରିବ ଲୋକଟିଏ ଆଦର୍ଶକୁ ଆଟିରି ଗରିବରୁ ଆହୁରି ଗରିବ ହେଇଯାଉଛି।

ବିବେକ ବୋଧ ଏକ ନୈତିକ ଦୃଷ୍ଟିସହ ସଂଶ୍ଲିଷ୍ଟ ଓ ନୈତିକ ଦୃଷ୍ଟି ସହ ଗୁଣାମ୍ଳକ ଜୀବନର ନିବିଡ଼ ସମ୍ପର୍କ ରହିଛି। ଯେଉଁ ସାମାଜିକ ପରିବେଶରେ ସାଧୁତା, କର୍ତ୍ତବ୍ୟନିଷ୍ଠତା, ନାଗରିକ ଶୃଙ୍ଖଳାବୋଧ, ତ୍ୟାଗ, ସଚ୍ଚୋଟତା, ସତ୍ୟ, ପରୋପକାର ଅଧିକ ବିକଶିତ। ସେଠି ବ୍ୟକ୍ତି ଚରିତ୍ରରେ ବିବେକର ପ୍ରତିଫଳନ ସେତେ ଅଧିକ। ଏକ ବଂଶର ଦାୟଦ ହୋଇ ଗୋଟିଏ ରାଜବାଟିରେ ବାସ କରି ଜଣେ ଗୁରୁଙ୍କଠାରୁ ପ୍ରଶିକ୍ଷିତ ହୋଇ ମଧ୍ୟ ଯେମିତି କୁଟକ୍ରି ଶକୁନି ଓ ଦୁଷ୍ଟ ବୁଦ୍ଧି କର୍ଣ୍ଣଙ୍କ ଗହଣରେ ରହି ଦୁର୍ଯ୍ୟୋଧନ ଅବିବେକୀ ନିଷ୍ଠୁର, ନିର୍ଦ୍ଦୟ ଓ କୃତଘ୍ନ ହୋଇଥିଲା ବେଳେ ଧର୍ମରାଜ ଯୁଧିଷ୍ଠିରଙ୍କ ସାନ୍ନିଧ୍ୟ ତଳେ ଥାଇ ଅର୍ଜୁନ ବିବେକବାନ, ବିଚାରଶୀଳ, ନୀତିନିଷ୍ଠ, ଧର୍ମ ପରାୟଣ, ସତପଥଗାମୀ, ଦୟାବନ୍ତ, ହୃଦୟବାନ ହୋଇପାରିଥିଲେ। ଏକଦା ଯୁଦ୍ଧ ଏଡ଼ାଇବା ପାଇଁ ଯୁଧିଷ୍ଠିର ପାଞ୍ଚ ଭାଇଙ୍କ ଲାଗି ମାତ୍ର ପାଞ୍ଚଟି ପଦାଗ୍ରାମ ମାଗିଥିଲେ। ଯାହା ଦେବାକୁ ଦୁର୍ଯ୍ୟୋଧନ ଅମଙ୍ଗ ହେବାରୁ କୁରୁକ୍ଷେତ୍ରରେ ଆତ୍ମାଘାତି ମହାସମର ଅନୁଷ୍ଠିତ ହୋଇଥିଲା।

ମଣିଷ ମାତ୍ରେ ହିଁ ବିଚାରଶୀଳ। କେହି ତା'ର ବିଚାରଶୀଳ ବୁଦ୍ଧିକୁ ଭଲ ଦିଗରେ ବ୍ୟବହାର କରିପାରେ। ଯେପରି ରାମଚନ୍ଦ୍ର ଓ ଅର୍ଜୁନ କରିଥିଲେ। କିମ୍ୱା ତା' ବିଚାରଶୀଳ ଜ୍ଞାନକୁ ଖରାପ କାମରେ ବିନିଯୋଗ କରିଥାଏ। ଯେମିତି ମହାଜ୍ଞାନୀ ରାବଣ ଓ ମହାମାନୀ ଦୁର୍ଯ୍ୟୋଧନ କରିଥିଲେ। ପ୍ରତ୍ୟେକ ମଣିଷର ଆବେଗ ରହିଛି ଓ ସେହି ଆବେଗ ସ୍ତରୁ ଆସେ କାମନା ଓ ବାସନା। ସେହି ଆବେଗସ୍ତର ଉନ୍ନତ, ରୁଚିପୂର୍ଣ୍ଣ ଓ ବିବେକାନୁମୋଦିତ ହେଲେ ବ୍ୟକ୍ତି ତା' ବୁଦ୍ଧିକୁ ସୁମାର୍ଗରେ ବ୍ୟବହାର କରେ। କେବଳ ବିଚାରଶୀଳ ହେଲେ ଜଣେ ସଚ୍ଚୋଟ ମଣିଷ ହୋଇପାରେନା। ତା'ର ବିଚାରଶୀଳତା ବିବେକାନୁମୋଦିତ ହେବା ଆବଶ୍ୟକ। ରକ୍ ବେଦରେ ରଖି 'ମନୁର୍ଭବ' ଅର୍ଥାତ୍ ମଣିଷ ହୁଅ କହିବା ପଛରେ ଏହି ଅର୍ଥ ହିଁ ନିହିତ।

ଡ଼ଃ ଭାର୍ଗବ ବୁଦ୍ଧି ସଂପର୍କରେ କହିଛନ୍ତି ଯେ, ବୁଦ୍ଧି ସାମାନ୍ୟ ମାନସିକ ଏବଂ ଜନ୍ମଜାତ, ଯୋଗ୍ୟତାର ଏହା ସମନ୍ୱୟ। ଯେଉଁ ସହାୟତାରେ, ସାହାଯ୍ୟରେ ବ୍ୟକ୍ତିକୁ ପ୍ରତ୍ୟେକ କାର୍ଯ୍ୟକରି ସଫଳତା ପାଇବା ପାଇଁ ସୁବିଧା ମିଳିଥାଏ। ନବୀନତମ ପରିସ୍ଥିତିରେ ବ୍ୟକ୍ତିକୁ ସମାୟୋଜନ ଭାବେ ନିର୍ମାଣ କରିଥାଏ ଏବଂ ବିଶେଷ ଭାବରେ କ୍ରିୟାଶୀଳ ହୋଇଥାଏ ବ୍ୟକ୍ତି। ଏହାର ସଂପର୍କ ଅନୁଭବର ବିଶ୍ଲେଷଣ ଏବଂ ଆବଶ୍ୟକତାର ନିଯୋଜନ ତଥା ପୁନଃଗଠନ ହୁଏ। ଯୋଗ୍ୟତା ହିଁ ଦୈନିକ ବ୍ୟବହାରିକ ଜୀବନରେ ବିଶେଷ ଗୁରୁତ୍ୱପୂର୍ଣ୍ଣ। ରକ୍ ବେଦର ଗାୟତ୍ରୀ ମନ୍ତ୍ରରେ ସୁଖ ସ୍ୱରୂପ ଈଶ୍ୱରଙ୍କଠାରେ ଆମର ବୃଦ୍ଧିକୁ ସତ୍ ମାର୍ଗରେ ପ୍ରେରିତ କରିବା ପାଇଁ ପ୍ରାର୍ଥନା କରାଯାଇଛି। ଏହି ମନ୍ତ୍ର ଦ୍ୱାରା ଆମେ ସୃଷ୍ଟି ପାଳକ ପରମେଶ୍ୱରଙ୍କୁ ପ୍ରାର୍ଥନା କରିଥାଉ ଯେ- ଆମର ବୁଦ୍ଧି ଓ ମନକୁ ଶ୍ରେଷ୍ଠ ରାସ୍ତାରେ ଅର୍ଥାତ୍ ଶ୍ରେଷ୍ଠ ମାର୍ଗରେ ନିଅନ୍ତୁ ଏବଂ ଉତ୍ତମ କାର୍ଯ୍ୟ କରିବାରେ ଆମ ବୃଦ୍ଧି ସହାୟକ ହେଉ। ଏହା କୁହାଯାଏ ଯେ "ବୃଦ୍ଧି ଯସ୍ୟ ବଳଂ ତସ୍ୟ" ଅର୍ଥାତ ଯାହାଙ୍କ ଠାରେ ବୃଦ୍ଧି ଅଛି ସେ ଶକ୍ତିଶାଳୀ। ଏଥିପାଇଁ ଆମ ଶାସ୍ତ୍ରରେ ବୁଦ୍ଧି ବିଦ୍ୟା ଏବଂ

ଅବିଦ୍ୟାର ସମନ୍ୱୟ ଉପରେ ଆଧାରିତ । ଉପଯୁକ୍ତ ପରିଭାଷାରେ ଅବିଦ୍ୟା ଅର୍ଥାତ ଜୀବନଯାପନ ସମ୍ବନ୍ଧିତ, ରାମ ଏବଂ ରାବଣଙ୍କ ଚରିତ୍ରରୁ ଏହା ବୁଝାଯାଏ ଯେ, ଉଭୟ ବୃଦ୍ଧିମାନ, କିନ୍ତୁ ଜଣକ ଉପରେ ଧର୍ମର ପ୍ରଭାବ ଓ ଅନ୍ୟ ଉପରେ ଅଧର୍ମର । କାମ, କ୍ରୋଧ ଏବଂ ଲୋଭ ବୁଦ୍ଧିକୁ ନଷ୍ଟ କରିଦିଏ । ବୁଦ୍ଧି ବ୍ୟକ୍ତି ଜୀବନକୁ ସୁସଂଯତ ସଂଭ୍ରମ କରିଥାଏ । ଉଚ୍ଚତର ସୋପାପନରେ ପହଞ୍ଚାଇବା, ମନ୍ଦ ବା ଖଳ ବୁଦ୍ଧି ବ୍ୟକ୍ତି ଜୀବନକୁ ରସାତଳଗାମୀ କରିବା ସହ ସମାଜ ପାଇଁ ଦହନ, ଦାହନ ବା ନଷ୍ଟ ହେବା ପାଇଁ କାରଣ ହୋଇଥାଏ । କଠିନରୁ ଅତି କଠିନ ପରିସ୍ଥିତିରେ ବୁଦ୍ଧି ଶାନ୍ତିପୂର୍ଣ୍ଣ ଢଙ୍ଗରେ କାମ କରେ । ବିପଦ ସମୟ ଆସିଲେ ବୁଦ୍ଧି ତୁରନ୍ତ ରକ୍ଷା ଉପାୟ ନେଇ ଚିନ୍ତାକରେ । ବିବେକ, ବୁଦ୍ଧି, ଶାସ୍ତ୍ର ଅଧ୍ୟୟନରୁ ଆସିଥାଏ, ଚିନ୍ତନରୁ ଆସେ । ଅର୍ଥାତ ବିବେକ ବୁଦ୍ଧି ବିଦ୍ୟାରୁ ଆସେ କିନ୍ତୁ ଅବିଦ୍ୟାରୁ ନୁହେଁ । ବୁଦ୍ଧିବିନା ବିବେକ ବୋଠର ଦୀପ ସମାନ ଏବଂ ସେହି ବୁଦ୍ଧି ବିବେକ ସହ ଦୀପ୍ତିମାନ ଦୀପ ସମାନ ।

"ପ୍ରଜ୍ଞା ବିବେକ ଲଭତେ ବିଭିନ୍ନାଗମଦର୍ଶନୈ, କେୟଦ୍ବା ସାବ୍ୟମୁନ୍ନେତୁଂ ସ୍ୱୟତ୍ନ ମନୁଧବତ ।" (ବାକ୍ୟ ପଦୀୟ) ବିବେକ ଏବଂ ବୁଦ୍ଧି କାର୍ଯ୍ୟ ଏବଂ ଚିନ୍ତନ ସମ୍ବନ୍ଧିତ ଶାସ୍ତ୍ର ପଢ଼ିବା ପରେ ମିଳିଥାଏ । "ପ୍ରଜ୍ଞା ଗୁପ୍ତ ଶରୀରସ୍ୟ କରୋତ୍ୟନ୍ତି ସଂଗତାଃ । ଗୃହିତଚ୍ଛତ୍ରହ ରତସ୍ୟ ବାରିଧାରା ଲବାରୟଃ ।" (ସୁଭାଷିତ ସୁଧାନିଧ୍) ବିବେକ ଅମୂଲ୍ୟ ନିଧ ଅଟେ । ଯାହା ଦ୍ୱାରା ଆମେ ଆମର ଶତ୍ରୁଠାରୁ ନିଜକୁ ରକ୍ଷା ଏପରିଭାବେ କରିପାରନ୍ତି ଯେପରି ଛାତ ବର୍ଷା ଠାରୁ ରକ୍ଷା କରିଥାଏ । "ଦନ୍ୟ ମୋହଂମା ସୂର୍ଯ୍ୟ ପାପକୃତ୍ୟଂ ରାଜଦିଷ୍ଠଂ ପୌଷୁନଂ ପୂର ବୈଗମ୍ । ମତୋ ମତେ ଦୁର୍ଜନେ ରୁଚାମିବାଦଂୟ। ପ୍ରଜ୍ଞାବାନ ବର୍ଜୟେତ ସପ୍ରାନଃ ।" ଯେଉଁ ବ୍ୟକ୍ତି ଅହଂକାର ମୋହ-ମାସୂର୍ଯ୍ୟ (ଈର୍ଷା) ପାପକର୍ମ, ରାଜଦ୍ରୋହୀ ସମାଜର ଯେ ଶତ୍ରୁ, ନିଶାଖୋର, ପାଗଳ ଏବଂ ଦୁଷ୍ଟ ସହ ୫ଗେଡ଼ା ବନ୍ଦ କରିପାରେ ସେ ବୃଦ୍ଧିମାନ ଏବଂ ଶ୍ରେଷ୍ଠ ଅଟେ । ମଣିଷର ମାନସିକ ତନ୍ତ ସାତ ପ୍ରକାର କ୍ରିୟା କରିଥାଏ । ଏହି ସାତ ପ୍ରକାର କ୍ରିୟା ହେଲା ବୁଦ୍ଧି, ମନ, ବିବେକ, କଳ୍ପନା ଶକ୍ତି, ଭାବନା ଶକ୍ତି, ଇଚ୍ଛା ଶକ୍ତି ଏବଂ ସ୍ମରଣ ଶକ୍ତି । ବିବେକ ଦ୍ୱାରା ଅନ୍ତଃକରଣ ଶୁଦ୍ଧ ହୋଇଥାଏ । ଅନ୍ତଃକରଣ ଶୁଦ୍ଧି ଦ୍ୱାରା ବୁଦ୍ଧି ଶୁଦ୍ଧ ହୋଇଥାଏ ଏବଂ ଶୁଦ୍ଧ ବୁଦ୍ଧିରେ ମନସ୍ଵତଃ ହୋଇ ଯାଇଥାଏ ଏବଂ ଶୁଦ୍ଧମନ ହେଲେ ଇନ୍ଦ୍ରିୟ ଶୁଦ୍ଧ ହୋଇଯାଏ ଏବଂ ମନରେ ପୁଣି ଏକାଗ୍ରତା ଆସିଥାଏ ।

ବୃଦ୍ଧି ଓ ବିବେକ ମନୁଷ୍ୟକୁ ସତକର୍ମ ଆଡ଼କୁ ପ୍ରେରିତ କରିଥାଏ । ଅର୍ଥାତ୍ ସଠିକ୍ କାର୍ଯ୍ୟ କରିବା ପାଇଁ ବାଟ ଦେଖାଇଥାଏ । ମନ୍ଦ ଇଚ୍ଛା ମନୁଷ୍ୟକୁ ମାନସିକ ବ୍ୟାଧ ପ୍ରଦାନ କରେ । ମହାଭାରତ କଥା ଅନୁସାରେ ଧୃତରାଷ୍ଟ ଇଚ୍ଛାରେ ଅନ୍ଧ ଥିଲେ । ଏହି ଅନ୍ଧ ଇଚ୍ଛାରୁ ଜନ୍ମ ହୋଇଥିବା ସନ୍ତାନ ଏହି ଭାବରେ ଈର୍ଷା, ଲୋଭ, ମୋହରୂପୀ ପୁତ୍ର ଦୁର୍ଯ୍ୟୋଧନ ଏବଂ ଦୁଃଶାସନ ଆଦି ନିଜ ମନ୍ଦ ବୁଦ୍ଧିଦ୍ୱାରା ସମାଜରେ, ରାଷ୍ଟ୍ରରେ ଯୁଦ୍ଧ ପରିସ୍ଥିତି ସୃଷ୍ଟି କରିଥିଲେ । ଅରାଜକତା ଏକଛାତ୍ରବାଦର ବାହକ ହୋଇଥାଏ । ଏହି ଦୁର୍ଯ୍ୟୋଧନ ଏବଂ ଦୁଃଶାସନ ଆଦି ଥିଲେ ଅନ୍ଧଇଚ୍ଛାର ପ୍ରତୀକ । ବୁଦ୍ଧି ଏବଂ ବିବେକରୂପୀ ପାଣ୍ଡବ ବିଚାରର ଅନ୍ଧକାର ରୂପୀ ଧୃତରାଷ୍ଟ ଏବଂ ତାଙ୍କ ପୁତ୍ର ରୂପୀ କଷ୍ଟ ପ୍ରତ୍ୟେକ ମନୁଷ୍ୟକୁ ହୋଇଥାଏ । ପରନ୍ତୁ କୃଷ୍ଣ ରୂପୀ ଉତ୍ତମ ପଥ ପ୍ରଦର୍ଶକ ଏବଂ ତାଙ୍କ କଷ୍ଟ ପରିଶ୍ରମ, ବିବେକ ମାଧ୍ୟମରେ କିଛି ମଣିଷ ଜୀବନ ରୂପୀ ମହାଭାରତ ବିଜୟୀ ହେଉଛନ୍ତି । ଅନ୍ୟ ପକ୍ଷରେ ଶେଷ କିଛି ଲୋକ ନିଜ ଇଚ୍ଛା ପୂରଣ କରୁକରୁ କୌରବଙ୍କ ପରି ଜୀବନ ରୂପୀ ସଂଗ୍ରାମରେ ମୃତ୍ୟୁକୁ ପ୍ରାପ୍ତ ହୁଅନ୍ତି ।

ବର୍ତ୍ତମାନ ସମାଜରେ, ସଂସାରରେ, ଦୁନିଆରେ ବୃଦ୍ଧିମାନ- ଅତିବୃଦ୍ଧିମାନ ବ୍ୟକ୍ତିଙ୍କ ସଂଖ୍ୟା କମ୍ ନୁହେଁ । କୌରବଙ୍କ ଭଳି ଶତ ସହସ୍ର କିନ୍ତୁ ଏହି ବୃଦ୍ଧିମାନ ଧୃତରାଷ୍ଟ ରୂପୀ ଇଚ୍ଛାରେ ଅନ୍ଧ, ଦୁର୍ଯ୍ୟୋଧନ-ଦୁଃଶାସନ ଆଦିଙ୍କ ଭଳି କାମାନ୍ଧ-ଲୁଣ୍ଠନକାରୀ, ପୀଡ଼ା ଦାୟକ ରୂପୀ କାର୍ଯ୍ୟ କରୁଛନ୍ତି । ବିବେକ ରୂପୀ ପାଣ୍ଡବ ଏବଂ ଉତ୍ତମ ମାର୍ଗ ଦର୍ଶକ କୃଷ୍ଣମାନେ ଏବେ ବିଷାଦ-ବିଷର୍ଷତା ବଳୟରେ, ଶାସ୍ତ୍ରାନୁସାରେ ବିବେକାନୁମୋଦିତ ବୁଦ୍ଧିଦ୍ୱାରା ହିଂସା ପଥକୁ ପରିହାର କରିଦେବା, ଅସହିଷ୍ଣୁତାର ବଳୟରୁ ମୁକ୍ତ

ମିଳିପାରିବ । ରାଜସଭା ସହ ଜଡ଼ିତ– ବ୍ୟକ୍ତି ନିଜ ଅଧିକାର ପ୍ରାପ୍ତି ପାଇଁ ଯେପରି ସଜାଗ– ସମାଜରେ ବାସ କରୁଥିବା ବ୍ୟକ୍ତିଙ୍କ ଅଧିକାର ସୁରକ୍ଷା ଏବଂ ପ୍ରାପ୍ତ ପାଇଁ ସେତେ ଜାଗ୍ରତ ନୁହନ୍ତି । ଏହାତ କୌରବରୂପୀ ବୁଦ୍ଧିଯୁକ୍ତ କିନ୍ତୁ ବିବେକ ରହିତ ମାନସିକତା । ବୁଦ୍ଧିଯୁକ୍ତ ବିବେକ–ବିବେକ ଯୁକ୍ତ ବୁଦ୍ଧିର ଉଣ୍ତରଣ ହିଁ ସମାଜରେ ଶାନ୍ତି– ସଦ୍‌ଭାବନା ସଂହତି ଆଣି ପାରିବ । ବ୍ୟକ୍ତି ଜୀବନକୁ ସୁସଂହତ କରିପାରିବ । ଅନ୍ୟଥା ବିବେକ ରହିତ ବୁଦ୍ଧି ଆଜିର ସାମାଜିକ ବିଭ୍ରାଟ ସୃଷ୍ଟିକାରୀ ଅବସ୍ଥାକୁ ଆହୁରି ଉକ୍ଟ କରିବ ।

ଆଉ ସେମିତି ପ୍ରଥମ ବିଶ୍ୱଯୁଦ୍ଧ ସମୟରେ ପ୍ରାଇଭେଟ ହେନରି ଚାଣ୍ଡି ନାମକ ଜଣେ ଇଂରେଜ ସୈନ୍ୟ ଯୁଦ୍ଧ ଭୂଇଁରେ ଜଣେ ଆହତ ଜର୍ମାନ ସୈନିକ ସହିତ ମୁହାଁମୁହିଁ ହୋଇଯାଇଥିଲେ । ଶତ୍ରୁ ହୋଇଥିଲେ ସୁଦ୍ଧା ଜର୍ମାନ ସୈନ୍ୟ ଜଣକ ଆହତ ହୋଇଥିବାରୁ ପ୍ରାଇଭେଟ ହେନରି ତାଙ୍କୁ ଗୁଳି କରିବାକୁ ଚାହିଁନଥିଲେ । ଫଳରେ ଜର୍ମାନ ସୈନ୍ୟ ଜଣକ ଜୀବନ ଦାନ ପାଇଥିଲେ । ହେଲେ ତାଙ୍କୁ ସେତେବେଳେ ନମାରିବାର ପରିଣାମ ପରେ ସାରା ବିଶ୍ୱକୁ ଭୋଗିବାକୁ ହେଲା । ସେହି ଆହତ ଜର୍ମାନ ସୈନ୍ୟ ଜଣଙ୍କ ନାଁ ହେଉଛି ଆଡ଼଼ଲଫ ହିଟଲର । ପରେ ସେ ଜର୍ମାନର ଚାନସଲର ହେଲେ । ଯିଏ କି ଦ୍ୱିତୀୟ ବିଶ୍ୱ ଯୁଦ୍ଧର ମୁଖ୍ୟ କର୍ଣ୍ଣଧାର ଥିଲେ । ଇହୁଦିମାନଙ୍କୁ ହତ୍ୟା କରିବା ପାଇଁ ଆଦେଶ ଦେଲାବେଳେ ସେ ସେହିଦିନର ଘଟଣା କଥାକୁ ଆଦୌ ମନରେ ରଖିନଥିଲେ । ଯେଉଁ ମାନବିକତା ପ୍ରଦର୍ଶନ କରିବାକୁ ଯାଇ ପ୍ରାଇଭେଟ ହେନରି ତାଙ୍କ ଆହତ ଶରୀରକୁ ଗୁଳି ନକରି ଛାଡ଼ି ଦେଇଥିଲେ, ଦ୍ୱିତୀୟ ବିଶ୍ୱ ଯୁଦ୍ଧ ସମୟରେ ହିଟଲର ସେଦିନର କଥାକୁ ଆଦୌ ମନେ ରଖିନଥିଲେ । ପୁରାପୁରି ପାସୋରି ଦେଇ ମଣିଷ ପଣିଆ ପ୍ରଦର୍ଶନର ବହୁ ତଳକୁ ଖସି ଯାଇଥିଲେ ।

ମଣିଷ ଯେତେବେଳେ ଏକ ମହଉର ମୂଲ୍ୟବୋଧ ଦ୍ୱାରା ଅନୁପ୍ରେରିତ ହୁଏ ସେତେବେଳେ ତା' ଜୀବନରେ ବିବେକର ପ୍ରତିଫଳନ ବେଶୀ ପରିମାଣରେ ହୋଇଥାଏ । ମଣିଷ ବିଚାରଶୀଳ ହୋଇଥିବା ସତ୍ତ୍ୱେ ଆଜି ତା' ଚରିତ୍ରରେ ସ୍ଖଳନ ଦୃଷ୍ଟି ଗୋଚର ହେଉଛି । ଓକିଲମାନେ ମୋଟା ଅଙ୍କର ଅର୍ଥ ନେଇ ଭୟଙ୍କର ଅପରାଧୀମାନଙ୍କୁ ଦୋଷମୁକ୍ତ କରିବା ପାଇଁ ବଳିଷ୍ଠ ଆଇନ ଉପସ୍ଥାପନ କରୁଛନ୍ତି । ବିଚାରପତିମାନେ ଦୁର୍ନୀତି ଗ୍ରସ୍ତ ହୋଇପଡ଼ିଲେଣି । ଆଗ କାଳର କଥା– ସେଦିନ ଅଦାଲତରେ ଭରପୂର ଲୋକ ଥାନ୍ତି । କାରଣ ଦରବାରରେ ଏକ ଅନନ୍ୟ ବିଚାର ହେବାର ଥିଲା । ଯାହାଙ୍କ ହାତରେ ଅମାପ କ୍ଷମତା ରହିଛି । ଯାହାଙ୍କ ଆଦେଶରେ ହତ୍ୟା, ଲୁଣ୍ଠନ, ରକ୍ତପାତ ନିମିଷକରେ କାର୍ଯ୍ୟକାରୀ ହୁଏ । ଯିଏ ଅନ୍ୟମାନଙ୍କୁ ଦଣ୍ଡିତ (ଏପରିକି ନିର୍ବିଚାରରେ ମଧ୍ୟ) କରିଥାନ୍ତି । ଆଜି ଅଦାଲତରେ ତାଙ୍କର ହିଁ ବିଚାରହେବ । କାରଣ ସେ ଦୋଷୀ, ଦିଲ୍ଲୀର ବାଦଶାହ ଗିୟାସୁଦ୍ଦିନ । ଗିୟାସୁଦ୍ଦିନଙ୍କ ତୀର ମାଡ଼ରେ ଜଣେ ବାଳକର ମୃତ୍ୟୁ ହୋଇଛି । ବାଳକର ମାଆ କାଜି (ବିଚାରକ) ସିରାଜୁଦ୍ଦିନଙ୍କ ଦ୍ୱାରସ୍ଥ ହୋଇ ନିବେଦନ କରିଥିଲେ ତାଙ୍କୁ ନ୍ୟାୟ ଦେବା ନିମିଉ । ଦୋଷୀ ଯିଏ ହେଉନା କାହିଁକି ତାଙ୍କୁ ଉପଯୁକ୍ତ ଦଣ୍ଡ ନିମିଉ ପ୍ରାର୍ଥନା କରିଥିଲେ । ଏକମାତ୍ର ପୁତ୍ରକୁ ସେ ହରାଇଛନ୍ତି । ଏହାର ଉପଯୁକ୍ତ ବିଚାର ହିଁ ସେ ଚାହାଁନ୍ତି । ଅତି ମ୍ରିୟମାଣ ଅବସ୍ଥାରେ ଥିବା ବାଳକର ପିତାମାତା ଆଶ୍ୱସ୍ତ ହୋଇଥିଲେ । ବିଚାରକ ସିରାଜୁଦ୍ଦିନଙ୍କ ଠାରୁ ଅଭୟବାଣୀ ଶୁଣି– ନିଶ୍ଚୟ ତୁମ ଅଭିଯୋଗର ସୁବିଚାର ହେବ । ଦୋଷୀଙ୍କୁ ଦଣ୍ଡ ଦିଆଯିବ ।

ଧାର୍ଯ୍ୟ ଦିବସରେ ବାଦଶାହଙ୍କୁ ଡକାଯାଇଥିଲା । ବାଦଶାହ ସାଧାରଣ ବସ୍ତ୍ର ପରିଧାନ କରି ଅଦାଲତରେ ହାଜର ହୋଇଥିଲେ । ଉପସ୍ଥିତ ସଜ୍ଜନ ମଣ୍ଡଳୀ ବାଦଶାହଙ୍କୁ ସମ୍ମାନ ଜଣାଇ ନଥିଲେ । କାରଣ ବିଚାରକ ପୂର୍ବରୁ ବାଦଶାହଙ୍କ ଦୋଷ ସମ୍ପର୍କରେ ସେମାନଙ୍କୁ ଶୁଣାଇଥିଲେ । ବାଦଶାହ ଦୋଷ ସ୍ୱୀକାର କରିଥିଲେ । ତୀର ଚାଲନା ଶିକ୍ଷା କରୁଥିବାବେଳେ ତୀରଟି ଲକ୍ଷ୍ୟଭ୍ରଷ୍ଟ ହେବାରୁ ଏଭଳି ଦୁଃଖଦ ଘଟଣା ଘଟିଛି । ଏ ନିମନ୍ତେ ସେ ପୂର୍ଣ୍ଣମାତ୍ରାରେ ଦାୟୀ । ତେଣୁ ତାଙ୍କୁ ଉଚିତ ଦଣ୍ଡ ଦିଆଯାଉ । ନ୍ୟାୟ ବିଚାର ସମସ୍ତଙ୍କ ପାଇଁ ସମାନ ହେବା ଦରକାର । ବାଦଶାହ ଦୋଷ ସ୍ୱୀକାର କରିବାରୁ ତାଙ୍କ ଉପରେ ଜରିମାନା ଧାର୍ଯ୍ୟ କରାଯାଇଥିଲା । ବିଚାରଙ୍କର ହୃଦବୋଧ ହୋଇଥିଲା ଯେ ଏହା ଉଦ୍ଦେଶ୍ୟ ପ୍ରଣୋଦିତ ଭାବରେ ହୋଇନି, ଅସାବଧାନତା ବଶତଃ ହୋଇଛି ।

ରାୟ ପ୍ରକାଶ ପରେ ବିଚାରକ ନିଜ ଆସନରୁ ଉଠି ବାଦଶାହଙ୍କୁ ସମ୍ମାନ ଜଣାଇଥିଲେ । ଏହି ସମୟରେ ବାଦଶାହ ନିକଟରେ ଥୋଇଥିବା ପୋଷାକ ଭିତରୁ ଏକ ଶାଣିତ ତରବାରୀ ବାହାର କରି ବିଚାରଙ୍କ ଉଦ୍ଦେଶ୍ୟରେ କହିଥିଲେ "ଯଦି ତୁମେ ମୋତେ ଦଣ୍ଡିତ ନକରି କୋହଳ ଭାବ ପୋଷଣ ପୂର୍ବକ ବିନା ଦଣ୍ଡରେ ଖଲାସ କରିଦେଇଥାନ୍ତ ତାହେଲେ ଏଇ ତରବାରୀରେ ତୁମର ଶୀର ସ୍କନ୍ଧଚ୍ୟୁତ କରିଥାନ୍ତି ନିଶ୍ଚୟ" । ଏହି ସମୟରେ ବିଚାରକ ନିଜ ଆସନ ନିକଟରେ ଥିବା ଏକ ଛଡ଼ି (କାଠବାଡ଼ି) ଦେଖାଇ କହିଥିଲେ- "ଜାହାପନା ! ଆପଣ ଯଦି ଅଦାଲତ ଆଦେଶ ସ୍ୱୀକାର କରିନଥାନ୍ତେ, ତା'ହେଲେ ଏଥିରେ ପିଟି ପିଟି ଆପଣଙ୍କୁ ଲହୁଲୁହାଣ କରିଦେଇଥାନ୍ତି । ତାହା ହିଁ ହୋଇଥାନ୍ତା ଆପଣଙ୍କ ଦଣ୍ଡ" । ବାଦଶାହ ଖୁସି ହୋଇ ବିଚାରଙ୍କୁ ଆଲିଙ୍ଗନ କରି କହିଥିଲେ ତୁମ ପରି ବିଚାରଙ୍କୁ ନେଇ ମୁଁ ଗର୍ବ ଅନୁଭବ କରେ । ତୁମେ ଯଥାର୍ଥରେ ଜଣେ ସଚ୍ଚା ବିଚାରପତି । ତୁମ ବିଚାରରେ ଶାସକ-ଶାସିତ, ରାଜା-ପ୍ରଜା ସମାନ ବୋଲି ମୋର ହୃଦବୋଧ ହେଲା । ଏହାର ସାରବାର୍ତ୍ତା ହେଲା ନ୍ୟାୟ ପ୍ରଦାନ ପକ୍ଷପାତହୀନ ହେବା ଉଚିତ୍ । ନ୍ୟାୟ ନିଷ୍କଷ ହେଲେ ଦୋଷୀ ଦଣ୍ଡ ପାଇବା ନିଶ୍ଚିତ ।

ଏହାଥିଲା ଆଗକାଲର ବିଚାର । କିନ୍ତୁ ଏଇନେଟ ସବୁ ଓଲଟା, ନେତା, ପ୍ରଶାସକମାନଙ୍କ ଦୁର୍ନୀତି ପ୍ରତିଦିନ ଖବର କାଗଜ ପୃଷ୍ଠା ମଣ୍ଡନ କରୁଛି । ଏମିତି କିଛି ଲୋକ ଅଛନ୍ତି ଯେଉଁମାନେ ସକାଳେ ଘଣ୍ଟା ଘଣ୍ଟା ପୂଜା ନକଲେ ଅନ୍ନ ଛୁଅନ୍ତି ନାହିଁ । ପ୍ରତିଦିନ ମନ୍ଦିର ଯାଇ ଦିଅଁ ଦର୍ଶନ କରିଥାନ୍ତି । ପ୍ରତିବର୍ଷ ପୁଣ୍ୟ ଅର୍ଜନ କରିବା ପାଇଁ ତୀର୍ଥ ଭ୍ରମଣ କରନ୍ତି । ଗରିବଙ୍କୁ ଦାନ ବି ଦିଅନ୍ତି । ମାତ୍ର ବ୍ୟକ୍ତିଗତ ଜୀବନରେ ସେମାନେ ଥାଆନ୍ତି ପାପାଚାରୀ ଓ ଭ୍ରଷ୍ଟାଚାରୀ । ବ୍ୟବସାୟୀମାନେ ବହୁ ଦେବାଦେବୀଙ୍କ ଫଟୋ କାନ୍ଥରେ ଟାଙ୍ଗି ନତମସ୍ତକ ହୁଅନ୍ତି । ସେମାନଙ୍କୁ ପୂଜା ନକରି ବ୍ୟବସାୟ ଆରମ୍ଭ କରନ୍ତି ନାହିଁ । ମାତ୍ର ଅପମିଶ୍ରଣ କରିବାକୁ କୁଣ୍ଠିତ ହୁଅନ୍ତି ନାହିଁ । ବ୍ୟକ୍ତି ଜଣକ ବ୍ୟବସାୟୀ ଥିଲେ । ମନ୍ଦିର ଦ୍ୱାର ପାଖରେ ଘିଅ ବିକିବା ତାଙ୍କର ନିତିଦିନିଆ କାମ ଥିଲା । ଦିଅଁ ଦର୍ଶନ ପୂର୍ବରୁ ସେ କେବେ ଅନ୍ନ ଜଳ ସ୍ପର୍ଶ କରୁ ନ ଥିଲେ । ସକାଳ ପ୍ରାର୍ଥନା ଓ ସନ୍ଧ୍ୟା ଆଲତୀରେ ନିୟମିତ ଯୋଗ ଦେଉଥିଲେ । ଧର୍ମାନୁଷ୍ଠାନମାନଙ୍କୁ ନିୟମିତ ଦାନ ହେଉଥିଲେ ଓ ପ୍ରତିବର୍ଷ ତୀର୍ଥାଟନରେ ଯାଉଥିଲେ । ମାତ୍ର ତାଙ୍କର ଦୁଃଖ ଥିଲା ତାଙ୍କ ପୁଅ ଏସବୁଠାରୁ ଦୂରେଇ ରହୁଥିଲା । କେବେ ଠାକୁରଙ୍କୁ ଦର୍ଶନ ଲାଗି କୌଣସି ମନ୍ଦିରକୁ ଯାଉନଥିଲା କିମ୍ବା ପ୍ରାର୍ଥନା କରୁ ନଥିଲା ଅଥବା ଆଲତିରେ ଯୋଗ ଦେଉନଥିଲା । ଏଥି ସକାଶେ ବ୍ୟବସାୟୀ ଭାରି ଚିନ୍ତିତ ଓ ମ୍ରିୟମାଣ ଥିଲେ । ହଠାତ ଦିନେ ତାଙ୍କ ଦେହ ଅସୁସ୍ଥ ହୋଇପଡ଼ିଲା । ଦୋକାନକୁ ଯିବା ତାଙ୍କ ପକ୍ଷରେ ସମ୍ଭବ ହେଲା ନାହିଁ । ସେଦିନ ତାଙ୍କ ବଦଲରେ ପୁଅ ଦୋକାନକୁ ଯିବା ସ୍ଥିର ହେଲା । ସେ ପୁଅକୁ ପାଖକୁ ଡାକି କହିଲେ "ବାବୁରେ ଖାଣ୍ଟି ଘିଅ ବିକିଲେ ଲାଭ କମ୍ ହେବ । ସେଥିପାଇଁ ଘିଅରେ ଚର୍ବି ମିଶାଇବାକୁ ପଡ଼ିବ । ପଲା ପୁରା ନିଗାଡ଼ି ହେଲେ ଘିଅ ଅଧିକ ପରିମାଣରେ ଚାଲିଯିବ । ପଲାକୁ ଡବ୍କି ଓଜାଡ଼ି ଚଟ୍କି ନେଇ ଆସିବୁ ।" ଏହା ଶୁଣି ପୁଅ କହିଲା, "ବାପା ତୁମେ ପ୍ରତିଦିନ ମନ୍ଦିରକୁ ଯାଇ ଠାକୁରଙ୍କୁ ଦର୍ଶନ ନ କଲାଯାଏ ଖାଦ୍ୟ ଗ୍ରହଣ କରନାହିଁ । ସକାଳ ପ୍ରାର୍ଥନା ଓ ସନ୍ଧ୍ୟା ଆଲତୀରେ ଯୋଗଦିଅ । ଧର୍ମ ଅନୁଷ୍ଠାନମାନଙ୍କୁ ଅର୍ଥ ଦାନ କର ଓ ତୀର୍ଥାଟନରେ ଯାଅ । ମାତ୍ର ତୁମର କର୍ମ ଏପରି କାହିଁକି ? ମୁଁ ଠାକୁରଙ୍କୁ ଜୁହାର ହେବାକୁ କେବେ ମନ୍ଦିରକୁ ଯିବି ନାହିଁ । ପ୍ରାର୍ଥନା କରିବି ନାହିଁ । କିନ୍ତୁ ମୋ କର୍ମରେ ସର୍ଚ୍ଚୋଟତା ରକ୍ଷା କରିବି । ଲାଭ କମ ହେଲେ ସୁଦ୍ଧା ଖାଣ୍ଟି ଘିଅ ବିକିବି । ତାକୁ ଭେଜାଲ କରି ପାରିବି ନାହିଁ । ପୁରା ପଲା ନିଗାଡ଼ି ଘିଅ ଦେବି । ଅଧିକ ପରିମାଣରେ ଘିଅ ଚାଲିଗଲେ ମଧ୍ୟ, ଅସତ ଉପାୟରେ ଅର୍ଜିତ ଧନ ଧର୍ମାନୁଷ୍ଠାନକୁ ଦାନ ଦେବି ନାହିଁ କିମ୍ବା ତୀର୍ଥାଟନରେ ଯିବି ନାହିଁ ।"

ବାପା, ପୁଅ କଥା ଶୁଣି କହିଲେ "ବାବୁରେ ତୁ ଏ ତରୁଣ ବୟସରେ ଯାହା ପ୍ରାପ୍ତ କରିପାରିଛୁ ମୁଁ ସାରା ଜୀବନ କାଳ ମଧରେ ସେତକ ଅର୍ଜି ପାରିନାହିଁ । ଖାଲି ଛଲନାର ଆଶ୍ରୟ ନେଇଛି । ବାହାରକୁ ପରମ ନୈଷ୍ଠିକ ଭକ୍ତ ଭାବରେ ଦେଖାଇ ହୋଇ କେବଳ ପାପ ଗୁଡ଼ାଏ ଅର୍ଜନ କରିଛି । ଏ ଦୁନିଆକୁ ଏପରିକି ଠାକୁରଙ୍କୁ ମଧ

ଠକିଛି । ମୁଁ ମନରୁ ଛଳନା ଛାଡ଼ି ପାରିନାହିଁ । ମୁଁ ପାପ ପଙ୍କରେ ସାଲୁବାଲୁ ହୋଇଯାଇଛି ଓ ସେଥୁ ସକାଶେ ମୋ ମନରେ ଅନୁତାପ କିମ୍ବା ଅନୁଶୋଚନା ଆଦୌ ନାହିଁ । ମୁଁ ଶତ ଚେଷ୍ଟା ସତ୍ତ୍ୱେ ତୋ ପରି କେବେ ବି ହୋଇପାରିବି ନାହିଁ । ତଥାପି ତୁ ଗ୍ରହଣ କରିଥିବା ମାର୍ଗକୁ ଅନୁସରଣ କରିବାକୁ ଯତ୍ନ କରିବି । ଭେଜାଲ ଔଷଧ ପ୍ରସ୍ତୁତ କରି ସେମାନେ ମୃତ୍ୟୁର ବଣିକ ସାଜନ୍ତି । ଆହୁରି କିଛି ଉଚ୍ଚ ଶିକ୍ଷିତ ପଦାଧିକାରୀ ଅଛନ୍ତି, ଯେଉଁମାନେ ବାହାରକୁ ଅତ୍ୟନ୍ତ ଧର୍ମ ପରାୟଣ ମନେ ହୁଅନ୍ତି । ମାତ୍ର ସେମାନେ ଲାଞ୍ଚ ନେବାରେ ଓ ସର୍ବସାଧାରଣଙ୍କ ସମ୍ପତ୍ତି ହଡ଼ପ କରିବାରେ ଓସ୍ତାଦ । ଓସ୍ତାଦୀ ତାକୁ କୁହାଯାଏ, ଯାହାକୁ ବିଚକ୍ଷଣ ଉପସ୍ଥିତ ବୁଦ୍ଧିରେ ବ୍ୟବହାର କରି ଲୋକଟା ପକ୍ଷଭୁକ୍ତ ହୁଏ । ପୁଣି ନିଷ୍କଳଙ୍କ ହେବାର ଖ୍ୟାତି ନେଇ ସଙ୍କଟରୁ ବାହାରି ଆସେ । ଏହା ହେଉଛି ଆଜିର ମଣିଷର ବ୍ୟକ୍ତିଗତ ଚରିତ୍ର । ଏମାନେ କ'ଣ ମଣିଷ ନୁହନ୍ତି ନା ମଣିଷ ଭାବରେ ବିଚାରଶୀଳ ନୁହନ୍ତି ?

ଏମିତିକା ଇତିହାସର ପୃଷ୍ଠା ଓଲଟାଇଲେ ଦେଖା ଦିଅନ୍ତି (ଦାରାସିକେହ) ଦାରା । ସମ୍ରାଟ ଶାହାଜାହାନଙ୍କ ଜ୍ୟେଷ୍ଠ ପୁତ୍ର, ଜଣେ ଭଦ୍ର ଓ ମାର୍ଜିତ ବୁଦ୍ଧିଜୀବୀ ସୁଫି । କିନ୍ତୁ ଏକ ହତଭାଗ୍ୟ ରାଜକୁମାର । ମାତ୍ର ଅଠଚାଳିଶ ବର୍ଷର ଜୀବନକାଳ । ତାରି ଭିତରେ ଉଭୟ ହିନ୍ଦୁ ଓ ଇସ୍ଲାମ ଧର୍ମର ସମନ୍ୱୟ ପାଇଁ ଚେଷ୍ଟା କରିଥିଲେ । ନିଜେ ସଂସ୍କୃତ ଶିଖୁଲେ ଏବଂ ଉପନିଷଦ, ଭଗବତ ଗୀତା ଓ ଯୋଗବାଶିଷ୍ଟକୁ ପାର୍ସୀ ଭାଷାରେ ଅନୁବାଦ କରି ବିଶ୍ୱଦରବାରରେ ପହଞ୍ଚାଇ ପାରିଥିଲେ । ଏକ ସଂକୀର୍ଣ୍ଣ ଅସ୍ମିତାର ପଞ୍ଜୁରି ବାହାରେ ଏକ ବୃହତ୍ତର ସତ୍ତା ସହିତ ଏକାତ୍ମ ହୋଇଥିଲେ । ମାତ୍ର ପରିଣାମ କଣ ହେଲା । ସେପରି "ସଦ୍ ବିପ୍ରାଃ ବହୁଧା ବଦନ୍ତି" ଅର୍ଥାତ୍ ଭଗବାନ ଜଣେ ଓ ଅଭିନ୍ନ ଲୋକ ତାଙ୍କୁ ଭିନ୍ନ ଭିନ୍ନ ନାମରେ ଡାକନ୍ତି । ବିଶ୍ୱାସ କରୁଥିବା ଆଧ୍ୟାତ୍ମବାଦୀ ମାତ୍ର ଧର୍ମାନ୍ଧ ଆଉରଙ୍ଗଜେବ ନିଜର ସେହି ବଡ଼ଭାଇ ଦାରାସିକେହଙ୍କ ମୁଣ୍ଡ କାଟି ତାଙ୍କୁ ହତ୍ୟା କରିଥିଲେ ଓ ହିନ୍ଦୁ ତୀର୍ଥ ଯାତ୍ରୀଙ୍କ ଉପରେ ଜିଜିଆ କାର ବସାଇ ଥିଲେ ।

"ଆଦିତ୍ୟସ୍ୟ ଗତାଗତୈଃ ରହରହ ସଂକ୍ଷୀୟତେ ଜବନଂ ବ୍ୟାପାରୈବହିକାର୍ଯ୍ୟ ଭାରିଭିଃ ଗୁରୁଭିଃ କାଲୋନ ବିଜ୍ଞାୟତେ । ଦୃଷ୍ଟା ଜନ୍ଲ ଜଗାଂ ବିପତ୍ତି ମରଣଂ ତ୍ରାସଶ୍ଚ ନୋତ୍ପଦ୍ୟତେ, ପୀତ୍ୱା ମୋହମୟୀଂ ପ୍ରମୋଦ ମଦିରା ମୁନ୍ମତ୍ତଭୂତଂ ଜଗତ" । ଅର୍ଥାତ୍ ପ୍ରତିଦିନ ସୂର୍ଯ୍ୟଙ୍କ ଉଦୟ ଓ ଅସ୍ତରେ ଏ ଜୀବନ ସରିସରି ଯାଉଛି । ପରମାୟୁ କ୍ଷୟ ହୋଇ ଯାଉଛି । ନାନା କାର୍ଯ୍ୟଭାରରେ ବୁଡ଼ିଯାଇ କାଲର ଗତି ବିଷୟରେ ଅଜ୍ଞତା ମଣିଷର ରହିଯାଇଛି । ପ୍ରତି ମୁହୂର୍ତ୍ତରେ ଦେଖୁଥିବା ଜନ୍ମ ମୃତ୍ୟୁ ବାର୍ଦ୍ଧକ୍ୟ ବିପତ୍ତି ଓ ମରଣ ତା'ଠି ଟିକେ ବି ଭୟ ଚେତନା ସୃଷ୍ଟି କରିପାରୁ ନାହିଁ । ମୋହମୟୀ ପ୍ରମୋଦ ମଦ ମଜଲିସ ମଦିରା ପାନରେ ଏ ଜଗତ ଉନ୍ମତ୍ତ ହୋଇ ଉଠୁଛି । ଏଇହେଲା ପରିସ୍ଥିତି ଓ ପରିବେଶ । ପ୍ରଭୁ ଶଙ୍କରାଚାର୍ଯ୍ୟ ତାଙ୍କ ଶିବ ପାର୍ଥନାରେ କହିଛନ୍ତି "ଆୟୁର୍ନଶ୍ୟତି ପଶ୍ୟତାଂ ପ୍ରତିଦିନଂ ଯାତି କ୍ଷୟଂ ଯୌବନଂ ପ୍ରତ୍ୟାୟାନ୍ତି ଗତାଃ ପୁନର୍ନଦି ବସାଃ କାଲୋ ଜଗତ ଭକ୍ଷକଃ, ଲକ୍ଷ୍ମୀ ସ୍ତୋୟତରଙ୍ଗ ଭଙ୍ଗ ଚପଲା ବିଦ୍ୟୁଜ୍ଜଲଂ ଜୀବିତଂ, ତସ୍ମାନ୍ନା ଶରଣାଗତଂ ଶରଣଦ ତ୍ୱଂ ରକ୍ଷରକ୍ଷାଧୁନା" ପ୍ରତିଦିନ ଏହି ଜୀବନ କ୍ଷୟ ହୋଇ ଯାଉଛି । ଚାଲି ଯାଇଥିବା ଦିନ ଗୁଡ଼ା ଆଉ ଫେରୁ ନାହାଁନ୍ତି । ପ୍ରତିଦିନ ଏହି ଯୌବନ ବି କ୍ଷୟ ହେଉଛି । କାଲ ଏ ସାରା ଜଗତକୁ ଖାଇଯାଉଛି । ଧନ ସଂପତ୍ତି ଜଲ ତରଙ୍ଗ ପରି ଚପଲ ଓ ଜୀବନ ବିଦ୍ୟୁତ ଭଲି ଚଞ୍ଚଲ । ତେଣୁ ହେ ପ୍ରଭୁ ତୁ ମତେ ରକ୍ଷାକର ରକ୍ଷାକର ।

"ଅହୋ ରାତ୍ରାଣି ଗଚ୍ଛନ୍ତି ସର୍ବେଷାଂ ପ୍ରାଣିନାମହ, ଆୟଂଷି କ୍ଷଣୟତ୍ୟାଶୁ ଗ୍ରୀଷ୍ମେ ଜଲମିବାଂଶବଃ" ଗ୍ରୀଷ୍ମ କାଲରେ ସୂର୍ଯ୍ୟ କିରଣ ପାଣିକୁ ଶୁଖାଇ ଦେଲା ପରି ଦିନ ଓ ରାତି ନିୟମ ଅନୁସାରେ ଗତି କରି ପ୍ରାଣୀମାନଙ୍କର ଆୟୁକୁ ଶୀଘ୍ର ଶୀଘ୍ର କ୍ଷୟ କରୁଛି । ତା'ତ ଯକ୍ଷଙ୍କର "କିମାଶ୍ଚର୍ଯ୍ୟମ" ପ୍ରଶ୍ନର ମୂଳ କାରଣ, ମୃତ୍ୟୁ ଭୟ, ଅଭିନିବେଶକୁ ପାଞ୍ଚ କ୍ଲେଶ ମଧ୍ୟରୁ ଅନ୍ୟତମ କ୍ଲେଶ ଭାବେ ବିବେଚିତ କରାଯାଇଛି । କୁହାଯାଇଛି "ଅବିଦ୍ୟାସ୍ମିତା ରାଗ ଦ୍ୱେଷାଭିନି ବେଶଃ କ୍ଲୋଶଃ" ପ୍ରଭୁଙ୍କ ପ୍ରାର୍ଥନାରେ ଏକ୍ଲେଶ ଦୂର ପାଇଁ ମାଗୁଣି କରି କୁହାଯାଇଛି । "କୃଷ୍ଣାୟ ବାସୁଦେବାୟ

ହରଯେ ପରମାମୁନୋ ପ୍ରଣତ କ୍ଲେଶ ନାଶାୟ ଗୋବିନ୍ଦାୟ ନମୋନମଃ” ଅର୍ଥାତ୍ ଜ୍ଞାନର ଏହି ପାଞ୍ଚ କ୍ଲେଶ (ଅବିଦ୍ୟା, ଅସ୍ମିତା, ରାଗ, ଦ୍ୱେଷ, ଅଭିନିବେଶ) ନାଶ କରୁଥିବା ଗୋବିନ୍ଦ ବାସୁଦେବଙ୍କ ପରି ପରମାତ୍ମା ଗୋବିନ୍ଦଙ୍କୁ ବାରମ୍ବାର ପ୍ରଣାମ କରୁଛି । ଅବଶ୍ୟ ଏ ପ୍ରାର୍ଥନାରେ ଲୋକେ ଏକୁ କେତେ ବୁଝିଛନ୍ତି, ହେଜୁଛନ୍ତି, ଦେହ ଓ ମନକୁ ଭେଦେଉଛନ୍ତି ତା’ ଭିନ୍ନକଥା । କ୍ଲେଶନାଶ ଅର୍ଥ କ’ଣ ଏଇ ପାଞ୍ଚ ଭାବ ବୋଲି ଲୋକେ ଭାବୁଛନ୍ତି । ପ୍ରାର୍ଥନା ସେଥିପାଇଁ କରୁଛନ୍ତି ପରଶମଣି ଛୁଇଁଲେ ଲୁହା ସୁନା ହେବା ପରି ପ୍ରଭୁଙ୍କ ଦର୍ଶନରେ ସବୁ ଅଜ୍ଞାନତା, କଳୁଷ ଲୋପ ପାଇଯାଏର ବିଶ୍ୱାସ ସମସ୍ତଙ୍କର ଅଛି । ଏହା ପ୍ରକୃତ ଗୋଟେ ଆକାରର ସଂକେତ ନୁହେଁ, ଭାବର ସଂକେତ ।

ସଂସାରରେ କ୍ରିୟା ଅପେକ୍ଷା ଭାବ ହେଉଛି ଅଧିକ ଫଳପ୍ରଦ । ଅତି ଛୋଟ କ୍ରିୟା ମଧ୍ୟ ଭାବର ପ୍ରାଧାନତା ହେତୁ ମୁକ୍ତି ପ୍ରଦାନ କରାଇ ଦେଇପାରେ ଏବଂ ଅତି ଉତ୍ତମ କ୍ରିୟା ମଧ୍ୟ ନିମ୍ନ ସ୍ତରରେ ଭାବ ହେତୁ ନରକ ଆଡ଼କୁ ଟାଣି ନେଇଥାଏ । ଯଦି କେହି ଅନ୍ୟମାନଙ୍କର ଅନିଷ୍ଟ ବା ବିନାଶ ସାଧନ ନିମନ୍ତେ ଜପ, ତପ, ଧ୍ୟାନ, ସ୍ତୁତି, ପ୍ରାର୍ଥନା, ପୂଜାପାଠ ଓ ଯଜ୍ଞ କରନ୍ତି । ତେବେ ସେସବୁର ଫଳ ସ୍ୱରୂପ କର୍ତ୍ତାକୁ ନରକ ପ୍ରାପ୍ତ ହୋଇଥାଏ । ଉପରୋକ୍ତ ଅନୁଷ୍ଠାନ ଆଦି କ୍ରିୟା ଯଦିଓ ଅତି ଉତ୍ତମ ତଥାପି ତାମସିକ ଭାବ ନେଇ କରାଯାଉଥିବାରୁ ତାହା କର୍ତ୍ତାଙ୍କର ଅଧୋଗତିର କାରଣ ହୋଇଥାଏ । ଭଗବାନ କହିଛନ୍ତି- “ଝଗଦ୍ଧ୍ୱ ଗୁଣ ବୃଦ୍ଧିସ୍ୱ ଅଧୋ ଗଚ୍ଛନ୍ତି ତାମସାଃ” (ଗୀତା ୧୪,୧୮) “ତମୋଗୁଣର, କାର୍ଯ୍ୟରୂପୀ ନିଦ୍ରା, ପ୍ରମାଦ ଓ ଆଳସ୍ୟାଦିରେ ସ୍ଥିତ ତାମସିକ ବ୍ୟକ୍ତିମାନେ ଅଧୋଗତି ଅର୍ଥାତ୍ କୀଟ, ପଶୁ ଆଦି ନୀଚଯୋନି ତଥା ନରକ ପ୍ରାପ୍ତ ହୁଅନ୍ତି” ।

ଯେତେବେଳ ଏହି ସକଳ ଉତ୍ତମ କ୍ରିୟା ସ୍ତ୍ରୀ, ଧନ, ପୁତ୍ର ଆଦି ପ୍ରାପ୍ତି ନିମନ୍ତେ ଅଥବା ରୋଗ ନିବୃତ୍ତି ନିମନ୍ତେ କରାଯାଏ, ସେତେବେଳେ ରାଜସିକ ଭାବ ପୋଷଣ କରି କ୍ରିୟା କରାଯାଉଥିବାରୁ ତଦ୍ୱାରା ମଧ୍ୟମ ଗତି ପ୍ରାପ୍ତ ହୁଏ । ତାତ୍ପର୍ଯ୍ୟ ହେଲା, ଯେପରି ଭାବ ନେଇ କ୍ରିୟା କରାଯାଏ, ସେହିପରି ଫଳହିଁ ପ୍ରାପ୍ତ ହୋଇଥାଏ । ଉପରୋକ୍ତ ଉତ୍ତମକ୍ରିୟାଦି କର୍ତ୍ତବ୍ୟ ଜ୍ଞାନରେ ନିଷ୍କାମ ଓ ପ୍ରେମଭାବ ପୂର୍ବକ ଭଗବତ ପ୍ରୀତ୍ୟର୍ଥେ କରାଯାଏ । ତେବେ ଅନ୍ତଃକରଣ ଶୁଦ୍ଧ ହୋଇ ଭଗବତ ପ୍ରାପ୍ତି ହୋଇଥାଏ । ଏପରି ଭାବରେ କ୍ରିୟା ତା’ର ଭାବ ଅନୁସାରେ ହିଁ ଉତ୍ତମ, ମଧ୍ୟମ ବା ଅଧମ ଫଳ ପ୍ରଦାନ କରିଥାଏ । କୌଣସି ନିମ୍ନ ଶ୍ରେଣୀର କ୍ରିୟା ଯଦି ଦିବ୍ୟ ଭାବର ସହିତ କରାଯାଏ, ତାହେଲେ ସେହି କ୍ରିୟା ମଧ ମୁକ୍ତି ପ୍ରଦାୟକ ହୋଇଥାଏ । ମାତା-ପିତା ଓ ଗୁରୁଜନ ରୂପେ ପିଲାଙ୍କୁ ଶିକ୍ଷାଦାନ ତଥା ପାଳନ-ପୋଷଣ କରିବା, ସେମାନଙ୍କର ମଳ-ମୂତ୍ର ସଫା କରିବା, ଡାକ୍ତର ରୂପେ ରୋଗୀର ଚିକିତ୍ସା କରିବା, ରାସ୍ତା ସଫା କରିବା, ରୋଷେଇ ନିମନ୍ତେ ଜାଳେଣୀ କାଠ ବୋହି ଆଣିବା, ବ୍ୟବହାର୍ଯ୍ୟ ସାମଗ୍ରୀମାନଙ୍କର ନ୍ୟାୟସଙ୍ଗତ କ୍ରୟ-ବିକ୍ରୟ କରିବା, ଭୃତ୍ୟ ପରି ସେବା କାର୍ଯ୍ୟ କରିବା, ଏପରିକି ଦୁର୍ଗନ୍ଧ ନିରାକରଣ ନିମନ୍ତେ ମଳ-ମୂତ୍ର ସଫା କରିବା ଇତ୍ୟାଦି ଯେଉଁ ସବୁ ନିମ୍ନ ଶ୍ରେଣୀର କ୍ରିୟା, ସେସବୁକୁ ବି ଯଦି କର୍ତ୍ତବ୍ୟ ବୁଦ୍ଧିରେ ନିଷ୍କାମ ଓ ପ୍ରେମ ଭାବରେ କରାଯାଏ, ତେବେ ସେସବୁର ପରିଣାମ ସ୍ୱରୂପ ଅନ୍ତଃକରଣ ଶୁଦ୍ଧ ହୋଇ ପରମାତ୍ମା ପ୍ରାପ୍ତି ହୋଇପାରେ । କିନ୍ତୁ ସେସବୁ କ୍ରିୟା ସକାମ ଭାବରେ କରାଗଲେ ତାହାଦ୍ୱାରା କେବଳ ଅର୍ଥ ପ୍ରାପ୍ତି ହୋଇଥାଏ ।

କଥିତ ଅଛି ଭକ୍ତିମତୀ ଶବରୀ ମୁନିରୁଷିଙ୍କ ଗମନାଗମନ ରାସ୍ତା ସଫା କରୁଥିଲେ, ତଥା ରାସ୍ତାର ଅଳିଆ ଆବର୍ଜନା ଓ କଣ୍ଟା ଇତ୍ୟାଦି ସଫାକରି ଦୂରରେ ଫୋପାଡ଼ି ଦେଇ ଆସୁଥିଲେ । (ବନରୁ) ଜଙ୍ଗରୁ କାଠ ସଂଗ୍ରହ କରି ମୁନି ରୁଷିଙ୍କ ଆଶ୍ରମ ନିକଟରେ ଆସୀ ରଖିଦେଉଥିଲେ । ଏସବୁ କର୍ମ ନିମ୍ନ ଶ୍ରେଣୀର ପରି ଜଣାଯାଉଥିଲେ ମଧ ଶବରୀ ଏସବୁ ନିଷ୍କାମ ଭାବରେ, କର୍ତ୍ତବ୍ୟ ଜ୍ଞାନରେ, ଈଶ୍ୱରଙ୍କ ସେବା କାର୍ଯ୍ୟ ବୋଲି ମନେକରି କରୁଥିଲେ । ଏଣୁ ତାଙ୍କର ଭାବ ଉତ୍ତମ ହୋଇ ଥିବାରୁ ତାଙ୍କ ଅନ୍ତଃକରଣ ଶୁଦ୍ଧ ହୋଇ ତାଙ୍କୁ ଭଗବତ ପ୍ରାପ୍ତି ହୋଇଥିଲା ।

ବର୍ତ୍ତମାନତ ରାଜନେତା ଓ ପ୍ରଶାସକ ଅଧିକାରୀମାନେ କୋଟି କୋଟି ଟଙ୍କାର ଦୁର୍ନୀତି କରୁଛନ୍ତି। ସର୍ବସାଧାରଣ ସମ୍ପତ୍ତିକୁ ଆମ୍ଭସାତ କରି ନେଉଛନ୍ତି। ଗରିବ ଖଟିଖିଆଙ୍କ ପ୍ରାପ୍ୟ ହଡ଼ପ କରିବାରେ ବ୍ୟସ୍ତ ରହୁଛନ୍ତି। ସେମାନେ ସମସ୍ତେ ଶିକ୍ଷିତ ଓ ଭଲମନ୍ଦ ବିଚାର କରିବାର ଶକ୍ତି ଏମାନଙ୍କର ଅଛି। ଏମାନେ ସମସ୍ତ ଜାଣନ୍ତି ସେମାନେ ଅନ୍ୟାୟ ଓ ଅପକର୍ମ କରୁଛନ୍ତି। ଅବିବେକୀ ପଣିଆର ପରିଚୟ ଦେଉଛନ୍ତି। "ମନୁଷ୍ୟ ଦେହେ ଦିବ୍ୟ ଜ୍ଞାନ, ଦେଖି ସନ୍ତୋଷ ଭଗବାନ" (ଭାଗବତ) ଯେଉଁଠି ଏ ଦେଶର ସବୁ ବ୍ୟବସାୟୀ, ସରକାରୀ କର୍ମଚାରୀ, ସମାଜସେବୀ, ରାଜନେତା, ବୁଦ୍ଧିଜୀବୀ, ବୁଦ୍ଧିବାଦୀ, ସ୍ୱେଚ୍ଛାସେବୀ, ସଂଗଠନ ଇତ୍ୟାଦି ଦୁର୍ନୀତିରେ ଲିପ୍ତ। "ନଈଁ ପଡ଼ିଥିବ ଯେତିକି ବେଳେ, ବିଧାଏ ମାରିବ ସେତିକି ବେଳେ" ନ୍ୟାୟରେ ସୁଯୋଗ ଉଣ୍ଟି ଅପକର୍ମମାନ କରିଚାଲିଛନ୍ତି। ସେତେବେଳେ ଅତିବଡ଼ି ଜଗନ୍ନାଥ ଦାସ କାହିଁକି ଉକ୍ତ ପଦଟିକୁ ଭାଗବତରେ ଲେଖିଥିଲେ ତା'ର କାରଣ କିଛି ଜାଣି ହେଉନି କିମ୍ବା ବୁଝି ହେଉନି। ସତରେ କ'ଣ ଆମ ଦେହରେ ଦିବ୍ୟ ଜ୍ଞାନ ଅଛି ? ଯାହାକୁ ଦେଖି ଭଗବାନ ସନ୍ତୋଷ ଲାଭ କରୁଥିବେ ? ସୃଷ୍ଟିକର୍ତ୍ତା ସକଳ ପ୍ରାଣୀଙ୍କ ମଧ୍ୟରେ ମନୁଷ୍ୟକୁ ଉନ୍ନତ ଶରୀର ଓ ବୁଦ୍ଧିଦେଇ ନିର୍ମାଣ କରିବାର ଉଦ୍ଦେଶ୍ୟ ରହିଛି। ଭୂଲୋକକୁ ବାରମ୍ବାର ଯିବା ଆସିବା ପାଇଁ ମନୁଷ୍ୟ ଜନ୍ମ ମିଳିନାହିଁ। ତା'ର ଲକ୍ଷ୍ୟ ମହତ ହେବା ଉଚିତ। ଆତ୍ମା-ପରମାତ୍ମାଙ୍କ ଅଂଶ ବୋଲି ଉପଲବ୍ଧି କରି ପାରିବାର ସାମର୍ଥ୍ୟ କେବଳ ମନୁଷ୍ୟକୁ ଈଶ୍ୱର ଦେଇଛନ୍ତି। ପରମାତ୍ମାଙ୍କ ଠାରୁ ସୃଷ୍ଟ ଆତ୍ମା ତାଙ୍କର ଅନୁସନ୍ଧାନରେ ହିଁ ଭୂଲୋକକୁ ପ୍ରୟାଣ କରିବା ଯଥାର୍ଥ। ଏପରି ହୋଇନପାରିଲେ ଆମ୍ଭକୁ ଜଗତକୁ ବାରମ୍ବାର ଆସିବାକୁ ପଡ଼ିବ। ଏଠିରେ ଅବସୋସ ଏତିକି ଯେ ପୁନଃଜନ୍ମରେ ଜଣେ ସବୁବେଳେ ମନୁଷ୍ୟ ଶରୀର ପାଇବା ସମ୍ଭାବନା ନଥାଏ। ମନୁଷ୍ୟେତର ଜନ୍ମରେ ଦିବ୍ୟଜ୍ଞାନ ଲାଭ କରିବାର ସୁଯୋଗ କଦାପି ମିଳେ ନାହିଁ। ପ୍ରାଣୀ ଜଗତରେ ଜ୍ଞାନର ଅଧିକାରୀ କେବଳ ମନୁଷ୍ୟ। ତେଣୁ ମନୁଷ୍ୟ ଶରୀର ହିଁ ଦିବ୍ୟଜ୍ଞାନ ଲାଭ କରିବାର ଏକମାତ୍ର ସାଧନ ଓ ଏଥିପାଇଁ ମନୁଷ୍ୟ ଜନ୍ମ ଶ୍ରେଷ୍ଠ ଏକଥା ମନୁଷ୍ୟ ନିଜେ ବୁଝିବା ଆବଶ୍ୟକ।

ଯଦି ନିଜର ସଂକିର୍ଣ୍ଣ ସ୍ୱାର୍ଥ ସିଦ୍ଧି ପାଇଁ ରାବଣଙ୍କ ପରି ବ୍ରହ୍ମଜ୍ଞାନି ରାଜା ଓ ଦୁର୍ଯ୍ୟୋଧନଙ୍କ ଭଳି ମହାମାନି ରାଜପୁତ୍ର ଅପକର୍ମ କରିପାରିଲେ। ଆଧୁନିକ ଯୁଗର ବିଚକ୍ଷଣ ବୁଦ୍ଧି ସଂପନ୍ନ ରାଜନେତାମାନେ ଓ ଉଚ୍ଚ ଶିକ୍ଷିତ ବିଦ୍ୱାନ ବଡ଼(ଉଚ୍ଚ) ପ୍ରଦାଧିକାରୀ ପ୍ରଶାସକ ଗଣମାନେ ଯଦି ଅନୈତିକ କାର୍ଯ୍ୟ କରିପାରିଲେ ତେବେ ସତୀପରି ଅଖ୍ୟାତ ପଲ୍ଲୀର ଅପାଠୋଇ ଗାଉଁଲି ଝିଅ ଟିଏ ସର୍ବସାଧାରଣଙ୍କ ପାଇଁ ଉନ୍ମୁକ୍ତ ଥିବା ମନ୍ଦିରରେ ଲୋକ ଗହଳି ଲାଗି ନିଜ ଉଦ୍ଦେଶ୍ୟ ସାଧନରେ ଅସୁବିଧା ସୃଷ୍ଟି ହେବା ଆଶଙ୍କାରେ ସେମାନଙ୍କ ପ୍ରତି ଅସୁହ୍ୟା ଭାବ ପୋଷଣ କରି ସେମାନଙ୍କ ଉପସ୍ଥିତିକୁ ବିରୋଧ କରିବାରେ ସେମାନଙ୍କ ଉପରେ ବିରକ୍ତ ହେବାରେ ତା'ର ଦୋଷ ରହିଲା କେଉଁଠି ?

ସତୀ ସେମାନଙ୍କ ଉପସ୍ଥିତିକୁ ଅବଶ୍ୟ ପ୍ରକାଶ୍ୟରେ ପ୍ରତିବାଦ ନକରି ମନେ ମନେ ବିରୋଧ କରି ନିରବ ରହୁଥିଲା।

ଲୋକଗହଳି କମୁନଥିବାରୁ ପୂଜକ ଠାକୁର ବାବା ମନ୍ଦିର ଛାଡ଼ି ଯାଇପାରୁ ନଥାଆନ୍ତି। ଏହି ସମୟରେ ତା'ର ଉପସ୍ଥିତ ଅଧର ଆସି ପହଞ୍ଚଗଲେ ସିଏ ଠାକୁର ବାବାଙ୍କ ହାତରୁ ପାଦୁକ ପାଇବେ, ବିଭୂତି ଟିପା ନାଇ ପାରିବେ। ଠାକୁରଙ୍କ ଥାଳି ପାଇଁ ପଇସା ଠାକୁର ବାବାଙ୍କ ହାତରେ ଦେଇ ପାରିବେ। ସେ ସକାଶେ ସିଏ (ଅଧର) ଆଉ ତା'ର (ସତୀର) ସାହାଯ୍ୟ କିମ୍ବା ସହଯୋଗ ଲୋଡ଼ିବେ ନାହିଁ। ଯାହାଫଳରେ ତାଙ୍କୁ ପାଦୁକ ଦେଲା ବେଳେ ତାଙ୍କ ସାନ୍ନିଧ୍ୟ ପାଇବା, ଟିପା ଲଗାଇ ଦେବା ସମୟରେ ତାଙ୍କ ମୁହଁକୁ ଦେଖିନେବାର ଆଶା, ତାଙ୍କ ଆଖି ସହିତ ନିଜ ଆଖି ମିଶାଇବାର ପ୍ରଲୋଭନ, ଟିପା ଦେବାବେଳେ ତା' ନିଜ ଆଙ୍ଗୁଳିରେ ତାଙ୍କ କପାଳକୁ ସ୍ପର୍ଶ କରି ତାଙ୍କ ଦେହ ଛୁଆଁ ପାଇବାର ଲୋଭନୀୟ ଇଚ୍ଛା (ଆଗ୍ରହ) ଟିକକ ତା' ମନଭିତରେ ମଉଳି ଯିବ। ସେହି ସୁଯୋଗରୁ ବଞ୍ଚିତା ହେବା ଆଶଙ୍କାରେ ସତୀ ଆତଙ୍କିତ ହୋଇ ପଡୁଥିଲା। ଆହୁରି ମଧ୍ୟ ସତୀ ମନ୍ଦିରରେ ଥିବା ସମୟରେ ଅଧର ମନ୍ଦିରକୁ ଆସିଲେ ସେ ତାଙ୍କୁ

ଦେଖିପାରିବ କିନ୍ତୁ ତାଙ୍କ ସିନ୍ଧେ ପାଇ ପାରିବନି । ସେ ଦୁହିଁଙ୍କ ମଧ୍ୟରେ ଭେଟ ହେବ ମାତ୍ର ସାକ୍ଷାତ ସମ୍ଭବ ହୋଇ ପାରିବ ନାହିଁ । କାରଣ ଭେଟ ହେବା ଓ ସାକ୍ଷାତ କରିବା ଏକା କଥା ନୁହେଁ । ଭେଟ ହେବା ଅର୍ଥ ଦେଖିବା କିନ୍ତୁ ସାକ୍ଷାତ ହେବା ଅର୍ଥ ତାଙ୍କର ଭଲ ମନ୍ଦ ବୁଝିବା ଓ ତାଙ୍କ ଖବର ଜାଣିବା । ସେଥିପାଇଁ ସେ ମନେମନେ ପୂଜକ ଠାକୁର ବାବା, ମନ୍ଦିରକୁ ଆସୁଥିବା ତାଙ୍କ ଗାଁର ଓ ତା' ମାମୁଁଘର ଗାଁର ଲୋକମାନଙ୍କ ଉପରକୁ ଚିଡ଼ି ଉଠୁଥିଲା । ସେମାନଙ୍କ ଉପରକୁ ଚିଡ଼ି ଉଠୁଥିଲେ ସୁଦ୍ଧା ତା'ର ବିରକ୍ତି ଭାବକୁ ତା' ମନ ଭିତରେ ଚାପି ରଖିବାକୁ ବାଧ୍ୟ ହେଉଥିଲା । ଗୋପନ କାମର ଉଦ୍ଦେଶ୍ୟରେ ପ୍ରକାଶ୍ୟ କର୍ମ ସଂପାଦନରେ ବାହାନାର ଆଶ୍ରୟ ନେବାକୁ ସେ ଶ୍ରେୟସ୍କର ମଣୁଥିଲା । ଏହା ବ୍ୟତୀତ ତା'ର ଆଉ ଅନ୍ୟ ଉପାୟ ନଥିଲା । ନହେଲେ ସାମାନ୍ୟ ତ୍ରୁଟି ବିଚ୍ୟୁତି ପାଇଁ ତାକୁ ପରେ ଅକଥନୀୟ ଅନୁତାପ କରିବାକୁ ପଡ଼ିବ । ପଛରେ ପସ୍ତେଇବାକୁ ହେବ । ଅନୁତାପ ମଧ୍ୟ କରିବାକୁ ପଡ଼ିପାରେ । ସେଥିପାଇଁ ଆବଶ୍ୟକ ହେଲେ ବହୁମୂଲ୍ୟ ଦେବାକୁ ପଡ଼ିପାରେ । ଆଉ ଅନୁଶୋଚନାରେ ରହି ଭିତରେ ଭିତରେ ଘାରି ହେଉଥିବ ସିନା ସୁଫଳ କିଛି ପାଇବ ନାହିଁ । ଏହି ଭୟରେ ସେ ପରିବେଶର ଉପସ୍ଥିତିକୁ ଦେଖି ନିରବ ରହିବାକୁ ବାଧ୍ୟ ହେଉଥିଲା ।

ମନ୍ଦିରକୁ ସମସ୍ତେ ଆସିପାରିବେ, ସେଥିପାଇଁ କେହି କାହାରିକୁ ବାରଣ କରିପାରିବେ ନାହିଁ । ଦେବାଳୟ ଗୁଡ଼ିକ ସର୍ବସାଧାରଣଙ୍କ ପାଇଁ ଉଦ୍ଦିଷ୍ଟ । ସେଠାକୁ ଚୋର ଆସିବ । ଆସିବ ସାଧୁ, ପାପୀ ଏବଂ ପୁଣ୍ୟବାନ, ସରଳମନା, ପରମ ବିଶ୍ୱାସୀ ଏବଂ କପଟିଆ ଓ ବିଶ୍ୱାସ ଘାତକ ମଧ୍ୟ । ସମସ୍ତଙ୍କ ପାଇଁ ମନ୍ଦିର ଦ୍ୱାର ଉନ୍ମୁକ୍ତ । ମାନସିକ ପୂରଣ ଉଦ୍ଦେଶ୍ୟରେ ଆସିହେବ ପୁଣି ମାନସିକ ଜାଚିବା ଲାଗି । ସ୍ୱଚ୍ଛମନ ନେଇ, ନିର୍ମଳ ହୃଦୟରେ, ନିଷ୍ପାପ ଆତ୍ମାରେ, ନିର୍ଲୋଭ ପ୍ରାଣରେ, ଅନାବିଳ ଅନ୍ତର ସହିତ ଆସିବେ ଭକ୍ତ । ଅନ୍ୟର ଅନିଷ୍ଟ କାମନା ମନରେ ପୋଷି, ନିଜର ଲକ୍ଷ୍ୟ ହାସଲ ନିମନ୍ତେ । ହେଉପଛେ ତାହା ଖଳ ବୁଦ୍ଧିରୁ ସୃଷ୍ଟି, ପ୍ରପଞ୍ଚ କାମନାରୁ ଉତ୍ପତ୍ତି । ଅସୁହ୍ୟା ନୀତିରୁ ଜନ୍ମ, ଯାହାଦ୍ୱାରା ସମାଜରେ କ୍ଷତି ଘଟେ । ସଂସାରରେ ବିଭ୍ରାଟ ସୃଷ୍ଟି ହୁଏ । ଦୁନିଆରେ ବିଶୃଙ୍ଖଳା ଉପୁଜେ । ସେପରି ଲୋକ କୃଟ କପଟ ମନଭାବରେ, ଅନ୍ତରରେ ପାପ ଲକ୍ଷ୍ୟ ରଖି, ହୃଦୟରେ ଅନିଷ୍ଟକାରୀ କାମନା ପୋଷଣ କରି, ଆତ୍ମାରେ ପରିଚ୍ଛିଦ୍ର ଅନ୍ୱେଷଣ କରି, ମୁହଁରେ ହରିନାମ ଭଜୁଥିବା (ରାବଣଙ୍କ ପରି) ପାପିଷ୍ଟ, ପରର ଦୁର୍ନାମ ରଟୁଥିବା ଅଦେଖାଭାବର ବ୍ୟକ୍ତି । ଅନ୍ୟର ବଢ଼ତିରେ ଈର୍ଷାପରାୟଣ ପରଶ୍ରୀକାତରତାପୂର୍ଣ୍ଣ ମଣିଷ, ଅସହିଷ୍ଣୁ, ସଂକିର୍ଣ୍ଣମନା ସମେସ୍ତ ମନ୍ଦିରକୁ ଆସିବେ । ଏପରିକି ଦୁନିଆରେ ବିଶୃଙ୍ଖଳା ଭିଆଉଥିବା ବ୍ୟକ୍ତିମାନେ ମଧ୍ୟ ଠାକୁରଙ୍କୁ ଦର୍ଶନ କରି ସେମାନଙ୍କର ଗୁହାରି ଜଣାଇ ପାରିବେ । ସେଥିପାଇଁ କିଛି ବାଧା ବନ୍ଧନ ନାହିଁ । ସେଥିଲାଗି ଗୀତାରେ ପ୍ରଭୁ କହିଲେ ଯେ "ଯେ ଯଥା ମାଂ ପ୍ରପଦ୍ୟନ୍ତେ ତାଂ ସ୍ୱୈବ ଭଜାମ୍ୟହଂ" ଯେ ମୋତେ ଯେମିତି ଡାକିଲା ସେମିତି ପାଇଲା ।

କେହି ଅନ୍ୟ ପ୍ରକାର କାମନା ମନରେ ରଖି ଦିଅଁ ଦର୍ଶନ କରିଥାଆନ୍ତି । କେତେକ ଆସିଥାଆନ୍ତି ଦିଅଁ ଦର୍ଶନ ଦ୍ୱାରା ସୌଭାଗ୍ୟ ପ୍ରାପ୍ତିର କାମନା ମନରେ ରଖି । କିଛି ଲୋକ ଦୁଃଖ ଲାଘବ ପାଇଁ ଜଣାଇବାକୁ, କେତେକ ସୁଖ ଲାଭ ଆଶାରେ । ମନସ୍କାମନା ପୂରଣ ହେବା ଲକ୍ଷ୍ୟଥାଏ କେତେକଙ୍କର । କାଳେ ଠାକୁର ତାଙ୍କ ଡାକ ଶୁଣି ଆଶିଷ ଅଜାଡ଼ି ଦେବେ । ଯାହା ତାଙ୍କୁ ସୁବିଧା ପାଇବାରେ ସହାୟକ ହେବ । ଯେଉଁମାନେ କିଛି ସୁଯୋଗ ପାଇଛନ୍ତି । ସେମାନେ ସେ ସୁଯୋଗରୁ ବଞ୍ଚିତ ନହେବା ପାଇଁ ଓ ସବୁଦିନ ଅର୍ଥାତ୍ ସାରା ଜୀବନ କେବଳ ନିଜର ଉନ୍ନତି ଲାଗି ସୁଯୋଗ ପାଇବାକୁ । ଏହିପରି ସୁବିଧା ହାସଲ କରିବା ଲାଗି ଆଉ କେତେକ ସୁବିଧା ପାଇବାକୁ ଯେଉଁମାନେ ସୁଯୋଗ ପାଇନାହାଁନ୍ତି ସେମାନେ ଠାକୁରଙ୍କ ଆଶିର୍ବାଦରୁ ସଫଳତା ପାଇବା ପାଇଁ ଆଶା ରଖି ଈଶ୍ୱରଙ୍କୁ ଜଣାଇବା ଲାଗି ଆସିଥାଆନ୍ତି । ସାଧୁ-ନିରୋଗ, ନିରାପଦ, ନିର୍ଲୋଭ, ନିଷ୍କାମ ଜୀବନ ଚାହିଁଥିବା ବେଳେ ଖଣ୍ଡିଏ ଜଣାଏ କେମିତି ନିର୍ବିଘ୍ନରେ ଅନ୍ୟର ବିଉହରଣ କରି ଆଶିବାକୁ ସମର୍ଥ ହେବ । ସେହିପରି ବୁଦ୍ଧି, କଳା, କୌଶଳ, ଉପାୟ, ପଦ୍ଧତି ଠାକୁର ତାକୁ ପ୍ରଦାନ କରିବେ । ଦୃଢ଼

ମନବଳ ଲାଗି କେହି ଗୁହାରି କରେ ଲକ୍ଷ୍ୟ ସ୍ଥଳରେ ପହଞ୍ଚିବାକୁ ସମର୍ଥ ହେବା ପାଇଁ। କେହିବି ଗନ୍ତବ୍ୟ ପଥରେ ଆଗେଇବା ଉଦ୍ଦେଶ୍ୟରେ ପ୍ରଭୁଙ୍କ ଶୁଭାଶିଷ ପାଇବା ଲାଗି। ଯେପରି ସତୀ ଆସିଛି ମନ୍ଦିରକୁ ମନର ମଣିଷ ସହିତ ସାକ୍ଷାତ ପାଇବାର ଉଦ୍ଦେଶ୍ୟରେ ଠାକୁରଙ୍କୁ ଦର୍ଶନ କରିବା ବାହାନା ନେଇ। ଏକଥା ମଧ୍ୟ ସେ ଠାକୁରଙ୍କୁ ଜଣାଇବ।

ତା'ର ସେହି ଉଦ୍ଦେଶ୍ୟ ଲୋକଗହଳିରେ ପୂରଣ ହୋଇପାରିବ ନାହିଁ। କୋଲାହଲ, ଜନସମାଗମ, ପୂଜକ ଠାକୁର ବାବାଙ୍କ ଉପସ୍ଥିତି ସେଥିପାଇଁ ବାଧକ ସାଜିଛି। ଅନ୍ତରାୟ ସୃଷ୍ଟି କରିବ ଅନ୍ୟ ଲୋକମାନଙ୍କ ସମାବେଶ। ସେ ସକାଶେ ସେ ନିରୋଳା ସ୍ଥାନ ଖୋଜୁଥିଲା। ଚାହୁଁଥିଲା ନିର୍ଜନ ପରିବେଶ। ଇଚ୍ଛା କରୁଥିଲା ପ୍ରତିବାରି ପରି ଜନଶୂନ୍ୟ ପ୍ରାଙ୍ଗଣ। ଆଶା ରଖିଥିଲା ଏହି ସମୟରେ ସେ ଓ ସୁନି ଏହି ଦୁଇଜଣ କେବଳ ରହନ୍ତେ। ଆଉ ଆସନ୍ତେ ଏକୁଟିଆ ଅଧରା। ଆଉ କେହି ନୁହେଁ। ଅନ୍ୟ ଭକ୍ତମାନଙ୍କ ଉପସ୍ଥିତି ସେ ଆଗ୍ରହ ରଖିଥିବା କ୍ଷେତ୍ରଲାଗି ବ୍ୟାଘାତ ଆଣିବ। ଯେପରି "ସଙ୍ଗ ଗହିଲେ ନାଶ ଯାଇ, କୁମାରୀ (ସତୀ) ମନେ ବିଚାରଇ" ଭକ୍ତ ପରି।

ଏଇନେତ ଭକ୍ତ କହିଲେ ସତୀ ବୁଝ୍ଛି କେବଳ ତା' ନିଜକୁ। ତା' ସାଙ୍ଗ ସୁନିକୁ ଓ ତା' ମନର ମଣିଷ ଅଧରକୁ। ଯେପରି ସାରା ଦୁନିଆରେ ଏହି ତିନିଜଣ କେବଳ ଭକ୍ତ ଭାବରେ ଗଣା। ଠାକୁରଙ୍କୁ ଦର୍ଶନ କରିବାର ଯୋଗ୍ୟତା ଏହି ତିନିଜଣଙ୍କର ଅଛି। ଏପରିକି ମନ୍ଦିରକୁ ଆସିବାର ଅଧିକାର ମଧ୍ୟ।

ଅନ୍ୟମାନେ ସବୁ ଅପାଂକ୍ତେୟ, ଅବାଞ୍ଛିତ, ଅଦରକାରୀ, ଅନାବଶ୍ୟକ, ଅପଦାର୍ଥ, ଅମଣିଷ ପଲ। ଯେଉଁମାନଙ୍କର ମନ୍ଦିରକୁ ଆସିବା, ଠାକୁରଙ୍କୁ ଦର୍ଶନ କରିବା, ପାଦୁକ ପାଇବା, ବିଭୂତି ନାଇବା, ଗୁହାରି ଜଣାଇବା ଓ ଠାକୁରଙ୍କ ଥାଳିରେ ପଇସା ଦେବାର କୌଣସି ମୌଳିକ ତଥା ନୈତିକ ଅଧିକାର ନାହିଁ ସତୀର ମନଗଢ଼ା ସଂହିତାରେ। କିନ୍ତୁ ସେମାନେ ଆସୁଥିଲେ ପୁଣି ସତୀର ଉପସ୍ଥିତିରେ। ଆଉ ମନ୍ଦିରରେ କିଛି ସମୟ ରହୁଥିଲେ ନିଜର ମନକଥା, ଅନ୍ତରର ନିବେଦନ, ପ୍ରାଣର ଆରତ, ହୃଦୟର ବ୍ୟଥା, ଆମ୍ଭର ଗୁହାରି, ଠାକୁରଙ୍କୁ ଜଣାଇବା ଲାଗି। ସତୀ ସେବୁକୁ ଦେଖି, ଜାଣି, ଶୁଣି, ବୁଝି ମଧ୍ୟ ନିରବ ରହିବାକୁ ଏକ ପ୍ରକାର ବାଧ୍ୟ ହେଉଥିଲା।

ଦିନ ବଢ଼ିବାକୁ ଲାଗିଛି। କ୍ରମେ କ୍ରମେ ଲୋକଗହଳି କମି ଆସିଲା। ଠାକୁର ବାବା ପୂଜା ସାରି ଭକ୍ତମାନେ ଆଣିଥିବା କ୍ଷୀରଥାଳି ଓ ଭୋଗ ଲଗାଇ ଦେଇ ତାଙ୍କ କାମ ସାରିଦେଲେ। ବାହାରିଗଲେ ମନ୍ଦିର ନିର୍ମାତା ପ୍ରାଣନାଥଙ୍କ ଘରକୁ ତାଙ୍କ ଘର ଠାକୁରଙ୍କୁ ପୂଜା କରିବା ପାଇଁ। ସେଠି ସଂକ୍ରାନ୍ତି, ପୂର୍ଣ୍ଣିମୀ ଓ ଅମାବାସ୍ୟାରେ ନିତି (ରନ୍ଧା) ହୁଏ। ସେଥିପାଇଁ ଏହି ଦିନ ମାନଙ୍କରେ ସହଳ ଯିବାକୁ ପଡ଼େ। ସେଠି ସବୁ କାମ ସାରି ଫେରିବାକୁ ଡେରି ହୋଇଥାଏ। ପଞ୍ଜକ ପୂର୍ଣ୍ଣିମୀ ଦିନ ପ୍ରାଣନାଥଙ୍କ ବିଧବା ଭାଉଜ ମାତାଜୀ ମାଆଙ୍କର ପଞ୍ଜକ ପାଳନର ଶେଷ ଦିନ ହୋଇଥିବାରୁ ସେଠାରେ ଅନେକ ପ୍ରକାରର ବିଧିପାଳନ ହେବାର ଥାଏ। ସେହି ଲକ୍ଷ୍ୟରେ ଠାକୁର ବାବା ମନ୍ଦିର ଛାଡ଼ି ତାଙ୍କ ଘର ଉଦ୍ଦେଶ୍ୟରେ ବାହାରି ଗଲେ।

ଦିନ ଦଶଟା ପରେ ମନ୍ଦିରକୁ ଆସିବା ଲୋକଙ୍କ ସଂଖ୍ୟା କମିଗଲା। ଯେଉଁମାନେ ଆସୁଥିଲେ ସେମାନେ କେବଳ ଦର୍ଶନ ସାରି ଘରକୁ ଫେରିଯାଉଥିଲେ। ପତଳା ହୋଇ ଆସିଲାଣି ଲୋକଗହଳି। ମାତ୍ର ସଂପୂର୍ଣ୍ଣ ଜନଶୂନ୍ୟ ହୋଇନାହିଁ। ସତୀ ଦେଖୁଥିଲା–ଏତେ ଲୋକ, ଏତେ ଭକ୍ତିଭାବ ପୁଣି ଏମାନଙ୍କ ମନରେ। ଠାକୁରଙ୍କ ପ୍ରତି ସେମାନଙ୍କର ଏତେ ଶ୍ରଦ୍ଧା, ଏତେ ନିଷ୍ଠା, ଏତେ ପରାକାଷ୍ଠା। ଏପରି ଶୁଦ୍ଧ, ପୂତ, ନିର୍ମଲ ମନଭାବନେଇ ଭକ୍ତି ଭାବର ଏତେ

ଲୋକ ପୁଣି ତାଙ୍କ ଗାଁରେ ଥିଲେ । ସେ ଏହା ଆଗରୁ କେବେ ଜାଣିପାରିନଥିଲା । ବଢ଼ି ଭୋଅରରୁ ଆସି ଦିନ ଦଶଟା ହେଲାଣି, ତଥାପି ସେମାନଙ୍କର ଠାକୁର ଦର୍ଶନ ସରୁନାହିଁ । ଅବଶ୍ୟ ସେତେବେଳକୁ କା' ଭାଁ ଲୋକ କେତେଜଣ ମନ୍ଦିରେ ଠାକୁରଙ୍କ ଦର୍ଶନ ପାଇଁ ରହିଥିଲେ ।

ପ୍ରତିଥର ଏହିପରି ହୋଇଥାଏ । ପ୍ରତିବର୍ଷ ସତୀ ଓ ସୁନି ପଞ୍ଚକ ପୂର୍ଣ୍ଣମୀରେ ଠାକୁରଙ୍କୁ ଦର୍ଶନ କରିସାରି ଘରକୁ ଫେରିଯାଇ ଥାଆନ୍ତି । କାରଣ ପଞ୍ଚକ ପୂର୍ଣ୍ଣମୀରେ ଲୋକ ଗହଲି ଯୋଗୁ ସେମାନେ କଥାବାର୍ତ୍ତା ହେବା ପାଇଁ ନିରୋଲା ପରିବେଶ ପାଇ ନଥାଆନ୍ତି । ସେଥିପାଇଁ ସେମାନେ ମନ୍ଦିରରେ ଲୋକମାନଙ୍କର ଦୀର୍ଘ ସମୟ ଧରି ଲାଗି ରହିଥିବା ଗହଲି ସଂପର୍କରେ ଜାଣି ପାରନ୍ତି ନାହିଁ । କିନ୍ତୁ ଏଥର ଅଧରଙ୍କ ସହିତ ସାକ୍ଷାତ ପାଇଁ ତାଙ୍କ ଅପେକ୍ଷାରେ ରହୁଥିବାରୁ ଅନ୍ୟମାନଙ୍କ ଉପସ୍ଥିତି ଜାଣି ପାରୁଛନ୍ତି ଓ ସେଥିଯୋଗୁ ସେମାନେ ଅସହିଷ୍ଣୁ ହୋଇ ଉଠୁଛନ୍ତି ।

ସାଢ଼େ ଦଶଟା ବେଳକୁ ସତୀର ଆଉ ଧୈର୍ଯ୍ୟ ନଥାଏ ମନ୍ଦିରରେ ଭକ୍ତମାନଙ୍କ ଉପସ୍ଥିତିକୁ ସହ୍ୟ କରିବା ଅବସ୍ଥାରେ । ସେ ପ୍ରତି ମୁହୂର୍ତ୍ତରେ ଆତଙ୍କିତ ହୋଇପଡ଼ୁଥିଲା, ଯଦି ସିଏ ଆସି ଏହି ସମୟରେ ପହଞ୍ଚିଯିବେ ତେବେ ତାଙ୍କର (ଅଧରଙ୍କର) ତାଙ୍କୁ (ସତୀର) ଚାହିଁବାର (ଖୋଜିବାର) ଆବଶ୍ୟକତା ପଡ଼ିବ ନାହିଁ । ଯେକେହି ତା' କାମଟାକୁ ତୁଲାଇ ଦେଇ ପାରିବ । ଅନ୍ୟ କେହି ପାଦୁକ ଦେଲେ ସିଏ (ଅଧର) କ'ଣ ସେଥିପାଇଁ ପ୍ରତିବାଦ କରିପାରିବେ । ଆପଢ଼ି ଉଠାଇ ମୁହଁ ଖୋଲି କହିବେ ଯେ "ନା ତୁମେ ଦିଅନା" ତାଙ୍କୁ (ସତୀକୁ) ଇଙ୍ଗିତ କରି କହିବେ "ସେଇ ଝିଅଟି ଦେଉ, ମୁଁ କେବଳ ତାହାରି ହାତରୁ ପାଦୁକ ପାଇବି, ବିଭୂତି ପିନ୍ଧିବି, ଅନ୍ୟ କାହା ହାତରୁ ନୁହେଁ, ନା କେବେ ନୁହେଁ ।" ପ୍ରକୃତରେ ସିଏ କେବେବି ଏପରି କଥା କହି ପାରିବେ ନାହିଁ । କାହାରି ହାତରୁ ହେଉ ପାଦୁକ ପାଇବେ, ବିଭୂତି ପିନ୍ଧିବେ, ଠାକୁରଙ୍କ ଥାଲି ଲାଗି ପଇସା ବଢ଼ାଇ ଦେଇ ଫେରିଯିବେ । ଯେପରି ପ୍ରତିଥର କରିଥାନ୍ତି ।

ସତୀ ସେସବୁକୁ ସହି ପାରିବତ ? ଛାତିକୁ ପଥର କରି ଏପରି ଦୃଶ୍ୟ ଦେଖି ନିରବ ରହିବତ ? ତା' ବଦଲରେ ଅନ୍ୟ କେହି ସେ ପାଇଥିବା ସୁଯୋଗକୁ ତା'ହାତରୁ ଛଡ଼ାଇନେବ । ସେ ଅନେକ ଯତ୍ନ ସହକାରେ ସୃଷ୍ଟି କରିଥିବା ସୁଯୋଗକୁ ବିନା ପରିଶ୍ରମରେ ଓ କୌଣସି ପ୍ରଚେଷ୍ଟାନକରି ଆଉ ଜଣେ ଅକ୍ତିଆର କରିନେବ । ସେ ବହୁ କଷ୍ଟକରି ଗଢ଼ିଥିବା ସୁଗମ ପଥରେ ଅନ୍ୟ କେହି ଜଣେ ନିରାପଦରେ ବିନା ବାଧାରେ ସୁବିଧାରେ ଚାଲିଯିବାକୁ ସକ୍ଷମ ହେବ, ତାକୁ ଅବାଟକୁ, ଅପନ୍ଥାକୁ, ଅମଡ଼ାକୁ ଠେଲି ଦେଇ । ସେ ଅନେକ ଚେଷ୍ଟା ଓ ଉଦ୍ୟମରେ ହାସଲ କରିଥିବା ସୁବିଧାକୁ କେହି ଜଣେ ତା ହାତ ମୁଠାରୁ ଛଡ଼ାଇ ନେବ । ସତୀ ସେସବୁକୁ କେମିତି ସହିଯିବ ? ତା'ଦେହତ ଲୁହା କିମ୍ୱ ପଥରରେ ଗଢ଼ା ନୁହେଁ, ତା' ହୃଦୟତ କଠିନ ଶିଲାର ଆସ୍ତରଣ ନୁହେଁ କିମ୍ୱ, ତା' ଅନ୍ତର ନିର୍ଜୀବ, ନିଶବ୍ଦ, ନିଥର ବସ୍ତୁ ନୁହେଁ । ରକ୍ତ, ମାଂସର ଶରୀର ଧରି, ସମ୍ୱେଦନଶୀଲ ହୃଦୟ ନେଇ, ଅନୁରାଗ ପୂର୍ଣ୍ଣ ଅନ୍ତର ଥାଇ, ସ୍ନେହ, ମମତାଭରା ଆମ୍ଭାର ଆବେଗ ରହି ସେ କେମିତି ତା'ର ଉପସ୍ଥିତ ପୁରୁଷକୁ, ତା' ମନର ମାଣିଷକୁ, ତା' ହୃଦୟର ଦେବତାଙ୍କୁ, ତା' ଅନ୍ତର ଅନ୍ତରଙ୍ଗକୁ, ତା' ଆମ୍ଭାର ଆପଣା ଜଣକୁ, ତା' ପ୍ରାଣର ପ୍ରିୟତମଙ୍କୁ, ତା' ଜୀବନର ଠାକୁରଙ୍କୁ ଆଉ ଜଣଙ୍କ ହାତକୁ ଟେକିଦେଇ ପାରିବ ଜାଣିଜାଣି ? ନିରବରେ, ବିନା ଆପଢ଼ିରେ, କୌଣସି ପ୍ରତିବାଦ ନକରି, କିଛି ଅଭିଯୋଗ ନଆଣି, ନବାଢ଼ି ତା' ବିରୋଧରେ କିଛି ଆକ୍ଷେପ, ଉପସ୍ଥାପନ ନକରି ତା' ବିପକ୍ଷରେ ଅକାଟ୍ୟ ଯୁକ୍ତି ସମୂହ, ତାକୁ ଶୁଣିକଟୁ ମନ୍ତବ୍ୟ ନଶୁଣାଇ, ନକହି କଠିନ ଶବ୍ଦ, ପ୍ରୟୋଗ ନକରି ଅପ୍ରିୟ କଥା (ଭାଷା) ଉଚ୍ଚାରଣ ନକରି କଠୋର ବାକ୍ୟର ସଂଲାପ ।

ସାଢ଼େ ଦଶଟା ଟପି ଗଲାଣି । ସମୟ ଆଗେଇ ଚାଲିଛି । ମନ୍ଦିର ଭିତରେ ଥିବା କାନ୍ତୁ ଘଣ୍ଟାକୁ ଦେଖି ସେ ଦୁହେଁ ବ୍ୟସ୍ତ ହୋଇ ପଡ଼ୁଥିଲେ । ଲୋକ ଗହଲି ନଥିଲେ ସୁଦ୍ଧା ସେପର୍ଯ୍ୟନ୍ତ ମନ୍ଦିର ଜନଶୂନ୍ୟ ହୋଇନଥାଏ । ବ୍ୟସ୍ତ ମନଭାବ ଯୋଗୁ ଦେହରେ ଝାଲ ଜକେଇ ଆସିଲାଣି । ପାଣିପାଗ ଗରମ ନଥାଇ ମଧ୍ୟ, ବ୍ୟକ୍ତି ଚାହୁଁଥିବ ଟିକେ ନିରୋଲା କିନ୍ତୁ

ଲୋକ ଗହଳି ଥିବ। ଜନଗହଳି ଯୋଗୁ ତା'ର ଉଦ୍ଦେଶ୍ୟ ପୂରଣରେ ବାଧା ସୃଷ୍ଟି ହେବ। ଲକ୍ଷ୍ୟ ହାସଲ ହେବନି, ଆଶା ସଫଳ ହୋଇ ପାରିବନି, ପୂର୍ଣ୍ଣ ହେବ ନାହିଁ ମନସ୍କାମନା। ସେପରି ସ୍ଥଳେ ବ୍ୟସ୍ତତା ବଢ଼ିବ। ବିବ୍ରତ ଲାଗିବ। ଅଶ୍ୱସ୍ତି ଅନୁଭୂତ ହେବ। ଧୈର୍ଯ୍ୟଚ୍ୟୁତି ଘଟିବ। ବଢ଼ିଯିବ ମନର (ଉଦ୍ବେଗତା) ଉଦ୍ବିଗ୍ନତା। ଆମ୍ଭର ସ୍ଥିରତା ନଷ୍ଟ ହେବ। ଏକାଗ୍ରତା ରହିବ ନାହିଁ ହୃଦୟରେ। ପ୍ରାଣ ଚଞ୍ଚଳ ହେବ। ଅନ୍ତର ହେବ ଅସ୍ଥିର, ଅଥୟ।

ବର୍ତ୍ତମାନ ସମୟରେ ଧୈର୍ଯ୍ୟପରି ଅପେକ୍ଷା କରିବାକୁ କାହାରି ପାଖରେ ବେଳ ନାହିଁ। ଇଚ୍ଛା କିମ୍ବା ଆଗ୍ରହ ମଧ୍ୟ ନାହିଁ। ଲକ୍ଷ୍ୟ ପୂରଣ ପାଇଁ ସମସ୍ତେ ଏଇନେ ବ୍ୟଗ୍ର, ବ୍ୟସ୍ତ ଏବଂ ବିବ୍ରତ। ସମୟର ଘୋର ଅଭାବ, କାହାରି ତର ସହୁନି କାହାପାଇଁ ଅପେକ୍ଷା କରିବାକୁ। ପ୍ରତୀକ୍ଷାରେ ରହିବାକୁ ଅନ୍ତତଃ ନିଜର ପାଲି ପଡ଼ିବା ପର୍ଯ୍ୟନ୍ତ। ଆପଣା ନମ୍ବର ଆସିଲା ଯାଏଁ, ନିଜ ସିରିଏଲ ହେଲେ ଯାଇ, ଆପଣା ଭୂମିକା ଆବଶ୍ୟକ ହେବା ପର୍ଯ୍ୟନ୍ତ। ଜୀବନ ଧାରଣର ଶୈଳୀ ମଧ୍ୟ ବଦଳିବାରେ ଲାଗିଛି। ଆଗପରି ଧୀର, ସ୍ଥିର, ମନ୍ଥର ଗତିରେ ଗତି କରିବା। ସମୟୋପଯୋଗି ପଦକ୍ଷେପ ଲାଗି ପ୍ରତୀକ୍ଷା କରିବା। ସୁବିଧା, ସୁଯୋଗ ଓ ସୁଦିନକୁ ଅପେକ୍ଷା କରିବାର ମାନସିକତା ଆମର ଲୋପ ପାଇଗଲାଣି। ବର୍ତ୍ତମାନ ସବୁ କିପରି ଶୀଘ୍ର ହୋଇଯିବ, ଚଞ୍ଚଳ ଆମେ ପାଇପାରିବା ଆମର ପ୍ରାପ୍ୟ। କ୍ଷିପ୍ରତା ମନୋବୃତ୍ତି ଆମକୁ କବଳିତ କରିସାରିଲାଣି। ପୂର୍ବକାଳରେ ଆମର ଜୀବନ ଧାରଣ ଶୈଳୀ ଧୀରସ୍ଥିର ଥିଲା ବେଳେ ଏଇନେ ଆମର ମନସ୍ତତ୍ତ୍ୱ ବେଗ ଆଧାରିତ, ଚଳଚଞ୍ଚଳ। ପୂର୍ବ ଐତିହ୍ୟର ମୁଖ୍ୟଧାରା ଅନ୍ତ ମନସ୍କତା ଥିଲାବେଳେ ଏଇନେ ଆମେ ବାହ୍ୟ ମନସ୍କ ହୋଇ ପଡ଼ିଲେଣି। ପୂର୍ବରୁ ଜୀବନ ଓ ସୃଷ୍ଟିର ମୂଲ୍ୟ ଏବଂ ସଂପର୍କକୁ ନେଇ ଆମେ ଗଭୀର ଭାବେ ଚିନ୍ତା କରୁଥିଲେ। ଏବେ ବାହ୍ୟ ଆଡ଼ମ୍ବର ପ୍ରତି ଆକର୍ଷିତ। ପୂର୍ବର ସଂଗୀତ ଧୀର, ମନ୍ଥର, ଭାବ ଗମ୍ଭୀର ଥିଲାବେଳେ ଏବର ସଂଗୀତରେ କ୍ଷିପ୍ରତା ପରିଲିକ୍ଷିତ ହେଉଛି। ଆଗକାଳର ନୃତ୍ୟରେ ଅଙ୍ଗଚାଳନା ଲାଳିତ୍ୟଭରା ଥିଲା। ଏବେ କିନ୍ତୁ ଶରୀରର ବିଭିନ୍ନ ଅଙ୍ଗ ଚାଳନା ଦ୍ୱାରା ବେଗ୍ରତା ମନୋଭାବର ପରିସ୍ଫୁଟ ଘଟୁଛି। ଆମ ମୁନୀ, ଋଷିମାନଙ୍କର ଯୋଗ, ଆସନ, ପ୍ରାଣାୟମ, ଚେତନାଭିମୁଖୀ ଓ ସାବଲୀଳ ଧ୍ୟାନ, ଧାରଣା, ସମାଧ୍ୟ ପ୍ରଣୋଦିତ।

ଆମର ଯୁବକ ଯୁବତୀମାନେ ଏଇନେ ବ୍ୟାୟାମ, ସକାଳ ଚାଲି (ମର୍ଣିଙ୍ଗ ୱାର୍କ)ରେ ଜୀବନଚର୍ଯ୍ୟା ସୀମିତ ରଖୁଛନ୍ତି। ଆମେ ଅନ୍ୟର ଉତ୍ଥାନକୁ ଅବଲୋକନ କରି ସେପରି ହେବାକୁ ବ୍ୟଗ୍ର ହୋଇପଡ଼ୁଛନ୍ତି। ସେମାନଙ୍କ ପ୍ରାଚୁର୍ଯ୍ୟର ଆକର୍ଷଣରେ ଆମେ ଆକର୍ଷିତ, ତାହା ପୁଣି ଅର୍ଥପୂର୍ଣ୍ଣ ସଭ୍ୟ ଅନୁକରଣରେ ନୁହେଁ। ତା'ଠାରୁ ବହୁତ ଗୁଣ ଅଧିକ ଅର୍ଥହୀନ ଆଧୁନିକତାର ହନୁକରଣରେ, ଆଧୁନିକତାର ଅନ୍ଧଗଳିରେ ଦିଗଭ୍ରଷ୍ଟ ଆଜିର ମଣିଷ ବିଶେଷ କରି ଯୁବ ସମାଜ, ଯେପରି ଅଧିକରୁ ଅଧିକ ପୂର୍ଣ୍ଣତା ଲାଭକରି ଚାଲିଛି। ସମୟର ପ୍ରଭାବ ସହିତ ତାଲମେଲ ରଖି ସତେ ଯେପରି ଆମର ସେ ସ୍ୱାଭାବିକ ଧ୍ୟାନରତ ସ୍ଥିର ଚୈତନ୍ୟର ଆସ୍ଥାନକୁ ବର୍ତ୍ତମାନର ଆଧୁନିକତା ଟଳମଳ କରି ଦୋହଲାଇ ଦେଉଛି। ଆମେ ସଫଳତା ପାଇବା ପାଇଁ କର୍ମପ୍ରବଣ ହୋଇନାହୁଁ। ବରଂ ସ୍ୱାର୍ଥ ହାସଲ ଲାଗି ଅଥୟ, ଅସ୍ଥିର, ବ୍ୟସ୍ତ ବିବ୍ରତ ହୋଇ ଉଠୁଛୁ। ଧନ, ସଂପତ୍ତି, ଯଶ, ଖ୍ୟାତି ସବୁ ଯେପରି ଖସି ପଡ଼ନ୍ତା ଆମ ହାତରେ ବିନା ପରିଶ୍ରମରେ, ବିନା ଯୋଗ୍ୟତାରେ। ସେଥିଲାଗି ଉଦ୍ୟମ ନକରି ମଧ୍ୟ ଆଖି ପଳକରେ, ଏହିପରି ଏକ ନୂଆ ଭାବନାରେ ଆସିଥିବା ତରବର ମନୋବୃତ୍ତି ଦ୍ୱାରା ଆମେ ଆକର୍ଷିତ।

ଆଜିର ଯୁବପିଢ଼ି ରାତାରାତି ସମ୍ମାନ, ପ୍ରତିଷ୍ଠା, ପଦପଦବୀ ଓ ମୋଟା ଅଙ୍କର ଅର୍ଥ ପାଇବା ଲାଗି ବ୍ୟଗ୍ର। ସାଧାରଣତଃ ଏ ସବୁ ହାସଲ କରିବା ଲାଗି କଠୋରରୁ ଅତି କଠୋର ପରିଶ୍ରମ କରିବା ଲାଗି ପଡ଼ିଥାଏ। ଆଜି ଯେଉଁମାନେ ପୂଜ୍ୟ ମହାନ୍ ଏବଂ ମହାପୁରୁଷଭାବେ ପଦବାଚ୍ୟ ହେଉଛନ୍ତି ତା' ପଛରେ ରହିଛି ଭୀଷଣ ସଂଘର୍ଷର କାହାଣୀ। ଦିଗହରା ନାବିକ ପରି ଥଳକୂଳ ଖୋଜୁଖୋଜୁ ପାଇଛନ୍ତି ନୂତନତ୍ୱର ସନ୍ଧାନ। ଯାହା ସେମାନଙ୍କୁ ମହାନ, ପୂଜ୍ୟ ଓ ମହାପୁରୁଷଭାବେ

ପରିଗଣିତ କରାଇବାରେ ସହାୟକ ହୋଇଛି। ଫଳାଫଳ ସେମାନଙ୍କୁ ଯେତିକି ଖୁସି ଦେଇଛି ତା'ଠାରୁ ଢେର ଅଧିକ ସେମାନେ କର୍ମରୁ ଆମ୍ ସନ୍ତୋଷ ଲାଭ କରିଛନ୍ତି। ହେଲେ ଆଜି ଏମାନେ ବିନା ପରିଶ୍ରମରେ ଯୁବପିଢ଼ି ରାତାରାତି ସେଲିବ୍ରିଟି ହେବା ପାଇଁ ଅସତପନ୍ଥାକୁ ଆପଣାଉଛନ୍ତି। ଯୁବକମାନେ ଅର୍ଥ ଓ ବାହୁବଳକୁ ଆଶ୍ରୟ କରୁଥିବା ବେଳେ ଯୁବତୀମାନେ ନିଜ ଦେହକୁ ପରପୁରୁଷ ନିକଟରେ ଅର୍ପଣ କରିବା ଲାଗି କୁଣ୍ଠାବୋଧ କରୁନାହାନ୍ତି।

ଏହି ମନୋବୃତ୍ତିର ଲୋକମାନେ ପାଇବା ଲାଗି କେତେ ଉଦ୍‌ବିଗ୍ନ ତାହା କେତୋଟି ଘଟଣାରୁ ସ୍ଵଷ୍ଟ ରୂପେ ଜଣାପଡ଼ିଯାଉଛି। ଗଛରେ ଫଳ ପାଚିବା ଯାଏଁ ଚାଷୀ ଅପେକ୍ଷା କରୁନାହିଁ। ଫଳ ପାକଳ ହୋଇ ବନିବା ପୂର୍ବରୁ ବିକି ଦେଉଛି ତାକୁ। ବ୍ୟବସାୟୀ ଔଷଧ ସ୍ପ୍ରେ କରିଦେଉଛନ୍ତି। ଅଳ୍ପ ସମୟ ମଧ୍ୟରେ ଅଧା ପାଟିଲା ଫଳ ପାଟିଲା ଭଳି ରୂପ ଧରିଯାଉଛି। ଲୋକେ ଆନନ୍ଦରେ କିଣି ନେଉଛନ୍ତି। ଫଳ ପ୍ରକୃତରେ ପାଚିଛି ନା ତା'ର ସ୍ୱାଦ ଅଛି ? କୃଷି ବିଜ୍ଞାନୀମାନଙ୍କ କହିବା କଥା ସ୍ପ୍ରେ ହେଉଥିବା ଔଷଧ କେବଳ ଅଖାଦ୍ୟ ନୁହେଁ, ସଂପୂର୍ଣ୍ଣ ବିଷ। କେବଳ ଫଳ ପାଚିବା ନୁହେଁ, ଗାଈ କିପରି ଅଧିକ କ୍ଷୀର ଓ ଶୀଘ୍ର ଦେବ ସେଥିପାଇଁ ଔଷଧ, ମାଛ କିପରି ଶୀଘ୍ର ବଢ଼ିବ ସେଥିପାଇଁ ଔଷଧ, ସବୁ କିପରି ଶୀଘ୍ର ହେବ ସେଥିପାଇଁ ବିଭିନ୍ନ କିସମର ଔଷଧ ନାଁରେ ବିଷ ପ୍ରୟୋଗ ଚାଲିଛି। ଶୀଘ୍ରର ବିଷ ମଣିଷକୁ ଏପରି ଗ୍ରାସ କରିଛି ଯେ, ନାବାଳିକାମାନଙ୍କୁ ଇଞ୍ଜେକସନ ଦେଇ ନାରୀତ୍ୱପ୍ରାପ୍ତ କରାଇ ବେଶ୍ୟା ବୃତ୍ତିରେ ନିଯୋଜିତ କରାଯାଉଛି। ଆଶ୍ଚର୍ଯ୍ୟ ଲାଗେ ଜ୍ଞାନ ବିଜ୍ଞାନ କ୍ଷେତ୍ରରେ କିଛି ଗୋଟେ ନୂଆ କରି ସୃଷ୍ଟି କରିବାରେ ଯେଉଁ ଜାତି ଲଜ୍ୟା ଜନକଭାବେ ଅପାରଗ, ଦୁଷ୍କର୍ମର ନୂଆଦିଗ ଖୋଲିବାରେ ସେହି ଜାତି ଅନ୍ୟମାନଙ୍କ ତୁଳନାରେ ଏତେ ଆଗରେ କିପରି ? ନିୟନ୍ତ୍ରଣ ଶୂନ୍ୟ ଭେଜାଲ ବଜାର ଥିବା ଆମ ଦେଶ ଏକ ରୋଗଗ୍ରସ୍ତ ଦେଶରେ ପରିଣତ ହେବା ନିଃସନ୍ଦେହ। ସେପଟେ ପୁଣି ରୋଗରୁ ମୁକ୍ତି ପାଇଁ ମିଳୁଥିବା ଔଷଧ ମଧ୍ୟ ଭେଜାଲ।

ଶିକ୍ଷା କ୍ଷେତ୍ରରେ ବି ସେହି ପ୍ରବୃତ୍ତିର ଧାରା ବଳବତ୍ତର ରହିଛି। ଟଙ୍କା ଫୋପାଡ଼ି ଡିଗ୍ରି ନିଅ। ପାଠ ପଢ଼ିବା, ପରୀକ୍ଷା ପାଇଁ ବହି ଘୋଷିବା, ପଢ଼ୁଥିବା ବିଷୟ ବସ୍ତୁର ସାରମର୍ମ ହୃଦୟଙ୍ଗମ କରି ବୁଝିବିଚାରି ଉତ୍ତର ଲେଖିବା ଭଳି ସବୁ କଷ୍ଟକର ପୁରୁଣା କାଳିଆ ପଦ୍ଧତିକୁ ପରିତ୍ୟାଗ କରାଯାଉଛି। "ସାବିଦ୍ୟା ଯା ବିମୁକ୍ତୟେ" ଯାହା ନିଜ ଭିତରୁ ନିଜକୁ ମୁକୁଳାଇ ଦିଏ ତାହାହିଁ ଶିକ୍ଷା। "ସା ବିଦ୍ୟାୟା ବିମୁକ୍ତୟେ" ଯାହା ଆମକୁ ମୁକ୍ତକରେ। ମୁକ୍ତକରେ ଅବିଦ୍ୟାରୁ, ଅଜ୍ଞାନରୁ। ଜ୍ଞାନୀଠାରୁ ଜ୍ଞାନଶ୍ରେଷ୍ଠ। ତେଣୁ ଶିକ୍ଷା ବ୍ୟବସ୍ଥା ଉପରେ ଆମର ଅଖଣ୍ଡ ଆସ୍ଥା ଓ ବିଶ୍ୱାସ। ତେବେ ଶିକ୍ଷା ବ୍ୟବସ୍ଥାର ଅବସ୍ଥା ଏବେ ଶୋଚନୀୟ। ଆଧୁନିକ ଶିକ୍ଷା ଏବେ ସହଜ ଲବ୍ଧ ନୁହେଁ। ଅଧିକାଂଶଙ୍କ ପକ୍ଷରେ ଅପହଞ୍ଚ। ଯେଉଁମାନେ ଶିକ୍ଷକ ନୁହନ୍ତି କି ଛାତ୍ର ନୁହନ୍ତି କିୟ। ଅଭିଭାବକ ଅଥବା ଶିକ୍ଷାବିତ୍ ନୁହନ୍ତି। ସେମାନଙ୍କ ମଧ୍ୟରୁ କେତେକ ତମାନ ଶିକ୍ଷା ବ୍ୟବସ୍ଥାକୁ ଉଠ, ବସ କରି ନାକେଦମ କରି ପକାଉଛନ୍ତି। ଏବେ ଶିକ୍ଷା ଏକ ପଣ୍ୟଦ୍ରବ୍ୟ ଓ କିଣାବିକାର ବିଷୟ ହୋଇଗଲାଣି।

ବର୍ତ୍ତମାନ ଯିଏ ଯେପରି ଡିଗ୍ରୀ ଦେଇପାରିଲା, ସେମାନେ ହେଲେ ଆଧୁନିକ ଯୁଗର ବିଶିଷ୍ଟ ଶିକ୍ଷାବିତ୍, ରାଜନେତା ଓ ପ୍ରଶାସକଙ୍କ ଗେହ୍ଲା ପୁଅ। ସେ ପ୍ରେମର ନାଁ ଦିଆଯାଇଛି 'ପବ୍ଲିକ ପ୍ରାଇଭେଟ ପାଟନର ସିପ'। ନୂଆ ମାନସତ୍ୱକୁ ସୁହାଇବା ପାଇଁ ଗପ, କବିତା, ପ୍ରବନ୍ଧ, ଉପନ୍ୟାସ ସବୁ ଆକାରରେ ଛୋଟ ଓ ବିଷୟ ଦୃଷ୍ଟିରୁ 'ଶସ୍ତା' ହେବା ଦରକାର। ନଚେତ୍ କିଏ ଓ କାହିଁକି ଏ ସବୁକୁ ବୁଝିବା ସୁଝିବାରେ ମୁଣ୍ଡ ଖର୍ଚ୍ଚକରି ବହୁ ମୂଲ୍ୟ ସମୟ ନଷ୍ଟ କରିବ। ଗୋପିନାଥ ମହାନ୍ତିଙ୍କ 'ମାଟିମଟାଳ', ସୁରେନ୍ଦ୍ରଙ୍କ 'ନୀଳଶୈଳ', ନୀଳାଦ୍ରି ବିଜୟ, ଟଲଷ୍ଟରଙ୍କ 'ଓ୍ୱାର ଏଣ୍ଡ ପିସ', ସୋଲୋଖୋଭଙ୍କ 'ଆଣ୍ଡ କ୍ୱାଏଟ ଫ୍ଲୋଜଦିଦନ', ଶ୍ରୀ ଅରବିନ୍ଦଙ୍କ 'ସାବିତ୍ରୀ', ବା ଲେଡି ବର୍ନ୍ଲଙ୍କ 'ସାଇନସ ଇନ୍ ହିଷ୍ଟ୍' ଭଳି ବହି ଇତ୍ୟାଦିରେ ଏମିତି ବା କ'ଣ ଅଛି ଯେ ଦିନଦିନ ଧରି ପଢ଼ୁଥିବ ?

ଅବସ୍ଥା ଏପରି ହୋଇଛି ଯେ, ପୂଜା, ହୋମ, ଯଜ୍ଞାଦିରେ ମଧ୍ୟ "ନାନା କ'ଣ ଏତେ ଡେରି କରୁଛ, ଶୀଘ୍ର ଶୀଘ୍ର ସାର" ସ୍ୱର ତୀବ୍ର ହେବାରେ ଲାଗିଛି। (ବିଲ୍ୱମଙ୍ଗଳ ତାଙ୍କ ପିତାଙ୍କ ଅନ୍ତ୍ୟେଷ୍ଟିକ୍ରିୟା ବେଳେ ଚିନ୍ତାମଣି ବେଶ୍ୟାପାଖକୁ ଯିବା ପାଇଁ ବ୍ୟସ୍ତ ହେଲା ପରି)।

ସବୁ ତରବରିଆକୁ ଟପି ଯାହା ଜନଜୀବନକୁ ସବୁଠାରୁ ଅଧିକ ଉଚ୍ଛନ୍ନ କରୁଛି ସେଇଟି ହେଲା ରାତାରାତି କୋଟିପତି ହେବାର ନିଶା, ପ୍ରାସାଦ ନିର୍ମାଣର ମୋହ, ନାମୀଦାମୀ ଗାଡ଼ି ଚଢ଼ିବାର ଲୋଭ। ପ୍ରକୃଷ୍ଟବାଟ ହେଉଛି ରାଜନୀତି। ବର୍ତ୍ତମାନ ଦେଶର ରାଜନୀତି, ଶାସନ ଓ ଅର୍ଥନୀତି କେବଳ ମାତ୍ର ଶହେ, ଦୁଇ ଶହ ପରିବାର ହାତରେ। ସେମାନଙ୍କ ଭିତରେ ଅଛନ୍ତି ପୁରୁଣା କାଳର କିଛି ରାଜ ପରିବାର, କିଛି ବ୍ୟବସାୟୀ ଓ କିଛି ସ୍ୱାଧୀନୋଭର ରାଜନୈତିକ ସଭାଧାରୀ ପରିବାର। ଜଣେ ସାଧାରଣ ବୁଦ୍ଧିମାନ ମେଧାବୀ ଯୁବକ ବଡ଼ ଚାକିରିଆ ହୋଇପାରେ। ମାତ୍ର ଶାସନ ଡୋରି ରହିବ ଏହି ପରିବାରର ଅପାଟୁଆଙ୍କ ଔଲାଦଙ୍କ ହାତରେ।

ଏଠି ଗଣତନ୍ତ୍ର ନାମରେ ନାନା ପ୍ରକାର ପ୍ରହସନ ଚାଲିଛି। ଗଣତନ୍ତ୍ର ସର୍ବୋକୃଷ୍ଟ ଶାସନ ବ୍ୟବସ୍ଥା ଓ ସର୍ବଜନାଦୃତ ପଦ୍ଧତି ବୋଲି ଯେତେ ଢିଣ୍ଡିମ ପିଟିଲେ ମଧ ତାହା କେବେବି ନିରପେକ୍ଷ ହୋଇ ପାରୁନାହିଁ। ଶାସକ (ଶାସନ) ଓ ଗଣତନ୍ତ୍ର ପରସ୍ପର ବିରୋଧାମ୍ୱକ ଶଢ। ଗଣତନ୍ତ୍ରରେ ଶାସକ, ଶାସନ ଭଳି କୌଣସି ସ୍ଥାନ ନାହିଁ। ଏଣୁ ଶାସକ; ପ୍ରଶାସକ ଶଢ ସବୁ ଉଠିଗଲେ ଗଣତନ୍ତ୍ର ପାଇଁ ଭଲ। ଯାହା ହେଉ ଏବେ ସେବକ ଶଢଟି ବେଶ ବ୍ୟବହୃତ ହେବା ଆରମ୍ଭ ହେଲାଣି। ଆଜି ପ୍ରତ୍ୟେକ ଦେଶବାସୀ ଖୋଲା ହୃଦୟରେ କୌଣସି ପୂର୍ବାଗ୍ରହ ନରଖି ଛାତିରେ ହାତରଖି ନିଜକୁ ନିଜେ ପଚାରନ୍ତୁ- ସତରେ ଗଣତନ୍ତ୍ରର ପ୍ରକୃତ ସ୍ୱାଦ ସେମାନେ ଏଯାଏଁ ଚାଖି ପାରିଛନ୍ତି? ସତରେ କ'ଣ ସେମାନେ ଦେଶକୁ ଅବା ଅନ୍ୟ ଅର୍ଥରେ ନିଜକୁ ନିଜେ ଚଲାଉଛନ୍ତି? ଶାସକ ଗୋଷ୍ଠୀଙ୍କ ପ୍ରତ୍ୟକ୍ଷ ପ୍ରୋସ୍ତାହନ, ଅବା ପ୍ରୟୋଜନ ନହେଲେ ଗଣତନ୍ତ୍ର ଏଠାରେ ବାଟବଣା ହୁଅନ୍ତା ନାହିଁ। ସାମନ୍ତବାଦ, ବ୍ୟକ୍ତିବାଦ ଭଳି ଗଣତନ୍ତ୍ରର ଶତ୍ରୁ ଯଦି ଏଯାଏଁ ତିଷ୍ଠିଛି ତା'ପାଇଁ କେବଳ ଲୋକେ (ଗଣ) ଦାୟୀ ନୁହନ୍ତି, ଶାସକ ଗୋଷ୍ଠୀଟି ବରଂ ବେଶୀ ଦାୟୀ। ସାମନ୍ତବାଦୀ ଆଚରଣକୁ ସେମାନେହିଁ ପୋଷାହିତ କରନ୍ତି। ଏମାନଙ୍କୁ ଏଠିପାଇଁ ମୋତେ ଲାଜମାଡ଼େ ନାହିଁ। ଏଇଟା ହିଁ ଗୋଟିଏ ସତୁରି ବର୍ଷର ଗଣତନ୍ତ୍ରରେ ଆଶ୍ଚର୍ଯ୍ୟ। ଆନୁଗତ୍ୟ ଭଳି ଶଢ ଗଣତନ୍ତ୍ରକୁ ଗ୍ରାସକରେ। କିନ୍ତୁ ଏହି ଶଢଟି ଆମଦେଶରେ ବେଶ ପୁରୁଣା ଓ ଅସ୍ଥିମଜ୍ଜାଗତ। ଏଠି ଶାସକ ଗଣକୋଷକୁ ରାଜକୋଷ ବୋଲି କହିବାକୁ ଅସ୍ଥର୍ଥ କରିପାରୁଛି। କୋଷ ଚାବି ମୋ ପାଖରେ ଅଛି। ମୁଁ ଏହାର ମାଲିକ ବୋଲି କହିବାକୁ ସାହସ ଯୁଟାଇ ପାରୁଛି କେବଳ ଜନସାଧାରଣଙ୍କର ସେମାନଙ୍କ ପ୍ରତି ଆନୁଗତ୍ୟ ଯୋଗୁ। ଆମ ସାମାଜିକ ଜୀବନରେ ବି ରାଜନେତାମାନଙ୍କ ଅତ୍ୟଧିକ ପ୍ରାଧାନ୍ୟ ଗଣତନ୍ତ୍ରର କଣ୍ଠରୋଧ କରୁଛି ବୋଲି ମନେହୁଏ। ଯେଉଁ ଉସ୍ତବ ଅନୁଷ୍ଠାନ ଏଭଳିକି ସଂପୂର୍ଣ୍ଣ ଏକାଡ଼େମିକ କାର୍ଯ୍ୟକ୍ରମକୁ ଯାଆନ୍ତୁ ସେଠି ବି ଦେଖିବେ ରାଜନେତାଙ୍କ ଉପସ୍ଥିତି। ପାଠଘର ଶୂନ୍ୟ ମଣିଷମାନେ ବି ପାଠଘରେ ପୂଜ୍ୟ ଓ ପାଠଗର୍ବୀ ମଣିଷମାନେ ତାଙ୍କ ଶରଣାଗତ। କି ଦୟନୀୟ ସ୍ଥିତି। କଣ ଏଭଳି ସ୍ଥିତିଟିଏ ପଶ୍ଚିମୀ ଦେଶର କୌଣସି ଗଣତନ୍ତ୍ରରେ କେବେବି ବରଦାସ୍ତ କରାଯାଇପାରିବ? ଏଇ ଅତ୍ୟଧିକ ପ୍ରାଧାନ୍ୟ ଓ ଆମମାନଙ୍କର ତାଙ୍କ ଆନୁଗତ୍ୟ ସ୍ୱୀକାର ସେମାନଙ୍କୁ ମଦମତ୍ତ କରିଦିଏ। କ୍ଷମତାନ୍ଧମାନେ ଭାବିବା ଆରମ୍ଭ କରି ଦିଅନ୍ତି ଯେ ପାଠ ଅପେକ୍ଷା 'ପଦ' (କ୍ଷମତା) ଅଧିକ ଗୁରୁତ୍ୱପୂର୍ଣ୍ଣ। ଅଥଚ ଦେଶର ପରଂପରା ଥିଲା ଏହାର ଠିକ୍ ବିପରୀତ। ଏଠି ପଦ ପଦାନତ ହେଉଥିଲା ବିଦ୍ୟା ଓ ଜ୍ଞାନ ସମ୍ମୁଖରେ। ରାଜନୀତିଆ ଓ ରାଜନୀତିକୁ ନେଇ ବିଖ୍ୟାତ ଫରାସୀ ରାଷ୍ଟ୍ରନାୟକ ଚାଲସ ଡି ଗଲାଙ୍କ କୌତୁହଳଭରା ମନ୍ତବ୍ୟଟିଏ- "ପଲଟିକସ୍ ଇଜ୍ ଟୁ ସିରିୟସ୍ ଏ ମେଟର ଟୁ ବି ଲେଫ୍ଟୁ ପଲିଟିସିଆନ୍" ଅର୍ଥାତ୍ ରାଜନୀତି ଏପରି ଏକ ଗମ୍ଭୀର ବିଷୟ ଯାହାକି ରାଜନୀତିଆଙ୍କ ହାତରେ କଦାପି ଛାଡ଼ି ଦିଆଯାଇନପାରେ।

ସେ ରାଜନୀତି ଶବ୍ଦକୁ ଅତି ବ୍ୟାପକ ଅର୍ଥରେ ଗ୍ରହଣ କରନ୍ତି । ତାଙ୍କ ମତରେ କେବଳ ରାଷ୍ଟ୍ରହିତ ହିଁ ରାଜନୀତିର ପ୍ରକୃତ ଲକ୍ଷ୍ୟ । ରାଷ୍ଟ୍ରହିତ ଛାଡ଼ି କେବଳ ଆପଣା ହିତରେ ମାତିଥିବା ନିମ୍ନ ସ୍ତରର ଲୋକଙ୍କୁ ସେ ରାଜନୀତିଆ ବୋଲି କହନ୍ତି । ଏମାନଙ୍କ ହାତରେ ରାଜନୀତି (ରାଷ୍ଟ୍ରକଲ୍ୟାଣ) ସୁରକ୍ଷିତ ନୁହେଁ । ଏଣୁ ଏମାନଙ୍କୁ ଆଉଟ୍ କରିବା ଆବଶ୍ୟକ ବୋଲି ସେ ମନେ କରନ୍ତି । ଏହି ଉକ୍ତିଟି ଭାରତୀୟ ରାଜନୀତି ପରିପ୍ରେକ୍ଷୀରେ ମଧ ପ୍ରଯୁଜ୍ୟ ମନେ ହୁଏ ।

ରାଜନୀତି ପରିବାରର ଏହି ପ୍ରତିପତିଶାଳୀ ଘରନାର ଲୋକମାନେ ଗଣମାଧ୍ୟମକୁ ମଧ ଆପଣା ସ୍ୱାର୍ଥ ହାସଲ ପାଇଁ ନିୟୋଜିତ କରିବାର ନମୁନା ଦେଖିବାକୁ ମିଲିଲାଣି । ଏପରିକି ସେମାନେ ମଧ କ୍ରୀଡ଼ା ଓ ମନୋରଞ୍ଜନ କ୍ଷେତ୍ରକୁ ନିଜ ନିୟନ୍ତ୍ରଣରେ ରଖି ସାଧାରଣ ଜନତାର ଚିନ୍ତା ଓ ଚେତନାକୁ ସ୍ତବ୍ଧ ଓ ନିସ୍ତେଜ କରି ରଖିବା ପାଇଁ ଆୟୁଧ ଭାବରେ ବ୍ୟବହାର କରୁଛନ୍ତି । ଏମାନଙ୍କ ପାପ ଅଭିସାରର ଅବୈଧ ସନ୍ତାନଗୁଡ଼ିକ ହେଲେ ବିଭିନ୍ନ ବିଭାଗର ଦୁର୍ନୀତି ସମୂହ । କହିବା ବାହୁଲ୍ୟ ଯେ ଏସବୁ କେବଳ ବିରାଟ ବରଫ ପର୍ବତର କ୍ଷୁଦ୍ର ଅଗ୍ରଭାର ସଦୃଶ । ସବୁ ଅପକର୍ମର ମୂଳରେ ସେହି ଦୁଇଶହ ପରିବାର । ଲୋକ ଦେଖାଣିଆ ଭାବେ ସେମାନେ ଯୁଦ୍ଧରତ ରାଜନୈତିକ ଦଳ ବା ପରସ୍ପର ବିରୋଧୀ ସ୍ୱାର୍ଥନ୍ୱେଷୀ ଗୋଷ୍ଠୀର ହୋଇଥିଲେ ମଧ ଭିତରେ ଦୃଢ଼ ଭାବେ ଗୋପନରେ ସଂପର୍କିତ ଓ ସହବନ୍ଦିତ । କାରଣ "ବାର୍ଡସ ଅଫ ଦି ସେମ ଫିଦର ଫ୍ଲଗ ଟୁଗେଦର" ଏକା ଡେଣାର ଚଢ଼େଇ ସଦାବେଲେ ଏକାଠି ହୋଇଯାଆନ୍ତି । ସେଥିଲାଗି ସବୁ ଅପକର୍ମର ମୁଖ୍ୟ କର୍ଣ୍ଣଧାରା ହୋଇମଧ ସେମାନେ ନିର୍ଲଜ୍ଜତାର ହସିହସି ସଗର୍ବେ କହନ୍ତି "ନିୟମ ବା ଆଇନ ତା' ବାଟରେ ଯିବ", "Law will take its own course", ସମୟର ପ୍ରବାହରେ ଆଇନ ତା' ବାଟ ଦେଇ ଯାଉଛି କି ଆଇନର ଆଖିନଥିବାରୁ ତାକୁ ଆଖିଥିବା (ଜନୈକ) ବ୍ୟକ୍ତିମାନେ ଦେଖାଉଥିବା ରାସ୍ତାରେ ଯାଇ ସେ ଲକ୍ଷ୍ୟ ସ୍ଥଲରେ ପହଞ୍ଚୁଛି କିପରି ହେଉଛି ଦେଖିବାକୁ କେବଳ ବାକି ରହିଲା । କାରଣ ସେମାନେ ନିଶ୍ଚିତ ଥାଆନ୍ତି ଯେ ନିୟମର ବାଟ ସେହିମାନଙ୍କ ଗୋଷ୍ଠୀ ହିଁ ସ୍ଥିର କରିବ । ଓ୍ଧମାନଙ୍କ ସହ ଲକ୍ଷ ଲକ୍ଷ ଭୁଆଁ ବିଲେଇ ବି ବାଇ । ଏହାହିଁ ସମସାମୟିକ ରାଜନୀତିର ମହାପାଠ ।

ଉଇଲି ଡୁଗାଣ୍ଡ ଲେଖିଲେ "ହିପୋକ୍ରାସି ଇଜ୍ ଦି ହୋମେଜ ପେଡ଼ ବାଇ ଭାଇସ୍ ଟୁ ଭର୍ଚୁ" ଅର୍ଥାତ୍ ଶଠତା ହେଉଛି ଦୁର୍ଗୁଣର ସୁଗୁଣ ପ୍ରତି ସମ୍ମାନ ବୋଧ । ସେଥିଲାଗି ବଙ୍ଗାଲରେ ଗୋଟେ ପ୍ରବାଦ ଅଛି— "ଯା'ର ମୁଖେ ଲଜ୍ୟା ନାହିଁ, ତାକେ ଆମି ଡରି ।" ରାଧାନାଥତ ସେଥିପାଇଁ ଲେଖିଲେ— "ଲଜ୍ୟା ଯାର ନାହିଁ ହେଲେ ସେ ଜାଣିପାରେ ତ୍ରିପୁର ।" ଜାତିର ଜନକ ଗାନ୍ଧି କହିଲେ— "ଶ୍ରମହୀନ ବିଉ, ବିବେକହୀନ ସମ୍ଭୋଗ, ଚରିତ୍ର ହୀନ ଜ୍ଞାନ, ନୈତିକତା ହୀନ ବେପାର, ମାନବିକତା ହୀନ ବିଜ୍ଞାନ, ତ୍ୟାଗହୀନ ସେବା ଏବଂ ନୀତିହୀନ ରାଜନୀତି— ଏଗୁଡ଼ିକ ଗାନ୍ଧିଙ୍କ ପାପ ତାଲିକା ଭୁକ୍ତ" । ଏବେ ଏହାକୁ କାହା ସାଙ୍ଗରେ ତୁଲନା କରିବା ? ଏଇନେତ ଆଉ ଗାନ୍ଧି ନାହାଁନ୍ତି ।

ସାମାଜିକ ଚଲଣି, ପ୍ରଥା ଓ ବ୍ୟବସ୍ଥାକୁ ଭିତିକରି ବିଭିନ୍ନ ଦେଶର ଆଇନରେ ପ୍ରଭେଦ ଅଛି ଏବଂ ହେବା ସ୍ୱାଭାବିକ ମଧ । ଆଇନରେ ଥିବା ବ୍ୟବସ୍ଥାକୁ ମଧ ସ୍ଥାନ, କାଳ, ପାତ୍ର ଭେଦରେ ପୋଷଣ କରି ପାରନ୍ତି । କିନ୍ତୁ ବିଚାରପତି ବା ନ୍ୟାୟମୂର୍ତ୍ତି ଏ ସମସ୍ତ ତର୍ଜମାର ସମୀକ୍ଷା କରି ଯାହାଯାହା ନିର୍ଣ୍ଣୟ ନୀତି ଅନୁରୂପ ଏବଂ ନ୍ୟାୟ ସଙ୍ଗତ ସେହି ରାୟ ବା ସିଦ୍ଧାନ୍ତ ଦିଅନ୍ତି । ଏଣୁ ନ୍ୟାୟପାଲିକା ଆଇନର ତର୍ଜମାକୁ ବିଶ୍ଳେଷଣ କରି ନ୍ୟାୟ ପ୍ରଦାନ କରୁଥିବାରୁ ଏହାକୁ ନ୍ୟାୟପାଲିକା କୁହାଯାଏ— ଆଇନପାଲିକା କୁହାଯାଏ ନାହିଁ । ଆଇନ ସର୍ବଦା ଏକ ଶୃଙ୍ଖଳିତ ଜୀବନ ଯାପନ ନିମିତ୍ତ ଦେଶର ସର୍ବସାଧାରଣଙ୍କ ହିତ ଉଦ୍ଦେଶ୍ୟରେ ସୃଷ୍ଟି କରାଯାଉଥିବାରୁ ଏହାର ପ୍ରୟୋଗ ନିରପେକ୍ଷ ଓ ନିର୍ବ୍ବାଦୀୟ ହେବା ଉଚିତ୍ । ଆମର ସମ୍ୱିଧାନରେ ଥିବା ଶାସନର ତିନୋଟି ଅଙ୍ଗ ହେଲା ବିଧାୟିକା, କାର୍ଯ୍ୟନିର୍ବାହୀ ଓ ନ୍ୟାୟପାଲିକା । କିନ୍ତୁ ଦୁଃଖ ଓ ଅତ୍ୟନ୍ତ ପରିତାପର କଥା ହେଲା ଗଣତନ୍ତ୍ରର ଏ ତିନୋଟି ଅଙ୍ଗ ମଧ ବର୍ତ୍ତମାନ ସେମାନଙ୍କ ନିୟନ୍ତ୍ରଣଭୁକ୍ତ ହୋଇସାରିଛି ।

ଏହିଭଳି ଏକ ବିଷୟାସକ୍ତ ତରବରିଆ ଯୁଗରେ ନିଜର ସୁସ୍ଥିର, ଶାନ୍ତ, ଧ୍ୟାନରତ ଆତ୍ମା ଓ ହୃଦୟ ଆମେ ହରାଇ ଦେଇ ସାରିଲେଣି। ଅପଦୀକ୍ଷାର ମାୟାମିରିଗ ପଛରେ ପଡ଼ି ଲକ୍ଷ୍ମଣ ଗାର ଟପିଯାଇ କିଛିଦିନରେ ଯେ ସଭ୍ୟାହରାଇ ନବସିବା କିଏ କହିବ ? ଠିକ୍ ଯେପରି ଶ୍ରୀମଦ ଭଗବତ ଗୀତାରେ ଅତ୍ୟନ୍ତ ପ୍ରାଞ୍ଜଳ ଭାବରେ ବୁଝାଇ ଦିଆଯାଇଛି। "ଧ୍ୟାୟତୋ ବିଷୟାନ ପୁଂସଃ, ସଙ୍ଗସ୍ତେଷୁ ପଲାୟତେ ସଙ୍ଗାତ ସଂଜାୟତେ କାମଃ, କାମାତ୍ କ୍ରୋଧୋଽଭିଜାୟତେ, କ୍ରୋଧାତ୍ଭବତି ସମ୍ମୋହ, ସମ୍ମୋହାତ୍ ସ୍ମୃତି ବିଭ୍ରମଃ, ସ୍ମୃତି ଭ୍ରଂଶାତ୍ ବୁଦ୍ଧିନାଶୋ ବୁଦ୍ଧିନାଶାତ୍ ପ୍ରଣଶ୍ୟତି।" ବିଷୟ ଚିନ୍ତା କରୁକରୁ ମଣିଷ ଆସକ୍ତି, କାମନା, କ୍ରୋଧ, ଅବିବେକତ୍ୱ, ସ୍ମୃତିଭ୍ରଂଶ ରାସ୍ତା ଦେଇ ଶେଷରେ ବିଚାର ବୁଦ୍ଧି ଶୂନ୍ୟ ହୋଇ ବିନାଶ ପ୍ରାପ୍ତ ହୁଏ। ପୁରୁଷାର୍ଥର ଅଯୋଗ୍ୟ ହୁଏ। ଏଭଳି ଯଦୁବଂଶ ଧ୍ୱଂଶ ବିଭୀଷିକାରୁ କ'ଣ ଆମର ଓ ଏଯୁଗ ମାନବର ମୁକ୍ତି ନାହିଁ।

ସଂସ୍କୃତିର ଶୁକ୍ଳପକ୍ଷର ଅନେକ ଉଦାହରଣ ଆମ ପାଣି ପବନ ଓ ମାଟିରେ ଭରି ରହିଛି। କିନ୍ତୁ ବର୍ତ୍ତମାନ ଆମ ଜୀବନର ମୂଲ୍ୟବୋଧର ଦୁର୍ଭିକ୍ଷ ଆମକୁ ଗଭୀର ଭାବରେ ନିରାଶ କରୁଛି, ମୂଲ୍ୟ, ଆସନରେ ଦରବସ୍ତୁର ଚାଲିଛି, ଜୀବନ ବଦଳରେ ଜୀବିକା ପ୍ରତି ପ୍ରାଧାନ୍ୟ ଦିଆଯାଉଛି। ମାନବୀୟ ସମ୍ବନ୍ଧ ବହୁତ ଦୂରର କଥା; ପାରିବାରିକ ସମ୍ବନ୍ଧବି ଜର୍ଜରିତ ହୋଇପଡ଼ୁଛି। ଆତ୍ମୀୟତା ନିଖୋଜ ହୋଇଯାଇଛି। ଯୌଥ ପରିବାରର ବ୍ୟାପ୍ତତା ଏବେ ମୁଁ ଓ ମୋର ସ୍ତ୍ରୀ ଏବଂ ସନ୍ତାନ ମଧ୍ୟରେ ଲୁପ୍ତ ହୋଇଗଲାଣି। ସୃଜନାତ୍ମକ ଶୂନ୍ୟତା ଓ ସମ୍ବେଧନ-ହୀନତା ସୁଦୂର ପ୍ରସାରୀ। ଯେଉଁ ମୂଲ୍ୟବୋଧକୁ ସମାଜରେ ପ୍ରତିଷ୍ଠିତ କରାଯିବା କଥା, ତାକୁ ଓ ତାହା ପ୍ରତିଷ୍ଠା ଲାଗି ଉଦ୍ୟମରତ ମାନଙ୍କୁ ଉପେକ୍ଷା କରାଯିବା ଦେଖି ଆମର ଆତ୍ମା ଆଜି ଆହତ। ଶାନ୍ତିର ସନ୍ଧାନରେ ପାଶ୍ଚାତ୍ୟ ଆମ ଆଡ଼କୁ ଦୃଷ୍ଟି ଦେଉଥିବା ବେଳେ ଆମ ମାନସିକତା ପାଶ୍ଚାତ୍ୟ କରଣ ହୋଇଯାଉଛି। ସ୍ମୃତିକାର ପଣ୍ଡିତ ମନୁଙ୍କ ଭାଷାରେ–ଭାରତବର୍ଷ ସମଗ୍ର ବିଶ୍ୱରେ ବଡ଼ଭାଇ ଭଳି। ବିଶ୍ୱବାସୀ ଏହି ଦେଶଠାରୁ ନିଜର ଚରିତ୍ର ଶିକ୍ଷା କରିବା ଉଚିତ୍। ସାଧାରଣଭାବେ କୁହାଯାଇପାରେ ଯେ ଆଚାର, ବିବେକବୋଧ, ଶାଳୀନତାବୋଧ ଭ୍ରାତୃତ୍ୱବୋଧ ଓ ବିଶ୍ୱ କଲ୍ୟାଣ ଭାବନା ଭାରତର ଚାରିତ୍ରିକ ଭୂଷଣ ବୋଲି କହିବାକୁ ହେବ। ଆହୁରି ମଧ୍ୟ– ଜୀବନ ନୀତି (ବେଦ ଓ ଭାଗବତ ଗୀତା) ସାମାଜନୀତି (ରାମାୟଣ ଓ ମହାଭାରତ) ଅର୍ଥନୀତି (ଚାଣକ୍ୟ ନୀତି) ଯାହା ଭାରତ ସମଗ୍ର ବିଶ୍ୱକୁ ଶିକ୍ଷା ଦେଉଥିଲା।

ଆଉ ଚାର୍ବାକଙ୍କୁ ଅମର କରିବାକୁ ପ୍ରଚେଷ୍ଟା କରି ତାଙ୍କ ନୀତିକୁ ବର୍ତ୍ତମାନ ଯୁବସମାଜ ଆଦରି ନେଇଛି। ଭାରତୀୟ ମଲହାର ଓ ଦୀପକ ରାଗ ଆଜି ମୃତ। ସେ ସ୍ଥାନରେ ପଣ୍ଡିମାନୃତ୍ୟ ଆମକୁ ବିଭୋର କରୁଛି। ବିଦେଶୀ ଫଣ୍ଠା ସଂସ୍କୃତିର ଆକ୍ରମଣରେ ଆମ ଭାଷା, ସାହିତ୍ୟ ଓ ଜୀବନଯାପନ ପ୍ରଣାଳୀ ଆଜି କ୍ଷତାକ୍ତ। କାମ କୈନ୍ଦ୍ରିକ ସଂରଚନା ସହ ହିଂସାର ତାଣ୍ଡବ ମିଶି ଏପରି ପରିବେଶ ସୃଷ୍ଟି କରୁଛି ଯେ, ଆମ ପ୍ରାଚୀନ ଆର୍ଯ୍ୟ ସଂସ୍କୃତି ଆଦିମ ବ୍ୟବସ୍ଥାକୁ ପ୍ରତ୍ୟାବର୍ତ୍ତନ କରୁଛି। ମାତ୍ର ଦୁଇଶହ ବର୍ଷର ଶାସନ ବେଳର ପାଶ୍ଚାତ୍ୟ, ଆମ ଜଗତଗୁରୁ ସଂସ୍କୃତିକୁ ସୁଅ ମୁହଁରେ ପତର ଭଳିଆ ଭସେଇ ନେଉଛି। ଆମେ ଅସହାୟଙ୍କ ପରି କେବଳ ମୂକ ଦର୍ଶକ ହେବାକୁ ଏକ ପ୍ରକାର ବାଧ୍ୟ ହେଉଛୁ।

ଆମ ଜୀବନ ଯାପନ ଶୈଳୀ ମଧ୍ୟ ଅସମତୁଲ। କାମ ଓ ଅର୍ଥ ଦ୍ୱାରା ଏହା ଗଭୀରଭାବେ ପ୍ରଭାବିତ। ଧର୍ମ ଓ ମୋକ୍ଷ ଜୀବନ ଦର୍ଶନରେ ବର୍ତ୍ତମାନ ଉପେକ୍ଷିତ। ପରିତାପର ବିଷୟ ଏଠିନେ ଦେଖିବାକୁ ମିଲୁଛି ସ୍ୱାର୍ଥ ଓ ଅହମିକାର ଏକଚ୍ଛତ ସମ୍ରାଜ୍ୟ। ସାମାଜିକ ସଚେତନତା ଓ ସମବାୟ ଆନ୍ଦୋଲନର ସମାଜବାଦୀ ଯୁଗରେ ବ୍ୟକ୍ତି ସ୍ୱାର୍ଥକୈନ୍ଦ୍ରିକ ପାଲଟିଯାଇଛି। ଅର୍ଥର ପ୍ରାଧାନ୍ୟ ଏତେଦୂର ବଢ଼ିଯାଇଛି ଯେ ବ୍ୟକ୍ତି କରଣୀୟ ଅକରଣୀୟର ସୀମାରେଖାକୁ ପୋଛି ଦେଇ ସାରିଲାଣି। କ୍ରୂରତା, ନିଷ୍ଠୁରତା, ନିର୍ଦୟତା ବର୍ବରତା ଚାରିଆଡ଼େ ବ୍ୟାପିଗଲାଣି। ଜୋର ଯାର ମୂଲକ ତା'ର, ଆଜି ସବୁ ଜାଗାରେ ପ୍ରତିଷ୍ଠିତ। ସେ ଜୋର, ବାହୁବଳ, କ୍ଷମତାବଳ, ଅର୍ଥବଳ, ସଂଗଠନ ବଳ, ପ୍ରଭାବ ବଳ ଯେଉଁ

ବଲ ହେଉ ତେଣିକି । ସକ୍ଷମ ସର୍ବତ୍ର ଭିନ୍ନକ୍ଷମର ଶୋଷଣ କରିଚାଲିଛି । ଏହିପରି ବିଷମ ପରିସ୍ଥିତିରେ ଆମେ ଈଶ୍ୱରଙ୍କ ଅସ୍ତିତ୍ୱ ପ୍ରତି ବି ବିଶ୍ୱାସ ହରାଇ ବସିଲୁଣି । ନିଜେ ଶାନ୍ତିରେ ରହି ଅନ୍ୟମାନଙ୍କୁ ଶାନ୍ତିରେ ରହିବାକୁ ଦେବାର ମନୋଭାବ ଆମମାନଙ୍କ ମନରେ ନଆସିବା ଯାଏଁ ଅହିଂସା ଜୀବନରେ ପ୍ରତିଫଳିତ ହୋଇପାରିବ ନାହିଁ । ବ୍ୟକ୍ତି ଦୃଷ୍ଟିକୋଣ ପରିଣାମଦର୍ଶୀ ନହେବା ଯାଏଁ ସମାଜ ଓ ରାଷ୍ଟ୍ର ଦୁଃଖ ଭୋଗି ଚାଲିଥିବ । ନିଜ ବିଚାରଧାରାକୁ ଶ୍ରେଷ୍ଠ ପ୍ରମାଣିତ କରିବାର ଉଦ୍ୟମ ଲାଳସା ଓ ଅନ୍ୟର ବିଚାର ପ୍ରତି ଅସହନଶୀଳତା ସମାଜଲାଗି ଘାତକ ସାବ୍ୟସ୍ତ ହୋଇଥାଏ । ଜୀବଦଶାରେ କିଏ କେତେ ପାଏ, କିଏ କେତେ ହରାଏ ତା'ର ହିସାବ ଜୀବନର ଅନ୍ତ ସହିତ ଅନ୍ତରାୟ (ଅନ୍ତର୍ଧାନ) ହୋଇଯାଏ । ଜୀବନର ସକଳ ପ୍ରାପ୍ତି ଓ ଅପ୍ରାପ୍ତି ଭିତରେ ଯିଏ କିଛି ଦେବାର ସାମର୍ଥ୍ୟ ରଖିଥାଏ, ନିଜେ ସଳିତା ସମ ଜଳି ସମାଜକୁ ଆଲୋକିତ କରିବାର ଆଗ୍ରହ ଓ ଅଭିପ୍ସାରେ ମତୁଆଲା ହୋଇଥାଏ । ସେ ସଂସାରରୁ ବିଦାୟ ନେଲା ପରେ ସୁଦ୍ଧା ସମାଜ ପାଇଁ ଆଦର୍ଶ ହୋଇରହେ । ଅନ୍ୟକୁ ବାମନସିଦ୍ଧ କରିବାର ଚେଷ୍ଟାରୁ ବିରତ ରହି ନିଜ ଉଚ୍ଚତା ବଢ଼ାଇବାରେ ଉଦ୍ୟମ ଭାବନା ସଂସ୍କୃତିକୁ ଚିରଞ୍ଜୀବୀ କରିଥାଏ ।

ସମାଜର ସାମଗ୍ରିକ ଅବସ୍ଥାର ପ୍ରତୀକ ସାଜି ସଂସ୍କୃତି ହିଁ ସଭ୍ୟତାକୁ ଅନନ୍ତକାଳ ଧରି ଜୀବିତ କରି ରଖିଥାଏ । ସଂସ୍କୃତି ଯଦି ଜ୍ଞାନ ଓ ଚରିତ୍ର ଉଭୟଙ୍କୁ ରଦ୍ଧିମନ୍ତ କରିପାରିଲା ତେବେ ସମାଜ ସୁସ୍ଥ ଓ ନିରାମୟ ହେବ । ଜଣେ ବ୍ୟକ୍ତି ବିଶୃଙ୍ଖଳିତ ଆଚରଣ ଜାରି ରଖିଲେ ସମସ୍ୟା ଯଥାବତ୍ ଲାଗି ରହିବ । ଯେଉଁ ବ୍ୟକ୍ତି ଉଭୟରୁ ରିକ୍ତ ସେ ବି ସମସ୍ୟା ସୃଷ୍ଟି କରି ଚାଲିବ । ସମାଧାନ କରିବାର ପ୍ରଶ୍ନ ସେଠି ଉଠୁନାହିଁ । ଜୀବନଯାପନର ସ୍ତର ଜାଗାରେ ଜୀବନର ସ୍ତରକୁ ବିରାଜମାନ କରିପାରିଲେ ବିଶ୍ୱ ମଧୁମୟ ହେବ । ଆମର ସାଂସ୍କୃତିକ ମୂଲ୍ୟବୋଧ ଯେତେବେଳେ ପାଶ୍ଚାତ୍ୟ ରଙ୍ଗରେ ରଙ୍ଗିନ ହୋଇ ପଡ଼ିଛି । ସିଦ୍ଧାନ୍ତ ନେବା କ୍ଷେତ୍ରରେ ଆମ ଦଖଲ ଓ ନିଷ୍ପତ୍ତି ଦୁର୍ବଲ ସ୍ଥିତରେ ରହିଛି । କେବଳ ବାଚନିକ ଉପଦେଶ ଦ୍ୱାରା କିଛି ପରିବର୍ଦ୍ଧନ ଆଣି ହେବନାହିଁ । ଆରମ୍ଭଟିଏ କରିବାକୁ ପଡ଼ିବ । ଆମେ ଯେଉଁ ମୋଡ଼ରେ ଛିଡ଼ା ହୋଇଛୁ ସେଠାରେ ବିବେକ ଓ ବିକାଶ, ଶ୍ରଦ୍ଧା ଓ ତର୍କ ଏବଂ ସିଦ୍ଧାନ୍ତ ଓ ସଂସ୍କୃତି ମଧ୍ୟରେ ବେଳେବେଳେ ସଂଘର୍ଷର ସ୍ଥିତି ଆସିଥାଏ । ଆମର ଦୃଷ୍ଟିକୋଣ ଯଥାର୍ଥ ହେଉ ଓ ବିଚାର ସକାରମ୍କ ହେଉ । ଏତିକି କାମନା କରି ଆମ ଭାଗ୍ୟର ନିର୍ମାଣ କରିପାରିବା । ନିଜଠାରେ ବିଶ୍ୱାସ, ସାହସ ଏବଂ ସଂକ୍ଷିପ୍ତ ମନଟିଏ ଥିଲେ ସଂସାରର କୌଣସି ଶକ୍ତି ଆମକୁ ମାର୍ଗଚ୍ୟୁତ କରିପାରିବ ନାହିଁ । ବ୍ୟକ୍ତିରୁ ସମାଜ ଓ ସମାଜରୁ ସଂସ୍କୃତିର ଗତି ଏବଂ ପ୍ରଗତି । ସୁବିଧାରୁ ସୁଖ ଓ ସୁଖରୁ ଶାନ୍ତିର ଲକ୍ଷ୍ୟ ସ୍ଥଳରେ ପହଞ୍ଚି ବ୍ୟକ୍ତି କୃତ୍ୟକୃତ୍ୟ ହୋଇଥାଏ । ଅସ୍ତାଚଲଗାମୀ ସୂର୍ଯ୍ୟଙ୍କ ବିଚ୍ଛେଦ ଜନିତ ଦୁଃଖକୁ ଲାଘବ କରିବାକୁ ଯାଇ ନିଜେ ଦୀପଟିଏ ହୋଇ ସଂସାର ଲାଗି, ସମାଜ ପାଇଁ, ଦୁନିଆ ସକାଶେ ଜଳି ପାରିଲେ ଯାଇ ଜୀବନ ସାର୍ଥକ ହେବ । ସମାଜ ସୁନ୍ଦର ହେବ ଏବଂ ସଂସ୍କୃତିର ଆଭାକୁ କାଳର ପ୍ରବାହ ଧୂମିଳ କରି ପାରିବ ନାହିଁ । ଆମ ପୁରାତନ ପରମ୍ପରା ଯୁଗଯୁଗ ଧରି ବଞ୍ଚି ରହିବ ସୁସ୍ଥ ସବଳ ହୋଇ ଅନ୍ୟଥା ନୁହେଁ ।

ତରବରିଆ ଭାବନା ମଧ୍ୟ ଅନେକ ସମୟରେ ଆମକୁ ବିପଦରେ ପକାଇଥାଏ ଓ ସେଥିପାଇଁ ଅଧିକାଂଶ କ୍ଷେତ୍ରରେ ବହୁମୂଲ୍ୟ ଦେବାକୁ ପଡ଼ିଥାଏ । ଯେପରି ଫ୍ରାନ୍ସର ସମ୍ରାଟ ନେପୋଲିଅନ ରୁଷ ଅଭିଯାନ ପାଇଁ ଦୁଇବର୍ଷର ଯୋଜନା ପ୍ରସ୍ତୁତ କରିଥିଲେ । କିନ୍ତୁ ପରିସ୍ଥିତର ଚାପର ପଡ଼ି ସେ ସେହି ଦୁଇବର୍ଷର ଅଭିଯାନ ଯୋଜନାକୁ ଏକ ବର୍ଷ ମଧ୍ୟରେ ସମ୍ପାଦନ କରିବାର ନିଷ୍ପତ୍ତି ନେଇ ୬ ମାସରେ ସମ୍ପନ୍ନ (କାର୍ଯ୍ୟକାରୀ) କରିଥିଲେ । ଫଳରେ ଯୋଜନାର ସୁଫଳକୁ ହିଁ ଲକ୍ଷ୍ୟ ରଖାଯାଇଥିଲା । ତା'ର କୁପରିଣତି ଦିଗପ୍ରତି ଆଖିବୁଜି ଦିଆଯାଇଥିଲା । ଦୂରଦୃଷ୍ଟି ସମ୍ପନ୍ନ ଯୋଧା ନେପୋଲିଅନ ଏପରି ମାରାମ୍କ ଭୁଲ ତାଙ୍କ ଜୀବନକାଳ ମଧ୍ୟରେ ପ୍ରଥମଥର କରିଥିଲେ । ସୋଲେନ୍ସ୍କୋରେ ଶୀତରତୁ ଅତିବାହିତ କରି ବସନ୍ତର ଆଗମନରେ ମସ୍କୋ ଅଭିଯାନରେ ଯାଇଥିଲେ । କିଛି ଅସୁବିଧା ହେବାର ନଥିଲା କିୟ ରୁଷର ସାମରିକ ଶକ୍ତିକୁ

ସଂପୂର୍ଣ ଭାବରେ ଧ୍ୱଂସ କରିଦେଇ ମସ୍କୋ ଅଧିକାର କରିଥିଲେ ଖୁବ୍ ଭଲ ହୋଇଥାଆନ୍ତା। ମାତ୍ର ସେ ତରବରିଆ ମନୋବୃତ୍ତିର ବଶବର୍ତ୍ତୀ ହୋଇ ଶୀତ ରତୁର ଆଗମନ ପ୍ରତି ସତର୍କ ନରହି ଏବଂ ରୁଷ୍ର ମାସରିକ ଶକ୍ତିକୁ ପୂରା ଧ୍ୱଂସ ନକରି ମସ୍କୋ ଅଧିକାର କରିନେବାର କୁପରିଣତି ଭୋଗ କରିଥିଲେ। ଛଅଲକ୍ଷ ସୈନ୍ୟ ନେଇ ରୁଷ୍ ଅଭିଯାନରେ ଯାଇଥିବା ନେପୋଲିଅନ ମାତ୍ର ପନ୍ଦର ହଜାର ଅନାହାର କ୍ଲିଷ୍ଟ, ବୁଭିକ୍ଷୁ, କ୍ଲାନ୍ତ, ଶ୍ରାନ୍ତ ଅଦ୍ଧମୃତ ସୈନ୍ୟକୁ କୌଣସି ମତେ ପ୍ୟାରିସ୍‌କୁ ଫେରାଇ ଆଣିବାକୁ ସମର୍ଥ ହୋଇଥିଲେ। ତରବରିଆର ଫଳ ଭୋଗ କଲେ ନିଜର ବୁଦ୍ଧିହୀନତା ଲାଗି। ଧୈର୍ଯ୍ୟଧରି ସମୟକୁ ଅପେକ୍ଷା କରିବାକୁ କାହାରି ଇଚ୍ଛା କିମ୍ବା ଆଗ୍ରହ ନାହିଁ। ଲକ୍ଷ୍ୟ ପୂରଣ ଲାଗି ସମସ୍ତେ ଏଇନେ ବ୍ୟସ୍ତ ବିବ୍ରତ। କେମିତି ଚଞ୍ଚଳ ହେବ, ସହଳ ହେବ, ବେଶୁସୁ ହେବ, ଶୀଘ୍ର ହେବ, ନିମିଷକେ ହୋଇଯିବ। ଚଞ୍ଚଳ ମନବୃତ୍ତି ସମସ୍ତଙ୍କର। ସମସ୍ତେ ଚଞ୍ଚଳମନା କେବଳ ସୁବିଧା ପାଇଁ ସ୍ୱାର୍ଥ ହାସଲ ନିମିଉ। ଅକ୍ତିଆର କରିନେବା ଲାଗି, ଅଧିକାର ଭୁକ୍ତ କରିବାକୁ। ଜାହିର କରିବାକୁ ଆପଣା ହୁକୁମାତି।

ସୁନାର ହରିଣୀ ଦେଖ୍ ରାମଚନ୍ଦ୍ର ସ୍ଥିର ମନରେ ବିଚାର କରିଥିଲେ, ସେ ନିଶ୍ଚୟ ଜାଣିପାରିଥାଆନ୍ତେ ସୁନା ଗୋଟିଏ ନିର୍ଜୀବ ଧାତୁ। କୌଣସି ଧାତୁରୁ କେବେବି ସଜୀବଟିଏ ସୃଷ୍ଟି ହେବା ଆଦୌ ସମ୍ବବ ନୁହେଁ। ମାତ୍ର 'ମାୟା'ତ ସବୁଠୁ ଶକ୍ତ। ପ୍ରଭୁ ପ୍ରସୂତ ଏକ ନିଶା। ଯାହା ମହଜ୍ଞାନୀଙ୍କୁ ନିତାନ୍ତ ନିବୋଧ ଓ ଅଜ୍ଞାନ ବନେଇ ଦେଇଥାଏ। "ନ ଭୂତ ପୂର୍ବଂ ନ କଦାପି ବାର୍ତ୍ତା ହେମ୍ନ୍ କୁରଙ୍ଗୋ ନ କଦାପି ଦୃଷ୍ଟଃ ତଥାପି ତୃଷ୍ଣା ରଘୁନନ୍ଦନସ୍ୟ ବିନାଶ କାଲେ ବିପରୀତ ବୁଦ୍ଧିଃ।" ସୁବର୍ଣ୍ଣର ମୃଗ ପୂର୍ବେ ଥିଲା ବୋଲି କୁହାଯାଇନାହିଁ କିମ୍ବା କେହି ସେପରି ମୃଗ ଦେଖିନାହାଁନ୍ତି। ତଥାପି ରାମଚନ୍ଦ୍ର ସୁବର୍ଣ୍ଣ ମୃଗ ପ୍ରତି ଆକୃଷ୍ଟ ହୋଇଥିଲେ। ଏଥିରୁ ଜଣାଯାଏ ବିପତ୍ତି ସମୟରେ ଲୋକର ବୁଦ୍ଧି ବିପରୀତ ହୁଏ। ପତ୍ନୀ ସୀତାଙ୍କଠାରୁ ହରିଣୀ ସମ୍ବାଦ ଶୁଣି ତାକୁ ମନ ମଧରେ ବିଶ୍ଳେଷଣ ନକରି କାଲେ ସୁନା ହରିଣୀ କେଉଁ ଆଡ଼େ ପଲାଇବ ଏହି ଆଶଙ୍କା ମନରେ ଆସି ତରବର ଭାବରେ ଅତିବୁଦ୍ଧିମାନ ରାମଚନ୍ଦ୍ର ହରିଣୀ ପଛରେ ଗୋଡ଼ାଇଥିଲେ।

ରାବଣକୁ ଭିକ୍ଷା ଦେଲାବେଳେ ସୀତା ଯଦି ଲକ୍ଷ୍ମଣଙ୍କ ଦ୍ୱାରା ଟଣା ଯାଇଥିବା ଗାର ଲଙ୍ଘି ନଥାନ୍ତେ, ତେବେ ତାଙ୍କୁ ଚୋରାଇ ନେବାକୁ ରାବଣ କେବେ ସମର୍ଥ ହୋଇ ପାରିନଥାଆନ୍ତେ। କାରଣ ଶାସ୍ତ୍ରଜ୍ଞ ରାବଣ କେବେବି ଲକ୍ଷ୍ମଣ ଗାର ସୀମା ଭିତରୁ ସୀତାଙ୍କୁ ଅପହରଣ କରି ନଥାଆନ୍ତେ। ରାବଣ ବ୍ରହ୍ମଜ୍ଞାନୀ ଏବଂ ବେଦଜ୍ଞ। ସେ ଦଶ ମହାବିଦ୍ୟା ଆୟତ୍ତ କରିଥିଲେ ଏବଂ ପ୍ରସିଦ୍ଧ ରାଜନୀତିଜ୍ଞ ମଧ। ସେ ଖୁବ୍ ସତର୍କ ଓ ସଚେତନ ଥାଇ ସୀତା ହରଣ ସମ୍ପନ୍ନ କରିଥିଲେ। କାଲେ ଭିକ୍ଷା ଦେବା ବିଲମ୍ବ ହେଲେ ଯୋଗୀ ପ୍ରସ୍ଥାନ କରିବେ। ଏପରି ଭୟର ଆଶଙ୍କା ମନରେ ଆଣି ସୀତା ନିଜର ବିଚାର ବୁଦ୍ଧି ସଂପୂର୍ଣ୍ଣ ଭାବରେ ପ୍ରୟୋଗ ନକରି ଲକ୍ଷ୍ମଣରେଖା ଡେଇଁ ଯାଇଥିଲେ। ଲକ୍ଷ୍ମଣ ଟାଣିଥିବା– ବ୍ରହ୍ମା, ବିଷ୍ଣୁ, ମହେଶ୍ୱର ତିନିଗାର ମଧରୁ ରାବଣ ବ୍ରହ୍ମା ଗାରକୁ ଲିଭାଇ ଦେଇଥିଲେ ଓ ତାହାକୁ ଲିଭାଇବାର ସାମର୍ଥ୍ୟ ରାବଣଙ୍କର ଥିଲା। ରାବଣ ବ୍ରହ୍ମଜ୍ଞାନୀ ଏବଂ ବ୍ରହ୍ମାଙ୍କ ପୁତ୍ର ବିଶ୍ରବା ଋଷିଙ୍କ ପୁତ୍ର। ବ୍ରହ୍ମାଙ୍କ ପପୁତ୍ର (ନାତି) ସେହି ଅଧିକାର ବଳରେ ସେ ବ୍ରହ୍ମା ଗାରକୁ ଲିଭାଇ ଦେଇଥିଲେ। ମାତ୍ର ବିଷ୍ଣୁ ଓ ମହେଶ୍ୱର ଗାର ଦୁଇଟିକୁ ଅତିକ୍ରମ କରିବା ସୀତାଙ୍କ ସାଧ୍ୟ ବହିର୍ଭୁତ ଥିଲା। ବିଷ୍ଣୁଙ୍କ ଅବତାର ରାମ ତାଙ୍କର ସ୍ୱାମୀ ଓ ଶିବଙ୍କ କଣ୍ଠହାର ଶେଷଦେବ (ବାସୁକୀ) ତାଙ୍କର ଦେବର ଯାହାକୁ ସେ ଡେଇଁ (ଲଙ୍ଘି) ଯାଇଥିଲେ। ଭିକ୍ଷାଦେବାକୁ ସମାର୍ଥ୍ୟ ଥିବା ସ୍ଥଲେ ଭିକ୍ଷାର୍ଥୀଙ୍କୁ ଶୂନ୍ୟ ହାତରେ ଫେରାଇଦେବା ଅପରାଧରେ ଦୋଷୀ ହେବା ଭାବି ସୀତା ନିଜେ ତରବର ହୋଇ ଲକ୍ଷ୍ମଣଗାର ଅତିକ୍ରମ କରିଥିବାରୁ ରାବଣ ସୀତାଙ୍କୁ ହରଣ କରିନେଇ ପାରିଥିଲେ। ସୀତା ଲକ୍ଷ୍ମଣରେଖା ଅତିକ୍ରମ କରିବାର ଅନ୍ୟ ଏକ କାରଣ ହେଲା– ସୀତା ଲକ୍ଷ୍ମଣରେଖା ଭିତରେ ରହି ଭିକ୍ଷା ଦେଲେ, ଆଶ୍ରମ ପରିସର ସୀମା ମଧରୁ ଥାଇ ଭିକ୍ଷାଦାନକୁ ଗ୍ରହଣ କରିବା ପାଇଁ ଚତୁର ଓ ବିଚକ୍ଷଣ ବୁଦ୍ଧି ସମ୍ପନ୍ନ ଦଶାନନ ସମ୍ମତ ହେବେନାହିଁ

ଆଉ ସ୍ୱୟଂ ପରଂବ୍ରହ୍ମ ରାମଚନ୍ଦ୍ର ପୁଣି ଅନ୍ୟର ସାହାଯ୍ୟ ଆବଶ୍ୟକ କରିବେ । ସେକଥା ଲକ୍ଷ୍ମଣ ମନଭିତରେ ବିଶ୍ଳେଷଣ କରି, ସୁନା ହରିଣୀର ମୃତ୍ୟୁକାଳୀନ "ତ୍ରାହି ଲକ୍ଷ୍ମଣ" ଚିତ୍କାର ଶୁଣି ରାମଙ୍କ ସାହାଯ୍ୟାର୍ଥେ ଯିବାକୁ ଅମଙ୍ଗ ହେବାରୁ ସୀତା ତାଙ୍କୁ ଭର୍ସନା କରି କଟୁକଥା କହିଥିଲେ । ସୁବର୍ଷ ମୃଗର ପଛାତ ଧାବନ କରିବା ପୂର୍ବରୁ ରାମଚନ୍ଦ୍ର ଅନୁଜ ଲକ୍ଷ୍ମଣଙ୍କୁ ବାରମ୍ବାର ତାଗିଦ କରି କହିଯାଇଥିଲେ- "ଯେ କୌଣସି ପରିସ୍ଥିତରେ ସୁଦ୍ଧା ସେ ଯେପରି ଭାଉଜଙ୍କୁ କୁଡ଼ିଆରେ ଏକୁଟିଆ ଛାଡ଼ି କେଉଁ ଆଡ଼େ ନଯାଆଁ" । ମାତ୍ର ସୀତାଙ୍କଠାରୁ ଭର୍ସନା ଶୁଣି କ୍ରୋଧ ଓ କ୍ଷୋଭରେ ମ୍ରିୟମାଣ ଲକ୍ଷ୍ମଣ ଭାଇ ରାମଚନ୍ଦ୍ରଙ୍କ କଥା ରକ୍ଷା ନକରି (ଆଶ୍ରମ) କୁଡ଼ିଆ ଆଗରେ ତିନୋଟି ଗାର ଟାଣି ଦେଇ ଅଗ୍ରଜ ରାମଚନ୍ଦ୍ରଙ୍କୁ ସାହାଯ୍ୟ କରିବା ଉଦ୍ଦେଶ୍ୟରେ ନିଜର ଅନିଚ୍ଛା ସତ୍ତ୍ୱେ ବାହାରି ଯାଇଥିଲେ । ଆଉ ଲକ୍ଷ୍ମଣ ସୀତାଙ୍କ କଟୁବାକ୍ୟ ଶୁଣି ତରବର ହୋଇ ସୀତାଙ୍କୁ ଏକୁଟିଆ କୁଡ଼ିଆରେ ଛାଡ଼ି ଦେଇ ରାମଚନ୍ଦ୍ରଙ୍କୁ ସାହାଯ୍ୟ କରିବାକୁ ଚାଲିଯିବା ଏକ ମାରାମ୍ମକ ଭୁଲ ନିଷ୍ଠି ଥିଲା । ମାଆର (ଗାଈର) ଜଘ ଯେପରି ବାଛୁରୀର ବନ୍ଦନ ପାଇଁ କାରଣ ହୋଇଥାଏ । ସେହିପରି ବିପଦ ଯେତେବେଳେ ଆସେ ସେତେବେଳେ ହିତକର କଥା (ଉପଦେଶ) ମଧ ବିପଦର କାରଣ ହୋଇଥାଏ । ଯେପରି ଲକ୍ଷ୍ମଣଙ୍କ ହିତ କଥା ସୀତାଙ୍କ ଲାଗି ହୋଇଥିଲା ।

ଯେଉଁଥିପାଇଁ କି ସେଦିନ ଲଙ୍କାଗଡ଼ରେ ଘଟିଥିବା ଘଟଣାଟି ହେଲା ପ୍ରାଣ ପ୍ରଣୟନୀ ପ୍ରାଣପ୍ରିୟା ସୀତାଙ୍କ ଉଦ୍ଧାର ପାଇଁ ପ୍ରଭୁ ଶ୍ରୀରାମ ସମୁଦ୍ରରେ ସେତୁବନ୍ଧ ବାନ୍ଧିଲେ । ପ୍ରବଳ ପରାକ୍ରମୀ ରାବଣଙ୍କୁ ସବଂଶ ବିନାଶ କରି ସୀତା ଉଦ୍ଧାର କଲେ । ଅଶୋକ ବନରୁ ମୁକ୍ତ ସୀତା ଓ ଶ୍ରୀରାମଙ୍କ ମହାମିଳନ ପର୍ବ ଜମି ଆସୁଥାଏ ସେଦିନ । ଶହ ଶହ ସେନା ଅନୁଗତ ଅନୁଜ ଲକ୍ଷ୍ମଣଙ୍କ ସହ ସମସ୍ତେ ଅପେକ୍ଷା କରିଥାଆନ୍ତି । ଦୁହେଁ ଅଜସ୍ର ଅଶ୍ରୁଧାରରେ ପରସ୍ପରକୁ କେମିତି ଆଲିଙ୍ଗନ କରିବେ । ମାତ୍ର ଆଲିଙ୍ଗନ ତ ଦୂରର କଥା ତାଙ୍କ ପାଦ ବି ଛୁଆଁଇ ଦେଲେନି ସୀତାଙ୍କୁ ଶ୍ରୀରାମ । ଅଗ୍ନି ପରୀକ୍ଷା ପରେ ତାଙ୍କୁ ଗ୍ରହଣ କରାଯିବ ବୋଲି ସମସ୍ତଙ୍କୁ ଶୁଣାଇ ଦେଲେ ଚରମବାଣୀ । ଆକୁଳ ଜନତାଙ୍କ କାନଗିରି ସତିକା ଫାଟିଗଲା । "ଯଦି ମୋ ଉପରେ ଏତେ ସନ୍ଦେହ ତେବେ ଏତେ ରକ୍ତ କ୍ଷୟକରି, କଷ୍ଟ ସହି ଓ ପରିଶ୍ରମ କରି ମୋତେ ଉଦ୍ଧାର କିଆଁ କରୁଥିଲ" ବୋଲି ଥରିଥରି ବାଷ୍ପକୁଳ କଣ୍ଠରେ କହିଲେ ବିବଶା ଜାନକୀ । "ଅପହୃତା ଜଣେ ସ୍ତ୍ରୀକୁ ଦୁଷ୍ଟ କବଳରୁ ସୁରକ୍ଷା ଦେବା ମୋର ଧର୍ମ ଏବଂ କର୍ତ୍ତବ୍ୟ ମଧ । ମାତ୍ର ଲକ୍ଷ୍ମଣରେଖା ଡେଇଁ ଅନୁଗତ ଦେବରଙ୍କୁ ଭର୍ସନା କରି ନୀତି ଉଲଙ୍ଘିତା ଜଣେ ତା' ଫଳ ଭୋଗିବାକୁ ବାଧ୍ୟ ଓ ତା'ର ପ୍ରାୟଶ୍ଚିତ ମଧ ଅପରିହାର୍ଯ୍ୟ । ସୁରକ୍ଷା, ଜଣେ ଛିନ୍ନଗଲା ପର୍ଯ୍ୟନ୍ତ ଲମ୍ବିଯାଇ ପାରିବ ନାହିଁ ।"

କୋଡ଼ିଏ ଆଙ୍ଗୁଳି (କହୁଣିଏ) ଉଚିତା ବିଶିଷ୍ଟ ବାମନ ତିନିପାଦ ଭୂମି କ'ଣ କରିବେ, ଆଉ ତାଙ୍କ କୁନିକୁନି ପାଦରେ କେତେ ବା ଭୂମି ଅଧିକାର ହୋଇପାରିବ ? ସେକଥା ବିଚାରକୁ ନନେଇ ସେ ବିଷୟରେ ସମୀକ୍ଷା ନକରି ଗୁରୁ ଶୁକ୍ରାଚାର୍ଯ୍ୟଙ୍କ ଉପଦେଶକୁ ଗ୍ରହଣ ନକରି ତରବରିଆ ଭାବେ ବାମନଙ୍କ ହାତକୁ ଶଙ୍ଖରେ ଜଳ ଟେକିଦେବା ବଳିରାଜାଙ୍କ ପାଇଁ ମାରାମ୍ମକ ଭୁଲ ଥିଲା । ଆଉ ଦାନ ଗ୍ରହଣ ଲାଗି ଆସିଥିବା ବ୍ରାହ୍ମଣ ତିନିଜଣ ଧନ, ରନ୍ ଦାନ ନମାଗି ବାହୁଯୁଦ୍ଧ ଭିକ୍ଷା କରିବା ଅଭିପ୍ରାୟର ରହସ୍ୟକୁ ନବୁଝି ରାଜା ଜରାସନ୍ଧ ସେମାନଙ୍କ ପ୍ରସ୍ତାବରେ ରାଜି ହୋଇଯିବା ନିଜ ଅଦୂରଦର୍ଶିତାର ପରିଚୟ ଦିଏ । ଏହା ତରବରିଆ ମନୋଭାବର କୁପରିଣତି ମଧ ଅଟେ ।

ନିକୁମ୍ଭିଲା ଠାରେ ଯଜ୍ଞ କରୁଥିବା ଇନ୍ଦ୍ରଜିତ ନିର୍ବିଘ୍ନରେ ଯଜ୍ଞ ସମାପନର ନିରାପଭା ପ୍ରତି ଲକ୍ଷ୍ୟ ନରଖି (ଦୃଷ୍ଟି ନଦେବା) ତରବର ହୋଇ ଯଜ୍ଞ କରିବାରୁ ଓ ନିଜର ନିରାପଭା ସୁଦୃଢ଼ କରି ନଥିବାରୁ, ଲକ୍ଷ୍ମଣ ତାଙ୍କୁ ଯଜ୍ଞ ସମାପ୍ତ ହେବାକୁ ନଦେଇ ତାଙ୍କୁ ବଧ କରିବାର ସୁଯୋଗ ପାଇଥିଲେ । ସେମିତି ରାଜା ଇନ୍ଦ୍ରଦ୍ୟୁମ୍ନ, ରାଣୀଙ୍କ କଥା ନଶୁଣି ଏକୋଇଶ ଦିନ ପର୍ଯ୍ୟନ୍ତ ଧୈର୍ଯ୍ୟ ଧରି ଅପେକ୍ଷା କରିଥିଲେ ମହାପ୍ରଭୁଙ୍କ ପୂର୍ଷ ଅବୟବ ଗଢ଼ା ହେବା ଶେଷ ହୋଇ

ପାରିଥାଆନ୍ତା । କିନ୍ତୁ ସେ ରାଣୀଙ୍କ କଥାରେ ପରିଚାଳିତ ହୋଇ ବୁଢ଼ା ବଢ଼େଇ ଦେଇଥିବା କଣ୍ଠ ପୂରଣ ହେବା ଆଗରୁ ଚଉଦ ଦିନରେ ମନ୍ଦିରର ଦ୍ୱାରା ଖୋଲି ଦେବାରୁ ଆମେ ଜଗନ୍ନାଥଙ୍କ ଅଧାଗଢ଼ା ମୂର୍ତ୍ତି ଦେଖିବାକୁ ପାଉଛନ୍ତି ।

ଅର୍ଜୁନଙ୍କ ଅନୁପସ୍ଥିତିରେ ବାଳକ ଅଭିମନ୍ୟୁ ଦ୍ୱାରା ଚକ୍ରବ୍ୟୂହ ଭେଦ ସମ୍ଭବ ହେବ କି ନାହିଁ ଏବଂ ବ୍ୟୂହଭେଦ କରିସାରି ଅଭିମନ୍ୟୁ ନିରାପଦରେ ବ୍ୟୂହରୁ ଫେରିପାରିବ କି ନପାରିବ ସେକଥା ସ୍ଥିର ମନରେ ବିଚାର ନକରି ତରବରିଆ ଭାବରେ ବ୍ୟୂହ ଭେଦ ପାଇଁ ଅଭିମନ୍ୟୁକୁ ଆଦେଶ ଦେଇ ଯୁଧିଷ୍ଠିର ଅକ୍ଷମଣୀୟ ଭୁଲ କରିଥିଲେ । ସୂର୍ଯ୍ୟାସ୍ତ ଯାଇଛନ୍ତି କି ନାହିଁ ଭଲ ଭାବରେ ପରୀକ୍ଷା ନିରୀକ୍ଷା ନକରି ଅର୍ଜୁନଙ୍କ ଆତ୍ମାହୁତି ଦେଖିବା ଲାଗି ଜୟଦ୍ରଥ ତରତର ହୋଇ ଲୁଚିବା ସ୍ଥାନରୁ ବାହାରି ଆସିବା ଦ୍ୱାରା ପ୍ରାଣ ହରାଇଥିଲେ । ଦୁର୍ଯ୍ୟୋଧନଙ୍କ ବେଶଧାରଣ କରିଥିବା ଅର୍ଜୁନଙ୍କୁ ଭଲ ଭାବରେ ନିରୀକ୍ଷଣ ନକରି ନିଜ ଉପରୁ ଦାୟିତ୍ୱ ଅପସାରଣ ପାଇଁ ଭୀଷ୍ମ ତରତର ହୋଇ ଛଦ୍ମବେଶୀ ଅର୍ଜୁନଙ୍କୁ ପାଣ୍ଡବ ଘାତି ବାଣ ହସ୍ତାନ୍ତର କରିଦେବା ପରବର୍ତ୍ତୀ ସମୟରେ ଭୀଷ୍ମଙ୍କ ପକ୍ଷରେ ମାରାତ୍ମକ ଭୁଲ ସାବ୍ୟସ୍ତ ହୋଇଥିଲା ।

ଯଦି ଅବତାର ପୁରୁଷ ସୁନାହରିଣୀର ପ୍ରଲୋଭନ ଏଡ଼ିନପାରି ତରବର ହେଲେ, ମହାସତୀ ସୀତା ତରବରରେ ଲକ୍ଷ୍ମଣରେଖା ଅତିକ୍ରମ କରିଯିବା, ତ୍ରାହି ଲକ୍ଷ୍ମଣ ଡାକରେ ସୀତାକୁ କୁଡ଼ିଆରେ ଏକୁଟିଆ ଛାଡ଼ିଦେଇ ଲକ୍ଷ୍ମଣ ରାମଙ୍କୁ ସାହାଯ୍ୟ କରିବା ଲାଗି ତରତର ହୋଇ ଚାଲିଯିବା, ଇନ୍ଦ୍ରଜିତ ନିକୁମ୍ଭିଲା ଯଜ୍ଞରେ ଉଦ୍‌ବିଗ୍ନ ମନୋବୃତ୍ତିର ବଶବର୍ତ୍ତୀ ହୋଇ ନିଜର ନିରାପତ୍ତା ପ୍ରତି ଦୃଷ୍ଟି ଦେଇନପାରିବା, ବଳିରାଜା ବାମନଙ୍କ ଭିକ୍ଷାର ଗୁଢ଼ ରହସ୍ୟ ଜାଣିବା ଲାଗି ପ୍ରୟାସୀ ନହୋଇ, ଜରାସନ୍ଧ ତରତରରେ ଯୁଦ୍ଧ ଭିକ୍ଷାକୁ ସମ୍ମତି ଜଣାଇବା, ଯୁଧିଷ୍ଠିର ବାଳକ ଅଭିମନ୍ୟୁକୁ ବ୍ୟୂହ ଭେଦ ପାଇଁ ଅନୁମତି ପ୍ରଦାନ କରିବା, ଜୟଦ୍ରଥ ତରବର ହୋଇ ଅର୍ଜୁନଙ୍କ ଆତ୍ମାହୁତି ଦେଖିବାକୁ ଲୁଚିଥିବା ସ୍ଥାନରୁ ବାହାରି ଆସିବା, ପିତାମହ ଭୀଷ୍ମ ନିଜ ଉପରୁ ଦାୟିତ୍ୱ ଅପସାରଣ କରିବାକୁ ବ୍ୟସ୍ତ ହୋଇପଡ଼ିବା, ମଧ୍ୟଯୁଗୀୟ ନେପୋଲିଅନ ତରତର ହୋଇ ଦୁଇବର୍ଷର ଯୋଜନାକୁ ଛଅ ମାସରେ କାର୍ଯ୍ୟକାରୀ କରିବା ଥିଲା ତରତର ମନୋବୃତ୍ତିର ପରିଚାୟକ । ତେବେ ସେପରି ସ୍ଥଳେ ସତୀ ପରି ନିପଟ ମଫସଲର ଗାଉଁଲି ଦରପାଟୋଇ ଝିଅଟିଏ ନିଜର ଲକ୍ଷ୍ୟ ପୂରଣ ଲାଗି ଆପଣା ସ୍ୱାର୍ଥ ହାସଲ ପାଇଁ, ବ୍ୟକ୍ତିଗତ ଅଧିକାର ସାବ୍ୟସ୍ତ ନିମିତ୍ତ, ଈପ୍ସିତକୁ ସ୍ୱ ଅଧୀନସ୍ତ କରିବାକୁ ଆଶା ରଖି ମନ୍ଦିର ପରିସରରୁ ଲୋକ ଗହଳି କମୁନଥିବାରୁ ଚଞ୍ଚଳ ମନା ହେବାରେ ତା'ର ଭୁଲ ରହିଲା କେଉଁଠି ?

ବୋଧେ ଧବଳେଶ୍ୱର ସତୀର ଡାକ ଶୁଣିଲେ । ତା' ପ୍ରାର୍ଥନା ଗ୍ରହଣ କଲେ । ତା'ର ଆକୁଳ ମିନତୀ ଘେନିଲେ, ତା' ଅନ୍ତରର ବ୍ୟାକୁଳତା ବୁଝିଲେ । ତା' ହୃଦୟର ଆବେଗକୁ ଅନୁଭବ କଲେ । ତା' ପ୍ରାଣର ପିପାସାକୁ ଜାଣିପାରିଲେ । ତା' ଆମ୍ଭର ବ୍ୟଥା ଦେଖି ପାରିଲେ । ମନ୍ଦିରରୁ ଜଣକ ପରେ ଜଣେ ଭକ୍ତମାନେ ଫେରିଯାଉଥାଆନ୍ତି । ଆଉ କେହି ଦର୍ଶନ ପାଇଁ ଅସୁନଥିଲେ । ମନ୍ଦିର ପରିସର କ୍ରମଶଃ ନିର୍ଜନ ହୋଇଆସୁଥିଲା । ମୁଖଶାଲା ଶୂନଶାନ ହେଲା । ପରେ କେବଳ ରହିଲେ ଦୁଇଜଣ । ଯେଉଁ ଦୁଇଜଣ ଠାକୁରଙ୍କ ପ୍ରତ୍ୟେକ ବାରିରେ ବିଳମ୍ବ କରି ଘରକୁ ଫେରନ୍ତି । ସେହି ମୁନି ଆଉ ତା' ସାଙ୍ଗ ସତୀ ।

ସମୟ ଏଗାରଟା ପାଖାପାଖି ହୋଇଗଲାଣି । ତାଙ୍କର ଆସିବା ସମୟ ନିକଟ ହୋଇଆସୁଛି । ସିଏ ଠିକ୍ ଏତିକି ବେଳେ ମନ୍ଦିରକୁ ଆସି ଥାଆନ୍ତି । ମନ୍ଦିର ଜନଶୂନ୍ୟ ହୋଇଯିବାରୁ ନିରୋଳା ପାଇ ମୁନି କହିଲା– "ସତୀ ତୁ ଆଜିନା ଭାରି ସୁନ୍ଦର ଦିଶୁଛୁ" ତୁ ଯେମିତି ଦେଖା ଯାଉଛୁ ତତେ ଦେଖିବା ଲୋକ ତୋ'ଉପରୁ ଆଖି ଫେରାଇ ନେଇ ପାରିବ ନାହିଁ । ତୋ'ର ତୋଫା ଗୋରା ଦେହକୁ ଗୋଲାପି ରଙ୍ଗର ଶାଢ଼ିଟା ଭାରି ଭଲ ମାନୁଛି । ଗୋଲାପି ଶାଢ଼ି ସାଙ୍ଗକୁ ତୋ'ର ଲମ୍ବା ବେଣୀ ଆଉ ତୋ'ର ଏ ଯେଉଁ ଠାଣି ତୋତେ ଏପରି ମନଲୋଭା କରିଛି ଯେ ଦେଖିଲା ଲୋକର ଆଖି ଲାଖି ରହିବ । ପେଟ ପୁରି ଉଠିବ, ବିଚରା ଅଧର ବାବୁଙ୍କ ଅବସ୍ଥା ଆଜି କ'ଣ ହେବ କିଏ କହି ପାରିବ ? ସିଏ ଆଜି ତୋ' ଉପରୁ

ଏତେ ସହଜରେ ଆଖି ଫେରାଇ ନେଇ ଯାଇପାରିବେ ନାହିଁ। ତୋ'ର ତ ଆଜି ଅଧରଂ ମଧୁରଂ, ବଦନଂ ମଧୁରମ୍, ନୟନଂ ମଧୁରଂ, ହସିତଂ ମଧୁରମ୍, ହୃଦୟ ମଧୁରମ୍, ଚମକଂ ମଧୁରମ୍, ମଧୁରାଧ୍ ପତେ, ଅଖଲଂ ମଧୁରମ୍, କରଣଂ ମଧୁରଂ, ତରଣଂ ମଧୁରମ୍, ହରଣଂ ମଧୁରଂ, ରମଣଂ ମଧୁରଂ, ମଧୁରାଷ୍ଟକମ୍ (ବିଲ୍ୱମଙ୍ଗଳାଚାର୍ଯ୍ୟ)।

ଲୋକ ଗହଲି ଯୋଗୁ ଉଦ୍‌ବିଗ୍ନ ଥିବା ସତୀ କେବେ ସୁନିଠାରୁ ଏପରି କଥା ଶୁଣିବାକୁ ଆଶା କରିନଥିଲା। ତଥାପି ସେ ନିଜ ମନକୁ ପ୍ରଥମେ ସଂଯତ କରିବାକୁ ଚେଷ୍ଟା କଲା। କାରଣ ଅସ୍ଥିର ମନ କୌଣସି ସମସ୍ୟାର ସମାଧାନ କରି ପାରିନଥାଏ। ଚିନ୍ତାଧାରାର ସ୍ଥିରତା ହିଁ ସଫଳତା ଆଣିଦିଏ। ମନରୁ ତା'ର ଯଦିଓ ଆଶଙ୍କା। ଦୂର ହୋଇଯାଇଥିଲା ବ୍ୟସ୍ତଭାବ ନଥିଲା। ତଥାପି ଚିନ୍ତାଗ୍ରସ୍ତ ମନ ଏତେ ଚଞ୍ଚଳ ସ୍ୱାଭାବିକ ଅବସ୍ଥାକୁ ସମ୍ପୂର୍ଣ ଭାବେ ଫେରି ପାରିନଥିଲା। ମନସ୍ଥିର କରି ସେ ସୁନି କଥାର ଉତ୍ତର ଦେଲା। "ସୁନି ତୋ' କଥାଶୁଣି ମୋତେ ହସ ଲାଗୁଛି, ତୁ ଯେମିତି କହୁଛି କ'ଣ କବି ପାଲଟି ଯିବୁ କି ?"

"ହଁ ଲୋ ସତୀ; ତୋତେ ଦେଖି କବି ହେବାକୁ ଭାରି ମନ ହେଉଛି" ରାମତାରକା ମନ୍ତ୍ର ବଳରେ ଉପେନ୍ଦ୍ରଭଞ୍ଜ କବି ସମ୍ରାଟ ହୋଇପାରିଥିଲେ। ମୋତେ ଯଦି କିଏ ତାରକ ମନ୍ତ୍ର ପ୍ରଦାନ କରନ୍ତା ତେବେ ମୁଁ ତୋତେ ନେଇ କାବ୍ୟଟିଏ ଏମିତି ନହେଲେ କବିତାଟିଏ ଲେଖି ପକାନ୍ତି। ଭଞ୍ଜଙ୍କ ଲାବଣ୍ୟବତୀ ବଦଳରେ ମୁଁ 'ସତୀ ସଂଘିତା' ଲେଖନ୍ତି। ମୁଁ ସତ କହୁଛି ସତୀ ଭଞ୍ଜିଙ୍କର ନାୟିକା ଲାବଣ୍ୟବତୀ କେବେବି ତୋ' ଠାରୁ ଅଧିକ ସୁନ୍ଦରୀ ହୋଇଥିବ ବୋଲି ମୁଁ ଭାବୁନାହିଁ। ଆଉ ବିଚରା ନାୟକ ଚନ୍ଦ୍ରଭାନୁ ରୂପୀ ଅଧର ବାବୁଙ୍କ କଥା କିଏ ପଚାରେ।

ସେତେବେଳେ ମନ୍ଦିରରେ ଆଉ କେହି ନଥିଲେ। କେବଳ ସତୀ ଆଉ ସୁନି। ସତୀ ଚାରିପଟୁ ଥରେ ଆଖି ବୁଲାଇ ଆଣି ସୁନିକୁ ଅନାଇଁ କହିଲା– "ସୁନି ମୁଁ ଆଜି ସକାଳେ ଗାଧେଇ ସାରି ଡଙ୍ଗି ଭସାଇ ଘରକୁ ଫେରି ପଡ଼ିଆ ଆଡ଼େ ଯାଇଥିଲି, ସେଠି ବରଗଛ ଡାଳରେ ଭଦଭଦଲିଆଟେ ବସିଥିଲା ଦେଖିଲି।"

ସତୀ କଥା ଶୁଣି ସୁନି ପଚାରିଲା, "ସତୀ ତୁ ଆଜି ସକାଳେ ଭଦଭଦଲିଆ ଦେଖିଛୁ" ?

"ସତୀ ଉତ୍ତର ଦେଲା, ହଁ ବରଗଛ ଡ଼ାଳରେ ବସିଥିଲା।"

"ତେବେତ ତୋର ଆଜି ଶ୍ରୀଚନ୍ଦ୍ର"

"ସୁନି ସିଏ ପୁଣି କ'ଣ ?"

"ଶ୍ରୀଚନ୍ଦ୍ର ଯୋଗ, ମାନେ ତୁ ଆଜି ଅମୂଲ୍ୟ ରତ୍ ପାଇବୁ।"

"ମୁଁ ଆଉ କ'ଣ ଅମୂଲ୍ୟ ରନ୍ ପାଇବି ?"

"ସତୀ; ତୁ ଅଧର ବାବୁଙ୍କ ପରି ଅମୂଲ୍ୟ ରନ୍‌ଟିଏ ତ ପାଇ ସାରିଛୁ। ତୁ ଯେଉଁ ଭୟ କରୁଥିଲୁ, ତାଙ୍କ ଜାମାର ବୋତାମ ମାରି ଦେବାକୁ କିଛି ଅସୁବିଧା ହେବା ଆଶଙ୍କାରେ"।

"ସୁନି; ମୁଁ ତ ତୋ କଥାରେ ରାଜି ହେଇ ସାରିଛି, ତୋ କହିବା ମୁତାବକ ତାଙ୍କ ଜାମାର ବୋତାମ ମାରିଦେବି"।

ସୁନି ଖୁବ୍ ଖୁସି ଥିଲା ପରି କହୁଥିଲା, "ଦେଖିବୁ ତୁ ତାଙ୍କ ଜାମାର ବୋତାମ ମାରି ଦେଲେ ସିଏ ତୋ' ଉପରେ ବିରକ୍ତ ନହୋଇ ନିଶ୍ଚିତ କିଛି ଅପୂର୍ବ ଜିନିଷ ଉପହାର ଦେବେ"।

ସୁନି କଥା ଶୁଣି ସତୀ ଉତ୍‌କଣ୍ଠାର ସହିତ ପଚାରିଲା, "ସିଏ ମୋତେ ପୁଣି କି ଉପହାର ଦେବେ ?"

"ଶୁଣ ସତୀ; ମୁଁ ଯାହା ଭାବୁଛି ସିଏ ତୋତେ ଏମିତି ଗୋଟେ ଉପହାର ଦେବେ, ଯାହାକୁ ତୁ ଜୀବନ କାଳ ମଧ୍ୟରେ କେବେବି ଭୁଲି ପାରିବୁ ନାହିଁ। ଜୀବନ ସାରା ମନରେ ରଖିବୁ"।

"ସିଏ ଏମିତି କି ଉପହାର ଦେବେ ଯେ ମୁଁ ତାକୁ ସାରା ଜୀବନ ମନେ ରଖିବି",

"ସତୀ; ଭଦଭଜଲିଆ ତୁଚ୍ଛାଟାରେ ଦେଖାଦିଅନ୍ତି ନାହିଁ, ଶୁଭ ବେଳ ପଡ଼ିଲେ ଭଲ ସମୟ ଆସିଲେ, ସେମାନଙ୍କ ଦର୍ଶନ ମିଳିଥାଏ, ସେହି ଦୃଷ୍ଟିରୁ ମୁଁ ଅନୁମାନ କରୁଛି ସିଏ ତୋତେ ନିଶ୍ଚିତ ସେମିତି କିଛି ସବୁଦିନ ମନେ ରହିଲାପରି ଉପହାର ଦେବେ, ତେବେ ସିଏ ଯେଉଁ ଉପହାର ଦେବେ ବୋଲି ମୁଁ ଭାବୁଛି, ସେ କଥା ଶୁଣିଲେ ତୁ ମୋ ଉପରେ ରାଗିବୁ ନାହିଁ ତ ?"

"ନା ସୁନି; ମୁଁ କ'ଣ କେବେ ତୋ' ଉପରେ ରାଗିଛି ଯେ' ଆଜି ରାଗି ପାରିବି ?"

"ସତୀ ଏତେ ଭଲେଇ ହଁ ନାହିଁ। ପ୍ରଥମେ ଯେତେବେଳେ ମୁଁ ଅଧରବାବୁଙ୍କ କଥା କହୁଥିଲି, ତୁ ସେତେବେଳେ ମୋ ଉପରେ ରାଗୁ ନଥିଲୁ ?"

"ସେ କଥାତ ଯାଇଛି। ଏଇନେ ଆଉ ସେ ଗଲାକଥା ଉଠାଇ ଲାଭ କ'ଣ ଅଛି କହିଲୁ ? କି ପ୍ରକାର ଫାଇଦା ମିଳିବ ସେଥିରୁ ଆମକୁ ? ବର୍ତ୍ତମାନ କହ ସିଏ କି ଉପହାର ଦେବା କଟା ତୁ ଭାବୁଛୁ ?"

"ନା ମୁଁ କହିବିନି"

"ତୁ ଯଦି ଉପହାର ଦେବା କଥା ଜାଣିପାରୁଛୁ, ତେବେ କହିବୁ ନାହିଁ କାହିଁକି ?"

"କାହିଁକି ନା' କଥାଟା ସେମିତିଆ, ତୁ ଶୁଣିଲେ ରାଗିବୁ"

ସତୀ ହସି ହସି ସୁନି ପାଖକୁ ଲାଗି ଆସି ତା' ହାତ ଧରି କହିଲା, "ନା' ସୁନି ମୁଁ ତୋ' କଥା ଶୁଣି କେବେବି ରାଗିବିନି, ଠାକୁରଙ୍କ ରାଣ, ତୁ କହ।"

ସତୀଠାରୁ ସାହସ ପାଇ ସୁନି କହିଲା– ତେବେ ଶୁଣ। ତୁ ଯେତେବେଳେ ଆଜି ସକାଳୁ ଭଦଭଜଲିଆ ଦେଖିଛୁ, ମୋତେ ଯାହା ଲାଗୁଛି, ତୁ ତାଙ୍କ ଜାମାର ବୋତାମ ମାରିଦେଲା ବେଳେ, ସିଏ ତୋତେ ତାଙ୍କ ଉପରକୁ ଆଉଜାଇ ନେବେ।

ସୁନି କଥା ଶୁଣି ସତୀ ଚମକିପଡ଼ିଲା ପରି କହିଲା "ସୁନି ତୁ ଏମିତି କ'ଣ କହୁଛୁ ? ସିଏ କ'ଣ ସେମିତି ଲୋକ ଯେ… ?

"ସତୀ, ତୁ ଏମିତି ସେମିତି କ'ଣ କହୁଛୁ ? ପୁରୁଷ ପୁଅମାନେ ସବୁ ସମାନ। ସୁନ୍ଦରୀଆ ଝିଅଟିଏ ଦେଖିଲେ ତାଙ୍କ ପାଟିରୁ ଲାଳ ବୁହେ। ସୁବିଧା ପାଇଲେ ସେମାନେ କେବେବି ସୁଯୋଗକୁ ହାତଛଡ଼ା କରିବେନି। ସୁଯୋଗର ଫାଇଦା ପୁରା ଉଠାଇ ନେବେ। ତୁ ଯେତେବେଳେ ତାଙ୍କ ଜାମାର ବୋତାମ ମାରିଦେବୁ। ସେତେବେଳେ ସିଏ ଜାଣିପାରିବେ ଯେ ତୋ'ର ତାଙ୍କ ପ୍ରତି ଦୁର୍ବଲତା ରହିଛି। ତୋ'ର ସେହି ଦୁର୍ବଲତାର ସୁଯୋଗ ନେଇ ସିଏ ସେଟିକିବେଳେ ତୋତେ ତାଙ୍କ ଛାତି ଉପରକୁ ଟାଣି ନେବେ, ଆଉ ତୁ ସେଥିପାଇଁ କେବେବି କିଛି ଆପତ୍ତି କରିପାରିବୁ ନାହିଁ।"

ସୁନି କଥା ଶୁଣି ସତୀ ଟିକେ ଲ୍ୟାଜେଇ ଗଲା, ଲାଜ ମିଶା ସ୍ୱରରେ କହିଲା, "ସୁନି ତୁ ଭାବି ପାରୁଛୁ ସିଏ ସେମିତି କରି ପାରିବେ ?"

"ଶୁଣ ସତୀ; ମୁଁ ଖାଲି ଭାବୁନାହିଁ କିୟ ମୋ ମନରୁ ଫାନ୍ଦି କହୁନି। ଏଇଟା ପ୍ରକୃତରେ ନିରାଟ ସତ କଥା। ତୁ ଆଜି ଯେମିତି ସଜେଇ ହୋଇ ଆସିଛୁ, କେଉଁ ଯୁବକ ତୋତେ ଦେଖି ତୋ ପ୍ରତି ଆକୃଷ୍ଟ ନହେବ। ସିଏ ତେଣିକି ଯେତେ ନୀତିବାନ, ନିଷ୍ପାପର, ଭଦ୍ର, ନମ୍ର, ବିବେକୀ, ଲାଜକୁଳା, ଡରୁଆ, ନିରୀହ ପ୍ରକୃତିର କିୟ ଶିକ୍ଷିତ ହୋଇ ଥାଆନ୍ତୁ ପଛେ। ତୁ ତାଙ୍କ ଜାମାର ବୋତାମ ମାରିଦେବା ଅର୍ଥ ତୁ ନିଜେ ଆପଣା ଛାଁ ତାଙ୍କ ପାଖରେ ଧରାଦେବା। ଆଉ ତା'ପରେ ସିଏ ତୋତେ ତାଙ୍କ ଉପରକୁ ଟାଣି ନେଇ ତୋତେ ତାଙ୍କ ଛାତିରେ ଭିଡ଼ି ଧରିଲେ, ଏଥିରେ ତାଙ୍କର ଦୋଷ ବା ଭୁଲ ରହିବ କେଉଁଠି, ନା ଏ କ୍ଷେତ୍ରରେ ତୁ କିଛି ପ୍ରତିବାଦ ଅବା ଆପତ୍ତି କରିପାରିବୁ ?"

"ତା' ହେଲେ ମୁଁ ତାଙ୍କ ଜାମାର ବୋତାମ ମାରିଦେବି ନାହିଁ।"

ସୁନି ବୁଢ଼ାଇ ବସିଲା ସତୀକୁ, ନା ସତୀ ସେମିତି ଭାବନା ମନକୁ ଆଦୌ ଆଣେନା। 'କଳ୍ପନା ମୂଳେ କାଳଥାଇ, ପ୍ରାଣୀ ତା ଜାଣିନପାରଇ' ବୋଲି ଭାଗବତରେ ଲେଖା ଅଛି। ଆହୁରି ମଧ ଅମର ଭାବନା ଓ ଆମ ମାନସିକତା ଆମକୁ ସଫଳ ବା ବିଫଳ କରାଏ। ସେଥିପାଇଁ ସେପରି କଳ୍ପନା କରିବା ତୋ' ପକ୍ଷରେ ଉଚିତ୍ ନୁହେଁ। ତୁ ବୁଝ଼୍ନୁ କାହିଁକି ଏମିତି ଖାମଖିଆଲ ଓ ସରଳ ବିଶ୍ୱାସୀ ଏବଂ ଅମାଇକ ମନା ହୋଇ ସୀତାଙ୍କ ପରି ସତୀ ଠାକୁରାଣୀ ଠକିଥିଲେ। ଯୋଗୀ ବେଶଧାରୀ ସନ୍ନ୍ୟାସୀଙ୍କ ଭଲି ବସନ ପରିଧାନ କରି ଭିକ୍ଷାର୍ଥୀ ସାଧୁଙ୍କ ପରି ମୁହଁରେ ଭିକ୍ଷାଂ ଦେହୀ ଉଚ୍ଚାରଣ କରୁଥିବା ବାଆଜୀ ରାବଣ ଅନ୍ତରଭିତରେ ସୀତାଙ୍କୁ ଚୋରାଇ ନେବା ଭଲି ମାରାତ୍ମକ ମତଲବ ଲୁଚାଇ ରଖିଥିଲେ। ସୀତା ସରଳ ବିଶ୍ୱାସି ହୋଇ ତାଙ୍କୁ ଭିକ୍ଷା ଦେବାକୁ ଯାଇ ନିଜର ବିପର୍ଯ୍ୟକୁ ଡାକି ଆଣିଥିଲେ। ସେମିତି ତୁ ସରଳ ବିଶ୍ୱାସି ହୋଇ ତାଙ୍କୁ ଭଲ ପାଉଛୁ। କିଛି ନବୁଝି ନବିଚାରି ତାଙ୍କୁ ମନଦେଇ ସାରିଛୁ। ହେଲେ ତାଙ୍କ ମନ ଆଣି ପାରିଛୁ କି ? ତୁ ଯେମିତି ତାଙ୍କୁ ଭଲ ପାଉଛୁ, ସିଏ ସେମିତି ତୋତେ ଭଲ ପାଉଛନ୍ତି କି ନାହିଁ, ତା'ର ପ୍ରମାଣ ଏଯାଏ ପାଇଲୁଣିକି ? ସିଏ ଉପରକୁ ଭାରି ଶାନ୍ତ, ସରଳ, ଭଦ୍ର, ନମ୍ର ଏବଂ ନିରୀହ ଜଣା ଯାଉଥିଲେ ହେଁ ତାଙ୍କ ଭିତରର ଅସଲ ରୂପ ଆମକୁ ଅଜଣା ହୋଇ ରହିଯାଇଛି। ସିଏ ବାଆଜୀ ବେଶଧାରୀ ରାଜା ରାବଣଙ୍କ ପରି ଛଦ୍ମବେଶୀ କିମ୍ବା ବନଚାରୀ ରାମଙ୍କ ଭଲି ସତ୍ୟନିଷ୍ଠ ତାହା ତାଙ୍କ ବ୍ୟବହାରରୁ ସ୍ୱଷ୍ଟ ରୂପେ ଜଣା ପଡ଼ିବ। ଯେମିତି ରାବଣଙ୍କ ବ୍ୟବହାରରୁ ଜଣାଯାଇଥିଲା। ଶାସ୍ତ୍ରରେ କୁହାଯାଇଛି– "ବେଶଂ ନ ବିଶ୍ୱସେତ୍ ପ୍ରାଜ୍ଞୋବେଶୋ ଦୋଷାୟ ଜାୟତେ, ରାବଣୋ ଭିକ୍ଷୁ ରୂପେଣ ଜହାର ଜନକାତ୍ମଜାମ୍"। ବୁଦ୍ଧିମାନ ବ୍ୟକ୍ତି ବେଶ ଦେଖି ଲୋକଙ୍କୁ ବିଶ୍ୱାସ କରନ୍ତି ନାହିଁ। ବେଶ ଦୋଷର କାରଣ ଅଟେ। ରାବଣ ସନ୍ନ୍ୟାସୀର ବେଶରେ ସୀତାଙ୍କୁ ଅପହରଣ କରିଥିଲେ। କାହିଁକିନା ସରଳା ସୀତା ଯତି ବେଶଧାରୀ ରାବଣଙ୍କ ଠାରୁ କୌଣସି ବିପଦର ଆଶଙ୍କା ମନକୁ ନଆଣି ଲକ୍ଷ୍ମଣ (ଟାଣିଥିବା) ଗାର ସୀମାରେଖା ଅତିକ୍ରମ କରିଯାଇ ରାବଣଙ୍କ ନିକଟବର୍ତ୍ତୀ ହୋଇଥିଲେ। ସେହିପରି ଆଉ ଜଣେ ଯୋଗୀ ବେଶଧାରୀ ବାଳକ (କୃଷ୍ଣ) ଗୋପ ଦାଣ୍ଡରେ ଭିକ୍ଷା ମାଗିଥିଲେ। ସେ ସର୍ଭ ରଖିଥିଲେ ସେ ମାତ୍ର ଜଣଙ୍କ ହାତରୁ ଭିକ୍ଷା ଗ୍ରହଣ କରିବେ। ଆଉ ସେହି ମୁଠିଏ ଭିକରେ ତାଙ୍କ ଭିକ୍ଷାଥାଲ ପୂର୍ଣ୍ଣ ହେବ। ଏମିତି ଭିକ୍ଷା ମାଗି ସେ ଗୋପର ନାୟିକା ରାଧାରାଣୀ ମନକୁ ଚୋରି କରିଥିଲେ ମାତ୍ର ତାଙ୍କ ଦେହ (ଶରୀର)କୁ ନୁହେଁ। ଅତି ଚତୁର କୃଷ୍ଣ ଅନ୍ୟମାନଙ୍କ ଅଲକ୍ଷରେ ରାଧାଙ୍କ ମନ ଚୋରି କରି ତାଙ୍କ ସହିତ ପ୍ରେମ ସମ୍ପର୍କ ସ୍ଥାପନ କରିବାରେ ସଫଳ ହୋଇଥିଲା ବେଳେ ନିର୍ବୋଧ ରାବଣ ସୀତାଙ୍କ ଦେହ (ଶରୀରକୁ) ପ୍ରକାଶ୍ୟରେ ଚୋରାଇ ଆଣି (ମାତ୍ର ସୀତାଙ୍କ ମନକୁ ଆଣି ନପାରିବା ଯୋଗୁ) ପ୍ରଣୟରେ ବିଫଳ ହୋଇଥିଲେ। ରାବଣ ଓ କୃଷ୍ଣ ଉଭୟ ଯୋଗୀ ବେଶଧାରୀ (ଦେହ ବା ଶରୀରରେ) ମାତ୍ର ମନରେ ସେ ଦୁହେଁ ଚୋର ମାନସିକତାର ଥିଲେ। ସେଥିପାଇଁ ଯୋଗୀ (ସନ୍ନ୍ୟାସୀ) ବେଶଧାରୀ ଦୁହିଁଙ୍କ ମଧରୁ ଜଣେ ନିନ୍ଦନୀୟ ହୋଇଥିଲେ ସାମାଜିକ ଦୃଷ୍ଟିରୁ, ଆଉ ଜଣେ ସଂସାର ଆଖିରେ ଯୋଗଜନ୍ମା ଅବତାରୀ ପୁରୁଷଭାବରେ ଜଗତ ବଦନୀୟ ହୋଇଥିଲେ। ଉଭୟଙ୍କ ରୂପ, ବେଶଭୂଷା ଓ ଆଭିମୁଖ୍ୟ ସମାନ ଥିଲା। ସେଥିପାଇଁ ଲୋକ କଥା ପ୍ରଚଳିତ ଅଛି– "ଲୋକ ନଚିହ୍ନିବ (ସରୁ) ଖାଲି କଥାରୁ, ଧନ ନଜାଣିବ ଲୁଗା ଜୋତାରୁ, ସାଧୁ ନଜାଣିବ ଚିତା କଟାରୁ, ଥରେ ବୁଲି ଆସ କଲିକତାରୁ।" ପରିଚ୍ଛଦର ମୂଲ୍ୟ ନାହିଁ ବୋଲି ବିଚାର ବିବେଚନା କରିବା ଭ୍ରମ। କାରଣ ଯୋଗ୍ୟତାର ପ୍ରଧାନ କାରଣ ଉତ୍ତମ ପରିଚ୍ଛେଦ। ପୀତବସ୍ତ୍ର ପରିଧାନ କରି ସୁନ୍ଦର ଦେଖାଯାଇଥିବା ବିଷ୍ଣୁକୁ ସମୁଦ୍ର ନିଜର କନ୍ୟା ଲକ୍ଷ୍ମୀଙ୍କୁ ପ୍ରଦାନ କଲେ। କିନ୍ତୁ ଶିବଙ୍କୁ ଉଲଗ୍ନ ଦେଖି ବିଷଦାନ କରିଥିଲେ। ଆହୁରି ମଧ କୁହାଯାଉଛି– "ଗୁଣାନାମନ୍ତରଂ ପାଞ୍ଜୋବେଢ଼ି ନୋ ଚେତରୋଜନଃ, ମଲ୍ଲିକା, ମାଲତୀ ମେଦଂ ପ୍ରାଣ ବେଢ଼ି ନଲୋଚନମ୍" ମଲ୍ଲିମାଲତୀ ପୁଷ୍ପର ଗନ୍ଧ ନାକର ବିଷୟ, ଆଖିର ନହେଲା ପରି ଗୁଣାଗୁଣ ବିବେଚନା ତ ବିଜ୍ଞ, ବିବେକୀ ଜନର ବିଷୟ। ଯେପରି ବେଶଭୂଷାରେ

ଯୋଗୀ (ସନ୍ନ୍ୟାସୀ) ପରି ଦେଖାଯାଉଥିବା ଉଭୟ ରାବଣ ଓ କୃଷ୍ଣଙ୍କ ଲାଗି ଦୁହେଁଯାକ ସୀତା ଏବଂ ରାଧା ସେ ଯୋଗୀ ବେଶଧାରୀଙ୍କ ଯୋଗୁ ଅପନିନ୍ଦା, କଳଙ୍କ ଓ ଦୁର୍ନାମକୁ ସାରା ଜୀବନ ମୁଣ୍ଡାଇ ଅପନିନ୍ଦିତ, କଳଙ୍କିତ ଓ ଦୁର୍ନାମ ଗ୍ରସ୍ତ ହୋଇଥିଲେ ଏବଂ ସେମାନଙ୍କ ଲାଗି ତାଙ୍କର ସ୍ୱଚ୍ଛନ୍ଦରେ ଜୀବନ ଯାପନ କରିବା ଦୁର୍ବିସହ ହୋଇ ପଡ଼ିଥିଲା। କାରଣ ସେମାନଙ୍କ ମଧ୍ୟରୁ ଜଣଙ୍କର ଭିତର କପଟତାରେ ପୂର୍ଣ୍ଣଥିଲା ବେଳେ ଅନ୍ୟଜଣେ ଛଲନାର ଆଶ୍ରୟ ନେଇଥିଲେ। ସେମିତି ଯାହା ନଦେଖିବୁ ଦୁଇ ନୟନେ, ପରତେ ନଯିବୁ ଗୁରୁବଚନେ। ତାଙ୍କ ବାହାର ରୂପକୁ ଦେଖୀ ସେ କିଭଳି ମଣିଷ ଆମେ କେବେ ଜାଣି ପାରିବା ନାହିଁ। ତାଙ୍କ ବ୍ୟବହାର ହିଁ କହିଦେବ ସିଏ କେଉଁ ଗୁଣର ଓ କିପରି ପ୍ରକୃତିର ବ୍ୟକ୍ତି। ଯେପରି ରାବଣ ଓ କୃଷ୍ଣଙ୍କ ବ୍ୟବହାର ସେମାନଙ୍କ ପ୍ରକୃତ ସ୍ୱରୂପ ପ୍ରକାଶ କରିପାରିଥିଲା। ସିଏ ଯଦି ତୋତେ ଆନ୍ତରିକତାର ସହିତ ଭଲ ପାଉନଥିବେ ତେବେ ତାଙ୍କ ଜାମାର ବୋତାମ ମାରିଦେଲେ ସିଏ ତୋ' ଉପରେ ବିରକ୍ତି ଭାବ ପ୍ରକାଶ କରିବେ। ଆଉ ଯଦି ପ୍ରକୃତରେ ତୋତେ ହୃଦୟର ସହିତ ଭଲ ପାଉଥିବେ, ତେବେ ତୁ ତାଙ୍କ ଜାମାର ବୋତାମ ମାରିଦେଲା ବେଳେ ଯଦି ସେ ତୋତେ ତାଙ୍କ ଛାତି ଉପରକୁ ଭିଡ଼ି ନିଅନ୍ତି ତେବେ ସେହି ହେବ ତୋ' ପାଇଁ ତାଙ୍କ ଭଲ ପାଇବାର ସ୍ୱୀକୃତି। ଯାହା ଜାଣିବା ପାଇଁ ତୁ ଏତେ ଦିନ ହେଲା ଅପେକ୍ଷା କରିଛୁ।

ସତୀ ଚାଣକ୍ୟ ବନ୍ଧୁତାର ଛଅଟି ଲକ୍ଷଣ ଚିହ୍ନଟ କରିଛନ୍ତି। ସେଗୁଡ଼ିକ ହେଲା ଦବା, ନବା, ଖାଇବା, ଖୁଆଇବା, ପରସ୍ପର ବିଶ୍ୱାସ ଓ ସମ୍ମାନ। ପ୍ରେମ ଓ ବିଶ୍ୱାସ ମଧ୍ୟରେ ଫରକ ହେଲା– ଭଲ ପାଉଥିବା ଲୋକକୁ ବିଶ୍ୱାସ କରିବା ଅପେକ୍ଷା ବିଶ୍ୱସ୍ତ ଲୋକଙ୍କୁ ଭଲ ପାଇବା ହିଁ ବିଜ୍ଞତା। ଯେମିତି ତୁ ତାଙ୍କୁ ପାଦୁକ ଓ ବିଭୂତି ଦେଉଛୁ ଏବଂ ତାଙ୍କ ଠାରୁ ଠାକୁରଙ୍କ ଥାଲି ପାଇଁ ପାଇସା ରଖୁଛୁ। ଅନ୍ୟଭାଷାରେ ସିଏ ତୋ' ଠାରୁ ପାଦୁକ ଓ ବିଭୂତି ନେଉଛନ୍ତି ଓ ଠାକୁରଙ୍କ ଲାଗି ତୋତେ ବା ତୋ ହାତରେ ପଇସା ଦେଉଛନ୍ତି। ସେମିତି ତୁ ତାଙ୍କ ଜାମାର ବୋତାମ ମାରିଦେବୁ ଓ ତାଙ୍କ ଠାରୁ ସ୍ନେହ ଶ୍ରଦ୍ଧା ଆଦାୟ କରିବୁ। ଏଇ ହେଲା ବନ୍ଧୁତାର ଛଅ ଲକ୍ଷଣରୁ ପ୍ରଥମ ଦୁଇଟି ଲକ୍ଷଣ, ଦେବା ଓ ନେବା। ତା'ପରେ ବନ୍ଧୁ କହିଲେ ଆମେ ସାଧାରଣତଃ ସାଙ୍ଗ, ସାଥୀକୁ ବୁଝିଥାଉଁ। କିନ୍ତୁ ଅଭିଧାନିକ ଅର୍ଥରେ 'ବନ୍ଧୁ ହେଲେ– ଯେ ସ୍ନେହ ଦ୍ୱାରା ବନ୍ଧନ କରେ। ଅର୍ଥାତ୍ ଆମ୍ୟୀୟ, ମିତ୍ର, ସଖା ଇତ୍ୟାଦି। ସେଥିପାଇଁ ଶାସ୍ତ୍ର ମତାନୁସାରେ ଯିଏ ପ୍ରକୃତ ବନ୍ଧୁ ସେ ବନ୍ଧୁର ଦୁଃଖରେ ଦୁଃଖୀ ଏବଂ ବନ୍ଧୁର ସୁଖରେ ସୁଖୀ ହୁଏ। ଅମରକୋଷରେ ବନ୍ଧୁଙ୍କୁ ଗୋତ୍ର ଭିତିରେ ବିଭାଗୀକରଣ କରାଯାଇଛି। ଯଥା ସଗୋତ୍ର ଓ ଆସଗୋତ୍ର। ଏହା ଅନୁସାରେ ସମଗୋତ୍ରୀମାନେ ହେଉଛନ୍ତି କୁଟୁମ୍ବ। ବିଶ୍ୱାସ କରାଯାଏ ଯେ ସମଗୋତ୍ରୀଙ୍କ ଭିତରେ ରକ୍ତ ସଂପର୍କ ରହିଛି। ଅନ୍ୟ ପକ୍ଷରେ ବିବାହ ବନ୍ଧନ ଦ୍ୱାରା ଅନ୍ୟ ଗୋତ୍ରର ଯେଉଁମାନେ ଆବଦ୍ଧ ହୁଅନ୍ତି, ସେମାନେ ହେଲେ ବନ୍ଧୁ। କୁଟୁମ୍ବମାନେ ହେଲେ ନିଜ ଗୋତ୍ରଜ କିନ୍ତୁ ବନ୍ଧୁମାନେ ପରଗୋତ୍ରଜ। ବନ୍ଧୁତା ଶାଶ୍ୱତ ବୋଲି ସବୁ ଶାସ୍ତ୍ରରେ ସବୁକାଲେ କୁହାଯାଇଛି। ବନ୍ଧୁ ଆମେ ତାକୁ ହିଁ କହିବା ଯିଏ ବନ୍ଧୁର ସୁଖ ଦୁଃଖ ଉଭୟରେ ସହଭାଗୀ ହୁଅନ୍ତି। ଯିଏ ବନ୍ଧୁ ସହ ରାଜଦ୍ୱାରରେ ଏବଂ ଶ୍ମାଶାନରେ ଥାଏ। ମଣିଷ ମଣିଷ ଭିତରେ ବନ୍ଧୁତା ଗଢ଼ି ଉଠିଥିଲା ଭଳି ମଣିଷ ଓ ପଶୁପକ୍ଷୀଙ୍କ ଭିତରେ ବି ବନ୍ଧୁତା ଗଢ଼ି ଉଠେ। ମଣିଷ ଓ ପୁସ୍ତକ ଭିତରେ ତ ବନ୍ଧୁତା ଅନବଦ୍ୟ। ପୁସ୍ତକ ଜଡ଼ ହୋଇବି ପ୍ରାଣବନ୍ତ। ଫରାସୀ କବି ବୋଦଲିଅର ପୁସ୍ତକୁ ପ୍ରକୃତ ବନ୍ଧୁ ବୋଲି କହୁଥିଲେ। ପଶୁମାନଙ୍କ ଭିତରେ କୁକୁର ହେଉଛି ମଣିଷର ପ୍ରକୃତ ବନ୍ଧୁ। କାରଣ କୁକୁର ପୋଷା ମାନିଲେ ବନ୍ଧୁଭଳି ବିଶ୍ୱସ୍ତ ହୁଏ। ନିଜ ମାଲିକ ଲାଗି ଆପଣା ପ୍ରାଣ ଦେବାକୁ ପଛାଏ ନାହିଁ। ସତ କଥା ହେଲା ଯିଏ ପ୍ରକୃତ ବନ୍ଧୁ ତା'ପ୍ରାଣ ବନ୍ଧୁ ଲାଗି କାନ୍ଦେ। ଆମେ ପୁରାଣରେ କୃଷ୍ଣ-ସୁଦାମାଙ୍କ ବନ୍ଧୁତା କଥା ଶୁଣିଛୁ। କୃଷ୍ଣ ରାଜା, ସୁଦାମା ରଙ୍କ, କିନ୍ତୁ ସେମାନଙ୍କ ବନ୍ଧୁତାର ଗାଥା ଆଜି ବି ଭାସ୍ୱର ହୋଇ ରହିଛି। ବନ୍ଧୁପଣର ପରାକାଷ୍ଠାର ପଟାନ୍ତର ନାହିଁ। ଜଣେ ତା' ଜୀବନରେ ଶହଶହ ଲୋକଙ୍କ ସହିତ ବନ୍ଧୁତା କରିପାରେ। କିନ୍ତୁ ପ୍ରକୃତ ବନ୍ଧୁଭାବେ ରହିବେ ହାତଗଣତି କେଇଜଣ। କାରଣ ସେମାନେ ପ୍ରକୃତ ବନ୍ଧୁ। ଯେଉଁମାନେ ବନ୍ଧୁତା ପାଇଁ

ସବୁପ୍ରକାର ବଲିଦାନ କରିବାକୁ ନିଜକୁ ପୂର୍ଣ୍ଣରୂପେ ସମର୍ପଣ କରିବାକୁ ପ୍ରସ୍ତୁତ ଥିବେ । ଏଭଳି ବନ୍ଧୁ ଯିଏ ପାଇବ ସିଏ ହିଁ ଆଜିକାର ଯୁଗରେ ଭାଗ୍ୟବାନ ଭାବେ ଗଣାହେବ । ଅଧରବାବୁ ଯଦି ପ୍ରକୃତରେ ବନ୍ଧୁ ହୋଇଥିବେ ତେବେ ତୁ ତାଙ୍କ ଜାମାର ବୋତାମ ମାରିଦେଲେ ସିଏ କେବେବି ତୋ' ଉପରେ ବିରକ୍ତ କିମ୍ବା ଅସନ୍ତୁଷ୍ଟ ହେବେ ନାହିଁ ।

ତା'ପରେ ଶାସ୍ତ୍ର କହୁଛି "ଜୀର୍ଣ୍ଣମାନଂ ପ୍ରଶଂସୀୟାଦ ଭାର୍ଯ୍ୟାଂଚ ଗତ ଯୌବନାଂ, ଗଣାତ୍ ପ୍ରତ୍ୟାଗତଂ ଶୂର ଶସ୍ୟଚ ଗୃହମାଗତମ୍" ଅର୍ଥାତ୍ ସୁସ୍ୱାଦୁ ଖାଦ୍ୟ ଭୋଜିରେ ଖାଇ, ଭଲ ଖୁଆଟେ ବୋଲି କହିବନି । ଖାଦ୍ୟ ଜୀର୍ଣ୍ଣ ହେଲାପରେ ହିଁ ଭଲ ଖାଦ୍ୟ ବୋଲି କୁହାଯିବ । ସୁସ୍ୱାଦୁ ଖାଦ୍ୟ ଖାଇ ଖାଦ୍ୟ ବିଷାକ୍ତ ହୋଇ ପ୍ରାଣନାଶର ଉଦାହରଣ ତ ଭୂରି ଭୂରି । ସେମିତି ଯୌବନ ଦୀପ୍ତ ସ୍ତ୍ରୀର ଯୋବନାବସାନ ପରେ ହିଁ ତା'ର ପତି ନୈଷ୍ଠିକତାର ପ୍ରଶଂସା କରାଯାଇପାରେ । କାରଣ ଚାରି ପାଞ୍ଚଟି ପିଲାର ଜନନୀ ଚାଳିଶ ବର୍ଷର ପୌଢ଼ାବି ପଚିଶ ବର୍ଷର ଭେଣ୍ଡିଆ ସାଙ୍ଗରେ ପିଲା ସଂସାର ସ୍ୱାମୀ ଛାଡ଼ି ପଳାଇ ଯାଇଛନ୍ତି । ଗୁଲି, ବନ୍ଧୁକ, ଖଣ୍ଡା, ଢାଲ ସଜ୍ଜିତ ସୈନିକ ଯୁଦ୍ଧ ପଡ଼ିଆରୁ ଫେରିବା ପରେହିଁ ପ୍ରଶଂସା ଅଧିକାର କରେ । ତା' ପୂର୍ବ ପ୍ରଶଂସା ଅର୍ଥହୀନ । ଯୁଦ୍ଧ ପଡ଼ିଆରୁ ଛତ୍ରଭଙ୍ଗର ଅନେକ ଉଦାହରଣ ଅଛି । ସେମିତି କ୍ଷେତରେ ଭରା ଫସଲ ଦେଖି କେବେବି ଉତ୍ଫୁଲ୍ଲିତ ହେବ ନାହିଁ । ଅମାରରେ ଅମଲ ପଡ଼ିବା ପରେ ଚାଷର ସଫଳତା କେବଳ ଆକଳିତ ହେବ । ହାତୀ ପଲ ପଶିଗଲେ ତ କାଲି ଅମଲ ହେବାକୁ ଥିବା ଫସଲ ଆଜି ଲୁଟ ହୋଇଯିବ କିମ୍ବା ଅଦିନିଆ କୁଆପଥର ମାଡ଼ର ଭୟ ମଧ ଅଛି । ଯେ ପ୍ରତି ଚାଷୀର ଅନୁଭବର କଥା । ତା' ବେଉସା ସହ ଯୋଡ଼ା ଏ । ସେପରି ତାଙ୍କ ବ୍ୟବହାରରୁ ଯାଇ ସିଏ କେମିତିକା ମଣିଷ ଆମେ ଜାଣିବାକୁ ସକ୍ଷମ ହୋଇପାରିବା ।

ସୁନି କଥା ଶୁଣି ସତୀ ନିରବ ରହିଲା ଓ ମନେମନେ କିଛି ଭାବିବାକୁ ଲାଗିଲା । କିଛି ସମୟ ପରେ କହିଲା, "ସୁନି ତେବେ ମୁଁ ଆର ବାରିକୁ ତାଙ୍କ ଜାମାର ବୋତାମ ମାରିଦେବି, ଏଥର (ଆଜି) ନୁହେଁ । ତୁ ଶୁଣିନୁ ଠାକୁର ବାବା କହନ୍ତି, "ନ କିଞ୍ଚିତ ସହସା କାର୍ଯ୍ୟଂ କାୟଂ ବିନା କୃତିତ, କ୍ରିୟତେ ବେଦ୍ଦିବିଟୈଚ୍ବ ତସ୍ୟ ଶ୍ରେୟଃ କରିଷ୍ଟିତମ୍ ।" କୌଣସି କାର୍ଯ୍ୟ ଉଉମ ରୂପେ ବିଚାର ନକରି ହଟାତ କରିଦେବା ଉଚିତ ନୁହେଁ । ଯିଏ ଉଉମ ରୂପେ ବିଚାର କରି ସମସ୍ତ କାର୍ଯ୍ୟ କରେ । ହିତ ବା କଲ୍ୟାଣ ତା'ର ହାତ ମୁଠାରେ ଥାଏ ।" "ଗୁଣବଦ୍ ଗୁଣବଦ ବା କୁର୍ବଂତା କାର୍ଯ୍ୟଜାତଂ ପରିଣତି ରବଧାର୍ଯ୍ୟା ଯତ୍ନତଃ ପଣ୍ଡିତେନ ଅତିରଭସକୃତାନାଂ କର୍ମଣା ମାବିପଥେର୍ଭବତି ହୃଦୟଦାହୀ ଶଲ୍ୟୋ ତୁଲ୍ୟୋ ବିପାକଃ ।" ଭଲ କିମ୍ବା ମନ୍ଦ କାର୍ଯ୍ୟ ସବୁ କଲା ବେଳେ ପଣ୍ଡିତ ଲୋକ ଯତ୍ନ ପୂର୍ବକ ତା'ର ପରିଣାମ ଠିକ୍ କରିବା ଉଚିତ୍ । ବିଚାର ନକରି ହଠାତ୍ କରିବା କାର୍ଯ୍ୟ ସବୁର ପରିଣାମ ହୃଦୟ ଦହନକାରୀ ଶଲ୍ୟପରି କାର୍ଯ୍ୟକରେ । ଆଉ ମୁଁ ଯାହା ନୁହେଁ, ତାହା ମୋତେ କରାଇ ଦିଆଯାଇ ପାରିବ ସିନା ହେଲେ ମୁଁ ତାହା କେବେବି ହୋଇ ପାରିବ ନାହିଁ ।

ସତୀ କଥାଶୁଣି ସୁନି କହିଲା- "ସତୀ ସବୁ କଥାରେ, ସବୁ କାମରେ ଏମିତି ହେଲା କଲେ, ପଛଗୁଞ୍ଜା ଦେଲେ ଜୀବନରେ କିଛିବ କରିବା କେବେବି ସମ୍ଭବ ହେବ ନାହିଁ । ସେଥିପାଇଁ ତ' ଇଂରାଜୀରେ କୁହାଯାଇଛି "If you stop every time a dog barks, your road will never end" ସବୁ କୁକୁର ଭୁକାକୁ ଅନାଇଲେ ବାଟ କୁଆଡ଼ୁ ସରିବ ? ଆଉ ଆଜି କାମ, ଆଜିର କଥା ପାଇଁ ଆଜିର ପରିସ୍ଥିତି, ଆଜିର ପରିବେଶ ଆସନ୍ତା ବାରିକୁ ହୁଏତ ତୋ'ଲାଗି ଆସିନପାରେ କିମ୍ବା ତୁ ଆଜି ଯେପରି ସୁଯୋଗ ପାଉଛୁ, ସେ ପ୍ରକାର ସୁବିଧା ତୋତେ ଆର ବାରିକୁ ମିଳିନପାରେ । ଆଜି କାମ-ଆଜି କର । ଆଜିର କାମ ଆରବାରିକୁ ରଖିଦେଲେ, ଆରବାରିର କାମ କେଉଁଦିନ ଓ କେତେବେଳେ କରିବୁ । ଆଉ ତୁ ଭଲ ଭାବରେ ମନେ ରଖ ବର୍ତ୍ତମାନର ସମୟ ହିଁ ହେଉଛି ସବୁଠାରୁ ପ୍ରକୃଷ୍ଟ ଓ ଉକ୍ତୃଷ୍ଟ ତଥା ସର୍ବୋର୍ତ୍ତମ ସମୟ । ତା'ର ଯଥାର୍ଥ ଉପଯୋଗ ଜରୁରି । ଆଜି କଥା କାଲିକୁ ନାହିଁ; ପରଦିନ କଥା ପଚାରୁକାହିଁ । "ଆଲସ୍ୟ ହିଁ ମନୁଷ୍ୟାଣାଂ ଶରୀର ସ୍ଥୋ ମହାନରିପୁଃ, ନାସ୍ତ୍ୟଦ୍ୟମ ସମୋ ବନ୍ଧୁଃ କୁର୍ବାଣୋ ନାବସୀଦତି ।" ମନୁଷ୍ୟର ଶରୀର ଭିତରେ ଥିବା ଆଲସ୍ୟ ହିଁ ବଡ଼ ଶତ୍ରୁ

ଏବଂ ଉଦ୍ୟମ ହିଁ ସର୍ବୋତମ ବନ୍ଧୁ। ଯାହା କଲେ ମନୁଷ୍ୟ ଅବସନ୍ନ ହୁଏନାହିଁ। ସେଥିପାଇଁ ତୁ ଆଳସ୍ୟ ପରାୟଣ ବଶତଃ ଆଜି କାମ ଆଜି ନକରି ଆସନ୍ତା କାଲି କରିବାକୁ ରଖିବା ଉଚିତ୍ ନୁହେଁ। "ହେଲାସ୍ୟାତ୍ କାର୍ଯ୍ୟନାଶାୟ ବୃଦ୍ଧିନାଶାୟ ନିର୍ଦ୍ଧନମ୍, ଯାଚନା ମାନ ନାଶାୟ କୁଳନାଶାୟ ଭୋଜନମ୍।" ଅବହେଲା କଲେ କାର୍ଯ୍ୟ ନଷ୍ଟ ହୁଏ। ଦରିଦ୍ରତା ବୃଦ୍ଧିନାଶର କାରଣ ହୁଏ। ସର୍ବଦା ଅନ୍ୟକୁ ମାଗିଲେ ନିଜର ସମ୍ମାନ ନଷ୍ଟ ହୁଏ। ସ୍ଥାନ, ଆସ୍ଥାନ ବିଚାର ନକରି ଭୋଜନ କଲେ ନିଜ ବଂଶ ଗୌରବ ନଷ୍ଟ ହୁଏ। ଆଉ ଆକଟ, ଅର୍ଗଳର ବନ୍ଧ ଭାଙ୍ଗି ଗଲା ପରେ, ଘାଇ ଫିଟିଗଲା ପରେ ଏକୁ ରୋକିବ କିଏ ? ଇଂରାଜୀରେ କଥାଥିଲା "ପ୍ରିଭେନସନ୍ ଇଜ ବେଟର ଦାନ୍ କିଓର" ପ୍ରତିକାର ଅପେକ୍ଷା ପ୍ରତିଷେଧ ଅଧିକ ସ୍ପୃହଣୀୟ। ମାତ୍ର ତିତିଲେ ଘର ଛପର କଥା ଚିନ୍ତୁଥିବା ବିଚରା ଲୋକେ ତିନ୍ତୁଟି ସିନା, ଘର ଛପର ଆଉ ସେତେବେଳକୁ କରି ପାରନ୍ତିନି। ସେମିତି ଏ ସୁଯୋଗ ଛାଡ଼ିଦେଲେ ତୁ ଆଉ ଏପରି ସୁଯୋଗ ପାଇପାରିବୁନି। କେବଳ ଏହି ସୁଯୋଗକୁ ହରାଇ ଦେଇଥିବା ଗ୍ଲାନିରେ ଯାହା ଅହରହ ସନ୍ତାପିତ ହେବା ସାର ହେବ। ଆଉ ନିଜ ପାଖରେ ପ୍ରଚୁର ସମୟ ଅଛି ବୋଲି ଭାବିବା ହିଁ ସବୁ ସମସ୍ୟାର କାରଣ। ତା'ପରେ ପାଦ ନବଢ଼ାଇ ଲକ୍ଷ୍ୟ ସ୍ଥଳରେ ପହଞ୍ଚିବାର ସ୍ୱପ୍ନ ଦେଖିବା ନିର୍ବୋଧତା। ସତୀ ଆହୁରି ମଧ କେବଳ ଇଚ୍ଛା ଯଥେଷ୍ଟ ନୁହେଁ। ଇଚ୍ଛା ପୂର୍ତ୍ତିଲାଗି ଦୃଢ଼ ପ୍ରତିଜ୍ଞା ହୋଇ କାମରେ ଲାଗିବା ଦରକାର। ଆଉ ତୁ କହୁଛୁ, ତୁ ଯାହା ନୁହେଁ ତୋତେ ତାହା କରାଇ ଦେଲେ ସୁଦ୍ଧା ତୁ କେବେବି ତାହା ହୋଇ ପାରିବୁନି। କାହିଁ ତୁତ ଆଗରୁ ପ୍ରେମ କରିବା ଶିଖି ନଥିଲୁ ପୁଣି ଏବେ କେମିତି ଜଣଙ୍କର ପ୍ରେମିକା ହୋଇ ପାରିଲୁ ?

ସୁନି କଥାର କି ଉତ୍ତର ଦେବ ସେକଥା ସତୀ ମନେମନେ ଭାବିବାକୁ ଲାଗିଲା।

ସତୀ ଭାବନାକୁ ଆଗେଇବାକୁ ନଦେଇ ସେଥିରେ ପୂର୍ଣ୍ଣଚ୍ଛେଦ ଟାଣି ଦେଇ ଅଧର ଆସି ପହଞ୍ଚିଗଲେ। ପ୍ରତିଥର ପରି ସିଏ ଗଛ ଛାଇରେ ସାଇକେଲ ରଖି ଦେଇ ମନ୍ଦିରର ଉତ୍ତର ପଟରେ ଥିବା ନଳକୂପରୁ ମୁହଁହାତ ଧୋଇଲେ। ମୁହଁ ପୋଛିବା ପାଇଁ ପକେଟରେ ଦେଖିଲେ ରୁମାଲ ଆଣି ନାହାଁନ୍ତି। ସୁନି ତାଙ୍କୁ ଦେଖି ମନ୍ଦିର ଭିତରକୁ ଚାଲିଗଲା। ପାଦୁକ ଗ୍ଲାସ୍ ଆସି ମନ୍ଦିର ଦୁଆରେ ଠିଆ ହୋଇଥିବା ସତୀ ହାତକୁ ବଢ଼ାଇ ଦେବା ପାଇଁ। ସୁନି ମନ୍ଦିର ଭିତରେ ରହିଥିବାରୁ ତାଙ୍କୁ ଅଧର ଦିଶୁନଥାଆନ୍ତି। ମନ୍ଦିର ଦୁଆରେ ଠିଆ ହୋଇ ସତୀ ଦେଖୁଥାଏ, ରୁମାଲ ଆଣିନଥିବାରୁ ସେ ବାରମ୍ଭାର ମୁହଁକୁ ହାତ ପାପୁଲିରେ ପୋଛି ହାତ ଛିଞ୍ଚାଡ଼ୁଥାଆନ୍ତି। ଏହିପରି ଅବସ୍ଥାରେ ସିଏ ମୁଖଶାଳା ଉପରକୁ ଉଠିଆସିବାରୁ ସତୀ ତା' ରୁମାଲ ଟିକୁ ତାଙ୍କ ଆଡ଼କୁ ବଢ଼ାଇ ଦେଇ କହିଲା "ରୁମାଲ ଆଣି ନାହାଁନ୍ତି କି ? ନିଅନ୍ତୁ ମୁହଁ ହାତ ପୋଛି ପକାନ୍ତୁ।

ସତୀ ହାତରୁ ରୁମାଲ ନେବାକୁ ଅଧର ସଂକୋଚ ବୋଧ କଲେ। "ନାହିଁ, ଚଲିଯିବ, ବେଡ଼ିଆଲରେ ଘରେ ରୁମାଲ ଛାଡ଼ି ଆସିଲି।"

"ଛାଡ଼ିଦେଇ ଆସିଛନ୍ତି ତ। ଏଇ ରୁମାଲରେ ମୁହଁ ପୋଛି ଦିଅନ୍ତୁ"

"ଇୟେ ଯେ ତୁମ ରୁମାଲ"

"ସେଥିରେ କ'ଣ ଅଛି। ରୁମାଲ ତ ତିଆରି ହୋଇଛି ମୁହଁହାତ ପୋଛିବା ପାଇଁ। ଆପଣ ବେଡ଼ିଆଲରେ ରୁମାଲ ଆଣିନାହାଁନ୍ତି, ନିଅନ୍ତୁ ଏଥିରେ ପୋଛି ପକାନ୍ତୁ।"

ତଥାପି ସେ ସତୀ ହାତରୁ ରୁମାଲ ନେଲେ ନାହିଁ। ସିଏ ଆସି ସତୀ ନିକଟରେ ଠିଆ ହେଲେଣି। ସତୀ ଆଉ ବିଲମ୍ବ ନକରି ତାଙ୍କ ପାଖକୁ ଲାଗିଯାଇ ନିଜ ହାତରେ ରୁମାଲ ଧରି ତାଙ୍କ ଓଦା ମୁହଁ ଓ କପାଳର ଝାଳକୁ ପୋଛି ଦେଲା।

ଯେମିତି କର୍ମକ୍ଷେତ୍ରରୁ ଫେରିଥିବା କ୍ଲାନ୍ତ ସ୍ୱାମୀଙ୍କ ମୁଖମଣ୍ଡଳକୁ ପତି ପରାୟଣା (ପତି ପ୍ରାଣଗତା) ପତ୍ନୀମାନେ ତାଙ୍କ ଅଣତରେ ପୋଛି ଦେଇଥାଆନ୍ତି। ସେମିତି ଅଧରଙ୍କ ମୁହଁକୁ ସତୀ ପୋଛି ଦେଇଥିଲା।

ମୁହଁ ପୋଛି ଦେବାରୁ ରୁମାଲର ବାସ୍ନାରୁ ଜାଣିପାରି ଅଧର କହିଲେ, "ତୁମର ଇୟେ ନୂଆ ରୁମାଲ ବୋଧେ, ଆଗରୁ କେବେ ବ୍ୟବହାର କରିନଥିଲ, ପ୍ରଥମେ ମୋ ମୁହଁ ଏଥିରେ ପୋଛା ହେଲା।"

ଅଧରଙ୍କ ମୁହଁ ପୋଛି ଦେଉଁ ଦେଉଁ ସତୀ କହିଲା, "ସେଥିରେ କ'ଣ ଅଛି ରୁମାଲ ହୋଇଛି ମୁହଁ ହାତ ପୋଛା ହେବା ପାଇଁ, ତେଣିକି ସିଏ ନୂଆ ହେଉ କି ପୁରୁଣା ହେଉ।"

"କେତେ ପରିଶ୍ରମ କରି ବୁଣିଥିଲ। ନିଜେ ବ୍ୟବହାର କରିବା ପୂର୍ବରୁ ମୋ ପାଇଁ ଓଦା କଲ।"

"ଖରାରେ ଦେଲେ ଶୁଖିଯିବ ଯେ, ସେଥିପାଇଁ ଆପଣ କାହିଁକି ଏତେ ବ୍ୟସ୍ତ ହେଉଛନ୍ତି, ଆଉ ଆପଣ ଯେଉଁ କଥା କହୁଛନ୍ତି କେତେ ପରିଶ୍ରମ କରି ବୁଣିଥିଲି ବୋଲି। ରୁମାଲଟିଏ ବୁଣିବା କଥା ବୁଣିଦେଲି। ସେମିତି କିଛି ହାଡ଼ଭଙ୍ଗା ପରିଶ୍ରମ ସେଥିଲାଗି କରିବାକୁ ପଡ଼ିନାହିଁ, ଆପଣ ଯେପରି ଭାବୁଛନ୍ତି।"

ଏହାପରେ ସେ ସତୀ ହାତରୁ ପାଦୁକ ପାଇବା ପରେ ସିଏ ଅଇଁଠା ହାତ ଧୋଇଲେ। ହାତ ପୋଛିବା ପାଇଁ ଏଥର ସତୀ ରୁମାଲ ବଢ଼ାଇଦେବାରୁ ସିଏ ବିନା ଆପଉିରେ ସତୀ ହାତରୁ ରୁମାଲ ନେଇ ମୁହଁ ହାତ ପୋଛିଲେ। ବିଭୂତି ଟିପା ଲଗାଇ ଦେଲାବେଳେ "ଆପଣଙ୍କ ଜାମାର ବୋତାମ ଖୋଲିଯାଇଛି" କହି ସୁନିର ବରାଦ ମୁତାବକ ସତୀ ତାଙ୍କ ଜାମାର ବୋତାମ ମାରି ଦେଲା। ଅଧର କୌଣସି ପ୍ରତିବାଦ ନକରି ବାଧ୍ୟ (ସୁଧାର) ପିଲାଟି ପରି ସତୀ ମୁହଁକୁ ଚାହିଁ ଠିଆ ହୋଇରହିଲେ।

ବୋତାମ ମାରିଦେବା ପାଇଁ ସୁନି କହିଲା ବେଳେ, ସତୀ ସେ କାମଟିକୁ କରିବା ଲାଗି ସଂକୋଚବୋଧ କରୁଥିଲା। ନିଜର ଅନିଚ୍ଛା ସତ୍ତ୍ୱେ ସେ ସୁନି କଥାରେ ବାଧ୍ୟହୋଇ ତାଙ୍କ ଜାମାର ବୋତାମ ମାରିଦେବାକୁ ରାଜି ହୋଇଥିଲା। କିନ୍ତୁ ବୋତାମ ମାରିଦେବା ଆଗରୁ ନିଜ ରୁମାଲରେ ଅଧରଙ୍କ ମୁହଁ ଓ କପାଳ ପୋଛି ଦେଲା ବେଳେ ସେ ଅଧରଙ୍କ ଅତି ନିକଟତର ହୋଇଯାଇଥିଲା। ଯାହାଫଳରେ ପରପୁରୁଷ ଜାମାର ବୋତାମ ମାରି ଦେବା ଲାଗି ତାଙ୍କର ନିକଟତର ହେବା ପାଇଁ ତା'ମନରେ ଥିବା ସଂକୋଚ ଭାବ ମୁହଁ ପୋଛିଦେଲା ବେଳରୁ ତା' ମନରୁ ଅପସରି ଯାଇଥିଲା। ସେଥିପାଇଁ ତାଙ୍କ ଜାମାର ବୋତାମ ମାରି ଦେବାକୁ ତାକୁ କୌଣସି ଅସୁବିଧାର ସମ୍ମୁଖୀନ ହେବାକୁ ପଡ଼ିନଥିଲା।

ତାଙ୍କ କପାଳରେ ଟିପା ଲଗାଇଦେଲାବେଳେ ଟିପା ଠିକ୍ କପାଳର ମଝିର ନଲାଗି କାଲେ ବଙ୍କାରେ ଲାଗିଯିବ, ସତୀ ସେଥିପାଇଁ ଅଧରଙ୍କ ମୁହଁକୁ ଅନାଁ ଥିଲା। ଯେତେବେଳେ କି ଅଧର ତାକୁ ଚାହିଁ ରହିଥିଲେ। ଚାରୋଟି ଆଖ ମିଶିଯାଇଥିଲା। ପ୍ରତିଥରପରି ସତୀ ଲାଜରେ ଦୃଷ୍ଟି ନତକରି ତଳକୁ ଅନାଁ ଥିଲା।

ବିଭୂତି ଟିପା ଲଗାଇ ସାରି ସତୀ ତାଙ୍କ ଜାମାର ବୋତାମ ମାରିଦେଲା। ତଥାପି ଅଧର ତାକୁ ଚାହିଁ ରହିଥିଲେ। ଚାରିଆଖି ମିଶି ଯିବାରୁ ସତୀ ଲଜେଇଗଲା। ସେ ଆଜି ଶାଢ଼ି ପିନ୍ଧି ମନ୍ଦିରକୁ ଆସିଥିଲା। ନୂଆ ନୂଆ ଶାଢ଼ି ପିନ୍ଧି ଜଣେ ଯୁବକଙ୍କ ଆଗରେ ଠିଆ ହେବାକୁ ତାକୁ ଭାରି ଲାଜ ଲାଗୁଥିଲା ଓ ସେ ସଂକୋଚବୋଧ କରୁଥିଲା। ସେଥିପାଇଁ ସରମରେ ତା' ମୁହଁରେ ରଙ୍ଗ ଉକୁଟି ଉଠିଲାଣି। ସେ ଦୃଷ୍ଟିନତ କଲା ତଳକୁ। ଅନାଁ ରହିଲା ତଳେ ଅଧରଙ୍କ ପାଦ ଆଙ୍ଗୁଳି ନଖକୁ। ତାଙ୍କ ପାଦକୁ ଅନାଁ ରହି ସତୀ ଠିଆ ହୋଇଥିଲା। ସେ ଅଧରଙ୍କ ଅତି ନିକଟରେ ଥିବାରୁ ତାଙ୍କ ନିଃଶ୍ୱାସର ତାତିଲା ଉଷ୍ମ ପବନର ପରଶ ସତୀ ତା' ନିଜ କପାଳ ଉପରେ ଅନୁଭବ କରୁଥିଲା। ଆଉ ଭାବୁଥିଲା- ଏଇ ପୁରୁଷ ପ୍ରଥମାନେ ଯୁବତୀଟିଏ ଦେଖିଲେ ଏମିତି ଭୋକିଲା ଆଖରେ କାହିଁକି ଅନାଁ ରହନ୍ତି କେଜାଣି ? ପୁଣି ଯୁବତୀଟି ଯଦି ଏକୁଟିଆ ଥାଏ ତେବେ ସେମାନଙ୍କର ତାକୁ ଅନାଁ ରହିବାର ସମୟ ବଢ଼ିଯାଏ। ଅଧର ଯେତେ ଭଦ୍ର, ନମ୍ର, ଶାନ୍ତ, ଶିଷ୍ଟ

ତଥା ଲାଜକୁଲା ହେଲେ ସୁଦ୍ଧା ସିଏ ଯେତେବେଳେ ଜଣେ ଯୁବକ । ସିଏ ସେହି ଯୁବକ ସୁଲଭ ପ୍ରକୃତିରୁ ବାଦଯିବେ କିପରି ? କେହି କେହି ନିର୍ଜ୍ଜାଟିଆ ସ୍ଥାନରେ ଏକୁଟିଆ ଯୁବତୀଟିଏ ଦେଖିଲେ ତା' ଆଖି ସହିତ ଆପଣା ଆଖି ମିଶାଇ ହସନ୍ତି । ଅଶ୍ଳୀଳ ଇଙ୍ଗିତ ମଧ ଦେଇ ଥାଆନ୍ତି । ଅବଶ୍ୟ ଅଧର ସେପରି ନୁହନ୍ତି ।

ଅଧର ତଥାପି ସତୀଙ୍କୁ ଚାହିଁ ରହିଥାନ୍ତି । ପ୍ରକୃତରେ ସତୀ ଭାରି ସୁନ୍ଦର ଦିଶୁଥିଲା । ସହଜେତ ତା'ର ଦୃଷ୍ଟି ଆକର୍ଷଣକାରୀ ଚେହେରା ଥିଲା । ତା' ସାଙ୍କୁ ତା'ର ଦେହର ବର୍ଣ୍ଣକୁ ମାନିଲା ପରି ଗୋଲାପୀ ରଙ୍ଗର ଶାଢ଼ି ପିନ୍ଧିଥିଲା । ଗହଳିଆ ଗାଢ଼ କଳା ବହଳ କେଶ, ତିନି ସାରିଆ ବେଣୀ ହୋଇ ଲମ୍ବିଥିଲା ଅଣ୍ଟା ପର୍ଯ୍ୟନ୍ତ । ଗୋଲ ମୁହଁରେ କାମଦେବଙ୍କ ଧନୁପରି ଭୁଲତା, ରକ୍ତ ମନ୍ଦାର ପରି ଓଠ ଦୁଇଟି ଲାଲ । ପ୍ରଶସ୍ତ କପାଳର ଦୁଇ ଭ୍ରୁଲତା ମଝିରେ ଠିକ୍ ନାକ ଉପରକୁ ଛୋଟିଆ କଳା ଟିକିଲି । ଖଣ୍ଡାଧାର ପରି ତୀକ୍ଷ୍ଣ ଠିଆ ନାକ । ବାମ ନାକର ନାଲି ପଥର ବସା ନାକଫୁଲ ଗୋଟା ଜନ୍ମପରି ଟେକା ଗୋଲ ମୁହଁଟିକୁ ଅଧିକ ଆକର୍ଷଣୀୟା କରିଥିଲା । ପୂରିଲା ପୂରିଲା ଗାଲ (କଥା କହିବା ପାଇଁ ହଉ ଅବା ହସିବା ଲାଗି ପାଟି ସାମାନ୍ୟ ଖୋଲି ଦେଲେ) ଦୁଇ ଗାଲ ମଝିରେ ଖାଲ ହୋଇଯାଏ । ପାଣିରେ ଭଉଁରି ପରି ।

ରୂପ ସମ୍ଭାରକୁ ନେଇ ସତୀ ଠିଆ ହୋଇଥାଏ ଅଧରଙ୍କ ଆଗରେ । ଅଧର ଅପଲକ ନେତ୍ରରେ ଚାହିଁ ରହିଥାନ୍ତି ସତୀଙ୍କୁ । ସତରେ ସତୀ ଭାରି ଲୋଭନୀୟା ଦିଶୁଥିଲା । ସେଦିନ ସତୀ ଗୋଲାପୀ ଶାଢ଼ିରେ ଭାରି ସୁନ୍ଦର ଦିଶୁଥିଲା । ରୂପସୀ ସତୀକୁ ଗୋଲାପୀ ଶାଢ଼ିଟି ଆହୁରି ଅଧିକ ଲୋଭନୀୟା ଓ ଆକର୍ଷଣୀୟା କରିଦେଇଥିଲା । ସତୀ ମୁହଁ ଉପରୁ ଅଧର ଆଖି ଫେରାଇ ନେଇ ପାରୁନଥିଲେ ।

ମନ୍ଦିର ଭିତରେ ସୁନି । ସତୀ ମନ୍ଦିର ଦୁଆର ମୁହଁରେ । ତା' ପାଖକୁ ଲାଗି ମୁଖଶାଲା ଆଡ଼କୁ ପିଠିକରି ଠିଆ ହୋଇଥାଆନ୍ତି ଅଧର । ଠାକୁରଙ୍କ ଆଡ଼କୁ ତାଙ୍କର ମୁହଁ ଥିଲା । ଏହି ତିନି ଜଣଙ୍କୁ ଛାଡ଼ି ସେଠାରେ ଆଉ କେହିନଥାଆନ୍ତି । ମନ୍ଦିର ଚାରିପାଖ ଶୂନ୍ଶାନ୍ । ମନ୍ଦିର ଆଗ ରାସ୍ତାଟି ଯେଉଁଟି ଗାଁକୁ ପଡ଼ିଛି, ସେ ମଧ ଜନଶୂନ୍ୟ । କେହି ଯିବା ଆସିବା କରୁନଥିଲେ ସେ ରାସ୍ତାରେ । ମନ୍ଦିର ଭିତର ସମ୍ପୂର୍ଣ୍ଣ ଅନ୍ଧାରିଆ । ସୁନି ରହିଥାଏ ମନ୍ଦିର ଭିତରେ । ମନ୍ଦିର ବାହାରେ ମନ୍ଦିର ଦୁଆର ମୁହଁରେ ମନ୍ଦିର ଓ ମୁଖଶାଲା ମଝିରେ ସତୀ ଓ ଅଧର । ଜଣେ ପ୍ରାପ୍ତ ବୟସର ଯୁବତୀ ଆଉ ଜଣେ ଯୌବନଦୀପ୍ତ ଯୁବକ । ଅଧର ଚାହିଁ ରହିଥାନ୍ତି ସତୀଙ୍କୁ ।

ଲାଜରେ ସତୀର ମୁହଁ ଲାଲ ପଡ଼ିଗଲାଣି । ଦେହରେ ଜକାଇ ଆସିଲାଣି ସରମ ଝାଳ । ଲାଜକୁଲି ଲତା ଟିକେ ପରଶ ପାଇଲେ ଝାଉଁଲି ଗଲା ପରି ପରିସ୍ଥିତିରେ ସେ ତଳକୁ ମୁହଁ ପୋତି ଠିଆ ହୋଇଥିଲା । ଟିପା ଲଗାଇ ଦେଲା ବେଲେ ସେ ଯାହା ତାଙ୍କ ମୁହଁକୁ ଅନାଇଥିଲା । ତାଙ୍କ ଆଖି ସହିତ ତା' ନିଜ ଆଖି ମିଶିଯିବା ପରେ ତାଙ୍କୁ ବେଶୀ ସମୟ ଚାହିଁନପାରି ସେ ଦୃଷ୍ଟିନତ କରି ତଳକୁ ମୁହଁ ପୋତି ଠିଆ ହୋଇ ରହିଛି । ମାତ୍ର ଅଧର ସବୁ ପ୍ରକାର ଲାଜ ସରମ ଭୁଲି ତାଙ୍କୁ ଅନାଇ ରହିଛନ୍ତି ନିର୍ମ୍ମେଷ ନୟନରେ । ସେଇଟି ଅଧରଙ୍କ ଆଗରେ ଠିଆ ହୋଇ ମନେ ମନେ ଭାବୁଥିଲା ସତୀ । ମନ୍ଦିରରେ ଲୋକ ଗହଳି କମିଯିବାରୁ ସୁନି କହୁଥିଲା, ସେ ଆଜି ଭାରି ସୁନ୍ଦର ଦିଶୁଛି । ତା' ତୋଫା ଗୋରା ଦେହକୁ ଗୋଲାପୀ ରଙ୍ଗର ଶାଢ଼ି ଭଲ ମାନୁଛି । ଅବଶ୍ୟ ସୁନି ସବୁବେଲେ ତା' ରୂପର ତାରିଫ କରିଥାଏ । କେବଲ ଏକୁଟିଆ ସୁନି ନୁହେଁ, ତାଙ୍କ ସାଇ ଭାଇର ଲୋକମାନେ ସୁଦ୍ଧା । ସେ ଯାହା ହେଉ ତା'ର ସେ ମନଲୋଭା ରୂପକୁ ଆଜି ଅଧର ମନଭରି ଦେଖୁଛନ୍ତି ଭୋକିଲା ଆଖିରେ ଚାହିଁରହି । ପୁରୁଷ ପୁଅଙ୍କର ଏହି ପ୍ରକୃତିଟି ସତୀକୁ ଆଦୌ ଭଲ ଲାଗେ ନାହିଁ । ରୂପବତୀ ଯୁବତୀଟିଏ ଦେଖିଲେ ସେମାନେ ଜମା ଆଖିଟିକେ ଫେରାଇବେ ନାହିଁ । ସ୍ଥାନ, କାଲ, ପାତ୍ର ସବୁ ଭୁଲିଯିବେ । ପରିବେଶ ଓ ପରିସ୍ଥିତି ପ୍ରତି ସଚେତନ ନହୋଇ ଯୁବତୀଟିକୁ ଅପଲକ ନେତ୍ରରେ ଅନାଇ ରହିବେ । ଯୁବତୀଟିକୁ ଦେଖିଲାବେଲେ ସେମାନେ ବେହିଆମିର ଶେଷ ସୀମାରେ ଯାଇ ପହଞ୍ଚିଯାଆନ୍ତି । ଅଲ୍ଲାଜୁକ ପରି ଚାହିଁ ରହନ୍ତି ଯୁବତୀମାନଙ୍କୁ । ଏପରି

ଭାବନା ତା'ମନରେ ଥିଲେ ସୁଦ୍ଧା । ଏବଂ ଅଧରଙ୍କ ଏପରି ଢଙ୍ଗ ଦେଖି ଓ ସେଭଳି ଆଚରଣ ଯୋଗୁଁ ସତୀ ତାଙ୍କ ଉପରେ ବିରକ୍ତି ଭାବ ପ୍ରକାଶ କରୁନଥିଲା ବରଂ ମନେ ମନେ ଖୁସି ହେଉଥିଲା । କାରଣ ତାଙ୍କ ପ୍ରତି ତା'ର ଦୁର୍ବଳତା ରହିଥିଲା ।

ଆହୁରି ମଧ ସୁନ୍ଦର ଜିନିଷକୁ ଯେତେ ଦେଖିଲେ ସୁଦ୍ଧା ମନରେ କେବେବି ତୃପ୍ତି ଆସେନା । ବରଂ ଆହୁରୀ ଅଧିକ ସମୟ ଧରି ଦେଖିବାକୁ ପ୍ରାଣରେ ତୃଷା ଜାଗ୍ରତ ହୁଏ । ସୁନ୍ଦର ଦୃଶ୍ୟର ଅବଲୋକନ ମନରେ ଅବସାଦ ଆସେନା ବରଂ ଅବଶୋଷ ବଢ଼ାଇଥାଏ । ଯେତେ ଦେଖିଲେବି ଆହୁରି ଦେଖିବାକୁ ଉତ୍କଣ୍ଠା ଜାତ ହୁଏ । ଅବଲୋକନରୁ ଚକ୍ଷୁ ବିରତ ହୁଏ ନାହିଁ । ଆହୁରି ଅଧିକ ସମୟ ଧରି ଦେଖିବାକୁ ବ୍ୟାକୁଳ ହୁଏ । ଦର୍ଶନେନ୍ଦ୍ରୀୟ ସବୁବେଳେ ସୁନ୍ଦର ପଦାର୍ଥ ଦେଖିବାକୁ ଇଚ୍ଛା କରେ । ସୁବିଧା ପାଇଲେ ସୁଯୋଗ ମିଳିଲେ ଦେଖିଥାଏ ମଧ । ମନୋରମ ଦୃଶ୍ୟ ଦେଖିବାକୁ କାହାର ବା ଆଗ୍ରହ ନଥାଏ । କାହା ଅନ୍ତରରେ ସୁନ୍ଦର ଜିନିଷ ପ୍ରତି ଆକର୍ଷଣ ନାହିଁ । କାହା ହୃଦୟରେ ସୁନ୍ଦର ପଦାର୍ଥ ପ୍ରତି ଉତ୍କଣ୍ଠା ଜାତ ନହୁଏ ? କାହା ଆମ୍ମା ସୁନ୍ଦରତା ପ୍ରତି ଆକୃଷ୍ଟ ନହୁଏ । କାହାର ପ୍ରାଣ ସୁନ୍ଦର ଦ୍ରବ୍ୟ ଲାଗି ଲାଲାୟିତ ହୋଇନଥାଏ ? ସେ ଆଜି ଭାରି ସୁନ୍ଦର ଦିଶୁଛି । ମନଲୋଭା ହେଉଛି । ଦୃଷ୍ଟି ଆକର୍ଷଣ କରୁଛି । ନଜରକୁ ଟାଣି ନେଉଛି । ଓଟାରି ଧରୁଛି ଆଖିକୁ ସୁନିର କହିବା ଅନୁଯାୟୀ । ଅଧର ରୂପପାୟୀ ଯୁବକଙ୍କ ପରି ତା' ସୌନ୍ଦର୍ଯ୍ୟକୁ ଦେଖିବାର ସୁଖରୁ ନିଜକୁ ବଞ୍ଚିତ କରିବେ କିପରି ? ସୁଯୋଗ ପାଇ, ସୁବିଧା ଥାଇ, ସେଥିଲାଗି ସିଏ ଆଜି ତାକୁ ମନଭରି ଦେଖୁଛନ୍ତି । ସେ ଠାକୁର ବାବାଙ୍କ ଠାରୁ ଶୁଣିଛି କବିବର ରାଧାନାଥଙ୍କ ଭାଷାରେ । "ଭାରତୀ ଭକତ କେଡ଼ଁ ରୂପପାୟୀ, ତୃପ୍ତ ହେବ ଏହା ଥରେ ମାତ୍ର ଧ୍ୟାୟୀ (ଚିଲିକା) ।"

ଲାଜରେ ମୁହଁ ତଳକୁ କରି ଠିଆ ହୋଇଥିଲେ ମଧ ସତୀ ମନେ ମନେ ଉତ୍ଫୁଲିତା ହେଉଥାଏ । ଯାହାଙ୍କ ପାଇଁ ସେ ନିଜକୁ ସଜାଇ ମନ୍ଦିରକୁ ଆସିଥିଲା । ସେହି ତା ମନର ମଣିଷ ଅଧର ତାଙ୍କ ମନର ମାନସୀ ସତୀଙ୍କୁ ଦେଖୁଛନ୍ତି । ମନ୍ଦିରର ନିର୍ଜନ ପରିବେଶ ତାଙ୍କୁ ସେଥିପାଇଁ ଅପୂର୍ବ ସୁଯୋଗ ଦେଉଥିଲା । ସେ ସ୍ଥାନର ନିରୋଳା ପରିସ୍ଥିତି ତାଙ୍କୁ ଅନେକ ସୁବିଧା ପ୍ରଦାନ କରୁଛି । ସେହି ସୁଯୋଗ ଓ ସୁବିଧାର ସତ୍ ବ୍ୟବହାର କରିଚାଲିଛନ୍ତି ଅଧର, ନିର୍ବିଘ୍ନରେ, ନିଃସଙ୍କୋଚରେ, ନିଃଦ୍ୱନ୍ଦ୍ବରେ । ଏପରି ଘଟଣା ମଧ ସତୀ ପାଇଁ ଗର୍ବ ଆଉ ଗୌରବର ବିଷୟ ହୋଇଥିଲା । ସେଥିପାଇଁ ଯେତେ ଲାଜ ଲାଗିଲେ ସୁଦ୍ଧା ମନରେ ବିରକ୍ତିଭାବ ଆସେନା । ଯେତେ ସଂକୋଚ ଆସିଲେ ମଧ ଅନ୍ତରରେ ଚିଡ଼ିଚିଡ଼ା ଭାବନା ଜାଗ୍ରହ ହୁଏନା । ଯେତେ ସରମ ମାଡ଼ିଲେ ବି ହୃଦୟରେ ଅସହିଷ୍ଣୁତା ଉଦ୍ରେକ ହୁଏନି । ଯେତେ ଅପ୍ରସ୍ତୁତ ଜଣାଗଲେ ସୁଦ୍ଧା ଆମ୍ମାରେ ବିତୃଷ୍ଣା ଆସେନା । ଯେତେ ଆଶଙ୍କା ଥିଲେ ମଧ ପ୍ରାଣରେ ଶଙ୍କା ରହେନାହିଁ । ଯେତେବେଳେ ଜଣେ ଯୁବତୀକୁ ସେ ଭଲ ପାଉଥିବା ଯୁବକଟି ଦୀର୍ଘ ସମୟଧରି ଅନାଇ ରହେ, ସେତେବେଳେ ସଂପୃକ୍ତା ଯୁବତୀଟି ଆନନ୍ଦରେ ଆମ୍ଭହରା ହୋଇଯାଏ । ଖୁସିରେ ବିଭୋର ହୋଇ ଉଠେ । ତୃପ୍ତିରେ ଗଦ୍ଗଦ୍ ହେଉଥିଲେ ବି ବାହାରକୁ ଭଳେଇ ହୋଇ ନିଜର ସଙ୍କୋଚ ପଣିଆ ଓ ଭଦ୍ରାମି ଦେଖାଇବାକୁ ଯାଇ ଯେତେ କୃତ୍ରିମ କ୍ରୋଧ ପ୍ରକାଶ କଲେ ମଧ ମନଭିତରେ ଆମ୍ସନ୍ତୋଷ ଲାଭ କରୁଥାଏ । ସଂପୃକ୍ତ ଯୁବକଟି ଉପରକୁ ଲୋକ ଦେଖାଣିଆ ଭାବେ ଚିଡ଼ି ଉଠୁଥିବା ଯୁବତୀଟି ପ୍ରକୃତରେ ଆନନ୍ଦରେ ଆମ୍ହରା ହୋଇ ପଡ଼ୁଥାଏ । ସେ ଆନ୍ତରିକତାର ସହିତ ଇଚ୍ଛାକରେ ତା'ମନର ମଣିଷ ଏମିତି ତାକୁ ଅନାଇ ରହି ତା' ସୌନ୍ଦର୍ଯ୍ୟକୁ ମନଭରି ଉପଭୋଗ କରିନେଉ । ତାକୁ ଚାହିଁରହି ତା' ରୂପ ଲାବଣ୍ୟକୁ ଆଖିର ଦୃଷ୍ଟି ମାଧ୍ୟମରେ ନିରୀକ୍ଷଣ କରୁ । ବରଂ ଅନ୍ୟ କୌଣସି ପୁରୁଷ ତା' ଉପରେ ଦୃଷ୍ଟି (ଆଖି) ପକାଇଲେ ସେ ମନେ ମନେ ତା' ଉପରକୁ ସତରେ ହିଁ ବିରକ୍ତ ହୋଇଥାଏ । ମାତ୍ର ମନ ମଣିଷ ଉପରକୁ ନୁହେଁ, ସେ ତା' ମନର ମଣିଷ ଆଗରେ ନିଜକୁ ସମର୍ପି ଦେଇଥାଏ ତାକୁ ମନଭରି ଦେଖିନେବାକୁ । ତା' ସୌନ୍ଦର୍ଯ୍ୟକୁ ଦୃଷ୍ଟି ଦ୍ୱାରା ପ୍ରାଣଭରି ଅବଲୋକନ କରି ନେବାକୁ ତା' ପ୍ରାଣ ବନ୍ଧୁକୁ ।

ଅଧର ତା' ମନର ମଣିଷ, ତା' ପରାଣମିତ, ତା' ଆମ୍ଭର ଦେବତା। ତା' ଅନ୍ତରର ଅନ୍ତରଙ୍ଗ ପୁରୁଷ। ତା' ପ୍ରାଣର ଠାକୁର। ତାଙ୍କୁ ସେ ତା' ହୃଦୟ ସିଂହାସନରେ ବସାଇ ପୂଜାକରେ। ପ୍ରୀତିର ନୈବେଦ୍ୟ ବାଢ଼ିଦେଇ ଆରାଧନା ଜଣାଏ। ପ୍ରେମର ଅର୍ଘ୍ୟ ଢାଲି ଆବାହନ କରେ। ପ୍ରଣୟର ଧୂପ, ଦୀପ ଢାଲି ଆଲତି କରିଥାଏ। ତାଙ୍କ ମୂର୍ତ୍ତିକୁ କଳ୍ପନାରେ ଆଣି, ତା' ରୂପ ଲାବଣ୍ୟକୁ ତାଙ୍କ ପାଦ ତଳେ ସମର୍ପି ଦେଇ ସ୍ତୁତି ବାଢ଼େ। ତା' ଯୌବନକୁ ଉତ୍ସର୍ଗ କରି ପ୍ରୀତି ନିବେଦନ କରିଥାଏ। ସିଏ ଯଦି ତାକୁ ଅନାଇ ରହିଲେ, ତା' ସୌନ୍ଦର୍ଯ୍ୟକୁ ଦେଖି ଆତ୍ମସନ୍ତୋଷ ଲାଭ କଲେ, ସୁଖୀ ହେଲେ ତା' ଅପରୂପ ଶୋଭାକୁ ଚାହିଁରହି, ତା' ଲାବଣ୍ୟକୁ ନିରୀକ୍ଷଣ କରି ସନ୍ତୁଷ୍ଟ ହୋଇ ପାରିଲେ, ସୁଖୀ ହେଲେ ତା' ରୂପ ସମ୍ଭାରକୁ ଅବଲୋକନ କରି, ଆନନ୍ଦ ଅନୁଭବ କଲେ ତା' ସୁଷମା ମଣ୍ଡିତ ତନୁଲତାର ମାଧୁରୀ ଉପରେ ଦୃଷ୍ଟି ନିକ୍ଷେପ କରି, ତେବେ ତ' ତାହା ତା' ପାଇଁ ଆନନ୍ଦର କଥା। ଖୁସିର ବିଷୟ, ସୁଖର ସଙ୍କେତ। ଅତ୍ୟନ୍ତ ଗର୍ବ ଆଉ ଗୌରବରଗାଥା। ମନ୍ଦିରର ନିର୍ଜନ ପରିସର ଆଉ ଚାରିପାଖର ନିରୋଳା ପରିବେଶ, ବାଧା ଦେବାକୁ କେହି ନାହିଁ। କେହି କରିବେନି ପ୍ରତିବାଦ। ସେଥିପାଇଁ ସେ ନିଜେ ବା କାହିଁକି ଆପଉି କରିବ, ଅଭିଯୋଗ ବାଢ଼ିବ ? ଇଚ୍ଛା କରିବ ମନା କରିବାକୁ ? ସେପରି ହେବାକୁ ବାରଣ କରିବ ? ସେଥିରୁ ନିବୃତ୍ତ ହେବାକୁ ବାଧ୍ୟ କରିବ ? ନିଜେ ବନ୍ଦ ହାଣି ଆପଣା ଘରେ ପାଣି ଆଣି ପୂରାଇବ ? ବରଂ ଆଗ୍ରହର ସହିତ ତା' ସୌନ୍ଦର୍ଯ୍ୟକୁ ଦେଖିନେବା ପାଇଁ ତାଙ୍କୁ ସୁଯୋଗ ଦେବ। ସହଯୋଗ କରିବ ତାଙ୍କ ସହିତ। ଆମନ୍ତ୍ରଣ ଜଣାଇବ ? ତାଙ୍କୁ ସ୍ୱାଗତ କରିବ ସେପରି କାମଲାଗି। ସେଥିପାଇଁ ସମ୍ଭାସଣ ଜଣାଇବ। ସହାୟତା ଯୋଗାଇ ଦେବ। ସୁବିଧା ପାଇ ଅଧର ତାକୁ ଅନାଇ ରହି ତା' ସୁନ୍ଦରପଣକୁ ନିରୀକ୍ଷଣ ପୂର୍ବକ ଉପଭୋଗ କରନ୍ତୁ। ସୁଯୋଗ ପାଇ ତା' ସୌନ୍ଦର୍ଯ୍ୟକୁ ଅନାଇ ରହି ଆନନ୍ଦ ଲାଭ କରୁଥିବା ଅଧରଙ୍କୁ ସେଥିପାଇଁ ସହଯୋଗ ଦେଇ ପାରିଥିବାରୁ ସେ ଖୁସିରେ ବିଭୋର ହେବ। ଆଗ୍ରହରା ହୋଇପଡ଼ୁଥିବ ତାଙ୍କୁ ତା' ଅଙ୍ଗ ସୌଷ୍ଠବକୁ ଏପରି ଅବଲୋକନ ଲାଗି ସହାୟତା ପ୍ରଦାନ କରିପାରିଥିବାରୁ। ଯେଉଁ ଖୁସିର ଅନୁଭବ, ସୁଖର ଆବେଗ, ଆନନ୍ଦର ଆହ୍ଲାଦପଣ ତାଙ୍କ ପ୍ରସ୍ଥାନ ପରେ ପରବର୍ତ୍ତୀ ବିଚ୍ଛେଦଜନିତ ବିରହର ଦୁଃଖ ସହିଯିବାକୁ ତାକୁ ସାହାଯ୍ୟ କରିପାରିବ।

ଅଧର ତାକୁ ଅନେକ ସମୟ ଧରି ଅନାଇ ରହିଛନ୍ତି। ସେ ତା'ର ସୌନ୍ଦର୍ଯ୍ୟକୁ ମନଭରି ଦେଖିନେବା ପାଇଁ ତା'ମନର ମଣିଷକୁ ସୁଯୋଗ ଦେଇ ପାରିଥିବାରୁ ମନେ ମନେ ଆତ୍ମତୃପ୍ତି ଲାଭ କରୁଥିଲା। ଅଧର ତା' ଉପରୁ ଆଖି ଫେରାଇ ନେଉନଥିଲେ ସେ ମଧ୍ୟ ତାଙ୍କ ସମ୍ମୁଖରୁ ଅପସରି ଯାଇ ତାଙ୍କ ଦୃଷ୍ଟି ସୀମାରୁ ନିଜକୁ କୌଣସି ଉହାଡ଼କୁ ନେଇ ଯାଉନଥିଲା। ସେଥିପାଇଁ ତା'ର ଆନ୍ତରିକ ଇଚ୍ଛା କିମ୍ବା ଆଗ୍ରହ ମଧ୍ୟ ନଥିଲା। ରୂପର ପସରା ମେଲି, ସୌନ୍ଦର୍ଯ୍ୟର ସମ୍ଭାର ଧରି ଠିଆ ହୋଇ ରହିଥିଲା ଅଧରଙ୍କ ଆଗରେ ସେ।

ଆପଣା ହାତବୁଣା ରୁମାଲରେ ନିଜ ହାତରେ ତାଙ୍କ ମୁହଁ ପୋଛି ଦେଇଥିବାରୁ, ତାଙ୍କ ଜାମାର ଉପର ବୋତାମ ମାରିଦେଇଥିବାରୁ, ଟିପା ପିନ୍ଧାଇଲା ବେଳେ ତାଙ୍କ ଆଖି ସହିତ ନିଜ ଦୃଷ୍ଟି ମିଶାଇ ଥିବାରୁ, ନିଜକୁ ସଜେଇ ହୋଇ ତାଙ୍କୁ ମନଭରି ଦେଖିନେବାର ସୁଯୋଗ ଦେଇ ପାରିଥିବାରୁ ଏବଂ ନିଜ ରୂପର ପସରା ମେଲି ଓ ଆପଣା ସୌନ୍ଦର୍ଯ୍ୟର ସମ୍ଭାର ଧରି ଦୀର୍ଘ ସମୟ ପାଇଁ ତାଙ୍କ ସାମ୍ନାରେ ଠିଆହୋଇ ରହିବାକୁ ସାହସ ଜୁଟାଇ ପାରିଥିବାରୁ ସେ ଭାରି ଖୁସି ହେଉଥିଲା। ଯେଉଁ ସାହସ ସେ ତାଙ୍କ ମୁହଁ ଓ କପାଳ ନିଜ ରୁମାଲରେ ପୋଛି ଦେଇ ହାସଲ କରି ପାରିଥିଲା। ଅନ୍ତର ଭିତରେ ଆନନ୍ଦ ଅନୁଭବ କରୁଥିଲା। ଉତ୍ଫୁଲ୍ଲ ହେଉଥିଲା ଉଲ୍ଲାସରେ। ହୃଦୟରେ ପ୍ରେରଣା ଜାଗୁଥିଲା। ପ୍ରାଣଭରା ସୁଖ ଯାହା ଆମ୍ଭରେ ସଞ୍ଚିତ ହୋଇ ରହୁଥିଲା।

କବିବର ରାଧାନାଥଙ୍କ ଭାଷାରେ– "ମହାବଳୀ ପ୍ରେମ ଅଟଇ ମହୀର, ପ୍ରେମସିନା କରେ ଅବଳାକୁ ବୀର। ଧନ୍ୟ ସେ ପ୍ରୀତିକି ମରଣ ଭିତିକି ପ୍ରୀତି ଯେ ପାରଇ ଜିଣି, ଶିରିଷ, ମୃଣୁଲା, ଲବଣୀ ପିତୁଲା ପ୍ରୀତି କଳା ସହସିନୀ" (ନନ୍ଦି

କେଶରୀ) । ସେହି ନିୟମ ଅନୁୟାୟୀ ଲାଜ୍‌କୁଲୀ ସତୀ ଆଜି ଅସୀମ ସାହସ ସଞ୍ଚୟ କରି ଅଧରଙ୍କ ସାମ୍ନାରେ ନିର୍ଭୟରେ ନିଃସଙ୍କୋଚରେ ଅନେକ ସମୟ ଧରି ଠିଆହୋଇ ରହିପାରିଛି ।

ଯେଉଁ ରୁମାଲଟିକୁ ସେ କେତେ ସରାଗରେ, କେତେ ଶରଧାରେ, କେତେ ଆକାଂକ୍ଷାରେ, କେତେ ଆଗ୍ରହରେ, କେତେ ଉସ୍ଲାହରେ, କେତେ ଉଦ୍ୟମରେ, କେତେ ଆବେଗରେ, କେତେ ଆନନ୍ଦରେ, କେତେ ଖୁସି ମନରେ, କେତେ ଆଶା ନେଇ କେତେ ଭରସା ରଖି ଅନେକ ସମୟ ବ୍ୟୟ କରି ବହୁଶ୍ରମ ସ୍ୱୀକାର ପୂର୍ବକ ବୁଣିଥିଲା । ମନେ ମନେ ସ୍ଥିର କରିଥିଲା ବିବାହ ପରେ ସେ ତା' ସ୍ୱାମୀଙ୍କୁ ତାଙ୍କ ସହିତ ପ୍ରଥମ ସାକ୍ଷାତରେ ସେଇଟିକୁ ଉପହାର ସ୍ୱରୂପ ଭେଟି ଦେଇଥାଆନ୍ତା । ଗରିବ ଘରର ଝିଅ ସେ । ଅଭାବଗ୍ରସ୍ତ ପରିବାରରେ ତା'ର ଜନ୍ମ । ନ‌ଥିଲା ପରିବେଶରେ ସେ ବଢ଼ିଛି । ଅନାଟନ ଭିତରେ ରହି ଜୀବନ ବିତାଇଛି । ନିଅଣ୍ଟିଆ ସଂସାର ଭିତରେ ସମୟ କଟାଇଛି । ଦିନ ଅତିବାହିତ କରିଛି ନିରଳସ ଭାବରେ । ବେଳ ଗଡ଼ିଯାଇଛି ତା'ର କୌଣସି ଆଶା ପୂରଣ ନ‌ହୋଇ । ତା' ବାପା ତାକୁ ଯେଉଁ ପୁଅଟି ସହିତ ବିବାହ ବନ୍ଧନରେ ଛନ୍ଦି ଦେଇ ଥାଆନ୍ତେ, ସେହି ତା'ର ଇହକାଳ, ପରକାଳର ଦେବତା । ଅନେକ ଜନ୍ମର ବନ୍ଧୁ ଓ ଜନ୍ମ ଜନ୍ମାନ୍ତରର ସାଥୀଙ୍କୁ ପ୍ରଥମ ସାକ୍ଷାତରେ (ଭେଟିବା ପରେ) କ'ଣ ବା ଉପହାର ଦେଇପାରିବ ? ତାଙ୍କ ସହ‌ତ ମିଳନର ପ୍ରଥମ ରାତିରେ ସେ ତା'ମନର ଆବେଗ, ଦେହର ଯୌବନ ଓ କିଶୋରୀ (ବାଲିକା) ଜୀବନରେ ଅତି ଯନ୍ତରେ ସାଇତି ରଖିଥିବା କୁମାରୀତ୍ୱକୁ ତାଙ୍କ ନିକଟରେ ସମର୍ପି ଦେଇ ଥାଆନ୍ତା । ପ୍ରଥମ ମିଳନର ସ୍ମାରକୀ ସ୍ୱରୂପ ନିଜ ତନୁ, ମନ ଓ ଯୌବନକୁ ତାଙ୍କୁ ଉସ୍ସର୍ଗ କରିବା ସହିତ ଅତି ଯନ୍ତରେ ବହୁଶ୍ରମ ସ୍ୱୀକାର କରି ବୁଣିଥିବା ଏହି ରୁମାଲଟିକୁ ଉପହାର ସ୍ୱରୂପ ଭେଟି ଦେବା ପାଇଁ ମନ‌ଭିତରେ ସିଦ୍ଧାନ୍ତ ନେଇଥିଲା । ସେହି ସିଦ୍ଧାନ୍ତ କଳ୍ପନାର ପ୍ରେରଣାରେ ଅନୁପ୍ରାଣିତ ହୋଇ ସେ ଏହି ରୁମାଲଟିକୁ ବୁଣିଥିଲା ।

ଧଳା ରଙ୍ଗକୁ ଯଦି ସ୍ୱପ୍ନରେ ଦେଖନ୍ତି ତେବେ ଘର ଓ ପରିବାରରେ ଖୁସି ଓ ଆନନ୍ଦ ଆସିଥାଏ । ଧଳା ରଙ୍ଗକୁ ଶାନ୍ତି, ଦୟା, ସ୍ୱଚ୍ଛତା, ସତ୍ୟତା ଓ ସକାରାତ୍ମକ ଚିନ୍ତାଧାରାର ପ୍ରତୀକ ଭାବେ ଗ୍ରହଣ କରାଯାଏ । ତେବେ ଧଳା ରଙ୍ଗରେ ତିଆରି ହୋଇ‌ଥିବା ଘର ଗୁଡ଼ିକରେ ରହିଲେ (ବାସ କଲେ) ନିଜକୁ ଏକୁଟିଆ ବୋଲି ଅନୁଭବ ହୋଇଥାଏ । ନିଃସଙ୍ଗତା ଲାଗେ । ପ୍ରାଚ୍ୟ, ସଂସ୍କୃତିରେ ଧଳା ରଙ୍ଗକୁ ଦୁଃଖର ରଙ୍ଗ ଭାବେ ଗ୍ରହଣ କରାଯାଏ । ସେଥିପାଇଁ ବିଧବା ମାନେ ଧଳା ବସ୍ତ୍ର ପରିଧାନ କରିଥାନ୍ତି । ମଧ୍ୟ ଯୁଗରେ ୟୁରୋପର ରାଣୀମାନେ ଧଳାରଙ୍ଗ ସାହାଯ୍ୟରେ ନିଜର ଦୁଃଖ ପ୍ରକାଶ କରୁଥିଲେ । ପାଶ୍ଚାତ୍ୟ ସଂସ୍କୃତିରେ କନ୍ୟାର ସତୀତ୍ୱର ପ୍ରତୀକ ଭାବେ ଏହି ରଙ୍ଗକୁ ଗ୍ରହଣ କରାଯାଉଥିଲା । ତେଣୁ ସେମାନେ ବିବାହ ଦିନ ଏହି ଧଳା ରଙ୍ଗର ପୋଷାକ ପିନ୍ଧୁଥିଲେ । ଜାପାନ ତଥା କେତେକ ପ୍ରାଚ୍ୟ ଦେଶର ଅଧ୍ୱବାସୀମାନେ ଧଳା ରଙ୍ଗକୁ ସ୍ୱଚ୍ଛତା ବା ପବିତ୍ରତାର ପ୍ରତୀକ ଭାବେ ବିବେଚନା କରିଥାଆନ୍ତି । ଧଳ‌ରଙ୍ଗ ମଧ୍ୟ ଶୁଭ୍ରତାର ପ୍ରତୀକ । ପୂର୍ଣ୍ଣ ଓ ପବିତ୍ରତାର ରଙ୍ଗ‌ଭାବେ ଜଣାଯାଉଥିବା ଧଳା ରଙ୍ଗ ଅବସାଦଗ୍ରସ୍ତ ଲୋକଙ୍କ ମନ‌କୁ ପରିବର୍ତ୍ତନ କରିବାରେ ସର୍ବୋତ୍ତମ ବୋଲି ବିଶେଷଜ୍ଞଙ୍କ ମତ । ସେବିକାମାନେ ଧଳା ଶାଢ଼ି ପିନ୍ଧନ୍ତି । ଆଉ ବ୍ରହ୍ମଚାରିଣୀ ଓ ସନ୍ୟାସିନୀମାନେ ମଧ୍ୟ ଧଳା ବସ୍ତ୍ର ପରିଧାନ କରିଥାନ୍ତି । କାରଣ ଧଳା ରଙ୍ଗ ଦୟା ଓ କରୁଣାର ପ୍ରତୀକ ହୋଇ‌ଥିବାରୁ ଧଳା‌ବସ୍ତ୍ର ପରିହିତା ସେବିକା, ବ୍ରହ୍ମଚାରିଣୀ ଓ ସନ୍ୟାସିନୀମାନଙ୍କ ପ୍ରତି ପ୍ରେମାଶକ୍ତ ନ‌ହୋଇ ଦୟାଭାବ ଉଦ୍ରେକ ହୁଏ । ପୂଜାର୍ଚ୍ଚନା ସମୟରେ ମାନସିକ‌ଧାରୀ ଧଳା‌ବସ୍ତ୍ର ପରିଧାନ କରିଥାଆନ୍ତି । କାରଣ ଧଳା ରଙ୍ଗ ସତ୍ୟ ଓ ପବିତ୍ରତାର ପ୍ରତିନିଧ୍ୱ କରେ । ଧଳା ରଙ୍ଗର ଶାଢ଼ିକୁ ବିଧବା ପିନ୍ଧିଥାଏ । ପୂଜାରିଣୀ ପିନ୍ଧେ, ବ୍ରହ୍ମଚାରିଣୀ, ସନ୍ୟାସିନୀ ଓ ବିରହିଣୀମାନେ ମଧ୍ୟ ପରିଧାନ କରନ୍ତି । ସେପରି ହେଲେ ସେମାନଙ୍କ ପ୍ରତି କାହାରି ପ୍ରେମଭାବ ନ‌ଆସି ସ୍ନେହ, ଦୟା, କରୁଣା, ସହାନୁଭୂତି ଓ ସ୍ୱଚ୍ଛତା, ତଥା ଶୁଭ୍ରତା ଭାବର ଉଦ୍ରେକ ହୋଇଥାଏ ଏବଂ ଧଳା ବସ୍ତ୍ର ପରିହିତାମାନଙ୍କ ମନରେ ସ୍ୱଚ୍ଛତା, ପବିତ୍ରତା ଓ ଶୁଭ୍ରତାର ଭାବ ମଧ୍ୟ ଉଦ୍ରେକ ହୋଇଥାଏ ।

ସେମାନେ ବିଶେଷତଃ ବିଧବାମାନେ ଧଳାଶାଢ଼ି ପିନ୍ଧିବାର କାରଣ ହେଉଛି ହିନ୍ଦୁଧର୍ମ ଶାସ୍ତ୍ରାନୁସାରେ ସ୍ୱାମୀଙ୍କ ସହ ହିନ୍ଦୁ ରମଣୀର ସମ୍ବନ୍ଧ ଅବିଚ୍ଛେଦ୍ୟ। ପତି ମରିଯିବା ପରେ ପତ୍ନୀ ବିଧବା ହୋଇ ନିରାଡ଼ମ୍ବର ଜୀବନ ବିତାଇଥାଏ। ମନୁ, ପରାଶରଙ୍କ ନୀତି ନିୟମକୁ କଡ଼ାକଡ଼ିଭାବେ ପାଳନ କରାଯାଏ। ମନୁ ସ୍ମୃତି କହେ– "ମୃତେ ଭର୍ତ୍ତରୀ ସାଧ୍ବୀ ସ୍ତ୍ରୀ ବ୍ରହ୍ମଚର୍ଯ୍ୟେ ବ୍ୟବସ୍ଥିତା, ସ୍ୱର୍ଗ ଗଚ୍ଛତ୍ୟ ପୁତ୍ରାପି ଯଥା ତେ ବ୍ରହ୍ମଚାରିଣଃ।" ଅର୍ଥାତ୍ ପତିବ୍ରତା ସ୍ତ୍ରୀ ପତିର ମୃତ୍ୟୁ ପରେ ବ୍ରହ୍ମଚର୍ଯ୍ୟ ପାଳନ କଲେ ପୁତ୍ରହୀନା ହେଲେ ମଧ ବ୍ରହ୍ମଚାରୀ ପୁରୁଷ ପରି ସ୍ୱର୍ଗ ଲୋକକୁ ଯାଏ। ସେଥିପାଇଁ ବିଧବାମାନେ ସ୍ୱାତ୍ତ୍ୱିକ ଆହାର ଭୋଜନ ପୂର୍ବକ ଶୁକ୍ଲବସ୍ତ୍ର ବା ଧଳାଶାଢ଼ି ପରିଧାନ କରନ୍ତି। ଧଳାରଙ୍ଗ ଶୁଭ୍ରତା, ପବିତ୍ରତା, ଶାନ୍ତି, ତ୍ୟାଗ ଓ ସ୍ୱାତ୍ତ୍ୱିକଭାବର ପ୍ରତୀକ। ତେଣୁ ଶୁକ୍ଲବସ୍ତ୍ର ପରିଧାନ କରି ସେମାନେ କାମନା ବାସନାରୁ ଦୂରେଇ ରହି ସନ୍ନ୍ୟାସିନୀ ଜୀବନ ବିତାଇ ଥାନ୍ତି ଓ ପତିବ୍ରତା ଧର୍ମ ପାଳନ କରନ୍ତି। ବିରହିଣୀମାନେ ମଧ ଏହିପରି ଜୀବନ ଯାପନ କରିବା ଉଚିତ୍।

ସେଥିପାଇଁ ସେ ତା' ପ୍ରାଣର ଦେବତାଙ୍କ ଲାଗି ଧଳାରଙ୍ଗର କପଡ଼ାରେ ପ୍ରଣୟର ଉପହାର ପାଇଁ ରକ୍ତ ଗୋଲାପର ପ୍ରତୀକ ସ୍ୱରୂପ ରୁମାଲର ଗୋଟିଏ କୋଣକୁ ନାଲି ସୂତାରେ ଗୋଲାପ ଫୁଲଟିଏ ତା' ପ୍ରେମର ଠାକୁରଙ୍କ ଲାଗି ବୁଣିଥିଲା। ସେ ଧଲା କପଡ଼ା ଉପରେ ଲାଲ ରଙ୍ଗର ସୂତା ବ୍ୟବହାର କରିବା ଅର୍ଥ ଲାଲ ରଙ୍ଗ ବିଶ୍ୱର ଦ୍ୱିତୀୟ ମନପସନ୍ଦ ରଙ୍ଗ ବୋଲି କୁହାଯାଏ। ଏହି ରଙ୍ଗ ପୌରୁଷର ପ୍ରତୀକ। ଲାଲରଙ୍ଗ ମଧ ବିପଦର ସଙ୍କେତ। ଦକ୍ଷିଣ ଆଫ୍ରିକାରେ ଲାଲ ରଙ୍ଗର ପୋଷାକ ଶୋକସଭା ବା କୌଣସି ଲୋକର ମୃତ୍ୟୁ ଦିନ ପିନ୍ଧାଯାଏ। ୟୁରୋପ, ଆମେରିକା, ଅଷ୍ଟ୍ରେଲିଆ, ନ୍ୟୁଜିଲାଣ୍ଡ ତଥା ଭାରତ ଭଲି ଦେଶମାନଙ୍କରେ ଏହି ରଙ୍ଗକୁ ବିପଦ ସହ ତୁଲନା କରାଯାଇଥାଏ। ସେହିଭଲି ତୁର୍କୀବାସୀମାନେ ମୃତ୍ୟୁସହ ଏହି ରଙ୍ଗର ସଂପର୍କ ରହିଥିବା ବିଶ୍ୱାସ କରିଥାଆନ୍ତି। ସାହସିକତା, ଉଦ୍ଦୀପନା, ଏକାଗ୍ରତା, ଉସ୍ଫାହ, ଦୃଢ଼ତା, କ୍ରୋଧ ଆଦି ଲାଲ ରଙ୍ଗର ଅନ୍ୟ ଗୁଣ। ରୋମରେ ଥିବା ଦେବାଦେବୀମାନେ ଲାଲରଙ୍ଗର ବସ୍ତ୍ର ପରିଧାନ କରିଥାନ୍ତି। ନେପାଲରେ ବିବାହ ଦିନ ଲାଲ ରଙ୍ଗର ପୋଷାକ ପିନ୍ଧିବା ପରମ୍ପରାରେ ରହିଛି। ଏହି ରଙ୍ଗକୁ ସେମାନେ ଶୁଭ ବୋଲି ବିଚାର କରନ୍ତି। ଭାରତରେ ମଧ ବିବାହ ସମୟରେ କନ୍ୟା ଲାଲ ରଙ୍ଗର ଶାଢ଼ି ବା ବସ୍ତ୍ର ପରିଧାନ କରିଥାଏ। ଲାଲ ରଙ୍ଗ ହେଉଛି ପ୍ରେମ, ତ୍ୟାଗ ଓ ଉସ୍ଫାହର ପ୍ରତୀକ। ଚାଇନା ଏବଂ ଆଫ୍ରିକାର କେତେକ ଅଞ୍ଚଳରେ ଲାଲ ରଙ୍ଗକୁ ସୌଭାଗ୍ୟର ପ୍ରତୀକ ବୋଲି କୁହାଯାଇଥାଏ। ସେଥିସକାଶେ ସେ ଲାଲ ରଙ୍ଗର ସୂତାରେ ପ୍ରେମର ପ୍ରତୀକ ଗୋଲାପ ଫୁଲଟିଏ ବୁଣିଥିଲା।

ତା' ସ୍ୱାମୀ ତାକୁ ସାରା ଜୀବନ ପାଇଁ ମନେ ରଖିବା ଲାଗି ଗୋଲାପ ଫୁଲ ତଲେ ତା' ନାମକୁ ନେଲିଆ ସୂତାରେ ବୁଣିଥିଲା। କାରଣ ନୀଳରଙ୍ଗ ହେଉଛି ଶାନ୍ତିର ପ୍ରତୀକ। ଏହି ରଙ୍ଗକୁ ପସନ୍ଦ କରୁଥିବା ଲୋକମାନଙ୍କର ଷଷ୍ଠେନ୍ଦ୍ରୀୟ କାର୍ଯ୍ୟ କରୁଥାଏ ବୋଲି ବିଶ୍ୱାସ କରାଯାଏ। ଏମାନେ ଅନ୍ୟର ମନକଥା ଜାଣିପାରନ୍ତି। ଯାହାକି ପ୍ରେମୀ ଓ ପ୍ରଣୟୀଙ୍କ ଲାଗି ନିହାତି ଅପରିହାର୍ଯ୍ୟ ମନେହୁଏ। ଏହି ରଙ୍ଗକୁ ବିଶ୍ୱର ପ୍ରାୟ ୪୦ ପ୍ରତିଶତ ଲୋକମାନେ ପସନ୍ଦ କରନ୍ତି। ନୀଲ ରଙ୍ଗର ପୋଷାକକୁ ଅଫିସ ବା ବ୍ୟାବସାୟିକ କାର୍ଯ୍ୟରେ ବେଶୀ ବ୍ୟବହାର କରାଯାଏ। ନୀଲ ବା ସବୁଜ ରଙ୍ଗ ମନକୁ ଶାନ୍ତି ଦେଇଥାଏ। ଏଥିପାଇଁ ପ୍ରତ୍ୟେକ ଚିକିସ୍ଫାଳୟରେ ପରଦା ସବୁଜ ବା ନୀଲ ରଙ୍ଗର ହୋଇଥାଏ। କେତେକ ଲୋକ ନୀଲ ରଙ୍ଗକୁ ବିଷାଦର ରଙ୍ଗ ବୋଲି କହିଥାଆନ୍ତି। ଏହି ରଙ୍ଗ ମଣିଷର ଶକ୍ତି ଓ ସାମର୍ଥ୍ୟକୁ ବଢ଼ାଇଥାଏ। ନୀଲରଙ୍ଗ ଶାନ୍ତି ଓ ସ୍ୱାଧୀନତାର ଅନୁଭବ ଆଣିଦିଏ। ନୀଲରଙ୍ଗର ଅନ୍ୟ ଗୁଣଗୁଡ଼ିକ ହେଉଛି ସ୍ଥିରତା, ଏକତା, ବିଶ୍ୱାସ, ପ୍ରେରଣା, ବନ୍ଧୁତ୍ୱ ଓ ବିଶ୍ୱସ୍ତ। ଏହି ଗୁଣ ଗୁଡ଼ିକ ବ୍ୟତୀରେକେ ପ୍ରେମ ସମ୍ଭବ ନୁହେଁ।

ପ୍ରାଚୀନ ମିଶର ଓ ଗ୍ରୀସରେ ନୀଲ ରଙ୍ଗକୁ ତାଙ୍କ ପରମ୍ପରାରେ କଳଙ୍କିତ ରଙ୍ଗ ବା ଖରାପ ପ୍ରଭାବର ଛାୟା ରୂପେ ଗ୍ରହଣ କରୁଥିଲେ। ହିନ୍ଦୁ ପୁରାଣ ଶାସ୍ତ୍ରରେ ଭଗବାନ ବିଷ୍ଣୁ, ଶ୍ରୀରାମ, ଭରତ, ଦ୍ୱିତୀୟକୃଷ୍ଣ ଅର୍ଜୁନ ଓ କୃଷ୍ଣଙ୍କ ଶରୀର ବା

ଦେହର ବର୍ଷ ନୀଳରଙ୍ଗ ବୋଲି ଉଲ୍ଲେଖ ଅଛି । ଆଉ ପ୍ରକୃତିର ସବୁଜିମା ମଧ୍ୟ ମନ ମୋହିନିଏ । ଚୀନର ଲୋକମାନେ ଏହି ରଙ୍ଗକୁ ଅମର ବା ଚିର ସ୍ମରଣୀୟ ରଙ୍ଗ ରୂପେ ବ୍ୟବହାର କରିଥାଆନ୍ତି । ତା' ସ୍ୱାମୀ ଯେପରି ତାକୁ ସାରା ଜୀବନ ମନେ ରଖିବ । ସେଥିପାଇଁ ସେ ତା' ନାମକୁ ନେଳିଆ ସୂତାରେ ବୁଣିଥିଲା । ଖ୍ରୀଷ୍ଟିଆନ ସଂସ୍କୃତିରେ ନୀଳ ରଙ୍ଗକୁ ପବିତ୍ର ଭାବେ ଗ୍ରହଣ କରାଯାଏ । ଇରାନବାସୀ ନୀଳ ରଙ୍ଗକୁ ଅମରତ୍ୱର ପ୍ରତୀକ ବୋଲି ବିଶ୍ୱାସ କରିଥାଆନ୍ତି । ନୀଳ ରଙ୍ଗର ସୂତାରେ ସତୀ ତା'ର ନାମକୁ ଲେଖିଥିଲା । ଏଇଥିଲାଗି ଯେ ଯେପରି ତା ସ୍ୱାମୀଙ୍କ ହୃଦୟ, ଅନ୍ତର, ଆତ୍ମା, ପ୍ରାଣ ଓ ମନରେ ସେ ଅମର ହୋଇ ରହିବ । ସବୁତଳକୁ ଖଇରିଆ ସୂତାରେ ବୁଣିଥିଲା । "ମୋତେ ଭୁଲ ନାହିଁ"କୁ ଇଂରାଜୀରେ– "For get me not" ଯାହାକୁ ସୁନି ଲେଖି ଦେଇଥିଲା । ସେ ତା' ଲେଖା ଉପରେ ସୂତା ମଡ଼ାଇ ବୁଣିଥିଲା ।

ପ୍ରେମିକାମାନେ ପ୍ରେମିକୁ ଓ ଭଲ ପାଇଥିବା ଝିଅଟି ତା'ମନ ପସନ୍ଦର ପୁଅକୁ ରକ୍ତ ଗୋଲାପର ଉପହାର ଦେଇଥାଆନ୍ତି । କେଉଁ କାଳରୁ ରକ୍ତ ଗୋଲାପ ପ୍ରେମର ସ୍ମାରକୀ ହୋଇ ରହି ଆସିଛି । ତା'ର ବିଧିବଦ୍ଧ ଇତିହାସ ନଥିଲେ ସୁଦ୍ଧା ବୋଧେ ଆଦିମ କାଳରୁ ଆଜିକାର ଅତ୍ୟାଧୁନିକ ଯୁଗ ପର୍ଯ୍ୟନ୍ତ ପ୍ରେମ ଓ ପ୍ରଣୟ କ୍ଷେତ୍ରରେ ଅନେକ ନୂଆ ପଦ୍ଧତି ବାହାରିଲାଣି । କିନ୍ତୁ ପ୍ରେମର ପ୍ରତୀକ ରକ୍ତଗୋଲାପର ସ୍ଥାନ ଏପର୍ଯ୍ୟନ୍ତ ଆଉ କେହି ଅଧିକାର କରି ପାରିନାହିଁ । ସେ ପ୍ରଥା ପୂର୍ବବତ ସେହିପରି ଅପରିବର୍ତ୍ତିତ ରହିଛି । ତା'ର କୌଣସି ବିକଳ୍ପ ଏପର୍ଯ୍ୟନ୍ତ ଆବିଷ୍କାର କିମ୍ବା ଉଦ୍ଭାବନ ହୋଇ ପାରିନାହିଁ, ହୋଇ ପାରିବନି ମଧ୍ୟ ।

ପ୍ରଥମେ ପ୍ରେମ ପାଇଁ ମନଭାବର ଆଦାନ ପ୍ରଦାନ ନିମିତ୍ତ ଦୂତିକାର ପ୍ରୟୋଜନ ହେଉଥିଲା । ଯେପରି ରାଧାକୃଷ୍ଣଙ୍କ କ୍ଷେତ୍ରରେ ଲଳିତା ଦୂତିକାର ଭୂମିକା ନିର୍ବାହ କରିଥିଲେ । ନଳରାଜାଙ୍କ ବାର୍ତ୍ତା ହଂସ ଦୂତ ହୋଇ ଦମୟନ୍ତୀଙ୍କ ପାଖରେ ପହଞ୍ଚାଇଥିଲେ । କୁବେରଙ୍କ ଦ୍ୱାରା ଶାପଗ୍ରସ୍ତ ଯକ୍ଷ ତା' ପ୍ରିୟା ନିକଟକୁ ସନ୍ଦେଶ ପ୍ରେରଣ କରିବା ପାଇଁ ଦୂତ କରିଥିଲେ ମେଘକୁ । ଯେଉଁଥି ପାଇଁ ମେଘ ଦୂତମ୍ର ସୃଷ୍ଟି ସମ୍ଭବ ହେଲା । ତା'ପରେ ମଧ୍ୟ ଯୁଗରେ ଲିପିର ପ୍ରଚଳନ ହେଲା । ଚିଠି ମାଧ୍ୟମରେ ପ୍ରେମିକ-ପ୍ରେମିକା ସେମାନଙ୍କ ମନର ଭାବ ପରସ୍ପରକୁ ଜଣାଇ ପାରିଲେ । ପ୍ରଥମେ ଚୀନର ଲୋକେ ଲିପି ଉଦ୍ଭାବନ କରିଥିଲେ । ଡାକ ସେବା ଦ୍ୱାରା କିଛି ଶବ୍ଦକୁ କଲମକାଲିରେ କାଗଜ ଉପରେ ଲେଖି ଚିଠି ଖଣ୍ଡିଏ ପଠାଇବା ଥିଲା ସେ ସମୟରେ ଯୋଗାଯୋଗର ମାଧ୍ୟମ ।

କିନ୍ତୁ ପ୍ରେମର ପ୍ରତୀକ ଓ ପ୍ରଣୟ ଉପହାରର ସ୍ମାରକୀ ରକ୍ତ ଗୋଲାପ ରହି ଆସିଛି ପୂର୍ବଭଳି, ଏପର୍ଯ୍ୟନ୍ତ ତା'ର କୌଣସି ପରିବର୍ତ୍ତନ ହୋଇନି । ହେବ ନାହିଁ ମଧ୍ୟ । ହେବା କେବେବି ସମ୍ଭବ ନୁହେଁ ।

ବିବାହ ସମୟରେ ବାହା ବେଦୀରେ ବସି ସାତ କଳସ, ଆଠ ଦୀପ, ଦଶ ଦିଗପାଳ ଓ ହୋମ ନିଆଁ (ଅଗ୍ନି)କୁ ସାକ୍ଷୀ ରଖି ସେ ଯାହାର ହାତ ଧରି ସାରା ଜୀବନ ବାଟ ଚାଲିବା ପାଇଁ ଶପଥ ନେଇଥାଆନ୍ତା । ଯାହାକୁ ସେ ତା'ର ସର୍ବସ୍ୱ ସମର୍ପି ଦେଇଥାଆନ୍ତା । ଯାହାର ପ୍ରେମ ଫାଶରେ ବନ୍ଦିନୀ ହୋଇ ରହିଥାଆନ୍ତା ସବୁ ଦିନ ପାଇଁ, ଯାହାଙ୍କ ସୋହାଗ ପାଇବା ଲାଗି ସେ ସର୍ବଦା ବ୍ୟାକୁଳ ହେଉଥାଆନ୍ତା । ସେ ସାରା ଜୀବନ ଯାହାଙ୍କ ସହିତ ବିତାଇ ଦେବାକୁ ପ୍ରୟାସୀ ହୋଇଥାଆନ୍ତା । ଯାହାର ତେଲ ଲୁଣ ସଂସାରକୁ ଆଦରି ନେଇ ସେ କଟାଇ ଦେଇଥାଆନ୍ତା ତା'ର ଅବଶିଷ୍ଟ ଜୀବନ । ଯାହାଙ୍କ ସ୍ନେହ, ଶ୍ରଦ୍ଧା, ଭଲପାଇବାକୁ ପାଥେୟ କରି ବାଟ ଚାଲିଥାଆନ୍ତା । ଯାହାଙ୍କ ପ୍ରଣୟ ପାଇବାକୁ ସେ ଝୁରି ମରୁ ଥାଆନ୍ତି । ଉତ୍ସାହର ସହିତ ଯାହାଙ୍କ ବାହୁର କରାକୁ ସେ ସାହାଯ୍ୟ ବଦନରେ ସରାଗରେ ସାଦର ସହିତ ବରଣକରି ନେଇଥାଆନ୍ତା । ଯାହାଙ୍କ ଫେରିଲା ବାଟକୁ ଉସ୍କ ଆଖିରେ ଅନାଇ ରହି ତାଙ୍କ ଅନୁପସ୍ଥିତିର ଯନ୍ତ୍ରଣାଦାୟକ ସମୟକୁ ଅତିବାହିତ କରିଥାଆନ୍ତା ବ୍ୟଥା ଓ ବେଦନା ବିଧୁର ମୁହୂର୍ତ୍ତଗୁଡ଼ିକୁ ଧୈର୍ଯ୍ୟର ସହିତ । ଯାହାଙ୍କ ସାନ୍ନିଧ୍ୟ ତଳେ ରହିବାକୁ ସେ ସର୍ବଦା ଆଗ୍ରହ ପ୍ରକାଶ କରୁଥାଆନ୍ତା ଓ ତାଙ୍କ ଆସିବା (ଫେରିବା) ବାଟକୁ ଆଶାୟୀ ମନ, ପ୍ରାଣ ତଥା ଆଖିରେ ଅନାଇ ରହିଥାଆନ୍ତା ତାଙ୍କ

ପ୍ରତୀକ୍ଷାରେ। ତାଙ୍କ ସହିତ ତା'ର ହସ୍ତଗଣ୍ଠି ପଡ଼ିବା ପୂର୍ବରୁ, ତାଙ୍କର ବଧୂ ହେବା ଆଗରୁ, ତାଙ୍କ ସିନ୍ଦୁରକୁ ସିମନ୍ତରେ ନପିନ୍ଧୁଣୁ, ତାଙ୍କ ଲାଗି ହାତରେ ଶଙ୍ଖା ନନାଉଣୁ, ନବବଧୂ ବେଶରେ ଲାଜର ଓଢ଼ଣା ଟାଣି ତାଙ୍କ ଘରର ଏରୁଣ୍ଡି ବନ୍ଦ ଡେଇଁବାର ଅନେକ ଆଗରୁ ତା'ର ଏହି ମନ୍ଦିରେ ଅଧରଙ୍କ ସହିତ ସାକ୍ଷାତ ହେଲା। ସେ ସାକ୍ଷାତ ଆସ୍ତେ ଆସ୍ତେ ସମ୍ପର୍କର ରୂପ ନେଲା। ସଂପର୍କ କ୍ରମେ କ୍ରମେ ପରିଣତ ହେଲା ଅନ୍ତରଙ୍ଗତାରେ। ଅନ୍ତରଙ୍ଗତା ରୂପାନ୍ତର ହେଲା ଅନୁରାଗକୁ। ଅନୁରାଗତ ପ୍ରେମର ପ୍ରଥମ ପାହାଚ। ସିଏ ସେ ପାହାଚ ଚଢ଼ିଲା। ପ୍ରେମ ପ୍ରକୋଷ୍ଠରେ ପ୍ରବେଶ କରିବା ଉଦ୍ଦେଶ୍ୟରେ। ସଫଳ ମଧ ହେଲା। ତା'ର ଉଦ୍ଦେଶ୍ୟ ଓ ଅଭିପ୍ରାୟ ପୂରଣ ହେଲା। ଆଉ ସେ ଭଲ ପାଇ ବସିଲା ତାଙ୍କୁ।

ପ୍ରେମ ଖୋଜେ ସ୍ୱଚ୍ଛ ଓ ନିର୍ମଳ ହୃଦୟଟିଏ। ଛଲନା ଶୂନ୍ୟ ମନଟିଏ। କପଟ ରହିତ ଅନ୍ତର। ଶଠତା ମୁକ୍ତ ଆତ୍ମା। ଆଉ ଅନ୍ତରଙ୍ଗତା ଭରା ପ୍ରାଣ। ଅଧର ତ ସେ ସବୁ ଗୁଣର ଅଧିକାରୀ। ତେଣୁ ସେ ତାଙ୍କୁ ଭଲ ପାଇ ବସିଲା। ଫଳରେ ତା' କୁଆଁରୀ ମନର ଅଲେଖା କାଗଜରେ ତା' ସ୍ୱାମୀଙ୍କ ସ୍ୱାକ୍ଷର ଲିପିବଦ୍ଧ ହେବା ଆଗରୁ ସେଥିରେ ଅଧରଙ୍କ ନାମ ଅଲିଭା କାଲିରେ ଲେଖା ହୋଇଗଲା। ତା' କୁମାରୀ ଅନ୍ତରର ଦର୍ପଣରେ ତାଙ୍କ ପରିବାର ସମର୍ଥନରେ ବିବାହ କରିଥିଲେ। ତା' ସ୍ୱାମୀଙ୍କ ଛବି ପଡ଼ିବା ପୂର୍ବରୁ ଅଧରଙ୍କ ପ୍ରତିବିମ୍ବ ସେଥିରେ ପ୍ରତିଫଳିତ ହୋଇଗଲା। ସମାଜ ସ୍ୱୀକୃତ (ଭାବରେ)ରେ ଯାହାଙ୍କ ହାତ ସେ ଧରିଥିଲେ ତା' ହୃଦୟରେ ତାଙ୍କୁ ସ୍ଥାନ ଦେଇଥାଆନ୍ତା। ଅଧର ତା'ର ସେହି ହୃଦୟ ସିଂହାସନକୁ ତା'ର ବହୁ ଆଗରୁ ଅଧିକାର କରିନେଲେ। ତା' ବାପା ବିବାହ ବେଦୀରେ ବସି ଯାହାଙ୍କୁ କନ୍ୟାଦାନ କରିଥାଆନ୍ତେ ସିଏ ତା' ଆତ୍ମାରେ ପ୍ରବେଶ କରିବାର ଯଥେଷ୍ଟ ପୂର୍ବରୁ ଅଧର ସେ ସ୍ଥାନରେ ନିଜର ଆସ୍ଥାନ ସୁଦୃଢ଼ କରିନେଲେ। କେହି ଜଣେ ତା'ର ଜୀବନ ସାଥୀ ହେବା ଆଗରୁ ଅଧର ତା'ର ପ୍ରାଣବନ୍ଧୁ ପାଲଟି ଗଲେ। କେହି ତା'ର ପ୍ରିୟତମ ହେବା ପୂର୍ବରୁ ଅଧର ତା' ପରାଣ ମିତ ହୋଇ ସାରିଛନ୍ତି।

କାଚ ଆଇନା ଆଗରେ ଥିବା ବ୍ୟକ୍ତି, ପଦାର୍ଥ, ବସ୍ତୁ ଅଥବା ଜିନିଷର ପ୍ରତିବିମ୍ବ କାଚ ଉପରେ ପ୍ରତିଫଳିତ ହୋଇଥାଏ ଓ ସେ ବ୍ୟକ୍ତି, ପଦାର୍ଥ, ବସ୍ତୁ କିମ୍ବା ଜିନିଷ ଆଇନା ଆଗରୁ ଅପସରି ଗଲେ ସେ ପ୍ରତିଛବି ଆଇନା କାଚ ଉପରୁ ଅନ୍ତର୍ଦ୍ଧାନ ହୋଇଯାଏ। ମାତ୍ର ମନ ଆଇନାରେ କାହାର ପ୍ରତିବିମ୍ବ ଥରେ ପ୍ରତିବିମ୍ବିତ ହେଲେ, ହୃଦୟ ଦର୍ପଣରେ କାହାର ଛବି ଥରେ ପଡ଼ିଗଲେ ଅଥବା ଅନ୍ତର ଆରିସିରେ କାହାର ପ୍ରତିଛବି ଥରେ ପ୍ରତିଫଳିତ ହେଲା ପରେ ସେ ସେଠାରୁ ଅପସରି ଗଲେ ସୁଦ୍ଧା ସେଥିରେ ପଡ଼ିଥିବା ପ୍ରତିଛବି ସେ ଦର୍ପଣରୁ ଅନ୍ତର୍ହିତ ହୋଇନଥାଏ। କାଗଜରେ ଅବା ସିଲଟ୍‌ରେ ଅଥବା ପ୍ରାଚୀରରେ କାହାର ନାମ ଲେଖି ଲିଭାଇ ଦେଲେ ସେ ନାମ ଅତି ସହଜରେ ଲଭିଯାଏ। କିନ୍ତୁ ମନ କାଗଜରେ କିମ୍ବା ହୃଦୟ ସିଲଟରେ ଅଥବା ଅନ୍ତର ପ୍ରାଚୀର ଓ ଆତ୍ମା କାନ୍ଥରେ ଥରେ କାହାର ନାମ ଲେଖା ହୋଇଗଲେ ତାକୁ ଲିଭାଇବାକୁ ଯେତେ ଉଦ୍ୟମ କଲେ ସୁଦ୍ଧା ସେ ନାମ କେବେ ସେଥିରୁ ଲିଭିନଥାଏ। ହୃଦୟ ସିଂହାସନକୁ ଥରେ କେହି ଅଧିକାର କରିନେଲେ ଶତଚେଷ୍ଟା ସତ୍ତ୍ୱେ ତାକୁ ସେଠାରୁ ବିତାଡ଼ିତ କରିବା ସମ୍ଭବ ହୁଏନା। ଅନ୍ତରରେ ବସା ବାନ୍ଧିଥିବା ଅନ୍ତରଙ୍ଗଙ୍କୁ କ'ଣ କେବେବି ଅନ୍ତର କରିହୁଏ ଏତେ ସହଜରେ। ଥରେ ଜଣେ ଆତ୍ମା ଭିତରକୁ ପ୍ରବେଶ କଲେ ତାଙ୍କୁ ସେଠାରୁ କେବେବି ବାହାର କରିହୁଏନା। ପ୍ରାଣ ବନ୍ଧୁଙ୍କୁ କ'ଣ କେହି କେବେ ତା ଜୀବଦଶା ଭିତରେ ପାଶୋରି ଦେଇ ପାରେ? ଭୁଲି ଯାଇ ପାରେ ମନ ମଣିଷକୁ? ପରାଣ ମିତକୁ? ପ୍ରିୟ ପୁରୁଷଙ୍କୁ? ପ୍ରିୟତମଙ୍କୁ?

ତା' କୁଆଁରୀ ମନର ଅଲେଖା କାଗଜରେ ଅଧରଙ୍କ ନାମ ଅଲିଭା କାଲିରେ ଲେଖା ହୋଇଯାଇଛି। ତା' ଅନ୍ତରର ଦର୍ପଣରେ ଅଧରଙ୍କ ଛବି ପ୍ରତିବିମ୍ବିତ ହୋଇସାରିଛି। ତା' ହୃଦୟ ସିଂହାସନକୁ ଅଧର ନିର୍ବିଘ୍ନରେ ଅଧିକାର କରିନେଇଛନ୍ତି। ଅଧର ନିର୍ଦ୍ୱନ୍ଦ୍ୱରେ ତା' ଆତ୍ମାରେ ପ୍ରବେଶ କରିସାରିଛନ୍ତି। ବିନା ବାଧାରେ ଅଧର ହୋଇସାରିଛନ୍ତି ତା'ର ପରାଣ ମିତ। ତା'ପରେ ସେ ତା'ର କଳ୍ପିତ ଭାବୀ ସ୍ୱାମୀଙ୍କ ପାଇଁ ଅତି ଯତ୍ନରେ, ଭାରି ଶ୍ରଦ୍ଧାର ସହିତ, ସରାଗ ମନରେ, ବହୁଶ୍ରମ

ସ୍ୱୀକାର କରି ବୁଣିଥିବା ରୁମାଲଟିକୁ ଆଗ୍ରହରେ, ଆଦର ସହକାରେ, ଶ୍ରଦ୍ଧାରେ, ସରାଗ ମନରେ ମୁହଁ ପୋଛିବା ଆଳରେ ତାଙ୍କୁ ଉପହାର ସ୍ୱରୂପ ଭେଟି ଦେଇପାରିଥିବାରୁ ସେ ମନେ ମନେ ଅତି ଆନନ୍ଦ ଅନୁଭବ କରୁଥିଲା। ମନର ମଣିଷକୁ ନିଜ ମନରେ ସାଇତି ରଖିଥିବା ମହତ ଜିନିଷଟି ଦେବାକୁ କେଉଁ ଯୁବତୀ ବା ଇଚ୍ଛା ନ କରିବ? ତା' ମନ ମଣିଷକୁ ମନ ସର୍ବସ୍ୱ ପ୍ରେମର ପ୍ରତୀକ ରକ୍ତ ଗୋଲାପ ଫୁଲ ଅଙ୍କିତ ରୁମାଲଟିକୁ ଦେଇ ପାରିଥିବାରୁ ସେ ଖୁବ୍ ଖୁସିଥିଲା।

ଅନେକ ସମୟ ବିତି ଗଲାଣି। ଅଧର ସେହିପରି ସତୀଙ୍କୁ ଚାହିଁ ରହିଛନ୍ତି। ସତୀ ତା'ର ମନଲୋଭା ରୂପ ସମ୍ଭାର ଧରି ତାଙ୍କ ଆଗରେ ଦଣ୍ଡାୟମାନ। ତା'ର ଦୃଷ୍ଟି ଆକର୍ଷଣକାରୀ ଅପରୂପ ରୂପ ଲାବଣ୍ୟକୁ ମନଭରି ଦେଖିନେବାକୁ ସେ ତାଙ୍କୁ ସୁଯୋଗ ଦେଇଛି। ତା ସୌନ୍ଦର୍ଯ୍ୟକୁ ଆଖିର ଦୃଷ୍ଟିରେ ଉପଭୋଗ କରି ନେବାକୁ ବିନା ଦ୍ୱିଧାରେ ସେ ତାଙ୍କ ସହିତ ସହଯୋଗ କରୁଛି ଉଲ୍ଲସିତ ଅନ୍ତରରେ। ଯଦିବା ବାହାରକୁ ସେପରି କିଛି ଜଣାଯାଉନାହିଁ ସତୀର ନୀରବ ରହିବା ଢଙ୍ଗରୁ। ଅତି ନିକଟରୁ ତା' ରୂପ ମାଧୁରୀକୁ ଦେଖି ନେବାର ମୋହ ଅଧର ଛାଡ଼ି ପାରୁନଥିଲେ। ସେଥି ପାଇଁ ସତୀର ମଧ୍ୟ ଆପତ୍ତି ନଥିଲା। ତା' ସାଙ୍ଗ ସୁନି ବି ପ୍ରତିବାଦ କରୁନି ସେ ସକାଶେ। ମନ୍ଦିରର ନିରୋଳା ପରିବେଶ ସେଥିଲାଗି ପ୍ରତିବନ୍ଧକ ହେଉନି। ମନ୍ଦିର ଚାରିପଟର ନିର୍ଜନତା ସେଥିପାଇଁ ଅପୂର୍ବ ସୁଯୋଗ ସୃଷ୍ଟି କରିଛି। ଆଉ ପରିସ୍ଥିତିର ନିରବତା ମଧ୍ୟ ସହାୟତା ପ୍ରଦାନ କରୁଛି। ସେମାନଙ୍କର ଏପରି ଆଚରଣ ବିରୋଧରେ ଅଭିଯୋଗ ଆଣିବାକୁ ସେଠି କେହି ନାହାଁନ୍ତି। ସତୀକୁ ମନଭରି ଦେଖିନେବାର ସୁଯୋଗ ଅତି ସୁବିଧାରେ ଓ ଭାରି ସହଜରେ ପାଇଥିବାରୁ ଅଧର ସେ ସୁଯୋଗ ଓ ସୁବିଧାକୁ ହାତଛଡ଼ା ନକରି ତା'ର ପୁରା ଫାଇଦା ଉଠାଇ ନେଉଥାଆନ୍ତି। ସତୀ ରୂପ ଲାବଣ୍ୟର ସୌନ୍ଦର୍ଯ୍ୟକୁ ଉପଭୋଗ କରିନେବାର ଲୋଭ ସମ୍ବରଣ କରିନପାରି ସେ ଅନାଇ ରହିଛନ୍ତି ନିରବରେ ଚକ୍ଷୁର ଦୃଷ୍ଟି ମାଧ୍ୟମରେ।

ନିରବତାର ଭାଷା ଅନୁପମ। ନିରବତା– ଅନେକ କଥା କହେ। ନିରବ ଚାହାଣି ଦ୍ୱାରା ଅନେକ ଭାବର ବିନିମୟ ହୋଇଥାଏ। ଯାହା ମୁହଁରେ କହି ହୁଏନା। ପାଟି ଖୋଲି ଯାହା ପ୍ରକାଶ କରାଯାଇନପାରେ। ଯେଉଁ କଥା କହିବାକୁ ଜିଭ ଲେଉଟେନା। ଯେଉଁ ବାକ୍ୟକୁ ଓଠ ଉଚ୍ଚାରଣ କରିବା ଲାଗି ଖୋଲେ ନାହିଁ। ଯେଉଁ ଶବ୍ଦ ପ୍ରକାଶ କରିବା ପାଇଁ ତୁଣ୍ଡ ଅକ୍ଷମ। ସାମର୍ଥ୍ୟ ନଥାଏ ଯାହା ବ୍ୟକ୍ତ କରିବାକୁ ସେ କଥାକୁ କେବଲ ନିରବ ଚାହାଁଣି ଦ୍ୱାରା କହିହୁଏ। ନିରବତାର (ଭିତରେ) ଗୋଟିଏ ନିର୍ଦ୍ଦିଷ୍ଟ ଭାଷା ଅଛି। ନିରବ ଆଖିର ଲୁହ, କେହି ସତରେ ଦେଖିପାରେ ନାହିଁ। ନିରବ ଝଡ଼କୁ ସାମ୍ନା କରିବା ଏତେ ସହଜ ବ୍ୟାପାର ନୁହେଁ। ନିରବତାର ମଧ୍ୟ ସ୍ୱତନ୍ତ୍ର ଏକ ଧର୍ମ ରହିଛି। ଯାହାକି ତା'ର ଏକାନ୍ତ ନିଜସ୍ୱ। ଶବ୍ଦହିଁ ନିରବତାକୁ ଭଙ୍ଗ କରେ। ଏହା ସତ୍ୟ, କିନ୍ତୁ ପରୋକ୍ଷରେ ଶବ୍ଦହିଁ ତ ନିରବତାକୁ ବଞ୍ଚାଇ ରଖେ। ଶବ୍ଦର ଉଚ୍ଚାରଣ ତଥା ଧ୍ୱନି ନହେଲେ ନିରବତା ଭାଙ୍ଗିବ କିପରି? ନିରବତାର ଉପସ୍ଥିତି ହୃଦୟଙ୍ଗମ ହୁଏ ବା କେମିତି? ନିରବତା ସହ୍ୟ କରୁଥିବା ବ୍ୟକ୍ତି ବାସ୍ତବିକ ଜଗତ ଓ ଜୀବନକୁ ସାଧୁଥିବା ଯୋଗୀ, ମୁନି, ଋଷି ଏବଂ ଆଉ କିଛି। ନିରବତା ଭିତରେ ବି ସେମାନେ ଶୁଣନ୍ତି ସେହି ଓଁକାର ଧ୍ୱନି–ଶବ୍ଦ ବ୍ରହ୍ମର ଅନନ୍ତ ସ୍ୱରୂପ। କ୍ଷୀର ସମୁଦ୍ରରେ ଶାୟିତ ସ୍ୱୟଂ ନାରାୟଣ କ'ଣ ଅନୁଭବୀ ନାହାନ୍ତି ନିରବତାର ପ୍ରତିଟି ପଦପାତକୁ। ବେଲେବେଲେ ସବୁ ଜାଣିବି ସେ ନିରବ ହୋଇଯାଆନ୍ତି। ସେ ଯଥାର୍ଥରେ ନିରବତାର ଅନ୍ୟତମ ପ୍ରତୀକ। ସେଥିପାଇଁ କୁହାଯାଇଛି "ଏକ ଭାର୍ଯ୍ୟା ପ୍ରକୃତି ମୁଖରା ଦ୍ୱିତୀୟା ସାତଞ୍ଜଲା, ପୁତ୍ରୋୟସ୍ୟ ତ୍ରିଭୁବନଜୟୀ ମନ୍ମଥଃ ଦୁର୍ନ୍ଦାରଃ। ଶେଷ, ଶର୍ଯ୍ୟା ଶୟନଂ ଉଦ୍ଦୌ ବାହନଂ ପନ୍ନଗାରି, ସ୍ୱରଂ ସ୍ୱରଂ ସ୍ୱଗୃହ ଚରିତ ଦାରୁଭୂତ ମୁରାରି।" ଜଣେ ଭାର୍ଯ୍ୟା ମୁଖରା ଦ୍ୱିତୀୟା ଚଞ୍ଚଲା ପୁତ୍ର ମନ୍ମଥ ଦୁର୍ନ୍ଦାର। ସମୁଦ୍ରରେ ସାପ ଉପରେ ଶେଯ ପୁଣି ସାପ ଖାଦକ ଗରୁଡ଼ ବାହନ। ଏହିସବୁ ଗ୍ରହ କଥା ଭାଲିଭାଲି ସେ ଦାରୁଭୂତ ବନିଗଲେ।

ଅନେକ ଭୂକମ୍ପ, ଅଗ୍ନି ଉଦ୍ଗୀରଣ, ବର୍ଷା, ତୁଷାରପାତ ଇତ୍ୟାଦି ପ୍ରାକୃତିକ ବିପର୍ଯ୍ୟୟ ଭିତର ଦେଇ ଗତି କରୁଥିବା ପୃଥ୍ବୀ ଧୀରେ ଧୀରେ ନିରବି ଯାଏ। ତା'ରି ପ୍ରଦକ୍ଷିଣରେ ନିରବତା ରାଜୁତି କରେ ଗଭୀର ରାତ୍ରିରେ।

ଶରୀରର କ୍ଲାନ୍ତି ଅପନୋଦନ ପାଇଁ ସମସ୍ତେ ଲୋଡ଼ନ୍ତି ଶାନ୍ତି-ବିଶ୍ରାମ ଏବଂ ନିରବତା । ଏଥିରୁ ସୃଷ୍ଟିହୁଏ ଶାନ୍ତ ପରିବେଶ । ଜୀବଜଗତ ଘୁମେଇ ପଡ଼େ ନିରବତା ଭିତରେ । ନିରବ ରାତି ନେଇଆସେ ମଧୁ ସନ୍ଦେଶ । ଗଛଲତା ରାତିରେ ନିରବରେ ଖାଦ୍ୟ ସଂଗ୍ରହରେ ଲାଗିପଡ଼ନ୍ତି । ରାତିର ନିରବତା ଭିତରେ କଳିକାଟିଏ କୁସୁମିତ ହୁଏ । ପ୍ରଭାତରେ ସୁଗନ୍ଧ ବାଣ୍ଟିବାକୁ ପ୍ରସ୍ତୁତ ହୋଇଯାଏ ରାତିର ନିରବତା ଭିତରେ । ନିରବତା ଭିତରେ ଜୀବ ନୂଆ ରୂପ ନେଇଥାଏ । ନିରବତା ଭିତରେ ମା'ର ଜଠରେ ଭ୍ରୁଣଟିଏ ନିତି ବଳ କଷୁଥାଏ ଆଲୋକର ପ୍ରକାଶ ପାଇବାକୁ । କୁରୁକ୍ଷେତ୍ରରେ ଶରଶଯ୍ୟାରେ ନିରବରେ ଶୋଇ ରହି ପିତାମହ ସୂର୍ଯ୍ୟଙ୍କ ଦକ୍ଷିଣାୟନକୁ ଅପେକ୍ଷା କରିଥିଲେ ।

ନିରବତା ଭିତରେ ଦିବ୍ୟଭାବର ଅଙ୍କୁରୋଦ୍ଗମ ହୁଏ । ନିରବତାର ନିରାଜନା ହୁଏ । ନିରବତା ଭିତରେ ସାନ୍ନିଧ୍ୟ ଟିକିଏ ପାଇବା ପାଇଁ ପ୍ରଭୁଙ୍କ ପାଖରେ କେତେ ଯେ ମିନତି ବାଢ଼େ ମାଟିର ମଣିଷ । ଅଖଣ୍ଡ ନିରବତା ଭିତରେ ଶୂନ୍ୟରୁ ପୂର୍ଣ୍ଣର ଆବିର୍ଭାବ ହୁଏ । ନିରବତା ଭିତରେ ସୃଷ୍ଟି ପ୍ରକ୍ରିୟା ହୁଏ ସଜୀବ । ସୃଜନଶୀଳତାର ମୂଳ ଆଧାର ନିରବତା । ଶିଳ୍ପୀଟିଏ ତୁଲୀରେ ରୂପ ଆଙ୍କେ ଧ୍ୟାନମଗ୍ନ ହୋଇ ନିରବତାକୁ ପାଥେୟ କରି । କବିଟିଏ ନିରବରେ ବସି କବିତାର ଶାଢ଼ିକ ବୈଭବରେ ବିମଣ୍ଡିତ କରେ ଲେଖନୀରେ । ନିରବତା ଭିତରେ ବିଶ୍ୱର ଅନ୍ୟତମ ସର୍ବଶ୍ରେଷ୍ଠ ତପସ୍ୱୀ ବୁଦ୍ଧ ଦେବଙ୍କର ବୁଦ୍ଧତ୍ୱ ପ୍ରାପ୍ତ ହୋଇଥିଲା ନିରଞ୍ଜନା କୂଳରେ କେବଳ ନିରବତାର ବର୍ଣ୍ଣିଳ ବଳୟଭିତରେ । ନିରବତା ଭିତରୁ ସୃଷ୍ଟି ହୋଇଥିବା କୋମଳମତି ଶିଶୁ ତଥା ଶାବକଟିଏ ଶଢ଼ ଆଡ଼କୁ ମୁହାଁଏ । ନିରବତା ହେଉଛି ଅରୂପ, ଅଶାକାର, ଅନାମ, ପୁରୁଷୋତ୍ତମ ଧାମରେ ରତ୍ନ ସିଂହାସନରେ ବିଜେ ହୋଇଥିବା ତିନିଦିଅଁ କ'ଣ ନିରବତାର ଭବ୍ୟ ପ୍ରତୀକ ନୁହନ୍ତି ? ତାଙ୍କ ନିରବତାର ସ୍ୱରୂପ ହେଉଛି କାନନାହିଁ ଅଥଚ ସେ ଶୁଣନ୍ତି । ପାଟି ଖୋଲେ ନାହିଁ କିନ୍ତୁ ଛାଠିଏ ପଉଟି ଭୋଗ ସେ ଲୋଡ଼ନ୍ତି । ନୀଳାଚଳରେ ନିରବରେ ବସି ରହିଥିବା ଠାକୁର- ତାଙ୍କୁ ସଂସାରର ସବୁକଥା ଜଣା । ନିରବତାରୁ ଶାନ୍ତି, ଶକ୍ତି, ସାମର୍ଥ୍ୟ, ସାହସ, ଧୈର୍ଯ୍ୟ ଓ କର୍ମ ପାଇଁ ପ୍ରେରଣା ମିଳେ ।

ଅଠର ପର୍ବ ମହାଭାରତ ଲେଖା ସରିବା ପରେ ରଚୟିତା ବ୍ୟାସଦେବ ଶ୍ରୁତ ଲେଖକ ଶ୍ରୀ ଗଣେଶଙ୍କୁ ପ୍ରଶଂସା କରି କହିଲେ- "ତୁମର ଲେଖନୀ ଚାଲନା ପାଇଁ ତୁମକୁ ଅଶେଷ ଅଶେଷ ଧନ୍ୟବାଦ, ତୁମର ଲେକନୀ ଚାଲନା ଠାରୁ ତୁମ ନିରବତା ଭାବ ଦ୍ୱାରା ମୁଁ ଅଧିକ ପ୍ରଭାବିତ । ଦୀର୍ଘ ଅଠର ଖଣ୍ଡ ମହାଭାରତ ଲେଖିଲା ବେଳେ ତୁମ ନିରବ ସାଧନାକୁ ମୁଁ ତାରିଫ୍ କରୁଛି ଓ ନିରବତା ପ୍ରଦର୍ଶନ ପାଇଁ ତୁମକୁ କୃତଜ୍ଞତା ଜ୍ଞାପନ କରୁଛି ।" ଉତ୍ତରରେ ଗଣେଶ କହିଲେ- "ମହାଭାଗ ଆପଣ ଯେତେବେଳେ ମୋତେ ମହାଭାରତ ରଚନା ଲାଗି ପ୍ରସ୍ତାବ ଦେଲେ ସେତେବେଳେ ମୁଁ ସିଦ୍ଧାନ୍ତ ନେଇଥିଲି ଯେ ମୋର ପ୍ରଥମ ଏବଂ ପ୍ରଧାନ କାର୍ଯ୍ୟ ହେବ ନିରବତା ରକ୍ଷା କରି ଲେଖନୀ ଚାଲନା କରିବା । ନିରବତା ରହିଲେ ଯାଇ ଆପଣ କହୁଥିବା ଶଢ଼ ଗୁଡ଼ିକୁ ମୁଁ ସ୍ପଷ୍ଟ ରୂପେ ଶୁଣିପାରିବି ଓ ତାକୁ ଭଲ ଭାବରେ ହୃଦୟଙ୍ଗମ କରି ତାହାକୁ ବିଶ୍ଳେଷଣ ପୂର୍ବକ ଲେଖିବାକୁ ସୁଯୋଗ ପାଇବି ଯାହା ଫଳରେ ତାକୁ ମୁଁ ନିର୍ଭୁଲ ଭାବରେ ଲିପିବଦ୍ଧ କରିବାକୁ ସକ୍ଷମ ହେଲି ।" କାରଣ ନିରବତା ଭିତରେ ମନରେ ସ୍ଥିରତା ରହେ । ମନରେ ନୂଆ ଭାବନା ଜନ୍ମେ ଓ ନୂତନ ଚିନ୍ତାଧାରା ଜାଗ୍ରତ ହୁଏ ଯାହା କୋଲାହଳରେ ଆଦୌ ସମ୍ଭବ ହୋଇପାରେନା (ନଥାଏ) । ଆଜିର ଶଢ଼ ପ୍ରଦୂଷଣ ଠୁଁ ଦୂରେଇ ରହିବା ପାଇଁ ନିରବତା ଏକାନ୍ତ ଆବଶ୍ୟକ, ଆମ୍ଚିନ୍ତନ, ଆମ୍ ସମୀକ୍ଷା, ଯୋଗ, ଅଧ୍ୟାତ୍ମିକ ଦର୍ଶନ ସବୁରି କ୍ଷେତ୍ରରେ ନିରବତାର ପ୍ରାଧାନ୍ୟ ଅନସ୍ୱୀକାର୍ଯ୍ୟ ।

ସୃଷ୍ଟିର ସବୁଠାରୁ ଅକ୍ଷ ଓ ବିକ୍ଷମାନେ ଯେଉଁ ଭାଷାରେ କଥା ହୁଅନ୍ତି ସେହି ଭାଷା କୁଆଡ଼େ ନିରବତା । ଇସ୍ରୋର ବୈଜ୍ଞାନିକମାନେ ନିରବତାକୁ ଭଲ ପାଆନ୍ତି । ମାଲକାନଗିରିର ଚିତ୍ରକୋଣ୍ଡରେ ରହୁଥିବା ସୁନା ମାକଡ଼ାମୀ ବି ନିରବତାକୁ ଭଲପାଏ । ଉଭୟଙ୍କ ନିରବତା ବିଭିନ୍ନ ପ୍ରକାରର, କିନ୍ତୁ ଚମକ୍ରାର । ବୈଜ୍ଞାନିକଙ୍କ ନିରବତାରେ ପ୍ରଜ୍ଞା ଅଛି, କିନ୍ତୁ ନିରୀହ

ମାକଡାମୀର ନିରବତାରେ ପ୍ରକୃତି ଅଛି । ପ୍ରଜ୍ଞା ଜ୍ଞାନର ସ୍ୱରୂପ ଆଉ ପ୍ରକୃତି ହେଉଛି ଜ୍ଞାନ ଓ ବିଜ୍ଞାନର ଭଣ୍ଡାର । ଇସ୍ରୋର ସେ ବୈଜ୍ଞାନିକ ବଡ଼ ନା ଚିତ୍ରକୋଣ୍ଡାର ସେଇ ନିରୀହ ଆଦିବାସୀ ସୁନା ମାଡକାମୀ ବଡ଼ ? କୁହାଯାଏ ବିଜ୍ଞମାନେ ନିରବ ରହିଲେ କୁଆଡ଼େ ସୃଷ୍ଟି ବିଷୟରେ ଭାବନ୍ତି । ଅଜ୍ଞମାନେ ନିରବ ରହିଲେ କୁଆଡ଼େ ନିଜର କ୍ଷତି କରିବସନ୍ତି । କାରଣ ଅଜ୍ଞତାର ଫାଇଦା ସିଆଣିଆ ବିଜ୍ଞମାନେ ଉଠାନ୍ତି ।

ଆମ ସମାଜରେ ଅନେକ ଲୋକ ଅଛନ୍ତି, ଯେଉଁମାନେ କି ଅନ୍ୟର କଥାରେ ନାକ ପୁରାଇବାକୁ ଭାରି ଭଲ ପାଆନ୍ତି । ଅର୍ଥାତ୍ ଅନ୍ୟର କାର୍ଯ୍ୟରେ ହସ୍ତକ୍ଷେପ କରିବା ବର୍ତ୍ତମାନ ସମୟରେ ବହୁଲୋକଙ୍କର ଏକ ମୁଖ୍ୟ ପ୍ରବୃତ୍ତି ହୋଇଯାଇଛି । ଧର୍ମ ସଂସ୍କୃତି, ଐତିହ୍ୟ ଇତ୍ୟାଦିର ସୁରକ୍ଷା ନାଁରେ ଏମାନେ କିଏ କଣ ଖାଇବ, କଣ ପିନ୍ଧିବ, କାହାକୁ ପ୍ରେମ ବା ବିବାହ କରିବ, କେଉଁ ଠାକୁରଙ୍କୁ ପୂଜା କରିବ, କେଉଁ ଉ‌ସ୍ବ ପାଳନ କରିବ ଇତ୍ୟାଦି ସ୍ଥିର କରିବାର ସେମାନେ ସତେ କି ଠିକା ନେଇଛନ୍ତି । ଏପରି ଲୋକମାନେ ଜଣକ ଅନୁପସ୍ଥିତିରେ ଯେତେସବୁ ମନଗଢ଼ା କଥା କହି ଲମ୍ବା ଖସଡ଼ା ପ୍ରସ୍ତୁତ କରିବାରେ ଧୁରନ୍ଧର । ଏପରି ଚୁଗୁଲିଆମାନେ ସଜ ମାଛରେ ପୋକ ପକାଇପାରନ୍ତି । ତେଣୁ ନିଜ ନାମରେ ଚୁଗୁଲି ଶୁଣିଲେ ଉତ୍ତେଜିତ ନହୋଇ ନିରବତା ପାଳନ କରିବା ଶ୍ରେୟସ୍କର । କାହାଠାରୁ କିଛି ଶୁଣିଦେଇ ବହୁତ ଲୋକ ଉତ୍ତେଜିତ ହୋଇଯାଆନ୍ତି । ସାଧାରଣତଃ ଅନାବଶ୍ୟକ ଗପସପରୁ ଚୁଗୁଲିର ଜନ୍ମ । ଏପରିସ୍ଥଳରେ ନିରବତା ହିଁ ଏକମାତ୍ର ଭାଷା ଯାହାକି ଶାନ୍ତି ପାଇବାକୁ ସୁଯୋଗ ଦିଏ ।

ବିଜ୍ଞ ମଣିଷମାନେ ଏପରି କ୍ଷେତ୍ରରେ ପ୍ରତିଶୋଧ ପରାୟଣ ନହୋଇ ନିରବତାକୁ ନିଜର ଅସ୍ତ୍ର ଭାବରେ ବ୍ୟବହାର କରି ଶାନ୍ତିରେ ଜୀବନ କଟାନ୍ତି । ନିରବତା ପ୍ରତିଶୋଧ ନେବାର ଏକ ପ୍ରଧାନ ଅସ୍ତ୍ର । ମନେହୁଏ ସତେ ଯେମିତି କୌଣସି ଏକ ଗ୍ରହ ହଠାତ୍ ସ୍ଥାନଚ୍ୟୁତ ହୋଇ ପଡ଼ିଲେ ଯେଉଁ ଆଘାତ ଦିଏ ନିରବତା ତା'ଠାରୁ ଆହୁରି ଅଧିକ ସାଂଘାତିକ ହୋଇଯାଏ । ବେଳେ ବେଳେ ନିରବତାର ଶବ୍ଦ ଝଡ଼ଠାରୁ ମଧ୍ୟ ତୀବ୍ରତର ହୋଇଥାଏ । ନିରବତାକୁ ବରଣ କରିନେବା ଭୀରୁତା ନୁହେଁ ବରଂ ଏହା ମଣିଷକୁ ପରିପକ୍ୱ କରିଦିଏ । କୌଣସି ଏକ କୁସ୍ଥିତ ପରିବେଶରୁ ଦୂରେଇ ଯିବା ପାଇଁ ମଣିଷକୁ ସାହାଯ୍ୟ କରେ ଓ ମଣିଷକୁ ସ୍ୱର୍ଦ୍ଧିଶୀଳ ରଖେ ନିରବତା । ବେଳେବେଳ ମଣିଷ ଏପରି ଊର୍ଦ୍ଧ୍ୱ ସ୍ଥାନକୁ ଚାଲିଯାଏ ଯେ ସେତେବେଳେ ସେ ବାଧବାଧକତାରେ ଟିକିଏ ହସିଦିଏ ବା କ୍ଷମା ମାଗିନିଏ । ଏହାର ଅର୍ଥ ସଂଗ୍ରାମ ନକରି ଅତୀତକୁ ତା ସ୍ଥାନକୁ ଛାଡ଼ିଦିଏ । ବାରମ୍ବାର ତା' ସହିତ ସଂଗ୍ରାମ ନକରି ଭବିଷ୍ୟତ ହାତରେ ସମର୍ପି ଦିଏ, ତେଣୁ ନିରବତା ନିଶ୍ଚୟ ଅର୍ଥପୂର୍ଣ୍ଣ ।

ନିରବତା ନିଶ୍ଚିତ ଭାବରେ ନିଜର ନିରୁପାୟତା ଓ ଅକ୍ଷମତା ଯୋଗୁ ସହିଯିବାର ଭାବ । ମୌନ ରହିବା ବି ଏକ ପ୍ରକାର ଭାଷା । ସତରେ ଭାବି ଦେଖିଲେ ନିରବତା ବି ଏକ ପ୍ରକାର ଭାଷା । ପ୍ରକୃତରେ ନିରବତାଠାରୁ ଐଶ୍ୱର୍ଯ୍ୟ ଦୀପ୍ତ ଅନୁଭବ ନାହିଁ । ନିରବତା ମାନବର ଇନ୍ଦ୍ରିୟ ସଞ୍ଚରଣ ଶୀଳତା ଓ ନିୟନ୍ତ୍ରଣର ଏକ ଅବସ୍ଥା । କୁହାଯାଏ ମଣିଷର ଜନ୍ମ ନିରବତାରୁ ଓ ପ୍ରକାଶ ଶବ୍ଦ ଧ୍ୱନିରେ– କୁଆଁ କୁଆଁରେ । ତା' ମୃତ୍ୟୁ ବି ନିରବତାରେ । ଆଉ ମଧ୍ୟ ବ୍ରହ୍ମ ସୂତ୍ରରେ କୁହାଯାଇଛି "ବ୍ରହ୍ମ ହିଁ ନିରବତା" ନିରବତାର ଭାଷା ପ୍ରଗଳ୍ବତାର ଭାଷାଠାରୁ ବହୁଗୁଣରେ ଶକ୍ତିଶାଳୀ । ଶତ୍ରୁକୁ ବିଜୟ କରିବାକୁ ହେଲେ ନିରବତା ଠାରୁ ଆଉ ବଡ଼ ଅସ୍ତ୍ର କ'ଣ ଅଛି ? ଜ୍ଞାନର ଗଭୀରତାକୁ ଯିବାକୁ ହେଲେ ନିରବତାଠାରୁ ଆଉ ମହତ୍ତର ମାଧ୍ୟମ କିଛି ନାହିଁ । ବିଶେଷ କରି ବରିଷ୍ଠ ନାଗରିକମାନଙ୍କର ଶାନ୍ତି ପାଇବାକୁ ହେଲେ ନିରବତା ମନ୍ତ୍ରଠାରୁ ଆଉ କେଉଁ ଭଲ ମନ୍ତ୍ର ଅଛିକି ? ନିରବତା କେବେ ହେଲେ ଶୂନ୍ୟତା ନୁହେଁ । ବରଂ ଅନ୍ତରୀଣ ଭାଷାର ଏକ ଶକ୍ତିଶାଳୀ ଉପାୟ ।

ବୃଥା କାବ୍ୟାଳାପ ଖାଲି ଶକ୍ତିର ଅପଚୟ କରେ ନାହିଁ ବରଂ ଅନ୍ୟମାନଙ୍କ ପାଖରେ ନିଜର ଗୁରୁତ୍ୱ କମାଇ ଦେଇଥାଏ । ଲକ୍ଷ୍ୟ କରନ୍ତୁ ଆମର ପ୍ରକୃତି କେତେ ଶାନ୍ତ । ଗଛଲତା କେତେ ଧୀରସ୍ଥିର । ଘାସ କେତେ ନିରବରେ

ବଢ଼ିଚାଲେ। ଆଉ ସୂର୍ଯ୍ୟ, ଚନ୍ଦ୍ର, ତାରାଗଣ କିପରି ନିବରେ ନିଜ କକ୍ଷ ପଥରେ ଭ୍ରମଣ କରନ୍ତି। ସେହିପରି ଆମର ନିରବତା ଆମକୁ ନିଜ ଲକ୍ଷ୍ୟ ପଥରେ ପହଞ୍ଚାଇ ଦିଏ। ପ୍ରସିଦ୍ଧ ଚୀନ ଦାର୍ଶନିକ କନଫ୍ୟୁସିଅସଙ୍କ ମତରେ– "ନିରବତା ହେଉଛି ପ୍ରକୃତ ବନ୍ଧୁ ଯାହା କେବେବି ଧୋକା ଦିଏନି"। ସେ ସାର ଶବ୍ଦ (ମୂଳବ୍ରହ୍ମ) ତହିଁରେ ହିଁ ମନୋନିବେଶ କର। ଅର୍ଥାତ୍ ଶବ୍ଦରେ ଭାଗବତ ପ୍ରାପ୍ତି ହୁଅ, ଏକ ଭିନ୍ନ ରାଜ୍ୟକୁ ନେଇ ଯିବାର କ୍ଷମତା ଶବ୍ଦର ରହିଛି। ବାକ୍ ଯେତେବେଲେ ବାଙ୍ମୟ ହୁଏ ସେତେବେଲେ ଶବ୍ଦ ସ୍ୱୟଂ ସରସ୍ୱତୀ ରୂପେ ଅବତୀର୍ଣ୍ଣ ହୁଏ। ଭାରତୀୟ ଶାସ୍ତ୍ରରେ ସେଥିପାଇଁ ଶବ୍ଦ ଓ ଅର୍ଥକୁ ଈଶ୍ୱର– ପାର୍ବତୀଙ୍କ ସହିତ ତୁଲନା କରାଯାଇଛି। ଶବ୍ଦ ହିଁ ବ୍ରହ୍ମ ଓ ଏହା ମନୁଷ୍ୟକୁ ଭିନ୍ନ ଏକ ଅତିନ୍ଦ୍ରିୟ ରାଜ୍ୟକୁ ନେଇ ଯିବାର ସାମର୍ଥ୍ୟ ରଖିଥାଏ। ଆଉ ଭଗବାନଙ୍କ ପ୍ରାର୍ଥନା ଲାଗି ଶବ୍ଦର ଆବଶ୍ୟକତା ନାହିଁ। ନିରବତା ହିଁ ଯଥେଷ୍ଟ। କାରଣ ପରମାତ୍ମା ଭାଷାକୁ ନୁହେଁ ଭାବକୁ ବୁଝନ୍ତି। ହୃଦୟର ଭାଷାର ନାମ ହେଇଛି ଭାବ। ତାହା କେଉଁ ଲିପିରେ ଲେଖି ହୁଏନା, କେଉଁ ଶବ୍ଦରେ ତାକୁ ଉଚ୍ଚାରଣ କରିହୁଏନା। ସେ ଭାଷା କହିଲାବେଲେ ମଣିଷ ନିରବ ହୋଇଯାଏ। କ୍ଷଣିକ ପାଇଁ ନିଜ ଭିତରେ ହଜିଯାଏ। ଲୁହର ଧାର ଛୁଟିଆସେ। ଭାବକୁ ହୃଦୟର ପଟ ଉପରେ ଲୁହରେ ଲେଖାଯାଏ। ତାହା ଅତି ସହଜରେ ପହଞ୍ଚିଯାଏ ପରମାତ୍ମାଙ୍କ ପାଖରେ। ଆମର ପ୍ରାର୍ଥନା ସେଇଠି ସାର୍ଥକ ହୁଏ। ଆମେ ଉପାସନା ପୀଠରେ ପ୍ରାର୍ଥନା କରୁ। ସେ ପ୍ରାର୍ଥନା ଶବ୍ଦରେ। କଣ୍ଠସ୍ଥ ପ୍ରାର୍ଥନା ହୃଦୟରୁ ଆସିଲେ ତା'ର ଚମକ୍କାରିତା ସ୍ୱତନ୍ତ୍ର। ଆଖିରେ ଲୁହ ନଥିଲେ ପ୍ରାର୍ଥନା କେବେ ଅସଲ ପ୍ରାର୍ଥନା ନୁହେଁ। ତାହା କଣ୍ଠର ଭାଷା ହୋଇପାରେ। ମାତ୍ର ହୃଦୟର ଭାଷା ନୁହେଁ। ଭକ୍ତର ଉଚ୍ଚକଣ୍ଠର ପ୍ରାର୍ଥନାକୁ ନୁହେଁ ନିରବ ଲୋଡ଼ିବାକୁ ଭଗବାନ ଶୁଣନ୍ତି। ମନର ନିରବତା ହିଁ ଜୀବନକୁ ବିକାର ଶୂନ୍ୟ କରି ପାରିବ। ଏହି ମନର ନିରବତା ହେଉଛି ବିକାର ରୂପୀ ଅନ୍ଧକାରରେ ପ୍ରକାଶ ସମ।

ତାହାହିଁ ନିରବତାର ଭାଷା। ଅଧରଙ୍କ ସେହି ଚାହାଁଣିର ନିରବ ଭାଷାରୁ ସତୀ ଅନେକ କିଛି ବୁଝୁଥିଲା। ଅନେକ ଭାବର ସଙ୍କେତ ପାଉଥିଲା। ପାଇପାରୁଥିଲା ଅନେକ ଇସାରାର ନମୁନା। ତାକୁ ମଧ ଅନେକଗୁଡ଼ିଏ ଆଶାର ପୂର୍ବାଭାଷା ମିଲି ଯାଉଥିଲା। ସେହି ନିରବ ଭାଷା, ଅକୁହା କଥା, ନିଶବ୍ଦ ସଂଲାପ, ଅନୁଚ୍ଚାରିତ ବାକ୍ୟ ଯାହା ଅଧର କହୁଥିଲେ ସତୀକୁ ଆଖିର ନିରବ ଚାହାଁଣି ମାଧ୍ୟମରେ।

ଯେତେବେଲେ ଜଣେ ମଣିଷର ଅନ୍ୟ ଜଣଙ୍କ ପ୍ରତି କ୍ରୋଧ ସୃଷ୍ଟି ହୁଏ, ସେତେବେଲେ ସିଏ ଜୋରରେ ଖୁବ୍ ଚିକ୍କାର କରିଥାଏ। ତା'ର କାରଣ ସେହି ସମୟରେ ଉଭୟଙ୍କ ମଧରେ ଦୂରତା ସୃଷ୍ଟି ହୋଇଥାଏ ଓ ତାହା ବଢ଼ିଯାଏ। ସେମାନଙ୍କ ହୃଦୟ ପରସ୍ପର ଠାରୁ ଏତେ ଦୂରେଇ ଯାଇଥାଏ ଯେ ସେମାନେ ଅତି ନିକଟରେ ଠିଆ ହୋଇ ମୁହଁକୁ ମୁହଁ ଯୋଡ଼ି ସୁଦ୍ଧା ଖୁବ୍ ଜୋରରେ ଚିକ୍କାର କରୁଥାଆନ୍ତି। କାରଣ ସେହି ସମୟରେ ଉଭୟଙ୍କ ମଧରେ ଦୂରତା ଏତେ ବଢ଼ିଯାଇଥାଏ ଯେ ସେମାନେ ଉଚ୍ଚ ସ୍ୱରରେ ଚିକ୍କାର ନକଲେ ହୃଦୟ ଯୋଡ଼ିକ ପରସ୍ପରର କଥାକୁ ଶୁଣିପାରନ୍ତି ନାହିଁ। ଯାହାର ହୃଦୟ ଅଧିକ ଦୂରକୁ ଚାଲିଯାଏ ସିଏ ସେତେ ଅଧିକ ଜୋରରେ ଚିକ୍କାର କରିଥାଏ। ନହେଲେ ଅତି ନିକଟରେ ଥାଇ ସୁଦ୍ଧା ସେମାନେ ପରସ୍ପରର କଥା ଠିକ୍ ଭାବରେ ଶୁଣି ପାରନ୍ତି ନାହିଁ କିୟା ଭଲ ଭାବରେ ବୁଝି ପାରନ୍ତି ନାହିଁ। ମାତ୍ର ହୃଦୟରେ ସକରାମ୍କ ଗାରଟିଏ ଟାଣିବାକୁ ବେଶୀ ଚିକ୍କାର କରିବାକୁ ପଡ଼ିବନି ଧୀର ଭାବରେ କହିବାକୁ ହେବ। ଧୀରେ କହିଲେ ଶାନ୍ତି ମିଲେ। ଅହଂଭାବ ଛାଡ଼ିଲେ ସମ୍ମାନ ମିଲେ। ଭକ୍ତି କଲେ ମୁକ୍ତି ମିଲେ। ସେବା କଲେ ଯଶ ମିଲେ। ସହନ ଥିଲେ ଦେବତ୍ୱ ମିଲେ। ସୁଖୀ ରହିଲେ ଖୁସି ମିଲେ। କିନ୍ତୁ ନକରାମ୍କ ଗାର ଟିଏ ଟାଣିବାକୁ ଖୁବ୍ ଜୋରରେ ରଡ଼ି କରିବାକୁ ପଡ଼ିବ। ପ୍ରକୃତରେ ହୃଦୟ ହିଁ ହୃଦୟ ପାଖରେ ଥାଏ। ଦୂରରେ କେବେବି ନଥାଏ। ଅସଲ କଥା ହେଲା ତା' ପାଖରେ ପହଞ୍ଚି ପାରିଲେ ହେଲା। ଅନ୍ୟ ଜଣଙ୍କର ହୃଦୟକୁ ଛୁଇଁବାକୁ ବେଶୀ ସମୟ ଲାଗେନା। ଉଭୟ ଅଧର ଓ ସତୀ ପରସ୍ପର ଠାରୁ ଦୂରେଇ ହୋଇ ଠିଆ ହୋଇଥିଲେ ସୁଦ୍ଧା ସେମାନଙ୍କ ହୃଦୟ ପରସ୍ପରର ନିକଟତର ହୋଇ ସାରିଛି। ସେଥିପାଇଁ

ପାଟି ଖୋଲି କୌଣସି ଭାଷା ପ୍ରକାଶ କରିବାର ଆବଶ୍ୟକ ହେଉନାହିଁ । ନିରବତା ହିଁ ସେମାନଙ୍କ ଅନ୍ତରର କଥା । ଆମ୍ଭର ଭାଷା ଓ ମନର ଭାବକୁ ଜାଣିବା ଲାଗି, ବୁଝିବା ପାଇଁ ଓ ହୃଦୟଙ୍ଗମ କରିବାକୁ ଯଥେଷ୍ଟ । ନିଜ ଭିତରେ ଦୁର୍ଭାବନାର କୋଲାହଲ ଥିବା ପର୍ଯ୍ୟନ୍ତ ଅଶାନ୍ତି ବିରାଜୁଥିବ । ହୃଦୟ ନିଷ୍କଳ ହେଲେ ଅନ୍ତର ନିର୍ମଳ ଥିଲେ କଣ୍ଠସ୍ୱର ନରମି ଯିବ । ଭାଷା କୋମଲ ହେବ । ତେବେ ଯାଇ ଅନ୍ୟର ହୃଦୟପାଖରେ ପହଞ୍ଚିହେବ ଏବଂ ପରର ଅନ୍ତରକୁ ଛୁଇଁ ପାରିବ । ଧୀରେ କହିଲେ, କୋମଲ ଭାଷା ପ୍ରୟୋଗ କଲେ, ମିଠା କଥା ଉଚ୍ଚାରଣ ହେଲେ ଅନ୍ୟର ହୃଦୟ ପାଖରେ ପହଞ୍ଚି ହୁଏ । ପରର ଅନ୍ତରକୁ ଆପଣାର କରି ହୋଇଥାଏ । ଅନ୍ୟର ହୃଦୟକୁ ଛୁଇଁ ପାରିଲେ ପରର ଅନ୍ତରକୁ (ଆପଣାର) ନିଜର କରି ପାରିଲେ ମନମାଲିନ୍ୟ ହୁଏନା । ସମ୍ପର୍କ ନିବିଡ଼ରୁ ନିବିଡ଼ତର ହୋଇଯାଏ ।

ସେହି ଦୃଷ୍ଟିରୁ ଥରେ ଚିନ୍ତା କରି ଦେଖିଲେ, ଯେତେବେଳେ ଦୁଇ ଜଣ ପରସ୍ପର ପ୍ରେମରେ ପଡ଼ନ୍ତି, ସେତେବେଳେ ସେମାନେ ପରସ୍ପର ସହିତ ଧୀର ସ୍ୱରରେ କଥା ହୁଅନ୍ତି । ସେମାନଙ୍କର ପ୍ରେମ ଯେତେ ଅଧିକ ଗଭୀର ହୁଏ, ସେମାନଙ୍କ ସ୍ୱର ସେତିକି ଅଧିକ କମ୍ ହୋଇଥାଏ । ଶେଷରେ ଏପରି ସମୟ ଆସେ ଯେତେବେଳେ ସେମାନେ ନିରବରେ ପରସ୍ପରକୁ ଚାହିଁଦେଲେ ପରସ୍ପରର ସ୍ୱର ଶୁଣି ପାରନ୍ତି ଓ ବୁଝି ପାରନ୍ତି ମଧ୍ୟ । ସେତେବେଳେ ଆଉ ପାଟି ଖୋଲି କିଛି କହିବାକୁ ପଡ଼ିନଥାଏ । ଏଠି ସତୀ ଓ ଅଧରଙ୍କ ପ୍ରେମ ଭାବ ଅଧିକ ଦୃଢ଼ ଓ ଗଭୀର ହୋଇଥିବାରୁ ସେମାନେ ପାଟି ଖୋଲି କିଛି ନକହିଲେ ମଧ୍ୟ ଆଖିର ଚାହାଁଣି ଦ୍ୱାରା ପରସ୍ପରକୁ ଅନେକ କଥା କହୁଥିଲେ ଓ ବହୁତ ଭାବର ସଂଲାପ ଶୁଣି ପାରୁଥିଲେ । ସେମାନଙ୍କ ଭଲ ପାଇବା ଏତେ ଗଭୀର ଯେ ସେମାନଙ୍କୁ ଆଉ ପାଟି ଖୋଲି କଥାଭାଷା ହେବାକୁ ପଡ଼ୁନଥିଲା । ସେଥିପାଇଁ ବୋଧେ ନବବିବାହିତ ଦମ୍ପତିମାନେ ସେମାନଙ୍କ ପ୍ରଥମ ମିଲନ ରାତ୍ରି (ମଧୁଶଯ୍ୟା)ରେ ଖୁବ୍ ଧୀରେ ଧୀରେ କଥା ବାର୍ତ୍ତା ହୋଇଥାଆନ୍ତି, ଅନ୍ୟ କେହି ସେମାନଙ୍କ ଆଲାପ ଶୁଣି ନପାରିଲାଭଳି । ଆଉ ଯଦି ସେହି ସମୟରେ କୌଣସି କାରଣରୁ ସେମାନେ ପରସ୍ପରଠାରୁ ଦୂରେଇ ଯିବାକୁ ବାଧ୍ୟ ହୋଇଥାଆନ୍ତି ତେବେ ସୁଦ୍ଧା ସେମାନେ ପରସ୍ପରଠାରୁ ଯୋଜନ ଯୋଜନ ଦୂରରେ ରହି ପରସ୍ପରର ମନଭାବ ଜାଣିପାରନ୍ତି । ପରସ୍ପରର ହୃଦୟର ଭାଷା ଶୁଣିପାରନ୍ତି ଓ ପରସ୍ପରର ଅନ୍ତରର କଥା ବୁଝିପାରିବାକୁ ସକ୍ଷମ ହୋଇଥାଆନ୍ତି । ଯେମିତି ସ୍ୱାମୀ ଓ ସ୍ତ୍ରୀ ମଧରେ ହେଉଥିବା କଥା (ପ୍ରେମାଲାପ) ଏତେ ଧୀର ଯେ ଅନ୍ୟ କେହି ଶୁଣିପାରନ୍ତି ନାହିଁ । କାରଣ ସେତେବେଳେ ସେମାନଙ୍କ ହୃଦୟ ଖୁବ୍ ନିକଟତର ହୋଇଥାଏ । କିନ୍ତୁ ଯଦି ସେମାନଙ୍କ ଭିତରେ କୌଣସି କାରଣରୁ ଝଗଡ଼ା (କଲି) ହୁଏ ତେବେ ସେତେବେଳେ ସେମାନଙ୍କ ହୃଦୟ ପରସ୍ପରଠାରୁ ଦୂରେଇ ଯାଇ ଥିବାରୁ ସେତେବେଳେ ସେମାନଙ୍କ ପାଟିରେ ଘର, ବାହର କମ୍ପି ଉଠେ । "ଉଦ୍ୟୋଗେ ନାସ୍ତି ଦାରିଦ୍ର୍ୟଂ, ଜପତୋ ନାସ୍ତି ପାତକମ୍, ମୌନେଚ କଲହୋ ନାସ୍ତି, ନାସ୍ତି ଜାଗରିତୋ ଭୟମ୍" ଉଦ୍ୟୋଗ କଲେ ଦରିଦ୍ରତା ରୁହେ ନାହିଁ । ଜପ କରୁଥିବା ଲୋକର ପାପ ରହେ ନାହିଁ । ଚୁପ୍ (ନିରବ) ରହିଲେ ଲଢ଼ାଇ- ଝଗଡ଼ା ହୁଏ ନାହିଁ । ଜାଗ୍ରତ ରହିଲେ ଭୟ ରହେ ନାହିଁ ।

ସତୀର ଆନ୍ତରିକ ଇଚ୍ଛା ଅଧର ତାକୁ ଦେଖନ୍ତୁ । ତା' ଆନିନ୍ଦିତ ରୂପକୁ, ତା' ଅପରୂପ ସୌନ୍ଦର୍ଯ୍ୟକୁ, ତା' ଅପାସୋରା ଶୋଭାକୁ, ତା' ଅଭୁଲା ଲାବଣ୍ୟକୁ, ତା' ଆକର୍ଷଣୀୟ ଅଙ୍ଗ ସୌଷ୍ଠବକୁ । ନିଜକୁ ସଜେଇ ହୋଇ ଆସିଥିବା ତା'ର ମୁଗ୍ଧକର ମନଭୁଲାଣିଆ ବେଶକୁ । ଆଖି ମେଲି, ମନ ଭରି, ପ୍ରାଣ ଖୋଲି ଅନ୍ତରାମ୍ଭ ଅନ୍ତୁଷ୍ଟ ହେବା ପର୍ଯ୍ୟନ୍ତ ତାକୁ ଦେଖିନିଅନ୍ତୁ । ତା' ମନର ମଣିଷ ତା' ସମଗ୍ର ସଭାକୁ, ସୁନ୍ଦର ସ୍ୱାସ୍ଥ୍ୟକୁ, ନିଟୋଲ ଦେହକୁ, କମନୀୟ ରୂପକୁ, ଯୌବନ ଭରା ଶରୀରକୁ, ସୁଷମା ମଣ୍ଡିତ ତନୁଲତାକୁ, ଉପଭୋଗ କରନ୍ତୁ ଆଖିର ଦୃଷ୍ଟିରେ । ଉପଲବ୍ଧି କରନ୍ତୁ ନୟନର ତୀର୍ଯ୍ୟକ ଚାହାଁଣିରେ । ଅନୁଭବ କରିନିଅନ୍ତୁ ଅସ୍ପର୍ଶ ଛୁଆଁକୁ ଅବଲୋକନର ପୁଲକରେ । ତାଙ୍କୁ ସେପରି ସୁବିଧା ଦେବାକୁ ସୁଯୋଗ ପାଇଥିବାରୁ ସେ ପୁଲକିତା, ପ୍ରଫୁଲିତା, ଆନନ୍ଦିତା, ଅଭିଭୂତିତା ଏବଂ ସେଥିପାଇଁ ପ୍ରସ୍ତୁତ ମଧ୍ୟ । ସଦା ସର୍ବଦା ପ୍ରସ୍ତୁତ,

ସମାଗ୍ରିକ ଭାବେ ପ୍ରସ୍ତୁତ। ଅବଶ୍ୟ ପ୍ରକାଶ୍ୟରେ ନୁହେଁ, ଗୋପନରେ, ଲୁଚାଛପାୟରେ, ଲୋକଲୋଚନ ଆଢୁଆଳରେ। ଅନ୍ୟମାନଙ୍କ ଦୃଷ୍ଟି ଅନ୍ତରାଲେ। ବାହାର ଲୋକଙ୍କ ଆଗୋଚରରେ, ପଦାକୁ ଜଣା ନ ପଡ଼ିଲା ଭଲି।

ମନ୍ଦିର ଭିତରେ ଅନ୍ଧାରିଆ ସ୍ଥାନରେ ରହିଥିଲା ସୁନି। ସେ ଏମାନଙ୍କ ଅଜାଣତରେ ଥରେ ଥରେ ସେମାନଙ୍କ ଉପରେ ଆଖି ବୁଲେଇ ନେଉଥିଲା। ଲକ୍ଷ୍ୟ କରୁଥିଲା ସେମାନଙ୍କ ହାବଭାବକୁ। ଅଧରଙ୍କ ଲୋଭିଲା ଆଖିର ଭୋକିଲା ଦୃଷ୍ଟିର ଶାଣିତ ଚାହାଣିରୁ ନିଜକୁ ରକ୍ଷା କରିବା ପାଇଁ ସତୀ ତାଙ୍କ ଦୃଷ୍ଟି ଉହାଡ଼କୁ ଅପସରି ଯାଉନାହିଁ। ଆଉ ଅଧର ସମସ୍ତ ପ୍ରକାର ଲାଜ ସରମକୁ ଜଳାଞ୍ଜଲି ଦେଇ ନିଃସଙ୍କୋଚରେ ନିର୍ଲଜ୍ଜଙ୍କ ଭଲି ସତୀକୁ ଅନାଇଁ ରହିଛନ୍ତି।

କୌଣସି ଯୁବତୀକୁ ସିଧା ଅନେଇଁବା ଅପରାଧ। କଣେଇ ଚାହିଁବା ଅଶ୍ଲୀଳତା। ଲୁଚେଇ ଦେଖିବା ଅଭଦ୍ରାମି। ତେରେଛା ଦୃଷ୍ଟି ଦେବା ଦ୍ୱାରା ସଂଭ୍ରମ ରକ୍ଷା କରାଯାଇ ପାରେନି। ନ ଅନାଇଁବା ଅସ୍ୱାଭାବିକ। ଆଉ ସେଥିପାଇଁ ମଧ ଅବସୋସ ରହିଯିବ ସବୁଦିନ ପାଇଁ। ପରେ ଅନୁତାପ କରିବାକୁ ପଡ଼ିବ। ସୁବିଧା ପାଇଁ ଯାହା ସୁଯୋଗର ସତ୍ ବ୍ୟବହାର ନକଲି। ମାତ୍ର ଶାସ୍ତ କହୁଛି– "ସର୍ବେ ଭବନ୍ତୁ ସୁଖୀନଃ, ସର୍ବେ ସନ୍ତୁ ନିରାମୟାଃ, ସର୍ବେଭଦ୍ରାଣି ପଶ୍ୟନ୍ତୁ, ମା କର୍ଣ୍ଠିତ୍ ଦୁଃଖ ଭାଗ ଭବେତ୍" ଏହାର ଅର୍ଥ ମଧ ଅତ୍ୟନ୍ତ ସରଳ। ପ୍ରଥମ ପାଦ– ସମସ୍ତେ ଶୁଖ ଲାଭ କରନ୍ତୁ। ଦ୍ୱିତୀୟ ପାଦ– ସମସ୍ତେ ନୀରୋଗ ରୁହନ୍ତୁ ଏବଂ ଶେଷ ତଥା ଚତୁର୍ଥ ପାଦ– ଯେ କାହାକୁ କେବେ ହେଲେ ସାମାନ୍ୟ ଦୁଃଖ ଭୋଗ କରିବାକୁ ନପଡ଼ୁ। କିନ୍ତୁ ତୃତୀୟ ପାଦ ଯାହାର ଅର୍ଥ ହେଲା ସମସ୍ତଙ୍କର ଭଦ୍ର ଦୃଷ୍ଟି ହେଉ ବା ଦୃଷ୍ଟିରେ ଭଦ୍ରତା ରହୁ। ମୋର ସୀମିତ ବୁଦ୍ଧି ଓ ଅଳ୍ପ ଜ୍ଞାନ ପରିସରଭିତର ବିଚାରରେ ଏହି ତୃତୀୟ ପଦଟି ହିଁ ଏ ସଂପୂର୍ଣ୍ଣ ଶ୍ଲୋକଟିର ମୂଳତତ୍ତ୍ୱ। ଉଚ୍ଚଶିକ୍ଷିତ ଅଧର ଏପରି ଅଧମ ବିଚାର ବୁଦ୍ଧିରେ ସତୀକୁ ଏମିତି ଅନାଇଁ ରହିବା ଦ୍ୱାରା ଉକ୍ତ ଶ୍ଲୋକଟିର ତୃତୀୟ ପାଦ ଯାହାକି ସଂପୂର୍ଣ୍ଣ ଶ୍ଲୋକର ମୂଳ ତଥା ପ୍ରଧାନ ପିଣ୍ଡ। ସର୍ବେ ଭଦ୍ରାଣି ପଶ୍ୟନ୍ତୁ, ସମସ୍ତଙ୍କ ଦୃଷ୍ଟିରେ ଭଦ୍ରତା ରହୁ ବା ସମସ୍ତଙ୍କର ଭଦ୍ର ଦୃଷ୍ଟି ହେଉ ନିୟମକୁ ଉଲଘଂନ କରୁନାହିଁ କି? ଏଠିତ ଅଧର ସିଧା ଅନାଇଛନ୍ତି ସତୀକୁ। ଏହି କାର୍ଯ୍ୟଟି ଅପରାଧ କର୍ମ ପରିସର ଭୁକ୍ତ ନୁହେଁକି? ଅପରାଧୀମାନେ ହିଁ ଦୋଷୀ। ଅପରାଧ କରିବା ଅର୍ଥାତ୍ ଦୋଷ କରିବା। ଅଧରଙ୍କ ଉପରେ ଦୋଷ ଲଦିଲେ ସତୀ ପ୍ରତିବାଦ କରେ। ଅଧରଙ୍କୁ ଦୋଷୀ ବୋଲି କହିଲେ ସତୀ ଆପତ୍ତି ଉଠାଇ ଯୁକ୍ତି କରେ। ତାଙ୍କୁ ଦୋଷ ମୁକ୍ତ କରିବା ପାଇଁ ଉଦ୍ୟମ କରିଥାଏ। ଅଧର ସିଧା ସତୀକୁ ଅତି ନିକଟରୁ ଥାଇ ଅନାଇଁ ରହିଛନ୍ତି। ତଥାପି ସେ ଦୋଷୀ ନୁହନ୍ତି କି କିଛି ଅପରାଧ କରୁନାହାନ୍ତି। ଏହା ହେଲା ସତୀର ତାଙ୍କ ସପକ୍ଷରେ ସଫେଇ। ଭଲ ପାଇଥିବା ଯୁବତୀଟିକୁ ତା' ମନ ପସନ୍ଦର ପୁରୁଷ ଅନାଇଁଲେ ସେ ଖୁବ୍ ଖୁସି ହୋଇଥାଏ। ଅତି ଆନନ୍ଦ ଅନୁଭବ କରେ ଓ ଭାରି ଉତ୍ଫୁଲ୍ଲିତ ହୁଏ। ଏଇଥି ଲାଗି ତ ପ୍ରେମିକ ଓ ପ୍ରେମିକା ମାନେ ଓ ଭଲ ପାଉଥିବା ଯୁବତୀକୁ ତା' ପସନ୍ଦର ଯୁବକ ଅନେକ ବେଳ ପର୍ଯ୍ୟନ୍ତ ଅନାଇ ରହନ୍ତି। ଦୀର୍ଘ ସମୟ ଧରି ଦେଖିଲା ପରେ ମଧ ସେମାନେ ସନ୍ତୁଷ୍ଟ ହୋଇନଥାନ୍ତି କିମ୍ବା (ଆତ୍ମ) ତୃପ୍ତି ପାଇପାରନ୍ତି ନାହିଁ। ଯେଉଁଥି ପାଇଁ ଅଧର ଅନେକ ବେଳ ହେଲା ସତୀକୁ ସିଧା ଅନାଇଁ ଦେଖୁଛନ୍ତି। ଆଉ ସତୀ ଏଥିପାଇଁ ତାଙ୍କୁ ସୁଯୋଗ ଦେଉଛି ମଧ। ଯୁବତୀଟିକୁ ଅନାଇଁ ହସିବା ନିର୍ବୋଧତା, ବୋକାମି ଓ ଓଲା ପଣିଆ ନିଶ୍ଚିତ। ଅବଶ୍ୟ ଅଧର ସେପରି ବୁଦ୍ଧି ହୀନତାର କାମ କରନ୍ତି ନାହିଁ। ସିଏ କେବେବି ସତୀକୁ ଅନାଇ ହସି ନାହାନ୍ତି ଏପର୍ଯ୍ୟନ୍ତ। ଆଜିଯାଏଁ। ସେମାନଙ୍କ ମଧରେ ସାକ୍ଷାତ୍ ହେବା ଦିନ ଠାରୁ ଓ ସମ୍ପର୍କ ଗଢ଼ି ଉଠିବାରୁ।

ଏହିପରି ଅବସ୍ଥାରେ ଅନେକ ସମୟ ଅତିବାହିତ ହୋଇଗଲାଣି। ସ୍ୱର ନାହିଁ କି ଶବ୍ଦ ନାହିଁ। ଏଥିଲାଗି କାହାର ପ୍ରତିବାଦ ନାହିଁ। କିମ୍ବା କିଛି ପ୍ରତିବନ୍ଧକ। ପରିସ୍ଥିତିର ପ୍ରତିକାର ପାଇଁ ସେମାନଙ୍କ ମଧରୁ କାହାରି କୌଣସି ପ୍ରକାର ପ୍ରଚେଷ୍ଟା ବି ନାହିଁ। ସେପରି ସ୍ଥିତିରୁ ମୁକୁଳିବା ଲାଗି କେହି ସାମାନ୍ୟତମ ଉଦ୍ୟମ ସୁଦ୍ଧା କରୁନଥିଲେ। ଦୁହେଁ ଦୁହିଁଙ୍କ ପାଇଁ

ଆଜି ପ୍ରଣୟ ଫାସରେ ଅନୁବନ୍ଧିତ ହେବାକୁ ସମ୍ପୂର୍ଣ୍ଣ ରୂପେ ପ୍ରସ୍ତୁତ । ପ୍ରେମ ପାରାବାରରେ ଉଭୟ ନିମଜ୍ଜିତ । ପରସ୍ପର ପରସ୍ପର ମଧରେ ହଜି ଯିବାକୁ ଅତି ମାତ୍ରାରେ ବ୍ୟଗ୍ର । ଉଭୟେ ଉଭୟଙ୍କ ସହିତ ମିଶିଯିବାକୁ ଭାରି ବ୍ୟାକୁଳ । ଏକାକାର ହୋଇଯିବାକୁ ଆକାଂକ୍ଷିତ ମଧ । ମନ୍ଦିରର ନିର୍ଜନ ପରିବେଶ ଚାରି ପଟର ନିରୋଲା ପରିସ୍ଥିତି ଏବଂ ନିରବତାର ବାତାବରଣ ଏଥିପାଇଁ ପ୍ରେରଣା ଯୋଗାଉଛି, ଉସ୍ତାହ ପ୍ରଦାନ କରୁଛି । ସାହସ ଦେଉଛି, ହିମ୍ମତ ପ୍ରଦାନ କରୁଛି । ବାଧା ନାହିଁ କି ବନ୍ଧନ ନାହିଁ । ଆପଉି ନାହିଁ କିମ୍ବା ଅଭିଯୋଗ ନାହିଁ । ପ୍ରତିବାଦ ନହିଁ ଅବା ପ୍ରତିବନ୍ଧକ । ପରିସ୍ଥିତି ତେଣିକି ଯାହା ହେଉନା କାହିଁକି ସେମାନେ ଏଠି ପରଆପଣା ଭୁଲି ଏକାକାର ହୋଇଯିବାକୁ ଆଗ୍ରହୀ ହୋଇ ପଡ଼ିଛନ୍ତି ।

ଫୁଲ ଫୁଟେ, ବାସ ଛୁଟେ, ଜନମନେ ଖେଳିଯାଏ ଅପୂର୍ବ ଶିହରଣ ଓ ଆହ୍ଲାଦପଣ ଏବଂ ପ୍ରତ୍ୟେକ ଫୁଲ ଫୁଟିବା ଲାଗି ନିର୍ଦ୍ଦିଷ୍ଟ ରତୁ, ମାସ ବା ସମୟ ନିର୍ଦ୍ଧାରିତ ହୋଇଛି । ସେହି ନିୟମ ଶୃଙ୍ଖଳାକୁ ମାନି ସେମାନେ ଫୁଟିଥାନ୍ତି । ହେଲେ ପ୍ରେମ ବା ଭଲ ପାଇବା ଗୋଟିଏ ଏମିତି ଫୁଲ ସିଏ କେଉଁ ମାସରେ କେଉଁ ରତୁରେ, କେଉଁ ପକ୍ଷରେ, କେଉଁ ତିଥିରେ, କେଉଁ ସମୟରେ, କେଉଁ ମୁହୂର୍ତ୍ତରେ, କେଉଁ କ୍ଷଣରେ, କେଉଁ ଲଗ୍ନରେ, କେଉଁ ପାଗରେ, କେଉଁ ମାଟିରେ, କେଉଁ ପରିସ୍ଥିତିରେ, କେଉଁ ପରିବେଶରେ କେଉଁ ଜାଗାରେ, କେଉଁ କ୍ଷେତ୍ରରେ, କେଉଁଠାରେ, କେତେବେଳେ କାହାପାଇଁ ଫୁଟେ, ଉତୁରେ, ବାସେ, ଚହଟେ, ମହକେ, ସୌରଭ ବିଞ୍ଚେ ତା'ର କୌଣସି ନିର୍ଦ୍ଦିଷ୍ଟତା କିମ୍ବା ନୀତି, ନିୟମ, ସର୍ତ, ଫର୍ମୁଲା କିଛି ନାହିଁ । ତେବେ ଏହା ଫୁଟେ । ଅଲବତ ଫୁଟେ । ନିଶ୍ଚୟ ଫୁଟେ, ଫୁଟିବା ପାଇଁ ବାଧ ହୁଏ । କାହିଁକିନା ଫୁଟିବା ପାଇଁ ଆବଶ୍ୟକ ହୁଏ । ଫୁଟିବା ଦରକାର ପଡ଼େ । ଗୋଟିଏ ସୁନ୍ଦର ମୁଲାୟମ ଚେହେରାର ସଂକେତ ଚତୁଃପାର୍ଶ୍ୱର ବାତାବରଣକୁ ମଖମଲି କରିଦିଏ । ହୃଦୟର କାନଭାସରେ ଜୀଉଉଠେ, ଚେଇଁ ଉଠେ, ମନକୁ, ପ୍ରାଣକୁ, ଆମ୍ମାକୁ, ଅନ୍ତରକୁ ଓ ହୃଦୟକୁ ମତୁଆଲା କରିଦିଏ । ଏମିତି ସେ ଫୁଟୁଥାଏ ।

ପ୍ରେମ ମାତ୍ର ଅଢ଼େଇ ଅକ୍ଷର ବିଶିଷ୍ଟ ଖୁବ୍ କ୍ଷୁଦ୍ର ଶଢ଼ଟିଏ ଏବଂ ଅତି ଖର୍ବକାୟ ସ୍ଫୁଲଦେହୀ ମଧ । ହେଲେ ତା'ର ବିଶାଳ ବପୁ ଓ ଭାରି ବଳିଷ୍ଠ ମହକ ଛୁଇଁ ଦେଇଯାଏ । ଯୁବକ, ଯୁବତୀ ଓ କିଶୋର, କିଶୋରୀମାନଙ୍କ ତନୁଲତାକୁ, ମନକୁ, ହୃଦୟକୁ, ଅନ୍ତରକୁ, ଆମ୍ମାକୁ ଓ ପ୍ରାଣକୁ ମଧ ।

ପ୍ରେମ ତ ଚଗଲା ଫଗୁଣା, ଚପଲ ନଈ, ଚହଲା ପାଣି, ଚଞ୍ଚଳ ଲହଡ଼ି, ଭକ୍ତି ଯେପରି ନବଧା, ପ୍ରେମ ସେମିତି ଶତଧା । ପ୍ରୀତି ନାମକୁ ଧ୍ରୁପଦି ଗାୟନ ଶୈଳୀ ପରି ଅନନ୍ତ ପ୍ରସାରୀ ସ୍ରୋତ, ଯାହାର ଆରମ୍ଭ କି ଶେଷ ଦୁଇ କଥା ନାହିଁ, ସେ ଅନନ୍ତ ।

ପ୍ରେମର ଆରମ୍ଭ ଅଛି କିନ୍ତୁ ଶେଷ ନାହିଁ । ପ୍ରେମ ମରି ପାରେନା । ପ୍ରେମର ଫଲ୍‌ଗୁ ଧାରା ଶୁଖି ଯାଏନା । ପ୍ରେମର ବାସ୍ନାୟିତ ମହକ ସ୍ଥିର ହୋଇ ରହେନା । ପ୍ରେମର ପ୍ରଖର ସ୍ରୋତ ଅଟକି ଯାଏନା । ଯେତେବଡ଼ ପ୍ରକାଣ୍ଡ, ବିଶାଳ, ଅଲଘ୍ନୀୟ, ଅନତିକ୍ରମ, ବାଧାବିଘ୍ନ, ପ୍ରତିବନ୍ଧକ ସୃଷ୍ଟି ହେଲେ ମଧ ପ୍ରେମରେ ହାରିବା ଜିତିବା ସବୁ ପ୍ରାୟ ସମାନ ମୀମାଂସା ରଖେ । ପ୍ରେମରେ ହାରୁଥିବା ଲୋକ ଜିତେ ଓ କେବେ ଜିତୁଥିବା ଲୋକ ପରାଜୟର ସ୍ୱାଦ ଚାଖିଥାଏ । ପ୍ରେମ ଗୋଟିଏ କଳା ଏକ ସାଧନା । ଅମୀମାଂସିତ ଗଣିତ । ଅଣ୍ଡିଶା ଅଙ୍କପାଠ । ପ୍ରେମରେ ମିଶାଣ ନଥାଏ କିମ୍ବା ବିୟୋଗ । ଗୁଣନ ଓ ହରଣ ପାଠରେ ପ୍ରେମର ମୀମାଂସା ହୋଇପାରେନା । ସମସ୍ତେ ସେ ପାଠ ପଢ଼ିପାରନ୍ତି ନାହିଁ । ପଢ଼ିଲେ ମଧ ଉଉିର୍ଣ୍ଣ ହେବା ସମସ୍ତଙ୍କ ଭାଗ୍ୟରେ ଜୁଟେନା । ପରୀକ୍ଷା ଗୃହରେ, ପ୍ରତିଯୋଗିତା, କ୍ଷେତ୍ରରେ ବିଦ୍ୟାର୍ଥୀ ଓ ପ୍ରତିଯୋଗୀଙ୍କ ପରି ସମୟେ ସମୟେ ବିଫଲତାର ବିରୋଧାଭାସ ପ୍ରେମର ହାଙ୍କା, ଫୁଲକା, ବାସ୍ନାୟ ସୁରଭି ଭରା ମହକ ପୃଷ୍ଟ ଦୁନିଆରେ ଶୀତ ସକାଳର କୁହୁଡ଼ି ସାଜେ, ଶ୍ରାବଣର ଝଡ଼ ବର୍ଷା ପରି ହୋଇଥାଏ ତ କେବେକେବେ କୋହଲା ପାଗରେ, ତୁଷାର ପାତରେ, ଲଗାଣ ବର୍ଷାରେ ଓ ଅଂଶୁଘାତରେ ନିଥର କରିଦିଏ ।

ଭାଗବତ କାର କହିଲେ – "ଏଦେହ ଥିଲେ ସର୍ବ ପାଇ, ଜଳେ ଯେସନ ଚନ୍ଦ୍ରଛାଇ" ଦେହ ନଥିଲେ ପ୍ରେମ ଅନୁଭବ ଅସମ୍ଭବ । ଶରୀର ବିନା ପ୍ରେମର ଆବଶ୍ୟକତା ନିରର୍ଥକ । ତନୁ ବ୍ୟତିରେକେ ପ୍ରଣୟ ମୂଲ୍ୟହୀନ । ଜୀବନ ବିନା ପ୍ରେମ ହୋଇପାରେନା । ପ୍ରାଣ ଓ ଆତ୍ମା ନଥାଇ ଭଲ ପାଇବା ଏବଂ ହୃଦୟ ସହିତ ହୃଦୟ ନମିଶିଲେ, ଅନ୍ତର ସାଙ୍ଗରେ ଆନ୍ତରିକତା ନଜମିଲେ, ପ୍ରେମ କେମିତି ସମ୍ଭବ ହେବ । ମାତ୍ର ପ୍ରେମ ଦେହ ସର୍ବସ୍ୱ ନୁହେଁ, ଏହା ଦେହାତୀତ ।

ମାତ୍ର ପ୍ରେମ ବଡ଼ ବିଷମ । ପ୍ରଣୟର ରାସ୍ତା ଭାରି ଦୁର୍ଗମ । ଅନେକ ବିପଦ ସଙ୍କୁଳ ସେ ବାଟ । ପୀରତିର ପଥ ଅତି ଖସଡ଼ା ଏବଂ କର୍ଦ୍ଦମାକ୍ତ, କଣ୍ଟକିତ ମଧ । ସେ କଥା ସେମାନେ ପୂରାପୂରି ଭୁଲି ଯାଇଛନ୍ତି । ପାସୋରି ପକାଇଛନ୍ତି । ପରମେଶ୍ୱର ସେମାନଙ୍କ ପ୍ରତି କି ପ୍ରକାର ଆଭିମୁଖ୍ୟ ରଖିଛନ୍ତି । ସମାଜ ସେମାନଙ୍କୁ ମିଳିତ ହେବାକୁ ଅନୁମତି ଦେବଟ ? ଦୁନିଆ ସେମାନଙ୍କ ମିଳାମିଶାକୁ ସ୍ୱୀକୃତି ପ୍ରଦାନ କରିବ ତ ? ସଂସାର ସେମାନଙ୍କ ସଂପର୍କକୁ ମାନି ନେବ ତ ? ସେଥିପ୍ରତି ସେମାନେ ଚିନ୍ତିତ ନୁହନ୍ତି. ବ୍ୟଥିତ ନୁହନ୍ତି । ଭାଗ୍ୟ ଦେବୀ ସେମାନଙ୍କ ପ୍ରତି ପ୍ରସନ୍ନ କିମ୍ବା. ନୁହନ୍ତି ସେ କଥା ଭାବିବାକୁ, ବୁଝିବାକୁ ସେ ବିଷୟ, ସେ ପ୍ରସଙ୍ଗରେ ଚିନ୍ତା କରିବାକୁ ସେମାନେ ଇଚ୍ଛା କରିନାହାଁନ୍ତି । ସେସବୁ କଥା ଜାଣିବାକୁ, ସମଝିବାକୁ ସେମାନେ ସେମାନଙ୍କ ମନକୁ ଆଣି ନାହାନ୍ତି । ସେ ବିଷୟରେ ଚିନ୍ତା ମଧ କରିନାହାନ୍ତି । ନିର୍ଦ୍ଦେଶିକାଙ୍କ ପରି ପରଦା ପଛରେ ରହି ସୁନି ସେମାନଙ୍କ ଗତିବିଧିକୁ ଲକ୍ଷ୍ୟ କରୁଥିଲା । ପ୍ରବଣତାର ପ୍ରବଳ ଆକର୍ଷଣରେ ସେମାନେ ଜଣେ ଅନ୍ୟ ଜଣଙ୍କର ପରଶ ପାଇବାକୁ ବ୍ୟାକୁଳ । ପ୍ରେମୀଯୁଗଳ ପଥହରା ପଥିକ ପରି ପ୍ରଣୟ ପାଣିରେ ପରିଶ୍ରାନ୍ତ । ପ୍ରେମର ପରିଣତି ଯଦି ପରିଣୟରେ ପରିଣତ ନହୁଏ, ପ୍ରତାରଣାର ରୂପ ନିଏ, ତେବେ କ'ଣ ହେବ ଏମାନଙ୍କ ପରିସ୍ଥିତି, ଅବସ୍ଥା ?

ସୁନି ମନ୍ଦିର ଭିତରେ ରହି ଏହିଦୁହିଁଙ୍କୁ ଲକ୍ଷ୍ୟ କରି ଭାବୁଥିଲା । ଏ ଦୁହେଁ ପ୍ରେମ ପଥର ପଥିକ । ଉଭୟେ ପ୍ରଣୟର ପଥମ ପାହାଚରେ ପାଦ ଥୋଇଛନ୍ତି । ପ୍ରେମ ପଥ ଯେ କେତେ କଣ୍ଟକିତ, କେତେ କର୍ଦ୍ଦମାକ୍ତ, କେତେ ଦୁର୍ଗମ, କେତେ ବିପଦ ସଂକୁଳ, କେତେ ପିଚ୍ଛିଲ ଏବଂ ଅରମାରେ ପରିପୂର୍ଣ୍ଣ ସେକଥା ଏମାନେ ଜାଣନ୍ତି ନାହିଁ । ସେ ଦିଗ ପ୍ରତି ଏମାନଙ୍କ ନଜର ନାହିଁ, ଚିନ୍ତା ନାହିଁ । ଚେତନାକୁ ସେ ବିଷୟ ଆଣିନାହାନ୍ତି ଆଦୌ । ସେ କଥା ସଂପର୍କରେ ଏମାନେ ଜମା ଭାବି ନାହାନ୍ତି । ଅବଶ୍ୟ ଭାବିବାକୁ ଅବସର ପାଇଁ ନାହାଁନ୍ତି । ଅବକାଶ ମିଳିନି ସେ କଥା ଚିନ୍ତା କରିବା ଲାଗି । ସମୟ ଅଭାବ ହୋଇଛି ସେ ଆଡ଼କୁ ଲକ୍ଷ୍ୟ ଦେବାକୁ । ବେଳ ନାହିଁ, ସେଦିଗ ପ୍ରତି ସଚେତନ ହେବା ପାଇଁ । ପ୍ରେମ ତ କେହି ଜାଣିଶୁଣି କରେ ନାହିଁ । ଭାବିଚିନ୍ତି ମଧ କରିନଥାଏ । ବୁଝି ସୁଝି ବିଚାର ବିମର୍ଶ ପରେ ପ୍ରେମ କରାଯାଏନା । ଲାଭ କ୍ଷତିର ହିସାବ ରଖି ପ୍ରେମ ହୋଇନଥାଏ । ମାପିଚୁପି କେହି ପ୍ରେମ କରିପାରେନା । କେହି କାହାରିକୁ ଇଚ୍ଛା କରି ଭଲ ପାଇ ବସେନା । ଯୋଜନା ବନାଇ ପ୍ରେମ କରିହୁଏନା । ସେମିତି ହେଲେ ସେ ପ୍ରେମ ଏକପାଖିଆ ହୋଇଯାଏ । ସେଥିରେ ଉଭୟ ପକ୍ଷର ସମର୍ଥନ ନଥାଏ । ସେପରି ପ୍ରେମ ମୂଲ୍ୟହୀନ । ତାକୁ ଭଲ ପାଇବା କୁହାଯିବନି ବରଂ ତାହା ଆସକ୍ତି । ଭୋଗର ଲାଲସାରୁ ସେ ପ୍ରେମ ଜନ୍ମ ନେଇଥାଏ । ସେପରି ପ୍ରେମକୁ ପ୍ରଣୟ ପର୍ଯ୍ୟାୟଭୁକ୍ତ କରାଯାଏନା, ତାହା ପାଶବିକତା । ବଳାତ୍କାର କିମ୍ବା ଧର୍ଷଣର ଅନ୍ତର୍ଭୁକ୍ତ । ସେଥିରେ ମମତା ନଥାଏ, ଥାଏ ଆସକ୍ତି । ମମତା ଚିରନ୍ତନ, ମାତ୍ର ଆସକ୍ତି କ୍ଷିଣସ୍ଥାୟୀ । ଭଲ ପାଇବା ଆପେ ଆପେ ହୋଇଥାଏ ସ୍ୱତଃସ୍ଫୁର୍ତ୍ତ ଭାବେ । ଭଲ ପାଇବା ହାଟ ବା ବଜାରର ସଉଦା ନୁହେଁ । ତାକୁ ଧନ ଦେଇ କେଉଁ ବ୍ୟବସାୟୀ ପାଖରୁ କିମ୍ବା ଦୋକାନ ଅଥବା ଗୋଦାମ ଘରୁ କିଣି ହେବ ? ଧନ ଦେଇ ଦେହ କିଣି ହୁଏ । ମନକୁ ନୁହେଁ । ମନ ବା ଇଚ୍ଛା କିମ୍ବା ଆଗ୍ରହ ନଥିବା ଦେହ ସହିତ ପ୍ରେମ କରାଯାଏନା । ଦେହକୁ ଉପଭୋଗ କରାଯାଏ । ପ୍ରେମ ବାଧ ବାଧକତାରେ ହୋଇନଥାଏ । ତାହାବି ଭୂସଂପତ୍ତି (ଜମିବାଡ଼ି) ନୁହେଁ । ତାକୁ ଦଲିଲ, ଦସ୍ତାବିଜ, ପଟ୍ଟା, କବଲା କିମ୍ବା ପାଉତି ଅଥବା ରସିଦ ବଳରେ ହାସଲ କରିହେବ । ସାମର୍ଥ୍ୟ ଦ୍ୱାରା ପ୍ରେମ ପ୍ରାପ୍ତି ସମ୍ଭବ ହୁଏନା । ଜୋରଜବରଦସ୍ତ ପ୍ରେମ କରାଯାଏନି । ପ୍ରେମରେ ବଳ ପ୍ରୟୋଗ

ଚଳେନା । ବଳ ପ୍ରୟୋଗରେ ବଳକ୍କାର କରାଯାଏ । ଶକ୍ତି ଖଟାଇ ପ୍ରେମ କରାଯାଏ ନାହିଁ । ସେପରି ହେଲେ ତାହା ଧର୍ଷଣ ପର୍ଯ୍ୟାୟଭୁକ୍ତ ହୋଇଯାଏ । କଳକୌଶଳରେ ପ୍ରେମ ଆଦାୟ କରି ହୁଏନା । ସେମିତିରେ ସମ୍ଭୋଗ କରାଯାଇପାରେ । ଫନ୍ଦିଫିକର କରି ଭଲ ପାଇ ହୁଏନି । ସେଥିରେ ଆସକ୍ତି ଥାଏ । ଅକଲରେ ପକାଇ ଅଢୁଆ ସୃଷ୍ଟି କରି କେହି ପ୍ରଣୟ କ୍ଷେତ୍ରରେ ସଫଳ ହୋଇନାହିଁ । ସେମିତି କଲେ ମମତା ଶୂନ୍ୟ, ସମବେଦନା ରହିତ, ସ୍ନେହଶ୍ରଦ୍ଧା ବିବର୍ଜିତ ପ୍ରେମ ସେ ହୁଏ । ଭଲ ପାଇବାର ଆଳ ଦେଖାଇ, ବାହାନା କରି, ପେଖନା କାଢ଼ି, ମିଥ୍ୟା ପ୍ରତିଶ୍ରୁତି ଦେଇ, ଭଲ ପାଇବାର ଅଭିନୟ କରି କେହି ପ୍ରେମ କରି ପାରେନି । ତାହା ଦେହ ଭୋଗ ସର୍ବସ୍ୱ ହୋଇଥାଏ, ମନସ୍ତା ନୁହେଁ ।

ପ୍ରେମର ପରିଭାଷା ଅତ୍ୟନ୍ତ ଜଟିଳ । ପ୍ରେମକୁ କିଏ ଦେହର ଆକର୍ଷଣ ତ କିଏ ମନର ମିଳନ ବୋଲି ଭାବୁଥିବା ବେଳେ ଆଉ କିଏ ପ୍ରେମର ବ୍ୟାପ୍ତି ଜନ୍ମଜନ୍ମାନ୍ତର ବୋଲି ବିଶ୍ୱାସ କରେ । କିନ୍ତୁ ନିଷ୍କପଟ, ନିଃସ୍ୱାର୍ଥପର ଓ ଅନାବିଳ ପ୍ରେମ ହିଁ ପବିତ୍ର ଓ ଶାଶ୍ୱତ । ଏହା ଜୀବନରେ ମଧୁରତା ଓ ସ୍ୱର୍ଗୀୟ ଆନନ୍ଦ ଭରିଦିଏ ।

ପ୍ରେମ ସ୍ୱର୍ଗୀୟ, ପ୍ରେମ ଅମୃତ, ପ୍ରେମ ଚିରନ୍ତନ, ପ୍ରେମ ଚିରସ୍ଥାୟୀ, ପ୍ରେମ ଶାଶ୍ୱତ, ପ୍ରେମ ସର୍ବବ୍ୟାପି, ପ୍ରେମ ଅନନ୍ତ, ନବଧା ଭକ୍ତି ପରି ପ୍ରେମ ଶତଧା, ପ୍ରେମ ପାଇଁ ପ୍ରଣୟ ସିକ୍ତ ମନ ଦରକାର । ଆକର୍ଷଣକାରୀ ପୌରୁଷ ପଣିଆ ଆବଶ୍ୟକ । ମନଲୋଭା ଚେହେରା । ମନ ଭୁଲାଣିଆ ବ୍ୟବହାର । ମନ ନେଇ ପାରୁଥିବା ଚାଲିଚଳନ । ମନକୁ ବାନ୍ଧି ରଖିଲା ପରି କଥୋପକଥନ । ମନକୁ ଟାଣି ନେଲା ଭଲି ବାକ୍ୟାଲାପ ଲୋଡ଼ା ପଡ଼ିଥାଏ । ପ୍ରେମ ହୃଦୟରୁ ଜନ୍ମ ନିଏ । ଅନ୍ତରରୁ ସୃଷ୍ଟିହୁଏ । ଉପୁଜି ହୋଇଥାଏ ମନରୁ । ଆତ୍ମାରୁ, ପ୍ରାଣରୁ, ସେଥିପାଇଁ ଦରକାର ହୁଏ ଶୁଦ୍ଧତା, ପବିତ୍ରତା, ସ୍ୱଚ୍ଛତା ଓ ନିର୍ମଳ ଭାବମୂର୍ତ୍ତି । ସ୍ୱୟଂ ସଂପୂର୍ଣ୍ଣ ମନବୃତ୍ତି । ଘେନି ପାରୁଥିବା ଇଚ୍ଛା ଶକ୍ତି, ଦେଇ ପାରୁଥିବା ଆଗ୍ରହ ଓ ନେଇ ପାରିବାର ଅନୁଭବ । ଆନୁଗତ୍ୟ, ଆତ୍ମ ସମର୍ପଣ, ଆତ୍ମୀୟତା, ଅକୃପଣ ମନଭାବ, ଆନନ୍ଦ ପ୍ରଦାନକାରୀ ଆଭିମୁଖ୍ୟ, ଉଦ୍ଦେଶ୍ୟ ବିହୀନ ଅନ୍ତର, ପ୍ରାଣର ପ୍ରାବଲ୍ୟତାରୁ ହିଁ ପ୍ରେମ ସମ୍ଭବ ହୋଇଥାଏ ।

ହୃଦୟ ସହିତ ହୃଦୟର ବନ୍ଧନରୁ ସୃଷ୍ଟିହୁଏ ପ୍ରେମ । ତାହା ପୁଣି ବନ୍ଧନରେ ବଢ଼େ । ବନ୍ଧନରେ ରହିଯାଏ ଚିରକାଳ । ମିଳନର ଆକୁଳତା, ବିରହ ଯନ୍ତ୍ରଣାର ବ୍ୟାକୁଳତା, ମର୍ମଭେଦି ଆବେଗ ଆହ୍ୱାନର, ଆବାହନର, ଆଦରର ଓ ଅଭ୍ୟର୍ଥନାର ନାଁ ହେଲା ପ୍ରେମ ।

ସ୍ୱାର୍ଥ ପରତାରେ, ହୀନ ମନ୍ୟତାରେ, ଚକ୍ରାନ୍ତକାରୀ ଅନ୍ତରରେ, ବିଭ୍ରାନ୍ତକର ହୃଦୟରେ, ଲାଭଖୋର ମନବୃତ୍ତିରେ, ଈର୍ଷା ପରାୟଣ ପ୍ରାଣରେ, ବିକୃତ ଆତ୍ମାକୁ ନେଇ କେହି କେବେ ପ୍ରେମରେ ସଫଳ ହୋଇ ପାରେନା । ପ୍ରେମ ପରସ୍ପରର ମନୋଭାବ ଉପରେ ନିର୍ଭର କରେ । ଜଣଙ୍କ ଦ୍ୱାରା ନୁହେଁ, କେବେବି ନୁହେଁ, ଆଦୌ ନୁହେଁ, ବିଲକୁଲ ନୁହେଁ, କସ୍ମିନକାଲେ ନୁହେଁ, ଈର୍ଷା କାତରତା, ପରଶ୍ରୀ ହୀନତା, ଅସହିଷ୍ଣୁତା, ଅତିବ୍ୟଗ୍ରତା, ବୈରିଭାବ ଏସବୁରେ ପ୍ରେମ ସମ୍ଭବ ନୁହେଁ ।

ପ୍ରେମ ପରକୁ ଆପଣାର କରେ । ପ୍ରେମ କ୍ରୋଧକୁ ଶାନ୍ତ କରାଏ । ପ୍ରେମ ଶତ୍ରୁକୁ କରିଥାଏ ମିତ୍ର । ପ୍ରେମ ବୈରତା ଭାବକୁ ବିଲୋପ କରାଇଥାଏ । ପ୍ରେମ ଭୁଲାଇ ଦିଏ ଜାତି, ଗୋତ୍ର, ସ୍ଥିତି, ପରିସ୍ଥିତି, ଅହମିକା ଓ ଅହଂକାର, ଶିକ୍ଷା, ଦୀକ୍ଷା, କ୍ଷମତା, ଖ୍ୟାତି, ସମ୍ଭ୍ରାନ୍ତ ପଣିଆ, ପ୍ରତିଷା, ପ୍ରତିପତ୍ତି ।

ପ୍ରେମର ପିଚ୍ଛିଳ ପଥରେ ସାବଧାନତା ସହକାରେ ଚାଲିଲେ ପାଦ ଖସିବାର ସମ୍ଭାବନା ନଥାଏ । ପଡ଼ିଯିବାର ଭୟ ମଧ୍ୟ । ଆଷ୍ଟ ଗଣ୍ଡି ଛିଣ୍ଡାଇ ଲହୁ ଲୁହାଣ ହେବାର ଆଶଙ୍କା । ଆତ୍ମ ପ୍ରତ୍ୟୟ ନଥିଲେ ପ୍ରେମ ପରିପ୍ରକାଶ ହୁଏନା । ପ୍ରେମର ପରିଭାଷା ହେଉଛି ପରସ୍ପର ପ୍ରତି ସହଯୋଗ କରିବା । ପରସ୍ପର ପାଇଁ ଆତ୍ମୋସର୍ଗ କରିବା । ପ୍ରାଣବଳି ଦେବା ଜଣେ ଆର ଜଣଙ୍କ ଲାଗି, ପ୍ରେମରେ ଜୀବନକୁ ବାଜି ଲଗାଇ ଦେବାକୁ ହୋଇଥାଏ ।

ପ୍ରେମ ପଦବୀ ମର୍ଯ୍ୟାଦା ରଖେନା । ପରିବାରର ପରାକାଷ୍ଠା ପ୍ରତି ଧ୍ୟାନ ଦିଏନା । ପ୍ରେମ ଜାତି ମାନେନା । ଶାରୀରିକ ଶକ୍ତିର ସାହାରା ଖୋଜେନା ବରଂ ସାମର୍ଥ୍ୟ ପଣର ଆବଶ୍ୟକତା ଲୋଡ଼ିଥାଏ । ପ୍ରେମ ପ୍ରତିବନ୍ଧକୁ ଖାତିର କରେନା । ପ୍ରତିବାଦକୁ ପ୍ରେମର ଭୁକ୍ଷେପ ନଥାଏ । ପ୍ରତିରୋଧକୁ ସେ ଡରେନା । ପ୍ରେମ ଯେକୌଣସି ବାଧା ବନ୍ଧନର ଊର୍ଦ୍ଧ୍ୱରେ । ପ୍ରେମରେ ଅନୁତାପ କିମ୍ବା ପଶ୍ଚାତପଦର ସ୍ଥାନ ନାହିଁ । ପ୍ରେମରେ ପରିତ୍ୟାଗର ଆଶଙ୍କା ରହି ପାରେନା । ପ୍ରତାରଣା ମତଲବ ରଖି କେହି କେବେ ସଚ୍ଚା ପ୍ରେମିକ ହୋଇପାରେନା । ଠକାମି ମନବୃଭି ନେଇ ପ୍ରେମ କରାଯାଏନା । ବ୍ୟବସାୟୀକ ଲାଭ କ୍ଷତିର ହିସାବ ପ୍ରେମରେ ଚଳେନା । ପୂର୍ଣ୍ଣ ପରାକାଷ୍ଠା ପ୍ରଦର୍ଶନରେ ପ୍ରେମ ସମ୍ଭବ ହୋଇଥାଏ । ପରକୀୟା ପ୍ରେମ ସତ୍ ପ୍ରେମ ଶ୍ରେଣୀ ଭୁକ୍ତ ନୁହେଁ । ଆମ୍ବଳିରେ ପ୍ରେମର ମହନୀୟତା ପରିପ୍ରକାଶ ପାଏ । ପ୍ରେମର ପରିସ୍ଫୁଟ ଘଟେ ତ୍ୟାଗରେ । କିନ୍ତୁ ପ୍ରଣୟର ପରିଣତି ପରିଣୟରେ ପରିଣତ ହେଲେ ସେଇଠି ପ୍ରେମର ମୃତ୍ୟୁ ଘଟେ । ବିଚ୍ଛେଦ ଯେତେ ଯନ୍ତ୍ରଣାଦାୟକ ହେଲେ ମଧ୍ୟ ତାହା ହୃଦୟ ତନ୍ତ୍ରୀରେ ଝଙ୍କୃତ ହୋଇ ଦେହାତୀତ ଯାଏ ମନରେ ରହେ ।

ପ୍ରେମ ଆଉ ପ୍ରଣୟ । ପ୍ରଣୟ ଏବଂ ପ୍ରେମ ଗୋଟିଏ ମୁଦ୍ରାର ଦୁଇଟି ପାର୍ଶ୍ୱ । ପ୍ରେମ କଲେ ପ୍ରଣୟୀ ହେବାକୁ ହୁଏ । ପ୍ରଣୟୀମାନେ ହିଁ ପ୍ରେମ କରିଥାନ୍ତି । ସେମାନଙ୍କ ଦ୍ୱାରା କେବଳ ପ୍ରେମ ସମ୍ଭବ ହୋଇଥାଏ । ପ୍ରେମ, ପ୍ରଣୟ ଓ ପ୍ରଣୟୀ ପରସ୍ପରର ପରିପୂରକ- ପ୍ରତିଦ୍ୱନ୍ଦୀ ନୁହନ୍ତି । ଗୋଟିଏ ବିନା ଅନ୍ୟଟି ସମ୍ଭବ ନୁହେଁ । ଜଣଙ୍କର ବିନା ସମର୍ଥନରେ ଆର ଜଣଙ୍କର ତିଷ୍ଠିବା ସଂପୂର୍ଣ୍ଣ ଅସମ୍ଭବ । ପ୍ରେମ ପରସ୍ପରକୁ ପ୍ରଣୟ ଦିଏ । ପ୍ରଣୟ ପ୍ରେମିକକୁ ଗଢ଼େ । ପ୍ରେମିକ ପ୍ରେମ କରେ । ପ୍ରେମିକାକୁ ଭଲ ପାଏ । ତା'ର ରୂପକୁ, ଗୁଣକୁ, ଚାଲିଚଲଣିକୁ, ଢଙ୍ଗରଙ୍ଗକୁ, କଥାକୁ, ଭାଷାକୁ, ବ୍ୟବହାରକୁ, ଏପରିକି ତା' ପ୍ରତ୍ୟେକ କର୍ମ ତା'ର ପସନ୍ଦ ଯୋଗ୍ୟ ହୋଇଥାଏ । ଅପସନ୍ଦରେ ପ୍ରେମ ହେବା ସମ୍ଭବ ନୁହେଁ । କେବେବି ନୁହେଁ । କସ୍ମିନ୍ କାଳେ ନୁହେଁ । ପ୍ରେମିକ ପସନ୍ଦ କରିବ ପ୍ରେମିକାକୁ । ଆଉ ପ୍ରେମିକା ସମର୍ଥନ ଜଣାଇବ ପ୍ରେମିକକୁ । ତା'ର ରୀତି, ନୀତି, ସବୁ ତା'ର ମନଲାଖି ହେଉଥିବ । ତା'ପସନ୍ଦର ପରିସର ଭୁକ୍ତ ହୋଇଥିବ । ତେବେ ଯାଇ ପ୍ରେମ ହେବ । ଭଲ ପାଇବା ସମ୍ଭବ ହେବ । ପ୍ରେମ ଚିରନ୍ତନ, ପ୍ରେମ ସ୍ୱର୍ଗୀୟ, ପ୍ରେମ ଅମୃତ, ପ୍ରେମ ଶାଶ୍ୱତ, ପ୍ରେମ ଥିଲା ଆଦିମ ଯୁଗରୁ । ଅନାଦି କାଳରୁ ରହିଥିଲା । ସୃଷ୍ଟି ଆରମ୍ଭରୁ ଜଗତ ସର୍ଜନା ସମୟରୁ ରହିଛି । ରହିଥିବ ସୃଷ୍ଟିର ବିଳୟ ପର୍ଯ୍ୟନ୍ତ । ତା'ର ପରିବର୍ତ୍ତନ ନାହିଁ । ପରିବର୍ତ୍ତନ ସମ୍ଭବ ବି ନୁହେଁ । ସେହିପରି ପରିସମାପ୍ତି ନାହିଁ ପ୍ରେମର, ପ୍ରଣୟର । ପ୍ରେମ କେବେ ବଦଳେ ନାହିଁ । ବଦଳି ପାରେନା । କେବଳ ବଦଳି ଥାଏ ପ୍ରେମ କରିବାର ପଦ୍ଧତି, ଫନ୍ଦି, ଉପାୟ, ନିୟମ ଓ ପନ୍ଥା ।

ପ୍ରେମରେ ତାରତାମ୍ୟ ରହିପାରେନା । ଧନୀ-ଗରୀବର ତାରତାମ୍ୟ, ମୂର୍ଖ-ଶିକ୍ଷିତର ତାରତାମ୍ୟ, ଅଜ୍ଞାନୀ-ପଣ୍ଡିତର ତାରତାମ୍ୟ, ଜାତିଗତ ତାରତାମ୍ୟ, ବର୍ଣ୍ଣଗତ ତାରତମ୍ୟ, ସାଂପ୍ରଦାୟିକ ତାରତମ୍ୟ । ସୁନ୍ଦର-କୁଛିତର ତାରତମ୍ୟ ଧନୀ ଘର ଝିଅଟି ଯେ କେବଳ ଧନୀ ଘରର ପୁଅକୁ ଭଲ ପାଇବ ସେମିତି ନୁହେଁ । ଧନୀ ଘରର ପୁଅ-ଗରିବ ଝିଅକୁ ଭଲ ପାଇପାରେ ଓ କାଙ୍ଗାଲର ପୁଅକୁ ବଡ଼ଲୋକର ଅଲିଅଲି କନ୍ୟାଟି । ପ୍ରେମରେ ପସନ୍ଦ ଅପସନ୍ଦର ମାପକାଠି ଶିକ୍ଷା ହୋଇପାରେନା । ଶିକ୍ଷିତା ଝିଅଟି ଖାଲି ଯେ ଶିକ୍ଷିତ ଘରର ପୁଅକୁ ଭଲ ପାଇବ ଏମିତି ନୀତି ପ୍ରେମରେ ନାହିଁ । ଉଚ୍ଚଶିକ୍ଷିତା ଝିଅଟି ନିହାତି ଗଜମୂର୍ଖକୁ ଭଲ ପାଇପାରେ । ଯେମିତି ଆମ ଦେଶର ପୂର୍ବତନ ପ୍ରଧାନମନ୍ତ୍ରୀଙ୍କ ଶିକ୍ଷିତା ଝିଅଟି ଜଣେ ମୂର୍ଖ ବ୍ୟବସାୟିକୁ ଭଲପାଇ ବିବାହ କଲା । ସର୍ବୋଚ୍ଚ ଡିଗ୍ରୀଧାରୀ ପୁଅଟି ଗୋଟେ ନିରକ୍ଷରା ଝିଅକୁ ଭଲ ପାଇଲା ବେଳେ କେହି କାହାର ଶିକ୍ଷାଗତ ଯୋଗ୍ୟତା ଖୋଜିନଥାଏ । କିମ୍ବା ଶିକ୍ଷାଗତ ଯୋଗ୍ୟତାର ପ୍ରମାଣ ପତ୍ରକୁ ଦେଖିବାକୁ ଚାହିଁନଥାଏ । ଜାତିପ୍ରଥା ପ୍ରେମରେ ବାଧକ ହୋଇପାରେନା । ବ୍ରାହ୍ମଣର ପୁଅ ଭଲପାଇପାରେ ଚଣ୍ଡାଳର ଝିଅକୁ ଓ ଅଛୁବର ପୁଅକୁ ଉଚ୍ଚ ଜାତିର ଝିଅ ଭଲ ପାଇ ବସେ । ପ୍ରେମ କରେ ଯେମିତି ଆମ ଦେଶର ପ୍ରଥମ ପ୍ରଧାନମନ୍ତ୍ରୀଙ୍କ ଏକ ମାତ୍ର ଅଲିଅଲି ଝିଅ ଯିଏକି ନୈଷ୍ଠିକ ବ୍ରାହ୍ମଣ ପରିବାରରେ ଜନ୍ମ ହୋଇ ସିଏ ଜଣେ ବିଧର୍ମୀ ମୁସଲମାନକୁ ବିବାହ କରିଥିଲେ । ଭଲ ପାଇବାରେ

ରୂପ କିମ୍ବା ଚେହେରା (ସ୍ୱାସ୍ଥ୍ୟ) ବାଧକ ସାଜେନା । ସୁନ୍ଦର ଯୁବକଟି ଗୋଟିଏ କିସ୍ତା ଝିଅକୁ ଓ ରୂପବତୀ ତରୁଣୀଟି ଜଣେ ଅସୁନ୍ଦର ଯୁବକକୁ ଭଲ ପାଇପାରେ । ପ୍ରେମ ବାଛି ବିଚାରି ବୁଝି ସୁଝି ହିସାବ କିତାପ କରି ହୋଇନଥାଏ । ଯେଉଁଠି ମନ ସହିତ ଆତ୍ମା ମିଶିଲା, ହୃଦୟ ସାଙ୍ଗରେ ଅନ୍ତରର ସଂଯୋଗ ହେଲା, ଦେହ ସହିତ ପ୍ରାଣ ଗୋଟିଏ ହୋଇଗଲା, ସେଠି ପ୍ରେମ ହେଲା । ସେମାନେ ପରସ୍ପରକୁ ଭଲ ପାଇବସିଲେ ।

"ପ୍ରେମ ବୁଝେନା ଜାତି ଅଜାତି ରୂପ ଦରବ ଧନ,
ମାନେନା ସିଏ ପାପ ଅ-ପାପ ଖୋଜେନା ସନମାନ,
ନଜାଲି ବତି ଆଲୁଅ ଖୋଜେ, ବିଭୋରେ ଆଶା ଜାଲେ,
ନଥାଇ ରତି ଗାଭିଲି ହୁଏ, ଗୋଟାକୁ ଦେଖେ ଫାଲେ,
କିସ ଶୁଣଇ ଭାବଇ କିସ ଆଉ ବା କିସ ବୁଝେ,
ହଜେଇ ମନ ଗଙ୍ଗାଜଳେ ଗଡ଼ିଆ କୂଲେ ଖୋଜେ,
ଫୁଲ କହିଲେ ବୁଟେଇ ହୁଏ, ବାସ୍ନା କିଏ ଦେଖେ ?
ଦେହ କହିଲେ ଦେଖେଇ ହୁଏ, ମନ ଯେ କିଏ ଚାଖେ,"

ମନ ଯେଉଁଠି ମିଶିଲା, ଯାହା ମନକୁ ମାନିଲା, ମନ ଯେଉଁଠି ବୁଝିଲା, ମନ ଯେପରି ଘେନିଲା, ମନ ଯେଭଳି ଗ୍ରହଣ କଲା ସେଠି ପ୍ରେମ ସମ୍ଭବ ହେଲା । ବିଚାର କରିବାକୁ, ସେ ବିଷୟରେ ବୁଝିବାକୁ, ସେ ସମୟରେ ଖବର ନେବାକୁ, ତା'ର ତଥ୍ୟ ସଂଗ୍ରହ କରିବାକୁ, ସେ ସଂପର୍କରେ ହିସାବ ରଖିବାକୁ ବେଳ ନଥାଏ । କୁଳ, ଗୋତ୍ର, ଗୋଷ୍ଠୀ, କୋଷ୍ଠୀ, ସ୍ଥିତି, ପ୍ରତିଷ୍ଠା, ପ୍ରତିପତି, ପ୍ରସିଦ୍ଧି, ପରିସ୍ଥିତି, ଜାଣିବାକୁ ଅବସର ମିଳେନା । ଲାଭ, କ୍ଷତି, ଉପକାର, ଅପକାର, ବିପଦ, ଆପଦ, ଭଲ, ମନ୍ଦ, ଖରାପ, ନିରାପଭା, ସୁବିଧା, ଅସୁବିଧା, ଭୁଲ, ଠିକ୍ ବୁଝିବାକୁ ସମୟ ହୁଏନା । ମନ ବି ତାକୁ ଚାହିଁନଥାଏ । ଖୋଜିନଥାଏ ସେ ସବୁର ଆବଶ୍ୟକତା । ଦରକାର ପଡ଼େ ନାହିଁ ପ୍ରସ୍ତୁତି ପର୍ବର । ସେ ପଦ୍ଧତି କିମ୍ବା ନିୟମର ଶୃଙ୍ଖଳା ଭିତରେ ରହିବାକୁ ଚାହିଁନଥାଏ । ଆଦର୍ଶର କାରାଗାରରେ ବନ୍ଦୀ ହେବାକୁ ସେ ଅନିଚ୍ଛୁକ । ପଦ୍ଧତିର ଦାହି ମାନିବା ଅବସ୍ଥାରେ ସେ ନଥାଏ । ସାମାଜିକ ନୀତି କିମ୍ବା ପରମ୍ପରାର ଶୃଙ୍ଖଳ ପିନ୍ଧିବାକୁ ସେ ପସନ୍ଦ କରେନା । ସଂସ୍କୃତିର ବେଢ଼ି ପକାଇ ତାକୁ ରୋକାଯାଇ ପାରେନା । ରାଣ, ନିୟମ, ହଳପ, ଶପଥ, ସତ୍ୟ, ଯୁକ୍ତି, ତର୍କ, ବିତର୍କ ସେ ସବୁର ଉର୍ଦ୍ଧରେ ସେ ରହେ । ମନ ମାନିଲା, ମନ ଚାହିଁଲା, ମନ ଘେନିଲା, ମନ ବୁଝିଲା, ମନ ମିଶିଲା, ହୃଦୟ ତାକୁ କଲା ସମର୍ଥନ । ଅନ୍ତର ସେଥିରେ ଅନ୍ତରାୟ ସୃଷ୍ଟି କଲାନି । ଆତ୍ମା ସେଥିପାଇଁ ସବୁଜ ସଂକେତ ଦେଲା । ପ୍ରାଣ ବୁଝିଗଲା ବିନା ପ୍ରତିବାଦରେ । ବିବେକ କୌଣସି ସଂଶୋଧନ ସେଥିରେ ଆଣିଲାନି । ସେ ଭଲ ପାଇ ବସିଲା । ପ୍ରେମ ଆରମ୍ଭ ହେଲା । ଜଣେ ଆରଜଣକୁ ଆବୋରି ବସିଲା । ଉଭୟେ ଉଭୟଙ୍କୁ ଆଦରି ନେଲେ । ଅନ୍ତଃଚେତନାର ବାରଣ ସେଠି ଅବଦମିତ ହୋଇଯାଏ । ଆକଟ, ଆକ୍ଷେପ-ଆକାଂକ୍ଷା ନିକଟରେ, ଆମ୍ଭ ସମର୍ପଣ କରିଦିଅନ୍ତି କୌଣସି ସର୍ଭନବାଡ଼ି । ସବୁ ପ୍ରକାର ବାରଣ ସେଠି ମୂଲ୍ୟହୀନ ସାବ୍ୟସ୍ତ ହୁଏ । ନିଷ୍ଫଳ ହୋଇଯାଏ ପାରିବାରିକ ଅନୁଶାସନ ଓ ମୁରବିଙ୍କ ଆଦେଶନାମା ଓ ହୁକୁମାତି, ସମାଜପତିମାନଙ୍କ ଫତୁଆ ଜାରି ସେଠି କାମ ଦିଏନା । କ୍ଷାତିଙ୍କ ହ୍ୱିକୁ କାହାରି ଖାତିର ନଥାଏ । ଯେପରି ଅଧର ଓ ସତୀ କ୍ଷେତ୍ରରେ ହୋଇଛି । ଆମ ଓଡ଼ିଶାରେ ଗୋଟିଏ ଢଗ ଅଛି-
"ଯାହାକୁ ଯିଏ ରସିଲା, ତାକୁ କିଆ ଫୁଲ ପରି ବାସିଲା" ।

ଯୌବନ ଅବସ୍ଥାରେ ଅନେକ ଯୁବକ ଯୁବତୀ ସେମାନଙ୍କ ପାରିପାର୍ଶ୍ୱିକ ଅବସ୍ଥାକୁ ବିଚାରକୁ ନନେଇ ବହୁ ସମୟରେ କୌଣସି ଏକ କାର୍ଯ୍ୟ ପାଇଁ ବିନା ପରାମର୍ଶ କିମ୍ବା ବିନା ବିଚାରବିମର୍ଶରେ ନିଷ୍ପତି ନେଇଥାନ୍ତି । ଯାହା ଦ୍ୱାରାକି ପରମୁହୂର୍ତ୍ତରେ ସେମାନେ ବହୁତ ଅଡ଼ୁଆରେ ପଡ଼ିଥାଆନ୍ତି । ଅନେକ ଅସୁବିଧାର ସମ୍ମୁଖୀନ ହୋଇଥାଆନ୍ତି । ଆଉ ସେତେବେଳେ କିଛ

କରିବାକୁ ସମୟ ନଥାଏ କିମ୍ବା କିଛି କରାଯାଇ ପାରେନା । ତେଣୁ ସବୁବେଳେ ନିଜର ପିତା, ମାତା ତଥା ବୟସ୍କ ଓ ଶୁଭେଚ୍ଛୁଙ୍କ ପରାମର୍ଶ ନେଇ ଜୀବନ ପଥରେ ଅଗ୍ରସର ହେବା ବିଧେୟ । ପଥ ଯେତେ ବନ୍ଧୁର ହେଲେ ମଧ ତାହା କଷ୍ଟଦାୟକ ହେବ ନାହିଁ । ତେଣୁ ଯେକୌଣସି କାର୍ଯ୍ୟ ପାଇଁ ବୟସ୍କ ବ୍ୟକ୍ତିଙ୍କ ପରାମର୍ଶ ନେଲେ ସେ ନିଷ୍ପତି ଓ କାର୍ଯ୍ୟଧାରା ପକ୍ୱହେବ । ଆଉ ଯୁବା ବୟସରେ ବନ୍ଧୁତା ମନୋନୟନ ଏକ ଗୁରୁତ୍ୱପୂର୍ଣ୍ଣ ନିଷ୍ପତି । ଜଣେ ସାଥୀ ଜୀବନକୁ ହସ ଖୁସିରେ ଭରିଦିଏ । ଆଉ ଜଣେ ଜୀବନରେ ଅଧୋପତନ ଆଣିପାରେ । ତେଣୁ କିପରି ମାନସିକତା ଓ ବ୍ୟକ୍ତିତ୍ୱର ସାଥୀ ବାଛିବେ ତାହା ନିଜ ଉପରେ ଆପଣା ସିଦ୍ଧାନ୍ତ ଉପରେ ସଂପୂର୍ଣ୍ଣ ନିର୍ଭର କରେ । ଏପରି ସାଥୀ ବାଛନ୍ତୁ ଯେମିତିକି ନିଜକୁ ପରେ ପସ୍ତେଇବାକୁ ନପେଡ଼ କିମ୍ବା ବିଶ୍ୱାସ ଘାତକତାର ଶିକାର ନହୁଅନ୍ତି । ନିଜର ବ୍ୟକ୍ତିତ୍ୱ ବା ବ୍ୟକ୍ତିଗତ ମାନ କିପରି ବଜାୟ ରହିବ ସେଥିପ୍ରତି ଅଧିକ ସଚେତନ ରହିବା ଜରୁରୀ । ଯୁବାବସ୍ଥାରେ ଅନେକ ଯୁବକ ଯୁବତୀ ଅନ୍ୟକୁ ଅନୁକରଣ କରିବା ଆଲରେ କିମ୍ବା ସାଙ୍ଗସାଥିଙ୍କ ଚାପରେ ଭୁଲଠିକ୍ ବିଚାର ନକରି ଅନେକ କାର୍ଯ୍ୟକୁ ଗ୍ରହଣ କରି ନିଅନ୍ତି । ଯେମିତିକି ଆଧୁନିକ ଚିନ୍ତାଧାରାରେ ଆସି ଲାଇଫ୍ ଷ୍ଟାଇଲ୍ ପରିବର୍ତ୍ତନ କରିବାକୁ ଯାଇ ମଦ ଓ ନିଶା ସେବନ କରିବା, ଖରାପ ଚିତ୍ର ଦେଖିବା, ବିବାହ ପୂର୍ବରୁ ସମ୍ପର୍କଥିବା, ଅନେକ ବିଷୟ ନେଇ ବନ୍ଧୁତା ନାମରେ ବ୍ଲାକମେଲ କରିବା । ଏସବୁ ବ୍ୟକ୍ତିକୁ ଅଧୋପତନ ଆଡ଼କୁ ଟାଣିନିଏ । ଆଉ ଏମିତି ଏକ ଫାନ୍ଦରେ ପକାଏ ଯେଉଁଥିରୁ ମୁକୁଳିବା କାଠିକର ପାଠ ହୋଇଥାଏ । ତେଣୁ ସବୁ ବେଳେ ନିଜର ବ୍ୟକ୍ତିତ୍ୱ ବଜାୟ ରଖିବା ଉଚିତ୍ । ଖରାପ ସାଙ୍ଗଠାରୁ ଉପଯୁକ୍ତ ଦୂରତ୍ୱରେ ରହିବା ଜରୁରୀ ମଧ ।

ସୁନି ମନ୍ଦିର ଭିତରେ ରହି ଏଦୁହିଁଙ୍କୁ ଲକ୍ଷ୍ୟ କରୁଥିଲା । ଆଉ ଭାବୁଥିଲା– ଏମାନେ ପରସ୍ପରକୁ ନିବିଡ଼ ଭାବରେ ଭଲପାଇ ବସିଲେଣି । ଦୁହେଁ ଦୁହିଁଙ୍କୁ ଚାହିଁବା (ଖୋଜିବା) ଅସ୍ୱାଭାବିକ ନୁହେଁ । ଦୁହେଁ ଦୁହିଁଙ୍କର ଉପସ୍ଥିତି ସାନ୍ନିଧ୍ୟ, ଅନ୍ତରଙ୍ଗତା ଓ ଆନ୍ତରିକତା ଖୋଜୁଛନ୍ତି । ଯାହା ପ୍ରେମୀ ଯୁଗଳ ଆବଶ୍ୟକ କରିଥାନ୍ତି, ଚାହିଁ ଥାଆନ୍ତି । କିନ୍ତୁ ଏଥିପାଇଁ ପ୍ରତିବନ୍ଧକ ବହୁତ । ଏ ମନ୍ଦିର ନିର୍ଜନ ପରିବେଶରେ ତାଙ୍କ ପାଇଁ କିଛି ଅସୁବିଧା ହେଉନି । ଏ ନିରୋଳା ପରିସ୍ଥିତିରେ କୌଣସି ପ୍ରକାର ଅଡୁଆ ଉପୁଜୁ ନାହିଁ । ହେଲେ ବାସ୍ତବ କ୍ଷେତ୍ରରେ ଏମାନେ ସାମାଜିକ ବିରୋଧର ସମ୍ମୁଖୀନ ହେବେ ନିଶ୍ଚୟ । ଜଣେ ପ୍ରତିଷ୍ଠିତ ବୁନିଆଦି, ପ୍ରସିଦ୍ଧ ଖ୍ୟାତି ସମ୍ପନ୍ନ ଖାନଦାନ, ପ୍ରତିପତ୍ତିବାନ, ସମ୍ଭ୍ରାନ୍ତ ବିଉଶାଳୀ ପରିବାରର ଉଚ୍ଚଶିକ୍ଷିତ ଯୁବକ । ଆଉ ଜଣେ ଦରିଦ୍ର ନୀଚବର୍ଗର, ନିମ୍ନ ଗୋଷ୍ଠୀର, ଛୋଟ ଜାତିର, ତଳ ବର୍ଗର ନିଷ୍ପତ, ନିରୀହା, ସରଳା, ଅଶିକ୍ଷିତା ଯୁବତୀ, ଏହାକୁ କିଏ ବା କାହିଁକି ସ୍ୱୀକାର କରିବ ? କେଉଁ ସମାଜ ବା ସମାଜପତିମାନେ ଏମାନଙ୍କୁ ମିଳନ ପାଇଁ ଅନୁମତି ଦେବେ ? କାହିଁକି ବା ଏମାନଙ୍କୁ ବିରୋଧ କରାନଯିବ ? କେଉଁ ବଡ଼ ଜାତିଆ ଭାଇଆରମାନେ ଏମାନଙ୍କ ଲାଗି ପ୍ରତିବାଦ ନକରିବେ ? କେଉଁ ଉଚ୍ଚବର୍ଗର ପରିବାର ଏମାନଙ୍କ ବିବାହ ଲାଗି ଆପଉ ଉଠାଇବେ ନାହିଁ ? କେଉଁ ପ୍ରତିଷ୍ଠିତ ବଂଶଧର ଏମାନଙ୍କୁ ବିରୋଧ ନକରି ନିରବ ରହି ପାରିବେ ତୁନିହୋଇ ପାଟିରେ କେଲପ ପକାଇ ? ଏମାନଙ୍କ ସପକ୍ଷରେ ସେମିତି କିଛି ବଳିଷ୍ଠ ଯୁକ୍ତି ସୁନି ଖୋଜି ପାଉନଥିଲା । ଯେଉଁ ଯୁକ୍ତି ବଳରେ ଏମାନେ ସାମାଜିକ ସମର୍ଥନ ପାଇ ପାରିବେ ? ସାଂସାରିକ ବିରୋଧର ସମ୍ମୁଖୀନ ନହୋଇ ମିଳନ ପାଇଁ ସୁଯୋଗ ପାଇବେ ଓ ପାରିବାରିକ ସହଯୋଗ ହାସଲ କରିବାକୁ ସକ୍ଷମ ହେବେ ?

ଅବଶ୍ୟ ଏବେ ଜାତି ସମ୍ବନ୍ଧରେ ପୂର୍ବରୁ ଥିବା ଧାରଣା କ୍ରମଶଃ ହ୍ରାସ ପାଉଛି । ଆଧୁନିକ ସମାଜର ଯୁବକ, ଯୁବତୀମାନେ ଜାତି ଜନ୍ମଗତ ବୋଲି ଗ୍ରହଣ କରିବାକୁ କୁଣ୍ଠିତ ହେଉଛନ୍ତି । ସେଥିପାଇଁ ଅନ୍ତଃଧର୍ମ ଓ ଅନ୍ତଃଜାତି ବିବାହ ବୃଦ୍ଧି ପାଇବାରେ ଲାଗିଛି । ବିବାହ ଏକ ପବିତ୍ର ବନ୍ଧନ ହୋଇ ଥିବାରୁ କୌଣସି ପ୍ରକାର ବାଧାକୁ ପ୍ରୟୋଗ କରି ସଫଳ ହେବା ସମ୍ଭବ ହେଉନାହିଁ । ପ୍ରେମର କ୍ଷମାଶୀଳ ଗୁଣକୁ ଆକଲନ କରିବା ଏତେ ସହଜ ନୁହେଁ । ଏହା କାହାରିକୁ ଗୁଣା

କରେ ନାହିଁ ଓ ସମାଜକୁ ଉଚିତ୍ ବାର୍ତ୍ତା ଦିଏ। ଅବଶ୍ୟ ଏହି ଦୁଇଟି ଦିଗରେ ଅନେକ ସମସ୍ୟା ଦୀର୍ଘଦିନ ଲାଗି ରହେ ହେଲେ ଶେଷରେ ଜଟିଳତାରେ ଯବନିକା ପଡ଼େ। ପ୍ରତ୍ୟେକ ମୁହୂର୍ତ୍ତକୁ ସ୍ମରଣ କରିବାରେ ସଂସାରରେ ଅନେକ ଘଟଣା ବା ଅଘଟଣ ସୃଷ୍ଟି ହୋଇ ଚାଲିଛି। କେତେକ କ୍ଷେତ୍ରରେ ପରିବର୍ତ୍ତନର ଧାରା ପ୍ରାକୃତିକ ପରିବେଶକୁ ନେଇ ଆରମ୍ଭରୁ ସଂଘଟିତ ହୁଏ। ଅନ୍ୟ କେତେକ କ୍ଷେତ୍ରରେ ପରିଣତିର ଶେଷ ପାହାଚରେ ଚଢ଼ି ନିର୍ଣ୍ଣୟ କରିବାକୁ ହୁଏ। ତେବେ କିଏ ବଡ଼– ଜାତି ନା ମଣିଷ ? କେଉଁଟା ଶ୍ରେଷ୍ଠ ପରମ୍ପରା ବା ବ୍ୟକ୍ତିତ୍ୱ (ମଣିଷ ପଣିଆ) ? କାହା ଇଙ୍ଗିତରେ ମଣିଷ ପରିଚାଳିତ ? ଧର୍ମ ନା କର୍ତ୍ତବ୍ୟ ? ମନକୁ ଆୟତ୍ତ କଲେ ମାନସିକତା ଦୃଢ଼ ହୁଏ ଓ ଦୃଷ୍ଟିଭଙ୍ଗୀ ବଦଲି ଯାଏ। କିନ୍ତୁ ମନର ବିବିଧତା ବିଚିତ୍ର। ଏହି ମନ ଉନ୍ମୁକ୍ତ ଘୋଡ଼ାଟିଏ ପରି। ଏହି ମନ ପୁଣି ବୃନ୍ଦାବନ। ଅଣାୟତ୍ତ ହେବା ଯାହାର କାର୍ଯ୍ୟ, ସେ ପୁଣି ଭକ୍ତି ରସାପ୍ଳୁତ। ଆଲୋକର ଗତିଠାରୁ ଯିଏ ତ୍ରିବ୍ରତର ସେ ପୁଣି ଧୀର ସମାବୃତ। ଉନ୍ମୁକ୍ତ ଅବା ଅଣାୟତ୍ତ ହେଲେ ପତ୍ର ଗହଳରୁ ପକ୍ଷୀର ସ୍ୱନ ଶୁଭେ ନାହିଁ। ଜଳର ଭଉଁରି ଦିଶେନାହିଁ। କବିତା ପୃଥିବୀରେ ପ୍ରକୃତି ହସୁଥିବାର ଅନୁଭବ ହୁଏ ନାହିଁ। ଅବା ମନ୍ଦିରର ଘଣ୍ଟା ଓ ମଠ ବାବାଙ୍କ ଭଜନ ତଉଲି ପାରେ ନାହିଁ ବା ଆକଳନ କରିପାରେନା। ଭିଜା ମାଟି ମହକର ସ୍ୱପ୍ନରେ ବିଭୋର ହେବା ବେଳେ ମନକୁ ଜୀବନର ସଙ୍ଗୀତ ବା ଭାବର ମାଦକତା ସ୍ପର୍ଶ କରିପାରେନି। ତେବେ ଶୀତ ପରେ ବସନ୍ତର ଆଗମନ ଯେପରି ଅନିବାର୍ଯ୍ୟ, ମନର ବହୁଧା ବିଭକ୍ତ ଆବରଣରେ ମହନୀୟତା ସେପରି ଅବଧାରିତ। ମହନୀୟତା ହେଲା ପରିବର୍ତ୍ତନର ଆଧାର। ଆଜି ନହେଲେ ବି କାଲି ଏହା ଅବଶ୍ୟ ଘଟିବ, ପରିବର୍ତ୍ତନରେ ମନ ଦୃଢ଼ ହୁଏ। ମାନସିକତା ଉଭରିତ ହୁଏ। ଥରେ ଏହା ହେଲେ ମନ ସହ ଶୃଙ୍ଖଳା ଓ ସଂସ୍କାର ଯୋଡ଼ିହୁଏ ଏବଂ ଭେଦ ଓ ଅଭେଦର ସମ୍ପର୍କ ବସା ବାନ୍ଧି ପାରେ ନାହିଁ। ପରିବର୍ତ୍ତିତ ଅଧ୍ୟାୟରେ ଠାକୁର, ସ୍ରଷ୍ଟା, ସମାଜସେବୀ, ରାଷ୍ଟ୍ରଭକ୍ତ ମଣିଷ ଜାତିର ଓ ସମାଜର ଅତ୍ୟାବଶ୍ୟକ ଅଙ୍ଗ ହୁଅନ୍ତି। ଆଉ ପାର୍ଥକ୍ୟ ନାହିଁ, ଅବା ଉଚ୍ଚ, ସାଧାରଣ ଓ ଆଭିଜାତ୍ୟର ସଂକ୍ରମଣ ନାହିଁ। ତେଣୁ ଭଲ ମଣିଷର ଖାତାରେ ପରିବର୍ତ୍ତନକୁ ପ୍ରଗତିର ଆଧାର ଭାବେ ବିବେଚନା କରାଯାଏ। ସମୟର ଚକ୍ରବ୍ୟୂହରେ ସବୁ କିଛିର ପରିବର୍ତ୍ତନ କେତେ ତୀବ୍ରଭାବେ ପ୍ରକଟିତ ହେଉଛି। ତାକୁ ସାମନ୍ତବାଦୀ ମନୋବୃତ୍ତିର ଓ ମାଣ୍ଡାତା ମାନସିକତାର ମଣିଷମାନେ ବା ବ୍ୟକ୍ତିବିଶେଷ ଦେଖିପାରୁ ନାହାନ୍ତି କିମ୍ବା ବୁଝିବାକୁ ସକ୍ଷମ ହୋଇପାରୁନାହାନ୍ତି, ଅବା ଅନୁଭବ କରୁଥିଲେ ମଧ ପୁରୁଣା ଅଭ୍ୟାସ ଯୋଗୁ ଏହାକୁ ଗ୍ରହଣ କରିପାରୁନାହିଁ। ତେବେ ପରିବର୍ତ୍ତନ ଏକ ଅବଦମିତ ପ୍ରକ୍ରିୟା। ଚାହିଁଲେ କିମ୍ବା ମନ କଲେ ଅଥବା ଇଚ୍ଛା ନଥିଲେ ସୁଦ୍ଧା ମଣିଷ ଏହାକୁ ରୋକି ପାରିବ ନାହିଁ। ଅବା ଅଟକାଇବାକୁ ସକ୍ଷମ ହେବ ନାହିଁ।

ଅନ୍ୟାନ୍ୟ କ୍ଷେତ୍ରରେ ଅନେକ ପରିବର୍ତ୍ତନ ଓ ପ୍ରଗତି ଘଟିଥିଲେ ବି ଜାତିବାଦର ମାନସିକତାରୁ ଭାରତୀୟ ସମାଜ ଏଯାଏଁ ମୁକ୍ତ ହୋଇପାରୁ ନାହିଁ। ସେଥିପାଇଁ ଦେଶର ବିଭିନ୍ନ ଅଂଚଳରେ ଜାତି ଆଧାରରେ ନିଜ ଅଧିକାର ଦାବି କରି ସଂଘର୍ଷ ଲାଗି ରହିଛି। ଜାତିବାଦକୁ ଚାଲୁ ରଖିବା ପାଇଁ ଧାର୍ମିକ ବ୍ୟବସ୍ଥା କୋହଳ ହୋଇପଡ଼ିଥିଲେ ବି ଆଜି ରାଜନୈତିକ ଦଲ ଗୁଡ଼ିକ ତାକୁ ପୂର୍ଣ୍ଣ ସମର୍ଥନ କରୁଛନ୍ତି। ସଙ୍ଗଠିତ ଧର୍ମ ବ୍ୟବସ୍ଥା ହେଉଛି ସମାଜକୁ ନିୟନ୍ତ୍ରଣ କରିବା ପାଇଁ କିଛି କଠୋର ନୀତି ବା ନିୟମ। ଏହି ସବୁ ନିୟମ ମାନି ଚଳିବା ପାଇଁ ଧର୍ମର ମୋହର ଲାଗି ହଜାର ହଜାର ବର୍ଷ ଧରି ସମାଜରେ ପ୍ରଚଳିତ ହୋଇ ଆସୁଛି। ଏହି ବ୍ୟବସ୍ଥା ତଥାକଥିତ ଧାର୍ମିକ ଗୋଷ୍ଠୀର ମଣିଷମାନେ ସାଧାରଣ ମଣିଷମାନଙ୍କୁ ଶୋଷଣ ଉଦ୍ଦେଶ୍ୟରେ ନିଜ ସ୍ୱାର୍ଥ ସାଧନ ପାଇଁ ବନେଇ ଥିଲେ। ସେହିସବୁ ଧାର୍ମିକ ବ୍ୟବସ୍ଥାକୁ କେହି ସଂଶୋଧନ ବା ପରିବର୍ତ୍ତନ କରିପାରିବେ ନାହିଁ। ସେଥିପାଇଁ ଆଜିବି ଗୀତା କିମ୍ବା କୋରାନରେ ଯାହା ଲେଖା ଅଛି ତାହାହିଁ ରହିଛି। ଏହା ହିଁ ହେଉଛି ଯଥା ସ୍ଥିତିବାଦ। ଏହି ବ୍ୟବସ୍ଥା ସମାଜକୁ ଜଡ଼ ବା ସ୍ଥାଣୁ ବନେଇ ଦେଉଛି।

ଡକ୍ଟର ଆମ୍ବେଦକର ଲେଖିଥିଲେ ଯେ "ଜାତି ଧର୍ମ ନିର୍ବିଶେଷରେ ଏକ ସୁଷମ ନ୍ୟାୟ ପୂର୍ଣ୍ଣ ସମାଜ ଗଠନ କରିବା ପାଇଁ ସମ୍ବିଧାନରେ ପ୍ରଗତିଧର୍ମୀ ବ୍ୟବସ୍ଥା ରହିଥିଲେ ମଧ ଯଦି ସାମାଜିକ ଅସମାନତା ଯୋଗୁ ଦଲେ ଲୋକ

ସୁବିଧା ଓ ସୁଯୋଗରୁ ବଞ୍ଚିତ ହୁଅନ୍ତି, ତେବେ ସମାନ ସୁଯୋଗ ନିମିଭ ସେମାନଙ୍କ ଆନ୍ଦୋଳନରୁ ଅସମାନ ସମାଜ ବ୍ୟବସ୍ଥା ଅଚିରେ ଭାଙ୍ଗି ପଡ଼ିବ ।" ବର୍ଷ ବ୍ୟବସ୍ଥାରେ ଜନ୍ମ ଠାରୁ ମୃତ୍ୟୁ ପର୍ଯ୍ୟନ୍ତ ରହିଥିବା ଅସମାନତାକୁ ଧର୍ମ ଅନୁମୋଦନ କରିଥିବା ଦୃଷ୍ଟିକୋଣ ପରିବର୍ତ୍ତନ ସବୁ କର୍ମ ପବିତ୍ର ଏହି ଭାବନା ସମସ୍ତଙ୍କ ମନରେ ସୃଷ୍ଟି ହେଲେ ସବାତଳେ ଥିବା ଲୋକଙ୍କ ନିର୍ଯାତନାର ଅନ୍ତ ହେବ ଏବଂ ସମାଜ ଅଧିକ କ୍ରିୟାଶୀଳ ଓ ସୃଜନଶୀଳ ହେବ । ସାମାଜିକ ଅସମାନତା ଦୂର ନହେଲା ପର୍ଯ୍ୟନ୍ତ ନ୍ୟାୟ ପ୍ରଦାନ ବ୍ୟବସ୍ଥା ସ୍ଥିତାବସ୍ଥାର ପ୍ରହରୀ ପରି କାମ କରୁଥିବ । ନେହୁରଙ୍କ ମତରେ "ଆଜିର ସମାଜରେ ବର୍ଷ ବ୍ୟବସ୍ଥା ଓ ତା'ର ସବୁକିଛି ଆନୁଷଙ୍ଗିକ ରୀତିନୀତି ସମ୍ପୂର୍ଣ୍ଣଭାବେ ପ୍ରତିକ୍ରିୟାଶୀଳ, ନିରୋଧ ପ୍ରବଣ ଓ ପ୍ରଗତିର ପ୍ରତିବନ୍ଧକ ହୋଇ ଉଠୁଛି । ଏଥିରେ ରାଜନୈତିକ ହେଉ କି ଅର୍ଥନୈତିକ ହେଉ କୌଣସିର ଗଣତାନ୍ତ୍ରିକତାର ସ୍ଥାନ ନାହିଁ ।"

ଆଧୁନିକ ଯୁଗର ସାଂସ୍କୃତିକ ପରିବେଶରେ ଚଳିବା ପାଇଁ ସମସ୍ତେ ବ୍ୟାକୁଳ । ନିଜର ତର୍କ ବୁଦ୍ଧି ଓ ବୈଜ୍ଞାନିକ ଦୃଷ୍ଟି କୋଣରୁ ପ୍ରତ୍ୟେକ ଧାର୍ମିକ ନୀତିନିୟମକୁ ପରୀକ୍ଷା କରି ଦେଖାଯାଉଛି । ଆବଶ୍ୟକ ସ୍ଥଳେ ସେହି ନୀତି ବା ନିୟମକୁ ତ୍ୟାଗ କରିଦେଲେ ଧର୍ମ କିମ୍ବା ଭଗବାନଙ୍କର କୌଣସି କ୍ଷତି ହେଉନି । କୌଣସି ଦେବୀ ବା ଦେବତା ଅସନ୍ତୁଷ୍ଟ ହେଉଥିବାର ପ୍ରମାଣ ବି ମିଳୁନି । କିନ୍ତୁ ଅସନ୍ତୁଷ୍ଟ ହେଉଛନ୍ତି ଦେବୀ ଦେବତାଙ୍କ ନାମରେ ଧାର୍ମିକ କୁରୀତି ଗୁଡ଼ିକୁ ପାଳନ କରିବା ପାଇଁ ବାଧ୍ୟ କରୁଥିବା ସ୍ୱାର୍ଥପର ତଥାକଥିତ ଧର୍ମଗୁରୁମାନେ । ମଜା କଥା ହେଉଛି ଆଧୁନିକ ଜୀବନ ଶୈଲିକୁ ଉପଭୋଗ କରୁଥିବା ଭଣ୍ଡ ସାଧୁ ସନ୍ତମାନେ ଚିକାର କରୁଛନ୍ତି । ଆମର ଧର୍ମ ବୁଡ଼ିଗଲା । ଆମର ସଂସ୍କୃତି ନଷ୍ଟ ହୋଇଗଲା । ସେହିମାନେ କାହିଁକି ସମସ୍ତ ଧାର୍ମିକ ନୀତି ନିୟମକୁ ମାନି ଚଳିପାରୁନାହଁି । ଏହି ପ୍ରଶ୍ନର ଉତ୍ତର ସେମାନେ ଦେବାକୁ ଚାହୁଁ ନାହାଁନ୍ତି ।

ସାମ୍ପ୍ରତିକ ପରିପ୍ରେକ୍ଷୀରେ ବିଚାର କଲେ, ରାଷ୍ଟ୍ରବାଦକୁ କାହା ଉପରେ ଲଦି ଦିଆଯାଇନଥାଏ । ତଥାପି ରାଷ୍ଟ୍ରବାଦର ପ୍ରତୀକ ଗୁଡ଼ିକ ପ୍ରତି ଉପଯୁକ୍ତ ସମ୍ମାନ ପ୍ରଦର୍ଶନ କରାଯିବା ଉଚିତ୍ । ଏ ସଂପର୍କରେ ସମାଜ ସଂସ୍କାରକ, ରାଷ୍ଟ୍ରନିର୍ମାତା, ବିଶିଷ୍ଟ ଶିକ୍ଷାବିତ୍ ତଥା ଦେଶର ସମ୍ବିଧାନ ପ୍ରଣେତା ଡ. ବି.ଆର୍. ଆୟେଦକର କହିଥିଲେ । "ଜାତିବାଦ ରାଷ୍ଟ୍ରର ପରିପନ୍ଥୀ, କାରଣ ଏହାଦ୍ୱାରା ସମାଜ ବିଭାଜିତ ହୋଇଥାଏ" । ପୁଣି ଏହା ଫଳରେ ସୃଷ୍ଟି ହୁଏ ଦୁଇ ସଂପ୍ରଦାୟ ମଧ୍ୟରେ ଈର୍ଷା ତଥା ଘୃଣା ଭାବ । ଆମେ ଯଦି ପ୍ରକୃତରେ ଏକ ଶକ୍ତିଶାଳୀ ରାଷ୍ଟ୍ରକୁ ନିର୍ମାଣ କରିବାକୁ ଚାହିଁବା ତାହା ହେଲେ ଆମକୁ ଘୃଣିତ ଜାତିବାଦର ମୂଲୋପ୍ପାଟନ କରିବାକୁ ପଡ଼ିବ । ତେଣୁ ଏକଥା ସୁସ୍ପଷ୍ଟ ଯେ ରାଷ୍ଟ୍ରବାଦ ସେତେବେଲେ ହିଁ ମଜବୁତ ହେବ । ଯେତେବେଲେ ସମଗ୍ର ସମାଜ ଏକ ସଙ୍ଗରେ ନିଜକୁ ରାଷ୍ଟ୍ରକୁ ଏକ ଓ ଅଭିନ୍ନ ବୋଲି ବୁଝିବ । ସାମ୍ପ୍ରତିକ ସ୍ଥିତିରେ ଯେତେବେଲେ ସମାଜ ବିଭାଜିତ, ଖଣ୍ଡବିଖଣ୍ଡିତ ହୋଇଯାଉଛି ସେତେବେଲେ ରାଷ୍ଟ୍ର ସହିତ ଭିନ୍ନ ଭିନ୍ନ ସଂପ୍ରଦାୟ ଗୁଡ଼ିକୁ ସଂଯୋଗ କରିବା ସହଜ ସାଧ୍ୟ ବ୍ୟପାର ନୁହେଁ । ଏକଥାକୁ ଏବେ ଦେଶ ଭଲଭାବେ ହୃଦୟଙ୍ଗମ କରିବାକୁ ହେଲେ ଆମକୁ ଇତିହାସ ଉପରେ ନଜର ପକାଇବାକୁ ହେବ ।

ମହାରଣା ପ୍ରତାପ ବଡ଼ବୀର ଥିଲେ । ନିଜ ଜନ୍ମ ଭୂମିର ସୁରକ୍ଷା ପାଇଁ ସେ ଆଜୀବନ ମୋଗଲମାନଙ୍କ ସହିତ ଯୁଦ୍ଧ କରିଥିଲେ । ମୋଗଲ ସମ୍ରାଟ ଆକବରଙ୍କ ସହ ମହାରାଣାଙ୍କର ଯୁଦ୍ଧ ଚାଲିଥାଏ । ସେତେବେଲେ ଯୁଦ୍ଧର ନିୟମ ଥାଏ କେବଲ ଦିନରେ ହିଁ ଯୁଦ୍ଧ ହେଉଥାଏ । ରାତ୍ରିରେ ସମସ୍ତେ ବିଶ୍ରାମ ନିଅନ୍ତି । ଆକବର ଯୁଦ୍ଧରେ ତୋପର ବ୍ୟବହାର କରୁଥିଲେ । ତଥାପି ରାଣାପ୍ରତାପ ଓ ତାଙ୍କ ସୈନ୍ୟମାନେ ପ୍ରାଣପଣେ ଯୁଦ୍ଧ କରୁଥାଆନ୍ତି । ପଛଘୁଞ୍ଚା ଦେବାକୁ ସେମାନେ ଶିଖି ନଥାଆନ୍ତି । ଦିନେ ରାତିରେ ଆକବର ନିଜ ସୈନ୍ୟ ଶିବିର ପାଖରେ ଭ୍ରମଣ କରୁଥିଲେ । ସେମାନଙ୍କର ଭଲ ମନ୍ଦ କଥା ବୁଝୁଥିଲେ । ତାଙ୍କର ଦୃଷ୍ଟି ପଡ଼ିଲା ଶତ୍ରୁର ଶିବିର ଉପରେ, ସେ ଦେଖିଲେ ରାଣାପ୍ରତାପ ମଧ୍ୟ ତାଙ୍କ ସୈନ୍ୟମାନଙ୍କ ଅବସ୍ଥା ପଚାରି ବୁଝୁଛନ୍ତି । ଆଘାତ ପ୍ରାପ୍ତ ସୈନ୍ୟମାନଙ୍କର ଚିକିସ୍ୟା ପାଇଁ ନିର୍ଦେଶ ଦେଉଛନ୍ତି । ରାଣା

ପ୍ରତାପ ଯେ ନିଜ ପ୍ରଜାମାନଙ୍କୁ ଖୁବ୍ ଭଲ ପାଉଥିଲେ ଏହା ସେ ଜାଣିଥିଲେ। ରାଣା ଜଣେ ଦେଶପ୍ରେମୀ ବୀର ରାଜା ଥିଲେ। ତାଙ୍କୁ ହରାଇବା ସହଜସାଧ୍ୟ ନଥିଲା। ହଠାତ୍ ଆକବର ଦେଖିଲେ ଶତ୍ରୁ ଶିବିରରେ ଅନେକ ଜାଗାରୁ ଧୂଆଁ ଉଠୁଛି। ନିଆଁ ଲାଗିଗଲା ବେଧହୁଏ। ଆକବର ତୁରନ୍ତ ସେନାପତିଙ୍କୁ ଡକାଇ ପଠାଇଲେ, ଧୂଆଁ ଉଠିବାର କାରଣ କ'ଣ ପଚାରିଲେ। ସେନାପତି ଗୁପ୍ତଚରଙ୍କୁ ପଠାଇ ଧୂଆଁ ଉଠିବାର କାରଣ ବୁଝି ଆସିବା ପାଇଁ ଅଦେଶ ଦେଲେ। ଗୁପ୍ତଚର ଅନେକ ଶିବିରରୁ ଧୂଆଁ ଉଠିବାର କାରଣ ବୁଝି ଆସିଲା। କହିଲା ମହାରାଜାଙ୍କ ସୈନିକମାନେ ଭିନ୍ନ ଭିନ୍ନ ଜାତିର ହୋଇଥିବାରୁ ସେମାନଙ୍କ ମଧ୍ୟରେ ଛୁଆଁ ଅଛୁଆଁ ଭେଦଭାବ ରହିଛି। ଏଣୁ ସେମାନେ ଏକାଠି ଗୋଟିଏ ଜାଗାରେ ବସି ଖାଇବେ ନାହିଁ। ଅଲଗା ଅଲଗା ରୋଷେଇ ହେଉଛି। ଭିନ୍ନଭିନ୍ନ ଜାଗାରୁ ଧୂଆଁ ଉଠିବାର ଏହା ହିଁ କାରଣ। ଏକଥା ଶୁଣି ଆକବର ମନଖୋଲା ହସଟିଏ ହସିଲେ। ସେନାବତିଙ୍କୁ କହିଲେ "ମୁଁ ଭାବୁଥିଲି ଏପରି ଜଣେ ବଡ଼ବୀରଙ୍କୁ କିପରି ହରାଇବି?" କିନ୍ତୁ ଦେଖୁଛି ଏମାନଙ୍କ ପରାଜୟ ନିଶ୍ଚିତ। ନିଜ ନିଜ ଭିତରେ ଯେଉଁମାନେ ଏକତ୍ର ରୋଷେଇ କରି ଭୋଜନ କରିପାରୁନାହାଁନ୍ତି ସେମାନେ ମିଳିମିଶି ଲଢ଼େଇ କରିବେ କିପରି? ପ୍ରକୃତରେ ତାହାହିଁ ହେଲା। ଯୁଦ୍ଧରେ ଆକବର ବିଜୟୀ ହେଲେ। ଗୋମଲ ସାମ୍ରାଜ୍ୟର ମୂଳଦୁଆ ମଜବୁତ କରାଇ ପାରିଲେ। ଛୁଆଁ ଅଛୁଆଁ ଭେଦଭାବ ସେତେବେଳେ ପ୍ରବଳ ଥିଲା। ଯାହାଫଳରେ ଆବଶ୍ୟକ ବେଳେ ସେମାନେ ପରସ୍ପରକୁ ସାହାଯ୍ୟ କରିପାରିଲେ ନାହିଁ। ରାଜପୁତମାନଙ୍କର ହାରିବାର ଏହା ଏକ ପ୍ରମୁଖ କାରଣ ଥିଲା।

ସେହିପରି ୧୭୬୧ ମସିହାରେ ତୃତୀୟ ପାନିପଥ ଯୁଦ୍ଧ ସମୟର ଏହି ଘଟଣା। ତୃତୀୟ ପାନିପଥ ଯୁଦ୍ଧରେ ଗୋଟିଏ ପଟରେ ଥାଆନ୍ତି ଆଫଗାନର ଶାସକ (ରାଜା) ଅହମ୍ମଦ ଶାହ ଅବଜଲ୍ଲୀ ଓ ଅପର ପକ୍ଷରେ ମରହଟ୍ଟାମାନେ। ମରହଟ୍ଟାଙ୍କ ସେନାପତି ଥାଆନ୍ତି ବାଲାଜୀ ବାଜିରାଓ ୧ମ ପୁତ୍ତୁରା, ପେଶବାଙ୍କ ସାନଭାଇ ଚିମାଜୀ ଆପ୍ପା ଓ ରଖ୍ମାବାଇଙ୍କ ପୁତ୍ର ସଦାଶିବ ରାଓ (୪ ଅଗଷ୍ଟ ୧୭୩୦–୧୪ ଜାନୁଆରୀ ୧୭୬୧) ବିଶାଳ ମରହଟ୍ଟା ସେନାଙ୍କ ସହିତ କିପରି ମୁକାବିଲା କରିବେ ସେହି ଚିନ୍ତାରେ ଥାଆନ୍ତି ଅହମ୍ମଦ ଶାହ ଅବଦଲ୍ଲୀ। ହଠାତ୍ ସେ ଦେଖିବାକୁ ପାଇଲେ ମରହଟ୍ଟା ଶିବିରର ଅନେକ ସ୍ଥାନରୁ ଧୂଆଁ ଉଠୁଛି। ଏହାର କାରଣ ବୁଝିବାକୁ ତାଙ୍କ ସେନାପତିଙ୍କୁ ଅବଦଲ୍ଲୀ ଆଦେଶ ଦେଲେ। ସେନାପତି ଖବର ନେଇ ବୁଝିଲେ ଯେ ମରହଟ୍ଟା ସେନାରେ ଅନେକ ସଂପ୍ରଦାୟର ସୈନ୍ୟ ଥିବାରୁ ସେମାନେ ଗୋଟିଏ ରୋଷାଇରୁ ଖାଇବେ ନାହିଁ। ସେଥିପାଇଁ ଭିନ୍ନ ଭିନ୍ନ ସଂପ୍ରଦାୟ ସେମାନଙ୍କ ଲାଗି ଅଲଗା ଅଲଗା ସ୍ଥାନରେ ଖାଦ୍ୟ ପ୍ରସ୍ତୁତ କରୁଥିଲେ। ଏହା ଜାଣିବା ପରେ ଅବଦଲ୍ଲୀ ଅନନ୍ଦରେ ଅଧୀର ହୋଇ କହିଥିଲେ। "ମରହଟ୍ଟା ସେନା ଯେତେ ବିଶାଳ ଓ ଶକ୍ତିଶାଳୀ ହେଲେ ସୁଦ୍ଧା ତାଙ୍କୁ ପରାଜିତ କରିବା ଅତି ସହଜ ହେବ କାରଣ ସେମାନେ ଯେତେବେଳେ ଜାତିପ୍ରଥା ଦ୍ୱାରା ବିଭାଜିତ ଓ ଗୋଟିଏ ରୋଷାଇରୁ ଖାଉ ନାହାଁନ୍ତି।" ପରସ୍ପର ପ୍ରତି ଘୃଣାଭାବ ଦ୍ୱାରା ଆକ୍ରାନ୍ତ। ସେଥି ସକାଶେ ଅଲଗା ଅଲଗା ସ୍ଥାନରେ ରୋଷେଇ କରୁଛନ୍ତି। ସେହିପରି ଯୁଦ୍ଧକ୍ଷେତ୍ରରେ ଆବଶ୍ୟକ ବେଳେ ଓ ବିପଦ ସମୟରେ କେହି କାହାରିକୁ ସାହାଯ୍ୟ ସହଯୋଗ କରିବାକୁ ଆଗେଇ ଆସିବେନି। ଫଳରେ ଅନେକ ଭାଗରେ ବିଭକ୍ତ ବିଶାଳ ସେନା ବାହିନୀ ଯେତେ ଶକ୍ତିଶାଳୀ ହୋଇଥିଲେ ସୁଦ୍ଧା ଅତି ସହଜରେ ସେମାନଙ୍କୁ ପରାସ୍ତ କରି ହେବ, ଫଳ ତାହାହିଁ ହୋଇଥିଲା। ଯୁଦ୍ଧରେ ଜାତି ବିଦ୍ୱେଷରେ ଆକ୍ରାନ୍ତ ବିଶାଳ ବାହିନୀ ଅତି ସହଜରେ ପରାଜିତ ହୋଇଥିଲେ। ଯୁଦ୍ଧର ପରିଣତି ମରହଟ୍ଟାମାନଙ୍କ ବିପକ୍ଷରେ ଯାଇଥିଲା। ମରହଟ୍ଟାମାନେ ପରାଜୟ ବରଣ କରିଥିଲେ ଓ ଭାରତ ବର୍ଷରୁ ସେମାନଙ୍କ ପ୍ରଭାବ ଲୋପ ପାଇଥିଲା।

ମନ୍ଦିର ଭିତରେ ରହି ସୁନି ଭାବୁଥିଲା। ଏମାନଙ୍କ ଭିତରେ ଆକାଶ ପାତାଳ ପ୍ରଭେଦ। ଜଣେ ସୁଦୂର ନୀଳ ଆକାଶର ଜନ୍ଧ। ଆଉ ଜଣେ ଏଇ ଆମ ଗାଁ ମୁଣ୍ଡ ପଙ୍କ ଗଡ଼ିଆର କଇଁ। ବାମନ ହୋଇ ସରଗର ଚାନ୍ଦ ଧରିବା ପାଇଁ ହାତ

ବଢ଼ାଇଲା ପରି ସତୀ ତା'ର ଛୋଟ କୁନି ହାତକୁ ସେହି ଅପାହନ୍ତା ସୀମା ଆଡ଼କୁ ପ୍ରସାରି ଦେଇଛି । ଆଉ ଦୂର ଆକାଶର ଜହ୍ନ କେବଳ ତା'ର ରଜତ କିରଣ ଢ଼ାଲି କଇଁର ମନ କିଣିବାକୁ ଚେଷ୍ଟା କରୁଛି । ଜହ୍ନ ଯେପରି ଗଭୀର ରାତିର ନିର୍ଜନତା ମଧ୍ୟରେ ସୁଦ୍ଧା କଇଁ ପାଇଁ କେବେ ସରଗରୁ ମର୍ଯ୍ୟ ଭୂଇଁକୁ ଓହ୍ଲାଇ ଆସେନା । ସେହିପରି ସତୀକୁ ନିଜର କରିବା ଲାଗି ଅଧର, ମନ୍ଦିରର ନିରୋଲା ପରିବେଶର ସୁଯୋଗ ପାଇ ମଧ ତାର ସତ୍ ବ୍ୟବହାର କରିପାରୁ ନାହାଁନ୍ତି । ମନ୍ଦିର ଚାରିପଟ ନିର୍ଜନତାର ଫାଇଦା ହାସଲ କରିବାକୁ ସମାନ୍ୟତମ ଉଦ୍ୟମ ସୁଦ୍ଧା କରୁନାହାଁନ୍ତି । ଏତେ ନିକଟତର ହୋଇ ସାରିଲା ପରେ ଆଉ ଟିକେ ଆଗେଇ ଯିବାକୁ ସିଏ ସାମାନ୍ୟତମ ଉଦ୍ୟମ କରୁନାହାନ୍ତି । ଚନ୍ଦ୍ରଙ୍କ ଜ୍ୟୋସ୍ନ ପରଶରେ କଇଁ ତା'ର ମନସ୍ତାମନା ମେଣ୍ଟାଇଲା ପରି ସତୀ କ'ଣ ଅଧରଙ୍କ ଏହି ସୁଖିଲା ଚାହାଁଣି ଟିକକ ପାଇ ନିଜକୁ ସନ୍ତୁଷ୍ଟ କରିପାରିବ । ବୁଝାଇ ଦେଇ ପାରିବ ତା'ର ପୀରତି ଆଶାୟୀ ମନକୁ । ସାନ୍ତ୍ୱନା ଦେଇ ପାରିବ ତା ପ୍ରଣୟ ତୃଷିତ ପ୍ରାଣକୁ । ପୂରଣ ହୋଇ ପାରିବ ତା ପ୍ରତି ଆକାଂକ୍ଷିତ ଆତ୍ମା ଚାହୁଁଥିବା ଆବଶ୍ୟକତା ଏନ୍ତୁଖୁରା ଦୃଷ୍ଟିନିକ୍ଷେପରୁ ? ପୂର୍ଣ୍ଣତା ଲାଭ କରିବ ତା'ର ସୋହାଗ ପିପାସିତ ଅନ୍ତର ଅଧରଙ୍କ ଏଇ ତୁଚ୍ଛା ଅନାଇଁ ରହିବା ଦ୍ୱାରା ।

ମନ୍ଦିରର ଏ ନିରୋଲା ପରିସ୍ଥିତି । ଚାରିପାଖର ନିର୍ଜନ ପରିବେଶ । ଆଖପାଖର ଶୂନଶାନ ସମୟ । ବାଧା ଦେବାକୁ କିଛି ନାହିଁ । କେହି ନାହାନ୍ତି ପ୍ରତିବାଦ କରିବାକୁ ସେମାନଙ୍କ ଏପରି ଆଚରଣ ବିରୋଧରେ । ଆପଉ ବାଢ଼ିବେନି କେହି । ଅଭିଯୋଗ ମଧ ଆସିବେନି କେହି । ସେମାନଙ୍କ ମଧ୍ୟରେ ପ୍ରତିବନ୍ଧକର ପ୍ରାଚୀର ସୁଦ୍ଧା ନାହିଁ । ଷୋଡ଼ଶୀ ରୂପସୀ ଜଣକ ନିଜକୁ ସଜାଇ ଆପଣାର ମନଲୋଭା ରୂପ ସମ୍ଭାର ଧରି ତାଙ୍କ ସାମ୍ନାରେ ପାଖକୁ ଲାଗି ଠିଆ ହୋଇଛି । ଜଣେ ସୌମ୍ୟକାନ୍ତ ଯୌବନଦୀପ୍ତ ସୁଶ୍ରୀ ଯୁବକ ଅତି ନିକଟରେ ତାଙ୍କ ପ୍ରତି ଅନୁରକ୍ତା ରୂପବତୀ ମନୋରମା ଯୁବତୀଟିକୁ ଏକାନ୍ତରେ ପାଇସୁଦ୍ଧା ନିଜର କରିପାରୁ ନାହାନ୍ତି । ସାମାନ୍ୟ ଟିକେ ଆଗେଇ ଆସି ସିଏ ସତୀକୁ ତାଙ୍କ ଉପରକୁ ଆଉଜାଇ ନେଲେ ସତୀ ବିନା ଆପଉରେ ଢ଼ଲି ପଡ଼ିବ ତାଙ୍କ ଛାତି ଉପରେ । ଅନାୟାସରେ କୌଣସି ପ୍ରତିବାଦ ନବାଢ଼ି, କିଛି ଅଭିଯୋଗ ନଆଣି ଧରାଦେବା ପାଇଁ ସେ ପ୍ରସ୍ତୁତ । ତାଙ୍କ ବାହୁ ବନ୍ଧନରେ ନିଜକୁ ହଜାଇ ଦେବାକୁ ସେ ଦୃଢ଼ ପ୍ରତିଜ୍ଞା । ଅଧର ତାକୁ ତାଙ୍କ ଛାତି ଉପରକୁ ଟାଣି ନେଇ ତା' ତନୁଲତାକୁ ଦୁଇ ବାହୁରେ ଭିଡ଼ି ଧରି ତା' ବେଣୀ ଆଉଁଶି ଦେଇଥିବେ । ଆଉ ତାଙ୍କ ମୁହଁ ବାରମ୍ବାର ନଇଁ ଆସୁଥିବ ସତୀର ନାଲି ଟୁକୁଟୁକୁ ଓଠ ଉପରକୁ । ଅଧରଙ୍କ ବାହୁର କାରାରେ ବନ୍ଦନୀ ହେବାକୁ ସେ ଆଜି ପୁରା ପ୍ରସ୍ତୁତ ହୋଇ ଆସିଛି । ମାତ୍ର ସେତକ ପାଇଁ ସିଏ (ଅଧର) ଆଜି କାର୍ପଣ୍ୟଭାବ ପ୍ରକାଶ କରୁଛନ୍ତି । କେବଳ ଚାହିଁ ରହିଛନ୍ତି ଚନ୍ଦ୍ର କଇଁକୁ ଅନାଇଁ ରହିଲା ପରି ଏବଂ ସୂର୍ଯ୍ୟ-ପଦ୍ମକୁ ।

ସତୀ କିନ୍ତୁ ପ୍ରସ୍ତୁତ ନଇଁ ଯିବାକୁ । ଢ଼ଲି ପଡ଼ିବାକୁ । ବର୍ଷିଯିବା ପାଇଁ । ମିଶି ଯିବା ଲାଗି । ଏକାକାର ହୋଇ ଯିବାକୁ । କେବଳ ଉପଯୁକ୍ତ ବାତାବରଣଙ୍କୁ ତା'ର ଅପେକ୍ଷା । ଯାହା ପବନର ଗତିଶୀଳତା ଉପରେ ସଂପୂର୍ଣ୍ଣ ନିର୍ଭର କରିଥାଏ । ଯେଉଁ ପବନ ମେଘକୁ ପୃଷ୍ଠରେ ବହନ କରି ଆଣିଥାଏ । ସେହି ପବନ ପୁଣି ମେଘ ବର୍ଷିବା ଲାଗି ଉପଯୁକ୍ତ ପରିବେଶ ଓ ଭିଭିଭୂମି ସୃଷ୍ଟି କରେ । ଅନୁକୂଳ ପବନ ଯେପରି ମେଘକୁ ସଠିକ୍ ମାର୍ଗରେ ପରିଚାଳିତ କରେ । ତାକୁ ବର୍ଷିବା ଲାଗି ମଧ ଉପଯୁକ୍ତ ବାତାବରଣ ପ୍ରସ୍ତୁତ କରି ଯୋଗାଇ ଦେଇଥାଏ । ପବନର ସ୍ଥିତି ଉପରେ ମେଘ ବର୍ଷିବ କିମ୍ବା ଭାଙ୍ଗିଯିବ ଯେପରି ନିର୍ଭର କରେ ଓ ପବନ ଚାହିଁଲେ ମେଘକୁ ଅନ୍ୟ ଆଡ଼କୁ ଉଡ଼ାଇ ନେଇ ପାରେ । ସେହିପରି ସତୀ ସମର୍ପିତ ଭାବନାରେ ଉଦ୍‌ବୁଦ୍ଧ ହୋଇ ସୁଦ୍ଧା ଅଧରଙ୍କ ସମାନ୍ୟ ତମ ଇଙ୍ଗିତକୁ ପ୍ରତୀକ୍ଷା କରୁଛି । ତାଙ୍କ ପାଖରୁ ଟିକିଏ ଇସାରା ପାଇଲେ ସେ ତାଙ୍କ ଛାତିରେ ଲୋଟି ପଡ଼ିବ, ଲଟେଇ ଯିବ । ଆଶ୍ରାକରି ମାଡ଼ି ରହିବ ସାରା ଜୀବନ ଯାକ । ସତୀ କୁସୁମିତା ଲତା ଟିଏ । ମଧୁମିତା ବ୍ରତତୀର ନହନହକା ଶାଖାଟିଏ । ସେ ଆଶ୍ରୟ ଚାହେଁ । ଆଶାରଖେ ଆଶ୍ରୟ ଦାତାର ଅନୁକଂପା ଲାଗି । ଆଶ୍ରା ପାଇଁ ସୁଦୃଢ଼ ତରୁ ଆବଶ୍ୟକ ପଡ଼େ । ସେ

ତରୁ ତାକୁ ଥରେ ଆଶ୍ରୟ ଦେବାକୁ ସ୍ୱୀକୃତି ଦେଲେ । ଆଶ୍ରୟ ଦେବାର ଅଭୟ ପ୍ରତିଶ୍ରୁତି ପ୍ରଦାନ କଲେ । ମାଡ଼ିଯିବା ଲାଗି ଇସାରା ପାଇଲେ । ଲତେଇ ଯିବାକୁ ଆବାହନ କଲେ । ଲଟି ରହିବାକୁ ତା'ର ଡାକରା ଶୁଣିଲେ । ତା' ଉପରକୁ ମାଡ଼ି ଯିବା ପାଇଁ ଇଙ୍ଗିତ ଦେଖିଲେ । ସେ ମାଡ଼ିଯିବ ତା ଦେହ ସାରା । ତାକୁ ଘୋଡ଼ାଇ ରଖିବ ରକ୍ଷା କରିବାକୁ ସୂର୍ଯ୍ୟ ତାପ ଓ ବର୍ଷା ଏବଂ କାକର ଦାଉରୁ । ସେମିତି ସରମୀ ଲତାଟି ତାଙ୍କ ଛାତିରେ ଲୋଟି ଯାଇ ଦେହସାରା ଲତେଇଯିବ ଆପାଦ ମସ୍ତକ । ତା' ପଣତ ଛାଇରେ ତାଙ୍କୁ ଢାଙ୍କି ରଖିବ । ତା' ଓଢ଼ଣା ଉହାଡ଼ରେ ତାଙ୍କୁ ଲୁଚାଇ ରଖି ରକ୍ଷା କରିବାକୁ ଚେଷ୍ଟା କରିବ ବାହାରର ଈର୍ଷାନ୍ୟୁତ ପ୍ରକୋପରୁ । ବଞ୍ଚାଇ ରଖିବାକୁ ଅନ୍ୟମାନଙ୍କ ଲୋଲୁପତାରୁ, ହିଂସ୍ର ଦୃଷ୍ଟିରୁ, ଅସୂୟାଭାବରୁ ଉଦ୍ଧାର କରିବାକୁ ଉଦ୍ୟମ ଅବ୍ୟାହତ ରଖିବ ।

"ଅନର୍ଘ୍ୟ ମଣି ମାଣିକ୍ୟଂ ହେମାଶ୍ରୟମ ପେଷତେ, ଅନାଶ୍ରୟା ନ ଶୋଭନ୍ତେ ପଣ୍ଡିତା ବିନିତା, ଲତାଃ" ମାଣିକ୍ୟ ବହୁମୂଲ୍ୟ ହେଲେ ମଧ ସୁବର୍ଣ୍ଣରେ ଖଚିତ ହେଲେ ହେଁ ସୁନ୍ଦର ଦେଖାଯାଏ । ସେହିପରି ପଣ୍ଡିତ ବନିତା ଓ ଲତାମାନେ ବିନା ଆଶ୍ରୟରେ ଶୋଭା ପାଆନ୍ତି ନାହିଁ ।

ସେହିପରି ସତୀ-ସୁନ୍ଦର ଉପଧା ମେଳକ ଥିବା, ସାବଲିଲ– ଯତିପାତ ଯୁକ୍ତ, ଶ୍ରୁତି ମଧୁର ଶବ୍ଦ ସଂଯୋଜିତ, ସରଳ ଭାବାର୍ଥ ପ୍ରକାଶ କରୁଥିବା ଓ ଅତି ସହଜରେ ପ୍ରାଞ୍ଜଳ ଭାବରେ ବୁଝି ହେଉଥିବା ବୋଧଗମ୍ୟ ସୁଖପାଠ୍ୟ କବିତାଟିଏ । ଅସାମାନ୍ୟା ରୂପବତୀ, ଅପୂର୍ବ ଲାବଣ୍ୟମୟୀ, ଚାରୁହାସିନୀ, ପ୍ରେମର ପ୍ରତୀମା, ସୋହାଗ ଦାୟିନୀ ରୂପସୀ ବନିତା (କନ୍ୟା) ଟିଏ । ପୁଷ୍ପିତା, କୁସୁମିତା, ମଧୁମତୀ, ସୁଦୃଶ୍ୟ ସୁନ୍ଦର ମନୋରମ ଲତାଟିଏ । ତାର ଆଶ୍ରୟ ଅବଶ୍ୟକ । କବି କଚ୍ଚନାର ଆଶ୍ରୟ । ପୁରୁଷ ସାନ୍ନିଧ୍ୟର ଆଶ୍ରୟ । ବୃକ୍ଷ ଅନ୍ୱେଷଣର ଆଶ୍ରୟ । ବିଶାଳ ଦୁମର ଆଶ୍ରୟ । ତା'ନିଜ ଦୃଷ୍ଟିରେ ଅଧର ହେଉଛନ୍ତି ସୁବିଖ୍ୟାତ ସୁପ୍ରତିଷ୍ଠିତ କବି । ତା'ର ଆପଣା ନଜରରେ ଅଧର ବିଶ୍ୱାସନୀୟ ସୁପୁରୁଷ । ତା' ଅନୁମାନରେ ଅଧର ନିର୍ଭର ଯୋଗ୍ୟ ବିରାଟ ଅଟଳ ମହାମେରୁ (ଦୁମ) ସେ ଢଳି ପଡ଼ିବ ତାଙ୍କର ପ୍ରଶସ୍ତ ବକ୍ଷ ଉପରେ । ଲଟକି ରହିବ ସେଇଠି । ଲତେଇବ ତାଙ୍କୁ ଆଶ୍ରାକରି ଲତା ମାଡ଼ିଗଲାପରି ମଞ୍ଜାରେ କିମ୍ବା ଗଛରେ । ସେ ଅବଳା, ଦୁର୍ବଳା, ଅସହାୟା, ନିରାଶ୍ରୟା, ତା'ର ଆଶ୍ରୟ ଅବଶ୍ୟକ । ଦରକାର ଆଶ୍ରୟସ୍ଥଳ । ଲୋଡ଼ା ଆଶ୍ରୟଦାତାର ନିବିଡ଼ ଆଶ୍ଳେଷ, ନିର୍ଭର ଯୋଗ୍ୟ ଅନୁକମ୍ପା । ପ୍ରତିଶ୍ରୁତିବଦ୍ଧତା ସାନ୍ନିଧ୍ୟ । ଯେଉଁ ଆଶ୍ରୟ, ଅଶ୍ଳେଷ, ସାନ୍ନିଧ୍ୟର ଆକର୍ଷଣର ଉହାଡ଼ରେ ସେ ଜୀବନ ବିତାଇ ଦେଇ ପାରିବ ନିରାପଦରେ, ନିଃବିଘ୍ନରେ, ନିଃଭୟରେ, ନିଃଦ୍ୱନ୍ଦ୍ୱରେ, ନିଃସଙ୍କୋଚରେ ।

ସେଥିପାଇଁ ବିଶାଳ ଦୁମଟିର ଅନୁମତି ଆବଶ୍ୟକ । ଦରକାର ପଡ଼େ ତରୁର ଆମନ୍ତ୍ରଣ । ଲୋଡ଼ାହୁଏ ବୃକ୍ଷର ସବୁଜ ସଂକେତକୁ ତରୁଣୀ ଲତାଟି ପାଇଁ, ଗଛଠାରୁ ଆଶ୍ରୟର ଇସାରା ନପାଇ ସେ କିପରି ଲୋଟିଯିବାକୁ ସାହସ କରି ପାରିବ ? ଟିକିଏ ନିର୍ଭରଯୋଗ୍ୟ ବିଶ୍ୱାସ ଖୋଜା ହୁଏ ନିରାପଦ ଆଶ୍ରୟ ଲାଗି । ତା'ପରେ ଲତାଟି ଲତେଇ ଯିବ । ମାଡ଼ିଯିବ ଆଶ୍ରୟ ଦାତା ଉପରକୁ ତାକୁ ଘୋଡ଼ାଇ ରଖିବାକୁ (ଦେବାକୁ) ତା ଗହଳିଆ ସବୁଜିମା ମଧ୍ୟରେ (ଉହାଡ଼ରେ) ।

ସେହି ସଂକେତ ଅପେକ୍ଷାରେ ଦଣ୍ଡାୟମାନ ସତୀ । ଅଧରଙ୍କ ସ୍ୱୀକୃତି ପ୍ରତୀକ୍ଷାରେ ରହିଛି ମଧୁମିତା, ପୁଷ୍ପିତା, କୁସୁମିତା ତରୁଣୀ ଆଉଜି ଯିବାକୁ । ଲୋଟିଯିବାକୁ, ଲତେଇବାକୁ, ମାଡ଼ିଚାଲିଯିବାକୁ, ଘୋଡ଼ାଇ ରଖିବାକୁ, ଲୁଚାଇ ରଖିବାକୁ, ଛପାଇ (ଦେବା ପାଇଁ) ରଖିବାକୁ ତା' ପ୍ରିୟ ପୁରୁଷକୁ, ମନର ମଣିଷକୁ, ହୃଦୟର ଦେବତାକୁ, ଅନ୍ତରର ଅନ୍ତରଙ୍କୁ, ପ୍ରାଣର ଠାକୁରଙ୍କୁ, ଆମ୍ଭର ଆତ୍ମୀୟଙ୍କୁ ବାହାରର ଅନ୍ୟମାନଙ୍କ ଲୋଲୁପ ଦୃଷ୍ଟିରୁ । ଯାହା ପ୍ରତ୍ୟେକ ପ୍ରେମିକା, ପ୍ରେୟସୀ, ପ୍ରିୟତମା, ପ୍ରଣୟିନୀ, ପତ୍ନୀ, ଅର୍ଦ୍ଧାଙ୍ଗିନୀ ତଥା ସ୍ୱାମୀମାନେ କରିଥାଆନ୍ତି । ତାଙ୍କ ପ୍ରେମିକ, ପ୍ରିୟ ପୁରୁଷ, ମନର ମଣିଷ, ପ୍ରିୟତମ, ପ୍ରଣୟୀ, ପତି ଓ ସ୍ୱାମୀଙ୍କ ଲାଗି । ଯାହା ପାଳନ କରିବାକୁ ସତୀ ମାନସିକ ସ୍ତରରେ ପ୍ରସ୍ତୁତ ହୋଇ ସାରିଛି । କେବଳ ମନ ମଣିଷର ସ୍ୱୀକୃତି ଜନିତ ଇସାରାକୁ ଅପେକ୍ଷା ।

"ଗୋଡ୍ଇ ଥିବୁ ଧରିବୁ ନାହିଁ, ଉଚାଇ ଥିବୁ ମାରିବୁ ନାହିଁ" ନୀତିରେ ଅଧର ସ୍ଥିର ଏବଂ ଅବିଚଳିତ ଭାବରେ ସତୀ ପାଖରେ ଠିଆ ହୋଇଥିଲେ ବି ଆଗକୁ ଆଉପାଦେ ଆଗେଇ ଆସି ସତୀର ନିକଟତର ହୋଇ ତାକୁ ତାଙ୍କ ଛାତି ଉପରକୁ ଆଉଜାଇ ନେଇ ଗଭୀର ଆଶ୍ଳେଷରେ ଭିଡ଼ିଧରି ନିଜର କରିନେବାକୁ ଆଗ୍ରହ ପ୍ରକାଶ କରୁ ନାହାନ୍ତି। କିମ୍ବା ତା ସୌନ୍ଦର୍ଯ୍ୟକୁ ଅବଲୋକନ କରିବାର ଲୋଭ ସମ୍ବରଣ କରିନେଇ ତା ଆଗରୁ (ସାମ୍ନାରୁ) ଅପସରି ଯାଇ ଘରକୁ ଫେରି ଯିବାକୁ ଇଚ୍ଛୁକ ନୁହନ୍ତି।

ଅଧର କିନ୍ତୁ ନିର୍ବିକାର, ନିଷ୍କଳ, ନିରାସକ୍ତ, ଶିବ ଭଗବାନଙ୍କ ପରି ଘୋର ନିର୍ଘାତ ତପସ୍ୟାରେ ରତ ଯେପରି, ମଗ୍ନ ମହାସମାଧି ଯୋଗରେ। ନିଷ୍କଳ ମୁଦ୍ରାରେ, ଉନ୍ମୁକ୍ତ ଚକ୍ଷୁର ଚାହାଁଣି ଯାହା ପରଶି ଯାଉଛି ସତୀର ତନୁଲତାକୁ। ହେଲେ ଛୁଇଁ ପାରୁନି ତା'ର ନିଟୋଳ ଶରୀରକୁ। ସୂର୍ଯ୍ୟଙ୍କ କିରଣ, ଚନ୍ଦ୍ରଙ୍କ ଜୋଛନା- ପଦ୍ମ ଓ କଇଁକୁ ଛୁଇଁଲା ପରି। ଦେହର ପରଶ ନଦେଇ। ଅସ୍ପର୍ଶ ଭାବରେ ସତୀର ତନୁଲତାକୁ ସାନ୍ନିଧ୍ୟ ପ୍ରଦାନ କରୁଛି ସତ ହେଲେ ସ୍ପର୍ଶକାତର ମନ ନେଇ।

ସତୀ ନିରୂପାୟ। ଅଧର ଆଖି ନ ଫେରାଇ କେବଳ ତାଙ୍କୁ ଚାହିଁ ରହିଛନ୍ତି। ଅନେକ ସମୟ ଧରି। ସୂର୍ଯ୍ୟ- ପଦ୍ମକୁ, ଚନ୍ଦ୍ର-କଇଁକୁ ଚାହିଁବା ପରି। ସେ ସତୀ ଉପରୁ ଆଖି ଫେରାଇ ନେଉନାହାଁନ୍ତି କିମ୍ବା ସତୀ ନିଜେ ତାଙ୍କ ଦୃଷ୍ଟି ଉହାଡ଼କୁ ଅପସରି ଯାଉନି। ତାଙ୍କ ଭୋକିଲା ଆଖିର ଲୋଭିଲା ତୀକ୍ଷ୍ଣ ଦୃଷ୍ଟିର ଶାଣିତ ଚାହାଁଣି ସତୀର ନିଟୋଳ ତନୁଲତାରେ ପିର୍ ପିର୍ ହୋଇ ଭେଦିଯାଇ ତାକୁ ଆହତ କରୁଥିଲେ ସୁଦ୍ଧା। ସତୀ ସେ ଆଘାତ ଦ୍ୱାରା ବ୍ୟତିବ୍ୟସ୍ତ ହୋଇ ପଡ଼ୁନାହିଁ କିମ୍ବା ବିବ୍ରତ ମଧ୍ୟ ହେଉନି। ଅବଶ୍ୟ ଲାଜରେ ତା' ମୁହଁରେ ସରମର ଝାଲ ଜକେଇ ଆସିଲାଣି। ସେ ତାକୁ ଚାହିଁନପାରି ତଳକୁ ମୁହଁ ପୋତି ଠିଆ ହୋଇଥାଏ। ତା'ର ରୂପର ଶୋଭାକୁ ମନଭରି ଦେଖିନେବାକୁ ତାଙ୍କୁ ସୁଯୋଗ ପ୍ରଦାନ କରି। ଅଧର ସବୁ ପ୍ରକାର ଲାଜ, ସରମ, ସଙ୍କୋଚ, ସଂଭ୍ରମକୁ ଭୁଲି ରୂପସୀ ସତୀର ରୂପ ଶୋଭା ସମ୍ଭାରକୁ ଅପଲକ ନେତ୍ରରେ ଅନାଇଁ ରହିଥାନ୍ତି। ନିଜ ନିଜ ଠିଆ ହୋଇଥିବା ସ୍ଥାନରୁ କେହି ଅପସରି ଯିବାର ସମ୍ଭାବନା ନଥାଏ। ସେମାନେ ପରସ୍ପରର ଦୃଷ୍ଟି ଉହାଡ଼ୁ ଘୁଞ୍ଚିଯିବାକୁ ଇଚ୍ଛା କରୁନଥିଲେ। ସେମାନଙ୍କର ଏପରି ମନଭାବ ଦେଖି ମନ୍ଦିର ଭିତରୁ ଥାଇ ଗଳାଖଣ୍ଡାର ମାରି, ସୁନି ତା ନିଜର ଉପସ୍ଥିତି ଜଣାଇଦେବା ଲାଗି ବାଧ୍ୟ ହେଲା। ଗଳାଶବ୍ଦ ଶୁଣି ମନ୍ଦିରରେ ଅନ୍ୟ ଲୋକର ଉପସ୍ଥିତି ଜାଣିପାରି ଅଧର ଚମକି ପଡ଼ିଲା ପରି ବାସ୍ତବତାକୁ ଉପଲବ୍ଧ କରିବାକୁ ଚେଷ୍ଟା କଲେ। ସିଏ ତରତରରେ ପକେଟରୁ ପାଇସା କାଢ଼ି ସତୀ ହାତକୁ ବଢ଼ାଇ ଦେଲେ। ମୁଖଶାଳାର ପାହାଚ ଆଡ଼କୁ ଆଗେଇ ଗଲେ ଫେରିଯିବା ଉଦ୍ଦେଶ୍ୟରେ। ଏଥର ସତୀ ମୁହଁ ଟେକି ତାଙ୍କୁ ଅନାଇଲା। ତାଙ୍କ ଆଖି ସହିତ ତା ନିଜ ଆଖି ମିଶିଯିବା ଦ୍ୱାରା ଲାଜରେ ସେ ତାଙ୍କୁ ସାମ୍ନାସାମ୍ନି ଅନାଇ ପାରେନା। ହେଲେ ତାଙ୍କୁ ପଛ ପଟରୁ ଚାହିଁବାରେ କିଛି ଅସୁବିଧା ନଥାଏ। ଏହା ଦ୍ୱାରା ତାଙ୍କ ଆଖି ସହିତ ନିଜ ଆଖି ମିଶିଯିବାର ଆଶଙ୍କା ନଥାଏ। କିମ୍ବା ତାଙ୍କୁ ଅନାଉଛି ବୋଲି ତାଙ୍କ ପାଖରେ ଧରା ପଡ଼ିଯିବାର ସମ୍ଭାବନା।

ଅଧରଙ୍କୁ ସେ ଭଲ ପାଏ। ଏକଥା ତାଙ୍କୁ ଜଣାଇବା ପାଇଁ ସେ ଇଚ୍ଛା କରୁଥିଲେ ମଧ୍ୟ ମୁହଁ ଖୋଲି କିଛି କହିପାରେନା। ସେ କଥାକୁ ଜଣାଇବା ପାଇଁ ସେ କୌଣସି ପ୍ରକାର ଉପାୟ ଖୋଜି ପାଏନା। ପ୍ରତ୍ୟେକ ଯୁବତୀ ସେମାନେ ଭଲ ପାଉଥିବା ଯୁବକଙ୍କୁ ସେମାନଙ୍କ ମନଭାବ ଜଣାଇବାକୁ ଇଚ୍ଛା କରନ୍ତି। ହେଲେ ସେ କଥାକୁ ସହଜରେ ପ୍ରକାଶ କରିପାରନ୍ତି ନାହିଁ। ମୁହଁ ଖୋଲି ସେ କଥା ତାଙ୍କୁ କହି ହୁଏ ନାହିଁ। ପାଟି ଫିଟେ ନାହିଁ ସେ କଥା କହିବାକୁ। ଜିଭ ଲେଉଟେନି ତାହା ପ୍ରକାଶ କରିବା ପାଇଁ। ତୁଣ୍ଡ ଖୋଲେ ନାହିଁ ସେ କଥାକୁ ଜଣାଇ ଦେବାକୁ। ଭାଷା ସେଠି ନିରବ ହୋଇଯାଏ। ବାକ୍ୟ ସବୁ ଆମ୍ ଗୋପନ କରନ୍ତି ଲାଜର ଓଢ଼ଣା ତଳେ। ଲୁଚି ଯାଆନ୍ତି ସଂଗ୍ଳାପମାନେ ସରମର ପଣତ ଭିତରେ। ଦେହ ଛପା ଦେଇ ରହନ୍ତି ଶବ୍ଦ ଗୁଡ଼ିକ ସଙ୍କୋଚର ଆଭରଣ

ମଧରେ। କାରଣ ଲାଜ ସେଥିପାଇଁ ପ୍ରଧାନ ପ୍ରତିବନ୍ଧକ ହୁଏ। ସରମ ମନ କଥା ପ୍ରକାଶ କରିବାର ପଥରୋଧ କରି ଠିଆ ହୁଏ। ବାଟ ଓଗାଳି ବସେ ସଙ୍କୋଚ। ଲାଜ ନାରୀର ଭୂଷଣ। କେବଳ ଭୂଷଣ ନୁହେଁ- ସର୍ବ ଶ୍ରେଷ୍ଠ ଭୂଷଣ ଆଉ ସର୍ବୋତ୍ତମ ଅଳଙ୍କାର ମଧ। ଶାସ୍ତ୍ର କହନ୍ତି "ଶୋଭନ୍ତେ ବିଦ୍ୟୟା ବିପ୍ରାଃ, କ୍ଷତ୍ରିୟା ବିଜୟଶ୍ରୀୟା, ଶ୍ରୀୟୋଽନୁକୂଲ ଦାନେନ ଲଜ୍ଜୟା ଚ କୁଲାଙ୍ଗନା।" ବ୍ରାହ୍ମଣମାନେ ବିଦ୍ୟା ଦ୍ୱାରା ଶୋଭା ପାଆନ୍ତି। କ୍ଷତ୍ରିୟମାନେ ଯୁଦ୍ଧରେ ବିଜୟ ଗୌରବ ବିମଣ୍ଡିତ ହେଲେ ଶୋଭା ପାଆନ୍ତି। ଦାନ ଦ୍ୱାରା ଧର୍ମ ସଂପଦ ଶୋଭାପାଏ ଏବଂ କୁଲ ରମଣୀମାନେ ଲଜ୍ଜା ଦ୍ୱାରା ସୁଶୋଭିତା ହୁଅନ୍ତି। ଲାଜ, ସରମ, ସଙ୍କୋଚ ନଥିବା ନୀରାଟି ଯେତେ ରୂପବତୀ ହେଲେ ସୁଦ୍ଧା। ତା' ପ୍ରତି ପ୍ରେମିକମାନେ ଆକୃଷ୍ଟ ହୁଅନ୍ତି ନାହିଁ। ଆବରଣ ବିନା ଯୁବତୀଟି ନାରୀ ପଦବାଚ୍ୟ ଯୋଗ୍ୟ ନୁହେଁ। ଆଚରଣରେ ନାରୀ ସୁଭଳ ସଙ୍କୋଚ ନରହିଲେ ଯୁବତୀଟି ଆକର୍ଷଣୀଆ ହୋଇପାରେନା। ଲଜ୍ଜାହୀନା ଯୁବତୀଟି କେବଳ ନାରୀ ଅଙ୍ଗଧାରୀ ମହିଳା ଭାବରେ ପରିଗଣିତା ହୁଏ। ପ୍ରେମିକା ଭାବରେ କିୟ ନାୟିକା ରୂପରେ ନୁହେଁ। ସେହି କାରଣରୁ ସେ ଭଲ ପାଇଥିବା ପୁରୁଷଟିକୁ ଦେଖିବାକୁ ତା' ମନରେ ଯେତେ ଆଗ୍ରହ ଓ ବ୍ୟାକୁଳତା ଥିଲେ ସୁଦ୍ଧା ସାମ୍ନାସାମ୍ନି ସେ ଯୁବକଟିକୁ ଯୁବତୀଟି କେବେ ଆଖି ଟେକି ଚାହିଁ ପାରେନା। ତାଙ୍କ ଆଗରେ କେବଳ ତଳକୁ ମୁହଁ ପୋତି ଠିଆ ହୋଇରହେ। ସେ ଯୁବକ ଜଣକ ତା' ନିକଟରୁ ବିଦାୟ ନେଲା ପରେ ସଂପୃକ୍ତ ଯୁବତୀଟି ତା' ଈପ୍ସିତ ପୁରୁଷକୁ ଦେଖିବାକୁ ବ୍ୟାକୁଳ ହୋଇଥାଏ। ଇଏତ ହେଲା ଭଲ ପାଇବା ସଂଜ୍ଞା। ପ୍ରେମର ରୀତି ଓ ପ୍ରଣୟର ସାମାନ୍ୟ କଥନ। ନଦେଖିଲେ ଦେଖିବା ପାଇଁ ବ୍ୟାକୁଳ ହୁଏ। ଦେଖାହେଲେ ଆଖି ଉଠାଇ ମୁହଁ ଟେକି ତାଙ୍କୁ ଚାହିଁ ପାରେନା। କେବଳ ତାଙ୍କ ସାମ୍ନାରେ ମୁହଁ ପୋତି ଠିଆ ହୋଇ ତଳକୁ ଅନାଇଁ ରହେ। ନଦେଖିଲେ ଝୁରି ହୁଏ। ଦେଖା ହେଲେ କଥା କହେନି।

ସାମ୍ନାସାମ୍ନି ଅନାଇଁ ପାରୁନଥିବା ଯୁବତୀଟି ଭଲ ପାଇବା କଥା ମୁହଁ ଖୋଲି କହିପାରିବ କେମିତି ? ସତୀ କ୍ଷେତ୍ରରେ ମଧ ସେୟା ହିଁ ହେଲା। ଅଧର ତାକୁ ଦୀର୍ଘ ସମୟଧରି ଅନାଇଁ ରହିଲେ ସୁଦ୍ଧା ସେ ତାକୁ ଆଖି ଉଠାଇ ଚାହିଁ ପାରିଲା ନାହିଁ। ତଳକୁ ମୁହଁ ପୋତି ଠିଆ ହୋଇ ତାଙ୍କ ପାଦର ଅଙ୍ଗୁଲି ନଖକୁ ଅନାଇଁ ରହିଥିଲା। ଅଧର ଫେରିଯିବା ବେଳକୁ ତାଙ୍କୁ ପଛ ପଟରୁ ଅନାଇ ଦେଖୁଥିଲା। ସିଏ କିନ୍ତୁ ଫେରି ଯାଉ ଯାଉ ମୁଖଶାଳାର ଶେଷ ଭାଗରେ ଅଟକି ଗଲେ। ହଠାତ୍ ମୁହଁ ବୁଲେଇ ଅନାଇଁ ଦେଲେ ପଛକୁ। ସତୀ ତାଙ୍କୁ ଚାହିଁ ରହିଥିବାରୁ ସତୀ ଆଖି ସହିତ ତାଙ୍କ ଆଖି ପୁଣି ଥରେ ମିଶିଗଲା। ସତୀ ତରବରରେ ତାଙ୍କ ଉପରୁ ଆଖି ଫେରାଇ ନେଇ ତଳକୁ ଚାହିଁ ରହିଲା। ସତୀ ପୂର୍ବାପେକ୍ଷା ଆହୁରି ଅଧିକ ଲାଜେଇ ଗଲା। କାରଣ ସେ ଅଧରକୁ ଅନାଉଛି ବୋଲି ଆଜି ପ୍ରଥମ ଥର ପାଇଁ ତାଙ୍କ ପାଖରେ ଧରା ପଡ଼ିଗଲା। ପ୍ରତିଥର ଫେରିଗଲା ବେଳେ ଅଧର କେବେ ପଛକୁ ବୁଲି ଅନନ୍ତି ନାହିଁ। ପ୍ରଥମ କରି ଆଜି ସିଏ ପଛକୁ ମୁହଁ ବୁଲାଇ ଚାହିଁଥିଲେ। ସତୀ ପାଖକୁ ଅଧର ଫେରି ଆସିଲେ। ସତୀର ନିକଟରେ ପହଞ୍ଚି ହାତରେ ଧରିଥିବା ରୁମାଲଟିକୁ ସତୀ ଆଡ଼କୁ ବଢ଼ାଇ ଦେଇ କହିଲେ "ତୁମ ରୁମାଲ ନିଅ"।

ତାଙ୍କୁ ଅନାଉଛି ବୋଲି ତାଙ୍କ ପାଖରେ ଧରାପଡ଼ି ଯାଇଥିବାରୁ ତାକୁ ଯେତେ ଲାଜ ଲାଗୁଥିଲେ ସୁଦ୍ଧା ସତୀ ବାଧ ହୋଇ ମୁହଁ ଉଠାଇ ତାଙ୍କ ଆଡ଼କୁ ଅନାଇ କହିଲା "ଆପଣ ରୁମାଲ ଆଣିନାହାନ୍ତି, ଖରାରେ ଗଲାବେଲେ ଝାଳ ବୋହିବ, ରୁମାଲ ପାଖରେ ରଖି ଥାଆନ୍ତୁ ଝାଳ ପୋଛିବେ"।

"ଇୟେ ଯେ ତୁମ ରୁମାଲ"

ସତୀ ତାଙ୍କୁ ବୁଝାଇଲା ପରି କହିଲା, "ରୁମାଲ ହୋଇଛି ଝାଳ ପୋଛିବାକୁ ଓ ମୁହଁ ହାତ ପୋଛିବା ପାଇଁ, ଖରାରେ ଗଲାବେଲେ ଝାଳ ବହିବ ଝାଳ ପୋଛିବାକୁ ରୁମାଲ ରଖନ୍ତୁ" ସେଥିରେ ମୋର କ'ଣ ନା ଆପଣଙ୍କର କ'ଣ ?

"ରୁମାଲ ଆଣିନଥିବାରୁ ତୁମ ରୁମାଲରେ ମୁହଁ ହାତ ପୋଛିଲି। ଏବେ ମୁଁ ଘରକୁ ଫେରିଯିବି। ଘରେ ପହଞ୍ଚି ଝାଲ ପୋଛିଲେ ଚଳିବ। ଅକାରଣେ ତୁମ ରୁମାଲଟିକୁ କାହିଁକି ନେଇଯିବି ? ଇୟେ ପୁଣି ନୂଆ ରୁମାଲଟିଏ। କେତେ କଷ୍ଟ କରି ବୁଣିଥିବ ?"

ସତୀ ଅନୁନୟ କଣ୍ଠରେ ଅନୁରୋଧ କଲାଭଳି କହିଲା, "ସେଥିରେ କଣ ଅଛି, ରୁମାଲଟିଏ ବୁଣିବା କଥା ବୁଣିଦେଲି। ଏଥିରେ ଏମିତି କି ହାଡ଼ ଭଙ୍ଗା ପରିଶ୍ରମ ହୋଇଛି ଯେ ଆପଣ ସେଥିପାଇଁ ଏତେ ବ୍ୟସ୍ତ ହୋଇ ପଡୁଛନ୍ତି। ଖରାରେ ଗଲେ ବାଟରେ ଝାଲ ବହିବ, ପାଖରେ ରଖିଥାଆନ୍ତୁ ଝାଲ ପୋଛିବେ। ନୂଆ ପୁରୁଣା ସବୁ ରୁମାଲ ସମାନ। ନୂଆ ରୁମାଲରେ କ'ଣ ମୁହଁ ହାତ ପୋଛା ହୁଏ ନାହିଁ ନା ଝାଲ ପୋଛା ଯାଏନା"।

ସତୀ କଥା ଶୁଣି ଅଧର ରୁମାଲ ଫେରାଇ ପାରୁନଥାଆନ୍ତି କିମ୍ବା ରୁମାଲଟିକୁ ନେଇ ଯାଇ ପାରୁନଥିଲେ। ରୁମାଲଟିକୁ ସାଙ୍ଗରେ ନେଇ ଯିବେ କିମ୍ବା ଫେରାଇ ଦେବେ କିଛି ଠିକ୍ କରିପାରୁନଥିଲେ। କୌଣସି ସିଦ୍ଧାନ୍ତରେ ପହଞ୍ଚି ନପାରି ଦ୍ୱନ୍ଦ୍ୱରେ ପଡ଼ି ସିଏ କେବଳ ସତୀ ଆଡ଼କୁ ଅନାଇଁ ଠିଆ ହୋଇ ରହିଥିଲେ।

ସଠିକ୍ ସିଦ୍ଧାନ୍ତରେ ଉପନୀତ ହେବାରେ ବିଭ୍ରାଟ ସୃଷ୍ଟି କରୁଥିବା ସମସ୍ୟାର ନାଁ ଦ୍ୱନ୍ଦ୍ୱ। ଅଧର ସେହି ଦ୍ୱନ୍ଦ୍ୱରେ ପଡ଼ିଥିଲେ କୌଣସି ସିଦ୍ଧାନ୍ତ ବା ନିଷ୍ପତ୍ତି ନେଇ ନପାରି।

ସତୀ ମନେ ମନେ ଭାବୁଥିଲା, ଅଧରବାବୁ ପ୍ରକୃତରେ ଆନ୍ତରିକତାର ସହିତ ରୁମାଲ ଫେରାଇ ଦେବାକୁ ଚାହୁଁଛନ୍ତି ନା ତାକୁ କେବଳ ଆହୁରି ଅଧିକ ସମୟ ଧରି ଦେଖିବାକୁ ତାଙ୍କର ଇଚ୍ଛା ଅଛି। ରୁମାଲ ଫେରାଇବା ହୁଏତ ଗୋଟିଏ ବାହାନା ହୋଇପାରେ ତାକୁ ଅଧିକ ସମୟ ଦେଖିବା ଲାଗି ସୁଯୋଗ ହାସଲ କରିବା ଏହା ଦ୍ୱାରା। ତାଙ୍କ ହାବଭାବରୁ ସତୀ କିଛି ବୁଝି ପାରୁନଥିଲା। ତା'ର ଏତେ ଅନୁରୋଧ ସତ୍ତ୍ୱେ ସିଏ ରୁମାଲ ନେଇ ଯାଉନାହାନ୍ତି। କେବଳ ତାକୁ ଅନାଇଁ ଠିଆ ହୋଇ ରହିଛନ୍ତି।

ସତୀ ଏପରି ପରିସ୍ଥିତିରେ ଲାଜରେ ଅପ୍ରସ୍ତୁତ ହୋଇ ପଡ଼ିଲା। କ'ଣ କରିବ କିଛି ଠିକ୍ କରି ପାରିଲା ନାହିଁ। ତାଙ୍କ ପାଖରୁ ରୁମାଲଟିକୁ ଫେରାଇ ନେବାକୁ ତା'ର ଆଦୌ ଇଚ୍ଛା ନଥିଲା। ତାଙ୍କୁ ଚାଲିଯିବାକୁ କହିବାକୁ ତା ବିବେକ ବାଧା ଦେଉଛି। ସେ କିଂକର୍ତ୍ତବ୍ୟବିମୂଢ଼ ହୋଇ କେବଳ ତଳକୁ ମୁହଁ ପୋତି ଠିଆ ହୋଇଥିଲା।

ଅଧରଙ୍କ ମନରେ ଦ୍ୱନ୍ଦ୍ୱ, ସିଏ କିଛି ଠିକ୍ କରି ପାରୁନଥିଲେ। ରୁମାଲଟିକୁ ସାଥିରେ ନେଇଯିବା ପାଇଁ ତାଙ୍କୁ ଅନୁରୋଧ କରୁଥିବା ଯୁବତୀଟିକୁ ସିଏ କିପରି ରୁମାଲଟିକୁ ଫେରାଇ ଦେବେ। ବହୁଶ୍ରମ ସ୍ୱୀକାର କରି ବୁଣିଥିବା ନୂଆ ରୁମାଲରେ କେତେ ଆଗ୍ରହର ସହିତ ଶ୍ରଦ୍ଧାରେ ସେ ତାଙ୍କ ମୁହଁ ପୋଛି ଦେଇ କେତେ ସରାଗରେ ତାଙ୍କ ହାତକୁ ରୁମାଲଟିକୁ ବଢ଼ାଇ ଦେଇଥିଲା। ତା' ଅନୁରୋଧ ନରଖି ରୁମାଲଟି ଫେରାଇ ଦେଲେ ସେ ନିଶ୍ଚିତ ସେଥିପାଇଁ ମନରେ ଦୁଃଖ ପାଇବ ଓ ପର ରୁମାଲରେ ମୁହଁ ହାତ ପୋଛି ସାରି ପୁଣି ତାକୁ ଅନଧିକାର ଦାବିରେ ସାଙ୍ଗରେ ନେଇଯିବାକୁ ତାଙ୍କ ବିବେକ ସେଥିପାଇଁ ବାଧା ଦେଉଥିଲା ଓ ଏପରି କାମ କରିବାକୁ ସେ ମଧ୍ୟ ଉଚିତ୍ ମଣୁନଥିଲେ। ଏହିପରି ଦ୍ୱନ୍ଦ୍ୱରେ ପଡ଼ି ସେ କିଛି ଠିକ୍ କରି ପାରୁନଥିଲେ। କେବଳ ତାଙ୍କ ପାଖରେ ଠିଆ ହୋଇଥିବା ସତୀ ଆଡ଼କୁ ଅନାଇ ରହିଥିଲେ।

ସତୀ ତଳକୁ ମୁହଁପୋତି ଠିଆହୋଇ ଭାବୁଥିଲା। ବୋଧେ ତାକୁ ଆହୁରି ଅଧିକ ସମୟ ଧରି ଦେଖିବା ପାଇଁ ତାଙ୍କର ଏଇଟା ଗୋଟେ ଚାଲାଖି ନୁହେଁ ତ ? ଯଦି ତାକୁ ଦେଖିବାର ଲୋଭ ସମ୍ବରଣ ନକରି ପାରି ସିଏ ହୁଏତ ଏପରି ଏକ ଦ୍ୱନ୍ଦ୍ୱାତ୍ମକ କଥାର ଅବତାରଣା (ସୃଷ୍ଟି) କରି ପାରିଥାଆନ୍ତି। ରୁମାଲ ଫେରାଇବା କଥାଟା ହୁଏତ ଗୋଟେ ବାହାନା ହୋଇ ଥାଇପାରେ। ସେ ସିନା ସେଥିପାଇଁ ତାଙ୍କୁ ବାରଣ କରି ପାରିବ ନାହିଁ। ଯେତେ ସମୟ ପାରିବେ ଅଧର ତା' ରୂପ ଲାବଣ୍ୟକୁ ଅବଲୋକନ କରିବାର ଆନନ୍ଦ (ସୁଖ) ଉପଭୋଗ କରି ନେବାକୁ ସେ ସୁଯୋଗ ଦେବ ଏବଂ ଏଥିଲାଗି ତା'

ନିଜ ତରଫରୁ କୌଣସି ଆପତ୍ତି ଅଭିଯୋଗ କିମ୍ବା ପ୍ରତିବାଦ କରିବନି । କିନ୍ତୁ ତା' ସାଙ୍ଗ ଶୁଣି ଏପରି ପରିସ୍ଥିତି ପ୍ରତି ବିତସ୍ତ୍ରହଃ ଥିବା ପରି ଜଣାଯାଉଛି । ଯେଉଁଥି ପାଇଁ ସେ ଗଳାଖଙ୍କାରି ତା'ର ଉପସ୍ଥିତି ତାଙ୍କୁ ଜଣାଇ ଦେଇ ସାରିଲାଣି । ଏହା ସତ୍ତ୍ୱେ ତଥାପି ସିଏ ସତୀକୁ ଦେଖିବାର ମୋହ (ଲୋଭ) ତ୍ୟାଗ କରି ପାରୁନାହାନ୍ତି ଏଇଥି ପାଇଁ ଯେ ବୋଧେ ପ୍ରେମିକ ଆଖିରେ ସାରା ଦୁନିଆ କେବଳ ପ୍ରେମମୟ ଦେଖାଯାଏ । ସେହି ପ୍ରେମମୟ ଦୁନିଆରେ ପ୍ରେମିକାମାନେ ସର୍ବଶ୍ରେଷ୍ଠ ଲୋଭନୀୟା ହୋଇ ଥାଆନ୍ତି ଏବଂ ସେମାନଙ୍କୁ ସେମାନଙ୍କ ପ୍ରେମିକମାନେ ଦେଖିବା ସମୟରେ ପୂରାପୂରି ସଂସାରକୁ ବିସ୍ମରଣ କରି ବସନ୍ତି । ପ୍ରେମରେ ସେମାନେ ଏପରି ଭାବରେ ବିହୋଳିତ ହୋଇଯାଇ ଥାଆନ୍ତି ଯେ ପରସ୍ପରକୁ ଭେଟିବା ସମୟରେ ସେମାନେ ଆପଣାର ଅସ୍ତିତାକୁ ଓ ତାଙ୍କ ନିକଟରେ ଅନ୍ୟମାନଙ୍କ ଉପସ୍ଥିତିକୁ ଅନୁଭବକୁ ନେଇ ପାରିନଥାଆନ୍ତି । ଯେପରି ମନ୍ଦିରରେ ଶୁନି ଉପସ୍ଥିତି ଥିବା ଜାଣିପାରି ଚାଲିଯାଉଥିବା ଅଧର ରୁମାଲ ଫେରାଇ ଦେବକୁ ଆସି ଶୁନିର ଉପସ୍ଥିତିକୁ ସଂପୂର୍ଣ୍ଣ ଭୁଲିଗଲେ ଓ ତାକୁ ପୂର୍ବପରି ଅନାଇ ରହିଲେ ।

ଅଧର କୌଣସି ସିଦ୍ଧାନ୍ତରେ ପହଞ୍ଚି ପାରୁ ନଥାଆନ୍ତି । କ'ଣ କରିବେ ? କେତେ ଆଗ୍ରହରେ, ଶରଧାରେ, ସୋହାଗରେ, ସେନେହରେ, ସରାଗରେ ଆଉ ଆଦରରେ ତାଙ୍କ ମୁହଁ ପୋଛି ଦେଇଥିବା ଯୁବତୀଟିର ସାଦର ଉପହାରକୁ କିପରି ଅବିବେକୀଙ୍କ ଭଳି ନିଷ୍ଠୁର, ନିର୍ଦ୍ଦୟ, ନିର୍ମମ ଭାବରେ ପ୍ରତ୍ୟାଖ୍ୟାନ କରି ଦେଇ ପାରିବେ ? ତା'ର ଏତେ ବିନୀତ ଅନୁରୋଧ ଓ ବିନମ୍ର ଅନୁନୟ ବିନୟ ସତ୍ତ୍ୱେ ରୁମାଲଟିକୁ ନନେଇ ତାକୁ ଫେରାଇ ଦେବେ ? ତା'ର ଅନୁରୋଧ ନରଖିଲେ ଯୁବତୀଟି ନିଶ୍ଚିତ ମାନସିକ ଆଘାତ ପାଇବ । ସେପରି କଥାକୁ ଭଲ ଦୃଷ୍ଟିରେ ନଦେଖି ସିଏ (ଅଧର) ତାକୁ ହେୟ ଜ୍ଞାନ କରୁଛନ୍ତି ବୋଲି ଧରିନେବ । ତା'ପ୍ରତି ତାଙ୍କର ହୀନମନ୍ୟତା ମଧ ପରୋକ୍ଷ ଭାବରେ ପ୍ରକାଶ ପାଇଯିବ । ରୁମାଲ ଫେରାଇ ଦେବା ନିଶ୍ଚିତ ଅବିବେକୀତା କର୍ମ ଭାବରେ ଗଣ୍ୟ ହେବ । ଆଉ ଏକଥାବି ହୋଇପାରେ ଯୁବତୀଟି ତା' ମନରେ ଏମିତି ଭାବନା ଆଣିପାରେ- ସେ ଛୋଟ ଜାତି, ନୀଚବର୍ଗ, ପଛୁଆ ବର୍ଗରେ ତଥା ଦଳିତ ସମାଜରେ ଜଳ ଅସ୍ପୃଶ୍ୟ କୁଳରେ ଜନ୍ମ ହୋଇଥିବାରୁ ଓ ସେ ଗରିବ ଏବଂ ଅଶିକ୍ଷିତା ବୋଲି ହୁଏତ ସିଏ ତାକୁ ଘୃଣା କରି ତା ସେନେହର ଆଉ ଶ୍ରଦ୍ଧାର ଉପହାର ରୁମାଲଟିକୁ ସାଙ୍ଗରେ ନେବାକୁ ପସନ୍ଦ କରୁନାହାଁନ୍ତି । ପୁଣିପର ମୁହୂର୍ତ୍ତରେ ଏମିତି ଭାବନା ଆସୁଛି ଯେ ନିଜ ସହିତ ପରିଚୟ ନଥିବା ଜଣେ ଯୁବତୀର ରୁମାଲକୁ ନେଇଯିବା କଣ ଠିକ୍ ହେବ ? ସାମାନ୍ୟ ଚିହ୍ନା ଜଣାରେ ସିଏ ବା କିପରି ଜଣଙ୍କର ଅନେକ ପରିଶ୍ରମ ଦ୍ୱାରା ବୁଣା ଯାଇଥିବା ରୁମାଲଟିକୁ ନେଇ ଯାଇ ପାରିବେ ଏବଂ ଏପରି ଭାବରେ ନେଇଯିବା ଉଚିତ୍ ହେବ କି ? ଏହିପରି ଦ୍ୱନ୍ଦ୍ୱରେ ପଡ଼ି ସିଏ କିଛି ଠିକ୍ କରିପାରୁନଥିଲେ ।

ତାଙ୍କ ଭୋକିଲା ଆଖିର ତୀକ୍ଷ୍ଣ ଲୋଭିଲା ଶାଣିତ ଚାହାଣିର ଆଘାତରେ ଆହତ ସତୀ ଭାବୁଥିଲା । ସବୁ ପୁରୁଷ ପୁଅମାନେ ସମାନ ପ୍ରକୃତିର, ସେମାନଙ୍କର ଏକ ପ୍ରକାର ପ୍ରବୃତ୍ତି । ସ୍ୱାଭାବ ଗୋଟିଏ ରକମର, ମନବୃତ୍ତି ମଧ ଏକା ପ୍ରକାର । ଯୁବତୀ ଝିଅଟିଏ ନିଛାଟିଆ ପରିବେଶରେ ଦେଖିଲେ ତାକୁ ଦୀର୍ଘ ସମୟ ଧରି ଅନାଇ ରହିସୁଦ୍ଧା ସେମାନଙ୍କ ମନ ବୁଝେନା । ଆହୁରି ଅଧିକ ସମୟ ଦେଖିବାକୁ ଇଚ୍ଛା କରନ୍ତି । ଯେତେ ଦେଖିଲେ ମଧ ଆହୁରି ଦେଖିବାର ମୋହ ତୁଟାଇ ପାରନ୍ତି ନାହିଁ । ଅଧିକ ସମୟ ଦେଖିବା ପାଇଁ ସୁଯୋଗ ସୃଷ୍ଟି କରିବା ଲକ୍ଷ୍ୟରେ ରହନ୍ତି । ବିଭିନ୍ନ ପ୍ରକାର ବାହାନାର ଆଶ୍ରୟ ନେଇ ସମୟ ଗଡ଼ାଇ ଚାଲି ଥାଆନ୍ତି । ଅଧର ବାବୁ ଯେତେ ଭଦ୍ର ଓ ଯେତେ ନମ୍ର, ଯେତେ ଶିକ୍ଷିତ, ଯେତେ ସରଳ, ଯେତେ ବିଚାର ବନ୍ତ ଓ ଯେତେ ବିବେକବାନ ହେଲେ ମଧ ସିଏ କିପରି ସେହି ଯୁବକ ସୁଲଭ ଚପଳ ପ୍ରକୃତିରୁ ମୁକ୍ତ ହୋଇ ପାରିବେ ?

ସତୀ ସେହିପରି ତଳକୁ ଅନାଇଁ ଠିଆ ହୋଇଥାଏ । ସେ ତାଙ୍କୁ ଚାଲିଯିବାକୁ କହି ପାରୁନଥାଏ । ନିଜେ ତାଙ୍କ ଦୃଷ୍ଟି ଉହାଡ଼କୁ ଘୁଞ୍ଚିଯିବାକୁ ତା'ର ପ୍ରକୃତରେ ଆନ୍ତରିକ ଇଚ୍ଛା ନଥାଏ । ଲାଜରେ ତା' ମୁହଁ ଲାଲ ପଡ଼ି ଗଲାଣି । କାନମୁଣ୍ଡ

ଭାঁ ভাঁ ডাকୁଛି । ଦେହରେ ସରମ ঝାল ଜକାଇ ଆସିଲାଣି । ଏ ଦୁହିଁଙ୍କର ଏପରି ଅବସ୍ଥା ଯଦି କେହି ଦେଖିନିଏ ତେବେ ପରିସ୍ଥିତି କ'ଣ ହେବ । ଦେଖିଥିବା ଲୋକଟି ଯେତେବେଳେ ଯାଇ ଗାঁରେ କହିବ "ମନ୍ଦିରରେ ସତୀ ପାଖରେ ଠିଆ ହୋଇଥିବା ଯୁବକଟି କିଏ ? ସେଇଠୁ ଗାঁ ଲୋକ ଓ ତାଙ୍କ ନିଜ ପରିବାର ଯେତେବେଳେ ଜାଣିବେ– ସତୀ ମନ୍ଦିରକୁ ଧବଳେଶ୍ୱରଙ୍କୁ ଦର୍ଶନ କରିବାକୁ ଯାଉନାହିଁ । ଯାଉଛି କେଉଁ ଏକ ଯୁବକ ସହିତ ଏକାନ୍ତରେ ନିରୋଳାରେ ସାକ୍ଷାତ କରିବା ପାଇଁ । ସେଥିପାଇଁ ସେ ଆଜି ଶାଢ଼ି ପିନ୍ଧି ମନ୍ଦିରକୁ ଯାଇଛି (ସତୀ ପଞ୍ଚକ ପୂର୍ଣ୍ଣିମାରେ ପ୍ରଥମ ଥର ଶାଢ଼ି ପିନ୍ଧି ମନ୍ଦିରକୁ ଯାଇଥିଲା) । ଠାକୁରଙ୍କୁ ଦର୍ଶନ କରିବା କେବଳ ଗୋଟେ ଆଳ ମନ୍ଦିରକୁ ଯିବା ଲାଗି । ତା'ପରେ ତା'ର ଅବସ୍ଥା କ'ଣ ହେବ ? ସେଥି ସକାଶେ ତାଙ୍କ ଘରେ ଓ ଗାঁରେ ଯେଉଁ ପରିସ୍ଥିତି ସୃଷ୍ଟିହେବ । ସତୀ ତାକୁ ମୁକାବିଲା କରିବାକୁ ସମର୍ଥ ହେବତ ? ତା' ପରଠାରୁ ସେ ଗାঁ ଦାଣ୍ଡରେ ମୁଣ୍ଡଟେକି ଚାଲି ପାରିବ ତ ? କାହା ସହିତ ମନ ଖୋଲା କଥା ହେବା ତା' ପକ୍ଷରେ ହୁଏ ତ ଆଉ ସମ୍ଭବ ହେବନି । କାହାକୁ ସେ ମୁହଁ ଉଠାଇ ଚାହିଁ ପାରିବ ତ ? ତାର ସତ୍ ସାହାସ ହେବତ କାହା କଥାର ଜବାବ ଦୃଢ଼ତାର ସହିତ ଦେବାକୁ । ତା' ଉପରେ ତାଙ୍କ ପରିବାରର ଯେଉଁ ଭରସା ରହିଛି । ସେମାନଙ୍କର ସେ ବିଶ୍ୱାସ ନିଶ୍ଚିନ୍ତ ତୁଟିଯିବ । ତା' ଚିରିତ୍ରରେ କଳାଦାଗ ଲାଗିଯିବ । ସେ କଳଙ୍କକୁ ଧୋଇଦେବା ତା' ପକ୍ଷରେ କେବେବି ସମ୍ଭବ ହେବ ନାହିଁ । ଗୋଟିଏ ଝିଅ ଚରିତ୍ରରେ ଥରେ କଳଙ୍କର ଛିଟା ଲାଗିଗଲେ ତାହା କେବେବି ଜୀବନ କାଳ ଭିତରେ ଲିଭି ଯାଇ ପାରେନା । ସେ ଅପବାଦରୁ ତା ଜୀବଦଶା ଭିତରେ ସେ କେବେବି ମୁକ୍ତ ହୋଇ ପାରେନା । ଦୁର୍ନାମର ବୋଝ ବହିବହି ସେ ସାରା ଜୀବନ କାଟିବାକୁ ବାଧ୍ୟ ହୁଏ । ଝୁଟ୍ ପଡ଼ିଲେ (ସାମାନ୍ୟ କଥାରେ) ଲୋକେ ତାକୁ ସେ କଥାର ଉପଲକ୍ଷ୍ୟ ଥୋଇ ଖୁଣ୍ଟା ଦେଇଥାଆନ୍ତି । ସେହି କଳଙ୍କିତ ଘଟଣାର ଅବତରଣା କରିବାକୁ କେହି ପଶ୍ଚାତ୍ ପଦ ହୁଅନ୍ତି ନାହିଁ । କାରଣ ଅନ୍ୟର କ୍ଷତ ଉପରେ ଚୋଟ ମାରିବା (ଆଘାତ ହାଣିବା) ଲୋକ ଏଦୁନିଆରେ ଅଭାବ ନାହାନ୍ତି । ସମାଜ ତାକୁ ତା'ପରଠାରୁ ହୀନ ଦୃଷ୍ଟିରେ ଦେଖିଥାଏ । ସାମାଜିକ ନିନ୍ଦା ତାକୁ ସହିବାକୁ ହୁଏ । ସାଇ ପଡ଼ିଶାଙ୍କ ଟାହିଟାପରା ସେ ଶୁଣିବାକୁ ବାଧ୍ୟ ହୋଇଥାଏ । ସଂସାର ତାକୁ ବାସନ୍ଦ କରେ । ତାକୁ କଳଙ୍କିନୀର ଆଖ୍ୟା ବହିବାକୁ ପଡ଼ିଥାଏ ଜୀବନର ଅବଶିଷ୍ଟ ଦିନ ଗୁଡ଼ିକ ଲାଗି । ଯେପରି ରାଧାଙ୍କ କ୍ଷେତ୍ରରେ ହୋଇଥିଲା । କୃଷ୍ଣ ଗୋପପୁରରୁ ମଥୁରା, ସେଠାରୁ ଦ୍ୱାରୀକାକୁ ଓ କୁରୁକ୍ଷେତ୍ର ଦେଇ ଏରକାବନର ଶିଆଳି ଲତା ପର୍ଯ୍ୟନ୍ତ ଯିବା ଯାଏଁ ସୁଦ୍ଧା ରାଧାଙ୍କଠାରୁ ସେ କଳଙ୍କ ଛାଡ଼ିନଥିଲା ।

ଅଧର ଠିଆ ହୋଇଥିବା ସ୍ଥାନରୁ ଘୁଞ୍ଚୁ ନଥାଆନ୍ତି କିମ୍ବା କିଛି କହୁନଥାଆନ୍ତି । କେବଳ ସତୀ ଆଡ଼କୁ ଅନାଇ ରହିଥାଆନ୍ତି । ସତୀ ତାଙ୍କୁ ଚାଲିଯିବାକୁ କହୁନି କିମ୍ବା ନିଜେ ତାଙ୍କ ଦୃଷ୍ଟି ଉହାଡ଼କୁ ଘୁଞ୍ଚି ଯାଉନି । ତାଙ୍କ ପ୍ରତି ତା'ର ଦୁର୍ବଳତା ରହିଛି । ମନର ମଣିଷ ସାମ୍ନାରେ ନିଜକୁ ଉପସ୍ଥାପନ କରିବାରେ ଆମ୍ସନ୍ତୋଷ ମିଳେ । ପ୍ରତ୍ୟେକ ଯୁବତୀ ଚାହାଁନ୍ତି ସେ ଭଲପାଉଥିବା ଯୁବକଟି ତାକୁ ଦୀର୍ଘ ସମୟ ଧରି ଅନାଇ ରହୁ । ତା' ସୌନ୍ଦର୍ଯ୍ୟର ତାରିଫ୍ କରୁ । ତା' ରୂପ ଲାବଣ୍ୟକୁ ମନଭରି ଉପଭୋଗ କରିନେଉ । ପ୍ରେମିକ ପାଇଁ ପ୍ରେମିକାଟି ନିଜକୁ ସଜାଇଥାଏ । ଯେପରି ସତୀ ଆଜି ନିଜକୁ ସଜାଇଛି । ସବୁ ଯୁବତୀଙ୍କର ଆନ୍ତରିକ ଇଚ୍ଛା ଯୁବକମାନେ ତାଙ୍କ ରୂପକୁ ତାରିଫ କରନ୍ତୁ । ତାଙ୍କଠାରୁ ପ୍ରଶଂସା ଶୁଣିଲେ ସେମାନେ ଭାରି ଖୁସି ହୋଇଥାଆନ୍ତି । କେବଳ ଯାହା ଲୋକଦେଖାଣିଆ ଭାବରେ ଉପର ମନରେ ବିରକ୍ତି ଭାବ ପ୍ରକାଶ କରିଥାଆନ୍ତି । ସେ ବିରକ୍ତିରେ ପ୍ରକୃତରେ ଆନ୍ତରିକତା ନଥାଏ । ବାହାରକୁ କେବଳ କୃତ୍ରିମ କ୍ରୋଧ ପ୍ରକାଶ କରି ଦେଖେଇ ହୁଅନ୍ତି । ଯେପରି ସେମାନଙ୍କର ସେଥିପ୍ରତି ଆଦୌ ମନ, ଇଚ୍ଛା, ଆଗ୍ରହ କିମ୍ବା ସମର୍ଥନ ନାହିଁ । ନିଜକୁ ଦୋଷ ମୁକ୍ତ କରିବା ପାଇଁ ଏହା ଉଦ୍ଦିଷ୍ଟ କେବଳ ।

ଯେତେହେଲେ ସତୀ କୁଆଁରୀଟିଏ । ସେ କିପରି ନିଜକୁ ଯୁବତୀ ସୁଲଭ ଗୁଣରୁ ମୁକ୍ତ କରି ପାରିବ ? ଲାଜ ଜରଜର ସତୀ ସରମ ঝାଲରେ ଗୋଟା ପୁଣି ଭିଜି ସାରି ସୁଦ୍ଧା । ଇଚ୍ଛା କରୁଛି ଅଧର ତାଙ୍କୁ ଏମିତି ଅନାଇঁ ରହି ଥାଆନ୍ତୁ ।

ସେଥିପାଇଁ ଯେତେ ସମୟ ବିତିଗଲେ ମଧ ଯେତେ ଲଜ୍ଜିତ ହେବାକୁ ପଡ଼ିଲେ ସୁଦ୍ଧା, ଯେତେ ସରମ ଲାଗୁ ପଢ଼େ, ଯେତେ ସଙ୍କୋଚ ଆସିଲେ ବି ତା'ର ସେଥିପ୍ରତି ପ୍ରକୃତରେ କୌଣସି (ଅନୁଶୋଚନା ନଥିଲା) କେବଳ ସାମାଜିକ ନିନ୍ଦା ଲୋକଲଜ୍ଜ୍ୟା ତଥା ସଂସାରର ଅପବାଦକୁ ଆଉ ଦୁନିଆର ଆକଟକୁ ଡରି ସେ ଟିକେ ବିଚଳିତ ହୋଇ ପଢ଼ୁଥିଲା। ଯେପରି ଦିନେ ଗୋପପୁରରେ ରାଧାଙ୍କ ଅବସ୍ଥା ହୋଇଥିଲା। କୃଷ୍ଣଙ୍କ ପାଇଁ ତାଙ୍କୁ ଅପବାଦ ମୁଣ୍ଡାଇବାକୁ ପଡ଼ିଥିଲା। ବହିବାକୁ ହୋଇଥିଲା କଳଙ୍କର ବୋଝ। ତଥାପି ସିଏ ସେ ସକାଶେ ଭୟଭୀତା, ଶଙ୍କାଗ୍ରସ୍ତା ହୋଇନଥିଲେ। ମଥୁରା ହାଟକୁ ଦହି ବିକିଯିବା ବାଟରେ, ନଦୀ ପାର ହେଲାବେଳେ ଯମୁନା ଘାଟରେ, ପାଣି ଆଣିବାକୁ ଗଲେ କାଳନ୍ଦୀ ତ୍ରୁଟରେ, ଚାଲିଗଲା ବେଳେ ଗୋପ ଦାଣ୍ଡରେ ତାଙ୍କ ନାମ ସହିତ କୃଷ୍ଣଙ୍କନାମକୁ ଯୋଡ଼ି ଲୋକେମାନେ କେତେ କଥା କହିଥିଲେ। ଭାଇସାଇରେ କେତେ ଖୁନ୍ଦା ଅଲଗୁଣା ଶୁଣା ଯାଇଥିଲା। ଶାଶୁ ନଣନ୍ଦଙ୍କ ଠାରୁ ଅନେକ ଟାପରା ଓ ଅପନିନ୍ଦା ଶୁଣି ଓ ସେ ତୁଣ୍ଡବାଇଦ ପ୍ରତି କର୍ଣ୍ଣପାତ ନକରି ସେ ତାଙ୍କ ସହଚରୀ ଲଳିତା ଓ ବିଶାଖାକୁ କହିଥିଲେ "ଲଳିତେ, କୃଷ୍ଣ ଅପବାଦ ମୋତେ ଏହିପରି ଲାଗିଥାଉ, ତାଙ୍କ ନାମ ସହ ମୋ ନାମକୁ ଯୋଡ଼ି ଲୋକମାନେ ଏମିତି କହୁଥାଆନ୍ତୁ" ସେ ନିନ୍ଦା ଓ ଅପବାଦ ଶୁଣି ଶୁଣି ମୋ ଜୀବନ ଯାଉ। ସେଥିରେ ମୋର ଖୁସି, ମୋର ଆନନ୍ଦ, ମୋର ତୃପ୍ତି, ପରମ ତୃପ୍ତି। ମୋତେ ଏମିତି ଆତ୍ମତୃପ୍ତି ମିଳୁଥାଉ। ମୋ ଦେହରେ ଜୀବନ ଥିବା ପର୍ଯ୍ୟନ୍ତ କେବଳ ସେହି ନିନ୍ଦା, ଅପବାଦ, ଖୁନ୍ଦା ଅଲଗୁଣା ଶୁଣିଶୁଣି ମୋର ଦିନ ଗୁଡ଼ିକ ବିତୁଥାଉ। ସେ କଳଙ୍କ ମୋତେ ଛାଡ଼ି କେବେ ନଯାଉ। ମୋ ଜୀବଦଶା ଭିତରେ ଛାଡ଼ିନଯାଉ।

(ସେମିତି)ସେହିପରି ସାମାଜିକ ଅପବାଦ ଭୟରେ ଲୋକ ନିନ୍ଦାକୁ ଡରୁଥିବା ସତୀର ଆନ୍ତରିକ ଇଚ୍ଛା ଅଧର ତାକୁ ଏମିତି ଅନାଇ ରହିଥାଆନ୍ତୁ। ତା' ରୂପର ସୁନ୍ଦର ପୁଣିଆଆଡ ତାଙ୍କରି ପାଇଁ ଉଦ୍ଦିଷ୍ଟ। କେବଳ ତାଙ୍କରି ଲାଗି। ତାଙ୍କରି ଲାଗି ତ ସେ ନିଜକୁ ସଜାଇ ଆଜି ମନ୍ଦିରକୁ ଆସିଛି। ତା' ରୂପମାଧୁରୀକୁ ସିଏ ଅବଲୋକନ କରିବେନିତ ଆଉ ଦେଖିବ କିଏ ? ତା'ର ଈପ୍ସିତ ପୁରୁଷ ତାକୁ ଅନାଇଁ ରହିଲେ ତାହା ତା' ଲାଗି ନିଶ୍ଚିତ ଭାବରେ ଗୌରବ ବିଷୟ। ତା' ମନର ମଣିଷ ତା' ସୌନ୍ଦର୍ଯ୍ୟରେ ମୁଗ୍ଧ ହୋଇ ତାକୁ ଦୀର୍ଘ ସମୟ ଧରି ଦେଖନ୍ତୁ। ସେଥିରେ ସେ ଗର୍ବ ଅନୁଭବ କରିବ। ବଦନାମ ଜନିତ କଳଙ୍କକୁ ଭୟ ଥିଲେ ମଧ ଯଦି ଅଧର ବାବୁଙ୍କ ଭଳି ସମାଜରେ ବଳିଷ୍ଠ ବ୍ୟକ୍ତିତ୍ୱ ଥିବା ଯୁବକଙ୍କ ସହିତ ତା' ନାଁ ଯୋଡ଼ା ହୋଇ ଅପବାଦ ରଟିଲେ, ତେବେ ସେଥିରେ ତା' ଅନ୍ତରାତ୍ମା ଆନନ୍ଦରେ ଉଲ୍ଲସିତ ହେବ। ସେ ଡରୁଥିଲା ସାମାଜିକ ଲୋକ ନିନ୍ଦାକୁ। କିନ୍ତୁ ସେ ଆନ୍ତରିକତାର ସହିତ ଇଚ୍ଛା କରୁଛି। ଆଶା ରଖୁଛି ଅଧର ବାବୁଙ୍କ ସହିତ ତା ନାଁରେ ଦୁର୍ନାମ ପ୍ରଚାର ହେଲେ, ସେଥିରେ ତା' ଚରିତ ଉପରେ ଆଞ୍ଚବି ଆସିପାରେ। ମାତ୍ର ଏହା ଦ୍ୱାରା ତା'ର ଗୌରବ ଯେ ବୃଦ୍ଧି ପାଇବ। ଏପରି ଧାରଣାର ବଶବର୍ତ୍ତୀ ହୋଇ ସତୀର ଆଗ୍ରହ ଥିଲା, ଅଧରଙ୍କ ପରି ସୌମ୍ୟକାନ୍ତ, ସମାଜରେ ପ୍ରତିପତ୍ତି ଥିବା ପ୍ରତିଷ୍ଠିତ ଖାନଦାନି, ପ୍ରଭାବଶାଳୀ ବଂଶର ପୁଅ, ଉଚ୍ଚଶିକ୍ଷିତ, ସରକାରୀ ସ୍ତରରେ ବଡ଼ ପଦବୀରେ ଅବସ୍ଥାପିତ ଯୁବକ ତାକୁ ଭଲ ପାଉଛନ୍ତି। ତା' ପ୍ରେମ ଫାଶରେ ଧରା ଦେଇଛନ୍ତି। ତା' ପ୍ରଣୟ ସୂତ୍ରରେ ବନ୍ଦୀ ହୋଇଛନ୍ତି। ତା' ପୀରତିରେ ବିଭୋର ହୋଇଛନ୍ତି। ଏକଥା ସାରା ଦୁନିଆ ଜାଣୁ। ସମଗ୍ର ସଂସାର ଶୁଣୁ। ସମାଜରେ ଏକଥା ପ୍ରଚାର ହେଉ। ତା'ଦ୍ୱାରା ସେ ବଦନାମ ହେଲେ ମଧ ସେ ଆନ୍ତରିକ ଭାବେ ଆମ୍ହୋରା ହୋଇପଢ଼ୁଥିବ। କାରଣ ସେ କଳଙ୍କର ଦୁଃଖ- ମିଠାୟନ୍ତ୍ରଣା ଦେଇଥାଏ। ମରଣାନ୍ତକ ନୁହେଁ। ସେ ନିନ୍ଦା- ଲୋକଲଜ୍ଜା ଆଣି ପହଞ୍ଚାଇଲେ ସୁଦ୍ଧା ସେ କଥାର (ଖବରର) ପ୍ରଚାର ତା' ହୃଦୟରେ ଶତ ଉତ୍ସାହର ପୁଲକ ସୃଷ୍ଟି କରୁଥିବ। ସେପରି ଅପବାଦ ଦ୍ୱାରା ସେ କଳଙ୍କିନୀର ଆଖ୍ୟା ପାଇଲେ ବି ତାହାତ ତା' ପ୍ରାଣରେ ତୃପ୍ତି ଭରିଦେବ। ପରମତୃପ୍ତି, ହୃଦୟଭରା ଆନନ୍ଦ, ଆନ୍ତରିକ ସୁଖ, ପ୍ରାଣ ଖୋଲା ଉତ୍ସାହ ଓ ଆବେଗ ସୃଷ୍ଟି ପାଇଁ ସକ୍ଷମ ଥିବା ସେ ଅପବାଦକୁ, ଲୋକନିନ୍ଦାକୁ, ସାମାଜିକ କଳଙ୍କକୁ। ସାଂସାରିକ ବାଚ୍ଛେଦକୁ, ଦୁନିଆର ଖୁନ୍ଦା ଅଲଗୁଣାକୁ ସେ ଆଗ୍ରହର ସହିତ ବରଣ କରି ନେବାକୁ ଓ ଅତ୍ୟନ୍ତ ଆଦରରେ

ଗ୍ରହଣ କରିବାକୁ ମାନସିକ ସ୍ତରରେ ଆନ୍ତରିକ ଭାବରେ ପ୍ରସ୍ତୁତ ହୋଇ ସାରିଛି । ସେଥିଲାଗି ସେ ତାକୁ ଦୀର୍ଘ ସମୟ ଧରି ଅନାଇ ରହିଥିଲେ ସୁଦ୍ଧା ତାଙ୍କୁ ସେଥିରୁ ବିରତ ହେବାକୁ କହୁନି କିମ୍ବା ତାଙ୍କୁ ସେପରି ଆଚରଣରୁ ନିବୃତ୍ତ କରାଇବା ପାଇଁ ନିଜେ ସେଠାରୁ ଅପସରି ଯାଇ ତାଙ୍କ ଦୃଷ୍ଟି ଉହାଡ଼କୁ ଚାଲି ଯିବାକୁ ଇଚ୍ଛା ପୋଷଣ କରୁନି କିମ୍ବା ସେଥିପାଇଁ ଆଗ୍ରହ ପ୍ରକାଶ ମଧ୍ୟ କରୁନି । କୃଷ୍ଣ ଅପବାଦରେ ଲାଞ୍ଛିତା ରାଧାଙ୍କ କରି ସେ ଆଜି ଅଧରଙ୍କ ଲାଗି କଳଙ୍କିନୀ ହେବାକୁ ଆଗ୍ରହୀ ହୋଇପଡ଼ିଛି ।

ଯିଏ ଭଲପାଇବାର ଜଳନ୍ତା ନିଆଁରେ କେବେ ନଜଳିଛି ସେ କିପରିବୁଝିବାକୁ ସମର୍ଥହେବ ପତଙ୍ଗ କାହିଁକି ଆଲୋକପାଖକୁ ଧାଏଁ । ନିଆଁରେ ପୋଡ଼ିହୋଇ ମରିବା ସୁନିଶ୍ଚିତ ଜାଣିସୁଦ୍ଧା, ସେମିତି ଅପବାଦରେ ଦଗ୍ଧ ହୋବକୁ ସତୀ ମାନସିକ ସ୍ତରରେ ପ୍ରସ୍ତୁତ ହୋଇ ସାରିଛି ।

ପ୍ରେମ ପାଇଁ କେତେ କୁର୍ବାନ ଲୋଡ଼ା । ତା' ତୁଳାନାରେ ସାମାନ୍ୟ ଅପବାଦ ଟିକେ ବା କୋଉ କଥା ? ରାଧା-କୃଷ୍ଣଙ୍କ ପ୍ରେମରେ- କାୟା, ମାୟା ଦିବ୍ୟତା ଓ ଦର୍ଶନ ଭରିରହିଛି । ପୁଣି ନିରିଖେଇ ଦେଖିଲେ କିଛି ନାହିଁ । ପରନାରୀ ସହିତ ପରପୁରୁଷର ମିଳନ ପରକୀୟା ପ୍ରେମ । କିନ୍ତୁ ଆମ-ତୁମ ମଧ୍ୟରେ ସେପରି ହେଲେ କୁହାଯାଏ ଘୋର ପାପ । କଳିକାଳର କର୍ମ ଇୟେ ସବୁ । ଆମର ଗୋଟେ ଢଗ ଅଛି "ଯେତେ ବାନ୍ଧ-ପାଣି ଝରରେ ଯାଏ, ଯେତେ ଜଗ-ପ୍ରେମ ଗୋପନରେ ହୁଏ । ମନ ବୁଲୁଥାଏ ଲୁଟିଲୁଟିକା, ପ୍ରେମ ହଳୁଥାଏ ଘୁଞ୍ଚିଘୁଞ୍ଚିକା ।" କାରଣ ଆମ ପୁରାଣ ଶାସ୍ତ୍ରରେ ପ୍ରେମର ଠାକୁର, ଠାକୁରାଣୀ-କାମଦେବ ଓ ରତି ଦେବୀ ଦୁହେଁ ଅଦୃଶ୍ୟ । ସେମାନେ ପୁଣି ଯେଉଁଠି ପାର ସେଇଠି ଯାଇତାଇ ଲୋକମାନଙ୍କ ସାଙ୍ଗରେ ଲାଗନ୍ତି ନି । କୁସୁମ ଶରମାରି ଶିବଙ୍କ ପରି ମହାଯୋଗୀ, ସିଦ୍ଧ ସାଧକ ଓ ଦ୍ୱିତୀୟ ବ୍ରହ୍ମାରୂପୀ ବିଶ୍ୱାମିତ୍ରଙ୍କ ପରି ରୃଷିଙ୍କୁ ଘାୟିଲା, ବାଉଳା କରି ପକାନ୍ତି । କିନ୍ତୁ ପ୍ରକୃତ ଧାର୍ମିକ ଲୋକେ କେବେବି ସେପରି ପ୍ରେମକୁ ପ୍ରଶ୍ରୟ ଦିଅନ୍ତି ନାହିଁ କିମ୍ବା ସମର୍ଥନ କରନ୍ତିନି । ଆମ ପୁରାଣକାର ମାନେ ତ କୃଷ୍ଣଙ୍କ ସହିତ ରାଧାରାଣୀଙ୍କୁ ମିଶାଇ ଦେଲେ । ଯେମିତି ଲକ୍ଷ୍ମୀ- ନାରାୟଣ, ସୀତା-ରାମ, ସେମିତି ରାଧା-କୃଷ୍ଣ । କୃଷ୍ଣଙ୍କ ବିବାହିତା ପତ୍ନୀମାନେ ତାଙ୍କ ନାମ ସହିତ ସଂଯୁକ୍ତା ନହୋଇ ପ୍ରେମିକା ମାତୁଲାଣୀ ହୋଇ ସୁଦ୍ଧା ରାଧା-କୃଷ୍ଣଙ୍କ ସହିତ ସଂଯୁକ୍ତା ହୋଇ ରହିଲେ । ତାଙ୍କ ବିବାହିତ ସ୍ତ୍ରୀମାନେ, ଧର୍ମ ପତ୍ନୀ ଗଣ ରୁକ୍ମିଣୀ, ସତ୍ୟଭାମା, କାଳିନ୍ଦୀ କିମ୍ବା ଜାମ୍ବବତୀ (ମାନେ) ପ୍ରଭୃତିଙ୍କ ନାମ କୃଷ୍ଣଙ୍କ ନାମ ସହିତ ସଂଯୁକ୍ତ ହୋଇ ନପାରି ଗୋପ ଗୋପାଲୁଣୀ ରାଧାରାଣୀଙ୍କୁ ସଂଯୁକ୍ତ କରାଇଦେଲେ ।

ଭାରତୀୟମାନଙ୍କର ଗୋଟେ ମାରାତ୍ମକ ଦୋଷ ହେଲା ସେମାନେ କୌଣସି ଘଟଣାକୁ ଯୁକ୍ତିଯୁକ୍ତ ଭାବେ ବିଚାର ନକରି ଅନ୍ଧଙ୍କ ପରି ଅନୁସରଣ କରି ଥାଆନ୍ତି । ଯେମିତି ରାଧାଙ୍କ ସହିତ କୃଷ୍ଣଙ୍କ ପରକୀୟା ପ୍ରେମକୁ ଭାରତୀୟମାନେ ଘୃଣାନକରି ତାରିଫ କରନ୍ତି ଓ ପାପରୁ ମୁକ୍ତି ପାଇଁ ରାଧା, କୃଷ୍ଣଙ୍କ ନାମ ଜପ କରିଥାଆନ୍ତି । ନିଜର ପାପ ଛଡ଼ାଇବା ଲାଗି ଆଉ ଏକ ପାପକର୍ମ କଥା ଓ ପାପୀଙ୍କ ନାମକୁ ଭଜନ, ଚିନ୍ତନ ଓ ମନନ କରି ଅଧିକ ପାପ ଅର୍ଜନ କରିଥାଆନ୍ତି । କାରଣ ପରକୀୟା ପ୍ରେମକୁ ପାପକର୍ମ ଭାବରେ ଗଣ୍ୟ କରାଯାଇଥାଏ । ତାହା କେବେବି ପୁଣ୍ୟ କର୍ମ ପରିସର ଭୁକ୍ତ ହୋଇ ନପାରେ । "କାନାନସ୍ୟ ମୁନେଃ ସ୍ୱାବାନ୍ଧବ ବଧୂ ବୈଧବ୍ୟ ବିଧ୍ୱଂସନାତ୍, ନ୍ୟାୟାଃ ଖଲୁ ଗୋଲକସ୍ୟ ତନୟା କୁଣ୍ଠୀଃ ସ୍ୱୟଂ ପାଣ୍ଡବାଃ, ତେମୀ ପଞ୍ଚ ସମାନ ଯୋନିଯତ ନ୍ୟାୟସ୍ତେଷାଂ ଗୁଣାତ କାର୍ଭନାତ, ଅକ୍ଷୟଂ ସୁକୃତଂ ଭବେତ ବିକଲଂ ଧର୍ମସ୍ୟ ସୂୟାଗତିଃ" ଅର୍ଥାତ୍ କନ୍ୟ ଗର୍ଭରୁ ଅବୈଧ ଜାତମୁନି ବ୍ୟାସଦେବ ନିଜ ବଧୂମାନଙ୍କର ବୈଧବ୍ୟ ଦୂରକରି ତାଙ୍କୁ ସନ୍ତାନ ସମ୍ଭବା କରିଥିଲେ । ସେମାନଙ୍କ ସେଇ ଗୋଲକ ଓ କୁଣ୍ଠା ଜାତୀୟଙ୍କ ଗର୍ଭରୁ ଜାତ ପାଣ୍ଡବମାନେ ପୁଣି ପଞ୍ଚପତିରୁ ଜାତ । ସେଥିରେ ପୁଣି ତାଙ୍କ ନାମ ନେଲେ ଅକ୍ଷୟ ସୁକୃତ ଲାଭ ହେବ । ଏକୁ କେମିତି ମାପୁଥିବୁ ମାପୁଥା ।

ବିଚିତ୍ର ଏ ପ୍ରେମର ନୀତି, ଏମିତି ହୋଇଛି, ଗୋଟିଏ ଛାତତଳେ ରହି, ଏକା କୋଠରିରେ ବାସ କରି, ସ୍ୱାମୀ, ସ୍ତ୍ରୀର (ପତି, ପତ୍ନୀର) ବନ୍ଧନରେ ବାନ୍ଧିହୋଇ, ସାଂସାରିକ ଡୋରିରେ ଛନ୍ଦିହୋଇ ସୁଦ୍ଧା ଅନେକ କ୍ଷେତ୍ରରେ ଦୁହେଁ

ଦୁହିଁଙ୍କର ନିକଟତର ହୋଇ ପାରନ୍ତି ନାହିଁ କିମ୍ବା ହେବା ପାଇଁ ସାମାନ୍ୟତମ ଭଦ୍ୟମ ଅଥବା ଚେଷ୍ଟା ବି କରନ୍ତି ନାହିଁ । ସେମାନେ ଏକତ୍ର ରହନ୍ତି ସତ ହେଲେ ଏକାମ୍ର ହୋଇ ପାରନ୍ତିନି ବରଂ ପରସ୍ପରଠାରୁ ଦୂରତା ରକ୍ଷା କରିଥାଆନ୍ତି । ଏପରି ଚଳନ୍ତି ଓ ପରସ୍ପର ମଧ୍ୟରେ ଏଭଳି ବ୍ୟବହାର କରନ୍ତି ସତେ ଯେମିତି କେହି କାହାରିକୁ ଚିହ୍ନନ୍ତି ନାହିଁ କିମ୍ବା ଜାଣି ନଥାଆନ୍ତି ଅଥବା ସେମାନଙ୍କ ମଧ୍ୟରେ କୌଣସି ପରିଚୟ ନାହିଁ । ଦୁହେଁ ଦୁହିଁଙ୍କର ସମ୍ପୂର୍ଣ୍ଣ ଅପରିଚିତ, ଅଜଣା ଓ ଅଚିହ୍ନା । ଯେପରି ଏହା ପୂର୍ବରୁ ସେମାନଙ୍କ ମଧ୍ୟରେ କେବେବି କୌଣସି ସ୍ଥାନରେ ଦେଖା ସାକ୍ଷାତ ହୋଇନଥିଲା । ଭିନ୍ନ ଭିନ୍ନ ସ୍ଥାନରୁ ଅଲଗା ଅଲଗା ଉଦ୍ଦେଶ୍ୟ ରଖି ଦୂର ଜାଗାକୁ ଆସିଥିବା ଅଚିହ୍ନା, ଅଜଣା, ଅପରିଚିତ ବ୍ୟକ୍ତି ଦୁଇଜଣ କୌଣସି ଏକ ବିଶ୍ରାମ ଗୃହର (ପାନ୍ଥଶାଳାର) ଗୋଟିଏ କକ୍ଷରେ ଯେମିତି ଅଳ୍ପ କେତେ ଦିନ ପାଇଁ ଅତିଥି ହୋଇ ରହି ଯାଇଛନ୍ତି । ସେମାନଙ୍କର କର୍ମ ଅଲଗା, ଲକ୍ଷ୍ୟ ଭିନ୍ନ, ଉଦ୍ଦେଶ୍ୟ ପୃଥକ ଅନ୍ୟରକମ ତାଙ୍କର ଆଭିମୁଖ୍ୟ । ସେମିତି ଦାମ୍ପତ୍ୟ ଜୀବନର ଲାଭ କ'ଣ ? କି ପ୍ରକାର ଅର୍ଥ ରହିଛି ? ସେପରି ସ୍ୱାମୀ, ସ୍ତ୍ରୀର ସଂପର୍କରେ ? କିଭଳି ଉଦ୍ଦେଶ୍ୟ ସାଧ୍ୟତ ହେଉଛି ସେଭଳି ପତି- ପତ୍ନୀର ଭୂମିକା ନିର୍ବାହରେ ? କି ପ୍ରକାର ତାର୍ପର୍ଯ୍ୟ ରହିଛି ସେପରି ସଂସାର ବାନ୍ଧିବା ଦ୍ୱାରା ଅବା କି ମୂଲ୍ୟ ଅଛି ସେଥିରେ ।

କଥାରେ ଅଛି-ଧନ ଅଛିତ ଛାୟା, ମନ ଅଛିତ ମାୟା, ପ୍ରାଣ ଅଛିତ କାୟା ଆଉ ଜୀବନର ଚମର ସତ୍ୟ ସଙ୍ଗେ ଥିବ ଜାୟା । ଅଥଚ ଆଜିର ଏ କମ୍ପ୍ୟୁଟର ଯୁଗରେ ଗୋଟିଏ ବିଛଣାରେ ପାଖାପାଖି (ସ୍ୱାମୀର କୋଳରେ ସ୍ତ୍ରୀ ଓ ପତ୍ନୀର ଆଲିଙ୍ଗନ ଭିତରେ ପତି) ଶୋଇ ରହି ବି ସେମାନଙ୍କ ମଧ୍ୟରେ ଯୋଜନ ଯୋଜନ ବ୍ୟବଧାନ । ସ୍ତ୍ରୀ ତା' ସ୍ୱାମୀର ବାହୁ କାରାରେ ଥିବ ଓ ସ୍ତ୍ରୀର ବାହୁ ବନ୍ଧନରେ ସ୍ୱାମୀ ଥିବ ବନ୍ଦୀ ହୋଇ ସୁଦ୍ଧା ତାଙ୍କ ମନ ଥିବ ଅନ୍ୟ ଆଡ଼େ । ଶରୀରଟି କେବଳ ସ୍ୱାମୀ, ସ୍ତ୍ରୀର ଅଭିନୟ କରୁଥିବ ଅଭ୍ୟସ୍ତ ନଟ-ନଟୀଙ୍କ ପରି । ଶ୍ରୀରାଧାଙ୍କ ପରି ସ୍ୱାମୀ ଚନ୍ଦ୍ରସେଣାଙ୍କ ନିକଟରେ ତା' ଦେହଟି ବନ୍ଦିନୀ କିନ୍ତୁ ମନଥାଏ ପ୍ରେମିକ କୃଷ୍ଣଙ୍କ ପାଖରେ ।

ତ୍ରେତୟା ଯୁଗରେ ରାବଣ ଓ ଦ୍ୱାପରରେ କୃଷ୍ଣ ଉଭୟେ ଯୋଗୀ ବେଶ ଧାରଣ କରି ଛଳନାରେ (ମାୟାରେ) ଭିକ୍ଷା ବୃତ୍ତି ଆଚରଣ କରିଥିଲେ । ମନରେ କପଟ ଭାବ ଗୋପନରେ ପୋଷଣ କରି । ଲକ୍ଷ୍ୟ, ଇଚ୍ଛା ଓ ଉଦ୍ଦେଶ୍ୟ ଥିଲା ଭିନ୍ନ ପ୍ରକାର । ରାବଣ ପଞ୍ଚବଟୀ କୁଡ଼ିଆରୁ ସୀତାଙ୍କୁ ସ୍ୱଶରୀରରେ (ସ୍ୱଦେହରେ) ନେଇଗଲେ ଜବରଦସ୍ତ ବଳ ପ୍ରୟୋଗ କରି ଲଙ୍କାକୁ । ଅଶୋକ ବନରେ ରଖିଲେ । ମାତ୍ର ସୀତାଙ୍କ ମନକୁ ଛୁଇଁ ପାରିଲେ ନାହିଁ । ସୀତା ଲଙ୍କାଗଡ଼ର ଅଶୋକ ବାଟିକାରେ ରହି ରାବଣଙ୍କ ନିକଟବର୍ତ୍ତୀ ହୋଇ ସୁଦ୍ଧା ରାମଙ୍କ ଠାରୁ ଯୋଜନ ଯୋଜନ ଦୂରରେ ରହି ରାଜା ରାବଣଙ୍କ ପ୍ରତି ଆକୃଷ୍ଟ ନହୋଇ ବରଂ ବନଚାରୀ ରାମଙ୍କର ଅନୁରକ୍ତା ହୋଇ ରହିଥିଲେ । ତାଙ୍କ ମନ, ହୃଦୟ, ଅନ୍ତର ଓ ଆତ୍ମାରେ ସଦା ସର୍ବଦା ରାମ ବିରାଜମାନ କରିଥିଲେ । ରାବଣ-ସୀତାଙ୍କ ଦେହକୁ ନେଇଯାଇଥିଲେ ସିନା ମାତ୍ର ତାଙ୍କ ମନକୁ ନେବାକୁ ସକ୍ଷମ ହୋଇନପାରି ପ୍ରେମରେ ବିଫଳ ହୋଇଥିଲା ବେଳେ କୃଷ୍ଣ ଗୋପପୁରରୁ ରାଧାଙ୍କ ମନକୁ ନେଇ ପାରିଥିବାରୁ ରାଧା ଗୋପୁପୁରରେ ତାଙ୍କ ଘରେ ସ୍ୱାମୀ ଚନ୍ଦ୍ରସେଣାଙ୍କ ସହିତ ଗୋଟିଏ ଘରେ ଏକ କୋଠରିରେ ଗୋଟେ ପଲଙ୍କରେ ତାଙ୍କ କୋଳରେ ଶୋଇ ମଧ ଅନେକ ଦୂର ମଥୁରାରୁ ଦ୍ୱାରିକାର ରାଜ ପ୍ରାସାଦରେ ଥାଇବି କୃଷ୍ଣ ରାଧାଙ୍କ ହୃଦୟରେ ବିରାଜମାନ କରିଥିଲେ । କାରଣ ରାଧାଙ୍କ ମନରେ ସ୍ୱାମୀ ଚନ୍ଦ୍ରସେଣା ନୁହନ୍ତି ପ୍ରେମିକ କୃଷ୍ଣ ହିଁ ଅଧୃଷିତ ଥିଲେ ଓ ସେ କୃଷ୍ଣପ୍ରାଣଗତା ହୋଇ ରହିଥିଲେ ।

ମନ ଛିଡ଼ିଗଲାତ କଥା ସରିଲା । କଥାରେ ଅଛି-ହାଣ୍ଡି ଭାଙ୍ଗିଲେ ଖପରା, ମନ ଭାଙ୍ଗିଲେ ଛୋପରା । ଏଥିରେ ବୈରାଗ୍ୟ ଭାବ ଉଦିତ ହୁଏ ଓ ସଂସାର ବ୍ୟର୍ଥ ଏବଂ ଅନାବଶ୍ୟକ ମନେହୁଏ । କଥା ଅଛି "ମନ ଯଦି ଥରେ ଗଲାତ ଫାଟି, ପାଖେ ଥିଲେ ମଧ ଯୋଜନ କୋଟି, ମନ ମିଶିଥିଲେ ଦୂର ନିକଟ, ପଦ୍ମ ସଙ୍ଗେ ନିତି ସୁରୁଜ ଭେଟ ।" କବି ସମ୍ରାଟ ଉପେନ୍ଦ୍ରଭଞ୍ଜ "ପ୍ରେମ ସୁଧାନିଧ୍ୱ କାବ୍ୟରେ ଲେଖିଛନ୍ତି" କେତେ ଦୂରରେ ଚନ୍ଦ୍ର କେତେ ଦୂରେ କୁମୁଦିନୀ, ପ୍ରୀତି ଅଭେଦ୍ୟ ତାଙ୍କର, ଯେତେଦୂରେ ଥିଲେ ଯେ ଯାହାର ସେ ତାହାର ।" କେଡ଼େ କେଡ଼େ ସାଧୁ, ସନ୍ୟାସୀଙ୍କ ପୂର୍ବ ଜୀବନ

ବୃତ୍ତାନ୍ତରେ ଏମିତି ବୈରାଗ୍ୟ କଥା ବର୍ଣ୍ଣନା ରହିଛି, କ୍ରୋଧ, ଈର୍ଷା, ହିଂସା, ପ୍ରତିହିଂସା ମନକୁ ନଚଢ଼ଥାଏ। ଯିଏ ଯାହାକୁ ସବୁ ବୁଝିଛି ସେ ଏମିତି ଆଉଟୁ ପାଉଟୁ ହୁଏନି। ଯେମିତି ଅକୃତ୍ରିମ ସ୍ନେହ ଭିତରେ କେବେକେବେ ଭୁଲ ବୁଝାମଣା ପ୍ରାଚୀର ହୋଇ ଛିଡ଼ାହୁଏ। ନାନା ପ୍ରଶ୍ନବାଚୀ ସୃଷ୍ଟିକରେ ଆପଣା ଭିତରେ। ପ୍ରେମିକ ଦୂରେଇ ଗଲେ ବି ପ୍ରେମିକାର ମନ ଉଚ୍ଛନ୍ନ ହୋଇ ଖୋଜୁଥାଏ ଏଣେତେଣେ ମନର ମଣିଷକୁ। ପଦ୍ମ ପତ୍ରରେ ଜଳ ଭଳି ସେ ସେଠିରେ ସଂପୃକ୍ତ ହୁଏନି। ଢଳଢଳ ଜଳର ସାକ୍ଷୀମାତ୍ର ବନେ, ତେବେ ମନକୁ ପ୍ରବଣତା ମୁକ୍ତ କଲେ ଯାଇ ଏତକ ସମ୍ଭବ। ଇୟେ ଏତେ ସହଜ କଥା ନୁହେଁ। ସଂସାରକୁ ଚଳାଉଥିବା ବାରୁଦ ୟେ ତୋ ଠା ନ ଫୁଟିଲେ ସଂସାର କୋଉ ଚଳିବନା ଜମିବ ? କେଡ଼େ କେଡ଼େ ପରାକ୍ରମଶାଳୀ ଏ ମାୟାରେ ପଡ଼ି ବାୟା ହୋଇ, ଘାଣ୍ଟି ହୋଇ, ଘାରି ହୋଇ କେମିତି ଡହଳ ବିକଳ ହେଉଛନ୍ତି, କଲବଲ ହୋଇଛନ୍ତି। କିଏ ଏହା ନଜାଣିଛି। ସେମିତି ନିନ୍ଦା, ଅପନିନ୍ଦା ଆଦି ଯଦି ଏକ ପ୍ରତୀଭାଦୀପ୍ତ ମନକୁ କେମିତି ଚହଲାଇ ଦୋହଲାଇ ଦିଏ। ତାହା ଆଉ କିଏ, ପାରିବେନି।

ସେମିତି କେତେକ ଅଛନ୍ତି, ସେମାନଙ୍କ ମଧ୍ୟରେ ଦୂରତା ଅନେକ। ସେମାନେ ସାମାଜିକ ବନ୍ଧନରେ ଅନୁବନ୍ଧିତ ନୁହନ୍ତି। ସଂସାର ସ୍ଵୀକୃତ ସଂପର୍କ ବି ନାହିଁ, ସେମାନଙ୍କ ମଧ୍ୟରେ। ଦୁନିଆ ସେମାନଙ୍କୁ ମିଳାମିଶା ଲାଗି ଅନୁମତି ଦେଇନାହିଁ। ଏକତ୍ର ରହିବା ତାଙ୍କ ପକ୍ଷରେ ସମ୍ଭବ ନୁହେଁ। ଏକାଟି ଚଳିବେ ବା କେମିତି ? ପରସ୍ପରର ନିକଟତର ହେବା ସେମାନଙ୍କ ଭାଗ୍ୟରେ ନାହିଁ। ସେମାନଙ୍କ କର୍ମ ଫଳ(କପାଳ ଲିଖନ) ସେମାନଙ୍କୁ ଗୋଟିଏ ସୂତ୍ରରେ ବାନ୍ଧି ପାରିନି। ତଥାପି ସେମାନଙ୍କ ମନର ବନ୍ଧନ ଦୃଢ଼ ସର୍ପକ ନିବିଡ଼। ଘନିଷ୍ଠ ଆନ୍ତରିକତା ସେମାନଙ୍କ ମଧ୍ୟରେ ରହିଥାଏ। ଜଣେ ଆର ଜଣକ ପାଇଁ ଝୁରିହୁଏ, ଝୁରିଝୁରି କ୍ଷୀଣ ହୁଏ। ଖୋଜି ଥାଏ ଟିକେ ସାନ୍ନିଧ୍ୟ, ଟିକେ ସେନେହ, ସୋହାଗ, ଭଲ ପାଇବା, ନିଜର କରି ନେବାର ମନୋଭାବ। ଆପଣାର ହେବାର ମନୋବୃତ୍ତି ସେମାନଙ୍କର ଏତେ ଉଗ୍ର ଯେ ବ୍ୟବଧାନ ସେମାନେଙ୍କ ଭିତରେ ବିଚ୍ଛେଦର ସୀମାରେଖା ଟାଣି ପାରେନା। ଦୂରତା ସେମାନଙ୍କୁ ପରସ୍ପର ଠାରୁ ପର କରି ରଖି ପାରେନା। ଭଲ ପାଇବାର ଡୋର ସେମାନଙ୍କର ଭାରି ମଜବୁଟ ରହିଥାଏ। ସେମାନଙ୍କ ମନର ବନ୍ଧନ ଖୁବ୍ ଦୃଢ଼। ସଂପର୍କର ସେତୁ ଅତୁଟ ରହିଥାଏ ସେମାନଙ୍କ ମଧ୍ୟରେ। ପରସ୍ପରଠାରୁ ଦୂରରେ ରହି ସୁଦ୍ଧା ଜଣେ ଆର ଜଣକ ପାଇଁ ବ୍ୟଥିତ ହୁଏ। ବ୍ୟସ୍ତ ହୋଇଥାଏ। ଝୁରି ମରେ। ବିବ୍ରତ ମଧ୍ୟ। ସାକ୍ଷାତ ନପାଇ ମଧ୍ୟ ଦୁହେଁ ଦୁହିଁକୁ ଭଲ ପାଉଥାଆନ୍ତି। ଭେଟ ନମିଳିଲେବି କେହି କାହାରିକୁ ଭୁଲନ୍ତି ନାହିଁ। ଦେଖା ନମିଳିଲେ ସୁଦ୍ଧା ସିଏ ତା'ଆର ହୋଇ ରହିଥାଏ। ପରସ୍ପର ପରସ୍ପରକୁ ମନେ ରଖିଥାଆନ୍ତି ମିଳାଯାଖଁ। ଦେହ ଦୁଇଟି ପରସ୍ପର ଠାରୁ ବହୁଦୂରରେ ଥାଇ ମଧ୍ୟ ଦୁହେଁ ଦୁହିଁଙ୍କର ଅତି ଆପଣାର ହୋଇ ରହିଥାଆନ୍ତି। ସେମାନଙ୍କ ମଧ୍ୟରେ ସଂପର୍କ ଅତ୍ୟନ୍ତ ନିବିଡ଼ ଏବଂ ସମ୍ବନ୍ଧ ଖୁବ୍ ଘନିଷ୍ଠ ମଧ୍ୟ। ସବୁ ଖାପଛଡ଼ା, ଆମ୍ଭ କୈନ୍ଦ୍ରିକ ବିନ୍ଦୁ, ପୁଣି ଆକାଶ ପରି ବ୍ୟାପକ ଓ ସାଗର ଭଳି ଗଭୀର। ଗଙ୍ଗା ଶିଉଳୀର ବାସ୍ନାରେ ଯେମିତି ବାସ୍ନାୟିତ, ଲିପ୍ତ ଓ ନିର୍ଲିପ୍ତ, ବାସ୍ନାହୀନ ପଳାଶରେ ସେମିତି ପ୍ରତିକ୍ରିୟାଶୀଳ। ଶାଶ୍ଵତ କହିଲା "ଦୂରସ୍ଥୋଽପି ନ ହରସ୍ତୋ ଯେ ଯସ୍ୟ ମନସି ସ୍ଥିତଃ, ଯୋ ଯସ୍ୟ ହୃଦୟେନାସ୍ତି ସମୀପସ୍ଥୋଽପି ଦୂରତ" ଯିଏ ଯାହାର ମନରେ ଅଛି, ସେ ତା' ଠାରୁ ଦୂରରେ ଥିଲେ ବି ଦୂର ନୁହେଁ। ଯିଏ ଯାହାର ହୃଦୟରେ ନାହିଁ, ସେ ପାଖରେ ଥିଲେ ମଧ୍ୟ ବହୁତ ଦୂର। ଯେପରି କୃଷ୍ଣଙ୍କୁ ରାଧା ମନେ ରଖିଥିଲେ। ଝୁରି ମରୁଥିଲେ କୃଷ୍ଣଙ୍କ ମଥୁରା ଗମନ ପରେ ସୁଦ୍ଧା, ସେମାନଙ୍କ ନଶ୍ଵର ଦେହସିନା ପରସ୍ପରଠାରୁ ବହୁତ ଦୂରରେ ଥିଲେ ମଧ୍ୟ ସେମାନଙ୍କ ଶରୀର ମଧ୍ୟରେ ଅନେକ ବ୍ୟବଧାନ ରହିସୁଦ୍ଧା ସେମାନଙ୍କ ମନ, ଆମ୍ଭା, ପ୍ରାଣ ଥିଲା ଏକ। କୃଷ୍ଣଙ୍କ ଅନ୍ତରରେ ରାଧା ସର୍ବଦା ବିରାଜମାନ କରିଥିଲେ। ଆଉ ରାଧାଙ୍କ ହୃଦୟ ସିଂହାସନରେ କୃଷ୍ଣ ହୋଇଥିଲେ ଅଭିଷିକ୍ତ।

ବିଚିତ୍ର ସେ ପ୍ରେମ, ଅଭୁତ ସେ ପ୍ରଣୟ। ଆଲୌକିକ ସେ ଭଲ ପାଇବା। ଅଜବ ତା'ର ନୀତି, ରୀତି, ନିୟମ, ପଦ୍ଧତି, ଉପାୟ ଓ ପନ୍ଥା।

ସତୀର ଆଗ୍ରହରେ, ଆବେଗରେ ଇଚ୍ଛାରେ ଓ ମନୋଭାବରେ ବାଧା ନଦେବାକୁ, ସେମାନଙ୍କର ପରସ୍ପର ପ୍ରତି ସମର୍ପିତ ମନୋବୃତ୍ତିରେ ଆଘାତ ନଦେବା ଲାଗି ସୁନି ଇଚ୍ଛା କରୁଥିଲା। ତା'ର ପ୍ରାଣର ବାନ୍ଧବୀ, ଅନ୍ତରଙ୍ଗ ସାଥୀ ସତୀର ମନଭାବ ଉପରେ କୌଣସି ପ୍ରକାର ବାଧା ସୃଷ୍ଟି ନକରିବା ଉଦ୍ଦେଶ୍ୟ ଥିଲା ସୁନିର। ତା' ପରାଣ ମିତଣୀ ସତୀ ଯଦି ମନ୍ଦିରର ନିର୍ଜନତାର ଓ ମନ୍ଦିର ଚାରିପଟ ନରୋଲା ପରିବେଶର ସୁଯୋଗ ନେଇ ତା' ମନବାଞ୍ଛା ପୂରଣ କରିବାକୁ ଯାଇ ତା' ମନର ମଣିଷକୁ ଦୀର୍ଘ ସମୟ ଲାଗି ତା'ରୂପର ସୌନ୍ଦର୍ଯ୍ୟକୁ ଅବଲୋକନ ମାଧ୍ୟମରେ ଉପଭୋଗ ପାଇଁ ସୁବିଧା ପ୍ରଦାନ କଲା। ତେବେ ସୁନି ସେଠିରେ କାହିଁକି ପ୍ରତିବନ୍ଧକ ସୃଷ୍ଟି କରିବ, ଅନ୍ତରାୟ ହୋଇ ଠିଆ ହେବ, ପ୍ରତିବାଦ କରିବ ? ସତୀ ମନର ସରାଗକୁ ଭାଙ୍ଗି ଦେବ ? ସେମାନଙ୍କ ମନୋଭାବକୁ ବିରୋଧ କରିବ। ସେମାନଙ୍କ ଆଗ୍ରହରେ ବାଧା ହେବ। ତା'ସାଙ୍ଗ ସତୀର ମନରେ ଦୁଃଖ ଦେବ। ତାକୁ କଷ୍ଟ ହେଲା ପରି କାମ କରି ବସିବ। ସେ ଯନ୍ତ୍ରଣା ପାଇଲା ଭଳି କର୍ମ କରିବ। ତାଙ୍କ ସୁଖ ଶିରୀ ସେ (ସୁନି) ଦେଖି ପାରୁନି। ସେମାନଙ୍କ ଭଲ ପାଇବାରେ ଅସହିଷ୍ଣୁ ହେଉଛି। ସେମାନଙ୍କ ମନର ଉଲ୍ଲାସରେ ପ୍ରତିବନ୍ଧକ ହୋଇ ଉଭା ହେଉଛି। ସେମାନଙ୍କ ପ୍ରେମ ପାଇଁ ଈର୍ଷା ଭାବ ଓ କାତରତା ପୂର୍ଣ୍ଣ ବ୍ୟବହାର ପ୍ରଦର୍ଶନ କରୁଛି। ଏପରି ଭାବନା ସତୀ ମନରେ ହୁଏତ ଆସିପାରେ। ଏମିତି ଧାରଣା ସୃଷ୍ଟି ହେବାକୁ ତା' ଅନ୍ତରରେ ନଦେବା ପାଇଁ ସେ ମନ୍ଦିର ଭିତରର ଆଢୁଆରିଆ ସ୍ଥାନରେ ନିଜକୁ ଲୁଚାଇ ରଖିଥିଲା। କିନ୍ତୁ ରୁମାଲ ନେବାକୁ ଅଧର ଅନିଚ୍ଛା ପ୍ରକାଶ କରିବା ଓ ସତୀ ସେ ରୁମାଲଟିକୁ ଅଧରଙ୍କୁ ଉପହାର ସ୍ୱରୂପ ଦେବା ଲାଗି ଆଗ୍ରହୀ ହେବା ଘଟଣାର ଅନ୍ତ ଘଟାଇବା ପାଇଁ, ଅଧରଙ୍କ ଦ୍ୱନ୍ଦାତ୍ମକ ମନୋଭାବରେ ପୂର୍ଣ୍ଣଚ୍ଛେଦ ଟାଣି ଦେବା ଲାଗି ଓ ସତୀର ଆନ୍ତରିକ କାମନାକୁ ଆଉ ଆଗକୁ ବଢ଼ିବାକୁ ନଦେବା ପାଇଁ ସୁନି ମନ୍ଦିର ଭିତରୁ ବାହାରି ଆସି ଆମ୍ ପ୍ରକାଶ କରିବା ଲାଗି ଏକ ପ୍ରକାର ନିଜର ଅନିଚ୍ଛା ସତ୍ତ୍ୱେ ବାଧ୍ୟ ହୋଇଥଲା। "ଆପଣ ରୁମାଲ ଆଣି ନାହାଁନ୍ତି, ଫେରିଲା ବେଳେ ଖରାରେ ଝାଳ ବହିବ। ଝାଳ ପୋଛିବା ଲାଗି ଓ ମୁହଁ ପୋଛିବାକୁ ରୁମାଲ ତିଆରି ହୋଇଥାଏ। ସେଥିରେ ତା'ର ଆଉ ଆପଣଙ୍କର ଗୋଟେ କଣ ? କେତେ ଆଗ୍ରହରେ ସତୀ ଆପଣଙ୍କୁ ରୁମାଲଟି ଦେଇଛି। ତାର ଶ୍ରଦ୍ଧା। ଭାଙ୍ଗି ଦେଇ ଯଦି ଆପଣ ରୁମାଲଟି ଫେରାଇ ଦେବେ, ତେବେ ତା' ମନରେ ନିଶ୍ଚିତ କଷ୍ଟ ହେବ। ତା' ମନରେ ଦୁଃଖ ଜାତ ହେବ। ତା' ମନରେ ଆଘାତ ଦେଇ, ବ୍ୟଥା ଦେଇ, ବେଦନା ପହଞ୍ଚାଇ ଆପଣ କଣ ଖୁସି ହୋଇ ପାରିବେ କେବେ ? ସେଥିରେ ଆପଣଙ୍କର ଲାଭ ବା କ'ଣ ହେବ ? କି ପ୍ରକାର ଉପକାର ଆପଣ ସେଥିରୁ ପାଇବେ ? କିଛି ଫାଇଦା କ'ଣ ଆପଣଙ୍କୁ ତା' ଦ୍ୱାରା ମିଳିବ ? ଆପଣ କ'ଣ କେବେ ତାହା ଚାହୁଁଥିବେ କିୟ ସେପରି ହେବା ଇଚ୍ଛା କରୁଥିବେ ଅଥବା ଆଶା ରଖିଥିବେ ? ଆପଣ ତା' ମନର ସରାଗ ନଭାଙ୍ଗିବା ପାଇଁ, ତା' ପ୍ରାଣର ଆବେଗକୁ ରକ୍ଷା କରି ତା' ଅନ୍ତରର ଆଗ୍ରହକୁ ସମ୍ମାନ ଦେଇ, ତା' ଆମ୍ପାର ଶ୍ରଦ୍ଧାକୁ ନଷ୍ଟ ନକରି, ତା' ହୃଦୟର ମିନତି ଘେନି, ତା' ଅନୁରୋଧରେ ରୁମାଲଟିକୁ ନେଇଯାଆନ୍ତୁ। ପାଖରେ ରଖିଥିବେ। ଆପଣଙ୍କର ଯେ ରୁମାଲ ନାହିଁ କିୟ ରୁମାଲ ଅଭାବ ଅଛି ଆମେ ସେ କଥା କହୁନାହୁଁ। ଆପଣଙ୍କର ନିଶ୍ଚିତ ଅନେକ ରୁମାଲ ଥିବ, ଆପଣଙ୍କ ପାଖରେ ଏହି ରୁମାଲଟି ଥିବା ପର୍ଯ୍ୟନ୍ତ ଆମ କଥା ଆପଣଙ୍କୁ ମନରେ ପକାଇ ଦେଉଥିବ। ଅତଏବ ଏତିକି ପାଇଁ ରୁମାଲଟିକୁ ନେଇ ଯାଆନ୍ତୁ। "

ଏହାପରେ ଅଧରଙ୍କ ବାମ ହାତଟି ଲୟ ଆସିଲା ସତୀ ଆଡ଼କୁ। ସିଏ ସତୀର ଡାହାଣ ହାତର ପାପୁଲିକୁ ତାଙ୍କ ବାମ ହାତରେ ଧରିନେଲେ। ନିଜ କନିଷ୍ଟ ଅଙ୍ଗୁଲିରୁ ଓହ୍ଲେଇଥିବା ମୁଦିଟିକୁ ସତୀର ଡାହାଣ ହାତର ମଝି ଅଙ୍ଗୁଲିରେ ପିନ୍ଧେଇ ଦେଲେ। ସତୀର ସରୁ ସରୁ ଅଙ୍ଗୁଲିକୁ ଅଧରଙ୍କ ଅନାମିକା (କୁଶ) ଅଙ୍ଗୁଲିର ମୁଦିଟି ବଡ଼ (ହୁଗୁଲା) ହେବ ଅନୁମାନ କରି ଅଧର ତାଙ୍କ କାଣି ଅଙ୍ଗୁଲିର ମୁଦିଟିକୁ ତା'ର ଅନାମିକା ବା କୁଶ ଅଙ୍ଗୁଲିକୁ ହୁଗୁଲା ହେବ ବୋଲି ନପିନ୍ଧାଇ ତା' ମଝି ଅଙ୍ଗୁଲିରେ ପିନ୍ଧେଇ ଦେଲେ। ତରତରରେ ପାହାଚ ଓହ୍ଲାଇ ପଡ଼ିଆ

ପାର ହୋଇ ରାସ୍ତା ଉପରେ ସାଇକେଲ ଛୁଟାଇ ଦେଲେ ଘରମୁହାଁ । ଏଥର ସତୀ ନୁହେଁ ସତୀ ବଦଳରେ ସୁନି ତାଙ୍କୁ ପଛପଟରୁ ଚାହିଁ ରହିଥିଲା । ମନ୍ଦିର ପଛକୁ ଉତ୍ତର ପଟରେ ଥିବା ବାଉଁଶ ବୁଦା ଉହାଡ଼ରେ ସିଏ ଲୁଚିଯିବା ପର୍ଯ୍ୟନ୍ତ । ସିଏ ସୁନିର ଦୃଷ୍ଟି ପଥରୁ ଅଦୃଶ୍ୟ ହେଲା ପରେ ସୁନି ଭାବୁଥିଲା । ଏହିପରି ଦିନେ ନନ୍ଦରାଜା ପୁଅ କୃଷ୍ଣ ଫେରି ଯାଇଥିଲେ ତାଙ୍କ ଜନ୍ମସ୍ଥାନ ମଥୁରାକୁ । ମନର ମାନସୀ, ପ୍ରୀତିର ପ୍ରତିମା ସ୍ନେହ କାଙ୍ଗାଲୁଣୀ, ଶ୍ରଦ୍ଧା ଭିକାରୁଣୀ, ସୋହାଗ ରକ୍ଖୁଣୀ, ପ୍ରେମ ବିରହିଣୀ ରାଧାରାଣୀଙ୍କୁ ଛାଡ଼ିଦେଇ । ଅଧରଙ୍କ ପରି ସାଇକେଲରେ ନୁହେଁ, ଅକୃରର ରଥରେ ବସି । କଥା ଦେଇ ଯାଇଥିଲେ ଧନୁଯାତ୍ରା ଦେଖିସାରି ଫେରି ଆସିବେ । ମାତ୍ର ସେ ତାଙ୍କ କଥା ରଖିପାରିନଥିଲେ । ଜରାସନ୍ଧ ଭୟର ଆଳ ଦେଖାଇ ମଥୁରାରୁ ଗଲେ ଦ୍ୱାରିକା । ଦ୍ୱାରିକାରୁ ହସ୍ତିନା । ସେଇଠି କୁରୁକ୍ଷେତ୍ରରେ ବିଷାଦଗ୍ରସ୍ତ ସଖା ଅର୍ଜୁନଙ୍କ ମୋହ ଭାଙ୍ଗିବା ନିମିତ୍ତ ଗୀତାର ଅମୃତ ଗାଥା ବ୍ୟାଖ୍ୟା ବସିଲେ । ଧରାପୃଷ୍ଠରୁ ଦୁଷ୍ଟଙ୍କୁ ସଂହାର କରି ଶିଷ୍ଟଙ୍କୁ (ସାଧୁଙ୍କୁ) ପାଳନ କରିବା ଓ ପାପର ବିନାଶ ଘଟାଇ ଧର୍ମ ସଂସ୍ଥାପନ କରିବା ଥିଲା କେବଳ ଗୋଟେ ବାହାନା । ସର୍ବଭାରତୀୟ ସ୍ତରରେ ଆର୍ଯ୍ୟାବର୍ତ୍ତ ରାଜନୀତିରେ ନିଜକୁ ସଂଶ୍ଳିଷ୍ଟ କରି ସେ ନିଜର ପ୍ରତିଶ୍ରୁତି ଭୁଲିଗଲେ । ମାନମୟୀ ରାଧା ତାଙ୍କ ବିରହରେ ବ୍ୟଥିତ ହୋଇ ତାଙ୍କ ଫେରିଲା ବାଟକୁ ଚାହିଁରହି ସାରାଜୀବନ ବିତାଇ ଦେଲେ । କିନ୍ତୁ କୃଷ୍ଣ କେବେ ଫେରିନଥିଲେ ଗୋପ ବୃନ୍ଦାବନକୁ । ପ୍ରକୃତରେ ଫେରିଆସିବାକୁ କିମ୍ବା ପ୍ରେମିକା ରାଧାଙ୍କୁ ସାକ୍ଷାତ କରିବାର ଆନ୍ତରିକ ଇଚ୍ଛା କିମ୍ବା ଆଗ୍ରହ ତାଙ୍କ ମନରେ କଣ ଥିଲା ?

ସେହିପରି ଆମ ମୌଜାର ପୂର୍ବତନ ଜମିଦାରଙ୍କ ପୁଅ ଏ ଅଧର ବାବୁ । କାହିଁ କେତେ ବଡ଼ ଘରର ପୁଅ । ସିଏ ଯେ ସତୀ ପାଇଁ ବାରମ୍ବାର ଏ ମନ୍ଦିରକୁ ଆସିବେ ଏପରି ଭରସା ସୁନି ତାଙ୍କ ଉପରେ ରଖିପାରୁନଥିଲା । ଯୁଗ ପୁରୁଷ କୃଷ୍ଣ ଯଦି କଥା ଦେଇ ରଖି ନପାରିଲେ । ସେଠି ଅଧରବାବୁଙ୍କ ପରି ସାଧାରଣ ଲୋକଙ୍କ ଉପରେ କି ବିଶ୍ୱାସ କିମ୍ବା ଭରସା ରଖିହେବ । ଅବଶ୍ୟ ଅଧରବାବୁ କୃଷ୍ଣଙ୍କ ପରି ମୁହଁ ଖୋଲି, ପାଟି ଫିଟାଇ, କଥା ପ୍ରକାଶ କରି, ଭାଷା ଉଚ୍ଚାରଣ ପୂର୍ବକ କିଛି ପ୍ରତିଶ୍ରୁତି ଦେଇଯାଇ ନାହାନ୍ତି ।

ଅଧର ବାଉଁଶ ବୁଦା ଉହାଡ଼ରେ ଲୁଚି ଗଲାପରେ ସୁନି ଭାବୁଥିଲା ମନ୍ଦିର ପଛ ପଟର ଏହି ପାଞ୍ଚଟି ବାଉଁଶ ବୁଦା ମହାଭାରତର ପାଞ୍ଚପାଣ୍ଡବଙ୍କ ପରି ଫେରିଯାଉଥିବା ଅଧରଙ୍କୁ ସବୁଦିନେ ତାଙ୍କୁ ଦୃଷ୍ଟି ଉହାଡ଼କୁ ନେଇ ଲୁଚାଇ ଦେଉଛନ୍ତି । ମହାଭାରତରେ ଯେପରି ପାଣ୍ଡବ ପାଞ୍ଚଭାଇ କୃଷ୍ଣଙ୍କୁ ହସ୍ତିନା ରାଜନୀତିରେ ସଂଶ୍ଳିଷ୍ଟ କରାଇ ଗୋପପୁରରେ ରହିଥିବା ରାଧାଙ୍କ ପାଖକୁ ଫେରିବାକୁ ସୁଯୋଗ ଦେଇ ନଥିଲେ । ସେହିପରି ଏ ପାଞ୍ଚଟି ବାଉଁଶ ବୁଦା କୃଷ୍ଣ ରୂପୀ ଅଧରଙ୍କୁ ତା' ସଖୀ ରାଧା ସହିତ ତୁଳନୀୟ ସତୀଠାରୁ ଲୁଚାଇ ରଖୁଛନ୍ତି ।

ଆଜି ଅଧର ଫେରିଗଲା ବେଳେ ପ୍ରତିଥର ପରି ସତୀ ତାଙ୍କୁ ପଛ ପଟରୁ ଅନାଇଁ ରହିନଥିଲା । ସେ ଦେଖୁଥିଲା ତା' ନିଜ ଡାହାଣ ହାତର ଅଙ୍ଗୁଳିକୁ । ଯେଉଁ ଆଙ୍ଗୁଳିରେ ଅଧର ମୁଦିଟିଏ ପିନ୍ଧାଇ ଦେଇଥିଲେ । ଆଉ ଅନୁଭବ କରୁଥିଲା ନିଜ ହାତରେ ତାଙ୍କ ଦେହ ଛୁଆଁର ପରଶକୁ । ସିଏ ଯେତେବେଳେ ତାକୁ ମୁଦି ପିନ୍ଧାଇ ଦେବା ପାଇଁ ତାଙ୍କ ବାମ ହାତରେ ତା' ଡାହାଣ ହାତର ପାପୁଲିକୁ ଧରିଥିଲେ ସେ (ଦେହ) ଛୁଆଁରେ କି ଅପୂର୍ବ ଶିହରଣ । ସେ ଶିହରଣ ତା ପାପୁଲିରୁ ହାତକୁ ଓ ହାତରୁ ସାରା ଶରୀରକୁ ଖେଳାଇ ହୋଇଯାଇଥିଲା । ସେ ପରଶର ଶିହରଣ ତା ଦେହରେ ତରଙ୍ଗାୟିତ ହୋଇ ହାଇଥିଲା । ସେ ପରଶରେ କି ଶାନ୍ତି, ଆନନ୍ଦ ଓ ତୃପ୍ତି । ସେ ଛୁଆଁରେ କି ଅପୂର୍ବ ଭାବବେଗ ଏବଂ ଆତ୍ମୀୟତା ଭାବ । ଆସ୍ତେ କରି ତାଙ୍କ ହାତରେ ତା' ପାପୁଲିକୁ ଧରି ଧୀରେ ଧୀରେ ମୁଦିଟିକୁ ପିନ୍ଧାଇ ଦେଲେ । ସିଏ ଫେରିଗଲା ପରେ ମଧ ତାଙ୍କ ହାତର ପରଶ ତା' ପାପୁଲିରେ ଲାଗି ରହିଥିଲା ପରି ସତୀକୁ ଲାଗୁଥିଲା । ସେ ଛୁଆଁର ଅନୁଭବରେ ବିହ୍ୱଳିତା ସତୀ ତା' ଅଙ୍ଗୁଳିରେ ସିଏ ପିନ୍ଧାଇ ଦେଇଥିବା ତାଙ୍କ ନାମାଙ୍କିତ ମୁଦିଟିକୁ ଅନାଇଁ ଦେଖୁଥିଲା ଆଉ ଭାବୁଥିଲା ।

ଏହି ଅଙ୍ଗୁଳି, ଯେଉଁ ଅଙ୍ଗୁଳିରେ ସେ ତାଙ୍କୁ ବିଭୂତି ଟିପା ପିନ୍ଧାଇ ଦିଏ। ଯେଉଁ ଅଙ୍ଗୁଳି ଟିପରେ ତାଙ୍କ କପାଳରେ ଦେଇଛି ନିଜ ଦେହ ଛୁଆଁର ଉଷ୍ମତା। ଆଉ ଏଇ ଅଙ୍ଗୁଳି ତାଙ୍କ କପାଳର ପରଶ ବାରମ୍ବାର ପାଇଛି। ସେ ପରଶର ଶିହରଣ ଆପଣା ଅଙ୍ଗୁଳିରେ ଅନୁଭବ କରିଛି ସେ। ସେ ଶିହରଣ ଖେଳି ଯାଇଛି ତା' ହାତରୁ ତା' ଦେହକୁ ସାରା ଶରୀରକୁ। ସିଏ ସେହି ଅଙ୍ଗୁଳିରେ ମୁଦି ପିନ୍ଧାଇଦେଲେ। ପାଦୁକ ଦେଲାବେଳେ ଯେତେବେଳେ ସିଏ ପାଦୁକ ପାଇଁ ହାତ ପାତି ଥାଆନ୍ତି, ସେତିକି ବେଳେ ସତୀ ଦେଖିଛି ଯେଉଁ ମୁଦିଟି ତାଙ୍କ ଅଙ୍ଗୁଳିରେ ରହି ତାଙ୍କ ଦେହର ପରଶ ଦୀର୍ଘଦିନ ଧରି ପାଇଛି। ସେହି ପରଶକୁ ଧରି ରଖିଛି ଯେଉଁ ମୁଦି ସେହି ମୁଦିଟି ଆଜି ତା' ନିଜ ହାତର ମଝିଆ ଅଙ୍ଗୁଳିରେ। ବିଭୂତି ଟିପା ଦେଲାବେଳେ ଯେଉଁ ଅଙ୍ଗୁଳିଟି କେବଳ ତାଙ୍କ ଦେହ ଛୁଆଁ ଟିକେ ପାଇଥିଲା। (ଟିପା ପିନ୍ଧାଇ ଦେଲା ବେଳେ ଅଙ୍ଗୁଳି ଟିପକୁ ତାଙ୍କ କପାଳରେ କେତେ ସମୟ ଲଗାଇ ରଖିହେବ)। ଅଳ୍ପ ସମୟ ପାଇଁ ଛୁଆଁ ବି ସେ ଛୁଆଁର ପରଶକୁ ଅନୁଭବ କରିବାକୁ ଚେଷ୍ଟା କରୁଥିଲା ଦୀର୍ଘସମୟ ଲାଗି। ଏବେ ଆଉ ସେ ଛୁଆଁର ପରଶକୁ କଳ୍ପନାର ଅନୁଭବରେ ପାଇବାକୁ ସେ ଚେଷ୍ଟା କରିବନି। ସବୁଦିନ ପାଇଁ ସବୁ ସମୟ ଲାଗି ତାଙ୍କ ଦେହ ଛୁଆଁର ପରଶ ପାଇବା ଲାଗି ସିଏ ତାଙ୍କ ହାତ ପିନ୍ଧା ମୁଦିଟିକୁ ତା'ର ସେଇ ଅଙ୍ଗୁଳିରେ ପିନ୍ଧାଇ ଦେଇଗଲେ ତାଙ୍କ ଦେହ ଛୁଆଁର ପରଶକୁ ତା'ଶରୀରରେ ଚିରସ୍ଥାୟୀ କରି ରଖିବା ପାଇଁ। ସେ ଏଣିକି ତାଙ୍କ ଦେହ ଛୁଆଁର ପରଶକୁ କଳ୍ପନାର ଅନୁଭବରେ ନପାଇ ବାସ୍ତବରେ ପ୍ରତ୍ୟକ୍ଷରେ ଅନାୟାସରେ ପାଇ ପାରିବ। ଏହି ମୁଦିଟିକୁ ତା' ହାତର ଅଙ୍ଗୁଳିରେ ପିନ୍ଧିବା ଦ୍ୱାରା ତାଙ୍କ ହାତ ପିନ୍ଧା ମୁଦିଟି ତା' ଅଙ୍ଗୁଳିରେ ରହି ତାଙ୍କ ଦେହ ଛୁଆଁର ପରଶ ତାକୁ ଦେଇ ଚାଲିଥିବ। ଦେଇ ପାରୁଥିବ ତାଙ୍କ ଦେହ ଛୁଆଁର ପରଶ ଓ ତା' ନିଜ ଦେହର ଉଷ୍ମତାକୁ ଧରି ରଖିଥିବ ତାଙ୍କ ଛୁଆଁର ପରଶ ରଖିଲା ପରି। ପୁଣି କେବେ ତାଙ୍କ ପାଖକୁ (ହାତକୁ) ଫେରିଲେ ତା' ଦେହ ଛୁଆଁର ପରଶ ତାକୁ ଦେବା ପାଇଁ ଯେପରି ବିଭୂତି ଟିପା ଦେଲା ବେଳେ ସତୀତା ଦେହର ଉଷ୍ମତାକୁ ଦେଇ ତାଙ୍କ ଦେହ ଛୁଆଁର ପରଶ ପାଇ ପାରୁଥିଲା। ସେ ପରଶ କ୍ଷଣସ୍ଥାୟୀ ଥିଲା। ବାସ୍ତବ ଦୃଷ୍ଟିରୁ ଯାହା ଏବେ ଚିରସ୍ଥାୟୀ ହୋଇଗଲା ତା ପାଇଁ ସବୁଦିନ ଲାଗି।

ଅଧର ଲୁଚି ଗଲେଣି ବାଉଁଶ ବୁଦା ଉହାଡ଼ରେ ଅନେକ ବେଳୁ। ସୁନି ସେ ଆଡୁ ଆଖି ଫେରାଇ ଆସି ଚାହିଁଲା ସତୀକୁ। ସତୀ ତା' ହାତରେ ପିନ୍ଧିଥିବା, ତାକୁ ଅତି ଆପଣାର ଭଳି ଲାଗୁଥିବା ତାଙ୍କ ପ୍ରଦତ୍ତ ସେ ମୁଦିଟିକୁ ଅନାଇ ରହିଥିଲା। ସୁନି ପଛପଟରୁ ସତୀ ପାଖକୁ ଲାଗି ଆସି ତା' କାନ୍ଧରେ ହାତ ରଖିଲା। ପଛପଟରୁ ହଠାତ୍ ସୁନିର ପରଶ ପାଇ ପିନ୍ଧିଥିବା ମୁଦିର ଭାବନାରେ ବିଭୋର ଆନମନା ସତୀ ଚମକି ପଡ଼ିଲା। ସତୀ ଚମକି ପଡ଼ିବାରୁ ସୁନି ତାକୁ ଥଟ୍ଟା କରି କହିଲା, "ସତୀ ମୁଁ, ସିଏ ନୁହନ୍ତି" ତୁ ଏମିତି ଚମକି ପଡ଼ିଲୁ କାହିଁକି ?

ପ୍ରକୃତିସ୍ଥ ହୋଇ ସତୀ କହିଲା, "ମୁଁ ଜାଣେ ତୁ କେବଳ ମୋ କାନ୍ଧରେ ହାତ ରଖିପାରିବୁ।"

"କାହିଁକି ସିଏ କ'ଣ ହାତ ରଖିପାରିବେ ନାହିଁ ? ହାତ ଧରି ମୁଦି ପିନ୍ଧେଇ ଦେଇ ପାରିଲେ, ଆଉ କାନ୍ଧରେ ହାତ (ରଖିବାକୁ) ପକାଇବାକୁ କେତେ ସମୟ ଲାଗିବ ?"

"ସୁନି ହାତ ଧରିବା ଆଉ କାନ୍ଧରେ ହାତ (ପକାଇବା) ରଖିବା ଏକା କଥା ନୁହେଁ। ଏହା ମଧ୍ୟରେ ଅନେକ ପ୍ରଭେଦ ଅଛି।"

ସେ କଥା ମୁଁ ବୁଝିଛି, କିନ୍ତୁ ତୁ ବୋଧେ ଜାଣିନାହୁଁ, ହାତ ଧରିପାରୁଥିବା ଲୋକଟି କେବଳ କାନ୍ଧରେ ହାତ ପକାଇଥାଏ ।

"ସେଥିପାଇଁ ସମୟ ଆବଶ୍ୟକ ହୋଇଥାଏ ସୁନି; ତୁ ସେହିକଥା ବୁଝିବାକୁ ଚେଷ୍ଟା କରୁନାହୁଁ କାହିଁକି ?"

"ସତୀ ତୁ ବୋଧେ ଜାଣିନୁ, ବିବାହ ବେଳେ ବେଦୀରେ ବସି ଯେଉଁ ଲୋକଟି କନିଆର ହାତ ଧରିଥାଏ । ସେହି ଲୋକଟି ହିଁ ଏକାନ୍ତରେ, ଅନ୍ତରଙ୍ଗ ମୁହୂର୍ତ୍ତରେ ତା' କାନ୍ଧରେ ହାତ ରଖିଥାଏ । ବିବାହଠାରୁ ମଧୁଶଯ୍ୟା ମଧ୍ୟରେ କେତେ ସମୟ ଅବା ବ୍ୟବଧାନ ।"

"ସୁନି; ଏଠି ମୋର କାହା ସହିତ ବିବାହ ହୋଇନାହିଁ, କିମ୍ବା ଏହି ମନ୍ଦିର ବିବାହ ବେଦୀ ନୁହେଁ,"

"ସତୀ ସେ କଥା ମୁଁ ମାନୁଛି, ଇୟେ ବିବାହ ବେଦୀ ନୁହେଁ, ଧବଳେଶ୍ୱରଙ୍କ ମନ୍ଦିର ଏବଂ ତୋର ତାଙ୍କ ସହିତ ବାହାଘର ହୋଇନି । କିନ୍ତୁ ସିଏ ତୋ ହାତରେ ମୁଦି ପିନ୍ଧାଇ ଦେଇ ତୋତେ ବିଶ୍ୱାସର ବରଣ କରି ଦେଇଗଲେ ଯେ ତୁ କେବଳ ତାଙ୍କର । ତାଙ୍କୁ ହିଁ ତୁ ବାହା ହେବୁ । ଆଉ କାହାରିକୁ ନୁହେଁ । ତା'ପରେ ତୋ କାନ୍ଧରେ ହାତ ରଖିବାକୁ ତୁ ତାଙ୍କୁ ବାରଣ କରିପାରିବୁ କି ?"

"ସେ ବେଳତ ଅଛି, ସେ ସମୟ ଆସିଲେ ବଲେ ଦେଖାଯିବ କଣ ହେଉଛି । ଏବେଠୁ ସେ କଥାକୁ ନେଇ ଏତେ ବ୍ୟସ୍ତ ବିବ୍ରତ ହେବା ବା ଯୁକ୍ତି କରିବା, ତର୍କ ବାଢ଼ିବା କ'ଣ ଦରକାର ?"

"ହଉ ହେଲା; ସିଏ ତୋ କାନ୍ଧରେ ହାତ ପକାଇବେ କିମ୍ବା ତୁ ନିଜେ ତାଙ୍କ ହାତକୁ ଆଣି ତୋ କାନ୍ଧରେ ରଖିବୁ ସେ କଥା ତୁ ବୁଝିବୁ । ଆହୁରି ମଧ୍ୟ ସେ କଥା ତୋର ଏକାନ୍ତ ଭାବେ ବ୍ୟକ୍ତିଗତ ବ୍ୟାପାର । ସମ୍ପୂର୍ଣ୍ଣ ରୂପେ ନିଜସ୍ୱ ବିଷୟ । ସେ କଥାରେ ମୋର ମୁଣ୍ଡ ଖେଳେଇବା ଦରକାର ନାହିଁ । ଅନାବଶ୍ୟକ ପ୍ରସଙ୍ଗକୁ ନେଇ ଆମ ଭିତରେ କାହିଁକି ବୃଥାଟାରେ ଯୁକ୍ତି ତର୍କ ଲାଗି ମନ ଫଟାଫଟି ହେବ । ଆହୁରି ମଧ୍ୟ ତୋ ବ୍ୟକ୍ତିଗତ ବିଷୟରେ ମୋର ଅନଧିକାର ଚର୍ଚ୍ଚା କରିବା ପୂରା ଅଶୋଭନୀୟ ନିଶ୍ଚୟ । ତେଣୁ ସେ ପ୍ରସଙ୍ଗ ଛାଡ଼ି ତୋ କଥା କହ । ଆଉ ବୋଧେ ମୋତେ ଏଣିକି ତୋ ନାମ ଧରି ଡାକିବା ମନାହେବ ।"

"କାହିଁକି ?" ସତୀ ଆଶ୍ଚର୍ଯ୍ୟ ହୋଇ ପାଚାରିଲା ।

"ତୁ ଯେତେବେଳେ ଜମିଦାର ଘର ବୋହୂ ହେବୁ, କେଉଁ ସାହସରେ ମୁଁ ତୋ ନାଁ ଧରି ଡାକିବି କହିଲୁ ?"

"ମୁଁ ଜମିଦାର ଘର ବୋହୂହେବି ?"

"ହେବୁ ନାହିଁ ତ ଆ କଣ ?"

"ତୁ କେମିତି ଜାଣିଲୁ ?"

"ଯେତେବେଳେ ଜମିଦାର ପୁଅ ନିଜେ ତାଙ୍କ ହାତରେ ତୋ ଆଙ୍ଗୁଳିରେ ମୁଦି ପିନ୍ଧେଇ ଦେଇ ତୋତେ ବରଣ କରିଗଲେ । ସେ ପରି ସ୍ଥଲେ ତାଙ୍କ ଘର ବୋହୂ ହେବାରେ ଆଉ ଅସୁବିଧା କେଉଁଠି ରହିଲା ? ତାଙ୍କ ସାନ ପୁଅକୁ ବାହାହୋଇ ତାଙ୍କ ଘରର ସାନ ବୋହୂ ହେବାକୁ ଯାଉଥିବାରୁ ମୁଁ ତୋତେ ଏଣିକି ତୋ ନାଁ ଧରି ନଡ଼ାକି ସାନ ବୋହୂ ସାଆନ୍ତାଣୀ ବୋଲି ଡାକିବି । ଜମିଦାର ଘର ବୋହୂ ମାନଙ୍କୁ ବୋହୂ ସାଆନ୍ତାଣୀ ବୋଲି ସମ୍ବୋଧନ କରାଯାଏ । ସେହି ସୂତ୍ରରେ ତୁ ହେଲୁ ସାନବୋହୂ ସାଆନ୍ତାଣୀ ।"

"ସୁନି ସେପରି କଥା ଭାବିବା କିମ୍ବା ସେଭଳି ଭାବନାକୁ ମନରେ ସ୍ଥାନ ଦେବା କି ସେମିତି ଚିନ୍ତା କଦ୍ମନାକୁ ଆଣିବା ଠିକ୍ ନୁହେଁ ।"

"କାହିଁକି ସତୀ ? ତୁ ତାଙ୍କ ପ୍ରଦତ୍ତ ମୁଦି ପିନ୍ଧି ତାଙ୍କ ବରଣୀୟା ହେଲୁ, ତୋତେ ସାନ ବୋହୂ ସାଆନ୍ତାଣୀ ନଡ଼ାକି ପ୍ରେମିକା ସାଆନ୍ତାଣୀ ଡାକିଲେ କ'ଣ ଭଲ ହେବ ?"

"ସୁନି ସବୁ କଥାରେ ଏମିତି ଠଟ୍ଟା କରିବା କ'ଣ ଭଲ ହେଉଛି ?"

"ତେବେ କ'ଣ ଏମିତି ମୁଦିକୁ ଅନାଇଁ ରହି ଆଖିର ତୃଷ୍ଣା ମେଣ୍ଟାଉଥିବୁ। କାନର ପିପାସା ବୋହୂ ସାଆନ୍ତାଣୀ ଡାକ ଶୁଣି ମେଣ୍ଟାଇବୁନି ?"

"ସୁନି; ଶକୁନ୍ତଳା, ଦୁଷ୍ମନ୍ତଙ୍କ ନାମାଙ୍କିତ ମୁଦି ହାତରେ ପିନ୍ଧି ତାଙ୍କ ରକ୍ତକୁ ଗର୍ଭରେ ଧାରଣ କରି ତାଙ୍କ ସନ୍ତାନର ଜନନୀ ହୋଇସାରି ସୁଦ୍ଧା ରାଜରାଣୀ ସମ୍ଭୋଧନ ପାଇନଥିଲେ ତାଙ୍କୁ ବିବାହ କରି ତାଙ୍କ ଉଆସକୁ ନେଯିବା ପର୍ଯ୍ୟନ୍ତ। ମୁଁ ତ ଖାଲି ତାଙ୍କ ପ୍ରଦତ୍ତ ମୁଦିଟିକୁ ପିନ୍ଧିଛି ମାତ୍ର; ସେପରି ସ୍ଥଲେ ତୋ କଥାର ତାପ୍ଯର୍ଯ୍ୟ କଣ ଅଛି ?"

"ତେବେ ବୋହୂ ସାଆନ୍ତାଣୀ ଡାକ ନଶୁଣି ସିଏ ପିନ୍ଧାଇ ଦେଇଥିବା ମୁଦିଟିକୁ ଏମିତି କେତେ ସମୟ ଅନାଇ ଦେଖୁଥିବୁ ?"

"ନାହିଁ, ମୁଁ ଏମିତି ଦେଖୁଛି"

"ଦେଖିଲୁ ସତୀ, ଆଜି ସକାଳେ ଭଦଭଦଲିଆ ଦେଖିଥିଲୁ କେମିତି ଶୁଭଫଳ ମିଳିଲା"

"ଶୁଭଫଳ କ'ଣ ସୁନି ?" ସତୀ ପଚାରିଲା ଆଉ ବଡ଼ ବାପାଙ୍କର ତୋ ନାମ ସହିତ ତାଙ୍କ ନାମକୁ ମିଶାଇ ଉଚ୍ଚାରଣ କରି ଧବଲେଶ୍ୱରଙ୍କ ଉପରେ ବେଲପତ୍ର ବଢ଼େଇବାର ସୁଫଳର ଆଭାସ ପାଇଲୁତ। ତୋ ଅଙ୍ଗୁଳିରେ ସିଏ ତାଙ୍କ ହାତପିନ୍ଧା ମୁଦି ପିନ୍ଧାଇ ଦେଲେ। ଏହାଠାରୁ ତୁ ତାଙ୍କ ଠାରୁ ଆଉ କ'ଣ ଅଧିକ ଆଶା କରୁଥିଲୁ ?"

"ନାହିଁ ସେ କଥା ନୁହେଁ,"

"ତେବେ ଆଉ କେଉଁ କଥା ?"

ସତୀ ମନ ଦୁଃଖରେ ସୁନି ମୁହାଁକୁ ଅନାଇଁ କହିଲା, "ସୁନି କଥା ହେଲା, ମୁଁ ଏ ମୁଦିଟିକୁ କେତେ ସମୟ ପିନ୍ଧି ପାରିବି ?"

ସତୀ କଥା ଶୁଣି ସୁନି ଆଶ୍ଚର୍ଯ୍ୟ ହୋଇ ପାଚାରିଲା, "ସତୀ ତୁ ଭାବୁଛୁକି ସିଏ ତାଙ୍କ ମୁଦିଟିକୁ ଫେରାଇ ନେବେ ?"

"ନାହିଁ ମୁଁ ସେମିତି ଭାବୁନାହିଁ।"

ସତୀର ଉତ୍ତର ଶୁଣି ସୁନି ଟିକେ ଆଶ୍ୱସ୍ତ ବୋଧ କଲା। "ତେବେ କେତେ ସମୟ ପିନ୍ଧିବା କଥା କହୁଛୁ ?"

"ସୁନି ତୁ କ'ଣ ଜାଣି ପାରୁନୁ ପରିସ୍ଥିତି କ'ଣ ? ମୁଁ ତୋତେ ଅଧିକ କ'ଣ ବୁଝାଇବି ? ମନ୍ଦିରରେ ଥିବା ପର୍ଯ୍ୟନ୍ତ ମୁଁ ମୁଦି ଟିକୁ ପିନ୍ଧିପାରିବି ତା' ପରେ ମୋତେ ମୁଦିଟିକୁ ହାତରୁ ଓହ୍ଲାଇବାକୁ ପଡ଼ିବ।"

ସୁନି ପୁଣି ଆଶ୍ଚର୍ଯ୍ୟ ହୋଇ ପଚାରିଲା,"ତୁ କାହିଁକି ଓହ୍ଲାଇ ପଲାଇବୁ ? ସିଏ କେତେ ଶ୍ରଦ୍ଧାରେ, ସରାଗରେ, ସୋହାଗରେ, ସେନେହରେ ଆଦରରେ ନିଜେ ତୋ ହାତରେ ପିନ୍ଧାଇ ଦେଇ ଗଲେ। ତୋ'ର କ'ଣ ସେ ମୁଦିଟି ପସନ୍ଦ ହେଉନି କି, ଯେଉଁଥିପାଇଁ ଓହ୍ଲାଇ ପକାଇବୁ କହୁଛୁ ?

ସତୀ ବୁଝାଇବା ଭଲି ସୁନିକୁ କହିଲା, "ସୁନି; ପସନ୍ଦ ଅପସନ୍ଦର କଥା ଏଠି ଉଠୁନି, ମାତ୍ର ମୁଁ ଯେ ନିରୂପାୟ"

ସତୀ ପାଖକୁ ଆହୁରି ଟିକେ ଲାଗି ଆସି ସୁନି ତାକୁ କଅଁଲେଇ ପଚାରିଲା, "ତେବେ କ'ଣ ତୋତେ ମୁଦି ପିନ୍ଧିବାକୁ ଭଲ ଲାଗୁନି ?"

"ଭଲ ଲାଗିବ ନାହିଁ କାହିଁକି ?"

"ଓହ୍ଲାଇ ପକାଇବାକୁ କହୁଛୁ ଯେ ?"

"ମୋତେ ପରିସ୍ଥିତି ବାଧ୍ୟ କରୁଛି ମୁଦି ଓହ୍ଲାଇ ଦେବାକୁ"

ସୁନି ଆହୁରି ଆଶ୍ଚର୍ଯ୍ୟ ହୋଇ ପଚାରିଲା,"ପରିସ୍ଥିତି ? କେଉଁ ପରିସ୍ଥିତି କଥା ତୁ କହୁଛୁ? ମୁଦି ପିନ୍ଧିବାରେ ତୋ'ର ପୁଣି କି ପ୍ରକାର ପରିସ୍ଥିତି ସୃଷ୍ଟି ହେବ ବୋଲି ତୁ ଭାବୁଛୁ ?"

ସୁନିକୁ ସତୀ ଦୁଃଖଭରା କଣ୍ଠରେ କହିଲା, "ସୁନି ତୁ ବୁଝୁନୁ କାହିଁକି ? ମୁଁ ମୁଦି ପିନ୍ଧି ଘରକୁ ଗଲେ, ଘରେ ମୋ ହାତରେ ମୁଦି ଦେଖି ପଚାରିବେ ତୁ ଏ ମୁଦି କେଉଁଠୁ ଆଣିଲୁ ? ତୋତେ କିଏ ମୁଦି ଦେଲା ଆଉ କାହିଁକି ବା ଦେଲା ? ମୁଦିରେ ଯାହା ନାଁ ଲେଖାହୋଇଛି ସିଏ କିଏ ? ତାଙ୍କ ଘର କେଉଁଠି ? ସିଏ ତୋର କିପରି ପରିଚିତ ହେଲେ ? ଏମିତି କେତେ କଥା ଉଠିବ ? ମୁଁ ଏସବୁ ପ୍ରଶ୍ନର କି ଉତ୍ତର ଦେବି କହିଲୁ ? "

ମୁଦିରେ ନାଁ ଲେଖା ହୋଇଥିବା କଥା ଶୁଣି ସତୀ ପାଖକୁ ଆହୁରି ଘୁଞ୍ଚିଯାଇ ସୁନି ତା' ପାପୁଲିଟିକୁ ଧରି ମୁଦିଟିକୁ ନିରେଖି ଦେଖିଲା । କିଛି ସମୟ ଦେଖିଲା ପରେ କହିଲା, "ସତୀ ପ୍ରକୃତରେ ମୁଦିଟି ଭାରି ବଢ଼ିଆ ହୋଇଛି । ତୋ ଚମ୍ପାକଢ଼ି ଅଙ୍ଗୁଳିକୁ ବେଶ୍ ମାନୁଛି ଆଉ ସତୀ ତୁ ଖୁବ୍ ଭାଗ୍ୟବତୀ ନିଶ୍ଚୟ"

"ମୁଁ ଭାଗ୍ୟବତୀ ? ତୁ ଏକଥା କହି ପାରୁଛୁ ? ତୁ କେମିତି ଜାଣିଲୁ ମୁଁ ଭାଗ୍ୟବତୀ ବୋଲି ?"

"ତୁ ଏଇଥି ପାଇଁ ଭାଗ୍ୟବତୀ ଯେ ଜମିଦାର ଘର ପୁଅ ତୋତେ ପସନ୍ଦ କରିଗଲେ । ତୋ ହାତରେ ମୁଦିଟିକୁ ପିନ୍ଧାଇ ଦେଇ ତୋତେ ଜୀବନ ସାଥୀ (ବାହାହେବାର) କରିନେବାକୁ ନିରବ ପ୍ରତିଶ୍ରୁତି ଦେଇଗଲେ । ଜମିଦାର ଘର ବୋହୂ ହେବାର ଭାଗ୍ୟ କ'ଣ ସମସ୍ତଙ୍କ କପାଳରେ ଜୁଟେ । ତୁ ଯେତେବେଳେ ଜମିଦାର ଘରର ବୋହୂ ହେବାକୁ ଯାଉଛୁ । ସେପରି ସ୍ଥଳେ ତୋତେ ଭାଗ୍ୟବତୀ କୁହାଯିବନି ତ ଆଉ କ'ଣ ହୀନ କପାଳି କୁହାଯିବ ?"

"ସୁନି ହାତରେ କାହାରି ପ୍ରଦତ୍ତ ମୁଦିଟିକୁ ପିନ୍ଧି ଦେଲେ କେହି କାହାରି ସ୍ତ୍ରୀ ହୋଇପାରେନା କିମ୍ବା ତାଙ୍କ ଘର ବୋହୂ ହେବାର ସ୍ୱୀକୃତି (ଗୌରବ) ପାଏନା । ଯେ ପର୍ଯ୍ୟନ୍ତ ବଧୂ ବେଶରେ ତାଙ୍କ ଘରର ଏରୁଣ୍ଡି ବନ୍ଧ ଡେଇଁ ତାଙ୍କ ଘର ଭିତରକୁ ପ୍ରବେଶ ନ କରିଛି ।"

"ତା' ସତ ଯେ, କିନ୍ତୁ ସିଏ ଯେତେବେଳେ ତୋ ହାତରେ ମୁଦି ପିନ୍ଧାଇ ଦେଇଗଲେ ତାଙ୍କ ହାତ ଧରିବାକୁ ଅର୍ଥାତ୍ ତାଙ୍କ ହାତ ସହିତ ତୋ ହାତର ହସ୍ତଗଣ୍ଠି ପଡ଼ିବାକୁ ଏବଂ ତାଙ୍କ ଧର୍ମପତ୍ନୀ ହେବାକୁ ତୋତେ ଆଉ କେତେ ସମୟ ଲାଗିବ କିମ୍ବା ତୋ ପାଇଁ ଆଉ କୌଣସି ଅସୁବିଧା ଅଛି କି ? ତାଙ୍କ ସ୍ତ୍ରୀ ହୋଇ ସାରିଲା ପରେ ତାଙ୍କ ଘରର ଏରୁଣ୍ଡି ବନ୍ଧ ଡେଇଁବାକୁ ଆଉ କେତେ ବାଟ ବାକି ଯେ ?"

"ସୁନି (ବାହା) ବେଦୀରୁ– ସବାରୀ ଅନେକ ଦୂର ଓ ସବାରୀ ଠାରୁ ଏରୁଣ୍ଡି ବନ୍ଧ ବହୁତ ବାଟ । ତୁ ସେ କଥା ବୁଝିବାକୁ କାହିଁକି ଚେଷ୍ଟା କରୁନୁ ?"

"ସତୀ ତୁ ତାଙ୍କ ନାମଲେଖା ମୁଦି ତୋ ହାତରେ ପିନ୍ଧି ଏକ ପ୍ରକାର ତାଙ୍କର ଅଧାଅଧ୍ ଅର୍ଦ୍ଧାଙ୍ଗିନୀ ହୋଇ ସାରିଲୁଣୁ । ତାଙ୍କ ଘର ଏରୁଣ୍ଡି ବନ୍ଧକୁ ମଧ୍ୟ ତୁ ଅକ୍ଲେଶରେ ଡେଇଁଯିବୁ ।"

"ସୁନି; ଶକୁନ୍ତଲା ତ ରାଜା ଦୁଷ୍ମନ୍ତଙ୍କ ନାମ ଲେଖା ମୁଦି ହାତରେ ପିନ୍ଧିଥିଲେ । ହେଲେ ସେ କଣ ସହଜରେ ତାଙ୍କ ରାଣୀ ହୋଇ ପାରିଥିଲେ । ଏପରିକି ତାଙ୍କ ରକ୍ତକୁ ଗର୍ଭରେ ଧାରଣ କରି ତାଙ୍କ ପୁତ୍ର ଭରତକୁ ଜନ୍ମ ଦେଇ ସାରି ସୁଦ୍ଧା ।"

"ହେଲେ ଶେଷରେତ ପୁଣି ଶକୁନ୍ତଲାଙ୍କୁ ଦୁଷ୍ମନ୍ତ ସ୍ତ୍ରୀ ଭାବରେ ଗ୍ରହଣ କରିଥିଲେ । ରାଜାରାଣୀର ମର୍ଯ୍ୟାଦା ପ୍ରଦାନ କରିଥିଲେ, ମଝିରେ ଯାହା ଅସୁବିଧା ସୃଷ୍ଟି ହୋଇଥିଲା ଶକୁନ୍ତଲା ତାଙ୍କ (ଦୁଷ୍ମନ୍ତଙ୍କ) ପ୍ରଦତ୍ତ ମୁଦିଟିକୁ ହଜାଇ ଦେଇଥିବା ଯୋଗୁ । ତୁ ଶକୁନ୍ତଲାଙ୍କ ପରି ତାଙ୍କ ପ୍ରଦତ୍ତ ମୁଦିଟିକୁ କାହିଁକି ହଜାଇବୁ । ତାକୁ ସାଇତି ରଖିଥିବୁ ରଙ୍କ ରନ୍କୁ ସାତ ସିନ୍ଧୁକରେ ସାତ ଗଣ୍ଠି ପକାଇ ସାଇତି ରଖିଲା ପରି । କିଛି ଅସୁବିଧା ହେବନି । କାହିଁକି ନା ତୋ ଉପରେ ଭଗବାନ ସଦୟ ଅଛନ୍ତି । ଆଉ ତୋ ଭାଗ୍ୟ ମଧ୍ୟ ଏଥିପାଇଁ ସହାୟକ ହେଉଛି ଓ ଆଗକୁ ହେବ ନିଶ୍ଚିତ ।"

"ସୁନି ଏ ପର୍ଯ୍ୟନ୍ତ ଭଗବାନ ମୋ ପ୍ରତି ନ୍ୟାୟ ବିଚାର କରି ନାହିଁନ୍ତି କିମ୍ବା ସଦୟ ମଧ୍ୟ ହୋଇନାହାନ୍ତି । ଆଉ ଭାଗ୍ୟ ମୋତେ କେବେ ସହାୟତା ଦେଇନାହିଁ ।"

ଦେଖୁବୁ ସତୀ, ଅନେକ ବିପର୍ଯ୍ୟୟ ପରେ ଯେପରି ସଫଳତା ମିଳିଥାଏ, ଅନେକ ଦୁଃଖ ପରେ ସୁଖ ମିଳେ। ଅନେକ କଷ୍ଟପରେ ଶାନ୍ତି ମିଳେ, ବହୁତ ବ୍ୟଥା ପରେ ମିଳିଥାଏ ଆନନ୍ଦ। ବହୁତ ନିର୍ଯ୍ୟାତନା ପରେ ମିଳେ ପ୍ରସନ୍ନତା। ବିପଦ ତୁମକୁ ସତର୍କ ରହିବାକୁ ଶିଖାଏ। ଦୁଃଖ ତୁମକୁ ଟାଣ କରେ। ପ୍ରତିକୂଳ ଅବସ୍ଥା ତୁମକୁ ସମର୍ଥକରେ। ସେମିତି ତୁ ଅନେକ ଦୁଃଖ ଯନ୍ତ୍ରଣା ପାଇଲୁଣି। କଷ୍ଟ ଦୁର୍ଦ୍ଦଶା ଭୋଗିଲୁଣି। ଏବେ ତୁ ନିଶ୍ଚିନ୍ତ ସୁଖୀ ହେବୁ। ଆନନ୍ଦ ପାଇବୁ। ଶାନ୍ତିରେ ରହିବୁ। ସୁସ୍ଥ ନିରାମୟ ଜୀବନ ବିତାଇବାକୁ ସମର୍ଥ ହେବୁ। କାରଣ ଶାସ୍ତ୍ର କହିଛି। "ସୁଖସ୍ୟାନନ୍ତରଂ ଦୁଃଖ ଦୁଃଖସ୍ୟାନନ୍ତର ସୁଖମ୍, ଚକ୍ରବତ୍ ପରିବର୍ତ୍ତନ୍ତେ ଦୁଃଖାନି ଚ ସୁଖାନି ଚ।" ସୁଖ ପରେ ଦୁଃଖ ଏବଂ ଦୁଃଖ ପରେ ସୁଖ ଆସେ। ସୁଖ ଓ ଦୁଃଖ ଚକ୍ରପରି ପରିବର୍ତ୍ତନଶୀଳ। ଆଉ "ସୁଖ ମଧ୍ୟେ ସ୍ଥିତଂ ଦୁଃଖଂ ଦୁଃଖ ମଧ୍ୟେ ସ୍ଥିତଂ ସୁଖମ୍ ଦ୍ୱୟୋରନ୍ୟୋନ୍ୟ ସଂଯୁକ୍ତଂ ପ୍ରୋଚ୍ୟତେ ଜଳପଙ୍କବତ୍।" ସୁଖ ଭିତରେ ଦୁଃଖ ଏବଂ ଦୁଃଖ ଭିତରେ ସୁଖ ରହିଅଛି। ଜଳ ଓ ପଙ୍କ ସଂଯୁକ୍ତ ହେଲା ପରି ସୁଖ ଓ ଦୁଃଖ ପରସ୍ପର ସଂଯୁକ୍ତ। ଦେଖିବୁ ରହ ନିଶ୍ଚୟ ତୁ ଅଧରବାବୁଙ୍କ ସ୍ତ୍ରୀ ହୋଇ ନିଶ୍ଚିତ ଜମିଦାର ଘର ଏରୁଣ୍ଡି ବନ୍ଧ ଡେଇଁଯିବୁ ନବବଧୂ ବେଶରେ ତାଙ୍କ ହାତ ଧରି। ତୁ ଏବେ ଠୁଁ ଏମିତି ଭାଙ୍ଗି ପଡ଼ୁନି। ସତୀ ଭଲ ଭାବରେ ମନେ ରଖିଥିବୁ ସଂପଦକୁ ନେଇ ଗର୍ବୀ ବା ବିପଦକୁ ନେଇ ଅଧୀର ହୁଅ ନାହିଁ। କାରଣ କୌଣସି ସ୍ଥିତି ସ୍ଥାୟୀ ନୁହେଁ।

କଥାରେ ଅଛି "ଦୁଃଖର ଚାପକୁ ଭୟ କର ନାହିଁ, ଚାପରେ ବର୍ଷ ବର୍ଷ ଧରି ରହିଲା ପରେ କୋଇଲା ହୀରାରେ ପରିଣତ ହୁଏ। ସେହିପରି ଅନେକ ଦୁଃଖ ପରେ ସୁଖ ଆସେ। ତୁ ତୋ ଜୀବନରେ ଅନେକ ଦୁଃଖ କଷ୍ଟ ସହିଲୁଣି। ଏଣିକି ତୋ'ର ସୁଖର ଦିନ ଆସିଗଲା ବୋଲି ଜାଣେ। ବିଶିଷ୍ଟ ହାସ୍ୟରସ ଅଭିନେତା ଚାର୍ଲି ଚାପଲିନ କହିଥିଲେ- "ଏହି ବଦମାସ ପୃଥ୍ୱୀରେ କିଛି ସ୍ଥାୟୀ ନୁହେଁ। ସବୁ ଅଳିକ ଏପରିକି ଆମର ଦୁଃଖ ମଧ୍ୟ ଚିରସ୍ଥାୟୀ ନୁହେଁ। ପରିସ୍ଥିତି ସର୍ବଦା ପରିବର୍ତ୍ତନଶୀଳ। ଏହାକୁ ନେଇ ବିଚଳିତ ହେବା ଉଚିତ୍ ନୁହେଁ।"

ସୁନିଠାରୁ ଏତେ କଥା ଶୁଣି ସାରି ସ୍ୱଭାବ ସତୀ ମୁହଁରେ ଦୁଃଖ ବାଦଲର ଛାଇ। ସେ ଦରଦୀ କଣ୍ଠରେ କହିଲା। "ମୋ ଆଙ୍ଗୁଳିକୁ ଭଲ ମାନୁଛି ବୋଲି ତୁ କହୁଛୁ, ଯେତେ ଭଲ ମାନିଲେ କ'ଣ ହେବ ସାଙ୍ଗ ମୁଦିଟିକୁ ଓହ୍ଲାଇ ଲୁଚାଇ ରଖିବାକୁ ପଡ଼ିବ।"

ସତୀକୁ ବୁଝାଇବାକୁ ସୁନି ଚେଷ୍ଟା କରୁଥିଲା, "ତୁ ମୁଦିକୁ ଓହ୍ଲାଇ ଲୁଚାଇ ରଖିବୁ। ମନ୍ଦିରକୁ ଠାକୁରଙ୍କୁ ଦର୍ଶନ କରିବା ବାହାନାରେ ଆସି ଛପି ଛପି ତାଙ୍କୁ ଦେଖା କରିବୁ। ଲୁଚେଇ ଲୁଚେଇ ଭଲ ପାଇବୁ। ତାଙ୍କୁ ଝୁରି ମରୁଥିବୁ ଗୋପନରେ। ସବୁକଥା କ'ଣ ଏମିତି ଲୁଚା ଚୋରାରେ ଲୋକଲୋଚନ ଆଢୁଆଳରେ ଚାଲିଥିବ। ପ୍ରକାଶ୍ୟରେ କିଛି ହେବନି?"

ସତୀ ଉତ୍ତରରେ କେବଳ କହିଲା "ସୁନି;"

ସୁନି ଏଥର ସତୀ ଚିବୁକକୁ ଧରି ପଚାରିଲ, "ବୁଝିଲୁ ସାଙ୍ଗ, ଏଇନେ ଯେମିତି ଡାକୁଛୁ ସୁନି; ସେତେବେଳେ ଏମିତି ଡାକିବୁ? ଏମିତି ଶରଧାରେ ଆଉ ସରାଗ ଓ ସେନେହ ମନରେ"

"କେତେବେଳେ?" ସତୀ ଆଚମ୍ବିତ ହେଲା ପରି ପଚାରିଲା।

"ଯେତେବେଳେ ତାଙ୍କ ସୋହାଗ ପରଶ ପାଇ ତୁ ଆନନ୍ଦରେ ଉଚ୍ଛୁଳି ଉଠୁଥିବୁ? ସେତେବେଳେ ମୁଁ ତୋ ମନରେ ଥିବି ନା ତୁ ମୋତେ ମନରେ ପକାଇବାକୁ ଇଚ୍ଛା କରିବୁ?"

ସୁନି କଥା ଶୁଣି ସୁନି ମୁହଁକୁ ନିରେଖ ଚାହିଲା ସତୀ, ତା' ଆଖି ସହିତ ନିଜ ଦୃଷ୍ଟିକୁ ମିଶାଇ ପଚାରିଲା, "ସୁନି ମୋତେ ଆଶ୍ଚର୍ଯ୍ୟ ଲାଗୁଛି। ତୁ କେମିତି ଭାବି ପାରୁଛୁ ଯେ ମୁଁ ତୋତେ ଭୁଲିଯାଇ ପାରିବି? ପାଶୋରି ପକାଇବି (ଦେବି)।"

ସତୀ କଥା ଉତ୍ତରରେ ଶୁଣି କହିଲା, "ସତୀ ସାରା ସଂସାରରେ କେବଳ ଗୋଟିଏ କଥା। ତାହା ହେଲା ଆପଣା ସ୍ୱାର୍ଥ ହାସଲ। ନିଜର ସ୍ୱାର୍ଥ ସିଦ୍ଧି ପ୍ରତି ସମସ୍ତଙ୍କର ଲକ୍ଷ୍ୟ ଥାଏ। ଗଛଟିଏ ଲଗାଇବାକୁ ହେଲେ କେବଳ ତା' ମୂଳକୁ ମାଟିରେ ପୋତିଦେଲେ ହେବ ନାହିଁ। ତା' ମୂଳରେ ପାଣି ଦେବାକୁ ହେବ। ଗାଈ ଗୋରୁଙ୍କ କବଳରୁ ରକ୍ଷା କରିବାକୁ ହେଲେ ତା' ଚାରିପଟେ ବାଡ଼ ବୁଜିବାକୁ ହେବ। ସେ ସବୁ କାମ ଗଛ ଲଗାଇଥିବା ଲୋକଟି କରିଥାଏ। ଯଦି କେବେ କୌଣସି କାରଣରୁ ବାଡ଼ ଭାଙ୍ଗିଯାଏ କିମ୍ବା ଗଛଟି ଝାଉଁଳି ପଡ଼େ ତେବେ ଦେଖିଥିବା ଲୋକମାନେ ଗଛ ଲଗାଇଥିବା ବ୍ୟକ୍ତିକୁ ଖବର ଦେଇ ଥାଆନ୍ତି ଯେ ସେ ବୁଜିଥିବା ବାଡ଼ ଭାଙ୍ଗି ଯାଇଛି। ପାଣି ଅଭାବରୁ ଗଛଟି ଝାଉଁଳି ପଡ଼ିଛି। କିନ୍ତୁ କେହି ଭାଙ୍ଗି ଯାଇଥିବା ବାଡ଼କୁ ସଜାଡ଼ି ଦିଅନ୍ତି ନି କିମ୍ବା ଗଛ ମୂଳେ ପାଣି କଳସିଏ ଢାଳି ନଥାଆନ୍ତି। ସେ କାମ ପାଇଁ ଗଛ ଲଗାଇଥିବା ଲୋକକୁ ଖୋଜାପଡ଼େ। ମାତ୍ର ଗଛଟି ବଡ଼ ହୋଇ ସେଥିରେ ଫଳ ଧରିଲେ ଆଉ ଗଛ ଲଗାଇଥିବା ଲୋକଟିକୁ ଖୋଜା ପଡ଼େନି।" "କାର୍ଯ୍ୟାର୍ଥୀ ଭଜତେ ଲୋକେ ଯାବତ କାର୍ଯ୍ୟଂ ନ ସିଧ୍ୟତି ଉର୍ତ୍ତୀର୍ଣ୍ଣେ ଚ ପରେ ପାରେ ନୌକାୟା କିଂ ପ୍ରୟୋଜନମ।" କାର୍ଯ୍ୟାର୍ଥୀ କାର୍ଯ୍ୟ ସିଦ୍ଧି ହେବାଯାଏ ଲୋକର ସହାୟତା ଲୋଡ଼େ। ନଦୀ ପାର ହେବା ପରେ ନାଆରେ ଆଉକି ପ୍ରୟୋଜନ। ସେ ଗଛର ଫଳକୁ କିପରି କେଉଁ ଉପାୟରେ କିଭଳି କୌଶଳ ପ୍ରୟୋଗ କରି ନେଇ ହେବ ସେ ଯୋଜନାରେ ସମସ୍ତ ବ୍ୟସ୍ତ ରହନ୍ତି। ସେତେବେଳେ କେହି କେବେବି ଗଛ ଲଗାଇଥିବା ଲୋକର ଆବଶ୍ୟକ ଅନୁଭବ କରନ୍ତି ନାହିଁ। ଯେପରି ବାଡ଼ ଭାଙ୍ଗିଗଲା ବେଳେ ଓ ଗଛ ଝାଉଁଳି ପଡ଼ିଥିବା ସମୟରେ ଗଛ ଲଗାଇଥିବା ଲୋକଟିକୁ ଖୋଜି ଥାଆନ୍ତି। ବରଂ ସେ ସ୍ଥାନରେ ଗଛ ଲଗାଇଥିବା ଲୋକଟିର ଉପସ୍ଥିତିକୁ ଅନେକ ବିରୋଧ କରିଥୋଆନ୍ତି। କାରଣ କାଲେ ସେମାନେ ଫଳ ତୋଳିଲା ବେଳେ ଗଛର କ୍ଷତି ପ୍ରତି ନଜର ରଖିବାକୁ ସେ ଲୋକଟି କହିବ ଓ ସେମାନଙ୍କୁ କଞ୍ଚାଫଳ ସଂଗ୍ରହରୁ ନିବୃତ ହେବାକୁ ବାଧ୍ୟ କରିବ। ଏହି ଆଶଙ୍କାରେ, କାରଣ ଫଳନ୍ତି ଗଛକୁ ଟେକା ପକାଯାଏ ଏବଂ ପକାନ୍ତି ଅସହିଷ୍ଣୁ କୃତଘ୍ନମାନେ।

ମଣିଷ ମଞ୍ଚ ଗଢ଼େ। କିନ୍ତୁ ପରେ ତାକୁ ଆଉ ସେହି ମଞ୍ଚରେ ଦେଖିବାକୁ ମିଳେ ନାହିଁ। ଯେଉଁ ମଣିଷମାନେ ସେହି ମଞ୍ଚ ଦ୍ୱାରା ଗଢ଼ି ହୁଅନ୍ତି, ସେହିମାନଙ୍କ ଭାରରେ ସେ ମଞ୍ଚଟି ଗଢ଼ିଥିବା ମଣିଷଟି ପାଇଁ ତାହା ଭାଙ୍ଗିଯାଏ। ସେହି ମଣିଷଟି ମଧ ଅନେକ ସମୟରେ ଅଲୋଡ଼ା ହୋଇଯାଏ। କିମ୍ବା ପରିବାରରେ ସମାଲୋଚନାର ଶିକାର ହୁଏ। ଏପରି ପରିସ୍ଥିତିରେ ବାର୍ଦ୍ଧକ୍ୟ ଆସିଲେ ନିଜ ଘରେ ବନବାସ କରି ବାନପ୍ରସ୍ଥ ଜୀବନ କଟାଇବା କେବେ ହେଲେ ଅସ୍ୱାଭାବିକ ନୁହେଁ। ଜୀବନ ନଈ ତ ବହି ଚାଲିଛି ତଳକୁ ତଳକୁ। ବହି ଯିବା ତ ନଦୀର ଧର୍ମ। ଏଣୁ ଜୀବନ ନାମକ ନଈକୁ ଅଟକାଇ ପାରିବ କିଏ ?

ସତୀ ସବୁ ମଣିଷର ସେହି ଗୋଟିଏ ପ୍ରକାର ଚିନ୍ତାଧାରା। ସମାନ ମନୋବୃତ୍ତି। ଏକା ରକମ ଆଭିମୁଖ୍ୟ ଓ ପ୍ରକୃତି ମଧ। ସଫଳତା ପାଇଗଲା ପରେ, କାହାଦ୍ୱାରା ଓ କିପରି ସେ ସଫଳତାର ପାହାଚ ଚଢ଼ିବାକୁ ସକ୍ଷମ ହୋଇ ପାରିଲା, କେହି କେବେବି ସେ କଥା ଆଦୌ ମାନରେ ପକାନ୍ତି ନାହିଁ ବରଂ ତାକୁ ସେଥିପାଇଁ ଯିଏ ସାହାଯ୍ୟ କରିଥିଲା ତା' ସହିତ ଶଠତା ଆଚରଣ କରି ଥାଆନ୍ତି। ଯାହା ସହଯୋଗରେ ସଫଳତାର ଶୀର୍ଷରେ ପହଞ୍ଚି ପାରନ୍ତି। ସେମାନଙ୍କ ନିକଟରେ କୃତଜ୍ଞ, ନରହି ଓଲଟି କୃତଘ୍ନ ହୋଇ ତା'ର କ୍ଷତି ଘଟାଇବାକୁ କେବେବି ପଶ୍ଚାତପଦ ହୁଅନ୍ତି ନାହିଁ। କାରଣ ସେମାନଙ୍କ ନିକଟରେ ତାଙ୍କର ଦୁର୍ବଳତା ଥାଏ। ତାଙ୍କ ସାମ୍ନାରେ ସେମାନେ ନିଜର ବଡ଼ିମାପଣ ଦେଖାଇ ପାରନ୍ତି ନାହିଁ। ନିଜକୁ ଟେକିଲା ପରି କଥା କହିବା ମଧ ସମ୍ଭବ ହୋଇନଥାଏ। ସେ ଲୋକଟି ନିକଟରେ ନିଜ ପାରଦର୍ଶିତାର ଉପାଖ୍ୟାନ ସେମାନେ ପ୍ରକାଶ କରିବାକୁ ତାଙ୍କ ଉପସ୍ଥିତିରେ ଅସୁବିଧାର ସମ୍ମୁଖୀନ ହୋଇ ଥାଆନ୍ତି। ଆପଣାର ବାହାଦୁରୀ ଓ ପାରିଲାପଣ ଅନ୍ୟମାନଙ୍କ ଆଗରେ ବଖାଣିବା ପ୍ରତ୍ୟେକ ମଣିଷର ସହଜାତ ପ୍ରବୃତ୍ତି। ସେଥିପାଇଁ ଯାହାର କାନ୍ଧରେ ପାଦରଖି ସଫଳତାର ସିଡ଼ି ଚଢ଼ିଥାଆନ୍ତି। ତାଙ୍କ କାନ୍ଧକୁ ନିଜ ପାଦଭାରରେ ଏମିତି ଦାବି ଦିଅନ୍ତି ଯେପରି ତାଙ୍କୁ ଉପରକୁ ଉଠିବା ଲାଗି କାନ୍ଧ

ପାଟିଥିବା ଲୋକଟି ତାଙ୍କ ପାଦ ଭାରରେ ପ୍ରଭୁ ବାମନଙ୍କ ପାଦ ଚାପରେ ବଳି ରାଜା ପାତାଳଗାମୀ ହେଲା ପରି ସେ ଲୋକଟି ରସାତଳଗାମୀ ହୋଇଯିବ। ନିଜର ଜୀବନ କାଳ ଭିତରେ ଉକ୍ତ ଲୋକଟି ଯେପରି କେବେବି ଅଣ୍ଠା ସଳଖ ଠିଆହୋଇ ନପାରିବ। ମନୀଷୀ ଈଶ୍ୱର ଚନ୍ଦ୍ର ବିଦ୍ୟା ସାଗରଙ୍କ ଭାଷାରେ "ସବୁ ଗଛ ଲଗାଇଲେ ସମାଜ ବା ବ୍ୟକ୍ତି ଲାଭାନ୍ୱିତ ବା ଉପକୃତ ହେଉଥିଲା ବେଳେ ମଣିଷ ଗଛ ଲଗାଇଲେ ରୋଗାକ୍ରାନ୍ତ ହେବା ନିରାଟ ସତ୍ୟ"।

ଉପରକୁ ଉଠିବାକୁ ହେଲେ ଅନ୍ୟର କାନ୍ଧରେ ପାଦ ଦେବାକୁ ପଡ଼େ। ଲୋକପ୍ରିୟ ଉପନ୍ୟାସ "ଗଡ଼ଫାଦର" ର ଲେଖକ ମେରିଓପିଜୋଙ୍କ ମତରେ "ସବୁ ଶ୍ରେଷ୍ଠତ୍ୱ ପଛରେ ରହିଛି କିଛିନା କିଛି ଅପରାଧ।" ବସ୍ୟଃ କ୍ଷୀରକ୍ଷୟୀ ଦୃଷ୍ଟା ପରିତ୍ୟଜତି ମାତରମ୍। ସର୍ବସ୍ୟ ହି କୃତାର୍ଥସ୍ୟମତିରନ୍ୟା ପ୍ରଜାୟତେ। କ୍ଷୀର ସରିଗଲା ପରେ ବାଛୁରୀ ମାଆକୁ ତ୍ୟାଗ କଲା ପରି କାମ ସରିଗଲେ ଲୋକେ ଉପକାରୀଙ୍କୁ ଅନ୍ୟ ଦୃଷ୍ଟିରେ ଦେଖଥାଆନ୍ତି।

ସୁନି କଥା ଶୁଣି ସତୀ ପଚାରିଲା "ସୁନି ମୋ ପ୍ରତି ତୋ'ର ଏଇ ପ୍ରକାର ଧାରଣା ତାହେଲେ"।

"ଖାଲି ତୋ ପ୍ରତି ନୁହେଁ ସତୀ, ପ୍ରତ୍ୟେକ ମଣିଷଙ୍କ ପ୍ରତି ମୋର ସମାନ ଆଭିମୁଖ୍ୟ। ଏହା ହେଉଛି ଦୁନିଆର ନିୟମ। ମଣିଷ ଜାତିର ପ୍ରବୃତ୍ତି ଓ ପ୍ରକୃତି ମଧ୍ୟ। ଆମ ସମାଜର କଥା। ସଂସାରର ରୀତି। ଜଗତର ନୀତି। ଏପରି ବିଚାର ଧାରା ଆଦିମ କାଳରୁ ଚଳି ଆସିଛି। ଏବେ ସୁଦ୍ଧା ସେଇ ପ୍ରକାର ଆଚାର ବ୍ୟବହାର ଓ ବିଚାର ପ୍ରଚଳିତ ଅଛି। ସେପରି କର୍ମର କେତେ ଉପଲକ୍ଷ୍ୟ ରହିଛି ପୁରାତନ କାଳରୁ ଆଧୁନିକ ଯୁଗ ପର୍ଯ୍ୟନ୍ତ। ବୈଦିକ (ଆଦିମ) ବେଳରୁ ଆଜିକାର ସମୟ ଯାଏଁ। ପିତୃସତ୍ୟ ପାଲି ରାମଚନ୍ଦ୍ର ରାଜ୍ୟ ଓ ରାଜ ସିଂହାସନ ତ୍ୟାଗ କରି ବନବାସୀ ହୋଇଥିଲେ। ସେତେବେଳେ ଯେଉଁ ଅନୁଜ ଲକ୍ଷ୍ମଣ ସ୍ୱ ଇଚ୍ଛାରେ କୌଣସି ବାଧବାଧକତାରେ ନୁହେଁ, କାରଣ ବିମାତା କୈକେୟୀଙ୍କର ଯାଚନା (ଦାବି) ଥିଲା "ରାମଚନ୍ଦ୍ର ୧୪ ବର୍ଷ ବନକୁ ଯିବେ, ଭରତ ଅଯୋଧ୍ୟାର ରାଜା ହେବ।" ରାଜସୁଖ ପରିତ୍ୟାଗ କରି ତାଙ୍କୁ ଅନୁସରଣ ପୂର୍ବକ ତାଙ୍କର ଅନୁଗାମୀ ହୋଇ ଜଗତରେ ଶ୍ରେଷ୍ଠ ତ୍ୟାଗୀ ପୁରୁଷର ଉଦାହରଣ ସୃଷ୍ଟି କରିଥିଲେ। ରାତ୍ରୀରେ ରାମ, ସୀତା, କୁଟୀର ମଧ୍ୟରେ ନିଦ୍ରା ଯାଇଥିବା ବେଳେ ନିଜେ ରାତି ଉଜାଗର ରହି ଧନୁଶର ଧରି ତାଙ୍କୁ ଜଗି ରହୁଥିଲେ। ଅନ୍ତିମ ସମୟରେ ରାମଚନ୍ଦ୍ର ସେହି ଅନୁଜ ଲକ୍ଷ୍ମଣଙ୍କୁ ବର୍ଜନ କରି ଜଙ୍ଗଲକୁ ପଠାଇ ଦେବାକୁ ନିଷ୍ପତ୍ତି ନେଇ ପାରିଥିଲେ। ଅନ୍ଧତ୍ୱ ଯୋଗୁ ରାଜା ହେବା ପାଇଁ ଯୋଗ୍ୟତା ହରାଇଥିବା ଧୃତରାଷ୍ଟ୍ର ନିଜ ସାନଭାଇ ପଣ୍ଡୁଙ୍କ ଅକାଳ ମୃତ୍ୟୁପରେ ତାଙ୍କର (ପଣ୍ଡୁଙ୍କର) ପ୍ରତିନିଧି ଭାବରେ ରାଜ୍ୟ ଶାସନ କରୁଥିଲେ। ପଣ୍ଡୁଙ୍କ ପୁଅମାନଙ୍କୁ ସେମାନଙ୍କ ରାଜ୍ୟ ଫେରାଇ ନଦେଇ ଓଲଟି ସେମାନଙ୍କ ଅନିଷ୍ଟ ଘଟାଇବା ଯୋଜନାରେ ସଂପୃକ୍ତ ହେଲେ। ଘୋଷଯାତ୍ରା ସମୟରେ ଚିତ୍ରସେନ ଗନ୍ଧର୍ବଙ୍କ କବଳରୁ ସେହି ଦୁର୍ଯ୍ୟୋଧନଙ୍କୁ ଉଦ୍ଧାର କରିଥିବା ଅର୍ଜୁନଙ୍କ ଧର୍ମପତ୍ନୀଙ୍କୁ ଭରା କୁରୁ ସଭାରେ ଉଲଗ୍ନ କରାଇବା ଅପଚେଷ୍ଟା କରିବାକୁ ଦୁର୍ଯ୍ୟୋଧନ ପଶ୍ଚାତପଦ ହୋଇନଥିଲେ। ପିତୃହରା ପାଣ୍ଡବମାନେ ବିଶେଷ କରି ଅର୍ଜୁନ ବାଲ୍ୟ କାଳରେ ଯାହାଙ୍କଠାରୁ ସର୍ବାଧିକ ସ୍ନେହ, ଶ୍ରଦ୍ଧା ପାଇଥିଲେ ସେହି ପିତାମହ ଭୀଷ୍ମଙ୍କୁ ତାଙ୍କର ଅତି ପ୍ରିୟ ପୌତ୍ର ସବ୍ୟସାଚି କୁରୁକ୍ଷେତ୍ରରେ ନିଷ୍କ୍ରିୟ କରିଦେଇ ଶରଶଯ୍ୟାରେ ଶୁଆଇ ଦେଇଥିଲେ। ଯାହାଙ୍କଠାରୁ ଅସ୍ତ୍ର ଚାଳନା ଶିକ୍ଷା ପାଇଁ ଧନଞ୍ଜୟ ଆର୍ଯ୍ୟାବର୍ତ୍ତର ସର୍ବଶ୍ରେଷ୍ଠ ଧନୁର୍ଦ୍ଧର ହୋଇ ପାରିଥିଲେ। କୁରୁକ୍ଷେତ୍ରରେ ତାଙ୍କର ଅତି ପ୍ରିୟଶିଷ୍ୟ ଅର୍ଜୁନ ସେହି ଗୁରୁଙ୍କ ଉପରକୁ ଶର ପ୍ରହାର କରିବାକୁ କୁଣ୍ଠା ପ୍ରକାଶ କରିନଥିଲେ। ଯେଉଁ କୃଷ୍ଣଙ୍କ ପରାମର୍ଶରେ ପରିଚାଳିତ ହୋଇ ପାଣ୍ଡବମାନେ (ବିଶେଷକରି ସବ୍ୟସାଚି) କୁରୁକ୍ଷେତ୍ରରେ ମହାମହାରଥୀମାନଙ୍କୁ ପରାସ୍ତ କରି ବିଜୟୀ ହୋଇ ରାଜ୍ୟଲାଭ କରିଥିଲେ। ତାଙ୍କର ଅନ୍ତିମ ସମୟରେ ଜାରାଶବର ଶରାଘାତ କୃଷ୍ଟ ଯନ୍ତ୍ରଣାରେ ବ୍ୟକୁଳ ହୋଇ ଅର୍ଜୁନଙ୍କୁ ତାଙ୍କୁ ଟିକେ କୋଳାଗ୍ରତ କରିବାକୁ ଡାକିଲା ବେଳେ ପାର୍ଥ ସମସ୍ତ ପ୍ରକାର ନୈତିକତାକୁ ଜଳାଞ୍ଜଳି ଦେଇ ତାଙ୍କୁ ଛୁଇଁବା ପାଇଁ ଜ୍ୟେଷ୍ଠଦେଶ ନାହିଁର ଅବତାରଣା କରି କୃଷ୍ଣଙ୍କ ସମସ୍ତ ପ୍ରକାର ଆକୁଳତାକୁ ଅତି

ନିର୍ଦ୍ଦୟ ଭାବେର ପ୍ରତ୍ୟାଖ୍ୟାନ କରି ଚରମ କୃତଘ୍ନତାର ପରିଚୟ ଦେଇଥିଲେ । ଧର୍ମରାଜ ପୁଣ୍ୟଶ୍ଳୋକ ଯୁଧିଷ୍ଠିର ଏପରି ଅବିବେକିତା ପୂର୍ଣ୍ଣ ଆଦେଶ ଦେବାକୁ ସାମାନ୍ୟତମ କୁଣ୍ଠିତ ହୋଇନଥିଲେ । ଯେଉଁ ଭୀମ ସେମାନଙ୍କ ପରମ ଶତ୍ରୁ କୌରବ ଶହେ ଭାଇଙ୍କୁ ବଧ କରି ସିଂହାସନ ଅଧିକାର କରିବା ପରେ ନିଜେ ରାଜା ନହୋଇ ଅଗ୍ରଜ ଯୁଧିଷ୍ଠିରଙ୍କୁ ରାଜା ବୋଲି ମୁକ୍ତ କଣ୍ଠରେ ଘୋଷଣା କରିଥିଲେ । ସେହି ପୁଣ୍ୟଶ୍ଳୋକ ଧର୍ମରାଜ ଯୁଧିଷ୍ଠିର ସ୍ୱର୍ଗାରୋହଣ ବେଳେ ଅନୁଜ ଭୀମଙ୍କ ପ୍ରତି କୃଟନୀତି ପ୍ରୟୋଗ କରିବାକୁ ପଞ୍ଚାତପଦ ହୋଇନଥିଲେ ।

ନେପୋଲିଅନଙ୍କୁ ବିପ୍ଳବର ସନ୍ତାନ ବୋଲି କୁହାଯାଏ । ଯେଉଁ ବିପ୍ଳବ ଯୋଗୁ କ୍ଷମତା ହାସଲ କରିବାକୁ ସମର୍ଥ ହୋଇଥିଲେ । ଫ୍ରାନ୍ସର ସମ୍ରାଟ ହେବା ପରେ ନିଷ୍କଣ୍ଟକ ରାଜ୍ୟଭୋଗ ପାଇଁ ସେ ବିପ୍ଳବକୁ ଅତି ଦୃଢ଼ ହସ୍ତରେ ଦମନ କରିଥିଲେ । ଆଲ୍ଲାଉଦ୍ଦିନ ଖିଲିଜ, ମହମ୍ମଦ ତୋଗଲକ, ଶାହାଜାହାନ, ଆଉରଙ୍ଗଜେବ ଓ ଅଜାତ ଶତ୍ରୁ ପ୍ରଭୃତି ନିଜର ସ୍ୱାର୍ଥ ପାଇଁ (ରାଜ୍ୟ ଓ ସିଂହାସନ ଲାଗି) ସେମାନଙ୍କ ପିତା, ପିତୃବ୍ୟ, ଜ୍ଞାତି ଓ ଭାଇମାନଙ୍କୁ ହତ୍ୟା କରିଥିଲେ । ସମ୍ରାଟ ଅଶୋକ ମଧ୍ୟ ତାଙ୍କର ଶହେ ଭାଇମାନଙ୍କୁ ହତ୍ୟା କରିଥିଲେ । କିତାବ ମହଲରୁ ଓହ୍ଲାଇବା ସମୟରେ ସିଡ଼ିରୁ ଖସିପଡ଼ି ଗୁରୁତର ଆଘାତ ପ୍ରାପ୍ତ ହୁମାୟୁନ ପ୍ରାଣତ୍ୟାଗ କରିବା ପୂର୍ବରୁ ନିକଟରେ ଥିବା ତାଙ୍କର ଅତି ଅନ୍ତରଙ୍ଗ ଘନିଷ୍ଠ ବନ୍ଧୁ ବୈରାମ ଖାଁଙ୍କୁ କହିଥିଲେ । "ବୈରାମ ମସନଦ ରହିଲା, ଆକବର ରହିଲା, ଆଉ ତା' ପାଇଁ ତୁମେ ରହିଲା ।" ବୈରାମଙ୍କଠାରୁ ତାଙ୍କ ଅନୁରୋଧ(କଥା) ପାଳନରେ କୌଣସି ପ୍ରତିଶ୍ରୁତି ପାଇବା ପୂର୍ବରୁ ହୁମାୟୁନଙ୍କ ପ୍ରାଣବାୟୁ ଉଡ଼ିଯାଇଥିଲା । ନିଷ୍ଠାପର ବୈରାମ ନିଜ ଅନୁଚାରିତ କଥାକୁ ଅକ୍ଷରେ ଅକ୍ଷରେ ପାଳନ କରିଥିଲେ । ଯୋଗ୍ୟ ଅଭିଭାବକଙ୍କ ଅଧୀନାୟକତ୍ୱରେ ଦ୍ୱିତୀୟ ପାନିପଥ ଯୁଦ୍ଧରେ ବିଜୟ ଲାଭ କରି ବୈରାମଙ୍କୁ ତାଙ୍କ ନିଷ୍ଠାପରତାର ପୁରସ୍କାର ସ୍ୱରୂପ ମିଥ୍ୟା ରାଜଦ୍ରୋହ ଅପରାଧରେ ଅଭିଯୁକ୍ତ କରାଯାଇ ବନ୍ଦୀ କରି କାରାଗାରକୁ ପଠାଇ ଦିଆଗଲା । ସମାଲୋଚନା ଭୟରେ ତାଙ୍କ ତ୍ୟାଗର ମହନୀୟତା ପାଇଁ (ସ୍ମରଣ କରି) ତାଙ୍କୁ ରାଜକ୍ଷମା ପ୍ରଦାନ କରାଗଲା । କାରାମୁକ୍ତ ବୈରାମଙ୍କୁ ତୀର୍ଥଯାତ୍ରାରେ ପଠାଇ ଦିଆଯାଇ ଆକବରଙ୍କ ଇଙ୍ଗିତରେ ବାଟରେ ଗୁପ୍ତ ହତ୍ୟା କରାଗଲା । ଏହାର ମୁଖ୍ୟ କାରଣ ଦର୍ଶାଯାଇ କୁହାଯାଇଥିଲା ଯେ ବୈରାମଙ୍କ ଔଦ୍ଧତ୍ୟ ସୀମା ଟପିଯାଇଥିଲା । ଏହା ଆକବରଙ୍କ ପକ୍ଷରେ ସହିବାର ସମସ୍ତ ସୀମା ଲଙ୍ଘିଗଲା । ମାତ୍ର ପ୍ରକୃତ କଥା ହେଲା ବୈରାମଙ୍କ ଦ୍ୱିତୀୟ ପତ୍ନୀଙ୍କ ଆସାମାନ୍ୟ ସୌନ୍ଦର୍ଯ୍ୟ ପ୍ରତି ଆକୃଷ୍ଟ ଆକବରଙ୍କ ପାପଲାଳସା । ଆକବର ଅତ୍ୟନ୍ତ (ଭାରି) ନାରୀ ଲୋଭୀ କାମାସକ୍ତ ଥିଲେ । ମାନସିଂହଙ୍କ ଭଗ୍ନୀ ଅମରର ରାଜକନ୍ୟା ଯୋଧାବାଇଙ୍କ ଭଳି ସୁନ୍ଦରୀ ରାଜପୁତ ଲଲନାଙ୍କୁ ସ୍ତ୍ରୀ କଲା ପରେ ବି ଆକବର ହାରେମ (ନାରୀ ଗୁହାଲ)ରେ ତିନିଶହ ସୁନ୍ଦରୀ ଯୁବତୀଙ୍କୁ ପୋଷୁଥିଲେ । ଏହି ତିନିଶହ ଯୁବତୀଙ୍କୁ କ'ଣ ସେ ବିଭା ହୋଇଥିଲେ କି ? ନା ସେଗୁଡ଼ା ଉପଭୋଗ୍ୟା (ଯୌନ କଣ୍ଠେଇ) ଥିଲେ । ଯେତେବେଳେ ଇଚ୍ଛା ହେଉଥିଲା ବିନା ବାଧାରେ ଉପଭୋଗ କରୁଥିଲେ । ଏହା ସତ୍ତ୍ୱେ ମଧ୍ୟ ସିଏ ଜଣେ ସୁଶାସକ ଓ ବିଖ୍ୟାତ ବାଦଶାହ ଭାବରେ ଇତିହାସରେ ଚିତ୍ରିତ ।

ଇତିହାସରେ ବ୍ରିଟିଶ ଶାସକ, ରାଜାମାନଙ୍କ ମଧ୍ୟରେ ମହାରାଣୀ ଏଲିଜାବେଥ ଯେଉଁ ସମ୍ମାନ, ପ୍ରତିଷ୍ଠା ଓ ଅମରତ୍ୱ ଲାଭ କରିଛନ୍ତି । ତାହା ଆଉ କିଏ ଏଯାଏଁ ପାଇଛନ୍ତି ? ଚାରିଶହ ବର୍ଷ ହେଲା ସେ ବ୍ରିଟିଶ ଇତିହାସରେ ଏବେ ସୁଦ୍ଧା ଚିକ୍ ଚିକ୍ କରୁଛନ୍ତି । ସେ ଅବିବାହିତା ଥିଲେ । ମାତ୍ର ତାଙ୍କର ପ୍ରେମିକମାନଙ୍କୁ ସେ ଯେମିତି ହତ୍ୟା କରିଛନ୍ତି ତା'ର ଛାତିଥରା ଉଦାହରଣ ଇତିହାସରେ ଆଉ କାହିଁ ? ଯୁବରାଜ ଏସେକସ, ବିଶ୍ୱବିଖ୍ୟାତ ଐତିହାସିକ ସାର-ୱାଲଟର ରାଲେ ଏମାନଙ୍କ ଏମିତି ହତ୍ୟା କଲେ ସେଥିରୁ ତାଙ୍କର ମଣିଷ ପଣିଆ ଉପରେ ଆଖତରତା ପ୍ରଶ୍ନ ଉଠେ । ବିଶ୍ୱବିଖ୍ୟାତ ଲେଖକ ବ୍ୟାକନ୍ତ ତାଙ୍କ ହତ୍ୟା ଆଦେଶର ଦାଢ଼େଦାଢ଼େ ଖସିଗଲେ । ଏସବୁର କାରଣ କ'ଣ ? ସତରେ ତା ସବୁ କ'ଣ ଯଥାର୍ଥ ? ତଥାପି ସେଟ ଏବେ ପୁଣ୍ୟ ଶ୍ଳୋକ ତାଲିକାରେ । ପ୍ରଶ୍ନ ହେଲା ବୁଡ଼ି ଯାଇଥିବା ବ୍ରିଟିଶ ସାମ୍ରାଜ୍ୟ ଓ ରାଜତନ୍ତ୍ରକୁ ସେ କୂଳରେ

ଲଗେଇ ଦେଲେ ନା ନାହିଁ । ଯେତ ସାର । ବାକିଗୁଡ଼ା ବିଶ୍ୱା ଘଣ୍ଟା ବ୍ୟାପାର କାଳ ଏକୁ କେଉ ଗ୍ରହଣ କରେ ? ମୋଗଲ ସାମ୍ରାଜ୍ୟରେ ଆକବର ଯେଉଁ ମର୍ଯ୍ୟାଦା ଓ ସମ୍ମାନ ଲଭିଲେ ସେ କଥା ଆଉରଙ୍ଗଜେବଙ୍କର କାହିଁ ? ଆକବର ତାଙ୍କ ହାରେମ (ସୁନ୍ଦରୀ ମାଲାରେ) ତିନିଶହ ସୁନ୍ଦରୀ ମହିଳାଙ୍କୁ ରଖ୍ ଉପଭୋଗ ତାଲିକାଭୁକ୍ତ କରିଥିଲେ । ସେ ଟିପ ଚିହ୍ନ ବାଲା ଥିଲେ । ନିରୀହା ଅନାରକଲିକୁ ଯେମିତି ଜୀବନ୍ତ ସମାଧ୍ ଦେଲେ । ସେଥିରେ ତାଙ୍କ ପ୍ରତି ମନ ଛି ହୋଇଯାଏ । ଆଉରଙ୍ଗଜେବଙ୍କର ଏସବୁ ଦୁର୍ବଲତା ନଥିଲା । ଆଉରଙ୍ଗଜେବଙ୍କ ବ୍ୟକ୍ତିଗତ ଜୀବନ ନିଷ୍କଲଙ୍କ ଥିଲା । ସେ ସଂଯମୀ ଓ କର୍ତ୍ତବ୍ୟ ପରାୟଣ ଥିଲେ । ଅନ୍ୟାନ୍ୟ ମୋଗଲ ସମ୍ରାଟମାନଙ୍କ ଜୀବନ ଭଳି ତାଙ୍କର ଜୀବନ ବିଳାସମୟ ନହୋଇ ସରଳ ଓ ନିରାଡ଼ମ୍ବର ଥିଲା ମାତ୍ର ଆକବର ତ ଆକବର ଓ ଆଉରଙ୍ଗଜେବ ତ ଆଉରଙ୍ଗଜେବ ବନିଲେ । ଜଣେ ଉଦାର ଶାସକ ଜଣେ ଧର୍ମାନ୍ଧତାର ସ୍ମାରକୀ ବନିଲେ । ବଡ଼ ବିଚିତ୍ର ଏ ସଂସାର ।

ଅହିଂସା ସଂଗ୍ରାମରେ ଦେଶକୁ ଇଂରେଜ ଶାସନରୁ ମୁକ୍ତ କରିଥିବା ନିଃସ୍ୱାର୍ଥପର ଗାନ୍ଧୀଙ୍କୁ ତାଙ୍କ ନିଜ ଦେଶର ଲୋକ ଜଣେ ଭାରତୀୟ ହିଁ ହତ୍ୟା କରିଥିଲେ (ଇଂରେଜମାନେ ନୁହନ୍ତି) । ଦେଶ ପାଇଁ ପ୍ରାଣବଳି ଦେଇଥିବା ସୁଭାଷ ଚନ୍ଦ୍ର ବୋଷଙ୍କ ମୃତ୍ୟୁ ସମ୍ବାଦ ରହସ୍ୟାବୃତ ଥିଲା । ସେ ନିଶ୍ଚିତ ବିଶ୍ଚିଛନ୍ତି ନିର୍ଦିଷ୍ଟ ଭାବେ ସଠିକ୍ ଜାଣିସୁଦ୍ଧା କ୍ଷମତା ହରାଇବା ଆଶଙ୍କାରେ ସ୍ୱାଧୀନ ଭାରତର, କ୍ଷମତା, ରାଜନୀତିରେ ଥିବା କେତେକ ଶୀର୍ଷସ୍ତରର ତୁଙ୍ଗ ରାଜନେତା ସେ ତଥ୍ୟ ପ୍ରକାଶ ନକରି ଗୋପନ ରଖିଥିଲେ । ଯାହାଙ୍କ ପ୍ରଗାଢ଼ ଉଦ୍ୟମ ଫଳରେ ଆମ ଦେଶର ପ୍ରଥମ ମହିଳା ପ୍ରଧାନମନ୍ତ୍ରୀ କ୍ଷମତାସୀନ ହେବାକୁ ସମର୍ଥ ହୋଇଥିଲେ । ପ୍ରଧାନମନ୍ତ୍ରୀ ଗାଦି ହାସଲ କରି ସାରିବା ପରେ ସେ ତାଙ୍କର ସେହି ପରମ ହିତାକାଂକ୍ଷୀ ଅଭିଭାବକଙ୍କୁ କୌଶଳରେ କୃଟନୀତି ପ୍ରୟୋଗ କରି ନିର୍ବାଚନରେ ଜଣେ ଛାତ୍ର ନେତାଙ୍କ ଦ୍ୱାରା ପରାଜିତ କରାଇ କେ. କିମରାଜ ନାଦରଙ୍କୁ ରାଜନୀତିରୁ ସନ୍ନ୍ୟାସ ନେବାକୁ ଏକ ପ୍ରକାର ବାଧ୍ କରିଥିଲେ । କୁଷ୍ଠ ରୋଗରୁ ମୁକ୍ତ କରିଥିବା ଅତି ପ୍ରିୟଶିଷ୍ୟ ଜୁଦାସହିଁ ଯିଶୁଙ୍କୁ ବାରଟି ରୋପ୍ୟ ମୁଦ୍ରା ଲୋଭରେ ଚିହ୍ନାଇ ଦେଇଥିଲେ । ଯାହା ଫଳରେ ଯିଶୁ କୃଶବିଦ୍ଧ ହେଲେ । ଏଇତ ହେଲା ଦୁନିଆର ନିୟମ । ତୁ ଏଥିରୁ ବାଦ୍ ଯିବୁ କିପରି ? ସ୍ୱାର୍ଥ ପାଇଁ ମଣିଷ ସବୁକିଛି କରିପାରେ । ନିଜର ସ୍ୱାର୍ଥସିଦ୍ଧି ଲାଗି ମଣିଷଠାରୁ ଯେକୌଣସି ଅନିଷ୍ଟକାରୀ କର୍ମ କଲାଭଳି କୃତଘ୍ନ ଜୀବ ବୋଧେ ସଂସାରରେ ଆଉ କେହି ନାହିଁ ।

ଅନୁରୂପ ଭାବେ ବୃକ୍ଷ ଆମକୁ ଫଳ ଦିଏ, ଫୁଲ ଦିଏ, ଛାଇ ଦିଏ । ପ୍ରତିଦାନରେ ଆମେ ତାକୁ ଟେକା ମାରୁ । ଫୋପଡ଼ ପକାଉ, କାଟୁ, ହାଣୁ ଏବଂ ବେଳେ ବେଳେ ନିଜର ସ୍ୱାର୍ଥ ପାଇଁ ଜଙ୍ଗଲକୁ ଜାଳି ପୋଡ଼ି ଛାରଖାର କରିଦେଉ । ସେମାନେ ପ୍ରତିବାଦ କରନ୍ତି ନାହିଁ । ବରଂ ବେଳ ଆସିଲେ ଆମକୁ ପୁଣି ମଧୁର ଫଳର ସ୍ୱାଦ ଚଖାଇବା ପାଇଁ ଫୁଲର ସୁଗନ୍ଧ ଆହରଣ ଲାଗି, ଗ୍ରୀଷ୍ମ ରତୁରେ ପଥିକୁ ଛାୟାରୂପୀ ଶୀତଳତା ପ୍ରଦାନ ନିମନ୍ତେ କୁଣ୍ଠିତ ହୁଅନ୍ତି ନାହିଁ । ସୂର୍ଯ୍ୟ ଆମକୁ ଆଲୋକ ପ୍ରଦାନ କରେ । ନିରବଚ୍ଛିନ୍ନଭାବରେ ଉଦୟ ଅସ୍ତ ହୁଏ । ପ୍ରତିଦାନରେ ଆମଠାରୁ କିଛି ଚାହେଁ ନାହିଁ । ପ୍ରକୃତି ଆମକୁ ସବୁକିଛି ଦିଏ । ସର୍ବଂସହା ଧରିତ୍ରୀ ଅନାଦି, ଅନନ୍ତ କାଳରୁ ଜୀବଜଗତର ଅତ୍ୟାଚାର ସହି ଆସିଛି । ପରନ୍ତୁ କେବେ ପ୍ରତିବାଦର ସ୍ୱର ଉତ୍ତୋଳନ କରେ ନାହିଁ । କାରଣ ଭାରତୀୟ ସଂସ୍କୃତି ଓ ପରମ୍ପରାରେ ଆମେ ପ୍ରକୃତି ଓ ଧରିତ୍ରୀକୁ ମା'ର ସ୍ଥାନ ଦେଇ ଆସିଛୁ । ଆମେ ଆମର ଭୂଖଣ୍ଡକୁ ସର୍ବଦା ମାତୃଭୂମି କହି ଆସିଛୁ । ସେଇଥିପାଇଁ ପ୍ରାତଃ କାଳରେ ଶୟ୍ୟାତ୍ୟାଗ ପରେ ଆମେ କାଳକାଳରୁ ଧରିତ୍ରୀ ଉପରେ ପାଦ ପକାଇବା ମାତ୍ରେ ଗାଇଥାଉ "କରାଗ୍ରେ ବସତେ ଲକ୍ଷ୍ମୀ ପାଦ ସ୍ପର୍ଶଂ କ୍ଷାମସ୍ୱ ମେ" ତୁମ ଦେହରେ ପାଦ ଥାପି ଥିବାରୁ ହେ ଧରିତ୍ରୀ ମା' ଆମକୁ କ୍ଷମା କରିଦେବ । ଯେପରି ମା' ନିଃସ୍ୱାର୍ଥପର ଭାବରେ ପ୍ରତିଦାନରେ କୌଣସି ଆଶା ନରଖ୍ ସନ୍ତାନଙ୍କୁ ଲାଳନ ପାଳନ କରେ । ଠିକ୍ ସେହିପରି ଏମାନେ ମା' ପରି ଆମର କଲ୍ୟାଣ କରି ଆସିଛନ୍ତି । ପରନ୍ତୁ ଆଜି ଅଧିକାଂଶ ମନୁଷ୍ୟ ଏହାକୁ ଭୁଲିଯାଇଥିବା ନିଶ୍ଚିତ

ଭାବରେ କୃତଘ୍ନତାର ଲକ୍ଷଣ । କେବଳ ସେତିକି ନୁହେଁ, ସୁସଂସ୍କାର ଓ ସୁଶିକ୍ଷା ଅଭାବରୁ ନିଜର ଜନ୍ମଦାତ୍ରୀ ଜନନୀକୁ ମଧ୍ୟ ଆଜିର ସନ୍ତାନମାନେ କେବଳ ଭୁଲିଯାଇ ନାହାନ୍ତି । ତା' ପ୍ରତି ଅନ୍ୟାୟ ଅତ୍ୟାଚାର ମଧ୍ୟ କରୁଛନ୍ତି । ପ୍ରତିଦିନ ସମ୍ବାଦ ପତ୍ର ଓ ଅନ୍ୟ ଗଣମାଧ୍ୟମରେ ଏହିଭଳି ହୃଦୟ ବିଦାରକ ସମ୍ବାଦମାନ ପ୍ରକାଶିତ ହେଉଛି । ଯେଉଁଠି ପିଲାମାନଙ୍କ ଅତ୍ୟାଚାରର ଶିକାରରେ ବୃଦ୍ଧ ପିତାମାତା ଅସହାୟ ଅବସ୍ଥାରେ ଘରଛାଡ଼ି ଅନ୍ୟତ୍ର ରହୁଛନ୍ତି । ଉପକାରର ବିସ୍ମୃତି ପାପ, ପରନ୍ତୁ ଉପକାରୀ ପ୍ରତି ଅନ୍ୟାୟ ଓ ଅତ୍ୟାଚାର କେବଳ କୃତଘ୍ନତା ନୁହେଁ । ମହାପାପ ।

ଆମର କଠିନ ପରିସ୍ଥିତିରେ ଯିଏ ବି ଆମର ସେବା, ସାହାଯ୍ୟ ବା ଉପକାର କରିଛି ଆମେ ତା'ପ୍ରତି ସଦା ସର୍ବଦା କୃତଜ୍ଞ ରହିବା ହେଉଛି ମାନବିକତା । ଅର୍ଥାତ ସେ ବ୍ୟକ୍ତି ଯିଏ କୃତଘ୍ନ ନହୋଇ କୃତଜ୍ଞ ରହେ ସେ ହିଁ ଦିବ୍ୟ ଗୁଣର ଅଧିକାରୀ ବୋଲି କୁହାଯାଇ ପାରିବ । ବିପଦ ବେଳେ ଯିଏ ଆମକୁ ଅନ୍ଧକାରରୁ ଆଲୋକକୁ ଆଣିବା ପାଇଁ ଆମର ସହାୟକ ହୋଇଛି ତା'ପ୍ରତି ଧନ୍ୟବାଦର ଭାବ ରଖି କୃତଜ୍ଞତା ପ୍ରକାଶ କରିବା ଉଚିତ୍ । ଅନେକ ସନ୍ତାନ ଭାବନ୍ତି ଯେହେତୁ ବାପା, ମା' ତାଙ୍କୁ ଜନ୍ମ ଦେଇଛନ୍ତି ଲାଳନ ପାଳନ କରି ବଡ଼ କରିବା ତାଙ୍କର ଦାୟିତ୍ୱ । ଏଥିରେ କୃତଜ୍ଞତା ପ୍ରକାଶ କରିବା କ'ଣ ଦରକାର ।

ଯେଉଁମାନେ ଆମକୁ ସ୍ୱାଧୀନ କରିବା ପାଇଁ ଆମ୍ଭବଳିଦାନ ଦେଲେ, ଯେଉଁ ସୈନିକମାନେ ଅଧିକ ପରିଶ୍ରମ କରି ଦେଶକୁ ଶତ୍ରୁଠାରୁ ସୁରକ୍ଷିତ ରଖିବା ପାଇଁ ସଦା ଜାଗ୍ରତ ଅବସ୍ଥାରେ ଅଛନ୍ତି ସେମାନଙ୍କ ପ୍ରତି ଆମ୍ଭିକ କୃତଜ୍ଞତାର ଭାବ ପ୍ରକଟିତ ହେବା ଉଚିତ୍ । ଉପକାରୀ ବନ୍ଧୁର ଅପକାର କରିବାକୁ ମିତ୍ରଦ୍ରୋହ କୁହାଯାଏ ।

ତା'ପରେ ପଶୁ ଜଗତରେ ନୁହେଁ ମଣିଷ ସମାଜରେ କୃତଘ୍ନତା ପରିଦୃଷ୍ଟ ହୋଇଥାଏ ଅଧିକ ମାତ୍ରାରେ । ଈଶ୍ୱର ଚନ୍ଦ୍ର ବିଦ୍ୟାସାଗରଙ୍କ କୁସ୍ୱ ରଚନାକାରୀ ଜଣକ କଥା ତାଙ୍କୁ କୁହାଯିବାରୁ କିଛି କ୍ଷଣ ନିରବ ରହି ବିଦ୍ୟାସାଗର କହିଲେ "କାହିଁ ମୁଁ ତ ତା'ର କିଛି ଉପକାର କରି ନାହିଁ, ସେ ମୋର ନିନ୍ଦା କାହିଁକି କରୁଛି ?" ଅର୍ଥାତ୍ ଜୀବନରେ ସେ ଉପକାର କରିଥିବା ସମସ୍ତ ଲୋକ ତାଙ୍କର ବିରୋଧାଚରଣ କରିଥିଲେ । ଆଉ ଗାନ୍ଧୀଙ୍କୁ ଗୁଳିରେ, ଯୀଶୁ ଖ୍ରୀଷ୍ଟଙ୍କୁ କଣ୍ଟାପିଟି, ସକ୍ରେଟିସଙ୍କୁ ହେମଲକ ବିଷ ପିଆଇ ଓ ଆକ୍ମିଡ଼ଙ୍କୁ ତରବାରୀ ଦ୍ୱାରା ହତ୍ୟା କରାଯାଇଛି । ଏ ମଣିଷ ସମାଜରେ ଦାର୍ଶନିକ ଆରିଷ୍ଟଟଲ ଓ ବାଗ୍ମୀ ଡେମୋସ୍ଥିନ୍‌ସ, ଇୟାସୁନାରୀ କାୟୋବାତା ଏବଂ ଅର୍ଣ୍ଣେନ ଚେଖବଙ୍କୁ ଆମ୍ଭହତ୍ୟା କରିବାକୁ ପଡ଼ିଛି ।

ସୁନି କଥା ଶୁଣି ସତୀ କହିଲା "ସୁନି ସେସବୁ ବଡ଼ବଡ଼ିଆଙ୍କ କଥା । କ୍ଷମତା ହାସଲର ଲାଳସା ସେଠି ପ୍ରବଳ ମାତ୍ରାରେ କାର୍ଯ୍ୟ କରିଥାଏ । ସେ ରାଜା ରାଜୁଡ଼ାଙ୍କ କଥାରୁ ଓ ରାଜନୀତିର ଗୋଚ୍ଛିକତା ମାରପେଞ୍ଚ କର୍ମରୁ ଆମକୁ କଣ ମିଳିବ ? ତୋତେ ମୋର ବିନମ୍ର ଅନୁରୋଧ ସେମିତି କଥା ଆଦୌ କହନା । ସେପରି ଭାବନାକୁ ଜମା ମନରେ ସ୍ଥାନ ଦେଏନା । ସେଭଳି ଚିନ୍ତାଧାରାକୁ ଅନ୍ତରରେ ମୋଟେ ଧରି ରଖନା । ସେପରି ମତଲବକୁ ବିଲ୍‌କୁଲ୍ ହୃଦୟ ଭିତରେ ସାଇତେନା । ବାବା ଧବଳେଶ୍ୱରଙ୍କ ପାଖରେ ମୋର ଏତିକି ପ୍ରାର୍ଥନା ଆମ ମଧ୍ୟରେ ସମ୍ପର୍କ ଯେମିତି ଅଛି ସବୁଦିନ ସେହିପରି ରହିଥାଉ । ମୁଁ ତାଙ୍କ ପାଖରେ ବିନୀତ ହୋଇ ମିନତି କରୁଛି ଏଥିରେ ଭଙ୍ଗା ନପଡ଼ୁ । ଆମ ସମ୍ପର୍କର ଡୋରି ଛିଡ଼ି ନଯାଉ । ଆମମାନଙ୍କ ମନର ବନ୍ଧନ ଶିଥିଳ ନହେଉ । ଅଟୁଟ ରହୁ ଆମ ଭିତରେ ସୃଷ୍ଟି ହୋଇଥିବା ସମ୍ବନ୍ଧ । ଆମ ମଧ୍ୟରେ ଗଢ଼ି ଉଠିଥିବା ସେତୁ ଡୁବି ନଯାଉ ସ୍ୱାର୍ଥପରତାର ଲହଡ଼ି ଆଘାତରେ ।"

"ସତୀ କୁଆର ପରେ ଭଙ୍ଗା ପଡ଼େ । ଯେତେ ଦୃଢ଼ ବନ୍ଧନ ହେଉପଛେ ତାହା କ୍ରମେ ଶିଥିଳ ହୋଇଯାଏ । ସମ୍ପର୍କର ଡୋରି କେତେ ଦିନ ମଜବୁତ ରହିପାରିବ ଏ ଭଙ୍ଗାଗଢ଼ା କର୍ମମୟ ସ୍ୱାର୍ଥପର ସଂସାର ଭିତରେ ? ତାହା ଦିନେନା ଦିନେ ଛିଡ଼ିଯିବ । ଭାଙ୍ଗି ଯିବ ଦିନେ ଆମ ମଧ୍ୟରେ ଗଢ଼ି ଉଠିଥିବା ସମ୍ବନ୍ଧର କୋଣାର୍କ, ଲାଙ୍ଗୁଡ଼ା ନରସିଂହ

ଦେବଙ୍କ କୋଣାର୍କ ମନ୍ଦିର ଯଦି ଭାଙ୍ଗିଗଲା। ପ୍ରଭୁ ରାମଚନ୍ଦ୍ରଙ୍କ ସେତୁବନ୍ଧ ଯଦି ପାଣିରେ ବୁଡ଼ି ଯାଇ ପାରିଲା। ତେବେ ଆମ ଭିତରେ ଗଢ଼ି ଉଠିଥିବା ସଂପର୍କର ସେତୁ ଓ ସମ୍ବନ୍ଧର କୋଣାର୍କ କେତେଦିନ ମୁଣ୍ଟେକି ଅତୁଟ ରହିପାରିବ ? ସଂସାରରେ ପ୍ରଚଳିତ ସ୍ୱାର୍ଥ ସର୍ବସ୍ୱ ଢେଉର ଆଘାତକୁ ପ୍ରତିହିତ କରି ?"

ସୁନି କଥା ଶୁଣି ସତୀ ଧୈର୍ଯ୍ୟହରା ହୋଇ ପଡ଼ିଲା, ଦୁଃଖରେ ଭାଙ୍ଗିପଡ଼ି ସେ ସୁନି ପାଟିରେ ହାତ ଦେଇ କହିଲା "ସେମିତି କଥା କହିନି ସୁନି, ଆମ ଜୀବନରେ କେବେବି ସେମିତି ଦୁର୍ଦ୍ଦିନ ନଆସୁ, ଯେଉଁଦିନ ଆମ ସମ୍ପର୍କର ରଜ୍ଜୁ ଛିଡ଼ିଯିବ, ଆମେ କ'ଣ ପରସ୍ପରକୁ ଭୁଲି ଯାଇ ପାରିବା ? ସେ ସମୟକୁ କ'ଣ ଆମେ କେବେ ପ୍ରଶ୍ରୟ ଦେବା ଯେଉଁ ସମୟ ପ୍ରଭାବର ପ୍ରବାହରେ ଆମ ଦୁହିଁଙ୍କ ମଧରେ ଗଢ଼ିଉଠିଥିବା ସମ୍ବନ୍ଧର ସେତୁ ଭୁଣ୍ଡୁଡ଼ି ପଡ଼ିବ ? ସୁନି ତୁ କିପରି କଳ୍ପନା କରି ପାରୁଛୁ ଯେ ଆମେ ଦୁହେଁ ପରସ୍ପରଠାରୁ ଦୂରେଇ ରହି ପାରିବା କେହି କାହାରିକୁ ମନରେ ନପକାଇ ?"

ସତୀ ହାତକୁ ସୁନି ତା' ଦୁଇ ହାତ ପାପୁଲିରେ ଜାବୁଡ଼ି ଧରି କହିଲା "ସତୀ ସେ କଥା ଭଗବାନଙ୍କ ଉପରେ ନର୍ଭର କରେ। ଭବିଷ୍ୟତକୁ ନିୟନ୍ତ୍ରଣ କରିବାର କ୍ଷମତା କିମ୍ବା ଦକ୍ଷତା ବା ଶକ୍ତି ଅଥବା ସାମର୍ଥ୍ୟ ମଣିଷ ହାତରେ ନଥାଏ। ଆହୁରି ମଧ ଭବିଷ୍ୟତକୁ ନେଇ ଆକଳନ କରାଯାଇ ନପାରେ। କାରଣ କୋଇଲାର ଭବିଷ୍ୟତ ହୀରା ହୋଇପାରେ।"

ସୁନି ଛାତି ଉପରକୁ ଆଉଜି ଯାଇ ସତୀ କହିଲା "ସୁନି ସେ ଆଲୋଚନା ଏଇଠି ଥାଉ, ଆଜି ପରି ପବିତ୍ର ପଞ୍ଚକ ପୂର୍ଣ୍ଣିମାର ପୁଣ୍ୟ ତିଥିର ଶୁଭ ଦିବସରେ ସେପରି ଅଶୁଭ କଥା ମୁହଁରେ ଧରନା। ବେଳ ହୋଇ ଗଲାଣି ଚାଲ ଘରକୁ ଯିବା।"

"ହଁ ସତୀ, ଘରକୁ ତ ଯିବା ନିଶ୍ଚୟ। ଆଜି ଭଲି ପୁଣ୍ୟ ଦିନରେ ଅଶୁଭ କଥା ପାଟିରେ ନଧରିବାକୁ ତୁ କହୁଛୁ। ଆଜି ପରି ପବିତ୍ର ତିଥିରେ ସିଏ ତୋତେ ଯେଉଁ ପରିଣୟ ପ୍ରତିଶ୍ରୁତିର ଉପହାରଟି ଦେଇଗଲେ ତା'ର ପବିତ୍ରତା ରକ୍ଷା କରିବା ଆମର ପ୍ରଥମ ଏବଂ ପ୍ରଧାନ କର୍ତ୍ତବ୍ୟ ହେବା ଉଚିତ। ଆଜିର ଏହି ପୁଣ୍ୟ ତିଥିରେ ତୁ ଧବଳେଶ୍ୱରଙ୍କ ମନ୍ଦିରରେ ପବିତ୍ର ମନରେ ଶୁଦ୍ଧ ଅନ୍ତରରେ ଶପଥ କର ତାଙ୍କର ସେଇ ଶ୍ରଦ୍ଧାର ସହିତ ଦେଇଥିବା ଉପହାରଟିର ଅମର୍ଯ୍ୟାଦା କେବେବି କରିବୁନି। ଯେତେ ଝଡ଼, ଝଞ୍ଜା, ଦୁର୍ବିପାକ, ବିପଦ, ଆପଦ ଆସୁପଛେ ତୁ ତୋ ନିଷ୍ଠିରେ ଅଟଳ ରହିବୁ। ତାଙ୍କଛଡ଼ା ତୁ ଆଉ କାହାରି ହେବାକୁ କେବେବି ଇଚ୍ଛା ପୋଷଣ କରିବୁ ନାହିଁ।" "ସ୍ଥାନଂ ନାସ୍ତି କାଲୋ ନାସ୍ତି ନାସ୍ତି ପ୍ରାର୍ଥିତା ନରଃ, ତେନ ନାରଦ ନାରୀଣାଂ ସତୀତ୍ୱ ମୁପଜାୟତେ।" ଅର୍ଥାତ୍ ଉପଯୁକ୍ତ ସ୍ଥାନ, ସମୟ ଓ ବ୍ୟକ୍ତି ନମିଳିବା ପର୍ଯ୍ୟନ୍ତ ନାରୀ ସତୀ ବୋଲାଇଥାଏ। ପ୍ରୋକ୍ତା ସ୍ୱର୍ଗ ବେଶ୍ୟା ତ୍ରିଶିରାଙ୍କର ଏହା ସ୍ୱୟଂରୁଚି ଅନୁଗତ ଏକ ପରିପ୍ରକାଶ ହେଲେ ହେଁ ଏସବୁ ବ୍ୟାପାରରେ ନାରୀର ଦେଶ, କାଳ, ପାତ୍ର ବିଚାର ଯେ ନିଶ୍ଚୟ ରହିଛି ତା' କହିଛନ୍ତି। ସତୀ ତୁ ଏପରି ସୁଯୋଗ ପାଇ କେବେ ହାତ ଛଡ଼ା କଠରନା। ତୋ ମହତ୍ତ୍ୱର ପରିଚୟ ଦେବା ପାଇଁ ଏହା ହେଉଛି ପ୍ରକୃଷ୍ଟ କ୍ଷେତ୍ର ଓ ଉପଯୁକ୍ତ ସମୟ।

ନିଜକୁ ସୁନିର ବାହୁ ବନ୍ଧନରେ ସଂପୂର୍ଣ୍ଣ ରୂପେ ହଜେଇ ଦେଇ ସତୀ କହିଲା, "ସୁନି ମୁଁ ତାଙ୍କ ବ୍ୟତୀତ ଆଉ କାହାରି କଳ୍ପନା ବି କରି ପାରିବି ନାହିଁ, ଅନ୍ୟ କାହାରି ଭାବନାକୁ କେବେବି ମୋ ମନରେ ସ୍ଥାନ ଦେବି ନାହିଁ। ଠାକୁର ବାବା କହନ୍ତିନି ଆଶ୍ରମ ପାଲିତା କନ୍ୟା ଶକୁନ୍ତଲାକୁ ପାଲକ ପିତା କଣ୍ୱମୁନି ତାକୁ ଶାଶୁଘରକୁ ବିଦାୟ ଦେଲାବେଳେ କେତେ ନୀତିଶିକ୍ଷା ଦେଇଥିଲେ। ଚମକ୍ରାର ଶୃଙ୍ଖଳା ମାଳା ବୟାନ କଲେ। କେମିତି କେତେବେଳେ ଖାଇବୁ, ଶୋଇବୁ, ଶୟ୍ୟାତ୍ୟାଗ କରିବୁ କେତେବେଳେ କାହା ସାଙ୍ଗରେ କେମିତି ଚଳିବୁ ବୁଝାଇ ଦେବାକୁ ଯାଇ କହିଥିଲେ। "ଅବସର ଦେବୁ ନାହିଁ ତୋ ନେତ୍ରକୁ- ପରଫୁସ ନିରୀକ୍ଷଣେ, ସ୍ୱଦର ହେଲେ ହେଁ ନିଜନେ ନିକଟେ, ରହି ଦେବୁ ନାହିଁ କ୍ଷଣେ। (ପ୍ରଣୟ ବଲ୍ଲରୀ-ମେହର)

କଣ୍ୱମୁନି ତାଙ୍କ ପାଳିତା କନ୍ୟା ଶକୁନ୍ତଳାଙ୍କୁ ଯେତେ ସ୍ନେହ, ଶ୍ରଦ୍ଧା, ଆନ୍ତରିକତା ଓ ଦରଦ ପ୍ରଦର୍ଶନ କରିଛନ୍ତି, ରାମାୟଣରେ ସୀତା କିମ୍ୱା ମହାଭାରତରେ ଦ୍ରୌପଦୀଙ୍କୁ ତାଙ୍କ ପାଳକ ପିତା ରାଜର୍ଷି ଜନକ ଓ ଦ୍ରୁପଦଙ୍କର ଅନ୍ତରରେ ସେମାନଙ୍କ ପ୍ରତି ସେମିତି ନଥିଲା। ଏହାର ପ୍ରଧାନ କାରଣ ସେମାନେ କେହି ଯଥା ସୀତା କିମ୍ୱା ଦ୍ରୌପଦୀ ସେମାନଙ୍କ ଔରସଜାତ କନ୍ୟା ନଥିଲେ। ସେମାନେ ସେମାନଙ୍କର ପାଳକ ପିତାଙ୍କର ଔରସ ଜାତ କନ୍ୟା ହୋଇଥିଲେ ଯେପରି ସ୍ନେହ, ଶ୍ରଦ୍ଧା, ଆଦର ପାଇଥାନ୍ତେ ଓ ସେମାନଙ୍କ ପ୍ରତି ଯେପରି ଆନ୍ତରିକତା, ଦରଦ ତଥା ସହାନୁଭୂତି ରହିବା କଥା ସେପରି ନଥିଲା। ଜଣେ ସୀତା ମିଳିଥିଲେ କ୍ଷେତରୁ ଓ ଦ୍ରୌପଦୀ ଯଜ୍ଞରୁ। ଶକୁନ୍ତଳାଙ୍କୁ ପତି ନିର୍ବାଚନ ପାଇଁ କଣ୍ୱମୁନି ଯେମିତି ସ୍ୱାଧୀନତା ଦେଇଥିଲେ ଏମାନେ ସେପରି ସ୍ୱାଧୀନତା ସୀତା କିମ୍ୱା ଦ୍ରୌପଦୀଙ୍କୁ ଦେଇନଥିଲେ। ଶକୁନ୍ତଳା ନିଜ ଇଚ୍ଛାରେ ତାଙ୍କ (ଆପଣା) ପସନ୍ଦ ମୁତାବକ ସ୍ୱାମୀ ବରଣ କରି ଅନ୍ତଃସତ୍ୱା ହେଲାପରେ ସୁଦ୍ଧା କଣ୍ୱ ମୁନିଙ୍କର ସ୍ନେହ, ଶ୍ରଦ୍ଧା ତଥା ଆଦରରୁ ବଞ୍ଚିତା ହୋଇନଥିଲେ। ଏପରିକି ପୁତ୍ର ସନ୍ତାନ ଜନ୍ମ ଦେଇ ଓ ରାଜା ଦୁଷ୍ମନ୍ତଙ୍କ ଦ୍ୱାରା ପ୍ରତ୍ୟାଖ୍ୟାତା ଶକୁନ୍ତଳାଙ୍କ ପଛରେ କଣ୍ୱ ମୁନି ଦୃଢ଼ ଭାବରେ ଠିଆ ହୋଇ ତା' ଆଡ଼କୁ ସହାନୁଭୂତିର ହାତ ବଢ଼ାଇ ଦେଇଥିଲେ। ଶକୁନ୍ତଳାଙ୍କୁ ପୂର୍ଣ୍ଣମାତ୍ରାରେ ସାହାଯ୍ୟ କରିବାକୁ ଯାଇ ମାତା ଓ ପୁତ୍ରଙ୍କୁ ଆଶ୍ରମରେ ସ୍ଥାନ ଦେଇ ଲାଳନ ପାଳନ କରିଥିଲେ। ଶକୁନ୍ତଳା ରାଣୀର ସମ୍ମାନ ପାଇ ପତି ଗୃହକୁ ନଯିବା ପର୍ଯ୍ୟନ୍ତ ତାଙ୍କର ଆନ୍ତରିକତା ଶକୁନ୍ତଳାଙ୍କ ପ୍ରତି ଊଣା ହୋଇନଥିଲା। କିନ୍ତୁ ସୀତା ଓ ଦ୍ରୌପଦୀଙ୍କ କ୍ଷେତ୍ରରେ ହୋଇ ଥିଲା କ'ଣ? ସେମାନଙ୍କୁ ସ୍ୱାମୀ ନିର୍ବାଚନ ଲାଗି ପୂର୍ଣ୍ଣ ସ୍ୱାଧୀନତା ଦିଆଯାଇନଥିଲା। ସେମାନଙ୍କ ଲାଗି ସ୍ୱୟଂବର ହୋଇଥିଲା ସତ କିନ୍ତୁ ସେଥିପାଇଁ ସର୍ତ ରୋପଣ କରାଯାଇଥିଲା।

ସ୍ୱୟଂବର ଅର୍ଥ ନିଜକୁ ପ୍ରସିଦ୍ଧ ମନେ କରୁଥିବା ରାଜାମାନେ ସେମାନଙ୍କ ନିଜ ବିବାହ ଯୋଗ୍ୟା କନ୍ୟାମାନଙ୍କ ପାଇଁ ଅନେକ ରାଜନ୍ୟ ମଣ୍ଡଳୀକୁ ଆମନ୍ତ୍ରଣ କରି ଆଣୁଥିଲେ। ସେମାନଙ୍କୁ ଉପଯୁକ୍ତ ଆତିଥ୍ୟ ଦେଉଥିଲେ। ଖୋଲା ସଭାରେ ରାଜନ୍ୟ ମଣ୍ଡଳୀ ଧାଡ଼ିହୋଇ ବସୁଥିଲେ ନିଜ ନିଜର ଶୌର୍ଯ୍ୟ ଓ ବିଭବ ଦେଖାଇ। ସେମାନେ ନିଜ ରାଜ୍ୟରୁ ଆସିଥିବା ଭାଟମାନେ ସେମାନଙ୍କ ପାଖର ଠିଆ ହୋଇ ନିଜ ରାଜପୁରୁଷଙ୍କ ପ୍ରଶସ୍ତି ଗାନ କରୁଥିଲେ କନ୍ୟାର ମନ ଆକର୍ଷଣ କରିବା ପାଇଁ। କନ୍ୟାଟି ବରଣମାଳା ଧରି ସଖୀ ପରିବେଷ୍ଟିତା ହୋଇ ସଭା ସ୍ଥଳରେ ଚାଲିଚାଲି ଯାଉଥିଲା। ସବୁ ଦେଖୁଥିଲା ଓ ଶୁଣୁଥିଲା। ଯାହା ସୌନ୍ଦର୍ଯ୍ୟ ଓ ବ୍ୟକ୍ତିତ୍ୱରେ ପ୍ରଭାବିତ ହେଉଥିଲା ତା'ରି ଗଳାରେ ବରଣମାଳା ଲମ୍ଭାଇ ଦେଉଥିଲା। ସେ ବରଣ କରିଥିବା ରାଜପୁରୁଷଙ୍କୁ ସ୍ୱୀକାର କିମ୍ୱା ଅସ୍ୱୀକାର କରିବାର ଅଧିକାର କନ୍ୟା ପିତା କିମ୍ୱା କନ୍ୟାର ପରିବାର ମଧ୍ୟରେ ଆଉ କାହାର ନଥିଲା। ବିବାଦ ଓ ଉତ୍ତେଜନା ନଥାଇ ବିବାହ ହେଉଥିଲା। ନାରୀର ବ୍ୟକ୍ତିଗତ ସ୍ୱାଧୀନତା ପ୍ରକାଶ ପାଇଁ ଏହା ଥିଲା ଆଦର୍ଶ ରୂପକଳ୍ପ।

ସୀତା ଓ ଦ୍ରୌପଦୀଙ୍କ ଲାଗି ସ୍ୱୟଂବର ହୋଇଥିଲା ସତ ମାତ୍ର ସେମାନଙ୍କ କ୍ଷେତ୍ରରେ ସ୍ୱୟଂବରର ସମସ୍ତ ମାନକ ଓ ମୂଲ୍ୟବୋଧକୁ ଜଳାଞ୍ଜଳି ଦିଆଯାଇଥିଲା। ସେମାନଙ୍କୁ ପତି ନିର୍ଣ୍ଣୟ ପାଇଁ କୌଣସି ସ୍ୱାଧୀନତା ଦିଆଯାଇନଥିଲା। ସେମାନଙ୍କ ବ୍ୟକ୍ତିଗତ ସ୍ୱାଧୀନତାରେ ହସ୍ତକ୍ଷେପ କରି ସର୍ତ ରଖାଯାଇଥିଲା। ଶିବଧନୁ ଭଗ୍ନ ଓ ଘୂର୍ଣ୍ଣୟମାନ ଚକ୍ର ଉପରେ ଥିବା ମାଛର ବାମ ଆଖିକୁ (ରାଧାଚକ୍ରକୁ) ଲକ୍ଷ୍ୟଭେଦ। ସୀତାଙ୍କ ପାଳନ ପିତା ଉଚ୍ଚାଦର୍ଶ ଯୁକ୍ତ ମଣିଷ ରାଜର୍ଷି ଜନକଙ୍କ ଉଚ୍ଚାକାଂକ୍ଷା ଥିଲା। ମର୍ତ୍ୟରେ ଅବତରିତ ବିଷ୍ଣୁଙ୍କୁ ଜାମାତା ରୂପେ ପାଇବା ଆଉ ଦ୍ରୌପଦୀଙ୍କ ପାଳକ ପିତା ପ୍ରଚଣ୍ଡ ବ୍ରାହ୍ମଣ ବିଦ୍ୱେଷୀ ନିର୍ବଳ ରାଜା ଦ୍ରୁପଦ ଆଉଟୁ ପାଉଟୁ ହେଉଥିଲେ ଦ୍ରୋଣଙ୍କ ଉପରେ ପ୍ରତିଶୋଧ ନେବାକୁ। ସମସାମୟିକ ପ୍ରାଜ୍ଞମାନେ ଜାଣିଥିଲେ ଶିବଧନୁ ଭାଙ୍ଗିବାକୁ କେବଳ ରାମ ସକ୍ଷମ ଓ ଗୁରୁ ଦ୍ରୋଣାଚାର୍ଯ୍ୟଙ୍କୁ ଯୁଦ୍ଧରେ ପରାସ୍ତ କରିବାର ସାମର୍ଥ୍ୟ ଏକା ଆର୍ଯ୍ୟାବର୍ତ୍ତର ଶ୍ରେଷ୍ଠ ଧନୁର୍ଦ୍ଧର ଦିତୀକୃଷ୍ଟ ଅର୍ଜୁନଙ୍କର ଥିଲା। ଏଣୁ ଯୋଜନା ହୋଇଥିଲା ସୀତା ରାମଚନ୍ଦ୍ରଙ୍କୁ ଓ ଦ୍ରୌପଦୀ– ଅର୍ଜୁନଙ୍କୁ ବରଣ କରିବା ପାଇଁ ବାଧ୍ୟ। ବିବାହ ପରେ ଫେରିବା ବାଟରେ ପର୍ଶୁରାମଙ୍କ ଦ୍ୱାରା ରାମଚନ୍ଦ୍ରଙ୍କୁ

ପଥରୋଧ କରାଯାଇଥିବା ବେଳେ ଲାଖ (ରାଧାଚକ୍ର) ବିନ୍ଧା ପରେ ପାଞ୍ଚାଲ ସ୍ୱୟଂବର ସଭାରେ ପାଣ୍ଡବ ଓ ଅନ୍ୟ ରାଜାମାନେ ମୁଖ୍ୟତଃ କୌରବମାନଙ୍କ ମଧ୍ୟରେ ସଂଗଠିତ ଯୁଦ୍ଧ। ସୀତା ଓ ଦ୍ରୌପଦୀଙ୍କ ବିବାହୋଉର ଜୀବନ ସୁଖପ୍ରଦ ନଥିଲା। ସ୍ୱାମୀ ହାତ ଧରିବାଠାରୁ ଶେଷ ନିଃଶ୍ୱାସ ତ୍ୟାଗ ପର୍ଯ୍ୟନ୍ତ ଏ ଉଭୟ ମହିଳା ଭୋଗିଥିଲେ କେବଳ ଦୁଃଖ ଓ ନିର୍ଯ୍ୟାତନା ତଥା ବ୍ୟତିପାତ। ସେମାନଙ୍କ ଭାଗ୍ୟ ବିପର୍ଯ୍ୟୟ ସମୟରେ ସେମାନେ ଯାତନା ଭୋଗ କରୁଥିଲା ବେଳେ ସେମାନଙ୍କ ପିତୃରାଜ୍ୟ ତରଫରୁ କୌଣସି ପ୍ରତିକ୍ରିୟା ପ୍ରକାଶ ପାଇନଥିଲା କିମ୍ବା ସେମାନଙ୍କ ଦୁଃଖ ବିମୋଚନ ଲାଗି କୌଣସି ପ୍ରକାର ପ୍ରତିକାର ବ୍ୟବସ୍ଥା ଗ୍ରହଣ କରାଯାଇଥିବା କଥା ପୁରାଣରେ ଲେଖା ହୋଇନି। ଏହା କେବଳ ଦେଲା ନାରୀ ହେଲା ପାରି ପରି ନ୍ୟାୟ। ସେହି ପାଲକ ପିତାମାନଙ୍କ ମନରେ ନଥିଲା ଏହି ଲବଣୀ ପିତୁଲା କିଶୋରୀ କନ୍ୟାମାନଙ୍କ ପ୍ରତି ସାମାନ୍ୟତମ ଦରଦ କିମ୍ବା ଦୟା। ସେମାନେ କେବେ ପାଲିତା କନ୍ୟାମାନଙ୍କ ପ୍ରତି ସହାନୁଭୂତିଶୀଳ ନଥିଲେ। ସେହି ପାଲକ ପିତାମାନେ ସେମାନଙ୍କ ପାଲିତା କନ୍ୟାମାନଙ୍କ ସ୍ୱାର୍ଥକୁ କି ଦୃଷ୍ଟି କୋଣରେ ଦେଖିଥିଲେ ? ନିଜ ଔରସଜାତ କନ୍ୟା ପ୍ରତି ପିତାର ଥିବା ସ୍ନେହ, ଶ୍ରଦ୍ଧା ଓ ସହାନୁଭୂତି ତଥା ଦରଦ ଏମାନେ ପାଇନଥିଲେ।

ସତୀ ଏହାପରେ କହିଲା "ସୁନି ସେ ପୁରାଣ କଥାରୁ ଆମକୁ କ'ଣ ମିଳିବ କହିଲୁ ? ତୁ କହିଥିବା ସେ କଥାକୁ ମୁଁ ଅକ୍ଷରେ ଅକ୍ଷରେ ପାଲନ କରିବି ନିଶ୍ଚିତ। କିନ୍ତୁ ତାଙ୍କୁ ପାଇବା କ'ଣ ମୋ ପକ୍ଷରେ ସମ୍ଭବ ହେବ ?"

ସତୀକୁ ତା' ଛାତି ଉପରେ ବାମହାତରେ ଭିଡ଼ିଧରି ଦାହଣ ହାତରେ ତା' ମୁଣ୍ଡକୁ ଆଉଁଶି ଦେଇ ସୁନି ତାକୁ ଆଶ୍ୱାସନା ଦେଉଥିଲା। "ନ ହେବ କାହିଁକି ସତୀ, ଜିଦ୍‌ଖୋର ମନବୃତ୍ତି, ଦୃଢ଼ ଇଚ୍ଛା ଶକ୍ତି, ଅଟଳ ବିଶ୍ୱାସ, ନିଷ୍ଠାପର ଉଦ୍ୟମ, ନିରବଚ୍ଛିନ୍ନ ଚେଷ୍ଟା ଦ୍ୱାରା ସବୁ କିଛି ସମ୍ଭବ ସତୀ। ଏ ଦୁନିଆରେ ସବୁ କିଛି ସମ୍ଭବ। ଦୃଢ଼ ପ୍ରତିଜ୍ଞା ଓ ସ୍ଥିର ଲକ୍ଷ୍ୟ ହେଉଛି ସଫଳତାର ଚାବିକାଠି। ବିଳମ୍ବରେ ହେଲେ ମଧ୍ୟ ଏ ଦୁଇଟି ଅସ୍ତ୍ର ବଳରେ ଜଣେ ସଫଳତା ପାଇବା ସମ୍ଭବ। ଦୃଢ଼ ଇଚ୍ଛାଶକ୍ତି ବଳରେ ପଙ୍ଗୁ ସୁଉଚ ଗିରି ଲଂଘିପାରେ ତୁ ଧବଲେଶ୍ୱରଙ୍କୁ ଭକ୍ତିର ସହକାରେ ଜଣା। ସେ ନିଶ୍ଚୟ ତୋ ଡାକ ଶୁଣିବେ। ତାଙ୍କ ପାଖରେ ଗୁହାରି କଲେ ସେ କେବେ ନିରାଶ କରିବେ ନାହିଁ। ତୋ ମନସ୍କାମନା ନିଶ୍ଚୟ ପୂରଣ ହେବ। ଈଶ୍ୱରଙ୍କ ଉପରେ ଭରସା ରଖିଥିବା ବ୍ୟକ୍ତି ଶେଷ ପର୍ଯ୍ୟନ୍ତ ହତାଶ ହୁଏ ନାହିଁ। ଅଧର ବାବୁ ତୋର ହେବେ। ସତୀ ସିଏ କେବଳ ତୋର। ତୋତେ ତାଙ୍କ ଠାରୁ କେହି ଛଡ଼ାଇ ନେଇ ପାରିବେ ନାହିଁ। ତାଙ୍କ ଠାରୁ ତୋତେ ବିଚ୍ଛିନ୍ନ କରିବାର ଶକ୍ତି କେବଳ ଭଗବାନଙ୍କର ଅଛି। ଅନ୍ୟ କାହାରି ସେ କ୍ଷମତା ନାହିଁ। ତୁ ଶିବ ଭଗବାନଙ୍କୁ ଡାକ। ଧବଲେଶ୍ୱରଙ୍କୁ ଜଣା। ସେ ତୋ ଡାକ ନିଶ୍ଚୟ ଶୁଣିବେ। ଶିବଙ୍କର କେତେ ନାମ ମଧ୍ୟରୁ ଗୋଟିଏ ନାଁ ହେଉଛି ଆଶୁତୋଷ। ସେ ଶିଘ୍ର ସନ୍ତୁଷ୍ଟ ହୋଇଥାଆନ୍ତି। ଚଞ୍ଚଳ ଡାକ ଶୁଣନ୍ତି। ଜଲଦି ବର ପ୍ରଦାନ କରନ୍ତି। ବେଶୁସୁ ଭକ୍ତର ମନସ୍କାମନା ପୂରଣ କରି ଥାଆନ୍ତି। ତୁ ଏହି ଧବଲେଶ୍ୱର ରୂପୀ ଶିବ ଠାକୁରଙ୍କୁ ଜଣା। ସେ ନିଶ୍ଚୟ ତୋ ଡାକ ଶୁଣିବେ। ତୋ ମନସ୍କାମନା ପୂରଣ କରିବେ। "ଜ୍ଞାନଂ ଇଚ୍ଛେତ୍ ଧନଂ ଇଚ୍ଛେତ ଚେତ ଶଙ୍କରଂଭଜ" ଯାହା କିଛି ପାଇବାକୁ ଉଚ୍ଛା ଥିଲେ ଶିବ ଶଙ୍କରଙ୍କୁ ଭଜନ କର, ଜଣାଅ। ସେ ନିଶ୍ଚୟ ମନସ୍କାମନା ପୂରଣ କରିବେ। "ନଦେବମିତି ସଂଚିତ୍ୟ ତ୍ୟଜେଦୁ ଦେୟାଗମାମ୍ନଃ, ଅନୁଯୋଗଂ ବିନା ତୈଲଂ ତିଲାନାଂ ନୋପଜାୟତେ" ଏଇ ମୋରଭାଗ୍ୟ ଏହିପରି ଚିନ୍ତାକରି ଉଦ୍ୟମରୁ ବିରତ ହେବା ଅନୁଚିତ। କାରଣ ତିଲରୁ ତେଲ ବାହାରେ ସତ କିନ୍ତୁ ଉଦ୍ୟୋଗ ନକଲେ ତେଲ ବାହାରିବା ସମ୍ଭବ ନୁହେଁ। ଉଦ୍ୟମ ହିଁ ପୁରୁଷାର୍ଥ ଭାଗ୍ୟହିଁ ପାରବ୍ଧ। ଅତୀତ ଜନ୍ମର ପୁରୁଷାର୍ଥ ଇହ ଜନ୍ମର ପ୍ରାରବ୍ଧ ହୋଇ ଦେଖାଦିଏ। ଆଜିର ଉଦ୍ୟମ ଆଗାମୀ କାଲିକୁ ଭାଗ୍ୟରେ ପରିଣତ ହୁଏ। ଉଦ୍ୟମ ଓ ଭାଗ୍ୟ ଏକ ଏବଂ ଅଭିନ୍ନ। ପ୍ରାରବ୍ଧ ଓ ପୁରୁଷାର୍ଥ ଗୋଟିଏ କଥାକୁ ବୁଝାଏ। ସେ ଦୁଇଟି ଶବ୍ଦ କେବଳ ଗୋଟିଏ ବିଷୟର ଦୁଇଟି ନାମ। ବର୍ତ୍ତମାନ- କିଛି ସମୟ ପରେ

ଅତୀତରେ ପରିଣତ ହୋଇଯାଏ ଏବଂ ଭବିଷ୍ୟତ କିଛି ସମୟ ବାଦ୍ ବର୍ତ୍ତମାନ ରୂପରେ ଉପସ୍ଥିତ ହୁଏ। ଅଥଚ ଭଗବାନ ଆମ ଆଗରେ ଅନ୍ତର ମଧରେ ରହି ପ୍ରେରଣା ଦିଅନ୍ତି। ସେତେବେଳେ ପୁରୁଷାର୍ଥ କରିହୁଏ। ସୁତରାଂ ଭଗବତ କୃପା ହିଁ ଆମ୍ଭମାନଙ୍କର ପୁରୁଷାର୍ଥରେ ପରିଣତ ହୁଏ।

ସେଥିପାଇଁ ମଧ ଅଧର ବାବୁ ତାଙ୍କ ଭଲ ପାଇବାର ସ୍ୱୀକୃତି ସ୍ୱରୂପ ତାଙ୍କ ନାମ ଲେଖା ମୁଦି ନିଜ ହାତରେ ତୋତେ ପିନ୍ଧେଇ ଦେଇ ଗଲେ। ଏଇଟି ସିଏ ତାଙ୍କ କାମ ସାରିଦେଲେ। ଏଣିକି ସବୁ କିଛି ତୋ ଉପରେ ନିର୍ଭର କରେ। ତୁ ଯେମିତି ତୋ ଜୀବନ ବିନିମୟରେ ତାଙ୍କ ଉପହାରର ମର୍ଯ୍ୟଦା ରକ୍ଷା କରୁ। ଆଜିର ଏହି ପୁଣ୍ୟ ଦିବସରେ ପବିତ୍ର ଶିବ ମନ୍ଦିରରେ ଏହି ଶୁଭ ମୁହୂର୍ତ୍ତରେ ଆମେ ସତ୍ୟ ବଦ୍ଧ ହେବା। ତୁ ତାଙ୍କ ପାଇଁ ଆବଶ୍ୟକ ହେଲେ ସାରା ଜୀବନ ପ୍ରତୀକ୍ଷା କରିବୁ। ଏହାକୁ ନିଷ୍ଠାର ସହ ପାଳନ କରିବା ତୋର କର୍ତ୍ତବ୍ୟ ମଧ ଆଉ ଉଚିତ୍ ବି ଏବଂ ମୁଁ ସେ ସତ୍ୟ ପୂରଣ ପାଇଁ ନିରନ୍ତର ଉଦ୍ୟମ ଜାରି ରଖିବି। ପ୍ରେମ ହେଉଛି– ସତ୍ୟ, ଶିବ, ସୁନ୍ଦର। ସତୀ ଏହି ସତ୍ୟ, ଶିବ, ସୁନ୍ଦର ମହାପ୍ରଭୁଙ୍କ ପାଖରେ ଆମେ ତାଙ୍କ ପାଇଁ ତାଙ୍କର ଶୁଭ ମନାସୀ ଦୀପ ଜାଳିବା ସହିତ ତାଙ୍କୁ ପାଇବା ଲାଗି ତୁ ତୋ ମନରେ ଆଶାର ସଲିତାକୁ ଜଳାଇ ରଖିବୁ। ସେ ପର୍ଯ୍ୟନ୍ତ ଯେ ପର୍ଯ୍ୟନ୍ତ ସେ ବାଟ ଭାଙ୍ଗି ଅନ୍ୟ ପଥର ପଥିକ (ଯାତ୍ରୀ) ନହୋଇଛନ୍ତି ସ୍ୱାମୀ ବିବେକାନନ୍ଦ କହିଥିଲେ– "ଆଶା ଆଣେ ଆତ୍ମବିଶ୍ୱାସ, ଯାହାର ଆତ୍ମବିଶ୍ୱାସ ଅଛି ତା'ର ସବୁ ଅଛି।" ଶ୍ରୀମା'ଙ୍କ ଭାଷାରେ "ଆଶା ଏକ ଦିବ୍ୟ ଗୁଣ। ଏହାକୁ କେବେ ହେଲେ ଛାଡ଼ ନାହିଁ। ଇଚ୍ଛା କରି ଆଶାବାଦୀ ହୁଅ।"

ଅବଶ୍ୟ ଆଶାବାଦୀ ହେବା ନିର୍ବୋଧତା ଯେତିକି ଦୁଃଖଦ ବି ସେତିକି। ସେଥିପାଇଁ ସଂସ୍କୃତରେ କୁହାଯାଇଛି। "ମନ୍ୟ ମୟୟାମ ଜ୍ଞାନମ୍ ସୁଖଂ ସ୍ୱଜନା ଦପି, ନିଦାଘ ବରୟାଲଂ ଚ ନିଜ ଛାୟା ନ କସ୍ୟଚିତ" ଅର୍ଥାତ୍ ନିଜ ଜନଠାରୁ ସୁଖ ଆଶା ସିନା ମରୀଚିକା ମାୟା ମୋହ, ନିଜ ଛାଇ କେବେ ନିଦାଘ ତାପରୁ ରକ୍ଷା କରଇ ଦେହ ?

ସିଏ କେବେ ପଥଭ୍ରଷ୍ଟ ହେବେ ନାହିଁ। ଏ ଦୃଢ଼ ବିଶ୍ୱାସ ମୋର ତାଙ୍କ ଉପରେ ଅଛି ସତୀ। ସେଇଥି ପାଇଁ ସିଏ ଆଜି ତୋତେ ମୁଦି ପିନ୍ଧାଇ ଦେଇ ଜଣାଇ ଦେଇଗଲେ। ଯେଉଁ ଆଙ୍ଗୁଳିରେ ତୁ ତାଙ୍କ କପାଳରେ ଟିପା ଦେଉ, ଯେଉଁ ଆଙ୍ଗୁଳି ତାଙ୍କ ଦେହର ପରସ ବାରମ୍ବାର ପାଇଛି ଓ ତୋ ଦେହର ଛୁଆ ଅନେକଥର ତୁ ତୋ'ର ଯେଉଁ ଆଙ୍ଗୁଳି ମାଧ୍ୟମରେ ଦେଉ, ସେହି ଆଙ୍ଗୁଳିରେ ସିଏ ତାଙ୍କ ନାମଲେଖା ମୁଦିଟି ପିନ୍ଧେଇ ଦେଇ ମୋହର ମାରିଦେଇ ଗଲେ ଯେ ଏହି ଅଙ୍ଗୁଳିଟି ତାଙ୍କର। ଏକାନ୍ତ ଭାବେ ତାଙ୍କର। ଘନିଷ୍ଠ ଭାବେ ତାଙ୍କର। ନିବିଡ଼ ଭାବେ ତାଙ୍କର। ଏହି ଆଙ୍ଗୁଳି ସହିତ ତୋତେ ମୁଦି ପିନ୍ଧାଇ ଦେଲାବେଳେ ସିଏ ତୋ ହାତର ପାପୁଲିକୁ ତାଙ୍କ ହାତରେ ଧରି ପରୋକ୍ଷ ଇଙ୍ଗିତରେ କହିଦେଇ ଗଲେ ସେ ପାପୁଲିଟି ମଧ ତାଙ୍କ ଅଧିକାର ଭୁକ୍ତ। ଆଙ୍ଗୁଳି ଓ ପାପୁଲିଟି ଯେଉଁ ହାତର ସେହି ହାତଟି ବି ତାଙ୍କର। ସେହି ହାତଟି ଯେତେବେଳେ ତାଙ୍କର ସେ ହାତଟି ଯେଉଁ ଶରୀରରେ ସଂଯୁକ୍ତ ସେହି ଶରୀରଟି ବି ତାଙ୍କ ଅଧିକାରକୁ ଯାଉଛି। ତୋ'ର ଏହି ଅଙ୍ଗୁଳି, ପାପୁଲି, ହାତ ଓ ସର୍ବୋପରି ତୋର ଦେହ ଏବଂ ତୁ ନିଜେ ସ୍ୱୟଂ ସଂପୂର୍ଣ୍ଣ ନିଜେ ତାଙ୍କର ହେଇଗଲୁ। ଏଣିକି ତୁ ଆଉ ତୋ ନିଜର ହୋଇ ନରହି ତାଙ୍କର ହୋଇଗଲୁ। ଅର୍ଥାତ୍ ତୋ'ର ଏ ଦେହର ମାଲିକାନାକୁ ତାଙ୍କୁ ତୁ ନିଜେ ସମର୍ପି ଦେଲୁ। ତାଙ୍କ ନାମଲେଖା ମୁଦିଟି ପିନ୍ଧାଇ ଦେଇ ସିଏ ତୋ ଦେହ ଅର୍ଥାତ୍ ତୋ ଉପରେ ତାଙ୍କ ନିଜସ୍ୱ ଅଧିକାରର ମୋହର ମାରି ଦେଇ ଗଲେ। ତୁ ତାଙ୍କର, କେବଳ ତାଙ୍କର। ଘନିଷ୍ଠ ଭାବେ ତାଙ୍କର। ଏକାନ୍ତ ଭାବେ ତାଙ୍କର। ନିବିଡ଼ ଭାବେ ତାଙ୍କର। ଆଉ କାହାର ନୁହେଁ। ଅନ୍ୟ କାହାର ହୋଇ ପାରିବୁନାହି। କଦାପି ହୋଇ ପାରିବୁନି। ମୁଦି ପିନ୍ଧାଇ ଦେଲା ବେଳେ ତୋ ପାପୁଲିକୁ ତାଙ୍କ ହାତରେ ଧରି ସିଏ ପରୋକ୍ଷ ଇଙ୍ଗିତରେ କହିଦେଇ ଗଲେ ସେ ହାତର ପାପୁଲିକୁ ଧରିବାର ଅଧିକାର କେବଳ ତାଙ୍କର ଅଛି। ଅନ୍ୟ କାହାରି ନାହିଁ। ଏପରିକି ତୋ ହାତ ଧରିବାର ଅଧିକାର ମଧ। ଆଜି ଠାରୁ ତୋର ଏହି ଆଙ୍ଗୁଳି, ପାପୁଲି, ହାତ,

ଦେହ ଓ ତୁ ନିଜେ ତାଙ୍କର । ସମ୍ପୂର୍ଣ୍ଣ ରୂପେ ତାଙ୍କର ହୋଇଗଲୁ । ତାଙ୍କର ହୋଇ ରହିବୁ ସାରା ଜୀବନ । ସତୀ ମନେ ରଖ ସବୁ ହରାଇଲା ପରେ ବି ଈଶ୍ବର ତୁମକୁ ଧରି ରଖିଥିବାର ପ୍ରମାଣ ହେଲା । ପୁଣି ଆଶାର ସଂଚାର ।

ସତୀ ଶାସ୍ବତ କହିଲା "ନିଷିଦ୍ଧ ମପ୍ୟା ଚରଣୀୟା ମାପଦି ସତାଂକ୍ରିୟାନା ବତୀ ଯତ୍ର ସର୍ବଥା ଘନସ୍ଯୁନାରାଜ ପଥେହ ପିଚ୍ଛିଲେ । କୃତିତ୍ ବୁଦ୍ଧେଃ ରପ୍ୟଥେନ ଗମ୍ୟତେ ।" ଅର୍ଥାତ୍ ନିଷିଦ୍ଧ କରାଯାଇଥିବା କାମକୁ ଏକ ଭଲ ଉଦ୍ଦେଶ୍ୟ ସାଧନ ପାଇଁ ସାଧୁ ବା ପଣ୍ଡିତମାନେ ବେଲେବେଲେ ଗ୍ରହଣ କରିଥାଆନ୍ତି । ଯେମିତି ରାଜପଥ କାଦୁଅ ହୋଇଗଲେ ବାଟଭାଙ୍ଗି, ଅବାଟରେ ଜ୍ଞାନୀମାନେ ଯାଇଥାଆନ୍ତି । ସେମିତି ତୁ ତାଙ୍କୁ ବିଭା ହୋଇ ନପାରିଲେ ସୁଦ୍ଧା ତାଙ୍କର ହୋଇ ରହିବୁ ଜୀବନ ସାରା ।

ସୁନି ଛାତିରେ ନିଜକୁ ହଜାଇ ସେଇ ସତୀ ଆଶ୍ବସ୍ତି ଅନୁଭବ କରୁଥିଲା । ଯେପରି ଛୋଟ ପିଲାଟି ତା, ମା'ଛାତିରେ ମୁହଁ ଲୁଚେଇ ନିଜକୁ ସୁରକ୍ଷିତ ମଣିଥାଏ ।

"ସୁନି ମୁଁ କେବେବି ତୋ କଥାରୁ ବାହାରି ଯାଇନି । ଆଜି ବି ତୋ କଥା ମାନି ନେବି ସୁନି, ତୋ କଥା ନିଶ୍ଚୟ ମାନିବି ।"

ସତୀକୁ ଆଶ୍ବାସନା ଦେଇ ସୁନି କହିଲା, "ତୁ ସତରେ କଥା ମାନୁ ବୋଲି ତୋ ନା ହେଲା ସତୀ । ଯେମିତି ହେଉ ତୁ ତୋ ନାମର ସାର୍ଥକତା ରକ୍ଷା କରିବୁ ସତୀ । ତୋ ନାମର ମର୍ଯ୍ୟଦା ବଞ୍ଚାଇ ରଖିବୁ । କେବେବି ତୋ ନାମର ଅମର୍ଯ୍ୟଦା କରିବୁନି କିମ୍ବ ନାମର ସାର୍ଥକତା ରକ୍ଷା କରିବାକୁ ଅକ୍ଷମତା ପ୍ରକାଶ କରିବୁ ନାହିଁ । କେବଳ ଗୋଟିଏ କଥା ମୋତେ ଦୁଃଖ ଦେଉଛି ସତୀ ତୁ ତୋ'ର ପ୍ରିୟ ମଣିଷର ସ୍ନେହ ଉପହାରଟିକୁ, ଯେଉଁ ଟିକୁ ସିଏ ତୋତେ ଆଗ୍ରହରେ, ଆଦରରେ, ଆବେଗରେ, ଶରଧାରେ ଓ ସରାଗ ମନରେ ତୋ ହାତରେ ପିନ୍ଧାଇ ଦେଇଥିଲେ । ସେଇଟିକୁ ତୁ ପିନ୍ଧି ପାରୁବୁ ନାହିଁ । ପରିସ୍ଥିତି ଚାପରେ ପଡ଼ି ତୁ ସେଇଟିକୁ ହାତରୁ ଓଦ୍ଧାଇ ଲୁଚାଇ ରଖିବାକୁ ବାଧ୍ୟ ହେବୁ ସେଇଥି ପାଇଁ ଦୁଃଖ ରହିଗଲା ସତୀ । ମନରେ ଅଶେଷ ଅବଶୋଷ ରହିଗଲା । ଝିଅ (ବୋହୂ) ଦେଖାବେଲେ ବରପକ୍ଷ ଯେଉଁ ମୁଦି ଝିଅ ହାତରେ ପିନ୍ଧାଇ ଦେଇଥାଆନ୍ତି ଝିଅ ସେ ମୁଦିଟିକୁ ହାତରେ ପିନ୍ଧିଥାଏ । ବିବାହର ପ୍ରଥମ କଥା ହେଲା ବିବାହ କାର୍ଯ୍ୟ ପୂର୍ବରୁ ବରପକ୍ଷ ଓ କନ୍ୟା ପକ୍ଷ ନିର୍ବନ୍ଧ (ନିୟମ) ବା ନିବନ୍ଧନ (ବନ୍ଧନ) ପରସ୍ପର କରିଥାଆନ୍ତି । ଏହାର ସ୍ମାରକୀ ସ୍ବରୂପ ଅନାମିକା ବା ମୁଦି ଆଙ୍ଗୁଲିରେ ମୁଦି ପିନ୍ଧାଯାଏ । ଏହାର କାରଣ ମନୁଷ୍ୟର ସ୍ବହସ୍ତରେ ପାଞ୍ଚ ଆଙ୍ଗୁଲି ପଞ୍ଚତୀର୍ଥ ଭାବେର ବିଦ୍ୟମାନ, ତାହା ହେଲା ପ୍ରଥମ ବା ବୁଢ଼ା ଆଙ୍ଗୁଲି- ଦେବତୀର୍ଥ, ଦ୍ବିତୀୟ ବା ବିଶି ଆଙ୍ଗୁଲି- ପିତୃତୀର୍ଥ । ତୃତୀୟ ବା ମଝି ଆଙ୍ଗୁଲି- ବ୍ରହ୍ମତୀର୍ଥ, ଚତୁର୍ଥ ବା କୁଶ (ଅନାମିକା) ଆଙ୍ଗୁଲି- ପ୍ରଜାପତ୍ୟ ତୀର୍ଥ ଓ ପଞ୍ଚମ ବା କାଣି (କନିଷ୍ଠ) ଆଙ୍ଗୁଲି- ସୌମ୍ୟତୀର୍ଥ । ଅନାମିକା ବା କୁଶ ଆଙ୍ଗୁଲି ଟି ପ୍ରଜାପତ୍ୟ ବା ଚାରିତୀର୍ଥର ପ୍ରତୀକ । କୌଣସି ପଦାର୍ଥ କୌଣସି ବ୍ୟକ୍ତିକୁ ଦାନ କରିବା ସମୟରେ ସେ ବ୍ୟକ୍ତିକୁ ଅତିଥି ବା ରକ୍ଷି ଦୃଷ୍ଟିରେ ଦେଖାଯାଏ । ଜ୍ୟୋତିର୍ବିଦଙ୍କ ମତରେ ଅନାମିକା ବା (କୁଶ) ମୁଦି ଆଙ୍ଗୁଲିକୁ ରବିଙ୍କ ଆଙ୍ଗୁଲି କୁହାଯାଏ । ତେଣୁ ପ୍ରଜାପତିକୁ ସମ୍ମାନ ଜଣାଇ ରବି (ସୂର୍ଯ୍ୟ)କୁ ସାକ୍ଷୀ ରଖ ଅନାମିକା ଆଙ୍ଗୁଲିରେ ନିର୍ବନ୍ଧ ମୁଦି ପିନ୍ଧା ଯାଇଥାଏ । ସେଥିଲାଗି ବାମ ହାତର ଚତୁର୍ଥ ବା ଅନାମିକା ଆଙ୍ଗୁଲିରେ ନିର୍ବନ୍ଧ ମୁଦି ପିନ୍ଧାଯାଏ । ଝିଅର ଯେତେବେଲେ ଇଚ୍ଛା ହୁଏ ସେ ସେତେବେଲେ ହାତରେ ପିନ୍ଧିଥିବା ମୁଦିଟିକୁ ଦେଖି ଆମ୍ ସନ୍ତୋଷ ଲାଭ କରିଥାଏ । ମନେ ମନେ ଭାବି ନିଏ ଯେ ସେ ନିଦିଷ୍ଟ ଜଣଙ୍କ ପାଇଁ ବରଣିଆ ହୋଇ ରହିଛି । କଳ୍ପନା ବଳରେ ସେ ଭାବୀ ସ୍ବାମୀର ଚେହେରା ମନରେ ଆଙ୍କେ । ଏମିତି ହୋଇଥିବେ । ସେମିତି ହୋଇଥିବ ତାଙ୍କ ରୂପ । କାନସୁଣା କଥାକୁ ମନରେ ସ୍ବରଣକୁ ଆଶେ । ଆପଣା ଆଖିରେ ଦେଖନଥିବା ଭାବି ସ୍ବାମୀର ଚିତ୍ର ଆଙ୍କି ବସେ ମନେ ମନେ କଳ୍ପନାରେ ଘଡ଼ିକୁ ଘଡ଼ି ଏକୁଟିଆ ବେଲେ । ନିରୋଲା ସମରେ । ନିର୍ଜନ ପରିବେଶରେ । ନିଚ୍ଛାଟିଆରେ । ଏମିତି ହୋଇଥିବ ତାଙ୍କ ଚେହେରା । କିପରି ତାଙ୍କ ସହିତ କଥା ଭାଷା ହେବ । ଚଲପ୍ରଚଲ କରିବ ତାଙ୍କ ପାଖେ ପାଖେ ରହି । ତାଙ୍କ ସହିତ କିପରି ବ୍ୟବହାର କରିବ । ସିଏ

ଯେତେବେଳେ ତାଙ୍କୁ ତାଙ୍କ ଉପରକୁ ଟାଣି ନେବେ । ଛାତିରେ ଲଗାଇ ଭିଡ଼ି ଧରିବେ । ସେ ସେତେବେଳର ଦୃଶ୍ୟକୁ ମନରେ ଆଣି ଲାଜେଇ ଯାଏ ଓ ଆଖିବୁଜି ଅନୁଭବ କରିବାକୁ ଚେଷ୍ଟା କରେ ସେ ଆଗାମୀ ଅନୁଭୂତିର ବାସ୍ତବତାକୁ । ଅବଶ୍ୟ ସିଏ ତୋ ବାମ ହାତର ଅନାମିକା ବା ମୁଦି ଅଙ୍ଗୁଳିରେ ମୁଦି ପିନ୍ଧାଇ ନଦେଇ ଦାହାଣ ହାତର ମଝି ଅଙ୍ଗୁଳିରେ ମୁଦି ପିନ୍ଧାଇ ହେଲେ । କାରଣ ବାହା ବେଦୀରେ କନ୍ୟାର ଦାହାଣ ହାତ ହସ୍ତ ଗଣ୍ଠିରେ ବନ୍ଧାଯାଏ (ପଡ଼ିଥାଏ) । ସେଥିପାଇଁ ସିଏ ତୋ ଦାହାଣ ହାତରେ ମୁଦି ପିନ୍ଧାଇ ଦେଇ ଆଗତୁରା ଜଣାଇ ଦେଲେ ଯେ ସେ ଦାହାଣ ହାତଟି ତାଙ୍କର । ସେ ଦାହାଣ ହାତ କେବଳ ତାଙ୍କ ଅଧିକାର ଭୁକ୍ତ । ତୋ'ର ଏହି ଦାହାଣ ହାତ ସହିତ କେବଳ ତାଙ୍କ ଦାହାଣ ହାତର ହସ୍ତଗଣ୍ଠି ପଡ଼ିବ । ତୋ ଦାହାଣ ହାତକୁ କେବଳ ସିଏ ଧରିବେ । ତାଙ୍କ ବ୍ୟତୀତ ଅନ୍ୟ କେହି ନୁହେଁ ।"

ସେଥିରେ କିଛି ଯାଏ ଆସେ ନାହିଁ । ଆଧୁନିକ ଯୁଗର ଉଚ୍ଚଶିକ୍ଷିତମାନଙ୍କର ହୁଏତ ପୁରାଣ ଶାସ୍ତ୍ର କର୍ମକାଣ୍ଡ (କ୍ରିୟା) ପଦ୍ଧତି ସମ୍ବନ୍ଧରେ ସେତେ ଜ୍ଞାନ ବା ଧାରଣା ନଥାଏ । ସେଥିଲାଗି ସିଏ ମୁଦି ପିନ୍ଧାଇବାର ନିୟମ ଜାଣି ନପାରିଥିବାରୁ ତୋ ଦାହାଣ ହାତର ମଝି ଅଙ୍ଗୁଳିରେ ନିର୍ବନ୍ଧ ବା ବରଣ ମୁଦି ପିନ୍ଧାଇ ଦେଇଗଲେ । ଆଉ ତୁ ତ ଏଠି କଳ୍ପନରେ ତୋ ଭାବି ସ୍ୱାମୀର ଚିତ୍ର ଆଙ୍କିବୁ ନାହିଁ । ନିଜେ ଦେଖିଛୁ ତାଙ୍କ ଚେହେରା । ସିଏ ବାସ୍ତବ ରୂପରେ ତୋ ଆଗରେ ଉଭା ହୁଅନ୍ତେ । ତୁ ତାଙ୍କ ସାନ୍ନିଧ୍ୟ ପାଇ ଅସ୍ଥିର ହୋଇ ଉଠୁଥାଆନ୍ତୁ । ସରମରେ ବୁଡ଼ି ଯାଇ ନିଜକୁ ତାଙ୍କ କବଳରୁ ଉଦ୍ଧାର (ରକ୍ଷା) କରିବାର ଉପାୟ ଖୋଜନ୍ତୁ । ଯେମିତି ନୂଆ ବିବାହିତା ନବବଧୂଟି ସ୍ୱାମୀର ଦୁଷ୍ୟାମୀରେ ଆନ୍ତରିକ ଖୁସି ହେଉଥିବା ବେଳେ ବାହାରକୁ ଭଳେଇ ହୋଇ କହୁଥାଏ । "ଛାଡ଼ମ, ମୁଁ ଯାଏ, ମୋର ପୁଣି ତେଣେ କେତେ କାମ ଅଛି ।"

ତୋତେ ତ ବର ପକ୍ଷରେ କେହି ମୁଦି ଦେଇ ଯାଇନାହିଁ, ନିଜେ ସିଏ ତୋ ହାତ ଧରି ପିନ୍ଧାଇ ଦେଇଗଲେ । କିନ୍ତୁ ସେ ମୁଦିକୁ ତୁ ଲୋକ ଲଜ୍ୟା ଭୟରେ ପିନ୍ଧି ପାରିବୁନି । ନିନ୍ଦା, ଅପବାଦ ଆଶଙ୍କାରେ ତୁ ତାକୁ ଲୁଚାଇ ରଖିବୁ । ଦୁର୍ନାମକୁ ଡରି ମରୁଥିବୁ ସବୁବେଳେ, ତୋ ନିଜ ଇଚ୍ଛା ଅନୁସାରେ ତାକୁ ଦେଖିପାରିବୁ ନାହିଁ । ଯେତେବେଳେ ଘରେ କେହି ନଥିବେ, ଯେଉଁ ସମୟରେ ତୁ ଏକୁଟିଆ ଘରେ ଥିବୁ ସେତିକି ବେଳେ ସାବଧାନରେ ଘରେ ଲୁଚେଇ ରଖିଥିବା ସ୍ଥାନରୁ ଖୋଲି ତାକୁ ଟିକେ ଦେଖିବୁ । ସେଥିରେ ମନ ବୁଝୁ କି ନବୁଝୁ । ଆତ୍ମା ଶାନ୍ତ ହେଉ କି ନହେଉ । ପ୍ରାଣ ବୋଧ ଧରୁ ବା ନଧରୁ । ହୃଦୟର କାମନା ପୂରଣ ନହେଉ ପଛେ । ଅନ୍ତରର ବାସନା ଅପୂରଣ ରହିଗଲେ ମଧ୍ୟ, ଯେତେ ଅବଶେଷ ରହିଥାଉ ପଛେକେ, ସତର୍କ ରହି ଚାରିଆଡ଼କୁ ନିଘା ରଖ । ପରିସ୍ଥିତି ପ୍ରତି ନଜର ଦେଇ, ପରିବେଶକୁ ଦୃଷ୍ଟିରେ ରଖ ତୋ' ଉପରେ ଟିକେ ଆଖି ପକାଇ ପୁଣି ଲୁଚେଇ ରଖିଦବୁ । ଯାହା ତୋ କପାଳରେ ଲେଖା ହୋଇଛି । ଇୟେ ହେଉଛି ତୋ କର୍ମଫଳ । ଆଉ ଭଗବାନଙ୍କ ତୋ ପ୍ରତି ପଦଉ ଅନ୍ୟାୟ ନିର୍ଦ୍ଦେଶ । ତୋ ଲଲାଟ ଲିଖନ । ଏହା ତୋ ଭାଗ୍ୟର ବିଡ଼ମ୍ବନା ବ୍ୟତୀତ ଅନ୍ୟ କିଛି ନୁହେଁ । ଗୋପନ ପ୍ରେମରେ ଏପରି ହୋଇଥାଏ ସତୀ । ସବୁ ଚୋରା ପିରତୀର ପଦ୍ଧତି ଏକା ପ୍ରକାର । ଲୁଚା ଚୋରାରେ ଯାହା ହୁଏ । ପ୍ରିୟତମକୁ ସାକ୍ଷାତ କରିବା, ତାଙ୍କ ପାଖକୁ ଚିଠି ଲେଖିବା, ତାଙ୍କ ପ୍ରଦଉ ଚିଠି ପଢ଼ିବା, ତାଙ୍କ ଉପହାରକୁ ଲୋକଲୋଚନ ଆଢ଼ୁଆଳରେ ରଖିବାକୁ ହୋଇଥାଏ । ଘର ଲୋକମାନଙ୍କ ଅଗୋଚରରେ ପ୍ରେମ କରିବା କେତେ ଯେ କଷ୍ଟପ୍ରଦ । ପରିବାରର ଅଜାଣତରେ ଭଲ ପାଇବା କେତେ ଦୁଃଖଦାୟକ । ଚୋରା ପ୍ରୀତି କେତେ ଯନ୍ତ୍ରଣାସିକ୍ତ । ତାହା କେବଳ ଭୁକ୍ତ ଭୋଗୀ ଜାଣିପାରେ । ଅନ୍ୟମାନଙ୍କ ଲାଗି ତାହା ହୁଏତ ଉପହାସର ବିଷୟ ବସ୍ତୁ ବା ପରିହାସର କଥା ହୋଇପାରେ, ମାତ୍ର ପ୍ରେମୀଯୁଗଳଙ୍କ ପାଇଁ ନୁହେଁ । କେବେବି ନୁହେଁ, କସ୍ମିନ କାଳେ ନୁହେଁ ।

ଉତ୍ତରରେ ସତୀ କେବଳ ଏତିକି କହିଲା "ସବୁ ମୋ ଭାଗ୍ୟ ସୁନି, ସବୁ ମୋ କର୍ମଫଳ" । ମୋ କପାଳରେ ଯାହା ଲେଖା ହୋଇଛି ତାକୁ ଅନ୍ୟଥା କରିବ କିଏ ? କାହାର ବା ଶକ୍ତି କିମ୍ବା ସାମର୍ଥ୍ୟ ଅଛି, ଲଲାଟ ଲିଖନକୁ ବଦଲାଇ

ଦେବାକୁ, ସେ କଥା ତ ମଣିଷର ସାଧ୍ୟ ବାହାରେ । ତୋର ମନେ ନାହିଁ ଠାକୁର ବାବା କହନ୍ତି "ଦୈବଂ ଫଲତି ସର୍ବତ୍ର ନବିଦ୍ୟା ନଚପୌରୁଷମ୍‌, ସମୁଦ୍ର ମଥନାଲ୍ଲେଭେ ହରି ଲକ୍ଷ୍ମୀ ହରୋ ବିଷମ" ସବୁଠାରେ ଭାଗ୍ୟ ଅନୁଯାୟୀ ଫଲ ମିଳେ । ବିଦ୍ୟା ଓ ପୌରୁଷ ସଫଳ ହୁଏ ନାହିଁ । କାରଣ ସ୍ୱରୂପ କୁହାଯାଇପାରେ ଯେ ଦେବତାମାନେ ସମାନ ଶକ୍ତି (ବଳ) ବିନିଯୋଗ କରି ସମୁଦ୍ର ମନ୍ଥନ କଲେ । ମାତ୍ର ଭାଗ୍ୟ ବଳରେ ଲକ୍ଷ୍ମୀଙ୍କୁ ବିଷ୍ଣୁ ଲାଭ କଲେ । କିନ୍ତୁ ଶିବ ବିଷପାନ କଲେ । ମୋ ଭାଗ୍ୟରେ ତ ହଳାହଳ ଗରଳ ମିଳିବା ଲେଖା ହୋଇଛି । ମୋତେ ଅମୃତ ମିଳିବ କୋଉଠୁ ବା କିଏ ମୋତେ ଅମୃତ ଦେବାକୁ ସମର୍ଥ ହୋଇ ପାରିବ ? ଆଉ ଶାଶ୍ୱତ କହିଲା ଭାଗ୍ୟଂ ପଲତି ସର୍ବତ୍ର ନଚ ବିଦ୍ୟା ନଚ ପୌରୁଷମ" ଭାଗ୍ୟ ଓ ଭଗବାନ ଥାଉ ବା ନଥାଉ, ଭାଗ୍ୟଫଳ କାର୍ଯ୍ୟକାରୀ ହେଉ ବା ନହେଉ, ଅଛି ଓ ହେଉଛି ବୋଲି, ଏଇମାତ୍ର ବିଶ୍ୱାସର ଫଳ । ପୀଡ଼ିତର ମନେ ଦିଏ ବଳ । ଏହାକୁ ଆୟୁଧ କରି ସମାଜରେ ଖେଳାଯାଏ କେତେକେତେ ଖେଳ । କଥାରେ ଅଛି "ଏକ ନସିବ ଶହେ ଶିବ" ଆସନ୍ନ ପ୍ରସବା ବଧୂ ଦ୍ରୌପଦୀଙ୍କୁ ଆଶୀର୍ବାଦ ଦେବା ବେଳେ ଶାଶୁ କୁନ୍ତୀ କହିଲେ । "ଭାଗ୍ୟବନ୍ତଂ ପ୍ରସୂୟଥା ମା ଶୂରଂ ମାଚ ପଣ୍ଡିତାଃ, ଶୂରାଶ୍ଚ କୃତ ବିଦ୍ୟାଶ୍ଚ ବନେ ସୀଦନ୍ତି ପାଣ୍ଡବଃ" ଅର୍ଥାତ୍‌ ମା ଭାଗ୍ୟବାନ ପୁତ୍ର ପ୍ରସବ କର । ବୀର ବା ପଣ୍ଡିତ ପୁତ୍ର ଲୋଡ଼ା ନାହିଁ । କାରଣ ଯୁଧିଷ୍ଠିର ପଣ୍ଡିତ ଓ ଭୀମ, ଅର୍ଜୁନ ବୀର ଏବଂ ଯୋଢ଼ା ହୋଇ ମଧ୍ୟ ଭାଗ୍ୟ ଦୋଷରୁ ବନରେ ଶଢୁଛନ୍ତି ଆଉ ସମସ୍ତ ପ୍ରକାର ଅନ୍ୟାୟ, ଅନୀତି, ଅପକର୍ମ ଓ ଅବିବେକୀତା କାର୍ଯ୍ୟ କରି ସୁଦ୍ଧା ଭାଗ୍ୟ ବଳରୁ ଦୁର୍ଯୋଧନ ରାଜ ସୁଖ ଭୋଗ କରୁଛି ।

ଆହୁରି ମଧ୍ୟ ସଂସାରରେ ଚାରି ପ୍ରକାର ମନୁଷ୍ୟ ପରିଦୃଷ୍ଟ ହୁଅନ୍ତି । ପ୍ରଥମ ଶ୍ରେଣୀର ହେଲେ– ଯାହାଙ୍କ ଲାଗି ଏହି ସଂସାରରେ ସୁଖ ଭୋଗ ସୁଲଭ । କିନ୍ତୁ ପରଲୋକରେ ଏହା ମିଳି ନ ଥାଏ । କାରଣ ସେମାନଙ୍କ ପୂର୍ବଜନ୍ମର ସମସ୍ତ ପୁର୍ଣ୍ୟ ଶେଷ ହୋଇଯାଇଥାଏ । ଦ୍ୱିତୀୟ ଧରଣର ବ୍ୟକ୍ତି ହେଲେ – ଯେଉଁମାନଙ୍କ ଲାଗି ପରଲୋକରେ ସୁଖ ଭୋଗ ସୁଲଭ, କିନ୍ତୁ ଇହ ଲୋକରେ ସେମାନଙ୍କୁ ସୁଖ ମିଳିନଥାଏ । ଜପ, ତପ, ଧ୍ୟାନ, ଧାରଣା, ସେବା ମାଧ୍ୟମରେ ସେମାନେ ଇହ ଲୋକରେ ପୁଣ୍ୟ ଅର୍ଜନ କରିଥାଆନ୍ତି । ତୃତୀୟ ଶ୍ରେଣୀର ବ୍ୟକ୍ତି ଇହଲୋକ ଓ ପରଲୋକରେ ସୁଖ ପାଇ ଥାଆନ୍ତି । ପୂର୍ବାର୍ଜିତ ପୁଣ୍ୟ ଯୋଗୁ ସେମାନେ ଇହଲୋକରେ ମଧ୍ୟ ପୁଣ୍ୟାର୍ଜନ କରି ଥାଆନ୍ତି । ଚତୁର୍ଥ ବ୍ୟକ୍ତି ହେଲେ ଯାହାଙ୍କର ପୂର୍ବାର୍ଜିତ ପୁର୍ଣ୍ୟଫଳ କିଛି ହେଲେ ନଥାଏ । ସେମାନେ ଇହଲୋକରେ ସୁଦ୍ଧା ପୁଣ୍ୟାର୍ଜନ କରିବାକୁ ଚେଷ୍ଟା କରିନଥାଆନ୍ତି । ଏମାନେ ନରାଧମ ଶ୍ରେଣୀର । ଏଭଳି ନରାଧମ ଧିକ୍କାର ଯୋଗ୍ୟ । ସେହିପରି ମୋର ଯଦି ପୂର୍ବାର୍ଜିତ ପୁଣ୍ୟଫଳ ନଥାଏ ତେବେ ସୁଖ ମୋ ଭାଗ୍ୟରେ ଆସିବ କୁଆଡ଼ୁ । ମୋତେ କେବଳ ଦୁଃଖ ଭୋଗିବାକୁ ହିଁ ପଡ଼ିବ । ଯେଉଁ ସୀତାଙ୍କ ଲୋଭରେ ରାମଚନ୍ଦ୍ର ମିଥିଲାରେ ଶିବ ଧନୁ ଭାଙ୍ଗିଲେ, ଯେଉଁଥି ପାଇଁ ସେ ପର୍ଶୁରାମଙ୍କ କ୍ରୋଧର କାରଣ ହେଲେ, କିଷ୍କିନ୍ଧାରେ କ୍ଷତ୍ରିୟ ଧର୍ମକୁ ଜଳାଞ୍ଜଳି ଦେଇ (ଭୁଲି) ଅନ୍ୟାୟ ଭାବରେ ବାଲିକୁ ବଧ କରିଥିଲେ ଓ ରାବଣକୁ ସବଂଶେ ବିନାଶ କଲେ । ସେହି ସୀତାଙ୍କୁ କ'ଣ ସାରା ଜୀବନ ପାଖରେ ରଖିବାକୁ ସମର୍ଥ ହୋଇଥିଲେ ? ନିରପରାଧିନୀ ସୀତା ମିଥ୍ୟା ଅପବାଦରେ ଅଭିଯୁକ୍ତା ହୋଇ ନିର୍ବାସିତା ହେଲେ ଆଉ ରାମଚନ୍ଦ୍ର କୌଣସି ବାଧ୍ୟବାଧକତାରେ ନୁହେଁ ନିଜ ଇଚ୍ଛାରେ ତାଙ୍କୁ ତ୍ୟାଗକଲେ । ଯେଉଁ ରାଧାଙ୍କ ସୌନ୍ଦର୍ଯ୍ୟରେ ଆକୃଷ୍ଟ ହୋଇ କୃଷ୍ଣ ମାତୁଲାଣୀ–ଭଣଜା ସମ୍ପର୍କକୁ ଜଳାଞ୍ଜଳି ଦେଇ ତାଙ୍କ ସହିତ ପ୍ରୀତି କରିଥିଲେ । ତାଙ୍କୁ ମଧ୍ୟ ସମୟର ତାଡ଼ନାରେ ନୁହେଁ ବରଂ ସ୍ୱଇଚ୍ଛାରେ ଛାଡ଼ି ମଥୁରା ଗଲେ ଯେ, ଆଉ ଦିନକ ପାଇଁ ଥରଟିଏ ହେଲେ ଗୋପପୁରକୁ ଫେରି ନଥିଲେ । ସବୁ ହେଲା ଭାଗ୍ୟଫଳ । ଭାଗ୍ୟଫଳକୁ ଭୋଗ ନକରି କେହି ନିସ୍ତାର ପାଇ ନାହିଁ କିମ୍ବା ପାଇବ ନାହିଁ ଏହା ଧ୍ରୁବ ସତ୍ୟଅଟେ ।

କୃଷ୍ଣ କହିଲେ, "ଯହିନ ବ୍ୟଥୟନ୍ତେ୍ୟତେ ପୁରୁଷଂ ପୁରୁଷର୍ଷଭ, ସମ ଦୁଃଖ ସୁଖଂ ଧୀରଂ ସେ୍ୟମୃତ ତ୍ୱାୟ କଳ୍ପତେ", ହେ ପୁରୁଷ ଶ୍ରେଷ୍ଠ (ଅର୍ଜୁନ) ଯେଉଁ ବ୍ୟକ୍ତି ସୁଖ ଦୁଃଖରେ ବ୍ୟଥିତ ହୁଏ ନାହିଁ ଏବଂ ଉଭୟ ପ୍ରକାର ଅବସ୍ଥାରେ

ସମଭାବାପନ୍ନ ହୋଇ ରହେ ସେ ନିଶ୍ଚିତ ଭାବରେ ମୁକ୍ତି ପାଇବା ପାଇଁ ଯୋଗ୍ୟ ଅଟେ। ଆହୁରି ମଧ ଚନ୍ଦନ ତରୁଷୁ ଭୁଜଙ୍ଗା ଜଲେଷୁ କମଲାନି ତତ୍ରଚ ଗ୍ରାହୀୟ, ଗୁଣୈ ଘାତିନଷ୍ଟ ଭୋଗେ ଖଲାନଚ ସୁଖାନ୍ୟ ଦିଗ୍ଘାନି। ଚନ୍ଦନ ବୃକ୍ଷରେ ସାପ ରହିଥାଏ, ଜଳରେ ପଦ୍ମ ସହିତ କୁମ୍ଭିର ରହିଥାଏ। ସୁଖ ଭୋଗ ସ୍ଥାନରେ ଗୁଣନାମକ ଖଲଲୋକ ରହିଥାଆନ୍ତି। ଅତଏବ କୌଣସିଠାରେ ବିଘ୍ନ ନଥାଇ ସୁଖ ମିଳେ ନାହିଁ। ସଂପଦକୁ ନେଇ ଗର୍ବୀ ବା ବିପଦକୁ ନେଇ ଅଧୀର ହୁଅ ନାହିଁ। କାରଣ କୌଣସି ସ୍ଥିତି ସ୍ଥାୟୀ ନୁହେଁ।

"ହେଉ ସତୀ; ହାତରୁ ମୁଦି ଓହ୍ଲାଇ ଲୁଟାଇ ରଖ। ସମୟ ହେଲାଣି ଘରକୁ ଯିବା।" ସେମାନେ ଘରମୁହାଁ ଫେରିଥିଲେ। ସାଥୀ ହୋଇ ନିରବରେ।

ସେଦିନ ରାତିରେ ତାକୁ ଭଲ ନିଦ ହୋଇନଥିଲା। ଆଖିପତା ଟିକେ ଲାଗିଗଲେ ହଠାତ୍ ଚାଉଁକିନା କଞ୍ଚାନିଦ ଭାଙ୍ଗି ଯାଉଥିଲା। ଚିତ୍ ହୋଇ ଶୋଇ ଆଖି ଖୋଲି ସେ ଦେଖୁଥିଲା କାନ୍ତୁ ଉପର ଚାଳତଳ ଛଟାବାଡ଼ ଫାଙ୍କରେ ବାହାରେ ରାଣୀଫୁସ ପରି ଜହ୍ନଆଲୁଅ। ଝରକା ଖୋଲି ସେ ବାହାରକୁ ଅନାଇ ଦେଖିଲା ପୂର୍ଣ୍ଣିମାର ତିଥିର ଜହ୍ନ ଆଲୁଅକୁ। କୁଆଁର ପୂର୍ଣ୍ଣିମୀ ଜହ୍ନ ଠାରୁ କାର୍ତ୍ତିକ (ପଞ୍ଜକ) ପୂର୍ଣ୍ଣିମୀର ଜହ୍ନ ଆହୁରି ଉଜ୍ଜଲ। ପରିଷ୍କାର ତୋଫା ଜହ୍ନ ଆଲୁଅ ବିଛାଡ଼ି ହୋଇ ପଡ଼ିଛି ଘର ବାହାରେ। କାର୍ତ୍ତିକ (ରାସ) ପୂର୍ଣ୍ଣିମୀର ରାତ୍ରି। ଆକାଶରେ ପୂର୍ଣ୍ଣଚନ୍ଦ୍ର। ଚତୁର୍ଦିଗରେ ବିଖ୍ଣ ହୋଇ ପଡ଼ିଥିବ ଚନ୍ଦ୍ରଙ୍କ ରଜତ କିରଣ। ବୃକ୍ଷ ଗୁଡ଼ିକରେ ଦୋଲାୟିତ ପେଞ୍ଜା ପେଞ୍ଜା ଫୁଲ। କେଉଁଠୁ ଭାସି ଆସୁଥିବ ମିଠାମିଠା ବାସ୍ନା। ଏମିତି ଏକ ରସସିକ୍ତ ରଜନୀରେ ବାଂଶୀ ବାଦନ ଆରମ୍ଭ କରୁଥିବେ ଭଗବାନ ଶ୍ରୀକୃଷ୍ଣ। ବୃନ୍ଦାବନର ଗୋପୀମାନଙ୍କ କାନରେ ଗୁଞ୍ଜରିତ ହେଉଥିବ ସେହି ସ୍ଵନ। ସେତେବେଳେ କିଏ ଗାଈଠାରୁ କ୍ଷୀର ଦୁହୁଁଥିବ। କିଏ ଲହୁଣୀ ବାହାର କରୁଥିବ ଦହି ମନ୍ଥନ ପରେ। କିଏ ଛେନା ପ୍ରସ୍ତୁତ କରୁଥିବ। ପୁଣି କିଏ ନିଜ ଶିଶୁକୁ ସ୍ତନ୍ୟପାନ କରାଉଥିବ ତ ଆଉ କିଏ ପରିଜନଙ୍କ ପାଇଁ ଖାଦ୍ୟ ପ୍ରସ୍ତୁତ କରୁଥିବ। ବାଂଶୀସ୍ଵନ ଶୁଣି କେଉଁ ସ୍ଵର୍ଗୀୟ ଆକର୍ଷଣରେ ସବୁ କାମଦାମ ଛାଡ଼ି ଟାଣି ହୋଇ ଆସୁଥିବ ଶ୍ରୀକୃଷ୍ଣଙ୍କ ବାଂଶୀବାଦନ ସ୍ଥଲକୁ। ଶ୍ରୀକୃଷ୍ଣବି ସହର୍ଷ ବଦନରେ ସେମାନଙ୍କୁ ସ୍ଵାଗତ କରୁଥିବେ। କୃଷ୍ଣଙ୍କ ସହିତ (ଗୋପ ଯୁବତୀ) ଗୋପାଙ୍ଗନା ଲବଙ୍ଗଲତା ମାନେ ନୃତ୍ୟ କରୁଥିବେ। ଆଉ କୃଷ୍ଣ- ରାଧାଙ୍କ ସହିତ ମଜ୍ଜି ଯାଇଥିବେ ନୃତ୍ୟରେ। ଆରମ୍ଭ ହେଉଥିବ ରାସଲୀଳା। ଅପୂର୍ବ ନୃତ୍ୟଭଙ୍ଗୀରେ ନିମଜ୍ଜିତ ହେବେ ରାଧା, କୃଷ୍ଣଙ୍କ ସହିତ ସମସ୍ତ ଗୋପନାରୀ। ଏମିତି ଏକ ଚମକ୍ରାର ପରିକଳ୍ପନା ରାସ ପୂର୍ଣ୍ଣିମୀ ସଂପର୍କରେ ଭାଗବତର ୧୦ମ ସ୍କନ୍ଦର ୩୧ରୁ ୩୪ ଅଧ୍ୟାୟରେ ରାସଲୀଳା ସଂପର୍କରେ ବର୍ଣ୍ଣନା ରହିଛି ବୋଲି ସୁନି ତାକୁ କହିଥିଲା। ଗୋପୀମାନଙ୍କ ଭାବକୁ ପରଖ୍ ଦଶମ ସ୍କନ୍ଦର ଚାରୋଟି ଅଧ୍ୟାୟ ଚାରୋଟି ଗୀତ ରୂପରେ ଭଗବାନ ବ୍ୟାସ ବର୍ଣ୍ଣନା କରିଛନ୍ତି। ବେଣୁ ଗୀତ, ଗୋପିକା ଗୀତ, ଯୁଗଲ ଗୀତ ଓ ଭ୍ରମର ଗୀତ। ଏହା ବ୍ୟତୀତ ରାସର ବର୍ଣ୍ଣନା ବି ଅଛି। ଗୋପାଙ୍ଗନାମାନେ କୁଆଡ଼େ କୃଷ୍ଣଙ୍କ ସାନ୍ନିଧ୍ୟ ଲାଭ ଆଶାରେ କୁମାର ପୂର୍ଣ୍ଣିମୀ ଠାରୁ କାର୍ତ୍ତିକ (ପଞ୍ଜକ) ପୂର୍ଣ୍ଣିମୀ ପର୍ଯ୍ୟନ୍ତ ପ୍ରତ୍ୟେହ ପ୍ରତ୍ୟୁଷରୁ ସ୍ନାନ ସମାପନ ପୂର୍ବକ ବାଲିରେ ଶ୍ରୀକୃଷ୍ଣଙ୍କ ମୂର୍ତ୍ତି ସ୍ଥାପନ କରି ପୂଜାର୍ଚ୍ଚନା କରୁଥିଲେ। ଏକାଦଶୀ ଠାରୁ ପୂର୍ଣ୍ଣିମା ପର୍ଯ୍ୟନ୍ତ ଭାଗବତର ରାମପଞ୍ଚାଧ୍ୟାୟୀ ଗାନ କରୁଥିଲେ।

କାର୍ତ୍ତିକ ମାସକୁ ଅତ୍ୟନ୍ତ ପବିତ୍ର ମାସ ଭାବରେ ଗ୍ରହଣ କରାଯାଇଛି। ଏହି ମାସରେ ସମସ୍ତେ ଅତ୍ୟନ୍ତ ନିଷ୍ଠା ସହିତ ଭକ୍ତି ଯୋଗକୁ ଆପଣେଇ ଥାନ୍ତି। ଗୌଡ଼ୀୟ ବୈଷ୍ଣବ ମାନେ। ଦାମୋଦରାଷ୍ଟକ ବୋଲିବା ସହିତ ରାଧା -କୃଷ୍ଣଙ୍କ

ଘିଅଦୀପ ଅର୍ପଣ କରିଥାନ୍ତି । ରାସ ପୂର୍ଣ୍ଣିମାରେ ଉପବାସ କଲେ ସୁଖ ସ୍ୱାସ୍ଥ ଓ ସଂପଦ ପ୍ରାପ୍ତ ହୋଇଥାଏ । ବିଶ୍ୱାସ କରାଯାଏ ମହାଲକ୍ଷ୍ମୀ କାର୍ତ୍ତିକ ପୂର୍ଣ୍ଣିମା ରାତିରେ ଘର ଘର ବୁଲି ଥାଆନ୍ତି । ତେଣୁ ଲକ୍ଷ୍ମୀଙ୍କ କୃପାଲାଭ ପାଇଁ ସମସ୍ତେ ଏହି ରାତିରେ ଉଜାଗର ରହି ନାଚ, ଗୀତ ସହିତ ଭଗବାନଙ୍କୁ ସ୍ମରଣ କରିଥାଆନ୍ତି । ରାତି ଉଜାଗର ରହୁଥିବାରୁ ଅନେକ ସ୍ଥାନରେ ଏହି ରାତିକୁ କୋଜାଗରୀ ପୂର୍ଣ୍ଣିମା କୁହାଯାଏ । କାର୍ତ୍ତିକ ଶୁକ୍ଳ ଏକାଦଶୀ ଠାରୁ ପୂର୍ଣ୍ଣିମା ପର୍ଯ୍ୟନ୍ତ ପାଞ୍ଚଦିନ ଧରି ଅନୁଷ୍ଠିତ ହେଉଥିବା ମହାପଞ୍ଚକ ଧର୍ମଗତ ଦୃଷ୍ଟିରୁ ଅତ୍ୟନ୍ତ ଗୁରୁତ୍ୱପୂର୍ଣ୍ଣ ଅଟେ ।

ରାସୋସ୍ୱବ ମୁଖ୍ୟତଃ ରାଧା-କୃଷ୍ଣ ପ୍ରେମରସାମୃତ କାହାଣୀକୁ ନେଇ ମଠ, ମନ୍ଦିର, ପୁର ପଲ୍ଲୀରେ ପାଳନ କରାଯାଉଥିବା ପର୍ବ । ଭାରତୀୟ ସଂସ୍କୃତି ଓ ସାହିତ୍ୟରେ କେବେ, କେଉଁ ଠାରୁ କିପରି 'ରାଧା' ଶବ୍ଦଟି ଆସିଛି । ତା'ର କୌଣସି ସୂଚନା ନାହିଁ । କିନ୍ତୁ ଅତୀତରେ ଭାରତୀୟ ସାହିତ୍ୟର ପୃଷ୍ଠା ଉନ୍ମୋଚନ କଲେ ରାଧା-କୃଷ୍ଣ ଚରିତ୍ରର ଗୁରୁତ୍ୱ ସ୍ପଷ୍ଟ ହୁଏ । କେବଳ ସାହିତ୍ୟ ନୁହେଁ ଆମର ପରମ୍ପରା ପୁଷ୍ଟ ସାମାଜିକ ଜୀବନରେ ମଧ୍ୟ ରାଧା-କୃଷ୍ଣ କଥାର ଅଖଣ୍ଡ ପ୍ରଭାବ ରହିଛି । ୧୬୦୦ ଶତାବ୍ଦୀର ସାହିତ୍ୟରେ ଯେଉଁ ସବୁ କାବ୍ୟ-କବିତା, ଭଜନ-ଜଣାଣ ସୃଷ୍ଟିର ପରମ୍ପରା ଉନ୍ମୋଚିତ ହେଲା ସେ ସବୁର ପ୍ରେରଣାର ଉସ୍ୱ ହେଉଛି ରାଧା-କୃଷ୍ଣ କଥାମୃତ । ଅପ୍ରାକୃତ ପ୍ରେମମୟୀ ରାଧା ଓ ପ୍ରେମମୟ ପୁରୁଷ କୃଷ୍ଣଙ୍କର ବୃନ୍ଦାବନ ଲୀଲାର ଆଲେଖ୍ୟ । ଶ୍ରୀମଦ୍ ଭାଗବତ, ବ୍ରହ୍ମ ବୈବର୍ତ୍ତ ପୁରାଣ, ବୈଷ୍ଣବ ଗୋସ୍ୱାମୀ ରଚିତ କାବ୍ୟ, ନାଟକ ଏବଂ ବୈଷ୍ଣବ ପଦାବଳୀ ପ୍ରଭୃତିରେ ବେଶ ଜୀବନ୍ତ । ଭାରତର ସଂସ୍କୃତ କବିମାନଙ୍କ ମଧ୍ୟରେ ଜୟଦେବ ଏକ ବିଶିଷ୍ଟ ସ୍ଥାନର ଅଧିକାରୀ । ଲୀଲାମୟ କୃଷ୍ଣ ଓ ଆରାଧନାର ସ୍ୱରୂପ ରାଧାଙ୍କର ଅନାବିଳ ପ୍ରେମଲୀଳାକୁ ନେଇ ତାଙ୍କ ରଚିତ ଗୀତଗୋବିନ୍ଦ ସମସ୍ତ ବିଶ୍ୱରେ ଭକ୍ତି ଓ ଶୃଙ୍ଗାରର ଏକ ଅପୂର୍ବ ସମନ୍ୱୟ ଗ୍ରନ୍ଥ ରୂପେ ପରିଚିତ । ବୈଷ୍ଣବ ଧର୍ମରେ ଶ୍ରୀରାଧାଙ୍କର ସ୍ଥାନ ଯେପରି ଗରୀୟାନ ସେହିପରି ତାତ୍ପର୍ଯ୍ୟପୂର୍ଣ୍ଣ । ଶ୍ରୀରାଧାଙ୍କର ଉପୃଭି, ସ୍ଥିତି ଓ ସ୍ୱରୂପ ସଂକର୍ପକରେ ବହୁ ସମାଲୋଚକ ତଥା ଦାର୍ଶନିକ ନିଜ ନିଜର ମତବ୍ୟକ୍ତ କରିଯାଇଛନ୍ତି । ଭକ୍ତି ରସାମ୍ଳକ କବି ବିଦ୍ୟାପତି, ଜୟଦେବ, ଚଣ୍ଡୀ ଦାସ, ଦୀନକୃଷ୍ଣ ପ୍ରଭୃତି ରାଧାଙ୍କୁ ଶ୍ରୀକୃଷ୍ଣଙ୍କର ଆହ୍ଲାଦିନୀ ଶକ୍ତି, ପ୍ରେମମୟୀ ରାଧା ରାସେଶ୍ୱରୀ, ଭଗବାନ ଶ୍ରୀକୃଷ୍ଣଙ୍କର ଲୀଲାର ସର୍ବସ୍ୱ ହେଉଛନ୍ତି, ଶ୍ରୀରାଧା ବୋଲି ଧରି ନେଇଛନ୍ତି । ଗୋଟିଏ ନିଶ୍ଚଳ ସତ୍ୟ କହିଲେ, ଯେଭଳି ଦେହ ମଧ୍ୟରେ ଆମ୍ଭର ସଭା ଓ ମନ୍ତନ, କାଷ୍ଠ ମଧ୍ୟରେ ଅଗ୍ନିର ସ୍ଥୁଲିଙ୍ଗ ବିଦ୍ୟମାନ । ସେହିପରି ବେଦ, ଉପନିଷଦ, ପୁରାଣ, ତନ୍ତ ଓ ସର୍ବ ବେଦାନ୍ତ ସାର ଶ୍ରୀମଦ ଭାଗବତରେ ରାଧାତଭ୍ତର ରହସ୍ୟ ପ୍ରଚ୍ଛନ୍ନ ରହିଛି । କେଉଁଠାରେ ଇଙ୍ଗିତ ମାଧ୍ୟମରେ ଅବା କେଉଁଠାରେ ପ୍ରଚନ୍ନଭାବରେ ଶାସ୍ତ ସମୂହରେ ଶ୍ରୀୀରାଧାଙ୍କ ମହିମାର ଉଲ୍ଲେଖ ଅଛି । ରକ, ସାମ ଓ ଅଥର୍ବ ବେଦରେ ବିଶେଷ ଭାବରେ ଗୌରବମୟୀ ରାଧାଙ୍କ ନାମ ଉଲ୍ଲେଖ ଥିବା ଦେଖିବାକୁ ମିଳେ । ରାଧାଙ୍କର ପ୍ରକୃତ ତତ୍ତ୍ୱ ହେଉଛି ଶ୍ରୀ ବ୍ରଜ ରାଜେଶ୍ୱରୀ । ଏଣୁ ଭକ୍ତ କବିମାନେ ନିଜନିଜ ଲେଖନୀ ମୁନିରେ କୃଷ୍ଣ ପ୍ରେମମଗ୍ନା ରାଧାଙ୍କର ବନ୍ଦନା କରିବାକୁ ଯାଇ ଲେଖିଛନ୍ତି- "ନମୋ ରାଧିକେ ଆରାଧିକେ ନିତ୍ୟାନନ୍ଦ ମୟୀ, ଚାରୁ ଚନ୍ଦ୍ରମୁଖୀ କନକ ଭରଣାଂ ଆଦ୍ୟା, ଲୀଲା ସୁତା ନମାମ୍ୟହମଂ (୧) ବୃଷଭାନୁ ସୁତାଂ ଦେବୀ ବଦେ ବ୍ରଜ ରାଜେଶ୍ୱରୀ, ବୃନ୍ଦାବନ କାନନ ବିରହିଣୀ ରାଧିକେ ମା'ତ ସ୍ୱରୂପିଣୀ(୨) ତପ୍ତ କାଞ୍ଚନ ଗୌରାଙ୍ଗୀ ରାଧେ ବୃନ୍ଦାବନେଶ୍ୱରୀ, ବୃଷଭାନୁ ସୁତେ ଦେବୀ ପ୍ରଣମାମି ହରିପ୍ରିୟେ ।"

ସେହି ବେଦୋକ୍ତ ମତେ "ସ୍ତୋତୁଂ ରାଧାନାଂ ଶିବାହୋ ବୀରୟସ୍ୟତେ" । ଉପନିଷଦରେ ମଧ୍ୟ, ଶ୍ୟାମା ଛକଦଂ ପ୍ରପଦ୍ୟେ ଶବଲଂ ଛାମ ପ୍ରପଦ୍ୟେ । ଅର୍ଥାତ୍ ମୁଁ ଶ୍ୟାମଙ୍କଠାରୁ ସବଲ (ଶ୍ୟାମର ବିଲାସ ବୈଚିତ୍ରର ଆଦର ଶ୍ରୀରାଧାଙ୍କୁ ପ୍ରାପ୍ତ ହୁଏ) । ପୁନଶ୍ଚ ସବଲ (ଶ୍ରୀରାଧାଙ୍କଠାରୁ) ଶ୍ୟାମ ସୁନ୍ଦରଙ୍କୁ ପ୍ରାପ୍ତ ହୁଏ । "ଗୋପାଳ ତାପିନୀ" ସ୍ତିରୁ ଜଣାଯାଏ ଗାନ୍ଧର୍ବୀ ଶ୍ରୀରାଧା ଶ୍ରୀକୃଷ୍ଣଙ୍କର ସର୍ବଶ୍ରେଷ୍ଠା କାନ୍ତ । ମଥୁରା ମଙ୍ଗଳରେ ଗୋକୁଳ ଧାମରେ ପୀତାମ୍ବର ଧାରୀ ଦ୍ୱିଭୁଜ ଶ୍ୟାମସୁନ୍ଦର ରାଧିକା ଶ୍ରୀକୃଷ୍ଣଙ୍କର ଆଦ୍ୟା ଶକ୍ତି । ଶ୍ରୀରାଧା ନିତ୍ୟ ନିର୍ଗୁଣା ଲକ୍ଷ୍ମୀ- ଦୁର୍ଗାଦି ସମସ୍ତ ଭଗବତ ଶକ୍ତି ବର୍ଗ

ତାହାଙ୍କର ଅଂଶ । ଭାରତୀୟ ସାହିତ୍ୟରେ ଦ୍ୱାଦଶ ଶତାଦୀକୁ ରାଧା ତତ୍ତ୍ୱର ସାହିତ୍ୟିକ ଉନ୍ମୀଳନର ସମୟ ରୂପେ ଗ୍ରହଣ କରାଯାଏ । ୧୨ଶ ଶତାଦୀର ପ୍ରାରମ୍ଭରେ ଶ୍ରୀଧର ଦାସଙ୍କ ଦ୍ୱାରା ସଙ୍କଳିତ "ସଦୁକ୍ତି କର୍ଣ୍ଣାମୃତ" ନାମକ ସୃକ୍ତି ଗ୍ରନ୍ଥ ମଧ୍ୟ ରାଧା–କୃଷ୍ଣ ପ୍ରେମ ସମ୍ୱଳିତ ବହୁ କବିତାର ସାମଗ୍ରିକ ରୂପ ଭାବେ ପରିଚିତ । କିନ୍ତୁ ଭାରତୀୟ ବୈଷ୍ଣବ ଦର୍ଶନରେ ରାଧା ତତ୍ତ୍ୱ ପୂର୍ବରୁ ଥିଲେ ମଧ୍ୟ ଶ୍ରୀ ଜୟଦେବଙ୍କ "ଗୀତ ଗୋବିନ୍ଦ"ର "ଲଲିତ ଲବଙ୍ଗ ଲତା ପରିଶୀଳନଂ" ଭିତରେ ତାହା ପ୍ରସ୍ଫୁଟିତ ଏବଂ ଶ୍ରୀ ଚୈତନ୍ୟଙ୍କ ଆଗମନରେ ସୁରଭିତ । ବାସ୍ତବିକ ଏହି ରାଧା ଶଦର ବ୍ୟୁପତ୍ତି ଗତ ଅର୍ଥ ସଂପର୍କରେ ନାନା ମୁନିଙ୍କର ନାନାମତ ଦେଖାଯାଏ । ଯେମିତି "ବ୍ରହ୍ମ ବୈବର୍ତ୍ତ ପୁରାଣ" ଅନୁସାରେ କୃଷ୍ଣଙ୍କର ରମଣ ଇଚ୍ଛା ପ୍ରବୃତ୍ତିରୁ ରାଧା ଜାତ ପୁଣି ଭାଗବତ କହେ "ଅନୟାରାଧ୍ୟ ତୋନୂନଂ ଭଗବାନ ହରିରୀ ଶ୍ୱରଃ" । ଶ୍ରୀନିମ୍ୟାର୍କ ମତାନୁସାରେ ଟୀକାକାର ଶୁକ ଦେବ ତାଙ୍କର ସିଦ୍ଧାନ୍ତ ପ୍ରଦୀପରେ କହନ୍ତି "ରାଧୃତଃ" ଶଦର ଅର୍ଥ ରାଧା ସହିତ ସଂଯୁକ୍ତ । ଅତଏବ ଦୁର୍ଧର ସ୍ୱଚ୍ଛତା, ଅଗ୍ନିର ଦାହିକତା, ଜଳର ଶୀତଳତା ପରି କୃଷ୍ଣଙ୍କ ଭିତରେ ରାଧାଙ୍କର ସ୍ଥିତି ସ୍ଥାପକତା ବିଦ୍ୟମାନ । ବୈଷ୍ଣବ ସାହିତ୍ୟ ମଧ୍ୟରେ ଶ୍ରୀରାଧା କୃଷ୍ଣଙ୍କର ପ୍ରେୟସୀ– ପ୍ରେମର ଆଧାର ରୂପେ ବର୍ଷିତ । ବୈଷ୍ଣବ ସାଧକ ରାୟ ରାମାନନ୍ଦଙ୍କ 'କାନ୍ତାପ୍ରେମ' ଉଲ୍ଲେଖ ଯୋଗ୍ୟ । ତାଙ୍କ ଭାଷାରେ ଏହି କାନ୍ତ ପ୍ରେମର ସମ୍ୟାହିକା ଗୋପୀମାନଙ୍କ ମଧ୍ୟରେ ଶ୍ରେଷ୍ଠ ହେଉଛନ୍ତି 'ଶ୍ରୀରାଧା' ଏବଂ ରାଧାପ୍ରେମ ହେଉଛି ସାଧ୍ୟ ଶିରୋମଣି । ଗୌଡ଼ୀୟ ବୈଷ୍ଣବମାନଙ୍କ ଦ୍ୱାରା ହିଁ ଶ୍ରୀରାଧାଙ୍କ ଭିତରେ ଶକ୍ତିତ୍ୱ(Energic pour)ର ସ୍ଫୁରଣ ଘଟିଛି ଏବଂ ଏହି ଶକ୍ତି ତତ୍ତ୍ୱକୁ ଅବଲମ୍ୱନ କରି ରାଧା ତତ୍ତ୍ୱର ଉପପତ୍ତି ଓ କ୍ରମ ବିକାଶ ସଂପାଦିତ ହୋଇଛି ।

ଭାରତର ଦର୍ଶନରେ ବୈଷ୍ଣବ ଧର୍ମର ଉନ୍ମେଷ ଓ ଉତ୍ତରଣ ବହୁ ଜଟିଳ ପଥ ଅତିକ୍ରମ କରିଛି । ପତ୍ତ୍ନା ଓ ପତ୍ନୁ, ସିଦ୍ଧି ଓ ସାଧନା, କର୍ମ ଓ ଧର୍ମ, ପାରମ୍ପରିକତା ଓ ନୂତନତାର ସମସ୍ତ ଅର୍ଗଳି ଅତିକ୍ରମ କରି ଭାରତର ସାର୍ବଜନୀନ ଜୀବନ ଧାରାକୁ ସିକ୍ତ କରିଛି । ଓଡ଼ିଆ ସାହିତ୍ୟରେ ଯେପରି ବୈଷ୍ଣବ ଧର୍ମ ଓ ଦର୍ଶନ ପ୍ରଭାବ ବିସ୍ତାର କରିଛି । ଆସାମ ସାହିତ୍ୟରେ ମଧ୍ୟ ତାହା ତଦ୍ରୁପ ପରିଦୃଷ୍ଟ ହୁଏ । ଶ୍ରୀଶଙ୍କର ଦେବ ଏହି ବୈଷ୍ଣବ ଧର୍ମ ଓ ସାହିତ୍ୟର ସ୍ରଷ୍ଟାରୂପେ ଆସାମରେ ସୁପ୍ରତିଷ୍ଠିତ ଓ ପୂଜିତ । ବୈଷ୍ଣବ ଧର୍ମରେ ଶ୍ରୀରାଧାଙ୍କ ସ୍ଥାନ ଯେପରି ଗରୀୟାନ, ସେହିପରି ତାତ୍ପର୍ଯ୍ୟପୂର୍ଣ୍ଣ । ବ୍ରହ୍ମବୈବର୍ତ୍ତ ପୁରାଣରେ ରାଧାଙ୍କର ଆବିର୍ଭାବ ଘଟିଛି । ଜୟଦେବଙ୍କ "ଗୀତଗୋବିନ୍ଦ"ରେ ରାଧା ଓ କୃଷ୍ଣଙ୍କର ଲୀଳାର ଚିତ୍ର ରହିଥିବାରୁ ଜଣାପଡ଼ୁଛି ଯେ ଦ୍ୱାଦଶ ଶତାଦୀ ବେଳକୁ ରାଧାବାଦ ପ୍ରଚାର ସହିତ ତାଙ୍କର ଲୀଳା ସହଚର ଭାବରେ କୃଷ୍ଣଙ୍କର ମହିମା ପ୍ରଖ୍ୟାପିତ ହୋଇଛି । ଏହି ରାଧାଙ୍କର ଉପପତ୍ତି, ସ୍ଥିତି ଓ ସ୍ୱରୂପ ସଂପର୍କରେ ବହୁ ସମାଲୋଚକ ତଥା ଦାର୍ଶନିକ ନିଜ ନିଜର ମତବ୍ୟକ୍ତ କରିଯାଇଛନ୍ତି । ପ୍ରାଚୀନ ଅସମୀୟା ବୈଷ୍ଣବ ସାହିତ୍ୟରେ ରାଧା, ଉକ୍ଳ ଓ ବଙ୍ଗ ବୈଷ୍ଣବ ସାହିତ୍ୟର ରାଧାଙ୍କଠାରୁ ପ୍ରଥକ, ମହାଭାରତ, ହରିବଂଶ, ବିଷ୍ଣୁ ପୁରାଣ ପ୍ରଭୃତିରେ, ରାଧାନାମର ସୂଚନା ମିଳେନାହିଁ । ଆଚାର୍ଯ୍ୟ ଭଟ୍ଟାଚାର୍ଯ୍ୟଙ୍କ ରଚିତ 'ବ୍ରହ୍ମ ବୈବର୍ତ୍ତ' ପୁରାଣକୁ ଭିତ୍ତି କରି କବି ଜୟଦେବ, ବିଦ୍ୟାପତି ପ୍ରଭୃତି ନିଜ ନିଜର କାବ୍ୟରେ ସ୍ୱ ରୁଚି ଅନୁଯାୟୀ ଅଭିନବ କଳ୍ପନାର ସଂଯୋଗ ଦ୍ୱାରା ରାଧାଙ୍କ ଚରିତ ବିଚିତ୍ର ଭାବରେ ବର୍ଣ୍ଣନା କରିଛନ୍ତି । ରାଧାଙ୍କର ଆଦି ରସାମ୍ଳକ ଚରିତ ଚିତ୍ରଣରେ ସେମାନେ ଲୌକିକତା ଓ ସ୍ଥାନୀୟ ପରିବେଶକୁ ଦୃଷ୍ଟି ଦେଇଥିବା ହେତୁ ଏ ପ୍ରକାର ବୈଚିତ୍ର୍ୟ ସମ୍ୱପର ହୋଇଅଛି । ପ୍ରାଚୀନ ଅସମୀୟା ସାହିତ୍ୟରେ ରାଧା ଚରିତ୍ରର ସମାବେଶ ଯଦିଓ ରହିଅଛି ତାହା ଉକ୍ଳ ଓ ବଙ୍ଗ ରାଧାଙ୍କଠାରୁ ସଂପୂର୍ଣ୍ଣ ଭିନ୍ନ । କବି ବିଦ୍ୟାପତି, ଜୟଦେବ ଓ ଚଣ୍ଡୀଦାସ ପ୍ରଭୃତି ରାଧାଙ୍କୁ ଶ୍ରୀକୃଷ୍ଣଙ୍କ ଶ୍ରେଷ୍ଠ ପ୍ରେମିକା ରୂପେ ଗ୍ରହଣ କରି କାବ୍ୟମାନଙ୍କରେ ରାଧା, କୃଷ୍ଣ ଚାତୁରୀର ଉଜ୍ଜ୍ୱଳ ପ୍ରତିବିମ୍ୱ ଉଭାସିତ କରିଛନ୍ତି । ଯାହା ନିମ୍ନ ପ୍ରଦତ୍ତ ଫଙ୍କ୍ତିରୁ ଅନୁମେୟ– ରୂପ ଲାଗି ଆଖିଝୁରେ ଗୁଣେମନ ଭୋର, ପ୍ରତି ଅଙ୍ଗ ଲାଗି କାନ୍ଦେ ପ୍ରତି ଅଙ୍ଗ ମୋର । ହିୟାର ପରଶ ଲାଗି ହିୟାମୋର କାନ୍ଦେ, ପରାଣ ପୀରତି ଲାଗି ଥର ନାହିଁ ବାନ୍ଧେ । ବୈଷ୍ଣବ କବିମାନେ ଧର୍ମ ପ୍ରଚଳନର ମାଧ୍ୟମ ସ୍ୱରୂପ ରାଧା

ଚରିତ୍ର ପ୍ରକାଶ କରିବାକୁ ଯାଇ ଏବଂ ବୈଷ୍ଣବ ମତର ସ୍ୱତନ୍ତ୍ର ରୀତି ଅନୁସରଣ କରି ବିଭିନ୍ନ କାବ୍ୟରେ ରାଧାଙ୍କୁ ଭିନ୍ନ ଭିନ୍ନ ରୂପରେ ରୂପାୟିତ କରିବାର ପ୍ରୟାସ କରିଛନ୍ତି।

ରାଧା ଶବ୍ଦଟି, ରାଧ ଧାତୁରୁ ନିଷ୍ପର୍ଷ ହୋଇଅଛି। ରାଧଧାତୁର ଅର୍ଥ– ଆରାଧନାର ପ୍ରତୀକ ବା ପୂଜା କରିବା। ଏହାର ଅର୍ଥ ପ୍ରତି ଦୃଷ୍ଟି ଦେଲେ କୁହାଯାଇପାରେ ଯେ କୃଷ୍ଣକର ବିଶେଷ ଆରାଧିକା, ସେହି ରାଧା। ଅନ୍ୟ ଏକ ମତରେ ବିଶାଖା ନକ୍ଷତ୍ରର ଦ୍ୱିତୀୟ ନାମ ହେଉଛି "ରାଧା"। ପୁରାତନ ଗଣନା ଅନୁପାୟୀ, ବର୍ଷ ଗଣନା ବେଳେ ଏହି ରାଧା ନକ୍ଷତ୍ରଟି ଠିକ୍ ମଧ୍ୟରେ ପଡ଼େ। ତେଣୁ ରାସ ମଣ୍ଡଳୀ ସହ ଏହାର ସମ୍ପର୍କ ଏଦୃଷ୍ଟିରୁ ସୂଚିତ ହୁଏ। ରାଧା ଶବ୍ଦର ଏହି ସମସ୍ତ ଅର୍ଥ ପ୍ରତି ଦୃଷ୍ଟି ରଖି ବଙ୍ଗୀୟ କବିମାନେ ରାଧାଙ୍କୁ ଶ୍ରୀକୃଷ୍ଣଙ୍କ ପ୍ରେମିକା ସହ କଳ୍ପନା କରି ରାଧାଙ୍କର କୃଷ୍ଣ ପାଇଁ ସାହାର୍ଯ୍ୟ ଅପରିହାର୍ଯ୍ୟ ବୋଲି ଅଭିହିତ କରିଚନ୍ତି। ବୈଷ୍ଣବ ସାହିତ୍ୟରେ ରାଧାତ୍ୱ ପ୍ରାୟ ପରକୀୟା ଭାବ ସଦୃଶରେ ବିଶ୍ଳେଷିତ ହୋଇଛି। ଅର୍ଥ ପରକୀୟା ପ୍ରୀତି କିମ୍ୱା ପରସ୍ତ୍ରୀ ପ୍ରତି ସହଜ ଆକର୍ଷଣ। ନବ ବୈଷ୍ଣବ ଧର୍ମର ଆଦୋଳନରେ ମଧ୍ୟ ରାମାନୁଜ, ରାମାନନ୍ଦ, ଶଙ୍କର ଦେବ ପ୍ରଭୃତି କେହି ଜଣେ ହେଲେ ଚୈତନ୍ୟ ଦେବଙ୍କ ପରି ମଧୁର ଭାବର ଭକ୍ତିମାର୍ଗ ନିର୍ଦ୍ଦେଶ କରି ନାହାନ୍ତି। ଆସାମ ବୈଷ୍ଣବ ଧର୍ମର ଭିତ୍ତି ଦାସ୍ୟଭାବ ଉପରେ ଦୃଢ଼ ରୂପେ ପ୍ରତିଷ୍ଠିତ। ତେଣୁ ଅସମୀୟା ବୈଷ୍ଣବ ଧର୍ମରେ ରାଧାଙ୍କର ନାମଗନ୍ଧ ମଧ୍ୟ ନାହିଁ। ଶୁଦ୍ଧ ଭକ୍ତି ଧାରାରେ ରାଧା ବୈଷ୍ଣବୀୟ ଧର୍ମ ଓ ଦର୍ଶନରେ ପ୍ରାୟ ଷୋଡ଼ଶ ଶତାଦ୍ଦୀ ପରେ ବିଧିବଦ୍ଧ ଭାବରେ ଆତ୍ମ ପ୍ରକାଶ କରିଛନ୍ତି। କିନ୍ତୁ ଅନେକ ଦିନ ପୂର୍ବରୁ ଭାରତୀୟ ଭକ୍ତି ଦର୍ଶନରେ ରାଧାବାଦ ସ୍ଥାନ ପାଇଛି। ରାଧା ପରମ ପ୍ରେମ ସ୍ୱରୂପିଣୀ, ପରମ ବୈଷ୍ଣବୀ, ଶକ୍ତି ରୂପିଣୀ ଓ ମୋକ୍ଷ ତଥା ବିଷ୍ଣୁ ସାହଚର୍ଯ୍ୟ ପ୍ରାପ୍ତ କାରିଣୀ ଭାବରେ ବୈଷ୍ଣବ ଧର୍ମରେ ସ୍ଥାନ ପାଇଛନ୍ତି। ଖ୍ରୀଷ୍ଟୀୟ ୧୨ଶ ଶତାଦ୍ଦୀ ବେଳକୁ ରାଧାବାଦ ଦକ୍ଷିଣରେ ବୈଷ୍ଣବ ଧର୍ମକୁ ଆଧାର କରି ପ୍ରସାର ଲାଭ କରିଥିଲା। ଉଭୟ ଆଧାର ଥିଲା ମଧୁର ରସ। କିନ୍ତୁ ଷୋଡ଼ଶ ଶତାଦ୍ଦୀ ବେଳକୁ ରାଧା– ଲକ୍ଷ୍ମୀଙ୍କ ଠାରୁ (ସ୍ୱତନ୍ତ୍ର) ପୃଥକ ହୋଇ ଶୁଦ୍ଧ ଭକ୍ତି ଧାରାରେ ନିଜେ ସ୍ୱତନ୍ତ୍ର ହୋଇ ଉଠିଥିଲେ। ବିଲ୍ୱ ମଙ୍ଗଳଙ୍କ "ଶ୍ରୀକୃଷ୍ଣ କର୍ଣ୍ଣାମୃତ" ଜୟଦେବଙ୍କ "ଗୀତ ଗୋବିନ୍ଦ"ରେ ରାଧା ମଧୁର ରସର ସାରଭୂତ ବିଗ୍ରହ ହୋଇ ଉଠିଛନ୍ତି।

ବେଦର ଏକେଶ୍ୱରବାଦ, ଶ୍ରୀମଦ୍ ଭାଗବତ, ହରିବଂଶ, ବିଷ୍ଣୁପୁରାଣ ପ୍ରଭୃତିର ମୂଳତତ୍ତ୍ୱ ଉପରେ ପ୍ରତିଷ୍ଠିତ। ବୈଷ୍ଣବ ଧର୍ମ ମତରେ ବିଷ୍ଣୁ ହିଁ ଏକମାତ୍ର ଦେବତା। ବଙ୍ଗୀୟ ମୈଥିଳୀ ପ୍ରଭୃତି ବୈଷ୍ଣବ ଧର୍ମରେ ରାଧା କୃଷ୍ଣଙ୍କର ଯୁଗଲ ମୂର୍ତ୍ତିର ଆରାଧନା ଦେଖିବାକୁ ମିଳେ। ଆସାମର ବୈଷ୍ଣବ ଧର୍ମର ଉପାସନା କ୍ଷେତ୍ରରେ ରାଧା–ଶ୍ରୀକୃଷ୍ଣଙ୍କର ପ୍ରେମିକା ରୂପେ ସ୍ଥାନ ପାଇନାହାନ୍ତି। ଏ ପ୍ରସଙ୍ଗରେ ରାଧା ଚରିତ୍ର କୈନ୍ଦ୍ରିକ ଆସାମ ବୈଷ୍ଣବ ସାହିତ୍ୟର ଶଙ୍କର ଦେବ, ମାଧବ ଦେବ, ରାମ ସରସ୍ୱତୀ, ଦ୍ୱିଜ କଳାପ ଚନ୍ଦ୍ର, ଶ୍ରୀରାମ ଧାତା ଓ ଶ୍ରୀ ରାମନନ୍ଦ ଦେବ ପ୍ରମୁଖ ପ୍ରଧାନ। ଏମାନଙ୍କ ରଚନାରେ ରାଧା ଓ ଶ୍ରୀକୃଷ୍ଣଙ୍କ ପ୍ରସଙ୍ଗରେ ଶୃଙ୍ଗାର ରସାମ୍ନକ ବର୍ଣ୍ଣନା ବା ମଧୁର ଭାବର ବିକାଶ ସାଧନ ଆଦୌ ହୋଇନାହିଁ। ଏଥିରେ ନଗ୍ନ କାମୁକତାର ନିର୍ଲଜ୍ଜ ଭୁଭୁକ୍ଷା ନାହିଁ। କିମ୍ୱା ପ୍ରେମ ବ୍ୟଥା ବିଜଡ଼ିତ କବିତାର ହିଲ୍ଲୋଲ ନାହିଁ। ଅଛି କେବଳ ଭାଇ ଭଉଣୀ ମଧ୍ୟରେ ପରିଦୃଷ୍ଟ ଅନାବିଳ ସ୍ନେହ, ଶିଶୁ ସୁଲଭ ଚପଳତା, ପରମାତ୍ମା ସହିତ ଏକୀଭୂତ ହେବାର ଜୀବାତ୍ମା ମଧ୍ୟରେ ଥିବା ଦୁର୍ବାର କାମନା ଓ ଭଗବାନଙ୍କ ପ୍ରତି ଭକ୍ତ ପ୍ରାଣର ଅଟଳ ହୃଦ୍ ନିସୃତ ପ୍ରଗାଢ଼ ଆକୁଳତା, ବ୍ୟାକୁଳତା ଓ କାତରତା। ମାଧବ ଦେବଙ୍କ ରଚନାରେ ବିଶେଷ ବାତ୍ସଲ୍ୟ ଓ ଦାସ୍ୟ ଭାବର ତୀବ୍ରତା ଲକ୍ଷ୍ୟ କରାଯାଏ। ଗୌଡ଼ୀୟ ବୈଷ୍ଣବମାନଙ୍କ ମତରେ ଶ୍ରୀକୃଷ୍ଣ ଏକାକୀ ପୂର୍ଣ୍ଣାଙ୍ଗ ନୁହନ୍ତି। ରାଧାଙ୍କର ସଂଯୋଗରେ କୃଷ୍ଣଙ୍କର ପୂର୍ଣ୍ଣତା। କିନ୍ତୁ ଆସାମର ନବ ବୈଷ୍ଣବଙ୍କ ଆଦର୍ଶ ଏହାର ଏକ ବ୍ୟତିକ୍ରମ। ସେମାନଙ୍କ ମତରେ– କୃଷ୍ଣ ସ୍ୱୟଂ ପୂର୍ଣ୍ଣାଙ୍ଗ–କୃଷ୍ଣସ୍ତୁ ଭଗବାନ ସ୍ୱୟଂ। ସେ ଗୁଣାମ୍ନକ ହୋଇ ମଧ୍ୟ ଗୁଣାତୀତ। ସଗୁଣ ହୋଇ ମଧ୍ୟ ନିର୍ଗୁଣ। ତେଣୁ ଅସମୀୟା ବୈଷ୍ଣବ ସାହିତ୍ୟରେ ରାଧାନାମର ଆବଶ୍ୟକତା ଅପରିହାର୍ଯ୍ୟ ନୁହେଁ।

ରାମ ସରସ୍ୱତୀଙ୍କ ପୁତ୍ର ଦ୍ୱିଜ କଳ୍ପ ଚନ୍ଦ୍ରଙ୍କର ରାଧା ବିଦାୟ କାବ୍ୟରେ ରାଧାଙ୍କ ଭାଗବତ ଭକ୍ତିର ପୂର୍ଣ୍ଣ ପ୍ରତିଫଳନ ଦେଖିବାକୁ ମିଳେ । ରାଧା ଦେବ ଶ୍ରୀକୃଷ୍ଣଙ୍କ ଚରଣରେ ଲୟରଖି ପାର୍ଥିବ ଜଗତକୁ ସର୍ବୋତଭାବେ ଭୁଲି ତନ୍ମୟ ହୋଇଛନ୍ତି । ସେହିପରି ତଦ୍‌ଗତ ତନ୍ମୟ ଅବସ୍ଥାରେ ରାଧିକାକୁ ଦେଖି ଉଦ୍ଧବ ଭାବିଲେ- କେଶବର ପ୍ରୀୟା ଏତ୍ତେ ଭକତ ଏକାନ୍ତ, ଭାଲେ ତୋ ସଦୟ କୃଷ୍ଣ ଆଙ୍କ ସୁମରନ୍ତ । ଏଠାରେ ରାଧା-କୃଷ୍ଣକୁ ସାଧାରଣ ନାୟକ ନାୟିକା ଭାବେ ଲକ୍ଷ୍ୟ ନକରି କୃଷ୍ଣ ଯେ, "ଜଗତ ଈଶ୍ୱର ସ୍ୱାମୀ", ତାହା ରାଧା ସ୍ପଷ୍ଟ ଭାବରେ ଅନୁଭବ କରିପାରିଛନ୍ତି । ଏଥିରେ କୃଷ୍ଣଲୀଳା, ୱୀଶ୍ୱର୍ଯ୍ୟ, ବିଭୂତି, ଶକ୍ତି, ସାମର୍ଥ୍ୟ ଓ ଭକ୍ତି ବସ୍ତଲତା ଚିତ୍ରିତ ହୋଇଛି । ଏହିପରି ଅସମୀୟା ବୈଷ୍ଣବ ଧର୍ମର ମୂଳ ଓ ମୁଖ୍ୟ ଆଦି ରୀତି ଅନୁଯାୟୀ ଅସମୀୟା ସାହିତ୍ୟ ଓ ଧର୍ମ କ୍ଷେତ୍ରରେ 'ରାଧା' ସ୍ୱତନ୍ତ୍ର ରୂପରେଖ ଦେଇ ଅଛନ୍ତି ।

ପୁରାଣମାନଙ୍କ ଭିତରେ ଦାର୍ଶନିକ ଶକ୍ତିକୁ–ଶିବଶକ୍ତି ଅପେକ୍ଷା ବିଷ୍ଣୁ ଶକ୍ତି ରୂପେ ତର୍କଣା କରାଯାଇ ଥିବାର ଦେଖିବାକୁ ମିଳେ । ଏହି ବିଷ୍ଣୁ-ଶକ୍ତିର ଏକ ବିଶେଷ ପରିଣତି ହିଁ ହେଲେ 'ଶ୍ରୀରାଧା' ବୈଷ୍ଣବ ସାହିତ୍ୟ ଦର୍ଶନରେ ଲୀଳା ସଙ୍ଗିନୀ ଶ୍ରୀରାଧାଙ୍କର ଲୀଳା ମାଧୁରୀ ଦେଖିଲେ ଶ୍ରୀରାଧାଙ୍କୁ କୌଣସି ଦେବୀ ଶକ୍ତି ରୂପରେ ଗ୍ରହଣ କରି ହୁଏନା । କାରଣ ରାଧା ହେଉଛନ୍ତି ବିଶୁଦ୍ଧ ପ୍ରେମ ରୂପିଣୀ–ଅନ୍ତ-ସୌନ୍ଦର୍ଯ୍ୟ-ସ୍ୱର୍ଗୀୟ ମାଧୁର୍ଯ୍ୟର ଘନୀଭୂତ ବିଗ୍ରହ । ପ୍ରଚଳିତ ଶକ୍ତି ଦେବୀ ସହିତ ଯେଉଁ ବଳର ସଂଯୋଗ ରହିଛି ରାଧାଙ୍କ ସହିତ ପରୋକ୍ଷ ଭାବରେ ତା'ର କୌଣସି ସଂଯୋଗ ନାହିଁ । ସେ ସଂହାର କର୍ଷି ନୁହେଁ କି ଧନ-ଜନ-ଯଶ ଦାନ କରେ ନାହିଁ କି ସୌଭାଗ୍ୟ-ବିଜୟ-ଆରୋଗ୍ୟ କରେ ନାହିଁ । କିୟା ଏଭଳି କୌଣସି କାର୍ଯ୍ୟରେ ସେ ତତ୍ପର ମଧ ନୁହେଁ ବରଂ କେବଳ ମାତ୍ର କୃଷ୍ଣର ଆନନ୍ଦବର୍ଦ୍ଧନୀ ଏବଂ ଭକ୍ତ ଗଣକୁ ସୁଖ ପ୍ରଦାନ କରିବାରେ ଆହ୍ଲାଦିନୀ କାରଣ । ରୂପଗୋସ୍ୱାମୀ ତାଙ୍କ ରଚିତ ରାଧାକୃଷ୍ଣ ଯୁଗଳ ସ୍ତୋତ୍ରରେ ପ୍ରେମମୟ କୃଷ୍ଣ ଓ ଆହ୍ଲାଦିନୀ ରାଧାଙ୍କର ବନ୍ଦନା କରିଛନ୍ତି । ନବଜଳଧର ଦିଦ୍ୟୁଦେ୍ୟା ବର୍ଣ୍ଣୋ ପ୍ରସର୍ଣ୍ଣୋ ବଦନ ନୟନ ପଦ୍ମୌ ଚାରୁ ଚନ୍ଦ୍ରା ବଟଂ ସୌ । ଅଳକ ତିଲକ-ଭାଲୋ କେଶବେଶ ପ୍ରଫୁଲ୍ଲୋ । ଭଜଭଜତୁ ମନୋରେ ରାଧିକା କୃଷ୍ଣ ଚନ୍ଦୋ (୧) ଅତି ସୁମଧୁର ବେଶୀ ରଙ୍ଗଭଙ୍ଗି ତ୍ରିଭଙ୍ଗୋ । ମଧୁର ମୃଦୁଲହାସୌ କୁଣ୍ଡଳା କାର୍ଣ୍ଣକଣ୍ଠୀ ନଟବର ରସୌ ନୃତ୍ୟ ଗତା ନୁରଙ୍ଗୌ, ଭଜ ଭଜତୁ ମନୋରେ ରାଧିକା କୃଷ୍ଣ ଚନ୍ଦୋ (୨) ।

ଏହି ପୂର୍ଣ୍ଣମୀ ଜହ୍ନ ପରି ଗୋଲ ମୁହଁ କେଉଁ କାବ୍ୟ ନାୟିକାର । କେଉଁ ଉପନ୍ୟାସ କାହାଣୀର ମୁଖ୍ୟ ନାରୀ ଚରିତ୍ର ମୁଖମଣ୍ଡଳ ପରି । ଆଉ ରଜାଇଠାମାନଙ୍କର ମୁହଁ କୁଆଡେ଼ ଏମିତି ଗୋଟା ରୂପାଥାଲି ଜହ୍ନ ପରି ବୋଲିତ କାବ୍ୟ କବିତାରେ ଲେଖା ହୋଇଛି । ପୁରାଣମାନଙ୍କରେ ମଧ ସେଇ ବର୍ଣ୍ଣନା । ସେହି ମୁହଁକୁ ପୂର୍ଣ୍ଣମୀର ଜହ୍ନ ସହିତ ତୁଳନା କରି କବି ଲେଖିଛନ୍ତି କାବ୍ୟ, କବିତା । ଲେଖକମାନେ ଉପନ୍ୟାସ କିୟା ଗପ । ପ୍ରେମିକ ଲେଖିଛି ତା ପ୍ରେମିକା ପାକୁ ତୁମ ମୁହଁ ପୂର୍ଣ୍ଣମୀ ଜହ୍ନ ପରି ଗୋଲ । ଅବିକଳ ପୂର୍ଣ୍ଣମୀର ଚାନ୍ଦପରି । ଗୋଟା ଗୋଲ ଜହ୍ନପରି ସୁନ୍ଦର, ମଧୁର, ଚିଉ ହାରିଣୀ, ମନମୁଗ୍ଧକର । ସେ ଚିଠି ପଢ଼ି ପ୍ରେମିକା ଖୁସି ହୋଇଛି । ପରୀକ୍ଷା କରିବା ପାଇଁ ଆଇନାରେ ନିଜ ମୁହଁକୁ ଦେଖିଛି ବାରମ୍ବାର । ସଜାଇଛି ତା' କମନୀୟ ମୁଖମଣ୍ଡଳକୁ ଓ ନିଜକୁ । ଆପଣାକୁ ପ୍ରସ୍ତୁତ କରିଛି ତା' ପ୍ରେମିକକୁ ଭେଟିବା ପୂର୍ବରୁ । ତା'ର ମନେ ପଡ଼ିଗଲା ସେ ଦିନ ଠାକୁର ବାବା କହିଥିଲେ, "ଏହି ଜହ୍ନ ଆଲୋକକୁ ଦେଖି ଓମର ଖୟ୍ୟାମ ଲେଖିଛନ୍ତି- ବନେ ଉପବନେ ବିକଶିତ ଯେତେ ଫୁଲ, ବର୍ଷେ ଗନ୍ଧେ ଭୁବନେ ନାହିଁ ଯାତୁଲ । ରସରଙ୍ଗିନୀ ଶିଥିଳ କବରୀ ଦେଉଁ, ପଡ଼ିଛିକି ଖସି ବନେ ଉପବନେ ପ୍ରିୟରେ ପ୍ରଣୟ ଦେଉଁ, ଏଇଧୂଲି ଦେହେ ମିଶିବା ଆଗରୁ ଆସ ଗୋ ବନ୍ଧୁ ଆସ, ଜ୍ୟୋସ୍ନାର ଏଇ ମୁର୍ଚ୍ଛନା ତଳେ ଦେବା ଗୋ ଜୀବନ ଝାସ । ସମୟ ଯେତିକି ବାକି ରୂପର ମାଧୁରୀ ପାରତି ପାୟୁଷ ଅନ୍ତରେ ନେବା ଚାଖି । ସେପାରେ ମୃତ୍ୟୁ ଶୂନ୍ୟ ମାରଇ ହାଇ, ନିରବ କଣ୍ଠ ନମିଳଇ ସାକୀ ଦୁର୍ଲଭ ସୁରା ତହିଁ ।"

ଏହିପରି ତୋଫା ଜହ୍ନରାତି ସତେ କେତେ କେତେ କବି, ଲେଖକ, ପ୍ରେମିକ ଓ ଭାବୁକମାନଙ୍କୁ ପାଗଳ କରିଛି ।

କେତେ ପ୍ରଣୟ ପିଆସିଙ୍କ ହୃଦୟରେ ଭରି ଦେଇଛି ଉନ୍ମାଦନା । ଏହିପରି ଜହ୍ନ କିରଣରେ ବସି ପ୍ରେମିକ ତା' ମନର ମାନସୀ ପାଖକୁ ଓ ପ୍ରେମିକା ତା' ମନର ମଣିଷ ନିକଟକୁ ପ୍ରେମ ପତ୍ର ଲେଖୁଛନ୍ତି । ଆଉ ସେମାନେ ପରସ୍ପର ପରସ୍ପରଠାରୁ ପାଇଥିବା ଚିଠିକୁ ନିରେଖ୍ ଅନାଇଁ ପଢୁଛନ୍ତି ନିଟେଇ ନିଡ଼େଇ । ଆଖି ପୋଡ଼ି ଉଠିଛି । ପାଣି ଗଡ଼ିଛି ଆଖ୍ କୋଣରୁ । ଝାପ୍ସା ଆଲୁଅରେ ନିରେଖ୍ ଅନାଇବା ଦ୍ୱାରା । ତଥାପି ଘର ଲୋକଙ୍କୁ ଲୁଚେଇ ଜହ୍ନ ଆଲୁଅରେ ପାଇଥିବା ଚିଠି ପଢ଼ି ତା'ର ଉତ୍ତର ଲେଖୁବାର ମଜା ସେ ପାଇଛି, କଷ୍ଟ, ଦୁଃଖ ଯନ୍ତ୍ରଣା ସହିବା ଭିତରେ । ସେ କଷ୍ଟ ବାଧେନି ବରଂ ଆନନ୍ଦ ଦିଏ । ସେ ଦୁଃଖ ଉଲ୍ଲାସ ଭରିଦିଏ ପ୍ରାଣରେ । ସେ ଯନ୍ତ୍ରଣାର ସ୍ୱାଦ ଭାରି ମିଠା ଅମୃତ ପରି । ଯେଉଁ ସ୍ୱର୍ଗର ଅମୃତକୁ ମଣିଷ ଚାଖୁବାକୁ କେବେବି ସମର୍ଥ ହୋଇ ପାରିନି ଏ ମାଟିର ମଣିଷ ସମାଜ ।

ଏପରିକି ସମୟ, ସୁବିଧା, ସୁଯୋଗ, ପରିବେଶ ଓ ପ୍ରତିକୂଳ ପରିସ୍ଥିତିରେ ପଡ଼ି ଅନେକ ପ୍ରେମୀ ଯୁଗଳ ଜହ୍ନ ଆଲୁଅରେ ଚିଠି ଲେଖୁବାକୁ ଓ ପଢ଼ିବାକୁ ଅଧିକ ପସନ୍ଦ କରିଥାଆନ୍ତି । ମନ କାରକ ଗ୍ରହ ଚନ୍ଦ୍ରଙ୍କ କିରଣରେ ମନର ଦେବତା ଜହ୍ନ ଆଲୁଅରେ ମନର ମଣିଷ ପାଖକୁ ଚନ୍ଦ୍ର ବଦନୀ ମାନେ ନିଜ ମନ ଗହନର ଗୋପନ କଥାକୁ ଖୋଲି ଲେଖୁବାକୁ ଓ ମନ ମଣିଷ ଠାରୁ (ପାଖରୁ) ପାଇଥିବା ପ୍ରେମ ଚିଠିକୁ ପଢ଼ିବାକୁ ଭଲ ଲାଗିଥାଏ । କାରଣ ଚନ୍ଦ୍ର ହେଉଛନ୍ତି ମନକାରକ ଗ୍ରହ ଅର୍ଥାତ୍ ମନର ଦେବତା । ସେଥିପାଇଁ ଚନ୍ଦ୍ରଙ୍କ କିରଣରେ ମନରେ ସାଇତା ହୋଇ ରହିଥିବା ମନ ଗହନର ଗୋପନ କଥାକୁ ଖୋଲି ଲେଖୁବାକୁ ଭଲ ଲାଗେ । ସେହି କାରଣରୁ ଜହ୍ନ ଆଲୁଅରେ ଅଧିକାଂଶ ପ୍ରେମ ଚିଠି ଲେଖା ହୋଇଥାଏ । ଆହୁରି ମଧ ଚନ୍ଦ୍ର ମନର ଦେବତା ହୋଇଥିବା ହେତୁ ଯୌବନ ସମୟରେ ମନ ଅଧିକ ଉଦ୍‍ବେଲିତ ଅବସ୍ଥାରେ ଥାଏ । ସେଥିପାଇଁ ସେହି ବୟସରେ ଯୁବକମାନେ ସେମାନଙ୍କର ମନର ମାନସୀଙ୍କ ପାଖକୁ ଓ ଯୁବତୀମାନେ ସେମାନଙ୍କ ମନର ମଣିଷ ନିକଟକୁ ଜହ୍ନ ଆଲୁଅରେ ଚିଠି ଲେଖୁବାକୁ ଓ ସେମାନଙ୍କ ଠାରୁ ପାଇଥିବା ଚିଠିକୁ ପଢ଼ିବାକୁ ଅଧିକ ପସନ୍ଦ କରିଥାଆନ୍ତି ।

ସତୀ କଢ଼ ଲେଉଟାଇଲା, କଡ଼େଇ ଶୋଇଲା । ପୁଣି ଶୋଇଲା ମୁହଁମାଡ଼ି । ବାହାରେ ପଞ୍ଚକ ପୂର୍ଣ୍ଣମୀର ତୋଫା ଜହ୍ନ ରାତି । ଏହି ରାସ ପୂର୍ଣ୍ଣମୀର ଗୋଟା ଟେକା ଜହ୍ନ ପରି ତା ନିଜ ମୁହଁଟି ଗୋଲ ବୋଲି ସୁନି ତାକୁ କହେ । ଏକଥା ତାକୁ ଏକା ସୁନି କହିନି । ଆହୁରି ଅନେକ ଲୋକ କହିଛନ୍ତି । କେବଳ ଅଧରଙ୍କୁ ଛାଡ଼ି । ତା ପାଠପଢ଼ା ସଙ୍ଗିନୀମାନେ । ସାଇର ସାଙ୍ଗ ସବୁ । ଠାକୁର ବାବା ଓ ତାଙ୍କ ଗାଁର କେତେକ ମୁରବି ଶ୍ରେଣୀୟ ଲୋକ । ତା' ମୁହଁ ପୂର୍ଣ୍ଣମୀ ତିଥିର ପୂର୍ଣ୍ଣଚନ୍ଦ୍ର ପରି ଗୋଲ । ତା'ର ପୂର୍ଣ୍ଣମୀ ରାତିର ଜହ୍ନ ଭଳି ଗୋଲ ମୁହଁ । ରଜା ଘିଅ ମୁହଁ ପରି ଟେକାମୁହଁ । କାବ୍ୟର ନାୟିକା ଭଳି ସୁନ୍ଦର, ଉପନ୍ୟାସର ମୁଖ୍ୟ ନାରୀ ଚରିତ୍ର ପରି ଅନୁପମା, କମନୀୟା, ଆକର୍ଷଣୀୟା, ଲୋଭନୀୟା, ସୁଠାମ, ମସୃଣ ନାରୀର ମୁଖମଣ୍ଡଳ ହଁ ତାର ଶାରୀରିକ ସୌନ୍ଦର୍ୟ୍ୟର ମୁଖଶାଳା । ସେ ଗୋଟିଏ ଚାଉଲରେ ଗଢ଼ା । ତା'ର କେଶ କୁଞ୍ଚକୁଞ୍ଚିଆ (ଭାଙ୍ଗଚୁଲ) ଚଂପାଫୁଲ ପରି ତା ଦେହର ବର୍ଣ୍ଣ । ଅଧର ତ ତା ପାଖକୁ କେବେ ଚିଠି ଦେଇ ନାହାନ୍ତି, ଦେବେ ବି ନାହିଁ ସନ୍ଦେହ । ସିଏ କେତେ ପାଠ ପଢ଼ିଛନ୍ତି । ଉଚ ଶିକ୍ଷିତ, ପାଠ ପଢ଼ିଲା ବେଳେ ତାଙ୍କ ପଢ଼ା ବହି ବାଦ ଅନେକ ବହି ବଢ଼ିଥିବେ ନିଶ୍ଚୟ । ହୁଏତ ତାକୁ ନେଇ କାବ୍ୟଟିଏ କିମ୍ବା କବିତାଟେ ଲେଖୁ ପାରନ୍ତେ । ନହେଲେ ସେମାନଙ୍କ ପ୍ରେମ କାହାଣୀକୁ ନେଇ ଗୋଟେ ଉପନ୍ୟାସ । ଯେଉଁ ଉପନ୍ୟାସରେ ସେ ହୋଇଥାଆନ୍ତା ନାୟିକା ଆଉ ମୁଖ୍ୟ ଚରିତ୍ର ହୋଇଥାଆନ୍ତେ ନିଜେ ଅଧର । ସିଏ ନିଜେ ଲେଖୁନ୍ତେ ନିଜକୁ ନାୟକ କରି । ଲେଖୁସାରି ସତୀକୁ ସେ ବହିରୁ ଖଣ୍ଡେ ଦିଅନ୍ତେ ପଢ଼ିବା ପାଇଁ । ସତୀ ପଢ଼ନ୍ତା, ସୁନି ମଧ । ଅଧର ଲେଖୁଥାଆନ୍ତେ ତା' ରୂପକୁ ବର୍ଣ୍ଣନା କରି । ସେ କେମିତି ଦେଖାଯାଏ । ତା' ମୁହଁ କାହା ସହିତ ତୁଲନୀୟ । ରଜାଘିଅ ମୁହଁପରି ନା ପୂର୍ଣ୍ଣମୀର ଟେକା ଗୋଟା ଜହ୍ନ ଭଳି ଗୋଲ କିମ୍ବା ରୂପାଥାଲି ପରି । ଅଧର ତା ମୁହଁକୁ ଅନେକ ସମୟ ଧରି ଅନେଇଁ ରହି ଭଲ ଭାବରେ ଦେଖିଛନ୍ତି । ବିଭୂତି ଟିପା ତାଙ୍କ

କପାଳରେ ଲଗାଇ ଦେଲାବେଳେ ଅଧର ତା ମୁହଁକୁ ଅନାଇ ରହିଥିବା ସେ ଦେଖିଛି । ସିଏ ହିଁ ସଠିକ୍ କରି କହି ପାରନ୍ତେ ତା' ମୁହଁ କେମିତି । ସୁନ୍ଦର, ସୁଢ଼ଳ, ସୁଠାମ, କମନୀୟା, ନମନୀୟା ରଜା ଝିଅଙ୍କ ମୁହଁ ଭଳି କିମ୍ବା କେଉଁ କାବ୍ୟ ଅବା ଉପନ୍ୟାସର ନାୟିକାଙ୍କ ମୁହଁ ପରି । କିନ୍ତୁ ଅଧରତ ଲେଖନ୍ତି ନାହିଁ ।

ଏହା ବି ହୋଇପାରେ ବିଖ୍ୟାତ ବଙ୍ଗ ଉପନ୍ୟାସିକ ଶରତ ଚନ୍ଦ୍ରଙ୍କ ଭାଷାରେ "ପାଦଥିଲେ ଚାଲିହୁଏ । ମାତ୍ର ହାତଥିଲେ ସୁଦ୍ଧା ଲେଖିବା ସମସ୍ତଙ୍କ ପକ୍ଷରେ ସମ୍ଭବ ହୁଏନା ।" ଏ ଦୃଷ୍ଟିରୁ କୁହାଯାଇପାରେ "ବୁଢ଼ାଏ ରକ୍ତରେ ମନର ମଣିଷ ପାଖକୁ ହୁଏତ ଦସ୍ତଖତ ଟିଏ ପଠାଇ ଦେଇ ହୁଏ । କିନ୍ତୁ ବୋତଲେ କାଳିରେ ପାଠକ ପାଠିକାଙ୍କ ହାତ ପାହାନ୍ତାକୁ ଉପନ୍ୟାସଟିଏ ବଢ଼େଇ ଦେଇ ହୁଏନା । ଆଉ ଉପନ୍ୟାସ ହେଉଛି ମହାଜୀବନ ପ୍ରବାହର ମର୍ମାନୁବାଦ । ନୂଆ ଚରିତ୍ର, ନିଆରା ଘଟଣା, ନୁଖୁରା ପରିବେଶ ଉପନ୍ୟାସର ଯୁଗାନ୍ତର ପାଇଁ ଯଥାର୍ଥରେ ଗୋଟିଏ ଗୋଟିଏ ଅନ୍ତର୍ଭେଦୀ ଆହ୍ୱାନ ।"

ତା'ପରେ ସେ ଭଲ ଭାବରେ ନିରୀକ୍ଷଣ କରି ଦେଖିଲା । ସେବ ଓ ସର ନିଘୋଡ଼ ନିଦରେ ଶୋଇ ଯାଇଛନ୍ତି । ସେ ଆସ୍ତେ ଆସ୍ତେ ବିଛଣାରୁ ଉଠି ଲୁଚାଇ ରଖିଥିବା ମୁଦିଟିକୁ ଯେଉଁଟିକୁ ଅଧର ତାକୁ ମନ୍ଦିରରେ ପିନ୍ଧାଇ ଦେଇଥିଲେ । ସେ ସେଇଟିକୁ ବାହାର କରି ହାତରେ ପିନ୍ଧିଲା । ସାବଧାନତା ସହକାରେ କବାଟ ଖୋଲି ପାଦ ଟିପିଟିପି ଶୋଇଥିବା କୋଠରିରୁ ବାହାରକୁ ଆସିଲା । ବାହାରେ ମଲ୍ଲୀଫୁଲିଆ ତୋଫା ଜହ୍ନ କିରଣ ପଡ଼ିଛି । ସତୀ ତାଙ୍କ ଘରର ପୂର୍ବପଟ ପିଣ୍ଡାରେ ବସିଲା । ପୂର୍ଣ୍ଣିମୀ ଜହ୍ନ ପଶ୍ଚିମ ଆକାଶକୁ ଢଳିଲେଣି । ଘରର ପୂର୍ବପଟ ପିଣ୍ଡାରେ ପରିଷ୍କାର ଜହ୍ନ ଆଲୁଅ ପଡ଼ିଥିଲା । ସତୀ ପିଣ୍ଡାରେ ବସି ଜହ୍ନକୁ ଚାହିଁଲା । ରୂପାଥାଲି ପରି ଗୋଟା ଗୋଲ ଜହ୍ନ । ମନେମନେ ଭାବିଲା ତା' ମୁହଁ କ'ଣ ଠିକ୍ ଏହି ଚେକା ଜହ୍ନ ପରି ? ଏହିଭଳି ଗୋଲ ଉଜ୍ଜ୍ୱଳ ଆଉ ସୁନ୍ଦର ? ସେଇଥିଲାଗି ବୋଧେ ଅଧର ତା' ମୁହଁକୁ ଏତେ ଦୀର୍ଘ ସମୟ ଧରି ଅନାଇ ରହନ୍ତି । ତା' ମୁହଁ ଏମିତି ଲୋଭନୀୟା, ଆକର୍ଷଣୀୟା ଓ ମନମୁଗ୍ଧକର ଯେ ତା'ମୁହଁକୁ ଚାହିଁ ରହିଥିଲା ବେଳେ ଅଧର ଲାଜ, ସରମ, ସଙ୍କୋଚ, ସମ୍ଭ୍ରମ, ଶିଷ୍ଟାଚାର ଏବଂ ସାଧାରଣ ହିତାହିତ ଜ୍ଞାନ ଶୂନ୍ୟ ହୋଇପଡ଼ି ତାକୁ ଅନେକ ସମୟ ଧରି ଅନାଇଁ ରହିନ୍ତି । ଏମିତି ଜହ୍ନ ରାତି ଚହଟ ଚାନ୍ଦିନୀ ପଖଳା ରଜନୀ ହୋଇଥାଆନ୍ତା । ସେ ଏଠି ତାଙ୍କ ପିଣ୍ଡାରେ ନବସି ବସିଥାଆନ୍ତା । ଅଧରଙ୍କ କୋଳରେ ସାମନ୍ତରାୟଙ୍କ ଘର ଉଆସର ଛାତ ଉପରେ । ସେ ଯେତେଥର ମୁଣ୍ଡରେ ଲୁଗା ଦେଉଥାଆନ୍ତା, ଅଧର ଦୁଷ୍ଟାମି କରି ତା' ମଥାରୁ ଓଢ଼ଣା ସେତେଥର ଖୋଲି ଦେଉ ଥାଆନ୍ତେ । ଆଉ ଏହି ପୂର୍ଣ୍ଣିମୀର ଚେକା ଗୋଟା ଗୋଲ ରୂପା ଥାଲି ପରି ଜହ୍ନକୁ ତୁଲନା କରନ୍ତେ ତା ମୁହଁ ସହିତ । ନୀଳ ଆକାଶର ଜହ୍ନ ପରି ତା' ଘନକଳା କେଶତଳେ ତା'ର ଚେକା ଗୋଟା ଗୋଲ ମୁହଁ । ଅଧର ମନ୍ତବ୍ୟ ଦେଉ ଥାଆନ୍ତେ ପୂର୍ଣ୍ଣିମୀର ଜହ୍ନଠାରୁ ତା' ମୁହଁ ଅଧିକ ସୁନ୍ଦର । ପ୍ରତିଯୋଗିତାରେ ତାକୁ ବିଜୟିନୀ କରି ସେ ତା (ଓ) ସହିତ ଦୁଷ୍ଟାମି କରୁଥାଆନ୍ତେ । ମରଦ ପଣିଆ ସୁଲଭତା ବସନ୍ତ । ପୁରୁଷର ପୌରୁଷ ମନୋବୃଦ୍ଧି ନେଇ । ଯୁବକ ସ୍ୱାଭାବର ବଶବର୍ତୀ ହୋଇ ତାଙ୍କ ମୁହଁ ବାରମ୍ବାର ନଇଁ ଆସୁଥାଆନ୍ତା ସତୀର ସୁକୋମଳ ଗାଲ ଉପରକୁ । ଲାଜରେ ସତୀର ଆଖି ବୁଜି ହୋଇଯାଉ ଥାଆନ୍ତା । ସେ ଅଧରଙ୍କ ଦୁଷ୍ଟାମିରୁ ନିଜକୁ ବଞ୍ଚାଇବାକୁ ଯାଇ ତାଙ୍କ ଛାତିରେ ମୁହଁ ଗୁଞ୍ଜି ଆମ୍ରକ୍ଷା କରୁଥାଆନ୍ତା । ଅଧର ତାଙ୍କ ଛାତିରେ ସତୀକୁ ଖୁବ୍ ଜୋରରେ ଭିଡ଼ିଧରୁ ଥାଆନ୍ତେ । ଆଉ ତା' ପରର ଦୃଶ୍ୟ କଳ୍ପନାରେ ଭାବିବାକୁ ସାହସ ହୁଏନା । ଲାଜ ପଥ ଓଗାଲେ, ସରମ ବଇରୀ ସାଜେ, ସଙ୍କୋଚ ବାଟ ଅଟକାଇ ପ୍ରତିବନ୍ଧକ ହୋଇ ଠିଆ ହୁଏ ।

ତେବେ ଅଧର କାହିଁକି ଚିଠି ଲେଖନ୍ତି ନାହିଁ । ଲେଖିବାକୁ ସମୟ ପାଆନ୍ତି ନାହିଁ ନା ତାଙ୍କର ଇଚ୍ଛା ନଥାଏ ? ସେଥିପାଇଁ ତାଙ୍କ ଆମ୍ମାରେ ଆଗ୍ରହ ଜନ୍ମେନା ? ହୃଦୟରେ ପ୍ରେରଣା ଜାଗେନା ? ଉନ୍ମାଦନା ଆସେନା ପ୍ରାଣରେ ? ଆବେଗ ସୃଷ୍ଟି ହୁଏନା ତାଙ୍କ ଅନ୍ତରରେ ? ସିଏ କ'ଣ ପ୍ରେମ ନ କରିବାକୁ ମନରେ ସ୍ଥିର କରିଛନ୍ତି ନା ପ୍ରଣୟୀ ହେବାକୁ ତାଙ୍କର ଇଚ୍ଛା ନାହିଁ । ତାଙ୍କ ଗାଁ ଆକାଶରେ ପୂର୍ଣ୍ଣିମୀର ଜହ୍ନ ଉର୍ଦ୍ଧ ନାହିଁ କିମ୍ବା ତାଙ୍କ ଘର ଆଗଣାରେ ଜହ୍ନ ଆଲୁଅ

ପଡ଼େନା ? ରାସ ପୂର୍ଣ୍ଣମୀରେ ରାସ ରଚିବାର ପ୍ରବୃତ୍ତି କ'ଣ ତାଙ୍କ ଅନ୍ତରରେ ଜାଗେନା ? ଆମ୍ଭାରେ ସୃଷ୍ଟି ହୁଏନା ମିଳନର ଆଶା ? ସିଏ କ'ଣ ଭଲ ପାଇବା ଜାଣନ୍ତି ନାହିଁ ନା ପ୍ରେମ କରି ଶିଖ୍ଯ ନାହାନ୍ତି ? ପ୍ରଣୟ ତାଙ୍କୁ ଅମାଲ୍ଲମ କିମ୍ବା ପ୍ରଣୟୀ ହେବାକୁ ଇଚ୍ଛା କରନ୍ତି ନାହିଁ ।

ଅଧର ଏତେ ପାଠ ପଢ଼ିଛନ୍ତି, ଉଚ୍ଚଶିକ୍ଷିତ ସିଏ କ'ଣ ଜୟଦେବଙ୍କ ଗୀତି ଗୋବିନ୍ଦ କେବେ ପଢ଼ି ନାହାଁନ୍ତି ? ଯେଉଁଥିରେ ପ୍ରେମ ପାଇଁ କୃଷ୍ଣ ଧରିଥିଲେ ରାଧାଙ୍କ ପାଦର ବର୍ଣ୍ଣନା କରି ମହାକବି ଶ୍ରୀ ଜୟଦେବଙ୍କ ମହାକାବ୍ୟର ଅଷ୍ଟମ ଶ୍ଲୋକରେ ବର୍ଣ୍ଣିତ ଅଛି । ଯାହାକି ଜଗତର ନାଥ ଜଗନ୍ନାଥଙ୍କ ମନ୍ଦିରରେ ଗାନ କରାଯାଏ । "ସ୍ମର ଗରଳ ଖଣ୍ଡନମ୍ ମମଶିରସି ମଣ୍ଡନମ୍ ଦେହୀ ପଦ ପଲ୍ଲବ ମୁଦାରମ୍" । ଭଗବାନ ଶ୍ରୀକୃଷ୍ଣ ଶ୍ରୀ ରାଧାଙ୍କୁ କହିଛନ୍ତି "ହେ ପ୍ରିୟେ, ତୁମର ସେହି ପାଦ ଦୁଇଟି କନ୍ଦର୍ପର କାମରୂପ ବିଷର ଖଣ୍ଡନ କାରୀ । ସୁତରାଂ ମୋର ଶିରୋଭୂଷଣ ଅଟେ । ତେଣୁ ସେହି ପଦପଲ୍ଲବକୁ ମୋର ମସ୍ତକରେ ଶିରୋଭୂଷଣ କରି ବିଜୟୟୁକ୍ତ କର । ଯଦ୍ଦ୍ୱାରା କନ୍ଦର୍ପର ଦାରୁଣ ବିଷଜ୍ୱାଳା ରୂପକ ତାପରୁ ମୁଁ ରକ୍ଷା ପାଇବି ।"ଆଉ ପାର୍ସ କବି ଓମର ଖୟ୍ୟାମ ଲେଖ୍ଛନ୍ତି, "ଢାଲି ଦିଅ ପ୍ରିୟା ରିକ୍ତ ମଦିରା ପିଆଲାମୋ ଭରିଦିଅ, ଲିଭିଯାଉ ମନୁ ଅତୀତ ଦୈନ୍ୟ ଅନାଗତ ଶତଭୟ। ପ୍ରାୟାର ପରଶ ନିବିଡ଼ ଆଶ୍ଳେଷ ଜୀବନର ଚଳାପଥେ, ଶୁଣାଅ ସେ ଗୀତି ଲଭିବିତୃପ୍ତୀ ଦ୍ରାକ୍ଷା ମଦିରା ସାଥେ। ଧିକ ସେ ରାଜପଣ ତୁଚ୍ଛସେ ବାଦସାହୀ, ପ୍ରାୟାର ବଧୂଲି ଅଧର ଯେ ଲୋକ ନିଜ ହାତେ ଛୁଇଁ ନାହିଁ ।"ଅଧର କ'ଣ ତାକୁ ପଢ଼ି ନାହାଁନ୍ତି ? କିମ୍ବା ପଢ଼ି ବୁଝି ପାରନ୍ତି ନାହିଁ ନା ବୁଝିବାକୁ ଚେଷ୍ଟା କରନ୍ତିନି ଅଥବା ତାକୁ ପଢ଼ିସାରି ଭୁଲି ଯାଆନ୍ତି ପୁରାପୁରି ମନରେ ରଖ୍ଯ ପାରନ୍ତି ନାହିଁ ଆଦୌ ।

ସେ ଠାକୁର ବାବାଙ୍କ ଠାରୁ ଆହୁରି ମଧ୍ୟ ଶୁଣିଛି । ବିଦ୍ୟା ବା ଗୁଣ, ବୁଦ୍ଧିର ପ୍ରଭାବ ଦ୍ୱାରା ସୃଷ୍ଟି । ଏଣୁ ମନୁଷ୍ୟର ବୁଦ୍ଧି ତାକୁ ବିଦ୍ୱାନ ଏବଂ ଗୁଣବନ୍ତା କରିଥାଏ । ମନୁଷ୍ୟ ନିଜ ବୁଦ୍ଧି ପ୍ରୟୋଗ କରି ଯାହା ସୃଷ୍ଟି କରେ ତାହାକୁ ବୈଦ୍ଧିକ ସଂପତ୍ତି କୁହାଯାଏ । ସବୁ ପ୍ରକାର ସଂପତ୍ତିକୁ ଦୁଇ ଭାଗରେ ବିଭକ୍ତ କରାଯାଏ । ପ୍ରଥମଟି ଭୌତିକ ସଂପତ୍ତି ଓ ଦ୍ୱିତୀୟଟି ବୌଦ୍ଧିକ ସଂପତ୍ତି । ପ୍ରଥମଟି ହେଲା ସ୍ପର୍ଶନୀୟ ବା ଦେଖ୍ଯ ହେଉଥିବା ସ୍ଥାବର ଓ ଅସ୍ଥାବର ସଂପତ୍ତି । ଏହି ସଂପତ୍ତିରେ ଘର, ବାଡ଼ି, ଜମି, ଗଚ୍ଛିତ ଅର୍ଥ, ଅଳଙ୍କାର ଇତ୍ୟାଦି ଅନ୍ତର୍ଭୁକ୍ତ । ବ୍ୟକ୍ତି ଏହି ସଂପତ୍ତିକୁ ତାର ଇଚ୍ଛା ଅନୁଯାୟୀ ଦାନ ବା ହସ୍ତାନ୍ତର କରିପାରେ । ଦ୍ୱିତୀୟଟି ହେଉଛି ଅସ୍ପର୍ଶନୀୟ ବା ଅଦୃଶ୍ୟ ବହୁମୂଲ୍ୟବାନ ବୌଦ୍ଧିକ ସଂପତ୍ତି । ଏହାକୁ ସ୍ପର୍ଶ କରି ହୁଏନା କିମ୍ବା ଦେଖିବା ମଧ୍ୟ ସମ୍ଭବ ନୁହେଁ । ଏହାକୁ କେବଳ ଅନୁଭବ କରାଯାଇପାରେ । ମାତ୍ର ଦେଖ୍ଯିବା କିମ୍ବା ଛୁଇଁବା ସମ୍ଭବ ନୁହେଁ । ବୁଦ୍ଧିର ପ୍ରଭାବ ଦ୍ୱାରା ବିଦ୍ୟା ବା ଗୁଣର ସୃଷ୍ଟି । ମଣିଷ ନିଜ ବୁଦ୍ଧି ପ୍ରୟୋଗ କରି ଯାହା ସୃଷ୍ଟି କରେ ବା ସ୍ୱୟଂ ସାଧନା ଦ୍ୱାରା ଯେଉଁ ଗୁଣ ବା କଳାର ଅଧିକାରୀ ହୋଇପାରେ ତାହାକୁ ବୌଦ୍ଧିକ ସଂପତ୍ତି କହନ୍ତି । ଏହି ସଂପତ୍ତିକୁ ବ୍ୟକ୍ତି ତା ନିଜ ଇଚ୍ଛାନୁଯାୟୀ କାହାରିକୁ ପ୍ରଦାନ କରିପାରେ ନାହିଁ । ଏହା ସ୍ୱତଃ ନିଜର ରକ୍ତ ସଂପର୍କୀୟ ମାନଙ୍କ ନିକଟକୁ ଯାଇଥାଏ । ଅର୍ଥାତ୍ ନିଜର ବଂଶଧର ବା ପରବର୍ତ୍ତୀ ପିଢ଼ି ଏହାକୁ ପ୍ରାପ୍ତ ହୋଇ ଥାଆନ୍ତି । ବୌଦ୍ଧିକ ସଂପତ୍ତି ମଧ୍ୟରେ ମଣିଷର ଜ୍ଞାନ, କୌଶଳ, ସାଧନା, ନୂତନ ଭାବନା, ବ୍ୟବସାୟିକ କାର୍ଯ୍ୟକ୍ରମର ଯୋଜନା, ମାନସିକ କଳ୍ପନା, ନିର୍ଦ୍ଦିଷ୍ଟ ଉତ୍ପାଦନର ଦ୍ରବ୍ୟ, ବ୍ୟାପାର ଚିହ୍ନ ନୂତନ ଦ୍ରବ୍ୟ ପ୍ରସ୍ତୁତିର ପରିକଳ୍ପନା, ନୂତନ କାଳ୍ପନିକ କିମ୍ବା ବାସ୍ତବିକ ଲେଖା, ଚିତ୍ର ଆଙ୍କିବା କଳା, ସଂଗୀତ ସାଧନା, ଅଭିନୟର ଚାତୁରୀ, ପରିକଳ୍ପିତ ରୂପର ନକସା ଗଠନ, ଯୋଜନାର ରୂପରେଖ, ନୂତନ ଉଦ୍ଭାବନ । ଏ ସମସ୍ତ କଳ୍ପନା ବା ପରିକଳ୍ପନା ମନୁଷ୍ୟର ମାନସ ପଟରୁ ସୃଷ୍ଟି ହୋଇ ଥିବାରୁ ତାହାକୁ ସ୍ପର୍ଶ କରି ହୁଏ ନାହିଁ କିମ୍ବା ଦେଖିବା ମଧ୍ୟ ସମ୍ଭବ ହୁଏନା । ମାତ୍ର ଏହି ସଂପତ୍ତି ବହୁ ମୂଲ୍ୟବାନ । ଏହି ଅସ୍ପର୍ଶନୀୟ ବୌଦ୍ଧିକ ସଂପତ୍ତିକୁ ପଞ୍ଜିକରଣ କରାଗଲେ ତା ଉପରେ ସୃଷ୍ଟି କର୍ତ୍ତାର ଆଇନ ଗତ ଅଧିକାର ଆସିଯାଏ । ଅସ୍ପର୍ଶନୀୟ ବୌଦ୍ଧିକ ସଂପତ୍ତିରୁ ଅନେକ ସ୍ପର୍ଶନୀୟ ଦ୍ରବ୍ୟର ଉତ୍ପାଦନ ହୋଇଥାଏ ।

ଅଧରଙ୍କ ବାପା ମାଧବାନନ୍ଦ ତାଙ୍କ ସ୍ଥାବର ଅସ୍ଥାବର ସଂପତ୍ତିକୁ ସିନା ବିକ୍ରି କରି ଅୟସରେ ମାଡ଼ିଥିଲେ। କିନ୍ତୁ ତାଙ୍କ ଜେଜେ ବାପା ଭୋରାବା ନନ୍ଦଙ୍କ ବୈଦ୍ଧିକ ସଂପତ୍ତି, ଭୋରାବାନନ୍ଦ ଜଣେ ପ୍ରସିଦ୍ଧ କଳାକାର ଥିଲେ। ତାଙ୍କର ସେହି କଳା ସାଧନାକୁ ଉତ୍ତରାଧିକାରୀ ସୂତ୍ରରେ ଅଧର ପ୍ରାପ୍ତ ହୁଅନ୍ତେ କି ଓ ସେ ଜଣେ ସଙ୍ଗୀତ ଗାୟକ ନ‍ହୋଇ ଲେଖିକ ହୁଅନ୍ତେ ଏବଂ ସେମାନଙ୍କ ପ୍ରେମକୁ ନେଇ, ସେମାନଙ୍କ ଭଲ ପାଇବାକୁ ପାଥେୟ କରି, ସେମାନଙ୍କ ପ୍ରଣୟକୁ ଉପଜୀବ୍ୟ ଭାବେ ଗ୍ରହଣ କରି ଉପନ୍ୟାସଟିଏ ଲେଖନ୍ତେ। ଅଧର ଉପନ୍ୟାସ ଟିଏ ଲେଖିବାକୁ କାହିଁକି ଡ଼ରୁଛନ୍ତି। ସେ ଠାକୁର ବାବାଙ୍କ ଠାରୁ ଶୁଣିଛି "ଭବଭୂତିଙ୍କ ଅନବଦ୍ୟ ଶ୍ଲୋକ, ଉତ୍ତର ରାମଚରିତ କାବ୍ୟର ପ୍ରାରମ୍ଭରେ ମହାକବି ଭବଭୂତି କହିଛନ୍ତି ଉତ୍ପସ୍ୟତେ ମମକେଽପି ସମାନ ଧର୍ମା, କାଲୋହି ଅୟଂ ନିରବଧ ବିପୁଲା ଚ ପୃଥୀ" (କାଲ ଅସରନ୍ତି, ପୃଥିବୀ ବିପୁଲ, ସୀମାହୀନ ସମୟ ଓ ଅସୀମ ବିଶ୍ୱ। ଆଜି ଯାହା କିଛି ଲେଖୁଛି ତାହା ଠିକ୍ ବୁଝିବା ପାଇଁ କେହି କେବେ ନିଶ୍ଚୟ ଜନ୍ମ ହୋଇପାରେ) ପ୍ରତ୍ୟେକ ସର୍ଜନାର ଏଇ ହେଲା ମୂଳ ବିଶ୍ୱାସ। ନ‍ହେଲେ ନୂଆ କିଛି ସୃଷ୍ଟି କରିବାକୁ କେହି ଅପରକୁ ଗୁଆଚାଉଳ ଦେଇ ଆମନ୍ତ୍ରଣ କରିନଥାଏ ବା କୌଣସି ସ୍ୱଷ୍ଟା ପୁରସ୍କାର (ପାଇବା) ଆଶାରେ କିଛି ସୃଷ୍ଟି କରିବାକୁ ଆଗଭର ହୁଏ ନାହିଁ।

ଅବଶ୍ୟ ସେ ଠାକୁର ବାବାଙ୍କ ମୁହଁରୁ ଶୁଣିଛି- ମିଲ୍‍ଟନ୍‍ଙ୍କର 'ପାରାଡ଼ାଇଜ ଲଷ୍ଟ' ପଢ଼ିବା ପରେ ପ୍ରଖ୍ୟାତ ସୁ ପ୍ରସିଦ୍ଧ ବୈଜ୍ଞାନିକ ସାର୍ ଆଇଜାକ ନିଉଟନ ପଚାରିଥିଲେ। "ଏ ବହି କି ତଥ୍ୟ ଉପସ୍ଥାପନା କରୁଛି ? ଏଥିରୁ କ'ଣ ପ୍ରମାଣିତ ହେଲା ? ସମାଜକୁ ଏହା କି ପ୍ରକାର ବାର୍ତ୍ତା ପ୍ରଦାନ କଲା ?" ଏହାର ଅର୍ଥ ହେଲା ଯେ ଆମେମାନେ ସବୁବେଳେ ସାହିତ୍ୟରୁ କୌଣସି ସତ୍ୟ, ସୁଭାଷିତ, ସଦୁକ୍ତି ବା ନୀତି କଥା ଆଶା କରିଥାଉ। ଗୋଟିଏ ବହି ପଢ଼ିଲା ପରେ ଆଶା କରାଯାଏ ଯେ ଆମକୁ ଏଥିରୁ କିଛି ଉପଦେଶ ମିଳିବ। ଯଥା ଅତି ଲେମ୍ବୁ ଚିପୁଡ଼ିଲେ ପିତା କିମ୍ବା ଅରକ୍ଷିତକୁ ଦେଇବ ସାହା ଅଥବା କୁସୁମ ପରଣେ ପଟ ନିଷରେ। ପିଲାମାନଙ୍କ ପାଠ ଶେଷରେ ପ୍ରଶ୍ନ ଥାଏ। ଏ ଗପର ମୋରାଲ ବା ନୀତିଶିକ୍ଷା କ'ଣ ? ଆମର ପ୍ରାଚୀନ ସାହିତ୍ୟରେ ସୁଭାଷିତର ଉଦାହରଣ ପ୍ରଚୁର। ହିତୋପଦେଶ, ପଞ୍ଚତନ୍ତ୍ର ବା ଏସପଙ୍କ ନୀତି କଥାର ପ୍ରତ୍ୟେକ ଗଞ୍ଚରୁ ଆମକୁ କିଛି ଶିକ୍ଷା ମିଳିଥାଏ। ଏପରି ବୋଧ ହୁଏ ଯେ ପିଲାମାନଙ୍କୁ ନୀତିଶିକ୍ଷା ଦେବା ପାଇଁ ହିଁ ଗପଟି ତିଆରି ହୋଇଥିଲା। ଏହା ବ୍ୟତୀତ ବିଭିନ୍ନ କାବ୍ୟ, କବିତା, ଉପନ୍ୟାସ, ପ୍ରବନ୍ଧ, ଏକାଙ୍କିକା ଓ ନାଟକରେ ମଧ୍ୟ ଠାଏଠାଏ ସଦୁକ୍ତିମାନ ରହିଥାଏ। ସୁଭାଷିତ ବିଷୟରେ କୁହାଯାଇଥିଲା। "ପୃଥ୍‍ୱ୍ୟାଂ ତ୍ରୀଣି ରନ୍ତା ଜଲ ମନ୍ନମ ସୁଭାଷିତମ୍" ପୃଥିବୀରେ ତିନୋଟି ରତ୍ନ-ଜଳ, ଅନ୍ନ ଓ ସୁଭାଷିତ।

ଆହୁରି ମଧ୍ୟ ବହି ମଣିଷର ବନ୍ଧୁ। ଯାହି ତାହି ବନ୍ଧୁ ନୁହେଁ। ବରଂ ସବୁ ବର୍ଗର ଓ ସବୁ ବୟସର ଲୋକଙ୍କ ପାଇଁ ସାର୍ବକାଳୀନ ପରମ ଶ୍ରେଷ୍ଠ ବିଶ୍ୱସ୍ତ ବନ୍ଧୁ। କୈଶୋରରେ ମଣିଷର ବୌଦ୍ଧିକ ବିକାଶ ପ୍ରକ୍ରିୟାକୁ ତ୍ୱରାନ୍ୱିତ କରେ ବହି। ଯୌବନର ସାମର୍ଥ୍ୟକୁ ଏହା ଯୋଗାଇ ଦିଏ ଜ୍ଞାନଦୀପ୍ତ ପ୍ରେରଣା। ପ୍ରୌଢ଼ାବସ୍ଥାରେ ଜଞ୍ଜାଳଗ୍ରସ୍ତ ମଣିଷକୁ ଖୋଜିଦିଏ ସମସ୍ୟା ସମାଧାନର ସୂତ୍ର। ଚଲତ ଶକ୍ତି ହିନ ବାର୍ଦ୍ଧକ୍ୟ ପାଇଁ ପୁସ୍ତକହିଁ ସର୍ବୋତ୍ତମ ଅବଲମ୍ବନ। ଆନନ୍ଦ ବୋଧର ଅଦ୍ୱିତୀୟ ଉତ୍ସ। ଜେରମି କୋଲ୍ଲିୟରଙ୍କ ଭାଷାରେ ବହି ଗୁଡ଼ିକ ଯୁବକ ଯୁବତୀଙ୍କ ପାଇଁ ମାର୍ଗଦର୍ଶକ ଓ ପରିଣତ ବୟସ ପାଇଁ ମନୋରଞ୍ଜନର ସାମଗ୍ରୀ। ଗୋଟିଏ ଗୋଟିଏ ଭଲ ବହିର ପ୍ରଭାବରେ ପୃଥିବୀର ବହୁ ବିଶିଷ୍ଟ ବ୍ୟକ୍ତିଙ୍କ ଜୀବନର ଗତିପଥ ବଦଲି ଯିବାର ଦୃଷ୍ଟାନ୍ତ ରହିଛି। ହାରି ଏଟ୍ ବିଚର ଷ୍ଟୋଙ୍କ ରଚିତ ପୃଥିବୀ ବିଖ୍ୟାତ ଗ୍ରନ୍ଥ 'ଅଙ୍କଲ ଟମ୍‍ସ କେବିନ' ଦ୍ୱାରା ଅନୁପ୍ରେରିତ ହୋଇ ଆମେରିକାରୁ ଦାସତ୍ୱ ପ୍ରଥା ବିଲୋପ ପାଇଁ ଆଗେଇ ଆସିଥିଲେ ଆବ୍ରାହିମ ଲିଙ୍କନ। ଗାନ୍ଧିଜୀଙ୍କ ଜୀବନର ଗତିପଥ ବଦଳାଇ ଦେଇଥିଲା ଜନ୍ ରସ୍କିନଙ୍କ 'ଅନ ଟୁ ଦଲାଷ୍ଟ' ଏବଂ ଲିଓ ଟଲଷ୍ଟୟଙ୍କ 'ଦ କିଙ୍ଗ ଡମ୍ ଅଫ ଗଡ଼ ଇଜ୍ ଉଇଦିନ୍ୟୁ' ଏ ଦୁଇଟି ଗ୍ରନ୍ଥରୁ ଗାନ୍ଧିଜୀ ପାଇଥିଲେ ତାଙ୍କ ଜୀବନର ସର୍ବଶ୍ରେଷ୍ଠ ପାଥେୟ ସର୍ବୋଦୟ ଓ ଅହିଂସା।

କେବଳ ବ୍ୟକ୍ତିର ଚିନ୍ତା ଓ ଚେତନାକୁ ନୁହେଁ । ସମାଜ ଜୀବନକୁ ମଧ ବଦଲେଇ ଦେବାର ସାମର୍ଥ୍ୟ ବହିର ରହିଛି । ହାରିଏଟ୍ ଷ୍ଟୋଙ୍କ ଅଙ୍କଲ ଟମସ୍ କେବିନ; ଜନ୍ଷ୍ଟିନ୍‌ବେକ୍‌ଙ୍କ 'ଦ ଗ୍ରେପର ଅଫ୍ ରାଥ, ମାକ୍‌ସିମଟାଗର୍ଗିଙ୍କ 'ଦ ମଦର' ହେଉଛି ସେଇଭଳି କିଛି ଉପନ୍ୟାସର ଉଦାହରଣ । କାଲମାର୍କସଙ୍କ, ଦାସ କ୍ୟାପିଟାଲ, ଦ୍ୱାରା ସାରା ପୃଥିବୀରେ ପୁଞ୍ଜିବାଦ ବିରୋଧରେ ବିପ୍ଲବର ନିଆଁ ଜଳି ଉଠିଥିଲା । ଅତି ପ୍ରାଚୀନ କାଳରୁ ଭାରତୀୟ ସାହିତ୍ୟର, ପଞ୍ଚତନ୍ତ ଓ କଥା ସରିତ ସାଗର ଭଳି ମହାର୍ଘ ଅବଦାନ ଉପଦେଶ ଓ ନୀତି କଥା ଜରିଆରେ ସମାଜକୁ ବାଟ ଦେଖାଇ ଆସିଛି । ରାମାୟଣ ଓ ମହାଭାରତ ଭଳି କାଳଜୟୀ ଏପିକ୍ ଆମ ସାମାଜିକ, ସାଂସ୍କୃତିକ, ଆଧ୍ୟାତ୍ମିକ ଜୀବନକୁ ଶୃଙ୍ଖଳିତ ଓ ମାର୍ଜିତ କରି ଆସିଛି । ଏବେ ବି ଓଡ଼ିଶା ସାମାଜିକ ଓ ସାଂସ୍କୃତିକ ଜୀବନରେ ଜଗନ୍ନାଥ ଦାସଙ୍କ ଭାଗବତ ଏକ ଆଚାର ସଂହିତା ଭାବରେ ଆଦୃତ । ନିକଟରେ ଆମେରିକାରେ ହୋଇଥିବା ଏକ ଅନୁଧ୍ୟାନରୁ ଜଣାଯାଏ ଯେ କେବଳ ମାନସିକ ସ୍ୱାସ୍ଥ୍ୟ ପାଇଁ ନୁହେଁ ଶାରୀରିକ ସ୍ୱାସ୍ଥ ଲାଗି ମଧ ପୁସ୍ତକ ଅଧ୍ୟନ ଜରୁରୀ । ବର୍ନାଡ଼ ଶ କହିଛନ୍ତି- ବହି ସର୍ବୋଉମ, ସହଜ ଲଭ୍ୟ ଓ ଚିରସ୍ଥାୟୀ ଆନନ୍ଦ ବୋଧର ଉସ୍ । ସେଇଥି ପାଇଁ ତ କୁହାଯାଇଛି । "ସଂସାର ବିଷ ବୃକ୍ଷସ୍ୟ ଦ୍ୱେ ଏବ ରସବତ୍ ଫଲେ, କାବ୍ୟାମୃତର ସାସ୍ୱାଦଃ ସଙ୍ଗମ ସଜ୍ଜନୈଃ ସହ" ସଂସାର ରୂପକ ବିଷ ବୃକ୍ଷର ଦୁଇଟି ସରସ ଫଳ ଅଛି । ଗୋଟିଏ ହେଉଛି କାବ୍ୟର ଅମୃତ ତୁଲ୍ୟ ରସ ଆସ୍ୱାଦନ । ଅନ୍ୟଟି ସଜ୍ଜନମାନଙ୍କ ସାହଚର୍ଯ୍ୟ ।

ବହିର ବିକଳ୍ପ ସାରା ଦୁନିଆରେ ଆଉ କିଛି ନାହିଁ । କାରଣ କାଗଜ ବହିରେ ଅଛି ଏକ ଅଲଗା ଆବେଦନ । ଅଲଗା ସମ୍ମୋହନ । ଅଲଗା ପ୍ରୋସ୍ସାହନ । ଫ୍ରାଙ୍କଲିନ୍ ରୁଜଭେଲଟଙ୍କ ଭାଷାରେ- ଲୋକ ମରନ୍ତି ହେଲେ ବହି ମରେ ନାହିଁ । ଜୀବନକୁ ବୁଝିବା ପାଇଁ, ଜଗତକୁ (ସଂସାରକୁ) ଜାଣିବା ଲାଗି ପୁସ୍ତକ ହିଁ ସର୍ବୋଉମ ମାଧ୍ୟମ । ଏହା ଚେତନାକୁ ଜାଗ୍ରତ କରାଏ । ଜିଜ୍ଞାସା ବଢ଼ାଏ । ୨୦୧୦ ମସିହାରେ ସାହିତ୍ୟରେ ନୋବେଲ ପୁରସ୍କାର ପାଇଥିବା ପ୍ରଥିତଯଶା ଔପନ୍ୟାସିକ ମାରିଓ ଭର୍ଗାସ ଲୋସା କହିଛନ୍ତି- ବିଶ୍ୱର କୋଟି କୋଟି ଲୋକ ପୁସ୍ତକ ଅଧ୍ୟୟନ ପାଇଁ ସମର୍ଥ ହୋଇଥିବା ବେଳେ, ସେମାନେ ପୁସ୍ତକ ପାଠ ନ କରିବା ପାଇଁ ଯେଉଁ ନୀତି ଅନୁସରଣ କରନ୍ତି ତାହା ଭବିଷ୍ୟତ ପ୍ରତି ଏକ ବିପଦ । ତେଣୁ ଯେଉଁ ଶିକ୍ଷିତ ବ୍ୟକ୍ତି ପଢ଼ିପାରେ କିନ୍ତୁ ପଢ଼େ ନାହିଁ । ସେ କୌଣସି ଅର୍ଥରେ ସମାଜରେ ଅଶିକ୍ଷିତ ଲୋକଙ୍କ ଠାରୁ ଉନ୍ନତ ନୁହେଁ । ସରକାର ପ୍ରତି ସ୍କୁଲ, କଲେଜ, ବିଶ୍ୱବିଦ୍ୟାଳୟରେ ଭଲ ପାଠାଗାର ପାଇଁ ପ୍ରତିବର୍ଷ ନୂଆ ବହି କିଣିବା ଲାଗି ଅନୁଦାନ ଦିଅନ୍ତି । ବିଶ୍ୱବିଦ୍ୟାଳୟ ଅନୁଦାନ ଆୟୋଗ ମଧ ଟଙ୍କା ଦିଏ । ପ୍ରତିବର୍ଷ ବହି କିଣାଯାଏ ମାତ୍ର ଯଦି ଅନୁଧ୍ୟାନ କରାଯାଏ ପାଠ୍ୟ ପୁସ୍ତକ ବ୍ୟତୀତ ଅନ୍ୟ ପୁସ୍ତକ ପଢ଼ିବା ପାଇଁ କୌଣସି ପିଲା ପାଠାଗାର ଆଗରେ ଧାଡ଼ି ଲଗାଏ ନାହିଁ । ସେଥିପାଇଁ ଆଜି କାଲି ପୁସ୍ତକ ପଠନ ପ୍ରତି ଯୁବ ସମାଜର ଅନାଗ୍ରହ, ବୟସ୍କମାନଙ୍କର ନିସ୍ପୃହ ଭାବ କାରଣରୁ ସର୍ବତ୍ର ପାଠାଗାର ଗୁଡ଼ିକର ଅବସ୍ଥା ଶୋଚନୀୟ ହୋଇ ପଡ଼ିଛି । ଆହୁରି ମଧ ଯାହାକୁ ପରମେଶ୍ୱର କିଛି ଲେଖି ପାରିବାର ଶକ୍ତି ସାମର୍ଥ୍ୟ ହେଇଛନ୍ତି । ସେ ଆଳସ୍ୟ ବଶତଃ ଲେଖା ଲେଖି ନକରି ସମୟକୁ ଅଯଥାରେ ଅପଚୟ କରେ ସେ ମଧ ଶିକ୍ଷିତ କିମ୍ୱା ବୁଦ୍ଧିଜୀବୀ ଭାବେ ସମାଜରେ ଗଣ୍ୟ ହୁଏ ନାହିଁ । ଗଣ୍ୟ ହୋଇପାରେ ନାହିଁ । ହେବା ମଧ ଉଚିତ ନୁହେଁ । ଅଧର କ'ଣ ସେହିମାନଙ୍କ ମଧରେ ନିଜକୁ ସାମିଲ କରିବାକୁ ଚାହୁଁଛନ୍ତି କି ? ଯେଉଁଥି ପାଇ ସେ କିଛି ଲେଖାଲେଖି ନକରି ନିକମାଟାରେ ବସି ରହୁଛନ୍ତି । ତୁଚ୍ଛାଟାରେ ଅଲସୁଆମିରେ ସମୟ ନଷ୍ଟ କରୁଛନ୍ତି ।

୧୯୧୫ ମସିହାରେ 'ସବୁଜ ପତ୍ର' ପତ୍ରିକାରେ 'ଘରେ ବାଇରେ' ଉପନ୍ୟାସ ପ୍ରକାଶିତ ହେଉଥିବା ସମୟରେ ଏହା ବିରୋଧରେ ତୀବ୍ର ସମାଲୋଚନା ହେଲା । କାରଣ ଏହା ଥିଲା ଉଗ୍ର ଜାତୀୟତାର ବିରୋଧୀ । ଏହାର ଉତ୍ତରରେ ରବୀନ୍ଦ୍ର ନାଥ ଏକ ଦୀର୍ଘ ଲେଖାରେ ଲେଖିଥିଲେ "ସାହିତ୍ୟକୁ ଏକ କଳାର ବିଭାଗ ଭଳି ଦେଖିବା ଉଚିତ, ନୀତି ଶିକ୍ଷାର ପୁସ୍ତକ ଭାବେ ନୁହେଁ । କାହାଣୀକୁ କାହାଣୀ ଭାବରେ ନେବା ଉଚିତ୍ । ଲେଖକର ମତବାଦ ଭଳି ନୁହେଁ ।" ଠିକ୍

ସେହିପରି ତାଙ୍କର 'ଚାର ଅଧ୍ୟାୟ' ଉପନ୍ୟାସର ସମାଲୋଚନା ହେବାବେଳେ ସେ କହିଥିଲେ "ଏଇଟି ଏକ ପ୍ରେମ କାହାଣୀ ମାତ୍ର। ଗଦ୍ୟର ଲେଖକର ଅଭିପ୍ରାୟ ଖୋଜି ବାହାର କରିବା ସବୁବେଳେ ସମସ୍ୟା ମୂଳକ। ଗଳ୍ପ ଉପନ୍ୟାସରେ ଲେଖକମାନେ ବିଭିନ୍ନ ପ୍ରକାରର ଚରିତ୍ରମାନଙ୍କର ଅବତାରଣା କରିଥାନ୍ତି ଏବଂ ସେ ଚରିତ୍ରମାନେ ଭିନ୍ନ ଭିନ୍ନ ମତ ପୋଷଣ କରି ପାରନ୍ତି। ସେଥିରୁ କୌଣସି ଗୋଟିଏ ଚରିତ୍ର ବା ମତ କିମ୍ବା ପରିସ୍ଥିତିକୁ ଲେଖକ ଉପରେ ଆରୋପ କରିବା ଅସମୀଚୀନ। ଲେଖକ ନିଜେ ଯଦି କିଛି ଗମ୍ଭୀର ବାର୍ତ୍ତା ଦେବାକୁ ଚାହେଁ ତାକୁ ସେ ସିଧା ସଳଖ ସ୍ପଷ୍ଟ ଭାବେ ଗଦ୍ୟ ପ୍ରବନ୍ଧରେ କହିବା ଉଚିତ୍। ନହେଲେ ତା'ର କଥାର ମର୍ମ ପାଠକ ପାଖରେ ପହଞ୍ଚି ନପାରେ। ଚିନ୍ତା ଓ ଚେତନା ପ୍ରସଙ୍ଗରେ କବି ଗୁରୁ ରବୀନ୍ଦ୍ର ନାଥଙ୍କ ଭକ୍ତି ପ୍ରଣିଧାନ ଯୋଗ୍ୟ। ତାଙ୍କ ମତରେ "ବୌଦ୍ଧିକ ବିତର୍କ ଓ ଅବାଧ ମତ ପ୍ରକାଶ ପାଇଁ ପ୍ରଥମ ଆବଶ୍ୟକତା ହେଲା ସଂକୀର୍ଣ୍ଣ ବିଚାରଧାରାରୁ ମୁକ୍ତ ଏକ ପରିବେଶ; ଯେଉଁଠି ଭୟର ଅବକାଶ ନଥିବ। ମଣିଷର ତା'ର ଶିର ଉନ୍ନତ କରି ନିଜ ଦୃଷ୍ଟିକୋଣକୁ ନିର୍ଭୟରେ କହି ପାରୁଥିବ। ସେଠି ଜ୍ଞାନ ଉନ୍ମୁକ୍ତ ଥିବ। ଶବ୍ଦ ସବୁ ସତ୍ୟର ଗଭୀରତାରୁ ଆସୁଥିବ ଏବଂ ଯୁକ୍ତିର ଅନବଦ୍ଧ ଧାରା ପଥଭ୍ରଷ୍ଟ ହେଉନଥିବେ। ବ୍ରେଖ୍ଟ୍ ତାଙ୍କର 'ମଦର କରେଜ' ନାଟକରେ ଜଣାଇବାକୁ ଚାହୁଁଥିଲେ ଯେ ଯୁଦ୍ଧରୁ ଲାଭ ନେଇ ଚଳୁଥିବା ମା'କୁ ଦର୍ଶକମାନେ ଘୃଣା କରିବେ। କିନ୍ତୁ ଜୀବନ ସହିତ କଠୋର ସଂଗ୍ରାମ କରୁଥିବା ମା ଦର୍ଶକ ମାନଙ୍କର ପ୍ରିୟ ହୋଇଗଲା।"

ତେବେ କ'ଣ ସାହିତ୍ୟରୁ ନୀତିଶିକ୍ଷା ଆଶା କରାଯିବ ନାହିଁ। ଅବଶ୍ୟ ଆମ ସମାଜରେ ଧାରଣା ଥିଲା ଏବଂ ବୋଧ ହୁଏ ଏବେ ମଧ୍ୟ ଅଛି ଯେ, ଉପନ୍ୟାସ ଉତ୍ତମ ଶିକ୍ଷା ଦେବା ତ ଦୂରର କଥା, କେବଳ ଖରାପ କଥା ଶିଖାଏ। ଓଡ଼ିଶାରେ ଉପନ୍ୟାସ ପଢ଼ିବାକୁ ଏକ ଗର୍ହିତକର କାମ ବୋଲି ଧରାଯାଏ ଏବଂ ପିଲାମାନଙ୍କୁ ବିଶେଷ କରି ଝିଅପିଲାଙ୍କୁ ଏଥିପାଇଁ ଗାଳି ଶୁଣିବାକୁ ପଡ଼େ। (ଇତି ସାମନ୍ତ-ନିରବ ଆଳାପ ୨୦୧୩) ନିଜେ ସାହିତ୍ୟ ପଢ଼ନ୍ତୁ ବା ନପଢ଼ନ୍ତୁ କେତେକ କିନ୍ତୁ ସାହିତ୍ୟିକ ପାଖରୁ ଅନେକ କିଛି ଆଶା ଓ ଦାବି କରନ୍ତି। ଏ ବିଷୟରେ ସବୁଠାରୁ ବେଶୀ ମୁଖର ରାଜନୀତିକ ନେତାମାନେ। ଆମ ଦେଶରେ ଏହି ନେତାମାନଙ୍କୁ ଧାର୍ମିକ, ଶିକ୍ଷା ସମ୍ବନ୍ଧୀୟ ସାଂସ୍କୃତିକ ଇତ୍ୟାଦି ସବୁ ପ୍ରକାରର ସମାବେଶକୁ ପୁରୋଧା ଭାବରେ ନିମନ୍ତ୍ରଣ କରାଯାଇଥାଏ। ସାହିତ୍ୟ ସଭା ମଧ୍ୟ ସେଥିରୁ ବାଦ୍ ପଡ଼େ ନାହିଁ। ନାଚ, ଗୀତ, ସଭାରେ ନେତାମାନେ ଫୁଲମାଳ ଦେଇ କଳାକାରଙ୍କୁ ପ୍ରଶଂସା କରି ସେମାନଙ୍କ ସହିତ ଫଟୋ ଉଠାଇ ଚାଲିଯାଆନ୍ତି। କିନ୍ତୁ ସାହିତ୍ୟ ସଭା ହେଲେ ତାଙ୍କ ମୁହଁରେ କଥାର ଖଇଫୁଟେ। ଲେଖକମାନେ କ'ଣ ଲେଖିବା ଉଚିତ ସେ ବିଷୟରେ ସେମାନେ ଉପଦେଶ ଦେବାକୁ ଆରମ୍ଭ କରନ୍ତି। ଉପଦେଶର ଗୋଟିଏ ମୂଳସୂତ୍ର ହେଲା ଯେ ଲେଖକମାନେ ସେମାନଙ୍କ ଲେଖା ଦ୍ୱାରା ସଂସ୍କାର ଆଣି ସମାଜକୁ ବଦଳାଇ ଦିଅନ୍ତୁ। କାରଣ କଲମର ଶକ୍ତି ବନ୍ଧୁକର ଶକ୍ତି ଠାରୁ ଯଥେଷ୍ଟ ଅଧିକ ଭଲି ଆଜିର ଦିନରେ ତାହା କେତେ ମହତ୍ତ୍ୱ ରଖେ ତାହା ଅବଶ୍ୟ ବିତର୍କର ବିଷୟ।

ସାହିତ୍ୟ ହେଉଛି ସମାଜର ଦର୍ପଣ। ସ୍ଥାନ, କାଳ ପାତ୍ରକୁ ନେଇ ଏହା ମାନବିକ ମୂଲ୍ୟବୋଧକୁ ସୁରକ୍ଷା ଦିଏ। ମାତ୍ର ରାଜନୀତି ନୈତିକତାର ଚେରମୂଳ ଯେଉଁମାନେ ସମାଜ ସହିତ ଓତପ୍ରୋତ ଭାବେ ଜଡ଼ିତ ରହି ନିଜକୁ ନୀତିନିଷ୍ଠ ବା ନିଷ୍ଠାବାନ ବୋଲି କାୟମନୋବାକ୍ୟରେ ସମର୍ପିତ ହୋଇଥିଲେ ଅଥବା ସାଧରଣ ଲୋକଙ୍କୁ ସଂଗଠିତ କରିବାର ମୌଳିକ ଉପଚାର ପାଳନ କରୁଥିଲେ ସେମାନଙ୍କୁ ସଚ୍ଚା ରାଜନୈତିକ ବ୍ୟକ୍ତି ବୋଲି କୁହାଯାଉଥିଲା। ସେମାନଙ୍କ ଆଚାର ବିଚାର ପ୍ରାୟତଃ ସମାଜ ଗଠନରେ ସହାୟକ ଥିଲା। ଏହାର ଅନ୍ୟନାମ ଥିଲା ରାଜନୀତି ବା ରାଜାଙ୍କର ନୀତି। କ୍ରିୟାଶୀଳ ସମାଜରେ ବିଜ୍ଞାନର ଜୟଯାତ୍ରା ଯେତେ ଅଗ୍ରଗାମୀ ସେହି ପରିମାଣରେ ଅସାଧୁ ଆଚରଣ ଓ ନୈତିକ ପ୍ରତିବାଦରେ ରାଜନୀତିରେ ଶଠତା ଭରିଯାଇଛି। ରାଜନୀତିକୁ ପାଥେୟ କରି କଳାକାର, ସାମ୍ପ୍ରଦାୟିକତା, ସୀମା ବିବାଦ ଓ ଅର୍ଥନୈତିକ ଦୁଃସ୍ଥିତି ସେତେ ପରିମାଣରେ ବୃଦ୍ଧି ପାଇଛି। ମାନବିକତାକୁ କେନ୍ଦ୍ର କରି ସାହିତ୍ୟ ସୃଷ୍ଟି ହେଲେ ତାହା କୁସ୍ରିତ ରାଜନୀତିର

କଣ୍ଠରୋଧ କରିବ। ଶ୍ରୀଓଟ୍ରେଗା ସମଗ୍ର ଇଉରୋପର ସ୍ପେନର ଦର୍ଶନ ଶାସ୍ତ୍ର ଅଧ୍ୟାପକ ଓ ସୁସାହିତ୍ୟିକ। ଯେତେବେଳେ ସେହି ଦେଶର ଜେନେରାଲି ସିମୋ ପ୍ରାଙ୍କୋଙ୍କର ଏକାଧିପତ୍ୟ ରାଜନୀତି ଚାଲିଥିଲା ସେତେବେଳେ ଶ୍ରୀଓଟର୍େଗା ପ୍ରତିବାଦର ସ୍ୱର ଉଠାଇଥିଲେ। ମାତ୍ର ଉଗ୍ର ରାଜନୀତି ଆଗରେ ତାଙ୍କୁ ମୁଣ୍ଡ ନୁଆଁଇବାକୁ ପଡ଼ିଥିଲା। ସାଧାରଣତଃ ସାହିତ୍ୟିକଟିଏ ସାମ୍ୟାଦିକ ବିବରଣୀ, ବିଜ୍ଞାନ, ଇତିହାସ ଓ ଦର୍ଶନ ଇତ୍ୟାଦିର ଚର୍ଚ୍ଚା ସମ୍ୱଲିତ ଲେଖା ମାଧ୍ୟମରେ ସମାଜକୁ ଦିଗ୍ ଦର୍ଶନ ଦେଇଥାଏ। ଯାହା ନିରପେକ୍ଷ ଓ ନୈବ୍ୟକ୍ତିକ ହେବା ଉଚିତ୍। ମାଇକେଲ ପାଲାନିଓ ଟମାସ ଜନଙ୍କ ଭଳି ଚିନ୍ତକ ଯୁକ୍ତି କରନ୍ତି। କୌଣସି ସାହିତ୍ୟ ବା ଲେଖା ସଂପୂର୍ଣ୍ଣ ନୈବ୍ୟକ୍ତିକ ହୋଇ ପାରିବ ନାହିଁ। ପୋଷ୍ଟ ଷ୍ଟକ୍ ଚରାଲିଜିମ ନାମରେ ଅଭିହିତ ସମକାଲୀନ ସମାଲୋଚନା ସକଳ ପ୍ରକାର ସାହିତ୍ୟିକ ରଚନାକୁ ରାଇଟିଙ୍ଗ (ଲେଖା) ସ୍ତରରେ ବିଚାର କରେ। କିନ୍ତୁ ସମାଜରେ ଜେମ୍ସ ଜ୍ୟସ ଓ ଟି.ଏସ.ଏଲି ଅଟଙ୍କ ଭଳି ଲେଖକମାନେ ନୂତନ ଶୈଳୀ ବ୍ୟବହାର କରି ସୃଜନଶୀଳ ସ୍ୱାଧୀନତା ପ୍ରକାଶ କରନ୍ତି। ଇଂଲଣ୍ଡର ଏଫ. ଆର ଲିଭସ ଓ ଆମେରିକାର ଲାଇଓ ଜେଲ ଟ୍ରିଲଙ୍ଗଙ୍କ ଭଳି ସମାଲୋଚକ ସାହିତ୍ୟର ଟିକିନିଖି କଥାକୁ ମନୁଷ୍ୟ ଜୀବନର ଆନ୍ତରିକ ଓ ଅନ୍ତର୍ଦୃଷ୍ଟ ସଂପନ୍ନ ବିଶ୍ଳେଷଣକୁ ସାହିତ୍ୟର ପ୍ରଧାନ ଉଦ୍ଦେଶ୍ୟରେ ପ୍ରତିପାଦନ କରନ୍ତି। ପ୍ରତୀକବାଦୀ ସାହିତ୍ୟ ଓ କଳା, ସାମାଜିକ ଓ ନୈତିକ ମୂଲ୍ୟବୋଧ ପ୍ରତି ଉଦାସୀନ। ଏଲିଅଟଙ୍କ କବିତାରେ ସେହି ପ୍ରତୀକବାଦୀ କଳା ରହିଛି।

ଗୌରୀ ଲଙ୍କେଶ ହତ୍ୟା ସଂପର୍କରେ ବିଶିଷ୍ଟ ଐତିହାସିକ ରାମଚନ୍ଦ୍ର ରୁଦ୍ରାଙ୍କ ସମେତ ଅନେକ ସମ୍ୟକାର ଓ ସାହିତ୍ୟିକ ରାଜନୀତିକୁ ସମାଲୋଚନା କରି ବିରୋଧୀ ଲେଖା ପ୍ରକାଶ କରିଛନ୍ତି। କଲମ୍ୱିଆ ବିଶ୍ୱବିଦ୍ୟାଳୟର ପ୍ରଫେସର ରିଚାର୍ଡ ହଫ୍ ଷ୍ଟାଉଟରଙ୍କ ପୁସ୍ତକର ଉଦାହରଣ ଦେଇ ବୌଦ୍ଧିକତା ବିରୋଧୀ ଚିନ୍ତାଧାରାର ମୂଳ କିପରି ବାଇବେଲ ଓ ଖ୍ରୀଷ୍ଟିଆନ ଧର୍ମ ପ୍ରଚାର କୈନ୍ଦ୍ରିକ ପ୍ରଥା ଓ ପରମ୍ପରାରେ ଅଛି ତାହାର ସମାଲୋଚନା କରିଛନ୍ତି। ସୋଭିଏତ ରୁଷର ଟୋଟାଲିଟାରିଆନ ସରକାରଠାରୁ ମାଓ ସେ ତୁଙ୍ଗଙ୍କ କମ୍ୟୁନିଷ୍ଟ ଚୀନ ଯାଏ ସବୁବେଳେ ରାଜନୀତି କଠୋର ହୋଇଛି। ଲେଖକ, ଶିକ୍ଷାବିତ୍ ଓ ସାହିତ୍ୟିକମାନଙ୍କୁ ଆକ୍ରମଣ କରାଯାଉଛି। ପିଲାମାନଙ୍କୁ ମାଓବାଦର ମନ୍ତ୍ରରେ ଦୀକ୍ଷିତ କରି ନିଜ ପିତାମାତାଙ୍କୁ ହତ୍ୟା କରିବାକୁ ପ୍ରବର୍ତ୍ତାଇଛନ୍ତି। ରାଜନୀତିର ସାହିତ୍ୟ ପାଇଁ ଆମର ଯେଉଁ ବୈଚାରିକ ପୃଷ୍ଠଭୂମି ଏପର୍ଯ୍ୟନ୍ତ ଜୀବନ୍ତ ତାହା ମଧ୍ୟରେ ଅଛି ଅସଂଖ୍ୟ ଉପାଦାନ, ସମାଜବାଦ, ସମ୍ପୂର୍ଣ୍ଣ କ୍ରାନ୍ତି, ଉଦାରବାଦ, ଦଳିତ ବିମର୍ଶ, ଧର୍ମ, ହିନ୍ଦୁତ୍ୱ, ବହୁତ୍ୱବାଦ ଓ ଆହୁରି ଅନେକ। ଫ୍ରାନ୍ସର ସାହିତ୍ୟିକ, ଦାର୍ଶନିକ ଓ ରାଜନୀତିଜ୍ଞ ସମସ୍ତେ ଚିନ୍ତା ରାଜ୍ୟରୁ ଅଭିବ୍ୟକ୍ତି ଖୋଜିଥାନ୍ତି। ତେଣୁ ଫ୍ରାନ୍ସର ଲିଟ୍ରେଚରକୁ କୁହାଯାଏ 'ଏକ୍ରିଚର' (ଯେଉଁ ଅଭିବ୍ୟକ୍ତି ଭାଷାରେ ପ୍ରକଟିତ କରାଯାଇ ପାରେ ବା ଲେଖା ଯାଇପାରେ)। ମାନବ ସଭ୍ୟତା ବିବର୍ତ୍ତନରେ ସାହିତ୍ୟମାନକ ମୂଲ୍ୟର ବାହକ, ମାନବ ପରିଚୟର ଭାଷ୍ୟକାର ଓ ସମାଜର ହୃଦସ୍ପନ୍ଦନ ସେକସପିୟରଙ୍କ ଦୁଇଟି ନାଟକ ଆଥେଲୋ, ମଜେଣ୍ଟ ଅଫ ଭେନିସ। ଇଂଲଣ୍ଡର ରକ୍ଷଣଶୀଳ ବ୍ୟକ୍ତିଙ୍କ ପରିବାର ଉପରେ କୁଠାରାଘାତ କରିଥିଲା, ଟମକାଙ୍କ କୁଟୀରର ରଚୟିତା। ହେରି ଅଟବିଚର ଷ୍ଟୋ(୧୮୫୨)। ସେ ସମୟରେ ଏହି ପୁସ୍ତକ ପାଇଁ ଶ୍ୱେତାଙ୍ଗମାନଙ୍କ ଦ୍ୱାରା ନିର୍ଯ୍ୟାତନା ସହିବାକୁ ପଡ଼ିଥିଲା। ଏହାର ମୁଖ୍ୟ କାରଣ କ୍ରୀତଦାସ ପ୍ରଥା ବିରୋଧରେ ସ୍ୱର ଉତ୍ତୋଳନ। ବାଂଲାଦେଶର ଲେଖିକା ତସଲିମା ଇସଲାମ ଧର୍ମାବଲମ୍ୱୀଙ୍କ ଧର୍ମଭାବନାକୁ ଆଘାତ କଲାଭଳି ଲେଖିଥିବାର ଗୁରୁତର ଆରୋପ ଲଗାଇ ଧର୍ମଗୁରୁମାନେ ପ୍ରକାଶ୍ୟରେ ତାଙ୍କର ମୁଣ୍ଡକାଟ ପାଇଁ ପୁରସ୍କାର ଘୋଷଣା କଲେ। ପ୍ରତ୍ୟେକ ସମୟରେ ରାଜନୀତିର ଅନ୍ଧଗଳିରେ ଲେଖକ ଓ ଦାର୍ଶନିକଙ୍କୁ ସାହିତ୍ୟ ଲଣ୍ଠନ ଧରି ବାଟ କଢ଼ାଏ। ରୋନାଡ଼ ବାର୍ଥ କହନ୍ତି "ଲେଖକ, ସାହିତ୍ୟିକର ସୃଷ୍ଟି କିଛି ଶଗଡ଼ ଧାଡ଼ି ନୁହେଁ, ଈଶ୍ୱରଙ୍କ ଦୈବବାଣୀ ନୁହେଁ ବରଂ ଅନେକ ରଚନା ଦ୍ୱାରା ପ୍ରଭାବିତ, ପରିପୁଷ୍ଟ ଓ ପୁନରାବୃତ୍ତି (ଲେଖକର ମୃତ୍ୟୁ)"।

ଆଜିର ଦୁଇଟି ବିଚାରଧାରାକୁ ନେଇ ସାହିତ୍ୟ ଓ ରାଜନୀତି ପରିଚାଳିତ । ଗୋଟିଏ ଗଣତାନ୍ତ୍ରିକ ଅନ୍ୟଟି ସମାଜତାନ୍ତ୍ରିକ ବା ସାମ୍ୟବାଦୀ ଚିନ୍ତାଧାରା । କିନ୍ତୁ ବାସ୍ତବ କ୍ଷେତ୍ରରେ ତାହାର ବ୍ୟତିକ୍ରମ ଘଟିଛି । ଦରକାରୀ ସାହିତ୍ୟ ଓ ରାଜନୀତି ଭିତରେ ଗଣତାନ୍ତ୍ରିକ ଭିତ୍ତି ଦୋହଲି ଯାଉଛି । ସଭ୍ୟତା, ମୂଲ୍ୟବୋଧ, ସାମ୍ୟବାଦୀ ଚିନ୍ତାଧାରାକୁ ଏହା ପର୍ଯ୍ୟାୟକ୍ରମେ କ୍ଷତବିକ୍ଷତ କରିଚାଲିଛି । ସମାଜ ସାହିତ୍ୟ ଲୋଡୁ ନାହିଁ କିମ୍ବା ରାଜନୀତି ମୂଲ୍ୟବୋଧକୁ ଆଦରି ନେଉ ନାହିଁ । ଏଥିରୁ ମୁକ୍ତି ପାଇବାକୁ ହେଲେ ଯୁବଶକ୍ତି ମାର୍ଗ ବଦଲାଇବା ଦରକାର । ସମାଲୋଚନାକୁ ଡରି ନିଜକୁ ବଞ୍ଚାଇ ରଖିବାର ମନୋବୃତ୍ତି ଅଗଣତାନ୍ତ୍ରିକ ଓ ଦରବାରୀ । ଆଉ ଗାନ୍ଧିଜୀ ଜନ୍ମ ହେବେ ନାହିଁ ଏହା ସତ୍ୟ ମାତ୍ର ବହୁ ସଂଖ୍ୟାରେ ଗାନ୍ଧୀ ତିଆରି କରିବାକୁ ପଡ଼ିବ । ତାହାହେଲେ ଯାଇ ସାହିତ୍ୟ ଓ ରାଜନୀତିରେ ଗଣତାନ୍ତ୍ରିକତା ପ୍ରତିଷ୍ଠା ସମ୍ଭବ ହେବ ।

ସାହିତ୍ୟର ସମାଜ ସୁଧାର ସାମର୍ଥ୍ୟ ବିଷୟରେ ପାଶ୍ଚାତ୍ୟ ସାହିତ୍ୟର ଉଦାହରଣ ଦିଆଯାଇଥାଏ । ଯଥା- ଅଙ୍କଲ ଟମସ କେବିନ, ଅପ୍ଟନ ସିନ୍କ୍ଲେୟାରଙ୍କର 'ଦ ଜଙ୍ଗଲ ବା ଡିକେନସ୍ଙ୍କର ଉପନ୍ୟାସ ମାନ । ଆବ୍ରାହାମ ଲିଙ୍କନ କୁଆଡେ ହ୍ୟାରିଏଟ ବଚାରଷ୍ଟୋ'କୁ ପଚାରିଥିଲେ । ତୁମେ କ'ଣ ସେହି ଛୋଟିଆ ମହିଳା ଜଣକ ଯେ ଏତେ ବଡ଼ ଯୁଦ୍ଧ ଘଟାଇ ଥିଲ ? ଜଙ୍ଗଲ ଉପନ୍ୟାସ ଦ୍ୱାରା ପ୍ରେରିତ ହୋଇ ଆମେରିକାର ରାଷ୍ଟ୍ରପତି ଥିଓଡ୍ର ରୁଜଭେଲ୍ଟ୍ ପ୍ୟୁର୍ ଏଣ୍ଡ ଡ୍ରଗ ଓ ମିଟ୍ ଇନ୍ ସପେକ୍ସ୍ନ ଆଇନ ପ୍ରଣୟନ କରିଥିଲେ । ଡିକେନ୍ସଙ୍କ ଉପନ୍ୟାସ ଯୋଗୁଁ ଇଂଲଣ୍ଡରେ ବିଭିନ୍ନ ପ୍ରକାର ସମାଜ ସୁଧାରକ ବିଧିବିଧାନ ପ୍ରବର୍ତ୍ତିତ ହୋଇଥିଲା । ଏସବୁ ସମ୍ଭବ ହୋଇଥିଲା, ଏହି ବହି ଗୁଡ଼ିକରେ ବହୁଳ ପ୍ରଚାର, ପଠନ ଓ ପ୍ରଭାବ ହେତୁ । ଆମ ଦେଶରେ ବିଶେଷ କରି ଓଡ଼ିଶାରେ ଏପରି କୌଣସି ଉଦାହରଣ ନାହିଁ । ସମାଜ ଉପରେ ସାହିତ୍ୟର ପ୍ରଭାବ ବିଷୟରେ ଗୋଟିଏ ଉଦାହରଣ ହୋଇପାରେ ଓଡ଼ିଶା ଓ ବଙ୍ଗଲାରେ ବୈଷ୍ଣବ ଓ ଭକ୍ତି ସାହିତ୍ୟ । ଏ ବିଷୟରେ ସ୍ୱାମୀ ବିବେକାନନ୍ଦଙ୍କର ମତଥିଲା ଯେ ବୈଷ୍ଣବଙ୍କ ଯୋଗୁ ଓଡ଼ିଶା ଓ ବଙ୍ଗଳା ନାରୀ ସୁଲଭ ହୋଇ ଯାଇଛନ୍ତି । ପ୍ରେମର ପ୍ରଚାର ଦ୍ୱାରା ଜାତି ମାଇଚିଆ ହୋଇଯାଇଛି ଏକ ନାରୀଙ୍କର ଜାତି । ସମଗ୍ର ଓଡ଼ିଶା କାପୁରୁଷଙ୍କର ଦେଶ ହୋଇଯାଇଛି ଓ ବଙ୍ଗ ଦେଶ ନିଜର ସମସ୍ତ ପୁରୁଷଭାବ ହରାଇଛି । (ଏନ୍ ଶ୍ରୀଲ, ବିବେକାନନ୍ଦ, ଏରିଆ ସେସ୍ମେଷ୍, ୧୯୯୧, ପୃଷ୍ଠା ୧୧୧) ।

ତେଣୁ ଆମକୁ ଶେଷରେ ଏହି ଉପସଂହାରରେ ପହଞ୍ଚିବାକୁ ହେବ ଯେ ପାଠକକୁ ନୀତିଶିକ୍ଷା ଦେବା ସାହିତ୍ୟର କାମ ନୁହେଁ । ତା'ର ନିଜର ମନକୁ ଖୋଲିଦେବା ସାହିତ୍ୟର କାମ । ସାହିତ୍ୟ ଯଦି ନୀତିକଥା ପ୍ରଚାର ବା ପ୍ରସାର କରେ ତେବେ ତା'ର ସୃଜନଶୀଳ ଦିଗ ସେତିକି ଦୁର୍ବଲ ହୋଇଯିବ । କେବଳ ଶିକ୍ଷାମୂଳକ, ଉପଦେଶାମୂଳକ ବା ନୀତି ଗର୍ଭକ ସାହିତ୍ୟ ଆଉ ସାହିତ୍ୟ ନହୋଇ ପ୍ରବଚନ ହୋଇଯିବ । ଏହାର ଏକ ଜ୍ୱଲନ୍ତ ଉଦାହରଣ ହେଉଛି ଆମର ସ୍ୱାଧୀନତା ସଂଗ୍ରାମ ବେଳେ ଲେଖାଯାଇଥିବା କ୍ୱାଲାମୟୀ ଗୀତମାନ । ସେଥିରେ ଦେଶାମୂବୋଧ, ଧର୍ମ ନିରପେକ୍ଷତା, ମାତୃଭକ୍ତି, ଅରଟର ଉପଯୋଗିତା ଇତ୍ୟାଦି ବିଷୟରେ ସୁଭାଷିତ ମାନ ଭରପୂର । କିନ୍ତୁ ସେଥିରୁ ଅଧିକାଂଶ କବିତା ପଦବାଚ୍ୟ ନୁହନ୍ତି । ଚେୟାରମ୍ୟାନ ମାଓ ବି କୁଆଡେ କହିଥିଲେ- 'ଇସ୍ତାହାର କବିତା ନୁହେଁ ।'

ସାହିତ୍ୟିକମାନେ କଲମୀ କରି ଶଢ ତିଆରି କରନ୍ତି ଓ କେତେକ ସାହିତ୍ୟିକ ନିଜକୁ ମାତୃଭାଷାର ରକ୍ଷକ ବୋଲାନ୍ତି । କିନ୍ତୁ ସାଧାରଣ ଭାଷା, ଜନନୀର ଭାଷାକୁ ଯଦି ଆମେ ତର୍ଜମା କରିବା ସେତେବେଳ ସେହି ମାତୃଭୂମିର ଭାଷାକୁ ନେଇ ସାହିତ୍ୟିକମାନେ ବିଭିନ୍ନ ଫନ୍ଦି ସୃଷ୍ଟିକରି ନିଜ ଆତ୍ମବଡ଼ିମା ପ୍ରକାଶ ପାଇଁ ଚେଷ୍ଟା କରନ୍ତି । କିନ୍ତୁ ସେମାନେ ଜାଣନ୍ତି ନାହିଁ ଯେ ସେହି ଭାଷାର ବ୍ୟାଖ୍ୟା ନିର୍ଦ୍ଦିଷ୍ଟ ଭାବେ ଜଣେ ମା' (କାଲଠାର କାଲ ମା' ଜଣେ) ହିଁ କରିଥାଏ । ଯେତେବେଳେ ବି ଖବର କାଗଜର ଅଭ୍ୟୁଦୟ ପ୍ରାୟ ହୋଇନଥିଲା କିମ୍ବା ଏତେ ପରିମାଣର ସଂଖ୍ୟା ନଥିଲା । ସେତେବେଳେ କ'ଣ ନିଜକୁ ସାହିତ୍ୟିକ ବୋଲି ନ କହୁଥିବା ସାହିତ୍ୟିକମାନେ ସାହିତ୍ୟ ଚର୍ଚ୍ଚା କରୁନଥିଲେ । ସେମାନଙ୍କ ପାଖରେ ଏମିତିକା ଆତ୍ମବଡ଼ିମା

ନଥିଲା । ଥିଲା କେବଳ ଲୋକଙ୍କର ଭାଷାକୁ ନେଇ ଯୋଗାଯୋଗ ବା ସମ୍ପର୍କ ସ୍ଥାପନ ଅଥବା ସଂଯୋଗ କରିବା ପାଇଁ ପ୍ରୟାସ କିମ୍ୱା ଠିକ୍ ତଥ୍ୟ ଲୋକମାନଙ୍କ ପାଖରେ ପହଞ୍ଚିପାରିବ ତାହା ହିଁ ଥିଲା ସେମାନଙ୍କର ଲକ୍ଷ୍ୟ । ଜନସାଧାରଣଙ୍କ ପାଇଁ ଯେଉଁମାନେ ଲେଖ୍ଯାଇଛନ୍ତି ବା ଲେଖୁଛନ୍ତି ସେମାନଙ୍କୁ ସାହିତ୍ୟିକ ଆଖ୍ୟା ଭାବେ ଜନସାଧାରଣ ଗ୍ରହଣ କରିବା ସ୍ୱାଭାବିକ ।

କିନ୍ତୁ ଅତ୍ୟନ୍ତ ଦୁଃଖ ଓ ପରିତାପର ବିଷୟ । କେହି ଜଣେ ହେଲେ ସାହିତ୍ୟିକ ଏ ପର୍ଯ୍ୟନ୍ତ ସାଧାରଣ ଜନତାଙ୍କର କ'ଣ ଦରକାର ତାକୁ ବୁଝିବାକୁ ପ୍ରସ୍ତୁତ ନୁହନ୍ତି । କେହି କେହି ସରକାରଙ୍କ ପାଇଁ ତ ଆଉ କେହି କେହି ନିଜର ଆତ୍ମବଡିମା ସକାଶେ ସାହିତ୍ୟ ଚର୍ଚ୍ଚାଭଳି ଶବ୍ଦ ପ୍ରୟୋଗ କରନ୍ତି । ପ୍ରକୃତରେ ସାଧାରଣ ଜନତାଙ୍କ ପାଇଁ ତାହା ପ୍ରଶ୍ନବାଚୀ ସୃଷ୍ଟି କରେ । କେହି ପୁତ୍ର ହେବାକୁ ଚେଷ୍ଟା କରୁନାହାନ୍ତି । ସମସ୍ତେ ମା' ହେବାକୁ ଉଦ୍ୟମ କରୁଛନ୍ତି । ପରସ୍ପର ପରିପୂରକ ଭଳି ପୁଅ ଚିନ୍ତା କରେ ମା' କଥା । ସମପରିମାଣରେ ମା ମଧ୍ୟ ଚିନ୍ତା କରିଥାଏ ପୁଅ କଥା । ମା'ହେବାକୁ ଇଚ୍ଛା କିନ୍ତୁ ପୁଅ (ସାଧାରଣ ଜନତା)ର କଥା ବୁଝିବ ନାହିଁ । ଏହା କିପରି ସମ୍ଭବ ?

ଏହିସବୁ କାରଣ ପାଇଁ ଅଧର ଉପନ୍ୟାସଟିଏ ଲେଖିବାକୁ ଡରୁଛନ୍ତି କି ? ଭୟ କରୁଛନ୍ତି କି ? ସାହସ କୁଲାଇ ପାରୁନାହାନ୍ତି କି ଲେଖିବାକୁ ? କିନ୍ତୁ ସିଏ ବୁଝିବାକୁ ଚେଷ୍ଟା କରୁ ନାହାନ୍ତି କାହିଁକି ୧୯୪୯ ମସିହାରେ ସାହିତ୍ୟରେ ନୋବେଲ ପୁରସ୍କାର ପାଇଥିବା ଉଲିୟମ ଫକ୍ନର (୧୮୯୭–୧୯୬୨) ୧୯୫୬ ସମିହାରେ ହୋଇଥିବା ଏକ ସାକ୍ଷାତ କାରରେ ସେ କହିଥିଲେ "ଜଣେ ଭଲ ଔପନ୍ୟାସିକ ହେବା ପାଇଁ ଅନେଶତ ଭାଗ ଦକ୍ଷତା, ଅନେଶତ ଭାଗ ନିଷ୍ଠା, ଅନେଶତ ଭାଗ ପରିଶ୍ରମ ଆବଶ୍ୟକ । ଲେଖକ ନିଜ ଲେଖାକୁ ନେଇ କେବେ ସନ୍ତୁଷ୍ଟ ହେବା ଉଚିତ୍ ନୁହେଁ । ଲେଖାଟି ଯେତେ ଭଲ ହୋଇପାରିବ, ସେମିତି ସତରେ କେବେ ହୁଏ ନାହିଁ । ଲେଖକ ସବୁବେଳେ ନିଜ ଦକ୍ଷତାଠୁ ବଡ ସ୍ୱପ୍ନ ଦେଖିବା ଉଚିତ୍ । ସେ କେବଳ ପୂର୍ବଜ ବା ସମସାମୟିକ ଲେଖକମାନଙ୍କ ଠୁ ଟପିବାକୁ ଚେଷ୍ଟା କରିବନି, ଉଦ୍ୟମ ଅବ୍ୟାହତ ରଖିବା ନିଜଠୁ ବି ଟପିବାକୁ ଏବଂ ସର୍ବଦା ନିଜକୁ ପ୍ରତିଦ୍ୱନ୍ଦୀ ବୋଲି ଭାବିବ । କଳାକାର ସବୁବେଳେ କିଛି ପାପାଡ୍ନ୍ତୁଙ୍କ ଦ୍ୱାରା ପରିଚାଳିତ ହେଉଥାଏ । ସେମାନେ ତାକୁ କାହିଁକି ବାଛନ୍ତି । ସେ କଥା ଚିନ୍ତା କରିବାକୁ ବ୍ୟସ୍ତ କଳାକାର ପାଖରେ ସମୟ ନଥାଏ । ନିଜ (ଭାବନାକୁ) ଲେଖାଟିକୁ ଲେଖିବା ଲାଗି ଦରକାର ପଡିଲେ ସେ ନିର୍ଲିପ୍ତ ଭାବେ କାହା କାହାଠୁ ବା ସମସ୍ତଙ୍କ ଠୁ ଡକାୟତି କରିପାରେ । ଉଧାର ନେଇ ପାରେ । ଧାଆର କରିପାରେ । କରଜ ଆଣିପାରେ, ଭିକ ମାଗିପାରେ ବା ଚୋରି କରିପାରେ ।"

ଲେଖକର ସବୁତକ ସମର୍ପଣ ତା' ଲେଖାପ୍ରତି । ସେ ସମ୍ପୂର୍ଣ୍ଣ ନିର୍ଲିପ୍ତ ହୋଇପାରିବ, ଯଦି ପ୍ରକୃତରେ ସେ ଜଣେ ଭଲ ଲେଖକ ହୋଇଥିବ । ତା' ମୁଣ୍ଡ ଭିତରେ ଗୋଟିଏ ସ୍ୱପ୍ନ ଥାଏ । ତାକୁ ସିଏ ଖାଲିକରି ହାଲ୍କା ହେବାକୁ ଚାହୁଁଥାଏ । ସେ କାମ ନହେବା ଯାଏଁ ତାକୁ ଶାନ୍ତି ମିଳେନା । ଲେଖିବା ପଛରେ ସେ ସବୁ କିଛି ବାଜି ଲଗାଇ ଦିଏ । ଦରକାର ପଡିଲେ ସେ ନିଜ ମା'ଠୁ ବି ଚୋରି କରିବାକୁ ପଛଘୁଞ୍ଚା ଦିଏ ନାହିଁ । କଳାକାରର ସୃଜନ ଉପରେ ତା' ବ୍ୟକ୍ତିଗତ ଜୀବନରେ ସୁରକ୍ଷା, ଆନନ୍ଦ ଓ ସମ୍ମାନର ଅଭାବ କିଛି ପ୍ରଭାବ ପକାଏ ନାହିଁ । ଏଗୁଡିକ ଶାନ୍ତି ଆଉ ପୂର୍ଣ୍ଣତାର ଅନୁଭବ ପାଇଁ ଦରକାର । ଏସବୁ ସହିତ ସୃଜନର କିଛି ସମ୍ପର୍କ ନାହିଁ । ଲେଖକ ପାଇଁ ଭଲ ପରିସ୍ଥିତି କିମ୍ୱା ଖରାପ ପରିସ୍ଥିତି ଆଦୌ ଗୁରୁତ୍ୱପୂର୍ଣ୍ଣ ନୁହେଁ । କଳା ପରିସ୍ଥିତିକୁ ନେଇ ବ୍ୟସ୍ତ ହୁଏ ନାହିଁ । ଯେଉଁଠି ରହିଲେ ବି କିଛି ଫରକ ପଡେନି । ଚୋର, ବୁଟପଲିସ ବାଲା ଆଉ ଗାଈ ଜଗାଳି ଏବଂ ଘୋଡାଶାଳ ସଫେଇ ବାଲାଙ୍କ ଠୁ ବି ଭଲ ଉକ୍ରୃଷ୍ଟ ମାନର ଲେଖା ଆସିପାରେ । ଭଲ ଲେଖକକୁ ମୃତ୍ୟୁ ବ୍ୟତୀତ ଆଉ କିଛି ହେଲେ ପରାସ୍ତ କରିପାରେନି । ଭଲ ଲେଖକ ସଫଳତା ବା ଧନ ବିଷୟରେ ଆଦୌ ଚିନ୍ତା କରେନି । ସଫଳତା ନାରୀ ସୁଲଭ । ସଫଳତା ଗୋଟେ ନାରୀଭଳି । ତା' ଆଗରେ ହାତ ପତେଇଲେ ସେ ତମ ଉପରେ ଚଢିଯାଏ ଓ ଦୂରକୁ ପଳାଏ । ତାକୁ ଅଣଦେଖା କଲେ ସେ ତମ ଆଗରେ ଆଣ୍ଠେଇ ପଡେ ।

ଭଲ ଖରାପ ଯାହା ବହି ପାରୁଛ ପଢ଼ିଚାଲ । ସେଥିରୁ ଅନୁମାନ ଲଗାଇ ପାରିବ, କେଉଁଟା ଭଲ ଲାଗୁଛି ଓ କେଉଁଟା ଖରାପ । ତା'ପରେ ଲେଖିବା ଆରମ୍ଭ କର । ଭଲ ଲାଗିଲେ ଲେଖିଚାଲ ନହେଲେ ଝଟକା ଦେଇ ବାହାରକୁ ପିଙ୍ଗିଦିଅ । ସକାଳ ହେଉଛି ଲେଖିବା ପାଇଁ ସବୁଠୁ ଭଲ ସମୟ । କାରଣ ସେତେବେଳେ ମସ୍ତିଷ୍କ ଦୀର୍ଘ ପୂର୍ଣ୍ଣ ବିଶ୍ରାମ ପାଇଥାଏ । ମନ ହାଲକା ଥାଏ । ଭାବନା ରହିଥାଏ ଖୋଲାମେଲା ଆଉ ଚେତନା ଥାଏ ଅବସାଦ ରହିତ, ଚିନ୍ତା ମୁକ୍ତ । ମୁଁ ସକାଳ ବେଳେ ଲେଖ୍‌ଥାଏ । କାରଣ ଏହି ସମୟରେ ମସ୍ତିଷ୍କ ପୂରା ତାଜାଥାଏ । ସକାଳେ ମନ ଭିତରକୁ ନୂଆ ନୂଆ କଥା (ଭାବନା) ପଶିଥାଏ । ମଣିଁ ଠ୍ୱାକ୍ ସମୟରେ ମଧ ମନକୁ କିଛି ଭଲ ଭାବନା ଆସିଥାଏ (ପ୍ରବେଶ କରିଥାଏ) । ଆହୁରି ମଧ ରୋମାନ ଦାର୍ଶନିକ ସେନେକୋ କହିଥିଲେ ଆମେ ଆମ ଜୀବନର ପ୍ରତିଟି ସକାଳକୁ ଏକ ଏକ ପୁନଃ ଜନ୍ମ ଭାବିବା ଉଚିତ୍ । ଗୋଟିଏ ଦିନର ବିଭିନ୍ନ କାର୍ଯ୍ୟ ଭିତରେ ଆମେ ନାନା ଅନୁଭୂତି ଅର୍ଜନ କରୁ । ରାତିରେ ବିଶ୍ରାମ ନେଉ । ନିଦରେ ଆମେ ସଂପୂର୍ଣ୍ଣ ଅଚେତନ ରହୁ । ନିଦ ଭାଙ୍ଗିବା ମାତ୍ରେ ଭଗବାନ ଆମକୁ ନୂଆ ସକାଳ ଟିଏ ଉପହାର ଦିଅନ୍ତି । ସେହି ସକାଳ ଆମ ପାଇଁ ନୂଆ ଆହ୍ୱାନ, ନୂଆ ଅଭିଜ୍ଞତା ନେଇ ଆସିଥାଏ । ସୁତରାଂ ତାହା ଆମ ପାଇଁ ଏକ ପୁନଃଜନ୍ମ ସଦୃଶ୍ୟ । ନିଜର ବିକାଶ ଲାଗି ପ୍ରତିଦିନ ପୂର୍ବଦିନ ଠାରୁ ଭଲ ହେବାକୁ ଚେଷ୍ଟା କର । ସେହି ଦୃଷ୍ଟିକୋଣରୁ ପ୍ରତିଟି ମୁହୂର୍ତ ଆମ ପାଇଁ ମୂଲ୍ୟବାନ । ପ୍ରତି ମୁହୂର୍ତର ସୁ ବିନିଯୋଗ ହିଁ ଆମ ଜୀବନକୁ ସରସ, ସୁନ୍ଦର, ମଧୁର ତଥା ଉତ୍କୃଷ୍ଟ କରି ପାରିବ । ରୁଗ୍ ବେଦରେ ଏକ ବାଣୀର ମର୍ମାର୍ଥ ହେଉଛି- "ଯେତେଦିନ ବଞ୍ଚିଛ, ସୃଷ୍ଟି କରି ଯାଅ" ଅର୍ଥାତ ଆମର ପ୍ରତିଟି ମୁହୂର୍ତ ହେଉ ସୃଷ୍ଟିଶୀଳ, ଭାଙ୍ଗିବା ନୁହେଁ । ଜୀବନକୁ, ପୃଥିବୀକୁ ଗଢ଼ିବା ଦିଗରେ ଆମର ପ୍ରତିଟି ମୁହୂର୍ତ ହେଉ ସ୍ୱତଃ ନିବେଦିତ । ତାହାହିଁ ନୂଆ ସକାଳର ନୂତନ ଦିବସଟିର ଆହ୍ୱାନ ଓ ନିର୍ଦେଶ ବୋଲି ଧରି ନେବାକୁ ହେବ । ଗତ ଦିନର ଅଭିଜ୍ଞତାକୁ ପୁଞ୍ଜିକରି ଆଉ ଅଟୁଟ ବିଶ୍ୱାସ, ନିଷ୍ଠାପର ଭାବେ ଭଲ ପାଇବା, ଅନାବିଳ ସ୍ନେହ ଓ ଅନାସକ୍ତ କରୁଣା ହେଉ ଆମର ବସୁଧା ଓ ତାଆରି ଉପରେ ଗଢ଼ି ଉଠୁ ନୀତି, ନିଷ୍ଠା ଓ ସତ୍ ସ୍ୱପ୍ନର ସ୍ପର୍ଶରେ ଏକ ନିରୁପଦ୍ରବ, ଆତଙ୍କ ମୁକ୍ତ, ଶାନ୍ତ, ସ୍ନିଗ୍ଧ ଦିବସ ।

ଥରେ ପ୍ରଖ୍ୟାତ ବ୍ରିଟିଶ କବି ଇଉଲିୟମ ଠ୍ୱାଡ୍‌ ଠ୍ୱାର୍ଥ ସକାଳେ ଗୋଟିଏ ଶିଉଳି ଲଗା ପଥର ଉପରେ ବସି ଚାରିଆଡ଼କୁ ଚାହୁଁଥାଆନ୍ତି । ପାଖ ଦେଇ ବନ୍ଧୁ ମାଥ୍ୟୁ ଆର୍ଣ୍ଣଲଡ୍ ଯାଉଥିଲେ । ଏକୁଟିଆ ଠ୍ୱାଡ୍‌ ଠ୍ୱାର୍ଥଙ୍କୁ ଦେଖି ପଚାରିଲେ "ଏକୁଟିଆ ବସି କ'ଣ କରୁଛ ? କାହିଁକି ସମୟ ନଷ୍ଟ କରୁଛ" ? ଠ୍ୱାଡ୍‌ ଠ୍ୱାର୍ଥ କହିଲେ "ଆରେ ବନ୍ଧୁ ମୁଁ ବସିଛି କ'ଣ ? ତୁ ଟିକିଏ ଠିଆ ହୁଅ । ଏ ପ୍ରକୃତିକୁ ଦେଖ । କାନ ପାଖରେ ଝଲକାଏ, ବସନ୍ତ ରାତୁର ପବନ ଯେଉଁ ଘଷି ହୋଇଯାଉଛି । ସେ ମଣିଷକୁ କେତେ ନୈତିକ ଶିକ୍ଷା ନଦେଉଛି ? ଭଲ ମନ୍ଦ ବାଛ ବିଚାର କରିବାର ସନ୍ଦେଶ କାନ ପାଖରେ ଏମିତି ଆଣି ଅକାଢ଼ି ଦେଉଛି, ଯାହାକି କୌଣସି ସାଧୁସନ୍ତ ମଧ ଜଣାଇବାର ସମ୍ଭାବନା ଖୁବ୍ କମ୍ । ମୁଁ ସେଥିରେ ଜୁଟୁବୁଟୁ ହୋଇଯାଉଛି ।" ତାଙ୍କର କବିତା "ଏକ୍ ପୋଷ ଟୁ ଲେସନ ଆଣ୍ଡ ରିପ୍ଲାଇ"ରେ ଠ୍ୱାଡ୍‌ ଠ୍ୱାର୍ଥଙ୍କ ଲେଖନୀରୁ ପ୍ରକୃତିର ଏଇ ମହନୀୟତାର ବାର୍ତ୍ତା ମିଲେ ।

ଜଣେ ଲେଖକ ଅଳ୍ପ ଖର୍ଚରେ ମିଳୁଥିବା ଶାନ୍ତି ଆଉ ଏକାନ୍ତ ପଣହିଁ ଦରକାର କରେ । ଜଣେ ଲେଖକ ଅଧିକ ସ୍ୱାଧୀନତା ଦରକାର କରେନି । ତା'ର ଆବଶ୍ୟକ କେବଳ ଅଲେଖା କାଗଜ ଆଉ କାଲି ଭର୍ତି କଲମ । ଅର୍ଥ, ସମୟ, ସୁଯୋଗ, ସୁବିଧା ଆଦି ବିଷୟରେ ସେ ମୁଣ୍ଡ ଖେଲାଏନି । ସେ ଲେଖିବାରେ ହିଁ ବ୍ୟସ୍ତ ଥାଏ । ଖରାପ ଲେଖକ ହିଁ କହି ବୁଲେ ସେ ସମୟ ପାଉନି ଲେଖିବାକୁ କିୟା ଟଙ୍କା ପାଉନି କାଗଜ, କଲମ କିୟା କାଲି କିଣିବାକୁ । ସାଦାତ ହାସନ ମଣ୍ଟୋ ପୁଣି ଖବର କାଗଜ ଅଫିସକୁ ଯାଇ ସେଠି ଘଡ଼ିଏ ଦି ଘଡ଼ି ବସି ପଢ଼ି ଲେଖ୍‌ଛନ୍ତି ବହୁ ସ୍ମରଣୀୟ ଗଳ୍ପ । କିଛି କାଟଛାଣ ନାହିଁ । ସଂଶୋଧନ ନାହିଁ । ଶେଷରେ କେବଳ ଶୀର୍ଷକଟିଏ ଲେଖିଦେଇ ଛଟା ଅକ୍ଷରରେ ନିଜ ନାଆଁଟା ଦସ୍ତଖତ କରିଦେଲା । ପରେ ମୂଲ କପିଟାକୁ ସେଇଠି ବଟେଇ ଦେଇ ଆସିଛନ୍ତି ସଂପାଦକ ମହୋଦୟଙ୍କୁ ସେଦିନ

ସବୁଥିଲା କଥା ସାହିତ୍ୟର ଉଜ୍ଜ୍ୱଳ ଫାଲଗୁନ । ସେଇଭଳି ମହାନ୍ ଲେଖକ ଏବେ ଆଉ ନାହାନ୍ତି କି ସେ ଧରଣର ସ୍ମରଣୀୟ କଥାକୃତି ସାରସ୍ୱତ ସାଧକ ସଂସାରରେ ସୃଷ୍ଟି ହେଉଥିବାର ସୁ ସମ୍ବାଦ ସେତେ ବେଶୀ ଶ୍ରୁତିଗୋଚର ହେଉନାହିଁ । ତଥାପି ଭବିଷ୍ୟତର ସାହିତ୍ୟ ନିଜର ମହାନ ଲେଖକ ଲେଖିକାମାନଙ୍କୁ ଅପେକ୍ଷା କରିବାର ଆନନ୍ଦରେ ଯେ ନିତ୍ୟ ନିମଜ୍ଜମାନ ରହିଥିବ ଏହା ନିଃସନ୍ଦେହ ।

ଲେଖକକୁ ବହୁତ ଲୋକଙ୍କ ସହିତ ମିଶିବାର ସୁଯୋଗ ମିଳିବା ଦରକାର । ନହେଲେ ସେ ବୋର୍ ହୋଇଯିବ । ଯେଉଁଥି ପାଇଁ ଅତୀତରେ ଅନେକ ସାହିତ୍ୟିକ ରାଜନୀତିରେ ସକ୍ରିୟ ଥିଲେ । ସେମାନଙ୍କ ମଧ୍ୟରୁ କେତେକ ସାହିତ୍ୟିକ କ୍ଷମତା ରାଜନୀତିରେ ଥାଇବି ସଫଳ ସାହିତ୍ୟିକ ଭାବରେ ନିଜକୁ ପ୍ରତିଷ୍ଠିତ କରିପାରିଥିଲେ । ଆଉ କେତେକ ସାହିତ୍ୟିକ କ୍ଷମତା ରାଜନୀତିରେ ଶୀର୍ଷ ସ୍ଥାନ ଅଧିକାର କରି ପାରିଛନ୍ତି । ଆମ ପ୍ରଦେଶ ଓଡ଼ିଶାରେ କେତେକ ବ୍ୟକ୍ତିତ୍ୱ ରାଜନୀତି ଓ ସାହିତ୍ୟ ଉଭୟ କ୍ଷେତ୍ରରେ ସଫଳତା ହାସଲ କରି ପାରିଛନ୍ତି । ଉତ୍କଳମଣି ଗୋପବନ୍ଧୁ ଦାସ, ଡକ୍ଟର ହରେକୃଷ୍ଣ ମହତାବ, ପଣ୍ଡିତ ଗୋଦାବରୀଶ ମିଶ୍ର, ଶ୍ରୀ ନିତ୍ୟାନନ୍ଦ ମହାପାତ୍ର, ଶ୍ରୀ ଜାନକୀ ବଲ୍ଲଭ ପଟ୍ଟନାୟକ, ଶ୍ରୀମତୀ ନନ୍ଦିନୀ ଶତପଥୀ ଓ ଶ୍ରୀ ସୁରେନ୍ଦ୍ର ମହାନ୍ତି ପ୍ରମୁଖ । ଗୋଟିଏ ସୁସ୍ଥ ସମାଜରେ ସାହିତ୍ୟିକମାନେ କ୍ଷମତା ରାଜନୀତିକୁ ଯିବାର ପ୍ରୟୋଜନ ଅନୁଭୂତି ନହେବା ଦରକାର । ସେହିପରି ରାଜନୀତି ସାହିତ୍ୟିକମାନଙ୍କ ଠାରୁ ଆନୁଗତ୍ୟ ବା ସେବା ଆଶା ନକରି ବରଂ ସାହିତ୍ୟ ସୃଷ୍ଟି ଲାଗି ସମସ୍ତ ପ୍ରକାର ଅନୁକୂଳ ପରିବେଶ ସୃଷ୍ଟି କରିବା ଆବଶ୍ୟକ । କାରଣ ସାହିତ୍ୟ ହେଉଛି ଦେଶର ତଥା ସମାଜର ସମାନ୍ତରାଲ ଇତିହାସ । ଜଣେ ସାହିତ୍ୟିକ ରାଜନୈତିକ ନେତାଙ୍କ ପରି ନିଜ ମତବାଦ ସପକ୍ଷରେ ସମର୍ଥନ ସଂଗ୍ରହ କରିଥାଏ । ମାତ୍ର ତାହା ଆପଣା ଭଙ୍ଗୀରେ ଯୋଗାଡ଼ କରିଥାଏ । ତା ସମ୍ମୁଖରେ ନିର୍ଦିଷ୍ଟ ବ୍ୟକ୍ତି ଶତ୍ରୁ ବା ପ୍ରତିଦ୍ୱନ୍ଦ୍ୱୀ ହୋଇ ଅବତୀର୍ଣ ହୋଇନଥାଏ । ଅଧିକନ୍ତୁ ସେ ଗୋଟିଏ ବ୍ୟବସ୍ଥା ବିରୋଧରେ ସଂଗ୍ରାମ ଜାରିରଖେ । ସେ ଆଶା କରେ ସମାଜରେ ପରିବର୍ତ୍ତନ ହେଉ । ତାହା ହୋଇ ପାରିଲେ ଏ ସମାଜ ସମସ୍ତଙ୍କ ଲାଗି ଏକ ସୁନ୍ଦର ସମାଜ ହୋଇ ରହିବ । ତା ପାଇଁ ଉଭୟ ଲକ୍ଷ୍ୟ ଏବଂ ଲକ୍ଷ୍ୟ ସାଧନର ମାର୍ଗ ଅତ୍ୟନ୍ତ ଗୁରୁତ୍ୱପୂର୍ଣ୍ଣ ।

ସମାଜକୁ ଉନ୍ନତି ପଥରେ ଆଗେଇ ନେବା ଦେଶର ପ୍ରତ୍ୟେକ ନାଗରିକଙ୍କର କର୍ତ୍ତବ୍ୟ ଓ ଦାୟିତ୍ୱ । ତେବେ ଏହି ସାଧାରଣ ନାଗରିକ ଯେତେବେଳେ ହାତରେ କଲମ ଧରି ସାହିତ୍ୟିକ ପଦବାଚ୍ୟ ହୁଏ ସେତେବେଳେ ତା'ର ଏହି ଦାୟିତ୍ୱଟି ଯଥେଷ୍ଟ ଅଧିକ ଗୁରୁତ୍ୱ ବହନ କରେ । ସାହିତ୍ୟ ଓ ସମାଜ ପରସ୍ପରର ପରିପୂରକ । ସାହିତ୍ୟରେ ସମାଜ ପାଇଁ କିଛି ବାର୍ତ୍ତା ନରହିଲେ ତାହା ଯେପରି ରସହୀନ, ସ୍ୱାଦହୀନ ଓ ଅର୍ଥହୀନ ହୋଇପଡ଼େ । ଠିକ୍ ସେହିପରି ସମାଜରେ ସାହିତ୍ୟ ନରହିଲେ ତା ମଧ୍ୟ ଭାବ ଜଗତ ପାଇଁ ହୋଇ ପଡ଼ିବ ଅଶୁଷ୍ଟିକର । ସମାଜକୁ ନେଇ ସାହିତ୍ୟ ଯେପରି ରଚିତ ହୁଏ ଠିକ୍ ସେହିପରି ସାହିତ୍ୟ ଦ୍ୱାରା ସମାଜ ସଦା ସର୍ବଦା ହୁଏ ପ୍ରଭାବିତ ଓ ଅନୁପ୍ରାଣିତ ।

କଥା, କବିତା, ସଂଗୀତ, ନୃତ୍ୟ, ନାଟକ ଓ ସିନେମା ପ୍ରତ୍ୟେକଟି ସାହିତ୍ୟର ଗୋଟିଏ ଗୋଟିଏ ବିଭବ କହିଲେ ଅତ୍ୟୁକ୍ତି ହେବ ନାହିଁ । ଏ ପ୍ରତ୍ୟେକ ବିଭାଗର ସମାଜ ପ୍ରତି ଯେପରି ଗୁରୁଦାୟିତ୍ୱ ରହିଛି, ରହିଛି ମଧ୍ୟ ସେହିପରି ଦାୟିତ୍ୱବୋଧ । ଏଠି ଗୋଟିଏ କଥା ସ୍ପଷ୍ଟ କରିଦେବା ଉଚିତ୍ ହେବ ଯେ ସାହିତ୍ୟିକଟିଏ ସର୍ବଦା ସମାଜର ଅଭିବାବକ ତୁଲ୍ୟ । କେହି ଜଣେ କହିଥିଲେ ଆମେ କହୁଥିବା କଥା ଅପେକ୍ଷା ଲେଖିବା ଶବ୍ଦ ପାଇଁ ଅଧିକ ସତର୍କ ରହିବା ଉଚିତ, କାରଣ ତାହା କାଳ କାଳକୁ ରହିଯାଏ ।

ଅବଶ୍ୟ ଏବେ ଆଉ କୌଣସି ରାଜନୀତିଜ୍ଞ ସାହିତ୍ୟ ସାଧନାରେ ବ୍ରତୀ ହେଉ ନାହାନ୍ତି କିମ୍ୱା କୌଣସି ସାହିତ୍ୟିକ କ୍ଷମତା ରାଜନୀତିରେ ସକ୍ରିୟ ଅଂଶ ଗ୍ରହଣ କରୁନାହାନ୍ତି । ଏହାର ମୁଖ୍ୟ କାରଣ ହେଲା ଅନେକଗୁଡ଼ିଏ ବ୍ୟାବହାରିକ କାରଣରୁ ଜଣେ ସାହିତ୍ୟିକ କ୍ଷମତା ରାଜନୀତିରେ ଭାଗ ନେଉ ନାହାନ୍ତି । ଗ୍ରୀସ ଦାର୍ଶନିକ ପ୍ଲାଟୋ କହିଥିଲେ– "ଜଣେ

ସାହିତ୍ୟିକ ଯଦି ରାଜନୀତିରେ ସଂପୃକ୍ତ ହେବା ଲାଗି ମନା କରୁଛି ତାହା ହେଲେ ସିଏ ସେ ନିଷ୍ଠୁର ଶାସ୍ତି ଭୋଗିବା ଲାଗି ମଧ୍ୟ ପ୍ରସ୍ତୁତ ରହିବା ଆବଶ୍ୟକ । ସେହି ଶାସ୍ତିରୁ ଗୋଟିଏ ହେଲା, ତୁମ ଠାରୁ କମ୍ ପ୍ରତିଭା ସଂପନ୍ନ ବା କମ୍ ଯୋଗ୍ୟତା ଥିବା (ସଂପନ୍ନ) ଲୋକଙ୍କ ଦ୍ୱାରା ଶାସିତ ହେବା । ଜଣେ ସାହିତ୍ୟିକ ରାଜନୀତିରେ ଭାଗ ନିଏ ନାହିଁ କାହିଁକି ? ପ୍ରଥମ କଥା ହେଲା ସମସ୍ତେ ସବୁ କାମ ପାଇଁ ଆଗ୍ରହୀ ନୁହନ୍ତି । ପ୍ରତିଲୋକର ଚିତ୍ତବୃତ୍ତି (ଆପ୍ଟିଚ୍ୟୁଡ୍) ଅଲଗା । ଦ୍ୱିତୀୟ କାରଣ ହେଲା ଉଭୟ ରାଜନୀତି ଏବଂ ସାହିତ୍ୟ ପ୍ରଚୁର ସମୟ ଆବଶ୍ୟକ କରେ । ରାଜନୀତିର ପରିବେଶ ଭିଡ଼ ଓ ସମାବେଶର ପରିବେଶ । ସାହିତ୍ୟିକର ଲୋଡ଼ା ନିର୍ଜନତା ଏବଂ ନିରୋଲା ପରିବେଶ । ଉଭୟଙ୍କର ସେମାନଙ୍କ ଅନୁକୂଳ ପରିବେଶ ଦରକାର । ଏହା ଫାଷ୍ଟ ଫୁଡ୍ ପ୍ରସ୍ତୁତ କଲା ପରି ଚଟାପଟ କାମ ନୁହେଁ । ଜଣେ ସାହିତ୍ୟିକକୁ ସଫଳତା ପାଇବା ପାଇଁ ବର୍ଷ ବର୍ଷ ଲାଗିଯାଏ । ତାହା ସତ୍ତ୍ୱେ ସେ ହୁଏତ ସଫଳତା ପାଇ ନ ପାରନ୍ତି । ସେହିପରି ରାଜନୀତି ମଧ୍ୟ ପ୍ରଚୁର ସମୟ ଆବଶ୍ୟକ କରେ । ସକାଳୁ ମଧ୍ୟରାତ୍ରି ପର୍ଯ୍ୟନ୍ତ । ତେଣୁ ଜଣେ ସାହିତ୍ୟିକ ସଫଳତା ପାଇବା ଲାଗି ତାଙ୍କ ନିଜ କାମ ପ୍ରତି ଉପଯୁକ୍ତ ନ୍ୟାୟ ଦେଇ ବା ପର୍ଯ୍ୟାପ୍ତ ସମୟ ବ୍ୟୟ କରି, ସକ୍ରିୟ ରାଜନୀତିରେ ଭାଗ ନେବା ସବୁବେଳେ ସମ୍ଭବ ନୁହେଁ । ତୃତୀୟ କାରଣ ଓଡ଼ିଶା କିମ୍ବା କୌଣସି ଭାରତୀୟ ଭାଷାରେ ଜଣେ ଲେଖକ କେବଳ ସାହିତ୍ୟ ରଚନା କରି ତା'ର ପରିବାର ପ୍ରତିପୋଷଣ କରି ପାରିବେ ନାହିଁ । ତେଣୁ ତାଙ୍କୁ ଯେକୌଣସି ଗୋଟିଏ ଅନ୍ୟ ରୋଜଗାର ମାଧ୍ୟମ ବ୍ୟବସ୍ଥା ଗ୍ରହଣ କରିବାକୁ ପଡ଼ିବ । ଅନ୍ୟ ପନ୍ଥା ଅର୍ଥ କେବଳ ସେ ସକାଶେ ସମୟ ବା ଶ୍ରମ ଦେବା ନୁହେଁ । ନିଜର ବ୍ୟକ୍ତିଗତ ସ୍ୱାଧୀନତା ମଧ୍ୟ ହରେଇ ବସିବା । କୌଣସି ସରକାରୀ ଚାକିରି କରୁଥିବା ଲୋକ ସରକାରଙ୍କୁ ବିରୋଧ କଲେ ତାହାର ଫଳ କ'ଣ ହେବ ଅନେକ ତାହା ଜାଣନ୍ତି । ଜଣେ କାମ କରୁଥିବା ସଂସ୍ଥାର ନୀତିସହ ଖାପ ଖୁଆଇ ନ ପାରିଲେ ତାହାର ଚାକିରି ଯିବ । ଏଥପାଇଁ ବହୁ ସରକାରୀ ଅଫିସର ଅବସର ନେବା ପରେ ସାହିତ୍ୟ ସାଧନାରେ (ରଚନାରେ) ମନ ନିବେଶ କରିଥାନ୍ତି । ତା ପୂର୍ବରୁ ଯଦି ଲେଖାଲେଖି କରନ୍ତି ତେବେ ସେମାନେ ସେମାନଙ୍କର ସ୍ୱାଧୀନ ମତବ୍ୟକ୍ତ କରିବାକୁ ଉପଯୁକ୍ତ ସୁବିଧା ସୁଯୋଗ ପାଇନଥାଆନ୍ତି ।

ଚତୁର୍ଥ କାରଣ ହେଲା ଆମର ସାମାଜିକ ପରିବେଶ । ଚାକିରି କରୁଥିବା ଲୋକକୁ ଯେପରି ମୁକ୍ତ ମତବ୍ୟକ୍ତ ଲାଗି ସ୍ୱାଧୀନତା ମିଳିନଥାଏ । ଚାକିରି କରୁନଥିବା ସାହିତ୍ୟିକକୁ ଯଦିଓ ମୁକ୍ତ ମତବ୍ୟକ୍ତ ଲାଗି ସ୍ୱାଧୀନତା ଓ ସୁଯୋଗ ମିଳିଥାଏ । ମାତ୍ର ତାଙ୍କ ଜୀବନ ପ୍ରତି ବିପଦ ଥାଏ । ଯଦି ତାଙ୍କ ଲେଖାରେ ସରକାରଙ୍କୁ କିମ୍ବା କୌଣସି ଧର୍ମ ସମ୍ବନ୍ଧିୟ ବିରୋଧାଭାସ ସେଥିରେ ଥାଏ । ମୁକ୍ତ ତଥା ନିଜର ସ୍ୱାଧୀନ ମତ ପ୍ରକାଶ (ବ୍ୟକ୍ତ) କରିବାକୁ ଯାଇ ବହୁ କବି ଓ ଲେଖକଙ୍କୁ ବହୁମୂଲ୍ୟ ଦେବାକୁ ପଡ଼ିଛି । ଆଜି ପର୍ଯ୍ୟନ୍ତ ମଧ୍ୟ ଦେବାକୁ ପଡ଼ୁଛି । ନାଇଜେରିଆର ୱୋଲୋ ସୋୟିଙ୍କ ହେଉଛନ୍ତି ଆଫ୍ରିକାର ପ୍ରଥମ ନୋବେଲ ପୁରସ୍କାର ବିଜେତା । ୧୯୮୬ରେ ସେ ନୋବେଲ ପୁରସ୍କାର ପାଇଥିଲେ । ମାତ୍ର ତାଙ୍କୁ ଦେଶାନ୍ତରୀ ହେବାକୁ ପଡ଼ିଥିଲା । ତାଙ୍କ ଆଗରୁ ତାଙ୍କ ଦେଶର କବି ମ୍ୟାରୋଓ୍ୱିୱାଙ୍କୁ ଫାଶୀ ଦିଆଯାଇଥିଲା । ୱୋଲେ ସୋୟିକାଙ୍କୁ ମଧ୍ୟ ସାମରିକ ଶାସକ ସାନି ଆବାଚା ପ୍ରାଣଦଣ୍ଡ ଦେଇଥିଲେ । ଚୀନର ଦୁଇ ନୋବେଲ ବିଜେତା ନିଜ ଦେଶରୁ ବିତାଡ଼ିତ । ଆମେମାନେ ତସ୍ଲିମା ନସରିନ୍, ସାଲମାନ ରୁଷ୍ଦିଙ୍କ କଥା ଦେଖୁଛନ୍ତି । ଏଇ ପାଞ୍ଚବର୍ଷ ଭିତରେ କନ୍ନଡ଼ ଲେଖକ ଏମ୍ଏମ୍ କାଲବର୍ଗୀଙ୍କ ହତ୍ୟା । ତା'ପରେ ସାମ୍ୱାଦିକା ଗୌରୀ ଲଙ୍କେଶ ଏବଂ ପୂର୍ବରୁ ନରେନ୍ଦ୍ର ଡାଭୋଲକରଙ୍କ ହତ୍ୟା ଘଟଣା ଆମ ସାହିତ୍ୟିମାନଙ୍କର ଅବସ୍ଥା ଓ ଉଗ୍ର ଅସହିଷ୍ଣୁତାକୁ ପ୍ରକାଶ କରୁଛି । ଆଜି ମଧ୍ୟ ଆମ ଦେଶରେ ମୁକ୍ତ ବା ସ୍ୱାଧୀନ ମତ ପ୍ରକାଶ ପରିବେଶ ନାହିଁ ।

ଏହି ସବୁ କାରଣରୁ ଜଣେ ସାହିତ୍ୟିକ ପ୍ରତ୍ୟକ୍ଷ ରାଜନୀତିରେ ଭାଗ ନିଏ ନାହିଁ । ମାତ୍ର ଏହାର ଅର୍ଥ ନୁହେଁ ଯେ ସେ ସମାଜ ଠାରୁ, ସାମାଜିକ ବ୍ୟବସ୍ଥା ଓ ରାଜନୈତିକ ଚିନ୍ତାଧାରା ଠାରୁ ଦୂରେଇ ଯାଇଥାଏ । ଜଣେ ରାଜନେତା ପରି ସାହିତ୍ୟିକ ମଧ୍ୟ ଏହି ସମାଜରୁ ସୃଷ୍ଟି । ସେ ତା' ସାହିତ୍ୟରେ ପ୍ରତିବାଦ କରେ । ସମର୍ଥନ କରେ, ବିକଳ୍ପ ବ୍ୟବସ୍ଥାର କଥା

କହେ । ସେଇଥି ପାଇଁ ଶେଲି କହିଥିଲେ– କବିମାନେ ଏ ପୃଥ୍ବୀର ଅଣସ୍ୱୀକୃତ ବିଧାନ ପ୍ରଣେତା "Poets are the unacknowledged legisislators of the world" (P.B shelly) ।

ଦେଶ ସ୍ୱାଧୀନ ହେବା ପୂର୍ବରୁ ରଚିତ ଫକିର ମୋହନଙ୍କ ସାହିତ୍ୟରେ ସମାଜ ସଂସ୍କାର କଥା ଲେଖା ଯାଇଛି । କାହ୍ନୁଚରଣ ତାଙ୍କ ଉପନ୍ୟାସରେ ବିଧବା ବିବାହ କଥା ଲେଖିଛନ୍ତି । ଗୋପୀନାଥ ଆଦିବାସୀଙ୍କ ଅଧିକାର କଥା ଏବଂ ଶୋଷଣର ଚିତ୍ର ଆଙ୍କିଛନ୍ତି । ମନୋଜ ଦାସ ସ୍ୱାଧୀନତାର ମୋହଭଙ୍ଗ କଥା ଲେଖିଛନ୍ତି । ଭଗବତୀ ଚରଣ ତ ଶିକାର ଗଞ୍ଜରେ ଶୋଷକର ମୁଣ୍ଡ କାଟି ଦେଇଛନ୍ତି । ସାହିତ୍ୟିକ ଜଣେ ସମାଜ ସଚେତନ ବ୍ୟକ୍ତି । ସେ ନିରବ ରହି ପାରିବ ନାହିଁ । ୧୯୮୪ରେ ନୋବେଲ ବିଜେତା ଚେକୋସ୍ଲୋଭାକିଆର କିବ ଜାରସ୍ଲଭ ସେପର୍ଟ ଲେଖିଛନ୍ତି । "ଜଣେ ସାଧାରଣ ଲୋକ ନିରବ ରହିବା ଏବଂ ଜଣେ ଲେଖକ ନିରବ ରହିବା ଏକା କଥା ନୁହେଁ । ଅବଶ୍ୟ କବି କି ସାହିତ୍ୟିକ ସାଧାସଳଖ ଭଙ୍ଗୀରେ ଲେଖେ ନାହିଁ । କାରଣ କାର୍ଲମାକ୍ସ କହିଛନ୍ତି", All art is propaganda, but all propagands is not art, xx art lies in concealing it ତେଣୁ କବି ତା ବାଗରେ ଲେଖେ । ଧାଡ଼ିଏ ଧାଡ଼ିଏ କଥାରେ ସେ ବହୁତ କଥା କହିଥାଏ । ଉଦାହରଣ ସ୍ୱରୂପ, ଆମେରିକାର ବ୍ୟକ୍ତି ସ୍ୱାଧୀନତାକୁ ବ୍ୟଙ୍ଗ କରି ନିକାରାରୁଆର ଜଣେ କବି ଧାଡ଼ିକର କବିତା ଲେଖିଥିଲେ । ତାହା ଥିଲା 'America where liberty is a statue' ।

ସମାଜ ଲାଗି ବା ଦେଶ ପାଇଁ ରାଜନେତାମାନଙ୍କର ଯେଉଁଭଳି ଭୂମିକା ରହିଛି, ସାହିତ୍ୟିକମାନଙ୍କର ସେହିଭଳି ଭୂମିକା ମଧ ରହିଛି । ଉଭୟେ ନିଜ ନିଜ ମାର୍ଗରେ ତାଙ୍କ ଭୂମିକା ନିର୍ବାହ କରି ଚାଲିଥାଆନ୍ତି । ମାତ୍ର ଏସବୁ ସତ୍ତ୍ୱେ ଯେତେବେଳେ ପ୍ରୟୋଜନ ପଡ଼ିଛି ସାହିତ୍ୟିକ ଓ ବିଦ୍ୱାନ ଶାସକୁ ତଳେ ରଖିଦେଇ ଶାସ୍ତ ଉଠେଇଛି । କୌଟିଲ୍ୟଙ୍କ ଅର୍ଥଶାସ୍ତ କୌଣସି ଅସ୍ତଠାରୁ କମ୍ ଶକ୍ତିଶାଳୀ ନୁହେଁ । ସ୍ୱାଧୀନତା ସଂଗ୍ରାମ ବେଳେ ଯେଉଁ ସବୁ କବିତା ଲେଖା ଯାଇଥିଲା ସେ ସବୁ ଥିଲା ଗୋଟେ ଗୋଟେ ନିଆଁ ହୁଲା । ଓଡ଼ିଶାର ବହୁ ନେତା ଲେଖିଛନ୍ତି । ଜାତୀୟ କବି ବୀର କିଶୋର ଓ ବାଞ୍ଛାନିଧ୍ୟ ମହାନ୍ତିଙ୍କ କବିତା ଗାଇ ସେମାନେ କିଭଳି ଶକ୍ତି ଆହରଣ (ସଂଗ୍ରହ) କରୁଥିଲେ । ବଙ୍କିମ ଚନ୍ଦ୍ରଙ୍କ 'ବନ୍ଦେ ମାତରଂ' ଗୋଦା ବରିଶ ମହାପାତ୍ରଙ୍କ 'ଉଠ କଙ୍କାଳ' ଏବଂ ସଚ୍ଚି ରାଉତରାୟଙ୍କ 'ବାଜି ରାଉତ' ଏଭଳି କବିତା ।

ଜଣେ ସାହିତ୍ୟିକ କାହିଁକି ଲେଖେ ? ତା'ର କାରଣ ହେଲା, ୧ – ମୁଁ ସ୍ମରଣୀୟ ହେବି, ଲୋକେ ମୋତେ ମନେ ରଖିବେ । ମୁଁ ପ୍ରତିଷ୍ଠା ପାଇବି । ତେଣୁ ଲେଖକ ଲେଖେ । ୨ – ନାନ୍ଦନିକ ଆବେଗ – ଜହ୍ନ (ଚାନ୍ଦିନି) ପଖାଲ ରାତି, ଫୁଲ ଭର୍ତ୍ତି (ଅରଣ୍ୟ) ଉପବନ । ଶିଶୁର ମଧୁର ହସ । ସୋଢ଼ଶୀର ନାଲି ଅଧର ଦେଖି କବି ଉତ୍ସାହିତ ହୁଏ । ଯାହାକୁ ଓ୍ୱାର୍ଡସ୍ଓ୍ୱର୍ଥ ଲେଖିଛନ୍ତି, "poetry is the spontaneous overftow of powerful feelings . It takes its origin from emotions recollected in tranquility" ୩ – ଐତିହାସିକ ଆଗ୍ରହ, ୪ – ରାଜନୈତିକ ପ୍ରୟୋଜନ ।

ସାହିତ୍ୟ ନୀତି ଏବଂ ଆଦର୍ଶର ଆଧାରରେ ମତ ପ୍ରକାଶ କରୁଥିବାରୁ ସେ ବ୍ୟକ୍ତି ଅପେକ୍ଷା ତତ୍ତ୍ୱକୁ ଅଧିକ ଗୁରୁତ୍ୱଦିଏ । କ୍ରୀତଦାସ ପରି ଗୋଟିଏ ଦଳକୁ ବା ନେତାଙ୍କୁ ଲେଖକ ସମର୍ଥନ କରିନଥାଏ । ସିଏ ସମାଜ ବା ଦେଶ ପ୍ରତି ଅଙ୍ଗୀକାର ବଦ୍ଧ, ସିଂହାସନ ପ୍ରତି ନୁହେଁ । ମହାଭାରତରେ ଭୀଷ୍ମ ମହାଜ୍ଞାନୀ ଥିଲେ । କିନ୍ତୁ ସେ ହସ୍ତିନା ଦେଶକୁ ହସ୍ତିନାର ସିଂହାସନ ବା ରାଜା ବୋଲି ଧରିନେଲେ । ଧୃତରାଷ୍ଟ୍ରଙ୍କ ପାଇଁ ଯାହା ଭଲ ମଙ୍ଗଳ ତାହା ହସ୍ତିନା ପାଇଁ ଭଲ ନଥିଲା । ତେଣୁ ଭୀଷ୍ମଙ୍କ (ବିରାଟ) ମହାନ ତ୍ୟାଗ ଓ ଅନାବିଲ ଦେଶ ପ୍ରେମ ସତ୍ତ୍ୱେ ହସ୍ତିନା ଶ୍ମଶାନ ପାଲଟିଗଲା । ମାତ୍ର ସାହିତ୍ୟ କୌଣସି ପ୍ରକାର ଶୃଙ୍ଖଳା ବା ବେଡ଼ିକୁ ସ୍ୱୀକାର କରେ ନାହିଁ । ସିଏ ଦେଶକୁ ଭଲ ପାଏ । ସରକାର ବା ଶାସକୁ ତାହାର ଯୋଗ୍ୟତା ଅନୁସାରେ ଭଲ ପାଏ । ଅନ୍ଧ ପରି ନୁହେଁ । ଯେମିତି ଭୀଷ୍ମ କରୁଥିଲେ ।

ସାହିତ୍ୟିକ ନିର୍ଦ୍ଦିଷ୍ଟ ଭୂଗୋଳ ଏବଂ ସାଂପ୍ରତିକ କାଳର ସୀମା ବଦ୍ଧତାକୁ ସ୍ୱୀକାର କରେ ନାହିଁ। ପୃଥିବୀର ଯେଉଁ ଦେଶର ହେଲେ ସୁଦ୍ଧା, କୌଣସି ଜଣେ ମଣିଷ ଛାତିରୁ ରକ୍ତ ଝରିଲେ ସାହିତ୍ୟିକ ରକ୍ତାକ୍ତ ହୁଏ। ଯୁଦ୍ଧ କ୍ଷେତ୍ରରେ ସନ୍ତାନ ହରେଇଥିବା ମାଆଟିଏ ବିଳାପ କଲେ ଲେଖକ କଷ୍ଟ ପାଏ। କୌଣସି ସାନ ଛୁଆ ବାପା-ମାଆ ଛେଉଣ୍ଡ ହେଲେ ତା ପାଇଁ ସେ ନିରବରେ ଅଶ୍ରୁ ତର୍ପଣ କରେ। ସେଠାରେ ଦେଶ ପ୍ରେମକୁ ସୀମିତ ଅର୍ଥରେ ସେ ଗ୍ରହଣ କରେ ନାହିଁ। ସାହିତ୍ୟିକ ପାଇଁ ସମସ୍ତ ପୃଥିବୀ ଗୋଟିଏ ପରିବାର ପରି। ପୃଥିବୀର ସବୁ ମଣିଷ ତାହାର କୁଟୁମ୍ବ ସଦୃଶ। ସେ ସମାଜକୁ ସଂପ୍ରଦାୟ, ଗୋଷ୍ଠୀ, ଜାତି ଓ ଧର୍ମ ଭିତ୍ତିରେ ଭାଗ ଭାଗ କରେ ନାହିଁ। ତାହାର ଈପ୍ସିତ ପୃଥିବୀ ଆଜି ନହେଲେ ବି କାଲି ନିଶ୍ଚିତ ବାସ୍ତବତାର ରୂପ ଗ୍ରହଣ କରିବ। ସିଏ ତାହା ଦେଖିବାକୁ ଥାଉ ବା ନଥାଉ- ଏହି ଚିରନ୍ତନ ବିଶ୍ୱାସ ହିଁ ସାହିତ୍ୟିକର ବଡ଼ ଶକ୍ତି ଓ ସେହି ଶକ୍ତି ତାକୁ ଅନାସକ୍ତ ଭାବରେ ତାହାର ସାହିତ୍ୟ ଲେଖିବା ପାଇଁ ତାକୁ ବାରମ୍ବାର ପ୍ରେରଣା ଦେଉଥାଏ। ସେ ଚିରକାଳ ଦୁର୍ବଳର ମୁଖପାତ୍ର। ଶାସକ (ସିଂହାସନର) ପ୍ରତିପକ୍ଷ। ସିଏ ନରହିଲେ ଦୁର୍ବଳର କଥାକିଏ କହିବ ? ଆମେରିକାର ପୂର୍ବତନ ରାଷ୍ଟ୍ରପତି ଜନ୍‌.ଏଫ୍‌. କେନେଡ଼ିଙ୍କର ଗୋଟିଏ ବାକ୍ୟ "If more politicians know. poetry and more poets know politics. I am convinced the world would be little better place in which to live ." । ଯଦି ଅଧିକରୁ ଅଧିକ ରାଜନେତା ସାହିତ୍ୟ ପଢ଼ନ୍ତି ଏବଂ ଅଧିକରୁ ଅଧିକ ସାହିତ୍ୟିକ ରାଜନୀତି ବୁଝିବାକୁ ଆଗ୍ରହ ପ୍ରକାଶ କରନ୍ତି ତାହା ହେଲେ ଆମର ଏହି ପୃଥିବୀ ଆମ ପାଇଁ ଅଧିକ ବାସୋପଯୋଗୀ ହୋଇ ପାରିବ ବୋଲି ମୋର ଦୃଢ଼ ବିଶ୍ୱାସ ଏବଂ ଆଶା ମଧ୍ୟ ରହିଛି।

ସମୟ ଥିଲା, ସମୟ ଅଛି, ସମୟ ଥିବ, କେବଳ ନଥିବ ବୟସ। ନଥିବ ଏ କୃଷ୍ଣ କେଶ, ନଥିବ ସୁଖଦୁଃଖରେ ସମଭାଗୀ ନିହାତ ନିକଟର ମଣିଷ, କେବଳ ଥିବ ନିରବଧିକାଳ। ନଥିବ ଭାବି ବସିବାକୁ ଆଉ ଘଡ଼ିଏ ବେଳ, ସୂଚନା କ'ଣ ଦିଏ କେବଳ ? ଦିଏ ଚେତନା, ଦିଏ ପ୍ରେରଣା, ଦିଏ ନବ ଜୀବନର ନିର୍ଦ୍ଦେଶନା ବି, ଆଉ ନିଜ ପାଖରେ ପ୍ରଚୁର ସମୟ ଅଛି ବୋଲି ଭାବିବା ହିଁ ହୁଏ ସମସ୍ୟାର କାରଣ। ଆହୁରି ମଧ୍ୟ ଲେଖକମାନଙ୍କର ଗୋଟିଏ ଦୁର୍ବଳତା ହେଉଛି। ସେମାନେ ଭାବନ୍ତି ସେମାନଙ୍କ ଲେଖାରେ ଗୋଟିଏ ମହତ ବାଣୀ ପ୍ରଚ୍ଛନ୍ନ ହୋଇ ରହିଛି।

ଅଧର ଲେଖିବା ପାଇଁ ଭୟ ନକରି, ଡରିନଯାଇ, ନିଜକୁ ଅସହାୟ ନମଣି, ନିଜକୁ ଦୁର୍ବଳ ନଭାବି, ନିଃସ୍ୱ ମନେ ନକରି ଲେଖକ ଭାବରେ ସଫଳତା କିମ୍ବା କୌଣସି ଅନୁଷ୍ଠାନ ତରଫରୁ ସ୍ୱୀକୃତି ଅଥବା ପୁରସ୍କାର ପାଇବା ଆଶା ପରିତ୍ୟାଗ କରି ଉଲିୟମ ଫକ୍‌ନରଙ୍କ ସୂତ୍ରରେ ତାଙ୍କୁ ଅନୁକରଣ କରି ନିଜେ ଲେଖିନପାରିଲେ କିମ୍ବା ତାଙ୍କୁ ଲେଖି ଆସୁନଥିଲେ ଅନ୍ୟ ବହିରୁ ଚୋରି କରି ଅଥବା ଅନ୍ୟ କାହାର ଲେଖାକୁ କପି କରିକି ତ ବହିଟିଏ ଯାଇତାଇ ରକମର ଲେଖି ପାରନ୍ତେ। ମାତ୍ର ସିଏ ଲେଖନ୍ତି ନାହିଁ (ଲେଖୁ ନାହାନ୍ତି)।

ସଂପ୍ରତି ବହୁ ସାହିତ୍ୟକୃତି କେନ୍ଦ୍ର ସାହିତ୍ୟ ଏକାଡେମୀ, ରାଜ୍ୟ ସାହିତ୍ୟ ଏକାଡେମୀ ଏବଂ ବିଭିନ୍ନ ସାହିତ୍ୟ ଅନୁଷ୍ଠାନ ଦ୍ୱାରା ପୁରସ୍କୃତ ହେଉଛି ଏବଂ ସେହି କୃତି ଗୁଡ଼ିକର ସ୍ରଷ୍ଟାମାନଙ୍କୁ ସମୃଦ୍ଧିତ କରାଯାଉଛି। ଏହାଦ୍ୱାରା ସାହିତ୍ୟିକମାନେ ଅନୁପ୍ରେରିତ ଓ ଉତ୍ସାହିତ ହେଉଛନ୍ତି। ମାତ୍ର ଅପୁରସ୍କୃତ ପୁସ୍ତକର ଯେ କୌଣସି ସାହିତ୍ୟିକ ମୂଲ୍ୟ ନାହିଁ। ତାହା କହିବା ଠିକ୍ ନୁହେଁ। ଯୋଗ୍ୟତା ନଥାଇ ସମ୍ମାନ ବା ପୁରସ୍କାର ହାସଲ କରିବାରେ ବୈଚିତ୍ର୍ୟ ନାହିଁ କି ଜଣେ ଯୋଗ୍ୟ ହୋଇ ମଧ୍ୟ ପୁରସ୍କାରରୁ ବଞ୍ଚିତ ହେବାରେ ବି ବିସ୍ମିତ ହେବାର କୌଣସି କାରଣ ନାହିଁ। ପୁରସ୍କାର ପାଇଁ ମନୋନୟନ କମିଟିର ବିଭିନ୍ନ ପର୍ଯ୍ୟାୟରେ ଯେଉଁମାନେ ରହିଥାଆନ୍ତି। ସେମାନେ ଗୁଣଗ୍ରାହୀ ଓ ନିରପେକ୍ଷ ହେବା ଆଶା କରାଯାଏ। ମାତ୍ର ଅନେକ ସମୟରେ ମନୋନୟନ କ୍ଷେତ୍ରରେ ନିରପେକ୍ଷତା ଅବଲମ୍ବନ କରାଯାଏ ନାହିଁ ବୋଲି ଅଭିଯୋଗ ହେଉଛି। ଆମେ ଯେତିକି ନିରପେକ୍ଷ, ପାଉଥିବା ପୁରସ୍କାର ବି ସେତିକି ନିରପେକ୍ଷତା ଅବଲମ୍ବନ ଦ୍ୱାରା ସମ୍ଭବ ନୁହେଁ। ପାଉଥିବା

ପୁରସ୍କାର, ଫଳକ ଓ ପ୍ରଶଂସା ପତ୍ର (ମାନପତ୍ର) ଆଇନା ପରି ଘରର କାନ୍ଥ ମାଡ଼ି ବସେ- ନିଜେ ନିଜ ମୁହଁ ଦେଖିବା ଲାଗି। ଫୁଟ୍‌ବଲ, କ୍ରିକେଟ୍‌, ଦୌଡ଼, ସନ୍ତରଣ ଆଦି ପ୍ରତିଯୋଗିତାରେ କିଏ ପୁରସ୍କୃତ ହେବ ତାହା ନିର୍ଣ୍ଣୟ କରିବାରେ କୌଣସି ସମସ୍ୟା ନାହିଁ। ମାତ୍ର ସାହିତ୍ୟ କ୍ଷେତ୍ରରେ ପ୍ରତିଭା ନିର୍ଣ୍ଣୟ କରିବା ପାଇଁ କୌଣସି ମାନଦଣ୍ଡ ନାହିଁ। ସେଥିପାଇଁ ଆବଶ୍ୟକ ଭାଗବତ ମାପକ। ଏହି ଭାଗବତ ମାନଦଣ୍ଡ ସମସ୍ତଙ୍କର ସମାନ ନଥିବାରୁ ଏକ ସାହିତ୍ୟ କୃତିକୁ ସମସ୍ତେ ସମଦୃଷ୍ଟିରେ ଦେଖିବା ସମ୍ଭବ ନୁହେଁ। ଅତୀତରେ ବହୁ ଉଚ୍ଚ କୋଟୀର ପୁସ୍ତକ ବିଚାରକମାନଙ୍କ ଦ୍ୱାରା ପ୍ରତ୍ୟାଖ୍ୟାତ ହୋଇ ମଧ୍ୟ ପରବର୍ତ୍ତୀ ସମୟରେ ଉଚ୍ଚ ପ୍ରଶଂସିତ ହୋଇଛି। ଯେତେବେଳେ ଇଂରେଜ କବି ରବର୍ଟ ଗ୍ରେଭ୍‌ସ 'ଦି ହ୍ୱାଇଟ ଗଡ଼େଶ' ରଚନା କଲେ। ତାହା ତିନି ଜଣ ପ୍ରକାଶକଙ୍କ ଦ୍ୱାରା ପ୍ରକାଶ ଯୋଗ୍ୟ ନୁହେଁ ବୋଲି ଘୋଷିତ ହେଲା। କିଛିଦିନ ପରେ ଯେତେବେଳେ ଗୁଣଗ୍ରାହୀ ସମାଲୋଚକ ଟି.ଏସ. ଏଲିଆଟ୍ ତାକୁ ପାଠ କଲେ ସେ ମୁଗ୍ଧ ହୋଇ କହିଲେ- ଯଦି ଏହି ବର୍ଷ ଖଣ୍ଡିଏ ଇଂରାଜୀ ବହି ପ୍ରକାଶ ଯୋଗ୍ୟ ବିବେଚିତ ହୁଏ। ତାହା ହେଉଛି ଗ୍ରେଭସଙ୍କ 'ଦି ହ୍ୱାଇଟ୍ ଗଡ଼େଶ'। ସମସ୍ତଙ୍କ ବୋଧ ଶକ୍ତି, ଅନୁଭବ ଶକ୍ତି ଓ ରୁଚିଜ୍ଞାନ ସମାନ ନଥାଏ। ଏଣୁ ଜଣେ ବିଚାରକ ଦୃଷ୍ଟିରେ ଗୋଟିଏ ସାହିତ୍ୟ କୃତି ପରସ୍କାର ଯୋଗ୍ୟ ବିବେଚିତ ନହେଲେ ଆଉ ଜଣେ ବିଚାରକ ଦୃଷ୍ଟିରେ ପୁରସ୍କାର ଯୋଗ୍ୟ ବିବେଚିତ ହୋଇପାରେ। ଏଣୁ ପୁରସ୍କାରକୁ ଭିତ୍ତି କରି ସାହିତ୍ୟର ମୂଲ୍ୟାୟନ କରିବା ଠିକ୍ ନୁହେଁ। ଅପୁରସ୍କୃତ ସାହିତ୍ୟ କୃତିର କୌଣସି ସାହିତ୍ୟିକ ମୂଲ୍ୟ ନାହିଁ କହିବା ବା ଉଚ୍ଚ ସାହିତ୍ୟର ଅନ୍ତର୍ଭୁକ୍ତ ନୁହେଁ, କହିବା ଯୁକ୍ତିଯୁକ୍ତ ନୁହେଁ। 'ଟୁ ଜେନ ଦି ବେଷ୍ଟ (ତାଲିକାରୁ ଶ୍ରେଷ୍ଠ ବାଛିବା) ଏବଂ ବେଷ୍ଟ (ଶ୍ରେଷ୍ଠ ଭିତରେ ତୁଳନା କରିବା ଶକ୍ତି ଏ ଧରା ଧାମରେ କାହାର ଅଛି କି ? '

ନିଜର ସାହିତ୍ୟ କୃତି ପାଇଁ ଯେଉଁମାନେ ପୁରସ୍କୃତ ହେଉ ନାହାଁନ୍ତି। ସେମାନେ ନିରୁସ୍ୱାହିତ ହୋଇ ଲେଖନୀ ଚାଳନା ବନ୍ଦ କରିବା ଉଚିତ୍ ନୁହେଁ। ସମୟ ଅନନ୍ତ, ନିଜ ସମୟରେ ନହେଲେ ବି ଭବିଷ୍ୟତରେ ସେ କେବେ ନିଶ୍ଚୟ ସ୍ୱୀକୃତି ପାଇବେ। ଏହି ସତ୍ୟକୁ 'ଉତ୍ତର ରାମଚରିତ'ର କବି ଭବଭୂତି ଉପଲବ୍ଧି କରିଥିଲେ ବୋଲି ତାଙ୍କ କୃତିରେ ଲେଖିଥିଲେ- "ଯେନାମ କେତିଦିହନଃ ପ୍ରଥୟନ୍ତ୍ୟବଜ୍ଞାମ, ଜାନନ୍ତ ତେ କିମପିଂ ତାନ୍ ପ୍ରତିଂନୈଷ ଯତ୍ନଃ, ଉତ୍ପସ୍ୟତୈଽସ୍ତି ମମ କର୍ଣ୍ଚିତ ସମାନ ଧର୍ମା, କାଲୋଽହୟଂ ନିରବଧ୍ ବିପୁଲା ଚ ପୃଥ୍ୱୀ।" ଅର୍ଥାତ୍ ଆଜି ଯେଉଁମାନେ ମୋତେ ଅବଜ୍ଞା କରୁଛନ୍ତି ସେମାନେ କ'ଣ ବା ଜାଣନ୍ତି ? ସେମାନଙ୍କ ପାଇଁ ମୁଁ ଏହି କାବ୍ୟ ରଚନା କରୁ ନାହିଁ। ଏହି ସଂସାର ବିଶାଳ ଓ କାଳ ଅନନ୍ତ। ଏଣୁ ଅନନ୍ତ କାଳ ମଧ୍ୟରେ ମୋ ସମଧର୍ମୀ ବ୍ୟକ୍ତି ନିଶ୍ଚୟ ଜନ୍ମ ନେବେ ଓ ମୋ ଲେଖାର ପ୍ରକୃତ ମୂଲ୍ୟାୟନ କରିବେ। କବି ଭବଭୂତିଙ୍କ ଏହି ଉକ୍ତି ଯେ ନିରାଟ ସତ୍ୟ ତାହା ଉପଲବ୍ଧି କରିହୁଏ। ପ୍ରଖ୍ୟାତ ଇଂରେଜ ନାଟ୍ୟକାର ସେକ୍ସପିଅରଙ୍କ ଜୀବନକୁ ଅନୁଧ୍ୟାନ କଲେ। ସେକ୍ସପିଅର ନିଜ ଜୀବନ କାଳ ମଧ୍ୟରେ ଜଣେ ପ୍ରସିଦ୍ଧ ନାଟ୍ୟକାର ଭାବରେ ସ୍ୱୀକୃତି ପାଇନଥିଲେ। ତାଙ୍କର ଜନ୍ମମାଟି ସ୍ଟାଟ୍‌ଫୋର୍ଡ ଅନ ଇଭନର ଏକ ଗିର୍ଜାରେ ତାଙ୍କୁ ସମାଧି ଦିଆଯାଇଛି। ମାତ୍ର ସେ ଜଣେ ମହାନ ସାହିତ୍ୟିକ ଥିଲେ ବୋଲି ତାଙ୍କୁ ଏହି ସମ୍ମାନ ଦିଆଯାଇ ନାହିଁ। ସେହି ଗିର୍ଜାର ମରାମତି ପାଇଁ ସେ ବିପୁଳ ଅର୍ଥ ପ୍ରଦାନ କରିଥିଲେ ବୋଲି ତାଙ୍କୁ ସେଠାରେ ସମାଧି ଦିଆଯାଇଛି। ତାଙ୍କ ସମସାମୟିକ ଲୋକ ମୃତ୍ୟୁର ଅନେକ ବର୍ଷ ଅତିକ୍ରାନ୍ତ ହେବା ପର୍ଯ୍ୟନ୍ତ ବୋଧହୁଏ ସେକ୍ସପିଅର ଜଣେ ଉଚ୍ଚକୋଟୀର ସାହିତ୍ୟିକ ଥିଲେ ବୋଲି ନିର୍ଣ୍ଣୟ କରିପାରିନଥିଲେ। ସପ୍ତଦଶ ଶତକରେ ପର୍ଯ୍ୟଟକମାନେ ତାଙ୍କ ସମାଧି ନିକଟସ୍ଥ ମୂର୍ତ୍ତିରେ ହାତରେ କେରାଏ ଶସ୍ୟ ଥିବାର ଦେଖିଥିଲେ। ସେତେବେଳେ ଶସ୍ୟ କେରାଏ ଧରିବା ମୂର୍ତ୍ତି ଏକ ବେପାରୀର ପ୍ରତୀକ ଥିଲା। ତାଙ୍କ ସହରର ନାଗରିକମାନଙ୍କ ଧାରଣା ଥିଲା ସେକ୍ସପିଅର ନାଟକ ଲେଖ ବ୍ୟବସାୟ କରୁଥିଲେ। ଅନେକ ବର୍ଷ ପରେ କ୍ରମେ ଯେତେବେଳେ ସେ ଜଣେ ପ୍ରଖ୍ୟାତ ନାଟ୍ୟକାର ଓ କବି ଭାବରେ ଖ୍ୟାତି ଲାଭ କଲେ ସଙ୍ଗେ ସଙ୍ଗେ ଗିର୍ଜା କର୍ତ୍ତୃପକ୍ଷ ସେକ୍ସପିଅରଙ୍କ ମୂର୍ତ୍ତି ହାତରୁ ଶସ୍ୟ କେରାଟି କାଢ଼ି ନେଇ କଲମଟିଏ ଧରାଇ ଦେଲେ। ଆଜି ଯେଉଁ ସାହିତ୍ୟିକମାନେ

ଅସ୍ୱୀକୃତ ଓ ଅପୁରସ୍କୃତ ସେମାନଙ୍କ ପାଇଁ ସେକ୍ସପିଅରଙ୍କ ସାହିତ୍ୟିକ ଜୀବନ ଆଦର୍ଶ ହେଉ। ପ୍ରତ୍ୟେକ ସର୍ଜନାର ଏଇ ହେଲା ମୂଳ ବିଶ୍ୱାସ। ଭବଭୂତିଙ୍କ କଥା ବୋଲି ଶହେ ବର୍ଷ ବ୍ୟବଧାନରେ ହେଉ ପଛେ ଲୋକେ ବୁଝିଲେ। ସାହିତ୍ୟର ସେତିକି ଦମ୍ ଅଛି- ଯାହା ପୁରସ୍କାରରେ ନଥାଇ ପାରେ।

ବେଳେବେଳେ ସାହିତ୍ୟିକମାନଙ୍କ ମଧ୍ୟରେ ପ୍ରଶ୍ନ ଉଠେ, ମୋର ଲେଖା ଯଦି ପାଠକ ମାନେ କେହି ପଢ଼ୁନାହାଁନ୍ତି ବା ମୂଲ୍ୟାୟନ କରୁନାହାନ୍ତି ତେବେ ମୁଁ ଲେଖିବି କାହିଁକି ? ସେମାନେ ବୁଝିବା ଦରକାର ଯେ ସାହିତ୍ୟ ସୃଷ୍ଟି ଏକ ସାଧନା। ଉପାର୍ଜନ, ପୁରସ୍କାର ବା ପ୍ରଶଂସା ପାଇବାର ଏକ ମାଧ୍ୟମ ନହେଁ। ଏହା ଏକ ବ୍ରତ ବା ଯଜ୍ଞ। ପ୍ରଶଂସା ଓ ପୁରସ୍କାର ଭିତରେ ଫରକ କ'ଣ ? ସେମାନଙ୍କ ସୃଷ୍ଟି ଲୋକଙ୍କ ନିକଟରେ ପହଞ୍ଚୁଛି କି ? ସର୍ଜନା ଓ ପୁରସ୍କାର ଭିତରେ ଦୂରତା କେତେ ଏବଂ ଉଭୟଙ୍କ ସମ୍ପର୍କ ଗହୀର ବା ପତଳା ନା ଅନୁପସ୍ଥିତ ? ସେମାନଙ୍କ ପାଇଁ ଶିଳ୍ପୀ ଫିଡ଼ିଆସ ଏକ ଆଦର୍ଶ। ଏଥେନ୍ସର ସୁବର୍ଣ୍ଣ ଯୁଗର କଥା। ଶିଳ୍ପୀ ଫିଡ଼ିଆସ ଆକ୍ରୋପୋଲିସ ମନ୍ଦିର ମାଲାରେ ସ୍ଥାନିତ କରିବା ପାଇଁ ଗଢ଼ୁଥାନ୍ତି ଦେବୀ ଡାଏନାଙ୍କ ମୂର୍ତ୍ତି। ସମ୍ମୁଖ ଭାଗର କାମ ସାରି ସେ ମୂର୍ତ୍ତିର ପଶ୍ଚାତ ଭାଗରେ ଦେବୀଙ୍କ କେଶରାଶିକୁ ରୂପଦାନ କରିବା ପାଇଁ କର୍ମରତ ଥାଆନ୍ତି। ଦିନେ ଜଣେ ବନ୍ଧୁ ତାଙ୍କୁ କହିଲେ, ଏହି ମୂର୍ତ୍ତି ସ୍ଥାପିତ ହେବ ଏକ ଉଚ୍ଚ ଶିଳାସନ ଉପରେ। ଦେବୀଙ୍କ ପଶ୍ଚାତ ଭାଗରେ ଥିବା କେଶରାଶି ଦର୍ଶକଙ୍କୁ ଦୃଶ୍ୟ ହେବ ନାହିଁ। ତୁମେ ଅଯଥାରେ ପଶ୍ଚାତପଟର କେଶରାଶିକୁ ସୂକ୍ଷ୍ମ ଭାବରେ ଫୁଟାଇବା ପାଇଁ ଚେଷ୍ଟା କରୁଛ କାହିଁକି ? ଶିଳ୍ପୀ ଉତ୍ତର ଦେଲେ "ମୁଁ ନିଜେ ତ ଜାଣିଛି ଏବଂ ଜାଣିବେ ଦେବୀ ଠିକ୍ ଏହି ମାନସିକତା ରହିବା ଉଚିତ୍। ଜଣେ ସଚ୍ଚା ସାହିତ୍ୟିକ ପାଖରେ ଅନ୍ତରର ପ୍ରେରଣାରୁ ସ୍ୱତଃସ୍ଫୂର୍ତ ଭାବରେ ସାହିତ୍ୟର ସୃଷ୍ଟି। ସଚ୍ଚା ସାହିତ୍ୟିକ ଲେଖିବା ବେଳେ ନିଜ ପ୍ରତି ସତ୍ୟ ନିଷ୍ଠ ରହେ। ପାଠକ ବୁଝିବ କି ନବୁଝିବ ତାକୁ ଦୃଷ୍ଟି ନଦେଇ ଭାବ ରାଶିକୁ ସତ୍ୟ ନିଷ୍ଠ ଭାବରେ ପ୍ରକାଶ କରେ। ଅର୍ଥ ବା ପୁରସ୍କାର ପାଇବା ଆଶାରେ ଲେଖିଲେ ସେହି ସ୍ୱତଃସ୍ଫୂର୍ତ୍ତା ରହେ ନାହିଁ। ଏଣୁ ସାହିତ୍ୟ ସୃଷ୍ଟିରେ ଯେଉଁ ସ୍ୱତଃସ୍ଫୂର୍ତ ଆନନ୍ଦ ଥାଏ ସେଇଥିପାଇଁ ସାହିତ୍ୟିକ କଲମ ଧରେ।

ଲେଖିବାର କୌଶଳ ବିଷୟରେ ତ କେତେ ଲେଖକ ଅନେକ (କେତେ) ପ୍ରକାର ଉପାୟ ବତାଇ ଦେଇ ଯାଇଛନ୍ତି। ଲୁଇସ କାରୋଲ କହିଲେ- "ଭାବନାକୁ ସଜାଅ, ଶବ୍ଦମାନେ ତାଙ୍କ କଥା ବୁଝିବେ" ରବର୍ଟ ଫ୍ରଷ୍ଟଜି ହାରିସ କହିଲେ- "ଲୁହ ନଥିଲେ ଲେଖକ ନଥାଏ। ଲୁହ ନଥିଲେ ପାଠକବି ନଥାଏ।" ବାର୍ବରା କହିଲେ- "ଜୀବନୀ ଲେଖକ ବିରୋଧରେ ଆମ୍ଜୀବନୀ ହେଉଛି ଗୋଟିଏ ଆଗୁଆ ଧର୍ମଘଟ।" ଅର୍ନେଷ୍ଟ ହେମିଂଓ୍ୱେ କହିଲେ- "ଲେଖକ ଯାହା କହିବାକୁ ଚାହେଁ ତାକୁ ଲେଖିବା ଉଚିତ, ଆଦୌ କହିବା ଉଚିତ୍ ନୁହେଁ।" ଏଡ଼ମଣ୍ଡ ଉଲ୍ସନ କହିଲେ- "ମୁଁ ଦାହାଣ ହାତ ମାଧ୍ୟମରେ ଚିନ୍ତା କରେ।" ରବର୍ଟ ଲୁଇସ ଷ୍ଟିଭେନସନ କହିଲେ- "ଲେଖକର ମୁଖ୍ୟ କଳା ହେଉଛି କ'ଣ ବାଦ ଦିଆଯିବ ତାହା ଜାଣିବା"। ଇତିହାସ ଲେଖା ବିଷୟରେ ଇଂଲିଶ ଲେଖକ ଆଲଡ଼ସ୍ ହକ୍ଲେ (୧୮୯୪-୧୯୩୬) କହିଛନ୍ତି- "ଘଟଣା ସରିଯାଏ ବୋଲି ଲେଖା ବନ୍ଦ ହୁଏନି ବରଂ ବିପରୀତଟି ଠିକ୍ ଲେଖା ସରିଯାଏ ବୋଲି ଅନ୍ୟ ଘଟଣା ଗୁଡ଼ିକୁ ଛାଡ଼ି ଦିଆଯାଏ।" ରବର୍ଟ ସନ ଡାଭିଏସ କହିଲେ- "ନିଜ ଭଳି ଲେଖିବାକୁ ସକ୍ଷମ ହେବା ଲେଖକ ପାଇଁ ସର୍ବୋଚ୍ଚ ମୌଳିକ କାମ କିନ୍ତୁ ଏଇଟା ସର୍ବୋଚ୍ଚ କଷ୍ଟକର ବି" ଉଲ୍ଲା ରକାଥର କହିଲେ- "ଥଣ୍ଡା କାରଣରୁ ମୁଁ ମରିଯିବିନି, ବଞ୍ଚିଥିବା କାରଣରୁ ହିଁ ମୁଁ ମରିବି।" ସକାନ୍ ଏର କହିଲେ- "ଅମର ରହିବାକୁ କୋଟି କୋଟି ଲୋକ ସ୍ୱପ୍ନ ଦେଖନ୍ତି। କିନ୍ତୁ ଗୋଟେ ବର୍ଷା ରବିବାରରେ କ'ଣ କରିବେ ତା ବି ସେମାନେ ଠିକ୍ କରି ପାରନ୍ତି ନାହିଁ।"

ହିଲାରୀ ମଣ୍ଟେଲ କହିଲେ- "ଲେଖକର ଆତ୍ମ ବିଶ୍ୱାସ ଓ ସ୍ୱାଭିମାନ ଭିତରେ ସନ୍ତୁଲନ ରହିଲେ ତାହା ଲେଖିବା ପାଇଁ ବହୁତ ସାହାଯ୍ୟ କରିଥାଏ। ଲେଖକଟିଏ ସାରା ପୃଥିବୀ ଉପରେ ନିଜ କଥାକୁ ଲଦି ଦେଇଥାଏ। ନିଜ ଉପରେ ବିଶ୍ୱାସ ରଖିବାକୁ ପଡ଼ିବ ଯେତେବେଳେ ଅନ୍ୟମାନେ ଲେଖକ ସହ ଏକମତ ହେବେ ନାହିଁ।" ଏଚ୍ ପି ଲୋଭକ୍ରାଫ୍ଟ କହିଲେ- "ରାତିରେ

ଆଖପାଖରେ ସମସ୍ତେ ଶୋଇ ପଡ଼ିଥିବା ବେଳେ ଲେଖକଟିଏ ସ୍ୱପ୍ନ ଦେଖିବା ଆରମ୍ଭ କରେ। ରାତିରେ ନିସ୍ତବ୍ଧ ପ୍ରହରରେ ମ୍ୟାଜିକ ଭଳି   ଲେଖିବାର ପ୍ରେରଣା ଆସେ। ଜଣେ (ପ୍ରକୃତରେ) ଲେଖକକି ନୁହେଁ ତାହା ରାତିରେ ଲେଖିବାକୁ ଉଦ୍ୟମ କଲା ପରେ ଯାଇ ଜଣା ପଡ଼ିବ।" କାଥେରିନ ମାନ୍ସଫିଲଡ଼ କହିଲେ– "ମୁଁ ସବୁବେଳେ କିଛି ନା କିଛି ଲେଖୁଥାଏ। ଚୁପ ରହିବା ଅପେକ୍ଷା ମନକୁ ଯାହା ଆସୁଛି ତାହାକୁ ଲେଖ ପକାଇବା ଉଚିତ୍।" ଜନ୍‍ଷ୍ଟେନ ବେକ କହିଲେ– "ଦିନକୁ ୪ଶହ ପୃଷ୍ଠା ଲେଖିବା ଦରକାର ନାହିଁ, ଗୋଟେ ପୃଷ୍ଠା ଯଥେଷ୍ଟ।" ମିରାଣ୍ଡା ଜୁଲି କହିଲେ– "ମୁଁ ଉପନ୍ୟାସ ଲେଖିଲାବେଳେ ବହୁତ ଆଜେ ବାଜେ କଥା ଲେଖ ପକାଏ। ମୋତେ ଲାଗେ ଯେ ମୁଁ ଜଣେ ନିକୃଷ୍ଟ ଲେଖକ। ଅଫିସରୁ ଘରକୁ ଫେରି କହେ, ଠିକ୍ ଅଛି, ଏ ଯାଏଁ ମୁଁ ସେହି କାହାଣୀ ଭଳିଆ ରହିଯାଇଛି। ତା'ଠୁ ଭଲ ଲେଖ ପାରିଥାନ୍ତି। ଅବଶ୍ୟ ସେତେବେଳେ ଭାବେନି ଯେ ମୁଁ ପ୍ରଥମ ଡ୍ରାଫ୍ଟ ଲେଖୁଛି। ପ୍ରଥମ ଡ୍ରାଫ୍ଟ ଲେଖିବା ସବୁଠୁ କାଠିକର। ତା'ପରେ କାମଟି ସହଜ ହୋଇଯାଏ।" ଏଫ ସ୍କଟ ଫିଜ ଗେରାଲଡ଼ କହିଲେ– "କିଛି ସୁରାପାନ କରି ଗପଟିଏ ଲେଖିହେବ କିନ୍ତୁ ଉପନ୍ୟାସ ନୁହେଁ। ଉପନ୍ୟାସ ଲେଖିବା ପାଇଁ ସ୍ଥିରତା ଦରକାର।" ଜ଼ିଜେଡ଼ି ସ୍ମିଥ କହିଲେ– "ଉପନ୍ୟାସ ଲେଖିବା ସମୟରେ କମ୍ପ୍ୟୁଟରରୁ ଇଣ୍ଟରନେଟ ସଂଯୋଗ ବନ୍ଦ କରି ଦେବାକୁ ହେବ।" ମୁରିଏଲ ସ୍କାର୍କ କହିଲେ– "ଲେଖାଲେଖି ଉପରେ ଧ୍ୟାନ କେନ୍ଦ୍ରୀଭୂତ କରିବା ପାଇଁ ଗୋଟିଏ ବିଲେଇ ଆଣ। ନିଜେ ଏକାକୀ ଥିବା ଘର ଭିତରେ ଲ୍ୟାମ୍ପ ଟିଏ ଜଳାଇ ତା ପାଖରେ ବିଲେଇକୁ ରଖ। ଲ୍ୟାମ୍ପର ଆଲୁଅ ବିଲେଇକୁ ଭଲ ଲାଗିବ। ବିଲେଇ କୁ ମଝିରେ ମଝିରେ ଦେଖୁଥିବ। ତାହାର ଉପସ୍ଥିତି ତୁମକୁ ଅଲୌକିକ ଲାଗିବ ଏବଂ ଲେଖିବାରେ ତୁମର ଧ୍ୟାନ ବଢ଼ିବ।"

ଯେତେବେଳେ ତୁମର ମନ ଭିତରେ ଭଲ ଭାବନା ଆସୁଛି ସେତେବେଳେ ଟିକେ ଅଟକି ଯାଅ। ପରବର୍ତ୍ତୀ ଦିନର ଲେଖିବା ସମୟ ଆସିବା ପର୍ଯ୍ୟନ୍ତ ବ୍ୟସ୍ତ ହୁଅ ନାହିଁ। ତୁମ ଅବଚେତନ ମନ ସବୁବେଳେ ତା ଉପରେ କାମ କରୁଥାଏ। ସଚେତନ ହୋଇ ତା ଉପରେ କାମ କରିବାକୁ ଚାହିଁଲେ କିମ୍ଭ ଅଧିକ ବ୍ୟସ୍ତ ହୋଇ ପଡ଼ିଲେ ଧରି ନେବାକୁ ହେବ ଯେ ସେହି ସୁନ୍ଦର ଭାବନାଟିକୁ ତୁମେ ମାରିଦେଲ । ତାପରେ ଆରମ୍ଭ କରିବା ପୂର୍ବରୁ ତୁମ ମସ୍ତିଷ୍କ ହାଲିଆ ହୋଇଯିବ।

ଅଧର କ'ଣ ଜାଣନ୍ତି ନାହିଁ। ସେ ଠାକୁର ବାବାଙ୍କ ପାଖରୁ ଶୁଣିଛି "ସାହିତ୍ୟ ରସିକାଃ ଯେ ଚ ସଙ୍ଗୀତ କୋବିଦାଃ। ଶଦ୍‍ମୂର୍ଦ୍ଧି ଧାରସ୍ତେ ଚ ବିଷ୍ଣୋରାଂଶା ମହାତ୍ମନଃ," ଯେଉଁମାନେ ସାହିତ୍ୟ ରସିକ ଓ ଯେଉଁମାନେ ସଂଗୀତ ବିଶାରଦ; ସେହି ଶଦ୍‍ ମୁର୍ଦ୍ଧାରୀ ମହାତ୍ମାମାନେ ବିଷ୍ଣୁଙ୍କର ଅଂଶଭୂତ ଅଟନ୍ତି।

ପଞ୍ଚକ (ରାସ)ପୂର୍ଣ୍ଣମୀର ଜହ୍ନ ପଶ୍ଚିମ ଆକାଶର ଅନେକ ତଳକୁ ଢଳି ଗଲେଣି। ତାଙ୍କ ଅଗଣାରେ ଆଉ ଜହ୍ନ ଆଲୁଅ (କିରଣ) ପଡ଼ୁନାହିଁ। ସତୀ ଶୋଇବା ଘର ଭିତରକୁ ଫେରି ଆସିଲା। ମୁଦି ଓହ୍ଲାଇ ଦେଇ ଲୁଚାଇ ରଖି ଗଡ଼ି ପଡ଼ିଲା ବିଛଣାରେ। ଏମିତି ଅନେକ ଭାବନା ଆସୁଥିଲା ତା ମନରେ। ଏହି ପରି ଭାବନାରେ ବୁଡ଼ି ରହି ଥିବା ସମୟରେ କେତେବେଳେ ତା ଆଖିପତା ଲାଗିଯାଇଥିଲା ସେ ଜାଣି ପାରିଲା ନାହିଁ।

ପରଦିନ ସକାଳ, ମାର୍ଗଶିର ମାସର ଦୁଇଦିନ । ସୋମବାର, ରାତି ପାହି ଗଲାଣି। ପ୍ରଭାତ ବିହଙ୍ଗର କାକଲିରେ ଗ୍ରାମ୍ୟ ପରିବେଶ ମୁଖରିତ। ଅବଶ୍ୟ ଏହା ମେହରଙ୍କ 'ତପସ୍ୱିନୀ' କାବ୍ୟର ବାଲ୍ମିକିଙ୍କ ଆଶ୍ରମର ପ୍ରଭାତକାଳୀନ ଦୃଶ୍ୟ ସହିତ ତୁଳନୀୟ ନୁହେଁ। ତଥାପି ଏହା ନିପଟ ମଫସଲ ପଲ୍ଲୀ ଗ୍ରାମର ମାର୍ଗଶିର ମାସର କାକର ଭିଜା ସକାଳ । କୁଆ, କୁଆଟୁଆ, କଜଲପାତିଙ୍କର ରାବରେ ଗ୍ରାମ ପରିବେଶ ମୁଖରିତ ହୋଇ ଉଠୁଥାଏ। ରାତି ଅନ୍ଧାରର କଳାପରଦା ଅପସରି

ଯାଇ ସକାଳର ଉଜ୍ଜ୍ୱଳ ଆଲୋକରେ ଚତୁର୍ଦିଗ ଉଦ୍‌ଭାସିତ । ରାତିର ଦୀର୍ଘ ସମୟ ବିଶ୍ରାମ ପରେ ଦୈନନ୍ଦିନର କର୍ମ ସଂପାଦନ ପାଇଁ ଆହ୍ୱାନର ବାର୍ତ୍ତା ବହନ କରି ଆସେ (ମଙ୍ଗଳମୟ) ଶୁଭ ସକାଳ । ଏହି ପ୍ରଭାତ ସମୟରେ ରାତି (ବାସି) ବିଛଣାରେ ଟେଙ୍ଗେଇ ଶୋଇ (ରହି) ଆଗାମୀ ଦିନ କର୍ମ ପନ୍ଥାର ଯୋଜନା ତିଆରି କରିବାକୁ ହୋଇଥାଏ । କାରଣ ଯୋଜନା ବଦ୍ଧ କର୍ମରେ ଅତି ସହଜରେ ସଫଳତା ମିଳିଥାଏ । ବିନା ଯୋଜନାରେ କେବଳ ଶ୍ରମ ବୃଥାରେ ନଷ୍ଟ ହୁଏ । କର୍ମକ୍ଲାନ୍ତ ଶରୀରକୁ ବିଶ୍ରାମ ପାଇଁ ରାତି ବିଛଣାରେ ଲୋଟେଇ ଦେଇଥିବା ମଣିଷ ଶଯ୍ୟା ତ୍ୟାଗ କରି କର୍ମ ସଂପାଦନ ଲାଗି ନିଜକୁ ପ୍ରସ୍ତୁତ କରିନିଏ । କର୍ମମୟ ଜୀବନକୁ ଚଳଚଞ୍ଚଳ କରି କର୍ତ୍ତବ୍ୟ ଆହ୍ୱାନର ବାର୍ତ୍ତା ବହନ କରି ଆସିଥାଏ ସକାଳ ।

ନିକଟସ୍ଥ ଦେବାଳୟର (ମଠବାଡ଼ି) ଶଙ୍ଖ ଓ ଘଣ୍ଟା ଧ୍ୱନି ଦିବସ ଆଗମନର ସମ୍ବାଦ ଘୋଷଣା କରେ । ପ୍ରଭାତ ବିହଙ୍ଗର କାକଳି ସକାଳର ବାର୍ତ୍ତା ପ୍ରଦାନ କରିଥାଏ । ସକାଳର ପହିଲି ସୂର୍ଯ୍ୟ କିରଣ ଦିବସ ଆଗମନର ସଂକେତ ଦେଇଥାଏ । ପକ୍ଷୀ ଜଗତର କାକଳି ଦେହରେ ପୁଲକ ଭରିଦେଇ ଆଗାମୀ ଦିନର କର୍ମ ସଂପାଦନ ପାଇଁ ପ୍ରେରଣା ଯୋଗାୟ । ଉଦୟ କାଳୀନ ସୂର୍ଯ୍ୟଙ୍କ ସୁନେଲି କିରଣ ଗଛର ପତ୍ରରେ ଓ ବିଲରେ ଥିବା ଧାନଗଛ ଅଗରେ ଲାଗି ରହିଥିବା କାକର ବିନ୍ଦୁରେ ସୂର୍ଯ୍ୟ ରଶ୍ମିକୁ ପ୍ରତିବିମ୍ବିତ କରାୟ । ନିତ୍ୟକର୍ମ ସାରି ପିଲାମାନେ ମା'ଙ୍କ ପାଖରେ ପ୍ରାତଃ ଭୋଜନ (ଜଳଖିଆ) ପାଇଁ ଅଳି କରନ୍ତି । ବସା ଛାଡ଼ି ପକ୍ଷୀମାନେ ବାହାରି ଯାଆନ୍ତି ଖାଦ୍ୟ ଅନ୍ୱେଷଣରେ । କର୍ମଜୀବୀ ମଣିଷଙ୍କ ଧାଁ ଦଉଡ଼ରେ ଦିନଟିର କାର୍ଯ୍ୟକ୍ରମ ଆରମ୍ଭ ହୁଏ ।

ସପନି ଓ ସୁବଳ ଉଠିଗଲେଣି । ସବିତା ସାନ ଝିଅଟିକୁ ବିଛଣାରେ ଛାଡ଼ିଦେଇ ବାସି ପାଇଟି ସାରିବା ପାଇଁ କାମରେ ଲାଗି ଗଲେଣି । ସେବ ଘର ଓହ୍ଲାଉଛି । ସର ବାସି ଅଇଣ୍ଠା ବାସନ ମାଜୁଛି ଗାଁ ଦାଣ୍ଡରେ ଥିବା ସରକାରୀ ନଳକୂପ ପାଖରେ । ସେଠି ସାଇସାରା ଲୋକମାନେ ଗାଧୋଇ ଥାଆନ୍ତି । ସକାଳୁ ବାସି ବାସନ ମଜାୟାଏ ସେଇଠି । ସାହିର ସ୍ତ୍ରୀ ଲୋକମାନେ ଏକାଠି ବସି ଏକା ସମୟରେ ବାସନ ମାଜୁ ଥିବାରୁ ସେଇଠି ଏକ ପ୍ରକାରର ମାଇପି ସଭାଟିଏ ବସେ । ଯେମିତି ଗାଧୋଇଲାବେଳେ ନଈଘାଟରେ କିମ୍ବା ପୋଖରୀ ତୁଟରେ ବସିଥାଏ । ସ୍ତ୍ରୀଲୋକମାନଙ୍କର ଗୋଟେ ବଦଖୋଇ ସେମାନେ ଗୋଟିଏ ଜାଗାରେ ପାଞ୍ଚ, ସାତ ଜଣ ଏକାଠି ହେଲେ ସେମାନଙ୍କ ମଧରେ ଦୁନିଆ ଯାକର କଥା ପଡ଼େ । ସାରା ବ୍ରହ୍ମାଣ୍ଡର ଖବର ଆଲୋଚନା ହୁଏ । କାହାର ଗତ ରାତିରେ କି ତରକାରୀ ହୋଇଥିଲା । କାହାର ବିଦେଶରୁ ପୁଅ ଟଙ୍କା ପଠାଇଛି ବୋଲି ଡାକବାଲା ଖବର ଦେଇଛି ଆଣିବା ପାଇଁ । କାହା ବୋହୂ ଘରୁ ଭାର ଆସିଛି । କେଉଁ ଦିନ କାହା ବାପା ତାଙ୍କ ଝିଅ ଘରକୁ ଯିବେ । କାହାର ବାପା ଭାଇ ପ୍ରଥମାଷ୍ଟମୀ ପାଇଁ ଆଗତୁରା ଦେଇ ଗଲେଣି । କାହା ନାତି କିମ୍ବା ନାତୁଣୀ ଏଥର ନୂଆ ପହିଲୁ ପଢ଼ୁଆଁ ହେବ । କାହାର ପୁଅ କି ଝିଅ ପାଇଁ ନୂଆ ପୋଷାକ କିଣା ହେବ । କାରଣ ଘରର ପ୍ରଥମ (ଜ୍ୟେଷ୍ଠ) ପିଲାଟି ପଢ଼ୁଆଁ ହୋଇଥାଏ ପ୍ରଥମାଷ୍ଟମୀକୁ ନୂଆ ପୋଷାକ ପିନ୍ଧି । ଏହିପରି ଅନେକ କଥା । ବାରଆଠୁ ତେର ଖବର ସେଠି ଆଲୋଚନା ହୁଏ । ଢିଙ୍କିଶାଳରୁ ଢେଙ୍କାନାଳ ପର୍ଯ୍ୟନ୍ତ ଓ ଭାତ ହାଣ୍ଡିରୁ ଦିଲ୍ଲୀ ଯାଏ ଲମ୍ବିଯାଏ କଥା ।

ସବିତା ଦାଣ୍ଡ ଦୁଆର ଓ ଚୁଲି ପାଖରେ ଛୁଞ୍ଚ ଦେଉ ଥାଆନ୍ତି । ସାନ ଝିଅଟି ଶୋଇ ରହିଛି । ସାନ ପୁଅ ପଢ଼ିବା ପାଇଁ ବହି ଧରି ବସିଲାଣି । ସତୀ କିନ୍ତୁ ସେ ଯାଏଁ ଉଠିନି । ଘରେ ଅନ୍ୟ କେହି ରାତି ପାହିଲା ପରେ ଶୋଇ ରହିଲେ ସବିତା ପାଟି କରନ୍ତି ତା'ଉପରକୁ । "ଦିନ ଆସି ଦୁଇ ଘଡ଼ି ହେଲାଣି ଉଠିବା ନାଁ ଧରୁନା ? ଘର ଭିତରେ ବାସି ବିଛଣା ଆଉ କେତେ ସମୟ ପଡ଼ି ରହିବ ? ନିକମା ମଣିଷଟ ? ଆଉ କରିବେ କ'ଣ ? କିଛି କାମ ଦାମ ତ ଆଖ୍ କୁ ଦିଶୁନି" ? ଇତ୍ୟାଦି ଇତ୍ୟାଦି । ଅନ୍ୟମାନଙ୍କ ଲାଗି ଏପରି କଟକଣା ଥିଲାବେଳେ ସତୀ ପ୍ରତି ସେ ସବୁର ପ୍ରୟୋଗ ହୁଏ ନାହିଁ କିମ୍ବା ତାହାର ପ୍ରୟୋଜନ ହୋଇନଥାଏ । ସେ ସବିତାଙ୍କ ଦୃଷ୍ଟିରେ ଅନ୍ୟମାନଙ୍କ ଠାରୁ ଭିନ୍ନ ଓ ପୃଥକ । ତା'

ଲାଗି ନିୟମ ପାଳନରେ ବ୍ୟତିକ୍ରମ ହୁଏ । ତା' ପ୍ରତି ସବିତାଙ୍କର ଆଖ୍‌ବୁଜା ସମର୍ଥନ ରହିଥିବାରୁ ସେ ପାରିବାରିକ ଅନୁଶାସନରୁ ମୁକ୍ତ ହୋଇ ରହେ । ତା' ଲାଗି ପ୍ରତ୍ୟେକ କ୍ଷେତ୍ରରେ କୋହଳ ନୀତି ପ୍ରୟୋଗ ହୁଏ । ସବିତାଙ୍କ ମତରେ ଯେତେହେଲେ ସତୀ ଘରର ବଡ଼ ଝିଅ । ପରିବାରର ଜ୍ୟେଷ୍ଠ ସନ୍ତାନ । ତାଙ୍କ ପହିଲି ପ୍ରେମର ପ୍ରଥମ ନିଦର୍ଶନ । ତା'ପ୍ରତି ତାଙ୍କ ମନରେ ଦୁର୍ବଳତା ରହିଛି । ସେ ତାଙ୍କର ଅନ୍ୟ ପିଲାମାନଙ୍କୁ ଦୃଢ଼ ହସ୍ତରେ ଶାସନ କରୁଥିଲା ବେଳେ ସତୀ ପ୍ରତି ନିୟମ ଟିକେ କୋହଳ ହୋଇଥାଏ । ଯେକୌଣସି କାମରେ ତ୍ରୁଟି ପାଇଁ କିମ୍ବା ନିଜ ଦାୟିତ୍ୱରେ ଅବହେଳା ଲାଗି ଅନ୍ୟ ପିଲାମାନଙ୍କୁ କଟୁ ଭାଷାରେ ଗାଳି ଦେଲା ବେଳେ ସେପରି କ୍ଷେତ୍ରରେ ସତୀକୁ ସାନ୍ତ୍ୱନା ଦେଲାଭଳି ଉପଦେଶ ଦେବାକୁ ଯାଇ ନରମ କଣ୍ଠରେ କୋମଳ ଭାଷାରେ କଅଁଳିଆ କଥା ଗେହ୍ଲାଇଆ ସ୍ୱରରେ କହି ବୁଝାଇ ଦେଇ ଥାଆନ୍ତି । ତାକୁ ବାଧ୍‌ଲା ପରି ତା' ମନରେ ଦୁଃଖ ଜାତ ହେଲା ଭଳି କଥା ସେ କେବେବି କହନ୍ତି ନାହିଁ କିମ୍ବା ସତୀ ପ୍ରତି କଠୋର ଶବ୍ଦଯୁକ୍ତ କଠିନ ବାକ୍ୟ ପ୍ରୟୋଗ କରିନଥାଆନ୍ତି । ସେ ସତୀକୁ କେବେ କୌଣସି କାମ ବରାଦ କରନ୍ତି ନାହିଁ । ସତୀ ତା' ମନକୁ ଯାହା ନିଜ ଇଚ୍ଛା ଅନୁସାରେ କାମ କରିଥାଏ । ତାଙ୍କର ଅନ୍ୟପିଲାମାନଙ୍କୁ ସବିତା କାମ ବରାଦ କରନ୍ତି । କିନ୍ତୁ ସତୀ ପାଇଁ ସବୁଥିରେ ପ୍ରତ୍ୟେକ କ୍ଷେତ୍ରରେ ଢିଲାଥାଏ । କୌଣସି କାରଣରୁ ସତୀ ମନଉଣା କଲେ କିମ୍ବା ରୁଷି ବସିଲେ ସବିତାଙ୍କ ଆଖିରେ ସେ ସବୁ ପଡ଼ିଲା ମାତ୍ରେ ସେ ଆଉ ନିଜକୁ ସମ୍ଭାଳି ପାରନ୍ତି ନାହିଁ । ସବୁ କାମକୁ ପଛରେ ପକାଇ ଦେଇ ସତୀ ପାଖରେ ବସିପଡ଼ି ତାକୁ ନିଜ କୋଳକୁ ଆଉଜାଇ ଆଣି ତା' ପିଠି ଆଉଁଶି ଦେଇ ଗେଲ କରି ବସନ୍ତି । କ'ଣ ପାଇଁ ତା' ମନରେ ସରାଗ ନାହିଁ । ସେ କଥାକୁ ଆଗ ବୁଝନ୍ତି । ସତୀ ରୁଷିବା ଛାଡ଼ି ଅଭିମାନ ତେଜି ବୁଝିଗଲା ପରେ ଯାଇ ଘରର ଅନ୍ୟ କାମ ପ୍ରତି ଦୃଷ୍ଟି ଦିଅନ୍ତି । ସତୀ ତାଙ୍କ ନୟନର ପିତୁଳା । ହୃଦୟର ମଣି । ପ୍ରାଣର ସ୍ପନ୍ଦନ । ଆମ୍ଭର ନିଧି । ଅନ୍ତରର ଅମୂଲ୍ୟ ରତନ । ତାଙ୍କ ମନର ନିଭୃତ କୋଠରିରେ ସତୀ ଲାଗି ଯେତେ ଦରଦ, ସ୍ନେହ, ଶ୍ରଦ୍ଧା ଓ ସହାନୁଭୂତି ସଞ୍ଚିତ ହୋଇ ରହିଛି । ତାଙ୍କର ଅନ୍ୟ ପିଲାମାନଙ୍କ ପ୍ରତି ସେତେ ନାହିଁ । ତା'ବୋଲି ସେ ତାଙ୍କର ଅନ୍ୟ ପିଲାମାନଙ୍କୁ ଘୃଣା କରନ୍ତି କିମ୍ବା ହେଟାଦର ଅଥବା ଅଣହେଳା ଅବା ଅଣଦେଖା କରନ୍ତି ତାହା ନୁହେଁ । ସତୀ ପ୍ରତି ତାଙ୍କର ଅନ୍ୟ ପିଲାମାନଙ୍କଠାରୁ ଟିକେ ଅଧିକ ଶ୍ରଦ୍ଧା ରହିଛି । ସେ ତାଙ୍କର ଅନ୍ୟ ପିଲାମାନଙ୍କୁ ମଧ ଆଦର କରିଥାଆନ୍ତି ଓ ନିଜର ସାଧ୍ୟମତେ ସେମାନଙ୍କର ଯନ୍‌ ନେଇ ଥାଆନ୍ତି ।

ସପନି ପିଲାମାନଙ୍କ କଥା ସେତେ ବେଶୀ ବୁଝ୍ନ୍ତି ନାହିଁ । ସେ ସକାଳୁ ସନ୍ଧ୍ୟା ପର୍ଯ୍ୟନ୍ତ ନିଜ ଧନ୍ଦାରେ ବ୍ୟସ୍ତ ରହେ । ଘରର ଯାବତୀୟ ଦାୟିତ୍ୱ ସବିତାଙ୍କ ଉପରେ ନ୍ୟସ୍ତ । ସେହି କାରଣରୁ ସବିତାଙ୍କ ଭୟରେ ସତୀକୁ ଘରେ କେହି କିଛି କହିବାକୁ ସାହସ କରି ପାରନ୍ତି ନାହିଁ । ଅବଶ୍ୟ ବେଳେବେଳେ ତାଙ୍କ ତୃତୀୟ ଝିଅ ସରକୁ ସେ କିଛି କାମ ବରାଦ କଲେ, ସେ ତା' ବୋଉକୁ ଚିଡ଼ାଇବା ପାଇଁ କହେ, "ବୋଉ ତୋ ଝିଅ କୁଆଡ଼େ ଗଲା କି ? ତୁ ତାକୁ କୁହ୍‌ନୁ" ? ସର କଥା ଶୁଣି ସବିତା ଜବାବ ଦିଅନ୍ତି "ସତୀ ଖାଲି ଏକା ମୋ ଝିଅ, ତୁମେ ସବୁ ମୋ ଝିଅ ନୁହଁ ।" ସବିତାଙ୍କ କଥାର ଉତ୍ତରରେ ସର କହେ "ହଁ ଦେଇ କେବଳ ଏକା ତୋର ଜନମ କଲା ଝିଅ, ଆମେ ସବୁ ନଈ ପାଣିରେ ଭାସି ଆସିଛୁ ।"

ସର କିମ୍ବା ଆଉ କେହି ଯିଏ ଯାହା କହୁ ସବିତା ସେ କଥା ପ୍ରତି ଆଦୌ ଗୁରୁତ୍ୱ ଦିଅନ୍ତି ନାହିଁ । ସେମାନଙ୍କ କଥାକୁ ଏକାନରେ ପୁରାଇ ଆର କାନ ବାଟେ ବାହାର କରି ଦିଅନ୍ତି । ସତୀ ତାଙ୍କର ସର୍ବସ୍ୱ । ସତୀ ତାଙ୍କ ପ୍ରାଣର ନିଧି । ସତୀ ତାଙ୍କ ଆଖିର ଜ୍ୟୋତି । ତାଙ୍କ ହୃଦୟର ମଣି । ସତୀ ମନରେ ସରାଗ ନଥିଲେ ତାଙ୍କୁ ଭାରି ବାଧେ । ସତୀ ଓଠରେ ହସ ନଦେଖିଲେ ସେ ନିରବରେ ରହି ପାରନ୍ତି ନାହିଁ । ସତୀ ଟିକେ ମନ ଉଣା କଲେ ତାଙ୍କ ସବୁ ଶୂନ୍ୟ ପରି ବୋଧ ହୁଏ । କୌଣସି କାରଣରୁ ସତୀ ଆଖିରୁ ଲୁହ ଝରିଲେ ସେ ଆଦୌ ସହି ପାରନ୍ତି ନାହିଁ । ସାରା ସଂସାରଟା ତାଙ୍କୁ ବିଷ ପରି ଲାଗେ । ଦୁନିଆ ଅନ୍ଧାର ଦିଶେ । ଘର କାମ ପଛକୁ ପକାଇ ସେ ଆଗ ସତୀ କଥା ବୁଝନ୍ତି । ତା' ପରେ ଯାଇ ଅନ୍ୟ କଥା ।

ସେ ଲାଗି ସତୀ ଯେତେ ଉତ୍ତର କରି ଉଠିଲେ ସୁଦ୍ଧା ତାକୁ ସେଥିପାଇଁ କେହି କିଛି କହି ପାରନ୍ତି ନାହିଁ। ସେ ଯେତେ ଡେରି ପର୍ଯ୍ୟନ୍ତ ଶୋଇ ରହିଲେ ମଧ୍ୟ ତା ପାଇଁ କୌଣସି କଟକଣା ନଥାଏ। ସତୀ ସେ ଦିନ ବିଲମ୍ୟରେ ଉଠିଲା। ଅନେକ ରାତି ପର୍ଯ୍ୟନ୍ତ ତାକୁ ନିଦ ହୋଇ ନଥିଲା। ସେଥିପାଇଁ ତା'ର ନିଦ ଭାଙ୍ଗିବାକୁ ବିଲମ୍ୟ ହେଲା। ବିଛଣା ଛାଡ଼ି ଭିଡ଼ି ମୋଡ଼ି ହୋଇ ହାଇମାରି ଆଖି ମଳି ମଳି ସେ ଯେତେବେଳେ ଶୋଇବା ଘରୁ ବାହାରକୁ ଆସିଲା ତାକୁ ଦେଖି ସର କହିଲା, "ବୋଉ ତୋ ଗେହ୍ଲା ଝିଅ ଉଠିଲାଣି। ଶୀଘ୍ର ଯାଇ ତାକୁ ମୁହଁ ଧୋଇବାକୁ ପାଣି ନୋଟା ଓ ଦାନ୍ତ ଘଷିବାକୁ ଦାନ୍ତକାଠି ଦେଇଆ। ନହେଲେ ଡେରି କଲେ ବିଲମ୍ୟ ଯୋଗୁ ମହାରାଣୀ ପୁଣି ରାଗିଯାଇ ବିଛଣାରେ ମୁହଁମାଡ଼ି ରଷି ଶୋଇ ପଡ଼ିବେ ଯେ ତୁ ଡାକି ଡାକି ନ୍ୟାନ୍ତ ହେବୁ।"

ସର କଥା ଶୁଣି ସବିତା ଖ୍ଙ୍କାରି ଉଠିଲେ। "ଦେବି ନାହିଁ କି, ତୁ ଆଉ କ'ଣ ଗୋଟେ ଅଧିକ କହୁଛୁ?"

"ମୁଁ ତ ସେଇଆ କହୁଛି, ଶୀଘ୍ର ନେଇ ଦେଇଆ।"

"ଆଲୋ ସେ ଉଠିଲା କି ନାହିଁ, ତୁ ଝଗଡ଼ା କରିବାକୁ ଅନ୍ଧାରେ ଲୁଗାଭିଡ଼ି ବାହାରିଲୁଣି? ସେ କାଲି ଦିନମାନ ମୁହଁରେ କିଛି ଦେଇଛି ନା? ଯାହା ରାତିରେ ଆମ ସାଙ୍ଗରେ ପିଠା ଖଣ୍ଡେ ଖାଇଥିଲା।"

"କାହିଁକି? ତାକୁ ଖାଇବାକୁ କିଏ ମନା କରିଥିଲା କି?"

"ସେ ଘରେ ଥିଲାନା ଖାଇ ଥାଆନ୍ତା? ସେ ପା ସଞ୍ଜରେ ଯାଇ ମନ୍ଦିରୁ ଫେରିଲା।"

"ମନ୍ଦିରରେ ଏତେ ବେଳ ପର୍ଯ୍ୟନ୍ତ କ'ଣ କରୁଥିଲା? କ'ଣ ଅଧୁଆ ପଡ଼ିଥିଲା କି?"

"ଆଲୋ ତା'ର ଠାକୁରଙ୍କ ପ୍ରତି ସେମିତି ଭକ୍ତି ଅଛି ବୋଲି ସଞ୍ଜ ପର୍ଯ୍ୟନ୍ତ ରହଥିଲାନ, ତୁ ସେ ବିଷୟରେ କ'ଣ ଜାଣୁ? ଠାକୁରଙ୍କ କଥା ତତେ କହିବା ଯାହା ଏହି କାନ୍ତୁ ବାଡ଼କୁ କହିବା ସେଇଆ। ତୁ କେବେ ମନ୍ଦିରକୁ ଯାଉ ନା ଠାକୁରଙ୍କୁ ଜୁହାର ହେଉ?"

ସବିତାଙ୍କ କଥା ଶୁଣି ସର ହସି ଉଠିଲା, ହସି ହସି କହିଲା, "ଦେଉରର ପୁଣି ଭକ୍ତି ଅଗାଧୁଆ ଖାଇ ମନ୍ଦିରକୁ ଯାଏ। ସୁନି ନାନୀ ସହିତ ବସି ଠାକୁର ବାବାଙ୍କ ପାଖରୁ ଗପ ଶୁଣେ। ତା'ର ଆଉ କାମ କ'ଣ? ଆଉ ତୁ ଯେଉଁ ଭକ୍ତି କଥା ମୋତେ କହୁଛୁ। ଦେଉ ମନ୍ଦିରକୁ ପ୍ରତି ବାରିରେ ଯାଇ ଯେଉଁ ପୁଣ୍ୟ ଫଳ ଆଣୁଛି ତାକୁ ତୁମେ ମା ଝିଅ ଦୁଇ ଜଣ ଭାଗ କରି ନିଅ। ମୋର ସେହି ପୁଣ୍ୟ, ପୁଣ୍ୟ କିଛି ଦରକାର ନାହିଁ। ପୁଣ୍ୟ ନମିଲିଲେ ସୁଦ୍ଧା ମୋର ଚଳିବ।"

ସର କଥାରେ ସବିତା ଏଥର ଚିଡ଼ି ଉଠିଲେ, "ତୁ କାହିଁକି ତା' ଉପରେ ଏତେ ଆଖି ଦେଉଛୁ କହିଲୁ? କାଲିଠୁ ଖାଇନାହିଁ। ଦେଖୁନୁ କେମିତି ମୁହଁ ଶୁଖ୍ କଲା କାଠ ପଡ଼ି ଯାଇଛି। ଆଖି କାନ ପଶି ଯାଇଛି।"

"ଯାଉନୁ ତୋ ଗେହ୍ଲା ଝିଅକୁ ଆଉଁସି ଘଷି ଦେବୁ। କାମ ଥାଉ ପଛରେ ହେବ। ନହେଲେ ସେବ ଦେଉ କିମ୍ୟ ମୁଁ କରିଦେବୁ। ତୋ'ର ଦେଉ ଆଗ ନା କାମ ଆଗ?"

ସର ସହିତ ସବିତା ଆଉ କଥା ନବଢ଼ାଇ ସତୀ ପାଖକୁ ଉଠିଗଲେ। ତାକୁ ଶୀଘ୍ର ଦାନ୍ତ ଘଷି ଖାଇବାକୁ କହିଲେ।

"ହଁ ତାକୁ ବୁଝାଇ କହ, ଅଗାଧୁଆ ପେଟେ ଠୁଙ୍କିଦେଉ। ମନ୍ଦିରକୁ ଯାଇ ମୁଖଶାଲାରେ ବସି ସୁନିନାନୀ ସାଙ୍ଗରେ ଗପ କରି ପୁଣି କାଲି ଭଲି ଆଜି ସଞ୍ଜକୁ ଫେରିବ।" ସର ତା' ବୋଉକୁ ଚିଡ଼ାଇବା ପାଇଁ ଏମିତି କହୁଥିଲା।

ସର କଥା ଶୁଣି ସବିତା କହିଲେ, "ଆଜି ସୋମବାର ଠାକୁରଙ୍କ ବାରିରେ ସେ ମନ୍ଦିରକୁ ଯାଆନ୍ତା ନାହିଁ କି? ତୁ କ'ଣ ଆଉ ଅଧିକ ଗୋଟେ କହି ପକାଉଛୁ କହନି?"

ସର ପୂର୍ବାପେକ୍ଷା ଏଥର ଟିକେ ଉଚ୍ଚ ସ୍ୱରରେ କହିଲା, "ତୋ ଗେହ୍ଲାଝିଅକୁ କହ, ଅଗାଧୁଆ ପେଟେ ଖାଇ ଦେଇ ମନ୍ଦିରକୁ ଯାଇ, ସେଥାରେ ଦିନ ତମାମ ବସି (ତପସ୍ୟା) ତପସିଆ କରୁ।"

ସର କଥାରେ ଚିଡ଼ି ଉଠି ସବିତା ମୁହଁ ଝାଡ଼ି କହିଲେ, "ହଁ ମୁଁ କହୁଛି ସେ ସେଇଆ କରିବ। ତୋର ସେଠାରେ ଯାଏ ଆସେ କେତେ କହିଲୁ।"

ସେବ ସେମାନଙ୍କ କଥାରେ କାନ ନଦେଇ ତା' କାମରେ ବ୍ୟସ୍ତ ଥିଲା। ସର ଘର ଓଲାଇ ସାରି ଅନ୍ୟ ଧନ୍ଦାରେ ଲାଗିଗଲା। ସତୀ ମୁହଁ ଧୋଇ ଦାନ୍ତ ଘଷି ବସିଲା।

ସବିତା ବାସି ପାଇଟି ସାରି ସପନି ଓ ସୁବଳକୁ ଖାଇବାକୁ ଦେଲେ। ସେ ଦୁହେଁ ଖାଇସାରି ତାଙ୍କ କାମରେ ଘରୁ ବାହାରି ଗଲା ପରେ ମା ଝିଅ ଖାଇ ବସିଲେ। ଗତ ରାତିରେ ବଳି ପଡ଼ିଥିବା ବାସି ପିଠାକୁ ସେମାନେ ଗରମ ଚାହାରେ ଭେଦାଇ ଖାଉଥିଲେ। ସବିତା ଭାରି ସ୍ନେହୀ ମଣିଷ। ସେ କେବଳ ସତୀ କାହିଁକି ତାଙ୍କର ସବୁ ପିଲାମାନଙ୍କୁ ଶ୍ରଦ୍ଧା କରିଥାଆନ୍ତି। ଅବଶ୍ୟ ସେ ତାଙ୍କର ଅନ୍ୟ ପିଲାମାନଙ୍କ ଠାରୁ ସତୀକୁ ଟିକେ ଅଧିକ ଭଲ ପାଆନ୍ତି। ମନରେ ଶ୍ରଦ୍ଧା ଥିଲେ କ'ଣ ହେବ। ଗରିବ ଘର, ସବୁବେଳେ ଅଭାବ ଲାଗି ରହିଛି। ନଥିଲା ଘରେ ଯେତେ ଯୁଆଡ଼ୁ ଆଣି ପୁରାଇଲେ ସୁଦ୍ଧା ଘର କେବେବି ପୁରି ଉଠେନା। କୌଣସି ନା କୌଣସି ଦ୍ରବ୍ୟର ଅଭାବ ରହିଯାଏ। ନିଅଣ୍ଟିଆ ଭାବ ଛାଡ଼ି ଯାଏନା। ଖର୍ଚ୍ଚ ଯେତେ କମାଇଲେ ଯେତେ ସତ୍କଟରେ ଚଳିଲେ ସୁଦ୍ଧା ଅନାଟନ ଲାଗି ରହିଥାଏ। ସେଥିପାଇଁ ପିଲାମାନଙ୍କୁ ଠିକ୍ ଭାବେ ଖାଇବାକୁ ଉପଯୁକ୍ତ (ପୁଷ୍ଟିକର) ଖାଦ୍ୟ ଓ ପିନ୍ଧିବା ପାଇଁ ଭଲ ପୋଷାକ ଦେଇ ପାରୁନଥିଲେ। ଅର୍ଥାଭାବ ଯୋଗୁଁ ପିଲାମାନେ ଶିକ୍ଷା ଲାଭରୁ ବଞ୍ଚିତ ହୋଇଥିଲେ।

ଶୁଖୁଲା ବାସି ପିଠାକୁ ଗରମ ଚାହାରେ ପକାଇ ନରମ କରି ସେମାନେ ଖାଉଥିଲେ। ସାନପିଲା ଦୁଇଟି ପରେ ଗାଧୋଇ ଖାଇ ସ୍କୁଲକୁ ଯିବେ ବୋଲି ବେଣ୍ଡୁସୁଁ କ'ଣ ଟିକେ ଖାଇଦେଇ ବସି ପଢ଼ୁଥିଲେ। ମା'ର ଖାଇବା ଦେଖି ସେ ଦିଜଣ ଆସି ସେମାନଙ୍କ ସହିତ ଖାଇ ବସିଲେ।

ଖାଇସାରି ସବିତା ତାଙ୍କ କାମରେ ଲାଗିଗଲେ। ସେବ ଓ ସର ନିଜ ନିଜ ଧନ୍ଦାରେ ବ୍ୟସ୍ତ ରହିଲେ। ମନ୍ଦିରକୁ ଯିବା ବାରିରେ ସତୀ କେବଳ ତା' ସାନଭାଇ ଓ ଭଉଣୀ ସ୍କୁଲରୁ ଫେରିଲେ ସେମାନଙ୍କୁ ଗାଧୋଇ ଦେଇ ଖୋଇପେଇ ଶୁଆଇ ଦେଇଥାଏ। ସେଦିନ ସେ ଘରର କିଛି କାମ କରେ ନାହିଁ। କୌଣସି କାମର ବରାଦ ସେଦିନ ଲାଗି ତା ପାଇଁ ନଥାଏ। ଯଦି ସେ କେବେ ତା' ନିଜ ଇଚ୍ଛା ଅନୁସାରେ କେମିତି କୌଣସି କାମ କରିବାକୁ ଆଗ୍ରହ ପ୍ରକାଶ କରେ ତେବେ ସବିତା ସେଥିପାଇଁ ତାକୁ ବାରଣ କରିଥାଆନ୍ତି। ସବିତା ଠାକୁରଙ୍କ ବାରିରେ ସତୀକୁ ଘରକାମ କିଛି କରାଇ ଦିଅନ୍ତି ନାହିଁ।

ସମସ୍ତେ ଯେଝା କାମରେ ଲାଗିଗଲା ପରେ ସତୀ ଏକୁଟିଆ ଘରେ ବସି ରହିଲା। ଗତ ରାତିରେ ଭଲ ନିଦ ହୋଇ ନଥିବାରୁ ତାକୁ ଅଳସ ଅଳସ ଲାଗୁଥିଲା। ଦେହ ମାନ୍ଦା ମାନ୍ଦା ଏବଂ ଓଜନିଆ ଜଣା ଯାଉଥିଲା। କ୍ଲାନ୍ତି ମଧ୍ୟ ଅନୁଭବ କରୁଥିଲା ସେ। ନିରୋଳା ପାଇଲେ ଅନ୍ୟ ମନସ୍କ ହେଉଥିବା ବ୍ୟକ୍ତି ସର୍ବଦା ଭାବନାରେ ବୁଡ଼ି ରହେ। ସେ ସବୁବେଳେ ସେଥିପାଇଁ ନିର୍ଜନତା ଖୋଜୁଥାଏ। ଚିନ୍ତା ରାଜ୍ୟରେ ନିଃବିଘ୍ନରେ ବିଚରଣ କରିବା ପାଇଁ, ନିଃଦ୍ୱନ୍ଦରେ ଭାବନାରେ ନିମର୍ଜିତ ହେବା ଲାଗି। ନିରୋଳା ପାଇଲେ ଭାବି ବସେ କେତେ ରକମର କଥା। ଭବିଷ୍ୟତର କଳ୍ପନାରେ କେବେ ବିଭୋର ହୁଏ ତ କେବେ ଚଳନ୍ତି ସ୍ରୋତରେ ଭାସିବୁଲେ। କେବେ କେମିତି ଅତୀତର ସ୍ମୃତିକୁ ରୋମନ୍ଥନ କରି ବସି ବୁଡ଼ିଯାଏ ହଜିଲା ଘଟଣା ବଳିର ଅଥଳ ଜଳରେ। ଯେପରି ସତୀ ଆଜି ସେମିତି ଚାଲିଗଲା ଦିନ କଥାର ଭାବନାରେ ନିଜକୁ ହଜାଇ ଦେଇଥିଲା। ସେହି ଗତ କଥା। ଘଟିଯାଇଥିବା ଘଟଣାବଳି ଯାହା ସେ ତା' ଜେଜେ ମା' ଠାରୁ ଶୁଣିଥିଲା।

ଯୋର ସେପଟ ଲକ୍ଷ୍ମୀ ବଜାର ଗାଁରେ ହେଉଛି ତା' ମାମୁଘର। ତା'ବୋଉ ସବିତା ସେଇ ଗାଁର ଝିଅ। ଗାଁଟି ଗୋଟେ ବିରାଟ ରାଜସ୍ୱ ଗ୍ରାମ ଅଟେ। ଚାରୋଟି ୱାର୍ଡକୁ ନେଇ ଗ୍ରାମଟି ପରିପୁଷ୍ଟ। ସବୁ ଜାତିର ଲୋକ ସେହି ଗାଁରେ ବାସ କରନ୍ତି। ସେହି ଗାଁଟି ଏକ ପ୍ରକାରର ଛତିଶ ପାଟକର ଗାଁ। ତାଙ୍କ ଜାତି କୈବର୍ତ୍ତ ହେଉଛନ୍ତି ସମୁଦାୟ ଗାଁ ଲୋକ

ସଂଖ୍ୟାର ତିନି ଭାଗରୁ ଏକ ଭାଗ । ଏକ ତୃତୀୟାଂଶ । ଖଣ୍ଡାୟତଙ୍କ ସଂଖ୍ୟା ତାଙ୍କ ଜାତି ଠାରୁ ସାମନ୍ୟ କମ୍ । ରାଉତ ଓ ଦାସ ବସ୍ତିକୁ ନେଇ ଦୁଇଟି ବଡ଼ ଖଣ୍ଡାୟତ ସାହି । ଅନ୍ୟ ଜାତିର ଘର ସଂଖ୍ୟା ଅଙ୍ଗୁଲି ରେଖାରେ ଗଣି ହେବ । ଗାଁଟି ବିରାଟ ଓ ପ୍ରସିଦ୍ଧ ଗ୍ରାମଟିଏ ହୋଇଥିବାରୁ ସେଇ ଗାଁ ନାଁରେ ପଞ୍ଚାୟତର ନାମ କରଣ ହୋଇଛି । ସେଇ ଗାଁର ବ୍ରାହ୍ମଣ ଓ ଖଣ୍ଡାୟତଙ୍କ ମୁଖ୍ୟା ଦୁଇଜଣ ପଞ୍ଚାୟତର ସରପଞ୍ଚ ପଦବୀ ମଣ୍ଡନ କରିଥାଆନ୍ତି ।

ସରପଞ୍ଚ ହୋଇଥିବା ଉଭୟ ବ୍ରାହ୍ମଣ ଓ ଖଣ୍ଡାୟତ ମୁଖ୍ୟ ଦୁହିଁଙ୍କ ପଦତି ଦାସ । ବ୍ରାହ୍ମଣମାନେ ଦାଶ ତାଲବେଶ ଲେଖୁଥିବାରୁ ସେମାନଙ୍କୁ ତାଙ୍କ ପଦତି ଲେଖାରୁ ସେମାନେ କେଉଁ ଜାତି ଅତି ସହଜରେ ଜାଣିହୁଏ । କିନ୍ତୁ ଖଣ୍ଡାୟତଙ୍କ ଦାସ ସାଙ୍ଗିଆରୁ ସେମାନେ କେଉଁ ଜାତିର ଜାଣିହୁଏ ନାହିଁ । କେବଳ ବ୍ରାହ୍ମଣମାନଙ୍କୁ ଛାଡ଼ିଦେଲେ ଅନ୍ୟ ସମସ୍ତ ଜାତିର ଦାସ ସଂଜ୍ଞାଧାରୀମାନେ ଦନ୍ତେଶ ଲେଖା ଥାଆନ୍ତି ।

କରଣ, ମହାନ୍ତି, ଖଣ୍ଡାୟତ, ଗୋପାଳ, କୈବର୍ତ, କେଲା, କଣ୍ଠରା, ମାସ୍ତାନୀ (ହଳିଆ), ତେଲି, ଗୁଡ଼ିଆ, ମୁଣ୍ଡିଚଣା (ଓଡ଼) ବୈଷ୍ଣବମାନେ ଯେଉଁମାନଙ୍କର ଦାସ ସାଙ୍ଗିଆ ସମସ୍ତେ ଲେଖନ୍ତି ଦନ୍ତେଶ । ସେ ସାଙ୍ଗିଆ ଲେଖାରୁ ଜାଣି ହୁଏ ନାହିଁ । ସେ କେଉଁ ଜାତିର । ପ୍ରକୃତ ଦାସ ଶବ୍ଦର ଅର୍ଥ ହେଲା ଚାକର (କ୍ରୀତଦାସ) ବା ସେବାକାରୀ । ଶୂଦ୍ର ଶ୍ରେଣୀୟ । ସେଥିପାଇଁ ଭାରତର ପ୍ରଥମ ମୁସଲମାନ ସୁଲତାନମାନେ କ୍ରୀତଦାସ ଥିବାରୁ ସେମାନଙ୍କ ଶାସନ ସମୟକୁ ଦାସ ବଂଶର ଶାସନ କାଳ ବୋଲି କୁହାଯାଏ । ଯେଉଁଥ ପାଇଁ ନିଜକୁ ନ୍ୟୂନ କରି ଦର୍ଶାଇବାକୁ ଯାଇ ବ୍ରାହ୍ମଣ ଉକ୍ଲମଣି ଗୋପବନ୍ଧୁ ତାଙ୍କ ସାଙ୍ଗିଆ ତାଲବେଶ ନଲେଖ୍ ଦନ୍ତେଶ ଲେଖୁଥିଲେ । ଅବଶ୍ୟ ଗୋପବନ୍ଧୁଙ୍କ ପରେ ସେଭଳି ପ୍ରୟାସ ନୀଳକଣ୍ଠ ପ୍ରଭୃତି କରିଥିଲେ । ସେ ପଞ୍ଚାୟତରେ ଦାସ ସାଙ୍କ୍ଷାର ମୁରବି ଜଣକ ସରପଞ୍ଚହେଲେ ସେ ଲେଖୁଥିବା କିମ୍ଵା ତାଙ୍କ ସାଙ୍କ୍ଷା ଦାସରୁ ସେ କେଉଁ ଜାତି ଜାଣି ହେଉ ନଥିଲା । ଯେପରି ବ୍ରାହ୍ମଣ ସାଙ୍କ୍ଷା ଦାସରୁ ଜାଣି ହୁଏ । ସତୀର ବାପା ସପନି ମଧ ତାଙ୍କ ସାଙ୍କ୍ଷା ଦାସ ଲେଖେ । ସେଥିରୁ ସେ କେଉଁ ଜାତିର ଜାଣି ହୁଏନା । ସପନି ଦେହର ବର୍ଣ୍ଣ ଓ କଥା ଭାଷା ଓ ଆଚାର ବ୍ୟବହାର କୁଳୀନ ଖଣ୍ଡାୟତଙ୍କ ପରି ଥିଲା । ସହଜେତ ସତୀ ବ୍ରାହ୍ମଣ ଘରର ଝିଅ ପରି ଦେଖାଯାଏ । ନଜାଣିଲା ଲୋକମାନେ ସପନି କିମ୍ଵା ସତୀ ଏପରିକି ତାଙ୍କ ପରିବାରକୁ ତାଙ୍କ ସାଙ୍କ୍ଷା ଲେଖା ପଢ଼ି କେବେ ବି କୈବର୍ତ ବୋଲି ଭାବନ୍ତି ନାହିଁ, ବରଂ ଉଚ ଜାତିର ବୋଲି ମନେ କରନ୍ତି ।

ସତୀର ବାପା ସପନିର ମାମୁଁଘର ମଧ ସେଇ ସତୀ ମାମୁଁଘର ଗାଁରେ । ସେଇଯୋଗୁଁ ସେ ଗାଁର ତାଙ୍କ ଜାତିର ଅଧିକାଂଶ ଲୋକ ତାଙ୍କର ବନ୍ଧୁ ସମ୍ପର୍କୀୟ । ସେହି ହିସାବରେ ତା' ବୋଉ ସବିତା ତା' ବାପାର (ସପନିର) ପଡ଼ିଶା ଲେଖାରେ ସମ୍ପର୍କୀୟ ମାମୁଁ ଝିଅ ଭଉଣୀ । ସେତେବେଲେ ତାଙ୍କ ଗାଁରେ ଧବଳେଶ୍ୱରଙ୍କ ସ୍ଥାପନା ହୋଇ ନ ଥିଲା । ତାଙ୍କ ଗାଁର ଲୋକମାନେ ଯୋର ଆରପଟ ଲକ୍ଷ୍ମୀ ବଜାର ଗାଁକୁ ଅର୍ଥାତ୍ ସତୀ ମାମୁଁଘର ଗାଁର ଅଧିଷ୍ଟାତ୍ରୀ ଦେବୀ ମା' ମଙ୍ଗଳା ଓ ସେଇ ଗାଁର ପୂର୍ବତନ ଜମିଦାର ଉଉରକବାଟଙ୍କ ଦ୍ୱାରା ସ୍ଥାନିତ ଉଉରେଶ୍ୱର ମହାଦେବଙ୍କ ପୀଠକୁ ଦର୍ଶନ ପାଇଁ ଯାଉଥିଲେ । ପୂନେଇ ପର୍ବରେ କିମ୍ଵା କୌଣସି ଆପଦ ବିପଦରେ ପଡ଼ି ମାନସିକ ଜାଟିଲେ (କରିଥିଲେ) ଯୋର ପାର ହୋଇ ସେ ଗାଁକୁ ଯାଇ ଠାକୁରଙ୍କ ପାଖରେ ଭୋଗ ଲଗାଉଥିଲେ ।

ସତୀର ବାପା ସପନି ତା' ଜେଜେ କରୁଣି ଦାସର ବଡ଼ ପୁଅ । ଅଭାବ ଅନାଟନରେ (ପଡ଼ି) ଥାଇ ବହୁତ ଆର୍ଥିକ ଦୁରାବସ୍ଥା ସତ୍ତ୍ୱେ କରୁଣି ତା'ପୁଅ ସପନିକୁ ପାଠ ପଢ଼ାଇଥିଲା । ପଢ଼ିବା ପାଇଁ ମଧ ଅନେକ ସୁବିଧା ଥିଲା । ସ୍କୁଲଟି ତାଙ୍କ ଘରଠାରୁ ବେଶୀଦୂର ନୁହେଁ । ଅଧ ମାଇଲିଏ ବାଟ ହେବ । ଯୋର ଆରପଟ ଲକ୍ଷ୍ମୀ ବଜାର ଗାଁରେ ସ୍କୁଲ । ସତୀ ମାମୁଁଘର ଗାଁରେ ଓ ତା'ବାପା ସପନିର ମାମୁଁ ଘର ମଧ । ସେଠାରେ ପ୍ରଥମରୁ ଏକାଦଶ ଶ୍ରେଣୀ ପର୍ଯ୍ୟନ୍ତ ଥିଲା । ଏବେ ସରକାରଙ୍କର ନୂତନ ଶିକ୍ଷାନୀତି ପ୍ରବର୍ତ୍ତନ ଦ୍ୱାରା ତାହା ଦଶମ ଶ୍ରେଣୀକୁ ସଙ୍କୁଚିତ କରାଯାଇଛି । ତା' ମାମୁଁ ଘର ଗାଁରେ ସ୍କୁଲ । ଯିବା

ଆସିବା ପାଇଁ ବିଶେଷ ଅସୁବିଧା ନାହିଁ । ଝୋର ଉପରେ ସୁଇଜ ହୋଇ ପଟା ପଡ଼ିଛି । ବର୍ଷାଦିନେ ଝୋର ପାର ହେବାକୁ ଅସୁବିଧା ହୁଏ ନାହିଁ । ଘରୁ ପଖାଳ ଖାଇ ପାଦରେ ଚାଲି ଯିବା ଆସିବା କରି ସ୍କୁଲରେ ପଢ଼ି ହେଉଥିଲା । ସପନି ହାଇସ୍କୁରେ ପଢ଼ିଲାବେଳେ ତା' ମାମୁଁ ତାକୁ ପଢ଼ିବା ପାଇଁ ଅର୍ଥ ସାହାଯ୍ୟ କରିଥିଲେ । ମାମୁଁଙ୍କ ସାହାଯ୍ୟ ପାଇଁ ସେଇ ସ୍କୁଲରୁ ମ୍ୟାଟ୍ରିକ୍ ପାସ୍ କରିବା ପାଇଁ ସପନିକୁ ବିଶେଷ କିଛି ଅସୁବିଧା ହୋଇ ନ ଥିଲା । ସପନି ତାଙ୍କ ଗାଁର ପ୍ରଥମ ମ୍ୟାଟ୍ରିକ୍ ପାଶ କରିଥିବା ଯୁବକ । ମାତ୍ର ନିଜେ ଶିକ୍ଷିତ ହୋଇ ଓ ପାଠ ପଢ଼ିବାକୁ ସମସ୍ତ ପ୍ରକାର ସୁବିଧା ଥିବା ସତ୍ତ୍ୱେ ସପନି ତା' ପିଲାମାନଙ୍କୁ ପାଠ ପଢ଼ାଇନଥିଲା । କିନ୍ତୁ ତା' ବାପ କରୁଣି ନିଜେ ମୂର୍ଖ ହୋଇ ଓ ଅଭାବ ଅନଟନରେ ଥାଇ ତାକୁ ପାଠ ପଢ଼ାଇ ଥିବାବେଳେ ଶିକ୍ଷିତ ସପନି ତା'ପିଲାମାନଙ୍କୁ ପାଠ ପଢ଼ାଇ ନ ଥିଲା । ଅବଶ୍ୟ ମ୍ୟାଟ୍ରିକ୍ ପାଶ କରିବା ପରେ ଅର୍ଥାଭାବ ଯୋଗୁଁ ସେ କଲେଜରେ ପଢ଼ିବାରୁ ବଞ୍ଚିତ ହୋଇଥିଲା । ମାତ୍ର ଯେତିକି ପାଠ ପଢ଼ିଥିଲା ସେତକୁ ସେ ଉପଯୁକ୍ତ କାମରେ ଲଗାଇ ପାରି ନଥିଲା । ମ୍ୟାଟ୍ରିକ୍ ପାଶ କଲା ପରେ ସେ ତା' ମାମୁଁଘର ଗାଁରେ ଟିଉସନ୍ କରିଥିଲା । ଲକ୍ଷ୍ୟ ରଖିଥିଲା ଟିଉସନ କରି କିଛି ପଇସା ସଞ୍ଚୟ କରି ପରେ କଲେଜରେ ପଢ଼ିବ । କିନ୍ତୁ ଟିଉସନ୍ କରିବା ପାଇଁ ନିତି ସଞ୍ଝ ସକାଳେ ତା' ମାମୁଁ ଘର ଗାଁକୁ ଯିବା ଆସିବା କରିବା ଦ୍ୱାରା ତା'ର ସେ ଗାଁର ଝିଅ ସବିତାଙ୍କ ସହିତ ସମ୍ପର୍କ ଗଢ଼ି ଉଠିଥିଲା ।

ସେହିଁ ସମ୍ପର୍କ ହିଁ ତା' ଲାଗି କାଳ ହୋଇଥିଲା । ସବିତା ସହିତ ତା'ର ସମ୍ପର୍କ ସପନିର ଭବିଷ୍ୟତକୁ ନଷ୍ଟ କରି ଦେଇଥିଲା । ସପନି ଲକ୍ଷ୍ମୀ ବଜାର ଗାଁର କଚେରୀ ସାଇର ଭଣ୍ଡଜା । ସବିତା ସେଇ କଚେରୀ ସାଇର ଝିଅ । ଜଣେ ପିଉସୀ ପୁଅ ଭାଇ ଓ ଆର ଜଣକ ମାମୁଁ ଝିଅ ଭଉଣୀ । ଅବଶ୍ୟ ନିଜ ରକ୍ତ ସମ୍ପର୍କର ନୁହେଁ । ପଡ଼ିଶା ଲେଖାରେ । ପ୍ରତି ସୋମବାର, ପୂର୍ଣ୍ଣିମୀ, ଅମାବାସ୍ୟା ଓ ସଂକ୍ରାନ୍ତିରେ ସବିତା ତାଙ୍କ ସାଇ ଝିଅଙ୍କ ସହିତ କ୍ଷୀର ଗ୍ଲାସ ନେଇ ଉଉରେଶ୍ୱର ମହାଦେବଙ୍କ ପାଖକୁ ଆସିଥାଏ । ସପନି ମଧ ସେହିଦିନମାନଙ୍କରେ ମହାଦେବଙ୍କ ଦର୍ଶନ ଲାଗି ସେଠାକୁ ଯାଇଥାଏ । ଆଗରୁ ସେ ଗାଁରେ ମହାଦେବ ନଥିବାରୁ ତତ୍କାଳୀନ ଜମିଦାର ଉଉରକବାଟ ତାଙ୍କ ଜମିଦାରୀ ଇଲାକା ଅର୍ଥଭୁକ୍ତ କଚେରୀ ସାଇରେ ତାଙ୍କ ପ୍ରଜାମାନଙ୍କ ସୁବିଧା ନିମନ୍ତେ ଶିବଲିଙ୍ଗ ସ୍ଥାପନ କରିଥିଲେ । ଜମିଦାରଙ୍କ ସାଙ୍ଖ୍ୟା ଉଉରକବାଟ ହୋଇଥିବାରୁ ତାଙ୍କ ସାଙ୍ଖ୍ୟାନୁସାରେ ମହାଦେବଙ୍କ ନାମ ଉଉରେଶ୍ୱର ରଖାଯାଇଥିଲା । ଲକ୍ଷ୍ମୀବଜାର ଗାଁର ଦକ୍ଷିଣ ପଟରେ ମହାଦେବଙ୍କ ବିଜେସ୍ଥଳୀ । ଏପରିକି କଚେରୀ ସାଇର ଦକ୍ଷିଣ ଦିଗରେ ମଧ । ଜମିଦାର ଉଉରକବାଟଙ୍କ ଦ୍ୱାରା ସ୍ଥାପନ କରାଯାଇଥିବାରୁ ଗାଁର ଦକ୍ଷିଣ ଦିଗରେ ମହାଦେବ ଅବସ୍ଥାନ କରିଥିଲେ ସୁଦ୍ଧା ଜମିଦାରଙ୍କ ନାମାନୁସାରେ ତାଙ୍କର ଏପରି ନାମକରଣ କରାଯାଇଛି । ନହେଲେ ମହାଦେବଙ୍କ ଅବସ୍ଥିତି ଅନୁଯାଇ ଗାଁର ଓ ସାଇର ମଧ ଦକ୍ଷିଣ ପଟରେ ଲିଙ୍ଗ ସ୍ଥାପନା ହୋଇଥିବାରୁ ତାଙ୍କ ନାମ ଦକ୍ଷିଣେଶ୍ୱର ହେବା କଥା ।

ଆଗରୁ ବ୍ରିଟିଶ ଶାସନ କାଳରେ ଜମିଦାରୀ ପ୍ରଥା ପ୍ରଚଳନ ସମୟରେ ଖଜଣା ଆଦାୟ ପାଇଁ ଜମିଦାରମାନେ ସେମାନଙ୍କ ଜମିଦାରୀ ଇଲାକାରେ ଗୋଟିଏ ଗୋଟିଏ ଖଜଣା ଆଦାୟ କେନ୍ଦ୍ରମାନ ସ୍ଥାପନ କରୁଥିଲେ । ସେହି କେନ୍ଦ୍ରଟି ଯେପରି ତାଙ୍କ ଜମିଦାରୀ ଇଲାକାର (ଖଜଣା ଆଦାୟ ଦେଉଥିବା ସମ୍ପୃକ୍ତ ଇଲାକାର) ମଧ୍ୟସ୍ଥଳ ହୋଇଥିବ ଓ ଗମନାଗମନର (କେନ୍ଦ୍ରକୁ ଯାତାୟତର) ସୁବିଧା ଥିବ, ସେଥିପ୍ରତି ମଧ ନଜର ରଖୁଥିଲେ । ସେ କେନ୍ଦ୍ରମାନଙ୍କରେ ଜମିଦାରଙ୍କ କ୍ଷମତାପ୍ରାପ୍ତ ଗୁମାସ୍ତା (ଅଧିକାରୀ) ସିରସ୍ତାଦାରମାନଙ୍କୁ ରଖାଇ ସେମାନଙ୍କ ସାହାଯ୍ୟରେ ଖଜଣା ଆଦାୟ କରୁଥିଲେ । ସେଥିରେ ଖଜଣା ଅସୁଲ ହେଉଥିବାରୁ ସେଠି ଜମିଦାରଙ୍କର ଅସ୍ଥାୟୀ ଭାବରେ କଚେରୀ ବସୁଥିଲା । ଅବଶ୍ୟ ଖଜଣା ଅସୁଲ ଲାଗି ମାତ୍ର କେତେ ଦିନପାଇଁ । ସେଠାକାର ଖଜଣା ଆଦାୟ ସରିଗଲେ କଚେରୀ (ସିରସ୍ତା) ଅନ୍ୟତ୍ର ସ୍ଥାନାନ୍ତର ହେଉଥିଲା । ଖଜଣା ଆଦାୟ ପାଇଁ କଚେରୀ ବସୁଥିବାରୁ ସେ କେନ୍ଦ୍ରକୁ କଚେରୀ ଘର, ସେହି ସ୍ଥାନକୁ (ସାହିକୁ) କଚେରୀ ସାହି ଓ ସେ ଗାଁକୁ କଚେରୀ ଗାଁ କୁହାଯାଉଥିଲା । ସ୍ୱାଧୀନତା ପରେ ଜମିଦାରୀ ଉଚ୍ଛେଦ କରାଗଲା । ଇଂରେଜ ଶାସନର ଅବସାନ ଘଟାଇ କେତେକ ସ୍ଥଲରେ

ତାଙ୍କ ଅମଲର ଶାସନ ବ୍ୟବସ୍ଥାର (ଭାଣ୍ଡାର) ପରିବର୍ତ୍ତନ କରାଗଲା । ଇଂରେଜମାନେ ଥିଲେ ବିଦେଶୀ । ସେମାନେ ସ୍ଥାନୀୟ ମୁଷ୍ଟିମେୟ ଲୋକ ବିଶେଷ କରି ପ୍ରଭାବଶାଳୀ ବ୍ୟକ୍ତିମାନଙ୍କ ସାହାଯ୍ୟରେ ଶାସନ କାର୍ଯ୍ୟ ପରିଚାଳନା କରୁଥିଲେ । କିନ୍ତୁ ସ୍ୱାଧୀନତା ପରେ ଦେଶୀୟ ଲୋକ ପ୍ରତିନିଧିମାନେ ହିଁ ଶାସନ ପରିଚାଳନା କଲେ । ସେଥିପାଇଁ ଜମିଦାରୀ ପ୍ରଥାପରି ସାମନ୍ତବାଦୀ ଶାସନ ବ୍ୟବସ୍ଥାର ଆବଶ୍ୟକ ଆଉ ପଡ଼ିଲା ନାହିଁ । ବଂଶାନୁକ୍ରମିକ ଶାସନ ପ୍ରଥା ଉଠିଯାଇ ଗଣତନ୍ତ୍ର ପ୍ରତିଷ୍ଠା କରାଯାଇ ସାବାଲକ ଭୋଟରଙ୍କ ଦ୍ୱାରା ନିର୍ବାଚିତ ଲୋକ ପ୍ରତିନିଧିମାନଙ୍କ ସାହାଯ୍ୟରେ ଶାସନ ପରିଚାଳନା କରାଗଲା । ଯାହା ଫଳରେ ଜମିଦାରୀ ପ୍ରଥାର ଉଚ୍ଛେଦ କରାଗଲା । ଜମିଦାରମାନେ ଜମିଦାରୀ ହରାଇ ବସିଲେ । ଜମି ସବୁ ଆଉ ସେମାନଙ୍କ ଅଧୀନରେ ନ ରହି ସରକାର ବାହାଦୁରଙ୍କ ଖାସମାହଲକୁ ଚାଲିଗଲା । ସରକାରଙ୍କ ଦ୍ୱାରା ନିଯୁକ୍ତ ରାଜସ୍ୱ ନିରୀକ୍ଷକମାନେ ଖଜଣା ଆଦାୟ କଲେ । ପୂର୍ବ ଜମିଦାରମାନେ ସେମାନଙ୍କ ଇଲାକାବାଡ଼ି ହରାଇବା ପରେ ସେମାନଙ୍କ ଗୁମାସ୍ତା କିମ୍ବା ସିରସ୍ତାଦାରମାନେ ଖଜଣା ଆଦାୟ କରିବାକୁ ଆଉ କଚେରୀ ଘରକୁ ଆସିଲେ ନାହିଁ । ଜମିଦାରମାନଙ୍କ ଦ୍ୱାରା ନିର୍ମିତ କଚେରୀ ଘରଗୁଡ଼ିକ ଉପଯୁକ୍ତ ରକ୍ଷଣାବେକ୍ଷଣ ଅଭାବରୁ କ୍ରମେ ଭାଙ୍ଗିରୁଜି ଗଲା । କେବଳ ଲୋକ ମୁଖରେ ସେ ପ୍ରଥାର ଜନଶ୍ରୁତି ରହିଛି ତୁଣ୍ଡ ବାଇଦ ପରି କଚେରୀ ଘର, କଚେରୀ ଢ଼ିଅ, କଚେରୀ ସାଇ କିମ୍ବା କଚେରୀ ଗାଁ ।

ଉତ୍ତରକବାଟ ଘର ଜମିଦାରୀ ସ୍ୱାଧୀନତା ପୂର୍ବରୁ ବିକ୍ରୀ ହୋଇ ଯାଇଥିଲା ସ୍ଥାନୀୟ ସଦାବ୍ରତ ମଠର ମହନ୍ତ ମହାରାଜ ସେ ଜମିଦାରୀକୁ ଖର୍ଦ୍ଦ କରିଥିଲେ । ମହନ୍ତଙ୍କ ସାନଭାଇ ଜମିଦାରଙ୍କ ଦ୍ୱାରସଦାର (କ୍ଷମତାପ୍ରାପ୍ତ ପ୍ରତିନିଧି) ଭାବରେ ଜମିଦାରୀ ଦେଖାଶୁଣା କରୁଥିଲେ । ଯିଏକି ସେ ଗ୍ରାମ ପଞ୍ଚାୟତର ସରପଞ୍ଚଭାବେ ନିଃଦ୍ୱନ୍ଦ୍ୱରେ ନିର୍ବାଚିତ ହେଉଥିଲେ । କିନ୍ତୁ ପୂର୍ବତନ ଜମିଦାରଙ୍କ ସ୍ମୃତିକୁ ବହନ କରି (ସ୍ୱରୂପ) ତାଙ୍କ ଦ୍ୱାରା ସ୍ଥାପିତ ମହାଦେବଙ୍କ ନାମ ଉତ୍ତରେଶ୍ୱର ରହିଯାଇଛି । କର୍ପୂର ଉଡ଼ିଯାଇଛି ଅନେକ ଦିନ ହେଲାଣି । ଯାହା କେବଳ କର୍ପୂର ବନ୍ଧା ହୋଇଥିବା କନା ଖଣ୍ଡିକ ପୁରୁଣା ସ୍ମୃତିକୁ ବହନ କରି ପଡ଼ିରହିଛି । ସେହି ଉତ୍ତରେଶ୍ୱର ମହାଦେବଙ୍କ ପୀଠରେ ସପନି ସହିତ ସବିତାର ଠାକୁରଙ୍କ ବାରିରେ ଦେଖାହୁଏ । ଗୋଟିଏ ସାଇର ଭଣଜା ଓ ଏକା ସାଇର ଝିଅ ଭାବେ ଦୁହିଁଙ୍କର ଆଗରୁ ପରିଚୟ ଥିଲା । ଚିହ୍ନା ଲୋକ ସହିତ ମିଶିବା ଲାଗି କିମ୍ବା କଥାବାର୍ତ୍ତା ପାଇଁ ବିଶେଷ କିଛି ଅସୁବିଧା ହୋଇ ନ ଥାଏ । ଯେମିତି ବର୍ତ୍ତମାନ ସତୀ ଓ ଅଧରଙ୍କ ମଧ୍ୟରେ ହୋଇଛି । କଥାବାର୍ତ୍ତା କ୍ରମେ ଆଲୋଚନା ଓ ଆଲୋଚନା ଆଲାପରେ ପରିଣତ ହୋଇଥିଲା । ଆଲାପ ତ କେବଳ ପ୍ରେମିକ–ପ୍ରେମିକା ଓ ଶୁଭେଚ୍ଛାମାନଙ୍କ ମଧ୍ୟରେ ହୋଇଥାଏ । ସେଇ ସୂତ୍ରରେ ଦୁହେଁ ଦୁହିଁଙ୍କୁ ଭଲପାଇ ବସିଲେ ।

ତାଙ୍କ ସାଇର ଅନ୍ୟାନ୍ୟଙ୍କ ତୁଳନାରେ ସପନି ତା’ମାମୁଁଘର ଗାଁକୁ ବେଶୀ ଯିବା ଆସିବା କରେ । ସେ ପ୍ରଥମତଃ ସେ ଗାଁର ଭଣଜା । ଦ୍ୱିତୀୟତଃ ସେ ଗାଁ ସ୍କୁଲରେ ସେ ପଢୁଥିଲା । ତୃତୀୟତଃ ସେ ଗାଁରେ ତା’ର ବନ୍ଧୁ ଭାବରେ ସମବୟସର ସାଙ୍ଗ ଓ ଅନେକ ପାଠପଢ଼ା ସାଥୀ ଥିଲେ । ଚତୁର୍ଥତଃ ଟିଉସନ୍ କରିବାକୁ ସେ ପ୍ରତିଦିନ ସଞ୍ଜ ସକାଳେ ସେ ଗାଁକୁ ଯାଉଥିଲା । ପଞ୍ଚମତଃ ସପନିର ମାମୁଁଙ୍କର ଗୋଟିଏ ଚାଉଳ ହଲର (ଧାନପେଡ଼ା କଲ) ଥିଲା । ସେ କଲରେ ଧାନ ପେଡ଼ାଇବା ପାଇଁ ସପନି ସେ ଗାଁକୁ ଯାଇଥାଏ । ତାବାଦ୍ ସପନିର ମାମୁଁ ସେ ଗାଁର ଜଣେ ପ୍ରତିଷ୍ଠିତ ବ୍ୟକ୍ତି ଥିଲେ । ଏକପ୍ରକାର ତିନୋଟି କୈବର୍ତ୍ତ ସାଇର ତିନିଜଣ ମୁଖ୍ୟଆଙ୍କ ମଧ୍ୟରୁ ସେ ଥିଲେ ଜଣେ । ପ୍ରତ୍ୟେକ ନିଜ ସଂପ୍ରଦାୟର ଜଣେ ଜଣେ ମୁଖ୍ୟ ଥାଆନ୍ତି ଓ ସେମାନଙ୍କ ପରାମର୍ଶ ତଥା ନିର୍ଦ୍ଦେଶ ମତେ ସେମାନେ ପରିଚାଳିତ ହୋଇଥାଆନ୍ତି । କେବେ ମହାଦେବଙ୍କ ଦର୍ଶନ ଉଦ୍ଦେଶ୍ୟରେ, କେବେକେବେ ଗାଁରେ ଥିବା ପଢ଼ାସାଙ୍ଗମାନଙ୍କ ପାଖକୁ, ଧାନ ପେଡ଼ାଇବା ଲାଗି, ମାମୁଁ ଘରକୁ ବୁଲିଯିବାକୁ ଓ ଟିଉସନ କରିବାକୁ ନୀତି ସଞ୍ଜ ସକାଳେ ଏହାବାଦ୍ ସର୍ବୋପରି ପ୍ରେମିକା ସବିତାଙ୍କୁ ଭେଟିବାକୁ ଦିନର ଅଧିକାଂଶ ସମୟରେ ସପନି ସେ ଗାଁକୁ ଯାଇଥାଏ ।

ସେ ଗ୍ରାମଟି ତାଙ୍କ ଗାଁଠାରୁ ମାତ୍ର ଗୋଟିଏ କିଲୋମିଟର ଦୂର ହେବ । ନିଜ ଗାଁର ପୂର୍ବଦିଗରେ ଥିବା

କେତୋଟି ଧାନ କିଆରୀକୁ ପାର ହୋଇଲେ ପଡ଼େ ପଡ଼ିଆ। ପଡ଼ିଆ ପରେ ଯୋର। ଯୋର ସେପଟେ ସେ ଗାଁର ଚାରଣ ଭୂଇଁ। ଯୋର ପଡ଼ିଆକୁ ଲାଗିଛି ସେ ଗାଁ ଲକ୍ଷ୍ମୀ ବଜାର ଗାଁ। ସତୀ ଓ ତା' ବାପା ସପନିର ମାମୁଁଘର ଗାଁ। ଯୋରଟି ଖରାଦିନେ ଶୁଖିଲା ଥାଏ। ବର୍ଷା ଦିନେ ବିଲ ପାଣି ଗଡ଼ିଲେ ଯୋରରେ ପାଣି ଚାଲେ। ଯିବା ଆସିବା ପାଇଁ ଯୋରରେ ଠାଏ ବାଉଁଶର ଚାର ଟିଆରି ହୋଇଛି। ସେ ଚାର ଦେଇ ସେ ଗାଁକୁ ଯିବା ଆସିବାରେ ବିଶେଷ କିଛି ଅସୁବିଧା ହୁଏନାହିଁ। କାର୍ତ୍ତିକ ମାସ ବେଳକୁ ବର୍ଷା ଛାଡ଼ିଗଲେ ବିଲ ପାଣି ଗଡ଼ିବା କମିଯାଏ। ଯୋର ପାଣିକୁ ଅଟକାଇବାକୁ ଯୋରରେ ବନ୍ଧ ବନ୍ଧାହୁଏ। ତା'ଦ୍ୱାରା ଯୋର ଶୁଖି ନ ଯାଇ ଯୋରରେ ପୂରା ପାଣି ରହେ। ସେଥିରେ ଦୁଇ ଗାଁର ଲୋକମାନେ ଗାଧାନ୍ତି ଓ ଯୋରୁ ପ୍ରଚୁର ମାଛଧରା ଯାଇଥାଏ।

ଯୁବତୀ ବୟସରେ ସବିତାଙ୍କର ଖୁବ୍ ସୁନ୍ଦର ଚେହେରା ଥିଲା। ଅବଶ୍ୟ ସତୀ ପରି ନୁହେଁ। ତଥାପି ତାଙ୍କୁ ରୂପବତୀ କୁହାଯିବ। ଦେଖିଲା ଲୋକର ଆଖି ଲାଖି ରହିବ। ମନ ଟାଣି ନେଲା ପରି ରୂପ। ଦୃଷ୍ଟି ଆକର୍ଷଣକାରୀ ଚେହେରା। ସେହି ଉତ୍ତରେଶ୍ୱର ମହାଦେବଙ୍କ ପାଖରେ ସପନି ଓ ସବିତା ପରସ୍ପରକୁ ଭଲ ପାଇ ବସିଲେ ଓ ସେମାନେ ବିବାହ କରିବାକୁ ଶପଥ ନେଇଥିଲେ। ଉଭୟେ ଏକା ଜାତିର ହୋଇଥିବାରୁ ସେମାନଙ୍କ ବିବାହ ପାଇଁ ସେମିତି କିଛି ଅସୁବିଧା କିମ୍ବା ପ୍ରତିବନ୍ଧକ ନଥିଲା।

କିନ୍ତୁ ଶ୍ୱଶୁର ଘର ଗାଁରେ ପୁଅକୁ ବାହା କରାଇବା ପାଇଁ ସପନିର ବାପା କରୁଣି ଆଦୌ ରାଜି ନଥିଲା। ତା'ବାଦ୍ ନିଜର ମ୍ୟାଟ୍ରିକ ପାଶକରା ପୁଅକୁ ନିରକ୍ଷରା ସବିତା ସହିତ ବିବାହକୁ ସେ ପ୍ରଥମରୁ ବିରୋଧ କରିଥିଲା। ସବିତାର ଆହୁରି ମଧ ଗୋଟେ ଦୋଷ ଥିଲା। ସେ ତା' ବାପ, ମା'ଙ୍କର ଗୋଟିଏ ବୋଲି ସନ୍ତାନ। ତା'ବୋଲି ସବିତାଙ୍କର ମା'କୁ କାକବନ୍ଧ୍ୟା କୁହାଯାଇ ପାରିବନି। ଜୀବନ କାଳ ମଧରେ ମାତ୍ର ଗୋଟିଏ ପିଲାକୁ ଗର୍ଭରେ ଧାରଣ କରିଥିବା ମହିଳାଙ୍କୁ କାକବନ୍ଧ୍ୟା କୁହାଯାଏ। ସବିତାର ମା' ଏକାଧିକ ସନ୍ତାନଙ୍କୁ ଜନ୍ମ ଦେଇଥିଲେ। ମାତ୍ର ସବିତାଙ୍କ ଅନ୍ୟଭାଇ ଭଉଣୀମାନେ ଅକାଳରେ ମୃତ୍ୟୁ ମୁଖରେ ପଡ଼ିଥିଲେ। ତାଙ୍କ ବିଧବା ମା'ଙ୍କ ଦ୍ୱାରା ବାପ ଛେଉଣ୍ଡ ସବିତା ଲାଳିତା ପାଳିତା ହୋଇଥିଲେ। ଗାଁ ଗହଲିରେ ଗୋଟିଏ ଲୋକ କଥା ପ୍ରଚଳିତ ଅଛି। "ରାଣ୍ଡ ଝିଅକୁ ବଳନାହିଁ, ଚାରି ଦୋଉଡ଼ି କଟାକୁ ପଇଆନାହିଁ।" ଯାହାର ମା' ବିଧବା ଓ ତା ନିଜ ମା' ପେଟର ଭାଇ ନ ଥାଆନ୍ତି ତାକୁ ରାଣ୍ଡ ଝିଅ କୁହାଯାଏ। ସାଧାରଣତଃ ସେ ଝିଅମାନେ ଭାରି ମୁଖରା ଓ କଳି ହୁଡ଼ି ହୋଇ ଥାଆନ୍ତି। ବାପ ନ ଥିବାରୁ ପାରିବାରିକ ଅନୁଶାସନରୁ ମୁକ୍ତ ହୋଇ ଓ ଭାଇ ନ ଥିଲେ ସାଂସାରିକ ଆକଟରୁ ବାହାରି ଯାଇ ସାମାଜିକ ଶିଷ୍ଟାଚାର ଭୁଲି ଝିଅଟି ବେଫାଇଦା ହୋଇଯାଇଥାଏ।

ସବିତା ତାଙ୍କ ଘରର କୁଳବୋହୂ ହେବ। ଘରର ଜ୍ୟେଷ୍ଠ ପୁଅର ପ୍ରଥମ ସ୍ତ୍ରୀ ପରିବାରର ବଡ଼ ବୋହୂକୁ କୁଳବୋହୂ କୁହାଯାଏ। ସପନିର ବାପା କରୁଣି କଳି ହୁଡ଼ି, ମୁଖରା, ବେମୁରିଆ, ବଶ୍ୟଖଳ, ହେଟାମୁଣ୍ଡିଆଣୀ, ବେଖାତିରିଆଣୀ, ଅନୁଶାସନହୀନା, ସାମାଜିକ ଆକଟ ବର୍ହିଭୂତା, ନିଲ୍ଲଜ୍ଜୀ ରାଣ୍ଡଝିଅ ସବିତାକୁ ତାଙ୍କ ଘରର କୁଳବୋହୂ ଭାବରେ ଗ୍ରହଣ କରିବାକୁ ଅମଙ୍ଗ ହେଲେ। ତା'ପରେ କୌଣସି କାମ କାର୍ଯ୍ୟରେ, କର୍ମକର୍ମାଣିରେ, ଓଷାବାରରେ ପୂନେଇ ପର୍ବରେ, ଉତ୍ସବାନୁଷ୍ଠାନରେ ତାଙ୍କ ଦୁଆରେ ବନ୍ଧୁ ଭାବେ ଠିଆ ହୋଇ ବାଡ଼ି ଡେରିବାକୁ ସବିତାଙ୍କର ରକ୍ତ ସମ୍ପର୍କୀୟ କେହି ନ ଥିଲେ। ତାବାଦ୍ ସପନି ତାଙ୍କ ଗାଁର କେଳବ ଏକମାତ୍ର ବ୍ୟକ୍ତି ଯିଏ ମ୍ୟାଟ୍ରିକ୍ ପାସ କରିଥିଲା। ନିଜର ମ୍ୟାଟ୍ରିକ୍ ପାସ କରା ଶିକ୍ଷିତ ପୁଅକୁ ସବିତା ପରି ଅପାଠୋଇ ବିଧବା ମା'ର (ରାଣ୍ଡ) ଝିଅ ସହିତ ବାହା ଘରକୁ କରୁଣି ପସନ୍ଦକୁ ନେଇ ନ ଥିଲା। ଗୋଟିଏ ଗାଁରେ ପୁଣି ବାପର ଶ୍ୱଶୁର ଘର ସାଇରେ ପୁଅର ବିବାହକୁ କରୁଣି ଜମା ସୁସ୍ଥ ମନରେ ସମର୍ଥନ କରି ପାରିନଥିଲା।

ସପନିର ମାମୁଁ ତାକୁ ପଢ଼ିଲାବେଳେ ସାହାଯ୍ୟ କରିଥିଲେ। ତାଙ୍କର ଆର୍ଥିକାବସ୍ଥା ସ୍ୱଚ୍ଛଳ ଥିଲା। ସେ ବଡ଼ ଭଣ୍ଡା

ସପନିକୁ କେବଳ ପଢ଼ିଲାବେଳେ ଅର୍ଥ ସାହାଯ୍ୟ କଲେ । ତାଙ୍କ ସାନ ଭଣଜାମାନଙ୍କୁ ପଢ଼ାଇବା ପାଇଁ ଇଚ୍ଛାଥିଲେ ସୁଦ୍ଧା ସେଥିପାଇଁ ତାଙ୍କୁ ସୁଯୋଗ ମିଲିନଥିଲା । ତାଙ୍କ ପ୍ରଥମ ପତ୍ନୀଙ୍କ ଅକାଲ ବିୟୋଗ ତାଙ୍କୁ ଅସୁବିଧାରେ ପକାଇ ଦେଲା । ତାଙ୍କ ସ୍ତ୍ରୀଙ୍କ ମୃତ୍ୟୁବେଳକୁ ତାଙ୍କୁ ମାତ୍ର ଅଡ଼ତିରିଶି ବର୍ଷ ହୋଇଥିଲା । କୈବର୍ଢ଼ ଓ ସେହିପରି ଛୋଟ ଜାତିର ଯୁବକମାନେ ଅଳ୍ପ ବୟସରେ ବିବାହ କରିଥାଆନ୍ତି । ସେ ସତର ବର୍ଷରେ ବାହା ହୋଇଥିଲେ । ତାଙ୍କ ସ୍ତ୍ରୀ ମଲାବେଳକୁ ତାଙ୍କ ବଡ଼ ପୁଅ ମନୁଆକୁ ବୟସ ହୋଇଥିଲା କୋଡ଼ିଏ ବର୍ଷ । ଘରେ କୋଡ଼ିଏ ବର୍ଷର ବିବାହ ଯୋଗ୍ୟ ଭେଣ୍ଡିଆ ପୁଅ ଓ ତିନୋଟି ପାରିଲା (ବଢ଼ିଲା, ଘରଯୋଗ୍ୟ) ଝିଅ । ମାତ୍ର ତାଙ୍କ ଦେହ ଓ ମନରୁ ଯୌବନର ମାଦକତା ଯାଇନଥିଲା । ନାରୀ ସମ୍ଭୋଗର କାମନା ତାଙ୍କର ପୂରା ମାତ୍ରାରେ ଥିଲା । ଦେହରେ, ମନରେ, ପ୍ରାଣରେ, ଇଚ୍ଛାରେ, ଆତ୍ମାରେ, ଆଗ୍ରହରେ ସେ ଥିଲେ ଯୁବକ । ଯୁବକ ମନର କାମନା ଓ ଯୌବନର ଉଦ୍ଦାମତା ତାଙ୍କୁ ଅହରହ ଅସ୍ଥିର କରୁଥିଲା । କାମନା ଜନିତ ଆବେଗରେ ବ୍ୟଥିତ ହୋଇ ସେ ଅଧିକାଂଶ ସମୟରେ ଭାବ ବିହ୍ୱଳ ହୋଇ ପଡୁଥିଲେ । ପତ୍ନୀ ବିୟୋଗ ପରେ ସେହି କାମନା ଅଧିକତର ପ୍ରଜ୍ୱଲିତ ହେଲା ତାଙ୍କ ଅନ୍ତରରେ । ଗାଁର ମୁରବି ଶ୍ରେଣୀୟ ଲୋକମାନେ ଏପରି ପରିସ୍ଥିତିରେ ତାଙ୍କୁ ସଞ୍ଜମତା ରକ୍ଷା କରିବା ପାଇଁ ପରାମର୍ଶ ଦେଲେ । ଘର ଚଲାଇବାକୁ ଚୁଲି ମୁଣ୍ଡ ସମ୍ଭାଲିବା ପାଇଁ ପୁଅ ବାହାଘର କରି ବୋହୂଟିଏ ଆଣି ଝିଅମାନଙ୍କୁ ବିବାହ ଦେବାକୁ କହିଥିଲେ । ନିଜ ଯୌବନ ମାଦକର ପ୍ରବାହରେ ପ୍ରଭାବିତ ଓ ନାରୀ ସମ୍ଭୋଗ କାମନା ଦ୍ୱାରା ଜର୍ଜରିତ ହୋଇ ନିଜକୁ ସୁହାଇଲା ଭଲି ପ୍ରସଙ୍ଗ ଉଠାଇ ପୁଅର ବାଇଶ ବର୍ଷକୁ ଦଶା (ରିଷ୍ଟ) ଅଛି । ବାଇଶ ବର୍ଷ ନ ପୂରିଲା ଯାଏ ପୁଅକୁ ବାହାଦେବା ସମ୍ଭବ ନୁହେଁ ବୋଲି ସଫେଇ ଦେଇ, ବାଇଶ ବର୍ଷର (ରିଷ୍ଟ) ଖୁବ୍ ମାରାମ୍ନକ ବୋଲି ବଲିଷ୍ଠ ଓ ଅକାଟ୍ୟ ଯୁକ୍ତି ନିଜ ସପକ୍ଷରେ ଉପସ୍ଥାପନ କରି ଏବଂ (ନିଜର) ଆପଣା ଯୌନକ୍ରିୟା ଚରିତାର୍ଥ ଲାଗି ସେ ଗାଁର ମୁରବିମାନଙ୍କ କଥା ନଶୁଣି, ସାଇ ଭାଇଙ୍କ ପରାମର୍ଶ ନମାନି ଓ ବନ୍ଧୁବାନ୍ଧବଙ୍କ ଉପଦେଶକୁ କାଟି ଦେଇ ସର୍ବୋପରି ନିଜ ପିଲାମାନଙ୍କ ଭବିଷ୍ୟତକୁ ଦୃଷ୍ଟି ନ ରଖ୍ ଓ ସେମାନଙ୍କ ଆକଟ ତଥା କାକୁତି ମିନତି ଏବଂ ବାରଣ ପ୍ରତି ବେଖାତିର କରି ନିଜ ଝିଅମାନଙ୍କ ଅନୁନୟ ବିନୟକୁ ନିଘା ନଦେଇ ପୁଅ ପାଇଁ ପ୍ରସ୍ତାବିତ କନ୍ୟାଟିକୁ ନିଜେ ବାହା ହୋଇ ପଡ଼ି ପାରିବାରିକ କନ୍ଦଲକୁ ଆମନ୍ତ୍ରଣ କରି ଆଣି ଘରେ ପୁରାଇଲେ ।

ଛୋଟ ଜାତି- ପାଣ, କନ୍ଧରା, ଗୋଖା, କେଉଟ, ଧୋବା, ହାଡ଼ି, ଡମ, ବାଉରି, ତନ୍ତି, ରାଢ଼ି, କେଲା, ଚମାର ଆଦି ଶୁଦ୍ର ଶ୍ରେଣୀୟମାନଙ୍କର ସାଧାରଣତଃ ବୟସ ଜ୍ଞାନ ନ ଥାଏ । ସାମାଜିକ ସଂସ୍କାର, ସଭ୍ୟତା ତଥା ଶିଷ୍ଟାଚାର ବିଷୟରେ ଓ ସେ ସମ୍ପର୍କରେ ସେମାନଙ୍କର ଧାରଣା ଖୁବ୍ କମ୍ ଥାଏ । ସାଧାରଣ ଶିକ୍ଷା ଅଭାବରୁ ସେମାନେ କୁସଂସ୍କାରର ବଶବର୍ତ୍ତୀ ହୋଇ ନିଜ କନ୍ୟା ବୟସର ଝିଅକୁ ବିଭା ହୋଇଥାଆନ୍ତି । ଅଭାବ ହେତୁ ଏବଂ ଅସୁବିଧାରେ ପଡ଼ି ନିଜର ଅଳ୍ପ ବୟସର ଝିଅକୁ ଉପଯୁକ୍ତ ପାତ୍ରରେ ପ୍ରଦାନ କରିବାକୁ ଅକ୍ଷମ ହୋଇ ତାଙ୍କ ପିଲାଙ୍କଠାରୁ ପଟିଶ, ତିରିଶ ବର୍ଷ ବଡ଼ (କନ୍ୟାର ବାପ ଅପେକ୍ଷା ଅଧିକ ବୟସ୍କ) ପୌଢ଼ ସହିତ ବାହା ଦେଇଥାଆନ୍ତି । ଦେଶ ଯେତେ ଆଗେଇଲେ, ସମାଜ ଯେତେ ପରିମାର୍ଜିତ ହେଲେ, ଦୁନିଆର ରୀତିନୀତିରେ ଯେତେ ପରିବର୍ତ୍ତନ ଘଟିଲେ, ସଂସାରରେ ଯେତେ ସଂସ୍କାର ପ୍ରବେଶ କଲେ ସୁଦ୍ଧା ସେ ପୁରୁଣା କାଲିଆ ଢଙ୍ଗ, ମରହଟ୍ଟୀ ମନୋବୃଦ୍ଧି ଓ ମାନ୍ଧାତା ଅମଲର ନୀତି ନିୟମ ଦ୍ୱାରା ପରିଚାଳିତ ହୋଇ ସେମାନେ ଏହିପରି ଅପକର୍ମରେ ଲିପ୍ତରହନ୍ତି । ବିକାଶର ଧାରା ସେମାନଙ୍କୁ ଛୁଇଁ ପାରେନାହିଁ । ଶିକ୍ଷା, ସଭ୍ୟତା ପ୍ରତି ସେମାନଙ୍କର ସାମାନ୍ୟତମ ଆନ୍ତରିକ ଆଗ୍ରହ ଆଦୌ ନଥାଏ । ପିଲାଜନ୍ମ ଦେବାକୁ ସେମାନେ ନିଜ ପାରଙ୍ଗମତା ପଣର ପ୍ରମାଣ ବୋଲି ମନେକରନ୍ତି । ସଂସାର ବଢ଼ାଇବାକୁ ସେମାନେ ନିଜ ପୌରୁଷର ପରାକାଷ୍ଠା ବୋଲି ଭାବନ୍ତି । ସଂଖ୍ୟାଧିକ ସନ୍ତାନର ଜନକ ହେବାକୁ ସେମାନେ ନିଜର ପାରଦର୍ଶିତା ଭାବରେ ଗ୍ରହଣ କରନ୍ତି । ଏକାଧିକ ପତ୍ନୀ ଗ୍ରହଣକୁ ଆପଣା ସଉକ ମେଣ୍ଢାଇବା କ୍ଷେତ୍ରରେ ନିଜ ପାରିଲୋ ପଣର ନିଦର୍ଶନ ଭାବେ ସେମାନେ ଧରିନେଇ ଥାଆନ୍ତି । ମାତ୍ର ଜନ୍ମିତ ପିଲାମାନଙ୍କର ଲାଳନପାଳନ ପ୍ରତି

ସେମାନଙ୍କର ନଜର ନଥାଏ । ସନ୍ତାନମାନଙ୍କୁ ଉପଯୁକ୍ତ ପୋଷାକ ଓ ପୃଷ୍ଟିକର ଖାଦ୍ୟ ଯୋଗାଇବା ଲାଗି ସେମାନଙ୍କ ନିକଟରେ ସମ୍ବଳର ଘୋର ଅଭାବ ଥାଏ । ପିଲାମାନଙ୍କୁ ପାଠ ପଢ଼ାଇ ଶିକ୍ଷିତ କରିବାର ସ୍ୱପ୍ନ ସେମାନେ କେବେ ଦେଖି ନଥାଆନ୍ତି । ସୁସ୍ଥ ସବଳ ପରିବାରଟିଏ ଗଢ଼ିବାର ପରିକଳ୍ପନା ସେମାନଙ୍କର ଜାତକରେ ନଥାଏ । ଛୋଟ ସଂସାରଟିଏ ଗଢ଼ିବା ମାନୋବୃଭିର ଅଭାବ ସେମାନଙ୍କର ଏ ପର୍ଯ୍ୟନ୍ତ ରହିଛି । ସାଧାରଣ ଭାବେ ତିନିବେଳା ପେଟପୂରା ଖାଇବାକୁ ଦେବାକୁ ସେମାନଙ୍କର ସାମର୍ଥ୍ୟ ନଥାଏ । ସ୍ୱାଭାବିକ ଭାବେ ରହିବାକୁ, ଟିକେ ଆରାମରେ, ନିଶ୍ଚିନ୍ତରେ ଶୋଇବାକୁ, ସ୍ୱାଚ୍ଛନ୍ଦରେ ଚଳିବାକୁ ବାସଗୃହର ଅଭାବ ପ୍ରତି ସେମାନେ ଦୃଷ୍ଟି ଦେଇ ନଥାନ୍ତି । ଗୃହପାଳିତ ପଶୁ ପରି (ଗୁହାଳ ଭଳି) ଗୋଟିଏ ଛୋଟିଆ ଘରେ ଓ ଅଳ୍ପ ଜାଗାରେ ଅନେକ ଲୋକ ଏକ ସାଙ୍ଗରେ ରହି ସେମାନେ ନାନାଦି ଅସୁବିଧାର ସମ୍ମୁଖୀନ ହୋଇଥାଆନ୍ତି । ପରିଷ୍କାର ପରିବେଶ ଓ ଶାନ୍ତ ତଥା ସୁସ୍ଥ ବାତାବରଣ ପ୍ରତି ସେମାନେ ନଜର ଦିଅନ୍ତି ନାହିଁ । ସେପରି ଅସୁବିଧା ପ୍ରତି ସେମାନେ ସଚେତନ ନହୋଇ ନିଜର ସାଙ୍ଗ, ସାଥୀ, ସମବୟସ୍କ, ପଡ଼ୋଶୀ ଓ ବନ୍ଧୁ ବାନ୍ଧବ ତଥା ପ୍ରିୟ ଲୋକମାନଙ୍କ ପାଖରେ ନିଜକୁ ବହୁ ପତ୍ନୀକ ଭାବେର ଉପସ୍ଥାପନ କରାଇ ଆମ୍ନସନ୍ତୋଷ ଲାଭ କରନ୍ତି । ଅନେକ ସନ୍ତାନର ଜନକ ବୋଲି ଆପଣାର ପରିଚୟ ପ୍ରଦାନ କରି ଅହେତୁକ ବାହାଦୁରୀ ପାଇବାର ଆଶା ପୋଷଣ କରିଥାଆନ୍ତି । ବିବାହିତା ସ୍ତ୍ରୀର ଇଜ୍ଜତ ରକ୍ଷାପାଇଁ ପିନ୍ଧିବାକୁ ବସନ, ସ୍ୱାସ୍ଥ୍ୟ ଲାଗି ସୁଷମ ଖାଦ୍ୟ ଯୋଗାଇ ନପାରି ସୁଦ୍ଧା ଏକାଧିକ ପତ୍ନୀ ଗ୍ରହଣ କରିବାକୁ ସକ୍ଷମ ହୋଇ ପାରିଥିବାରୁ ନିଜକୁ ଖୁବ୍ ଗର୍ବିତ ମନେକରନ୍ତି । ଘରେ ବିବାହ ଯୋଗ୍ୟା ଯୁବତୀ ଝିଅର ଦେହ (ଭେକ) ଲୁଚାଇବା ପାଇଁ ପୋଷାକ (ବସ୍ତ୍ର) ଦେଇ ନ ପାରି ସୁଦ୍ଧା ପରିବାର ଅତି ମାତ୍ରାରେ ବଢ଼ାଇବରେ ଲିପ୍ତ ରହନ୍ତି । ନିର୍ବିଘ୍ନରେ, ନିର୍ବିଚାରରେ, ନିଃସଙ୍କୋଚରେ ନିଜ ସଂସାର ଓ ପରିବାରର ଜନସଂଖ୍ୟା ବୃଦ୍ଧି କରିପାରିଥିବାରୁ ତାକୁ ଆପଣାର ପୌରୁଷପଣିଆ ଆଉ ନିଜ ପାରିଲା ପଣର ପରାକାଷ୍ଠା ଭାବରେ ଗ୍ରହଣ କରିଥାଆନ୍ତି ।

କେଉଟମାନେ ହେଲେ ମଦପିଆ ଜାତି । ପାଣିରେ ପଶି ମାଛ ଧରିବା ସେମାନଙ୍କର କୌଳିକ ବୃଭି । ମାଛ ଶୁଖୁଆ ବେପାର କରିବା ସେମାନଙ୍କର ମୁଖ୍ୟ ବ୍ୟବସାୟ (ବେପାର) । ସେମାନେ ଭାରି ମାଛ ମାଂସ ପ୍ରିୟ । ଆମିଷିଆ (ମାଂସାସୀ) ଜାତି । କୈବର୍ତ୍ତମାନେ ଦିନରେ ତିସିରା ପହର ପର୍ଯ୍ୟନ୍ତ ଜାଲ ବାଇ ବହୁ କଷ୍ଟ ସ୍ୱୀକାର କରି ଧରିଥିବା ମାଛ ବିକ୍ରିକରି ସେ ପଇସାରେ ସେମାନେ ମଦ ପିଇ ଥାଆନ୍ତି । ପରଘରେ ମୂଲଲାଗି ବହୁ ଶ୍ରମବ୍ୟୟରେ ଆଣିଥିବା ମଜୁରୀ ବାବଦ ଅର୍ଥକୁ ମଧ ସେମାନେ ମଦପିଆରେ ଉଡ଼ାଇ ଦେବାକୁ କୁଣ୍ଠିତ ହୁଅନ୍ତି ନାହିଁ । ମଦ ପିଇଲାବେଳେ ଘରର ସୁବିଧା ଅସୁବିଧା ପ୍ରତି ସେମାନଙ୍କର ନଜର ନଥାଏ । ଅନ୍ୟ ଜାତିର ଲୋକେ ପର୍ବପର୍ବାଣିକୁ ପିଠାପଣା କିମ୍ବା ସୁସ୍ୱାଦୁ ଖାଦ୍ୟ, ବ୍ୟଞ୍ଜନ ଖାଇ ପାଳନ କରୁଥବାବେଲେ କୈବର୍ତ୍ତମାନେ ସେହିଦିନଗୁଡ଼ିକରେ ମଦପିଇ ମାତାଲ ହୋଇ ଖୁସି ମନାଇ ଥାଆନ୍ତି । ସେମାନଙ୍କ ମୁଖ୍ୟ ପର୍ବ ଚଇତି ପୂର୍ଣ୍ଣିମାରେ କେଉଟ ସାଇ ଗୋଖା ବସ୍ତିମାନଙ୍କରେ ମଦର ବନ୍ୟା ଛୁଟେ । ଆମେ ଓଷାବାର ପୂନେଇ ପର୍ବ ଦିନଗୁଡ଼ିକରେ ବ୍ରତ ପାଳନ କରିଥାଆନ୍ତି । ବ୍ରତପାଳନ ପାଇଁ ନିଷ୍ଠା ଆବଶ୍ୟକ ପଡ଼େ । ନିଷ୍ଠାରେ ରହିବାକୁ ହେଲେ ଉପବାସ ରହିବା କିମ୍ବା ସାତ୍ତ୍ୱିକ ଆହାର ଗ୍ରହଣ କରିବା ବିଧେୟ । ସାତ୍ତ୍ୱିକ ଆହାର ଫଲ କିମ୍ବା ହବିଷାନ୍ନ ଭୋଜନକୁ ବୁଝାଇଥାଏ । ସେହିଦିନଗୁଡ଼ିକରେ ଆମିଷଭକ୍ଷଣ ସମ୍ପୂର୍ଣ୍ଣ ରୂପେ ବର୍ଜନ କରାଯାଇଥାଏ । ଏପରିକି ବ୍ରତ ପାଳନ ଦିନଗୁଡ଼ିକରେ ଘରକୁ ଆମିଷ ଆଣିବା ମଧ ନିଷିଦ୍ଧ ହୋଇଥାଏ । ଏପରିକି ବ୍ରତପାଳନର ପୂର୍ବଦିନକୁ ଏକବାର କୁହାଯାଏ । ଏକବାରଦିନ ବ୍ରତ ପାଳନର ପ୍ରସ୍ତୁତି ସ୍ୱରୂପ ସ୍ନାନ, ସୌଚ, ଆମିଷବର୍ଜନ ଓ ସାତ୍ତ୍ୱିକ ଭୋଜନରେ ଅତିବାହିତ ହୁଏ । ବ୍ରତ ପାଳନର ପୂର୍ବଦିନଠାରୁ ଓ ପାଳନ ଦିନଗୁଡ଼ିକରେ ଘରକୁ ଆମିଷ ଆଣିବା ମଧ ନିଷିଦ୍ଧ ହୋଇଥାଏ । ଆମ ପର୍ବ ପର୍ବାଣିରେ ଆମେ ପିଠାପଣା ଉପରେ ଜୋର ଦେଇଥାଆନ୍ତି । ସେଦିନ ଗୁଡ଼ିକରେ ପ୍ରାୟ ସବୁ ଘରମାନଙ୍କରେ ଆମିଷକୁ ବାରଣ କରାଯାଇଥାଏ । କିନ୍ତୁ କୈବର୍ତ୍ତମାନେ ସେମାନଙ୍କର ପ୍ରଧାନ ପର୍ବ ଚଇତି ପୂର୍ଣ୍ଣିମାରେ ଚକୁଳି ପିଠା ସହିତ ଆମିଷକୁ ବିଶେଷ କରି ମାଛ

ତରକାରୀ ଖାଇ ମଦପିଇ ମାତାଲ ହୋଇ ବେହୋଶରେ ଗଡ଼ୁଥାଆନ୍ତି । ଦେବାରାଧନା ଲାଗି ବ୍ରତ ପାଳନ ସକାଶେ ସେମାନଙ୍କର ନିସ୍ତାର କୌଣସି ଆବଶ୍ୟକ ପଡ଼େନା । ସେଥିପାଇଁ ସାତ୍ତ୍ୱିକ ଆହାର ଭୋଜନ କିମ୍ବା ଉପବାସର ପ୍ରୟୋଜନ ହୋଇନଥାଏ ।

ଚୈତ୍ର ପୂର୍ଣ୍ଣିମାରେ ରାମଚନ୍ଦ୍ରଙ୍କର ନୌକାରେ ଗଙ୍ଗାନଦୀ ପାରହେବା ଦୃଶ୍ୟର ମୂର୍ତ୍ତି ଗଢ଼ାଯାଇ ପୂଜା ପାଆନ୍ତି । ରାମ, ଲକ୍ଷ୍ମଣ ଓ ବିଶ୍ୱାମିତ୍ର ଋଷିଙ୍କୁ ଦାସରଜା (କୈବର୍ତ୍ତ ମୁଖିଆ ବସ୍ତୁ) ନାଉରିଆ ହୋଇ ନଦୀ ପାର କରିବା ଦୃଶ୍ୟ ଠାକୁର ମେଢ଼ରେ ରୂପପାଏ । ସେଠାରେ ମୁଖ୍ୟ ଭୋଗ ଭାବରେ ଚକୁଳି ପିଠା ସାଙ୍ଗକୁ ଆମିଷ ତରକାରୀ ନୈବେଦ୍ୟ ରୂପେ ବଢ଼ାଯାଇ ଅର୍ପଣ କରାଯାଏ । ସେ ପର୍ବରେ କୈବର୍ତ୍ତମାନେ ମଦକୁ ଗଙ୍ଗା ଜଳ ଭାବି ଆକଣ୍ଠ ପିଇ ଥାଆନ୍ତି । ଯେପରି ଗଙ୍ଗାଜଳ ପାନକଲେ ମୁକ୍ତି ମିଳେ, ପାପ ନାଶ ଯାଏ ବୋଲି ବିଶ୍ୱାସରେ ମୃତ୍ୟୁ ସମୟରେ ତୁଣ୍ଡରେ ନିର୍ମାଲ୍ୟ ସହିତ ଗଙ୍ଗାଜଳ ଦିଆଯାଏ । ଯଜ୍ଞାଦି କର୍ମରେ ଗଙ୍ଗାଜଳ ସିଞ୍ଚନ କରି ଯଜ୍ଞ ମଣ୍ଡପକୁ ଏବଂ ଯଜ୍ଞ ବା ହୋମ ଅନୁଷ୍ଠିତ ହେଉଥିବା ସ୍ଥାନକୁ ପବିତ୍ର କରାଯାଏ । ସେହିପରି କୈବର୍ତ୍ତମାନେ ସେମାନଙ୍କ ପର୍ବଦିନଗୁଡ଼ିକରେ ମଦକୁ ଗଙ୍ଗାଜଳ ମନେକରି ଆକଣ୍ଠ ପିଇ ମାତାଲ ହୋଇ ଗଡ଼ନ୍ତି । ଅନ୍ୟଦିନଗୁଡ଼ିକରେ ଦିନତମାମ ଗଧପରି ଖଟି ଅର୍ଜିଥିବା ଅର୍ଥରେ ସଞ୍ଜରେ ମଦପିଇ ଦେଇ ଘୁସୁରି ପରି ଗଡ଼ୁ ଥାଆନ୍ତି । ରାତିରେ ସ୍ତ୍ରୀ ସହିତ ସଉକ କରି ଅନେକ ପିଲାଛୁଆ ଜନ୍ମଦେଇ ଥାଆନ୍ତି । ସେମାନଙ୍କୁ ଭଲ ପୋଷାକ ଯୋଗାଇ ନ ପାରି ପେଟପୁରା ଖାଇବାକୁ ନଦେଇ ପାରି ଅଳ୍ପ ଜାଗାରେ (ବାସଗୃହ ଅଭାବରୁ) ଘୁସୁରି ପରି ଅନେକ ଲୋକ ରହି ମଧ୍ୟ ଚଳିବା ପାଇଁ ବହୁତ ଅସୁବିଧାର ସମ୍ମୁଖୀନ ହୋଇ ସୁଦ୍ଧା ସେମାନେ ପିଲାଜନ୍ମକୁ ଈଶ୍ୱରଙ୍କ ଦାନ ମନେ କରି ସଂସାର ବଢ଼ାଇବାରୁ ବିରତ ହୁଅନ୍ତି ନାହିଁ ।

କୈବର୍ତ୍ତ ସାଇରେ, ଗୋଖା ବସ୍ତିରେ ପ୍ରତ୍ୟେକ ଘରେ ପଲେ ଲେଖାଁ ଛୁଆ । କେଁ କାଁ, ଭେଁ ଭାଁ, କେଁ କଟର । ସକାଳୁ ସଞ୍ଜ ଯାଏଁ କୋଲାହଲ । ସକାଳୁ ବିଛଣାରୁ ଉଠିବାଠାରୁ ପୁଣି ରାତିରେ ଶୋଇବା ପର୍ଯ୍ୟନ୍ତ ପାଟିଗୋଳ ଲାଗି ରହିଥାଏ । ସାଧାରଣତଃ ଛୋଟ ଜାତିର ବସ୍ତିମାନଙ୍କରେ, ଗାଁ ଦାଣ୍ଡରେ ପଲପଲ ଛୁଆ ସାଲୁବାଲୁ ହୋଇ ବୁଲୁଥାଆନ୍ତି । ମେଘ ପାଣିରେ ତିନ୍ତି ବୁଡ଼ି ନସର ପସର ହେଉଥାଆନ୍ତି । ପାଣିରେ ଗୋଟାପୁଣି ଓଦା, କାଦୁଅରେ ପେଙ୍ଗୁଳି ହୋଇ ସୁଦ୍ଧା, କୈବର୍ତ୍ତମାନେ ପୁରୁଷାନୁକ୍ରମେ ପାଣି କାଦୁଅରେ ମାଛ ଧରୁଥିବାରୁ ପାଣି କାଦୁଅ ସେମାନଙ୍କର ଦେହରେ ଚଳି ଗଲାଣି ଓ ତାହା ବଂଶଗତ ଅଭ୍ୟାସରେ ପଡ଼ିଗଲାଣି । ସେଥିପାଇଁ ଯେତେ ପାଣି କାଦୁଅ ହେଲେ ସୁଦ୍ଧା ସେମାନଙ୍କୁ ଓ ତାଙ୍କ ପିଲାମାନଙ୍କୁ ଥଣ୍ଡା କିମ୍ବା ସର୍ଦ୍ଦି ଜ୍ୱର ସହଜରେ ଧରେନାହିଁ ।

ଅଚ୍ଛ ଜାଗାରେ ଅନେକ ଲୋକ । ସ୍ୱଚ୍ଛନ୍ଦରେ ଚଲାଚଲ ପାଇଁ ଘୋର ଅସୁବିଧା । ସେମାନଙ୍କର ପିଲା ସଂଖ୍ୟା ଅଧିକ । ପିଲାମାନଙ୍କ ଦେହରେ ଜାମା ନ ଥାଏ । ରହେ ନାହିଁ ପ୍ୟାଣ୍ଟ । ଯଦିବା ଜାମା ଥାଏ, ସେଥିରେ ବେତାମ ନଥାଏ । ଫୁଙ୍ଗୁଳା ଦେହକୁ ଲଙ୍ଗଳା ପିଲା ଗୁଡ଼ିଏ । ଖାଇବାକୁ ଏଣେ ଅଭାବ । ରୋଗ ବାଧ୍ରିକରେ ପଡ଼ିଲେ ଔଷଧ ଆଣିବାକୁ ପଇସା ପାଆନ୍ତିନି । ଡାକ୍ତରଙ୍କ ଫିସ୍ ଦେବାକୁ ପାଖରେ ଅର୍ଥ ନଥାଏ । ବର୍ଷାଦିନେ କାଦୁଅ ଦଡ଼ିରେ ଛୋଟ ଛୋଟ ପିଲାମାନେ ଦୂରକୁ ନ୍ୟାଇ ପାରି ଗାଁ ଦାଣ୍ଡର ଗୋଟେ କଡ଼କୁ ମଳତ୍ୟାଗ କରିଥାଆନ୍ତି । ସଡ଼ସଡ଼ କାଦୁଅ ସାଙ୍ଗକୁ ମଇଳାର ଦୁର୍ଗନ୍ଧ ନାକ ଫାଟି ପଡ଼ୁଥିବ । ପରିବେଶ ଅପରିଷ୍କାର । ଅପରିଚ୍ଛନ୍ନ ସ୍ଥାନରେ ସୁସ୍ଥ ସବଳ ମଣିଷ ବି ରୋଗରେ ପଡ଼ିବାର ସମ୍ଭାବନା ଥାଏ । ସହଜେତ ସେମାନେ ମୂର୍ଖ, ନିରକ୍ଷର ପୁଣି ସଚେତନତାର ଘୋର ଅଭାବ । ସେଠି ସଂକ୍ରାମକ ରୋଗ ବ୍ୟାପିବ ହିଁ ବ୍ୟାପିବ । ତାକୁ ରୋକି ପାରିବ କିଏ ?

ସେହି ରୋଗ ବୈରାଗରୁ ବର୍ତ୍ତିଯାଇଥିବା ପିଲାମାନଙ୍କର ପିଟା ଶୁଖି ଯାଇଥାଏ । ମୁଣ୍ଡଟି ଦେହ ତୁଳନାରେ ବଡ଼ ହୋଇଯାଏ । ପେଟଟି ବାହାରି ପଡ଼ିଥାଏ ଆଗକୁ, ଅଣ୍ଟାରେ ଖାଲେଇ ବାନ୍ଧିଥିବା ମଣିଷଙ୍କ ପରି । ହାତ ଗୋଡ଼ ବଗ ଗୋଡ଼ ପରି ସରୁସରୁ । ଫୁଙ୍ଗୁଳା ଦେହ ନହେଲେ ପିନ୍ଧିଥିବା ଜାମାରେ ବୋତାମ ନଥାଏ । ପ୍ୟାଣ୍ଟଟି ମଧ୍ୟ ତଦ୍ରୂପ ।

ସେଥିରେ ବୋତାମ, ହୁକ୍ କିମ୍ବା ଚେନ୍ ନଥାଏ । ଅଣ୍ଡା ପାଖରୁ ମୋଡ଼ି ପିନ୍ଧି ଥାଆନ୍ତି । ନହେଲେ ସେଥିରେ ବାଣି କିମ୍ବା କନାଧଡ଼ିରେ କମରପଟି ପରି ବାନ୍ଧି ଦିଅନ୍ତି । ଦଶବାର ବର୍ଷ ପର୍ଯ୍ୟନ୍ତ ସେମାନଙ୍କର ଏପରି ଅବସ୍ଥା ଲାଗି ରହିଥାଏ । ଟିକେ ବଡ଼ (ଡେଙ୍ଗାଳିଆ) ହୋଇଗଲେ କେଉଁ ଧନଶାଳୀ ଲୋକ ଘରେ ରହି ବୋଲହାକ କରନ୍ତି । କେଉଁ ବଡ଼ ଚାଷୀର ଗାଈଗୋରୁ ଜଗିବା କାମରେ ନିଯୁକ୍ତ ହୁଅନ୍ତି । ଆଉଟିକେ ମୁଣ୍ଡ କାଢ଼ିଗଲେ (ବଡ଼ ହୋଇ ଗଲେ) ମୂଲ ମଜୁରୀ ଲାଗିଲେ ସେମାନଙ୍କ ଅବସ୍ଥାର ପରିବର୍ତ୍ତନ ଘଟେ ।

ଦ୍ୱିତୀୟ ବିବାହ ପରେ ସପନି ମାମୁଁଘରେ କନ୍ଦଲ ଆରମ୍ଭ ହେଲା । ଘରେ କୋଡ଼ିଏ ବର୍ଷର ଭେଣ୍ଡିଆ ଯୁଅନ ପୁଅ ଓ ତିନୋଟି ବିବାହ ଯୋଗ୍ୟା ବଢ଼ିଲା ଝିଅମାନଙ୍କ ସହିତ ତା' ମାମୁଁଙ୍କର ଦ୍ୱିତୀୟ ପକ୍ଷ ପତ୍ନୀଙ୍କର ମୋଟେ ପଡ଼ିଲା ନାହିଁ । କନିଆ ମା'ର ସାବତ ପିଲାମାନଙ୍କ ସହିତ ଅଧିକାଂଶ ସମୟରେ ଝଗଡ଼ା ଲାଗିଲା । କଳି ହେଲା । ସେମାନଙ୍କ ମଧ୍ୟରେ ମନାନ୍ତର ଏତେ ବାଟକୁ ଚାଲି ଗଲା ଯେ ଶେଷରେ ଗାଁର ପାଞ୍ଚ ସାତଜଣ ମୁରବି ଶ୍ରେଣୀୟ ଲୋକ ବସି ସପନି ମାମୁଁ ଓ ତାଙ୍କ ପ୍ରଥମ ସ୍ତ୍ରୀ ପିଲାମାନଙ୍କୁ ପୃଥକ୍ କରିଦେଲେ । ଭିନ୍ନ ହୋଇଯିବା ପରେ ସପନି ତା' ମାମୁଁ ପୁଅ ମନୁଆ ଓ ମାମୁଁ ଝିଅମାନଙ୍କୁ ସପଟ କରିଥିଲା । ସବିତା ସହିତ ତା'ର ସମ୍ପର୍କ ଯୋଡ଼ିବାରେ ତା' ମାମୁଁଝିଅମାନେ ତାକୁ ସହଯୋଗ କରିଥିଲେ । ଯଦିବା ପାଠ ପଢ଼ିଲାବେଳେ ମାମୁଁଙ୍କଠାରୁ ସାହାଯ୍ୟ ପାଇ ଥିବାରୁ ସପନି ତା' ମାମୁଁଙ୍କ ପ୍ରତି କୃତଜ୍ଞ ଥିଲା । ତା' ହୃଦୟରେ ମାମୁଁଙ୍କ ପ୍ରତି ଦରଦ ରହିଥିଲେ ସୁଦ୍ଧା ନିଜର ସ୍ୱାର୍ଥ ହାସଲ ପାଇଁ ସେ ତା' ମାମୁଁଙ୍କୁ ସପଟ ନ କରି ତାଙ୍କ ପୁଅ, ଝିଅମାନଙ୍କୁ ପ୍ରକାଶ୍ୟରେ ଖୋଲାଖୋଲି ସମର୍ଥନ କରିଥିଲା ।

ମଣିଷ ସବୁବେଳେ ଆପଣା ସ୍ୱାର୍ଥ ପ୍ରତି ସଚେତନ ଥାଇ କାର୍ଯ୍ୟ କରିଥାଏ । ନିଃସ୍ୱାର୍ଥପର ବ୍ୟକ୍ତି ସଂସାରରେ ପ୍ରାୟତଃ ବିରଳ । ସପନି ପାଠ ପଢ଼ିଲାବେଳେ ତା' ମାମୁଁଙ୍କଠାରୁ ଆର୍ଥିକ ସାହାଯ୍ୟ ପାଇଥିଲେ ସୁଦ୍ଧା ତା' ମାମୁଁଙ୍କୁ ତାଙ୍କ ବିପଦ ସମୟରେ କୌଣସି ପ୍ରକାର ସାହାଯ୍ୟ କରିନଥିଲା । ନିଜର ବ୍ୟକ୍ତିଗତ ସଂକୀର୍ଣ୍ଣ ସ୍ୱାର୍ଥ ସିଦ୍ଧି ପାଇଁ ସେ ତା' ମାମୁଁଙ୍କର ତା'ପ୍ରତି ଥିବା ସମସ୍ତ ସ୍ନେହ, ଶ୍ରଦ୍ଧା, ସଦିଚ୍ଛା ଓ ସାହାଯ୍ୟକୁ ଭୁଲିଯାଇ ସବିତାଙ୍କ ସହିତ ସମ୍ପର୍କ ସ୍ଥାପନରେ ମାମୁଁ ଝିଅ ଭଉଣୀଙ୍କ ସହଯୋଗ ପାଇବା ଆଶାରେ ସେମାନଙ୍କ ପକ୍ଷଭୁକ୍ତ ହୋଇ ଯାଇଥିଲା ।

ସପନି ମାମୁଁଘରେ କଳିଗୋଳ ଲାଗି ରହିଲା । ଘରେ ସବୁଦିନେ ଝଗଡ଼ା ଝାଣ୍ଟି ଚାଲିଲା । କନିଆ ମା' ଓ ସାବତ ଛୁଆଙ୍କ ମଧ୍ୟରେ କଜିଆ ପ୍ରତିଦିନ ହୁଏ । ଘରେ ସବୁବେଳେ ଅଶାନ୍ତି । ବିଶୃଙ୍ଖଳା ଦିନକୁ ଦିନ ବଢ଼ିଲା ପକ୍ଷେ କମିବାର ନାଁ ଧରିଲା ନାହିଁ । ବାପ କିମ୍ବା ପୁଅ କେହି ରୋଜଗାର ବାଟ ଧରିଲେ ନାହିଁ । ଅନାବଶ୍ୟକ ଖର୍ଚ୍ଚ ଅହେତୁକ ଭାବେ ବଢ଼ି ଚାଲିଲା । ଘରୁ ଧାନ, ଚାଉଳ ଚୋରି କରି ଓ ଲୁଚେଇ ବିକି କନିଆ ମା' ଓ ସାବତ ଝିଅମାନେ ନିଜନିଜର ହାତପାଣ୍ଠି ବଢ଼ାଇବାରେ ବ୍ୟସ୍ତ ରହିଲେ । ଫଳରେ ଘରର ଆର୍ଥିକ ଦୁରାବସ୍ଥା ଶୋଚନୀୟ ହୋଇପଡ଼ିଲା । ଯାହା ଫଳରେ ଇଚ୍ଛା ଥିଲେ ସୁଦ୍ଧା ସପନିର ମାମୁଁ ତାଙ୍କ ସାନ ଭଣଜାମାନଙ୍କୁ ପାଠ ପଢ଼ାଇବା ପାଇଁ ସାହାଯ୍ୟ ସହଯୋଗ ଦେଇପାରିଲେ ନାହିଁ ।

କଥାରେ ଅଛି 'ବିଟପୀ ହାତରେ ପ୍ରେମ ବାରତା, ଟଙ୍କା ମଧ୍ୟସ୍ତରେ ଯେଉଁ ବନ୍ଧୁତା । କାଚ ଚିଜ୍ ମଧ୍ୟେ ଲୁହା ଖଣ୍ଡତା, କାରବାର ନିଶ୍ଚେ ଭାଙ୍ଗିବା କଥା । ଭେଣ୍ଡାପୁଅ ଯେବେ ହେଲା ଠାପୁଆ, ହଳୁଆ ବଳଦ ହୋଇଲା ଶୁଆ । ଘରର ମାଲିକ ହେଲେ ଅପୁଆ, ସହଜେ ସେ ଘର ନୁହେଁ ଉଠିଆ ।' When wars are ended abroad, sedition begins at home and when men are freed from fighting for necessity, they quarrel through ambition.   -sir walter scott.

ସପନିର ମାମୁଁଘର ଓ ସବିତାଙ୍କ ଘର ଏକା ଗାଁ ଗୋଟିଏ ସାଇରେ । ଉଭୟେଶ୍ୱରଙ୍କ ମନ୍ଦିରରେ ସେମାନଙ୍କ ମଧ୍ୟରେ ଭେଟ ହୋଇ ପରସ୍ପରକୁ ଭଲ ପାଇ ସେମାନେ ବିବାହ ପାଇଁ ଠାକୁରଙ୍କ ଧଣ୍ଟାଛୁଇଁ ନିୟମ କରିଥିଲେ । ସପନିର

ବାପା କରୁଣି ଏଥିରେ ରାଜି ନଥିଲେ । ସପନି ଓ ସବିତାଙ୍କ ମଧ୍ୟରେ ସମ୍ପର୍କ ଏମିତି ନିବିଡ଼ ହୋଇ ଯାଇଥିଲା ଯେ ସେମାନେ କେହି କାହାରିକୁ ଛାଡ଼ିବା ଅବସ୍ଥାରେ ନଥିଲେ । ପରିସ୍ଥିତି ଏପରି ହେଲା ଯଦି ଘରେ ପରିବାରର ଲୋକମାନେ ସେମାନଙ୍କୁ ବାହା କରାଇବା ପାଇଁ ସମ୍ମତ ନ ହୁଅନ୍ତି, ତେବେ ସେମାନେ ଗାଁ ଛାଡ଼ି ଲୁଟି ଲୁଟି ପଳାଇବେ ଏବଂ ଠାକୁରଙ୍କ ପାଖରେ ଫୁଲମାଲ ବଦଲ କରି ବାହା ହେବାକୁ ନିଷ୍ପତି ନେଇଥିଲେ । ସତୀର ଜେଜେ କରୁଣି ସେମାନଙ୍କ ଯୋଜନା ସମ୍ପର୍କରେ ଜାଣିପାରି ଲୋକଲଜ୍ୟା ଅପମାନରୁ ରକ୍ଷା ପାଇବା ପାଇଁ ବାଧ୍ୟ ହୋଇ ନିଜର ସିଦ୍ଧାନ୍ତ ପରିବର୍ତ୍ତନ କରି ଯୋଗାଯୋଗ (ପ୍ରସ୍ତାବିତ) ବାହାଘରର ଆୟୋଜନ କରିଥିଲେ । ବାହାରକୁ ଯଦିବା ଏହା ଯୋଗାଯୋଗ ବା ପ୍ରସ୍ତାବିତ ବାହାଘର ପରି ଜଣା ଯାଉଥିଲା କିନ୍ତୁ ପ୍ରକୃତରେ ଏହା ଏକ ପ୍ରେମ ବିବାହ ଥିଲା ।

ତାବାଦ୍ ସପନି ସହିତ ତା' ମାମୁଁ ପୁଅ ମନୁଆ ମଧ୍ୟ ତାଙ୍କ ଗାଁ ସ୍କୁଲରୁ ମ୍ୟାଟ୍ରିକ୍ ପାସ୍ କରିଥିଲା । ବାପ-ପୁଅ ପ୍ରଥକ୍ ହୋଇଯିବା ପରେ ସପନି ତା' ମାମୁଁ ପୁଅ ମନୁଆକୁ ବାହା କରାଇଥିଲା । ତା'ମାମୁ ଝିଅଙ୍କ ବାହାଘରରେ ମଧ୍ୟ ସକ୍ରିୟ ଅଂଶ ଗ୍ରହଣ କରିଥିଲା । ପ୍ରତିଦାନ ସ୍ୱରୂପ ସେମାନେ ସବିତା ସହିତ ସପନିର ବିବାହ ପାଇଁ ତାଙ୍କ ପିଉସା ଓ ପିଉସୀଙ୍କ ଉପରେ ଚାପ ପକାଇଥିଲେ ଏବଂ ସଫଳ ହୋଇଥିଲେ ମଧ୍ୟ ।

ବିବାହପରେ ସପନିର ଯୋର ସେପଟ ତା' ମାମୁଁଘର ଗାଁକୁ ଯିବା କମିଗଲା । ସେ ଟିଉସନ ଛାଡ଼ିଦେଲା । ଯାହା ପାଇଁ ସେ ଏତେ ବାହାନା କରି ଯୋର ପାର ହୋଇ ଗୋଟେ କିଲୋମିଟର ଚାଲିଚାଲି ଯାଉଥିଲା । ସିଏ ତ ଆସି ତା ନିଜ ଘରେ । ଆଉ ମାମୁଁଘର ଗାଁକୁ ଯିବା ଆବଶ୍ୟକ ହେଲା ନାହିଁ । ଉଉରେଶ୍ୱର ମହାଦେବଙ୍କୁ ଠାକୁରଙ୍କ ବାରିରେ ଦର୍ଶନ କରିବା ଦରକାର ପଡ଼ିଲା ନାହିଁ । ନବ ବିବାହିତା ପ୍ରେମିକା ପତ୍ନୀ ସବିତାକୁ ପାଇ ସପନିର ତା' ମାମୁଁଘର ଓ ସେ ଗାଁରେ ଥିବା ପାଠପଢ଼ା ସାଙ୍ଗମାନଙ୍କ ପ୍ରତି ଥିବା ଆକର୍ଷଣ ପୂରାପୂରି କମିଗଲା । ସେ ସବିତାଙ୍କ ପରି ଚଳନ୍ତି ଠାକୁରାଣୀଙ୍କୁ ପାଇ ଆର ଗାଁର ମା' ମଙ୍ଗଳା ଓ ବାବା ଉଉରେଶ୍ୱର ମହାଦେବ ଠାକୁରଙ୍କ ପଥର ମୂର୍ତ୍ତିକୁ ଏକାବେଲେକେ ପୂର୍ଣ୍ଣମାତ୍ରାରେ ଭୁଲିଗଲା । ସେମାନଙ୍କୁ ସବୁ ପାଶୋରି ପକାଇ ଆପଣା ପ୍ରେମିକା ପତ୍ନୀର ପ୍ରେମରେ ବାନ୍ଧି ହୋଇ କଣପଶା ପାଲଟିଗଲା ।

ଟିଉସନ ପଇସାରୁ ଅର୍ଥ ସଞ୍ଚୟ କରି କଲେଜରେ ପଢ଼ିବା ଯୋଜନାର ପରିସମାପ୍ତି ସପନି ନିଜ ହାତରେ ରଚନା କରିଥିଲା ।

ଗାଁ ଗହଳିରେ ଗୋଟେ ପ୍ରବାଦ ଅଛି ରାଜିରୂଜାରେ ବାହାହୋଇଥିବା ଦମ୍ପତ୍ତିଙ୍କର ପିଲାଛୁଆ ହୁଅନ୍ତି ନାହିଁ । ଅଧିକାଂଶ କ୍ଷେତ୍ରରେ ଯେଉଁ ବାପା ମା'ଙ୍କର ଗୋଟିଏ ପୁଅ ସେମାନେ ସେହି ଲୋକ କଥା ଭୟରେ ପିଲା ନ ହେବା ଆଶଙ୍କା କରି ପ୍ରେମ ବିବାହକୁ ବିରୋଧ କରି ଥାଆନ୍ତି । କରୁଣି ଦାସର ତିନି ପୁଅ ଥିଲେ । ସେଥିପାଇଁ ସେ ବଡ଼ ପୁଅ ସପନିର ଏ ପ୍ରେମ ବିବାହକୁ ସେତେ ଗୁରୁତ୍ୱର ସହିତ ବିରୋଧ କରି ନ ଥିଲା ।

ଗାଁ ଗହଳିରେ ପ୍ରଚଳିତ ସେ ପୁରୁଣା ମରହଟ୍ଟି ଯୁଗର ପ୍ରସଙ୍ଗକୁ ଭୁଲ ପ୍ରମାଣିତ କରି ବାହାଘରର ଦୁଇମାସ ପରେ ସବିତା ଗର୍ଭବତୀ ହେଲେ । ବାହାଘରର ବର୍ଷକ ମଧ୍ୟରେ ସତୀର ଜନ୍ମ । ଘରର ବଡ଼ପୁଅର ପ୍ରଥମ ସନ୍ତାନ ଜନ୍ମ ହୋଇଥିବାରୁ ପରିବାରର ଲୋକମାନେ ଖୁବ୍ ଆନନ୍ଦ ଅନୁଭବ କଲେ । ସତୀର କୁଆକୁଆଁ କାନ୍ଦ ଶୁଣି ଘରେ ସମସ୍ତଙ୍କ ମୁହଁରେ ହସର ଲହରି ଖେଳିଗଲା । ସମସ୍ତେ ଖୁସି । ସମସ୍ତଙ୍କ ମନରେ ଉତ୍ସାହ । ଉଦ୍ଦିପନାରେ ଭରପୂର ସମସ୍ତଙ୍କ ମନ । ଅବଶ୍ୟ ଧନର ଅଭାବ ପାଇଁ ସେମାନେ ସଠି ଘରକୁ ଗାଁରେ ମିଠା ବାଣ୍ଟି ପାରି ନଥିଲେ । ଘରେ ଚକୁଳି ପିଠା କରି ସେ ଆନନ୍ଦକୁ ନିରାଡ଼ମ୍ବର ଭାବରେ ପାଳନ କଲେ । ଗରିବ ଘର । ଏକୋଇଶିଆକୁ ଆର୍ଥିକ ଦୁରାବସ୍ଥା ଯୋଗୁଁ ମାଇକ ବାଜି ପାରିଲାନାହିଁ । ଶୁଣିବାକୁ ମିଳିନଥିଲା ତେଲିଙ୍ଗ ମହୁରୀର ଧୁମ୍ । ସତ୍ୟପୀର (ନାରାୟଣ)ଙ୍କ ପୂଜା ମଧ୍ୟ ହୋଇପାରିନଥିଲା । ମନର ଆନନ୍ଦ ଓ ହୃଦୟର ଆବେଗ ଏବଂ ଅନ୍ତରର ଉଲ୍ଲାହକୁ ସେମାନେ ନିରବରେ ବେଶ ଖୁସି ମିଞ୍ଜାସରେ ପାଳନ କରିଥିଲେ । ସମସ୍ତଙ୍କ ମୁହଁରେ ହସର ଝଲକ । ପଇସା ଅଭାବ ଲାଗି ସେମାନେ ଅଧିକ ଖର୍ଚ୍ଚ

କରିନପାରି ଏକୋଇଶିଆ ଦିନ ଗ୍ରାମ ଦେବତା ଧବଳେଶ୍ୱରଙ୍କ ଉପରେ କ୍ଷୀର ଡ୍ରାଲି ଓ ତାଙ୍କ ପାଖରେ ଭୋଗ ଲଗାଇ ସତୀର ଜନ୍ମୋସବକୁ ନିରାତ୍ମୟରେ ପାଳନ କରିବା ସହିତ ଝିଅର ଦୀର୍ଘ ନିରାମୟ ଜୀବନ କାମନା କରିଥିଲେ ।

ପ୍ରତ୍ୟେକ ଦମ୍ପଭି ପୁତ୍ର ସନ୍ତାନ କାମନା କରିଥାଆନ୍ତା । ବଡ଼ପୁଅ ବାପ ପିଣ୍ଡର ଅଧିକାରୀ । ପୁଅମାନେ ପିତୃପୁରୁଷଙ୍କୁ ପିଣ୍ଡଦାନ ଦେଇଥାଆନ୍ତି । ବାର୍ଦ୍ଧିକ୍ୟରେ ଯେତେବେଳେ ମଣିଷ ଚଳପ୍ରଚଳ ପାଇଁ ଅକ୍ଷମ ହୋଇପଡ଼େ ସେତେବେଳେ ପୁଅ ବୋହୂ ହିଁ ସେମାନଙ୍କ ସେବା ଶୁଶ୍ରୂଷା କରିଥାଆନ୍ତି । ପୁଅଥିଲେ ଘରକୁ ବୋହୂ ଆସିଥାଏ । ଝିଅମାନେ ବଡ଼ ହେଲେ ବାହାହୋଇ ଶାଶୁ ଘରକୁ ଚାଲିଯାଆନ୍ତି । ସେମାନେ ବାପ, ମା'ଙ୍କୁ ସେମାନଙ୍କ ବୁଢ଼ା ବୟସରେ ପ୍ରତିପୋଷଣ କରନ୍ତି ନାହିଁ । ଝିଅ ବାହା ବେଦୀରେ ବସି ପରପୁଅର ହାତଧରି ସିନ୍ଦୁରେ ସିନ୍ଦୁର ପିନ୍ଧି ଅନ୍ୟ ଗୋତ୍ରୀ ହୋଇଗଲା ପରେ ବାପଘର ସହିତ ତା'ର ସମ୍ପର୍କ ଏକ ପ୍ରକାର ଛିନ୍ନ ହୋଇଯାଏ । ତା'ପରଠାରୁ ସେ ତା ସ୍ୱାମୀ ଓ ଶାଶୁଘର କଥା ଚିନ୍ତା କରିଥାଏ । କେବଳ କେବେ କୌଣସି କର୍ମରେ କିୟା ଖୁସିରେ ବାପଘରକୁ ବନ୍ଧୁବାନ୍ଧବ(ପଣରେ)ଙ୍କ ପରି ବୁଲି ଆସିଲେ ବାପଘରୁ କ'ଣ ସବୁ ନେବ ସେହି ଫର୍ମାସି ହିଁ କରିଥାଏ ।

ଆମ ସମାଜ ପୁରୁଷ ପ୍ରଧାନ ସମାଜ । ଏଠି ପୁରୁଷମାନଙ୍କର କତୃତ୍ୱ ଚାଲେ । ଭାରତ ଏକ ପିତୃ କୈନ୍ଦ୍ରିକ ସମାଜ । ଯେଉଁଠି ନାରୀର ଭୂମିକାକୁ ଗୌଣ ଦୃଷ୍ଟିରେ ଦେଖାଯାଏ । ଝିଅଟିଏ ଯେତେ ଉଚ୍ଚ ଶିକ୍ଷିତା ସୁଦକ୍ଷା ଓ ଯୋଗ୍ୟତା ସମ୍ପନ୍ନା ହେଲେ ମଧ କେବେ ବି ଗୋଟେ ହୁଣ୍ଡା, ହାଉଡ଼ା ପୁଅକୁ ସମସରି ହୁଏ ନାହିଁ । କଥାରେ ଅଛି ଝିଅ ଯେତେ ପାଠପଢ଼ି ଉଚ୍ଚ ଶିକ୍ଷିତା ଓ ପ୍ରବିଣା ତଥା ଯୋଗ୍ୟତା ସମ୍ପନ୍ନା ହେଲେ ସୁଦ୍ଧା ଚୁଲି ମୁଣ୍ଡକୁ । ଯେତେ ପିତୃ, ମାତୃ ଭକ୍ତ ହେଲେ ମଧ ପରଘରକୁ, ଝିଅକୁ ଲାଳନ ପାଳନ କରି, ପାଠ ପଢ଼ାଇ ଶିକ୍ଷିତା କରିବାର ଅର୍ଥ ପଡ଼ୋଶୀର ବଗିଚାରେ (ଗଛରେ) ପାଣିଦେବା ସଦୃଶ । ସେ ଯାହା ହେଉ ଆମର ଏପରି ଆଚରଣ, ମାନସିକତା ଓ ମନୋବୃଭି କେବେ ବି ଯୁକ୍ତି ଯୁକ୍ତ (ସିଦ୍ଧ) ନୁହେଁ । ଏହା କୌଣସି ଦେଶ, ଜାତି, ଧର୍ମ ବା କୌଣସି ସଭ୍ୟ ସମାଜ ସଂସ୍କୃତିର ଅଂଶ ବିଶେଷ ବୋଲି କୁହାଯାଇ ପାରିବ ନାହିଁ । ଅବଶ୍ୟ ଆମମାନଙ୍କ ମନରେ ଗୋଟେ ଭ୍ରାନ୍ତ ଧାରଣା ରହି ଆସିଛି ଯେ ବାହାଘର ପରେ କେବଳ ନେବା ପାଇଁ ଝିଅର ବାପଘର ସହିତ ସମ୍ପର୍କ ରହେ । ଅନ୍ୟ କିଛି ଲାଗି ନୁହେଁ । କେବେ ବାପ, ମା'ର କିୟା ଘରର ଅନ୍ୟ ସମ୍ପର୍କୀୟ କାହାରି ଦେହପା ହେଲେ ସେ ଅଳ୍ପ ସମୟ ପାଇଁ ସେମାନଙ୍କୁ ଦେଖିବାକୁ ଆସିଥାଏ । ରୂଗ୍ଣ ବାପା କିୟା ପୀଡ଼ିତା ମା'କୁ ଦେଖିସାରି ଶାଶୁଘରର ଅସୁବିଧା କଥା ବଖାଣି ବିଦାୟ ନେଇଥାଏ । ମୃତ୍ୟୁପରେ ଆସି ତୁଣ୍ଡରେ ବୁଢ଼ ପକାଇ ଶୁଦ୍ଧି ହୋଇ ତା'ର କର୍ତ୍ତବ୍ୟ ଶେଷ କରିଥାଏ । ବାପ, ମା'ଙ୍କୁ ପଡ଼ନ୍ତ ବେଳେ ପୋଷିବା କିୟା ବେମାରି ଆରାମୀ ସମୟରେ ସେମାନଙ୍କ ସେବା କରିବା, ସେମାନଙ୍କ ଯତ୍ନ ନେବା ତା' ଦ୍ୱାରା ସମ୍ବ ହୁଏନା । ସବୁବେଳେ ଶାଶୁଘର କଥା ଓ ତା' ପିଲା, ତା' ପରିବାର ଏବଂ ତା' ସଂସାର ଆଉ ତା' ଘର ସମସ୍ୟାର ଦ୍ୱାହୀଦେଇ ସେ ତା' ସ୍ୱାମୀ ପାଖକୁ ଫେରି ଯିବା ପାଇଁ ବ୍ୟସ୍ତ ହୋଇଥାଏ । ସେଥିପାଇଁ କହନ୍ତି "ହଜାରେ ଯୋଗ୍ୟା ଝିଅର ଦାମ ନାହିଁ, ଗୋଟିଏ ଅଯୋଗା ପୁଅର ମୂଲ୍ୟ ଅନେକ ।"

ପ୍ରଥମ ପିଲାଟିକୁ ଦେଖି ଘରେ ସମସ୍ତେ ଖୁସିଥିଲାବେଳେ ସପନି ତା'ର ପହିଲୁ ଝିଅଟିଏ ହୋଇଥିବାରୁ ମନଦୁଃଖ କରିଥିଲା । ସେ ପ୍ରଥମେ ପୁଅଟିଏ ଚାହୁଁଥିଲା । ପୁଅ ଯୋଗୁଁ ବଂଶ ରକ୍ଷା ହୋଇଥାଏ । ଯାହା ଝିଅଦ୍ୱାରା କେବେ ସମ୍ବ ହୁଏନା । ତାବାଦ୍ ପୁଅଟିଏ ହୋଇଥିଲେ ବଡ଼ ହୋଇ ତାକୁ ବିଲ କାମରେ ସାହାଯ୍ୟ କରିଥାଆନ୍ତା । ମୂଲ ଲାଗି ଘର ଚଲାଇବାରେ ସହଯୋଗ ଦେଇପାରିଥାଆନ୍ତା । ଆବଶ୍ୟକ ପଡ଼ିଥିଲେ ବିଦେଶ ଯାଇ ରୋଜଗାର କରି ଘରର ଆର୍ଥିକ ପରିସ୍ଥିତି ସୁଧାରି ପାରିଥାଆନ୍ତା । ଯଦି ଭାଗ୍ୟ ବଳରେ ପାଠ ପଢ଼ିବାକୁ ସୁଯୋଗ ପାଇଁ ପଢ଼ି ପାରିଥାଆନ୍ତା । ତେବେ ଭଲ ଜାଗାରେ ବାହା ହୋଇ ମୋଟା ଅଙ୍କର ଯୌତୁକ ଆଣିବାକୁ ସକ୍ଷମ ହୋଇଥାଆନ୍ତା । ଯୌତୁକ ବାବଦ ଧନ ଓ ଆସବାବପତ୍ରରେ ତାଙ୍କ ଘର ପୂରି ଉଠିଥାଆନ୍ତା । ସେ ପୁଣି ସାହାଭରକ୍ଷା ହୋଇଥାଆନ୍ତା ପଡ଼ନ୍ତ ବେଳକୁ । ପ୍ରତିପୋଷଣ କରି ଥାଆନ୍ତା ।

କାନ୍ଧରେ ଶ୍ମଶାନକୁ ନେଇ ଦେଇ ଆଖାନ୍ତା ମୁଖାଗ୍ନି । ପ୍ରତିବର୍ଷ ଶ୍ରାଦ୍ଧ ଦିବସରେ ପିଣ୍ଡଦାନ କରିଥାଆନ୍ତା । କିନ୍ତୁ ତା'ର ସେ ସବୁ ଆଶାକୁ ନିରାଶ କରି ପ୍ରଥମେ ଝିଅଟିଏ ହେଲା । ଝିଅକୁ ଯେତେ ସ୍ନେହ ଆଦର କଲେ ସୁଦ୍ଧା ସେ ବଡ଼ ହେଲେ ତା' ମା'କୁ ଟିକେ ସାହାଯ୍ୟ କରିବାକୁ ଯାଇ ଚୁଲି ମୁଣ୍ଡ କେବଳ ସମ୍ଭାଳିବ । ତାକୁ କେବେ କୌଣସି କ୍ଷେତ୍ରରେ କିଛି ବି ସାହାଯ୍ୟ କରି ପାରିବନାହିଁ । ସିଏ ବା ଯଦି ଭାଗ୍ୟ ବଳରୁ ପାଠ ପଢ଼ି ଯୋଗ୍ୟ ହୁଏ ତେବେ ସେ ତା' ଶାଶୁଘରର ଉପକାରରେ ଆସିବ । ତା' ବାପ ଘରର ଶ୍ରୀବୃଦ୍ଧିରେ ସହାୟତା ଆଦୌ କରିପାରିବ ନାହିଁ । ତାବାଦ୍ ବର୍ତ୍ତମାନ ସମାଜରେ ଯେପରି ଯୌତୁକ ପ୍ରଥା ପ୍ରଚଳିତ, ସେଥିରେ ଝିଅଟିକୁ କୌଣସି ସ୍ୱଚ୍ଛଳ ପରିବାରରେ ବିବାହ ଦେବା କାଠିକର ପାଠ । ସେଥିଲାଗି ମୋଟା ଅଙ୍କର ଅର୍ଥ ଓ ଆଖି ଦୃଶିଆ ସମସ୍ତ ଆସବାବପତ୍ର ଦେବାକୁ ପଡ଼ିବ । ଯାହା ତା' ଦ୍ୱାରା କେବେ ସମ୍ଭବ ନୁହେଁ । ସେ ଲାଗି ଝିଅଟିଏ ସାରା ପରିବାର ପାଇଁ ଏକ ପ୍ରକାର ପ୍ରକାଣ୍ଡ ବୋଝ । ବାପଲାଗି ବଡ଼ ଧରଣର ଜଞ୍ଜାଲ ଏବଂ ସର୍ବଦା ମୁଣ୍ଡବ୍ୟଥାର କାରଣ କହିଲେ ଅତ୍ୟୁକ୍ତି ହେବନାହିଁ ।

ପ୍ରଥମେ କନ୍ୟା ସନ୍ତାନ ଲାଭ କରିଥିବା ଦମ୍ପତିଙ୍କ ପାଇଁ ଗୋଟିଏ ଲୋକ କଥା ଅଛି । ପ୍ରଥମେ ଝିଅ ହେଲେ ବାପ, ମା'ଙ୍କର ଆୟୁଷ ବଢ଼େ । ସେମାନଙ୍କ ଦାମ୍ପତ୍ୟ ଜୀବନ ସୁଖମୟ ହୁଏ । ପରିବାରରେ ସୁଖଶାନ୍ତି ବିରାଜମାନ କରେ । ଘରେ ଧନ ବୃଦ୍ଧି ଘଟେ । କନ୍ୟା ଲକ୍ଷ୍ମୀ ଯୁକ୍ତା । ପ୍ରଥମେ ଝିଅ ହେଲେ ଘର ଉପରେ ମା' ଲକ୍ଷ୍ମୀଙ୍କର କୃପା ଦୃଷ୍ଟି ପଡ଼େ । ଘରର ଆୟ ବଢ଼େ । ବାପ ରୋଜଗାରର ପରିବର୍ଦ୍ଧନ ଘଟେ । ସେ ଘରଟି ସମୃଦ୍ଧି ଆଡ଼କୁ ଅଗ୍ରସର ହୁଏ । ଅତଏବ ପ୍ରଥମ ପିଲା କନ୍ୟା ସନ୍ତାନ ହେଲେ ସେ ଘର ପାଇଁ ଶୁଭଦାୟକ ଓ ପରିବାର ଲାଗି ଶ୍ରୀବନ୍ଧକ ହୋଇଥାଏ । ଆହୁରି ମଧ୍ୟ କେବଳ ଝିଅଙ୍କ ପାଇଁ ବାର ଓଷା ଓ ତେର ପରବ । ଘରେ ଝିଅଟିଏ ନଥିଲେ କୌଣସି ଓଷାବାର ପାଳନ ହୋଇପାରେନା । ଝିଅ ପାଇଁ ପୁନେଇ, ପରବ, ଉସ୍ସବ ଆଦି ଅନୁଷ୍ଠିତ ହୋଇଥାଏ ।

ପ୍ରଥମ କନ୍ୟା ସନ୍ତାନର ଜନକ, ଜନନୀମାନଙ୍କ ପାଇଁ ଏତେ ଲୋକକଥାର ପ୍ରଚଳନ ଥିଲେ ମଧ୍ୟ କୌଣସି ଦମ୍ପତି କେବେ ପ୍ରଥମେ ଝିଅଟିଏ ଆଶା କରି ନଥାଆନ୍ତି । କୁହାଯାଏ ପ୍ରଥମେ ପୁଅ ହେଲେ ସେ ଘର ଅଭାବଗ୍ରସ୍ତ ହୋଇପଡ଼େ । ପୁଅମାନେ ଲକ୍ଷ୍ମୀଛଡ଼ା । ପୁଅ ଧନ ରୋଜଗାର କରେ ସତ ହେଲେ ପୁଅମାନଙ୍କ ପହରା (ପ୍ରଭାବ) ଧନ ବୃଦ୍ଧି ପାଇଁ ସହାୟକ ହୋଇନଥାଏ । ବରଂ ଝିଅମାନଙ୍କ ଆବିର୍ଭାବରେ ଘରର ଧନ ବଢ଼ିଥାଏ ଓ ପରିବାରର ଶ୍ରୀବୃଦ୍ଧି ଘଟି ସେହି ସଂସାରରେ ସୁଖଶାନ୍ତି ବିରାଜମାନ କରିଥାଏ ।

ସରକାରଙ୍କ ତରଫରୁ ମଧ୍ୟ ବିଜ୍ଞାପନ ମାଧ୍ୟମରେ ପ୍ରଚାର କରାଯାଉଛି ଝିଅ ଓ ପୁଅ ମଧ୍ୟରେ କୌଣସି ପାର୍ଥକ୍ୟ ନାହିଁ । ଝିଅଟି ଶିକ୍ଷିତା ହେଲେ ରୋଜଗାରକ୍ଷମ ହୋଇପାରିବ । ସେ ମଧ୍ୟ ବାପ ମା'ଙ୍କୁ ପ୍ରତିପୋଷଣ କରିବାକୁ ସମର୍ଥ । ଆଗପରି ଆଉ ଅନ୍ଧାରୀ ଯୁଗ ନାହିଁ । ସମୟର ପରିବର୍ତ୍ତନ ଘଟିଛି । ଝିଅ ହେଲେ ହତାଶ ନହୋଇ ଝିଅକୁ ପୁଅମାନଙ୍କ ପରି ପାଠ ପଢ଼ାଅ । ଉଚ୍ଚ ଶିକ୍ଷିତା କରାଅ । ସେ ତୁମକୁ ପୁଅ ପରି ସହାୟତା ଦେଇପାରିବ । ଶିଶୁ ତେଣିକି ପୁତ୍ର ହେଉ ବା କନ୍ୟା ସନ୍ତାନ ହେଉ ଉଭୟଙ୍କ ଜନ୍ମକୁ ସ୍ୱାଗତ କରିନିବା କଥା । ଈଶ୍ୱର ପୃଥିବୀ ପୃଷ୍ଠରେ କାହାର ରହିବା ପାଇଁ ଚିରସ୍ଥାୟୀ ବଦୋବସ୍ତ କରିନାହାଁନ୍ତି । ପୁଅ-ଝିଅ ସମସ୍ତେ ଆସିବେ, ହସିବେ, ଖେଳିବେ, ବୁଲିବେ ଓ ଜୀବନ ଯାତ୍ରାରେ ନିଜର କର୍ତ୍ତବ୍ୟ ସାରି ପୁଣି ବାହୁଡ଼ି ଯିବେ । ପବିତ୍ର କୋରାନ ନିର୍ଦ୍ଦେଶ ଅନୁସାରେ ଈଶ୍ୱର ସମସ୍ତଙ୍କ ପାଇଁ ଖାଇବା, ପିନ୍ଧିବା ଓ ରହିବାର ଆୟୋଜନ କରିଛନ୍ତି । ଉପରୋକ୍ତ ବିଷୟକୁ ବିଶ୍ଳେଷଣ କଲେ ବର୍ତ୍ତମାନ ଆଉ ପୁଅ-ଝିଅଙ୍କୁ ଅଲଗା ଦୃଷ୍ଟିରେ ଦେଖିବାର ଅବସର ମିଳିବ (ରହିବ) ନାହିଁ । ସେ ସମୟ ବଦଳି ଗଲାଣି । ଯୁଗର ପରିବର୍ତ୍ତନ ହେଲାଣି ।

ଲୋକ କଥାର ପ୍ରଚଳନ ଓ ସରକାରୀ ବିଜ୍ଞାପନ ମାଧ୍ୟମରେ ଯେତେ ପ୍ରଚାର କଲେ ସୁଦ୍ଧା କନ୍ୟାଟିର ପିତା, ମାତାମାନେ ସେ କଥା ବୁଝିବାକୁ ଆଦୌ ପ୍ରସ୍ତୁତ ନୁହନ୍ତି । ପୁରୁଷ ପ୍ରଧାନ ସମାଜରେ ସମସ୍ତେ ସୁନ୍ଦର ସ୍ୱାସ୍ଥ୍ୟଯୁକ୍ତ,

ସର୍ବଗୁଣୀ ପରିପୂର୍ଣ୍ଣ, ଉଚ୍ଚଶିକ୍ଷିତା ରୋଜଗାରକ୍ଷମ ଝିଅଟିଏ ନ ଚାହିଁ ଅଯୋଗ୍ୟ, ଅଶିକ୍ଷିତ, ଅପାରଗ, ଅଳସୁଆ, ଅକାଳ କୁସ୍ମାଣ୍ଡ ପୁଅଟିଏ ପାଇଁ ବ୍ୟାକୁଳ ହୋଇ ଥାଆନ୍ତା । ଝିଅ ଯେତେ ସେବା କଲେ, ଘରର ଦାୟିତ୍ୱ ଯେତେ ମୁଣ୍ଡାଇଲେ, ବାପ, ମା'ଙ୍କୁ ସୁବିଧାରେ ରଖିବାକୁ ଯେତେ ଚେଷ୍ଟାକଲେ ସୁଦ୍ଧା ବାପା, ମା'ମାନେ ସେମାନଙ୍କ ଉପରେ ଅତ୍ୟାଚାର କରୁଥିବା, ରୋଜଗାରକ୍ଷମ ହୋଇ ମଧ୍ୟ ସେମାନଙ୍କୁ ପ୍ରତିପୋଷଣ କରୁନଥିବା, କୁପଥଗାମୀ ହୋଇ ସେମାନଙ୍କ ସଞ୍ଚିତ ଅର୍ଥକୁ ବୃଥାରେ ଅପବ୍ୟୟରେ ନଷ୍ଟ କରୁଥିବା ପୁଅଟି ପାଇଁ ସେମାନଙ୍କ ଅନ୍ତରେ ଅଧିକ ସ୍ନେହ, ଶ୍ରଦ୍ଧା ରହିଥାଏ । ଝିଅଟି ପ୍ରତି ସେମାନଙ୍କର ସେତେ ଆନ୍ତରିକତା ନଥାଏ । ତା'ର ପ୍ରଧାନ କାରଣ ହେଉଛି ସତ୍ ଶିକ୍ଷାର ଘୋର ଅଭାବ । କୁସଂସ୍କାରର ପ୍ରଭାବ । ଅନ୍ଧବିଶ୍ୱାସ ଜନିତ ମାନସିକତାର ପରିବର୍ତ୍ତନ ଆମମାନଙ୍କର ଏପର୍ଯ୍ୟନ୍ତ ଘଟିନାହିଁ । ଅଜ୍ଞତାର ବଶବର୍ତ୍ତୀ ହୋଇ ଗାଁ ଗହଳିର ଅଶିକ୍ଷିତ ଦମ୍ପତିମାନେ ଅଯୋଗ୍ୟ ପୁଅକୁ ଯୋଗ୍ୟା ଝିଅ ଅପେକ୍ଷା ଅଧିକ ଆଦର କରିଥାଆନ୍ତି । ଅବଶ୍ୟ ଶିକ୍ଷାର ପ୍ରସାର ଫଳରେ ସେପରି ଭାବନା କେତେକାଂଶରେ ବଦଳି ଗଲାଣି । ପରିବର୍ତ୍ତନ ଘଟିଲାଣି ସେଭଳି ମାନସିକତାର । କିନ୍ତୁ ତା'ର ସମ୍ପୂର୍ଣ୍ଣ ବିଲୋପ ହୋଇ ପାରିନାହିଁ । ସରକାରଙ୍କ ତରଫରୁ ଯେତେ ପ୍ରଚାର ହେଲେ, ଯେତେ ପ୍ରକାର ଯୋଜନାର ବନ୍ଦୋବସ୍ତ କଲେ ମଧ୍ୟ ଲୋକମାନଙ୍କର ଅଜ୍ଞତା କାରଣରୁ ସେପରି କୁସଂସ୍କାରର ଅନ୍ତ ଘଟିନାହିଁ । ଶିକ୍ଷାର ବ୍ୟାପକ ପ୍ରସାର ଦ୍ୱାରା ହୁଏତ ଅନେକ ବର୍ଷପରେ ଏପରି ମନବୃତ୍ତିର ପରିସମାପ୍ତି ଘଟିପାରେ । ମାତ୍ର ନିକଟ ଭବିଷ୍ୟତରେ ନୁହେଁ ।

ସରକାରୀ ପ୍ରଚାର କିମ୍ୱା ଝିଅଙ୍କୁ ଅଗ୍ରାଧିକାର ଦେଉଥିବା ଶିକ୍ଷିତ ବ୍ୟକ୍ତିମାନଙ୍କ ଉଦାହରଣ ଦେଇ ଯେତେ ବୁଝାଇଲେ ସୁଦ୍ଧା, ଗାଁ ଗହଳିର ଅଶିକ୍ଷିତ ଓ ଅର୍ଦ୍ଧଶିକ୍ଷିତ ଲୋକମାନେ ପୁଅ ବଦଳରେ ଝିଅକୁ ଆଦୌ ଗ୍ରହଣ କରିପାରୁ ନାହାନ୍ତି । ପ୍ରଚାର ଅଥବା ଶିକ୍ଷା ସେମାନଙ୍କ ଅନ୍ତରରୁ ପୁଅଟିଏ ପାଇବାର (ପୁଅପାଇଁ ଥିବା) ପ୍ରବଳ କାମନାକୁ ପ୍ରତିହତ କରିବାକୁ ସମର୍ଥ ହୋଇ ପାରୁନାହିଁ ।

'ପୁତ୍' ନାମକ ନର୍କରୁ ଉଦ୍ଧାର କରିପାରିବାର ସାମର୍ଥ୍ୟ ଥିବା ପୁତ୍ର ନାମଧାରୀ ସେହି କିମୁତ କିମାକାର ଜୀବରୂପୀ ସନ୍ତାନଟିଏ ପାଇବା ପାଇଁ ସବୁ ଦମ୍ପତିମାନେ ସଦାସର୍ବଦା ବ୍ୟାକୁଳ । ସେଇଥି ପାଇଁ ତ 'ପୁତ୍' ନର୍କରୁ ଉଦ୍ଧାର ପାଇବା ଲାଗି ଅଗ୍ନିକା ମହର୍ଷି ପୁତ୍ର ସନ୍ତାନ ଲାଭ ଆଶାରେ ମୃଗୁଣୀ ସହିତ ରତିକ୍ରୀଡ଼ାକୁ ମନବଲାଇ, ଅନ୍ଧାରୀ ବିଜେ କରିଥିବା ପଣ୍ଡୁରାଜାଙ୍କ ଶବ୍ଦଭେଦୀ ଶରର ଶିକାର ହୋଇଥିଲେ । ଯେଉଁମାନେ ଝିଅଙ୍କ ସପକ୍ଷରେ ଭାଷଣ ଦେଉଛନ୍ତି, ଝିଅମାନଙ୍କ ଯୋଗ୍ୟତା ଉପରେ ଯୁକ୍ତି ଉପସ୍ଥାପନ କରୁଛନ୍ତି, ଝିଅଙ୍କ ପକ୍ଷ ଗ୍ରହଣ କରି ଲୋକମାନଙ୍କୁ ବୁଝାଉଛନ୍ତି, ସେମାନେ ବି ଆନ୍ତରିକତାର ସହିତ ପୁଅ ବଦଳରେ ଝିଅମାନଙ୍କୁ ଗ୍ରହଣ କରିପାରୁନାହାଁନ୍ତି । ହୁଏତ ପରିସ୍ଥିତି ଚାପରେ ସେମାନେ ଝିଅକୁ ନେଇ ସୁଖୀ ବୋଲି ଉପରମନରେ ଲୋକ ଦେଖାଣିଆ ଭାବରେ କହି ବୁଲୁଛନ୍ତି । ସେମାନେ ପ୍ରକୃତରେ ସେଥିରେ ସନ୍ତୁଷ୍ଟ ନୁହଁନ୍ତି । ପୁଅପାଇଁ ସଦା ବ୍ୟାକୁଳ କିବା ଶିକ୍ଷିତ କିବା ଅଶିକ୍ଷିତ କି ଧନୀ ଅଥବା ଗରିବ ସମସ୍ତେ ପୁଅ ପାଇଁ ଲାଳାୟିତ । ଆମେ ବାହାରକୁ ଯେତେ ଦେଖେଇ ହେଲେ ସୁଦ୍ଧା ପ୍ରକୃତରେ ଆମମାନଙ୍କ ମାନସିକତାର କୌଣସି ପରିବର୍ତ୍ତନ ଏପର୍ଯ୍ୟନ୍ତ ଘଟିନାହିଁ । ଯେପର୍ଯ୍ୟନ୍ତ ମନୋଭାବ ନ ବଦଳିଛି, ସେ ପର୍ଯ୍ୟନ୍ତ ଆମେ ସବୁ ପୁଅଟିଏ ନ ଚାହିଁ କେବେ ବି ଝିଅକୁ ନେଇ ସନ୍ତୁଷ୍ଟ ହୋଇ ପାରିବାନି ।

ମଣିଷ ସମାଜରେ ପୁଅଟିଏ ହେଲେ ବାପ, ମା'ମାନେ ଅନ୍ୟମାନଙ୍କ ତୁଳନାରେ ଅଧିକ ଖୁସି ହୋଇଥାଆନ୍ତି, ବିଶେଷକରି ବାପମାନେ । କିନ୍ତୁ ପଶୁମାନଙ୍କ ମଧ୍ୟରେ ଅସ୍ଥିରା ମାଙ୍କଡ଼, ଅସ୍ଥିରା ଛୁଆକୁ ଯିଏ କି ତା'ର ଜନ୍ମଦାତା ସେହି ଦନ୍ତାମାଙ୍କଡ଼ ତାକୁ ଜୀବନରୁ ମାରିଦେଇ ଥାଏ । ପୁରୁଷ ବିରାଡ଼ି ଔରସରୁ ଅସ୍ଥିରା ବିଲେଇ ଛୁଆଟି ଜନ୍ମ ହୋଇଥାଏ । ସେହି ଅସ୍ଥିରା ବିରାଡ଼ି (ଭୁଆଁ) ଅସ୍ଥିରା ଛୁଆକୁ ହତ୍ୟା କରିଥାଏ । ଏକୁଟିଆ ନିରଙ୍କୁଶ ରତି ସମ୍ଭୋଗ ଆଶା ରଖି । ବେଶ୍ୟାମାନେ ମଧ୍ୟ ପୁତ୍ର ସନ୍ତାନ ଅପେକ୍ଷା ଝିଅ ଜନ୍ମକୁ ଅଧିକ ପସନ୍ଦ କରିଥାଆନ୍ତି । ଅତଏବ ଆମ ପୁରୁଷ ସମାଜ ସେମାନଙ୍କଠାରୁ ଏହି ଗୁଣଟିକୁ

ମାର୍ଜିତ ଅର୍ଥରେ ଗ୍ରହଣ କରି ପୁଅମାନଙ୍କ ପରି (ଝିଅ) କନ୍ୟା ସନ୍ତାନକୁ ଅଧିକ ଆଦର ଯତ୍ନ କଲେ, ସ୍ନେହ ଶ୍ରଦ୍ଧା ତଥା ମମତା ଓ ଆନ୍ତରିକତା ପ୍ରଦର୍ଶନ କଲେ, ଏହା ଆମ ସମାଜ ଏବଂ ସଂସାର ଲାଗି ଶୁଭଙ୍କର ହୋଇପାରନ୍ତା ।

କନ୍ୟା ସନ୍ତାନ ବିନା ସୃଷ୍ଟି ଅସମ୍ଭବ । ଝିଅଙ୍କ ଅନୁପସ୍ଥିତିରେ, ସ୍ୱାମୀମାନଙ୍କ ସହଯୋଗ ବ୍ୟତିରେକେ ଯୁବତୀମାନଙ୍କ ସହଚାର୍ଯ୍ୟ ବିନା, ମହିଲାଙ୍କ ସମର୍ଥନ ନ ମିଳିଲେ ମାନବ ଜାତିର ବଂଶ ବୃଦ୍ଧି ହୋଇ ପାରିବନାହିଁ । ନାରୀ ଜାତି କେବଳ ମା' ହୋଇ ପାରିବ । ଯୁବତୀଟିଏ ଗର୍ଭଧାରଣ ପାଇଁ ସକ୍ଷମ । ମହିଲାମାନେ କେବଳ ସନ୍ତାନ ଜନ୍ମଦେଇ ପାରିବେ । ଏକଥା ସମସ୍ତେ ଜାଣି ସୁଦ୍ଧା ଅଜଣା ହୋଇ ଯାଉଛନ୍ତି । ଅବଶ୍ୟ ବଂଶ ରକ୍ଷା (ବୃଦ୍ଧି) ଲାଗି ପୁରୁଷର ସହଯୋଗ ଅପରିହାର୍ଯ୍ୟ । କିନ୍ତୁ ସନ୍ତାନକୁ ଜନ୍ମ ଦେଇ ପାରିବ କେବଳ ନାରୀ ଜାତି ପୁରୁଷମାନେ ନୁହଁନ୍ତି । ମାନବ ଜାତିର ବଂଶ ବୃଦ୍ଧିରେ ନାରୀମାନଙ୍କ ସହଯୋଗ ଏକାନ୍ତ ଆବଶ୍ୟକ । ନାରୀ ତ କେବଳ ଗୋଟିଏ ଦେହ ନୁହେଁ, ବରଂ ଗୋଟିଏ ଅମୃତମୟ ଚେତନା ଓ ଗୋଟିଏ ସୃଷ୍ଟିକାରିଣୀ ସଭାଟିଏ । ତା'ଭିତରେ ଗୋଟିଏ ବଡ଼ ସମ୍ଭାବନାଟିଏ ଲୁଚି ରହିଛି । ସେହି ସମ୍ଭାବନାଟି ହେଉଛି ତା'ର ମାତୃତ୍ୱ । ଆଉ ସେଇଥିପାଇଁ ତା'ର ସେଇ ମାସିକ ରତୁସ୍ରାବ । ଯାହା ପ୍ରକୃତିଦତ୍ତ । ଯେଉଁ ପ୍ରାକୃତିକ ପ୍ରକ୍ରିୟା ଦ୍ୱାରା ସେ ତା'ର ନାରୀ ଜନ୍ମକୁ ସାର୍ଥକ କରିଥାଏ । କେବଳ ମଣିଷ ଜାତିର ବଂଶବୃଦ୍ଧି ପାଇଁ ନୁହେଁ, ପ୍ରତ୍ୟେକ ସଜୀବଙ୍କ କ୍ଷେତ୍ରରେ ଏହାହିଁ ନିଧାର୍ଯ୍ୟ ।

ବର୍ତ୍ତମାନ ଯୌତୁକ ରାକ୍ଷସର କବଳରେ ସମାଜ କବଳିତ । ଯୌତୁକ ଭୟରେ କନ୍ୟା ସନ୍ତାନଟିଏ ଜନ୍ମ ହେବା ପୂର୍ବରୁ ଭ୍ରୂଣ ଅବସ୍ଥାରେ ତା'ର ଲିଙ୍ଗ ନିରୂପଣକରି ଗର୍ଭାଶୟରୁ ତାକୁ ନଷ୍ଟ କରିଦିଆଯାଉଛି । ବହୁ ପୂର୍ବରୁ ଜଣେ ପ୍ରତିଷ୍ଠିତ ଚିନ୍ତାନାୟକ କହିଛନ୍ତି "ଯୌତୁକ ହେଉଛି ନାରୀମାନଙ୍କ ପାଇଁ ଏକ ଦାରୁଣ ବ୍ୟାଧି । ଏହା ତାଙ୍କର ଆତ୍ମମର୍ଯ୍ୟାଦାକୁ ନଷ୍ଟ କରିଥାଏ ଓ ସେମାନଙ୍କୁ ଶରଶଯ୍ୟାରେ ଶୁଆଇଦିଏ । କନ୍ୟା ସନ୍ତାନ ସପକ୍ଷରେ ଭାଷଣ ଦେଉଥିବା ଓ ଯୌତୁକ ପ୍ରଥାଭଳି ଅସାମାଜିକ କର୍ମକୁ ବିରୋଧ କରିବା ପାଇଁ ଆହ୍ୱାନ ଦେଉଥିବା ଉଚ୍ଚଶିକ୍ଷିତ ଦମ୍ପତି, ସଚେତନ ନାଗରିକମାନେ ହିଁ ଏହିପରି ଅନୈତିକ କାର୍ଯ୍ୟରେ ଅଧିକ ମାତ୍ରାରେ ଲିପ୍ତ ।"

ଏପରି ଅପକର୍ମକୁ ରୋକିବା ଲାଗି ଆଇନ ତିଆରି ହୋଇଛି । କନ୍ୟାଭ୍ରୂଣ ନଷ୍ଟ ବିପକ୍ଷରେ ପ୍ରଚାର ଚାଲିଛି । ସଭା ସମିତିରେ ରାଜନୈତିକ ନେତାଙ୍କଠାରୁ ଆରମ୍ଭ କରି ଆଜିକାଲି ନିଜକୁ ସମାଜ ସଂସ୍କାରକ ଓ ଜନସେବୀ ବୋଲାଉଥିବା ଉଚ୍ଚଶିକ୍ଷିତ ବ୍ୟକ୍ତିମାନେ ହିଁ ସେ ଆଇନର ବେଶୀ ଖିଲାପ କରିଥାଆନ୍ତି । ଆଇନକୁ ସେମାନେ ଧୋକା ଦିଅନ୍ତି । ଫାଙ୍କି ଚାଲନ୍ତି କାନୁନକୁ । ଗଲାବାଟ ଦେଇ ଖସି ଯିବାରେ ସେମାନେ ବେଶ ଧୁରନ୍ଧର । ଅର୍ଥବଳରେ ବଳିୟାର ଓ କ୍ଷମତାକୁ ନିଜ ହାତମୁଠାରେ ରଖି ପାରିଥିବା ବ୍ୟକ୍ତିମାନେ ହିଁ ଆଇନ ଆଖିରେ ଧୂଳିଦେଇ ନିରାପଦରେ ଖସିଯାଇ ପାରୁଛନ୍ତି । ଏପରି ଅପରାଧକୁ ଚିହ୍ନଟ କରିବା ଓ ଏସବୁ କଥା ପଦାକୁ ଆଣିବା କାଠିକର ପାଠ । ଅତ୍ୟନ୍ତ ଦୁରୂହ ବ୍ୟାପାର । ସ୍ୱାମୀ, ସ୍ତ୍ରୀ ଉଭୟ ଯଦି କନ୍ୟା ସନ୍ତାନ ହେବା ଯୋଗୁଁ ଗର୍ଭପାତ ପାଇଁ ନିଷ୍ପତ୍ତି ନିଅନ୍ତି ଓ ଏହା ଲୁକ୍କାୟିତ ଭାବେ କରନ୍ତି । ଯଦିବା ଏହା ଆଇନର ବିରୋଧାଚରଣ କରେ, ଏପରି ଅପରାଧକୁ ଧରିବା କଷ୍ଟକର । ତେଣୁ ଲିଙ୍ଗ ଚିହ୍ନଟ ନିରୋଧ ଆଇନ ଓ ଏ ବିଷୟରେ ଭାରତୀୟ ପିଙ୍ଗଳ କୋଡରେ ଆଇନର ଧାରାସବୁ ଅତି ସ୍ପର୍ଶକାତର । ଏହାର ପ୍ରୟୋଗ, କାର୍ଯ୍ୟକାରିତା, ଦୋଷୀକୁ ଦଣ୍ଡ ପ୍ରଦାନ ପ୍ରଭୃତି ବିଷୟରେ ସମାଜର ଦୃଷ୍ଟିଭଙ୍ଗୀ ଓ ଲୋକମାନଙ୍କ ମାନସିକତାର ପରିବର୍ତ୍ତନ ଉପରେ ନିର୍ଭର କରେ । ବାଗ ପାଇଲେ ସେହିମାନେ ହିଁ ନିଜ ସପକ୍ଷରେ ନିଜ ବ୍ୟକ୍ତିତ୍ୱର ପ୍ରଚାର ପାଇଁ ଓ ନିଜକୁ ଜନସେବକ ତଥା ସମାଜ ସଂସ୍କାରକ ଭାବରେ ପରିଚୟ ଦେବାକୁ ଯାଇ ଝିଅ ଜନ୍ମର ସାର୍ଥକତା ଉପରେ ଭାଷଣ ଦିଅନ୍ତି । କନ୍ୟାଟିକୁ ଶିକ୍ଷିତା କରିବାର ମହନୀୟତା ସମ୍ବନ୍ଧରେ ଯୁକ୍ତି ବାଢ଼ନ୍ତି । ନିଜକୁ ଆଦର୍ଶବାଦୀ ଭାବରେ ଉପସ୍ଥାପନ କରି ଓର ଉଣ୍ଟି ଖସିଯିବାର ସମସ୍ତ ରାସ୍ତା ପରିଷ୍କାର କରି ରଖିଥାଆନ୍ତି । ଅନ୍ୟକୁ କହି, ପର ଉପରେ ଦୋଷ ଲଦି କୁସଂସ୍କାର, ଅନ୍ଧବିଶ୍ୱାସ, ଅଜ୍ଞାନତା,

ଅସାମାଜିକତା ବିଷୟରେ ଭାଷଣ ଦେଉଥିବା ବ୍ୟକ୍ତିମାନେ ନିଜ ବେଳକୁ ଦୋମୁଣ୍ଡିଆ ସାପ ହୋଇ ଯାଇଥାଆନ୍ତି । ଧନୀ, ଶିକ୍ଷିତ, ସଚେତନ, ପ୍ରତିପତ୍ତିଶାଳୀ, କ୍ଷମତାସୀନ, ସମାଜର ବଡ଼ପନ୍ଥା ବୋଲାଉଥିବା ବ୍ୟକ୍ତିମାନେ ହିଁ ଚତୁରତାର ସହିତ ପ୍ରସବ ପୂର୍ବରୁ ଗର୍ଭ ପରୀକ୍ଷା କରି କନ୍ୟା ଭ୍ରୁଣ ନଷ୍ଟ କରାଉଛନ୍ତି । ନିଜର ବିଚକ୍ଷଣ ବୁଦ୍ଧିମତ୍ତା ଦ୍ୱାରା ଧନବଳ ପ୍ରୟୋଗ କରି, କ୍ଷମତାର ଅପବ୍ୟବହାର ଯୋଗୁଁ ସେମାନେ ନିରାପଦରେ ଆଇନ ଆଖ୍ରୁ ଖସି ଯିବାକୁ ସମର୍ଥ ହେଉଛନ୍ତି । ଭାରତୀୟ ପିଙ୍ଗଳ କୋଡରେ ଯଦିବା ଭ୍ରୁଣହତ୍ୟା ଏକ ଧର୍ତବ୍ୟ ଅପରାଧ ଭାବେ ୩୧୨ ରୁ ୩୧୮ ଧାରାରେ ଉଲ୍ଲିଖିତ ଅଛି । ଏଗୁଡ଼ିକ ହେଉଛି ଅଦୃଶ୍ୟ ବା (ଇନଭିଜିବଲ କ୍ରାଇମ) ସେଥ୍ପାଇଁ ଆଇନ ଆଖ୍ରୁ ଅତି ସହଜରେ ଖସିଯାଇ ପାରୁଛନ୍ତି । ଯୌତୁକଜନିତ ଅପମୃତ୍ୟୁ ଓ ବଧୂହତ୍ୟା ସେମାନଙ୍କ ଘରେ ଅଧିକ ମାତ୍ରାରେ ସଙ୍ଘଟିତ ହୋଇଥାଏ । ଏତେ କୁକର୍ମ କରି ସୁଦ୍ଧା ସେମାନେ ପକ୍ଷପାତୀ ଆଇନ ଆଖ୍ରେ ସ୍ନା ମୁଣ୍ଡ । କଳୁଷିତ ସମାଜ ଦୃଷ୍ଟିରେ ଧୋଇଲା ମୂଲା । ନିଷ୍କଳଙ୍କ ଚରିତ୍ରବାନ ବ୍ୟକ୍ତି ଭାବେ ପରିଚୟ ପ୍ରଦାନ କରି ଆଦରଣୀୟ ହେଉଛନ୍ତି ଏବଂ ଆଦର୍ଶ ଶ୍ରେଣୀୟ ସୁ ନାଗରିକ ଭାବରେ ସମ୍ମାନୀତ ହୁଅନ୍ତି । ସେମାନଙ୍କ ପରିବାର ସମାଜରେ ଉଚ୍ଚତର ବଂଶ ଓ ସେମାନେ ମାନ୍ୟଗଣ୍ୟ ବ୍ୟକ୍ତି ଭାବେ ପରିଗଣିତ ।

ଶିକ୍ଷିତ ଶ୍ରେଣୀ ଯେଉଁମାନେ ସମାଜକୁ ନୂତନ ଦିଗଦର୍ଶନ ଦେବାକଥା । ଧନୀକ ଗୋଷ୍ଠୀ ଯେଉଁମାନେ ଯୌତୁକ ଦେବା ପାଇଁ ସକ୍ଷମ । ନେତୃବୃନ୍ଦ ଯେଉଁମାନେ ଭ୍ରୁଣ ପରୀକ୍ଷା ଓ ଯୌତୁକ ନିରୋଧ ଆଇନ ତିଆରି କରୁଛନ୍ତି । ପ୍ରଶାସକ ଗଣ ଆଇନକୁ କାର୍ଯ୍ୟକାରୀ କରିବା ଯେଉଁମାନଙ୍କର ଦାୟିତ୍ୱ । ସମାଜ ସଂସ୍କାରକ ଯେଉଁମାନଙ୍କର କର୍ତ୍ତବ୍ୟ ହେଲା ସଚେତନତା ସୃଷ୍ଟି କରିବା । ପ୍ରଭାବଶାଳୀ ଗୋଷ୍ଠୀ ଯେଉଁମାନେ ସାଧାରଣ ଲୋକମାନଙ୍କୁ ପ୍ରଭାବିତ କରିପାରିବେ । ପ୍ରତିଷ୍ଠିତ ବ୍ୟକ୍ତି ଯେଉଁମାନଙ୍କୁ ଦୁନିଆ ସମ୍ମାନ ଦିଏ । ଲୋକ ପ୍ରତିନିଧ ଯେଉଁମାନଙ୍କ କଥା ସମାଜରେ ଘର କରି ରହିଥିବା ସାଧାରଣ ଲୋକମାନେ ଶୁଣିବେ ଏବଂ ମାନିବେ । ଆଉ ଯେତେକ ଜଣାଶୁଣା ଉଚ୍ଚତର ସ୍ଥାନୀୟ ବ୍ୟକ୍ତିତ୍ୱ ଯେଉଁମାନଙ୍କୁ ସଂସାରିକ ଜନସାଧାରଣ ବିଶ୍ୱାସକୁ ନେବେ । ସେମାନେ ସବୁ ଯେତେବେଳେ ଝିଅଟିଏ ପାଇ ସନ୍ତୁଷ୍ଟ ହେଉ ନାହାଁନ୍ତି । ସେଠି ସପନି ପରି ନିପଟ ମଫସଲ ଗାଁର ଅର୍ଦ୍ଧଶିକ୍ଷିତ ଅଭାବଗ୍ରସ୍ତ ଅନଗ୍ରସର ସମାଜର ସାଧାରଣ ପଛୁଆ ବର୍ଗ ଦଳିତ ଶ୍ରେଣୀର ମଣିଷଟି ଝିଅଟିଏ ପାଇ କିପରି ସୁଖୀ ହୋଇ ପାରିବ ?

ଆମର ପୁରୁଣାକାଳିଆ ସାମାଜିକ ବ୍ୟବସ୍ଥା ଅନୁସାରେ ପିତା, ମାତା ସବୁବେଳେ ଶିଶୁକନ୍ୟା ପରିବର୍ତ୍ତେ ପୁତ୍ର ସନ୍ତାନ ଚାହାଁନ୍ତି । ଏହାର କାରଣ ହେଉଛି ଯଦି ପୁତ୍ର ଜନ୍ମ ହୁଏ ତାହେଲେ ପିତା, ମାତା ଝିଅର ବିବାହବେଳେ ଯୌତୁକ ଦାଉରୁ ରକ୍ଷା ପାଇବେ । ତା'ଛଡ଼ା ପୁଅ ପରିବାରର ନାଁ ରଖିବ ଓ ବଂଶ ଆଗକୁ ବଢ଼ାଇବ । ପୁଅ ପରିବାରର ସମ୍ମାନ ରକ୍ଷାକରୁ ବୋଲି ମାତା ଚାହାଁନ୍ତି । ପୁଅ ମାତା ଓ ପିତାଙ୍କର ସୁନାମ ରକ୍ଷା କରିବା ଉଚିତ୍ । ତେଣୁ ପ୍ରତ୍ୟେକ ଭାରତୀୟକୁ ଏହି ଦେଶର ଋଷିମାନେ ଅନ୍ବେଷଣ ଓ ଆବିଷ୍କାର କରିଥିବା ଆଧ୍ୟାତ୍ମିକ ବିଜ୍ଞାନର ଶିକ୍ଷା ଓ ଅନୁଶୀଳନ କରିବାକୁ ହେବ । କିନ୍ତୁ ବିରୋଧୀ ଶକ୍ତି, ଅସତ ସଙ୍ଗ, ଅନ୍ଧ ପ୍ରଲୋଭନ ଯୋଗୁଁ ଭାରତୀୟମାନେ ଏହି ପ୍ରଧାନ କର୍ତ୍ତବ୍ୟରେ ଅବହେଳା କରିଛନ୍ତି । ପୁଅ ବୃଦ୍ଧ ପିତାମାତାଙ୍କର ପ୍ରତିପୋଷଣ କରିବ ଓ ରକ୍ଷାବର୍ତ୍ତା ହେବ । ଏହାଛଡ଼ା ହିନ୍ଦୁଶାସ୍ତ୍ର ଓ ହିନ୍ଦୁ ଆଇନ ଅନୁସାରେ ବଂଶରେ ପୁଅ ଜନ୍ମ ହେଲେ ସେ ପିତାଙ୍କର ମୃତ୍ୟୁପରେ ମୁଖାଗ୍ନି ଦେବ ଏବଂ ଶୁଦ୍ଧିକ୍ରିୟା, ପିଣ୍ଡଦାନ ପ୍ରଭୃତି ପବିତ୍ର କାର୍ଯ୍ୟ ସଂପାଦନ କରିବ । ଯାହା କନ୍ୟାର କାମ ନୁହେଁ ।

ସପନି ନିର୍ଧନୀ, ଗରିବ, ଭୂମିହୀନ, ଅର୍ଦ୍ଧଶିକ୍ଷିତ, ଅଭାବଗ୍ରସ୍ତ, ଅନଗ୍ରସର ସମାଜରେ ବାସକରେ । ସ୍ୱଳ୍ପ ରୋଜଗାରରେ ପରିବାର ପ୍ରତିପୋଷଣ କରେ । ପରଘରେ ମୂଲଲାଗି ପାଉଥିବା ଟଙ୍କା କେଇଟାରେ ସଂସାର ଚଲାଏ । ଅନ୍ୟମାନଙ୍କ ଜମିରେ ଖଟି ପାଉଥିବା ମଜୁରୀରେ କୁଟୁମ୍ବ ପୋଷେ । ମେହନତ କରି ସେହି ରୋଜଗାରରେ ସ୍ତ୍ରୀ ଓ ପିଲାମାନଙ୍କ ମୁହଁରେ ଦାନାଦିଏ । ସେ ତ ସ୍ୱାଭାବିକ ଭାବେ ପୁଅଟିଏ ଚାହିଁବା କଥା । ଯିଏ ବଡ଼ ହେଲେ ତାକୁ ଚାଷ

କାମରେ ସହଯୋଗ କରିପାରିବ। ଯେଉଁ ଜମି ସେ ଭାଗଚାଷକୁ ଆଣି ଚାଷକରେ। ସେହି ବିଲରେ ଖଟି ପାରିବ ଓ ପରଘରେ ମୂଲଲାଗି ତାକୁ ଆଣି ମକୁରୀ ଗଣ୍ଠାକ ଦେଇପାରିବ। ନହେଲେ ବିଦେଶକୁ ଯାଇ ରୋଜଗାର କରି ତାକୁ ଘର ଚଲାଇବାରେ ସାହାଯ୍ୟ କରିବ। ସେପରି ସ୍ଥଳରେ ସେ ଯଦି ପ୍ରଥମେ ଝିଅଟିର ଜନକ ହେଲା ତେବେ ସେ ତା' ମନକୁ ବୁଝାଇବ କେମିତି ? କ'ଣ ଶାନ୍ତ୍ବନା ଦେବ ତା'ର ଅଭାବଗ୍ରସ୍ତ ଡହଲ ବିକଳ ପ୍ରାଣକୁ। ତା'ର ଆଶାୟୀ ଆତ୍ମାକୁ। ତା'ର କଳ୍ପିତ ଯୋଜନା ଝିଅଟିଏ ପାଇ ବାଧା ପ୍ରାପ୍ତ ହେଲାପରେ ସେ କପିରି ବୋଧ ଦେଇ ପାରିବ ତା' ପୁତ୍ର ସନ୍ତାନ ଲାଭ ଆଶାର କଳ୍ପନା ବିଳାସି ମନକୁ କେଉଁ ପ୍ରକାର କଥା କହି କିମ୍ବା କି ରକମ ପ୍ରବୋଧନା ଦେଇ।

ଚାଷ କାମବେଳେ ପର ବିଲରେ ମୂଲଲାଗି, ନିଜର ଅନ୍ତ ଜମିକୁ ଚାଷ କରି, ଭାଗ ଚାଷକୁ ଆଣିଥିବା କ୍ଷେତରେ ବିଶ୍ରାମ ହେବା ସମୟରେ ଖଟି ସେ ଗାଁର କେଉଟମାନେ ଚଳିଥାଆନ୍ତି। ବିଲରେ ବେଉଷଣ କାମ ସରିଗଲେ ସେମାନେ ଯୋରରୁ ମାଛଧରି ତାକୁ ବିକ୍ରି କରି ବର୍ଷାଦିନେ ଚଳନ୍ତି। ଧାନକଟାରେ ସେହିପରି ପରବିଲରେ ମୂଲ ଲାଗନ୍ତି। କାମପରେ ଓ ଆଗରୁ ଅର୍ଥାତ୍ ବଢ଼ି ଭୋରରୁ ଓ ଖରାବେଲେ ବିଶ୍ରାମ ନେବା ସମୟରେ ନିଜ ଚାଷ ଜମିରେ କାମ କରିଥାଆନ୍ତି। ସେଥିପାଇଁ ସେମାନଙ୍କୁ ଅଧିକ ପରିଶ୍ରମ କରିବାକୁ ପଡ଼ିଥାଏ। ନିଜକୁ କାମ ବଳେଇଗଲେ ସ୍ତ୍ରୀ ଓ ପିଲାମାନଙ୍କ ଦ୍ୱାରା କରାଇ ଥାଆନ୍ତି। ଖରାଦିନେ କଚଡ଼ା ପିଟା, ଘରଛିଆ (ଛପର ପାଲଟା), ମୁଗ (ରବିଫସଲ) ଅମଲାଦି କାମରେ ଖଟନ୍ତି। କେହି କେହି ଯୁବକାବସ୍ଥାରେ ବିଦେଶ ଯାଇ ଶ୍ରମିକ ଭାଗରେ ନିଯୁକ୍ତ ହୋଇ ନିଜର ଗୁଜୁରାଣ ମେଣ୍ଟାଇ ଥାଆନ୍ତି।

ସତୀକୁ ଯେତେବେଲେ ଦୁଇବର୍ଷ, ସେତିକିବେଲେ ତା' ତଳଭାଇର ଜନ୍ମ। ଦ୍ୱିତୀୟ ସନ୍ତାନ ପୁଅଟିକୁ ପାଇ ସପନି ପ୍ରଥମ ଝିଅ ଜନ୍ମର ଗ୍ଲାନି ଭୁଲିଗଲା। ମାତ୍ର ସେ ପୁଅ ବଦଲରେ ଝିଅଟିକୁ ବେଶୀ ଭଲ ପାଇ ବସିଲା। ସତୀ ଝିଅଟିଏ ହେଲେ ସୁଦ୍ଧା ତା'ର ପ୍ରଥମ ସନ୍ତାନ। ଶାସ୍ତ୍ର ମତରେ ପ୍ରଥମ ପିଲାଟି ହେଉଛି ଧର୍ମଜ ସନ୍ତାନ। ତା'ପର ପିଲାମାନେ ହେଲେ କାମଜ ସନ୍ତାନ। ବଂଶ ରକ୍ଷା କରିବା ଜୀବଜଗତର ଧର୍ମ। ପ୍ରଥମ ପିଲାଟି ଦ୍ୱାରା ବଂଶରକ୍ଷା ହୋଇପାରିବ। ସେଥିପାଇଁ ପ୍ରଥମ ପିଲାଟି ହେଲା ଧର୍ମଜ ସନ୍ତାନ। ପରବର୍ତ୍ତୀ ପିଲାମାନଙ୍କୁ ବାପ, ମା'ମାନେ ସେମାନଙ୍କ ଯୌନ କାମନ ଚରିତାର୍ଥ କରିବାକୁ ଯାଇ ଜନ୍ମଦେଇଥିବାରୁ ସେମାନଙ୍କୁ କାମଜ ସନ୍ତାନ କୁହାଯାଏ। ବଂଶରକ୍ଷା ଓ ବଂଶବୃଦ୍ଧି କରିବା ଯଦିବା ଜୀବର ଅଧର୍ମ ନୁହେଁ, କିନ୍ତୁ ଅତ୍ୟଧିକ ବଂଶବୃଦ୍ଧି ସମାଜ, ସଂସାର ଓ ଦୁନିଆ ଲାଗି କ୍ଷତିକାରକ। ମଣିଷ ତା'ର ବଂଶ ରକ୍ଷା କରିବା ତା' କର୍ତ୍ତବ୍ୟ ପରିସର ଅନ୍ତର୍ଭୁକ୍ତ। ମାତ୍ର ଅତ୍ୟଧିକ ବଂଶ ବୃଦ୍ଧିକୁ ଶାସ୍ତ୍ରକାରମାନେ ଏଥିପାଇଁ ବାରଣ କରିଛନ୍ତି ଯେ ଯଦି ପ୍ରତ୍ୟେକ ମଣିଷ ମନଇଚ୍ଛା ବଂଶ ବୃଦ୍ଧି କରି ଚାଲନ୍ତି। ତେବେ ଏପରି ସମୟ ଆସିବ ସେତେବେଲେ ସ୍ୱଚ୍ଛନ୍ଦରେ ଚଲିବା ପାଇଁ ସେମାନଙ୍କୁ ସ୍ଥାନର ଅଭାବ ହେବ। ସେଥିପାଇଁ ନିୟମ ପରିସର ମଧରେ ରହି ବଂଶ ବିସ୍ତାର କରିବା ଆବଶ୍ୟକ। ମଣିଷ ତା'ର ଧର୍ମରକ୍ଷା କରିବାକୁ ଯାଇ ସନ୍ତାନଟିଏ ଜନ୍ମଦେବା ବିଧେୟ। ବଂଶରକ୍ଷା କରିବା ପାଇଁ ସନ୍ତାନଟିଏ ଜନ୍ମଦେବା ଉଚିତ୍। ସେଇ ପ୍ରଥମ ସନ୍ତାନ ହେଲା ଧର୍ମଜ ସନ୍ତାନ। ତେଣିକି ସେ ସନ୍ତାନ ପୁଅ କିମ୍ବା ଝିଅ ଯାହା ହେଉ, ସେଥିରେ କିଛି ଯାଏ ଆସେ ନାହିଁ। ମଣିଷ ତା'ର ଯୌନ କମାନା ପୂରଣ କରିବାକୁ ଯାଇ ପରବର୍ତ୍ତୀ କାମଜ ସନ୍ତାନମାନଙ୍କୁ ଜନ୍ମ ଦେଇଥାଏ। ସେହି କାମଜ ସନ୍ତାନମାନଙ୍କ ଜନ୍ମ ଯଦି ନିୟନ୍ତ୍ରଣ ମଧ୍ୟରେ ନରହେ, ତେବେ ସମୟକ୍ରମେ ଯେତେବେଲେ ସନ୍ତାନ ଜନ୍ମହାର ବୃଦ୍ଧି ପାଇ ବିଶାଳ ଜନସଂଖ୍ୟା ବିସ୍ଫୋରକ ଅବସ୍ଥା ସୃଷ୍ଟି କରିବ। ତା' ଦ୍ୱାରା ପରିବେଶ ପ୍ରତି ବିପଦ ମାଡ଼ି ଆସି ପରିସ୍ଥିତି ଅଣାୟତ ଏବଂ ଅସମ୍ଭାଳ ହୋଇ ପଡ଼ିବ।

ସେଥିପାଇଁ ଦାର୍ଶନିକ ଲେଖିଲେ "Man for woman is a means the end always a child but what is woman for a man. A deangerous toy man shall be educated for war and woman for recreation of wariors every thing else is folly". ଅର୍ଥାତ୍ ଜଣେ ସ୍ତ୍ରୀ ପାଇଁ ଗୋଟେ ପୁରୁଷ କେବଳ ଗୋଟେ ମାଧ୍ୟମ। ଯାହାର ଲକ୍ଷ୍ୟ ହିଁ ଗୋଟେ ସନ୍ତାନ, ମାତ୍ର ଗୋଟେ ପୁରୁଷ ପାଇଁ ଗୋଟେ ସ୍ତ୍ରୀ ଏକ ବିପଜ୍ଜନକ ଖେଳନା। ପୁରୁଷ ଯୁଦ୍ଧ ପାଇଁ ପ୍ରଶିକ୍ଷିତ ମହିଳା ଲଢୁଆ ବୀର ସୃଷ୍ଟି ପାଇଁ ପ୍ରଶିକ୍ଷିତ ହେବ। ଆଉ ସବୁ ଭ୍ରାମ୍ୟକ। ଜୀବନ ଗଠନ ଓ ଦର୍ଶନ ଯେତେବେଳେ ଏଇଆ।

ସତୀ, ସପନିର ପ୍ରଥମ ପିଲା। ଅତଏବ ଧର୍ମଜ ସନ୍ତାନ। ତା'ର ପ୍ରଥମ ପ୍ରେମର ପ୍ରଥମ ନିଦର୍ଶନ। ପହିଲି ପ୍ରଣୟର ମୂର୍ତ୍ତିମନ୍ତ ପ୍ରତୀକ। ତା' ଦାମ୍ପତ୍ୟ ଜୀବନର ପ୍ରଥମ ସ୍ମାରକୀ।

ଜୀବନରେ ପ୍ରଥମ ଅନୁଭୂତିର ମାଦକତା କେବେ ବି ଏତେ ସହଜରେ ଭୁଲି ହୁଏନା। ପ୍ରଥମ ପ୍ରେମ, ପ୍ରଥମ ପ୍ରେମିକା, ପ୍ରେମିକାର ପ୍ରଥମ ଚିଠି। ପ୍ରଣୟିନୀର ପ୍ରଥମ ସୋହାଗ। ଦାମ୍ପତ୍ୟ ଜୀବନର ପ୍ରଥମ ଅନୁଭୂତି। ପ୍ରଥମ ଛୁଆଁର ପରଶ। ପ୍ରଥମ ପାଠପଢ଼ାର ଅନୁଭବ। ପ୍ରଥମ ସ୍କୁଲ ଯିବାର ସ୍ମୃତି। ପ୍ରଥମ ମଲୟର ମାଦକତା। ପ୍ରଥମ ବିବାହର ଅଭିଜ୍ଞତା। ପତ୍ନୀ ସହିତ ପ୍ରଥମ ମିଳନର ସମ୍ମୋହନ। ପ୍ରେୟସୀର ପ୍ରଥମ ପରଶର ପୁଲକତା। କୌଣସି ଅପରିଚିତ ସ୍ଥାନକୁ ପ୍ରଥମ ଯିବାର ଉସ୍ମାହ। ପ୍ରଥମ ଜନକ କିମ୍ବା ଜନନୀ ହେବାର ଆବେଗ। ସବୁ ପ୍ରଥମ କଥାର ଅଭିଜ୍ଞତା ମନରେ ଚିର ଅଭୁଲା ସ୍ମୃତି ହୋଇ ରହିଯାଏ। ହୃଦୟରେ ଗୋଟେ ଅଲିଭା ଗାର ଟାଣିଦିଏ। ଅପାଶୋରା ହୋଇ ରହେ ତା'ର ଅନୁଭବର ଅନୁଭୂତି। ଚିର ଅଭୁଲା, ଅଲିଭା, ଅପାଶୋରା। ଯେମିତି ମ୍ୟାଟ୍ରିକ୍ୟୁଲେଟ ସପନି ଜୀବନର ପ୍ରଥମ ପ୍ରେମକୁ ଭୁଲି ନ ପାରି ତା'ବାପାଙ୍କ ଅନିଚ୍ଛା ସତ୍ତ୍ୱେ ସମ୍ପର୍କୀୟା ମାମୁ ଝିଅ ନିରକ୍ଷରା ସବିତାକୁ ବିବାହ କରିଥିଲା। ସେମିତି ସବିତା କୁଆଁରୀ ମନର ଅଲେଖା କାଗଜରେ ତା' ଜୀବନର ପ୍ରଥମ ପୁରୁଷକୁ ସପନି ତା'ନାମକୁ ଏମିତି ଅଲିଭା କାଲିରେ ଲେଖ୍ୟ ଦେଇଥିଲା ଯେ ଅନ୍ୟତ୍ର ବିବାହ କରିଥିଲେ। ନବବଧୂ ବେଶର ସିନ୍ଦୁର ଟିପା ସପନିର ସେ ନାମକୁ କେବେବି ଲିଭାଇ ଦେବାକୁ ସକ୍ଷମ ହୋଇ ପାରିବନାହିଁ ବୋଲି ଜାଣି ପାରି ସବିତା ସମସ୍ତ ଲୋକ ଲଜ୍ୟା, ଅପନିନ୍ଦା, କଳଙ୍କ ଅପବାଦକୁ ଖାତିର ନକରି ସମ୍ପର୍କୀୟା ପିଉସୀ ପୁଅକୁ ବାହା ହେବାକୁ ଜିଦ୍ ଧରିଥିଲା। କାରଣ ଜୀବନରେ ପ୍ରଥମ ଅନୁଭୂତିର ଅଭିଜ୍ଞତା ଅବିସ୍ମରଣୀୟ ହୋଇ ରହେ। ପ୍ରଥମ ଅନୁଭବର ମାଦକତା ଯେତେ ତୃପ୍ତିଦାୟକ, ଶାନ୍ତି ପ୍ରଦାୟକ, ସୁଖ ପ୍ରଦାନକାରୀ, ଆନନ୍ଦ ପ୍ରବାହକ ଓ ଖୁସି ଦେଇଥାଏ ତା ପରବର୍ତ୍ତୀ ଅନୁଭବ ମନରେ ସେତେ ସନ୍ତୋଷ ଦେବାକୁ କେବେ ସକ୍ଷମ ହୋଇପାରେନା।

ସପନି ତାଙ୍କ ଘରର ବଡ଼ ପୁଅ। ସେହି ହିସାବରେ ସେ ଯେପରି ପରିବାରରେ ସମସ୍ତଙ୍କର ସ୍ନେହ, ଆଦର ପାଇଥିଲା ଓ ଏବେ ସୁଦ୍ଧା ପାଉଛି। ସେହିପରି ସତୀ ତାଙ୍କ ପରିବାରର ପ୍ରଥମ ସନ୍ତାନ ଭାବରେ ସମସ୍ତଙ୍କର ଶ୍ରଦ୍ଧା ଭାଜନ ହେଲା। ସତୀର ଦୃଷ୍ଟି ଆକର୍ଷଣୀଆ ଚେହେରା, ଥୁଲୁଥୁଲି ଚାଲି, ଦୋତୁଣ୍ଡା କଥା, ଖିଲି ଖିଲି ହସ ସମସ୍ତଙ୍କ ମନ କିଣି ନେଲା। ପୁଅ, ଝିଅର ପ୍ରଭେଦ ଭୁଲି ଯାଇ ସାରା ପରିବାର ସତୀକୁ ଅଧିକ ଆଦର କଲେ।

ତା' ତଳଭାଇର ଜନ୍ମପର ଠାରୁ ସତୀ, ସବିତାଙ୍କ ଠାରୁ ବିଚ୍ଛିନ୍ନ ହୋଇ ତା' ଜେଜେମା' କୋଳରେ ଆଶ୍ରୟ ନେଲା। ତା' ଜେଜେମା' ଓ ତା' ଜେଜେବାପା କରୁଣି ସତୀକୁ ଭାରି ଭଲ ପାଆନ୍ତି। ସେ ଘରର ପ୍ରଥମ ପିଲା ହୋଇଥିବାରୁ ତାକୁ ସମସ୍ତେ ଆଦର କଲେ ଓ ସେ ଅତି ଗେହ୍ଲାରେ ବଢ଼ିଥିଲା। ତା'ପରଠାରୁ ସତୀ ତା' ମା' ସବିତାଙ୍କୁ ଛାଡ଼ି ଜେଜେମା'କୁ ଆଦରି ନେଇଥିଲା। ଛୋଟ ପିଲାମାନେ ଯେଉଁଠି ସ୍ନେହ, ଶ୍ରଦ୍ଧା ପାଆନ୍ତି, ସେଇଠି ଆଦରି ରହନ୍ତି। ସତୀ ସେହିପରି ତା' ଜେଜେମା' ଠାରୁ ସ୍ନେହ, ଶ୍ରଦ୍ଧା ଓ ଆଦର ପାଇ ତାକୁ ଆଦରି ନେଲା।

ସତୀ ଜନ୍ମ ହୋଇଥିବା ଗାଁଟି ଏକ ପ୍ରକାର ଅନଗ୍ରସର ପଲ୍ଲୀବସ୍ତି। ସେ ଗାଁକୁ ସଭ୍ୟତା କିମ୍ବା ସଂସ୍କାର ଆଦୌ ପ୍ରବେଶ କରିନାହିଁ। ନିପଟ ମଫସଲ, କୁସଂସ୍କାର ଏବେବି ସେ ଗାଁର ଲୋକମାନଙ୍କ ମନରେ ବସାବାନ୍ଧି ରହିଛି। ସଭ୍ୟତାର ପରିପ୍ରକାଶ

ସେଠି ଘଟିନାହିଁ। ସେହି ବଣଖମଣ ଘେରା ପଙ୍କ କାଦୁଅ ସଡ଼ସଡ଼ ଗାଁର ଲୋକମାନେ ସନ୍ତାନ ଜନ୍ମକୁ ଈଶ୍ୱରଙ୍କ ଦାନ ବୋଲି ମାନେ କରନ୍ତି। ଏହି ଅନ୍ଧବିଶ୍ୱାସର ବଶବର୍ତ୍ତୀ ହୋଇ ସପନି ଚାରୋଟି ଝିଅ ଓ ଦୁଇଟି ପୁଅର ଜନକ ହୋଇଥିଲା।

ଚାରୋଟି ଝିଅ ଓ ଦୁଇଟି ପୁଅକୁ ନେଇ ଛଅଟି ସନ୍ତାନ ବିଶିଷ୍ଟ ପରିବାରରେ ସତୀ ସବା ବଡ଼ ପିଲା। ପରିବାରର ବଡ଼ ପିଲାଙ୍କୁ ଜ୍ୟେଷ୍ଠ ସନ୍ତାନ କୁହାଯାଏ। ବଡ଼ପୁଅ ପିତାଙ୍କର ପିଣ୍ଡର ଅଧିକାରୀ। ରାଜା ରାଜୁଡ଼ା (ରାଜତନ୍ତ୍ର) ଅମଲରେ ରଜାଙ୍କ ମୃତ୍ୟୁ ପରେ ତାଙ୍କ ବଡ଼ ପୁଅ ରଜା ହୋଇଥାଏ। ସେ ଯେତେ ହୁଣ୍ଢା, ମୂର୍ଖ ହେଇଥିଲେ ସୁଦ୍ଧା ଉଚ୍ଚଶିକ୍ଷିତ ବୁଦ୍ଧିମାନ ସାନପୁଅ କେବେ ବି ରଜା ହୋଇ ପାରେନା। ଏହିବିଧ୍ ଆର୍ଯ୍ୟମାନଙ୍କ କ୍ଷେତ୍ରରେ ପ୍ରଯୁଜ୍ୟ ଓ ସମଗ୍ର ଆର୍ଯ୍ୟାବର୍ତ୍ତରେ ପ୍ରଚଳିତ। ସେଇଥିପାଇଁ ତ ଜ୍ୟେଷ୍ଠ ରାମଚନ୍ଦ୍ରଙ୍କ ଅବର୍ତ୍ତମାନରେ ମଧମ ଭ୍ରାତା ଭରତ ଜ୍ୟେଷ୍ଠଭ୍ରାତା ରାମଚନ୍ଦ୍ରଙ୍କ କଠାଉକୁ ରାଜସିଂହାସନରେ ଅଭିସିକ୍ତ କରି ତାଙ୍କ ପ୍ରତିନିଧି ଭାବରେ ରାଜ୍ୟ ଶାସନ (ଶାସନକାର୍ଯ୍ୟ ପରିଚାଳନା) କରିଥିଲେ। ଯେଉଁଠି ଜ୍ୟେଷ୍ଠ ପୁତ୍ରକୁ ତା'ର ନ୍ୟାୟ୍ୟ ଅଧିକାରରୁ ବଞ୍ଚିତ କରାଯାଇଛି, ତେଣିକି ତାହା ଯେଉଁ କାରଣ ଯୋଗୁଁ ହୋଇ ଥାଉନା କାହିଁକି, ସେଇଠି ବିଭ୍ରାଟ ସୃଷ୍ଟି ହୋଇଛି। ଯେମିତି ଅନ୍ଧତ୍ୱ (ଯୋଗୁ) କାରଣରୁ ଜ୍ୟେଷ୍ଠ ଧୃତରାଷ୍ଟ ତାଙ୍କ ନ୍ୟାୟ୍ୟ ଅଧିକାରରୁ ବଞ୍ଚିତ ହେବାରୁ ସୋମବଂଶରେ ବିଶୃଙ୍ଖଳା ସୃଷ୍ଟି ହେଲା। ଯାହାର କୁପରିଣତି କୁରୁକ୍ଷେତ୍ର ମହାସଂଗ୍ରାମ, ଅନ୍ଧତ୍ୱ ଯୋଗୁଁ ଜ୍ୟେଷ୍ଠଭାଇ ଧୃତରାଷ୍ଟ ରଜା ହୋଇ ନ ପାରିବାରୁ କନିଷ୍ଠ ପଣ୍ଡୁ ରଜା ହୋଇଥିଲେ। ଯେଉଁଥି ପାଇଁ ମହାଭାରତରେ କୁରୁକ୍ଷେତ୍ର ରକ୍ତ ରଞ୍ଜିତ ହୋଇଥିଲା। ସାହାଜାହିନ ଓ ଆଉରଙ୍ଗଜେବ ଏହି ବ୍ୟତିକ୍ରମ ପାଇଁ ନିଜ ଜ୍ଞାତିଙ୍କ ରକ୍ତରେ ହସ୍ତରଞ୍ଜିତ କରି ସିଂହାସନ ଅଧିକାର କରିଥିଲେ। ଜୟଚନ୍ଦ୍ର, ପୃଥିରାଜ ଓ ସିରାଜଉଦ୍ଦୌଲାଙ୍କ କ୍ଷେତ୍ରରେ ସେପରି ମଧ ହୋଇଥିଲା। ସାଧାରଣ ଘର ମାନଙ୍କରେ ପରିବାରର ପ୍ରଥମ ପିଲା ପ୍ରଥମାଷ୍ଟମୀରେ ନୂତନ ପୋଷାକ ପରିଧାନ କରି ପଡ଼ୁଆ ହୋଇଥାଏ। ତେଣିକି ସେ ପ୍ରଥମ ପିଲା ପୁଅ ହେଉ ବା ଝିଅ। ସେଥ୍ରେ କିଛି ବାରଣନଥାଏ। ଘରର ପ୍ରଥମ ପିଲା ବାପାଙ୍କର (ଘରର ମୁରବିଙ୍କର) ଅତିପ୍ରିୟ ହୁଏ ଓ ଅଧିକ ଆଦରଣୀୟ ହୋଇଥାଏ। ଘରର ସମସ୍ତ ସଦସ୍ୟ ଜ୍ୟେଷ୍ଠ ସନ୍ତାନକୁ ଅନ୍ୟ ପିଲାମାନଙ୍କ ଠାରୁ ବେଶୀ ସ୍ନେହ କରିଥାଆନ୍ତି। ଭାଇମାନଙ୍କ ମଧ୍ୟରେ ପୈତୃକ ସମ୍ପତ୍ତି ବଣ୍ଟନ ସମୟରେ ବଡ଼ଭାଇ ଜ୍ୟେଷ୍ଠାଭାଗ ବାବଦରେ କିଛି ଅଧିକ ଅଂଶ ପାଇଥାଏ।

ସେହି ଦୃଷ୍ଟିରୁ ସତୀ ତାଙ୍କ ଘରେ ସମସ୍ତଙ୍କର ସ୍ନେହ ଭାଜନ ହୋଇ ପାରିଥିଲା। ପରିବାରର ପ୍ରଥମ ସନ୍ତାନ ଭାବେ ଘରେ ସମସ୍ତେ ତାକୁ ବେଶୀ ଆଦର କଲେ ଓ ସେ ସମସ୍ତଙ୍କର ଗେହ୍ଲା ହୋଇ ରହିଲା।

ସତୀର ରୂପଥିଲା ଅତ୍ୟନ୍ତ ସୁନ୍ଦର, ଆକର୍ଷଣୀୟ ଓ ମନ ମୁଗ୍ଧକର। ମନଲୋଭା ଚେହେରା ସହିତ ତା' ମୁହଁର ନାଲି ଓଠର ହସରେ ସମସ୍ତେ ବିଭୋର ହୋଇ ଯାଇଥିଲେ। ସତୀ ଦେହର ରଙ୍ଗ (ବର୍ଣ୍ଣ) ଥିଲା ଚମ୍ପାଫୁଲ ପରି। ପୂର୍ଣ୍ଣିମାତିଥିର ଗୋଟା ଜହ୍ନ ପରି ଗୋଲ ମୁହଁରେ ଲୟାଲୟା ଟଣାଟଣା ଆଖି। ଖଣ୍ଡାଧାର ପତି, ତୀକ୍ଷ୍ଣ ନାକ, ଓଠ ଦୁଇଟି ପାଟିଲା ବଧୁଲି ଫଳ ପରି ଲାଲ। କଳା ଭଅଁର ଆଖି ଉପରେ କାମଦେବଙ୍କ (ଫୁଲ) ଧନୁ ପରି ଭୁଲତା। ଚଉଡ଼ା (ପ୍ରଶସ୍ତ) କପାଳ। ଘନକଳା ଗହଳିଆ କେଶ କୁଞ୍ଚୁକୁଞ୍ଚିଆ। ଡଉଲଡାଉଲ ସ୍ୱାସ୍ଥ୍ୟ। କୈବର୍ତ୍ତ ଘରପିଲା ପରି ଜଣା ପେଡ଼ନା। କୁଳିନ ବ୍ରାହ୍ମଣ ଘରର କିୟା ସମ୍ଭ୍ରାନ୍ତ, କରଣ ବଂଶର ଝିଅ ପରି ଦିଶେ।

ସତୀ ତା' ବୋଉ ଅଣି ଆଣିଥିଲା। ତା' ଚେହେରାରେ ତା' ବାପା ସପନିର ସାଦୃଶ୍ୟ ମଧ ରହିଛି। ସବିତା ସାମାନ୍ୟ ଟେରି। ସତୀ ଟେରୀ ନ ଥିଲା। ସତୀ ତା' ବୋଉ ସବିତାଙ୍କ ଦେହର ଗଢଣ ଓ ତା' ବାପା ମୁହଁର ଆକୃତି ଅବିକଳ ଆଣିଥିଲା। ସପନି ଅନାଇଲା ବେଳେ ଯେପରି ତା' ଡାହାଣ ଆଖି ଟିକେ ସାମାନ୍ୟ ବୁଜି ହେଲା ପରି ଦିଶେ। ସତୀର ଡାହାଣ ଆଖିଟି ସେହିପରି ଅର୍ଦ୍ଧନିମିଲିତ ଚନ୍ଦ୍ରଭଳି ଦେଖାଯାଏ। ତା'ବାମ ଆଖିଟି ପୂରାପୂରି ଖୋଲାଥାଏ।

ଏହାଦ୍ୱାରା ତା' ଡାହାଣ ଆଖିଟି ତା' ବାମ ଆଖିଠାରୁ ଟିକେ ଛୋଟ ପରି ଜଣାଯାଏ । ତା'ଦ୍ୱାରା ସତୀ ଟେରୀ ପରି ନ ଦିଶି ବରଂ ଅଧିକ ସୁନ୍ଦର ଦିଶିଥାଏ । ସପନିର ଛଅଟି ପିଲାଙ୍କ ମଧ୍ୟରୁ କେବଳ ସତୀ ତା' ବୋଉ ସବିତାଙ୍କ ସ୍ୱାସ୍ଥ୍ୟ (ଟେହେରା) ପରି ପୂରିଲା ପୂରିଲା ସ୍ୱାସ୍ଥ୍ୟବତୀ ଦିଶେ । ତା'ର ଅନ୍ୟ ଭାଇ ଭଉଣୀମାନଙ୍କର ସ୍ୱାସ୍ଥ୍ୟ ତା' ବାପ ସପନିର ଟେହେରା ପରି ପତଲା ଶରୀର ।

ସତୀକୁ ଦେଖି ଧବଲେଶ୍ୱରଙ୍କ ପୂଜକ ଠାକୁର ବାବା କହନ୍ତି, "ତୁ ଆମ ବ୍ରାହ୍ମଣ ଘରେ ଜନ୍ମ ହେବା କଥା । ଭୁଲରେ କେଉଟ ସାଇକୁ ଚାଲିଗଲୁ ।' ସେ ସତୀକୁ ଖୁବ୍ ଶ୍ରଦ୍ଧା କରନ୍ତି । ସତୀ ଚାଲି ଶିଖିଲା ପରେ ତା' ଜେଜେମା ମନ୍ଦିରକୁ ଗଲେ ତାକୁ କାଖକରି ନେଇ ଥାଆନ୍ତି । ଗୌରବର୍ଣ୍ଣ ଡଉଲଡାଉଲ ପିଲାଟି ଯେଉଁ ରଙ୍ଗର ପୋଷାକ ପିନ୍ଧିଲେ ବି ଭଲ ଦେଖାଯାଏ । ଗରିବଘର, ପୁଣି ପିଲା ଗୁଡ଼ାଏ । ଇଚ୍ଛାଥିଲେ ସୁଦ୍ଧା ଅଭାବରେ ପଡ଼ି ସପନି ତା' ପିଲାମାନଙ୍କୁ ଭଲ ଦାମୀ ପୋଷାକ ଦେଇପାରେ ନାହିଁ । ଅଳ୍ପ ମୂଲ୍ୟର ଶସ୍ତାଲିଆ ପୋଷାକରେ ସୁଦ୍ଧା ସତୀ ଖୁବ୍ ସୁନ୍ଦର ଦେଖାଯାଏ ।

କୈବର୍ତ ସାଇରେ କେବଳ ସପନିର ନୁହେଁ ପ୍ରାୟ ସମସ୍ତଙ୍କ ଘରେ ପଲେଲେଖା ଛୁଆ । କୌଣସି ପରିବାରରେ ପଞ୍ଚସାତରୁ କମ୍‌ପିଲା ନାହାଁନ୍ତି । ସେମାନେ ସମସ୍ତେ ପ୍ରାୟତଃ ନିରକ୍ଷର । ଆଙ୍ଗୁଳି ଗଣତି ଦୁଇତିନି ଜଣକୁ ଛାଡ଼ିଦେଲେ ଅନ୍ୟମାନେ କେହି ସ୍କୁଲପିଣ୍ଡା ମାଡ଼ି ନାହାଁନ୍ତି । ଯାହା ଗାଁ ଅବଧାନଙ୍କ ପାଖରେ ଫଳା, ସଂଖ୍ୟା, ପଣିକିଆ ଓ ମଧୁବର୍ଣ୍ଣବୋଧ ପଢ଼ି ସେମାନେ ତାଙ୍କ ପାଠପଢ଼ାରେ ଡୋରିବାନ୍ଧି ଥାଆନ୍ତି । ଆଉ କେତେକ ସେତକ ସୁବିଧା ସୁଦ୍ଧା ପାଇ ନଥାଆନ୍ତି । ସେମାନଙ୍କ କର୍ମରେ ଗାଁ ଚାଟଶାଳୀରେ ବସିବା ମଧ୍ୟ ସମ୍ଭବ ହୁଏନାହିଁ । ସେମାନେ ସିଲଟ୍ ଧରିବାର ସୌଭାଗ୍ୟରୁ ବଞ୍ଚିତ ହୋଇଥାଆନ୍ତି । ସେମାନେ ପିଲାବେଳେ ଗାଁ ଦାଣ୍ଡରେ ଗୋଟି ଖେଳରୁ ଏକ ଠାରୁ ଅଠାଇଶ ପର୍ଯ୍ୟନ୍ତ ଗଣି ଶିଖନ୍ତି । ଟିକେ ବଡ଼ ହେଲେ ଗାଁ ପଛପଟ ପଡ଼ିଆରେ କାଉ ଖେଳରୁ ଶହେ ଯାଏ ଗଣିବା ଅଭ୍ୟାସ କରି ନିଅନ୍ତି । ଝିଅମାନେ ବୋହୂଚୋରି ଖେଳରୁ ୧ ଠାରୁ ୧୦ ପର୍ଯ୍ୟନ୍ତ ଗଣିଶିଖନ୍ତି । ଅବଶ୍ୟ ପ୍ରଥମେ ଲୁଡୁ ଖେଳରୁ ୧ ଠାରୁ ୬ ପର୍ଯ୍ୟନ୍ତ ଗଣିବା ଅଭ୍ୟାସ କରି ଥାଆନ୍ତି । କେଉଟ ଓ ସେମାନଙ୍କର ପରି ଛୋଟ ଜାତିର ଲୋକମାନେ ଘୁଷୁରି ପରି ପଲେ ଲେଖା ଛୁଆ କେବଳ ଜନ୍ମଦେଇ ପାରନ୍ତି । ସେମାନଙ୍କୁ ସୁଷମ ଖାଦ୍ୟ ଓ ଉପଯୁକ୍ତ ପୋଷକ ଯୋଗାଇବା ସେମାନଙ୍କ ପକ୍ଷରେ ଦୁରୂହ ବ୍ୟାପାର । ପାଠ ପଢ଼ାଇବା ପାଇଁ ପ୍ରଥମତଃ ଅର୍ଥର ତ ଅଭାବ ଥାଏ । ଆହୁରି ମଧ୍ୟ ସେମାନଙ୍କ ପାଠପଢ଼ା ପ୍ରତି ଆଦୌ ଆଗ୍ରହ ନଥାଏ । ଛୁଆ ଗୁଡ଼ାକ ଏଣୁତେଣୁ ପଖାଳ ପାଣି ଖାଇ ଘୁଷୁରି ଘୁଷୁରି ଫୁଙ୍ଗୁଲା ଦେହରେ ବୁଲନ୍ତି । ଟିକେ ବଡ଼ ହେଲେ ଅବଧାନଙ୍କ ପାଖକୁ ନଯାଇ କୌଣସି ଧନୀଙ୍କ ଘରେ ବୋଲହାକ କରିବାକୁ ନିଯୁକ୍ତ ହୁଅନ୍ତି । ପରେ ଟିକେ ଡେଙ୍ଗାଲିଆ ହେଲେ ଗାଈ ଚରାନ୍ତି । ଆଉଟିକେ ମୁଣ୍ଡ କାଢ଼ିଗଲେ ବିଲକାମରେ ମୂଲ ଖଟନ୍ତି । ଜାଲ ବାଆନ୍ତି (ପକାନ୍ତି) ନ ହେଲେ ବିଦେଶ ଯାଇ ଥାଆନ୍ତି । ଚାଷକାମ ବେଳେ ବାପ, ମା' ବିଲରେ କାମ କରୁଥିବାରୁ ଝିଅମାନେ ଘର ଜଗିବା କାମରେ ନିଯୁକ୍ତ ହୋଇଥାଆନ୍ତି । ଟିକେ ବଢ଼ି ଗଲେ ମା'କୁ ରୋଷେଇ କାମରେ ସହଯୋଗ କଲାବେଳେ ରୋଷେଇ ଶିଖି ଚୁଲି ମୁଣ୍ଡ ସମ୍ଭାଳନ୍ତି । ପାଠ ପଢ଼ିବାକୁ ସେମାନଙ୍କୁ ଅବସର ମିଳେନାହିଁ । ପାଠ ପଢ଼ିବା ସେମାନଙ୍କର ଜାତକରେ ନାହିଁ । ଶିକ୍ଷିତ ହେବାର ସ୍ୱପ୍ନ ସେମାନେ କେବେ ଦେଖି ନଥାଆନ୍ତି ଓ ସେପରି କଥା ସ୍ୱପ୍ନରେ ସୁଦ୍ଧା ଭାବି ନଥାଆନ୍ତି । ପାଠପଢ଼ି ଉଚ୍ଚଶିକ୍ଷିତ ହୋଇ ସରକାରୀ ଚାକିରିରେ ନିଯୁକ୍ତି ପାଇବା ସେମାନଙ୍କର କଳ୍ପନା ବାହାରର ବିଷୟ ଏବଂ ସେଭଳି ଚିନ୍ତା ମଧ୍ୟ ସେମାନଙ୍କର ନଥାଏ । ସେଥିପାଇଁ ସେମାନେ ଚାଟଶାଳୀ ମୋଟି ମାଡ଼ି ନଥାଆନ୍ତି କିୟା ସ୍କୁଲ ବାରଣ୍ଡା ଛୁଇଁ ପାରନ୍ତିନି ।

ସତୀ କ୍ରମେ ବଡ଼ ହେଲା । ତା'ର ପାଠପଢ଼ା ବୟସ ହେବାରୁ ସେ ଗାଁରେ ଥିବା ଅଣସ୍ୱୀକୃତ ସ୍କୁଲକୁ ପଢ଼ିବାକୁ ଗଲା । ଯେଉଁ ସ୍କୁଲରେ ବର୍ତ୍ତମାନ ତା' ସାନଭାଇ ଭଉଣୀ ଦୁହେଁ ପଢ଼ୁଛନ୍ତି । ତା' ଜେଜେ ମା' ତାକୁ ଧବଳେଶ୍ୱରଙ୍କ ମନ୍ଦିର ପାଖରେ ଥିବା ସେଇ ଅଣସ୍ୱୀକୃତ ସ୍କୁଲକୁ ସାଙ୍ଗରେ ନେଇ ଯାଆନ୍ତି । ପ୍ରଥମେ ସତୀ ସ୍କୁଲର ପିଲାମାନଙ୍କ ସହିତ ବସିଲାବେଳେ ତା ଜେଜେମା' ମନ୍ଦିର ମୁଖଶାଳାରେ ବସି ରହି ସ୍କୁଲ ଛୁଟି ପର୍ଯ୍ୟନ୍ତ ତା' ପାଇଁ ଅପେକ୍ଷା କରନ୍ତି । ସ୍କୁଲ ସକାଳ ସାତଟାରେ ଖୋଲି ଦଶଟାରେ ବନ୍ଦ ହୁଏ । ସ୍କୁଲ ଛୁଟି ହେଲେ ତା ଜେଜେମା' ତାକୁ ସାଙ୍ଗରେ ଧରି ଘରକୁ ଫେରନ୍ତି । ମନ୍ଦିର ପାଖକୁ ଲାଗି ଠାକୁରଙ୍କ ନୀତିରକ୍ଷା ପାଇଁ ନିର୍ମାଣ ହୋଇଥିବା (ଭୋଗମଣ୍ଡପ) ଚାଳ ଘରଟିରେ ସ୍କୁଲ ଚାଲେ । ସ୍କୁଲର ନିଜସ୍ୱ ଘର ନଥିଲା । ସେ ସ୍କୁଲରେ ତିନୋଟି ଶ୍ରେଣୀ । ତିନୋଟି ଶ୍ରେଣୀକୁ ଶିକ୍ଷକ ହେଲେ ଜଣେ । ଯିଏକି ମାସିକ ଏକଶତ ଟଙ୍କା ବେତନ ପାଇ ଚାକିରି କରିଥିଲେ । ସ୍କୁଲର ପିଲାସଂଖ୍ୟା ଅଣତିରିଶୀ ।

ସେ ଗାଁରେ କିନ୍ତୁ ପିଲାମାନଙ୍କ ସଂଖ୍ୟା ଶାଠିଏରୁ ଅଧିକ ହେବ । କୈବର୍ତ୍ତ ସାଇର ସବୁ ପିଲାମାନେ ପଢ଼ିବାକୁ ଆସନ୍ତି ନାହିଁ । କେବଳ ବ୍ରାହ୍ମଣ ପିଲାମାନେ ପ୍ରାୟତଃ ସବୁ ପଢ଼ନ୍ତି ।

ସପନି ତା' ବାପାଙ୍କର ଅରାଜି ସତ୍ତ୍ୱେ ନିଜ ମାମୁଁ ପୁଅ ମନୁଆ ଓ ମାମୁଁ ଝିଅମାନଙ୍କ ସହଯୋଗରେ ସବିତାକୁ ବାହା ହେବାକୁ ସମର୍ଥ ହୋଇଥିଲା । ତାଦ୍ୱାରା ସେ ତା' ବାପା କରୁଣିର ସ୍ନେହ ଭାଜନରୁ ବଞ୍ଚିତ ହେଲା । ସତୀ ଓ ତା' ତଳଭାଇ ସୁବଳର ଜନ୍ମପରେ ସପନି ଜନ୍ମ ନିୟନ୍ତ୍ରଣ କଥା ଉଠାଇଥିଲା । କିନ୍ତୁ ସବିତା ସେଥିରେ ସମ୍ମତ ହେଲାନାହିଁ । ଆପଣାର ନିରକ୍ଷରା ଜନିତ ଅଜ୍ଞତା ଓ ନିଜର ଭାଇ ଭଉଣୀମାନଙ୍କୁ ଅକାଳରେ ହରାଇଥିବା ଆଶଙ୍କାରେ ସବିତା ଗୋଟିଏ ପୁଅ ଦ୍ୱାରା ଯେ ବଂଶରକ୍ଷା ସମ୍ଭବ (ହେବାକଥା) ହୋଇପାରିବା କଥା ଆଦୌ ବିଶ୍ୱାସକୁ ନେଇ ପାରିଲେନାହିଁ । ଦ୍ୱିତୀୟ ପୁଅ ପାଇଁ ଅପେକ୍ଷା କରି ସେ ଦ୍ୱିତୀୟ ଓ ତୃତୀୟ କନ୍ୟାକୁ ଜନ୍ମ ଦେଇଥିଲେ । ପଞ୍ଚମ ପିଲାଟି ପୁଅ ହେବାରୁ ଲାଗ ଲାଗ ଦୁଇଟି ଝିଅ ପରେ ପୁଅ ହୋଇଛି । ସେ ନିୟମାନୁଯାଇ ଲାଗଲାଗ ଦୁଇଟି ପୁଅ ହେବ । ଏହି ଆଶା ରଖି ସେ ତାଙ୍କ ଷଷ୍ଠ ସନ୍ତାନଟିକୁ ଗର୍ଭରେ ସ୍ଥାନ ଦେଇଥିଲେ । ମାତ୍ର ଦୁର୍ଭାଗ୍ୟକୁ ସେ ପିଲାଟି ଝିଅ ହେଲା ।

ସପନି ସବୁ ବୁଝିଥିଲେ ମଧ୍ୟ ପ୍ରିୟତମା ପ୍ରେମିକା ପତ୍ନୀର କଥା କାଟି ପାରୁନଥିଲା । ତା'ର ମୁଖ୍ୟ କାରଣ ପ୍ରସ୍ତାବିତ ବିବାହ ଓ ପ୍ରେମ ବିବାହ ମଧ୍ୟରେ ପ୍ରଭେଦ ରହିଛି । ସାଧାରଣତଃ ପ୍ରସ୍ତାବିତ ବିବାହରେ ସ୍ତ୍ରୀଟି ପ୍ରଥମେ ସ୍ୱାମୀଙ୍କୁ ନିଜର କରିବାକୁ ଯତ୍ନ କରିଥାଏ । ସ୍ୱାମୀ ଜଣକ କି ମନୋବୃତ୍ତିର ଓ କେଉଁ ଧରଣ ପ୍ରକୃତିର ବ୍ୟକ୍ତି ଏବଂ କିଭଳି ବ୍ୟବହାର ତାଙ୍କର ପସନ୍ଦଯୋଗ୍ୟ ସେ କଥା ନବ ବିବାହିତା ପତ୍ନୀଟି ଜାଣି ନ ଥାଏ ଆଦୌ । ତେଣୁ ସେ ପ୍ରଥମେ ସ୍ୱାମୀର ମନୋନୀତ ହେବାକୁ ଯତ୍ନ କରିଥାଏ । ତା' ସ୍ୱାମୀଙ୍କୁ ସେ ନିଜର କରିବାକୁ ଯାଇ ସ୍ୱାମୀର ଅନୁଗତା ହୋଇଥାଏ । ସ୍ୱାମୀର ଆଜ୍ଞାଧୀନା ହୋଇ ଚଲେ । ତା' ନିଜର ଆଚାର, ବ୍ୟବହାର ଓ ଚଲଣି ତଥା କଥାଭାଷା ଯେପରି ପତି ଦେବତାଙ୍କର ପସନ୍ଦଯୋଗ୍ୟ ହେବ ଆଗ ସେ ଦିଗ ପ୍ରତି ନଜର ରଖେ । ପ୍ରସ୍ତାବିତ ବିବାହରେ ସ୍ତ୍ରୀ ଓ ପୁରୁଷ ବିବାହ ପୂର୍ବରୁ କେହି କାହାରିକୁ ଜାଣିବାର ସୁଯୋଗ ପାଇ ନଥାଆନ୍ତି । ସେମାନେ ପ୍ରଥମେ ପରସ୍ପର ପରସ୍ପରର ବିଶ୍ୱାସ ଭାଜନ ହେବାକୁ ଯତ୍ନ କରି ଥାଆନ୍ତି । ପତ୍ନୀଟି ଆବଶ୍ୟକଠାରୁ ଅଧିକ କିଛି କହିବାକୁ କିମ୍ବା କୌଣସି ପ୍ରକାର ଅଦରକାରୀ କାମ କରିବାକୁ ସାହସ କରିପାରେନାହିଁ । ଯୁବତୀଟି ନିଜ ଜନ୍ମସ୍ଥାନ ଛାଡ଼ି ପରଘରେ ପାଦ ଦେଇ ଅଜଣା ସ୍ଥାନ ଓ ଶାଶୁଘରର ଅଚିହ୍ନା ଲୋକମାନଙ୍କର ପ୍ରିୟ ଭାଜନ ହେବା ଲାଗି ପ୍ରଥମେ ଉଦ୍ୟମ କରିଥାଏ । ସେମାନଙ୍କ ମନ କିଣିଲା ଭଳି କଥା କହେ । ସେମାନଙ୍କ ମନଲାଖି ବ୍ୟବହାର ପ୍ରଦର୍ଶନ କରେ ଓ ସେମାନେ ସନ୍ତୁଷ୍ଟ ହେଲାଭଳି କାମ କରିଥାଏ । ସେ ତା' ଶାଶୁଘର ମୁରବିମାନଙ୍କର ଆଜ୍ଞାଧୀନା ହେବାକୁ ଯତ୍ନ କରେ ଓ ସେମାନଙ୍କୁ ଭକ୍ତି କରିଥାଏ । ତା'ଠାରୁ ସାନମାନଙ୍କୁ ନିଜର କରିବାକୁ ଯାଇ ସେମାନଙ୍କୁ ସ୍ନେହ କରେ ଏବଂ ଶ୍ରଦ୍ଧା ତଥା ଆଦରରେ ବାନ୍ଧି ରଖିବାକୁ ଚେଷ୍ଟା କରିଥାଏ । ଯାଆ, ନଣନ୍ଦ, ଦିଅର ପ୍ରଭୃତି ସମବୟସ୍କମାନଙ୍କୁ

ନିଜର ଶିଷ୍ଟାଚାରଯୁକ୍ତ ଭଲ ବ୍ୟବହାର, ଉତ୍ତମ ଭଦ୍ରୋଚିତ କଥାବାର୍ତ୍ତା, ଭାଷାରେ ଶାଳୀନତା ରକ୍ଷା, ନମ୍ରତା ପ୍ରଦର୍ଶନ ପୂର୍ବକ ସେମାନଙ୍କର ପ୍ରିୟପାତ୍ରୀ ହେବାକୁ ଉଦ୍ୟମ ଜାରି ରଖେ। ତା' ମନରେ ସବୁବେଳେ ଏକ ପ୍ରକାର ଅଜଣା ଆଶଙ୍କା ରହିଥାଏ। କାଳେ ତା'ର କିଛି ଭୁଲ ହୋଇଗଲାକି, କିଛି ତ୍ରୁଟି ରହି ଯାଉଛି କି, ତା' ବ୍ୟବହାରରେ, କଥାଭାଷାରେ ଶାଳୀନତା ରହୁନାହିଁ କି ? ତା' ପକ୍ଷରୁ ସେମାନଙ୍କ ପ୍ରତି ଶ୍ରଦ୍ଧାର ଅଭାବ ପରିଲକ୍ଷିତ ହେଉଛି କି ? ତା'ର ଚାଲି, ଚଳନ, ଢଙ୍ଗଢାଙ୍ଗରେ ବିଚ୍ୟୁତି ଘଟୁଛି କି ଯାହା ସେମାନଙ୍କ ମନଲାଖ୍ ହେଉନି ? ପରକୁ ଆପଣାର କରିବା ଓ ତା' ଅନ୍ତରରେ ସୌଜନ୍ୟତାର ସରଳ ରେଖାଟିଏ ଆଙ୍କି ହୋଇଯାଏ ଆପେ ଆପେ। ସେ ସେହି ରେଖାର ସୀମା ଭିତରେ ରହିବାକୁ ସର୍ବଦା ଚେଷ୍ଟା କରିଥାଏ। ସୌଜନ୍ୟତାର ଲକ୍ଷ୍ମଣ ରେଖା ଟପିଯିବା ପାଇଁ ସେ କେବେବି ସାହସ କରିପାରେ ନାହିଁ କିମ୍ବା ସେପରି ଇଚ୍ଛା ମଧ୍ୟ କରେନା। ସେଥ୍ଵପ୍ରତି ତା'ର ଆଗ୍ରହ ମଧ୍ୟ ନ ଥାଏ। ଅଥବା ସେଭଳି ଭାବନାର କଳ୍ପନାକୁ ସେ କେବେବି ଅନ୍ତରରେ ସ୍ଥାନ ଦିଏନା। ଏହିପରି ମନୋବୃତ୍ତି ନେଇ ସେ ତା' ଶାଶୁଘରେ ଚଳିବାକୁ ଯତ୍ନ କରିଥାଏ ଓ ଚଳିଥାଏ ମଧ୍ୟ ଏବଂ ସେଇ ଡାଙ୍କା ତା'ର ସବୁଦିନ ପାଇଁ ରହିଯାଇଥାଏ।

ମାତ୍ର ପ୍ରେମ ବିବାହରେ ଏସବୁର କିଛି ଆବଶ୍ୟକ ପଡ଼େନା। ସ୍ତ୍ରୀଟି ବିବାହ ପୂର୍ବରୁ ସ୍ୱାମୀଟିକୁ ଭଲ ଭାବରେ ଜାଣିବାର ସମ୍ପୂର୍ଣ୍ଣ ସୁଯୋଗ ପାଇଥାଏ। ସେ ବିବାହ ଆଗରୁ ଏକ ପ୍ରକାର ସ୍ୱାମୀର ମନକୁ କିଣି ନେଇଥାଏ। ତା'ର ଔକାତ (ପାରିଲାପଣ)କୁ ଆକଳନ କରିସାରିଥାଏ। ଆପଣାର ଲୋକଟି ତା ନିଜର ହୋଇଯାଇ ସାରିଥ୍ବାରୁ ସେ ତା' ଶାଶୁ ଘର ପରିବାରର ଅନ୍ୟ କାହାରିକୁ ସେମିତି ଖାତିର କରେନା। ସେମାନଙ୍କର ମନଲାଖ୍ ଚଳିବାର ପ୍ରବୃତ୍ତି ତା'ର ଆଦୌ ନଥାଏ। ବିବାହ ପୂର୍ବରୁ ସେ ପୁଅଟିକୁ (ସ୍ୱାମୀଙ୍କୁ) ନିଜର କରି ନେଇ ଥ୍ବାରୁ ପୁରୁଷରୂପୀ ସ୍ୱାମୀଟି ଓଲଟି ସ୍ତ୍ରୀର ଆଜ୍ଞାଧୀନ ହୋଇଯାଇଥାଏ। ସବୁ କଥାରେ ସେ ବିଚରା ସ୍ୱାମୀଟି ସ୍ତ୍ରୀର ମନ ରଖିବାକୁ ନିଜର ଅନିଚ୍ଛା ସତ୍ତ୍ୱେ ବାଧ୍ୟ ହୋଇଥାଏ। ପରିବାରର ବୟୋଜ୍ୟେଷ୍ଠମାନଙ୍କୁ ସେ ଭୁକ୍ଷେପ କରେନା। ନିଜର ସ୍ୱାମୀ ବ୍ୟତୀତ ସେ ଅନ୍ୟମାନଙ୍କୁ ସେମିତି ଗୁରୁତ୍ୱ ଦେଇନଥାଏ। ସବୁବେଳେ ବେଖାତିର ମନୋଭାବ ନେଇ ସେ ଘରେ ନିଜର କତୃତ୍ୱ ଜାହିର କରିବାକୁ ଚେଷ୍ଟାକରେ। ସେ ଘରର ମୁରବିମାନଙ୍କ କଥାକୁ ନିରବରେ ହେଟି ଦେଇଥାଏ। ଅନ୍ୟମାନଙ୍କୁ ହେୟଜ୍ଞାନ କରେ। ଶାଶୁଘର ପରିବାରର ସଦସ୍ୟମାନଙ୍କୁ ଅନୁଗତଙ୍କ ପରି ଦୃଷ୍ଟିରେ ଦେଖେ। ଯେତେବେଳେ ଘରର ରୋଜଗାରିଆ ଭେଣ୍ଡା ଯୁବକଟି ତା'ର କରାୟତ ଏବଂ ଆଜ୍ଞାଧୀନ ହୋଇସାରିଥାଏ। ତା'ପରେ ତା'ର ଆଉ କାହାରିକୁ ଖାତିର କିମ୍ବା ଭୟ ନ ଥାଏ। ଭଲପାଇ ବାହା ହୋଇଥ୍ବା ମରଦଟିକୁ ସେ ଏକ ପ୍ରକାର ଗୃହପାଳିତ ପୋଷା ପ୍ରାଣୀ କରି ରଖ୍ଥାଏ। ପ୍ରେମ ବିବାହରେ ପୁରୁଷଟିର ଦୁର୍ବଳତା କେଉଁଠି ଅଛି, ସେ କଥା (ବିଷୟ) ବିବାହ ପୂର୍ବରୁ ସ୍ତ୍ରୀଟି ଭଲଭାବରେ ଧରି ନେଇ ସାରିଥାଏ। ସ୍ୱାମୀ ଜଣକ କୌଣସି କାରଣରୁ ତାକୁ ଶାସନ କରିବାକୁ ଉଦ୍ୟମ କଲେ ସେ ସେହି ଦୁର୍ବଳତା ଉପରେ ଦାଉହାଣେ (ଚୋଟମାରେ)। ଏଇଟା ପ୍ରତ୍ୟେକ ସ୍ତ୍ରୀ ଲୋକ ମାନଙ୍କର ଗୋଟେ ବଦଖୋଇ ଏବଂ ବଦଭ୍ୟାସ ଗତ ପ୍ରବୃତ୍ତି।

ଆଉ ବିଚରା ପୁରୁଷଟି ଯେତେବେଳେ ଭଲପାଇ ପରିବାରର ଅନ୍ୟମାନଙ୍କ ଅନିଚ୍ଛା ସତ୍ତ୍ୱେ ଜିଦ୍ଧରି ବାହା ହୋଇଥାଏ। ସେହି କାରଣରୁ ସ୍ତ୍ରୀ ଯେତେ ଅସୁବିଧା ସୃଷ୍ଟି କରିବାକୁ କିମ୍ବା ଘରେ ଅଶାନ୍ତି ଭେଡ଼ବାକୁ ଅସ୍ୱାଭାବିକତା, ଅକରଣୀୟ କାର୍ଯ୍ୟ କରିବାକୁ ଚେଷ୍ଟା କଲେ ସୁଦ୍ଧା ସେ ତାକୁ ବିରୋଧ କରିପାରେନା ଅବା ସେପରି କାର୍ଯ୍ୟ ବିପକ୍ଷରେ ସ୍ୱର ଉତ୍ତୋଳନ କରିପାରେନା। ତା'ର କାରଣ ସ୍ୱରୂପ ସେ ସତ୍ ସାହସ ତା'ର ନଥାଏ। ବିରୋଧ କଲେ ସେମାନଙ୍କ ଗୁମର ପଦାରେ ପଡ଼ିଯିବ। ଏହି ଆଶଙ୍କାରେ ସେ ସଦା ସର୍ବଦା ଆତଙ୍କିତ ଅବସ୍ଥାରେ ରହିଥାଏ। ସେମାନଙ୍କ ଭିତିରି କଥା ବାହାରେ ପ୍ରକାଶ ପାଇଯିବା ଭୟରେ ସେ ପ୍ରେମିକା ପତ୍ନୀର ବିରୋଧାଚରଣ କରିବାକୁ ସାହସ ଜୁଟାଇ ପାରେନା କିମ୍ବା

ସେପରି ଆଗ୍ରହ ଦେଖାଏନା। ଯେଉଁ ଚାଲବାଜି ଝିଅଟି ବିବାହ ପୂର୍ବରୁ ଜଣେ ଯୁବକକୁ ହାତ କରି ଆପଣା ବଶରେ ରଖିଥାଏ, ସେ ନିଶ୍ଚିତ ଅନେକ ଗର୍ହିତକର କାର୍ଯ୍ୟ ତଥା କୁକର୍ମମାନ କରିବାରେ ନିପୁଣା ଓ ପ୍ରବିଣା ମଧ୍ୟ। ସେପରି ଧୁରନ୍ଧର ଯୁବତୀ ନିଜର କାର୍ଯ୍ୟ (ସ୍ୱାର୍ଥ) ହାସଲ ସକାଶେ ଅନ୍ୟକୁ ହାତ କରି ନେବାର କଳାରେ ବେଶ ପାରଙ୍ଗମ ହୋଇଥାଏ। ସେପରି ଝିଅମାନେ ସାଧାରଣତଃ ବିଶୃଙ୍ଖଳ ଓ ଉଦ୍ଧତ ପ୍ରକୃତିର (ସ୍ୱଭାବର) ହୋଇଥାଆନ୍ତି। ନିଜର ଲକ୍ଷ୍ୟ ପୂରଣ ପାଇଁ ଯେକୌଣସି ଅପକର୍ମ କରିବାକୁ ସେ ପାଛୋଟିପଦ ହୁଏ ନାହିଁ। ନିଜ ସ୍ତ୍ରୀ ଦ୍ୱାରା ପରିବାରର କ୍ଷତି ହେଉଛି ଜାଣିପାରି ସୁଦ୍ଧା ପୁରୁଷଟି ତା' ସ୍ତ୍ରୀକୁ ସେପରି କର୍ମରୁ ବିରତ ରହିବାକୁ ତାଗିଦ କରି ପାରେନା କିମ୍ବା ସେପରି କାର୍ଯ୍ୟରୁ କ୍ଷ୍ୟାନ୍ତ ହେବାକୁ ବାଧ୍ୟ କରିପାରେନାହିଁ। ସେ ତା ସ୍ତ୍ରୀକୁ ଶାସନ କରିବା ପରିବର୍ତ୍ତେ ପ୍ରେମିକା ପତ୍ନୀର ଶାସନାଧୀନ ଓଲଟି ହୋଇଯାଇଥାଏ। ସ୍ତ୍ରୀକୁ ଶାସନ କରିବାକୁ ଉଦ୍ୟମ କଲେ କାଲେ ସେମାନଙ୍କ(ସ୍ୱାମୀ–ସ୍ତ୍ରୀ) ମଧ୍ୟରେ ବିଶୃଙ୍ଖଳା ସୃଷ୍ଟି ହେବ ଓ ସେମାନଙ୍କ ମଧ୍ୟରେ ବିଶୃଙ୍ଖଳା ସୃଷ୍ଟି ହେଲେ ସେମାନେ ଲୋକହସା ତଥା ସମାଲୋଚନାର ସମ୍ମୁଖୀନ ହେବେ। ଏପରି ଆଶଙ୍କା ମଧ୍ୟ ତା'ମନରେ ବସାବାନ୍ଧିଥାଏ। ଏହି ଭୟରେ ସେପରି ଚେଷ୍ଟାରୁ ବିରତ ହୋଇ ନିରବ ରହିବାକୁ ଶ୍ରେୟସ୍କର ମଣେ। ସ୍ତ୍ରୀ ପ୍ରତି ମଧ୍ୟ ତା'ର ଆନ୍ତରିକ ଭୟ ଥାଏ। ବିବାହ ପୂର୍ବରୁ (ଭଲପାଇ) ପ୍ରେମ କରି ସେ, ତା ନିଜତ୍ୱକୁ (ବ୍ୟକ୍ତିତ୍ୱ) ପ୍ରେମିକା ପାଖରେ ବିକି ଦେଇଥାଏ। ପ୍ରେମ ବିବାହରେ ପ୍ରେମିକା ପତ୍ନୀକୁ ଶାସନ କରିବାର ସମସ୍ତ କ୍ଷମତା ପୁରୁଷଟି ହରାଇ ବସିଥାଏ। ସ୍ତ୍ରୀ ନିକଟରେ ଥରେ ମୁଁ, ତୁ ଗୁଣକୁ ଆପଣାର କତୃତ୍ୱକୁ ନିଜର ବ୍ୟକ୍ତିତ୍ୱକୁ ହରାଇ ସାରିଲା ପରେ ଆଉ ପରବର୍ତ୍ତୀ ସମୟରେ ଯେତେ ଚେଷ୍ଟା କଲେ ମଧ୍ୟ ଓ ସବୁ ପ୍ରକାର ଉଦ୍ୟମ ସତ୍ତ୍ୱେ ସୁଦ୍ଧା ଆଉ ସେ କେବେ ବି ପୁରୁଷପଣିଆ କିମ୍ବା ନିଜର ପୌରୁଷକୁ ପତ୍ନୀ ଉପରେ ଜାହିର କରିବାକୁ ସକ୍ଷମ ହୋଇ ପାରେନାହିଁ। ପୁରୁଷତ୍ୱର ଅଧିକାର ହରାଇ ଦେଇ ଓ ନିଜର ଗୁମରକୁ ବିକି ଦେଇ ସାରି ସେ ସୈଣ ପାଲଟି ଯାଇଥାଏ। ପତ୍ନୀର ଅବାଧତାକୁ ସେ ବାହାରେ ପ୍ରକାଶ କରିପାରେନା କିମ୍ବା ପାରିବାରିକ ଅନୁଶାସନ ତା'ପ୍ରତି ପ୍ରୟୋଗ କରିବାକୁ କିମ୍ବା ନିଜର ସ୍ୱାଭିମାନକୁ ସାବ୍ୟସ୍ତ କରିବାକୁ ସେ ସମ୍ପୂର୍ଣ୍ଣ ଅସମର୍ଥ ହୋଇଥାଏ। ଏପରିକି ଗୋଟିଏ ବିଶୃଙ୍ଖଳିତ ଯୁବତୀକୁ ବିବାହ କରିଥିବାର ଦୋଷ ସେ ଅନ୍ୟମାନଙ୍କୁ ଦେଇପାରେନାହିଁ। ନିଜ ଇଚ୍ଛାରେ ପରିବାରର ବିରୋଧ ସତ୍ତ୍ୱେ ବିବାହ କରିଥିବାରୁ ନିଜର ଭୁଲ ପାଇଁ ମନେମନେ ଅନୁତାପ କରିଥାଏ ସିନା ସେପରି ପରିସ୍ଥିତି ଲାଗି ବାପ, ଭାଇମାନଙ୍କ ଉପରେ ଦୋଷ ଲଦି ଦେଇ ପାରେନା। ଆବଶ୍ୟକସ୍ଥଳେ ଆପଣାର ତ୍ରୁଟି ଲାଗି ଅସୁବିଧାରେ ପଡ଼ି ଆଖି ଲୁହକୁ ଲୁଚାଇ ରଖି କିମ୍ବା ନିଜ ହାତ ପିଠିରେ ପୋଛି ଅଥବା ଆପଣା ଓଠରେ ପିଛ ବାହାରକୁ ଖୁସି ଥିବାର ଅଭିନୟ କରିଥାଏ। ପ୍ରସ୍ତାବିତ ବିବାହରେ ପୁଅମାନେ ସ୍ତ୍ରୀର କୌଣସି ଖରାପ ଗୁଣ ଦେଖିଲେ ସେଥିପାଇଁ ଘରର ମୁରବିମାନଙ୍କୁ ଦାୟୀ କରିଥାଆନ୍ତି। ଯାହାକି ଭଲପାଇ ପ୍ରେମ ବିବାହ କରିଥିବା ଯୁବକଟି ପକ୍ଷରେ ସମ୍ଭବ ହୁଏନା। ସ୍ୱାମୀରୂପୀ ପୁରୁଷଟିର ଏହି ଅସହାୟତାର ସୁଯୋଗ ନେଇ ସେହି ସ୍ତ୍ରୀଟି ସ୍ୱଚ୍ଛାଚାରିଣୀ ହୋଇଯାଏ ଓ ନିଜ ମନମୁଖୀ କାମ କରିଚାଲେ ନିର୍ଭୟରେ ନିର୍ଦ୍ୱନ୍ଦ୍ୱରେ, ନିର୍ବିକାର ଭାବରେ। ତା'ର ଇଚ୍ଛା ମୁତାବକ କାର୍ଯ୍ୟରୁ ତାକୁ (ବିରତ) କ୍ଷ୍ୟାନ୍ତ କରିବାର ସତ୍ସାହସ ତା ସୈଣ ସ୍ୱାମୀଟି ହରାଇ ଦେଇଥାଏ ଓ ତାକୁ ବିରୋଧ କରିବା ପାଇଁ ଶାଶୁଘର ପରିବାରର ଲୋକମାନଙ୍କର ସାମର୍ଥ୍ୟ ପଣ ନ ଥାଏ।

ସପନି ପକ୍ଷରେ (କ୍ଷେତ୍ରରେ) ସେହି ଦଶା ହେଲା। ସେ ଭଲପାଇ ବାହାହୋଇଥିବାରୁ ସ୍ତ୍ରୀ ଅବାଧତା ପାଇଁ ପରିବାରର କିମ୍ବା ଘରର ମୁରବିମାନଙ୍କ ଦୋଷ ଦେଇ ପାରିଲାନାହିଁ। ସ୍ତ୍ରୀକୁ ଶାସନ କରିବାର ସତ୍ସାହସ ତା'ର ନଥିଲା। ତା' ମାମୁଁ ଘର କଟେରୀ ସାଇ ଉଇରେଶ୍ୱର ମହାଦେବଙ୍କ ପୀଠରେ ସେ ତା'ର ସେହି କ୍ଷମତା ହରାଇ ଦେଇଥିଲା। ପ୍ରେମିକା ପତ୍ନୀକୁ ବିରୋଧ କରି ଲୋକହସା ହେବା ଭୟରେ ନିରବରେ ବରଂ ସ୍ତ୍ରୀର ସବୁ ଅଲି ଅର୍ଦଲି ସହିଯିବାକୁ ଶ୍ରେୟସ୍କର ମଣିଥିଲା। ତା' ବ୍ୟତୀତ ତା' ପାଖରେ ଆଉ ଅନ୍ୟ କିଛି ଉପାୟ କିମ୍ବା କୌଣସି ବିକଳ୍ପ ପନ୍ଥା ନଥିଲା।

ଅନ୍ୟପକ୍ଷରେ ନିଜ ଅକ୍ଷତାର ବଶବର୍ତ୍ତୀ ହୋଇ ଓ ଆପଣା ଭାଇଭଉଣୀମାନଙ୍କ ଅକାଳ ମୃତ୍ୟୁଜନିତ ଭୟ ଯୋଗୁ ଗୋଟିଏ ପୁଅଦ୍ୱାରା ବଂଶରକ୍ଷା ହୋଇ ପାରିବାର ଭରସା ସବିତା ପାଇପାରୁ ନଥିଲେ । ଏକାଧିକ ପୁଅ ଆଶାରେ ସେ ଛଅଟି ସନ୍ତାନର ଜନନୀ ହେଲେ । ସପନିର ନିଜର ସଚେତନତା ଯୋଗୁଁ ସରକାରଙ୍କର 'ଆମେ ଦୁଇ, ଆମର ଦୁଇ' ବିଜ୍ଞାପନ ଦେଖ୍ ଦୁଇଟି ସନ୍ତାନରେ ଜନ୍ମନିୟନ୍ତ୍ରଣ କରିବାକୁ ଭାବୁଥିଲା । ସେପରି ହୋଇଥିଲେ ସେ ସବୁଜ ପତ୍ରିକା ହାସଲ କରିପାରି ଥାଆନ୍ତା । ତା'ଦ୍ୱାରା ତା'ର ଅନେକ ଉପକାର ମଧ ହୋଇଥାଆନ୍ତା । କିନ୍ତୁ ତା' ପରବର୍ତ୍ତେ ଅଧିକ ସନ୍ତାନ ଜନ୍ମଦେବା ତା' ନିଜ ପାଇଁ ଓ ସମାଜ ଲାଗି କ୍ଷତି କାରକ ହେବ ବୁଝିଥିଲେ ସୁଦ୍ଧା ଜିଦ୍‌ଖୋରିଆ ସ୍ତ୍ରୀ ବୁଦ୍ଧିରେ ପରିଚାଳିତ ହୋଇ ଗୁଡ଼ାଏ ପିଲା ଜନ୍ମ ଦେବାକୁ ଏକପ୍ରକାର ବାଧ୍ୟ ହୋଇଥିଲା ।

ସ୍ତ୍ରୀ ବୁଦ୍ଧିରେ ମହାପ୍ରଭୁ ଜଗନ୍ନାଥ ଅଧାଗଢ଼ା ହୋଇ ରହିଗଲେ । ବୁଢ଼ା ବଢ଼େଇ (ଅନନ୍ତ ମହାରଣା) ଦେଇଥିବା କଣ୍ଠ ଏକୋଇଶ ଦିନପରେ ରଜା କବାଟ ଖୋଲିଥିଲେ ମହାପ୍ରଭୁଙ୍କର ତିଆରି ସରିଯାଇ ଥାଆନ୍ତା । ସେ ପୂର୍ଣ୍ଣ ଅବୟବଧାରୀ ପ୍ରତିମୂର୍ତ୍ତିରେ ଆବିର୍ଭୂତ ହୋଇ ଥାଆନ୍ତେ । ମନ୍ଦିର ଭିତରୁ ଦିଅଁ ଗଢ଼ା ହେବାର ନିହାଣ ଉପରେ ହାତୁଡ଼ି ପାହାରର ଠକ୍‌ଠକ୍ ଶବ୍ଦ ନ ଶୁଭିବାରୁ ରାଣୀ ଗୁଣ୍ଡିଚାଙ୍କ କଥାରେ (ମାଇପି ବୁଦ୍ଧିରେ) ରଜା ଇନ୍ଦ୍ରଦ୍ୟୁମ୍ନ ଚଉଦ ଦିନରେ ଜଉମୁଦ ଭାଙ୍ଗି କବାଟ ଖୋଲିଦେଲେ । ଫଳ ସ୍ୱରୂପ ଜଗନ୍ନାଥଙ୍କର ଏହି ଅଧାଗଢ଼ା ମୂର୍ତ୍ତି (ରୂପ) ଦେଖ୍‌ବାକୁ (ଜଗତ) ଦୁନିଆ ବାଧ୍ୟ ହେଲା । ସେହିପରି ଜାଣିଶୁଣି ସ୍ତ୍ରୀ ଉପରୁ ନିଜର କତୃତ୍ୱ ହରାଇ ବସିଥିବା ସପନି ଆପଣା ରୋଜଗାରରେ ପିଲାମାନଙ୍କୁ ସ୍ୱଚ୍ଛନ୍ଦରେ ପ୍ରତିପୋଷଣ କରିବାର କ୍ଷମତା ନଥାଇ ସୁଦ୍ଧା ବଡ଼ ପରିବାରଟିଏ ଗଢ଼ିବାକୁ ଏକପ୍ରକାର ପରୋକ୍ଷ ଭାବରେ ବାଧ୍ୟ ହୋଇଥିଲା ।

ନିଜେ ମ୍ୟାଟ୍ରିକ୍ ପାସ୍ କରିଥିଲା । ସପନି ସୁବିଧା ପାଇ ମ୍ୟାଟ୍ରିକ୍ ପାସ୍ କରିଥିଲେ କ'ଣ ହେବ ସେ ତା' ପାଠର ସତ୍‌ବ୍ୟବହାର କରି ପାରିନଥିଲା । ତଫସିଲଭୁକ୍ତ ଜାତିର ହୋଇଥିବାରୁ ସରକାରୀ ସଂସ୍ଥାରେ (କ୍ଷେତ୍ରରେ) ନୌକରି ପାଇବା ତା' ପାଇଁ କଷ୍ଟକର ନଥିଲା । ସେ କିନ୍ତୁ ପ୍ରେମିକା ପତ୍ନୀ ସବିତା ପ୍ରେମରେ ବିଭୋର ହୋଇ କଣପଶା ହୋଇ ରହିଗଲା । ଘରେ ଯୁବତୀ ବୟସର ରୂପସୀ ପ୍ରେମିକା ପତ୍ନୀକୁ ଛାଡ଼ି ବାହାରକୁ ଯିବା ଲାଗି ମନ ବଳାଇଲା ନାହିଁ । ସ୍ତ୍ରୀ ସୋହାଗରେ ବୁଡ଼ି ରହି ସେ ସମୟ ଗଡ଼ାଇ ଦେଲା । ସ୍ତ୍ରୀ ସୌକ ମେଣ୍ଟିସାରିଲା ବେଳକୁ ତାର ଚାକିରି କରିବା ବୟସ ଗଡ଼ିଯାଇଥିଲା । ତାବାଦ୍ ସପନି ଅନ୍ୟଥାରେ ଅନେକ ପିଲାଙ୍କୁ ଜନ୍ମଦେଇ ସେମାନଙ୍କୁ ଠିକ୍ ଭାବେ ଖାଇବାକୁ କିମ୍ୱା ପିନ୍ଧିବାକୁ ଦେଇପାରୁନଥିଲା । ବର୍ଷାଦିନେ ୬ଡ଼ବର୍ଷୀ ଲାଗି ରହିଲେ, ବିଲରେ କାମ ନହେଲେ ମଜୁରୀ ଲାଗିବାକୁ ମିଳେନା । ବଡ଼ିପାଣି ମାଡ଼ିଗଲେ ବିଲକାମ ବନ୍ଦ ହୋଇଯାଏ । ବିଲରେ ଚାଷକାମ ସରିଗଲେ ସେମିତି ଆଉ ପ୍ରତିଦିନ ମୂଲ ଲାଗିବାକୁ ସୁବିଧା ନଥାଏ । ସେତେବେଳେ ପିଲାମାନେ ଅଧିକାଂଶ ଦିନ ଦିନରେ ତିନିଥର ବଦଳରେ ଦୁଇଥର ଖାଇ ରୁହନ୍ତି । ଯେତେବେଳେ ଘରେ ଦୁଇଓଳି ଚୁଲି ଜଳୁନାହିଁ ଓ ତିନିଥର ଖାଇବାକୁ ନାହିଁ । ଦୁଇବେଲା ଖାଇ ଗୋଟିଏ ବକତ ଉପାସରେ ରହିବାକୁ ପଡ଼ୁଥିବାବେଳେ ପୋଷାକ କଥା ଆଉ ପଚାରୁଛି କିଏ ? ପିଲାମାନେ ଚିରାଜାମା ଆଉ ଫଟା ପ୍ୟାଣ୍ଟକୁ ସାତସିଆ କରି ପିନ୍ଧନ୍ତି । ସେପରିସ୍ଥଲେ ସେମାନଙ୍କ ପାଠ ପଢ଼ାଇବା କଥା ବା ଉଠିବ କାହିଁକି ? ଯିଏ ପାଠ ନପଢ଼ିବ ସିଏ ସ୍କୁଲକୁ କାହିଁକି ଯିବ ? ପିଲାମାନଙ୍କୁ ଖାଇବାକୁ ଦେଇନପାରି ଓ ସେମାନଙ୍କୁ ପୋଷାକ ଯୋଗାଇ ପାରୁନଥିବା ସପନି ପିଲାମାନଙ୍କ ପାଠପଢ଼ା ସ୍ୱପ୍ନ ଦେଖ୍‌ବାକୁ କେବେ ସାହସ କରିପାରେ ନାହିଁ । ତା' ବାପା କରୁଣି ନିରକ୍ଷର ଥାଇ ଓ ଅଭାବ ଅନାଟନରେ ରହି ଅନେକ ଅସୁବିଧା ସତ୍ତ୍ୱେ ତାକୁ ପାଠ ପଢ଼ାଇ ଥିବାବେଳେ ଶିକ୍ଷିତ ସପନି ତା' ପିଲାମାନଙ୍କୁ ପାଠ ପଢ଼ାଇ ନ ପାରିବା ଦୁଃଖର ଗ୍ଲାନିରେ ପ୍ରିୟମାଣ ହୋଇପଡ଼େ ତା' ବିଭୁକ୍ଷୁ ପିଲାମାନଙ୍କୁ ଦେଖ୍ ।

ସପନି। ସପନି ଦାସ। ଡେଙ୍ଗା ପତଳା ମଣିଷଟିଏ। ଗୌରବର୍ଣ୍ଣ। ଦେଖିଲେ କୈବର୍ତ୍ତ ଜାତିର ଭଳି ଜଣା ପଡ଼େନା। ମୁହଁଟି ଶୁଖିଲା। ନିରାଶରେ ଭରା। ହସ ନ ଥାଏ ଓଠରେ। ଗାଲ ପଶିଯାଇଥାଏ। ଖୋଲା ଖୋଲା ଆଖି। ହନୁହାଡ଼ ଟିକେ ଲମ୍ବା। ବାହାରକୁ ଦୁର୍ବଳିଆ ଜଣା ଯାଉଥିଲେ ବି ନିଦା ଗଢ଼ଣର ମଣିଷଟିଏ। କାମ କରିବାକୁ ଉତ୍ସାହ ଓ ଶକ୍ତି ଅଛି ସେ ନିରାଶ ଭରାମନ ଓ ପତଳା (ଦେହ) ଶରୀରରେ। ଭାରି ପରିଶ୍ରମୀ, ନିୟତଲଗା, ନିରପେକ୍ଷ, ନିରୀହ, ସରଳ, ଶାନ୍ତ ସ୍ୱଭାବର, କଷ୍ଟ ସହିଷ୍ଣୁ, ଭଦ୍ର ବ୍ୟବହାରକାରୀ, ନମ୍ର ସ୍ୱାଭାବର, କୃତଘ୍ନ ନୁହେଁ। ଧୀର ଧୀର କଥା। ସହଜ ସାଧାରଣ ମଣିଷଟିଏ, ଦୁଃଖୀ, କୃତଜ୍ଞ ବ୍ୟକ୍ତିତ୍ୱରେ ଭରପୂର। ସହିଯିବାର ଗୁଣ ଅଛି ବିନା ଆପତ୍ତିରେ। କୌଣସି ଆପତ୍ତି ଅଭିଯୋଗ କାହାରି ବିରୋଧରେ ନ ଆଣି।

ପୁଅ ସୁବଳ। ବାପପରି ଡେଙ୍ଗା କିନ୍ତୁ ସପନି ପରି ପତଳା ନୁହେଁ। ଗୋରା ଦମ୍ଭିଲା ସ୍ୱାସ୍ଥ୍ୟ। ତା' ମା ସବିତାଙ୍କ ପରି ସ୍ୱାସ୍ଥ୍ୟବାନ ନହେଲେ ମଧ୍ୟ ମଧ୍ୟମ ଧରଣର ଚେହେରା। ଦେହରେ ତାକତ ଖୁନ୍ଦି ହୋଇଛି। ଯୁବା ବୟସରେ ସବଳ ଶକ୍ତିଥାଏ ପ୍ରତ୍ୟେକ ଯୁବକଙ୍କ ଶରୀରରେ। ଦୁର୍ବଳିଆମାନେ ମଧ୍ୟ ସେହିପରି ଯୁବାବୟସରେ ସବଳ ଶକ୍ତିର ଅଧିକାରୀ ହୋଇ ଥାଆନ୍ତି। ତା' ବାପ ପରି ତା' ଗାଲ ଠାକରା ନୁହେଁ। ଆଖି ପଶି ଯାଇନି ଅର୍ଥାତ୍ ତା'ର ଖୋଲା ଆଖି ନୁହେଁ। ଢଳଢଳ ଚାହାଁଣି। କପାଳରେ ରେଖା ପଡ଼ି ଯାଏନା ସବୁବେଲ ପାଇଁ। ହାତଗୋଡ଼ର ଶିରା ବାହାରକୁ ଆଦୌ ଦିଶେନା। ବଳିଷ୍ଠ ପିଲାଟି। ଉତ୍ତମ ସ୍ୱାସ୍ଥ୍ୟବାନ ଜଣକ। ବନ୍ଧା ଚେହେରା। ସବୁ ପ୍ରକାର କାମକୁ ଭାରି ପାରିଲାର। ସେ ବାପ ପୁଅ ଦୁହେଁ ଖଟିବାକୁ ଧୁରନ୍ଧର ଏବଂ ସେମାନେ ଖୁବ୍ ପରିଶ୍ରମୀ ମଧ୍ୟ।

ସେ ବାପ ପୁଅ ଦୁହେଁ ପରବିଲରେ ମୂଲ ଲାଗନ୍ତି। ସବିତା ଓ ମଝିଆଁ ଝିଅ ଦୁଇଜଣ ସେ ଭାଗଚାଷକୁ ଆଣିଥିବା ବିଲରେ ବେଉଷଣ ସମୟରେ କାମ କରି ଥାଆନ୍ତି। ଏପରି ସ୍କୁଲେ ପାଠ ପଢ଼ିବା କଥା ଉଠିବ ବା କାହିଁକି? ସତୀ ଓ ସୁବଳ ଅତି କଷ୍ଟରେ ଦୁଃଖ ସହି ସପ୍ତମ ପାସ୍ କରିଥିଲେ। ମଝିଆଁ ଝିଅ ଦୁଇଟି ସେବ ଓ ସର ପଇସା ଅଭାବରୁ ପଞ୍ଚମ ଶ୍ରେଣୀର ବାର୍ଷିକ ପରୀକ୍ଷା ଦେଇ ପାରି ନଥିଲେ। ସାନ ପିଲା ଦୁଇଜଣ ଗାଁରେ ଥିବା ଅଣସ୍ୱୀକୃତ ସ୍କୁଲକୁ ବହି ବସ୍ତାନି ଧରି ଯାଉଛନ୍ତି।

ପରିବାରକୁ ସ୍ୱଚ୍ଛନ୍ଦରେ ଚଲାଇ ପାରୁନଥିବା ସପନି ଏଥିପାଇଁ ନିଜକୁ ଦୋଷୀ ମନେ କରୁଥିଲା। ସେ ସକାଶେ ସେ ନିଜକୁ ଅପରାଧୀ ମଣୁଥିଲା। ଜନମ ଦେଇ ପୋଷି ନ ପାରିବା ଏକ ପ୍ରକାର ଅପରାଧ ନୁହେଁ କି? ନିଜ ଦୋଷରୁ ଓ ଆପଣାର ଅସାବଧାନତା ପାଇଁ ତା'ର ପରିବାରଟି ବଢ଼ି ଯାଇଥିଲା। ସେହି ବର୍ଦ୍ଧିଷ୍ଣୁ ପରିବାରକୁ ଠିକ୍ ଭାବରେ ଖାଇବାକୁ ଖାଦ୍ୟ କିମ୍ବା ପିନ୍ଧିବାକୁ ପୋଷାକ ଯୋଗାଇ ନପାରି ସେ ନିଜକୁ ଦୋଷୀ ମଣୁଥିଲା। ଦୁଇଟି ପିଲାରେ ସେ ନିଜର ପରିବାରକୁ ସୀମିତ ରଖିଥିଲେ ଏପରି ଅସୁବିଧା ହୋଇ ନ ଥାଆନ୍ତା। ପ୍ରଥମ ଝିଅ ସତୀ ଓ ପରେ ପୁଅ ସୁବଳ। "ଆମେ ଦୁଇ, ଆମର ଦୁଇ" ନୀତି ଆପଣାଇ ନେଇଥିଲେ କଥା ସରିଥିଲା। ଦୁଇଟି ପିଲାରେ ସପନିର କଥାମାନି ସବିତା ଜନ୍ମ ନିୟନ୍ତ୍ରଣ ଗ୍ରହଣ କରି ନେଇଥିଲେ ତାଙ୍କର ଛୋଟ ପରିବାରଟି ସୁଖୀ ହୋଇ ପାରିଥାଆନ୍ତା। ନିଜର ସୀମିତ ରୋଜଗାରରେ ସୁଦ୍ଧା ସେ ତା'ର ଛୋଟିଆ ପରିବାରଟିକୁ ବେଶ୍ ଆରାମରେ ଚଲାଇ ନେଇ ପାରୁଥାଆନ୍ତା। ତା'ଦ୍ୱାରା ସେ ସବୁଜ ପତ୍ରିକାର ଅଧିକାରୀ ମଧ୍ୟ ହୋଇ ପାରିଥାଆନ୍ତା। ସବୁଜ ପତ୍ରିକା ବଳରେ ସେ ସରକାରୀ ରଣ ଓ ସବୁଜ ପତ୍ରିକାଧାରୀ ମାନଙ୍କୁ ମିଳୁଥିବା ଅନ୍ୟାନ୍ୟ ସୁବିଧା ମଧ୍ୟ ପାଇ ପାରିଥାଆନ୍ତା। ସେପରି ସୁଯୋଗରୁ ବଞ୍ଚିତ ହୋଇ ବହୁ କୁଟୁମ୍ବି ପରିବାରଟିକୁ ଚଲାଇବାକୁ (ପ୍ରତିପୋଷଣ) କରିବାକୁ ଯାଇ ଅନନିଃଶ୍ୱାସୀ ହୋଇ ପଡ଼ୁଥିବା ସପନି ତା' ପିଲାମାନଙ୍କୁ ଶିକ୍ଷାଲାଭ ସୁଯୋଗରୁ ବଞ୍ଚିତ କରିଥିବା ଅପରାଧ ଜନିତ ଗ୍ଲାନିରେ ମ୍ରିୟମାଣ ହୋଇପଡ଼େ। ସେମାନଙ୍କ ଭବିଷ୍ୟତ କଥା ଚିନ୍ତା କଲେ ଅନୁତାପ ଓ ଅନୁଶୋଚନାର ଦୁଃଖରେ ତା'ର ଆଖି ବୁଜି ହୋଇଯାଏ। ଆଖି ବନ୍ଦ ହୋଇଗଲେ ସେ ଏକ ବିଭତ୍ସ ଦୃଶ୍ୟ ଦେଖେ।

ଯେଉଁଠି ତା'ର ପିଲାମାନେ ଉପବାସରେ ଫୁଙ୍କୁଲା ଦେହରେ ତାକୁ କରୁଣ ଭାବରେ ଅସହାୟ ଦୃଷ୍ଟିରେ ଅନୁନୟ ଆଖ୍ନରେ ନିଃସହାୟଙ୍କ ପରି ଚାହାଁଣିରେ ଅତି କାତର ହୋଇ ତାକୁ ଅନାଇ ରହିଛନ୍ତି। ସେମାନଙ୍କୁ ଆହାର ଓ ବସ୍ତ୍ର ଯୋଗାଇବା ଚେଷ୍ଟାରେ ସେ ଯେତେ ଉଦ୍ୟମ କଲେ ସୁଦ୍ଧା ସଫଳ ହୋଇ ପାରୁନାହିଁ। ଏହିପରି ଏକ ହୃଦୟ ବିଦାରକ ମର୍ମନ୍ତୁଦ ଦୃଶ୍ୟ ଦେଖିଲା ପରେ ସେ ଆଉ ସ୍ଥିର ହୋଇ ନିର୍ଦ୍ଧନ୍ତରେ ବସିରହି ପାରେନା କିମ୍ବା ସେ ବିଷୟରେ ଆଉ ଅଧିକ କିଛି ଭାବିବାକୁ ତା'ର ସାହସ କୁଲାଏ ନାହିଁ କିମ୍ବା ସେଥିଲାଗି ସେହିମତ ଜୁଟାଇ ପାରେନି। ତତ୍‌କ୍ଷଣାତ୍ ବସିବା ଜାଗାରୁ ଉଠିପଡ଼ି କାମ ଉଦ୍ଦେଶ୍ୟରେ ଘରୁ ବାହାରିଯାଏ।

"ଜୀବନ୍ନୋଽପି ମୃତାଃ ପଞ୍ଚ ବ୍ୟାସେନ ପରିକୀର୍ତ୍ତିତାଃ। ଦାରିଦ୍ରୋ ବ୍ୟାଧିତୋ ମୂର୍ଖଃ ପ୍ରବାସୀ ନିତ୍ୟ ସେବକଃ।" ଦରିଦ୍ର, ରୋଗୀ, ମୂର୍ଖ, ବିଦେଶରେ ବାସ କରୁଥିବା ବ୍ୟକ୍ତି ଏବଂ ଆଜୀବନ ଭୃତ୍ୟ ଏହି ପାଞ୍ଚଜଣ ବଞ୍ଚିଥିଲେ ମଧ ସେମାନଙ୍କୁ ମୃତ ବୋଲି ବ୍ୟାସଦେବ କହିଛନ୍ତି। ସପନିର ଅବସ୍ଥା ଏହି ପାଞ୍ଚଜଣମାନଙ୍କ ମଧ୍ୟରୁ ଜଣକ ପରି ନୁହେଁ କି ?

ନିଜର ବିଭୁକ୍ଷୁଧ ଅନାହାର କ୍ଲିଷ୍ଟ ଚିରାଜାମା ଓ ଫଟା ପ୍ୟାଣ୍ଡ ପରିହିତ ପିଲାମାନଙ୍କୁ ଦେଖିଲେ ସେ ସେମାନଙ୍କୁ ମୁହଁଟେକି ଆଖ୍ନ ଉଠାଇ ଚାହିଁ ପାରେନା। ଲାଜରେ, ସଙ୍କୋଚରେ, ସରମରେ, ଅନୁଶୋଚନାରେ, ଅନୁତାପରେ ସର୍ବୋପରି ନିଜର ଅବିବେକତା, ମୂର୍ଖତା ଓ ଅପରିଣାମ ଦର୍ଶିତା ଲାଗି ତା' ମୁହଁ ତଳକୁ ହୋଇଯାଏ। ତା'ର ଆଖ୍ନ ବନ୍ଦଥିବାବେଳେ ସେ ଦେଖିଥିବା ସେହି ଦୃଶ୍ୟ ତା ମନରେ ପଡ଼ିଯାଏ। ସମ୍ବଳ ଅଭାବରୁ ଆର୍ଥିକ ଦୂରାବସ୍ଥା ଲାଗି ଓ ନିଜର ଦାରିଦ୍ରତା ପାଇଁ ଶିକ୍ଷାଲାଭରୁ ବଞ୍ଚିତ କରି ସେମାନଙ୍କୁ ଠିକ୍ ଭାବରେ ଖାଇବାକୁ ଓ ପିନ୍ଧିବାକୁ ଦେଇ ପାରୁନଥିବା ଯୋଗୁଁ ଆପଣାର ଅପାରଗତା କାରଣରୁ ନିଜ ଉପରକୁ ଦୋଷ ଆଣି ସେ ସେମାନଙ୍କୁ କିଛି କହିବାକୁ ସାହସ କରି ପାରେନା। ପିଲାମାନଙ୍କର କୌଣସି କାର୍ଯ୍ୟକଲାପ ତାକୁ ଭଲ ନ ଲାଗିଲେ କିମ୍ବା ସେମାନଙ୍କର ଆଚାର ବ୍ୟବହାର ତା'ର ପସନ୍ଦ ଯୋଗ୍ୟ ନହେଲେ ସୁଦ୍ଧା ସେଥିପାଇଁ ସେମାନଙ୍କୁ ଆକଟ କରିବାର ହିମତ ତା' ମନରେ ଜୁଟାଇ ପାରେନା। ନିଜର ଅକ୍ଷମତା ଲାଗି ସିଏ ସେମାନଙ୍କୁ ସମସ୍ତ ପ୍ରକାର ସୁଯୋଗ ଯାହା ଜଣେ ବାପ ତା'ର ପିଲାମାନଙ୍କୁ ଦେବା କଥା ସେତକ ଯୋଗାଇବାରୁ ବଞ୍ଚିତ କରିଥିବାରୁ ସେ କେବେ ପିଲାମାନଙ୍କର ସମ୍ମୁଖୀନ ହୋଇଗଲେ ଲାଜରେ ତା ମୁଣ୍ଡ ତଳକୁ ହୋଇଯାଏ। ଶିକ୍ଷାଲାଭ ପ୍ରତ୍ୟେକଙ୍କ ପାଇଁ ଏକ ମୌଲିକ ଅଧିକାର। ସପନି ନିଜର ଅଭାବ ଅନାଟନ ଲାଗି ତା' ପିଲାମାନଙ୍କୁ ସେପରି ଅଧିକାରରୁ ବଞ୍ଚିତ କରିବାକୁ ବାଧ୍ୟ ହୋଇଥିଲା। ତା' ବାପା ନିରକ୍ଷର କରୁଣି ନିଜର ଆର୍ଥିକ ଦୂରାବସ୍ଥା ସତ୍ତ୍ୱେ ତାକୁ ପାଠ ପଢ଼ିବା ଲାଗି ଯେପରି ସୁଯୋଗ ଦେଇଥିଲା ସିଏ ଶିକ୍ଷିତ ହୋଇ ସୁଦ୍ଧା ତା' ପିଲାମାନଙ୍କୁ ସେ ସେପରି ସୁବିଧାରୁ ବଞ୍ଚିତ କରିଥିଲା। ସେଥିପାଇଁ ସେ ସେମାନଙ୍କ ଆଗରେ ମଥା ଟେକି ନ ପାରି ତଳକୁ ମୁହଁ ପୋତି ନିରବ ରହିବାକୁ ଶ୍ରେୟସ୍କର ମଣେ। କୌଣସି ଅଧିକାର ନ ଦେଇ କିଛି ଦାବି ଆରୋପ କରିବାକୁ ସେ ଉଚିତ୍ ମନେ କରେନା। ଯେପରି କୌଣସି ଦିନଟିଏ ସୁଦ୍ଧା କୌଣସି ପ୍ରକାର କିଛି ଶିକ୍ଷା ନ ଦେଇ ମଧ ଦ୍ରୋଣାଚାର୍ଯ୍ୟ ଶିଷ୍ୟ ଏକଲବ୍ୟ ଠାରୁ ଗୁରୁଦକ୍ଷିଣା ଦାବି କରି ବସିଲେ। ପ୍ରଥମେ ଅଧିକାର ଦେଇ ତାପରେ ଦାବି ଉପସ୍ଥାପନ କରାଯାଏ। ଯେମିତି କୃଷ୍ଣଙ୍କ ଜନ୍ନ ସମ୍ବାଦ ପାଇ ମାମୁଁ କଂସ ଯେତେବେଳେ ଭଣଜା କୃଷ୍ଣଙ୍କୁ ମାରିବାକୁ ଯୋଜନା କଲେ ସେତେବେଳେ ମନ୍ତ୍ରୀ ଅକ୍ରୁର ରାଜା କଂସଙ୍କୁ କହିଥିଲେ "ପ୍ରଥମେ ଅଧିକାର ଦିଅ। ତା'ପରେ ଦାବି ଉପସ୍ଥାପନ କରିବ। କୌଣସି ଅଧିକାର ନଦେଇ କିଛି ବି ଦାବି କରିବା କେଉଁ ଗୁଣକୁ ନୁହେଁ।" ସେଇଠୁ ନନ୍ଦକୁ ଗୋପପୁରର ରାଜପଦ ମିଳିଥିଲା। ତା' ପ୍ରତିବଦଳରେ ପ୍ରତିଦିନ ଲକ୍ଷେ ଭାର କ୍ଷୀର, ଲହୁଣି, ଦହି ଅଧାମ ଆଦି ଯୋଗାଇବାର ଦାୟିତ୍ୱ ତାଙ୍କ ଉପରେ ନ୍ୟସ୍ତ କରାଗଲା। ଏପରିକି ବିପଦ ସଙ୍କୁଲ କାଳିନ୍ଦୀ ହ୍ରଦରୁ ଲକ୍ଷେ (ଭାର) ପଦ୍ମ ଫୁଲ ତୋଳି ଦେବାକୁ ତାକୁ ବାଧ୍ୟ କରାଯାଇଥିଲା। ସେହିପରି ସପନି ତା' ପିଲାମାନଙ୍କୁ ସେମାନଙ୍କ ନାର୍ଯ୍ୟ ଅଧିକାର

ପାଳିବା, ପୋଷିବା ଏବଂ ପାଠ ପଢ଼ାଇବାର ସୁଯୋଗ ଦେଇ ପାରିନଥିବାରୁ ସେମାନଙ୍କୁ ସେମାନଙ୍କ ମୌଳିକ ଅଧିକାରରୁ ବଞ୍ଚିତ କରି ତୁଚ୍ଛାଟାରେ ସେମାନଙ୍କ ଉପରେ ମୁରବି ପଣିଆ ଜାହିର କରିବାକୁ ଆଦୌ ଉଚିତ୍ ମଣୁନଥିଲା ।

"ମାତାରିପୁଃ ପିତା ଶତ୍ରୁର୍ଯେନ ବ୍ୟାଲୋନପାଠିତଃ । ନ ଶୋଭିତେ ସଭାମଧ୍ୟେ କାକ ମଧ୍ୟେ ହଂସୋୟଥା ।" ସେହି ପିତା, ମାତା ଶତ୍ରୁ ଅଟନ୍ତି ଯିଏ ନିଜର ପିଲାମାନଙ୍କୁ ପଢ଼ାନ୍ତି ନାହିଁ । ନପଢ଼ିବା ହେତୁ ସେହି ବାଳକମାନେ ସଭା ମଧ୍ୟରେ କୁଆମାନଙ୍କ ମଧ୍ୟରେ ହଂସ ଭଳି ଶୋଭା ପାଏନାହିଁ । ଏହା ଶାସ୍ତ୍ରର କଥା । ସେହି ପଦ୍ଧତି ଅନୁଯାୟୀ ସପନି ତା' ପିଲାମାନଙ୍କର ଶତ୍ରୁ ହେଲାନି କି ?

ସବିତାକୁ ଭଲପାଇ ବାହାହୋଇ ସପନି ତା'ସ୍ତ୍ରୀକୁ କେବେ କୌଣସି ଭଲ ଜିନିଷଟିଏ ଦେଇ ପାରିନଥିଲା । ଏପରିକି ଭଲକରି ଖାଇବାକୁ କିମ୍ବା ତା'ର ମନ ପସନ୍ଦର ଶାଢ଼ିଟିଏ ପିନ୍ଧିବାକୁ । ଯାନି ଯାତରା ବୁଲାଇ ନେବା କିମ୍ବା ଅଳଙ୍କାରଟିଏ ଉପହାର ଦେବା ତା' ପକ୍ଷରେ ଅର୍ଥ ଅଭାବରୁ କେବେ ସମ୍ଭବ ହୋଇନଥିଲା । ସ୍ୱାମୀ ଭାବରେ ଯାହା ଛଅଟି ପିଲାଙ୍କ ଅହେତୁକ ବୋଝର ଦାୟିତ୍ୱ ତାକୁ ପ୍ରଦାନ କରିଥିଲା ।

ପରିବାରର ଉନ୍ନତି ପାଇଁ କିଛି କରି ପାରୁନଥିବା ଓ ସେମାନଙ୍କୁ ଭଲରେ ଚଲାଇ ପାରୁନଥିବା ସପନି ନିଜକୁ ଦୋଷୀ ଭାବି ଓ ସେଥିଲାଗି ନିଜକୁ ଦାୟୀ କରି ଅଧିକାଂଶ ସମୟରେ ନିରବ ରହୁଥିଲା । ସବୁ ଦେଖି ଜାଣି ଶୁଣି ମଧ୍ୟ କୌଣସି ପ୍ରକାର ପ୍ରତିକାର କରିବାର କ୍ଷମତା କିମ୍ବା ସାମର୍ଥ୍ୟପଣ ନଥିବାରୁ ସେ ନିଜକୁ ଲଜ୍ଜିତ ମଣୁଥିଲା ।

ସପନି ନିରବତାର ସୁଯୋଗ ନେଇ ସବିତା ଘରେ ତାଙ୍କର କର୍ତ୍ତୃତ୍ୱ ଜାରି କରି ଚାଲିଲେ । ସବିତାର କେତେକ ନିଷ୍ପତ୍ତିରେ ଅମତ ହେଲେ ସୁଦ୍ଧା ପରିବାରକୁ ସ୍ୱଚ୍ଛନ୍ଦରେ ଚଲାଇ ପାରିବାର ଅପାରଗତା ପାଇଁ ସେ ସ୍ତ୍ରୀକୁ ଭରସି କରି କିଛି କହିପାରିନା । "ମୌନେ ସମ୍ମତି ଲକ୍ଷ୍ୟଣମ୍ ।" ନୀତିରେ ସେ ନିରବ ରହେ ଓ ସ୍ତ୍ରୀର ସମସ୍ତ କାମକୁ ବିନା ଆପତ୍ତିରେ ସମର୍ଥନ କରିଥାଏ । ଏହିପରି ସ୍ୱାମୀ ନିରବ ରହୁଥିବା କିମ୍ବା ସ୍ତ୍ରୀ ଦାୟିତ୍ୱରେ ପରିଚାଳିତ ହେଉଥିବା ଘର ଗୁଡ଼ିକ ନାରୀ (ନାୟିକ) କର୍ତ୍ତୃତ୍ୱାଧୀନ ଗୃହ ଅର୍ଥାତ୍ ଗାଉଁଲି ଭାଷାରେ ମାଇପି ମୁରବି ଘରେ ପରିଣତ ହୋଇଯାଏ । ଭଲପାଇ ବାହା ହୋଇଥିବା ଯୁବକଟି ବିବାହ ପୂର୍ବରୁ ପ୍ରେମିକା ପାଖରେ ନିଜତ୍ୱ ହରାଇ ସାରିଥାଏ । ବିବାହ ପରେ ସେମାନଙ୍କ ମଧ୍ୟରେ ମତାନ୍ତର ହେଲେ କିମ୍ବା ସେଥିଯୋଗୁଁ ବଚସା ହେଲେ ଲୋକହସା ହେବା ଭୟରେ ସେ ସ୍ତ୍ରୀକୁ (ପ୍ରେମିକା ପତ୍ନୀକୁ) ବିରୋଧ ନ କରି ନିରବ ରହେ ଓ ସେ ଘରଟି (ପରିବାରଟି) ନାରୀ ପ୍ରଧାନ ଘରେ ଗଣା ଯାଇଥାଏ । କଥାରେ ଅଛି "ଯେଉଁ ଘରେ ନାରୀ ନାୟିକା, ସେ ଘର କେଉଁ କଥାରେ ଲେଖା" । "ଯତ୍ର ସ୍ତ୍ରୀ ଯତ୍ର କିତବୋ ବାଲୋ ଯତ୍ରା ପ୍ରଶାସିତାଃ ରାଜନ ନିର୍ମୂଲତାଂ ଯାତି ତଦ୍‍ଗୃହମ୍ ଭାର୍ଗବୋଽବ୍ରବୀତ୍ ।" କୁଳ ବୁଡ଼ିବା ଆଗରୁ କୁଆଡ଼େ ଜଣାପଡ଼ିଯାଏ । ସେ ପରିବାରରେ ବାଳ, ନାରୀ, ସେବକ ସମସ୍ତେ ଲଗାମ ଛଡ଼ାହୋଇ ବୁଲୁ ଥାଆନ୍ତି । ଆମ ଢଗ ବି ଅଛି "ନାରୀ ମୁଖରା, ପୁରୁଷଧୀର, ପୁଅ ଘୋଡ଼ାମୁହାଁ, ଚାକର ଚୋର । ନିଜକୁ ତପ୍ତର ପରକୁ ଦୂର, ଘରେ ଥାଇ ଯିଏ ମାଗେ ଉଧାର, ପୁଅ ଯେବେ ଧରେ ବାପର ବାଳ, ଖନା କହେ କୁଳ ହୁଏ ନିର୍ମୂଲ ।" ଏ ଯବ କାଚରେ ସପନିର ଘରଟି କେମିତି ଦେଖାଯାଉଥିବ ? ବୁଝିବାକୁ ବାକି ନାହିଁ । ଅତଏବ ସପନିର ଘରଟି ସେହିପରି ହୋଇଯାଇଥିଲା ।

"କ୍ଷମମାଣଂ ନୃପ ନିତ୍ୟଂ ନୀଚଃ ପରିଭବେ କ୍ଣଃ । ହସ୍ତିୟତ୍ତା ଗଜସ୍ୟେଽବଶିର ଏବାରୁର କ୍ଷତି ।" କ୍ଷମାଶୀଳ ପ୍ରଭୁକୁ ନୀଚଭୃତ୍ୟ ଅବଜ୍ଞା କରେ । ହାତୀ ବିନମ୍ରତା ବଶତଃ ବୋଲକରା ହୋଇଥିବା ହେତୁ ମାହୁନ୍ତ ତା'ର ମୁଣ୍ଡ ଉପରକୁ ଚଢ଼ିଯାଏ, ସେହିପରି ସପନିର ଅବସ୍ଥା ହୋଇ ଯାଇଥିଲା ।

ସମୟ ଗଡ଼ି ଚାଲିଥାଏ । ସତୀ ଭାବନା ରାଇଜରୁ ଫେରିଆସି ସଚେତନ ହେବାକୁ ଚେଷ୍ଟା କଲା । ପରିସ୍ଥିତି ସହିତ ପରିଚିତ ହେବାକୁ ପଡ଼ିବ । ବେଳପ୍ରାୟ ଦଶଟା ପାଖାପାଖି ହେବ । ସତୀ ଖରା ଛାଇରୁ ସମୟ ଅନୁମାନ କଲା ।

ସାନଭାଇ ଭଉଣୀଙ୍କର ସ୍କୁଲରୁ ଫେରିବା ସମୟ ହୋଇଗଲାଣି । ତାଙ୍କ ପାଇଁ ଖାଇବାକୁ ବଢ଼ାବଢ଼ି କରି ରଖିବାକୁ ପଡ଼ିବ । ନିଜେ ଗାଧୋଇ ମନ୍ଦିରକୁ ଯିବା ପାଇଁ ପ୍ରସ୍ତୁତ ହେବ । ଠାକୁରଙ୍କ ପ୍ରତିବାରିରେ ସେ ଧବଳେଶ୍ୱରଙ୍କ ପାଖକୁ ଯାଇଥାଏ । ସୋମବାରଟି ହେଉଛି ମହାଦେବଙ୍କର ଅତି ପ୍ରିୟ ବାର । ସେ ଦିନ ସୋମବାର ଥିବାରୁ ତା'ର ମନ୍ଦିରକୁ ଯିବା ବାରିଥାଏ । ଦଶଟା ପରେ ସାନଭାଇ ଭଉଣୀ ଦୁହେଁ ଘରକୁ ଫେରିବାରୁ ସେ ସେମାନଙ୍କୁ ଖାଇବାକୁ ଦେଇସାରି ନିଜେ ଗାଧୋଇ ମନ୍ଦିରକୁ ଯିବାଲାଗି ବାହାରିଲା । ତାଙ୍କ ଘରୁ ମନ୍ଦିରକୁ ଯିବା ବାଟରେ ସୁନିଘର ପଡ଼େ । ତାଙ୍କର ସେ ଗାଁରେ ଦୁଇଟି ଜାତି ଛାଡ଼ି ଛାଡ଼ି ହୋଇ ରହିଛନ୍ତି । କୈବର୍ତ୍ତମାନେ ଗାଁର ଦକ୍ଷିଣ ପଟକୁ ତାଙ୍କଠାରୁ ତିନି ଶହ ହାତ ଦୂରରେ ବ୍ରାହ୍ମଣ ବସ୍ତି ଗାଁର ଉତ୍ତର ପାଖକୁ । ଗାଁର ଉତ୍ତର ଦିଗରେ ବ୍ରାହ୍ମଣ ସାଇ ପଟରେ ସେ ସାଇକୁ ଟିକେ ଛାଡ଼ି ଧବଳେଶ୍ୱରଙ୍କ ମନ୍ଦିର ।

ସତୀ ଘରୁ ବାହାରି ଦୁଇ ସାଇ ମଝିରେ ଥିବା ନାଳ ପାର ହୋଇ ବ୍ରାହ୍ମଣ ସାଇକୁ ଆସି ସୁନି ପାଇଁ ରାସ୍ତାରେ ଠିଆହେଲା । ସୁନି ମନ୍ଦିରକୁ ଯିବା ଲାଗି ଆଗରୁ ପ୍ରସ୍ତୁତ ହୋଇ ରହିଥିଲା । ସତୀକୁ ବେଶୀ ସମୟ ଅପେକ୍ଷା କରିବାକୁ ନ ଦେଇ ସୁନି ଆସି ସତୀ ପାଖରେ ପହଞ୍ଚିଗଲା । ଦୁହେଁ ସାଙ୍ଗ ହୋଇ ମନ୍ଦିରକୁ ଗଲେ । କୌଣସି ସ୍ଥାନକୁ ଯିବା ପାଇଁ ଆଗରୁ ସ୍ଥିର କରିଥିବା ବ୍ୟକ୍ତି ଜଣକ ତା' ସାଙ୍ଗକୁ ପାଇଲେ କେତେ ଖୁସି ହୁଏ, ସେ କଥା କେବଳ ସମ୍ପୃକ୍ତ ବ୍ୟକ୍ତି ହିଁ ଜାଣିପାରେ । ଅନୁଭବି ବ୍ୟତିରେକେ, ସେ ଅନୁଭବର ସ୍ୱାଦ ଅନ୍ୟମାନଙ୍କ ଲାଗି ନିରର୍ଥକ ହୋଇପାରେ । ମାତ୍ର ଜଣେ ଅନ୍ତରଙ୍ଗ ସାଙ୍ଗ ପାଇଁ ନୁହେଁ । ସତୀ ମନ୍ଦିରକୁ ସୁନି ସହିତ ଯାଉଥିଲା । ଧବଳେଶ୍ୱରଙ୍କୁ ଦର୍ଶନ କରିବା ଲାଗି ଆଉ ତା'ମନ ମଣିଷକୁ ସାକ୍ଷାତ କରିବା ପାଇଁ ।

ନୂଆ କରି ଉଡ଼ି ଶିଖୁଥିବା ପକ୍ଷୀ ଶାବକଟି ଯେପରି ଖଣ୍ଡିଉଡ଼ା ଦେଇ ଗୋଟିଏ ଡାଲରୁ ଉଡ଼ି ଯାଇ ଅନ୍ୟ ଏକ ଡାଲରେ ବସେ । ସେହିପରି ନୂଆକରି ପ୍ରେମ କରୁଥିବା ସତୀ ମନରେ ଡ଼େଣା ଲାଗି ଯାଇଥିଲା । ତା' ମନ ପକ୍ଷୀ ତାଙ୍କ ସାଇରୁ ଉଡ଼ିଯାଉଥିଲା ତାଙ୍କ ମୌଜାର ଆର ଗାଁକୁ । ସାମନ୍ତରାୟକ ଗାଁକୁ । ସେ ଗାଁଟି ତାଙ୍କ ମୌଜାର ପଶ୍ଚିମପଟର ଶେଷ ଗାଁ । ତା' ପାଖ ଗାଁଟି ଅନ୍ୟ ଏକ ରାଜସ୍ୱ ଗ୍ରାମ । ଯେଉଁଟି ଗୋଟିଏ ପଞ୍ଚାୟତ ନାମରେ ନାମିତ । ସେ ଗାଁକୁ ତାଙ୍କ ମୌଜାଟାରୁ ପୃଥକ କରୁଥିବା ନାଳଟିକୁ ସରତା ନଦି କହନ୍ତି । ସରତା ନଦୀ କୂଳରେ ସାମନ୍ତରାୟଙ୍କ ଗାଁ ଅବସ୍ଥିତ । ତାଙ୍କ ମୌଜାଟି ବିରାଟ ରାଜସ୍ୱ ଗ୍ରାମଟିଏ । ମଝି ବଡ଼ ଗାଁଟିକୁ ଚାରି ପାଖରୁ ଚାରୋଟି ଗାଁ ଗୋଟିଏ ମାଲ (ହାର) ପରି ଘେରି ରହିଛି । ଅବସ୍ଥିତ ଅନୁସାରେ ମାଲ ଆକୃତିରେ ହୋଇଥିବାରୁ ଗାଁର ନାମକରଣ ମାଲଦା ହୋଇଥାଇପାରେ । ଅନ୍ୟ ଏକ ବିବରଣୀ ଅନୁଯାଇ ଓଡ଼ିଶାର ଶେଷ ସ୍ୱାଧୀନ ରାଜା ମୁକୁନ୍ଦ ଦେବ ଭଦ୍ରକ ଜିଲ୍ଲାର ଧାମନଗର ନିକଟସ୍ଥ ଗୋହିରା ଟିକିରୀଠାରେ ଶତ୍ରୁ ସହିତ ଯୁଦ୍ଧ କରି ନିହତ ହୋଇଥିଲେ । ସେ ସମୟରେ ମୁକୁନ୍ଦ ଦେବଙ୍କୁ ସାକ୍ଷାତ କରିବାକୁ ଆସୁଥିବା ବ୍ୟକ୍ତିମାନଙ୍କର ମାଲପତ୍ର (ଜିନିଷ) ଏହିଠାରେ ଯାଞ୍ଚ କରାଯାଉଥିଲା ରାଜା ମୁକୁନ୍ଦ ଦେବଙ୍କ ନିରାପତ୍ତା ପାଇଁ । ସେମାନେ ସାଙ୍ଗରେ ଆଣିଥିବା ମାଲପତ୍ରକୁ ଯାଞ୍ଚ ପରେ ଏଠି ଜମାରଖି ବା ରାଜକର୍ମଚାରୀଙ୍କୁ ଜିମା ଦେଇ ରାଜାଙ୍କୁ ସାକ୍ଷାତ ପାଇଁ ପାଖଗାଁରେ ଅପେକ୍ଷା କରି ରହୁଥିଲେ । ମାଲ ଯାଞ୍ଚ ଓ ଜମା ରଖିବା କିମ୍ବା ଜିମା ଦେବା ଦ୍ୱାରା 'ମାଲଯାଞ୍ଚ' ଓ ମାଲ ଜମା ଏବଂ ମାଲ ଜିମାରୁ ମାଲଜମା କ୍ରମେ ଅପଭ୍ରଂଶ ହୋଇ ମାଲଦା ବା ମାଲଦା ହୋଇ ଅଛି ବୋଲି ଅନୁମାନ କରିହୁଏ । ତା' ପରବର୍ତ୍ତୀ ଗାଁରେ ରହି ରାଜା ଆଦେଶ ପାଇବା ପର୍ଯ୍ୟନ୍ତ ଅପେକ୍ଷା କରି ରହୁଥିବାରୁ ସେ ଗାଁର ନାମ ରହଣିରୁ ରହଣିଆ ନାମରେ ନାମିତ ।

ଚାରି ପାଖରେ ଚାରୋଟି ଗାଁ ଓ ମଝି ବଡ଼ ଗାଁଟିକୁ ନେଇ ମୋଟ ପାଞ୍ଚଟି ଗାଁର ସମଷ୍ଟିରେ ମୌଜାଟି ଗଠିତ । ପାଞ୍ଚଟି ଓ୍ୱାର୍ଡ ବିଶିଷ୍ଟ ଓ ଚଉଦ ଶହ ଭୋଟରଙ୍କୁ ନେଇ ଗାଁର ନାମାନୁସାରେ ପଞ୍ଚାୟତର ନାମକରଣ କରାଯାଇଛି । ତାଙ୍କ ନିଜ ଗାଁର ପୂର୍ବ ଦିଗରେ ଯୋର । ସେ ଯୋର ଲକ୍ଷ୍ମୀ ବଜାର ଗାଁକୁ ତାଙ୍କ ମୌଜାଟାରୁ ପୃଥକ

କରୁଛି । ସେ ହେଉଛି (ସତୀ) ତା' ମାମୁଁଘର ଗାଁ । ସେ ପଞ୍ଚାୟତର ନାମ ମଧ ଲକ୍ଷ୍ମୀ ବଜାର ଗାଁ ନାମ ଅନୁସାରେ ହୋଇଛି । ତାଙ୍କ ନିଜ ମୌଜାର ପଶ୍ଚିମ ପଟେ ସରତା ନଈ କୂଳରେ ସାମନ୍ତରାୟଙ୍କ ଗାଁ । ପୂର୍ବରେ ଯୋର । ପଶ୍ଚିମରେ ସରତା ନଈ । ମଝିରେ ତାଙ୍କ ମୌଜାଟି ଅବସ୍ଥିତ । ମଝି ବଡ଼ଗାଁଟି ଯଦିଓ ସବୁ ଦୃଷ୍ଟିରୁ ଶ୍ରେଷ୍ଠତମ କିନ୍ତୁ ମୌଜାର ପଶ୍ଚିମ ପଟକୁ ଥିବା ସାମନ୍ତରାୟ ଗାଁଟି ଜମିଦାର ସାମନ୍ତରାୟଙ୍କ ଯୋଗୁଁ ନାଁ ଡାକ । ଜମିଦାରୀ ଆଉ ନାହିଁ । ଜମିଦାରୀ ଉଚ୍ଛେଦ ପରେ କେବଳ ଲୋକଙ୍କ ମୁହଁରେ ଜମିଦାର ଭାବରେ ସେମାନେ ସମ୍ବୋଧିତ । ଜମିଦାରୀ ଅମଲର ଧନ, ଖ୍ୟାତି, ପ୍ରତିପତ୍ତି ସବୁ ଚାଲିଗଲାଣି । କର୍ପୂର ଉଡ଼ିଯାଇ କେବଳ କନା ଖଣ୍ଡିକ ପଡ଼ିରହିଛି । ସେହି କନାଟି କର୍ପୂରର ବାସ୍ନାକୁ କିଛିଦିନ ପାଇଁ ଧରି ରଖିଲା ପରି ସେମାନଙ୍କୁ ହୁଏତ ଆଉ କେତେ ବର୍ଷ ଲୋକମାନେ ଜମିଦାର ଘରର ଦାୟଦ ବୋଲି କହିବେ । ସତୀ ତା' ପିଲାବେଳେ ତା' ଜେଜେଙ୍କ ମୁହଁରୁ ଶୁଣିଥିଲା । ପ୍ରଥମ ଜମିଦାର ବିନୋଦ ବିହାରୀ ଭାରି କଡ଼ା ମିଜାସର ଲୋକ ଥିଲେ । ଆଖପାଖ ଚାଲିଶ ଖଣ୍ଡ ଗାଁରେ ତାଙ୍କ ଉପସ୍ଥିତି ବିନା କୌଣସି ନିଶାପ ହୋଇ ପାରୁନଥିଲା । ଯେକୌଣସି ମାମଲାର ଫଇସଲା ପାଇଁ ଆଗ ଲୋଡ଼ା ହେଉଥିଲା ତାଙ୍କ ସମର୍ଥନ । ପ୍ରତ୍ୟେକ ନିଶାପର ଅନ୍ତିମ ରାୟ ଥିଲା ତାଙ୍କ ମୁଖ ନିଃସୃତ ବାକ୍ୟ ସମୂହ । ତାଙ୍କ ପରେ ତାଙ୍କ ପୁଅ ଭୀରବାନନ୍ଦ । ସେ ସଙ୍ଗୀତ ପ୍ରିୟ ଥିଲେ । ଜଣେ ସୁକଣ୍ଠ ଗାୟକ ଭାବରେ ତାଙ୍କର ଆଖପାଖ ଅଞ୍ଚଳରେ ନାଁ ଡାକଥିଲା । ତାଙ୍କର ମଧ ଗୋଟିଏ ଅପେରା ପାର୍ଟି ଥିଲା । ତାଙ୍କ ପରେ ମାଧବାନନ୍ଦ ହେଲେ ଜମିଦାର । ତାଙ୍କରି ଅମଲରେ ଜମିଦାରୀ ଉଚ୍ଛେଦ ହୋଇଥିଲା । ଜମିଦାରୀ ଉଚ୍ଛେଦ ପରେ ଆୟ କମିଯିବା ଫଳରେ ଅଭାବଗ୍ରସ୍ତ ହୋଇ ସେ ତାଙ୍କର ସ୍ଥାବର ଅସ୍ଥାବର ସମ୍ପତ୍ତି ବିକ୍ରି କରି ଜମିଦାରୀ ବୁନିଆଦିର ମେରୁଦଣ୍ଡକୁ ଦୋହଲାଇ ଦେଇଥିଲେ । ଆୟ ପ୍ରତି ଦୃଷ୍ଟି ନ ଦେଇ ମନଇଚ୍ଛା ବ୍ୟୟ କଲେ କୁବେର ସଦୃଶ ଧନୀ ବ୍ୟକ୍ତିର ମଧ ଧନସମ୍ପତ୍ତି ଅଳ୍ପ କାଳ ମଧ୍ୟରେ ଶେଷ ହୋଇଯାଏ । "କସ୍ୟ ଦୋଷଃ କୁଲେ ମନାସ୍ତି ବ୍ୟାଧିନା କୋ ନ ପୀଡ଼ିତଃ । କେନ ନବ୍ୟ ସନଂ ପ୍ରାପ୍ତଂ ଶ୍ରିୟଃକସ୍ୟ ନିରନ୍ତର ।" କାହା ବଂଶରେ ଦୋଷ ନାହିଁ । କିଏବା ରୋଗରେ ପୀଡ଼ିତ ନୁହେଁ । କିଏବା ଦୁଃଖ ନ ପାଇଛି ଏବଂ କାହାର ବା ଲକ୍ଷ୍ମୀ ନିରବଚ୍ଛିନ୍ନ ଭାବରେ ରହି ଆସିଛନ୍ତି । ତାଙ୍କର ତିନି ପୁଅଙ୍କ ମଧରୁ ଅଧର ହେଲେ ସାନପୁଅ ।

ଜମିଦାରୀ ଅମଲର ଧନ, ଖ୍ୟାତି, କ୍ଷମତା ଓ ପ୍ରତିପତ୍ତି ସବୁ ଚାଲି ଯାଇଛି । ଖାଲି ଜମିଦାରୀ ଖାନଦାନିର ଛିଟା ଟିକକ ରହିଯାଇଛି । ଅଧର ସେହି ବଂଶର ଦାୟଦ । ସମ୍ଭ୍ରାନ୍ତ ଘରର ପିଲା । ଉଚ୍ଚଶିକ୍ଷିତ । ସରକାରୀ ସ୍ତରରେ ବଡ଼ ପଦବୀର ଅଧିକାରୀ । ତଥାପି ସିଏ କେତେ ଧୀର ଆଉ ଭଦ୍ର, ଶାନ୍ତ ଏବଂ ସରଳ । ଏତେ ପୁରୁଣା ବୁନିଆଦି ଘରର ପିଲା । ହେଲେ ମନରେ ଗର୍ବଭାବ ନାହିଁ । ଏତେ ପାଠ ପଢ଼ିଛନ୍ତି ଅଥଚ ଅହମିକା ନାହିଁ ଅନ୍ତରରେ । ପୁଣି ସରକାରୀରେ ଏତେ ବଡ଼ ଚାକିରି କରିଛନ୍ତି ମାତ୍ର ହୃଦୟରେ ଅହଂକାର ବି ନାହିଁ । ଧୀରସ୍ଥିର ସ୍ୱଭାବ । ଆସ୍ତେ ଆସ୍ତେ କଥା କହନ୍ତି । ଚୁପଚାପ୍ ଆସନ୍ତି ନିରବରେ ଫେରିଯାଆନ୍ତି । ଶାସ୍ତ୍ର କହେ "ଆଚାରଃ କୁଲମାଖ୍ୟାତି, ଦେଶମାଖ୍ୟାତି ଭାଷଣମ୍ । ସମ୍ଭ୍ରମଃ ସ୍ନେହମା ଖ୍ୟାତି । ବପୁରା ଖ୍ୟାତି ଭୋଜନମ୍ ।" ମନୁଷ୍ୟର ଆଚାର ବଂଶ ମର୍ଯ୍ୟାଦାକୁ ଜଣାଏ । ଭାଷଣ ଦେଶର ଗୌରବ ବଢ଼ାଏ । ଆଦର ଅଭ୍ୟର୍ଥନାରୁ ସ୍ନେହ ଜଣାପଡ଼େ । ଶରୀରରୁ ଭୋଜନ ଜଣାପଡ଼େ । ଆହୁରି ମଧ "ଭବନ୍ତି ନମ୍ରାସ୍ତରବଃ ଫଲୋଦଗମୈଃ । ନବା ମ୍ବୁଭିର୍ଭୂରି ବିଲମ୍ବିକୋଘନଃ । ଅନୁଦ୍ଧତାଃ ସତ୍ ପୁରୁଷାଃ ସମୃଦ୍ଧିଭିଃ ସ୍ୱଭାବ ଏବୈଷ ପରୋପକାରିଣାମ୍ ।" ଫଳଯୁକ୍ତ ହେଲେ ବୃକ୍ଷ ତଳକୁ ନଇଁ ଆସେ । ନୂତନ ଜଳ ଅଧିକ ହେଲେ ମେଘମାଳା ତଳକୁ ନଇଁ ଆସନ୍ତି । ସଜ୍ଜନ ବ୍ୟକ୍ତି ଐଶ୍ୱର୍ଯ୍ୟ ଲାଭରେ ବିନମ୍ର ହୋଇଯାଏ । ଏହିପରି ନମ୍ରତା ହିଁ ପରୋପକାରୀ ମାନଙ୍କର ସ୍ୱଭାବସିଦ୍ଧ ଆଚରଣ ଅଟେ । ଅଧର ନମ୍ରତିଃ ଗୁଣିନୋ ଜନଃ ନୀତିରେ ନମ୍ରତା ଆଚରଣ କରନ୍ତି ।

ଯୁବତୀ ଝିଅର ମନ କିଣି ନେଲା ଭଳି ଚେହେରା । ସୌମ୍ୟକାନ୍ତ ଶରୀର । ଗୋଲ ମୁହଁ । ଛୋଟ ଛୋଟ ଚୁଲ ।

ପୂରିଲା ଗାଲ । କଥା କହିଲେ କିମ୍ୱା ହସିଦେଲେ ଗାଲ ମଝିରେ ଭଉଁରୀ ଖେଳିଯାଏ । ନିଶ ଗଜୁରୀ ଆସୁଥିବା ନରମ ଓଠ । ପ୍ରଶସ୍ତ କପାଳ । ହାତର ଆଙ୍ଗୁଳି ଗୁଡ଼ିକ ଲମ୍ୱା ଲମ୍ୱା । ପାଦ ଦୁଟି ଠିଆଙ୍କ ପାହୁଲ ପରି ଛୋଟ ଏବଂ ସାଉଁଲା ।

ଆକର୍ଷଣୀୟ ଚେହେରା ସାଙ୍ଗକୁ ବଳିଷ୍ଠ ବ୍ୟକ୍ତିତ୍ୱ । ଲୋଭନୀୟ ଖାନଦାନ ଘରର ପିଲା । ଉଚ୍ଚଶିକ୍ଷିତ ପୁଣି ବଡ଼ ପଦବୀର ଅଧିକାରୀ । ଭାବ ଗମ୍ଭୀର ସ୍ୱଭାବ ସହିତ ଶାନ୍ତ ପ୍ରକୃତିର ଯୁବକ ଜଣେ । କେଉଁ ଶୋଡ଼ଶୀ ରୂପସୀ ତାଙ୍କୁ ଜୀବନସାଥୀ ରୂପରେ ପାଇବାକୁ ଇଚ୍ଛା ନ କରିବ ? ତାଙ୍କ ସାନ୍ନିଧ୍ୟ ପାଇଲେ କେଉଁ ଯୁବତୀର ଧୈର୍ଯ୍ୟବନ୍ଧ ଭାଙ୍ଗି ନ ଯିବ ? ତୁଟି ନଯିବ ତା'ର ଦୃଢ଼ପଣ ? ତା'ର ଗାରିମା ଉଭେଇ ନଯିବ ? ଆଉ ଆଷ୍ଠ ଭାଙ୍ଗି ନଯିବ ? ସ୍ଥିର ମନ ତା'ର ଚଞ୍ଚଳ ନହେବ ? ସୁଯୋଗ ପାଇଲେ ତାଙ୍କୁ ଭଲପାଇ ନ ବସିବ କେଉଁ ତରୁଣୀ ? ସୁବିଧା ମିଳିଲେ ତାଙ୍କ ପ୍ରେମରେ କିଏ ପଡ଼ି ନ ଯିବ ? ତେଣିକି ତା'ର ଯେତେ ଦମ୍ଭ ପଣ ଥିଲେ ସୁଦ୍ଧା । ତାଙ୍କୁ ନିଜର କରିବାକୁ ନ ଚାହିଁବ ବା କେଉଁ ରୂପସୀ ?

ସତୀତ ଠିଆଟିଏ । ତା'ରତ ରକ୍ତ ମାଂସରେ ଗଢ଼ା ଦେହଟିଏ ଅଛି । ଆଉ ଅଛି ପିରତୀ ପିଆସି ମନଟିଏ । ଯେଉଁ ମନ ଚାହେଁ ଟିକେ ସ୍ନେହ ଆଉ ଲୋଡ଼ିଥାଏ ଶ୍ରଦ୍ଧା । ଯେଉଁ ମନ ଖୋଜୁଥାଏ ଆଦର ଆଉ ଆବଶ୍ୟକ କରେ ସଦ୍ଭିଚ୍ଛା । ଯେଉଁ ମନର ଦରକାର ହୋଇଥାଏ କାହାର ସହାନୁଭୂତି ଆଉ ଅନୁରାଗ । ଭଲ ପାଇବାର ମୋହରୁ କେଉଁ ଯୁବତୀ ନିଜକୁ ବଞ୍ଚିତ କରିପାରିବ ଜାଣିଜାଣି ? ପ୍ରଣୟ ଫାଶରେ ଆବଦ୍ଧ ହେବାକୁ କେଉଁ କିଶୋରୀ ନ ଚାହେଁ ? ଭରା ଯୌବନରେ କେଉଁ ତରୁଣୀ ଆଶା କରେ ନାହିଁ ଯୁବକର ସାନିଧ୍ୟ । ଅନ୍ୟର ଅନ୍ତରଙ୍ଗ ହେବାକୁ କାହାର ପ୍ରାଣ ନ ଡାକେ ? ହାତ ପାହାନ୍ତାରେ ମିଳୁଥିବା ବନ୍ଧୁତାକୁ କିଏ ଏଡ଼ି ଦେଇ ପାରିବ ଯୁବା ବୟସରେ । ସହଜରେ ମିଳୁଥିବା ପ୍ରେମକୁ କେଉଁ ଶୋଡ଼ଶୀ ପ୍ରତ୍ୟାଖ୍ୟାନ କରି ଦେଇପାରିବ ? ପ୍ରଣୟ ପିଆସୀ ମନଟିଏ ନେଇ କେଉଁ କୁଆଁରୀ ଘନିଷ୍ଟତା ସ୍ଥାପନ ଲାଗି ଆଗ୍ରହୀ ନ ହୋଇ ରହିପାରିବ ନିରବରେ ? ହୃଦୟକୁ ପଥର କରି କେଉଁ ରୂପସୀ ନିବିଡ଼ ସମ୍ପର୍କ (ନରଖ୍ୱର) ସ୍ଥାପନ ନ କରିବ କେଉଁ ଯୁବକ ସାଥୀ ସହିତ ?

ସତୀତ ଠିଆଟିଏ । ଯୁବତୀଟିଏ । ସୋଡ଼ଶୀଟିଏ । ତରୁଣୀଟିଏ । କୁଆଁରୀଟିଏ । ରୂପସୀଟିଏ । ତା'ର ମନ ଅଛି । ଅଛି ହୃଦୟ ? ଅନ୍ତର ଆଉ ଆତ୍ମା । ତା' ସହିତ ପ୍ରାଣ ମଧ । ଶେଷ କୈଶୋରରେ ପାଦ ଥାପି କେଉଁ ରୂପବତୀର ଆସକ୍ତି ଜାଗ୍ରତ ନହୁଏ । ପ୍ରଣୟର ଆହ୍ୱାନ । ପ୍ରେମର ନିବେଦନ, ଭଲ ପାଇବାର ମୋହ । ସୋହାଗର ଆକର୍ଷଣ । ସାନ୍ନିଧର ସମ୍ମୋହନ । ଯାକୁ ସବୁ କ'ଣ ଜଣେ ଯୁବତୀ ଏଡ଼ି ଦେଇ ପାରିବ ? ପ୍ରତ୍ୟାଖ୍ୟାନ କରିଦେଇ ପାରିବ ? ଅଣଦେଖା କରି ବସିବ ? ପ୍ରଣୟର ଆହ୍ୱାନକୁ ଗ୍ରହଣ କରିବନି ? ପ୍ରେମର ନିବେଦନକୁ ଏଡ଼ାଇ ଦେଇ ପାରିବ ? ଭଲ ପାଇବାର ସୁଯୋଗରୁ ବଞ୍ଚିତ କରି ରଖ୍ ପାରିବ ନିଜକୁ ସ୍ଥିର, ଅନିର୍ବିଣ୍ଣ ହୋଇ ? ସାନ୍ନିଧର ଡାକରାକୁ ଭୁଲି ରହିଯିବ ନିଃସଙ୍ଗ ବିହଙ୍ଗୀଟିଏ ଅନାଶକ୍ତ ପରି ଏକାଏକା ? ଏସବୁ ଦିଗପ୍ରତି ଆଖ୍ବୁଜି ଦେବ ନିର୍ଦୟ ଭାବରେ ଛାତିକୁ ପଥର କରି ?

ସବୁ ମଣିଷର ଛାତିତଲେ ହୃଦୟଟିଏ ଅଛି । ଆଉ ତା' ଭିତରେ ରହିଛି ମନ । ପ୍ରତ୍ୟେକ ବ୍ୟକ୍ତି ସ୍ନେହ, ମମତା, ଆଦର, ଶ୍ରଦ୍ଧା ଓ ସଦ୍ଭିଚ୍ଛା ଟିକେ ଆଶା କରିଥାଆନ୍ତି । ସମସ୍ତ ଲୋକମାନେ ସହଯୋଗ ଏବଂ ସୁଖଟିକେ ଖୋଜି ଥାଆନ୍ତି । ଖୁସି ଓ ଆନନ୍ଦ ଚାହିଁବାଟା ପ୍ରତ୍ୟେକଙ୍କ ପକ୍ଷରେ ସ୍ୱାଭାବିକ ।

ଯୁବତୀ ସୁଲଭ ଚପଳତାରୁ ସେ କେତେଦିନ ନିଜକୁ ଅଲଗା କରି ରଖ୍ ପାରିବ ? ଖୁବ୍ ନିକଟରେ ସୁବିଧା ଥାଉଁ ଥାଉଁ ତା'ର ସତ୍ ବ୍ୟବହାର ନକରି କିଏ ପୃଥକ୍ ହୋଇ ନିରବ ରହିବ ? ହାତମୁଠାରେ ସୁଯୋଗକୁ ପାଇ ଜାଣିଜାଣି କିଏ ହାତଛାଡ଼ା କରି ବସିବ ? ସନ୍ୟାସିନୀର ଜୀବନ ନେଇ ସାଧନାରତ ହେବ ଭରା ଯୌବନ ଦେହରେ ? ନିମଜ୍ଜିତ ହେବ କୁସ ତପସ୍ୟାରେ ତପସ୍ୱିନୀ ସାଜି ଯୁବା ବୟସରେ ? ବୁଡ଼ି ରହିବ ସମାଧ୍ ମୁଦ୍ରାରେ ଯୁବତୀର ମନ ନେଇ ? ଯୋଗାସନରେ ବସି ପ୍ରାର୍ଥନା କରିବ ବାଜୁଅ ସମୟରେ । ଶୋଡ଼ଶୀ କୁଆଁରୀବେଲେ ସାଧନାରେ ରତ ହେବ

କେଉଁ ସୌଭାଗ୍ୟ ପ୍ରାପ୍ତିର ଆଶାରେ ? ଯେଉଁ ସୁବିଧା, ଯେଉଁ ସୁଯୋଗ-ସୌଭାଗ୍ୟ ଯୋଗୁଁ ମିଳିଥାଏ ସେସବୁତ ତା'ପାଖରେ। ଅତି ନିକଟରେ। ତା'ହାତ ପାହାନ୍ତାରେ। ସେ ତାକୁ ସବୁ ଛାଡ଼ିଦେବ କିପରି ? କାହିଁକି ହାତମୁଠା ଭିତରକୁ ଆସୁଥିବା ସୁଯୋଗର ସତ୍ ବ୍ୟବହାର ନକରି, ପାଖରେ ମିଳୁଥିବା ସୁବିଧାର ଫାଇଦା ନନେଇ ଉପଭୋଗ କରିବାର ଲାଳସାକୁ ଚରିତାର୍ଥନକରି, ପାଇଥିବା ଇପ୍‌ସିତ ପଦାର୍ଥର ମୋହ ତ୍ୟାଗ କରି ଅନିଶ୍ଚିତ ଭବିଷ୍ୟତକୁ ଅନାଇ ରହିବ ଆଶାୟୀ ଆଖ୍ଖରେ। କଳ୍ପନାରେ ବିଭୋର ହୋଇ ତାଜମହଲ ଗଢ଼ିବାର ଦିବାସ୍ୱପ୍ନ ଦେଖ୍ବ ? କୋଣାର୍କ ନକ୍‌ସାର ଯୋଜନା ତିଆରି କରିବ ଅବାସ୍ତବ ମନବୃଭି ନେଇ ?

ଶାସ୍ତ୍ର କହୁଛି "ଯୋ ଧ୍ରୁବାଣି ପରିତ୍ୟଜ୍ୟ ଅଧ୍ରୁବଂ ପରିଷେବତେ। ଧ୍ରୁବାଣି ତସ୍ୟ ନଶ୍ୟନ୍ତି ଅଧ୍ରୁବଂ ନଷ୍ଟମେବହି।" ଯିଏ ନିଜର ନିଶ୍ଚିତ କାର୍ଯ୍ୟ ଅଥବା ବସ୍ତୁକୁ ଛାଡ଼ି ଅନିଶ୍ଚିତ ଚିନ୍ତାରେ ପଡ଼େ, ତାହାର ଅନିଶ୍ଚିତ ନଷ୍ଟ ହୁଏ। ନିଶ୍ଚିତ ମଧ ନଷ୍ଟ ହୋଇଯାଏ।

ସତୀ ସେଥ୍‌ରୁ ବାଦ ଯାଇନଥିଲା। ବାସ୍ତବତାକୁ ଉପଲବ୍ଧି କରି ଭବିଷ୍ୟତ କଳ୍ପନାର ମୋହରେ ସେ ବୁଡ଼ି ଯାଇଥିଲା କାର୍ଯ୍ୟ କାରିତାର ଯୋଜନା ନେଇ। ଯୋଜନାକୁ ରୂପାୟନ କରିବାର କଳ୍ପନା ଓ ସେ କଳ୍ପନାର ନକ୍‌ସା ସେ ତିଆରି କରିସାରିଥିଲା। ଭଲ ପାଇବା ତ ବଜାର ହାଟର ସଉଦା ନୁହେଁ ତାକୁ ଧନବଳରେ କିଣି ହେବ। ସେ ଗରିବ ଘରର ଝିଅ ହୋଇଥିବାରୁ ତା' ପାଖରେ ଅର୍ଥର ଅଭାବ ଯୋଗୁଁ ସେ ତାକୁ କିଣିବାକୁ ଇଚ୍ଛା କରିବ ନାହିଁ। ଭଲପାଇବା ତ ସୁନା, ରୂପା, ହୀରା, ନୀଳା, ମଣି, ମୁକ୍ତାର ଅଳଙ୍କାର ନୁହେଁ। ଯଦିବା ତାହା ସେହି ଧାତୁମାନଙ୍କର ଅଳଙ୍କାର ହୋଇଥାଆନ୍ତା। ତେବେ ଆର୍ଥିକ ଦୂରାବସ୍ଥା ପାଇଁ ସେ ଗହଣା ଗଢ଼ାଇବାକୁ ମନବଳାଇବ ନାହିଁ। ଭଲ ପାଇବା ତ କୌଣସି ବସ୍ତୁ କିମ୍ବା ଦ୍ରବ୍ୟ ନୁହେଁ, ଯାହାକୁ ସାମର୍ଥ୍ୟ ବଳରେ ହାସଲ କରିହେବ। ସେ ଅବଳା ଦୁର୍ବଳା ବୋଲି ତାକୁ ହାସଲ କରିବାକୁ ଚେଷ୍ଟା କରିବନି। ଭଲ ପାଇବା ତ କୌଣସି ପଦାର୍ଥ ନୁହେଁ, ଯାହାକୁ କୌଶଳରେ ଅକ୍ତିଆର କରିନେଇ ହେବ। ସେ କୌଶଳ ସେ ଶିଖୁନି ବୋଲି ତାକୁ ପାଇବାକୁ ମନ ନ ବଳାଇ ନିରବ ରହିବ। ଭଲ ପାଇବା ତ ଲୋଭନୀୟ ଭୂସମ୍ପଭି ନୁହେଁ। ଯାହାକୁ ନୂଆ ଦଲିଲ ଜରିଆରେ କରାୟତ କରିନେଇ ଆପଣାର କରିହେବ। ତା'ର ସେ କ୍ଷମତା ନାହିଁ। ସେଥ୍‌ପାଇଁ ସେ ଉଦ୍ୟମ ନ କରି ଭାଗ୍ୟକୁ ଆଦରି ମଉନ ରହିବ। ଭଲ ପାଇବା ତ ସୁଶୋଭିତ ଅଟ୍ଟାଳିକା ନୁହେଁ। ଯାହାକୁ ନିଜଇଚ୍ଛା ମତେ ନିର୍ମାଣ କରିହେବ। ତା'ର ସେପରି ସୁଯୋଗ ନଥ୍‌ବାରୁ ସେ ଭଗବାନଙ୍କ ଉପରେ ଦୋଷ ଲଦି ଦେଇ ଚୁପ୍ ହୋଇ ବସି ରହିବ।

ଭଲ ପାଇବା ତ ମନରୁ ସୃଷ୍ଟି ହୁଏ। ହୃଦୟରୁ ଜନ୍ମ ନିଏ। ଅନ୍ତରରୁ ଉତ୍ପନ୍ନ ହୋଇଥାଏ, ଜାଗ୍ରତ ହୋଇଥାଏ ପ୍ରାଣରୁ, ସଞ୍ଚରି ଯାଏ ଆମ୍ମାକୁ। କେହି କାହାରିକୁ ଇଚ୍ଛାକରି ଭଲ ପାଇ ପାରେନା। ତେଣୁ ତାହା ଇଚ୍ଛାଧୀନ ନୁହେଁ। ଜୋରଜବରଦସ୍ତ ଭଲ ପାଇ ହୁଏନା। ସେମିତି ହେଲେ ଏହା ଏକପାଖ୍ଖିଆ ହୋଇଯାଏ। ମନଥ୍‌ଲେ ମଧ ଭଲ ପାଇବା ସମ୍ଭବ ହୁଏନା। ଉଭୟେ ଉଭୟକୁ ମନୋନୀତ ନ କଲେ, ଇଚ୍ଛା କଲେ ସୁଦ୍ଧା କେହି କାହାରିକୁ ଭଲ ପାଇପାରେନା ଦୁଇ ପକ୍ଷର ସମର୍ଥନ ନଥିଲେ। ଭଲ ପାଇବା ଆପଣା ଛାଏଁ ହୋଇଥାଏ। ଅଜାଣତରେ ସେ ଅନ୍ତର ଭିତରେ ପ୍ରବେଶ କରେ। ହୃଦୟ ସିଂହାସନକୁ ଦଖଲ କରିନିଏ ନିଜର ଅମାଲୁମ‌ରେ। ଅପରିଚିତ ହୋଇ ମଧ ପ୍ରାଣକୁ ଅକ୍ତିଆର କରିନିଏ। ସେ ଅଜଣା ହୋଇ ସୁଦ୍ଧା ଆମ୍ମାକୁ ଆବୋରି ବସେ। ସିଏ ପାଲଟିଯାଏ ମନର ମଣିଷ। ପ୍ରିୟଜନ ପରି ଅତି ଆପଣାର ଲୋକ ହୋଇ ସେ ରହିଯାଏ ଆମ୍ମା ସହିତ ମିଶି। ତାକୁ ଭୁଲି ଯିବାକୁ ଚେଷ୍ଟାକଲେ ଭୁଲି ହୁଏନା ଆଦୌ, ବରଂ ବେଶୀ ବେଶୀ ମନରେ ପଡ଼େ। ତଡ଼ି ଦେବାକୁ ଉଦ୍ୟମ କଲେ ତଡ଼ି ହୁଏନା। ସେ ଆହୁରି ଅଧିକତର ଭାବରେ ଅନ୍ତରକୁ ଆକ୍ରାନ୍ତ କରିନିଏ। ତାକୁ ସେଠୁ ବାହାର କରିଦେବାକୁ ଇଚ୍ଛା କଲେ ସେ ଛାଡ଼ି ଚାଲି ଯାଏନା। ଅମାନିଆ ହୋଇ ରହେ ଅବାଧ୍ୟକ

ପରି। ଆମେ ଚାହିଁଲେ ସୁଦ୍ଧା ସେ ଆମ୍ଭାରୁ ବାହାରି ନ ଯାଇ ପ୍ରାଣକୁ ବେଶୀ ଜୋରରେ ଆବୋରି ବସେ। ମନକୁ ଆନମନା କରେ। ବିହ୍ୱଳିତ କରେ ଆହ୍ଲାଦ ପଣିଆରେ। ବନ୍ଦୀ କରିନିଏ ତା'ର ସମ୍ମୋହନ ଶକ୍ତି ବଳରେ। ସେ ସମ୍ପୃକ୍ତ ବ୍ୟକ୍ତିଟିକୁ ଆୟତ୍ତ କରିନିଏ। କରାୟତ୍ତ କରିସାରିଲା ପରେ ସେ ଅଧା ଛାଇ ଅଧା ଆଲୁଅରେ ନିଜ ସାଥୀରେ ଲୁଚକାଳି ଖେଳେ। ତା' ଅକ୍ତିଆରକୁ ଚାଲିଗଲା ପରେ ବ୍ୟକ୍ତି ନିଜର ସତ୍ତା ହରାଇ ବସେ। ତା' ଇଙ୍ଗିତରେ ସେ ପରିଚାଳିତ ହୁଏ। ତା' ନିର୍ଦ୍ଧେଶନାରେ ସେ ଅଭିନୟ କରେ। ନିର୍ଦ୍ଧେଶକ(ଗୁରୁ)ଙ୍କ କଥା ମାନି(ଆଦେଶ ଅନୁସାରେ) ରଙ୍ଗମଞ୍ଚରେ ଅଭିନୟ କରୁଥିବା ଅସହାୟ ନଟଟିଏ ପରି। ପ୍ରବେଶରେ ମନକୁ ଆନ୍ଦୋଳିତ କରିଥାଏ ଆବେଗ ପ୍ରବାହର ଆକର୍ଷଣରେ। ପ୍ରସ୍ଥାନରେ ମନ ବିରହ ଜ୍ୱାଳାରେ ଘାରିହୁଏ ବ୍ୟର୍ଥତାର ଆଘାତ ପାଇ। ତା'ପରେ ନିଜ ଜୀବନଟା ଲାଗେ ଫିକା ଫିକା। ଆପଣାର ଯୌବନ ନିରର୍ଥକ ହୋଇଗଲା ପରି ବୋଧହୁଏ। ସାରା ଜଗତଟା ଅସାରଭଳି ମନେ ହୁଏ। ଦୁନିଆ ବିଷମୟ ଦିଶେ। ତା' ପାଇଁ ସାରା ସଂସାର ହୋଇଯାଏ ମୂଲ୍ୟହୀନ। ପୃଥିବୀ ତାକୁ ପ୍ରତିୟମାନ ହୁଏ ମହାଶୂନ୍ୟ ଭଳି। ବଞ୍ଚିରହିବା ତା' ପକ୍ଷରେ ଦୁର୍ବିସହ ହୋଇଉଠେ। ତା'ର ରହେନାହିଁ ବ୍ୟକ୍ତିତ୍ୱର ପରାକାଷ୍ଠା। ନିଜ କର୍ତ୍ତବ୍ୟରେ ନିଷ୍ଠା ରଖିବାକୁ ସେ ସମର୍ଥ ହୁଏନା। ସମଗ୍ର ସମାଜକୁ ପରକରି ବସେ। ବସୁଧା ତାଲାଗି ଅଚିହ୍ନା, ଅଜଣା ଓ ଅପରିଚିତ ବୋଧ ହୁଏ।

ସେମାନେ ମନ୍ଦିର ନିକଟରେ ପହଞ୍ଚି ଦେଖ୍ଲେ ମନ୍ଦିରରେ ଅଳ୍ପଲୋକ। ଠାକୁରବାବା ପୂଜା ସାରି ଚାଲି ଗଲେଣି। କମି ଆସିଲେଣି ଠାକୁରଙ୍କ ପାଖକୁ ଦିଅଁ ଦର୍ଶନ ଲାଗି ଆସୁଥିବା ଭକ୍ତଙ୍କ ସଂଖ୍ୟା। ସୁନି ଆଉ ସତୀ ମୁଖଶାଳା ଟପି ମନ୍ଦିର ପାଖକୁ ଗଲେ। ଧୂପ ଦେଇ ସାରି ଜୁହାର ହେଲେ। ମନ୍ଦିର ଆସ୍ତେ ଆସ୍ତେ ଜନଶୂନ୍ୟ ହୋଇ ଆସୁଥାଏ। ଦୁହେଁ ପାଦୁକ ପାଇ ସାରି ସତୀ କପାଳରେ ସୁନି ଓ ସୁନି କପାଳରେ ସତୀ ବିଭୂତି ଟିପା ଲଗାଇ ଦେଇଥିଲେ।

ମନ୍ଦିର ପାଖ ଅଣସ୍ୱୀକୃତ ସ୍କୁଲଟି ଛୁଟି ହୋଇ ଗଲାଣି କେତେ ବେଳୁ। ମୁଖଶାଳାରେ ଦୁହେଁ ସାଙ୍ଗ ହୋଇ ବସିଲେ। ଠାକୁରଙ୍କ ଦର୍ଶନ ପାଇଁ ଆଉ ପ୍ରାୟ କେହି ଆସୁନଥିଲେ। ମନ୍ଦିର ପାଖ ନିରୋଳା। ନିର୍ଜନ ଆଖପାଖର ପରିବେଶ। ମନ୍ଦିରରେ କିମ୍ବା ମନ୍ଦିର ପାଖରେ କେହି ନ ଥାଆନ୍ତି। ଯାହା ଜଣେ ଦୁଇଜଣ ଘଡ଼ିଏ ପହରକେ ମନ୍ଦିର ଆଗ (ସାମ୍ନା) ଦେଇ ଗାଁକୁ ପଡ଼ିଥିବା ରାସ୍ତାରେ ଯାଆ ଆସ କରୁଥିଲେ।

ଠାକୁରଙ୍କ ଦର୍ଶନ ପରେ ଅଧରଙ୍କୁ ଅପେକ୍ଷା ମୁଖଶାଳାରେ ବସି କଥାବାର୍ତ୍ତା ହେବା କେବଳ ଗୋଟେ ଆଳ ଥିଲା। ଲୁଚାଇ, ଛପାଇ, ଗୋପନରେ, ଲୋକମାନଙ୍କ ଦୃଷ୍ଟି ଉହାଡ଼ରେ କୌଣସି ଗୁପ୍ତକାମ କରୁଥିବା ଲୋକଟି କିଛି ନା କିଛି ବାହାନାର ଆଶ୍ରୟ ନେଇଥାଏ। ଆଜି ସେମାନେ ଯେପରି ନେଇଛନ୍ତି।

ମୁଖଶାଳାରେ ବସି ସତୀ ଭାବୁଥିଲା ଯାହାଙ୍କ ପାଇଁ ଆଜି ସେ ସେଇଠି ବସିଛି ଠାକୁରଙ୍କୁ ଦର୍ଶନ କରିବା ଆଳରେ। ଯାହାକୁ ସାକ୍ଷାତ କରିବାକୁ ସେ ଏଠାକୁ ଆସୁଛି। ତା'ବାପାଙ୍କ ପିଲାବେଳେ ଏଠି ଏସବୁ କିଛି ନଥିଲା। ଥିଲା କେବଳ ତୁଚ୍ଛା ଗୋଚର ପଡ଼ିଆ ଆଉ ପଡ଼ିଆରେ ମନ୍ଦିର ପାଖର ଏହି ଅଶ୍ୱତ୍ଥ ଗଛ ପାଞ୍ଚଟି।

ଦିନେ ଖରାବେଳେ ତା' ଜେଜେବାପା କରୁଣି ତାଙ୍କ ସମବୟସ୍କମାନଙ୍କ ସହିତ ବସି ହସ ଖୁସିରେ ଗପସପ ହେଉଥିଲେ। ସେଠାରେ ଠାକୁର ବାବା ଉପସ୍ଥିତ ଥିଲେ। ସେତେବେଳେ ଠାକୁର ବାବାଙ୍କ ନାମଥିଲା ତାଙ୍କ ପିତୃଦତ୍ତ ନାମ ଶ୍ୟାମ ସୁନ୍ଦର। ସେ ଶ୍ୟାମନ ଭାବରେ (ନାମରେ) ସମ୍ୟୋଧ୍ୟତ ହେଉଥିଲେ। ତାଙ୍କରି ପରାମର୍ଶରେ ସେମାନେ ସେଦିନ ରାତିରେ ଶ୍ମଶାନ ମେଳାଟିଏ କରିବାକୁ ନିଷ୍ପତି ନେଇଥିଲେ। ଉପରଓଳି ତମାମ ଗ୍ରାମବାସୀମାନେ ମେଳା

ଆୟୋଜନରେ ବ୍ୟସ୍ତ ରହିଲେ । ସନ୍ଧ୍ୟାରୁ ମେଳା ଆରମ୍ଭ ହେଲା । ଆଖଣ୍ଡଲମଣିଙ୍କ ନାମରେ ନୈବେଦ୍ୟ ବାଢ଼ି ରାତିଟିକୁ ଭଜନ କୀର୍ତ୍ତନରେ ପୁହାଇ (ବିତାଇ) ଦେଲେ । ରାତିରେ ଭଜନ କୀର୍ତ୍ତନ ଶୁଣି ତାଙ୍କ ମୌଜା ମଝି ଗ୍ରାମର ପଞ୍ଚାନନ ତାଙ୍କ ଗାଁରେ କୌଣସି ଦେବବେଦୀ ନ ଥିବାରୁ ଶିବଲିଙ୍ଗଟିଏ ଆଣି ସ୍ଥାପନ କରିବାକୁ ପରାମର୍ଶ ଦେଇଥିଲେ । ସୃଷ୍ଟି ଆରମ୍ଭରୁ ସବୁ ଗ୍ରାମରେ ଠାକୁର ନଥିଲେ । ସେମାନଙ୍କ ମଧ୍ୟରୁ କେତେକ ଗ୍ରାମବାସୀମାନେ ବିଭିନ୍ନ ଉପାୟରେ ପଥରଟିଏ ଆଣି ସେଥିରେ ମୂର୍ତ୍ତି ଗଢ଼ି, ସେଥିରେ ସିନ୍ଦୁର ମାରି ହଳଦି କପଡ଼ା ଗୁଡ଼ାଇ ତାକୁ ଗାଁ ସନ୍ନିକଟ କୌଣସି ପୁରାତନ ବୃକ୍ଷ ମୂଳରେ ଥୋଇ ଠାକୁରଙ୍କ ଆଜ୍ଞାରେ କାଲେଶି ଲାଗିଛନ୍ତି ବୋଲି ପ୍ରଚାର କରୁଥିଲେ । ସେଇଠୁ ଗ୍ରାମବାସୀମାନେ ତାଙ୍କ କଥାକୁ ବିଶ୍ୱାସ କରି ସେ ମୂର୍ତ୍ତିକୁ ପୂଜା କଲେ । ଏହିପରି ଭାବରେ ପ୍ରାୟତଃ ଅନେକ ଗ୍ରାମରେ ଠାକୁରଙ୍କ ଆବିର୍ଭାବ ଘଟିଥିଲା ।

ସେତେବେଳେ ତାଙ୍କ ଗାଁର ଲୋକମାନେ ଯେକୌଣସି ମାନସିକ ସକାଶେ କିମ୍ବା ଓଷାବ୍ରତ କଲେ ସେମାନଙ୍କୁ ଯୋର ଆରପଟ ଲକ୍ଷ୍ମୀବଜାର ଗାଁର ମା' ମଙ୍ଗଳା ଓ ବାବା ଉତ୍ତରେଶ୍ୱରଙ୍କ ପାଖକୁ ଯିବାକୁ ପଡ଼ୁଥିଲା । ବର୍ଷା ରତୁରେ ଯୋର ପାର ହୋଇ ଲକ୍ଷ୍ମୀବଜାର ଗାଁକୁ ଯିବାକୁ ଅସୁବିଧା ହେଉଥିଲା । ସେ ଅସୁବିଧା ସକାଶେ ସେମାନେ ପଞ୍ଚାନନାଙ୍କ ପ୍ରସ୍ତାବରେ ରାଜି ହୋଇଗଲେ । ପଞ୍ଚା ନନା କଲିକତାରେ ଦୋକାନ ପୂଜାକରି ଜୀବିକା ନିର୍ବାହ କରନ୍ତି । ତାଙ୍କୁ କେହି ଜଣେ ଭକ୍ତ ତା'ର ମାନସିକ ପୂରଣ ହେବାରୁ ଶିବଲିଙ୍ଗଟିଏ ଦାନ କରିଥିଲେ । ପଞ୍ଚା ନନା ସେ ଲିଙ୍ଗଟିକୁ ତାଙ୍କ ବସାଘରର ଗୋଟିଏ କୋଣରେ ରଖି ପୂଜା କରୁଥିଲେ । ସେଇଟିକୁ ସେ ଏମାନଙ୍କୁ ଦେବା ପାଇଁ କହିଲେ । ତାଙ୍କ କଥାନୁସାରେ ବ୍ରାହ୍ମଣ ସାଇର ଦୁଇଜଣ ତାଙ୍କ ସହିତ କଲିକତା ଯାଇ ଲିଙ୍ଗଟିକୁ ସାଙ୍ଗରେ ଧରି ଫେରିଥିଲେ । ଲିଙ୍ଗଟିକୁ ଗାଡ଼ିରୁ ଓହ୍ଲାଇ ଆଣି ପ୍ରଥମେ ତାଙ୍କ ମୌଜାର ସ୍କୁଲ ଘରେ ରଖିଲେ । ସେଦିନ ସନ୍ଧ୍ୟାରେ ଢୋଲ ମହୁରି ବଜାଇ ବାଁଶ ଫୁଟାଇ ଆଡ଼ମ୍ବର ସହକାରେ ଲିଙ୍ଗଟିକୁ ନେଇ ତାଙ୍କ ଗାଁର ଉତ୍ତର ପଟରେ ଥିବା ଯୋର କୂଳ ଗୋଚର ପଡ଼ିଆରେ ଯେଉଁଠି ଶ୍ମଶାନ ମେଳା କରିଥିଲେ ସେଇଠି ସ୍ଥାପନ କଲେ । ଖରାବର୍ଷା ଦାଉରୁ ଲିଙ୍ଗଟିକୁ ରକ୍ଷା କରିବା ପାଇଁ ଉପରେ ବାଉଁଶର ଚାଳିଆଟିଏ ତିଆରି କଲେ । ବୁଲା କୁକୁରମାନଙ୍କ ଉପ୍ଘାତରୁ ବଞ୍ଚାଇବା ଲାଗି ବାଉଁଶ ପାତିଆରେ ତିଆରି ତାଟଚାରି ପାଖରେ ବାଡ଼ ଦେଇ ଆବୁର କଲେ ।

କଟକ ଜିଲ୍ଲା ଆଠଗଡ଼ ବ୍ଲକରେ ମହାନଦୀପଠାରେ ବିରାଜମାନ କରିଥିବା ଶିବଲିଙ୍ଗଙ୍କ ନାମ ଧବଳେଶ୍ୱର ହୋଇଥିବାରୁ ତାଙ୍କ ଗାଁ ଯୋରକୂଳ ପଡ଼ିଆରେ ସ୍ଥାପନ କରି ତାଙ୍କ ଗାଁ ଲୋକମାନେ ଠାକୁରଙ୍କ ନାମ ଧବଳେଶ୍ୱର ରଖିଲେ । ଶ୍ୟାମନନା ତାଙ୍କୁ ପୂଜା କରିବା ଦାୟିତ୍ୱରେ ରହିଲେ । ଶ୍ୟାମନନା ଯଜମାନି କରି ଚଳନ୍ତି । ସତୀ ମାମୁଁଘର ଗାଁର ଦକ୍ଷିଣକୁ ଓ ତାଙ୍କ ଗାଁର ଦକ୍ଷିଣ ପୂର୍ବ କଣରେ ଯୋର ଆଗପଟରେ ଥିବା ଗାଁର ପୁରୋହିତ ହେଉଛନ୍ତି ଶ୍ୟାମସୁନ୍ଦର ତ୍ରିପାଠୀ । ସେ ଗାଁଟି ବେଶୀ ବଡ଼ ନୁହେଁ । ଲକ୍ଷ୍ମୀବଜାର ଗାଁ ପରି ଛତିଶ ପାଟକର ଗାଁ ମଧ୍ୟ ନୁହେଁ । ସତୀ ଘର ଗାଁ ପରି ଅତି ଛୋଟ ସୁଦ୍ଧା ନୁହେଁ । ମଧ୍ୟମ ଧରଣର ଗାଁଟିଏ । ସତୀ ମାମୁଁଘର ଗାଁ ନାମରେ ନାମିତ ପଞ୍ଚାୟତର ସେ ଗ୍ରାମଟି ଅର୍ନ୍ତଭୁକ୍ତ । ଗୋଟିଏ ସ୍ୱତନ୍ତ୍ର ରାଜସ୍ୱ ଗ୍ରାମ, ଗୋଟେ ବିରାଟ ୱାର୍ଡ ବିଶିଷ୍ଟ ଗ୍ରାମଟିରେ ଭୋଟରଙ୍କ ସଂଖ୍ୟା ଛଅଶହରୁ ଅଧିକ ।

ସେହି ଗ୍ରାମର ପ୍ରାଣନାଥ ଜଣେ ପ୍ରତିଷ୍ଠିତ ଧନୀ ବ୍ୟକ୍ତି । ତାଙ୍କ ବଡ଼ ଭାଇ ଲୋକନାଥ କଲିକତାରେ ବ୍ୟବସାୟ କରି ବହୁତ ଅର୍ଥ ଉପାର୍ଜନ କରୁଥିଲେ । ସେ ସମୟରେ ଜଣେ ବେଶୀ ରୋଜଗାରିଆ ବ୍ୟକ୍ତି ଭାବରେ ଆଖପାଖ ଅଞ୍ଚଳରେ ଲୋକନାଥଙ୍କର ବେଶ ନାଁ ଡାକ ଥିଲା । ପ୍ରାଣନାଥ ସେହି ଅର୍ଥରେ ଅନେକ ଚାଷ ଜମି କିଣି ତାଙ୍କ ଗାଁରେ ବଡ଼ ଚାଷୀ ଭାବରେ ପରିଗଣିତ ହେଉଥିଲେ । ସେ ପ୍ରାସାଦତୁଲ୍ୟ ବାସଭବନ ନିର୍ମାଣ କରିଥିଲେ । ସେ ତାଙ୍କ ଗ୍ରାମର ଭୂମିହୀନ ଓ ନାମକୁ ମାତ୍ର ଚାଷୀମାନଙ୍କୁ ତାଙ୍କ ଜମିକୁ ଭାଗ ଚାଷକୁ ଦେଇଥିଲେ । ସେ ଧାର କରଜ ଲଗାଇଥାନ୍ତି । ତାଙ୍କର ମଧ୍ୟ ଟଙ୍କା ମହାଜନୀ ଚାଲିଥିଲା । ସେହି ଧନ ବଳରେ ବଳିୟାର ହୋଇ ସେ ତାଙ୍କ ଗାଁର ଅପ୍ରତିଦ୍ୱନ୍ଦୀ ୱାର୍ଡ ମେମ୍ବର

ହେଉଥିଲେ। ତାଙ୍କ ପଞ୍ଚାୟତର ନାଏବ ସରପଞ୍ଚ ପଦବୀ ତାଙ୍କ କରାୟତରେ ଥିଲା। ସେ ତାଙ୍କ ଗାଁର ଅଭାବଗ୍ରସ୍ତମାନଙ୍କୁ ଧାର କରଜ ଓ ଆପଦ ବିପଦବେଳେ ଟଙ୍କା। ପଇସା ଧାର ଦେଇ ଗାଁର ସଂଖ୍ୟାଧିକ ଲୋକମାନଙ୍କୁ ବଶ କରି ରଖିଥିଲେ। ଦରକାର ସମୟରେ ସେ ଗାଁ ଲୋକମାନଙ୍କ ପାଇଁ ଆବଶ୍ୟକ ସ୍ଥଳେ ନିଜ ହାତରୁ ପାଞ୍ଚପଚିଶ ଖର୍ଚ୍ଚ କରିବାକୁ ପଛାଉନଥିଲେ। ନିକଟସ୍ଥ ସହରରେ ବଡ଼ ବଡ଼ ବ୍ୟବସାୟୀମାନଙ୍କ ସହିତ ତାଙ୍କର ସୁସମ୍ପର୍କ ଥିବାରୁ ସେ ତାଙ୍କ ଗ୍ରାମବାସୀମାନଙ୍କୁ ବିଭା ଆଦି ଓ ମଙ୍ଗା କର୍ମମାନଙ୍କରେ ବାକିରେ ଲୁଗାପଟା ଓ ତେଜରାତି ସଉଦା କରାଇ ଦେଇ ଗାଁରେ ତାଙ୍କ ପତିଆରା ବୃଦ୍ଧି କରିବାକୁ ସକ୍ଷମ ହୋଇପାରିଥିଲେ। ଶାସ୍ତ୍ର ମତରେ "କୋନ୍ୟାତି ବଶଂ ଲୋକେ ମୁଖେ ପିଣ୍ଡେ ନପୂରିତଃ। ମୃଦଙ୍ଗୋ ମୁଖଲେପନ କରୋତି ମଧୁର ଧ୍ୱନିମ୍।" ମୁହଁରେ ଦାନା ଦେଲେ କିଏ ବା ବଶ ନ ହେବ ? ଜଡ଼ ମୃଦଙ୍ଗ ମୁହଁରେ ଲେପ ଦେଲେ ସେ ବି ମଧୁର ଧ୍ୱନି କରେ।

ପଞ୍ଚାୟତ ନିର୍ବାଚନ ସମୟରେ ଲକ୍ଷ୍ମୀବଜାର ଗାଁର ଯେଉଁ ସ୍ୱାଧୀନତା ସଂଗ୍ରାମୀ ଜଣକ ସରପଞ୍ଚ ପଦବୀ ପାଇଁ ପ୍ରତିଦ୍ୱନ୍ଦୀତା କରନ୍ତି ତାଙ୍କର ଆର୍ଥିକାବସ୍ଥା ସେତେ ସ୍ୱଚ୍ଛଳ ନୁହେଁ। ସେ ନିର୍ବାଚନ ଖର୍ଚ୍ଚ ପାଇଁ ପ୍ରାଣନାଥଙ୍କ ଆର୍ଥିକ ସାହାଯ୍ୟ ଉପରେ ପୁରା ମାତ୍ରାରେ ନିର୍ଭର କରନ୍ତି। ତାଙ୍କୁ ଆର୍ଥିକ ସାହାଯ୍ୟ ଦେଇ ପ୍ରାଣନାଥ ସରପଞ୍ଚଙ୍କ ଖାସ୍ ଲୋକ ଭାବରେ ପରିଗଣିତ ହେଉଥିଲେ। ସେହି ଖାତିର (ପତିଆରା) ବଳରେ ସେ ସରପଞ୍ଚଙ୍କ ସମର୍ଥନରେ ନାଏବ ସରପଞ୍ଚ ହେବାକୁ କୌଣସି ଅସୁବିଧାର ସମ୍ମୁଖୀନ ହେଉନଥିଲେ। ତାଙ୍କ ଗାଁ ମଝିରେ ଥିବା ସରକାରୀ ପୋଖରୀ ଯାହାକୁ ପଞ୍ଚାୟତ ନିଲାମ କରିଥାଏ ସେ ପୋଖରୀ ତାଙ୍କ ନାମରେ ବର୍ଷାନୁକ୍ରମେ ନିଲମ ଧରାଯାଏ। ଗାଁର ଭୂମିହୀନମାନଙ୍କୁ ଜମି ଭାଗଚାଷକୁ ଦେଇ ଅଭାବଗ୍ରସ୍ତମାନଙ୍କୁ ଧାରକରଜ ଲଗାଇ, କାମକାର୍ଯ୍ୟରେ ଟଙ୍କା।ପଇସା ଧାର ଦେଇ ଓ ବାକିରେ ଲୁଗା ତେଜରାତି ସଉଦା କରାଇଦେଇ ସେ ଗାଁ ଲୋକମାନଙ୍କୁ ନିଜ ହାତରେ ରଖିପାରିଥିଲେ। ସେହି ପତିଆରା ବଳରେ ସେ ତାଙ୍କ ଗାଁ ପ୍ରାଇମେରୀ ସ୍କୁଲ ପରିଚାଳନା କମିଟିର ସଭାପତି ଓ ଗାଁ ପାଠାଗାରର ସଂପାଦକ ଭାବରେ ପ୍ରାୟତଃ ନିର୍ଦ୍ୱନ୍ଦ୍ୱରେ ନିର୍ବାଚିତ ହେଉଥିଲେ। ଗାଁରେ କିଛି କଳିଗୋଳ ହେଉଥିଲେ ତାହା ପ୍ରାଣନାଥଙ୍କ ନେତୃତ୍ୱାଧୀନ କମିଟି ଦ୍ୱାରା ସମାଧାନ ହେଉଥିଲା। ଅବଶ୍ୟ ନିଷ୍ପତି ପ୍ରାଣନାଥଙ୍କ ମର୍ଜି ଉପରେ ନିର୍ଭର କରିଥାଏ। ଅପରାଧ ପାଇଁ ଦଣ୍ଡବିଧାନ କରିଥାନ୍ତି ସିଏ। ସେ ପୁଣି ଇଚ୍ଛା କଲେ ଅକ୍ଷମଣୀୟ ଜଘନ୍ୟ ଅପରାଧ ଲାଗି ଦଣ୍ଡ କୋହଳ କରିପାରନ୍ତି କିମ୍ବା ସମ୍ପୂର୍ଣ କ୍ଷମା ପ୍ରଦାନ ମଧ୍ୟ କରିଦିଅନ୍ତି। ଯଦି ତାଙ୍କର ଇଚ୍ଛା ହୁଏ, ଏମିତିକି ତାଙ୍କ ଗାଁର ସମସ୍ତ କାର୍ଯ୍ୟମାନ ତାଙ୍କ ଇଚ୍ଛାନୁଯାୟ ହେଉଥାଏ। ତାଙ୍କ ଇଚ୍ଛା ବିରୋଧରେ ସେଠି କିଛି ବି ହେବା ସମ୍ଭବ ନଥିଲା। ଅତଏବ ତାଙ୍କ ନାଁ କହିଲେ ଆଖପାଖ ପାଞ୍ଚସାତ ଗାଁର ଲୋକମାନେ ତାଙ୍କ ଗ୍ରାମକୁ ଓ ତାଙ୍କ ଗାଁ ନାଁ କହିଲେ ତାଙ୍କୁ ହିଁ ବୁଝିଥାନ୍ତି।

ତାଙ୍କଠାରୁ ସାହାଯ୍ୟ ପାଇ ତାଙ୍କ ଗାଁର ଲୋକମାନେ ତାଙ୍କ ପ୍ରତି କୃତଜ୍ଞ ଥିଲେ। ତାଙ୍କ କଥାକୁ କେହି କେବେ ଅମାନ୍ୟ କରୁନଥିଲେ। ସେହି ସୁବିଧାର ସୁଯୋଗ ନେଇ ସେ ଅନେକ ଅନୈତିକ କର୍ମରେ ଲିପ୍ତ ଥିଲେ। ତାଙ୍କୁ କେହି କେବେ କୌଣସି କଥାରେ ବିରୋଧ କଲେ ସେ ତାଙ୍କ ପାଖରେ ଥିବା ଅସାମାଜିକ ଲୋକମାନଙ୍କ ଦ୍ୱାରା ତାଙ୍କୁ ଜବତ କରିଦେଉଥିଲେ। ତାଙ୍କ କାର୍ଯ୍ୟଧାରାକୁ ନ ମାନିଲେ ସେ ପୋଲିସ, ରାଜସ୍ୱ ନିରୀକ୍ଷକ କିମ୍ବା କୌଣସି ସରକାରୀ ଅଧିକାରୀ ଏପରିକି ତାଙ୍କ ହାତରେ ଥିବା ତାଙ୍କ ଅନୁଗତ ଗୋଷ୍ଠୀ ଦ୍ୱାରା ଉକ୍ତ ଲୋକଙ୍କୁ ସାବାଡ଼ କରିଦେଉଥିଲେ। ନିଜର ବ୍ୟକ୍ତିଗତ ସ୍ୱାର୍ଥରେ ବାଧା ଆସିଲେ ସେ କ୍ରୋଧର ବଶବର୍ତ୍ତୀ ହୋଇ ପ୍ରତିଶୋଧ ନେବାକୁ ଯାଇ ଯେକୌଣସି ପ୍ରକାର ଅନ୍ୟାୟ, ଅପକର୍ମ ଓ ଅନୀତି କରିବାକୁ ଆଦୌ କୁଣ୍ଠିତ ହେଉନଥିଲେ।

ତାଙ୍କର ଗୋଟେ ବଡ଼ ବଦଗୁଣ ଥିଲା। ସେ ଭାରି ପରଘରପଶା ଥିଲେ। ଗାଁର ଯେକୌଣସି ଘରକୁ ତାଙ୍କର ଅବାଧ ପ୍ରବେଶ ଥିଲା। ସେ ଇଚ୍ଛା କରୁଥିବା ଘରଲୋକମାନଙ୍କୁ କୌଶଳରେ ଫାନ୍ଦରେ ପକାଇ ତାଙ୍କ ଘରେ ପଶୁଥିଲେ। ସେଥିରେ

ତାଙ୍କୁ କେତେକ ନ୍ୟସ୍ତସ୍ୱାର୍ଥ ଖଲ ପ୍ରକୃତିର ଲୋକ ପୂରା ମାତ୍ରାରେ ସାହାଯ୍ୟ କରୁଥିଲେ। ସେମାନେ ତାଙ୍କଠାରୁ ବିଭିନ୍ନ ଉପାୟରେ ଆର୍ଥିକ ଓ ଅନ୍ୟାନ୍ୟ ସାହାଯ୍ୟ ପାଇ ଏକ ପ୍ରକାର ତାଙ୍କର ଏକାନ୍ତ ଅନୁଗତ ଓ କିଣାଲୋକ ହୋଇ ରହିଥିଲେ। ସେହି ସ୍ୱାର୍ଥପର ଲୋକମାନେ ତାଙ୍କୁ ସବୁ ପ୍ରକାର କୁକର୍ମରେ ସହଯୋଗ କରୁଥିଲେ। ସେମାନଙ୍କ ଠାରୁ ପୁର୍ଣ୍ଣମାତ୍ରାରେ ସାହାଯ୍ୟ ପାଇ ଓ ସହଯୋଗରେ ପ୍ରାଣନାଥ ଗାଁର ରୂପବତୀ ଯୁବତୀମାନଙ୍କୁ ନିଜ ଅକ୍ତିଆରରେ ରଖିବାକୁ ସମର୍ଥ ହେଉଥିଲେ।

ପ୍ରାଣନାଥଙ୍କ ବଡ଼ଭାଇ ଲୋକନାଥ ଯିଏ କଲିକତାରେ ରହି ବ୍ୟବସାୟ କରୁଥିଲେ। ସେ ତାଙ୍କ ଉପାର୍ଜିତ ଟଙ୍କା ଘରକୁ ପଠାଇ ଦେଇ ନିଜ ବ୍ୟବସାୟରେ ବ୍ୟସ୍ତ ରହୁଥିଲେ। ସେ ଘରକୁ ପଠାଉଥିବା ଟଙ୍କା ଘରେ କିଭଳି, କେଉଁ କାମ ବାବଦକୁ କିପରି ଖର୍ଚ୍ଚ ହେଉଛି ସେ କଥା ସେ ଆଦୌ ବୁଝୁନଥିଲେ। ସାନଭାଇ ଉପରେ ତାଙ୍କର ଅଟଳ ଭରସା ଓ ଅଗାଧ ବିଶ୍ୱାସ ଏବଂ ଅଟୁଟ ସ୍ନେହ, ଶ୍ରଦ୍ଧା ତଥା ମମତା ରହିଥିଲା। ସେଥିପାଇଁ ବିଦେଶରେ ପଡ଼ିରହି ବହୁକଷ୍ଟ ସ୍ୱୀକାର କରି ଅର୍ଜିଥିବା ଟଙ୍କାର ହିସାବ ସେ କେବେବି ନିଅନ୍ତି ନାହିଁ। ଏମିତିକି ସେ ସମୟରେ ସେ ଜମା ମୁଣ୍ଡ ଖେଳାନ୍ତି ନାହିଁ। ଏପରି ପରିସ୍ଥିତିରେ ପ୍ରାଣନାଥ ସେ ଟଙ୍କାର ସିଂହଭାଗ ନିଜର ବ୍ୟକ୍ତିଗତ ସ୍ୱାର୍ଥ ସାଧନ ନିମିତ୍ତ ଅପବ୍ୟବହାରରେ ଉଡ଼ାଇ ଦେଉଥିଲେ। ଏଭଳି ଭାବରେ ଅନେକ ଦିନ ବିତିଗଲା। ତାଙ୍କ ରାଜୁତି ସେହିପରି ଭାବରେ ଚାଲିଥାଏ। କ୍ରମେ ବୟସାଧିକ ଯୋଗୁଁ ଲୋକନାଥ ବିଦେଶରେ ରହି ଆଉ ଆଗପରି ବ୍ୟବସାୟ ଚଲାଇ ପାରିଲେନାହିଁ। ଆସ୍ତେ ଆସ୍ତେ ଆୟ କମିଗଲା। ପୂର୍ବପରି କଲିକତାରୁ ପଇସା ଆସିପାରିଲାନାହିଁ। ଏଣେ ଗାଁର ଯୁବକମାନେ ପାଠପଢ଼ି ଶିକ୍ଷିତ ହେଲେ। ଶିକ୍ଷିତ ଯୁବଗୋଷ୍ଠୀ ତାଙ୍କର ଏକତରଫା ନିଶାପ ଓ ତାଙ୍କ ସ୍ୱାର୍ଥସାଧନ କଲା ଭଳି କୁକର୍ମରେ ସନ୍ତୁଷ୍ଟ ହୋଇପାରିଲେନାହିଁ। ବୟସ ବଢ଼ି ଚାଲିଥିଲେ ମଧ ପ୍ରାଣନାଥ ସେପରି ଅନୈତିକ କର୍ମରୁ ବିରତ ହେଉନଥିଲେ। ପୂର୍ବପରି ପରଘର ପଶା କର୍ମରେ ଲିପ୍ତ ରହିଥିଲେ।

ପ୍ରଥମେ ତାଙ୍କର ଗାଏ ଜୋର ନୀତି ଓ ପକ୍ଷପାତ ନିଶାପକୁ ଗାଁର ଯୁବପୀଢ଼ି ମାନି ନେବାକୁ ଅରାଜି ହେଲେ। ଯୁବତୀ ଝିଅ, ବୋହୂମାନେ ତାଙ୍କ ଅନଧିକାର ପ୍ରବେଶ ବିରୋଧରେ ଆପତ୍ତି ଉଠାଇଲେ। ଆପତ୍ତିକ୍ରମେ ଅଭିଯୋଗର ରୂପନେଲା। ଅଭିଯୋଗ ପ୍ରତିବାଦରେ ପରିଣତ ହେବାରୁ ଗାଁରେ ତାଙ୍କ ବିରୋଧରେ ଜନମତ ସୃଷ୍ଟିହେଲା। ନୂତନ ପୀଢ଼ିର ରାଧାମାନେ ତାଙ୍କ ପରି ଜଣେ ପୌଢ଼ଙ୍କୁ କୃଷ୍ଣ ଭାବରେ ଗ୍ରହଣ କରିବାକୁ ରାଜି ହେଲେନାହିଁ। ସେ ଆଉ ଗାଁର ଯୁବତୀମାନଙ୍କ ପରାଶର ନାଥ ପ୍ରାଣନାଥ (ସ୍ୱାମୀ, ପ୍ରଭୁ, ମାଲିକ) ହୋଇ ରହିପାରିଲେନି। ଗାଁରେ ନବୀନା ରାଧାମାନଙ୍କ ପାଇଁ ନୂତନ କୃଷ୍ଣମାନଙ୍କର ଅବିର୍ଭାବ ହେଲା। କ୍ରମେ ଶିକ୍ଷିତ ଯୁବକମାନେ ତାଙ୍କ ଏକଚାଟିଆ ମୁରବିତ୍ୱ ପଣିଆକୁ ଆଖିବୁଜି ଅନ୍ଧଙ୍କ ଭଳି ମାନିନେବାକୁ ଅମଙ୍ଗ ହେଲେ। ତାଙ୍କ କୂଟନୀତି ମଧ ଆଉ କାମ କଲାନାହିଁ। ସେ ପରିସ୍ଥିତି ପ୍ରତି ସଚେତନ ନହୋଇ ବଳ ପ୍ରୟୋଗ କରିବାକୁ ଉଦ୍ୟମ କଲେ। ଶକ୍ତି ପ୍ରଦର୍ଶନ ଲାଗି ପରିବେଶ ତାଙ୍କ ପ୍ରତି ଅନୁକୂଳ ନଥିଲା। ଗାଁରେ ତାଙ୍କ ବିରୋଧରେ ମେଳି ସୃଷ୍ଟି ହେଲା। ଯେଉଁମାନେ ତାଙ୍କ ପାଖରୁ କିଛି ସ୍ୱାର୍ଥ ପାଇ ତାଙ୍କୁ ଅନ୍ଧଭାବେ ସମର୍ଥନ କରୁଥିଲେ। ସେମାନେ ଗାଁର ଯୁବକମାନଙ୍କ ଭୟରେ ତାଙ୍କ ପକ୍ଷ ତ୍ୟାଗ କରି ବିରୋଧୀ ଗୋଷ୍ଠିରେ ଯୋଗ ଦେଲେ। ଯାହା ଫଳରେ ସେ ଏକ ପ୍ରକାର ଗାଁରେ ଏକ ଘରକିଆ ହୋଇଗଲେ।

ଗାଁ ମଝିରେ ଥିବା ସରକାରୀ ପୋଖରୀ ଯେଉଁଟି ବର୍ଷ ବର୍ଷ ଧରି ତାଙ୍କ ନାମରେ ନିଲାମ ଧରା ଯାଉଥିଲା। ତାଙ୍କୁ ବିରୋଧ କରି ଗ୍ରାମବାସୀମାନେ ପୋଖରୀରୁ ଜୋର କରି ଜବରଦସ୍ତ ମାଛ ଧରିନେଲେ। ପ୍ରାଣନାଥ ସମର୍ଥନ କରୁଥିବା ରାଜନୈତିକ ଦଲ ବିରୋଧୀ ଆସନରେ ଥିବା ସମୟରେ ତାଙ୍କ ଗ୍ରାମବାସୀମାନେ କ୍ଷମତାରେ ଥିବା ସରକାରୀ ଦଲର ସମର୍ଥନ ନେଇ ତାଙ୍କ ଗାଁ ସ୍କୁଲ ପରିଚାଳନା କମିଟିରୁ ତାଙ୍କୁ ବାହାର କରିଦେଲେ। ଗାଁ ପାଠାଗାରରୁ ତାଙ୍କୁ ନ ପଚାରି ବଳ ପ୍ରୟୋଗ କରି ବହି ନେଇଗଲେ। ପଞ୍ଚାୟତ ନିର୍ବାଚନରେ ତାଙ୍କୁ ମନୋନୟନ ପତ୍ର ଦାଖଲ କରିବାକୁ ସୁଯୋଗ ମିଲିଲାନାହିଁ।

ପ୍ରାର୍ଥିପତ୍ର ଦାଖଲ କରିନପାରିବାରୁ ତାଙ୍କ ପକ୍ଷରେ ଆଉ ୱାର୍ଡମେମ୍ବର ଭାବରେ ନିର୍ବାଚନ ଲଢ଼ିବା ସମ୍ଭବ ହେଲାନାହିଁ। ୱାର୍ଡମେମ୍ବର ନହୋଇ ପାରିବାରୁ ନାଏବ ସରପଞ୍ଚ ଭାବେ ନିର୍ବାଚିତ ହୋଇପାରିଲେନି।

ଶ୍ୟାମସୁନ୍ଦର ତାଙ୍କ ପୁରୋହିତ। ତାଙ୍କ ଘର ଠାକୁରଙ୍କୁ ପୂଜାକରିବା ପାଇଁ ସେ ପ୍ରତିଦିନ ତାଙ୍କ ଘରକୁ ଯାଇଥାଆନ୍ତି। ଗାଁ ଲୋକମାନେ ମେଲିବାନ୍ଧି ତାଙ୍କୁ ଆକ୍ରମଣ କରିବା ଯୋଜନାରେ ରହିଲେ। ଶ୍ୟାମସୁନ୍ଦର ପ୍ରାଣନାଥଙ୍କୁ ପାପକର୍ମରୁ ନିବୃତ୍ତି ହେବାପାଇଁ ଉପଦେଶ ଦେଲେ। ଗାଁରେ ଗଣ୍ଡଗୋଳ ଆଶଙ୍କା ଥିବାରୁ ସେ ତାଙ୍କୁ ନିଜ ଘରକୁ ନେଇ ଆସିଲେ। ତାଙ୍କ ଘରେ ରହି ଶ୍ୟାମସୁନ୍ଦରଙ୍କ ଠାରୁ ପୁରାଣର କାହାଣୀ ଓ ଧର୍ମ ଶାସ୍ତ୍ର ନୀତି ଉପଦେଶମାନ ଶୁଣି ତାଙ୍କ ମନରେ ପରିବର୍ତ୍ତନ ଆସିଲା। ସେ ଧର୍ମ କାର୍ଯ୍ୟରେ ମନବଳାଇ ଧବଳେଶ୍ୱରଙ୍କ ମନ୍ଦିର ତୋଳିବା ପାଇଁ ଇଚ୍ଛା ପ୍ରକାଶ କଲେ। ସତୀ ଘର ଗାଁ ଲୋକମାନେ ତାଙ୍କ ପ୍ରସ୍ତାବକୁ ଗ୍ରହଣ କରି ତାଙ୍କୁ ମନ୍ଦିର ଠିଆରି କାମରେ ସହଯୋଗ କଲେ। ଭଲକାମର ପ୍ରଶଂସା ସବୁବେଳେ କରିବା ଉଚିତ୍। ଏହାଦ୍ୱାରା ଆହୁରି ଅଧିକ ଭଲ ଫଳ ମିଳେ। ପ୍ରଶଂସା ଦ୍ୱାରା ନିର୍ମାଣ କରୁଥିବା ବ୍ୟକ୍ତିଙ୍କୁ ପ୍ରୋତ୍ସାହନ ମିଳିଥାଏ। ଏହାର ପରିଣାମ ସୁଫଳ ହୋଇଥାଏ। ଏଣୁ କୁହାଯାଏ ଯେ ପ୍ରଶଂସା, ପ୍ରୋତ୍ସାହନର ପରିଣାମ ସବୁବେଳେ ଶ୍ରେଷ୍ଠ ଫଳ ଦିଏ। ଏଣୁ ବାସ୍ତବରେ ଭଲ କାମର ପ୍ରଶଂସା କରିବା ଉଚିତ୍। ମନ୍ଦିର ନିର୍ମାଣ କାର୍ଯ୍ୟ ଏକ ଧାର୍ମିକ ତଥା ଭଲ କାମ ହୋଇଥିବାରୁ ଗ୍ରାମବାସୀଙ୍କ ସାହାଯ୍ୟ ସହଯୋଗ ପାଇ ପ୍ରାଣନାଥ ମନ୍ଦିର ନିର୍ମାଣ ପାଇଁ ଉତ୍ସାହିତ ହୋଇଥିଲେ।

ମନ୍ଦିର ନିର୍ମାଣ କାର୍ଯ୍ୟ ଆଗେଇ ଚାଲିଲା।

ପ୍ରାଣନାଥ ନିଜର ସଂକୀର୍ଣ୍ଣ ସ୍ୱାର୍ଥସିଦ୍ଧି ପାଇଁ ଅନୈତିକ କାର୍ଯ୍ୟରେ ବ୍ୟୟ କରୁଥିବା ଅର୍ଥକୁ ମନ୍ଦିର ତୋଲାରେ ଖର୍ଚ୍ଚ କଲେ। ମନ୍ଦିର ତୋଲା ସରିବା ପରେ ଠାକୁରଙ୍କ ପୂଜାର୍ଚ୍ଚନା ଲାଗି କିଛି ଚାଷ ଜମି ଠାକୁରଙ୍କ ନାମରେ ଖର୍ଦ୍ଦି କରି ଶ୍ୟାମସୁନ୍ଦରଙ୍କୁ ମାରଫିତାଦାର କରିଦେଲେ। ସେହିଦିନଠାରୁ ସେ ସମସ୍ତ ଦିଗରୁ ମାୟାମୋହ ତୁଟାଇ ଠାକୁରଙ୍କ ଆଶ୍ରୟରେ ରହିଲେ। ପ୍ରାଣନାଥଙ୍କ ପରାଣ କେତେ ପରିମାଣରେ ପରିବର୍ତ୍ତନ ହୋଇଥିଲା ଓ ସେ ଆଧ୍ୟାମ୍ମିକ ପଥରେ କେତେଦୂର ଅଗ୍ରସର ହୋଇପାରିଥିଲେ ସେ କଥା ସତୀ ତା'ଛୋଟିଆ ମସ୍ତିଷ୍କରେ ବିଚାର କରିପାରେନା। ସେ ଦସ୍ୟୁ ରତ୍ନାକରରୁ ମହର୍ଷି ବାଲ୍ମିକୀ ହେବା ପାଇଁ ଆଗ୍ରହୀ ହୋଇଯାଇଥିଲେ। ତା' ଜେଜେମା'ଠାରୁ ଶୁଣି ସତୀ କେବଳ ଏତିକି ବୁଝିପାରିଥିଲା। ମହର୍ଷି ବାଲ୍ମିକୀ ଶ୍ଲୋକ ଛନ୍ଦରେ ୧୮,୦୦୦ ଶ୍ଲୋକରେ ରାମାୟଣ ରଚନା କରି ଯୁଗ ଯୁଗ ପାଇଁ ଅମର ହୋଇପାରିଛନ୍ତି। ପ୍ରାଣନାଥ ଯଦିବା ସେତେବଡ଼ କର୍ମ କରିନାହାଁନ୍ତି ତଥାପି ସେ ଏହି ଛୋଟିଆ ଗାଁଟିରେ ଏଇ କ୍ଷୁଦ୍ର ମନ୍ଦିରଟିଏ ନିର୍ମାଣ କରାଇ ସତ୍ ପଥରେ କିଛି ମାତ୍ରାରେ ଆଗେଇବା ପାଇଁ ଚେଷ୍ଟା କରିଥିଲେ ନିଶ୍ଚୟ।

"ଅଶକ୍ତ ତସ୍କରଃ ସାଧୁଃ, କୁରୂପା ଚେତ ଗଣବ୍ରତା, ରୋଗୀ ଚେତ୍ ଦେବତା ଭକ୍ତଃ, ବୃଦ୍ଧା ବେଶ୍ୟା ତପସ୍ୱିନୀ।" ଅର୍ଥାତ୍ ଡକାୟତ ଦୁର୍ବଳ ଶରୀର ହୋଇଗଲେ ଟଙ୍କା ଛଡ଼ାଇ ନ ପାରି ମୁଣିରେ ହାତ ପୁରାଇ ହରିନାମ ଜପ ଆରମ୍ଭ କରେ। କୁରୂପା ସ୍ତ୍ରୀର ଏକମାତ୍ର ସମ୍ବଳ ସ୍ୱାମୀଙ୍କ ପାଦଧୁଆ ସେବା ନୀତିଦିନିଆ ହୋଇଥାଏ। ତା' ପ୍ରତି ଅନ୍ୟ ଆକର୍ଷଣ ନାହିଁ। ଦୁଃସାଧ୍ୟ ରୋଗାକ୍ରାନ୍ତ ହୋଇଗଲେ ସବୁଖେଳ ବନ୍ଦ ହୋଇଯାଏ। କେବଳ ହରିଭକ୍ତି ଓ ହରିନାମ ନିଗିଡ଼େ। ସେମିତି ବେଶ୍ୟାର ଚମକ, ରୂପ ଚାଲିଗଲା ପରେ ଦାମୀ ଶାଲ ଉପରେ ରାମାନନ୍ଦୀ ଚଦର ଘୋଡ଼ାଇ ହୋଇ ହରେକୃଷ୍ଣ ଜପରେ ତପସ୍ୱିନୀ ବନିଥାଏ। ଅକ୍ଷମତା, ଅସହାୟତା ବେଳେବେଳେ ମାନସିକ ପରିବର୍ତ୍ତନକୁ ଏମିତି ଦୟନୀୟ କରିଥାଏ। ଏଠି ଢୋଲେଇବାକୁ 'ଧ୍ୟାନ', ତାଲିମାରିବାକୁ 'ଭକ୍ତି' ଓ ପଟୁଆାରେ ସ୍ଲୋଗାନ ଦେଇ ଚାଲିବାକୁ 'ଆନ୍ଦୋଳନ' କୁହାଯାଏ।

ସବୁ ସାଧୁମାନଙ୍କର ଗୋଟେ କଦାକାର (ଭୟଙ୍କର) ଅତୀତ ଥାଏ ଓ ପ୍ରତ୍ୟେକ ପାପୀଙ୍କ ଲାଗି ରହିଛି ଏକ

ଉଜ୍ଜ୍ବଲ (ସୁନ୍ଦର) ଭବିଷ୍ୟତ। ଯେପରିକି ମହର୍ଷି ବାଲ୍ମିକିଙ୍କ ଅତୀତ ହେଉଛି ଦସ୍ୟୁ ରତ୍ନାକର ଓ ଦସ୍ୟୁ ରତ୍ନାକରଙ୍କ ଭବିଷ୍ୟତ ହେଲା ମହର୍ଷି ବାଲ୍ମିକୀ। ପାପ କର୍ମ କଲେ ମଣିଷ ପାପୀ ହୁଏ। ପୁଣ୍ୟ କର୍ମରେ ବ୍ୟକ୍ତି ଧର୍ମାତ୍ମାକୁ ରୂପାନ୍ତରିତ ହୋଇଥାଏ। ବିବେକାନୁମୋଦିତ କର୍ମ ଯାହା ପ୍ରକାଶ୍ୟରେ ସ୍ୱଚ୍ଛ ଦିବାଲୋକରେ ସମସ୍ତଙ୍କ ଜ୍ଞାତ ସାରରେ କରାଯାଏ, ତାହା ହିଁ ମହତ୍ କର୍ମ। ସେପରି କର୍ମ ଦ୍ୱାରା ସମାଜର, ସଂସାରର ତଥା ଦୁନିଆର ମଙ୍ଗଳ ହୋଇଥାଏ। ନିଜର ଲାଭ ହେବା ସହିତ ଅନ୍ୟମାନେ ତାଦ୍ୱାରା କିଛି ମାତ୍ରାରେ ଉପକୃତ ହୋଇଥାନ୍ତି। ସମାଜ ଉପରେ ତାହା ଭଲ ପ୍ରଭାବ ପକାଇଥାଏ। ଲୋକମାନଙ୍କୁ ସତ୍ ମାର୍ଗରେ ଚାଲିବା ପାଇଁ ସେପରି କର୍ମ ପ୍ରେରଣା ଯୋଗାଏ। ସେଭଳି କାମକୁ ଦେଖ ସାଧାରଣ ଲୋକମାନେ ତାଦ୍ୱାରା ପ୍ରଭାବିତ ହୋଇ ସେଥିରୁ କିଛି ପରିମାଣରେ ଶିକ୍ଷାଲାଭ କରିଥାନ୍ତି। ଯେଉଁ କାମ କରିବା ପାଇଁ ବିବେକ ବାଧା ଦିଏ, ଯାହା ଲୋକଲୋଚନ ଆଢ଼ୁଆଲରେ ଅନ୍ୟମାନଙ୍କ ଅଗୋଚରରେ ଜନସାଧାରଣଙ୍କୁ ଲୁଚାଇ, ଛପାଇ କରାଯାଏ, ତାହା ହେଉଛି କୁକର୍ମ ପର୍ଯ୍ୟାୟଭୁକ୍ତ। ଯାହା ଅସାମାଜିକ ବ୍ୟକ୍ତି ତଥା ଖଳ ପ୍ରକୃତିଧାରୀ ପାପୀଷ୍ଟମାନଙ୍କ ଦ୍ୱାରା ହୋଇଥାଏ, ତାଦ୍ୱାରା ସମାଜର କ୍ଷତି ସାଧିତ ହୁଏ। ଯେପରି ପ୍ରାଣନାଥ ମନ୍ଦିର ନିର୍ମାଣ କରିବା ପୂର୍ବରୁ ବାହାରକୁ ଲୋକମାନଙ୍କୁ ସାହାଯ୍ୟ କରିବା ଯୋଗୁଁ ନିଜର ଦାତା ପଣିଆ ଓ ସେ ଜଣେ ବଦାନ୍ୟତା ପ୍ରାଣ ବ୍ୟକ୍ତି ବୋଲି ଦେଖାଇ ହୋଇ ଆଭ୍ୟନ୍ତରରେ ଅନେକ ଅନୈତିକ କର୍ମମାନ କରିଚାଲିଥିଲେ। ପାପ, ପୁଣ୍ୟର ବିଚାର ନିଜର ମନ ଓ ଆପଣାର ବିବେକ ଉପରେ ସମ୍ପୂର୍ଣ୍ଣ ନିର୍ଭର କରେ। ମନରେ ଭୟ ସୃଷ୍ଟି କରୁଥିବା, ଅନ୍ତରରେ ଆଶଙ୍କା ଜାଗ୍ରତ କରାଉଥିବା, ପ୍ରାଣ ସମର୍ଥନ କରୁନଥିବା, ଆତ୍ମା ବାରଣ କରୁଥିବା, ହୃଦୟ ସ୍ୱତଃ ରାଜି ନଥିବା ଓ ବିବେକ ବାଧା ଦେଉଥିବା ତଥା ଚେତନା କୁଣ୍ଠିତ ଥିବା କାମ ହିଁ ପାପକର୍ମ। ଯାହାଦ୍ୱାରା ନିଜର ବ୍ୟକ୍ତିଗତ ସଂକୀର୍ଣ୍ଣ ସ୍ୱାର୍ଥ ହାସଲ ହୋଇପାରେ। ମାତ୍ର ସେପରି କର୍ମ ସଂପାଦନ ଯୋଗୁଁ ଅନ୍ୟର ତଥା ସମାଜର ସର୍ବୋପରି ସଂସାରର କ୍ଷତି ଘଟିଥାଏ। ଆନନ୍ଦ ମନରେ, ଖୁସି ମିଶ୍ରାସରେ, ବିବେକାନୁମୋଦନରେ, ନିଃସ୍ୱାର୍ଥ ପରେ ଭାବରେ ଉଲ୍ଲାସର ସହିତ, ପୂର୍ଣ୍ଣ ଆବେଗ ଅନ୍ତରରେ, ଆଗ୍ରହ ହୃଦୟରେ, ପ୍ରାଣର ଖୁସିରେ, ହସହସ ଆତ୍ମାରେ ଯେଉଁ କାମ ପ୍ରକାଶରେ କରାଯାଏ, ତାହା ନିଜ ଉପକାରରେ ଆସିବା ସହିତ ଅନ୍ୟମାନେ ମଧ ତାହାଦ୍ୱାରା କିଛି ମାତ୍ରାରେ ଉପକୃତ ହୋଇଥାନ୍ତି। ତା' ଯୋଗୁଁ ସମାଜର ମଧ କିଛି ପରିମାଣର ଲାଭ ହୋଇଥାଏ।

ମନୁସ୍ମୃତି କହନ୍ତି, "ଅଧର୍ମେ ତୈଧତେ ତାବତ ତତୋ ଭଦ୍ରାଣି ପଶ୍ୟନ୍ତି, ତତଃ ସପତ୍ରାଜୟତି ସମୂଳସ୍ତୁ ବିନସ୍ୟତି।" ମନୁଷ୍ୟ ଅଧର୍ମରେ ପ୍ରଥମେ ଉନ୍ନତି କରେ, ପୁଣି ଶତ୍ରୁ ଜୟ କରେ। ତା'ପରେ ସମୂଳେ ଅର୍ଥାତ୍ ପତ୍ନୀ, ପୁତ୍ର, ବାନ୍ଧବ ଆଦିଙ୍କ ସହ ବିନାଶ ପ୍ରାପ୍ତ ହୁଏ। ଏହାର ଭାଷ୍ୟକାର କହନ୍ତି- ଅଧର୍ମରେ ବଢ଼ିବା ଯେବେ ପରିଲକ୍ଷିତ ହୁଏ, ତେବେ ଜାଣିବା କଥା ଯେ, ପୂର୍ବାର୍ଜିତ ଧର୍ମରୁ ତାହା ହୋଇଥାଏ। ସେହି ପୁଣ୍ୟ ସରିଗଲେ ପତନ ଆରମ୍ଭ ହୁଏ। ଯଦି କେହି ଭାବୁଥାନ୍ତି ଯେ, ଅଧର୍ମରୁ ଧନ ବଢ଼ିଥାଏ, ତାହା ଭୁଲ। ଅଧର୍ମ ଦ୍ୱାରା କେବେବି କଲ୍ୟାଣ ହୁଏ ନାହିଁ କି ବିଉ ବୃଦ୍ଧି ହୁଏନାହିଁ। ଦୁର୍ଯ୍ୟୋଧନ ଲକ୍ଷ୍ମୀଙ୍କର ବରପୁତ୍ର ଥିଲେ। ପାପକର୍ମ ଯୋଗୁଁ ସମୂଳେ ତା'ର ବିନାଶ ହେଲା।

ଏହାର ବିପରୀତରେ କଲ୍ୟାଣ କେବଳ ଧର୍ମ ଦ୍ୱାରା ପ୍ରାପ୍ତ ହୁଏ। ମହାଭାରତରେ କୁହାଯାଇଛି ଯେ, "ଧର୍ମେ ବର୍ଦ୍ଧତି ବର୍ଦ୍ଧନ୍ତେ ସର୍ବ ଭୂତାନି ସର୍ବଦା। ତସ୍ମିନ୍ ହ୍ରସତି ହ୍ରୀୟନ୍ତେ ତସ୍ମାଦ୍ଧର୍ମଂ ନ ଲୋପୟେତ୍।" (ଶାନ୍ତିପର୍ବ) ଧର୍ମର ବୃଦ୍ଧି ହେଲେ ସମସ୍ତ ପ୍ରାଣୀମାନଙ୍କର ବୃଦ୍ଧି ହୁଏ। ଧର୍ମର କ୍ଷୟ ହେଲେ ସମସ୍ତେ କ୍ଷୀଣ ହୁଅନ୍ତି। ତେଣୁ ଧର୍ମକୁ ଲୋପ କରିବା ଉଚିତ୍ ନୁହେଁ।

ଆଜିର ପୃଥ୍ବୀରେ ଦେଖାଯାଉଛି ଧର୍ମର ଲୋପ ହେବାରୁ ସମସ୍ତେ କ୍ଲେଶ ଏବଂ ଯନ୍ତ୍ରଣା ଭୋଗ ପୂର୍ବକ ଜୀବନ ଧାରଣ କରିଛନ୍ତି। ଯେଉଁ ଜୀବନରେ ଧନର ପ୍ରାଚୁର୍ଯ୍ୟ ଅଛି, ବିଳାଶ ବ୍ୟସନର ଯଥେଷ୍ଟ ଉପକରଣ ଅଛି, ମାତ୍ର ଜୀବନରେ ଶାନ୍ତି ନାହିଁ। ସମେସ୍ତ ଯନ୍ତ୍ରବତ୍ ଧନ ପଛରେ ଦ୍ରୁତ ଗତିରେ ଧାଇଁବାରେ ବ୍ୟସ୍ତ। ତାହାପୁଣି

ଅନ୍ୟାୟୋପାର୍ଜିତ ଧନ । ଧନ କୁବେର ବ୍ୟବସାୟୀ, ରାଜନେତା ଓ ଭଣ୍ଡ ଧର୍ମଗୁରୁମାନେ ଶେଷରେ ବି ଦଣ୍ଡ ପାଉଛନ୍ତି । କାରାଗାରରେ ଆବଦ୍ଧ ହୋଇ, ତାହା ଲକ୍ଷ୍ୟ କରିବାର କଥା । ଚୋର ପାଇଁ ସବୁଦିନେ ଅନ୍ଧାର ନଥାଏ ।

ମନ୍ଦିର ନିର୍ମାଣ କରିବା ଯଦିଓ ଧର୍ମ କାମ ଓ ସମାଜ ସ୍ୱୀକୃତ କର୍ମ ଭାବରେ ପରିଗଣିତ । ସେ କାମ କରାଇ ପ୍ରାଣନାଥ ପ୍ରକୃତ ମାନସିକ ଶାନ୍ତି ପାଇଥିଲେ କି ନାହିଁ ତାହା କେବଳ ତାଙ୍କୁ ହିଁ ଜଣା । ମାନସିକ ଶାନ୍ତି ପାଇବା ହେଉଛି ସଂସାରରେ ସର୍ବଶ୍ରେଷ୍ଠ ସମ୍ପଦ । ମାତ୍ର ମାନସିକ ଶାନ୍ତି ଏତେ ସଜହରେ ମିଳେନାହିଁ । ମାନସିକ ଶାନ୍ତି ବାହାରର ଉପଚାର କିମ୍ବା ବାହ୍ୟ ଆଡ଼ମ୍ବରରୁ ମିଳିନଥାଏ । ସେଥିପାଇଁ ତ୍ୟାଗ, ସହିଷ୍ଣୁତାଭାବ, ଉତ୍ସର୍ଗୀକୃତ କର୍ମ, ନିଃସ୍ୱାର୍ଥପରତା, ସଂଯମତା ଓ ସର୍ବଜନୀନ ମନୋଭାବର ଆବଶ୍ୟକ ହୋଇଥାଏ । ସତ୍, ଚିତ୍, ଆନନ୍ଦ ମିଳିଥାଏ ସଚ୍ଚିଦାନନ୍ଦ ଭାବନାରୁ । ନିଜ ମନ ପବିତ୍ର ନଥିଲେ, ହୃଦୟରେ ଅନାବିଳ ପ୍ରେମ ନରହିଲେ, ଅନ୍ତର ନିର୍ମଳ ନ ହେଲେ, ଭାବନାରେ ନଥିଲେ ସାର୍ବଜନୀନ କର୍ମର ସ୍ପୃହା । ଇଚ୍ଛା ନଥିବ ଯଦି ସମାଜର ମଙ୍ଗଳ ପାଇଁ କିଛି କରିବାକୁ, ଉଦ୍ଦେଶ୍ୟ ନଥିଲେ ଅନ୍ୟର ଭଲ ପାଇଁ କର୍ମ କରିଯିବାକୁ । ସଂସାରର ଉପକାର ଲାଗି ଆଗ୍ରହ ନ ରହିଲେ, ଆମ୍ଭରେ ଆବେଗ ନଥିବ ଯଦି ଦୁନିଆର ଉପକାର ନିମିତ୍ତ । ପ୍ରାଣରେ ଉତ୍ସର୍ଗୀକୃତ ଭାବନା ନ ରହିଲେ କର୍ତ୍ତବ୍ୟ ସମ୍ପାଦନ ପାଇଁ, ଯେତେ ଯାହା କଲେ ମଧ୍ୟ ସେଥିରୁ ମାନସିକ ଶାନ୍ତି ମିଳିନଥାଏ । ମନରେ ପରଶ୍ରୀକାତରତା ଭାବ, ଅସହିଷ୍ଣୁତାପଣ, ଅଦେଖା ମନୋବୃତ୍ତି, ଅନ୍ତରରେ ଅହମିକା, ଆମ୍ଭବଢ଼ିମା, ପ୍ରାଣରେ ଗର୍ବ ଆଉ ହୃଦୟରେ ଅହଂକାର ହେଲା ମାନସିକ ଶାନ୍ତିକୁ ନଷ୍ଟ କରିବାର ଉପାଦାନ ।

ଶାନ୍ତି ଏକ ଅନ୍ତର୍ନିହିତ ମାନସିକ ଅବସ୍ଥା । ତାକୁ ବାହାରେ ଖୋଜିବା ନିରର୍ଥକ । ଶାନ୍ତି ଆମ୍ଭାର ଏକ ଦିବ୍ୟ ବିଭବ । ଶାନ୍ତି ହେଉଛି ମନୁଷ୍ୟର ସୁଖକର ସ୍ୱାଭାବିକ ସ୍ଥିତି । ଯାହାକୁ ଲାଭ କରିବା ପ୍ରତ୍ୟେକ ମନୁଷ୍ୟର ଜନ୍ମଗତ ଅଧିକାର । ସମସ୍ତେ ଶାନ୍ତି ଚାହାଁନ୍ତି ଓ ଶାନ୍ତିର ଆହ୍ୱାନ ଦିଅନ୍ତି । କିନ୍ତୁ ଶାନ୍ତି ସହଜରେ ଆସେନାହିଁ । ଯଦି ଚାଲିଆସେ ତ' ବେଶୀ ଦିନ ରହେ ନାହିଁ । ସାଂସାରିକ ମନୁଷ୍ୟର ହୃଦୟରେ ଶାନ୍ତି ନିବାସ କରେନାହିଁ । ମାତ୍ର ମନ୍ତ୍ରୀ, ସେଠ, ମହାଜନ, ରାଜା, ମହାରାଜା, ଓକିଲ–ଆଇନଜ୍ଞ ବା ଏକାଙ୍ଗ ଚକ୍ରବର୍ତ୍ତୀମାନଙ୍କ ମଧ୍ୟରେ କାହାରି ପ୍ରାଣରେ ଶାନ୍ତି ନଥାଏ । ଶାନ୍ତି ଥାଏ କେବଳ ଯୋଗୀଜନଙ୍କ ହୃଦୟରେ । ସାଧୁ, ସନ୍ତଙ୍କ ଅନ୍ତରରେ । ଆଧ୍ୟାତ୍ମିକ ମନୋଭାବାପନ୍ନ ବ୍ୟକ୍ତିଙ୍କ ଆମ୍ଭରେ । କାମ, କ୍ରୋଧ, ଲୋଭ, ଈର୍ଷା, ମୋହ, ପରଶ୍ରୀକାତରତା, ଗର୍ବ, ଅହଂକାର ଏସବୁ ପ୍ରତ୍ୟେକ ଶାନ୍ତିର ଶତ୍ରୁ । ଶାନ୍ତି ନଥାଏ ଧନ ଦୌଲତରେ । ନଥାଏ କୋଠା ବା ବାଡ଼ି ବଗିଚାରେ । ଏସବୁ କେବଳ ଇନ୍ଦ୍ରିୟ କାମନା ଓ ଲାଲସାର ବଶବର୍ତ୍ତୀ ହୋଇ ମନୁଷ୍ୟ ଶାନ୍ତି ପାଇବ ବୋଲି ଅହରହ ତାରି ପଛରେ ଦୌଡ଼ିଥାଏ । କିନ୍ତୁ ତାହା ସବୁ ବୃଥା ପ୍ରୟାସ ମାତ୍ର । ଧନ ବଳରେ ମନୁଷ୍ୟ ସବୁକିଛି କିଣିପାରିବ । କିନ୍ତୁ ଶାନ୍ତି କିଣି ପାରିବ ନାହିଁ । ଶାନ୍ତିର ଭାଇ ଅଶାନ୍ତିକୁ ବିନା ପରିଶ୍ରମରେ, ବିନା ଅର୍ଥ ବିନିମୟରେ, ପ୍ରତିକ୍ଷଣରେ ଆମ୍ଭ ଚାହିଁଲେ ଆହ୍ୱାନ କରିପାରେ । କିନ୍ତୁ ତାହାକୁ କେହି ଚାହାଁନ୍ତି ନାହିଁ ।

ଶାନ୍ତି ହେଉଛି ଜଗତରେ ସର୍ବପେକ୍ଷା ଅଧିକ ଲୋଭନୀୟ ବସ୍ତୁ ଓ ଶ୍ରେଷ୍ଠତମ ସମ୍ପଦ । ରାତ୍ରିର ଶାନ୍ତ ନିସ୍ତବ୍ଧ ବାତାବରଣରେ ମୃତ୍ତିକା ତଳେ ଜୀବର ଅଙ୍କୁରୋଦଗମ ହୁଏ । ଶାନ୍ତ, ନିରବ, ଗଭୀର ରାଜନୀରେ ଶାନ୍ତିର ଅପେକ୍ଷାରେ ରହିଥାଏ ସେ ଅନ୍ତନିର୍ବାସୀ ଆମ୍ଭାର ସ୍ଥିରତା ଓ ବିକାଶ ହିଁ ପ୍ରକୃତ ପରମ ଶାନ୍ତି । ଚଳଚଞ୍ଚଳ ମନକୁ ସ୍ଥିର କରି ବିକ୍ଷିପ୍ତ ଚିନ୍ତାକୁ ସଂଯତ କରି, ଇନ୍ଦ୍ରିୟ ମନକୁ ସଂଯତ କରିପାରିଲେ ଶାନ୍ତିର ମାର୍ଗ ପରିଦୃଶ୍ୟ ହେବ । ନିଜକୁ ସଂସ୍କାର କଲେ, ସମାଜର ସଂସ୍କାର ସ୍ୱତଃ ହୋଇଯିବ । ସମାଜରେ ସଂସ୍କାର ଆସିଲେ ପରିବେଶରେ ସଂସ୍କାର ଆସିବ । ପରିବେଶରେ ସଂସ୍କାର ଆସିଲେ ଆମ୍ଭାର ସଂସ୍କାର ଆସିବ ଓ ଶାନ୍ତି ଆପେଆପେ ପ୍ରତିଷ୍ଠିତ ହେବ । ଜଗତରେ ଶାନ୍ତି ସ୍ଥାପନା ପାଇଁ ତାହା ହିଁ ଏକମାତ୍ର ସମାଧାନ । ଏହାଦ୍ୱାରା ପ୍ରତ୍ୟେକ ଲୋକ ନିଜର ମୁକ୍ତି ପାଇଁ ଉଦ୍ୟମଶୀଳ ହେବେ ।

ଆମେ ଆଶା କରୁ ଦୁନିଆରେ ଶାନ୍ତି ବଜାୟ ରହୁ । ମାତ୍ର ଏହି ଶାନ୍ତି କେଉଁଠୁ ଆସିବ ସେ ବିଷୟରେ କେବେ

চিন্তা করুনাহুঁ। আমে ভাবু দুনিআরে মনকু মন শান্তি আসিবে। কিন্তু প্রকৃত কথা হেউছি শান্তি আম ভিতরু সৃষ্ট
হোই বাহারকু খেলিযিবা দরকার। আম সমস্তঙ্ক জীবন অনেক প্রকারে খণ্ড বিখণ্ডিত হোইছি। আমে
এমিতি জীবন কাটুছে যেউঁথিরে ব্যক্তি অনেক ভাগরে বাঞ্ট হোইযাউছি। আম পাখরে এক ভৌতিক
শরীর অছি, মন ও বুদ্ধি অছি, ভাবনা অছি এবং আমর এক আধ্যাত্মিক পক্ষ মধ্য অছি। আমর শারিরীক সমস্যা
থাইপারে। জীবনরে কিছি মানসিক সমস্যা আসিপারে, আমে ভাবনাত্মক ভাবরে দুঃখী হোইপারু।
প্রকৃতরে আমে কেবে বি এক সম্পূর্ণ ব্যক্তিত্ব ভাবরে সংগঠিত হোইপারিন্। কারণ অধিকাংশ লোক নিজ
আধ্যাত্মিক পক্ষ প্রতি সচেতন নুহঁতি। আমে আম ব্যক্তিত্বর সবু পক্ষকু সংগঠিত করিবা উপরে জোর
নদেই বরং ভিন্ন ভিন্ন পক্ষ উপরে জোর দেউ। আমে নিষ্ঠাপর কর্মচারী হোইপারু, মহত্বাকাঙ্ক্ষী পিতা
হোইপারু, যজ্ঞ পাইঁ চাদা দেউথিবা শ্রদ্ধালু হোইপারু, মাত্র আধ্যাত্মিক হোইপারিন্। শান্তি সম্পূর্ণ রূপে
মণিষর আয়ত্তাধীন থিলে বি সমস্তে কিন্তু বাস্তবরে শান্তি পাইঁ যত্নবান হেউনাহাঁতি। সাম্প্রতি সমাজর
সবু ক্ষেত্রে অশান্তি ভরি রহিছি। বাপ-পুঅ, স্বামী-স্ত্রী, মালিক-নৌকর, গুরু-শিষ্য, মা'-ঝিঅ সবুটি
সবুক্ষেত্রে শান্তি আজি দূরেই যাইছি। প্রশ্ন উঠুছি এসবুর নিরাকরণ ক'ণ ? মহামনিষীমানে উত্তররে
কহিছন্তি, যেউঁমানে কৌণসি প্রকার কামনা, বাসনা নরখি নিরাড়ম্বর ও শোভনীয় জীবন বিতাই গুরু
প্রদত্ত জীবন, মার্গ নির্বাহ করুথিলে সেমানঙ্ক পাইঁ শান্তি নিশ্চিত। শান্তির প্রাপ্তি পাইঁ কৌণসি বণ জঙ্গলকু
যাই সাধক হেবা লোড়া নাহিঁ। কিম্বা জল স্পর্শ ন করি কষ্টকর সাধনা বি লোড়ানাহিঁ। এহাপাইঁ কেবল
নিঃস্বার্থপর ভাবরে মণিষ সমাজ প্রতি মানবীয় মূল্যবোধ রখি যিএ নিজর জীবন অতিবাহিত করিবা পাইঁ
চেষ্টা করুথাএ শান্তি তা'পাখরে আপে আপে পহঞ্চিথাএ।

এহি প্রসঙ্গরে এতিকি কুহাযাইপারে– শান্তি ভাবমানে সাম্য অবস্থা, প্রবৃত্তি অভিভূতি ও স্বার্থান্ধতার
আকুল বিকল যেতে কমিযাএ, মনুষ্য সেতে শান্ত হুএ। শান্ত অবস্থারে সত্ বা অস্তিত্ব প্রতি প্রেম জাগে।
মনুষ্য গুরুমুখী ও ঈশ্বরমুখী হুএ। অন্তর ভিতরে সেবা মনোভাব জাগিউঠে। গুরু হেউছন্তি ভগবানঙ্ক
সাকার মূর্তি ও অখণ্ড প্রতিভূ। গুরুঙ্কু সেবা করুকরু মনুষ্য ভিতরে দাস্য ভাব, সখ্যভাব, বাৎসল্যভাব,
মধুর ভাব ও সন্ন্যাসভাব জাগ্রত হুএ। মধুর ভাবর তাৎপর্য্য হেউছি নিজর জীবন চরিত্রকু সর্বোত্তো
ভাবরে গুরুঙ্কর উপভোগ্য করি উঠাই নিজে সুখী হেবা। আউ এহাহিঁ হেউছি শান্তি বা সমাহিত অবস্থা।
সত্যানুসরণর মার্গ হেলা– গরীয়ান হুঅ কিন্তু গর্বিত হুঅ নাহিঁ। যদি মুগ্ধ রহিবাকু চাহঁ তেবে নিজে
সম্পূর্ণ ভাবে মুগ্ধ হুঅ। যদি সুন্দর হেবাকু ইচ্ছা থাএ, তেবে কুত্সিতরে মধ্য সুন্দর দেখ। একানুরক্তি,
তীব্রতা ও ক্রমাগতিরে হিঁ জীবনর সৌন্দর্য্য ও সার্থকতা। ভল মন্দ বিচার করি বিধ্বস্ত হেবা অপেক্ষা
সত্ত্বরে গুরুঙ্ক প্রতি আকৃষ্ট হুঅ। নির্বিঘ্নরে সফল হেব নিশ্চয়। সদ্গুরুঙ্ক আদেশ পালন পরি আউ মন্ত্র
ক'ণ অছি ? সদ্গুরুঙ্ক শরণাপন্ন হুঅ। সত্নাম মনন কর ও সত্সঙ্গর আশ্রয় গ্রহণ কর।

সত্সঙ্গ কহিলে সাধারণতঃ বুঝাযাএ, এহা এক আধ্যাত্মিক কেন্দ্র যেউঁঠি ঈশ্বরঙ্ক গুণ কীর্ত্তন হুএ।
সমস্তে ঐশ্বরীচেতনা ভিতরে নিজকু হজাই দেইথান্তি। সংসার ক্ষণ ভঙ্গুরতা ঠারু কিছি সময় পাইঁ মণিষ
নিজকু দূরেই দেইথাএ। সমস্ত মোহ এবং মায়াকু ছাড়ি মণিষ নিজকু ঈশ্বরঙ্কঠারে সমর্পি দেই চিরশান্তি
অনুভব করে। কিন্তু সত্সঙ্গ পরিবেশরু বাহারি আসিলা পরে ব্যক্তিটিএ পূর্বব্‍ নিজ দৈনন্দিন সাংসারিক

ଜୀବନରେ ଘାଣ୍ଟି ଚକଟି ହୁଏ। ଆଧ୍ୟାମିକ ଜୀବନ ଓ ସଂସାର ଜୀବନ ଭିତରେ ଭାରସାମ୍ୟ ରକ୍ଷା କରିବାରେ ଆଜିର ମଣିଷ ନିଜକୁ ଅସହାୟ ମନେ କରେ ଅଥଚ ବାସ୍ତବ ଜୀବନରେ ଆମେ କେତେ ଦୂର ଈଶ୍ୱରଙ୍କ ନିର୍ଦ୍ଦେଶିତ ପଥରେ ଚାଲୁଛୁ ତାହା ବିଚାରଯୋଗ୍ୟ। ମଣିଷର ପାରିବାରିକ ଜୀବନ ଯଦି ସୁସ୍ଥ ସୁନ୍ଦର ନହୋଇ ଉଠେ ତେବେ ତା'ର ଆଧ୍ୟାତ୍ମିକ ଜୀବନ ତମସାଚ୍ଛନ୍ନ। କାରଣ ସଂସାର ହେଉଛି ନିତ୍ୟ, ଅଲୀକ। ସଂସାରକୁ ବାଦ୍ ଦେଇ ମଣିଷ ଜୀବନର ଗତି ନାହିଁ। ବଞ୍ଚିବା ପାଇଁ ଯେମିତି ଖାଦ୍ୟର ଆବଶ୍ୟକତା ଅନିବାର୍ଯ୍ୟ, ଠିକ୍ ସେହିପରି ମନର ଶାନ୍ତି ପାଇଁ ସତ୍ୟରେ ସଂଲଗ୍ନ ହେବା ହିଁ ଏକାନ୍ତ କାମ୍ୟ। ସତ୍ୟସଙ୍ଗ ହେଉଛି ଅସ୍ତିତ୍ୱର ବୃଦ୍ଧି ଓ ସଂରକ୍ଷଣର ସର୍ବଶ୍ରେଷ୍ଠ କେନ୍ଦ୍ର। ମଣିଷ ନିତିଦିନିଆ ଜୀବନର ସମସ୍ତ ବାଧାବିଘ୍ନକୁ ଆଢେଇ ଦେଇ ଟିକିଏ ସମୟ ପାଇଁ ସତସଙ୍ଗରେ ବସିଗଲେ ତାକୁ ବିଭୁକୃପା ପ୍ରାପ୍ତି ହେବାର ବୋଧ ହୁଏ। ଏହି ବୋଧ ହିଁ ଜୀବନ ରଥକୁ ଦୁନିଆ ଦାଣ୍ଡରେ ସୁରୁଖୁରୁରେ ଆଗକୁ ଆଗକୁ ବାଟ କଢ଼ାଇ ନେଇଥାଏ। ବ୍ୟକ୍ତିର ବ୍ୟକ୍ତିଗତ ଜୀବନ ଆଦର୍ଶକୁ ବହନ କରିବା ଦ୍ୱାରା ସୁନିୟନ୍ତ୍ରିତ ହୋଇଉଠେ। ଜଣେ ବ୍ୟକ୍ତି ଈଶ୍ୱରଙ୍କ ପ୍ରଦତ୍ତ ମାର୍ଗରେ ଯିବାଦ୍ୱାରା ହିଁ ମଙ୍ଗଳର ଅଧିକାରୀ ସ୍ୱତଃ ହିଁ ହୋଇ ଉଠିଥାଏ। ସତସଙ୍ଗ କୌଣସି ଆଡ଼ମ୍ବରର ବା ଆମୋଦ ପ୍ରମୋଦର ବିଷୟ ନୁହେଁ। ଏହା ହେଉଛି ମଣିଷ ତିଆରି କାରଖାନା। ମଣିଷ ତା'ର ପରିବେଶକୁ ନେଇ ହିଁ ବୃଦ୍ଧି କରିଥାଏ। ପରିବେଶ ଯେତେ ଭଲ ହେବ ମଣିଷର ବିକାଶ ମଧ୍ୟ ତଦନୁପାତିକ ହୋଇଉଠେ। ପାରିବାରିକ ଜୀବନ, ବୃତ୍ତିଗତ ଜୀବନ ତଥା ସାମାଜିକ ଜୀବନରେ ସଂହତି ରକ୍ଷା କରିବା ହେତୁ ମନର ସଂଯମତା ଏକାନ୍ତ ଜରୁରୀ। ଆମେ ଆଦର୍ଶ କୈନ୍ଦ୍ରିକ ନହୋଇ ଉଠିଲେ ଜୀବନର ଚଲାପଥରେ ଭଲମନ୍ଦ ବିଚାର କରିବାରଶକ୍ତି ଆସିବ ନାହିଁ। ଏହାହିଁ ଜୀବନକୁ ବିପଥଗାମୀ କରି ତୋଳିବାରେ ଦାନା ବାନ୍ଧିବ।

ସେହିପରି ଧର୍ମ ଓ ସଂପ୍ରଦାୟର ସଂକୀର୍ଣ୍ଣତା ଭିତରେ କିନ୍ତୁ ମାନବିକତା ରୂପକ ମୂଲ୍ୟବୋଧ ବିଲୋପ ହୋଇଗଲେ ଜୀବନ ଥାଇ ବି ନଥିଲା ପରି ହୃଦୟଙ୍ଗମ ହୋଇଥାଏ। ଈଶ୍ୱରଙ୍କୁ ଧରି ଚାଲିବାକୁ ହେଲେ ପ୍ରଥମେ ମଣିଷକୁ ନିଜର କରିବାକୁ ହେବ। ମଣିଷ ହିଁ ଈଶ୍ୱରଙ୍କ ଅନବଦ୍ୟ ସୃଷ୍ଟି। ସେଥିପାଇଁ କୁହାଯାଏ "ମାନବ ସେବା ହିଁ ମାଧବ ସେବା।" ଈଶ୍ୱରଙ୍କୁ ଭଲ ପାଇବାକୁ ଯାଇ ମଣିଷଠୁ ଦୂରେଇ ଗଲେ କିଛି ଲାଭ ନାହିଁ। କାରଣ ଗୋଟିଏ ଭଲ ମଣିଷ ହଜାର ହଜାର ମଣିଷକୁ ମଙ୍ଗଳକର ଦିଗରେ ପ୍ରେରିତ କରିବାର ଶକ୍ତି ରଖିଥାଏ। ପ୍ରତିଟି ଜୀବନ ସତ୍ତା ଭିତରେ ଈଶ୍ୱର ବିଦ୍ୟମାନ ବୋଲି ଆମେ ବିଚାର କରିଥାଉ। ଏହି ବିଚାର କେବଳ ମନରେ ବା ମୁହଁରେ ଫୁଟି ନ ଉଠି ବାସ୍ତବ ଜୀବନର ପ୍ରତିଟି କର୍ମରେ ସାର୍ଥକ ରୂପ ନେଲେ ହିଁ ମଙ୍ଗଳ। ଦେଖାଯାଏ ଯେ ଅନେକ ଲୋକ ବର୍ଷ ବର୍ଷ ଧରି ଈଶ୍ୱରଙ୍କ ପୂଜା ଆରାଧନା କରନ୍ତି। କିନ୍ତୁ ସେମାନଙ୍କ ଜୀବନରେ ଉନ୍ନତି ହୁଏନାହିଁ। ଏହା ପରୋକ୍ଷରେ ଇଙ୍ଗିତ କରୁଛି ଯେ ବିଧାନକୁ ନ ମାନିଲେ ଈଶ୍ୱରଙ୍କ ଆରାଧନାରେ କିଛି ଲାଭ ନାହିଁ। ଆଧ୍ୟାମିକ ଉନ୍ନତି ହେଲେ ଏହାର ପ୍ରଭାବ ବ୍ୟକ୍ତିର ଚରିତ୍ର ଉପରେ ପ୍ରଥମେ ପଡ଼ିଥାଏ। ବ୍ୟକ୍ତି ବୃତ୍ତି-ପ୍ରବୃତ୍ତି ନିୟନ୍ତ୍ରିତ ହୋଇଥାଏ। ପରିବେଶରେ ବ୍ୟକ୍ତି ଆଦର୍ଶବାନ ହୋଇ ଉଠିଥାଏ। ଜୀବନ ସୁନିୟନ୍ତ୍ରିତ ହୋଇ ଚାଲିଥାଏ। ବ୍ୟକ୍ତି ସମାଜ ତଥା ରାଷ୍ଟ୍ରର ସର୍ବାଙ୍ଗୀନ ବିକାଶ ଦିଗରେ ଆଦର୍ଶବାନ ଓ ଚରିତ୍ରବାନ ବ୍ୟକ୍ତିଙ୍କ ଆବଶ୍ୟକତା ଢେର ବେଶୀ। ଆଧ୍ୟାମିକତା ନାମରେ ଛଳନାର ସ୍ଥାନ ନାହିଁ। ଭାରତ ବର୍ଷକୁ ଜଗତଗୁରୁ ବୋଲି ବିବେଚନା କରାଯାଏ। କାରଣ ଜଗତର ପୂର୍ବଗୁରୁମାନଙ୍କର ନୀତି ଓ ଆଦର୍ଶ ହିଁ ବିଶ୍ୱ କଲ୍ୟାଣ ପାଇଁ ଉଦ୍ଦିଷ୍ଟ ହୋଇ ରହିଛି। ଏହାକୁ ନିଷ୍ଠାର ସହ ଅନୁପାଳନ ଓ ଅନୁସରଣ କରିବାରେ ହିଁ ଆମର ଜୀବନ ଧନ୍ୟ ହୋଇଉଠିବ। ତେଣୁ ସତସଙ୍ଗରେ ନିଜକୁ ଯୁକ୍ତ କରିବା ପ୍ରତିଟି ମଣିଷର ପରମ କର୍ତ୍ତବ୍ୟ ହୋଇଉଠୁ। ସୁତରାଂ ଆମର ଆଧ୍ୟାମିକ ଜୀବନ ରାଷ୍ଟ୍ର ତଥା ବିଶ୍ୱର କଲ୍ୟାଣ ଦିଗରେ ମଙ୍ଗଳପ୍ରସୂ ହେଉ।

ତୁମକୁ ଆଉ ତୁମର ଶାନ୍ତି ଓ ଉନ୍ନୟନ ପାଇଁ ଭାବିବାକୁ ହେବ ନାହିଁ, ଯଦି ତୁମର ଆଦର୍ଶର କଥା କହିଲେ

ଆନନ୍ଦ, ଶୁଣିଲେ ଆନନ୍ଦ, ତାଙ୍କର ଚିନ୍ତାରେ ଆନନ୍ଦ, ତାଙ୍କର ହୁକୁମ ପାଇଲେ ଆନନ୍ଦ, ତାଙ୍କର ଆଦରରେ ଆନନ୍ଦ, ଅନାଦରରେ ମଧ ଆନନ୍ଦ ହୁଏ । ତାଙ୍କ ନାମରେ ହୃଦୟ ଉଚ୍ଛୁଲି ଉଠେ । ତେବେ ତୁମର ଉନ୍ନୟନ ପାଇଁ ଆଉ ଭାବିବାକୁ ହେବନାହିଁ । ତୁମେ ଭକ୍ତି ରୂପକ ଜଳତ୍ୟାଗ କରି ଆଶକ୍ତି ରୂପକ ବାଲିଚଡ଼ାରେ ବହୁ ଦୂର ଯାଅ ନାହିଁ । ଦୁଃଖ ରୂପକ ସୂର୍ଯ୍ୟତାପରେ ବାଲିଚଡ଼ା ଗରମ ହେଲେ ଫେରିଆସିବା ମୁସକିଲ ହେବ । ଅଙ୍ଗ ଉତପ୍ତ ହେଉ ହେଉ ଯଦି ଫେରି ନ ଆସିପାର ତେବେ ଶୁଷ୍କ ମରିବାକୁ ହେବ । ଗୁରୁମୁଖୀ ହେବାକୁ ଚେଷ୍ଟା କର । ଆଉ ମନର ଅନୁସରଣ କରନାହିଁ । ଉନ୍ନତି ତୁମକୁ କୌଣସି ମତେ ତ୍ୟାଗ କରିବ ନାହିଁ । ବିବେକକୁ ଅବଲମ୍ବନ କର–ଉଦାରତା ତୁମକୁ କେବେହେଲେ ତ୍ୟାଗ କରିବ ନାହିଁ । ସତ୍ୟକୁ ଆଶ୍ରୟ କର । ଆଉ ଅସତ୍ୟର ଅନୁଗମନ କରନାହିଁ । ଶାନ୍ତି ତୁମକୁ କୌଣସି ମତେ ଛାଡ଼ି ରହିବ ନାହିଁ ।

ନିଜ ବ୍ୟକ୍ତିତ୍ୱକୁ ସଂପୂର୍ଣ୍ଣ କରିବା ପାଇଁ ନିଜର ଆଧ୍ୟାତ୍ମିକ ପକ୍ଷକୁ ମଧ ବିକଶିତ କରିବାକୁ ହୁଏ । କାରଣ ଆଧ୍ୟାତ୍ମିକ ସ୍ୱାସ୍ଥ୍ୟ ଉପରେ ହିଁ ଆମର ଶାରିରୀକ ଓ ମାନସିକ ସ୍ୱାସ୍ଥ୍ୟ ନିର୍ଭର କରେ । ଆମ ଆତ୍ମା ଆମ ବ୍ୟକ୍ତିତ୍ୱର ସବୁ ଅଂଶକୁ ଯୋଡ଼ି ପାରେ । ହେଲେ ଆମେ ଆମ ଆତ୍ମା ପର୍ଯ୍ୟନ୍ତ ପହଞ୍ଚିବା କିପରି ? ଏଥିପାଇଁ ଆବଶ୍ୟକ ଗୁରୁକୃପା ଓ ଧ୍ୟାନ । ଧ୍ୟାନ ଦ୍ୱାରା ଆମେ ନିଜକୁ ବାହ୍ୟ ଦୁନିଆରୁ ନିଜ ଭିତରକୁ ନେଇପାରିବ । ନିଜ ଆତ୍ମା ସହିତ ଜଡ଼ିତ ହୋଇପାରିବା ଓ ଏହାର ମାଧମ ହେଉଛନ୍ତି ଗୁରୁ । କୁରୁକ୍ଷେତ୍ର ରଣାଙ୍ଗନରେ ଭଗବାନ କୃଷ୍ଣ, ଅର୍ଜୁନଙ୍କୁ ଯଥାର୍ଥରେ କହିଛନ୍ତି “ନାସ୍ତି ବୁଦ୍ଧିର ଯୁକ୍ତସ୍ୟ ନଚା ଯୁକ୍ତସ୍ୟ ଭାବନା, ନଚା ଭବାୟୋତୋ ଶାନ୍ତିଃ ରଶାନ୍ତସ୍ୟ କୁତଃ ସୁଖଂ ।” ଯେତେବେଳେ ଆମେ ଆମ ଆତ୍ମା ସହ ସଂଯୁକ୍ତ ହେଉ, ସେତେବେଳେ ଈଶ୍ୱରଙ୍କ ସହ ମଧ ସଂଯୁକ୍ତ ହେଉ । ଈଶ୍ୱରଙ୍କ ପାଖରେ ସବୁକିଛି ଅଛି ଏବଂ ସବୁକିଛି ପ୍ରଭୁଙ୍କର । ଏହି ଭାବନା ଆମ ମନରେ ଶାନ୍ତି ଦିଏ । ଯେତେବେଳେ ଆମେ ନିଜ ଆତ୍ମା ସହ ସଂଯୁକ୍ତ ହେଉ, ସେତେବେଳେ ପ୍ରେମ, ଶାନ୍ତି, ଆନନ୍ଦ ଓ ସନ୍ତୋଷ ନିଜ ଭିତରେ ଉପଲବ୍ଧି ହୁଏ । ତେଣୁ ଆମେ ସମସ୍ତେ ନିଜକୁ ସଂପୂର୍ଣ୍ଣ କରିବାକୁ ଚେଷ୍ଟା କରିବା ଆବଶ୍ୟକ । ଏହାଦ୍ୱାରା ଆମେ ସାରା ଦୁନିଆକୁ ସଂପୂର୍ଣ୍ଣ କରିପାରିବା । ସବୁଠାରୁ ବଡ଼ କଥା ଏହାଦ୍ୱାରା ଆମେ ଦୁନିଆକୁ ସୁସ୍ଥ ଓ ଶାନ୍ତିମୟ କରିପାରିବା ।

ସେଥିପାଇଁ ଗୁରୁଙ୍କ ପାଖରେ ପ୍ରାର୍ଥନା କରାଯାଏ “ଶାନ୍ତିଂ ସୃଷ୍ଟିଂ ଶୁଭମ୍ ଦେହୀ, ଦେହୀ କର୍ମସୁକୌଶଲଂ, ଦେହୀ ମେ ଜୀବନ ବୃଦ୍ଧି ନିୟତଂ ସ୍ମୃତି ବିଦ୍ୟୁତେ ।” ଯଥାର୍ଥରେ କୁହାଯାଇଛି– ଗୁରୁ ହିଁ ଭଗବାନଙ୍କର ସାକାର ମୂର୍ତ୍ତି ।

ସେଥିପାଇଁ ତ ବର୍ଣ୍ଣାଡ଼ ଶ’ଙ୍କ କଥା “Lirtue is insufficient Lemptution” ଏକଦମ୍ ସତକଥା । ପରଚର୍ଚ୍ଚା ହିଁ କେବଲମ୍ କ୍ରୋଧର ଆବେଗ, ଅହଂକାର, ଲୋଭ, ଭୟ, ଘୃଣା, ସ୍ୱାର୍ଥ ଓ କାମନା ବାସନାକୁ ତ୍ୟାଗ କରି ଶାନ୍ତି, ମୈତ୍ରୀ, ସନ୍ତୋଷ, ସାହସ, ପ୍ରେମ, ସୋହାର୍ଦ୍ୟ, ପ୍ରଗତି ସର୍ବପରି ବିଶ୍ୱାସ ନ ରହିଲେ ଚଳିବ କେମିତି ? ଆଉ ଆମମାନଙ୍କର ଉତ୍ଥାନ କିପରି ସମ୍ଭବ ହେବ ?

ବାହାରକୁ ଯେତେ ଦେଖାଇ ହେଲେ ସୁଦ୍ଧା ଜଣେ ପ୍ରକୃତରେ ମାନସିକ ଶାନ୍ତି ପାଇନଥାଏ । ପ୍ରାସାଦତୁଲ୍ୟ ବାସଭବନ, ଅଗାଧ ସଂପତ୍ତି, ଅମାପ କ୍ଷମତା, ଅସୀମ ପ୍ରତିପତି, ବିପୁଳ ଆୟ, ଅକଲନ ଗଚ୍ଛିତ ଟଙ୍କାର ପରିମାଣ, ବିଶାଳ ପରିବାର, ଅପରିର୍ଯ୍ୟାପ୍ତ ଧନ ଓ ଖ୍ୟାତିର ମାଲିକାନା । ଚାକର, ବାକର, ଗୋଡ଼ାଣିଆ, ଗୁହାରିଆ, ପିନ୍ଧାଟେକା, ବଟିପେଲା, ଖୋସାମଟିଆ, ସେବାକାରୀ ପଣ ପଣ ଥିଲେ ସୁଦ୍ଧା ପ୍ରକୃତ ଶାନ୍ତି ମିଲିପାରେନା, ଯଦି ନିଜ ମନରେ ସେଭଳି ପବିତ୍ର ଭାବ ନଥାଏ । ରୂପବତୀ ପତ୍ନୀ, ଆଜ୍ଞାଧୀନ ଭୃତ୍ୟ, ହିତାକାଂକ୍ଷୀ ବନ୍ଧୁ, ମେଧାବୀ ଅନୁଗତ ପୁତ୍ର, ସୁଲକ୍ଷଣୀ କନ୍ୟା, ସର୍ବଗୁଣସଂପନ୍ନା ପୁତ୍ରବଧୂ, ପୃଥୁଲ ଦେହ, ସୌମ୍ୟକାନ୍ତ ରୂପଶ୍ରୀ (ଶରୀର) । ହାତ ପାହାନ୍ତାରେ ଯେତେସବୁ ସୁଯୋଗ ଠୁଲ ହୋଇଥିଲେ ସୁଦ୍ଧା ମଣିଷ ପ୍ରକୃତ ଶାନ୍ତି ପାଇପାରେନା । ଯେପରି ଆଲେକଜାଣ୍ଡର, ଜୁଲିୟସ୍‌ସିଜର, ନେପୋଲିୟନ୍ ବୋନାପାର୍ଟ, ସ୍ୱର୍ଣ୍ଣଲଙ୍କାର ରାଜା ରାବଣ, ମାନି ଦୁର୍ଯ୍ୟୋଧନ, ମହାଦାନୀ କର୍ଣ୍ଣ,

ପ୍ରତାପୀ କଂସମାନେ ପାଇନଥିଲେ । ଆଲ୍ଲାଉଦ୍ଦିନ ଖିଲଜୀ, ମହମ୍ମଦ ତୋଗଲକ, ଔରଙ୍ଗଜେବ୍ ପ୍ରଭୃତିମାନେ ମଧ୍ୟ ପ୍ରଭୂତ କ୍ଷମତାର ଅଧିକାରୀ ହୋଇ ସୁଦ୍ଧା ସୁଖୀ ନଥିଲେ ।

ସଂସାରର କୌଣସି ବସ୍ତୁରେ ଆନନ୍ଦ ନାହିଁ । ଯେବେ ଆମେ ଛୋଟ ଥିଲୁ ଅଜ୍ଞାନ କାରଣରୁ ଖେଳନା ସହିତ ଖେଳି ଆନନ୍ଦ ପାଇଲୁନି । ପୁଣି ଆମେ ଯୁବକ ହେଲୁ । ବିଷୟ ଓ ଭୋଗରେ ସାମାଜିକ ଆନନ୍ଦ ମିଳିଲା । ତଥାପି ମନ ଅନ୍ତଃଦୃଷ୍ଟି ନେଇ ବିଶ୍ଳେଷଣ କରି ଦେଖିଲା ବିଷୟ ଓ ଭୋଗରେ ମଧ୍ୟ ଆନନ୍ଦ ନାହିଁ । ବିଷୟ ଓ ଭୋଗରୁ ମନ ବିରତ ହୋଇ ସଂସାର ପ୍ରତି ନିରାଶକ୍ତ ହୋଇ ଶାନ୍ତି ଓ ଆନନ୍ଦକୁ ଭୁଲିଗଲା । ଏହି କ୍ଷେତ୍ରରେ ମନ, ଆନନ୍ଦ ଓ ଶାନ୍ତିକୁ ପାଇବା ପାଇଁ ଛଟପଟ ହେଲା କାରଣ ମନର ସ୍ୱାଭାବିକ ଗତି ଆନନ୍ଦ ଓ ଶାନ୍ତି । ମନ ପ୍ରକୃତିର ଏ ସୂକ୍ଷ୍ମ ତତ୍ତ୍ୱରେ ନିର୍ମିତ । ଅଗ୍ନି, ବାୟୁ, ଜଲ ଇତ୍ୟାଦି ମନଠୁ ସ୍ଥୂଳ ଅଟେ । ମନ ଅଗ୍ନି, ବାୟୁ, ଜଲ ଓ ବିଦ୍ୟୁତ ଠାରୁ ସୂକ୍ଷ୍ମ ଅଟେ । କଥା ହେଉଛି ଏହି ଅଗ୍ନି, ବାୟୁ, ଜଲ, ବିଦ୍ୟୁତ୍ ଶରୀରରେ ପ୍ରବେଶ କରି ନଷ୍ଟ କରିଦିଅନ୍ତି କିନ୍ତୁ ମନକୁ ନଷ୍ଟ କରିପାରନ୍ତିନି । ଯେତେବେଳେ ଶରୀର ନଷ୍ଟ ହୋଇଯାଏ, ମନ ଶରୀରରୁ ବାହାରି ନୂଆ ଜନ୍ମ ଗ୍ରହଣ କରିନିଏ । ମନକୁ ନା ଅଗ୍ନି ଜଲାଇ ପାରିବ, ଜଲ ଭିଜାଇ ପାରିବ ନା ତଲୱାର କାଟି ପାରିବ ।

"ରାୟଃ କଲତ୍ରଂ ପଶବଃ ସୁତାଦୟୋ ଗୃହା ମହିକ୍ଷୁଣ୍ଟର କୋଶଭୂତୟ । ସର୍ବେଽର୍ଥକାମାଃ କ୍ଷଣଭଙ୍ଗ ରାୟୟଃ କୁର୍ବନ୍ତି ମର୍ତ୍ୟସ୍ୟ କିୟତ ପ୍ରିୟଙ୍ଗଲାଃ ।"(ଭାଗବତ-୭/୭-୩୯) ଧନ, ସ୍ତ୍ରୀ, ପଶୁ, ପୁତ୍ର, କନ୍ୟା, ଗୃହ, ଭୂ-ସମ୍ପତ୍ତି, ହାତୀ, ଅର୍ଥ ବିଭିନ୍ନ ପ୍ରକାର ଭୋଗ୍ୟ ବସ୍ତୁ ପ୍ରଭୃତି ଏହି କ୍ଷଣଭଙ୍ଗୁର ମନୁଷ୍ୟକୁ କ'ଣ ସୁଖ ଦେଇପାରିବ କି ? ଏସବୁ ବିନାଶଶୀଲ ।

ମନରେ ଥିବା ସତ୍, ଚିତ, ଆନନ୍ଦର ଭାବନା, ନିସ୍ୱାର୍ଥପର ମନ, ନିର୍ମଲ ହୃଦୟ, ଖୋଲାଅନ୍ତର, ନିରପେକ୍ଷ ଆତ୍ମା, ନିଷ୍କପଟ ପ୍ରାଣ ସେଇଟି ମିଲେ ମାନସିକ ଶାନ୍ତି । ସେ ପିନ୍ଧିଥାଉ ପଛେ ଚିରା କି ଫଟା । ଦେହରେ ଲେଙ୍ଗୁଟି ଚିଣ୍ଟୁ ଥାଉ । ସାମର୍ଥ୍ୟ ନଥାଉ ଅର୍ଥ ଉପାର୍ଜନ ପାଇଁ, ଅକ୍ଷମ ହୋଇଥାଉ ପଛେ ସ୍ୱଚ୍ଛଲରେ କୁଟୁମ୍ବ ପୋଷିବାକୁ । ତା' ପିଲାମାନେ ପଇସା ଅଭାବରୁ ଫୁଙ୍ଗୁଲା (ଦେହରେ) ବୁଲୁଥାଆନ୍ତୁ । ଲଜ୍ୟା ନିବାରଣ ଲାଗି ପତ୍ନୀ ଦେହ ଢାଙ୍କି ଥାଉ ସାତସିଅ ଲୁଗାରେ, ନଥାଆନ୍ତୁ ବୋଲକରା କି ଚାକର ବାକର । ନଥାଉ ଖ୍ୟାତି କିମ୍ବା କ୍ଷମତା । ଦିନରେ ଦୁଇଓଲି ଚୁଲି ନଜଲୁ । ଶାଗ ପେଜରେ ପେଟ ଭରୁଥାଉ । ଭିକ୍ଷା ବୃତ୍ତିକୁ ଆଦରି ନେଇ ଜୀବନ ନିର୍ବାହ କରୁଥିଲେ ସୁଦ୍ଧା । ଆଉ ଭିକ୍ଷା ବୃତ୍ତି କରି ନିଜ ପେଟ ପୋଷିବା ଓ ଆପଣା ସଂସାର (ପରିବାର) ପ୍ରତିପୋଷଣ କରିବା କେବେ ବି ନିନ୍ଦନୀୟ କର୍ମ ପରିସରଭୁକ୍ତ ନୁହେଁ । କାହିଁକି ନା ଘର ଦ୍ୱାର ପୁଅ ମାଇପ ବ୍ୟବସ୍ଥାକୁ ପ୍ରତ୍ୟାଖ୍ୟାନ କରି ଭଗବତ ଭାବରେ ବିଶ୍ୱବାସୀଙ୍କୁ ସୁରକ୍ଷା ଦେବାକୁ ଆବିର୍ଭୁତ ଏଇ ମହାତ୍ମାମାନେ ଭିକ୍ଷାକୁ ଆଶ୍ରୟ କରି ଚଲୁଥିଲେ । ବୁଦ୍ଧ, ଶଙ୍କର ମହାତ୍ମାଗଣଙ୍କର ଭିକ୍ଷା ହିଁ ପ୍ରଧାନ ଅବଲମ୍ବନ ସୁଖଥିଲା । ତେଣୁ ଭିକ୍ଷା ଆଦୌ ଲଜ୍ୟା ଜନକ କର୍ମ ଭାବରେ ପରିଗଣିତ ନୁହେଁ । ଭିକ୍ଷା ଏ ଦେଶରେ ଥିବା ମର୍ୟ୍ୟାଦା ସଂପନ୍ନ । ବ୍ରତ ସମୟରେ ଦଣ୍ଡ କମଣ୍ଡଲୁଧାରୀ ବ୍ରହ୍ମଚାରୀ ରୂପର ଏ ବାଲକ କହିଥାଏ "ଭବାନ୍ ଭିକ୍ଷାଂ ଦେହି ।" ବାର୍ତ୍ତା ଥିଲା ବଞ୍ଚିବା ପାଇଁ ସର୍ବନିମ୍ନ ପାଥେୟ ଭିକ୍ଷାରସଂଗ୍ରହ କରିବାକୁ । ଜୀବନ ଆୟ ଭୋଗରେ ବ୍ୟୟିତ ନହେଉ । ଲଙ୍କାର ରାଜା ରାବଣ ସୀତା ହରଣ ସମୟରେ ଭିକ୍ଷା ବୃତ୍ତିକୁ ଆଶ୍ରୟ କରିଥିଲେ । ଅହଂକାରୀ ଗର୍ବ ବ୍ରହ୍ମଜ୍ଞାନୀ ଦଶମହାବିଦ୍ୟାର ଅଧିକାରୀ ସାଧକ ଦଶାନନ, ଯଦି ଭିକ୍ଷାବୃତ୍ତି ନିନ୍ଦନୀୟ କିମ୍ବା ଲଜ୍ୟା ଜନକ କର୍ମ ପରିସରଭୁକ୍ତ ହୋଇ ଥାଆନ୍ତା ତେବେ ସେ ତାହା ଗ୍ରହଣ କରି ନଥାଆନ୍ତେ । ପ୍ରବିଣ ରାଜନୀତିଜ୍ଞ ଏବଂ ପ୍ରଚଣ୍ଡ କୁଟବୁଦ୍ଧି ସଂପନ୍ନ ରାବଣ କେବେବି ଭିକ୍ଷା ସଂଗ୍ରହ କାରି ସନ୍ନ୍ୟାସୀର ବେଶ (ରୂପ) ଧାରଣ କରି ନ ଥାଆନ୍ତେ । ଆଉ ଭଗବାନ ବିଷ୍ଣୁ ମଧ୍ୟ ବଲି ଦ୍ୱାରକୁ ବାମନ ରୂପରେ ଭିକ୍ଷା ମାଗିବାକୁ ଯାଇଥିଲେ । ଯୁଗାବତାର କୃଷ୍ଣ ଗୋପପୁରରେ ଯୋଗୀ ବେଶ ଧରି ଭିକ୍ଷାବୃତ୍ତିର

ସାହାରା ନେଇଥିଲେ । ରାଧାଙ୍କ ମନ ଚୋରି କରିବାକୁ । ଜରାସନ୍ଧ ବଧ ବେଳେ ମଧ କୃଷ୍ଣ, ଭୀମ ଓ ଅର୍ଜୁନ ଭିକ୍ଷା ବୃଭିକୁ ପାଥେୟ କରିଥିଲେ । ଏଶୁ ଭିକ୍ଷା ବୃଭିଥିଲା ମର୍ଯ୍ୟାଦା ସଂପନ୍ନ ଓ ସମ୍ମାନୀୟ କର୍ମ ପରିସରଭୁକ୍ତ ପନ୍ଥା ।

ତଥାପି ସେ ସୁଖୀ ହୋଇ ପାରିବ । ସୁଖ କଦାପି ବାହ୍ୟ ବାତାବରଣ ଭିତରେ ନଥାଏ । ସୁଖ ଆମ ଭିତରେ ଆମ ଚେତନାର ଆଭ୍ୟନ୍ତରେ ଅଛି । ମାତ୍ର ତା'ର ଆବିଷ୍କାର ଲୋଡ଼ା । ନିଜ ଅନ୍ତଃ ଚେତନାର ଅନାବିଷ୍କୃତ ଦିଗନ୍ତ ସର୍ବଦା ଆମପାଇଁ ଏକ ଆହ୍ୱାନ । ନିଜ ଚେତନାରେ ନିଜ ଅନ୍ତରର ଆଭ୍ୟନ୍ତରେ ଆମକୁ ସୁଖର ସାରସତ୍ ଆବିଷ୍କାର କରିବାକୁ ପଡ଼ିବ ।

ଅନେକ ଆବିଷ୍କାରର ବାହାବା ନେଉଥିବା ଆଧୁନିକ ମଣିଷ ନିଜକୁ ଆବିଷ୍କାର କରିପାରିନି । ନିଜ ଭିତରେ ଥିବା ଈଶ୍ୱରଙ୍କ ଶକ୍ତି ଆମ୍ଭା ଏବଂ ଆପଣା ଶରୀରର ସଂପର୍କ ତଥା ଆମ୍ଭା ସହିତ ପରମାମ୍ଭାଙ୍କର ସଂପର୍କ ବିଷୟକୁ ବୁଝିବାକୁ ଚେଷ୍ଟା କରି ବିଫଳ ହୋଇଛି । ଆମ୍ଭା ଏବଂ ଶରୀର ମଧ୍ୟରେ ପ୍ରଭେଦ କ'ଣ ? ଆମ୍ଭାର ସୃଷ୍ଟି ନାହିଁ କି ବିନାଶ ନାହିଁ । ଗୋଟିଏ ଶରୀରକୁ ଛାଡ଼ି ଆଉ ଗୋଟିଏ ଶରୀରରେ ପ୍ରବେଶ କରେ । ଶରୀରର ସୃଷ୍ଟି ଅଛି, ବିନାଶ ମଧ ଅଛି, ବୟସ ଅଛି । ବୟସ ଅନୁସାରେ ଶରୀରର ରୂପ ବଦଳେ । ଶିଶୁଠାରୁ ଆରମ୍ଭ କରି ବୃଦ୍ଧ ପର୍ଯ୍ୟନ୍ତ ଏବଂ ପରିଶେଷରେ ମୃତ୍ୟୁର ଶୀତଳ ସ୍ପର୍ଶରେ ପଞ୍ଚଭୂତରେ ଶରୀର ବିଲୀନ ହୋଇଯାଏ । ଆମ୍ଭାର କୌଣସି ରୂପନଥାଏ ବା ବୟସ ନଥାଏ । ଯେଉଁ ଶରୀରରେ ପ୍ରବେଶ କରେ ସେହି ଶରୀରର ରୂପନିଏ । ଶରୀର ଏକ ଖୋଲ ବା ମନ୍ଦିର । ଯେଉଁଠାରେ ଆମ୍ଭାରୂପୀ ପରମାମ୍ଭାଙ୍କର ଏକ ଶକ୍ତି ବିରାଜମାନ କରେ । ଶରୀରକୁ ଦେଖ୍ ହୁଏ ଓ ସ୍ପର୍ଶ କରିହୁଏ କିନ୍ତୁ ଆମ୍ଭାକୁ ଦେଖ୍ହୁଏନାହିଁ କିମ୍ବା ସ୍ପର୍ଶ କରିହୁଏ ନାହିଁ । ଠିକ୍ ଯେପରି ସମୁଦ୍ର ପାଣିରେ ଥିବା ଲୁଣକୁ ଦେଖ୍ହୁଏ ନାହିଁ କିନ୍ତୁ ଚାଖ୍ଲେ ଉପଲବ୍ଧି କରିହୁଏ । ଆମ ଚାରିପାଖରେ ଦେଖୁଥିବା ପ୍ରତ୍ୟେକ ପ୍ରାଣୀଙ୍କ ଦେହରେ ଆମ୍ଭାରୂପୀ ନାରାୟଣ ବିରାଜମାନ । ଏ ଦୁନିଆ ରଙ୍ଗମଞ୍ଚରେ ଆମେ ବିଭିନ୍ନ ରୂପରେ ଅଭିନୟ କରୁଛୁ । କେତେବେଳେ ପୁଅ, ଝିଅ, ବାପା, ମା' ତ କେତେବେଳେ ଅଜା, ଆଈ ରୂପରେ ଅଭିନୟ କରିଚାଲିଛୁ । ଈଶ୍ୱରଙ୍କ ସୃଷ୍ଟିରେ ଆମେ ସମସ୍ତେ ସମାନ । କିଏ ଧନୀ, ଗରିବ, ଉଚ, ନୀଚ, ଜାତି ଅଜାତି, ହିନ୍ଦୁ, ମୁସଲିମ ଏ ସବୁର କିଛି ମାନେନାହିଁ । ଆମେ ସବୁ ପ୍ରାଣୀ ଈଶ୍ୱରଙ୍କ ଗୋଟିଏ ଗୋଟିଏ କ୍ଷୁଦ୍ରରୂପ, କିନ୍ତୁ ସବୁ ପ୍ରାଣୀ ମିଶିଲେ ମଧ ପରମାମ୍ଭା ହୋଇ ପାରିବୁ ନାହିଁ । ଆମ୍ଭା ପରମାମ୍ଭା ଏବଂ ଶରୀର ଉପରେ ଜ୍ଞାନଥିବା ବ୍ୟକ୍ତି କେବେ ଗର୍ବ, ଅହଂକାର କରେନାହିଁ ।

ମଣିଷର ତୃପ୍ତି ଆଉ ପରିପୂର୍ଣ୍ଣତା ଦୁଇଟି ଜଗତରୁ ଆସେ । ଗୋଟିଏ ଭାବ ଜଗତ ଆଉ ଗୋଟିଏ ପାର୍ଥିବ ଜଗତ । ପାର୍ଥିବ ଜଗତ ମଣିଷର ଭାବ ଜଗତକୁ ନିର୍ଦ୍ଧାରଣ କରେ । ତେଣୁ ମଣିଷର ତୃପ୍ତି ଆଉ ପରିପୂର୍ଣ୍ଣତା ଅନେକାଂଶରେ ଜୀବନର ପାର୍ଥିବ ଆବଶ୍ୟକତା ଗୁଡ଼ିକ ଉପରେ ନିର୍ଭରଶୀଳ । ପ୍ରତ୍ୟେକ ବ୍ୟକ୍ତି ଜୀବନରେ ସୁଖଶାନ୍ତି ଚାହାନ୍ତି । ସୁଖର ଅର୍ଥ ପାରିବାରିକ ସୁଖ । ପିଲାଟିଏ ମଧ ଶ୍ରମକରେ ପରିବାରକୁ ସାହାଯ୍ୟ କରିବା ପାଇଁ । ଯାହାଫଳରେ ପରିବାରର ଅଭାବ ଦୂର ହେବ ଏବଂ ସୁଖ, ଶାନ୍ତି ଆସିବ । ବଡ଼ (ଧନୀ) ଲୋକର ପିଲାମାନେ ପାଠ ପଢ଼ନ୍ତି । ସେମାନଙ୍କର ଲକ୍ଷ୍ୟ– ଚାକିରି କରିବେ ଏବଂ ପରିବାର ଖୁସିରେ ରହିବା ସଙ୍ଗେ ସଙ୍ଗେ ଉନ୍ନତି କରିବେ ।

ଗୋଟିଏ ଜାତିର ତୃପ୍ତି ଆଉ ପରିପୂର୍ଣ୍ଣତାକୁ ବିଚାରକୁ ନେଲେ ପ୍ରଥମେ ଦେଖ୍ବାକୁ ହେବ, ଯେଉଁ ସମୂହକୁ ନେଇ ଜାତି ତା'ର ଭୌତିକ ଆବଶ୍ୟକତା ଗୁଡ଼ିକ ମେଣ୍ଟୁଛି କି ନାହିଁ । ସେ ଦୃଷ୍ଟିରେ ଯଦି ଆମେ ଓଡ଼ିଆ ଜାତିକୁ ଦେଖ୍ବା ତେବେ ନିରାଶାରେ ଆମେ କବଳିତ ହେବା । ସେ ଜାତିର ହସ ବୋଲି ଆମେ ତେଣୁ ଯାହାକୁ କହିବା ତାହା ସତ୍ୟକୁ ଆଖ୍ଠାର ବ୍ୟତୀତ ଆଉ କିଛି ନୁହେଁ ।

ଯିଏ ହୃଦୟଭରା ସୁଖ ପାଇଥାଏ, ଆମ୍ଭା ତା'ର ପରମାନନ୍ଦଙ୍କ ସନ୍ଧାନରେ ବ୍ରତୀ ଥାଏ । ଯେମିତି ଗରିବ ରଘୁ ଆରକ୍ଷିତ, ଦରିଦ୍ର ସୁଦାମା ବ୍ରାହ୍ମଣ, ପାଥେୟ ବିହୀନ ବନ୍ଧୁ ମହାନ୍ତି ଓ ଅସହାୟ ସାଲବେଗ, ଅସବର୍ଣ୍ଣ ଦାସିଆ ବାଉରିମାନେ

ପାଇଥିଲେ । ମନରେ ଥିବା ଶ୍ରଦ୍ଧା ଆଉ ଭକ୍ତି, ଦବାର ଓ ଦିଆଇବାର ମନୋବୃତ୍ତି, ଉସ୍ବର୍ଗୀକୃତ ଭାବନା, ସାର୍ବଜନୀନ କାମନା ଥିଲେ ମନରେ ମିଳିପାରିବ ଶାନ୍ତି (ଆଉ ମନର ଶାନ୍ତି ହେଉଛି ସବୁଠାରୁ ଶ୍ରେଷ୍ଠ ଧନ) ତା' ବ୍ୟତିରେକେ ନୁହେଁ । କେବେବି ନୁହେଁ । "ଧୈର୍ଯ୍ୟଂ ଯସ୍ୟ ପିତା, କ୍ଷମାତ ଜନନୀ ଶାନ୍ତିଶ୍ଚିର ଗେହିନୀ ସତ୍ୟଂ ସ୍ଵନୁରୟଂ ଦୟାତ ଭଗିନୀ ଭାତ୍ରା ମନଃ ସଂଯମ, ଶର୍ଯ୍ୟା ଭୂମି ତଳଂ ଦିଶୋପି ବସନଂ ଜ୍ଞାନାମୃତଂ ଭୋଜନମ୍ ତେ ଯସ୍ୟ କୁଟୁମ୍ବି ନୋ ବଡ଼ସୁଖେ କସ୍ମାଦଭୟଂ ଭୋଗିନଃ ।" ଧୈର୍ଯ୍ୟ ଯାହାର ପିତା, କ୍ଷମା ମାତା, ଶାନ୍ତି ଗୃହିଣୀ, ସତ୍ୟ ପୁତ୍ର, ଦୟା ଭଗିନୀ, ମନ ସଂଯମ ଭ୍ରାତା, ଭୂମିତଳ ଶର୍ଯ୍ୟା, ଦିଗ ବସନ (ବସ୍ତ୍ର) ଜ୍ଞାନାମୃତ ଭୋଜନ । ଏହିପରି ଯାହାର କୁଟୁମ୍ବ ସେହି ଯୋଗୀଙ୍କର କାହାକୁ ବା ଭୟ ଅଛି ।

ସାମାଜିକ ବିବର୍ତ୍ତନବାଦ ସହିତ ବ୍ୟବହାରିକତାରେ ପରିବର୍ତ୍ତନ ଏକ ବିଷମ ସମସ୍ୟା । ମଣିଷ କ୍ରମଶଃ ଇନ୍ଦ୍ରିୟାନୁଭୁତ ସଂସାରରେ ଅତ୍ୟାଧିକ ବିଜଡ଼ିତ ହୋଇ ପଡ଼ିବା ଫଳରେ ସହଜାନୁକ୍ରମତାକୁ କଳେ ବଳେ କୌଶଳେ ହାସଲ କରିବାର ଅଭିପ୍ରାୟକୁ ନେଇ ସୁଖକୁ ସହଜଗମ୍ୟ କରିପାରିଛି ସତ, ଶାନ୍ତିକୁ ଆପଣାଇବାକୁ ଅନେକ ମୂଲ୍ୟ ଦେବାକୁ ପଡ଼ିଛି । ହେଲେ ହାତେଇ ପାରିନାହିଁ । ସୁଖକୁ ପ୍ରଲୁବ୍ଧ ଅର୍ଥରେ କିଣାଯାଇପାରେ । ହେଲେ ଶାନ୍ତିକୁ ନୁହେଁ । ମାନସିକ ଭାବରେ ନିଜର ଆମ୍ଭ ସନ୍ତୋଷକୁ ଅନେକ କାଳ ଯାଏଁ ବଜାୟ ରଖିବାର ଉପକ୍ରମଣିକା ମଣିଷ ତିଆରି କରିପାରିନି ବୋଲି ମାନସିକ ଶାନ୍ତି ପାଇଁ ଧର୍ମପୀଠକୁ ଯାଏ, ଧର୍ମ ଶାସ୍ତ୍ର ଅଧ୍ୟୟନ କରେ, ସିନେମା ଦେଖେ, ଗୀତ ଗାଏ, ମଦ ପିଏ, ରୁଚି ଅନୁସାରେ ଯାହା ଇଚ୍ଛା ତାହା କରେ, ହେଲେ ପାଏନା ।

ଶାନ୍ତି ହିଁ ସଂସାରରେ ସାର । ସେ ହିଁ ଅମୃତ ଚଖାଏ, ବୈକୁଣ୍ଠକୁ ବାଟ ବତାଏ, ଶାନ୍ତି ହିଁ ଆନନ୍ଦ ଓ ପ୍ରେମର ପ୍ରତିଭୂ । ଏହାହିଁ ଶକ୍ତି ସାମର୍ଥ୍ୟର ଦ୍ୟୋତକ । ମଣିଷ ପଣିଆର ସତ୍ତ୍ଵକ । ମୁକ୍ତି ବା ମୋକ୍ଷର ପଥ ପ୍ରଦର୍ଶକ । ଶାନ୍ତିପ୍ରିୟ ମଣିଷ ହୃଦୟରେ ଦୁଃଖର ଦାଗ ଲାଗେନା କି ଦୁନିଆର ବାଆ ବତାଶରେ ସେ ପଳାୟନ ପନ୍ଥୀ ହୁଏ ନାହିଁ ବରଂ ନିଜର ଶକ୍ତି ମୁତାବକ କ୍ଷେତ୍ର ପ୍ରସ୍ତୁତ କରି ଦୟ୍ୟ ଧରି ଖମ୍ବ ପରି ବିପଦକୁ ସାମ୍ନା କରେ । ସମସ୍ତେ ଚାହାଁନ୍ତି ସୁଖ ଓ ଶାନ୍ତି । ମାତ୍ର ତାହା ପାଆନ୍ତି କେତେ ଜଣ ? ଶରୀରକୁ ଯିଏ ଆନନ୍ଦ ଦିଏ ସିଏ ସୁଖ । କିନ୍ତୁ ଆମ୍ଭାକୁ ଯିଏ ଆନନ୍ଦ ଦିଏ ସିଏ ଶାନ୍ତି । ସୁଖ କ୍ଷଣିକ କିନ୍ତୁ ଶାନ୍ତି ଚିରନ୍ତନ । ସୁଖ ଅନେକ ରଙ୍ଗର, ଅନେକ ଢଙ୍ଗର, ଅନେକ ପ୍ରକାରର । କିନ୍ତୁ ଶାନ୍ତି ରୂପ, ରଙ୍ଗବିହୀନ । ସୁଖ ନାନା କର୍ମରେ ଜଡ଼ିତ, ନାନା ଦ୍ରବ୍ୟରେ ମୋହିତ । ସୁଖରେ ଶାନ୍ତି ନଥାଏ, ମାତ୍ର ଶାନ୍ତିରେ ସୁଖ ଥାଏ । କେବଳ ସୁଖ ପଛରେ ଧାଉଁଥିବା ଲୋକଟିଏ ଶାନ୍ତିକୁ କେବେ ଛୁଇଁପାରେନା । ମୋହ ମାୟାରେ ପଡ଼ି ନିଜର ଶକ୍ତି ସାମର୍ଥ୍ୟକୁ ହରାଇ ଶାନ୍ତିର ସ୍ବାଦ ପାଏନା । ସୁଖ ଶରୀରକୁ କ୍ଷଣିକ ଆନନ୍ଦ ଦେଇ କ୍ଲାନ୍ତି ଦୂର କରେ । ମାତ୍ର ଶାନ୍ତି ମନର ଭ୍ରାନ୍ତି ଦୂର ପୂର୍ବକ ଚିଦାନନ୍ଦକୁ ଆମନ୍ତ୍ରଣ କରେ । ଶାନ୍ତିରେ ଯାତ୍ରବ କ୍ଷୁଧା ନଥାଏ କି ମୋହ ମାୟା ବନ୍ଧନର ବାଧା ନଥାଏ, କେବଳ ଥାଏ ଆନନ୍ଦ ହିଁ ଆନନ୍ଦ । ସୁଖ ପଛରେ ଗୋଡାଉଥିବା ମଣିଷଟିର ମନ ସର୍ବଦା ବ୍ୟସ୍ତ, ବିବ୍ରତ ଓ ଚିନ୍ତାଗ୍ରସ୍ତ । ଧୀରଚିର, ସ୍ଥିର ମସ୍ତିଷ୍କ ବ୍ୟକ୍ତି ହିଁ ନିଷ୍କଳାନନ୍ଦ । ମନ ମୀନ ଜୀବନରୂପୀ ପୁଷ୍କରିଣୀ ଜଳକୁ ସର୍ବଦା କର୍ଦ୍ଦମାକ୍ତ କରୁଥାଏ । ସେଥିରେ କ୍ଷୁଧା, ପିପାସା, ଶୋକ, ମୋହ, ମାୟା ଓ ମୃତ୍ୟୁ ପରି ଉର୍ମି ଉଠି ଜୀବନ ଜଳକୁ ତରଙ୍ଗାୟିତ କରୁଥାନ୍ତି । ଜୀବନ ଜଳକୁ ସ୍ଥିର ଓ ପରିଷ୍କାର ରଖିବାକୁ ହେଲେ ଇନ୍ଦ୍ରିୟ ସଂଯମ ଏକାନ୍ତ ଆବଶ୍ୟକ । ସେହି ଜଳରୁ ଦଳ ଓ ମଳ ଅପସାରଣ କରିପାରିଲେ ଶାନ୍ତି ରୂପକ ଚନ୍ଦ୍ର ପ୍ରତିବିମ୍ବିତ ହେବ । ସେଥିରେ ପ୍ରଭୁଙ୍କ ସ୍ବରୂପ ସ୍ଥାନ ପାଇ ମନକୁ ଶୀତଳ କରିବ । ସାଂସାରିକ ସୁଖ କ୍ଷଣିକ ଆନନ୍ଦ ଦିଏ ସତ କିନ୍ତୁ ପରିଶେଷରେ ପରିଣାମ ଭୟାବହ ହୋଇଯାଏ । ଶାନ୍ତି ସନ୍ତୋଷ ଦିଏ ଚିର ଆନନ୍ଦ । ଶାନ୍ତି ସୁଖ ଠାରୁ ସହସ୍ର ଗୁଣେ ଶ୍ରେୟସ୍କର ।

ସମସ୍ତେ ଚାହାଁନ୍ତି ସୁଖଶାନ୍ତି । ପ୍ରକୃତରେ ସୁଖ ସହିତ ଶାନ୍ତି ନଥାଏ, କିନ୍ତୁ ଶାନ୍ତି ସହିତ ସୁଖ ଥାଏ । ଶାନ୍ତି ତ ସତବାର ସୁଖ ଠାରୁ ଶ୍ରେଷ୍ଠତର । ସୁଖ ସାଉଁଟା ଯାଏ ବାହାରୁ ମାତ୍ର ଶାନ୍ତି ସାଉଁଟା(ଯାଏ) ହୁଏ ଅନ୍ତରରୁ । କସ୍ତୁରୀ ମୃଗ

ବାହାରେ ବାୟା ହୋଇ କସ୍ତୁରୀ ଖୋଜୁଥିଲା ପରି ଆମେ ଶାନ୍ତି ବାହାରେ ଖୋଜୁଥାଉ । ଶାନ୍ତି ହାଟ ବଜାରରୁ ପଇସା ପକାଇ କିଣାଯାଇ ପାରେନାହିଁ କି ବାହାରେ ଖୋଜିଲେ ମିଳେନା । ନିଜର ଆଚରଣ, ଉଚ୍ଚାରଣ ଓ ବିଚରଣରୁ ଏହାକୁ ଆମଦାନୀ କରାଯାଇପାରେ । ନେବାରେ ଆନନ୍ଦ ଥାଇପାରେ, କିନ୍ତୁ ଦେବାରେ ଶାନ୍ତି ମିଳେ । ସେଥିପାଇଁ ତ ଦେଲାବାଲାର ହାତ ସର୍ବଦା ଉଚ୍ଚରେ ଓ ନେଲାବାଲାର ହାତ ତଳେ । ନେଲା ଲୋକ ଖାଇପାରେ, କ୍ଷଣିକ ସୁଖ ପାଇପାରେ କିନ୍ତୁ ଦେବା ଲୋକ ନିତ୍ୟାନନ୍ଦ ଲାଭ କରେ, ଶାନ୍ତିରେ ନିଃଶ୍ୱାସ ମାରିପାରେ । ଖାଇବା, ପାଇବା ଲାଳସା ତ୍ୟାଗ କରି ମଣିଷ ଯେତେ ଶୀଘ୍ର ଶାନ୍ତି ନିମିତ୍ତ ଉଦ୍ୟମ କରିବ ସେତେଶୀଘ୍ର ପରିବାର, ପରିବେଶ ଓ ସମାଜର ମଙ୍ଗଳ ହେବ । ସରଳ ଜୀବନ ଯାପନ ଶାନ୍ତିପ୍ରେମୀ ମଣିଷର କାମ୍ୟ । ସରଳ ଜୀବନ, ନିରଳସ, ବାସନାବିହୀନ ଚଳଣି ହେଉଛି ଶାନ୍ତିର ଚାବିକାଠି । କ'ଣ ନ ଥିଲା ରାଜପୁତ୍ର ଗୌତମଙ୍କର ? ପ୍ରାଚୁର୍ଯ୍ୟ, ସେବା ଲାଗି ଦାସଦାସୀ, ପାଖରେ ପ୍ରୀତି ପ୍ରଣୟା ଅନିନ୍ଦ୍ୟା ସୁନ୍ଦରୀ ପତ୍ନୀ ଯଶୋଧାରା, ପୁତ୍ର ରାହୁଲ ହାତ ପାହାନ୍ତାରେ ରାଜସିଂହାସନ ହେଲେ ଶାନ୍ତି ପାଇଲେ କି ? ଧନ, ମାନ, ପ୍ରିୟଜନ ମଧ୍ୟରେ ସୁଖ ଥାଇପାରେ, ମାତ୍ର ଶାନ୍ତି ମିଳେନା ।

ପ୍ରବୃତ୍ତିରେ ମିଳିପାରେ ସୁଖ କିନ୍ତୁ ନିବୃତିରେ ମିଳେ ଶାନ୍ତି । ଗୋସ୍ୱାମୀ ତୁଳସୀଦାସଙ୍କ ଉକ୍ତି ହେଲା "ସୁଖ ଚାହଁ ହିଁ ମୃତ ନ ଧର୍ମରତା ।" ସରଳତା ହିଁ ଧର୍ମ ଓ ଭକ୍ତିର ଜନନୀ । ଜୀବନକୁ ତୁଲା ପରି କୋମଳ ଓ ନରମ ହାଲୁକା କରି ତୋଳିଧର । ବୁଦ୍ଧଙ୍କ ମତରେ କ୍ରୋଧକୁ ପ୍ରେମରେ, ପାପକୁ ସଦାଚାରରେ, ଲୋଭକୁ ଦାନରେ, ମିଥ୍ୟାକୁ ଅନୁତାପରେ ଜୟ କରାଯାଇପାରେ । ମତେ ଯେମିତି ଅନ୍ୟର କଠୋର ଓ ନୃଶଂସ ଆଚରଣ, ଉଚ୍ଚାରଣ ଓ ବିଚରଣ କଷ୍ଟ ଦେଉଛି । ମୋର କଠୋର ବିଚରଣ ସେମିତି ଅନ୍ୟକୁ କଷ୍ଟ ଦେବ । ଏକଥାକୁ ହୃଦୟଙ୍ଗମ କରିବା ଉଚିତ୍ । ଅନ୍ୟର ସୁଖରେ ସୁଖୀ, ଅନ୍ୟର ଦୁଃଖରେ ଦୁଃଖୀ ମଣିଷଟି ଦୁନିଆକୁ ଚିହ୍ନେ ।

ଦେବ ଦେବ ମହାଦେବଙ୍କୁ ଦେଖ ସେ ତ ସର୍ବତ୍ୟାଗୀ, ଶ୍ମଶାନବାସୀ । ସେ ବି ସମାଧୃସ୍ଥ ହୋଇଥାନ୍ତି ଶାନ୍ତି ଟିକକ ପାଇଁ । ବହୁ ମୁନିରୟି ଶାନ୍ତି ଟିକକ ପାଇଁ ସଂସାର ଛାଡ଼ି ଅରଣ୍ୟକୁ ପଳାନ୍ତି । ତେବେ କ'ଣ ଶାନ୍ତି ମଣିଷ ପାଇବନି ? ପାଇବନି କାହିଁକି ? ସେଥିପାଇଁ ମନ୍ଦିର, ମସଜିଦ୍, ଗୁରୁଦ୍ୱାର ଯିବା ଦରକାର ନାହିଁ । ମଣିଷ ଶାନ୍ତି ହରାଇଛି ଏଠି । ଖୋଜୁଛି ସେଠି । ବାହାରେ ଖୋଜିବା ଦରକାର ନାହିଁ । ଶାନ୍ତି ପରା ତାରି ଭିତରେ । ଚାହିଁଲେ ପାଇବ । ସ୍ଥିତପ୍ରଜ୍ଞ ମଣିଷଟି ଜୀବ ପରମ ସଂପର୍କକୁ ଯୋଡ଼େ । ସଂସାର ମୋହ ମାୟାକୁ ପଛରେ ପକାଇ କେବଳ ବୈକୁଣ୍ଠ ଲୋଡ଼େ । ସେଠି ନ ଥାଏ ରୋଗ, ଥାଏ କେବଳ ଭୋଗ । ସେଠି ନଥାଏ ଦୁଃଖ, ଥାଏ କେବଳ ସୁଖ । ସେଠି ନ ଥାଏ ଭ୍ରାନ୍ତି, ଥାଏ କେବଳ ଶାନ୍ତି । ଶାନ୍ତି ହିଁ ଅମୃତ ସନ୍ତାନର ଲକ୍ଷ୍ୟ । ଈଶ୍ୱର କରନ୍ତୁ ସମଗ୍ର ବିଶ୍ୱ ଶାନ୍ତି ସୁଧା ରସରେ ପ୍ଲାବିତ ହେଇ ଶାନ୍ତିର ବାର୍ତ୍ତା ଗଗନ ପବନରେ ମୁଖରିତ ହେଉ ।

ମାନସିକ ଶାନ୍ତି ହରାଇଥିବା ମଣିଷ ଅନେକ ସମୟରେ ପରୋକ୍ଷରେ ଅନେକ ମାନସିକ ନିର୍ଯାତନାର ଶିକାର ହୁଏ । ଘର ପରିବାରଠୁ ପୁଣି ସାମାଜିକ ଚଳଣି ପର୍ଯ୍ୟନ୍ତ ଅଘୋଷିତ ଦୁଃଖର ଯୁଦ୍ଧରେ ସାମନା ହେବାକୁ ବାଧ୍ୟ ହୁଏ । ଅଚଳାଚଳ ସଂପତ୍ତି ଗାଡ଼ି ଘୋଡ଼ା ସମସ୍ତ ରାଜକୀୟ ସରଞ୍ଜାମ ଥିବା ସତ୍ତ୍ୱେ ବି କିଛି ନା କିଛି ଅଭାବ ବୋଧ ଥାଏ । ଯାହାକୁ ପୂରଣ କରିବାକୁ କୌଣସି ମୂଲ୍ୟ ଦେଇ କିଣି ହୁଏନାହିଁ । ଏସବୁର କାରଣ ହେଲା ମାନସିକ ଅର୍ତ୍ତଦ୍ୱନ୍ଦ୍ୱ । ଆଜିକା ଦିନର ମାନସିକ ଅର୍ତ୍ତଦ୍ୱନ୍ଦ୍ୱରେ ଶିକାର ହେଉଥିବା ମଣିଷ-ପାର୍ଥିବ ଜଗତର ମୋହ-ମାୟା-କାମନା-ବାସନାରେ ବିକାର ଗ୍ରସ୍ତ ହୋଇପଡ଼ିଛି । ଅନେକ ଅଭିଯାନ, ସଚେତନତା, କର୍ମଶାଳାରେ ଟିକ୍କର କରି ସଂସ୍କାର ଆଣିବାକୁ ଅନେକ ବି ଚେଷ୍ଟା କରିଛନ୍ତି । ହେଲେ ମାନସିକ ମୂଲ୍ୟବୋଧର ଅବକ୍ଷୟ ଯେମିତି ଦ୍ରୁତଗତିରେ ବଢ଼ିଚାଲିଛି । ତାକୁ କେହିବି ରୋକି ପାରିନାହିଁ । ଯେତେବେଳେ ମାନବିକ ମୂଲ୍ୟ ବୋଧ କମି ଚାଲିଛି ସେତେବେଳେ ବ୍ୟକ୍ତି ବିଶେଷ ନିଜର ମାନବିକ ସତ୍ତା ହରାଇବା ସହିତ ଭ୍ରଷ୍ଟାଚାରିତ ହୋଇଯାଉଛି ।

ଦେଖିବାକୁ ଗଲେ– ସାମାଜିକ ସ୍ତରରେ ଶିକ୍ଷାର ବହୁଳ ପ୍ରସାର ହେବାସତ୍ତ୍ୱେ ବି ସଂସ୍କାର ଦିନକୁ ଦିନ କମିବାରେ ଲାଗିଛି । ମଣିଷ ନିଜର ବ୍ୟକ୍ତିଗତ ସଂସ୍କାର ହରାଇ ଅତି କଦର୍ଯ୍ୟ କାର୍ଯ୍ୟ କରିବାକୁ ପଛେଇ ଯାଉନାହିଁ । ବାୟୁ, ଜଳ, ପରିବେଶ ପ୍ରଦୂଷଣ ଉପରେ ସରକାରୀ କିମ୍ବା ବେସରକାରୀ ସଙ୍ଗଠନ କର୍ଣ୍ଣ ଫଟାଇ ସଚେତନତା ଉପରେ ତା'ର ସ୍ୱର ଉତ୍ତୋଳନ କରୁଥିବାବେଳେ ସାମାଜିକ ସ୍ତରରେ ପ୍ରତ୍ୟେକ ବ୍ୟକ୍ତି ବିଶେଷଙ୍କଠାରେ ଘଟୁଥିବା ମାନସିକ ପ୍ରଦୂଷଣକୁ କେହି ରୋକି ପାରିଛି କି ? ସାତ୍ତ୍ୱିକ ବିଚାର ଧାରା ଉପରେ ଗୁରୁତ୍ୱ ଦେଇ ବାଞ୍ଛିବା ନେଇ ଭୂମିକା କେଉଁ ପରିମାଣରେ କେତେଜଣ ଚେଷ୍ଟା କରୁଛନ୍ତି ? ତାହା ମଧ୍ୟ ଏକ ପ୍ରଶ୍ନବାଚୀ ? ଯଦିଓ କିଛି ଆଧ୍ୟାତ୍ମିକ, ସାଂସ୍କୃତିକ ଅନୁଷ୍ଠାନ ଏ ଦିଗରେ ସଂସ୍କାର ଆଣିବାକୁ ଚେଷ୍ଟା କରୁଛନ୍ତି, ତାହାର ପ୍ରଭାବ କିନ୍ତୁ ବହୁତ କମ୍ । ଭାରତୀୟ ସଂସ୍କୃତିର ବିଧିବିଧାନ ଭିତରେ ଆମର ଚଳଣି ବସ୍ତୁବାଦ ଠାରୁ ଅନେକ ଦୂରରେ ରହିଥିବାବେଳେ ଏଇ କଥାକୁ ଖବ୍ ଧ୍ୟାନ ସହକାରେ ଗୁରୁତ୍ୱ ଦେଇ ଦୈନନ୍ଦିନ ଜୀବନର ପରିଚର୍ଯ୍ୟାରେ ଶକ୍ତି ଗଠନର ଦାୟିତ୍ୱ ନିଭାଇ ଆସୁଥିଲା । ଯାହାଫଳରେ ଶୃଙ୍ଖଳିତ ବ୍ୟକ୍ତିଟିଏ ସୁସ୍ଥ ସାମାଜିକ ଜୀବନ ଧାରାଟିଏ ତିଆରି କରୁଥିଲା । ଭାରତର ଶିକ୍ଷା ଓ ସଂସ୍କାର ମାନବିକ ଶୃଙ୍ଖଳା ଗତିକୁ ଗୁରୁତ୍ୱ ଦେଇ, ସେତେବେଳେ ଜଣେ ପ୍ରକୃତ ବ୍ୟକ୍ତି ବିଶେଷକୁ ତିଆରି କରୁଥିଲା । ଜୀବନର ଚାରି ପର୍ଯ୍ୟାୟ (ଶୈଶବ, କୈଶୋର, ଯୌବନ ଓ ବାର୍ଦ୍ଧକ୍ୟ) ଠିକ୍ ଢଙ୍ଗରେ କାର୍ଯ୍ୟକାରିତା ହୋଇପାରୁଥିଲା । 'ମାତୃସ୍ୱର୍ଗ'–'ପିତୃସ୍ୱର୍ଗ' ହେଉକି 'ବସୁଧୈବ କୁଟୁମ୍ବକମ୍' ହେଉ ବା 'ସର୍ବେ ଭବନ୍ତୁ ସୁଖୀନଃ' ହେଉ– ଏହି ମହାନ୍ ଧାରାରେ ଅନୁପ୍ରାଣିତ ହୋଇ ନିଜର ସୁଖ ସ୍ୱାଚ୍ଛନ୍ଦ୍ୟ ସ୍ୱାର୍ଥ ଅପେକ୍ଷା ସମୂହ ସ୍ୱାର୍ଥକୁ ଗୁରୁତ୍ୱ ଦେଇ ସବୁ ସୁଖରେ ରହିଲେ– ଦିନେ ନିଜେ ସୁଖରେ ବା ଖୁସିରେ ରହିପାରିବ ବୋଲି ଗୋଟେ ଆତ୍ମବିଶ୍ୱାସ ଥିଲା । ଯାହା ପରସ୍ପରର ପ୍ରତିଶ୍ରୁତିରେ ମନର ମାନସିକ ଗଠନର ସହାୟକ ହୋଇପାରୁଥିଲା । ଏବେ କିନ୍ତୁ ବସ୍ତୁବାଦ ଦୁନିଆର ମୋହରେ ସୁଖ ସର୍ବସ୍ୱ ହୋଇ ପଡ଼ିଛି । ମଣିଷ ନିଜର ସ୍ୱାର୍ଥ କି ସୁଖ ପାଇଁ ଯାବତୀୟ କୁକର୍ମକୁ କୌଣସି ଗୁରୁତ୍ୱ ନଦେଇ ନିଦ୍ଧନ୍ଦରେ ବିନାସଂକୋଚରେ କରିଚାଲିଛି ।

ସୁସ୍ଥ ନିରାମୟ ଜୀବନ ପାଇଁ ଖାଦ୍ୟ, ବସ୍ତ୍ର, ପାନୀୟ ଭଳି ମାନସିକ ସୁସ୍ଥତା ବା ଶୁଦ୍ଧତା ପାଇଁ ଯେଉଁ ଖୋରାକ ଦରକାର ତାହା ଆମେ ଭୁଲି ଯାଉଛୁ । ମାନସିକ ସୁସ୍ଥତା ପରିବର୍ତ୍ତେ ସାଧାରଣ ଆମଦାନୀ ସୁଖ ପାଇଁ ମାନସିକ ପ୍ରଦୂଷଣତାକୁ ଆପଣେଇ ନେଉଛନ୍ତି । ଯାହା ସ୍ଥୁଲ ଭାବରେ ଆମର କୌଣସି କ୍ଷତି କରିପାରୁନି ଯେ, ହେଲେ ସୂକ୍ଷ୍ମ ଭାବରେ ସାମାଜିକ ଅବସ୍ଥାକୁ ନଷ୍ଟ କରି ଚାଲିଲାଣି । ଯାହାର ପରିଣାମ ଆମେ ଭଲ ଭାବରେ ଦେଖିପାରୁଛୁ । ଅନେକ ବ୍ୟଭିଚାରରେ ଶିକାର ହୋଇଥିବା ମଣିଷ ସାଧାରଣରେ ପାରିବାରିକ ହେଉ ବା ସାମାଜିକ ହେଉ–ଶାନ୍ତି ଟିକେ ପାଇବାକୁ କେତେ ଦିଆଁ, ଦେବତା, ଗୁଣିଆ ବା ଜ୍ୟୋତିଷର ଦ୍ୱାରସ୍ଥ ହୋଇ ଶାନ୍ତି ଖୋଜୁଛି । ସମାଧାନ ଚାହୁଁଛି । ବିଭ୍ରାଟ ହୋଇଯାଇଥିବା ନିଜର ପାରିବାରିକ ସ୍ଥିତିକୁ ସଜାଡ଼ିବାକୁ ଚେଷ୍ଟା କରୁଛି, ହେଲେ ପାଉନାହିଁ । ମଣିଷ ବିକାରଗ୍ରସ୍ତ ହୋଇ ନିଜେ ଭୁଷ୍ଟାଚାରିତ ହୋଇଚାଲିଛି । ଏଇଟା ଉପରେ ଅନ୍ୟମାନଙ୍କ ପାଇଁ ଅମଙ୍ଗଳ ଦେଖାଯାଉଥିଲେ ବି ଦେଖିବାକୁ ଗଲେ ଏହା ନିଜ ପାଇଁ ଏକ ମାରାତ୍ମକ ପ୍ରକ୍ରିୟା ।

ଏହାର କାରଣ ହେଲା କେବଳ ମାନସିକ ପ୍ରଦୂଷଣ । ସମସ୍ତେ ପରିବେଶ ସହିତ ନିଜର ସ୍ୱାସ୍ଥ୍ୟପ୍ରତି ଯେତିକି ସଚେତନତା ପ୍ରକାଶ କରିଥାଆନ୍ତି, ମାନସିକ ସ୍ତରରେ ଶାନ୍ତିରେ ରହିବାକୁ କେବେବି ପ୍ରୟାସ କରିନାହାଁନ୍ତି । ମଣିଷର ଚାହିଦା ଅସୀମ–ଏହି ନ୍ୟାୟ ଆଧାରରେ ବସ୍ତୁବାଦ ଦୁନିଆର ଉପାର୍ଜିତ ଧନ–ସମ୍ପତ୍ତିକୁ ଗୁରୁତ୍ୱ ଦେଇଥାନ୍ତି । ପୂର୍ବରୁ ମନୀଷୀମାନେ ଯାହା ଗୁରୁତ୍ୱ ଦେଇ ଆସିଥାଆନ୍ତି ତାହା ଆଜି ପୋଥିଗତ ଜ୍ଞାନର ରୂପାନ୍ତରିତ ହୋଇଛି । କ୍ରମଶଃ ଆମେ ଆମର ପୂର୍ବ ଧର୍ମ, ସଂସ୍କୃତି, ପରମ୍ପରା ଧାରାରୁ ବିଚ୍ଛିନ୍ନ ହୋଇ ନୂତନ ଧାରାରେ ସାମିଲ ହୋଇ ବସ୍ତୁବାଦକୁ ଗୁରୁତ୍ୱ ଦେଇ ଆସୁଛନ୍ତି । ଧର୍ମଧାରଣାରୁ ବିଚ୍ୟୁତ ମଣିଷ କ୍ରମଶଃ ଅପସଂସ୍କୃତି ଆଡ଼କୁ ଗତି କରୁଛି । ଯାହାଫଳରେ ନିଜର ଅସ୍ତିତ୍ୱ

ହରାଇବା ସହିତ ସାମାଜିକତାର ଅସ୍ମିତା ହଜାଇ ବସିଛି । ଯାହାଦ୍ଵାରା ସମାଜରେ ପ୍ରତୀୟମାନ ହେଉଥିବା ପ୍ରଦୂଷଣତା ଭିତରେ ମାନସିକ ପ୍ରଦୂଷଣ ଗୋଟେ ଗୁରୁତର ଦିଗ ପାଲଟି ଯାଇଛି । ଆମ ଅଲକ୍ଷରେ ଯାହା ଆମେ ଯଦି ଅତି ସାଂଘାତିକ ଭାବରେ ଭାବିବା ବୁଝିପାରିବା । ଏଥିପାଇଁ ଆମେ ଆମର ପୁରାତନ ସଂସ୍କୃତି ପରମ୍ପରା ଶିକ୍ଷା ବ୍ୟବସ୍ଥାକୁ ଆଧୁନିକତା ସହ ସମାନ୍ତରାଲ କରି ଗଢ଼ି ପାରିଲେ, କିଛିଟା ଲାଘବ ହୋଇପାରିବ ବୋଲି ଆଶା କରାଯାଏ ।

କେବଳ ବେଶୀ ପାଠପଢ଼ି ବଡ଼ ଚାକିରି କରି ଅଧିକ ଅର୍ଥ ରୋଜଗାର କରି ସୁଖୀ ରହିବାର ଉପାୟ ନୁହେଁ । କେତକ ସାଧାରଣ କାର୍ଯ୍ୟ ମଧ ମନୁଷ୍ୟକୁ ସୁଖ ଦେଇଥାଏ । ସାଙ୍ଗସାଥୀଙ୍କ ସହିତ ନଦୀକୂଳରେ ବୁଲିବା । ଗରିବକୁ ସାହାଯ୍ୟ କରିବା ପ୍ରଭୃତି । ବୈଜ୍ଞାନିକଙ୍କ ମତରେ ମନୁଷ୍ୟର ମସ୍ତିଷ୍କର ଥିବା ଲିମ୍ବିକ୍ ସିଷ୍ଟମର ଭାବପ୍ରବଣତାକୁ ନିୟନ୍ତ୍ରଣ କରିଥାଏ । ତେଣୁ ଯେଉଁ କାର୍ଯ୍ୟ କଲେ ଲିମ୍ବିକ୍ ସିଷ୍ଟମରେ ସିରୋଟୋନିକ୍, ଡୋପାମିନ୍ ଆଦି ସ୍ନାୟୁ ରସ ନିର୍ଗତ ହୁଏ । ତାହା ମନକୁ ସୁଖଦିଏ । ମନୁଷ୍ୟ କିପରି ସୁଖରେ ରୁହେ-ଏହା ଉପରେ ଗବେଷଣା କରିଛନ୍ତି ପୃଥିବାର ବହୁ ମନସ୍ତତ୍ତ୍ୱବିତ୍ ଓ ମାନସିକ ରୋଗ ଚିକିତ୍ସକ । ବିଭିନ୍ନ ଦେଶର ହଜାର ହଜାର ଲୋକଙ୍କୁ ପ୍ରଶ୍ନ ପଚାରି ସେମାନେ ଯେଉଁ ସିଦ୍ଧାନ୍ତରେ ଉପନୀତ ହୋଇଛନ୍ତି, ତାହା ଅତ୍ୟାନ୍ତ ଉସ୍ସାହ ଜନକ । ମନସ୍ତତ୍ତ୍ୱବିତ୍ ଡ଼. ଗାର୍ସିଆ ଗୋଗା କହିଛନ୍ତି ଯେ, ମନୁଷ୍ୟ ସୁଖୀ ରହିବାକୁ ହେଲେ ଅଭିଯୋଗ ନ କରି ଅନ୍ତରେ ସୁଖପାଇବା, ଖୁସି ରହିବା ଉଚିତ୍ । ଆହୁରି ମଧ ଯେଉଁ କାର୍ଯ୍ୟରେ ସୁଖମିଳୁଛି ତାହା କରିବା ଉଚିତ୍ । ଯେପରି ଦରିଦ୍ରକୁ ସାହାଯ୍ୟ କରିବା, ଅସହାୟ ଆଡ଼କୁ ସହାୟତାର ହାତ ବଢ଼ାଇବା ଇତ୍ୟାଦି ।

ଆନନ୍ଦରେ ରହିଥିବା ଲୋକମାନେ କେବଳ ଅର୍ଥ, ଖ୍ୟାତି ଓ ସମ୍ମାନ ପାଇଁ ଚାକିରି କରନ୍ତି ନାହିଁ । ସେମାନଙ୍କୁ ଯେଉଁ କାର୍ଯ୍ୟ ଭଲ ଲାଗେ ତାହା କରନ୍ତି । ମାତ୍ର ଦୁଃଖୀ ଲୋକ ନିଜ ଜୀବନର ଅଧିକାଂଶ ସମୟ କେବଳ ଅର୍ଥ ରୋଜଗାର ପାଇଁ ବିତାଇ ଥାଆନ୍ତି ଓ ଶେଷରେ ସେହି ଅର୍ଥକୁ ଖର୍ଚ କରି ସୁଖୀ ରହିବାକୁ ଚେଷ୍ଟା କରନ୍ତି ।

ତା'ପରେ ଆଜି ପାଇଁ ବଞ୍ଚନ୍ତୁ । ଅତୀତର ବିଫଳତାକୁ ବେଶୀ ଖୋଲତାଡ଼ କରିବା ଉଚିତ୍ ନୁହେଁ । ସେହିପରି ଭବିଷ୍ୟତ କିପରି ଆଦର୍ଶଜନକ ହେବ ତାହା ଅତ୍ୟଧିକ କଳ୍ପନା କରନ୍ତୁ ନାହିଁ । ଯାହା ଘଟିଯାଇଛି ଓ ଯାହା ବର୍ତ୍ତମାନ ପର୍ଯ୍ୟନ୍ତ ହୋଇନାହିଁ ସେ ବିଷୟରେ ଭାବିଲେ କୌଣସି ଲାଭ ମିଲେନାହିଁ । "ଗତେ ଶୋକେ ନ କର୍ତ୍ତର୍ଜ୍ୟ ବେ॥ ଭବିଷ୍ୟଂ ନେବ ଚିନ୍ତୟେତ, ବର୍ତ୍ତମାନେନଂ କାଲେନ ପ୍ରବର୍ତ୍ତନ୍ତେ ବିଶେଷାଃ ।" ଗତ ହୋଇଥିବା ବିଷୟକୁ ଚିନ୍ତା କରିବା ଉଚିତ ନୁହେଁ । ଭବିଷ୍ୟତରେ ହେବାକୁ ଥିବା ବିଷୟରେ ମଧ ଚିନ୍ତା କରିବା ଉଚିତ ନୁହେଁ । ବର୍ତ୍ତମାନ ସମୟକୁ ଦେଖି ବିଦ୍ୱାନ ଲୋକ କାର୍ଯ୍ୟରେ ଲାଗି ରହନ୍ତି । ଅତୀତ ପାଇଁ ଦୁଃଖ କରିବା ଅନୁଚିତ୍ । ଭବିଷ୍ୟତ ପାଇଁ ଚିନ୍ତା କରିବା ଠିକ୍ ନୁହେଁ । ବର୍ତ୍ତମାନ ପାଇଁ ଦୂରଦର୍ଶୀ ବ୍ୟକ୍ତି ଚିନ୍ତା କରନ୍ତି । "ଅସ୍ମିନ୍ କାଲେ ତୁ ଯଦୁବ୍ତଂ ତଦିଦାତ୍ତଂ ବିଧୀୟତୁମ୍, ଗତଂ ତୁ ନାନୁ ଶୋଚନ୍ତି ଗତଂ ତତୁ ଗତମେବହିଁ ।" ଯଦି ଆପଣ ଦୁଃଖରେ ଅଛନ୍ତି ତେବେ ଖୋଲା ହୃଦୟରେ ଗଠନମୂଳକ ଭାବେ ନିଜର ନୂତନ ଲକ୍ଷ୍ୟ ଯାହା ଆନନ୍ଦ ଦେବ ତାହା ଖୋଜିବା ଉଚିତ୍ । ଆତ୍ମୀୟମାନଙ୍କ ସହିତ ଉଚିତ୍ ସମ୍ପର୍କ ରଖନ୍ତୁ । ଦୁଃଖ ସମୟରେ ଆତ୍ମୀୟମାନଙ୍କର କେବଳ ଉପସ୍ଥିତି ତଥା ସହଯୋଗ ମନରେ ଆନନ୍ଦ ଦିଏ । ମନେ ରଖନ୍ତୁ ଆମେମାନେ ସେହିପରି ଅନ୍ୟମାନଙ୍କୁ ଆନନ୍ଦ ଦେବା ଉଚିତ । ନିଜକୁ ବ୍ୟସ୍ତ ରଖନ୍ତୁ । ସବୁବେଲେ ଅଶାନ୍ତି ହୁଅନ୍ତୁ ନାହିଁ । ଅତ୍ୟଧିକ ଚିନ୍ତା କରନ୍ତୁ ନାହିଁ । ଆନନ୍ଦରେ ରହୁଥିବା ଲୋକମାନେ ଜାଣିଥାନ୍ତି ଅତ୍ୟଧିକ ଚିନ୍ତା କଲେ ଶତକଡ଼ା ୯୦ଭାଗ ଲାଭ ମିଲେନାହିଁ । ନିଜକୁ ସଙ୍ଗଠିତ ରଖନ୍ତୁ । ଆନନ୍ଦରେ ରହୁଥିବା ଲୋକମାନେ ଠିକ୍ ଭାବେ ଯୋଜନା କରିଥାନ୍ତି । ସେମାନେ ଉଦ୍ଦେଶ୍ୟମୂଳକ ଲକ୍ଷ୍ୟ ରଖିଥାନ୍ତି । ଜୀବନରେ ଯଦି କୌଣସି ଲକ୍ଷ୍ୟ ରହିବ ଏବଂ ତାହାକୁ ପାଇପାରିବେ, ତେବେ ଆପଣ ସୁଖୀ ରହିବେ ।

ଯେବେ ମନ ଭାବିନିଏ ଯେ ଲକ୍ଷ୍ୟସ୍ଥଲ ଉଚ୍ଚ, ରାସ୍ତା ଦୁର୍ଗମ, ପଥ କଣ୍ଟକିତ, ମାର୍ଗ କର୍ଦ୍ଦମଯୁକ୍ତ, ଝଡ଼ତୋଫାନ

ଗର୍ଜନ କରୁଛି, ଅଶତାଷବେଗରେ ବତାଶ ବୋହୁଛି, ଚତୁଃର୍ଦିଗ ଅନ୍ଧକାର ଏବଂ ୫ଡ଼ବର୍ଷା ତଥା ବାତ୍ୟାର ସମ୍ଭାବନା ରହିଛି, ତେବେ ବି ପଥିକ ଆହ୍ୱାନକୁ ସ୍ୱୀକାର କରି ଆଗକୁ ମାଡ଼ିଚାଲେ ଏବଂ ଦୃଢ଼ତାର ସହ ପଦଚାଲନା କରି ସବୁର ମୁକାବିଲା ପାଇଁ ମନକୁ ପ୍ରସ୍ତୁତ କରିନିଏ। ମନକୁ ମଜବୁତ କରି ଅଗ୍ରସର ହୁଏ। ଅବିଚଳିତ ଭାବରେ ଲକ୍ଷ୍ୟ ପଥରେ, ଦୁର୍ଗମ ରାସ୍ତାରେ କଣ୍ଟା ଓ ବାଧାକୁ ଅତିକ୍ରମ କରି, ୫ଉତୋଫାନ ଅନ୍ଧକାରକୁ ଖାତିର ନକରି, ଆଉ ଯଦି ପଥରେ ତାର ମନ ବିଚଳିତ ହେଲା, ତେବେ ସେ ନିଜେ ନିରାଶାର ଅନ୍ଧକାରରେ ବାଟବଣା ହୁଏ। ଗଗନସ୍ୱୁଶୀ ଶିଖରରୁ ଖସି ପଡ଼ି ଏଭଳି ଆହତ ହୁଏ। ତାର ହାଡ଼ମାଂସ ସବୁ ଏକାକାର ହୋଇଯାଏ। ଉଠିବାକୁ ଆଉ ସାହାସ କୁଲାଇ ପାରେନାହିଁ। ତେଣୁ ମନକୁ ପ୍ରଥମେ ଦୃଢ଼ କରି ଲକ୍ଷ୍ୟପଥରେ ଧାବମାନ ହେବାର ଶକ୍ତି, ସାହସ ଓ ସାମର୍ଥ୍ୟ ଜୁଟାଇବା ପାଇଁ ସାଧନା ଓ ତପସ୍ୟା ଦରକାର। ଯାହାଫଳରେ ଈଶ୍ୱରୀୟ ମାର୍ଗରେ ଚାଲିବାରେ ସେ ସଫଳ ହୋଇପାରିବ। ମନକୁ ଲକ୍ଷ୍ୟ ପଥରେ କେନ୍ଦ୍ରିତ କରିବା ପାଇଁ ମନକୁ ଶାଣିତ ଓ ନିୟନ୍ତ୍ରିତ କରିବାର କୌଶଲ ଆବଶ୍ୟକ। ଈଶ୍ୱରୀୟ ମାର୍ଗ ଅତ୍ୟନ୍ତ କଣ୍ଟକୀତ, ଆବଡ଼ାଖାବଡ଼ା, କେଉଁଠି ପାହାଡ଼ ତ କେଉଁଠି ପାଣି। ମିଛମାୟା ଦୁନିଆର ଆକର୍ଷଣରୁ ମନକୁ ମୁକ୍ତ କରି ପରମାୟା ଆନଦପ୍ରାପ୍ତି ଲକ୍ଷ୍ୟରେ ଧାବମାନ କରିବା ପାଇଁ ମନକୁ ପରତନ୍ତ୍ରରୁ ମୁକ୍ତ କରିବାର ସଂଘର୍ଷ ହେଉଛି ଆନଦ ପ୍ରାପ୍ତି ପାଇଁ ଅଦମନିତ ଲଢ଼େଇ।

ଆମେ ଜୀବନ ସାରା ଯାହାର ଉପକାର କରୁ, ରାତିଦିନ ତା' ପାଇଁ ବଳିଦାନ ଦେଲୁ, ବନ୍ଧୁତ୍ୱର ହସ୍ତ ପ୍ରସାରିତ କଲୁ, ମାନ ଦେଲୁ, ସମ୍ମାନ ଦେଲୁ ଏବଂ କଠିନ ପରିସ୍ଥିତିରେ ଯେତେବେଳେ ତା'ର ସହାୟତା ଲୋଡ଼ିଲୁ, ଯାହାଠାରୁ ସହାନୁଭୂତିର ଆଶା କରାଯାଏ, ସେ ଯଦି ସଙ୍ଗ ଛାଡ଼ିଦିଏ ଏବଂ ମୁହଁ ମୋଡ଼ିଦିଏ, ଯାହାକୁ ଅପେକ୍ଷା ଥିଲା ଯେ ସେ କଥା ଶୁଣିବ ଓ କିଛି ସହଯୋଗ ଦେବ, ଯଦି ସେ କହିବ ତା ପାଖରେ ସମୟ ନାହିଁ; ଯାହାଠୁ ପ୍ରେମପୂର୍ଣ୍ଣ ବ୍ୟବହାର ଆଶା କରାଯାଉଥିଲା ତୁମେ ଭଲ ମଣିଷ ବୋଲି ଯାହା ମୁହଁରୁ ଶୁଣିବା ପାଇଁ ଲାଲାୟିତ ଥିଲ, ସେ ତା'ର କାନ ବନ୍ଦ କରି କିଛି ନ ଶୁଣିବାର ଅଭିନୟ କଲା, ତେଣୁ ହେ ମନ! ତୁ ପ୍ରଭୁ ସମର୍ପିତ ହେବା ପରେ ଆଉ ସଂସାରର ଏହି ଛଳନାପୂର୍ଣ୍ଣ ଆଚରଣକୁ ଅଣଦେଖା କର। ମୋ ପଣର ଅହଂକାରକୁ ଜ୍ଞାନ ଆଲୋକରେ ଦୂରେଇ ଦେ'। ଯାହା ଘଟୁଛି ତାକୁ ସହନ କରି ମନକୁ ନମାରି ତାକୁ ଆହୁରି ଦୃଢ଼ କର। ନିଜ ଗନ୍ତବ୍ୟ ଲକ୍ଷ୍ୟ ପଥରେ ଚାଲିବା ବେଳେ ନିନ୍ଦା-ସ୍ତୁତି, ମାନ-ଅପମାନ, ଜୟ-ପରାଜୟ, ପ୍ରେମ-ତିରସ୍କାର, ଗାଳିମନ୍ଦ-ପ୍ରଶଂସା, ଖରା-ଛାଇ, ଧାରୁଆଆୟୁଧ, ତରବାରୀ, ଗୁଳିଗୁଲା-ବୋମାର ଭୟକୁ ବେଖାତିର କରି ଆଗକୁ ମାଡ଼ିଚାଲ। ମନକୁ ସଂସାର ଓ ମାୟାର ଦାସତ୍ୱରୁ ମୁକ୍ତିକରି ଆନନ୍ଦିତ ହେବାକୁ ହେଲେ ଆକର୍ଷଣର ସୁନା ସିକୁଲିକୁ ଭାଙ୍ଗିବାକୁ ପଡ଼ିବ। ମନକୁ ଭାବନା ମୁକ୍ତ, ଚିନ୍ତାମୁକ୍ତ କରି ପୁରୁଣା ସଂସ୍କାର ସମୂହକୁ ସଫା କରିବାକୁ ପଡ଼ିବ। ଯେପରି ବ୍ଲାକବୋର୍ଡକୁ ଡଷ୍ଟରରେ ସଫା କରାଯାଏ, ସ୍ୱଚ୍ଛ, ଶୁଦ୍ଧ, ନିର୍ମଳ ଅର୍ଥାତ୍ ସଫା ମନରୂପୀ ସ୍ଲେଟରେ ପ୍ରଭୁ ଚିନ୍ତନର ନୂତନ ଶଦ୍ଦାବଳୀ ଲେଖିବାକୁ ପଡ଼ିବ। ଯୁଗ ଯୁଗର ଶୃଙ୍ଖଲାରୁ ମୁକ୍ତ ମନରେ ପରମ ଶକ୍ତିମାନଙ୍କ ଛବି ଆଙ୍କିବାର ପ୍ରଚେଷ୍ଟା ହିଁ ଆମକୁ ଆନଦ ଆଡ଼କୁ ଅଗ୍ରସର ହେବାରେ ସହାୟତା କରିପାରିବ।

ଆମର ମନ ଭୌତିକୁ ସଂସାରରେ ଏଭଳି ଭାବରେ ଗଭୀର ସମ୍ପର୍କ ସ୍ଥାପନ କରିନେଇଛି, ଯାହାଦ୍ୱାରା ସେହି ମୋହ-ମାୟାର ଜାଲରେ ଫସିଯାଇଛି କିମ୍ୱା ବନ୍ଦୀ ହୋଇରହିଛି। ମାୟାର ପ୍ରଚଣ୍ଡ ଆକ୍ରମଣର ଶିକାର ହୋଇ ଆମେ ତା'ର ବଶ୍ୟତା ସ୍ୱୀକାର କରି ନେଇଛୁ। ମୋହ-ମାୟାର ଜାଲରେ ଫସିଯାଇଛୁ। ଆମ ସମସ୍ୟାର ଏହା ହିଁ ହେଉଛି ମୂଳ କାରଣ। ଭୌତିକ ସଂସାର କିଛି ସମସ୍ୟା ନୁହେଁ। ଏହାତ ଏକ ଅତି ସୁନ୍ଦର ରଙ୍ଗମଞ୍ଚ ପରି ଯେଉଁଠାରେ ନାଟକ ମଞ୍ଚସ୍ଥ ହୁଏ। ପରନ୍ତୁ ଏହି ଭୌତିକ ସଂସାର ଦୃଶ୍ୟ ଏବଂ ଚରିତ୍ର ଗୁଡ଼ିକରେ ଆମେ ଯେତେବେଳେ ଆବଶ୍ୟକତା ଠାରୁ ଅଧିକ ନିମଜ୍ଜିତ ହେଉ ଏବଂ ଭୁଲି ଯାଉଯେ ଆମେ ଏହି ରଙ୍ଗମଞ୍ଚର ଜଣେ ଜଣେ ଅଭିନେତା ମାତ୍ର, ତେବେ

ଆଗେ ଆମର ଆନ୍ତରିକତାରୁ ଦୂରେଇ ଯାଉ। ଅନେକ ସମୟରେ ଆମେ ବସ୍ତୁ, ଘର, ଧନ, ସମ୍ପତ୍ତି ଏବଂ ସର୍ବୋପରି ମୋ ଶରୀର ଏହି ଆକର୍ଷଣରେ ବାନ୍ଧି ହୋଇଯାଉ। ତେଣୁ ଏସବୁ ନଷ୍ଟ ହେଲେ ଆମେ ଗଭୀର ମାର୍ମିକ ବ୍ୟଥା ଅନୁଭବ କରୁ। ବାସ୍ତବରେ ଆମେ ଯଦି ଆମର ଅନ୍ତରାତ୍ମା ସହ ସଂଯୁକ୍ତ ହେବା ଏବଂ ଆତ୍ମା-ପରମାତ୍ମାଙ୍କ ସ୍ୱଚ୍ଛନ୍ଦ ଓ ସ୍ୱାଧୀନ ସ୍ଥିତିକୁ ଜାଣିବା ତେବେ ଲୌକିକ କ୍ଷତିରେ ଆମ ମନ ଓ ଭାବନା ନିରାଶ କିମ୍ବା ବିଚଳିତ ହେବ ନାହିଁ। ଅନେକ କ୍ଷେତ୍ରରେ ଆମ ଭିତରେ ମାଲିକ ପଣିଆ ଜାଗ୍ରତ ହୁଏ। ଆମଠାରୁ ଦୁର୍ବଳ, ଆମଠାରୁ ତଳେ ଥିବା କିମ୍ବା ନୂତନଙ୍କ ପ୍ରତିଦୟା ପ୍ରଦର୍ଶନ ଆମ ଭିତରେ ଅପ୍ରତ୍ୟକ୍ଷ ଭାବରେ ମାଲିକ ପଣିଆ ଭାବନା ଅଙ୍କୁରିତ ହୁଏ ଏବଂ ପରବର୍ତ୍ତୀ ସମୟରେ ଏହା ବ୍ୟାପକ ଓ ବିଶାଲ ହୁଏ। ସଂସାର ଭିତରେ ଆବଦ୍ଧ ରହିବା କିମ୍ବା ସଂସାରକୁ ନିଜ ଭିତରେ ଆବଦ୍ଧ କରିବା ଦ୍ୱାରା ଆମେ ଆମର ବାସ୍ତବିକ ଆନନ୍ଦର ବଲିଦାନ କରୁଛୁ କହିଲେ ଅତୁକ୍ତି ହେବ ନାହିଁ।

ଯେ ପର୍ଯ୍ୟନ୍ତ ଆମର ଚେତନା, ଆମ ଶରୀର ଏବଂ ତାର ସମୃଦ୍ଧ ଭିତରେ ବନ୍ଦୀ ଥିବ, ଆମର ଆନନ୍ଦ ଓ ପ୍ରସନ୍ନତାକୁ ଆମେ ଅନୁଭବ କରିପାରିବା ନାହିଁ। ଆନନ୍ଦ ଓ ପ୍ରସନ୍ନତା ଆମର ଜନ୍ମସିଦ୍ଧ ଅଧିକାର। ତେଣୁ ଭିତରୁ ବାହାରୁ ମୁକ୍ତ ରହିବାର ସହଜ ଉପାୟ ହେଲା ନିଜେ ନିଜକୁ ଜାଣିବା, ଆନ୍ତରିକ ସ୍ରୋତରୁ ଶକ୍ତିର ଆବିଷ୍କାର କରିବାର ଯୋଗ୍ୟତା ହାସଲ କଲେ ହିଁ ଆମେ ବାସ୍ତବରେ ଆନନ୍ଦିତ ହୋଇପାରିବା। ଗୋଟିଏ ଛୋଟ ପିଲା ଯାହାର ଆଖି ଦୁଇଟିକୁ ଦେଖିଲେ, ପ୍ରେମର ସାଗର ଦର୍ଶନ ହୁଏ, ତାହା ହିଁ ହେଉଛି ଆତ୍ମାର ମୂଳ ପ୍ରକୃତି। ଯେ ଭଳି ଶିଶୁଟି ନିଷ୍କାମ, ସରଳ ମନରେ ସମସ୍ତଙ୍କୁ ନିଜର କରିବାର ସାମର୍ଥ୍ୟ ରଖେ ଏବଂ ଶିଶୁଟି ସହିତ ମିଶିଲେ ଯେପରି ଅଲୌକିକ ଆନନ୍ଦର ଅନୁଭବ ହୁଏ ଏବଂ ଶିଶୁଟିର ଆଦେଶ ମାନିବା ପାଇଁ ଯେପରି ଦୁର୍ଦ୍ଧର୍ଷ ଏକଛତ୍ରପତିମାନେ ବାଧ୍ୟ ହୁଅନ୍ତି, ସେହି ସ୍ଥିତିକୁ ଆମ୍ଭକୁ ଆଣିବା ହେଉଛି ସାମୟିକ ଦୁଃଖରୁ ଆମ୍ଭାର ମୁକ୍ତି। ନିଜ ଭିତରେ ଶାଶ୍ୱତ, ଚିରନ୍ତନ ଓ ପ୍ରବାହମାନ ଆତ୍ମିକ ଚେତନାର ଉପଲବ୍ଧି ହିଁ ଆମ୍ଭାକୁ ଦୁଃଖ କଷ୍ଟରୁ ମୁକ୍ତ କରିବା ଏବଂ ଏହାକୁ ସ୍ୱଚ୍ଛ ଓ ପବିତ୍ର କରିପାରିବା। ଏହା ସର୍ବକାଲ ସ୍ୱୀକୃତ ଯେ ଚିତ୍ତ (ମନ) ସର୍ବଦା ଏହାର ସ୍ୱାଭାବିକ ପବିତ୍ର ଅବସ୍ଥାର ପୁନଃ ପ୍ରାପ୍ତି ଲାଗି ପ୍ରଚେଷ୍ଟା ଜାରି ରଖିଛି। ପରନ୍ତୁ ଇନ୍ଦ୍ରିୟ ଗୁଡିକ ତାକୁ ସେଥିରେ ବାଧା ସୃଷ୍ଟି କରୁଛନ୍ତି। ମନକୁ ନିୟନ୍ତ୍ରଣ କରିବା, ତାକୁ ଅନ୍ତଃମୁଖୀ କରିବା ଏବଂ ତାହାର ପ୍ରତ୍ୟାବର୍ତ୍ତନ ଦ୍ୱାରା ସେହି ଚୈତନ୍ୟ ପୁରୁଷ (ପରମାତ୍ମା)ଙ୍କ ନିକଟକୁ ଯିବା ପଥରୁ ଫେରାଇ ଆଣିବା ଏହାହିଁ ଯୋଗର ସୋପାନ। ଅର୍ଥାତ୍ ଏହାହିଁ ହେଉଛି "ଚିତ୍ତ, ବୃତ୍ତି ନିରୋଧ", ମନକୁ ଜୋରଜବଦସ୍ତ ନିରୋଧ ନକରି କର୍ମ କୁଶଳତା ଦ୍ୱାରା ଏହାକୁ ସତ୍-ଚିତ୍-ଆନନ୍ଦ ଆଡକୁ ନେଇଯିବା ହିଁ ହେଉଛି ବାସ୍ତବ ଆନନ୍ଦ ପ୍ରାପ୍ତି। ଦୁଃଖ, କଷ୍ଟ ଓ ଯନ୍ତ୍ରଣା ଏବଂ ଭୌତିକ ଦାସତ୍ୱର ମୁକ୍ତିଠାରୁ ଏହା ଅଧିକ ମହତ୍ୱପୂର୍ଣ୍ଣ।

ଆଜି ସୁଖୀ ନହେଲେ ଭବିଷ୍ୟତ କେବେବି ଆଲୋକିତ ହୋଇପାରିବନି। ଆନନ୍ଦକୁ ଖୋଜିବା ପାଇଁ ପଛକୁ ଫେରିଯାଇ ନିଜ ଜୀବନର ଲକ୍ଷ୍ୟକୁ ଆଉଥରେ ନିରୂପଣ କରି ପହେଇବାକୁ ଭୟ କଲେ ଚଲିବନାହିଁ। ମନକୁ ଖୁସି କରିବାକୁ ହେଲେ ଅବସର ସମୟରେ ବିଭିନ୍ନ ସାମାଜିକ ଅନୁଷ୍ଠାନରେ ଯୋଗ ଦେଇ ସାମାଜିକ କାର୍ଯ୍ୟରେ ସାହାଯ୍ୟ କରିବା ଉଚିତ। ଭଲ ଲୋକମାନଙ୍କ ସହିତ ମିଶିଲେ ଆମ ତୃପ୍ତି ମିଲିବ। ମନସ୍ତତ୍ୱବିତ୍ ଇଉନକୁନସୁହ କହିଛନ୍ତି, ମନୁଷ୍ୟ ଯେତେବେଲେ ନିଜକୁ ଏକ ସମ୍ପୂର୍ଣ୍ଣ ସାମାଜିକ ପ୍ରାଣୀ ବୋଲି ଭାବିବ ସେ ଖୁସି ରହିବ। ନିଜକୁ କାହା ସହିତ ତୁଲନା କରିବା ଠିକ୍ ନୁହଁ। ସବୁକ୍ଷେତ୍ରରେ ସବୁଦିଗରେ ଆମ ଉପରେ ଅନେକ ଓ ତଳେ ମଧ ବହୁତ ଅଛନ୍ତି। ଜୀବନରେ ଏକ ଲକ୍ଷ୍ୟ ରଖିବା ହେଉଛି ସୁସ୍ଥ ପରମ୍ପରା। ମାତ୍ର ନିଜର ଲକ୍ଷ୍ୟକୁ ଅନ୍ୟ ସହ ତୁଲନା କଲେ ଯଦି କିଛି ଶିଖିବାରେ ସାହାଯ୍ୟ କରେ, ତେବେ ଭଲ କଥା। ମାତ୍ର ଅତ୍ୟଧିକ ତୁଲନା ନିଜ ଲକ୍ଷ୍ୟ ସାଧନ କରିଥିବା କାର୍ଯ୍ୟର ସୁଖକୁ ବି କମ୍ କରିଦେଇଥାଏ। ନିଜତ୍ୱ ହରାଇବା କୌଣସି କ୍ଷେତ୍ରରେ ଠିକ୍ ନୁହେଁ। ନିଜ ମନର ଅଶାନ୍ତି ଦୂର କରି

ନିଜକୁ ସଙ୍ଗଠିତ କରି ରଖିବା ଉଚିତ୍‌। ପ୍ରକୃତରେ ସୁଖରେ ରହିଥିବା ଲୋକମାନେ ବାସ୍ତବରେ ଜୀବନର ମୂଲ୍ୟ ବୁଝିପାରିଥାନ୍ତି। ମାତ୍ର ସୁଖ ଅନେକ ସମୟରେ ଶୋଷ ବଢ଼ାଏ। ତୃପ୍ତି ଦିଏନାହିଁ।

ଉତ୍ତମ ଜୀବନ ଯାପନ ପାଇଁ ଲୋଡ଼ା ବ୍ୟକ୍ତିର ସଦ୍‌ଗୁଣ, ଆହରଣ ଓ ଆଚରଣ। ସଂସାରରେ ରହିବାକୁ ହେଲେ ମଣିଷର ପାର୍ଥିବ ସଂପଦ ନିହାତି ଆବଶ୍ୟକ। ପ୍ରତ୍ୟେକ ବିଷୟରେ ବୈଜ୍ଞାନିକ ସିଦ୍ଧାନ୍ତରେ ଉପନୀତ ହେବାକୁ ହେଲେ ବିଷୟର ମୂଳରୁ ଅନୁସନ୍ଧାନ କରିବାକୁ ପଡ଼ିବ ଏବଂ ତାର କ୍ରମବିକାଶ ହେବା ଆବଶ୍ୟକ। ପ୍ରତ୍ୟେକ କ୍ଷେତ୍ରରେ ମଧ୍ୟମ ପନ୍ଥା ଅବଲମ୍ବନ କରିବାକୁ ଆରିଷ୍ଟଲ ପରାମର୍ଶ ଦେଇଛନ୍ତି। ଗ୍ରୀକମାନେ ଆଦର୍ଶବାଦ ଉପରେ ଗୁରୁତ୍ୱ ଦେଉଥିଲେ। ଧୀରସ୍ଥିର ଶାନ୍ତିପୂର୍ଣ୍ଣ ଆଧ୍ୟାମ୍ନିକ ଜୀବନଯାପନ ଥିଲା ଜୀବନର ଅନ୍ତିମ ଅଭିଲାଷ। ବୈଦିକ ଯୁଗର ଭାରତୀୟ ମାନଙ୍କପରି ଆଧ୍ୟାମ୍ନିକବାଦ, ଆଦର୍ଶବାଦ, ସୌନ୍ଦର୍ଯ୍ୟବାଦ ଓ ଉପଭୋଗବାଦ ଗ୍ରୀକମାନଙ୍କ ଜୀବନକୁ ପ୍ରଭାବିତ କରିଥିଲା। ନୈତିକତା ପ୍ରତ୍ୟେକ କର୍ମ ଓ ଜୀବନଯାପନ ପ୍ରଣାଳୀର ଆଧାର ଥିଲା। ଖ୍ରୀଷ୍ଟପୂର୍ବ ୪ର୍ଥ ଶତାଧୀରୁ ଖ୍ରୀଷ୍ଟଙ୍କ ଜନ୍ମ ପର୍ଯ୍ୟନ୍ତ ମାନବ ସଭ୍ୟତାର ବିକାଶ କ୍ଷେତ୍ରରେ ଚିନ୍ତା ରାଜ୍ୟରେ ଯେଉଁ ବୈପ୍ଳବିକ ପରିବର୍ତ୍ତନ ଦେଖାଗଲା ତାହା ସମାଜ ଓ ରାଷ୍ଟ୍ରର ଶୃଙ୍ଖଳିତ ଶାସନ ପାଇଁ ଉଦ୍ଦିଷ୍ଟ ଥିଲା। ଏହି ସମୟ ଭିତରେ ଦେଖିବାକୁ ମିଳେ ପ୍ରାଚୀନ ଭାରତରେ ଉଚ୍ଚକୋଟିର ସମାଜ ସମ୍ପର୍କିତ ଚିନ୍ତା।

ସୁଖୀ ହେବା ଲାଗି ଅମାପ ଧନସମ୍ପତ୍ତିର ଆବଶ୍ୟକ ହୁଏ ନାହିଁ। ଦରକାର ପଡ଼ନ୍ତି ନାହିଁ, ଖୋସାମତିଆ, ଗୁହାରିଆ, ବଟୀପେଲା, ପିନ୍ଧାଟେକା ମାନଙ୍କର। ତଥାପି ସେ ଖୁସିରେ ରହିଥାଏ। ପାଇଥାଏ ଶାନ୍ତି, ପ୍ରକୃତ ଶାନ୍ତି, ମାନସିକ ଶାନ୍ତି, ଆନ୍ତରିକ ଆନନ୍ଦ। ସେ ପ୍ରାଣଖୋଲା ହସ ହସିପାରେ। ଅତ୍ୟଧିକ ମାନସିକ ଚାପରୁ ନିଜକୁ ମୁକ୍ତ ରଖି ସୁସ୍ଥ ଜୀବନଯାପନ ନିମନ୍ତେ ଆଜିର ଦୁନିଆରେ ସବୁଠାରୁ ବଡ଼ ଆବଶ୍ୟକତା ହେଉଛି, ଟିକେ ମନଖୋଲା ହସ। ଆମେ ନିଜେ ହସିଲେ ଅନ୍ୟମାନେ ହସିବେ ଓ ସାରା ଦୁନିଆ ହସିଉଠିବ। ଆମେ ନିଜେ ନ ହସିପାରିଲେ ମଧ୍ୟ ହସିବାକୁ ଚାହିଁଲେ ସେଥିପାଇଁ ଦୁନିଆରେ ହସର ସୁଯୋଗ ବା ଉସ୍ତର ଅଭାବ ନାହିଁ।

ବିଗତ ଶତାଧୀର ଇଂରାଜୀ କବି ଓ ଲେଖକ ଜନ୍‌ ମେସ୍‌ଫିଲ୍ଡ ତାଙ୍କର ଏକ ଲୋକପ୍ରିୟ କବିତା ମାଧ୍ୟମରେ ଯଥାର୍ଥରେ କହିଛନ୍ତି "ଲାଫ୍‌ ଆଣ୍ଡ ବି ମେରୀ" ଅର୍ଥାତ୍‌ ହସ ଓ ଖୁସିରେ ରୁହ। ୧୮୭୮ ମସିହାରେ ଇଂଲଣ୍ଡର ଲେଡ୍‌ ବରି ଠାରେ ଜନ୍ମଗ୍ରହଣ କରିଥିବା ଏହି ମହାନ କବି ପ୍ରାୟ ପଚାଶ ବର୍ଷ ହେଲାଣି ଏ ଦୁନିଆରୁ ବିଦାୟ ନେଇ ଚାଲିଗଲେଣି। ମାତ୍ର ତାଙ୍କର ସାର୍ବଜନୀନ ଉକ୍ତି ବିଷାଦଗ୍ରସ୍ତ ବିଶ୍ୱବାସୀଙ୍କୁ ସବୁଦିନ ପାଇଁ ଅନୁପ୍ରେରିତ କରୁଛି। ଆଜିର ବସ୍ତୁବାଦୀ ଯୁଗରେ ମନୁଷ୍ୟର ଜୀବନଯାତ୍ରା ଅତ୍ୟନ୍ତ ଦୁର୍ବିସହ ହୋଇପଡିଛି। ଅଧିକରୁ ଅଧିକ ଲାଭ ପାଇବା ଆଶାରେ ମଣିଷ ଲୋଭାଶକ୍ତ ଓ ମୋହଗ୍ରସ୍ତ ହୋଇପଡିଛି। ବିଳାସମୟ ଜୀବନକୁ ବଞ୍ଚିବାକୁ ଚାହୁଁଥିବା ମଣିଷ ଜୀବନର ଆବଶ୍ୟକତାର ସୂଚୀ ଦୂର ଦିଗବଳୟ ସୀମା ସ୍ପର୍ଶ କରୁଛି। ବିଷାଦଗ୍ରସ୍ତ ମଣିଷ ତାର ସକଳ ପ୍ରାପ୍ତିରୁ ସାମାନ୍ୟ ବଞ୍ଚିତ ହେଲେ ତା ମଧ୍ୟରେ ସୃଷ୍ଟି ହେଉଛି ବିସର୍ଣ୍ଣତା ଓ ମାନସିକ ଅସ୍ଥିରତା। ଅତ୍ୟଧିକ ମାନସିକ ଚାପରୁ ନିଜକୁ ମୁକ୍ତ ରଖି ସୁସ୍ଥ ଜୀବନଯାପନ ନିମନ୍ତେ ଆଜିର ଦୁନିଆରେ ସବୁଠାରୁ ବଡ଼ ଆବଶ୍ୟକତା ହେଉଛି ସାମାନ୍ୟ ଟିକେ ମନଖୋଲା ହସ। ଆମେ ନିଜେ ହସିଲେ ଅନ୍ୟମାନେ ହସିବେ ଓ ହସିଉଠିବ ସାରା ଦୁନିଆ।

ହାସ୍ୟ ମନୁଷ୍ୟର ଏକ ଜନ୍ମଗତ ଅଧିକାର। ମଣିଷ ଜୀବନର ଏହା ଏକ ଅମୂଲ୍ୟ ବୈଭବ। ମଣିଷ ଥିବା ପର୍ଯ୍ୟନ୍ତ ହସ ରହିବ। ଜୀବନର ଦୁଃଖ ଯନ୍ତ୍ରଣାକୁ ଭୁଲି ନୂତନ ଆଶାର ସନ୍ଧାନ କରିବାରେ ହସ ହିଁ ସମର୍ଥ। ଜୀବନର ସବୁଠାରୁ ଦୁର୍ଦ୍ଦିନରେ ଚେତାଏ ହସ ବଦଳାଇ ଦେଇପାରେ ମଣିଷର ମାନସିକ ସ୍ଥିତିକୁ। ହସିବାର ଆନନ୍ଦ କେବଳ ସେହି ମୁହୂର୍ତ୍ତରେ ସୀମିତ ନଥାଏ। ହସ ସରିଗଲାପରେ ମଧ୍ୟ ବହୁ ସମୟ ପର୍ଯ୍ୟନ୍ତ ଏହା ମାନସିକ ଶକ୍ତି ଓ ମୁକ୍ତି ପ୍ରଦାନ କରିଥାଏ। ଦିଗହରା

ମଣିଷକୁ ନୂତନ ରାହା ଦେଖାଏ ହସ । ନିରାଶା ଓ ହତାଶା ମଧ୍ୟରେ ଆଶାର ଆଲୋକ ପ୍ରଦର୍ଶିତ କରେ ହସ । ହସ ଉଭୟ ହୃଦୟ ଓ ହୃତ୍‌ପିଣ୍ଡକୁ ସୁସ୍ଥ ରଖିଥାଏ ଓ ଶରୀରରେ ରକ୍ତ ସଂଚାଳନ ନିୟନ୍ତ୍ରିତ କରି ହୃଦ୍‌ଘାତର ଆଶଙ୍କା ଦୂର କରେ । ମଣିଷର ଉଭୟ ଶାରିରୀକ ଓ ମାନସିକ ବିକାଶ ନିମନ୍ତେ ହାସ୍ୟ ଏକ ମହୌଷଧ ଭାବେ ପ୍ରମାଣିତ ହୋଇଛି । ନିଜେ ହସିବା ସହିତ ହସ ବାଣ୍ଟିଲେ ମଣିଷମାନଙ୍କ ମଧ୍ୟରେ ଆବେଗିକ ଓ ଭାବଗତ ଦୂରତା ହ୍ରାସ ପାଇବ ବୋଲି ବିଶେଷଜ୍ଞଙ୍କ ମତ । ନିଜେ ହସିବା ସହିତ ଅନ୍ୟକୁ ହସାଇବା ପାଇଁ ଆମେ ସମସ୍ତେ ଉଦ୍ୟମ କରିବା ଆବଶ୍ୟକ । ତେଣୁ ଆସନ୍ତୁ ଆମେ ସମସ୍ତେ ସବୁଦିନ ନିଶ୍ଚୟ ଟିକେ ହସିବା ଓ ସୁସ୍ଥ ଜୀବନଯାପନ କରିବା । ହାସ୍ୟ ଓ ପ୍ରେମ ସହ ମାନବିକତାକୁ ଏକାଠି କରିବା ପାଇଁ ସାମାନ୍ୟ ଉଦ୍ୟମ କରିବା । କାରଣ ହସ ହେଉଛି ଜଟିଳ ପରିସ୍ଥିତିକୁ ହାଲୁକା କରିବାର ଶ୍ରେଷ୍ଠ ପ୍ରତିକ୍ରିୟା ।

ହସ ମଣିଷ ମଣିଷ ମଧ୍ୟରେ ସମ୍ପର୍କ ଓ ଘନିଷ୍ଟତା ବୃଦ୍ଧି କରେ । ହସ ଓ ରଙ୍ଗରସ ମନୁଷ୍ୟ ଶରୀର ମଧ୍ୟରେ ରୋଗ ପ୍ରତିରୋଧକ ଶକ୍ତି ବୃଦ୍ଧି କରିଥାଏ । ଜୀବନରୁ ମାନସିକ ଦୁଃଖ ଓ ଅବସାଦକୁ ଦୂରେଇ ଦେବାପାଇଁ ହସ ବ୍ୟତୀତ ଅନ୍ୟ କୌଣସି ମୂଲ୍ୟବାନ ଔଷଧ ସଫଳ ହୋଇପାରିବନାହିଁ । ତେଣୁ ନିଜେ ହସିବା ସହିତ ଅନ୍ୟ ସମସ୍ତଙ୍କୁ ହସାଇବା ପାଇଁ ଆମେ ସମସ୍ତେ ମିଳିତ ଭାବେ ଉଦ୍ୟମ କରିବା ଆବଶ୍ୟକ । ଫରାସୀ ଲେଖକ ଓ କବି ଭିକ୍‌ର ହ୍ୟୁଗୋଙ୍କ ମତରେ, ହସ ଏକ ଉଦୀୟମାନ ସୂର୍ଯ୍ୟ । ଯାହା ମନୁଷ୍ୟର ମୁଖମଣ୍ଡଳରୁ ବିଷାଦସମ ଶୀତକୁ ଦୂର କରିବାରେ ସମର୍ଥ । ହସ ମାଧ୍ୟମରେ ଆମେ ପରମ କାରୁଣିକ ଈଶ୍ୱରଙ୍କ ସାନ୍ନିଧ୍ୟ ଲାଭ କରିପାରିବା । ହସ ହେଉଛି ତୃପ୍ତି ଓ ପରିପୂର୍ଣ୍ଣତାର ଏକ ପରିପ୍ରକାଶ ।

ହସ ସୁଖର ଚାବିକାଠି । ଏହା ଏକ ମଣିଷର ପ୍ରକୃତ ଚିତ୍ର ଓ ଚରିତ୍ରକୁ ପରିସ୍ଫୁଟ କରିଥାଏ । ମଣିଷର ଜ୍ଞାନ ପାଇଁ ଏହା ମଧୁର ସଙ୍ଗୀତର ଙ୍କାର । ହସ ଏକ ଔଷଧ ପରି ରୋଗଗ୍ରସ୍ତ ମଣିଷର ସମସ୍ତ ଯନ୍ତ୍ରଣାର ଉପଶମ କରିଥାଏ । ବିଶ୍ୱର ବହୁ ବୈଜ୍ଞାନିକ, ଗବେଷକ, ଚିକିତ୍ସାବିଜ୍ଞାନରେ ରୋଗୀର ଯନ୍ତ୍ରଣାରୁ ମୁକ୍ତି ପାଇଁ ହାସ୍ୟଉଦ୍‌ଦୀପକ ଚଳଚ୍ଚିତ୍ର, ମଞ୍ଚକଳାକାର, କମେଡିଆନଙ୍କ ଦ୍ୱାରା ହାସ୍ୟରସ ପରିବେଷଣ କରି ବହୁ କ୍ଷେତ୍ରରେ ସଫଳତା ହାସଲ କରି ପ୍ରଶଂସା ପାଇଛନ୍ତି । ହାସ୍ୟ ଅଭିନେତା ଚାପଲିନଙ୍କ ମତରେ 'ବିନା ହସରେ ଗୋଟିଏ ଦିନ କାଟିବା ଅର୍ଥ ଦିନଟି ନଷ୍ଟ ।' ତେଣୁ ଗୋଟିଏ ଦିନର ବହୁମୂଲ୍ୟ ସମୟକୁ ନଷ୍ଟ କରି ନ ଦେଇ ଟିକିଏ ହସିବାକୁ ସେ ତାଙ୍କର ପ୍ରିୟ ଦର୍ଶକ ଓ ଅନୁଗାମୀମାନଙ୍କୁ ସର୍ବଦା ପ୍ରେରଣା ଦେଉଥିଲେ । ଟିକିଏ ହସ ବଦଳରେ ବହୁତ କିଛି ସଫଳତା ମିଳିପାରିବ । ଟିକିଏ ମୁରୁକି ହସ ବଦଳାଇ ଦେବ ଅଗଣିତ ମଣିଷଙ୍କ ଭାଗ୍ୟ ଓ ଭବିଷ୍ୟତ । ଟିନକ ଗବେଷଣାରୁ ଜଣାଯାଇଛି, ହାସ୍ୟ ରସଭରା ଏକ ଭଲ ଚଳଚ୍ଚିତ୍ର ଦେଖିବା ପରେ ମଣିଷର ଷ୍ଟ୍ରେସ୍‌ ହରମନ 'କର୍ଟିସଲ' ୩୯ଶତାଂଶ, ଆଡ୍ରିନାଲିନ୍‌ ୭୦ ଶତାଂଶ ହ୍ରାସ ହୋଇଥାଏ । ଅନ୍ୟପକ୍ଷରେ ସୁଖଦ ଅନୁଭବ ହରମନ 'ଏଣ୍ଡୋରଫିନ୍‌ସ' ଯାହାକି ପ୍ରକୃତିକ ଉପାୟରେ ରୋଗଗ୍ରସ୍ତ ମଣିଷର ଯନ୍ତ୍ରଣା ଉପଶମ କରିଥାଏ । ଏହା ଶରୀରର ବୃଦ୍ଧିରେ ୨୭ ଶତାଂଶ ସହାୟକ ହୋଇଥାଏ । ପରବର୍ତ୍ତୀ କାଳରେ ହସର ଠିକ୍‌ ଉପଯୋଗ ଫଳରେ ଶରୀରର ସୁଖଦ ଅନୁଭବ ୮୭ ଶତାଂଶ ବୃଦ୍ଧି ହୋଇ ସକରାତ୍ମକ ଫଳାଫଳ ଦେଇଥାଏ । ନୋର୍ମାନ୍‌ କବିନସଙ୍କ "ଲାଫିଙ୍ଗ କିୟୋର ଆନାଟମୀ ଅଫ୍‌ ଇଲନେସ୍‌ ଆଜି ପରସିଉଡ୍‌ ବାଇ ଦ ପେସେଣ୍ଟ ।" ପୁସ୍ତକରେ ନିଜ ଅନୁଭୂତିରୁ ଜଣାଇଛନ୍ତି ଯେ, ସେ ହାସ୍ୟରସଭରା ଚଳଚ୍ଚିତ୍ର ଦେଖିବା ପରେ ତାଙ୍କର ଆଣ୍ଠୁ ଗଣ୍ଠି ବାତ ଜନିତ ଫୁଲା, ଯନ୍ତ୍ରଣା କମିଯାଇଥିଲା । ସେ ଦୀର୍ଘ ସମୟ ଧରି ସୁଖ ନିଦ୍ରା ଲାଭ କରିଥିଲେ । ନୋର୍ମାନ୍‌ ବହୁ ବର୍ଷର ଗବେଷଣାରୁ ଜାଣିପାରିଥିଲେ ଯେ, ହାସ୍ୟରସ ଷ୍ଟ୍ରେସ୍‌ ହରମୋନ୍‌ 'କଟିସିଲ୍‌', 'ଏପିନେଫ୍ରାଇନା', 'ଡୋପାମାଇନ୍‌' ଆଦିକୁ ଶରୀରରୁ ହ୍ରାସ କରିବା ସଙ୍ଗେସଙ୍ଗେ ସୁଖଦ ଅନୁଭବ ହରମନ 'ଏଣ୍ଡୋରଫିନ୍‌ସ', 'ନ୍ୟୁରୋଟ୍ରାନ୍‌' ମିତ୍ରରସ ଏବଂ ଆମ ଶରୀରରେ ରୋଗ ସଂକ୍ରମଣ ବିରୋଧରେ ପ୍ରତିଟି ମୁହୂର୍ତ୍ତରେ

ଲଢ଼େଇ କରୁଥିବା ଆଣ୍ଟିବଡିଜ୍'ର ପରିମାଣକୁ ବୃଦ୍ଧି ଓ ଅଧିକ ଶକ୍ତିଶାଳୀ କରିଥାଏ । ଏହାଫଳରେ ଶରୀରର ହୃତ୍‌ପିଣ୍ଡରେ ରକ୍ତ ସଂଚାଳନ ପ୍ରକ୍ରିୟା। ସ୍ୱାଭାବିକ ଅବସ୍ଥାରେ ରହିଥାଏ ।

କାରଣ ମାନସିକ ଅଶାନ୍ତି ଜନିତ ରୋଗର ନିଦାନ ବାହାରେ ନ ଥାଏ। ଥାଏ ନିଜ ଭିତରେ । ମନ ଖୋଲି ହସିପାରିଲେ ସ୍ଥିର ଓ ଶାନ୍ତ ହୁଏ ମନ । ଦୂରେଇ ଯାଏ ଶରୀରର ଅସୁସ୍ଥତା ଓ ବ୍ୟାଧିର ଭୟ । ଅର୍ଥାତ୍ ମନର ଅବସାଦ ଦୂର ପାଇଁ ହାସ୍ୟ ଏକ ଅବ୍ୟର୍ଥ ମହୌଷଧ, ଏକ ପ୍ରାକୃତିକ ଚିକିତ୍ସା। ଏହି ପ୍ରକ୍ରିୟାକୁ ଆପଣାଇ ନେଇ ପାରିଲେ ଖୋଲିଯାଏ ନିରାମୟ ଜୀବନ ଜୀଇଁବାର ବାଟ। ଜୀବନରେ ଦୁଃଖ ଓ ଜଞ୍ଜାଳ ଆସେ। ଥରେ ନୁହେଁ ହଜାର ଥର । ମାତ୍ର ସକଳ ଦୁଃଖ ଓ ଜଞ୍ଜାଳ ଭିତରେ ଥାଇ ବି ଯେଉଁମାନେ ମନଖୋଲି ହସିପାରନ୍ତି, ସେହିମାନେ ଏହି ଦୁଃଖ ନେୟ୍ୟଗ୍ରସ୍ତ ଦୁନିଆରେ ଅତ୍ୟନ୍ତ ଭାଗ୍ୟବାନ। ସ୍ୱାସ୍ଥ୍ୟ ବିଶେଷଜ୍ଞମାନଙ୍କ ମତରେ, ମନଖୋଲି ହସିବା ଦ୍ୱାରା ମାଂସପେଶୀର ବ୍ୟାୟାମ ହେବା ସହିତ ସୁଗମ ହୁଏ ରକ୍ତ ସଂଚାଳନ ପ୍ରକ୍ରିୟା। ରକ୍ତରୁ ହ୍ରାସ ପାଇଥାଏ ମନରେ ବିଷାଦ ଆଣୁଥିବା ହରମୋନ୍ ସ୍ତର ଏବଂ ସୃଷ୍ଟି ହୁଏ ମସ୍ତିଷ୍କ ଓ ମେରୁହାଡ ସ୍ନାୟୁରେ ଜନ୍ତ୍ରଣା ନାଶକାରୀ ଉପାଦାନ ବା ଏଣ୍ଡୋରପିନ୍। ମନରାଜ୍ୟରୁ ଆପେ ଆପେ ପୋଛି ହୋଇଯାଏ ଗ୍ଲାନିର କାଳିମା। ବିରାଜମାନ କରେ ଶାନ୍ତି ଓ ସ୍ଥିରତା ।

ସୁତରାଂ ହାସ୍ୟ ଉଭୟ ମାନସିକ ଓ ଶାରିରୀକ ରୋଗ ନିବାରଣର ଏକ ଉପାୟ। ସୁସ୍ଥ ସୁନ୍ଦର ଜୀବନ ବଂଚିବାର ଏକ କଳା। ଅନ୍ୟ ପକ୍ଷରେ ହସକୁ ନିଜ ଠାରୁ ଦୂରେଇ ଦେଇ ପାଷାଣ୍ଡ ପାଲଟିଯାଏ ମଣିଷ। ହସ ବିନା ହା-ହତାଶମୟ ହୋଇଉଠେ ଜୀବନଯାତ୍ରା। ହାସ୍ୟ ଏକ ସାମାଜିକ ବୃତ୍ତି, ମୁକ୍ତ ମଣିଷର ଧ୍ୱଜା, ସକରାମ୍ଲକ ଭାବନାର ଉସ୍ସ। ତେଣୁଏ ହସରେ ପର ହୋଇଯାଏ ଆପଣାର। ଶତ୍ରୁ ପାଲଟିଯାଏ ମିତ୍ର, ଲିଭିଯାଏ ପରସ୍ପର ଭିତରେ ଥିବା ବିଭେଦର ଗାରଟଣା ସୀମା। ଅର୍ଥାତ୍ ଶାନ୍ତି ଓ ସଦ୍‌ଭାବନା ପ୍ରତିଷ୍ଠା ନିମନ୍ତେ ହାସ୍ୟ ଏକ ଅନିବାର୍ଯ୍ୟ ଅବଲମ୍ବନ। ପରସ୍ପରକୁ ଯୋଡିବାର ଏକ ସୂତ୍ର । ହାସ୍ୟକୁ କଳାଗତ ରୂପ ପ୍ରଦାନ କରେ ସାହିତ୍ୟ ପାଠକର ରସାନୁଭୂତିକୁ ଜାଗ୍ରତ ତଥା ସତେଜ କରିବା ପାଇଁ ସାହିତ୍ୟରେ ହାସ୍ୟରସ ତିଅଣରେ ଫୁଟଣ ଛୁଙ୍କ କରି ଅତ୍ୟନ୍ତ ମନୋହାରି। ମାତ୍ର ତାର ସଫଳ ରୂପାୟନ ଦୁର୍ଲଭ ପ୍ରତିଭା ସାପେକ୍ଷ, ଅର୍ଥାତ୍ ହାସ୍ୟ ସୃଷ୍ଟି ଏକ ଜନ୍ମସିଦ୍ଧ କଳା। ଏକ ଈଶ୍ୱରଦତ୍ତ ସମ୍ପତ୍ତି।

ପ୍ରକୃତି ରାଜ୍ୟ ବିଧାତାଙ୍କର, ଜ୍ଞାନର ରାଜ୍ୟ ବିଜ୍ଞାନର, ସତ୍ୟ ରାଜ୍ୟ ସାଧକର। ମାତ୍ର ହୃଦୟର ରାଜ୍ୟ ହାସ୍ୟ ରସିକର। ତେଣୁ ନିଜେ ହସୁଥିବା ଓ ଅନ୍ୟକୁ ହସାଇପାରୁଥିବା ବ୍ୟକ୍ତି ଜିଣିନିଏ ହୃଦୟ। ପାଲଟିଯାଏ ସମସ୍ତଙ୍କର ପ୍ରିୟପାତ୍ର। ହସ ବିଦେହ। ତା'ର ଆତ୍ମା ଅଛି, କିନ୍ତୁ ଅବୟବ ନାହିଁ। ତେଣୁ ହସକୁ ଆଙ୍ଗିକ ବିଭବ ଦ୍ୱାରା ଦିପ୍ତୀମନ୍ତ କରିହେବ ନାହିଁ କି ଚିହ୍ନିତ କରିହେବ ନାହିଁ ଶରୀର ଅବୟବ ମଧ୍ୟରେ। ବିଧାତାଙ୍କ ସୃଷ୍ଟିରେ ଏକମାତ୍ର ମଣିଷକୁ ମିଳିଛି ହସିବାର ଅଧିକାର। ତେବେ ଏକ ସୁସ୍ଥ, ସୁନ୍ଦର, ସାର୍ଥକ ତଥା ସାବାଲିକ ଜୀବନ ବଂଚିବା ପାଇଁ ଆମେ ତାକୁ ବ୍ୟବହାର ନ କରିବା କାହିଁକି ?

ବିଶ୍ୱର ଯେକୌଣସି ଜଣେ ଅତିଥିଙ୍କୁ ସ୍ୱାଗତ କରିବାବେଳେ ତାଙ୍କର ଭାଷା ଆମେ ବୁଝି ନ ପାରୁଥିଲେ ମଧ କେବଳ ସ୍ମିତ ହାସ୍ୟରୁ କଣିକାଏ ଅଜାଡ଼ି ଦେଲେ ଅତିଥିଟି କୃତ କୃତ ହୋଇ ଆଲିଙ୍ଗନ କରିଥାଏ। ସମ୍ପର୍କ ଅଧିକ ନୀବିଡ଼ ହୋଇଥାଏ। ମାନବ ସମାଜର ସୃଷ୍ଟି ଓ ତା'ର କ୍ରମବିକାଶ ଅଧ୍ୟୟନରୁ ଜଣାଯାଏ ଯେ, ମା'ସହ ଶିଶୁର ଭାବର ଆଦାନ ପ୍ରଦାନର ପ୍ରାରମ୍ଭରେ ହସ ଓ କାନ୍ଦ ହିଁ ଥିଲା ମୁଖ୍ୟ ମାଧ୍ୟମ। ପରବର୍ତ୍ତୀ କାଳରେ ଭାଷା ମାଧ୍ୟମରେ ଶିଶୁଟି ତା'ର ମନରକଥା ମା'କୁ ଅବଗତ କରାଇବାରେ ସଫଳ ହୋଇଥାଏ। ଶିଶୁଟିଏ ସାଧାରଣତଃ ଦିନକୁ ୧୨ ଘଣ୍ଟା ଚେଙ୍ଘାଏ। ଏହି ଅବସ୍ଥାରେ ପ୍ରତି ଦୁଇ ମିନିଟରେ ଥରେ ହସୁଥାଏ। ଏହିପରି ଦିନକୁ ୩୦୦ ଥର ହସିଥାଏ। ସେପରି ଏକ ପୁରୁଷ ଅବା ମହିଳା ଘର ଭିତରେ ପରିବାର ସଦସ୍ୟଙ୍କ ଗହଣରେ ଅବା କର୍ମ କ୍ଷେତ୍ରରେ ସାଥୀମାନଙ୍କ ସହ ଭାବର ଆଦାନପ୍ରଦାନ, ସେମିନାର, ସମ୍ମିଳନୀ, ଚର୍ଚ୍ଚା କେନ୍ଦ୍ରରେ ଆଲୋଚନା କାଳରେ ନିଜେ ହସି ଅନ୍ୟକୁ ହସାଇଥାଏ। ଦୁଇବର୍ଷ ଶିଶୁ ମା'ସହ ମିଳାମିଶାରେ

ଏକ ମିନିଟରେ ୧.୮ ଥର ହସିଥାଏ। ୩-୫ବର୍ଷର ଶିଶୁଟିଏ ପ୍ଲେ ସ୍କୁଲ, ନର୍ସରୀ, କିଣ୍ଡରଗାର୍ଡନ ଅବା ନିଜ ଘରେ ପରିବାର ସଦସ୍ୟଙ୍କ ଗହଣରେ ପଡ଼ୋଶୀ ଶିଶୁମାନଙ୍କ ସହ ଖେଳକୁଦରେ ମାତିଥିବା ବେଳେ ପ୍ରତି ମିନିଟରେ ୩ଥର ହସିଥାଏ।

ଆମେରିକାର ମାରିଲାଣ୍ଡ ବିଶ୍ୱବିଦ୍ୟାଳୟରେ ଏକ ପରୀକ୍ଷାରୁ ଜଣାଯାଏ ଯେ, ମଣିଷ କର୍ମକ୍ଷେତ୍ରରେ ସାଥୀମାନଙ୍କ ସହ ଆଲୋଚନା କାଲରେ ଦିନକୁ ୩୦ଥର ହସିଥାଏ। ଏକାକୀ ରହୁଥିବାବେଳେ ସେଥିରେ ହ୍ରାସ ଦେଖାଦେଇଥାଏ। ଦୁଇ ତିନି ଶତାଦ୍ଦୀ ପୂର୍ବରୁ ମଣିଷ ଦିନକୁ ୨୦ ମିନିଟ ହସୁଥିଲା। ଏବେ ତାହା ୫ ମିନିଟକୁ ହ୍ରାସ ଘଟିଛି। ହସ ମଣିଷ ଶରୀରରେ ହୃଦରୋଗ, ମଧୁମେୟ, ନିଦ୍ରାହୀନତା, କର୍କଟରୋଗ, ମହିଲାମାନଙ୍କର ମାସିକ ରତୁସ୍ରାବର ଅନିୟମିତତା, ଯନ୍ତ୍ରଣା ଆଦି ବହୁ ରୋଗର ସଂକ୍ରମଣରୁ ସୁରକ୍ଷା ଦେଇଥାଏ। ମନୁଷ୍ୟର ଉଭୟ ଶାରୀରିକ ଓ ମାନସିକ ବିକାଶ ନିମନ୍ତେ ହାସ୍ୟ ଏକ ମହୋଷଧ ଭାବେ ପ୍ରମାଣିତ ହୋଇଛି। ନିଜେ ହସିବା ସହିତ ହସ ବାଣ୍ଟିଲେ ମଣିଷମାନଙ୍କ ମଧ୍ୟରେ ଆବେଗିକ ଓ ଭାବଗତ ଦୂରତା ହ୍ରାସ ପାଇବ। ମଣିଷ ଓ ମଣିଷ ମଧ୍ୟରେ ସମ୍ପର୍କ ଓ ଘନିଷ୍ଟତା ବୃଦ୍ଧି ପାଇବ। ହାସ୍ୟ ଓ ରଙ୍ଗରସ ଶରୀର ମଧ୍ୟରେ ରୋଗ ପ୍ରତିଷେଧକ ଶକ୍ତି ବୃଦ୍ଧି କରିଥାଏ। ଜୀବନରୁ ଦୁଃଖ ଓ ଅବସାଦକୁ ଦୂରେଇ ଦେବା ପାଇଁ ହସ ବ୍ୟତୀତ ଅନ୍ୟ କୌଣସି ମୂଲ୍ୟବାନ ଔଷଧ ସଫଳ ହୋଇପାରିବ ନାହିଁ। ଅଷ୍ଟ୍ରିଆ ଜନ୍ମିତ ବିଶିଷ୍ଟ ମନୋବିଜ୍ଞାନୀ ସିଗମେଣ୍ଡ ଫ୍ରୟେଡଙ୍କ ମତରେ- ହାସ୍ୟ ମାନସିକ ଉତ୍ତେଜନା ଦୂର କରିଥାଏ। ପ୍ରାଚୀନ ଗ୍ରୀକ୍ ଲେଖକ ଓ ଇତିହାସର ଜନକ ଭାବେ ଖ୍ୟାତି ଅର୍ଜନ କରିଥିବା ହେରୋଡୋଟସ୍ ମଧ୍ୟ ହାସ୍ୟ ସପକ୍ଷରେ ତାଙ୍କ ରଚନାରେ ବର୍ଣ୍ଣନା କରିଛନ୍ତି। ଆରିଷ୍ଟୋଟଲ ଏବଂ ଥୋମାସ୍ ହବସ୍ଙ୍କ ଭଳି ମହାନ୍ ଦାର୍ଶନିକମାନଙ୍କ ରଚନାରେ ମଧ୍ୟ ହାସ୍ୟ ସମ୍ବନ୍ଧରେ ଅବତାରଣା କରାଯାଇଛି। ଜର୍ମାନ ଦାର୍ଶନିକ ଓ ଲେଖକ ଫେଡ୍ରିନ୍ ନିତସେଙ୍କ ମତରେ ହାସ୍ୟର ଅନେକ ସକରାତ୍ମକ ପ୍ରଭାବ ମଣିଷ ଉପରେ ପଡ଼ିଥାଏ। ଆମେ ହସିଲେ ଶରୀର ମାଂସପେଶୀର ବ୍ୟାୟାମ ହୋଇଥାଏ। ଏହାଦ୍ୱାରା ରକ୍ତ ସଂଚାଳନ ଭଲ ଭାବେ ହୋଇଥାଏ ଏବଂ ମସ୍ତିଷ୍କ ସୁସ୍ଥ ରହେ।

ମଣିଷ ସମାଜ ପାଇଁ ହସ ଏକ ଅମୂଲ୍ୟ ସମ୍ପଦ। ହସ ଦ୍ୱାରା ମୁଖ ମଣ୍ଡଲ ମାଂସପେଶୀର ସଂଚାଳନ ଫଳରେ 'ଏଣ୍ଡୋରଫିନ୍'- ପ୍ରାକୃତିକ ପେନକିଲର ଶରୀରରେ ନିର୍ଗତ ହୋଇଥାଏ। ମସ୍ତିଷ୍କରେ (କର୍ଟେକ୍) ସକ୍ରିୟ ହେବାଦ୍ୱାରା ବିଶ୍ରାମ ବେଳେ ଶର୍ଯ୍ୟାରେ ଭଲ ନିଦ ହୋଇଥାଏ। ମଣିଷର ସୃଜନଶୀଲ କ୍ଷମତା, ସ୍ମରଣ ଶକ୍ତି ବୃଦ୍ଧି ହୋଇଥାଏ। ଶରୀରରେ ଅମ୍ଳଜାନ ବାୟୁ ଗ୍ରହଣ ଶକ୍ତି ବୃଦ୍ଧି ହୋଇଥାଏ। ରକ୍ତଚାପକୁ ନିୟନ୍ତ୍ରଣରେ ରଖିଥାଏ। ଚିକିସା ବିଜ୍ଞାନୀଙ୍କ ମତରେ ହସର ପ୍ରତିକ୍ରିୟା ସ୍ୱରୂପ ଆମ ଶରୀରରେ 'ଏଣ୍ଡୋରଫିନ୍' ନାମକ ଏକ ପ୍ରକାର ହରମୋନ୍ ସୃଷ୍ଟି ହୋଇଥାଏ। ଏହା ମନୁଷ୍ୟ ଶରୀରର କେନ୍ଦ୍ରୀୟ ସ୍ନାୟୁ ମଣ୍ଡଲ ଓ ମସ୍ତିଷ୍କ ନିକଟରେ ଥିବା ମାଂସଗ୍ରନ୍ଥିରେ ସୃଷ୍ଟି ହୋଇଥାଏ। ଏହା ଶରୀରରେ ଯନ୍ତ୍ରଣା ଲାଘବ କରିବାରେ ସାହାଯ୍ୟ କରେ ଓ ସାରା ଦିନ ମଣିଷକୁ ସୁସ୍ଥ ରଖେ। ଡାକ୍ତରମାନଙ୍କ ମତରେ ସକରାତ୍ମକ ଚିନ୍ତାଧାରା ଯୁକ୍ତ ମଣିଷ ଜଣେ ନକରାତ୍ମକ ଚିନ୍ତାଧାରା ଥିବା ମଣିଷ ଅପେକ୍ଷା ରୋଗ ପ୍ରତିରୋଧ କରିବାରେ ବେଶୀ ପରିମାଣରେ ସମର୍ଥ ହୋଇଥାନ୍ତି। ହାସ୍ୟ ରସ ହିଁ ଜୀବନରେ ସକରାତ୍ମକ ଭାବଧାରା ଓ ଗୁଣାତ୍ମକ ଆଭିମୁଖ୍ୟ ସୃଷ୍ଟି କରିବାରେ ସମର୍ଥ ହୋଇଥାଏ। ତେଣୁ ମଣିଷର ସୁସ୍ଥ ଜୀବନଯାପନ ପାଇଁ ହାସ୍ୟ ଏକାନ୍ତ ଅପରିହାର୍ଯ୍ୟ। ଯେଉଁ ଚିକିସା ପଦ୍ଧତି ଆମକୁ ବିନା ମୂଲ୍ୟରେ ମିଲିପାରୁଛି।

ହାସ୍ୟର ଶାରୀରିକ, ମାନସିକ ତଥା ସାମାଜିକ ଉପକାରିତା ରହିଛି। ଜୀବନର ଯନ୍ତ୍ରଣାକୁ ଦୂର କରି ମଣିଷକୁ ସୁସ୍ଥ ରଖିପାରେ ହସ। ହାସ୍ୟ ଶରୀରରେ ଜୀବନଶକ୍ତି ଭରପୂର କରିଥାଏ। ଶାରୀରିକ ଅଭିବୃଦ୍ଧିରୁ ବୃଦ୍ଧାବସ୍ଥାକୁ ଦୂରେଇ ରଖେ। ହସିଲେ ମାନସିକ ଚାପ ଲାଘବ ହୁଏ ଓ ମାନସିକ ଅସ୍ଥିରତା ହ୍ରାସ ପାଏ। ହୃଦରୋଗ କମ୍ କରିବାରେ ସାହାଯ୍ୟ କରେ ହସ। ଜୀବନରେ ଆନନ୍ଦ ଦିଏ ହସ। ମଣିଷ ମନରୁ ଉଦ୍‌ବେଗ ବା ଦୁଃଶ୍ଚିନ୍ତା ଦୂର କରେ ହସ। ହସ

ମଣିଷ ମଣିଷ ମଧ୍ୟରେ ସମ୍ପର୍କ ବୃଦ୍ଧି କରାଏ। ନିଜର ବ୍ୟକ୍ତିତ୍ୱ ପ୍ରତି ଅନ୍ୟକୁ ଆକର୍ଷିତ କରେ ହସ। ନିଜେ ହସିଲେ ସାରା ଦୁନିଆ ହସିବ। ତେଣୁ ଆସନ୍ତୁ ଆମେ ସମସ୍ତେ ସବୁଦିନ ନିଶ୍ଚୟ ହସିବା ଓ ସୁସ୍ଥ ଜୀବନଯାପନ କରିବା। ହାସ୍ୟ ଓ ପ୍ରେମ ସହ ମାନବିକତାକୁ ଯୋଡ଼ିବା ପାଇଁ ଉଦ୍ୟମ କରିବା। ପରିବାରରେ ସ୍ୱାମୀ-ସ୍ତ୍ରୀ, ପ୍ରେମିକ–ପ୍ରେମିକା ପ୍ରେମାଳାପ କାଳରେ ମଝିରେ ମଝିରେ ହସଖୁସିର କଥା ହେଲେ ସମ୍ପର୍କରେ ନିବିଡ଼ତା, ପରସ୍ପର ପ୍ରତି ବିଶ୍ୱାସ ବଢ଼ିଥାଏ। ଜଣେ ମହିଳା, ପୁରୁଷ ଅପେକ୍ଷା ୧ ୨ ୬ ଶତାଂଶ ଅଧିକ ହସିଥାଏ। ଆମର ପ୍ରକୃତି, ପରିବେଶ ହିଁ ହେଉଛି ସମୟର ବାହାକ। ମଣିଷଟିଏ ଏକ ଗଛ ମୂଲେ, ଝରଣା ପାଖରେ, ନଦୀ କୂଳରେ, ସମୁଦ୍ରର ବେଲାଭୂମିରେ ବସି ପ୍ରକୃତିକୁ ମନଭରି ଉପଭୋଗ କରିବା ଆବଶ୍ୟକ। କାରଣ ଏସବୁ ହେଲା ହସ ଓ ଖୁସି ଯୋଗାଇବାର ବାହାକ। ଯୋଗ, ପ୍ରାଣାୟମ ସହ ପ୍ରାତଃ ଅବା ସନ୍ଧ୍ୟା ଭ୍ରମଣ କାଳରେ ପାର୍କ ଅବା ଖୋଲା ପଡ଼ିଆରେ ସାଥୀମାନଙ୍କ ସହ ହାତ ଛନ୍ଦି ମନଭରି ହସିଲେ ଏ ଜଗତ ହସିବ। କାରଣ ହସ ହେଉଛି ସାଂସର୍ଗିକ।

ତେବେ ସ୍ଥାନ, କାଳ, ପାତ୍ରକୁ ନେଇ ହସ ମଧ୍ୟ ଏକାଧିକ ରୂପ ଧାରଣା କରିପାରେ। ରାଜହସ, ମୁରୁକିହସ, ସ୍ମିତହସ, ହେଁହେଁ ହସ, ମୁଚୁକୁନ୍ଦିଆ ହସ, କିରିକିରି ହସ, କପଟହସ, ତାଚ୍ଛଲ୍ୟ ହସ, ବିଦ୍ରୁପ ହସ ଭଲି କେତେପ୍ରକାର ହସ ଅଛି। ପୁଣି ସମସ୍ତ ହସକୁ ଦୁଇଭାଗରେ ବିଭକ୍ତ କରାଯାଇପାରେ। ପ୍ରାକୃତିକ ହସ ଓ କୃତ୍ରିମ ହସ। ପ୍ରାକୃତିକ ହସରେ ଭରି ରହିଥାଏ ପ୍ରୀତି, ପବିତ୍ରତା ଓ ନିଷ୍ଠାପରତା ହେଲେ ଦ୍ୱିତୀୟ ପ୍ରକାର ହସ ମଣିଷର ଟେହେରାକୁ ମୁଖାରେ ପରିଣତ କରେ। କେଉଁଠି କାମ ହାସଲ କରିବାକୁ ତ, କେଉଁଠି ଟେପୁଲ୍ୟସି କରିବାକୁ ତ, କେଉଁଠି ବାଧ୍ୟ ବାଧ୍ୟକତାରେ କୃତ୍ରିମ ହସ ମୁହଁରେ ଫୁଟିଉଠେ। ଘରକୁ ଅବାଞ୍ଛିତ ଅତିଥି ଆସିଲେ, ଦପ୍ତରରେ ଉପରିସ୍ଥ ଅଧିକାରୀଙ୍କୁ ଦେଖ୍ଲେ ଆମେ କୃତ୍ରିମ ହସ ହସୁ। ଉଡ଼ାଜାହାଜରେ ଏୟାର ହୋଷ୍ଟେସ ଏବଂ ର୍ୟାମ୍ପରେ ମଡେଲ ସେମାନଙ୍କ ପେସାର ବାଧ୍ୟ ବାଧ୍ୟକତାରେ କୃତ୍ରିମ ହସ ହସନ୍ତି। ସିନେମା ବା ଯାତ୍ରା କିମ୍ୱ ନାଟକରେ ଅଭିନେତା ଓ ଭୋଟ ମାଗୁଥିବା ନେତାଙ୍କ ମୁହଁରୁ ବି କୃତ୍ରିମ ହସ ଝରିପଡ଼େ। କାରଣ ସମସ୍ତେ ବୁଝନ୍ତି ଯେ ହସ ଦ୍ୱାରା ହିଁ ଅନ୍ୟର ହୃଦୟକୁ ଦ୍ୱାର ଖୋଲି ହେବ। ତେଣିକି ସେ ପ୍ରାକୃତିକ ହସ ହେଉ ଅବା କୃତ୍ରିମ ହସ।

ବିଶିଷ୍ଟ ଇଟାଲୀୟ କଳାକାର ଲିଓନାର୍ଡୋ ଦା ଭିନସି ଆଙ୍କିଥିଲେ କାଳଜୟୀ ପେଣ୍ଟିଙ୍ଗ ମୋନାଲିସା। ପ୍ୟାରିସର ଲୁଭ୍ ମ୍ୟୁଜିୟମରେ ରହିଥିବା ଏହି ଚମକ୍ରାର ଚିତ୍ରର ପ୍ରସିଦ୍ଧି କେବଳ ମୋନାଲିସାଙ୍କ ମୁହଁରେ ଥିବା ହସ ଲାଗି। ମୋନାଲିସଙ୍କ ମୁହଁରେ ଥିବା ହସ କେଉଁ ଭାବ ବ୍ୟକ୍ତ କରୁଛି, ତା' ଉପରେ ଅନେକ ଗବେଷଣା ହୋଇଛି। ମାଳମାଳ ଗପ, କବିତା ଓ ପ୍ରବନ୍ଧମାନ ବି ଲେଖାହୋଇଛି। ମୋନାଲିସାଙ୍କ ହସକୁ ପୃଥିବୀର ସବୁଠାରୁ ଅଧିକ ରହସ୍ୟମୟ ହସଭାବେ ଗଣାଯାଏ। ଆମ ମହାତ୍ମାଗାନ୍ଧିଙ୍କ ଟେହେରାର ସବୁଠାରୁ ଆକର୍ଷଣୀୟ ଉପାଦାନ ଥିଲା ତାଙ୍କ ମୁହଁର ହସ। ଏଭଲି ନିର୍ମଳ ହସ କେଉଁଠି କୋଟିତ୍ ଦେଖ୍ବାକୁ ମିଳିପାରେ। ମଣିଷ ହେଉଛି ଏକମାତ୍ର ଜୀବ ଯାହାକୁ ଈଶ୍ୱର ହସିପାରିବାର ସାମର୍ଥ୍ୟ ଦେଇଛନ୍ତି। ମନଖୋଲା ହସିପାରିବା ସହିତ ଉତ୍ତମ ସ୍ୱାସ୍ଥ୍ୟର ସମ୍ପର୍କ ବି ଭଗବାନ ଖଞ୍ଜି ଦେଇଛନ୍ତି। ତେଣୁ ଆମେମାନେ ନ ହସି ମନମାରି ବସିବା କାହିଁକି? ହସିବାରେ ଏତେ କାର୍ପଣ୍ୟ କାହିଁକି? ଆମର ବୁଝିବା ଆବଶ୍ୟକ ଯେ, ହସର ଛୋଟିଆ ତରଙ୍ଗ ଖୁସିର ଜୁଆର ସୃଷ୍ଟି କରିପାରେ।

ମନୁଷ୍ୟର ସମସ୍ତ କ୍ରିୟା କଳାପମାନଙ୍କ ମଧ୍ୟରେ ହସ ଏକ ବିଚିତ୍ର କ୍ରିୟା। ଜଣକୁ ଦେଖ୍ ହସଟିଏ ହସିଦେଲେ ସଙ୍ଗେ ସଙ୍ଗେ ତା' ମୁହଁରୁ ଆହୁରି ଗୋଟିଏ ହସ ଝରିପଡ଼େ। ଏମିତି ମଧ୍ୟ ଗୋଟିଏ ହସରୁ ଏକସଙ୍ଗରେ ଏକାଧିକ ହସ ଫୁଟି ଉଠିବା ଏକ ସାଧାରଣ ଘଟଣା। ହସ ବିନା ଜୀବନକୁ ମନଖୋଲି ଉପଭୋଗ କରିବା ଅସମ୍ଭବ। ଶାରିରୀକ ସୁସ୍ଥତା ଲାଗି ହସ ଏକ ମୌଲିକ ଉପାଦାନ। ହସ କ୍ଳାନ୍ତି ଓ ଅବସାଦକୁ ଦୂର କରିଥାଏ। ହସ

ଦ୍ୱାରା ହିଁ ଅନ୍ୟର ହୃଦୟକୁ ଜିତିହୁଏ । ଏକ ହୃଦୟଭରା ସ୍ୱାଗତର ସର୍ବଶ୍ରେଷ୍ଠ ପ୍ରତିକାମ୍ୟକ ଅଭିବ୍ୟକ୍ତି ହେଉଛି ହସ । ମୁହଁରେ ହସ ବିନା ବନ୍ଧୁଙ୍କର ସ୍ୱାଗତ କରାଯାଇପାରେନା । ଶିଶୁ ମୁହଁରେ ଦରୋଟି ହସ କାହାକୁ ବା ଭଲ ନ ଲାଗେ । ବାପା, ମା'ଙ୍କ ଲାଗି ସନ୍ତାନ ମୁହଁର ହସ, ପ୍ରିୟତମ ଲାଗି ପ୍ରିୟମତାର ହସ ହେଉଛି ସବୁଠାରୁ ଦୁର୍ମୂଲ୍ୟ । ହସ ବିନା ଜୀବନ ଛନ୍ଦହୀନ ଲାଗେ । କ୍ରୋଧର ଏକ ସରଳ ଉପଚାର ହେଲା ହସ । ଅମେଳ ହୋଇଯାଇଥିବା ଦୁଇମନକୁ ମିଳାଇପାରେ ହସ । ବେଳେବେଳେ ନିଜେ ନ ଚାହିଁ ମଧ ହସିବାକୁ ହୁଏ । କାରଣ ସେଇ ଟିକକ ହସ ଦ୍ୱାରା ସମସ୍ୟାର ସମାଧାନ ହୋଇଯାଇପାରେ । ଦୁଃଖରେ ଭାରାକ୍ରାନ୍ତ ଚାପଗ୍ରସ୍ତ ମନକୁ ପରିବର୍ତ୍ତନ କରିବା ପାଇଁ ହସ ତ ଏକ ମାଧମ । ପୁନି ହସ ମଣିଷଙ୍କ ମୁହଁକୁ ଆସିଛି ତିନିକୋଟି ବର୍ଷ ପୂର୍ବେ । ଅନେକ ପରିବର୍ତ୍ତନ ପରେ ହସ ଶରୀର ପାଇଁ ଏକ ମହୋଷଧ ହେଲେ ମଧ ସମସ୍ତଙ୍କ ମୁହଁରେ ହସ ନଥାଏ ।

ଆଉ ଶାନ୍ତି ବିନା ସକଳ ଧନ, ସମ୍ପଦ, ବୈଭବ, ବିଳାସ, ବ୍ୟସନ, ଯଶଖ୍ୟାତିର କୌଣସି ଅର୍ଥ ନାହିଁ । ସେ ସବୁ ଶାନ୍ତି ଅଭାବରେ ବିଷତୁଲ୍ୟ ହୋଇଯାଏ । ଯଥାର୍ଥରେ ସକଳ ଲୋକରେ ଶାନ୍ତି ହିଁ ଅମୂଲ୍ୟ ନିଧି । ଶାନ୍ତି ବିନା ସବୁ ମୂଲ୍ୟହୀନ । ମନର ଶାନ୍ତି ହେଉଛି ସବୁଠାରୁ ବଡ଼ ଧନ । ପୃଥିବୀର ସର୍ବାପେକ୍ଷା ବଡ଼ ସମ୍ପଦ ହେଉଛି ମନର ଶାନ୍ତି । ଜୀବନରେ ସମସ୍ତଙ୍କର ଆନନ୍ଦ ଲୋଡ଼ା । ଯିଏ ଥରୁଟିଏ ଆନନ୍ଦର ସନ୍ଧାନ ପାଇଯାଏ, ସୁଖ ଶାନ୍ତି ତା' ହାତ ମୁଠାରେ ଥାନ୍ତି । ଆମ ସମସ୍ତଙ୍କର ଇଚ୍ଛା ଆନନ୍ଦ ପାଇବା । ଏ ଆନନ୍ଦଟି କ'ଣ ? ସେ କଥା ଯୋଗୀ ଜାଣିଥିବେ, ଭୋଗୀ ନିଶ୍ଚୟ ଜାଣନ୍ତି ନାହିଁ । ଅଧିକାଂଶ ଲୋକ ଜୀବନ ବିତାଇ ଦିଅନ୍ତି କେବଳ ଆଶାରେ । ସୁଖ ପାର୍ଥିବ, ଆନନ୍ଦ ସ୍ୱର୍ଗୀୟ । ଯେହେତୁ ଜୀବନ କାଳରେ ସ୍ୱର୍ଗ କେବଳ ଏକ ପରିକଳ୍ପନା । ସୁଖରେ ସନ୍ତୁଷ୍ଟ ରହିବାକୁ ଲୋକେ ବିଜ୍ଞତା ବୋଲି ବିଚାରନ୍ତି । ସୁଖ ତ ଇତର ପ୍ରାଣୀମାନଙ୍କ ଜୀବନରେ ବି କେବେ ନା କେବେ ଆସିଥାଏ । ସୁଖରସ୍ତରରେ ଥାଇ ସେମାନଙ୍କ ସହିତ ନିଜକୁ ତୁଳନା କଲେ ଜଣେ ଏହାର ସତ୍ୟତା ଜାଣିପାରିବ । ତେଣୁ ବିଚାରବନ୍ତ ଲୋକେ ଏଥିରେ ବିହ୍ୱୋଳିତ ହୁଅନ୍ତି ନାହିଁ । ଏ ସ୍ୱର୍ଗୀୟ ଆନନ୍ଦଟି କ'ଣ ? ତାକୁ ଜାଣିବା ପାଇଁ କଠୋର ସାଧନାର ଆବଶ୍ୟକତା ରହିଛି ।

ଶାନ୍ତି ପାଇବା ଲୋକ ପାଖରେ ସୁଖ ଥାଇପାରେ । ମାତ୍ର ଆନନ୍ଦ ମିଳିନପାରେ । କେବଳ ସୁଖ ପାଇଥିବା ଲୋକଟିକୁ ଶାନ୍ତି ଓ ଆନନ୍ଦ ମିଳିବ, ଏମିତି କିଛି ନିର୍ଦ୍ଧିଷ୍ଟତା ନାହିଁ । ସୁଖ ଶରୀର ସ୍ତରରେ ଅନୁଭୂତ ହେଲାବେଳେ ଶାନ୍ତି ଅନୁଭୂତ ହୁଏ ମାନସିକ ସ୍ତରରେ । ଆନନ୍ଦ ଆମ୍ଳିକ ସ୍ତରରେ ମିଳେ । ଶରୀର ସୁଖ ପାଇଁ ପାଞ୍ଚ ଜ୍ଞାନେନ୍ଦ୍ରୀୟର ଆବଶ୍ୟକ ହୁଏ । ଏହି ସୁଖ ମାନସିକସ୍ତରରେ ପହଁଚିଲେ ଶାନ୍ତି ମିଳେ । ସୁଖ ମିଳିଗଲେ ଶରୀର ସ୍ଥିର ହୋଇଯାଏ । ଅନ୍ୟତ୍ର ବୁଲିବାକୁ ଇଚ୍ଛା କରେ ନାହିଁ । ଶାନ୍ତି ମିଳିଗଲେ ଚଞ୍ଚଳ ମନ ସ୍ଥିର ହୋଇଯାଏ । ଅନ୍ୟତ୍ର ବୁଲିବାକୁ ଇଚ୍ଛା କିମ୍ବ ଆଗ୍ରହ କରେ ନାହିଁ । ଆନନ୍ଦ ଆମ୍ଳିକ ସ୍ତରର ବ୍ୟାପାର । ଶାସ୍ତ୍ର ଅନୁସାରେ, ସତ୍ ଚିତ୍ ଓ ଆନନ୍ଦର ସ୍ୱରୂପ ହେଉଛନ୍ତି ଈଶ୍ୱର । ତେଣୁ ପ୍ରତ୍ୟେକ ଜୀବ ଆନନ୍ଦ ଖୋଜନ୍ତି । କାରଣ ଜୀବ ହିଁ ଈଶ୍ୱରଙ୍କ ଅଂଶ । ଈଶ୍ୱର ଅଂଶ ଜୀବ ଅବିନାଶୀ । ଯେମିତି ଆମ୍ଭାର ବିନାଶ ନାହିଁ ସେମିତି ଆନନ୍ଦର ମଧ ବିନାଶ ନାହିଁ । କିନ୍ତୁ ଜୀବ ନିଜର ସଭା ହରାଇ ମାୟାଭିଭୂତ ହୋଇ ଆନନ୍ଦ ଠାରୁ ଦୂରେଇ ଯାଏ । ତେଣୁ ସିଏ ଶାନ୍ତି ଟିକିଏ ଚାହେଁ । ଆନନ୍ଦ ତ ଆମ୍ଳିକ ସ୍ତରର । ଶାନ୍ତି ପାଖରେ ପହଞ୍ଚିଲେ ଯାଇ ଶାନ୍ତି ସିନା ମିଳିବ । ଆନନ୍ଦ କେଉଁଠି ମିଳିବ, ଶାନ୍ତି ତ ମନ ସ୍ତରରେ ମିଳେ । କିଛି ଇନ୍ଦ୍ରୀୟ ଜନିତ ଭୋଗ କରିଦେଲେ ଶାନ୍ତି ମିଳିଯାଏ । ସୁନ୍ଦର ଦୃଶ୍ୟ ଦେଖିଲେ, ଭଲ ଗୀତଟିଏ ଶୁଣିଦେଲେ, ଆରାମ କରି ଟିକେ ଶୋଇପଡ଼ିଲେ, ଏଥିରେ ତ ଶାନ୍ତି ମିଳିଯାଏ । ମାତ୍ର ଆନନ୍ଦ ଭଲି ଶାନ୍ତି ଦୀର୍ଘ ସ୍ଥାୟୀ ନୁହେଁ । କିଛି ଦିନ ପାଇଁ ମିଳେ । ମନରେ ଯେ ପର୍ଯ୍ୟନ୍ତ ନୂଆ କାମନା ଟିଏ ଉଙ୍କି ନ ମାରିଛି ସେ ପର୍ଯ୍ୟନ୍ତ ଶାନ୍ତି ମିଳେ । ନୂଆ କାମନାଟିଏ ଉଙ୍କାଲେ ପୁଣି ଅଶାନ୍ତି ଆରମ୍ଭ ହୋଇଯାଏ । ସେମିତି ସୁଖ ଶରୀର ସ୍ତରରେ । ଦେହରେ ଘା'ଟିଏ ହେଲେ ଔଷଧ ଲଗାଇଦେଲେ ଟିକିଏ କମିଗଲା । ସୁଖ ମିଳିଲା । ଝୁଣ୍ଟି ପଡ଼ିଲେ ଗୋଡ଼ରେ ଆଘାତ

ଲାଗିଲା । ଦରଜ ବି ହେଲା । ଆଉଁସି ଦେଲେ ଟିକିଏ ଆରାମ ଲାଗିଲା । ସେଥିରେ ଆମେ ସୁଖୀ ହେଉ । ସେହି କ୍ଷତରେ ଅଧିକ ସମୟ ମାଲିସ କଲେ । କେହି ଜଣେ ମିଠା କଥା କହିଲେ ଆମ ମନ ସେ କଥାରେ ମଜ୍ଜିଯାଏ । ତା'ରି ଭିତରେ କ୍ଷତକୁ ଭୁଲି ଯାଇ, ଯନ୍ତ୍ରଣା ପାଶୋରି ପକାଇଲେ, ଏଠି ଶାନ୍ତି ଲାଗିଲା । ସୁଖ, ଶାନ୍ତି ଲାଭ କରିବା ସହଜରେ ହୋଇପାରେ । ମାତ୍ର ଆନନ୍ଦ ସମସ୍ତଙ୍କ ପାଇଁ ଲାଭ ହୋଇପାରେ ନାହିଁ । ଆନନ୍ଦ ପାଇବା ପାଇଁ ହେଲେ ଏହାକୁ ମଞ୍ଜି ପରି ବୁଣିବାକୁ ହେବ । ଆନନ୍ଦର (ମଞ୍ଜି) ବୀଜ ଅନ୍ୟର ହୃଦୟ କ୍ଷେତରେ ବୁଣିବାକୁ ହୁଏ । ଜଣେ ଭୋକିଲା ଲୋକ କିଛିଦିନ ହେବ ଖାଇନି । ନିଜ ଖାଦ୍ୟରୁ ତାକୁ ଦେଲ, ପାଖରେ ବସି ଖୁଆଇ ଦେଲ, ସେବା କଲ, ଏଠି ମିଳେ ଆନନ୍ଦ । କାହାରି ନା କାହାରି ଉପକାର କରି ପାରିଲେ ଆନନ୍ଦ ଲାଭ ହୁଏ । ଅପ୍ରମିତ ଦୁଃଖ ବିପଦରୁ ଆର୍ତ୍ତ ପ୍ରାଣୀକୁ ଉଦ୍ଧାର କରିବା ତଥା ଅସହାୟକୁ ସହାୟତା ଦାନ କରିବା ଦ୍ୱାରା ଯେଉଁ ଦିବ୍ୟ ସୁଖ ମିଳେ, ତାହା ଧର୍ମବନ୍ତଙ୍କ ଈପ୍ସିତ ମୁକ୍ତି-ମୋକ୍ଷ ଅଥବା ସ୍ୱର୍ଗ ସୁଖରେ ମଧ୍ୟ ମିଳେ ନାହିଁ । ସୁଖ ଶାନ୍ତି ପାଇଁ ଶରୀରରେ ପରିଶ୍ରମ କରିବାକୁ ହୁଏ । ମାତ୍ର ଆନନ୍ଦ ପାଇଁ ମନରେ ପ୍ରସ୍ତୁତି ଦରକାର । ସୁଖ ଶାନ୍ତି ପାଇଁ ନିଜ ସ୍ୱାର୍ଥ ହାସଲ କରିବାକୁ ହୁଏ । ଏଥିରେ ଅନ୍ୟ କେହି ପୀଡ଼ା ପାଇପାରନ୍ତି । ମାତ୍ର ଆନନ୍ଦରେ ଆଉଜଣେ ସହଭାଗୀ ହୋଇପାରେ । ଯିଏ ଯେତିକି ଆନନ୍ଦରେ ରହେ, ସେ ସେତିକି ଈଶ୍ୱରାଭିମୁଖୀ ହୋଇପାରେ । କେବଳ ସୁଖ ଶାନ୍ତି ଦ୍ୱାରା ଈଶ୍ୱର ବିମୁଖ ହୋଇଯିବାର ସମ୍ଭାବନା ଥାଏ ।

ଆଉ ସୁଖ ଓ ଆନନ୍ଦ ଏକାକଥା ନୁହଁନ୍ତି । ପ୍ରଥମଟି କ୍ଷଣସ୍ଥାୟୀ ଓ ଅନ୍ୟଟି ଚିରନ୍ତନ । ଚତୁର ଖୋଜେ ସୁଖ । ବିବେକୀ ଚାହେଁ ଆନନ୍ଦ । ଧନ, ଜନ, ଗୋପ, ଲକ୍ଷ୍ମୀ ସୁଖ ପାଇଁ ଲୋଡ଼ା । ମାତ୍ର ଏଥିରୁ ଆନନ୍ଦ ମିଳେନାହିଁ । ପ୍ରାଚୀନ ଋଷିମାନେ ସଂସାରର ଅଳୀକତାକୁ ଆମଠାରୁ ଯଥେଷ୍ଟ ଅଧିକ ବୁଝିଥିଲେ ବୋଲି ସେମାନେ ବାସ୍ତବ ଆନନ୍ଦକୁ ଖୋଜି ପାଇଥିଲେ । ଉପନିଷଦର ବାଣୀ ହେଲା– ଦୃଶ୍ୟମାନ ଜ୍ଞାନେନ୍ଦ୍ରୀୟଙ୍କ କଥା ତ ଛାଡ଼, ସେ ଅତି ସୂକ୍ଷ୍ମ ତତ୍ତ୍ୱକୁ ଜାଣିବା ପାଇଁ ସୂକ୍ଷ୍ମ ଇନ୍ଦ୍ରୀୟ ମନ ମଧ୍ୟ ସମର୍ଥ ନୁହେଁ ।

ମଣିଷମାନେ ବହୁ ଦୁଃଖରେ କାଳାତିପାତ କରୁଛନ୍ତି । ତଥାପି ଆଶା ଅଛି, ଦିନେ ସୁଖ ମିଳିବ ନିଶ୍ଚୟ । କେତେକଙ୍କର ଜୀବନରେ ଦୁଃଖ ଓ ସୁଖ, ଆନନ୍ଦ ଏବଂ ନିରାନନ୍ଦ ଉଭୟ ଭୋଗ ହେଉଥାଏ । ସେମାନେ ଦୁଃଖରେ ମ୍ରିୟମାଣ ଓ ସୁଖରେ ବିଭୋର ହୋଇଥାନ୍ତି । ନିରନ୍ତର ସୁଖ ଓ ଆନନ୍ଦ କାହାରିକୁ ପ୍ରାପ୍ତ ହୁଏନାହିଁ । ଯେଉଁମାନେ ଅଧିକ ଆଶା ଏବଂ ଅଧିକ ଲୋଭ କରୁଥାନ୍ତି, ସେମାନଙ୍କର ସୁଖ ନଥାଏ । ସୁଖ ଓ ଶାନ୍ତି ଦୁଇଟି ଅଲଗା କଥା । ଜଣେ ସୁଖୀ ବୋଲି ଯେ ଶାନ୍ତିରେ ଅଛି ଏହା ଭାବିବା ଅସମ୍ଭବ । ଜୀବନ ସମସ୍ୟାର ଗଣ୍ଡାଘର । ଜଣେ ଉତ୍ତମ (ଗଦି) ଶଯ୍ୟାରେ ଶୋଇଛି । କିନ୍ତୁ ସୁନିଦ୍ରା ହେଉନାହିଁ । ସ୍ୱାଦିଷ୍ଟ ଖାଦ୍ୟ ଭୋଜନ କରୁଛି, କିନ୍ତୁ ତୃପ୍ତି ପାଉନାହିଁ । ମନ ତା'ର ଅନ୍ୟଆଡ଼େ ଦୌଡୁଛି । ନିଜ ସୃଷ୍ଟ ସମସ୍ୟାରେ ନିଜେ କବଳିତ । ବିଷାଦ, ଭୟ ଓ ଆଶଙ୍କା ତାକୁ ତିଲ ତିଲ ଗ୍ରାସ କରୁଛି । ସୁଖ ଓ ଆନନ୍ଦର ସ୍ଥିତାବସ୍ଥା ହିଁ ଶାନ୍ତି । ଏହା ହେଉଛି ଜୀବନର ଲକ୍ଷ୍ୟ । ସବୁ କରି ଯଦି ଶାନ୍ତି ନ ମିଳିଲା ଅବଶୋଷ ରହିଗଲା, ତେବେ ସେ ଜୀବନ ବୃଥା । ଅଧିକ ଆଶା ଓ ବେଶୀ (ଅଧିକ) ଲୋଭ ବର୍ଜନ କରିବା ଉଦ୍ଦେଶ୍ୟରେ ଶାସ୍ତ୍ରୋପଦେଶ ହେଲା "ଆଶାୟା ଯେ ଦାସା ଦାସାସ୍ତେ ସର୍ବଲୋକସ୍ୟ ଆଶାଦାସୀ ଯେଷାଂ ଦାସାୟ ତେ ଲୋକଃ ।"(ସ୍କନ୍ଦ ପୁରାଣ) ଅର୍ଥାତ୍ ଯେଉଁମାନେ ଆଶାର ଦାସ, ସେମାନେ ସମସ୍ତଙ୍କର ଦାସ ହୁଅନ୍ତି । ଆଉ ଆଶା ଯେଉଁମାନଙ୍କର ଦାସୀ, ସମଗ୍ର ଜଗତ ସେମାନଙ୍କର ଦାସ ଅଟେ ।

ଆଜିକାଲି ବଡ଼ ବଡ଼ ବୁଦ୍ଧିମାନ ଲୋକେ ସକରାମ୍ମକ ଭାବନା ବଜାୟ ରଖିବାକୁ ଚାହୁଁଛନ୍ତି । ଏହାର ଅର୍ଥ– ଆଶାବାଦ । ସମସ୍ତେ ଆଶାବାଦୀ ହେବା ଉଚିତ୍ । ଜୀବନର ବଡ଼ ବଡ଼ ଲକ୍ଷ୍ୟ ପୂରଣ ପାଇଁ ଯେଉଁମାନେ ଅକ୍ଲାନ୍ତ ପରିଶ୍ରମ କରନ୍ତି, ସେଥିରୁ ଅନେକ ମଧ୍ୟ ଶେଷକୁ ବିଫଳ ମନୋରଥ ହୁଅନ୍ତି । ହାତରୁ ସବୁ ସରିଯାଇଥାଏ । ହା-ହତାଶରେ ଶେଷ ଜୀବନ କଟେ । ଏହା ନିଷ୍ଠୁର ସତ୍ୟ । ପ୍ରବାଦ ଅଛି, ମଣିଷ ଯାହା ଭାବେ ଈଶ୍ୱର ତାହା କରାଇ ଦିଅନ୍ତି ନାହିଁ । ବିଶେଷତଃ

ଗରିବ ଲୋକମାନେ ସବୁବେଳେ ନକରାମ୍ନକ ଭାବନା ଯେ ପୋଷଣ କରନ୍ତି । କାରଣ ସେମାନଙ୍କ ନିକଟରେ ବଡ଼ ବଡ଼ ସ୍ୱପ୍ନ ଦେଖିବା ପାଇଁ ସମ୍ବଳ ନଥାଏ । ଯେନେ ତେନେ ପ୍ରକାରେ ବଞ୍ଚିଥାନ୍ତି । ସବୁବେଳେ ମଜୁରି ଖଟିବାକୁ ବି କାମ ମିଳେନାହିଁ । ସେମାନଙ୍କ ଆଗରେ ଖାଲି ନାହିଁ ନାହିଁର ପୃଥିବୀ । ଅର୍ଥ ଘେନି ବ୍ରତ । ଯାହା କିଛି କରିବାକୁ ହେଲେ ହାତରେ ଅର୍ଥ ଥିବା ଦରକାର । ତେଣୁ ସେମାନେ କେବେବି ଉଚ୍ଚ ଆଶା କରିପାରନ୍ତି ନାହିଁ । ଯେଉଁମାନେ ସକରାମ୍ନକ ଭାବନା କରନ୍ତି, ସେମାନଙ୍କ ପାଖରେ ପୁଞ୍ଜି ଥାଏ । ପାରିବାରିକ ସୂତ୍ରରୁ ଏହା ସେମାନଙ୍କୁ ମିଳିଥାଏ । ତାହାକୁ ଏପାଖ ସେପାଖ କରି ଅନ୍ୟାୟ ମାର୍ଗରେ ଉପଯୋଗ କରି ଟଙ୍କାକୁ ଶହେ ଟଙ୍କା କରିପାରନ୍ତି । ଯେଉଁମାନେ ଚାକିରି କରିଛନ୍ତି, ସେମାନେ ମାସକୁ ମାସ ଦରମାକୁ ଛାଡ଼ି ହଜାର ହଜାର ବା ଲକ୍ଷ ଲକ୍ଷ ଉପୁରି କରୁଛନ୍ତି । ସେମାନେ ଓ କଳାବଜାରୀ, ମାଫିଆ, ଠିକାଦାର ଶ୍ରେଣୀର ଲୋକମାନେ କେବଳ ସକରାମ୍ନକ ଭାବନା ବା ଆହୁରି ଆହୁରି ବଡ଼ ବଡ଼ ଲକ୍ଷ୍ୟ ରଖିଥାନ୍ତି । ତାକୁ ସଫଳ କରିବା ପାଇଁ ଓ ଆହୁରି ଭଲ ଭଲ ଯନ୍ତ୍ର ତିଆରି କରନ୍ତି । ଏହି ଉପାୟରେ ଯେଉଁମାନେ ସଫଳତାର ସୋପାନ ଚଢ଼ନ୍ତି, ବା ଏହିପରି ସଂକ୍ଷିପ୍ତ ମାର୍ଗ(short route)ରେ ଯିବାପାଇଁ ଆଶା ପୋଷଣ କରନ୍ତି ଏବଂ ଏହାକୁ ସକରାମ୍ନକ ଭାବନା (Positive thinking) କହନ୍ତି । ପ୍ରେରଣା ଦିଅନ୍ତି, ସେମାନେ ସମାଜର ଶତ୍ରୁ, ଦେଶଦ୍ରୋହୀ ।

ପରମାତ୍ମା ଆମକୁ ସବୁକିଛି ଦେଇଛନ୍ତି । ତା'ସତ୍ତ୍ୱେ ବି ଯଦି ଆମେ ଅଶାନ୍ତି ଅନୁଭବ କରିବା ତେବେ ବୁଝିବାକୁ ହେବ ଆମେ ସବୁଠାରୁ ବୋକା । ଆମ ଭିତରେ କିଛି ସଦ୍‌ଗୁଣକୁ ନେଇ ଅଭାବ ରହୁ, କିନ୍ତୁ ସ୍ୱାର୍ଥପର ଭାବରେ ଅଭାବୀ ହେବା ଆଦୌ ଭଲ ନୁହେଁ । ଜଣେ ପରର ଉପକାର କରୁଛି, ନିଃସ୍ୱାର୍ଥପର ଭାବରେ ଅନ୍ୟକୁ ସାହାଯ୍ୟ କରୁଛି । ତଥାପି ତା' ମନ ସନ୍ତୁଷ୍ଟ ହୋଇପାରୁନାହିଁ । ସେ ଭାବୁଛି ଈଶ୍ୱର କୃପାକରି ଯେତିକି ଧନ, ବଳ, କ୍ଷମତା ଦେଇଛନ୍ତି ସେହି ଅନୁସାରେ ମୁଁ ପରର ଉପକାର କରି ପାରୁନାହିଁ । ଅନ୍ୟର କାମରେ ଲାଗି ପାରୁନାହିଁ । ମଣିଷକୁ ଏମିତି ଅଭାବୀ ମନୋବୃତ୍ତି ପରମାତ୍ମାଙ୍କ ନିକଟତର କରେ । କିନ୍ତୁ ଆମେ ସାରା ଜୀବନବ୍ୟାପୀ ନିଜପାଇଁ ଅଭାବୀ ହୋଇଛେ । ସେପରି ସ୍ଥଳେ ଶାନ୍ତି ଆସିବ କୋଉଠୁ? ଆବଶ୍ୟକତାଠାରୁ ଅଧିକ ଆଶା କରିବା ଦ୍ୱାରା ହିଁ ଆମେ ବେଶୀ ଦୁଃଖୀ ହେଉ । ଆମ ଶରୀର ସହିତ ଚାରୋଟି ଦୁଃଖ ଜଡ଼ିତ ହୋଇରହିଛି । ସେଗୁଡ଼ିକ ହେଲା-ଜନ୍ମ, ମୃତ୍ୟୁ, ଜରା, ବ୍ୟାଧି । ମଣିଷ ଆଜି ଚନ୍ଦ୍ର, ମଙ୍ଗଳ ଆଦି ଗ୍ରହଣ-ଗ୍ରହାନ୍ତରକୁ ଯାତ୍ରା କରି ପାରୁଛି । ହେଲେ ଥରେ ନିଜ ହୃଦୟର ନିଭୃତ କୋଣରେ ପହଞ୍ଚ ପାରୁନାହିଁ । ଯେଉଁଠି ପହଞ୍ଚିଲେ ସେ ସୁଖର ସନ୍ଧାନ ପାଇପାରନ୍ତା । ପରମାତ୍ମା ସମସ୍ତ ସୁବିଧା ଦେଇ ସୁଦ୍ଧା ମଣିଷ ତା' ନିଜ ଭିତରେ ପହଞ୍ଚ ନ ପାରିବାର ମୂଳ କାରଣଟି ହେଉଛି ତା'ର ଅଜ୍ଞାନତା । ମଣିଷ ଭିତର ଅଜ୍ଞାନତା ଦୂରେଇ ଗଲେ ସେ ସୁଖ-ଦୁଃଖକୁ ବୁଝିପାରିବ ଓ ଦୁଃଖରେ ଥାଇ ବି, ସୁଖର ସନ୍ଧାନ କରିପାରିବ ।

ମଣିଷ ମଧରେ ଆମ୍ଭର ସ୍ଥଳ ପରିପ୍ରକାଶ ହେଉଛି, ତା'ର ମାନସିକ ଶକ୍ତି । ଯଦି ଆମେ ଏହାକୁ ଠିକ୍ ଭାବେ ନିଜ ନିୟନ୍ତ୍ରରେ ରଖିପାରିବା ସେହି ଅସୀମ ଇଚ୍ଛା ଶକ୍ତି ଦ୍ୱାରା ଆମେ ଯାହା ଚାହିଁବା ଅକ୍ଲେଶରେ ତାହା କରିପାରିବା ଏବଂ ଅତି ମାନସ ସ୍ତରରେ ପହଞ୍ଚିବା ଆମ ପକ୍ଷରେ ସମ୍ଭବ ହେବ । ଦୃଢ଼ ଇଚ୍ଛା ଶକ୍ତି ଓ ଉଚ୍ଚ ଆକାଂକ୍ଷା ହିଁ ମଣିଷକୁ ଶୀର୍ଷ ସ୍ଥାନକୁ ଯିବାପାଇଁ ସାମର୍ଥ୍ୟ ଯୋଗାଇଥାଏ । ଏହା ଅଲଂଘ୍ୟ ପ୍ରାଚୀର ଅତିକ୍ରମ କରିବା ପାଇଁ ସାମର୍ଥ୍ୟ ଦିଏ । ଯାହାଙ୍କର ଉଚ୍ଚ ଆକାଂକ୍ଷା ବା ଇଚ୍ଛା ଶକ୍ତି ଦୃଢ଼ ନଥାଏ, ସାମାନ୍ୟ କାମ ଟିଏ ଆରମ୍ଭ କଲେ ମଧ ଏହାର ଶେଷ ନେଇ ସେମାନଙ୍କ ମନରେ ସଂଶୟ ଉପୁଜିଥାଏ । ଅଟଳ ବିଶ୍ୱାସ ବଳରେ ଅସାଧ୍ୟ ସାଧନ ହୋଇଥାଏ ।

ଭାରତ ମୁନି, ଋଷିଙ୍କ ଦେଶ । ସାଧୁସନ୍ତଙ୍କ ନିବାସସ୍ଥଳି । ସିଦ୍ଧ ସାଧକଙ୍କ ଓ ତପସ୍ୱୀମାନଙ୍କ ଚରାଭୂଇଁ । ମହାପୁରୁଷଙ୍କ ଜନ୍ମସ୍ଥାନ, ସେହି ମୁନି, ଋଷି, ସାଧୁସନ୍ତୁ, ସିଦ୍ଧସାଧକ । ତପସ୍ୱୀ ଓ ମହାପୁରୁଷମାନେ କହନ୍ତି ମନୁଷ୍ୟ ଯେଉଁଭଳି ଚିନ୍ତା କରିବ ସେହି ଚିନ୍ତା ଓ ଚେତନା ତରଙ୍ଗାୟିତ ହୋଇ ସମଗ୍ର ସମାଜକୁ ଏବଂ ସଂସାରକୁ ବ୍ୟାପିବ । ତେଣୁ ଆମେ ସମସ୍ତେ

ଶୁଦ୍ଧପୁତ ଭାବରେ ଭଲ ଚିନ୍ତା କରିବା ଦରକାର। ଚାଲ୍ସ ମାର୍ଗାନଙ୍କ ଭଲି ସାହିତ୍ୟ ସମାଲୋଚକ ଥରେ ମତବ୍ୟକ୍ତ କରିଥିଲେ– ସାହିତ୍ୟ ସାଧକ ପୃଥିବୀରେ ଜନ୍ମ ହୁଅନ୍ତି ମାନବ ଜାତିକୁ କୃଶବିଧ କରିବା ପାଇଁ ନୁହେଁ, ମାନବ ଜାତିର ପାଦ ପ୍ରକ୍ଷାଳନ କରିବା ପାଇଁ। ଯୀଶୁଖ୍ରୀଷ୍ଟ କୃଶବିଧ ହେବାର ପୂର୍ବଦିନ ନିଜର ପ୍ରିୟଶିଷ୍ୟ ପିଟରଙ୍କୁ ଡକାଇ ପାଣି ଆଣି ପିଟରଙ୍କ ପାଦ ଧୋଇଦେଲେ ଓ ପୋଛିଦେଇ କହିଲେ 'ପିଟର ମୁଁ ଆଜି ତୁମର ଯାହା କଲି, ତୁମେ ସଂସାରବାସୀଙ୍କର ତାହା ହିଁ କରିବ।' ଏହି ଘଟଣା ପରଠାରୁ ପିଟର ସଂସାରବାସୀଙ୍କ ସେବାରେ ମନୋନିବେଶ କଲେ। ୨୦୧୬ ବର୍ଷର ମାର୍ଚ୍ଚ ମାସରେ ଏକ ସମ୍ବାଦ ପ୍ରକାଶ ପାଇଛି ଇଷ୍ଟରଉିକ ଅବସରରେ କ୍ୟାଥୋଲିକ୍ ଧର୍ମଗୁରୁ ପୋପ୍ ଫ୍ରାନ୍ସିସ୍ ଇଟାଲୀର କାଷ୍ଟେଲନ୍ ଓ ଭୋଦି ପୋର୍ଟ ଶରଣାର୍ଥୀ ଶିବିରକୁ ଯାଇ ଭାଇଚାରା ଓ ବିଶ୍ୱ ମାନବ ପ୍ରୀତିର ସନ୍ଦେଶ ଦେବା ଉଦ୍ଦେଶ୍ୟରେ ହିନ୍ଦୁ, ମୁସଲମାନ, କ୍ୟାଥୋଲିକ୍ ଶରଣାର୍ଥୀମାନଙ୍କ ପାଦ ଧୋଇଛନ୍ତି। ଈଏ ସତରେ କି ମନୋଜ୍ଞ ମାନବୀୟ ଚିନ୍ତନଟିଏ ? ଜଣେ ଅନ୍ୟ ଜଣକୁ ଭଲ ପାଇବା, ଅନ୍ୟଜଣଙ୍କର ସେବା କରିବା, ଅନ୍ୟର ପାଦ ଧୋଇଦେଇ ଶ୍ରଦ୍ଧା ଓ ସମ୍ମାନ ନିବେଦନ କରିବାଠାରୁ ଉଚ୍ଚତର ମାନବୀୟ ଚିନ୍ତନ ଆଉ କ'ଣ ଥାଇପାରେ ?

ଏଇନେ ତ ଶାନ୍ତି ଖୋଜା ଚାଲିଛି ବିଭିନ୍ନ ଉପାୟରେ। ରକମ ରକମ ଉପଚାରରେ, ପ୍ରକାର ପ୍ରକାର ଉପାଦାନ ମାଧ୍ୟମରେ, କିସମ କିସମ ପଦାର୍ଥ କ୍ରୟରେ, ଅସୁମାରୀ ବିଷୟବସ୍ତୁ ପ୍ରାପ୍ତି ଆଶାରେ। ମାତ୍ର ଶାସ୍ତ୍ର ତ ନିର୍ଦ୍ଦେଶ ଦେଲା "ସଂସାର ତାପଦ୍ ଗ୍ଲାନାଂ ତ୍ରୟୋ ବିଶ୍ରାନ୍ତି ହେତବଃ, ଅପତ୍ୟଞ୍ଚ କଲତ୍ରଞ୍ଚ ସତାଂ ସଙ୍ଗତିରେ ବଚ।" ସଂସାର ଦୁଃଖରେ ଜଳୁଥିବା ଲୋକର ବିଶ୍ରାମ (ଶାନ୍ତି) ଖୋଜିବାର ତିନୋଟି କାରଣ। ପୁତ୍ର, ସ୍ତ୍ରୀ ଏବଂ ସାଧୁସଙ୍ଗ। ବାହ୍ୟ ଉପଚାରର କ୍ରୟ ଦ୍ୱାରା ନୁହେଁ।

ତା'ପରେ ଆଶା ତ ଅମାପ। ଅସରନ୍ତି। ସୀମାହୀନ ତା'ର ପରିବ୍ୟାପ୍ତି। ଆଶାର ସମାପ୍ତି ନାହିଁ। ଆଶା କେବେ ପୂରଣ ହୁଏନା, ଯେତେ ପାଇଲେ ମଧ। ପ୍ରାପ୍ତିରେ ଆଶାର ପରିସମାପ୍ତି ନାହିଁ। ବର୍ତ୍ତମାନ ପାଇଁ ଯିଏ ଯେତେ ପ୍ରକାର ଅପକର୍ମ କରି ଅନ୍ୟାୟ, ଅକର୍ମ, ଅନୀତି ଦ୍ୱାରା ଅଧର୍ମ ଉପାୟରେ ହେଉ ପଛେ ଯଦି ତା' ଆଗରେ ଥିବା ସହୋଦର, ପଡ଼ୋଶୀଙ୍କୁ ପଛରେ ପକାଇ ତା' ଆଗକୁ ଯାଇପାରିଲା, ତା'ଠାରୁ ଅଧିକ ଧନ ଓ କ୍ଷମତାର ଅଧିକାରୀ ହୋଇପାରିଲା, ତା'ର ବଢ଼ତି ହେବାକୁ ସମାଜ, ସଂସାର, ଦୁନିଆ ତା' ଗୁଣ ପାଇଁ (ହେଉ ପଛେ ଅବିଗୁଣ ବା ଖରାପ ଗୁଣ) ତାକୁ ପ୍ରଶଂସା କଲା। ତାକୁ ମୁଣ୍ଡରେ ବସାଇ ଲୋକମାନେ ତା'ର ପାରିଲାପଣକୁ ଗାଇ ବୁଲୁଥିବେ ପରୀକ୍ଷାର୍ଥୀଟିଏ ପଢ଼ାବହି ଘୋଷିଲାପରି। ତା'ଠାରୁ ପାଇବା ଆଶା ରଖିଥିବା ପର୍ଯ୍ୟନ୍ତ, ତା'ପରେ ନୁହେଁ। ତା'ଠାରୁ ପାଇବାର ସମ୍ଭାବନା ତୁଟିଗଲେ ତା'ଗୁଣଗାନର ସମାପ୍ତି ଘଟେ। ମଣିଷ ତ ସଦାସର୍ବଦା ବ୍ୟସ୍ତ। ଖୋଜି ବୁଲୁଛି ସୁଖ, ଶାନ୍ତି, ସମୃଦ୍ଧି। ଖୋଜିବାର ଶେଷ ନାହିଁ। ପରିସମାପ୍ତି ନାହିଁ ପ୍ରାପ୍ତି ଆଶାର। ଆବଶ୍ୟକ ଥାଉ ବା ନଥାଉ, ଦରକାର ହେଉ ବା ନହେଉ, କାମରେ ଲାଗୁ ବା ନ ଲାଗୁ, ବ୍ୟବହାରରେ ଆସୁ ବା ନଆସୁ ତଥାପି ଖୋଜା ପଡ଼େ, ଲୋଡ଼ା ହୁଏ ଅଧିକରୁ ଅଧିକ। ଯେତେହେଲେ ବି ଆହୁରି ବେଶୀ। ପୂରଣ ହୋଇଗଲେ ତା'ଠାରୁ ଆହୁରି ଅଧିକ। ଆହୁରି ବେଶୀ। ମୋର କାମରେ ନଆସୁ। ସେ ଆଣିଲା ମୁଁ ଆଣିବି। ତା'ର ଅଛି ମୋର ଥିବା ଦରକାର। ସେ କିଣିଲା, ମୁଁ କିଣିବି। ସେପରି ଆଣିବାରେ, କିଣିବାରେ, ଥିବାର ନଥିବାର ଶେଷ ନାହିଁ। ନାହିଁ ପରିସମାପ୍ତି। କିଣିବାକୁ ଅର୍ଥ ଆବଶ୍ୟକ। ଆଉ ଅର୍ଥ ରୋଜଗାର କରିବାକୁ ଶ୍ରମ ଲୋଡ଼ା। ସେଥିକୁ ସଭିଏଁ ତିଆର, ମାତ୍ର ପାରିଲେ ତ ହେଲା। ପରିଶ୍ରମ କରିନପାରିଲେ ଆଣ୍ଠେଇ, ପେଟେଇ, ଘୁଷୁରୀ, ମୁସୁରି, ଗଡ଼ି, ପଡ଼ି ଗୋଟେଇବାରେ ଲାଗିଛନ୍ତି। ଠୁଲାଇବାରେ, ରୁଣ୍ଢେଇବାରେ, ଗଦେଇବାରେ, ଅର୍ଜିବାରେ ତଥାପି ଶେଷ ନାହିଁ। ଧନ ନ ଥିଲେ, ରୋଜଗାର ପାଇଁ ଅକ୍ଷମ ହେଲେ, ଉପାର୍ଜନ ଲାଗି ସାମର୍ଥ୍ୟ ନ ଥିଲେ, କୌଣସି ଅନ୍ୟ ସୁବିଧା ନ

ମିଳିଲେ, ଧାଉାର କରି, କରଜ ଆଣି, ହାତ ଉଧାରି, ନହେଲେ ସରକାରୀ ଋଣ। କିଛି ନହେଲେ ଚାଷ ଜମି ବିକି, ପୈତୃକ ଘରଦ୍ଵାର ବନ୍ଧକ ଦେଇ, ସ୍ତ୍ରୀ ଦେହରୁ ଗହଣା ଉତାରି। ଝିଅକୁ ଜଣେ ବୟସ୍କ ପୌଢ଼ ବ୍ୟକ୍ତି ସହିତ (ଦ୍ଵିତୀୟ କିମ୍ଵା ତୃତୀୟ) ବିଭାଦେଇ ଲୁଚାଣିଆ ତାଠାରୁ ଅର୍ଥ ଆମ୍ଳାସାତ କରି। ପୁଅକୁ ଧନ ଲୋଭରେ ଅସୁନ୍ଦରୀ, ବୟସ୍କା, ଚରିତ୍ରହୀନା କନ୍ୟା ସହିତ ଛନ୍ଦି ଦେଇ ମୋଟା ଅଙ୍କର ଯୌତୁକ ଲୋଭରେ। ବନ୍ଧୁ ବାନ୍ଧବଙ୍କ ପାଖରୁ ହାତ ଉଧାର ଆଣି ପରେ ଟଙ୍କା ନ ଶୁଝି ବନ୍ଧୁ ସମ୍ପର୍କ ତୁଟାଇ ଦେଇ, ଯେମିତି ହେଲେ ହେବ ଏବଂ ଆସିବ।

ଦାର୍ଶନିକ ଚାରବାକ୍ ତ ସଫଳତାର ମାପକାଠି ଦେଇ କହିଲେ- 'ଯାବତ୍ ଜୀବେତ୍ ସୁଖମ୍ ଜୀବେତ୍। ଋଣଂ କୃତ୍ଵା ଘୃତଂ ପିବେତ୍। ଭସ୍ମୀଭୂତସ୍ୟ ଦେହସ୍ୟ ପୁନରାଗମନ କୁତଃ।' ଯେତେଦିନ ପର୍ଯ୍ୟନ୍ତ ବଞ୍ଚିଛ ବା ଜୀବନ ଅଛି, ସୁଖରେ ବଞ୍ଚ। ଋଣ କର ଓ ଘିଅ ପିଅ। ଅର୍ଥାତ୍ ପାଖରେ ଧନ ନ ଥିଲେ କରଜ ଆଣି, ଋଣ କରି ଘିଅ ପିଅ। (ପାର୍ଥିବ ସୁଖ ଭୋଗକର) ଏପରିକି ଘିଅ ପିଇଲାବେଳେ ଋଣ କରିଥିବା ଚିନ୍ତାରେ ଘାରି ହୁଅନାହିଁ। ଭସ୍ମୀଭୂତ ହେଲା ପରେ ବା ତୁମର ମୃତ୍ୟୁ ହେବା ପରେ ତୁମେ ଋଣ ପରିଶୋଧ ପାଇଁ ଏ ପୃଥିବୀକୁ ଆସିବ ନାହିଁ। କିନ୍ତୁ ଯେଉଁବ୍ୟକ୍ତିମାନେ ଋଣକରି ଘିଅ ପିଅନ୍ତି ବା ସର୍ବଦା ସୁଖ ସ୍ଵାଚ୍ଛନ୍ଦରେ ରହନ୍ତି। ଅର୍ଥ ସରିଗଲେ ସେମାନେ ମୃତ୍ୟୁ ପୂର୍ବରୁ ହିଁ ବହୁ ଦୁଃଖ କଷ୍ଟ ଭୋଗ କରିଥାଆନ୍ତି। ଆହୁରି ମଧ୍ୟ ଏ ଋଷି ବତାଇ ଥିବା ସୁଖୀ ଜୀବନର ଉପାୟ- ଋଣଂ କୃତ୍ଵା ଘୃତଂ ପିବେତ ବଡ଼ ମାରାମ୍ତକ ଉପଦେଶ। କାରଣ ଋଣ ଦେଇଥିବା ସାହୁକାର ବା ମହାଜନ ହୁଏତ ଗରିବ ଅଭାବଗ୍ରସ୍ତ ଦରିଦ୍ର ବ୍ୟକ୍ତିଠାରୁ ଋଣ ଦେଇଥିବା ଅର୍ଥ ଆଦାୟ ନକରି ଛାଡ଼ି ଦେଇପାରେ। ମାତ୍ର ନିର୍ଣ୍ଣତ ମନରେ ଘିଅ ପିଉଥିବା ସୁଖୀ ଲୋକଠାରୁ ଦେଇଥିବା ଧନ ଆଦାୟ ନ କରି କାହିଁକି ଛାଡ଼ିବ? ତା'ବାଦ୍ ଋଣ କରି ଘିଅ ପିଇବା ଲୋକ କାହିଁକି ଋଣ କରି ଗାଡ଼ି ନ କିଣିବ?

ଏମିତି ବିତିଯାଏ ଜୀବନ। ମଣିଷ ଜୀବନ ତ କେଇଟା ବର୍ଷ ମାତ୍ର। ତଥାପି ଆବଶ୍ୟକର ଶେଷ ହୁଏନା। ଦରକାରର ସମାପ୍ତି ନାହିଁ। ଲୋଡ଼ିବାର ଅବଶୋଷ ମେଣ୍ଟୁନି। ଦିନୁଦିନ କେତେ କିସମର କେତେ ରକମର ଭଳିକି ଭଳି ନୂଆ ନୂଆ ଜିନିଷ, ନୂଆ ନୂଆ ଚିଜ୍ ବାହାରୁଛି। ତିଆରି ହେଉଛି କେତେ କିସମର ଦ୍ରବ୍ୟ, ତାକୁ କିଣିବାକୁ ମନ ହାଇଁପାଇଁ। ଆମ୍ଳା ଦକ ଦକ। ପ୍ରାଣ ସକସକ, ସେ ଆଣିଲା, ମୁଁ ଛାଡ଼ିବି? ସେ କିଣିଲା, ମୁଁ ନକିଣି ରହିବି? ତା'ର ଅଛି, ମୋର ନାହିଁ ଚଳିବ କେମିତି? ଆବଶ୍ୟକ ଥାଉ ବା ନ ଥାଉ ଦରକାର ପଡ଼ୁ ବା ନ ପଡ଼ୁ। କାମରେ ଆସୁ ବା ନଆସୁ। ବ୍ୟବହାରରେ ଲାଗୁ ବା ନ ଲାଗୁ। ଘରେ ରହି ରହି କଳଙ୍କି ହେଉ। ଯଥଙ୍କ ଧରୁ। ସାଇତା ହୋଇ ପୁରୁଣା ହେଉ। ପୋରିଆ ହେଉ। ପଡ଼ି ପଡ଼ି ରଙ୍ଗ ଛାଡ଼ିଯାଉ। ତଥାପି ସେ ଆଣିଲା, ମୁଁ ଆଣିବି। ଅବୁଝା ପଣିଆର କଥା। "ଇଆର ଦେଖ, ପାଆର ଦେଖ। ଡେଇଁ ପଡ଼ିଲା ମୋ ଡାହାଣା ଆଖ।" ନ୍ୟାୟରେ ତା'ର ଅଛି ମୋର ହେବ। ସେ ଆଣିଲା, ମୁଁ ଛାଡ଼ିବି? ସେ କିଣିଲା, ମୁଁ ଖର୍ଦ୍ଦ ନ କରିବି କିଆଁ, ଲୋକେ କ'ଣ କହିବେ? ଦାଣ୍ଡରେ, ଘାଟରେ, ବାହାରେ ମୁହଁ ଦେଖାଇ ପାରିବି? ରାସ୍ତାରେ ମୁଣ୍ଡଟେକି ବାଟ ଚାଲି ପାରିବି ତ? ମୋର ଇଜ୍ଜତ ରହିବଟି? ସମାଜରେ ମୋ ଭାଉ କମିଯିବନି? ପଟିଆର ରକ୍ଷା ହୋଇ ପାରିବ କିପରି? ପାଞ୍ଚ ଜଣଙ୍କ ସହିତ ମୁଁ ଆଉ ମଣିଷ (ଭାବରେ)ପଣରେ ଗଣା ହେବି? ଈର୍ଷା, ଦ୍ଵେଷ, ପରଶ୍ରୀକାତରତା, ଅଦେଖା ପଣିଆ ଅସୁହ୍ୟା ଭାବନାରେ ଅନ୍ତର ଭରପୁର। ସେଠି କୁଆଡ଼ୁ ଆସିବ ମାନସିକ ଶାନ୍ତି? ଆନ୍ତରିକ ଆନନ୍ଦ, ହୃଦୟ ଭରା ଖୁସି, ପ୍ରାଣଖୋଲା ହସ, ଆମ୍ଳା ଉଲ୍ଲାସ ଆବେଗରେ ଭରପୁର ମିଞ୍ଜାସ। ନିର୍ମଳ ନିରପେକ୍ଷ ସର୍ବଜନୀନ ଭାବନା।

ଶାସ୍ତ କହିଲା "ସତୁ ଭବତି ଦରିଦ୍ରୋ ଯସ୍ୟ ତୃଷ୍ଣା ବିଶାଳା, ମନସି ଚ ପରିତୁଷ୍ଟେ କୋଽର୍ଥବାନ୍ କେ ଦରିଦ୍ରଃ।" ଯାହାର ଚିନ୍ତା ବା ଅଭିଲାଷ ଯେତେ ଅଧିକ ସେ ସେତେ ଦରିଦ୍ର। ମନ ଯାହାର ତୃପ୍ତ ଓ ସନ୍ତୁଷ୍ଟ ହୋଇଯାଇଛି, ତା ପାଇଁ ଧନ ଓ ଦାରିଦ୍ର୍ୟର କିଛି ଫରକ ନାହିଁ। ଏଇନେ ଜଣେ ଶ୍ରେଷ୍ଠ ତଥା ସୁଖୀ ମଣିଷ ଖୋଜିପାଇବା କାଠିକର

ପାଠ । ଜଣକୁ ବିଶ୍ୱରତ୍ନ ଉପାଧିପ୍ରଦାନ କରାଗଲେ ସେ ସାରା ବିଶ୍ୱର ରତ୍ନ ହୋଇଯିବ ନାହିଁ । ଯେପରି କୁବେର ନାମକରଣ କରିଦେଲେ ଜଣେ କୁବେରଙ୍କ ପରି ଧନଶାଳୀ ହୋଇଯିବନାହିଁ ଅଥବା କୃଷ୍ଣନାମଧାରୀ ବ୍ୟକ୍ତି ବାସୁଦେବ ଶ୍ରୀକୃଷ୍ଣ ହୋଇଯିବନାହିଁ । ଶାସ୍ତ୍ରୀଜୀଙ୍କ ବ୍ୟତୀତ ଜବାହାର ସମେତ ଯେତେଜଣ ପୂର୍ବତନ ପ୍ରଧାନମନ୍ତ୍ରୀ ଭାରତରତ୍ନ ପାଇଛନ୍ତି, ସେମାନେ କେହି ପ୍ରକୃତରେ ଭାରତ ରତ୍ନ ନୁହଁନ୍ତି । ବରଂ ଭାରତ ରତ୍ନ ପାଇନଥିବା ଉଭୟ ଗାନ୍ଧିଜୀ ଓ ନେତାଜୀ ଯଥାର୍ଥରେ ଭାରତର ଦୁଇ ଅମୂଲ୍ୟ ରତ୍ନ ଅଟନ୍ତି ।

ଗୌତମ ବୁଦ୍ଧ ତ ସେଥ୍ପାଇଁ ଯାହା କହିଥିଲେ "କାମନା ଦୁଃଖର କାରଣ ଅଟେ । କାମନାର ବିନାଶରେ ଦୁଃଖର ବିନାଶ ।" ଏହାର ପ୍ରାସଙ୍ଗିକତା ଚିରକାଳକୁ ରହିଛି । ଅହେତୁକ ଏବଂ ଅସ୍ୱାଭାବିକ ମାତ୍ରାଧିକ କାମନାକୁ ତ୍ୟାଗ କରିପାରିଲେ ମଣିଷ ପ୍ରକୃତରେ ସୁଖ, ଶାନ୍ତି ଓ ଆନନ୍ଦ ପାଇପାରିବ । ପ୍ରଭୁ ଖୋଦ ନିଜ କ୍ରୀଡ଼ା, କୌତୁକୁ ଧରା ପକାଇ ଦେଇ ଜୀବ-ପ୍ରତିନିଧି ଅର୍ଜୁନଙ୍କୁ ଘାତ ମୁଣ୍ଡରେ କହିଦେଲେ– "ଦୈବୀ ହ୍ୟେଷା ଗୁଣମୟୀ ମମମାୟା ଦୁରତ୍ୟୟା, ମାମେବ ଯେ ପ୍ରଣଦ୍ୟନ୍ତେ ମାୟାମେତାଂ ତରନ୍ତିତେ ।" କାମନା ଆସୁ, ମାତ୍ର ସେଥ୍ପାଇଁ ଘାରିସାରି ହୁଅନି । 'ପାଇବା ନ ପାଇବା' ମନକୁ ଉତ୍ତେଜିତ ପ୍ରତିକ୍ରିୟାମ୍ନକ ନ କରୁ । ଏମିତିରେ କୁଆଡ଼େ କିଛିଟା ଶାନ୍ତି ମିଲେ ସ୍ୱାମୀ ବିବେକାନନ୍ଦ କହିଛନ୍ତି, "ପ୍ରେମ ସୂର୍ଯ୍ୟ ଉଦୟ ହେଲେ ସବୁ କାମନା ଦୂର ହୋଇଯିବ ।"

ଯାହାର ମନ ଯେଡ଼େ, ତା'ର ପ୍ରଭୁ ସେଡ଼େ । ଆବିଲତାହୀନ ମନର ଶ୍ରଦ୍ଧା ନିକଟରେ ସକଳ ଶକ୍ତି ପରାଭୂତ ହୋଇଥାଏ । ସେହି ମହାଶକ୍ତି ବଳରେ ପଙ୍ଗୁଗିରି ଲଙ୍ଘେ, ମୂକ ବାଚାଳ ହୁଏ, ଅସମ୍ଭବ ସମ୍ଭବ ହୋଇଥାଏ । ସେହି ଶକ୍ତିର କରାମତି ସମ୍ପର୍କରେ ଯେଉଁମାନେ ଜାଣିଥାନ୍ତି, ସେମାନେ ନିର୍ଦ୍ଦିଷ୍ଟ (ଭଗବତ ଭଜନ, ଧ୍ୟାନାଦି) ଛାଡ଼ି ଅନିର୍ଦ୍ଦିଷ୍ଟ ବସ୍ତୁ(ସାଂସାରିକ ବିଷୟ ବାସନା)ପଛରେ ମରୀଚିକା ଭଳି ଧାଇଁ ନଥାନ୍ତି । ବଳବାନ ବା ପରାକ୍ରମୀର ଶକ୍ତି ସେହି ଶକ୍ତି ନିକଟରେ ହାର ମାନିଥାଏ । ସଂସାରରେ ଦୃଢ଼ ଈଶ୍ୱର ବିଶ୍ୱାସ ଅମୃତର ଧାରା, ଯାହା ମୃତ ପ୍ରାଣରେ ଜୀବନ ସଞ୍ଚାର କରିଥାଏ । ଈଶ୍ୱର ଆଶ୍ରିତ ବ୍ୟକ୍ତି ବିପଦରେ କାତର ନ ହୋଇ ଲୀଳାମୟ ପ୍ରଭୁଙ୍କ ଉପରେ ସବୁକିଛି ଛାଡ଼ି ଦେଇଥାନ୍ତି ଓ ଶେଷରେ ଗଭୀର ଈଶ୍ୱର ବିଶ୍ୱାସ ଜନିତ ପୁଣ୍ୟଫଳ ଲାଭରେ ସକ୍ଷମ ହୋଇଥାନ୍ତି ।

ସାମାଜିକ ବିକାଶ ପ୍ରକ୍ରିୟାରେ କେହି କେହି ସଂସ୍କାରକ ଓ ଚିନ୍ତାଶୀଳ ବ୍ୟକ୍ତି ସାମାଜିକ କ୍ଷୟଶୀଳତା, କୁସଂସ୍କାର ଓ ମାନବିକ ଅକ୍ଷତାକୁ ଅନୁଭବ କରିଛନ୍ତି । ଜୀବନର ଗୁଣାମ୍ନକ ମାନରେ ପରିବର୍ତ୍ତନ ଆଣିବା ପାଇଁ ସେମାନେ ନୂତନ ଚିନ୍ତାର ସୂତ୍ରପାତ କରିବାକୁ କିଛି ପ୍ରୟାସ କରିଛନ୍ତି । ସମାଜର ମନ୍ଦ ବ୍ୟବସ୍ଥା, ମାନବିକ ଅକ୍ଷତା, ପ୍ରଚଳିତ ଅହେତୁକ ପରମ୍ପରା ଓ ଭେଦଭାବ ଜନିତ ପରିବେଶ ବିରୋଧରେ ନିଜର ସ୍ୱର ଉଠାଇଛନ୍ତି । ହୁଏତ ସେମାନେ ନିଜ ସମସାମୟିକ ସମାଜରେ ବହୁ ବିରୋଧର ସମ୍ନୁଖୀନ ହୋଇଛନ୍ତି, ନିନ୍ଦା ଅପବାଦ ପାଇଛନ୍ତି ବା ଜୀବନ ଦେଇଛନ୍ତି । ତଥାପି ସେମାନେ ହିଁ ସମାଜକୁ ବାଟ ଦେଖାଇଛନ୍ତି । ବିଚାରଶୀଳତା ଦୃଷ୍ଟିରୁ ବିକାଶ ପାଇଁ ଅବଦାନ ଦେଇଛନ୍ତି ଓ ସଭ୍ୟତାର ଅଗ୍ରଗତିରେ ନିଜର ସ୍ୱାକ୍ଷର ରଖିଛନ୍ତି । ସମାଜରୁ ଅକ୍ଷାନତା, ଅନ୍ୟାୟ, ନିରକ୍ଷରତା, ଅମାନବିକତା ଓ ଭେଦଭାବ ଜନିତ ମାନସିକତା ଦୂର କରିବାରେ ଯେଉଁମାନେ ଗମ୍ଭୀର ସମ୍ପୃକ୍ତି ବ୍ୟକ୍ତି ରହିଛନ୍ତି, ସେମାନେ ହିଁ ସମାଜର ପଥ ପଦର୍ଶକ ହୋଇଛନ୍ତି । କିଛି ବ୍ୟକ୍ତିଙ୍କର ଜୀବନବ୍ୟାପୀ ଗବେଷଣା ସମାଜର ଦୁଃଖ ଦୁର୍ଦ୍ଦଶା ଦୂର କରିବାରେ ସମ୍ପୃକ୍ତି ଓ ମାନବିକ ମୂଲ୍ୟବୋଧର ପ୍ରସାର ଦିଗରେ ପ୍ରୟାସ ଯୋଗୁଁ ସମାଜର ବିକାଶ ହୋଇଛି । ଜ୍ଞାନ ବିଜ୍ଞାନର ନୂଆ ନୂଆ ଭାବନା ଆସିଛି । ମାନବିକ ସମତା ଓ ସଂପ୍ରୀତିର ବାର୍ତ୍ତା ଭିତ୍ତି ନେଇଛି । ରାଜନୈତିକ ଚେତନାର ବିକାଶ ହୋଇଛି ଓ ବ୍ୟକ୍ତିର ନୈତିକ କର୍ତ୍ତବ୍ୟବୋଧ ବୃହତ୍ତର ପରିବେଶକୁ ପ୍ରସାରିତ ହୋଇଛି । ସାମାଜିକ କ୍ରମବିକାଶର ଏକ ସୁଦୀର୍ଘ ଇତିହାସ ରହିଛି । ଆଜି ସଭ୍ୟତା ଯେଉଁ ସ୍ଥିତିରେ ରହିଛି, ତାହା ପଛୁଆତରେ ଆମ ପିତା, ପିତାମହ, ପ୍ରପିତା ମହମାନଙ୍କର ଯଥେଷ୍ଟ ଅବଦାନ ରହିଛି । ଠିକ୍ ଆଦିମ

ସ୍ଥିତିରୁ ନାନା କ୍ରମବିବର୍ଦ୍ଧନ ମଧ୍ୟ ଦେଇ ସମାଜର ରାଜନୈତିକ, ସାଂସ୍କୃତିକ, ଅର୍ଥନୈତିକ, ଶୈକ୍ଷିକ ପରିବେଶ ଉନ୍ନତ ହୋଇଛି । ଏହି ଉନ୍ନତିର ଧାରା ଯେ, ଏକ ନିରନ୍ତର ପ୍ରକ୍ରିୟା ଏହା ଅନସ୍ୱୀକାର୍ଯ୍ୟ ।

ତେବେ ସଭ୍ୟତାର ଏହା ଏକ ବଡ଼ ବିଡ଼ମ୍ବନା ଯେ, ମଣିଷ ସମାଜ ସର୍ବଦା କିଛି ନା କିଛି ସଙ୍କଟର ସମ୍ମୁଖୀନ ହୋଇଛି । ସୁଖଶାନ୍ତି ଭରା ଜୀବନ ଓ ପ୍ରୀତିଭରା। ଏକ ବିଶ୍ୱ ସମଗ୍ର ମନୁଷ୍ୟ ସମାଜ ପାଇଁ କେବେ ଉପଲବ୍ଧ ହୋଇନାହିଁ । ରାଜତନ୍ତ୍ର ଓ ସାମନ୍ତବାଦରୁ ମୁକ୍ତ ହୋଇ ଗଣତନ୍ତ୍ର ଆସିଲେ ମଣିଷ ଜାତିର ନବ ଜନ୍ମ ହେବ ବୋଲି ଏକ ସମୟରେ ବିଶ୍ୱାସ କରାଯାଉଥିଲା । ପୁଞ୍ଜିବାଦ ଯାଇ ସାମଜବାଦ ଆସିଲେ ସମାଜରୁ ସକଳ ଆର୍ଥିକ ବିଷମତା ଓ ଦାରିଦ୍ର୍ୟ ଦୂର ହେବ ବୋଲି ଏକ ବିଚାର ଗୋଟିଏ ସମୟରେ ବେଶ୍ କ୍ରାନ୍ତିକାରୀ ଥିଲା । ଆମ ଦେଶରେ ସାମ୍ରାଜ୍ୟବାଦ ଲୋପ ପାଇ ସ୍ୱାଧୀନତା ଆସିଲେ ଦେଶର ବହୁ ସଙ୍କଟ ଚାଲିଯିବ ବୋଲି ଏକ ବିଶ୍ୱାସ ଏକ ସମୟରେ ସୃଷ୍ଟି ହୋଇଥିଲା । ଜାତିସଂଘର ପ୍ରତିଷ୍ଠା ହେଲେ ପୃଥିବୀରୁ ଯୁଦ୍ଧର ଭୟ ଚାଲିଯିବ ବୋଲି ବିଶ୍ୱାସ ସାରା ପୃଥିବୀରେ ଏକ ଆଲୋଡ଼ନ ଆଣିଥିଲା । ମାନବିକ ଅଧିକାରର ବିଶ୍ୱ ଘୋଷଣା ଦ୍ୱାରା ପୃଥିବୀରୁ ସକଳ ଭେଦଭାବ ଦୂର ହୋଇଯିବ ବୋଲି ବିଶ୍ୱାସ କରାଯାଉଥିଲା । କେତେକ ସ୍ୱପ୍ନ ତ ପୂରଣ ହୋଇଛି, ତଥାପି ମାନବୀୟ ସଙ୍କଟ ଦୂର ହୋଇନାହିଁ ବରଂ ସଭ୍ୟତାର ଅଗ୍ରଗତି ସହ କେତେକ ସଙ୍କଟ ଅଧିକ ତୀବ୍ର ହେବାରେ ଲାଗିଛି । ଜନସଂଖ୍ୟାର ଚାପ, ପରିବେଶ ପ୍ରଦୂଷଣ, ସନ୍ତ୍ରାସବାଦ, ସମ୍ପ୍ରଦାୟିକତା ତୃତୀୟ ବିଶ୍ୱର ଦାରିଦ୍ର୍ୟ ଓ ଅପରାଧ ପ୍ରବଣତା ସମାଜରେ ଅଧିକ ଉକ୍ଟ ହେବାରେ ଲାଗିଛି । ମଣିଷ ନିଜର ବିଚାରବୁଦ୍ଧି ପ୍ରୟୋଗ କରି ଯେକୌଣସି ସମାସ୍ୟାର ସମାଧାନ ବାହାର କରିବାକୁ ଆଦିମ କାଳରୁ ପ୍ରୟାସ କରିଆସିଛି । ସେହି ପ୍ରୟାସରୁ ହିଁ ସଭ୍ୟତାର ଏତିକି ବିକାଶ ଘଟିଛି । ଯେକୌଣସି ସଙ୍କଟର ସମାଧାନ ପାଇଁ ତଥା ଏକ ପ୍ରୀତିଭରା ବିଶ୍ୱ ସୃଷ୍ଟିର ବିକାଶ ପାଇଁ ବିଚାରଶୀଳ ଦୃଷ୍ଟି ଓ ସମ୍ବେଦନଶୀଳ ମନୋଭାବର ମହତ୍ତ୍ୱପୂର୍ଣ୍ଣ ଗୁରୁତ୍ୱ ରହିଛି । ସମାଜରେ ଏହି ମୂଲ୍ୟବୋଧ ଯେତେ ଦୃଢ଼ ଭିତ୍ତି ନେବ ଜୀବନରେ ଗୁଣାତ୍ମକମାନ ସେତେ ଉନ୍ନତ ହେବ ବୋଲି ଆଶା କରାଯାଏ ।

ସୁଖର କଥା ବିଭିନ୍ନ ସଭ୍ୟତାରେ କିଛି ମହତ୍ତ୍ୱାକାଂକ୍ଷୀ ବ୍ୟକ୍ତି ଜନଜୀବନକୁ ଉନ୍ନତ କରିବା ପାଇଁ ଗାୟ୍ଯୀର ସଂପୃକ୍ତି ବ୍ୟକ୍ତ କରିଆସିଛନ୍ତି । ସେମାନଙ୍କର ସୃଜନଶୀଳତା, ବିଚାରଶୀଳ ମନୋଭାବ ଓ ସମ୍ବେଦନଶୀଳ ଜୀବନ ବୋଧ ସଭ୍ୟତାର ଅଗ୍ରଗତିରେ ଯେ, ବଡ଼ ପ୍ରେରଣାର ଉସ୍ ଏହା କହିଲେ ଅତ୍ୟୁକ୍ତି ହେବନାହିଁ । ଏହା ଏକ ଆନୁଭବିକ ସତ୍ୟ ଯେ, ବିକାଶ, ପ୍ରୀତିଭରା ପରିବେଶ ଓ ଏକ ନ୍ୟାୟପୂର୍ଣ୍ଣ ବିଶ୍ୱ ମଣିଷର ପ୍ରୟାସରେ ସମ୍ଭବ ହେବ । ଏହା ଆକାଶରୁ ଖସିବ ନାହିଁ ବା କେଉଁ କଳ୍ପିତ ଦେବତାର ଆଶୀର୍ବାଦରୁ ଆସିବ ନାହିଁ । ବ୍ୟକ୍ତି ଓ ଗୋଷ୍ଠୀର ଜୀବନଦୃଷ୍ଟି ଓ ନୈତିକ କର୍ତ୍ତବ୍ୟବୋଧ ଯେତେ ଅଧିକ ପ୍ରସାରିତ ହେବ, ତାହା ଏକ ଉନ୍ନତ ସାମାଜିକ ଚେତନାର ବିକାଶରେ ସହାୟକ ହେବ । ଏକ ପ୍ରୀତିପୂର୍ଣ୍ଣ ମାନ ସମାଜର ଅଭ୍ୟୁଦୟ ପାଇଁ ଚେନତାର ଏହି ରୂପାନ୍ତର ଅବଶ୍ୟାୟ୍ୟାବୀ ମନେହୁଏ ।

ଏମିତି ଖୋକୁ ଖୋଜୁ, ରୁଣ୍ଡାଇ ରୁଣ୍ଡାଇ, ସାଉଁଟୁ ସାଉଁଟୁ, ଗୋଟାଉ ଗୋଟାଉ, ଠୁଲାଉ ଠୁଲାଉ, ଗଦାଉ ଗଦାଉ(ବିତିୟାଏ) ସରିଯାଏ ଆୟୁଷ । ଜୀବନର ଏକ ମହତ ଅଂଶ । ଯୌବନ ଯାଏ ଆସେ ଜରା । ବ୍ୟାଧିଗ୍ରସ୍ତ ହୁଏ ଶରୀର । ଦେହ ଦୁର୍ବଳ । ଉଠିବାକୁ ଚାଲିବାକୁ ବଳ ପାଏନାହିଁ । ପରିଶ୍ରମ ପାଇଁ ଶକ୍ତି ଆସିବ କୁଆଡୁ ? ସାମର୍ଥ୍ୟ ନଥାଏ ରୋଜଗାର ଲାଗି । ଜିନିଷ ତ ଚାହିଦାକୁ ଚାହିଁ ତିଆରି ହେଉନି । ଗଢ଼ା ହେଉଛି ବିକ୍ରି ପାଇଁ । ବେପାର କରିବା ଲାଗି ଖର୍ଦ୍ଦାର ଅନେକ । କମ୍ପାନୀ ଗଢ଼ିବାରେ ବ୍ୟସ୍ତ । ସେଥିପାଇଁ କଳ ବସିଛି । କାରଖାନାରେ ଚାଲିଛି ତିଆରି । କାରଖାନାରେ ଶ୍ରମିକ ଦିନରାତି ଖଟି ଖଟି ରଦ୍ଧି ହେଉଛି । ଉତ୍ପାଦନ ହେଉଛି ଜିନିଷ ଶ୍ରମିକମାନଙ୍କ ଯୋଗୁଁ । ତାଙ୍କ ରକ୍ତକୁ ପାଣିକରି ସେମାନେ ମେସିନ୍ ଚଲାଉଛନ୍ତି । ଜନସାଧାରଣ କିଣିବା ପାଇଁ ହାଉଁପାଇଁ । ମଝିରେ ମୁନାଫା ମାରୁଛନ୍ତି ବ୍ୟବସାୟୀ ଗୋଷ୍ଠୀ । ଭଲି କି ଭଲି ଜିନିଷ ଦେଖାଇ, ରକମ ରକମ ଚିଜ୍ ରଖ, କିସମ କିସମ ପଦାର୍ଥ ଭିତିକରି, ନାନା ପ୍ରକାର ଦ୍ରବ୍ୟ

ସଜାଇ ଗୋଦାମରେ, ଲୋକଙ୍କ ମନକୁ ଟାଣୁଛନ୍ତି । ଆକର୍ଷଣ କରୁଛନ୍ତି । ଲକ୍ଷ୍ୟକୁ, ଓଟାରୁଛନ୍ତି ତାଙ୍କ ନଜର ତାଙ୍କ ଦୃଷ୍ଟି ଭିତ୍ତି ନେଉଛନ୍ତି । ଖର୍ଦ୍ଦ କରିବା ପାଇଁ ଜନସାଧାରଣ ମରୁଛି ଖଟିଖଟି । ଟଙ୍କା ରୋଜଗାର କରିବା । ସେ ଟଙ୍କାରେ ଖର୍ଦ୍ଦ କରିବ ଜିନିଷ । ସେ ପଦାର୍ଥ କାମରେ ଲାଗୁ ବା ନ ଲାଗୁ । ସେ ଜିନିଷ ବ୍ୟବହାର ହେଉ ବା ନ ହେଉ । ସେ ଦ୍ରବ୍ୟ ଦରକାରରେ ଆସୁ ବା ନ ଆସୁ । କିଣିହୋଇ ସାଇତା ହେବ ଘରେ । କାରଣ ସେ କିଣିଲା, ମୁଁ କିଣିବି ନୀତିରେ । ତା'ର ଅଛି, ମୋର ହେବ ନ୍ୟାୟରେ (ଅନୁଯାୟୀ) । ଇଏତ ସହଜେ କିଣିବାକୁ ବାଇ । ଧାଉଁଲେ ନେବାକୁ । ଯେତେଦେବ ସେତେନେବୁ । ନେବାର ଶେଷ ନାହିଁ ଆଶା ପରି । ଆଶା ଅସୀମ । ଆକାଂକ୍ଷାର ସମାପ୍ତି ନାହିଁ । ଶେଷ ହୁଏନା ଆବଶ୍ୟକତାର । ଦରକାରର ପୂର୍ଣ୍ଣଚ୍ଛେଦ ପଡେନା । ଲୋଡ଼ା ପଡେ ଆହୁରି । ଲମ୍ବି ଲମ୍ବି ଯାଏ ତାଲିକାର ଫର୍ଦ୍ଦ । ତାଲିକା ଖାତା ସରିଗଲେ ପୁଣି କାଗଜ ଯୋଡ଼ାହୁଏ । ତାଲିକା ଶେଷ ହୁଏନା । ସେ ଅସରନ୍ତି । ଚିଠା ହିସାବର ଶେଷ ନାହିଁ । "ଲୋଭ ପାପସ୍ୟ ବୀଜଂ ହି ମୋହ ମୂଳ ଚ ତସ୍ୟ ହିଁ ଅସତ୍ୟ ତସ୍ୟ ସ୍କନ୍ଦେ ବୈମାୟା ଶାଖା ସୁବିସ୍ତରଃ, ଲୋଭ ପାପ ବୃକ୍ଷର ମଞ୍ଜି ।" ମୋହ ତା'ର ମୂଳ, ମିଥ୍ୟା ତା'ର କାଣ୍ଡ ଓ ମାୟା ତାର ବିଶାଳ ଶାଖା ।

ମୂଲ୍ୟବୋଧର ସଂକଟ ଆମକୁ ବିପଥଗାମୀ କରୁଛି । ଅଥବା ଆମ ପ୍ରଗତିରେ ବାଧକ ସାଜୁଛି । ପ୍ରତ୍ୟେକ କ୍ଷେତ୍ରରେ ସନ୍ତୁଷ୍ଟ ହେବାର କଳା ଆମ ପାଇଁ ସହଜଲଭ୍ୟ ହେଉନାହିଁ । ତେଣୁ ଅଧିକ ପ୍ରାପ୍ତି ପାଇଁ ଆମର ଅଭିଯାନ କ୍ରମରେ ସମସ୍ତ ଅନୈତିକ ପଥର ପଥିକ ଆମେ । ଆହୁରି ହେଉ ଆହୁରି ହେଉ । ପୂର୍ଣ୍ଣତା ପରେ ବଳକା ହେଉ । ଏହି ଲକ୍ଷ୍ୟରେ ଆମେ ସମସ୍ତେ ରହିଛନ୍ତି । ନକାରାତ୍ମକ ଭାବନାରୁ ନିବୃତ୍ତ ରହି ନିଜକୁ ସହଜ ଓ ସରଳ କରିପାରିଲେ ସବୁ ପ୍ରକାର ଅଶାନ୍ତିର ଅବସାନ ହୁଅନ୍ତା । ସ୍ୱଚ୍ଛ ମସ୍ତିଷ୍କ ଓ ନିର୍ମଳ ହୃଦୟର ବିକାଶ କ୍ଷେତ୍ରରେ ମଧ୍ୟ ସଂକଳ୍ପବଦ୍ଧ ହେବାକୁ ପଡ଼ିବ । ପ୍ରତ୍ୟେକ ମଣିଷ ମଧ୍ୟରେ କୌଣସି ନା କୌଣସି ଅନ୍ତଃର୍ନିହିତ ଯୋଗ୍ୟତା ରହିଛି । ଦକ୍ଷତା ଓ କଳା ତାକୁ ଯଥା ସମୟରେ ପ୍ରଦର୍ଶନ କରି ପାରିଲେ ସଫଳତା ସରଳ ମାର୍ଗରେ ପ୍ରାପ୍ତି ହେବ । ନିଜ ଭିତରେ ଯେଉଁ ପ୍ରତିଭାଟି ରହିଛି ତାକୁ ଖୋଜି କାଢ଼ିବାଟି ହେଉଛି ଏକ ଆବିଷ୍କାର । ଖୋଜି କାଢ଼ିବା ପରେ ସେ ଦିଗରେ ଅଗ୍ରଗତି କରିବା ହିଁ ଜୀବନର ସାର୍ଥକତା । ତେଣୁ ଆର୍ନେଷ୍ଟ ହେମିଙ୍ଗ ଓ୍ୱେ କହିଥିଲେ "ପରାଜିତ ହେବା ପାଇଁ ମଣିଷ ଜନ୍ମ ହୁଏ ନାହିଁ । ପ୍ରତିଭାର ବିକାଶ, ପ୍ରଗତି ଓ ବିଜୟର ସମ୍ଭାବନା ନେଇ ତାର ସୃଷ୍ଟି ।"

ଏଇନେ ପାରିପାଶ୍ଵିକ ପରିବେଶ ସ୍ଥାନୀୟ ଉତ୍ପାଦନ, କ୍ରମବର୍ଦ୍ଧିଷ୍ଣୁ ଜନସମାଜକୁ ପୋଷିବାକୁ ସକ୍ଷମ ହେଉନାହିଁ । ସେଥିପାଇଁ ଟଣାଓଟରା, ନିୟନ୍ତ୍ରିଆ ଭାବ, ତାକୁ ପୂରଣ କରିବାକୁ ଆମେ ଯାଉଛନ୍ତି ଆସାମ, କେରଳ, ସୁରାଟ, ପଣ୍ଡିଚେରୀ, ତାମିଲନାଡ଼ୁ, ହାଇଦ୍ରାବାଦ କିମ୍ବା ନେପାଳ । ବିଦେଶ ବୋଲିଲେ ଆଗରୁ କଲିକତା ଯାଉଥିଲେ । ଚଟକଳ କିମ୍ବା ଧନିକ ବଙ୍ଗାଳୀଙ୍କ ଘରେ ନୌକରି କରିବାକୁ । ସେଠାରୁ ଉପାର୍ଜନ କରିଥିବା ଅର୍ଥ ବଳରେ ସୁଖ ସମୃଦ୍ଧି କିଣିବା ପାଇଁ । ଯାହାଦ୍ଵାରା ଶାନ୍ତି ଓ ଆନନ୍ଦ ମିଳିପାରିବ ବୋଲି ଆମମାନଙ୍କର ଧାରଣା ଅଛି । ସେଇଟା ନିହାତି ଓଲୁ ପଣିଆର କଥା । ବୁଦ୍ଧୁମାନଙ୍କର ଭାବନା । ବୋକାମୀ ଚିନ୍ତାଧାରା । "ନିଜ ସୌଖଂ ନିରୁଦ୍ଧାନୋ ଯୋ ଧନାର୍ଜନ ମିଚ୍ଛତି । ପରାର୍ଥଂ ଭାର ବାହୀବ କ୍ଲେଶ ସୌବ ହି ଭାଜନମ୍ ।" ଯେଉଁ ଲୋକ ନିଜର ସୁଖପଥ ଅବରୋଧ କରି ଧନ ଅର୍ଜନ କରିବାକୁ ଇଚ୍ଛା କରେ ସେ ଭାରବାହୀ ପରି ପରପାଇଁ କେବଳ କଷ୍ଟ ଭୋଗ କରେ ।

ଆଦିମ ଯୁଗରୁ ବହୁ ମୁନି ରଷି ସଂସାରର ରହସ୍ୟ ଭେଦ ପାଇଁ ପ୍ରଚେଷ୍ଟା ରତ । ଅନେକଙ୍କ ମତରେ ସଂସାର ଦୁଃଖମୟ ତ କିଛି ଜ୍ଞାନୀଙ୍କ ମତରେ ଦୁଃଖ ଆଉ ସୁଖର ସମଷ୍ଟି ହିଁ ସଂସାର । ଯଦିଓ ଏହା ତର୍କ ସିଦ୍ଧ ଯେ ସଂସାର ଆନନ୍ଦମୟ କିନ୍ତୁ ଦୈନନ୍ଦିନ ଜୀବନରେ ପ୍ରତିକ୍ଷଣ ଆମେ ଅସୀମ ଦୁଃଖକୁ ସାମ୍ନା କରିଥାଉ କିପରି ? ଦୁଃଖର ଭାବ ଆମ୍ଭମାନଙ୍କର ଅକ୍ଷମତାରୁ ହିଁ ସୃଷ୍ଟି । ଦେହରେ ଜ୍ୱର ହେଲାବେଳେ ଯେପରି ବହୁ ସ୍ଵାଦିଷ୍ଟ ଖାଦ୍ୟ ବି

ପାଟିକୁ ପିତା ଲାଗିଥାଏ, ସେହିପରି ଆନନ୍ଦର ସଂସାର ବହୁ ସମୟରେ ଆମକୁ ଦୁଃଖ ଦାୟକ ଭଳି ପ୍ରତିତ ହୋଇଥାଏ। ଆନନ୍ଦ ଓ ନିରାନନ୍ଦ ମନ ଦ୍ୱାରା ଚିହ୍ନଟ କରାଯାଉଥିବାରୁ ଏପରି ସ୍ଥଲେ ବିଚାର କରିବାକୁ ହେବ ଯେ, ଆମ ନିଜର ମନ ହିଁ ରୋଗଗ୍ରସ୍ତ। ମନର ଏହି ବ୍ୟାଧିର ଏକମାତ୍ର କାରଣ ଅଜ୍ଞାନତା। କୌଣସି ପରିସ୍ଥିତିରେ ସେ ସମୟରେ ଏହାକୁ ନିଜର ମଙ୍ଗଳ ପାଇଁ ହେଉଥିବା ବିଶ୍ୱାସ କରିପାରେ ନାହିଁ। ପରମେଶ୍ୱର ଚରାଚର ସୃଷ୍ଟିର ସମସ୍ତ ଜୀବନମାନଙ୍କର ସର୍ବଦା ହିତପାଇଁ ବ୍ୟବସ୍ଥା କରିଛନ୍ତି। "ଈଶା ବାସ୍ୟ ମିଦଂ ସର୍ବଂ ଯତ୍ କିଞ୍ଜିଜଗତ୍ୟାଂ ଜଗତ୍, ତେନ ତ୍ୟକ୍ତେନ ଭୁଞ୍ଜୀଥାଃ ମାଗୃଧଃ କଶ୍ୟ ବିଧନମ୍।" ଏ କ୍ଷଣସ୍ଥାୟୀ ଜଗତରେ ଯେତେ ଯାହା ଅଛି ସେ ସବୁ ପରମାତ୍ମାଙ୍କ ଦ୍ୱାରା ଆଦୃତ ହୋଇ ରହିଛି। ବିଧ୍ୱବିଧାନ ବଳରେ ତୁମେ ଯାହା ପାଇଛ, ତାହା ହିଁ ଭୋଗ କର। ପରଦ୍ରବ୍ୟରେ ଲୋଭ କରନାହିଁ। ଆଉ ଆମକୁ ଯାହା ବି ମିଳିଛି ତାହା ଈଶ୍ୱରଙ୍କର ଅଲୌକିକତା। ତେଣୁ ଈଶ୍ୱରଙ୍କ ପ୍ରତି କୃତଜ୍ଞ ରହ। ନିରନ୍ତର ଏହି ପ୍ରକ୍ରିୟାରେ ଅନେକ ପରିବର୍ତ୍ତନ ଯଥା ନୂତନ ସୃଷ୍ଟି, କ୍ଷୟ, ବିନାଶ ଇତ୍ୟାଦି ଅନିବାର୍ଯ୍ୟ। ଯେଉଁ ସମୟରେ ଯେଉଁ ପ୍ରାଣୀର ଯାହା କିଛି ବି ପରିସ୍ଥିତି ସୃଷ୍ଟି ହୁଏ, ତାହା କେବଳ ତା'ର ମଙ୍ଗଳ ପାଇଁ ଉଦ୍ଦିଷ୍ଟ। ଦୁଃଖଦ ପରିସ୍ଥିତିରେ ଆମେ ବିବ୍ରତ ହୋଇ ଏହାକୁ ଆମର ଭାଗ୍ୟ ଖରାପ କିମ୍ବା ଈଶ୍ୱରଙ୍କ ଆମ ପ୍ରତି ଅବିଚାର ବୋଲି ଆଖ୍ୟା ଦେଇଥାଉ।

ଉଦାହରଣ ସ୍ୱରୂପ–ଯେପରି ପିଲାଟିର ନିଜ ପରମହିତୈଷୀ ପିତାମାତାଙ୍କ ପ୍ରତି ଅଜ୍ଞାନତା ହେତୁ ମନରେ ଦୁଃଖଭାବନା ଜାତ ହେଉଥାଏ। ସେହିପରି ପରମରହସ୍ୟମୟ ସର୍ବମଙ୍ଗଳମୟ(କାରୀ) ଜଗତକର୍ତ୍ତାଙ୍କୁ ନିଜର ସୀମିତ ଜ୍ଞାନର ଆଧାରରେ ମାପି ଆମେ ସୁଖ ଦୁଃଖର ବିଚାର କରିଥାଉ। ସୁଖ କିମ୍ବା ଆନନ୍ଦ ସମୟରେ ଆମେ ଯେଉଁ ଭାବେ ଈଶ୍ୱରଙ୍କୁ କୃତଜ୍ଞତା ଜ୍ଞାପନ କରିଥାଉ, ଦୁଃଖ ବା କଷ୍ଟ ସମୟରେ ଏହାକୁ ଭବିଷ୍ୟତର ବୃହତ ସୁଖପାଇଁ ଉଚିତ୍ ପଦକ୍ଷେପ ବୋଲି ବିଚାର କରି ସାଦରେ ଗ୍ରହଣ କରିବା ସହ ପରମଦୟାଳୁ ଭଗବାନଙ୍କୁ ଧନ୍ୟବାଦ ଦେବା ଉଚିତ୍।

ଏମିତି ଗୋଟାଉ ଗୋଟାଉ, ରୁଣ୍ଠାଉ ରୁଣ୍ଠାଉ, ଠୁଲାଉ ଠୁଲାଉ, ଗଦାଉ ଗଦାଉ ବିତିଯାଏ ଜୀବନ। ଟିକେ ଫୁରସତ ନେଇ ଜୀବନକୁ ଉପଭୋଗ କରିବାକୁ ସମୟ ଆମେ ପାଉନାହିଁ। ଜୀବନ କଥା ଜୀବନ ବିଷୟରେ ଚିନ୍ତା କରିବାକୁ ଇଚ୍ଛା ବା ଆଗ୍ରହ ଆମମାନଙ୍କର ନାହିଁ। କେତେ ଦିନ ଅବା ମଣିଷ ଜୀବନ ? ତାକୁ ଉପଭୋଗ କରିବାକୁ ସମୟ ନାହିଁ ତା'ର ମୂଲ୍ୟାଙ୍କନ ପାଇଁ ଫୁରସତ ମିଳେନା। ସେଠି ଯେତେ ଓଟାରିଲେ, ଯେତେ ଝିଙ୍କିଲେ, ଯେତେ ଟାଣିଲେ ସୁଦ୍ଧା ମନ ବୁଝେନା। ମନ ନ ବୁଝିଲେ ମାନସିକ ଶାନ୍ତି ମିଳିବ କେମିତି ? କେଉଁଠୁ ଆସିବ ଆନ୍ତରିକ ଆନନ୍ଦ ଯଦି ଆତ୍ମା ସନ୍ତୁଷ୍ଟ ନ ହୋଇଛି। ପ୍ରାଣଭରା ଖୁସି ଲାଗିବନି ଅତୃପ୍ତ ହୃଦୟକୁ ନେଇ ?

କଠୋପନିଷଦରେ ନଚିକେତା ବେଶ୍ ସୁନ୍ଦର ଭାବରେ ନିଜେ ଗୁରୁଙ୍କ ନିକଟରେ କହିଛନ୍ତି "ନ ବିତ୍ତେନ ତର୍ପଣୀୟୋ ମନୁଷ୍ୟଃ"(କ°- ୧/୨୭) ଅର୍ଥାତ୍ ଧନ ଆହରଣ ଓ ତତ୍ ସଂରକ୍ଷଣରେ ମନୁଷ୍ୟ ମନୋନିବେଶ କଲେ ଶାନ୍ତି ଓ ସନ୍ତୋଷ ଲାଭ କରିପାରେନାହିଁ। ପୁଣି ଆଦି ଶଙ୍କରାଚାର୍ଯ୍ୟ(ଆଚାର୍ଯ୍ୟ ଶଙ୍କର) ବିବେକ ଚୂଡ଼ାମଣିରେ କହିଛନ୍ତି, "ଅମୃତ ତ୍ୱସ୍ୟ ନାଶାସ୍ତି ତିତ୍ତେନେ ତ୍ୟେବହି ଶ୍ରୁତିଃ।"(ବି.ଚୂ-୭) ଅର୍ଥାତ୍ ଧନ ସମ୍ପତ୍ତିର ମାଲିକାନା ଦ୍ୱାରା ଅବିନାଶୀ ଅମରତ୍ୱ ଲାଭ କରାଯାଇପାରେନାହିଁ। ସମାଧାନର ବାଟ ହେଉଛି ପୁରୁଣାରୁ କିଛି। ଅର୍ଥାତ୍ ମୂଲ୍ୟବୋଧ ସହିତ ନୂଆରୁ କିଛି। ଅର୍ଥାତ୍ ମୂଲ୍ୟ ମିଶ୍ର, ପୁରୁଣା ନୂଆ ଏବଂ ନୂଆ ପୁରୁଣା ମିଶି ସ୍ୱତନ୍ତ୍ର ଏକ ମାନସିକତା ତିଆରି ହେଲେ ଦୁଶ୍ଚିନ୍ତା ବହୁ ପରିମାଣରେ କମିଯିବ। ଦୁଶ୍ଚିନ୍ତାର ଅନ୍ୟ ଏକ କାରଣ ହେଉଛି, ନିଜର ସୁଖ ସୁବିଧା ପାଇଁ ଅତ୍ୟଧିକ ଚିନ୍ତିତ ହେବା। ଆବଶ୍ୟକତା ଠାରୁ ଅଧିକ ଚିନ୍ତିତ ହେବା ହିଁ କାମନା। ଏହି କାମନାର ସୀମା ନଥାଏ। କୌଣସି କଥା ପାଇଁ ଅତ୍ୟଧିକ ଲାଲସା ବା ଉକ୍ଣ୍ଠା ହିଁ କାମନା।

ସମସ୍ତ ଆବଶ୍ୟକତାର ଏକ ଲକ୍ଷ୍ମଣରେଖା ଅଛି । ସେହି ଲକ୍ଷ୍ମଣରେଖା ଡେଉଁଗଲେ ତାହା କାମନା ହୋଇଯାଏ, ଯାହା ଦୁଃଖକୁ ଡାକିଆଣେ । ଆବଶ୍ୟକତା ନିଜର ସୀମା ଅତିକ୍ରମ କରିଗଲେ ତାହା ହିଁ କାମନା ହୋଇଯାଏ । ଯେପରି ସ୍ୱାଧୀନତା ନିଜର ସୀମା ଅତିକ୍ରମ କରିଗଲେ ସ୍ୱେଚ୍ଛାଚାରିତା ହୋଇଯାଏ । ଆବଶ୍ୟକତାକୁ ସତ୍ ଉପାୟରେ ପୂରଣ କଲେ, ମାନସିକ ଶାନ୍ତି ବଜାୟ ରହେ, ମାତ୍ର ଅସତ୍ ଉପାୟରେ ପୂରଣ କଲେ, ଅଶାନ୍ତି ମାଡ଼ିଆସେ ।

ଚେତନ ମନରେ ଅଶାନ୍ତିକୁ ଯେତେ ଫିଙ୍ଗି ଫୋପାଡ଼ି ଦେଲେ ହେଁ, ତାହା ଭିତରେ ଭିତରେ ଅବଚେତନ ମନ ଭିତରକୁ ଧସେଇ ପଶିଆସେ । କୋରି କୋରି ଭିତରକୁ କ୍ଷତାକ୍ତ କରୁଥାଏ । ବାହାର ଅଶାନ୍ତି ଠାରୁ ଭିତର ଅସ୍ୱସ୍ତିବୋଧ ଅଧିକ ଭୟଙ୍କର ହୋଇଥାଏ । ଏଥିପ୍ରତି ସଚେତନ ହେବା ଏକାନ୍ତ ଆବଶ୍ୟକ । ଦୁଶ୍ଚିନ୍ତାର ଅନ୍ୟ ଏକ କାରଣ ହେଉଛି ଭୟ । ଏହି ଭୟ ବଢ଼ି ବଢ଼ି ଭୟଙ୍କର ରୂପ ନିଏ । ଭୟ ଓ ସନ୍ଦେହ ଯାଆଁଳା ଭାଇ । ଗୋଟିଏ ଆସିଲେ ତାହା ଆରଟିକୁ ଡାକିଆଣେ । ଅର୍ଥାତ୍ ଭୟ ଆସିଲେ ସନ୍ଦେହ ଆସେ, ଏବଂ ସନ୍ଦେହ ଆସିଲେ ଭୟ ରହେ । ଦୁଶ୍ଚିନ୍ତା ଏକ ବଡ଼ ବ୍ୟାଧି, ବଡ଼ ପ୍ରତିବନ୍ଧକ । ଏହାକୁ ଆଡ଼େଇ ଦେବାକୁ ହେବ । ଆଗକୁ ଯିବାକୁ ପଡ଼ିବ ।

ମଣିଷ ଯେତିକି ଅଧିକ ସୁଖ, ସୁବିଧାର ସାଧନ ଠୁଲ କରିବାରେ ଲାଗିଛି । ସେ ସେତିକି ସମସ୍ୟା ଭିତରକୁ ଠେଲି ହୋଇଯାଉଛି । ସେ ଯେତିକି ମହାକାଶମୁଖୀ ହେବାର ବାଟ ତିଆରୁଛି ତା' ମନ ସେତିକି ସଂକୀର୍ଣ୍ଣ ହେବାରେ ଲାଗିଛି । ସେ ଯେତିକି ସାରା ପୃଥିବୀର ଲୋକଙ୍କୁ ଯୋଡ଼ିବାର ପ୍ରଯୁକ୍ତି କୌଶଳ ବିକଶିତ କରୁଛି, ସେ ସେତିକି ନିର୍ଜନତାକୁ ଅନୁଭବ କରୁଛି । ସେ ଯେତେ ବେଶୀ ଜ୍ଞାନ ଆହରଣ କରୁଛି, ତା ଭିତରେ ସେତିକି ନକାରାମ୍କ ଭାବନା ଜମାଟ ବାନ୍ଧୁଛି । ମଣିଷ ଭିତରେ ଏ ବିପଦରୀତ ବୋଧ କ୍ରମଶଃ ଜଟିଳ ହେବାରେ ଲାଗିଛି । ଏହି ହେତୁରୁ ଗର୍ବ, ଈର୍ଷା, ଅହଂକାର, ଅସୂୟାଭାବ ବଢ଼ି ବଢ଼ି ଚାଲିଛି । ଏହା କେବଳ ବ୍ୟକ୍ତି ସ୍ତରରେ ସୀମିତ ହୋଇ ରହିନାହିଁ । ସମାଜ, ସଂପ୍ରଦାୟ, ଅନୁଷ୍ଠାନ ଓ ସଙ୍ଗଠନ ଭିତରେ ପରିବ୍ୟାପ୍ତ ହେଉଛି । ଆମଘର, ପରିବାରରେ ସାମାଜିକ ବିଧିବିଧାନ ଥାଇ ମଧ ଏବେ ଏହାକୁ ସହଜରେ ଲକ୍ଷ୍ୟ କରି ହେଉଛି । ପୂର୍ବର ସ୍ନେହ, ପ୍ରେମ, ମମତା, ଆନ୍ତରିକତା କମିଥିବା ପରି ମନେ ହେଉଛି । ସାମୂହିକ କାର୍ଯ୍ୟ ବେଳକୁ ବିନା ସ୍ୱାର୍ଥରେ କେହି ପାଦେ ମଧ ଆଗେଇବାକୁ ପ୍ରସ୍ତୁତ ନୁହଁନ୍ତି । ସେ ସବୁର ପ୍ରଭାବ ପଡ଼ୁଛି ଆମ ଦୈନନ୍ଦିନ ଜୀବନ ଜୀବିକା ଉପରେ । ଆମ ଧର୍ମ, ସଂସ୍କୃତି, ରୀତି, ନୀତି ଉପରେ ।

ଜୀବନର ମୂଲ୍ୟ ବୁଝିଥିଲେ ବୈଦିକ ଆର୍ଯ୍ୟ । ସେମାନେ ସମୟର ମୂଲ୍ୟାଙ୍କନ କରିପାରୁଥିଲେ । ଆବଶ୍ୟକରୁ ଅଧିକ ଚାହୁଁନଥିଲେ । ଦରକାର ଠାରୁ ବେଶୀ ରଖୁଥିଲେ । ଆବଶ୍ୟକତା ଯେତେ ସୀମିତ ହେବ, ସେତେ (ଅଧିକ) ସମୟ ମିଳିବ ଜୀବନକୁ ଚିହ୍ନିବାକୁ, ଜାଣିବାକୁ, ବୁଝିବାକୁ, ଉପଭୋଗ କରିବା ଉପାୟକୁ ଅନୁଭବ କରିବାକୁ, ଜ୍ଞାତ ହେବାକୁ । ଆମେ ତ ସବୁ ହେଲେ ଆଧୁନିକ ଯୁଗର ଦିଗୋଡିଆ ଜନ୍ତୁ । ଆମର ସେପରି ଧାରଣା କାହିଁ ? ଆମର ସେଭଳି ଭାବନା କାହିଁ ? କାହିଁ ସେମିତି ଅନୁଭବ କରି ପାରିବାର ଶକ୍ତି ? ନିଜ ସାମର୍ଥ୍ୟ ଠାରୁ ଆମେ ଅଧିକ ଚାହୁଁଛନ୍ତି । ଆଶା କରି ବସୁଛନ୍ତି କଳ୍ପନାତୀତ । ଅବାସ୍ତବ ଆମର ଲୋଭଶକ୍ତି । "ଲୋଭାତ୍ କ୍ରୋଧଃ ପ୍ରଭବତ ଲୋଭାତ୍ କାମ ପଜାୟତେ, ଲୋଭାନ ମୋହଶ୍ଚ ନାସଶ୍ଚ ଲୋଭଃ ପାପସ୍ୟ କାରଣମ୍" । ଲୋଭରୁ କ୍ରୋଧ ଜାତ ହୁଏ । ଲୋଭରୁ ବିଷୟ ଉପଭୋଗ କରିବାର ଇଚ୍ଛାର ଉତ୍ପତ୍ତି । ଲୋଭରୁ ହିତାହିତ ଜ୍ଞାନ ଶୂନ୍ୟତା ଏବଂ ମୃତ୍ୟୁ ଘଟିଥାଏ । ଆହୁରି ମଧ ଲୋଭ ଯାବତୀୟ ପାପର ମୂଳ । ଆମ ପାଇବା ଆଶାର ସମାପ୍ତି ନାହିଁ । ଆଶାର ଶେଷ ମଧ ନାହିଁ । ଆମର କାମନା ଅସରନ୍ତି । ଆମେ ଭରସା ରଖିପାରୁନାହାଁନ୍ତି ନିଜର ସାମର୍ଥ୍ୟ ଉପରେ । ଆମର ବିଶ୍ୱାସ ନାହିଁ ଆମର ପାରିଲା ପଣକୁ, ନିଜର ଯୋଗ୍ୟତାକୁ । ଏମିତିରେ ଆମେ କୁଆଡୁ ସୁଖ ପାଇବା ? ଶାନ୍ତି ପାଇବା ? ଆନନ୍ଦ ପାଇବା ? ଖୁସି ପାଇବା କେମିତି ? ତୃପ୍ତି କୁଆଡୁ ମିଳିବ ଆମକୁ ?

"ରୂପଂ ଜରା ସର୍ବସୁଖାନି ତୃଷ୍ଣା ଖଳେଷୁ ସେବା ପୁରୁଷାଭିମାନମ୍ । ଯାତଜ୍ଞ ଗୁରୁତ୍ୱଂ ଗୁଣମାପୁପୂତ୍ୟାଂ ଚିନ୍ତା ବଳଂ

ହନ୍ତ୍ୟଦୟା ଚ ଲକ୍ଷ୍ମୀମ୍ ।" ବାର୍ଦ୍ଧକ୍ୟ ରୂପକୁ, କାମନା ସମସ୍ତ ସୁଖକୁ, ଖଳ ଲୋକର ସେବା ସ୍ୱାଭିମାନକୁ, ଭିକ୍ଷା କରିବା ମହତ୍ତ୍ୱକୁ ଆତ୍ମପ୍ରଶସ୍ତି ଗୁଣକୁ, ଚିନ୍ତା ବଳକୁ ଓ ଦୟାହୀନତା ସମ୍ପତିକୁ ନାଶ କରେ ।

ଆଧ୍ୟାତ୍ମିକ ଜଗତରେ ପ୍ରତିଟି ତ୍ୟାଗ ଦିବ୍ୟତ୍ୱ ଲାଭ ଦିଗରେ ସଫଳ ଖୁସ୍ତି । ଅନ୍ୟ ପାଇଁ ନିଜକୁ ଦେଇ ଦେବାରେ ଅପାର ଆନନ୍ଦ ଓପ୍ରଭୁତ୍ୱ ଲାଭ । ଚିନ୍ତାଧାରାର ଉତ୍ପତ୍ତି ସ୍ଥଳ ମନ । ଇନ୍ଦ୍ରୀୟ ପାଲରେ ନ ପଡ଼ି ଗଠନ ମୂଳକ ଚିନ୍ତାଧାରା ସହ ବୁଦ୍ଧି ଓ ବିବେକ ଦ୍ୱାରା ସମର୍ଥିତ ହେଲେ ସେପରି ପ୍ରକୃଷ୍ଟ କ୍ଷେତ୍ରରେ ସଫଳତା ରୂପକ ଫସଲ ଉତ୍ପାଦିତ ହୋଇଥାଏ ।

ଆମ ଭାରତୀୟ ସଂସ୍କୃତିରେ ଆଧ୍ୟାତ୍ମିକ ଦର୍ଶନର ସ୍ଥାନ ସ୍ୱତନ୍ତ୍ର । ଆଧ୍ୟାତ୍ମିକ ଚିନ୍ତନ ମନ୍ଥନ ଦ୍ୱାରା ସୁସଂଯତ ତଥା ମାର୍ଜିତ ଜୀବନ ଧାରଣ ସାଙ୍ଗକୁ ଶୃଙ୍ଖଳିତ ସମାଜ ଗଠନ ତଥା ଜୀବନଯାପନ ପରିକଳ୍ପନା ସଫଳ ହୋଇଥାଏ । ଆଧ୍ୟାତ୍ମିକ ଜୀବନ ଯାପନରେ ମଣିଷ ମନରୁ ହିଂସା, କ୍ରୋଧ, ପରଶ୍ରୀକାତରତା, ସ୍ୱାର୍ଥପରତା ଦୂରେଇ ଯାଏ । ସଭ୍ୟତା ଗଠନ କରିବାର ମୂଳ ଚିନ୍ତାଧାରା ଏହି ଆଧ୍ୟାତ୍ମିକ ଦର୍ଶନର ପ୍ରଭାବ ସମାଜ ଉପରେ ଗତିଶୀଳ । ଭାରତୀୟ ଆଧ୍ୟାତ୍ମିକ ସଂସ୍କୃତି ସୁଖଠାରୁ ସନ୍ତୋଷ ଓ ଆନନ୍ଦକୁ ଅଧିକ ଗୁରୁତ୍ୱ ଦେଇଥାଏ । ଭୌତିକବାଦୀ ସଂସ୍କୃତିରେ ବିଭିନ୍ନ ସୁବିଧା ସାଧନକୁ ଏକତ୍ରିତ କରିବା ପାଇଁ ସୁଖର ଆଧାର ବୋଲି ମନେ କରାଯାଏ । ଉଚିତ୍ ଅନୁଚିତ୍ ଯେ କୌଣସି ଉପାୟରେ ହେଉ ସଂସାରରେ ସମସ୍ତ ଭୋଗ୍ୟ ପଦାର୍ଥକୁ ମନୁଷ୍ୟ କରାୟତ କରିବାକୁ ଇଚ୍ଛା କରେ । ଏମିତି ବିବେକହୀନ ହୋଇ ଭୋଗ ବିଳାଶରେ ମାତି ରହି ମନୁଷ୍ୟ ଅନ୍ତଃସାର ଶୂନ୍ୟ ହୋଇଯାଇଛି । ବର୍ତ୍ତମାନ ଜଗତରେ ସମସ୍ତ ପ୍ରକାର ଭୌତିକ ସମୃଦ୍ଧି ରହିଛି ତଥାପି ମନୁଷ୍ୟ ପୂର୍ବପେକ୍ଷା ଦୁଃଖୀ । ଏହାର ପ୍ରମୁଖ କାରଣ ହେଲା, ସେ ନିଜର ବାସ୍ତବ ପଢ଼ତିକୁ ଭୁଲି ଯାଇଛି । କାମନା ବାସନାର ଜାଲରେ ଛନ୍ଦି ହୋଇ ତାର ଜୀବନ ସର୍ବନାଶର ମାର୍ଗରେ ଗଡ଼ି ଚାଲିଛି । ସଂକୁଚିତ ହୋଇଯାଇଛି, ତାର ପ୍ରାଣ ବିସ୍ତାର । ସେ କ୍ରମଶଃ ହରାଇ ବସିଛି ତାର ମୂଳ ସତ୍ତାଟିକୁ । ମନୁଷ୍ୟ ବୈଷୟିକ ପ୍ରାଚୁର୍ଯ୍ୟକୁ ଆପଣାର କରି ନିର୍ବାସିତ କରୁଛି ହୃଦୟର ପ୍ରତିଷ୍ଠିତ ଆଦର୍ଶକୁ, ସାର୍ବଜନୀନ ନ୍ୟାୟକୁ, ମୂଲ୍ୟବୋଧକୁ ।

ବୈଦିକ ଯୁଗ । ବୈଦିକ ସମୟ । ବୈଦିକ ମଣିଷ । ବୈଦିକ ଆର୍ଯ୍ୟଙ୍କ ମନ । ତାଙ୍କ ଭାବନା । ତାଙ୍କ ଚେତନା । ତାଙ୍କ କଳ୍ପନା । ତାଙ୍କ କାମନା । ତାଙ୍କ ଯୋଜନା । ଯାହା କେବଳ ସୁଖ ପାଇବା ପାଇଁ ଉଦ୍ଦିଷ୍ଟ ଥିଲା । ଶାନ୍ତି ପାଇବା ଲାଗି ଅଭିପ୍ରେତ ଥିଲା । ଆନନ୍ଦ ମିଳୁଥିଲା ସେପରି ମନୋବୃତ୍ତିରୁ । ସେମିତି ଉପାୟରୁ । ଆଉ ଜୀବନର ଏକମାତ୍ର ଧ୍ୟେୟ ନିର୍ମଳ ଆନନ୍ଦ । ସେଥିପାଇଁ ଲୋଡ଼ା ସତ୍ ଚିଉବୃତ୍ତି ।

ଏଇନେ ଯେତେ ଟାଣିଲେ । ଯେତେ ଝିଙ୍କିଲେ । ଯେତେ ଓଟାରିଲେ । ଯେତେ ସାଉଁଟିଲେ । ଯେତେ ଗୋଟାଇଲେ । ଯେତେ ଠୁଲାଇଲେ । ଯେତେ ଗଦେଇଲେ । ଯେତେ ଜମାଇଲେ । ଯେତେ କୁଢ଼ାଇଲେ ସୁଦ୍ଧା ଅଭାବ ମେଣ୍ଟୁନି । ଆବଶ୍ୟକ ପୂରଣ ହେଉନି । ଆହୁରି ଦରକାର ହେଉଛି । ଆହୁରି, ଆହୁରି ଅଧିକ । ଯେତେ ପୂରଣ ହେଲେ ବି ଆହୁରି ଦରକାର । ଖୋଜା ଚାଲିଛି । ଲୋଡ଼ା ହେଉଛି ଅଧିକ, ଅଧିକ ବେଶୀ । ଯଥେଷ୍ଟ ବେଶୀ । ମିଳିସାରିଲା ପରେ ସୁଦ୍ଧା ଆହୁରି ଅଭାବ ସେ ଅଭାବ ଅନାଟନ ଜନିତ ଅଭାବ ନୁହେଁ । ସେ ଅଭାବ ହେଲା ଭାବର ଅଭାବ । ମନଭାବର ଅଭାବ । ମନରେ ପୂର୍ଣ୍ଣନା ଭାବନାହିଁ । ଅଭାବ ମେଣ୍ଟିବ କେମିତି ? ଅଭାବ ନ ମେଣ୍ଟିଲେ ମନରେ ସ୍ଥିରତା ଆସିବ କୁଆଡ଼ୁ? ଅସ୍ଥିର ମନ ଶାନ୍ତି ପାଏନା । ମାନସିକ ଶାନ୍ତି ସେ ଅତି ଦୁର୍ଲଭ ପଦାର୍ଥ । ଆନ୍ତରିକ ଆନନ୍ଦ । ହୃଦୟ ଖୋଲା ଖୁସି । ପ୍ରାଣଭରି ହସିବ କେମିତି ଲାଳସାଗ୍ରସ୍ତ ମଣିଷଟି ? ଯେଉଁଠି ଶାନ୍ତି ନାହିଁ । ନାହିଁ ଆନନ୍ଦ, ଖୁସି କିମ୍ବା ହସ । ସେଠି କିପରି ମିଳିବ ସୁଖ । ଆତ୍ମା ତା'ର କେବଳ ବିଳାପ କରୁଥିବ । ତା'ପରେ ଯେଉଁ ସମୃଦ୍ଧି ସେ ପାଇବ । ଲୋକଲୋଚନକୁ ବାହ୍ୟ ଆଡ଼ମ୍ବରରେ ସେ ସିନା ଦିଶିବ ଉନ୍ନତି ପରି । ମାତ୍ର ସେଥିରେ ଆନ୍ତରିକତା ନଥିବ । ନଥିବ ପୂର୍ଣ୍ଣତାର ଭାବନା । ରହିପାରିବ ନାହିଁ ସମ୍ପୂର୍ଣ୍ଣତର (ମାନସିକତା) । ସେ ପ୍ରାପ୍ତିରେ ପୂର୍ଣ୍ଣଚ୍ଛେଦ ପଡ଼ୁନଥିବ । ପାଇବାର ଲାଳସା । ନେଇ ପଳାଇ ଯିବାର କାମନା । ନିଜସ୍ୱ

ପଣିଆ ହାଜିର କରିବାର ମନୋବୃତ୍ତି । ଏକାଧିପତ୍ୟର ମତଲବ । ଏକଚ୍ଛତ୍ରବାଦୀତ୍ୱର ଅହମିକା ତାକୁ ଘାରିଛି । ଘାରିଥିବ ଜୀବନଯାକ । ତା'ର ଖୋଜିବା ସରୁନଥିବ । ପାଇବାର କାମନା ମେଣ୍ଟନଥିବ । ନେଇ ପଳାଇଯିବା ଅବଶୋଷର ସମାପ୍ତି ନଥିବ । ଆଣିବାର ଲାଲସା ତାର ବଢ଼ି ବଢ଼ି ଚାଲିଥିବ ଜୀବନର ଅନ୍ତିମ ମୁହୂର୍ତ୍ତ ପର୍ଯ୍ୟନ୍ତ । ତଥାପି ରହିଯାଏ ଅଭାବ ଏତେ ପରେ ସୁଦ୍ଧା । ନିଅଣ୍ଟ ହୁଏ ପାଇଥିବା ପଦାର୍ଥର ଉପଯୋଗ । ବଳିରାଜା ଦାନ ଦେବା ସମୟରେ ପ୍ରଭୁ ବାମନଙ୍କ ଗୋଟିଏ ପାଦ ଥାପିବାକୁ ସାରା ବସୁନ୍ଧରା ନିଅଣ୍ଟ ହେଲା ପରି ।

ଅସୀମ ଉପଭୋଗ କରିବାର ଦୁର୍ବାର ଲାଲସା ଅନେକ ଅସମାହିତ ସମସ୍ୟାକୁ ଜନ୍ମ ଦେଇଥାଏ । ୨୬୦୦ ବର୍ଷତଳେ ଭଗବାନ ମହାବୀର ସଂଯମର ସୂତ୍ର ଦେଇଯାଇଛନ୍ତି । ଇଚ୍ଛା, ପରିଗ୍ରହ ଓ ଉପଭୋଗ ସୀମିତ କରିବାର ବାର୍ତ୍ତା ଦେବା ସହିତ ବ୍ୟକ୍ତିଗତ ସମ୍ପଦର ପ୍ରଦର୍ଶନ ଏବଂ ଦୁରୁପଯୋଗ ନ କରିବାକୁ ପରାମର୍ଶ ଦେଇଛନ୍ତି ।

ପ୍ରତ୍ୟେକ ମଣିଷ ମନରେ ଜାଗିଉଠେ ଅସୁମାରୀ ଇଚ୍ଛା ଆଉ ସେସବୁର ପୂର୍ତ୍ତିଲାଗି ସାରା ଜୀବନ ପ୍ରୟାସ କରିଥାଏ ଏ ସୃଷ୍ଟିର ସର୍ବଶ୍ରେଷ୍ଠ ଜୀବ । ତଥାପି ତା'ର ପିପାସା ମେଣ୍ଟେନାହିଁ କି ଇଚ୍ଛା ତଥା ବାସନା ପୂରଣ ହୁଏନି । ଇଚ୍ଛା ପୂରଣ କରିବା ଚକ୍କରରେ ଥିବା ଫଳରେ ମଣିଷ ସମ୍ମୁଖରେ ମୁଣ୍ଡଟେକେ ଗୋଟିଏ ପରେ ଗୋଟିଏ ସମସ୍ୟା । ଏମିତି ସୃଷ୍ଟ ହୁଏ ସମସ୍ୟାରୂପୀ ଚକ୍ରବ୍ୟୁହ । ଯେଉଁଥିରେ କି ମଣିଷ ଅତି ସହଜରେ ଫସିଯିବାର ସମ୍ଭାବନା ଉଜ୍ଜ୍ୱଳି ଉଠେ । ଏହା ସେଇମିତି ସୃଷ୍ଟି ହୁଏ ଯେମିତି କି ଖୋଦ ବୁଢ଼ୀଆଣୀ ତା'ର ଜାଲକୁ ବୁଣିଥାଏ ମାଛିମାନଙ୍କୁ ଫସାଇବା ପାଇଁ ଆଉ ସର୍ବଶେଷରେ ନିଜେ ସେଥିରେ ଫସିଯାଇ ମରଣମୁହଁକୁ ଠେଲିହୋଇଯାଏ । ସେଇଭଳି ଅସୁମାରୀ କାମନା ତଥା ବାଞ୍ଛାପୂରଣ କରିବାର ପ୍ରୟାସ ହେତୁ ଅନ୍ତହୀନ ସମସ୍ୟାର ଚକ୍ରବ୍ୟୁହ ଭିତରେ ଜାବୁଡ଼ି ହୋଇ ରହିଯାଏ ଆଉ ତା'ରି ଭିତରୁ ବାହାରି ଆସିବା ଲାଗି ସିଏ ଛଟପଟ ହେଉଥାଏ । ସେଥିପାଇଁ ବେଳେବେଳେ ସେ ସର୍ବବ୍ୟାପୀ ଈଶ୍ୱରଙ୍କୁ ଦୋଷାରୋପ କରବାକୁ ପଛାଏ ନାହିଁ । ତେବେ ଗୋଟିଏ କଥା ଏଠି ଉଲ୍ଲେଖ କରିବାକୁ ହୁଏ ଯେ ଏ ଦୁନିଆରେ ସମସ୍ୟା ଈଶ୍ୱର ସୃଷ୍ଟି କରନ୍ତି ନାହିଁ, ବରଂ ଖୋଦ ମଣିଷ ନିଜପାଇଁ ଭିନ୍ନ ଭିନ୍ନ ସମସ୍ୟା ସବୁ ସୃଷ୍ଟି କରିଥାଏ । କିନ୍ତୁ ଏଇଠି ଏକପ୍ରଶ୍ନ ଉଠେ–ଏ ସମସ୍ୟା ସବୁର ସମୁଚିତ ସମାଧାନ ହୋଇପାରିବ କେମିତି ? ସମସ୍ୟା ଯେତେବେଳେ ମୁଣ୍ଡ ଟେକୁଛି ତାର ସମାଧାନ ତ ନିଶ୍ଚୟ ରହିଛି । ମାତ୍ର ସମସ୍ୟାର ସମାଧାନ ଠିକଣା ସମୟରେ ହିଁ ହୋଇଥାଏ । ମଣିଷ ଚାହିଁବା ମାତ୍ରେ ଯେ ସମସ୍ୟାର ସମାଧାନ ସଙ୍ଗେସଙ୍ଗେ ହୋଇଯିବ–ଏକଥା ଭାବିବା ଅନୁଚିତ୍ । ଏମିତି ଏକଦିନ ସମୟ ଆସିବ ଯେତେବେଳେ କି ମନୁଷ୍ୟ ସମ୍ମୁଖରେ କୌଣସି ସମସ୍ୟା ନଥିବ । ଆଉ ସେତେବେଳେ ସିଏ ଏଇ ପାର୍ଥିବ ଜଗତରୁ ଚିରଦିନ ପାଇଁ ଆଖିବୁଜି ବିଦାୟ ନେଇଯାଇଥିବ । ଏକଥା କହିବାର ତାତ୍ପର୍ଯ୍ୟ ହେଲା– ଜିଇଥିବା ଯାଏ ମନୁଷ୍ୟ ସମସ୍ୟା କବଳିତ ହୋଇ ରହିଯିବ । ସୁତରାଂ ସମସ୍ୟା ହେଉଛି ମଣିଷର ସହଚର । ଆହୁରି ଗୋଟିଏ କଥା ହେଉଛି ସମସ୍ୟା ମଧ୍ୟରେ ଥାଇ ବି ମଣିଷ ଶାନ୍ତିରେ ରହିବା ସଙ୍ଗେ ସଙ୍ଗେ ପରମସୁଖ ବି ଉପଭୋଗ କରିପାରିବ । ଆମକୁ ଘେରି ରହିଥିବା ସମସ୍ୟାର ନିଦାନ ଲାଗି କୌଣସି ଚିକିତ୍ସକଙ୍କ ପାଖକୁ ଅଥବା ଔଷଧ ଦୋକାନକୁ ଯିବାକୁ ପଡ଼େନି । ତଥାପି ସମସ୍ୟା ନିବାରଣ ପାଇଁ ଆମ ଭିତରୁ ଅନେକେ ଜ୍ୟୋତିଷ ପାଖକୁ ଯାଆନ୍ତି । ଆଉ କେହି ତାନ୍ତ୍ରିକଙ୍କ ଦ୍ୱାରସ୍ଥ ହୁଅନ୍ତି । ପୁନି କେତେକ ମନ୍ଦିର, ମସଜିଦ, ଗୁରୁଦ୍ୱାର ଓ ଚର୍ଚ୍କୁ ଯାଇ ଈଶ୍ୱରଙ୍କ ଶରଣାପନ୍ନ ହୁଅନ୍ତି । ତେବେ ଅସଲରେ ଦେଖିଲେ ସେଇଠି ସମସ୍ୟାର ନିଦାନ ମିଳିନଥାଏ ।

ସମସ୍ୟାର ନିଦାନ ତ ଆମ ହୃଦୟରେ ବିରାଜୁଥିବା ପରମାତ୍ମାଙ୍କୁ ଜାଣିବାର ଆଉ ତାଙ୍କ ଚିନ୍ତନରେ ହିଁ ନିହିତ । କର୍ମ ପ୍ରଧାନ ବିଶ୍ୱରେ ଯିଏ ଯେମିତି କର୍ମ କରିବ ସେମିତି ଫଳ ତାପାଇଁ ଥୁଆ । ପୁନି ସିଏ ଯେମିତି ଫଳଗଛ ରୋପିବ ସେମିତି ଫଳ ଚାଖିବ । ଏ ପରିପ୍ରେକ୍ଷୀରେ ସନ୍ତ ତୁଳସୀଦାସଙ୍କ ବାଣୀ ପ୍ରଣିଧାନଯୋଗ୍ୟ । ତାଙ୍କ

ମତରେ ଯେଉଁ ମଣିଷ ଯେମିତି କର୍ମ ସଂପାଦନ କରିବ ସେମିତି ଫଳ ଉପଭୋଗ କରିବ । ଆମ ଅନ୍ତଃକରଣରେ ଯେଉଁ ଶାନ୍ତିଥାଏ ତାହାଆମକୁ ଜୁଝୁଥିବା ସମସ୍ୟାରୁ ମୁକ୍ତି ଦେଇଥାଏ । ମନୁଷ୍ୟ ଯଦି ଆତ୍ମିକ ଶାନ୍ତି ଲାଭକରେ ତେବେ ସତକୁ ସିଏ ସମସ୍ୟା ରୂପୀ ଚକ୍ରବ୍ୟୂହରୁ ଅନାୟସରେ ବାହାରି ଆସେ । ହୃଦୟସ୍ଥିତ ପରମାନନ୍ଦଙ୍କ ଅନୁଭବ ସମସ୍ୟା ଗୁଡିକର ସମାଧନ କରି ନ ଥାଏ । ବରଂ ପରମାତ୍ମା ସମସ୍ୟା ମଧ୍ୟରେ ରହି ଆମକୁ ସିଏ ଏମିତି ଅନୁଭବ ଦେଇଥାଆନ୍ତି । ଯେମିତିକି ଆମର କୌଣସି ସମସ୍ୟା ନାହିଁ । ସେଇମିତି ପଦ୍ମଫୁଲ ପଙ୍କ କାଦୁଅରେ ରହିଥାଏ ଏବଂ ସେଥିରୁ ସେ ପୋଷକ ତତ୍ତ୍ୱ ଆହରଣ କରେ । ତଥାପି ପଚର ପଚର ପଙ୍କ କାଦୁଅ ତାକୁ ସ୍ପର୍ଶ କରି ପାରେନି । ଆଉ ପଦ୍ମ ଫୁଲ ବି ଆପଣା ସୌନ୍ଦର୍ଯ୍ୟକୁ ଅଟୁଟ ରଖିଥାଏ । ଠିକ୍ ସେହିଭଳି ସମସ୍ୟାରୂପୀ ପଚପଚ ପଙ୍କ କାଦୁଅରେ ରହି ମଧ୍ୟ ମନୁଷ୍ୟ ବିନା କୌଣସି କଷ୍ଟ ଅସୁବିଧାରେ ଖୁସିରେ ରହିପାରିବ । ଆଉ ଅନ୍ତଃକରଣରୁ ପରମଶାନ୍ତି ପ୍ରାପ୍ତ କରିପାରିବ । ସାଧୁସନ୍ତ ଓ ମହାତ୍ମାମାନେ ସର୍ବଦା ନିଜ ନିଜର ଉପଦେଶ ଛଳରେ ବୁଝାଇଥାନ୍ତି ଯେ, ପଦ୍ମଭଳି ଜୀବନ ଜିଇବାର ତରିକା ଶିକ୍ଷା ଲାଭ କଲେ କେବେ ବି ଆମେ ସମସ୍ୟା ଜନିତ କଷ୍ଟ, ଦୁଃଖ ଯାତନାକୁ ଭୋଗିବା ନାହିଁ । ସେଥିପାଇଁ ଅନ୍ତରାତ୍ମା ପରମାତ୍ମାଙ୍କୁ ଅନୁଭବ କରି ଆତ୍ମିକ ଶାନ୍ତି ପ୍ରାପ୍ତ କରିବା ସହିତ ଜୀବନର ସମସ୍ୟାରୁ ମୁକୁଳିବା ଦରକାର । କିନ୍ତୁ ଦେଖାଯାଏ ଜୀବନକୁ ଆମେ ବୋଝ ବୋଲି ମଣୁଛେ । ଈଶ୍ୱରଙ୍କ ଗୁଣଗାନ ତଥା ଚିନ୍ତନ କରିବା ପରିବର୍ତ୍ତ ଆମେ କେବଳ ସମସ୍ୟାକୁ ନେଇ ଚିନ୍ତାରେ ଘାରି ହେଉଛେ । ଏଥିରୁ ମୁକୁଳିବାକୁ ହେଲେ ଈଶ୍ୱରଙ୍କୁ ଚିନ୍ତନ କରିବା ଆମ ପାଇଁ ନିହାତି ଜରୁରୀ । ତାହାହେଲେ ଆମେ ଯାଇ ଆମେ ସମସ୍ୟାରୂପୀ ଚକ୍ରବ୍ୟୂହକୁ ଅଟିରେ ତାଆସଘର ଭଳି ଭୂମିସାତ କରିପାରିବା ।

ମଣିଷର ଅସୀମ ଆକାଂକ୍ଷା, ସ୍ୱାର୍ଥ, ଅଧିକାର ମନୋବୃତ୍ତି । ଉପଭୋଗ ବାଦୀ ମାନସିକତା ଏବଂ ସୁବିଧାବାଦୀ ଦୃଷ୍ଟିକୋଣ ସହିତ ଏହି ସମସ୍ୟା ଜଡିତ । ମନୁଷ୍ୟର ଅନ୍ତରଙ୍ଗ ବୃତ୍ତିର ଚାପ ଏବଂ ସାମାଜିକ ବାଧ୍ୟବାଧକତା ଯୋଗୁଁ ଏହା ବଢିଚାଲିଛି । ପୁଞ୍ଜିବାଦ ଭିତ୍ତିକ ଅର୍ଥନୀତିରେ ମଣିଷ-ମଣିଷ ସଂପର୍କ ଆବେଗ ଦ୍ୱାରା ସଞ୍ଚାଳିତ ନହୋଇ ଯନ୍ତ୍ର ଦ୍ୱାରା ହେଉଛି । ନୂତନ ପୁଞ୍ଜିବାଦ ଆମକୁ ସମ୍ବେଦନା-ଶୂନ୍ୟକରି ଗଢିତୋଳୁଛି । ସାମ୍ୟବାଦ ବା ସମାଜବାଦ ଶାସନ ବ୍ୟବସ୍ଥା ମାନଙ୍କରେ ବି ଏହି ସମସ୍ୟା ସେତିକି ପରିମାଣରେ ଉଗ୍ରତର ହୋଇ ରହିଛି । ଅର୍ଥ ଉପାର୍ଜନରେ ଆମ ଦୃଷ୍ଟିଭଙ୍ଗୀ ପରିଷ୍କୃତ ହେବା ଉଚିତ୍ । ଅମାନବୀୟ ସାଧନର ସାହାଯ୍ୟ ନେଇ ଯେଉଁ ଶୋଷଣ ମିଶ୍ରିତ ଅର୍ଥ ଉପାର୍ଜନ କରାଯାଏ ତାହା ସମାଜ ପାଇଁ ଭୟଙ୍କର ପରିଣାମ ସୃଷ୍ଟିକରେ । ଅନ୍ୟର ଅଧିକାର ପ୍ରତି ସଚେତନ ରହି, ଆପଣା ଭୋଗୋପଭୋଗର ସଂସାଧନକୁ ସୀମିତ କରିପାରିଲେ ଭ୍ରଷ୍ଟାଚାରର ତୀବ୍ରତାକୁ ପ୍ରଶମିତ କରିହେବ । ଅତ୍ୟଧିକ ସଂଗ୍ରହ ଓ ଅତ୍ୟଧିକ ଉପଭୋଗର ମନୋବୃତ୍ତି ମନୁଷ୍ୟକୁ ନିର୍ମମ ସ୍ୱାର୍ଥପର କରିଦେଇଛି । ସାତପିଢ଼ୀ ପାଇଁ ପର୍ଯ୍ୟାପ୍ତ ପରିମାଣର ସଞ୍ଚୟ କରିସାରି ମଧ୍ୟ ଅଷ୍ଟମ ପିଢ଼ିର ଚିନ୍ତା ଆମକୁ ବିକଳ କରୁଛି ।

ଆମେ ବୁଝିବାକୁ ପ୍ରସ୍ତୁତ ନୁହଁନ୍ତି ଯେ, ବିଦ୍ୟା-ଜ୍ଞାନ ଓ ଧର୍ମ ଆଦିକୁ ମଧ୍ୟ ଧନ ବୋଲି କହନ୍ତି । ଏ ଧନ ଯାହା ପାଖରେ ଥାଏ, ସେ ମଣିଷର ସ୍ୱଭାବ ନିଆରା । ବେଳେବେଳେ ପୁଅକୁ ସ୍ନେହରେ ଧନ ବୋଲି ଡକାଯାଏ । ଭୌତିକ ଦୃଷ୍ଟିରେ ବିଚାର କଲେ ଆମେ ଅର୍ଜନ କରୁଥିବା ସମ୍ପତ୍ତି, ଟଙ୍କା, ଅଳଙ୍କାର, କୋଠା ଓ ଜମିବାଡ଼ି ଆଦି ମୂଲ୍ୟବାନ ପଦାର୍ଥକୁ ଧନ କୁହାଯାଏ । ଏହି ଭୌତିକ ସମ୍ପତ୍ତିର ତିନୋଟି ସ୍ୱରୂପ ଅଛି । ଯଥା-ଦାନ, ଭୋଗ ଓ ବିନାଶ । ଧନ ସମସ୍ତଙ୍କର ଦରକାର । କିନ୍ତୁ ଧନ ପ୍ରତିଷ୍ଠା ଆଣିଦିଏ ପୁଣି ଅଧଃପତନ ଆଡ଼କୁ ଟାଣିନିଏ । ବୁଝିବିଚାରି ଧନକୁ ଉପଯୋଗ କଲେ ସୁଫଳ ମିଳେ । ପ୍ରକୃତରେ ଧନ ସୁଖଦାୟକ ହୁଏ ଦାନରେ । ଧନ ଭୋଗରେ ରୋଗ ସୃଷ୍ଟି ହୁଏ ଆଉ ଦୁରୁପଯୋଗ କଲେ ମଣିଷକୁ ନଷ୍ଟ କରିଦିଏ । ବାସ୍ତବରେ ସେ ହିଁ ଶ୍ରେଷ୍ଠ ଧନଶାଳୀ ଯିଏ ନିଜର ସମସ୍ତ ସମ୍ପଦକୁ ଭଗବାନଙ୍କର ସମ୍ପତ୍ତି

ଭାବି ମୁକ୍ତ ହସ୍ତରେ ସତ୍ ପାତ୍ରରେ ଦାନ କରିଥାଏ । ଆଉ ସେ ହିଁ କାଙ୍ଗାଳ ଯିଏ ଆପଣାର ସୀମିତ ଦୃଷ୍ଟିଭଙ୍ଗୀରୁ ସେସବୁକୁ ମୋର ମୋର କହି ଆପଣାଇ ନେଇଥାଏ । "ଆମୃବତ୍ ସର୍ବଭୂତେଷୁ" ନୀତିକୁ ଆପଣେଇ ନେଲେ ଏହା ଏଭଳି ଦୁଃମୂଲ୍ୟ ଆଧ୍ୟାମ୍ଭିକ ସମ୍ପଦ ହେବ, ଯାହା ବଳରେ ଜଣେ ସବୁ କିଛି କିଣିପାରିବେ । ତଥାଗତ ବୁଦ୍ଧ ଏହାର ଗୁରୁତ୍ୱ ଉପଲବ୍ଧ କରିଥିଲେ । ତେଣୁ ସେବା ଧର୍ମ ଆଚରଣ ପାଇଁ ଅନୁଗାମୀ ମାନଙ୍କୁ ନିର୍ଦ୍ଦେଶ ଦେଇଥିଲେ ।

ଦଣ୍ଡବିଧାନ ଭୟ ସହିତ ବ୍ୟକ୍ତି ବ୍ୟକ୍ତିର ଅନ୍ତଃସ୍ଥଳକୁ ପ୍ରଶିକ୍ଷଣ ମାଧ୍ୟମରେ ଆଦୋଳିତ କରିପାରିଲେ ଭ୍ରଷ୍ଟାଚାରକୁ କମାଇ ହୁଅନ୍ତା । ବିଶ୍ୱର ମହାନ୍ ଅର୍ଥଶାସ୍ତ୍ରୀ କୌଟିଲ୍ୟଙ୍କ ମତରେ ସତ୍ ଉପାୟରେ ଅର୍ଜିତ ଧନ ଅର୍ଥ ଏବଂ ଅନ୍ୟାୟ ମାର୍ଗରେ(ଅର୍ଜିତ) ଉପାର୍ଜିତ ଧନ ଅର୍ଥାଭାସ ହୋଇଥାଏ । ଦାରିଦ୍ୟ, ସାମାଜିକ କୁବ୍ୟବସ୍ଥାର ପରିଣତି ଅଟେ । ଏହା ଈଶ୍ୱରଙ୍କ ଦ୍ୱାରା ସୃଷ୍ଟି ନୁହେଁ ବରଂ ସମାଜ ଓ ସରକାର ଏହାର ସ୍ରଷ୍ଟା ଅଟନ୍ତି । ଅଭାବ ଯେପରି ସମାଜ ପାଇଁ କଳଙ୍କ ଅତିଭାବ ବା ସୁବିଧାବାଦୀ ଓ ଉପଭୋକ୍ତାବାଦୀ ମାନସିକତା ଏବଂ ଅନାବଶ୍ୟକ ବିଳାସବ୍ୟସନ ମଧ୍ୟ ସମାଜ ପାଇଁ ଅଭିଶାପ ସାଜିଥାଏ ।

ଆଧୁନିକତା ପ୍ରଭାବରୁ ଯେତେ ନୁହେଁ ଦେଖାଇହେବା ମନୋବୃତ୍ତି ଯୋଗୁଁ ଆମେ ଏମିତି ସବୁ କରିବସୁଛୁ । ଥାଉ ବା ନଥାଉ, ନିଜର ପକ୍ଷେ ନ ହେଉ ଧାର ଆଣିଥାଉ କିମ୍ୱା ମାଗିଆଣିଥାଉ । ଲୁଚାଇ ରଖିବା ଠାରୁ ଦେଖେଇ ହେବା ଆମ ଅଭ୍ୟାସରେ ପଡ଼ିଗଲାଣି । ଘୋଡାଇ ରଖିବା ଅପେକ୍ଷା ଖୋଲି ଦେବାର ମନୋବୃତ୍ତି ଦ୍ୱାରା ଆମେ ଅଧିକ ମାତ୍ରାରେ ପରିଚାଳିତ ହେଲେଣି । ସୁନାଚେନ୍ ରହୁଛି ଶାଢ଼ୀ କିମ୍ୱା କାମିଜ୍ର ଉପରେ । କାନର ଅଳଙ୍କାର ଦେଖାଇବା ପାଇଁ ମୁଣ୍ଡରେ ଓଢ଼ଣା ରହୁନି । ତେଣିକି ସେ ବୋହୂ ହେଉ, ଭୁଆସୁଣି କି ପ୍ରାପ୍ତ ବୟସର ନାରୀ, ଗୋଡ଼ର ପାଉଁଜି ଓ ଗୋଡ଼ ମୁଦି ଦେଖାଇବା ପାଇଁ ଗୋଡ କଚାଡି ଚାଲିବା, ହାତମୁଦି ଦେଖାଇବାକୁ ବାରମ୍ୱାର ହାତ ମୁହଁ ପାଖକୁ ନେବା । ଆବଶ୍ୟକ ନଥାଇ ଥରକୁ ଥର ହାତ ଘଣ୍ଟାକୁ ଚାହିଁବା, ହାତ ହଲାଇ ଝମ୍ଝମ୍ କରି ଶବ୍ଦ ସୃଷ୍ଟି ପୂର୍ବକ ସୁନାଚୁଡ଼ିର ଉପସ୍ଥିତି ଅନ୍ୟମାନଙ୍କୁ ଜଣାଇବା ପାଇଁ ପ୍ରୟାସ କରିବା । ଓଠରେ ଲିପଷ୍ଟିକ୍ ମାରି ହସିବା । ପାପୁଲିରେ ମେହେନ୍ଦୀ, ନଖରେ ନେଲପଲିସ, ଦୁଇ ଭ୍ରୁଲତା ମଝିରେ ସୁନେଲି ଟିକିଲି, ମୁଣ୍ଡର କେଶଖୋଲା, ମଣ୍ଡପର ଦୁର୍ଗା ମୂର୍ତ୍ତି ପରି । ମେଲାମୁକୁଲା ପଡିଛି ପିଠି ପାଖରୁ ଫାଳେ । ଶାଢ଼ିର ପଣତ ଢଙ୍କା ହୋଇନି, ବ୍ଲାଉଜ୍ କିମ୍ୱା ତା ତଳ ବସ୍ତ୍ର(ଭିତର ପରିଧାନର) ପ୍ରଦର୍ଶନ ନିମିତ୍ତ । କରଜ ଆଣି ଗାଡି କିଣାହୁଏ । କାରଣ ଅମୁକ ଗାଡି ଚଢ଼ିଲା ମୁଁ ବି ଗାଡି ଚଢ଼ିବି, ଆବଶ୍ୟକ ଥାଉ ବା ନଥାଉ, ଅମୁକର ପୁଅ ଢମୁକ କଲା ମୋ ପୁଅ ତାହା ହିଁ କରିବ । ତେଣିକି ମୋ ପୁଅର ତା ପୁଅ ପରି ଯୋଗ୍ୟତା ଥାଉ କି ନ ଥାଉ । କିଏ ନଜର ଦେଉଛି ସେ ଦିଗ ପ୍ରତି । ଜଣେ ପ୍ରଭାବଶାଳୀ କିମ୍ୱା ଧନୀ ବ୍ୟକ୍ତିର ପିଲାଟି କୁପଥଗାମୀ ହୋଇଗଲେ ତା ଅଭିଭାବକମାନେ ସେଥିପ୍ରତି ସଚେତନ ନହୋଇ ଆପଣା ଗାରିମା ଦେଖାଇବାକୁ ଯିବା ଦ୍ୱାରା ପିଲାଟି ସେଥିପାଇଁ ଅଧିକ ମାତ୍ରାରେ ଉସ୍ସାହିତ ହୋଇପଡିଥାଏ । ଆମେ ଆମ ପିଲାର ଦୋଷ ଦୁର୍ବଳତା ପ୍ରତି ନଜର ନ ଦେଇ ଅନ୍ୟ ଯୋଗ୍ୟ ପିଲାଙ୍କ ସହିତ ଆମ ପିଲାଙ୍କୁ ସମାନ ଦୃଷ୍ଟିରେ ଦେଖିବା ଓ ତା ନିଜର ବ୍ୟକ୍ତିଗତ ଯୋଗ୍ୟତା ନଥାଇ ମଧ୍ୟ ତାକୁ ସବୁ ପ୍ରକାର ସୁବିଧା ଯୋଗାଇ ଦେବା ଆମର ପ୍ରଥମରୁ ଏକ ମାରାମ୍ଭକ ଭୁଲ । ତାଦ୍ୱାରା ପିଲାଟି ତାର କୁଗୁଣକୁ ସଂଶୋଧନ କରିବାକୁ ଚେଷ୍ଟା ନ କରି ଅଧିକ କୁପଥଗାମୀ ହେବା ଲାଗି ମନୋବଳ ପାଇଯାଏ ଓ ପରୋକ୍ଷ ଭାବରେ ଉସ୍ସାହିତ ହୋଇଥାଏ ନିଜର ଅଭିଭାବକମାନଙ୍କ ଦ୍ୱାରା । ଲୋନ କରି କିମ୍ୱା ପୈତୃକ ଜମି ବିକି

ଗାଡ଼ି କିଣା ହେବ । ସେଠି ବିଚାରକୁ ନିଆଯାଏନା ତାର ପାରିଲା ପଣ ସହିତ ମୋର (ନିଜ) ସାମର୍ଥ୍ୟକୁ । ସାହାବି ଢ଼ଙ୍ଗରେ ଓଡ଼ିଆ ଚଲାଉଥିବା ଦିଚକିଆ ଯାନ ପଛରେ ସବାର ହୋଇଥିବେ ଧର୍ମପତ୍ନୀରୂପୀ ମହାମାୟା ।

ଇଇଯେ ହେଲା ସଭ୍ୟତା । ନାଁ ତାର ଆଧୁନିକତା । ଚଳଣିର ଆଦବ କାଇଦା । ଏଇନେ ସମୟ ମଡର୍ଷ ଯୁଗକିନା । ଅବଶ୍ୟ ଆଧୁନିତା ଶବ୍ଦଟିର ଆଦି ପ୍ରବର୍ଦ୍ଧକ ଥିଲେ ଫଗାସୀ କବି ଚାର୍ଲସ ବଡେଲର (Charles Baudela ire 1821- 1867) ନିଜ ରଚନା "ଦି ପେଣ୍ଟର ଅଫ ମଡର୍ଷ ଲାଇଫ" (୧୮୬୪) ରେ ସେ ସହରୀ ଜୀବନର କ୍ଷଣ ଭଙ୍ଗୁର ଅକାଳ୍ବନିକ ଜୀବନର ଅନୁଭବ ଗୁଡ଼ିକୁ ବର୍ଷନା କରିବା ପାଇଁ 'ମଡ଼ର୍ଷ୍ଟି' ଶବ୍ଦ ପ୍ରୟୋଗ କଲେ ।

ତା' ଝିଅ ମୋବାଇଲ ଧରିଲା । ମୋ ଝିଅ ଧରିବ । ଦେଖାଶିଖା ବିଦ୍ୟା ପରି । ଝିଅ ଗୋପନରେ ମୋବାଇଲରେ ଯୋଗାଯୋଗ ରଖୁ କେଉଁ ବଜାରି, ଛତରା, ଲଫଙ୍ଗା, ଭେଗା ଟୋକା ସହିତ । ସେଥିରେ କିଛି ଯାଏ ଆସେନାହିଁ । ପରଞ୍ଚ ନ ଥାଏ ସେ କଥାକୁ । ଖାତିର ରହେନା ସେ ଘଟଣା ପ୍ରତି । କିଏ ନିଘା ରଖୁଛି ସେ ବିଷୟ ଉପରେ । କିଏ ନଜର ଦେଉଛି ସେ ଦିଗପ୍ରତି । ଏମାନେ ତ ମୋବାଇଲ ଇଣ୍ଟରନେଟ୍ କମ୍ପାନୀକୁ କୁବେର ବନେଇ ଦେଲେ । ଗୁରୁଜନମାନଙ୍କୁ ମାନ୍ୟତା ନାହିଁ । ସମ୍ମାନ ଜଣାଇବାକୁ ହୁଏନା ପରମ୍ପରା ପ୍ରତି । ଗୁରୁତ୍ଵ ରହେନା ସଂସ୍କୃତିକୁ ମାନିବା ପାଇଁ । ଦୁହା ଉଠେ–ପୁରୁଣା କାଳିଆ । ମାନଧାତା ଅମଲର ପ୍ରଥା । ମରହଟ୍ଟି ଯୁଗର ସାମନ୍ତବାଦୀ ବିଚାର ଧାରା । ଅଶିକ୍ଷାର ଫଳ । ମୁର୍ଖାମୀ ପଣିଆ । ମଫସଲିଆ ଢ଼ଙ୍ଗ । ଗାଉଁଲି ବ୍ୟବହାର । ନିପଟ ଗାଉଁଲି ପଣିଆ । କୁସଂସ୍କାର ପୂର୍ଷ ମନବୃଭି । ଆମ୍ ଅହମିକା । ଗର୍ବଭାବ ଅନ୍ତରରେ । ହୃଦୟରେ ଭରି ରହିଛି ଅହଂକାର । ପ୍ରାଣରେ ବେପରବାଏ ପ୍ରବୃତ୍ତି । ବ୍ୟବହାରରେ ଅନ୍ୟ ପ୍ରତି ହୀନମନ୍ୟତା ଭାବ । କଥା ଭାଷାରେ ଅନ୍ୟକୁ ନ୍ୟୁନ କରି ଦେଖିବା । ଢ଼ଙ୍ଗ ଢ଼ଙ୍ଗରେ ଅନ୍ୟମାନଙ୍କୁ ବାଙ୍ଗରାସିଦ୍ଧ କରିବା ମତଲବ । ଚାଲିଚଳଣିରେ ନିଜକୁ ଉଚ୍ଚାସନରେ ବସାଇବାର ଆକାଂକ୍ଷା । ଆମେ ଶିକ୍ଷିତ । ଆମେ ଭଦ୍ର । ଆମେ ଆଧୁନିକ । ଆମେ ଅଗ୍ରଗାମୀ । ଆମେ ସଚେତନ । ଆମେ ସ୍ଵାଧୀନ । ଆମେ ପରମ୍ପରା ରହିତ । ସଂସ୍କୃତି ବିବର୍ଜିତ । ଅତ୍ୟାଧୁନି ଯୁବକ ।

୧୯୨୦ ମସିହାରେ ଗାନ୍ଧିଜୀଙ୍କୁ ଜଣେ ଆମେରିକାନ ସାମ୍ୟାଦିକ ପଚାରିଲେ "ଭାରତର ସବୁଠାରୁ ବଡ଼ ସମସ୍ୟା କ'ଣ ?" ସେ ଆଶା କରୁଥିଲେ ଯେ, ଗାନ୍ଧି କହିବେ ବିଦେଶୀ ଶାସନ, ଗରିବୀ, ବେରୋଜଗାରୀ, ଅସ୍ପଶ୍ୟତା । କିନ୍ତୁ ଗାନ୍ଧି ଉତ୍ତର ଦେଇ କହିଥିଲେ "ଭାରତର ଶିକ୍ଷିତ ବର୍ଗଙ୍କର ସାଧାରଣ ଲୋକମାନଙ୍କ ପ୍ରତି ଅନାଗ୍ରହ ଓ ଅବହେଳା ଏବଂ ହେୟଜ୍ଞାନ" ତାଙ୍କୁ ବିଶେଷ ବିଚଳିତ କରେ ।

ଯେତେବେଳେ ବିଶୃଙ୍ଖଳା ଘଟେ । ବିପଦ ପଡ଼େ । ଅଘଟଣ ସୃଷ୍ଟି ହୁଏ । ଆପଦ ମାଡ଼ିଆସେ । ବାତ ମିଳେନା ଖସି ଯିବାକୁ । ଉଦ୍ଧାର ପାଇବା ପାଇଁ ଦିଶେନା ରାସ୍ତା । ନିଜକୁ ନିରାପଦ ମଣେନା । ନିର୍ବିଘ୍ନରେ ଚଲି ହୁଏନା । ନିଦ୍ଦରେ ରହି ପାରେନା । ନିଜକୁ ଅସହାୟ ମଣେ । ନିଃସ୍ଵ ହୋଇଗଲା ପରେ । ଦାରିଦ୍ୟ କବଲିତ କଲା ଉଭାରୁ । ଧନସମ୍ପଭି ହରାଇ ସାରିଲା ପରେ । ସବୁଆଡୁ ହତାଶ ହୋଇସାରି । କୁଆଡ଼ୁକୁ ଖସିଯିବାକୁ ବାଟ ନଥିଲାବେଳେ । ଚାରିଆଡ଼ୁ ବିପଦ ମାଡ଼ିଆସିଲେ । ସହାୟତା ପ୍ରଦାନ ଲାଗି ସାହାଯ୍ୟ କରିବାକୁ କେହି ନଥିଲେ । ହତାଶ ହୋଇ ନିରାଶାରେ ବୁଡ଼ିଗଲା ଉତାରୁ । ସେଇଠୁ ଖୋଜାପଡେ ପ୍ରତିକାର । ଜାତକ ଧରି ଜ୍ୟୋତିଷଙ୍କ ଦ୍ଵାରସ୍ଥ ହେବାକୁ ବାଧହୁଏ । ଜନ୍ମକୁଣ୍ଡଳି ଗ୍ରହବିପ୍ରଙ୍କ ଦ୍ଵାରା ଗଣନା କରାଇ ଥାଏ । ଦେବାରାଧନା, ଦିଆଁ ଦର୍ଶନ ସ୍ଥାନପରେ, ଠାକୁର ପୂଜା, ଗୁରୁଜନଙ୍କୁ ମାନ୍ୟତା ପ୍ରଦାନ । ବଡ଼ଙ୍କ କଥା ମାନି ଗୁହାରି ଶୁଣି ସାନମାନଙ୍କର । ବୟୋଜ୍ୟେଷ୍ଠଙ୍କୁ ପଚାରି । କନିଷ୍ଠ ମାନଙ୍କ ସହିତ ବିଚାର ବିମର୍ଶ କରି । ସମବୟସ୍କଙ୍କ ସାଙ୍ଗରେ ପରାମର୍ଶ ପୂର୍ବକ । ପ୍ରବୋଧନ, ପ୍ରବଚନ ଶୁଣାଯାଏ । ପୋଥି ବସେ ପ୍ରଦୋଷରେ ହେଉ କି ଦିବସରେ ଚାଲେ ପୂଜାବିଧ୍ୟ । ମୋଟେ ଯାଉନଥିବା ଗ୍ରାମ ଦେବୀଙ୍କ ନିକଟକୁ ଦୌଡ଼ିବାକୁ ପଡ଼େ । ଜମା ମାଡ଼ୁନଥିବା ଗାଁ ଠାକୁରଙ୍କ ପୀଠକୁ ବାରମ୍ବାର ଯିବାରକୁ ହୁଏ । ଧର୍ମପୀଠରେ ଆଦୌ ଦେଖା ମିଳୁନଥିବା ଲୋକଙ୍କୁ ମନ୍ଦିରରେ ଅଧୁଆ ପଡ଼ିଥିବାର ଦେଖିବାକୁ ମିଳେ ।

ଠାକୁରଙ୍କ ପାଖରେ ଧାରଣା ଦେଇ, ବ୍ୟକ୍ତି ନିଜକୁ ପରମ ଭକ୍ତ ବୋଲି ପରିଚୟ ସୃଷ୍ଟି ପାଇଁ ଉଦ୍ୟମ ଆରମ୍ଭ ହୁଏ। ଈଶ୍ୱର ପ୍ରୀତି ଅଛି ବୋଲି ଅନ୍ୟମାନଙ୍କୁ ଜଣାଇବାକୁ ଚେଷ୍ଟା କରାଯାଏ। ସୃଷ୍ଟିରେ ମଣିଷ ସବୁଠୁ ବୁଦ୍ଧିଆ ଜୀବ। ଅନ୍ୟ ପ୍ରାଣୀମାନଙ୍କ ଅପେକ୍ଷା ତାର ଇନ୍ଦ୍ରିୟମାନେ ଉନ୍ନତତର। ସାରା ସଂସାରରେ ଏହି ଗୋଟିକ ହିଁ କଥା କୁହା ପ୍ରାଣୀ। ଭାଷାବିତ୍ କହିବେ ମନର ଭାବକୁ ପ୍ରକାଶ କରିବା ପାଇଁ ସେ କଥା କହେ। ଏକଥା ପୂରାପୂରି ଠିକ୍ ବୋଲି କହିହେବ ନାହିଁ। କାରଣ ପ୍ରକୃତ ଭାବକୁ ଲୁଚାଇବା ପାଇଁ ଅନ୍ୟକିଛି କହିବାକୁ ବି ସେ ସମର୍ଥ। କଥା ଓ କାମରେ ଏମିତି ପାରିବାର ଜୀବଟା ବୋଲି ଗର୍ବତାର ଅଛି। ନିଜର ଭୁଲ ଅବା ପରାଜୟକୁ ସହଜରେ ସେ ସ୍ୱୀକାର କରେ ନାହିଁ। ସଂସାର ଏମିତି ସବୁବେଳେ ଚାଲୁଥାଏ ବୋଲି ଭାବିଲେବି କେବେ କେମିତି ବେଳ ଆସେ ମଣିଷ ନିଜକୁ ବେସାହାରା ବୋଲି ଜାଣିପାରେ। ସମସ୍ୟା ଥାଏ ଅଥଚ ସମାଧାନ କରି ଦେବାକୁ ଚାରିପାଖରେ କେହି ଜଣେ ନଥାଆନ୍ତି। ସାରା ଜୀବନରେ ଈଶ୍ୱରଙ୍କୁ ଅସ୍ୱୀକାର କରୁଥିବା ଲୋକଟି ବି ସହସା ସବୁ ବିଶ୍ୱାସ ତୁଲ କରିଦିଏ 'ହାୟ ଭଗବାନ' ବୋଲି କହି। ଏପରି ଅବସ୍ଥାରେ ଯେବେ ନିପଟ ନାସ୍ତିକ ଲୋକଟା ପରମ ଆସ୍ତିକ ହୋଇଯାଏ। ଠାକୁରଙ୍କ ଉପରେ ପୂର୍ଣ୍ଣ ଆସ୍ଥା ରଖୁଥିବା ଲୋକଙ୍କ କଥା କ'ଣ ବା କହିବା। ସଂସାରରେ ଏତେ ଲୋକଙ୍କ ଭିତରୁ କେହି ଜଣେ ପାଖରେ ବିପଦବେଳେ ନ ଥିଲେ ଜଣେ ନିଶ୍ଚୟ ଡାକିବ– "ହେ ପ୍ରଭୋ ଏ ନିରାଶ୍ରୟକୁ ରକ୍ଷାକର।"

ସାଧାରଣ ମଣିଷଟିଏ ଯେତେବେଳେ କମ୍ ପରିଶ୍ରମରେ ରାତାରାତି ବଡ଼ ହେବାର ସ୍ୱପ୍ନ ଦେଖେ ଏବଂ ତାର ଦୈନନ୍ଦିନ ଜୀବନରେ ଯେତେବେଳେ ବିଶୃଙ୍ଖଳା ଦେଖାଦିଏ, ସେତେବେଳେ ସଫଳତାର ଶୀର୍ଷକୁ ଛୁଇଁବା ତା' ପାଇଁ କାଠିକର ପାଠ ହୁଏ। ସେ ଏହିସବୁ ସମସ୍ୟା ସହିତ ଲଢୁ ଲଢୁ ଅସହାୟ ହୋଇପଡ଼େ। ଏକ ରକମ ଅସ୍ୱାଭାବିକ ଅବସ୍ଥାରେ ଉପନୀତ ହୁଏ। ସେତେବେଳେ ସେ ଭାଗ୍ୟକୁ ନିନ୍ଦିବା ଛଡ଼ା ଅନ୍ୟ କିଛି ଉପାୟ ପାଏନାହିଁ। ଜୀବନ ସଂଗ୍ରାମରେ ଉବୁଟୁବୁ ହୋଇ ନିରାଶା ଏବଂ ହତାଶାର ବଶବର୍ତ୍ତୀ ହୁଏ। ତା ଭିତରେ ଥିବା ଆମ୍ ବିଶ୍ୱାସର ଅବସାନ ଘଟେ ଏବଂ ସେ ଦୁର୍ବଳ ମାନସିକତାର ଶିକାର ହୁଏ। ତା ମନରେ ଅବସାଦ, ନୈରାଶ୍ୟ, ଅସନ୍ତୋଷ, ଚିନ୍ତା, କ୍ଷୋଭ ଆଦି ମାନସିକ ବିକୃତି ଘଟାଇଥାଏ। ଜୀବନର ପ୍ରକୃତ ସୁଖ, ଶାନ୍ତି, ପାଇବା ପାଇଁ ସେ ବିକଳ ହୁଏ। ଅମାପ ଧନ ସମ୍ପତ୍ତି ଅଖଣ୍ଡ କ୍ଷମତା ଓ ଅସୀମ ପ୍ରତିପତ୍ତିର ଅଧିକାରୀ ଏବଂ ଅନିୟନ୍ତ୍ରିତ କାମ ପ୍ରବୃତ୍ତିକୁ ଚରିତାର୍ଥ କରିବା ପାଇଁ ସେ ପ୍ରସ୍ତୁତ ମଧ ହୋଇଯାଏ। ଏହି ସବୁହିଁ ତା ଜୀବନର ପ୍ରକୃତ ସୁଖଶାନ୍ତିର ଚାବିକାଠି ବୋଲି ସେ ଧରିନିଏ। ଯଦି ଏସବୁ ସୁଖ ସୁବିଧା ତାକୁ ନ ମିଳେ। ତେବେ ସେ ନିଜକୁ ବଡ଼ ଦୁଃଖୀ ଅସହାୟ ଏବଂ ଦୁର୍ବଳ ମନେ କରେ। ସେହି ଦୁର୍ବଳ ମୁହୂର୍ତ୍ତରେ ସେ କୌଣସି ନା କୌଣସି ଭଗବାନଙ୍କ ରୂପକୁ ଖୋଜି ବୁଲେ ଏବଂ ତାକୁ ଭରସା କରି ସେଠାରେ ଆଶ୍ରୟ ନିଏ। ଏବେ ମଧ ଅନେକ ଲୋକ ଏହାରି ମାଧମରେ ସୁଖର ସନ୍ଧାନ କରୁଛନ୍ତି। ଏହାର କାରଣ ଲୋଭ ମଣିଷକୁ ଗ୍ରାସିଛି। ସମସ୍ତେ ସମସ୍ତଙ୍କୁ ଲୁଟିବାରେ ବ୍ୟସ୍ତ। ସୁଖ ବୋଲି ଯାହାକୁ ମଣିଷ ଭାବୁଛି ତାହା ହିଁ ତା ପାଇଁ ଦୁଃଖର କାରଣ।

ଆଧୁନିକତାକୁ ପଛକୁ ପକାଇ ସ୍ୱାଚ୍ଛାଚାରିତାକୁ ଦୂରକୁ ଠେଲି ଦେଇ ବାଧ, ସରଳ, ସୁଧାର, ଆଜ୍ଞାଧୀନ ଭକ୍ତଟି ପରି ଖୋଜନ୍ତି ଆଚାର୍ଯ୍ୟଙ୍କୁ, ପୁରୋହିତ, ପୂଜକ, ବ୍ରାହ୍ମଣ। ଯିଏ ଚିତା ଚଇତନ ବେଶ ହୋଇଥିବେ। ଯାହାଙ୍କ କପାଳ ଚନ୍ଦନ ଚର୍ଚ୍ଚିତ। ହରିମନ୍ଦିର ଚିତା ଅଙ୍କା ଯାଇଥିବ। କଣ୍ଠରେ ରୁଦ୍ରାକ୍ଷମାଳା। କାନ୍ଧରେ ନାମାବଳି। ମୋଟା ନଥ ଖିଆ ପଲତା। ଆଉ ଗାମୁଛାରୁ ଦିଖଣ୍ଡ, ଦିଅଁଙ୍କ ଉଦ୍ଦେଶ୍ୟରେ ଉତ୍ସର୍ଗୀକୃତ ଚାଉଳ ବାନ୍ଧିବା ପାଇଁ, ପିନ୍ଧା ଚଉଡ଼ା ଧରିଥିବା ରଙ୍ଗ ବସ୍ତ୍ର। ଅର୍ଥଲୋଭରେ ଯିଏ କହି ପାରୁଥିବେ "ଶାନ୍ତିଃ, ଓଁ ଶାନ୍ତିଃ ସର୍ବାରିଷ୍ଟ ଖଣ୍ଡନଂ। ମହାଦେବାୟ ନମଃ।" ନବଗ୍ରହ କୋପ ପ୍ରଶମ ପାଇଁ ମନ୍ତ୍ର। ସ୍ତୋତ୍ର ରିଷ୍ଟ ଖଣ୍ଡନ ନିମିତାର୍ଥେ। ଯଜମାନଙ୍କ ନିକଟରେ ନିଜର ପଟିଆରା ଦେଖାଇବାକୁ ଯାଇ ଦଶାନନଙ୍କ ପରି ପୁରୋହିତ ମଧ ପୂର୍ଣ୍ଣାହୁତି ପ୍ରଦାନ ସମୟରେ ଉଚ୍ଚାରଣ କରନ୍ତି "ରାବଣ ନିଧନଂ ସ୍ୱାହାୟଃ।" ରାମଚନ୍ଦ୍ରଙ୍କ ସେତୁ ପ୍ରତିଷ୍ଠାବେଳେ ହୋମରେ ପୂର୍ଣ୍ଣାହୁତି ଦେବା ସମୟରେ ଯଜମାନଙ୍କ

ସନ୍ତୁଷ୍ଟ ନିମିଡ଼ "ରାବଣ ନିଧନଂ ସ୍ୱାହାୟଃ ।" ନିଜେ କହୁଥିଲେ ପୁରୋଧା ଦଶାନନ । ମହାଜ୍ଞାନୀ, ମହାପଣ୍ଡିତ, ଦଶ ମହାବିଦ୍ୟାର ସାଧକ, ବ୍ରହ୍ମଜ୍ଞାନର ଅଧିକାରୀ । ସାଧକ ପ୍ରବର । ବ୍ରାହ୍ମଣ ଶ୍ରେଷ୍ଠ ବିଶ୍ୱବାନ୍ଦନ ବିଂଶବାହୁ ରାବଣ ।

ସେ ତ ବୈଦିକ ଯୁଗର କଥା । ଆଧୁନିକ ସମୟର ବାର୍ତ୍ତା ସେ ନୁହେଁ । ତଥାପି ମନ୍ଦିରଟି ତୋଳାଇ ସାରି, ଠାକୁରଙ୍କ ପ୍ରତି ଧ୍ୟାନରକ୍ଷ, ଧର୍ମ ପ୍ରତି ଧାରଣା ବଳାଇ, ଦିଙ୍କ ଶରଣାପନ୍ନ ହୋଇ, ମହାପ୍ରଭୁଙ୍କ ଅର୍ଚ୍ଚନାରେ ଆପଣା ଜୀବନର ଅବଶିଷ୍ଟ ସମୟ ବିତାଇ ଦେଇଥିବା ପ୍ରାଣନାଥ ପ୍ରକୃତ ମାନସିକ ଶାନ୍ତି, ଆନ୍ତରିକ ଆନନ୍ଦ, ହୃଦୟଭରା ଖୁସି, ପ୍ରାଣ ପୁଲକକାରୀ ସନ୍ତୋଷ ଓ ଆତ୍ମା ଉଲ୍ଲାସୀ ସୁଖ ପାଇଥିଲେ କି ନାହିଁ । ମନ ଖୋଲା ହସ ହସିଥିଲେ କି ନାହିଁ ସତୀ ତା ଟିକି ମନରେ, ଛୋଟିଆ ହୃଦୟରେ, କୋମଳମତି ସରଳ ବିଶ୍ୱାସୀ ବାଲିକାଟି ସେ ବିଷୟ ବିଚାର କରି ପାରିନାହିଁ । ତାଙ୍କର ମୃତ୍ୟୁ ପରେ ତାଙ୍କ ଆତ୍ମାର ସଦ୍‌ଗତି ହେଲା କି ନର୍କଗାମୀ ହୋଇଥିଲା ସେକଥା ମଧ୍ୟ ସତୀ ପରି ସରଳମତି ନିରୀହ ପ୍ରକୃତି ନିପଟ ମଫସଲର ଅର୍ଦ୍ଧଶିକ୍ଷିତା ପଲ୍ଲୀ ବାଲିକାଟି ବୁଝିପାରିନାହିଁ କିମ୍ବା ଜାଣିପାରିନି ।

ମାର୍ଟିନ ଲୁଥର କିଙ୍ଗ ଜୁନିଅର କହିଛନ୍ତି "ନକର ବେଷ୍ଟସିଟ୍‌ ରିଜର୍ଭ ଥାଏ ଏହି ମୋରାଲିଷ୍ଟମାନଙ୍କ ପାଇଁ, କାରଣ ସେମାନେ ସବୁଠୁ ବଡ଼ ନୈତିକ ସଂଘାତ ଭିତରେ ମଧ୍ୟ ନିରପେକ୍ଷ ରହିପାରନ୍ତି ।" ଦାନ୍ତେ(Dante) ବି ସମାନ କଥା କହି ଆହୁରି କହିଥିଲେ "ଏଗୁଡ଼ାକ ଅକର୍ମା" । ତେଣୁ ପାପୀ । କଥା ପ୍ରାୟ ସେଇଆ । ଏମାନେ ହଲିଲା ପାଣିକି ଗୋଡ଼ ବଢ଼େଇବେନି । ଉଦାହରଣ ଭାବେ ଯେତେ ଇଚ୍ଛା ଚିତ୍ର ଅନୁମାନ କରିନିଅନ୍ତୁ । ମୋରାଲିଷ୍ଟ ମାନେ ଆମ ସମାଜରେ 'ବୁଦ୍ଧିଜୀବୀ' । ବୁଦ୍ଧିଜୀବୀମାନେ ମୋରୋଲିଷ୍ଟ ଆଗପଛ ଏକାପରି ଦେଖାଯାଏ । ଏମାନଙ୍କୁ କେମିତି ଚିହ୍ନିବେ ? ଚୁପଚାପ ଶାନ୍ତ ସୁଧୀର ନିରୀହ ଭଦ୍ରଲୋକ । ଅସଲରେ ଚୁପ ସଇତାନ । ସେମାନଙ୍କ କଥାକୁ କେହି ଖାତିର ନ କରନ୍ତୁ ପଛେ । ଖ୍ୟାତ ପାଲବିଣ୍ଠା ମନ୍ତ୍ରୀଙ୍କ ଜୋକ ପରି । ଏମାନେ ମୁହଁରୁ ଚୁଣ୍ଠା କାଢ଼ନ୍ତିନି । ଦାନ୍ତେ କହିଛନ୍ତି ଏମିତିକା ମୋରାଲିଷ୍ଟମାନେ ଏତେ ନିର୍ମଳ ଯେ, ନର୍କରେ ରହିଥିଲେ ବି ସେମାନେ ଶାନ୍ତିରେ, ସୁଖରେ, ଆରାମରେ, ନିଶ୍ଚିନ୍ତରେ ଓ ଅତି ସନ୍ତୋଷରେ ରହିପାରିବେ । କିଛି ଅସୁବିଧା ହେବନି ।

ଇତିହାସରୁ ଆମକୁ ଶିକ୍ଷାମିଳେ ନିଜକର୍ମକୁ ଉପେକ୍ଷା କରି ଭାଗ୍ୟ ଉପରେ ନିର୍ଭର କରିବା ଦ୍ୱାରା ଆମେ ନିଜର ଆତ୍ମ ବିଶ୍ୱାସ ହରାଇ ବସିଛୁ । ପରିଶ୍ରମ ନ କରି ଅନ୍ୟର ଉପାର୍ଜିତ ଧନକୁ କୌଶଳରେ ହାସଲ କରିବା । କିଛିକର୍ମ ନ କରି ଭଲଫଳ ଆଶା କରିବା(ପାଇବାକୁ ଆଶା ରଖିବା) ସମୟର ଦୁରୁପଯୋଗ କରି ସୌଭାଗ୍ୟ ଲାଭ କରିବାର ଚିନ୍ତାଧାରା ଆମକୁ ପଙ୍ଗୁ, ଅଥର୍ବ ଓ ଅକ୍ରର୍ମଣ୍ୟ କରିଦେଇଛି । ଆଜିର ଜୀବନଚର୍ଯ୍ୟାକୁ, ଚଳଣିକୁ ଓ ଆଚରଣକୁ ଦେଖିଲେ ମନକୁ ଏଭାବ ଆସୁଛି-ସତକଥା ନୁହେଁ । ସ୍ୱାର୍ଥକଥା ଲୋକମାନଙ୍କୁ ଆତ୍ମବିସ୍ମୃତ କରୁଛି । ନିସ୍ପୃହ, ଅନାସକ୍ତ ଭାବ-ସ୍ନାତ ମନପାଇଁ ସମସ୍ୟା କାହିଁ ? ଗାଳି ବେଜିତ, ଅପମାନ ତ ସେମାନଙ୍କ ପାଇଁ ଆଶୀର୍ବାଦ ପରି, ତା'ର ମୁକାବିଲାରେ ତାକୁ ଶତ ଗୁଣିତ କରି ସୀମିତ ଜୀବନର ସମୟକୁ ସେଥିରେ ବ୍ୟୟ କରିବାର ମୂର୍ଖତା ବା ଦୁର୍ଦ୍ଦଶା ସେମାନଙ୍କର ନ ଥାଏ । ମନୁଷ୍ୟକୃତ ଓ ଦୈବକୃତ ସମସ୍ୟାରେ ଜଗତର ଜୀବ ଜଗତ ଜର୍ଜରିତ । କିଏ କେତେ ବିଜ୍ଞ, କିଏ କେତେ ନିର୍ବୋଧ, କିଏ କେତେ ଅନାସକ୍ତ ଓ କିଏ କେତେ ଆସକ୍ତ, ଜ୍ଞାନୀ ବା ମୂର୍ଖ ତା ଜଣା ପଡ଼ିଯାଏ ସମସ୍ୟାର ସମାଧାନରେ । ତା ମୁକାବିଲାରେ । ତା'ର ଗ୍ରହଣୀୟତାରେ ।

ତେବେ ସେ ଏଟିକି ଠାକୁର ବାବାଙ୍କ ଠାରୁ ଶୁଣିଛି-ବିବେକ ଚୂଡ଼ାମଣିରେ ଆଦିଶଙ୍କରାଚାର୍ଯ୍ୟ ବର୍ଣ୍ଣନା କରିଛନ୍ତି । ବିଷୟ ଆଶାଠାରୁ ଯିଏ ବିମୁକ୍ତ, ସେ ମୋକ୍ଷଲାଭ ନିମନ୍ତେ ସୁସମର୍ଥ ।

ଆଉ ଜାଣି ପାରିଛି ମନ୍ଦିର ନିର୍ମାଣ ପରେ ତାଙ୍କ ଅଜାଣା ଅଶୁଣା ଗାଁଟିରେ ଜନସମାଗମ ହୋଇ ପାରିଲା ଠାକୁରଙ୍କ ବାରି ମାନଙ୍କରେ । ମାନସିକ ପୂରଣ ପାଇଁ ଭକ୍ତମାନେ ଧବଳେଶ୍ୱରଙ୍କ ନିକଟକୁ ଯିବା ଆସିବା କଲେ । ଅଜଣା ଅଶୁଣା

ଗାଁଟି କ୍ରମେ ପରିଚିତ ହୋଇ ପାରିଲା ଆଖପାଖ ଅଞ୍ଚଳରେ। ଅଖ୍ୟାତ ପଲ୍ଲୀଟି ଯଦିଓ ସେତେ ବେଶୀ ବିଖ୍ୟାତ ହୋଇ ନ ପାରିଲା। ତଥାପି ତିଆଡ଼ି ସାଇରୁ ଧବଳେଶ୍ୱର ସାଇକୁ ନାମାନ୍ତର ହୋଇଥିଲା। ଶ୍ୟାମନନା ଠାକୁରବାବା ଭାବେ ସମ୍ବୋଧିତ ହେଲେ। ବ୍ରିଟିଶ ଭାରତର ପ୍ରଥମ ଭାଇସରାୟ (ବଡ଼ଲାଟ') ଲର୍ଡ କ୍ୟାନଙ୍କ ସ୍ତ୍ରୀ ଲେଡି କ୍ୟାନିଙ୍କ ନାମାନୁସାରେ ପାଣିତୁଆର ଡାକ ନାଁ ଲେଡିକିନ ହେଲାପରି।

ସମୟ ଏଗାରଟା ପାର ହୋଇ ଗଲାଣି। ତଥାପି ଅଧରଙ୍କ ଦେଖାନାହିଁ। ଦୁଇସାଙ୍ଗ ମୁଖଶାଳାରେ ବସି ତାଙ୍କୁ ଅପେକ୍ଷା କରୁଥିଲେ। ମନ୍ଦିର ପରିସର ଶୁନ୍‌ଶାନ୍। ସେତେବେଳକୁ କେହି ଭକ୍ତ ପ୍ରାୟତଃ ଆସୁନଥିଲେ। ସୋମବାର ଥିବାରୁ ଠାକୁରଙ୍କ ବାରିରେ ଯେଉଁମାନେ ଦର୍ଶନ ପାଇଁ ଆସିବା କଥା ସେମାନେ ସକାଳୁ ସ୍ନାନସାରି ମନ୍ଦିରକୁ ଆସି ପାଦୁକ ପାଇ ଫେରିଗଲେଣି। ସେତେବେଳେ ଆଉ କାହାରି ଆସିବାର ସମ୍ଭାବନା ନଥିଲା। କେବଳ ଅଧରଙ୍କୁ ଛାଡ଼ି। ସେ ଦୁଇଜଣ କେବଳ ତାଙ୍କ ଅପେକ୍ଷାରେ ବସି ରହିଥିଲେ। କାରଣ ସିଏ ପ୍ରତିଥର ଏଗାରଟା ପାଖପାଖ ସମୟରେ ମନ୍ଦିରକୁ ଆସିଥାଆନ୍ତି।

ତାଙ୍କ ପ୍ରତୀକ୍ଷାରେ ବସିରହି ସତୀ ତାଙ୍କ ଉପରକୁ ମନେମନେ ଚିଡ଼ି ଉଠୁଥାଏ। କେମିଟିକା ମଣିଷ କେଜାଣି ସିଏ? କାହିଁକି ଏତେ ଡେରି କରୁଛନ୍ତି? ଆସିବା କଥାତ ଠିକ୍ ସମୟରେ ଆସିବ। ଅନାବଶ୍ୟକ ଉତ୍ତର କରି ଲାଭ କ'ଣ ପାଆନ୍ତି କେଜାଣି? ହେଲା କଲେ ଭେଲା ବୁଡ଼େ। କୌଣସି କାର୍ଯ୍ୟ ସୁବିଧାରେ ହୋଇପାରେନାହିଁ। ବିଳମ୍ବେ କାର୍ଯ୍ୟହାନି। ସିଏ ଏତେ ପାଠ ପଢ଼ିଛନ୍ତି। ଏଇ ଅତି ସାଧାରଣ ନିହାତି ମାମୁଲି କଥାଟା କ'ଣ ଜାଣି ନହାଁନ୍ତି? ବୃଥାଟାରେ ଡେରି କରୁଛନ୍ତି। ତାଙ୍କର କ'ଣ ଆହୁରି ଜାଣିବାକୁ ବାକି ଅଛି ଯେ, ତାଙ୍କୁ ନିର୍ଦ୍ଦିଷ୍ଟ ଦୁଇଜଣ ଅପେକ୍ଷାକରି ବସିଥିବେ? ତାଙ୍କ ଆସିବାରେ ଅହେତୁକ ବିଳମ୍ବ ଯୋଗୁଁ ତାଙ୍କ ଅପେକ୍ଷାରେ ବସିବସି ବିରକ୍ତ ହେଉଥିବେ। ତାଙ୍କ ଆସିବା ବାଟକୁ ନିର୍ମିମେଷନୟନରେ ଚାହିଁଚାହିଁ ଦୁଇଜଣନୟାନ୍ତ ହେବେନି। ସେତକ କ'ଣ ସିଏ ବୁଝିପାରନ୍ତି ନାହିଁ ନା ଜାଣି ପାରନ୍ତି ନି? ଏତେ ପାଠ ପଢ଼ିଛନ୍ତି, ତାଙ୍କର କ'ଣ ଏଇ ସାଧାରଣ ଜ୍ଞାନ ଟିକକ ନାହିଁ। ବୁଦ୍ଧି ନାହିଁ? ଅକଲ ନାହିଁ? ବିବେକ ନାହିଁ? ନାହିଁ ସମୟ ଜ୍ଞାନ? ସମୟାନୁବର୍ତ୍ତିତା କ'ଣ ସିଏ ଶିଖ୍ ନାହାଁନ୍ତି? ଜାଣନ୍ତି ନାହିଁ ସମୟର ସଦୁପଯୋଗ? ବୁଝିପାରନ୍ତିନି ସମୟର ମୂଲ୍ୟ? ଯେଉଁଥି ସକାଶେ ତାଙ୍କର ଆସିବାରେ ଏତେ ଡେରି ହେଉଛି?

ତା'ପରେ ତାଙ୍କର ଆସିବାରେ ଡେରି ହେବାରୁ ସତୀ ମନରେ ଆଶଙ୍କା ଉପୁଜୁଥିଲା। ଏବେ ମନ୍ଦିର ଫାଙ୍କା ଅଛି। ଏହି ନିର୍ଜନ ବେଳରେ ସିଏ ଆସିଲେ ତାଙ୍କ ସହିତ ତା'ର ସାକ୍ଷାତ ଫଳପ୍ରଦ ହୁଅନ୍ତା। ମୂଲ୍ୟମଧ ରହନ୍ତା ସେମାନଙ୍କ ପ୍ରତୀକ୍ଷାରେ। ସେ ତାଙ୍କୁ ପାଦୁକ ଦେଇପାରନ୍ତା। ବିଭୂତି ଟିପା ଲଗାଇ ଦେବାକୁ ତାଙ୍କୁ ସୁବିଧା ମିଳନ୍ତା। ଆଉ ବିଭୂତି ଟିପା ଲଗାଇ ଦେଲା ବେଳେ ଟିପାକାଲେ କପାଳରେ ସିଧାରେ ନ ଲାଗି ବଙ୍କାରେ ଲାଗିଯିବ, ସେଥିପାଇଁ ତାଙ୍କ ମୁହଁକୁ ଅନାଇବାର ସୁବିଧା ତାଙ୍କୁ ମିଳନ୍ତା। ଯେଉଁ ସୁବିଧାର ସୁଯୋଗ ନେଇ ସେ ତାଙ୍କ ଆଖ୍ ସହିତ ତା' ନିଜ ଆଖ୍ ମିଶାଇବାର ମଉକା ପାଆନ୍ତା। ତାଙ୍କ ଆଖ୍ ସହିତ ତା' ଆଖ୍ ମିଶିଯିବା ଦ୍ୱାରା ସେ ଲାଜରେ ଦୃଷ୍ଟିନତ କରିବାକୁ ବାଧ୍ୟ ହେଲେ ସୁଦ୍ଧା ସେହି ଆଖ୍‌ର ଦୃଷ୍ଟି ମିଳାଇବାର ଆବେଗର ପୁଲକରେ ପୁଲକିତ ହେଉଥାଆନ୍ତା। ସିଏ ମନ୍ଦିର ପରିସରରୁ ବିଦାୟ ନେଇ ଫେରିଗଲା ପରେ ମଧ। ଆଉ ଠାକୁରଙ୍କ ଥାଲି ପାଇଁ ତାଙ୍କ ହାତରୁ ପଇସା ରଖିବାକୁ ସୁଯୋଗ ପାଆନ୍ତା ଏବଂ ତାଙ୍କ ଦେହ ଛୁଆଁର ପରଶ ପାଇ ସେ ଉତ୍‌ଫୁଲ୍ଲିତା ହେଉ ଥାଆନ୍ତା ଅନେକ ସମୟ ପର୍ଯ୍ୟନ୍ତ। ସିଏ ତୁଚ୍ଛାଟାରେ ଉତ୍ତର କରୁଛନ୍ତି କାହିଁକି ଏଭନେ? ବିଳମ୍ବରେ ଆସି ପହଞ୍ଚିଲେ ଯଦି ସେତିକିବେଳେ ଅନ୍ୟଲୋକ କେହି ମନ୍ଦିରକୁ ଆସିଯାଏ, ତେବେ ସେମାନଙ୍କ ପ୍ରତୀକ୍ଷା ବିଫଳ ହେବ। ତାଙ୍କ ଲାଗି ଏତେ ଦୀର୍ଘ ସମୟ ଧରି ଅପେକ୍ଷା କରିବାର ସେମିତି କୌଣସି ମୂଲ୍ୟ ରହିବ ନାହିଁ। କାରଣ ସିଏ ସେଇ ସମୟରେ ସେହି ଲୋକଟି ହାତରୁ ପାଦୁକ ପାଇବେ, ବିଭୂତି ପିନ୍ଧିବେ ଓ ତା' ହାତରେ ଠାକୁରଙ୍କ ଥାଲି ପାଇଁ ପଇସା ଦେଇଫେରିଯିବେ।

ଠାକୁର ସମସ୍ତଙ୍କର। ମନ୍ଦିରର ଦ୍ୱାର ସମସ୍ତଙ୍କ ଲାଗି ଉନ୍ମୁକ୍ତ। ଠାକୁରଙ୍କୁ ଦର୍ଶନ କରିବାର ଅଧିକାର ସମସ୍ତଙ୍କର ଅଛି। ସେଥିପାଇଁ କେହି କାହାରିକୁ ମନାକରି ପାରିବେ ନାହିଁ, ମନା କଲେ ସୁଦ୍ଧା କେହି କାହାରି ବାରଣ ମାନିବେ ନାହିଁ। ମାନିବାକୁ ବାଧ୍ୟ ମଧ୍ୟ କରାଯାଇ ପାରିବନି। ଠାକୁରଙ୍କ ଉପରେ କେହି ଏକଚାଟିଆ ଅଧିକାର ଜାହିର କରିପାରିବେ ନାହିଁ କିମ୍ବା ସେପରି କିଛି କରିବାକୁ ଅବା କହିବାକୁ ସୁଯୋଗ ମଧ୍ୟ କେହି ପାଇବେନାହିଁ। ମନ୍ଦିର କାହାରି ବ୍ୟକ୍ତିଗତ ପୈତୃକ ସମ୍ପତ୍ତି ନୁହେଁ। ଦେବାଳୟ କାହାର ନିଜସ୍ୱ ଅଧିକାରଭୁକ୍ତ ହୋଇ ରହିପାରେନା। ଯାହାର ଯେତେବେଳେ ଇଚ୍ଛା ହେବ ସେ ସେତେବେଳେ ମନ୍ଦିରକୁ ଆସିପାରିବ। ଯେପରି ସେମାନେ ଆସୁଛନ୍ତି। ଅନ୍ୟମାନେ ସବୁ ଫେରିଗଲା ପରେ। ଅବଶ୍ୟ ମନ୍ଦିରର ଦ୍ୱାର ଖୋଲାଥିବା ସମୟରେ ଆସିବା ଉଚିତ। ସମୟ ସୁବିଧା ନେଇ ଠାକୁରଙ୍କୁ ଦର୍ଶନ କରି ପାରିବେ। ଦର୍ଶନ ପରେ ମନ୍ଦିରରେ କିଛି ସମୟ ରହିବାକୁ କାହାରିକୁ ମନା କରି ହେବନାହିଁ। କାହାରି ବାଧ୍ୟ ବାଧକତାରେ କେହି ମନ୍ଦିରକୁ ଆସିବା ବନ୍ଦ କରିବ ନାହିଁ କିମ୍ବା ଠାକୁରଙ୍କ ଦର୍ଶନରୁ କାହାରିକୁ ବଞ୍ଚିତ କରି ହେବନି।

ସତୀ ଭାବୁଥିଲା, ଅଧର ବିଳମ୍ବରେ ଆସିଲେ ଯଦି ସେହି ସମୟରେ କେହି ମନ୍ଦିରକୁ ଆସିଯାଏ। ତେବେ ତାଙ୍କ ସହିତ ନିରୋଳାରେ ସାକ୍ଷାତ କରିବାର ଅନ୍ତରଙ୍ଗ ମୁହୂର୍ତ୍ତକୁ ହରାଇ ସେ ଯାହା ସମ୍ପୃକ୍ତ ଲୋକଟି ଉପରେ ମନେମନେ ବିରକ୍ତ ହେଉଥିବ, ମାତ୍ର ମୁହଁଖୋଲି ତାକୁ କିଛି କହି ପାରୁନଥିବ। ଯଦିବା କିଛି କହେ ତେବେ ସେ ଲୋକଟି ନିଶ୍ଚିତ ସନ୍ଦେହ କରିବ, ଏମାନେ କେବଳ ଏହି ଯୁବକଟି ପାଇଁ ମନ୍ଦିରରେ ଏତେ ସମୟ ରହୁଛନ୍ତି। ଠାକୁରଙ୍କ ପାଖରେ ନିରୋଳାରେ ବସି ରହିବା କେବଳ ଗୋଟେ ବାହାନା। ତା'ହେଲେ କଥା ସରିଲା, ଯଦି ତାହା ପ୍ରଚଟ ହୋଇଯାଏ। ଗାଁରେ ସମସ୍ତେ ଜାଣି ପାରନ୍ତି କେବଳ ୟାଙ୍କରି ପାଇଁ ଏମାନେ ମନ୍ଦିରକୁ ଯାଉଛନ୍ତି। ତାଙ୍କ ସହିତ ସାକ୍ଷାତ କରିବା ପାଇଁ ମନ୍ଦିରରେ ଦୀର୍ଘ ସମୟ ଧରି ଅପେକ୍ଷା କରି ବସି ରହୁଛନ୍ତି। ତାଙ୍କ ସହିତ ଏମାନଙ୍କର କିଛି ଭିତିରି ସମ୍ପର୍କ ରହିଛି। ତେବେ ସେ କଥାର ଜବାବ ଦେବା ଲାଗି ଏମାନଙ୍କ ପାଖରେ କିଛି ସନ୍ତୋଷଜନକ ଉତ୍ତର ନାହିଁ। ଦୁର୍ନାମରୁ ନିଜକୁ ମୁକୁଲାଇବା ପାଇଁ ଏମାନେ କେଉଁ ବାହାନାର ଆଶ୍ରୟ ନେବେ? ଏମାନେ ସେ କଳଙ୍କରୁ ମୁକ୍ତ ହେବେ କିପରି? ସେଥିପାଇଁ କିପ୍ରକାର ଯୁକ୍ତି ଉପସ୍ଥାପନ କରିବେ? କେମିତି ସେ ଅପବାଦରୁ ରକ୍ଷା ପାଇବେ? କେଉଁ କଥା କହି? କେଉଁ ରକମ ତର୍କର ଉପଲକ୍ଷ୍ୟ ଦେଇ? କିଭଳି କଥାର ଉଦାହରଣ ଥୋଇ? ଅବତାରଣା କରିବେ କେଉଁ ଆଳକୁ ନିଜକୁ ଦୋଷମୁକ୍ତ କରିବା ଲାଗି? ଏମିତି କେତେ ରକମର ଭାବନା ସତୀ ମନରେ ଭୟ ସଞ୍ଚାର କରୁଥିଲା। ତଥାପି ସେମାନେ ତାଙ୍କ ଅପେକ୍ଷାରେ ବସି ରହିଥିଲେ।

ଆହୁରି ମଧ୍ୟ ଅଧରଙ୍କର ଆସିବା ଉଚ୍ଚର ହେଲେ କିମ୍ବା ସିଏ ନ ଆସିଲେ? ତାଙ୍କ କଥା ଏମାନେ କାହାରିକୁ ପଚାରି ପାରିବେ ନାହିଁ। ତାଙ୍କ ଅପେକ୍ଷାରେ ବସିରହି ଯାହା ତାଙ୍କ ଉପରେ ମନେମନେ ବିରକ୍ତ ହେଉଥିବେ। ତାଙ୍କ ବିଷୟରେ ଏମାନେ କାହାରିଠାରୁ କିଛି ଶୁଣିବା ମଧ୍ୟ ସମ୍ଭବ ନୁହେଁ। ତାଙ୍କ ସମୟରେ ମଧ୍ୟ କିଛି ଜାଣି ପାରିବାକୁ ସକ୍ଷମ ହେବେନି। ତାଙ୍କ ସମ୍ପର୍କରେ କୌଣସି ସଠିକ୍ ତଥ୍ୟ ଏମାନେ ହାସଲ କରିବାକୁ ସମର୍ଥ୍ୟ ହୋଇପାରିବେ ନାହିଁ। କିଏ ବା କାହିଁକି ତାଙ୍କ ଖବର ରଖିବ? ଠାକୁରଙ୍କ ବାରିରେ ମନ୍ଦିରକୁ କେତେଲୋକ ଆସୁଛନ୍ତି। ସେହିପରି ସିଏ ଆସନ୍ତି। କେତେ ଭକ୍ତଙ୍କ ଭିତରୁ ସିଏ ନ ହେଲେ ଜଣେ ଭକ୍ତ। ସେମିତି ପ୍ରସିଦ୍ଧ କିମ୍ବା ବିଖ୍ୟାତ ଭକ୍ତ ନୁହଁନ୍ତି। ମନ୍ଦିର ନିର୍ମାତା ପ୍ରାଣନାଥଙ୍କ ପରି ସାଧାରଣ ଭକ୍ତ ଜଣେ। ତାଙ୍କର ମନ୍ଦିରକୁ ଆସିବା ସତୀ ଓ ସୁନି ପାଇଁ ଯେତେ ଗୁରୁତ୍ୱପୂର୍ଣ୍ଣ, ତାହା ଅନ୍ୟମାନଙ୍କ ଲାଗି ସେଭଳି ତାତ୍ପର୍ଯ୍ୟ ରଖେନା। ସେମାନଙ୍କ ଲାଗି ଯେତେ ଜରୁରୀ ଅନ୍ୟମାନଙ୍କ ସକାଶେ ସେତେ ମହତ୍ତ୍ୱ ବହନ କରେନା। ଯାହାର ଦରକାର ପଡିଲା ସିଏ ମନ୍ଦିରକୁ ଆସିଲା। ଠାକୁରଙ୍କୁ ଦର୍ଶନ କରି ଫେରିଗଲା। ସେହିପରି ସିଏ ଜଣେ। ସିଏ ତାଙ୍କର କୌଣସି ଗ୍ରହଜନୀତ ରିଷ୍ଟ ଖଣ୍ଡନ ଲାଗି ଠାକୁରଙ୍କୁ ଦର୍ଶନ କରିବା ପାଇଁ

ଆସୁଛନ୍ତି । ସେମିତି ଆହୁରି ବି କେତେ ଆସୁଥିବେ ? ସେମାନଙ୍କ ଖବର କିଏ କାହିଁକି ରଖିବ ? ରଖିବା ବି ଦରକାର କ'ଣ ? ବିନା ଆବଶ୍ୟକରେ କିଏ କେବେ କୌଣସି ସ୍ଥାନକୁ ଯାଏନାହିଁ । ବିନା ଅସୁବିଧାରେ କେହି କେବେ କ'ଣ କିଛି ପ୍ରତିକାର ଖୋଜିଥାଏ ? କେହିବି ଠାକୁରଙ୍କୁ ଡାକି ନ ଥାଆନ୍ତି କୌଣସି ରକମ ବିପଦ ନ ପଡ଼ିବା ପର୍ଯ୍ୟନ୍ତ । ଦିଅଁ ଦର୍ଶନ ଓ ମାନସିକ ଯାଚନା ଅସୁସ୍ଥ ମନକୁ ସାନ୍ତ୍ୱନା ଦେବା ପାଇଁ ଗୋଟେ ମାଧ୍ୟମ ମାତ୍ର ଏବଂ ଅପରିପକ୍ଵ ମାନସିକତାର କ୍ରିୟାକଳାପ । ଏହାଦ୍ୱାରା କେହି କିଛି ସୁବିଧା ପାଏନା କି କୌଣସି ପ୍ରକାର ସୁଯୋଗ ହାସଲ କରିପାରେନା । ଏଥରୁ ବି ଆଖଦୁର୍ଶିଆ ସେମିତି ସୁଫଳ କିଛି ମିଳିନଥାଏ । ତାହା କେବଳ ଅବୁଝା ମନକୁ ପ୍ରବୋଧନା ଦେବା ଲାଗି ଏକ ପ୍ରକାର ଉଦ୍ୟମ । ମନବଳ ବୃଦ୍ଧି କରିବା ପାଇଁ ଏକ ଅସଫଳ ଉପାୟ । କର୍ମ ନେଇ ପ୍ରକୃତରେ ଫଳ ପ୍ରାପ୍ତି ହୋଇଥାଏ । ତା'ପରେ ଭାଗ୍ୟ ଉପରେ ବ୍ୟକ୍ତିର ଉତ୍ଥାନ–ପତନ ନିର୍ଭର କରେ ଅନେକାଂଶରେ । କୌଣସି କ୍ଷେତ୍ରରେ ସଫଳତା ହାସଲ କରିବା କିମ୍ବା ବିଫଳ ହେବା ଲଲାଟ ଲିଖନ ବ୍ୟକ୍ତିତ ଆଉ ଅନ୍ୟ କିଛି ନୁହେଁ । ଭାଗ୍ୟର ଉତ୍ଥାନବେଳେ ସୁବିଧା ସୁଯୋଗ ପାଇ ଅନ୍ୟାୟ, ଅପକର୍ମ କରି ବିପଦ ସମୟରେ ଠାକୁରଙ୍କ ଶରଣାପନ୍ନ ହେବାରେ କିଛିମାନେ ହୁଏନା । ଦେବାରାଧନା ବିକୃତ ମାନସିକତାର କର୍ମ ବ୍ୟତୀତ ଅନ୍ୟ କିଛି ନୁହେଁ । ଠାକୁରଙ୍କ ପାଖରେ ଭୋଗ ଲଗାଇଲେ ରୋଗ ଛାଡ଼େନାହିଁ । ସେଥିପାଇଁ ଡାକ୍ତରଙ୍କ ପରାମର୍ଶ ନେଇ ଔଷଧ ଖାଇବା ଦରକାର । ପାଦୁକ ପାଣି ହଟାଇ ପାରେନା ମନର ବିଷାଦ ଭାବକୁ । ସେଥିଲାଗି ମନରେ ସତ୍‍ଭାବନା ଆଣିବା ଆବଶ୍ୟକ ପଡ଼େ । ଠାକୁରଙ୍କ ପାଖରେ ମାନସିକ କଲେ (ରଖିଲେ) ମନସ୍କାମନା ପୂରଣ ହୁଏନା । କାର୍ଯ୍ୟ (ଲକ୍ଷ୍ୟ) ହାସଲ ହୋଇଥାଏ ଦୃଢ଼ନିଷ୍ଠା, ଗଭୀର ଆତ୍ମବିଶ୍ୱାସ, ନିରନ୍ତର ପ୍ରଚେଷ୍ଟା ଏବଂ ପ୍ରଗାଢ଼ ଉଦ୍ୟମ ଦ୍ୱାରା । ଆଉ ଭାଗ୍ୟ ଫଳ ଏବଂ ଲଲାଟ ଲିଖନ ଓ ନିଜର କର୍ମଫଳ ଉପରେ ମଧ ତାହା ଅନେକାଂଶରେ ନିର୍ଭର କରିଥାଏ । ଦେବାରାଧନା, ଦିଅଁଙ୍କ ପାଖରେ (ଭୋଗ କିମ୍ବା ବଲି) ମାନସିକ ଅଥବା ଗୁହାରି, ଠାକୁରଙ୍କ ଭକ୍ତି କେବଳ ଦୁର୍ବଳ ମନକୁ ସାନ୍ତ୍ୱନା ଦେବା, ଅସୁସ୍ଥ ଆତ୍ମାକୁ ଆଶ୍ୱାସନା ଦେବା ସାର ହୋଇଥାଏ ।

ସୁଖପ୍ରାପ୍ତି ପାଇଁ ଅନେକ ଲୋକ ବହୁ ସମୟରେ ବିଭିନ୍ନ ଭଣ୍ଡବାବା, ତାନ୍ତ୍ରିକମାନଙ୍କର ଶରଣାପନ୍ନ ହୁଅନ୍ତି । ସେମାନେ ସର୍ବଦା ପ୍ରବଞ୍ଚନାର ଶିକାର ହୋଇ ଜୀବନକୁ ଅଧିକ ଜଟିଳତା ମଧ୍ୟକୁ ଠେଲି ଦିଅନ୍ତି । କୌଣସି ବ୍ୟକ୍ତି ନିଟକରେ ଈଶ୍ୱରୀୟ ବ୍ୟବସ୍ଥାକୁ ପରିବର୍ତ୍ତନ କରିବା ପାଇଁ ସେପରି କୌଣସି ସମାଧାନ ନଥାଏ । ଯଦି ବି ଥାଏ ତାହା ଆମ ମଙ୍ଗଳ ଦାୟକ ପ୍ରକ୍ରିୟା (ଈଶ୍ୱରୀୟ ବ୍ୟବସ୍ଥା)କୁ ବାଧା ପହଞ୍ଚାଏ । ସର୍ବଦା ଈଶ୍ୱରଙ୍କ ଶରଣାପନ୍ନ ହୋଇ ଉତ୍ତମ କର୍ମ କଲେ ଜୀବନ ଆନନ୍ଦମୟ ହେବ ନିଶ୍ଚୟ ।

କେବଳ ଏତିକି ବିଚିତ୍ର ଯେ ଆଜି ସୁଦ୍ଧା ଆମେ ଧର୍ମଭୀରୁ ଜନତା, ନେତା ଓ ବାବାମାନଙ୍କ ପ୍ରତିଶ୍ରୁତିର ପ୍ରାବଲ୍ୟ ଭିତରେ ମୋହଚ୍ଛନ୍ନ ହୋଇ ରହିଛୁ । ଭଗବତ ଗୀତାରେ କୁହାଯାଇଛି ମହତ ପୁରୁଷମାନେ ଯେପରି ଆଚରଣ କରନ୍ତି ଅନ୍ୟମାନେ ମଧ ସେପରି ଆଚରଣ କରିଥାଆନ୍ତି । ତେଣୁ ଆଜିକାଲି ଯୁଗରେ ଦୁର୍ନୀତି ରାଜନୀତିକୁ ଘୃଣ୍ୟ ଓ ପଙ୍କିଲ କରି ଦେଲାଣି । ଉପରସ୍ତରୁ ଉଚ୍ଚସ୍ତର ପର୍ଯ୍ୟନ୍ତ ଅନ୍ୟାୟ ଅତ୍ୟାଚାର ବ୍ୟାପି ଗଲାଣି । ଲୋକାଲୟରୁ ଲୋକସଭା, ପଞ୍ଚାୟତରୁ ଆଇନ ପ୍ରଣୟନ କାର୍ଯ୍ୟାଳୟ ପର୍ଯ୍ୟନ୍ତ ସବୁଠାରେ ସ୍ୱଚ୍ଛତାର ଅଭାବ । କଥା ଓ କାର୍ଯ୍ୟକ୍ରମରେ ଆକାଶ ପାତାଳ ତଫାତ । ମହାତ୍ମାଗାନ୍ଧିଙ୍କୁ ଆମେ ଜାତିର ଜନକ ବୋଲି କହୁଛେ । ତାଙ୍କର ଅହିଂସା ନୀତି ଓ ଆଦର୍ଶ ପାଇଁ ଆମେ ସ୍ୱାଧୀନ ହେଲେ । କିନ୍ତୁ ସ୍ୱାଧୀନ ହେଲାପରେ ତାଙ୍କ ବାଣୀକୁ ମଧ ଭୁଲିଗଲେ ।

ତା'ପରେ ଆମର ମଧ ଆହୁରି ବୁଝିବା ଦରକାର ସତକର୍ମ ନକରି ହୁଣ୍ଡିରେ କୋଟି କୋଟି ଟଙ୍କା ଦାନ ଦେଲେ ବା ସବୁ ଆଙ୍ଗୁଠିରେ ରତ୍ନ ଖଚିତ ମୁଦି ପିନ୍ଧିଲେ ଅଥବା ପ୍ରତିଦିନ ମନ୍ଦିରକୁ ଯାଇ ଦିଅଁଙ୍କୁ ଦର୍ଶନ କଲେ କିମ୍ବା ଠାକୁରଙ୍କୁ ପ୍ରତିଦିନ ଦି'ଓଲି ପ୍ରାର୍ଥନା କରି ଡାକିଲେ ଭାଗ୍ୟର ପରିବର୍ତ୍ତନ ହୁଏନାହିଁ । ଭଗବାନ୍ ଆମ ଡାକ ଶୁଣନ୍ତି ନାହିଁ ବା

ସେଥିଯୋଗୁ ମୁକ୍ତି ଅବା ମୋକ୍ଷ ପ୍ରାପ୍ତ ସମ୍ଭବ ହୁଏନା। ନିଜ ପିତା, ମାତା, ଗୁରୁଜନ ଓ ଜ୍ଞାତି ଆଦି ଚେତନ ଦେବତାଙ୍କ ସଂସର୍ଶରେ ଆସି ଯଦି ଆମ ଭାଗ୍ୟରେ ପରିବର୍ତ୍ତନ ହୋଇ ପାରୁନାହିଁ। ତେବେ ନିର୍ଜୀବ ପଥର ବା ଧାତୁ କ'ଣ ଆମ ଭାଗ୍ୟ ବଦଲାଇ ଦେଇପାରିବ। ଶୁଭ ମୁହୂର୍ତ୍ତକୁ ଅପେକ୍ଷା ନ କରି ଆମ୍ ବିଶ୍ୱାସ ସହ କର୍ମ ହିଁ ଆମ ପକ୍ଷେ ଶ୍ରେୟସ୍କର।

ମୋକ୍ଷ ପ୍ରାପ୍ତିପାଇଁ କିୟା ସୌଭାଗ୍ୟ ଲାଭ ଲାଗି ଉଚ୍ଚ କୁଳରେ ଜନ୍ମହେବା, ପ୍ରତିଷ୍ଠିତ ପରିବାରର ଦାୟଦ ହେବା, ଖ୍ୟାତି ସଂପନ୍ନ ବଂଶର ସନ୍ତାନ ହେବା, ପ୍ରଭାବଶାଳୀ ପିତାର ଔରସରୁ ଜାତ ହେବା, ପ୍ରତିପତିଶାଳୀ ବ୍ୟକ୍ତିଙ୍କ ସହିତ ବନ୍ଧୁତା ସ୍ଥାପନ କରିବା ନିହାତି ଆବଶ୍ୟକ ହୋଇନଥାଏ। ଆମେରିକାର ବିଖ୍ୟାତ ଲେଖିକା ସାମୁଏଲ ସ୍ମିଥ୍ ଏକଦା ମତବ୍ୟକ୍ତ କରି କହିଥିଲେ ଆଜିର ମଣିଷମାନେ ପ୍ରାୟ ସମସ୍ତେ ସ୍ୱାର୍ଥ କୈନ୍ଦ୍ରିକ ଓ ଅହଂଭାବରେ ପରିପୂର୍ଣ୍ଣ। ଏପରିକି ଶିଶୁଟିଏ ମଧ ତା'ର ଜନ୍ମହେବା ମାତ୍ରେ ତା ଭିତରେ ଲୁକ୍କାୟିତ ଥିବା ଅହଂକୁ ଅତି ସୁନ୍ଦର ଭାବରେ ପ୍ରତିପାଦିତ କରିପାରେ। ସେ ତା'ର ଦକ୍ଷତାକୁ ଜଣାଇ ଦେବାକୁ ଚାହେଁ। ବଡ଼ ହେଲେ ତାର ବ୍ୟକ୍ତିତ୍ୱ ସାମାଜିକ ସ୍ତରରେ କେଉଁ ରୂପ ଧାରଣ କରେ ଅନୁମେୟ। ମହାଭାରତରେ କର୍ଣ୍ଣ କହିଥିଲେ–ଉଚ୍ଚକୁଳରେ ଜନ୍ମହେବା ଦଇବର ଅଧୀନ। ରାମାୟଣ ହେଉ ଅବା ମହାଭାରତ ହେଉ ଏହାର ସ୍ରଷ୍ଟା ପୁରୁଷ କୋଉ ଯୁଗଜନ୍ମା ହୋଇ ଜନ୍ମ ହୋଇ ନଥିଲେ। ବରଂ ସମୟ ହିଁ ସେମାନଙ୍କ ମହନୀୟ କୀର୍ତ୍ତିକୁ ନେଇ ଯୁଗଜନ୍ମା କରିପାରିଥିଲେ। ମହାତ୍ମାଗାନ୍ଧି ନିଜେ ତାଙ୍କ ଆମ୍ଜୀବନୀରେ ଉଲ୍ଲେଖ କରିଛନ୍ତି "ଜନ୍ମରୁ କେହି ବଡ଼ ହୋଇ ଜନ୍ମ ହୋଇନଥାଏ। ତାକୁ ବଡ଼ ହେବାକୁ ଚେଷ୍ଟା କରିବାକୁ ପଡ଼େ।"

ଆହୁରି ମଧ ଯେଉଁମାନେ ବୈଭବରେ ଈଶ୍ୱରଙ୍କୁ ତଉଲନ୍ତି। ସେମାନେ ହତଭାଗ୍ୟ ନିଶ୍ଚୟ। ଭାବଭକ୍ତିରେ ହିଁ ପୁଣ୍ୟାର୍ଜନ କରାଯାଏ। ଈଶ୍ୱର ଟଙ୍କା ପଇସାରେ ନୁହେଁ, ସ୍ୱଚ୍ଛ ମନରେ କରାଯାଉଥିବା ପୂଜାରେ ପ୍ରସନ୍ନ ହୋଇଥାଆନ୍ତି। ବାସ୍ତବରେ ଯେଉଁମାନେ ଧନରେ ଧର୍ମାର୍ଜନକୁ ତଉଲିଥାନ୍ତି ତାହା ଅଧିକାଂଶ କ୍ଷେତ୍ରରେ ବାହ୍ୟାଚାରରେ ପରିଣତ ହୋଇଥାଏ। ସ୍ୱଚ୍ଛ ଅନ୍ତରର ଅନାବିଲ ପ୍ରାର୍ଥନାହିଁ ଅସଲ ଭକ୍ତି। ବାହାରୁ ଫୁଲ ଆଣି ଠାକୁରଙ୍କୁ ଦିଅନାହିଁ। ମନଫୁଲକୁ ତାଙ୍କୁ ଅର୍ପଣ କର। ହୃଦୟର ଦୀପରେ ଆପଣା ଆମ୍ାକୁ ସଲିତା କରି ଆବାହ୍ନ ଜଣାଅ। ଅନ୍ତର ଦୀପାଳିରେ ପ୍ରାଣଝୁଣାକୁ ଜ୍ୱାଲି ଆଲତି କର। ଚେତନାର ଧୂପାତିରେ ବିବେକକୁ କର୍ପୂର କରି ଅର୍ଚ୍ଚନା ସମାପନ କରିବାକୁ ପଡ଼ିବ।

ବିଫଳତା ପାଇଁ ଦୁଃଖ କରିବା ପୂର୍ବରୁ ଆତ୍ମ ସମୀକ୍ଷା ଆବଶ୍ୟକ। ସଂସାରକୁ କ'ଣ ଦେଇଛନ୍ତି ଏବଂ କେତେ ହରିଲୁଟ୍ କରିଛନ୍ତି। ଦାର୍ଶନିକ କାଲଭିନ୍ କୁଲିନ୍ସଙ୍କ ଉକ୍ତି ଅନୁସାରେ–ଯିଏ ଖାଲି ଏ ସଂସାରୁ ନେଇଛି ତାକୁ କେହି କେବେ ସମ୍ମାନ ଦେଇନାହିଁ। ଯିଏ କେବଳ ଦେଇଛି ସେ ହିଁ ଅମର ହୋଇଛି ଓ ସମ୍ମାନ ପାଇଛି। ଖୁସିରେ ରହି ଶାନ୍ତି ପାଇବା ପାଇଁ କୌଣସି ଔଷଧ ନାହିଁ। ନିଜର କାର୍ଯ୍ୟ କୁଶଳତା, ମାନସିକତା ଉପରେ ନିର୍ଭର କରେ ଆନନ୍ଦ ପାଇବା। ସଂସାରକୁ ଆସି ସମାଜକୁ ନିଜର କରିପାରିଲେ ହିଁ ଆନନ୍ଦ ମିଳିବ।

ଆଉ ସୃଷ୍ଟିର ଅନ୍ତିମ କୃତି ହେଉଛି ମନୁଷ୍ୟ ନିର୍ମ୍ମାଣ। ମାନବ ଉପୁରି ପରେ ବୌଦ୍ଧିକ କ୍ରମ ବିକାଶର ଆରମ୍ଭ ହୁଏ। ମାନବ ଏକ ଚେତନ ପ୍ରାଣୀ। କିନ୍ତୁ (ଅନ୍ୟ ଉପରେ) ନିର୍ଭରଶୀଳ। ନିଜର ବିକଶିତ ପ୍ରତିଭା ମାଧ୍ୟମରେ ସ୍ୱକୀୟ ଜୀବନ ବିକାଶ ନିମିତ୍ତ ସେ ପୂର୍ଣ୍ଣ ସ୍ୱତନ୍ତ୍ର। ସ୍ରଷ୍ଟା ବିନା ସୃଷ୍ଟି ଅସମ୍ଭବ। ଈଶ୍ୱରଙ୍କୁ ବିଶ୍ୱାସ କରୁଥିବା ପ୍ରତ୍ୟେକ ବ୍ୟକ୍ତି ଦୈନିକ ଜୀବନରେ କିଛି ପୂଜା, ଅର୍ଚ୍ଚନା, ଉପାସନା, ପ୍ରାର୍ଥନା କରିଥାଏ। ସ୍ୱତଃ ମନରେ ପ୍ରଶ୍ନ ଆସେ ପୂଜାପାଠ କରିବା ପ୍ରାର୍ଥନା କରିବା କ'ଣ ଉଚିତ୍ ନୁହେଁ। ଏସବୁର କ'ଣ କିଛି ମୂଲ୍ୟ ନାହିଁ। ସବୁ ଅଛି କେବଳ ସମର୍ପଣ ଭାବରେ। ନିଜକୁ ଶୂନ କରି ହୃଦୟରୁ ଠାକୁରଙ୍କ ଶୂନ୍ୟତାକୁ ଉପଲବ୍ଧି କରିବା ସେହି ଶୂନ୍ୟତା ଦିନେ ପୂର୍ଣ୍ଣତା ଆଣିଦିଏ। ପ୍ରାର୍ଥୀର ପ୍ରାର୍ଥନା ମଧ୍ୟରେ ଭକ୍ତିଭାବର ଏକ ଉଦ୍‌ବେଳନ ସୃଷ୍ଟିହୁଏ। ପ୍ରଥମେ ବୁଝିବାକୁ ପଡ଼ିବ ପ୍ରାର୍ଥନା କ'ଣ? ପ୍ରାର୍ଥନା ହୃଦୟ ନିଃସୃତ ବାଣୀ। ପ୍ରାର୍ଥନା ଅନ୍ତରର ଆବେଗମୟ ଆମାର ସ୍ୱତଃ ଭାବଧାରା। ପ୍ରାର୍ଥନା ଭିକ୍ଷା ମାଗିବା

ନୁହେଁ । ଜୀବନର ସର୍ବସ୍ୱ ଅର୍ପଣ କରି ନିଜ ହୃଦୟ ଓ ବାହାର ପବିତ୍ର କରିବା ପରେ ଯେଉଁ ଅଭାବ ଅନୁଭବ ହୁଏ ତାକୁ ଶବ୍ଦ ରୂପରେ ପ୍ରକାଶ କରିବା ହିଁ ପ୍ରାର୍ଥନା । ପ୍ରଥମେ ପରମେଶ୍ୱର ପ୍ରାର୍ଥୀ ହୋଇଗଲେ ଯେଉଁ ଆବେଗ (ହୃଦୟରେ) ସୃଷ୍ଟିହୁଏ ତାହା ଅନ୍ତରର ପ୍ରାର୍ଥନା ପ୍ରାତଃ କରାଯାଉଥିବା– ପ୍ରଭୁଙ୍କ ବନ୍ଦନା ଦ୍ୱାରା ସତକର୍ମ କରିବାର ଅଭିପ୍ରାୟ ଆତ୍ମାରେ ସୃଷ୍ଟି ହୁଏ । ସାୟଂକାଲ ଅର୍ଚ୍ଚନାରେ ପ୍ରତିଦିନର ଅନ୍ତଃ ସମୀକ୍ଷା କରାଯାଇଥାଏ । ପରମାତ୍ମା ସର୍ବଜ୍ଞ । ସର୍ବ ଶକ୍ତିମାନ । ତାଙ୍କ ପାଖରେ ସମସ୍ତେ ସମାନ । ଶୁଦ୍ଧ ଚେତନାର ଅପୂର୍ବ ସମନ୍ୱୟ ମଧ୍ୟରେ ଭକ୍ତ–ଭଗବାନ ଜଣେ ଆଶ୍ରୟ ଜଣେ ଆଶ୍ରିତ । "ଅସତୋ ମା ସଦ୍ଗମୟ, ତମୋସ ମା ଜ୍ୟୋତିର୍ଗମୟ, ମୃତ୍ୟୋ ର୍ମା ଅମୃତ ଗମୟ ।" ଅସତରୁ ସତ, ଅଜ୍ଞାନ ଅନ୍ଧାରରୁ ଜ୍ଞାନ ପ୍ରକାଶ । ମୃତ୍ୟୁରୁ ଅମୃତ ପାଇବାର ଲକ୍ଷ୍ୟରେ ଭକ୍ତ ଭଗବାନଙ୍କର ଚରଣାଶ୍ରିତ । ପରମାତ୍ମା ନିଜ ବ୍ୟାପ୍ତି ମାଧ୍ୟମରେ ବ୍ୟାପୃତ ପ୍ରକୃତିକୁ ମନୁଷ୍ୟର ସେବାରେ ନିୟୋଜିତ କରିଛନ୍ତି । ସୃଷ୍ଟି ଓ ସ୍ରଷ୍ଟା ମଧ୍ୟରେ ଯେଉଁ ଅପୂର୍ବ ସମନ୍ୱୟ ତାକୁ କୌଣସି ଭାଷାରେ ପରିପ୍ରକାଶ କରି ହୁଏନାହିଁ । କେବଳ ସ୍ଥିର ଚିନ୍ତନ ଦ୍ୱାରା ଅନ୍ତର ଆତ୍ମାକୁ ବାରମ୍ବାର ପ୍ରଶ୍ନକଲେ ବନ୍ଦନ, ଅର୍ଚ୍ଚନ, ସମର୍ପଣରେ ସଠିକ୍ ଉତ୍ତର ଅନୁଭବ କରିହୁଏ ।

ପ୍ରାର୍ଥନାରେ ପାପର କ୍ଷମା ହୁଏନା ବରଂ ପ୍ରାର୍ଥୀର ଗୁଣକର୍ମ ଓ ସ୍ୱଭାବ ପବିତ୍ର ହୋଇ ତା'ର କର୍ମକୁ ସୁମାର୍ଗରେ ପରିଚାଳିତ କରେ । ଭଗବାନ ଆମ ଭିତରେ ଅସୀମ ଶକ୍ତି ଓ କ୍ଷମତା ଭରିଛନ୍ତି । ଈଶ୍ୱରଙ୍କୁ ପ୍ରାର୍ଥନା ଦ୍ୱାରା ଏହା ବିକଶିତ ହୋଇ ପାରିବ । ପ୍ରାର୍ଥୀର ପାପରେ ଘୃଣା ଓ ପୂଣ୍ୟ କର୍ମରେ ପ୍ରୀତି ବୃଦ୍ଧି ହୁଏ । ପ୍ରାର୍ଥନାର ଆକାର ନ ଥାଏ । ସ୍ୱରବି ନ ଥାଏ । କେବଳ ଥାଏ ଗଭୀର ଅନ୍ତର୍ନିହିତ ଭକ୍ତି ମାର୍ଗର ଆଲୋଡ଼ନ । ମୁଁ ମୋର ପରିବେଷ୍ଟନୀରେ ସଂସାରିକ ବନ୍ଦନରେ ବାନ୍ଧି ହୋଇ ସ୍ୱାର୍ଥଯୁକ୍ତ ପ୍ରାର୍ଥନାର ଫଳ କେବେ ଭଗବାନଙ୍କ ପାଖରେ ମୁକ୍ତ ନୁହେଁ । ମୁଁ ତୋ'ର ଭାବରେ ଉତ୍ସର୍ଗୀକୃତ ଭକ୍ତିଧାରାରେ ନିଜକୁ ଖୋଜିଲେ ସମୟ ଆସିବ ସ୍ୱତଃ ଭାବଭକ୍ତିର ଅପୂର୍ବ ସଂଯୋଗରେ ସୃଷ୍ଟି ହେବ ପ୍ରାର୍ଥୀର ପ୍ରାର୍ଥନା ।

ତା'ପରେ ଲୋକ ଦେଖାଣିଆ ଭାବେ ମନ୍ଦିରକୁ ଯାଇ ପ୍ରାର୍ଥନା କଲେ ଦୁଃଖର ଲାଘବ କିମ୍ବା ସୁଖପ୍ରାପ୍ତି ଘଟେନା । ବାହାରୁ ସୁଖ ଖୋଜିବା ନିରର୍ଥକ କାରଣ ତାହା କେବଳ ମନ ଭିତରେ ହିଁ ଥାଏ । ଆନନ୍ଦ ବାହାରେ ନଥାଏ । ଶାନ୍ତି ବାହାରେ ନଥାଏ । ତାହା ଥାଏ ଆମ ଉଚ୍ଚାରଣ ଓ ଆଚରଣର ସାମ୍ୟତା ଭିତରେ । କଥା ଓ କର୍ମ ଭିତରେ । କଥା ଓ କର୍ମରେ ଭିନ୍ନତା ଥିବାରୁ ବର୍ତ୍ତମାନ ଆମେ ଏକ ରୁଗ୍ଣ ମାନସିକ ବ୍ୟାଧିଗ୍ରସ୍ତ ସମାଜରେ ଚଳପ୍ରଚଳ କରିବାକୁ ବାଧ୍ୟ ହେଉଛେ । ପୂର୍ବକାଳର ସାଧୁ ସନ୍ନ୍ୟାସୀମାନେ ଥିଲେ ତ୍ୟାଗୀ । ଆଜିର ସମାଜରେ ଚଳପ୍ରଚଳ ହେଉଥିବା ସାଧୁ (ଅବଶ୍ୟ ସମସ୍ତେ ନୁହଁନ୍ତି) ହେଉଛନ୍ତି ଭୋଗୀ । ସବୁ ସାଧୁ ବେଶଧାରୀ ବ୍ୟକ୍ତି କ'ଣ ପ୍ରକୃତ ସାଧୁ ? ସେମାନଙ୍କ କଥା କରଣୀ ବଚନିକାରେ ସତ୍ୟକୁ ଗ୍ରହଣ କରିବା ପାଇଁ ପ୍ରସ୍ତୁତି କି ପ୍ରତିଶ୍ରୁତି ନାହିଁ । ସମସ୍ତେ ନେତାଠାରୁ ଜନତା, ବ୍ୟବସାୟୀ ଠାରୁ ଗ୍ରାହିତା, ଗୃହତ୍ୟାଗୀଠାରୁ ଗୃହୀ ସମସ୍ତେ ନାନାଦି ସାମାଜିକ ଦୋଷ ଦୁର୍ବଳତାକୁ ଲୁଚାଇବାକୁ (କେବେ) କେତେ ବାକ୍ ଚାତୁରୀ ପ୍ରଦର୍ଶନ କରିବାରେ ଲାଗି ପଡ଼ିଛନ୍ତି ।

ସୁଖ, ଶାନ୍ତି ମନର ସ୍ଥିତି ଉପରେ ସଂପୂର୍ଣ୍ଣ ନିର୍ଭର କରେ । ଯେପରି ସ୍ୱର୍ଣ୍ଣପୁରୀ ଲଙ୍କାର ରାଜା ଦଶାନନ ରାଜା ହୋଇ ମଧ୍ୟ ସୁଖୀ କିମ୍ବା ସନ୍ତୁଷ୍ଟ ନଥିଲେ । କାରଣ ସେ ମାନସିକ ସ୍ତରରେ ଥିଲେ ଜଣେ ଭିକାରି । ସୁଖର ପ୍ରକୃତ ଅର୍ଥ ହେଉଛି ସାମୟିକ ତୃପ୍ତି । କୌଣସି କାର୍ଯ୍ୟ ହାସଲରେ, ଲକ୍ଷ୍ୟ ପୂରଣରେ କିମ୍ବା କୌଣସି ଉଦ୍ୟମର ସୁଫଳ ପ୍ରାପ୍ତିରେ ଅଥବା ନିଜର ପ୍ରଚେଷ୍ଟା ଚରିତାର୍ଥରେ ମନରେ ତୃପ୍ତି ଆସିଲେ ଆମେ ତାକୁ ସୁଖ ବୋଲି କହିଥାଆନ୍ତି । କିନ୍ତୁ ସେ କର୍ମର ସଫଳତା, ପ୍ରାପ୍ତିର ମାଦକତା ଓ ପୂର୍ଣ୍ଣତାର ଉତ୍ସାହ ମନରୁ ଅପସରି ଗଲେ ସେଠି ସୁଖର ପରିସମାପ୍ତି ଘଟିଥାଏ । ଆଉ ଶାନ୍ତି କେବଳ ମନର ଅକ୍ରମଣ୍ୟତାର ପ୍ରଭାବ । ଜଣେ ଅକ୍ରମଣ୍ୟ, ପଙ୍ଗୁ, ଅଥର୍ବ, ନିକମା, ଅଯୋଗ୍ୟ, ଅକର୍ମା, ଅପଦାର୍ଥ (ଦିବ୍ୟାଙ୍ଗ) କେବଳ ଶାନ୍ତି ପାଇପାରେ । କୌଣସି କର୍ମଠ ବ୍ୟକ୍ତି,

ଉଦ୍ୟୋଗୀ ମଣିଷ, ତତ୍ପର ଥିବା ଲୋକ, ବିଚକ୍ଷଣ ବୁଦ୍ଧି ସଂପନ୍ନ ଜନକ, ଦୂରଦୃଷ୍ଟି ସହିତ ଚଲୁଥିବା ଲୋକମାନେ କେବେବି ଶାନ୍ତି ଅନୁଭବ କରିପାରେନା। କାରଣ ଜୀବନ ପରିବର୍ତ୍ତନଶୀଳ। ଜୀବନର ପରିସର ବିଶାଳପରିଧି ପର୍ଯ୍ୟନ୍ତ ପରିବ୍ୟାପ୍ତ। ପିଲାବେଳେ ଖେଳରେ ଜିତିବା ପାଇଁ, ଛାତ୍ର ଅବସ୍ଥାରେ (ଶ୍ରେଣୀ ଗୃହରେ) ପ୍ରଥମ ସ୍ଥାନ ଅଧିକାର କରିବା ଲାଗି, ଯୌବନରେ ରୂପସୀ ପତ୍ନୀ ପାଇଁ, ଯୁବା ବୟସରେ ଅର୍ଥ ଉପାର୍ଜନ ଉଦ୍ଦେଶ୍ୟରେ। ପରେ ଗୁଣବାନ ପୁତ୍ର ଲାଗି। ଖ୍ୟାତି, ପ୍ରତିପତ୍ତି ଲାଗି ସବୁକ୍ଷମତା ନିଜ ହାତମୁଠାରେ ରଖିବା ପାଇଁ। ପର୍ଯ୍ୟାପ୍ତ ଭୂସଂପତ୍ତିର ମାଲିକାନା ଲାଗି ନିଜର ଅହମିକା, ଆପଣାର ଅହଂକାର ପରିବ୍ୟାପ୍ତ ପାଇଁ। ଉଚ୍ଚ ପଦବୀ ହାତେଇବା ଲାଗି, ନିଜ ବଡ଼ତି ପଣକୁ ପ୍ରସାର କରାଇବା ପାଇଁ। ବିଶାଳ ବାସଭବନ ନିର୍ମାଣ କରିବା ଲାଗି। ଅର୍ଜିଥିବା ଖ୍ୟାତି ଆଉ ଆପଣାଇଥିବା କ୍ଷମତା ପ୍ରୟୋଗ କରି ସମାଜରେ ଜଣେ ଶ୍ରେଷ୍ଠ ବ୍ୟକ୍ତି ଭାବରେ ପ୍ରତିଷ୍ଠା ପାଇବା ପାଇଁ। ମୃତ୍ୟୁପରେ ଅମର, ଅମ୍ଲାନ, ଚିରସ୍ଥାୟୀ କୀର୍ତ୍ତିର ଅଧିକାରୀ ହେବା ଲାଗି ଆମେ ସଦାସର୍ବଦା ଚେଷ୍ଟିତ, ଉଦ୍ୟମରତ ତଥା ବ୍ୟାକୁଳ। ସେସବୁକୁ ହାସଲ କରିବା ପାଇଁ ଆମେ ସବୁବେଳେ ଆକାଂକ୍ଷିତ। ଫଳ ପ୍ରାପ୍ତିରେ ଆହୁରି ଅଧିକ ପାଇବାର ଆଶା ପ୍ରବଳ ହୁଏ। ବିଫଳତାରେ ମନଗ୍ଲାନିରେ ଭରିଯାଏ। ଦୁଃଖରେ ମ୍ରିୟମାଣ ହୁଏ। ସେଠି ସୁଖ, ଶାନ୍ତି, ସନ୍ତୋଷର ସ୍ଥାନ କାହିଁ ? ଜୀବନ କର୍ମମୟ। ଏକ ନିର୍ବାଣ ବିହୀନ ପିପାସା। ଜୀବନ ପରିବର୍ତ୍ତନଶୀଳ। ସେଠି (ପରିବର୍ତ୍ତନଶୀଳ ଜୀବନରେ) ସୁଖ, ଶାନ୍ତି ଓ ସନ୍ତୋଷର କିଛି ବୋଲି କିଛି ସ୍ଥାନ ନାହିଁ। ସୁଖ, ଶାନ୍ତି ଆଉ ସନ୍ତୋଷ ଏଗୁଡ଼ିକ ହେଲା କେବଳ କହୁଥିବା କଥା। ମୁଖ ନିଃସୃତ ଭାଷା କିମ୍ବା ପୁସ୍ତକ ପଠିତ ଶବ୍ଦ ହୋଇପାରେ। ତାହା କେବେବି କାହାରି ପାଇଁ ଚିରସ୍ଥାୟୀ ଆନନ୍ଦ ଦାୟକ ମାଧ୍ୟମ ନୁହେଁ। ଆହୁରି ମଧ୍ୟ ମନେ ରଖିବାକୁ ହେବ ଯେ ସୁଖ ହିଁ ତୃପ୍ତି ଓ ଶାନ୍ତି ଏକ ଅକ୍ରମଣ୍ୟତା ମାତ୍ର ଜୀବନ କର୍ମମୟ ଏକ ନିର୍ବାଣ ବିହୀନ ପିପାସା କିନ୍ତୁ ଜୀବନ ସର୍ବଦା ପରିବର୍ତ୍ତନଶୀଳ। ସେଥିପାଇଁ ପରିବର୍ତ୍ତନଶୀଳ ଜୀବନରେ ସୁଖ ଓ ଶାନ୍ତିର କିଛି ବୋଲି କିଛି ସ୍ଥାନ ନାହିଁ, ଆଉ ଆନନ୍ଦ।

ସଫଳ ବ୍ୟକ୍ତିଟିଏ ଆନନ୍ଦର ଅନ୍ୱେଷଣରେ ସମ୍ପୂର୍ଣ୍ଣ ଜୀବନ ଅତିବାହିତ କରେ। ତା'ର ସମସ୍ତ ପ୍ରୟତ୍ନ ଆନନ୍ଦର ପ୍ରାପ୍ତି ପାଇଁ ଉଦ୍ଦିଷ୍ଟ। ସାଧାରଣତଃ ପ୍ରତ୍ୟେକ ବ୍ୟକ୍ତି ଶରୀର, ମନ, ଇନ୍ଦ୍ରିୟ ଦ୍ୱାରା ଆନନ୍ଦ ପାଇବା ନିମିତ୍ତ ଯତ୍ନ କରେ। ଆଖିରେ ରୂପଦର୍ଶନ କରି, କର୍ଣ୍ଣରେ ଶବ୍ଦ ଶୁଣି, ନାସାରେ ବାସ୍ନା ନେଇ, ଜିହ୍ୱାରେ ରସ ଚାଖି ଓ ତ୍ୱଚାରେ ସ୍ପର୍ଶ (ନେଇ) ପାଇ ଆନନ୍ଦ ଅନୁଭବ କରିବାକୁ ପ୍ରୟତ୍ନ କରେ। ଅସୁସ୍ଥ ବ୍ୟକ୍ତି ଏହି ଆନନ୍ଦ ପ୍ରାପ୍ତିରୁ ବଞ୍ଚିତ ରହେ। ଆଜିକାଲି ଅନେକ ବ୍ୟକ୍ତିଙ୍କୁ ମଧୁମେୟ, ରକ୍ତଚାପ ଆଦି ରୋଗ ଆକ୍ରାନ୍ତ କରିଛି। ଭୋଜନରେ ଅନେକ ବାରଣ। ଏହା ଖାଇବ, ତାହା ଖାଇବ ନାହିଁ। ଏତିକି ଖାଇବ ଅଧିକ ଖାଇବ ନାହିଁ ଆଦି ଅନେକ ପ୍ରତିବନ୍ଧକ ଆଗକୁ ଆସିଛି। ସମ୍ମୁଖରେ ଅନେକ ସୁସ୍ୱାଦୁ, ମନଲୋଭା ଖାଦ୍ୟ ଥିଲେ ବି ସେ ତାକୁ ଉପଭୋଗ କରିବା ସମ୍ଭବ ହୋଇ ପାରୁନାହିଁ। ପୁନଃ ଅନ୍ୟଦିଗରେ ମନୁଷ୍ୟ ପାଖରେ ପ୍ରଚୁର ସଂପତ୍ତି ଅଛି। ଭୋଗ ବିଳାସ ପାଇଁ ଅନେକ ସାଧନ ଅଛି, କିନ୍ତୁ ଅନ୍ୟର ସୁଖକୁ ବାଣ୍ଟି ପାରିବାର ପରିସର ନାହିଁ। ଏପରି ଅବସ୍ଥାରେ ବ୍ୟକ୍ତି ମଧ୍ୟ ପୂର୍ଣ୍ଣ ଆନନ୍ଦ ଉପଲବ୍ଧ କରିବାରେ ସମର୍ଥ ହୋଇ ପାରୁନାହିଁ। ଆଜିକାଲି ଅନେକ ଲୋକଙ୍କ ପାଖରେ ଘର, ଗାଡ଼ି ତଥା ସମୁନ୍ନତ ଗୃହ ଉପକରଣ, ଭୋଗମୟ ପରିବେଶ ଥାଇ ମଧ୍ୟ ଏକାନ୍ତ ଜୀବନ ଯାପନ କରିବାକୁ ପଡ଼ୁଛି। ଏକାନ୍ତ ଜୀବନରେ ଏ ସମସ୍ତ ଉପଭୋଗ ବୃଥା ପରି ମନେ ହେଉଛି। ପ୍ରତି ସମୟରେ ଅସ୍ଥିରତା, ଖୁସି ବାଣ୍ଟିବାର ଅଭାବ ଯୋଗୁଁ ସେ ଅଶାନ୍ତ ଜୀବନଯାପନ କରୁଛି। ଭାବୁଛି ଏସବୁ କରିଥିଲି ଯାହାପାଇଁ ସେମାନେ ପାଖରେ ନାହାଁନ୍ତି। ମାତ୍ର ପାଖରେ ଯେଉଁ ପଦାର୍ଥଗୁଡ଼ିକ ଅଛି, ତାହା ମୋତେ ଶାନ୍ତି ଦେଇ ପାରୁନାହିଁ। ଜୀବନ ଯେତେବେଳେ ଆନନ୍ଦମୟ ହେବ, ଯେତେବେଳେ ସେହି ଆନନ୍ଦକୁ ଭୋଗ କରିବା ପାଇଁ ସମର୍ଥ ଶରୀର, ଚତୁଃପାର୍ଶ୍ୱରେ ପରିବାର, ପରିଜନ ଓ ଅଶାନ୍ତି ରହିତ ମନଟିଏ ଥିବ, ନହେଲେ

ସରୁଥାଇବି ସେ ଅଭାବ ଅନୁଭବ କରି ଚାଲିଥିବ। ବାହାରକୁ ଅନେକ ସମର୍ଥ, ସବଳ, ସଶକ୍ତ ଦେଖାଯାଉଥିଲେ ବି ଭିତରେ ଅସମର୍ଥ, ନିର୍ବଳ ତଥା ଆମ୍ଭଶକ୍ତିହୀନ ହୋଇଥିବ। ଏପରି ଜୀବନ ଆମକୁ ସଫଳ କରିବାରେ ସମର୍ଥ ନୁହେଁ।

ଆଉ ସୁଖ ଅନୁଭବରେ ଥାଏ। ସୁଖ ପାଇବାଠାରୁ ସୁଖ ପାଇବାର ଆଶା ମଣିଷକୁ ଅଧିକ ସୁଖ ପ୍ରଦାନ କରିଥାଏ। ସୁଖ ଏକ କାଳ୍ପନିକ ଆଶା। ଯାହାର କୌଣସି ବାସ୍ତବ ରୂପରେଖ ନାହିଁ। ସୁଖ ଦୃଶ୍ୟ ହୁଏନା। ତାହା କେବଳ ଅନୁଭବର ବିଷୟ। ସୁଖର ସଂଜ୍ଞା ନିରୂପଣ କରିବାକୁ ଯାଇ ନାନା ମୁନିଙ୍କ ନାନା ମତ ପରି କିଏ କେତେ (ପ୍ରକାର) ରକମର ବ୍ୟାଖ୍ୟା କରିଛନ୍ତି। ସୁଖ ଆକାଶ କୁସୁମ ଭଳି। ସୁଖ କୌଣସି ବସ୍ତୁ କିମ୍ବା ପଦାର୍ଥ ନୁହେଁ। ତା'ର ମଧ୍ୟ କୌଣସି ନିର୍ଦ୍ଦିଷ୍ଟ ପ୍ରତିଛବି ନାହିଁ। ରୂପରେଖ ସୁଦ୍ଧା ନାହିଁ। ସୁଖ ଅନୁଭବ ଦ୍ୱାରା ପ୍ରାପ୍ତ ହୋଇଥାଏ। ତାହା ପୁଣି କେତେ ପ୍ରକାର। କେତେ ରକମ ମାଧ୍ୟମ ଦ୍ୱାରା ତାହା ମିଳିଥାଏ। କିଏ ଦେଇ କରି ସୁଖ ପାଏ- ଦଧୀଚିଙ୍କ ଭଳି। କିଏ ଆଦାୟ କରି ସୁଖ ପାଇଥାଏ- କଂସଙ୍କ ଭଳି, କିଏ ଦାନରେ ସୁଖ ପାଇଛି ତ- ବଳି ରାଜାଙ୍କ ପରି। କିଏ ଦୁର୍ଯ୍ୟୋଧନଙ୍କ ଭଳି ଅନଧିକାର ସାବ୍ୟସ୍ତ କରି, ଅନ୍ୟର କ୍ଷତି କରି ରାବଣଙ୍କ ପରି କିଏ ସୁଖ ପାଇଛି। ରାଜା ଉଶିନରଙ୍କ ଭଳି ଅନ୍ୟର ଉପକାର କରି କିଏ ସୁଖ ପାଇଛି। କାହା ପାଇଁ ହିଂସା ସୁଖ ପ୍ରଦାନ କରିଛି- ନାଥୁରାମଙ୍କ ପରି। କାହା ଲାଗି ଅହିଂସା- ଗାନ୍ଧିଙ୍କ ଭଳି। କାହା ଲାଗି କୁଟ, କପଟ ସୁଖ ପ୍ରଦାନ କରିଛି- ନେହେରୁ ଓ ଇନ୍ଦିରାଙ୍କ ପରିତ, କାହା ଲାଗି ଉତ୍ସର୍ଗୀକୃତ ମନୋଭାବ ନେତାଜୀ ଓ ଅରବିନ୍ଦଙ୍କ ଭଳି। କିଏ ଅନ୍ୟ ନିକଟରେ ଆମ୍ଭ ସମର୍ପଣ କରି ସୁଖୀ ହୋଇଛି- ତକ୍ଷଶୀଲାର ରାଜା ଅମ୍ଭୀ ଓ ଅମରର ରାଜା ମାନସିଂହଙ୍କ ପରି। କିଏ ସ୍ୱାଧୀନ ଚେତା ହୋଇ ଦୁଃଖ, କଷ୍ଟ, ଯନ୍ତ୍ରଣା ଓ ନିର୍ଯ୍ୟାତନାକୁ ହସି ହସି ସହି ମୃତ୍ୟୁକୁ ସାଦରେ ବରଣ କରିନେଇଛି- ଆଜମିରର ରାଜା ପୃଥିରାଜ ଚୌହାନ ଓ ମେବାର ରାଜାପ୍ରତାପ ସିଂହଙ୍କ ଭଳି। ସୁଖ କିନ୍ତୁ ପ୍ରକୃତରେ ତ୍ୟାଗରେ ଥାଏ, ଉପଭୋଗରେ ନୁହେଁ। ଅନ୍ୟର ଉପକାରରେ ପ୍ରକୃତ ସୁଖ ନାହିତ। ପରର କ୍ଷତି ସାଧନରେ ସୁଖ କିମ୍ବା ଶାନ୍ତି ଅଥବା ସନ୍ତୋଷ କିମ୍ବା ଆନନ୍ଦ ଆଦୌ ନଥାଏ।

ସୁଖ ପାଇଁ ବ୍ୟାକୁଳ ଏ ମଣିଷ, ପାଗଳ ପ୍ରାୟ। ସୁଖ ଅନ୍ବେଷଣରେ ଜୀବନର ବହୁମୂଲ୍ୟ ସମୟତକ ସାରିଦିଏ। ନିଜର ଟିକେ ସୁଖ ଲାଭ ଆଶାରେ ଅନ୍ୟର କ୍ଷତି ଘଟାଇବା ଲାଗି ପଛାତପଦ ହୁଏନାହିଁ। ପ୍ରକୃତରେ ସୁଖ ଲାଭ ଲାଗି କେବଳ ସୁଖର ଅନ୍ବେଷଣ କର। ସୁଖର ସାଧନ ଖୋଜ ନାହିଁ। ଯେପରି ଧବଳେଶ୍ୱରଙ୍କ ମନ୍ଦିର ନିର୍ମାତା ପ୍ରାଣନାଥ ନିଜର ଅଳିକ (ଭୌତିକ) ସୁଖ ହାସଲ ପାଇଁ ଅନ୍ୟର କ୍ଷତି ଘଟାଇବାକୁ ସଦା ଆଗଭର ହେଉଥିଲେ। ନିଜ ଗ୍ରାମରୁ ବିତାଡ଼ିତ ହୋଇ ତାଙ୍କ କୁଳ ପୁରୋହିତ ଶ୍ୟାମସୁନ୍ଦର ଓରଫ୍ ଠାକୁର ବାବାଙ୍କ ଆଶ୍ରୟ ନେଲେ। ତାଙ୍କରି ପରାମର୍ଶରେ ମନ୍ଦିର ନିର୍ମାଣରେ ମନ ଦେଲେ। ମନ୍ଦିର ନିର୍ମାଣ ଓ ଠାକୁରଙ୍କ ପୂଜା ବିଧି ଲାଗି ଜମି ଖଣ୍ଡି ଦେବା ବାବଦକୁ ବିପୁଳ ଅର୍ଥ ବ୍ୟୟ କରି ସେ ତାଙ୍କ କୃତ ପାପକର୍ମର କିଛି ପରିମାଣରେ ପ୍ରାୟଶ୍ଚିତ ପାଇଁ ଯତ୍ନ କରିଥିଲେ। ପ୍ରାଣନାଥ ତାଙ୍କ ଗ୍ରାମବାସୀଙ୍କ ଦ୍ୱାରା ବିତାଡ଼ିତ ହେବା ପରେ ଠାକୁରଙ୍କ ଶରଣାପନ୍ନ ହୋଇ ପ୍ରକୃତ ସୁଖ, ଶାନ୍ତି ଓ ସନ୍ତୋଷ ପାଇଥିଲେ କି ନାହିଁ ସେ କଥା ସତୀ କହିପାରିବନି। ଧବଳେଶ୍ୱରଙ୍କ ଆଶ୍ରିତ ହୋଇ ସେ ତାଙ୍କ ଅବଶିଷ୍ଟ ଜୀବନ ଠାକୁରଙ୍କ ସେବା, ପୂଜା ଓ ତାଙ୍କ ନାମ ଭଜନ ଚିନ୍ତନରେ ବିତାଇ ଦେଇଥିଲେ। ସତୀ କେବଳ ଏତିକି (କଥା) ତା' ଜେଜେମା' ଠାରୁ ଶୁଣିଛି।

ସାଂସାରିକ ସୁଖ, ସ୍ୱାୟୁଗତ ଖୁସି ଓ ଉପଭୋଗ ଜନିତ ଆନନ୍ଦ ଦୀର୍ଘଦିନ ଭୋଗ କରି ସେ ଯେତେ ଶାନ୍ତି ପାଇନଥିଲେ, ମନ୍ଦିର ନିର୍ମାଣ ବାବଦ ଅର୍ଥବ୍ୟୟ, ଧନ ଓ ଭୋଗ ପ୍ରତି ତ୍ୟାଗ ମନୋଭାବ, ତେଲ ଲୁଣ ସଂସାର ପ୍ରତି ବିରାଗ, ସ୍ୱାୟୁଗତ ସୁଖ ଭୋଗ ପ୍ରତି ବିତୃଷ୍ଣା, ନିଜର ଖ୍ୟାତି ପ୍ରଚାର କରାଇବା ଲାଗି ବିମୁଖତା ତାଙ୍କୁ କିଛି ପରିମାଣରେ ଶାନ୍ତି ଦେଇପାରିଥିବ। ସେ ଦୀର୍ଘ ଦିନ ସଂସାର ସୁଖ ଭୋଗରୁ ଯେଉଁ ତୃପ୍ତି ପାଇନଥିଲେ, ମନ୍ଦିର

ନିର୍ମାଣ ପରେ ଠାକୁରଙ୍କର ଶରଣାପନ୍ନ ହୋଇ, ତାଙ୍କ ଚିନ୍ତନରେ ରହି, ସଂସାର ସୁଖ ଲାଲସାରୁ ନିବୃତ ହୋଇ ନିର୍ଦ୍ଦିଷ୍ଟ କିଛି ପରିମାଣରେ ଆନନ୍ଦ ଲାଭ କରିଥିବେ ।

ଆଜି ସେ ଦୁହେଁ ସେହି ପ୍ରାଣନାଥଙ୍କ ଦ୍ୱାରା ନିର୍ମିତ ମନ୍ଦିରରେ ବସି ତାଙ୍କ ପରି ମନ ପରିବର୍ତ୍ତନ କରିବାକୁ ଚେଷ୍ଟା କରୁ ନ ଥିଲେ । ପ୍ରାଣନାଥଙ୍କ ହୃଦୟରେ ପରିବର୍ତ୍ତନ ଆସିବାରୁ ସେ ପାପକର୍ମରୁ ନିବୃତ ହୋଇ ପୁଣ୍ୟ କର୍ମରେ ମନନିବେଶ କରିଥିଲେ । ମନ୍ଦିର ନିର୍ମାଣ କରିବାକୁ ଆଗ୍ରହୀ ହେଲେ । ସେହି ମନ୍ଦିରର ମୁଖଶାଳାରେ ବସି ସେ ଦୁହେଁ ପାପକର୍ମ କରିବାକୁ ଯାଉଛନ୍ତି କିୟ । ପୁଣ୍ୟ ଅର୍ଜନ ନିମିତ୍ତ ଉପବେସନ କରିଥିଲେ ସେ ଦୁହେଁ ତାହା ବୁଝି ନ ଥିଲେ । ସେମାନେ ଠାକୁରଙ୍କ ଦର୍ଶନ ସାରି ଫେରିଯିବା କଥା । କିନ୍ତୁ ଜଣଙ୍କ ପାଇଁ ଅପେକ୍ଷା କରି ବସିଥିଲେ । ତାଙ୍କୁ ସାକ୍ଷାତ କରି ତାଙ୍କୁ ଠାକୁରଙ୍କ ପାଦୁକ ଓ ବିଭୂତି ଦେଇ ସେମାନେ ପୁଣ୍ୟ ଅର୍ଜନ କରୁଥିଲେ ଅବା ପାପ କରୁଥିଲେ, ସେ କଥା ସେମାନେ କେବେ ବି ଜାଣି ପାରୁନଥିଲେ କିୟ । ସେ ବିଷୟରେ ଆଦୌ ଭାବୁନଥିଲେ ଅଥବା ସେ ପରି ଚିନ୍ତାଧାରା ସେମାନଙ୍କ ମନରେ ଆଦୌ ସ୍ଥାନ ପାଇପାରିନଥିଲା ।

ଅଧର ତାଙ୍କର ଆକର୍ଷଣୀୟ ଚେହେରା, ବଳିଷ୍ଠ ବ୍ୟକ୍ତିତ୍ୱ ଓ ମନକିଣା ସ୍ୱଭାବ ଦ୍ୱାରା ସତୀର ମନକୁ ତା'ଠାରୁ ଛଡ଼ାଇ ନେଇଥିଲେ । ସେ କଥା ସତୀ ବହୁତ ବିଳମ୍ବରେ ବୁଝି ପାରିଥିଲା । ସେ ବିଷୟ ଜାଣିଲା ବେଳକୁ ତା' ନିଜ ଅଜାଣତରେ ଠାକୁରଙ୍କ ଥାଳିରେ ଦେବା ପାଇଁ ତାଙ୍କଠାରୁ ରଖିଥିବା ପଇସା ବଦଳରେ ସେ ତା' ନିଜ ମନକୁ ତାଙ୍କୁ ବିକି ଦେଇ ସାରିଥିଲା । ଅଧର ତା' ନିଜ ଅଲକ୍ଷ୍ୟରେ ତା' ଅନ୍ତରର ଗଭୀରତମ ପ୍ରଦେଶ ମଧକୁ ପ୍ରବେଶ କରିସାରିଥିଲେ । ତା' ହୃଦୟ ସିଂହାସନରେ ତାଙ୍କ ଆସ୍ଥାନକୁ ଦୃଢ଼ କରିନେଇଥିଲେ । ସତତଚେଷ୍ଟା ସତ୍ତ୍ୱେ ସତୀ ତାଙ୍କୁ ନିଜ ଆତ୍ମା ଭିତରୁ ତଡ଼ି ଦେଇ ପାରୁନଥିଲା । ତା'ପ୍ରାଣକୁ ସିଏ କବଳିତ କରି ନେଇଥିଲେ । ସିଏ ଆଉ ମନ୍ଦିରକୁ ନ ଆସିବା କାରଣରୁ ତାଙ୍କ ଅପେକ୍ଷାରେ ବସି ରହି ଧୈର୍ଯ୍ୟ ଚ୍ୟୁତି ଘଟୁଥିଲା ଓ ତାଙ୍କ ଉପରକୁ ଅଭିମାନ ଆସୁଥିଲା । ସେଥିପାଇଁ ତାଙ୍କୁ ଭୁଲିଯିବା ଲାଗି ଚେଷ୍ଟା କଲେ ସେ ବେଶୀ ବେଶୀ ମନେ ପଡୁଥିଲେ । ତାଙ୍କୁ ପର କରିବାକୁ ଯାଇ ସେ ତାଙ୍କୁ ତା'ମନର ମଣିଷ କରି ନେଇଥିଲା । ତାଙ୍କୁ ପାଶୋରି ଦେବାକୁ ଉଦ୍ୟମ କରି ସେ ତାଙ୍କୁ ଅଧିକତର ମନେ ପକାଉଥିଲା । ତାଙ୍କ କଥା ନ ଭାବିବାକୁ ଚେଷ୍ଟା କରି ସେ ତାଙ୍କ ବିଷୟରେ ବାରମ୍ବାର ଭାବି ହେଉଥିଲା । ତା' କୁଆଁରୀ ମନର ଅଲେଖା କାଗଜରେ ଯେଉଁ ନାମଟି ତା' ଅଜାଣତରେ ହେଉ ବା ଜ୍ଞାତ ସାରରେ ହେଉ ଅଲିଭା କାଳିରେ ଲେଖା ହୋଇଯାଇଥିଲା । ତାକୁ ଲିଭାଇବାକୁ ଉଦ୍ୟମ କରିବାକୁ ଯାଇ ତାଙ୍କୁ ନିଜ ହୃଦୟ ମନ୍ଦିରରେ, ପ୍ରାଣର ସିଂହାସନରେ, ଦେବତାର ଆସନରେ ବସାଇ ସାରିଥିଲା । ନିଜେ ପୂଜାରିଣୀ ସାଜି ପ୍ରୀତିର ନୈବେଦ୍ୟ ବାଢ଼ି ଆରାଧନା ଜଣାଇଥିଲା । ତା' ମନ ଆଇନାରେ ଯେଉଁ ପ୍ରତିବିମ୍ବଟି ପ୍ରତିଫଳିତ ହୋଇଥିଲା ତାକୁ ତା' ଅନ୍ତରରୁ ଅନ୍ତର କରିବାକୁ ଯତ୍ନ କରି ସେ ତାଙ୍କ ପ୍ରେମ ପୂଜାରିଣୀ ସାଜି, ପ୍ରୀତି ପାଗଳିନୀ ପାଲଟି ଯାଇଥିଲା । ଏବେ ସେ ଧବଳେଶ୍ୱରଙ୍କ ମନ୍ଦିରରେ ତା'ର ସେହି ମନର ମଣିଷ, ହୃଦୟର ଦେବତା, ପ୍ରାଣର ଠାକୁର, ଆତ୍ମାର ଆରାଧ୍ୟଙ୍କୁ ଓ ଅନ୍ତରର ପ୍ରିୟତମଙ୍କ ଆଗମନକୁ ଅପେକ୍ଷା କରି ବସି ରହିଛି ।

ସତୀ ପାଖରେ ବସି ମୁନି ମଧ ସତୀ ପରି ଭାବନା ରାଇଜରେ ବିଚରଣ କରୁଥିଲା ଅଧରଙ୍କ ଆଗମନ ପ୍ରତିକ୍ଷାରେ ବସି । ସେ ମନ୍ଦିରର ନିର୍ଜନ ପରିବେଶ ଓ ନିରବ ଏବଂ ଶାନ୍ତ ତଥା ନିରୋଳା ସମୟର ପ୍ରଭାବରେ ଅତୀତ ଦିନର ଭାବନାରେ ନିଜକୁ ହଜାଇ ଦେଇଥିଲା ।

ମୁନି ଅତୀତ ଦିନ ତା' ନିଜ ପିଲା ବେଳର କଥା ଭାବୁଥିଲା । ସେତେବେଳେ ସେ ଖୁବ୍ ଛୋଟ ପିଲାଥିଲା । ଧୂଳିଘର କରି ଖେଳୁଥିଲା । ତାଙ୍କ ଛୋଟିଆ ଗାଁଟିରେ ଦୁଇଟି ବସ୍ତି । ଗୋଟିଏ କୈବର୍ତ୍ତ ସାଇ ଅନ୍ୟଟି ବ୍ରାହ୍ମଣ ଶାସନ । ଅଥର ଘର କୈବର୍ତ୍ତ ପରିବାରକୁ ନେଇ କେଉଟ ସାଇ ଓ ଆଠଘର ବ୍ରାହ୍ମଣଙ୍କୁ ନେଇ ବ୍ରାହ୍ମଣ ଶାସନ । ସେ ବ୍ରାହ୍ମଣ

ଘର ପିଲା ହୋଇଥିବାରୁ ବ୍ରାହ୍ମଣ ପିଲାମାନଙ୍କ ସହିତ ବ୍ରାହ୍ମଣ ସାଇରେ ଖେଳେ । ତାଙ୍କ ସାଇଠାରୁ ତିନିଶହ ହାତ ଦୂରରେ କୈବର୍ତ୍ତ ବସ୍ତି । ମଝିରେ ଗୋଟେ ନାଲ । ସେ ନାଲ ଦେଇ ବର୍ଷାଦିନେ ଆଷାଢ଼ ମାସଠାରୁ କାର୍ତ୍ତିକ ମାସ ଶେଷ ପର୍ଯ୍ୟନ୍ତ ବିଲପାଣି ଗଡ଼େ । ବର୍ଷର ଅବଶିଷ୍ଟ ଦିନ ଗୁଡ଼ିକରେ ନାଲ ଶୁଖିଲା ରହେ । ଦୁଇସାଇ ମଧ୍ୟରେ ଯିବା ଆସିବା ପାଇଁ ନାଲରେ ସୋଠ ପଡ଼ି ବନ୍ଦ ହୋଇଛି । ସେ ନାଲଟି କୈବର୍ତ୍ତ ସାଇକୁ ନିକଟ ଓ ବ୍ରାହ୍ମଣ ବସ୍ତିକୁ ଟିକେ ଦୂର । ସମୟେ ସମୟେ ଦୁଇସାଇର ପିଲା ଖେଳିଲାବେଳେ ସେ ସୋଠ ପାଖକୁ ଯାଇ ପରସ୍ପର ସହିତ ଭେଟାଭେଟି ହୋଇଥାଆନ୍ତି । କୈବର୍ତ୍ତ ସାଇର ପିଲାମାନଙ୍କ (ସହିତ) ମଧ୍ୟରେ ସତୀ ଥାଏ । ସେ ସେହି କୈବର୍ତ୍ତ ବସ୍ତିର ପିଲାମାନଙ୍କ ସହିତ ମିଶେନା, ଅଲଗା ବାରି ହୋଇପଡ଼େ । ସତୀର ବାପା ସପନି ତୋଫା ଗୋରା । ସେ କୈବର୍ତ୍ତଙ୍କ ପରି ଦିଶନ୍ତି ନାହିଁ । ସତୀର ବୋଉ ସବିତା ମଧ୍ୟ ଦେଖିବାକୁ ଭାରି ରୂପସୀ ।

ସତୀ ସେମାନଙ୍କର ପ୍ରଥମ ସନ୍ତାନ । ଦେଖିବାକୁ ଭାରି ଆକର୍ଷଣୀଆ । ଚମ୍ପାଫୁଲ ପରି ଦେହର ରଙ୍ଗ (ବର୍ଣ୍ଣ), ଗୋଲ ଗୋଟା ଜହ୍ନ ପରି ଟେକାଥାଲି ଭଳି ମୁହଁ । ପୂରିଲା ପୂରିଲା ଗାଲ । ତୀକ୍ଷ୍ଣ ନାକ । ଟଣା ଟଣା କଳା କଳା ଆଖି । ଇନ୍ଦ୍ରଧନୁ ପରି ଭୁଲତା । ଡଉଲ ଡାଉଲ ଟେହେରା । ଗୋଟିଏ ଚାଉଳରେ ଗଢ଼ା । ନଜାଣିଲା ଲୋକ ଦେଖିଲେ ତାକୁ କେବେ ବି କୈବର୍ତ୍ତ ଘରର ଝିଅ ବୋଲି ଭାବିବନି । ଅବିକଳ କୁଳୀନ ବ୍ରାହ୍ମଣ ପରିବାରର କିମ୍ବା ସମ୍ଭ୍ରାନ୍ତ କରଣଘର ଝିଅପରି ଦିଶେ ।

ସତୀ ପିଲାଟି ଦିନରୁ ଭାରି ଶାନ୍ତ ସ୍ୱଭାବର । ଥଣ୍ଡା ମିଞ୍ଝାସର ପିଲା । କାହାରି ସହିତ କେବେବି କଳି ଝଗଡ଼ା କରେନା । ତାକୁ କେହି କିଛି କହିଲେ ସବୁ ଶୁଣି ଦେଇ ନିରବ ରହେ । ଗାଲି ଦେଲେ କେବେବି ଉଉର ଦିଏନା । ପିଲାମାନଙ୍କ ଭିତରେ କୌଣସି କଥାକୁ ନେଇ ଖେଳିଲା ବେଳେ କଳି ଗୋଲ ହେଲେ ସେ ସେମାନଙ୍କଠାରୁ ଟିକେ ଦୂରେଇ ନିରବରେ ଠିଆ ହୋଇ ରହେ । କଳି ଗୋଲରେ ଜମା ପଶେନା । ଖେଳ ଶେଷରେ ଚୁପଚାପ୍ ଘରକୁ ଫେରିଯାଏ ।

ଗରିବ ଘରର ପିଲା । ଆର୍ଥିକ ଦୁରାବସ୍ଥା ସକାଶେ ଯେତେ କମ୍ ଦାମର ଶସ୍ତାଲିଆ ପୋଷାକ ପିନ୍ଧିଲେ ମଧ୍ୟ ସେ ଖୁବ୍ ସୁନ୍ଦର ଦିଶେ । ଅଚିହ୍ନା ଲୋକକୁ ନିରୀହ ଆଖିରେ ଅନାଇ ରହେ । ଖେଳିଲା ବେଳେ ତା' ଉପରକୁ କେହି ଧୂଳି ପକାଇଲେ, ତାକୁ ମାରିଲେ କିମ୍ବା ତା' ଖେଳ ଘର ଭାଙ୍ଗି ଦେଲେ ସେ ସେଥିପାଇଁ ପ୍ରତିବାଦ କରେନା । ନିରବରେ ସବୁ ସହିଯାଏ । କାହାରିକୁ କିଛି ନ କହି ଖେଳ ଭାଙ୍ଗିଲେ ଚୁପଚାପ୍ ଚାଲିଯାଏ ।

ତା' ର ଗୋଟିଏ ଗୁଣକୁ ଅଧିକାଂଶ ଲୋକ ପସନ୍ଦ କରୁନଥିଲେ । ସେ କାହା ସହିତ ବେଶୀ ମିଶୁନଥିଲା । ନିଜର ଅନ୍ତରଙ୍ଗ ସାଙ୍ଗ ବୋଲି କେହି ନଥିଲେ । ଯେତେବେଳେ କୌଣସି କାରଣରୁ ଦୁଇ ସାଇର ପିଲାଙ୍କ ମଧ୍ୟରେ କଳିଗୋଲ ହୁଏ, ସତୀ ସେତେବେଳେ କଳିରେ ଭାଗ ନନେଇ ଦୂରେଇ ଏକୁଟିଆ ଠିଆ ହୋଇ ରହେ । ସେଥିପାଇଁ ତାଙ୍କ ସାଇ ପିଲାମାନେ ତା'ଉପରେ ବିରକ୍ତ ହୋଇ ଥାଆନ୍ତି ଓ ତାକୁ ସାଙ୍ଗରେ ଖେଳାନ୍ତି ନାହିଁ । ସେ ପ୍ରାୟ ଅଧିକାଂଶ ସମୟରେ ଏକୁଟିଆ ନ ହେଲେ ତା'ସାନଭାଇ ଭଉଣୀମାନଙ୍କ ସହିତ ଖେଳିଥାଏ । କିନ୍ତୁ ସାଇର ପିଲାମାନଙ୍କ ସହିତ ସେତେ ମିଶେନା ଯେପରି ଅନ୍ୟ ପିଲାମାନେ ମିଲିମିଶି ଖେଳିଥାଆନ୍ତି ।

ଅନେକ ସମୟରେ ସେ ଏକୁଟିଆ ତାଙ୍କ ପିଣ୍ଢାରେ ବସିଥାଏ । ସାଇପିଲାମାନେ ଡାକିଲେ ଯାଇ ତାଙ୍କ ସହିତ ଖେଳେ । ପୁଣି କେବେ ଖେଳକୁ ନେଇ ଦୁଇସାଇର ପିଲାଙ୍କ ମଧ୍ୟରେ କଳି ଗୋଲ ହେଲେ ସେ ସେଥିରେ ନ ପଶି ନିରବ ରହେ । ସେଥିପାଇଁ ତାଙ୍କ ସାଇ ପିଲାମାନେ ତା' ଉପରେ ବିରକ୍ତ ହୋଇ ଯେତେ ଗାଲି ଗୁଲଜ କଲେ ମଧ୍ୟ ସେ କାହାରିକୁ କିଛି ନ କହି ସବୁ ସହିଯାଇ ଚୁପଚାପ୍ ଘରକୁ ଫେରିଯାଏ । ତା' ର ଏହି ଗୁଣପାଇଁ ତାଙ୍କ ସାଇ ପିଲାମାନେ ତା' ଉପରେ ଚିଡୁଥିଲାବେଳେ ଗାଁର ପ୍ରାୟ ସବୁଲୋକ ତାକୁ ଭଲ ପାଆନ୍ତି । ତାଙ୍କ ଘରେ ସେ ପ୍ରଥମ ପିଲା ହୋଇଥିବାରୁ ଭାରି ଗେହ୍ଲାରେ ବଢ଼ିଥିଲା । ତା' ର ଶାନ୍ତଶିଷ୍ଟ ସ୍ୱଭାବ ପାଇଁ ସେ ଘରେ ଓ ବାହାରେ ସବୁ ଲୋକଙ୍କର ସ୍ନେହ, ଶ୍ରଦ୍ଧା ଓ ଆଦର ପାଇ ପାରୁଥିଲା ।

ସତୀ ଥଣ୍ଡା ମିଞ୍ଚାସର ପିଲାଥିଲା । ଯେକୌଣସି କଳିଗୋଳଠାରୁ ସେ ସର୍ବଦା ଦୂରେଇ ରହୁଥିଲା । ଗାଁର ଅଣସ୍ୱୀକୃତ ସ୍କୁଲରେ ପ୍ରଥମ ଶ୍ରେଣୀରେ ପାଠ ପଢ଼ିଲାବେଳେ ସୁନି ସହିତ ତା'ର ସମ୍ପର୍କ ସ୍ଥାପନ ହୋଇଥିଲା । ସେଇଠି ସେ ସତୀର ନିକଟତର ହେବାର ସୁଯୋଗା ପାଇଥିଲା । ଦୁହେଁ ଏକା ଶ୍ରେଣୀରେ ପଢ଼ୁଥିଲେ, ବସୁଥିଲେ ପାଖାପାଖି । କୈବର୍ତ୍ତ ସାଉର ଅନ୍ୟ ପିଲାମାନଙ୍କଠାରୁ ସତୀର ରୂପ ଏବଂ ସ୍ୱଭାବ ସମ୍ପୂର୍ଣ୍ଣ ଭିନ୍ନ ପ୍ରକାରଥିଲା । ଯେଉଁଥି ପାଇଁ ତା'ସହିତ ମିଳାମିଶା କରିବାକୁ ସୁନି ସଙ୍କୋଚବୋଧ କରୁନଥିଲା । ସତୀର ଚଙ୍ଗା ଫୁଲିଆ ଦେହକୁ ଶଙ୍ଖାଳିଆ ପୋଷାକ ହେଲେ ସୁଦ୍ଧା ତାକୁ ବେଶ୍ ଭଲ ମାନିଥାଏ । ପ୍ରତ୍ୟେକ ରଙ୍ଗ ତା'ଦେହକୁ ଖୁବ୍ ଖାପ ଖାଇ ଯାଇଥାଏ । ସେ ଅତ୍ୟନ୍ତ ଶାନ୍ତ ଶିଷ୍ଟ ଓ ସୁଧାର ହୋଇଥିବାରୁ ତାକୁ କେହି ଖରାପ ପାଉନଥିଲେ । ତା'ର ଭଦ୍ର ବ୍ୟବହାର ଅନ୍ୟମାନଙ୍କୁ ତା'ପ୍ରତି ଆକୃଷ୍ଟ କରୁଥିଲା । ତା'ର ନିଜର ନମ୍ରସ୍ୱଭାବ ପାଇଁ ସେ ସମସ୍ତଙ୍କର ଆକର୍ଷଣର ପାତ୍ରୀ ଓ ସେ ସବୁ ସ୍ଥାନରେ ଆଦର ପାଉଥିଲା । ନ ଜାଣିଲା ଲୋକମାନେ ତାକୁ ଓ ତା'ର ଚାଲିଚଲନ ଏବଂ ବ୍ୟବହାରକୁ ଲକ୍ଷ୍ୟ କରି ତାକୁ କେବେ କୈବର୍ତ୍ତ ଘର ଝିଅ ବୋଲି ଭାବୁନଥିଲେ । ଠାକୁରବାବା ତାକୁ ବାରମ୍ବାର କହୁଥିଲେ, ସତୀ ତୁ ଆମ ବ୍ରାହ୍ମଣ ଘରେ ଜନ୍ମ ହେବା କଥା । ବିଧାତାଙ୍କ ଅସାବଧାନତା ଯୋଗୁଁ କେଉଟ ଘରକୁ ଚାଲିଗଲୁ । ବୋଧେ ପରମେଷ୍ଟି ଭୁଲ ବଶତଃ ତୋତେ ନେଇ କୈବର୍ତ୍ତ ଘରେ ଜନ୍ମ ଦେଲେ । ନହେଲେ ତୋର ରୂପ, ଗୁଣ, ଆଚାର, ଆଚରଣ, ସ୍ୱଭାବ ଓ ବ୍ୟବହାର ସବୁ କୁଳୀନ ବ୍ରାହ୍ମଣ ଘରର ପିଲାଙ୍କ ପରି । କେବଳ ତୋର ଜନ୍ମ ଯାହା କେଉଟ ଘରେ ହୋଇଗଲା ।

ସେହି ସ୍କୁଲରେ ପଢ଼ିଲା ବେଳରୁ ସତୀ ସହିତ ସୁନିର ପରିଚୟ ଘନିଷ୍ଟ ହୋଇଥିଲା । ଗୋଟିଏ ଗାଁର ପିଲା ହିସାବରେ ଆଗରୁ ସୁନି ତାକୁ ଆରସାଉର ପିଲା ବୋଲି ଜାଣିଥିଲା । ସ୍କୁଲରେ ଚିହ୍ନା ହେବାରେ ବିଶେଷ କିଛି ଅସୁବିଧା ହୋଇନଥିଲା । ସେ ସ୍କୁଲରେ ପ୍ରାୟତଃ ତାଙ୍କରି ଗାଁର ଓ ତାଙ୍କ ଗାଁ ପାଖ ଅନ୍ୟ ସାଉର ପିଲାମାନେ ପଢ଼ୁଥିଲେ । ସବୁପିଲାମାନେ ସମସ୍ତଙ୍କର ପରିଚିତ ଥିଲେ । ପାଖାପାଖି ବସୁଥିବାରୁ ସେମାନଙ୍କ ମଧ୍ୟରେ ପରିଚୟ କ୍ରମେ ନିବିଡରୁ ନିବିଡତର ହୋଇ ଅନ୍ତରଙ୍ଗରେ ପରିଣତ ହେଲା । ସେହିଦିନଠାରୁ ସତୀ ଓ ସୁନି ପରସ୍ପରର ସାଙ୍ଗ ହୋଇ ଯାଇଥିଲେ ।

ସତୀର ରୂପ ଓ ସ୍ୱଭାବ ଯେପରି ଗୁଣ ମଧ୍ୟ ସେହିପରି । ତା'ର ମଧ୍ୟ ଭଲ ଜ୍ଞାନ ଥିଲା । ପଢ଼ିଲାବେଳେ ସେ ତାଙ୍କ ଶ୍ରେଣୀରେ ପ୍ରଥମ ହେଉଥିଲା । ଛୋଟିଆ ଗାଁଟିରେ ସ୍କୁଲଟି ହୋଇଥିବାରୁ ତାଙ୍କ ଶ୍ରେଣୀରେ ମାତ୍ର ଷୋଳଜଣ ପିଲାଥିଲେ । ସେମାନଙ୍କ ମଧ୍ୟରେ ପାଠ ପଢ଼ାରେ ସତୀ ପ୍ରଥମ ସ୍ଥାନ ଅଧିକାର କରୁଥିଲା । ନିଜ ଗାଁ ସ୍କୁଲରୁ ତୃତୀୟ ଶ୍ରେଣୀ ପାଶ କରି ସେମାନେ ଯୋର ଆରପଟ ସତୀ ମାମୁଁଘର ଗାଁ ସ୍କୁଲରେ ପଢ଼ିବା ପାଇଁ ନାମ ଲେଖାଇ ଥିଲେ । ଯେଉଁ ସ୍କୁଲରେ ସତୀର ବାପା ସପନି ପଢ଼ିଥିଲା, ସ୍କୁଲଟି ସେମାନଙ୍କ ଗାଁଠାରୁ ଯେତିକି ଦୂର, ସତୀର ମାମୁଁଘରଠାରୁ ମଧ୍ୟ ସେତିକି ବାଟ । ସମସ୍ୟା କେବଳ ମଝିରେ ଯୋରଟିକୁ ପାର ହେବାକୁ ପଡ଼େ । ଯେଉଁ ଯୋରଟି ତାଙ୍କ ପଞ୍ଚାୟତ ତଥା ମୌଜାର ସୀମାରେଖା ଭାବେ ସ୍ୱୀକୃତ । ସେ ଯୋର ମଧ୍ୟ ତାଙ୍କ ମୌଜାକୁ ସତୀ ମାମୁଁଘର ଗାଁଠାରୁ ପୃଥକ କରୁଥିଲା । ଯୋର ଉପରେ ପୋଲଥିଲା । ସେ ପୋଲି ଦେଇ ସ୍କୁଲକୁ ଅନ୍ୟ ଗାଁରୁ ବିଶେଷତଃ ତାଙ୍କ ପାଖ ଗାଁରୁ ପିଲମାନେ ଯିବା ଆସିବା କରୁଥିଲେ ।

ସେ ସ୍କୁଲରେ ଏକାଦଶ ଶ୍ରେଣୀ ପର୍ଯ୍ୟନ୍ତ ଥିଲା । ମାତ୍ର ପରେ ସରକାରଙ୍କର ନୂଆ ଶିକ୍ଷାନୀତି– ଦଶ ଯୁକ୍ତ ଦୁଇ ଯୁକ୍ତ ତିନି ପଦ୍ଧତି ପ୍ରଚଳନ ଦ୍ୱାରା ତାହା ଦଶମ ଶ୍ରେଣୀକୁ ସଙ୍କୁଚିତ ହୋଇ ଯାଇଥିଲା । ସତୀର ବାପା ସପନି ସେହି ସ୍କୁଲରୁ ଏକାଦଶ ଶ୍ରେଣୀ ପାଶ କରି ତାଙ୍କ ଗାଁର ପ୍ରଥମ ମ୍ୟାଟ୍ରିକ୍ ପାଶ କରିଥିବା ବ୍ୟକ୍ତି ଭାବରେ ପରିଗଣିତ ହୋଇଥିଲା । ମାତ୍ର ତାଙ୍କର ଦୁର୍ବଳ ଆର୍ଥିକାବସ୍ଥା ପାଇଁ ସତୀ ସପ୍ତମ ଶ୍ରେଣୀ ପାଶ କରିବା ପରେ ତା'ପାଠପଢ଼ାରେ ଡୋରି ବାନ୍ଧିବାକୁ ବାଧ୍ୟ ହୋଇଥିଲା ।

ସତୀ ସେ ସ୍କୁଲରେ ଚତୁର୍ଥ ଓ ପଞ୍ଚମ ଶ୍ରେଣୀ ପଢ଼ୁଥିଲାବେଳେ ଦ୍ୱିତୀୟ ସ୍ଥାନ ଅଧିକାର କରୁଥିଲା । ସେ ଅପର ପ୍ରାଇମେରୀରେ ପ୍ରାୟ ପାଞ୍ଚଖଣ୍ଡ ଗାଁର ଚାଳିଶ ଜଣ ପିଲା ପଢ଼ୁଥିଲେ । ତଥାପି ସତୀ ସେମାନଙ୍କ ମଧ୍ୟରେ ଦ୍ୱିତୀୟ

ସ୍ଥାନରେ ରହୁଥିଲା । ମାଇନରରେ ପ୍ରାୟ ୧୫ଟି ଗାଁର ଷାଠିଏ ଜଣ ଆସି ପଢ଼ିଲେ । ତେବେ ମଧ୍ୟ ସତୀ ସପ୍ତମ ଶ୍ରେଣୀରେ ତୃତୀୟ ସ୍ଥାନ ବଜାୟ ରଖିବାକୁ ସକ୍ଷମ ହୋଇ ପାରିଥିଲା ।

ସ୍କୁଲର ଶିକ୍ଷକ ଓ ପିଲାମାନଙ୍କର ସେ ଅତି ପ୍ରିୟ ଥିଲା । ପଢ଼ିଲାବେଳେ କୌଣସି ପିଲା ସହିତ ତା'ର କେବେ କଳି ଗୋଳ ହୋଇନଥିଲା । କେହି କେବେ ତାକୁ କୌଣସି କାରଣରୁ ରାଗ କରି କିଛି କହିଲେ ସେ କେବେ ବି ସେଇ କଥାକୁ ମନକୁ ନେଉନଥିଲା କିମ୍ବା ସେମାନଙ୍କ କ୍ରୋଧପୂର୍ଣ୍ଣ ବାକ୍ୟର କୌଣସି ପ୍ରତିଉତ୍ତର ଦେଉନଥିଲା । ବରଂ ଓଲଟି ସେ ତା'ଉପରେ ରାଗିଥିବା ପିଲାଟିର ମୁହଁକୁ ଅନାଇ ହସିଦିଏ । ତା'ର ନିରୁତ୍ତର ଭାବ ଯୋଗୁଁ ତାକୁ କେହି ସେମିତି କିଛି ଖରାପ କରି କହନ୍ତ।ଥିଲେ । ସେମାନେ ଭଲ ଭାବରେ ଜାଣିଥିଲେ ତାକୁ କହି କିଛି ଲାଭ ହେବନି । ସେ ଗାଳି ଶୁଣି କୌଣସି ଉତ୍ତର ନଦେଇ ନିରବରେ ସବୁ ସହି ଯିବ । ସେଥିପାଇଁ ତାକୁ କେହି କେବେ ଖରାପ ଭାଷାରେ ପ୍ରାୟତଃ କିଛି କହନ୍ତି ନାହିଁ । ସେ ତା' ନିଜର ନିରବ ସ୍ୱଭାବ ଯୋଗୁଁ ସମସ୍ତଙ୍କର ପ୍ରିୟ ହୋଇପାରିଥିଲା । ଯାହା ଅଧିକାଂଶ ପିଲାଙ୍କ ଦ୍ୱାରା ସମ୍ଭବ ହୋଇପାରିନଥାଏ ।

ସ୍କୁଲର ଶିକ୍ଷକମାନେ ସତୀକୁ ଖୁବ୍ ଶ୍ରଦ୍ଧା କରୁଥିଲେ । ପ୍ରଥମତଃ ସେ ଭଲ ପଢ଼ୁଥିଲା । ପାଠପଢ଼ାଗଲାବେଲେ ଶିକ୍ଷକମାନଙ୍କର ଅଧିକାଂଶ ପ୍ରଶ୍ନର ସେ ବେଶ୍ ସନ୍ତୋଷଜନକ ଉତ୍ତର ଦେଇପାରୁଥିଲା । ଶ୍ରେଣୀଗୃହରେ ସେ ଆଗ ଧାଡ଼ିରେ ବସୁଥିଲା । ଶ୍ରେଣୀରେ ତାକୁ ଫାଜିଲାମି ହେବା କିମ୍ବା ଦୁଷ୍ଟାମି କରିବା କେହି କେବେ ଦେଖିନଥିଲେ । ତା'ର ଶାନ୍ତ ଚେହେରା, ଭଦ୍ର ବ୍ୟବହାର, ନମ୍ର ସ୍ୱଭାବ ଯୋଗୁଁ ତାକୁ ସ୍କୁଲର ସବୁଶିକ୍ଷକମାନେ ଭାରି ଭଲ ପାଉଥିଲେ । ପ୍ରତ୍ୟେକ ଶିକ୍ଷକଙ୍କ ମୁହଁରୁ ସତୀର ପ୍ରଶଂସା ଶୁଣିବାକୁ ମିଲୁଥିଲା । ତାଙ୍କ ଶ୍ରେଣୀରେ ଯେଉଁ ଦୁଇଜଣ ପିଲା ପ୍ରଥମ ଓ ଦ୍ୱିତୀୟ ହେଉଥିଲେ, ସେମାନଙ୍କ ମଧ୍ୟରେ ଭାରି ପ୍ରତିଦ୍ୱନ୍ଦିତା ମନଭାବ ଥିଲା । ସେ ଦୁଇଜଣ ପ୍ରାୟତଃ ଅଧିକାଂଶ ଦିନ ଝଗଡ଼ା ଲାଗୁଥିଲେ । ଭଲ ପଢ଼ୁଥିବା ଯୋଗୁଁ ସେମାନେ ଅନ୍ୟ ପିଲାମାନଙ୍କୁ ହେୟ ଜ୍ଞାନ କରୁଥିଲେ ଓ ଅତ୍ୟନ୍ତ ଖରାପ ଦୃଷ୍ଟିରେ ଦେଖୁଥିଲେ । ସେମାନେ ଭାରି ଆମ୍ଭଗର୍ବୀ ଓ ଖୁବ୍ ଅହଂକାରୀ ମଧ୍ୟ ଥିଲେ । ସେ ଦୁଇଜଣ ଉଦ୍ଧତ ପ୍ରକୃତିର ଏବଂ ଦୁଷ୍ଟ ସ୍ୱଭାବର ମଧ୍ୟ ଥିଲେ । ସେମାନେ ସତୀଠାରୁ ଭଲ ପଢ଼ୁଥିଲେ ସୁଦ୍ଧା ସେମାନଙ୍କ ଫାଜିଲାମୀ ପ୍ରକୃତି ଓ ହିଂସୁକା ଗୁଣ ଯୋଗୁଁ ଶିକ୍ଷକମାନେ ସେ ଦୁହିଁଙ୍କୁ ସେତେ ଭଲ ପାଉନଥିଲେ । ବରଂ ସେମାନଙ୍କ ଠାରୁ ପରୀକ୍ଷାରେ କମ୍ ନମ୍ବର ରଖି ତୃତୀୟ ସ୍ଥାନରେ ରହୁଥିବା ସତୀକୁ ତା'ର ନିରବ ପ୍ରକୃତି, ନମ୍ର ସ୍ୱଭାବ ଓ ଭଦ୍ର ବ୍ୟବହାର ପାଇଁ ଶିକ୍ଷକମାନେ ତାକୁ ବେଶୀ ଆଦର ଓ ଅଧିକ ଶ୍ରଦ୍ଧା କରୁଥିଲେ ।

ନିଜ ଗାଁ ସ୍କୁଲରେ ତିନିବର୍ଷ ଓ ଯୋର ଆରପଟ ସତୀ ମାମୁଁଘର ଲକ୍ଷ୍ମୀବଜାର ଗାଁ ସ୍କୁଲରେ ଚାରିବର୍ଷ ଏହିପରି ସାତବର୍ଷ ସେମାନେ ସାଙ୍ଗ ହୋଇ ପଢ଼ିଥିଲେ । ଏହି ସାତବର୍ଷ ସୁନିର ସତୀ ହିଁ ଥିଲା ସବୁଠାରୁ ଅଧିକ ଅନ୍ତରଙ୍ଗ ବାନ୍ଧବୀ । ସେମାନେ ଯେତେବେଳେ ନିଜ ଗାଁ ସ୍କୁଲ ଛାଡ଼ି ଯୋର ଆରପଟ ଲକ୍ଷ୍ମୀବଜାର ଗାଁ ସ୍କୁଲକୁ ପଢ଼ିବାକୁ ଯାଉଥିଲେ, ସେଟିକିବେଲୁ ସେମାନଙ୍କ ମଧ୍ୟରେ ସମ୍ପର୍କ ଘନିଷ୍ଠ ହୋଇଯାଇଥିଲା । ସେମାନେ ତାଙ୍କ ଗାଁରୁ ସାଙ୍ଗ ହୋଇ ସ୍କୁଲକୁ ଯାଉଥିଲେ । ମନ୍ଦିରକୁ ସାଙ୍ଗ ହୋଇ ଗଲା ପରି ସତୀ ପାଇଁ ସୁନି ତାଙ୍କ ଘର ଦୁଆର ମୁହଁରେ ଅପେକ୍ଷା କରିଥାଏ । ସତୀକୁ ଦେଖିଲା ମାତ୍ର ସ୍କୁଲକୁ ଯିବାଲାଗି ବାହାରି ପଡ଼େ । ତାଙ୍କ ଗାଁର ଉତ୍ତର ଦିଗରେ ସ୍କୁଲ ହୋଇଥିବାରୁ ସତୀ ପାଇଁ ସୁନି ଅପେକ୍ଷା କରିଥାଏ । ଶ୍ରେଣୀ ଗୃହରେ ଦୁହେଁ ପାଖାପାଖି ବସୁଥିଲେ । ଖେଳଛୁଟିରେ ଗୋଟିଏ ଯାଗାରେ ସବୁ ଝିଅପିଲାମାନେ ସାଙ୍ଗ ହୋଇ ବସି ଗପସପ ହେଉଥିଲେ । ଛୁଟି ପରେ ଘରକୁ ଫେରୁଥିଲେ ସାଥିହୋଇ । ଅଧିକାଂଶ ସମୟରେ ସାଙ୍ଗ ହେଉଥିବାରୁ ସେମାନଙ୍କ ମଧ୍ୟରେ ସମ୍ପର୍କ ନିବିଡ଼ ହୋଇଯାଇଥିଲା ।

ସୁନିର ବାପା ନଟିଆ ନନୋ ପୁରୋହିତ କର୍ମ କରି ଚଲୁଥିଲେ । ବାହାର ଗାଁର ଲୋକମାନେ ଯେଉଁମାନେ ତାଙ୍କର

ଯଜମାନ ସେମାନେ କୌଣସି କାମରେ ତାଙ୍କ ଘରକୁ କେବେ କେମିତି ଆସିଲେ ତାଙ୍କ ଝିଅ ସୁନିକୁ ଦେଖ୍ଥାଆନ୍ତି । ସେହି ଦୃଷ୍ଟିରୁ ସେମାନେ ସୁନିକୁ ଚିହ୍ନିଥ୍ଲେ । ସୁନି ସହିତ ସତୀ ସାଙ୍ଗ ହୋଇ ସ୍କୁଲକୁ ଗଲାବେଳେ ସେମାନେ ସତୀକୁ ସୁନି ସହିତ ଦେଖ୍ ତା' ଚେହେରାରୁ ତାକୁ ବ୍ରାହ୍ମଣ ଘରର ଝିଅ ବୋଲି ଭାବୁଥ୍ଲେ । ତା'ଶରୀରର ସୁନ୍ଦର ଗଢ଼ଣ, ଶାନ୍ତ, ଭଦ୍ର ସ୍ୱଭାବ, ନମ୍ର ବ୍ୟବହାର ତା'ପ୍ରତି ଅନ୍ୟମାନଙ୍କର ଦୃଷ୍ଟି ଆକର୍ଷଣ କରୁଥ୍ଲା । ସେ ସ୍କୁଲ, ଗାଁ ଓ ବାହାରେ ସବୁଆଡ଼େ ଆଦରଣୀୟା ହୋଇପାରିଥ୍ଲା ।

ଆର୍ଥିକ ଦୁରାବସ୍ଥା ପାଇଁ ସତୀ ହାଇସ୍କୁଲ ପାଠପଢ଼ାରୁ ବଞ୍ଚିତା ହୋଇଥ୍ଲା ବାଧ୍ୟ ହୋଇ । ସୁନି ହାଇସ୍କୁଲରେ ପଢ଼ି ଏକାଦଶ ଶ୍ରେଣୀ ପରୀକ୍ଷା ଦେଇଥ୍ଲା । ମାତ୍ର ନିଜର ଦୁର୍ବଲ ଜ୍ଞାନ ଯୋଗୁଁ ସେ ସେକେଣ୍ଡାରୀ ବୋର୍ଡ ପରୀକ୍ଷାରେ ପାସ୍ କରିନପାରି ଫେଲ ହେଲା । ସେ ହାଇସ୍କୁଲ ସାର୍ଟିଫିକେଟ ପରୀକ୍ଷାରେ ପାସ୍ କରିଥ୍ଲେ ତାଙ୍କ ଗାଁର ପ୍ରଥମ ମ୍ୟାଟ୍ରିକ୍ ପାସ୍ କରିଥ୍ବା ଝିଅ ହୋଇପାରିଥାଆନ୍ତା । ଆପଣା ଅଯୋଗ୍ୟା ପଣରୁ ସେ ସେହି ଗୌରବ ପାଇପାରିଲାନାହିଁ । କେବଳ ତାଙ୍କ ଗାଁର ପ୍ରଥମ ହାଇସ୍କୁଲ ପଢ଼ା ଝିଅର ମାନ୍ୟତା ପ୍ରାପ୍ତିରେ ସନ୍ତୁଷ୍ଟ ରହିବାକୁ ବାଧ୍ୟ ହୋଇଥ୍ଲା ।

ସୁନି ହାଇସ୍କୁଲରେ ପଢ଼ିଲାବେଳେ ସତୀ ଘରେ ରହି ତା' ବୋଉକୁ ଘର କାମରେ ସାହାର୍ଯ୍ୟ କଲା । ସେମାନଙ୍କ ମଧ୍ୟରେ ଆଉ ପୂର୍ବ ପରି ପ୍ରତିଦିନ ସାକ୍ଷାତ ହୋଇପାରିଲାନାହିଁ । କେବଳ ଠାକୁରଙ୍କ ବାରିରେ ଧବଳେଶ୍ୱରଙ୍କ ମନ୍ଦିରରେ ସେମାନଙ୍କର ଭେଟ ହେଉଥ୍ଲା, ତାହା ପୁଣି ଅଳ୍ପ ସମୟ ପାଇଁ । କାରଣ ପଢ଼ିଲାବେଳେ ସୁନି ଶୀଘ୍ର ମନ୍ଦିରକୁ ଯାଇ ସଂଝଲ ଫେରିଆସି ଖାଇ ସ୍କୁଲକୁ ଯାଇଥାଏ । କୌଣସି ସ୍କୁଲ ଛୁଟି ଦିନରେ ସୁନି ଘରକୁ ସତୀ ଗଲେ କିମ୍ବ ସତୀ ଘରକୁ ସୁନି ଆସିଲେ ସେମାନେ ସାଙ୍ଗ ହୋଇ ଦୀର୍ଘ ସମୟ ଧରି କଥାବାର୍ତ୍ତା ହେବାକୁ ସୁଯୋଗ ପାଇପାରୁଥ୍ଲେ । ପ୍ରତିଦିନ ଭେଟ ନ ହେଲେ ସୁଦ୍ଧା ସେମାନଙ୍କ ମନର ବନ୍ଧନ ଶିଥିଲ ହେବା ପରିବର୍ତ୍ତେ ସମ୍ପର୍କ ଅଧିକ ନିବିଡ଼ ହେଉଥ୍ଲା । ନିବିଡ଼ ସମ୍ପର୍କ କ୍ରମେ ଘନିଷ୍ଟ ହେଲା । ସୁନିର ପାଠପଢ଼ା ପରେ ସେ ଦୁହେଁ ମିଳାମିଶା ପାଇଁ ପର୍ଯ୍ୟାପ୍ତ ସମୟ ପାଉଥ୍ବାରୁ ସେମାନଙ୍କ ସମ୍ପର୍କ କ୍ରମେ କ୍ରମେ ନିବିଡ଼ରୁ ନିବିଡ଼ତର ହୋଇଯାଇଥ୍ଲା ।

ସତୀ ବେଶୀ ପାଠ ପଢ଼ିପାରିଲାନାହିଁ । ସେଥ୍ପାଇଁ ସେ ଅଶିକ୍ଷିତା ହୋଇଥ୍ବାରୁ ତା' ମନରେ ଅହଂକାର ନାହିଁ । ସେ ଗରିବ ଘର ଝିଅ । ତାଙ୍କର ଧନ ନ ଥ୍ବାରୁ ସେ ଅହମିକାକୁ ତା'ହୃଦୟରେ ସ୍ଥାନ ଦେଇନାହିଁ । ସେ ଛୋଟ ଜାତିରେ ଜନ୍ମ । ସେ ଲାଗି ତା'ଅନ୍ତର ନମ୍ରତା ଗୁଣରେ ଭରପୂର । ସେ ଆର୍ଥିକ ଦୁରାବସ୍ଥା ମଧ୍ୟରେ ବଢ଼ିଥ୍ବାରୁ କଷ୍ଟ ସହିଷ୍ଣୁ ମଧ୍ୟ । ସେ ଭାରି ନିରୀହ ଆଉ ସରଳ, ଶାନ୍ତ ଶିଷ୍ଟ ଏବଂ ଭଦ୍ର, ନିରବ ପ୍ରକୃତିର ଝିଅ । କେବେ ବି କାହା ଉପରେ ରାଗେନାହିଁ । ଅଭିମାନ କରେନା କାହାରି ପ୍ରତି । ତା'ର କାହାରି ବିରୋଧରେ କିଛି ଅଭିଯୋଗ ନଥାଏ । ସେ ସୁନିକୁ ଭାରି ଭଲ ଲାଗେ । ସୁନିକୁ ଭଲ ଲାଗେ ସତୀର ଆଚାର, ଆଚରଣ, ବ୍ୟବହାର, ବିଚାରବୁଦ୍ଧି, କଥାଭାଷା, ତା'ର ହାବଭାବ, ଚାଲିଚଲଣ ସବୁ ସୁନିର ପସନ୍ଦ । ସୁନି ତା'ର ପ୍ରତ୍ୟେକ ଗୁଣକୁ ପସନ୍ଦ କରେ । ଆଉ ପସନ୍ଦ କରେ ତା'ର ବ୍ୟକ୍ତିତ୍ୱକୁ । ସୁନିକୁ ସେ ଭଲଲାଗେ । ତେଣୁ ସୁନି ତାକୁ ଭଲପାଏ । ତା'ପରି ସାଙ୍ଗଟିଏ ପାଇଥ୍ବାରୁ ନିଜକୁ ଭାଗ୍ୟବତୀ ମଣେ । ସତୀ ସହିତ ସମ୍ପର୍କ ତୁଟାଇ ଦେବାର କଳ୍ପନା ସେ କେବେ ବି କରିପାରେନା । ସତୀ ତା'ର ଶ୍ରେଷ୍ଠ ସଙ୍ଗିନୀ, ଘନିଷ୍ଠ ବାନ୍ଧବୀ, ଅନ୍ତରଙ୍ଗ ସହଚାରୀ । ତା'ସହିତ ତା'ର ସମ୍ପର୍କ ଖୁବ୍ ନିବିଡ଼, ଭାରି ଘନିଷ୍ଠ ।

ସେମାନଙ୍କ ମଧ୍ୟରେ ପ୍ରତିଦିନ ଦେଖା ସାକ୍ଷାତ ହେବାର ସୁବିଧା ନ ଥ୍ବାରୁ ସେମାନେ କେବଳ ଠାକୁରଙ୍କ ବାରିରେ ପରସ୍ପରକୁ ଭେଟିବାର ସୁଯୋଗ ପାଉଥ୍ଲେ । ସକାଳୁ ମନ୍ଦିରରେ ଲୋକ ଗହଲି ଯୋଗୁଁ ସେମାନଙ୍କୁ କଥାବାର୍ତ୍ତା ହେବାକୁ ସୁଯୋଗ ମିଳୁନଥ୍ଲା । ସେଥ୍ପାଇଁ ସମସ୍ତେ (ଅନ୍ୟମାନେ) ଠାକୁରଙ୍କୁ ଦର୍ଶନ ସାରି ଫେରିଯିବା ପରେ ସେମାନେ ଡେରିରେ ମନ୍ଦିରକୁ ଆସୁଥ୍ଲେ । ନିର୍ଜନ ବେଳରେ, ନିରୋଳା ପରିବେଶରେ ମୁଖଶାଳାରେ ବସି ଗପସପ ହେଉଥ୍ଲେ ।

ପାଠପଢ଼ିବାକୁ ସୁଯୋଗ ପାଇଥିଲେ ସତୀ ନିର୍ଦ୍ଦିଷ୍ଟ ମ୍ୟାଟ୍ରିକ ପରୀକ୍ଷାରେ ଭଲ ନମ୍ବର ରଖି ଉତ୍ତୀର୍ଣ୍ଣ ହୋଇଥାନ୍ତା । କାଳିଦାସ ଲେଖିଲେ "ଦାରିଦ୍ର୍ୟ ଦୋଷ ଗୁଣ ରାଶି ନାଶି" । ବହୁ ସୁଗୁଣକୁ ଦାରିଦ୍ର୍ୟ ଦୋଷ ନଷ୍ଟ କରିଦିଏ । ସେହିପରି ତା' ବାପା ସପନିର ଆର୍ଥିକ ଦୂରାବସ୍ଥା ଲାଗି ସତୀର ଭଲ ପାଠ ପଢ଼ୁଥିବା ଗୁଣଟି ନଷ୍ଟ ହୋଇ ଯାଇଥିଲା । ତା' ବାପା ସପନି ଯେପରି ଢାଙ୍କ ଗାଁର ପ୍ରଥମ ମ୍ୟାଟ୍ରିକୁଲେଟ୍ ହେବାର ଗୌରବ ଅର୍ଜନ କରିବାର ସୁଯୋଗ ପାଇଥିଲା, ସତୀ ସେହିପରି ତାଙ୍କ ଗାଁର ପ୍ରଥମ ମ୍ୟାଟ୍ରିକ ପାଶ୍ କରିଥିବା ଝିଅ ଭାବରେ ସୁନାମ ରଖିବାକୁ ସମର୍ଥ ହୋଇ ପାରିଥାନ୍ତା । ସ୍କୁଲର ଶିକ୍ଷକମାନଙ୍କର ସତୀ ଉପରେ ଅଗାଧ ବିଶ୍ୱାସ ଓ ଅଟୁଟ ଭରସା ଥିଲା । ସେ ମଧ୍ୟ ପାଠ ଭଲ ପଢ଼ୁଥିଲା । ସେ ବାର୍ଷିକ ପରୀକ୍ଷାରେ ତାଙ୍କ ଶ୍ରେଣୀରେ ତୃତୀୟ ସ୍ଥାନରେ ରହୁଥିଲା । ଅବଶ୍ୟ ସପ୍ତମ ଶ୍ରେଣୀ ବାର୍ଷିକ ପରୀକ୍ଷାରେ ଅଳ୍ପ ନମ୍ବର ପାଇଁ ସରକାରୀ ବୃଦ୍ଧି ପାଇବାରୁ ବଞ୍ଚିତା ହୋଇଥିଲା । ସତୀ ହାଇସ୍କୁଲରେ ପଢ଼ିଥିଲେ, ବୋର୍ଡ ପରୀକ୍ଷାରେ ନିର୍ଦ୍ଦିଷ୍ଟ କୃତକାର୍ଯ୍ୟ ହୋଇ ତାଙ୍କ ଗାଁର ପ୍ରଥମ ମ୍ୟାଟ୍ରିକ ପାଶ କରିବା ଝିଅର ମାନ୍ୟତା ପାଇବା ସହିତ ତାଙ୍କ ଗାଁର କୌଣସି ଝିଅ ସ୍କୁଲ ପାଠ ଶେଷ କରିପାରିନଥିବା ଅପବାଦର ଦୁର୍ନ୍ନାମରୁ ତାଙ୍କ ଗାଁକୁ ଉଦ୍ଧାର କରିବାକୁ ସକ୍ଷମ ହୋଇଥାନ୍ତା । କିନ୍ତୁ ବିଧିର ବିଧାନ ଅନ୍ୟ ପ୍ରକାର ଥିଲା । ଯେଉଁଥିଲାଗି ସତୀ ହାଇସ୍କୁଲରେ ପଢ଼ିବାକୁ ସୁଯୋଗ ପାଇଲାନାହିଁ ।

କଥାରେ ଅଛି "ଯେଉଁଠି କାନ ଅଛି, ସେଠି ସୁନା ନାହିଁ, ଆଉ ଯେଉଁଠି ସୁନା ଅଛି ସେଠି କାନ ନଥାଏ ।" ଏହାର ଅର୍ଥ ହେଲା ଉଦ୍ୟୋଗୀ ଲୋକ ଯିଏ କାମକୁ ପାରଙ୍ଗମ ସିଏ ଜୀବନରେ ଉନ୍ନତି କରିବାକୁ ସୁବିଧା ପାଇନଥାଏ । ସେମାନଙ୍କର ସାରା ଜୀବନ କେବଳ ହତାଶରେ କଟିଥାଏ, ଆଉ ଅକର୍ମାମାନଙ୍କୁ ସୁଯୋଗ ମିଳେ । ମାତ୍ର ସେମାନେ ସେ ସୁଯୋଗର ସଦୁପଯୋଗ କରିପାରନ୍ତି ନାହିଁ । ଯେଉଁ ଯୁବତୀଟି ଦେଖିବାକୁ ସୁନ୍ଦର ସେ ରୂପବାନ୍ ପୁରୁଷଟିଏ ସ୍ୱାମୀ ଭାବରେ ପାଇନଥାଏ । କୁରୂପା ନାରୀଟିଏ ସୁନ୍ଦର ପୁରୁଷକୁ ବିବାହ କରିବାକୁ ସକ୍ଷମ ହୋଇଥାଏ । କାନଫୁଲ ପିନ୍ଧିଲେ ଯାହା ମୁହଁକୁ ଅଳଙ୍କାର ଭଲ ମାନନ୍ତା, ସେ ଯୁବତୀଟି ଅଭାବ ଯୋଗୁଁ କାନଫୁଲ ନାଇବାରୁ ବଞ୍ଚିତା ହୁଏ । ଯେଉଁ ଧନୀ ଘର ଯୁବତୀଟି ପ୍ରାଚୁର୍ଯ୍ୟ ମଧ୍ୟରେ ବଢ଼ିଥାଏ ଏବଂ ନିଜକୁ ସଜାଇଥାଏ ପର୍ଯ୍ୟାପ୍ତ ଗହଣାରେ ତାକୁ ଅଳଙ୍କାର ଭଲ ମାନେନାହିଁ । ଗହଣାର ଅଭୂଷିତା ପଣ ତା' ସୌନ୍ଦର୍ଯ୍ୟ ବୃଦ୍ଧିରେ ସହାୟକ ନ ହୋଇ ତାକୁ ମର୍କଟି ପରି ଗଢ଼ି ତୋଳିଥାଏ । ଯେପରି ପାଠ ଭଲ ପଢ଼ୁଥିବା ସତୀ ଅଭାବ ଯୋଗୁଁ ପଢ଼ି ନ ପାରି ଘରେ ରହିଲା । ପକ୍ଷାନ୍ତରେ ସୁନିର ପାଠ ଭଲ ହେଉନଥିଲେ ସୁଦ୍ଧା ତା'ବାପାଙ୍କର ଆର୍ଥିକ ସ୍ୱଚ୍ଛଳତା ଯୋଗୁଁ ସେ ପଢ଼ିବା ପାଇଁ ସୁଯୋଗ ପାଇଥିଲା । ହେଲେ ସେ ଉକ୍ତ ସୁଯୋଗର ସତ୍ ବ୍ୟବହାର କରି ହାଇସ୍କୁଲ ସାର୍ଟିଫିକେଟ୍ ପରୀକ୍ଷାରେ ପାଶ କରିପାରିଲାନାହିଁ ।

ଆହୁରି ମଧ୍ୟ ଯେଉଁ ଲୋକଟି ସମାଜର କିଛି ମଙ୍ଗଳ କରିବାକୁ ଚାହୁଁଥାଏ, ଯାର ଅନ୍ୟମାନଙ୍କର ଉପକାର କରିବାର ଉଦ୍ଦେଶ୍ୟ ରହିଛି, ସଞ୍ଚୋଟ ପଣିଆ ନେଇ ଯିଏ କୌଣସି ସମାଜ ମଙ୍ଗଳ କାର୍ଯ୍ୟ ପାଇଁ ଆଗଭର ହେଉଛି, କାମଟିକୁ କାର୍ଯ୍ୟକାରୀ କରିବା ପାଇଁ ତା' ପାଖରେ ଧନ ବଳ ଓ ଲୋକ ଶକ୍ତି ନାହିଁ । ତାକୁ ସହଯୋଗ କରିବାକୁ ଜନସମର୍ଥନ ମିଳେନା । ବରଂ ନିଜର ସଂକୀର୍ଣ୍ଣ ସ୍ୱାର୍ଥ ସାଧନ ପାଇଁ ବ୍ୟସ୍ତ ଲୋକଟିର କାର୍ଯ୍ୟ ହାସଲ ଲାଗି ତାକୁ ସୁଯୋଗ ଦେବାକୁ ଲୋକମାନେ ଆଗଭର ହୁଅନ୍ତି । ସମାଜର କ୍ଷତି ଘଟାଉଥିବା ବ୍ୟକ୍ତିଙ୍କ ପଛରେ ପ୍ରବଳ ଜନସମର୍ଥନ ଜୁଟୁଛି । ଲୋକମାନେ କିଛି ଲାଭ ପାଇବା ଆଶାରେ ତା' ପଛରେ ଗୋଡ଼ାଇଥାନ୍ତି । ଅର୍ଥାତ୍ ଯେଉଁଠି କାନମାନେ ଯିଏ ସମାଜର ଉନ୍ନତି ଲାଗି ଚେଷ୍ଟାରତ ତା'ର ସେପରି କାମ କରିବାର ସୁଯୋଗ ନାହିଁ ଅର୍ଥାତ୍ ସୁନା ନାହିଁ । ପକ୍ଷାନ୍ତରେ ଯିଏ ସମାଜକୁ ଶୋଷଣ କରିବାରେ ବ୍ୟସ୍ତ ତାକୁ ବିପୁଳ ଜନସମର୍ଥନ ମିଳୁଛି । ମାନେ ତା'ର ପାଖରେ ସୁନା ଅଛି । ତା(ପାଖରେ) ନିକଟରେ ସୁଯୋଗ ଅଛି । କିଛି ଜନମଙ୍ଗଳକର କାମ ପାଇଁ କିନ୍ତୁ ତାର କାନ ନାହିଁ । ମାନେ ଜନସାଧାରଣଙ୍କ ହିତ ସାଧନ ତାର ଲକ୍ଷ୍ୟ ନୁହେଁ ।

ସୁନି ବସିଥିଲା ମୁଖଶାଳାରେ । ଆହାଃ ବିଚାରି ସତୀ । ତା' ଭାଗ୍ୟ ତା' ଉପରେ ଏମିତି ଦାଉ ସାଧୁଛି ଯେ, ସେ

ପାଠ ଭଲ ପଢୁଥିଲା, ପଢ଼ିବାକୁ ସୁଯୋଗ ନ ପାଇ ପାଠପଢ଼ା ବନ୍ଦ କରିବାକୁ ବାଧ୍ୟ ହେଲା। ମନ୍ଦିରର ନିରୋଳା ପରିବେଶରେ ଦୁଇସାଙ୍ଗ ଗପସପ ହେବାକୁ ସୁଯୋଗ ପାଉଥିବାରୁ ବିଳମ୍ବରେ ଠାକୁରଙ୍କୁ ଦର୍ଶନ କରିବାକୁ ଆସିଥାନ୍ତି। ସେମାନେ ମନ୍ଦିରରେ ଠାକୁରଙ୍କ ପଥର ମୂର୍ତ୍ତିକୁ ଦର୍ଶନ କରିବାକୁ ଆସି ଜୀବନ୍ତ ଠାକୁର ଅଧରଙ୍କୁ ଭେଟିଲେ। ସେ ସାକ୍ଷାତ ଅନ୍ତରଙ୍ଗର ରୂପ ନେଇ ସତୀର ଅନ୍ତରକୁ ଅଧିକାର କରି ବସିଲାଣି। ସିଏ ପାଲଟିଗଲେଣି ସତୀ ମନର ମଣିଷ। ସରଳାମତି ସତୀ ବିଷମ ସମସ୍ୟାରେ ପଡ଼ିଯାଇଛି। ପାଠ ଭଲ ପଢୁଥିବା ସତ୍ତ୍ୱେ ସେ ପାଠ ପଢ଼ିବାରୁ ବଞ୍ଚିତା ହୋଇଥିଲା, ସେ ଲାଗି ମନଦୁଃଖ ନ କରି କପାଳ ଲିଖନକୁ ବିନା ଆପତ୍ତିରେ କିଛି ଅଭିଯୋଗ ନ ବାଢ଼ି କୌଣସି ପ୍ରତିବାଦ ନ କରି ମାନି ନେଇଥିବା ସତୀ ଏବେ ନିଶ୍ଚିତ ମନରେ ରହିପାରୁନି। ଭାଗ୍ୟର ବିଡ଼ମ୍ବନା, ବିପର୍ଯ୍ୟୟ ଓ ଦୁଃଭାଗ୍ୟକୁ ବିନା ପ୍ରତିବାଦରେ ଗ୍ରହଣ କରିନେଇଥିବା ସତୀ ଏବେ ମନର ମଣିଷ ପାଇଁ ବ୍ୟାକୁଳ ହୋଇଉଠୁଛି। ଧୀରସ୍ଥିର ପ୍ରକୃତିର ଝିଅଟି ଅଧରଙ୍କ ସାକ୍ଷାତ ପାଇବା ଲାଗି ଅଧୀର ଅସ୍ଥିର ହୋଇପଡ଼ୁଛି। ଶାନ୍ତ ସ୍ୱଭାବର ସତୀ ଅଶାନ୍ତି, ଅନିଶ୍ଚିତତା ଭିତରେ ଦିନ ବିତାଉଛି। ସରଳମନା ସତୀ, ଜୀବନର ସରଳ ପଥରେ ଗତି ନ କରି ଅଗମ୍ୟା କଣ୍ଟକିତ ରାସ୍ତାରେ ପାଦ ଦେଇଛି। ନିର୍ମଳ ହୃଦୟା ସତୀ ତା'ହୃଦୟର ସିଂହାସନରେ ଅଧରଙ୍କୁ ବସାଇ ତା'ହୃଦୟକୁ ଦୁଃଭାବନାରେ ଭାରାକ୍ରାନ୍ତ କରିଦେଇଛି। ମନ୍ଦିରକୁ ଦିଅଁଙ୍କ ଦର୍ଶନ ପାଇଁ ଆସି ସେ ଦେଖା କରୁଛି ଜଣେ ଯୁବକକୁ। ସଦା ହସ ହସ ସତୀ ଏବେ ଆଉ ମନଖୋଲି ହସିପାରୁନି।

ସତୀ ଭଲ ପାଇ ଭୁଲିଯାଇଛି ତା'ର ସ୍ଥିତି, ତାର କୂଳ, ତା'ର ଗୋତ୍ର, ତା'ର ବଂଶପରମ୍ପରା, ତା'ର ଶିକ୍ଷା, ଦୀକ୍ଷା, ପରିବେଶ, ପରିସ୍ଥିତି ସର୍ବୋପରି ତା'ର ପରିଚୟ। ସୁନିର ମନେପଡ଼ିଲା ପ୍ରଖ୍ୟାତ ଚୀନ୍ ଚିନ୍ତାନାୟକ କନଫ୍ୟୁସିୟସ୍ଙ୍କ ବାଣୀ। ସେ କହିଥିଲେ, "ଯିଏ ଶିଖେ କିନ୍ତୁ ଆଗକୁ ଚିନ୍ତା କରେନାହିଁ, ତା'ର ସର୍ବନାଶ ଘଟେ। ଯିଏ ଚିନ୍ତା କରେ ମାତ୍ର ଶିଖେନାହିଁ ସେ ମହାବିପଦରେ ପଡ଼େ।" ସେମିତି ଭଲପାଇବା ପୂର୍ବରୁ ସତୀର ଜାଣି ରଖିବା ଉଚିତ୍ ଥିଲା ଯେ, ସେ ଗୋଟେ ଅଖ୍ୟାତ ପଲ୍ଲୀର ଅଶିକ୍ଷିତା ଜଳ ଅସ୍ପୃଶ୍ୟ ଘରର ଝିଅ। ନିପଟ ମଫସଲର ନିଷ୍ପଟ ନିରୀହା, ଛୋଟ ଜାତି, ନିଜବର୍ଗର ଯୁବତୀଟିଏ। ଅତି ସହଜରେ ଅନ୍ୟକୁ ବିଶ୍ୱାସ କରିନେଇଥିବା ଜଣେ ସରଳମନା ଗ୍ରାମ୍ୟ ବାଳିକା। ତା' ସହିତ ନିର୍ଜନରେ ଟିକେ ମନଖୋଲା କଥାବାର୍ତ୍ତା ହେବା ପାଇଁ ନିରୋଳା ସମୟ ଦେଖି ଠାକୁରଙ୍କ ମନ୍ଦିରକୁ ଆସୁଥିବା ସତୀ ଭୟଙ୍କର ଭାବରେ ଠକିଯାଇଛି। ତା' ମନର ଖୋଲା ଆକାଶରେ ଭଲ ପାଇବାର କଳା ବାଦଲ ଘାଙ୍କି ହୋଇ ରହିଛି। ତା' ନିର୍ମଳ ହୃଦୟରେ ପୀରତିର ଆବର୍ଜନା ଧାରା ପ୍ରବାହିତ ହେଉଛି। ଏବେ ସେ ମନ୍ଦିରର ପବିତ୍ର ସ୍ଥାନକୁ ମନର ଦୁଃଭାବନାରୁ ପରିତ୍ରାଣ ପାଇବା ଲାଗି ଆସୁନାହିଁ। ମନର ମଣିଷ ସହିତ ନିଜ ସମ୍ପର୍କକୁ ନୀବିଡ଼ କରିବା ତା'ର ମୁଖ୍ୟ ଉଦ୍ଦେଶ୍ୟ ହୋଇଯାଇଛି। ତା'ର ଲକ୍ଷ୍ୟ ବାବା ଧବଳେଶ୍ୱରଙ୍କ ଦର୍ଶନ ନୁହେଁ। ତା' ମନ ମଣିଷକୁ ସାକ୍ଷାତ କରିବା ସେପରି କଳୁଷିତ ମତଲବ ନେଇ ସତୀ ମନ୍ଦିରକୁ ଆସୁଛି।

ସତୀର ଏପରି ପରିସ୍ଥିତି ଲାଗି ସୁନି ନିଜକୁ ଦୋଷୀ ମଣୁଥିଲା। ଆଜି ତା'ର ଏଭଳି ଅବସ୍ଥା ପାଇଁ ସେ ନିଜେ ହିଁ ଦାୟୀ। ଅଧରଙ୍କ ସହିତ ମିଶିବା ପାଇଁ ସେ ସତୀ ଲାଗି ସୁଯୋଗ ସୃଷ୍ଟି କରିବାକୁ ଉଦ୍ୟମ କରିଛି। ତାରି ପ୍ରରୋଚନାରେ ଠାକୁରଙ୍କ ପ୍ରତି ବାରିରେ ଅଧରଙ୍କୁ ସତୀ ପାଦୁକ ଦେଇଛି, ବିଭୂତି ଟିପା ଲଗେଇ ଦେଇଛି। ତା'ର କଥା ମାନି ସେ ପୂର୍ଣ୍ଣମୀ ଦିନ ଶାଢ଼ି ପିନ୍ଧି ମନ୍ଦିରକୁ ଆସିଥିଲା। ତା' ନିର୍ଦ୍ଦେଶରେ ଅଧରଙ୍କ ନିକଟତର ହେବାକୁ ସତୀ ଆଗେଇ ଯାଇଛି। ପୂର୍ଣ୍ଣମୀ ଦିନ ତା' କହିବା ମୁତାବକ ଅଧରଙ୍କ ଜାମାର ଉପର ବୋତାମ ସତୀ ମାରିଦେଇଥିଲା। ସେ ନିଜେ ସୂତ୍ରଧର ହୋଇ ସେ ଦୁହିଁଙ୍କୁ ପରସ୍ପର ପ୍ରତି ଆକର୍ଷିତ ହେବା ପାଇଁ ବାଟ ବତାଇଦେଇଛି। ଯଦି ବା ଅଧରଙ୍କ ସହିତ ଏକାଧିକ ଥର ସାକ୍ଷାତ ହେବା ଦ୍ୱାରା ସତୀ ମନରେ ଭଲପାଇବାର ଅଙ୍କୁରୋଦ୍ଗମ୍ ହୋଇଥିଲା, ସେ ହିଁ ଆଶ୍ୱସନାର ପାଣି ଛିଞ୍ଚି ସେ ଚାରା ଗଛକୁ ବଢ଼ିବାକୁ ସୁଯୋଗ ଦେଇଛି। ତାକୁ ଅତି ଆପଣାର ଭାବି ତା' ପରାମର୍ଶକୁ ସତୀ ସହଜ ମନରେ ମାନି

ନେଇ ଅଧରକୁ ଭଲ ପାଇ ବସିଛି । ସତୀର ସରଳ ମନରେ ସେ ନିଜେ ଭଲ ପାଇବାର ଗରଳ ଢାଲି ଦେଇଛି । ଯେଉଁ ଗରଳର ପ୍ରଭାବରେ ଆକ୍ରାନ୍ତ ହୋଇ ସତୀ ଛଟପଟ ହେଉଛି । ଆଉ କେହି ଜାଣନ୍ତୁ ବା ନ ଜାଣନ୍ତୁ, ସେ ନିଜେ କିନ୍ତୁ ଭଲଭାବରେ ବୁଝି ପାରିଛି ସତୀ ଏତେ ପରିମାଣରେ ଅଧରକୁ ଭଲ ପାଇ ବସିଛି ଯେ, ତାଙ୍କୁ କେବେବି ଜୀବନ କାଳ ମଧ୍ୟରେ ଭୁଲି ପାରିବ ନାହିଁ । ଆଉ କେହି ଦେଖୁ ଥାଆନ୍ତୁ ବା ନ ଦେଖୁ ଥାଆନ୍ତୁ ସିଏ ତ ନିଜେ ଦେଖୁଛି ପାଦୁକ ଦେଲାବେଳେ ଓ ବିଭୂତି ଟିପା ଲଗାଇ ଦେବା ସମୟରେ ସେ ଦୁହିଁଙ୍କର ଚାରୋଟି ଆଖିର ମିଶିବା ଓ ଅନୁଭବ କରିଛି ସେ ଦୁଇଜଣଙ୍କର ଦୁଇଟି ମନର ମିଳନକୁ ମଧ୍ୟ । ସେ ମିଳନ ଭବିଷ୍ୟତରେ ମଧୁର ହେଉ କି ବିଷାକ୍ତ ହେଉ, ସେମାନେ କେବେବି ସେଥ୍ରୁ ଏତେ ସହଜରେ ମୁକୁଲି ପାରିବେ ନାହିଁ । ପରିଣାମ ତେଣିକି ସୁଖ ଦାୟକ ହେଉ ବା ଦୁଃଖ ପ୍ରଦାନ କରୁ, ସେମାନଙ୍କର ସେଥ୍ରୁ ପରିତ୍ରାଣ ପାଇବା ମୋଟେ ସହଜ ବ୍ୟାପାର ନୁହେଁ । ପ୍ରେମ ମଙ୍ଗଳ କରେ ଏବଂ ପ୍ରେମ କ୍ଷତି କାରକ ମଧ୍ୟ । ପ୍ରେମରେ ଅମୃତ ଅଛି ଓ ବିଷ ଭରି ରହିଛି । ପ୍ରେମ କେବେ ଲାଭଦାୟକ ହୋଇଥାଏ ତ କେବେ ବିପର୍ଯ୍ୟୟ ସୃଷ୍ଟି କରେ । ପ୍ରେମର ପଥ କାହା ଲାଗି ପୁଷ୍ପିଲ ତ କାହା ପାଇଁ କଣ୍ଟକୀତ । ପ୍ରେମରେ ଲାଭ ଅପେକ୍ଷା କ୍ଷତିଥାଏ ଅଧିକ । ପ୍ରେମ କେବେ ଉସ୍ସାହ ଯୋଗାଏ ତ କେବେ ନିରାଶା ଭରିଦିଏ । ପ୍ରେମ ସଫଳ ହେଲେ ପୁଲକ ଆଶେ ମନରେ । ପୁଣି ବିଫଳତାରେ ବିଷାଦ ଭରିଦିଏ ପ୍ରାଣରେ । ପ୍ରେମ ଆନନ୍ଦ ଦିଏ ପୁଣି ଦେଇଥାଏ ଯନ୍ତ୍ରଣା । ପ୍ରେମ ହସାଏ ପୁଣି କନ୍ଦାଇ ଥାଏ । ପ୍ରେମ ସୁଖ ଦିଏ ପୁଣି ଦେଇଥାଏ ଅସୁମାରି ଦୁଃଖ ଓ ଦୁର୍ଦଶା । ପ୍ରେମ ପାଇଁ ପ୍ରେମିକ, ପ୍ରେମିକା ସମାଜର ଅଲଙ୍ଘ୍ୟ ପ୍ରାଚୀର ଡେଇଁବାକୁ ଆଗଭର ହୁଅନ୍ତି । ମୁରବିମାନଙ୍କ ନାଲି ଆଖିକୁ ଫାଙ୍କି ଦିଅନ୍ତି । ସାମାଜିକ ଅନୁଶାସନକୁ ଅମାନ୍ୟ କରନ୍ତି । ସଂସାରର ଆକଟକୁ ଭୁକ୍ଷେପ କରି ନ ଥାଆନ୍ତି । ଦୁନିଆର ଫତୁଆ ଜାରିକୁ ହେଟିଦେଇ ଥାଆନ୍ତି ବେପରୁଆ ଭାବରେ । ଆଉ କେବେ ବି ବିଫଳତାର ଗ୍ଲାନିରେ ଜୀବନ ହାରିଦେବାକୁ ପଶ୍ଚାତ୍ ପଦ ହୁଅନ୍ତି ନାହିଁ । ପ୍ରେମ ହର୍ଷ, ବିଷାଦ, ଲୁହ, ଲହୁ, ସୁଖ, ଦୁଃଖର ମିଶାମିଶି ମନଲୋଭା ଫୁଲ ଝରି । ଏହିପରି ଉପାଦାନ ମାନଙ୍କର ଫେଣ୍ଟାଫେଣ୍ଟି ମୃଦୁ ପାନୀୟ । ସେ ପାନୀୟକୁ ଥରେ ପିଇସାରିଲା ପରେ ତା'ର ପ୍ରତିକ୍ରିୟା ଦ୍ୱାରା ମୋହିତ ହେବାକୁ ହୋଇଥାଏ । ସେଥ୍ରେ ସୁବିଧାଠାରୁ ଅସୁବିଧା ଅଧିକ ଥାଏ । ହସ ଅପେକ୍ଷା ଲୁହ ରହିଥାଏ ବେଶୀ । ପାଇବାଠାରୁ ତ୍ୟାଗରେ ପ୍ରେମ ଅଧିକ ମହନୀୟ ହୋଇଥାଏ । ନେବାଠାରୁ ଦେବାରେ ପ୍ରେମ ହୁଏ ସଫଳ ଏବଂ ସେହିମାନେ ହିଁ ସଫଳ ପ୍ରେମିକ, ପ୍ରେମିକା ହୋଇପାରନ୍ତି ଯିଏ ଅନ୍ୟ ଜଣଙ୍କ ପାଇଁ ନିଜ ଜୀବନକୁ ଉସ୍ସର୍ଗ କରି ଦେଇପାରେ । ସମାଜ ପାଇଁ, ସଂସାର ଲାଗି, ଦୁନିଆ ସକାଶେ ସେମାନେ ଆଦର୍ଶ ହୋଇ ରହନ୍ତି କାଳ କାଳକୁ । ଜଗତ ସେହିମାନଙ୍କୁ ମନରେ ରଖେ । ତାଙ୍କରି ପ୍ରେମକୁ ଭୁଲିପାରେନା । ଆଉ ସେମାନଙ୍କୁ ସମ୍ମାନ ଜଣାଇଥାଏ । ସତୀ ସେମିତି ହୋଇ ପାରିବ ତ ? ସେପରିସ୍ତରକୁ ଯାଇ ପାରିବତ ? ସେପରି କରିପାରିବତ ? ପ୍ରତ୍ୟାଶା ନରଖ୍ ପୂର୍ଣ୍ଣ ସମର୍ପଣରେ ପ୍ରେମ ପୂର୍ଣ୍ଣତା ପ୍ରାପ୍ତିହୁଏ । ପାଇବାର ଆଶା ନରଖ୍ କେବଳ ତ୍ୟାଗ ମନୋଭାବ ରଖ୍ପାରିଲେ ପ୍ରେମ ଫଳପ୍ରଦ ହୋଇଥାଏ । ପ୍ରେମ କେବଳ ତ୍ୟାଗ ଲାଗି । ପ୍ରେମରେ ଲାଭର ସ୍ଥାନନାହିଁ । ସେଇଥ୍ପାଇଁ ପ୍ରେମ ଆଉ ପ୍ରଣୟର କବି ମାୟାଧର ମାନସିଂହ କହିଛନ୍ତି–

> "ପ୍ରେମ ନୁହେଁ ଦେହ, ଦେହ ଭୋଗ ଅନ୍ୱେଷଣ,
>
> ପ୍ରେମ ଏକ ଆମ୍ୟାପ୍ରତି ଅନ୍ୟର ବନ୍ଦନ,
>
> ପ୍ରେମ ପୂର୍ଣ୍ଣ ସମର୍ପଣ ଏକ ଅନ୍ୟ ପାଇଁ,
>
> ପ୍ରେମ ଆନ ପାଇଁ ଦେବା ନିଜକୁ ହଜାଇ,
>
> ନୈରାଶ୍ୟ, କଷଣ, ଅଶ୍ରୁ, ସାଥୀ ପ୍ରଣୟର,
>
> ପ୍ରେମିକ, ପ୍ରେମିକା ପୋଛେ ଅଶ୍ରୁ ଅନ୍ୟୋନ୍ୟର ।"

ଆଜି ସେମାନେ ଯାହାଙ୍କୁ ଅପେକ୍ଷା କରି ବସିଛନ୍ତି। ସିଏ ଯଦି ନ ଆସନ୍ତି, ତାଙ୍କ ସହିତ ସତୀର ଯେବେ ଆଉ କେବେ ବି ସାକ୍ଷାତ ନହୁଏ, ତେବେ ସତୀ ସେ ବିଚ୍ଛେଦ ଜନିତ ଯନ୍ତ୍ରଣା ସହି ପାରିବ ତ ? ବିରହର ବିଷ ପିଇ ସତୀ ନିଜକୁ କେତେଦିନ ବଞ୍ଚାଇ ରଖିପାରିବ ? ଉପରକୁ ଜଣା ପଡୁନଥିଲେ ମଧ୍ୟ ସତୀ ଭିତରେ ଭିତରେ ଝୁରି ମରୁଛି। ଏକଥା ସୁନି ଭଲ ଭବାରେ ଜାଣି ସାରିଲାଣି। ବାହାରକୁ ସହଜ, ସରଳ, ସତେଜ, ସୁନ୍ଦର ଦିଶୁଥିବା ଫୁଲଟି ଭ୍ରମରର ଆଗମନ ଅପେକ୍ଷାରେ ରହି କ୍ଷତାକ୍ତ ହୋଇସାରିଲାଣି ଆଶା ଆଉ ଆଶଙ୍କାରେ। ସୁନିର ସେ କଥା ବୁଝିବାକୁ ଆଉ ବାକି ରହିନାହିଁ। ସିଏ ଯଦି ଆଉ ନ ଆସନ୍ତି ତେବେ ଯେତେ ବୁଝାଇଲେ ସୁଦ୍ଧା ସତୀ କ'ଣ ତାଙ୍କ ସାକ୍ଷାତ ନ ପାଇବାର ବ୍ୟଥାକୁ ଏତେ ସହଜରେ ସହିଯାଇ ପାରିବ ? ଯେତେ ରକମର କଥା କହି ଯେତେ ପ୍ରକାରର ସାନ୍ତ୍ୱନା ଦେଇ ବୋଧ ଦେଲେ ମଧ୍ୟ ସତୀ କେବେ ତା'ର ମନ ଭୁଲାଣିଆ କଥାକୁ ଗ୍ରହଣ କରିନେବ ନାହିଁ, ଏତେ ସହଜରେ।

ସତୀ ଛୋଟ ଜାତିରେ ଗରିବ ଘରେ ଜନ୍ମ ହୋଇଛି। ତେବେ ଏକଥା ମଧ୍ୟ ସତ ଯେ ସେ ବଣ ଖମଣ ଘେରା ପାଣି କାଦୁଅ ସତ୍‌ସତ୍‌ ପଲ୍ଲୀ ଅଞ୍ଚଳର ଗାଁ ଗହଳିର ନିପଟ ମଫସଲର ଦର ପାଠେଇ ଝିଅଟିଏ। ହେଲେ ରୂପ ପାଇଛି ରାଜା ଝିଅପରି। ଗୁଣ, ସ୍ୱଭାବ, ଆଚାର, ଆଚରଣ, ବ୍ୟବହାର କେଉଁଥିରେ ତାକୁ ବାଛିହେବନାହିଁ। ନ ଜାଣିଲା ଲୋକ ତାକୁ ଦେଖିଲେ କୁଳୀନ ବ୍ରାହ୍ମଣ ଘର କିମ୍ବା ସମ୍ଭ୍ରାନ୍ତ କରଣ ପରିବାରର ଝିଅ ବୋଲି କହିବ। ସେ କେବେବି କେବଢ଼ ଘରର ଝିଅ ପରି ଜଣାଯାଏନା। ସୁନି ମନକୁ ପାପ ଛୁଇଁଛି। ଦୁନିଆରେ ସବୁ ଭଲ ମଣିଷମାନେ ନିର୍ଯ୍ୟାତନା ଭୋଗିଛନ୍ତି। ସବୁ ରୂପସୀମାନେ ଦୁଃଖ, କଷ୍ଟ, ନିର୍ଯ୍ୟାତନା, ଯନ୍ତ୍ରଣା ସହି ଅବହେଳିତା, ଲାଞ୍ଛିତା, ଅତ୍ୟାଚାରିତା ହୋଇ ଜୀବନ ବିତାଇଦେବାକୁ ବାଧ୍ୟ ହୋଇଛନ୍ତି। ରୂପ ପାଇଥିଲେ ସୀତା, ସେଇ ରୂପ ହିଁ ସୀତାଙ୍କ ପାଇଁ କାଳ ହେଲା। ତାଙ୍କରି ପାଇଁ ତ ଲଙ୍କା ଅଭିଯାନ। ଅଗ୍ନି ପରୀକ୍ଷା ଦେଲା ପରେ ସୁଦ୍ଧା ତାକୁ ନିର୍ବାସନ ଦଣ୍ଡ ଭୋଗିବାକୁ ପଡ଼ିଥିଲା। ସେ ନିର୍ବାସିତା ହୋଇ ବାଲ୍ମିକୀଙ୍କ ଆଶ୍ରମରେ ରହି ଅବଶିଷ୍ଟ ଜୀବନ ବିତାଇଥିଲେ, ସ୍ୱାମୀ ବିଚ୍ଛେଦ ଜନିତ ବିରହ ଯନ୍ତ୍ରଣା ସହି। ରୂପ ପାଇଥିଲେ ଶ୍ରୀ ରାଧା। ନପୁଂସକ ପତୀଙ୍କଠାରୁ କି ସ୍ୱାମୀ ସୁଖ ବା ସେ ପାଇଥିଲେ ? ଭଣ୍ଡା କୃଷ୍ଣଙ୍କ ନାମରେ ତାଙ୍କୁ କଳଙ୍କର ବୋଝ ମୁଣ୍ଡାଇବାକୁ ପଡିଲା। ଅପବାଦ ରଟିଲା ଗୋପପୁରରେ ତାଙ୍କ ନାଁରେ। କୃଷ୍ଣଙ୍କ ମଥୁରା ଗମନ ପରେ ବିରହିଣୀର ଜୀବନ ବିତାଇଥିଲାଏକାଏକା। ଏକୁଟିଆ ଗୋପ ବୃନ୍ଦାବନରେ ସେ ରହିଥିଲାବେଳେ କୃଷ୍ଣ ଦ୍ୱାରିକା ରାଜପୁରୀରେ ଅଷ୍ଟପାଟବଂଶୀଙ୍କ ଗହଣରେ ମସଗୁଲ ଥିଲେ। କୃଷ୍ଣଙ୍କର ଯାତ୍ରା ମଥୁରାରୁ ଦ୍ୱାରିକା। ସେଠାରୁ ହସ୍ତିନାରୁ କରୁକ୍ଷେତ୍ର ଓ କୁରୁକ୍ଷେତ୍ରରୁ ଏରକା ଦେଇ ଶିଆଳିଲତା ପର୍ଯ୍ୟନ୍ତ ଲମ୍ବିଗଲା ପରେ ସୁଦ୍ଧା ଶ୍ରୀ ରାଧା ସେ ଅପବାଦରୁ ମୁକ୍ତ ହୋଇପାରିନଥିଲେ। ସେ କଳଙ୍କ ତାଙ୍କଠେଇଁ ସେହିପରି ଲାଗିରହିଥିଲା।

ରୂପ ପାଇଥିଲେ ଅହଲ୍ୟା। ନିଜର ଅସମ୍ମତିରେ ଗୌତମଙ୍କ ରୂପ ଧାରଣ କରି ଇନ୍ଦ୍ର ତାଙ୍କ ସହିତ ରତି କଲେ। ନୀରପରାଧିନୀ ଅହଲ୍ୟା ସ୍ୱାମୀଙ୍କ ଅଭିଶାପରେ ପାଷାଣୀ ହୋଇ ପଡ଼ିରହିଲେ ଗୌତମଙ୍କ ଆଶ୍ରମ ସମ୍ମୁଖରେ ପ୍ରଭୁ ରାମଚନ୍ଦ୍ରଙ୍କ ପାଦଧୂଲି ବାଜି ମୋକ୍ଷ ହେବା ପର୍ଯ୍ୟନ୍ତ। ରୂପ ପାଇଥିଲେ ସତ୍ୟବାତୀ। ତାଙ୍କ ଲାଗି ପରାଶର ଅସମୟରେ ମାୟାର କୁହୁଡ଼ି ସର୍ଜନା କରିଥିଲେ। ଯାହାର ଫଳଶ୍ରୁତି ବ୍ୟାସଦେବଙ୍କ ଜନ୍ମ। ସାନଭାଇ ପରାଶରଙ୍କ ପ୍ରେମିକା ସତ୍ୟବତୀଙ୍କ ଲାଗି ଦେଢ଼ଶୁର ହସ୍ତିନାର ରାଜା ସାନ୍ତନୁ ବୃଦ୍ଧ ବୟସରେ ପାଗଳ ହୋଇଥିଲେ। ଯାହାଲାଗି ପୁତ୍ର ଦେବବ୍ରତ ରାଜସିଂହାସନ ଓ ଦାମ୍ପତ୍ୟ ସୁଖ ପରିତ୍ୟାଗ କରି ଭୀଷଣ (ବଜ୍ର) ଶପଥ ନେବାକୁ ବାଧ୍ୟ ହୋଇ ଦେବବ୍ରତରୁ ଭୀଷ୍ମଙ୍କୁ ନାମାନ୍ତର ହୋଇଥିଲେ। ରୂପସୀ ହୋଇ ଜନ୍ମ ହୋଇଥିଲେ ଦ୍ରୌପଦୀ। ତାଙ୍କ ପାଇଁ ତ କେତେ ଅନର୍ଥ ସୃଷ୍ଟି ହେଲା। ଭରା ରାଜସଭାରେ ତାଙ୍କୁ ବିବସନା କରିବାର ହୀନ (ବ୍ୟର୍ଥ) ଉଦ୍ୟମ ହୋଇଥିଲା। ରୂପ ପାଇଥିଲେ ଆମ୍ରାପାଲ୍ଲୀ। ସେହି ରୂପ ଲାଗି ତାଙ୍କୁ ସଂସାର ସୁଖ ତ୍ୟାଗ କରି ନଗରବଧୂ ହେବାକୁ ବାଧ୍ୟ କରାଯାଇଥିଲା। ରୂପ ପାଇଥିଲେ କାରୁବାକୀ। ଖାସ୍ ତାଙ୍କରି ପାଇଁ ମଗଧ

ସମ୍ରାଟଙ୍କ ଦ୍ୱାରା କଳିଙ୍ଗ ଯୁଦ୍ଧ ସଂଗଠିତ ହୋଇ ଦୟାନଦୀରେ ରକ୍ତର ସ୍ରୋତ ଛୁଟିଥିଲା । ରୂପସୀ ସଂଯୁକ୍ତାଙ୍କ ପାଇଁ ଭାରତ ପରାଧୀନ ହେଲା । ରୂପବତୀ ପଦ୍ମିନୀଙ୍କ ଲାଗି ଧ୍ୱସ ହୋଇଥିଲା ଚିତୋର । ଉଭୟ ସଂଯୁକ୍ତା ଓ ପଦ୍ମିନୀ ଜହର ବ୍ରତ ପାଳନ କରିବାକୁ ବାଧ୍ୟ ହୋଇଥିଲେ । ଏହି ରୂପସୀମାନଙ୍କୁ ସଂସାର ସୁଖରେ ରହିବାକୁ କେବେ ଦେଇନାହିଁ । ନିରାପଦରେ ସ୍ୱାମୀ ସନ୍ତାନକୁ ନେଇ ସେମାନେ ନିର୍ବିଘ୍ନରେ ଜୀବନ ବିତାଇ ଦେବାକୁ ସୁଯୋଗ ପାଇନାହାଁନ୍ତି । ସାଂସାରିକ ସୁଖ ଓ ସ୍ୱଚ୍ଛନ୍ଦରେ ଦାମ୍ପତ୍ୟ ଜୀବନ ଅତିବାହିତ କରିବା ସେମାନଙ୍କ ଲାଗି ହୋଇଯାଇଥିଲା ସାତସପନ । ଦୁନିଆ ସେମାନଙ୍କ ଉପରେ ଦାଉ ସାଧିଲା । ଅଗ୍ନି ପରୀକ୍ଷାର ସମ୍ମୁଖୀନ ହୋଇସାରି ସୁଦ୍ଧା ସୀତାଙ୍କ ପରି ସତୀ ଠାକୁରାଣୀ ହେଲେ ନିର୍ବାସିତା । ତାଙ୍କ ନାମରେ ମିଥ୍ୟା ଅପବାଦ ଦିଆଯାଇଥିଲା । ସତ୍ୟବତୀ ତାଙ୍କ ପ୍ରେମିକ ପରାଶରଙ୍କ ଜ୍ୟେଷ୍ଠଭ୍ରାତା ଶାନ୍ତନୁଙ୍କୁ ବିବାହ କଲେ । ରାଧା କଳଙ୍କିନୀର ବୋଝ ମୁଣ୍ଡାଇଲେ ଜୀବନସାରା । ଦ୍ରୌପଦୀ ଉନୁକ୍ତ କରି ରଖିଲେ କେଶ ଦୀର୍ଘଦିନ ପାଇଁ । ଆମ୍ରପଲ୍ଲୀ ହେଲେ ନଗରବଧୂ । କାରୁବାକୀ ମଗଧ ସମ୍ରାଟ ଅଶୋକଙ୍କ ରକ୍ଷିତା ହୋଇ ଜୀବନ ବିତାଇବାକୁ ବାଧ୍ୟ ହୋଇଥିଲେ । ସଂଯୁକ୍ତା ଓ ପଦ୍ମିନୀ ଜହରବ୍ରତ ପାଳନ କଲେ ନିଜର ସତୀତ୍ୱ ରକ୍ଷା ଲାଗି । ସେହିପରି ଅସାମାନ୍ୟ ରୂପର ଅଧିକାରିଣୀ ରୂପବତୀ ସତୀ ଅନିନ୍ଦିତା ସୌନ୍ଦର୍ଯ୍ୟ ବିଭୂଷିତା ରୂପସୀ ଯୁବତୀ ଅପରୂପା ଲାବଣ୍ୟମୟୀ ଶୋଡ଼ଶୀ ତରୁଣୀଟିର ଅବସ୍ଥା କ'ଣ ହେବ ? ସିଏ ସେହି ରୂପସୀମାନଙ୍କ ଅନୁଗାମିନୀ ହେବନି ତ ? ଯେହେତୁ ସେ ସେହିପରି ରୂପର, ସୌନ୍ଦର୍ଯ୍ୟର ଓ ସୌଷ୍ଠବର ଅଧିକାରିଣୀ ହୋଇଛି । ସେ କେବେବି ତ ସୁଖରେ, ସ୍ୱଚ୍ଛନ୍ଦରେ, ନିରାପଦରେ, ସମ୍ମାନର ସହିତ ଜୀବନ ବିତାଇ ପାରିବନି ? ଏ ସ୍ୱାର୍ଥପର ସଂସାର, ଏହି ପରଶ୍ରୀକାତର ସମାଜ, ଏ ହିଂସୁକ ଦୁନିଆ, ଏହି ଶଠତାପୂର୍ଣ୍ଣ ହୃଦୟ ଗୁଣର ମଣିଷମାନେ କେବେବି ତାକୁ ଶାନ୍ତିରେ ରହିବାକୁ, ସୁଖରେ ସଂସାର ବାନ୍ଧିବାକୁ, ସ୍ୱଚ୍ଛନ୍ଦରେ ଘର କରିବାକୁ, ନିରାପଦରେ ସ୍ୱାମୀ ପିଲାମାନଙ୍କୁ ନେଇ ରହିବାକୁ ସୁଯୋଗ ଦେବେନାହିଁ । ବେଇମାନ ଲୋକ ଚରିତ ନିଶ୍ଚିନ୍ତ ତା' ପ୍ରତି ଅବିଚାର କରିବ । ଯେମିତି ସେମାନଙ୍କ ପ୍ରତି କରିଥିଲା । ଇଂରାଜୀ କବି ସେକ୍ସପିଅର ଲେଖିଛନ୍ତି "They who stand high have many winds to shake them. If they fell, they desh themselves in to pleces" । ନଭଶ୍ଚୁମ୍ବୀମାନଙ୍କୁ ବହୁ ଝଡ଼ ଦୋହଲାଉ ଥାଏ । ମାତ୍ର ଯଦି ସେମାନେ ଭାଙ୍ଗି ପଡ଼ନ୍ତି, ଖଣ୍ଡ ଖଣ୍ଡ ହୋଇଯାଆନ୍ତି । ସତରେ ସବୁ ଶ୍ରେଷ୍ଠତରମାନଙ୍କ ପ୍ରତି ପ୍ରତିମୁହୂର୍ତ୍ତରେ (ସବୁବେଳେ) ବିପଦ ଲାଗିରହିଥାଏ । ସୁନି ମନକୁ ପାପ ଛୁଇଁଥିଲା । "ମୃଗମୀନ ସଜ୍ଜନାଂ ତୃଣ ଜଳ ସନ୍ତୋଷ ବିହିତ ବୃତ୍ତିନାମ୍ । ଲବ୍ଧକ୍ ଧୀବର ପିଶୁନା ନିଷ୍କାରଣମେବ ବୈରୀଣୋ ଗଜତି ।" ମୃଗ ଘାସ ଖାଇ, ମାଛ ପାଣି ପିଇ ଓ ସଜ୍ଜନ ବ୍ୟକ୍ତି ସନ୍ତୋଷରେ ଜଗତରେ ଜୀବନଯାପନ କରୁଥିବାବେଳେ ଅକାରଣରେ ଏମାନେ କୌଣସି ଦୋଷ କରିଥିବା କାରଣ ନଥିଲେ ମଧ୍ୟ ଏମାନଙ୍କ ପ୍ରତି ଯଥାକ୍ରମେ ବ୍ୟାଧ, ଧୀବର ଓ ଖଳଲୋକମାନେ ଶଠତା ଆଚରଣ କରିଥାନ୍ତି । ଆହୁରି ମଧ୍ୟ "ସମ୍ପଦୋ ମହତାମେବ ମହତାମେବ ଚାପଦଃ ବର୍ଦ୍ଧତେ କ୍ଷୀୟତେ ଚନ୍ଦ୍ର, ନତୁ ତାରା ଗଣଃ କ୍ବଚିତ୍ ।" ବଡ଼ (ଶ୍ରେଷ୍ଠ) ଲୋକମାନେ ସୁଖ ଏବଂ ଦୁଃଖ ଭୋଗ କରନ୍ତି । ଚନ୍ଦ୍ର ବୃଦ୍ଧି ଏବଂ କ୍ଷୟ ଅଛି । କିନ୍ତୁ ତାରାମାନଙ୍କର ସେପରି ଅବସ୍ଥା ନାହିଁ ।

ସୁନି ଏବେ ଲକ୍ଷ୍ୟ କରୁଛି ସଦା ହସ ହସ ସତୀର ମୁଖମଣ୍ଡଳରେ ବିଷାଦର କଳାବାଦଲ ଘୋଟି ରହିଛି । ତା' ନାଲି ଟୁକୁଟୁକୁ ଓଠରୁ ଆଉ ହସର ଗୋଲାପ ପାଖୁଡ଼ା ଝରୁନି । ଅନ୍ୟମାନଙ୍କ କଥାରେ ମୁଣ୍ଡ ନ ପୁରାଇ ଆପଣା ଧନ୍ଦାରେ ବ୍ୟସ୍ତ ରହୁଥିବା ସତୀ ଏଇନେ ଅନେକ ସମୟରେ ଅନମନା ହୋଇ ବସିରହୁଛି । କୌଣସି ଚିନ୍ତାକୁ ତା' ମନରେ ସ୍ଥାନ ନ ଦେଉଥିବା ସତୀ ଏବେ ଆଉ ନିଶ୍ଚିନ୍ତ ନୁହେଁ । ସବୁବେଳେ ଚିନ୍ତିତ ଥିଲାପରି ଜଣାପଡ଼ୁଛି । ପ୍ରତ୍ୟେକ କଥାରେ ସୁନି ସହିତ ଯୁକ୍ତି କରୁଥିବା ସତୀ ଆଉ ଯୁକ୍ତିତର୍କରେ ମନ ନ ଦେଇ ଅଧିକାଂଶ ସମୟରେ ନିରବ ରହୁଛି । ଯେଉଁ ସତୀ ତାକୁ ନିର୍ମଳ ହୃଦୟ ନେଇ ମନ୍ଦିରକୁ ଆସିବା କଥା କହୁଥିଲା, ସେ ଏବେ ନିଜେ ନିର୍ମଳ ହୃଦୟରେ ମନ୍ଦିରକୁ ଆସୁନି । ଆସୁଛି

ହୃଦୟରେ କଳୁଷ ଭାବନା ନେଇ। ମନରେ ନିଷ୍ଠା ରଖ୍ ଠାକୁରଙ୍କୁ ଦର୍ଶନ କରିବା କଥା କହୁଥିବା ସତୀର ମନରେ ଏବେ ଆଉ ଠାକୁରଙ୍କ ପ୍ରତି ଆଗଭଳି ଦୃଢ଼ ନିଷ୍ଠା ନାହିଁ। ତା ମନରେ ଅଧରଙ୍କୁ ସାକ୍ଷାତ କରିବାର କାମନା ଭରି ରହିଛି। ସ୍ୱଚ୍ଛ ପ୍ରାଣରେ ଦେବତାଙ୍କ ବିଜେସ୍ଥଳୀକୁ ଯିବା କଥା ବୁଝାଉଥିବା ସତୀର ଆତ୍ମା ଆଉ ପୂର୍ବପରି ସ୍ୱଚ୍ଛ ନୁହେଁ। ସେଠି ଅବିଳତା ଭରିଗଲାଣି ପୂର୍ଣ୍ଣ ମାତ୍ରାରେ। ପବିତ୍ର ଅନ୍ତରରେ ଦିଅଁଙ୍କ ନିକଟକୁ ଆସିବା ଲାଗି ଉପଦେଶ ଦେଉଥିବା ସତୀର ଅନ୍ତରରେ ପବିତ୍ର ଭାବନା ଆଉ ନାହିଁ। ସେ ତା' ମନର ମଣିଷକୁ ଭେଟିବା ରୂପକ ଚଞ୍ଚଳତା ତା' ହୃଦୟରେ ପ୍ରବେଶ କରିସାରିଲାଣି। ଶଠତା ତା' ଅନ୍ତରରେ ବସା ବାନ୍ଧିଲାଣି। ଏବେ ତାକୁ ଦେଖିଲେ ସେ ଆଗର ସତୀ ପରି ଲାଗୁନାହିଁ। ଅସମ୍ଭବ ଭାବେ ଚପଳମତି ସତୀ ଏବେ ଖୁବ୍ ଗମ୍ଭୀର ଦିଶୁଛି। ଝଡ଼ର ପୂର୍ବାବସ୍ଥାରେ ପ୍ରକୃତି ଯେପରି ନିରବ ନିସ୍ତବ୍ଧ ହୋଇଯାଏ, ସତୀ ଯଦିଓ ସେହିପରି ଶାନ୍ତ ଓ ସ୍ଥିର ଜଣାପଡୁଛି, ତାକୁ ଦେଖି ମନେ ହେଉଛି ସେ ଯେପରି ଆଗରୁ ବିପଦର ସୂଚନା ପାଇ ସେ ବିପର୍ଯ୍ୟୟର ସମ୍ମୁଖୀନ ହେବା ଲାଗି ମନେ ମନେ ନିଜକୁ ପ୍ରସ୍ତୁତ କରିନେଇଛି।

ତା'କୁଆରୀ ମନର ଅଲେଖା କାଗଜରେ ଅଧର ଯେଉଁ ନାମ ଲେଖି ଦେଇଛନ୍ତି, ଅନ୍ୟ କାହାକୁ ବିବାହ କଲେ ସେ (ନବ) ବଧୂ ବେଶର ସିନ୍ଦୁର ଟିପା ସେ ନାମକୁ କେବେବି ଲିଭାଇ ଦେବାକୁ ସକ୍ଷମ ହୋଇପାରିବ ନାହିଁ। ସତୀ ତା'ଜୀବନର ପ୍ରଥମ ପୁରୁଷକୁ ଆଦୌ ଏତେ ସହଜରେ ଭୁଲି ପାରିବନି। ଜୀବନର ପ୍ରତ୍ୟେକ ପ୍ରଥମ ଘଟଣା ହିଁ ନିଜ ହୃଦୟରେ ଗଭୀର ରେଖାପାତ କରିଥାଏ। ସେ ଚାହୁଁଥିବା ତା'ର ସେହି ଇପ୍ସିତକୁ ପାଇଲେ ତୃପ୍ତି ଲାଭ କରେ। ଜୀବନର ପ୍ରଥମ ଆକାଂକ୍ଷାର ଅପ୍ରାପ୍ତିରେ ଅନ୍ତରରେ ଯେଉଁ କ୍ଷତ ସୃଷ୍ଟି ହୁଏ, ତାହା କେବେବି କୌଣସି ଉପାୟରେ ପୂରଣ ହୋଇପାରେନା। କୌଣସି ଉପଚାର ସେ କ୍ଷତକୁ ସୁଖାଇ ପାରେନାହିଁ। କୌଣସି ମଲମର ମାଲିସ ସେ କ୍ଷତର ଯନ୍ତ୍ରଣା ଲିଭାଇ ପାରେନା କିମ୍ୱ କୌଣସି ଔଷଧ ତାକୁ ଆରୋଗ୍ୟ ପ୍ରଦାନ କରିପାରିନଥାଏ। ସେ କ୍ଷତ ଜନିତ ବ୍ୟଥାରେ ବ୍ୟକ୍ତି ଜୀବନସାରା କେବଳ କଳବଳ ହୋଇ ଯନ୍ତ୍ରଣା ଜର୍ଜରିତ ଜୀବନ ବିତାଇବାକୁ ବାଧ୍ୟ ହୋଇଥାଏ। ତା'ର ଉପଶମ କେବଳ ସେ ଇପ୍ସିତ ବସ୍ତୁର ପ୍ରାପ୍ତିରେ ସମ୍ଭବ ହୋଇପାରିବ। ନଚେତ୍ ଦୁନିଆର ଆଉ କୌଣସି ପଦାର୍ଥ ତାର ବିକଳ୍ପ ହୋଇପାରିବନି। ଇପ୍ସିତର ଅନୁପସ୍ଥିତିରେ ହୃଦୟରେ ଯେଉଁ ଶୂନ୍ୟତା ସୃଷ୍ଟି ହୁଏ, ସେ ଶୂନ୍ୟତାର ପ୍ରକୋପରେ ମଣିଷ ସାରା ଜୀବନ କେବଳ ଛଟପଟ ହୋଇଥାଏ। ତା'ର ପ୍ରଭାବରେ ନିଜର ଜୀବନ ତାକୁ ମୂଲ୍ୟହୀନ ପରି ଲାଗେ। ସାରା ଦୁନିଆଟା ମରୁବାଲି ଭଲି ଜଣାଯାଏ। ଗତାନୁଗତିକ ଜୀବନ ପ୍ରବାହରେ ପ୍ରଭାବିତ ହୋଇ ସେ ହୁଏତ ସଂସାରରେ ବଞ୍ଚିରହେ। କିନ୍ତୁ ପ୍ରିୟବସ୍ତୁକୁ ହରାଇ ଥିବା ବେଦନାରେ ବ୍ୟଥିତ ହୋଇ ଜୀବନ୍ମୃତ ଜୀବନ ବିତାଇଥାଏ।

ସେଇଥିପାଁଇ ତ ପ୍ରଥମ ପ୍ରେମ ସମ୍ପର୍କରେ ବିଶ୍ୱ ପ୍ରସିଦ୍ଧ ବ୍ୟକ୍ତିମାନେ ସବୁ ଏହିପରି କହିଛନ୍ତି – ଜର୍ଜ ବର୍ଣ୍ଣାର୍ଡ ଶ' କହିଲେ "ପ୍ରଥମ ପ୍ରେମ ଅଳ୍ପ ନିର୍ବୋଧତା ଏବଂ ଗୁଡ଼ିଏ କୌତୁହଳର ସମାହାର।" ବେଞ୍ଜାମିନ୍ ଡିସ୍ରାଏଲ କହିଲେ "ପ୍ରଥମ ପ୍ରେମ ଏଭଳି ଏକ ଅକ୍ଷତା ଯାହାର କୌଣସି ଶେଷ ନାହିଁ।" ଓସ୍କାର ୱାଇଲ୍ଡ କହିଲେ "ପୁରୁଷ ସର୍ବଦା ମହିଳାଙ୍କ ପ୍ରଥମ ପ୍ରେମ ହେବାକୁ ଚାହେଁ, ଯାହା ସେମାନଙ୍କର ଏକ ଅବାଗିଆ ବୃଥା ଗର୍ବ।" ବ୍ରାନିସ୍ଲାଭ ନିଉଜିକ୍ କହିଲେ "ପ୍ରଥମ ପ୍ରେମ, ଶେଷ ପ୍ରେମ ହେଲେ ବିପଦ।" ନିକୋଲାସ୍ ସ୍ପାର୍କ କହିଲେ "ପ୍ରଥମ ପ୍ରେମର ଅନୁଭବ କେବେ ହେଲେ ଭୁଲି ହୁଏନା।" ହେନ୍ରୀ ଲୁଇସ୍ ମେକେନ୍ କହିଲେ "ପ୍ରତ୍ୟେକ ପୁରୁଷ ଜୀବନରେ ଦୁଇଥର ଆନନ୍ଦିତ ହୁଅନ୍ତି, ପ୍ରଥମ ଥର– ପ୍ରଥମ ପ୍ରେମକୁ ଭେଟିବା ପରେ ଏବଂ ଦ୍ୱିତୀୟ ଥର– ଶେଷ ପ୍ରେମକୁ ଭୁଲିବା ପରେ।" ହୋନୋରେଡି ବାଲଜାକ୍ କହିଲେ "ପ୍ରଥମ ପ୍ରେମ ଏକପ୍ରକାର ପ୍ରତିଷେଧକ ଟିକା, ଯାହା ପୁରୁଷକୁ ଦ୍ୱିତୀୟ ଥର ଅଭିଯୁକ୍ତ ହେବାରୁ ରକ୍ଷା କରେ।" କ୍ରିଷ୍ଟିଆନ୍ ନେସ୍ଟେଲ ବୋଭି କହିଲେ "ଆମର ପ୍ରଥମ ଓ ଶେଷ ପ୍ରେମ ହେଉଛି ଆତ୍ମ-ପ୍ରେମ।"

ମନକାଗଜରେ ପ୍ରଥମ ସ୍ୱାକ୍ଷର, ମନ ଦର୍ପଣରେ ପ୍ରଥମ ପ୍ରତିବିନ୍ଦ, ମନ ଆକାଶରେ ପ୍ରଥମ ପୂର୍ଣ୍ଣିମାର ଜନ୍ମ, ମନ

ଯମୁନାରେ ପ୍ରଥମ ତରଙ୍ଗ, ମନ ସାଗରରେ ପ୍ରଥମ ଜୁଆର, ମନ ମଇଦାନରେ ପ୍ରଥମ ପଦାର୍ପଣ, ମନ ସରଗରେ ପ୍ରଥମ ଉଦିତ ସୂର୍ଯ୍ୟ, ମନ ବିପଣିର ପ୍ରଥମ ଆଗ୍ରହକୁ କେହି କେବେ ବି ଭୁଲି ପାରେନାହିଁ। ସେ ଅପାସୋରା ସ୍ମୃତି ସବୁଦିନ ପାଇଁ ହୃଦୟରେ ଗଭୀର ରେଖାଟିଏ ଟାଣିଦିଏ। ସେ ରେଖା ଦ୍ୱାରା କ୍ଷତାକ୍ତ ବ୍ୟକ୍ତି କ୍ଷତର ପ୍ରଭାବରେ ପ୍ରଭାବିତ ହୋଇ ଜୀବନ୍ନୋତର ଜୀବନ ଅତିବାହିତ କରେ। ନତୁବା ଜୀବନ ହାରିଦେବାକୁ ଆଗେଇ ଯାଏ।

କଥାରେ ଅଛି "ଚାଲି ଜାଣିଲେ ବାଟ ସୁନ୍ଦର, କହି ଜାଣିଲେ କଥା ସୁନ୍ଦର, କୁଣ୍ଠାଇ ଜାଣିଲେ ମଥା ସୁନ୍ଦର, ପିନ୍ଧି ଜାଣିଲେ ଲୁଗା ସୁନ୍ଦର, ସଜେଇ ଜାଣିଲେ (ପାରିଲେ) ନିଜେ ସୁନ୍ଦର।" ଠିକ୍ ସେହିପରି ଜିଇଁ ଜାଣିଲେ ହିଁ ଜୀବନ ସୁନ୍ଦର ଓ ସହଜ ତଥା ଉପଭୋଗ୍ୟ ହୋଇଥାଏ। ଜିଇଁବା କଳା ଏବଂ କୌଶଳ ଜାଣି ପାରୁନଥିବାରୁ ଲୋକମାନେ ବାଛି ନେଉଛନ୍ତି ଆତ୍ମହତ୍ୟାର ବାଟ। କିମ୍ବା ଜିଉଁଛନ୍ତି ନିହାତି ନିରସ ଜୀବନଟିଏ। କ'ଣ ତା'ହେଲେ ସେ ଜୀବନ(ଜିଇଁବାର) କଳା ? ଏଠାରେ ମନେ ପଡୁଛନ୍ତି ପ୍ରସିଦ୍ଧ ଉର୍ଦୁ କବି ନିଦାଫାଜିଲା। ସେ କହନ୍ତି "କଭି କିସିକୋ ମୁକ୍ଶ୍ୱଲ ଜାହା ନେହିଁ ମିଲତା, କହିଁ ଜମି ତୋ କହିଁ ଆସମା ନେହିଁ ମିଲତା।" ସତରେ କେଉଁଠି ମାଟି ମିଲେନି ତ କେଉଁଠି ଆକାଶ ପରି ପୂର୍ଣ୍ଣତା ଖୋଜି ବସିଲେ ନିରାଶ ହେବାକୁ ହିଁ ପଡ଼େ। ବିଫଳତା ହିଁ ଆମକୁ ମିଳିବ। ତେଣୁ ଆସନ୍ତୁ ବିଫଳତାକୁ ଉପଯୋଗ କରିବାର କଳାଟି ଶିଖିନେବା। ଏସପ୍ଙ୍କ କାହାଣୀର ସେହି କୋକିଶିଆଲିଟି ପରି ଅଙ୍ଗୁର ଫଳ ଖାଇବାକୁ ଡେଇଁ ଡେଇଁ ହାଲିଆ ଓ ହତାଶ ହେଲାପରେ କହିଲା– ଛି – ଅଙ୍ଗୁରଗୁଡ଼ା କିଏ ଖାଇବ ? ସେ ଗୁଡ଼ାକ ଖଟାଫଳ। ଅଙ୍ଗୁର ଫଳକୁ ଖଟା ଆଖ୍ୟା ଦେଇ ଅନ୍ତତଃ ଆମେ ହତାଶ ମନକୁ ଟିକେ ସାନ୍ତ୍ୱନା ଦେଇପାରିବା। ହଜାର ସ୍ୱପ୍ନ ଓ ହଜାର ଆଶାକୁ ନେଇ ଗଢ଼ା ଆମର ଏଇ ଜୀବନ। ସେଇ ସ୍ୱପ୍ନ ଏବଂ ଆଶାକୁ ପୂରଣ କରିବାକୁ ଯାଇ ବିତିଯାଏ ଏଠି ଜୀବନ। ଜଣେ ପ୍ରସିଦ୍ଧ ଉର୍ଦୁ କବି ମିର୍ଜାଗାଲିବ୍ଙ୍କ ଭାଷାରେ "ହଜାରୋ ଖ୍ୱାଇସେଁ ଐସିକି, ହର୍ ଖ୍ୱାଇସ୍ ପେ ଦମ୍ ନିକ୍ଲେ, ବହୁତ୍ ନିକଲୋ ମେରେ ଅରମା ଫିର୍ ଭି କମ୍ ନିକ୍ଲେ।" ଏତେ ସ୍ୱପ୍ନ ପାଇଁ ଏଠି ରାତି ନିଅଣ୍ଟ ହୁଏ। ଏହାହିଁ ଶିଖାଏ ଜୀବନ ବଞ୍ଚିବାର ପ୍ରକୃତ କଳା। ପ୍ରାପ୍ତି ମାତ୍ରେ ହିଁ ମୃତ୍ୟୁ। ଅପ୍ରାପ୍ତି ହିଁ ଜୀବନ। ଏ ରହସ୍ୟକୁ ଯିଏ ବୁଝିପାରିଛି, ସେ ବୁଝି ପାରିଛି ଜୀବନ(ଜିଇଁବାର) କଳା। କାରଣ ପ୍ରାପ୍ତରେ ବି ନିରାଶ ହେବାକୁ ହୁଏ ଆମକୁ।

ଆଲବର୍ଟ ଆଇନ ଷ୍ଟାଇନଙ୍କ ଉକ୍ତି ଜୀବନ ବଞ୍ଚିବାର ଦୁଇଟି କଳା ଅଛି। ପ୍ରଥମତଃ ଦୁନିଆରେ କିଛି ବି ଚମକାର ନୁହେଁ ଏବଂ ଦ୍ୱିତୀୟ ଦୁନିଆର ସମସ୍ତ ଜିନିଷ ଚମକାର ଅଟେ। ବ୍ୟକ୍ତିତ୍ୱର ମୂଲ୍ୟ କ'ଣ ପ୍ରାପ୍ତି କରିପାରିବ, ସେଥିରୁ ମିଳିନଥାଏ। କ'ଣ ଦେଇପାରିବ, ସେଥିରେ ବ୍ୟକ୍ତିତ୍ୱର ମୂଲ୍ୟ ଜଣାପଡ଼େ। ପାଗଲାମୀ ହେଉଛି ଗୋଟିଏ କାମକୁ ବାରମ୍ବାର କରିବା ଏବଂ ସବୁବେଳେ ଫଳର ଆଶା ରଖିବା। ଈଶ୍ୱରଙ୍କ ଆଗରେ ସମସ୍ତେ ସମାନ ପରିମାଣରେ ବୁଦ୍ଧିମାନ ଏବଂ ମୂର୍ଖ ଅଟନ୍ତି।

ଯେକୌଣସି ସଂଖ୍ୟାଟିକୁ ଶୂନ୍ୟରେ ଗୁଣିବା, ଫଳ ହେବ ଶୂନ। ସେଇ ଶୂନଟି ଆମର ଏଇ ଜୀବନ ନୁହେଁ ତ ? ଆମର ସମସ୍ତ ଗୁଣନ, ହରଣ ଆକଳନ, ମୂଲ୍ୟାୟନକୁ ଶେଷରେ ଶୂନରେ ପରିଣତ କରାଉଥିବା ସେଇ ରହସ୍ୟମୟ ଅସ୍ତିତ୍ୱଟି ହେଉଛି ଆମର ଏଇ ଜୀବନ। କେହି ଜଣେ ଠିକ୍ କହିଛନ୍ତି "ଲାଇଫ୍ ଇଜ୍ ନ ଥିଙ୍ଗ ବଟ ଏ ସିରିଜ୍ ଅଫ୍ ଡିସଇଲ୍ୟୁ ଜନମେଣ୍ଟ" ଗୁଡ଼ାଏ ମୋହଭଙ୍ଗର ଅନ୍ୟନାମ ଜୀବନ। ସେହି ମୋହଭଙ୍ଗ କରାଉଥିବା ବିଷୟଟି ହେଲା 'ପ୍ରାପ୍ତି'। ପ୍ରାପ୍ତି ହିଁ ମୃତ୍ୟୁ, ଅପ୍ରାପ୍ତି ହିଁ ଜୀବନର ସମସ୍ତ ଧା ଧଉଡର କାରଣ। ତ୍ରିତଳ ପ୍ରାସାଦଟିଏ ତିଆରି କରି କିଛିଦିନ ସେଥିରେ ବାସକରି ରହି ଆସୁଥିବା ଲୋକଟି ଶେଷରେ ଭୁଲିଯାଏ ସେହି ଘରର ଅସ୍ତିତ୍ୱ। ଜୀବନରେ ଅଜସ୍ର ଧା ଧଉଡ କରି ସବୁ କିଛି ପାଇ ମେଦଗ୍ରସ୍ତ ଓ ମଧୁମେୟ ଗ୍ରସ୍ତ ହୋଇ ମଣିଷଟିଏ ବୁଝିପାରେ ତା'ଠାରୁ ବେଶ ଭଲରେ ଥାଏ ସେହିଦିନ ମଜୁରିଆଟି, ଯିଏ କି ଖଟିଲେ ଯାଇ ଗଣ୍ଡେ ଖାଇବାକୁ ପାଏ। ଖାଦ୍ୟର ମଜାସିଏ ପାଏ, ଯିଏ ପ୍ରତିଦିନ ଖାଦ୍ୟ

ପଛରେ ଗୋଡ଼ାଏ ଓ ଗଣ୍ଡେ ଖାଦ୍ୟ ଯୋଗାଡ଼ କରିବା ପାଇଁ ମେହନତ କରେ । ତେଣୁ ଜୀବନରେ କିଛି ଅପ୍ରାପ୍ତି ରହୁ, କିଛି ଅସଫଳତା ଆସୁ, କିଛି ଅଭାବ ଅନାଟନ ରହୁ । ନହେଲେ ଜୀବନକୁ ଠିକ୍ ଭାବରେ ବୁଝି ହେବନାହିଁ । କିଛି ଅନ୍ଧାର ଥାଏ ବୋଲି ସୂର୍ଯ୍ୟୋଦୟର ମଜ୍ଜା(ଆନନ୍ଦ) ଆସେ । ପ୍ରାଚୁର୍ଯ୍ୟ ଆମକୁ ମୃତ୍ୟୁ ଆଡ଼କୁ ବାଟ କଢ଼ାଏ । ଆରବ ଦେଶର ଏକ ଲୋକ କଥା ଅନୁସାରେ ପ୍ରଖର ସୂର୍ଯ୍ୟ କିରଣ ହିଁ ମରୁଭୂମି ସୃଷ୍ଟିକରେ ।

ପ୍ରାଚୁର୍ଯ୍ୟ ହିଁ ସବୁ ସମସ୍ୟାର ମୂଳ । ଆମେ ଭାବୁ କେବଳ ଦାରିଦ୍ର୍ୟରେ ଓ ଅପ୍ରାପ୍ୟରେ ହିଁ ସମସ୍ୟା ଅଛି । କିନ୍ତୁ ପ୍ରାଚୁର୍ଯ୍ୟର ଓ ପ୍ରାପ୍ତିର ସମସ୍ୟା ଗୁଡ଼ିକ ମଧ୍ୟ କିଛି କମ୍ ନୁହେଁ । ଅର୍ଥ ଓ ପ୍ରାପ୍ତି ପଛରେ ଗୋଡ଼ାଉଥିବା ମଣିଷ ଜୀବନକୁ ବ୍ୟର୍ଥ କରି ବସେ । ସେ ବୁଝିପାରେ ନାହିଁ ଅର୍ଥ ବଦଳରେ ଶଯ୍ୟା ଓ ପ୍ରାପ୍ତି ବଦଳରେ ସାମୟିକ ଖୁସି କିଣିହେବ । ମାତ୍ର ସୁଖନିଦ୍ରା କିମ୍ବା ସ୍ଥାୟୀ ଆନନ୍ଦ ନୁହେଁ । "ସନ୍ତୋଷାମୃତ ତୃପ୍ତାନାଂ ଯତ ସୁଖଂ ଶାନ୍ତଚେତ ସାଂ, ନ ଚ ତଦ୍ଧନଲୁବ୍ଧା ନାମିତ ଶ୍ଚେତଣ୍ଚ ଧବତାମ୍ ।" ସନ୍ତୋଷରୂପୀ ଅମୃତ ଦ୍ୱାରା ପରିତୃପ୍ତ ବ୍ୟକ୍ତିଙ୍କୁ ଯେଉଁ ସୁଖ ଓ ଶାନ୍ତି ପ୍ରାପ୍ତ ହୋଇଥାଏ, ଧନଲୋଭରେ ଏଣେତେଣେ (ବୁଲୁଥିବା) ଏଆଡେ ସେଆଡେ ଦୌଡୁଥିବା ଧନଲୋଭୀ ବ୍ୟକ୍ତିଙ୍କୁ ସେପରି ସୁଖ କାହୁଁ ମିଳିବ ? କ'ଣ ତା' ହେଲେ ଏକ ସଫଳ ଜୀବନର ମହାମନ୍ତ୍ର କେବଳ ପାଇବାରେ ଆନନ୍ଦ ନଥାଏ । ଦେବାରେ ତା'ର ଦୁଇଗୁଣ ଆନନ୍ଦ ମିଳିଥାଏ । ମହାସାଗର ସମସ୍ତ ଜଳର ଗ୍ରହୀତା, ପୁଣି ସେ ହିଁ ଶ୍ରେଷ୍ଠ ଦାତା । ପ୍ରକୃତରେ ସମସ୍ତ ବସ୍ତୁ, ବୃକ୍ଷ, ନଦୀ, ମାଟି, ସୂର୍ଯ୍ୟ, ଚନ୍ଦ୍ର ସମସ୍ତେ ଦାନ କରିବାରେ ବ୍ୟସ୍ତ । କିନ୍ତୁ ମଣିଷ ହିଁ କେବଳ ନେବା ଜାଣିଛି । ଦେବା ଶିଖିନାହିଁ । ତେଣୁ ଆସନ୍ତୁ ଅବଧୂତଙ୍କ ପରି ପ୍ରକୃତିକୁ ହିଁ ଗୁରୁ କରିବା । ପ୍ରକୃତିଠାରୁ ଶିଖିବା । ଜୀବନ ଜିଇବାର କଳା ।

ପ୍ରତ୍ୟେକ ବ୍ୟକ୍ତି ଅନ୍ୟକୁ ପଛରେ ପକାଇ ନିଜେ ଆଗକୁ ଯିବାକୁ ଚାହେଁ । ଏହି ପ୍ରତିଯୋଗିତାରେ କେତେ ସଫଳ କିମ୍ବା କେତେ ବିଫଳ ସେ କଥା ସମୀକ୍ଷା କଲେ ଜଣାଯିବ । ଆଜି ସଫଳ ବ୍ୟକ୍ତିଟିଏ କେବଳ ବସ୍ତୁବାଦୀ ସମ୍ପତ୍ତି ପାଇଁ ନିଜକୁ ଧନ୍ୟ ମନେକରେ । ଘର, ଜମି, ବାଡ଼ି, ଗାଡ଼ି, ବ୍ୟାଙ୍କଜମା, ପୋଷାକ, ପରିଚ୍ଛଦକୁ ନେଇ ସେ ନିଜକୁ ସଫଳ ବିଚାର କରେ । କିନ୍ତୁ ଏସବୁ ଅଳିକ ଓ ମଣିଷକୁ ପ୍ରକୃତ ସୁଖ ଦେଇପାରେ ନାହିଁ । ପଦ ପଦବୀ ଯଦି ସୁଖର ଗଣ୍ଟାଘର ବୋଲି ଭାବିବା ତେବେ ଆଇ.ଏ.ଏସ୍, ଆଇ.ପି.ଏସ୍, ଡାକ୍ତର, ଇଞ୍ଜିନିୟରମାନେ ଆତ୍ମହତ୍ୟା କରିବାର ସମ୍ବାଦ ମିଳନ୍ତା ନାହିଁ କିମ୍ବା ତାଙ୍କ ଘରେ ସି.ବି.ଆଇ ଆଦି ପ୍ରବେଶ କରନ୍ତେ ନାହିଁ । ନୈରାଶ୍ୟମୟ ଜୀବନ, ଆତ୍ମହତ୍ୟା ରୂପକ ଚିନ୍ତନ ଜଣାଇଦିଏ ଯେ ଏମାନେ କେବେ ସଫଳ ନଥିଲେ କିମ୍ବା ତାଙ୍କ ଜୀବନ ସୁଖମୟ ନଥିଲା ।

ଜୀବନ ହାରିଦେବା ପାଇଁ ତ ଅନେକ ବାଟ ରହିଛି । ଆତ୍ମହତ୍ୟା ସେଥିମଧ୍ୟରୁ ହୁଏତ ଗୋଟିଏ ପଥ ହୋଇପାରେ । ମୃତ୍ୟୁ ତ ଆସେ ଅନେକ ରୂପରେ । ଅନେକ ଅଭିବ୍ୟକ୍ତିରେ । ମୃତ୍ୟୁକୁ ଦେଖାହୁଏ ବୁଭୁକ୍ଷୁ ମଣିଷର ଯନ୍ତ୍ରଣା ଜର୍ଜରିତ ଚାହାଣିରେ । ମୃତ୍ୟୁକୁ ପଢ଼ିହୁଏ ବିଧବାର ଅବ୍ୟକ୍ତ ବେଦନାରେ । ମୃତ୍ୟୁକୁ ଅନୁଭବ କରିହୁଏ ହିଂସା ଏବଂ ଅମାନବୀୟତାରେ । ମୃତ୍ୟୁକୁ ଶୁଣିହୁଏ ନିରୀହ ଅନାଥ ଶିଶୁର କ୍ରନ୍ଦନରେ ଏବଂ ମୃତ୍ୟୁକୁ ଚାଖିହୁଏ ସକ୍ରେଟିସଙ୍କ ହେମଲକ ପିଆଲାରେ । ସତୀ ଯଦି ସେମିତି ଆତ୍ମହତ୍ୟାର ପଥକୁ ବାଛିନିଏ ।

ବିଶ୍ୱବିଖ୍ୟାତ ଦାର୍ଶନିକ ବିଶ୍ୱବିଜୟୀ ଆଲେକଜାଣ୍ଡରଙ୍କ ଗୁରୁ ପ୍ଲାଟୋଙ୍କ ଶିଷ୍ୟ ଆରିଷ୍ଟୋଟାଲ, ଆଲେକଜାଣ୍ଡଙ୍କ ଅକାଳ ମୃତ୍ୟୁରେ ଏପରି ଭୟଭୀତ ଓ ଅବସନ୍ନ ହୋଇଗଲେ ଯେ ଅସରା ନିରାଶା ଭିତରେ ବି ଦିନେ ଆତ୍ମହତ୍ୟା କରିବେ ଏକଥା କେମିତି କଳନୀୟ ହୋଇପାରିଥାନ୍ତା । ପଣ୍ଡିତ ପଣିଆ ଜ୍ଞାନ ସବୁ କୁଆଡ଼େ ଗଲା ? ସେମିତି ଐତିହାସିକ ବାଗ୍ମୀ ଜୀବନ ସାରା ଭାଷଣ ଦେଇ ହଜାର ହଜାର ସଂଖ୍ୟାରେ ବିଶ୍ୱ ଜନତାକୁ ସମ୍ମୋହିତ କରିଦେଇଥିବା ଓ ତାଙ୍କ ଭାଷଣରେ ହସେଇ ହସେଇ ଗଡ଼େଇ ଦେଉଥିବା ପୁଣି ସେଇଠି କନ୍ଦେଇ କନ୍ଦେଇ ଲୋଟେଇ ଦେଉଥିବା ବିସ୍ମିତ ପ୍ରତିଭା ଡେମୋସ୍ଥିନସ ଦିନେ ଘୋର ଅସହାୟତାରେ ଈତର, ଅଜ୍ଞାନ, ମୋହାନ୍ଧଙ୍କ ଭଳି ଆତ୍ମହତ୍ୟା କରିବା ବି ଏ

ଜନତା ଦେଖିଲା। ଏକଥା କେମିତି କଳନୀୟ ହୋଇ ପାରିଥାନ୍ତା? ଆକାଶ ଭାଙ୍ଗି ପଡିବାଭଳି ଘଟଣା ଯେ ସବୁ। ଏମିତି ସବୁ ଘଟଣାରେ ଜନତାର ସବୁ ହିସାବ କିତାବ ଭୁଲ ହୋଇଯାଏ।

ଏଥିରେ ତାଙ୍କ ଜ୍ଞାନର ହାନି ମଧ୍ୟ ପ୍ରାପ୍ତ ହୋଇଯାଇଥିଲା ଏଯାବତ୍। ଉଦାର ଲୋକେ ତେଣୁ ଆମ୍ଘତ୍ୟାକୁ ଏକ ମାନସିକ ରୋଗ ବୋଲି ଅଭିହିତ କରନ୍ତି। ତାର ଚିକିସ୍ସା ଲୋଡ଼ା ବୋଲି କହନ୍ତି। ଆମ୍ଘତ୍ୟାକୁ ଆଇନରେ ମଧ୍ୟ ଅପରାଧ ଦର୍ଶାଯାଇଥିଲା। ଏବେ କିନ୍ତୁ ଆମ୍ଘତ୍ୟା ଦରଦ ସୃଷ୍ଟି କରୁଛି। ଏକ ନିଷ୍ପାପ ନିରୀହ ମନର ଏକ ଦହନୀୟ ମୃତ୍ୟୁ ସମର୍ପଣ ଭାବରେ (ରାଜନୀତି) ଚାଲୁଛି। ଆମ୍ଘତ୍ୟାରୁ ଫାଇଦା ଉଠାଇବାର ଜଘନ୍ୟତା ଘଟଣାକୁ ତେଜୋଉଛି ସିନା ପୁନରାବୃତ୍ତିରେ ରୋକ୍ ଲଗାଉଛି କାହିଁ? ଆମ୍ଘତ୍ୟା ଆମ୍ବଳି ଓ ତ୍ୟାଗ ଦୁଇ ଭିନ୍ନକଥା।

ଏ ଦୁହିଁଙ୍କ ବ୍ୟତୀତ ପ୍ରସିଦ୍ଧ ଲେଖକ ଇୟାସୁନାରି କାଓ ବଥା ଓ ଏଷ୍ଟନ ଚେଖଭଙ୍କ ପରି ବିଶ୍ୱବିଖ୍ୟାତ ବ୍ୟକ୍ତିମାନେ ଆମ୍ଘତ୍ୟା କରିଥିଲେ। "ନାଭିନନ୍ଦେତ ଜୀବନଂ, ନାଭିନନ୍ଦେତ ମରଣଂ।" ଭକ୍ତ କବି ମଧୁସୂଦନ କହିଲେ- "ନଚ୍ଛିବ ମୃତ୍ୟୁକେବେ, ନଚ୍ଛିବ ପରମାୟୁ ଭୋଗ, ପ୍ରତୀକ୍ଷା କରିବ କାଳ ଭୃତ୍ୟ ଯେହ୍ନେ ପ୍ରଭୁର ନିଯୋଗ।" ବିଶ୍ୱସ୍ତ ଚାକର ମୁନିବର ନିର୍ଦ୍ଦେଶକୁ ଅପେକ୍ଷା କଲାପରି ମୃତ୍ୟୁ ବା ଜୀବନ କାମନା ନକରି ପ୍ରଭୁ ଅଭିପ୍ରେତ ଅବସ୍ଥାକୁ ଗ୍ରହଣ କରିନେବା ଉଚିତ୍।

ନିଜ ଭିତରେ ଯେଉଁ ପ୍ରତିଭାତି ରହିଛି, ତାକୁ ଖୋଜି କାଢ଼ିବାଟି ହେଉଛି ଏକବଡ଼ ଆବିଷ୍କାର। ଖୋଜି କାଢ଼ିବା ପରେ ସେ ଦିଗରେ ଅଗ୍ରଗତି କରିବା ହିଁ ଜୀବନର ସାର୍ଥକତା। ଆହୁରି ମଧ୍ୟ ଝରଣା ପରି ଅଧାବାଟରେ ଶୁଖିଯିବା ପାଇଁ ମଣିଷ ଆସିନାହିଁ। ଦୂର ପରିବ୍ୟାପ୍ତି ତା'ର ଚଲାପଥ। ଫିଟିଫିଟି ଯାଉଥିବା ଏ ଜୀବନ ସତରେ କେଡ଼େ ବିଭୋର, କେଡ଼େ ବିଗଳିତ ଆଉ କେଡ଼େ ବିଶ୍ୱସ୍ତ। ଏହାର ବିବର୍ଦ୍ଧମାନ ବ୍ୟାପକତା ଆଉ ବିଞ୍ଜତା ଅବା ବିଞ୍ଜତା ନ୍ୟସ୍ତ ବ୍ୟାପକତା ଭିନ୍ନ ଏକ ବ୍ରହ୍ମଚର୍ଯ୍ୟ, ଯାହା ବ୍ରହ୍ମ ସହ ଜୀବର ସାୟୁଜ୍ୟ ସାଧନ କରୁଥାଏ। ବ୍ରହ୍ମର ଏକ ଅର୍ଥ ହେଉଛି ବିରାଟତା ବୃହତ୍ତ୍ୱାତ୍ ବ୍ରହ୍ମ। ସେଇ ଅପରିକଳ୍ପନୀୟ ଏବଂ ଅପରିସୀମଙ୍କ ପ୍ରକାଶ ଓ ବିକାଶ ହେଉଛି ଜୀବନ ଅବା ସେହି ଅସୀମ, ଅରୂପଙ୍କର ଏକ ମନୋହର ରୂପ, ରସ ଓ ରଙ୍ଗ ହେଉଛି ଏ ଜୀବନ, ଯାହା ନଶ୍ୱର ଓ ଅନିଶ୍ଚିତ ହୋଇଥିଲେ ବି ଆକର୍ଷକ ଏବଂ ଆଧ୍ୟାମିକ। ନିଃଶ୍ବରେ ଏହା ନଭର ସୁଅପରି ବହିଯାଉଥାଏ। ପୁନି ଏହି ପାରମାର୍ଥିକ କ୍ରିୟା ସଂପାଦନ କରିବା ଅବକାଶରେ ତାହା ଅକାତର ଭାବେ ଆଶିଷର ଧାରା ଢାଲୁଥାଏ। ସେଥିପାଇଁ ମୁହୂର୍ଦ୍ଧେ ମାତ୍ର ବି ପବନ ବନ୍ଦ ହୁଏନାହିଁ। ଜଗତର ଆନନ୍ଦ ଯଜ୍ଞରେ ସଦାବେଳେ ତାହା ସଞ୍ଚରୁଥାଏ। କାରଣ ତା'ର ଅଖଣ୍ଡ, ଅଭେଦ୍ୟ ଓ ଅନର୍ଘ ମିତ୍ରତା ଥାଏ ଜୀବନ ପ୍ରତି। ସେ ଜାଣେ, ବେଶ ଭଲ କରି ଜାଣେ ସେ ତ ଜୀବନର ଆଧାର, ଆତ୍ମା ପୁଣି ଜୀବନର ସ୍ଥିତି ବ୍ୟତିରକେ ସେ ଅବ୍ୟକ୍ତ, ଅଦୃଶ୍ୟ, ଅପ୍ରକାଶ୍ୟ ଓ ଅଭାବିତ। ଏତାଦୃଶ ପରମପ୍ରଜ୍ଞାର କି ଲୀଳା ବିଳାସ ଅସୀମର ଏହି ସୀମାବଦ୍ଧ, ସମୟାନୁବର୍ତ୍ତିତା, ସାବଲୀଳ, ସହାସ୍ୟ, ସଦୟ, ସପ୍ରେମ, ସଶ୍ରଦ୍ଧ ଆଉ ସଂଯତ ଶୃଙ୍ଖଳମୁକ୍ତ ସହ ବିରାଟର କ୍ଷୁଦ୍ର ହେବା ମହାନାଟକର ମାଧୁର୍ଯ୍ୟର। ଆଉ ତା'ରି ଭିତରେ ଉଚ୍ଚାରିତ ଉଚ୍ଚାଙ୍ଗ ଏକ ସଙ୍ଗୀତର ସଂସ୍କୃତି ଯାହା ଏକାଧାରାରେ ଏକ କର୍ମ ଓ ପ୍ରେରଣାର୍ଥିକ କ୍ରିୟା। ଜୀବନର, ଜଗତ ସହ ଯୁକ୍ତ ହେବାର ଏହି ମହାନ୍ କର୍ମ ସନ୍ନ୍ୟାସ ଯୋଗ ପାଇଁ ତ ସବୁ ଶୁଭ, ସବୁ ଶିବ, ସବୁ ଶକ୍ତି ଓ ସବୁ ଶ୍ରେୟ। ଏଥ ସକାଶେ ଜୀବନ ଅବିଚ୍ଛିନ୍ନ ଭାବରେ ଯୋଗାରୂଢ- "ଯୋଗସ୍ଥ କ୍ରୋଉବାର୍ଜୁନ "ଯୋଗଃ କର୍ମସୁ କୌଶଳକମ୍।"

ମୃତ୍ୟୁଞ୍ଜୟ ମହାକବି ଯେପରି ଅନ୍ୟ ଏକ ଚାହାଣି, ଠାଣି ଓ ବାଣୀରେ କହନ୍ତି ସୌନ୍ଦର୍ଯ୍ୟ ହିଁ ସତ୍ୟ। ସତ୍ୟ ହିଁ ସୌନ୍ଦର୍ଯ୍ୟ। ତୁମେ କେବଳ ତାହା ଜାଣିବା ଦରକାର। ଏମନ୍ତ ଉଚ୍ଚାରଣ ତ ସମ୍ୟକ, ବଞ୍ଚିବା ପାଇଁ ଯାହା ଜୀବନ, ଜଗତର ହାଟେ, ବାଟେ, ଘାଟେ ଓ ଘଟରେ ଘଟିଚାଲୁ ବୋଲି ଚାହେଁ। କଦାଚ ତା'ର ଉଦ୍ଦେଶ୍ୟ ଅନୁଦାର ନୁହେଁ। ଯେତେବେଳେ ବସନ୍ତ ରାସକ୍ରୀଡା କରୁଛି କି ଶରତ ଶ୍ୟାମାୟିତ ହେଉଛି। ବର୍ଷା ଆପଣାକୁ ବିଞ୍ଚିବିଞ୍ଚି ବାଷ୍ପ ଦେଉଛି,

ଏପରିକି ଗ୍ରୀଷ୍ମ ଧୁ ଧୁ ହୋଇ ଜଳି ଉଠୁଛି । ସେତେବେଳେ ପରମର ଯେଉଁ ଆଭା ଓ ଆହ୍ୱାନ ଉକୁଟି ଉଠୁଛି ତାହା କେତେ ଆବଶ୍ୟକ ଠିକ୍ ରହିବା ପାଇଁ ଏ ଜଗତରେ । ଆମ ପାଇଁ ଜୀବନର ଏ ସବୁ ରୂପ ପରିଗ୍ରହ–ଅର୍ଥାତ୍ ତାହା ବସନ୍ତର ବିହାର ହୋଇପାରେ କି ବର୍ଷାର ମହ୍ଲାର ହୁଏ କିମ୍ବା ହୁଏ ଶରତର ସାନ୍ତ୍ବନାଦାୟୀ ଏବଂ ଅନୁଲ୍ଲାଟନ କାରା ଶୃଙ୍ଗାର ଆଉ ନିଦାଘର ନିଃଶ୍ରେୟର । ଏହା ଯୋଗୁଁ ଧରା ଧରା ପାଲଟିଯାଏ ଓ ତା'ର ମର୍ମବାଣୀ ସଂଭ୍ରାନ୍ତ ପ୍ରଫୁଲ୍ଲତାରେ ପ୍ରସ୍ଫୁଟିତହୁଏ । ଧରାର ଏ ହ୍ଲାଦିକମୟୀ ଧାରାରେ ଜୀବନର କଲ୍ଲୋଲ ଓ ହିଲ୍ଲୋଲର ବିକଟ ବିକାଶ ଘଟେ । ଏହି ମହାଯାତ୍ରା ଅନୁପସ୍ଥିତ ହୋଇଥିଲେ କି ହୋଇଗଲେ ଆଉ ସବୁ ଯାତ୍ରା ଅଚଳ ଓ ଅଳଣା ହୋଇ ଯାଆନ୍ତି ।

"ବାସାଂସି ଜୀର୍ଣ୍ଣାନୀ ଯଥା ବିହାୟ ।" ଆଉ ଆଧ୍ୟାମ୍ନିକ ମାର୍ଗ ଅନୁସାରେ ଏ ଜୀବନର ମାଲିକ ବା ସ୍ୱାମୀ ଆମେ ନୋହୁଁ । ଏହା ପିତୃଦତ୍ତ ତଥା ପ୍ରଭୁ କୃପାର ଫଳ । ତାହାର ପାଣି, ପବନ ଆସ୍ୱାଦନ କରି ଏ ଶରୀର ପୃଷ୍ଟ । ଏଣୁ ଜୀବନ ଜଗତ ପାଖରେ ବନ୍ଧା, ସମାଜ ବଡ଼, ବ୍ୟକ୍ତି ଆଦୌ ନୁହେଁ । ଏହି ଦୃଷ୍ଟି କୋଣରୁ ବ୍ୟକ୍ତିର ନିଜ ଜୀବନ ଉପରେ ମଧ ଅଧିକାର ନାହିଁ । ସେ କେବଳ କର୍ମ କରିବ (କେବଳ ଲୋକ କଲ୍ୟାଣ ନିମିତ୍ତ)ଓ ତା ପାଇଁ କୌଣସି ଫଳ ଆଶା କରିବ ନାହିଁ । ଏ ହେଲା ପ୍ରାଚ୍ୟର ଆଧ୍ୟାମ୍ନିକ ଦର୍ଶନ । ଗୀତା ମଧ ସେଇକଥା କହିଲେ "କର୍ମଣ୍ୟେବାଧ୍ୱାକାରସ୍ତେ ମା ଫଲେସୁ କଦାଚନ । ମା କର୍ମଫଲ ହେତୁ ଭୁର୍ମା ତେ ସଙ୍ଗୋଽସ୍ତ୍ୱକର୍ମଣି ।"(ଗୀତା ୨/୪୭ । ସାଂଖ୍ୟ ଯୋଗ) ଅର୍ଥାତ୍ କର୍ମ କରିବାରେ ହିଁ ତୁମର ଅଧିକାର ରହିଛି । କର୍ମର ଫଳ ଭୋଗରେ ତୁମର କଦାପି ଅଧିକାର ନାହିଁ । ତେଣୁ ତୁମେ କର୍ମଫଳର କାରଣ ହୁଅ ନାହିଁ ତଥା ତୁମର କର୍ମ ନ କରିବାରେ ବି ଆସକ୍ତି ନ ହେଉ ।

ପ୍ରତ୍ୟେକ ମଣିଷ ଜୀବନର ପ୍ରଥମ ଆବେଗର ମାୟାରେ ସେ ଏପରି ବିଭୋର ହୋଇଥାଏ ଯେ ଦୁନିଆର ଅନ୍ୟ କୌଣସି ମୋହ ଓ ଆକର୍ଷଣ ତାକୁ ସେଥିରୁ ନିବୃତ୍ତ କରିବାକୁ ସକ୍ଷମ ହୋଇପାରେନା । ଯଦି ସତୀ ତା' ଜୀବନର ପ୍ରଥମ ପୁରୁଷକୁ ହରାଇ ବସିବାର ଗ୍ଲାନିରେ ମ୍ରିୟମାଣ ହୋଇ ସେପରି କିଛି କରି ବସେ, ତେବେ ସେଥିପାଇଁ ସୁନି ନିଜ ଉପରକୁ ଦୋଷ ନେଇ ନେବାକୁ ଉଚିତ୍ ମଣୁଥିଲା । ସତୀ ଜୀବନରେ ଯେକୌଣସି ଅଘଟଣ ପାଇଁ ସୁନି କୁ ହିଁ ଦାୟୀ ରହିବାକୁ ପଡ଼ିବ । ଅନ୍ୟ କେହି ହୁଏତ ସେ କଥା ଜାଣି ନପାରନ୍ତି । ସେଥିପାଇଁ ସମାଜ ତାକୁ ଦୋଷ ଦେଇ ନପାରେ । ଦୁନିଆ ଆଖିରେ ସେ ଅପରାଧିନୀ ନହେଲେ ମଧ ସଂସାର ତା' ଭୁଲକୁ ନଦେଖି ପାରିଲେ ସୁଦ୍ଧା । ବାହାର ଲୋକମାନେ କେହି ସେ ବିଷୟରେ ବିନ୍ଦୁ ବିସର୍ଗ ପର୍ଯ୍ୟନ୍ତ ନଜାଣି ପାରିଲେ ବି ତା' ନିଜ ଅନ୍ତରାମ୍ନା ସେଥିପାଇଁ ତାକୁ କେବେବି କ୍ଷମା କରି ପାରିବନାହିଁ । ନୈତିକତା ଦୃଷ୍ଟିରୁ ସେ ହିଁ ସେଥିପାଇଁ ସମ୍ପୂର୍ଣ୍ଣ ରୂପେ ଦାୟୀ ।

ସେପରି କର୍ମରୁ ସୃଷ୍ଟି ପାପ ପାଇଁ ତାକୁ ଧବଳେଶ୍ୱରଙ୍କ ମନ୍ଦିର ନିର୍ମାତା ପ୍ରାଣନାଥଙ୍କ ପରି ନିଜ ଗାଁରୁ ବିତାଡ଼ିତ ହେବାକୁ ନ ହେଉ କିମ୍ବା ରାମାୟଣକାର ବାଲ୍ମିକିଙ୍କ ଭଳି ରାମନାମ ଜପକରି ତା'ର ନିଜ କୃତ ପାପରୁ ମୁକ୍ତ ହେବାକୁ ନପଡ଼ି ପାରେ କିନ୍ତୁ ତା'ମନ ଭିତରେ ପାପର ଯେଉଁ ଛାଇଟା ଘୁରି ବୁଲୁଛି ତାକୁ ସେ କିପରି ଅସ୍ୱୀକାର କରିପାରିବ ? ତା' ନିଜକୁ (ପାପର) ପ୍ରାୟଶ୍ଚିତ କରିବାକୁ ତା' ପାଇଁ ନିର୍ବାସନ କିମ୍ବା ଜପ ତପର ଆବଶ୍ୟକ ନ ହେଲେ ମଧ ତା' କଳା କର୍ମର ପାପ ତାକୁ ଅହରହ ଯନ୍ତ୍ରଣା ଦେଇ ଚାଲିଥିବ । ଜୀବନ ସାରା ସେହି ଅଦେଖା ପାପର ଭାରରେ ସିଏ ଭାରାକ୍ରାନ୍ତ ହୋଇ ନିଜକୁ କେବେବି ଦୋଷମୁକ୍ତ ବୋଲି ଭାବି ପାରିବ ନାହିଁ । ହୃଦୟର ନିଭୃତ କୋଣରେ ଲୁଚି ରହିଥିବା ସେ ଦୁଷ୍କର୍ମର ପ୍ରଭାବରେ ସେ ପ୍ରଭାବିତ ହେଉଥିବ ଓ ତା' ଜୀବନର ପ୍ରତିଟି କ୍ଷେତ୍ରରେ ନିଜକୁ ଅପରାଧିନୀ ମଣୁଥିବ । ଆଉ ବିଚାରୀ ସତୀ ।

ସତୀ ଯିଏ ତା'ର ଅତି ନିକଟରେ ବସି ମନ୍ଦିରର ସାମ୍ନା ରାସ୍ତାକୁ ଉତ୍ସୁକ ଆଖିରେ ଅନାଇ ରହିଛି । ତା'ର ଆଜି ଆଗପରି ସୁନି ସହିତ କିଛି ଆଲୋଚନା କାରିବା ପାଇଁ ଆଗ୍ରହ ନାହିଁ କିଛି କଥାବାର୍ତ୍ତା ନ କରି ସେ ନିରବରେ କେବଳ

ରାସ୍ତା ଉପରେ ଦୃଷ୍ଟି ନିବଦ୍ଧ କରି ରଖିଛି । ସୁନି ସହିତ ଗପସପ ହେବାକୁ ତା'ର ମଧ୍ୟ ଇଚ୍ଛା ନ ଥିଲା ପରି ଜଣାପଡୁଛି । ତାଙ୍କ ଜୀବନରେ ପ୍ରଥମ ଥର ସେମାନେ କୌଣସି ବିଷୟରେ କଥାବାର୍ତ୍ତା ନ ହୋଇ ସାଙ୍ଗ ହୋଇ ଚୁପଚାପ୍ ବସି ରହିଛନ୍ତି । ତାଙ୍କ ମଧ୍ୟରେ ବନ୍ଧୁତା ସୃଷ୍ଟି ହେବା ପରଠାରୁ ଏହା ପୂର୍ବରୁ ଯେତେବେଳେ ସେମାନଙ୍କ ମଧ୍ୟରେ ସାକ୍ଷାତ ହୋଇଛି ଦୀନ ଦରିଦ୍ର ଚିରକାଙ୍ଗାଲ ନିରିମାଖୀ ଦୁଃଖୀଟି କୋଟି ନିଧ୍ ପାଇଲା ପରି ଉଭୟେ ଉଭୟଙ୍କୁ ପାଇ ଆନନ୍ଦରେ ଆମ୍ଭହରା ହୋଇଯାଇଛନ୍ତି ଏବଂ ଆଲୋଚନାରେ ବୁଡ଼ି ରହନ୍ତି । ସେମାନଙ୍କ ମଧ୍ୟରେ ହେଉଥିବା ସେ ଅନ୍ତିଷ୍ଟ କଥାର ଶେଷ ମୁଣ୍ଡରେ ସେମାନେ କେବେବି ପହଞ୍ଚ ପାରନ୍ତିନାହିଁ । ଆହୁରି ମଧ୍ୟ ଆଲୋଚନା ଶେଷ କରିବା ପାଇଁ ସେମାନଙ୍କର ଆନ୍ତରିକ ଇଚ୍ଛା ନଥାଏ । ସେମାନଙ୍କ ମଧ୍ୟରେ କୌଣସି ବିଷୟକୁ ନେଇ ଥରେ କଥାବାର୍ତ୍ତା ଆରମ୍ଭ ହୋଇଗଲେ କଥା ଲମ୍ବି ଲମ୍ବି ଯାଏ ପଛେ କେବେ ବି ସରିବାର ନା' ଧରେନା । ସେମାନେ ଯେତେ ସମୟ କଥାବାର୍ତ୍ତା ହେଲେ ସୁଦ୍ଧା କେହି କାହାରିକୁ ପାଖରୁ ଛାଡ଼ିବାକୁ ଆଦୌ ଚାହାଁନ୍ତି ନାହିଁ । ପରସ୍ପରଠାରୁ ଦୂରେଇ ଯିବାକୁ ଆଗ୍ରହ ପ୍ରକାଶ କରନ୍ତି ନାହିଁ । ସେଥିଲାଗି ସେମାନଙ୍କ କଥା ସରେନା । ସେମାନେ କେହି କାହାରି ଠାରୁ ବିଦାୟ ନେବାକୁ ଇଚ୍ଛା କରନ୍ତି ନାହିଁ । ସେମାନଙ୍କ ମଧ୍ୟରେ ଆଲୋଚନା ଲାଗିରହେ । ଘରକୁ ଫେରିବାର ବେଳ ଉଭର ନହେଲା ପର୍ଯ୍ୟନ୍ତ ।

ସଦା ହସହସ ଗୋଲାପ ଫୁଲଟି ଯିଏ ଦମକା ଦମକା ପବନରେ ଦୋହଲି ଦୋହଲି ଝୁଲୁଥିଲା । ସେ ଆଜି ନିରବ, ନିଷ୍ତେଜ, ଅଚଳ, ପାଷାଣ ପରି ବସି ରହିଛି । ଦୀର୍ଘ ଦିନର ପିଡ଼ିତ ରୋଗୀ ଯେପରି ନିଷ୍ତେଜ ହୋଇ ଗୋଟିଏ ସ୍ଥାନରେ ପଡ଼ିରହେ । ସତୀ ଆଜି ସେହିପରି ଚଳତ ଶକ୍ତି ରହିତ ଭଳି ଜଣାଯାଉଛି । ରାସ୍ତାରେ ପ୍ରତ୍ୟେକ ଆଗନ୍ତୁକଙ୍କ ଆଗମନର ସୁରାକ ପାଇଲା ମାତ୍ରେ ସେ ଆଡ଼କୁ ଆଗ୍ରହରେ ଦୃଷ୍ଟି ନିକ୍ଷେପ କରୁଛି, କିନ୍ତୁ ପଥିକଟି ତା ପ୍ରତୀକ୍ଷିତ ବ୍ୟକ୍ତି ହୋଇ ନ ଥିବାରୁ ନିରବରେ ସେ ଦିଗରୁ ଆଖି ଫେରାଇ ଆଣି ପୁନି ପରବର୍ତ୍ତୀ ପଥିକର ଆଗମନ ପ୍ରତୀକ୍ଷାରେ ବସି ରହିଛି । କାଳେ ସିଏ ବିଲମ୍ବରେ ଆସିଯିବେ ?

ସେତେବେଳକୁ ତାଙ୍କ ଆସିବା ସମୟ ଗଡ଼ି ଗଲାଣି । ଡେରିରେ କାଳେ ଆସିପାରନ୍ତି, ଏହି ଆଶାରେ ସେମାନେ ମୁଖଶାଲାରେ ବସି ରହିଲେ । ପ୍ରତୀକ୍ଷା କେତେ ଯନ୍ତ୍ରଣାଦାୟକ କେତେ ଧୈର୍ଯ୍ୟହାରକ, ପୀଡ଼ା ପ୍ରଦାନକାରୀ ତାହା କେବଳ ଭୁକ୍ତଭୋଗି ହିଁ ଜାଣିପାରେ । ଅନୁଭବି ବିନା ସେ ବ୍ୟଥା ଅନ୍ୟ କେହି କେବେ ବି ବୁଝିବାକୁ ସକ୍ଷମ ହେବନି । କାରଣ ତାହା ବୁଝିବାର ବିଷୟ ନୁହେଁ କିମ୍ବା ତାହା କଥାରେ କହିବାର କାହାଣୀ ନୁହେଁ । ଭାଷାରେ ତାକୁ ପ୍ରକାଶ କରିହୁଏନି । ତାକୁ ଅନ୍ୟ କାହାକୁ ଅବଗତ କରାଇବା ପାଇଁ ଶବ୍ଦମାନେ ସମର୍ଥ ହୁଅନ୍ତି ନାହିଁ । ବାକ୍ୟ ସମୂହର ସେ କ୍ଷମତା ନାହିଁ । ଅନ୍ୟମାନଙ୍କୁ ତାହା ଗୋଚର କରାଇବା ଲାଗି ଯେତେ ଶକ୍ତିଶାଲୀ ସଂଲ୍ପାପ ହେଲେ ମଧ୍ୟ ତାକୁ ବ୍ୟକ୍ତ କରିବାକୁ ଅକ୍ଷମ ହୁଏ । ତାକୁ କେବଳ ଭୁକ୍ତଭୋଗୀ ଅନୁଭବ କରିପାରେ । ତା ବ୍ୟତିରେକ ଅନ୍ୟ କେହି ତାକୁ ଜାଣିବାକୁ ସକ୍ଷମ ହୋଇପାରିବନି । ଯେହେତୁ ତାହା ଅନୁଭବର ବିଷୟ ଜାଣିବା, ଶୁଣିବା, କହିବା କଥା ସେ ଆଦୌ ନୁହେଁ । ସେଥିପାଇଁ ଯେତେ ଉପମା ପ୍ରୟୋଗ କରି ଓ ଅଲଙ୍କାର ଲଗାଇ ବନେଇ ଚୁନେଇ ବର୍ଣ୍ଣନା କଲେ ସୁଦ୍ଧା ସେ ବିଷୟ ଜମା ବୁଝି ହୁଏନା । ଶୁଣିବା ଲୋକକୁ ତାହା କେବଳ ଗୋଟେ ମାମୁଲି କଥା ପରି ସାଧାରଣ ଗପଭଳି ଲାଗେ ।

ଅଧରଙ୍କ ଆସିବା ବିଲମ୍ବ ଯୋଗୁ ସୁନି ମନେମନେ ତାଙ୍କ ଉପରକୁ ବିରକ୍ତ ହେଉଥିଲା । ଭାବୁଥିଲା ଅଧର ଏଡ଼େବଡ଼ ଘରର ପୁଅ । ଏତେ ପାଠ ପଢ଼ିଛନ୍ତି । ପୁନି ଏତେ ବଡ଼ ଚାକିରି କରିଛନ୍ତି । ଏଇ ଛୋଟିଆ କଥାଟାକୁ କିପରି ବୁଝିପାରୁନାହାଁନ୍ତି ? ସିଏ କ'ଣ ଜାଣିନାହାଁନ୍ତି ମନ୍ଦିରରେ ଦୁଇଜଣ ତାଙ୍କୁ ଅପେକ୍ଷା କରି ବସିଥିବେ ? ପ୍ରତିଥର ସିଏ ଯେଉଁ ଦୁଇଜଣଙ୍କୁ ମନ୍ଦିରରେ ଭେଟୁଛନ୍ତି । ଯାହାର ହାତରୁ ପାଦୁକ ନେଇ ପାଉଛନ୍ତି । ଯାହାର ହାତର ଆଙ୍ଗୁଲି ତାଙ୍କ କପାଳରେ ବିଭୂତି ଟିପା ଲଗାଇ ଦେଉଛି । ଠାକୁରଙ୍କ ଥାଲିରେ ଦେବା ପାଇଁ ପଇସା ଯାହା ହାତକୁ ବଢ଼ାଇ ଦେଇ ଫେରି

ଯାଇଥାଆନ୍ତା । ଦୁଇଜଣ ଯୁବତୀ ତାଙ୍କ ପାଇଁ ମନ୍ଦିରରେ କାହିଁକି ଅପେକ୍ଷା କରି ରହିଥାଆନ୍ତି ? ସିଏ କ'ଣ ଏତିକି କଥା ବୁଝିପାରୁନାହାଁନ୍ତି ? କଅଣ ଲାଗି ସେ ଦୁଇଜଣ ତାଙ୍କ ଆସିବା ବାଟକୁ ଚାତକ ପରି ଆଶାୟୀ ଆଖିରେ ଚାହିଁ ରହିଥାଆନ୍ତି ।

ସତୀ ଭାବୁଥିଲା, ଯଦି ଯୁବକ ହୋଇ ଯୁବତୀର ମନ ନ ବୁଝିଲା । ପୁରୁଷ ହୋଇ ନାରୀ ମନ ଜାଣି ନ ପାରିଲା । ତରୁଣଟିଏ ହୋଇ ତରୁଣୀର ହୃଦୟ ନ ଚିହ୍ନିଲା । କିଶୋରଟିଏ ହୋଇ କିଶୋରୀର ଅନ୍ତରକୁ ଦେଖି ନ ପାରିଲା । ସ୍ୱାମୀ ଜଣକ ସ୍ତ୍ରୀ ଆଖିର ଭାଷା ପଢ଼ି ନ ପାରିଲା । ମଣିଷଟିଏ ହୋଇ ଆଉ ଜଣେ ମଣିଷ ଆମ୍ଭର ନିବେଦନ ନ ଘେନିଲା । ବ୍ୟକ୍ତିଟିଏ ଅନ୍ୟ ପ୍ରାଣର ଆକୁଳତାକୁ ଅନୁଭବ କରି ନ ପାରିଲା । ତେବେ ସେ ପରି ଲୋକର ଆସିବା ବାଟକୁ ଅନାଇ ରହିବାର ଆବଶ୍ୟକ କ'ଣ ଅଛି ? ନିଜକୁ ଯନ୍ତ୍ରଣା ଦେଇ, ହୃଦୟରେ ବ୍ୟଥା ଅନୁଭବ କରି, ଆଖିର ଲୁହକୁ ଓଠରେ ପିଇ, ନିଜ ମନର ସରାଗକୁ ଆପଣା ଅନ୍ତରରେ ମାରିଦେଇ, ଛାତିର କୋହକୁ ବୁକୁ ତଳେ ଚାପିରଖି, ପ୍ରାଣର ଆବେଗକୁ ଆମ୍ଭାରେ ଲୀନ କରିଦେବା ବ୍ୟତୀତ ଆଉ କ'ଣ ଚାରା ଅଛି ?

ଅଧର କ'ଣ ବୁଝିପାରନ୍ତି ନାହିଁ, ତାଙ୍କୁ ଅପେକ୍ଷା କରି ଦୁଇଟି ଯୁବତୀ ତାଙ୍କ ଆସିବା ବାଟକୁ ନିର୍ମିମେଶ ନୟନରେ ଚାହିଁ ରହିଥିବେ ? ସିଏ ଆସି ପହଞ୍ଚିବା ମାତ୍ରେ କେତେ ଆନନ୍ଦରେ କେତେ ଖୁସିରେ କେତେ ଉତ୍ସାହରେ ବସିବା ଜାଗାରୁ ଉଠିଯାଆନ୍ତି । କେତେ ଆଗ୍ରହରେ ମନ୍ଦିର ଦୁଆରେ ପାଦୁକ ଗ୍ଲାସ ଧରି ଠିଆହୋଇ ରହନ୍ତି, କେତେ ଉତ୍ସୁକ ଅନ୍ତରରେ ତାଙ୍କୁ ଠାକୁରଙ୍କ ପାଦୁକ ଦେବା ପାଇଁ । ତାଙ୍କ ମଥାରେ ବିଭୂତି ଟିପା ଲଗାଇ ଦେବା ଲାଗି କେତେ ସରାଗରେ ପୁଲକିତ ପ୍ରାଣରେ ତାଙ୍କ ଆଗମନକୁ ପ୍ରତୀକ୍ଷା କରି ରହିଥାଆନ୍ତି । ସେତିକିବେଳେ ତାଙ୍କ ଆଖି ସହିତ ମିଶିଯାଇଥିବା ଯୁବତୀର ଆଖିର ଭାଷା ପଢ଼ିବାକୁ, ଏତେ ପାଠ ପଢ଼ିଛନ୍ତି ସିଏ କେମିତି ଅକ୍ଷମ ହେଉଛନ୍ତି । ବଡ଼ ସରକାରୀ ପଦବୀରେ ରହି ଏତେ ଦାୟିତ୍ୱ ସମ୍ଭାଳି ପାରୁଛନ୍ତି ଅଥଚ ଗୋଟିଏ କୁଆଁରୀ ଝିଅର ମନର କଥା ବୁଝିବାକୁ ତାଙ୍କର କ'ଣ ଜ୍ଞାନ ନାହିଁ ? ଏତେ ବଡ଼ ଖାନଦାନୀ ବୁନିଆଦରେ ଜନ୍ମ ହୋଇ ଗୋଟିଏ ତରୁଣୀର ହୃଦୟର ଭାବନାକୁ ଜାଣିବାକୁ ତାଙ୍କର ଆହୁରି ଅଭିଜ୍ଞତାର ଅଭାବ ରହିଛି । ଏତେ ଖ୍ୟାତିସଂପନ୍ନ ସମ୍ଭ୍ରାନ୍ତ ଘରର ପିଲା ହୋଇ ଜଣେ ପ୍ରତୀକ୍ଷାରତା ରୂପବତୀ ଷୋଡ଼ଶୀର ଅନ୍ତରକୁ ଦେଖି ପାରିବାର ଅନୁଭୂତି ସିଏ ଏପର୍ଯ୍ୟନ୍ତ ହାସଲ କରି ପାରିନାହାଁନ୍ତି । ଏତେ ମନଲୋଭା ଚେହେରା ପାଇଛନ୍ତି ହେଲେ ଜଣେ ରୂପସୀର ନିକଟତମ ହେବାକୁ ସାମାନ୍ୟତମ ଚେଷ୍ଟା ବି କରୁନାହାଁନ୍ତି ? ରୂପବାନ ଯୁବକ   ହୋଇ ଗୋଟିଏ ରୂପବତୀକୁ ନିଜର କରି ନେବାକୁ ପିଛେଇ ଯିବାର କାରଣ କ'ଣ ହୋଇପାରେ ? ସିଏ କେମିତିକା ଲୋକ କି ?

"ସ୍ତ୍ରୀ ରତ୍ନ ଧ୍ୟାନ ମାତ୍ରଂ ତୁ ବ୍ରହ୍ମଣୋଽପି ମନୋହରେତ, କିଂ ପୁନର୍ଯ୍ଯେତ ରେଷାଂ ତୁ ବିଷୟେଚ୍ଛାନୁବର୍ତିମାମ୍ ।" ସ୍ତ୍ରୀ ରତ୍ନର କେବଳ ଧ୍ୟାନ ଦ୍ୱାରା ବ୍ରହ୍ମାଙ୍କର ମନ ମଧ୍ୟ ଆକର୍ଷିତ ହୋଇଥାଏ । ପୁଣି ବିଷୟାନୁରାଗୀ ଅନ୍ୟମାନଙ୍କ କଥା କ'ଣ କହିବା ।

ଯଦି ସତୀ ପରି ସିଏ ମନେ ମନେ ତାକୁ ଭଲ ପାଉଛନ୍ତି । ନିରବରେ ପ୍ରେମ କରୁଛନ୍ତି । ମଉନ ବ୍ରତ ପାଲି ପ୍ରଣୟ ସାଜିଛନ୍ତି । ଗୋପନରେ ମନ ଦେଇ ଲୋକଲଜ୍ୟା ଭୟରେ ପ୍ରକାଶ କରି ପାରୁନାହାଁନ୍ତି । ଲୁଚେଇ ଲୁଚେଇ ପ୍ରୀତି କରି ସରମ ଯୋଗୁଁ ମୁହଁ ଖୋଲି କହି ପାରୁ ନାହାଁନ୍ତି । ଲୋକ ଲୋଚନ ଉହାଡ଼ରେ ପ୍ରେମୀ ପୁରୁଷ ହୋଇ ସେ କଥାକୁ ଭାଷାରେ ପ୍ରକାଶ କରିପାରୁନାହାଁନ୍ତି ସଙ୍କୋଚ ଯୋଗୁଁ । ତେବେ ସିଏ କିପରି ପ୍ରେମିକ ? ଯିଏ ପ୍ରେମ କରି ପାଗଳ ନହେଲା ? ପ୍ରେମ ପାଇଁ ଯିଏ ସଂସାରର ମୋହମାୟା ତୁଟାଇ ନ ପାରିଲା ? ପ୍ରେମ ଲାଗି ଯିଏ ସଙ୍କୋଚ, ଲାଜ, ସରମ ଛାଡ଼ି ନ ଦେଲା ? ଲୋକଲଜ୍ୟାକୁ ବେଖାତିର ନ କଲା ? ପ୍ରେମଲାଗି ଯିଏ ନିଜ ଜୀବନକୁ ତୁଚ୍ଛ ନ ମଣିଲା ? ପ୍ରେମିକ ହୋଇ ଯିଏ ସାମାଜିକ ପ୍ରତିବନ୍ଧକକୁ ଅତିକ୍ରମ କରିବାକୁ ଆଗେଇ ନ ଆସଲା ? ଯେଉଁ ପ୍ରେମିକ ପ୍ରେମ ପାଇଁ ଦୁନିଆକୁ ପର କରିନଦେଲା ? ପ୍ରଣୟୀ ହୋଇ ଯିଏ ଜ୍ଞାତି କୁଟୁମ୍ବକୁ ଭୁଲି ନଗଲା ? ପ୍ରେମ ଲାଗି ନିନ୍ଦା, ଅପବାଦର କଳଙ୍କ ମୁଣ୍ଡାଇବାକୁ ପ୍ରୟାସୀ ନ

ହେଲା ? ସିଏ କିଭଳି ପ୍ରେମିକ ? ପ୍ରେମର କୋଉ ଶ୍ରେଣୀଭୁକ୍ତ ତା'ର ଭଲ ପାଇବା ? ସେ ଭଳି ପ୍ରେମର ମୂଲ୍ୟ କ'ଣ ? କ'ଣ ତାତ୍ପର୍ଯ୍ୟ ଅଛି ସେପରି ପ୍ରେମିକ ହୋଇ ? ସେମିତି ପ୍ରଣୟ ହେବାରେ ପୌରୁଷ ପଣିଆ ରହିଲା କେଉଁଠି ?

ଭଗବାନ କ'ଣ ତାଙ୍କ ହୃଦୟରେ କେବଳ ମରୁଭୂମିର ଧୂସର ବାଲି ଭରିଦେଇଛନ୍ତି ? ସବୁଜ ବନାନୀର ନୀଳିମା (ସବୁଜିମା) ପ୍ରଦାନ କରିନାହାନ୍ତି ? ସୃଷ୍ଟିକର୍ତ୍ତା ତାଙ୍କ ଅନ୍ତରରେ ଖାଲି କଠିନ ପଥରର ଆସ୍ତରଣ ଢାଙ୍କିଛନ୍ତି ? ସ୍ବତଃସ୍ବାନି ଝରଣାଟିଏ ବୁହାଇ ଦେଇ ନାହାନ୍ତି ତାଙ୍କ ଆତ୍ମାରେ ? ପରମେଶ୍ବର ତାଙ୍କ ମନକୁ କେବଳ ନିଷ୍ଠୁରତାରେ ପୂର୍ଣ୍ଣକରି ଦେଇଛନ୍ତି ? ସହାନୁଭୂତିର ବାରି ବିନ୍ଦୁଟିଏ ଝରିବାକୁ ଦେଇନାହାନ୍ତି ? ବିଶ୍ବନିୟନ୍ତା ତାଙ୍କ ଭାବନାକୁ ନିରାଶାର ଅନ୍ଧାରରେ ବିଚରଣ କରାଇଛନ୍ତି ? ଆଶାର ଆଲୋକ ରେଖାଟିଏ ପ୍ରଦାନ କରିବା ପାଇଁ କୁଣ୍ଠିତ ହେଲେ କାହିଁକି ? ଦୟାମୟ କ'ଣ ତାଙ୍କୁ ନିର୍ଦ୍ଦୟ କରି ଗଢ଼ି ତୋଲିଲେ । ମାୟା, ମମତା କରୁଣା ଓ ସହାନୁଭୂତିର ଝଲକ ଟିକେ ଦେଲେ ନାହିଁ ? ଏତେବଡ଼ ସମ୍ଭ୍ରାନ୍ତ ଘରେ ତାଙ୍କର ଜନ୍ମ । ଏତେ ପାଠ ପଢ଼ିଛନ୍ତି । ଏତେବଡ଼ ଚାକିରି ତାଙ୍କର । ତାଙ୍କର କ'ଣ ବୁଦ୍ଧି ବିବେକ ବୋଲି କିଛି ନାହିଁ ? ତାଙ୍କ ବୁନିଆଦିରେ କ'ଣ କେବଳ ନେଇ ଜାଣନ୍ତି ? କିଛି ଦେବା ଶିଖି ନାହାନ୍ତି ? ତାଙ୍କର ତ ଜମିଦାରୀ– ବୁନିଆଦି । ଅନ୍ୟମାନଙ୍କଠାରୁ ନେବା ତାଙ୍କର ଅଭ୍ୟାସରେ ପଡ଼ିଯାଇଛି ।

କାହାରିକୁ କିଛି ଦେବା ସେମାନଙ୍କ ଖାନଦାନିରେ ନଥାଏ । ଯଦି ଅନ୍ୟକୁ ଦେବାର ମନବୃଭି ତାଙ୍କର ଥାଆନ୍ତା, ତେବେ ସିଏ ଗୋଟିଏ ଯୁବତୀଠାରୁ ପାଦୁକ ନେଉଛନ୍ତି । ଜଣେ କୁଆଁରୀ ଝିଅ ହାତରୁ ବିଭୂତି ଟିପା ପିନ୍ଧୁଛନ୍ତି । ତା' ଆଖିରେ ନିଜ ଦୃଷ୍ଟି ମିଶାଇ ତା'ମନକୁ ଚୋରି କରି ପାରୁଛନ୍ତି । ଫେରିଗଲା ବେକଲୁ କେବଳ ଠାକୁରଙ୍କ ଥାଲିରେ ଦେବା ପାଇଁ ପଇସା ଦେଇ ଯାଉଛନ୍ତି । କିନ୍ତୁ ଯେଉଁ ଯୁବତୀଟି ତାଙ୍କ ଆସିବା ବାଟକୁ ଅନାଇ ରହି ତାଙ୍କ ପାଇଁ ତା'ର ଏତେ ସମୟ ନଷ୍ଟ କରୁଛି । ସିଏ ପହଞ୍ଚିବା ମାତ୍ରେ ପାଦୁକ ଦେବା ପାଇଁ ବସିଥିବା ଜାଗାରୁ ଉଠି ଯାଇ ମନ୍ଦିର ଦୁଆରେ ପାଦୁକ ଗିଲାସ ଧରି ଠିଆ ହୋଇ ରହୁଛି, ତା ପ୍ରତି କ'ଣ ତାଙ୍କର କିଛି କର୍ତ୍ତବ୍ୟ କରିବାର ନାହିଁ ? ବିଭୂତି ଟିପା ପିନ୍ଧାଇ ଦେବାକୁ ଯେଉଁ ଯୁବତୀଟି କେତେ ଆଶାୟୀ ଆଖିରେ ତାଙ୍କ ଆଗମନକୁ କେତେ ଆଗ୍ରହର ସହିତ ପ୍ରତୀକ୍ଷା କରି ରହୁଛି । ତା'ଠାରୁ ଏବେ ସୁବିଧା ପାଇଲା ପରେ ତାକୁ କିଛି ଦେବା ପାଇଁ କ'ଣ ତାଙ୍କ ମନ କେବେ ତାଙ୍କୁ କିଛି କହେନା ? ଯୁବତୀଟିକୁ କେବେ କିଛି ନଦେଇ ତା'ଠାରୁ କେବଳ ନେଲା ବେଳେ ତାଙ୍କ ବିବେକ କ'ଣ ଏଥିପାଇଁ ତାଙ୍କୁ ବାଧା ଦିଏନା ? ତାଙ୍କ ଅନ୍ତରାତ୍ମା କେବେ ତାଙ୍କୁ ଚେତାଇ ଦିଏନା ଠାକୁରଙ୍କ ଥାଲିରେ ପଇସା ଦେବା ସହିତ ତାଙ୍କ ଲାଗି ଅପେକ୍ଷା କରିଥିବା ଯୁବତୀଟିକୁ ମଧ୍ୟ କିଛି ଦେବା ପାଇଁ ?

ଜୀବନର ଦୀର୍ଘତା ପୁଣି ଦୁଇଦିନିଆ ହେଲେ ତାହା ଦୁନିଆ ଶଢ଼ର ଯଥାର୍ଥତାକୁ ପ୍ରତିପାଦନ କରିପାରେ । ତେବେ ଦି ଦିନିଆ ଦୁନିଆରେ ଦିଆ ନିଆର ପ୍ରାବଲ୍ୟ ରହିବା ସ୍ବାଭାବିକ ।

ସତୀ ତାଙ୍କ ମଥାରେ ବିଭୂତି ଟିପା ଲଗାଇ ଦେଲାବେଳେ ତାଙ୍କ ମୁହଁକୁ ଅନାଇ ଲକ୍ଷ୍ୟ କରେ, କାଳେ ଟିପା କପାଲର ମଝିରେ ନ ଲାଗି ବଙ୍କାରେ ଲାଗିଯିବ ? ସେତେବେଳେ ତାଙ୍କର ସତୀ ମୁହଁକୁ ଚାହିଁ ରହିବାର ଆଦୌ ଆବଶ୍ୟକ ନଥାଏ । ସିଏ ସେତେବେଳେ ତଳକୁ ମୁହଁ କରି ଠିଆ ହୋଇ ରହିଲେ କିଛି ଅସୁବିଧା ହୁଅନ୍ତା ନାହିଁ । ସିଏ କିନ୍ତୁ ସେ ସମୟରେ ସତୀ ମୁହଁକୁ ଅନାଇ ତା' ଆଖିରେ ନିଜ ଆଖିକୁ ମିଶାଇ ତା' ଶାନ୍ତ ମନରେ ଅଶାନ୍ତିର ଝଡ଼ ସୃଷ୍ଟି କଲେ । ତା' ନିରୀହ ପ୍ରାଣରେ ଭଲ ପାଇବାର ବିଷ ଭରି ଦେଇ ତାକୁ ଏମିତି କଲବଲ କରିମାରୁଛନ୍ତି ? ତା' ସରଳତାର ସୁଯୋଗ ନେଇ ତାକୁ ଏପରି ହନ୍ତସନ୍ତ କରି ସିଏ କି ପ୍ରକାର ଆନନ୍ଦ ପାଉଛନ୍ତି ?

ତାଙ୍କ ମନରେ ଯଦି ଏମିତି ଭାବନା ଥିଲା । ତେବେ ସିଏ ସତୀଠାରୁ ରୁମାଲ ନେଇ ଯାଇପାରି ଥାଆନ୍ତେ । ସରାଗରେ, ସରଧାରେ, ସୋହାଗରେ, ସଦିଚ୍ଛାରେ ଏତେ ଆଗ୍ରହ ଦେଖାଇ ତା' ହାତରେ (ତାଙ୍କ ହାତପିନ୍ଧା) ମୁଦି

ପିନ୍ଧାଇ ଦେବାର (କୌଣସି) ଆବଶ୍ୟକ କ'ଣ ଥିଲା ? ପୁଣି ଯେଉଁ ମୁଦିରେ ତାଙ୍କ ନାମ ଲେଖା ହୋଇଛି । ସେ ନାମାଙ୍କିତ ମୁଦିଟି ସତୀ ପାଖରେ ଥିବା ପର୍ଯ୍ୟନ୍ତ ସତୀ ତାଙ୍କୁ ଭୁଲି ପାରିବ କେମିତି ? ତାଙ୍କୁ ଭୁଲିଯିବା ପାଇଁ ଚେଷ୍ଟା କଲେ ସେହି ମୁଦିଟି ତାଙ୍କ କଥା ତା' ମନରେ ପକାଇ ଦେବ । ମୁଦି ପିନ୍ଧାଇ ଦେଲାବେଲେ ସିଏ ଭୁଲି ଯାଇଥିଲେ ତାଙ୍କ ଖାନ୍ଦାନି, ବୁନିଆଦି ଓ ସମ୍ଭ୍ରାନ୍ତ ପଣିଆ ତଥା ତାଙ୍କର ଶିକ୍ଷାଗତ ଯୋଗ୍ୟତା ଏବଂ ସରକାରୀ ସ୍ତରରେ ତାଙ୍କ ଉଚ୍ଚ ପଦବୀର ଅଧିକାରୀତ୍ଵ (ପାହ୍ୟାର) ମର୍ଯ୍ୟାଦାକୁ । ସମାଜରେ ତାଙ୍କର ପ୍ରତିଷ୍ଠା ପଣିଆ । ତାଙ୍କ ବଂଶର ପ୍ରତିପତ୍ତି, ଖ୍ୟାତି, କ୍ଷମତା, ସର୍ବୋପରି ତାଙ୍କ ପାରିବାରିକ ପ୍ରଭାବ ।

ତାଙ୍କର ଏପରି ଭାବ ପ୍ରବଣତାରେ ବଶବର୍ତ୍ତୀ ହେବା ଉଚିତ୍ ନଥିଲା । ଯେକୌଣସି କାର୍ଯ୍ୟ କରିବା ପୂର୍ବରୁ ଭଲ ଭାବରେ ଚିନ୍ତା କରି ସିଦ୍ଧାନ୍ତ ନେବା ଆବଶ୍ୟକ । କଥା କହିବା ଆଗରୁ ବିଚାର କରି ବାକ୍ୟ (ଶବ୍ଦ) ଉଚ୍ଚାରଣ କରିବାକୁ ହୋଇଥାଏ । ପ୍ରତିଶ୍ରୁତି ଦେବା ଆଗରୁ ପ୍ରତିଶ୍ରୁତି ରକ୍ଷା କରି ପାରିବାର ସାମର୍ଥ୍ୟ ନିଜ ପାଖରେ ଅଛି କି ନାହିଁ ଆକଳନ କରିବା ହେଉଛି ପ୍ରଥମ ଓ ପ୍ରଧାନ କର୍ତ୍ତବ୍ୟ । ଥରେ ଫରାସୀ ସମ୍ରାଟ ନେପୋଲିଅନ୍ କହିଥିଲେ "ପ୍ରତିଶ୍ରୁତି ଦେଇ ତାକୁ ପାଳନ କରିବା ବହୁତ କଷ୍ଟ କର ବ୍ୟାପାର ।" ସେଥିପାଇଁ କାହାରିକୁ ଆଦୌ କୌଣସି ପ୍ରତିଶ୍ରୁତି ନ ଦେବା ଉଚିତ୍ । କଥା କହିଦେଇ, କାମ କରିସାରି, ପ୍ରତିଶ୍ରୁତି ପ୍ରଦାନ ପରେ ସେ ବିଷୟରେ ଆଉ ପୁନଃ ବିଚାର କରିବା ନିଷ୍ପ୍ରୟୋଜନ । କଥା ରକ୍ଷାବାକୁ ହେବ (କାମ କରିବାକୁ ପଡ଼ିବ) । କଲାକର୍ମର ଫଳ ଭୋଗିବାକୁ ପଡ଼ିବ । ପ୍ରତିଶ୍ରୁତି ରକ୍ଷା କରିବା ପାଇଁ ଆବଶ୍ୟକ ହେଲେ ଜୀବନକୁ ବାଜି ଲଗାଇ ଦେବାକୁ ହେବ । ଏହା ପୁରୁଷ ପଣିଆ । ପୌରୁଷର କଥା । ହାତୀକା ଦାନ୍ତ । ମରଦକା ବାତ୍ । ଯାଉ ଜାନ୍, ରହୁ–ଇମାନ୍ ।

ପାଟି ଖୋଲି କିଛି କଥା ପ୍ରକାଶ ନ କରିଥିଲେ ମଧ ଅଧର ଇଙ୍ଗିତରେ କହି ଯାଇଛନ୍ତି ସିଏ ସତୀକୁ ଭଲ ପାଆନ୍ତି । ଓଠ ଦିଫାଳ କରି ପ୍ରତିଶ୍ରୁତି ଦେଇ ନ ଥିଲେ ସୁଦ୍ଧା ସିଏ କାମରେ ଦେଖାଇ ଦେଇ ଯାଇଛନ୍ତି ଯେ ସିଏ ସତୀକୁ ପ୍ରେମ କରନ୍ତି । ତୁଣ୍ଡ ଫିଟାଇ କୌଣସି ବାକ୍ୟ ଉଚ୍ଚାରଣ ନ କରିଥିଲେ ବି ସେ କାର୍ଯ୍ୟ କ୍ଷେତ୍ରରେ ଦେଖାଇ ଦେଇ ଯାଇଛନ୍ତି ସତୀ କେବଳ ତାଙ୍କର ଓ ସିଏ ସତୀର ସବୁଦିନ ହୋଇ ରହିବେ ।

ଆଉ ବିଚାରୀ ସତୀ, ତା'ର ଅବସ୍ଥା ଏବେ କ'ଣ ହେବ ? ଯିଏ ଆଗପଛ କିଛି ନଭାବି ତାଙ୍କ ଆଖି ସହିତ ତା'ନିଜ ଆଖିକୁ ମିଶାଇ ଦେଲା । ଯିଏ ଭଲ ମନ୍ଦ କିଛି ବିଚାର ନକରି ତାଙ୍କୁ ଭଲ ପାଇ ବସିଲା । ଯିଏ ବିନା ମୂଲ୍ୟରେ ନିଜ ମନକୁ ତାଙ୍କୁ ବିକିଦେଲା । ତାଙ୍କ ବିଷୟରେ କିଛି ନ ବୁଝି ତାଙ୍କୁ ନିଜ ହୃଦୟ ସିଂହାସନ ବସାଇ ଦେଲା । ତାଙ୍କଠାରୁ କୌଣସି ପ୍ରତ୍ୟାଶା ନ ରଖି ପ୍ରୀତିର ନୈବେଦ୍ୟ ବାଢ଼ି ତାଙ୍କୁ ଆରାଧନା କଲା । ଜଣେ ଅଚିହ୍ନା, ଅଜଣା, ଅପରିଚିତ ଯୁବକର ପାଦତଲେ ସମର୍ପଣ କରିଦେଲା ନିଜକୁ । ତାଙ୍କୁ ଭଲ ଭାବେ ଜାଣିବା ପୂର୍ବରୁ ମନପ୍ରାଣ ଢାଲି ତାଙ୍କ ପୂଜାର୍ଚ୍ଚନାରେ ନିଜକୁ ନିୟୋଜିତ କରିଦେଲା । ତାଙ୍କ ବିଷୟରେ କୌଣସି ଖବର ନ ରଖି ଯିଏ ତାଙ୍କୁ ମମତାର ରଜ୍ଜୁରେ ବନ୍ଦୀ କରିବାକୁ ଆଗେଇଗଲା । ତାଙ୍କ ସହିତ ସମ୍ବନ୍ଧର ସେତୁ ବାନ୍ଧି ଦେଇ ପାରିଲା । ତାଙ୍କୁ ଭଲ ଭାବରେ ଚିହ୍ନିବା ପୂର୍ବରୁ ତାଙ୍କୁ ଆପଣା ଅନ୍ତରେ ସାଇତି ରଖିଲା । ବର୍ତ୍ତମାନ ପାଇଁ ଯଦି ସେ ତାଙ୍କଠାରୁ ତା' ଦାନର କିଛି ପ୍ରତିଦାନ ନ ପାଏ । ତାଙ୍କ ପ୍ରତି ଅନୁରକ୍ତ ରହି ସୁଦ୍ଧା ତାଙ୍କଠାରୁ ସ୍ନେହ, ଶ୍ରଦ୍ଧା, ସହାନୁଭୂତିରୁ ବଞ୍ଚିତା ହୁଏ । ତାଙ୍କ ପ୍ରତି ସମର୍ପିତା ହୋଇସାରି ତାଙ୍କ ଶ୍ରଦ୍ଧାରୁ, ତାଙ୍କ ସୋହାଗରୁ, ତାଙ୍କ ପ୍ରେମରୁ ଉପେକ୍ଷିତା ହୋଇଯାଏ । ତାଙ୍କ କରୁଣା, ସଦିଚ୍ଛା ଲାଭ କରିବା ଆଶା ରଖିଥିବା ସତୀ ସେଥିରୁ କାଣିଚାଏ ସୁଦ୍ଧା ପାଇବାର ଭରସା ହରାଇ ବସିଲେ ସେଥିଯୋଗୁଁ ତା' ମନରେ ଯେଉଁ ଶୂନ୍ୟତା ସୃଷ୍ଟି ହେବ ? ତା' ହୃଦୟରେ ଯେଉଁ ହାହାକାର ଭରିଯିବ । ତା' ଅନ୍ତରରେ ଯେଉଁ ବିଷାଦ ଜନ୍ମିବ । ତା' ପ୍ରାଣରେ ଯେଉଁ ନୈରାଶ୍ୟ ଭାବ ଆସିବ । ତା' ଆତ୍ମାରେ ଯେଉଁ ହତାଶ ଏବଂ ନିରାଶ ଜାଗ୍ରତ ହେବ, ସେ ସେଥିରୁ ନିଜକୁ ମୁକୁଲାଇ ପାରିବ ତ ? ଯଦି ନ ପାରେ ? ତେବେ ?

ଶୁନି ଭାବୁଥିଲା ପୁରାଣ ବର୍ଣ୍ଣିତ ଦକ୍ଷ କନ୍ୟା ସତୀ, ସ୍ୱାମୀ ଶିବଙ୍କ ଅପମାନ ସହି ନ ପାରି ଦକ୍ଷ ଯଜ୍ଞଶାଳାରେ ଆତ୍ମାହୁତି ଦେଲାପରି, ତାଙ୍କ ଗାଁ ସପନି ଦାସର ଝିଅ ସତୀ ତା'ର ଈପ୍ସିତ୍ ପୁରୁଷ ଅଧରକୁ ନ ପାଇଲେ କିମ୍ବା ପାଇବାର ସମ୍ଭାବନା ଦେଖି ନ ପାରିଲେ ଅଥବା ପାଇବାର ବିଶ୍ୱାସ ହରାଇ ବସିଲେ, ସେଭଳି କୌଣସି ଅଘଟଣ କରିବସିବନି ତ ? ଶୁନି ମନକୁ ପାପ ଛୁଇଁଥିଲା। ସତୀ ଆଉ ସତ୍ୟବତୀ ନାମ ଦୁଇଟିର ଭାବାର୍ଥ ସମାନ। ସତ୍ୟକୁ ଜୀବନର ବ୍ରତ କରି ପାଳିଥିବା ଯୁବତୀଟି ସତୀ। ଜାତିରେ କୈବର୍ତ ଦାସ ରାଜା ବସୁଙ୍କ (କନ୍ୟା) ଝିଅ ସତ୍ୟବତୀ ହସ୍ତିନାର ରାଜା କ୍ଷତ୍ରିୟ ଶାନ୍ତନୁଙ୍କୁ ବିବାହ କରି ସୋମ ବଂଶର ରାଜବଧୂ ହୋଇଥିଲେ। ତାଙ୍କ ଗାଁ କେଉଟ ସାଇ ସପନି ଦାସର ଝିଅ ସତୀ ସେପରି ଆଶା ମନରେ ପୋଷଣ କରିଛି। ଖଣ୍ଡାୟତ ଅଧରଙ୍କୁ ବିବାହ କରି ଜମିଦାର ଘରର ବୋହୁ ହେବାପାଇଁ।

ତା'ର ସେ ଆଶା ପୂରଣ ନ ହୋଇ ପାରିବା ବିଷାଦର ବିଷ ପିଇ ସେ ଯଦି କିଛି ଅଘଟଣ କରିବସେ, ତେବେ ସେଥିପାଇଁ ଶୁନି ଦାୟୀ ରହିବ ନାହିଁ କି ? ବାହ୍ୟିକ ଦୃଷ୍ଟିରୁ ନ ହୋଇପାରେ। କିନ୍ତୁ ନୈତିକତା ଦୃଷ୍ଟିରୁ ନିଶ୍ଚିତ ଭାବେ ଦୋଷୀ। ସେ କିପରି ନିଜକୁ ନିର୍ଦ୍ଦୋଷ ବୋଲି ଭାବିପାରିବ ? କେଉଁ ଯୁକ୍ତି ବଳରେ ? କେଉଁ ନ୍ୟାୟ ଦୃଷ୍ଟିରୁ ? କେଉଁ କାରଣରୁ ? କେଉଁ ଉଦାହରଣର ଉପଲକ୍ଷ ଦେଇ ? କେଉଁ ଉପାଖ୍ୟାନକୁ ବ୍ୟକ୍ତ କରି ? କେଉଁ ଆଇନର ତର୍ଜମାକୁ ଭିତି କରି ? ଯେପରି 'ମା' ନିଷାଦ, ପ୍ରତିଷ୍ଠାଂ ତ୍ୱମଗମଃ ଶାଶ୍ୱତୀଃ ସମାଃ, ଯତ୍ କ୍ରୌଚି ମିଥୁନା ଦେକମ ବଧୀଃ କାମ ମୋହିତମ୍।" ରେ ବର୍ବର ଶବର ତୁ ମାଂସ ଲୋଭରେ ବଂଶବର୍ଦ୍ଧୀ ହୋଇ ଗୋଲ୍ଲୁ (ମିଥୁନରତ) ହେଉଥିବା ବଗ ବଗୁଲାଙ୍କ ମଧ୍ୟରୁ ବଗକୁ ମାରି ଦେଇଥିବାରୁ ତୁ ବଗୁଲୀର କ୍ରୋଧ ଅନଳରେ ଭସ୍ମୀଭୂତ ହୋଇଯା। ଏହା ହିଁ ପୃଥିବୀର ପ୍ରଥମ ଭାଷ୍ୟ ଶ୍ଳୋକ ଥିଲା, ଯାହାକି ପରେ ଏହା ଶ୍ଳୋକ ରୂପେ ପରିଗଣିତ ହେଲା। ସେହିପରି ଅଧରଙ୍କ ସହିତ ଆଉ ସାକ୍ଷାତ ନ ହେଲେ ସତୀ ଯଦି ବଗ ବିହୁନେ ବଗୁଲୀ ପରି ଅଧରଙ୍କ ବିରହରେ ଜଳି ଜଳି ମରେ, ତେବେ ବଗକୁ ମାରିଥିବା ଶବର ପରି ସେମାନଙ୍କ ବିଶେଷତଃ ସତୀ ମନରେ ଅଧରଙ୍କୁ ଭଲ ପାଇବାର ଆଶା ସଂଚାର କରାଇଥିବାରୁ ସେ ନିଜେ ସେଇ ବଗ ହତ୍ୟାକାରୀ ଶବର ପରି ସତୀର ନିରାଶ ଜନିତ ବିରହ ଅନଳରେ ଭସ୍ମୀଭୂତ ହୋଇଯିବନି ତ ?

ଅବଶ୍ୟ ସେ ମନ୍ଦିର ଭିତରୁ ପାଦୁକ ଗ୍ଲାସ ଆଣି ଦୁଆର ମୁହଁରେ ଠିଆ ହୋଇଥିବା ସତୀ ହାତକୁ ବଢ଼ାଇ ଦେଇଥିଲା, ତାଙ୍କୁ (ଅଧରଙ୍କୁ) ପାଦୁକ ଦେବା ପାଇଁ। ଠାକୁରଙ୍କ ପାଦୁକ ସହିତ ତା' ନିଜ ମନ ତାଙ୍କୁ ଦେଇ ଦେବାକୁ କହିନଥିଲା। ସେ ଠାକୁରଙ୍କ ବିଭୂତି ଥାଲିଆ ତା ହାତରେ ଧରାଇ ଦେଇଥିଲା, ତାଙ୍କ କପାଳରେ ବିଭୂତି ଟିପା ଲଗାଇଦେବା ଲାଗି। ତାଙ୍କ ଆଖିରେ ତା' ଦୃଷ୍ଟି ମିଶାଇ ତାଙ୍କୁ ନିଜର ମନର ମଣିଷ କରିନେବାକୁ ଉପଦେଶ ଦେଇନଥିଲା। ଆଉ ସେ ଫେରିଗଲା ବେଳକୁ ସତୀ ହାତକୁ ପଇସା ବଢ଼ାଇ ଦେଇଥିଲେ ଠାକୁରଙ୍କ ଥାଲିରେ ଦେବାପାଇଁ। ସେଇ ପଇସା ମୂଲରେ ସତୀର ମନକୁ କିଣିବାକୁ ନୁହେଁ। ଆହୁରି ମଧ୍ୟ ପାଦୁକ ଦେବାକୁ ହେଉ ବା ବିଭୂତି ଲଗାଇବାକୁ ହେଉ। ଶୁନି ସେ ଦୁଇ କାମରେ ସତୀକୁ ସାହାଯ୍ୟ କରିଛି। ହୁଏତ ଏଥୁ ସକାଶେ ସେ ଦୋଷୀ ସାବ୍ୟସ୍ତ ହୋଇପାରେ, ମାତ୍ର ଠାକୁରଙ୍କ ଥାଲି ଲାଗି ତାଙ୍କ ହାତରୁ ପଇସା ରଖିବାକୁ ଶୁନିକୁ ସତୀ ପଚାରିନଥିଲା। ତା' ପରାମର୍ଶ ଆବଶ୍ୟକ କରିନଥିଲା କିମ୍ବା ଶୁନି ମଧ୍ୟ ସତୀକୁ ସେପରି କରିବାକୁ ଉପଦେଶ ଦେଇନଥିଲା। ସେଥିପାଇଁ ସେ ସକାଶେ ଶୁନିକୁ ଦୋଷ ଦେଇହେବନାହିଁ।

ଶୁନି ନିଜକୁ ଦୋଷମୁକ୍ତ କରିବା ପାଇଁ ଏହି ଯୁକ୍ତିଗୁଡ଼ିକୁ ମନେ ମନେ ଉପସ୍ଥାପନ କରିଚାଲିଥିଲା। ନିଜ ପାଇଁ ଯଦିଓ ସେ ଯୁକ୍ତି ଗୁଡ଼ିକ ଖୁବ୍ ବଳିଷ୍ଠ ମନେ ହେଉଥିଲା ଏବଂ ସେଗୁଡ଼ିକ ବେଶ୍ ସଫଳ ହେବ ବୋଲି ତା'ର ଦୃଢ଼ ବିଶ୍ୱାସ ଥିଲା। କିନ୍ତୁ ପ୍ରକୃତ ପକ୍ଷେ ସେ ଯୁକ୍ତିର ଭିତିଭୂମି ସେତେ ସୁଦୃଢ଼ ନ ଥିଲା, ଶୁନି ଯେପରି ଭାବୁଥିଲା। ଯେଉଁ ଯୁକ୍ତି ତାକୁ ସେପରି ଅକ୍ଷମଣୀୟ ଅପରାଧରୁ ମୁକ୍ତ କରିଦେଇ ପାରିଥାନ୍ତା। ମନ ଭିତରେ ଲୁଚି ରହିଥିବା ପାପ ବାହାରକୁ ପ୍ରକାଶ ନ ପାଇଲେ ମଧ୍ୟ ନିଜ ଅନ୍ତର ଭିତରେ ତାହା ସବୁବେଳେ ଝୁଣ୍ଟାଏ। ଘୁଣ ଖିଆ (ଲଗା) ବାଉଁଶ ପରି ସେ ମନର ଦୃଢ଼ତାକୁ

ବିପନ୍ନ କରୁଥାଏ ବାରମ୍ବାର। ଲୁଣ ଖିଆ ହାଣ୍ଡି ଭଲି ତାହା ହୃଦୟର ଦୟ୍ୟପଣକୁ ଅହରହ କୋରି ପକାଉଥାଏ। ଅନ୍ତରର ନିବୃତ କୋଣରେ ଆମ୍ଗୋପନ କରିଥିବା ସେ ପାପର ପ୍ରଭାବରେ ବ୍ୟକ୍ତି ଶଙ୍କାଗ୍ରସ୍ତ ହୋଇପଡ଼େ। ଶଙ୍କାଗ୍ରସ୍ତ ରହି ସେ ଅଜଣା ଭୟର ଆଶଙ୍କାରେ ଶିହରି ଉଠୁଥାଏ। ତା'ର ମାନସିକ ସ୍ଥିରତା କେବେବି ରହେନା। ସଦା ସର୍ବଦା ଅସ୍ଥିରମନା ହୋଇ ସେ ଭୁଲ ପରେ ଭୁଲ କରିଚାଲିଥାଏ। ବିକାରଗ୍ରସ୍ତ ମନ ନେଇ ସେ ନିଜକୁ ଦୁନିଆ ଆଖିରୁ ଲୁଚାଇ ରଖିବାକୁ ଚେଷ୍ଟା କରେ। ତା'ର ସେ ଉଦ୍ୟମ କେବେବି ସଫଳ ହୋଇନଥାଏ। କାରଣ ନିଜେ କରିଥିବା ପାପ ଯୋଗୁଁ ଅଦୃଶ୍ୟ ଭୟର ଆଶଙ୍କା ରହିଥାଏ ତା' ଅନ୍ତର ଭିତରେ, ବାହାରେ ନୁହେଁ। ଯାହାକୁ ସେଠାରୁ ତଡ଼ି ଦେବାକୁ କେହି କେବେ ସକ୍ଷମ ହୋଇପାରେନା। ସୁନିତ ସହଜେ ଅବଳା ଯୁବତୀଟିଏ। ଅବଳାମାନେ ପ୍ରାୟତଃ ଦୁର୍ବଳା। ଦୁର୍ବଳା ହୋଇ ସେ କିପରି ସେପରି ଆଶଙ୍କାରୁ ନିଜକୁ ମୁକ୍ତ କରିବାକୁ ସମର୍ଥ ହେବ ?

ସୁନି ଏକଥା ବି ଭାବୁଥିଲା। ଶାସ୍ତ୍ର ମତରେ "ନା କାଲେ ମ୍ରିୟତେ ଜନ୍ତୁର୍ବିଦ୍ଧଃ ଶରଣ ତୋରପି, କୁଶକଣ୍ଟକ ବିଦ୍ଧୋଽପି ପ୍ରାପ୍ତକାଲୋନଜୀବତି।" ମରଣବେଳ ନ ଆସିଲେ ଶତ ଶତ ଶରର ଆଘାତ ପାଇ ପ୍ରାଣୀ ମରେନାହିଁ। ମାତ୍ର ମୃତ୍ୟୁ ସମୟ ଉପସ୍ଥିତ ହେଲେ କୁଶଦ୍ୱାରା ବିଦ୍ଧ ହୋଇ ମଧ ପ୍ରାଣ ତ୍ୟାଗ କରେ। ସେମିତି ସତରେ କ'ଣ ସତୀର ଶେଷ ସମୟ ଆସି ଉପସ୍ଥିତ ହେଲାଣି କି ?

ଏମିତି ଅନେକ ଭାବନା ଆସେ ମନରେ। ଯେଉଁ ଭାବନାର ସମାପ୍ତି ନ ଥାଏ। ବରଂ ଆରମ୍ଭରୁ ଲମ୍ୟ ଲମ୍ୟ ଯାଏ ଆଗକୁ। ଶେଷ ଆଡ଼କୁ ନୁହେଁ। କାରଣ ସେ ଭାବନାର ସମାପ୍ତି ନ ଥାଏ। ସୁନିର ପଡ଼ିଶା ହିସାବରେ ପିଉସୀ ତାଙ୍କ ଗାଁ ସୁମା ନାନୀ, ସତୀ ବାପା ସପନିର ମାଉସୀପୁଅ ଭାଇ ବାଟୁଆକୁ ରାଜି ହୋଇ ପ୍ରେମ ବିବାହ କରିଥିଲା। ପ୍ରଥମେ ଯଦିଓ ଗାଁରେ ଅଟକ ହୋଇଥିଲା, କିନ୍ତୁ ପରେ ସେମାନେ ନିଃଦ୍ୱନ୍ଦରେ ଏକତ୍ର ରହି ଘର ସଂସାର କରିଛନ୍ତି। ସୁନିର ମନେ ପଡ଼ିଗଲା ସତୀ ଥରେ ତାକୁ କହିଥିଲା- ସୁନି ମୁଁ ପାଠ ପଢ଼ିବାକୁ ସୁଯୋଗ ପାଇଲି ନାହିଁ, ସେଥିପାଇଁ ଇତିହାସର ଅନେକ କଥା ମୋର ଅଜଣା ହୋଇ ରହିଛି। ଠାକୁର ବାବା କହୁଥିଲେ- ଆମ ଓଡ଼ିଶାର ଠାକୁର ରଜା ଗଜପତି ପୁରୁଷୋଉମ ଦେବଙ୍କୁ କାଞ୍ଚି ରାଜା ତାଙ୍କ କନ୍ୟା ପ୍ରଦାନ କରିବାକୁ ରାଜି ନ ଥିଲେ। ତା'ର ପ୍ରକୃତ କାରଣ ଐତିହାସିକମାନେ ଆମଠାରୁ ଗୋପନ କରିବା ଲାଗି ଇତିହାସକୁ ବିକୃତ କରି ଉପସ୍ଥାପନ କରିଛନ୍ତି। ପୁରୁଷୋଉମ ଦେବ ଶ୍ରୀ ଗୁଣ୍ଡିଚାରେ ରଥ ଉପରେ ଛେରା ପହଁରା କରୁଥିବାରୁ କାଞ୍ଚି ରାଜା ତାଙ୍କୁ ଚଣ୍ଡାଲ କହିବା ଡାହା ମିଛ। ପ୍ରକୃତ କଥା ହେଲା ପୁରୁଷୋଉମ ଦେବ, ଗଜପତି କପିଲେନ୍ଦ୍ରଦେବଙ୍କର ବିବାହିତା ରାଣୀଙ୍କ ସନ୍ତାନ ନଥିଲେ। ସେ କପିଲେନ୍ଦ୍ରଦେବଙ୍କ ଠାରୁ ଦାସୀ ଗର୍ଭରୁ ଜନ୍ମ ଗ୍ରହଣ କରିଥିଲେ। ଦାସୀପୁତ୍ର ପୁରୁଷୋଉମ ଦେବଙ୍କୁ କନ୍ୟା ପ୍ରଦାନ ପାଇଁ କାଞ୍ଚି ରାଜା ଅସମ୍ମତ ହେବାରୁ କାଞ୍ଚି ଅଭିଯାନ ସଂଗଠିତ ହୋଇଥିଲା। ପୁରୁଷୋଉମ ଦେବକଙ୍କର ସୈନ୍ୟ ବଳ ଥିବାରୁ ସେ ଶକ୍ତି ପ୍ରୟୋଗ କରି କାଞ୍ଚି ରାଜକେମାକୁ ବିବାହ କରିବା ପାଇଁ ସମର୍ଥ ହୋଇଥିଲେ।

ଏହା ପୁରାମାତ୍ରାରେ ମନଗଢ଼ା ଡାହା ମିଛ କାହାଣୀ। ଆଗେ ଶାସନ ଧର୍ମକେନ୍ଦ୍ରିକ ଥିଲା ଏବଂ ଧର୍ମ ସମ୍ୟନ୍ଧୀୟ ଲେଖା ସଂସ୍କୃତରେ ହେଉଥିଲା। ସଂସ୍କୃତ ଅଧ୍ୟୟନ ସୀମିତ ଲୋକଙ୍କ ଲାଗି ସମ୍ୟବ ଥିଲା ଓ ଓଡ଼ିଶାରେ ଓଡ଼ିଆ ଶିକ୍ଷା ଲାଗି ସୁବିଧା ନ ଥିବାରୁ ଏଠାକାର ଅଧିକାଂଶ ଲୋକ ଅଶିକ୍ଷିତ ଥିଲେ। ଏ ପର୍ଯ୍ୟନ୍ତ ମଧ ଏ ପରିସ୍ଥିତି ଜାରି ରହିଛି। ଯଦିଓ ପ୍ରାୟତଃ ପ୍ରତ୍ୟେକ ଗ୍ରାମରେ ସ୍କୁଲ ସ୍ଥାପିତ ହୋଇ ପର୍ଯ୍ୟାପ୍ତ ଓଡ଼ିଆ ବହି ପ୍ରକାଶ ପାଇଥିଲେ ବି ଏହି ଅଶିକ୍ଷିତ ପରିସ୍ଥିତି ଏବଂ ତ୍ରୟୋଦଶ ଶତାଦୀରେ ଓଡ଼ିଶାକୁ, ପୁରୁଷୋଉମ ରାଜ୍ୟ ଏବଂ ରଜା ଏହାର ରାଉତ। ଘୋଷଣାର ସୁଯୋଗ ନେଇ ଶ୍ରୀମନ୍ଦିର କେନ୍ଦ୍ରିକ (ଶ୍ରୀଜଗନ୍ନାଥ ମନ୍ଦିର, ପୁରୀ) ଗୋଷ୍ଠୀ ଠାକୁରଙ୍କ ସ୍ୱପ୍ନାଦେଶ (ଯଦିଚ ଠାକୁରେ ନିଳିପ୍ତ ଏବଂ ଏଣୁ ଏହାକୁ କ୍ରୀଡ଼ନକ କରାଯାଇପାରୁଛି) ଆଳରେ ଓଡ଼ିଶାର ଶାସନ ଡୋରିକୁ ହାତରେ ରଖିବା ଲାଗି ଚକ୍ରାନ୍ତମାନ ସୃଷ୍ଟି କରିବା ଆରମ୍ଭ କଲେ।

ପ୍ରଥମ ପର୍ଯ୍ୟାୟ ଚକ୍ରାନ୍ତ– ଏହି କ୍ରମରେ ସେମାନେ (କ) କୋଣାର୍କ ମନ୍ଦିର ନିର୍ମାତା ଓ ପ୍ରଭାବଶାଳୀ ରାଜା ପ୍ରଥମ ନରସିଂହଦେବକୁ ଲଙ୍ଗୁଳା ନରସିଂହ ଦେବରେ ନାମିତ କଲେ। ଲଙ୍ଗୁଳା ଶବ୍ଦ ଅସଭ୍ୟତା ଆଡ଼କୁ ଅଙ୍ଗୁଳି ନିର୍ଦ୍ଦେଶ କରୁଥିବାରୁ ତାହା ପରିବର୍ତ୍ତନ କରି ଲାଙ୍ଗୁଳା ନରସିଂହଦେବରେ ପରିଣତ କଲେ (ରାଜ ଅମର୍ଯ୍ୟାଦା)। ଏଥିଯୋଗୁଁ ବିଶେଷତଃ ଖ୍ରୀ.୧୩୦୮ ଘରେ ଦିଲ୍ଲୀ ବାଦଶାହ ଶ୍ରୀମନ୍ଦିରର ତିନି ଠାକୁରଙ୍କୁ ନେଇଗଲା। ଏଣୁ ଏତିକିବେଳେ ଶବରକୁ ସଂଶ୍ଲିଷ୍ଟ କରି ଶ୍ରୀ ଚତୁର୍ଦ୍ଧା ଦାରୁ ମୂର୍ତ୍ତି, ପୁରୀ ସୃଷ୍ଟ (ଯେଉଁ ତଥ୍ୟକୁ ଏମାନେ ପୁରାପୁରି ଉଠାଇ ଦେଇଛନ୍ତି)। (ଖ) ଉପରୋକ୍ତ ତଥ୍ୟ ଗୁଡ଼ିକୁ ବିକୃତ କରି ଇନ୍ଦ୍ରଦ୍ୟୁମ୍ନ କିମ୍ବଦନ୍ତୀ ସୃଷ୍ଟି କରି ଏ ଅନୁସାରେ ପୁରାଣ ଗୁଡ଼ିକୁ ଯୋଡ଼ି ତୋଡ଼ି କରିଚାଲିଲେ। ଏହିପରି କ୍ରମରେ (ଗ) ରାଜା ଚତୁର୍ଥ ଭାନୁଦେବ ବାହାରେ ଥିବାବେଳେ ତାଙ୍କ ସେନାପତି କପିଲ ସାମନ୍ତରାୟଙ୍କୁ ସ୍ୱପ୍ନାଦେଶ କହି ଓଡ଼ିଶାର ସୂର୍ଯ୍ୟବଂଶୀ ରାଜା କରିଦେଲେ। (ଏ ଲାଗି କିଞ୍ଚିଟା କାଶିଆ କପିଲା ଲୋକକଥା ମଧ୍ୟ ସୃଷ୍ଟି କରିଥିଲେ)। (ଘ) ଯୁବରାଜ କଳା ହମ୍ୟିର, କପିଲେନ୍ଦ୍ରଦେବଙ୍କ ରାଣୀଙ୍କ ଗର୍ଭରୁ ଜାତ ଜ୍ୟେଷ୍ଠପୁତ୍ର ଯେ କି ପିତା କପିଲେନ୍ଦ୍ରଦେବଙ୍କ ପରେ ସିଂହାସନ ଆରୋହଣ କରିବା କଥା ଏବଂ ରାଜା ହେବା ପାଇଁ ଯୋଗ୍ୟତମ ଉତ୍ତରାଧିକାରୀ ସିଏ ବାହାରେ ରହିଥିବାରୁ ଏବଂ କପିଲେନ୍ଦ୍ରଦେବଙ୍କ ପୋଇଲି ପୁଅ ପୁରୀଆ ଏମାନଙ୍କର ବୋଲକରା (ଅନୁଗତ) ଥିବାରେ ଏମାନେ କପିଲେନ୍ଦ୍ରଦେବ ଅସୁସ୍ଥ ଅବସ୍ଥାରେ କାବେରୀ ନଦୀ କୂଳରେ (ରାଜ ମହେନ୍ଦ୍ରୀ ଅନ୍ତର୍ଗତ କୃଷ୍ଣା ନଦୀ କୂଳର) କୋଣ୍ଡାପଲ୍ଲୀରେ ଥିବାବେଳେ ସ୍ୱପ୍ନାଦେଶ ଆଳରେ ଏହି ପୋଇଲି ପୁଅ ପୁରୀଆକୁ ଓଡ଼ିଶାର ଭାବି ରାଜା ପୁରୁଷୋତ୍ତମ ଦେବ ଘୋଷଣା କରିବାକୁ ବାଧ୍ୟ କରିଥିଲେ। ଯାହା ଘୋଷଣା କରି ସେ ସେଠରେ ଭୀଷଣ ଦୁଃଖ, ଖୁବ୍ ଅନୁତାପ ଓ ଅତି ଅନୁସୂଚନାରେ ଦଗ୍ଧ ହୋଇ ପ୍ରାଣତ୍ୟାଗ କରିଥିଲେ (ପାରଲାଖେମୁଣ୍ଡି ଗଜପତି ବଂଶ ପରିତ୍ୟକ୍ତ କଳାହମ୍ୟିରଙ୍କ ବଂଶଧର)।

ଉତ୍କଳର ସୂର୍ଯ୍ୟବଂଶୀ ଗଜପତି କପିଲେନ୍ଦ୍ରଦେବଙ୍କ ପାଟରାଣୀଙ୍କ ଗର୍ଭରୁ ୧୮ଜଣ ପୁତ୍ର ଜନ୍ମ ହୋଇଥିଲେ। ସେମାନଙ୍କ ମଧ୍ୟରେ ଜ୍ୟେଷ୍ଠ ପୁତ୍ର କଳାହମ୍ୟିର ଓ ଦାସୀଙ୍କ ଗର୍ଭ ଜାତ ଏକମାତ୍ର ପୁତ୍ର ପୁରୁଷୋତ୍ତମ ଦେବ। କଳାହମ୍ୟିର ଜ୍ୟେଷ୍ଠ ପୁତ୍ର ହୋଇଥିବାରୁ କପିଲେନ୍ଦ୍ରଦେବଙ୍କ ପରେ ଉତ୍କଳର ରାଜା ହେବା କଥା। କିନ୍ତୁ କପିଲେନ୍ଦ୍ରଦେବ ଦାସୀ ପୁତ୍ର ପୁରୁଷୋତ୍ତମଦେବଙ୍କୁ ଭାବି ରାଜା ଘୋଷଣା କରିବା ପରେ ତାଙ୍କ ଜ୍ୟେଷ୍ଠ ପୁତ୍ର କଳାହମ୍ୟିରଙ୍କ ତାଙ୍କ ସତର ଭାଇଙ୍କ ସହିତ ନିଜ ରାଜ୍ୟ ପରିତ୍ୟାଗ କରି ଦାକ୍ଷିଣାତ୍ୟ ଚାଲିଯାଇଥିଲେ। ସେଠାରେ ସେ ପାରଲାଖେମୁଣ୍ଡି ରାଜ୍ୟ ପ୍ରତିଷ୍ଠା କରିଥିଲେ। ସେଥିପାଇଁ କଳାହମ୍ୟିର (ନରସିଂହଦେବ) ପାରଲାଖେମୁଣ୍ଡି ରାଜ୍ୟର ପ୍ରତିଷ୍ଠାତା ତଥା ଉକ୍ତ ରାଜବଂଶର ଆଦିପୁରୁଷ ବୋଲି ଯୁକ୍ତି କରାଯାଇଥାଏ। (ଙ) ଏହି ରାଜା ପୁରୁଷୋତ୍ତମଦେବଙ୍କ ଅନୈତିକ ଦ୍ୱିତୀୟ କାଞ୍ଚି ଯୁଦ୍ଧରେ ଠାକୁରଙ୍କୁ (କଳାଘୋଡ଼ା–ଧଳାଘୋଡ଼ା) ସଂଶ୍ଲିଷ୍ଟ କରି ମାଣିକପାଟଣା ସୃଷ୍ଟି କଲେ। (ଯାହା ଅବାସ୍ତବ କାରଣ ଠାକୁରେ ନିଲିପ୍ତ–ଗୀତା–୫–୧୫–ନାଦରେ କଣଚିତ ପାପଂ ନ ଚୈବ ସୁକୃତ ଭିବୁଃ) ଏହାର କୁପରିଣାମ ଏହାଙ୍କ ପୁତ୍ର ଉକ୍ତ ରାଜା ପ୍ରତାପରୁଦ୍ରଦେବ ଭୋଗ କରି ହତହତା ହୋଇ ମଲେ ଏବଂ ଏହାଙ୍କ ସେନାପତି ଗୋବିନ୍ଦ ବିଦ୍ୟାଧର ଏହାଙ୍କ ଦୁଇପୁଅକୁ ମାରି ଓଡ଼ିଶାର ରାଜା ହେଲେ। ଏଠାରେ ଓଡ଼ିଶାର ସୂର୍ଯ୍ୟବଂଶୀ ଗଜପତି ରାଜବଂଶ ଲୋପ ପାଇଲା। ଏହି ଆଧାରରେ ତରବରରେ ପୁରୀ ଶ୍ରୀମନ୍ଦିର ମାଦଳାପାଞ୍ଜି ଲେଖାଯାଇଥିବା ଯୁକ୍ତିସିଦ୍ଧ।

ସେ ଯାହା ହେଉ ପଛେ ମୋର ତ ସୁନି ସେ କ୍ଷମତା କିୟା ପରକ୍ରମ ନାହିଁ। ମୁଁ ଅଧରକୁ ଜୋର ଜବରଦସ୍ତ ବାହା ହୋଇ ପାରିବି। ସୁନି ତୁ ଭଲଭାବରେ ଚିନ୍ତା କରି ଦେଖ। ତାଙ୍କ ସହିତ ମୋର ବିବାହ ପ୍ରସ୍ତାବ କେବଳ ଅନର୍ଥ ସୃଷ୍ଟି କରିବ ? ସେଥିରୁ କେବେ କୌଣସି ସୁଫଳ ମିଳିବାର ସମ୍ଭାବନା ଆଦୌ ନାହିଁ।

ସୁନି ମନେପକାଇ ଭାବୁଥିଲା। ସତୀ କହିଥିବା ସେ କଥାର ପ୍ରକୃତ ଅନ୍ତର୍ନିହିତ ଅର୍ଥକୁ ଖୋଜୁଥିଲା। ତା' କହିବାର ଉଦ୍ଦେଶ୍ୟ, ତାତ୍ପର୍ଯ୍ୟ ହେଲା, ତାର ଆଶଙ୍କା ଥିଲା। ସେ ଯଦି ସୁମା ନାନୀ ପରି ପ୍ରେମରେ ସଫଳ ନ ହୁଏ,

ବାଟୁଆ ଘରର ଲୋକମାନଙ୍କ ପରି ଅଧରଙ୍କ ପରିବାର ଯଦି ତାକୁ ବୋହୂ ଭାବରେ ଗ୍ରହଣ କରିବାକୁ ରାଜି ନ ହୁଅନ୍ତି, ତେବେ ଆଉ ଉପାୟ କ'ଣ ଅଛି ? ଏପରି ସ୍ଥଳେ କେବଳ ଭରସା ଅଧର ନିଜେ । ସିଏ ଯଦି ତାଙ୍କ ଯିଦରେ (ସତୀକୁ ବିଭା ହେବାକୁ) ଅଟଳ ରହିପାରିବେ ତେବେ ଯାଇ ସତୀର ଭାଗ୍ୟ ସୁଧୁରିପାରିବ । ନହେଲେ ପରିଣାମ ବିଷମୟ ହେବ ହିଁ ହେବ । କିନ୍ତୁ ସତୀ ପାଇଁ ଅଧର ତାଙ୍କ ବୁନିଆଦିରେ କଳଙ୍କ ଲଗାଇ ପାରିବେ ତ ? ପ୍ରେମ ଲାଗି (ଭଲପାଇବା ପାଇଁ) ତାଙ୍କ ଖାନଦାନୀକୁ ଅପଯଶରେ ବୁଡ଼ାଇ ଦେବାକୁ ସକ୍ଷମ ହେବେ ତ ? ନିନ୍ଦା ଅପବାଦ ଶୁଣି ସୁଦ୍ଧା ସତୀର ହାତ ଧରି ରାଜରାସ୍ତାରେ ମଥା ଉପରକୁ ଟେକି ସଗର୍ବରେ ଚାଲିପାରିବାର ସତ୍ ସାହସ ତାଙ୍କର ଅଛି ତ ?

ଏମିତି ଅସୁମାରୀ ଭାବନାର ଅଛିଣ୍ଡା ଖିଅକୁ ଧରି ଘୁରି ବୁଲୁଥିଲା ସୁନି ମନେ ମନେ । ଯିଏ ଉପରେ ପଡ଼ି ଭଲପାଏ । ପ୍ରତ୍ୟାଶା ନ ରଖି ମନ ଦେଇଦିଏ । ପ୍ରତିଶ୍ରୁତି ଆଦାୟ ନ କରି ନିଜକୁ ବିକି ଦେଇପାରେ ବିନା ମୂଲ୍ୟରେ । ଭରସା ନ ଦେଖି ମଧ୍ୟ ଆପଣା ଅନ୍ତରରେ ଅନ୍ୟ ଜଣକୁ ସ୍ଥାନ ଦିଏ । ଅପରିଚିତକୁ ନିଜ ହୃଦୟର ସିଂହାସନରେ ବସାଇ ପୂଜା କରେ । ତାଙ୍କଠାରୁ କଥା ନ ଆଣି ପୂଜାରିଣୀ ସାଜି ପ୍ରୀତିର ନୈବେଦ୍ୟ ବାଢ଼ିଦିଏ । ସୁନି ତା ପାଇଁ ଅବା କ'ଣ କରିପାରିବ ?

ସୁନିର ମନେ ପଡ଼ିଲା ଇତିହାସର କଥା । ଇଂରେଜମାନେ ଭାରତକୁ ଆସିଥିଲେ ବେପାର କରିବାପାଇଁ । ବଣିକ ଜାତି ସେମାନେ । ତାଙ୍କ ଦେଶର ଶିଳ୍ପଜାତ ଦ୍ରବ୍ୟ ଏଠି ବିକ୍ରି କରି ସେମାନେ ଦୁଇ ପଇସା ରୋଜଗାର କରିବା ଲକ୍ଷ୍ୟରେ ସାତ ସମୁଦ୍ର ପାର ହୋଇ ଆସିଥିଲେ । କିନ୍ତୁ ଭାରତୀୟମାନଙ୍କ ମଧ୍ୟରେ ଅନ୍ତର୍ବିବାଦ, ରାଜନୈତିକ କନ୍ଦଲ, ନିଜ ନିଜ ଭିତରେ ଅବିଶ୍ୱାସ, ପରଶ୍ରୀକାତାଭାବ, ସାମରିକ ଦୁର୍ବଳତା, ରାଜପରିବାରରେ ବିଶୃଙ୍ଖଳା ଓ ନିଜର ସାମର୍ଥ୍ୟ ନଥାଇ ଉଚ୍ଚାକାଂକ୍ଷା ଭାବନା ସେମାନଙ୍କୁ ଆମ ଦେଶର ରାଜନୀତିରେ ପ୍ରବେଶ କରିବା ପାଇଁ ସୁଯୋଗ ଦେଲା । ଭାରତୀୟମାନେ ସ୍ୱଦେଶୀ ଶାସନକୁ ପ୍ରତ୍ୟାଖ୍ୟାନ କରି ବିଦେଶୀ ଶାସନାଧୀନ ହେବାକୁ ଶ୍ରେୟସ୍କର ମଣିଲେ । ଫଳରେ ବ୍ୟବସାୟ କରି ଦୁଇପଇସା ରୋଜଗାର କରିବା ଉଦ୍ଦେଶ୍ୟରେ ଆସିଥିବା ଇଂଲଣ୍ଡ ପରି ଛୋଟିଆ ଦ୍ୱୀପର ଅଳ୍ପ କେତେକ (ସାମରିକ) ଲୋକ ଦୀର୍ଘ ଦୁଇ ଶତାବ୍ଦୀ ଧରି ନିରବଚ୍ଛିନ୍ନ ଶାସନ କରିବାକୁ ସକ୍ଷମ ହୋଇଥିଲେ ଭାରତ ଭଳି ଏକ ବିଶାଳ ଆୟତନ ଓ ବିପୁଳ ଜନସଂଖ୍ୟା ବିଶିଷ୍ଟ ଦେଶ ଉପରେ ।

ଇଂରେଜମାନେ ନିଜ ଇଚ୍ଛାରେ ଜବରଦସ୍ତ ଶାସକ ହୋଇନଥିଲେ । ସେମାନଙ୍କୁ ଶାସକ ବନାଇଥିଲେ ଭାରତୀୟମାନେ । ମଣ୍ଡୁକରାଜ ଗଙ୍ଗାଦତ୍ତ ପରି କୃଷ୍ଣସର୍ପ ପ୍ରିୟଦର୍ଶନକୁ ଡାକି ଆଣି ଘରେ ପୁରାଇଥିଲେ । ନିଜ ବଂଶର ସଦସ୍ୟମାନଙ୍କୁ ଶତ୍ରୁ ମଣି ସେମାନଙ୍କ ବିନାଶ ପାଇଁ କୃଷ୍ଣସର୍ପ, ବେଙ୍ଗମାନଙ୍କ ନିବାସସ୍ଥଳ କୂପ ମଧ୍ୟକୁ ପ୍ରବେଶ କରିବା ଦ୍ୱାରା ତା'ର ଅବସ୍ଥା ଯାହା ହୋଇଥିଲା । ଭାରତରେ ଆମ ଦେଶୀୟ ରାଜାମାନେ ଇଂରେଜମାନଙ୍କ ସାହାଯ୍ୟ ଲୋଡ଼ିଲେ ନିଜର ପଡ଼ୋଶୀ ରାଜାଙ୍କୁ ଜବତ କରିବା ପାଇଁ । ଫଳରେ ବିଲେଇ କଳିରେ ମାଙ୍କଡ଼ ବିଚାରପତି ହୋଇ ଫାଇଦା ଉଠାଇଲାପରି ଇଂରେଜମାନେ ସୁବିଧା ହାସଲ କରିନେଲେ । ସେମିତି ଅଧର ଆସିଥିଲେ ଧବଳେଶ୍ୱରଙ୍କ ଦର୍ଶନ ପାଇଁ । ସେହି ସମୟରେ ମନ୍ଦିର ପୂଜକ ଠାକୁର ବାବା ନଥିବାରୁ ସିଏ ପାଦୁକ ପାଇବା ଲାଗି ଅନ୍ୟର ସହାୟତା ଲୋଡ଼ିଥିଲେ । ସେତିକିବେଳେ ମୁଖଶାଳାରେ ବସିଥିବା ସୁନି ଓ ସତୀ ତାଙ୍କୁ ସେଥିପାଇଁ ସାହାଯ୍ୟ କରିଥିଲେ । ସେ ପାଦୁକ ପାଇ ଫେରିଯାଇଥାଆନ୍ତେ । ଯେମିତି କେତେ ଭକ୍ତ କରିଥାନ୍ତି, କିନ୍ତୁ ଏମାନେ ଉପରେ ପଡ଼ି ତାଙ୍କ କପାଲରେ ବିଭୂତି ଟିପା ଲଗାଇ ଦେଇଥିଲେ । ଅଧର କେବଳ ଠାକୁରଙ୍କ ପାଦୁକ ପାଇବାକୁ କହିଥିଲେ । ସିଏ ବିଭୂତି ଟିପା ପିନ୍ଧିବା ଲାଗି ଏମାନଙ୍କୁ ଅନୁରୋଧ କରିନଥିଲେ । ସେହି ବିଭୂତି ଟିପା ଲଗାଇ ଦେଲାବେଳେ ସତୀର ଆଖି ସହିତ ତାଙ୍କ ଆଖି ମିଶିଯିବା ଦ୍ୱାରା ହିଁ ସତୀର ମନ ତାଙ୍କ ଆଡ଼କୁ ଢଳିଗଲା । ତାଙ୍କୁ ପାଦୁକ ଓ ବିଭୂତି ଦେବା ସହିତ ସତୀ ତା' ମନକୁ ବି ତାଙ୍କୁ ଦେଇଦେଲା । ଭାରତୀୟମାନେ ଇଂରେଜମାନଙ୍କୁ ଭାରତରେ

ଶାସକ କଳାପରି ଅଧରଙ୍କୁ ସତୀ ନିଜର ହୃଦୟେଶ୍ୱର, ପରାଣ ମିତ, ଅନ୍ତର ତମ ଓ ପ୍ରାଣବନ୍ଧୁ ଭାବରେ ବରଣ କରିନେଲା । ସାଧାରଣ ଘଟଣା ବି ସମୟେ ସମୟେ ମନକୁ ଗଭୀର ଭାବରେ ପ୍ରଭାବିତ କରିଥାଏ । ଯେମିତି ସତୀ କ୍ଷେତ୍ରରେ ଘଟିଲା ।

ଭାରତୀୟ ରାଜାମାନେ ଇଂରେଜମାନଙ୍କୁ ଆମନ୍ତ୍ରଣ କରି ଆଣି ଶାସନ ଗାଦିରେ ବସାଇଲା ପରି ସତୀ ତା' ନିଜର ହୃଦୟ ସିଂହାସନରେ ସ୍ୱଇଚ୍ଛାରେ ଅଧରଙ୍କୁ ବସାଇ ନିଜେ ପୂଜାରିଣୀ ସାଜି ପ୍ରୀତିର ନୈବେଦ୍ୟ ବାଢ଼ିଦେଲା । ସିଏ ହେଲେ ସତୀ ମନର ମଣିଷ ।

ଇଂରେଜମାନଙ୍କୁ ବାଣିଜ୍ୟ କରିବା ପାଇଁ ନିଜ ରାଜ୍ୟ ସୀମା ଭିତରେ ବାଣିଜ୍ୟ କୋଠି ନିର୍ମାଣ ପାଇଁ ସ୍ଥାନ ଦେବା ଓ ଶୁଳ୍କ ରିହାତି ଦେବା ଥିଲା ଭାରତୀୟ ରାଜାମାନଙ୍କ ଦାୟିତ୍ୱ । ମାତ୍ର ସେମାନେ ଇଂରେଜମାନଙ୍କୁ ନିଜର ଅଭ୍ୟନ୍ତର ବ୍ୟାପାରରେ ସଂଶ୍ଳିଷ୍ଟ କରି ଶେଷରେ ତାଙ୍କ ହାତକୁ ଶାସନ ଡୋରି ଟେକି ଦେଲାପରି, ଅଧରଙ୍କୁ ପାଦୁକ ଦେବା ସତୀର ଥିଲା କର୍ତ୍ତବ୍ୟ । କିନ୍ତୁ ତାଙ୍କ ପାଦତଳେ ନିଜକୁ ସମର୍ପଣ କରିବା, ତାଙ୍କୁ ଆପଣା ମନର ମଣିଷ ଭାବେ ସ୍ୱୀକାର କରିନେବା ଓ ତାଙ୍କୁ ଭଲପାଇ ତାଙ୍କ ପ୍ରେମରେ ମଜ୍ଜିଯିବା ସତୀର ଆଦୌ ଉଚିତ୍ ନଥିଲା । ଯାହା ସେ କରିବସିଲା ।

ସତୀ ତାଙ୍କୁ ଭଲ ପାଇ ବସିଲା । ଏବେ ଉପାୟ କ'ଣ ? ଇଂରେଜମାନଙ୍କୁ ଭାରତରୁ ହଟାଇବା ପାଇଁ ଗାନ୍ଧିଜୀଙ୍କ ନେତୃତ୍ୱରେ ସ୍ୱାଧୀନତା ଆନ୍ଦୋଳନ ହେଲାପରି ସତୀ ହୃଦୟରୁ ତାଙ୍କୁ ତଡ଼ିବା ଲାଗି କ'ଣ ଗୋଟେ ଆନ୍ଦୋଳନର ଆବଶ୍ୟକ ହେବ ? ଆଉ ସେ ଆନ୍ଦୋଳନର (ବିପ୍ଳବର) ନେତୃତ୍ୱ ନେବ କିଏ ? କ'ଣ ସୁନି ନିଜେ ?

ସତୀ ଯିଏ ତା' ପାଖରେ ଅତି ନିକଟରେ ବସି ରହିଛି । ଖୁବ୍ ଗମ୍ଭୀର ଭାବରେ କ'ଣ ଚିନ୍ତା କଲା ପରି ଜଣାଯାଉଛି । ମନ୍ଦିର ସାମ୍ନା ରାସ୍ତାକୁ ଚାହିଁ ରହି ଯାହାର ପ୍ରତୀକ୍ଷା କରୁଛି, ଯାହାର ଆସିବା ବାଟକୁ ଅନାଇ ରହି ସମୟ ବିତାଇ ଦେଉଛି, ସିଏ ଯଦି ନ ଆସନ୍ତି ? କେବଳ ଆଜି ନୁହେଁ, ଯେବେ ଆଉ କେବେ ବି ନ ଆସନ୍ତି ? ସତୀ ସହିତ ତାଙ୍କର ଯଦି ଆଉ କେବେ ବି ଦେଖା ନ ହୁଏ ? ଦୀର୍ଘ ଦିନର ବ୍ୟବଧାନ ପରେ ଯଦି ଦୈବାତ୍ କୌଣସି ଜାଗାରେ ଭେଟ ହେଲା, ସିଏ ସାକ୍ଷାତ ସମୟରେ ନ ଚିହ୍ନିଲା ପରି ସତୀକୁ ସିଏ ଏଡ଼ାଇ ଦେଇଯାଆନ୍ତି, ତାଙ୍କୁ ଦେଖ ସାରି ସୁଦ୍ଧା ନ ଦେଖିଲା ପରି ଅଣଦେଖା କରନ୍ତି, ତେବେ ସତୀ କେବଳ ଏକୁଟିଆ ଅନୁତାପାନଳରେ ଜଳିବ ନାହିଁ । ତା ସହିତ ସୁନି ମଧ ଦ୍ୱିଗ୍ଧାରେ ଦଗ୍ଧ ହେବ । କାରଣ ସେମାନଙ୍କ ମଧରେ ସମ୍ପର୍କ ସ୍ଥାପନର ସୂତ୍ରଧର ହେଉଛି ନିଜେ ସୁନି । "ପ୍ରିୟମାଣଂ ମୃତଂ ବନ୍ଧୁଂ ଶୋଚନ୍ତି ପରିଦେବିନଃ, ଅତ୍ମ୍ନାଂତୁ ଶୋଚନ୍ତି କାଲେନ କବଲିକୃତାଃ ।" ବନ୍ଧୁ ପରିଜନଙ୍କ ଦୁଃଖ ଦୁର୍ଦ୍ଦଶାରେ ଦୁଃଖିତ ଓ ବ୍ୟସ୍ତ ହେଉଥିବା ଜଣେ ତା ନିଜର ଅନିତ୍ୟତା କଥା କାଳ ମାୟାରେ ଦିନେ ବି ଶୋଚନା କରେନି । ଇଏ ହେଲା ଏ ସଂସାର । ସେମିତି ସତୀର ଆଗାମୀ ଦୁଃଖ କଳ୍ପନାରେ କାତରତା ମନରେ ଆଶୁଥିବା ସୁନି କେବେ ବି ତା ନିଜ ସମ୍ୱନ୍ଧରେ ସେତେଟା ସଚେତନ ଥିଲା ପରି ଜଣାଯାଉନି ।

ଦ୍ୱାପରରେ ରାଧାଙ୍କ ସହିତ କୃଷ୍ଣଙ୍କ ପ୍ରେମରେ ମଧ୍ୟସ୍ଥ ଥିଲେ ଲଳିତା । ଲଳିତାଙ୍କ ମାଧମରେ କୃଷ୍ଣଙ୍କ ପାଖକୁ ରାଧା ଖବର ପଠାଉଥିଲେ । ରାଧାଙ୍କ ସନ୍ଦେଶ କୃଷ୍ଣ ପାଉଥିଲେ ଲଳିତାଙ୍କ ଠାରୁ । ଏଠି ସେ ଆଉ ସତୀ ଓ ଅଧରଙ୍କ ମଧରେ ମଧ୍ୟସ୍ଥ ଭୂମିକା ନିର୍ବାହ କରିପାରିବ ନାହିଁ । ସେ ସତୀ ପାଖରୁ ଖବର ନେଇ ଅଧରଙ୍କୁ ଦେଇପାରିବନି କିମ୍ୱା ଅଧରଙ୍କ ଠାରୁ ସମ୍ୱାଦ ଆଣି ଜଣାଇ ପାରିବନି ସତୀକୁ । ଦୁଇପକ୍ଷ ମଧରେ ଯୋଗାଯୋଗ କରାଇପାରୁନଥିବା ବ୍ୟକ୍ତି ଜଣଙ୍କ ଯଦି ମଧ୍ୟସ୍ଥ ହୁଏ, ଦୁଇପକ୍ଷକୁ ମିଳାମିଶା କରାଇ ପାରୁନଥିବା ଲୋକଟି ଯେବେ ମେଣ୍ଟାମିଶା କରାଇଦେବା ଲାଗି ଦାୟିତ୍ୱ ନିଏ, ସମସ୍ୟାର ସମାଧାନ କରିପାରୁନଥିବା ମଣିଷ ଜଣକ ଯଦି ନିଶାପ ପତିର ଭୂମିକା ନିର୍ବାହ କରିବା ପାଇଁ ଆଗଭର ହୁଏ, ତେବେ ସେପରି ସ୍ଥଳେ ଦୁଇପକ୍ଷ ଲୋକଙ୍କର ଅବସ୍ଥା ଯାହା ହୋଇଥାଏ, ଏଠି ସତୀ ଏବଂ ଅଧରଙ୍କ ଅବସ୍ଥା ସେପରି ନ ହେବ ବୋଲି ତାର ଗ୍ୟାରେଣ୍ଟି କିଏ ଦେଇପାରିବ ? ସୁନି ବୁଡ଼ି ରହିଥିଲା ଏହିପରି ଅସରନ୍ତି ଭାବନାରେ ।

Oଠାକୁର ବାବା ଆସି ପହଞ୍ଚି ଗଲେ । ସେ ପ୍ରାଣନାଥଙ୍କ ଘରୁ ଫେରିଥାନ୍ତି । ଗତକାଲି ସଂକ୍ରାନ୍ତି ଥିବାରୁ ପ୍ରାଣନାଥଙ୍କ ଘର ଠାକୁରଙ୍କ ପାଖରେ ନୀତି ହୋଇଥିଲା । ନୀତି ଲଗା ହେଉଥିବା ଦିନ ଠାକୁରବାବା ସେଇଠି ଦିଅଁଙ୍କ ପାଖରେ ନୀତି ଲଗାଇସାରି ତାଙ୍କ ମଧ୍ୟାହ୍ନ ଭୋଜନରେ ସେଇ ନୀତିରୁ ପ୍ରସାଦ ସେବନ କରି ଠାକୁରଙ୍କ ମେଲା ଆଲଙ୍ଗରେ ଗଡ଼ପଡ଼ ହୋଇ ଉପର ଓଳିକୁ ଫେରିଥାନ୍ତି । ସେଥିପାଇଁ ଗତକାଲି ତାଙ୍କର ସେଠାରୁ ଫେରିବା ଡେରି ହୋଇଥିଲା । ସାଧାରଣ ଦିନମାନଙ୍କରେ କେବଳ ପୂଜା କରି ଭୋଗ ଲଗାଇ ଫେରିଆସନ୍ତି । ସେଥିପାଇଁ ଆଜି ସେଠାରୁ ସହଲ ଫେରିଆସିଲେ । ସେଠାରୁ ଫେରି ସେ ତାଙ୍କ ନିଜ ଘରକୁ ଯିବା କଥା । ଘରେ ମଧ୍ୟାହ୍ନ ଭୋଜନ ସାରି ବିଶ୍ରାମ ନେଇ ସନ୍ଧ୍ୟାକୁ ଆଳତି କରିବା ପାଇଁ ମନ୍ଦିରକୁ ଆସିଥାନ୍ତି । ମୁଖଶାଳାରେ ସତୀ ଓ ସୁନି ବସିଥିବାର ଦେଖ୍ ସେ ଘରକୁ ଯାଇ ପ୍ରାଣନାଥଙ୍କ ଠାକୁରଙ୍କ ପାଖରୁ ଆଣିଥିବା ପାଉଣା ଘରେ ରଖ୍ ଦେଇ ଶୀଘ୍ର ମନ୍ଦିରକୁ ଚାଲିଆସିଲେ । ସତୀ ଓ ସୁନି ଦୁହେଁ ସାଙ୍ଗ ହୋଇ ବସିଥିଲେ । ସେମାନଙ୍କୁ ଦେଖ୍ଲେ ସିଏ ଏମିତି ଅନେକ ଥର ତାଙ୍କ ପାଖରେ ଆସି ବସନ୍ତି । ସୁନି ତାଙ୍କ ଗାଁର ପ୍ରଥମ ମ୍ୟାଟ୍ରିକ ପଢ଼ା ଝିଅ । ସେଥିପାଇଁ ସିଏ ତା' ପାଖରେ ପୁରାଣର ଆଖ୍ୟାନ, ଐତିହାସିକ ବିବରଣୀ ଓ ନିଜ ଜୀବନର ଅନୁଭୂତି, ଦେଶର ସାମ୍ପ୍ରତିକ ଘଟଣାବଳୀ ଏବଂ ତାଙ୍କ ଅମଲରେ ହୋଇଥିବା ସ୍ୱାଧୀନତା ସଂଗ୍ରାମର କାହାଣୀମାନ କହିବାକୁ ଆଗ୍ରହ ପ୍ରକାଶ କରିଥାନ୍ତି । ସୁନି ତାଙ୍କ କଥାର ଯଥାର୍ଥତା ଉପଲବ୍ଧି କରିପାରେ । ଆହୁରି ମଧ୍ୟ ସତୀକୁ ଠାକୁର ବାବା ଭାରି ଶ୍ରଦ୍ଧା କରନ୍ତି । ସତୀକୁ ସୁନି ସହିତ ଦେଖ୍ଲେ ସେ ଅତି ଖୁସି ହୋଇଥାନ୍ତି । ସେମାନଙ୍କୁ ସେ ଗପ ଛଳରେ କହିଥାନ୍ତି ନିଜର ଦୀର୍ଘ ସ୍ୱାଧୀନତା ସଂଗ୍ରାମ ଅନୁଭୂତିର କଥା ।

ଠାକୁରବାବା ଅନେକ ଥର କହିଛନ୍ତି, ଯଦି ତାଙ୍କର ସତୀ ଠାରୁ ବୟସରେ ବଡ଼ ପୁଅଟିଏ ଥାନ୍ତା ତେବେ ଜାତି ଭାଇରୁ ବାଛନ୍ଦ ହୁଅନ୍ତୁ ପଛକେ, ସେ ସତୀକୁ ତାଙ୍କ ଘରକୁ ବୋହୂ କରିନିଅନ୍ତେ । ତାଙ୍କ ପୁଅଟି ସତୀଠାରୁ ସାନ ହୋଇଥିବାରୁ ସେ ସେପରି ନିଷ୍ପତ୍ତି ନେବାରୁ ନିବୃତ୍ତ ହେବାଲାଗି ବାଧ୍ୟ ହେଉଛନ୍ତି । ସେପରି ସୁଯୋଗରୁ ବଞ୍ଚିତ ହେଲେ ସୁଦ୍ଧା ସତୀ ପ୍ରତି ତାଙ୍କର ସ୍ନେହ, ଶ୍ରଦ୍ଧା, ସଦିଚ୍ଛା ଓ ମମତା ପୂର୍ବପରି ଅଟୁଟ ରହିଥିଲା । ସେ ସତୀକୁ ନିଜ ଝିଅ ଭଳି ଭଲପାଉଥିଲେ ଏବଂ ଆଦର କରୁଥିଲେ ମଧ୍ୟ । ତାଙ୍କର ନିଜର ଝିଅ ନ ଥିବାରୁ ତାଙ୍କ ବାସଲ୍ୟ ସ୍ନେହକୁ ଏକପ୍ରକାର ସତୀ ଉପରେ ଅଜାଡ଼ି ଦେଇଥିଲେ । ସେ ବାରମ୍ବାର କହୁଥିଲେ "ସତୀ ତାଙ୍କ ବ୍ରାହ୍ମଣ ଘରେ ଜନ୍ମ ହେବା କଥା, ବିଧାତାଙ୍କ ସାମାନ୍ୟ ଟିକେ ଭୁଲ ପାଇଁ ସତୀ କୈବର୍ତ ସାଇରେ ଜନ୍ମ ହେଲା ।" ଠାକୁର ବାବା ସତୀକୁ କେବେ କେଉଟ ଘର ଝିଅ ବୋଲି ଭାବନ୍ତି ନାହିଁ । ସେ ସମ୍ପର୍କରେ ସୁନିର ବଡ଼ବାପା ହେବେ । ସୁନି ତାଙ୍କ କକେଇ ପୁଅ ଭାଇ ନଟିଆର ଝିଅ । ନିଜର ଝିଅରୀ ସୁନି ପ୍ରତି ତାଙ୍କର ଯେମିତି ସ୍ନେହ ଥିଲା, ତା'ଠାରୁ ଢେର ଅଧିକ ଶ୍ରଦ୍ଧା ରହିଥିଲା ସତୀ ପ୍ରତି । ସେ ସତୀକୁ ଆଦର କରିଥାନ୍ତି । ସେ ଉଭୟଙ୍କୁ ସମାନ ଦୃଷ୍ଟିରେ ନ ଦେଖ୍ ନିଜ ଜାତିର ଓ ସମ୍ପର୍କୀୟ ଝିଅରୀ ସୁନିଠାରୁ ସତୀକୁ ଅନେକ ବେଶୀ ସ୍ନେହ, ଶ୍ରଦ୍ଧା ଓ ଆଦର କରିଥାନ୍ତି ।

ଠାକୁର ବାବାଙ୍କର- ପ୍ରଥମ ପିଲା କେତୋଟି ନଷ୍ଟ ହୋଇଯାଇଥିଲେ । ତାଙ୍କ ପିଲାମାନେ ଅକାଲରେ ମୃତ୍ୟୁ ମୁଖରେ ପଡ଼ିବାରୁ ବଂଶରକ୍ଷା ପାଇଁ ସେ ଧର୍ମାଶ୍ରିତ ହୋଇ ରଙ୍ଗବସ୍ତ୍ର ପରିଧାନ କରୁଥିଲେ । ଧର୍ମ ଗ୍ରହଣ କଲାପରେ ତାଙ୍କର କେବଳ ଗୋଟିଏ ପୁଅ ବଞ୍ଚିରହିଥିଲା । ସେ ପୁଅଟି ବୟସରେ ସୁନି ଓ ସତୀଠାରୁ ବହୁତ ସାନ । ଠାକୁର ବାବାଙ୍କର ନିଜର ଝିଅ ନ ଥିବାରୁ ସେ ସତୀକୁ ପୋଷ୍ୟକନ୍ୟା ଭାବେ ଗ୍ରହଣ କରିବାକୁ ମନେ ମନେ ଭାବୁଥିଲେ । କିନ୍ତୁ ସତୀ ନିଜ କୁଲରେ ଜନ୍ମ ହୋଇଥିବାରୁ ତାଙ୍କରି ସେପରି ପ୍ରସ୍ତାବରେ ତାଙ୍କ ସମ୍ପର୍କୀୟ, ଜାତିଭାଇ ଓ ବନ୍ଧୁବାନ୍ଧବମାନେ

ଆପଣି ଉଠାଇଲେ ମଧ ସେ ତାଙ୍କ ନିଷ୍ପତିରେ ଅଟଳ ରହିଥିଲେ । କିନ୍ତୁ ପ୍ରଧାନ ଅନ୍ତରାୟ ହୋଇ ସେଠିରେ ଠିଆ ହେଲା । କୈବର୍ତ୍ତ ଘର ଝିଅ ସତୀକୁ ସେ ପୋଷ୍ୟ କନ୍ୟା କରି ଆଣିଲେ ସୁଦ୍ଧା ତାଙ୍କୁ କୌଣସି ବ୍ରାହ୍ମଣ ପରିବାରରେ ବିବାହ ଦେଇପାରିବେ ନାହିଁ । ସେ ସକାଶେ ନିରୂପାୟ ହୋଇ ସିଏ ସେ ପ୍ରକାର ସିଦ୍ଧାନ୍ତ ତ୍ୟାଗ କରିବାକୁ ଏକପ୍ରକାର ବାଧ୍ୟ ହୋଇଥିଲେ । ହିନ୍ଦୁ ଧର୍ମର ରକ୍ଷଣଶୀଳ ସମାଜ ତାଙ୍କୁ ସେଥିପାଇଁ ଅନୁମତି ଦେବାକୁ ଅକ୍ଷମ ହେଲା । ସେମିତି କରିଥିଲେ ସେ ନିଜେ ଜାତିରୁ ବାଚ୍ଛନ ହେବା ସହିତ ସତୀକୁ କୌଣସି ବ୍ରାହ୍ମଣ ପରିବାରରେ ବାହା ଦେବାକୁ ସମର୍ଥ ହୋଇପାରିନଥାନ୍ତେ ।

ସତୀକୁ ପୋଷ୍ୟା ଝିଅ ଭାବେ ଗ୍ରହଣ କରି ନ ପାରି ଏବଂ ତାଙ୍କ ପୁଅଟି ସତୀଠାରୁ ବୟସରେ ସାନ ହୋଇଥିବାରୁ ତାକୁ ବୋହୂ କରିନେବାର ସୁଯୋଗରୁ ବଞ୍ଚିତ ହୋଇ ସୁଦ୍ଧା ତାଙ୍କର ସତୀ ପ୍ରତି ବାତ୍ସଲ୍ୟ ସ୍ନେହ ଅତୁଟ ରହିଥିଲା । ମନ୍ଦିର ପ୍ରାଙ୍ଗଣରେ ସେ ସତୀକୁ ପାଖରେ ବସାଇ ପୁରାଣ ଓ ଇତିହାସର ଉପାଖ୍ୟାନ ଗୁଡ଼ିକୁ ଗପ ଆକାରରେ ଶୁଣାଇ ଥାନ୍ତି । ପୁରାଣରୁ ସେ ମହାଭାରତର ସତ୍ୟବତୀଙ୍କ କଥା କୁହନ୍ତି । ସତ୍ୟବତୀ ଦାସ ରାଜା ବସୁ କୈବର୍ତ୍ତଙ୍କ ଝିଅ ହୋଇ ସୁଦ୍ଧା କିପରି ହସ୍ତିନାର ରାଜା ଚନ୍ଦ୍ରବଂଶୀୟ କ୍ଷତ୍ରୀୟ ସାନ୍ତନୁଙ୍କୁ ବିବାହ କରି ରାଜରାଣୀର ମାନ୍ୟତା ପ୍ରାପ୍ତ ହୋଇଥିଲେ । ଇତିହାସରୁ କଳିଙ୍ଗ ରାଜା କିପରି କୈବର୍ତ୍ତ କନ୍ୟା କାରୁବାକୀଙ୍କୁ ବିଭା ହୋଇ ରାଜବଧୂର ମର୍ଯ୍ୟାଦା ଦେଇଥିଲେ । ଏହିପରି ଅସ୍ମାରୀ କାହାଣୀର ଗନ୍ତାଘର ହେଲେ ଠାକୁର ବାବା ।

ସତୀ ତା'ଜେଜେ କରୁଣି ଠାରୁ ଶୁଣିଥିଲା– ଠାକୁରବାବାଙ୍କ ବାପା କଲିକତାରେ ରହି ବଙ୍ଗାଳୀ ବାଡ଼ିରେ ଠାକୁର ପୂଜା କରୁଥିଲେ । ସେ ତାଙ୍କର ଏକମାତ୍ର ପୁଅ ଶ୍ୟାମସୁନ୍ଦରଙ୍କୁ ପାଠ ପଢ଼ାଇ ଶିକ୍ଷକଟିଏ କରିବାକୁ ଲକ୍ଷ୍ୟ ରଖ୍ଥିଲେ । ସେ ସମୟରେ ଆଖପାଖରେ କେଉଁଠି ସ୍କୁଲ ନଥିଲା । ଶ୍ୟାମ ସୁନ୍ଦର ତାଙ୍କ ଗାଁାରୁ ପାଞ୍ଚକୋଶ ଦୂର ଜଣେ ବଦାନ୍ୟ ଗଙ୍ଗାୟ ଜମିଦାରଙ୍କ ଦ୍ୱାରା ସ୍ଥାପିତ ସ୍କୁଲରେ ପଢ଼ୁଥିଲେ । ସେତେବେଳେ ଆମ ଦେଶର ଶାସନକର୍ତ୍ତା ଥିଲେ ଇଂରେଜମାନେ । ସେମାନଙ୍କ ମର୍ଜି ଉପରେ ନିର୍ଭର କରି ଓଡ଼ିଶାର ଶିକ୍ଷା ବିଭାଗ ଚଳୁଥିଲା । ସରକାରୀ ସ୍କୁଲ ଖୁବ୍ କମ୍ ଥିବାରୁ ପ୍ରତିଷ୍ଠିତ ଦୟାଳୁ ବଙ୍ଗୀୟ ଜମିଦାରମାନେ ସେମାନଙ୍କର ଜମିଦାରୀ ଇଲାକାରେ ସ୍କୁଲମାନ ସ୍ଥାପନ କରିଥିଲେ । ତାହା ମଧ ହାତ ଗଣତିରେ ଅଳ୍ପ ସଂଖ୍ୟକ ଥିଲା । କଲକତା ଦୀର୍ଘଦିନ ଧରି (ପ୍ରାୟ ଦେଢ଼ଶହ ବର୍ଷ) ବ୍ରିଟିଶ ଭାରତର ରାଜଧାନୀ ଥିଲା । ସେଠାରେ ନିଲାମ ହୋଉଥିବା ଓଡ଼ିଶାର ଜମିଦାରୀକୁ (ସୂର୍ଯ୍ୟାସ୍ତ ନିୟମାନୁଯାୟୀ) ବଙ୍ଗାଳୀମାନେ ଅତି ସହଜରେ ଧରି ପାରୁଥିଲେ । ସେହି ବଙ୍ଗୀୟ ଜମିଦାରମାନେ ଓଡ଼ିଶାରେ କେତୋଟି ସ୍କୁଲ ସ୍ଥାପନ କରି ଶିକ୍ଷାର ପ୍ରସାର ପାଇଁ ଯତ୍ନ କରିଥିଲେ । ପରେ ଅବଶ୍ୟ ଭାଷା ଆନ୍ଦୋଳନ ସମୟରେ ସେମାନେ ଓଡ଼ିଆ ଭାଷାକୁ ବିରୋଧ କରିଥିଲେ । ଲୋକମାନଙ୍କ ମଧରେ ଶିକ୍ଷାଲାଭ ପାଇଁ ସେତେଟା ସଚେତନତା ନଥିଲା । କାଁ ଭାଁ କେହି କେମିତି ପାଞ୍ଚ ସାତ ଖଣ୍ଡ ଗାଁରେ ଜଣେ ଦୁଇଜଣ (ଜଣେ ଅଧେ) ପାଠ ପଢ଼ୁଥିଲେ । ସେ ସମୟରେ ଲୋକମାନେ ମୁଖ୍ୟତଃ ଚାଷ ଉପରେ ନିର୍ଭର କରି ଚଳୁଥିଲେ । କେହି କେମିତି ଅଭାବଗ୍ରସ୍ତ (ଜମି ନଥିବା) ଲୋକ କଲିକତା ଯାଇ ଚଟକଲରେ ଶ୍ରମିକଭାବରେ କିମ୍ବା ଧନୀକ ବଙ୍ଗାଳୀଙ୍କ ପାଖରେ ଘରୋଇ ଚାକର ଭାବରେ ରହି କିଛି ଅର୍ଥ ରୋଜଗାର କରିବାକୁ ସକ୍ଷମ ହେଉଥିଲେ ।

ଶ୍ୟାମସୁନ୍ଦର ମାଇନର ପାସ୍ କରି ସେ ସମୟରେ ତାଙ୍କ ଅଞ୍ଚଳରେ ଜଣେ ଶିକ୍ଷିତ ବ୍ୟକ୍ତି ଭାବରେ ପରିଗଣିତ ହୋଇଥିଲେ । ଶ୍ୟାମସୁନ୍ଦର ପଢ଼ୁଥିବା ସ୍କୁଲରେ ସପ୍ତମ ଶ୍ରେଣୀ ପର୍ଯ୍ୟନ୍ତ ଥିଲା । ସେ ସେଇଠୁ ପାଠରେ ଡୋରି ବାନ୍ଧିଥିଲେ । ଶ୍ୟାମସୁନ୍ଦର ପଢ଼ୁଥିବା ସ୍କୁଲରେ ଅଧରଙ୍କ ବାପା ମାଧବାନନ୍ଦ ମଧ ପଢ଼ୁଥିଲେ । ସେ ଅଧିକ ପଢ଼ିବା ପାଇଁ ପାଶ୍ୱର୍ବୀ ଜିଲ୍ଲାର ସଦର ମହକୁମାରେ ଥିବା ଜିଲ୍ଲା ସ୍କୁଲକୁ ଯାଇଥିଲେ । କିନ୍ତୁ ଶ୍ୟାମସୁନ୍ଦରଙ୍କ ପାଠପଢ଼ା ସେଇଠୁ ଇତି ହୋଇଥିଲା । ତା' ପରେ ଗୋଟିଏ ଅପର ପ୍ରାଇମେରୀରେ ଶ୍ୟାମସୁନ୍ଦର ମାସିକ ବତିଶ ଟଙ୍କା ବେତନରେ ଶିକ୍ଷକତା କରିଥିଲେ । ମାତ୍ର ସେଠାରେ ସେ ବେଶୀ ଦିନ ରହିପାରିଲେ ନାହିଁ । ସେତେବେଳେ ଇଂରେଜ ଶାସନ ବିରୋଧରେ ପ୍ରବଳ

ଜନମତ ସୃଷ୍ଟି ହୋଇଥିଲା । ମହାମ୍ନାଗାନ୍ଧିଙ୍କ ନେତୃତ୍ୱରେ ଭାରତ ଛାଡ଼ ଆନ୍ଦୋଳନ ଉଗ୍ର ରୂପ ଧାରଣ କରି ଚରମ ସୀମାରେ ପହଞ୍ଚିଥିଲା । ଗାନ୍ଧିଙ୍କ ଡାକରାରେ ଅଗଣିତ ଶିକ୍ଷିତ ବ୍ୟକ୍ତି ବିଶେଷତଃ ଯୁବକମାନେ ସ୍ୱାଧୀନତା ସଂଗ୍ରାମରେ ଯୋଗ ଦେଉଥିଲେ । ଶ୍ୟାମ ସୁନ୍ଦର ଗାନ୍ଧିଙ୍କ ଆଦର୍ଶରେ ଅନୁପ୍ରାଣିତ ହୋଇ ମାତୃଭୂମିକୁ ବିଦେଶୀ ଶାସନରୁ ମୁକ୍ତ କରିବା ପାଇଁ ସରକାରୀ ଚାକିରିରୁ ଇସ୍ତଫା ଦେଇ ସ୍ୱାଧୀନତା ସଂଗ୍ରାମରେ ଯୋଗ ଦେଇଥିଲେ ।

ଶ୍ୟାମସୁନ୍ଦରଙ୍କର ଏପରି ଆଚରଣରେ ତାଙ୍କ ବାପା ଖୁସି ନଥିଲେ । ସେତେବେଳକୁ ତାଙ୍କର ବାର୍ଦ୍ଧକ୍ୟ ବୟସ ହୋଇଯାଇଥିଲା । ଶ୍ୟାମସୁନ୍ଦର ଶିକ୍ଷକଭାବେ ନିଯୁକ୍ତି ପାଇଲା ପରେ ସେ କଲକତା ଛାଡ଼ି ଦେଇଥିଲେ । ଭାବିଥିଲେ ପୁଅର ରୋଜଗାର ଉପରେ ନିର୍ଭର କରି ବାକି ଜୀବନ ଚଳିଯିବେ । ଶ୍ୟାମସୁନ୍ଦର ଯେତେବେଳେ ଗାନ୍ଧିଙ୍କ ଆହ୍ୱାନରେ ଉଦ୍‌ବୁଦ୍ଧ ହୋଇ ଚାକିରି ଛାଡ଼ି ସ୍ୱାଧୀନତା ସଂଗ୍ରାମରେ ଯୋଗ ଦେଲେ । ସେ ପୁଅର ଏଭଳି ମତିଗତି ଦେଖି କପାଳକୁ ନିନ୍ଦି, ଭାଗ୍ୟକୁ ଆଦରି ଘରେ ପଡ଼ି ରହିଲେ ।

ଶ୍ୟାମସୁନ୍ଦର ଚାକିରି ଛାଡ଼ିବାର ମାସକ ପରେ ଥାନା ପୋଡ଼ି କେସ୍‌ରେ ଧରା ପଡ଼ି ଦୁଇବର୍ଷ ଜେଲ ଦଣ୍ଡ ଭୋଗିଲେ । ଶ୍ୟାମସୁନ୍ଦରଙ୍କ ବାପା ସେ ଖବର ଶୁଣି ଭୀଷଣ ମାନସିକ ଅଶାନ୍ତି ଯୋଗୁଁ ରୋଗଗ୍ରସ୍ତ ହୋଇ ଶଯ୍ୟାଶାୟୀ ହୋଇଗଲେ । ଶ୍ୟାମସୁନ୍ଦର ଜେଲରୁ ମୁକୁଳିବାର ଦୁଇଦିନ ପରେ ତାଙ୍କ ବାପା ଦେହତ୍ୟାଗ କରିଥିଲେ । ସତେ ଯେପରି ସେ ପୁଅର ଫେରିବାକୁ ଅପେକ୍ଷା କରି ରହିଥିଲେ । ବାପାଙ୍କ ସ୍ୱର୍ଗାରୋହଣ ପରେ ଘରେ କେବଳ ରହିଲେ ତାଙ୍କର ବିଧବା ମା' । ଶ୍ୟାମସୁନ୍ଦର ସ୍ୱାଧୀନତା ସଂଗ୍ରାମରେ ସକ୍ରିୟ ଅଂଶ ଗ୍ରହଣ କରି ପ୍ରାୟତଃ ଘରେ ରହିପାରୁନଥିଲେ । ତାଙ୍କ ମା'ଙ୍କର ଅତି ଦୁର୍ବଳ ସ୍ୱାସ୍ଥ୍ୟ ଥିଲା । ସ୍ୱାମୀଙ୍କୁ ହରାଇ ତାଙ୍କ ସ୍ୱାସ୍ଥ୍ୟ ଅବସ୍ଥା ଆହୁରି ଶୋଚନୀୟ ହୋଇଗଲା । ତାଙ୍କ ସେବା କରିବା ଶ୍ୟାମସୁନ୍ଦରଙ୍କ ପକ୍ଷରେ ସମ୍ଭବ ନଥିଲା । ଘରେ ଦୀର୍ଘ ସମୟ ଅନୁପସ୍ଥିତ ରହୁଥିବାରୁ ରୋଗିଣା ମା'ର ଯତ୍ନ ନେବାପାଇଁ ନିଜ ମା', ବନ୍ଧୁବାନ୍ଧବ ଓ ସାଇଭାଇ ତଥା ପଡ଼ିଶାଙ୍କ କଥା କାଟି ନ ପାରି ସେ ବିବାହ ବନ୍ଧନରେ ଆବଦ୍ଧ ହୋଇଥିଲେ । ଦେଶ ସ୍ୱାଧୀନ ହେବା ପରେ ଶ୍ୟାମସୁନ୍ଦର ଯଜମାନୀ କରି ଚଳିଲେ । ପ୍ରାଣନାଥ ଧବଳେଶ୍ୱରଙ୍କ ମନ୍ଦିର ନିର୍ମାଣ କଲାପରେ ସେ ଧବଳେଶ୍ୱରଙ୍କ ପୂଜକଭାବେ ଠାକୁରବାବା ନାମରେ ସମ୍ବୋଧିତ ହେଲେ ।

ଧର୍ମାବଲମ୍ବୀ ହୋଇଥିବାରୁ ସେ ରଙ୍ଗବସ୍ତ୍ର ପରିଧାନ କରୁଥିଲେ । ତାଙ୍କର ଦୀର୍ଘ ଶ୍ମଶ୍ରୁ ଲମ୍ବିଥାଏ ଛାତି ପର୍ଯ୍ୟନ୍ତ । ଲମ୍ବ କେଶ, କପାଳ ଚନ୍ଦନ ଚର୍ଚ୍ଚିତ, କପାଳ ମଝିରେ ସିନ୍ଦୁର ଗାର, ବକ୍ଷରେ ନଅଖିଆ ଉପବିତ, କଣ୍ଠରେ ଚନ୍ଦନର ତିନୋଟି ଗାର ସହିତ ରୁଦ୍ରାକ୍ଷମାଳା, କାନ୍ଧରେ ନାମାବଳୀ, ବେଶ ପୋଷାକରେ ସେ ଯଥାର୍ଥରେ ଜଣେ ସାଧୁଙ୍କ ପରି ପ୍ରତୀୟମାନ ହେଉଥିଲେ । ଧବଳେଶ୍ୱରଙ୍କ ପୂଜକଭାବେ ସେ ଠାକୁରବାବା ନାମରେ ସମ୍ବୋଧିତ ହେବା ଲାଗି ଉପଯୁକ୍ତ ବ୍ୟକ୍ତିଥିଲେ । ଆହୁରି ମଧ୍ୟ ତାଙ୍କର ସେ ଯୋଗ୍ୟତା ପୂର୍ଣ୍ଣମାତ୍ରାରେ ରହିଥିଲା ।

ଶ୍ୟାମସୁନ୍ଦର ସ୍ୱାଧୀନତା ସଂଗ୍ରାମୀ ଭାବରେ ସରକାରଙ୍କଠାରୁ ସଂଗ୍ରାମୀ ଭତ୍ତା ପାଉଥିଲେ । ଯଜମାନୀ କର୍ମରୁ ଆୟଅର୍ଥ ଓ ଭତ୍ତା ଟଙ୍କାରେ ସେ ବେଶ୍ ଭଲ ଭାବେ ଚଳିଯାଉଥିଲେ । ପୁଅଟିକୁ ଅଧିକ ପାଠ ପଢ଼ାଇ ଉଚ୍ଚ ଶିକ୍ଷିତ କରିବା ଲକ୍ଷ୍ୟରେ ଥିଲେ । ଠାକୁରବାବା ସତୀ ଓ ସୁନିକୁ ତାଙ୍କ ସଂଗ୍ରାମୀ ଜୀବନର କାହାଣୀମାନ ମଝିରେ ମଝିରେ ଶୁଣାଇଥାନ୍ତି ।

ସେ ସାମ୍ପ୍ରତିକ ଶାସନ ପଦ୍ଧତିରେ ଅସନ୍ତୋଷ ପ୍ରକାଶ କରନ୍ତି । ସେ କହନ୍ତି ବର୍ତ୍ତମାନ ରାଜନୀତି ଏକ ଲାଭ (ଦାୟକ) ଜନକ ବ୍ୟବସାୟରେ (ସ୍ୱାର୍ଥ ନୀତିରେ) ପରିଣତ ହୋଇଗଲାଣି । ରାଜନୀତିତ ଆଉ ଜନସେବାର ମାଧମ ହୋଇ ରହିନାହିଁ । ବେପାର ବନିଯାଇଛି । ମାଲ ମସଲା ବେପାର କରୁଥିବା ହରେକ କମ୍ପାନୀର ପ୍ରତିଯୋଗିତା ପରି କ୍ଷମତା ଓ ସ୍ୱାର୍ଥ ହାସଲ (ଦଖଲ) କରିବାରେ ଦଲ (ରାଜନୈତିକ ଦଲ ବା ପାର୍ଟି) ମାନେ ନାନା କୌଶଲ ଅବଲମ୍ବନ କରୁଛନ୍ତି । ସମସ୍ତେ ଏବେ ବାଟବଣା । ଏହାପୁଣି ରାଜରାଜୁଡ଼ା ପରମ୍ପରା ପରି ପୁରୁଷାନୁକ୍ରମିକ ଓ

ପାରିବାରିକ ପ୍ରଥାରେ ପ୍ରବର୍ତ୍ତିତ ହେଲାଣି । ପ୍ରତ୍ୟେକ ରାଜନୈତିକ ଦଳମାନଙ୍କରେ ଅଧିକାଂଶ ନେତା ସେମାନଙ୍କ ଜ୍ଞାତି କୁଟୁମ୍ବକୁ ରାଜନୀତିରେ ସାମିଲ କରିନେଉଛନ୍ତି । ଏଭିଳେ ରାଜନୀତିଜ୍ଞମାନେ ଅନ୍ୟାୟ ଉପାୟରେ ଅର୍ଥ ସଂଗ୍ରହ କରିବାରେ ବ୍ୟସ୍ତ ରହୁଛନ୍ତି । ଜନସାଧାରଣଙ୍କ ଦୁଃଖ ଦୁର୍ଦ୍ଦଶା ବୁଝିବାକୁ ସେମାନଙ୍କର ଆନ୍ତରିକ ଆଗ୍ରହ ନାହିଁ । ସେମାନେ କେବଳ ଅସତ୍ ଉପାୟରେ କଳାଧନ ଉପାର୍ଜନ ଲକ୍ଷ୍ୟରେ ରହିଛନ୍ତି ।

ସ୍ୱାଧୀନତା ଆନ୍ଦୋଳନ ବେଳେ ଯେଉଁ ପୂର୍ବର ରାଜା, ଜମିଦାର, ସାହୁକାର, ସମାଜର ପ୍ରତିଷ୍ଠିତ ବ୍ୟକ୍ତିମାନେ ବିଦେଶୀ ଇଂରେଜମାନଙ୍କୁ ଶାସନ କ୍ଷେତ୍ରରେ ସାହାଯ୍ୟ କରୁଥିଲେ । ସ୍ୱାଧୀନତା ସଂଗ୍ରାମବେଳେ ଇଂରେଜମାନଙ୍କର ହାତବାରିସୀ ସାଜିଥିଲେ । ଯେଉଁମାନେ ଇଂରେଜମାନଙ୍କ ବାହୁଛାୟା ତଳେ ରହି ନିର୍ବିଘ୍ନରେ ସୁଖ ସ୍ୱଚ୍ଛନ୍ଦ ଉପଭୋଗ କରୁଥିଲେ ଓ ଦେଶ ସ୍ୱାଧୀନ ହେବା ଚାହୁଁନଥିଲେ, ସେମାନେ ସ୍ୱାଧୀନତା ସଂଗ୍ରାମୀମାନଙ୍କ ତଥ୍ୟ ତଥା ସେମାନଙ୍କ ଠିକଣା ଗୁପ୍ତରେ ଇଂରେଜମାନଙ୍କୁ ଜଣାଉଥିଲେ । ସ୍ୱାଧୀନତା ପ୍ରାପ୍ତିପରେ ସେହି ରାଜା, ଜମିଦାର, ଧନୀକଗୋଷ୍ଠୀ ଓ ସମାଜର ପ୍ରତିଷ୍ଠିତ ବ୍ୟକ୍ତିମାନେ ଧନବଳ ଓ ବାହୁବଳ ପ୍ରୟୋଗ କରି ନିର୍ବାଚନ ଜିତି ଶାସନକଳ ଦଖଲ କରି ସାଧାରଣ ଜନତାଙ୍କ ଉପରେ ପୂର୍ବପରି ଅତ୍ୟାଚାର କରିବା ପାଇଁ ସମର୍ଥ୍ୟ ହେଲେ । ଶାସନ କ୍ଷେତ୍ରରେ ନିଜକୁ ପ୍ରତିଷ୍ଠିତ କରି କ୍ଷମତାର ଅପବ୍ୟବହାର ଦ୍ୱାରା କଳାବଜାରି କରି ସରକାରୀ ଧନ ଆମ୍ସାତ୍ କରିବାରେ ଲାଗି ପଡ଼ିଲେ । ସମାଜରେ ଓ ଦେଶ ଶାସନ କ୍ଷେତ୍ରରେ ସେମାନଙ୍କ ହୁକୁମାତି ଆଗପରି ଚାଲୁ ରହିଲା । ନିଜ ବିଲାତରେ ଆଜି ପ୍ରଜା ସାଧାରଣ ଯେଉଁ କ୍ଷମତା ଓ ଅଧିକାର ପାଇଛନ୍ତି, ତାହା କେତେ କାଳର, କେତେ ସଂଗ୍ରାମ, କେତେ ରକ୍ତପାତ ଏବଂ କେତେ ସ୍ୱାର୍ଥ ତ୍ୟାଗର ଫଳ । ରାଜଶକ୍ତି କିଛି ଦେବାକୁ ଚାହିଁନାହିଁ । ସବୁବେଳେ କ୍ଷମତା ଜାରି କରି ପ୍ରଜାଶକ୍ତିକୁ ଚପାଇବାର ଚେଷ୍ଟା କରିଛି । ସବୁବେଳେ ପ୍ରଜାଶକ୍ତିକୁ ନିଜ ପ୍ରଭାବ ବଳରେ ଭୟଭୀତ କରି ରଖିବାକୁ ଉଦ୍ୟମ ଜାରି ରଖିଛି ।

ଉଦାହରଣ ସ୍ୱରୂପ ସହିଦ୍ ଲକ୍ଷ୍ମଣ ନାୟକଙ୍କ କଥା (ବିଚାର) ଧରାଯାଉ । ବଣଜଙ୍ଗଲ ପାହାଡ଼ ପର୍ବତ ଘେରା ମାଲକାନଗିରି ଅନ୍ତର୍ଗତ ମାଥିଲି ଅଞ୍ଚଳର କୋଲାବ ନଈ କୂଳରେ ତେନ୍ତୁଳିଗୁମ୍ଫା ଗ୍ରାମରେ ଏକ ଆଦିବାସୀ ପରିବାରରେ ଗାଁ ମୁଖିଆ ପଦ୍ମନାଭ ନାୟକଙ୍କ କନିଷ୍ଠ ପୁତ୍ର ଭାବରେ ୧୮୯୯ ମସିହାରେ ବିପ୍ଲବୀ ଲକ୍ଷ୍ମଣ ନାୟକଙ୍କର ଜନ୍ମ । ଶୈଶବରେ ବିଲରେ କାମ କରିବା ଓ ଗାଈ ଚରାଇବା ଭଳି କାର୍ଯ୍ୟରେ ନିୟୋଜିତ ଥିଲେ । ତାଙ୍କ ପିତା ତାଙ୍କୁ ଅକ୍ଷର ଲେଖା ଶିଖାଇଲେ । ଫଳରେ ସେ ନିଜ ନାମ ଲେଖିପାରୁଥିଲେ ଏବଂ ବହିପତ୍ର ପଢ଼ି ପାରୁଥିଲେ । ଘୁମୁସରର ଜନପ୍ରିୟ ନେତା ନୀଳକଣ୍ଠ ପାତ୍ରଙ୍କ ସଂସ୍ପର୍ଶମାରେ ଆସି କଂଗ୍ରେସରେ ଯୋଗଦେଲେ । ଆଇନ୍ ଅମାନ୍ୟ ଆନ୍ଦୋଳନରେ ଯୋଗଦେଇ ନଅମାସ ସଶ୍ରମ କାରାଦଣ୍ଡ ଭୋଗିଥିଲେ । ମୁକ୍ତ ହେବା ପରେ ଭାରତଛାଡ଼ ଆନ୍ଦୋଳନରେ ଯୋଗ ଦେଇଥିଲେ । ୧୯୪୨ର ଅଗଷ୍ଟ ବିପ୍ଲବ ଥିଲା ତାଙ୍କ ସଂଗ୍ରାମୀ ଜୀବନର ସବୁଠୁ ବଡ଼ ଆହ୍ୱାନ । ସେହି ଅଗଷ୍ଟ ୨୧ ତାରିଖରେ ଲକ୍ଷ୍ମଣଙ୍କ ନେତୃତ୍ୱରେ ଶତାଧିକ ସ୍ୱାଧୀନତା ସଂଗ୍ରାମୀ ମାଥିଲି ହାଟରେ ଏକତ୍ର ହୋଇ ବିକ୍ଷୋଭ କରିଥିଲେ । ପୁଲିସର ଗୁଳିଚାଳନା ଓ ଲାଠି ମାଡ଼ରେ ଲକ୍ଷ୍ମଣ ଆହତ ହୋଇ ବହୁ କଷ୍ଟରେ ଚାଲିଚାଲି ଜୟପୁରସ୍ଥିତ କଂଗ୍ରେସ କାର୍ଯ୍ୟାଳୟରେ ପହଞ୍ଚିଥିଲେ । ସେ ଜୀବିତ ଥିବା ପୋଲିସ ଜାଣିବା ପରେ ତାଙ୍କୁ ଗିରଫ କରି କୋରାପୁଟ ଜେଲରେ ରଖିଲେ । ବିଚାର ପରେ ୧୯୪୩ ମାର୍ଚ୍ଚ ୨୯ ତାରିଖରେ ବ୍ରହ୍ମପୁର ଜେଲରେ ଲକ୍ଷ୍ମଣଙ୍କୁ ଫାଶୀ ଖୁଣ୍ଟରେ ଝୁଲାଇ ଦିଆଯାଇଥିଲା । ଏହି ବ୍ରିଟିଶ ବିରୋଧୀ ସଂଗ୍ରାମରେ ଲକ୍ଷ୍ମଣ ନାୟକଙ୍କ ସହ ୩୦ ଜଣ ସଂଗ୍ରାମୀ ପ୍ରାଣବଲି ଦେଇଥିଲେ ।

ଦେଶ ମାତୃକା ନିମିତ୍ତ ପ୍ରାଣବଲି ଦେଇଥିବା ସେହି ନିରୀହ ଆଦିବାସୀଙ୍କର ନାମ କେତେଜଣ ମନେ ରଖିଛନ୍ତି । ସ୍ୱାଧୀନତା ପ୍ରାପ୍ତିପରେ ଯେଉଁ କୁସିତ ରାଜନୀତି ଆରମ୍ଭ ହେଲା, ସେଥିରେ ଲକ୍ଷ୍ମଣ ନାୟକଙ୍କୁ ଏ ଦେଶ ଓ ଜାତି ଭୁଲିଗଲା । ତାଙ୍କୁ ମିଥ୍ୟା ହତ୍ୟାକାରୀ ଦର୍ଶାଇ ଫାଶୀଦଣ୍ଡ ହୋଇଥିଲା । ଜଜ୍ ହିସାବରେ ଯେଉଁ ରାମ ରମେଶ ତାଙ୍କର ସେହି

ମିଥ୍ୟା କେଶକୁ ବିଚାର କରି ତାଙ୍କୁ ଫାଶୀଦଣ୍ଡ ଆଦେଶ ଦେଇଥିଲେ, ସେ ସରକାରୀ ଚାକିରୀରେ ଓଡିଶାର ଚିଫ୍ ସେକ୍ରେଟାରୀ ଭାବେ ପଦୋନ୍ନତି ପାଇ ସସମ୍ମାନେ ଅବସର ନେଇଥିଲେ। ସରକାରଙ୍କ (ବିଦେଶୀ ଇଂରେଜ) ତରଫରୁ ଲକ୍ଷ୍ମଣ ନାୟକଙ୍କ ବିରୋଧରେ କେଶ୍ ଲଢ଼ିଥିବା ଓକିଲ ଭି. ଜଗନ୍ନାଥ ରାଓ ଅବିଭକ୍ତ କୋରାପୁଟରୁ ଏକାଧିକବାର ପାର୍ଲିମେଣ୍ଟକୁ ନିର୍ବାଚିତ ହୋଇଥିଲେ ଓ ମନ୍ତ୍ରୀ ପଦ ମଧ ପାଇଥିଲେ। ଏହିପରି ଅନେକ ଘଟଣାମାନ ଘଟିଥିଲା। ଦେଶର ସ୍ୱାଧୀନତା ଲାଗି ସଂଗ୍ରାମରେ ଯୋଗ ଦେଇଥିବା ଦେଶଭକ୍ତଙ୍କୁ ମିଥ୍ୟା କେଶରେ ପକାଇ ମୃତ୍ୟୁଦଣ୍ଡ ଓ ଆଜୀବନ କାରାଦଣ୍ଡ ଭଳି ଦଣ୍ଡବିଧାନ କରିଥିବା ଦେଶଦ୍ରୋହୀମାନଙ୍କ ବିରୋଧରେ କୌଣସି କାର୍ଯ୍ୟାନୁଷ୍ଠାନ ଗ୍ରହଣ ନ କରି ସେମାନଙ୍କୁ ସ୍ୱାଧୀନତା ହାସଲ ପରେ ଦେଶର ସମ୍ମାନ ଜନକ ଓ ଗୁରୁତ୍ୱପୂର୍ଣ୍ଣ ପଦବୀରେ ଅଧିଷ୍ଠିତ କରିବା ସାରା ବିଶ୍ୱରେ କେବଳ ଏହି ଭାରତ ମାଟିରେ ସମ୍ଭବ। ପୃଥିବୀର ଅନ୍ୟ କୌଣସି ସଭ୍ୟ ଦେଶରେ ନୁହେଁ।

ଏହି ପରିପ୍ରେକ୍ଷୀରେ ୧୯୨୧ ଅଗଷ୍ଟ ୧୩ ତାରିଖ 'ସମାଜ'ରେ 'ସତହୋଇଥିଲେ ସାଂଘାତିକ' ଶିରୋନାମାରେ ଗୋଟିଏ ଖବର ପ୍ରକାଶ ପାଇଥିଲା। ଆଉ ଏହା ପରେପରେ ଅମୂଳକ ଜନରବ ଶୀର୍ଷକରେ ଅନ୍ୟ ଏକ ସ୍ୱଷ୍ଟୀକରଣ ମଧ ଛପା ହୋଇଥିଲା। ତେବେ ସ୍ୱଷ୍ଟୀକରଣ ଉପରେ ଗୁରୁତ୍ୱ ନ ଦେଇ ମୂଳ ସମ୍ବାଦ ଆଧାରରେ ସମାଜ ଖବର କାଗଜକୁ ବନ୍ଦ କରିଦେବା ପାଇଁ ସରକାରଙ୍କ ପକ୍ଷରୁ ଏକ ମାମଲା ରୁଜୁ କରାଗଲା। ଏହି ମାମଲାରେ ସମ୍ପାଦକ ପଣ୍ଡିତ ଗୋପବନ୍ଧୁ ଦାସଙ୍କୁ ପକ୍ଷଭୁକ୍ତ କରାଯିବା ସହିତ ତାଙ୍କୁ ପୁଲିସ ଗିରଫ କରି ଖୋର୍ଦ୍ଧା ଜେଲରେ ରଖିଲେ। କାରଣ ସେତେବେଳେ ସ୍ୱାଧୀନତା ସଂଗ୍ରାମୀମାନେ ସମ୍ବାଦପତ୍ର ମାଧମରେ ସରକାର ବିରୋଧରେ ଜନସଚେତନତା ସୃଷ୍ଟି କରୁଥିଲେ। ସରକାର ସେଥିପାଇଁ ସମ୍ବାଦପତ୍ର ଗୁଡ଼ିକର ପ୍ରକାଶନ ବନ୍ଦ କରିଦେବା ସହିତ ତାହାର ସଂପାଦକମାନଙ୍କୁ କାରାରୁଦ୍ଧ କରୁଥିଲେ। ଗୋପବନ୍ଧୁଙ୍କୁ ତାଙ୍କ ପକ୍ଷ ରଖିବା ପାଇଁ ବିଚାରପତି ସୁଯୋଗ ଦେଇଥିଲେ ସୁଦ୍ଧା ସେ ଜଣେ ଅସହଯୋଗ ଆନ୍ଦୋଳନକାରୀ ହୋଇଥିବାରୁ ବ୍ରିଟିଶ ସରକାରଙ୍କ ଆଇନ ବ୍ୟବସ୍ଥା ଓ ଅଦାଲତ ଉପରେ ତାଙ୍କର ଭରସା ନାହିଁ ବୋଲି ରୋକଠୋକ ଭାବେ ଗୋପବନ୍ଧୁ ବିଚାରପତିଙ୍କୁ ଶୁଣାଇଦେଇ ତାଙ୍କ ମାମଲାର ବିଚାର ପାଇଁ କହିଥିଲେ। ଏ ବାବଦରେ ଉକ୍ରଳମଣି ଗାନ୍ଧିଜୀଙ୍କ ପରାମର୍ଶ ଲୋଡ଼ିଥିଲେ। ଉତ୍ତରରେ ଗାନ୍ଧିଜୀ ଏକତାର ବର୍ତ୍ତା ପଠାଇ ଗୋପବନ୍ଧୁଙ୍କୁ କହିଥିଲେ "ସତ୍ୟ ଓ ବଳିଷ୍ଠ ତଥ୍ୟ ଉପସ୍ଥାପନ କର, ପରିଣାମକୁ ଖାତିର କରନାହିଁ।"

'ସମାଜ'ରେ ପ୍ରକାଶିତ ଲେଖା ଆଧାରରେ ଗୋପବନ୍ଧୁଙ୍କୁ କଠୋର ଦଣ୍ଡ ଦେବା ସହିତ ସମାଜକୁ ସବୁଦିନ ଲାଗି ଯେଭଳି ବନ୍ଦ କରି ଦିଆଯାଏ, ସେଥିପାଇଁ ମାମଲାର ବିଚାରପତିଙ୍କୁ ସରକାରଙ୍କ ପକ୍ଷରୁ ବିଭିନ୍ନ ପ୍ରକାର ଚାପ ପ୍ରୟୋଗ ସହିତ ପ୍ରଲୋଭନ ଦେଖାଯାଇଥିଲା। ଅଦାଲତର କାଠଗଡ଼ାରେ ଛିଡ଼ା ହୋଇ ଗୋପବନ୍ଧୁ ବିଚାରପତିଙ୍କୁ ବାରମ୍ବାର ଶୁଣାଉଥିଲେ। "ସେ ଅହିଂସାବାଦୀ, ଅସହଯୋଗୀ ଓ ସତ୍ୟାଗ୍ରହୀ ଭାବେ ବ୍ରିଟିଶ ସରକାରଙ୍କର ଅଦାଲତକୁ ସେ ସ୍ୱୀକାର କରନ୍ତି ନାହିଁ କିୟ। ଏହି ଅଦାଲତ ଯେଉଁ ରାୟଦିଏ ତାକୁ ବି ସେ ମାନନ୍ତି ନାହିଁ। ଏ ଦୃଷ୍ଟିରୁ ବ୍ରିଟିଶ ଅଦାଲତରେ ସେ କିଛି ବକ୍ତବ୍ୟ ରଖିବେନାହିଁ କି କାହାରିକୁ ଜେରା କରିବେ ନାହିଁ।" ଏମିତି କି ଜାମିନରେ ଯିବାକୁ ମଧ ଆବେଦନ କରିବାକୁ ଉକ୍ରଳମଣି ରୋକଠୋକ ମନା କରି ଦେଇଥିଲେ। ଜାମିନରେ ଯିବାକୁ ଅମଙ୍ଗ ହେବାପରେ ବିଚାରପତି ଗୋପବନ୍ଧୁଙ୍କୁ ଖୋର୍ଦ୍ଧା ଜେଲ ହାଜତକୁ ପଠାଇ ଦେଇଥିଲେ। ତାଙ୍କ କେଶର ରାୟ ପ୍ରକାଶ ଦିନ ଗୋପବନ୍ଧୁଙ୍କ ଦଣ୍ଡାଦେଶ ଶୁଣିବାଲାଗି ଏତେ ସଂଖ୍ୟକ ଲୋକ ସମାଗମ ହୋଇଥିଲା ଯେ ବିଚାରପତି ବାଧ ହୋଇ ମୋକଦ୍ଦମାର ରାୟ ଶୁଣାଣି ଲାଗି କୋଟ୍ ପରିସର ବାହାରେ ଏକ ଖୋଲା ପଡ଼ିଆର ଗୋଟିଏ ଗଛମୂଳେ ଅସ୍ଥାୟୀ ଭାବେ କୋର୍ଟ ବସିବାର ବ୍ୟବସ୍ଥା କରିଥିଲେ। ଯେତେବେଳେ ଗୋପବନ୍ଧୁଙ୍କୁ ଗଛମୂଳେ ବସିଥିବା ଖୋଲା ଅଦାଲତରେ ବିଚାରପତିଙ୍କ ନିକଟ୍ରେ ହାଜର କରାଗଲା। ସେତେବେଳକୁ ସେ ଫୁଲମାଲରେ ଏକ ପ୍ରକାର ପୋତିହୋଇ ପଡ଼ିଥାଆନ୍ତି। ତାଙ୍କୁ

ନିଶ୍ଚିତ ଜେଲଦଣ୍ଡ ହେବ ବୋଲି ଜାଣିସୁଦ୍ଧା ତାଙ୍କ ମୁହଁରେ ଦଣ୍ଡାଦେଶ ପାଇଁ କୌଣସି ଆଶଙ୍କା ନଥାଏ । ସେ ବେଶ୍ ପ୍ରସନ୍ନ ଦେଖାଯାଉଥାଆନ୍ତି । ହାଜର କରାଯିବାପରେ ବିଚାରପତି ରାୟ ଶୁଣାଇବା ଲାଗି ଉପକ୍ରମ କରନ୍ତେ, ଗୋପବନ୍ଧୁ ହସିହସି ବିଚାରପତିଙ୍କୁ କହିଲେ "ମୁଁ ଅନେକ ଦିନ ଜେଲ ହାଜତରେ ଅଟକି ରହିଲିଣି । ମୋକଦ୍ଦମାର ରାୟ ଆମୂଲ ଚୂଲ ପଢ଼ି ଶୁଣାଇବା ପରିବର୍ତ୍ତେ ମୋତେ ସଂକ୍ଷେପରେ କହି ଦିଅନ୍ତୁ ମୋ ପ୍ରତି କି ଦଣ୍ଡ ବିଧାନ କରାଗଲା । କେତେ ସମୟ ଲାଗି ଜେଲ ଦଣ୍ଡାଦେଶ ହୋଇଛି । ମୁଁ ଏତିକି ମାତ୍ର ଶୁଣିବାକୁ ଚାହେଁ ।"

ସ୍ଥିତପ୍ରଜ୍ଞ ଗୋପବନ୍ଧୁଙ୍କ ଏଭଳି ଉକ୍ତି ଶୁଣି ବିସ୍ମିତ ବିଚାରପତି କିଛି ସମୟ ପାଇଁ ତାଙ୍କ ମୁହଁକୁ ଅନାଇ ରହିଲେ । ତାପରେ ସେ ଘୋଷଣା କଲେ "ପଣ୍ଡିତ ଗୋପବନ୍ଧୁ ଦାସ ନିର୍ଦ୍ଦୋଷରେ ଖଲାସ ।" ଏଭଳି ଏକ ଅବିଶ୍ୱାସନୀୟ ରାୟ ଶୁଣିବା ପରେ ସେଠାରେ ଉପସ୍ଥିତ ଥିବା ଜନ ସମୁଦ୍ର (ପ୍ରାୟ ୩୦ ହଜାରରୁ ଅଧିକ) ଆନନ୍ଦରେ ଉଛୁଳି ଉଠିଲା । ପରେ ଏହି ଦଣ୍ଡାଦେଶ ବିରୋଧରେ ସରକାର ହାଇକୋର୍ଟରେ ଅପିଲ କରି ବିଫଳ ହୋଇଥିଲେ । ଏହି ମାମଲାର ଐତିହାସିକ ଗୁରୁତ୍ୱ ଏଇଥିପାଇଁ ବଢ଼ିଗଲା ଯେ ଗାନ୍ଧିଜୀଙ୍କ ଆହ୍ୱାନକୁ ମନେ ପକାଇ ମୋକଦ୍ଦମାର ରାୟ ଶୁଣାଇବା ପରେ ବିଚାରପତି ତାଙ୍କ ପଦରୁ ଇସ୍ତଫା ଦେଇଥିଲେ । ତାଙ୍କ ଇସ୍ତଫା ଦେବାର ଅନ୍ୟତମ କାରଣ ଥିଲା ଜଣେ ନିର୍ଦ୍ଦୋଷ ସତ୍ୟାଗ୍ରାହୀଙ୍କୁ କଠୋର ଦଣ୍ଡରେ ଦଣ୍ଡିତ କରିବା ଲାଗି ସରକାର କଳ ତାଙ୍କୁ ପ୍ରଲୋଭିତ କରିବା ସହିତ ତାଙ୍କ ଉପରେ ଚାପ ପ୍ରୟୋଗ କରିଥିଲା । ଏହି ସ୍ୱାଧୀନ ଚେତା ବିଚାରପତି ଜଣକ ହେଉଛନ୍ତି ନେତାଜୀ ସୁଭାଷ ଚନ୍ଦ୍ର ବୋଷଙ୍କ ବଡ଼ଭାଇ ତଥା ସୁନାମ ଧନ୍ୟ ଓକିଲ ଜାନକୀନାଥ ବୋଷଙ୍କ ସୁପୁତ୍ର ସୁରେଶ ଚନ୍ଦ୍ର ବୋଷ । ସତ୍ୟର ପକ୍ଷ ରଖିଥିବା ଏହି ନିର୍ଭୀକ ବିଚାରପତି ସୁରେଶ ଚନ୍ଦ୍ର ବୋଷଙ୍କୁ ଏ ଦେଶ କି ପୁରସ୍କାର ଦେଇଛି ? କିଭଳି ଶୁଭେଚ୍ଛା ଜଣାଇଛି ? କିପରି କୃତଜ୍ଞତା ଜ୍ଞାପନ କରିଛି ? ବରଂ ତାଙ୍କ ପରିବାର ବିରୋଧରେ ସ୍ୱାଧୀନ ଭାରତର (ପ୍ରଥମ ପ୍ରଧାନମନ୍ତ୍ରୀ) ସରକାର ଗୁଇନ୍ଦା ନିଯୁକ୍ତି କରିଥିଲା । ସେମାନଙ୍କ ଗତିବିଧି ଉପରେ ତୀକ୍ଷ୍ଣ ନଜର ରଖାଯାଇଥିଲା । ବରଂ ସହିଦ୍ ଲକ୍ଷ୍ମଣ ନାୟକଙ୍କୁ ମିଥ୍ୟା ମୋକଦ୍ଦମାରେ ଫସାଇ ତାଙ୍କୁ ଫାଶୀ ଦଣ୍ଡାଦେଶ ଦେଇଥିବା ଜଜ୍ ରାମ ରମଣ ସ୍ୱାଧୀନତା ପ୍ରାପ୍ତି ପରେ ସରକାରୀ ଚାକିରିରେ ରହି ଓଡ଼ିଶାର ଚିଫ୍ ସେକ୍ରେଟାରୀ ଭାବେ ପଦୋନ୍ନତି ପାଇ ସସମ୍ମାନେ ଅବସର ନେଇଥିଲେ ଓ ବିଦେଶୀ ସରକାରଙ୍କ ତରଫରୁ ଲକ୍ଷ୍ମଣ ନାୟକଙ୍କ ବିରୋଧରେ କେସ୍ ଲଢ଼ିଥିବା ଓକିଲ ଭି. ଜଗନ୍ନାଥ ରାଓ ଅଭିଭକ୍ତ କୋରାପୁଟରୁ ଏକାଧିକବାର ପାର୍ଲାମେଣ୍ଟକୁ ନିର୍ବାଚିତ ହୋଇଥିଲେ ଓ ମନ୍ତ୍ରୀ ପଦ ମଧ୍ୟ ପାଇଥିଲେ । ଏହି ହେଲା ଆମ ଦେଶର ରୀତି ଓ ନୀତି ।

ତା'ପରେ ଯେଉଁମାନେ ଇଂରେଜମାନଙ୍କ ଆଜ୍ଞାବହ ହୋଇ ବ୍ରିଟିଶ ଶାସନ କାଳରେ ଭାରତୀୟ ସାଧାରଣ ଜନତା ଓ ସ୍ୱାଧୀନତା ସଂଗ୍ରାମୀମାନଙ୍କ ଉପରେ ଅତ୍ୟାଚାର କରୁଥିଲେ । ସ୍ୱାଧୀନତା ସଂଗ୍ରାମୀମାନଙ୍କ ଗୁପ୍ତ ଠିକଣା ବ୍ରିଟିଶ ଶାସକଙ୍କୁ ଜଣାଇ ଦେଇ ଓ ସେମାନଙ୍କୁ ଧରାଇ ଦେଇ ଇଂରେଜମାନଙ୍କଠାରୁ ସରକାରୀ ସୁବିଧା ହାସଲ କରୁଥିଲେ । ସ୍ୱାଧୀନତା ପ୍ରାପ୍ତିପରେ ଦେଶର ଶାସନ ପରିଚାଳନା କ୍ଷେତ୍ରରେ ସେପରି କିଛି ପରିବର୍ତ୍ତନ ନ ହେବାରୁ ଓ ସେହି ତଥାକଥିତ ଦେଶଦ୍ରୋହୀମାନେ ସେମାନଙ୍କ ଅପକର୍ମ ଲାଗି କୌଣସି ଦଣ୍ଡ ନ ପାଇ କିଛି ଶାସ୍ତି ନ ଭୋଗିବାରୁ ଏବଂ ସେମାନଙ୍କୁ (ସାମରିକ) ବିଚାରାଳୟର କାଠଗଡ଼ାରେ ଛିଡ଼ା କରାନଯାଇ, ସେମାନେ ପୂର୍ବପରି ବ୍ରିଟିଶ ସରକାର ଅମଲରେ ଯେପରି ଶାସନ କ୍ଷେତ୍ରରେ ଉଚ୍ଚପଦବୀରେ ଅଧିଷ୍ଠିତ ଥିଲେ । ସ୍ୱାଧୀନତା ପରେ ମଧ୍ୟ ସେହିପରି ନିରଙ୍କୁଶ କ୍ଷମତା ଉପଭୋଗ କରିବାରୁ ସେମାନଙ୍କର ମାନସିକତାରେ ସେପରି କୌଣସି ପରିବର୍ତ୍ତନ ଘଟିଲାନାହିଁ । ବ୍ରିଟିଶ ଶାସନକାଳରେ ସେମାନେ ଭାରତୀୟମାନଙ୍କୁ ଯେପରି ହୀନଦୃଷ୍ଟିରେ ଦେଖୁଥିଲେ ଓ ସ୍ୱାଧୀନତା ସଂଗ୍ରାମୀମାନଙ୍କ ପ୍ରତି ବ୍ରିଟିଶ ବଳରେ ବଳଶାଳୀ ହୋଇ ଦମନନୀତି ପ୍ରୟୋଗ କରୁଥିଲେ । ସ୍ୱାଧୀନତା ପ୍ରାପ୍ତିପରେ ଦେଶୀୟ ସ୍ୱାଧୀନ ସରକାରଙ୍କ ପ୍ରଚଣ୍ଡ ପ୍ରୋତ୍ସାହନ

ଯୋଗ୍ୟୁ ଶକ୍ତିଶାଳୀ ହୋଇ ସ୍ୱାଧୀନତା ପ୍ରାପ୍ତିପରେ ସୁଦ୍ଧା ସେମାନଙ୍କ ଚରିତ୍ରରେ ତଥା ସ୍ୱଭାବରେ ସେମିତି କିଛି ପରିବର୍ତ୍ତନ ହେଲା ନାହିଁ ଓ ସେମାନେ ପୂର୍ବପରି ମଧ୍ୟ ସେହିଭଳି କ୍ଷମତା ପ୍ରୟୋଗର ସୁବିଧା ଭୋଗ କଲେ। ଫଳରେ ସ୍ୱାଧୀନ ଭାରତର ପ୍ରଶାସକମାନଙ୍କ ଠାରୁ ଦେଶବାସୀଙ୍କୁ ଯେପରି ନୈତିକ ସମର୍ଥନ ଓ ଅନୁକମ୍ପାମୂଳକ ସୁଶାସନ ମିଳିବା କଥା ତାହା ମିଳିଲା ନାହିଁ। ପରାଧୀନ ଭାରତର ଶାସନ ବ୍ୟବସ୍ଥାର ଢାଞ୍ଚା, ପଦ୍ଧତି, ପ୍ରକ୍ରିୟା, ପ୍ରଣାଳୀ, କ୍ଷମତା ପ୍ରୟୋଗ କରିବାରେ ପ୍ରଶାସକମାନଙ୍କ ମାନସିକତାର ସେପରି କୌଣସି ପରିବର୍ତ୍ତନ ନ ହୋଇ ସେହି ପୂର୍ବଭଳି ରହିଗଲା ଓ ସେମାନେ ସ୍ୱାଧୀନ ଦେଶରେ ମଧ୍ୟ ପୂର୍ବପରି କ୍ଷମତା ଅପପ୍ରୟୋଗ କରି ଚାଲିଲେ ଏବଂ ନିରଙ୍କୁଶ ଶାସନଗତ କ୍ଷମତା ବିନା ବାଧାରେ ନିଃଦ୍ୱନ୍ଦ୍ୱରେ ଉପଭୋଗ କଲେ। ଏମାନଙ୍କ ନୀତିକୁ ପରବର୍ତ୍ତୀ ପ୍ରଶାସକମାନେ ଅନୁସରଣ କରି ସେପରି କ୍ଷମତାର ଅପପ୍ରୟୋଗ କରି ଗରିବ ଜନସାଧାରଣଙ୍କୁ ଶାସନ କରିବାକୁ ସକ୍ଷମ ହେଲେ।

ବ୍ରିଟିଶ ଶାସନକଳ ଅଧୀନରେ ରହି ଦେଶବାସୀଙ୍କ ପ୍ରତି କଠୋର ମନୋଭାବ ପୋଷଣ କରି ଭାରତୀୟମାନଙ୍କ ପ୍ରତି ଅତ୍ୟାଗାର କରି ସେମାନେ ଯେପରି ଇଂରେଜମାନଙ୍କ କୃପାର ପାତ୍ର ହୋଇଥିଲେ। ସ୍ୱାଧୀନତା ପରେ ଦେଶୀୟ ନେତାମାନଙ୍କଠାରୁ ସେମାନେ ସେହି ସମାନ ପ୍ରକାର ପ୍ରୋସାହନ ପାଇବାକୁ ସମର୍ଥ ହେଲେ। ଶାସିତମାନଙ୍କୁ ହଇରାଣ ହରକତ କରିବା, ସେମାନଙ୍କ ଉପରେ ଜୁଲମ କରିବା, ସେମାନଙ୍କ ପ୍ରତି କଠୋର ଦଣ୍ଡବିଧାନ କରିବା ଓ କ୍ଷମତାର ଅପବ୍ୟବହାର କରି ନିଜର ସ୍ୱାର୍ଥ ହାସଲ କରିନେବା ପରି ସମସ୍ତ ପ୍ରକାର ଅନୈତିକ କାର୍ଯ୍ୟ କଳାପ ଲାଗି ଏମାନେ ଦଣ୍ଡ ବଦଳରେ ପୁରସ୍କୃତ ହେଲେ। ଦେଶ ଖାଲି କାଗଜ କଲମରେ ସ୍ୱାଧୀନ ହେଲା, ନୀତି ନୈତିକତା ଦୃଷ୍ଟିରୁ ଚିନ୍ତା ଚେତନାରେ କିୟ ନିଷ୍ଠାପରତାରେ ନୁହେଁ। ବିଦେଶୀ (ଇଂରେଜ) ସାହେବମାନେ ଶାସନ କ୍ଷେତ୍ରରୁ ବିଦାୟ ନେଇ ଗଲେ ସ୍ୱଦେଶୀ (ଭାରତୀୟ)ସାହେବମାନେ ଆସିଲେ ଶାସକ ହୋଇ। ହେଲେ ପ୍ରଶାସକସ୍ତରରେ, ଶାସନ ପଦ୍ଧତି, ନୀତି ନିୟମରେ କୌଣସି ପରିବର୍ତ୍ତନ ହେଲାନାହିଁ। ବ୍ରିଟିଶ ଶାସନବେଳର ପ୍ରଶାସକମାନେ ସେହି ପୂର୍ବପରି (ଆଗଭଳି) ସେମାନଙ୍କ ଆସନରେ ବସି ପୂର୍ବ ପଦବୀରେ ଅଧ୍ୟୁଷିତ ରହି ପୂର୍ବଭଳି କ୍ଷମତା ପ୍ରୟୋଗର ସୁବିଧା ହାସଲ କରି ପାରିଲେ। ପୂର୍ବର ଶାସକ ବ୍ରିଟିଶମାନଙ୍କ ଶାସନ ପ୍ରଣାଳୀକୁ ଅନୁସରଣ କରି ଆମର ଶାସନ ଖସଡା ପ୍ରସ୍ତୁତ ହେଲା। ତାଙ୍କ ସମ୍ବିଧାନକୁ ଅନୁକରଣ କରି ଆମର ସମ୍ବିଧାନ ତିଆରି କରାଗଲା। ତାଦ୍ୱାରା ଶାସନ କ୍ଷେତ୍ରରେ ସେପରି କୌଣସି ଆଖ୍ଦୃଶିଆ ପରିବର୍ତ୍ତନ ହେଲା ନାହିଁ। ପୂର୍ବପରି ଅର୍ଥାତ୍ ପରାଧୀନ ବେଳର ଶାସିତମାନେ ସ୍ୱାଧୀନତାପ୍ରାପ୍ତି ପରେ ସୁଦ୍ଧା ସେହିପରି ଶାସିତ ହୋଇ ରହିଲେ ଓ ଶାସକ ହେଲେ ବ୍ରିଟିଶ ଅମଲର ପ୍ରଶାସକମାନେ। କେବଳ ଶାସନ ଗାଦିରେ ବ୍ରିଟିଶ ବଦଳରେ ଦେଶୀ ସାହେବମାନେ ବସିଲେ ଇଂରେଜମାନଙ୍କ ପରି ବେଶ ପୋଷାକରେ ସଜ୍ଜିତ ହୋଇ। ପରାଧୀନ ଦେଶର ଶାସନ ଚାଲୁ ରହିଲା ସ୍ୱାଧୀନ ଭାରତରେ। ଶାସିତମାନେ ଅତ୍ୟାଚାରିତ ହେଲେ ପୂର୍ବପରି ଓ ଶାସକଗଣମାନେ ସେହି ବ୍ରିଟିଶ ଅମଲର ମନବୃଭି ନେଇ ଜନସାଧାରଣଙ୍କ ଉପରେ ଅତ୍ୟାର କରି ଚାଲିଲେ। ନିଃବିଘ୍ନରେ, ନିଃଦ୍ୱନ୍ଦ୍ୱରେ, ନିର୍ବିକାର ଭାବରେ, ରାମରାଜ୍ୟର ସ୍ୱପ୍ନ ଦେଖିବାକୁ ଆଶାରଖିଥିବା ଜନତା ରାବଣ ଶାସନ ତଳେ ରହି ଭାଗ୍ୟକୁ ନିନ୍ଦିଲେ ଆଉ ଭଗବାନଙ୍କୁ ସାଖୀ ରଖିଲେ। ଦେଶରେ ଗଣତନ୍ତ୍ର ଶାସନ ଚାଲିଛି। ପାଞ୍ଚ ବର୍ଷରେ ଥରେ ନିର୍ବାଚନ ଅନୁଷ୍ଠିତ ହେଉଛି। ନିର୍ବାଚନରେ ହୁଏତ ସରକାର ବଦଳୁଛି। ଗୋଟିଏ ଦଳ କ୍ଷମତାରୁ ଯାଇ ଅନ୍ୟଗୋଟେ ପାଟି ଶାସନ ଗାଦି ଅକ୍ତିୟାର କରିନେଉଛି। ହେଲେ ଶାସନର କୌଣସି ପରିବର୍ତ୍ତନ ହେଉନାହିଁ। ବ୍ରିଟିଶ ଭାରତକୁ ଶୋଷଣ କରୁଥିଲା। ଏବେ ଭାରତୀୟ ନେତାମାନେ ଠାକୁର ଖାଇ ଖଟୁଲି ଖାଇବା ପରିସ୍ଥିତିକୁ ଆସିଗଲେଣି। ଇଂରେଜମାନେ ଭାରତୀୟଙ୍କ ଉପରେ ଅତ୍ୟାଚାର କରୁଥିଲେ। ଏଇନେ ଦେଶୀୟ ନେତାମାନଙ୍କ ନିର୍ଯ୍ୟାତନାରେ ଦେଶବାସୀ ଅତିଷ୍ଠ ହେଲେଣି।

ସ୍ୱାଧୀନ ଦେଶରେ ସ୍ୱଦେଶୀ ନେତାମାନଙ୍କ ପ୍ରୋସାହନରେ ବଳିୟାର ହୋଇ ସେମାନଙ୍କ ଦ୍ୱାରା ଉସ୍ସାହିତ ହେବାଦ୍ୱାରା

ପ୍ରଶାସକ ମାନଙ୍କର ନୀତି ନୈତିକତାର ପରିବର୍ତ୍ତନ ହେଲାନାହିଁ । ସେମାନେ ପୂର୍ବଭଳି ଦେଶବାସୀଙ୍କୁ ହେୟଜ୍ଞାନ କଲେ । ହୀନ ଦୃଷ୍ଟିରେ ଦେଖିଲେ । କ୍ଷମତାର ଅପବ୍ୟବହାର କରି ଦେଶବାସୀଙ୍କୁ ନିର୍ଯ୍ୟାତନା ଦେବାକୁ ସକ୍ଷମ ହୋଇପାରିଲେ ।

ଆଉ ଯେଉଁମାନେ ଇଂରେଜମାନଙ୍କ ଛତ୍ରଛାୟା ତଳେ ରହି ପରାଧୀନ ଭାରତରେ ପ୍ରଭୁତ୍ୱ ସୁଯୋଗ ପାଉଥିଲେ । ସ୍ୱାଧୀନତାପରେ ସେହିମାନେ ହିଁ ଦଳୀୟ ଟିକେଟ ପାଇ ନିର୍ବାଚନ ଲଢ଼ି ଅର୍ଥବଳ ଓ ବାହୁବଳ ପ୍ରୟୋଗ କରି ନିର୍ବାଚନରେ ଜିତି ଶାସନ କଳକୁ ଅକ୍ତିଆର କରି ନେଲେ ଓ ସେମାନଙ୍କ ସ୍ୱାର୍ଥ ହାସଲ ହେଲାଭଳି ଆଇନ ତିଆରି କଲେ । ପ୍ରଶାସକମାନଙ୍କୁ ହାତ କରି ନିଜର ସୁବିଧା ସୁଯୋଗ ଅକ୍ତିଆର କରିବାରେ ଲାଗି ପଡ଼ିଲେ । ଫଳରେ ଆପଣା ଭବିଷ୍ୟତକୁ ଜଳାଞ୍ଜଳି ଦେଇ, ନିଜ ଗୁରୁଜନମାନଙ୍କ ସ୍ୱପ୍ନକୁ ଚୁରମାର କରି, ନିଜ ସଂସାରକୁ ଉଜାଡ଼ି ଦେଇ ଓ ନିଜର ପରିବାରକୁ ଭସେଇ ଦେଇ ଏବଂ ଆପଣାର ଆଗାମୀ ପିଢ଼ିର ସଦସ୍ୟଙ୍କ ଭବିଷ୍ୟତକୁ ଅନ୍ଧକାର ଭିତରକୁ ନିର୍ଦ୍ଦୟ ଭାବରେ ଠେଲିଦେଇ ଯେଉଁ ଦୁସ୍ଥ ନିରୀହ ସ୍ୱାଧୀନତା ସଂଗ୍ରାମୀମାନେ ଦେଶମାତୃକାର ମୁକ୍ତିପାଇଁ ସଂଗ୍ରାମରେ ଝାମ ଦେଇଥିଲେ । ସେମାନେ ଉପେକ୍ଷିତ ହୋଇ ରହିଗଲେ । କେବଳ ସ୍ୱାଧୀନତା ପ୍ରାପ୍ତିର ୨୪ ବର୍ଷପରେ ଇନ୍ଦିରାଗାନ୍ଧିଙ୍କ ପ୍ରଧାନ ମନ୍ତ୍ରୀତ୍ୱବେଳେ ବଞ୍ଚିରହିଥିବା କେତେକ ସଂଗ୍ରାମୀଙ୍କୁ ଯତ୍ କିଞ୍ଚିତ ସରକାରୀ ଭତ୍ତା ପ୍ରଦାନ କରାଯାଇଥିଲା । ଆଉ ଜନସାଧାରଣ କେବଳ ଭକୁଆଙ୍କ ପରି ରାମରାଜ୍ୟ ଶାସନକୁ ଚାହିଁ ରହିଲେ । କାରଣ ରାମରାଜ୍ୟର ସ୍ୱପ୍ନ ବାଣ୍ଟୁଥିବା ଗାନ୍ଧିଜୀ ସେତେବେଳକୁ ଆଉ ଜୀବିତ ନଥିଲେ ।

ଠାକୁରବାବା ଏପରି ରାଜନୀତିକୁ ବିରୋଧ କରନ୍ତି । ସେ କହନ୍ତି ଯେଉଁ ଆଦର୍ଶକୁ ପାଥେୟ କରି ସେମାନେ ଜୀବନର ସବୁ ସ୍ୱାର୍ଥ ଓ ନିଜର ଭବିଷ୍ୟତକୁ ଜଳାଞ୍ଜଳି ଦେଇ ସ୍ୱାଧୀନତା ସଂଗ୍ରାମରେ ଯୋଗ ଦେଇଥିଲେ । ସ୍ୱାଧୀନତା ହାସଲ ପରେ ରାମରାଜ୍ୟ ପରିକଳ୍ପନା କରିଥିଲେ । ତାଙ୍କର ସେ ଆଶା ସଫଳ ହେଲା ନାହିଁ । ଦିନାସ୍ୱପ୍ନ ପରି ତାଙ୍କର ସେ ଲକ୍ଷ୍ୟ ଧୂଳିସାତ ତଥା ନିଷ୍ଫଳ ହୋଇଗଲା । ସ୍ୱାଧୀନୋତ୍ତର ଦେଶର ଜନନାୟକମାନେ ସ୍ୱାଧୀନତା ସଂଗ୍ରାମୀଙ୍କୁ ଭତ୍ତା ପ୍ରଦାନ କରି ସେମାନଙ୍କ ମୁହଁ ବନ୍ଦ କରିଦେଲେ । ସେମାନଙ୍କୁ ଶାସନ କ୍ଷେତ୍ରରୁ ଦୂରେଇ ଦେଇ ନିଜର ମନଇଚ୍ଛା ଶାସନ ପରିଚାଳନା କଲେ । ନିଜ ପାଇଁ ଓ ଆପଣା ପରିବାର ଲାଗି ସୁଯୋଗ ସୃଷ୍ଟି କରିବା ଲକ୍ଷ୍ୟରେ ରହିଲେ । ଦେଶର ପରିସ୍ଥିତି ଓ ଜନସାଧାରଣଙ୍କ ଅବସ୍ଥା ପ୍ରତି ଦୃଷ୍ଟି ଦେଲେ ନାହିଁ । ରାଜନୈତିକ ନେତାମାନେ ନିଜର ସଂକୀର୍ଣ୍ଣ ସ୍ୱାର୍ଥ ପାଇଁ ଗାଁର ଏକତାକୁ ନଷ୍ଟଭ୍ରଷ୍ଟ କରିଦେଲେ । ଫଳରେ ପଲ୍ଲୀ ଅଞ୍ଚଳରେ ପ୍ରଚଳିତ ଭାଇଚାରା ଧ୍ୱଂସ ହୋଇଗଲା । ଗାଁରେ ମିଲିମିଶି ଚଳୁଥିବା ସାଧାରଣ ନିରୀହ ଲୋକମାନଙ୍କୁ ଭାଗଭାଗ କରି ସେମାନଙ୍କ ମଧ୍ୟରେ ପ୍ରଭେଦ ସୃଷ୍ଟି କଲେ । ଗାଁରେ ଦଳଗଢ଼ି ସେମାନଙ୍କୁ ପକ୍ଷଭୁକ୍ତ କରି ନିଜ ସ୍ୱାର୍ଥ ସାଧନ ନିମିତ୍ତ ସେମାନଙ୍କ ସମ୍ପର୍କ ମଧ୍ୟରେ ତିକ୍ତତା ଭର୍ତ୍ତି କଲେ । ସମାଜକୁ ନେଇ ଶାସନ ପାଖରେ ବନ୍ଧା ପକାଇଲା କିଏ ? ଶାସନ ଓ ସମାଜ ଦୂରତ୍ୱତା ହୋଇ ରହି ନ ଥାଆନ୍ତା କି ? ରହି ପାରିନଥିଲା କି ?

ଠାକୁର ବାବାଙ୍କ ମତରେ ଗାନ୍ଧି ତାଙ୍କ ଜୀବନରେ ଅନେକ ସଠିକ୍ ସିଦ୍ଧାନ୍ତ ନେଇ ଥିଲାବେଳେ କେତେକ ମାରାତ୍ମକ ଭୁଲ ନିଷ୍ପତ୍ତି ମଧ୍ୟ ନେଇଥିଲେ । ସେପରି ଉଦ୍‌ଟିମାନଙ୍କ ମଧ୍ୟରୁ ଗୋଟିଏ ହେଉଛି ପ୍ରଥମତଃ ଗଣତାନ୍ତ୍ରିକ ପଦ୍ଧତିରେ ଜାତୀୟ କଂଗ୍ରେସର ସଭାପତି ଭାବେ ନିର୍ବାଚିତ ନେତାଜୀ ସୁଭାଷ ଚନ୍ଦ୍ର ବୋଷଙ୍କୁ ସଭାପତି ଭାବେ ସ୍ୱୀକାର ନ କରିବା । ଦ୍ୱିତୀୟତଃ ଅଧିକ ପ୍ରଦେଶରୁ ସମର୍ଥନ ପାଇଥିବା ସର୍ଦ୍ଦାର ପଟେଲଙ୍କୁ ଦେଶର ପ୍ରଥମ ପ୍ରଧାନମନ୍ତ୍ରୀ କରାଇ ନ ଦେବା । ଯଦି ସର୍ଦ୍ଦାର ପଟେଲ ତାଙ୍କ ନିଜ ରାଜ୍ୟର ଅଧିବାସୀ ହୋଇଥିବା ଯୋଗୁଁ ତାଙ୍କୁ ପ୍ରଧାନମନ୍ତ୍ରୀ ହେବା ପାଇଁ ସୁଯୋଗ ଦେଇଥିଲେ ସେ ଧର୍ମ ସଙ୍କଟରେ ପଡ଼ିବାର ଆଶଙ୍କା କରୁଥିଲେ ତେବେ ତାଙ୍କଠାରୁ କମ୍ ସମର୍ଥନ ପାଇଥିବା କୃପାଲିନ୍‌ଙ୍କୁ ପ୍ରଧାନମନ୍ତ୍ରୀ କରିପାରି ଥାଆନ୍ତେ କିନ୍ତୁ ସେ ତାହା ନ କରି ଆଦୌ କୌଣସି ଗୋଟିଏ ହେଲେ ପ୍ରଦେଶରୁ ସମର୍ଥନ ପାଇନଥିବା ଅଯୋଗ୍ୟ, ଅପାରଗ, ଅପଦାର୍ଥ, ଅମଣିଷ, ଅପରିଣାମଦର୍ଶୀ, ଅସହିଷ୍ଣୁ, ଦୂରଦୃଷ୍ଟିହୀନ, ଅବିବେକୀ, ସ୍ୱାର୍ଥପର,

ସୁବିଧାବାଦୀ, ଅହଂକାରୀ ଜବାହରଙ୍କୁ ନିଜର ରାଜନୈତିକ ଉତ୍ତରାଧିକାରୀ ଭାବେ ଘୋଷଣା କରି ସ୍ୱାଧୀନ ଭାରତର ପ୍ରଥମ ପ୍ରଧାନମନ୍ତ୍ରୀ ହେବାକୁ ସୁଯୋଗ ଦେବା। ଯିଏକି ଦୁଇଜଣ ସଦସ୍ୟ ବିଶିଷ୍ଟ ନିଜ ପରିବାରରେ ଶୃଙ୍ଖଳା ରକ୍ଷା କରିବାରେ ସମର୍ଥ ହୋଇନଥିଲେ। ଯିଏ ନିଜର ଏକମାତ୍ର ସନ୍ତାନକୁ ଶାସନ କରିବାରେ, ସଂସ୍କାର ଶିଖାଇବାରେ ଓ ପାରିବାରିକ ଅନୁଶାସନରେ ରଖିବାରେ ବିଫଳ ହୋଇଥିଲେ। ସେ ଯେ ଏତେ ବଡ଼ ବିଶାଳ ଆୟତନ ବିଶିଷ୍ଟ ଓ ବହୁଳ ଜନସଂଖ୍ୟାର ଦେଶକୁ ସୁଶାସନ ଯୋଗାଇ ଦେଇ ପାରିବେନାହିଁ ଏଥିରେ ଦେଶବାସୀ ଦୃଢ଼ ନିଶ୍ଚିତଥିଲେ। ତୃତୀୟତଃ ନିଜେ କ୍ଷମତାରେ ନରହିବା ଏବଂ ନିଜର ପୁତ୍ରମାନଙ୍କୁ ଉପଯୁକ୍ତ ମଣିଷ କରି ନ ପାରିବା ତଥା ସେମାନଙ୍କୁ କ୍ଷମତା ରାଜନୀତି ଠାରୁ ଦୂରେଇ ରଖିବା ଆଉ ସ୍ୱାଧୀନତା ପ୍ରାପ୍ତିପରେ ଦେଶର ଶାସନ କ୍ଷେତ୍ରରେ ସେପରି କୌଣସି ପରିବର୍ତ୍ତନ ନ ଆଣି ଇଂରେଜମାନଙ୍କ ଶାସନ ପ୍ରଣାଳୀ ଅନୁଯାୟୀ ଶାସନ ପରିଚାଳନା କରିବା ହେଉଛି ଚତୁର୍ଥ ଭୁଲ।

ବର୍ତ୍ତମାନ କଥା ଉଠୁଛି ଦେଶରେ ଅରାଜଗତା, ଗଣ୍ଡଗୋଳ, ସାମ୍ପ୍ରଦାୟିକତା ବନ୍ଦ କରିବାକୁ ହେଲେ, ଦୁର୍ନୀତିମୁକ୍ତ ସରକାର ଗଠନ ପାଇଁ, ସ୍ୱଚ୍ଛ ଶାସନ ଯୋଗାଇ ଦେବା ସକାଶେ ନିତ୍ୟାନ୍ତ ପକ୍ଷେ ଛଅଟି ସଂସ୍କାରମୂଳକ କାର୍ଯ୍ୟ ଆବଶ୍ୟକ ହେଉଛି। ସେଗୁଡ଼ିକ ହେଲା ପ୍ରଥମତଃ ସ୍ୱାଧୀନତା ସଂଗ୍ରାମକୁ ବିରୋଧ କରି ଇଂରେଜମାନଙ୍କୁ ଶାସନ କାର୍ଯ୍ୟରେ ସହାୟତା ଯୋଗାଉଥିବା ବ୍ୟକ୍ତିମାନଙ୍କର ସାମରିକ ଅଦାଲତରେ ବିଚାର କରିବା। ଯଦି ସେମାନେ ମୃତ ତେବେ ସେମାନଙ୍କ ପରିବାରକୁ କ୍ଷମତା ରାଜନୀତି ଠାରୁ ଦୂରେଇ ରଖାଯାଉ। ଦ୍ୱିତୀୟତଃ-ଅନେକ ଦେଶର ସମ୍ବିଧାନରୁ ସାରାଂଶ ମାନ ଆଣି ବହୁ ବର୍ଷାବଳୀରେ ସୁଶୋଭିତ ବିଶ୍ୱର ବୃହତ୍ତମ, ସୁଖପାଠ୍ୟ ଓ ଶ୍ରୁତିମଧୁର ସମ୍ବିଧାନକୁ ରଦ କରି ଏକ ବାସ୍ତବଦାଦୀ, ପ୍ରଗତିଶୀଳ, ଗଠନ ମୂଳକ, ସୁଶାସନ ପ୍ରଦାନକାରୀ, ଜନହୀତ କର ସମ୍ବିଧାନ ପ୍ରଣୟନ କରାଯାଉ। ତୃତୀୟତଃ- ଇଂଲଣ୍ଡର ରାଜା ପଞ୍ଚମ ଜର୍ଜଙ୍କ ଅଭ୍ୟର୍ଥନା ସକାଶେ ରଚିତ ତୋଷାମଦ ପୂର୍ଣ୍ଣ କବିତାକୁ ଜାତୀୟ ସଙ୍ଗୀତ ରୂପେ ଗ୍ରହଣ କରା ନଯାଇ, ମାତୃଭୂମିର ଜୟଗାନ କରୁଥିବା ଦେଶାତ୍ମକ ବୋଧ ଜାଗ୍ରତ କରାଉଥିବା ସଂସ୍କାରମୂଳକ ଆମ ପରମ୍ପରାରେ ଭରପୂର ଜାତୀୟ ସଂଗୀତ ରଚନା କରାଯାଉ। ଯେଉଁ ସଙ୍ଗୀତ ଗାଇଲେ କିମ୍ବା ଶୁଣିଲେ ଦେଶ ଗଠନର ପ୍ରେରଣା ମିଳୁଥିବ। ଚତୁର୍ଥତଃ- କ୍ଷମତା ରାଜନୀତିରୁ ବଂଶବାଦ ଲୋପ କରାଯାଉ ଓ ରାଜନେତାମାନେ ଦେଶଲାଗି ଉତ୍ତରଦାୟୀ ରହିଲା ଭଳି ବ୍ୟବସ୍ଥା ଗ୍ରହଣ କରାଯାଉ। ପଞ୍ଚମତଃ- ନିର୍ବାଚନରେ ଦେଇଥିବା ପ୍ରତିଶ୍ରୁତି ପୂରଣ ଲାଗି ରାଜନେତାମାନେ ବାଧ ହୁଅନ୍ତୁ ଏବଂ ନିର୍ବାଚନରୁ ବାହୁବଳ ଓ ଅର୍ଥ ବଳକୁ ଦୂର କରାଯିବା ସହିତ ଦୁର୍ନୀତିଗ୍ରସ୍ତ ରାଜନେତା ଓ ସେମାନଙ୍କ ପରିବାରକୁ କ୍ଷମତା ରାଜନୀତିରେ ଅଂଶଗ୍ରହଣ ଲାଗି ସୁଯୋଗ ଦିଆ ନଯାଉ। ଷଷ୍ଠ ଓ ଚୂଡ଼ାନ୍ତ ପର୍ଯ୍ୟନ୍ତ ହେଲା ଯଦି କ୍ଷମତା ରାଜନୀତିରେ ଥିବା ରାଜନେତାମାନଙ୍କ ଦ୍ୱାରା ଏହା ସମ୍ଭବ ହେଉନାହିଁ ତେବେ ସେମାନେ ଦେଶକୁ ଅନିର୍ଦ୍ଦିଷ୍ଟ କାଳ ପାଇଁ ସାମରୀକ ଶାସନ ତଳେ ଅର୍ପଣ କରି ଦିଅନ୍ତୁ।

ଦେଶ ବିଭାଜିତ ହେଲା ଏବଂ ସ୍ୱାଧୀନ ହେଲା। ସୀମାନ୍ତ ରାଜ୍ୟମାନଙ୍କରେ ଭୀଷଣ ରକ୍ତପାତ ତଥା ନରସଂହାର ମଧ୍ୟରେ ମହାତ୍ମା ଗାନ୍ଧୀଙ୍କ ଚେଲାମାନଙ୍କ ହାତରେ ଥିବା କଂଗ୍ରେସ ପାଖକୁ ଭାରତର (ଦେଶର) ଶାସନ କ୍ଷମତା ଆସିଲା। ମୋ ଶରୀର ପ୍ରଥମେ ଦିଖଣ୍ଡ ହେବ। ତା' ପରେ ଦେଶ ବିଭାଜନ ହେବ ଏବଂ କଂଗ୍ରେସକୁ ଏକ ରାଜନୈତିକ ଦଲ ନ କରି ଏହାକୁ ସମ୍ପୂର୍ଣ୍ଣ ରୂପେ ବନ୍ଦ କରିଦେବା ପାଇଁ ଗାନ୍ଧିଙ୍କ ପରାମର୍ଶ (ନିର୍ଦ୍ଧେଶ)କୁ ତାଙ୍କ ନିଜର ପ୍ରମୁଖ ଅନୁଗାମୀମାନେ ଶୁଣିଲେ ନାହିଁ। ସିଂହାସନରେ ବସି କ୍ଷମତାର ସ୍ୱାଦ ଆହରଣ ଆକାଂକ୍ଷୀମାନଙ୍କ ହାତକୁ କ୍ଷମତା ଆସିଲା। ସେହି ସମୟରେ ମହାନ ବିପ୍ଲବୀ ନେତାଜୀ ସୁଭାଷଙ୍କ ଆଜାଦ ହିନ୍ଦ୍ ଫୌଜ (ଇଣ୍ଡିଆ ନ୍ୟାସନାଲ ଆର୍ମି)ର ନେତା ଓ କର୍ମୀମାନଙ୍କ ମଧରୁ ଆଗ ଧାଡ଼ିର ବ୍ୟକ୍ତି ଅଧିକାଂଶ ଜେଲରେ ଥିଲେ ଏବଂ ନେତାଜୀଙ୍କୁ ବିମାନ ଦୁର୍ଘଟଣାରେ ମୃତ ଘୋଷଣା କରାଯାଇଥିଲା । ଯାହାକି ଆଦୌ ସତ୍ୟ ନୁହେଁ ବୋଲି ଅନେକ ତଦନ୍ତ କମିସନ ରିପୋର୍ଟରୁ ଜଣାଯାଏ। ଭଲ ମଣିଷ, ଭଲ କଥାକୁ ଇତିହାସ ବିଶେଷ ଦୃଷ୍ଟି ଦିଏ ନାହିଁ। ନ୍ୟାୟ ଏବଂ ମୂଲ୍ୟବୋଧ ତଥା ଭାଷା ଅନେକ

ସମୟରେ କଳ୍ପନାତୀତ ଭାବେ ଯଥୋଚିତ ସ୍ଥାନ ପାଇପାରେ ନାହିଁ । ଯାହାକି ନେତାଜୀଙ୍କ କ୍ଷେତ୍ରରେ ଘଟିଛି । ସ୍ୱାଧୀନ ଭାରତ ଏବେ ବିସ୍ତାରିତ ଦାରିଦ୍ର୍ୟ, ସୀମାହୀନ ଭ୍ରଷ୍ଟାଚାର ଏବଂ ଅମାନବୀୟ ଆତଙ୍କବାଦ ସମୟରେ ନେତାଜୀ ମନେପଡ଼ନ୍ତି । ମନେ ହୁଏ ସିଏ ଯଦି ସେତେବେଳେ ଦେଶର ପ୍ରଥମ ପ୍ରଧାନମନ୍ତ୍ରୀ ହୋଇଥାଆନ୍ତେ ତା'ହେଲେ ଭାରତର ଚିତ୍ର ଓ ଚରିତ୍ର ଭିନ୍ନ କିସମର ହୋଇଥାଆନ୍ତା । ସ୍ୱଳ୍ପ କାଳ ପାଇଁ ଆଜାଦ ହିନ୍ଦ ସରକାରର ମୁଖ୍ୟ ଭାବେ ଯେତିକି କରିଥିଲେ ବର୍ତ୍ତମାନ ତାହାର ଅନୁଶୀଳନ ନିହାତି ଆବଶ୍ୟକ ମନେ ହୁଏ ।

ଭାରତ ବିଭାଜନ ଏବଂ ପାକିସ୍ତାନର ସୃଷ୍ଟି ସମ୍ପର୍କରେ ନେତାଜୀଙ୍କ ଦୃଷ୍ଟି ଭଙ୍ଗୀ ସମ୍ପର୍କରେ ଲେଖକ ଏନ.ଜି. ଗଉପୁଲୀ ନିଜର ଏକ ପୁସ୍ତକରେ ନେତାଜୀଙ୍କର ଏକ ମତ ଉଦ୍ଧାର କରି ଲେଖିଛନ୍ତି- "ପାକିସ୍ତାନର ସୃଷ୍ଟି ଦ୍ୱାରା ଭାରତୀୟ ଜାତୀୟ ସଂହତିର ମୃତ୍ୟୁ ଘଣ୍ଟି ବାଜିବ । ମୁଁ ଚାହେଁ ଜିନ୍ନାଙ୍କୁ ଦବାଇବାକୁ ହେବ କିମ୍ବା ତାଙ୍କୁ ରାଷ୍ଟ୍ରସ୍ୱାର୍ଥ ପାଇଁ ଚୁପ୍ କରିବାକୁ ପଡ଼ିବ । ଭାରତ ସ୍ୱାଧୀନ ହେବା ପରେ ଯେତେବେଳେ ଶାସନ କ୍ଷମତା ହସ୍ତାନ୍ତର ପ୍ରଶ୍ନ ଉଠିଲା ସେତେବେଳେ ଇଂଲଣ୍ଡର ପୂର୍ବତନ ପ୍ରଧାନମନ୍ତ୍ରୀ ଉଇନ୍‍ଷ୍ଟନ ଚର୍ଚ୍ଚିଲ କହିଥିଲେ, "କ୍ଷମତା ଏବେ ରାସକେଲ, ରୋଗ ଏବଂ ଫ୍ରିବୁଟରସ ମାନଙ୍କ ପାଖକୁ ଯିବ । ସମସ୍ତ ଜାତୀୟ ନେତା (ସେତେବେଳ)ର କ୍ଷୁଦ୍ର ମନା ମିଠା କହନ୍ତି, କିନ୍ତୁ ଛୋଟ ହୃଦୟର । ସେମାନେ କ୍ଷମତା ପାଇଁ ନିଜ ଭିତରେ ଲଢ଼େଇ କରିବେ ଏବଂ ଭାରତ କ୍ଷମତା ଦ୍ୱନ୍ଦ୍ୱରେ ଫସିଯିବ । ଆମେ ଗାନ୍ଧୀ ଏବଂ ସୁଭାଷଙ୍କୁ ସମାନ ଭାବରେ ସମ୍ମାନ କରୁଛୁ । ନେତାଜୀଙ୍କ ବ୍ରିଟିଶ ରାଜ ବିରୋଧରେ ସମସ୍ତ ସଂଗ୍ରାମ ନିଶ୍ଚିତଭାବରେ ଗାନ୍ଧୀଙ୍କୁ ଭାରତ ଛାଡ଼ ଆନ୍ଦୋଳନ ପାଇଁ ପ୍ରେରିତ କରିଥିଲା ଏଥିରେ ସନ୍ଦେହର ଆବକାଶ ନାହିଁ ।

ସମ୍ବିଧାନରେ 'ଇଣ୍ଡିଆ'କୁ ଭାରତ କହିବା ଆଗରୁ ଗଙ୍ଗା କିମ୍ବା ଗୋମତୀ ଅଥବା ଗୋଦାବରୀରେ କେତେ ପାଣି ବହିଯାଇଥିବ । ଆଜି ଆମେ ଯାହା ପାଇଛୁ, ସେଗୁଡ଼ିକ ପାପ ଓ ପୁଣ୍ୟର ମିକ୍ସଡ ପ୍ୟାକେଜ । ରାଣ ପକେଇ ଖୋଜିଲେ ବି ଅନେକ ସତ ମିଳିବନି । "India was like a ship, full of ammunition, its deck on fire and in the middle of the Ocean. (Freedom at mid night; 1975 -Larry Collins and Dominioue Lapierre).

ଧର୍ମ ଭିତ୍ତିରେ ଦେଶ ବିଭାଜନ ପ୍ରସ୍ତାବକୁ ନେଇ ବିବାଦ ଚାଲୁଥିଲା । ଗାନ୍ଧି କହୁଥିଲେ, "ପ୍ରତିନିଧି ଭାବେ ସରକାର ସହିତ ସ୍ୱାଧୀନତା କଥା ଆଲୋଚନା କରିବ କଂଗ୍ରେସ ।" ଜିନ୍ନା କହୁଥିଲେ- "ମୁସଲମାନଙ୍କ କଥା ନୁହେଁ, ସେମାନଙ୍କ ପାଇଁ ଅଲଗା ଭୂମି ଦରକାର ।" ଦ୍ୱିତୀୟ ବିଶ୍ୱ ଯୁଦ୍ଧ ପରେ ଇଂଲଣ୍ଡ କେତେ ଶୀଘ୍ର ଉପନିବେଶ ଶେଷ କରିବ ତାହା ଥିଲା ବ୍ରିଟିଶ ପାର୍ଲିମେଣ୍ଟର ପ୍ରମୁଖ ଚିନ୍ତା । ମହାରାଣୀଙ୍କ ହାତରେ ଶାସନ ରହିବା ସମ୍ଭବ ନୁହେଁ । ଅପେକ୍ଷା ରହିଲା କେମିତି ଛାଡ଼ିବେ ? ଏହା ଖେଳ ଘର ପରି କଥା ନ ଥିଲା । ପ୍ରାୟ ତିନିଶହ ବର୍ଷ ଧରି ବ୍ରିଟିଶ ଶକ୍ତିର ବିଜୟ ଓ ଉପସ୍ଥିତି ଯୋଗୁଁ ସବୁଆଡ଼େ ଇଂଲିଶ ଜାତିର ଚେର ଭେଦି ଯାଇଥିଲା । ସେତେବେଳକୁ ଏ ଭୂଇଁରେ ଇଂଲିଶ ବ୍ୟୁରୋକ୍ରାସି କାହିଁ କେତେ ମଜବୁତ । ସମସ୍ତଙ୍କୁ ନେଇ ସରକାର କେଉଁଠି ରଖିବେ ? ଭାରତରେ ସ୍ୱାଧୀନତା ପାଇଁ ଯେତେ ଆନ୍ଦୋଳନ ହେଉ ନଥିଲା ତହୁଁ ଅଧିକ ହେଉଥିଲା ବ୍ରିଟିଶ ପାର୍ଲିମେଣ୍ଟରେ । ପ୍ରସଙ୍ଗ ସେ ଭୂଇଁରୁ ଇଂରେଜ ଏବଂ ବଂଶୋଭବମାନେ କେମିତି ସ୍ୱାଧୀନ ହେବେ ବା ମୁକୁଳିବେ । କେମିତି ନିରାପଦରେ ଇଂଲଣ୍ଡରେ ପହଞ୍ଚିବେ । ସେଠି ଧର୍ମ ପାଇଁ ଲଢ଼େଇ ଚାଲିଛି । କାଲି ଇଂରେଜଙ୍କୁ ହାକିମ କହୁଥିଲେ, ଡରୁଥିଲେ । ଆନ୍ଦୋଳନ ନାଁରେ ନେତାମାନେ ଇଂରେଜଙ୍କ ବିରୋଧରେ ଯଥେଷ୍ଟ ଘୃଣା ପ୍ରଚାର କରିଛନ୍ତି । ସ୍ୱାଧୀନତା ପରେ ପାଖରେ ପାଇ ଟିକ୍ ଟିକ୍ କରିଦେବେ । ଗାନ୍ଧୀଙ୍କ ଅହିଂସା ପ୍ରଚାରକୁ ଇଂରେଜ ବିଶ୍ୱାସ କରୁ ନଥିଲେ । ତେଣୁ ମାଉଣ୍ଟବ୍ୟାଟେନ ଧମକ ଦେଇ ସାରିଥିଲେ ଯଦି ହିନ୍ଦୁ-ମୁସଲମାନ ନେତୃବର୍ଗ ତୁରନ୍ତ କୌଣସି ସିଦ୍ଧାନ୍ତରେ ନ ପହଞ୍ଚନ୍ତି ତେବେ ଇଂରେଜ ସରକାର ସ୍ଥିତାବସ୍ଥା ରକ୍ଷା କରି ଭାରତ ଛାଡ଼ି ଚାଲିଯିବ । ସେତେବେଳକୁ ନିଜ ଅଧିକାର ସାବ୍ୟସ୍ତ କରିବାକୁ ୬୧୪ଜଣ ରାଜାଙ୍କର ଉପାୟ ନ ଥାଏ । ମାଉଣ୍ଟ ବ୍ୟାଟେନ ଏମାନଙ୍କ ଗୁହାରି ଶୁଣିବାକୁ ଧରା ଦେଉ ନଥାଆନ୍ତି ।

୧୮୫୭ ମସିହାରେ ପ୍ରଖ୍ୟାତ ଭାରତୀୟ ବିଦ୍ରୋହ ବା ସିପାହି ବିଦ୍ରୋହ ସମୟରେ ଭାରତରେ ମାତ୍ର ୪୫ ହଜାର ଇଂରେଜ ସୈନ୍ୟ ଥିଲା ବେଳେ ଭାରତୀୟ ସିପାହିଙ୍କ ସଂଖ୍ୟା ଥିଲା ୨ ଲକ୍ଷ ୩୩ ହଜାର। ଅର୍ଥାତ୍ ଜଣେ ଇଂରେଜ ସୈନ୍ୟ ପ୍ରତି ପାଞ୍ଚଜଣ ଭାରତୀୟ ସୈନ୍ୟ ଥିଲେ। ଏପରି ଅନୁପାତ ଦେଖି ସିପାହିମାନଙ୍କର ସାହସ ବଢ଼ିଯାଇଥିଲା। ସେ ସମୟରେ ଇଂରେଜ ସୈନ୍ୟମାନେ କ୍ରିମିୟା ପ୍ରଭୃତି ସ୍ଥାନରେ ଯୁଦ୍ଧ କରି ବିଶେଷ କୃତିତ୍ଵ ଦେଖାଇ ନ ପାରିବାରୁ ଭାରତୀୟ ସିପାହିମାନେ ସେମାନଙ୍କୁ ବିଶେଷ, ଉକ୍ରୃଷ୍ଟ ବୋଲି ମନେ କରୁ ନ ଥିଲେ। କିନ୍ତୁ ବିଦ୍ରୋହ ସାରାଭାରତ ବର୍ଷକୁ ବ୍ୟାପି ପାରି ନଥିଲା। ପଞ୍ଜାବର ଶାସନ କର୍ତ୍ତା ସାର ଲରେନ୍ସ କୌଶଳ ଓ କୂଟନୀତି ବଳରେ ପଞ୍ଜାବକୁ ଶାନ୍ତ ରଖିଲେ। ଫଳରେ ଶିଖ ସୈନ୍ୟମାନେ ବିଦ୍ରୋହ ଦ୍ୱାରା ପ୍ରଭାବିତ ନ ହୋଇ ଓଲଟି ବିଦ୍ରୋହ ଦମନରେ ଇଂରେଜମାନଙ୍କୁ ସାହାଯ୍ୟ କଲେ। ବୋମ୍ବାଇ ପ୍ରେସିଡେନ୍ସିର ଗଭର୍ଣ୍ଣର ଲର୍ଡ୍ ଏଲ୍‍ଫିନ୍‍-ଷ୍ଟୋନ ବୋମ୍ବାଇ -ପ୍ରେସିଡେନ୍ସି କୁ ଶାନ୍ତ ରଖିଲେ। ରାଜପୁତନାର ଅନେକ ଅଂଶ ଓ କାଶ୍ମୀର ପ୍ରଭୃତି ଅଞ୍ଚଳକୁ ଇଂରେଜମାନେ ନିଜ ଆୟତ୍ତରେ ରଖିଲେ। ନେପାଳ ବିଦ୍ରୋହରେ ଭାଗ ନେଇ ନଥିଲା। ଦକ୍ଷିଣ ଭାରତରେ ବିଶେଷ କରି ନର୍ମଦା ନଦୀର ଦକ୍ଷିଣକୁ ବିଦ୍ରୋହ ବ୍ୟାପି ପାରିଲା ନାହିଁ। ଭାରତର ବଡ଼ ବଡ଼ ଦେଶୀୟ ରାଜ୍ୟମାନେ ବିଦ୍ରୋହ ପାଖରୁ ଦୂରେଇ ରହିଥିଲେ। ହାଇଦ୍ରାବାଦର ନିଜାମ, ଭୋପାଲର ବେଗମ, ସିନ୍ଧୁ, ନେପାଳର ରାଜା, ମରହଟ୍ଟା ନେତା ସିନ୍ଧିଆ, ପଞ୍ଜାବ ଇଂରେଜମାନଙ୍କୁ ସାହାଯ୍ୟ କରିବା ପାଇଁ ସୈନ୍ୟ ପଠାଇଲେ। ପ୍ରଖ୍ୟାତ ଇଂରେଜ କବି ଗୁଡ଼୍ୟାଡ଼୍ କପିଲିଙ୍ଗଙ୍କ ଲିଖିତ ଏକ ଇତିହାସ ପୁସ୍ତକରେ କପିଲିଙ୍ଗ ଲେଖିଥିଲେ ୧୮୫୭ମସିହାରେ ସିପାହି ବିଦ୍ରୋହକୁ ଦମନ କରିବାରେ ଇଂରେଜମାନଙ୍କୁ ସାହାଯ୍ୟ କରିଥିଲେ ଶିଖ ଓ ଗୋର୍ଖା ମାନେ।

ଇଂରେଜ ସେନାପତି ଲରେନ୍ସ, ହ୍ୟାଭେଲକ, ନିକଲ୍‍ସନ, ସାରକୋଲିନ୍, କ୍ୟାମ୍ପବେଲ ଓ ଆଉଟରାମ ମାନେ ପ୍ରଥମରୁ ସମର ବିଶାଦ ଥିଲେ। ଅନ୍ୟ ପକ୍ଷରେ ସ୍ୱାଧୀନତା ପାଇଁ ସବୁ ଭାରତୀୟମାନେ ସଂଗଠିତ ହୋଇ ନ ଥିଲେ। ସେମାନଙ୍କ ମନରେ ଜାତୀୟତା ପାଇଁ ଅନୁପ୍ରାଣିତ ହୋଇ ପାରିଲେ ନାହିଁ। ରାଜ ବଂଶର ଲୋକେ ନିଜର ହୃତ ରାଜ୍ୟର ଉଦ୍ଧାର ପାଇଁ, କେହି କେହି ସେମାନଙ୍କ ପ୍ରତି ହୋଇଥିବା ଅନ୍ୟାୟର ପ୍ରତିଶୋଧ ନେବା ଲାଗି, ଜମିଦାର ଓ ତାଲୁକଦାର ମାନେ ନିଜର ସ୍ୱାର୍ଥ ହରାଇବା ଯୋଗୁଁ ସାଧାରଣ ପ୍ରଜାମାନେ ବ୍ରିଟିଶ ଶାସନ ପ୍ରତି ବିରକ୍ତ ହୋଇ ଏବଂ ସିପାହିମାନେ ନିଜ ଜାତି ଧର୍ମ ବିନଷ୍ଟ ହେଉଛି ଭାବି ବ୍ରିଟିଶ ବିରୋଧରେ ଅସ୍ତ୍ର ଧାରଣ କରିଥିଲେ। ସେମାନଙ୍କର କ୍ରୋଧ ଇଂରେଜମାନଙ୍କ ବିରୋଧରେ ଥିବାରୁ ସମସ୍ତେ ଯୁଦ୍ଧ କଲେ। କିନ୍ତୁ ଜାତି ଧର୍ମ ନିର୍ବିଶେଷରେ ସବୁ ଧର୍ମ, ସବୁ ସମ୍ପ୍ରଦାୟ ଓ ସବୁ ସ୍ୱାର୍ଥର (ବର୍ଗର) ଲୋକମାନଙ୍କୁ ଏକତା ବନ୍ଧ କରିବା ପାଇଁ ଯେପରି ମହାନ ପ୍ରେରଣା ନଥିଲା।

ବିଦ୍ରୋହୀମାନଙ୍କର ସାମରିକ ଦୃଷ୍ଟିରୁ କୌଣସି ମିଳିତ ଯୋଜନା ନ ଥିଲା। ବିଭିନ୍ନ ସ୍ଥାନର ବିଦ୍ରୋହୀମାନଙ୍କ ମଧ୍ୟରେ ଯୋଗାଯୋଗ ନ ଥିଲା। କେଉଁଠାରେ କ'ଣ ହୋଇଛି ତାହା ଜଣାପଡ଼ିଲାନାହିଁ। ବିଭିନ୍ନ ଦଳ ନିଜ ନିଜ ଉପାୟରେ ଯୁଦ୍ଧ କଲେ। ଗୋଟିଏ ଦଳର ବିପଦ ବେଳେ ଅନ୍ୟ ଦଳ ଯଥା ସମୟରେ ସାହାଯ୍ୟ କରିବା ପାଇଁ ଆସିପାରିଲେ ନାହିଁ। ସିପାହିମାନଙ୍କ ଅସ୍ତ୍ରଶସ୍ତ୍ର ଇଂରେଜ ସୈନ୍ୟମାନଙ୍କ ଅସ୍ତ୍ରଶସ୍ତ୍ର ଠାରୁ ନିକୃଷ୍ଟ ଥିଲା। ସେମାନେ ବ୍ରିଟିଶ ବାହିନୀରେ ଥିଲେ ମଧ୍ୟ ସେମାନଙ୍କ ହାତରେ ଉନ୍ନତ ଆଗ୍ନେୟାସ୍ତ୍ର ଦିଆଯାଉ ନ ଥିଲା। ତେଣୁ ଇଂରେଜମାନଙ୍କ ଆଗ୍ନେୟାସ୍ତ୍ର ସମ୍ମୁଖରେ ସିପାହିମାନେ ଅଧିକ କାଳ ଲଢ଼ି ପାରିଲେ ନାହିଁ। ସିପାହିମାନଙ୍କୁ ଯୁଦ୍ଧ ଆଦେଶ ଦେବା ପାଇଁ କିମ୍ୱା ଚାଳନା କରିବା ଲାଗି ସେମାନଙ୍କୁ ଉପଯୁକ୍ତ ସେନାପତି ମିଳିଲେ ନାହିଁ। ଭାରତୀୟ ସିପାହିମାନେ ଇଂରେଜ ସେନାପତିଙ୍କ ନେତୃତ୍ୱରେ ପରିଚାଳିତ ହୋଇ ଓ ସେମାନଙ୍କ ଆଦେଶ ତଥା ନିର୍ଦ୍ଧେଶରେ ଯୁଦ୍ଧ ଲଢ଼ିବା ଲାଗି ଖୁବ୍ ପାରଙ୍ଗମ ଥିଲେ। ମାତ୍ର ନିଜେ ସେନାପତିର ଭୂମିକା ନେବା କିମ୍ୱା କାହାକୁ ନିର୍ଦ୍ଧେଶ ଦେବାର ଅଭିଜ୍ଞତା ସେମାନଙ୍କର ଘୋର ଅଭାବ ଥିଲା। ବିଦ୍ରୋହୀମାନଙ୍କୁ ପରିଚାଳନା କରିବା ପାଇଁ ସେମାନଙ୍କ ମଧ୍ୟରେ ଜଣେ ଦକ୍ଷ, ଅଭିଜ୍ଞ, ପ୍ରବୀଣ, ମହାନ୍ ବ୍ୟକ୍ତିକର ଉତ୍‍ଥାନ ହେଲା ନାହିଁ।

ଯେଉଁମାନେ ବିଦ୍ରୋହର ନେତୃତ୍ୱ ନେଲେ ସେମାନଙ୍କର ପ୍ରତିଭା ଅସାଧାରଣ ନ ଥିଲା। ବାହାଦୁର ଶାହ ଅତି ବୃଦ୍ଧ ଓ ଅକର୍ମଣ୍ୟ ଥିଲେ। ନାନା ସାହେବଙ୍କର ସାହସ ଥିଲେ ମଧ ଦୂରଦୃଷ୍ଟି ନଥିଲା। ତାନ୍ତିଆ ଟୋପି କିମ୍ବା କନଓ୍ୱାର ସିଂହ ଏକ ସର୍ବଭାରତୀୟ ଭୂମିକା ପାଇଁ ଅକ୍ଷମ ଥିଲେ। ଇଂରେଜ ସେନାପତି ସାର୍ ହିଉରୋଜଙ୍କ ମତରେ, "ରାଣୀଲକ୍ଷ୍ମୀ ବାଈ ଥିଲେ ବିଦ୍ରୋହୀମାନଙ୍କ ମଧ୍ୟରେ ସର୍ବଶ୍ରେଷ୍ଠ ଏବଂ ସର୍ବାଧିକ ସାହାସିନୀ ସାମରିକ ନେତ୍ରୀ। ତଥାପି ତାଙ୍କ ପକ୍ଷରେ ସମଗ୍ର ବ୍ରିଟିଶ ସାମ୍ରାଜ୍ୟର ଶକ୍ତି ବିରୋଧରେ ଯୁଦ୍ଧ କରିବା ଅସମ୍ଭବ ଥିଲା କିମ୍ବା ସାରା ଭାରତକୁ ନେତୃତ୍ୱ ଦେବା ସହଜ ନ ଥିଲା।

ବିଦ୍ରୋହ ଦମନ ପରେ ଭାରତର ସାମରିକ ବ୍ୟବସ୍ଥାରେ ଅନେକ ପରିବର୍ତ୍ତନ ଆଣାଗଲା। ସୈନ୍ୟବାହିନୀରେ ଇଂରେଜମାନଙ୍କ ସଂଖ୍ୟା ବୃଦ୍ଧି କରାଗଲା। ଭାରତୀୟ ସିପାହିମାନଙ୍କୁ କେତେଗୁଡ଼ିଏ ଗୋଷ୍ଠୀରେ ବିଭକ୍ତ କରି ସେମାନଙ୍କ ମଧ୍ୟରେ ଭେଦଭାବ ସୃଷ୍ଟି କରାଗଲା। ଇଂରେଜ ସୈନ୍ୟମାନଙ୍କ ହାତରେ ଗୋଲାବାରୁଦ ଓ ତୋପ କମାଣ ରଖାଗଲା। କିନ୍ତୁ ଦ୍ୱିତୀୟ ବିଶ୍ୱଯୁଦ୍ଧ ସମୟରେ ମୁଖ୍ୟତଃ ବିଶ୍ୱଯୁଦ୍ଧର ଶେଷ ପର୍ଯ୍ୟାୟରେ ଇଂରେଜ ସରକାର ଭାରତରୁ ପ୍ରଚୁର ଫଉଜୀ ସଂଗ୍ରହ କରିଥିଲେ। ସିପାହି ବିଦ୍ରୋହ ପରେ ଭାରତୀୟ ସେନା ବାହିନୀରେ ଥିବା ଆନୁପାତିକ ହାର (ଇଂରେଜ ସୈନ୍ୟ ଓ ଭାରତୀୟ ଦେଶୀୟ ସୈନ୍ୟ କେତେ ରହିବେ) ପ୍ରତି ଆଖିବୁଜି ଦିଆଯାଇଥିଲା। ସେତେବେଳେ ବ୍ରିଟିଶ ବାହିନୀରେ ଦେଶୀୟ ସୈନ୍ୟଙ୍କ ସଂଖ୍ୟା ଥିଲା ୨୫ ଲକ୍ଷ ଓ ସେନା ବାହିନୀରେ ଇଂରେଜ ସୈନ୍ୟ ଓ ଦେଶୀୟ ଫଉଜର ଆନୁପାତିକ ହାର ପ୍ରତି ଲକ୍ଷ୍ୟ ରଖିବା ଅପେକ୍ଷା ଦ୍ୱିତୀୟ ବିଶ୍ୱଯୁଦ୍ଧ ଜିତିବା ଥିଲା ଅଧିକ ତାତ୍ପର୍ଯ୍ୟପୂର୍ଣ୍ଣ। ଯୁଦ୍ଧ ଶେଷରେ ଭାରତୀୟ ସୈନ୍ୟମାନଙ୍କ ପାଖରେ ଥିବା ଯୁଦ୍ଧାସ୍ତ୍ରକୁ ସେନା ମୁଖ୍ୟାଳୟରେ ପଇଠ ନ କରି ଯୁଦ୍ଧ ବିଜୟର ପୁରସ୍କାର ସ୍ୱରୂପ ପାଖରେ ରଖିବାକୁ ସେମାନଙ୍କୁ ଅନୁମତି ଦିଆଯାଇଥିଲା। ଏହା ସତ ଯେ ଯୁଦ୍ଧ ଶେଷରେ ସେସବୁ ଯୁଦ୍ଧାସ୍ତ୍ର ଦାୟିତ୍ୱ ନେବାକୁ ଆଇନତଃ କେହି କର୍ମଚାରୀ ନଥିଲେ ବା କେହି ରାଜି ହୋଇ ନ ଥିଲେ ଅଥବା ସେସବୁକୁ ରଖିବାକୁ ମିତ୍ର ଶକ୍ତିଙ୍କର ପର୍ଯ୍ୟାପ୍ତ ପରିମାଣର ଗୋଦାମ ଘର ବି ନଥିଲା। ସେସବୁ ଯୁଦ୍ଧାସ୍ତ୍ରକୁ ନିଜ ପାଖରେ ରଖିବାକୁ ଅନୁମତି ଦେଇ ଭାରତରେ ଇଂରେଜ ସରକାର ନିଜର ଦାୟିତ୍ୱ ବି ବଢ଼ାଇବାକୁ ଚାହୁଁ ନଥିଲେ। ଅନ୍ୟ ପକ୍ଷରେ ଇଂରେଜ ସରକାର ଏଇ ବିଶ୍ୱସ୍ତ ଫଉଜୀଙ୍କ ପାଖରେ ଥିବା ଅସ୍ତ୍ର କେବେ ଭାରତରେ ଶାସନ କ୍ଷମତାରେ ଥିବା ଇଂରେଜ ସରକାରଙ୍କ ବିରୋଧରେ ପ୍ରୟୋଗ ହେବ ନାହିଁ ବୋଲି ଭାରତୀୟ ଅହିଂସାବାଦୀ ନେତାମାନଙ୍କ ନୀତିରୁ ସ୍ୱସ୍ତ ବାରି ହୋଇପଡ଼ୁଥିଲା। ତା'ଛଡ଼ା ଭାରତୀୟ ସୈନ୍ୟ ପାଖରେ ଥିବା ଏହି ଯୁଦ୍ଧାସ୍ତ୍ର ସୀମା ସୁରକ୍ଷା କାମରେ ଲାଗିବାର ଯଥେଷ୍ଟ (ବହୁତ) ସମ୍ଭାବନା ଥିଲା। ତା'ପରେ ସିପାହି ବିଦ୍ରୋହର– ଅନୁଭୂତି ଇଂରେଜ ଶାସକଙ୍କ ମନରେ ଆଉ ନଥିଲା। କାରଣ ସେ ଘଟଣା ସେତେବେଳକୁ ୯୦ ବର୍ଷରୁ ପୁରୁଣା ହୋଇଯାଇଥିଲା।

ଦ୍ୱିତୀୟ ବିଶ୍ୱଯୁଦ୍ଧରେ ବିଜୟୀ ହେବା ଯୋଗୁଁ ଇଂରେଜମାନେ ନିଜକୁ ଖୁବ୍ ଗର୍ବିତ ମନେ କରୁଥିଲେ ଓ ବିଜୟ ଦର୍ପରେ ଭାରି ଆତ୍ମହରା ହୋଇ ପଡ଼ିଥିଲେ। କିନ୍ତୁ ସେମାନେ ଜାଣି ପାରି ନ ଥିଲେ ଯେ ଭାରତୀୟ ସେନାବାହିନୀରେ ଦେଶ ପ୍ରେମର ଉନ୍ମାଦନା ଭରି ଦେଇଥିଲେ ନେତାଜୀ ସୁଭାଷ ଚନ୍ଦ୍ର ବୋଷ। ବ୍ରିଟିଶ ସରକାର ୧୯୪୫ ଦ୍ୱିତୀୟ ବିଶ୍ୱ ଯୁଦ୍ଧରେ ବିଜୟ ହାସଲ କରିବା ପରେ ଭାରତ ଛାଡ଼ିବା ଚକ୍କରରେ ଆଦୌ ନ ଥିଲେ। ସେଥିପାଇଁ ସେମାନେ ପୂର୍ବରୁ ବଙ୍ଗାଳରେ ଆନ୍ଦୋଳନ କ୍ରମଶଃ ବଢୁଥିବା ଦେଖି ଇଂରେଜମାନେ ୧୯୧୧ ମସିହାରେ କଲିକତାରୁ ଦିଲ୍ଲୀକୁ ସେମାନଙ୍କ ରାଜଧାନୀ ଉଠାଇ ନେଇଥିଲେ ମାତ୍ର ନିୟତିର ଗତିଥିଲା ବିଚିତ୍ର। ବଙ୍ଗାଳୀଙ୍କଠାରୁ ଆରମ୍ଭ ହୋଇଥିବା ଏହି ଆନ୍ଦୋଳନ କ୍ରମଶଃ ଦେଶରେ ବିସ୍ତାରିତ ହେବାରେ ଲାଗିଲା। କ୍ରମଶଃ ଇଂରେଜମାନଙ୍କ ବିରୋଧରେ ଜନ ଆନ୍ଦୋଳନ ସର୍ବତ୍ର ବଢ଼ିବାରେ ଦେଖାଗଲା। ଦିଲ୍ଲୀକୁ ରାଜଧାନୀ ଆସିବାର ଠିକ ୩୫ବର୍ଷ ପରେ ଇଂରେଜମାନେ ସମ୍ପୂର୍ଣ୍ଣ ଭାବରେ ଭାରତ ଛାଡ଼ି ନିଜ ଦେଶକୁ ଫେରି ଯାଇଥିଲେ। ତା' ପରେ ୧୯୪୨ରେ ଭାରତ ଛାଡ଼ ଆନ୍ଦୋଳନ ବିଫଳ ହୋଇଥିବାରୁ ବ୍ରିଟିଶ ସରକାର

ଏହାକୁ ସେତେଟା ଗୁରୁତ୍ୱ ଦେଇ ନଥିଲେ। ତେବେ ଦ୍ୱିତୀୟ ବିଶ୍ୱ ଯୁଦ୍ଧରେ ବ୍ରିଟିଶ ବିଜୟ ସତ୍ତ୍ୱେ ନେତାଜୀଙ୍କ ଚିନ୍ତନ ଓ ପ୍ରେରଣାର ପ୍ରଚଣ୍ଡ ପ୍ରଭାବ ସେନା ଉପରେ ପଡ଼ିଥିଲା। ଯୁଦ୍ଧରୁ ୨୫ଲକ୍ଷ ଭାରତୀୟ ସେନା ବିଜୟୀ ହୋଇ ଫେରିବା ପରେ ପରିସ୍ଥିତି ଭିନ୍ନ ହୋଇପଡ଼ିଥିଲା। ନେତାଜୀଙ୍କ ପ୍ରତି ସେନାର ଅଗାଧ ବିଶ୍ୱାସ ଏବଂ ଅଟୁଟ ଭରସା ଓ ଜାତୀୟତାବାଦର ସ୍ରୋତକୁ ଦେଖି ବ୍ରିଟିଶ ସରକାର ଡରିଯାଇଥିଲା। ଯଦି ଭାରତୀୟ ସେନା ବିଦ୍ରୋହକୁ ଓହ୍ଲାଇବ ତା' ହେଲେ ଏହାକୁ ନିୟନ୍ତ୍ରଣ କରିବା ଅସମ୍ଭବ ବୋଲି ଜାଣିବା ପରେ ବ୍ରିଟିଶ ସରକାର ଭାରତ ଛାଡ଼ିବାକୁ ନିଷ୍ପତ୍ତି ନେଇଥିଲେ। ଦ୍ୱିତୀୟ ବିଶ୍ୱଯୁଦ୍ଧ ସମୟରେ (ଜାପାନ ଦ୍ୱାରା ଯୁଦ୍ଧବନ୍ଦୀ) ମାତ୍ର ପଚାଶ ହଜାର ଆଜାଦ ହିନ୍ଦ୍ ଫୌଜ ସହାୟତାରେ ଯେଉଁ ସୁଭାଷ ବ୍ରିଟିଶ ମୂଳଦୁଆକୁ ଦୋହଲାଇ ଦେଇପାରିଥିଲେ ସେ ଯଦି ରୁଷ ସହାୟତାରେ କୌଣସି ଉପାୟରେ ଭାରତକୁ ପ୍ରବେଶ କରିବାକୁ ସକ୍ଷମ ହୁଅନ୍ତି ତେବେ ୨୫ଲକ୍ଷ ଭାରତୀୟ ସୈନ୍ୟ ନେତାଜୀଙ୍କ ନେତୃତ୍ୱରେ ସଶସ୍ତ୍ର ବିଦ୍ରୋହୀର ରାସ୍ତା ଧରିବ ତା ହେଲେ ନିଜର ଅସ୍ତିତ୍ୱ ରକ୍ଷା କରିବା କଷ୍ଟକର ହୋଇପଡ଼ିବ ଚିନ୍ତା କରି ବ୍ରିଟିଶ ସରକାର ଭାରତରୁ ପଳାଇଥିଲେ। ଦ୍ୱିତୀୟ ବିଶ୍ୱଯୁଦ୍ଧରେ ଅନେକ ଭାରତୀୟ- ସେନାପତି ଭାବେ ବିଭିନ୍ନ ସ୍ଥାନରେ ଯୁଦ୍ଧ ପରିଚାଳନା କରିଥିଲେ ଓ ସେମାନେ ସାମରିକ କୌଶଳ ହାସଲ କରିପାରିଥିଲେ। ସେମାନେ ଯୁଦ୍ଧ ପରିଚାଳନା ଓ ସୈନ୍ୟ ପରିଚାଳନାରେ ପଟୁତା ହାସଲ ଓ ଅଭିଜ୍ଞତା ଅର୍ଜନ କରି ପାରିଥିଲେ। ସେତେବେଳକୁ ମିତ୍ରଶକ୍ତିମାନଙ୍କ ମଧ୍ୟରେ ବିଶେଷ କରି ରୁଷ ସହିତ ଆମେରିକା ଓ ଇଉରୋପୀୟ ରାଷ୍ଟ୍ରମାନଙ୍କ ମଧ୍ୟରେ ପ୍ରବଳ ମତାନ୍ତର ସୃଷ୍ଟି ହୋଇସାରିଥାଏ। ୧୯୪୬ ଫେବୃୟାରୀରେ ହୋଇଥିବା ବିଫଳ ରୟାଲ ଇଣ୍ଡିଆନ ନେଭି ବିଦ୍ରୋହ ପରେ ଗୁଇନ୍ଦା ରିପୋର୍ଟ ଅନୁସାରେ ସେନା ଭିତରେ ଜାତୀୟବାଦର ପ୍ରଜ୍ୱଳିତ ବହ୍ନି ଦେଖି ଓ ଭାରତୀୟ ସେନା ବାହିନୀର ସୁଭାଷ ବୋଷଙ୍କ ପ୍ରତି ଆନୁଗତ୍ୟର ପ୍ରଭାବ ଜାଣି ସାରିବା ପରେ ଭାରତୀୟ ସେନାବାହିନୀ ମଧ୍ୟରେ ସୁଭାଷ ବୋଷଙ୍କ ପ୍ରଭାବ ଖୁବ୍ ଶକ୍ତିଶାଳୀ ଥିଲା। ବ୍ରିଟିଶ ଅନୁଭବ କରିଥିଲା ଯେ ସିପାହି ବିଦ୍ରୋହ ବେଳେ ଭାରତୀୟ ସିପାହିମାନେ ଉପଯୁକ୍ତ ନେତୃତ୍ୱର ଅଭାବ ଯୋଗୁଁ ଓ ସେମାନଙ୍କୁ ସଠିକ୍ ଭାବରେ ପରିଚାଳନା କରାଯାଇ ପାରି ନଥିବାରୁ (ଯୋଗୁଁ) ଇଂରେଜମାନେ ବିଜୟୀ ହୋଇଥିଲେ। କିନ୍ତୁ ବିଚକ୍ଷଣ ବୁଦ୍ଧି ସମ୍ପନ୍ନ ସୁଭାଷଙ୍କ ନେତୃତ୍ୱ ମିଳିବା ପରେ (ଜାପାନ ଦ୍ୱାରା ଯୁଦ୍ଧ ବନ୍ଦୀ ୫୦ହଜାର ଭାରତୀୟ ସୈନ୍ୟଙ୍କ ଦ୍ୱାରା ବ୍ରିଟିଶଙ୍କୁ ପାଣିପିଆଇ ଦେଇଥିବା) ୨୫ଲକ୍ଷ ଭାରତୀୟ ସୈନ୍ୟଙ୍କୁ (ସହଯୋଗ ପାଇ ସେମାନଙ୍କୁ) ପରାଜିତ କରିବାର ଶକ୍ତି ଇଂରେଜମାନଙ୍କ ପକ୍ଷରେ ସମ୍ଭବ ନଥିଲା। ଯେଉଁଥିପାଇଁ ସେମାନେ ହଠାତ୍ ଭାରତ ଛାଡ଼ିବାକୁ ପ୍ରସ୍ତୁତ ହୋଇଯାଇଥିଲେ।

ତା'ପରେ ଗାନ୍ଧିଜୀ ଯେଉଁ ଅହିଂସା ଅସ୍ତ୍ରରେ ଅସହଯୋଗ ଉପାୟରେ ସ୍ୱାଧୀନତା ଲାଗି ସଂଗ୍ରାମ କରୁଥିଲେ, ତା ଦ୍ୱାରା କ'ଣ ଦେଶ କେବେ ସ୍ୱାଧୀନ ହୋଇପାରିଥା'ନ୍ତା? ଯଦି ନେତାଜୀ ସୁବାଷ ଚନ୍ଦ୍ର ବୋଷଙ୍କ ଆଜାଦ୍ ହିନ୍ଦ୍ ଫୌଜ ଇଂରେଜମାନଙ୍କ ସହ ସଶସ୍ତ୍ର ସଂଗ୍ରାମ କରିନଥାନ୍ତେ ଓ ଦ୍ୱିତୀୟ ବିଶ୍ୱଯୁଦ୍ଧରେ ଇଂଲଣ୍ଡର ସାମରିକ ଶକ୍ତି ହ୍ରାସ ଘଟିନଥାନ୍ତା ଆଉ ସର୍ବପରି ଇଂଲଣ୍ଡରେ ସେବେବେଳେ ଲେବର ପାର୍ଟି (ଶ୍ରମିକ ଦଳ) ଶାସନକୁ ନ ଆସିଥା'ନ୍ତା, ତେବେ ଭାରତ ବୋଧହୁଏ ସ୍ୱାଧୀନ ହୋଇପାରିନଥାନ୍ତା ବୋଲି ଅନେକ ଗବେଷକ ଓ ଐତିହାସିକ ମତ ଦେଇଛନ୍ତି। ଗାନ୍ଧିଙ୍କ ଦ୍ୱାରା ସଂଗଠିତ ଅହିଂସା ଉପାୟରେ ଅସହଯୋଗ ଆନ୍ଦୋଳନର ରୋଡସୋ ଦ୍ୱାରା ଦେଶ ସ୍ୱାଧୀନ ହେବାର ଆଦୌ ସମ୍ଭାବନା ନ ଥିଲା। ତାପରେ ସେ ଭାଇସ୍ ରାୟଙ୍କ ଏଜେଣ୍ଟ ଭାବେ ତାଙ୍କ ପରାମର୍ଶ ନେଇ କାର୍ଯ୍ୟ ସମ୍ପାଦନ କରୁଥିଲେ ବୋଲି ବି ତାଙ୍କ ନାମରେ ଅଭିଯୋଗ ରହିଛି।

ନେତାଜୀ ବଞ୍ଚିଛନ୍ତି ଏ ବିଶ୍ୱାସ ଏବେ ବି ଅଗଣିତ ଭାରତୀଙ୍କର ରହିଛି। ଏକ ବିମାନ ଦୁର୍ଘଟଣାରେ ନେତାଜୀ ପ୍ରାଣ ହରାଇଛନ୍ତି ବୋଲି ଯେତେ କୁହାଗଲେ ମଧ୍ୟ ତାକୁ ବିଶ୍ୱାସ କରିବାକୁ କେହି ପ୍ରସ୍ତୁତ ନୁହଁନ୍ତି। ଗାନ୍ଧି ଭାରି ପରଶ୍ରୀକାତର ଓ ଈର୍ଷା ପରାୟଣଥିଲେ। ସେ ଈର୍ଷା ପରାୟଣ ଥିବାରୁ ଗଣତାନ୍ତ୍ରିକ ପଦ୍ଧତିରେ ନିର୍ବାଚିତ କଂଗ୍ରେସ ସଭାପତି ନେତାଜୀଙ୍କୁ

ବିରୋଧ କରିଥିଲେ। ଏହି ଆଶଙ୍କାରେ ଯେ ତାଙ୍କ ସମର୍ଥୀତ ପ୍ରାର୍ଥୀଙ୍କୁ ସୁଭାଷ ବୋଷ ପରାସ୍ତ କରିବା ପରେ ହୁଏତ ସ୍ୱାଧୀନତା ସଂଗ୍ରାମର କର୍ଣ୍ଧାର ପାଲଟି ଯାଇପାରନ୍ତି। ଯାହା ଫଳରେ କଂଗ୍ରେସ ଦଳରେ ଓ ଦେଶ ଭିତରେ ତାଙ୍କ ପଟିଆରା କମିଯିବ। ଏହି କାରଣରୁ ଈର୍ଷା ପରାୟଣ ହୋଇ ସେ ସୁଭାଷ ବୋଷଙ୍କୁ ବିରୋଧ କରିଥିଲେ। ସେତେବେଳେ ନିଶ୍ଚିନ୍ତ ଭାବରେ ନେତାଜୀ ଗୋଟେ ଶକ୍ତିହୋଇ ଉଭା ହୋଇଥିଲେ। ତେଣୁ ତାଙ୍କ ଉପରେ ସମସ୍ତଙ୍କର ନଜର ରହିବା ସ୍ୱାଭାବିକ। ମହାମ୍ଆ ଗାନ୍ଧିଙ୍କୁ ନ୍ୟୁନକରି ଦେଖାଇବା ମୋର ଉଦ୍ଦେଶ୍ୟ ନୁହେଁ। କିନ୍ତୁ ସୁଭାଷ ବୋଷଙ୍କ ସମକକ୍ଷ କେହିବି ନଥିଲେ। ଦେଶ ପାଇଁ ସୁଭାଷଙ୍କ ଅବଦାନ କାହାଠୁ କମ ନଥିଲା। ମାତ୍ର ଭାରତୀୟ ସ୍ୱାଧୀନତା ଆଦୋଳନର ମୁଖ୍ୟ ଶ୍ରେୟ ମହାମ୍ଆ ଗାନ୍ଧୀଙ୍କର। କିନ୍ତୁ ସ୍ୱାଧୀନତା ପ୍ରାପ୍ତିର ଶ୍ରେୟ ନେତାଜୀ ସୁଭାଷଙ୍କର। ଏହି କଥାକୁ ଇତିହାସବିତ୍ମାନେ ସ୍ୱୀକାର କରନ୍ତି। ଅନେକ ଐତିହାସିକଙ୍କ ମତରେ ଭାରତ ସ୍ୱାଧୀନତା ସଂଗ୍ରାମର ମୁଖ୍ୟ କର୍ଣ୍ଧାର ହେଉଛନ୍ତି ନେତାଜୀ ସୁଭାଷ ଚନ୍ଦ୍ର ବୋଷ। ଗାନ୍ଧିଜୀ ନୁହଁନ୍ତି। ଯଦି ନେତାଜୀଙ୍କ ଦ୍ୱାରା ଗଠିତ ଭାରତୀୟ ଜାତୀୟ ସାମରିକ ବାହିନୀ (ଇଣ୍ଡିଆନ ନେଶନାଲ ଆର୍ମି) ଦିଲ୍ଲୀ ଚଲୋର ଆହ୍ୱାନ ଦେଇ ମଣିପୁରର ମଇରାଙ ପର୍ଯ୍ୟନ୍ତ ମାଡିଆସି ନ ଥାଆନ୍ତ। ସେଠାରେ ଭାରତୀୟ ଜାତୀୟ ପତାକା ଉଡୋଳନ କରି ନ ଥାଆନ୍ତ। ଯଦି ଲାଲକିଲ୍ଲା ଦଖଲର ଦୃପ୍ତ ଆହ୍ୱାନ ଦେଇ ନ ଥାଆନ୍ତ, ତା'ହେଲେ ବ୍ରିଟିଶ ସାମ୍ରାଜ୍ୟ ଥରି ନଥାଆନ୍ତ। ଭାରତୀୟମାନଙ୍କର ସ୍ୱାଧୀନତା ଆକାଂକ୍ଷା କେତେ ତୀବ୍ର ତାହା ବ୍ରିଟିଶ ସରକାର ବୁଝି ପାରି ନଥାଆନ୍ତ। ୧୯୪୨ମସିହା ଅଗଷ୍ଟ ୯ତାରିଖରେ ଭାରତଛାଡ ଆଦୋଳନର ଯେଉଁ ରୂପ, ଉଗ୍ରତା, ପ୍ରଚଣ୍ଡତା, କର ବା ମର, ଶପଥ ଏବଂ ଏବେ ନୁହେଁ ତ କେବେ ନୁହେଁ, ସଂକଳ୍ପ ଭିତରେ ଯଦି କାହାର ଅନୁପ୍ରେରଣା ଥାଏ ତାହା ହେଉଛି ନେତାଜୀଙ୍କର। ସେ ଦେଶବାସୀଙ୍କ ଉଦ୍ଦେଶ୍ୟରେ କହିଥିଲେ "ମୋତେ ରକ୍ତ ଦିଅ ମୁଁ ତୁମକୁ ସ୍ୱାଧୀନତା ଦେବି"ର ଗୁରୁଗମ୍ଭୀର ଆହ୍ୱାନ। ଦ୍ୱିତୀୟ ବିଶ୍ୱ ଯୁଦ୍ଧ ବେଳେ ଇଂରେଜମାନଙ୍କ ବିରୋଧରେ ଲଢେଇ ପାଇଁ ସେ ଜାପାନର ସହଯୋଗରେ ଆଜାଦ ହିନ୍ଦ ଫୌଜ ଗଠନ କରିଥିଲେ ଓ ଜୟହିନ୍ଦ୍ ସ୍ଲୋଗାନ ଦେଇଥିଲେ। ଏହି ଜୟହିନ୍ଦ୍ ଏବେ ଭାରତ ବର୍ଷର ଜାତୀୟ ସ୍ଲୋଗାନ। ୧୯୪୩ ମସିହା ଅକ୍ଟୋବର ୨୧ ତାରିଖରେ ଆଜାଦ୍ ହିନ୍ଦ୍ ଫୌଜର ମୁଖ୍ୟ ଭାବେ ସେ ସ୍ୱାଧୀନ ଭାରତର ଅସ୍ଥାୟୀ ସରକାର ଗଠନ କରିଥିଲେ। ନେତାଜୀଙ୍କ ଏହି ଅସ୍ଥାୟୀ ସରକାରକୁ ସେତେବେଳେ ଜର୍ମାନ, ଜାପାନ, ଫିଲ୍ଫାଇନ୍ସ, କୋରିଆ, ଚୀନ, ଇଟାଲୀ ଏବଂ ଆୟାରଲ୍ୟାଣ୍ଡ ସମର୍ଥନ କରିଥିଲେ। ଅଣ୍ଡାମାନ ଓ ନିକୋବର ଦୀପ ପୁଞ୍ଜକୁ ସେତେବେଳେ ଦଖଲରେ ରଖିଥିବା ଜାପାନ ନେତାଜୀଙ୍କ ଅସ୍ଥାୟୀ ସରକାର ହାତରେ ଟେକି ଦେଇଥିଲେ। ୧୯୪୪ ମସିହାରେ ନେତାଜୀଙ୍କ ନେତୃତ୍ୱରେ ଆଜାଦ ହିନ୍ଦ୍ ଫୌଜ ଇଂରେଜମାନଙ୍କ ଉପରେ ଦ୍ୱିତୀୟ ଥର ପାଇଁ ଆକ୍ରମଣ କରିଥିଲା ଓ କେତେକ ଭାରତୀୟ ପ୍ରଦେଶକୁ ଇଂରେଜମାନଙ୍କ ହାତରୁ ମୁକ୍ତ କରିଥିଲେ। ୧୯୪୪ ଏପ୍ରିଲ ୪ରୁ ୧୯୪୪ ଜୁନ ୨୨ ପର୍ଯ୍ୟନ୍ତ ଇଂରେଜମାନଙ୍କ ସହ ଲଢେଇ କରିଥିଲା ଆଜାଦ ହିନ୍ଦ ଫୌଜ। ଏହି ଯୁଦ୍ଧରେ ଜାପାନ ସେନା ପଛକୁ ହଟିଯିବାରୁ ଏହା ଏକ ଭିନ୍ନ ମୋଡ଼ ନେଇଥିଲା। ମହାନ୍ ଭାରତୀୟ ଦେଶଭକ୍ତ ନେତାଜୀ ସୁଭାଷ ଚନ୍ଦ୍ର ବୋଷ ନିଜ ଢଙ୍ଗରେ ଏବଂ ନିଜସ୍ୱ (ଆପଣା)ବିଚାର ଧାରାରେ ବ୍ରିଟିଶ ଶାସନ କବଳରୁ ଭାରତକୁ ମୁକ୍ତ କରିବା ପାଇଁ ଅନ୍ତରାଷ୍ଟ୍ରୀୟ ସ୍ତରରେ ଯେଉଁ ଅନନ୍ୟ ଉଦ୍ୟମ କରିଥିଲେ ସେଥିପାଇଁ ଜାତି ତାଙ୍କୁ ଯେଉଁଲି ସମ୍ମାନ ଦେବା କଥା ତାହା ଦେଇନାହିଁ। ଏହା ପୁରୁଣା ଲୋକଙ୍କର ମତ। ବର୍ତ୍ତମାନର ଅଧିକାଂଶ ବୋଧ ହୁଏ ନେତାଜୀଙ୍କ ନାମ ଶୁଣି ନଥିବେ କିମ୍ଵା ଯଦି ଶୁଣିଥିବେ ତେବେ ତାଙ୍କ ବିଷୟରେ ବିଶେଷ କିଛି ଜାଣି ନଥିବେ। ସେ ଯାହା ହେଉ ନା କାହିଁକି ନେତାଜୀଙ୍କ ପ୍ରତି ଅନେକ ଅନ୍ୟାୟ କରାଯାଇଛି। ଆଉ କରାଯିବା ଉଚିତ ନୁହେଁ।

ଅନେକ ସ୍ୱାଧୀନତା ସଂଗ୍ରାମୀ ଇଂରେଜ ମାନଙ୍କ ଦ୍ୱାରା ଅକଥନୀୟ ନିର୍ଯାତନାର ଶିକାର ହୋଇଥିଲେ। ସେମାନଙ୍କ ଉପରେ ଅମାନବିକ ଅତ୍ୟାଚାର ହୋଇଥିଲା। ତେବେ ବି ସେମାନେ ଅସୀମ ଧର୍ଯ୍ୟ ଓ ଅଟୁଟ ସାହାସର ସହିତ ସ୍ୱାଧୀନତା

ସଂଗ୍ରାମରେ ଝାସ ଦେଇଥିଲେ ଓ ଶେଷ ପର୍ଯ୍ୟନ୍ତ ଲଢ଼େଇ ଜାରି ରଖିଥିଲେ । ଗାନ୍ଧିଜୀ ସେହି ଅତ୍ୟାଚାରିତ ସଂଗ୍ରାମୀ ମାନଙ୍କ ମଧ୍ୟରୁ କୌଣସି ଜଣଙ୍କୁ ତାଙ୍କ ରାଜନୈତିକ ଉତ୍ତରାଧିକାରୀ ନ ବାଛି ଆଦୌ ଦୁଃଖ କଷ୍ଟ ସହିନଥିବା ଜମା ନିର୍ଯାତନା ଭୋଗିନଥିବା ଓ ମୋଟେ ଅତ୍ୟାଚାରିତ ହୋଇନଥିବା ଜବାହାରଙ୍କୁ କାହିଁକି ତାଙ୍କ ରାଜନୈତିକ ଉତ୍ତରାଧିକାରୀ ଭାବେ ମନୋନୀତ କରିଥିଲେ, ତାହା ଆଦୌ ବୁଝାପଡ଼ୁନାହିଁ । ଶୁଣାଯାଏ ଜବାହାରଙ୍କୁ ପ୍ରଧାନମନ୍ତ୍ରୀ କରାଇବା ପାଇଁ ଗାନ୍ଧି ଦେଶ ବିଭାଜନକୁ ଗ୍ରହଣ କରିନେଇଥିଲେ । ଅନ୍ୟଗୋଟେ ଭୁଲ ହେଉଛି ସ୍ୱାଧୀନତା ସଂଗ୍ରାମକୁ ବିରୋଧ କରି ବିଦେଶୀ ଶାସକ ଇଂରେଜମାନଙ୍କୁ ନୈତିକ ସମର୍ଥନ ଦେଇ ସଂଗ୍ରାମୀମାନଙ୍କ ଠିକଣା ଗୁପ୍ତରେ ଇଂରେଜମାନଙ୍କୁ ଜଣାଇଦେଉଥିବା ଦେଶଦ୍ରୋହୀମାନଙ୍କ ବିରୋଧରେ କୌଣସି ଦଣ୍ଡବିଧାନ ନ କରିବା ଓ ସେମାନଙ୍କୁ ସାମରିକ ବିଚାରାଳୟର କାଠଗଡ଼ାରେ ଠିଆ ନ କରି ସେମାନଙ୍କ ଦୋଷକୁ ନିଃସର୍ତ୍ତ କ୍ଷମା କରିଦେବା ଓ ପୂର୍ବପରି ଶାସନ ପରିଚାଳନା କ୍ଷେତ୍ରରେ ସେମାନଙ୍କୁ ସୁଯୋଗ ଦେବା । ଦୟା, କ୍ଷମାର ଆଦରଣୀୟତା ବ୍ୟକ୍ତିଗତ ଜୀବନରେ ଶୋଭନୀୟ ଓ ବାଞ୍ଛନୀୟ, ମାତ୍ର ରାଷ୍ଟ୍ରୀୟ ଜୀବନରେ ଯ଼ାର ସ୍ଥାନ ଢ଼େର ସୀମିତ । କଠୋର ଦଣ୍ଡବିଧାନ ଅନୁଶାସନର ଏକ ଭୂଷଣ ।

ସେହି ଦେଶଦ୍ରୋହୀମାନେ ପରବର୍ତ୍ତୀ ସମୟରେ ବାହୁବଳ ଓ ଅର୍ଥବଳ ପ୍ରୟୋଗ କରି ନିର୍ବାଚନରେ ଜିତ ଶାସନ କ୍ଷମତା ଅକ୍ତିଆର କରିନେଲେ । ସ୍ୱାଧୀନତା ସଂଗ୍ରାମକୁ ବିରୋଧ କରୁଥିବା ଦେଶଦ୍ରୋହୀମାନେ ଜନସାଧାରଣଙ୍କ ହିତ କଥା କାହିଁକି ଚିନ୍ତା କରିବେ ? ବରଂ ନିଜ ସ୍ୱାର୍ଥସାଧନରେ ସେମାନେ ବ୍ୟସ୍ତ ରହିଲେ । ସେଇଟି ହିଁ ଶାସନ ବ୍ୟବସ୍ଥାରେ ବଡ଼ ଧରଣର ତ୍ରୁଟି ରହିଗଲା । ଯାହାପରେ କାୟାବିସ୍ତାର କରି ପୂରା ଶାସନ ତନ୍ତ୍ରକୁ କବଳିତ କରିନେଲା । ନେଡ଼ିଗୁଢ଼ କହୁଣୀକୁ ବୋହିଗଲା ପରେ ଏଇନେ କେବଳ ଦେଶବାସୀ ଭକୁଆଙ୍କ ପରି ସେମାନଙ୍କ କାର୍ଯ୍ୟପ୍ରଣାଳୀକୁ ଚାହିଁ ରହିଛନ୍ତି ଓ ସେମାନଙ୍କ ଦ୍ୱାରା ଶୋଷଣର ଶିକାର ହେଉଛନ୍ତି । ଗାନ୍ଧି ଥିଲେ ନିଃସ୍ୱାର୍ଥ କର୍ମଯୋଗୀ । ଜନସାଧାରଣଙ୍କ ଅବଗତି ନିମିତ୍ତ ସେ ଭଗବତ ଗୀତାକୁ ସରଳ ଭାବରେ ଓ ବୋଧଗମ୍ୟ ଭାଷାରେ ବ୍ୟାଖ୍ୟା କରିଛନ୍ତି । ସେ ଗୀତାର ଆଧ୍ୟାତ୍ମ୍ ସାରମର୍ମକୁ ସଠିକ୍ ଭାବରେ ବୁଝିପାରିଥିଲେ । ସେ ନିଜେ ସେହି ନିୟମ ଅନୁଯାୟୀ ଚଳୁଥିଲେ ଏବଂ ଦେଶବାସୀଙ୍କୁ ସେପରି ଚଳିବାକୁ ଉପଦେଶ ଦେଉଥିଲେ । ଗୀତାର କର୍ମଯୋଗର ଉପଦେଶକୁ (ସାରମର୍ମକୁ) ସେ ଅକ୍ଷରେ ଅକ୍ଷରେ ପାଳନ କରିଯାଇଛନ୍ତି । ନିଃସ୍ୱାର୍ଥପର କର୍ମଯୋଗୀ ଭାବରେ ନିଜର ଜୀବନ ବିତାଇଦେଇଛନ୍ତି ମଧ୍ୟ । ସେ ତାଙ୍କର ରାଜନୈତିକ ଗୁରୁ ଗୋପାଳକୃଷ୍ଣ ଗୋଖଲେଙ୍କ ଉପଦେଶକୁ ମାନିନେଇ ଜୀବନ ସଂଗ୍ରାମ ପଥରେ ଅଗ୍ରସର ହୋଇଛନ୍ତି । ଗାନ୍ଧିଙ୍କ ପରି ଆଚାର୍ଯ୍ୟ ବିନୋବା, ଜୟପ୍ରକାଶ, ଲାଲରାଜପୁତ, ବିପିନ ବିହାରୀ, ସୁରେନ୍ଦ୍ରନାଥ, ଉମେଶଚନ୍ଦ୍ର ସମସ୍ତେ ଥିଲେ ନିଃସ୍ୱାର୍ଥ କର୍ମଯୋଗୀ ।

ଗାନ୍ଧିଜୀ ନିଜେ ମହାନ୍ ବିପ୍ଳବୀ ଓ ଶ୍ରେଷ୍ଠ ସାଧକ ଯୋଗୀ ଶ୍ରୀ ଅରବିନ୍ଦଙ୍କ ଅନୁସୃତ ପଥରେ ସଠିକ୍ ଭାବରେ ଗତି କରି ନିଜକୁ ନିଃସ୍ୱାର୍ଥ କର୍ମଯୋଗୀ ଭାବରେ ଉପସ୍ଥାପନ କରିବାକୁ ସମର୍ଥ ହୋଇଥିଲେ । ଅବଶ୍ୟ ଗାନ୍ଧିଜୀ ଜଣେ ନିଃସ୍ୱାର୍ଥପର ସେନାନାୟକ ଓ ଅପ୍ରତିହତ ସଂଗ୍ରାମୀ ଥିଲେ । କିନ୍ତୁ ସେ ଉପଯୁକ୍ତ ଶାସକ ନଥିଲେ । ଶାସନ ବିଷୟରେ ତାଙ୍କର ସେମିତି ପରିପକ୍ୱତା ଅବା ଅଭିଜ୍ଞତା ନଥିଲା । ନିଜର ଆଦର୍ଶ ପରୀକ୍ଷା ନିରୀକ୍ଷା କରିବା ପାଇଁ ସେ କୌଣସି ଦେଶ ବା ଶାସନ ପାଇ ନଥିଲେ । ପରୀକ୍ଷା କରୁଥିଲେ ଏକ ପରାଧୀନ ଦେଶରେ । ତତ୍କାଳୀନ ଶାସନର ଶଠୁତା ଭିତରେ । ସେ ଦେଶସାରା କେବଳ ଅନୁଗାମୀ ପାଇଥିଲେ ମଧ୍ୟ ନିଜ ଆଦର୍ଶର ପ୍ରଚାର ଓ ରକ୍ଷଣା ବେକ୍ଷଣ ପାଇ ସେହି ଦଳଙ୍କୁ ଦାୟାଦ ଭାବେ ତିଆରି କରି ପାରିନଥିଲେ । ତ୍ୟାଗ ପ୍ରଚାର କରୁଥିବା ଏହି ଯୋଗୀଙ୍କ ଚାରିପଟେ ଭୋଗୀମାନଙ୍କର ଯେ ଭିଡ଼ ଜମିଥିଲା ତାହା ସେ ଜାଣି ପାରିନଥିଲେ । ସିଏତ ନିଜେ କ୍ଷମତା ରାଜନୀତିରେ ଅଂଶଗ୍ରହଣ କରିନଥିଲେ ଓ ତାଙ୍କ ପୁଅମାନଙ୍କୁ କ୍ଷମତା ରାଜନୀତିରୁ ଦୂରେଇ ରଖିଲେ । ସେଥିପାଇଁ ତାଙ୍କ ସ୍ତ୍ରୀ ଓ ପୁତ୍ରମାନଙ୍କୁ ଅଗ୍ନି ପରୀକ୍ଷା ଦେଇ ଯିବାକୁ ପଡ଼ିଥିଲା ।

ଆଉ ତାଙ୍କର ଯେଉଁ ଅନୁଗତମାନେ ଦେଶର ଶାସନ କ୍ଷେତ୍ରରେ ରହିଥିଲେ, ସେମାନଙ୍କର ତାଙ୍କ ଉପଦେଶକୁ ଗ୍ରହଣ କରିବାର ମାନସିକତା ଆଦୌ ନ ଥିଲା। ସେମାନେ ମଧ୍ୟ ଗାନ୍ଧି ଓ ତାଙ୍କ ଆଦର୍ଶ ତଥା ତାଙ୍କଦ୍ୱାରା ଅନୁସୃତ ନିୟମକୁ ମାନୁନଥିଲେ। ଗାନ୍ଧିଙ୍କ କଥା ନ ମାନି ସେମାନେ ନିଜ ସ୍ୱାର୍ଥ ହାସଲରେ ବ୍ୟସ୍ତ ରହିଲେ। ତାଙ୍କ କଥା କେହି ଶୁଣିଲେ କି ? ଗାନ୍ଧୀଙ୍କ ପରେ ତାଙ୍କ ସ୍ୱପ୍ନର ଭାରତ ବଦଳି ଯାଇଛି, ଯେଉଁ କଂଗ୍ରେସ ଦଳକୁ ସ୍ୱାଧୀନତା ପରେ ଭାଙ୍ଗି ଦେଇ ସେ ସେବା ଦଳରେ ପରିଣତ କରିବାକୁ କହିଥିଲେ। ତାଙ୍କ ଉପଦେଶକୁ ତାଙ୍କ ଅତି ପ୍ରିୟ ଶିଷ୍ୟମାନେ ଶୁଣିଲେ ନାହିଁ। ସେ ଯିବାର ୨୧ବର୍ଷ ପରେ ଦଳ ଭାଙ୍ଗି ତିନିଫାଳ ହୋଇଗଲା।

ଗାନ୍ଧିଙ୍କ ତ୍ରୁଟି ମଧ୍ୟ ଅନୁମାନ କରି ହେଉଛି। ୧୯୨୦ ସେ କଂଗ୍ରେସ ଦଳକୁ ସ୍ୱାଧୀନତା ଅଭିମୁଖୀ କରିବା ପାଇଁ ଯଥେଷ୍ଟ ମଜବୁତ କରିଥିଲେ। ତାଙ୍କ ଅବର୍ତ୍ତମାନରେ ପାଢ଼ି ପରେ ପାଢ଼ି ଅତିକ୍ରମ କରି ଗାନ୍ଧିଙ୍କୁ ଯେମିତି ଉପସ୍ଥାପିତ କରାଗଲା। କ୍ରମେ ସେ ଯୁବ ଶକ୍ତିର ତୀକ୍ଷ୍ଣ ଅନୁଶୀଳନ ସାମ୍ନାରେ ଜଣେ ମହିମାମୟ ପୁରୁଷଭାବେ ତିଷ୍ଠି ପାରିଲେ ନାହିଁ ତାଙ୍କର ବିଶ୍ୱାସରେ ଧାର୍ମିକ ସହନଶୀଳତା ଧର୍ମ ନିରପେକ୍ଷ ଶବ୍ଦ ଏକ ତୁଚ୍ଛ ସାମ୍ୱିଧାନିକ ତଥା ଆଇନ ବାଚକ ଶବ୍ଦରେ ପରିଣତ ହୋଇଗଲା। ତା' ଜରିଆରେ ବେଶ୍ ସୁନ୍ଦର ଭୋଟ୍ ରାଜନୀତିକ ଚାଲିଲା।

ସଲାମ ଏବଂ ନିଲାମରେ ଗାନ୍ଧି ଆଦର୍ଶ ସ୍ୱାଧୀନୋତ୍ତର ଭାରତରେ ସିଦ୍ଧାନ୍ତ ହୀନ ଓ ବିକ୍ଷିପ୍ତ। ଭାରତୀୟମାନେ ଏ ଆଚରଣକୁ ମଧ୍ୟ ପ୍ରତ୍ୟାଖ୍ୟାନ କରନ୍ତି ନାହିଁ। ସେମାନେ ମହାତ୍ମାଙ୍କୁ ଶ୍ରଦ୍ଧା କରନ୍ତି କି ଘୃଣା କରନ୍ତି ତାହା ବି ସଠିକ୍ ଜଣାପଡେନି। ତେଣୁ ସିଦ୍ଧାନ୍ତ ହୀନ ବ୍ୟକ୍ତି ଆଶଙ୍କାର କନ୍ଥା ମାଡ଼ି ହୁଏତ ଆଶାରେ ପହଞ୍ଜିପାରେ ପରି ଏହା ଏ ଦେଶର ଗାନ୍ଧି ଗତି। ଏତେ ବଡ଼ ଯୁଗାନ୍ତକାରୀ ଗାନ୍ଧି-ଆଦର୍ଶକୁ ସଠିକ ଆଦରିବା ପାଇଁ ଯେତିକି ବଡ଼ ସମଷ୍ଟି ଦରକାର, ତାହା ସୃଷ୍ଟି ନ କରି ସ୍ୱାଧୀନତା ଆନ୍ଦୋଳନ ସହିତ ତାହାକୁ ଯୋଡ଼ି ଦେବା ଫଳରେ ସ୍ୱାଧୀନତା ମଧ୍ୟ ନିର୍ବିବାଦ ହୋଇ ରହିପାରିଲା ନାହିଁ। ମହାତ୍ମା ଗାନ୍ଧିଙ୍କ ନିର୍ଦ୍ଦେଶ ଅନୁସାରେ ଆମେ ସ୍ୱାଧୀନ ହୋଇପାରିଲୁ ନାହିଁ। ଦେଶ ବିଭାଜନ ସର୍ତ୍ତରେ ହିଁ ଆମେ ସ୍ୱାଧୀନତା ହାସଲ କଲୁ। ସେଥିପାଇଁ ଭାରତ ଗାନ୍ଧିଙ୍କ ଅହିଂସା ମାର୍ଗରେ ସ୍ୱାଧୀନତା ପାଇଲା ବୋଲି ପୃଥିବୀ ମହାତ୍ମା ସମେତ ଭାରତର ଜୟଗାନ କରୁଥିଲା ବେଳେ ଆମେ ରଟିବାକୁ ଆରମ୍ଭ କଲୁ–ନାନା ଆମେ ଏକଜୁଟ୍ ହୋଇ ମୋଟେ ଲଢ଼ିନୁ। ମହାତ୍ମା ଗାନ୍ଧୀଙ୍କ ନେତୃତ୍ୱରେ ଭାରତ ସ୍ୱାଧୀନ ହେଲା–ଏପରି ପ୍ରଚାର– ପୁଞ୍ଜି ରହିଲା ରାଜନୀତି ହାତରେ। ସେ ଆଉ ଯାହା ଯାହା କରିଥିଲେ ତାହା କେହି ଯୁକ୍ତିଯୁକ୍ତ ଭାବେ ଅନୁଶୀଳନ କରି ଲୋକଙ୍କୁ କହିଲେ ନାହିଁ ବରଂ ଯେତେବେଳେ ଯାହାର ଯେମିତି ମନେ ପଡ଼ିଛି ଗାନ୍ଧୀଙ୍କ ସ୍ମୃତି ରକ୍ଷା ହୋଇଛି କର୍ପୋରସନ ତିଆରି କରି। ତାହା ତାଙ୍କ ପ୍ରତି ଉପଯୁକ୍ତ ସମ୍ମାନ ବୋଲି ପ୍ରଚାର ବି ଚାଲିଛି। ଏପରି ଅକାରଣରେ ପୂଜା ପାଉଥିବା ଗାନ୍ଧୀଙ୍କ ଡିମାଣ୍ଡ ବାହାଘରବେଳେ ଅକ୍ଷୟ ପାର୍ଟିର ଡିମାଣ୍ଡ ପରି ବଢ଼ିବା ସ୍ୱାଭାବିକ। ସରକାରୀ ଅର୍ଥ ସହାୟତାରେ ଗାନ୍ଧୀଙ୍କ ସ୍ମୃତି ରକ୍ଷା ଏବଂ ଏନ୍.ଜି.ଓ. ଏକାର୍ଥ ବୋଧକ ହୋଇପଡିଲେ। ତା ପରେ ଭାରତ କ'ଣ ଦେଖିଲା। ସ୍ମୃତିକୁ ମୁଣ୍ଡାଇଥିବା କର୍ପୋରେସନ ମାନ ବୃଢ଼ିଲେ। ଗାନ୍ଧିଜୀ ନାଁ ତଥାପି ବୁଢ଼ିଲାନାହିଁ। ସେମିତି ବୁଝ। ଅବୁଝାରେ ମହାତ୍ମା ଗାନ୍ଧି ଭାରତୀୟମାନଙ୍କ ପାଇଁ ଆଶାର ଏକ କ୍ଷୀଣ ରେଖାରେ ପରିଣତ ହୋଇଗଲା। ସେଇ ଚାହିଦା ଯୋଗୁଁ କିଏ ତାଙ୍କ ଟୋପିକୁ ମହାତ୍ମାଙ୍କ ଆଦର୍ଶ ବୋଲି କହୁଛି ତ ଆଉ କିଏ ନାଁରେ କାମ ଚଳେଇ ଦେଉଛି। ନିଜ ନିଜ ପ୍ରତିଷା ଓ ପରିଚୟ ପାଇଁ ଯେଉଁ ମାନଙ୍କର ଗାନ୍ଧୀ ନାଁ ସବୁବେଳେ ଦରକାର ହେଲା, ସେଇମାନେ ହିଁ ହେଲେ ଗାନ୍ଧି– ଆଦର୍ଶର ପ୍ରବକ୍ତା।

ଯେଉଁ ପରିବାର ବାଦକୁ ସେ ଅତି ଘୃଣା କରୁଥିଲେ ସେପରି ସ୍ଥଳେ ତାଙ୍କର ଅତି ପ୍ରିୟ ଶିଷ୍ୟ ଜବାହର ରାଜନୀତିରେ ପ୍ରଥମେ ପରିବାରବାଦ ସ୍ଥାପନ କଲେ। ଏବେ ତ ଦେଶରେ ପରିବାର ବାଦ ଓ ବ୍ୟକ୍ତିବାଦୀ ଦଳ ଓ ନେତାଙ୍କ ପ୍ରଭାବ ବଢ଼ିବାରେ ଲାଗିଛି। ଏବେ ରାଜନୀତିକୁ ୫୦୦ଟି ପରିବାର ନିୟନ୍ତ୍ରଣ କରୁଛନ୍ତି। ତାଙ୍କ ପ୍ରିୟ

କଂଗ୍ରେସ ଦଳର ଶରୀର ଅଛି, ଆମ୍ଭା ନାହିଁ । ଗାନ୍ଧି ଭାରତକୁ ଧର୍ମ ନିରପେକ୍ଷ, ଗଣତାନ୍ତ୍ରିକ ରାଷ୍ଟ୍ର ଭାବରେ ଗଢ଼ିବାକୁ ଚାହୁଁଥିଲେ । ଏବେ ସେହି ଗଣତନ୍ତ୍ରର ମନ୍ଦିର ପାର୍ଲ୍ୟାମେଣ୍ଟକୁ ମୁଷ୍ଟିମେୟ ସଦସ୍ୟ ଅଚଳ କରି ଦେଉଛନ୍ତି । ସେଠି ତାମସା ବେଶୀ, ତାତ୍ତ୍ୱିକ ଆଲୋଚନା କମ୍ । ଅପରାଧୀ ଇତିହାସ ଥିବା ଅନେକ ବ୍ୟକ୍ତି ଓ ଅସାଧୁ ବ୍ୟବସାୟୀ ମାନେ ଏହି ପବିତ୍ର ଅନୁଷ୍ଠାନରେ ଅନୁପ୍ରବେଶ କଲେଣି । ନାଥୁରାମ ସିନା ଥରେ ଗାନ୍ଧୀଙ୍କୁ ହତ୍ୟା କରିଥିଲେ । କିନ୍ତୁ ତାଙ୍କ ବିଚାର ଧାରା ଓ ନୀତି ତଥା ଆଦର୍ଶକୁ ପ୍ରତିଦିନ ତାଙ୍କ ଦେଶର ତାଙ୍କ ଅନୁଗତ ଓ ତାଙ୍କ ପ୍ରଭାବ ଦ୍ୱାରା ପ୍ରଭାବିତ (ସେମାନେ କହିବା ଅନୁଯାୟୀ)ମାନଙ୍କ ଦ୍ୱାରା ହତ୍ୟା କରାଯାଇଛି । ଏହି ସବୁ ଘଟଣାକୁ ଲକ୍ଷ୍ୟ କରି ରାଜାଜୀ କହିଥିଲେ–ଗାନ୍ଧିଜୀଙ୍କୁ ଉଦ୍ଭ୍ରାନ୍ତ ହିନ୍ଦୁ ଯୁବକ ଗଡ୍ସେ ଗୁଳି ମାରି ନ ଥିଲେ ଦେଶର ଏ ଅବସ୍ଥା ଦେଖ ଗାନ୍ଧିଜୀ ଭଗ୍ନ ହୃଦୟରେ ପ୍ରାଣତ୍ୟାଗ କରି ଥାଆନ୍ତେ । କିନ୍ତୁ ତାଙ୍କ ପୁଅମାନେ କ୍ଷମତା ରାଜନୀତିରେ ରହି ଶାସକ ହୋଇଥିଲେ । ତାଙ୍କ କଥା, ତାଙ୍କ ଉପଦେଶ ଓ ତାଙ୍କ ନୀତି ମାନିଥାଆନ୍ତେ ବୋଲି ବିଶ୍ୱାସ କରିହୁଏ (କରାଯାଇପାରେ) । ଆଉ ନେତାଜୀ ସୁବାଷ ଚନ୍ଦ୍ର ବୋଷ ଯେଉଁ କଥା କହିଥିଲେ "ଦେଶ ସ୍ୱାଧୀନ ହେବାର ଅତ୍ୟନ୍ତ ୨୫ ବର୍ଷ ପର୍ଯ୍ୟନ୍ତ ଦେଶକୁ ସାମରିକ ଶାସନ ତଳେ ରଖିବାକୁ ହେବ ।" ସେମିତି ହୋଇଥିଲେ ଦୁର୍ନୀତି ଏତେ ପରିମାଣରେ ବ୍ୟାପି ପାରିନଥାନ୍ତା । ତାଙ୍କ କଥାକୁ କ'ଣ କେହି ଶୁଣିଲେ କିୟ। ଗାନ୍ଧିଙ୍କ କଥା ମାନିଲେ ଅବା ରଖିଲେ ।

ଗାନ୍ଧି ତାଙ୍କ କହିବା ମୁତାବକ (ଗାନ୍ଧି କହୁଥିଲେ ସେ ଶହେ ପଚିଶ ବର୍ଷ ବଞ୍ଚିବେ) ବଞ୍ଚି ରହିଥିଲେ ସେ ତାଙ୍କ ମନୋନୀତ (କୌଣସି ପ୍ରଦେଶରୁ ଆଦୌ ସମର୍ଥନ ପାଇ ନ ଥିବା) ସ୍ୱାଧୀନ ଭାରତର ପ୍ରଥମ ପ୍ରଧାନମନ୍ତ୍ରୀ ଜବାହରଙ୍କ କାର୍ଯ୍ୟକଲାପ ଦେଖି ନିଶ୍ଚିତ ଜାଣି ପାରି ଥାଆନ୍ତେ ଯେ ପ୍ରଦେଶ ଗୁଡ଼ିକର ମତକୁ ଉପେକ୍ଷା କରି ତାଙ୍କ ନିଜ ସମର୍ଥନ ଓ ପ୍ରଭାବ ବଳରେ ଜୋରଜବରଦସ୍ତ ଦେଶ ଉପରେ ଲଦି ଦେଇଥିବା ଓ ତାଙ୍କୁ ତାଙ୍କ ରାଜନୈତିକ ଉତ୍ତରାଧିକାରୀ ଘୋଷଣା କରିବା ସିଦ୍ଧାନ୍ତ କିପରି ଭୁଲ ସାବ୍ୟସ୍ତ ହୋଇଛି । ଯିଏ କି ପ୍ରଧାନମନ୍ତ୍ରୀ ଭାବେ ଦେଶ ଓ ଦେଶବାସୀଙ୍କ ଭବିଷ୍ୟତ ଓ ସମସ୍ୟା ପ୍ରତି ଆଦୌ ଧ୍ୟାନ ନ ଦେଇ ଏବଂ ସେମାନଙ୍କ କଥା ଆଦୌ ନ ଭାବି କିପରି ନିଜ ଆସନ ନିରାପଦ ରହିବା ସହିତ ତାଙ୍କ ପରେ ତାଙ୍କ ପରିବାର କ୍ଷମତା ଦାଖଲ କରିବାର ପଥ ପରିଷ୍କାର କରିବାରେ ବ୍ୟସ୍ତ ରହୁଛନ୍ତି । ୧୯୫୧ ରୁ ୧୯୫୪ ପର୍ଯ୍ୟନ୍ତ ନେହେରୁ କଂଗ୍ରେସ ଦଳର ସଭାପତି ଥିଲେ ତା' ପର ବର୍ଷ ତାଙ୍କ ପୁତ୍ରୀ ଇନ୍ଦିରା ଗାନ୍ଧି କଂଗ୍ରେସ ୱାର୍କିଂ କମିଟିର ସଦସ୍ୟା ମନୋନୀତ ହେଲେ । କେଉଁ ବିଶେଷ ଗୁଣର ଅଧିକାରିଣୀ (ଭାବେ) ଯୋଗୁଁ ଇନ୍ଦିରାଙ୍କୁ କଂଗ୍ରେସ ୱାର୍କିଂ କମିଟିକୁ ମନୋନୀତ କରାଯାଇଥିଲା ତାହା ସ୍ପଷ୍ଟ ରୂପେ ବୁଝି ହେଉନାହିଁ । ସେ ପ୍ରଧାନମନ୍ତ୍ରୀ ନେହେରୁଙ୍କ କନ୍ୟା, ଏଇ ଗୋଟିଏ ପରିଚୟ ବ୍ୟତୀତ ତାଙ୍କର ଆଉ କେଉଁ ଯୋଗ୍ୟତା ଅବା କିପରି ଦକ୍ଷତା ଥିଲା ତାହା ପ୍ରାୟତଃ ଦେଶବାସୀଙ୍କୁ ଜଣାନାହିଁ । ଯେଉଁଠି କି ଗାନ୍ଧିଜୀଙ୍କ ମୃତ୍ୟୁ ପରେ ତାଙ୍କ ପୁତ୍ରମାନଙ୍କୁ କିୟ। ସର୍ଦାର ପଟେଲଙ୍କ ବିୟୋଗ ପରେ ତାଙ୍କ ସନ୍ତାନକୁ ସେପରି ସୁବିଧା ପ୍ରଦାନ କରାଯାଇନାହିଁ । ସେତେବେଳେ ନେହେରୁ ଦେଶର ଅପ୍ରତିଦ୍ୱନ୍ଦୀ ବ୍ୟକ୍ତିତ୍ୱ । ନେହେରୁ ଇଚ୍ଛା କରିଥିଲେ ସେପରି କରିପାରି ଥାଆନ୍ତେ । ତାଙ୍କ କନ୍ୟାଟିକୁ ଯେପରି ୱାର୍କିଂ କମିଟିକୁ ମନୋନୀତ ସମୟରେ କୌଣସି କଂଗ୍ରେସ କର୍ମୀ ବିରୋଧ କରି ନ ଥିଲେ । ସେମିତି ଗାନ୍ଧିଜୀ ଓ ସର୍ଦାରଜୀଙ୍କ ଦାୟାଦମାନଙ୍କୁ କଂଗ୍ରେସ କମିଟିର କର୍ମକର୍ତ୍ତା ଭାବରେ ମନୋନୀତ କରାଯାଇଥିଲେ । ସେମାନଙ୍କ ବିରୋଧରେ କେହି କଂଗ୍ରେସର ଆଗ ଧାଡ଼ିର କର୍ମକର୍ତ୍ତା ଆଦୌ ଆପତ୍ତି ଉଠାଇ ନ ଥାଆନ୍ତେ ବରଂ ସେମାନେ ଅତ୍ୟନ୍ତ ଖୁସି ମନରେ ଓ ଆନନ୍ଦ ଉଲ୍ଲାସର ସହିତ ସେପରି ପଦକ୍ଷେପକୁ ସ୍ୱାଗତ କରିଥାଆନ୍ତେ । ତାହା ନ ହେବାରୁ ଏପରି ଏକ ଧାରଣା ମନରେ ସୃଷ୍ଟି ହେଉଛି ଯେ ବୋଧ ହୁଏ ନେହେରୁଙ୍କ ପୁତ୍ରୀଟି ତୁଲନାରେ ଗାନ୍ଧି ଓ ସର୍ଦାରଙ୍କ ପିଲାମାନେ ଅଯୋଗ୍ୟ କିୟ। ଗାନ୍ଧି ଓ ସର୍ଦାରଙ୍କ ସନ୍ତାନମାନଙ୍କଠାରୁ ନେହେରୁଙ୍କ କନ୍ୟାଟି ଅଧିକ ଯୋଗ୍ୟତମା ଓ ପ୍ରତିଭା ସମ୍ପନ୍ନା ।

ଗାନ୍ଧିଙ୍କ ଦ୍ୱାରା ନିର୍ଦ୍ଧାରିତ ଅନେକ କାର୍ଯ୍ୟ ସଠିକ୍ ପ୍ରମାଣିତ ହୋଇଥିବାବେଳେ କେତେକ ତ୍ରୁଟି ସେଥିରେ ରହିଯାଇଥିଲା। ସେପରି ଭୁଲ୍ ଗୁଡ଼ିକର କୁ ପରିଣାମ ଦେଖିବାକୁ ଓ ସେ ଗୁଡ଼ିକୁ ସୁଧାରିବା ଲାଗି ଗାନ୍ଧି ବେଶୀଦିନ ବଞ୍ଚିନଥିଲେ। ଆହୁରି ମଧ୍ୟ ଗାନ୍ଧିଙ୍କ ଅହିଂସା ଆନ୍ଦୋଳନ ଯୋଗୁଁ ଯେ ଦେଶ ସ୍ୱାଧୀନ ହେଲା, ଏକଥା ମଧ୍ୟ ଠିକ୍ ନୁହଁ। ଦ୍ୱିତୀୟ ବିଶ୍ୱଯୁଦ୍ଧ ପୂର୍ବରୁ ଭାରତର ତତ୍କାଳୀନ ଭାଇସରାୟ ଲଡ଼ଲିନ୍‌ଲିଥ୍‌ଗୋ ବିଲାତକୁ ରିପୋର୍ଟ ପଠାଇଥିଲେ "ଭାରତକୁ ଆହୁରି ଦେଢ଼ଶହ ବର୍ଷ ସାମରିକ ଶାସନ ଅଧୀନରେ ରଖିହେବ। କିନ୍ତୁ ଦ୍ୱିତୀୟ ବିଶ୍ୱଯୁଦ୍ଧରେ ଜର୍ମାନ ଦ୍ୱାରା ବ୍ରିଟିଶ ସାମରିକ ଶକ୍ତି ବିଧ୍ୱସ ହୋଇଯିବା ଯୋଗୁଁ ସେମାନଙ୍କ ପକ୍ଷରେ ଭାରତକୁ ଆଉ ସାମରିକ ଶାସନ ଅଧୀନରେ ରଖିବା ସମ୍ଭବ ନଥିଲା।" ନିଆଁଗଲା। ବ୍ରିଟିଶ ପ୍ରଧାନମନ୍ତ୍ରୀ ଉଇନ୍‌ଷ୍ଟିନ୍ ଚର୍ଚ୍ଚିନ୍ ଯେ କି ଭାରତ ସ୍ୱାଧୀନତାର ଘୋର ବିରୋଧୀ ଥିଲେ। ତାଙ୍କ ଜାଠ ଦଲ ଯୁଦ୍ଧ ପରେ ନିର୍ବାଚନରେ ହାରିଯାଇଥିଲା। ଶ୍ରମିକଦଲ ସଂଖ୍ୟାଗରିଷ୍ଠତା ହାସଲ କରି ସରକାର ଗଢ଼ିଲେ। ଶ୍ରମିକ ଦଲର ନେତା କ୍ଲିମ୍ୟାଣ୍ଟ ଅଟଲି ସାହେବ ଭାରତକୁ ସାମରିକ ଶାସନରେ ରଖିବା ଅସମ୍ଭବ ବୋଲି ମନେକଲେ। ଇଂରେଜମାନେ ଆମେରିକାରୁ ବିତଡ଼ିତ ହେଲାପରି ଭାରତୀୟ ମାନଙ୍କ ଦ୍ୱାରା ବ୍ରିଟିଶ ତଡ଼ା ଖାଇବା ପୂର୍ବରୁ ଭାରତୀୟମାନଙ୍କୁ ଆପୋଷରେ (ଆଲୋଚନା ମାଧ୍ୟମରେ) ସ୍ୱାଧୀନତା ପ୍ରଦାନ କରି ସମ୍ମାନର ସହିତ ସ୍ୱଦେଶକୁ ଫେରିଯିବାକୁ ଶ୍ରେୟସ୍କର ମଣିଲେ। ସେଥିପାଇଁ ସେ ଲର୍ଡ ମାଉଣ୍ଟ ବାଟେନଙ୍କୁ (ଉପାଧି ସହ ତାଙ୍କର ପୂରାନାମ ଫିଲ୍ଡ ମାର୍ଶାଲ ସାର ଆରଚିବାଲ୍ଡ ଓ୍ୱାଭେଲ ଲଡ୍ ଲୁଇ ମାଉଣ୍ଟ ବାଟେନ) ସ୍ୱାଧୀନତା ଖସଡ଼ା ପ୍ରସ୍ତୁତ କରିବା ପାଇଁ ବଡ଼ଲାଟକରି ପଠାଇଲେ। ତାଙ୍କରି ଶାସନ କାଲରେ ଭାରତ ସ୍ୱାଧୀନତା ବିଲ୍ ବ୍ରିଟିଶ ପାର୍ଲିଆମେଣ୍ଟରେ ପାଶ୍ ହୋଇଥିଲା। ଆହୁରି ମଧ୍ୟ ଇଂରେଜମାନେ ଗାନ୍ଧିଙ୍କ ଅହିଂସା ଉପାୟରେ ଅସହଯୋଗ ଆନ୍ଦୋଳନକୁ ଆଦୌ ଭୟ (ଭୁକ୍ଷେପ) କରୁନଥିଲେ।

୧୯୪୬ ଅଗଷ୍ଟ ୮ ତାରିଖରୁ ନଭେମ୍ବର ୩ ତାରିଖ ପର୍ଯ୍ୟନ୍ତ କଲିକତା ହାଇକୋର୍ଟର ମୁଖ୍ୟ ବିଚାରପତି ଫଣୀଭୂଷଣ ଚକ୍ରବର୍ତ୍ତୀ ପଶ୍ଚିମବଙ୍ଗର ରାଜ୍ୟପାଲ ଦାୟିତ୍ୱରେ ଥାଆନ୍ତି। ଇଂଲଣ୍ଡର ପୂର୍ବତନ ପ୍ରଧାନମନ୍ତ୍ରୀ କ୍ଲିମେଣ୍ଟ ରିଚାର୍ଡ ଅଟଲି ଭାରତ ଗସ୍ତରେ ଆସି କଲିକତା ରାଜଭବନରେ ଦୁଇଦିନ ଅବସ୍ଥାନ କରିଥିଲେ। ଅଟଲିଙ୍କ ପ୍ରଧାନମନ୍ତ୍ରୀତ୍ୱ ସମୟରେ ବ୍ରିଟିଶ ତରଫରୁ ଭାରତକୁ ଶାସନ କ୍ଷମତା (ସ୍ୱାଧୀନତା) ହସ୍ତାନ୍ତର କରାଯାଇଥିଲା। ସୌଜନ୍ୟ ସାକ୍ଷାତ ସମୟରେ ଫଣୀଭୂଷଣ ଚକ୍ରବର୍ତ୍ତୀ ଅଟଲି ସାହେବଙ୍କୁ କିଛି ପ୍ରଶ୍ନ ପଚାରିଥିଲେ। ପ୍ରଥମ ପ୍ରଶ୍ନ- "୧୯୪୨ ବେଲକୁ ଗାନ୍ଧିଜୀଙ୍କ (ଭାରତଛାଡ଼ ଆନ୍ଦୋଳନ)ର ଆଦୌ ପ୍ରଭାବ ନଥିଲା। ସ୍ୱାଧୀନତା ଆନ୍ଦୋଲନ ପରିପ୍ରେକ୍ଷୀରେ ସେତେବେଳେ ବ୍ରିଟିଶ ପାଇଁ ସେମିତି କୌଣସି ବିଶେଷ ଜଟିଲ ପରିସ୍ଥିତି ମଧ୍ୟ ସୃଷ୍ଟି ହୋଇ ନଥିଲା। ତଥାପି ୧୯୪୨ ରେ ବ୍ରିଟିଶ ଭାରତ ଛାଡ଼ିବା ପାଇଁ କାହିଁକି ବାଧ୍ୟ ହେଲା ବା ବ୍ରିଟିଶକୁ ଭାରତ ଛାଡ଼ିବାକୁ କିଏ ବାଧ୍ୟ କରିଥିଲା। ଉତ୍ତର ହେଲା ଭାରତ ଛାଡ଼ ଆନ୍ଦୋଲନର ପ୍ରଭାବ ଆମ ଉପରେ ସେଭଲି ଚାପ ପକାଇ ପାରି ନ ଥିଲା। ଆମେ ତରବର ହୋଇ ବାଧ୍ୟବାଧକତାରେ ଭାରତ ଛାଡ଼ିବାର କାରଣ ମଧ୍ୟରୁ ପ୍ରଥମ ହେଉଛି ନେତାଜୀ ସୁଭାଷ ଚନ୍ଦ୍ର ବୋଷଙ୍କର ଆଜାଦହିନ୍ଦ୍ ଫୌଜ (ଆଇ.ଏନ୍.ଏ) ର ସଶସ୍ତ୍ର ସଂଗ୍ରାମ ବ୍ରିଟିଶ ସାମ୍ରାଜ୍ୟକୁ ଦୋହଲାଇ ଦେଇଥିଲା। ୧୯୪୫ରେ ଆଜାଦହିନ୍ଦ ଫୌଜ ଯୁଦ୍ଧ ବନ୍ଦୀଙ୍କ ଲାଲ କିଲ୍ଲାରେ ବିଚାର ସମୟରେ ଦେଶସାରା ଯେଉଁ ଉତ୍ତେଜନା ସୃଷ୍ଟି ହୋଇଥିଲା ବ୍ରିଟିଶ ଶାସନ ପାଇଁ ଏହା ଅନ୍ତିମ ଚେତାବନୀ ଥିଲା। ଦ୍ୱିତୀୟ କାରଣ ୧୯୪୬ ଫେବ୍ରୁୟାରୀରେ ରୟାଲ ଇଣ୍ଡିଆନ ନେଭି ବିଦ୍ରୋହ ଫଳରେ ଆମର ବିଶ୍ୱାସ ଦୃଢ଼ୀଭୂତ ହେଲା ଯେ ଭାରତୀୟ ସେନା ସାହାଯ୍ୟରେ ଆଉ ବେଶୀଦିନ ଶାସନ କରିବା ସମ୍ଭବନୁହେଁ। ଦ୍ୱିତୀୟ ପ୍ରଶ୍ନ – "ଗାନ୍ଧିଜୀଙ୍କ ଆନ୍ଦୋଲନ ବ୍ରିଟିଶ ଶାସକଙ୍କୁ ଭାରତ ଛାଡ଼ିବା ପାଇଁ କେତେ ପରିମାଣରେ ପ୍ରଭାବିତ କରିଥିଲା।" କିମ୍ବା ବ୍ରିଟିଶ ଭାରତ ଛାଡ଼ିବା ପଛରେ ଗାନ୍ଧିଜୀଙ୍କ ଆନ୍ଦୋଲନ କେତେ ପ୍ରଭାବଶାଲୀ ଥିଲା। ଅଟଲି ସାହେବ ତାସ୍ଲ୍ୟ ହସ ହସି ଗୋଟିଏ ଶଘ୍ରରେ ଧୀର କଣ୍ଠରେ ପ୍ରଶ୍ନର ଉତ୍ତର ଦେଇଥିଲେ- "ସର୍ବନିମ୍ନ" (ବରିଷ ଐତିହାସିକ ରମେଶ ଚନ୍ଦ୍ର ମଜୁମଦାରଙ୍କ ହିଷ୍ଟ

ଅଫ୍ ଫ୍ରିଡମ୍ ମୁଭମେଣ୍ଟ ଇନ ଇଣ୍ଡିଆ । ୩ୟ ଖଣ୍ଡ ପୃଷ୍ଠା ୬୦୯-୬୧୦ରୁ ଉଦ୍ଧୃତ) କିନ୍ତୁ ଦେଶ ସ୍ୱାଧୀନତା ପ୍ରାପ୍ତିର ସିଂହଭାଗ ଶ୍ରେୟ କଂଗ୍ରେସ ଓ ଗାନ୍ଧିଙ୍କୁ ସତୁରି ବର୍ଷରୁ ଉର୍ଦ୍ଧ୍ୱ କାଳ ହେଲା ଦିଆଯାଇଛି ।

ଗାନ୍ଧି ଏକଦା ଶିବାଜୀ, ରାଣାପ୍ରତାପ ଓ ଗୁରୁ ଗୋବିନ୍ଦ ସିଂହଙ୍କୁ ବିପଥ ଗାମୀ ଦେଶଭକ୍ତ ଆଖ୍ୟା ଦେଇଥିଲେ । ଯଦି ସୁଭାଷ ବୋଷଙ୍କ ଦ୍ୱାରା ସଶସ୍ତ୍ର ସଂଗ୍ରାମ କରାଯାଇ ନ ଥାଆନ୍ତା ଓ ଦ୍ୱିତୀୟ ମହାସମରରେ ଇଂଲଣ୍ଡର ସାମରିକ ଶକ୍ତି ହ୍ରାସ ଘଟି ଥାଆନ୍ତା । ତେବେ ଶିବାଜୀ, ରାଣାପ୍ରତାପ ଓ ଗୁରୁଗୋବିନ୍ଦ ସିଂ ବିପଥଗାମୀ ଦେଶଭକ୍ତ କିୟା   ଗାନ୍ଧୀ ନିଜେ ଜଣେ ମରିଚିକା ପଥର ଯାତ୍ରୀଥିଲେ ତାହା ଜଣାପଡ଼ି ଯାଇଥାଆନ୍ତା । ଗାନ୍ଧିତ ପ୍ରାଣଦଣ୍ଡ (ଫାଶ ପାଇବାକୁ ଡରି) ଭୟରେ ସଶସ୍ତ୍ର ସଂଗ୍ରାମକୁ ଡରି ଅହିଂସା ଉପାୟରେ ଅସହଯୋଗ ଆଦୋଳନ କରୁଥିଲେ । ସେଥିରେ କ'ଣ ଦେଶ ସ୍ୱାଧୀନତା ହାସଲ କରିବାକୁ କେବେ ସମର୍ଥ ହୋଇପାରି ଥାଆନ୍ତା । ଯଦି ନେତାଜୀଙ୍କ ଦ୍ୱାରା ସଶସ୍ତ୍ର ସଂଗ୍ରାମ ହୋଇ ନ ଥାଆନ୍ତା ଓ ଦ୍ୱିତୀୟ ବିଶ୍ୱ ଯୁଦ୍ଧରେ ଇଂଲଣ୍ଡର ସାମରିକ ଶକ୍ତିର ହ୍ରାସ ଘଟି ନଥାଆନ୍ତା । ତେବେ ବ୍ରିଟିଶ କେବେ ବି ଗାନ୍ଧିଙ୍କ ଦ୍ୱାରା ପରିଚାଳିତ ଅହିଂସା ଉପାୟରେ ଅସହଯୋଗ ଆଦୋଳନକୁ ଭୟ କରି ଭାରତ ଛାଡ଼ି ନଥାଆନ୍ତା । ଏହା ଭାରତକୁ ସ୍ୱାଧୀନତା ପ୍ରଦାନ କରିଥିବା ବ୍ରିଟିଶ ପ୍ରଧାନମନ୍ତ୍ରୀ ଅଟଲିଙ୍କ ସ୍ୱୀକାରୋକ୍ତିକୁ ସ୍ୱସ୍ଥ ପ୍ରମାଣିତ ହୁଏ । ୧୯୪୭ରେ ଇଂଲଣ୍ଡର ପ୍ରଧାନମନ୍ତ୍ରୀ ଅଟଲିଙ୍କ ମତରେ "ଭାରତ" ସ୍ୱାଧୀନତା ପାଇଁ ନେତାଜୀଙ୍କ ଆଜାଦହିନ୍ଦ୍ ଫୌଜର ପ୍ରଭାବ ସର୍ବାଧିକ ଥିଲାବେଲେ ଗାନ୍ଧିଙ୍କ ଦ୍ୱାରା ପରିଚାଳିତ ଆଦୋଳନର ପ୍ରଭାବ ଥିଲା ସର୍ବନିମ୍ନ । ଆହୁରି ମଧ୍ୟ ବ୍ରିଟିଶ କୂଟନୀତି ଗାନ୍ଧିଙ୍କ ବାଜିଗରୀ କଳି ସାରିଥିଲା ।

ସ୍ୱାଧୀନତା ପରେ ବହୁଘେରା ବୁଲି ଭାରତର ଗଣତନ୍ତ୍ର ଆଗକୁ ଆସିଛି । ବିଦେଶୀ କବଳରୁ ଦେଶକୁ କଂଗ୍ରେସ ମୁକ୍ତ କରିଛି । ଏପରି ଧାରଣା ପ୍ରଚାର ଓ ପ୍ରସାର କରାଯାଏ ସରକାରୀ ଖର୍ଚ୍ଚରେ । ସିଲ୍‌ରେ ଫୁଲ ଚିହ୍ନ ଦେଖ୍‌ବାକୁ ମିଳୁଥିଲା ପରି ସ୍ୱାଧୀନତା ସଂଗ୍ରାମରେ ଅନେକ ଦେଶ ଭକ୍ତଙ୍କ ବର୍ଣ୍ଣନା ଶୁଣିବାକୁ ମିଲେ । ସତେ ଯେମିତି ସେମାନେ ଆତ୍ମତ୍ୟାଗ କରି ନ ଥିଲେ ସ୍ୱାଧୀନତା ମିଳି ନ ଥାଆନ୍ତା । ଜାତୀୟ କଂଗ୍ରେସ ଦଳ ଗଢ଼ା ନ ଯାଇଥିଲେ ସ୍ୱରାଜ ଆସି ନଥାଆନ୍ତା ଏବଂ ଗାନ୍ଧି ଏଠି ଜନ୍ମ ହୋଇ ନ ଥିଲେ ଇଂରେଜମାନେ ଭାରତ ଛାଡ଼ି ଯାଇ ନଥାଆନ୍ତେ । ଦେଶ ବିଭାଜନ ଘଟି ଦୁଇଭାଗ ହୋଇଥିଲେ ମଧ୍ୟ । ନେହେରୁ ପ୍ରଥମ ପ୍ରଧାନମନ୍ତ୍ରୀ ହୋଇନଥିଲେ ସ୍ୱାଧୀନ ଭାରତର ଦାୟିତ୍ୱ ଆଉ ଅନ୍ୟ କେହି ସମ୍ଭାଳି ପାରି ନ ଥାଆନ୍ତେ ? ଚୀନ ଓ ପାକିସ୍ତାନକୁ ନେହେରୁଙ୍କ ଶାସନ ବେଲେ ଦେଶ ଅନେକ ଅଞ୍ଚଲ ହରାଇଥିଲେ ସୁଦ୍ଧା । ଏ ପ୍ରକାର ମନ୍ତବ୍ୟକୁ ବହୁ ଭାରତୀୟ ବିଶ୍ୱାସ କରନ୍ତି । ନିଜ ସାବାସୀ ଗପିଲା ବେଲେ ଅଳ୍ପ କିଛି ମିଛ ସେଥିରେ ଯୋଡିଲେ ଚଳିବ, କିନ୍ତୁ ସବୁ ମିଛ ହେଲେ ପ୍ରକୃତ ସତ ପାଇଁ ବିଶ୍ୱ ମିଳିବ କେଉଁଠୁ ? ସ୍ୱାଧୀନତା ସଂଗ୍ରାମର ଇତିହାସ ପଢ଼ିଲା ବେଲେ ସେଥିରୁ ବେଶୀ ସତ ଖୋଜିବା ଦରକାର ହେଇ ନଥାଏ । ସେଥ୍ ପାଇଁ ସତର୍କ ଖ୍ୱାଇଲ ହେଲା ଯଦି ଜାଣିଲ ଠାକୁରଙ୍କ ନାଁ ବିଷ୍ଣୁ ତା' ହେଲେ ଧରିନିଅ ତାଙ୍କ ଦ୍ୱାରା ପ୍ରେରିତ ଅସ୍ତ୍ରଟି ହେଲା ଚକ୍ର । ମଣିଷର ଅଭ୍ୟାସ ହେଲା- କିଛି ମିଛ ତାକୁ ଆନନ୍ଦ ଦିଏ ଓ ନିଷ୍ଠୁର ସତ୍ୟକୁ ଫେରିବାକୁ ସେ ଭୟ କରିଥାଏ । କିଛି ତଥ୍ୟ ତଦାରଖ ନକରି ଆମେ ଅନେକ ଗପକୁ ଅତି ପବିତ୍ରଭାବେ ବିଶ୍ୱାସ କରୁ । ବହିରୁ ପଢ଼ିଥାଉ ସ୍ୱାଧୀନତା ପାଇଁ ଅହିଂସା, ସତ୍ୟାଗ୍ରହ, ଅସହଯୋଗ, ଜାତୀୟ ସଂଗ୍ରାମ । ଏମିତି ଯେତେ କାମ ସବୁ କଂଗ୍ରେସ ହିଁ କରିଥିଲା, ବସ୍ତୁ ସତ୍ୟ ନାନାଦି ବିପରୀତ ଘଟଣା ପ୍ରତିପାଦିତ କରୁଥିଲେ ମଧ୍ୟ ଆମେ ଦାବି କରୁ ଯେ ଭାରତ କୁଆଡ଼େ ଅହିଂସା ବାଟେ ଓ ବିନା ରକ୍ତ ପାତରେ ନିଜର ସ୍ୱାଧୀନତା ହାସଲ କରିଥିଲା । ଅହିଂସା ହେଉଛି ପାଣି ସହିତ ତୁଲନୀୟ । ଆଉ ସଂଗ୍ରାମ ହେଲା ନିଆଁ ପରି, ନିଆଁ ଏବଂ ପାଣି କେମିତି ମିଶି କରି (ମିଲିମିଶି) ଲଗା ଲଗି ହୋଇ ଏକତ୍ର ରହିପାରିଲେ । ସଂଗ୍ରାମ ଓ ଅହିଂସା ଏକା ସାଙ୍ଗରେ କାନ୍ଧକୁ କାନ୍ଧ ମିଲାଇ ଚାଲୁଥିଲେ ହାତ ଧରା ଧରି ହୋଇ । ଅହିଂସାର ଅର୍ଥ ପ୍ରତିବାଦ ନ କରିବା । ସ୍ଥିତାବସ୍ଥାକୁ ମାନି ନେବା, କାହାରି ପ୍ରତି

ହିଂସା ଆଚରଣ ନ କରିବା)। ଅସହିଷ୍ଣୁ ନ ହେବା, ପ୍ରତିରୋଧ ନ କରିବା, ସହବସ୍ଥାନକୁ ଗ୍ରହଣ କରିନେବା। ଯାହା ମିଳିଲା ଓ ଯେତିକି ମିଳିଲା, ସେତିକିରେ ସନ୍ତୁଷ୍ଟ ରହିବା। ମିଳାମିଶାକୁ ମାନିନେବା। ସହିଯିବା ନିଜର କ୍ଷତି ହେଉଥିଲେ ସୁଦ୍ଧା। ଦୁଃଖ ପାଇ ଓ କଷ୍ଟସହି ଏବଂ ଯନ୍ତ୍ରଣା ଭୋଗୀ ମଧ୍ୟ। ଏପରିକି ଗୁରୁତର ଠକାମୀରେ ପଡ଼ି ସୁଦ୍ଧା, ବିନା ସର୍ତ୍ତରେ କିଛି ଦାବି ରୋପଣ ନ କରି କୌଣସି ପ୍ରକାର ସୁବିଧା ହାସଲ ଆରୋପ ନ କରି ସାଲିସ କରିଯିବା। କିନ୍ତୁ ସଂଗ୍ରାମର ଅର୍ଥ ଏସବୁ ନୁହେଁ, ସଂଗ୍ରାମ– ଆପଣାର ଅଧିକାର ସାବ୍ୟସ୍ତ ସକାଶେ। ନିଜର ହକ ପାଇଁ। ପ୍ରାପ୍ୟ ଆଦାୟ ଲାଗି। ସୁବିଧା ହାସଲ ପାଇଁ। ଅସୁବିଧା ନ ଭୋଗିବାକୁ। ହଇରାଣ ହରକତ ନ ହେବା ଲାଗି। ଅସହିଷ୍ଣୁତା, ଅଦେଖା ପଣିଆ, ହିଂସା ପରାୟଣତାରୁ ହିଁ ସଂଗ୍ରାମର ସୃଷ୍ଟି। ସଂଗ୍ରାମ ନିକଟରେ ଅହିଂସାରେ ସ୍ଥାନ ନାହିଁ କିମ୍ବା ଅହିଂସା ଦ୍ୱାରା କେବେ ବି ସଂଗ୍ରାମ ସମ୍ଭବ ହୁଏନା। ସଂଗ୍ରାମ– ଅହିଂସାରେ ହୁଏନା ଓ ଅହିଂସା– ସଂଗ୍ରାମର ବିପରୀତ ଶବ୍ଦ। ଅହିଂସା ଓ ସଂଗ୍ରାମର ସହବସ୍ଥାନ କେବେ ବି କୌଣସି ପ୍ରକାରେ ସମ୍ଭବ ନୁହେଁ। ମାତ୍ର କୁହାଗଲା– ଅହିଂସ୍ ଅସ୍ତ୍ର ବଳରେ ଅସହଯୋଗ ଉପାୟରେ (ପଦ୍ଧତିରେ) ଗାନ୍ଧୀଙ୍କ ନେତୃତ୍ଵରେ ସଂଗ୍ରାମ କରି (ଲଢ଼ି) ଦେଶ ସ୍ଵାଧୀନତା ହାସଲ କଲା। ତେବେ ସୁଭାଷଙ୍କ ସଶସ୍ତ୍ର ସଂଗ୍ରାମ ଗଲା କୁଆଡ଼େ ? ଇଂରେଜମାନେ କ’ଣ ଅହିଂସାକୁ ଡରି ଅସହଯୋଗକୁ ଭୟ କରି ଭାରତକୁ ସ୍ୱାଧୀନତା ଦେଇଥିଲେ ନା ଆଜାଦହିନ୍ଦ ଫୌଜର ସଶସ୍ତ୍ର ସଂଗ୍ରାମକୁ ସେମାନେ ଭୟ କରି ଏ ଦେଶ ଛାଡ଼ି ଚାଲିଯିବାକୁ (ପଳେଇବାକୁ) ବାଧ୍ୟହୋଇ ଥିଲେ। ଗାନ୍ଧି ନାହାନ୍ତି ସତ ମାତ୍ର ତାଙ୍କ ନାଁ କହି କଂଗ୍ରେସ ଏସବୁକୁ ଅତି ସୁଚାରୁ ଭାବେ ଚଲେଇଛି। କ୍ରମେ ଗାନ୍ଧି କର୍ପୋରେସନରେ ପରିଣତ ହେଲେ ଓ କଂଗ୍ରେସ ହାତକୁ ଆସିଲା ଶାସନ ଚଲେଇବା କ୍ଷମତା। ସ୍ୱାଧୀନତା ଠାରୁ ଜୀବନର ଶେଷ ପର୍ଯ୍ୟନ୍ତ (୧୯୪୭ରୁ ୧୯୬୪) ନେହେରୁ ରହିଲେ କଂଗ୍ରେସର ମୁଖ୍ୟ ଭାଷ୍ୟକାର ଏବଂ ଦେଶ ରହିଲା କଂଗ୍ରେସ ଅଧୀନରେ। ଅଭିଯୋଗ ହୁଏ ଶାସକ ଇଂରେଜମାନଙ୍କ ସହାୟତାରେ ସବୁ ଭାରତୀୟମାନଙ୍କ ପ୍ରତିନିଧି ହେବା ପାଇଁ କଂଗ୍ରେସ ତା’ର ଅନେକ ପ୍ରତିଦ୍ୱନ୍ଦୀମାନଙ୍କୁ ହତାୟଶ ବା ନିପାତ କରିଛି। ଏମିତିକା ଉତ୍ପାତରେ ନେତାଜୀ ହଜିଛନ୍ତି ଯେ ଆଉ ମିଳିବେ କି ନା ସନ୍ଦେହ।

ଗତ ୭୦ଦଶକରେ ଲୋକେ ଇତିହାସକୁ ଆଉ ପ୍ରକାରେ ଚିହ୍ନିଲେ। କଂଗ୍ରେସ ଦଳକୁ ବୌଦ୍ଧିକତା ଗ୍ରାସ କରୁଥିଲା। ଦେଶରେ ନ୍ୟାସନାଲଜିମ୍ ପ୍ରତିଷ୍ଠା ପାଇଁ ଆରମ୍ଭ ହେଲା ଇନ୍ଦିରାଙ୍କ ଆଗ୍ରହ। ସେଥିରେ ବ୍ରାଣ୍ଡ-ଇଣ୍ଡିଆ ଶବ୍ଦର ଆବିଷ୍କାରକ। ୧୯୬୪ ମସିହା ବେଳକୁ କଥା ଉଠିଲା ଜାତୀୟ ଗୌରବ ମନେ ରଖିବାକୁ (ଭାରତୀୟ ପ୍ରଥମ ସ୍ଵାଧୀନତା ସଂଗ୍ରାମ)ଏକ ସ୍ମରଣୀୟ ଘଟଣା ନିର୍ଣ୍ଣୟ କରାଯାଉ। ଆଉ ଦୁଇବର୍ଷ ପରେ ସରକାରୀ ବିଚାରରେ ତାହା ହେଲା ୧୮୫୭ ମସିହାର ସିପାହୀ ବିଦ୍ରୋହ। ସେଥିପାଇଁ ବଢ଼ିଆ ଗପସବୁ ଆଗରୁ ପ୍ରସ୍ତୁତ କରାଯାଇଥିଲା। ମନେଅଛି ସେତେବେଳେ କଥା ଉଠିଥିଲା ୧୮୦୩ରୁ ୧୮୧୭ ପର୍ଯ୍ୟନ୍ତ ବ୍ୟାପି ପାଇକ ବିଦ୍ରୋହ ଗଲା କୁଆଡ଼େ ଓ ଓଡ଼ିଶାତ ଭାରତ ହୋଇସାରିଛି ୧୫୪୭ଠାରୁ। ଏଠି ଘଟିଥିବା ଏ ବିଦ୍ରୋହକୁ ଭାରତୀୟ ବୋଲି କହିବାକୁ ଏତେ କାତରତା କାହିଁକି ? ମାତ୍ର ଏ ଭୂଇଁ କିପରି ‘ଚଣ୍ଡାଶୋକ’କୁ ଧର୍ମାଶୋକରେ ପରିଣତ କଲା। ତାକୁ ଗୌରବ କହି ଇତିହାସ ଗପିବାକୁ ପଣ୍ଡିତମାନଙ୍କୁ ଫୁରସତ ମିଳୁନି। ଶ୍ରେଷ୍ଠତ୍ଵର ହାସ୍ୟାସ୍ପଦ ପ୍ରତିଯୋଗିତା ଇତିହାସ ରାଜ୍ୟରେ ଅନବରତ ଲାଗିଥାଏ। ଏ ବାବଦରେ କାର୍ଲମାର୍କ୍ସଙ୍କର ଗୋଟିଏ ଉକ୍ତି ଅଛି– "ଐତିହାସିକ ଘଟଣାଗୁଡ଼ିକ ମୋଟେ ଦି’ଥର ଘଟୁଥାଏ। ଥରେ ଦୁଃଖପାଇଁ ଏବଂ ଆଉ ଥରେ ଇତିହାସ ଲେଖା ନାଁରେ ଭଣ୍ଡାମି ପାଇଁ। ଅଶୋକ କେଉଁ ରାଜାକୁ ହରାଇଲେ ଜଣାନାହିଁ। କିନ୍ତୁ ସେ ଜିତିଲେ ଏବଂ ଦୟାନଦୀରେ ଜଳ ବଦଳରେ ରକ୍ତର ସୁଅ ଛୁଟିଥିଲା ‘ଇତ୍ୟାଦି ଗପ’। ମାତ୍ର ନାଟକ ଲେଖିବାକୁ କାରୁବାକୀ ନାମରେ ରାଜରାଣୀ ଜଣେ ମିଳିଗଲେ। ଏପରି ରଦ୍ଦି ଗପ ଇତିହାସ ତ ମୋଟେ ନୁହେଁ। ଶୁଣିବାକୁ ଭଲ ନୁହେଁ କି ମଧ୍ୟ ବି ନୁହେଁ କିମ୍ବା ଇୟୁସଲେସ ମଧ୍ୟ ନୁହେଁ। କେହି ରାଜା ଯଦି ନ ଥିଲେ ତା ହେଲେ କଳିଙ୍ଗ ସ୍ଵାଧୀନ

ଥିଲା କି ? ଯଦି ତା ବି ହୁଅନ୍ତା ଏ ରାଜ୍ୟର   ଐତିହାସିକ ଗୌରବ ତ ପ୍ରାଚୀନ ସ୍ପାର୍ଟ, ଗ୍ରୀସ ବା ଏଥେନ୍ସର ସମକକ୍ଷ୍ୟ ହୋଇପାରନ୍ତା। ଯେମିତି ପାଇକ ବିଦ୍ରୋହକୁ ପ୍ରାଧାନ୍ୟ ଦିଆଯାଇନି। କାରଣ ଏହା ଉତ୍ତର ଭାରତରେ ଘଟିନାହିଁ ବୋଲି। ଆଉ ଯେପରି ସର୍ଦ୍ଦାର ପଟେଲ ସ୍ୱାଧୀନ ଭାରତ ନିର୍ମାଣ ସକାଶେ ଯେତିକି ପୂଜ୍ୟନୀୟ ହେବା କଥା କଂଗ୍ରେସ ସେ ଆଦର ମୋଟେ ଦେଖାଇନାହିଁ। କାରଣ ସେ ଉତ୍ତର ପ୍ରଦେଶର ଲୋକ ନୁହନ୍ତି ବୋଲି। ଦେଶ ସ୍ୱାଧୀନ ହେବା ଠାରୁ ବହୁ ବର୍ଷ ପର୍ଯ୍ୟନ୍ତ ଉତ୍ତର ପ୍ରଦେଶର ନେତାମାନେ ହିଁ ଭାରତର ପ୍ରଧାନମନ୍ତ୍ରୀ ହୋଇଥିଲେ। ସେମିତି ନେତାଜୀ ସୁଭାଷ ଚନ୍ଦ୍ର ବୋଷଙ୍କୁ ଭାରତର ସ୍ୱାଧୀନତା ହାସଲ ପାଇଁ ଯେତିକି ଗୌରବ ଦିଆଯାଉନି କାରଣ ସେ ନେହେରୁ ପରିବାରର ସଦସ୍ୟ ନୁହନ୍ତି। ତା'ର ମୁଖ୍ୟ କାରଣ ଦେଶ ସ୍ୱାଧୀନ ହେବାରୁ ଏପର୍ଯ୍ୟନ୍ତ ଅଧିକ ସମୟ ଧରି ନେହେରୁ ପରିବାର ହାତରେ ଦେଶର ଶାସନ ଡୋରି ରହି ଆସିଛି। ଏହା ସେମାନଙ୍କ ଚକ୍ରାନ୍ତର ଫଳ।

ଇତିହାସ ମୂକ ସାକ୍ଷୀ, ଏକଥା ଧ୍ରୁବ ସତ୍ୟ ଯେ ଯଦି ଲୋକମାନ୍ୟ ତିଲକ ନ ଥାଆନ୍ତେ ତେବେ ସ୍ୱାଧୀନତାର ବିରାଟ ଜ୍ୱାଳା ମୁଖୀ   କେବେ ଉଦ୍‌ଗୀରଣ ହୋଇନଥାଆନ୍ତା ଯଦି ସୁଭାଷ ବୋଷ ନ ଥାଆନ୍ତେ ତେବେ ଦେଶ ସ୍ୱାଧୀନ ହୋଇପାରି ନ ଥାଆନ୍ତା ଓ ଯଦି ବଲ୍ଲଭ ଭାଇ ପଟେଲ ନ ଥାଆନ୍ତେ ତେବେ ଭାରତବର୍ଷ ଖଣ୍ଡ ବିଖଣ୍ଡିତ ହୋଇଥାଆନ୍ତା। ଏହି ମହାପୁରୁଷ ମାନଙ୍କୁ କେନ୍ଦ୍ର କଂଗ୍ରେସ   ସରକାର ଉପେକ୍ଷା କରି ଆସିଛି। ଆହୁରି ମଧ୍ୟ ସ୍ୱାଧୀନତା ସଂଗ୍ରାମ ସମ୍ପର୍କରେ ଲିଖିତ ବିଭିନ୍ନ ପୁସ୍ତକରୁ ସ୍ପଷ୍ଟ ଯେ ନେତାଜୀ ସୁଭାଷ ଚନ୍ଦ୍ର ବୋଷ ଓ ଲୌହ ପୁରୁଷ ସର୍ଦ୍ଦାର ବଲ୍ଲଭ ଭାଇ ପଟେଲଙ୍କ ବିରାଟ ବ୍ୟକ୍ତିତ୍ୱ ଆଗରେ ଜବାହରଲାଲ   ନେହେରୁ ନିଜକୁ ଖୁବ୍ ନ୍ୟୂନ ମନେ କରୁଥିଲେ। ତାଙ୍କର ଏହି ଭାବନା କାରଣରୁ ସେମାନଙ୍କ ନାମ ଓ ଯଶକୁ ଚାପି ଦେବା ପାଇଁ ଅନେକ ଚକ୍ରାନ୍ତ କରିଥିଲେ। ନେତାଜୀଙ୍କ ଉଭାନ ଓ ଅନ୍ତର୍ଦ୍ଧାନ ପରିପ୍ରେକ୍ଷୀରେ ନେହେରୁଙ୍କ ଭୂମିକା ଉପରେ ଏବେ ମଧ୍ୟ ବିବାଦ ଚାଲିଛି।

ଯିଏ ବ୍ରିଟିଶ ମାନଙ୍କ ସହିତ ନିଜ ଦେଶ ପାଇଁ ଅଧିକ ସମୟ ଧରି ଯୁଦ୍ଧ କଲା ସେ ଦେଶ ଭକ୍ତ ହେଲାନି। ଅଥଚ ଯିଏ ଆଗେ ଯୁଦ୍ଧ ସାରି ମହାରାଣୀଙ୍କ ବଶ୍ୟତା ସ୍ୱୀକାର କଲେ, ସେମାନେ ହେଲେ ଦେଶଭକ୍ତ। ଏପରି ଅଦ୍ଭୁତ ଯୁକ୍ତିକୁ ଭିତ୍ତି କରି ଲେଖାଗଲା ତଥାକଥିତ ଭାରତ ସ୍ୱାଧୀନତା ସଂଗ୍ରାମ ଇତିହାସ, ଗତ ୭୦ ଦଶକରେ ଇନ୍ଦିରାଙ୍କ ଡିକ୍‌ଟେରସିପ ଆଡ଼କୁ ଅଭିଯାନ କରୁଥିବା କାଳରେ ଗୋଟେ ଉଦ୍ୟମ ଆରମ୍ଭ ହେଲା- ଭାରତର ସ୍ୱାଧୀନତା ସଂଗ୍ରାମର ପିଣ୍ଡ ଖୋଜିବା। ସେତେବେଳେକୁ 'ଭାରତ' ନାଁ ମଜବୁତ ହୋଇ ନ ଥିଲା। ଆଜି ବି ଦାକ୍ଷିଣାତ୍ୟ ରାଜ୍ୟର ଲୋକେ ନିଜକୁ ସାଉଥ-ଇଣ୍ଡିଆନ ବୋଲି କହନ୍ତି, ଖାଲି ଇଣ୍ଡିଆନ ନୁହେଁ, ଦକ୍ଷିଣ ପୂର୍ବ ରାଜ୍ୟର ଲୋକେ 'ଇଣ୍ଡିଆ' କେଉଁଠି ଜାଣନ୍ତି ପରି ଢଙ୍ଗ। ଆଜି ଅବସ୍ଥା ଯଦି ଏଇଆ -ପଚାଶ ବର୍ଷ ଆଗରୁ ଇନ୍ଦିରାଙ୍କର ଭାରତ ନିର୍ମାଣ ପ୍ରୟାସ ଖୁବ୍ ସାହାସିକ ଥିଲା ପରି ଲାଗୁଥିଲା । ବେଶୀ ଦେଶଭକ୍ତ (ନ୍ୟାସନାଲ) ଦେଖାଇ ନ ହେଲେ, ଜଣେ ଦେଶଦ୍ରୋହୀ ବା ଆଣ୍ଟି-ନ୍ୟାସନାଲ ହୋଇପାରିବେନି। ଏକଥା ଅନୁମାନ କରି ସୁଦ୍ଧା ଇନ୍ଦିରାଙ୍କ ପକ୍ଷ ସମର୍ଥନ କରି ସେତେବେଳେ ମତ ଦିଆଯାଇଥିଲା -ହଁ ଆଜ୍ଞା ଇତିହାସ ସଜାଡ଼ି ଦିଆଯାଉ।

ଖାରବେଲ ଏ ଭୂଇଁର ରାଜା ଥିଲେ। ଅଶୋକଙ୍କ ଠାରୁ ଅଧିକ ବିସ୍ତାରିତ ସାମ୍ରାଜ୍ୟର ନରପତି। ସେ ଟିକେ ବୋଡ ଇତିହାସରୁ ବାହାରି ଇଂଲିଶକୁ ଯାଆନ୍ତୁ। ସରକାରୀ ଆୟୋଜନରେ ପ୍ରାୟ ବର୍ଷେ ଦେଢବର୍ଷ ଆଲୋଚନା ସେମିନାର ୱାର୍କସପ ଚାଲି ଶେଷରେ ୧୮୫୭ସିପାହି ବିଦ୍ରୋହ (କ୍ୟାଣ୍ଟନ ମେଣ୍ଟ- ମ୍ୟୁଟିନ)କୁ ପ୍ରଥମ ସ୍ୱାଧୀନତା ସଂଗ୍ରାମଭାବେ ଧାର୍ଯ୍ୟ କରାଗଲା। ଆଗରୁ ମହାତ୍ମା ଗାନ୍ଧୀ କହିଥିଲେ- ଆମେ ସଂଗ୍ରାମ କରିନାହୁଁ ଅହିଂସା ଓ ଶାନ୍ତିପୂର୍ଣ୍ଣ ଆନ୍ଦୋଲନରେ ସ୍ୱାଧୀନତା ହାସଲ କରିଛୁ। ଆନ୍ଦୋଲନକୁ (ସଂଗ୍ରାମ) କହିଲେ ବୋଧେ ଭବିଷ୍ୟତ ଗାନ୍ଧିଙ୍କ ନାଁ ମରାମତି କରିପାରିବନି। ମିଛର ଇତିହାସ ସବୁବେଳେ ଅଧିକ ରଙ୍ଗୁରେ। ଇନ୍ଦିରା ଗାନ୍ଧିଙ୍କ ତଥାକଥିତ ସଂଗ୍ରାମର ଧୂଳି ତଳେ ମହାତ୍ମା ଗାନ୍ଧିଙ୍କ

ଅହିଂସା ଆନ୍ଦୋଳନ ଲୁଟିଯିବ । ଆଜି ତ ଶାସକ ପଚାରୁଛି- ଏ ଲୋକଟି କିଏ । ସେ ନ ଥିଲେ ଚଳିଥାଆନ୍ତା । ଇତିହାସ ଶାସକର ବରକନ୍ଦାଜ ସବୁବେଳେ ବିଜୟୀର ଯଶ ଗାଏ ଏବଂ ସେ ଗପ ଟିକେ ସତପରି ଲାଗିବା ପାଇଁ ପରାଜିତର ନାଁ କରିବାକୁ ପଡେ । ନିୟମ କହୁଛି-ଗପ ଲେଖାଳିର ଯେତିକି ସ୍ୱାଧୀନତା-ଇତିହାସକାରର ସେତିକି (ନୁହେଁ) ନାହିଁ । ଜଣେ ଭାବିବ ଲେଖ୍ବ ଓ ଆର ଜଣଙ୍କ ଜାଣିବ ଲେଖ୍ବ । ଯେ ହେତୁ ଜାଣିବା ଆଉ ଭାବିବା ଏକା କଥା ନୁହେଁ । ତେଣୁ ଗପରେ ନିଆଁଗିଲା କଥା ସବୁ ଜାଗା ଧରେ । ଏ ତାଡ଼ ଖାଇବା ଇତିହାସକାର ପକ୍ଷେ ସମ୍ଭବ ନୁହେଁ । କାରଣ ତଦ୍ୱାରା ନକ୍ଲ ଓ ଗୁନିଆ ମାପରେ ଭୂଇଁ ଚେନ ମିଶୁ ନ ଥିବ । ଓଡ଼ିଶାରେ କୌଣସି ବିଭାଗରେ ନେତୃତ୍ୱ ନାହିଁ । ରାଜନୀତି କଥା ନକହିଲେ ଆହୁରି ଭଲ । ସ୍ୱାଧୀନୋଉର ଭାରତରେ ଓଡ଼ିଶା ରାଜ୍ୟ ଯଦି ପରିଚୟହୀନତାର ଗହ୍ୱର ଭିତରକୁ ପଶି ଯାଇଥାଏ । ସେଥିପାଇଁ କେବଳ ରାଜନୀତିକୁ ଦୋଷ ଦିଆଯାଇ ପାରିବ ନାହିଁ । କାରଣ ନେତୃତ୍ୱର ଅର୍ଥ କେବଳ ରାଜନୈତିକ ନେତୃତ୍ୱ ବୋଲି ଆମେ ମନେ କରିବା ଉଚିତ ନୁହେଁ । ଯେଉଁ ସମାଜରେ ରାଜନୀତି ପ୍ରମୁଖ ପରି ଦେଖାଯାଏ, ଧରି ନେବାକୁ ହେବ ଯେ ସେଇ ସମାଜରେ ଅନ୍ୟ ସବୁ ସ୍ତରରେ ମୁରବି ମର୍ଯ୍ୟାଦା ଭୁଶୁଡ଼ି ଯାଇଛି । ସମାଜର ସମସ୍ତ ବିଭବରେ ସ୍ତର ସ୍ତର ହୋଇ ନେତୃତ୍ୱ ରହିବା କଥା । ଦୁର୍ଭାଗ୍ୟ ଓଡ଼ିଶାରେ ତାହା ନାହିଁ । ସବୁ ଯେମିତି ରାଜନୀତିର ବ୍ଲାକହୋଲରେ ଲୀନ ହୋଇଯାଇଛି । ବିଫଳତା ସ୍ୱୀଚେଇବାକୁ ଆମେ ଏଠି ଦୁଇଟି ଘଟଣା ଅବତାରଣା କରୁଛୁ । ଖାରବେଲ-ବନାମ ଭାରତ ଇତିହାସ । ପାଇକ ବିଦ୍ରୋହ-ବନାମ-ଭାରତର 'ପ୍ରଥମ ସ୍ୱାଧୀନତା ସଂଗ୍ରାମ ।'

୧୮୫୭ରୁ ଆରମ୍ଭ ହୋଇଥିବା ବିଦ୍ରୋହକୁ ପ୍ରାୟ ୧୯୭୬ ପର୍ଯ୍ୟନ୍ତ ସମସ୍ତେ (ସିପାହି ବିଦ୍ରୋହ) ନାମରେ ଜାଣିଥିଲେ । ୧୯୭୬ ପରେ ସେହି ନାଁ ପିଲାଙ୍କ ପାଠ ବହିରେ ବଦଲାଇ ଭାରତର (ପ୍ରଥମ ସ୍ୱାଧୀନତା ସଂଗ୍ରାମ ଭାବେ) ଅନ୍ତର୍ଭୁକ୍ତ କରାଗଲା । ସ୍ୱାଧୀନତା ପରିକଳ୍ପନା ସେତେବେଳେ ଥିଲାକି ବା କ୍ୟାଣ୍ଟନେମେଣ୍ଟ ଗଣ୍ଡଗୋଳ (ବ୍ରିଟିଶ ଫୌଜ ନିଜ ନିଜ ଭିତରେ ଗୋଲମାଲ କରି) କିଏ କାହାଠାରୁ 'ସ୍ୱାଧୀନତା' ଖୋଜିଥିଲା । ଏହାଥିଲା ଏକ ମାରାତ୍ମକ ଐତିହାସିକ ଅପଭ୍ରଂଶ । ଯୁକ୍ତି ପାଇଁ ଏଇଠି ଜାତୀୟ ବକ୍ତବ୍ୟରେ ଥିବା ବିରୋଧାଭାସଗୁଡ଼ିକ ଦେଖ୍ବା । ସ୍ୱାଧୀନତା ଆନ୍ଦୋଳନରେ ପ୍ରମୁଖ ଅଂଶ ନେଇଥିବା ରାଜନୈତିକ ବିଚାରଧାରା ଯାହାକୁ କଂଗ୍ରେସ ୧୮୮୫ ମସିହା ଡିସେମ୍ବର ୨୮-୨୯ତାରିଖ ବମ୍ବେର (ଗୋକୁଳ ଦାସ ତେଜପାଲ ସଂସ୍କୃତ କଲେଜ) ସ୍କୁଲ ଗୃହରେ ୭୨ଜଣିଆ କଂଗ୍ରେସ କମିଟିର ଶୁଭାରମ୍ଭ ହୋଇଥିଲା । ନିଜର ବୋଲି କହେ-କୌଣସି ପ୍ରକାର, 'ଜାତୀୟତା' ଦ୍ୱାରା ପ୍ରଭାବିତ ହୋଇଥିଲା ବା ଏତଦ୍ୱାର ହିଁ ନୂଆ ଭାବେ ଏକ 'ରାଜନୈତିକ ଭାରତ' ସୃଷ୍ଟିର ଉଦ୍ୟମ ହୋଇଥିଲା । ଇଂରେଜ ଶାସନ ପୂର୍ବରୁ କେଉଁ ସ୍ଥାନକୁ 'ଭାରତ' କୁହାଯାଉଥିଲା ? ସିପାହି ବିଦ୍ରୋହ କୌଣସି ଜାତୀୟ ଆଭିମୁଖ୍ୟ ଥିଲା କି ? ବେଙ୍ଗଲ ଆର୍ମି ବା ଫୋର୍ଟ ଉଇଲିୟମରେ ଇଷ୍ଟ-ଇଣ୍ଡିଆ କମ୍ପାନୀ ଅଧୀନସ୍ଥ ଭାରତୀୟ ଫୌଜ-ହିନ୍ଦୁ ଓ ମୁସଲମାନ-ସେମାନଙ୍କୁ ନୂଆ ଭାବେ ଦିଆଯାଇଥିବା ଏନ୍ଫିଲ୍ଡ ରାଇଫଲରେ ବ୍ୟବହୃତ ଗୋରୁ -ଘୁଷୁରି ଚର୍ବ ବିରୁଦ୍ଧରେ ଯେଉଁ ବିଦ୍ରୋହ କରିଥିଲେ ତାହା ଧାର୍ମିକ ଥିଲା ନା ସେମାନେ ତାହା ଦେଶ ଭକ୍ତି ଲାଗି କରିଥିଲେ ?

ସିପାହି ବିଦ୍ରୋହର ନାଁ ବଦଲାଇ ତାହା ସ୍ୱାଧୀନତା ସଂଗ୍ରାମର ଇତିହାସ ଭାବେ ୧୯୭୬ ବେଳକୁ କାହିଁକି ନାମିତ କରି ପିଲାଙ୍କ ପାଠ ବହିରେ ଅନ୍ତର୍ଭୁକ୍ତ କରାଗଲା । ସବୁଠାରୁ ବଡ ଗୋଷ୍ଠିକୁ ଭାରତ ଓ ସେ ପାଇଥିବା ସ୍ୱାଧୀନତା ସମ୍ପର୍କରେ ସତ ଜାଣିବାକୁ ଦିଆଗଲା ନାହିଁ । ଭାରତର ବୁଦ୍ଧିଜୀବୀମାନଙ୍କର କିଛି ବାଜେ ସଉକ ଅଛି । ସେମାନେ କହନ୍ତି ଯେ ଇଂରେଜମାନେ କୁଆଡେ ଆମ ଇତିହାସକୁ ଅପଭ୍ରଂଶ କରିଛନ୍ତି । ଏକା ଫିତାରେ ମାପିଲେ ଭାରତୀୟ ଶାସକମାନେ ବି ଇତିହାସକୁ କମ୍ ବିକଳାଙ୍ଗ କରିନାହାନ୍ତି ବରଂ ଅନ୍ୟ ଭାବେ କୁହାଯାଇପାରେ ଯେ ଇଂରେଜ ଆସିବାରୁ ହିଁ ଆଜି କୁହାଯାଉଥିବା (ଭାରତ)ର ଏକ ସତ ଓ ମିଛ ଭରା ସମନ୍ୱିତ ଇତିହାସ ସମ୍ଭବ ହେଲା ।

Non-Violence requires a double faith, Faith in God and also faith in man (Mahatma Gandhi). ଅହିଂସା ଏକ ଆପେକ୍ଷିକ ତତ୍ତ୍ୱ ଓ ଶାସନି ହାତରେ କଳ୍ପନା ବିଳାସ ଏକ ଅସ୍ତ୍ର । ମହାତ୍ମା ଗାନ୍ଧିଙ୍କର ଅହିଂସା ତତ୍ତ୍ୱ ଏକ ୟୁଟୋପିଆନ୍ ଭାଷାର ପରିପ୍ରକାଶ । ଭାରତର ସ୍ୱାଧୀନତା ଆନ୍ଦୋଳନ କାଳରେ ନିରସ୍ତ ଜନତାଙ୍କୁ ଶହଶହ ସଂଖ୍ୟାରେ ବ୍ରିଟିଶ ସାମ୍ରାଜ୍ୟବାଦ ହତ୍ୟା କରିଛି । ଜାଲିୟ୍ୟୱାଲାବାଗ, ଚୌରା ଚୌରି ତଥା ଲାହୋର ଇତ୍ୟାଦି ସ୍ଥାନମାନଙ୍କରେ ବ୍ରିଟିଶ ସରକାର ରକ୍ତର ନଦୀ ପ୍ଲାବିତ କରିଥିଲେ । ଯଦି ବ୍ରିଟିଶର ମହାତ୍ମାଙ୍କର ଅହିଂସା ତତ୍ତ୍ୱର ତଥା କଥିତ ମହାନତା ପ୍ରତି ସାମାନ୍ୟତମ ଭୁକ୍ଷେପ ରହିଥାଆନ୍ତା ହୁଏତ ସେମାନେ ସେସବୁ କରିନଥାଆନ୍ତେ । ବ୍ରିଟିଶ ସରକାର (ସାମ୍ରାଜ୍ୟବାଦୀ ସରକାର) ଭାରତରେ କେବଳ ନୁହେଁ ସମଗ୍ର ବିଶ୍ୱରେ ତା'ର ସାମ୍ରାଜ୍ୟକୁ ଅଧ୍ୟଷିତ କରିବାକୁ ତା'ର ପୁଲିସ ମିଲିଟାରୀ ଫୌଜ ମାଧ୍ୟମରେ ଆତଙ୍କ ଛାଇ ରଖିଥିଲା । ଏହି ଆତଙ୍କ ତା' ପାଇଁ ଏକମାତ୍ର ମାଧ୍ୟମ ଥିଲା । ଯାହାଦ୍ୱାରା ବନ୍ଧୁକ ମୁନରେ ବ୍ରିଟିଶ ସାମ୍ରାଜ୍ୟବାଦକୁ ନିରଙ୍କୁଶ ଭାବେ ଗତିଶୀଳ କରି ପାରିଥିଲା । ଏହା ସମସ୍ତ ସାମ୍ରାଜ୍ୟବାଦୀ ଶାସନକର ମୌଳିକ ଚରିତ୍ର । ଏଭଳି ଭୟାବହ ହିଂସାକୁ ପ୍ରତିହତ କରିବା ପାଇଁ ଗାନ୍ଧି ତଥା ଭାରତୀୟ ଶାସକ ବର୍ଗ କିମ୍ୱା ତା'ର ଦଲ୍ଲାଲ ଗୋଷ୍ଠୀର ଅହିଂସା ଚିକାର ସମାଧାନ ଆଶି ପାରିବାର ଆଶା ରଖିବା କ'ଣ ବାସ୍ତବ ବାଦିତା ?

ଅହିଂସାର ତାତ୍ତ୍ୱିକ ଅର୍ଥ କ'ଣ ? ଅହିଂସା ଶବ୍ଦ ଗାନ୍ଧିଙ୍କ ବ୍ୟୁପୋଡ଼ିଗତ ଏକ ଶବ୍ଦ । ଗାନ୍ଧିବାଦୀଙ୍କ ଏହି ଅହିଂସା ତତ୍ତ୍ୱକୁ ପୁଞ୍ଜିବାଦୀ, ସାମ୍ରାଜ୍ୟବାଦୀ ଗଣ ତଥା ପୁଞ୍ଜିବାଦୀ ବୁଦ୍ଧିଜୀବୀ ଓ ଶିକ୍ଷିତ ଗୋଷ୍ଠୀ ଛଳନାମୂଳକ ଭାବରେ ବ୍ୟବହାର କରନ୍ତି । ଏହାକୁ ଆମେ 'ଆମ୍ ପ୍ରବଞ୍ଚନା' ବୋଲି ମଧ୍ୟ କହିପାରିବା । ଅହିଂସା ଯଦି ଆମ୍- ଶକ୍ତି ତତ୍ତ୍ୱ (ଗାନ୍ଧିଙ୍କ ବ୍ୟୁପୋଡ଼ି) ଭାବେ ଗ୍ରହଣ କରୁ, ଏହାର ଅର୍ଥ ହେଉଛି ଆମେ କୌଣସି ଅବସ୍ଥାରେ ପ୍ରାତିରୋଧାମ୍ଳକ କାର୍ଯ୍ୟପନ୍ଥା ଗ୍ରହଣ କରିବା ନାହିଁ । ଏହା ନିଜର ଆମ୍-ଶକ୍ତି ଯାହାକି ପ୍ରତିବାଦର ହୃଦୟ ଉପରେ ପ୍ରଭାବ ଜାହିର କରିବ ଅଥବା ପ୍ରତିବାଦୀକୁ ସ୍ୱ-ପ୍ରଚୋଦିତ କରିବ ଓ ତାକୁ ଆକର୍ଷଣ କରିପାରିବ । ଈଏ ଏଇ ପ୍ରକାର ହାସ୍ୟାସ୍ପଦ ତତ୍ତ୍ୱ । ଏହାର ନଜିର ବିଶ୍ୱ ଇତିହାସରେ କେଉଁଠି ପ୍ରୟୋଗ କରାଯାଇଛି କି ? ଏହାର ସକାରାମ୍ଳକ ପ୍ରଭାବ କ'ଣ ?

"ଇତିହାସର ପୁନରୁବୃତ୍ତି ଘଟିଥାଏ ।" ଏହି ଆପ୍ତ ବାକ୍ୟଟି ସାମ୍ପ୍ରତିକ ପରିପ୍ରେକ୍ଷୀରେ ମଧ୍ୟ ଅପ୍ରାସଙ୍ଗିକ ନୁହେଁ । ଇଂ'ରେଜମାନେ ଯେମିତି ସାମରିକ ଶକ୍ତି ବଳରେ ଭାରତକୁ ଦଖଲ କରିଥିଲେ । ସେମିତି ନେତାଜୀଙ୍କ ସସସ୍ତ୍ର ସଂଗ୍ରାମକୁ ଭୟ କରି ପଳାୟନ କଲେ । ଗାନ୍ଧିଜୀଙ୍କ ଅହିଂସାକୁ ସେମାନଙ୍କର ଆଦୌ ସାମାନ୍ୟତମ ଡର ନ ଥିଲା କିମ୍ୱା ଗାନ୍ଧିଙ୍କ ଅସହଯୋଗ ଆନ୍ଦୋଳନ ସେମାନଙ୍କ ଲାଗି ସେମିତି କୌଣସି ସମସ୍ୟା ସୃଷ୍ଟି କରିବାକୁ ସକ୍ଷମ ହୋଇପାରିନଥିଲା । ଯାହାଫଳରେ ସେମାନେ ଭୟରେ ଭାରତ ଛାଡ଼ିବାକୁ ବାଧ୍ୟ ହୋଇଥିଲେ । ପ୍ରକୃତରେ ସେମାନେ ସୁଭାଷ ବୋଷଙ୍କ ଦ୍ୱାରା ସସସ୍ତ୍ର ସଂଗ୍ରାମକୁ ବେଶୀ ଡରୁଥିଲେ । ସୁଭାଷଙ୍କ ବିମାନ ଦୁର୍ଘଟଣାରେ ମୃତ୍ୟୁ ରହସ୍ୟାବୃତ ଥିବାରୁ (ବିବାଦମାନ ସମ୍ୱାଦ ହୋଇଥିବାରୁ) ସେମାନେ ଆଉ ଅଧିକ ଦିନ ସାମରିକ ଶକ୍ତି ପ୍ରୟୋଗ କରି ଭାରତକୁ ଶାସନ କରିବା ପାଇଁ ସାହସ ଜୁଟାଇ ପାରିଲେନାହିଁ । କିନ୍ତୁ ଆମର ପ୍ରଥମ ପ୍ରଧାନମନ୍ତ୍ରୀ ସୁଭାଷଙ୍କୁ ଜନମାନସରୁ ଲିଭାଇ ଦେବା ପାଇଁ ଓ ତାଙ୍କ ଦ୍ୱାରା ସଂଗଠିତ କାର୍ଯ୍ୟକୁ ଗୋପନ ରଖିବାକୁ ତଥା ଲୋକ ଲୋଚନ ଆଢ଼ୁଆରେ ରଖିବା ଲାଗି ଯତ୍ନ କରି ଗାନ୍ଧିଙ୍କ ଅସହଯୋଗ ଅହିଂସା ଆନ୍ଦୋଳନ ଯୋଗୁଁ ଦେଶ ସ୍ୱାଧୀନ ହେଲା ବୋଲି ପ୍ରଚାର କରାଇଥିଲେ । ଯେଉଁଥି ପାଇଁ ନେତାଜୀ ସୁଭାଷ ଚନ୍ଦ୍ର ବୋଷଙ୍କ ପୁତୁରା ଶିଶିର କୁମାର ବୋଷ ୧୯୪୫ ମସିହା ଜୁଲାଇ ମାସରେ ତାଙ୍କ ଖୁଡ଼ି ନେତାଜୀଙ୍କ ଜର୍ମାନ ପତ୍ନୀ ଏମିଲିସ୍ୱେଙ୍କିଙ୍କ ପାଖକୁ ଏକ ଚିଠିରେ ଲେଖିଥିଲେ । ଆପଣ ଯଦି ଏବେ ଭାରତରେ ଥାଆନ୍ତେ ତେବେ ଆପଣ ନିଶ୍ଚୟ ଅନୁଭବ କରିପାରୁ ଥାଆନ୍ତେ ଯେ ଭାରତର ସ୍ୱାଧୀନତା ସଂଗ୍ରାମରେ ଯେମିତି କେବଳ ଦୁଇଜଣ ନେତାହିଁ ଗୁରୁତ୍ୱପୂର୍ଣ୍ଣ ଥିଲେ । ସେମାନେ ହେଲେ ଗାନ୍ଧି ଓ ନେହେରୁ । ଅନ୍ୟ ସମସ୍ତେ ଯେମିତି ଅତିରିକ୍ତ ଭାବେ ଯୋଡ଼ି ହୋଇ ପଡ଼ିଥିଲେ ।

ଠାକୁର ବାବା କହନ୍ତି ଆମର ଏ ଗାଁଟିକୁ କୌଣସି ଏକ ବଡ଼ ରାଜସ୍ୱ ମୌଜାର ଗୋଟିଏ ସାଇ କହିଲେ ଚଳେ। ଆଠଘର ଗରିବ ବ୍ରାହ୍ମଣ ଓ ଅଠରଟି ଦରିଦ୍ର କୈବର୍ତ୍ତ ପରିବାରକୁ ନେଇ ଗାଁଟିଏ। କୌଣସି ସରକାରୀ ଅଧିକାରୀ କେବେବି ଏ ଗାଁକୁ ଆଦୌ ଆସନ୍ତି ନାହିଁ। ସାଧାରଣ ନିର୍ବାଚନ ସମୟରେ କେନ୍ଦ୍ର ସରକାର ପାଇଁ ହେଉ ବା ରାଜ୍ୟ ସରକାର ଗଢ଼ିବା ସମୟରେ କେହି ଏ ଗାଁକୁ ପଚାରନ୍ତି ନାହିଁ। ଏକ ଶହରୁ କମ୍ ଭୋଟର ବିଶିଷ୍ଟ ଗାଁଟି ଯେଉଁଠାକୁ ଯିବା ପାଇଁ ରାସ୍ତାର ସୁବିଧା ନାହିଁ। ସେ ଗାଁକୁ ଗାଡ଼ି ମଟର ଯାଇ ପାରେନା। ବଡ଼ ବଡ଼ିଆ ବାବୁ ଭାୟାମାନେ ବିଲହିଡ଼ରେ ପାଦରେ ଚାଲିଚାଲି ସେଠାକୁ କେବେବି ଯାଇ ନଥାଆନ୍ତି। ସେ ଗାଁର ଲୋକମାନେ ତିନି କିଲୋମିଟର ଦୂର ତାଙ୍କ ମୌଜାରେ ଥିବା ସ୍କୁଲକୁ ଭୋଟ ଦେବାକୁ ଯାଇଥାଆନ୍ତି। ଭୋଟ ଗ୍ରହଣ କେନ୍ଦ୍ରରେ ସେମାନଙ୍କୁ କେହି ଆଢ଼ ଆଖିରେ ଅନାନ୍ତି ନାହିଁ। କିୟା ଦେଖିଲେ ସୁଦ୍ଧା ପଚାରନ୍ତି ନାହିଁ। ସେମାନେ ନିଜ ମନକୁ ସେଠାକୁ ଯାଇ ସେମାନଙ୍କର ଭୋଟ ଦେବା ଅଧିକାର ସାବ୍ୟସ୍ତ କରି ଥାଆନ୍ତି।

କିନ୍ତୁ ପଞ୍ଚାୟତ ନିର୍ବାଚନ ବେଳେ ତାଙ୍କ ଗାଁକୁ ଖୋଜାପଡ଼େ। ତାଙ୍କ ଗାଁ ଓ ତାଙ୍କ ଗାଁର ଉତ୍ତର-ପଶ୍ଚିମ ଦିଗକୁ (କୋଣକୁ) ଥିବା ତାଙ୍କ ଗାଁ ପରି ଆଉ ଗୋଟିଏ ଛୋଟିଆ ଗାଁକୁ ମିଶାଇ ଗୋଟିଏ ଓ୍ୱାର୍ଡ କରାଯାଇଛି। ଆର (ଉକ୍ତ)ଗାଁର ବାବୁମାନଙ୍କ ଭିତରୁ ଓ୍ୱାର୍ଡମେମର ପାଇଁ ପ୍ରତିଦ୍ୱନ୍ଦିତା କରୁଥିବ ବ୍ୟକ୍ତିମାନେ ତାଙ୍କ ଚେଲା ଚାମଣ୍ଡାକୁ ଧରି ତାଙ୍କ ଗାଁକୁ ନିର୍ବାଚନ ପ୍ରଚାରରେ ଭୋଟ ଭିକ୍ଷା କରିବାକୁ ଯାଇଥାଆନ୍ତି। ସେତିକବେଳେ ତାଙ୍କ ଗାଁର ଲୋକାମନେ ଚିର ଅବହେଲିତ ତାଙ୍କ ଗାଁକୁ ସବୁ ଦିନିଆ ରାସ୍ତାଟିଏ ନଥିବା କଥା ଆର ଗାଁର ବାବୁମାନଙ୍କ ନିକଟରେ ଅଭିଯୋଗ କରିଥାଆନ୍ତି। ଗତଥର ତୁମକୁ ଭୋଟ ଦେଇଥିଲୁ ହେଲେ ରାସ୍ତା ହେଲା ନାହିଁ। ନିର୍ବାଚନରେ ପ୍ରତିଦ୍ୱନ୍ଦିତା କରୁଥିବା ବାବୁ ଜଣକ ଉତ୍ତର ଦିଅନ୍ତି। ଏଇକଥା ସେ କାମ କ'ଣ ଆଉ ବାକି ଅଛି ? ତୁମେମାନେ କ'ଣ ଭାବୁଛ। ମୁଁ ଭୋଟ ପାଇସାରି ଘରେ ଆରାମରେ ନିରବ ହୋଇ ବସି ରହିଥିଲି ? ମୋ କାମରେ ମୁଁ ଲାଗିଛିନା। ମୋତେ ଭୋଟ ଦିଅ। ଭୋଟ ପରେ ତୁମ ଗାଁକୁ ରାସ୍ତାକାମ ଆରମ୍ଭ ହେବ। ରାସ୍ତା ପାଇଁ ଟଙ୍କା ମଞ୍ଜୁର ହୋଇ ସାରିଛି। ଆଉ ସେଥି ପାଇଁ କ'ଣ ମୋତେ କମ୍ ସଂଗ୍ରାମ କରିବାକୁ ପଡ଼ିଛି। ଖାସ ତୁମ ଗାଁକୁ ରାସ୍ତା ପାଇଁ ମୋର ବ୍ଲକ୍ ଅଫିସରେ ବିଡ଼ିଓଙ୍କ ସହିତ କମ୍ ୫ଗଡ଼ା ହୋଇଛି। ଚେୟାରମ୍ୟାନ ସହିତ ହାତାହାତି ପର୍ଯ୍ୟନ୍ତ କଥାଗଲା। ତାଙ୍କର ନା ନା କୁ ମୋର ତ ଏକାନ୍ତ ଜିଦ୍ ଆଗେ ସେ ଗାଁକୁ ରାସ୍ତା ହେବ ପରେ ଯାଇ ଯେଉଁ କଥା। ଯାହା ହେଉ ଭାଇସ ଚେୟାରମ୍ୟାନଙ୍କ ଲାଗି ଅଙ୍କେ ଅଘଟଣରୁ ରକ୍ଷା ହୋଇଗଲା। ମୁଁ କି ସହଜେ ଛାଡ଼ିବା ଲୋକ। ଅନେକ ସଂଘର୍ଷ ପରେ କେତେ ଟଣା ଓଟରା ଭିତରେ ଏଇ ରାସ୍ତା ପାଇଁ ଟଙ୍କା ମଞ୍ଜୁର ହୋଇ ସାରିଛି। କେବଳ ପଞ୍ଚାୟତ ଭୋଟ ପାଇଁ ନିର୍ବାଚନ ଆଚରଣ ବିଧି (କୋଡ଼ ଅଫ କଣ୍ଡକ୍) ଲାଗୁ ହୋଇ ଯିବାରୁ ଓ୍ୱାର୍କର ଅଡର ହୋଇ ପାରୁନାହିଁ। ସେଥିପାଇଁ ରାସ୍ତାକାମ ବନ୍ଦ ଅଛି। ନହେଲେ ମାଟି କାମ ଆରମ୍ଭ ହୋଇସାରନ୍ତାଣି। ତାଙ୍କ ଗାଁକୁ ରାସ୍ତା ତିଆରି ହେଲେ ଆର ସାଇର ବାବୁମାନଙ୍କ ଚାଷ ଜମି ଉପରେ ଦେଇ ସଡ଼କ ହେବ। ସେମାନେ ଜମି ନଛାଡ଼ିଲେ ତାଙ୍କ ଗାଁକୁ ରାସ୍ତା ତିଆରି ହେବା ସମ୍ଭବ ନୁହେଁ। ସେଥିପାଇଁ ସେମାନେ ସେ ବାବୁମାନଙ୍କ କଥାରେ ତାଙ୍କୁ ଭୋଟ ଦେଇ ଥାଆନ୍ତି।

ପ୍ରତିଶ୍ରୁତି ପାଇ ଗାଁର ଲୋକାମନେ ଖୁସି ହୁଅନ୍ତି। ଏଥର ତାଙ୍କ ଗାଁକୁ ରାସ୍ତା ତିଆରି ହେବ ଟଙ୍କା ସେକ୍ସନ୍ ହୋଇସାରିଛି। ଭୋଟ ପରେ ଟେଣ୍ଡର ଡକା ହେବ। ତା'ପରେ ରାସ୍ତାକାମ ଆରମ୍ଭ ହେବ। ଭୋଟ ଲାଗି କୋର୍ଡ ଅଫ କଣ୍ଡକ୍ ଲାଗୁ ହୋଇ ଥିବାରୁ ଓ୍ୱାର୍କର ଅର୍ଡର ହୋଇପାରୁନାହିଁ। ରାସ୍ତାହେଲେ ଯେଉଁମାନଙ୍କ ଜମି ପଡ଼ିବ ସେମାନେ ପ୍ରାର୍ଥୀମାନଙ୍କ ସହିତ ଆସି କଥା ଦେଇ ଯାଇଛନ୍ତି ଯେତେବେଳେ, ଏଥିରେ ଆଉ ସନ୍ଦେହ କରିବାର କ'ଣ ଅଛି ? ସେମାନେ ଆର ଗାଁର ବାବୁମାନଙ୍କୁ ଭୋଟ ଦିଅନ୍ତି। ସେମାନଙ୍କ ଠାରୁ ଭରସା ପାଇ। ତାଙ୍କ ଗାଁକୁ ରାସ୍ତା ହେବା ଆଶା ନେଇ, ନିର୍ବାଚନ ପରେ ଆଉ କାହାରି ଦେଖା ମିଳନା। ଭୋଟରେ ଜିତିଥିବା ପ୍ରାର୍ଥୀ କିୟା ପରାଜିତ ଲୋକଟି କେହି ଆଉ

ତାଙ୍କ ଗାଁକୁ ଆସନ୍ତି ନାହିଁ ପୁଣି ପରବର୍ତ୍ତୀ ପଞ୍ଚାୟତ ନିର୍ବାଚନ ପର୍ଯ୍ୟନ୍ତ । ପୁଣି ପାଞ୍ଚବର୍ଷ ପରେ ପଞ୍ଚାୟତ ନିର୍ବାଚନ ସମୟରେ ଉପୋରକ୍ତ ଗାଁର ବାବୁମାନଙ୍କର ଦର୍ଶନ ମିଳେ କେବଳ ଭୋଟ ପାଇଁ ସେ ଗାଁରେ ସେମାନଙ୍କର ପାଦ ପଡ଼େ । ପୁଣି ସେହି ପୁରୁଣା କଥାର ପୁନଃରାବୃତ୍ତି ହୁଏ । ଆଉ ଥରେ ରାସ୍ତା ତିଆରିର ପ୍ରତିଶ୍ରୁତି ମିଳେ । ମାତ୍ର କାର୍ଯ୍ୟକାରୀ ହୁଏନା । ପ୍ରତିଶ୍ରୁତି କେବଳ କଥାରେ ରହିଯାଏ । ପାଳନ ହୁଏନା । ଗାଁ ଲୋକମାନେ ଆଗାମୀ ନିର୍ବାଚନକୁ ଅନାଇ ରହନ୍ତି ।

ସଂସଦ କିମ୍ବା ବିଧାନସଭା ନିର୍ବାଚନ ସମୟରେ ତାଙ୍କ ଗାଁକୁ ନେତାମାନେ ହିସାବକୁ ନେଇ ନଥାଆନ୍ତି । କେବଳ ପଞ୍ଚାୟତ ନିର୍ବାଚନରେ ୱାର୍ଡମେମ୍ବରଙ୍କୁ ଜିତାଇବା ପାଇଁ ତାଙ୍କ ଗାଁର ଭୋଟ ଆବଶ୍ୟକ ହେଉଥିବାରୁ ଆର ଗାଁର ବାବୁମାନଙ୍କର ସେ ଗାଁରେ ଆର୍ବିଭାବ ହୋଇଥାଏ । ରାସ୍ତା ତିଆରିର ପ୍ରତିଶ୍ରୁତି ପୁଣି ଥରେ ମିଳେ । ମାତ୍ର ପ୍ରତିଶ୍ରୁତି କେବଳ କଥାରେ ରହିଯାଏ । ଫଳ କିଛି ମିଳେନା । କାମ ହାସଲ ପରେ ନେତା କିମ୍ବା ସେମାନଙ୍କ ଚେଲା ମାନଙ୍କର ଦର୍ଶନ ମିଳିବା କଷ୍ଟକର ବ୍ୟାପାର । ପଞ୍ଚାୟତ ଭୋଟ ବେଳେ ପ୍ରତିଶ୍ରୁତି ଦେଇଥିବା ପାଖ ଗାଁର ବାବୁମାନଙ୍କୁ ରାସ୍ତା କଥା ପଚାରିଲେ ସେମାନେ ରାସ୍ତା ତିଆରି ପାଇଁ ଜମି ଛାଡ଼ିବା ବାବଦକୁ କ୍ଷତି ପୂରଣ ଟଙ୍କା ଦାବି କରନ୍ତି । ଗରିବ ବ୍ରାହ୍ମଣମାନେ ଯଜମାନି କରି ଓ ଦରିଦ୍ର କୈବର୍ତ୍ତମାନେ ପାଖ ଗାଁର ବାବୁମାନଙ୍କ ଜମି ଭାଗଚାଷ କରି ଏବଂ ଅନ୍ୟ ସମୟରେ ତାଙ୍କ ଘରେ ମୂଲ ଲାଗି ତାଙ୍କ ଜମି ବାଡ଼ିରେ ଖଳା କ୍ଷେତରେ ମଜୁରି ଖଟି ସଂସାର ଚଲାଇ ଥାଆନ୍ତି । ସେମାନେ ତାଙ୍କ ଦାବୀ ମୁତାବକ ଟଙ୍କା ଦେବାକୁ କେବେବି ସମର୍ଥ ହୋଇ ପାରନ୍ତିନାହିଁ । ସେଥୁ ସକାଶେ ରାସ୍ତା (କାମ) କଥା ଆଉ ଉଠେନା । ଆଗାମୀ ପାଞ୍ଚବର୍ଷ ଲାଗି ସଡ଼କ ତିଆରି ହେବା ଆଲୋଚନା ଓ ପରିକଳ୍ପନା ବନ୍ଦ ହୋଇ ରହେ ।

ପୁଣି ପାଞ୍ଚ ବର୍ଷ ପରେ ପଞ୍ଚାୟତ ନିର୍ବାଚନ ସମୟରେ ସେମାନେ ପୁଣି ରାସ୍ତା ତିଆରିର ଫମ୍ପା ପ୍ରତିଶ୍ରୁତି ପାଇ ଥାଆନ୍ତି । ଭୋଟରେ ପ୍ରାଥୀ ହୋଇଥିବା ବ୍ୟକ୍ତି ଓ ସେମାନଙ୍କ ସମର୍ଥକମାନଙ୍କ ଠାରୁ । ପ୍ରାଥୀ ଓ ସେମାନଙ୍କ ସମର୍ଥକ ମାନେ ଭୋଟ ଦେବା କଥା କହିଲେ ଏମାନେ ରାସ୍ତା ବିଷୟ ଉଠାଇଥାଆନ୍ତି । ରାସ୍ତା ତିଆରିର ଲମ୍ବା ପ୍ରତିଶ୍ରୁତି ମିଠାମିଠା କଥାରେ, ମଧୁର ଭାଷାରେ ଶ୍ରୁତି ମଧୁର କାବ୍ୟରେ ମିଳିଯାଏ । ଭୋଟ ଫଳାଫଳ ଘୋଷଣ ପରେ ବିଜେତା ଓ ପରାଜିତ (ପରାସ୍ତ) ଉଭୟ ଦଳର ଲୋମାନଙ୍କର ଦେଖା ଦର୍ଶନ ଆଉ ମିଳେନା । ତାଙ୍କ ଗାଁକୁ ସଡ଼କ ତିଆରି ହେବା କେବଳ ଶ୍ରୁତିମଧୁର ପ୍ରତିଶ୍ରୁତିରେ ରହି ଯାଏ । ବାସ୍ତବରେ କିଛି ହୋଇପାରେ ନାହିଁ ।

ଠାକୁରବାବା ସେଇକଥା କହିଥାଆନ୍ତି । ଶାସନର ଉପରସ୍ତରରେ ଯେତେବେଳେ ଦୁର୍ନୀତି ହେଉଛି ପ୍ରିୟା, ପ୍ରୀତି, ତୋଷଣ ଚାଲିଛି । କ୍ଷମତାର ଅପବ୍ୟବହାର କରାଯାଇ ସରକାରୀ ଅର୍ଥ ଆମ୍ସାତ କରାଯାଉଛି । ଯୋଜନା ବାବଦ ଟଙ୍କା ବାଟମାରଣା ହେଉଛି । ଆପଣା ଗାଦି ସୁଦୃଢ଼ ରଖିବା ପାଇଁ ଦେଶର ସବୋଚ୍ଚସ୍ତରର ନେତାମାନେ ଶାସନ କଳର ଦୁରୁପୋଯୋଗ କରିବାକୁ ପଛାଉ ନାହାଁନ୍ତି । ନିଜ ପରିବାରର ସୁବିଧା ପାଇଁ ଜନସାଧାରଣଙ୍କ ସମ୍ପତ୍ତିକୁ ଅକ୍ତିଆର କରି ନେଉଛନ୍ତି । ସେପରି ସ୍ଥଳେ ତାଙ୍କ ସାଇ ପରି ଗାଁର କଥା ଉଠାଇବ କିଏ ଓ କାହିଁକି ? ତାଙ୍କ ଗାଁର ଲୋକମାନଙ୍କ ପରି ମଳିମୁଣ୍ଠିଆଙ୍କ ଦୁଃଖ କିଏ ବୁଝିବ ? ଯେତେ ଗୁହାରି କଲେ, ନେହୁରା ହେଲେ, ଆପଉ ବାଢ଼ିଲେ, ଅଭିଯୋଗ ଆଣିଲେ, ପ୍ରତିବାଦ ଉପସ୍ଥାପନ କଲେ, କାକୁତି ମିନତି ହେଲେ, ଅଭିମାନୀ ହେଲେ ସୁଦ୍ଧା ଫଳ କିଛି ମିଳିବାର ନାହିଁ । ସେଥୁପାଇଁ ଆଉ ଏକ ମହାସଂଗ୍ରାମର ଆବଶ୍ୟକ ହେଉଛି । ଯେପରି ଇଂରେଜମାନଙ୍କୁ ଦେଶରୁ ତଡ଼ିବା ପାଇଁ ସ୍ୱାଧୀନତା ସଂଗ୍ରାମର ପ୍ରୟୋଜନ ହୋଇଥିଲା ସେହିପରି ପ୍ରଚଳିତ କୁଶାସନ ବ୍ୟବସ୍ଥା ଓ କ୍ଷତିକାରୀ ପଦ୍ଧତିର ପରିବର୍ତ୍ତନ ଏବଂ ସ୍ୱେଚ୍ଛାଚାରର ବିଲୋପ ଲାଗି ଓ ଏହି ସ୍ୱାର୍ଥପର ଦୁର୍ନୀତି ଖୋର ଶାସକଙ୍କୁ ଶାସନ କ୍ଷେତ୍ରରୁ ହଟାଇବା ସକାଶେ ଆଉ ଏକ ଗଣ ଆନ୍ଦୋଳନ ଦରକାର ହେଉଛି । ଯେମିତି ଇଂରେଜମାନଙ୍କ ମନମୁଖୀ ଶାସନ ବିରୋଧରେ ଗଣ ଆନ୍ଦୋଳନ ହୋଇଥିଲା । ଠିକ୍ ସେମିତି ସବୁ ପ୍ରକାର କୁଶାସନର ବିଲୋପ, ଆନ୍ଦୋଳନ ଦ୍ୱାରା ହିଁ ସମ୍ଭବ ହୋଇଥାଏ । ବିନା ବିପ୍ଳବରେ କୌଣସି

ଦେଶରେ କେବେବି ଶାସନ ଢାଞ୍ଚାରେ ପରିବର୍ତ୍ତନ ହୋଇନାହିଁ। ଯୁଗେ ଯୁଗେ ଶାସନ ପଦ୍ଧତିର ପରିବର୍ତ୍ତନ ଲାଗି ଗଣ ବିପ୍ଲବର ଆବଶ୍ୟକ ପଡ଼ିଛି। ଶାସନର ପରିଚାଳନା ଗତ ବ୍ୟବସ୍ଥା ପରିବର୍ତ୍ତନ କେବଳ ଜନ ଆନ୍ଦୋଳନ ଦ୍ୱାରା ସମ୍ଭବ ହୋଇଛି। ସେଥିପାଇଁ ଆନ୍ଦୋଳନ ଆଗରୁ ଯେମିତି ଗାନ୍ଧି କଂଗ୍ରେସର ନେତୃତ୍ୱ ନେବା ପୂର୍ବରୁ ସାରା ଭାରତ ବୁଲି ଦେଶରେ ଏକ ଜନ ଜାଗରଣ ସୃଷ୍ଟି କରିଥିଲେ। ସେମିତି ଜନ ସଚେତନତା ଆବଶ୍ୟକ। ଦେଶବାସୀ ସଚେତନ ହେଲେ ଯାଇ ଜନ ଜାଗରଣ ସମ୍ଭବ ହେବ। ଜନ ଜାଗରଣରୁ ଗଣ ଆନ୍ଦୋଳନ ସୃଷ୍ଟି ହୋଇ ପାରିବ। ସମର୍ଥ ବିପ୍ଲବ ଦ୍ୱାରା ହିଁ ପରିବର୍ତ୍ତନ ସମ୍ଭବ ହୋଇଥାଏ ଓ ସୁଶାସନ ବାସ୍ତବ ରୂପ ନେବ।

ବର୍ତ୍ତମାନ ଦେଖିବାକୁ ମିଳୁଛି ପ୍ରତ୍ୟେକ କଥାରେ ବନ୍ଦ ଡାକରା। ରାସ୍ତା ଅବରୋଧ ଏକ ନିତିଦିନଆ କାର୍ଯ୍ୟ ଏବଂ ଅଭ୍ୟାସରେ ପରିଣତ ହେଲାଣି। ମହାନ ଯୋଗୀ ଅରବିନ୍ଦଙ୍କମତେ ଏହା ଭାରତୀୟମାନଙ୍କ ରାଜନୀତି ନୁହେଁ। ଆଧ୍ୟାତ୍ମ ଚିନ୍ତନ ହିଁ ଭାରତର ପ୍ରକୃତ ରାଜନୀତି ଏବଂ ସନାତନ ଧର୍ମର ପରିପୂର୍ଣ୍ଣତା ହିଁ ସ୍ୱରାଜ। ଆମକୁ ସ୍ୱାଧୀନତା ମିଳିଛି। କିନ୍ତୁ ସ୍ୱରାଜ ଏପର୍ଯ୍ୟନ୍ତ ପ୍ରାପ୍ତ ହୋଇ ନାହିଁ। ଏଣୁ ଗଣତନ୍ତ୍ରର ପୁନବ୍ୟାଖ୍ୟା ନହେବା ପର୍ଯ୍ୟନ୍ତ ଛୋଟ ବଡ଼ ସମସ୍ୟା ମୁଣ୍ଡ ବ୍ୟଥାର କାରଣ ହୋଇରହିବ। ଭାରତର ମୂଳ ଭିତ୍ତିଭୂମି ହେଲା ଗ୍ରାମ। ଏଠାରେ ଚାଷୀ, ଶ୍ରମିକ ବହୁସଂଖ୍ୟାରେ ଅଛନ୍ତି। ଉଚ୍ଚବର୍ଗର ଲୋକ ଅଳ୍ପ ସଂଖ୍ୟକ ଅଛନ୍ତି। ତଥାପି ଭାରତର ରାଜନୈତିକ ଦଳମାନେ ଗ୍ରାମୀଣ ଇଚ୍ଛା ଏବଂ ସଦ୍‌ଭାବନା ଉପରେ ଚାଲିବାକୁ ପ୍ରସ୍ତୁତ ନୁହଁନ୍ତି। ସେମାନେ ବଡ଼ ବଡ଼ ଉଦ୍ୟୋଗପତିମାନଙ୍କ ଠାରୁ ଅର୍ଥ ପ୍ରାପ୍ତିର ଆଶାରଖି ସେମାନଙ୍କ ଇଚ୍ଛାରେ ପରିଚାଳିତ ହୁଅନ୍ତି। ଗାଁ ଗହଳିକୁ ସେମାନେ ସହଜରେ ଆସନ୍ତି ନାହିଁ।

ଯେମିତି ଉଚ୍ଚ ସ୍ୱରରେ ପ୍ରଚାର କରାଯାଉଛି। ସେମିତି ପ୍ରକୃତରେ ଆମ ଦେଶ ସତରେ ସ୍ୱାଧୀନ ହୋଇନି। ହଁ କେବଳ ପ୍ରଥମ ଥର ପାଇଁ ସବୁ ଦେଶୀୟ ରାଜ୍ୟଗୁଡ଼ିକ ମିଶି ବାସ୍ତବରେ ଏତେ ବଡ଼ ଦେଶଟେ ହୋଇଛି। ଦେଶଗୁଡ଼ିକ ଏମିତି ପରାଧୀନ ବା ସ୍ୱାଧୀନ ହେବା ଇତିହାସର ଏକ ସ୍ୱାଭାବିକ ପ୍ରକ୍ରିୟା। ଦେଶ ବା ଭୂଖଣ୍ଡ ଗୁଡ଼ିକ ଅନବରତ ମୁକ୍ତ ହେଉ ଥାଆନ୍ତି ଗୋଟେ ଶାସନ ଅଧୀନରୁ ଓ କବଳିତ ହେଉ ଥାଆନ୍ତି ଆଉ ଏକ ଶାସନ ଦ୍ୱାରା। ଯେମିତି ପାପିଷ୍ଠ ରାବଣଙ୍କ ନିଧନ ପରେ ଲଙ୍କାଗଡ଼ ବିଭୀଷଣଙ୍କ ଦ୍ୱାରା ଶାସିତ ହେଲା। ନିର୍ଦ୍ଦୟ କଂସଙ୍କ ବଧପରେ ମଥୁରା ଓ ଦ୍ୱାରୀକା ଉଗ୍ରସେନଙ୍କ ମାଧମରେ କୃଷ୍ଣଙ୍କ ଶାସନାଧୀନ ହୋଇଥିଲା। ସେମିତି ଆର୍ଯ୍ୟାବର୍ତ୍ତ ଉତ୍ପୀଡ଼କ ଦୁର୍ଯ୍ୟୋଧନଙ୍କ ପରେ ଧର୍ମରାଜ ଯୁଧିଷ୍ଠିରଙ୍କ ଶାସନରେ ରହିଲା। ସେହିପର ଆମ ଦେଶ କୁଶାଣ, ଗୁପ୍ତ, ନନ୍ଦ, ମୌର୍ଯ୍ୟ, ରାଜପୁତ, ସୁଲତାନୀୟ, ମୋଗଲ, ମରହଟ୍ଟା ଓ ଇଂରେଜମାନଙ୍କ ଶାସନାଧୀନ ହୋଇଥିଲା। ସେମାନଙ୍କ ମଧ୍ୟରେ କେହି ଶାସକ ସ୍ୱଚ୍ଛାଚାରୀ ହୋଇ ନିଜର ବ୍ୟକ୍ତିଗତ ସ୍ୱାର୍ଥ ହାସଲ ଲାଗି ଶାସିତମାନଙ୍କ ଉପରେ ମନମୁଖୀ ଶାସନ ଚଲାଇ ପ୍ରଜାଙ୍କ ଉପରେ ଅକଥନୀୟ ଅତ୍ୟାଚାର କରିଛନ୍ତି। ଆମେ ସେମାନଙ୍କୁ ଦୁରାଚାରୀ ଶାସକ ବୋଲି କହିଥାଆନ୍ତି। ଆଉ କୌଣସି ଶାସକ ନୀତି ନିୟମକୁ ମାନି ସଂସ୍କୃତି ଓ ପରମ୍ପରାକୁ ସମ୍ମାନ ଜଣାଇ ଲୋକମାନଙ୍କ ହିତ ଲାଗି କାର୍ଯ୍ୟକରି ସୁଶାସନ ଯୋଗାଇ ଦେଇଛନ୍ତି। ଯାହାକୁ ଆମେ ପ୍ରଜାନୁରଞ୍ଜକ ଶାସକ କହିଥାଉ। ଉଭୟ ପ୍ରକାର ଶାସକ ମଧ୍ୟରେ ତଫାତ କେବଳ ଏତିକି? ବର୍ତ୍ତମାନ ଆମେ ସ୍ୱାଧୀନ ବୋଲି ଯାହାକୁ କହୁଛନ୍ତି ତାହା ହେଲା ଇଂରେଜମାନଙ୍କ କବଳରୁ ଖସିଆସି ଭାରତୀୟମାନଙ୍କ ବିଶେଷ କରି କଂଗ୍ରେସ ଦଳର ଏବଂ ନେହେରୁ ପରିବାରର ଶାସନାଧୀନ ହୋଇ ଆମ ରହିଲେ।

କେବଳ ଲୁଟେରାମାନଙ୍କୁ ଛାଡ଼ିଦେଲେ, ଯେଉଁ ରାଜା ବି ଆସୁ ସେ ପୁରୁଣା ଓ ବିଜିତ ଦେଶକୁ ବିଜୟର ନୂଆ ଉପାୟନରେ ଅଭିଷିକ୍ତ କରାଏ। ସର୍ବଦା ନୂଆ ବିଜୟର ଇଚ୍ଛା ଥିବାରୁ ରାଜା ବା ଶାସକମାନେ ସେମାନଙ୍କ ଜୀବନରେ ଇମୋସନାଲ ବିପଦ ହେଲା– ସେ କୌଣସି ଜାଗାକୁ ମାତୃଭୂମି ବା ନିଜର ଦେଶ ଭାବି ଉଚ୍ଚ ରୋଲରେ ଭକ୍ତି କରେନା। ଭକ୍ତି କରିବାର ଆନ୍ତରିକ ଇଚ୍ଛା ସେମାନଙ୍କର ଥିଲେ ବିଦେଶୀ ଇଂରେଜମାନଙ୍କ ପରେ ସ୍ୱଦେଶୀ ଶାସକବର୍ଗ ଆପଣା ଦେଶକୁ ଏପରି ଲୁଟି ବିଦେଶ ବ୍ୟାଙ୍କରେ ଟଙ୍କା ଜମା ରଖନ୍ତେ ନାହିଁ। ଆହୁରି ମଧ୍ୟ ଶାସକମାନଙ୍କ ମନରେ ଏପରି ଆଶଙ୍କା

ଥାଏ ଯେ ହୁଏତ ଆସନ୍ତା କାଲି ନୂଆ ରାଜ୍ୟର ବା ପରଦେଶର ଅଧିପତି ହେବାର ସୁଯୋଗ ମିଳିଯାଇ ପାରେ। ଯେମିତି ମୋରାଜି, ନରସିଂହ ରାଓ, ମନମୋହନ ଓ ମୋଦିମାନଙ୍କୁ ମିଳିଛି କିମ୍ବା ନିଜ ପଦବୀଟି ବି ହାତରୁ ଖସି ଯାଇପାରେ ଯେପରି ଭି.ପି. ସିଂ, ଚନ୍ଦ୍ର ଶେଖର, ଦେବେଗୌଡ଼ା, ଗୁଜୁରାଲ ଓ ଚରଣ ସିଂମାନଙ୍କ କ୍ଷେତ୍ରରେ ହୋଇଥିଲା। ଯେମିତି ହେଉ ପରିସ୍ଥିତି ଯେପରି ଥାଉ ପଛେ ସେ ରାଜପଣ ଜାହିର କରି ବଞ୍ଚିବ। ସେ ସକାଶେ ଓ ତା' ବିରୋଧରେ କୌଣସି ବିପ୍ଳବ ନହେବା ଲାଗି ଏବଂ ସେ ଯେପରି କ୍ଷମତା ଚ୍ୟୁତ ନହେବ ସେଥିପାଇଁ ତା'ର ରାଜଭକ୍ତି କିମ୍ବା ଦେଶପ୍ରୀତି ମନରେ ନଥିଲେ ସୁଦ୍ଧା, କେବଳ ଆପଣା ଆସନ ସୁଦୃଢ଼ ରଖିବା ଲାଗି ଓ ନିଜେ ନିରାପଦରେ ରହିବା ପାଇଁ ଏବଂ ପ୍ରଜାତୁଷ୍ଟିକରଣ ସକାଶେ ରାଜା ଶାସନଟିଏ ରଚେ। ଆଜି ଯାହାକୁ ରାଜା କହି ସଲାମ ମାରୁଛି। ଦରକାର ପଡ଼ିଲେ–କାଲି ପଛରୁ ତାକୁ ସ୍ଲଟ ମାରିପାରେ। ତା'ମନରେ ରାଜଭକ୍ତିରମାନେ ଏତିକି। ଯେତେବେଳ ଆମେ ସ୍ୱାଧୀନ ହେଲୁ ତା' ଦ୍ୱାରା ବାସ୍ତବରେ ସେଇଠୁ ବିଭିନ୍ନ କଳା କୌଶଳ ସହିତ ଭାରତ ନାମକ ଗୋଟିଏ ବିରାଟ ଦେଶ ତିଆରି ହେଲା। (୧୭ଟି ରାଜ୍ୟ ଓ ୫୬୫ ଟି ଦେଶୀୟ ରାଜ୍ୟ ଏବଂ ୨୨୩ଟି ଜିଲ୍ଲାକୁ ଏକାଠି ମିଶାଇ) (India that is Bharat- Art Constitution)ତାକୁ କଂଗ୍ରେସ କହିଲା ସ୍ୱାଧୀନତା ତା'ର ପ୍ରମୁଖ ପ୍ରବକ୍ତା ଜବାହରଙ୍କ ମୁହଁରେ। ସ୍ୱାଧୀନତାରମାନେ କେବଳ ସେହି ଚାଲାବାଜ, ଚତୁର, ଧୂର୍ତ୍ତମାନଙ୍କ ପାଇଁ ବୁଝିବା ସୁବିଧା ହେଲା। ଯେଉଁମାନେ ଯେ କୌଣସି ପ୍ରତିକୂଳ ପରିସ୍ଥିତରେ ଥାଇ ମଧ୍ୟ କଳେ ବଳେ କୌଶଳେ ସମସ୍ତ ପ୍ରକାର ସୁବିଧା ଓ ସୁଯୋଗ ପାଇ ସଫଳ ହୋଇ ମାରିନେଇ ପାରିଲେ। ନହେଲେ ସାଧାରଣ ଜନତା ଯିଏକି କୌଣସି ରକମ ଫଇଦା ପାଇଲେ ନାହିଁ। କିମ୍ବା ସେମାନଙ୍କ ଭାଗ୍ୟର ଦୁରାବସ୍ଥାର କିଛି ପରିବର୍ତ୍ତନ ହେଲା ନାହିଁ। ସେମାନଙ୍କ ଲାଗି ଏହା ଅତ୍ୟନ୍ତ ଦୁର୍ବୋଧ, ଅବୋଧ ଓ ଅବୁଝା ହୋଇ ରହିଗଲା ସବୁଦିନ ପାଇଁ। ମାତ୍ର ଏକଥାକୁ ଅନେକ ବିଶ୍ୱାସ କରନ୍ତି ନାହିଁ। ଏଥି ପାଇଁ ଯେ କାରଣ ଦେଶଟ ଇଂରେଜମାନଙ୍କ ଠାରୁ ଶାସନ ମୁକ୍ତ ହୋଇ କଂଗ୍ରେସ ଦ୍ୱାର କବଳିତ ହେଲା। ତା'ହେଲେ ଆମେ ସ୍ୱାଧୀନ ହେଲୁ କେମିତି ? ଇଂରେଜ ଭାଇସରାୟମାନଙ୍କ ପରି ନେହେରୁ ପରିବାର ଆମକୁ ଶାସନ କଲେ। ଯେହେତୁ ଦେଶବାସୀ ଆଉ କିଛି ଆଶା କରୁଥିଲେ ଏବଂ ଆଉ ଅଭିଯୋଗ କରୁଥିଲେ ଇଂରେଜମାନେ କଂଗ୍ରେସ ଓ କଂଗ୍ରେସର କର୍ଣ୍ଣଧାର ଗାନ୍ଧିଜୀଙ୍କୁ ଭଣ୍ଡି ଦେଇ ଏଠୁ ଖସିଗଲେ। ତେଣୁ ଆମେ ଆଉ ଥରେ ସ୍ୱାଧୀନ ହେବୁ।

କଂଗ୍ରେସ କହିଲା ଏବେ 'ଗଣତନ୍ତ' ଗଢ଼ି ତୁମକୁ ଆମେ ଆଉ ଥରେ ମୁକ୍ତି ଦେବୁ। ମାତ୍ର ଭାଇସରାୟମାନେ ନେହେରୁ ପରିବାରରୁ ହିଁ ବଛା ହେବେ। କାହିଁକି ନା ଜାତିର ପିତା ଗାନ୍ଧିଜୀ କହିଯାଇଛନ୍ତି, ଜବାହର ତାଙ୍କ ରାଜନୈତିକ ଉତ୍ତରାଧିକାରୀ। ସେଥିପାଇଁ ଜବାହରଙ୍କ ପରେ ତାଙ୍କ ପରିବାର ଗାନ୍ଧି ନାମରେ ପରିଚିତ ହେଲେ, କାହିଁକି ନା ନେହେରୁ ନାମରେ ଭୋଟ ମାଗିଲେ ମିଳିବ ନାହିଁ। କାରଣ ପ୍ରଧାନମନ୍ତ୍ରୀ ହେବା ପାଇଁ ନେହେରୁ କୌଣସି ପ୍ରଦେଶରୁ ଆଦୌ ସମର୍ଥନ ପାଇ ନ ଥିଲେ ଓ ପ୍ରଧାନମନ୍ତ୍ରୀ ଥାଇ ସୁଦ୍ଧା କଂଗ୍ରେସ ସଭାପତି ନିର୍ବାଚନରେ ହାରି ଯାଇଥିଲେ। ସେଥିପାଇଁ ନେହେରୁଙ୍କ ଦାୟଦମାନେ ନେହେରୁ ନାମରେ ପରିଚିତ ନ ହୋଇ ଗାନ୍ଧି ନାମରେ ପରିଚିତ ହେଲେ ଭୋଟ ଅଜାଡ଼ି ହୋଇପଡ଼ିବ ଓ ସାଧାରଣ ଜନତାଙ୍କ ସମର୍ଥନ ଅତି ସହଜରେ ମିଳିଯିବ। ଏଥିପାଇଁ ମଧ୍ୟ ଏକ ସୁଯୋଗ ମିଳିଗଲା। ନେହେରୁଙ୍କ କନ୍ୟା ଇନ୍ଦିରା ପ୍ରିୟଦର୍ଶିନୀ ନେହେରୁ ମେହବୁବୁ ଖାନକ ପୁଅ ଫିରୋଜ ଖାନଙ୍କୁ ବିବାହ କରିବା ପରେ ପାରିବାରିକ ଅସଙ୍ଗତି ସୃଷ୍ଟି ହେଲା। ଫିରୋଜଙ୍କ ବାପା ମୁସଲମାନ, ମା' ପାର୍ସୀ, ମାଙ୍କ ସାଙ୍ଗିଆ ଥିଲା 'ଘାଦି'। ସେତିକି ବେଳେ ଗାନ୍ଧିଙ୍କ ପରାମର୍ଶରେ ଫିରୋଜଙ୍କ ସାଙ୍ଗିଆ ବଦଲେଇ ଦିଆଗଲା। ପରେ ଘାଦି କ୍ରମଶଃ ପରିବର୍ତ୍ତିତ ହୋଇ ଗାନ୍ଧି ହୋଇଗଲା ଓ ସେହିଦିନୁ ସେମାନେ ଗାନ୍ଧି ନାମରେ ପରିଚିତ ହେଲେ। କିନ୍ତୁ ଏ ବିବାହରେ ନେହେରୁ ଅରାଜି ଥିଲେ ଓ ମହାତ୍ମା ଗାନ୍ଧି ଫିରୋଜଙ୍କୁ ପୋଷ୍ୟପୁତ୍ର ରୂପେ ଗ୍ରହଣ କରିବାରୁ ଫିରୋଜ

ଖାନଙ୍କ ସାଙ୍ଗିଆ ବଦଲି ଫିରୋଜ ଗାନ୍ଧୀ ହେବା ସୁଦ୍ଧୁ ଗୁଜବ। କୃତବୁଦ୍ଧି ସମ୍ପନ୍ନ ନେହେରୁଙ୍କ ଦ୍ୱାରା ଏହା ପ୍ରଚାର କରାଯାଇଥିଲା, ମାତ୍ର ଏ ସମୟଥରେ କୌଣସି ଦଲିଲ କିମ୍ବା ଦସ୍ତାବିଜ୍ (ପ୍ରମାଣ) ମିଳିନାହିଁ ।

କିନ୍ତୁ ଗାନ୍ଧି ନାମରେ ପରିଚିତ ହୋଇ ଓ ପ୍ରଧାନମନ୍ତ୍ରୀ ଥାଇ ଇନ୍ଦିରା ସାଧାରଣ ନିର୍ବାଚନରେ ହାରିଯିବା ପରେ ତାଙ୍କ ପରିବାର ଲାଗି ଆଉ ଏକ ନୂଆ ସାଙ୍ଗିଆ ଦରକାର ହେଉଛି ଯାହା ଏପର୍ଯ୍ୟନ୍ତ ମିଳିନାହିଁ।

ଦ୍ୱିତୀୟ ବିଶ୍ୱଯୁଦ୍ଧ ପରେ ଅନେକ ଦେଶ ତ ଉପନିବେଶ ଶାସନରୁ ମୁକ୍ତ ହେଲେ। ସେଥିମଧରୁ ଭାରତ ମଧ। ଫରକ ଏତିକି ଅନ୍ୟ ଦେଶମାନଙ୍କରେ ଗଣତନ୍ତ୍ର ଶାସନ ଚାଲିଥିଲାବେଲେ ଭାରତରେ ବଂଶବାଦ ବା ପାରିବାରିକ ଶାସନ ଚାଲିଛି। ବ୍ରିଟିଶ ପାର୍ଲାମେଣ୍ଟରେ ସ୍ଥିର ହେଲା ଭାରତକୁ ସ୍ୱାଧୀନ କରାଯିବ। ବ୍ରିଟେନରେ ସବୁ ଦଲ ଦାବି କରୁଥିଲେ– କ୍ଲୋଜ ଡାଉନ ଇଣ୍ଡିଆ। ତା' ପରେ ଯେତେ ଭାଇସ ରାୟ ଆସିଛନ୍ତି ସେମାନଙ୍କ ପ୍ରାଥମିକ ଶାସନିକ ଆଭିମୁଖ୍ୟ (ଥିଲା) ଦାୟିତ୍ୱ ହେଲା–ତିନିଶହ ବର୍ଷ ତଲୁ ଚେରମାଡ଼ି ରହିଥିବା ବ୍ରିଟିଶ ନାଗରିକଙ୍କୁ କେଉଁଠି ସଇସଲାମତ ରଖ୍ବେ ସେଥିପାଇଁ– ବାଟଖୋଜିବା। କାରଣ ସେ ଦେଶକୁ ଅର୍ବାଚୀନ, ଅସଭ୍ୟ 'ନେଟିଭ'ଙ୍କ ହାତରେ ଛାଡ଼ିବା ଆଗରୁ ଇଂଲିଶ ବଂଶୋଭବମାନଙ୍କୁ ଆଗେ ସେ ଭୁଇଁରୁ ଖସେଇ ଆଣ। କାରଣ ସେମାନେ ମହାରାଣୀଙ୍କ ନାଁରେ ରାଣ ପକେଇ ଲୋକଙ୍କ ଉପରେ ବହୁ ଅତ୍ୟାଚାର କରିଛନ୍ତି। ଏମାନଙ୍କୁ ସୁରକ୍ଷାହୀନ ପାଇଲେ ଲୋକେ ଗୋଡେଇ ପିଟି ମାରିଦେବେ। ଇଣ୍ଡିଆନ୍ ଆର ସ୍ୟାଭେଜେସ। ସେମାନେ ସ୍ୱାଧୀନତା କ'ଣ ଜାଣି ନାହାଁନ୍ତି। (ଚର୍ଚିଲ) ମାତ୍ର ଯେଉଁ ବ୍ରିଟିଶ ପାର୍ଲାମେଣ୍ଟ କହିଥିଲା– କ୍ଲୋଜ ଇଣ୍ଡିଆ– ସେ ମୂଳୋଦଭବ ମାନଙ୍କୁ ରିଫ୍ୟୁଜ କହି ଇଂଲଣ୍ଡରେ ପୁରାଇବାକୁ ରାଜି ହେଲାନି । ମହାରାଣୀ ଭାରତ ବା ପ୍ରିମ୍ୟର ନାଁ ଧରି ନ ଥିଲେ । ବରଂ ବ୍ରିଟିଶ ପାର୍ଲାମେଣ୍ଟର ଜୁଲାଇ ୧୮ତାରିଖ ୧୯୪୭ ମସିହାରେ (ଇଣ୍ଡିଆନ ଇଣ୍ଡିପେଣ୍ଡେସ ଆକ୍ଟ,୧୯୪୭) ଘୋଷଣା ନାମା ଥିଲା ଖଣ୍ଡେ ଲାଇସେନ୍ ପରି। ତହିଁର ୩୩୦ବର୍ଷ ପୂର୍ବରୁ ୧୬୧୭ ମସିହାରେ ସମ୍ରାଟ ଜେମସ୍–୧ଙ୍କ ଆଦେଶରେ ଇଷ୍ଟ ଇଣ୍ଡିଆ–କମ୍ପାନୀ ଇଂଲଣ୍ଡର ରାଜଦୂତ ସାର ଟମାସରୋଙ୍କ ଜରିଆରେ ଯେମିତି ଚତୁର୍ଥ ମୋଗଲ ସମ୍ରାଟ ଜାହାଙ୍ଗୀଙ୍କଠାରୁ ସନନ୍ଦ ହାସଲ କରିଥିଲା। ଠିକ୍ ସେମିତି ଯେପରି ବାଣିଜ୍ୟ ପାଇଁ ପଟ୍ଟା ପାଇଥିବା ଇଂରେଜମାନେ ନୂଆ ଦଲିଲରେ ତାହା ମାଉଣ୍ଟବ୍ୟାଟେନଙ୍କ ହାତରେ ଭାରତକୁ ଫେରାଇ ଦେଲେ। ଯୁଗ ଅନୁଯାୟୀ ଶଢ ସଣ୍ଢା ଯାହା ଥିଲା ଏପାଖ ସେପାଖ। ସ୍ୱାଧୀନତାକୁ ଆହୁରି ସାବୁଟ ଓ ବଳଶାଳୀ କରିବାକୁ ଦେଶକୁ ଗଣତନ୍ତ୍ରରେ ପରିଣତ କରାଗଲା । ତାକୁ ଚଲାଇବାକୁ ସମ୍ୱିଧାନ ତିଆରି ହେଲା । କିନ୍ତୁ ରିମୋର୍ଟ ରହିଲା କଂଗ୍ରେସ ହାତରେ ଓ ରିମୋର୍ଟକୁ କଣ୍ଟ୍ରୋଲ କରିବା ଲାଗି ସ୍ୱିଚ ଧରିଲେ ନେହେରୁ ପରିବାରର ଦାୟଦମାନେ ଗାନ୍ଧି ମୁଖା ପିନ୍ଧି ।

ଜୁନ୍ ୩ ତାରିଖ ୧୯୪୭ରେ ବ୍ରିଟିଶ ଭାରତର ଶେଷ ଗଭର୍ଣ୍ଡର ଜେନେରାଲ ଭିସ୍କାଉଣ୍ଟ ଲର୍ଡ ମାଉଣ୍ଟ ବ୍ୟାଟେନ ଭାରତର ସ୍ୱାଧୀନତା ଘୋଷଣା କରିଥିଲେ । ତାଙ୍କ ଘୋଷଣା ଅନୁଯାୟୀ ଅଗଷ୍ଟ ୧୪ ତାରିଖ ୧୯୪୭ ମଧ ରାତ୍ରେ ଭାରତ ସ୍ୱାଧୀନ ହେବା ସହ ଜନ୍ମ ନେଇଥିଲା ପାକିସ୍ତାନ। ରାଜାମାନଙ୍କ ଦାବି " ଆମ ପୂର୍ବ ପୁରୁଷଙ୍କଠୁ ସାର୍ବଭୌମ ଅଧିକାର ଦଖଲ କରି ଏବେ ତାହା ଆମକୁ ନ ଫେରେଇ ଆଉ କାହା ହାତରେ ଧରେଇ ଦେଇ ଦେଶ ଛାଡ଼ି ପଲେଇ ଯିବାକୁ ତରତର ହେଉଛି ବ୍ରିଟିଶ ରାଜା। ୫୬୫ ଚୁକ୍ତି କାଗଜରେ ଭାଗ୍ୟ ଓ ଭବିଷ୍ୟତ କ'ଣ ହେବ ? ବିଭ୍ରାଟ ସମ୍ଭାଳିବାକୁ ଶେଷ ରେଫରିଭାବେ ମାଉଣ୍ଟବ୍ୟାଟେନ ଆସିଲେ। ସ୍ଥିର ହେଲା, ଇଣ୍ଡିଆ ନାଁ କାହାକୁ ଦିଆଯିବନି। ଗୋଟେହେବ, ହିନ୍ଦୁସ୍ତାନ ଓ ଆରଟି ହେବ ପାକିସ୍ତାନ। ଗାନ୍ଧି ଜିଦ୍ କଲେ– ମୂଳ ପରିଚୟ ଭାରତ ପାଖରେ ରହିବ। କଥା ରହିଲା ଏବଂ ଏ ଅନୁଯାୟୀ ଦିନେ ଆଗରୁ ପାକିସ୍ତାନ ସ୍ୱାଧୀନ ହେଲା । ଭାରତ ହେଲା ଅଗଷ୍ଟ ୧୪, ୧୯୪୭ଦିନ । ୧୯୪୭ ଅଗଷ୍ଟ ୧୪ତାରିଖ ଗୁରୁବାର କୃଷ୍ଣ ଚତୁର୍ଦ୍ଦଶୀ ରାତି ୧୦ଟା ୪୫ମିନିଟ୍ ବେଲେ ଶାସନଭାର ହସ୍ତାନ୍ତର ହୋଇଥିଲା। ରାତି ପାହିଲେ ଅଗଷ୍ଟ ୧୫ ଶୁକ୍ରବାର ଅମାବାସ୍ୟ। ଶନି ମକର ରାଶିରେ ବିରାଜି ଥିଲେ । ଅଶୁଭ କାଲ ବୋଲି ହିନ୍ଦୁମାନେ

ବିଶ୍ୱାସ କରନ୍ତି । ତାହାହିଁ ହୋଇଗଲା । କ୍ଷମତା ସିଂହାସନ ପାଇଁ ବ୍ୟାକୁଳ ନ ହୋଇ ଜ୍ୟୋତିଷମାନଙ୍କ ଉପଦେଶ ମାନି ସେମାନଙ୍କ ପରାମର୍ଶ ଗ୍ରହଣ କରି କିଛିଦିନ ଅପେକ୍ଷା କରିଥିଲେ– ଅଶୁଭକାଳ ପରେ କ୍ଷମତା ହସ୍ତାନ୍ତର ହୋଇଥିଲେ ତାହା ଦେଶଲାଗି ଶୁଭଙ୍କର ହୋଇଥାଆନ୍ତା । ତାହା ନ ହେବାରୁ ଏପରି ବିଶୃଙ୍ଖଳା ବର୍ତ୍ତମାନ ଦେଖାଦେଇଛି । ଦିଲ୍ଲୀରେ ତ୍ରିରଙ୍ଗା ଉଡେଇ ନେହେରୁ "ଟ୍ରାଏଷ୍ଟ, ଉଇଥ ଡେଷ୍ଟିନ" ପଢ଼ିବା ବେଳକୁ ଦେଶ ଚିରି ହୋଇଯାଇଥିଲା । ସେତେବେଳେ ନେହେରୁ କହିଥିଲେ ଯେତେବେଳେ ସମସ୍ତେ ଶୋଇଛନ୍ତି ସେତିକି ବେଳେ ଆମେ ସ୍ୱାଧୀନ ହେଉଛୁ । ବିଶ୍ୱ ଇତିହାସର ଏକ ଐତିହାସିକ ଦସ୍ତାବିଜ୍ ଭାବେ ସ୍ୱୀକୃତ ନେହେରୁଙ୍କ ସ୍ୱାଧୀନତା ଦିବସ ଭାଷଣ ଟ୍ରାଇଷ୍ଟ–ଉଇଥ–ଡେଷ୍ଟିନି । ଆରମ୍ଭରେ ସେ କହିଥିଲେ–
At the stroke of the midnight hour. when the world sleeps, India will awake to life and Freedom. ଅଗଷ୍ଟ ୧୪, ୧୯୪୭ । ପରେ ସେ ଭାଷଣକୁ କଦର୍ଥ କରି କୁହାଗଲା" କିହୋ ଚୋର, ଖଣ୍ଡ, ଡାକୁ, ଡକାୟତଙ୍କ ପରି ସମସ୍ତେ ଶୋଇଥିଲାବେଳେ ରାତି ଅଧରେ ତୁମେ କାହିଁକି ସ୍ୱାଧୀନତା ହାସଲ କଲ ? ଦିନରେ ସ୍ୱଚ୍ଛ ଦିବାଲୋକରେ ଅନ୍ୟମାନେ ଚେଇଁଥିବାବେଳେ ହେଲନି କିୟାଁ ।

ବଡ଼ଲାଟ ଲର୍ଡ ମାଉଣ୍ଟ ବ୍ୟାଟେନଙ୍କ କୌଶଳପୂର୍ଣ୍ଣ ଚଞ୍ଚକତା ଯୋଗୁଁ ଅଖଣ୍ଡ ଭାରତ ଦୁଇ ଭାଗରେ ବିଭକ୍ତ ହୋଇ, ଭାରତ ଏବଂ ପାକିସ୍ତାନ ନାମଧାରୀ ଦୁଇଗୋଟି ଦେଶରେ ନାମିତ ହେଲା । ଏହି ଅଭାବନୀୟ ଘଟଣାକୁ ଦେଖି ଗାନ୍ଧିଜୀ ମର୍ମାହତ ହୋଇ ପଡ଼ିଲେ ।

କ୍ଷମତା ଦାଖଲ ପାଇଁ ବ୍ୟାକୁଳତା ହିଁ ବିଭାଜନର ପ୍ରମୁଖ କାରଣ ବୋଲି କୁହାଯାଇପାରେ । ଆମେରିକାର ପୂର୍ବତନ ପରରାଷ୍ଟ୍ର ସଚିବ ପ୍ରଖ୍ୟାତ କୂଟନୀତିଜ୍ଞ ହେନେରି କିସିଞ୍ଜର କହିଥିଲେ "ସବୁ ମାଦକ ଦ୍ରବ୍ୟର ନିଶାଠାରୁ ବଳି ହେଉଛି କ୍ଷମତାର ନିଶା । ତେବେ କ୍ଷମତାରେ ରହିବାର ନିଶାଠାରୁ କ୍ଷମତା ହାସଲର ନିଶା ଆହୁରି ଅଧିକ ପ୍ରବଳ । କ୍ଷମତା ଏକ ନିଶା, କ୍ଷମତା ଦୁର୍ନୀତିକୁ ଜନ୍ମ ଦିଏ ଓ ବିପୁଲ କ୍ଷମତା ବ୍ୟାପକ ଦୁର୍ନୀତିକୁ ପ୍ରଶ୍ରୟ ଦେଇଥାଏ । ଏହା କେବଳ ନେତାକୁ ଦୁର୍ନୀତି ଗ୍ରସ୍ତ କରିବାର ସୁଯୋଗ ଦିଏନା, ମାତ୍ରାଧିକ କ୍ଷମତା ଏକଛତ୍ରବାଦ ଓ ଅରାଜକତା ମଧ ସୃଷ୍ଟି କରିଥାଏ । ତେବେ କ୍ଷମତା ସଂପର୍କରେ ଆପ୍ତ ବାକ୍ୟଟି ଯେପରି ସଫଳ ହେବା ଦେଖିବାକୁ ନ ମିଳେ । କ୍ଷମତା ହସ୍ତାନ୍ତର ପୂର୍ବରୁ ଇଂରେଜମାନେ ଭାରତ ସମେତ ଚାରୋଟି ଦେଶକୁ ସମ୍ପ୍ରଦାୟ ଭିତ୍ତିରେ ବିଭାଜିତ କଲେ । ଅନ୍ୟ ତିନୋଟି ଦେଶ ହେଲା ସାଇପ୍ରସ, ଆୟାରଲାଣ୍ଡ ଏବଂ ପାଲେଷ୍ତାଇନ । ଭାରତ ପରି ସେମାନେ ମଧ ଆଜି ପର୍ଯ୍ୟନ୍ତ ବିଭାଜନ ଯନ୍ତ୍ରଣା ଭୋଗୁଛନ୍ତି । ଭାରତକୁ ବିଭାଜିତ କରିବା ପାଇଁ ଇଂରେଜ କ୍ଷଡ଼ଯନ୍ତ୍ର ଶିକାର ନ ହୋଇ ଗାନ୍ଧିଜୀଙ୍କ ପରାମର୍ଶ ମାନି ସିଂହାସନ ଆରୋହଣର ବ୍ୟାକୁଳତା ପରିତ୍ୟାଗ କରି ଆଉ କିଛି ସମୟ ଧୈର୍ଯ୍ୟ ଧରି ଅପେକ୍ଷା କରିଥିଲେ ସାମାନ୍ୟ ସଂଘର୍ଷ ଓ ରକ୍ତପାତରେ ସବୁକିଛି ଠିକ୍ ହୋଇଯାଇ ଥାଆନ୍ତା । ବିଭାଜନ ପାଇଁ ନିଷ୍ପତ୍ତି କରି ତରବରିଆ ଭାବେ ସୀମାରେଖା ନିର୍ଦ୍ଧାରଣ ଫଳରେ ସୀମାର ଅଧିବାସୀ ହଠାତ ଜାଣିପାରିଲେ ନାହିଁ କିଏ କୁଆଡ଼େ ଯିବେ ? ମଧ୍ୟସ୍ଥ ଭାବେ ସୀମା ଟାଣିବାର କାର୍ଯ୍ୟ ବ୍ରିଟିଶ ସରକାର କଲା । ସୀମାନ୍ତ ନିର୍ଣ୍ଣୟରେ ବ୍ରିଟିଶ ଅବିମୃଶ୍ୟକାରିତାର ଅନ୍ୟ ଏକ ଚରମ ନିଦର୍ଶନ ଦେଖିବାକୁ ମିଳିଲା ୧୯୪୭ମସିହାରେ ଦେଶ ବିଭାଜନ ବେଳେ । ଭାରତ ଓ ପାକିସ୍ତାନ ମଧରେ ନୂତନ ଆନ୍ତର୍ଜାତିକ ସୀମା ନିର୍ଦ୍ଧାରଣ ପାଇଁ ଉପମହାଦେଶର ଧର୍ମ, ସଂସ୍କୃତି ଓ ଭୂରାଜନୀତି ସମ୍ବନ୍ଧୀୟ କୌଣସି ଜ୍ଞାନ ଓ ଅଭିଜ୍ଞତା ନ ଥିବା ବ୍ରିଟେନର ସାର ସିରିଲରେଡ କ୍ଲିଫଙ୍କ ଅଧ୍ୟକ୍ଷତାରେ ଗଠିତ ସୀମା କମିଶନ ଦ୍ୱାରା ୨୯୧୯ କିମି(ପଶ୍ଚିମ ପାକିସ୍ତାନର ୩୩୨୩ କି.ମି. ଓ ପୂର୍ବ ପାକିସ୍ତାନର ୪୦୯ କି.ମି.) ସୁଦୀର୍ଘ ସୀମାକୁ ତରବରିଆଭାବେ ମାତ୍ର ତିନି ସପ୍ତାହ ମଧରେ ଚିହ୍ନିତ କରାଗଲା । ଏହି ସୀମାରେଖା (ବିଶେଷକରି ଭାରତର ପଶ୍ଚିମ ସୀମାନ୍ତର) ସୃଷ୍ଟି ହେବା ଦିନଠାରୁ ଅନେକ ସଂଘର୍ଷ, ଯୁଦ୍ଧ ଓ ଅବିରତ ଅନୁପ୍ରବେଶ ଲାଗି ରହିଥିବାରୁ ଏହାକୁ ପ୍ରଥିବୀର ଏକ ଜଟିଳ ଓ ବିପଦପୂର୍ଣ୍ଣ ସୀମାନ୍ତ ରୂପେ ଗଣ୍ୟ କରାଯାଏ । ଏହି

ସୀମାନ୍ତର ସବୁଠାରୁ ସଂଘର୍ଷମୟ ଅଂଶ ହେଉଛି କାଶ୍ମୀର ଯୁଦ୍ଧର ଅବସାନ ପରେ ପାକିସ୍ତାନ ଅଧିକୃତ କାଶ୍ମୀର ଓ ଭାରତର ଜାମ୍ମୁ-କାଶ୍ମୀର ରାଜ୍ୟ ମଧ୍ୟରେ ଅସ୍ଥାୟୀ ସୀମାରେଖା ରୂପେ ଚିହ୍ନିତ ୭୪୦ କି.ମି. ଦୀର୍ଘ ନିୟନ୍ତ୍ରଣ ରେଖା, ଯେଉଁଠାରେ ଅଧିକାଂଶ ସମୟରେ ଉଲ୍ଲଂଘନ, ଅନୁପ୍ରବେଶ, ଗୁଳି ବିନିମୟ ଓ ମୁଣ୍ଡକାଟ ଭଳି ଘଟଣା ମାନ ଘଟୁଛି । ପଶ୍ଚିମ ସୀମାନ୍ତରେ ଅନ୍ୟ ଦୁଇ ଅଂଶ ହେଉଛି 'ୱାଘା ଲାଇନ' ଓ 'ଜିରୋ ପଏଣ୍ଟ' । ୱାଘା ସୀମାରେଖା ପାକିସ୍ତାନୀ ପଞ୍ଜାବ ଓ ଭାରତୀୟ ପଞ୍ଜାବ ରାଜ୍ୟକୁ ପୃଥକ୍ କରୁଛି । ଦୁଇଦେଶ ମଧ୍ୟରେ ଥିବା ପ୍ରସିଦ୍ଧ ୱାଘା ପ୍ରବେଶ ପଥ ଏହି ଅଂଶରେ ଅବସ୍ଥିତ । ସେହିପରି 'ଜିରୋ ପଏଣ୍ଟ' ଅଂଶ ଭାରତର ରାଜସ୍ଥାନ ଓ ଗୁଜୁରାଟ ରାଜ୍ୟ ଦ୍ୱୟକୁ ପାକିସ୍ତାନର ସିନ୍ଧୁ ପ୍ରଦେଶଠାରୁ ପୃଥକ କରୁଛି । ସମଗ୍ର ପଶ୍ଚିମ ସୀମାନ୍ତ ଏକ ରୁଦ୍ଧ ସୀମାନ୍ତ ହୋଇଥିବାରୁ ଏହାକୁ ସୁଦୃଢ଼ ଓ କଣ୍ଟକିତ ତାରବାଡ଼ ଦ୍ୱାରା ବନ୍ଦ କରାଯାଇଛି ଏବଂ ବର୍ଡର ସିକ୍ୟୁରିଟି ଫୋର୍ସର ସୈନ୍ୟମାନେ ଏଠାରେ ପଇଁଠରା ମାରୁଛନ୍ତି ।

ଫଳ ହେଲା ବିଭାଜନର ୬ମାସ ମଧ୍ୟରେ ଏକ କୋଟି ଲୋକ ବିସ୍ଥାପିତ ହେଲେ । ବିଭାଜନ ପରବର୍ତ୍ତୀ ଦଙ୍ଗାରେ ୧୦ଲକ୍ଷ ହିନ୍ଦୁ, ମୁସଲମା ଓ ଶିଖ ନିହତ ହେଲେ । ସବୁ ଶରଣାର୍ଥୀଙ୍କ ଯାତନା ଓ ଯନ୍ତ୍ରଣା ସମାନ ଥିଲା । ଦେଶରୁ କେବଳ ଇଂଁରେଜମାନଙ୍କ ନିଷ୍କାସନ ହେଲା ନାହିଁ, ଅନ୍ତତଃ କୋଟିଏ ଲୋକ ନିଜର ପୈତୃକ ଘରଦ୍ୱାର ଗାଁରୁ ନିଷ୍କାସନ ହେଲେ । ଜଣେ ଶରଣାର୍ଥୀ କହିଥିଲେ "ଏହି ମୂଲକରେ ଅନେକ ଶାସନ ବଦଳିଛି । ଅନେକ ଆସିଛନ୍ତି ଯାଇଛନ୍ତି ପରନ୍ତୁ ପ୍ରଥମ ଥର ପାଇଁ ଶାସନ ସହିତ ଆମର ଆବାସ ମଧ୍ୟ ବଦଳିଗଲା ।' ପ୍ରତ୍ୟେକ ପରିବାରରେ ବିଭାଜନ ଭାଗବଣ୍ଟା ଶାନ୍ତିପୂର୍ବକ ହୁଏ କିନ୍ତୁ ଏହା ମରଣାନ୍ତକ ହେଲା । ଏହି ବିଭାଜନକୁ ବିଚାରଶୀଳତାର ସହିତ ଶାନ୍ତିପୂର୍ଣ୍ଣଭାବରେ କରାଯାଇ ପାରିଥାଆନ୍ତା ଯଦି ଆମ ନେତା କ୍ଷମତା ସିଂହାସନ ଆରୋହଣ କରିବା ପାଇଁ ଏତେ ବ୍ୟାକୁଳତା ପ୍ରକାଶ କରି ନଥାନ୍ତେ । ଗାନ୍ଧିଜୀଙ୍କୁ ଛାଡ଼ି ଏହି ବିଭାଜନ ପାଇଁ ସମସ୍ତେ ପ୍ରାୟତଃ ଦାୟୀ ଏବଂ ସର୍ବାଧିକ ଦାୟୀ ଜବାହରଲାଲ ନେହେରୁ । ଏହା ହେଉଛି ସାଧାରଣ ମତ ।

ବିଭାଜନ ପରେ ନେହେରୁ ଦୁଃଖ ପ୍ରକାଶ କରି କହିଥିଲେ – "ଯେଉଁ ନରସିଂହାରୁ ତ୍ରାହି ପାଇବା ପାଇଁ ଆମେ ବିଭାଜନକୁ ସ୍ୱୀକୃତି ଦେଇଥିଲୁ । ପରିଶେଷରେ ତାହାହିଁ ହେଲା ।" ସର୍ଦ୍ଦାର ପଟେଲ କହିଥିଲେ, "ଯଦି ଏଭଳି (ନରସଂହାର) ହେବ ବୋଲି ଜାଣିଥାଆନ୍ତି । ତେବେ ବିଭାଜନ ପାଇଁ କେବେ ହଁ କହି ନଥାନ୍ତି" । ୧୪ ଅଗଷ୍ଟ ୧୯୪୭ରେ ମହର୍ଷି ଅରବିନ୍ଦ ଦେଶବାସୀଙ୍କୁ ରେଡିଓ ବାର୍ତ୍ତାରେ କହିଥିଲେ । "ବିଭାଜନ ଏକ ଅସ୍ଥାୟୀ ଉପାୟ । କୌଣସି ବି ଉପାୟରେ ବିଭାଜନକୁ ସମାପ୍ତ କରିବାକୁ ହେବ । ଭବିଷ୍ୟତ ମହାନ ଭାରତ ପାଇଁ ଏକତା (ଅଖଣ୍ଡତା)ଜରୁରୀ ।

ଆଜିର ଯୁବ ସମାଜ ବିଭାଜନ ଓ ଏହାର ପରବର୍ତ୍ତୀ କରାଳ ହିଂସାର ଦୃଶ୍ୟ ଦେଖି ନାହାଁନ୍ତି । ଠିକ୍ ଭାବରେ ଶୁଣିନାହାନ୍ତି ମଧ୍ୟ । ଇତିହାସର ଅଧ୍ୟୟନ ମଧ୍ୟ ଠିକ୍ ଭାବରେ ହେଉନାହିଁ । ଏବେ ସମୟ ଆସିଛି ଦେଶର ସେ ସମୟର ସ୍ଥିତି ସମ୍ପର୍କରେ ଦେଶର ଭବିଷ୍ୟତ ବଂଶଧରମାନଙ୍କୁ ସଠିକ ଅବଗତ କରାଇବା ଏବଂ ଏଭଳି ପରିସ୍ଥିତିର ଅର୍ଥାତ୍ ଇତିହାସର ଯେଭଳି ପୁନରାବୃତ୍ତି ନହୁଏ ସେଥିପାଇଁ ପ୍ରଯତ୍ନ କରିବା ।

ଇଂଲିଶ ଲେଖକ ବିଭର୍ଲି ନିକେଲସ (Beverley Nichols ୧୮୯୮-୧୯୮୩) ସେ ମହାତ୍ମା ଗାନ୍ଧୀ ଓ ଭାରତୀୟ ସ୍ୱାଧୀନତା (ସଂଗ୍ରାମର) ଆନ୍ଦୋଳନର ଜଣାଶୁଣା ବିରୋଧୀ ଥିଲେ । ୧୯୪୪ ମସିହାରେ ପ୍ରକାଶିତ ତାଙ୍କ ପୁସ୍ତକ, ଭର୍ଡିକ୍ ଅନ୍ ଇଣ୍ଡିଆ'ରେ ସେ ଲେଖିଛନ୍ତି, ମରଣ ପରେ ମହାତ୍ମା ଗାନ୍ଧୀଙ୍କୁ ଅବଶ୍ୟ ଭାରତୀୟମାନେ ନିଜ ବିଧି ଓ ପରମ୍ପରାକୁ ଅନୁସରଣ କରି ଫୁଲ, ଚନ୍ଦନ, ଧୂପ, ଦୀପ ଦେଇ ପୂଜା କରିବେ । କୋଟି କୋଟି ଜନତା ଭକ୍ତିରେ ହାତ ଘଷି ଘଷି ଧାତୁ ନିର୍ମିତ ତାଙ୍କ ପ୍ରତିମୂର୍ତ୍ତିର ଚାରିପଟେ ଘେରି ରହିଥିବା ଆଭା ମଣ୍ଡଳକୁ ଆହୁରି ଉଜ୍ଜଳ କରିଦେବେ । ଗାନ୍ଧୀଙ୍କ ସିଢ଼ ସରା କ୍ରମେ କ୍ରମେ ଦେବତ୍ୱ ଆଡ଼କୁ ଆରୋହଣ କରିବ ଏବଂ ସେ ସର୍ବଦିନ ପାଇଁ ହିନ୍ଦୁ ପୂଜା ଶୈଳୀର

ଅଜସ୍ର ଦେବଦେବୀଙ୍କ ଭିତରେ ନିଜ ପାଇଁ ଏକ ସ୍ଥାନ ହାସଲ କରି ନେବେ । ହିନ୍ଦୁ- ଏ ନାଁ କହିବାକୁ କିଛି କାତରତା ଆମର ରହିଛି । ଯାହା ହେଉ, ସେହି ଆବେଗ ଓ ବିଶ୍ୱାସ ଅନୁଯାୟୀ-ମଣିଷ ଦେବ-ରୂପ ପାଏ । ଅନ୍ୟ କୌଣସି ଧର୍ମରେ ନୂଆ 'ଭାଗବାନ' ଆବିର୍ଭାବ ହେବା ସମ୍ଭବ ନୁହେଁ । 'ହିନ୍ଦୁ' ଆଚରଣର ମାତ୍ର ଅବଶ୍ୟ ନିଆରା ନିଆରା । ଭଗବାନଙ୍କ ସେବା ବା ସ୍ମରଣରେ ରୂପର ବିଭିନ୍ନତା ପାଇଁ ଭକ୍ତ ଯେଉଁ ସ୍ୱାଧୀନତା ପାଏ ଏହା ଅନନ୍ୟ ଭାବେ ଏକ ସନାତନ ପରମ୍ପରା । ଅନ୍ୟ କୌଣସି ଧର୍ମରେ ମିଳେ ନାହିଁ । ପୂର୍ବ ସୂଚିତ ଧାରଣା ବାହାରକୁ ଯାଇ ନ ହେବା ସବୁ ଧର୍ମର ଶୃଙ୍ଖଳା । ନିକୋଲାସଙ୍କ ମତ ଥିଲା-ଗାନ୍ଧୀ ନାଁ 'ଏକ୍ସପ୍ଲଏଟ' ହେବ ଏବଂ ତାହା ଇଣ୍ଡିଆନ (ଭାରତୀୟ) ମାନଙ୍କର କୌଣସି କାମରେ ଲାଗିବନି । ତେଣୁ ଅକାରଣେ ତାଙ୍କ କଥାକୁ ବିଶ୍ୱାସ କରି 'ସ୍ୱାଧୀନତା' ନାଁରେ ଏତେ ବଡ ସାମ୍ରାଜ୍ୟକୁ ଶାସନ ମୁକ୍ତ କରିଦେବା ଠିକ୍ ନୁହେଁ , ସ୍ୱାଧୀନ ହେଲା ପରେ ସେଟି ଅରାଜକତା ଓ ସ୍ୱେଚ୍ଛାଚାର ଘୋଟିଯିବ । ପଳାତକଙ୍କ ପରି ଦାୟିତ୍ୱହୀନ କାମ ଇଂରେଜ ଜାତି କରେନା । ତେଣୁ ଭାରତକୁ ସ୍ୱାଧୀନ କରା ନଯାଉ । ତଥାପି ଆମେ ସ୍ୱାଧୀନତା ପାଇଲୁ । ଏ ଗୌରବର ଶ୍ରେୟ ଯାଏ ଗାନ୍ଧୀଙ୍କ ପାଖକୁ ସ୍ୱାଧୀନତା ପ୍ରାପ୍ତିରୁ ଆଜିଯାଏ । କିନ୍ତୁ ଏ ଶ୍ରେୟର ପ୍ରକୃତ ଉତ୍ତରାଧିକାରୀ ହେଉଛନ୍ତି ନେତାଜୀ ସୁଭାଷ ଚନ୍ଦ୍ର ବୋଷ, ଗାନ୍ଧୀ ନୁହଁନ୍ତି ।

ପ୍ରଥମ ବିଶ୍ୱଯୁଦ୍ଧରୁ ଦ୍ୱିତୀୟ ବିଶ୍ୱଯୁଦ୍ଧ ପର୍ଯ୍ୟନ୍ତ ବିଶ୍ୱବ୍ୟାପୀ ବ୍ରିଟିଶ ଶାସନର ପରିଣତି ଯୋଗୁଁ ଭାରତ ସ୍ୱାଧୀନତା ହାସଲ କରିବା ପ୍ରକ୍ରିୟା ଯେମିତି ତ୍ୱରାନ୍ୱିତ ହେଉଥିଲା ତାହା ଅନୁଧ୍ୟାନ କଲେ ଜାଣି ହେବ ଯେ ଗାନ୍ଧିଧାରା ବିଶ୍ୱ ରାଜନୈତିକ ଗତିଠାରୁ ଦୌଡ଼ରେ ପଛକୁ ରହିଯାଉଥିଲା । ଦ୍ୱିତୀୟ ବିଶ୍ୱଯୁଦ୍ଧ ଆରମ୍ଭ ସହିତ ଗାନ୍ଧି-ଆଦର୍ଶ ଏବଂ କଂଗ୍ରେସ ଅଭିଳାଷ ଭିତରେ ଅନେକ ତାରତମ୍ୟ ଦେଖାଯିବା ଆରମ୍ଭ ହେଲା । ଗାନ୍ଧି ଫ୍ୟାସିବାଦକୁ ଘୃଣା କରୁଥିଲେ ଓ ଯୁଦ୍ଧକୁ ମଧ୍ୟ ବିରୋଧ କରୁଥିଲେ । ଅପରପକ୍ଷେରେ କଂଗ୍ରେସ ଫ୍ୟାସିବାଦକୁ ଭଲ ପାଉ ନ ଥିଲେ ମଧ୍ୟ ଗୋଟିଏ ସର୍ତ୍ତ ଯଥା- ଇଂରେଜ ସରକାର ଯଦି ଭାରତୀୟ ମାନଙ୍କୁ ସ୍ୱାୟତ୍ତ ଶାସନ ପାଇଁ ପ୍ରତିଶ୍ରୁତି ଦିଅନ୍ତି ତେବେ ତାହା ବ୍ରିଟିଶ ପରିଚାଳିତ ଯୁଦ୍ଧ ସହିତ ସହଯୋଗ କରିବାକୁ ରାଜି ହେଉଥିଲା । ୧୯୪୬ରେ ସାର ଷ୍ଟାଫୋଡ କ୍ରିପ୍ସଙ୍କ ମିଶନ ସଫଳ ନ ହେବା ପରେ ଭାରତରେ ଥିବା ବ୍ରିଟିଶ ଶାସକମାନେ ଧର୍ମ ବିଭେଦ ସୃଷ୍ଟି ପାଇଁ ଯାବତ ପ୍ରକାର ଚେଷ୍ଟା କରାଇଥିବା ଏକ ଐତିହାସିକ ତଥ୍ୟ । ଏହାପରଠାରୁ ମୋଟାମୋଟିଭାବେ ଗାନ୍ଧୀଙ୍କ କାର୍ଯ୍ୟ ମୁଖ୍ୟତଃ ଦୁଇଭାଗରେ ବିଭକ୍ତ ହୋଇ ରହିଲା । ଇଂରେଜ ସରକାର ଭାରତ ଛାଡ଼ୁ ଓ ସବୁ ଧର୍ମ ଭିତରେ ସଂହତି ରକ୍ଷା ହେଉ । ଦ୍ୱିତୀୟଟିକୁ ପାଉଣା ଦେଇ ପ୍ରଥମଟିକୁ କଂଗ୍ରେସ ଅତି ଆଗ୍ରହରେ ଆଦରି ନେଲା । ଅଥଚ ଗାନ୍ଧିଙ୍କ ଅବର୍ତ୍ତମାନରେ ତାଙ୍କୁ ଆମେ କ'ଣ ବୋଲି ଜାଣିଲୁ ? କଂଗ୍ରେସ ଠାରୁ ଅଲଗା କରି ଗାନ୍ଧୀଙ୍କ କର୍ମ ଓ ମହିମା କୃତିତ ଅନୁଶୀଳନ କରାଯାଇଛି । ସ୍ୱାଧୀନତା ଅବକାଶରେ ନେହେରୁଙ୍କ (ଟାଇଷ୍ଟ ଉଇଥ ଡେଷ୍ଟିନ) ଭାଷଣର ଗୋଟିଏ ଅଂଶ ଏଠାରେ ଦିଆଗଲା- "On this day our first thoughts go to the architect of this freedom. The father of our nation (Gandhi) who, embodying the old spirit of India, held aloft the lorch of freedom and lighted uptte darkness that sarrounded us- we have often been unworthy fallowers of his and have strayed from his message," ତଥାପି ସନ୍ତାନ ପୈତୃକ ସମ୍ପତ୍ତିର ଦେୱାନୀ ଅଧିକାର ଜାହିର କରୁଥିବା ପରି ଆଜି ବି କଂଗ୍ରେସ ଗାନ୍ଧିଙ୍କ ଅଭୌତିକ ଜ୍ଞାନ ଏବଂ ସର୍ବୋକୁ ନିଜର ବୋଲି କହେ ।

ତ୍ରୁଟି ସଂଶୋଧନ ଓ ପୁଣି ତ୍ରୁଟି-ଏ ତ ଜଗତର ଗତି । ଭାରତକୁ କିଏ ତିଆରି କରିଛି ଓ ଏପରି ଅବାନ୍ତର ପ୍ରଶ୍ନ ଏବେ ରାଜନୀତିର ରୂପ ନେଇଛି । ଅନେକ ଭାବନ୍ତି ଏଥିରୁ କୁଆଡେ ଭୋଟ ମିଳେ । ଅସମ୍ଭବ । ଭାରତୀୟ ଭୋଟର ଯଦି ଗଣତନ୍ତ୍ର ପାଇଁ ଏତେ ଚିନ୍ତାଶୀଳ ବା ଦରଦୀ ହୋଇ ଥାଆନ୍ତେ ତେବେ ସେମାନଙ୍କ ଆଖିରେ ଆଙ୍ଗୁଠି ଗେଞ୍ଜି ଦେଇ

ଲୁଟ୍ ହୁଅନ୍ତା କେମିତି ? ଲୁଟ ଧରିବା ପାଇଁ କମିଶନ ବସେ । ମାତ୍ର କମିଶନ ବସିଲେ ହୁଏ କ'ଣ ? ଗୋଟିଏ ଘଟଣା ଉପରେ ହଠାତ୍ ସମସ୍ତେ ତା'ଉପରେ ଲଦି ହୋଇପଡ଼ନ୍ତି । ଅନୁସନ୍ଧାନ ନିମନ୍ତେ କମିଶନଙ୍କ ହାତରେ ଯଥେଷ୍ଟ ଆଇନ ଅନୁମୋଦିତ କ୍ଷମତା ନ ଥାଏ । କମିଶନ ଦୋଷ ଓ ଦୋଷୀ ନିର୍ଦ୍ଧାରଣ କରନ୍ତି । କଥାଟା ପୁଣି ମୂଳ ପ୍ରସଙ୍ଗକୁ ଫେରି ଆସେ । ତା' ପରେ ସମୟ ସରିଗଲେ ଆଗ୍ରହ ସରିଯାଏ । ସେହି କାରଣରୁ ଅନେକ କମିଶନ ରିପୋର୍ଟ କଦାପି ପାର୍ଲାମେଣ୍ଟର ମୁହଁ ଦେଖନ୍ତି ନାହିଁ । କୌଣସି କମିଶନ ରିପୋର୍ଟ ଯୋଗୁଁ ଅତୀତରେ କାହାରି କିଛି ହୋଇନାହିଁ । ଗଣତନ୍ତ୍ର ରହିବ ଅଥଚ ଭଣ୍ଡାମୀ ରହିବ ନାହିଁ –ଏହା ଆଶା କରିବା ଭାରତରେ ପ୍ରାୟ ଅସମ୍ଭବ । Go the heaven for the Climate, Hell for the company- Mark twain ହଜିଲେ ହାରିବୁ –ଏବଂ ହାରିଲେ ହଜିବୁ –ଇଏ ହେଲା ଜଗତର ନିୟମ । ଏଥିରେ ଧାଡ଼ିଏ ଦି, ଧାଡ଼ି ସଜାଡ଼ି ଆମେ ଯେମିତି ଚଲୁ ତାଙ୍କୁ ହିଁ ବାଗରେ କହୁ ଗଣତନ୍ତ୍ର ଭରପୂର ନ ହେଲେ ଅନ୍ୟତ୍ର ଥିବା ସମସ୍ତ ଭୟାନକ ଉପାଦାନ ଏଥିରେ ବି ଭରପୂର ଅଛି । ଯେଉଁ କାଳରେ ବିଶ୍ୱାସ କରାଯାଉଥିଲା ଯେ ରାଜା ଯାହା କହିଲେ ତାହା ସତ୍ୟ ସେ ଶାସନର ନାଁ–ରାଜତନ୍ତ୍ର । ଶିକାର ଯାହା କବଳରେ ଶାସନ ତା'ର । ଇଏ ବଣତନ୍ତ୍ର । ଇତିହାସ ବା ଗପରେ ସାକ୍ଷୀ ଖୋଲିଲେ ଭଲ । ରାଜତନ୍ତ୍ର ବା ବଣତନ୍ତ୍ରର ଉଦାହରଣ ମିଲିପାରେ । ମାତ୍ର ଭଲ ଗଣତନ୍ତ୍ର ମିଲିବନି । କାରଣ 'ଗଣ' ବେହେଡ଼ା ହେଲେ 'ତନ୍ତ୍ର' ଅଖ ବା ହୋଇଯାଏ । ଭାରତର ମେଜିକ ନମ୍ବର ସହିତ କେମିତି ସମ୍ପର୍କ । ଜାର ପୁରୁଷ ସହିତ ଦୋଚାରୁଣୀର ସମ୍ପର୍କ ପରି । ମନରେ ଥାଏ ଦରକାର ହେଲେ ଭେଟାଭେଟି ହୁଅନ୍ତି । ଦିନ, ବାର, ଯୋଗ ଠିକ୍ ନ ଥିଲେ ଆମ ଏଠି ନେତାମାନେ ନମିନେସନ (ନାମାଙ୍କନ ଫର୍ମ) ଦାଖଲ କରନ୍ତିନି   । ମହାକାଶ ଯାନ କେତେବେଲେ ଛଡ଼ାଯିବ ସେଥିପାଇଁ ମଧ ଇସ୍ରୋରେ ଅବଧାନ ଅଛନ୍ତି । ଚମ୍କାରରେ ବିଶ୍ୱାସ କରିବା ନାହିଁ–ଏ ଆଇନ ଫିଜିକାଲ ବିଶ୍ୱାସ ଛାଡ଼ିବା ନାହିଁ –ଏ ଆଚରଣ ମେଣ୍ଟାଲ । ମେଜିକ ତାବିଜ ପିନ୍ଧି କି ବାବା ମାତାଙ୍କ କଲ୍ୟାଣରୁ ଧନୀ ହେଲେ ଭାରତରେ କେହି ଲଜ୍ଜିତ ତ ହୁଅନ୍ତି ନାହିଁ । ଆଇଟି ରିଟର୍ଣ୍ଣ ଠିକ ଅଛି ତ ମାର ଗୁଲି ସରକାରଙ୍କୁ । ମେଜିକ ଜିନ୍ଦାବାଦ । ମେଜିକ ଏକ ବହୁ ଅର୍ଥ ବୋଧକ ଶଦ । କନ୍ଦେଇ ପାରେ, ହସେଇ ପାରେ । ଆଖିରେ ଆଙ୍ଗୁ ଗେଞ୍ଜି ସ୍ତବ୍ଧ କରେଇପାରେ ।

ଗାନ୍ଧି ନିଜେ ବଞ୍ଚିଥିଲେ, ଯାହା କରିପାରି ନ ଥାଆନ୍ତେ କଂଗ୍ରେସିଆ ସେମାନଙ୍କ ବାହାପିଆ ଆଭାଷଣରେ ତାହା କରିଦେଲେ । ସିଦ୍ଧ ପୂଜକଟିର ଯେପରି ଅଭ୍ୟସ୍ତ ପାଟିରେ ମନ୍ତ୍ର ଉଚ୍ଚାରଣରେ ମୋଟେ ଭୁଲ ହୁଏନା ସେମିତି କଂଗ୍ରେସବାଲାଙ୍କର ଗାନ୍ଧିସ୍ତୁତି ଗାନରେ ଜମା ତ୍ରୁଟି ନ ଥାଏ । ସ୍ୱାଧୀନତା ପରେ ମୋଟ ଦୁଇଶହ ଦିନ ବଞ୍ଚିପାରିନ ଥିବା ଗାନ୍ଧିଙ୍କ ନାଁ ଏମିତ ଭାବେ ସ୍ୱାଧୀନ ଭାରତର ରାଜରାସ୍ତାରେ ପକେଟମାର ହୋଇଯାଇଛି । ମାତ୍ର ଭାରତ ଏବଂ ବିଶ୍ୱ ପାଇଁ ଗାନ୍ଧି ଏକ ବିସ୍ମୟ ଥିଲେ କି ନା– ଏହା ପ୍ରତିପାଦିତ କରିବାରେ ଆମେ ବିଶେଷତଃ କଂଗ୍ରେସ ନେତାମାନେ ବହୁ ତ୍ରୁଟି କରିଛନ୍ତି ଓ ତାହା ବହୁ ଦିଗରୁ ବାରମ୍ବାର ଆଲୋଚନାକୁ ଅପେକ୍ଷା ରଖେ । ଏହା କରିବା ପାଇଁ ଗାନ୍ଧି ପ୍ରଶଂସକ ବା ନିନ୍ଦୁକ ହେବା ଅଥବା କଂଗ୍ରେସ କିୟା ଅନକଂଗ୍ରେସ ହେବା ଆଦୌ ଦରକାର ନାହିଁ । ଏଥିପାଇଁ ସମୟକୁ ତା' ଜାଗରେ ରଖି ନିରପେକ୍ଷ ଆକଳନ କରିପାରୁଥିବା ମନଟିଏ ଲୋଡ଼ା । ଆଉ ନିକୋଲସଙ୍କ ଆଶଙ୍କା ପରି ଗାନ୍ଧିଙ୍କ ନାଁ ସତରେ ବରବାଦ ହୋଇନି କି ?

ଏହା ବୁଝିବା ପାଇଁ ଦୃଷ୍ଟାନ୍ତ ହେଲା ସମସ୍ତେ ଜାଣନ୍ତି ଯେ ଗାନ୍ଧି ଦେଶ ବିଭାଜର ଘୋର ବିରୋଧୀ ଥିଲେ । ମାତ୍ର ତାହାହେଲା – "Tryst with yestin" ପରି ସ୍ଲୋଗାନ ମାର୍କା ସ୍ୱାଧୀନତାରେ ଦିଲ୍ଲୀ, ବମ୍ବେ ଇତ୍ୟାଦି ମେଟ୍ରୋପୋଲି ଭାରତ ମଜଗୁଲ ଥିଲାବେଲେ ଗାନ୍ଧି ଥିଲେ ଦଙ୍ଗା ଗ୍ରସ୍ତ କଲିକତାରେ । ଭାରତର ତତ୍କାଲୀନ ବଡ଼ଲାଟ ମାଉଣ୍ଟ ବ୍ୟାଟେନଙ୍କ ମନ୍ତବ୍ୟ ଥିଲା । ପଞ୍ଜାବରେ ଆମର ୫୫ହଜାର ସୈନ୍ୟକୁ ମୃତୟନ କରାଯାଇ ମଧ ସେଠାରେ ବ୍ୟାପକ ହତ୍ୟାକାଣ୍ଡ

ଚାଲିଲା । ବଙ୍ଗରେ ଆମର ସୈନ୍ୟ ଶକ୍ତି ମାତ୍ର ଜଣେ ବ୍ୟକ୍ତିଙ୍କୁ ନେଇ ଗଠିତ ଅଥଚ ସେଠାରେ ଦଙ୍ଗା ହଙ୍ଗାମା ନାହିଁ । ଜଣେ ସାମରିକ ପଦାଧିକାରୀ ଓ ପ୍ରଶାସକ ରୂପେ ମୁଁ ସେହି ଜଣେ ବ୍ୟକ୍ତିବିଶେଷଙ୍କ ପ୍ରତି (ମହାତ୍ମା ଗାନ୍ଧୀ)ସମ୍ମାନ ଜ୍ଞାପନ କରୁଛି । (ଭାରତ ଇତିହାସ ଲେଖକ ଡକ୍ଟର ମନ୍ମଥ ନାଥ ଦାସ)

ଅବଶ୍ୟ ନିଜ ମତ କହିବାକୁ ଗାନ୍ଧି ଅଧିକ ଦିନ ବଞ୍ଚି ନ ଥିଲେ । ତାଙ୍କ ନାଁ ଭାରତୀୟ ଜାତୀୟ କଂଗ୍ରେସ ମାର୍ଫତ୍‌ରେ, ତତ୍ତ୍ୱ ଭାବେ (ଚାଲିଲା) ବ୍ୟବହାର କରାଗଲା । ଗାନ୍ଧି ହେଲେ କଂଗ୍ରେସର ସର୍ବସତ୍ତ୍ୱ ସଂରକ୍ଷିତ ସମ୍ପତ୍ତି । ବାଏ ଓ୍ୱାନ ଗେଟ ଓ୍ୱାନ ଫ୍ରି ଢଙ୍ଗରେ ତାଙ୍କ ନାଁ ରହିଲା କଂଗ୍ରେସ ପାଖରେ । ଅନ୍ୟମାନଙ୍କ ମନରୁ ସେ ଦୂରଚ୍ଛତା ହୋଇରହିଲେ । ଭାରତର ହଜୁରମାନେ ବେଳେବେଳେ ବିଚିତ୍ର ନ୍ୟାୟ ବାଟରେ ଆମ ଦେଶକୁ ଚଲାଉଛନ୍ତି । କ୍ଷମତା ଜରିଆରେ କାହାର ସର୍ବନାଶ କଲାବେଳେ (ସରି)ଦୁଃଖ ବୋଲି କହନ୍ତି ନାହିଁ, ବରଂ ଗଣତନ୍ତ୍ର ଯୋଗୁଁ ଯଦି ସେପରି ସମୟ(ନିର୍ବାଚନ ବେଳେ)ଆକସ୍ମାତ ଆସେ ତେବେ ସେ ଘଟଣା ପାଇଁ କାହାରିକୁ ଲାଜ ଲାଗେ ନାହିଁ ବା କେହି ଦୋଷୀ ହୋଇନଥାଆନ୍ତି । ତା'ମାନେ ତୁମର କେହି ସମ୍ପର୍କୀୟ ମୋ ଗୁଳିରେ ମରିଥିବାରୁ ମୁଁ ଦୁଃଖିତ, କିନ୍ତୁ ତାଙ୍କୁ ଗୁଳି ମାରି ଥିବାରୁ ମୁଁ ଦୁଃଖ ପ୍ରକାଶ କରିବି ନାହିଁ । ଏପରି ଯୁକ୍ତି ଚମକ୍ରାର ନ ଶୁଭୁଚି ଟି । ସବୁ ମିଟିଂରେ ଯେଉଁ ହଜୁର ମାନେ ଗାନ୍ଧିବାଣୀ ଶୁଣାନ୍ତି । ସେଇମାନେ ହିଁ ସେ ଚେତନାକୁ ହଜାଇବାରେ ପ୍ରମୁଖ ଭୂମିକାର ନେତୃତ୍ୱ ନେଇଥାଆନ୍ତି । ଏହି ତଥାକଥିତ ଗାନ୍ଧି ଭକ୍ତମାନେ ଯାହା କରୁଛନ୍ତି ଖୋଦ ଗାନ୍ଧି ନିଜେ ସେମିତି କରୁଥିଲେ କି ? ନା କେବେବି ନୁହେଁ। ସେ ଉଚ୍ଚାରଣ କରୁଥିବା ପ୍ରତ୍ୟେକ ଶବ୍ଦର ଦାୟିତ୍ୱ ନିଜ ଉପରକୁ ନେଉଥିଲେ । ଆଜି ଆମ ଦେଶର ଏହି ଗାନ୍ଧିମାନଙ୍କର ସେପରି ଦରକାର ନାହିଁ, ତଥାପି ବି ସେମାନେ ମହାତ୍ମାଙ୍କ ନାଁର ଟ୍ରେଡ- ମାର୍କ ପ୍ରତିନିଧି ।

ନିଜର ନିର୍ଲଜ୍ଜ ପୁଞ୍ଜିବାଦୀ ନୀତି ମାଧ୍ୟମରେ ଧନୀ-ଦରିଦ୍ର ତାରତମ୍ୟ ବଢ଼ାଇ ଚାଲିଥିବା ଆଜିର ଦେଶୀୟ ସରକାରଙ୍କଠାରୁ ଆରମ୍ଭ କରି ଗାନ୍ଧିଜୀଙ୍କୁ ମନ୍ଦିର, ନାମାବଳୀ, ସେମିନାର ଓ ସ୍ଲୋଗାନ ଭିତରେ ବାନ୍ଧି ରଖିଥିବା ତଥାକଥିତ ଗାନ୍ଧିବାଦୀଙ୍କ ପର୍ଯ୍ୟନ୍ତ ଆମେ ସମସ୍ତେ ଗାନ୍ଧିଜୀଙ୍କୁ ଏକ ଢାଲ ରୂପେ ବ୍ୟବହାର କରୁଛୁ । ଗାନ୍ଧିଜୀଙ୍କ ସମାଧି ଉପରେ ଆଉ କେତେ କାଲ ଆମେ ଏପରି ଛାଟ ମାରି ଚାଲିଥିବା ।

ସ୍ୱାଧୀନତା ମିଳିଗଲା। ଦେଶ ଚଲେଇବାକୁ ସରକାର ତିଆରି ହେଲା । ଗାନ୍ଧି ସତରେ କିଏ ଏବଂ ତାଙ୍କୁ ଲୋକେ କେମିତି ଚିହ୍ନନ୍ତି- ସାଧାରଣ ଜିଜ୍ଞାସାରେ ଏହି ବିସ୍ତୃତ ଶୂନ୍ୟତା ଏବଂ ବହୁଧା ବିଭକ୍ତିକୃତ ଧାରଣାମାନ ବ୍ୟାଖ୍ୟା ହେବା ପାଇଁ ଅସହାୟ ଭାବେ ନିର୍ଭର କଲା ଗାନ୍ଧିଙ୍କ ପାଖରେ ବୁଲୁଥିବା ପ୍ରମୁଖମାନଙ୍କ ବାଣୀକୁ, ଅନେକ ଏଥରୁ କ୍ଷମତା ବାଟେ ନୂଆ ଭାରତ ତିଆରି କରିବାକୁ ଅଣ୍ଡାଭିତ୍ତି ସାରିଥିଲେ । ତେଣୁ ଶୂନ୍ୟତା ଯେମିତିକି ସେମିତି ରହିଲାନି। ବରଂ ଅନେକ ଅପତଥ୍ୟ ଇତିହାସ ଭାବେ ପ୍ରସାରିତ ହେବାକୁ ଲାଗିଲା । ଗାନ୍ଧି ଚେଷ୍ଟା କରିଥିଲେ ଏକକ ଭାରତ ତିଆରି କରିବାକୁ- ଯେଉଁଥିରେ ପ୍ରତ୍ୟେକ ପ୍ରାନ୍ତର ଲୋକେ ଆଗେ ନିଜକୁ ଭାରତୀୟ ବୋଲି ଦାବି କରି ପାରୁଥିବେ । ମାତ୍ର ତାଙ୍କ ମୃତ୍ୟୁ ପରେ ଭାରତକୁ କେବଳ ଏକ ଶକ୍ତିଶାଳୀ ରାଷ୍ଟ୍ରରୂପ ତିଆରି କରିବା ପାଇଁ ଯୋଜନା ଚାଲିଲା । ପରେ ଦେଶ ଅବଶ୍ୟ ଶକ୍ତିଶାଳୀ ହେଲା। ଅଥଚ କଳେବଳେ କୌଶଳେ ସବୁ ହାସଲ କରିପାରୁଥିବା ଲୋକଙ୍କ ଛଡା ଆଉ କାହା ମନରେ ଭାରତୀୟତା ପଶି ପାରିଲା ନାହିଁ । ନାଗରିକ ପାଖରେ ଭାରତ ରହିଲା, ଆଜି ବି ରହିଛି ଏକ ପ୍ରକାର ଅସମ୍ଭବ ମାନସିକ ଦୂରତାରେ–ଆଶ୍ୱାସନା ହୀନ ରହସ୍ୟମୟ ଏକ ଅସତ୍ୟ ଭୂଖଣ୍ଡ ପରି । ଜଣେ ନେପାଳୀ ତା ଦେଶ ନେପାଳକୁ ବୁଝିପାରେ । ଅଧୁନାତନ ସୃଷ୍ଟ ବଙ୍ଗଳା ଦେଶକୁ ବାଙ୍ଗଲାଦେଶୀ ବୁଝି ପାରନ୍ତି । ମାତ୍ର ଦିଜଣ ଭାରତୀୟ ଭାରତକୁ ଏକାପରି ବୁଝିବା ସମ୍ଭବ ହେଉନାହିଁ; ତଥାପି ମନରେ ସ୍ୱତଃ ପ୍ରଶ୍ନ ଆସିପାରେ ଗାନ୍ଧି ଏତେ ପୂଜା ପାଉଛନ୍ତି କିପରି ? କାରଣ ସମୟର ଏତେ କମ ବ୍ୟବଧାନରେ ଭାରତୀୟ ଚେତନା ମହାତ୍ମା ଗାନ୍ଧୀଙ୍କ ସ୍ମୃତିକୁ ଭୁଲି ପାରି ନ ଥାଆନ୍ତା । ଏହା ତାଙ୍କ ପ୍ରତି ଶ୍ରଦ୍ଧା

ଯୋଗୁଁ ଯେତେ ନୁହେଁ– ତହୁଁ ବଳି ବଡ଼ କାରଣଟି ହେଲା–ମହାତ୍ମାଙ୍କ ପରବର୍ତ୍ତୀ ଭାରତ ଗାନ୍ଧୀ ଚେତନାକୁ ହୃଟେଇ ପାରିଲାଭଳି ନୂଆ କିଛି ପ୍ରତିନିଧି ମୂଳକ ବିକଳ୍ପ ଟିଆରି କରି ପାରିନାହିଁ ଏବଂ ଗଣତନ୍ତ୍ର ବାଟେ ନୂଆ ରୂପ ପାଇଥିବା ପ୍ରକାଣ୍ଡ ଏ ଦେଶକୁ ଅନ୍ତତଃ ମାନସିକ ସ୍ତରରେ ଏକତ୍ରୀକରଣ କରାଇବାକୁ ଗାନ୍ଧିଙ୍କ ଛଡ଼ା ଅନ୍ୟ କୌଣସି ଉପାଦାନ ବି ସୃଷ୍ଟି ହୋଇନାହିଁ। ତାହା ନ ହେବା ପର୍ଯ୍ୟନ୍ତ ଗାନ୍ଧି-ଚେତନାର ପଟା ପଟା ଛାଇ ଭାରତୀୟମାନଙ୍କୁ ଭିନ୍ନ ଭିନ୍ନ ପ୍ରେତ ରୂପରେ ହିଁ ଦେଖା ଯାଉଥିବ। ଏଭଳି ସ୍ଥିତିରେ ଦେଶ ଗଠନ ଉଦ୍ଦେଶ୍ୟରେ ଦ୍ୱିତୀୟ ସ୍ୱାଧୀନତା ସଂଗ୍ରାମର (ଲୋଡ଼ା) ଆବଶ୍ୟକ ରହିଛି। ଏହା କହିବା ବାହୁଲ୍ୟ ସେହି ସଂଗ୍ରାମରେ ଗାନ୍ଧି, ଗୋପବନ୍ଧୁ, ନେତାଜୀ, ଭଗତସିଂହ ଭଳି ନେତାର ଖୋଜା ପଡ଼ିବ ନା ପ୍ରତ୍ୟେକ ବ୍ୟକ୍ତି ନିଜନିଜ ସ୍ତରରେ ନେତୃତ୍ୱ ନେବେ। ନିଜ ମହାଭାରତର ନିଜେ ଗାନ୍ଧି, ଗୋପବନ୍ଧୁ ହେବେ। ଅନ୍ୟ ଶବ୍ଦରେ କହିଲେ ଅନ୍ତଶତ୍ରୁର ନିପାତ ପାଇଁ ଯଦି ଅନ୍ତଃ ଶକ୍ତିର ପ୍ରୟୋଗ ହେବ। ତେବେ ବହି ନେତୃତ୍ୱର କ'ଣ ଲୋଡ଼ା ପଡ଼ିବ ? ସମକାଳୀନ ସମୟରେ ଆମ ସମସ୍ତଙ୍କ ପାଇଁ ଏହା କି ଏକ ବିଚାର୍ଯ୍ୟ ପ୍ରଶ୍ନ ନୁହେଁ ?

ସତୀ ଓ ସୁନିର ତାଙ୍କ କଥା ଶୁଣିବା ପାଇଁ ଆଗ୍ରହ ନ ଥିଲା। ଅନିଚ୍ଛା ସତ୍ତ୍ୱେ ସେମାନେ ମୁଖଶାଳାରେ ବସି ଠାକୁର ବାବାଙ୍କ କଥା ଶୁଣୁଥିଲେ। ସେମାନଙ୍କର ପ୍ରକୃତ ଧ୍ୟାନ ଥିଲା ମନ୍ଦିର ସାମ୍ନା ରାସ୍ତା ଉପରେ। ରାସ୍ତାକୁ ଅନାଇ ରହି ସେମାନେ ଲକ୍ଷ୍ୟ ରଖ୍ଥିଲେ କେତେବେଳେ ଅଧର ଆସିବେ।

※

ସମୟ ଆଗେଇ ଚାଲିଥାଏ। ମଧ୍ୟାହ୍ନ ଗଡ଼ି ଗଲାଣି। ଧୁମ ଖରାବେଳ। ମାର୍ଗଶୀର ମାସ ହୋଇଥିବାରୁ ଦ୍ୱିପ୍ରହରରେ ସୁଦ୍ଧା ଖରାର ପ୍ରକୋପ ନଥାଏ। ମାର୍ଗଶୀର ମାସରେ ସୂର୍ଯ୍ୟଙ୍କ କିରଣରେ ବେଶୀ ଉତ୍ତାପ ରହେନାହିଁ। ମାର୍ଗଶୀର ମାସର ଖରା ଦେହକୁ ପ୍ରାୟତଃ ବାଧେନା। ବିନା ଛତା କିମ୍ବା ଛାଇରେ ସେ ଖରାକୁ ଅନାୟସେ ସହି ହୁଏ। ଅଧରଙ୍କ ସହିତ ସାକ୍ଷାତ ଉଦ୍ଦେଶ୍ୟରେ ସତୀ ଓ ସୁନି ମୁଖଶାଳାରେ ବସିଥାଆନ୍ତି। ଠାକୁରବାବାଙ୍କ କଥା ଶୁଣିବା କେବଳ ଗୋଟେ ବାହାନା, ମୁଖଶାଳାରେ ଦୀର୍ଘ ସମୟ ଧରି ବସି ରହିବା ଲାଗି। ନିଜର ସ୍ୱାର୍ଥ ହାସଲ ପାଇଁ ମଣିଷ ଯେକୌଣସି ଆଳର ଆଶ୍ରୟ ନେଇଥାଏ। ଏଠି ସତୀ ଓ ସୁନିର ଲକ୍ଷ୍ୟ ଅଧରଙ୍କୁ ଭେଟିବା। ସେଥିପାଇଁ ସେମାନେ ମନ୍ଦିର ମୁଖଶାଳାରେ ଅପେକ୍ଷା କରି ବସିଥିଲେ। ଠାକୁରବାବାଙ୍କ କଥା ଶୁଣିବା ବାହାନାରେ। ତାଙ୍କ କଥା ଶୁଣିବା ସେମାନଙ୍କର ପ୍ରକୃତ ଉଦ୍ଦେଶ୍ୟ ନୁହେଁ।

ଅଧରଙ୍କ ଆସିବା ସମୟ ସେତେବେଳକୁ ଗଡ଼ି ଗଲାଣି। ତାଙ୍କ ଆସିବାବେଳ ଉତ୍ତୁର ହୋଇଯିବାରୁ ସେମାନେ ଉଦ୍‌ବିଗ୍ନ ହୋଇ ପଡ଼ୁଥିଲେ। ମନରେ ଆଶଙ୍କା ଜାତ ହେଉଥିଲା। ଗତକାଲି ସଂକ୍ରାନ୍ତିରେ ସିଏ ଆସିନଥିଲେ। ସେହିପରି ଆଜି ସୋମବାରରେ ସିଏ ଆସିବେ ନାହିଁ କି ? ଯଦି ନ ଆସିବେ ତେବେ ସେମାନଙ୍କର ତାଙ୍କ ପ୍ରତୀକ୍ଷାରେ ବସି ରହିବାରେ ଲାଭ କ'ଣ ? ତାଙ୍କ ଅପେକ୍ଷାରେ ବସି ନ ରହି ଘରକୁ ଫେରିଗଲେ ଯଦି ସେମାନେ ଘରକୁ ଫେରିଯିବା ପରେ ସିଏ ବିଳମ୍ବରେ ମନ୍ଦିରକୁ ଆସନ୍ତି। ତେବେ ସବୁ ବ୍ୟର୍ଥ ହୋଇଯିବ। ସେମାନଙ୍କର ତାଙ୍କ ଲାଗି ପ୍ରତୀକ୍ଷା, ମନର ଉଦ୍‌ବେଗ, ଅନ୍ତରର ଭାବନା, ହୃଦୟର କମ୍ପନ ସବୁ କିଛି ନିଷ୍ଫଳ ହେବା ସାର ହେବ।

ତାଙ୍କ ଅପେକ୍ଷାରେ ଆଉ ଅଧିକ ସମୟ ବସି ରହିବା ପାଇଁ ସେମାନଙ୍କର ଧୌର୍ଯ୍ୟ ନଥିଲା। ଗତକାଲି ସେମାନଙ୍କର ପ୍ରତୀକ୍ଷା ବିଫଳ ହେବା ପରେ ଅଧରଙ୍କର ମନ୍ଦିରକୁ ଆସିବା ଉପରେ ଆଉ ଭରସା ପାଉ ନ ଥିଲା। ମୁଖଶାଳାରେ ବସି ଠାକୁରବାବା କିନ୍ତୁ କହି ଚାଲିଥାଆନ୍ତି। ତାଙ୍କ ଉପସ୍ଥିତିରେ ସତୀ ଓ ସୁନି ସେମାନଙ୍କ ଭିତରେ କୌଣସି ବ୍ୟକ୍ତିଗତ କଥାବାର୍ତ୍ତା ହୋଇପାରୁ ନଥିଲେ। କେବଳ ମଝିରେ ମଝିରେ ଠାକୁର ବାବାଙ୍କ ମନ ରଖିବା ପାଇଁ ତାଙ୍କ କଥା ଶୁଣୁଛନ୍ତି

ବୋଲି ତାଙ୍କୁ ଜଣାଇ ଦେବାକୁ ହୁଁ ହାଁ ମାରୁଥାଆନ୍ତି ଓ ପରସ୍ପର ପରସ୍ପରର ମୁହଁକୁ ନିରାଶ ଭରା ଚାହାଣିରେ ଅନାଇ ରହୁଥିଲେ । ସେମାନେ ମୁଖଶାଳାରେ ବସି ଥାଆନ୍ତି ମନ୍ଦିର ସାମ୍ନା ରାସ୍ତା ଉପରେ ଦୃଷ୍ଟି ରଖି ଅଧରଙ୍କ ଅପେକ୍ଷାରେ । କୌଣସି ଆଗନ୍ତୁକଙ୍କ ସାଇକେଲ ଆସିବା ଦୃଶ୍ୟ ହେଲାମାତ୍ରେ ସେମାନଙ୍କ ଛାତିରେ ଛନକା ପଶି ଯାଉଥାଏ । ବୋଧେ ସିଏ ଆସିଗଲେ ଭାବି ସେ ଆଡକୁ ଦୃଷ୍ଟି ନିକ୍ଷେପ କରି ରହନ୍ତି । ବାଉଁଶ ବୁଦା ଉହାଡରୁ ସାଇକେଲ ଆରୋହୀ ଜଣକ ବାହାରି ଆସି ଦୃଶ୍ୟ ହେଲେ ତାଙ୍କୁ ଦେଖ୍ ଦେଇ ସେମାନଙ୍କ ମୁହଁ ଫିକା ପଡିଯାଏ । ନିରାଶରେ ମନ୍ଦିରର ମୁଖଶାଳାରେ ମୁହଁ ରାସ୍ତା ଆଡକୁ କରି ବସି ରହିଥିଲେ । ଯଦିବା ଦୀର୍ଘ ସମୟ ବସି ରହିବା ପାଇଁ ଠାକୁର ବାବାଙ୍କ ଠାରୁ କଥା ଶୁଣିବା ସେଥିପାଇଁ ବାହାନାର ଖୋରାକ ଯୋଗାଉଥିଲା ।

ସୁନି ସେ ବାଉଁଶ ବୁଦା ଉପରେ ଚିଡି ଉଠୁଥିଲା ମନେ ମନେ । ଏହି ପାଞ୍ଚଟି ବାଉଁଶ ବୁଦା ତାଙ୍କୁ ପଞ୍ଚ ପାଣ୍ଡବଙ୍କ ପରି ପ୍ରତୀୟମାନ ହେଉଥିଲା । କୃଷ୍ଣଙ୍କୁ ଯେପରି ପାଣ୍ଡବମାନେ ସର୍ବଭାରତୀୟ ରାଜନୀତି କ୍ଷେତ୍ରରେ ସମ୍ପୃକ୍ତ କରାଇ ଅଟକାଇ ରଖି ଗୋପପୁରକୁ ଫେରିବାର ସୁଯୋଗ ଦେଇନଥିଲେ । ଯେଉଁଥିପାଇଁ ସେ ଗୋପପୁରରେ ଛାଡି ଯାଇଥିବା ତାଙ୍କ ପ୍ରିୟତମା ରାଧାରାଣୀଙ୍କ ପାଖକୁ ଫେରିପାରିନଥିଲେ । ଯାହାଫଳରେ କୃଷ୍ଣଙ୍କୁ ଆଉ ବ୍ରଜ ବୃନ୍ଦାବନରେ ଦେଖ୍ବାକୁ ମିଳିଲା ନାହିଁ । ସେହିପରି ଏ ପାଞ୍ଚଟି ବାଉଁଶବୁଦା ନ ଥିଲେ, ରାସ୍ତାର ଆହୁରି ଦୂରରୁ ଆସୁଥିବା ପଥିକଙ୍କ ଆଡକୁ ଦୃଷ୍ଟି ନିକ୍ଷେପ କରି ଚିହ୍ନି ହୁଅନ୍ତା ସେ ତାଙ୍କ ଈପ୍ସିତ ଯୁବକ ଅଧର କି ନୁହଁନ୍ତି । କିନ୍ତୁ ଏ ବାଉଁଶ ବୁଦା ପାଞ୍ଚଟି ପାଣ୍ଡବ ପାଞ୍ଚଭାଇ ଯେପରି କୃଷ୍ଣଙ୍କୁ, ରାଧାଙ୍କ ପାଖକୁ ଫେରିବାର ସମସ୍ତ ରାସ୍ତା ବନ୍ଦ କରିଦେଇଥିଲେ, ସେମିତି ଏ ପାଞ୍ଚଟି ବାଉଁଶ ବୁଦା ଅଧରଙ୍କୁ ଦୂରରୁ ଚିହ୍ନିବାର ପଥ ଅବରୋଧ କରୁଛନ୍ତି । ପୁଣି ଏ ବାଉଁଶରେ ତିଆରି ଧନୁ କେତେ ଯୋଦ୍ଧାଙ୍କ ମୃତ୍ୟୁର କାରଣ ହୋଇଛି, କେତେ ବଂଶ ନିପାତ କରିଛି । ବାଉଁଶ ଠେଙ୍ଗାରେ ମାଡ଼ ଫୌଦାରୀ ହୋଇ କେତେ ଅଘଟଣମାନ ଘଟିଛି । ଏହି ବାଉଁଶରେ ତିଆରି ଶିବଧନୁକୁ ଭାଙ୍ଗି ରାମ ସୀତାଙ୍କୁ ବିବାହ କରିଥିଲାବେଲେ ବାଉଁଶ ଧନୁ ଦ୍ୱାରା ଲାଖ (ରାଧାଚକ୍ର) ବିନ୍ଧି ଅର୍ଜୁନ ଦ୍ରୌପଦୀଙ୍କୁ ଲାଭ କରିଥିଲେ । ବାଉଁଶ ଅଗରେ ନିର୍ମିତ ବାଉଁଶୀ ସ୍ୱନ ଆନମନା କରିଛି ଗୋପୀମାନଙ୍କୁ । ବିଶେଷତଃ ବୃଷଭାନୁଙ୍କ ସୁତା ରାଧାରାଣୀଙ୍କୁ । ଗୋପ ଯୁବତୀମାନେ କେତେ ନିନ୍ଦା, ଅପନିନ୍ଦା, ଅପବାଦ, ଗଞ୍ଜଣା, ଲାଞ୍ଛନା, କଳଙ୍କ ପାଇଛନ୍ତି ସବୁ ଏହି ବାଉଁଶରେ ତିଆରି ବଇଁଶୀ ପାଇଁ ତ ।

ଦୀର୍ଘ ସମୟ ଧରି ବସି ରହିବା ପରେ ଅଧର ନ ଆସିବାରୁ ସେମାନଙ୍କର ଇଚ୍ଛା ହେଉଥାଏ ଉଠି ପଳାଇଯିବା ପାଇଁ । କିନ୍ତୁ ମନରେ ଆଶଙ୍କା ଜନୁଥାଏ, ଯଦି ସେମାନେ ଘରକୁ ଫେରିଗଲା ପରେ ଅଧର ମନ୍ଦିରକୁ ଆସନ୍ତି, ଠାକୁର ବାବା ମନ୍ଦିରରେ ଥିବାରୁ ସେ କୌଣସି ପ୍ରକାର ଅସୁବିଧାର ସମ୍ମୁଖୀନ ହେବେ ନାହିଁ । ସତୀ ବଦଳରେ ସିଏ ଠାକୁର ବାବାଙ୍କ ହାତରୁ ପାଦୁକ ପାଇବେ ଓ ବିଭୂତି ଟିପା ପିନ୍ଧିବେ । ଠାକୁରଙ୍କ ଥାଲିରେ ଦେବା ପାଇଁ ପଇସା ଠାକୁର ବାବାଙ୍କ ହାତକୁ ବଢ଼ାଇ ଦେଇ ସିଏ ଫେରିଯିବେ । ତାଙ୍କର ସିନା ସେଥିପାଇଁ କିଛି ଅସୁବିଧା ହେବନାହିଁ, ମାତ୍ର ଏହା ଦ୍ୱାରା ସେମାନଙ୍କର ଦୀର୍ଘ ସମୟର ପ୍ରତୀକ୍ଷା ବୃଥାରେ ଯିବ । ସେ ସକାଶେ କେବଳ ସେ ଦୁହିଁଙ୍କୁ ହିଁ ଦାୟୀ ହେବାକୁ ପଡିବ । ଫେରିଯିବା ଲାଗି ଘରୁ ସେମାନଙ୍କ ପାଖକୁ ଡାକରା ଆସିନାହିଁ କିମ୍ବା ମନ୍ଦିର ଛାଡ଼ି ଚାଲିଯିବାକୁ ସେମାନଙ୍କୁ କେହି କହୁନାହିଁ । ସେମାନେ ଯାହା କରିବେ, ସେମାନଙ୍କ ନିଜ ଇଚ୍ଛାନୁସାରେ ହିଁ କରିବେ । ସେଥିପାଇଁ ଅନ୍ୟ କାହାକୁ କିପରି ଦୋଷ ଦେଇ ପାରିବେ ?

ଅସ୍ଥିର ମନ, ଅଧର୍ଯ୍ୟଚିତ, ଅଥୟ ଅନ୍ତର ଓ ଅବାସ୍ତବ ଯୋଜନାକୁ ଧରି ସେମାନେ ବସି ରହିଥିଲେ । ଆସିବାରେ ବିଳମ୍ବ ହେତୁ ଅଧରଙ୍କ ଉପରେ ମନେ ମନେ ଚିଡି ଉଠୁଥିଲେ । ନିଜର ବିରକ୍ତି ଭାବକୁ ପ୍ରକାଶ କରିବାର ସୁବିଧା କିମ୍ବା ସୁଯୋଗ ମଧ୍ୟ ନ ଥିଲା । ନିରବରେ ଆପଣାର ମନୋଭାବକୁ ଅନ୍ତରରେ ଗୋପନ ରଖି ଅଧରଙ୍କ ପ୍ରତୀକ୍ଷାରେ ବସି ରହି ଠାକୁର ବାବାଙ୍କ କଥାରେ ମଝିରେ ମଝିରେ କେବଳ ଗୋଟିଏ ଗୋଟିଏ ହୁଁ ମାରୁଥିଲେ ।

ସେତେବେଳକୁ ଅଧରଙ୍କ ଆସିବା ସମୟ ଅତିକ୍ରମ କରିଗଲାଣି । ସିଏ ଯେତେଥର ଆସିଛନ୍ତି କେବେ ବି ଏତେ ବିଲମ୍ବରେ ଆସନ୍ତି ନାହିଁ । ଗତକାଲି ତାଙ୍କ ପାଇଁ ସେମାନେ ସନ୍ଧ୍ୟା ପର୍ଯ୍ୟନ୍ତ ଅପେକ୍ଷା କରି ନିରାଶ ହୋଇଥିଲେ । ଆଜି ଆଉ ସେପରି ଅପେକ୍ଷାରେ ବସି ରହିବାକୁ ଉଚିତ୍ ମଣୁନଥିଲେ । ଘରକୁ ଫେରିଯିବାକୁ ଯଦି ବା ଭାବୁଥିଲେ, ତଥାପି ମନରେ ଆଶଙ୍କା ଜନ୍ମୁଥିଲା, କାଲେ ସିଏ କୌଣସି କାର୍ଯ୍ୟରେ ବ୍ୟସ୍ତ ରହିଯାଇଥିବାରୁ ତାଙ୍କର ଆସିବା ଡେରି ହୋଇଥାଇପାରେ ।

ସେମାନେ ଅଧରଙ୍କ ସହିତ ସାକ୍ଷାତ କରିବାର ମୋହ ତ୍ୟାଗ କରିପାରୁନଥିଲେ । ତାଙ୍କ ଆସିବା ସମୟ ଗଡ଼ିଯାଇଥିବାରୁ ତାଙ୍କ ପାଇଁ ମନ୍ଦିରରେ ଆଉ ଅଧିକ ସମୟ ବସି ରହିବାକୁ ଚାହୁଁନଥିଲେ । ଏହିପରି ଦୋଦୋ ପାଞ୍ଚ ଅବସ୍ଥାରେ ସେମାନେ ଘରକୁ ଫେରିଯିବାକୁ ନିଷ୍ପତ୍ତି ନେଇପାରୁନଥିଲେ । ମନ୍ଦିରରେ ତାଙ୍କ ଅପେକ୍ଷାରେ ବସି ରହିବାର ଧର୍ଯ୍ୟ ସେମାନଙ୍କର ଆଉ ନ ଥିଲା । ଆହୁରି ମଧ୍ୟ ଠାକୁର ବାବାଙ୍କ ଉପସ୍ଥିତି ସେମାନଙ୍କୁ ଅସୁବିଧା ବୋଧ ହେଉଥିଲା । ଯଦି ଅଧର ଏଲ‌େନେ ଆସି ପହଁଞ୍ଜିବେ, ତେବେ ସିଏ ଠାକୁରବାବାଙ୍କ ହାତରୁ ପାଦୁକ ପାଇବେ ଓ ବିଭୂତି ଟିପା ପିନ୍ଧିବେ ।ଠାକୁର ବାବାଙ୍କ ଉପସ୍ଥିତିରେ ତାଙ୍କୁ ପାଦୁକ ଦେବା ପାଇଁ କିମ୍ବା ବିଭୂତି ଟିପା ଲଗାଇ ଦେବା ଲାଗି ସତୀକୁ ଖୋଜା ପଡିବନି । ତେବେ ତାଙ୍କ ସକାଶେ ଆଉ ଅପେକ୍ଷା କରିବାରେ ଫାଇଦା କ'ଣ ଅଛି ? ସେଥିପାଇଁ ସେ ଦୁହେଁ ଘରକୁ ଫେରିଯିବା କଥା ଭାବୁଥିଲେ ।

ସେମାନଙ୍କ ମନକୁ ଆଉ ଗୋଟେ ଅନ୍ୟ ପ୍ରକାର ଭାବନା ମଧ୍ୟ ଆସୁଥିଲା । ସିଏ (ଅଧର) ଯଦି ବିଲମ୍ବରେ ଆସନ୍ତି । ଠାକୁର ବାବାଙ୍କ ଉପସ୍ଥିତିରେ ସତୀ ତାଙ୍କୁ ପାଦୁକ ଓ ବିଭୂତି ଦେବାକୁ ସୁବିଧା ନ ପାଇଲେ ସୁଦ୍ଧା ତାଙ୍କୁ ପ୍ରାଣଭରି ଦେଖିବାର ସୁଯୋଗରୁ ବଞ୍ଚିତା ହେବନାହିଁ । ତେବେ ଅନ୍ତତଃ ସେତକ ତା' ପାଇଁ ନିଶ୍ଚିତ ଭାବେ ଏକ ଆଶ୍ୱାସନାର କଥା । ମାତ୍ର ସେମାନେ ଘରକୁ ଫେରିଗଲେ, ଯଦି ସେମାନଙ୍କ ପ୍ରସ୍ଥାନ ପରେ ସିଏ ଡେରି କରି ବିଲମ୍ବରେ ଆସନ୍ତି, ତେବେ ସତୀ ତାଙ୍କୁ ଦେଖିବାର ସୁଯୋଗରୁ ସୁଦ୍ଧା ବଞ୍ଚିତା ହେବ । ତାଙ୍କ ପାଇଁ ଏତେ ସମୟ ଅପେକ୍ଷା କରିବା ଅକାରଣେ ବୃଥା ହେବା ସାର ହେବ ।

ଅପେକ୍ଷା କରିବେ କିମ୍ବା ଘରକୁ ଫେରିଯିବେ । ଏ ଦୁଇଟି କଥାରୁ କୌଣସି ଗୋଟିଏ ସିଦ୍ଧାନ୍ତରେ ସେମାନେ ପହଁଞ୍ଚି ପାରୁନଥିଲେ । ଠାକୁର ବାବାଙ୍କ ଉପସ୍ଥିତିକୁ ସେମାନେ ମଧ୍ୟ ସହଜ ଭାବରେ ଗ୍ରହଣ କରିପାରୁନଥିଲେ । ତାଙ୍କ ଉପରେ ମନେ ମନେ ବିରକ୍ତ ହେଉଥିଲେ । ନିଜର ବିରକ୍ତି ଭାବକୁ ମନ ଭିତରେ ଚାପି ରଖି ଠାକୁର ବାବାଙ୍କ କଥାରେ ହୁଁ ମାରୁଥିଲେ ବାଧ୍ୟ ହୋଇ । ଠାକୁର ବାବା ବୁଢ଼ା ହେଲେଣି । ମଧ୍ୟାହ୍ନ ଭୋଜନ ପରେ ବିଶ୍ରାମ ନ ନେଇ ସେ କାହିଁକି ଏତେ ଶୀଘ୍ର ମନ୍ଦିରକୁ ଆସିଲେ । ସେଥିପାଇଁ ସେମାନେ ତାଙ୍କ ଉପରକୁ ଚିଡ଼ି ଉଠୁଥିଲେ ସୁଦ୍ଧା ସୌଜନ୍ୟତା ଦୃଷ୍ଟିରୁ ପାଟି ଖୋଲି ତାଙ୍କ ମୁହଁ ଉପରେ କିଛି କହିପାରୁନଥିଲେ । ଅଧରଙ୍କ ଆସିବାର ବିଲମ୍ବ ଯୋଗୁଁ ତାଙ୍କୁ ସାକ୍ଷାତ କରିବାର ଆକାଂକ୍ଷା ସଫଳ ନ ହେବାରୁ ସେମାନଙ୍କ ମନରେ ଚିଡ଼ିଚିଡ଼ା ଭାବ ଉଦ୍ରେକ ହେଉଥିଲା । ପ୍ରତ୍ୟେକ ବ୍ୟକ୍ତି ସେମାନଙ୍କ ଲକ୍ଷ୍ୟ ହାସଲ କରିବାର ବିଫଳତାରେ ଅସହିଷ୍ଣୁ ହୋଇଉଠନ୍ତି । ଅବଶ୍ୟ ସ୍ଥିତପ୍ରଜ୍ଞଙ୍କ କଥା ଅନ୍ୟପ୍ରକାର ।

ଅଧରଙ୍କ ପ୍ରତୀକ୍ଷାରେ ବସି ରହିଥିବା ସତୀ ଓ ସୁନି ତାଙ୍କ ଆସିବା ବିଲମ୍ବ ଯୋଗୁଁ ତାଙ୍କ ଉପରେ ଯେତିକି ବିରକ୍ତ ହେଉନଥିଲେ, ତା'ଠାରୁ ବେଶୀ ଅସହିଷ୍ଣୁ ହୋଇ ଉଠୁଥିଲେ ଠାକୁର ବାବାଙ୍କ ଉପସ୍ଥିତି ପାଇଁ । ଠାକୁର ବାବାଙ୍କର ମନ୍ଦିରରୁ ଫେରିଯିବାର କୌଣସି ସମ୍ଭାବନା ନ ଦେଖି ସୁନି ସାହସ ସଞ୍ଚୟ କରି କହିଲା "ବଡ଼ ବାବା ତୁମେ ଖାଇସାରି ଟିକେ ବିଶ୍ରାମ ନେଲ ନାହିଁ ? ଖରାବେଳେ ସାମାନ୍ୟ ଗଡ଼ପଡ଼ ନ ହୋଇ ଏତେ ବେଳୁସୁଁ କାହିଁକି ମନ୍ଦିରକୁ ଚାଲି ଆସିଲ ? ଆଲତି ସମୟ ତ ଆହୁରି ଅନେକ ସମୟ ବାକି ଅଛି ।"

"ନାହିଁରେ ଆଜି ସୋମବାର ଅଭିଷେକ ହେବ । ମୋର ଆଜି ଉପବାସ । ଅଭିଷେକ ପୂର୍ବରୁ ଖାଦ୍ୟ ଗ୍ରହଣ ବେନିୟମ । ଆଉ ତିନି ଘଣ୍ଟା ପରେ ଅଭିଷେକ ଆରମ୍ଭ ହେବ । ଘରେ ଏକୁଟିଆ ବସି ରହିବାକୁ ଭଲ ଲାଗିଲା ନାହିଁ । ସେଥିପାଇଁ ମନ୍ଦିର ଆଡ଼େ ବୁଲି ଆସିଥିଲି । ତୁମମାନଙ୍କୁ ଦେଖି ରହିଗଲି । ତୁ ହେଉଛୁ ଆମ ଗାଁର ଏକମାତ୍ର ପାଠ ପଢ଼ିଥିବା ଝିଅ । ଆଉ ସତୀ ହେଉଛି ସବୁକିଛି ବୁଝି ପାରିଲା ଭଲି ଝିଅ । ସେଥିପାଇଁ ତୁମ ଦୁହିଁଙ୍କୁ ଦେଖିଲେ ମୋତେ ଭାରି ଖୁସି ଲାଗେ । ତୁମମାନଙ୍କ ପାଖରେ ମୋ ମନର ଗ୍ଲାନିକୁ ବଖାଣି ବସେ । ତୁମେ ଦୁହେଁ ବୁଝିପାର ବୋଲି ତୁମ ଦୁହିଁଙ୍କୁ ମୋ ଅନ୍ତରାମ୍ନାର ଅବଶୋଷ ତଥା ବିଦ୍ରୋହର କଥା କହେ । ଆଉ ଟିକକ ପରେ ମୁଁ ଘରକୁ ଟିକେ ପଣା ପିଇବାକୁ ଯିବି । ତୁମେ ଦୁହେଁ କ'ଣ ଖାଇସାରି ବସିଛ ? ସନ୍ଧ୍ୟା ପର୍ଯ୍ୟନ୍ତ ଏଠି ବସିରହି ଅଭିଷେକ ଓ ଆଳତି ପରେ ଘରକୁ ଯିବ ?"

ସୁନି ସେମାନଙ୍କ ଅସୁବିଧା ପାଇଁ ଠାକୁର ବାବାଙ୍କୁ କହିଥିବା କଥା ଯେ ତାଙ୍କ ଲାଗି ଅଡୁଆ ସୃଷ୍ଟି କରିବ ସେ କଥା କେବେ ଭାବିନଥିଲା । ତା' ଦ୍ୱାରା ପ୍ରେରିତ ଅସ୍ତ୍ରଟି ବୁମେରାଂ ହୋଇ ପୁଣି ତା ଉପରକୁ (ପାଖକୁ) ଫେରିଆସିବ । ସେ କଥା ସେ କେବେ କଳ୍ପନା କରିନଥିଲା । ବର୍ତ୍ତମାନ ଯେତେବେଲେ ଠାକୁର ବାବା ଖାଇବା କଥା ଉଠାଇଲେଣି ତାଙ୍କୁ ତ ପୁଣି ତାଙ୍କ କଥାର କିଛି ଗୋଟେ ଉତ୍ତର ଦେବାକୁ ହେବ । ସେ କହିଲା "ଆମେ ଟିକେ ଡେରି କରି ଯିବୁ, ନିରୋଲାରେ ବସି କଥାବାର୍ତ୍ତା ହେଉଥିଲୁ ।"

ଠାକୁରବାବା ତା' କଥା ଶୁଣି ହସିଉଠିଲେ । "ଓହୋ ମୋ ଆସିବା ଦ୍ୱାରା ତୁମମାନଙ୍କର କଥାବାର୍ତ୍ତାରେ ବାଧା ଉପୁଜିଲା । ହଉ ମୁଁ ଯାଉଛି । ତୁମେମାନେ ବସି ଗପସପ ହେଉଥାଅ ।" ତା' ପରେ ସେ ଟିକେ ରହି ପୁଣି କହିଲେ "ବୁଝିଲୁ ସୁନି । ତୋ ସାଙ୍ଗ ସତୀ ଯଦି ମୋ ପୁଅ ବାବନ ଅପେକ୍ଷା ବୟସରେ ସାନ ହୋଇଥା'ନ୍ତା, ତେବେ ମୁଁ ତାକୁ ଆମ ଘରକୁ ବୋହୂ କରିନେଇଯାଆନ୍ତି । ସେଇଠି ମୋ ଘରେ ତୁମେ ନଣଦ ଭାଉଜ ଦୁହେଁ ବସି ପ୍ରତିଦିନ ଯେତେ ମନଚ୍ଛା ଗପନ୍ତ । ମୋ ଘରେ ତୁମ ଦୁହିଁଙ୍କ ଗପରେ ବାଧା ଦେବାକୁ କେହି ନ ଥାନ୍ତେ ।" ଠାକୁରବାବା ତାଙ୍କ ପୁଅକୁ ଶ୍ରଦ୍ଧାରେ ବାବନ ବୋଲି ଡାକିଥା'ନ୍ତି ।

ଠାକୁରବାବା ସୁନିର ବାପା ନଟିଆ ନନାଙ୍କ ଠାରୁ ବୟସରେ ବଡ଼ ହୋଇଥିବାରୁ ଓ ସୁନିର ବାପା ତାଙ୍କୁ ନନା ସମ୍ବୋଧନ କରୁଥିବାରୁ ସୁନି ଠାକୁରବାବାଙ୍କୁ ବଡ଼ବାବା ଡାକିଥାଏ ।

ତାଙ୍କ କଥା ଶୁଣି ସୁନି ପଚାରିଲା "ବଡ଼ବାବା ତୁମେ ସତୀକୁ ତୁମ ଘରକୁ ବୋହୂ କରିନେଲେ ଜାତିରେ ଅଟକ ହେବନି ?"

"ଆରେ ମା', ମୁଁ ହେଉଛି ଗାନ୍ଧିବାଦୀ ଲୋକ । ଗାନ୍ଧିଜୀଙ୍କ ଆଦର୍ଶରେ ଅନୁପ୍ରାଣିତ ହୋଇ ସରକାରୀ ଚାକିରି ଛାଡ଼ି ସ୍ୱାଧୀନତା ସଂଗ୍ରାମରେ ଯୋଗ ଦେଇଥିଲି । ସେତେବେଲର କଥା ତ ତୁ ଦେଖୁନୁ । ଇଂରେଜମାନଙ୍କର ଯେଉଁ ପ୍ରତାପ । ବ୍ରିଟିଶର ଯେଉଁ କଡ଼ା ଶାସନ । ଏଣେ ଗାଁ ଜମିଦାରମାନଙ୍କର ଯେଉଁ ଅତ୍ୟାଚାର, ତାକୁ ତ ମୁଁ ଖାତିର କରିନି (ଅବଶ୍ୟ ଆମ ଜମିଦାର ସାମନ୍ତରାୟ ଘର ଅତ୍ୟାଚାରୀ ନ ଥିଲେ ଏବଂ ସେମାନେ ସ୍ୱାଧୀନତା ସଂଗ୍ରାମକୁ ଭିତିରିଆ ସମର୍ଥନ କରିଥିଲେ) ଏଇନେ ତ ଦେଶ ସ୍ୱାଧୀନ । ଏବେ ମୋତେ କିଏ କେଉଁ କଥାରେ ଡରାଇ ପାରିବ ? ବିଲାତି ସାହେବମାନେ ଅଛନ୍ତି ନା ଜମିଦାରୀ ପ୍ରଥା ଅଛି ? ଯଦି ଏଥିପାଇଁ କେହି ମୋତେ ବାଛନ୍ଦ କରେ, ମୁଁ ସତୀ ପରି ଗୁଣବତୀ ବୋହୂଟିଏ ପାଇଲେ ସେ ବାଛନ୍ଦ କିମ୍ବା ଅଟକୁ ଖାତିର କରନ୍ତି ନାହିଁ ।"

ସୁନି ତା ସାଙ୍ଗ ପାଇଁ କହୁଥାଏ, "ବଡ଼ବାବା ସତୀର ଏମିତି କେଉଁ ସ୍ୱତନ୍ତ୍ର ଗୁଣ ଅଛି ଯେ, ଯାହାକୁ ଦେଖି ତୁମେ ଜାତିଶ୍ରେଷ୍ଠ ବ୍ରାହ୍ମଣ ହୋଇ ତାକୁ ବୋହୂ କରି ନେବାକୁ କହୁଛ ?"

"ଶୁଣ୍ ସୁନି, ସତୀ ହେଉଛି ଗୋଟିଏ ଅମୂଲ୍ୟ ରତ୍ନ । ସେ ଯେପରି ଶାନ୍ତ ଆଉ ସରଳ ସେହିପରି ଭଦ୍ର ଆଉ ନମ୍ର । କାହିଁକି କେଜାଣି ତା'ର ଚାଲି ଚଳଣ, ଆଚାର ଆଚରଣ, ବିଚାର ଆଉ ବ୍ୟବହାର, କଥା, ଭାଷା, ଢଙ୍ଗ, ଢ଼ଙ୍ଗ, ହାବଭାବ ସବୁ ମୋତେ ଭାରି ଭଲ ଲାଗେ । ତାକୁ ଦେଖିଦେଲେ ପେଟ ମୋର ପୁରି ଉଠେ । ଆଖିର ତୃଷ୍ଣା ମେଣ୍ଟିଯାଏ । ମନରେ ଯେତେ କ୍ଷୋଭ ଥାଉ ପଛେ ତା ପାଟିରୁ ପଦେ କଥା ଶୁଣିଲେ ମନର ସବୁ ଦୁଃଖ, ଦୁର୍ଭାବନା ଉଭେଇ ଯାଇ ଆନନ୍ଦ ଭରିଯାଏ ପ୍ରାଣରେ । ଆତ୍ମାରେ ଉଲ୍ଲାସ ଜାଗି ଉଠେ । ପ୍ରେରଣା ସୃଷ୍ଟି ହୁଏ ଅନ୍ତରରେ । ଆଉ ହୃଦୟରେ ଆଗ୍ରହର ପ୍ଲାବନ ଖେଳିଯାଏ । ଇଚ୍ଛା ହୁଏ ସେ ମୋ ଘରକୁ ଯାଆନ୍ତା । ମୋ ଘରେ ରହନ୍ତା । ରାନ୍ଧିବାଡ଼ି ମୋତେ ପରଷି ଦିଅନ୍ତା । ମୋ ଘର କାମ କରି ମୋ ଘରେ ବୋହୂ ହୋଇ ରହନ୍ତା । ସେ ମୋର ପସନ୍ଦର ଥିଲା । ତା' ପରି ପିଲାଟିଏ ଯେଉଁ ଘରକୁ ବୋହୂ ହୋଇଯିବ, ସେ ଘର ଆପଣା ଛାଏଁ ପୂରି ଉଠିବ । ସେ ସଂସାର ହସୁଥିବ ପୂର୍ଣ୍ମୀ ରାତିର ଜହ୍ନ ପରି ତା ପରଶ ପାଇ । ତାକୁ ବୋହୂ କରି ନେବାକୁ ହେଲେ ମୁଁ ନିଆଁକୁ ଡେଇଁବାକୁ ପଛେଇବି ନାହିଁ । ଅଥଳ ପାଣିରେ ବୁଡ଼ିଯିବାକୁ ଭୟ କରିବିନି କିୟ । ପ୍ରଳୟ ବତାଶର ସମ୍ମୁଖୀନ ହେବାକୁ ପରଞ୍ଚ ମୋର ରହିବ ନାହିଁ । ତୁ ମୋତେ ଛାର ବାଙ୍ଗଦ ଭୟ କ'ଣ ଦେଖାଉଛୁ ? ସାଇଭାଇରେ ଅଟକର କଥା କ'ଣ କହୁଛୁ ? ଗାଁ ପଡିଶା ମାନଙ୍କ ଆକଟ ଡର ଦେଖାଉଛୁ ? ଆମ ଶାସ୍ତ୍ର କହୁଛି "ଦୁଷ୍କୁଳୀନଃ କୁଳୀନେ ବା ମର୍ଯ୍ୟାଦାଂ ଯୋନଲଘଂଯେତ, ଧର୍ମାପେକ୍ଷୀ ମୃଦୁର୍ହୀମାନ ସ କୁଳୀନ ସତାଦ୍ବରଃ ।" ଅଧର୍ମ କୁଳରେ ଜନ୍ମ ହେଉ କିୟ । ଉତ୍ତମ ବଂଶରେ ଯାତ ହେଉ, ଯିଏ ମର୍ଯ୍ୟାଦା ଉଲ୍ଲଂଘନ କରେନାହିଁ, ଧର୍ମକୁ ଅନୁସରଣ କରେ, ନମ୍ର ସ୍ୱଭାବର ଲୋକ ଓ ଲଜ୍ଜାଶୀଳ ସେ ଶତପ୍ରତିଶତ କୁଳୀନ ଲୋକଠାରୁ ଶ୍ରେଷ୍ଠତର ।"

"ତା' ହେଲେ ବାବନ ବୟସରେ ସାନ ହେଉପଛେ ତୁମେ ସତୀକୁ ତୁମ ଘରକୁ ନେଇ ଚାଲ । ମୁଁ ତାକୁ ନୂଆ'ଉ, ନୂଆ'ଉ ଡାକି ସବୁବେଳେ ତା ପଛେପେଛ ଲାଗି ରହିବି । ତା'ପରି ଭାଉଜଟିଏ ପାଇଲେ ମୋ ମନ କେତେ ଖୁସି ହେବ । ସେକଥା ମୁଁ ଭାଷାରେ ପ୍ରକାଶ କରି କହି ପାରିବି ନାହିଁ ।"

"ନାଁ ରେ ସୁନି । ବୟସରେ ସତୀ ମୋ ପୁଅଠାରୁ ଦୁଇବର୍ଷ ବଡ଼ ହେବ । ଗୋଟିଏ ମାସ ବଡ଼ ହୋଇଥିଲେ ମା" ଗର୍ଭକୁ ଲଗାଇ ଗଣନା କରି ବିବାହ ଚଳିବ । କିନ୍ତୁ ଦୁଇବର୍ଷ ତାରତମ୍ୟରେ ଆଦୌ ଚଳିବ ନାହିଁ । ମୁଁ ସିନା ଜାତି ମାନିବି ନାହିଁ । ଗାନ୍ଧିବାଦୀ ଭାବରେ ଅସ୍ପୃଶ୍ୟତା ନିବାରଣ ପାଇଁ ଆଗେଇ ଯାଇପାରିବି । ହେଲେ ବୟସକୁ ଏଡ଼ିଦେଇ ହେବନାହିଁ । ପୁଅର ବୟସ ଅଧିକ ହେଲେ, ସେମାନଙ୍କ ପାଇଁ ତାହା ହିତ କର । କିନ୍ତୁ ଝିଅ ଜ୍ୟେଷ୍ଠା ହେଲେ (ବୟସରେ ପୁଅଠାରୁ ବଡ଼ ହେଲେ) ତାହା ପୁଅ ଲାଗି କ୍ଷତି କାରକ ହେବ । ପୁଅ ଆୟୁଷର କ୍ଷୟ ଘଟିବ । ତୁ ତ ଜାଣୁ ମୋର ଗୋଟିଏ ବୋଲି ପୁଅ । ଏକ‌ଇର ବଲା ବିଶିକେଶନ ।"

ଠାକୁର ବାବାଙ୍କ କଥା ଶୁଣି ସୁନି ମନେ ମନେ ଭାରି ଖୁସି ହେଉଥିଲା । ଯେତେହେଲେ ସତୀ ତା'ର ସାଙ୍ଗ । ଏମିତି ସେମିତି ସାଙ୍ଗ ନୁହେଁ । ଏକାନ୍ତ ଅନ୍ତରଙ୍ଗ ବାନ୍ଧବୀ । ପ୍ରାଣର ମିତଣୀ । ହୃଦୟର ସଜିନୀ । ତା ସହିତ ତା'ର ଆମ୍ରିୟତା ଭାରି ଘନିଷ୍ଟ, ନିବିଡ଼ ଏବଂ ଅବିଚ୍ଛେଦ୍ୟ । ତା'ର ପ୍ରଶଂସା ଅନ୍ୟମାନଙ୍କ ମୁହଁରୁ ବିଶେଷତଃ କରି ଠାକୁରବାବାଙ୍କ ପରି ସମାଜର ଜଣେ ମାନ୍ୟଗଣ୍ୟ ବୁଦ୍ଧିଜୀବୀଙ୍କ ମୁହଁରୁ ଶୁଣିଲେ ତାକୁ ଭାରି ଭଲଲାଗେ । ପ୍ରକୃତ ବନ୍ଧୁଟି ଯଦି ତା ସାଙ୍ଗର (ବନ୍ଧୁର) ପ୍ରଶଂସା ଅନ୍ୟମାନଙ୍କ (ମୁହଁରୁ) ଠାରୁ ଶୁଣେ, ତେବେ ସେ ନିଶ୍ଚିତ ଖୁସି ହୁଏ । କାରଣ ବନ୍ଧୁତା ଏପରି ଏକ ମାଧମ । ଯାହା ମାଧମରେ ଜଣେ ଅନ୍ୟ ଜଣକର ନିକଟତର ହୋଇପାରେ । ତା ହୃଦୟକୁ ଛୁଇଁପାରେ । ତା'ମନକୁ ଜାଣିପାରେ । ତା ଅନ୍ତରକୁ ପଢ଼ିପାରେ । ଆଉ ବୁଝିପାରେ ତା'ର ଆମ୍ତାର ଭାବନାକୁ ଏବଂ ତା' ପ୍ରାଣର କଥା, ବ୍ୟଥା ଓ ବେଦନାକୁ । ସବୁକିଛିକୁ ହୃଦୟଙ୍ଗମ କରିପାରେ । ଆଉ ତା ସହିତ

ମିଶିବା ପାଇଁ ଏପରିକି ଏକାଯ୍ମ ହେବାର ସୁଯୋଗ ମଧ ପାଇଥାଏ । ସେଇଥ୍ପାଇଁ ତ କୁହାଯାଇଛି "କାହିଁ ବନ୍ଧୁତା କାହିଁ ପ୍ରେମ ସୁନ୍ଦର, ଯାର ପ୍ରାପ୍ତି ଯୋଗୁଁ ଦେବତା ନର ।"(ନିର୍ବାସିତର ବିଲାପ)

ପ୍ରକୃତ ବନ୍ଧୁତ ସେଇଆକୁ କୁହାଯିବ । ଯିଏ ଆପଦ, ବିପଦ, ଅଭାବ, ଅନାଟନ, ଅଦିନ, ଅବେଳ, ଅସମୟରେ ଅଚାନକ ଉପସ୍ଥିତ ହୋଇ ଯାହାଯ୍ୟର ହାତ ବଢ଼ାଇଥାଏ । ହସ, ଖୁସି, ଆନନ୍ଦ, ଉସ୍ବରେ ସାମିଲ ହୁଏ । ପର୍ବ-ପର୍ବାଣୀରେ ଯୋଗଦିଏ । ହାସ୍ୟ ପରିହାସରେ ଭାଗ ନେଇଥାଏ । ଅଜଥା ଅନର୍ଥ ସୃଷ୍ଟି କରେନା । ଅନ୍ୟ କଥାରେ କାନ ଦିଏନା । ସେ କେବେବି ଏପରି ବ୍ୟବହାର କରେନା କିମ୍ବା ଏମିତି କୌଣସି କାର୍ଯ୍ୟ କରି ବସେନା ଯେଉଁଥ୍ ପାଇଁ ତାକୁ ଅମଣିଷ କହି ତା ସହିତ ସମ୍ପର୍କ ତୁଟାଇ ଦେବାକୁ ପଡ଼ିଥାଏ ।

ସତୀ ତା'ର ପ୍ରକୃତ ସାଙ୍ଗ । ଦୁହିଁଙ୍କର ମନ, ଆମ୍ମା, ଅନ୍ତର, ପ୍ରାଣ ଓ ହୃଦୟ ମିଶିଯାଇଛି । ବିନା ଲାଭରେ, ବିନା ସ୍ୱାର୍ଥରେ । କୌଣସି ପ୍ରଲୋଭନର ଆଶା ନରଖି, କିଛି ପାଇବାର କିମ୍ବା ଆଦାୟ କରିବାର ପ୍ରତ୍ୟାଶା ନ ଥାଇ । ସତୀ ତା'ର ଅନ୍ତରଙ୍ଗ ସାଥୀ । ତା ଜୀବନ ସଙ୍ଗିନୀ । ପ୍ରାଣର ମିତଣୀ । ହୃଦୟର ବାନ୍ଧବୀ । ତା ଅନ୍ତର ସହିତ ତା ନିଜ ଅନ୍ତରର ମିଶ୍ରଣ ଘଟିଛି । ତା ସହିତ ତାର ଆମ୍ମିୟତା ସ୍ଥାପନ ହୋଇଛି ।

ସାଙ୍ଗର ପ୍ରଶଂସା ଶୁଣି ଶୁନି ଆନନ୍ଦରେ ଆମ୍ହରା ହୋଇ ପଡ଼ୁଥିଲା । ସାଙ୍ଗର ପ୍ରଶଂସା ପୁଣି ଠାକୁରବାବାଙ୍କ ମୁହଁରୁ ଶୁଣିବା କ'ଣ କମ୍ ଗୌରବର କଥା । ଠାକୁରବାବା ସେମାନଙ୍କର କଥାବାର୍ତ୍ତାରେ ପ୍ରତିବନ୍ଧକ ନହେବା ପାଇଁ ଘରକୁ ଚାଲିଗଲେ । ଶୁନି ତା ପାଖରେ ବସିଥିବା ସତୀ ଆଡ଼କୁ ଅନାଇ ଦେଖ୍ଲା । ସତୀ ଚୁପଚାପ୍ ବସି ରହିଛି । ତା ମୁହଁର ଭାବରୁ ସେ ଚିନ୍ତିତଥିଲାପରି ଜଣାପଡ଼ୁଥାଏ । ତା ଚିନ୍ତାର କାରଣ ଖୋଜିବାକୁ ଯାଇ ଶୁନି ତା ଅନୁସନ୍ଧାନରୁ ଅନୁମାନ କଲା ବୋଧେ ଅଧରଙ୍ଗ ଆସିବାରେ ବିଲମ୍ୟ ହେବା ଯୋଗୁ ସତୀ ଚିନ୍ତିତ ହୋଇ ପଡ଼ିଛି । ନା ଆଉ ଅନ୍ୟ କୌଣସି ଭାବନାରେ ? ଶୁନିର ମନରେ ପଡ଼ିଗଲା । ସେ ଠାକୁରବାବାଙ୍କୁ ସତୀ ଭଲ ପାଇବା କଥା କହିଥିଲା, ସେ ପୁଅ ପିଲାର ନାମ ସହିତ ସତୀ ନାଁରେ ଠାକୁରଙ୍କ ଉପରେ ବେଲପତ୍ର ଚଢ଼ାଇବା ପାଇଁ କହିଥିଲା । ବୋଧେ ଠାକୁରବାବା ସେକଥା ପୁରାପୁରି ଭୁଲି ଯାଇଛନ୍ତି । ନହେଲେ ସେ କିପରି ସତୀକୁ ତାଙ୍କ ଘରକୁ ବୋହୂ କରି ନେବା କଥା କହି ଥାଆନ୍ତେ । ଶୁନି ଅନୁମାନ କଲା, ଠାକୁର ବାବା ବୁଢ଼ା ହୋଇ ଗଲେଣି । ବାର୍ଦ୍ଧକ୍ୟର ପ୍ରଭାବରେ ବ୍ୟକ୍ତି ଅନେକ କଥା ପାଶୋରି ଦିଏ । ଠାକୁର ବାବାଙ୍କ ବୟସ ଅଧିକ ହୋଇଯିବାରୁ ସେ ଅନେକ କଥା ଭୁଲି ଯାଉଛନ୍ତି । ସବୁକଥା ଓ ପ୍ରତ୍ୟେକ ବିଷୟ ଆଉ ତାଙ୍କ ମନରେ ରହୁନାହିଁ । ଯାହା ହେଉ ରକ୍ଷା ହୋଇଯାଇଛି । ଠାକୁରବାବା ସେକଥା ଭୁଲି ଯାଇଛନ୍ତି । ସେ ସତୀକୁ ନିରବ ଦେଖ୍ ପଚାରିଲା "ସତୀ କ'ଣ ଏମିତି ଚିନ୍ତା କରୁଛୁ ଯେ ମୋତେ କିଛି କହୁନାହୁଁ ? ବଡ଼ବାବା ଚାଲିଗଲେଣି । ଏବେ ତ ମନ୍ଦିର ଶୁନ୍ୟଶାନ୍ । ଆମ ଦୁହିଁଙ୍କ ବ୍ୟତୀତ ଆଉ କେହି ଏଠି ନାହାଁନ୍ତି ।"

"କେହି ନଥିଲେ କ'ଣ ହେଲା ?" ସତୀ ସେମିତି ହାତ ପାପୁଲି ଉପରେ ମୁହଁ ଭରା ଦେଇ ବସିରହି କହିଲା । ଯେମିତି ଠାକୁରବାବାଙ୍କ କଥା ଶୁଣୁଥିଲାବେଲେ ବସିଥିଲା ।

"କିଛି ହେଲେ କହ । କେତେ ସମୟ ନିରବରେ ବସିରହିବା ?"

"ସବୁତ ଦେଖୁଛ, ଶୁଣୁଛ । ଅନୁଭବ କରୁଛ । ବୁଝିପାରୁଥିବୁ ନିଶ୍ଚୟ । ମୁଁ ଆଉ କ'ଣ ଅଧିକ କହିବି ?"

"ସତୀ ତୁ ସିନା କିଛି କହୁନୁ । ମୁଁ କିନ୍ତୁ କିଛି କହନ୍ତି ଯେ । ମୋର ମଧ କହିବାକୁ ଇଚ୍ଛା ଅଛି । ଭାରି ଆଗ୍ରହ ସୁଦ୍ଧା ରହିଛି । ଖୁବ୍ ଆକାଂକ୍ଷା ଓ ପ୍ରବଲ ଉସ୍ଵାହ ଅଛି କହିବାକୁ । କେବଲ ଗୋଟିଏ କଥା ପାଇଁ କିଛି କହିପାରୁନି ।"

"କାହିଁକି କହି ପାରୁନୁ ? ତୋର ପୁଣି କହିବାରେ ଅସୁବିଧା କ'ଣ ?"

"କେବଲ ତୋରି ପାଇଁ । କହିବାକୁ ଭାରି ଇଚ୍ଛା ଥିଲେ ମଧ କିଛି କହି ନ ପାରି ନିରବ ରହିବାକୁ ବାଧ ହେଉଛି ।"

"ମୋ ପାଇଁ ? ଆଶ୍ଚର୍ଯ୍ୟ ହୋଇ ସତୀ ପଚାରିଲା ।"

"ହଁ ଖାଲି ତୋରି ପାଇଁ ।"

ଏଥର ସତୀ ମୁହଁ ଉଠାଇ ସୁନି ଆଡକୁ ଅନାଇ କହିଲା "କାହିଁକି ମୁଁ ତୋତେ କଥା କହିବାରେ କେଉଁଠି ବାଧା ଦେଉଛି କି ?"

"ନାଁ ତୁ ବାଧା ଦେଇନୁ ।"

"ତା ହେଲେ ତୁ କହୁନୁ କାହିଁକି ? ଆଉ କହିବାରେ ତୋର ଅସୁବିଧା ରହିଲା କେଉଁଠି ?"

"ଅସୁବିଧା ହେଉଛି । ମୁଁ କହିଲେ ତୁ ଅଡୁଆ ବୁଝିବୁ ।"

ସୁନି କଥା ଶୁଣି ସତୀର ଆଶ୍ଚର୍ଯ୍ୟ ଭାବ ଆହୁରି ବଢ଼ିଗଲା । "ତୋ କଥା ଶୁଣି ମୁଁ ଅଡୁଆ ବୁଝିବି ?"

"ହଁ ଅଡୁଆ ବୁଝିବୁ ।" କଥା କହିଲାବେଲେ ଅଡୁଆ ଶବ୍ଦ ଉପରେ ଜୋରଦେଇ ସୁନି କହିଲା

"କେମିତି ?"

"ସେଇମିତି ।"

"କାହିଁକି ? ତୁ କ'ଣ ଅଡୁଆ କଥା କହିବୁ କି ?"

"ନାଁ, ମୁଁ ସେମିତି କିଛି ଅଡୁଆ କଥା ମୋତେ କହିବିନି । ହେଲେ ।"

"ହେଲେ ପୁଣି କ'ଣ ? ତୁ ଯଦି ଅଡୁଆ କଥା ନ କହିବୁ । ତେବେ ମୁଁ କାହିଁକି ଅଡୁଆ ବୁଝିବି ?"

"ସତୀ ମୁଁ କିଛି ଅଡୁଆ କଥା କହିବିନି । ହେଲେ ଯାହାଙ୍କ ବିଷୟରେ କହିବି, ତୁ ସେ କଥାକୁ ତୋ ଦେହକୁ ଟାଣିବୁ । ଆଉ ତାଙ୍କ ସପକ୍ଷରେ ଯୁକ୍ତି ବାଢ଼ିବୁ ।"

"ତୋ କଥାରେ ମୁଁ କାହିଁକି ଯୁକ୍ତି ବାଢ଼ିବି ? ତୁ କ'ଣ କିଛି ଅଯୁକ୍ତିକର କଥା କହିବୁକି ?"

"ମୁଁ କେବେ ହେଲେ ଅଯୁକ୍ତିକର କିମ୍ବା ଅବାସ୍ତବ କଥା କହିବି ନାହିଁ । ମାତ୍ର ତାଙ୍କ ବିରୋଧରେ ଯେତେବେଲେ କହିବି । ସେ କଥା ଯେତେ ଯୁକ୍ତି ସଙ୍ଗତ ଆଉ ବାସ୍ତବବାଦୀ ତଥା ନିରପେକ୍ଷ ହେଲେ ସୁଦ୍ଧା ତୁ ତାଙ୍କ ପଟ ନେଇ ମୋ ସହିତ ଯୁକ୍ତି କରିବୁ ।"

ସତୀ ଏଥର ସୁନି ଆଖି ସହିତ ତା' ଦୃଷ୍ଟି ମିଶାଇ କହିଲା— "ସୁନି ମୁଁ ତୋ ସହିତ ଯୁକ୍ତିତର୍କ କରିବି । ସେଭଲି କଥା ତୁ କିପରି କହିପାରୁଛୁ ?"

"ସତୀ ! ତାଙ୍କ ବିରୋଧରେ କିଛି କଥା ଶୁଣିଲେ । ତୁ ଜମା ସହିପାରିବୁନି । ସେଥିପାଇଁ ମୋ ସହିତ ତୋର ଯୁକ୍ତିତର୍କ ହେବ । ମୁଁ ତ ନିଶ୍ଚୟ ତାଙ୍କ ବିରୋଧରେ କହିବି ତୁ ଏକଥା ଭଲ ଭାବରେ ମନେ ରଖିଥା ଯାହାକୁ ତୁ ଆଦୌ ବରଦାସ୍ତ କରିପାରିବୁନି । ସେଇ ଭୟରେ ମୋର ଯେତେ ଇଚ୍ଛା ଆଉ ଆଗ୍ରହ ଥିଲେ ସୁଦ୍ଧା ମୁଁ କିଛି କହୁନାହିଁ ।"

"ସୁନି ତୁ କାହିଁକି ତାଙ୍କ ବିରୋଧରେ କହିବୁ ଯେ ଯେଉଁ କଥା ଶୁଣି ମୁଁ ତୋ ସହିତ ଯୁକ୍ତି କରିବି ?"

"ତାଙ୍କର ଦୋଷ ହେବ । ସିଏ ଭୁଲ କରିବେ । ଅପରାଧ ଅର୍ଜିବେ । ମୁଁ ସେ ସବୁ ତୁଟିକୁ ଦେଖିସାରି, ଜାଣିଶୁଣି ସୁଦ୍ଧା କିଛି କହିବିନି କେମିତି ? କିନ୍ତୁ ସତୀ ତୁ ଭଲ ଭାବରେ ମନେରଖିଥା କେହି କେବେ କେଉଁଠି ମନ ମଣିଷର ବିରୋଧରେ କୌଣସି କଥା, ତାଙ୍କ ନାଁରେ କିଛି ଅଭିଯୋଗ, ତାଙ୍କ ପ୍ରତି ଆକ୍ଷେପ, ତାଙ୍କ ନିନ୍ଦା କିମ୍ବା ତାଙ୍କ ଉପରେ ଅପବାଦ ଆରୋପ ଅଥବା ତାଙ୍କ ବିଷୟରେ କଟୂକ୍ତି ପ୍ରୟୋଗ ଶୁଣି ସହିପାରେନା । ସେ ଭଲପାଉଥିବା ମଣିଷର ପ୍ରତ୍ୟେକ କଥା, ସବୁ କାର୍ଯ୍ୟ ଏବଂ ସମସ୍ତ ରୀତି ନୀତି ତା' ଆଖିକୁ ଭଲ ଦେଖାଯାଏ । ତାଙ୍କର ସବୁ କଥା ତା'କାନକୁ ଭଲ (ଶୁଣାଯାଏ) ଶୁଭୁଥାଏ । ସେ କଥା ଓ ସେ କଥାର ଭାଷା ତେଣିକି ଯେତେ ଶ୍ରୁତିକଟୁ ଓ ରୁକ୍ଷ ହେଉ ଅବା ସେ କରୁଥିବା

କାମ ଦ୍ୱାରା ତା'ର ଯେତେ ବଡ଼ ଧରଣର କ୍ଷତି ହେଉପଛେ ସେ କିନ୍ତୁ ସେପରି କଥା ଏବଂ କାର୍ଯ୍ୟ ପ୍ରତି କାନ ଦିଏନା ଅଥବା ଦୃଷ୍ଟି ରଖେନା। ସେ କ୍ଷତିକାରକ ଯୋଜନାକୁ ଆଖ୍ୟବୁଜି ସମର୍ଥନ କରିଥାଏ। ଶାସ୍ତ୍ର କହେ– "କୁର୍ବନ୍ନପି ବ୍ୟଳ୍ୟକାନି ଯଃ ପ୍ରିୟଃପ୍ରିୟ ଏବ ସଃ, ଅନେକ ଦୋଷ ଦୁଷ୍ଟୋଽପିକାୟଃ କସ୍ୟନ ବଲ୍ଲଭଃ।" ଯେ ଯାହାର ପ୍ରିୟ ଅଟେ ସେ ଅପ୍ରିୟ କାର୍ଯ୍ୟ ସବୁ କଲେ ମଧ ପ୍ରିୟ ହୋଇ ରହେ। ଅଶେଷ ଦୋଷ କରି ଦୃଷିତ ହୋଇଥିବା ନିଜର ଶରୀରକୁ କିଏ ଭଲ ନ ପାଏ, ଅର୍ଥାତ ନିଜର ଶରୀର ନିଜର ପ୍ରିୟ ଅଟେ। ତୁ ସେଥିରୁ ବାଦ୍ ଯିବୁ କିପରି ?"

ଶୁନି କଥାର ପ୍ରତିବାଦ କରି ସତୀ କହିଲା, "ଶୁନି ମୁଁ କାହାରି ଅନ୍ଧ ସ୍ତାବକ ନୁହେଁ। ଚାଟୁକାରଙ୍କ ପରି କାହାର କୌଣସି ଭୁଲ କଥାକୁ ଓ ତ୍ରୁଟିପୂର୍ଣ୍ଣ କାମକୁ ମୁଁ କେବେ ବି ଠିକ୍ ବୋଲି କହିପାରିବିନି। ତେଣିକି ସେ କାମ କରିଥିବା ଓ ସେ କଥା କହିଥିବା ବ୍ୟକ୍ତି ଜଣକ ଯିଏ କେହି ହୋଇଥାଆନ୍ତୁ ନା କାହିଁକି।"

"ତେବେ ଅଧର ବାବୁଙ୍କ ବିରୋଧରେ ମୁଁ କିଛି କହିଲେ ତୁ ସହିପାରିବୁ ତ ? ସେ କଥା ସବୁ ଶୁଣି ନିରବରେ ବସି ରହିପାରିବୁ ତ ତୁନିହୋଇ ? କିଛି ପ୍ରତିବାଦ ନ କରି ? କୌଣସି ଆପତ୍ତି ନ ଉଠାଇ ? ଏପରି କି ସେ କଥା ବିରୋଧରେ ଅଭିଯୋଗ ନ ଆଣି ?"

"ଯଦି ପ୍ରକୃତରେ ତାଙ୍କର ଦୋଷ ଥବ। ତେବେ ମୁଁ କାହିଁକି ସେ କଥାର ପ୍ରତିବାଦ କରିବି ?"

"ତାଙ୍କର ଦୋଷ ନ ଥିଲେ। ସିଏ କିଛି ଭୁଲ କରି ନ ଥିଲେ। ମୁଁ କ'ଣ ତୁଚ୍ଛାଟାରେ ତାଙ୍କ ବିରୋଧରେ କହିବି ?"

"ହଉ ତାଙ୍କର କ'ଣ ଦୋଷ ହେଲା ? ସିଏ କ'ଣ ଭୁଲ କଲେ ? ସେ କିପରି ଅପରାଧୀ ହେଲେ କହ ?"

ଶୁନି ଆରମ୍ଭ କଲା। କହିବା ପାଇଁ ସତୀଠାରୁ ଭରସା ପାଇ ତା'ର ମନବଳ ବଢ଼ିଗଲା। ସାହସ ହେଲା କହିବାଲାଗି। "ଏଇ ଦେଖ୍ନୁ ସିଏ କେମିତି ଆଜି ଆସିବାରେ ଡେରି କରୁଛନ୍ତି। ଆମେ ଏଠି କେତେବେଲୁ ତାଙ୍କୁ ଅପେକ୍ଷା କରି ବସିଛନ୍ତି।"

ଶୁନି କଥାର ଉତ୍ତର ସତୀ ଚଟାପଟ ଦେଲା। "ଶୁନି ତୁ ସବୁବେଲେ ଅନ୍ୟର ଦୋଷ ଦେଖୁଛୁ। ନିଜର ଭୁଲ ପ୍ରତି କେବେ ବି ସଚେତନ ହେଉନାହୁଁ ?"

ସତୀର ଉତ୍ତର ଶୁଣି ଶୁନି ହସିହସି କହିଲା, "ମୁଁ ଅନ୍ୟର ଦୋଷ କ'ଣ ଦେଖିଲି କହତ ?"

"ସିଏ କ'ଣ ତାଙ୍କ ପାଇଁ ଅପେକ୍ଷା କରିବାକୁ ଆମକୁ କହିଥିଲେ କି ?"

"ଏଇତ ! ତୁ ଅଡୁଆ ବୁଝିବୁ। ସେଇଥ ପାଇଁ ମୁଁ କହୁ ନ ଥିଲି।"

"ମୁଁ କ'ଣ ଅଡୁଆ ବୁଝିଲି।"

"ତୁ ଅଡୁଆ ବୁଝୁନୁ ତ ଆଉ କ'ଣ ? ସିଏ ଆମକୁ କହିବେ କାହିଁକି ?

"ତେବେ ଆମେ ତାଙ୍କ ପାଇଁ ମନ୍ଦିରରେ ଅପେକ୍ଷା କରିଛନ୍ତି। ସେ କଥା ସିଏ କେମିତି ଜାଣିବେ ? ତାଙ୍କଠାରୁ କୌଣସି ପ୍ରତିଶ୍ରୁତି ନ ପାଇଁ ତାଙ୍କ ଅପେକ୍ଷାରେ ବସି ରହିବାରମାନେ କ'ଣ ? ସେଥିରେ ତାଙ୍କର ଦୋଷ ରହିଲା କେଉଁଠି ? ଆମେ ଅକାରଣେ ତାଙ୍କୁ ଦୋଷ ଦେଲେ ଚଳିବ କେମିତି ?"

ଶୁନି ଏଥର ସତୀକୁ ବୁଝାଇବସିଲା। "ସତୀ ଏ କ୍ଷେତ୍ରରେ କେହି କାହାରିକୁ କୌଣସି ପ୍ରତିଶ୍ରୁତି ଦିଏନା। ଭଲ ପାଇବା କିୟା ପ୍ରେମ ସର୍ବଦା ପ୍ରତିଶ୍ରୁତି ଓ ନିଷ୍ଠିରୁ ଉର୍ଦ୍ଧ୍ୱରେ। ପ୍ରେମର ମାଧମ ହିଁ ପ୍ରେମ। ପ୍ରେମର ସ୍ୱରୂପ ହିଁ ପ୍ରେମ ଏବଂ ପ୍ରେମର ଅନୁଭବ ହିଁ ପ୍ରେମ। ପ୍ରେମ କେବଳ ପ୍ରେମ। ସେଥିରେ କୌଣସି ପ୍ରତିଶ୍ରୁତି କିୟା ନିଷ୍ଠି ଚଳେ ନାହିଁ। ଯେପରି ବର୍ଷାଦିନ ଆସିଲେ ଆକାଶରେ ମେଘ ଘୋଟି ରହିବ। ବାଦଲ ଢାଙ୍କି ରଖିବ ସୂର୍ଯ୍ୟଙ୍କୁ। ପରିଷ୍କାର ଖରା ନିପଡ଼ି

କାଉଁଲିଆ ହେବ । ମେଘ ବର୍ଷିବ । ନଦୀନାଳ ପାଣିରେ ଫୁଲି ଉଠିବ । ଧରିତ୍ରୀ ଶସ୍ୟଶ୍ୟାମଳା ହେବ । ଶରତ ରତୁରେ ପ୍ରକୃତି ଶାନ୍ତ ରହିବ । ନଇ ପଠାରେ କାଶତଣ୍ଡୀ ସମ୍ଭାର ଭାଙ୍ଗିବ । ଚନ୍ଦ୍ରଙ୍କ କିରଣ ପରିଷ୍କାର ପଡ଼ିବ । କାକର ପଡ଼ିବ ହେମନ୍ତରେ । ସୂର୍ଯ୍ୟଙ୍କ ତେଜ ହାନି ହେବ । ଶୀତଦିନେ ଥଣ୍ଡା ଅନୁଭୂତ ହେବ । ଉଭର ଦିଗରୁ ଶୀତୁଆ ପବନ ବହିବ । ଗଛ ସବୁ ପତ୍ରଝଡ଼ା ଦେବେ । ପ୍ରକୃତି ରାଣୀର ଶାରି ତୁଟିଗଲା ପରି ଦିଶିବ । ବସନ୍ତ ଆସିଲେ ଗଛରେ ନୂଆପତ୍ର କଅଁଳିବ । ଦକ୍ଷିଣା ପବନ ବହିବ । କୋଇଲି ରାବିବ । ଫୁଲ ଫୁଟିବ । ଭ୍ରମର ଓ ମହୁମାଛି ଫୁଲରୁ ମହୁ ଶୋଷିବେ ।

ସତୀ ବସନ୍ତ ରତୁ ହେଉଛି ଶ୍ରଦ୍ଧା ଏବଂ ଚୈତ୍ର ମାସ ହେଉଛି ସୁନ୍ଦର ମନର ପ୍ରତୀକ । ଶ୍ରଦ୍ଧା ଓ ସୁ-ମନରେ ହିଁ ପରମାତ୍ମା ମିଳନ୍ତି । ପରମାତ୍ମା ଅର୍ଥ 'ପର' ମାନେ ଅନ୍ୟର ଆତ୍ମାକୁ ଆଣିହୁଏ ଓ ନିଜ ଆତ୍ମା ସହିତ ପର ଆତ୍ମାର ମିଶ୍ରଣ ସମ୍ଭବ ହୁଏ । ଇଂରାଜୀ କବି ଓ୍ୱାର୍ଡସ୍‌ଓ୍ୱାର୍ଥ କହିଛନ୍ତି, "ହଜାର ହଜାର ପୃଷ୍ଠା ଅଧ୍ୟୟନ କଲେ ସୁଦ୍ଧା ଜଣେ ପ୍ରଜ୍ଞାବାନ ହୋଇପାରିବନି । ଅଥଚ ବସନ୍ତ ରତୁର ଏକ ବିମୁଗ୍ଧ ଦୃଶ୍ୟରୁ ଜଣେ ପ୍ରଜ୍ଞା ଆହରଣ କରିପାରିବ ।

ତା'ପରେ ଆସିବ ଗ୍ରୀଷ୍ମ । ଗ୍ରୀଷ୍ମରେ ଖରା ପ୍ରଖର ହେବ । ଉଭାପ ବଢ଼ିବ । ଧରଣୀ ସୁଷ୍କ ହୋଇ ନଇନାଳ ଶୁଖୁଯିବ । ସକାଳ ହେଲେ ସୂର୍ଯ୍ୟୋଦୟ ହେବ । ସଞ୍ଜରେ ଅସ୍ତ ଯିବେ ସୂର୍ଯ୍ୟ । ରାତି ହେଲେ ତାରାମାନେ ଫୁଟିବେ ଆକାଶ ବକ୍ଷରେ । ବାଲ୍ୟପରେ ଶୈଶବ, କୈଶୋର, ପୌଗଣ୍ଡ ଓ ଯୌବନ ଆସିବ । ପୁଣି ଗ୍ରାସ କରିବ ଜରା । ଜୀବ ଜନ୍ମ ହେବ ପୁଣି ମରିବ । ବିବାହ ପରେ ମଧୁଶଯ୍ୟାରେ ନବବଧୂଟି ଯେତେ ଲଜ୍ୟାବତୀ ହେଲେ ସୁଦ୍ଧା ସ୍ୱାମୀ ପାଖରେ ବିନା ପ୍ରତିବାଦରେ ଧରାଦିଏ । ସ୍ୱାମୀର ସନ୍ତାନକୁ ଗର୍ଭରେ ଧାରଣ କରେ । ଯେତେ କଷ୍ଟପ୍ରଦ, ଯନ୍ତ୍ରଣାଦାୟକ ଓ କ୍ଲେଶଯୁକ୍ତ ହେଲେ ମଧ୍ୟ ଅନ୍ତଟିରି ଜନ୍ମଦିଏ । ବକ୍ଷରୁ କ୍ଷୀର ଦେଇ ପାଳିଥାଏ । ପିଲାଟିକୁ ଜନ୍ମଦେଇ ଲାଳନପାଳନ କରି ବାପ, ମା' ବଡ଼ କରିଥାଆନ୍ତି ସେମାନଙ୍କର ବାର୍ଦ୍ଧକ୍ୟରେ ପ୍ରତିପୋଷଣ କରିବ ବୋଲି, ପଡ଼ନ୍ତି ବେଳକୁ ସାହାଭରସା ହେବା ପାଇଁ । ଏଥିପାଇଁ କେହି କାହାରିକୁ କିଛି ପ୍ରତିଶ୍ରୁତି ଦେଇ ନ ଥାଏ । ତାହା ସବୁ ଆପେ ଆପେ ହୋଇଥାଏ । ଯେମିତି ଆମେ ଆପେ ଆପେ ଆସି ମନ୍ଦିରରେ ବସିଛନ୍ତି । ପ୍ରଥମେ ତ ତାଙ୍କୁ କେହି ଡାକି ନ ଥିଲେ ଧବଳେଶ୍ୱରଙ୍କ ପାଖକୁ ଆସିବା ଲାଗି । ସିଏ ଆପଣାଛାଏଁ ଯେମିତି ଆସିଥିଲେ ସେମିତି ଏଇନେ ଆସିବେ । ଏଥିରେ ପ୍ରତିଶ୍ରୁତିର ଆବଶ୍ୟକ କେଉଁଠି ରହିଲା ?"

"ସୁନି ତୁ ଯେଉଁସବୁ କଥା କହିଲୁ ତାହା ବିଧିର ବିଧାନ । ସୃଷ୍ଟିର ନିୟମ । ବିଶ୍ୱ ସର୍ଜନାର ପଦ୍ଧତି । ସକାଳ, ସଞ୍ଜ, ଉଦୟ ଅସ୍ତ ସବୁ ହେଲା ପ୍ରକୃତିର ଶୃଙ୍ଖଳା । ସୂର୍ଯ୍ୟଙ୍କ ଆବର୍ତ୍ତନ ଗତିର ଫଳ । ରତୁ ପରିବର୍ତ୍ତନ, ବିବର୍ତ୍ତନର ବିଷୟ । କଥାରେ ଅଛି "ନୋ ବଡ଼ି ଚେଞ୍ଜେସ ଫଣ୍ଡାମେଣ୍ଟାଲି ।" କାହାର ମୌଲିକ ପରିବର୍ତ୍ତନ ହୁଏ ନାହିଁ । ହେବା ମଧ୍ୟ ସମ୍ଭବ ନୁହେଁ । ଏକଥାକୁ କାହିଁକି ତୁ ତାଙ୍କର ମନ୍ଦିରକୁ ଆସିବା ସହିତ ସମାନ କରୁଛୁ ? ତୁଳନା କରି ବସୁଛୁ ପ୍ରକୃତିର ନିୟମ (ସହିତ) ସାଙ୍ଗରେ ମଣିଷର ଆଚରଣକୁ ।

"ସତୀ ଯେମିତି ସକାଳ ହେବା ପୂର୍ବରୁ ବଡ଼ିଭୋର ସମୟରେ ବିହଙ୍ଗ ଜଗତ ଦିନ ଆଗମନର ବାର୍ତ୍ତା ପ୍ରଚାର କରିଥାଆନ୍ତି (ତାଙ୍କ) ସେମାନଙ୍କ କାକଳୀ ମଧ୍ୟମରେ । ସଞ୍ଜ ପୂର୍ବରୁ ଜୀବ ଜଗତ ଆଶ୍ରୟ ସ୍ଥଳକୁ ଫେରିଯାଇ ଥାଆନ୍ତି । ପକ୍ଷୀମାନେ ନୀଡ଼କୁ ଫେରି ସନ୍ଧ୍ୟା ଆଗମନର ସମ୍ବାଦ ଘୋଷଣା କରି ଆମକୁ ଜଣାଇ ଦିଅନ୍ତି । ଯେମିତି ଠାକୁରଙ୍କ ପ୍ରତି ବାରିରେ ଭକ୍ତମାନେ ମନ୍ଦିରକୁ ଦିଅଁଙ୍କ ଦର୍ଶନ ପାଇଁ ଆସନ୍ତି । ସେମିତି ସିଏ ଆସିବେ । ଏଥିପାଇଁ କୌଣସି ପ୍ରକାର ପ୍ରତିଶ୍ରୁତିର ପ୍ରୟୋଜନ ନାହିଁ ।

"ସୁନି ତୁ ବୁଝୁନୁ କାହିଁକି ? ତାଙ୍କର ଆବଶ୍ୟକ ଥିଲା ସିଏ ଆସୁଥିଲେ । ଦରକାର ମେଣ୍ଟିଗଲା ଆଉ ନଆସିବେ । ଏଥିରେ ତାଙ୍କର ଭୁଲ ରହିଲା କେଉଁଠି ? ଆମେ ଅକାରଣେ ତାଙ୍କୁ ଦୋଷ ଦେଇ ଲାଭ କ'ଣ ପାଇବା କହିଲୁ ?"

"ସତୀ; ଫୁଲ କ'ଣ ଫୁଟିବା ପୂର୍ବରୁ ଭଅଁର, ମହୁମାଛି ଆଉ ପ୍ରଜାପତିମାନଙ୍କୁ ତା' ପାଖକୁ ଆସିବା ପାଇଁ ଆମନ୍ତ୍ରଣ ଦେଇଥାଏ। ଗୋଧୂଲି ରାବିବା ଲାଗି କେବେ ପକ୍ଷୀଜଗତକୁ ବହିନା ଦେଇଥାଏ କି ?"

"ନା ସୁନି ନା; ତେବେ ସେସବୁ କଥା ସହିତ ତୁ କାହିଁକି ଏ କଥାକୁ ତୁଲନା କରୁଛୁ ? ଫୁଲ ଫୁଟିଲେ ଭଅଁର ଆସିବ। ପ୍ରଭାତ ହେଲେ ପକ୍ଷୀ ଗାଇବେ। ଇୟେତ ପ୍ରକୃତିର ନିୟମ।"

ସତୀ; ସେହିପରି ମନ୍ଦିରରେ ତାଙ୍କ ପାଇଁ ଅପେକ୍ଷା କରିଥିବା ଦୁଇଜଣ ଯୁବତୀଙ୍କ ଲାଗି ଅଧର ବାବୁଙ୍କୁ ଆସିବାକୁ ପଡ଼ିବ। ଯେପରି ବସନ୍ତ ଆସିଲେ ବିନା ବହିନାରେ କୋଇଲି ରାବେ। ମଲୟ ବହେ। ଫୁଲ ଫୁଟେ। ପ୍ରଜାପତି ଉଡ଼ି ବୁଲନ୍ତି। ମହୁମାଛି ମଧୁ ଶୋଷନ୍ତି। ଭଅଁର ଫୁଲରେ ବସେ କୌଣସି ଆମନ୍ତ୍ରଣ ନପାଇ। ସେହିପରି ବିନା ଡାକରାରେ ଅଧରବାବୁ ଧବଳେଶ୍ୱରଙ୍କ ମନ୍ଦିରକୁ ଆସିବା ପାଇଁ ବାଧ୍ୟ। ସେ କାହିଁକି ଭୁଲି ଯାଉଛନ୍ତି ଯେ ତାଙ୍କ ଆସିବା ବାଟକୁ ଅନାଇ ଦୁଇଟି ଯୁବତୀ ତାଙ୍କ ଅପେକ୍ଷାରେ ବସି ରହିଥିବେ।"

"ସିଏ କେମିତି ଜାଣିବେ ଯେ ଆମେ ତାଙ୍କୁ ଅପେକ୍ଷାକରି ମନ୍ଦିରରେ ବସିଛନ୍ତି।"

"ଯେମିତି ବିନା ଆମନ୍ତ୍ରଣରେ ସିଏ ଆସି ତୋ' ହାତରୁ ପାଦୁକ ପାଉଥିଲେ। ବିଭୂତି ଟିପା ପିନ୍ଧୁଥିଲେ ଠିକ୍ ସେମିତି।"

"ସୁନି ତୁ ବୁଝୁନୁ କାହିଁକି ? ସିଏ ଆସିଲା ବେଳେ ଆମେ ମନ୍ଦିରରେ ଥିଲେ। ସେଥିପାଇଁ ସିଏ ଆମ ହାତରୁ ପାଦୁକ ପାଇଲେ ଓ ବିଭୂତି ନାଇଲେ।"

"ସତୀ ସିଏ ତୋତେ ପାଦୁକ ମାଗି ନ ଥିଲେ। ତୁ ତୋ'ମନକୁ ଆପେ ଆପେ ଯାଇ ତାଙ୍କୁ ପାଦୁକ ଦେଇଥିଲୁ। ବିଭୂତି ଟିପା ଲଗାଇ ଦେବାକୁ ଅନୁରୋଧ କରି ନଥିଲେ। ତୁ ନିଜେ ତୋ' ଇଚ୍ଛାରେ ତାଙ୍କ କପାଳରେ ଟିପା ଲଗାଇ ଦେଇଥିଲୁ। ସେ କାମ କରିବା ପାଇଁ ସିଏ ଆଗତୁରା ବହିନା ଦେଇ ନଥିଲେ। ସେଇମିତି ଆମେ ଆମନ୍ତ୍ରଣ ନ କଲେ ମଧ୍ୟ ସିଏ ମନ୍ଦିରକୁ ଆସିବେ ଖାସ୍ ତୋରି ପାଇଁ। ତୋ ହାତରୁ ପାଦୁକ ପାଇଁବାକୁ ଓ ବିଭୂତି ଟିପା ନାଇବା ଲାଗି। ସିଏ କିପରି ଅନୁଭବ କରି ନପାରୁଛନ୍ତି ଯେ ତାଙ୍କ ଆସିବା ବାଟକୁ ନିରିମାଖ୍ ଆଖିରେ ଆଖିଏ ସ୍ୱପ୍ନ ନେଇ କେହି ଚାହିଁ ବସିଥିବେ ବୋଲି।"

"ସୁନି ଜଣେ ରାସ୍ତାରେ ତଳେ ପଡ଼ିଗଲେ ତାକୁ ତା' ନିକଟରେ ଥିବା ଲୋକମାନେ ଉଠାଇଥାଆନ୍ତି। କାରଣ ସେବା ହିଁ ସବୁଠାରୁ ବଡ଼ ଧର୍ମ। ସେଇଥିପାଇଁ ପଡ଼ିଯାଇଥିବା ଲୋକଟିକୁ କହିବାକୁ ପଡ଼େନା। ବିପଦରେ ପଡ଼ିଥିବା ଲୋକଟିକୁ ପାଖରେ ଥିବା ଲୋକମାନେ ତାକୁ ସାହାଯ୍ୟ କରିଥାଆନ୍ତି। ସେଥିପାଇଁ କେହି କାହାରିକୁ ଅନୁରୋଧ କରି ନଥାଏ। ସେହିପରି ଆମେ ତାଙ୍କ ପାଖରେ ଥିଲେ। ମନ୍ଦିରରେ ସିଏ ଆଉ ଆମେ। ସେତେବେଳେ ତାଙ୍କୁ ଆମ ବ୍ୟତୀତ ଆଉ କିଏ ପାଦୁକ ଦେଇ ଥାଆନ୍ତା ?"

"ହେଲା ସତୀ। ତୋରି କଥା ଅନୁଯାଇ ପଡ଼ିଯାଇଥିବା ଲୋକଟିକୁ ଉଠାଇବା ପାଇଁ କାହାରିକୁ ଅନୁରୋଧ କରାଯାଏନା। ପାଖରେ ଥିବା ଲୋକ ତାକୁ ଉଠାଇଥାଏ। ବିପଦରେ ପଡ଼ିଥିବା ଲୋକକୁ ସାହାଯ୍ୟ କରିବା ଲାଗି କାହାରିକୁ ବହିନା ଦିଆ ହୋଇ ନ ଥାଏ। ନିକଟରେ ଥିବା ଲୋକମାନେ ସ୍ୱତଃପ୍ରୁତଃ ଭାବେ ତାକୁ ସାହାଯ୍ୟ ସହଯୋଗ କରି ଥାଆନ୍ତି। କାହା ଘରେ ନିଆଁ ଲାଗିଗଲେ ନିଆଁ ଲିଭାଇବାକୁ କେହି କାହାରିକୁ ଅନୁରୋଧ କରି ନ ଥାଆନ୍ତି। ନିଆଁ ଲାଗିବା ଦେଖିବାମାତ୍ରେ ଲୋକମାନେ ଦୌଡ଼ିଯାଇ ନିଆଁ ଲିଭାଇଥାଆନ୍ତି। କେହି ନିଆଁରେ ପଡ଼ି ଯାଇଥିଲେ କିମ୍ବା ପାଣିରେ (ବୁଡ଼ି) ଭାସି ଯାଉଥିଲେ ଲୋକମାନେ କାହାରି ଅନୁରୋଧକୁ ଅପେକ୍ଷା ନକରି ତାକୁ ଉଦ୍ଧାର କରିଥାଆନ୍ତି। ବାଟରେ ଯାଉ ଯାଉ କୌଣସି ଦୁର୍ଘଟଣାରେ କେହି ଅଚିହ୍ନା, ଅଜଣା ବ୍ୟକ୍ତି ଆହତ ହେଲେ ପାଖରେ ଥିବା ଅପରିଚିତ

ବାଟୋଇମାନେ ତାକୁ ଚିକିତ୍ସା ପାଇଁ ଡାକ୍ତରଖାନାକୁ ନେଇଯାଇଥାଆନ୍ତି । ସେଥିଲାଗି ସେହି ପଥିକମାନଙ୍କୁ ଖୋସାମନ୍ତ କିମ୍ବା ଅନୁରୋଧ କରିବାକୁ ପଡ଼ି ନଥାଏ । ରାସ୍ତାରେ ଯାଉଥିବା ପ୍ରତ୍ୟେକ ବାଟୋଇ ବିପଦ ବେଳେ ଓ ଦୁର୍ଘଟଣା ସମୟରେ ଅଚିହ୍ନା, ଅଜଣା, ଅପରିଚିତ ହୋଇ ମଧ୍ୟ ପରସ୍ପର ପରସ୍ପରକୁ ସାହାଯ୍ୟ ସହଯୋଗ କରିଥାଆନ୍ତି । କେବଳ ତୃତୀୟ ପାଣ୍ଡବ ଅର୍ଜୁନଙ୍କୁ ଛାଡ଼ି । ଅର୍ଜୁନଙ୍କ କଥା ଅବଶ୍ୟ ଅଲଗା । ସେ ଡାକରା ପାଇ ଆସି ତାଙ୍କର ଅତି ପରିଚିତ ପ୍ରାଣର ସଖା ଘନିଷ୍ଠ ବାନ୍ଧବ ଓ ନିବିଡ଼ ପ୍ରିୟତମ ଶରାଘାତ କୃଷ୍ଣଙ୍କୁ ମୁମୂର୍ଷ ଅବସ୍ଥାରେ ଦେଖି ତାଙ୍କ ଆତୁର ଅନୁରୋଧ ଓ ବିନମ୍ର ନିବେଦନ ସତ୍ତ୍ୱେ ଏବଂ ତାଙ୍କଠାରୁ ଏହା ପୂର୍ବରୁ ଅନେକ କ୍ଷେତ୍ରରେ ସାହାଯ୍ୟ ଆଉ ବହୁତ ସହଯୋଗ ପାଇ ସୁଦ୍ଧା ବିପଦ ବେଳେ ଅସହାୟ କୃଷ୍ଣଙ୍କର ସେବା ଶୁଶ୍ରୂଷା କରିବାତ ବହୁତ ଦୂରରକଥା । ଜ୍ୟେଷ୍ଠାଦେଶ ଅଲଙ୍ଘନୀୟ ଆଚରଣର ଦ୍ୱାହୀ (ଦୁଷ୍ଟାନ୍ତ) ଦେଇ ତାଙ୍କର ବ୍ୟାକୁଳତା ଓ ଆତୁରତା ସ୍ୱଚକ୍ଷୁରେ ଦେଖି ମଧ୍ୟ ଯନ୍ତ୍ରଣାଦଗ୍ଧ କୃଷ୍ଣଙ୍କୁ ଦ୍ୱିତୀ–କୃଷ୍ଣ ଛୁଇଁ ନଥିଲେ । କୃଷ୍ଣ ତ ତାଙ୍କଠାରୁ ସେବା ଆଶା କରି ନ ଥିଲେ ସେ ମାତ୍ର ଟିକେ ତାଙ୍କ ସ୍ୱର୍ଷ ଚାହୁଁଥିଲେ । ସେହିପରି ତାଙ୍କର ଠାକୁରଙ୍କ ପାଖକୁ ଆସିବା ସମୟରେ ଆମେ ମନ୍ଦିରରେ ଉପସ୍ଥିତ ଥିବାରୁ ତାଙ୍କୁ ସାହାଯ୍ୟ କଲେ ଏବଂ ତାହା ବି ଆମର କରିବା ଉଚିତ ଥିଲା । ଆଉ ଆମର କର୍ତ୍ତବ୍ୟ ମଧ୍ୟ ତାଙ୍କୁ ସହଯୋଗ ଯୋଗାଇ ଦେବା ଯେହେତୁ ସିଏ ଜଣେ ବିଦେଶୀ ଏବଂ ଆମ ଏଠିକାର ରୀତିନୀତି ସବୁ ତାଙ୍କୁ ଅଜଣା । କିନ୍ତୁ ତୁ କହିପାରିବୁ ପାଦୁକ ଦେଲାବେଳେ ଓ ଟିପା ଲଗାଇଦେବା ସମୟରେ ତାଙ୍କ ଆଖିରେ ତୋ ଆଖି ମିଶାଇବାକୁ ତୋତେ କିଏ ଅନୁରୋଧ କରିଥିଲା ଅଥବା ଜଣେ ବିଦେଶୀ କିମ୍ବା ବି ପଦଗ୍ରସ୍ତଙ୍କୁ ସାହାଯ୍ୟ କରିବା ପାଇଁ ଏହା ଅପରିହାର୍ଯ୍ୟ ଥିଲା କି ନିଜ ମଣିଷପଣିଆର ପରିଚୟ ହେବା ଲାଗି ? ତାଙ୍କୁ ଭଲପାଇବାକୁ କିଏ ତେତୋ ଉପଦେଶ ଦେଇଥିଲା ନା ଏହା ମାନବିକତା ପ୍ରଦର୍ଶନ ପାଇଁ ନିହାତି ଆବଶ୍ୟକ ଥିଲା ? କିଏ ତୋତେ କହିଥିଲା ତାଙ୍କୁ ଅତି ଗୋପନରେ ତୋ ମନ ବିକି ଦେବା ପାଇଁ ? ସିଏ ଏଠାକୁ ଏକୁଟିଆ ଆସିଥିଲେ । ତାଙ୍କୁ ନିଃସଙ୍ଗତାରୁ ମୁକ୍ତ କରିବାକୁ ଯାଇ ତୁ ଏପରି ସାହାଯ୍ୟ କରିବା ଲାଗି ବାଧ୍ୟ ହୋଇଥିଲୁ କି ? ଫେରିଗଲା ବେଳେ ସିଏ ଆଉ ଏକୁଟିଆ ନିଃସଙ୍ଗତା ଅନୁଭବ ନକରିବା ଲାଗି ତୁ ଏପରି କଲୁକି ? ଯାହା ଫଳରେ ଫେରିଗଲା ବେଳେ ସିଏ ନିଃସଙ୍ଗତାରୁ ମୁକ୍ତ ହୋଇ ପାରିବେ ତୋ ମନର ସହଚର୍ଯ୍ୟ ହୋଇପାରିବେ ? ତାଙ୍କୁ ତୋ ହୃଦୟ ସିଂହାସନରେ ବସାଇ ପ୍ରୀତିର ନୈବେଦ୍ୟ ବାଢ଼ି ପୂଜା କରିବାକୁ କିଏ ତୋତେ ବହିନା ଦେଇଥିଲା ? ସିଏ କ'ଣ ଅପୂଜା ଦିଅଁ ହୋଇ ପଡ଼ି ରହିଥିଲେ ଯେ ତୁ ତାଙ୍କୁ ପ୍ରୀତିର (ପ୍ରେମର) ନୈବେଦ୍ୟ ଅର୍ପଣ କରି ପୂଜାର୍ଚ୍ଚନା କଲୁ? କାହା କଥାରେ ପଡ଼ି ଲୁଚାଇ ଲୁଚାଇ ତୁ ତାଙ୍କୁ ତୋ ମନର ମଣିଷ ଭାବେ ବରଣ କରିନେଲୁ । ସେଥିପାଇଁ ମୁଁ ତୋତେ ଅନୁରୋଧ କରିଥିଲିକି ?"

ସୁନିର ଏସବୁ ପ୍ରଶ୍ନର କିଛି ଉତ୍ତର ଦେଇ ନ ପାରି ସୁନି ପାଖକୁ ଘୁଞ୍ଚିଯାଇ ସତୀ କେବଳ କହିଲା "ସୁନି;"

ସୁନି ଏଥର ସତୀକୁ ତା'ପାଖକୁ ଟାଣିନେଇ କହିଲା– "ତୁ ବୁଝୁନୁ କାହିଁକି ଏସବୁ ଆପଣାଛାଏଁ ହୋଇଥାଏ । ସେଥିପାଇଁ କାହାରିକୁ କିଛି କହିବାକୁ ପଡ଼ିନଥାଏ । ସେଥିପାଇଁ କାହାରି ଉପଦେଶ ଆବଶ୍ୟକ ହୁଏନା । ଖୋଜାଯାଏନା କାହାରି ଅନୁରୋଧ । ଲୋଡ଼ା ପଡ଼େନା କାହାରି ଖୁସାମନ୍ତ । ଯୁବକଟିଏ ଯୁବତୀଟିକୁ ଦେଖିଲେ ତାକୁ ଅନାଏ । ଯୌବନ ଆସିଲେ ସମସ୍ତେ ନିଜ ଦେହକୁ ସଜାଇ ଥାଆନ୍ତି । ସେଥିଲାଗି କାହାରି ଅନୁରୋଧ କିମ୍ବା ଆମନ୍ତ୍ରଣ ଅବଶ୍ୟକ ପଡ଼େନା । ତା' ଆଡ଼କୁ ଅନାଇବା ପାଇଁ କେହି ଯୁବତୀ କେବେ କୌଣସି ଯୁବକକୁ ଆମନ୍ତ୍ରଣ କରେନା । ନିଜକୁ ସଜାଇବା ଲାଗି ଯୁବତୀଟିକୁ କେହି ଅନୁରୋଧ କରି ନଥାଆନ୍ତି । ତାହା ଆପଣାଛାଏଁ ହୁଏ । ସେହିପରି ଅଧର ବାବୁ ଆପଣାଛାଏଁ ଆସିବା କଥା । ଏଠାକୁ ଆସିବା ଲାଗି ତାଙ୍କର କାହାରି ଆମନ୍ତ୍ରଣ କିମ୍ବା ଅନୁରୋଧ ଅଥବା ଖୁସାମନ୍ତ ଅପେକ୍ଷାରେ ରହିବା ଉଚିତ ନୁହେଁ । ଆମେ ଯେପରି କାହାରିଠାରୁ କୌଣସି ପ୍ରତିଶ୍ରୁତି ନପାଇ ସୁଦ୍ଧା ତାଙ୍କ ପାଇଁ ଅପେକ୍ଷା କରିଛନ୍ତି । ସିଏ ସେହିପରି

ବିନା ଆମନ୍ତ୍ରଣରେ ଆସିବା ଆବଶ୍ୟକ। ସତୀ ଯେତେ ପୁଅମାନେ ଯେତେ ଝିଅଙ୍କୁ ଭଲପାଆନ୍ତି। ଯେତେ ଝିଅ ସବୁ ପ୍ରେମରେ ପଡୁଛନ୍ତି। ସେ ସମସ୍ତଙ୍କୁ କ'ଣ ସେପରି କାମ କରିବାକୁ ଉପଦେଶ ଦିଆହୁଏ। ଅନୁରୋଧ କରାଯାଇଥାଏ। ଖୁସାମନ୍ତ କରିବାକୁ ପଡ଼ିଥାଏ କିମ୍ୱା ବହିନା ଦିଆହୋଇଥାଏ ଅଥବା ସେମିତି କରିବା ଲାଗି ଆମନ୍ତ୍ରଣ ପଠାଯାଏ।

ସୁନି କଥାର ଆଉ କୌଣସି ଜବାବ ନଦେଇ ସତୀ ନିରବ ରହିଲା। ତା'ପରେ ସେମାନେ ଚୁପ୍‌ଚାପ୍‌ ବସିରହିଲେ। ଅନେକ ସମୟ ବିତିଗଲା। କେହି କାହାରିକୁ କିଛି କହୁ ନ ଥାଆନ୍ତି। ସମୟ ଧୀରେ ଧୀରେ ଅପରାହ୍ନ ଆଡ଼କୁ ଅଗ୍ରସର ହେଉଥାଏ। ସମୟ ଆଗେଇଯିବା ସହିତ ସେମାନଙ୍କର ମନରେ ଅଧରଙ୍କ ମନ୍ଦିରକୁ ଆସିବାର ଭରସା କ୍ରମେ କ୍ରମେ କମିଯାଉଥାଏ। ଗତକାଲି ପରି ଅକାରଣେ ତାଙ୍କ ଲାଗି ସନ୍ଧ୍ୟା ପର୍ଯ୍ୟନ୍ତ ଅପେକ୍ଷା କରିବାକୁ ଦୁଇସାଙ୍ଗ ଚାହୁଁନଥିଲେ। ଗତକାଲି ଖାସ୍‌ ତାଙ୍କରି ପାଇଁ ସେମାନେ ମଧ୍ୟାହ୍ନ ଭୋଜନରୁ ବଞ୍ଚିତା ହୋଇଥିଲେ। ଭୋକକୁ ପେଟରେ ମାରି ତାଙ୍କ ପ୍ରତୀକ୍ଷାରେ ବସିରହି ସେମାନଙ୍କର ଗୋଟିଏ ଦିନ ଅକାରଣେ ବ୍ୟର୍ଥ ହୋଇଥିଲା। ଆଜି ଆଉ ସେପରି ଘଟଣାର ପୁନଃରାବୃତ୍ତି ଲାଗି ସେମାନଙ୍କ ମନରେ ଆଗ୍ରହ ନ ଥିଲା।

ଗତକାଲି ସଂକ୍ରାନ୍ତି ଥିଲା। ସକାଳ ଜଳଖିଆ ଖାଇ ଦିନତମାମ ଆଉ କିଛି ନ ଖାଇବା ଜନିତ ଭୁଲ୍‌କୁ 'ସଂକ୍ରାନ୍ତି' ସେମାନଙ୍କ ଘରଲୋକଙ୍କ (ପରିବାରର) ସନ୍ଦେହରୁ ରକ୍ଷା କରିବା ପାଇଁ ବାହାନା ଲାଗି ଏକ ମାଧ୍ୟମ ଥିଲା। ଆଜି ଆଉ ସେପରି କିଛି ସୁବିଧା ନ ଥିବାରୁ ସେମାନେ ଆଉ ଅଧିକ ସମୟ ମନ୍ଦିରରେ ତାଙ୍କ ପାଇଁ ଅପେକ୍ଷା କରି ଘରଲୋକଙ୍କ ସନ୍ଦେହ ଦୃଷ୍ଟିର ଘେରକୁ ଆସି ସେମାନଙ୍କ ଆକ୍ରୋଶର ଶିକାର ହେବାକୁ ଚାହୁଁ ନଥିଲେ। ଯଦି କୌଣସି କାରଣରୁ ସେମାନଙ୍କ ଉପରେ ସନ୍ଦେହ ଜାତ ହୁଏ, ତା'ପରେ ସେ ସନ୍ଦେହରୁ ନିଜକୁ ମୁକୁଲାଇବା ସେମାନଙ୍କ ପକ୍ଷରେ ବହୁତ କଷ୍ଟକର ହୋଇପଡ଼ିବ। ସେମାନେ କାହିଁକି ଅଝୁଆ, ଅପିଆ ମନ୍ଦିରରେ ଦିନତମାମ ବସି ରହୁଥିବାର ଉତ୍ତର କ'ଣ ଦେବେ ? ବାରମ୍ୱାର ଘରକୁ ଫେରିବା ଉତ୍ତର ହେଲେ ଘରେ ନିର୍ଦ୍ଦିଷ୍ଟ ସେମାନଙ୍କୁ ସନ୍ଦେହ କରିବା ଆରମ୍ଭ କରିଦେବେ। ଏଣେ ଅକାରଣଟାରେ ଭୋକ ଉପାସରେ ପଡ଼ିରହି ସେମାନେ ଅପେକ୍ଷା କରିଥିବା ଲୋକଟିର ଦେଖା ପାଉ ନଥିବେ।

ବେଶୀ ଡେରିରେ ଫେରିଲେ ଘରେ ନିର୍ଦ୍ଦିଷ୍ଟ ପଚାରିବେ "ତୁମେ ଠାକୁରଙ୍କ ଦର୍ଶନ ପାଇଁ ମନ୍ଦିରକୁ ଯାଉଛ ନା ତୁମର ଆଉ ଅନ୍ୟକିଛି ଭିତିରିଆ ଉଦ୍ଦେଶ୍ୟ ଅଛି ?" ସେତେବେଳେ ସେମାନେ ଘରଲୋକଙ୍କୁ କି ଉତ୍ତର ଦେଇ ନିଜକୁ ସେମାନଙ୍କର ସନ୍ଦେହରୁ ମୁକୁଲାଇ ପାରିବେ ? ଯଦି କେବେ ଥରେ ଘରଲୋକଙ୍କ ମନରେ ସେମାନଙ୍କ ଉପରେ ସନ୍ଦେହ ଆସିଯାଏ ତେବେ ସେ ସନ୍ଦେହ କ୍ରମେ ଦୃଢ଼ୀଭୂତ ହେବ। ସେମାନଙ୍କୁ ସେ ସନ୍ଦେହରୁ ମୁକୁଲିବା ଏତେ ସହଜ ହେବନି। ଯେପରି ଗତକାଲି ସଂକ୍ରାନ୍ତି ଥିବାରୁ, ସେମାନେ ସଂକ୍ରାନ୍ତିରେ ଉଷୁନା ଖାଆନ୍ତି ନାହିଁ। ଅରୁଆ ତାଙ୍କ ଦେହରେ ଚଳେନା (ଯାଏନା)। ଜଳଖିଆ ଖାଇବା କଥା, ଭୋକ ନଥିବାରୁ ସେମାନେ ଖାଇବାକୁ ଆସିଲେ ନାହିଁ।" କହିବା ପାଇଁ ଗୋଟେ ବାହାନା ପାଇଥିଲେ। ଆଜି ଆଉ ସେପରି କୌଣସି ଆଳ ଦେଖାଇ ଖସିଯିବା ପାଇଁ ସେମାନେ ଉପାୟ ଖୋଜି ପାଉନଥିଲେ। ସେଲାଗି ଘରକୁ ଫେରିଯିବାକୁ ହେବ। ଅଧରଙ୍କ ସହିତ ସାକ୍ଷାତର ମୋହ ପରିତ୍ୟାଗ କରି ନିଜର ଅନିଚ୍ଛା ସତ୍ତ୍ୱେ ସେମାନେ ଘରକୁ ଫେରିଯିବାକୁ ବାଧ୍ୟ ହେଲେ।

ବାଟରେ ସତୀ କହିଲା– "ସୁନି ଆଜି ହେଉଛି ସୋମବାର। ଏପରି ଶୁଭଦିନ ଠାକୁରଙ୍କ ବାରିରେ ସୁଦ୍ଧା। ସିଏ ଆସିଲେ ନାହିଁ। ଦିଅଁ ଦର୍ଶନ ନକରି କିଭଳି ଏପରି ଦିନରେ ଘରେ ରହିପାରିଲେ ମୁଁ ସେଇକଥା କେବଳ ଭାବୁଛି।"

ସତୀ କଥାର ଉତ୍ତରରେ ସୁନି କହିଲା– "ସତୀ ଯେଉଁ ସୋମବାରକୁ ଆମେ ଶୁଭବାର ଭାବରେ ଗ୍ରହଣ କରୁଛନ୍ତି, ଯେଉଁ ସୋମବାରକୁ ମହାଦେବଙ୍କ ଅତିପ୍ରିୟ ବାର ଭାବି ତାଙ୍କୁ ଦର୍ଶନ କରିବାକୁ ଆମେ ମନ୍ଦିରକୁ ଆସୁଛନ୍ତି। ସେଦିନ ମଧ୍ୟ

କେତେକ ଉଷୁନା ନଖାଇ ଅରୁଆ (ହବିଷାନ୍ନ) ଖାଇଥାଆନ୍ତି ।" ଅନେକ ମଧ ସୋମବାର ଦିନ ଉପବାସ କରନ୍ତି । ସୋମବାରକୁ ଆମେ ମହାଦେବଙ୍କ ପ୍ରିୟବାର ଭାବରେ ଶୁଭଦିନ ବୋଲି ଗଣନା କରିଥାଆନ୍ତି । କିନ୍ତୁ ତୁ ଜାଣିନୁ ସେହି ସୋମବାର ସମସ୍ତଙ୍କ ପାଇଁ ଶୁଭ ନୁହେଁ । ନଇଁ କେ ବାଙ୍କ, ଦେଶକେ ଫାକ୍ । ନୀତିରେ ସବୁ ସ୍ଥାନରେ ସବୁ କଥା ଓ ନିୟମ ସମାନ ନଥାଏ । ଏହି ଦିନଟି ଅନେକଙ୍କ ପାଇଁ "କଳାଦିବସ, ଅଶୁଭବାର ଓ କଳା ସୋମବାର ଭାବରେ ପରିଗଣିତ ହୁଏ । ବିଶେଷକରି ଜାପାନର ଲୋକମାନଙ୍କ ଲାଗି ।"

କାହିଁକି ? ସତୀ ଆଶ୍ଚର୍ଯ୍ୟ ହୋଇ ପଚାରିଲା । ସୁନି; ସୋମବାର ପରି ଶୁଭ ଦିନ ପୁଣି କାଳବାର । ଅଶୁଭଦିନ ଓ କଳାଦିବସ କିପରି ହେଲା ।

ସତୀକୁ ସୁନି ବୁଝାଇ ଦେବାକୁ ଯାଇ କହିଲା– "ସତୀ ତୁ ଜାଣିନୁ ୧୯୪୫ ମସିହା ବେଳକୁ ଦ୍ୱିତୀୟ ବିଶ୍ୱଯୁଦ୍ଧ ଶେଷ ହେବା ଉପରେ । ନାଜି ଜର୍ମାନ ଓ ଫାସିଷ୍ଟ ଇଟାଲିର ପତନ ହୋଇସାରିଥିଲା । ବିଶ୍ୱରେ ଶାନ୍ତି ପ୍ରତିଷ୍ଠା ପାଇଁ କେବଳ ଜାପାନର ପରାଜୟ ଅତି ଜରୁରୀ ଥିଲା । ସେତେବେଳକୁ ଜାପାନର ଦଖଲରେ ଥିଲା, ଏସିଆର ବ୍ୟାପକ ଅଞ୍ଚଳ । ପୁଣି ବିଭିନ୍ନ ମହାସାଗର ମଧରେ ଜାପାନର ଶକ୍ତିଶାଳୀ ନୌ-ବାହିନୀ ଅପରାଜେୟ ରହିଥିଲା । ଆମେରିକା ବିରୋଧରେ ସେ ଯୁଦ୍ଧ ଜାରି ରଖିଥିବାରୁ ସବୁବେଳେ ବିପଦ ଆଶଙ୍କା କରାଯାଉଥିଲା ସେହି କ୍ଷୁଦ୍ର ଦ୍ୱୀପରାଷ୍ଟ୍ର ପକ୍ଷରୁ । ତୁରନ୍ତ ଆତ୍ମସମର୍ପଣ କରିବା ନିମନ୍ତେ ଆମେରିକା ବାରମ୍ବାର ଧମକ ଦେବା ସତ୍ତ୍ୱେ ଜାପାନ ସେ କଥା ପ୍ରତି ଆଦୌ କର୍ଣ୍ଣପାତ କରୁ ନ ଥିଲା । ଜାପାନର ୬୭ଟି ପ୍ରମୁଖ ନଗର ଉପରେ ଆମେରିକାନ୍ ବିମାନ ଆକ୍ରମଣ ଚାଲିଥିଲେ ହେଁ ତାହା ଏତେଟା ପ୍ରଭାବ ପକାଇ ପାରୁନଥିଲା । ହିରୋସିମା ସହର ସମ୍ପୂର୍ଣ୍ଣ ନିରାପଦ ଥିଲା । ସେହି ଶିକ୍ଷାନଗରୀରେ ସାମରିକ ବିଭାଗର ଏକ ମୁଖ୍ୟ କମାଣ୍ଡ ଥିବା ଯୋଗୁ ଏହାର ଗୁରୁତ୍ୱ ଢେର ଅଧିକ ଥିଲା । ଏଣୁ ସେହି ନଗରୀକୁ ବୋମା ଦ୍ୱାରା ଧ୍ୱଂସକରି ଜାପାନର ମନୋବଳ ଭାଙ୍ଗିବା ପାଇଁ ଆମେରିକା ପକ୍ଷରୁ ପଦକ୍ଷେପ ନିଆଯାଇଥିଲା । ୧୯୪୫ ଅଗଷ୍ଟ ୬ ତାରିଖରେ ତିନୋଟି ବୋମାବର୍ଷୀ ବିମାନ ଉଠିଥିଲା ତିନିଆନ ଏୟାର ବେସରୁ । କର୍ନେଲ ପଲଟି ବେଟଙ୍କ ଅଧୀନରେ ଥିବା 'ଇନୋଲାଗେ' ନାମକ ବିମାନରେ ଥିଲା 'ଦି ଲିଟଲବଏ' ପରମାଣୁ ବୋମାଟିର ନାଁ । ଜାପାନୀମାନେ ଯୁଦ୍ଧ ବିମାନଗୁଡ଼ିକର ଉପସ୍ଥିତିକୁ ରାଡ଼ାରରେ ଜାଣିପାରି ଥିଲେ ହେଁ ପରମାଣୁ ବୋମା ବାବଦରେ ଅଜ୍ଞ ଥିବାରୁ ତାକୁ ସେତେ ଗୁରୁତ୍ୱ ଦେଇନଥିଲେ । ୧୯୪୫ ମସିହା ଅଗଷ୍ଟ ମାସ ୬ ତାରିଖ ସୋମବାର ଦିନ ସକାଳ ୮ଟା ୧୫ ମିନିଟ ସମୟରେ ଜାପାନର ହିରୋସିମା ନଗରୀ ଉପରେ ପରମାଣୁ ବୋମା ପକାଯାଇଥିଲା । ପରିଣାମ ସ୍ୱରୂପ ପୃଥିବୀର ସେହି ପ୍ରଥମ ପରମାଣୁ ବୋମା ଆକ୍ରମଣରେ ସେଦିନ ପ୍ରାଣ ହରାଇଥିଲେ ପ୍ରାୟ ୮୦ ହଜାର ଜାପାନୀ ଏବଂ ଆହତ ହୋଇଥିଲେ ଆଉ ୮୦ ହଜାର । ହିରୋସିମାର ୬୫ ପ୍ରତିଶତ କୋଠାବାଡ଼ି ଧ୍ୱଂସ ସ୍ତୁପରେ ପରିଣତ ହୋଇଥିଲା । ନିମିଷକ ମଧରେ ପ୍ରଭାତକାଳୀନ ବାଲସୂର୍ଯ୍ୟ କିରଣରେ ଉଦ୍ଭାସିତ ହେଉଥିବା ହିରୋସିମା ମାତ୍ର କେତେ ସେକେଣ୍ଡରେ ନିଜର ଅସ୍ତିତ୍ୱ ହରାଇବା ସହିତ କଳା ଧୂଆଁରେ ପରିଣତ ହୋଇ ଶ୍ମଶାନର ରୂପ ନେଲା ।

ସେହି କଳଙ୍କିତ ପ୍ରଳୟଙ୍କାରୀ ବିଧ୍ୱଂସର ଦିନ ଥିଲା ୧୯୪୫ ମସିହା ଅଗଷ୍ଟ ମାସ ୬ ଏବଂ ୯ ତାରିଖ । ସମଗ୍ର ମାନବ ଜାତି ପାଇଁ ଥିଲା ଏହା ଏକ କଳଙ୍କିତ ଅଧ୍ୟାୟ । ବିଂଶ ଶତାବ୍ଦୀର ସେହି ଲୋମହର୍ଷଣକାରୀ ଅବିଶ୍ୱସନୀୟ ଦୃଶ୍ୟ ପରମାଣୁ ମୋବାର ପ୍ରକୃତ ଭୟବହତା ପ୍ରଦର୍ଶିତ କରିଥିଲା । ସେହି ପ୍ରଳୟ ଅଗ୍ନିଶିଖରେ ତତ୍କାଲ ପ୍ରାଣ ହରାଇଥିଲେ ୭୧,୦୦୦ ନିରପରାଧ ନିରୀହ ମଣିଷ । ସକାଳ ୮ଟା ୧୬ ମିନିଟ୍ରେ ଆମେରିକାର ପରମାଣୁ ବୋମାବର୍ଷୀ ବିମାନ 'ଏନୋଲାଗେ'ରୁ 'ଲିଟିଲ ବଏ' ନାମକ ପରମାଣୁ ବୋମା ନିକ୍ଷେପ କରାଯାଇ ନିମିଷକ ମଧରେ ଏକ ପ୍ରାଚୁର୍ଯ୍ୟପୂର୍ଣ୍ଣ

ନଗରୀକୁ ଧୂଳିସାତ କରିଦିଆଗଲା। ଯାହା ଫଳରେ ନିରୀହ ସାଧାରଣ ମଣିଷ ଯେଉଁମାନେ ଗ୍ରୀଷ୍ମ ରତୁରେ ସାକୁରା ପୁଷ୍ପ ପ୍ରସ୍ଫୁଟିତ ଉଦ୍ୟାନ ନଗରୀ ହିରୋସିମାରେ ସୁନେଲି ସକାଳକୁ ଉପଭୋଗ କରୁଥିଲେ ସେମାନେ ସମସ୍ତେ ପ୍ରାଣ ହରାଇଥିଲେ। ଦୁଃଖ ଲୁହଲୁହୁ ଭିଜା କାହାଣୀକୁ ଯେତେ ଲେଖିଲେ ବି ସତେ ଯେପରି ତା'ର ଅନ୍ତ ନାହିଁ।

୮୦,୦୦୦ ଲୋକ ପୋକମାଛି ଭଳି ନିମିଷକ ଭିତରେ ମରିଗଲେ। ମଣିଷଙ୍କ ଶବ ଲମ୍ୱା ଧାଡ଼ିରେ ଦେଖିବାକୁ ମିଳିଥିଲା ବହୁତ ଦୂରଯାଏ। ଯେଉଁମାନେ ମରିଗଲେ ସେମାନେ ତରିଗଲେ। କିନ୍ତୁ ଯେଉଁମାନେ ବଞ୍ଚିରହିଥିଲେ ସେମାନଙ୍କ ଦୁଃଖ ଦୁର୍ଦ୍ଦଶା କହିଲେ ନସରେ। ପରମାଣୁ ବୋମାର ବିଭୀଷୀକାରେ ଆକ୍ରାନ୍ତ ଅଧିକାଂଶ ହୋଇଯାଇଥିଲେ ଅନ୍ଧ, ବିକଳାଙ୍ଗ, ଅନେକଙ୍କର ହାତଗୋଡ଼ ସେମାନଙ୍କ ଆଖି ଆଗରେ ଜଳୁଥିଲା। ଏହାଠୁ ଆଉ ହୃଦୟ ବିଦାରକ ଦୃଶ୍ୟ କ'ଣ ହୋଇପାରେ ? ରାସ୍ତାଘାଟ ଘରଦ୍ୱାର ସବୁକିଛି ଜଳୁଥିଲା। ଗଛଲତା ବି ବାଦ୍ ପଡ଼ି ନ ଥିଲେ। ଏକ କଳା ବହଲିଆ ମାଟି ଓ ଧୁଆଁ ସମସ୍ତ ଗୋରା ତକତକ ଭାଇଭଉଣୀଙ୍କୁ କଳା ରଙ୍ଗର ପୋଡ଼ା ଅଙ୍ଗାର ଭଳିଆ ଚେହେରା ପ୍ରଦାନ କରିଥିଲା। ବିସ୍ଫୋରଣ ହେବାର ନିମିଷେକ ମୁହୂର୍ତ୍ତରେ ସମସ୍ତଙ୍କ ଦେହରେ ଥିବା ପୋଷାକ ଜଳିଯାଇଥିଲା। ବିସ୍ଫୋରଣସ୍ଥଳର ଦୁଇ କିଲୋମିଟର ବ୍ୟାସ ଅଞ୍ଚଳରେ କୋଠାବାଡ଼ି, ରାସ୍ତାଘାଟ, ଜୀବଜନ୍ତୁ ମରିଯାଇଥିଲେ। ଏହି ଧୂଳି ସହିତ ଘନକୁହୁଡ଼ି ଭଳି ଧୂଳି ଆଚ୍ଛାଦିତ ହୋଇଯାଇଥିଲା। ସବୁକିଛି ସେହି ଧୂସର କଳାମାଟିରେ ରଙ୍ଗିନ୍ ହୋଇଯାଇଥିଲା। ବହିଯାଉଥିବା ଜଳସ୍ରୋତର ଅବସ୍ଥା ମଧ୍ୟ ଥିଲା ସେଇଆ। ସୃଷ୍ଟି ହୋଇଥିବା ପ୍ରଚଣ୍ଡ ଶବ୍ଦ ଏବଂ ବାୟୁର ପ୍ରଚଣ୍ଡ ଚାପଥିଲା ମଣିଷ ଭଳି ନିରୀହ ଏବଂ ନରମ ଶରୀରଧାରୀ କ୍ଷୁଦ୍ର ଜୀବ ପାଇଁ ଅସହ୍ୟ ଏବଂ ଦାରୁଣ। ୫ କିଲୋମିଟର ପର୍ଯ୍ୟନ୍ତ ଅଞ୍ଚଳର ଲୋକ ସମ୍ପୂର୍ଣ୍ଣ ଭାବେ ଦୃଷ୍ଟିଶକ୍ତି ଏବଂ ଶ୍ରବଣଶକ୍ତି ହରାଇ ବସିଥିଲେ। କାନର ପରଦା ଫାଟିଯାଇ ରକ୍ତସ୍ରାବ ହୋଇଥିଲା। ବୋମା ବିସ୍ଫୋରଣ ସମୟରେ ସୃଷ୍ଟି ହୋଇଥିବା ବାୟୁଚାପ ସାଧାରଣ ବାୟୁଚାପଠାରୁ ୧୦ ଲକ୍ଷ ଗୁଣରୁ ଅଧିକ ଥିଲା ବୋଲି ସେତେବେଳର ବୈଜ୍ଞାନିକମାନେ ମତପୋଷଣ କରିଛନ୍ତି। ବୋମା ପଡ଼ିବା ସ୍ଥାନରେ ତାପମାତ୍ରା ଦଶଲକ୍ଷ ସେଣ୍ଟିଗ୍ରେଡ୍ ଏବଂ ସେଥିରୁ ସୃଷ୍ଟି ଶକ୍ତିର ପରିମାଣ ଲକ୍ଷେକୋଟି କିଲୋ କ୍ୟାଲୋରୀ ଥିଲା ବୋଲି କୁହାଯାଏ। ପରମାଣୁ ବୋମାର ପ୍ରମୁଖ ୩ଟି ଧ୍ୱଂସକାରୀ ଶକ୍ତି ମଧରେ ପ୍ରଥମ ଦୁଇଟି କ୍ଷୟକାରୀ ଏବଂ ଦହନକାରୀ ହୋଇଥିବା ବେଳେ ତୃତୀୟଟି ଥିଲା ଆହୁରି ମାରାତ୍ମକ। ଯାହା କି ଥିଲା ତେଜସ୍କ୍ରିୟ ବିକିରଣ। ବୋମା ବିସ୍ଫୋରଣ ସମୟରେ ଏଥିରୁ ବିଚ୍ଛୁରିତ ୟୁରାନିୟମ ପରମାଣୁ ଭାଙ୍ଗିଯାଇ ପ୍ରବଳ ଶକ୍ତି ଉତ୍ପନ୍ନ ହେବା ସହ ଗାମାରଶ୍ମି ଏବଂ ରଞ୍ଜନ ରଶ୍ମି ବିକିରିତ ହୋଇଥିଲା ଯାହାକି ଶରୀର ଉପରେ ମାରାତ୍ମକ ପ୍ରଭାବ ପକାଇଥାଏ। ଏହା କର୍କଟ ରୋଗ ଭଳି ମାରାତ୍ମକ ରୋଗ ସୃଷ୍ଟି କରିବା ସହ ବିଭିନ୍ନ ଅଙ୍ଗକୁ ଅକାମୀ କରିଦେଇଥାଏ। ୩୬ ହଜାର କୋଠାଘର ଆଖିପିଚୁଳାକେ ଧ୍ୱଂସପାଇ ମାଟିରେ ମିଶିଯାଇଥିଲା। ବାୟୁମଣ୍ଡଳରେ ପ୍ରଚଣ୍ଡ ଉତ୍ତାପ ସହ ଏକପ୍ରକାର ବିଷାକ୍ତ ଗ୍ୟାସ ଯୋଗୁ ଦୁର୍ଗନ୍ଧ ବାହାରୁଥିଲା। ଅନେକ ବ୍ୟକ୍ତି ବଞ୍ଚିଥାଇ ବି ନିଜ ନିଜର ଜ୍ଞାନ ଓ ଚେତନା ହରାଇ ବସିଥିଲେ। ବିସ୍ଫୋରଣ ଦିନରୁ ଅନେକ ଦିନ ପର୍ଯ୍ୟନ୍ତ ଶବଗୁଡ଼ିକ ଜଳୁଥିବାର ଦେଖାଯାଇଥିଲା। ମା' ଦେଖିପାରୁ ନ ଥିଲା ତା' ଛୁଆର ଶବରେ କିପରି ନିଆଁ ଲାଗିଥିଲା। ଅଧିକାଂଶ ଲୋକଙ୍କର ଆଖିଡୋଲା ବାହାରକୁ ବାହାରି ଆସିଥିଲା। ଚର୍ମଗୁଡ଼ିକ ନିଆଁ ଧାସରେ ଓହଲିଯାଇଥିଲା। ବିକଳାଙ୍ଗ ହିଁ ବିକଳାଙ୍ଗ। ବିଂଶ ଶତାଦ୍ଦୀର ଏହି ଲୋମହର୍ଷଣକାରୀ ଘଟଣା ପାଇଁ ଦାୟୀ ସେଇ ପରମାଣୁ ବୋମାକୁ ଲୁଚିଛପି ଯେଉଁ ବୈଜ୍ଞାନିକମାନେ ପ୍ରସ୍ତୁତ କରିଥିଲେ। ସେମାନେ ମଧ୍ୟ ହୁଏତ ଜାଣି ନଥିଲେ ଯେ ସେମାନଙ୍କ ଦ୍ୱାରା ପ୍ରସ୍ତୁତ ବୋମା ଏଭଳି ପୈଶାଚିକ କାଣ୍ଡ ଘଟାଇବ ବୋଲି ? ବୋଧହୁଏ ନୁହେଁ।

ସେଇଥିପାଇଁ ସୋମବାରକୁ ସେହିଦିନଠାରୁ ସେଠାରେ କଳା ସୋମବାର, ଅଶୁଭ ଦିନ ଓ କଳାବାର ଭାବରେ ଗ୍ରହଣ କରାଯାଇଛି।

ସୁନି କଥା ଶୁଣି ସତୀ ପଚାରିଲା "ସିଏ କ'ଣ ସେଇଥିପାଇଁ ଆଜି ମନ୍ଦିରକୁ ଆସିଲେ ନାହିଁ କି ?"

"ନା ସତୀ ସେଥିପାଇଁ ନୁହେଁ। ଜାପାନରେ ସୋମବାର କାଲବାର ବା କଳା ସୋମବାର ଭାବରେ ପାଳନ କରାଯାଏ। କିନ୍ତୁ ଆମ ଦେଶରେ ତାହା ତ ଶୁଭଦିନ ଭାବରେ ପରିଚିତ। ମହାଦେବଙ୍କ ପ୍ରିୟ ବାର ଭାବେ ପ୍ରସିଦ୍ଧିଲାଭ କରିଛି। ସିଏ ସେଥିପାଇଁ ଆସିଲେ ନାହିଁ ନୁହେଁ। ତାଙ୍କର ନ ଆସିବାର ଅନ୍ୟ କାରଣ ଅଛି।"

"ସୁନି ମୁଁ ଭାବୁଛି ସିଏ ବୋଧେ ସେଥିପାଇଁ ଆସିଲେ ନାହିଁ।"

"ନା ସତୀ ନା। ସିଏତ ପୁଣି କାର୍ତ୍ତିକ ମାସର ସବୁ ସୋମବାରରେ ଆସିଥିଲେ। ସିଏ ସୋମବାରକୁ ଅଶୁଭ ବାର ବା ଦିନ ଭାବରେ ବାରି ନାହାନ୍ତି। ତାଙ୍କର ଅନ୍ୟ କିଛି ଅସୁବିଧା ଥାଇପାରେ।

ଲକ୍ଷ୍ୟ ହାସଲରେ ସାମାନ୍ୟ ବ୍ୟକ୍ତିକ୍ରମ ଘଟିଲେ ବ୍ୟକ୍ତି ତା'ର କାରଣ ଖୋଜିବାକୁ ଯାଇ ଟିକିନିଖ୍ କଥାକୁ ଧରିବସେ। ଯେପରି ସତୀ ଆଜି ଅଧର ମନ୍ଦିରକୁ ଠାକୁରଙ୍କ ବାରିରେ ନ ଆସିବାରୁ ତା'ର କାରଣ ଅନୁସନ୍ଧାନ କରିବାକୁ ଯାଇ ସୋମବାରକୁ ଜାପାନୀମାନଙ୍କ ଦୃଷ୍ଟିରେ ଦେଖିବା ଆରମ୍ଭ କରିଦେଲା।

ସେମାନେ ଘରକୁ ଫେରିଥିଲେ। ଘରେ ପହଞ୍ଚି ସତୀ ଖାଇବସିଲା। ତା'ର ମନ୍ଦିରରୁ ଫେରିବା ବିଳମ୍ବ ଲାଗି ଓ ମନ୍ଦିରରେ ଏତେ ସମୟ ରହିବାର କାରଣ ବିଷୟରେ ତାକୁ ସବିତା କିଛି ପଚାରିଲେ ନାହିଁ।

ସତୀ କିନ୍ତୁ ନିଜକୁ ଦୋଷୀ ମଣୁଥିଲା। ଚୋର ମନ ଚୋରି ଗଣ୍ଡିଲି ନ୍ୟାୟରେ ସବିତା ତା'ଆଡ଼କୁ ଟିକେ ଅନାଇଦେଲେ ତା'ମନ ଛୋଭ ଖାଉଥିଲା। ଛାତିରେ ଛନକା ପଶିଯାଉଥିଲା। ମନରେ ଆଶଙ୍କା ଜନ୍ମୁଥିଲା। କାଲେ ବୋଉ ତାକୁ ଡେରିକରି ଫେରିବା କଥା ପଚାରିଦେବ। ଯଦି ପଚାରେ ତେବେ ସେ, ତା'ବୋଉ କଥାର କ'ଣ ଜବାବ ଦେବ। କଥାର ସନ୍ତୋଷଜନକ ଉତ୍ତର ଦେଇ ନପାରିଲେ ବୋଉ ମନରେ ନିଶ୍ଚୟ ତା'ପ୍ରତି ସନ୍ଦେହ ଜନ୍ମିବ। ମନରେ ଥରେ କାହାପ୍ରତି ସନ୍ଦେହ ଜାତହେଲେ ତା'ପରଠାରୁ ନିଶ୍ଚୟ ତା' ଗତିବିଧ୍ ଉପରେ ତୀକ୍ଷ୍ଣ ନଜର ରଖିବ। ସେ ଯଦି କୌଣସି କାରଣରୁ ଧରାପଡ଼ିଯାଏ ତେବେ ତା'ର ଅବସ୍ଥା କ'ଣ ହେବ ? ତା' ବୋଉର ତା' ଉପରେ ଯେଉଁ ଅଟଳ ବିଶ୍ୱାସ ଓ ଅଗାଧ ଭରସା ରହିଛି ସେ ବିଶ୍ୱାସରେ ଏବଂ ଭରସାରେ ସେ ନିଜେ ବିଷ ଦେଇସାରିଛି। ଏକଥା ଜାଣିପାରିଲେ ତା' ବୋଉର ତା' ପ୍ରତି ଥିବା ମନୋଭାବରେ ନିଶ୍ଚୟ ପରିବର୍ତ୍ତନ ଘଟିବ। ଥରେ ବିଶ୍ୱାସ ଟୁଟିଗଲେ କିମ୍ବା ଭରସା ଭାଙ୍ଗିଗଲେ ମନରେ ସନ୍ଦେହ ଜାତ ହେବ। ବରଂ ସେ ସନ୍ଦେହ କ୍ରମେକ୍ରମେ ଦୃଢ଼ିଭୂତ ହେବ କେବେ ବି କମିବ (ଦୂର ହେବ) ନାହିଁ। ତା'ପରେ ତା'ର ଚାଲିଚଲନ ଓ ଗତିବିଧ୍ ଉପରେ ତା' ବୋଉ ତୀକ୍ଷ୍ଣ ଦୃଷ୍ଟି ଓ ସତର୍କ ନଜର ରଖିବ। ବୋଉ ନଜରରୁ ସେ ଖସିଯାଇ ପାରିବନି କେବେ। ଧରାପଡ଼ିଗଲେ ସେ ଆଉ ତା'ବୋଉ ଆଗରେ ମୁହଁ ଦେଖାଇ ପାରିବ ତ ?

ମନରେ ଏ ପ୍ରକାର ଆଶଙ୍କା ମଧ୍ୟ ଜନ୍ମୁଥିଲା। ଯଦି କଥା ପ୍ରଘଟ ହୋଇଯାଏ। ସେ ମନ୍ଦିରକୁ ଠାକୁରଙ୍କ ଦର୍ଶନ ପାଇଁ ଯାଉନାହିଁ। ଯାଉଛି ଜଣେ ଯୁବକଙ୍କୁ ଦେଖା କରିବା ଲାଗି। ମନ୍ଦିରରେ ସେମାନଙ୍କ ମଧ୍ୟରେ ଭେଟ ହେଉଛି। ସେ ତାଙ୍କ ସହିତ ସାକ୍ଷାତ କରିବା ପାଇଁ ତାଙ୍କ ଅପେକ୍ଷାରେ ମୁଖଲାଲାରେ ଦୀର୍ଘ ସମୟ ଧରି ବସିରହୁଛି। ସୁନି ସହିତ କଥାବାର୍ତ୍ତା ହେବା ଗୋଟେ ଆଲ ଏବଂ ଠାକୁର ବାବାଙ୍କଠାରୁ ଗପ ଶୁଣିବା ମଧ୍ୟ ଏକ ବାହାନା। ଏକଥା ସ୍ୱୀକାର କରାଯାଏ ଯେ ସତ ନିଶ୍ଚୟ ପଦାରେ ଦିନେ ନା ଦିନେ ପ୍ରକାଶ ପାଇବ। ପାପକୁ (ସତକୁ) ଘୋଡ଼ାଇବା ଲାଗି ଚେଷ୍ଟା କରୁଥିବା ମଣିଷକୁ ନିଆଁକୁ ଅଣ୍ଟିରେ ଲୁଚାଇ ରଖିବାର ଦଶା ଭୋଗିବାକୁ ହୋଇଥାଏ। "ସତ୍ୟମେବ ଜୟତେ ନାନୃତମ୍। ସତ୍ୟେନ୍ ପନ୍ଥା ବିତ ତୋ ଦେବୟାନଃ (ମଣ୍ଡୁକ ଉପନିଷଦ) ଏ ବାଣୀର ପ୍ରଥମ ପଙ୍କ୍ତି ସ୍ୱାଧୀନ ଭାରତର ରାଷ୍ଟ୍ରୀୟ ପ୍ରତୀକ। ସତ ନିଶ୍ଚୟ ଜିତିବ-ମିଛ ନୁହେଁ। ଦେଶ ପାଇଁ ଏବଂ ଦେଶଠାରୁ ଜନମାନର ଏହା ସବୁଠୁ ପବିତ୍ର ଆଶା। ଅପରାଦେୟ ଏବଂ ଅନମନୀୟ।

ତା'ପରେ ତା' ଅବସ୍ଥା କ'ଣ ହେବ ? ସେ ନିଜ ଘରଲୋକଙ୍କୁ ଓ ଆପଣାର ସାଥୀମାନଙ୍କୁ ମୁହଁ ଦେଖାଇପାରିବନା ? ଗାଁ ଦାଣ୍ଡରେ ମୁଣ୍ଡ ଟେକି ବାଟ ଚାଲିପାରିବ ତ ? ତା' ବୋଉର ତା' ଉପରେ ଥିବା ଅଗାଧ ସ୍ନେହ, ନିର୍ଭରଯୋଗ୍ୟ ଆସ୍ଥା, ଅଟୁଟ ଭରସା, ସରଳ ବିଶ୍ୱାସର ସୁଯୋଗ ନେଇ ସେ ଅବାଟରେ ପାଦ ଦେଇଛି ବୋଲି ଯେତେବେଳେ ଜଣାପଡ଼ିବ । ତା' ବୋଉ ସେ କଥା ସବୁ ଜାଣିସାରିଲା ପରେ ସେତେବେଳେ ତାକୁ କିପରି ଭାବରେ ଗ୍ରହଣ କରିବ ସେ କଥା କିଏ କହିପାରିବ ? କଥାଟାକୁ ସେ କେବେ ବି ସହଜ ଭାବରେ ନେବନାହିଁ । କାରଣ ସେ କଥା ଯୋଗୁ ଉଠିଥିବା ଅପବାଦ ଓ ସେ ଘଟଣା ଲାଗି ଉପୁଜିଥିବା ବଦନାମ ଦ୍ୱାରା ତା'ବୋଉ ମଧ୍ୟ ସମାଜରେ ତା'ସହିତ ବି ନିନ୍ଦିତ ହେବ । ଏପରି କି ତାଙ୍କ ପରିବାର ସୁଦ୍ଧା ।

ତା'ବୋଉ ଯେଉଁ ଦମ୍ଭରେ ଟିକିଏ କଥାରେ କହିଦିଏ ଯୋଉ ଆଖ୍ୱରେ ସାମାନ୍ୟ ଘଟଣାରେ ମୁହଁତୋଡ଼ ଦେଖାଇଥାଏ "କାହା ଜିଭରେ ହାଡ଼ ଅଛି ନା କାହା ବାପର ବହପ ଅଛି ମୋ ସତୀ ନାଁରେ କିଛି ଗୋଟେ ଅପନିନ୍ଦା କହିଦେବ କିୟ ତା'ର କୌଣସି ଅବିଗୁଣ ଦେଖାଇପାରିବ ?" ମାତ୍ର ଏ ଘଟଣା ଘଟିଗଲାପରେ ଓ ଏଭଳି ତୁଣ୍ଡ ବାଇଦ ଉଠିଲା (ରଟିଲା) ବାଦ ତା' ନାଁରେ କହିବା ପାଇଁ ଏବଂ ତା'ବାବଦରେ ଉପଲକ୍ଷ୍ୟ ଦେଖାଇବା ଲାଗି ଆଉ ହାଡୁଆ ଜିଭର କିୟ ବହପ ଥିବା ବାପର– ପୁଅ ଅଥବା ଅପବାଦ ନତୁବା ଅବିଗୁଣ ଦେଖାଇ ଦେବାକୁ ତୀକ୍ଷ୍ଣ ଦୃଷ୍ଟି (ଶକ୍ତି) ଥିବା ବ୍ୟକ୍ତିଙ୍କର ଆବଶ୍ୟକ ହେବନାହିଁ । ମାଉଁସିଆ ନରମ କଅଁଳ ଜିଭ ଓ ବାପଛେଉଣ୍ଡ ଅଣବାପୁଆ ପୁଅ ଆଉ ଦୃଷ୍ଟିହୀନମାନେ ମଧ୍ୟ ତା' ନାଁରେ କିଛି କହିବାକୁ ଓ କୌଣସି ଉପଲକ୍ଷ୍ୟ ଦେବାକୁ ସମର୍ଥ ହେବ । ସେ କଥା କହିବାକୁ ବକ୍ତୃତା ଦେବାରେ ପାରଦର୍ଶିତା ଲାଭ କରିଥିବା ଓ କଥା କହିବାରେ ପଟୁତା ହାସଲ କରିଥିବା ବ୍ୟକ୍ତିକୁ ଖୋଜାପଡ଼ିବ ନାହିଁ । ଯୁକ୍ତି ଉପସ୍ଥାପନ କରିପାରୁଥିବା କିୟ ତର୍କ ବିଶାରଦମାନଙ୍କର ଆବଶ୍ୟକ ହେବନାହିଁ । ଶାସ୍ତ୍ର ବିଷୟରେ ଅଭିଜ୍ଞତା ଥିବା ବ୍ୟକ୍ତି ଅଥବା ପୁରାଣ ଓ ଉପନିଷଦରୁ ଉଦାହରଣ ମାନ ପ୍ରୟୋଗରେ ଧୁରନ୍ଧର ଲୋକ(ଷଡ଼୍ଦର୍ଶୀ) ମାନଙ୍କର ସୁଦ୍ଧା ଦରକାର ପଡ଼ିବ ନାହିଁ । ଯିଏ ପାର ସିଏ ସେ ସମ୍ବନ୍ଧରେ ଦି' ଚାରିପଦ କହି ଦେଇପାରିବ । ସତ ସହିତ କିଛି ମନଗଢ଼ା ମିଛ କଥାକୁ ଯୋଡ଼ି ଜାଡ଼ି ମନଭୁଲାଣିଆ ଶ୍ରୁତିମଧୁର ଭାଷଣଟିଏ ଦେଇପାରିବ । ମିଠାକଥା କହିବାରେ ପଟୁତା ହାସଲ କରିପାରିଥିବା ଲୋକକୁ ଲୋଡ଼ା ହେବନି (ଖୋଜିବାକୁ ପଡ଼ିବନାହିଁ) । ଗାଁ ଦାଣ୍ଡରେ, ସାଇଭାଇରେ, ସାଙ୍ଗ ମେଲରେ, ସାଥୀଙ୍କ ଗହଣରେ, ମାଇପି ମହଲରେ, ଅଭିଆଡ଼ିମାନଙ୍କ ଭିତରେ କଥା ପଡ଼ିବ "ଛି, ଛି, ସତୀଟା ପୁଣି ଏମିତି ପିଲାଲୋ ମା। ପୋତାମୁହଁ, ବେକଭାଙ୍ଗି ତଳକୁ ଅନାଇ ବାଟ ଚାଲେ । ଯେମିତି ଗାଁଦାଣ୍ଡ ଚଲାବାଟରେ କିଛି ହଜାଇ ଦେଇଥିବା ଜିନିଷ ଖୋଜୁଛି । ତା' ଭିତରେ ପୁଣି ଏତେ ଅବିଗୁଣ ଥିଲା ? ମଉନମୁହଁ ଆଖ୍ୱବୁଜି କ୍ଷୀର ପିଉଥିଲା । ଚୁପ୍ ଶଇତାନିଟିଏ ଏକା । ବାହାରକୁ ଭାରି ଭଲେଇ ହୁଏ । ନରମଣିଷକୁ କଥା କୁହେନା । ଭାରି ସତୀପଣିଆ ଦେଖେଇହୁଏ । ଯେମିତି କିଛି ଜାଣିନି । ଆଖ୍ୱଉଠେଇ କାହାରିକୁ ଅନାଏ ନାହିଁ । ନାଇ କଅଁଳ ଶେଜ ଶୁଆ ଛୁଆ । ଭିତରେ ଭିତରେ ଏତେ ଘାତରେ ପାଣି ଚାଖ୍ୱଲାଣି । ଏତେ ତୁଠରେ (ବୁଡ଼ ପକାଉଛି) ଗାଧୋଉଛି । ବୁଡ଼ି ବୁଡ଼ି ପାଣି ପିଉଛି । ପ୍ରୀତି କରୁଛି । ଚୋରା ପିରତି । ଭାରି ଜାଣି ସିଆଣି ହେଲାଣି । ନାଁ ପକେଇଲା । ବାପଭାଇଙ୍କ ମୁହଁରେ କଳା ବୋଲିଲା । ବଂଶବୁନିଆଦିରେ କଳଙ୍କ ଲଗେଇଲା । ଅପବାଦ ଆଣିଲା ପରିବାର ପାଇଁ, ଗାଁ ଲାଗି ସୁଦ୍ଧା । ସାଇପଡ଼ିଶାକୁ ବଦନାମ କଲା । ଭାବୁଥିଲା କେହି ଜାଣିପାରିବେ ନାହିଁ । କେହି କିଛି ଟେର ପାଇବେନି । ସେ ବିଷୟ ସମ୍ବନ୍ଧରେ ନାଁ ଗନ୍ଧ ସୁଦ୍ଧା ମିଳିବ ନାହିଁ । କେହି ସୁରାକ ବି ପାଇବେନି । ଧରିପାରିବେନି ତା' ଗୋପନ କାମର ତଥ୍ୟ । ଆରେ ଯେତେ ଗଭୀର ପାଣିରେ ବୁଡ଼ି ମଳତ୍ୟାଗ କଲେ ସେ କ'ଣ ଲୁଚି ରହିବ ? ମଳ୍‌ପା ଉପରକୁ ଭାସି ଉଠିବ । ଖାସ୍ ତା ବୋଉର ମୁହଁ ପାଇ

ସେ ଏତେ ବାଟ ଆଗେଇ ଯିବାକୁ ସାହସ କରିପାରିଲା। ମା' ବଳ ଦେଇଥିଲା ଏବେ ସମ୍ଭାଳୁ। ବାପର ଦୋଷ କେହି ଦେବେନାହିଁ। ଓଲଟି କହିବେ "ଆହା ବିଚରା ସପନିଟା। କ'ଣ ଜାଣେ? ନିର୍ମାୟା ପୁରୁଷ। ଭୋଳା ମହେଶ୍ୱର। ଛନ୍ଦ କପଟ କିଛି ଜାଣେନାହିଁ। ବାଦଛେଦ ପାଖ ପଶେନା। ହିଂସା କିୟା ତୋଠର ମୋଠର ନିକଟରୁ ଦୂରେଇ ରହେ। ପାଖ ମାଡ଼ି ନଥାଏ ପରଆପଣା ମନୋବୃତ୍ତିର। ପୋଡ଼ିଲା କଙ୍କଡ଼ା ଲେଉଟାଇ ଶିଖିନି। ଗଧପରି ଖଟେ। ଗୋରୁ ପୁଣି ପେଟକୁ ଗଣ୍ଡେ ଖାଏ। ଘୁସୁରି ପରି ତା' କାମରେ ଲାଗିଥିବ ଦିନରାତି। ସଂସାର କଥା କିଛି ଜାଣେନା। ଖବର ରଖେନା ଘର ହାନିଲାଭର। ପିଲାଛୁଆଙ୍କ ଭଲମନ୍ଦ ବୁଝେନା କିଛି ଜମା। ଘୁସୁରି ପରି ପରିଶ୍ରମ କରି ଯାହା ଭେଇବ। ସବୁ ଆଣି ମାଇପ ପାଖେ ଥୋଇବ। ସବୁ ତ ସବିତା ସମ୍ଭାଳେ। ଖାସ୍ ତାଆରି ଯୋଗୁ ଝିଅଟା ଅବାଟରେ ପାଦଦେଲା। ଅରମା ମାଡ଼ିଗଲା। ଅମଡ଼ା ରାସ୍ତାରେ ଚାଲିଲା। ଅପଥର ପଥିକ ହେଲା। ଗାଁକୁ ବଦନାମ କଲା। ଘରର ନାଁ ପକାଇଲା। ପରିବାର ଭିତରେ ବିଶୃଙ୍ଖଳା ପୂରାଇଲା। କୁଳକୁ ଭସେଇ ଦେଲା ଜାଣ ଏକ ପ୍ରକାର। ସୁନାପୁରକୁ ଚୁନା କଲା। ବଂଶକୁ କଳଙ୍କିତ କରିଦେଲା। ବୁନିଆଦିରେ ଅପଯଶ ଲଗାଇଦେଲା। ସପନି ସଂସାରକୁ ନିନ୍ଦିତ କରି ଉଛନ୍ନ କରିଦେଲା।

ସତୀ ମୁହଁ ଧୋଇସାରି ପିଣ୍ଢାରେ ବସିଲା। ସବିତା ଅଇଁଠା ଉଠାଇ ନେଇ ବାସନ ମାଜିବାକୁ ଚାଲିଗଲେ। ସତୀ ପିଣ୍ଢାରେ ବସି ଭାବି ଚାଲିଥିଲା। ଏଇ ବୋଉ, ଯାହାର ତା'ଉପରେ ଅଗାଧ ବିଶ୍ୱାସ ଓ ଅଟୁଟ ଭରସା ରହିଛି। ଯାହା ଆଖିକୁ ତା'ର ପ୍ରତ୍ୟେକ କାମ ସୁନ୍ଦର ଦିଶେ। ଯାହାର କାନକୁ ତା'କଥା ସବୁ ମଧୁର ଶୁଭେ। ଯିଏ ତା'ର କୌଣସି କାର୍ଯ୍ୟରେ କେବେ ବି ବାଧା ଦିଏନି। ତଳେ ପକାଏନା ତା'ର କୌଣସି ଦାବିକୁ। ତା'ର କୌଣସି କାମରେ କ'ଣ ଭୁଲ ଭଟକା ହୋଇଯାଉ ନଥିବ ନା। ତଥାପି ସେ ତ୍ରୁଟିକୁ ନ ଧରି ସେ ତା' କାମକୁ ତାରିଫ କରିଛି। ତା'ର ପ୍ରତ୍ୟେକ କଥା କେବେ ବି ଶ୍ରୁତିମଧୁର ଓ ନିର୍ଭୁଲ ହେଉନଥିବ। କଦବାଏ କୃତିତ ରୁକ୍ଷ ନିର୍ଘଣ୍ଟ ହେଉଥିବ। କିନ୍ତୁ ସେ ତା'ର ସବୁ କଥାର ପ୍ରଶଂସା କରିଆସିଛି। ତା'ର ସମସ୍ତ ଦାବି କ'ଣ ଯଥାର୍ଥ ହୋଇଥିବ କି? କେବେ ନୁହେଁ। ତେବେ ସୁଦ୍ଧା ତା'ର ଦାବି ପୂରଣ କରିବାକୁ ପ୍ରାଣପଣେ ଉଦ୍ୟମ କରିଛି। ତାଙ୍କର ତ ସହଜେ ଗରିବ ଘର। ଅଭାବ ଅନାଟନ ଓ ଅନେକ ଅସୁବିଧାସତ୍ତ୍ୱେ ସେ ତା'ର ଇଚ୍ଛା ପୂର୍ଣ୍ଣ କରିବା ଲାଗି ଯତ୍ପର ନାସ୍ତି ଯତ୍ନ କରିଆସିଛି। ନିଜର ପାରୁ ପର୍ଯ୍ୟନ୍ତ ତା' ମନଲାଖି, ଇଚ୍ଛା ମୁତାବକ ଜିନିଷ ଯୋଗାଇଦେବାକୁ ଚେଷ୍ଟ ଜାରି ରଖିଛି। ସେ ତା'ର ପ୍ରଥମ ସନ୍ତାନ ହୋଇଥିବାରୁ ତାକୁ ତା'ର ଅନ୍ୟ ଭାଇଭଉଣୀମାନଙ୍କଠାରୁ ଅଧିକ ସ୍ନେହ କରିଛି। ବେଶୀ ଶ୍ରଦ୍ଧା ଦେଇଛି। ଅତି ଆଦରରେ ତାକୁ ତା'ସହିତ ବସାଇ ବଳେଇ ବଳେଇ ଖୁଆଇଛି। ତା'ପାଇଁ ପ୍ରତି ଓଷାରେ ନୂଆ ପୋଷାକ କରିବା ଲାଗି ତା'ବାପାଙ୍କ ପାଖରେ ଅଳି କରିଛି। ତା'ର କୌଣସି କଥାରେ ପ୍ରତିବାଦ ଅବା ଆପତ୍ତି କିୟା ବିରୋଧ କରିନି ବରଂ ତା'ମନ ଖୁସି କରିବା ପାଇଁ ତା'ର ଅନ୍ୟ ଭାଇ ଭଉଣୀମାନଙ୍କ ପ୍ରତି ଅବହେଲା କରିଛି। ଅନ୍ୟାୟ କରିଛି। ପକ୍ଷପାତ କରିଛି। ଉଚିତ ବିଚାର କରିନି ସେମାନଙ୍କ ପ୍ରତି। ଉପଯୁକ୍ତ ନ୍ୟାୟ ପ୍ରଦାନ କରିନି ସେମାନଙ୍କୁ, ଯାହା ସେମାନଙ୍କର ପ୍ରାପ୍ୟ। ପାତର ଅନ୍ତର କରିଛି ସେମାନଙ୍କ ଲାଗି। ଜଣେ ଜନ୍ମଦାତ୍ରୀ ମା' ହିସାବରେ ଯାହା କରିବା ତା'ର ଆଦୌ ଉଚିତ ନଥିଲା। ସେମାନଙ୍କୁ ସେମାନଙ୍କ ନ୍ୟାଯ୍ୟ ହକ୍‌ରୁ ବଞ୍ଚିତ କରିଛି ନିଜର ଅଜାଣତରେ ନୁହେଁ। ନିଜେ ଜାଣି ଜାଣି। ବୁଝି ସୁଝି। ସଚେତନ ଥାଇ। ଜ୍ଞାତସାରରେ। ଯାହା ସତୀ ନିଜ ଆଖିରେ ଦେଖିଆସିଛି ଓ ଆପଣା ଅଙ୍ଗେ ଲିଭାଇଛି।

ସେମାନେ ଗରିବ ବୋଲି ତା' ବାପା ଓ ତା' ତଳଭାଇ ପରଘରେ ମୂଲ ଲାଗନ୍ତି, ଅନ୍ୟର କ୍ଷେତରେ ମଜୁରି ଖଟନ୍ତି। ଭାଗକୁ ଆଣି ତା' ବାପା ଯେଉଁ ଜମି ଚାଷ କରିଥାଆନ୍ତି ସେ ବିଲକୁ ତା'ବୋଉ ଓ ତା'ସାନଭଉଣୀ ଦି'ଜଣ ବେବୁଷଣ ସମୟରେ ସେଠରେ କାମ କରନ୍ତି। ଅବଶ୍ୟ ପ୍ରଥମେ ସତୀ ତା' ବୋଉ ଓ ତା' ସାନ ଭଉଣୀମାନଙ୍କ ସହିତ ବିଲକୁ କାମ କରିବା ଲାଗି ଯାଉଥିଲା। ବିଲରେ ଚାଷ କାମ କରିବା ବହୁତ କଷ୍ଟସାଧ୍ୟ କାର୍ଯ୍ୟ। ସାରଦଧାନ ଚାଷର ବେଉଷଣ ବର୍ଷାଦିନରେ ହୋଇଥାଏ। ତୁହାକୁ ତୁହା ବର୍ଷା ସାଙ୍ଗକୁ କାନଅଟତ୍ରା ପଡ଼ିଲା ପରି ଘଡ଼ଘଡ଼ି ଶବ୍ଦ। ସେ ଶବ୍ଦ ଛାତି ଦୁଲୁକାଇ ଦିଏ। ସେଠିରେ ସୁଦ୍ଧା ବିଲରେ ରହି କାମ କରିବାକୁ ପଡ଼େ। ତା' ସହିତ ଘଡ଼ଘଡ଼ି ମାରିବା ସମୟରେ ବଜ୍ରପାତର ସମ୍ଭାବନା ମଧ୍ୟ ଅଛି। ଯାହାଦ୍ୱାରା ପ୍ରାଣହାନିର ଆଶଙ୍କା ରହିଛି। କେବଳ ମେଘ ବର୍ଷିଲାବେଳେ ତିନିଭଉଣୀ ଗୋଟିଏ ଛତାତଲେ ଠିଆ ହୋଇପଡ଼ନ୍ତି। ନିଜକୁ ବର୍ଷା ଦାଉରୁ ରକ୍ଷା କରିବାକୁ ଯାଇ ଗୋଟିଏ ଛତାରେ ତିନିଜଣ। ଯାହା କେବଳ ମୁଣ୍ଡଟି ରକ୍ଷାପାଏ। ପୂରା ଦେହ ବର୍ଷାରେ ଭିଜେ। ସବିତା ବର୍ଷା ବେଳେ ଛତାତଳକୁ ନଆସି ନିଜ ପିନ୍ଧା ଲୁଗାର କାନିକୁ ଦୁଇପରସ୍ତ କରି ମୁଣ୍ଡକୁ ଢାଙ୍କି ଦିଅନ୍ତି। ଗରିବ ଘର। ଘରେ କେବଳ ଗୋଟିଏ ଛତା ଭଲମନ୍ଦ ପାଇଁ ଅଛି। ଅଧିକ ଛତା କିଣିବାକୁ ଅର୍ଥର ଅଭାବ ରହିଛି। ଦାରିଦ୍ର ଦାଉ ସାଧେ।

ବର୍ଷାଦିନେ ବିଲରେ କାମ କଲେ କେବଳ ମେଘ ଓ ଘଡ଼ଘଡ଼ିର ଭୟ ନୁହେଁ ଆହୁରି ଅନେକ ଅସୁବିଧା ରହିଛି। ମେଘ ବେଳେ ବର୍ଷା ପାଣିରେ ତିତ୍ତିବା ସହିତ, ପାଣିରେ କାମ କରିବା ସମୟରେ ଜୋକ ଲାଗିବାର ଭୟ ମଧ୍ୟ ଥାଏ। ପାଣି ଭିତରେ ଥିବା ଗେଣ୍ଡା ହାତର ଆଙ୍ଗୁଳିକୁ ଓ ଗୋଡ଼ର ପାପୁଲିକୁ (ପାଦକୁ) କାଟି ଦେଇଥାଆନ୍ତି। ଗୋଡ଼ର ପାପୁଲି କଟିଗଲେ ରାଧାଷ୍ଟମୀ ଦିନ ଗାଁ ଠାକୁରଘର ମେଲାରେ ଯେଉଁଠି ଦୁଇ ସାଇର ଯୁବତୀମାନେ ଓଷା କରି ଭୋଗ ଲଗାଇଥାଆନ୍ତି। ସେଠି ଦୁଇସାଇ ଝିଅଙ୍କ ମଧ୍ୟରେ ପୁଟିଖେଲ ପ୍ରତିଯୋଗିତା ହୋଇଥାଏ। ଝିଅମାନେ ଖେଳନ୍ତି। ବୋହୂମାନେ ଦର୍ଶକ ସାଜନ୍ତି। ବିଚାରକ ହୁଅନ୍ତି ଦୁଇସାଇର ବୟସ୍କା ସ୍ତ୍ରୀଲୋକମାନେ। ଗୋଡ଼ର ପାପୁଲି ଗେଣ୍ଡା କାଟିନେଇଥିଲେ କିମ୍ୱା (ମଲା) ଶାମୁକାର ଦାନ୍ତ ବାଜି କଟିଯାଇଥିଲେ। କଟା (କ୍ଷତ) ଗୋଡ଼ରେ ପୁଟି ଭଲ ଖେଳିହୁଏ ନାହିଁ। ସେଠିପାଇଁ ପ୍ରତିବର୍ଷ ପୁଟିଖେଲରେ ବ୍ରାହ୍ମଣ ସାଇର ଝିଅମାନେ ଜିତିଥାଆନ୍ତି। ସେମାନେ ଉଚ୍ଚ ଜାତିର ହୋଇଥିବାରୁ ବିଲବାଡ଼ିରେ କାମ କରି ନଥାଆନ୍ତି। ସେଠିପାଇଁ ସେମାନଙ୍କ ଗୋଡ଼ ଅକ୍ଷତ ଥାଏ। କୈବର୍ତ୍ତ ସାଇର ଝିଅମାନେ ପ୍ରାୟତଃ ବେବୁଷଣ ସମୟରେ ବିଲରେ କାମ କରିଥାଆନ୍ତି। ସେମାନଙ୍କ ଗୋଡ଼ ଗେଣ୍ଡା କାଟି ଦେଇଥିବାରୁ ସେମାନେ ଭଲ ଭାବରେ ଦୀର୍ଘ ସମୟ ଧରି ପୁଟି ଖେଳିପାରନ୍ତି ନାହିଁ। ପାଣି କାଦୁଅରେ ଗୋଡ଼ ଗେଣ୍ଡା କାଟିବା ସହିତ କେଉଁଠି କେମିତି କାଦୁଅ ଭିତରେ ବୁଡ଼ି (ଲୁଟି, ପୋତିହୋଇ) ରହିଥିବା କଣ୍ଟା ଫୁଟି କିମ୍ୱା ଶାମୁକା ଦାନ୍ତ ବାଜି ଗୋଡ଼ର ପାପୁଲି କଟିଯାଇଥିବାରୁ କୈବର୍ତ୍ତ ସାଇର ସବୁ ଝିଅମାନଙ୍କ ଗୋଡ଼ ଅକ୍ଷ ବହୁତ ଜଖମ ଥାଏ। ପାଦର ଆହତଜନିତ କାରଣରୁ ସେମାନେ ବ୍ରାହ୍ମଣ ସାଇର ଝିଅଙ୍କଠାରୁ ଅଧିକ ପରିଶ୍ରମୀ ଓ ବେଶୀ କଷ୍ଟ ସହିଷ୍ଣୁ ହୋଇ ସୁଦ୍ଧା ସେମାନେ ଘରେ ଆରାମରେ ବସିରହିଥିବା ବା ସସ୍ଥ ସବଳ ବ୍ରାହ୍ମଣ ସାଇର ଝିଅମାନଙ୍କଠାରୁ ପୁଟିଖେଲ ପ୍ରତିଯୋଗିତାରେ ଅତି ସହଜରେ ହାରିଯାଇଥାଆନ୍ତି। ରାଧାଷ୍ଟମୀ ବର୍ଷା ଦିନେ (ଶରତ ଋତୁରେ) ବିଲରେ ଚାଷ କାମ ଚାଲିଥିବା ସମୟରେ ପଡ଼ିଥାଏ। ଯଦିଓ ବର୍ଷାର ଅନ୍ୟ ଦିନମାନଙ୍କରେ ସେମାନେ ବ୍ରାହ୍ମଣ ସାଇର ଝିଅମାନଙ୍କଠାରୁ ପୁଟି ଭଲ ଖେଳିଥାଆନ୍ତି। ମାତ୍ର ରାଧାଷ୍ଟମୀ ଦିନ (ନୁହେଁ) ପାରନ୍ତିନି।

ଗୋଡ଼ର ପାଦ କଟିଯାଇଥିବାରୁ ସେମାନେ ପୁଟି ଦୀର୍ଘ (ଅଧିକ) ସମୟ ଧରି ଖେଳିନପାରି ହାରିଯାଆନ୍ତି। କାମ କରିବା ବେଳେ ହାତର ଆଙ୍ଗୁଳିକୁ ଗେଣ୍ଡା କାଟିଦେଇଥିଲେ ଖାଇବା ସମୟରେ ତରକାରୀର ଝୋଲ କଟା ଜାଗାରେ ଲାଗିବାରୁ ପୋଡ଼ିଉଠେ। ସେଠରେ ମଧ୍ୟ ଯନ୍ତ୍ରଣା ଭୋଗିବାକୁ ପଡ଼ିଥାଏ। ଖାଇଲା ବେଳେ ଗେଣ୍ଡା କାଟିଦେଇଥିବା ଆଙ୍ଗୁଳିକୁ ଟେକି ଅନ୍ୟ ଆଙ୍ଗୁଳି ସାହାଯ୍ୟରେ ତରକାରୀ ଖାଇବାକୁ ହୋଇଥାଏ। ସେପରି ଖାଇବା ଆଦୌ ସ୍ୱାସ୍ଥ୍ୟ ପକ୍ଷରେ

ଅନୁକୂଳ ନୁହେଁ, ସେଭଳି ଖାଇବାରେ ପେଟ ପୁରିଥାଏ ମାତ୍ର ମନରେ ତୃପ୍ତି ଆସେନା । ସେହି ଅତୃପ୍ତିଜନକ ଭୋଜନ ଦ୍ୱାରା ନିଜକୁ ଦୁର୍ବଳ ଲାଗୁଥିବା (ଅନୁଭବ କରୁଥିବା) ଦେହ କୌଣସି ଶାରିରୀକ ପରିଶ୍ରମ ଜନିତ ପ୍ରତିଯୋଗିତା ଲାଗି ପୂର୍ଣ୍ଣ ସମର୍ଥ ହୋଇପାରିନଥାଏ । କୈବର୍ତ୍ତ ସାଇର ଝିଅମାନେ ପରିଶ୍ରମୀ ଓ କଷ୍ଟ ସହିଷ୍ଣୁ ସତ୍ତ୍ୱେ ପୁଟିଖେଳ ପ୍ରତିଯୋଗିତାରେ ହାରିଯିବାର ଏହା ମଧ ଏକ କାରଣ ହୋଇଥାଏ ।

ବିଲ କାମ ସମୟରେ ଥରେ ଲାଗଲାଗ ତିନିଚାରି ଦିନ ଧରି ବର୍ଷା ଲାଗି ରହିଲା । ଲଘୁଚାପ ଜନିତ ମେଘ ଦମକା ଦମକା ଅସରା ଅସରା ହୋଇ ବର୍ଷୁଥାଏ । ବର୍ଷାବେଳେ ଗୋଟିଏ ଛତାତଳେ ତିନିଭଉଣୀ ରହିବାରୁ କେବଳ ମୁଣ୍ଡକୁ ଛାଡ଼ିଦେଲେ ଦେହର ଅନ୍ୟଅଂଶ ବର୍ଷାପାଣିରେ ଭିଜିଯାଏ । ମେଘରେ ଭିଜିବାରୁ ସତୀକୁ ଥଣ୍ଡାଜ୍ୱର ହେଲା । ସେ ସେହି ଜ୍ୱରରେ ଆଠଦଶ ଦିନ ଭୋଗିଲା । ଗାଁ ଗହଲିରେ ସରକାରୀ ଡାକ୍ତରଖାନା (ସ୍ୱାସ୍ଥ୍ୟକେନ୍ଦ୍ର) ନାହିଁ କିମ୍ବା ବେସରକାରୀ ଡାକ୍ତର ମଧ ନଥାଆନ୍ତି । ଗାଁ ଗଣ୍ଡାରେ ଯେଉଁ କେତେଜଣ ଡାକ୍ତରୀ ବେଉସା କରନ୍ତି ସେମାନଙ୍କର ରୋଗ କିମ୍ବା ଔଷଧ ସମ୍ପର୍କରେ ବିଶେଷ କିଛି ଧାରଣା ନ ଥାଏ । ଅନବିଜ୍ଞ ଡାକ୍ତରଙ୍କ ଦ୍ୱାରା ଚିକିତ୍ସିତ ହୋଇ ଲୋକମାନେ ଅଯଥାରେ ପଇସା ଖର୍ଚ୍ଚ କରିବା ସହିତ ରୋଗରେ ସଢ଼ିଥାଆନ୍ତି । “ମୂର୍ଖ ବଇଦ ଯମର ସମାନ” ପଦ୍ଧତିରେ ସେମାନଙ୍କ ଦ୍ୱାରା ଚିକିତ୍ସା ହେଉଥିବା ରୋଗୀର ମୃତ୍ୟୁ ମୁହଁରେ ପଡ଼ିବା ଖାଲି ସାର ହୁଏ । କେବଳ ଆୟୁଷ ପୂରି ନଥିବା ଲୋକ (ରୋଗୀ)ମାନେ ଆରୋଗ୍ୟଲାଭ କରିଥାନ୍ତି । ନହେଲେ ଯମାଳୟକୁ ଯିବା ହିଁ ସୁନିଶ୍ଚିତ । ସତୀ ସେହିପରି ଡାକ୍ତରୀ ବେଉସା କରୁଥିବା ବ୍ୟକ୍ତିଙ୍କଠାରୁ ଔଷଧ ଖାଇ ଆୟୁଷ ବଳରେ ଦଶଦିନ ପରେ ଜ୍ୱରରୁ ମୁକ୍ତିଲାଭ କରିଥିଲା । ସେହିଦିନଠାରୁ ସତୀର ବିଲକୁ ଯିବା ବନ୍ଦ ହୋଇଗଲା । ସେ ଆଉ ବିଲକୁ କାମ କରିବା ପାଇଁ ନଯାଇ ଘରେ ରହି ରନ୍ଧାବଢ଼ା କଲା । ତା’ ବୋଉ ଓ ସାନ ଦୁଇଭଉଣୀ ବିଲକୁ ଯାଇ ଚାଷ କାମ କରନ୍ତି । ସେ ଘରକାମ କରିଥାଏ ।

ତା’ ବୋଉ ଓ ଭଉଣୀମାନେ ଚାଷ କାମ ବେଳେ ବିଲକୁ ଯାଇଥିବା ସମୟରେ ସତୀ ଘରେ ଥାଏ । ସେ ଘରେ କେବେ ନିକମା ହୋଇ ବସିରହେନା । ରନ୍ଧା କାମ ସହଳ ସରିଗଲେ ବଳକା ସମୟରେ ସେ ତା’ଭାଇ ଓ ଭଉଣୀମାନଙ୍କର ମଇଳା ଲୁଗାପଟା ସଫା କରିଦିଏ । ଜାମା କିମ୍ବା ପ୍ୟାଣ୍ଟର ବୋତାମ ଛିଡ଼ିଯାଇଥିଲେ ସେଥିରେ ବୋତାମ ଲଗାଇଦିଏ । ଚିରିଯାଇଥିଲେ ଭିତରପଟୁ ଏମିତି ସିଲାଇ କରିଦିଏ ଯେପରି ବାହାରକୁ ସିଲାଇ ଜଣା ନପଡ଼ିବ । ତା’ ବୋଉର ସାୟା, ଶାଢ଼ି, ବ୍ଲାଉଜ କିମ୍ବା ତା’ ବାପାଙ୍କର ଲୁଙ୍ଗି, ଗାମୁଛା ଚିରିଯାଇଥିଲେ ତାକୁ ଦୋମୁହା କରି ବିଛାମାଲିଆ ପକାଇ ସିଲାଇ କରିଦେଇଥାଏ । ବର୍ଷା ଛିଟାରେ ପିଣ୍ଡାରୁ ମାଟି ଝଡ଼ିଯାଇଥିଲେ ତାକୁ ମାଟିଛାଟି ବାଜେଇ ଲିପିଦିଏ । ଘର ଭିତର ଓ ଘର ବାହାର ପାଖ ପିଣ୍ଡା ବାରଣ୍ଡାକୁ ଲିପିପୋଛି ଚିକ୍‌ଟିକ୍‌ (ଚିକ୍‌କଣ) କରିଦେଇଥାଏ । ଘରକୁ ଦିନରେ ତିନିଥର (ଝାଡ଼ି ଝୁଡ଼ି) ଝାଡ଼ୁମାରି ସଫା ସୁତରା ରଖିଥାଏ ।

ଏଥିପାଇଁ ସବିତାଙ୍କର ସତୀକୁ ଭାରି ପ୍ରଶଂସା । ଖରା ସହି ବର୍ଷା ଖାଇ ପାଣି କାଦୁଅରେ ବିଲରେ କାମ କରୁଥିବା ଝିଅଙ୍କୁ ପ୍ରଶଂସା ନକରି ସେ ଘରେ ଶୃଙ୍ଖଳାରେ ଛାଇରେ ରହି ଘରକାମ ଓ ରନ୍ଧାବଢ଼ା କାମ କରୁଥିବା ସତୀର ଗୁଣ ଗାଇବସନ୍ତି । ବିଲ କାମରୁ ଫେରି ସେ ଯେତେବେଳେ ଘରେ ପହଞ୍ଚି ଦେଖନ୍ତି ସତୀ ରୋଷେଇ ସାରି, ବଳକା ସମୟରେ ନିକମାରେ ବସିନରହି ତାଙ୍କର ଚିରିଯାଇଥିବା ସାୟା, ବ୍ଲାଉଜ କିମ୍ବା ଶାଢ଼ିକୁ ସିଲେଇ କରିଦେଇଛି । ତାଙ୍କର ଓ ଘରର ଅନ୍ୟମାନଙ୍କର ମଳି ଲୁଗାକୁ ସଫା କରି ଶୁଖାଇ ରଖିଛି । ସେ ଖୁବ୍‌ ଖୁସିରେ ଆତ୍ମହରା ହୋଇଯାଆନ୍ତି ।

ସବିତା ବିଲ କାମରୁ ଫେରିଲା ମାତ୍ରେ ସତୀ ତେଲପାତ୍ର ଓ ବିଞ୍ଚରା ଆଣି ଥୋଇଦିଏ । କେବେ କେମିତି ଝାଲ ଶୁଖିବା ପାଇଁ ପାଖରେ ବସି ବିଞ୍ଚିଦେଇଥାଏ । ଝାଲ ନମାରି ଝାଲ ବହୁଥିବା ସମୟରେ ଗାଧୋଇପଡ଼ିଲେ ଥଣ୍ଡା ଧରିବାର ସମ୍ଭାବନା ଥାଏ । କାରଣ ଝାଲ ବହିବା ସମୟରେ ଦେହର ଲୋମ (କୂପ) ମୂଳ ଖୋଲାଥାଏ । ଯେଉଁବାଟ ଦେଇ ଦେହର

ଝାଲ ନିର୍ଗତ ହୋଇଥାଏ । ସେତେବେଳେ ଗାଧୋଇପଡ଼ିଲେ ସେହି ଖୋଲାଥିବା ଲୋମକୂପ ମୂଳ ଦେଇ ବାହାର ପାଣି ଦେହ ଭିତରକୁ ପ୍ରବେଶ କରି ଥଣ୍ଡା ଧରିଥାଏ । ଝାଲ ବହିବା ବନ୍ଦ ହୋଇଗଲେ ସେହି ଝାଲ ନିର୍ଗତ ହେଇଥିବା ଲୋମ (କୂପ) ମୂଳଗୁଡ଼ିକ ଆପଣାଛାଏଁ ବନ୍ଦ ହୋଇଯାଏ । ସେଥିସକାଶେ ଝାଲମାରି ଗାଧୋଇବାକୁ ପଡ଼ିଥାଏ । ବୋଉର ଝାଲ ଶୁଖିବା ଲାଗି ସତୀ ବିଞ୍ଚିବା ଆରମ୍ଭ କରିବାମାତ୍ରେ ସବିତା ତାକୁ ଜମା ବିଞ୍ଚାଇ ଦିଅନ୍ତି ନାହିଁ । ସତୀ ତାଙ୍କ ପାଖରେ ବସି ବିଞ୍ଚିଲେ ସେ ତା' ହାତରୁ ବିଞ୍ଚଣା ଛଡ଼ାଇ ନେଇ ନିଜେ ବିଞ୍ଚିହୁଅନ୍ତି । ସବିତା ଓ ତାଙ୍କ ପିଲାମାନେ (ତାଙ୍କ ମଝିଆ ଝିଅ ଦୁଇଜଣ) ଗାଧୋଇ ଓଦାଲୁଗା ଶୁଖାଇଦେଇ ଆସିଲାବେଳକୁ ସତୀ ଖାଇବା ଜାଗାକୁ ଖରକି ଆସନ ପକାଇ ଦେଇଥାଏ । ସେମାନେ ଶୁଖିଲା ଲୁଗା ପାଲଟି ମୁଣ୍ଡ କୁଣ୍ଢାଇ ଆସିବା ମାତ୍ରେ ଭାତ ତରକାରୀ ବାଢ଼ିଆଣି ଥୋଇଦିଏ । ସପନି ଓ ସୁବଳକୁ ଖାଇବାକୁ ଦେଇସାରି ସବିତା, ସେବ ଓ ସର ପାଇଁ ଭାତ ବାଢ଼ିଦିଏ । ସତୀକୁ ସାଙ୍ଗରେ ବସାଇ ସବିତା ଖାଇବସନ୍ତି । ସେହି ଖାଇଲାବେଳେ ସେବ କିମ୍ବା ସର ଅଥବା ସପନି ନହେଲେ ସୁବଳ ଯଦି କେବେ କହିଦିଅନ୍ତି “ଆଜିନା ତରକାରୀ ଖୁବ୍ ଭଲ ହୋଇଛି ।" ତେବେ ତ କଥା ସରିଲା । ସେତକ ସେମାନଙ୍କ ପାଟିରୁ ଶୁଣିଦେଲେ ସବିତାଙ୍କ ଖୁସି କହିଲେ ନସରେ । ତା'ପରେ ତାଙ୍କୁ ଆଉ ସମ୍ଭାଳେ କିଏ ? ସେ ଆଉ ଖାଇବାରେ ମନ ନଦେଇ ସେଇ ଖାଇବା ଜାଗାରେ ବସି ଖାଉଁ ଖାଉଁ ଆରମ୍ଭ କରିଦିଅନ୍ତି । “କାହା ବାପର ବହପ ଅଛି ମୋ ସତୀ ରନ୍ଧାକୁ ପୁଣି କିଏ ଖୁଣ୍ଟିଦେବ ? ମୋ ସତୀ କାମକୁ କିଏ ବାଛି ବସିବ । ଏମିତି ଏ ଗାଁରେ କୋଉ ଝିଅବୋହୂ ଅଛି ଯେ ସେ ସତୀକୁ କାମଦାମରେ, ରନ୍ଧାବଢ଼ାରେ ବଳିଯିବ । କାହା ଜିଭରେ ହାଡ଼ ଅଛି ମୋ ସତୀ ରନ୍ଧାକୁ ବାଛି ଦେଇପାରିବ ।"

ସେଇ ଖାଇବା ଜାଗାରେ ବସି ସତୀର ଗୁଣ ଗାଇବାରେ ସବିତା ଏପରି ବିହ୍ୱଲ ହୋଇଯାଆନ୍ତି ଯେ ଯେପରି ନାରୀ କବିୟତ୍ରୀ ବିଦ୍ୟୁତପ୍ରଭା ତାଙ୍କ ପିଲାଦିନର ସ୍ମୃତିକୁ ମନରେ ପକାଇ କବିତା ଲେଖୁଛନ୍ତି କିମ୍ବା କବିବର ରାଧାନାଥ ପ୍ରକୃତି ବର୍ଣ୍ଣନାରେ ବିଭୋର ହୋଇଯାଇଛନ୍ତି ଅବା ପଲ୍ଲୀକବି ନନ୍ଦକିଶୋର ଗ୍ରାମ୍ୟ ଦୃଶ୍ୟ ବର୍ଣ୍ଣନାରେ ହଜିଯାଇଛନ୍ତି ଅଥବା ସ୍ୱାଭାବ କବି ଗଙ୍ଗାଧର ତପସ୍ୱିନୀରେ ପ୍ରକୃତିକୁ ଜୀବନ୍ତ ରୂପ ଦେବାରେ ମଜ୍ଜିଯାଇ ଲେଖନୀ ଚାଳନା କରୁଛନ୍ତି ।

ସବିତାଙ୍କ କଥା ଶୁଣି ଅନ୍ୟମାନେ ନିରୁତ୍ତର ରହିଥିଲାବେଳେ ତାଙ୍କ ତୃତୀୟ ଝିଅ ସର କହେ- “ନା ଦେଇ ନାଁରେ କେହି କିଛି କହିପାରିବେ ନାହିଁ । ତା'ର ଯେତେ ଖରାପ ଗୁଣ ଥିଲେ ସୁଦ୍ଧା । ସେ ଘର କାମକୁ ଯେତେ ଅପାରଗ ହେଲେ ମଧ୍ୟ । ତା' ରନ୍ଧା ସୁଆଦିଆ ନ ହେଲେ ବି । ସିଏ ଯେତେ ହେଲେ ତୋ ସତୀ । ତୋ ଗେହ୍ଲି ଝିଅ । ବୁଝିଲୁ ତାକୁ ପୁଣି କିଏ କିପରି କିଛି କହି ଦେଇପାରିବ ?"

ସର କଥା ଶୁଣି ତା' ଭାଇ ଓ ଭଉଣୀମାନେ ହସିଉଠନ୍ତି । ସବିତା ସେମାନଙ୍କ ହସ ଶୁଣି ସତୀକୁ କୁହନ୍ତି- “ତୁ ବସି ଖାଇଲୁ । ସେମାନେ ନୁଖୁରାଟାରେ ସେମିତି ହେଉଥାଆନ୍ତୁ । ଘୋଡ଼ାଙ୍କ ପରି ହେଁ ହେଁ ।"

ପ୍ରକୃତରେ ସତୀ ରନ୍ଧାରେ ବିଶେଷତ୍ୱ ରହିଛି । ଗରିବ ଘର । ନ ଥିଲା ସଂସାର । ଅଭାବୀ ପରିବାର । କଠୋର ଦାରିଦ୍ର ଭିତରେ ରହି ସେ ଯେପରି ରାନ୍ଧିପାରେ । ସତରେ ସେଥିପାଇଁ ତାକୁ ବାହାବା ଦେବା କଥା । ସେ ଯାହା ରାନ୍ଧୁନା କାହିଁକି ତାହା ସବୁ ସୁଆଦିଆ ହୋଇଥାଏ । ଅଭାବି ଘରେ ଆଜି ତେଲ ନାହିଁ ତ କାଲି ଲଙ୍କା ନାହିଁ । ପଅରିଦିନକୁ ଫୁଟଣ । ତା' ପରଦିନକୁ ପିଆଜ, ରସୁଣ, ଅଦା । ସେଇଟା ସରିଯାଇଛି । ତା'ପର ଦିନକୁ ଅମୁକ ଜିନିଷ ଆସିପାରି ନାହିଁ । ତା' ପରଦିନ ସମୁକ ତା'ପରେ ଧମୁକ ଦ୍ରବ୍ୟ ଆସିବ । ତା'ପର ପଦାର୍ଥଟି ଆସିବା ତାଲିକାରୁ ବାଦ୍ ପଡ଼ିଛି । ପ୍ରତିଦିନ କିଛି ନା କିଛି ଜିନିଷର ଅଭାବ ରହିଥାଏ ନିଶ୍ଚୟ । ଉତ୍ତର ଅଷ୍ଟେଲିଆର ପ୍ରେରି ଅଞ୍ଚଳକୁ ଯେପରି ନାହିଁ ନାହିଁର ରାଜ୍ୟ କୁହାଯାଏ । ସେହିପରି ତାଙ୍କର ନାହିଁ ନାହିଁର ଘର । ସେଥିରେ ସେ ରନ୍ଧା ସୁଆଦିଆ ହେବା ରାନ୍ଧୁଣୀର ବାହାଦୂରୀ ଉପରେ ନିର୍ଭର କରେ । ସତୀର ରନ୍ଧା ଭଲ ହେଉଥିବାରୁ ସବିତା କହିବୁଲନ୍ତି “ମୋ ସତୀର ହାତ ବାସେ ।

ସେ ତୁଚ୍ଛା ହାତରେ ଶାଗ କେରେ ଖରଡ଼ି ଦେଲେ କିମ୍ବା ଆଲୁ ଛେଚା କି ବାଇଗଣ ଭରତା କରିଦେଲେ ଏପରିକି ବଡ଼ି ଦି'ଟା ଚୁରିଦେଲେ ମଧ ତାହା ବି କୁଆଡ଼େ ଭାରି ସୁଆଦିଆ ଲାଗେ । ଏ ସବୁଥିରେ ସତୀର ବାହାଦୁରୀ ରହିଛି । ତା' ହାତର କରାମତି । ଈଶ୍ୱର ଦତ୍ତ ଗୁଣ । ସତୀର ହାତ ବାସେ । ସେ ଯେଉଁଥିରେ ହାତ ମାରିଦେବ ସେ ରନ୍ଧା ସୁଆଦିଆ ହେବ ଓ ତା'ର ବାସ୍ନା ହେବ ନିଆରା ।"

ଗରିବ ଘର । ପନିପରିବା କିଣିବାକୁ ଧନର ଅଭାବ । ଘର ପଛପଟ ବାଡ଼ିରେ ଯାହା ପରିବା ହୋଇଥାଏ ସେଥିରେ ତରକାରୀ ରନ୍ଧା ହୁଏ । ଅଙ୍ଗୁଳିରେ ପଡ଼ିଥିବା ଚିଙ୍ଗୁଡ଼ି, ଖାଞ୍ଜିରେ (ମୁଗୁରା) ଧରାହୋଇଥିବା ଭୂଷମାଛ । ପୋଇରେ ପଡ଼ି ଘାଣ୍ଟିଆ ହୁଏ । କେବେ ଘର ପିଢ଼ାରେ ଫଳିଥିବା ବୋଇତି କଖାରୁରେ ମାଛ ପକାଇ ତରକାରୀ । ନ ହେଲେ କେବଳ ମାଛରେ ବେସର ଦେଇ ଝୋଲ ନ ହେଲେ ଯେଉଁଦିନ ଅଧିକ ମାଛ ମିଳିଥାଏ (ପଡ଼ିଥାଆନ୍ତି) ଖାଲି ମାଛରେ ସେଦିନ ହଳଦୀ ପାଣି ଦିଆଯାଇ ରନ୍ଧା ହୋଇଥାଏ । ଯେତେବେଳେ ଯାହା ମିଳିଲା । ଯେଉଁଦିନ ଘରେ ଯାହା ଅଛି । ଘର ପିଢ଼ାରେ ଫଳିଥିବା କଷି କଖାରୁ ରାଇତା । ନାଉ ସନ୍ତୁଲା, ବୋଇତି କଖାରୁ ତରକାରୀ । ବାଡ଼ିରେ ହୋଇଥିବା ଭେଣ୍ଡି ଗୋଟାଭଜା । ବାଡ଼ି ମଞ୍ଜାରେ ମାଡ଼ିଥିବା ଜହ୍ନି ଓ ଶିମ୍ ଭଜା । ଛୁଞ୍ଜିଶାକୁ ଖଣ୍ଡ ଖଣ୍ଡ କରି ଚିରି ତା ଭିତରେ ବେସର (ବାଟଣା) ଦେଇ ଭାଜିଲେ ତା'ର ସୁଆଦ ଭାରି ବଡ଼ିଆ । ଶୁଖୁଆ ପତର ପୋଡ଼ା । କେବେ ଘର ଗାଈ ଦୁହାଁ ହେଲେ କାଞ୍ଜିପାଣି । ଘରେ କିଛି ନଥିଲା ଦିନ ସକାଳେ ଖିଆରେ ଘରର ବାଡ଼ିପଟରେ ଥିବା କମଳା ଗଛରୁ କମଳାଟିଏ ଆଣି ସେଥିରୁ ଦି ପାଖୁଡ଼ା ରସୁଣ ସାଙ୍କୁ କାଞ୍ଜିଲଙ୍କା ଖଣ୍ଡେ ଦଳିଦେଲେ କଂସେ ପଖାଳ ଅନାୟସରେ ଉଠିଯାଏ । କାରଣ ସେଥିରେ ସତୀର ହାତ ବାଜିଥାଏ । ନାକରୁ ପାଟିରୁ ପାଣି ଗଡ଼ି ପଡ଼ୁଥିବ । ବାମ ହାତରେ ନାକ ପୋଛି ଓ ବାମ ଚକିର ପିଠିରେ ଆଖ୍ପାର ପୋଛି ଖାଇବାର ମଜା ନିଆରା । ସତୀ ହାତ ରନ୍ଧା ସେ ସବୁକୁ ଖାଇଲା ବେଳେ ସବିତା କହିଥାଆନ୍ତି । "ପରିବା ଯାହା ମିଳୁ । ମୋ ସତୀ ହାତ ବାଜିଲେ ତରକାରୀ ସୁଆଦିଆ ହେବ ହିଁ ହେବ । ତେଣିକି ମାଲି ମସଲା ପଡ଼ୁ କି ନ ପଡ଼ୁ ।" ସବିତାଙ୍କ ଭାଷାରେ ସତୀ ରୂପବତୀ । ତା' ହାତରନ୍ଧା ସୁଆଦିଆ । ତା' ଚାଲିଚଲନ ମନ ମୁଗ୍ଧକର । ତା' ଢଙ୍ଗ ଢାଙ୍ଗ ସଂସ୍କୃତି ସଂପନ୍ନ । ତା' ହାବଭାବ ପରମ୍ପରାରେ ସମୃଦ୍ଧ । ତା' ବେଶଭୂଷା ସୁନ୍ଦର । ସେ ପାଖରେ ଥିଲେ ମଲୟ ବହିଲା ପରି ଲାଗେ । ସେ ହସିଦେଲେ ଫଗୁଣ ଫୁଲର ହାଟ ବସେ । କଥା କହିଲେ ଶୁଣାଯାଏ କୋଇଲିର ସ୍ୱର । ଚାଲିଗଲେ ଫୁଟିଯାଏ ଲକ୍ଷେ ପଦ୍ମଫୁଲ ।

ସତୀ ତାଙ୍କ ଘର ପିଣ୍ଡାରେ ବସି ଭାବୁଥାଏ । ଯେଉଁ ବୋଉ ତା'ର କୌଣସି ଦୋଷ କେବେ ଧରିନାହିଁ, ତା'ର କ'ଣ କେବେ କୌଣସି କାମରେ ଭୁଲଭଟ୍କା ହୋଇ ନ ଥିବ ? ରନ୍ଧାବଢ଼ାରେ ତୁଟି ରହିଯାଉ ନଥିବ ? ତା'ର ବ୍ୟବହାର କ'ଣ ସବୁବେଳେ ନିର୍ଭୁଲ ଥିବ ? କେବେ ରୁକ୍ଷ ହେଉ ନଥିବ ? ତା' କଥାବାର୍ତ୍ତାରେ ଦୋଷ ରହିନଥିବ ? ତା'ର ଭାଷା କ'ଣ ସଦାସର୍ବଦା ମଧୁର ଶୁଭୁଥିବ ? କେବେ କେମିତି କର୍କଶ ଶୁଭୁ ନଥିବ ? ତା'ଚାଲିଚଲନରେ କ'ଣ ଦୋଷ ରହିଯାଉ ନଥିବ ? ତା'ଢଙ୍ଗ ଢାଙ୍ଗରେ କେବେ ସାମାନ୍ୟ ଧରଣର ବିଚ୍ୟୁତି ଘଟୁ ନଥିବ ? ମାତ୍ର ତା'ବୋଉ ସେଦିଗ ପ୍ରତି ଦୃଷ୍ଟି ନଦେଇ ଓଲଟି ତା'ର ପ୍ରଶଂସା ସବୁବେଳେ ଗାଇବୁଲେ । ସେ ଜାଣତରେ ହେଉ ବା ଅଜାଣତରେ କିଛି ଭୁଲ କରିଥିଲେ । ତା'ବୋଉ ତା'ର ସେ ଭୁଲକୁ ଧରିବା ପରିବର୍ତ୍ତେ ସେ ଦୋଷକୁ ଘରର ଅନ୍ୟ କାହା ଉପରେ ଲଦିଦେଇ ସତୀର ତୁଟିକୁ ଢାଙ୍କି ଦେବାକୁ ଚେଷ୍ଟା କରେ । ସତୀ ଯଦି କେବେ ଘରର କ୍ଷତି ହେଲାଭଳି କିଛି କରିଥାଏ ତେବେ ତା' ବୋଉ ସେ ଘଟଣା (କଥା)କୁ ଲୁଚାଇ ରଖେ । ପ୍ରକାଶ କରେନା । ସତୀର କିଛି ଅସୁବିଧା ହେଲେ । ତା' ନିଜ ଦେହରୁ ତେନାଏ କଟିଗଲା ପରି ତା' ବୋଉ ଅନୁଭବ କରିଥାଏ । ସେ କୌଣସି କଥାରେ ମନ ଉଣା କଲେ ତା' ବୋଉକୁ ସାରା ସଂସାରଟା ବିଷ ପରି ଲାଗେ । ସେ ଟିକେ ମୁହଁ ଶୁଖାଇ ବସିଲେ ତା' ବୋଉକୁ ଚାରିଆଡ଼ ଅନ୍ଧକାର

ଦିଶେ। ତା' ଶୁଖ୍ଖିଲା ମୁହଁକୁ ଦେଖିଲା ମାତ୍ରେ ସେ ତାକୁ ଖୁସି କରାଇବା ପାଇଁ ତା' ପ୍ରାଣପ୍ରଣେ ଚେଷ୍ଟା କରିଥାଏ ଓ ସତୀ ଖୁସି ନହେଲା ପର୍ଯ୍ୟନ୍ତ ତା' ଉଦ୍ୟମରୁ କେବେବି ବିରତ ହୁଏନାହିଁ। ତା' ମୁହଁରେ ହସ ଫୁଟାଇବା ଲାଗି ତା' ବୋଉ ତା'ର ଅନ୍ୟ ଭାଇଭଉଣୀମାନଙ୍କ ସୁବିଧା ପ୍ରତି ଆଖ୍ୟବୁଜି ଦେଇ କେବଳ ସତୀ ପାଇଁ ତା' ବାପା ପାଖରେ ଅଳି କରିଥାଏ। ସତୀର ଦେହ କେବେ ସାମାନ୍ୟ ଖରାପ ହେଲେ ତା' ବୋଉ ପେଟକୁ ପାଣି ଟୋପାଏ ବି ଯାଏନା। ସେ ସତୀ ପାଖରେ ଦିନରାତି ଜଗି ବସିରହେ। ତା' ଦେହ ସମ୍ପୂର୍ଣ୍ଣ ଭଲ ହେଲେ ଯାଇ ତା'ର ଅନ୍ୟ କଥା ମନରେ ପଡ଼େ।

ସେଇ ବୋଉର ତା' ଉପରେ ଯେଉଁ ଅଗାଧ ବିଶ୍ୱାସ ଓ ଅଟୁଟ ଆସ୍ଥା ଏବଂ ଅଟଳ ଭରସା ରହିଛି। ସେ କିପରି ସେ ବିଶ୍ୱାସରେ ବିଷ ଦେଇପାରିଲା ତା' ଉପରେ ଥିବା ସେ ଆସ୍ଥାକୁ ବୁଡ଼ାଇ ଦେଲା ଓ ଭରସାକୁ ଟୁଟାଇ ଦେଇ ପାରିଲା ଅବିଶ୍ୱାସର ଅଗାଧ ଜଳ ରାଶିରେ। ସେ ତା' ବୋଉ ସରଳତାର ସୁଯୋଗ ନେଇ ଜଣକୁ ଭଲ ପାଇବସିଛି। ତା' ବୋଉର ତା' ଉପରେ ଥିବା ଭରସାକୁ ବୁଡ଼ାଇ ଦେଇ ଜଣେ ଅଚିହ୍ନା, ଅଜଣା, ଅପରିଚିତ ପୁରୁଷକୁ ତା' ହୃଦୟ ସିଂହାସନରେ ଦେବତାର ଆସନରେ ବସାଇ ପୂଜା କରୁଛି। ତା' ବୋଉକୁ କିଛି ନକହି ତା' ମନର ମଣିଷ ନିକଟରେ ନିଜକୁ ବିକି ଦେଇଛି। ତା' ବୋଉକୁ କିଛି ନ ଜଣାଇ ଜଣକୁ ତା' ପ୍ରାଣର ପ୍ରିୟତମ କରିନେଇଛି। ତା' ବୋଉର ବିନା ଅନୁମତିରେ ଜଣକୁ ତା' ଆତ୍ମାର ଅନ୍ତରଙ୍ଗ ଭାବରେ ବରଣ କରି ବସିଛି। ତା' ବୋଉଠାରୁ ସ୍ୱୀକୃତି ନନେଇ ଜଣକୁ ତା' ମନରେ ସ୍ଥାନ ଦେଇସାରିଛି। ତା' ବୋଉର ଅଜ୍ଞାତରେ ସେ ଜଣକର ହୋଇସାରିଛି ଏବଂ ତାଙ୍କୁ ପ୍ରୀତିର ନୈବେଦ୍ୟ ବାଢ଼ି ଆରାଧନା କରୁଛି। କେତେ ଦିନ ଅବା ସେ କଥା ଲୁଚି ରହିବ ? ସତ ଦିନେ ନା ଦିନେ ନିଶ୍ଚିନ୍ତ ପ୍ରକାଶ ପାଇବ। ସତ କେବେ ସବୁଦିନ ପାଇଁ ଲୁଚି ରହିବ ନାହିଁ। କିୟା ସମ୍ପୂର୍ଣ୍ଣ ରୂପେ ଲିଭିଯିବନି। ସତ ଏମିତି ଗୋଟେ ତତ୍ତ୍ୱ ଯାହାର ବିନାଶ ନାହିଁ। ଯେତେ ଘୋଡ଼ାଇ ଦେଇ ଲୁଚେଇ ରଖିଲେ ବି କେବେନା କେବେ ସେ ଆପେ ଆପେ ପଦାକୁ ବାହାରି ପଡ଼ି ଆତ୍ମପ୍ରକାଶ କରି ତା' କରାମତି ଦେଖାଇବ। କଥା ପ୍ରଗଟ ହେଲେ ତା' ବୋଉ ଯେତେବେଳେ ଜାଣିବ ସେ ମନ୍ଦିରକୁ ଧବଳେଶ୍ୱର ମହାଦେବଙ୍କ ଦର୍ଶନ ପାଇଁ ନଯାଇ ଯାଉଛି ଜଣେ ଯୁବକକୁ ଭେଟିବାକୁ। ତା'ପରେ ସେ ଆଉ ଆଗପରି ତା' ବୋଉର ଆଦର ପାଇପାରିବ ତ ? ତା' ବୋଉର ଅନାବିଳ ସ୍ନେହ ଓ ଅପରିସୀମ ଶ୍ରଦ୍ଧାରୁ ବଞ୍ଚିତା ହୋଇ ରହିପାରିବ ତ ? ବାସଲ୍ୟ ମମତାରେ ଅନ୍ଧ ହୋଇ ତା' ବୋଉ ଯେପରି ତା'ର ପ୍ରତ୍ୟେକ ଦୋଷ ତ୍ରୁଟିକୁ ଆଖିବୁଜି ସମର୍ଥନ କରିଯାଉଛି। ତା'ର କୌଣସି ଭୁଲକୁ ଧରୁନି କିୟା ସେ କେବେ କିଛି ଭୁଲ କରିବସିଲେ ତାକୁ ସୁଧାରିବାକୁ ତାଗିଦ କରୁନି ଅଥବା ସେପରି ତ୍ରୁଟି ଆଉ ନ କରିବାକୁ ଆକଟ କିୟା ବାରଣ ଅଥବା ସାବଧାନ କରାଇ ଦେଉନି। ତା'ର ପ୍ରତ୍ୟେକ କାମ ତେଣିକି ଭୁଲ ହେଉ ବା ଠିକ୍ ଥାଉ ତାକୁ ଅନ୍ଧ ଭାବେ ସମର୍ଥନ କରିଯାଉଛି। ସେଇ ବୋଉ ଯେତେବେଳେ ଜାଣିବ ତା' ସରଳତାର ସୁଯୋଗ ନେଇ ସତୀ ଅବାଟରେ ଚାଲିବା ପାଇଁ ପାଦ ବଢ଼ାଇସାରିଛି। ସେତେବେଳେ ନିଶ୍ଚିତ ତା' ବୋଉର ତା' ଉପରେ ଥିବା ଦୃଢ଼ ବିଶ୍ୱାସ ଟୁଟିଯିବ। ସତୀ କଳଙ୍କିତ ପଥର ପଥିକ ହୋଇସାରିଛି ଶୁଣିବା ପରେ ତା' ବୋଉର ସତୀ (ଉପରେ) ପ୍ରତି ଥିବା ଅଟୁଟ ଭରସା ଭାଙ୍ଗିଯିବ ନିଶ୍ଚୟ। ତା' ବୋଉର ତା' ଉପରେ ଥିବା ନିର୍ଭରଯୋଗ୍ୟ ଆସ୍ଥା ବୁଡ଼ିଯିବ ଅବିଶ୍ୱାସର ଗଭୀର ଜଳ ରାଶିରେ। ଉଡ଼ିଯିବ ସଙ୍କୋଚତାର ପରଦା ସନ୍ଦେହର ବତାସରେ। ସେ କଳଙ୍କିତ ସରଣୀର ଯାତ୍ରୀ ହେଲାପରେ। କୁପଥ ପଥର ପଥିକ ହୋଇ କଳଙ୍କିତ ବାଟର ବାଟୋଇ ସାଜି, ବଦନାମ ରାସ୍ତାର ଯାତ୍ରୀ ବନିଯାଇ ସେ ଯେତେବେଳେ ଅପବାଦର ବୋଝ ବୋହିବାକୁ ବାଧ୍ୟ ହୋଇଯାଇ ଦୁର୍ନାମଗ୍ରସ୍ତା ହେବ ସେତେବେଳେ କିଏ ତା'ର ଭରସା ହେବ ? କିଏ ତାକୁ ସୁରକ୍ଷା ଦେବ ? କିଏ ତା'ର ସାହାପକ୍ଷ ହେବ ? କିଏ ତାକୁ ସମର୍ଥନ କରି ସେ ସମୟରେ ସାହାଯ୍ୟ କରିବାକୁ

ଆଗେଇ ଆସିବ ? ସେହି ବିପଦପୂର୍ଣ୍ଣ ମୁହୂର୍ତ୍ତରେ ସହଯୋଗର ହାତ ଯେ ଅଧର ବାବୁ ତା' ଆଡ଼କୁ ବଢ଼ାଇ ଦେବେ ଏଭଳି ପ୍ରତିଶ୍ରୁତି ସେ ତାଙ୍କଠାରୁ ଏଯାଏ ପାଇନାହିଁ । ସେ ନିଜେ ତାଙ୍କର ପସନ୍ଦ କି ନୁହେଁ ତା' ମଧ୍ୟ ଏ ପର୍ଯ୍ୟନ୍ତ ଜାଣିପାରି ନାହିଁ । ସିଏ ତାକୁ ନିଜର କରିବେକି ନାହିଁ ସେ କଥା ସେ ଦନ୍ତ ସହିତ କହିପାରିବ ନାହିଁ । ଅପବାଦର ବୋଝ ମୁଣ୍ଡାଇ କଳଙ୍କିନୀ ସାଜି (ଦୁର୍ନାମ) ବଦନାମର ପଙ୍କରେ ଗୋଟି ପୁଣି ଗୋଲେଇ ହୋଇ ସେ ସମାଜରୁ ବାଞ୍ଛନ ହେଲେ ତା' ବୋଉ ବ୍ୟତୀତ ଆଉ ଅନ୍ୟ କିଏ ତାକୁ ସାହାପକ୍ଷ ହେବ । ଏଭଳି ଲୋକଟିଏ ସେ ଦେଖିପାରୁ ନ ଥିଲା ।

ତା' ବୋଉ ଯିଏ ତାକୁ ଦଶମାସ ଗର୍ଭରେ ଧରି ଗର୍ଭ ବେଦନା ସହିଛି । ଅନ୍ତ ଫାଡ଼ି ଜନ୍ମ ଦେଇ ପ୍ରସବ (କାଳୀନ) ଯନ୍ତ୍ରଣା ଭୋଗିଛି । ତା' ବକ୍ଷରୁ କ୍ଷୀର ଦେଇ ବଞ୍ଚାଇ ରଖିଛି । ପାଳିପୋଷି ପିଲାଟିରୁ ତାକୁ ବଡ଼ କରିବା ପାଇଁ ସବୁ ପ୍ରକାର ଦୁଃଖକଷ୍ଟକୁ ହସି ହସି ଆଦରି ନେଇଛି ବିନା ଆପତ୍ତିରେ । କୌଣସି ପ୍ରତିବାଦ ନକରି କିଛି ଅଭିଯୋଗ ନଆଣି, ସେହି ବୋଉ କେବଳ ତାକୁ ସେ ସମୟରେ କାହିଁକି ସବୁବେଳେ ପ୍ରତ୍ୟେକ କ୍ଷେତ୍ରରେ ହିଁ ସାହାପକ୍ଷ ହେବ ଓ ଏଯାଏ ବି ହୋଇଆସିଛି ମଧ୍ୟ । ସେ ଭଲ ପାଉଥିବା ଅଧର ବାବୁଙ୍କ ଉପରେ ତା'ର ବିଶ୍ୱାସ ଆସୁନାହିଁ ଜମା । ତାଙ୍କୁ ଭରସା କରି ହେବନି । ତାଙ୍କ ଉପରେ ଆସ୍ଥା ରଖି ହେବନି ଆଦୌ । ଅବଶ୍ୟ ସେ ତାକୁ ଭଲ ପାଇଛି । ମନେ ମନେ ତାକୁ ନିଜର କରି ନେଇଛି । ତାଙ୍କ ପାଇଁ ସମସ୍ତ ପ୍ରକାର ସାମାଜିକ ବାସନ୍ଦକୁ ଅତିକ୍ରମ କରିପାରିବ କି ? ସଂସାରର ଆକଟକୁ ଫାଙ୍କି ଦେବାକୁ ସକ୍ଷମ ହେବ କି ? ତାଙ୍କ ଲାଗି ଦୁନିଆର ଟାହିଟାପରାକୁ ସହିପାରିବ ତ ଦେହକୁ ପଥର କରି ? ସେ କିନ୍ତୁ ଜାଣେନା ସେ ତାଙ୍କୁ ଯେପରି ଭଲ ପାଉଛି ସିଏ ସେହିପରି ତାକୁ ଭଲ ପାଉଛନ୍ତି କି ? ସେ ତାଙ୍କ ପାଇଁ ସାମାଜିକ ପ୍ରତିବନ୍ଧକୁ ଅତିକ୍ରମ କରିବାକୁ ଯେପରି ନିଜକୁ ପ୍ରସ୍ତୁତ କରିବା ଲାଗି ଚେଷ୍ଟା କରୁଛି, ସିଏ ତାଙ୍କ ସାମାଜିକ ପ୍ରତିଷ୍ଠାରେ ଆଞ୍ଚ ଆସିଲା ପରି ଯେକୌଣସି କାର୍ଯ୍ୟ କରିବାକୁ ଆଗେଇ ଆସିବା ପାଇଁ ଆଗ୍ରହୀ ହୋଇପାରିବେ ତ ? ସିଏ ତାଙ୍କ ବୁନିଆଦି, ଖାନଦାନୀ, ପରମ୍ପରା, ସମ୍ଭ୍ରାନ୍ତପଣ ସର୍ବୋପରି ଜାତି ପ୍ରଥାର ଅଲଂଘ୍ୟ ପ୍ରାଚୀରକୁ ଡେଇଁ ଛୋଟ ଜାତି, ନିମ୍ନ ସମ୍ପ୍ରଦାୟ, ଗରିବ ଘରର ଅପାଠୋଇ ଝିଅ ସତୀକୁ ନିଜର କରି ନେବାକୁ ସମସ୍ତ ପ୍ରକାର ବାଧାବନ୍ଧନକୁ ଖାତିର ନକରି ଆଗେଇ ଆସିପାରିବେ କି ?

ସୁନି ମୁହଁରୁ ସେ ଶୁଣିଛି, ଯାହା ସୁନିର ବାପା ତାଙ୍କ ଘରେ କହୁଥିଲେ । ଅଧର ବାବୁଙ୍କ ବାହାଘର ପାଇଁ ବହୁତ ବଡ଼ ବଡ଼ ଘରୁ ସବୁ ପ୍ରସ୍ତାବ ଆସୁଛି । ସେମାନେ ମୋଟା ଅଙ୍କର ଯୌତୁକ ଦେବାଲାଗି ମଧ୍ୟସ୍ଥଙ୍କ ଜରିଆରେ କହି ପଠଉଛନ୍ତି । କେଉଁ ଝିଅର ବାପା, ମା' ଅଧର ବାବୁଙ୍କ ପରି ଯୁବକଙ୍କୁ ନିଜର ଜ୍ୱାଇଁ କରିବାକୁ ନ ଚାହିଁବେ ? ଅଧର ବାବୁ ପ୍ରତିଷ୍ଠିତ ବୁନିଆଦି, ପ୍ରସିଦ୍ଧ ଖାନଦାନି, ବିଖ୍ୟାତ ପ୍ରତିପତ୍ତିଶାଳୀ । ପୁରୁଣା ସମ୍ଭ୍ରାନ୍ତ ପରିବାରର ଉଚ୍ଚଶିକ୍ଷିତ ଯୁବକ । ପୁଣି ସରକାରୀ ସ୍ତରରେ ଉଚ୍ଚ ପଦବୀରେ ଅବସ୍ଥାପିତ । ତାଙ୍କୁ ଜ୍ୱାଇଁ କରିବାକୁ କେଉଁ ଧନାଢ୍ୟ ପିତାମାତା ଇଚ୍ଛା ନକରିବେ ?

ଆହୁରି ମଧ୍ୟ ତାଙ୍କୁ ଦେଖି କେଉଁ ଶିକ୍ଷିତା ତରୁଣୀ ତାଙ୍କ ପ୍ରତି ଆକୃଷ୍ଟ ନହେବ ? କେଉଁ ସୁନ୍ଦରୀ ଯୁବତୀ ତାଙ୍କପରି ଯୁବକଙ୍କୁ ଜୀବନ ସାଥୀ କରିନେବାକୁ ଇଚ୍ଛା ପୋଷଣ ନକରିବ ? କେଉଁ ରୂପବତୀ ଷୋଡ଼ଶୀ ତାଙ୍କ ସାନ୍ନିଧ୍ୟ ପାଇବାକୁ ମନ ନବଳାଇବ ? କେଉଁ ଗୁଣବତୀ ରୂପସୀ ନାରୀ ତାଙ୍କ ଅର୍ଦ୍ଧାଙ୍ଗିନୀ ହେବାକୁ ଶିବଙ୍କ ପାଖରେ (ମହାଦେବଙ୍କ ମନ୍ଦିରରେ) ଦୀପ ଦାନ ନକରିବ ? କେଉଁ କିଶୋରୀ ତାଙ୍କର ପତ୍ନୀ ହେବାକୁ ଆଗ୍ରହ ପ୍ରକାଶ ନକରିବ ।

ଏହିପରି ଭାବନା ତା' ମନକୁ ଆସିଲେ, ସତୀ ମନେ ମନେ ଆଖପାଖର ନିଜେ ଜାଣିଥିବା, ବୁଝିଥିବା, ଦେଖିଥିବା ଓ ଲୋକମାନଙ୍କ ମୁହଁରୁ ଶୁଣିଥିବା ଝିଅମାନଙ୍କ ସହିତ ନିଜକୁ ତୁଳନା କରିବସେ । ଖାନଦାନିରେ, ବଂଶ ପରମ୍ପରାରେ, ସମ୍ଭ୍ରାନ୍ତ ପଣିଆରେ, ବୁନିଆଦିରେ, ଶିକ୍ଷାରେ, ସୁବିଧା ହାସଲ କରିନେବା ପାଇଁ ସୁଯୋଗ ଥିବା ଉପାୟରେ । ଆର୍ଥିକ ପରିସ୍ଥିତି ଦୃଷ୍ଟିରୁ, ପାରିବାରିକ ଚଳଣି ସ୍ୱଚ୍ଛଳତାରେ, ବାପର ଖାତିର ଓ ଭାଇର ପାରିଲାପଣିଆରେ ତଥା ନିଜର ଯୋଗ୍ୟତା ପଣ ଉପରେ ନିର୍ଭର କରି, ଆପଣାର ପାରଙ୍ଗମତା ପ୍ରତି ଆସ୍ଥା ରଖି ତାଙ୍କର ନିକଟତମ ହେବା

ଲାଗି, ସୌଭାଗ୍ୟ ଲାଭ କରିବା ବାବଦରେ ସବୁ କ୍ଷେତ୍ରରେ ସେ ନିଜକୁ ସେମାନଙ୍କଠାରୁ ବହୁତ ତଳେ ଆବିଷ୍କାର କରେ। କ୍ରମ ଅନୁସାରେ ତା'ର ନମ୍ବର ଅନେକ ନିମ୍ନରେ ରହିଯାଏ। ଏପରିକି ତଳଆଡୁ ସେ ପ୍ରଥମ ସ୍ଥାନରେ ରହେ। ତା' ଉପରେ (ଆଗରେ) ଥିବା ପ୍ରତିଦ୍ୱନ୍ଦ୍ୱୀ ମାନଙ୍କୁ ଅତିକ୍ରମ କରି ଆଗକୁ ଯିବାର କୌଣସି ସୁବିଧା ସେ କେବେ ବି ଦେଖିପାରେନା। ସେପରି ପ୍ରତିଦ୍ୱନ୍ଦ୍ୱିତାରେ ସଫଳ ହେବାର ସୁଯୋଗ ମଧ୍ୟ ତା' ପାଖରେ ନାହିଁ। ତାଙ୍କଭଳି ଅମୂଲ୍ୟ ରତ୍ନଟିକୁ ଅକ୍ତିଆର କରିନେଇ ନିଜ ଦଖଲ ଅନ୍ତର୍ଭୁକ୍ତ କରିନେବା ଓ ତାଙ୍କୁ ନିଜର କରିବା ଏବଂ ତାଙ୍କର ନିକଟତମ ହେବାର ଦୁରାଶା ପରିତ୍ୟାଗ କରିବା ବରଂ ତା'ପକ୍ଷରେ ମଙ୍ଗଳକର ହେବ ବୋଲି ସେ ଭାବି ବସିଲେ ସୁଦ୍ଧା ତଥାପି ତାଙ୍କୁ ପାଇବାର କୌଣସି ଆଶା ନଦେଖିପାରିଲେ ମଧ୍ୟ ସେ ତାଙ୍କୁ ଆଦୌ ପରକରି ପାରେନା। କାରଣ ସେ ତାଙ୍କୁ ଭଲପାଏ। ତାଙ୍କୁ ଭୁଲିଯିବାକୁ ଚେଷ୍ଟାକରି ବିଫଳ ହୁଏ। ଭୁଲିବା ପରିବର୍ତ୍ତେ ସିଏ ବେଶୀ ବେଶୀ ମନରେ ପଡ଼ନ୍ତି। ତାଙ୍କ କଥା ଅଧିକ ସମୟ ଧରି ଭାବିବାକୁ ଇଚ୍ଛା ହୁଏ। ମନରେ ଆବେଗ ଜନ୍ମେ ଆଉ ବହୁତ ଭଲ ଲାଗେ ମଧ୍ୟ। ସେଥିପାଇଁ ଆଗ୍ରହ ସୃଷ୍ଟି ହୁଏ ଅନ୍ତରରେ। ତା'ର ସମସ୍ତ ପ୍ରକାର ଚେଷ୍ଟା ଚେଷ୍ଟାରେ ରହିଯାଏ। ତାଙ୍କୁ ଭୁଲିଯିବାର ଉଦ୍ୟମ ସଫଳ ହୋଇପାରେନା। ତାଙ୍କୁ ପାଶୋରି ଦେବା ଲାଗି ଉତ୍ସାହ ମଧ୍ୟ ହୃଦୟରେ ସ୍ଥାନ ପାଇପାରେନା।

ତାଙ୍କଠାରୁ କୌଣସି ଇଶାରା ନପାଇ ତାଙ୍କୁ ଭଲପାଇବା, ତାଙ୍କଠୁ କିଛି ସଙ୍କେତ ନଦେଖି ତାଙ୍କୁ ନିଜର ବୋଲି ଭାବି ବସିବା, ତାଙ୍କଠାରୁ ପ୍ରତିଶ୍ରୁତି ଆଦାୟ ନକରି ତାଙ୍କ ପ୍ରତିକ୍ଷାରେ ମନ୍ଦିରରେ ତାଙ୍କୁ ଅପେକ୍ଷା କରି ବସି ରହିବା। ତାଙ୍କ ମନଭାବ ନବୁଝି ତାଙ୍କୁ ଆପଣା ମନ ବିକିଦେବା। ତାଙ୍କର ବିନା ସ୍ୱୀକୃତିରେ ତାଙ୍କୁ ନିଜ ହୃଦୟ ସିଂହାସନରେ ପ୍ରତିଷ୍ଠିତ କରିବା, ତାଙ୍କ ମନ ନନେଇ ତାଙ୍କୁ ନିଜ ମନର ମଣିଷ କରିନେବା। ତାଙ୍କୁ ନିଜ ପ୍ରଣୟ ଫାଶରେ ବାନ୍ଧି ରଖିବା ପୂର୍ବରୁ ତାଙ୍କ ପାଇଁ ପ୍ରୀତିର ନୈବେଦ୍ୟ ବାଢ଼ି ଆରାଧନା କରିବା। ତାଙ୍କ ପ୍ରାଣସଙ୍ଗିନୀ ହେବା ଆଗରୁ ତାଙ୍କ ପାଇଁ ପ୍ରାଣ ଉତ୍ସର୍ଗ କରିବା ଲାଗି ନିଜକୁ ପ୍ରସ୍ତୁତ କରିନେବା। ତାଙ୍କର ଅନ୍ତରଙ୍ଗ ନହୋଇ ତାଙ୍କୁ ନିଜ ଅନ୍ତରର ନିଭୃତକୋଣରେ ସାଇତି ରଖିବା। ତାଙ୍କଠାରୁ ଭଲପାଇବାର ପ୍ରମାଣ ନପାଇ ତାଙ୍କୁ ଆପଣାର କରିନେବାକୁ ଯତ୍ନ କରିବା କେବଳ ଲୋକହସା ହେବା ବ୍ୟତୀତ ଆଉ ଅନ୍ୟ କିଛି ନୁହେଁ। ଏକଥା ସତୀ ଭଲକରି ପ୍ରାଞ୍ଜଲ ଭାବରେ ବୁଝିସାରିଥିଲେ ସୁଦ୍ଧା। ତଥାପି ତାଙ୍କୁ ଭଲ ପାଇବସିଲା।

ସେ ଗୋଟେ କଥାକୁ ଭାରି ଭୟ କରୁଥିଲା। ଯଦି କଥାଟି କୌଣସି କାରଣରୁ (ପ୍ରକାରେ) ପଦାରେ ପ୍ରଘଟ ହୋଇଯାଏ ତେବେ ଲୋକମାନେ ନିଶ୍ଚୟ କୁହାକୁହି ହେବେ ଉତ୍ତରେଶ୍ୱରଙ୍କ ପୀଠରେ ତା'ବୋଉ ସବିତା ତା'ବାପା ସପନିକୁ ଭେଟି ତାକୁ ତା' ନିଜ ପ୍ରେମରେ ପକାଇ ବିବାହ କରିଥିଲା। ସେହିପରି ଝିଅ ଧବଲେଶ୍ୱରଙ୍କ ମନ୍ଦିରରେ ଠାକୁରଙ୍କୁ ଦର୍ଶନ କରିବାକୁ ଆସି ଅଧରବାବୁଙ୍କ ପ୍ରେମରେ ପଡ଼ି ତାଙ୍କୁ ଭଲ ପାଇବସିଛି। ଏ ପ୍ରେମ ଗୋଟେ ବଂଶଗତ ରୋଗ ପରି ସେମାନଙ୍କୁ ବଂଶାନୁକ୍ରମରେ ଧରୁଛି। ସେମାନଙ୍କୁ ଦୁରାରୋଗ୍ୟ ବ୍ୟାଧିଭଳି, ତା' ଜେଜେ କରୁଣି ଯେଉଁ ଗାଁର ଯେଉଁ ସାଇରେ ବାହା ହୋଇଥିଲା। ସେଇ ଲକ୍ଷ୍ମୀବଜାର ଗାଁର କଟେରୀ ସାଇରେ ତା' ବାପା ସପନି ମଧ୍ୟ ବାହାହେଲା। ତା'ପରେ ସେ ନିଜେ ସେଇ ଗୋଟିଏ ଗାଁ (ଜନ୍ମ ହୋଇଥିବା ରାଜସ୍ୱ ମୌଜା)ରେ ଜଣକୁ ଭଲପାଇ ବସିଲାଣି। ତା' ଜେଜେ କରୁଣି ଭଲପାଇ ବାହା ହୋଇଥିଲା କିମ୍ବା ପ୍ରସ୍ତାବିତ ବିବାହ ସେମାନଙ୍କର ହୋଇଥିଲା ସେ କଥା ସେ ଜାଣିନାହିଁ। କିନ୍ତୁ ତା' ବୋଉ ସବିତା ଉତ୍ତରେଶ୍ୱର ମହାଦେବଙ୍କ ପୀଠରେ ତା'ବାପା ସପନିକୁ ଭେଟିଥିଲା। ସେଇଠି ଦୁହେଁ ଦୁହିଙ୍କୁ ଭଲପାଇ ବସିଲେ। ତା' ଜେଜେଙ୍କ ଅନିଚ୍ଛା ସତ୍ତ୍ୱେ ତା' ବାପା ତାଙ୍କ ମାମୁଁ ପୁଅ ଭାଇ ଓ ମାମୁଁ ଝିଅ ଭଉଣୀମାନଙ୍କ ସହଯୋଗରେ ତା' ବୋଉକୁ ବାହା ହେବାକୁ ସମର୍ଥ ହେଲା। ସେହିପରି ସତୀ ଧବଲେଶ୍ୱରଙ୍କ ମନ୍ଦିରକୁ ଠାକୁରଙ୍କୁ ଦର୍ଶନ କରିବାକୁ ଆସି ସେଇଠି ଭେଟିଥିବା ଅଧରଙ୍କ ସହିତ ବାରମ୍ବାର ସାକ୍ଷାତ ହେବା ଦ୍ୱାରା ସେ ତାଙ୍କ ପ୍ରତି ଆକୃଷ୍ଟ ହୋଇପଡ଼ିଲା।

ଏବେ ତ ସମସ୍ୟା ଗୁରୁତର ଆକାର ଧାରଣ କଲାଣି । ସେ ମନପ୍ରାଣ ଦେଇ ଅଧରକୁ ଭଲପାଇ ବସିଛି । କଥା ଦିନେ ନା ଦିନେ ନିଶ୍ଚିତ ପ୍ରଘଟ ହେବ । ସେତେବେଳେ ଲୋକମାନେ କୁହାକୁହି ହେବେ– "ତାଙ୍କ ପରିବାରକୁ 'ଭଲ ପାଇବା' ରୋଗ ଧରିଛି । ମା' ଭଲପାଇ ବାହା ହୋଇଥିଲା । ଏବେ ଝିଅ ଭଲପାଇ ବସିଲାଣି । ଦୁରାରୋଗ୍ୟ ବ୍ୟାଧି ପରି ପୁରୁଷାନୁକ୍ରମରେ ଏ ରୋଗ ପ୍ରଥମେ ମା' ଓ ପରେ ଝିଅକୁ ଧରିଲାଣି ।

ଦୁଇଟି ଗାଁରେ ଦୁଇଟି ଶିବଲିଙ୍ଗ ସ୍ଥାପନା ହୋଇଥିଲା ଗାଁର ଲୋକାମନଙ୍କ ଲାଗି ନା ୟାଙ୍କରି ପରିବାର ଭଲପାଇ ପ୍ରେମ କରିବା ପାଇଁ । ଆଉ ତା'ପରେ ଲୋକମାନଙ୍କ କାମ ହେଉଛି କହିବା । ଯାହା କଲେ ମଧ ଲୋକମାନେ କିଛି ନା କିଛି କହିବେ । ଏକଥା ଜାଣି ଲୋକଙ୍କ କଥା ଉପରେ ଗୁରୁତ୍ୱ ଦେବା ଉଚିତ ନୁହେଁ । ନିଜେ ଠିକ୍ ଥିଲେ ସବୁ ଠିକ୍ ଅଛି ବୋଲି ଭାବିଲେ ଲୋକଙ୍କ କଥା ଉପରେ ଗୁରୁତ୍ୱ ଦେବାକୁ ଆଉ ମନ ହେବନାହିଁ । ହାତୀ ପରି ଆଗକୁ ମାଡ଼ିଗଲେ ଶ୍ୱାନ ଗର୍ଜନ ପଛରେ ରହିଯିବ । ମନେପଡ଼େ ଏଇ ପରିପ୍ରେକ୍ଷୀରେ ଶ୍ରୀମାଙ୍କର ଉପଦେଶଟିଏ । ଶ୍ରୀମା କହନ୍ତି– 'ସାଧାରଣ ଲୋକ ଜାଣନ୍ତି ନାହିଁ କିପରି ପ୍ରଶଂସା ବା ନିନ୍ଦା କରିବାକୁ ହୁଏ । ପୁଣି ଯେଉଁ କଥା ତାଙ୍କଠାରୁ ଟିକିଏ ଅଧିକ ହେଲା ତାକୁ ସେମାନେ ସହ୍ୟ କରିପାରନ୍ତି ନାହିଁ ।

ଏ ଅପବାଦରୁ ସତୀ କିପରି ନିଜକୁ ମୁକୁଲାଇ ପାରିବ । ସେ ସେଥିପାଇଁ ଉପାୟ ଖୋଜି ପାଉନଥିଲା । ସେଥିରୁ ରକ୍ଷା ପାଇବା ଲାଗି ଯେତେରକମ କୌଶଳ ସେ ମନେ ମନେ ଠିକ୍ କରୁଥିଲା । ପର ମୁହୂର୍ତ୍ତରେ ତାକୁ କାର୍ଯ୍ୟକାରୀ କରିବାକୁ ଉଦ୍ୟମ କଲାମାତ୍ର ସେ ସବୁ ଫସର ଫାଟି ଯାଉଥିଲା । ସେ ଭାବୁଥିବା କଳକୌଶଳ ବ୍ୟର୍ଥ ହେଲାପରି ତାକୁ ବୋଧ ହେଉଥିଲା । ତା' ଯୋଜନାକୁ କାମରେ ଲଗାଇବାର କୌଣସି ପ୍ରକାର ପନ୍ଥା ସେ ଖୋଜି ପାଉନଥିଲା ।

ଏହା ମଧରେ ଅଇଁଠା ବାସନ ମାଜିସାରି ସବିତା ଆସି ତା'ପାଖରେ ବସିଲେ । ତା'ପାଖରେ ବୋଉର ଉପସ୍ଥିତି ଯୋଗୁ ସତୀ ଭାବନା ରାଇଜରୁ ଫେରିଆସି ପ୍ରକୃତିସ୍ଥ ହେଲା ଏବଂ ମନରେ ଆଶଙ୍କା ଆସିଲା । ମନ୍ଦିରରୁ ଡେରିରେ ଫେରିବା କଥା ବୋଉ ତାକୁ ପଚାରିବ କି ? ଯଦି ପଚାରେ ତେବେ ସେ ତା' ବୋଉ ପ୍ରଶ୍ନର କି ଉତ୍ତର ଦେବ ? ଉତ୍ତର ସନ୍ତୋଷଜନକ ନହେଲେ ବୋଉ ମନରେ ତା' ପ୍ରତି ସନ୍ଦେହ ଜନ୍ମିପାରେ । ସନ୍ଦେହ ସୃଷ୍ଟି ହେଲେ ତା'ର ପ୍ରତ୍ୟେକ କାର୍ଯ୍ୟକୁ ନିରୀକ୍ଷଣ ପୂର୍ବକ ତା'ବୋଉ ସମୀକ୍ଷା କରିବସିବ ନିଶ୍ଚୟ । ତା' ଦ୍ୱାରା ଯଦି ସେ ଧରାପଡ଼ିଯାଏ ତେବେ ତ କଥା ସରିଲା । ଏମିତି ଭାବନା ମନରେ ଆଣି ସତୀ ଭୟରେ ଆତଙ୍କିତା ହୋଇପଡ଼ିଲା ।

ସବିତା ତା'ପାଖକୁ ଘୁଞ୍ଚିଆସି ପ୍ରଥମେ ଆରମ୍ଭ କଲେ । "କାଲି ଲୁଗା କିଣିବାକୁ ଯିବା ।"

ବୋଉ କଥା ଶୁଣି ସତୀ ମନେମନେ ଆଶ୍ୱସ୍ତ ଅନୁଭବ କଲା । ଯାହାହେଉ ତା' ବୋଉ ମନ୍ଦିରରୁ ବିଲମ୍ୱରେ ଫେରିବ କଥାକୁ ଆଦୌ ଗୁରୁତ୍ୱ ଦେଇନାହିଁ । ତା'ପରେ ତା' ପାଖରେ ବୋଉର ଉପସ୍ଥିତି ଲାଗି ତା' ମନରେ ସୃଷ୍ଟି ହୋଇଥିବା ଆଶଙ୍କା ଦୂର ହୋଇଗଲା । ସେ ଭୟଶୂନ୍ୟ ଓ ଆଶଙ୍କା ରହିତ ହୋଇ ତା' ବୋଉ କଥାର ଉତ୍ତର ଦେଲା । "ଏଥର ପ୍ରଥମାଷ୍ଟମୀକୁ ଲୁଗା (କିଣା) ହେବକି ?"

"ହଁ । ଗୁରୁବାରରେ ଅଷ୍ଟମୀ ପଡୁଛି । ସେର (ମାଣବସା) ମଧ ପଡ଼ୁଆ ହେବ ।"

"ଖାଲି ମାଣବସା ଲାଗି ଆଣିବୁ"

"ମାଣ ଲାଗି ଆଉ ତୋ ପାଇଁ" ସବିତା ଉତ୍ତର ଦେଲେ ।

ବୋଉ କଥା ଶୁଣି ସତୀ ଆଖ ଉଠାଇ ସବିତାଙ୍କ ମୁହଁକୁ ଅନାଇଲା । ଯେପରି ସେ ସେଠୁ କିଛି ଖୋଜୁଥିଲା । ଛେପଢୋକି ପଚାରିଲା । "କେବଳ ମୋ ପାଇଁ ।"

"ସମସ୍ତଙ୍କ ପାଇଁ ଆଣିବାକୁ ଏତେ ପଇସା ନାହିଁ ।" ତା" ବୋଉ ଉତ୍ତରରେ କହିଲା ।

"ସମସ୍ତଙ୍କ ପାଇଁ ହେବନି । କେବଳ ମୋ ଲାଗି ।" କଥା ଅଧା ରହିଗଲା । ସତୀ କଥାଟିକୁ ସମ୍ପୂର୍ଣ୍ଣ କରିବାକୁ ଚାହୁଁ ନଥିଲା ।

ସବିତା ଝିଅକୁ ବୁଝାଇ ବସିଲେ "ତୁ ପରିବାରର ବଡ଼ ପିଲା । ଘରର ପଡୁଆଁ ଛୁଆ । ତୋ ପାଇଁ କେମିତି ନ ହେବ ?" ବୋଉ କଥା ଶୁଣି ସତୀ ମନେମନେ ବିଚାର କଲା । ସେ ଅବଶ୍ୟ ଘରର ପ୍ରଥମ (ପିଲା) ସନ୍ତାନ । ସେଥିପାଇଁ ଘରେ କିଛି ହେଲେ ସବୁଥିରେ ତା' ଲାଗି ଆଗ ହୋଇଥାଏ । ଅନ୍ୟମାନେ ତା' (ପରେ) ପଛରେ ଜନ୍ମହୋଇ ଏମିତି କି ଅକ୍ଷମଣୀୟ ମାରାତ୍ମକ ଅପରାଧ କରି ପକାଇଛନ୍ତି ଯେ ସେମାନଙ୍କ ପାଇଁ ନହୋଇ ପ୍ରତ୍ୟେକ ଓଷା ବାରରେ କେବଳ ତା' ଲାଗି ହେଉଥିବ ।

ସେ ଘରର ପ୍ରଥମ ସନ୍ତାନ । ଏକଥା ସତ । ପରିବାରର ଜ୍ୟେଷ୍ଠ ଛୁଆ ବଡ଼ପିଲା ଭାବରେ ସେ କେବଳ ତା' ନିଜ ପାଇଁ ସୁଯୋଗ ସୃଷ୍ଟି କରିବାକୁ ଓ ସେହି ସୁଯୋଗ ବଳରେ ସମସ୍ତ ପ୍ରକାର ସୁବିଧା ହାସଲ କରିବା ଲାଗି ତା' ବୋଉର ସମର୍ଥନ ପାଇ ଆସିଛି । ମାତ୍ର ଘରର ପ୍ରଥମ ସନ୍ତାନ ଭାବରେ ଘର ପ୍ରତି ତା'ର ତ କିଛି କର୍ତ୍ତବ୍ୟ ରହିବା କଥା । ପରିବାର ଲାଗି କିଛି ଅବଦାନ ଥିବା ଉଚିତ । ଯାହା ସେ ସମ୍ପାଦନ କରିପାରୁ ନାହିଁ । ଇଚ୍ଛା ଥିଲେ ସୁଦ୍ଧା ସେଥିପାଇଁ ତା' ଲାଗି କୌଣସି ସୁଯୋଗ ମିଳୁନି । କିଛି କରିବାକୁ ଆଗ୍ରହ ରହିଥିଲେ ମଧ ସେ କିଛି ସୁବିଧା ସେଥିଲାଗି ପାଏନାହିଁ । ଯେହେତୁ ସେ ଘରର ବଡ଼ପିଲା । ପାଇବାକୁ ଥିଲେ ସବୁଥିରେ ତାକୁ ପ୍ରଥମେ ଖୋଜା ପଡୁଛି । ସେହିପରି ଘରର ଆର୍ଥିକ ଦୂରାବସ୍ଥା ସୁଧାରିବା ଲାଗି ତା'ର କିଛି ପ୍ରମୁଖ ଭୂମିକା ରହିବା ନିହାତି ଆବଶ୍ୟକ । ଯାହା ତା'ଦ୍ୱାରା ଏ ପର୍ଯ୍ୟନ୍ତ ସମ୍ଭବ ହୋଇପାରି ନାହିଁ । ଘର ଚଲାଇବା ପାଇଁ ସେ ତା' ବାପାଙ୍କୁ କିମ୍ବା ବୋଉକୁ ନିଜେ ରୋଜଗାର କରି ନିଜସ୍ୱ ଉପାର୍ଜନରୁ କିଛି ଦେଉନି । ବରଂ ଓଲଟି ସେମାନଙ୍କ ଉପରେ ବୋଝଟିଏ ହୋଇ ଲଦା ହୋଇରହିଛି ।

ଝିଅଟିଏ ନହୋଇ ସେ ଯଦି ତା' ତଳଭାଇ ସୁବଳ ପରି ପୁଅଟିଏ ହୋଇଥାଆନ୍ତା ତେବେ କିଛି ରୋଜଗାର କରି ତାଙ୍କ ଘରର ଆର୍ଥିକ ଦୂରାବସ୍ଥା ସୁଧାରିବାରେ ଅନେକ ସାହାଯ୍ୟ କରିପାରନ୍ତା । ପୁଅଟିଏ ହୋଇ ନ ଥିବାରୁ ସେ କେବଳ ଘରେ ବସିରହି ତା' ବାପ ସପନି, ବୋଉ ସବିତା ଓ ସାନଭାଇ ସୁବଳଟିର ମଥାରେ ବୋଝ ଉପରେ ନଳିତା ବିଥା ପରି ଲଦା ହୋଇଛି । ଅବଶ୍ୟ ସେମାନେ ସେଥିପାଇଁ ତାକୁ ଅସୁଖ ପାଆନ୍ତି ନାହିଁ । ଅଭାବରେ ପଡ଼ି ମଧ, ଅସୁବିଧାର ସମ୍ମୁଖୀନ ହୋଇ ସୁଦ୍ଧା ବାପା ତାକୁ କେବେ ବି କିଛି କହିନାହାନ୍ତି । ବୋଉରତ ସିଏ ନୟନର ପିତୁଲା । ତା' ସାନଭାଇ ସୁବଳ ତାକୁ ଭାରି ଆଦର କରେ । ସେ ପର ବିଲରେ ମୂଲ ଲାଗି (ମଜୁରୀଖଟି) କଠିନ କରିଶ୍ରମ କରି ଆଣିଥିବା ଅର୍ଥରେ ତା' ପାଇଁ ପୋଷାକ କିଣା ହେଲେ ସେ କେବେ ବି ପ୍ରତିବାଦ କରେନା । ବରଂ ସେ ନୂଆ ପୋଷାକ ପିନ୍ଧିଲେ କିମ୍ବା କୌଣସି ଓଷା ପାଇଁ ତା' ଲାଗି ତା'ର କଷ୍ଟୋପାର୍ଜିତ ଟଙ୍କାରେ ହୋଇଥିବା ପୋଷାକ ପିନ୍ଧି ବାହାରିଲେ । ତାକୁ ଦେଖି ସୁବଳର ମନ କୁଣ୍ଠେମୋଟ ହୋଇଯାଏ । ଯେତେହେଲେ ତା' ଦେଢ ତାଙ୍କ ଗାଁର ସବୁଠାରୁ ରୂପବତୀ ଝିଅ । ତା' ଦେଢ ସହିତ ରୂପରେ ସମାନ ହେବାଲାଗି ଖାଲି ତାଙ୍କ କୈବର୍ତ୍ତ ବସ୍ତିରେ ନୁହେଁ ବ୍ରାହ୍ମଣ ସାଇରେ ସୁଦ୍ଧା କୌଣସି ଝିଅ ନାହାନ୍ତି ।

ସତୀ ନୂଆ ପୋଷାକ ପିନ୍ଧିଲେ ସତୀକୁ ଦେଖି ସବିତାଙ୍କ ଗୋଡ଼ ତଳେ ଲାଗେ ନାହିଁ । ଯେତେହେଲେ ସତୀ ତାଙ୍କ ଗାଁ କାହିଁକି ଆଖପାଖ କୋଡ଼ିଏ ଖଣ୍ଡ ଗାଁରେ ଯେତେ ଝିଅ ବୋହୂ ଅଛନ୍ତି ଦେଖିବାକୁ ସମସ୍ତଙ୍କଠାରୁ ସରସ ହେବ । ସତୀକୁ ରୂପରେ କିମ୍ବା ଗୁଣରେ ବଳିଗଲା ଭଳି ଝିଅ କିମ୍ବା ବୋହୂଟିଏ ଏହି ଆଖପାଖ ଗାଁମାନଙ୍କରେ କେଉଁଠି ହେଲେ ସେ ଦେଖିବାକୁ ପାଇ ନାହାନ୍ତି । ବିଲ ବାଡ଼ିରେ କାମ ନଥିଲାବେଳେ ସବିତା ମାଛ, ଶୁଖୁଆ ଏମିତିକି କେବେ କେମିତି ପନିପରିବା ବେପାର କରିଥାଆନ୍ତି । ସେଥିପାଇଁ ତାଙ୍କର ଆଖପାଖ ପଚିଶଖଣ୍ଡ ଗାଁରେ ପ୍ରାୟ ପ୍ରତ୍ୟେକ

ଘରମାନଙ୍କରେ ଅବାଧ ପ୍ରବେଶ ରହିଛି । ଯୋର ସେପଟ ଲକ୍ଷ୍ମୀବଜାର ଗାଁର ଝିଅ ଓ ଯୋର ଏପାଖ ତିଆଡ଼ି (ଧବଲେଶ୍ୱର) ସାଇର ବୋହୁ ହିସାବରେ ସେ ଆଖପାଖ ଗାଁର ପ୍ରାୟ ସବୁଝିଅ, ବୋହୂଙ୍କ ନିକଟରେ ପରିଚିତା । ଅନ୍ୟ ଗାଁର ମାଇପି ମହଲରେ ସେ ବେଶ୍ ଜଣାଶୁଣା । ସେହି ବେପାର ମାଧମରେ ସେ ଅନ୍ୟ ଗାଁର ସ୍ତ୍ରୀଲୋକମାନଙ୍କୁ ଦେଖିବାକୁ ଓ ସେମାନେଙ୍କ ସହିତ ମିଶିବାର ସୁଯୋଗ ପାଇଥାଆନ୍ତି । କାରଣ ମାଛ, ଶୁଖୁଆ ଓ ପନିପରିବା ସାଧାରଣତଃ ଘରର ସ୍ତ୍ରୀଲୋକମାନେ କିଣିଥାଆନ୍ତି । ଯେହେତୁ ସବିତା ଜଣେ ସ୍ତ୍ରୀଲୋକ । ସେଥିପାଇଁ ଅନ୍ୟ ଗାଁର ବୋହୁ, ଭୂଆସୁଣୀମାନେ ତାଙ୍କ ସହିତ ନିଃସଙ୍କୋଚରେ ମିଶନ୍ତି ଓ କାରବାର କରିଥାଆନ୍ତି । ତାଙ୍କ ପାଖରୁ ମାଛ, ଶୁଖୁଆ କିମ୍ବା ପନିପରିବା ସ୍ତ୍ରୀ ଲୋକମାନେ ହିଁ କିଣନ୍ତି । ଅନ୍ୟ ଗାଁର ପୁରୁଷମାନେ ଜଣେ ଅଧା ବୟସର ସ୍ତ୍ରୀଲୋକ ସହିତ କାରବାର ତଥା ମିଳାମିଶା ପାଇଁ ସଙ୍କୋଚବୋଧ କରିଥାଆନ୍ତି । ବିଶେଷକରି ଜଣେ ନିମ୍ନ (ଛୋଟ) ଜାତିର ସ୍ତ୍ରୀଲୋକ ସାଙ୍ଗରେ ସେମାନେ ଘୃଣାବଶତଃ ପ୍ରାୟତଃ କଥାବାର୍ତ୍ତା କିମ୍ବା ମିଳାମିଶା କରିନଥାଆନ୍ତି । ସେହି ବେପାର ସମୟରେ ଯଦି କୌଣସି ଗାଁରେ ସୁନ୍ଦରୀଆ ଝିଅଟିଏ କିମ୍ବା ରୂପବତୀ ବୋହୂଟିଏ ତାଙ୍କ ଦୃଷ୍ଟିକୁ ଆସେ ତେବେ ସେ ମନେମନେ ତାଙ୍କ ଝିଅର ଗଢ଼ଣ ସହିତ ତାଙ୍କ ନଜରରେ ପଡ଼ିଥିବା ତରୁଣୀଟିକୁ ତୁଳନା କରିବସନ୍ତି ।

ତୁଳନା ବେଳେ ଦେଖିଥିବା ଯୁବତୀଟିର ନାକ ଅଧିକ ଉଚ୍ଚା (ଠିଆ ନାକୀ) କିମ୍ବା ଚେପ୍ଟା ଗାଲ । ଓଡଗାଲ କିମ୍ବା ସିଠା, ଠକରା ଗାଲ । କାହାର ମୋଟା ଓଠ । କିଏ ଅଧିକ ଉଚ୍ଚ (ଡେଙ୍ଗୀ) କିମ୍ବା ଗେଢ଼ି (ବାଙ୍ଗିରୀ) କିଏ ପାତଳି କିଏ ଅଧିକ ମୋଟି (ଫାପୁଲି) କିଏ ଉଚ୍ଚ କପାଳିତ କାହାର ଡିମାଡିମା ଆଖ (ଗୋରୁ ଆଖି ପରି) କିଏ ଟେରି, କାହାର ଗର୍ଦ୍ଦନି ମୋଟା ତ କିଏ କୁଜୀ । କାହାର ପାହୁଲ ଅଧିକ ଲମ୍ବ ଓ କାହାର କହରା କେଶ । କାହାର କଣ୍ଠସ୍ୱର କର୍କଶିତ କାହାର ଅତି ପତଳା (ଚିଲେଇଲା ପରି) କାହାର ବେଶୀ ମୋଟା କଣ୍ଠସ୍ୱର ତ କାହାର ଅଧିକ କ୍ଷୀଣ । ହାତର ଆଙ୍ଗୁଳି କାହାର ମୋଟା ତ କାହାର ଆଙ୍ଗୁଳି ଖୁବ ଛୋଟ ଏବଂ ସରୁ । କାହାର ବଗନଳି ପରି ଗୋଡ଼ (ଧଡ଼ା ଗୋଡି) ହାତ ସରୁ ସରୁ । କିଏ କୁଜ କାଢ଼ି ଚାଲେ ତ କିଏ ଛାତି ଫୁଲେଇ ହାତ ହଲେଇ ବାଟ ଚାଲେ । ଏମିତି କେତେ ରକମର ଦୋଷ (ଖୁଣ) ତାଙ୍କ ନଜରକୁ ଆସେ । ସେମାନେ କେହି ସତୀର ଚେହେରା ସହିତ ସମକକ୍ଷ ହୋଇ ନପାରି ନିରସ ଦିଶନ୍ତି ସବିତାଙ୍କ ଆଖିକୁ । ବର୍ଷରେ କେହି ମଳିଟିଆ ତ କେହି ଶେତା ଗୋରୀ । ତାଙ୍କ ବିଚାରରେ ସତୀ ହିଁ ସେମାନଙ୍କଠାରୁ ଅଧିକ ସୁନ୍ଦର ସାବ୍ୟସ୍ତ ହୁଏ । ସତୀ ପରି କେହି ସର୍ବାଙ୍ଗ ସୁନ୍ଦର ନୁହଁନ୍ତି । ତାଙ୍କ ଦୃଷ୍ଟିରେ ସତୀର ମୁହଁ ପୂର୍ଣ୍ଣିମୀ ରାତିର ଚନ୍ଦ୍ର ପରି ଗୋଲ ଓ ପୂର୍ଣ୍ଣିମାର ଗୋଟା ଜହ୍ନଭଳି ସୁଢ଼ଳ ଏବଂ ଉଜ୍ଜ୍ୱଲ ଆଉ ସହଜେ ତ ସତୀ ଗୋଟିଏ ଚାଉଲରେ ଗଢ଼ା । ତା'ର କୁଞ୍ଚକୁଞ୍ଚିଆ କେଶ (ଚୁଲ) ଚମ୍ପାଫୁଲ ପରି ତା' ଦେହର ବର୍ଣ୍ଣ । ହାତର ଆଙ୍ଗୁଳି ଚମ୍ପା କଢ଼ି ଭଳି । ପାଦର ପାହୁଲ ମାନବସା ଗୁରୁବାରରେ ପିଠାଉରେ ଝୋଟି ପଡ଼ି ଘରର ଚଟାଣରେ ଅଙ୍କା ଯାଇଥିବା ଲକ୍ଷ୍ମୀପାଦ ପରି ଦିଶେ । ସତୀ ଦେଖିବାକୁ ଅନୁପମା, କମନୀୟା, ଆକର୍ଷଣୀଆ, ଲୋଭନୀୟା ଓ ମନ ମୁଗ୍ଧକର ।

ସେ ତୁଳନା ପ୍ରତିଯୋଗିତାରେ ତାଙ୍କ ଝିଅ ସତୀ ଜିତାପଟ ହୁଏ । ସବିତାଙ୍କ ବିଚାରରେ ତାଙ୍କ ଝିଅର ସୁନ୍ଦର ପଣକୁ ଆଉ କେହି ସମସରି ନୁହଁନ୍ତି । ସବିତାଙ୍କ ଦୃଷ୍ଟିରେ ସତୀ ହିଁ ଦୁନିଆଯାକର ଶ୍ରେଷ୍ଠ ରୂପସୀ ଓ ସାରା ସଂସାରରେ ସବୁଠୁ ବଳି ଗୁଣବତୀ ଝିଅ । ତାଙ୍କ ଆଖିକୁ ସତୀର ପ୍ରତ୍ୟେକ କାମ, କଥା, ଭାଷା, ବ୍ୟବହାର, ଚାଲିଚଳନ, ହାବଭାବ ସବୁ ସୁନ୍ଦର ଓ ସୁଠାମ ଦିଶେ ।

ସତୀ ପୁଅଟିଏ ନ ହୋଇ ଝିଅଟିଏ ହୋଇଥିବାରୁ ଘରର ଆର୍ଥିକ ବିକାଶରେ ତା'ର କୌଣସି ଭୂମିକା ରହିପାରେନା । ପରିବାର ପ୍ରତି ତା'ର କିଛି ଦାନ ନ ଥାଇ ବରଂ ଘର ଉପରେ ସେ ଓଲଟି ବୋଝ ହୋଇ ରହେ । ରୋଜଗାରର କୌଣସି ପନ୍ଥା ନ ଧରି ନିଜକୁ ଘର କାମରେ ନିଯୋଜିତ କରିରଖେ । ତା' ଲାଗି ଘରର ଅନ୍ୟ ପିଲାମାନଙ୍କଠାରୁ ଅଧିକ ଖର୍ଚ୍ଚ

ହୋଇଥାଏ । ସେଥିପାଇଁ ଅବଶ୍ୟ ଘରେ କେହି ବିମୁଖ ହୁଅନ୍ତି ନାହିଁ । କେବଳ ତା’ ସାନ ଭଉଣୀ ସର ବେଳେବେଳେ ଆପତ୍ତି ଉଠାଇଥାଏ । ସବିତା କିନ୍ତୁ ସର କଥା ପ୍ରତି କର୍ଣ୍ଣପାତ ନକରି ସତୀର ଯେଉଁଠାରେ ସୁବିଧା ହେବ ତାହା ହିଁ କରିଥାଆନ୍ତି ।

ହେଲେ ସତୀ ଏଥିରେ ଆଦୌ ଖୁସି ହୋଇପାରେନା । ତା’ ମନରେ ପ୍ରଶ୍ନ ଉଙ୍କିମାରେ ତା’ ତଳଭାଇ ସୁବଳ ପରଘରେ ମୂଲ ଲାଗିବ । ତା’ ବୋଉ ବାରଦୁଆର ବୁଲି ବେପାର କରି ଦି’ପଇସା ରୋଜଗାର କରିବ । ତା’ ବାପା ପର କ୍ଷେତରେ ମଜୁରୀ ଖଟିବ । ତା’ ସାନ ଭଉଣୀମାନେ ଚାଷକାମ ବେଳେ ବିଲରେ ପାଣିକାଦୁଅରେ ଘାଣ୍ଟି ହୋଇ ଖରାରେ ସିଝି ବର୍ଷାରେ ଭିଜି କାମ କରିବେ । ସେ ନିଜେ ଘରେ ଶୁଖୁଲା ଏବଂ ଛାଇରେ (ବସି) ରହି ସେମାନଙ୍କଠାରୁ ବେଶୀ ସୁବିଧା ହାସଲ କରିବ । ପ୍ରତ୍ୟେକ କ୍ଷେତ୍ରରେ ଅଧିକ ସୁଯୋଗ ପାଇବ । ସେଥିପାଇଁ ତା’ ନିଜ ଅନ୍ତରାତ୍ମା ତା ନିଜ ବିରୋଧରେ ବିଦ୍ରୋହ କରିଉଠେ । ଖରା ବର୍ଷାରେ କଠିନ ପରିଶ୍ରମ ନ କରି, ବିଲରେ ପାଣିକାଦୁଅରେ ଘାଣ୍ଟିଟିକଟି ନ ହୋଇ, ମୁଣ୍ଡ ଝାଳ ତୁଣ୍ଡରେ ନପଇ, ଘରେ ଛାଇରେ ଓ ଶୁଖୁଲାରେ ରହି ସିଏ ସେମାନଙ୍କ କଠିନ ପରିଶ୍ରମ ଦ୍ୱାରା କଷ୍ଟୋପାର୍ଜିତ ଧନରେ ନିଜ ପାଇଁ ସୁବିଧା ହାସଲ କରିବାକୁ ଉଚିତ ମଣୁ ନ ଥିଲା । ସେ ପ୍ରଥମେ ଜନ୍ମ ହୋଇଥିବାରୁ ଏମିତି କି ପୁଣ୍ୟ ଅର୍ଜନ କରିପକାଇଛି ଯେ କେବଳ ତା’ ପାଇଁ ପ୍ରତ୍ୟେକ ଓଷାରେ ନୂଆ ପୋଷାକ ହେଉଥିବ ଓ ସେ ସବୁ କ୍ଷେତ୍ରରେ ସୁବିଧା ହାସଲ ଲାଗି ସୁଯୋଗ ପାଉଥିବ । ପ୍ରଥମାଷ୍ଟମୀରେ ତା’ ଲାଗି ନୂଆ ପୋଷାକ ହେବ । ଅନ୍ୟମାନେ ଖରାବର୍ଷାରେ ଖଟି ରୋଜଗାର କରି ସୁଦ୍ଧା ପଛରେ ଜନ୍ମ ହୋଇ ଏପରି କି ପ୍ରକାର ମାରାତ୍ମକ ଗର୍ହିତକର ପାପ କରି ପକାଇଛନ୍ତି ସେମାନେ ସମସ୍ତ ପ୍ରକାର ସୁବିଧା ସୁଯୋଗ ପାଇବାରୁ ବଞ୍ଚିତ ହେବେ । ସେମିତି (ପ୍ରକାର) ନ୍ୟାୟକୁ ସେ ସହଜ ଭାବରେ ଗ୍ରହଣ କରିପାରେନା । ସେପରି ନିୟମକୁ ସେ ନିରବରେ ମାନିନେବାକୁ ଚାହେଁନା । ସେଭଳି ପଦ୍ଧତିରେ ତା’ ମନ ସନ୍ତୁଷ୍ଟ ହୁଏନା । ସେମିତି ବିଚାର ବିରୋଧରେ ପ୍ରତିବାଦ ନକରି ବିନା ଆପତ୍ତିରେ ତାକୁ ସମର୍ଥନ କରିବାକୁ ତା’ ବିବେକ ସ୍ୱତଃସ୍ଫୁତ ଭାବରେ ରାଜି ନୁହେଁ । କିନ୍ତୁ ତା’ ବୋଉର କହିବା କଥା ହେଉଛି ସେ ଘରର ବଡ଼ପିଲା । ପରିବାରର ଜ୍ୟେଷ୍ଠ ସନ୍ତାନ ବା ବଂଶର ପ୍ରଥମ ଜନ୍ମିତ ମାନେ କେବଳ ପଢ଼ୁଆ ହେବା କଥା । ସେଥ୍ୟସକାଶେ ଖାଲି ତା’ ଲାଗି ନୂଆ ପୋଷାକ ହେବ । ଅନ୍ୟ ସବୁ ତ ପଢ଼ୁଆ ନୁହଁନ୍ତି । ଅଭାବ ସମୟରେ କରଜ କରି ଉଧାର ଆଣି ସୁଧକୁ ଟଙ୍କା ଧାଆର କରି ସେମାନଙ୍କ ପାଇଁ ଆକାରଣେ କାହିଁକି ସୁଧ ବାବଦକୁ ଟଙ୍କା ଗଣିବାକୁ ହେବ ।

ଏପରି ଯୁକ୍ତି ସବୁ ଶୁଣିସାରିଲା ପରେ ସୁଦ୍ଧା ସତୀ ତା’ ବୋଉ କଥାକୁ ସହଜରେ ଗ୍ରହଣ କରିପାରି ନ ଥିଲା । ସେଥ୍ୟସକାଶେ ସେ ତା’ ବୋଉ ସହିତ ଅବଶ୍ୟ କୌଣସି ଯୁକ୍ତିତର୍କ କରି ନ ଥିଲା । ଅନ୍ୟମାନେ ପଛରେ ଜନ୍ମ ହୋଇଥିବାରୁ ଏମିତି କି ପ୍ରକାର ମାରାତ୍ମକ ଅକ୍ଷମଣୀୟ ଗହିତକର ପାପ କରିପକାଇଛନ୍ତି ଯେ, କଠିନ ଝାଳବୁହା ପରିଶ୍ରମ କରି ରୋଜଗାର କଲେ ସୁଦ୍ଧା ନୂଆ ପୋଷାକ ପିନ୍ଧିବାରୁ ଅନ୍ୟାୟ ଭାବରେ ବଞ୍ଚିତ ହେବେ । ଆଉ ସେ କେବଳ ପ୍ରଥମେ (ଆଗେ) ଜନ୍ମଲାଭ କରିଥିବା ଯୋଗୁ ସେହି ଅଧିକାର ବଳରେ ଘରେ ଛାଇରେ ବସି ସୁସ୍ଥରେ ରହି ସମସ୍ତ ପ୍ରକାର ସୁବିଧା ସୁଯୋଗ ହାସଲ କରିନେବ । ସେଥିରେ ତା’ ମନ ବୁଝେନା । ତା’ ବୋଉ କଥାରେ ଏକମତ ହୋଇ ଅନ୍ୟମାନଙ୍କ ଝାଳବୁହା କଷ୍ଟୋପାର୍ଜିତ ଧନରେ ନୂଆ ପୋଷାକ ପିନ୍ଧିବାକୁ ସେ ପସନ୍ଦ କରି ନ ଥାଏ । ପଛରେ ଜନ୍ମ ହୋଇଥିବାରୁ ସେମାନଙ୍କୁ ସେମାନଙ୍କ ନ୍ୟାୟ୍ୟ ପ୍ରାପ୍ୟ ସୁବିଧାରୁ ବଞ୍ଚିତ କରି ନିଜେ ପରିବାରର ଜ୍ୟେଷ୍ଠ ସନ୍ତାନ (ପ୍ରଥମ ଜନ୍ମିତପିଲା) ଭାବରେ କେବଳ ସେହି ଗୋଟିଏ ଯୁକ୍ତି ବଳରେ ନିଜ ପାଇଁ ସବୁ ରକମର ସୁଯୋଗ ହାସଲ କରିନେବା ସପକ୍ଷରେ ସେ ନ ଥାଏ । ସେଥିଲାଗି ତା’ ବିବେକ ମଧ ତାକୁ ବାଧାଦିଏ । ତଥାପି ଅଗତ୍ୟା ବୋଉ କଥା କାଟି ନପାରି ସେ ସବିତାଙ୍କ ପ୍ରସ୍ତାବରେ ନିଜର ଅନିଚ୍ଛାସତ୍ତ୍ୱେ ରାଜି ହେବାକୁ ଏକପ୍ରକାର ବାଧ ହୋଇଥାଏ । ସେ ତା’ ବୋଉ କଥାରେ ରାଜି ନ ହେଲେ ତା’ ବୋଉ ମାନସିକ ଆଘାତ ପାଇବ ଓ ତା’ ଅନ୍ତରରେ ଦୁଃଖ ଜାତ ହେବ ନିଶ୍ଚୟ ଏହି ଆଶଙ୍କାରେ ।

ପ୍ରଥମାଷ୍ଟମୀରେ, କୁଆଁର ପୂର୍ଣ୍ଣମୀରେ, ଅଗିରା ପୁନେଇ ଓଷାକୁ ଓ ରଜରେ ତା’ ସାନ ଭଉଣୀମାନେ ସେମାନଙ୍କ

ପୁରୁଣା ପୋଷାକକୁ ସଫାକରି ପିନ୍ଧିଥିବା ସମୟରେ ସେ ନିଜେ ନୂଆ ପୋଷାକ ପିନ୍ଧିବାକୁ ଆଦୌ ପସନ୍ଦ କରେନା। ତା' ତଳ ଭଉଣୀମାନେ ପୁରୁଣା ପୋଷାକ ପିନ୍ଧି ଓଷାକୁ ଗଲାବେଲେ ସେ ନୂଆ ପୋଷାକରେ ନିଜକୁ ସଜେଇବାକୁ (ପିନ୍ଧିବାକୁ) ଭଲ ପାଏନା। ସେ ସମୟରେ ତାକୁ ଭାରି ମାଡ଼ିମାଡ଼ି ପଡ଼େ। ନିଜ ଭଉଣୀମାନଙ୍କୁ ସେମାନଙ୍କ ନ୍ୟାୟ୍ୟ ପ୍ରାପ୍ୟ ସୁବିଧାରୁ ବଞ୍ଚିତା କରି ସେମାନଙ୍କ କଷ୍ଟୋପାର୍ଜିତ ଧନରେ ନିଜେ ବିନା ପରିଶ୍ରମରେ ନୂଆ ପୋଷାକ ପିନ୍ଧି ସଜେଇ ହେବାକୁ ତାକୁ ଭାରି ଖରାପ ଲାଗେ। ଏପରି କରିବା ଦ୍ୱାରା (ଏହାଦ୍ୱାରା) ସେ ନିଜକୁ ସୁବିଧାବାଦୀ ବୋଲି ମନେକରେ। ପୁରୁଣା ପୋଷାକ ପିନ୍ଧି ଓଷାକୁ ଯାଉଥିବା ତା' ଭଉଣୀମାନଙ୍କ ସହିତ ନିଜେ ନୂଆ ପୋଷାକ ପିନ୍ଧି ସେ ଖୁସି ନ ହୋଇ ନିଜକୁ ଅପରାଧିନୀ ମନେକରି ଦୁଃଖ ଓ ଅନୁତାପରେ ମ୍ରିୟମାଣ ହୋଇପଡ଼େ।

ଯାହା ତା'ଦ୍ୱାରା ସମ୍ଭବ ନୁହେଁ ସେ କଥା ବୃଥାଚାରେ ଚିନ୍ତାକରି ଅକାରଣଟାରେ ମନ ଦୁଃଖ କରିବା ନିରର୍ଥକ। ସେ ଘରର ବଡ଼ପିଲା ସତ। କିନ୍ତୁ ପୁଅଟିଏ ନୁହେଁ। ଝିଅଟିଏ। ସେଥିପାଇଁ ଘରର ଆର୍ଥିକ ଦୂରାବସ୍ଥା ସୁଧାରିବାରେ ସେ ସହଯୋଗ କରିପାରେନା। ଯଦିବା ଘରର ପ୍ରଥମ ପିଲା ଭାବରେ ସେ ସବୁପ୍ରକାର ସୁବିଧା ଅନାୟସରେ ପାଇଥାଏ। ସେ ଆଉ ଛୋଟ ପିଲା ହୋଇ ରହିନାହିଁ ଯେ ତା' ବୋଉ ସହିତ ବେବୁଷଣ ବେଲେ ବିଲରେ ଯାଇ କାମ କରିବ କିମ୍ବା ବୟସ୍କ ମଧ ନୁହେଁ ବିଲ କାମ କରିବାକୁ ପଦାକୁ ବାହାରିପାରିବ। ସ୍ତ୍ରୀଲୋକଟିଏ ପିଲାବେଲେ ଓ ବୟସ୍କ ସମୟରେ ବାହାରକୁ ଅନାୟସରେ ଯାଇପାରେ। କିନ୍ତୁ ମଝି ବୟସ ଅର୍ଥାତ କୈଶୋର ଓ ଯୌବନ ସମୟରେ ସେ ନିଜକୁ ଅନ୍ୟମାନଙ୍କ ବିଶେଷକରି ପରପୁରୁଷଙ୍କ ଦୃଷ୍ଟିରୁ ଲୁଚାଇ ରଖେ। ପ୍ରଥମତଃ ଯୁବକମାନଙ୍କ ଲୋଲୁପ ନଜରରୁ। ଯୁବତୀଟିଏ ଏହି ସମୟରେ ନିଜ ରୂପ ସମ୍ଭାରକୁ ଓ ନିଜକୁ ବି ଲୁଚାଇ ରଖିବାକୁ ଚେଷ୍ଟା କରିଥାଏ। ସେଥିପାଇଁ ସତୀ ନିଜକୁ ଲୁଚାଇ ରଖିବାକୁ ଯତ୍ନ କରେ। ସେ ତ ଆଉ ତା' ସାନଭଉଣୀମାନଙ୍କ ପରି ଛୋଟପିଲା ହୋଇ ରହିନାହିଁ। ଫ୍ରକ୍ ପିନ୍ଧୁନାହିଁ। ସେ ଏତିକି ଅଧିକାଂଶ ସମୟରେ ଶାଢ଼ି ପିନ୍ଧିଲାଣି। ଏବେ ଅନେକ ସମୟରେ ଓଷାବାରରେ ସେ ଶାଢ଼ି ପିନ୍ଧୁଛି। ସେ ଯୁବତୀ ବୟସର ହୋଇଗଲାଣି। ଦେହରେ ତା'ର ଭରା ଯୌବନ ଜୁଆର ଭାଙ୍ଗୁଛି। ପୂର୍ଣ୍ଣ ଯୌବନା ଯୁବତୀ ସେ ଏଇନେ। ତା'ର ଶାଢ଼ି ପିନ୍ଧିବାର ବୟସ ହୋଇଯାଇଛି। ତା'ପରେ ସେ ଜଣେ ରୂପସୀ ଷୋଡ଼ଶୀ। ତା' ବୋଉ ପରି ବୟସ୍କା ନୁହେଁ କିମ୍ବା ତା' ସାନ ଭଉଣୀମାନଙ୍କ ଭଲି ପିଲା ବୟସର ହୋଇ ସେ ଆଉ ରହିନାହିଁ ଯେ ବିଲକୁ ଯାଇପାରିବ କାମ କରିବା ଲାଗି। ଅଥବା ବାହାରକୁ ବାହାରିପାରିବ କୌଣସି ଦାଇତ୍ୱରେ ଏକୁଟିଆ। ଯଦି ପଦାକୁ ଗୋଡ଼ କାଢ଼ିବାକୁ ପଡ଼େ ତେବେ ତା' ବୋଉର ଅନୁମତି ଆବଶ୍ୟକ ପୁଣି ଅନ୍ୟ କାହାର ମାର୍ଫତରେ ସେ ବାହାରକୁ ଯାଇଥାଏ। ସେଥିପାଇଁ ସେ ଘରେ ରହି ରୋଷେଇବାସ କରିଥାଏ। ଯାହା ତା' ଦ୍ୱାରା ସମ୍ଭବ। ତେଣିକି ତା'ଦେଇ ଯାହା ନହେବ ସେ କଥା ଚିନ୍ତାକରି, ସେପରି ଭାବନା ଅନ୍ତରକୁ ଆଣି ସେଭଲି କଳ୍ପନା ହୃଦୟରେ ପୋଷଣ କରି ମନ ଦୁଃଖ କଲେ ତା' ଆତ୍ମା ବିଷାଦଗ୍ରସ୍ତ ହେବା କେବଲ ସାରହେବ। ପ୍ରାଣ ବୃଥାଚାରେ କଷ୍ଟ ପାଇବ। ତାକୁ ତାହା ଅସୁଖ ଲାଗିବ। ସେ ନିଜେ ଯନ୍ତ୍ରଣା ଭୋଗିବ। ସନ୍ତାପିତ ହେବ। ମନସ୍ତାପ କରି କିଛି ଲାଭ ହେବନି ବରଂ ସେ କଥା ନ ଭାବି ସେ ବିଷୟରେ ଚିନ୍ତା ନ କରି ସେ ସମୟରେ ମୁଣ୍ଡ ନ ଖେଲାଇ ଆପଣା କାମରେ ବ୍ୟସ୍ତ ରହିବ। ନିଜ ଧନ୍ଦାରେ ଲାଗିରହିଲେ ତାହା ତା'ପକ୍ଷରେ ଶ୍ରେୟସ୍କର ହେବ। ତା' ପାଇଁ ଉଚିତ ମଧ ହେବ। ତା'ଦ୍ୱାରା ଯେତିକି ଓ ଯେପରି ହୋଇପାରିବ, ସେତିକି କରିଦେଇ ସନ୍ତୁଷ୍ଟ ରହିବ। ସେତିକିରେ ମାନସିକ ଶାନ୍ତି ଅନୁଭବ କରିବ। ଅଶାନ୍ତି ଭାବ ମନକୁ ଆଣିବନି। ଅଧିକ କିଛି କରିବାକୁ କିମ୍ବା ପାଇବାକୁ ଆଶା କରିବା ବୃଥା ପ୍ରୟାସ ହେବ ଯାହା ତା' ପକ୍ଷରେ କେବେ ସମ୍ଭବପର ନୁହେଁ।

ଘରେ ବାହାରେ ଦେଖିଲା ଲୋକମାନେ ତା'ର ସୁନ୍ଦର ସ୍ୱାସ୍ଥ୍ୟ ଲାଗି ତାକୁ ପ୍ରଶଂସା କରିଥାଆନ୍ତି । ଶରୀରର ଉତ୍ତମ ଗଢ଼ଣ ପାଇଁ ତା' ଦେହକୁ ସବୁ ରଙ୍ଗର ପୋଷାକ ଭଲ ମାନିଥାଏ । ତା' ରୂପର ପ୍ରଶଂସା ଅନ୍ୟମାନଙ୍କଠାରୁ ଶୁଣିଲାବେଳେ ସେ ଖୁସି ନ ହୋଇ ଭିତରେ ଭିତରେ ନିଜକୁ ଅତ୍ୟନ୍ତ ହୀନ ଓ ସ୍ୱାର୍ଥପର ତଥା ନଗନ୍ୟ ମଣୁଥାଏ । ସାନ ଭାଇ ଓ ସାନଭଉଣୀମାନଙ୍କ ଉପାର୍ଜିତ ଧନରେ, ସେମାନଙ୍କୁ ସେମାନଙ୍କ ନ୍ୟାଯ୍ୟ ପ୍ରାପ୍ୟ ସୁବିଧାରୁ ବଞ୍ଚିତ କରି ବିନା ପରିଶ୍ରମରେ ନିଜେ କେବଳ ପରିବାରର ବଡ଼ପିଲା ଭାବରେ ପାଇଥିବା ସୁଯୋଗକୁ ପ୍ରାଣଭରି ମନଖୋଲି ହୃଦୟର ଆବେଗ ସହିତ ଉପଭୋଗ କରିପାରେନା । ସେଥିପାଇଁ ତା'ର ବିବେକ ତାକୁ ବାଧାଦିଏ । ଅନ୍ୟର କଷ୍ଟୋପାର୍ଜିତ ଅର୍ଥରେ ନିଜେ ପାଇଥିବା ସୁବିଧାକୁ ସେ ଅବିବେକୀ ଭାବରେ ସହଜରେ ଗ୍ରହଣ କରିପାରେ ନାହିଁ । ତା' ଅନ୍ତରାତ୍ମା ସେଥିପାଇଁ ପ୍ରତିବାଦ କରିଥାଏ । ଅନ୍ୟମାନଙ୍କୁ ତାଙ୍କ ନ୍ୟାଯ୍ୟୋଚିତ ପ୍ରାପ୍ୟ ସୁବିଧାରୁ ବଞ୍ଚିତ କରି ନିଜେ ସେମାନଙ୍କ ସୁଯୋଗକୁ ଅପହରଣ କରିନେବାରେ ମାନେ କିଛି ହୁଏନାହିଁ । ସେ ଘରର ପ୍ରଥମ ଜନ୍ମିତ ପିଲା ଓ ପରିବାରର ଜ୍ୟେଷ୍ଠ ସନ୍ତାନ, ସେଥିପାଇଁ ସବୁପ୍ରକାର ସୁବିଧା ଓ ସମସ୍ତ ରକମର ସୁଯୋଗ ପାଇବାକୁ ସେ କେବଳ ଏକୁଟିଆ ହକ୍ଦାର ଏପରି ଯୁକ୍ତିକୁ ସେ ସହଜ ଭାବରେ ମାନି ନେଇପାରେ ନାହିଁ । ସେଥିପାଇଁ ତା' ହୃଦୟରେ ବିଦ୍ରୋହର ବାତାବରଣ ସୃଷ୍ଟିହୁଏ । ତା' ଅନ୍ତରାତ୍ମା ବିଲାପ କରିଉଠେ । ତା' ମନ ଇଲାକାକୁ ପ୍ରତିବାଦର ଜୁଆର ମାଡ଼ିଆସେ । ପ୍ରଚଳିତ ପ୍ରଥା ବିରୋଧରେ ତା' ପ୍ରାଣରେ ଆପତ୍ତି କରିବା ମନୋବୃତ୍ତିର ଝଡ଼ ସୃଷ୍ଟି ହୁଏ । ଗତାନୁଗତିକ ଧାରା ବିପକ୍ଷରେ ତା' ଆତ୍ମାରେ ବତାସ ଜନ୍ମ ନିଏ । ସେହି ଝଡ଼ ବତାସର ଆଘାତରେ ଜର୍ଜରିତ ହୋଇ ସେ ଖୁସି ହେବା ପରିବର୍ତ୍ତେ ଦୁଃଖରେ ମ୍ରିୟମାଣ ହୋଇଯାଏ ।

ସେ ନୂଆ ପୋଷାକ ପିନ୍ଧିଲେ ତା' ଭଉଣୀମାନେ ସେମାନଙ୍କ ଲାଗି ପୋଷାକ ହୋଇ ନ ଥିବା ଯୋଗୁ ଈର୍ଷାପରାୟଣ ନ ହୋଇ ଓଲଟି କହନ୍ତି "ଦେଇକୁ ଏ ଡ୍ରେସଟି ବଢ଼ିଆ ମାନୁଛି ।" ସାନଭାଇ ସୁବଳର ଉପାର୍ଜିତ ଅର୍ଥରେ କିଣାହୋଇଥିବାରୁ ସେ ଅସହିଷ୍ଣୁତା ପ୍ରଦର୍ଶନ କରିବା ପରିବର୍ତ୍ତେ ଟିପ୍ପଣୀ କରିଥାଏ "ଦେଇ ନା ଆଜି ଖୁବ୍ ଭଲ ଦିଶୁଛି ।" ସହଜେ ତ ତା' ବୋଉ ସବିତାଙ୍କ ଆଖିକୁ ସତୀ ଆଉ ତା'ର ସବୁ କାମ ସୁନ୍ଦର ଦେଖାଯାଏ । ଆଉ ତା' ବୋଉ ସବିତାଙ୍କର ଟିକେ ଫୁଲେଇ ଢଙ୍ଗ ଅଛି । ସେହି ଗୁଣର ବଂଶବର୍ତ୍ତୀ ହୋଇ ସେ କହିଥାଆନ୍ତି "ଆମ ଆଖପାଖ ପଟିଶଖଣ୍ଡ ମୌଜାରେ କିଏ ମୋ ସତୀ ସାଙ୍ଗରେ ସମାନ ହେବ ? ରୂପରେ, ଗୁଣରେ, ସ୍ୱଭାବରେ କି କାମଦାମରେ ସତୀକୁ କେଉଁଠାରେ କିଏ ଖୁଣ୍ଟି ଦେବ ? କାହା ବାପର ବହପ ଅଛି ନା କାହା ଜିଭରେ ହାଡ଼ ହେଲାଣି ? ସବିତା ବେପାର କରୁଥିବା ସମୟରେ ଆଖପାଖ ଗାଁଗୁଡ଼ିକର ଝିଅବୋହୂମାନଙ୍କୁ ଦେଖିବାର ସୁଯୋଗ ପାଇଥିବାରୁ ଓ ସେହି ମନୋବୃତ୍ତିର ପ୍ରଭାବରେ ପ୍ରଭାବିତ ହୋଇ ସେ ଏପରି କଥା କହିବାକୁ ସାହସ କରିପାରନ୍ତି ।

ସତୀକୁ କିନ୍ତୁ ସେସବୁ କଥା ଶୁଣିବାକୁ ଆଦୌ ଭଲ ଲାଗେନା । ନିଜର ପ୍ରଶଂସା ଶୁଣି ସେ ଖୁସି ହୋଇପାରେନା । ଖୁସି ହେବା ପରିବର୍ତ୍ତେ ସେ ଦୁଃଖ ଓ କ୍ଷୋଭରେ ଭାଙ୍ଗିପଡ଼େ । ଅନ୍ୟର ନ୍ୟାଯ୍ୟ ପ୍ରାପ୍ୟକୁ ଅପହରଣ କରି ନିଜେ ପାଇଥିବା ସୁଯୋଗର ଉଲ୍ଲାସରେ ସେ ଆନନ୍ଦିତା ହୋଇପାରେନା । ମନର ଭାବନାକୁ ଅନ୍ତରରେ ଗୋପନ ରଖି ସେ ନିରାସକ୍ତ ଭାବରେ ଆପଣାର କର୍ତ୍ତବ୍ୟ କରିଯାଏ । ଯେତେବେଳେ ତା' ବାପ-ଭାଇ ପର କ୍ଷେତରେ କାମରେ ଲାଗିଥାଆନ୍ତି (ମୂଳ ଖଟନ୍ତି) ତା' ବୋଉ ଓ ସାନ ଭଉଣୀମାନେ ବିଲ କାମରେ ବ୍ୟସ୍ତ ଥାଆନ୍ତି । ସେତେବେଳେ ସେ ଘରେ ରହି ରନ୍ଧାବଢ଼ା ସହିତ ସେମାନଙ୍କର ସୁବିଧା ପାଇଁ ତା' ପାରୁପର୍ଯ୍ୟନ୍ତ କାମ କରିଥାଏ । ତା' ଦ୍ୱାରା ଯେତିକି ସମ୍ଭବ ହୋଇପାରିବ ।

ସତୀ ଏକାମ ସବୁ ତା' ନିଜ ମନକୁ କରିଥାଏ । ସେ କାମ କରିବା ପାଇଁ ତାକୁ କେହି ବରାଦ କରି ନ ଥାଆନ୍ତି । କେବଳ ଘରର ରନ୍ଧାବଢ଼ା କାମର ଦାୟିତ୍ୱ ତା' ଉପରେ ନ୍ୟସ୍ତ ଥାଏ । ରନ୍ଧା ସରିଲାପରେ ନିକମା ହୋଇ ବସିରହି

ସମୟକୁ ଅବାୟ୍ୟରେ ନଷ୍ଟ ନକରି ସେ ଘରେ ବାକିଥିବା କାମ କରି ଦେଇଥାଏ । ଘରେ ସମସ୍ତେ ଖାଇସାରିଲା ପରେ ଉପର ଓଳି ତା' ଉପରେ କିଛି କାମ ନ ଥିବାରୁ ସେ ବସି ରୁମାଲ ବୁଣିଥାଏ । ସତୀ ରୁମାଲ ବୁଣା ତା' ବାପା ସପନିର ମାଉସୀ ପୁଅ ଭାଇ ବଟିଆ ସ୍ୱୀଠାରୁ ଶିଖିଥିଲା । ଯିଏ କି ବ୍ରାହ୍ମଣ ଘର ଝିଅ ହୋଇ ତାଙ୍କ କୈବର୍ତ ଘରେ ବୋହୂ ହୋଇଛି । ସତୀ ତୁଚ୍ଛାଟାରେ ବସିରହି ସମୟ ବୃଥାରେ ନଷ୍ଟ ନକରି କିଛି ନା କିଛି କାମରେ ସବୁବେଳେ ଲାଗିଥିବାରୁ ତା' ବୋଉ ସବିତାଙ୍କୁ ଏସବୁ ଭାରି ବାଧେ ।

ସତୀ ନିକମାରେ ବସିରହିଲେ ସେ ଖୁସି ହୁଅନ୍ତି । ଯଦି ସତୀ ଆବଶ୍ୟକତାରୁ କିଛି ଅଧିକ କାମ କରିଦେଲା ତେବେ ସେ ତା' ଉପରେ ବିରକ୍ତ ହୁଅନ୍ତି । ସତୀ କିଛି କାମ ନକରି ତା' ସାଙ୍ଗ ସୁନି ସହିତ ବସି ଗପୁଥିଲେ । ସେତେବେଳେ ସବିତାଙ୍କ ଆନନ୍ଦ କହିଲେ ନ ସରେ । ବିଲ କାମରୁ ଫେରି ସେ ଯେତେବେଳେ ଦେଖନ୍ତି ସତୀ ଘରର ମଇଲା ଲୁଗା ସଫାକରି ଶୁଖାଇ ରଖିଛି । ଘର ଭିତରପଟ୍ଟରେ ଝାଡ଼ୁମାରି ପରିଷ୍କାର କରିଦେଇଛି । ବର୍ଷାଚ୍ଛିଟାରେ ଝଡ଼ିଯାଇଥିବା ପିଣ୍ଡାକୁ ମାଟିଛାଟି ଲିପାପୋଛା କରି ବାଗେଇ ଦେଇଛି । ଏସବୁ ଦେଖି ସେ ଆଉ ନିଜକୁ ସମ୍ଭାଳି ନ ପାରି କହିପକାନ୍ତି । "ମୋ ଛୁଆଟା କେତେ କାମ କରିସାରିଲାଣିଲୋମା । ଆମେ ବିଲକୁ ଗଲାବେଲରୁ ସେ ଟିକେ ନ ବସି କାମରେ ଲାଗିଛି ଯେ ଏତେବେଳ ପର୍ଯ୍ୟନ୍ତ ତା' ହାତରୁ କାମ ସରୁନାହିଁ ।" ସବିତାଙ୍କ ଦୃଷ୍ଟିରେ ସତୀ ଏବେ ବି ଛୋଟପିଲା । ତା'ର କାମ କରିବା ବୟସ ହୋଇନାହିଁ । ମାତ୍ର ତାଙ୍କ ସାନଝିଅମାନେ ପିଲା ନୁହଁନ୍ତି । ସେମାନଙ୍କର କାମ କରିବା ବୟସ ହୋଇଗଲାଣି କେବେଠାରୁ ।

ସବିତାଙ୍କ କଥା ଶୁଣି ତା' ସାନ ଭଉଣୀମାନେ କହନ୍ତି "ଦେଇ ଘରେ ଥିଲା ଘର କାମ କରିଦେଲା । ଏଥିରେ ଏମିତି କ'ଣ ହୋଇଗଲା ଯେ ତୁ ଏତେ ବ୍ୟସ୍ତ ହୋଇପଡ଼ୁଛୁ ।"

ମଝିଆଁ ଝିଅଙ୍କ ପାଟିରୁ ଏକଥା ଶୁଣିବା ପରେ ସବିତାଙ୍କୁ ଆଉ ସମ୍ଭାଳେ କିଏ । "କ'ଣ ହେଲା । ତୁମ ପାଇଁ ରାନ୍ଧିବାଢ଼ି ରଖିଛି । ଚିରା ଜାମାପଟା ସିଲାଇ କରି ତାକୁ ସଫାକରି ଖରାରେ ଶୁଖାଇ ରଖିଛି । ଘରଦୁଆର ଲିପିପୋଛି ସଫାସୁତୁରା କରିଦେଇଛି ଯେମିତି କି ବିନା ବିଛଣାରେ ତଳେ ଲୁଗାପାରି ଶୋଇହେବ । ତୁ ପୁଣି ଏଥିରେ କହୁଛୁ ତୁ ଏମିତି କାହିଁକି ହେଇଛୁ ? ହେବିନି ? ଆଉ କ'ଣ ଚୁପ ହୋଇ ବସିରହିବି ?"

"ରାନ୍ଧି ସାରି ସମୟ ବଳିଲା । ଦେଇ ସେ କାମ କରିଦେଲା । ତାକୁ ସେ କାମ କରିବାକୁ କେହି ବରାଦ କରି ନ ଥିଲେ । ସେ ତା' ମନକୁ କରିଛି । ତୋତେ କାହିଁକି ଏତେ କଷ୍ଟ ହେଉଛି ?"

ସର କଥାରେ ସବିତା ଚିହିଙ୍କି ଉଠି କହନ୍ତି "କ'ଣ କହିଲୁ । ତାକୁ ପୁଣି କିଏ ବରାଦ କରିବ । କାହାର ବରାଦ କରିବା ପର୍ଯ୍ୟନ୍ତ ସେ ଅପେକ୍ଷା କରିବ କାହିଁକି ? କହିବା ଆଗରୁ ପା ତାକୁ ସବୁ କାମ ଜଳଜଳ କରି ଦେଖାଯାଏ । କିଛି ନା କିଛି କାମ ନ କରି ସେ କ'ଣ କେବେ ବସିରହିବ ଯେ ତାକୁ ପୁଣି କିଏ କୋଉ କାମ ବରାଦ କରିବ ?"

ତା' ବୋଉ କଥା ଶୁଣି ସର କହେ । "ବୋଉ ଦେଇ ଘରେ ଶୁଖଲାରେ ବସିଥିଲା । ସେ କାମ କରିଦେଲା ତ ତୋତେ କାହିଁକି ଏତେ ବାଧୁଛି କହିଲୁ ?"

"କ'ଣ ହେଲା । ସବିତା ପାଟିକରି ଉଠନ୍ତି ।" ମୋତେ ବାଧ୍ବ ନାହିଁ । ଆଉ କାହାକୁ ବାଧ୍ବ ? ଆମେ ବିଲକୁ ଗଲାବେଲରୁ ଛୁଆଟା ମୋର ଟିକେ ବସିଛି ? ସେତିକି ବେଲରୁ କାମରେ ଲାଗିଛି ଯେ ଲାଗିଛି । ଟିକିଏ ଦମ ନେଇନାହିଁ ଆସି ଏତେ ବେଲ ହେଲାଣି ।"

"ଦେଇ ତ ଆଉ ଆମପରି ବିଲକୁ ଯାଇ ପାଣିକାଦୁଅରେ ଘାଣ୍ଟି ହେଉନି । ଖରାରେ ସିଝୁନି କି ବର୍ଷାରେ ଭିଜୁନି । ଘରେ ଛାଇରେ ଶୁଖଲାରେ ରହି କାମ ଦି'ପାଇଟି କରିଦେଲାଶ । ସେଇଥୁ କ'ଣ ହୋଇଗଲା ।"

"କ'ଣ କହିଲୁ। ପାଣିକାଦୁଅ ହେଉନି। ଛାଇରେ ବସିଛି। ଆଲୋ ତୋତେ କ'ଣ ଦେଖାଯାଉନି? ଆମେ ବିଲରେ ଗୋଟିଏ ରକମ କାମ କଲେ। ଏଠି ସିଏ କେତେ କାମ କଲାଣି? ପରିବା କାଟିଲା, ବେସର ବାଟିଲା, ପାଣି ଆଣିଲା, ହାଣ୍ଡି ମାଜିଲା, ଚାଉଳ ଧୋଇଲା, ଚୁଲି ଲଗାଇଲା, ଜାଳ ଜାଳିଲା, ଭାତ ରାନ୍ଧିଲା, ପେଜ ଗାଳିଲା, ଭାତହାଣ୍ଡି ଓହ୍ଲେଇ ଚୁଲିରେ କଡ୍ଢେଇ ବସାଇଲା, ପରିବା ଧୋଇଲା, ତରକାରୀ କଲା। ଜାମାରେ ଛିଣ୍ଡିଯାଇଥିବା ବୋତାମ ଲଗାଇଲା, ଚିରା ଲୁଗା ସିଲାଇ କଲା। ମଇଳୁଗୋକୁ ସଫାକରି ଖରାରେ ଶୁଖାଇ ରଖିଲା। ଘର ଝାଡ଼ି ପରିଷ୍କାର କଲା। ଭଙ୍ଗା ପିଣ୍ଢାକୁ ମାଟିଛାଟି ଲିପିପୋଛି କେତେ ଚିକ୍କଣ କରିଛି। ତୋ ଆଖିକୁ କ'ଣ ଜମା କିଛି ଦେଖାଯାଉନି? ପୁଣି ମୋତେ ପଚାରୁଛୁ? ହିସାବ ନେଉଛୁ କି କାମ କରିଛି?"

"ବୁଝିଲୁ ବୋଉ। ଦେଇ କିଛି ଗୋଟେ କାମ କରିଦେଲେ ତୋତେ ସେଇଟା ଭାରି ବଡ଼ ପରି ଲାଗେ। ଆମେ ସକାଳୁ ତିସିରା ପହର ପର୍ଯ୍ୟନ୍ତ ପାଣି କାଦୁଅରେ ଘାଣ୍ଟିହୋଇ ଖରା ଖାଇ ବର୍ଷା ସହି ବିଲରେ ଯେତେ ଖଟିଲେ ସେ କାମ ତୋ ଆଖିକୁ ଜମା ଦେଖାଯାଏ ନାହିଁ। ଆଉ ତୁ ଯେଉଁ କଥା ସବୁ କହିଲୁ। ଯିଏ ରୋଷେଇ କରିବ ସିଏ ସେ କାମ ସବୁ କରନ୍ତା ନାହିଁକି? ରାନ୍ଧିବା ଲୋକ ହାଣ୍ଡି ମାଜିବନି। ଚାଉଳ ଧୋଇବନି। ପେଜ ଗାଳିବନି, ପରିବା କାଟିବନି, ପାଣି ଆଣିବନି। ଆଉ ସେ କି ରୋଷେଇ କରିବ? ତା' ଲାଗି ଏସବୁ କାମ କରିବାକୁ କ'ଣ ଜଣେ ସହାୟିକା କିମ୍ଭା ଟହଲିଆ ଦରକାର ପଡ଼ିବ?"

ସର କଥାରେ ସବିତା ଚିଡ଼ିଉଠି କହନ୍ତି– "ଆଲୋ କି କାମଲୋ? ମୋତେ ପୁଣି ତୁ କାମ ଦେଖାଉଛୁ? କାମ କ'ଣ ତୋତେ ଅଜଣା ନା, ମୁଁ କାମ କରି ଶିଖିନି କିମ୍ଭା ଜାଣିନି। ବିଲରେ ଆମେ ତିନିଜଣ ମିଶି ଗୋଟିଏ କାମକୁ ଲାଗିଗଲେ। ଏଠିପା' ସିଏ ଏକୁଟିଆ ପାଞ୍ଚ ରକମ କାମ କଲା। ସାତ ପ୍ରକାର ଧନ୍ଦା ସାରିଲା। ସେସବୁ ତୋତେ ଦେଖାଗଲାନି କିମିତି? ତୋ ବାପା ଆଉ ସୁବଳ ବିହନ ତଳି ଉପାଡ଼ି ଦେଇଥିଲେ। ସେତେକ ଆମେ ମା' ଝିଅ ତିନିଜଣ ମିଶି ରୋଇଦେଲେ। ଏଇ କାମଟା ତୋତେ ଏତେ କଷ୍ଟ ଲାଗିଲା ଯେ ତୁ ସେଇଟାକୁ ଧରି ବସିଛୁ। ଏଠି ଛୁଆଟା ମୋର ଧନି ହୋଇଗଲାଣି। ସାନ ଦୁଇଜଣଙ୍କୁ ଗାଧୋଇ ଦେଇ ତାଙ୍କ ମୁଣ୍ଡ କୁଣ୍ଢାଇ ସାରି ଖୋଇଦେଇ ଶୁଆଇ ପକାଇଲା। ତା'ପରେ ପରିବା କାଟି ପାଣି ଆଣି ରୋଷେଇ କଲା। ତା'ପର କାମ ତ ସବୁ ଦେଖୁଛୁ। ସବୁ ଦେଖି ତୁ କ'ଣ ଜାଣିପାରୁନୁ ଯେ ମୁଁ କହିଦେଲି ବୋଲି ମୋ କଥାକୁ ଧରି ବସିଛୁ?"

ସତୀ କିଛି ଗୋଟେ ସାମାନ୍ୟ କାମଟିଏ କରିଦେଲେ ତାହା ସବିତାଙ୍କୁ ଭାରି ବାଧେ। କିନ୍ତୁ ତାଙ୍କ ମଇଁଆ ଝିଅ ଦୁଇଜଣ ଯେତେ ପରିଶ୍ରମ କଲେ ସୁଦ୍ଧା ସବିତା ସେ କାମ ପ୍ରତି ସେତେ ବେଶୀ ଗୁରୁତ୍ଵ ଆଦୌ ଦେଇ ନ ଥାଆନ୍ତି।

ସବିତା ବିଲରୁ ଝାଲରେ ଜୁଡୁବୁଡୁ ହୋଇ ଫେରିଥିଲେ ସୁଦ୍ଧା ଘରେ ଛାଇରେ ରହିଥିବା ଓ ତା' ଦେହରୁ ମୋତେ ଝାଲ ବହୁ ନ ଥିବା ସତୀର ମୁହଁକୁ ତାଙ୍କ ଲୁଗାକାନିରେ ପୋଛିଦେଇ କଅଁଲେଇ କହନ୍ତି– "କେତେ କାମ କରିସାରିଲାଣି ଲୋ ମୋ ଛୁଆଟା। ଖଟିଖଟି କାନ, ମୁହଁ ଶୁଖିଗଲାଣି। ଆଖି ଗାଲ ପଶିଗଲାଣି। ମୁହଁ କଳାକାଠ ପଡ଼ିଗଲାଣି। ତୋର ଏ ଶୁଖିଲା ମୁହଁକୁ ଦେଖିବା ଅଗାରୁ ମୋତେ ଯାହା ମରଣ ନ ହେଲା।"

ସବିତାଙ୍କ କଥା ଶୁଣି ସତୀ କହେ "ନା ବୋଉ ମୋର କିଛି ଅସୁବିଧା ହୋଇନି। ତୁ ଏମିତି ବ୍ୟସ୍ତ ହଅନା। ତୁ ବସ ମୁଁ ତୋତେ ବିଞ୍ଛିଦେଉଛି। ଝାଲ ଶୁଖିଗଲେ ଗାଧୋଇବୁ।" ସତୀ ବିଞ୍ଛଣା ଆଣି ବିଞ୍ଛିବା ଆରମ୍ଭ କଲାମାତ୍ରେ ସବିତା ତା' ହାତରୁ ବିଞ୍ଛଣା ଛଡ଼ାଇ ଆଣି "ନା ନା ଥାଉ। ତୁ ମୋତେ ବିଞ୍ଛଣା ଦେଲୁ। ଘର ଗୋଟାକର କାମ କରି ତୁ ଥକି ପଡ଼ିଲୁଣି। ପୁଣି ମୋତେ ବସି ବିଞ୍ଛିବୁ" କହି ନିଜେ ବିଞ୍ଛି ହୁଅନ୍ତି।

ସବିତାଙ୍କ କଥା ଶୁଣି ସୁବଳ, ସେବ ଓ ସର ହସନ୍ତି। ଆଉ କହିଥାଆନ୍ତି, "ବୋଉ; ଦେଇକୁ ତ କଷ୍ଟ ହେଉନି। ତୋତେ କାହିଁକି ଏତେ ବାଧୁଛି କହିଲୁ?"

"ତା' କାମ ତୁମମାନଙ୍କ ଆଖିକୁ ମୋଟେ ଦିଶୁନି । ଖାଲି ମୋରି କଥାଗୁଡ଼ାକ ସବୁ ତୁମ କାନରେ ପଶିଯାଉଛି । ହେଁ ହେଁ ହୋଇ ଘୋଡ଼ାଙ୍କ ପରି ହସୁଛ । ଛୁଆଟା ମୋର କାମ କରି କରି ଥକିଗଲାଣି । କଳା କାଠ ପଡ଼ି ଗଲାଣି । ସେଥିକୁ କାହାର ନଜର ନାହିଁ ।"

ସେମାନଙ୍କ କଥା ଶୁଣି ସତୀ ସେମାନଙ୍କ କଳି ଭାଙ୍ଗିଦେବା ପାଇଁ କହେ, "ହଉ ଥାଉ ସେଟିକି କହିଥା । ଝାଳ ମାରି ଗଲୁ ଗାଧୋଇ ଆସିବୁ । ମୁଁ ବଢ଼ାବଢ଼ି କରୁଛି ।"

ସତୀ ତା' ପାରୁପର୍ଯ୍ୟନ୍ତ ଘର କାମ କରିଥାଏ । ତା' ଦ୍ୱାରା ଯେତିକି ଓ ଯାହା କିଛି ସମ୍ଭବ ହୋଇପାରିବ । ଘର କାମ ସୁଚାରୁ ରୂପେ କରିସାରି ସୁଦ୍ଧା ସେ ସେତିକିରେ ସନ୍ତୁଷ୍ଟ ନ ହୋଇ ଅଧିକାଂଶ ସମୟରେ ମନ ଦୁଃଖ କରିଥାଏ । ଘରର ପ୍ରଥମ ପିଲା ଭାବରେ ସେ ଘରର ଆର୍ଥିକ ସ୍ଥିତିରେ ଉନ୍ନତି ଆଣିବା ପାଇଁ କିଛି କରିପାରୁ ନ ଥିବାରୁ ତା' ମନରେ ଅନେକ ଅବଶୋଷ ରହୁଥିଲା । ଝିଅଟିଏ ନ ହୋଇ ସେ ପୁଅଟିଏ ହୋଇଥିଲେ ତା'ବାପାଭାଇଙ୍କ ପରି ପରିଶ୍ରମ କରି ରୋଜଗାରକ୍ଷମ ହୋଇପାରି ଥାଆନ୍ତା । ଦୁଇଟି ମଜୁରୀ ବଦଳରେ ତିନୋଟି ମଜୁରୀର ଟଙ୍କା ଘରକୁ ଆସୁଥିଲେ ଘରେ ଆଉ ଅଭାବ ରହନ୍ତା ନାହିଁ । ସେମାନେ ବର୍ତ୍ତମାନ ଅପେକ୍ଷା ଅଧିକ ସ୍ୱଚ୍ଛନ୍ଦରେ ଚଳିପାରନ୍ତେ । ଆଉ ପ୍ରଥମାଷ୍ଟମୀରେ ତା'ଲାଗି କେବଳ ନୂଆ ପୋଷାକ ନ ହୋଇ ପରିବାରର ସମସ୍ତଙ୍କ ପାଇଁ ପୋଷାକ କିଣା ହୋଇପାରନ୍ତା । ଓଷାମାନଙ୍କରେ ସେ ଏକୁଟିଆ ନୂଆ ଲୁଗା ପିନ୍ଧିଥିବା ବେଳେ ତା' ଭଉଣୀମାନେ ପୁରୁଣା ପୋଷାକ ପିନ୍ଧି ଓଷା କରିବାକୁ ଯାଆନ୍ତେ ନାହିଁ । ତା' ଭଉଣୀମାନେ ମଧ ନୂଆ ପୋଷାକ ପିନ୍ଧି ଓଷାକୁ ଯାଇପାରନ୍ତେ । କିନ୍ତୁ ସେ ଝିଅଟିଏ ହୋଇଥିବାରୁ ସେତକ ତା'ଦ୍ୱାରା ସମ୍ଭବ ହୋଇପାରେନା । ଅଥଚ ଘରର ପ୍ରଥମ ସନ୍ତାନ ଭାବରେ ସେ ତା' ବାପା, ବୋଉଙ୍କଠାରୁ ଅନ୍ୟ ପିଲାମାନଙ୍କ ତୁଳନାରେ ଅଧିକ ସ୍ନେହ, ଶ୍ରଦ୍ଧା, ଆଦର ପାଇବା ସହିତ ସବୁ କ୍ଷେତ୍ରରେ ବେଶୀ ସୁବିଧା, ସୁଯୋଗ ପାଉଛି । ମାତ୍ର ଘର ପ୍ରତି ତା'ର ସେପରି କିଛି ଆଖିଦୁଶିଆ ଅବଦାନ ରହୁନି ।

ଅବଶ୍ୟ ସେଥିପାଇଁ ତା' ବାପା, ବୋଉ ତା' ପ୍ରତି କେବେ ଅବହେଳା କରିନାହାଁନ୍ତି । ତା' ପ୍ରତି ସେମାନଙ୍କ ସ୍ନେହ, ଶ୍ରଦ୍ଧା ଓ ଆଦର ଊଣା କରନ୍ତି ନାହିଁ । ଝିଅଟିଏ ହୋଇ ସେମାନଙ୍କ ଉପରେ ବୋଝ ହୋଇଛି । ଏକଥା ସେମାନେ କେବେ ଭାବିନାହାଁନ୍ତି । ସେ ବିଷୟରେ ତାକୁ କେହି କିଛି କହିନାହାନ୍ତି କିମ୍ବା ସେପରି ଭାବନା ମନରେ ଆଣି ତା' ପ୍ରତି ସେଭଳି ବ୍ୟବହାର ଅଥବା ଆଚରଣ କରିନାହାଁନ୍ତି ବରଂ ତାକୁ ଖୁସିରେ ରଖିବା ପାଇଁ ତା' ବୋଉ ସବୁବେଳେ ବ୍ୟସ୍ତ ହୋଇପଡ଼େ । ତା' ମନରେ ଦୁଃଖ ନ ଦେବା ଲାଗି ତାକୁ ତା'ର ଅନ୍ୟ ଭାଇଭଉଣୀଙ୍କଠାରୁ ଅଧିକ ଆଦର କରିଥାଏ । ତା'ର ଯତ୍ନ ନେଇଥାଏ ବେଶୀ । ତା' କଥା ବୁଝିବା ପାଇଁ ସେ ସବୁବେଳେ ତୟାର ହୋଇ ରହିଥାଏ । ସେ ଘରେ ରହି ଛାଇରେ ଓ ଶୃଙ୍ଖଳା ସ୍ଥାନରେ ଘର କାମ କରୁଥିଲାବେଳେ ତା'ଠାରୁ ବୟସରେ ସାନ ଭାଇ ଓ ଭଉଣୀମାନେ ବିଲରେ ଖରା ବର୍ଷା ଓ ଶୀତ କାକର ସହି ପାଣି କାଦୁଅରେ ଘାଣ୍ଟି ଚକଟି ହୋଇ କଷ୍ଟ ଓ ପରିଶ୍ରମ କାମ କରି ସୁଦ୍ଧା । ତା' ପ୍ରତି କେବେ ଈର୍ଷା କରିନାହାନ୍ତି । ବଡ଼ ଭଉଣୀ ହିସାବରେ ସେମାନେ ବରଂ ତାକୁ ଭଲପାଆନ୍ତି ଓ ସମ୍ମାନ (ପ୍ରଦର୍ଶନ) ଦେଇଥାଆନ୍ତି । ନିଜେ ଅଧିକ ଖଟି ମଧ ସେମାନଙ୍କ ଅନ୍ତରରେ ତା' ପ୍ରତି ଦରଦ ଓ ସହାନୁଭୂତି ଭରି ରହିଛି । ସାନ ଭାଇ ଭଉଣୀମାନେ କଠିନ ପରିଶ୍ରମ କରି ସୁଦ୍ଧା ପୁରୁଣା ପୋଷାକ ପିନ୍ଧି ଓଷା ବାର ପୂନେଇ ପରବ ପାଳନ କରିଥିଲା ବେଳେ ଘରେ ଛାଇ ତଳେ ରହି ସେମାନଙ୍କ ରୋଜଗାର ଅର୍ଥରେ ନୂଆ ପୋଷାକ ପିନ୍ଧିଲେ ସେମାନେ ମନଦୁଃଖ ନ କରି ବରଂ ବେଶୀ ଖୁସି ହୋଇଥାଆନ୍ତି । ସେହି ନୂଆ ପୋଷାକ ତାକୁ ଭଲ ମାନୁଛି ବୋଲି କହି ଆନନ୍ଦରେ ଅଧୀର ହୋଇପଡ଼ନ୍ତି । ତାଙ୍କ ଦେଖ ତାଙ୍କ ଗାଁର ସବୁ ଝିଅଙ୍କ ଅପେକ୍ଷା ଦେଖିବାକୁ ଭଲ ବୋଲି କହି ମନରେ ଗର୍ବ ଅନୁଭବ କରିଥାଆନ୍ତି । ତା'ର ସୁନ୍ଦର ଚେହେରା ଓ ଶାନ୍ତ ସ୍ୱାଭବ ଲାଗି

ସେମାନେ ତା'ର ପ୍ରଶଂସା ଗାଇବୁଲନ୍ତି । କୌଣସି ଓଡ଼ା ପଡ଼ିଲେ ସେମାନଙ୍କ ଲାଗି ନୂଆ ପୋଷାକ ପଛେ ନ ହେଉ ନିହାତି ତା' ଲାଗି କିଣିବାକୁ ସେମାନେ ତାଙ୍କ ବୋଉ ପାଖରେ ଅଳି କରିଥାଆନ୍ତି । ସେପରି ଭାଇ ଭଉଣୀ ଓ ମା'କୁ ପାଇ ସତୀ ନିଜକୁ ଭାଗ୍ୟବତୀ ମଣେ । ହେଲେ ଝିଅଟିଏ ହୋଇଥିବାରୁ ଘରର ଆର୍ଥିକ ଉନ୍ନତି ପାଇଁ ତା'ର କିଛି ଭୂମିକା ରହୁ ନ ଥିବାରୁ ସେଥିପାଇଁ ସେ ମନ ଭିତରେ ଦୁଃଖ ଅନୁଭବ କରିଥାଏ ଏତେ ସୁବିଧା ପାଇ ମଧ୍ୟ । କାରଣ ସେ ସୁବିଧା ସୁଯୋଗକୁ ଉପଭୋଗ କରିବା ପାଇଁ ତା'ର ଆନ୍ତରିକ ଇଚ୍ଛା କିମ୍ବା ଆଗ୍ରହ ନ ଥାଏ ।

ଅବଶ୍ୟ ସତୀ ତା' ବୋଉର ଆଗ୍ରହ ନ ଭାଙ୍ଗିବା ପାଇଁ ନିଜର ଅନିଚ୍ଛାସତ୍ତ୍ୱେ ତା' କଥାରେ ରାଜି ହେବାକୁ ବାଧ୍ୟ ହେଲା । ସେ ମନା କରିଦେଇଥିଲେ ତା' ବୋଉର ମନରେ ପ୍ରଥମାଷ୍ଟମୀ ଲାଗି ଥିବା ଓ ତା' ପ୍ରତି ରହିଥିବା ସରାଗ ଭାଙ୍ଗି ଯାଇଥାଆନ୍ତା ଏବଂ ତା' ପାଇଁ ନୂଆ ଲୁଗା ଆଣି ତାକୁ ପଢ଼ୁଆ କରିବାର ଆଗ୍ରହ ତା ମନା କରିବା ଦ୍ୱାରା ନଷ୍ଟ ହୋଇ ଯାଇଥାଆନ୍ତା । ତା'ପରେ ତା' ବୋଉ କେବେ ବି ସତୀର ଅରାଜିରେ ନିରବ ହୋଇ ରହି ନ ଥାଆନ୍ତା । କେତେ ରକମର ମନଗଢ଼ା ଯୁକ୍ତି ଦେଖାଇ (ଉପସ୍ଥାପନ କରି) ତାକୁ ତା'କଥାରେ ରାଜି ହେବା ପାଇଁ ଏକପ୍ରକାର ବାଧ୍ୟ କରିଥାଆନ୍ତା । "ଘରର ବଡ଼ପିଲା ତୁ ପଢ଼ୁଆ ହେବୁନି ତ ଘରେ ଆଉଗୋଟେ କି ଅଷ୍ଟମୀ ହେବ କହନି ? ଅଷ୍ଟମୀ ଦିନ ପରିବାରର ପ୍ରଥମ ଜନ୍ମିତ ସନ୍ତାନ ସକାଳୁ ଗାଧୋଇ ନୂଆ ଲୁଗା ପିନ୍ଧି ଘରର ଓ ସାଇର ମୁରବି ତଥା ତା'ଠାରୁ ବୟୋଜ୍ୟେଷ୍ଟମାନଙ୍କୁ ଜୁହାର ହୋଇ ସେମାନଙ୍କଠାରୁ ଆଶୀର୍ବାଦ ନେଇ ତିଆରି ହୋଇଥିବା ପ୍ରଥମ ପିଠା ଖାଇସାରିଲେ ଯାଇ ଆଉ କିଏ ଖାଇବ ।" ଘରର ପ୍ରଥମ ପିଲା ହିଁ ସେଦିନ ତିଆରି ହୋଇଥିବା ପ୍ରଥମ ପିଠା ଖାଇଥାଏ ।

ସତୀ ତା' ବୋଉ କଥାରେ ସମ୍ମତି ଜଣାଇବାରୁ ତା' ପରଦିନ ଅର୍ଥାତ ଷଷ୍ଟିଦିନ ଲୁଗା କିଣିବାକୁ ଯିବା ଲାଗି ସମୟ ଧାର୍ଯ୍ୟ ହେଲା । ଅଷ୍ଟମୀ ପୂର୍ବଦିନ (ସପ୍ତମୀ ଦିନ) ଅଷ୍ଟମୀ ପିଠା ପାଇଁ ଚୁନା କୁଟିବାକୁ ପଡ଼ିବ ।

ଲୁଗା ଦୋକାନ ତାଙ୍କରି ମୌଜାର ଶେଷ ଗାଁ ମୁଣ୍ଡରେ ପଡ଼େ । ସେଠାରେ ଏକପ୍ରକାର ଛୋଟିଆ ବଜାରଟିଏ ଗଢ଼ିଉଠିଛି କହିଲେ ଚଳେ । ଆଖପାଖ ପଚିଶ ତିରିଶ ଖଣ୍ଡ ଗାଁର ଲୋକମାନେ ଲୁଗା, ଜୋତା, ତେଜରାତି ସଉଦା ଓ ପନିପରିବା ଏହି ଛକ ବଜାରରୁ ନେଇଥାଆନ୍ତି । ପ୍ରତିଦିନ ଉପରଓଳି ରାସ୍ତାର ଦୁଇ କଡ଼ରେ (ପଟରେ) ପରିବା ଦୋକାନ ବସେ । ଛକ ପୂର୍ବରୁ ଥିବା ଗ୍ୟାରେଜ ପାଖରେ ଓ ବଜାର ମଝି ଛକରୁ ସାମନ୍ତରାୟଙ୍କ ଗାଁକୁ ପଡ଼ିଥିବା ରାସ୍ତାର ବାମ ପାଖକୁ ସବୁଦିନିଆ ବୟଲର କୁକୁଡ଼ା ଦୋକାନ ଅଛି । ଛକ ପାର ହେଲା ପରେ ଆମିଷବାର ମାନଙ୍କରେ ଖାସି ମାଂସ ବିକ୍ରି ହୁଏ । ମାଛ ଦୋକାନ ମଧ୍ୟ ରହିଛି । ଲୁହାଲତା ଦୋକାନ ତିନୋଟି, ଦୁଇଟି କମାରଶାଳ, ପାଞ୍ଚଟି ତେଜରାତି, ତିନୋଟି ଲୁଗା ଦୋକାନ, ଆଠଟି ଟ୍ୟାସନାରୀ, ଟିଭି, ମାଇକ, ରେଡିଓ, ଡେକ, ଟ୍ରଙ୍କ ମରାମତି ଦୋକାନ ଦୁଇଟି । ଗୋଟିଏ ଗ୍ୟାସ୍ ସିଲିଣ୍ଡର ଦୋକାନ, ତିନୋଟି ମିଠା ଦୋକାନ, ଔଷଧ ଦୋକାନ ତିନୋଟି । ଗୋଟିଏ ଚୁଡ଼ାକଳ ସହିତ ଗୋଟିଏ ଚାଉଳ ହଲର । ସାର ଗୋଦାମ ଚାରୋଟି, ଦୁଇଟି ସିମେଣ୍ଟ ଡିପୋ । ରାଜସ୍ୱ ନିରୀକ୍ଷକଙ୍କ କାର୍ଯ୍ୟାଳୟ । ଆଠ, ଦଶଟି ଚାହା ଦୋକାନ ସକାଳେ ସଞ୍ଜେ ଖୋଲେ । ଉଠା ତେଲଭାଜି ଦୋକାନ ଦଶଟି । ବାରମଣ୍ଡା ଦୋକାନ ଦୁଇଟି, ମାଂସ ଘୁଗୁନି ଦୋକାନ ଗୋଟିଏ ଠେଲାଗାଡ଼ିରେ ବିକ୍ରି ହୁଏ । ଦୁଇଟି ଫଳ ଦୋକାନ, ପୂଜା ସାମଗ୍ରୀ ଦୋକାନ ଦୁଇଟି ଗୋଟିଏ ଜ୍ୟୋତିଷ କାର୍ଯ୍ୟାଳୟ । ତିନୋଟି ଧାନ କଣ୍ଟା ଦୁଇଟି ଗହଣା (ସୁନା) ଦୋକାନ । ତିନୋଟି ଜୋତା ଦୋକାନ । ଇଲେକ୍ଟ୍ରି ସାମଗ୍ରୀ ଦୋକାନ ତିନୋଟି । ତିନୋଟି ଦେଶୀ ମଦ ଦୋକାନ ଓ ଦୁଇଟି ଟେଲର ଦୋକାନ । ଓଲଡ଼ିଂ ଦୋକାନ ଦୁଇଟି । ତା' ସହିତ କାଠ କ୍ୟାବିନ ପକାଇ ଆଠଟି ଖୁଲିପାନ ଦୋକାନ । ଗୋଟିଏ ପାନ ଗୋଦାମ । ଗୋଟିଏ ଶିଶୁମନ୍ଦିର ବିଦ୍ୟାଦାତ୍ରୀ ମା' ସରସ୍ୱତୀଙ୍କ ନାମରେ ନାମିତ । ଛୋଟ ପିଲାଙ୍କ ପାଠପଢ଼ା ପାଇଁ ଯାହା ଉଦ୍ଦିଷ୍ଟ । ଚାରୋଟି ସାଇକେଲ ମରାମତି

ଦୋକାନ ସେଥିରେ ସାମିଲ ଅଛି । ଦୁଇଟି ଗ୍ୟାରେଜ ସାଙ୍ଗକୁ ତିନୋଟି ପେଟ୍ରୋଲ ବିକ୍ରି ଦୋକାନକୁ ନେଇ ଛକ ବଜାରଟି ଗଢ଼ିଉଠିଛି । ତା' ସହିତ ଗୋଟିଏ ଲଣ୍ଡ୍ରି । ଗୋଟିଏ ରସ (ଷ୍ଟିଲ) ବାସନ ଦୋକାନ ସହିତ ଗୋଟିଏ ଆୟୁର୍ବେଦିକ ଡାକ୍ତରଖାନା ଏବଂ ଦୁଇଟି ହୋମିଓପ୍ୟାଥିକ ଡାକ୍ତରଖାନା ।

ତାଙ୍କ ମୌଜାର ପଶ୍ଚିମ ପଟକୁ ଥିବା ଗାଁର ଛକରେ ସେ ବଜାରଟି ଗଢ଼ିଉଠିଛି । ସେଇଟି ଅଧରଙ୍କ ଗାଁ । ସେଇ ଗାଁର ପଶ୍ଚିମକୁ ଥିବା ସରତା ନଈ ଯାହାକି ତାଙ୍କ ମୌଜାକୁ ଅନ୍ୟ ପଞ୍ଚାୟତଠାରୁ ପୃଥକ କରୁଛି । ତାଙ୍କ ମୌଜାର ପୂର୍ବତନ ଜମିଦାର ସାମନ୍ତରାୟଙ୍କ ଘର ସେ ଗାଁରେ ହୋଇଥିବାରୁ ଆଗରୁ ଜମିଦାରୀ ଅମଲରେ ସେ ଗାଁ ଭାରି ନାଁ ଡାକ ଥିଲା । ବାହାର ଲୋକେ ତାଙ୍କ ଗାଁ ନାଁ କହିଲେ ସାମନ୍ତରାୟ ଘରକୁ ଓ ସାମନ୍ତରାୟଙ୍କ ପରିବାର ସଦସ୍ୟଙ୍କ (ନାଁ) କଥା କହିଲେ ଲୋକେ ତାଙ୍କ ମୌଜାକୁ ବୁଝିଥାଆନ୍ତି । ଜମିଦାରୀ ଅମଲର ପୁରୁଣା ବୁନିଆଦି ନାଁ ଡାକ ଘର । ତାଙ୍କ ପରିବାରର ପରିଚୟ ଦେଲେ ତାଙ୍କ ଗାଁକୁ ଲୋକେ ଜାଣିଥାଆନ୍ତି । ଯଦି ବାହାରେ କୌଣସି ଜାଗାରେ ତାଙ୍କ ଗାଁ କଥା ପଡ଼େ ତେବେ ସେଠାକାର ଲୋକମାନେ ତାଙ୍କ ପରିବାର କଥା ପଚାରିଥାଆନ୍ତି । ସେହି ପରିବାରର ଦାୟଦ ହେଲେ ଅଧର । ସେଇ ଗାଁ ମୁଣ୍ଡ ଛକରେ ଥିବା ଛୋଟିଆ ଗାଉଁଲି ବାଜାରକୁ ସେମାନେ ଲୁଗା କିଣିବାକୁ ଯିବେ । ସେଠାରେ ଥିବା ତିନୋଟି ଲୁଗା ଦୋକାନର ମାଲିକ ହେଉଛନ୍ତି ଦୁଇଜଣ । ଜଣେ ବାହାର ପଞ୍ଚାୟତର ଲୋକ ତୃତୀୟ ଦୋକାନଟି ଦେଉଛନ୍ତି । ସେ ଦୋକାନରେ ସେତେ କାରବାର ହୁଏନା । ବାକି ଦୁଇଟି ଦୋକନରୁ ଗୋଟିକରେ ସାମାନ୍ୟ ଧରଣର ବିକ୍ରି ହୋଇଥିବା ବେଳେ ମୁଖ୍ୟ ଦୋକାନର ଦୁଇଟି କାଉଣ୍ଟର ଅଛି ।

ସେଇ ଛକ ବାଜାର ଲୁଗା ଦୋକାନରୁ ଲୁଗା କିଣା ହେବ । ସତୀ ତା' ବୋଉ ସହିତ ଆଗରୁ କେତେଥର ସେଠାକୁ ପୋଷାକ କିଣିବାକୁ ଯାଇଛି । ସେତେବେଳେ ତା'ର ସେଠାକୁ ଯିବା ଏକ ମାମୁଲି ଘଟଣା ଥିଲା । ତାହା ଥିଲା ଅଧରଙ୍କ ସହିତ ପରିଚୟ ହେବାର ପୂର୍ବବର୍ତ୍ତୀ ସମୟ । ଏବେ ସେଠାକୁ ଯିବା କଥା ଶୁଣି ସତୀ ମନରେ ଏକ ଅପୂର୍ବ ଶିହରଣ ସୃଷ୍ଟି ହେଉଛି । ଭଲ ପାଇବାର ଏପରି ସମ୍ମୋହନ ଶକ୍ତି ଅଛି ଯେ କେବଳ ଭଲ ପାଉଥିବା ଲୋକଟି ସମ୍ପୃକ୍ତ ବ୍ୟକ୍ତିକୁ ଭଲ ଲାଗେ ତାହା ନୁହେଁ । ମନର ମଣିଷ ତ ସହଜେ ଭଲ ଲାଗନ୍ତି । ତା' ସହିତ ତାଙ୍କ ନାଁ, ତାଙ୍କ ଗାଁ, ତାଙ୍କ ଠିକଣା, ତାଙ୍କ ବିଷୟରେ ଆଲୋଚନା, ତାଙ୍କ ପରିବାର ସମ୍ପର୍କରେ କଥା । ତାଙ୍କ ପୂର୍ବପୁରୁଷଙ୍କ ପୌରୁଷର ବାର୍ତ୍ତା । ତାଙ୍କ ବନ୍ଧୁବାନ୍ଧବଙ୍କ ସମ୍ବନ୍ଧରେ ତଥ୍ୟ ଉପସ୍ଥାପନା । ସବୁ ଯେପରି ଗୋଟିଏ ଗୋଟିଏ ସୁଖ ପ୍ରଦାନକାରୀ ଆନନ୍ଦ ଉଦ୍ରେକ ତଥା ଖୁସି ଉପ୍ପାଦକ ବିଷୟବସ୍ତୁ ପାଲଟିଯାଆନ୍ତି । ମନ ମରିଷଟି ସହିତ ତା' ଚାଲିଚଳନ, ହାବଭାବ, କଥାଭାଷା, ଆଚାର ବ୍ୟବହାର ସବୁ କିଛି ଭଲ ଲାଗିବାର ଉପାଦାନ ହୋଇଥାନ୍ତି । ଭଲ ଲାଗେ ତାଙ୍କ କଥା ଶୁଣିବାକୁ । ତାଙ୍କ ବିଷୟରେ ଆଲୋଚନାରେ ଭାଗ ନେବାକୁ । ଭଲଲାଗେ ତାଙ୍କ ସମ୍ପର୍କରେ ଭାବିବାକୁ । ଆହୁରି ଭଲଲାଗେ ତାଙ୍କୁ ସପନରେ ଦେଖି ବିଭୋର ହେବାକୁ । ସେଇଥି ପାଇଁ ବୋଧେ ମେଘଦୂତମ୍‌ରେ ମହାକବି କାଳିଦାସ– ପତ୍ନୀ ବିରହ କାତର ଯକ୍ଷ ମୁହଁରେ କୁହାଇଛନ୍ତି "କାନ୍ତ ବାର୍ତା କାନ୍ତ ମିତ୍ର ମୁଖରୁ, ଉଣାନୁହଁ କାନ୍ତ ସଙ୍ଗ ସୁଖରୁ ।" ଅର୍ଥାତ୍‌ ହେ ମେଘ ବିରହିଣୀ ପତ୍ନୀକୁ ସ୍ୱାମୀ ସଙ୍ଗ ଯେତିକି ସୁଖ ଦିଏ । ସ୍ୱାମୀର କୌଣସି ବନ୍ଧୁ (ସଖା, ସାଙ୍ଗ, ସାଥୀ, ପରିଚିତ)ଙ୍କ ମୁହଁରୁ ସ୍ୱାମୀଙ୍କ ବିଷୟରେ କଥା ଶ୍ରବଣ ତା'ରୁ କମ୍ ଆନନ୍ଦ ପ୍ରଦାନ କରି ନ ଥାଏ । ସେହିପରି ସତୀ ମନ୍ଦିରରେ ଅଧରଙ୍କ ସାକ୍ଷାତ ପାଇ ଯେତିକି ଖୁସି ହେଉଥିଲା । ଅଧରଙ୍କ ଅନୁପସ୍ଥିତରେ ତାଙ୍କ ଗାଁକୁ ଦେଖି ସେତିକି ଖୁସି ହେବ ବୋଲି ଭାବି ମନେ ମନେ ଆନନ୍ଦ ଲାଭ କରୁଥିଲା । ସେ ଆନନ୍ଦରେ ବିହ୍ୱଲ ହୋଇ ସେଠାକୁ ଯିବା ଦିନ ଓ ସମୟକୁ ଉସ୍ତୁକ ଅନ୍ତରରେ ଅପେକ୍ଷା କରି ରହିଲା ।"

ଉପସ୍ଥିତ ସୁଖ ମଣିଷକୁ ଯେତିକି ଆନନ୍ଦ ପ୍ରଦାନ କରିଥାଏ ଆଗାମୀ ସୁଖର ସୂଚନା ତା'ଠାରୁ ତାକୁ ଅଧିକ ସୁଖ ପ୍ରଦାନକାରୀ ହୋଇଥାଏ । ଉପସ୍ଥିତ ସୁଖ ମଣିଷକୁ ଭାବବିହ୍ୱଲ କରିପାରେନା । ଯାହା ଆଗାମୀ ସୁଖର ସୂଚନା ଓ ତାକୁ

(ସୁଖକୁ) ପାଇବାର ଆଶା ଦେଇଥାଏ। ସେ ଉପସ୍ଥିତ ସୁଖର ସ୍ୱାଦ ପାଇଲେ ସୁଦ୍ଧା ତାକୁ ଆନ୍ତରିକତାର ସହିତ ଆନୁଭବ କରିପାରେ ନାହିଁ କିମ୍ବା ଯଦି କେବେ ଅନୁଭବକୁ ଆସିପାରେ ତେବେ ସେ ଅନୁଭବର ଆନନ୍ଦ ତାକୁ ବେଶୀ ସମୟ ପାଇଁ ସୁଖ ପ୍ରଦାନ କରିବାକୁ ସମର୍ଥ କେବେ ବି ହୁଏନା। କାରଣ ଉପସ୍ଥିତ ସୁଖ ଉପଭୋଗ ହେଉଥିଲା ବେଳେ ସେ ଉକ୍ତ ସୁଖର ପରିସମାପ୍ତି ଆଶଙ୍କାରେ ପ୍ରତି ମୁହୂର୍ତ୍ତରେ ଶଙ୍କାଗ୍ରସ୍ତ ହେଉଥାଏ। ଆନନ୍ଦଦାୟକ ସମୟକୁ ହରାଇବସିବା ଆଶଙ୍କା କରି ସେ ମ୍ରିୟମାଣ ହୋଇପଡ଼େ ଓ ସୁଖ ଉପଭୋଗ ଲାଗି ପର୍ଯ୍ୟାପ୍ତ ସମୟ ନ ମିଳିବାର ଭାବନାରେ ବୁଡ଼ିରହି ପ୍ରକୃତ ସୁଖକୁ ମନଭରି, ପ୍ରାଣଖୋଲି ଆନ୍ତରିକତାର ସହିତ ଉପଭୋଗ କରିପାରେନା।

ଅପରପକ୍ଷରେ ସୁଖର ସୂଚନା ବ୍ୟକ୍ତିକୁ ବେଶୀ ଆନନ୍ଦ ଦେଇଥାଏ। ଆଗାମୀ ସୁଖ କିପରି ହେବ ଓ ତାହା ତାକୁ କେଉଁ ପ୍ରକାର ଆନନ୍ଦ ପ୍ରଦାନ କରିବ ସେ ସେଥିପ୍ରତି ସଚେତନ ନ ହୋଇ ଆଗାମୀ ସୁଖର ବାର୍ତ୍ତା ପାଇ ଅତ୍ୟାନନ୍ଦରେ ବିହ୍ୱଳ ହୋଇପଡ଼େ। ଏହି ବିହ୍ୱଳ ଭାବ ହିଁ ପ୍ରକୃତ ସୁଖ। ଏହି ବିହ୍ୱଳ ଭାବ ମଣିଷକୁ ଯେତେ ସୁଖ ପ୍ରଦାନ କରିବାକୁ ସମର୍ଥ ହୋଇଥାଏ। ପ୍ରକୃତ ସୁଖ ସମୟର ଉପସ୍ଥିତି ତାକୁ ସେପରି ସୁଖୀ କରିପାରିବାକୁ ସକ୍ଷମ ହୁଏନାହିଁ। ଆଗାମୀ ସୁଖର ଆଗମନର ଆନନ୍ଦରେ ବିହ୍ୱଳ ହୋଇ ବ୍ୟକ୍ତି ମନେମନେ ସୁଖ ଉପଭୋଗର ପରିବେଶକୁ ଏବଂ ଉପସ୍ଥିତିକୁ କଳ୍ପନାକୁ ଆଣେ। ସେ କଳ୍ପନାରେ ବିଭୋର ହୋଇ ସୁଖଭୋଗ ସମୟର ପ୍ରତିଟି ମୁହୂର୍ତ୍ତକୁ କିପରି ମଧୁମୟ ଏବଂ ଉପଭୋଗ୍ୟ କରି ତା'ର ସମସ୍ତ ସ୍ୱାଦୁ ଆସ୍ୱାଦନ କରିନେବ ସେ ଖୁସି ସମୟକୁ କିଭଳି ଉପଭୋଗ କରି ପରିବାକୁ ସମର୍ଥ ହେବ ସେହି ଯୋଜନାର ଭାବନାରେ ବୁଡ଼ିରହି ଏବଂ ମଞ୍ଜିଯାଇ ସେ ଆନନ୍ଦରେ ନିମଗ୍ନ ହୋଇଯାଏ।

ପ୍ରକୃତରେ ଆଗାମୀ ସୁଖର ସୂଚନା ମଣିଷକୁ ବାସ୍ତବ ସୁଖଠାରୁ ଅଧିକ ଆନନ୍ଦ ପ୍ରଦାନ କରିଥାଏ। ବାସ୍ତବ ସୁଖର ଉପସ୍ଥିତିରେ ମଣିଷ କେବେ ବି ସୁଖୀ ହୋଇପାରେନା। ସେ ସେତେବେଳେ ସୁଖର ଉପସ୍ଥିତିରେ ହିଁ ସୁଖ ଉପଭୋଗର ସମୟକୁ ହରାଇ ବସିବାର ଆଶଙ୍କାରେ ଆତଙ୍କିତ ହୋଇପଡ଼େ। ସୁଖକୁ ହରାଇ ବସିବା ଆଶଙ୍କାର ଆତ୍ମଗ୍ଲାନି ତାକୁ ପ୍ରତି ମୁହୂର୍ତ୍ତରେ ଅହରହ ସଚେତନ କରାଇ ଦେଉଥାଏ ଯେ ଉପସ୍ଥିତ ସୁଖ ତା' ଲାଗି ଦୀର୍ଘସ୍ଥାୟୀ ନୁହେଁ। ତାହା ଯେପରି ଆସିଛି, ଠିକ୍ ଅବିକଳ ସେହିପରି ଚାଲିଯିବ। କାରଣ ପ୍ରତ୍ୟେକ କ୍ଷେତ୍ରରେ ପ୍ରବେଶ ପରେ ପ୍ରସ୍ଥାନ କରିବାକୁ ପଡ଼ିଥାଏ। ପ୍ରବେଶ ଆବେଗର ମାଦକତାରେ ମଣିଷ ଭାବବିହ୍ୱଳ ହୋଇଯାଏ ଓ ସେ ସମୟରେ କୌଣସି ପ୍ରକାର ଆନନ୍ଦ ଆସ୍ୱାଦନ କରିନେବା (ପାରିବା) ପରିସ୍ଥିତିରେ ଓ ପରିବେଶରେ ସେ ନିଜକୁ ଉପସ୍ଥାପନ କରିପାରେନା। ଫଳରେ ଉପସ୍ଥିତ ସୁଖ ତା' ପାଇଁ ଆକାଶ କୁସୁମ ସଦୃଶ ହୋଇଥାଏ। ମାତ୍ର ଆଗାମୀ ସୁଖ ପ୍ରବେଶର ବାରତା ପାଇ ମଣିଷ ସୁଖ ଉପଭୋଗ କରିନେବାର ସଜବାଜରେ ବ୍ୟସ୍ତ ରହେ। ସେ ସେହି କଳ୍ପିତ ସୁଖକୁ ଉପଭୋଗ କରିବାର ଯୋଜନା ତିଆରି କରେ। ସେହି କଳ୍ପିତ ସୁଖକୁ ଉପଭୋଗ କରିବାର ଯୋଜନା ଗଢ଼ିବାର ଭାବନାରେ ଯେତେ ସୁଖ ଥାଏ। ବାସ୍ତବ କ୍ଷେତ୍ରରେ ଉପସ୍ଥିତ ସୁଖରୁ ମଣିଷ (ବ୍ୟକ୍ତି) ସେତେ ଆନନ୍ଦ ପାଇପାରେନା। ପ୍ରତ୍ୟେକ କ୍ଷେତ୍ରରେ, ପ୍ରତି ସ୍ତରରେ ସବୁ ପରିବେଶରେ ସର୍ବଦା ପ୍ରବେଶ ପରେ ପ୍ରସ୍ଥାନ ଓ ଆବାହନ ପରେ ବିସର୍ଜନ ଏହା ପ୍ରକୃତିର ନିୟମ। ସୃଷ୍ଟିର ପ୍ରକ୍ରିୟା ଏବଂ ସମୟ ପ୍ରବାହର ଗତାନୁଗତିକ ପଦ୍ଧତି ଏବଂ ବିଧି ନିର୍ଦ୍ଦେଶ ମଧ୍ୟ। ସେଥିରୁ କେହି କେବେ ବି ବାଦ୍ ପଡ଼ିବେ ନାହିଁ ଓ ନିସ୍ତାର ପାଇବେ ନାହିଁ। ତେଣୁ ଉପସ୍ଥିତ ସୁଖ ଯେ ସରିଯିବ ସେପରି ଭାବନା ମନରେ ଜାଗ୍ରତ ହେବା ଏବଂ ସେଭଳି କଳ୍ପନା ଅନ୍ତରରେ ଉଙ୍କି ମାରିବା ସ୍ୱାଭାବିକ ପ୍ରକ୍ରିୟା। ସେଥିପାଇଁ ଉପସ୍ଥିତ ସୁଖର ସମାପ୍ତି ଆଶଙ୍କାରେ ଆତଙ୍କିତ ମଣିଷ ପ୍ରକୃତ ସୁଖ ଉପଭୋଗରୁ ବଞ୍ଚିତ ହୋଇଥାଏ। ପକ୍ଷାନ୍ତରେ ଆଗାମୀ ସୁଖର ସୂଚନା ପାଇ, ସେହି ସୁଖକୁ ମନଭରି, ପ୍ରାଣଖୋଲି ପୂର୍ଣ୍ଣମାତ୍ରାରେ ଉପଭୋଗ କରିବାକୁ ପର୍ଯ୍ୟାପ୍ତ ସମୟ ମିଳିବା ସମ୍ଭାବନା ଆଶାର ଆବେଗରେ ସେ ଅତି ଆନନ୍ଦରେ

ବିଭୋର ହୋଇ ପ୍ରକୃତ ସୁଖର ସ୍ୱାଦ ଆସ୍ୱାଦନ ପାଇଁ ନିଜକୁ ପ୍ରସ୍ତୁତ କରିବା ଲାଗି କଳ୍ପିତ ଯୋଜନାରେ ବିହ୍ୱଳ ହୋଇ ଆନନ୍ଦାନୁଭୂତିରେ ନିମର୍ଜିତ ହୋଇଯାଏ। ତାହା ହିଁ ପ୍ରକୃତ ସୁଖ, ବାସ୍ତବ ଆନନ୍ଦ। ଯାହା କଳ୍ପନା ପ୍ରସୂତ। ଯାହା ଆଗମନର ସୂଚନା ପ୍ରଦାନ କରେ। ଯାର ବାରତା ପାଇ ଅବଦାନର କୌଣସି ପ୍ରକାର ସ୍ଥିତି ନ ଥାଇ ମଧ ଉପଭୋଗର ଯୋଜନା ତିଆରି କରିବାର ଭାବନା ବ୍ୟକ୍ତିକୁ ବିହ୍ୱଳିତ କରିରଖେ। ଯେକୌଣସି ପର୍ବପର୍ବାଣୀ କିୟା ଉତ୍ସବ ଅନୁଷ୍ଠିତ ହେବା ପୂର୍ବରୁ ସେହି ପର୍ବଦିନର ଓ ଉତ୍ସବ ସମୟର ପ୍ରତୀକ୍ଷାରେ ରହିଥିବା ମଣିଷ ଯେତେ ଆନନ୍ଦ ପାଇଥାଏ। ଉକ୍ତ ଦିନର କିୟା ସମୟର ଉପସ୍ଥିତିରେ ସେ ସେତେ ଖୁସି ହୋଇପାରେନା। ପର୍ବ ଦିନଟିକୁ ଉତ୍ସୁକ ଆଖିରେ ଅନାଇ ରହିଥିବା ଓ ଉତ୍ସବକୁ ଆବେଗପୂର୍ଣ୍ଣ ଅନ୍ତରରେ ପ୍ରତୀକ୍ଷା କରିଥିବା ମଣିଷ ପର୍ବଦିନ କିୟା ଉତ୍ସବ ପାଳନ ସମୟରେ ସେ ବେଶୀ ଆନନ୍ଦରେ ବିଭୋର କିୟା ଖୁସିରେ ଉଲ୍ଲସିତ ହୋଇପାରେ ନାହିଁ। କାରଣ ଉତ୍ସବ ଦିନ ହିଁ ହେଉଛି ପର୍ବଟିର ସମାପ୍ତ ଦିବସ ବା ଅନ୍ତିମ ମୁହୂର୍ତ୍ତ। ସେଥିପାଇଁ ସେହି ପର୍ବ ଦିନଟିକୁ ଓ ସେ ସମୟର ଉଲ୍ଲାସ ଭାବକୁ ହରାଇ ବସିବାର ଆଶଙ୍କାରେ ଆତଙ୍କିତ ହୋଇପଡ଼ିଥାଏ ବ୍ୟକ୍ତି। ଆଶା ମନକୁ ସୁଖ ପ୍ରଦାନ କରେ। ଆଶଙ୍କା। ମନର ସରସତା ନଷ୍ଟ କରିଥାଏ। କବିବର ରାଧାନାଥଙ୍କ ଭାଷାରେ "ସୁଖ ଆସେ ଭୋଳ ସରବେ ଏକାଳେ ସୁଖ ତ ଭବେ କ୍ଷଣିକ, କିଏ ନ ଜାଣଇ ସୁଖଠାରୁ ସୁଖ ଆଶାରେ ସୁଖ ଅଧିକ।" (ଉର୍ବଶୀ)

ସେହି ଆଗାମୀ ସୁଖର (ସୂଚନାରେ) ଆଶାରେ ସତୀ ମନରେ ଆନନ୍ଦର ଢେଉ ଉଦ୍‌ବେଲିତ ହେଉଥିଲା। ସତୀ ତା' ନିଜ ପାଇଁ ନୂଆ ଲୁଗା କିଣାହେବ ବୋଲି ଖୁସି ନ ଥିଲା ଆଦୌ। ଲୁଗା ଆଣିବା ଲାଗି ଛକ ବଜାରକୁ ଯିବା ପାଇଁ ଅଧିକ ଖୁସି ହେଉଥିଲା। କାରଣ ଛକ ବଜାର ତା' ମନର ମଣିଷ ଅଧରଙ୍କ ଗାଁ ନିକଟରେ (ମୁଣ୍ଡରେ) ଅବସ୍ଥିତ ଥିବାରୁ ଛକ ବଜାରକୁ ଗଲେ ଅଧରଙ୍କ ଗାଁକୁ ଦେଖିବାର ସୁଯୋଗ ମିଳିବ ଏହି ଆଶାରେ। ଅବଶ୍ୟ ସେ ଏହା ପୂର୍ବରୁ କେତେଥର ତା' ବୋଉ ଓ ଭଉଣୀମାନଙ୍କ ସହିତ ଛକ ବଜାରକୁ ଯାଇଛି। ଗଲାବେଳେ ତାଙ୍କ ଗାଁକୁ ସଡ଼କ ଉପରୁ ଥାଇ ଅନାଇଛି। ସାଙ୍ଗ ହୋଇ ଭଉଣୀ ଓ ବୋଉ ସହିତ ଯାଉଯାଉ ତା' ବୋଉ ଯେତେବେଳେ ସେ ଗାଁ ଆଡ଼କୁ ଆଙ୍ଗୁଳି ଦେଖାଇ କହେ "ହେଇ ତୁମ ଗାଁର ଜମିଦାର ସାମନ୍ତରାୟଙ୍କ ଘର ଏଇ ଗାଁରେ। ସେତେବେଳେ ସତୀ ଓ ତା' ଭଉଣୀମାନେ ସେ ଗାଁ ଆଡ଼କୁ ଅନାଇ ଦେଖନ୍ତି– ଉଚ୍ଚା ଉଚ୍ଚା ବାଉଁଶ ବୁଦା ଓ ଡେଙ୍ଗା। ଡେଙ୍ଗା। ଆମ୍ବଗଛର ତୋଟା ଥିବା ଗାଁଟିକୁ। ସେତେବେଳେ ଅଧରଙ୍କ ସହିତ ତା'ର ପରିଚୟ ହୋଇ ନ ଥିବାରୁ ସେ ଗାଁକୁ ନିରୀକ୍ଷଣ କରି ଅନାଇ ଦେଖିବାର କୌଣସି ରକମର ଉନ୍ମାଦନା ତା' ମନକୁ ଆସୁ ନ ଥିଲା। ବର୍ତ୍ତମାନ ଯେପରି ତା' ମନକୁ ସେ ଗାଁଟିର ଦୃଶ୍ୟ ଓ ପ୍ରାକୃତିକ ପରିବେଶ ଆକର୍ଷଣ ଓ ଆଚ୍ଛାଦନ କରି ରଖିବ ବୋଲି ସେ ଭାବୁଥିଲା। ସେତେବେଳେ ବୋଉ ପାଟିରୁ ଜମିଦାର ଘର ଗାଁ ବୋଲି ଶୁଣି ସେ ମନ ମଧ୍ୟରେ ଭାବିନିଏ ଜମିଦାର ଘର ନିଶ୍ଚୟ ବଡ଼ଲୋକ ହୋଇଥିବେ। ଶିକ୍ଷିତ ଏବଂ ଧନଶାଳୀ। ତାଙ୍କର କୋଠାଘର ହୋଇଥିବ। ବଡ଼ଘର ଓ ଘର ଆଗରେ ବିରାଟ ଦାଣ୍ଡ। ବାଡ଼ି (ପଛ) ପଟକୁ ବଡ଼ ପୋଖରୀ ଏବଂ ପୋଖରୀ ଆଢ଼ିରେ ଆମ୍ବଗଛଗୁଡ଼ିକ ଥିବ। ଏହା ପୂର୍ବରୁ ସେ ସେହି ଗାଁକୁ ଉପର ଠାଉରିଆ ଭାବେ ଅନାଇଦିଏ ଓ ଦେଖିଥାଏ ନିରାସକ୍ତ ମନବୃତ୍ତି ନେଇ ମାମୁଲି ଭାବରେ। ସାଧାରଣତଃ ଯେପରି ଅନ୍ୟ ଜିନିଷ, ପଦାର୍ଥ, ବସ୍ତୁ କିୟା ଦୃଶ୍ୟକୁ ସବୁ ଦେଖିଥାଏ। ଏବେ ଆଉ ସେ ପୂର୍ବପରି ଅନାସକ୍ତ ମନନେଇ ଉପର ଠାଉରିଆ ଭାବରେ ମାମୁଲି ଦୃଷ୍ଟିକୋଣ ନେଇ ଅନ୍ୟ ସାଧାରଣ ଦୃଶ୍ୟସବୁ ଦେଖିଲା ଭଳି ତାଙ୍କ ଗାଁଆଡ଼କୁ ନ ଅନାଇ କିଛି ପ୍ରାପ୍ତି ଭାବନାର ବିହ୍ୱଳରେ ବିଭୋର ହୋଇ ସେ ଗାଁକୁ ନିରୀକ୍ଷଣ କରିବ। ଯେଉଁ ଗାଁରେ ତା' ମନର ମଣିଷ, ପ୍ରାଣର ଠାକୁର, ହୃଦୟର ଦେବତା, ଅନ୍ତରର ଆରାଧ୍ୟ ଏବଂ ଆପଣାର ଅନ୍ତରଙ୍ଗ ପ୍ରିୟ ପୁରୁଷ ଅଧର ଜନ୍ମ ହୋଇଛନ୍ତି। ତାଙ୍କ ବାଲ୍ୟ, ଶୈଶବ, କୈଶୋର, ପୌରୁଣ୍ଡ ଓ ଯୌବନ ସମୟ ଯେଉଁ ଗାଁର ପାଣି ପବନ ଓ ପରିବେଶରେ

ବିତାଇଛନ୍ତି । ସେହି ଗାଁକୁ ସତୀ ତା' ଅନିସନ୍ଧିସୁ ଦୃଷ୍ଟିରେ ନିରୀକ୍ଷଣ କରି ଦେଖିବାର ସୁଯୋଗ ପାଇବ । ଏହିପରି ଭାବନାରେ ବିଭୋର ହୋଇ ସେ ଆନନ୍ଦର ଅତି ଶଯ୍ୟାରେ ନିମଜ୍ଜିତ ହୋଇଯାଉଥିଲା ।

ଅଷ୍ଟମୀର ଦୁଇଦିନ ଆଗରୁ ଷଷ୍ଠିଦିନ ସକାଳବେଳା ସେମାନେ ଲୁଗା ପାଇଁ ତାଙ୍କ ମୌଜାର ଛକ ବଜାରକୁ ବାହାରିଲେ । ସବିତାଙ୍କର ଉଦ୍ଦେଶ୍ୟ ଥିଲା ସତୀ ତାଙ୍କ ସହିତ ଯାଇ ଦୋକାନରୁ ତା' ନିଜ ମନ ପସନ୍ଦ ମୁତାବକ ଶାଢ଼ି ବାଛିବ । କିନ୍ତୁ ସତୀର ଇଚ୍ଛା ଲୁଗାକିଣା ଯାହା ହେଉ ଯେମିତି ହେଉ, ଅଧରଙ୍କ ସହିତ ପରିଚୟ ପରେ ପ୍ରଥମ ଥର ତାଙ୍କ ଗାଁକୁ ଅନିସନ୍ଧିସୁ ଦୃଷ୍ଟିରେ ନିରେକ୍ଷ ଦେଖିବାର ସୁଯୋଗ ପାଇବ । ସବିତାଙ୍କର ତାଙ୍କ ଅନ୍ୟ ପିଲାମାନଙ୍କ ଲାଗି ନୂଆ ପୋଷାକ ଆଣିବାକୁ ଇଚ୍ଛା ଥିଲେ ମଧ ଅର୍ଥ ଅଭାବରୁ ତାହା ହୋଇପାରିବନି ଜାଣି ସେ ଆଉ ସେଥିପାଇଁ ମନ ବଲାଇ ନ ଥିଲେ । ଦୋକାନୀ ବାକି ଦେବାକୁ ରାଜି ହେବନି । ରଜକୁ ଆଣିଥିବା ବାକି ଥିବା ଟଙ୍କା, ଏ ପର୍ଯ୍ୟନ୍ତ ଶୁଝାହୋଇନି । ପ୍ରଥମାଷ୍ଟମୀ ଘଡ଼ିରେ ଦୋକାନରେ ଭିଡ଼ ଲାଗିଥିବ । ସେ ଲୋକ ଗହଳିରେ ବାକି କଥା କହି ଦୋକାନୀ ଦ୍ୱାରା ପ୍ରତ୍ୟାଖିତ ହୋଇ ଅପମାନିତ ହେବା ଅପେକ୍ଷା ସେ ପ୍ରସଙ୍ଗ ନ ଉଠାଇବାକୁ ସେ ସ୍ଥିର କରିଥିଲେ । ଦୋକାନୀ ତା' ବେପାର କଥା ବୁଝେ । ମୁନାଫାର ହିସାବ ରଖେ । ଲାଭ ଆଡ଼କୁ ଦୃଷ୍ଟି ଦେଇ ସେ ବ୍ୟବସାୟ କରିଥାଏ । ତା'ର ଲକ୍ଷ୍ୟ ଥାଏ ଫାଇଦା ହାସଲ କରିବାକୁ । ତା'ର ଉଦ୍ଦେଶ୍ୟ କିପରି ଧନ ବଢ଼ାଇବ । କାହା ମନର ଆବେଗ, ପ୍ରାଣର ଆଗ୍ରହ, ଅନ୍ତରର ସରାଗ, ଆତ୍ମାର ବିହ୍ୱଳତା ଭାବ ଆଉ ହୃଦୟର ଭାବ ପ୍ରବଣତା କଥା ସେ ଜମା ବୁଝିବନି । ବ୍ୟବସାୟୀର ମନବୃଭି ନେଇ ସେ ଅନୁଭବ କରିପାରେନି (ଗୋଟିଏ) ମା'ର ମନ ଓ ତା' ଅନ୍ତରରେ ତା' ପିଲାମାନଙ୍କ ପ୍ରତି ଥିବା ବାସଲ୍ୟ ସ୍ନେହ, ଶ୍ରଦ୍ଧା ଓ ମମତାର ନିବିଡ଼ତା କଥା । ଲାଭ ଆଶା ରଖି ବେପାର କରୁଥିବା ମଣିଷଟି କେବଳ ନିଜର ମୁନାଫା କଥା ବୁଝେ । ଜଣେ ମା'ର ହୃଦୟରେ ତା' ସନ୍ତାନମାନଙ୍କ ପ୍ରତି ଥିବା ବାସଲ୍ୟ ଭାବର ଗଭୀରତା ଓ ପିଲାମାନଙ୍କ ପ୍ରତି ତା' ଆତ୍ମାରେ ଥିବା ଶ୍ରଦ୍ଧାର ନିବିଡ଼ତା ଏବଂ ତା' ପ୍ରାଣରେ ଭରି ରହିଥିବା ମମତାର ଘନିଷ୍ଟତାକୁ । ଲାଭ ଆଡ଼କୁ ଦୃଷ୍ଟି ଦେଇଥିବା ବ୍ୟବସାୟୀଟି କେବେ ବି ତାହା ବୁଝିବା ଲାଗି ସକ୍ଷମ ହୋଇପାରେନା କିୟା ସେପରି ସାମର୍ଥ୍ୟ ପଣ ମଧ ତା'ର ନ ଥାଏ । ସେଥିପାଇଁ ସବିତା ସୁବିଧାବାଦୀ ମନୋବୃଭିର ଲକ୍ଷ୍ୟରେ ଥିବା ଦୋକାନୀକୁ ଅନୁରୋଧ କରି ନିରାଶ ହେବା ଅପେକ୍ଷା ଅନ୍ୟ ପିଲାମାନଙ୍କ ଲାଗି ପୋଷାକ ନେବା ଆଶା ମନରୁ ପରିତ୍ୟାଗ କରି କେବଳ ବଡ଼ଝିଅ ପଢ଼ୁଆ ହେବା ପାଇଁ ଶାଢ଼ି ଖାଣ୍ଡେ ନେବାକୁ ସିଦ୍ଧାନ୍ତ କରି ଘରୁ ବାହାରିଲେ । ପଥର ପରି ମନ, କଠିନ ହୃଦୟ, ନିର୍ଦୟ ଅନ୍ତର, ନିର୍ମମ ଆତ୍ମା, ନିଥର ପ୍ରାଣ ଓ ନିରାସକ୍ତ ଜୀବନର ବ୍ୟବସାୟୀ ତା' ଆପଣା ବୃଭିରେ ହିଁ ସନ୍ତୁଷ୍ଟ ରହେ ।

ବିଲରେ ପାଚିଲା ଧାନଗଛ ଡେଉ ଭାଙ୍ଗୁଥାଏ ଦମକା ଦମକା ପବନରେ । ମାର୍ଗଶୀର ମାସର ତିନିଦିନ । ଅଷ୍ଟମୀ ମାସର ପାଞ୍ଚଦିନେ ପଡ଼ୁଛି । ଅଷ୍ଟମୀ ବାସିଦିନ (ପରଦିନ)ଠାରୁ ଧାନ କଟା ଆରମ୍ଭ ହେବ । ହିଡ଼ ଉପରେ ସ୍ଥାନେ ସ୍ଥାନେ ଧାନଗଛ ଶୋଇଯାଇ ଥିବାରୁ ବିଲବାଟେ ନ ଯାଇ ତାଙ୍କ ଗାଁ ଆଡ଼କୁ ଯାଇଥିବା କେନାଲବନ୍ଧ ଦେଇ ସେମାନେ ଯାଉଥିଲେ । ପ୍ରଥମେ ଗାଁରୁ ବାହାରି ଯୋରକଡ଼ ପଡ଼ିଆ ଦେଇ ଡାକେ ବାଟ ଗଲେ କେନାଲବନ୍ଧ ପଡ଼େ । ଯୋରକଡ଼ ପଡ଼ିଆ ଓ କେନାଲବନ୍ଧ ମଝିରେ ବାର ଚଉଦଟି ଧାନ କିଆରୀ ଅଛି । କେନାଲବନ୍ଧରେ ଗୋଟେ କିଲୋମିଟର ଗଲେ ମୁଖ୍ୟରାସ୍ତା ପଡ଼ିବ । ଯେଉଁ ସଡ଼କଟି ଭଣ୍ଡାରିପୋଖରୀ ପାଞ୍ଚନମ୍ବର ଜାତୀୟ ରାଜପଥକୁ ଯାଜପୁର ସହିତ ସଂଯୋଗ କରୁଛି । କେନାଲବନ୍ଧରେ ଗଲେ କେନାଲକୁ ଲାଗି ତାଙ୍କ ୱାର୍ଡ ସହିତ ସଂଯୁକ୍ତ ଗାଁଟି ପଡ଼େ । ଯେଉଁ ଗାଁର ବାବୁମାନେ ତାଙ୍କ ୱାର୍ଡର ମେମ୍ବର ପ୍ରାର୍ଥୀ ହୁଅନ୍ତି । ସେ ଗାଁ ପାର ହୋଇ ଗଲେ ମୁଖ୍ୟରାସ୍ତା ଦେଇ ଛକ ବଜାରକୁ ଯିବାକୁ ହେବ । ସତୀ ତା' ବେଉ ଓ ଦୁଇ ସାନ ଭଉଣୀ ସେବ ଓ ସର ଚାରିଜଣ ସାଙ୍ଗ ହୋଇ ଯାଉଥାଆନ୍ତି । ଘରେ ସାନ ପିଲା ଦୁଇଟି ବଡ଼ପୁଅ

ପାଖରେ ରହିଥାଆନ୍ତି । ସେ ବାଟରେ ଗଲେ ତାଙ୍କ ଗାଁ ଶେଷମୁଣ୍ଡରେ ଧବଲେଶ୍ଵରଙ୍କ ମନ୍ଦିର ପଡ଼େ । ସତୀ ଆସିଲାବେଲେ ଧବଲେଶ୍ଵରଙ୍କୁ କୁହାର ହୋଇ ଜଣାଇଥିଲା "ପ୍ରଭୁ ଯେପରି ମୋର ଯାତ୍ରା ସଫଳ ହେବ । ମୋ ମନସ୍କାମନା ପୂର୍ଣ୍ଣ ହେବ । ସେଠାରେ ତାଙ୍କ ଦେଖା ମିଳିବ ।"

ସବିତା ପୂରା ଖୁସି ନ ଥିଲେ ମଧ୍ୟ ତାଙ୍କ ମନ ଦୁଃଖ ଥିଲାପରି ଜଣାଯାଉ ନ ଥିଲା । ଗରିବ ଘର । ଅଭାବି ସଂସାର । ଅନାଟନ ମଧ୍ୟରେ ରହି ଅଷ୍ଟମୀକୁ ସବୁ ପିଲାଙ୍କ ପାଇଁ ପୋଷାକ ନେଇ ନ ପାରିଲେ ସୁଦ୍ଧା ପରିବାରର ପ୍ରଥମ ପିଲା ପଢୁଆ ହେବା ଲାଗି ନୂଆ ଲୁଗାଟିଏ କିଣିବାକୁ ସେ ସମର୍ଥ ହୋଇପାରିଛନ୍ତି । ସେତକ ତାଙ୍କ ପାଇଁ ଯଥେଷ୍ଟ । ଅବଶ୍ୟ ସେ ଟଙ୍କା ଘରେ ଗଚ୍ଛିତ ନ ଥିଲା । ବଡ଼ଝିଅ ଲାଗି ଲୁଗା କିଣା ହେବାପାଇଁ, ଆଗତୁରା ଧାନକଟା ମଜୁରୀ ବାବଦକୁ ଆଣି ସପନି ତାକୁ ଦେଇଛି । ମଝିଆ ଝିଅ ଦୁଇଜଣଙ୍କର ଅଭାବ ସକାଶେ ନୂଆ ପୋଷାକ ହେଉ ନ ଥିଲେ ମଧ୍ୟ ସେ ଦୁହେଁ ତାଙ୍କ ଦେଇ ଲାଗି ଶାଢ଼ି ବାଛିବାକୁ ବୋଉ ଓ ଦେଇ ସାଙ୍ଗରେ ଲୁଗା ଦୋକାନକୁ ଯାଉଥିବାରୁ ଭାରି ଖୁସି ଥିଲେ । ସେମାନଙ୍କ ପାଇଁ ନ ହେଉ ତାଙ୍କ ବଡ଼ଭଉଣୀ ଲାଗି ତ ହେଉଛି । ଦେଇ ପଢୁଆପିଲା । ସେମାନେ ନୁହଁନ୍ତି । ଏପରି ଭାବନା ସେମାନଙ୍କୁ ଲୁଗା ଦୋକାନକୁ ଯାଇ ଲୁଗା ବାଛିବା ଲାଗି ପ୍ରେରଣା ଯୋଗାଉଥିଲା । ତାଙ୍କ ଦେଇ ଯେତେବେଳେ ଅଷ୍ଟମୀ ଦିନ ନୂଆ ଶାଢ଼ି ପିନ୍ଧି ଧବଲେଶ୍ଵରଙ୍କ ମନ୍ଦିରକୁ ଯିବାକୁ ବାହାରିବ ସେତେବେଳେ ତାଙ୍କ ଦେଇକୁ ନୂଆ ଶାଢ଼ିରେ ଦେଖିଦେଲେ ଖୁସିରେ ସେମାନଙ୍କ ପେଟ ପୂରି ଉଠିବ । ଯେତେହେଲେ ତାଙ୍କ ଦେଇ ଦେଖିବାକୁ ତାଙ୍କ ଗାଁର ସବୁ ଝିଅଙ୍କ ମଧ୍ୟରେ ସୁନ୍ଦର ।

ବର୍ଷକ ବାରମାସରେ ତେର ପରବ ହେଉଛି ଓଡ଼ିଶାର ସଂସ୍କୃତି ତଥା ଭାରତୀୟମାନଙ୍କ ପରମ୍ପରା । ମାତ୍ର ଏହି ପର୍ବଗୁଡ଼ିକୁ ପାଳନ କରିବା ପାଇଁ ଧନହୀନ, ଗରିବ, ଦରିଦ୍ର ଓ ଅଭାବଗ୍ରସ୍ତମାନେ ଯେ କେତେ ଅସୁବିଧାର ସମ୍ମୁଖୀନ ହୋଇଥାଆନ୍ତି ତାହା କେବଳ ସେମାନଙ୍କୁ ହିଁ ଜଣା । ଧନବାନ, ସ୍ଵଚ୍ଛଳବର୍ଗ, ବିଉଶାଲୀ ଓ ସମ୍ଭ୍ରାନ୍ତ ଶ୍ରେଣୀୟ ପରିବାରମାନଙ୍କରେ ଓଷା ବାର ଓ ଯେକୌଣସି ପର୍ବଦିନଗୁଡ଼ିକ ମହୋତ୍ସବରେ ବିତିଥିଲା ବେଲେ ଗରିବଟି ଲାଗି ତାହା ଯନ୍ତ୍ରଣାଦାୟକ ଓ ଦୁଃଖ ପ୍ରଦାନକାରୀ ହୋଇଥାଏ । ଧନିକ ଶ୍ରେଣୀ ପର୍ବଦିନମାନଙ୍କରେ ମନ ଖୁସିରେ ଆନନ୍ଦ ଉଲ୍ଲାସରେ ବିଭୋର ଥିଲାବେଲେ ବିଚରା ଦରିଦ୍ର ପରିବାର ଓ ଅଭାବଗ୍ରସ୍ତ ଗରିବ ବର୍ଗର ଲୋକମାନେ ପର୍ବକୁ ପାଳନ କରିବାକୁ ଯାଇ କରଜ କରିବାକୁ ଧାଆର ଉଧାର ଆଣିବାକୁ କି ସୁଧକୁ ଟଙ୍କା ଆଣିବା ଲାଗି ଏକପ୍ରକାର ବାଧ୍ୟ ହୋଇଥାଆନ୍ତି । ଧନବାନ ପରିବାରର ସଦସ୍ୟମାନେ ପର୍ବଦିନଟିକୁ ଉତ୍ସୁକ ଅନ୍ତରରେ ପ୍ରତୀକ୍ଷା କରୁଥିଲାବେଲେ ଗରିବ ଘରର ଲୋକମାନେ ବିଶେଷକରି (ଘରର) ପରିବାରର ମୁରବିଟି ପର୍ବଦିନକୁ ସ୍ମରଣ କରି ହତାଶ ଓ ମର୍ମାହତ ହୋଇଥାଏ । କିପରି ଓ କେଉଁ ଉପାୟରେ କେଉଁଠୁ ଅର୍ଥ ଆଣି ପର୍ବ ପାଳନ ଜନିତ ଖର୍ଚ୍ଚ ଭରଣା କରିବ ଏହି ଚିନ୍ତାରେ ବୁଡ଼ିରହି ସେ ଭାରାକ୍ରାନ୍ତ ମନରେ ଦିନ ବିତାଇଥାଏ ଓ ମନେମନେ ଭାବିଥାଏ ପର୍ବପର୍ବାଣୀ ଆଦୌ ନ ପଡ଼ନ୍ତା କି । ଦୈନନ୍ଦିନ ଖର୍ଚ୍ଚଠାରୁ କୌଣସି ଦିନ ଅଧିକ ଖର୍ଚ୍ଚାନ୍ତ ହେବାକୁ ନହୁଅନ୍ତା କି । ତଥାପି ସଂସାର ଭିତରେ ଘରକରି ସମାଜ ସହିତ ନିଜକୁ ଖାପ ଖୁଆଇବାକୁ ଯାଇ ଦରିଦ୍ରମାନେ କେବଳ ସନ୍ତୁଲି ହୋଇଥାଆନ୍ତି ଓ ପର୍ବଗୁଡ଼ିକୁ ପାଳନ କରିବାକୁ ଯାଇ ଦେନାଧାର କରି ଯେନେତେନେ ପର୍ବ ଦିନକୁ ଖୁସି ମନରେ ନୁହେଁ ବରଂ ବିଷାଦଗ୍ରସ୍ତ ହୃଦୟରେ ପାଳନ କରିଥାଆନ୍ତି, ଯେମିତି ସପନି ଓ ସବିତା ପ୍ରଥମାଷ୍ଟମୀକୁ ପାଳନ କରିଥିଲେ ।

ଆଖପାଖ ପଚିଶ ତିରିଶ ଖଣ୍ଡ ଗାଁରେ ସତୀ ଥିଲା ଶ୍ରେଷ୍ଠା ରୂପବତୀ କନ୍ୟା । ଯେଉଁ ରଙ୍ଗର ଶାଢ଼ି ପିନ୍ଧିଲେ ସୁଦ୍ଧା ତାହା ତାକୁ ଭଲ ମାନେ । ଚିହ୍ନାଲୋକ ତାକୁ ଦେଖିଲେ ଘଡ଼ିଏ ଅନାଇ ରହନ୍ତି । ନଜାଣିଲା ଲୋକମାନେ ତାକୁ ଦେଖି କେବେ ବି କୈବର୍ତ ଘର ଝିଅ ବୋଲି କହିବ ନାହିଁ । ଅପରିଚିତ ଲୋକ ତାକୁ ଦେଖି କୁଲୀନ ବ୍ରାହ୍ମଣ ଘର କିମ୍ବା

ସମ୍ଭ୍ରାନ୍ତ କରଣ ପରିବାରର ଝିଅ ବୋଲି ଭାବିବ । ତାଙ୍କର ସେହି ଦେଇ ଆଜି ବୋଉ ସହିତ ଯାଉଛି ଲୁଗା ଦୋକାନକୁ ତା' ମନ ପସନ୍ଦର ଶାଢ଼ି ବାଛିବା ପାଇଁ । ତା' ସହିତ ସେମାନେ ସାଙ୍ଗହୋଇ ଯାଉଥିବାରୁ ସେମାନଙ୍କ ମନରେ ଖୁସି କହିଲେ ନ ସରେ । ସେମାନେ ତାଙ୍କ ଦେଇ ସହିତ ଶାଢ଼ି ବାଛିବାରେ ସାମିଲ ହେବାଲାଗି ସୁଯୋଗ ପାଇଥିବା ଯୋଗୁ ମନେମନେ ଆତ୍ମସନ୍ତୋଷ ଲାଭ କରୁଥିଲେ । କିନ୍ତୁ ସତୀ ମନର ଭାବନା ଥିଲା ଅନ୍ୟପ୍ରକାର । ଶାଢ଼ି କିଣା ହେବା କଥା କିଣା ହେବ । ତେଣିକି ସେ ଶାଢ଼ି ଯେଉଁ ରଙ୍ଗର କିମ୍ୱା ଯେଉଁ ପ୍ରକାର (କ୍ୱାଲିଟି)ର ହେଉ ସେଥିରେ ତା'ର କିଛି ଯାଏ ଆସେ ନାହିଁ । ଯେ କୌଣସି ରଙ୍ଗର ଗୋଟେ ଶାଢ଼ି ପିନ୍ଧିଦେଲେ ହେଲା । ଭଲ ଦାମୀ ପୋଷାକ ପିନ୍ଧି ଦେଖେଇ ହେବା ଢଙ୍ଗ ସତୀର ନ ଥିଲା । ସେ ଛଟକି ନୁହେଁ କିମ୍ୱା ଫୁଲେଇ ହୁଏନା । ଭାରି ଭାବ ଗମ୍ଭୀର ପ୍ରକୃତିର ଝିଅ ସେ । ଖୁବ୍ ଭଦ୍ର ଏବଂ ନମ୍ର । ଶାନ୍ତ ଆଉ ସରଳ ମଧ୍ୟ ।

ତା'ର ମୁଖ୍ୟ ଉଦ୍ଦେଶ୍ୟ ଥିଲା ସେ ଛକ ବଜାରକୁ ଗଲେ ଅଧରଙ୍କ ଗାଁକୁ ଦେଖିବ । ଅଧରଙ୍କ ଗାଁମୁଣ୍ଡ ଛକରେ ହିଁ ବଜାରଟି ଅବସ୍ଥିତ । ତାଙ୍କ ସହିତ ପରିଚିତ ହେବା ପୂର୍ବରୁ ସେ ଯେତେଥର ଛକ ବଜାରକୁ ଯାଇଛି ସେତେବେଲେ ତା' ମନକୁ କେବେ ବି ଏପରି ଭାବନା ଆସି ନ ଥିଲା । ସେ ସମୟରେ ତାଙ୍କ ଗାଁକୁ ସେ କେବେ ନିରେଖି ଅନାଇ ନ ଥିଲା । ଆଜି ଯେପରି ଅନିସନ୍ଦିଗ୍ଧ ଦୃଷ୍ଟିରେ ନିରେଖି ଦେଖିବା ପାଇଁ ଭାବୁଛି । ସେତେବେଲେ ସେ ଛକ ବଜାରକୁ ଯିବା ପ୍ରତି ଏତେ ଗୁରୁତ୍ୱ ଦେଇ ନ ଥିଲା ଆଜି ଯେପରି ଦେଉଛି ।

ସେମାନେ କେନାଲବନ୍ଧରେ ଆସି ସଡ଼କ ଧରିଲେ । ଯେଉଁ ରାସ୍ତାଟି ଭଣ୍ଡାରିପୋଖରୀ ଦେଇ ଯାଇଥିବା ପାଞ୍ଚନମ୍ୱର ଜାତୀୟ ରାଜପଥ ସହିତ ଯାଜପୁର ଜିଲ୍ଲାର ସଦହମହକୁମାକୁ ସଂଯୋଗ କରୁଛି । ଆଗରେ ତାଙ୍କରି ମୌଜାର ଆଉ ଗୋଟିଏ ଗାଁ । ସେ ଗାଁଟି ତାଙ୍କ ନିଜ ଗାଁଠାରୁ ବଡ଼ ଓ ତାଙ୍କ ମୌଜାର ମଧ୍ୟସ୍ଥଲରେ ଥିବା ମୁଖ୍ୟ ଗାଁଠାରୁ ଆୟତନରେ ସାନ । ସେ ଗାଁର ଲୋକସଂଖ୍ୟା ଗୋଟିଏ ୱାର୍ଡ ପାଇଁ ଯଥେଷ୍ଟ । ତାଙ୍କ ଗାଁ ଆଡ଼କୁ ଯାଇଥିବା କେନାଲବନ୍ଦ ଯେଉଁଠି ସଡ଼କକୁ ଛୁଇଁଛି । ସେ କଣ୍ଢାଘର ଛକରୁ ସେ ଗାଁଟି ଦେଢ଼ କିଲୋମିଟର ଦୂର । ତାଙ୍କ ଗାଁଠାରୁ ମୁଖ୍ୟ ସଡ଼କର ଦୂରତା ଯେତିକି କେନାଲ ମୁଣ୍ଡ କଣ୍ଢାଘର (ଛକରୁ)ଠାରୁ ସେ ଗାଁର ଦୂରତା ଠିକ୍ ସେତିକି ହେବ ।

ସେ ଗାଁକୁ ପାର ହେଲାପରେ ପଡ଼ିଲା ତାଙ୍କ ମୌଜାର ସ୍କୁଲଘର । ନିମ୍ନ ଅପର ପ୍ରାଇମେରୀଠାରୁ ଉଚ୍ଚ ବିଦ୍ୟାଲୟ ପର୍ଯ୍ୟନ୍ତ ସେଠି ସବୁ ଶ୍ରେଣୀ ରହିଛି । ଏକାଧିକ କୋଠାଘର ଗୋଟିଏ ସ୍ଥାନରେ ରୁଣ୍ଡ ହେଲାପରି ରହିଥିବାରୁ ସେ ଜାଗାଟିର ମର୍ଯ୍ୟାଦା ବଢ଼ାଇ ଦେଉଥିଲା । ଅନେକଗୁଡ଼ିଏ କୋଠା ଗୋଟିଏ ଜାଗାରେ ଗଢ଼ିଉଠିଥିବାରୁ ଉକ୍ତ ସ୍ଥାନଟିର ଗୁରୁତ୍ୱ ବଢ଼ାଇଥିଲେ ସତ, ମାତ୍ର ଯେଉଁ ଉଦ୍ଦେଶ୍ୟରେ ଘରଗୁଡ଼ିକ ନିର୍ମିତ ହୋଇଥିଲା ସେ ସମୟର ଲକ୍ଷ୍ୟ ଏବେକୁ ଆଉ ଆଗପରି କାର୍ଯ୍ୟକାରୀ ହୋଇପାରୁନି । ସେ ଲକ୍ଷ୍ୟଠାରୁ ଦୂରେଇ ଯିବାପରି ମନେ ହେଉଛି ।

ତାଙ୍କ ମୌଜାର ବିଦ୍ୟାଲୟ ସ୍କୁଲ । ଯାହା ତାଙ୍କ ଅଞ୍ଚଲର ବିଶିଷ୍ଟ ରାଜନୈତିକ ନେତାଙ୍କ କିର୍ତ୍ତୀ । ଯେଉଁ ସୁପୁରୁଷ କେଉଁ ଏକ ଶୁଭ ମୁହୂର୍ତ୍ତରେ, ମାହେନ୍ଦ୍ର ଲଗ୍ନରେ, ଅମୃତ ବେଲାରେ ଜନ୍ମହୋଇ ଏପରି ମୂର୍ତ୍ତିମନ୍ତ କୀର୍ତ୍ତି ସ୍ଥାପନ ପାଇଁ ସକ୍ଷମ ହୋଇଥିଲେ । ସେ ଆଉ ଆଜି (ଏବେ) ଇହଧାମନରେ ନାହାଁନ୍ତି । ସ୍କୁଲ ପରିସର ମଧ୍ୟରେ ରାସ୍ତା ପାର୍ଶ୍ୱକୁ ତାଙ୍କ ଆବକ୍ଷ ପ୍ରତିମୂର୍ତ୍ତି ସ୍ଥାପନ କରାଯାଇଛି । ରାସ୍ତା ଉପରୁ ଅନାଇଲେ ତାଙ୍କ ପ୍ରତିମୂର୍ତ୍ତିଟି ଦେଖାଯାଏ । ତାଙ୍କୁ ଜାଣିଥିବା ଲୋକମାନେ ତାଙ୍କ ଅବର୍ତ୍ତମାନରେ ତାଙ୍କ ପ୍ରତିମୂର୍ତ୍ତିକୁ ପ୍ରଣାମ କରି ତାଙ୍କ ଅମର ଆତ୍ମା ଉଦ୍ଦେଶ୍ୟରେ ଅନ୍ତରର ଶ୍ରଦ୍ଧା ଓ ଭକ୍ତି ନିବେଦନ କରିବା ସହିତ ତାଙ୍କ ପ୍ରତି ସମ୍ମାନ ଜ୍ଞାପନ କରିଥାଆନ୍ତି ।

ସତୀ ଦେଖୁଥିଲା । ସ୍କୁଲ ଘରଗୁଡ଼ିକ ସବୁ ତାଙ୍କ ସ୍ମୃତିକୁ ବହନ କରି ନିରବରେ ଦଣ୍ଡାୟମାନ ହୋଇ ଯେପରି ତାଙ୍କ ଯଶକୀର୍ତ୍ତିକୁ ଅକୁହା ଭାଷାରେ ପ୍ରକାଶ କରିବା ପାଇଁ ଘୋଷଣା କରୁଥିଲେ ।

ଆଗରେ ତା' ବୋଉ ସବିତା। ମଝିରେ ଦୁଇ ମଝିଆଁ ଭଉଣୀ ସେବ ଓ ସର। ପଛରେ ସତୀ ସ୍କୁଲ ଘରଆଡ଼କୁ ଅନାଇ ଅନାଇ ଯାଉଥିଲା। ଏଇ ତାଙ୍କ ମୌଜାର ସ୍କୁଲଘର। ଯେଉଁଠି ଅଧର ପାଠ ପଢ଼ିଥିଲେ। ପ୍ରଥମରୁ ଦଶମ ପର୍ଯ୍ୟନ୍ତ। ସିଏ ଏଇ ସ୍କୁଲରୁ ପାଠପଢ଼ି ଯାଇଛନ୍ତି। ଏଇଠି ତାଙ୍କ ଛାତ୍ର ଜୀବନର ଅନେକ ସମୟ ବିତିଛି। ସେ ବେଳର ବହୁତ ଅଭୁଲା ସ୍ମୃତି ନିଶ୍ଚିତ ଏଇଠି ରହିଯାଇଥିବ। ଯାହା ସତୀକୁ ସମ୍ପୂର୍ଣ୍ଣ ଅଜଣା। କାରଣ ସତୀ ଏ ସ୍କୁଲରେ ପାଠ ପଢ଼ିନି। ସେ ତାଙ୍କ ଗାଁର ଅଣସ୍ୱୀକୃତ ସ୍କୁଲରୁ ତୃତୀୟ ଶ୍ରେଣୀ ପାଶ୍‌କରି ଯୋର ସେପଟ ତା' ମାମୁଁଘର ଗାଁ ଲକ୍ଷ୍ମୀବଜାର ଗାଁ ସ୍କୁଲରେ ସପ୍ତମ ଶ୍ରେଣୀ ପର୍ଯ୍ୟନ୍ତ ପଢ଼ିଥିଲା। ଏଇ ସ୍କୁଲରେ ପଢ଼ିଥିଲେ ସେ ହୁଏତ ଅଧରଙ୍କୁ ତାଙ୍କ ପିଲାବେଳେ ଦେଖିବାର ଓ ଜାଣିବାର ସୁଯୋଗ ପାଇ ପାରିଥାଆନ୍ତା। ଛାତ୍ର ଅବସ୍ଥାରେ ଅଧର କିପରି ଥିଲେ ? ସେ ମନେମନେ କଳ୍ପନା କଲା। ତାଙ୍କ ଗାଁର ସୁମନ୍ତ ଭାଇ ମୁହଁରୁ ସେ ଶୁଣିଛି। ଅଧରଙ୍କର ସୁମନ୍ତ ସହପାଠୀ ଥିଲେ। ଅଧର ପଢ଼ିଲାବେଳେ ଭାରି ଶାନ୍ତଶିଷ୍ଟ ଥିଲେ। ସୁମନ୍ତ ଭାଇ କହେ– ଅଧର ଛାତ୍ର ବୟସରେ ଅତି ଭଦ୍ର, ନମ୍ର, ସରଳ ଓ ମେଧାବୀ ଥିଲେ। ସେ ତାଙ୍କ ଶ୍ରେଣୀରେ ସବୁବେଳେ ପ୍ରଥମ ହେଉଥିଲେ। ମ୍ୟାଟ୍ରିକ ପ୍ରଥମ ଶ୍ରେଣୀରେ ଉତ୍ତୀର୍ଣ୍ଣ ହୋଇ ସିଏ କଲେଜରେ ପଢ଼ିବା ପାଇଁ ସହରକୁ ଚାଲିଯାଇଥିଲେ। ତା'ପରେ ସୁମନ୍ତ ଭାଇ ଆଉ ଅଧରଙ୍କ ସହପାଠୀ ହୋଇପାରି ନଥିଲେ। କେବେ କେମିତି ଛୁଟିଦିନରେ ସିଏ ଘରକୁ ଆସିଲେ ସୁମନ୍ତଙ୍କର ତାଙ୍କ ସହିତ ଦେଖାହୁଏ। ସେତିକି ବେଳେ ସେମାନଙ୍କ ମଧରେ ଯାହା କଥାବାର୍ତ୍ତା ହୋଇଥାଏ। କଲେଜରୁ କୃତିତ୍ୱ ସହିତ ପାଶ୍‌କରି ଅଧର ରାଜଧାନୀରେ ସରକାରୀ ମହଲରେ ଉଚ୍ଚ ପଦବୀରେ ନିଯୁକ୍ତି ପାଇଲେ। ସୁମନ୍ତ ତା' ବାପାଙ୍କର ଅକାଳ ବିୟୋଗ ଯୋଗୁ ତା' ବାପା କରିଥିବା ଶିକ୍ଷକ ଚାକିରିରେ ନିଯୁକ୍ତ ହୋଇ ବର୍ତ୍ତମାନ ଶିକ୍ଷକତା କରୁଛି। ସୁମନ୍ତର ବାପା ଜଣେ ପ୍ରାଇମେରୀ ଶିକ୍ଷକ ଥିଲେ।

ସ୍କୁଲ ପରିସର ପାର୍ ହେଲାପରେ ଅଧରଙ୍କ ଗାଁ ଦେଖାଗଲା। ଅଧରଙ୍କ ଗାଁ। ତା' ପ୍ରିୟ ପୁରୁଷର ଗାଁ। ତା' ପ୍ରିୟତମଙ୍କର ଜନ୍ମସ୍ଥାନ। ତା' ମନମଣିଷଙ୍କ ବାସସ୍ଥଳୀ। ପ୍ରତିଷ୍ଠିତ ଖାନ୍‌ଦାନ୍ ବଂଶ। ସମ୍ଭ୍ରାନ୍ତ ଜମିଦାର ଘରର ପୁଅ ଅଧର। ଏଇ ତାଙ୍କରି ଗାଁ। ଡେଙ୍ଗା। ଡେଙ୍ଗା। ତେନ୍ତୁଳି ଗଛ ଓ ପୁଣ୍ଡିଆଗଛ ଏବଂ ଘଞ୍ଚ ବାଉଁଶ ବୁଦାର ନିବିଡ଼ ଛାଇ ତଳେ ଗହଳିଆ ଆମ୍ବତୋଟା ଭିତରେ ଯେପରି ତାଙ୍କ ଗାଁ ବସିରହିଛି। ଗାଁର ପଛପଟେ ସରତା ନଇ। ନଇ କୁଳିଆ ଶୀତଳ ପବନ ଓ ଗାଁର ବହଳିଆ ବୃକ୍ଷଲତା ଛାଇରେ ତାଙ୍କ ବାଲ୍ୟ, ଶୈଶବ, କୈଶୋର ଓ ପୌଗଣ୍ଡ ତଥା ଯୌବନର କେତେ ବର୍ଷ କଟିଛି। ନଇକୂଳର ବରଗଛ ଛାଇ ତଳେ ନଇକୂଳିଆ ଥଣ୍ଡା ପବନ ତାଙ୍କ ମନରେ ଉନ୍ମାଦନା ଭରିଦେଉଥିବ। ଯେପରି ତା' ମାମୁଁଘର ଗାଁର ପଶ୍ଚିମପଟେ ଯୋର ପାଖ ଗଛଛାଇ ତାଙ୍କ ଗାଁର ପୂର୍ବଦିକୁ ଥିବା ବରଗଛର ଓହଲରେ ଦୋଲି ଖେଳି ସେ ଦୁଇ ଗାଁର ପିଲାମାନଙ୍କ ଶୈଶବ ଓ କୈଶୋର କଟିଛି। ତା' ମାମୁଁ ଘରକଥା ମନରେ ପଡ଼ିଲେ ପିଲାଦିନର ସ୍ମୃତି ଜୀବନ୍ତ ହୋଇଉଠେ ଅନ୍ତର ଭିତରେ। ଯୋରକୂଳ କାଶତଣ୍ଡୀ ବୁଦା, ବରଗଛର ଓହଲ, ତା' ମାମୁଁ ଘର ଗାଁ ଓ ତାଙ୍କ ନିଜ ଗାଁ ପିଲାମାନଙ୍କର ଗଛ କାଉ ଖେଳ, ଜହ୍ନ ରାତିରେ ଖରାଦିନିଆ ନଇକୂଳିଆ ଥଣ୍ଡ ପବନ ସବୁ ଯେପରି ଅଭୁଲା ସ୍ମୃତି ହୋଇ ରହିଛି ତା' ହୃଦୟରେ।

ଅଧର ସହରରେ ରହି କଲେଜରେ ପଢ଼ିଲେ। ଏବେ ଚାକିରି କରି ରାଜଧାନୀରେ ରହୁଛନ୍ତି। ଆଗରୁ ସେ ତା' ବୋଉ ଓ ଭଉଣୀମାନଙ୍କ ସହିତ ଛକ ବଜାରକୁ କେତେଥର ଆସିଛି। ଏଇ ଗାଁକୁ ସେ ଅନେକ ବାର ଦେଖିଛି। ସେତେବେଳେ ଏଇ ଗାଁକୁ ଦେଖିଲେ ମନରେ ସେପରି କିଛି ଅନୁଭବ ଆସୁ ନଥିଲା। ଯେପରି ଆଜି ସେ ଗାଁଆଡ଼କୁ ଅନାଇଲେ କାହିଁକି ମନରେ ଅପୂର୍ବ ଶିହରଣ ଖେଳିଯାଉଛି। ଦେହରେ ଜାଗୁଛି ଉତ୍ତେଜନା, ହୃଦୟରେ ଆବେଗ ସୃଷ୍ଟି ହେଉଛି। ଅନ୍ତରରେ ପୁଲକ ଜନ୍ମୁଛି। ପାଦ ଥକି ଗଲାପରି ଲାଗୁଛି। ପ୍ରାଣରେ ଉନ୍ମାଦନା ଢେଉ ଭାଙ୍ଗୁଛି। ଆଉ ଆତ୍ମାରେ ପ୍ରାପ୍ତିର ଆଶା ଭରିଯାଉଛି। ସେଆଡ଼ୁ ଆଖ୍ ଫେରାଇ ନେବାକୁ ଆଦୌ ଇଚ୍ଛା ହେଉନି। ଆଗରୁ ଅଧରଙ୍କ ସହିତ ପରିଚୟ

ହେବା ପୂର୍ବରୁ ସେ ଗାଁ ଆଡ଼କୁ ଅନାଇଲେ ସେମିତି କିଛି ଅଲଗା ଅନୁଭୂତି ମନକୁ ଆସୁ ନ ଥିଲା । ଆଜି ଯେପରି ଆସୁଛି ।

ଯେମିତି ଲାଗୁଛି ଏଇ ଗାଁଟି ତା'ର ପୂର୍ବ ପରିଚିତ । ଏଇ ଗାଁରେ ଯେପରି ସେ ଅନେକଦିନ ବିତାଇଛି । ତା' ଜୀବନର ବହୁତ ଅଭୂଲା ସ୍ମୃତି ରହିଯାଇଛି ଏଇ ଗାଁର ପାଣି ପବନ ସହିତ ମିଶି । ଗାଁଟିକୁ ଅନାଇଲେ କେତେବେଲେ ନୂଆନୂଆ ଲାଗୁଛି ତ ପରମୁହୂର୍ତ୍ତରେ ଜଣାଯାଉଛି ଅତି ପରିଚିତ । ଅତି ଆପଣାର ଗାଁ ପରି । ଲାଗୁଛି ଯେଭଳି ଏଇ ଗାଁ ସହିତ ତା'ର କେବଲ ଏଇ ଜନ୍ମରେ ନୁହେଁ ବରଂ ଜନ୍ମ ଜନ୍ମାନ୍ତରର ସମ୍ପର୍କ ରହିଛି । ମନେ ହେଉଛି ଯେମିତି ଏଇ ଗାଁକୁ ସେ ଦେଖିଛି ଅନେକ ଥର । ବାସ୍ତବରେ ନ ହେଲେ ସପନରେ । ପ୍ରତ୍ୟକ୍ଷରେ ନ ହେଲେ କଳ୍ପନାରେ । ଏଇ ଗାଁ ଯେପରି ତା' ଲାଗି ସ୍ୱପ୍ନପୁରୀର ଓ କଳ୍ପନାର ଗାଁ ପାଲଟିଯାଇଛି ।

ସଂସାରର ଇୟେ କି ବିଚିତ୍ର ନିୟମ । ସାରା ଦୁନିଆରେ ଖାଲି ଯେ ମନମଣିଷ ଜଣକ ଭଲ ଲାଗନ୍ତି ତାହା ନୁହେଁ । ମନମଣିଷର କଥା, ତାଙ୍କ ବିଷୟରେ ଆଲୋଚନା । ତାଙ୍କ ଜନ୍ମିତ ଗାଁ । ସିଏ ରହୁଥିବା ସ୍ଥାନ । ସିଏ ପଢ଼ୁଥିବା ବିଦ୍ୟାଲୟ ଗୃହ । ତାଙ୍କ ଖବର ସବୁ ଭଲ ଲାଗେ । ଆନନ୍ଦ ପ୍ରଦାନ କରେ । ଆକାଂକ୍ଷିତ ପ୍ରାଣରେ ଅନୁପମ ଉନ୍ମାଦନା ଭରିଦିଏ । ଜିଜ୍ଞାସୁ ଅନ୍ତରରେ ଖେଲାଇ ଦିଏ ଅପୂର୍ବ ଶିହରଣର ପ୍ରବାହ ।

ଭଲ ପାଇବାର ଏ ଅଭିନବ ଅନୁଭୂତିର ପରଶ ପାଇ ସତୀ ମ୍ରିୟମାଣ ହୋଇପଡ଼ୁଥିଲା । ବୋଉ ଓ ଭଉଣୀମାନଙ୍କ ପଛରେ ଚାଲିଥିବା ବେଳେ ରାସ୍ତା ଉପରେ ନଜର ନ ଦେଇ ସେ ଦୃଷ୍ଟି ରଖିଥିଲା ଅଧରଙ୍କ ଗାଁ ଉପରେ । ତାକୁ ଭାରି ଭଲ ଲାଗୁଥିଲା ତା' ପ୍ରିୟ ମଣିଷର ଗାଁଟିକୁ ମନଭରି ଦେଖିବାକୁ । ସେ ସେହି ଗାଁ ଆଡ଼କୁ ନିରେଖି ଚାହିଁ ବାଟ ଚାଲୁଥିଲା ଆନମନା (ଭାବରେ) ହୋଇ ।

ସତୀ ଝୁଣ୍ଟି ପଡ଼ିଲା । "ଆହା" କହି ତା' ବୋଉ ଓ ଭଉଣୀ ତିନିଜଣ ଯାକ ପଛକୁ ଫେରି ଚାହିଁଲେ । "ଦେଖିକି ଆସୁନୁ" ସବିତା, ସତୀକୁ ଚେତାଇ ଦେବା ଢଙ୍ଗରେ କହିଲେ । ସର କହିଲା "ଦେଇ ତୁ କ'ଣ ବାଟକୁ ଅନାଇ ଆସୁ ନ ଥିଲୁ କି ? ଝୁଣ୍ଟିଲୁ କିପରି ?" ସେବ କିଛି ନ କହି କେବଲ ତା'ଆଡ଼କୁ ଅନାଇ ରହିଲା । ସବିତା ଦୁଇ ପାହୁଲ ପଛକୁ ଫେରିଆସି ସତୀ ପାଖରେ ପହଞ୍ଚି କହିଲେ "ଦେଖ୍ କ'ଣ ହେଲା ?"

"ନାହିଁ କିଛି ହୋଇନି" ସତୀ ତା' ବୋଉ କଥାର ଉତ୍ତରରେ କହିଲା । ସବିତା ନଇଁପଡ଼ି ଦେଖିଲେ । ସତୀ ବାମପାଦର ବୁଢ଼ା ଆଙ୍ଗୁଲିର ବଉଲି ଉଠିଯାଇଛି । କ୍ଷତ ସ୍ଥାନରୁ ରକ୍ତ ଝରୁଛି । "ଆଲୋ ଆଙ୍ଗୁଲି ଛିଡ଼ି ରକତ ବହିଗଲାଣି । ତୁ କହୁଛୁ କ'ଣ ନା କିଛି ହୋଇନି ।"

"ଅଳ୍ପ ଟିକେ ଛିଡ଼ିଯାଇଛି । ସେମିତି କିଛି ଗୁରୁତର ନୁହେଁ । ତୁ ବ୍ୟସ୍ତ ହୁଅନା ।" ସତୀ ତା' ବୋଉକୁ ଏକଥା କହିଲା ପରେ ମଧ ସବିତା ତା' ଗୋଡ଼କୁ ଅନାଇ ଦେଖୁଥିଲେ । ଦୁଇଭଉଣୀ ତା' ପାଖକୁ ଆସି ତା' ଗୋଡ଼କୁ ଦେଖିଲେ । ରକତ ଝରୁଛି ।

"ଆସ୍ତେ ଦେଖିକି ଆ ।" ସତୀକୁ ତାଗିଦ କଲାପରି କହି ସବିତା ଛକ ବଜାର ଆଡ଼କୁ ଅଗ୍ରସର ହେଲେ । ମଝିରେ ଦୁଇ ମଝିଆଁ ଝିଅ । ସବା ପଛରେ ସତୀ ପୂର୍ବପରି ସେମାନଙ୍କୁ ଅନୁସରଣ କରି ଛକ ବଜାର ଆଡ଼କୁ ଆଗେଇ ଚାଲିଲା ।

ଝୁଣ୍ଟି ପଡ଼ିବା ଦ୍ୱାରା ସତୀକୁ କଷ୍ଟ ହେଉଥିଲେ ସୁଦ୍ଧା ସେଥିପ୍ରତି ତା'ର ଭୃକ୍ଷେପତା ନ ଥିଲା । ଝୁଣ୍ଟିପଡ଼ିବାର ଆଘାତ ତାକୁ କଷ୍ଟ ନ ଦେଇ ବରଂ ଆନନ୍ଦ ପ୍ରଦାନ କରୁଥିଲା । ଭଲ ପାଇବାର ଏପରି ସମ୍ମୋହନ ଶକ୍ତି ଅଛି ଯେ ସେ ମୋହିନୀ ମାୟାରେ ଥରେ ପଡ଼ିଗଲେ ମନ ଆନନ୍ଦର ଅତି ଶଯ୍ୟାରେ ଏମିତି ଅଭିଭୂତ ହୋଇପଡ଼େ ଯେ, ଶାରିରୀକ ଆଘାତଜନିତ ଯନ୍ତ୍ରଣା ଯଦି ତାହା ସେହି ପ୍ରେମ ସମନ୍ୱିତ କୌଣସି କାରଣରୁ ହୋଇଥାଏ । ତେବେ ତାହା ପ୍ରେମୀମାନଙ୍କ

ସୁଖ ପ୍ରଦାନ କରିଥାଏ । ଯେବେ ସେ ଆଘାତ ଭଲ ପାଇବା ବିଷୟକ ହୋଇଥାଏ । ତେବେ ସେ ଯନ୍ତ୍ରଣା ଖୁସି କରାଏ । ସେ ପ୍ରକାର ବ୍ୟଥା ଭଲ ଲାଗେ । ସେ କଷ୍ଟ ସୁଖୀ କରାଇଥାଏ ପ୍ରେମୀମାନଙ୍କୁ । ପ୍ରେମୀମାନଙ୍କ ମନ ଚାହୁଁଥାଏ ଏହିପରି ଦୁଃଖ, ଏହିପରି କଷ୍ଟ, ଏହିପରି ଯନ୍ତ୍ରଣା, ଏହିପରି ବ୍ୟଥା, ବିପଦ, ବିପର୍ଯ୍ୟ ଦୁର୍ବିପାକ ବାରମ୍ବାର ପଡ଼ୁ ଯେଉଁଥିରେ ତାଙ୍କ ପ୍ରେମର ସମନ୍ଧ ଥାଏ । ଇଚ୍ଛା ହେଉଥାଏ, ଯେଉଁଥିରେ ମନମଣିଷର କିଛି ସ୍ମୃତି ମିଶା ଅନୁଭୂତି ରହିଥିବ ସେପରି ଦୁର୍ଘଟଣା ଘଟୁଥାଆନ୍ତି କି ସବୁଦିନ ମାନଙ୍କରେ । ଏମିତି ଦୁର୍ବିପାକ ଲାଗି ରହନ୍ତା ସିନା ସଦାସର୍ବଦା ।

ସେଥିପାଇଁ ସତୀକୁ ସେ ଝୁଣ୍ଟିବାଜନିତ ଯନ୍ତ୍ରଣା ଭଲ ଲାଗୁଥିଲା । ସେ ଦୁର୍ଘଟଣାର କଷ୍ଟ ବଦଳରେ ଅଧରଙ୍କ ଗାଁକୁ ଦେଖିବାର ସୁଯୋଗ ମିଳୁଥିଲା ବୋଲି ।

ବଜାର ଆରମ୍ଭ ହୋଇଯିବାରୁ ରାସ୍ତାକଡ଼ର ଦୋକାନ ଘର ସବୁ ସେ ଗାଁକୁ ଆଉଢ କଲା । ସେ ଗାଁ ଆଉ ଦେଖାଗଲା ନାହିଁ । ଛକ ବଜାରରେ ପହଞ୍ଚିବା ଦ୍ୱାରା ସେ ଗାଁ ଦୃଷ୍ଟି ପରିସରରୁ ଅପସରି ଯିବା ଯୋଗୁ ବଜାରରେ ପହଞ୍ଚି ଯିବାର ସଫଳତା ସତୀ ମନରେ ଆନନ୍ଦ ଦେଇପାରୁ ନ ଥିଲା । ବରଂ ଅଧରଙ୍କ ଗାଁକୁ ଦେଖିବାର ସୁଯୋଗରୁ ବଞ୍ଚିତ କରି ତା ପ୍ରାଣରେ ବିଷାଦ ଭରି ଦେଇଥିଲା । ପ୍ରିୟ ବସ୍ତୁଟିକୁ ଦେଖିବା ପାଇଁ ମନରେ ଥିବା ଆଗ୍ରହରୁ ବଞ୍ଚିତ ହୋଇ ବ୍ୟକ୍ତି ହଠାତ୍ ଅନ୍ୟ କୌଣସି ପରିସ୍ଥିତିକୁ ଗ୍ରହଣ କରିପାରି ନ ଥାଏ କିମ୍ବା ଅନ୍ୟ ପରିବେଶକୁ ଆବୋରି ନେଇପାରେନା, ଅଥବା ଅନ୍ୟ ସୁନ୍ଦର ଦୃଶ୍ୟକୁ ଅବଲୋକନ କରି ସେଥିରୁ ସୌନ୍ଦର୍ଯ୍ୟ ପିପାସା ମେଣ୍ଟାଇବାକୁ ସକ୍ଷମ ହୋଇ ନଥାଏ । ସତୀର ଅବସ୍ଥା ଆଜି ସେହିପରି ହେଲା । ସେ ଅଧରଙ୍କ ଗାଁକୁ ଦେଖିବାର ଲୋଭ ସମ୍ବରଣ କରିପାରୁ ନ ଥିଲେ ମଧ୍ୟ ବଜାର ଆରମ୍ଭ ହୋଇଯାଇଥିବାରୁ ସେ ଗାଁକୁ ଦେଖିବାର ସୁଯୋଗରୁ ବଞ୍ଚିତ ହୋଇ ଅନ୍ୟ ଦୃଶ୍ୟର ଅବଲୋକନଜନିତ ଆନନ୍ଦ ଉପଭୋଗ କରିବା ଅବସ୍ଥାରେ ନ ଥିବାରୁ ସେ ଦୁଃଖ ଅନୁଭବ କରୁଥିଲା ।

ସେ ଚାହୁଁଥିଲା ଛକ ବଜାରକୁ ଯିବା ରାସ୍ତା ଏହିପରି ଲମ୍ବିଯାଇ ଥାଆନ୍ତା ଦୂର ଦିଗ୍‌ବଳୟ ପର୍ଯ୍ୟନ୍ତ । ଯେଉଁଠି ପହଞ୍ଚିବାକୁ ସେମାନେ କେବେ ବି ସକ୍ଷମ ହେଉ ନ ଥାନ୍ତେ । ସେ ଆଶା ରଖିଥିଲା କେବଳ ସେଇ ଆଡ଼କୁ ଚାଲୁଥାଆନ୍ତା ଅନନ୍ତକାଳ ଯାଏ । ସେ ଚାଲୁଥିବା ସେ ରାସ୍ତା ଉପରୁ ଅଧରଙ୍କ ଗାଁ ଏହିପରି ଦେଖାଯାଉଥାଆନ୍ତା ଓ ସେ ଭାବୁଥିଲା ସେ ରାସ୍ତାର ଶେଷ ନ ଥାଆନ୍ତା । ତା’ର ଉଦ୍ଦେଶ୍ୟ ଥିଲା ତା’ ଚାଲିବାରେ ସମାପ୍ତି ଘଟନ୍ତା ନାହିଁ କିମ୍ବା ତା’ ପ୍ରିୟ ମିଣିଷର ଗାଁକୁ ଦେଖିବାରେ ପଡ଼ନ୍ତା ନାହିଁ ଅନ୍ତିମ ଯବନିକା ଆଦୌ ।

ଖ୍ଲିପାନ ଦୋକାନ, ସାଇକେଲ ମରାମତି ଦୋକାନ, ଚାହା ଦୋକାନରୁ ଛକ ବଜାର ଆରମ୍ଭ ହେଲା । କିଛିବାଟ ଗଲେ ପଡ଼େ ମିଠା ଦୋକାନ ଲୁହାନତା ଦୋକାନ । ଧାନପେଡ଼ା ହଲର । ତା’ପରେ ଛକ ମୁଣ୍ଡରେ ହିଁ ଲୁଗାଦୋକାନ ଓ ଟେସନାରୀ ଦୋକାନ । ତଳତାଲାରେ ହୋଇ ଉପର ମହଲାରେ ଲୁହାନତା, ଜୋତା ଓ ଟିଭି ମରାମତି ଦୋକାନ ଖୋଲିଛି । ତିନି ବଖରା ବିଶିଷ୍ଟ ଦୋକାନ । କୋଠା ଘରର ତଳତାଲାରେ ଲୁଗା ଦୋକାନ ।

ମଫସଲ ଅଞ୍ଚଲର ଗାଁମୁଣ୍ଡ ଛକରେ ଛୋଟିଆ ଲୁଗା ଦୋକାନଟିଏ । ତଥାପି ଅନେକ କିସମର ଲୁଗା ଏଠାରେ ମିଲେ । ଦୋକାନୀ ସବିତାଙ୍କର ପରିଚିତ । ସେ ଦୋକାନରୁ ତାଙ୍କର ଆଗରୁ କାରବାର ଅଛି । ଗ୍ରାହକ ଦୃଷ୍ଟିରୁ ଦୋକାନ ମାଲିକଙ୍କର ସେ ପରିଚିତା । ସବିତାଙ୍କ ଶାଶୁଘର ଗାଁରେ ଦୋକାନ ମାଲିକଙ୍କ ଭଉଣୀ ବିଭା ହୋଇଛି । ସେହି ଦୃଷ୍ଟିରୁ ସବିତା ଦୋକାନ ମାଲିକଙ୍କର ଭଉଣୀ ହିସାବ । ସବିତାଙ୍କୁ ଦେଖି ଦୋକାନମାଲିକ ସମ୍ଭାଷଣ ଜଣାଇଲେ "ନାନୀ ଝିଅଙ୍କୁ ସାଙ୍ଗରେ ଧରି ଲୁଗା ପାଇଁ ଆସିଗଲା ।" ଉତ୍ତରରେ ସବିତା କେବଳ ହସିଦେଲେ । ସବିତାଙ୍କ ବରାଦ ଅନୁସାରେ, ଦୋକାନରେ ଗ୍ରାହକମାନଙ୍କୁ ଲୁଗା ଦେଖାଇବା ପାଇଁ ଥିବା ପିଲାଟି ଥାକରୁ ଲୁଗା ବାହାର କରି ସେମାନଙ୍କୁ ପସନ୍ଦ ମୁତାବକ ବାଛିବା ପାଇଁ ଦେଖାଇଲା । ସେ ପିଲାଟି କିନ୍ତୁ ସବିତା ଓ ତାଙ୍କ ଝିଅମାନଙ୍କ ଉପରକୁ ମନେମନେ ଚିଠି

ଉଠୁଥାଏ । ଗୋଟିଏ ଶାଢ଼ି ନେବେ ସେଠାରେ ମା’ ଝିଅ ଚାରିଜଣ ଆସି ଦୋକାନ ଘରୁ ଅଧେ ଜାଗା ମାଡ଼ିବସିଗଲେ । ସତେ ଯେପରି ପୁରା ଦୋକାନଟା ଉଠାଇ ନେବେ । ସବିତା ଓ ତାଙ୍କ ମଝିଆଁ ଝିଅ ଦୁଇଜଣ ଲୁଗା ଦେଖୁଥାଆନ୍ତି । ଅବଶ୍ୟ ସତୀ ସେମାନଙ୍କ ସହିତ ଲୁଗା ଦେଖୁଥାଏ । ମାତ୍ର ତା’ ମନ ଥାଏ ତା’ ପ୍ରିୟ ମଣିଷଟି । ସେ ଦୃଷ୍ଟି ରଖୁଥାଏ ରାସ୍ତା ଉପରେ ଯାଆ ଆସ କରୁଥିବା ଲୋକମାନଙ୍କ ଉପରେ । ଉପର ଠାଉରିଆ ଭାବରେ ଯାହା ଲୁଗା ଦେଖୁଥାଏ ଦୋକାନରେ ବସି ଲକ୍ଷ୍ୟ କିନ୍ତୁ ଥାଏ ରାସ୍ତା ଉପରେ ।

ଅଧରଙ୍କ ଗାଁ ଭିତରୁ ଆସିଥିବା ରାସ୍ତାଟି ସେଇ ଲୁଗାଦୋକାନ ସାମ୍ନାରେ ମୁଖ୍ୟ ସଡ଼କ ସହିତ ମିଶିଛି । ସତୀ ସେ ରାସ୍ତା ଆଡ଼କୁ ବାରମ୍ବାର ଚାହୁଁଥାଏ । କାଲେ ସିଏ ଗାଁ ଭିତରୁ ଛକ ଆଡ଼କୁ ଆସୁଥିବେ । ଲୁଗା ବାଛିବାରେ ମନ ନ ଥାଇ ବାଧ୍ୟ ପିଲାଟି ପରି ସେ ତା’ ବୋଉ ଓ ଭଉଣୀମାନଙ୍କ ସହିତ ଦୋକାନରେ ବସି ଲୁଗା ଦେଖୁଥାଏ । ତା’ ମନମଣିଷକୁ ଦେଖିବାର ଅଭିପ୍ରାୟ ମନ ଭିତରେ ଗୋପନ ରଖୁଥାଏ । ଅନ୍ୟମନସ୍କ ଭାବରେ ଲୁଗା ଦେଖିବାର ଅଭିନୟ କରୁଥାଏ କେବଳ । ସାମାନ୍ୟ ପାଟି ଶୁଣିଲେ ସେ ଚମକି ପଡ଼ି ଚେଟି ଉଠୁଥାଏ । ରାସ୍ତା ଉପରୁ ଦୃଷ୍ଟି ଫେରାଇ ଆଣି ଲୁଗା ଦେଖିବାରେ ମନ ନିବେଶ କରିବାକୁ ଚେଷ୍ଟା କରୁଥାଏ । ତା’ ମନ ମୋଟେ ଲୁଗା ବାଛିବାରେ ଲାଗୁ ନ ଥିଲା । ସେ ଲୁଗା ଦେଖୁ ଦେଖୁ ମଝିରେ ମଝିରେ ରାସ୍ତା ଉପରୁ ଆଖି ବୁଲାଇ ନେଉଥାଏ । କାଲେ ସିଏ ଆସିଯିବେ ଏହି ଆଶାରେ ।

ସତୀ ମନେ ମନେ କଳ୍ପନାର ଜାଲ ବୁଣୁଥାଏ । ଆସନ୍ତା ପହିଲିଦିନ ପ୍ରଥମାଷ୍ଟମୀ । ତାଙ୍କ ଘରେ ନିର୍ଦ୍ଦିଷ୍ଟ ପଢ଼ୁଆ ପିଲା ଥିବେ । ତାଙ୍କ ଘର ଯେତେବେଳେ ଏହି ବଜାର ପାଖରେ ସିଏ କେତେବେଳେ ଆସି ଲୁଗା ନେଇ ଯାଇଥିବେ । ସେ କଥା ସତୀ କିପରି ଜାଣିପାରିବ ? ତଥାପି ତା’ ଅନ୍ତରାତ୍ମା କହୁଥାଏ, ସେମାନେ ଦୋକାନରେ ଥିବା ସମୟ ଭିତରେ ସିଏ ଲୁଗା ପାଇଁ ଆସିପାରନ୍ତି । ସିଏ ଦୋକାନ ଭିତରେ ବସି ଲୁଗା ଦେଖନ୍ତେ, ତାଙ୍କ ସହିତ ତାଙ୍କ ଘରଲୋକ କେହି ଆସିଥାଆନ୍ତେକି ଲୁଗା ବାଛିବା ପାଇଁ । ଯେପରି ତା’ ସହିତ ତା’ ବୋଉ ଓ ଭଉଣୀମାନେ ଆସିଛନ୍ତି । ଏହା ଫଳରେ ସତୀ ଅଧରଙ୍କୁ ଭେଟିବା ସହିତ ତାଙ୍କ ଘର ଲୋକଙ୍କୁ ମଧ୍ୟ ଦେଖିବାର ସୁଯୋଗ ପାଆନ୍ତା ।

ତା’ ମନକୁ ପୁଣି ଅନ୍ୟ ଏକ ଭାବନା ମଧ୍ୟ ଆସୁଥାଏ । ତାଙ୍କ ଘର ଏହି ବଜାର ନିକଟରେ ହୋଇଥିବାରୁ ସେମାନେ କେତେବେଳେ ସୁବିଧା ଦେଖି ଲୁଗାପଟା କିଣି ନେବେ । ତଥାପି ସେ ମନେମନେ ଭଗବାନଙ୍କୁ ପ୍ରାର୍ଥନା କରି ଜଣାଉଥିଲା । "ପ୍ରଭୁ ତାଙ୍କୁ ଆଣି ଥରେ ମୋ ସହିତ ଭେଟ କରାଇ ଦିଅନ୍ତୁ ।"

ତା’ ଭଉଣୀ ଦୁଇଜଣ ସତୀର ଅନ୍ୟ ମନସ୍କତା ପାଇଁ ତା’ ଉପରେ ଚିଡ଼ି ଉଠୁଥାଆନ୍ତି । ଦେଖ ତୁ ଭଲ କରି ଦେଖୁନୁ ? ଘରେ ପହଞ୍ଚି କହିବୁ ମନକୁ ଯାଉନାହିଁ । ଏଟା ନ ଆଣି ସେଇଟିକୁ ଆଣିଥିଲେ ଭଲ ହୋଇ ଥାଆନ୍ତା । ଭଉଣୀମାନଙ୍କ କଥା ଶୁଣି ସତୀ ଲୁଗା ଦେଖାରେ ମନ ଦେବାକୁ ଚେଷ୍ଟା କରୁଥାଏ । କିନ୍ତୁ ତା’ ମନ ତା’ ନିଜ ଅଧୀନରେ ନଥିଲା । ସେ ଲୁଗା ବାଛିବା ପାଇଁ ଚେଷ୍ଟା କରି ମନକୁ ଆପାଣା ଆୟତକୁ ଆଣିବାକୁ ଯେତେ ଉଦ୍ୟମ କଲେ ସୁଦ୍ଧା ତା’ ମନ ତା’ ବୋଲ ମାନିବାକୁ ଆଦୌ ରାଜିନଥିଲା । ସେ ଦୋକାନ ଭିତରେ ବସି ଲୁଗା ଦେଖୁ ଦେଖୁ ଥରକୁ ଥର ରାସ୍ତା ଉପରୁ ଆଖି ବୁଲାଇ ଆଣୁଥାଏ । ସେତେବେଳକୁ ସମୟ ସାଢ଼େ ଏଗାରଟା ଢେଇଁ ଗଲାଣି । ଏହି ସମୟରେ ଦୋକାନରେ ବେଶୀ ଭିଡ଼ ନଥାଏ । ଉପର ଓଲି ଗହଲି ଜମିବ । ସେଥିପାଇଁ ସବିତା ଏହି ଭିଡ଼ ନଥିବା ବେଳରେ ଲୁଗା ନେବାକୁ ଆସିଥିଲେ । ତାଙ୍କରି ପରି ଆଉ ପାଞ୍ଚ, ସାତ ଜଣ ମଧ୍ୟ ଲୁଗା ନେବା ପାଇଁ ଏହି ଫାଙ୍କା ସମୟକୁ ବାଛିଥିଲେ ।

ଲୁଗା ଦୋକାନରେ ଦୁଇଟି କାଉଣ୍ଟର । ଗୋଟିକରେ ରେଡ଼ିମେଡ଼ ଓ ଆରଟିରେ ଶାଢ଼ି, ସାୟା, ବ୍ଲାଉଜ, ଗାମୁଛା, ଧୋତି ଯୋଡ଼, ଟାଉଏଲ, ଟରକିସ୍, ଲୁଙ୍ଗି, ରୁମାଲ, କପଡ଼ା ପ୍ରଭୃତି ଥାଏ ।

ଲୁଗା ଦେଖା ଚାଲିଥାଏ, ତା’ ଭଉଣୀମାନେ ଯେଉଁ ଶାଢ଼ିଟିକୁ ବାଛୁ ଥାଆନ୍ତି ସେ ଲୁଗାକୁ ଦେଖି ସବିତା କହନ୍ତି,

"ରୁହ ଦେଇ ବାକ୍ସ । ପିନ୍ଧିବା ଲୋକ ହେଉଛି ସିଏ । ସିଏ ଯେଉଁଟିକୁ ପସନ୍ଦ କରିବ ଆମେ ସେଇଟିକୁ ନେବା । ପିନ୍ଧିବା ଲୋକ ଥାଉଁଥାଉଁ ଆମେ ବାଛିବା ଠିକ୍ ହେବ ନାହିଁ । ଆମେ ବାଛିଥିବା ଶାଢ଼ିଟି ଯଦି ତା' ମନକୁ ନଗଲା । ତେବେ ଆମ ପସନ୍ଦର ମୂଲ୍ୟ କ'ଣ ରହିବ ? ପିନ୍ଧିବା ଲୋକ ପାଖରେ ନଥିଲେ ଆମେ ଆମ ପସନ୍ଦର ଶାଢ଼ି ନେଇ ଥାଆନ୍ତେ । ବୋଉ କଥାରେ ମଇଁଆଁ ଝିଅ ଦୁଇଜଣ ଲୁଗା ବାଛିବା ଦାଇତ୍ୱ ସତୀ ଉପରେ ଛାଡ଼ି ଦେଲେ । ବୋଉ କଥା ଶୁଣି ସତୀ ଲୁଗା ଦେଖାରେ ମନଦେଲା ।"

ବାରଟା ବାଜି ଗଲାଣି । ସତୀର ଲୁଗା ବାଛିବା ସରୁନି । ସେ ତଥାପି ଲୁଗା ଦେଖିଲା ବେଳେ ମଝିରେ ରାସ୍ତାକୁ ଅନାଇ ଦେଉଥାଏ । ପୁଣି ତରବରରେ ରାସ୍ତା ଉପରୁ ଦୃଷ୍ଟି ଫେରାଇ ନେଇ ଲୁଗା ଦେଖୁଥାଏ । ସତୀର ଲୁଗା ଦେଖା ମଝିରେ ଏପରି ରାସ୍ତାକୁ ଅନାଇବା ଢଙ୍ଗ ସବିତାକୁ ମୋଟେ ଭଲ ଲାଗୁନଥାଏ । ସେ ସତୀକୁ ତାଗିଦ୍ କରି କହିଲେ, "ଲୁଗା ବାଛନ୍ତୁ, ରାସ୍ତା ଆଡ଼କୁ କାହିଁକି ଅନାଉଛ ? ଭଲ କରି ଦେଖ୍ ଲୁଗା ବାଛି ସାରିଲେ ଘରକୁ ଯିବା । ତେଣେ ପୁଣି କେତେ କାମ ପଡ଼ି ରହିଛି ।"

ସତୀ ଲୁଗା ଦେଖୁଥାଏ । ତା' ଭଉଣୀ ଦୁହେଁ ତାକୁ ଲୁଗା ବାଛିବାରେ ସାହାର୍ଯ୍ୟ କରୁଥାଆନ୍ତି । ଦୋକାନ ପିଲାଟି ପଚିଶ, ତିରିଶ ଖଣ୍ଡ ଶାଢ଼ି ଥାକରୁ କାଢ଼ି ଜମାକରି ଦେଇଥାଏ । ସେମାନେ ଲୁଗା ଦେଖିବାରେ ଲାଗି ପଡ଼ିଥାଆନ୍ତି । ଲୁଗା କାନ୍ଥି ଭିତରୁ ଖଣ୍ଡିଏ ଶାଢ଼ି ବାଛି ସେବ କହିଲା, "ଦେଇ ଏଇ ନାଲି ଶାଢ଼ିଟା ନେ ତୋତେ ଭଲ ମାନିବ ।"ସେବ କଥା ଶୁଣି ସତୀ ସେ ଶାଢ଼ିଟିକୁ ଦେଖିବା ପାଇଁ ହାତ ବଢ଼ାଇବା ମାତ୍ର ସର କହିଲା । ହେ ସେ ଶାଢ଼ି ଟା ଭଲ ନୁହେଁ । ଦେଇ କଣ ବାହା ହେଉଛି କି ନାଲି ଶାଢ଼ି ପିନ୍ଧିବ ? ସେ ହାତରେ ଧରିଥିବା ଅନ୍ୟ ଗୋଟେ ଲୁଗା ସତୀ ହାତକୁ ବଢ଼ାଇଦେଇ କହିଲା । "ବରଂ ଏଇ ନେଲିଆ ରଙ୍ଗର ଶାଢ଼ିଟି ଭଲ ହୋଇଛି । ତୋ ତୋଫା! ଗୋରା ଦେହକୁ ଭଲ ମାନିବ ।"

ସର ମୁହଁରୁ ବାହାଘର କଥା ଶୁଣି ସତୀ ଟିକେ ଲାଜେଇ ଗଲା । ତା' ବୋଉ, ଦୋକାନୀ ଓ ଅନ୍ୟ ଗ୍ରାହକଙ୍କ ଉପସ୍ଥିତିରେ ସର ତା' ବାହାଘର କଥା କହିଥିବାରୁ ତାକୁ ଭାରି ଲାଜ ଲାଗିଲା । ଆଉ ଯେଉଁ ପାଞ୍ଚ ସାତ ଜଣ ଗ୍ରାହକ ଦୋକାନରେ ଉପସ୍ଥିତ ଥିଲେ ସେମାନେ ବାହାଘର କଥା ଶୁଣି ସତୀ ଆଡ଼କୁ ଅନାଇଲେ । ଅନ୍ୟମାନେ ତା' ଆଡ଼କୁ ଅନାଇବା ଦେଖ୍ ସତୀ ମୁହଁ ତଳକୁ ପୋତି ତା' ଆଗରେ ଖୋଲାଇ ହୋଇ ପଡ଼ିଥିବା ଲୁଗା ଆଡ଼କୁ ଅନାଇ ରହିଲା ।

ତା' ଭଉଣୀ ପାଟିରୁ ସତୀର ବାହାଘର କଥା ଶୁଣି ଦୋକାନୀ ସବିତାକୁ କହିଲେ, "ବୁଢ଼ିଲ ନାନୀ; ତୁମର ଏ ବଡ଼ ଝିଅକୁ ଯିଏ ଦେଖ୍ବ ସିଏ ବିନା ଯୌତୁକରେ ତାକୁ ବୋହୂ କରି ନେବାକୁ କହିବ ।" ଦୋକାନ ମାଲିକ ଜାତିରେ ହେଉଛି ବ୍ରାହ୍ମଣ । ସେ ସତୀ ଆଡ଼କୁ ଅନାଇ କହିଲେ । "ନାନୀ ତୁମ ଝିଅ ତୁମ ଜାତିର ଝିଅ ପରି ଦିଶୁନି । ବରଂ ଆମ ବ୍ରାହ୍ମଣ ଘର ଝିଅ ଭଲି ଦିଶୁଛି । ତୁମେ ଯଦି ଆମରି ଜାତି ହୋଇଥାଆନ୍ତ ତେବେ ମୁଁ ତୁମ ଝିଅକୁ ବିନା ଯୌତୁକରେ ମୋ ଘରକୁ ବୋହୂ କରିଆଣନ୍ତି । ଏପରି ବୋହୂଟିଏ ମିଲିଲେ ଜାନି ଯୌତୁକର ଆଉ ଆବଶ୍ୟକ କ'ଣ ହେବ ?" ଜାତି ପାଇଁ ଟିକେ ଅସୁବିଧା ହେଉଛି, ନହେଲେ ତୁମକୁ କହିବାକୁ ହୁଅନ୍ତା ନାହିଁ । ଆଉ ମୋତେ ମୋ ସାନ ଭାଇ ପାଇଁ ଅନ୍ୟ କେଉଁ ଆଡ଼େ ବୋହୂ ଖୋଜିବାକୁ ପଡ଼ନ୍ତା ନାହିଁ ।

ଦୋକାନ ମାଲିକ ତାକୁ ଦେଖ୍ ତାଙ୍କ ଘରକୁ ବୋହୂ କରି ନେବା କଥା ଶୁଣି ସତୀ ଆହୁରି ଅଧିକ ଲାଜେଇ ଗଲା । ସର ବାଛିଥିବା ସବୁଜ ଶାଢ଼ିଟିକୁ ଦେଖ୍ବାକୁ ହାତ ବଢ଼ାଉଥିଲା । ଦୋକାନ ମାଲିକଙ୍କ ମୁହଁରୁ ତା' ନିଜ ବିଷୟର କଥା ଶୁଣି ହାତ ଫେରାଇ ନେଇ ଚୁପ୍ଚାପ୍ ବସି ରହିଲା । ଦୋକାନରେ କେତେ ଲୋକଥିଲେ ପ୍ରଥମାଷ୍ଟମୀ ପାଇଁ ଲୁଗାପଟା ନେବାକୁ କେତେ ଆଡ଼ୁ ଆସିଥିବା ଗ୍ରାହକମାନଙ୍କ ଗହଣରେ ସେ ଏକ ପ୍ରକାର ଲାଜରେ ସଢ଼ିଗଲା । ସେବ ଓ ସର ଦୋକାନ ମାଲିକଙ୍କ କଥା ଶୁଣି ସତୀ ଆଡ଼କୁ ଅନାଇ ମୁରୁକି ମୁରୁକି ହସୁ ଥାଆନ୍ତି । ଖୁସିରେ ସେମାନଙ୍କ ମନ କୁଣ୍ଡେ

ମୋଟ ହୋଇ ଯାଉଥାଏ। ଯେତେ ହେଲେ ସତୀ ତାଙ୍କ ବଡ଼ ଭଉଣୀ। ତା'ର ପ୍ରଶଂସା ପୁଣି ଦୋକାନ ମାଲିକଙ୍କ ପରି ଧନୀ ଲୋକ ମୁହାଁରୁ ଶୁଣି ସେ ଦୁହେଁ ଥରେ ସତୀ ଆଡ଼କୁ ଓ ଥରେ ଦୋକାନ ମାଲିକଙ୍କ ଆଡ଼କୁ ଏହିପରି ଚାହୁଁ ଥାଆନ୍ତି।

ସେ ଦୁହିଁଙ୍କର ଏହିପରି ତାଙ୍କ ଆଡ଼କୁ ଅନାଇବା ଦେଖି ଦୋକାନ ମାଲିକ ସେମାନଙ୍କ ମନରୁ ସଂଶୟ ଦୂର କରି ଦେବାକୁ ଯାଇ କହିଲେ, "ସତରେ ତୁମେ ଯଦି ଆମ ଜାତିର ହୋଇ ଥାଆନ୍ତ, ତେବେ ତୁମ ଦେଇକୁ ମୁଁ ଆମ ଘରକୁ ବୋହୂ କରି ନିଅନ୍ତି। କାହାରି କଥା ଶୁଣନ୍ତି ନାହିଁ ଆଦୌ। ମୋର ପସନ୍ଦ ହୋଇଛି। ମାନେ ମୁଁ ବୋହୂ କରି ନେବି। ମୋତେ ବାହାର ଲୋକଙ୍କ କଥାରୁ କ'ଣ ମିଳିବ। ମୋ ଜିଦରେ ମୁଁ ଦୃଢ଼ ରହନ୍ତି। ଟଳନ୍ତି ନାହିଁ ଜମା।"

ଦୋକାନ ମାଲିକଙ୍କ କଥା ଶୁଣି ସର ଛେପ ଢୋକିତାଙ୍କୁ କହିଲା, "ଆମର କ'ଣ ଆପଣଙ୍କ ଘରକୁ ଦେଇ ନେଇ ପାରନ୍ତୁ ଯେ ଆପଣ ଆମ ଦେଇକୁ ବୋହୂ କରି ନେବା କଥା କହୁଛନ୍ତି ?"

ଦୋକାନ ମାଲିକ ସର କଥାର ଉତ୍ତରରେ କହିଲେ "ଆରେ ବୁଢ଼ି ବୋହୂତ ପାଇବି ସୁନାମୁଣ୍ଡା। ଆଉ ଜାନି ଯୌତୁକ ଆଣି କ'ଣ ଘୋରି ପିଇବି ନା ଭାଜି ଖାଇବି ? ଭଗବାନଙ୍କ କୃପାରୁ ମୋର କିଛି ଅଭାବ ନାହିଁ। ପ୍ରଭୁଙ୍କ ଦୟାରୁ ମୋ ଘରେ କେଉଁ ଜିନିଷ ନାହିଁ ଯେ ମୁଁ ଆଉ ଜିନିଷ ପାଇଁ ଅଡ଼ି ବସିବି ? ଏପରି ଝିଅକୁ ବୋହୂ କରି ନେବା କଥା ହେଲେ ଯିଏ ଯୌତୁକ ନେବା କଥା ଉଠାଇ ବାହାଘର ପାଇଁ ଅମଙ୍ଗ ହେବ। ମୋ ବିଚାରରେ ତାପରି ବୁଦ୍ଧୁ ବୋଧେ ଦୁନିଆଆରେ ଆଉ କେହି ନଥିବେ। ବାହାଘର ସମୟରେ ଝିଅପକ୍ଷ ସ୍ୱଇଚ୍ଛାରେ ଯାହାଦେବେ ସେତକ ଖୁସି ମନରେ ନେବା ବର ଘରର ଉଚିତ। ଅଯଥାରେ ଅକଡ଼ାଇ ବେକରେ ବାଡ଼ି ପକାଇ ଯେଉଁମାନେ ଯୌତୁକ ଦାବି କରୁଛନ୍ତି, ଜିଗରକରି ନେଉଛନ୍ତି ସେମାନେ ଜାଣି ଏକପ୍ରକାର ପାପ କରୁଛନ୍ତି। ତାହା କେବେବି ସମ୍ମାନର କଥା ହୋଇ ନପାରେ।"

ସର ଓ ଦୋକାନ ମାଲିକଙ୍କ କଥା ଶୁଣି ସେଠାରେ ଉପସ୍ଥିତ ଥିବା ସମସ୍ତ ଗ୍ରାହକ ସତୀ ଆଡ଼କୁ ଅନାଇ ରହିଲେ। "ଏମିତି ପିଲାଟିଏ ମିଳିଲେ କିଏ ବା କାହିଁକି ଯୌତୁକ କଥା ଉଠାଇବ ? ଇୟେ ତ ଝିଅ ନୁହେଁ। ସାକ୍ଷାତ ଲକ୍ଷ୍ମୀ ପ୍ରତିମା। ଯିଏ ଏପରି ଝିଅକୁ ଘରକୁ ବୋହୂ କରି ନେବାକୁ ଅମଙ୍ଗ ହେବ। ଯୌତୁକ ପାଇଁ ଅଡ଼ି ବସିବ। ଲୋଭାର୍ଥ ହୋଇ ଜିଦ୍ ଧରିବ। ଅର୍ଥଲାଗି ଅକଡ଼ାଇବ। ଜାଣିବ ତା'ର ଦୁର୍ଭାଗ୍ୟ ସମୟ ଆସି ପହଞ୍ଚିଲା। ଆହୁରି ମଧ ଏଭଳି ଝିଅକୁ ବୋହୂ କରି ନେବା ସମସ୍ତଙ୍କ ଭାଗ୍ୟରେ କେବେବି ଜୁଟିବ ନାହିଁ। ସେପରି ଭାଗ୍ୟବାନ ନହେଲେ ଏମିତି ଝିଅକୁ ସେ କିପରି ବୋହୂ କରି ନେବାର ସୁବିଧା ପାଇବ ? ଯାକୁ ବୋହୂ କରି ନେବାର ସୁଯୋଗ ପାଇବ। ଭାଗ୍ୟହୀନମାନଙ୍କ କପାଳରେ କେବେବି ଏପରି ବୋହୂଟିଏ ଯୁଟିବ ନାହିଁ। ହତଭାଗାମାନେ ଏପରି ସୁଯୋଗ କେବେ ହେଲେ ପାଇ ନଥାଆନ୍ତି। ଏମିତି ଝିଅକୁ ବୋହୂ କରି ନେବାକୁ ହେଲେ ପୂର୍ବଜନ୍ମର ସୁକୃତ ଓ ଏ ଜନ୍ମର ପୁଣ୍ୟଫଳ ଥିବା ନିହାତି ଦରକାର।"

ଗ୍ରାହକମାନଙ୍କ କଥା ଶୁଣି ଦୋକାନ ମାଲିକ କହିଲେ, "ଯୌତୁକ ପ୍ରଥା ସମାଜର ଏକ କଳଙ୍କ। ଏକ ପ୍ରକାର ସାମାଜିକ ବ୍ୟାଧି ସହିତ ସମାନ। କୁସଂସ୍କାରର ବଶବର୍ତ୍ତୀ ହୋଇ ଆମେ ସବୁ ଯୌତୁକ ଦାବି କରୁଛନ୍ତି। ପ୍ରକୃତରେ ଦେଖ, କନ୍ୟା ପିତାଟି ଝିଅଟିକୁ ଜନ୍ମ ଦେଇ ବଢ଼େଇ କୁଢ଼େଇ ବିବାହ ଯୋଗ୍ୟା କରିବ। ତାକୁ ପାଠ ପଢ଼ାଇ ଶିକ୍ଷିତା କରିବ। ତା' ପାଇଁ ଆୟ ଅଳଙ୍କାର ଯୋଗାଡ଼ କରିବ। ଓଷାବାର ମାନଙ୍କରେ ତା' ପାଇଁ ଲୁଗାପଟା କରି ସେଥିରେ ଖର୍ଚ୍ଚାନ୍ତ ହେବ। ପୁଅଟିଏ ଛୋଟମୋଟ ବୋଲହାକଟିଏ କେବେ କେମିତି କରିଦେଇ ପାରିବ। ଯାହା ଝିଅଟିଏ ଦ୍ୱାରା ଆଦୌ ସମ୍ଭବ ନୁହେଁ। ଝିଅକୁ ଘରେ ରଖ ପାଲି ପୋଷି ସିଏ ଖର୍ଚ୍ଚାନ୍ତ ହୋଉଥିବ ସିନା ଏଥରେ ତା'ର ପଇସା ଟିଏ ଲାଭ ଅଛିକି ? ଝିଅ ଜନମ ପର ଘରକୁ। ଏକଥା ଜାଣି ସୁଦ୍ଧା କୌଣସି କନ୍ୟାପିତା କେବେ ଝିଅ ଓ ପୁଅ ଭିତରେ ପାତର ଅନ୍ତର କରି ପାରିବକି ? ସିଏ ତ ଜନ୍ମ ଦାତା। ପୁଅକୁ ଜନ୍ମ ଦେଇଛି। ଝିଅକୁ ମଧ ଜନ୍ମ ଦେଇଛି। ସେ କେବେବି ତା' ପିଲାମାନଙ୍କ ପ୍ରତି ବାଛ ବିଚାର କରି ପାରିବ ନାହିଁ। ସେ ଉଭୟଙ୍କୁ ସମାନ ଦୃଷ୍ଟିରେ ଦେଖିବ। ଯଦି କେହି ନିଜ ଝିଅପ୍ରତି

ଅନ୍ୟାୟ ଆଚରଣ କରେ ତେବେ ବୁଝିବାକୁ ହେବ ଯେ ତା' ପରି ପାପି ଆଉ ଜଗତରେ ନାହାଁନ୍ତି। କୌଣସି ହୃଦୟବାନ ବାପ କେବେବି ତା' ଜନ୍ମିତ ପିଲାମାନଙ୍କ ପ୍ରତି ଅନ୍ୟାୟ ଆଚରଣ କରି ପାରିବ ନାହିଁ। ସେଇଟା ଯଦି ହୃଦୟହୀନ, ଅବିବେକୀ, ଅମଣିଷ, ଚଣ୍ଡାଳ, ପାଷାଣ୍ଡ ହୋଇଥିବ ତେବେ ତା' କଥା ଅଲଗା। ତା'ଠେଇଁ ମନୁଷ୍ୟତା (ମାନବିକତ) ଥିଲେ ସେ କେବେବି ପୁଅ ଓ ଝିଅ ମଧ୍ୟରେ କୌଣସି ପ୍ରଭେଦ ଦେଖ୍ବ ନାହିଁ। ତା'ର ସମସ୍ତ ସନ୍ତାନମାନଙ୍କ ପ୍ରତି ସମଦୃଷ୍ଟି ଦେବ। ପାଲିପୋଷି ବଡ଼ କରି, ଶିକ୍ଷିତା କରିବା ଲାଗି ଖର୍ଚ୍ଚାନ୍ତ ହୋଇ ପାଠ ପଢ଼ାଇ କନ୍ୟା ପିତା ଝିଅଟିକୁ ଶେଷରେ ବର ପକ୍ଷଙ୍କ ଦାବୀ ମୁତାବକ ଜାନିଯୌତୁକ ଦେଇ ବାହା ଦେବାକୁ ବାଧ୍ୟ ଏକଥା ବୁଝି ମଧ୍ୟ ଝିଅ ବାପ।ର ମଣିଷ ପଣିଆ ଥିଲେ ସେ ସେଥ୍ପାଇଁ ଆଦୌ ପଶ୍ଚାତ୍ ପଦ ହୋଇନଥାଏ।"

ଦୋକାନ ମାଲିକଙ୍କ କଥାଶୁଣି ଜଣେ ଗ୍ରାହକ କହିଲା "ନନା ବୁଝିଲ ଦୋକାନ ମାଲିକ ଜାତିରେ ବ୍ରାହ୍ମଣ ହୋଇ ଥିବାରୁ ତାଙ୍କୁ ପ୍ରାୟ ସମସ୍ତ ନନା ସୟୋଧନ କରିଥାଆନ୍ତି।" ପୁଅ ଓ ଝିଅ ମଧ୍ୟରେ ଆଉ ଏଣିକି କୌଣସି ପାର୍ଥକ୍ୟ ନାହିଁ। ମୋ ଜାଣିବାରେ ବରଂ ପୁଅ ଅପେକ୍ଷା ଝିଅମାନେ ବାପା ମା'ଙ୍କର ଖରାପ ସମୟରେ, ମନ୍ଦ ବେଳେ, ଦୁଃଖ ଦୁର୍ଦ୍ଦନରେ, ଆପଦ ବିପଦରେ, ବେମାରି, ଆରାମିରେ, ରୋଗ ବାଧ୍କିରେ ବେଶୀ ସହାୟ ହେଉଛନ୍ତି। ପୁଅଟି ଯଦି ଦୂର ବିଦେଶରେ ଥାଏ (ଅଛି), ବାପା କିମ୍ବା ମା'ର ଦେହ ଖରାପ କଥା ଶୁଣିଲା। ତେବେ ସେ ପ୍ରଥମେ ହିସାବ କରିବ ଘରକୁ ଗଲେ ତାଙ୍କ ପାଇଁ ଆଗ ଡାକ୍ତର ଖାନାରେ ପଇସା ଖର୍ଚ୍ଚ କରିବାକୁ ପଡ଼ିବ, ସେମାନଙ୍କ ଲାଗି ଔଷଧ କିଣାରେ ଅନେକ ପଇସା ଅବାଜ୍ୟରେ ବ୍ୟୟ ହେବ। ସେଥ୍ପାଇଁ ସେ ଜାଣିଜାଣି ବିଭିନ୍ନ ପ୍ରକାର ବାହାନା ଦେଖାଇ ଆସିବା ଡେରି କରିବ। କାହିଁକିନା ତା'ର ଆଗ ତା କଷ୍ଟୋପାର୍ଜିତ ଧନ ଉପରେ ଲୋଭ ହେବ। ବାପ କିମ୍ବା ମା' ପ୍ରତି ଦରଦ କିମ୍ବା ସହାନୁଭୂତି ଆସିବନି। ପରେ ଯାଇ ପୁଣି ଘରୁ ଖବର ପାଇଲେ ବାପ, ମା'ଙ୍କ କଥା ଚିନ୍ତା କରିବ। ତା'ପରେ ଘରଣୀଙ୍କ ହୁକୁମ ଅନୁସାରେ ସେ ପରିଚାଳିତ। ସ୍ତ୍ରୀ କଥା କାଟି ଦେଇ ସେ କିଛି କରିବା ପରିସ୍ଥିତିରେ ନଥାଏ। ବିବାହ ପରେ ପୁଅମାନେ ଯାହା କିଛି କରିଥାଆନ୍ତି ତାହା ନିଜର ବିଚାରବୁଦ୍ଧି ବଳରେ ନୁହେଁ ବରଂ ସ୍ତ୍ରୀର ପରାମର୍ଶ ଅନୁସାରେ ଚଳନ୍ତି। ସେପରି ସ୍ଥଳେ ଶାଶୁ କିମ୍ବା ଶ୍ୱଶୁରଙ୍କ ଦେହ ଖରାପ କଥା ଶୁଣିଲେ ସେ ସ୍ତ୍ରୀ ବୁଦ୍ଧିରେ ପରିଚାଳିତ ହୋଇ କାଲବିଲମ୍ୱ ନକରି ଶ୍ୱଶୁର ଘରକୁ ଯଥାଶିଘ୍ର ଯିବ। ମାତ୍ର ନିଜ ବାପା ମା' ବେଳକୁ ସମୟ ଗଡ଼ାଇ ଚାଲିବ। ଅବିବାହିତ ବେଳେ ନିଜର ଆଜ୍ଞାଧୀନ ଏକାନ୍ତ ଅନୁଗତ ପୁତ୍ରଟି ବିବାହ ପରେ ସ୍ତ୍ରୀ ଓ ଶ୍ୱଶୁର ଘର ବୁଦ୍ଧିରେ ପରିଚାଳିତ ହୋଇଥାଏ। ସ୍ତ୍ରୀ ବଶ ହୋଇ ସେ ପ୍ରାଣପ୍ରିୟା ପତ୍ନୀର ବୋଲକରା ପାଲଟି ଯାଇଥାଏ। ଧର୍ମ ପତ୍ନୀର ମନଭାଙ୍ଗି କିମ୍ବା ଆପଣା ଅର୍ଦ୍ଧାଙ୍ଗିନୀର କଥା ଏଡ଼ି ଦେଇ ସେ କିଛି ବି କରିବା ଅବସ୍ଥାରେ ନଥାଏ। ଦଶମାସ ଗର୍ଭରେ ଧରି, ଗର୍ଭବେଦନା ସହି ଅନ୍ତ ଚିରି ଜନମ ଦେଇ ନିଜ ବକ୍ଷରୁ କ୍ଷୀର ପିଆଇ ପାଲି ପୋଷି ବଢ଼ାଇଥିବା ପୁଅଟି ବଡ଼ ହୋଇଗଲା ପରେ ମା'ର ସେ ତ୍ୟାଗକୁ ଆଉ ମନରେ ରଖ୍ନଥାଏ। ନିଜ ରକତକୁ ପାଣି କରି ଖଟି ମୁଣ୍ଡଝାଲ ତୁଣ୍ଡରେ ମାରି ପୁଅଟିର ସବୁ ଅଳି ଅଫ୍ଚ ସହି ଅନେକ କଷ୍ଟ ସ୍ୱୀକାର କରି ପୁଅକୁ ପାଠ ପଢ଼ାଇ ଶିକ୍ଷିତ କରିଥିବା ବାପର ଦୁଃଖକୁ ପୁଅ ଭୁଲି ଯାଇଥାଏ। ନିଜେ ପିଲାର ମୂତ ଭିଜା ଓଦା ବିଛଣାରେ ଶୋଇ ପୁଅକୁ ନିଜର ଶୁଖ୍ଲା ଲୁଗା କାନିରେ ଢାଙ୍କି ଶୁଆଇ ପକାଇଥିବା ଓ ତା'ଦେହ ଖରାପ ସମୟରେ ରାତିରାତି ଉଜାଗର ରହି ପୁଅର ଯନ ନେଇଥିବା ମା'ର ବାତ୍ସଲ୍ୟ ସ୍ନେହକୁ ବଢ଼ିଲା (ପାରିଗଲା) ପୁଅ ଆଉ ମନରେ ପକାଏ ନାହିଁ। ପ୍ରେୟସୀର ପ୍ରଣୟ ଫାଶରେ ବନ୍ଦି ହୋଇ ମା'ର ମମତା ଓ ସ୍ନେହଠାରୁ ପ୍ରାପ୍ତ ବୟସରେ ପତ୍ନୀର ପ୍ରେମର ଆକର୍ଷଣ ତା' ଲାଗି ଅଧିକ କାମ୍ୟ ହୋଇ ଥାଏ।

କିନ୍ତୁ ଝିଅଟି ଯଦି ବାପ, ମାର ବେମାର କଥା ଶୁଣେ ତେବେ ସେ ବିଲମ୍ୱ ନକରି ପାଖରେ ଟଙ୍କା ପଇସା ନଥିଲେ ଉଧାର କରି, ଧାଆର ଆଣି ନହେଲେ ସୁଧକୁ କରଜ ସୂତ୍ରରେ ଆଣି ଘର କାମକୁ ପଛରେ ପକାଇ ଦେଇ ଆସି ରୋଗିଣା

ବାପ, ମା'ଙ୍କ ପାଖରେ ଠିଆ ହୁଏ। ଯଦି ନିଜର ଦାରିଦ୍ର୍ୟ ଯୋଗୁ ସେମାନଙ୍କ ଲାଗି ପଇସା ଖର୍ଚ୍ଚ କରିବାକୁ ଅସମର୍ଥ ହୁଏ, ତେବେ ପିଡ଼ିତ ବାପ ଓ ରୋଗିଣା ମା'ଙ୍କର ସେବା କରିବାରେ କେବେ ବି ଅବହେଳା କରିନଥାଏ। ନନା ତୁମେ ଦେଖ ପୁଅ ବୋହୂଙ୍କୁ ଆମେ ସବୁବେଳେ ମୁଣ୍ଡରେ ବସାଇଛନ୍ତି। କିନ୍ତୁ ପଡ଼ନ୍ତ ବେଳକୁ ସେମାନେ ନୁହଁନ୍ତି ବରଂ ଝିଅମାନେ ଆମର ବେଶୀ ସେବା ଶୁଶ୍ରୂଷା କରିଥାଆନ୍ତି। ଯଦି ଦୈବାତ୍ ସେ ତୁମ ପାଖକୁ ଆସିବାକୁ ଶାଶୂଘରୁ ଅନୁମତି ପାଉନଥିବ କିମ୍ବା ଆସିବାକୁ ତା'ର କୌଣସି ଅସୁବିଧା ଥିବ ତେବେ ତୁମ ପାଇଁ ଝୁରି ହେଉଥିବ। ଶାଶୂଘର ଆକଟ କାଟି ତୁମ ପାଖକୁ ନଆସି ପାରିଲେ ସେ ଚିହ୍ନା ଜଣା ଲୋକଙ୍କଠାରୁ ନିର୍ଦ୍ଦିଷ୍ଟ ତୁମର ଭଲମନ୍ଦ, ଦେହପା କଥା ପଚାରି ବୁଝୁଥିବ। ସେ କେବେହେଲେ ପୁଅ ବୋହୂଙ୍କ ପରି ଜାଣିଶୁଣି ଦେହଛପା ଦେବନି କିମ୍ବା ଚତୁରାମୀରେ ପେଖନା ଦେଖାଇ (କାନ୍ଦି) ବାହାନା କରି କୌଣସି ଆଲର ଆଶ୍ରୟ ନେଇ ମୁହଁ ଲୁଚାଇ ରହିବନି। ଆଉ ଯଦି ସଂସାର ବାଧରେ ପଡ଼ି ପୁଅ ବୋହୂ କିଛି ଦିନ ତୁମ ସେବା କଲେ ତେବେ ସେମାନେ ବିରକ୍ତି ପ୍ରକାଶ କରିବେ ଓ କିପରି ତୁମର ଅତିଶୀଘ୍ର ମୃତ୍ୟୁହେଉ ସେ କଥା ମନ ଭିତରେ ଖୋଜୁଥିବେ। କାରଣ ତୁମର ମୃତ୍ୟୁ ପରେ ସେମାନେ ତୁମର ସେବା କରିବାରୁ ମୁକ୍ତ ହେବେ। କିନ୍ତୁ ସେପରି ସ୍ଥଳେ ଝିଅଟି ତୁମର ଯେତେସେବା କଲେ ସୁଦ୍ଧା କେବେବି ବିରକ୍ତି ପାଇବ ନାହିଁ। ଓଲଟି ତୁମର ନିରାମୟ ଦୀର୍ଘାୟୁ ଲାଗି ଈଶ୍ୱରଙ୍କ ନିକଟରେ ମିନତି ଜଣାଉଥିବ। ତୁମର ମଳ, ପରିଶ୍ରା ଯେତେ ସଫା କଲେ ସୁଦ୍ଧା ସେଥିପାଇଁ ତା'ମନରେ ଆଦୌ ଘୃଣାଭାବ ନଥିବ କିମ୍ବା ତୁମ ପ୍ରତି ଜମା ବିକାର ଆଣିବନି। ଅଥବା ତୁମକୁ କେବେ ଅସୁଖ ପାଇବ ନାହିଁ। ତୁମେ ନନା ଭଲ ଭାବରେ ବିଚାର କରି ଦେଖ ଆମେମାନେ ସବୁ ପୁଅମାନଙ୍କୁ ବାବୁରେ, ବାପରେ, ଧନରେ କହି ସେମାନଙ୍କୁ ମୁଣ୍ଡରେ ବସାଇଛନ୍ତି କିନ୍ତୁ ପଡ଼ନ୍ତି ସମୟରେ ଝିଅମାନେ ପରଗୋତ୍ରୀ ହୋଇ ମଧ୍ୟ ପୁଅମାନଙ୍କ ଅପେକ୍ଷା ଅଧିକ ସେବା କରି ଥାଆନ୍ତି ଓ ଆମର ଯନ୍ତ ନେଇଥାଆନ୍ତି। ପୁଅଠାରୁ ଝିଅମାନେ ରୋଗଗ୍ରସ୍ତ ବାପ, ମା'ଙ୍କର ବେଶୀ ସାପକ୍ଷ ହୋଇ ଥାଆନ୍ତି।

ଦୋକାନ ମାଲିକ ସେହି ଗ୍ରାହକଙ୍କ କଥା ଶୁଣି କହିଲେ, "ଜାଣିଲେ ଆଜ୍ଞା ମୋର ଦୁଇଟି ପିଲା। ଝିଅଟିଏ ଓ ଗୋଟିଏ ପୁଅ। ଝିଅଟି ବଡ଼, ପୁଅ ସାନ। ମୁଁ ପ୍ରକୃତରେ ଝିଅଟିକୁ ବେହୁତ ଭଲପାଏ। ପୁଅଠାରୁ ତାକୁ ଅଧିକ ସ୍ନେହ କରେ। ବାସ୍ତବରେ ପୁଅ ପ୍ରତିମୋର ଯେତେ ଭରସା ନାହିଁ, ତା' ଠାରୁ ଝିଅ ଉପରେ ମୁଁ ଅଧିକ ନିର୍ଭର ରଖିଛି।"

ଦୋକାନମାଲିକଙ୍କ କଥାର ଉତ୍ତରେ ସେହି ଗ୍ରାହକ ଜଣକ କହିଲେ, "ନନା ତୁମେ ଠିକ୍ କରିଛ। ପୁଅ କ'ଣ ସ୍ୱର୍ଗକୁ ନେବ? ଝିଅ ନେଇ ପାରିବ ନାହିଁ। ଆମେ ଅନ୍ଧ ବିଶ୍ୱାସର ବଶବର୍ତ୍ତୀ ହୋଇ ପୁଅକୁ ଝିଅମାନଙ୍କଠାରୁ ବେଶୀ ଶ୍ରଦ୍ଧା କରୁଛନ୍ତି। ଅନେକ କ୍ଷେତ୍ରରେ ଝିଅଙ୍କ ପ୍ରତି ଅବହେଳା କରି ପୁଅକୁ ଅଧିକ ସୁବିଧା ସୁଯୋଗ ଦେଉଛନ୍ତି। ଏହା ଦ୍ୱାରା ପୁଅମାନେ ସୁବିଧାବାଦୀ ହୋଇ ଯାଉଛନ୍ତି ଓ ସବୁବେଳେ ସେହିପରି ସୁବିଧା ହାସଲ ସୁଯୋଗ ଅପେକ୍ଷାରେ ରହନ୍ତି। ସେମାନଙ୍କର ଝିଅମାନଙ୍କ ତୁଳନାରେ ବାପମାଙ୍କ ପ୍ରତି ଦରଦ ବହୁତ କମ୍। ଆଉ ଆମର ବୁଝିବା ପୂର୍ଣ୍ଣମାତ୍ରାରେ ଏକଦମ୍ ଭୁଲ ଯେ ପୁଅମାନେ ଆମର ବେଶୀ ଯନ୍ତ ନେବେ। ଝିଅ ପରଘରକୁ ଚାଲିଗଲା ପରେ ଆମ କଥା ଆଉ ବୁଝିପାରିବନି। ସେପରି ଧାରଣା ସବୁ ଆମମାନଙ୍କର ପୁରାପୁରି ଅମୂଲକ।"

ଦୋକାନ ମାଲିକ ଗ୍ରାହକଙ୍କ କଥାର ଉତ୍ତର ଦେଲେ, "ମୁଁ ମୋ ଝିଅକୁ ବେଶୀ ଶ୍ରଦ୍ଧା କରେ। ପଡ଼ନ୍ତ ବେଳକୁ ପୁଅଠାରୁ ଝିଅ ସେବା ପାଇବାକୁ ମୁଁ ଅଧିକ ଭରସା ରଖିଛି। ମୁଁ ଭଲ ଭାବରେ ଜାଣିଛି ମୋ ଝିଅ କେବେବି ମୋ ପ୍ରତି ନିଷ୍ଠୁର, ନିର୍ଦ୍ଦୟ କିମ୍ବା ଅବିବେକୀ ହୋଇ ପାରିବ ନାହିଁ। ସେ ମୋର ଠିକ୍ ସେବା କରିବ ଓ ପରଗୋତ୍ରୀ ହୋଇ ଶାଶୂ ଘରକୁ ଯାଇ ସାରିଲା ପରେ ମଧ୍ୟ ପଡ଼ନ୍ତ ସମୟରେ ମୋର ଉପଯୁକ୍ତ ଯନ୍ତ ନେଇ ପାରିବ। ଏ ଦୃଢ଼ ବିଶ୍ୱାସ ମୋର ତା' ଉପରେ ଅଛି।"

ସେଆରେ ଉପସ୍ଥିତ ଥିବା ଗ୍ରାହକମାନେ ଶେଷରେ ଗୋଟିଏ ସିଦ୍ଧାନ୍ତରେ ଉପନିତ ହେଲେ । ପ୍ରକୃତରେ ପୁଅମାନଙ୍କ ଅପେକ୍ଷା ଝିଅମାନଙ୍କଠାରୁ ବାପା ମା' ମାନେ ପଡ଼ନ୍ତ ବେଳେ ଅଧିକ ସେବା ଓ ଆଦର ପାଇଥାଆନ୍ତି । ବାପ ଓ ମାର ଯନ୍ ନେବାରେ ଝିଅମାନେ କେବେ ଅବହେଳା କରନ୍ତି ନାହିଁ । ବରଂ ବାପା ମା' ମାନେ ପୁଅଙ୍କ ତୁଳନାରେ ଝିଅମାନଙ୍କ ପ୍ରତି ନିଜର କର୍ତ୍ତବ୍ୟପାଳନରେ ଅବହେଳା ପଦର୍ଶନ କରିଥାଆନ୍ତି । ଆଉ ବାପା ମାଙ୍କଠାରୁ ଝିଅଙ୍କ ଅପେକ୍ଷା ଅଧିକ ସ୍ନେହ, ଶ୍ରଦ୍ଧା ଓ ଆଦର ପାଇଥିବା ପୁଅମାନେ ବିଭିନ୍ନ ପ୍ରକାର ଆଳ ଦେଖାଇ ଠିକଣା ସମୟରେ ରୋଗିଣା ବାପ, ମାଙ୍କ ପାଖରୁ ଦୂରେଇ ରହିବାକୁ ଚେଷ୍ଟା କରିଥାଆନ୍ତି ।

ତା'ପରେ ସେମାନେ ପୁଣି ମୂଳ କଥାକୁ ଫେରିଲେ । ଦୋକାନରେ ବସିଥିବା ସତୀ ଆଡ଼କୁ ଅନାଇ କହିଲେ, "ନାନା ଏପରି ଝିଅକୁ ଯିଏ ବୋହୂ କରି ଘରକୁ ନେବ ସେ ଶେଷ ବେଳକୁ ଝିଅ ଓ ବୋହୂ ଉଭୟର ସେବା ଯନ୍ ପାଇବ । ଏ ଝିଅକୁ ବୋହୂକରି ନେବାକୁ ହେଲେ ଜମା ଯୌତୁକ କଥା ଉଠାଇବା ଉଚିତ୍ ନୁହେଁ । କାରଣ ଯୌତୁକ ପରି କୁସଂସ୍କାର ପ୍ରଥାର ବଶବର୍ତ୍ତୀ ହେଲେ ଏପରି ଅମୂଲ୍ୟ ରନ୍କୁ ହରାଇ ବସିବାର ଯଥେଷ୍ଟ ଆଶଙ୍କା ରହିଛି । ଯୌତୁକ ଜନିତ ବ୍ୟାଧିରେ ଆକ୍ରାନ୍ତ ହୋଇ ଏମିତି ଲକ୍ଷ୍ମୀ ପ୍ରତିମା ବୋହୂକୁ ହରାଇ ହଜାରେ ଜାନି ଯୌତୁକ ଆଣି ଘରେ ଭର୍ତ୍ତି କଲେ ଘରସିନା ପୂରିଯିବ ମାତ୍ର ଘର କେବେ ହସି ଉଠିବ ନାହିଁ । ବରଂ ବିନା ଯୌତୁକରେ ଏଭଳି ଝିଅକୁ ବୋହୂ କରି ନେଲେ ତା' ଘର ଆପଣା ଛାଏଁ ପୂରି ଉଠିବ । ସେ ଘରଟି ମଧ ଏପରି ବୋହୂ ପାଇଁ ଶୋଭାପାଇବ ।"

ଏମାନଙ୍କ ଆଲୋଚନା ମଝିରେ ଆସି ପହଞ୍ଚିଲା ଜଣେ ଗ୍ରାହକ । ସେ ଜଣକ ଦୋକାନ ମାଲିକଙ୍କର ଖୁବ୍ ଚିହ୍ନାଜଣା । ଘନିଷ୍ଠ ପରିଚିତ ମଧ । ସେ ଦୋକାନ ମାଲିକଙ୍କୁ କହିଲେ, "ନାନା ତୁମେ ତୁମ ଭାଇ ପାଇଁ ଏ ଝିଅକୁ ଛାଡ଼ି ଆଉ କେଉଁଠିକୁ ଝିଅ ଦେଖ୍ ଯିବ ବୋଲି ଭାବୁଛ କି ? ଆଖ୍ ବୁଜି ଏ ଝିଅକୁ ତୁମ ଘରକୁ ବୋହୂ କରି ନିଅ । ବାହାର ଲୋକଙ୍କ କଥାରେ ଜମା କାନ ଦିଅନା । ପର କଥା ଶୁଣି ମନକୁ ବାଉଲା କରନା । ପଦା ଲୋକମାନଙ୍କ କଥାରେ ଭୁଲି ନଯାଇ ଏଝିଅକୁ ତୁମ ଘରକୁ ବୋହୂ କରି ନିଅ । ଦେଖ୍ବ ତୁମ ଘର କେମିତି ବିନା ଜାନି ଯୌତୁକରେ ପୂରିଯିବ ଓ ହସି ଉଠିବ ।"

ଦୋକାନ ମାଲିକ ଉତ୍ତର ଦେଲେ "ସେ କଥା ତୁମକୁ କହିବାକୁ ପଡ଼ନ୍ତା ନାହିଁ, ଯଦି ଇୟେ ଆମ ଜାତିର ହୋଇଥାଆନ୍ତା ।"

ସେ ଗ୍ରାହକ ଜଣକ ପଚାରିଲା, "ନାନା ଇୟେ କେଉଁ ଜାତିର କି ?"

"କୈବର୍ତ୍ତ ଘର," ଦୋକାନ ମାଲିକ ଉତ୍ତର ଦେଲେ ।

ପଚାରିଥିବା ଗ୍ରାହକ ଜଣକ ଦୋକାନ ମାଲିକଙ୍କ ଉତ୍ତର ଶୁଣି ଦୀର୍ଘ ନିଃଶ୍ୱାସ ପକାଇ କହିଲା, "ଏପରି ଝିଅ ପୁଣି କୈବର୍ତ୍ତ ଘରେ ଜନ୍ମ ହୋଇପାରେ ?" ଗ୍ରାହକ ଜଣକ ପୁଣି ପଚାରିଲା, "ନାନା ସେ କ'ଣ କେଉଟ ଘରେ ଜନ୍ମ ହୋଇଛି ? ନା' ସେମାନେ ତାକୁ କେଉଁଠୁ ଆଣି ଘରେ ପୋଷ୍ୟ କନ୍ୟା କରି ରଖିଛନ୍ତି ବୋଧେ ।"

"ନା, ଇୟେ ସେମାନଙ୍କର ଜନ୍ନିତ ସନ୍ତାନ"

"କଣ ହେଲା ନାନା ? ଏମିତି ରୂପ ନେଇ ଝିଅଟିଏ ପୁଣି କୈବର୍ତ୍ତ ଘରେ ଜନ୍ମ ହୋଇପାରେ । ଏହା ମୋ ଧାରଣାର ବାହାରେ । ଏଭଳି ପିଲା ପୁଣି କେଉଟ ଘରେ ଜନ୍ମ ହେବ ? ଝିଅଟିର ଭାଗ୍ୟ ନିଶ୍ଚୟ ଖରାପ ।"

ସେଆରେ ଉପସ୍ଥିତ ଥିବା ସମସ୍ତ ଗ୍ରାହକ (ସବିତା, ସତୀ ଓ ତା ଦୁଇ ଭଉଣୀଙ୍କୁ ଛାଡ଼ି) ଦୀର୍ଘ ନିଃଶ୍ୱାସ ପକାଇଲେ । ଦୁଃଖ ପ୍ରକାଶ କଲେ । "ହାଏ ଝିଅଟିଏ ଏମିତି ରୂପ ପାଇ ଏପରି ଲାବଣ୍ୟ ମୟୀ ତେହେରା ଥାଇ ପୁଣି କେଉଟ ଜାତିରେ ଜନ୍ମ ହେଲା ?" ବିଧାତା ଏମିତି ଝିଅକୁ ପୁଣି କେଉଟ ଘରେ ଜନ୍ମ ଦେଲେ ସେ ପୁଣି (ସେମାନେ ପୁଣି) କହିଲେ "ଯଦି

ନାନା ତୁମ କଥା ମୁତାବକ ଇୟେ କେଉଟ ଘରେ ଜନ୍ମ ହୋଇଥାଏ, ତେବେ ବୁଝିବାକୁ ହେବ ଯେ ଗୋବର ଗାଡ଼ିଆରେ ପଦ୍ମଟିଏ ଫୁଟିଛି। ସେଠି ଫୁଲଟି ଯେପରି ଅସନା ପାଣିରେ ରହି ନିଜକୁ ସ୍ୱଚ୍ଛ, ପବିତ୍ର, ନିର୍ମଳ ଓ ନିଷ୍କଳଙ୍କ ରଖେ। ସେପରି ଝିଅଟି ନିଶ୍ଚୟ ପଙ୍କ ପୋଖରୀରେ ଫୁଟି ଓ ଅପରିଷ୍କାର ପାଣିରେ ରହି ପଦ୍ମ ଫୁଲ ପରି ହୋଇଥିବ। ସେହିଭଳି କେଉଟଙ୍କ ପରି ମୂର୍ଖ, ଅସାଧୁ, ମଦୁଆ, ମାତାଲ, କଳହପ୍ରିୟ ଜାତିଙ୍କ ଘରେ ଏମିତି ଶାନ୍ତ, ସରଳ, ଭଦ୍ର, ନମ୍ର, ନିରୀହ ସାଧାରଣ ଝିଅଟିଏ ଅସାମାନ୍ୟ ରୂପ ଲାବଣ୍ୟ ଅନିନ୍ଦିତା ସୌନ୍ଦର୍ଯ୍ୟ ନେଇ ଜନ୍ମ ହେବା ନିଶ୍ଚିତ ଦୁର୍ଭାଗ୍ୟ ବ୍ୟତୀତ ଆଉ କ'ଣ ହୋଇପାରେ ? ଏ ସରଳ ମନା, ନିରୀହା ଝିଅଟି ନିଶ୍ଚୟ ସବୁବେଳେ ସେମାନଙ୍କ ପରି ମଦୁଆ, ମାତାଲ, କାମାସକ୍ତ, ଦୁଷ୍ଟ ପ୍ରକୃତିର ଅମଣିଷଙ୍କ ଗହଣରେ ଶଙ୍କାଗ୍ରସ୍ତ ମନରେ, ଭୟଭୀତ ପ୍ରାଣରେ, ଆଶଙ୍କା ଗ୍ରସ୍ତ ଅନ୍ତରରେ ରହି ନିଜକୁ ପାପମୁକ୍ତ, ସ୍ୱଚ୍ଛ ଓ ପବିତ୍ର ରଖିବାକୁ ଆପ୍ରାଣେ ଚେଷ୍ଟା କରୁଥିବ। ଯେପରି ଲଙ୍କାଗଡ଼ ଅଶୋକ ବନରେ ସୀତା ଠାକୁରାଣୀ ଅସୁରଙ୍କ ମେଲରେ ରହିବାକୁ ବାଧ୍ୟ ହୋଇଥିଲେ। ଆଉ କୁରୁସଭା ତଳେ ପାପିଷ୍ଟ ଦୁଃଶାସନ ଦ୍ୱାରା ନିର୍ଯାତିତା, ଅପମାନିତା, ଅତ୍ୟାଚାରିତା, ଅସହାୟା, ଭିତତ୍ରସ୍ତା ପାଞ୍ଚାଳୀ ସାହାର୍ଯ୍ୟ ପାର୍ଥିନୀ ହୋଇ କୃଷ୍ଣଙ୍କ ଶରଣାପନ୍ନା ହୋଇଥିଲେ। ସେହିପରି ଏ ଝିଅଟି ତାଙ୍କ ଜ୍ଞାତି କୁଟୁମ୍ବଙ୍କ ମେଲରେ ରହି ଦିନ କାଟିବାକୁ କପାଳ ଆଦରି ପଡ଼ି ରହିବାକୁ ଏକ ପ୍ରକାର ବାଧ୍ୟ ହେଉଥିବ ନିଶ୍ଚୟ।

ଏମାନଙ୍କ ଆଲୋଚନା ଶୁଣି ଅନ୍ୟ ଜଣେ ଗ୍ରାହକ କହିଲେ, "ଯଦି ଗୋବର ଗାଡ଼ିଆର ପଦ୍ମ ଫୁଲ ଠାକୁରଙ୍କ ପୂଜାରେ ଲାଗି ପାରୁଛି, ତା'ହେଲେ ଛୋଟ ଜାତିରେ ଜନ୍ମ ହୋଇଥିବାରୁ ଝିଅଟିଏ ବଡ଼ ଜାତିର ଘରକୁ ବୋହୂ ହୋଇ ଯାଇ ପାରିବନାହିଁ। ଏମିତି କିଛି ଯୁକ୍ତି ତ ମୁଁ ଦେଖ ପାରୁନାହିଁ। ତା'ପରେ ଦେଶ ସ୍ୱାଧୀନ ହେଲାଣି। ଜାତିର ପିତା ଗାନ୍ଧିଜୀ ଆମକୁ ଜାତିପ୍ରଥା ଲୋପକରିବାକୁ ପରାମର୍ଶ ଦେଇଗଲେ। ଅସ୍ପୃଶ୍ୟତା ନିବାରଣ ପାଇଁ କହିଯାଇଛନ୍ତି। ଆମେ ଯଦି ତାଙ୍କ ଦ୍ୱାରା ସ୍ୱାଧୀନତା ହାସଲ (ପ୍ରାପ୍ତ) ହୋଇଥିବା, ଦେଶରେ ରହିବା ତେବେ ତାଙ୍କ କଥା ରଖିବାକୁ କାହିଁକି ଚେଷ୍ଟା ନକରିବା। ଆମେମାନେ ତାଙ୍କ ଉପଦେଶ ମାନି ତାଙ୍କ ପ୍ରଦର୍ଶିତ ପଥରେ ଚାଲିବା ଲାଗି ଅନୁପ୍ରାଣିତ ହୋଇ ଏହି ପିଲାକୁ ବୋହୂ କରି ନେଲେ କିଛି ଅସୁବିଧା ହେବନି ବରଂ ଏହା ଆମ ଦ୍ୱାରା ତାଙ୍କ ପ୍ରତି ଶ୍ରେଷ୍ଠ ଶ୍ରଦ୍ଧାଞ୍ଜଲି ପ୍ରଦର୍ଶନ ହେବ ବୋଲି ମୁଁ ଭାବୁଛି। ଗାନ୍ଧିଙ୍କ ଯୋଗୁ ସ୍ୱାଧୀନ ହୋଇଥିବା ଦେଶରେ ରହିବାକୁ ହକ୍ ଦାବି କରୁଥିବା ଲୋକମାନେ ତାଙ୍କ ନିର୍ଦ୍ଦେଶିତ ମାର୍ଗରେ ଚାଲିବାକୁ ବାଧ୍ୟ ହେବା ଉଚିତ୍।"

ତାଙ୍କ କଥାର ଉତ୍ତରରେ ଦୋକାନ ମାଲିକ କହିଲେ। "ମୁଁ ତୁମ କଥା ବୁଝୁଛି। ଆଉ ତୁମେ ମଧ ଠିକ୍ କଥା କହୁଛ। ସେ କଥା ମୁଁ ଭଲ ଭାବରେ ହୃଦୟଙ୍ଗମ କରି ପାରୁଛି। ହେଲେ ସାମାଜିକ ବାନ୍ଧଣକୁ ମୋର ଭୟ ରହୁଛି। ତାକୁ ତ ଫାଙ୍କି ଦେଇ ହେବନି।"

ଦୋକାନ ମାଲିକଙ୍କ କଥାର ଉତ୍ତରରେ ଗ୍ରାହକଟି କହିଲା। "ନାନା ଦୁନିଆରେ କିଏ କାହା କଥା ବୁଝେ ଯେ ତୁମେ ମୋ କଥା ବୁଝିଗଲ ବୋଲି କହୁଛ। ଯଦି ତୁମେ ପ୍ରକୃତରେ ମୋ କଥାର ଅନ୍ତର୍ନିହିତ ସାରମର୍ମକୁ ବୁଝିପାରିଛ ବୋଲି କହୁଛ। ତେବେ ଏ ଝିଅକୁ ବୋହୂ କରି ନେବାକୁ ଅନିଚ୍ଛୁକ କାହିଁକି ହେଉଛ ? ଏ ସଂସାରରେ ସମସ୍ତେ କେବଳ ନିଜର ସ୍ୱାର୍ଥରକ୍ଷା କଥା ବୁଝି ଥାଆନ୍ତି। କେହି କାହା କଥାର ପ୍ରକୃତ ସାରତତ୍ତ୍ୱ କୁ କେବେବି ବୁଝି ନଥାଆନ୍ତି କିୟା ସେମାନଙ୍କୁ ସେ କଥା ବୁଝିବା ଆଦୌ ଆବଶ୍ୟକ ହୋଇନଥାଏ। ତୁମେ ଦୋକାନ ଭିତରେ ବସି ଲୁଗା ବିକୁଛ, ପୁଣି ପ୍ରଥମାଷ୍ଟମୀ ଘଡ଼ିରେ। ଏ ବେଳରେ ଯେତେ ଭିଡ଼ିଲାଗେ ଅନ୍ୟ ସମୟରେ ପ୍ରାୟ ଏପରି ଗହଳି ଦୋକାନରେ ନଥାଏ। ଗ୍ରାହକମାନଙ୍କୁ ସେମାନଙ୍କ ମନ ପସନ୍ଦ ମୁତାବକ ଲୁଗା ଦେଖାଇ ସେମାନଙ୍କୁ ଉଚିତ ମୂଲ୍ୟରେ ବିକ୍ରି କରିବା, ସେମାନଙ୍କ ମନ ବୁଝିଲା ପରି ଜିନିଷ ଦେଇ ବିଦା କରିବା କେତେ କଷ୍ଟ ସାଧ୍ୟ, କେତେ ଶ୍ରମ ସାପେକ୍ଷ, କେତେ ଧୌର୍ଯ୍ୟ ଶକ୍ତି

ସେଥିଲାଗି ଦରକାର ଯିଏ ସେ କାମ କରିଛି, ସିଏ ସେ କଥା ଜାଣେ। ତା' ଭିତରେ ମୋ ମୁହଁରୁ କେଇପଦ କଥା ଶୁଣି ତୁମେ କହୁଛ ସବୁ ବୁଝିଗଲ। କିନ୍ତୁ ଯେ କୌଣସି ବିଷୟ ବସ୍ତୁର ପ୍ରକୃତ ସାରମର୍ମ ବୁଝିବା ଏତେ ସହଜ ନୁହେଁ। ତୁମେ ଗରାଖମାନଙ୍କୁ ଲୁଗା ଦେଖାଇବାରେ ଓ ଲୁଗାର ମୂଲ୍ୟ ଛିଣ୍ଡାଇବାରେ ବ୍ୟସ୍ତ ଅଛ। ତୁମର ମନ ଧ୍ୟାନ ସେ ଦିଗରେ। ତୁମର ଲକ୍ଷ୍ୟ ମଧ୍ୟ ସେ କାରବାର ପ୍ରତି ନିଘା ରଖୁଛି। ତା' ଭିତରେ ମୁଁ ତୁମକୁ ଇଆଡୁ ସିଆଡୁ ଦୁଇ ଚାରିପଦ କଥା କହିଦେଲି। ତୁମେ କହୁଛ ବୁଝିଗଲ। ତୁମେ କହିଲ ଦେଖ୍ ପ୍ରକୃତରେ ମୋ କଥାର କୌଣସି ଅଂଶକୁ ତୁମେ ତୁମ ମସ୍ତିଷ୍କରେ ପୂରାଇଛ କି ? ତୁମେ ତୁମ ଧନ୍ଦାରେ ବ୍ୟସ୍ତ ଅଛ। ହାଲୁକା ମନରେ, ଉପର ଠାଉରିଆ ଭାବରେ ମୋ କଥାକୁ ଶୁଣି କହୁଛ ବୁଝିଗଲ। ତୁମେ ନନା ଶୁଣିଥିବ, ଆଉ ତୁମେ ଯେତେବେଳେ ବ୍ରାହ୍ମଣ ତୁମେ ତ ନିଶ୍ଚୟ ପଢ଼ିଥିବ– କୁରୁକ୍ଷେତ୍ରରେ ଯେତେବେଳେ ଅର୍ଜୁନ– ଜ୍ଞାତି, କୁଟୁମ୍ୱ, ଗୁରୁ, ଗୁରୁଜନ, ସହୋଦର, ଆମ୍ଭିୟ ସ୍ୱଜନ ବନ୍ଧୁ ବାନ୍ଧବମାନଙ୍କୁ ଦେଖ୍ ଦୁଃଖରେ ମ୍ରିୟମାଣ ହୋଇ ଅସ୍ତ୍ର ତ୍ୟାଗ କରିବାକୁ ଅଡ଼ି ବସିଲେ। ସେତେବେଳେ କୃଷ୍ଣ ଗୀତାର ଅମୃତ ବାଣୀକୁ ଯେତେ ବ୍ୟାଖ୍ୟା କରି ପ୍ରାଞ୍ଜଳ ଭାବରେ ବୁଝାଇଥିଲେ। ତାହା ଆମମାନଙ୍କ ଭଳି ନଗନ୍ୟ ଅକିଞ୍ଚନ ଯେତେ ପରିମାଣରେ ବୁଝିପାରି ଥାଆନ୍ତେ। ପ୍ରକୃତରେ ଦିବ୍ୟଦୃଷ୍ଟା ତଥ୍ୟଦର୍ଶୀ ଦ୍ୱିତୀକୃଷ୍ଣ ପ୍ରାଣର ସଖା ଅର୍ଜୁନ କ'ଣ ସେ ସବୁକୁ ସେପରି ବିଷଦ ଭାବରେ ବୁଝି ପାରିଥିଲେ କି ? ସେ କେବଳ ସେଥିରୁ ନିଜର ସ୍ୱାର୍ଥ ସିଦ୍ଧି କଥା ବୁଝିଥିଲେ। ରାଜ୍ୟ ଲାଭ ଆଶାରେ ଯୁଦ୍ଧରେ ବିଜୟୀ ହେବା ପାଇଁ ଜ୍ଞାତି, କୁଟୁମ୍ୱ, ଗୁରୁ, ଗୁରୁଜନ ଓ ବନ୍ଧୁ ବାନ୍ଧବମାନଙ୍କୁ ବଧ କରିଥିଲେ। ନିଜସ୍ୱାର୍ଥ ରକ୍ଷାର କଥା କେବଳ ଗୀତା ବ୍ୟାଖ୍ୟାରୁ ଗ୍ରହଣ କରିଥିଲେ। ସିଏ ଯଦି ପ୍ରକୃତରେ ଗୀତାର ସାରମର୍ମ, ସାରସ୍ୱତ ଭାବ ଓ ଅନ୍ତର୍ନିହିତ ଗୂଢ଼ ତତ୍ତ୍ୱକୁ ବୁଝିବାକୁ ସକ୍ଷମ ହୋଇ ପାରି ଥାଆନ୍ତେ। ତେବେ ଜାରା ଶବର ଶରାଘାତ ଯୋଗୁ ଯନ୍ତ୍ରଣା ଦଗ୍ଧ କୃଷ୍ଣ ଯେତେବେଳେ କଷ୍ଟରେ ଆଉଟି ପାଉଟି ହୋଇ ବ୍ୟାକୁଳରେ କାତର ହୋଇ ଅକୁଳତାର ସହିତ ତାଙ୍କ ପରଶଟିକେ ପାଇବା ଲାଗି ତାଙ୍କୁ ପାଖକୁ ଡାକିଲେ। ତାଙ୍କୁ କୋଳକରି ଟିକେ ଆଉଁସି ଦେବାକୁ କହିଲେ। ସେତେବେଳେ ଅର୍ଜୁନ ଅବିବେକୀତାର ଚରମ ସୀମାରେ ପହଞ୍ଚି କୃତଘ୍ନତାର ପରିଚୟ ଦେଇ ଅବିବେକୀତାର ପ୍ରମାଣ ସ୍ୱରୂପ ତାଙ୍କୁ ଛୁଇଁବାକୁ ମନା କରିଦେଲେ। ମୁମୂର୍ଷୁ କୃଷ୍ଣ ସେ ସମୟରେ କେବଳ ତାଙ୍କ ସାନ୍ନିଧ୍ୟ ଟିକେ ପାଇବାକୁ କହିବାରୁ ସେ ନିଜ ଉପରୁ ଦୋଷ ଖସାଇ ଦେବାକୁ ଯାଇ ଜ୍ୟେଷ୍ଠଭ୍ରାତା ଯୁଧିଷ୍ଠିରଙ୍କ ଆଦେଶ ଓ କନିଷ୍ଠ ଭାଇ ସହଦେବଙ୍କ ବାରଣ କଥାର (ଉପଦେଶର) ଆଶ୍ରୟ ନେଇଥିଲେ। କୃଷ୍ଣ କୁରୁକ୍ଷେତ୍ରରେ ଯୁଧିଷ୍ଠିର କିମ୍ୱା ସହଦେବଙ୍କୁ ଗୀତା ବୁଝାଇ ନଥିଲେ। ବୁଝାଇଥିଲେ କେବଳ ତାଙ୍କ ପ୍ରାଣର ସଖା ଅନ୍ତରର ପ୍ରିୟତମ ତଥା ଆମ୍ଭାର ପରମବନ୍ଧୁ ଅର୍ଜୁନକଙ୍କୁ। ଯିଏ ତାଙ୍କ ଦ୍ୱାରା ସମସ୍ତ ସୁବିଧା ହାସଲ କରିସାରି ଶେଷ ସମୟରେ ତାଙ୍କ ଅସୁବିଧା ବେଳେ ବିପଦ ଗ୍ରସ୍ତ କୃଷ୍ଣଙ୍କୁ କୌଣସିରକମ ସାହାର୍ଯ୍ୟ କରିବାତ ଦୂରର କଥା ତାଙ୍କୁ ଟିକେ ମାତ୍ର ଛୁଇଁବା ପାଇଁ ନିଜ ଅସମ୍ମତି ଓ ଆପଣାର ଅସାମର୍ଥ୍ୟ ପ୍ରକାଶ କରିଥିଲେ।"

ଭାଗବତ ଗୀତା ଯେ କେବଳ କୃଷ୍ଣ ଓ ଅର୍ଜୁନଙ୍କ ମଧ୍ୟରେ ହୋଇଥିବା କଥୋପ କଥନ (ତାହା) ନୁହେଁ। ଏହା ମାନବ ଓ ମାଧବଙ୍କ ମଧ୍ୟରେ ହୋଇଥିବା ଗୋଟିଏ ଅସରନ୍ତି ବାର୍ତ୍ତାଳାପ। ଶ୍ରୀକୃଷ୍ଣଙ୍କ ମୁଖନିସୃତ ବାଣୀକୁ ଅର୍ଜୁନ ଯେଭଳି ଏକାଗ୍ର ଚିତ୍ତ ହୋଇ ଶୁଣୁଥିଲେ। ପ୍ରତ୍ୟେକ ମନୁଷ୍ୟ ସେହିଭଳି ନିଜ ହୃଦୟର ଗଭୀରତମ ପ୍ରଦେଶରୁ ଆସୁଥିବା ଧ୍ୱନିକୁ ନିଷ୍ଠାର ସହ ଅବିଚଳିତ ମନଯୋଗ ସହକାରେ ଶୁଣିବା ଉଚିତ୍। ଯଦି ଶୁଣିବାର ଏହି ଏକାଗ୍ରତାକୁ ବୃଦ୍ଧି କରାଇ ପାରିବ ତେବେ ଯାଇ ଦେବତ୍ୱର ନିକଟବର୍ତ୍ତୀ ହୋଇ ପାରିବ। ଏହି ଶୃଙ୍ଖଳା ମାଧ୍ୟମରେ ଗୋଟିଏ ଦାନବ ମଧ୍ୟ ମାନବରେ ପରିଣତ ହୋଇପାରିବ ଏବଂ ମାନବ ମାଧବକୁ ରୂପାନ୍ତରିତ ହୋଇଯିବ। ଗୀତା ଏହିପରି ଅନୁପମ ମହିମାରେ ଭୂଷିତ। ଗୀତା କେତେ ମହତ ଓ କେତେ ପବିତ୍ର ତାହା କେବଳ ସାଧାରଣ ମାନବିକ ଜ୍ଞାନ ଦ୍ୱାରା ବୁଝି ହେବ ନାହିଁ। ମଣିଷର ଅନ୍ତର୍ନିହିତ ଦିବ୍ୟସତ୍ତା ସାହାର୍ଯ୍ୟରେ ହିଁ କେବଳ ଏହାର ପ୍ରଭାବ ଉପଲବ୍ଧ କରିହେବ। ଗୀତା ଗୋଟିଏ କଳ୍ପ ବୃକ୍ଷ।

କାମନା ପୂରଣକାରୀ ଗଛଟିଏ । ଶ୍ରୀକୃଷ୍ଣ ଏହାକୁ ରୋପଣ କରିଥିଲେ ଓ ବ୍ୟାସ ଦେବ ଏହାକୁ ଯତ୍ନର ସହ ବଢ଼ାଇଥିଲେ । ଏହି ଗଛର ମଞ୍ଜି ହେଉଛି ଉପନିଷଦ । ବ୍ରହ୍ମଜ୍ଞାନ ଏହାର ଅଙ୍କୁର । ଶାସ୍ତ୍ର ଗୁଡ଼ିକ ଏହି ଗଛର ଶାଖା ପ୍ରଶାଖା । ଈଶ୍ୱର ପ୍ରେମ ଓ ସମର୍ପଣ ଭାବ ଏହାର ସୁଗନ୍ଧିତ ପୁଷ୍ପରାଶି । ଆତ୍ମାର ଆନନ୍ଦ ଏହି ବୃକ୍ଷର ଫଳ ସଦୃଶ । ପ୍ରତ୍ୟେକ ଲୋକ ଏହି ବୃକ୍ଷ ଛାୟାରେ ଆଶ୍ରୟ ନେବା ଉଚିତ୍ ଓ ଜୀବନର ଲକ୍ଷ୍ୟ ହାସଲ କରିବା ଅବଶ୍ୟକ(ସ୍ତୁଲି) । ଅନେକ ମହାର୍ଘ ଚିନ୍ତା ନାୟକଙ୍କ ମତରେ ଗୀତା ଆମ ସନାତନ ଧର୍ମର ସଂକ୍ଷିପ୍ତ ସାର । ଅଥଚ ଏହା ମହାଭାରତର ଅଂଶ ନୁହେଁ । ଏହା ପରବର୍ତ୍ତୀ ଚିନ୍ତାରୁ ସୃଷ୍ଟ ଏବଂ ମହାଭାରତରେ ପ୍ରକ୍ଷିପ୍ତ । ଉଦ୍ଦେଶ୍ୟ ହେଲା କୃଷ୍ଣ, ଅର୍ଜୁନ ଓ ବ୍ୟାସଙ୍କୁ ଯୋଡ଼ି ଏହାର ବିଶ୍ୱସନୀୟତାକୁ ସୁଦୃଢ଼ କରିବା । ପ୍ରକୃତରେ କ'ଣ ଏତେ କଥା କହିବା ପାଇଁ ଯୁଦ୍ଧ କ୍ଷେତ୍ରରେ ସମୟ ଥିଲା ? ସମ୍ଭବ ନୁହେଁ । ବାସ୍ତବରେ କୁରୁକ୍ଷେତ୍ର ଯୁଦ୍ଧ ଭୂମିଥିଲା ନା ପ୍ରବଚନ ପ୍ରଦାନ କ୍ଷେତ୍ରଥିଲା ବା ପୀଠ, ଅଥବା ଗୁରୁକୁଳ ଆଶ୍ରମର ମୁକ୍ତ ପ୍ରାଙ୍ଗଣସ୍ଥଳ ଥିଲା ଯେଉଁଠି ଗୁରୁ କୃଷ୍ଣଙ୍କର ଏକମାତ୍ର ଶିଷ୍ୟ ଥିଲେ ଅର୍ଜୁନ । ସତର୍କ, ସକ୍ଷମ, ଜିଜ୍ଞାସୁ ଶିଷ୍ୟକୁ ପ୍ରାଜ୍ଞ, ବିଚକ୍ଷଣ ଗୁରୁ ଗୀତାର ସାରମର୍ମକୁ ଯେପରି ପ୍ରାଞ୍ଜଳ ଭାବରେ ଓ ବୋଧଗମ୍ୟ ଭାଷାରେ ବ୍ୟାଖ୍ୟା କଲେ ସେଥିରୁ ସମର୍ଥ, ସ୍ଥିତପ୍ରଜ୍ଞ, ଦିବ୍ୟ ଚେତନାଧାରୀ, ଧ୍ୟାନଶକ୍ତି ନିପୁଣ, ସ୍ଥିର ବୁଦ୍ଧି ସଂପନ୍ନ, ଦୂରଦୃଷ୍ଟି ଥିବା ବିଚକ୍ଷଣ ଶିଷ୍ୟ ଅର୍ଜୁନ ବୁଝିଥିଲେ କ'ଣ ? ଶରାଘାତ, ଆହତ, ଯନ୍ତ୍ରଣା ଦଗ୍ଧ, କଷ୍ଟ ପ୍ରପିଡ଼ିତ ମୁମୂର୍ଷୁ କୃଷ୍ଣଙ୍କ ପ୍ରତି ପ୍ରିୟ ସଖା ଅର୍ଜୁନଙ୍କ ବ୍ୟବହାର ପ୍ରଦର୍ଶନରୁ ସେଥିରୁ (ଗୀତା ବ୍ୟାଖ୍ୟାରୁ) ସିଏ କିଞ୍ଚିତ ମାତ୍ରାରେ ସାମାନ୍ୟ ଧରଣର କିଛି ବୁଝିଥିଲା ପରି ତ ମନେ ହୁଏ ନାହିଁ ।

ନିଜର ସ୍ୱାର୍ଥ ହାସଲ ପାଇଁ ଯେଉଁ ଅର୍ଜୁନ ବିନା ଆପତ୍ତିରେ । କୌଣସି ପ୍ରତିବାଦ ନକରି କିଛି ଅଭିଯୋଗ ନଆଣି କୃଷ୍ଣଙ୍କ ପ୍ରତ୍ୟେକ କଥାକୁ ଦୈବବାଣୀ ମନେ କରି ଅନ୍ଧଭାବେ ଆଖି ବୁଜି ମାନିନେଇଥିଲେ । ସେହି ପ୍ରାଣର ସଖା ଅର୍ଜୁନ ଅବିବେକୀଙ୍କ ପରି ଜାରା ଶବର ଦ୍ୱାରା ଶରାଘାତରେ ଆହତ ହେବା ପରେ ଆଉ ତାଙ୍କ ଠାରୁ କୌଣସି ରକମ ସାହାର୍ଯ୍ୟ, ସହାୟତା ଓ ସହଯୋଗ ପାଇବାର ଆଶା ନଦେଖି ଭରସା ନପାଇ ନିଜର ମଣିଷ ପଣିଆକୁ ନିର୍ଦ୍ଦୟ ଭାବରେ ହତ୍ୟା କରି କୃଷ୍ଣଙ୍କ ଆକୁଳ ଆବେଦନ ଓ ବିନୀତ ନିବେଦନକୁ ବିନା ବିଚାରରେ ଅତି ନିଷ୍ଠୁର ଭାବରେ ଆପଣା ମାନବିତା ଗୁଣକୁ ଭୁଲିଯାଇ (ପାଶୋରି ପକାଇ) ତାଙ୍କ ବିନମ୍ର ଅନୁରୋଧକୁ ଯେପରି ନିର୍ଦ୍ଦୟ ଭାବରେ ନିର୍ମମତାର ସହ ପ୍ରତ୍ୟାଖ୍ୟାନ କରିଦେଲେ । ଆମକୁ ଏହା ବୁଝିବାକୁ ହେବ ଯେ ଶରାଘାତ ପରେ ମୃତ୍ୟୁର ଦ୍ୱାରଦେଶରେ ଉପନିତ ହୋଇସାରିଥିବା କୃଷ୍ଣଙ୍କ ଦ୍ୱାରା ତାଙ୍କର ଆଉ କୌଣସି ପ୍ରକାର ସ୍ୱାର୍ଥ ହାସଲର ଓ ଉପକାର ହେବାର କିମ୍ବା ଲାଭ ପାଇବାର ଆଶା ନଥିଲା । ବରଂ ସ୍ୱାର୍ଥ ହାନିର ସମ୍ଭାବନା ରହିଥିଲା । ସେହି ଆଶଙ୍କାର ବଶବର୍ତ୍ତୀ ହୋଇ ସେ କୃଷ୍ଣଙ୍କ ସହିତ ତାଙ୍କର ପୂର୍ବ ବନ୍ଧୁତା, ସୋହାର୍ଦ୍ଦତା, ସମ୍ପର୍କ ଓ ସମୟକୁ ଭୁଲିଯାଇ ପାରିଲେ । ମଣିଷ ସର୍ବଦା ସ୍ୱାର୍ଥପର । ତେଣୁ ସ୍ୱାର୍ଥ ସର୍ବସ୍ୱ ଦ୍ୱିତୀ କୃଷ୍ଣ ସେଥିରୁ ବାଦ ଯାଆନ୍ତେ କିପରି ? ନିଜକୁ ଦୋଷମୁକ୍ତ କରିବା ପାଇଁ ଯୁଧିଷ୍ଠିରଙ୍କ ଆଦେଶ (ଜ୍ୟେଷ୍ଠ ଦେଶ ଅଲଘଂନୀୟ) ଥିଲା କେବଳ ମାତ୍ର ଏକ ବାହାନା ଓ ସହଦେବଙ୍କ ଉପଦେଶ (କନିଷ୍ଠ ପରାମର୍ଶ ଅବର୍ଜନୀୟ) ଗୋଟିଏ ଆଲ । ଅର୍ଜୁନ ଯଦି ପ୍ରକୃତରେ ଗୀତାର ଅନ୍ତନିର୍ହିତ ଗୁଢ଼ ସାରମର୍ମକୁ ହୃଦୟଙ୍ଗମ କରି ବାସ୍ତବ ସାରସ୍ୱତ ଜ୍ଞାନ ଲାଭ କରି ପାରିଥାନ୍ତେ ଓ ତାଙ୍କ ଅନ୍ତରରେ ପୂର୍ଣ୍ଣ (ଆତ୍ମା) ସମର୍ପଣ ଭାବନାର ଉଦ୍ରେକ ହୋଇଥିଲା । ତେବେ ସେ କିପରି ଜଣେ ମାରାତ୍ମକ ମରଣାନ୍ତକ ବିପଦ ଗ୍ରସ୍ତ ମୁମୂର୍ଷୁର ଅତୁରତା ପୂର୍ଣ୍ଣ ଆକୁଳ ନିବେଦନକୁ ଏତେ ନିର୍ଦ୍ଦୟର ସହିତ ନିଷ୍ଠୁର ଭାବରେ ଏଡ଼ାଇ ଦେଇ ପାରିଲେ । କୃଷ୍ଣ ଯେମିତି ଶୈଶବରେ ପ୍ରାଣପ୍ରିୟା ରାଧାଙ୍କୁ ଠକେଇଥିଲେ ଠିକ୍ ସେହିପରି ଜୀବନର ଅନ୍ତିମ ମୁହୂର୍ତ୍ତରେ ସଖା ଅର୍ଜୁନଙ୍କ ଦ୍ୱାରା ଠକିଥିଲେ । ସେଥିପାଇଁ କହନ୍ତି "ପ୍ରାଣୀର ଭଲମନ୍ଦ ବାଣୀ ମରଣ କାଳେ ତାହା ଜାଣି" ।

ଜଣେ ସଂପୂର୍ଣ୍ଣ ଅପରିଚିତ କୌଣସି ଅସୁବିଧାରେ ପଡ଼ି କିଛି ସାହାର୍ଯ୍ୟ ମାଗିଲେ ତାକୁ ସହାୟତା ଦେବାକୁ ଲୋକମାନେ ଆଗେଇ ଆସନ୍ତି । ରାସ୍ତାରେ ଗଲାବେଳେ ଯଦି ଜଣେ ଅଜଣା ବ୍ୟକ୍ତି ଦୁର୍ଘଟଣା ଗ୍ରସ୍ତ ହୁଏ ତାର ବିନା

ଡାକରାରେ ସ୍ୱତଃ ପ୍ରତଃ ଭାବେ ପାଖରେ ଥିବା ଲୋକମାନେ ତାଙ୍କୁ ସାହାର୍ଯ୍ୟ କରି ଥାଆନ୍ତି । ମାତ୍ର ଏଠି ପ୍ରାଣର ସଖା କୃଷ୍ଣଙ୍କ ଆକୁଳ ଆବେଦନ, କରୁଣ ନିବେଦନ ଓ ବ୍ୟାକୁଳ ଅନୁନୟକୁ ତାଙ୍କର ପରମ ବନ୍ଧୁ ଦ୍ୱିତୀ କୃଷ୍ଣ ଅର୍ଜୁନ ଯେପରି ଭାବରେ ପ୍ରତ୍ୟାଖ୍ୟାନ କରିଦେଲେ । ଏଥିରୁ କେବଳ ଏତିକି ବୁଝା ପଡ଼ୁଛି ଯେ ଅର୍ଜୁନ, କୃଷ୍ଣଙ୍କ ଗୀତା ବ୍ୟାଖ୍ୟାରୁ କେବଳ ନିଜର ସ୍ୱାର୍ଥ ହାସଲ କଥା ବୁଝିଥିଲେ । ଶ୍ରୀମଦ୍ ଭଗବତ ଗୀତାର ସାତଶହ ଏକଟି ଶ୍ଳୋକର ସରଳ ଆଲୋଚନାରୁ ଓ ଅଷ୍ଟାଦଶ ଯୋଗର ପ୍ରାଞ୍ଜଳ ବ୍ୟାଖ୍ୟାରୁ ସିଏ କେବେବି ତାର ଅନ୍ତର୍ନିହିତ ସାରମର୍ମ ବୁଝିପାରି ନଥିଲେ । କିଛି ହୃଦୟଙ୍ଗମ କରିପାରିନଥିବାରୁ ତାଙ୍କର ସାରସ୍ୱତ ଜ୍ଞାନ ଉଦୟ ହୋଇନଥିଲା । ସିଏ ସାରସ୍ୱତ ଭାବର ଭାବନାରେ ଆଦୌ କେବେବି ପ୍ରଭାବିତ ହୋଇ ନଥିଲେ । ତାଙ୍କ ହୃଦୟରେ ସାରସ୍ୱତ ଭାବ ଜାଗ୍ରତ ନହେବାରୁ ତାଙ୍କର ଅନ୍ତରରେ ସମର୍ପଣ ଭାବନା ଗୁଞ୍ଜରଣ (ଉଦ୍ରେକ) ହୋଇ ପାରିନଥିଲା । ସେଥିପାଇଁ ସେ ସାରସ୍ୱତ ଭାବର ଭାବନାରେ ଆଦୌ ପ୍ରଭାବିତ ହୋଇପାରିନଥିଲେ । ନିଜର ସ୍ୱାର୍ଥ ସିଦ୍ଧି ପାଇଁ କୃଷ୍ଣଙ୍କର ପ୍ରତ୍ୟେକ କଥାକୁ ଅକ୍ଷରେ ଅକ୍ଷରେ ପାଳନ କରୁଥିବା ଅର୍ଜୁନ, କୃଷ୍ଣଙ୍କର ଶେଷ ସମୟର ବିକଳ ଅନୁରୋଧକୁ ଓ ଅନ୍ତିମ ଆକୁଳ ନିବେଦନକୁ କେଉଁଥିପାଇଁ ମାନି ନଥିଲେ ? ତାଙ୍କ ବ୍ୟାକୁଳତାକୁ ଅଣଦେଖା କରି କୃଷ୍ଣଙ୍କ କଥାକୁ ଅବଜ୍ଞା କରିବାର ଏକ ମାତ୍ର କାରଣ ହୋଉଛି ଶରାଘାତ କୃଷ୍ଣଙ୍କ ଠାରୁ ସେ ଆଉ କୌଣସି ପ୍ରକାର ସାହାର୍ଯ୍ୟ ପାଇବାର ସମ୍ଭାବନା ଆଦୌ ନଥିଲା । ଏହି କାରଣରୁ ନା ଅନ୍ୟ କିଛିଆଶଙ୍କା ଥିଲା । ଜଣେ ସଂପୂର୍ଣ୍ଣ ଅପରିଚିତ ଦୈବାତ୍ କୌଣସି ପ୍ରକାର ଦୁର୍ଦ୍ଦଶାଗ୍ରସ୍ତ ହେଲେ ତା'ଠାରୁ କିଛି ପ୍ରାପ୍ତି ଆଶା ନରଖ୍ ଅଚିହ୍ନା ଲୋକମାନେ ସ୍ୱତଃପୂତଃ ଭାବେ ସେ ଅଜଣା ଲୋକଟିର ସେବା କରି ଥାଆନ୍ତି ଓ ଯତ୍ନ ନେଇ ଥାଆନ୍ତି । ଏଠି କୃଷ୍ଣ ତାଙ୍କର ଅତି ନିବିଡ଼ ପରିଚିତ । ଏକାନ୍ତ ଘନିଷ୍ଠ ପ୍ରାଣର ସଖାକୁ ତାଙ୍କୁ ଟିକେ କୋଳାଗ୍ରତ କରି ଦେହର ପରଶ ଦେବା ପାଇଁ ବିନୀତ ଭାବରେ ବ୍ୟାକୁଳତାର ସହିତ ଆକୁଳ କଣ୍ଠରେ ଅନୁରୋଧ କରିଥିଲେ । ତାଙ୍କୁ ଅର୍ଜୁନ ନିଷ୍ଠୁର ଭାବରେ ଅତି ନିର୍ମମ ଅନ୍ତରରେ ପାଷାଣ ହୃଦୟକୁ ନେଇ ନିର୍ଦ୍ଦୟଙ୍କ ପରି ଅମଣିଷତ୍ୱର ପରିଚୟ ଦେଇ ପ୍ରତ୍ୟାଖ୍ୟାନ କରି ପାରିଲେ ସେ କଥା ଭାବିଲେ ଆଚମ୍ବିତ ହେବାକୁ ପଡ଼େ । କୃଷ୍ଣଙ୍କ କଥା ରଖ୍ ଅର୍ଜୁନ ତାଙ୍କୁ କୋଳାଗ୍ରତ କରି ଅତି କୋମଳ ମଧୁର ବଚନରେ ଆଶ୍ୱାସନା ଦେଇଥିଲେ ଅର୍ଜୁନଙ୍କ ମହନୀୟତା ପ୍ରକାଶ ପାଇ ଥାଆନ୍ତା । କିନ୍ତୁ ତାହା ନକରି ସେ ନିଜର ଅମାନବିକତା ଓ ସମ୍ବେଦନ ହୀନତା ଏବଂ ନିର୍ଦ୍ଦୟ, ନିଷ୍ଠୁର, ନିର୍ମମତାର ପ୍ରମାଣ ଦେଇଗଲେ । କୃଷ୍ଣକୁ ଛୁଇଁବା ଦ୍ୱାରା ଅର୍ଜୁନଙ୍କର ଯେଉଁ କ୍ଷତି ହେବାର ଆଶଙ୍କା ଥିଲା (ଯୁଧିଷ୍ଠିରଙ୍କ ଉପଦେଶ ଅନୁଯାୟୀ) ତାଙ୍କୁ ସ୍ପର୍ଶ ନକରି ସୁଦ୍ଧା ସିଏ ସେହି ଦୁର୍ଗତିର (ଅସୁବିଧାର) କ୍ଷତିର ସମ୍ମୁଖୀନ ହୋଇନଥିଲେ କି ? ଯୁଧିଷ୍ଠିରଙ୍କ ଆଦେଶ ହେଉ ଅବା ସହଦେବଙ୍କ ପରାମର୍ଶ ହେଉ ଯାହା ଦ୍ୱାରା ପ୍ରଭାବିତ ହୋଇ କୃଷ୍ଣଙ୍କୁ ଅର୍ଜୁନ ନଛୁଇଁବା ଯୋଗୁ କେବଳ ଯୁଗ ଯୁଗ ଲାଗି ନିଜକୁ ଜଣେ ବେଇମାନର ପରିଚୟ ଦେଇଗଲେ । ଯେଉଁ ଲୋକ ଅପଣାର ସ୍ୱାର୍ଥ ହାସଲ ସମୟରେ ଏକାନ୍ତ ଅନୁଗତ ରହିଥିଲା । ସେ ଯେ ସ୍ୱାର୍ଥ ହାନିର ଆଶଙ୍କାରେ କୃତଘ୍ନ ହୋଇପାରେ । ତା'ର ପ୍ରକୃତ ଜ୍ୱଳନ୍ତ ଉଦାହରଣ ହେଉଛନ୍ତି ମହାଭାରତର ଶ୍ରେଷ୍ଠ ଧନୁର୍ଦ୍ଧର ଆଉ ଆର୍ଯ୍ୟାବର୍ତ୍ତର ସୁଦକ୍ଷ, ପ୍ରବିଣ, ବିଚକ୍ଷଣ, ଅତି ନିପୁଣ ଅପରାଜେୟ ଯୋଦ୍ଧା ଅର୍ଜୁନ ।

ସାତଶହ ଏକ ଶ୍ଳୋକର ସରଳାର୍ଥର ଆଲୋଚନା ଓ ଅଷ୍ଟାଦଶ ଯୋଗର ପ୍ରାଞ୍ଜଳ ବ୍ୟାଖ୍ୟାରୁ ଯଦି ଅର୍ଜୁନଙ୍କ ଭଳି ତତ୍ତ୍ୱଦର୍ଶୀ, ଦିବ୍ୟ ଚେତନା ଯୁକ୍ତ ଜ୍ଞାନୀ ତଥା ବିଜ୍ଞ, ସମର୍ଥ, ସ୍ଥିତପ୍ରଜ୍ଞ, ସ୍ଥିରଧୀଶକ୍ତି ବୁଦ୍ଧି ସଂପନ୍ନ, ବିଚକ୍ଷଣ, ନିପୁଣ, ଦୂରଦୃଷ୍ଟି ଥିବା ବ୍ୟକ୍ତି କିଛି ମାତ୍ର ବୁଝିବାକୁ ଆଦୌ ସକ୍ଷମ ହୋଇପାରି ନଥିଲେ । ତେବେ ସେପରି କ୍ଷେତ୍ରରେ ତୁମେ ପ୍ରଥମାଷ୍ଟମୀ ଘଡ଼ି ଭିଡ଼ ଭିତରେ ଗ୍ରାହକମାନଙ୍କୁ ଲୁଗା ବିକିବାରେ ବ୍ୟସ୍ତ ରହି ମୋ ଠାରୁ ଦି, ଚାରିପଦ କଥା ଶୁଣି ତାକୁ ତୁମେ ଏତେ ସହଜରେ ବୁଝିଗଲ କିପରି ? ନା; ଏ ଦୁନିଆରେ ପ୍ରକୃତରେ କେହି କାହାରି କୌଣସି ପ୍ରକାର କଥାର ସାରମର୍ମ ଆଦୌ ବୁଝି ପାରିନଥାଆନ୍ତି କିୟା ବୁଝିବାକୁ ସାମାନ୍ୟତମ ଉଦ୍ୟମ, ଚେଷ୍ଟା କିୟା ଯତ୍ନ ମଧ୍ୟ କରନ୍ତି ନାହିଁ । ଯେପରି କୃଷ୍ଣଙ୍କ କଥା ଅର୍ଜୁନ ଜମା ବୁଝି ପାରିନଥିଲେ । ସେମିତି ତୁମେ ମୋ କଥା

ମୋତେ ବୁଝିନାହିଁ । ଆଉ ଆମ ସମାଜ ମଧ ସେ କଥାର ମହତ୍ୱ ଆଦୌ ବୁଝିପାରିନି କିମ୍ବା ପାରିବ ନାହିଁ ସୁଦ୍ଧା । ସମାଜ ଯଦି ପ୍ରକୃତ କଥା ବୁଝିପାରି ଥାଆନ୍ତା । ତେବେ ଯାହାଙ୍କ ନେତୃତ୍ୱରେ ଆମେ ସ୍ୱାଧୀନତା ହାସଲ କରି ସ୍ୱଚ୍ଛନ୍ଦରେ ବଞ୍ଚିବା (ଜୀବନ ଅତିବାହିତ) ଲାଗି ସମର୍ଥ ହେଉଛନ୍ତି । ତାଙ୍କ ଉପଦେଶକୁ ମାନୁ ନାହାନ୍ତି କାହିଁକି ? ତାଙ୍କ କଥା ରଖିବାକୁ ପଛାଉଛନ୍ତି କ'ଣ ପାଇଁ ? ତାଙ୍କ ନିର୍ଦ୍ଦେଶ ପାଳନ କରିବାକୁ ଏତେ କୁଣ୍ଠିତ କେଉଁଥିଲାଗି । କେଉଁ କାରଣରୁ ତାଙ୍କ ପ୍ରଦର୍ଶିତ ମାର୍ଗରେ ଚାଲିବାକୁ ଆମେମାନେ ପଛଗୁଞ୍ଚା ଦେଉଛନ୍ତି । ଆମେ ସବୁ ଗାନ୍ଧିଜୀଙ୍କ କଥା ମାନି ଜାତିପ୍ରଥାକୁ ଭୁଲି ଏ ଝିଅଟିକୁ ବୋହୂ କରି ନେବାକୁ ତୁମେ କିମ୍ବା ମୁଁ ଏପରିକି କେହିବି ଅମଙ୍ଗ ହୁଅନ୍ତେ ନାହିଁ । ଏମିତି ପିଲାଟିକୁ ବୋହୂ କରି ନେଲେ ପ୍ରକୃତରେ ଆମର, ଆମର ଏହି ଦୁନିଆର, ଆମେ ରହୁଥିବା ସମାଜର କିମ୍ବା ଆମେମାନେ ବସବାସ କରୁଥିବା ସଂସାରର କିଛି କ୍ଷତି ହୁଅନ୍ତା ନାହିଁ । ସୃଷ୍ଟି ଆରମ୍ଭରୁ ଜାତି ପ୍ରଥା ନଥିଲା । ଜାତିପ୍ରଥା ଆମ ପୂର୍ବ ପୁରୁଷଙ୍କ ଦ୍ୱାରା ସୃଷ୍ଟି କରାଯାଇଛି । ସମାଜ ଓ ସଂସାର ଉପରେ ନିଜର ହୁକୁମାତି ଜାହିର କରି ଆପଣା ଆଧ୍ୟପତ୍ୟ ବିସ୍ତାର ପୂର୍ବକ ସମାଜକୁ ନିଜ ନିୟନ୍ତ୍ରଣରେ ରଖି ଆପଣା ପତିଆରା ପ୍ରତିଷ୍ଠା କରିବାକୁ ଯାଇ ଦୁନିଆରେ ନିଜକୁ ବଡ଼ପଣ୍ଡା ବୋଲାଉଥିବା କେତେକ ନ୍ୟସ୍ତ ସ୍ୱାର୍ଥପର ଗୋଷ୍ଠୀଙ୍କ ଦ୍ୱାରା ଜାତିପ୍ରଥା ସ୍ଥିରିକୃତ କରାଯାଇ ଜାତିଆଣ ଭେଦଭାବ ସୃଷ୍ଟି କରାଯାଇଛି ।

ସେହି ଗ୍ରାହକଙ୍କ ଯୁକ୍ତି ଶୁଣି ଦୋକାନ ମାଲିକ ଗ୍ରାହକମାନଙ୍କୁ ଲୁଗା ଦେଖାଇବା ବନ୍ଦ କରି ଠିଆ ହେଲେ । କିଛି ସମୟ ନିରବ ରହି କହିଲେ, "ମୁଁ ଯଦି ଏ ଝିଅକୁ ଆମ ଘରକୁ ବୋହୂ କରି ନିଏ ସମାଜ ଏହାକୁ ଗ୍ରହଣ କରିବ ତ ?"

କାହିଁକି ଗ୍ରହଣ ନକରିବ ? ସମାଜ କ'ଣ ଏହା ପୂର୍ବରୁ ଏପରି ଘଟଣାକୁ ମାନି ନେଇନାହିଁ ନା ସଂସାର ଏହାକୁ ଗ୍ରହଣ କରିନି ? ଏକଥାତ କିଛି ନୂଆ ବିଷୟ ନୁହେଁ । ଏଭଳି ଘଟଣା ଅନେକ ପୂର୍ବରୁ ଆମ ସମାଜରେ ଆମ ପୂର୍ବପୁରୁଷମାନଙ୍କ ଦ୍ୱାରା ଘଟି ଯାଇଛି । ତାକୁ ତ ପୁଣି ଦୁନିଆ ଗ୍ରହଣ କରିଛି । ସମାଜ ମାନି ନେଇଛି । ସଂସାର ସ୍ୱୀକୃତି ଦେଇଛି । ସେତେବେଲେ ତ କେହି ଏପରି ଘଟଣା ବିରୋଧରେ ଆପତ୍ତି ଉଠାଇ ନାହାନ୍ତି । ଏବେ ଯାକୁ ବିରୋଧ କରିବେ କିମ୍ବା ଏହା ବିରୋଧରେ ଆପତ୍ତି ଉଠିବ ଅବା ପ୍ରତିବାଦ ସୃଷ୍ଟି ହେବ ବୋଲି କାହିଁକି ଭାବୁଛ ?

"ଏପରି ଘଟଣା ଆଗରୁ ଘଟିଛି ?" ସେ ଗ୍ରାହକଙ୍କ କଥା ଶୁଣି ଦୋକାନ ମାଲିକ ଆଶ୍ଚର୍ଯ୍ୟ ହୋଇ ପଚାରିଲା ।

"ହଁ ନନା, ମହାଭାରତରେ ପରା ଅଛି । କୈବର୍ତ୍ତ କନ୍ୟା ସତ୍ୟବତୀ ହସ୍ତିନାର ଚନ୍ଦ୍ରବଂଶୀୟ ରାଜା କ୍ଷତ୍ରିୟ ଶାନ୍ତନୁଙ୍କୁ ବିବାହ କରି ସୋମବଂଶର ରାଜ ବଧୂ ହୋଇ ପାରିଥିଲେ । କଳିଙ୍ଗର ସମ୍ରାଟ କେଉଟ ଘର ଝିଅ କାରୁବାକୀଙ୍କୁ ବିବାହ କରି ମହାରାଣୀର ମର୍ଯ୍ୟାଦା ପ୍ରଦାନ କରିଥିଲେ । ଆଉ ଆମେ ଯଦି ଯାକୁ ବୋହୂ କରି ନେଲେ ସେଥିରେ ଆମର ଭୁଲ ହୋଇଯିବ ବୋଲି କାହିଁକି ଭାବୁଛ ।"

ତାହାତ ରାଜା ରାଜୁଡ଼ାଙ୍କ କଥା ଥିଲା । ସେତେବେଲେ ରାଜାଙ୍କ କଥାକୁ ସମସ୍ତେ ମାନୁଥିଲେ ଏବଂ ମାନିବାକୁ ବାଧ୍ୟ ହେଉଥିଲେ ମଧ୍ୟ । ରାଜାଙ୍କ ହୁକୁମ ଅମାନ୍ୟ କରିବାର ସତ୍ ସାହସ କାହାରି ନଥିଲା । ସେଥିପାଇଁ ସେ କଥା ସବୁ ଚଲି ଯାଉଥିଲା । କିନ୍ତୁ ଆମେ ସବୁ ହେଲେ ସାଧାରଣ ମଣିଷ । ମଲି ମୁଣ୍ଡିଆ ଜନତା । ଖଟିଖିଆ ପଛୁଆବର୍ଗ ମେହନତି ଗୋଷ୍ଠୀ, ଆମ କଥା କିଏ କାହିଁକି ମାନିବାକୁ ବାଧ୍ୟ ହେବ ? ଦେଶ ବର୍ତ୍ତମାନ ସ୍ୱାଧୀନ, କାହା ଉପରେ କାହାରି ଅଧିକାର ନାହିଁ । ସ୍ୱାଧୀନ ଭାବରେ ମତବ୍ୟକ୍ତ କରିବାର ଅଧିକାର ସମସ୍ତଙ୍କର ରହିଛି । ଏ ଝିଅକୁ ବୋହୂ କରି ନେବାକୁ ମୋର ଷୋଲପଣ ଇଚ୍ଛା ଅଛି । ମାତ୍ର ମୁଁ ସାମାଜିକ ବାଛନ୍ଦକୁ ଭୟ କରୁଛି ।

ଦୋକାନମାଲିକଙ୍କ କଥାର ଉତ୍ତରରେ ସେ ଗ୍ରାହକ ଜଣକ ଯୁକ୍ତି ଦେଖାଇଥିଲେ । "ନନା ସେ କଥା ସବୁ ସିନା ରାଜା ରାଜୁଡ଼ା ଅମଲର କଥା । ତୁମେ ଏବେ ଘଟିଥିବା ଘଟଣାକୁ ଲକ୍ଷ କରୁନା । ଆମ ଦେଶର ପ୍ରଥମ ପ୍ରଧାନମନ୍ତ୍ରୀଙ୍କ କନ୍ୟାତ ପୁଣି ନୈଷ୍ଠିକ ବ୍ରାହ୍ମଣ ହୋଇ ବିଜାତି ମୁସଲମାନକୁ ବିବାହ କରିଥିଲେ । ପରେ ଦେଶର ପ୍ରଧାନମନ୍ତ୍ରୀ ହୋଇ ଦେଶବାସୀଙ୍କ ସମର୍ଥନ ହାସଲ କରିବାକୁ ସମର୍ଥ ହୋଇଥିଲେ । ଜାତିର ଜନକ ମହାମ୍ନା ଗାନ୍ଧୀ

ଜାତିରେ ପୁତୁଲି ବଣିଆ ଥିଲେ। ସ୍ୱାଧୀନ ଭାରତର ଶେଷ ବଡ଼ଲାଟ୍ ଚକ୍ରବର୍ତୀ ରାଜଗୋପାଲଚାରୀ ବ୍ରାହ୍ମଣ ହୋଇଥ ତାଙ୍କ ଝିଅକୁ ଗାନ୍ଧିଙ୍କ ପୁଅ ସହିତ ବାହା ଦେଇଥିଲେ। ଉକ୍କଳ ଗୌରବ ମଧୁବାବୁଙ୍କ ଝିଆରୀ ରମାଦେବୀଙ୍କ କନ୍ୟା ଅନ୍ନପୂର୍ଣ୍ଣା। ତ ପୁଣି କରଣ ଘରର ଝିଅ ହୋଇ ବଢ଼େଇ ଚନ୍ଦ୍ର ମୋହନ ମହାରଣାଙ୍କ ଘରକୁ ବେହୂ ହୋଇ ଯାଇଥିଲେ। ଆଉ ତୁମ ବେଲକୁ କାହିଁକି ଚଲିବନି ?"

ସେ ସବୁ ସତ କଥା ଯେ, ଗାନ୍ଧି, ନେହୁର, ମଧୁବାବୁମାନେ ହେଲେ ଖ୍ୟାତନାମା ଲୋକ ଓ ସମାଜର ପ୍ରତିଷ୍ଠିତ ବ୍ୟକ୍ତି ବିଶେଷ, ବଡ଼ ବଡ଼ିଆମାନଙ୍କୁ ବିରୋଧ କରିବାକୁ ସାଧାରଣ ଜନତା ସାହସ କରିବାପାରିବେ ନାହିଁ। କଥାରେ ନାହିଁ, ସ୍ୱର୍ଗକୁ ସିଡ଼ି ନାହିଁ କି ବଡ଼ ଲୋକଙ୍କୁ ଉତ୍ତର ନାହିଁ। ସେଥିପାଇଁ ସେମାନଙ୍କୁ ଏ ବାବଦରେ କିଛି କହିବାକୁ ଲୋକେ ଭରସି ପାରିଲେ ନାହିଁ। କିନ୍ତୁ ତମ କଥା ଆମ କଥା କ'ଣ ସେମାନଙ୍କ ସହିତ ସମାନ ହୋଇ ପାରିବ ?

"ନ ପାରିବ କାହିଁକି ? ନନା ସେ ପିଲା କୈବର୍ତ ଘରର ଝିଅ ପରି ଦିଶୁ ନାହିଁ, ନଜାଣିଲା ଲୋକ ତାକୁ ଦେଖିଲେ କୁଲୀନ ବ୍ରାହ୍ମଣ ପରିବାର କିମ୍ୱା ସମ୍ଭ୍ରାନ୍ତ କରଣ ଘରର ଝିଅ ବୋଲି ଭାବିବ। ତୁମର ଯଦି ପ୍ରକୃତରେ ୟାକୁ ବୋହୂ କରି ନେବାକୁ ଆନ୍ତରିକ ଇଚ୍ଛା ଅଛି ମାତ୍ର ତୁମେ ସମାଜକୁ ଭୟ କରୁଥାଅ, ଜାତିରୁ ବାଛନ୍ଦ ହେବାକୁ ଡରୁଛ। ତେବେ ତୁମର କୌଣସି ବନ୍ଧୁ ବାନ୍ଧବକୁ କୁହ ସେମାନେ ଏ ଝିଅକୁ ନେଇ ଜାତି କରି ତାଙ୍କ ଗୋତ୍ରରେ ପୂରାଇ, ତୁମ ଭାଇକୁ ବେଦୀ ଉପରେ ବସାଇ କନ୍ୟାଦାନ କରିଦେବେ। ସେପରି କଲେ ସାମାଜିକ ବାଛନ୍ଦର ଭୟ ଆଉ ରହିବ ନାହିଁ। କିମ୍ୱା ଜାତିଆଣ କଥା କେବେବି ଉଠିବନି।"

ତାଙ୍କ ଯୁକ୍ତି ଶୁଣି ଦୋକାନ ମାଲିକ ସେଠାରେ ଉପସ୍ଥିତ ଥିବା ସମସ୍ତ ଗ୍ରାହକମାନଙ୍କ ଆଡ଼କୁ ଅନାଇ ପଚାରିଲେ, "ଏମିତି କଲେ ଚଲିବତ ?"

ସେଠାରେ ଉପସ୍ଥିତ ଥିବା ସମସ୍ତ ଗ୍ରାହକମାନେ ଏକ ସଙ୍ଗେ ସମବେତ ସ୍ୱରରେ ଉତ୍ତର ଦେଲେ– "ନନା ଚଲାଇ ନେଲେ, କେଉଁ କଥା ଅଚଲ ରହିଛି ନା ରହିପାରିବ।"

ତା'ପରେ ଗ୍ରାହକମାନଙ୍କ ମଧରେ ଚାପା ଗଲାରେ କଥାବାର୍ତା ଚାଲିଲା। "ଏପରି ରୂପ ପାଇ ଯଦି ପିଲାଟି କେଉଟ ଘରେ ଜନ୍ମ ନେଲା, ତାହା ହେଲେ ତାକୁ ତା'ର ଦୁର୍ଭାଗ୍ୟ ବ୍ୟତୀତ ଆଉ କଣ କୁହାଯାଇ ପାରିବ ? ଏପରି ରୂପବତୀ କେବଳ କୁଲୀନ ବ୍ରାହ୍ମଣ ଘରେ କିମ୍ୱା ସମ୍ଭ୍ରାନ୍ତ କରଣ ପରିବାରରେ ଜନ୍ମ ହେବା କଥା। ଆଉ ସେହି ବ୍ରାହ୍ମଣ ଘରକୁ ହେଉ କିମ୍ୱା କରଣ ବଂଶକୁ ହେଉ ବୋହୂ ହେବାକୁ ସେ ପୂରା ମାତ୍ରାରେ ଯୋଗ୍ୟା। ବିଧାତାଙ୍କର ଇଯ୍ୟେ କି ବଚିତ୍ର ଲୀଳା। ଏପରି ରୂପସୀ ଝିଅଟିକୁ ଯାହା ଛୋଟ ଜାତି, ନିଚବର୍ଗ, ନିମ୍ନଗୋଷ୍ଠୀ ଦଲିତ କୈବର୍ତ ଘରେ ଜନ୍ମ ଦେଲେ ନା ?"

ଗ୍ରାହକମାନଙ୍କ ଆଲୋଚନାକୁ ଲକ୍ଷ୍ୟ କରି ଦୋକାନ ମାଲିକ କହିଲେ, "ସେ ସବୁ ସୃଷ୍ଟି କର୍ତାଙ୍କ ଇଚ୍ଛା। ମଣିଷ ହାତରେ କ'ଣ ଅଛି ?" ସେଥିପାଇଁ କୁହାଯାଇଛି, "ଦଇବ ଦଉଡ଼ି, ମଣିଷ ଗାଈ, ଯେଣିକି ଓଟାରି ତେଣିକି ଯାଇ।" ତେବେ ଆମେ କେବଳ ପରିସ୍ଥିତି ପାଇଁ ଅନୁତାପ କରିବା ହିଁ ସାର ହେବ।

ସମୟ କ୍ରମେ ମଧ୍ୟାହ୍ନ ଆଡ଼କୁ ଆଗେଇ ଯାଉଥାଏ। ମଧ୍ୟାହ୍ନ ଭୋଜନ ପାଇଁ ଘରକୁ ଫେରିବାକୁ ପଡ଼ିବ। ସେଥିପ୍ରତି ଦୃଷ୍ଟିରଖ୍ ଗ୍ରାହକମାନେ ଲୁଗା ବାଛିବାରେ ବ୍ୟସ୍ତ ରହିଲେ। ସତୀର ମଝିଆଁ ଭଉଣୀ ଦୁହେଁ ଦୋକାନ ମାଲିକ ଓ ଗ୍ରାହକମାନଙ୍କ କଥା ବର୍ତାରୁ ଢେର ଆନନ୍ଦ ପାଉଥିଲେ। ସେମାନଙ୍କୁ କେହି ପ୍ରଶଂସା ନକରୁ, ସେମାନଙ୍କ ବଡ଼ ଭଉଣୀକୁ ତ ପ୍ରଶଂସା କରି କଥା ହେଉଛନ୍ତି। ସେଥିରେ ସେମାନଙ୍କର ଖୁସି ହେବାର ନାହିଁ କି ? ତାଙ୍କ ଦେଇର ପ୍ରଶଂସା ଶୁଣି ସେ ଦୁଇ ଭଉଣୀ ଆନ୍ଦରେ ଗଦ୍‌ଗଦ୍ ହୋଇ ପଡ଼ୁଥିଲେ। ନିଜ ବଡ଼ ଭଉଣୀର ପ୍ରଶଂସା ଶୁଣି କେଉଁ ସାନ ଭଉଣୀ ଖୁସି ନହେବ ଯେ ସେମାନେ ଖୁସି ନହୋଇ ରହିପାରି ଥାଆନ୍ତେ।

ସତୀ କିନ୍ତୁ ନିରବରେ ବସିଥାଏ । ତା'ଦ୍ୱାରା ଲୁଗା ବାଛିବା ଆଉ ସମ୍ଭବ ନଥିଲା । ଯଦିବା ତାକୁ ନେଇ ଆଲୋଚନା ହେଉଥିଲା ଓ ତା' ପ୍ରଶଂସାରେ ସମସ୍ତେ ଶତମୁଖ ହୋଇପଡୁଥିଲେ । ସିଏ ସେଥିରେ ଯେତିକି ଆମ୍ ସନ୍ତୋଷ ଲାଭ କରୁଥିଲା (ପାଉଥିଲା) ତା'ଠାରୁ ଅଧିକ ଲାଜ ଅନୁଭବ କରୁଥିଲା । ଗୋଟିଏ କୁଆଁରୀ ଝିଅର ରୂପକୁ ତା' ଉପସ୍ଥିତିରେ ପ୍ରଶଂସା କରି ଯଦି ସମବେତ ଜନତା ଭାବ ପ୍ରବଣ ହୋଇ ଉଠନ୍ତି (ଯାଆନ୍ତି) ତେବେ ସମ୍ପୃକ୍ତା ଯୁବତୀଟି ଲଜ୍ଜାରେ ବୁଡ଼ି ମରିବା ହିଁ ସାର ହୋଇଥାଏ । ଅନ୍ୟମାନଙ୍କ ମୁହଁରୁ ନିଜ ରୂପର ପ୍ରଶଂସା ଶୁଣି ସତୀ ଲାଜ ଜରଜର ହୋଇ ସରମ ଝାଲରେ ଜୁଡ଼ୁବୁଡ଼ୁ ହୋଇଗଲାଣି । ସେ କେବଳ ତଳକୁ ମୁହଁ ପୋତି ନିରବରେ ବସି ରହିଥାଏ ।

ଏଣେ ସବିତା ଗର୍ବରେ ଫାଟିପଡ଼ୁଥାଆନ୍ତି । ପାଞ୍ଚଖଣ୍ଡ ଗାଁର ପଚିଶ ଜଣ ଯେତେବେଳେ ତାଙ୍କ ଝିଅ ରୂପର ପ୍ରଶଂସାରେ ସତମୁଖ ସେତେବେଳେ ତାଙ୍କୁ ଆଉ ସମ୍ଭାଳେ କିଏ । ସେ ତାଙ୍କ ଖୁସିକୁ ବାହାରେ ପ୍ରକାଶ କରିନପାରି ମନେ ମନେ ଖୁବ୍ ଆମ୍ସନ୍ତୋଷ ଲାଭ କରୁଥାଆନ୍ତି । ସେଠାରେ ଉପସ୍ଥିତ ଥିବା ସମସ୍ତ ଗ୍ରାହକମାନେ ତାଙ୍କ ସତୀକୁ ପସନ୍ଦ କଲେ । ଏମିତିକି ଦୋକାନ ମାଲିକ ମଧ୍ୟ ତାଙ୍କ ଝିଅକୁ ପସନ୍ଦ କରିଛନ୍ତି । କେବଳ ଜାତି ପାଇଁ ସେ ଇଚ୍ଛା କରୁଥିବା ତାଙ୍କ ଲକ୍ଷ୍ୟପଥରେ ଆଗେଇ ପାରୁନାହାଁନ୍ତି । ନହେଲେ ତାଙ୍କ ସାନ ଭାଇ ଲାଗି ସତୀକୁ ବୋହୂ କରି ନେବାକୁ ସେ ପୂରା ରାଜି ଅଛନ୍ତି । ସେ କଥା ମଧ୍ୟ ସେ ପ୍ରକାଶ କରି ସାରିଲେଣି । ନିଜ ପିଲାର ପ୍ରଶଂସା ପାଞ୍ଚ ଜଣଙ୍କ ମୁହଁରୁ ଶୁଣିଲେ କେଉଁ ଜନ୍ମଦାତ୍ରୀ ଖୁସି ନହେବ ଯେ । ସବିତା ନିଜ ଝିଅର ପ୍ରଶଂସା ଶୁଣି ଖୁସି ନହୋଇ କିପରି (ଚୁପ୍ ହୋଇ) ରହି ପାରି ଥାଆନ୍ତେ ?

ତାଙ୍କ ମନ ଭିତରେ ମୂଲରୁ ସତୀ ପାଇଁ ଅହଂକାର ଲୁକ୍କାଇତ (ଭାବରେ) ହୋଇ ରହିଥିଲା । ଏଠି ପାଞ୍ଚ ଖଣ୍ଡ ଗାଁରୁ ଆସିଥିବା ପଚିଶଜଣ ଯେତେବେଳେ ସତୀର ରୂପକୁ ପ୍ରଶଂସା କଲେ ଓ ତାଙ୍କ ଝିଅ ବ୍ରାହ୍ମଣ ଓ କରଣ ଘରର ଝିଅ ପରି ଦେଖାଯାଇଛି ବୋଲି ମତ ଦେଲେ । ଆହୁରି ମଧ୍ୟ ସିଏ ବ୍ରାହ୍ମଣ ଓ କରଣ ଭଳି ଉଚ୍ଚ ଜାତିର ଘରକୁ ବୋହୂ ହେବା ଲାଗି ଉପଯୁକ୍ତା ବୋଲି (କହିଲେ) ମତବ୍ୟକ୍ତ କଲେ । ସେତେବେଳେ ସବିତାଙ୍କ ଆନନ୍ଦ କହିଲେ ନସରେ । ମନର ଉତ୍ଫୁଲ୍ଲ ଭାବକୁ ଅନ୍ତର ଭିତରେ ଗୋପନ ରଖି ସେ ଖୁସିରେ ଫାଟି ପଡ଼ୁ ଥାଆନ୍ତି ।

ମଧାହ୍ନ ହେବାକୁ ଯାଉଥିବାରୁ ଦୋକାନ ମାଲିକ ଏବଂ ଗ୍ରାହକମାନେ ସେମାନଙ୍କ ଘରକୁ ଫେରିବାକୁ ବ୍ୟଗ୍ର ହୋଇ ଉଠୁଥାଆନ୍ତି । ମଧ୍ୟାହ୍ନ ଭୋଜନ ଠିକ୍ ସମୟରେ ନଖାଇ ପରିବା ଆଶଙ୍କାରେ ସେମାନେ ଚଞ୍ଚଳମନା ହୋଇ ଲୁଗା ବାଛିବାରେ ଲାଗିଗଲେ ।

❋

ସମୟ ବାରଟା, ବାରଟା ଗାଡ଼ି ଆସି ପହଞ୍ଚିଲା । ମାଲଦା ଛକ ବଜାରରୁ ଜିଲ୍ଲାର ସଦରମହକୁମାକୁ ପ୍ରତିଦିନ ପାଞ୍ଚ ଛଅ ଥର ଗାଡ଼ି ଯିବା ଆସିବା କରିଥାଏ । ସେହି କ୍ରମରେ ବାରଟା ଗାଡ଼ି ଆସି ଛକ ବଜାରରେ ପହଞ୍ଚିଲା । ଲୁଗା ଦୋକାନ ସାମ୍ନା, ଗାଁ ଭିତରୁ ଗ୍ରାମ୍ୟ ରାସ୍ତା ଆସି ମୁଖ୍ୟ ସଡ଼କ ସହିତ ମିଶିଥିବା ଛକରେ ଗାଡ଼ି ଅଟକିଲା । ଗାଡ଼ି ପୁଣି ଏହିଠାରୁ ଜିଲ୍ଲାର ସଦର ମହକୁମାକୁ ଫେରିଯିବ । ଗାଡ଼ି ବୁଲିବା ପୂର୍ବରୁ ଯାତ୍ରୀମାନଙ୍କୁ ଓହ୍ଲାଇ ଦେଲା । ଗ୍ରାହକମାନେ ଦୋକାନ ଭିତରେ ରହି ଲୁଗା ବାଛୁବାଛୁ ଗାଡ଼ିକୁ ଅଟକିବା ଦେଖି ରାସ୍ତା ଆଡ଼କୁ ଅନାଇ ଦେଲେ । ଗାଡ଼ି ରାସ୍ତା ଉପରେ ଠିଆ ହୋଇଥାଏ । ଯାତ୍ରୀମାନେ ଜଣକ ପରେ ଜଣେ କ୍ରମରେ ଗାଡ଼ିରୁ ଅବତରଣ କରୁ ଥାଆନ୍ତି ।

ଦୋକାନ ଭିତରେ ଥାଇ ଗ୍ରାହକମାନେ ରାସ୍ତାକୁ ଚାହିଁ ଥାଆନ୍ତି । କାଳେ ସେମାନଙ୍କ ଗାଁର କୌଣସି ଲୋକ ଓହ୍ଲାଇବେକି ? ଗାଡ଼ିର ଫାଟକ (ଦ୍ୱାର) ଦୋକାନର ଦ୍ୱାର ମୁହଁ ଆଡ଼କୁ ରହିଥିବାରୁ ଗାଡ଼ିରୁ ଓହ୍ଲାଇଥିବା ଯାତ୍ରୀମାନେ ଦୋକାନ ଭିତରେ ଥିବା

ଗ୍ରାହକମାନଙ୍କୁ ପରିଷ୍କାର ଦେଖାଯାଉଥାଆନ୍ତି । ଆସନ୍ତା ପହିଲିଦିନ ପ୍ରଥମାଷ୍ଟମୀ ପଡ଼ୁଥିବାରୁ ଅନେକ ପ୍ରବାସୀ ଘରକୁ ଫେରୁଥାଆନ୍ତି । କେହି କେହି ବସ ଯାତ୍ରୀ ଗାଡ଼ିରୁ ଓହ୍ଲାଇ ନିଜ ଗାଁର ଲୋକଙ୍କୁ ଦେଖି ସମ୍ଭାଷଣ ଜଣାଉ ଥାଆନ୍ତି । କେହିକେହି ମୁହଁରେ ସ୍ମିତ ହସ ହସି ପରିଚିତମାନଙ୍କ ସହିତ ନମସ୍କାର ଓ ପ୍ରତି ନମସ୍କା ଆଦାନ ପ୍ରଦାନ କରୁଥାନ୍ତି ।

ସେହି ଯାତ୍ରୀମାନଙ୍କ ମଧ୍ୟରୁ ଜଣେ ସୁଦର୍ଶନ ଯୁବକ ଗାଡ଼ିରୁ ଓହ୍ଲାଇବା ଦେଖି ସେଠାରେ ଥିବା ଗ୍ରାହକ ଓ ଦୋକାନ ମାଲିକ ତାଙ୍କ ଆଡ଼କୁ ଅନାଇଲେ । ଗୋଟିଏ ଚାପା ଗୁଞ୍ଜରଣ ଖେଳିଗଲା । ଅଧର ବାବୁ, ସାମନ୍ତରାୟ ଘର ପୁଅ । ଘରକୁ ଫେରିଲେ ।

ଅଧରବାବୁ କିଏ, ସବିତା କିମ୍ବା ସତୀର ଭଉଣୀମାନେ ଜାଣନ୍ତି ନାହିଁ । ସେମାନେ କେବଳ ଅନ୍ୟମାନଙ୍କ ସହ ରାସ୍ତା ଆଡ଼କୁ ଚାହିଁ ରହି ଯାତ୍ରୀମାନଙ୍କର ଗାଡ଼ିରୁ ଓହ୍ଲାଇବା ଦୃଶ୍ୟ ଦେଖୁଥିଲେ । ଅନ୍ୟମାନେ କୌଣସି ପରିଚିତ ଲୋକଙ୍କୁ ଦେଖି ମୁହଁରେ ହସରେଖା ଟାଣି ସମ୍ଭାଷଣ ଜଣାଉ ଥିଲାବେଳେ କେହି ଆଗନ୍ତୁକ ପରିଚିତ ଲୋକମାନଙ୍କ ସହିତ ନମସ୍କାର ଓ ପ୍ରତିନମସ୍କାର ବିନିମୟ ପରେ, "ଆରେ ଏତେ ଦିନ ପରେ ଆସିଛୁ ରହିବୁନା ଚାରି ଆଠଦିନ ର ଉତ୍ତରରେ ନାହିଁ । ଅଧିକ ଦିନ ଛୁଟି ମିଳିଲାନି" କିମ୍ବା ତେଣେ ଅଧିକ ଧନ୍ଦା ଅଛି । "ନତୁବା" କେତେ କାମ ବାକି ପଡ଼ିଛି "ଅଥବା" ମୋ ଉପରେ କେତେ ଦାଇତ୍ୱ ନ୍ୟସ୍ତ । ରହି ପାରିବି କେମିତି ? ଶୀଘ୍ର ଫେରିଯିବାକୁ ପଡ଼ିବ । କେବଳ ପ୍ରଥମାଷ୍ଟମୀ ସକାଶେ ଆସିବା କଥା । ଉତ୍ତରରେ କହୁଥିଲେ । ଏ ମା' ଝିଅ କେବଳ ନିରବରେ ବସି ଏମାନଙ୍କୁ ଦେଖୁଥିଲେ । ଅଧରଙ୍କ ନାଁ ଶୁଣି ତଳକୁ ମୁହଁ ପୋତି ବସିଥିବା ସତୀ, ମଧ୍ୟ ସେମାନଙ୍କ ସହିତ ରାସ୍ତା ଆଡ଼କୁ ଅନାଇଲା । ଅଧର ସେତେବେଳକୁ ଗାଡ଼ିରୁ ଓହ୍ଲାଇ ସାରିଥାଆନ୍ତି । ସେଠାରେ ଉପସ୍ଥିତ ଥିବା ଲୋକମାନେ ଯାହାକୁ ଅଧର ବାବୁ ବୋଲି କହିଲେ, ସବିତା ଓ ସତୀର ସାନ ଭଉଣୀ ଦିଜଣ ତାଙ୍କୁ ଅନାଇ ଦେଖିଲେ । ତୋଫା ଗୋରା ବର୍ଣ୍ଣର ଜଣେ ସୁଦର୍ଶନ ଯୁବକ । କଫିରଙ୍ଗର ପ୍ୟାଣ୍ଟ ସାଙ୍ଗକୁ ଫିକା ସବୁଜ ରଙ୍ଗର ଚେକ୍ ସାର୍ଟ ପିନ୍ଧିଥାଆନ୍ତି । ହାତରେ ଚମଡ଼ା ବ୍ୟାଗ୍, ପାଦରେ କଳା ବୁଟ । ବାମହାତର ମଣିବନ୍ଧ ଉପରକୁ କଳାଫିତା ଘଣ୍ଟା । ଡାହାଣ ହାତ ଆଙ୍ଗୁଳିରେ ନାଲି ପଥର ବସା ମୁଦି । ଗୋଲ ମୁହଁ, ମଥାରେ ଛୋଟ ଛୋଟ ଚୁଲ । ବାମପଟକୁ ସୁତାନି କାଟା ହୋଇ କୁଣ୍ଠା ଯାଇଛି । ମଧ୍ୟମ ସ୍ୱାସ୍ଥ୍ୟ, ଭାବ ଗମ୍ଭିର ସ୍ୱାଭାବ । ଗାଡ଼ିରୁ ଓହ୍ଲାଇ ଅଳ୍ପ ହସି ଦୋକାନ ମାଲିକଙ୍କ ସହିତ ନମସ୍କାର ବିନିମୟ ପରେ ତାଙ୍କ ଗାଁ ଭିତରୁ ଆସିଥିବା ରାସ୍ତା ଯେଉଁ ରାସ୍ତାଟି ସେହିଠି ମୁଖ୍ୟ ସଡ଼କ ସହିତ ମିଳିତ ହୋଇ ଛକଟିକୁ ସୃଷ୍ଟି କରିଛି । ସେହି ରାସ୍ତାରେ ସିଏ ଗାଁ ଆଡ଼କୁ ଗଲେ ।

ସତୀ ମଧ୍ୟ ଅନ୍ୟମାନଙ୍କ ସହିତ ଗାଁ ଭିତରକୁ ଯାଇଥିବା ରାସ୍ତାକୁ ଚାହିଁ ରହିଥାଏ । ଯେଉଁରାସ୍ତା ଦେଇ ଅଧର ତାଙ୍କ ଘରକୁ ଯାଉଥିଲେ । ସତୀ ସେତେବେଳେ ତା' ପାଖରେ ଥିବା ଲୋକମାନଙ୍କ ଉପସ୍ଥିତିକୁ ପୂରାପୂରି ଭୁଲି ଯାଇଥିଲା । ତା' ସମ୍ପନ୍ଦରେ କିଛି ସମୟ ପୂର୍ବରୁ ହୋଇଥିବା ଆଲୋଚନା କଥା ସେ ସଂପୂର୍ଣ୍ଣ ପାଶୋରି ଦେଲା । ଅନ୍ୟମାନଙ୍କ ସହିତ ସେ ରାସ୍ତା ଆଡ଼କୁ ଅନାଇ ରହିଥାଏ । ଇପ୍ସିତକୁ ଦେଖିଲେ ମଣିଷ ପାରିପାଶ୍ୱିକ ପରିସ୍ଥିତିକୁ ପୂର୍ଣ୍ଣ ମାତ୍ରାରେ ଭୁଲିଯାଏ । ଯେପରି ସତୀ ତା' ନିକଟରେ ଥିବା ଅନ୍ୟମାନଙ୍କ ଉପସ୍ଥିତିକୁ ପାଶୋରି ଦେଇ ଅଧରଙ୍କୁ ଦେଖିବା ପାଇଁ ରାସ୍ତା ଆଡ଼କୁ ଅନାଇ ରହିଥିଲା । ସେ ଅଧରଙ୍କୁ ଭଲ ଭାବରେ ଚିହ୍ନିଛି । ବିଶେଷ କରି ତାଙ୍କ ପଛ ପଟରୁ ତାଙ୍କୁ ସେ ନିର୍ଭୁଲ ଭାବରେ ଚିହ୍ନି ପାରିବ । ଧବଳେଶ୍ୱରଙ୍କୁ ମନ୍ଦିରରେ ସେ ତାଙ୍କୁ ସାମ୍ନାସାମ୍ନି ଅନାଇ ପାରେନା । ତାଙ୍କୁ ଅନାଇବା ଦ୍ୱାରା ତାଙ୍କ ଆଖି ସହିତ ତା' ନିଜ ଆଖି ମିଶିଗଲେ ଲାଜରେ ସେ ମୁହଁ ତଳକୁ କରେ । କିନ୍ତୁ ସିଏ ମନ୍ଦିରରୁ ଫେରିଗଲା ବେଳେ ତାଙ୍କୁ ପଛପଟରୁ ଅନାଇ ଦେଖିବାରେ କିଛି ଅସୁବିଧା ନଥାଏ । ସେ ସମୟରେ ଅଧରଙ୍କ ଦୃଷ୍ଟି ତା' ଉପରେ ପଡ଼ିପାରେ ନାହିଁ । ସେ ତାଙ୍କୁ ଅନାଉଛି ବୋଲି ମଧ୍ୟ ଅଧର ଜାଣି ପାରନ୍ତି ନାହିଁ । ଏକୁଟିଆ ଅଧର କାହିଁକି ଯେକୌଣସି ବ୍ୟକ୍ତିଙ୍କୁ ତାଙ୍କ ପଛପଟରୁ ଅନାଇଲେ ସମ୍ପୃକ୍ତ ବ୍ୟକ୍ତି

ତାଙ୍କ ପଛପଟରୁ କେହି ଅନାଇ ଦେଖିବା କଥା ଆଦୌ ଜାଣିପାରନ୍ତି ନାହିଁ । ସେଥିଲାଗି ଲାଜ କିମ୍ବା ସଙ୍କୋଚ ତା ଦୃଷ୍ଟିକୁ ନତ କରି ପାରନ୍ତିନି । ସେ ରାସ୍ତାକୁ ଅନ୍ୟମାନଙ୍କ ପରି ଅନାଇ ରହିଥିଲା । ସିଏ ସେ ଆଡ଼କୁ ଅନାଇ ରହିଥିବା ବେଳେ ତା' ବୋଉ ଓ ଭଉଣୀମାନେ ତା' ପାଖରେ ଥିବାରୁ ତାକୁ ଭାରି ମାଡ଼ିମାଡ଼ି ପଡୁଥିଲା । ଛାତି ଧଡ଼ ଧଡ଼ କରୁଥିଲା । ଅନ୍ତରରେ ଛନକା ପଶିଯାଇଥିଲା । ହୃଦୟରେ ଆଶଙ୍କା ଉପୁଜୁଥିଲା କାଳେ ତାକୁ କେହି ଲକ୍ଷ୍ୟ କରୁଛନ୍ତି କି ? ମନରେ ଭୟ ହୋଇଥିଲା କାଳେ ସିଏ ଅଧରଙ୍କୁ ଅନାଇଲା ବେଳେ ଅନ୍ୟମାନଙ୍କ ପାଖରେ ଧରାପଡ଼ିଯିବ କି ? ସେଠି ସମବେତ ଥିବା ସମସ୍ତେ ଦେଖୁଥିବା ଲୋକଟିକୁ ଅନାଇ ରହିବାରେ ସେମିତି କିଛି ଅସୁବିଧା ନଥାଏ । ମାତ୍ର ନିଜର ତାଙ୍କ ପ୍ରତିଥିବା ଦୁର୍ବଳତା ହିଁ ତାକୁ ଦୁର୍ବଳ ମନା କରି ଶଙ୍କାଗ୍ରସ୍ତ କରିଦେଉଥିଲା । କାଳେ କେହି ତା' ଦୁର୍ବଳତାକୁ ଠଉରାଇ ନେଇ ପାରିବକି ? ତା' ଦୁର୍ବଳତାକୁ ଲକ୍ଷ୍ୟ କରି ଧରିନେବ କି ତା'ର ଗପ୍ଳଟିକୁ ? ତଥାପି ସେ ଲାଜ ସରମ, ସଙ୍କୋଚକୁ ତ୍ୟାଗ କରି ଥିଲେ ସୁଦ୍ଧା ଅନ୍ୟମାନଙ୍କ ପାଖରେ ବିଶେଷ କରି ତା' ନିକଟରେ ଉପସ୍ଥିତ ଥିବା ଲୋକମାନଙ୍କ ପାଖରେ ଧରାପଡ଼ିଯିବାର ଆଶଙ୍କା ମନରେ ଆଣି ଭୟାତୁର ପ୍ରାଣରେ ତା'ମନର ମଣିଷକୁ ଅନାଇ ରହିଥିଲା । ଯାହାଙ୍କ ଦେଖା ପାଇବା ପାଇଁ ସେ ଘରୁ ଆସିଲାବେଳେ ଧବଳେଶ୍ୱରଙ୍କୁ ଜୁହାର ହେବା ସମୟରେ ଜଣାଇଥିଲା । ସେଇଆଙ୍କୁ ମନଭରି ଦେଖୁଥିଲା ଅନ୍ୟମାନଙ୍କୁ ଲୁଚେଇ ଲୁଚେଇ । ଅଧର ଗାଁ ଭିତରକୁ ଯାଇ ଅଦୃଶ୍ୟ ହୋଇ ଆଉ ଦେଖା ନହେବା ପର୍ଯ୍ୟନ୍ତ ସତୀ ତାଙ୍କୁ ଅନାଇରହିଥିଲା ।

ବାରଟା ଗାଡ଼ି ଯାତ୍ରୀମାନଙ୍କୁ ଓହ୍ଲାଇ ଦେଇ ବୁଲିବା ପାଇଁ ଆଗକୁ ଚାଲିଗଲାଣି । ଗାଁ ଆଡୁ ଆସିଥିବା ରାସ୍ତାଟି ଦୋକାନ ସାନ୍ନାରେ ମୁଖ୍ୟ ସଡ଼କକୁ ଛୁଇଁଥିବାରୁ ଦୋକାନ ଭିତରେ ବସି ଅନାଇଲେ ସେହି ରାସ୍ତାଟି ପରିଷ୍କାର ଦେଖାଯାଏ । ଗାଡ଼ିରୁ ଓହ୍ଲାଇଥିବା କେତେକ ଯାତ୍ରୀମାନଙ୍କ ମଧ୍ୟରେ ସିଏ ସେ ରାସ୍ତାରେ ଯାଉଥାଆନ୍ତି । ଗାଡ଼ିରୁ ଓହ୍ଲାଇ ଥିବା ଯାତ୍ରୀମାନେ ପ୍ରାୟ ସମସ୍ତେ ଯେଜ଼ା ବାଟ ଧରି ଚାଲିଗଲେଣି । ଦୋକାନ ଭିତରେ ବସି ଲୁଗା ବାଛୁଥିବା ଗ୍ରାହକମାନଙ୍କ ମଧ୍ୟରେ ସେମାନଙ୍କ ବିଷୟରେ କିଛି ସମୟ ଧରି ଆଲୋଚନା ଚାଲିଲା । "ଏହି ଅଧରବାବୁ'ା ମାଧବାନନ୍ଦଙ୍କ ସାନ ପୁଅ, ସରକାରୀ ଚାକିରିରେ ନିଯୁକ୍ତି ପାଇ ରାଜଧାନୀରେ ରହୁଛନ୍ତି ।"

ଗ୍ରାହକମାନଙ୍କ ମଧ୍ୟରୁ ଯିଏ ଦୋକାନ ମାଲିକଙ୍କ ସହିତ ସତୀ ବିଷୟରେ ଆଲୋଚନା କରୁଥିଲେ ସିଏ ପଚାରିଲେ, "ନନା ଅଧରବାବୁଙ୍କ ବାହାଘର କେଉଁଠି ସ୍ଥିର ହେଲାଣି ?"

ଗରାଖମାନଙ୍କ ସହିତ ବ୍ୟସ୍ତ ଥିବା ଦୋକାନ ମାଲିକ ଉତ୍ତର ଦେଲେ, ନା କୌଣସି ଜାଗାରେ ସିଦ୍ଧାନ୍ତ ହୋଇନାହିଁ ।

"କାହିଁକି ? କ'ଣ ଭଲ ପ୍ରସ୍ତାବ ଆସୁନାହିଁ ?"

"କ'ଣ ହେଲା, ସରକାରୀ ଚାକିରିଆ ଲାଗି ପୁଣି ପ୍ରସ୍ତାବ ଅଭାବ ହେବ ? କେତେ ପ୍ରସ୍ତାବ ଆସୁଛି ତା'ର ହିସାବ ଅଛି ? ମୋଟା ଅଙ୍କର ଯୌତୁକ ଦେବା ସହିତ ବହୁତ ପ୍ରତିଷ୍ଠିତ ଘରମାନଙ୍କରୁ ପ୍ରସ୍ତାବ ସବୁ ଆସୁଛି । କେତେକ ମଧ୍ୟସ୍ଥଫା ଆମକୁ ତାଙ୍କ ଘର ଠିକଣା ପଚାରି ତାଙ୍କ ଘରକୁ ଯାଉଛନ୍ତି ।"

"ତେବେ କୌଣସି ଜାଗାରେ ପ୍ରସ୍ତାବ ଚୂଡ଼ାନ୍ତ ନହେବାର କାରଣ କ'ଣ ? କ'ଣ ଶିକ୍ଷିତା ପିଲା ମିଳୁ ନାହାଁନ୍ତି ? ନା' ପ୍ରସ୍ତାବମାନ ଆସୁଥିବା ଝିଅମାନେ ଦେଖିବାକୁ ରୂପସୀ ନୁହନ୍ତି ।"

"ସେଠି ପୁଣି ରୂପବତୀ ଆଉ ଶିକ୍ଷିତା ଝିଅଙ୍କ ପ୍ରସ୍ତାବ ଅଭାବ ରହିବ ? କେତେ ପୁରୁଣା ଖାନିଦାନି ଘର । କେତେ ବଡ଼ ଚାକିରି କରିଛନ୍ତି । ଦେଖିଲତ ପିଲାର କିମିତି ସୁନ୍ଦର ଚେହେରା ଅଛି । କେବଳ ଗୋଟିଏ ଅସୁବିଧା ହେଉଛି । ନିଜେ ଅଧରବାବୁ କୌଣସି ଜାଗାରେ ରାଜି ହେଉ ନାହାଁନ୍ତି ।"

"କାହିଁକି ? ସିଏ କ'ଣ କୌଣସି ଝିଅକୁ ଭଲ ପାଉଛନ୍ତି କି ?"

"ସେ କଥା କିଏ କହି ପାରିବ ? କିନ୍ତୁ ଯେତେ ପ୍ରସ୍ତାବ ଆସୁଛି । ସିଏ କୌଣସି ଜାଗାରେ ବାହା ହେବାକୁ ମଙ୍ଗ ନାହାଁନ୍ତି ।"

"ମନୋରମା ଝିଅ କ'ଣ ମିଳୁ ନଥିବେ ନା ? ସିଏ ନିଜେ ରାଜି ହେବା ଉପରେ ସବୁ କିଛି ନିର୍ଭର କରୁଛି ।"

ଯେଉଁ ଲୋକଟି ତାଙ୍କର କୌଣସି ବନ୍ଧୁ ବାନ୍ଧବଙ୍କ ଦ୍ୱାରା ସତୀକୁ ଗୋତ୍ରରେ ପୂରାଇ, ଦୋକାନ ମାଲିକଙ୍କୁ ତାଙ୍କ ସାନ ଭାଇ ସହିତ ବାହା କରାଇବାର ପ୍ରସ୍ତାବ ଦେଇଥିଲେ ସେ କହିଲେ, "ଅବଶ୍ୟ କଥାଟି ଟିକେ ଶୁଣିବାକୁ ଅଡୁଆ ଲାଗିବ । ମୋ ମନକୁ ଗୋଟେ ପ୍ରସ୍ତାବ ଆସୁଛି । ଯଦି କେହି କିଛି ନଭାବିବ ତେବେ ସେ ପ୍ରସ୍ତାବ କଥାଟିକୁ କହନ୍ତି ।"

ତାଙ୍କ କଥା ଶୁଣି ଦୋକାନ ମାଲିକ ଓ ସେଠାରେ ଉପସ୍ଥିତ ଥିବା ସମସ୍ତ ଗ୍ରାହକ, କେବଳ ସବିତା ଓ ତାଙ୍କ ଝିଅମାନଙ୍କୁ ଛାଡ଼ି ଏକ ସଙ୍ଗେ କହି ଉଠିଲେ "କିଏ କାହିଁକି ତୁମ କଥାକୁ ଖରାପ ଭାବିବ ? ତୁମେ ଯାହା କହିବାକୁ ଉଚ୍ଛା କରୁଛ ନିଃସଙ୍କୋଚରେ କୁହ ।"

ସିଏ ଅନ୍ୟମାନଙ୍କ ଠାରୁ କହିବାକୁ ଅନୁମତି ପାଇ ଆରମ୍ଭ କଲେ । ସତୀ ଆଡ଼କୁ ଇଙ୍ଗିତ କରି କହିଲେ । "ଯିଏ ଯାହା ଭାବୁନା କାହିଁକି ? ମୋ ମତରେ ଏଇ ଝିଅ ସହ ତାଙ୍କର ବାହା ଘର ହେଲେ ଖୁବ୍ ଭଲ ହୁଅନ୍ତା । ଦୁହେଁ ଦୁହିଁଙ୍କୁ ଭଲମାନନ୍ତେ । ଠିକ୍ ଈଶ୍ୱର-ପାର୍ବତୀଙ୍କ ପରି ଦିଶନ୍ତେ ।"

ତାଙ୍କ କଥା ଶୁଣି ଗ୍ରାହକମାନଙ୍କ ମଧ୍ୟରୁ ଜଣେ କହିଲେ, "ତୁମେ କାହା ସହିତ କାହାକୁ ସମାନ କରୁଛ ? କାହା ଲାଗି କାହାର ପ୍ରସ୍ତାବ ପକାଉଛ ? ରୂପା ତାଟିଆକୁ ଜାମୁକୋଲି । ସମାନ୍ତରାୟ ଘରକୁ ଏଇ କୌବର୍ତ ଝିଅ ? କେମିତି ସମ୍ଭବ ହେବ । ରୂପ ସିନା ମିଶି ଯାଉଛି । ସେ ପୁଅ ସାଜ୍ଜକୁ ଏଇଝିଅ ଠିକ୍ ମାନିବ । ଭାଇ ଭଉଣୀ ପରି ଦିଶିବେ । ହେଲେ ବଂଶ, ବୁନିଆଦି, ପରମ୍ପରା, ଖାନ୍ଦାନି ସେ ସବୁ କ'ଣ କୁଆଡ଼େ ଚାଲିଯିବ ? ଏ କୈବର୍ତ ଝିଅ ଜମିଦାର ଘର ବୋହୁ ହେବ ?"

ସେ ଗ୍ରାହକ ଜଣକ ଏକଥାର ଉତ୍ତରରେ କହିଲେ, "ବୁଝିଲ ଭାଇ, ଜମିଦାରୀ ଉଚ୍ଛେଦ ପରେ ଆଉ କାହିଁକି ଜମିଦାରୀ ପ୍ରଥା କଥା ଉଠାଉଛ ?"

"ଜମିଦାରୀ ସିନା ଚାଲିଗଲା, ସେ ବେଳର କ୍ଷମତା, ପ୍ରତିପତ୍ତି, ଧନ, ସମ୍ପତ୍ତି ଖାତିର ସବୁ ଲୋପ ପାଇଗଲା । ହେଲେ ବଂଶ ବୁନିଆଦି, ଖାନ୍ଦାନି, ସମ୍ଭ୍ରାନ୍ତ ପଣିଆ, ସେ ସବୁ କ'ଣ କୁଆଡ଼େ ପଳେଇ ଯିବ ? କର୍ପୂର ଉଡ଼ିଯାଇଛି ସତ, ହେଲେ କର୍ପୂର ବନ୍ଧା ହୋଇଥିବା କନାଟିତ ପଡ଼ିରହିଛି । ସେ କନା ଖଣ୍ଡକ କଣ କର୍ପୂରର ସ୍ମୃତିକୁ (ବାସ୍ନାକୁ) ଧରି ରଖିବାକୁ ଅକ୍ଷମ ହେବ ?"

ତୁମେ ଯେଉଁ ବଂଶ, ବୁନିଆଦି କଥା କହୁଛ, କୈବର୍ତ କନ୍ୟା ସତ୍ୟବତୀ ତ ହସ୍ତିନାର ରାଜା ଶାନ୍ତନୁଙ୍କୁ ବିବାହ କରି ସୋମବଂଶରେ ରାଜବଧୂର ମର୍ଯ୍ୟାଦା ପାଇଥିଲେ । କଳିଙ୍ଗ ରାଜା କେଉଟ ଘରଝିଅ କାରୁବାକିଙ୍କୁ ବିବାହ କରି ମହାରାଣୀ ରୂପେ ସ୍ୱୀକୃତି ଦେଇଥିଲେ । ସାମନ୍ତରାୟ ଘର କ'ଣ ସୋମବଂଶ ଅପେକ୍ଷା ବେଶୀ ଖାନଦାନ ନା ଏପିଲା ରାଜା ଶାନ୍ତନୁଙ୍କ ଠାରୁ ଅଧିକ ଯୋଗ୍ୟତା ସମ୍ପନ୍ନ । ତୁମ ଗାଁ ଜମିଦାର ଘର କଳିଙ୍ଗ ରାଜବଂଶ ଠାରୁ ବେଶୀ ବୁନିଆଦି କିୟା କଳିଙ୍ଗ ରାଜାଙ୍କ ଅପେକ୍ଷା ଏ ସାମନ୍ତରାୟ ଘର ପୁଅ ଅଧିକ ବିଖ୍ୟାତ ?

ପୂର୍ବ ଗ୍ରାହକ ଜଣକ ଉତ୍ତର ଦେଲେ, "ହେଲା ତୁମରି କଥା । ଶାନ୍ତନୁ ସତ୍ୟବତୀଙ୍କୁ ବିବାହ କରିଥିଲେ । କଳିଙ୍ଗ ସମ୍ରାଟ କେଉଟ ଘର ଝିଅକୁ ଅର୍ଦ୍ଧାଙ୍ଗିନୀ ଭାବେ ସ୍ୱୀକାର କରିଥିଲେ । ଚଣ୍ଡାଳ କନ୍ୟା ଅରୁନ୍ଧତୀଙ୍କୁ ପତ୍ନୀର ମର୍ଯ୍ୟାଦା ପ୍ରଦାନ କରିଥିଲେ ବ୍ରହ୍ମର୍ଷି ବଶିଷ୍ଠ । ଋଷି ଆଶ୍ରମରେ ପାଳିତା ଶକୁନ୍ତଳାଙ୍କୁ ରାଜା ଦୁଷ୍ମନ୍ତ ବିବାହ କରିଥିଲେ । ଶକୁନ୍ତଳା କେଉଁ ଜାତିର ତାହା କିଏ ଠିକ୍ କରି କହି ପାରିବ ? ମାତ୍ର ସେ ତ ସବୁ ରାଜା ରାଜୁଡ଼ାଙ୍କ କଥା । ମୁନି, ଋଷିଙ୍କ ଘଟଣା । ବଡ଼ ବଡ଼ିଆଙ୍କ କଳା କର୍ମମାନ । ରାଜା ଯାହାବି କଲେ ସେ ଯୁଗରରେ ପ୍ରଜାମାନେ ବିନା ଆପତ୍ତିରେ ତାକୁ ମାନି ନେଉଥିଲେ । ସମାଜ ସେ କଥାର କୌଣସି ପ୍ରତିବାଦ ନକରି ଗ୍ରହଣ କରି ନେଉଥିଲା । ସଂସାର ସେପରି ନୀତି ବିରୋଧରେ

କିଛି ଅଭିଯୋଗ ନଆଣି ତାକୁ ସ୍ୱୀକାର କରି ନେଇଛି । ଦୁନିଆ ତା' ବିପକ୍ଷରେ ସ୍ୱର ଉତ୍ତୋଳନ ନକରି ନିରବ ରହିଛି । କିନ୍ତୁ ବର୍ତ୍ତମାନ ତୁମେ ଯାହା କରିବ ଜନସାଧାରଣ ତାହା ସହଜରେ ଗ୍ରହଣ କରିନେବେ କି ? ସାମାଜିକ ବାଚ୍ଛନ୍ଦ ତ ପୁଣି ଅଛି ?"

"ଶୁଣ ଭାଇ; ମୁଁ ସେ ବଂଶ ବୁନିଆଦି କଥା ଉଠାଉ ନାହିଁ । ଦେଖିଲି ସାମନ୍ତରାୟ ଘର ପୁଅ ଗାଡ଼ିରୁ ଓହ୍ଲାଇଲେ । ତାଙ୍କୁ ଦେଖି, ତାଙ୍କ ସହିତ ଖାପ ଖାଇଲା ଭଳି ଝିଅଟିଏ କଥା କହିଲି । ରୂପରେ ଦୁହେଁ ଦୁହିଁକୁ ବେଶ୍ ମାନିବେ । ଶିବ-ପାର୍ବତୀଙ୍କ ପରି ଦିଶିବେ । ଆଉ ତୁମେ ଯେଉଁ କଥା କହୁଛ । ଜାତିପ୍ରଥା ଆଉ ଅଛିନା ? କିଏ ଆଉ ଏବେ ଆଗ ପରି ସେ କଥାକୁ ମାନୁଛି ଯେ, ତୁମେ ଜାତିଆଣ କଥା ଉଠାଉଛ । ଯେଉଁଠି ମନ ବୁଝିଲା । ଯାହାକୁ ମନ ଘେନିଲା । ମନ ଯେଭଳି ମାନିଲା । ମନ ମିଶିଗଲା ଯେଉଁଠି, ଦୁଇ ପକ୍ଷରେ ମନସ୍ତ୍ୱ ଯେଉଁଠି ଏକ ହୋଇଗଲା । ସେଠି ଜାତିଫାତି କିଛି ନାହିଁ । ବଂଶ ବୁନିଆଦି ଏଇନେ ପୂର୍ବଭଳି ଆଉ କେହି ଖୋଜୁ ନାହାଁନ୍ତି । ମୋଟା ଅଙ୍କର ଯୌତୁକ ପାଇଲେ ଉଚ୍ଚ ବଂଶର ଲୋକମାନେ ନିମ୍ନ ବଂଶରେ ବନ୍ଧୁ ବାନ୍ଧିବାକୁ ପଛାଉ ନାହାଁନ୍ତି । ଅନ୍ୟାନ୍ୟ ସୁବିଧା ଥିଲେ ଲୋକେ ଖାନଦାନୀ, ସମ୍ଭ୍ରାନ୍ତ ପଣିଆକୁ ଅନାଉ ନାହାଁନ୍ତି । ଆଗକୁ ସୁଯୋଗ ମିଳିବାର ସମ୍ଭାବନା ଦେଖିଲେ ଲୋକେ ପରମ୍ପରାକୁ ଭୁଲି ଯାଉଛନ୍ତି । ସେ ପୁଅକୁ ଏଇ ଝିଅ ବେଶ ମାନିବ । ମୁଁ ଉଭୟଙ୍କୁ ଦେଖିଲି । ମୋ ନିଜସ୍ୱ ମତ ଦେଲି । ମୋ ନିଜର ବ୍ୟକ୍ତିଗତ କଥା କହିଲି । ସେଠି ବଂଶ, ବୁନିଆଦି, ଜାତି, ଗୋତ୍ର, କ୍ଷମତା, ଖାତିର, ପ୍ରତିପତ୍ତି, ଧନ, ସଂପତ୍ତି, ଉଚ୍ଚ, ନୀଚ, ଶିକ୍ଷା, ଦୀକ୍ଷା, ମାନ, ସମ୍ମାନ କଥା କାହିଁକି ଉଠାଉଛ ।"

ସେମାନଙ୍କ ଆଲୋଚନା ଶୁଣି ସବିତା ଓ ସତୀର ସାନ ଭଉଣୀ ଦୁହେଁ ଖୁସି ହୋଇ ଯାଉଥିଲେ । ସବିତା ତ ସହଜେ ସତୀକୁ ତାଙ୍କ ଅନ୍ୟ ପିଲାମାନଙ୍କ ଠାରୁ ଅଧିକ ଶ୍ରଦ୍ଧା କରନ୍ତି । ସେ ସତୀର ପ୍ରଶଂସା ଶୁଣି ମନେ ମନେ ଖୁସିରେ ଫାଟି ପଡୁଥାଆନ୍ତି । ଯାହା ହେଲେ ତାଙ୍କ କାନ ଆଜି କ'ଣ ନଶୁଣିଲା । ତାଙ୍କ ସତୀର ଜମିଦାର ଘର ବୋହୂ ହେବାର ଯୋଗ୍ୟତା ଅଛି । ଏହା କ'ଣ କମ୍ ସମ୍ମାନର କଥା । ଏଥିରେ ତାଙ୍କର ଗୌରବ ବଢ଼ିଗଲା କାହିଁରେ କ'ଣ । ତାଙ୍କ ଝିଅକୁ ଦେଖି ପାଞ୍ଚ ଖଣ୍ଡ ଗାଁର ପଚିଶ ଜଣ ଯେତେବେଳେ କହିଲେ– ସତୀ ଜମିଦାର ଘରର ବୋହୂ ହୋଇ ପାରିବ ଓ ସେ ଜମିଦାର ଘରର ଉଚ୍ଚଶିକ୍ଷିତ ପୁଅ ପାଇଁ ଉପଯୁକ୍ତା । କେବଳ ଜାତି ପାଇଁ ଅସୁବିଧା ରହିଛି । ଏଥିରେ କେଉଁ ଜନ୍ମ ଦାତ୍ରୀ ଖୁସି ନହେବ । କେଉଁ ଜନମ କଲା ମାର ଛାତି ଅହଂକାରରେ ଫାଟି ନପଡ଼ିବ ? ସେ ଗର୍ବିତ ଆଖିରେ ଥରେ ସତୀ ଆଡ଼କୁ ଆଉ ଥରେ ଗ୍ରାହକମାନଙ୍କ ଆଡ଼କୁ ଚାହୁଁ ଥାଆନ୍ତି । ସେ ତାଙ୍କ ଗାଁର ମାମଲତକାର ପରମାନନ୍ଦ ରାଉତଙ୍କ ଠାରୁ ଶୁଣିଥିଲେ । ଆମ ଓଡ଼ିଶାର ପଡ଼ୋଶୀ ରାଜ୍ୟ ଆନ୍ଧ୍ରପ୍ରଦେଶର ରାଜଧାନୀ ହାଇଦ୍ରାବାଦ୍ ଓ ତା'ର ନିକଟବର୍ତ୍ତୀ ସହର ସିକନ୍ଦରାବାଦ ସହର ଦୁଇଟି କେବେଠାରୁ (କେଉଁକାଳରୁ) ମିଶି ଯାଆନ୍ତାନି । କେବଳ ହୋସେନ ସାଗର ସେମାନଙ୍କୁ ପରସ୍ପର ଠାରୁ ପୃଥକ କରୁଛି । ମିଶିଯିବାକୁ ସୁଯୋଗ ଦେଉନି । ଆଉ ତାଙ୍କ ଗାଁର କେଉଟ ବସ୍ତି ଓ ବ୍ରାହ୍ମଣ ସାହି ଦୁଇଟି ମଝିରେ ଯେପରି ତାଙ୍କ ଗାଁ ମଝିନାଳ ବ୍ୟବଧାନ ସୃଷ୍ଟି କରୁଛି ସେମିତି । ସେହିପରି ସତୀ ଜମିଦାର ଘରକୁ ବୋହୂ ହୋଇ ଯିବାରେ ପ୍ରତିବନ୍ଧକ ହେଉଛି ଜାତିପ୍ରଥା । କେବଳ ଜାତିଆଣ ଭେଦଭାବ ସାମନ୍ତରାୟ ପୁଅ ସହିତ ତାଙ୍କ ଝିଅର ବାହାଘରରେ ବାଧକ ହେଉଛି ।

ସତୀର ସାନ ଭଉଣୀ ଦୁଇ ଜଣ ମଧ ଖୁସିରେ ବିଭୋର ହୋଇଯାଉଥାଆନ୍ତି । ଯେତେହେଲେ ସତୀ ତାଙ୍କ ବଡ଼ ଭଉଣୀ । ତାଙ୍କ ଦେଇର ପ୍ରଶଂସା ପଚିଶ ଜଣଙ୍କ ମୁହଁରେ । ସେମାନଙ୍କ ଆଲୋଚନାରୁ ସେ ଦୁହେଁ ବୁଝିଗଲେ । ତାଙ୍କ ଦେଇ ଯେପରି ରୂପ ପାଇଛି ସେ ବହୁତ ବଡ଼ ଘରକୁ ବୋହୂହୋଇ ଯାଇପାରିବ । ଏପରିକି ତାଙ୍କ ମୌଜାର ପୂର୍ବତନ ଜମିଦାରଙ୍କ ଘରକୁ ସୁଦ୍ଧା । କିନ୍ତୁ ପ୍ରତିବନ୍ଧକ ହେଉଛି ଜାତି । ଭଗବାନ କାହିଁକି ତାଙ୍କ ଦେଇ ପରି ଗୋଟିଏ ଅପୂର୍ବ ରୂପବତୀ ଲାବଣ୍ୟମୟୀ ଝିଅକୁ ଜାଣି ଜାଣି ଛୋଟ ଜାତିରେ ଜନ୍ମ ଦେଲେ । କାହିଁକି ତାକୁ ଉଚ୍ଚ କୁଳରେ ଜନ୍ମ ଦେଲେ

ନାହିଁ। ଧନୀ ଘରେ ଜନ୍ମ ନଦେଇ ତାଙ୍କ ପରି ଗୋଟିଏ ଗରିବ ଘରେ ଜନ୍ମ ଦେଲେ? ଯେଉଁଠି ତାଙ୍କ ଦେଇ ପାଇଁ ମନ ଲାଖି ପସନ୍ଦ ମୁତାବକ ଶାଡ଼ିଖଣ୍ଡେ କିଣିବାକୁ ତାଙ୍କ ଘରେ ସମ୍ବଳ ନାହିଁ। ଆଉ ଆୟ ଅଳଙ୍କାର କଥା ନକହିବା ବରଂ ଭଲ। ତାଙ୍କ ଦେଇର କାନ ଫାଙ୍କା। ବେକ ଫୁଙ୍ଗୁଲା, ହାତର ଆଙ୍ଗୁଳି ଖାଲି, ହାତରେ ଦିପଟ ପ୍ଲାଷ୍ଟିକ୍ କାଚ ପିନ୍ଧିଛି। ନାକରେ କେବଳ ଗୋଟିଏ ସୁନାର ନାଲି ପଥର ବସା ନାକ ଫୁଲ। ଯେଉଁଟିକୁ ତା' ଭାଇ ସୁବଳ ଘରଛିଆ (ଛପର ପାଲଟ କରିବା) ମଜୁରୀରୁ କିଣି ଦେଇଛି। ପାଦ ଦୁଇଟି ଅଲତା ପଟି (ପାଉଁଜି) ବିନା ଲଙ୍ଗଳା।

ସେମାନଙ୍କ ଆଲୋଚନା ଶୁଣି ସତୀ ଆତଙ୍କିତ ହୋଇପଡୁଥିଲା। ସେ ଆଶଙ୍କା କରୁଥିଲା ଅଧର ଗାଡ଼ିରୁ ଓହ୍ଲାଇଲା ବେଲେ, ତା' ରୂପର ଚର୍ଚ୍ଚା ପଚିଶ ଜଣଙ୍କ ମୁହଁରୁ ଶୁଣି ସେ ଲାଜରେ ମୁହଁ ପୋତି ତଳକୁ ଚାହିଁ ବସିଥିବା ସମୟରେ ଅଧରଙ୍କ ନାଁ ଶୁଣି ତାଙ୍କୁ ଦେଖିବାର ସୁଯୋଗ ପାଇବା ପାଇଁ ମୁହଁ ଟେକି ଆଖି ଉଠାଇ ରାସ୍ତା ଆଡ଼କୁ ଅନାଇଲା। କିଏବା ସୁଯୋଗକୁ ଏମିତି ହାତ ମୁଠାରେ ପାଇଁ ଜାଣିଜାଣି ଛାଡ଼ିଦେଇ ପାରିବ? ଅଧର ଗାଡ଼ିରୁ ଓହ୍ଲାଇବା ବେଳେ ଦୋକାନରେ ଉପସ୍ଥିତ ଥିବା ସମସ୍ତ ଲୋକ ତାଙ୍କୁ ଅନାଇ ଥିଲେ। ସେତେବେଳେ ସେ ଲାଜରେ ମୁହଁ ପୋତି ବସିଥିବା ଅବସ୍ଥାରେ ତାଙ୍କ ନାଁ ଶୁଣି ଦୋକାନରେ ଉପସ୍ଥିତ ଥିବା ସମସ୍ତ ଗ୍ରାହକମାନଙ୍କ ସହିତ ମୁହଁ ଉଠାଇ ତାଙ୍କ ଆଡ଼କୁ ଚାହିଁଥିଲା। ସେଥିରେ ତା'ର ଭୁଲ ରହିଲା କେଉଁଠି? ତେବେ ସେ କାହିଁକି ନିଜକୁ ଦୋଷୀ ବୋଲି ଭାବୁଛି? ସମସ୍ତେ ଯେଉଁ ଆଡ଼କୁ ଅନାଇଥିଲେ ସିଏ ନହେଲେ ସେଇ ଆଡ଼କୁ ଟିକେ ଚାହିଁଦେଲା। ସିଏ ତ ତାଙ୍କ ଦେଖା ପଇବା ପାଇଁ ମନେ ମନେ ଭଗବାନଙ୍କୁ ପ୍ରାର୍ଥନା କରି ଜଣାଇଥିଲା। ଘରୁ ଆସିଲା ବେଳେ ଧବଳେଶ୍ୱରଙ୍କୁ ଜୁହାର ହେବା ସମୟରେ ତାଙ୍କ ପାଖରେ ମଧ ଏହି ସମାନ ଗୁହାରି କରିଥିଲା। ତା' ମନଭାବ ବୁଝିପାରି ଈଶ୍ୱର ତାଙ୍କୁ ଆଣି ପହଞ୍ଚାଇ ଦେଲେ। ଏପରି ଅପୂର୍ବ ସୁଯୋଗକୁ କିଏ ବା ଏଡ଼ାଇ ଦେଇ ପାରିଥାନ୍ତା ଜାଣିଜାଣି? ସମସ୍ତଙ୍କ ସହିତ ରାସ୍ତାକୁ ଅନାଇ ରହିଥିଲା ବେଲେ ବୋଧେ ସେ ଲୋକ ଜଣକ ତାକୁ ଲକ୍ଷ୍ୟ କରିଥଲେ। ସେଥିପାଇଁ ଅଧରଙ୍କ ସହିତ ତା'ର ବିବାହ କଥା ସେ ଉଠାଇ ଥିଲେ।

ଅଧରଙ୍କୁ ସେ ଭଲପାଉଛି। ଏକଥା ସେ ଲୋକ ଜଣକ କେମିତି ଜାଣି ପାରିଲେ। ଅବିକଳ ତା' ମନ ଗହନରେ ସାଇତା ଅତି ଗୋପନ କଥାକୁ ସେ ସମସ୍ତଙ୍କ ଆଗରେ ପ୍ରକାଶ କରିଦେଲେ। ସିଏ କ'ଣ ଦିବ୍ୟ ଦ୍ରଷ୍ଟା ଯିଏ ଅନ୍ୟର ବାହାର ରୂପକୁ ଦେଖି ନିଜର ଜ୍ଞାନଚକ୍ଷୁ ବଳରେ ଅନ୍ୟର ଅନ୍ତର ଭିତରକୁ ଦେଖିପାରନ୍ତି। ଅନ୍ୟ ହୃଦୟର ଅବ୍ୟକ୍ତ କଥାକୁ ଜାଣି ପାରନ୍ତି। ଅନ୍ୟ ପ୍ରାଣର ଗୋପନ ବେଦନାକୁ ଶୁଣି ପାରନ୍ତି। କହି ଦେଇ ପାରନ୍ତି ଅନ୍ୟ ଆମ୍ଭର ଅକୁହା ଭାଷାକୁ। ତା' ବୋଉ ଓ ମଉଛିଆ ଭଉଣୀମାନେ ସମସ୍ତେ ଏଠି ଉପସ୍ଥିତ ଅଛନ୍ତି। ସେମାନେ ଏକଥା ଶୁଣି କ'ଣ ଭାବିଥିବେ? ସେ ତାଙ୍କୁ ଭଲ ପାଉଛି ବୋଲି ସେ ଲୋକଟି କିପରି ଅନୁମାନ କରିନେଲେ? କେମିତି ଠଉରାଇ ପାରିଲେ ଯେ ସତୀ ମନର ମଣିଷ ହେଉଛନ୍ତି ଜମିଦାର ଘର ସାନପୁଅ ଅଧରବାବୁ? ତା' ମନ ଭାବକୁ ସେ ଲୋକଟି କିପରି ଜାଣିପାରିଲା? ସେଇ କଥା ଚିନ୍ତା କରି ସତୀ ବ୍ୟସ୍ତ ହୋଇ ପଡୁଥାଏ। ଅଧରଙ୍କ ସହିତ ତା'ର ସମ୍ପର୍କ କଥା କେବଳ ସୁନି ଜାଣେ। ଆଉ କେହି ତୃତୀୟ ପକ୍ଷର ବ୍ୟକ୍ତି ସେ ସମ୍ପର୍କରେ ସୁରାକ ପାଇ ନଥିବେ। ଯଦିଓ ସୁନି ଠାକୁରବାବାଙ୍କୁ ସେ କଥା କହିଥିଲା। ସେ ତ ପୂରାପୂରି ସେ କଥାକୁ ପାଶୋରି ଦେଇଛନ୍ତି। ନହେଲେ ତାଙ୍କ ପୁଅ ପାଇଁ ତାକୁ ତାଙ୍କ ଘରକୁ ବୋହୂ କରି ନେବାକୁ କହିନଥାଆନ୍ତେ। ଯଦିବା ଜାଣିଥିବେ ତେବେ ସେ ହେଉଛନ୍ତି ଧବଳେଶ୍ୱର ମହାଦେବ। ସେ ଠାକୁର କ'ଣ ଏହି ଲୋକର କଣ୍ଠରେ ବିରାଜମାନ ହୋଇ ତା' ବୋଉ ଓ ଭଉଣୀମାନଙ୍କୁ ଜଣାଇ ଦେଲେ ଯେ, ସତୀ କେବଳ ଅଧରଙ୍କ ପାଇଁ। ଅନ୍ୟ କାହାରି ଲାଗି ସେ କେବେବି ନୁହେଁ। ହୋଇ ପାରିବ ନାହିଁ। ଏପରିକି ଦୋକାନ ମାଲିକଙ୍କ ସାନଭାଇ ଲାଗି ମଧ ନୁହେଁ।

ଏହିପରି ଭାବନାର ବଂଶବର୍ତ୍ତୀ ହୋଇ ସତୀ ବ୍ୟତିବ୍ୟସ୍ତ ହୋଇ ପଡ଼ୁଥାଏ । ତେଣେ ଗ୍ରାହକମାନେ ଲୁଗା ବାଛିବାରେ ଲାଗି ପଡ଼ିଥାଆନ୍ତି । ସତୀକୁ ତାଗିଦ୍ କରିବା ସ୍ୱରରେ ସବିତା କହିଲେ, "ଶୀଘ୍ର ଲୁଗା ବାଛିଦେ ଯିବା, ଡ଼େରି ହେଉଛି ।"

ତା'ର ଦୁଇ ଭଉଣୀ ବାଛିଥିବା ନାଲି ରଙ୍ଗର ଶାଢ଼ୀ ଓ ନେଳିଆ ଶାଢ଼ିଟି ସତୀର ହାତ ପାଖରେ ପଡ଼ିଥାଏ । ସତୀ ସେ ଆଡ଼କୁ ଆଉ ନଜର ନଦେଇ କେବଳ ନିରବରେ ବସି ଦୋକାନ ଭିତରେ ଟିକେ ଆଗରୁ ହୋଇଥିବା ଆଲୋଚନା କଥା ଭାବୁଥାଏ ।

ସବିତା ଭାରି ବ୍ୟସ୍ତ ହୋଇ ପଡ଼ୁଥାଆନ୍ତି । "ଶୀଘ୍ର ଲୁଗା ବାଛ । ଘରକୁ ଯିବା ଡ଼େରି ହେଉଛି । ସତୀକୁ ଚୁପ୍ଚାପ୍ ବସିଥିବାର ଦେଖି କହିଲେ, "ବାଛୁନୁ ବସିଛୁ କ'ଣ ?"

"ମୁଁ କ'ଣ ବାଛିବି ? ତୋ'ର ଯେଉଁଟାକୁ ମନ ହେଉଛି, ସେଇଟା ନେଇ ଚାଲ ।" ଉତ୍ତରରେ ସବିତାକୁ ସତୀ କହିଲା ।

"ମୋର ଇଚ୍ଛାରେ ମୁଁ ନେଇଯିବି, ତୋର ଯଦି ସେ ଶାଢ଼ିଟି ମନକୁ ନଯାଏ । ତେବେ ତୁ ଯାଇ ଘରେ କହିବୁ– ଏଇଟା ଭଲ ନୁହେଁ । ତୁ ସେ ଶାଢ଼ୀଟା ଆଣିଲୁନି ?"

"କେବେ କହିଛି ?"

"ନା କହିନୁ ଯେ, ମୁଁ ଯେତେବେଲେ ଯେଉଁଟା ନେଇଛି । ତୁ ବିନା ଆପଉିରେ ସେଇଟାକୁ ପିନ୍ଧିଛୁ । ତୁ ଆସି ନଥିଲା ବେଲେ ମୋ ମନକୁ ଯେଉଁଟା ଯାଏ । ମୁଁ ସେଇଟାକୁ ନେଇଯାଏ । ଆଜି ଯେତେବେଲେ ତୁ ଆସିଛୁ । ଦେଖି ପସନ୍ଦ କରୁନୁ । କେଉଁଟା ନେବୁ ?"

"ତୋତେ ଯେଉଁଟା ଭଲ ଲାଗୁଛି । ସେଇଟା ନେଇ ଚାଲ ।"

ସତୀ କଥା ଶୁଣି ସବତା ଶଙ୍କାଗ୍ରସ୍ତ ହୋଇ ପଡ଼ିଲେ । ତାକୁ ବୁଝାଇଲା ଭଲି କହିଲେ "ଲୁଗା ବାଛିବା ପାଇଁ ଆସିଥିଲୁ । ତୋର ପୁଣି କ'ଣ ହେଲା । ତୋତେ କିଏ କଣ କିଛି କହିଲେକି । ଲୁଗା ନବାଛି ତୁ ଏମିତି ମାନମାରି କଥା କହୁଛୁ କାହିଁକି ?"

ମା' ଝିଅଙ୍କ କଥା ଶୁଣି ସେଇ ଗ୍ରାହକ ଜଣକ ଯିଏ ସତୀ ରୂପର ପ୍ରଶଂସା କରୁଥିଲେ ଓ ଅଧରଙ୍କ ସହିତ ତା'ର ବିବାହ ପ୍ରସଙ୍ଗ ଉଠାଇଥିଲେ । ସିଏ ଗୋଟେ କଫି ରଙ୍ଗର ଶାଢ଼ି ସବିତାଙ୍କ ଆଡ଼କୁ ବଢ଼ାଇ ଦେଇ କହିଲେ, ଏଇ ଶାଢ଼ିଟିକୁ ନେଇଯାଅ । ସେ ଝିଅକୁ ଭଲ ମାନିବ । ତା' ବିଷୟରେ ଏଠି ଯେତେବେଲେ ଏତେ ଲୋକଙ୍କ ଭିତରେ ଏତେ କଥା ଆଲୋଚନା ହେଲା । ସିଏତ ନିଶ୍ଚିତ ସେ କଥା ଶୁଣି ସଙ୍କୋଚ ଅନୁଭବ କରୁଥିବ । ସେ ଆଉ ଶାଢ଼ି ବାଛିବ କ'ଣ ?

ସବିତା ସେ ଶାଢ଼ିଟିକୁ ସତୀକୁ ଦେଖାଇ କହିଲେ । "ଏଇଟା ତୋର ପସନ୍ଦ ହେଉଛିତ ?"

ସତୀ ତା ବୋଉ କଥାର ଉତ୍ତର ଦେବା ପୂର୍ବରୁ ସେ ଲୋକ ଜଣକ କହିଲେ । "ହଁ ମୋ କଥା ମାନ । ଏ ଶାଢ଼ିଟି ସେ ଝିଅକୁ ବେଶ ମାନିବ ।"

ସେ ଶାଢ଼ିଟିକୁ ସତୀର ମଝିଆଁ ଦୁଇ ଭଉଣୀ ମଧ୍ୟ ପସନ୍ଦ କଲେ । ସତୀ ସେ ଶାଢ଼ିଟିକୁ ନଦେଖି । ଯେଉଁ ଲୋକଟି ତା' ମନର ମଣିଷ ଅଧରଙ୍କ ସହିତ ତା'ର ବାହାଘର କଥା କହିଥିଲେ । ସେହି ଲୋକ ଜଣକ ପସନ୍ଦ କରିଥିବାରୁ ଓ ତା' ପ୍ରିୟ ପୁରୁଷ ଅଧର ଅଧିକାଂଶ ସମୟରେ କଫି ରଙ୍ଗର ପ୍ୟାଣ୍ଟ ପିନ୍ଧୁଥିବାରୁ ଏବଂ ପ୍ରେମିକା ମାନେ ତାଙ୍କ ପ୍ରିୟତମଙ୍କର ଅନୁଗାମିନୀ ହେବା ଉଚିତ ନ୍ୟାୟରେ ସେ ସେହି କଫି ରଙ୍ଗର ଶାଢ଼ିଟିକୁ ନେବା ପାଇଁ ସମ୍ମତ ହେଲା । ସେମାନେ ତାପରେ ଆଉ ବିଲମ୍ବ ନକରି ସେଇ ଶାଢ଼ି ରଙ୍ଗର ସାୟା ଓ ବ୍ଲାଉଜ ଏବଂ ମାଣବସା ଲାଗି ନାଲି କପଡ଼ା । ଟେ ଧରି ଘରକୁ ଫେରିବାକୁ ବାହାରିଲେ ।

ଫେରିବା ବାଟରେ ସବିତା ଛକ ବଜାରକୁ ଆସିବା ବେଳେ ଆଗରେ ଚାଲୁଥିଲା ପରି ଏଥରବି ଫେରିବା ସମୟରେ ସେହିପରି ଆଗେ ଆଗେ ଯାଉଥାଆନ୍ତି । ରାତି ପାହିଲେ ପ୍ରଥମାଷ୍ଟମୀ ପାଇଁ ଚୁନା କୁଟା, ଆଜି ବିରିବଟା, ଆଗତୁରା ବିରି ବାଟି ରଖିଲେ ପିଠା ଫୁଲିଥାଏ ଓ ନରମ ହୁଏ । ସେଥିପାଇଁ ଘରେ ତେଣେ ଅନେକ କାମ ବାକି ପଡ଼ିଛି । ସେବ ଲୁଗା ବ୍ୟାଗଟିକୁ ଧରିଥାଏ । ସେବ ଓ ସର ପାଖାପାଖି ସାଙ୍ଗ ହୋଇ ଚାଲିଥାଆନ୍ତି । ପଛରେ ଆସୁଥାଏ ସତୀ । ଘରକୁ ଫେରିବାବେଳେ ଛକ ବଜାର ପାରହେଲାପରେ କେନାଲ ପୋଲ (କଲଭେଟ) ପାଖରୁ ବାମପଟକୁ ଅଧରଙ୍କ ଗାଁପଡ଼େ । ରାସ୍ତାରେ ଚାଲୁଚାଲୁ ସତୀ ସେ ଗାଁକୁ ଚାହୁଁଥାଏ । ଡେଙ୍ଗାଡେଙ୍ଗ ପୁଷ୍ଟିଆ ଗଛ ଗୁଡ଼ିକ ଯେପରି ଆକାଶକୁ ଛୁଇଁବାକୁ ସେମାନଙ୍କ ମଧ୍ୟରେ ପ୍ରତିଯୋଗୀତା ଆରମ୍ଭ କରି ଦେଇ ଥାଆନ୍ତି । ଅବିକଳ ନିରକ୍ଷୀୟ ଅଞ୍ଚଳର ବିଷୁବ ମଣ୍ଡଳୀୟ ବୃକ୍ଷମାନଙ୍କ ପରି, ପୁଷ୍ଟିଆ ଗଛକୁ ଲାଗି ସିମୁଳି ଗଛ । ସବୁଥାରୁ ବେଶୀ ଉଚ୍ଚା । ତା' ପାଖକୁ ବାଉଁଶ ବୁଦା ବାଉଁଶ ବାଡ଼ି ଭିତରେ ବଡ଼ ଶିରୀଶ ଗଛ । ବାଉଁଶ ବାଡ଼ିକୁ ଲାଗି ଆମ୍ବ ତୋଟା । ତୋଟା ଭିତରେ ଖଲା । ବାଡ଼ବୁଜା ହୋଇ ଘେରାବନ୍ଦି ହୋଇଛି । ଘେରାବାଡ଼ି ଲାଗିଛି କେନାଲ ବନ୍ଧକୁ । ସେହି ବିରାଟ ଘେରା ହେଉଛି ସାମନ୍ତରାୟ ଘରର ବିଶାଳ ଖାନା ବାଡ଼ି । ସେ ଗାଁରୁ ଅଧାଅଧ୍ୟ ଖାନାବାଡ଼ି ତାଙ୍କର । ଗାଁର ପୂର୍ବ ପଟକୁ ତାଙ୍କର ଘର । ଯେଉଁଟି ମୁଖ୍ୟ ସଡ଼କ ଉପରକୁ ପରିଷ୍କାର ଦିଶେ । ସତୀ ଫେରିଲା ବେଳେ ଅନାଇ ଦେଖୁଥାଏ । ଅଧରଙ୍କ ଗାଁକୁ । ଯେଉଁ ଗାଁରେ ତାଙ୍କର ଜନ୍ମ । ପିଲାବେଳ ସିଏ ଯେଉଁ ଗାଁର ପାଣିପବନରେ କଟାଇଛନ୍ତି । ସେହି ଗାଁ ତା' ମନ ମଣିଷର ଗାଁ । ତା' ପ୍ରିୟ ପୁରୁଷର ଗାଁ । ଅଧରଙ୍କ ଜନ୍ମସ୍ଥାନ । ଅଧର ଯେଉଁଠି ତାଙ୍କ ବାଲ୍ୟ, ଶୈଶବ, କୈଶୋର ଓ ପୌଗଣ୍ଡ (ଆଦ୍ୟ ଯୌବନ) କଟାଇଛନ୍ତି । ସେହି ସୁଖଭରା ବିଗତ ଦିନର ସ୍ମୃତିକୁ ନିଜ ଭାବନାକୁ ଆଣି ସତୀ ଦେଖୁଥିଲା ତାଙ୍କ ଗାଁକୁ । ଅଧରଙ୍କ ଜନ୍ମ ସ୍ଥାନକୁ । ତା' ବୋଉ ଓ ଭଉଣୀମାନଙ୍କ ସହିତ ଛକ ବଜାରରୁ ଫେରୁଥିଲା ବେଳେ । ସଡ଼କ ଉପରେ ଥାଇ ସେ ଆଡ଼କୁ ଅନାଇ ରହି ।

ସତୀକୁ ଅଧର ଭଲ ଲାଗନ୍ତି । ଆଉ ସତୀକୁ ଭଲ ଲାଗେ ତାଙ୍କ ଗାଁ । ତାଙ୍କ ଘେରାବାଡ଼ି । ତାଙ୍କ ଆମ୍ବ ତୋଟା, ତାଙ୍କ ବାଉଁଶ ବୁଦା ଏବଂ ସେ ଗଛ ଛାଇ ତଳେ ଥିବା ତାଙ୍କ ଘର । ତାଙ୍କ ଜନ୍ମସ୍ଥାନ । ଯେଉଁଟିକୁ ସତୀ ଦେଖିପାରୁନଥିଲା । ଆଖିକୁ ସିନା ଦେଖାଯାଉନଥିଲା । ହେଲେ ସେ ତା ଭାବନା ବଳରେ କଳ୍ପନା ଦୃଷ୍ଟିରେ ଘରକୁ ଦେଖୁଥିଲା । ତା' ଦୃଷ୍ଟି ବାସ୍ତବରେ ସେଠାକୁ ପାଉନଥିଲା । ଭାବନାରେ ସେ ଅବଲୋକନ କରୁଥିଲା ତାଙ୍କ ଘରକୁ । ଆଉ ଅନୁମାନ କରୁଥିଲା । ଏମିତି ହୋଉଥିବ ତାଙ୍କ ଘର ସବୁ । ଦାଣ୍ଡ, ବାଡ଼ିପଟ, ଖଞ୍ଜାବନ୍ଦି ଘରର ଭାଆର, ପିଣ୍ଡା, ରୋଷେଇ ଘର, ଦାଣ୍ଡଘର । ଦାଣ୍ଡ ବାରଣ୍ଡା ଭିତର ଅଳିଙ୍ଗ ଯେଉଁଠି ବସାଉଠା ହେଉଥିବ । ଖାଇବା ଜାଗା, ବାହାର ଲୋକ ତଥା ବନ୍ଧୁ ବାନ୍ଧବଙ୍କ ରହିବା ସ୍ଥାନ, ଅଧରଙ୍କ ଶୋଇବା କୋଠରି ।

ଧନୀ ଲୋକର ପଦାର୍ଥ ବହୁଳ ଘରଗୁଡ଼ିକ । ପରିପୂର୍ଣ୍ଣ ହୋଇଥିବ ବିଭିନ୍ନ ପ୍ରକାରର ଜିନିଷରେ । ସମ୍ବ୍ରାନ୍ତ ଶ୍ରେଣୀୟ ବ୍ୟକ୍ତିମାନଙ୍କର ବାସଗୃହ ଗୁଡ଼ିକ ସଜା ହୋଇଥିବ ବିଭିନ୍ନ ରକମର ସରଞ୍ଜାମରେ । କିସମ କିସମ ଦ୍ରବ୍ୟରେ ପୂରିଥିବ କୋଠରିଟିମାନ । ତା' ଭିତରେ ବିଉଶାଳୀ ପରିବାରର କୋଳପୋଛା ଅଲିଅଲ ସାନ ପୁଅର ଶୟନ କକ୍ଷ । ସିଏତ ବଢ଼ିଥିବେ ଭାରି ଗେଲବସରରେ । ତାଙ୍କ ଶୋଇବା ଘରେ ନିର୍ଦ୍ଦିଷ୍ଟ ପଲଙ୍କ ପଡ଼ିଥିବ । ପଲଙ୍କ ଉପରେ ମୋଟା ଡବଲ ଗଦି । ତା' ଉପରକୁ ମଶାରୀ ଟଙ୍ଗା ହୋଇଥିବ । ମୁଣ୍ଡ ପାଖକୁ ତକିଆ । ଏଇନେ ତକିଆ ଥିବ ଗୋଟିଏ, ଯଦି କପାଳରେ ଥାଏ । ଭାଗ୍ୟଦେବୀ ସୁପ୍ରସନ୍ନ ହୁଅନ୍ତି ଆଉ ଈଶ୍ୱରଙ୍କ କୃପା ତା' ଉପରେ ରହେ । ଆଶୀର୍ବାଦ ଦିଅନ୍ତି ବିଶ୍ୱନିୟନ୍ତା ଭଗବାନ । ପରମେଶ୍ୱରଙ୍କ କଲ୍ୟାଣ ତା' ପ୍ରତି ରହେ । କର୍ମଫଳ ଶୁଭ ହୁଏ । ଜନ୍ମକୁଣ୍ଡଲିରେ ଲେଖା ହୋଇଥିବା ଜାତକ ଡାକୁଥାଏ । ତା' ଲାଗି ତାଙ୍କ ହାଣ୍ଡିରେ (ଭାତ ହାଣ୍ଡିରେ) ଚାଉଳ ପଡ଼ିଥାଏ । ତେବେ ସେ ତାଙ୍କ ଘରକୁ ବୋହୂ ହୋଇଗଲେ । ପଲଙ୍କ ଉପରେ ଦୁଇଟି ତକିଆ ଆବଶ୍ୟକ ହେବ । ତକିଆ ଉପରକୁ ଆଗପଟକୁ ଝରକା । ଝରକା କୁ ଲାଗି ଟେବୁଲ । ଟେବୁଲ

ପାଖରେ ଚେୟାର। ଅଧରଙ୍କ ପଢ଼ିବା ସ୍ଥାନ। ସେହି ଚେୟାରରେ ବସି ଟେବୁଲ ଉପରେ ବହି ରଖି ସିଏ ପଢ଼ୁଥିବେ। ଭାଉଜମାନେ କିମ୍ବା କେବେ କେମିତି ତାଙ୍କ ମା' ଯାଇ ସେ ଘରକୁ ଖରକି ଦେଉଥିବେ। ଝାଡ଼ି ଦେଉଥିବେ ପଲଙ୍କ ଉପର ବିଛଣା ଚଦର ଆଉ ଚେୟାର ଓ ଟେବୁଲ। ଝରକାର ପରଦା ଟେକି ଦେଉଥିବେ ବାବୁ ବସି ପଢ଼ିବା ପାଇଁ। ସତୀ କଳ୍ପନା କରି ଚାଲିଥାଏ। ଭାଗ୍ୟ ସୁ ପ୍ରସନ୍ନ ହେଲେ ସେ ଯିବ ତାଙ୍କ ଘରକୁ ବୋହୂ ହୋଇ। ଅଧରଙ୍କ ଅର୍ଦ୍ଧାଙ୍ଗିନୀ ଭାବରେ। ସେତେବେଳେ ସେ ନିଜେ ଝାଡ଼ିଦେବ ପଲଙ୍କ ଉପର ଗଦିର ଚଦର। ଟେକି ଦେବ ମଶାରୀ। ଟେବୁଲ ଓ ଚେୟାରରୁ ଧୂଳି ପୋଛି ଦେବ। ଝରକାର ପରଦା ଆଡ଼େଇ ଟେବୁଲ ଉପରେ ସଜାଇଦେବ ବହି ସିଏ ପଢ଼ିବେ ବୋଲି। ତା' ପରେ ସେ ତାଙ୍କ ପାଇଁ ସଜାଇବ ବିଛଣା ଓ ତକିଆ। ଆଉ ସିଏ ସଜ ହୋଇଥିବ ତାଙ୍କ ଲାଗି। ତାଙ୍କ ମନ ମୁତାବକ। ତାଙ୍କୁ ତା' ନିଜ ପଣତରେ ବାନ୍ଧି ରଖିବା ସକାଶେ। "ସଂମାର୍ଜନୋପଲେ ପାଭ୍ୟାଂ ଗୃହମଣ୍ଡଲ ବର୍ତ୍ତ ନୈ୍, ସ୍ୱୟଂ ଚମଣ୍ଡିତା କତର୍ୟଂ ପରିସୃଷ୍ଟ ପରିଚ୍ଛଦା।" ପତିବ୍ରତା ନାରୀ ଘର ଝାଡ଼ିବା, ଓଲାଇବା, ଲିପାପୋଛା କରି ମନୋହର କରିବା, ନିଜେ ବସ୍ତ୍ର ଭୂଷଣରେ ଆଭୂଷିତ ହେବା ସଙ୍ଗେ ସଙ୍ଗେ ସମସ୍ତ ଜିନିଷ ପତ୍ରକୁ ପରିଷ୍କାର ପରିଚ୍ଛନ୍ନ ରଖନ୍ତି ଏହି ଶାସ୍ତ୍ର ନୀତି ଅନୁସାରେ। ସେ ନିଜେ ସେ ସବୁ କାମ କରିବ। ଅନ୍ୟ କାହାରିକୁ ସେ ସବୁ କାର୍ଯ୍ୟ କରିବା ସକାଶେ ତା' ଶୋଇବା କୋଠରିକୁ ପ୍ରବେଶ କରିବାକୁ ସୁଯୋଗ କେବେବି ଦେବ ନାହିଁ।

ଆଉ ତାଙ୍କୁ ଡାକୁଥିବ– ଏ, ହେଇଟି, ହେଇମ, ହଇହୋ, ମଲା, ଶୁଣୁଛ, ଶୁଭୁଛି ନା ନାହିଁଁ, କୁଆଡ଼େ ଗଲ କି ? ଯେମିତି ତା' ବୋଉ ଡାକେ ତା' ବାପାଙ୍କୁ ସେମିତି। ସେ ଡାକ ତାଙ୍କୁ ଶୁଭୁବା ନଶୁଭୁ। କିନ୍ତୁ ତା' ଡାକକୁ ଶୁଣିବା ଲାଗି କାନ ଡେରି ଥିବେ ତା'ର ବଡ଼ ଯାଆମାନେ। ଆଉ ତାଙ୍କର ସେଇ ଭାଉଜ ମାନେ ଠଟ୍ଟା କରୁଥିବେ। ମଜ୍ଜା ଉଠାଉଥିବେ। ଟାପରାରେ କହୁଥିବେ। ତାଙ୍କ ଗେଲ ବସରର କୁନି ଦିଅରକୁ। "ଏଠି କି କାମ ପଡ଼ିଛି ? ତେଣେପା ବାବୁଆଣୀ ଡାକିଲେଣି। ତୁମକୁ କ'ଣ ଶୁଭୁନି। ଶିଘ୍ର ଯାଅ। ହାଜିର ହୁଅ। ହାଜିରା ଦିଅ। ଉପସ୍ଥାନ ପକାଅ। ଡେରି ହେଲେ ସାହେବାଣୀ ବିଗିଡ଼ିବେ। ଉତ୍ତର କଲେ ମାଲିକିଆଣୀ ଚିଡ଼ିବେ। ବିଳମ୍ୱ ଯୋଗୁ ସେ ରାଗିଲେ। ଅସନ୍ତୁଷ୍ଟ ହେଲେ ତୁମେ ହଇରାଣ ହେବ। ସସ୍ପେଣ୍ଡ ହେବାର ଆଶଙ୍କା ଅଛି। ଆଉ ଆମ ଚାକିରି ଖଣ୍ଡକ ଚାଲି ଯିବାର ଭୟ ମଧ ରହିଛି। ମାନେ ସର୍ଭିସରୁ ଡିସମିସ୍। ନୌକରୀରୁ ବହିଷ୍କାରର ସମ୍ଭାବନା।

କଳ୍ପନା କରୁଥାଏ ସେ ଏମିତି କେତେ କଥା। ଦୀର୍ଘ ଦିନର ପ୍ରତୀକ୍ଷା ପରେ ଭାଗ୍ୟର ଯଦି ପରିବର୍ତ୍ତନ ଘଟିବ। ଭଲ ବେଳା ପଡ଼ିବ। ସୌଭାଗ୍ୟର ସମୟ ଉପସ୍ଥିତ ହେବ। ଆସି ପହଞ୍ଚିବ ସେଇ ମୁହୂର୍ତ୍ତ। ହୁଏତ ଶୁଭଦିନର ଆଗମନରେ ତାଙ୍କ ସହିତ ତା'ର ଶୁଭ ପରିଣୟ ଅନୁଷ୍ଠିତ ହେବ। ସେ ବୋହୂ ହୋଇଯିବ ତାଙ୍କ ଘରକୁ। ତା'ର ଗୁରୁତ୍ୱ ମଧ ବଢ଼ି ଯାଇଥିବ କାହିଁରେ କଣଣ। ସେ ତ ଏମିତି ସେମିତି ଘରକୁ ବୋହୂ ହୋଇ ଯାଇନଥିବ। ଯାଇଥିବ ଜମିଦାର ଘରକୁ। ଯାଇତାଇ ଲୋକଙ୍କୁ ବାହା ହୋଇନଥିବ। ବିବାହ କରିଥିବ ଜମିଦାର ଘର ଉଚ୍ଚ ଶିକ୍ଷିତ ପୁଅକୁ। ତା'ର ମନେ ପଡ଼ିଲା। ଠାକୁରବାବା କହୁଥିଲେ– "ପ୍ରଥମ ଇଟାଲୀ ଅଭିଯାନ ବେଳେ ଦରିଦ୍ର ପରିବାରର ସନ୍ତାନ ନେପୋଲିଅନ ରୋମ ସମ୍ରାଟମାନଙ୍କର ରାଜଭବନକୁ ଦେଖି ଅଭିଭୂତ ହୋଇଗଲା ପରି ସେ ଗରିବ କେଉଟ ଘର ଝିଅ ତାଙ୍କ ମୌଜାର ପୂର୍ବତନ ଜମିଦାରଙ୍କ ଘରକୁ ବୋହୂ ହୋଇ ଯାଇ ତାଙ୍କ ପଦାର୍ଥ ବହୁଳ ଆସବାବପତ୍ରରେ ପରିପୂର୍ଣ୍ଣ ଘରକୁ ଦେଖି ଆଶ୍ଚର୍ଯ୍ୟ ହୋଇ ଯାଉଥିବ। ଆଚମ୍ବିତ ହୋଇ ପଡ଼ୁଥିବ। ସେଦିନ ହୋଇଥିବ ତାଙ୍କ ଘର ଉତ୍ସବ ମୁଖର। ସାଇ ପଡ଼ିଶାର ଝିଅ ଭୁଆଶୁଣି, ବୟସ୍କ ସ୍ତ୍ରୀ ଲୋକମାନେ ଆସୁଥିବେ ତାଙ୍କ ଘରକୁ ନୂଆ ବୋହୂକୁ ଦେଖିବାକୁ। ସେ ନବବଧୂ ବେଶରେ ସଜ ହୋଇ ବସିଥିବ। ସେମାନେ ସବୁ ତାକୁ ଦେଖି ତା' ରୂପର ପ୍ରଶଂସା କରୁଥିବେ। ଆଉ ସେମାନଙ୍କ ମଧରେ ଆଲୋଚନା ହେଉଥିବ। "ଖାସ୍ ଏହି ରୂପ ପାଇଁ ଜମିଦାର ପୁଅ ଛୋଟ ଜାତି ଗରିବ ଘର ଝିଅକୁ ବାହା ହେବାକୁ ଜିଦ୍ ଧରିଥିଲେ।

ଏମିତି ରୂପବତୀଟିଏ ପାଇବା ପାଇଁ କିଏ ଜିଗର ନକରିବ। ନ ଅକଡ଼ାଇବ ? ଜିଦ୍ ନଧରିବ। ସେ ଗାଁଟାକୁ ଦେଖିଲେ ପସନ୍ଦ ହୁଏନା। ଅଥଚ ସେ ଗାଁରେ ପୁଣି ଏମିତି ରୂପସୀ ଝିଅଟେ ଥିଲା। ଏକଥା ବିଶ୍ୱାସ ହେଉନି ?"

ଏମିତି ଗୋଲ ଚହଲ ଲାଗି ରହିଥିବ ଦିନ ତମାମ। ତା'ପରେ ସଞ୍ଜଗଡ଼ି ରାତି ହେବ। ତାଙ୍କ ସହିତ ପ୍ରଥମ ମିଳନର ପହିଲୁ ରାତି। ତାଙ୍କରତ ତାଙ୍କ (ସତୀ) ନିଜଘର ପରି ଗରିବ ନୁହଁନ୍ତି ଯେ ତଳେ ବିଛଣା ପାରି ଶୋଇବେ। ତାଙ୍କରତ ଜମିଦାରିଆ ଘର। ତାଙ୍କର ପୁରୁଣା ଖାନଦାନି ବୁନିଆଦି ଘର। ତାଙ୍କ ବୋହୂ କ'ଣ ତଳେ ମାଟି ଉପରେ ଚଟାଣରେ ବିଛଣା ପକାଇ ଶୋଇବ। କେବେ ନୁହେଁ। ତାଙ୍କ ଘରେ ତ ନିଶ୍ଚୟ ପଲଙ୍କ ଥିବ। ଜମିଦାରୀ ଅମଲର ପଲଙ୍କ। ପଲଙ୍କ ଉପରେ ମୋଟା ମଖମଲ ଗଦି ପଡ଼ିଥିବ। ସେ ଗଦି ବିଛଣାରେ ବସିଥିବ ପଲଙ୍କ ଉପରେ ଓଢ଼ଣା ଟାଣି। ସିଏ (ତା'ର ସ୍ୱାମୀ ଅଧର) ଆସିବେ ଘରର ଅନ୍ୟମାନେ ବିଛଣା ଧରିବା ପରେ। ତାଙ୍କ ଭାଉଜ ଆଣି ଛାଡ଼ିଦେଇ ଯିବେ। ସେତେବେଳକୁ ବାହାଘର ଭୋଜିଭାତର ଗୋଲ ଚହଲ ଥମିଯିବନି। ରାତି ହୋଇଥିବ ନିସ୍ତବ୍ଧ। ସିଏ ଘରେ ପଶି କବାଟ ଦେବେ ଭିତର ପଟୁ। ପାଖରେ ଆସି ବସିବେ। ତୁନି ତୁନି କଥାରେ ଆରମ୍ଭ କରିବେ ଧୀର ଧୀର ଭାବରେ। ଚାଟୁବାକ୍ୟ କହି ତା'ମନ ଭୁଲାଇବାକୁ ଚେଷ୍ଟା କରିବେ। ଈଏତ ଆଉ ପିଲା ବେଳର ଧୂଳିଘର ଖେଳ ସମୟର ଗାଁ ଦାଣ୍ଡରେ ମିଛି ମିଛିକା ବୋହୂ ସାଜି ତା' ସାଙ୍ଗ ସୁନି ସହିତ ମଧୁ ଶଯ୍ୟା ହୋଇନଥିବ। ତା' ଶାଶୁଘରେ ସତ ସତିକା ମିଳନର ସୋହାର ରାତି। ମନର ମଣିଷ ଅଧରଙ୍କ ସହିତ ତାଙ୍କ ପ୍ରାଣର ମାନସୀ ସତୀର। ଅଧର ଯନ୍ କରୁଥିବେ ତାକୁ ଭୁଲାଇବ ପାଇଁ। ସଫଳ ନହେଲେ ଶେଷରେ ବାକ୍ୟାଳାପ ଛାଡ଼ି ଜୋର କରି ମୁଣ୍ଡରୁ ଓଢ଼ଣା ଖୋଲି ଦେବେ। ଯେତେହେଲେ ସିଏ ପୁରୁଷ ପୁଅ। ଜଣେ ଯୁଆନ ମରଦ ପାଖରେ ମାଇକିନିଆ ଝିଅଟେ କେତେ ଅବା ବଳ ଦେଖାଇବ ? ଶାରୀରିକ ଶକ୍ତି କାଢ଼ିବ ? ସିଏ ମୁଣ୍ଡରୁ ଓଢ଼ଣା ଖୋଲି ଦେଲେ ସତୀ ତା'ର ଦୁଇହାତର ପାପୁଲି ସାହାର୍ଯ୍ୟରେ ମୁହଁ ଲୁଚାଇବ। ତା'ପରେ ସିଏ ତାଙ୍କ ଦୁଇ ହାତରେ ସତୀର ଦୁଇଟି ଯାକ ହାତକୁ ଭିଡ଼ି ଆଣିବେ। ସତୀ ଲାଜରେ ଆଖି ବୁଜି ଦେବ। ସିଏ କିନ୍ତୁ ପୁଅପିଲା। ଯୁଆନ ମରଦ। ତାଙ୍କର ଲାଜ ନଥିବ। ସରମ ନଥିବ। ନଥିବ ସଙ୍କୋଚ। ସତୀ ଯେତେ ଜୋର କରି ହାତ ପାପୁଲି ଆଡ଼ୁଆଳରେ ମୁହଁ ଲୁଚାଇବାକୁ ଚେଷ୍ଟା କଲେ ସୁଦ୍ଧା ସିଏ ଆଦୌ ଛାଡ଼ୁ ନଥିବେ। ତା'ର ଦୁଇ ହାତର ପାପୁଲିକୁ ଜୋର କରି ତାଙ୍କ ହାତରେ ଧରି ନେବେ। ଯେମିତି ପଞ୍ଚକ ପୂର୍ଣ୍ଣିମୀ ଦିନ ଧବଳେଶ୍ୱର ମନ୍ଦିରରେ ମୁଦି ପିନ୍ଧାଇ ଦେବା ବେଳେ ତା' ଡାହାଣ ହାତର ପାପୁଲିକୁ ତାଙ୍କ ବାମ ହାତରେ ଧରିଥିଲେ। ସେମିତି ତା' ମୁହଁକୁ ଚାହିଁ ରହିବେ ଭୋକିଲା ଆଖିରେ। କ୍ଷୁଧାତୁର ଦୃଷ୍ଟିରେ। ତାଙ୍କ ଶାଣିତ ଚାହାଁଣିର, ତୀକ୍ଷ୍ଣ ଧାରୁଆ ଦୃଷ୍ଟି ଭେଦି ଯାଉଥିବ ପିଚପିଚ ହୋଇ ସତୀର କମନୀୟ ମୁଖମଣ୍ଡଳର ନରମ ମାଂସ ପେଶୀ ଭେଦ କରି। ତୃଷିତ ନୟନରେ ସିଏ ଚାହିଁ ରହିଥିବେ ଅଲାଜୁକଙ୍କ ପରି। ଲୋଲୁପ ଦୃଷ୍ଟିରେ ସିଏ ଅନାଇ ରହିଥିବେ। ତା' ଯୌବନ ଦୀପ୍ତ ସୁଠାମ ନିଟୋଳ ଶରୀରକୁ। ତା' ଆଡ଼କୁ ଲମ୍ବି ଆସିବ ତାଙ୍କର ଦୁଇ ବଳିଷ୍ଠ ବାହୁ। ତା ସୁକୋମଳ ତନୁଲତାକୁ ଭିଡ଼ି ଧରିବେ ତାଙ୍କ ଛାତିରେ। ତାଙ୍କ ବାହୁ ବନ୍ଧନରେ ବନ୍ଧନୀ ହୋଇ ସେ ନିଜକୁହଜାଇ ଦେବାକୁ ବାଧ୍ୟ ହେବ ତାଙ୍କ ବକ୍ଷରେ। ତାଙ୍କ ଓଠ ନଇଁ ଆସୁଥିବ ତା ମୁହଁ ଉପରକୁ ଥରକୁ ଥର। ବାରମ୍ବାର। ସିଏ ନିଜକୁ ଆବିଷ୍କାର କରିବ ତାଙ୍କ ବାହୁର କାରାରେ କିଛି ସମୟ ପରେ। ତାପରେ ଆଉ ଭାବି ହୁଏନା।

ତାଙ୍କ ବିଷୟରେ ସେ ଏତେ କଥା ଭାବୁଛି। କାରଣ ସିଏ ହେଉଛନ୍ତି ତା' ମନର ମଣିଷ। ତା' ପ୍ରାଣର ପ୍ରିୟତମ। ତା' ହୃଦୟର ଦେବତା। ତା' ଅନ୍ତରର ଘନିଷ୍ଠ ଅନ୍ତରଙ୍ଗ। ତା'ର ଈପ୍ସିତ ଅମୂଲ୍ୟ ନିଧ। ତା'ର ନିବିଡ଼ତମ ପ୍ରିୟ ପୁରୁଷ। ତା' ଆମ୍ବର ଠାକୁର। ସେଥିପାଇଁ ସିଏ ତାକୁ ଭାରି ଭଲ ଲାଗନ୍ତି। ତାକୁ ଭଲ ଲାଗେ ତାଙ୍କ ନାଁ, ତାଙ୍କ ଗାଁ, ତାଙ୍କ କଥା ଶୁଣିବାକୁ ତାକୁ ଖୁବ୍ ଭଲ ଲାଗେ। ଯେଉଁଠି ତାଙ୍କ କଥା ପଡ଼ିଥାଏ। ତାଙ୍କ ବିଷୟରେ ଆଲୋଚନା ହେଉଥାଏ

ଯେଉଁଠାରେ । ସେଠି ସେ କାନ୍ଧପାରେ ଲୁଟିଲୁଟି । ଛପିରହି ତାଙ୍କ କଥା ଶୁଣିବାକୁ କାନ ଡେରିଥାଏ । ତାଙ୍କ ଗାଁ ଦେଖିବାକୁ ଭଲଲାଗେ । ସେଥିଲାଗି ସେ ତାଙ୍କ ଗାଁ ଆଡ଼େ ଚାହୁଁଥାଏ । ଝୁଣ୍ଟିପଡ଼ି ପାଦରେ ଆଘାତ ପାଇଲା ପରେ ସୁଦ୍ଧା । ସେ ଆଘାତ ଜନିତ ଯନ୍ତ୍ରଣା ଭୋଗୁଥିଲେ ମଧ୍ୟ । କାହିଁକିନା ସେ ଆଘାତ ତାକୁ ଯନ୍ତ୍ରଣା ନଦେଇ ଖୁସି କରାଇଥିଲା । ତାକୁ ଆନନ୍ଦ ପ୍ରଦାନ କରୁଥିଲା । ସୁଖ ଦେଉଥିଲା ସେ ବ୍ୟଥା ଜନିତ ବେଦନା । ତାଙ୍କ ଗାଁ । ତାଙ୍କ ଗାଁ ନୟ, ସରତା ନୟ । ଆହୁରି ଅଧିକ ଭଲ ଲାଗେ ସିଏ ପାଠ ପଢୁଥିବା ସ୍କୁଲ ଘରକୁ ଦେଖିବାକୁ । ସେଥିପାଇଁ ସେ ଫେରିଗଲା ବେଳେ ରାସ୍ତା ଉପରୁ ଥାଇ ସେ ସ୍କୁଲ ଘରକୁ ପୁଣି ଥରେ ମନଭରି ଦେଖିନେଲା ।

ଛକ ବଜାରକୁ ଲୁଗା କିଣିବାକୁ ଆସିଲାବେଳେ ମନରେ ତାର କେତେ ଆଗ୍ରହ ଥିଲା । ସେମାନେ ଛକ ବଜାରକୁ ଲୁଗା କିଣିବାକୁ ଯାଉଛନ୍ତି । ଯେଉଁ ବଜାରଟି ତା ମନ ମଣିଷର ଗାଁ ମୁଣ୍ଡ ଛକ ଉପରେ ଠିଆ ହୋଇଛି । ଲୁଗା କିଣିବାକୁ ସତୀର ପ୍ରକୃତରେ ମନ ନଥିଲା । ଲୁଗା କିଣିବାରେ କିମ୍ବା ଲୁଗା ଦୋକାନରେ ବସି ଲୁଗା ବାଛିବାରେ ତାର ଆଗ୍ରହ ନଥିଲା । ସେ ତା ବୋଉ ଓ ଭଉଣୀମାନଙ୍କ ସହିତ ଆସିଥିଲା ଲୁଗା ବାଛିବା ବାହାନାରେ । ତାଙ୍କ ଗାଁକୁ ଦେଖିବାକୁ । ଯେମିତି ଧବଳେଶ୍ୱର ମନ୍ଦିରକୁ ଠାକୁରଙ୍କ ବାରିରେ ଆସି ଅଧରକୁ ଭେଟିବାକୁ ଠାକୁରଙ୍କୁ ଦର୍ଶନ କରିବା ଆଳରେ । ସେ ଯେ ତାଙ୍କ ଗାଁକୁ ଆଗରୁ କେବେ ଦେଖି ନଥିଲା, ତା ନୁହେଁ । ତାଙ୍କ ସହିତ ତା'ର ପରିଚୟ ହେବା ପରେ ଏଇ ପ୍ରଥମ ଥର ସେ ତାଙ୍କ ଗାଁକୁ ଦେଖିଥିଲା ଅଭିସନ୍ଦିସୁ ଦୃଷ୍ଟି ନେଇ । ଅନୁସନ୍ଦିସୁ ଆଖିରେ । ଘରୁ ଆସିଲା ବେଳେ ମନରେ ଯେଉଁ ଉସ୍ଥାହ, ଉଦ୍ଦିପନା, ଆଗ୍ରହ, ଆବେଗ ଓ ସରାଗ ଭରି ରହିଥିଲା । ଯେତେ ସରସତା ପୂର୍ଣ୍ଣ ପ୍ରାଣରେ ସେ ଆସିଥିଲା । ଫେରିବା ସମୟରେ ତା' ମନରେ ଆସିବା ବେଳର ଆବେଗ କିମ୍ବା ଉନ୍ମାଦନା ଆଉ ନଥିଲା । କାରଣ ପ୍ରତ୍ୟେକ କ୍ଷେତ୍ରରେ ଓ ସବୁଠାରେ ପ୍ରବେଶ ସମୟର ପୁଲକ ପରିବର୍ତେ ପ୍ରସ୍ଥାନ ବେଳେ ମନର ବ୍ୟଥା ବେଦନା ଭରି ରହିଥାଏ । ଆଗମନ ବେଳର ସରସତା ପ୍ରତ୍ୟାବର୍ତ୍ତନ ସମୟରେ ବିଷାଦକୁ ରୂପାନ୍ତରିତ ହୋଇ ଯାଇଥାଏ । ସେଥିପାଇଁ ଫେରିଲାବେଳେ ନିରୁସ୍ୱାହ ଭରି ଯାଇଥିଲା ତା' ପ୍ରାଣରେ । ପାଦ ଶିଥିଳ ଲାଗୁଥିଲା । ଦେହ ଅବଶ ବୋଧ ହେଉଥିଲା । ଫେରିଯିବାକୁ ମନ ହେଉନଥିଲା । ଇଚ୍ଛା ନଥିଲା ତାଙ୍କ ଗାଁକୁ ଦେଖିବାର ସୁଯୋଗରୁ ନିଜକୁ ବଞ୍ଚିତ କରିବା ପାଇଁ । ତା' ଆମ୍ଭା ଡାକୁ ନଥିଲା ତାଙ୍କ ଗାଁକୁ ଅବଲୋକନ କରିବାର ସୁବିଧାରୁ ନିବୃଭ ରହିବା ଲାଗି । ଆସିଲା ବେଳେ ସ୍କୁଲ ହତା ପାର ହୋଇ ପ୍ରଥମେ ଯେତେବେଳେ ତାଙ୍କ ଗାଁକୁ ଅନାଇଥିଲା । ସେ ସମୟରେ ତା' ପ୍ରାଣରେ କି ପୁଲକ ଜାତ ହେଉଥିଲା । ହୃଦୟରେ କେତେ ଆବେଗ । ମନରେ ଉନ୍ମାଦନା । ଅନ୍ତରରେ ଉସ୍ଥାହ । ଦେହରେ ରୋମାଞ୍ଚ ଭରି ଯାଇଥିଲା । କି ଅପୂର୍ବ ଶିହରଣ ସେ ଆମ୍ଭାରେ ଅନୁଭବ କରୁଥିଲା । ପାଇବାର ଯେଉଁ ଆବେଗ ନେଇ ସେ ଆସିଥିଲା । ଫେରିଲା ବେଳକୁ ଯେପରି ସେ ସବୁର ଅକାଲ ମୃତ୍ୟୁ ଘଟି ସାରିଥିଲା ପରି ତାକୁ ବୋଧ ହେଉଥିଲା । ଫେରିବାକୁ ଇଚ୍ଛା ନଥିଲା । ଫେରିବାକୁ ପାଦ ବଢାଇଲେ ଯେପରି ପଛରୁ କିଏ ଗୋଡ଼କୁ ଭିଡ଼ି ଧରିଲାପରି ତାକୁ ଲାଗୁଥିଲା । ଯେପରି କେହି ପାଦକୁ ଟାଣି ଧରୁଛି । ବାନ୍ଧି ପକାଇଛି ଗୋଡ଼ ଦୁଇଟିକୁ । ଇଚ୍ଛା ବିରୋଧରେ ଜୋର ଜବରଦସ୍ତ ଗୋଡ଼ ଘୋଷାରି ଘୋଷାରି ଫେରିବା ବାଟରେ ଆଗକୁ ଯିବାକୁ ପଡୁଛି । ସାମ୍ନାରେ ଠିଆ ହୋଇ କିଏ ବାଟ ଓଗାଲିଲା ଭଲି ବୋଧ ହେଉଥିଲା । ସତୀର ମନ ହେଉନି ଫେରି ଯିବାକୁ । ଇଚ୍ଛା ନାହିଁ ତାଙ୍କ ଗାଁକୁ ଦେଖିବାର ସୁଯୋଗରୁ ନିଜକୁ ବଞ୍ଚିତ କରିବାକୁ । ନିଜ ପ୍ରିୟ ପୁରୁଷର ଗାଁକୁ ନିରୀକ୍ଷଣ କରିବାର ଲୋଭ ସେ ସମ୍ବରଣ କରିପାରୁନଥିଲା । ମନ ମଣିଷର ଜନ୍ମ ସ୍ଥଳିକୁ ଅନାଇ ରହିବାର ମୋହ ପରିତ୍ୟାଗ କରିବା ତା' ପକ୍ଷରେ ଦୁର୍ବିସହ ହୋଇ ଉଠୁଥିଲା । ପୁଣି ଯେଉଁ ଗାଁରେ ବର୍ତ୍ତମାନ ଅଧର ଉପସ୍ଥିତ ଅଛନ୍ତି ।

ସେ ଯେଉଁ ଉଦ୍ଦେଶ୍ୟ ନେଇ ଆସିଥିଲା ଛକ ବଜାରକୁ ତା'ର ସେ ଆଶା ପୂରଣ ହୋଇ ପାରିଛି । ଘରୁ ବାହାରିଲା ବେଳେ ଧବଳେଶ୍ୱରଙ୍କୁ ଜୁହାର ହୋଇ ଯାହା ମାଗିଥିଲା । ଠାକୁର ତା'ର ସେ ଇଚ୍ଛାକୁ ପୂରଣ

କରିଛନ୍ତି । ତା' ଜଣାଣ ଶୁଣିଛନ୍ତି । ତା' ମାଗୁଣି ରଖିଛନ୍ତି । ତା' ଗୁହାରି ଘେନା କରିଛନ୍ତି । ତା' ମନସ୍ୱାମନା ମେଣ୍ଟାଇଛନ୍ତି । ତା' ଇଚ୍ଛା ଜାଣି ଫଳ ପ୍ରଦାନ କରିଛନ୍ତି । ପ୍ରଥମାଷ୍ଟମୀ ପାଇଁ ନୂଆ ଲୁଗା କିଣିବାକୁ ଆସିବାରେ ସତୀ ଯେତେ ଖୁସି ନଥିଲା ତା' ଠାରୁ ଅଧିକ ଆନନ୍ଦ ପାଇଥିଲା ତାଙ୍କ ଦେଖା ପାଇଥିବାରୁ । ମନ୍ଦିରରେ ସେ ତାଙ୍କୁ ସାଲ୍ଲାରୁ ଚାହିଁ ପାରେନା । ସେଥିପାଇଁ ଦୁଇଟି କାରଣ ଅଛି । ପ୍ରଥମଟି ତାଙ୍କୁ ସାଲ୍ଲାରୁ ଚାହିଁଲେ ତାଙ୍କ ଆଖି ସହିତ ତା' ନିଜ ଆଖି ମିଶିଯିବାର ସମ୍ଭାବନା । ଦ୍ୱିତୀୟଟି ତାଙ୍କୁ ଅନାଉଛି ବୋଲି ତାଙ୍କ ପାଖରେ ଧରା ପଡ଼ିଯିବାର ଆଶଙ୍କା । ଏହି ଦୁଇଟି କାରଣ ଯୋଗୁଁ ସେ ତାଙ୍କୁ ସାଲ୍ଲାରୁ ଅନାଇ ପରେନା । କିନ୍ତୁ ଆଜି ଲୁଗା ଦୋକାନ ଭିତରେ ବସିଥିବା ସମୟରେ ସିଏ ଗାଡ଼ିରୁ ଓହ୍ଲାଇଥିଲେ । ସେତେବେଳେ ଦୋକାନ ଭିତରେ ଥିବା ସମସ୍ତ ଲୋକ ତାଙ୍କୁ ଅନାଇଥିଲେ । ସେମାନଙ୍କ ମଧ୍ୟରେ ସତୀ ମଧ୍ୟ । ଅଧର ଗାଡ଼ିରୁ ଓହ୍ଲାଇଲେ ଦୋକାନ ସାମ୍ନାରେ । ଓହ୍ଲାଇ ଟିକେ ଠିଆ ହୋଇ ନିଜ ଜିନିଷ ପତ୍ର ସଜାଡ଼ି ଦୋକାନ ମାଲିକଙ୍କ ସହିତ ନମସ୍କାର ପ୍ରତିନମସ୍କାର ବିନିମୟ କରି ସାରି ଆଉ କୌଣସି ଆଡ଼କୁ ନ ଅନାଇ ସିଧା ଗାଁ ରାସ୍ତାରେ ଯାଇଥିଲେ । ସେତେବେଳେ ସତୀ ତାଙ୍କୁ ସାଲ୍ଲା ପଟରୁ ଭଲ ଭାବରେ ଦେଖିବାକୁ ସୁଯୋଗ ପାଇଥିଲା । ଯାହା ମନ୍ଦିରରେ ଏତେ ଥର ସାକ୍ଷାତ ବେଳେ ତାଙ୍କୁ ସେପରି ସୁବିଧା ମିଳିନଥିଲା । କାରଣ ମନ୍ଦିର ପରି ଏଠି ତାଙ୍କୁ ଅନାଇଲେ ଚାରିଚକ୍ଷୁ ମିଶିଯିବାର ଆଶଙ୍କା ନଥିଲା । ଅନେକ ଲୋକମାନଙ୍କ ଗହଣରୁ ସତୀ ତାଙ୍କୁ ଅନାଇ ରହିଥିଲା । ସିଏ ଏତେ ଲୋକମାନଙ୍କ ଗହଳି ଥିବା ଦୋକାନ ଭିତରକୁ ଚାହିଁ ନଥିଲେ । ସେଇଥି ଯୋଗୁ ତାଙ୍କୁ ସାଲ୍ଲାପଟରୁ ନିରିକ୍ଷଣ କରି ବହୁତ ବେଳ ପର୍ଯ୍ୟନ୍ତ ମନ ଭରି ଦେଖିନେବାକୁ ତାକୁ ଅପୂର୍ବ ସୁଯୋଗ ମିଳିଯାଇଥିଲା ।

ତା' ପରେ ସିଏ ସିଧା ଗାଁ ରାସ୍ତା ଧରିଥିଲେ । ସିଏ ଚାଲିଗଲାପରେ ଦୋକାନ ଭିତରେ ଗ୍ରାହକ ମାନଙ୍କ ମଧ୍ୟରେ ତାଙ୍କ ବିଷୟରେ ଆଲୋଚନା ହୋଇଥିଲା । ତାଙ୍କ ସହିତ ତାକୁ ଯୋଡ଼ି କଥା ପଡ଼ିଥିଲା । ତାଙ୍କ ବିଷୟରେ ବିଶେଷ କରି ତାଙ୍କ ବାହାଘର ସମନ୍ଧରେ । ସିଏ କେମିତି କୌଣସି ଜାଗାରେ ବାହା ହେବାକୁ ରାଜି ହେଉ ନାହାଁନ୍ତି । ତା'ର କାରଣ ତାଙ୍କ ମନ ଲାଖି ଝିଅଟିଏ କ'ଣ କୌଣସି ଜାଗାରେ ମିଳୁ ନାହାଁନ୍ତି । ସିଏ ତ କୌଣସି ଝିଅକୁ ଦେଖିବାକୁ ଆଦୌ ଯାଉ ନାହାଁନ୍ତି । ଘରେ ବାହାଘର କଥା କହିଲେ, ଏଇନେ ବାହା ହେବେନାହିଁ ବୋଲି କହୁଛନ୍ତି । ଆଉ ସତୀ ତାଙ୍କ ସାଙ୍ଗକୁ ଠିକ୍ ମାନିବ ବୋଲି ଦୋକାନ ଭିତରେ ଥିବା ସମସ୍ତ ଗ୍ରାହକମାନେ ଏକମତ ହେଲେ । କେବଳ ଜାତି ପ୍ରଥା ପ୍ରତିବନ୍ଧକ ହୋଇ ଠିଆ ହେଲା । ଯେମିତି ହାଇଦ୍ରାବାଦ ଓ ସିକନ୍ଦରାବାଦ ସହର ଦୁଇଟି ମିଶିଯିବା ପଥରେ ହୋସେନ ସାଗର ବାଟ ଓଗାଳିଛି । ଆଉ ତାଙ୍କ ଗାଁର କେଉଟ ବସ୍ତି ଓ ବ୍ରାହ୍ମଣ ସାଇ ମିଶିଯିବାକୁ ଦୁଇସାଇ ମଝିରେ ଥିବା ପାଣିନାଳ ପଥ ଓଗାଳି ଯୋର ଆଡ଼କୁ ବହି ଯାଉଛି ସେମିତି ।

ଅଧର ମୁଖ୍ୟ ସଡ଼କ ପାର ହୋଇ ଗାଁ ରାସ୍ତା ଧରିବା ପରେ ଦୋକାନ ଭିତରେ ଥିବା ଗ୍ରାହକମାନେ ତାଙ୍କ ଉପରୁ ଓ ରାସ୍ତା ଆଡ଼ୁ ନଜର ଫେରାଇ ଆସି ତାଙ୍କ ବିଷୟରେ ଆଲୋଚନା କଲାବେଳେ ସତୀ ଗାଁ ରାସ୍ତାରେ ଯାଉଥିବା ଅଧରଙ୍କୁ ଚାହିଁ ରହିଥିଲା । ତାଙ୍କୁ ପଛରୁ ଦେଖିବାର ସୁଯୋଗ ସେ ଅନେକ ଥର ପାଇଛି । ଏଥର ମଧ୍ୟ ପାଇଲା । ତାଙ୍କୁ ପଛପଟରୁ ଅନାଇ ରହିବାରେ କିଛି ଅସୁବିଧା ନାହିଁ, ଲାଜ, ସରମ କିମ୍ବା ସଙ୍କୋଚର । ଏପରିକି ତାଙ୍କୁ ଅନାଉଛି ବୋଲି ତାଙ୍କ ପାଖରେ ଧରାପଡ଼ିଯିବାର ସମ୍ଭାବନା । ସେଥିପାଇଁ ସେ ତାଙ୍କୁ ପଛ ପଟରୁ ଦୀର୍ଘ ସମୟଧରି ଅନାଇ ରହେ । ଆଜି ବି ଠିକ୍ ସେହିପରି ସେ ତାଙ୍କୁ ପଛ ପଟରୁ ଦୀର୍ଘ ସମୟ ଧରି ଅନାଇ ରହିଥିଲା । ଅଧର ଗାଁ ରାସ୍ତାରେ ଯାଇ ଅଦୃଶ୍ୟ ହେଲାଯାଏ । ତା' ମନରେ ସନ୍ଦେହ ହେଉଥିଲା । ସେ ଅଧରଙ୍କୁ ଅନାଇ ରହିଥିଲା ବେଳେ ସେ ଗ୍ରାହକ ଜଣକ ବୋଧେ ତାକୁ ଲକ୍ଷ୍ୟ କରିଥିଲେ । ଯେଉଁଠି ପାର୍ଶ୍ୱ ସେ ତାକୁ ଅଧରଙ୍କ ଲାଗି ଉପଯୁକ୍ତା ବୋଲି ମତବ୍ୟକ୍ତ କରିଥିଲେ ।

ସତୀ ଧବଳେଶ୍ୱରଙ୍କ ମନ୍ଦିରର ମୁଖଶାଳାରେ ଠିଆ ହୋଇ ଅଧର ଫେରି ଆସିଲା ବେଳେ ତାଙ୍କୁ ପଛ ପଟରୁ ଅନେକ ସମୟ ଧରି ଅନାଇ ରହେ। ସେତେବେଳେ ମନ୍ଦିର ଓ ତାର ଆଖ ପାଖ ଜନଶୂନ୍ୟ ଥାଏ। କେବଳ ସୁନି ତା' ସହିତ ମନ୍ଦିରରେ ରହିଥାଏ। ଏହି ଦୋକାନ ଭିତରେ ବସି ସେ ଗାଁ ରାସ୍ତାରେ ଯାଉଥିବା ଅଧରକୁ ଦୀର୍ଘ ସମୟ ଧରି ଅନାଇ ରହିଥିବା ବେଳେ ଭୁଲି ଯାଇଥିଲା, ଯେ ଏହା ତାଙ୍କ ମୌଜର ଛକ ବଜାରର ଲୁଗା ଦୋକାନ, ଧବଳେଶ୍ୱରଙ୍କ ମନ୍ଦିର ନୁହେଁ। ଆଉ ସେଠି ତା ସାଙ୍ଗ ସୁନି ଏକୁଟିଆ ରହିନାହିଁ। ଅଛନ୍ତି ତା' ନିଜ ବୋଉ ଓ ଦୁଇ ସାନ ଭଉଣୀମାନଙ୍କ ସହିତ ଦୋକାନ ମାଲିକ ଏବଂ ପାଷ୍ଟଖଣ୍ଡ ଗାଁର ପଚିଶ ଜଣ ଗ୍ରାହକ। ନିଜର ଏହି ତୁଟି ବିଚ୍ୟୁତି ଲାଗି ସେହି ଉକ୍ତ ଗ୍ରାହକଙ୍କ ଦୃଷ୍ଟିରେ ପଡ଼ି ଯାଇ ତାଙ୍କ ସନ୍ଦେହ ଘେର ଭିତରକୁ ଆସିଯାଇଥିବା ଆଶଙ୍କା ତା' ମନରେ ଉଙ୍କି ମାରୁଥିଲା। ଇଷ୍ଟଙ୍କୁ ଦେଖିଲେ ଆତ୍ମବିସ୍ମୃତ ହୋଇଯିବା ସବୁ ମଣିଷଙ୍କ ସ୍ୱଭାବ। ଯାହା ସତୀ କ୍ଷେତ୍ରରେ ହୋଇଥିଲା। ନିଜ ବୋଉ ଓ ସାନ ଭଉଣୀମାନଙ୍କ ଉପସ୍ଥିତିରେ ତା' ସହିତ ଅଧରକୁ ଯୋଡ଼ା ଯିବାରୁ ସେ ଯଦିବା ସଙ୍କୋଚ ବୋଧ କରୁଥିଲା ଓ ଲାଜେଇ ଯାଇ ତଳକୁ ମୁହଁ ପୋତି ବସିଥିଲା। ତଥାପି ସେ କଥା ସବୁ ତାକୁ ଭାରି ଭଲ ଲାଗୁଥିଲା। ସେହି ଆଲୋଚନା ଶୁଣି ସିଏ ଖୁବ୍ ଖୁସି ହୋଉଥିଲା। ସେ କଥା ସବୁ ତାକୁ ସୁଖ ପ୍ରଦାନ କରୁଥିଲା। ତା' ମନରେ ଭରି ଦେଉଥିଲା ଅପାର ଆନନ୍ଦ। ତା'ର ଇଚ୍ଛା ହେଉଥିଲା ସେହି ଆଲୋଚନା ଦିନ ତମାମ ଲାଗି ରହିଥାଆନ୍ତା କି, ଯେଉଁ ଦିନଟି କେବେବି ସରନ୍ତା ନାହିଁ। ତା' ମନ ଚାହୁଁଥିଲା ସତୀ ଅନସୂୟା ସାତଟି ରାତିକୁ ଗୋଟିଏ ରାତିରେ ପରିଣତ କରିଦେଲା ପରି, ସାତଟି ଦିନ ଗୋଟିଏ ଦିବସରେ ମିଶି ଯାଆନ୍ତା। ସେହି ଦିନଟି ହୋଇଯାଆନ୍ତା ଅସରନ୍ତି। ଆଦୌ (ଜମା) ସରନ୍ତା ନାହିଁ। ସେ ଦିନ ନଇଁ ଆସନ୍ତା ନାହିଁ ସନ୍ଧ୍ୟା। ତା' ପ୍ରାଣ ଡାକୁଥିଲା ସୂର୍ଯ୍ୟଙ୍କ ରଥରେ ଯାନ୍ତ୍ରିକ ଅସୁବିଧା (ତୁଟି) ହୁଅନ୍ତା। (ପୁରାଣ ବର୍ଣ୍ଣନା ଅନୁଯାଇ ସୂର୍ଯ୍ୟ ସପ୍ତାଶ୍ୱରଥରେ ବସି ପୃଥିବୀ ଉପରେ ଦେଇ ସକାଳୁ ସନ୍ଧ୍ୟା ଯାଏ, ସୂର୍ଯ୍ୟୋଦୟରୁ ସୂର୍ଯ୍ୟାସ୍ତ ଯାଏ ଗତି କରନ୍ତି।) ତାକୁ ସଜାଡ଼ିବାକୁ (ମେକାନିକ) ମିସ୍ତ୍ରୀ ମିଳନ୍ତେ ନାହିଁ କିମ୍ବା ପୃଥିବୀ ନିଜ ମେରୁ ଚାରିପାଖରେ ଘୁରିଘୁରି ଥକିପଡନ୍ତା। ନିଜ ମେରୁଦଣ୍ଡ ଚାରିପଟେ ନବୁଲି, ହାଲିଆ ହୋଇ ଥକ୍କା ମେଣ୍ଟାଇବା ପାଇଁ ନିଷ୍ଚଳହୋଇ ରହିଯାଆନ୍ତା। କୁରୁକ୍ଷେତ୍ରରେ ସଖା ଅର୍ଜୁନଙ୍କ ମନରୁ ବିଷାଦ ଭାବ ଦୂର କରିବା ପାଇଁ କୃଷ୍ଣ ଯେମିତି ତାଙ୍କ ଅଲୌକିକ ଶକ୍ତି ବଳରେ ସମୟକୁ ସ୍ଥିର କରି ଦେଇ ଗୀତାର ଅମୃତ ବାଣୀକୁ ସରଳ ଭାଷାରେ ବୋଧଗମ୍ୟ ଭାବରେ ଅଷ୍ଟାଦଶ ଅଧ୍ୟାୟକୁ ସାବଲିକ କଥରେ ବ୍ୟାଖ୍ୟା କଲାପରି ଏଠି ସମୟ ଅଟକି ରହି ଯାଆନ୍ତା। ଆଉ ଚାଲୁ ରହି ଥାଆନ୍ତା ତାକୁ ନେଇ ଅଧରଙ୍କ ସହିତ ଯୋଡିବା ଆଲୋଚନା। ଯେଉଁ କଥା ବର୍ତ୍ତାକୁ ସେ କେବଳ ନିରବରେ ବସି ଶୁଣୁଥାଆନ୍ତା ସେହି ଶ୍ରୁତି ମଧୁର କଥା। ଆନନ୍ଦ ଦାୟକ ବାର୍ତ୍ତାଲାପ। ସୁଖ ପ୍ରଦାନକାରୀ ଆଲୋଚନା। ଖୁସିର ସଂଗ୍ଲାପ। ଉତ୍ସାହ ଭରା ବାକ୍ୟ ସମୂହ। ପ୍ରେରଣା ଦାୟକ କଥାକୁ। ଆବେଗ ପୂର୍ଣ୍ଣ ଭାଷା। ଆତ୍ମସନ୍ତୋଷର ଆଲୋଚନାକୁ ତା' ବୋଉ ଓ ଭଉଣୀମାନଙ୍କ ସହିତ ସେ ନିଜେ ବସି ରହି ତାହା ଶୁଣୁ ଥାଆନ୍ତି। ଦିନ ପରେ ଦିନ, ମାସ ମାସ, ବର୍ଷବର୍ଷ ଧରି। ଅନନ୍ତ କାଳ ଯାଏ, ଜୀବନର ଅନ୍ତିମ ସମୟ ପର୍ଯ୍ୟନ୍ତ। ଆଉ କେଡଁ କଥା ନୁହେଁ। ଆଉ କାହାରି ବିଷୟରେ ନୁହେଁ। ଆଉ କିଛି ନୁହେଁ। କେବଳ ତାକୁ ନେଇ ଅଧରଙ୍କ ସହିତ ଯୋଡିବା ଆଲୋଚନା।

ଯେମିତି ରାଧା କହିଥିଲେ ତାଙ୍କ ସହଚାରୀଙ୍କୁ "ଲଳିତେ କୃଷ୍ଣଙ୍କ ନାମ ସହିତ ମୋ ନାମକୁ ଯୋଡ଼ି ଲୋକମାନେ ଏହିପରି ଅପବାଦ ଦେଉ ଥାଆନ୍ତୁ। ଆଉ ସେହି ଅପନିନ୍ଦା ଶୁଣି ଶୁଣି ମୋର ଜୀବନ ଯାଉ। ଥରେ ସେ କଳା ଶ୍ରୀମୁଖକୁ ଚାହିଁଦେଲେ ସଖୀଲୋ କୋଟିଏ ଜନ୍ମର କୋଟି କୋଟି ଦୁଃଖ ଦୂର ହୋଇ (ଭୁଲି) ଯାଉଛି। ସବୁ ଯନ୍ତ୍ରଣାରୁ ଉପଶମ ମିଳୁଛି। ସମସ୍ତ କଷ୍ଟ, ବ୍ୟଥା, ବେଦନାର ଯବନିକା ପାତ ହେଉଛି। ଏହିପରି ସାଇ ପଡ଼ିଶା, ସାଇ ଭାଇ, ଭଗାରିଏ ମୋ ନାମରେ ଖୁଣ୍ଟା ଅଳଗୁଣା ଦେଉ ଥାଆନ୍ତୁ। ବାଟରେ, ଘାଟରେ, ତୁଠରେ, ହାଟରେ, ବଜାରରେ ମୋ ନାଁ ସହିତ ସେ

ଶଠନାଗରଙ୍କ ନାମକୁ ମିଶେଇ ଲୋକମାନେ କଥାବର୍ତ୍ତା ହୁଅନ୍ତୁ । ସେଥିରେ ମୋର ଆନନ୍ଦ, ତୃପ୍ତି ଆଉ ସନ୍ତୋଷ (ଆତ୍ମ ସନ୍ତୋଷ) ମିଳୁଛି ମୋତେ ସେମିତି ସତୀ ଇଚ୍ଛା କରୁଥିଲା, ଆଶା ରଖୁଥିଲା ଅଧରଙ୍କ ସହିତ ତା'ର ବିବାହ ବିଷୟ ଆଲୋଚନା ସେ ଶୁଣୁ ଥାଆନ୍ତା ଜୀବନର ଶେଷ ମୁହୂର୍ତ୍ତ ପର୍ଯ୍ୟନ୍ତ । ଯାହାଙ୍କ ସାନ୍ନିଧ୍ୟ ତାକୁ ଆନନ୍ଦ ଦିଏ । ଯାହାଙ୍କ ଉପସ୍ଥିତି ତାକୁ ସୁଖ ଦିଏ । ଯାହାଙ୍କ ଦର୍ଶନ ମାତ୍ରକେ ସେ ପରମ ତୃପ୍ତି ଲାଭ କରେ । ଯାହାଙ୍କ ବିଷୟରେ ଆଲୋଚନାରୁ ଅପର୍ଯ୍ୟାପ୍ତ ଆମ୍ ସନ୍ତୋଷ ମିଳିଥାଏ । ସେହି ଅଧରଙ୍କ ସହିତ ତା ନାଁକୁ ଯୋଡ଼ି ଲୋକମାନେ ଏମିତି ଆଲୋଚନା କରୁଥାଆନ୍ତୁ । ଆଉ ସେ ସେହି କଥା ବର୍ଦ୍ଧାକୁ, ତା' ବିଷୟରେ ଅଧରଙ୍କ ସହିତ ଗପସପକୁ କେବଳ ଶୁଣୁଥାଉ । ଏମିତି କଥାବର୍ତ୍ତା, ଏଭଳି ବାର୍ତ୍ତାଳାପ, ଏପରି ଆଲୋଚନା ଶୁଣି ଶୁଣି ତା ଦିନ ବିତୁ ଥାଆନ୍ତା କି ?

ଫେରିବାକୁ ତ ପଡ଼ିବ । ଇଚ୍ଛା ଥାଉବା ନଥାଉ । ମନ ହେଉବା ନହେଉ । ଆଗ୍ରହ ନଥିଲେ ମଧ । ଆବେଗ ନଥାଇ ସୁଧା । ଶ୍ରଦ୍ଧା ନହେଉ ଥିଲେ ବି ଫେରିବାକୁ ବାଧ୍ୟ ହେବ । କାହିଁକି ନା ମଣିଷ ସଂସାର ଭିତରେ ଏକ ସାମାଜିକ ପ୍ରାଣୀ ଭାବରେ ରହିବାକୁ ବାଧ୍ୟ ହୋଇଥାଏ । ସାମାଜିକ ନିୟମକୁ ମାନି ତାକୁ ଚଳିବାକୁ ପଡ଼ିବ । ସେ କେବେବି ସଂସାର ଛଡ଼ା ହୋଇ ପାରେନା । ଅସମାଜିକ ମଧ ହେବ ନାହିଁ । ସମାଜ ଭିତରେ ରହି ସେ ନିଜ ଇଚ୍ଛା ମୁତାବକ କୌଣସି କାମ କରି ପାରେନା । ଯଦି ତାହା ସମାଜ ବିରୋଧୀ କାର୍ଯ୍ୟ ହୋଇଥାଏ । ଯାହା ସାମାଜିକ ନିୟମକୁ ଭଙ୍ଗ କରିବ । ସଂସାରକୁ ବିପଦ ମଧକୁ ଠେଲିଦେବ । ଦୁନିଆରେ ବିଭ୍ରାଟ ସୃଷ୍ଟି କରିବ । ପ୍ରାଣୀମାନଙ୍କର ଅମଙ୍ଗଳ ସାଧନ କରିବ । ବିଶୃଙ୍ଖଳା ଆଣି କ୍ଷତି ପହଞ୍ଚାଇବ । ସେପରି କାମ କରିବାକୁ ସେ ସୁଯୋଗ ପାଇବ ନାହିଁ । ସେଭଳି କାମ କରିବା ଲାଗି ତାକୁ ଆଦୌ ସୁବିଧା ଦିଆଯିବ ନାହିଁ । ବାପା, ମା, ଭାଇ, ଭଉଣୀ ଜ୍ଞାତି, କୁଟୁମ୍ବ, ସାଙ୍ଗ, ସାଥୀ, ବନ୍ଧୁ, ବାନ୍ଧବ ସମସ୍ତଙ୍କୁ ସାଥିରେ ନେଇ ତାକୁ ଚଳିବାକୁ ହୋଇଥାଏ । ସାମାଜିକ ନୀତି ନିୟମକୁ ମାନି ସେ ରହିବ । ହେଲେ ତା' ନିଜ ଇଚ୍ଛାନୁସାରେ ସମାଜ ଚାଲେ ନାହିଁ । କିମ୍ବା ସେ ତା' ମନ ମୁତାବକ ସଂସାରକୁ ଚଳାଇବାକୁ ସୁଯୋଗ ପାଏ ନାହିଁ । କିମ୍ବା ସକ୍ଷମ ମଧ ହୋଇ ପାରେନା । ଦୁନିଆକୁ ନିଜସ୍ୱ ବାଟରେ ନେବା ଲାଗି ସୁବିଧା ତାକୁ ମୋଟେ ମିଳେନା । ସମାଜ ସମସ୍ତଙ୍କୁ ନେଇ । ସମାଜ ସମସ୍ତଙ୍କର । ସମାଜରେ ସମସ୍ତଙ୍କର ସମାନ ଅଧିକାର ଅଛି । ସେଠି ସ୍ୱଚ୍ଛାଚାର ଚଳେନା କିମ୍ବା କାହାରି ବ୍ୟକ୍ତିଗତ ଇଚ୍ଛା ମୁତାବକ ସଂସାର ଚାଲିନଥାଏ ।

ତା' ନିଜର ସ୍ୱାଧୀନ ମତ ବୋଲି କିଛି ନଥିଲା । ଯଦି ଥାଆନ୍ତା । ତେବେ ସେ ମତକୁ କେହି ଗ୍ରହଣ କରି ନଥାଆନ୍ତେ । କେହିବି ସେହି ମତକୁ ସ୍ୱୀକୃତି ଦେଇ ନଥାଆନ୍ତେ ଆଉ ସମର୍ଥନ ମଧ କରିନଥାଆନ୍ତେ । ସେ ଭଲ ଭାବରେ ଜାଣିଥିଲା ତା' ମନର କଥା କେବଳ ନିରବରେ ତା' ଅନ୍ତର ଭିତରେ ଗୁମୁରି ଗୁମୁରି ମରିବ । ତା' ନିଜ ବ୍ୟତୀତ ସେ କଥା ଶୁଣିବାକୁ ଆଉ କେହି ନାହାଁନ୍ତି । ସେ ସୁନି ବ୍ୟତୀତ ସେ କଥା ଆଉ କାହାରିକୁ କହି ପାରିବନି । ସେଥିପାଇଁ ସେ ନିରବରେ ତା' ବୋଉ ଓ ଭଉଣୀମାନଙ୍କ ସହିତ ଘରକୁ ଫେରିବାକୁ ବାଧ୍ୟ ହେଉଥିଲା । ନିଜର ଅନିଚ୍ଛା ସତ୍ତ୍ୱେ ସେ ଚାଲୁଥିଲା ଘର ମୁହାଁ ହୋଇ । ଛକ ବଜାରକୁ ଆସିଲାବେଳେ ଯେପରି ଆଗ୍ରହର ସହିତ ଖୁସି ମନରେ ଆନନ୍ଦିତ ଅନ୍ତରରେ । ସରାଗ ପୂର୍ଣ୍ଣ ହୃଦୟରେ, ଆବେଗ ଭରା ଆତ୍ମାରେ ସରସତା ପ୍ରାଣରେ ଉଲ୍ଲସିତ ହୋଇ ଚାଲୁଥିଲା । ଫେରିବା ସମୟରେ ସେପରି ଉସ୍ମାହ ତା' ମନରେ ନଥିଲା । କାରଣ ପ୍ରବେଶ ବେଳର ଆଗ୍ରହ, ଆବେଗ, ସରସତା, ସରାଗ, ଉସ୍ମାହ, ଉଦ୍ଦିପନା, ଉନ୍ମାଦନା ଓ ମାଦକତା ପ୍ରସ୍ଥାନ ସମୟରେ ନଥାଏ । ବାଧ୍ୟ ବାଧକତାରେ ଯିବା ପରି ସେ ଚାଲୁଥିଲା । ଗୋଡ଼କୁ

କିଏ ଯେପରି ପଛରୁ ଟାଣି ଧରିଲା ପରି ସେ ଅନୁଭବ କରୁଥିଲା । ଜୋର ଜବରଦସ୍ତ ପାଦକୁ ଘୋଷାରି ଘୋଷାରି ଆଗକୁ ପକାଉଥିଲା । ଘରକୁ ଫେରିବା ପାଇଁ ଯାହା କେବଳ ଅବୁଝା ମନକୁ ବୋଧ ଦେବା ଲାଗି ମଝିରେ ମଝିରେ ଅଧରଙ୍କ ଗାଁଟି ଦେଖା ହେଉଥିବା ପର୍ଯ୍ୟନ୍ତ ତାଙ୍କ ଗାଁ ଆଡ଼କୁ ଅନାଇ ଦେଖୁଥିଲା । ତଥାପି ମହା ସମୁଦ୍ର ମଝିରେ ଦିଗହରା ନାବିକ ଯେପରି ଦୂର ବତୀଘର ଆଲୋକର କ୍ଷୀଣ ଆଲୋକ ରେଖା ଦେଖି ନିଜର (ସ୍ଥିତି) ଅବସ୍ଥିତି ଆକଳନ କରିଥାଏ । ସେହିପରି ତା'ର ବିଷାଦ ଭରା ହତାଶ ପୂର୍ଣ୍ଣ ମନର ବ୍ୟର୍ଥତା ଭିତରେ କ୍ଷୀଣ ଆଶାର ସଞ୍ଚାର ହେଉଥିଲା । ସେ ଆଶା ଟିକକ ତା' ସାଙ୍ଗ ସୁନିର ସହଚର୍ଯ୍ୟା, ସୁନିର ଆଶ୍ୱାସନା । ସୁନିର ପ୍ରବୋଧନା । ତା'ର ଭରସା ଭରା କଥା । ତା' ଦୟ୍ୟପଣପୂର୍ଣ୍ଣ ଭାଷା । ତା'ର ସାହସ ପ୍ରଦାନକାରୀ ବାକ୍ୟ । ତା'ର ନିର୍ଭୀକତା ପଣଥିବା ସଂଲାପ । ତା'ର ଉସ୍ତାହ ପୂର୍ଣ୍ଣ ଉପଦେଶ । ସତୀ ମନରେ ପାଥେୟ ଯୋଗାଉଥିଲା ସେ ପଥର ଯାତ୍ରୀ ହେବା ଲଗି । ଯେଉଁ ପଥରେ ଗଲେ ବାଟରେ ଅଧରଙ୍କ ସହିତ ଭେଟ୍ ହେବ । ତାଙ୍କ ସାକ୍ଷାତ ମିଳିବ ଆଉ ମିଳିବ ତାଙ୍କର ସାନ୍ନିଧ୍ୟ । ଯାହା ସତୀର କାମ୍ୟ ଏକାନ୍ତ ଭାବେ ।

ଏହିପରି ଭାବନା ମନରେ ଧରି ସତୀ ଫେରୁଥିଲା । କାରଣ ପ୍ରତ୍ୟେକ କ୍ଷେତ୍ରରେ ପ୍ରବେଶ ପରେ ପ୍ରସ୍ଥାନ ଥାଏ । ସବୁ ସ୍ଥାନରେ ଆବାହନ ପରେ ବିସର୍ଜନ ରହିଛି । ଆଉ ଆଗମନ ପରେ ପ୍ରତ୍ୟାବର୍ତ୍ତନ ଅଛି ।

ଘରେ ପହଞ୍ଚି ଲୁଗା ପଟା ପାଲଟି, ଗୋଡ଼, ହାତ ଓ ମୁହଁ ଧୋଇ ସେମାନେ ଖାଇ ବସିଲେ । ସବିତାଙ୍କ ସହିତ ଏ ତିନି ଝିଅ ଓ ସାନ ପୁଅ ଝିଅ ଦୁଇଜଣ । ସାନ ପିଲା ଦୁଇଟି ସପନି ସହିତ ଖାଇଥିଲେ ମଧ ପୁଣି ସବିତାଙ୍କ ସହିତ ବସିଲେ । ପିଲା ଯେତେ ଖାଉଥିଲେ ମଧ ମା' ସହିତ ଦିଗୁଣ୍ଟା ନଖାଇଲେ ତା' ପେଟ ପୂରେନା ଓ ମା' ତା' ପିଲାମାନଙ୍କୁ ନିଜ ସହିତ ନ ଖୁଆଇଲେ ତା' ମନ ବୁଝେନା ।

ସତୀର ଖାଇବାକୁ ମନ ନଥିଲା । ବୋଉ ବାଧରେ ଏଣୁତେଣୁ ଦିଗୁଣ୍ଟା ନାକରେ କାନରେ ପୁରାଇ ଦେଇ ସେ କେମିତି ଯାଇ ତା' ମନର ମିତଣୀ, ପ୍ରାଣର ସଙ୍ଗିନୀ, ଆତ୍ମାର ବାନ୍ଧବୀ ସୁନିକୁ ଛକ ବଜାରରେ ଘଟିଥିବା କଥା କହିବ । ସେଥିପାଇଁ ବ୍ୟଗ୍ର ହୋଇ ପଡୁଥିଲା । ଖାଇସାରି ସବିତା ତାଙ୍କ କାମରେ ଲାଗିଗଲେ । ମଝିଆଁ ଝିଅ ଦୁଇ ଜଣ ସବିତାଙ୍କ ଘର କାମରେ ସାହାର୍ଯ୍ୟ କରୁ ଥାଆନ୍ତି । ସାନପିଲା ଦୁଇଟି ସାଇ ଛୁଆଙ୍କ ସହିତ ଖେଳିବାକୁ ବାହାରି ଗଲେ । ସତୀ ତା' ମନ କଥା ଜଣାଇବା ଲାଗି ଚାଲିଲା ସୁନି ଘର ଆଡ଼େ ।

ସୁନି ଘର ବ୍ରାହ୍ମଣ ସାଇଟି କୈବର୍ଭ ବସ୍ତିଠାରୁ ତିନିଶହ ହାତ ଦୂର । ଦୁଇ ସାଇ ମଝିରେ ଗୋଟିଏ ନାଳ । ବର୍ଷାଦିନେ ଗାଁର ପଶ୍ଚିମ ପଟରେ ଥିବା ବିଲରୁ ପାଣି ସେଇବାଟ ଦେଇ ଗାଁର ପୂର୍ବ ଦିଗରେ ବହି ଯାଉଥିବା ଯୋଗ ଆଡ଼କୁ ଗଡ଼େ । ଖରାଦିନେ ସେନାଳଟି ଶୁଖିଲାଥାଏ । ଯାତାୟତ ପାଇଁ ନାଳରେ ସୋଡ଼ ପଡ଼ି କଲଭର୍ଟ ଟିଏ ତିଆରି ହୋଇଛି । ଚତୁର୍ମାସ୍ୟାରେ ସେ ସୋଡ଼ ଦେଇ ବିଲ ପାଣି ଗଡ଼ିଲା ବେଳେ କୈବର୍ଭ ସାଇର ଲୋକେ ସେ ସେଠାରେ ଜାଲ ବସାଇ ମାଛ ଧରି ଥାଆନ୍ତି । ସେ ନାଳଟି ଦୁଇ ସାଇ ମଝିରେ ଥିଲେ ସୁଧା, ସେଇଟି କୈବର୍ଭ ସାଇକୁ ଶହେହାତ ଓ ବ୍ରାହ୍ମଣ ବସ୍ତି ଠାରୁ ଦୁଇ ଶହ ହାତ ଦୂର ।

ସତୀ ସେ ନାଳ ଉପର ଦେଇ ଗଲାବେଳେ ତଳକୁ ଅନାଇ ଦେଖିଲା । ନାଳଟି ଶୁଖି ଯାଇଛି । ବିଲପାଣି ଆଉ ଗଡୁନାହିଁ । ମାର୍ଗଶିର ମାସର ତିନିଦିନ । ଆସନ୍ତା ପ୍ରହର ଦିନ ପ୍ରଥମାଷ୍ଟମୀ । ଅଷ୍ଟମୀ ବାସି ଦିନଠାରୁ ଧାନକଟା ଆରମ୍ଭ ହେବ । ବିଲ ସବୁ ଶୁଖି ଗଲାଣି, ନାଳରେ ଯଦିବା କାଦୁଅ ଅଛି, ମାତ୍ର ପାଣି ଆଉ ଗଡୁ ନାହିଁ । ଶୁଖିଲା ନାଳଟିକୁ ଦେଖି ତା' ମନରେ ଛନକା ପଶିଗଲା । ଏଇ ନାଳଟି ଶୁଖି ଗଲା ପରି ତା' ହୃଦୟରେ ଯେଉଁ ପ୍ରେମର ଫଲ୍‌ଗୁ ଧାରାଟି ବହି

ଚାଲିଛି । ସେଇଟି କ'ଣ ଏହି ନାଳ ପରି ଶୁଖି ଯିବ କି ? ବିଲ ପାଣି ନ ଗଡ଼ିବାରୁ ନାଳଟି ଯେପରି ଶୁଖୁଗଲା, ସେହିପରି ଅଧର ଯଦି ଧବଳେଶ୍ୱରଙ୍କ ମନ୍ଦିରକୁ ଆଉ କେବେ ନଆସନ୍ତି । ତେବେ ତା' ଅନ୍ତରର ଆଭ୍ୟନ୍ତର ପ୍ରଦେଶରେ ପ୍ରଭାହିତ ହେଉଥିବା ପ୍ରଣୟର ଶ୍ୱତସ୍ୱିନୀ ଧାରାଟି ଶୁଖି ଶୁଷ୍କ ପାଲଟି ଯିବ ?

ମେଘ ନହେଲେ ନାଳରେ ପାଣି ଗଡ଼େନା । ଆଷାଢ଼ଠାରୁ କାର୍ତ୍ତିକ ମାସ ପର୍ଯ୍ୟନ୍ତ ବର୍ଷା ପାଣି ଓ କେନାଲ ପାଣି ବିଲ ଦେଇ ନାଳବାଟେ ଯୋରକୁ ଗଡ଼ିଥାଏ । ଯଦିବର୍ଷା ନହେବାରୁ ନାଳରେ ପାଣି ବଡ଼ ନାହିଁ । କେନାଲ ପାଣି ବନ୍ଦ ହୋଇଯିବାରୁ ଯେବେ ନାଳଟି ଶୁଖିଗଲା । ତେବେ ଅଧର ଆଉ ଧବଳେଶ୍ୱରଙ୍କ ମନ୍ଦିରକୁ ନ ଆସିଲେ କିମ୍ବା ତାଙ୍କ ସହିତ କେବେ କେଉଁଠି ଦେଖା ନହେଲେ ତା' ହୃଦୟର ଜଳଧାରାଟି ଶୁଖିଯିବନିକି ?

ପୁଣି ପର ମୁହୂର୍ତ୍ତରେ ତା' ମନରେ ଭାବାନ୍ତର ଆସୁଥିଲା । ବର୍ଷାଦିନେ ନାଳରେ ପାଣି ଗଡ଼େ । ଖରାଦିନେ ନାଳଟି ଶୁଖିଲା ଥାଏ; ପୁଣି ମେଘ ହେବା ପର୍ଯ୍ୟନ୍ତ; ବର୍ଷା ରତୁ ନଆସିଲା ଯାଏ । ଯେତ ପ୍ରକୃତିର ନିୟମ । ରତୁ ପରିବର୍ତ୍ତନର ଫଳ । ଏମିତି ଅନାଦି କାଳରୁ ହୋଇଆସୁଛି । ସୃଷ୍ଟି ଆରମ୍ଭରୁ ଏଭଳି ଚାଲିଛି । ମେଘ ନହେଲେ ନଦ୍ଧନାଳ ଶୁଖିଯାଏ । କିନ୍ତୁ କେଉଁ ଆଡ଼େ କେବେ ବି ଉଭେଇ ଯାଏନା । ପୁଣି ମେଘ ବର୍ଷିଲେ ସେ ସବୁ ଜଳରେ ପୂର୍ଣ୍ଣ ହୋଇଯାଏ । ହେଲେ ତା' ହୃଦୟରେ ପ୍ରଣୟର ଯେଉଁ ଫଲ୍ଗୁଧାରାଟି ପ୍ରବାହିତ ହୋଉଛି ସେ ତ କେବେ ଶୁଖିବ ନାହିଁ ଏପରିକି ଅଧରଙ୍କ ଅବର୍ତ୍ତମାନରେ ସୁଦ୍ଧା । ଯେମିତି ରାଜା ଦଶରଥଙ୍କ ରାଜୁତି କାଳରେ ଅଯୋଧାରେ ଦୀର୍ଘ ବାରବର୍ଷ ବର୍ଷା ନହୋଇ ସୁଦ୍ଧା ସରଜୁନଦୀ ଶୁଖି ନଥିଲା । ବର୍ଷା କରାଇବା ଲାଗି ଋଷି ଋଷ୍ୟଶୃଙ୍ଗଙ୍କୁ ଆଣିବାକୁ ଜରଦା ସରଜୁନଇରେ ନୌକା ଯୋଗେ ଯାତ୍ରା କରିଥିଲେ । ସରଜୁ ନଦୀ ଯେପରି ଦୀର୍ଘ ବାରବର୍ଷ କାଳ ବର୍ଷା ନହୋଇ ମଧ ଶୁଖିନଥିଲା । ସେହିପରି ତା' ହୃଦୟର ଫଲ୍ଗୁଧାରାଟି ସରଜୁ ନଦୀ ପରି ଚିରସ୍ରୋତା ହୋଇ ବହି ଚାଲିଥିବ । ସେ ପ୍ରଣୟର ଫଲ୍ଗୁଧାରା କେବେ ବି ଶୁଖିବନି । ସେ ଚିରସ୍ରୋତା । ସୁନାବ୍ୟା, ଅନ୍ତରର ଆଭ୍ୟନ୍ତର ପ୍ରଦେଶରେ ପ୍ରବାହିତ ଚିରସ୍ରୋତା ନଦୀଟିଏ । ପ୍ରେମର ବାରିଧାରା ଦ୍ୱାରା ସର୍ବଦା ପରିପୁଷ୍ଟ । ସେ ପୀରତିର ନଦୀ ଶୁଖି ପାରେ ନାହିଁ । ପ୍ରଣୟର ବର୍ଷା ଦ୍ୱାରା ସବୁ ବେଳେ ଉଚ୍ଛୁଳିଥାଏ । ଚିରସ୍ରୋତା ସରଜୁ ପରି । ବର୍ଷା ଅଭାବରୁ ସରଜୁ ନଦୀ ନଶୁଖିଲା ପରି ଅଧରଙ୍କ ଅବର୍ତ୍ତମାନରେ ସୁଦ୍ଧା ତା' ହୃଦୟରେ ପଣୟର ଫଲ୍ଗୁଧାରା ପ୍ରବାହିତ ହେଉଥିବ ଏହିପରି, ଯେପରି ବର୍ତ୍ତମାନ ବହି ଚାଲିଛି ତା' ହୃଦୟ ମଧରେ ପୀରତିର ପ୍ରେମ ପ୍ରଣୟ ମନ୍ଦାକିନୀ ହୋଇ ।

ପ୍ରେମର ଆରମ୍ଭ ଅଛି ମାତ୍ର ପ୍ରେମର ଶେଷ ନଥାଏ । ଥରେ ପ୍ରେମର ମନ୍ଦାକିନୀ ଧାରା ହୃଦୟରେ ପ୍ରବାହିତ ହେଲେ, ସେ ଧାରା ତା'ପରେ ଆଉ କେବେବି ଶୁଖି ଯାଏନା । ସମସ୍ତ ପ୍ରକାର ଝଡ଼, ଝଞ୍ଜା, ଆପଦ, ବିପଦ, ପ୍ରତିରୋଧ, ଆକଟ, ବାଧା, ବିଘ୍ନ ଓ ବନ୍ଦନକୁ ଅତିକ୍ରମ କରି ସେ ବହି ଚାଲିଥାଏ । ଦୀର୍ଘ ବାର ବର୍ଷ ଅନାବୃଷ୍ଟି କ୍ଲିଷ୍ଟ ଅଯୋଧାର ଚିରସ୍ରୋତା ସରଜୁ ନଦୀର ଜଳଧାରା ପରି ।

ସତୀ ନାଳ ପାର ହୋଇ ବ୍ରାହ୍ମଣ ସାଇ ଆଡ଼କୁ ଚାଲିଲା । ସୁନି ବ୍ରାହ୍ମଣ ସାଇର ନଟିଆ ନନାଙ୍କ ବଡ଼ୁଆ । ନଟିଆ ନନା ଯଜମାନି କର୍ମରେ ବ୍ୟସ୍ତ ରହି ଅଧିକାଂଶ ସମୟରେ ଘରେ ନଥାଆନ୍ତି । ସେ ଦିନ ବେଳା ଯଜମାନଙ୍କ ଘରେ ବିତାଇ ସଞ୍ଜକୁ ଘରକୁ ଫେରନ୍ତି । ସୁନିର ମା' ନର୍ମଦା ପ୍ରଥମାଷ୍ଟମୀ ପାଇଁ ଚୁନା କୁଟିବାକୁ ଯାଇଥିଲେ । ତାଙ୍କ ସାଇରେ ମାତ୍ର ଗୋଟିଏ ଢିଙ୍କି । ସେଇଟି ଠାକୁରବାବାଙ୍କର । ସେଠାକୁ ଓଷାବାର ପୁନେଇ ପରବରେ ସାଇର ସ୍ତ୍ରୀ ଲୋକମାନେ ଚୁନା କୁଟିବାକୁ ଯାଇଥାଆନ୍ତି । ଧାନ କୁଟିବାକୁ ଆଉ ଢିଙ୍କିର ପ୍ରୟୋଜନ ହୋଉନି । ଧାନ କଳରେ ପେଡ଼ା ହେଉଛି । କେବଳ ଓଷାବାରରେ ଓ ପୁନେଇ ପର୍ବମାନଙ୍କରେ ତ ଚୁନା କୁଟିବାକୁ ଢିଙ୍କିର ଆବଶ୍ୟକ ପଡ଼ୁଛି । ଠାକୁର ବାବାଙ୍କର ଘର ଢିଙ୍କିରେ ସାଇ ସାରା ସ୍ତ୍ରୀର ଲୋକମାନେ ଅଦଲବଦଲ ହୋଇ ସେମାନଙ୍କ ଚୁନା କୁଟି ଥାଆନ୍ତି ।

ଚୂନା କୁଟିଲା ବେଳେ ସାଇର ପ୍ରାୟ ସମସ୍ତ ସ୍ତ୍ରୀ ଲୋକମାନେ ଏକତ୍ର ହୋଉ ଥିବାରୁ ସେଠାରେ କେତେ ରକମର କଥା ପଡ଼େ। ଢିଙ୍କି ଶାଳରୁ ଢେଙ୍କାନାଳ ଯାଏ ଓ ହାଣ୍ଡିଶାଳରୁ ନୂଆ ଦିଲ୍ଲୀ ପର୍ଯ୍ୟନ୍ତ। ନାନା ପ୍ରକାରର କଥା ସେଠି ଆଲୋଚନା ହୋଇଥାଏ। ବିଭିନ୍ନ କିସମର ଲୋକ (ମହିଳା) ଯେତେବେଳେ ଗୋଟିଏ ଜାଗାରେ ରୁଣ୍ଡ ହୋଇଛନ୍ତି ସେଠି ତ ଅନେକ ରକମର କଥା ପଡ଼ିବା ସ୍ୱାଭାବିକ ଘଟଣା। କାହା ବାପଘର ତା' ପିଲା ପାଇଁ କେମିତିକା ପୋଷାକ ପଠାଇଛନ୍ତି। କାରଣ ପ୍ରଥମାଷ୍ଟମୀରେ ମାମୁଁ ଘରମାନେ ଭଣଜା କିମ୍ବା ଭାଣିଜିମାନଙ୍କୁ ପଢ଼ୁଆ ହେବା ଲାଗି ନୂଆ ପୋଷାକ ଦେବାର ବିଧ୍ୱ ଉପକୂଲ ଓଡ଼ିଶାର ପ୍ରଚଳିତ ଅଛି। କାହା ବାପା ତା' ପିଲା ପାଇଁ ଅଭାବରେ ପଡ଼ି ଶସ୍ତାଲିଆ ପୋଷାକ ଆଣି ଥିବାରୁ ତା' ପିଲାର ସେ ପୋଷାକ ମନୋନୀତ ହେଉନି। କାହା ମାମୁଁଘର ପୋଷାକ ନଦେଇ ସେ ବାବଦକୁ ଟଙ୍କା ପଠାଇ ଦେଇଛନ୍ତି। କାହାର ମାମୁଁ ଘର ପାଖ ନହୋଇ ବହୁତ ଦୂର ହୋଇଥିବା ଯୋଗୁ ସେମାନେ ପ୍ରଥମାଷ୍ଟମୀ ଲାଗି ପଠାଇଥିବା ଟଙ୍କା ଅଷ୍ଟମୀ ପରେ ଆସି ପହଞ୍ଚିବ। କିଏ କହେ ତା ବାପା ପୋଷାକ କିଣିବାକୁ ନିକଟବର୍ତ୍ତୀ ସହରକୁ ଯାଇଛନ୍ତି। କାହାର କେତେ ଚାଉଳ ଅଷ୍ଟମୀ ପିଠାଲାଗି ଭେଦା (ବତୁରା) ହୋଇଛି। କେତୋଟି ନଡ଼ିଆ ସିଏ ପୂର କରିବାକୁ ଭାଙ୍ଗିଛି। କିଏ କହେ ଗୁଡ଼ରେ ପୂର ନଖରଡ଼ି ଚିନି ପାଗରେ ଖରଡ଼ିବ। କାରଣ ଗୁଡ଼ରେ ପୂର ଖରଡ଼ିଲେ ପୂରର ବର୍ଣ୍ଣ କଳାଦିଶେ। ଚିନିରେ ଖରଡ଼ିଲେ ସଫା (ଧଳା) ଦିଶିଥାଏ। କାହାର ପୁରୁଣା ଧାନରେ ଅରୁଆ ପଖିଆ ହୋଇଛିତ କାହାର ନୂଆ ଧାନରେ। ପ୍ରଥମାଷ୍ଟମୀ ପିଠା ପୂରା ଅରୁଆ ଚାଉଳରେ ନହୋଇ ସାମାନ୍ୟ ବାଙ୍ଗ ଦେଇ ଅଧା ଅରୁଆ ଅଧା ଉସୁନା। ଯାହାକୁ ଅରୁଆ ପଖଆ କୁହାଯାଏ। ସେହି ଚାଉଳରେ ପିଠା ହୋଇଥାଏ। କାରଣ ଅଷ୍ଟମୀ ପରେ ପରେ ଧାନ କଟା ଆରମ୍ଭ ହୋଇଥାଏ। ଧାନ ନଇଁ କରି କାଟିବାକୁ ପଡ଼େ। ପୂରା ଅରୁଆ ଚାଉଳରେ ତିଆରି ପିଠା ଖାଇଲେ ନଇଁ କରି ଧାନ କାଟିଲେ କମର (ଅଣ୍ଟା) ଧରେ। ସେଥି ସକାଶେ ଧାନକୁ ବାଙ୍ଗରେ ଅଧା ସିଝାଇ ସେ ଚାଉଳରେ ପିଠାକଲେ ଆଉ କମର ଧରେନା।

ସୁନିର ମା ନର୍ମଦା ଠାକୁର, ବାବାଙ୍କ ସ୍ତ୍ରୀକୁ କହିଲେ। "ବୁଢ଼ିଲ ନାନୀ ତମ ଦିଅର ସୁନି ପାଇଁ ଯେଉଁ ଶାଢ଼ିଟି ଆଣିଛନ୍ତି। ସେ ଲୁଗା ଝିଅ ଚନ୍ଦ୍ରମାଙ୍କ ମନକୁ ପାଉନି। ଲୁଗାକୁ ଦେଖି ସୁନି ମୁହଁ ଓହଲାଇ ବସିଛି। ମୁଁ ଏଣେ ଆସିଲି ଚୂନା କୁଟିବାକୁ। ବାପ ଗୋଆ କରିଛିତ ଏବେ ବୁଢ଼ୁ।" ଠାକୁର ବାବାଙ୍କ ସ୍ତ୍ରୀ ବାବନର ମା ଉତ୍ତର ଦେଲେ ବୁଢ଼ିଲୁ ସାନବୋଉ ନଟବର ଯେଉଁ ଲୁଗା ଆଣିଛନ୍ତି, ତାକୁ ସୁନି ପିନ୍ଧୁ କି ନପିନ୍ଧୁ। ଆମର ଯେତିକି ଶକ୍ତି ପାଇଲା ଆମେ ସେତିକିରେ ଆଣିଲୁ। ଅଧିକ ଖୋଜିଲେ କୁଆଡ଼ୁ ଆସିବ। "ସେମାନଙ୍କ ପୁତୁରା ବୋହୂ ହେବ ଜଣେ, ତାଙ୍କ କଥା ଶୁଣି କହିଲା, "ଶୁଣୁଛ ଖୁଡ଼ି,"ଯେତିକି ଚୂନକୁ ସେତିକି ପିଠା। ଯେତିକି ଚିନିକୁ ସେତିକି ମିଠା। ତୁମ ପୁଅ ଯେଉଁ ପୋଷାକ ଆଣିଛନ୍ତି। ତୁମ ନାତି ଟୋକା ଘୋଡ଼ାମୁହଁ ମନକୁ ପାଉନି ବୋଲି କହୁଛି। ସେ ଏଥର ପଢ଼ୁଆ ହେବନି। ପୁରୁଣା ପୋଷାକକୁ ସଫା କରିଛି ତାକୁ ଅପରିଦିନ ପ୍ରଥମାଷ୍ଟମୀରେ ପିନ୍ଧିବ ବୋଲି ଆଉ ଜଣେ କହିଲା। "ମୋ ବାପଘର ଗରିବ। ସିଏ ଯୋଉ ପୋଷାକ ପଠାଇଲେ ଆମର ଇୟେ ବାପ, ପୁଅ ସେ ପୋଷାକକୁ ଦେଖି ହସୁଛନ୍ତି। କେତେ ବାଗରେ, କେତେ ପ୍ରକାରରେ, କେତେ ରକମରେ ବୁଲେଇ ବଙ୍କେଇ ଚାଲାଖିରେ କହୁଛନ୍ତି। ଯେମିତି ମୋ ଦେହକୁ ଲାଗିବ। ମନକୁ ବାଧିବ। ମୁଁ ଜମା ସେ କଥା ଶୁଣୁନିକି ସେ ଆଡ଼କୁ ମୋତେ କାନ ଦେଉନି। ସେମାନେ ଯାହା ପାରିଲେ ଦେଲେ। ଯଦି ତୁମର ଏତେ କାଉଆ ପଣ ଅଛି, କରାମତି ପାଉଛି ତେବେ ତୁମେ ଯାଇ ଦାମିକା ପୋଷାକ କିଣି ଆଣୁନା। କ'ଣ ବଜାର କୁଆଡ଼େ ପଳେଇଲା ନା ଦୋକାନ ମାନଙ୍କରୁ ସବୁ ଲୁଗାପଟା ସରିଗଲା। ମୋ କଥା ଶୁଣି ବାପ କହୁଛି ପ୍ରଥମାଷ୍ଟମୀ ଲାଗି ମାମୁଁ ଘର ପୋଷାକ ପଠାଇବା ବିଧ୍ୱ ଅଛି ଏ ନିୟମ ଚଳେ। ପୁରାଣ ଶାସ୍ତ୍ରରେ କୁଆଡ଼େ ଏକଥା ଲେଖା ହୋଇଛି। ମୁଁ ତ ମୂର୍ଖ ଲୋକ ସେ କଥା କି ଜାଣେ। ବାପସାଙ୍ଗରେ ପୁଅ ପାଲି ଧରୁଛି। ବାପ ଗାଆଣକୁ ପୁଅ ହୋଇଛି ଶ୍ରୀ ପାଲିଆ।" ଏମିତି କେତେ ପ୍ରକାରର କଥା ପଡ଼ିଥାଏ। ଆଲୋଚନା ହୋଉଥାଏ। ଅନେକ ରକମର ବିଷୟରେ କଥା ଚାଲିଥାଏ। ତା' ଭିତରେ

ଚୁନାକୁଟା ଚାଲିଥାଏ। ତା' ସହିତ ସେମାନଙ୍କର ଗପ। ଦି ଘଡ଼ିର କାମ ଲାଗେ ତିନି ଘଣ୍ଟା। ମାଇପି ଜାତିଙ୍କର କାମ ଅପେକ୍ଷା କଥାରେ ବେଶୀ ମନ ଓ ଅଧିକ ଧ୍ୟାନ ରହିଥାଏ।

ସତୀ ଠାକୁରବାବାଙ୍କ ଘର ଅତିକ୍ରମ କରି ଯାଇ ସୁନି ଘର ପାଖରେ ପହଞ୍ଚିଗଲା। ସେତେବେଳକୁ ସେ ତା' ମନକୁ ପୂର୍ବଭଳି ଭାବାବେଗରେ ଉଦ୍‌ବେଲିତ କରାଉଥିବା ଛକ ବଜାରରେ ଘଟି ଯାଇଥିବା ଘଟଣାକୁ କିପରି ସତୀ ତା' ସାଙ୍ଗ ସୁନିକୁ କହିବ। ସେଥିପାଇଁ ଉଦବିଗ୍ନ ହୋଇ ପଡ଼ୁଥାଏ। ତା' ମନର ସମୁଦ୍ରରେ ଅନେକ ଭାବନାର ଲହଡ଼ି। ତା' ହୃଦୟର ବେଳାଭୂମିରେ ପିଟିହୋଇ ପୁଣି ମନର ଅଥଳ ସାଗରବକ୍ଷକୁ ଫେରି ଯାଉଥିଲା। ଛକ ବଜାରକୁ ଯାଇ ସେ ଅଧରଙ୍କ ଦେଖାପାଇଛି। ଏକଥା ଜଣାଇବା ପାଇଁ ମନର ଉଦ୍‌ବେଗକୁ କୌଣସି ପ୍ରକାରେ ତା' ଅନ୍ତର ଭିତରେ ଚାପିରଖିବାକୁ ସେ ଚେଷ୍ଟା କରୁଥାଏ ତା' ପାରୁ ପର୍ଯ୍ୟନ୍ତ। ସୁନିକୁ ସେ କଥା କହିଲେ ସେ ନିଶ୍ଚୟ ତା'ର କୌଣସି ଗୋଟେ ବିକଳ୍ପ ଉପାୟ ବାହାର କରିବ। ତା' ପରେ ତା' ମନର ମିତଣୀ ସୁନିକୁ ତା' ମନ ମଣିଷର କଥା କହିବ ନାହିଁତ ଆଉ କହିବ କାହାକୁ? ମନରେ ଲଦା ହୋଇଥିବା ବୋଝ କହିଦେଲା ପରେ ନିଶ୍ଚିନ୍ତ ଭାବରେ ହାଲୁକା ହୋଇଯିବ। ପ୍ରାଣର ବାନ୍ଧବୀ ସୁନିକୁ ମନକଥା ଜଣାଇ ସାରିଲା ପରେ ସେମାନେ ବସି ସେ ବିଷୟରେ ଆଲୋଚନା କରି କିଛି ଗୋଟେ ସିଦ୍ଧାନ୍ତ ନେବେ। ସେ ସୁନିଘରେ ପହଞ୍ଚି ଗଲାଣି। ମନ ମଣିଷର ବିଷୟ ଭାବନାରେ ତା' ମନ ଏମିତି ବୁଡ଼ି ଯାଇଥିଲା ଯେ ସେ ସୁନି ଘରେ ପହଞ୍ଚି ସାରିଲା ପରେ ସୁଦ୍ଧା ସେ କଥା ଜାଣିପାରୁ ନଥିଲା।

ଘରେ ସୁନି ଏକା ଥିଲା। ସୁନିର ସାନ ଭାଇ ସୁରିଆ ଗାଁ ପିଲାମାନଙ୍କ ସହିତ ଖେଳରେ କେଉଁଠି ମାତିଥିବ। ଘର ଗୋଟାକରେ ଏକୁଟିଆ ସୁନି। ନର୍ମଦା ତାକୁ ଘର ଜଗାଇ ଦେଇ ଯାଇଥିଲେ। ଗଲାବେଳେ ତାକୁ ତାଗିଦ କରି କହିଯାଇଥିଲେ। ସେ ଚୁନାକୁଟି ନଫେରିବା ଯାଏ ସୁନି ଯେପରି ଘରଛାଡ଼ି କୁଆଡ଼େ ନଯାଏ। ଶଙ୍ଖଲିଆ ଲୁଗାଟି ଯାହାକୁ ତା' ବାପା ତାଲାଗି ପ୍ରଥମାଷ୍ଟମୀରେ ପିନ୍ଧିବାକୁ ଆଣିଥିଲେ। ତାକୁ ଦେଖି ସୁନି ମନଉଣା କରି ଘରେ ଏକୁଟିଆ ବସିଥିଲା। ଏକୁଟିଆ ଭାବନା ସତରେ ସବୁବେଳେ ବଡ଼ ବିରକ୍ତିଆ, ଉଦାସିଆ ଲାଗେ। ତାକୁ ବି ଲାଗୁଥିଲା, ମନେ ମନେ କହୁଥିଲା। "ଏକୋ ହଂ ବହୁସ୍ୟାମ" ସୁନି ଏକୁଟିଆ ଘରେ ବସି ଚିଡ଼ିଉଠୁଥିଲା ଓ ମନରେ ଭାବୁଥିଲା, ଏତିକି ବେଳେ ସତୀ ଆସନ୍ତା କି ନିରୋଳା ସମୟରେ ବସି କଥାବାର୍ତ୍ତା ହୁଅନ୍ତ। ଫଳରେ ତା' ମନରେ ଥିବା ଏକଲାପଣ ଓ ବିରକ୍ତି ଭାବ କଟି ଯାଆନ୍ତା। ସେଥି ପାଇଁ ପରା କୁହାଯାଇଛି- "କଳ୍ପନା ଗଢ଼େ ଭାବର ସଉଦ ସାଥୀ ନଥିଲେ କି ଲାଭ? ନାବ ନଥିଲେ ସେ କେମନ୍ତେ ତରିବ, ତେଣୁ ସିନା ଭାବନାବରେ ମଜତ୍ର, ତେଣୁ ସିନା ଭାବ ନାବ। ସୁଖ କହିବାକୁ ସାଥୀ ମିଳନ୍ତିନି, ଦୁଃଖ ଶୁଣିବାକୁ ସଦା, ସାଥୀ ଦଗାଇଆ କେମିତି ଚିହ୍ନିବୁ- ଜୀବନଟା ଅଧା ଅଧାରେ ମଜତ୍ର ଜୀବନଟା ଅଧାଅଧା।"

ମଣିଷ ଜୀବନର ସବୁଠୁ ଅସହାୟ ଅନୁପ୍ରାସ ହେଲା- ଏକଲା ହେବା ଭୟ। ତା' ପାଖରେ କେହି ନଥିଲେ ତାକୁ ସେତେବେଳ ଭୂତ ଦରାଏ। ଯେତେ ଭକ୍ତି ଯୋଗ୍ୟ ନୁହେଁ। ବେଶୀ ଭୟ ଯୋଗ୍ୟ ସେ ହନୁମାନ ଚାଲିଶା, ଗାୟତ୍ରୀ ମନ୍ତ୍ର ଓ ବିଷ୍ଣୁ ସହସ୍ର ନାମ ଇତ୍ୟାଦି ମୁଖସ୍ଥ କରି ଓ ତାକୁ ଜପକରି ଭୂତ କୋପରୁ ନିସ୍ତାର ପାଏ। ହୁଏତ ସେ ନିଜ ମରଣକୁ ଡାକ୍ତରଙ୍କ ଜରୀଆରେ ଧକ୍କା ଦେଇ ଦୂରେଇ ଦେଇପାରେ। ମାତ୍ର ଏକଲା ପଣ(କୁ)ର ନିରାକରଣ ପାଇଁ କୌଣସି ଔଷଧ ଏ ପର୍ଯ୍ୟନ୍ତ ଆବିଷ୍କାର କିମ୍ବ ଉଭାବନାର ସୂଚନା ଆମକୁ ଜଣାନାହିଁ। ଜାଁ ପଲ୍ ସାତ୍ର କହିଲେ- ପାଖରେ କେହି ନାହାଁନ୍ତି। ଠିକ୍ ଅଛି। ମାତ୍ର ଯଦି ଭାବିଲ ଯେ ତୁମେ ଏକଲା ଅଛ- ତେବେ ଧରିନିଅ ଯେ ଯେଉଁମାନେ ତୁମ ସାଥୀରେ ଥିଲେ ସେମାନେ ତୁମର ପ୍ରକୃତ 'ସାଥୀ' ନଥିଲେ। ମିତ୍ର- ନିର୍ବାଚନରେ ତୁମର ମାରାତ୍ମକ ଭୁଲ ଥିଲା।

ସୁନି ମନରେ ଏହିପରି ଭାବନା ଆସୁଥିଲା ଯେତେବେଳେ ଠିକ୍ ସେତିକି ବେଳେ ସତୀ ଯାଇ ସୁନି ଘରେ ପହଞ୍ଚିଗଲା। ସତୀକୁ ଏଭଳି ପରିସ୍ଥିତିରେ ଦେଖି ସୁନି ଭାରି ଖୁସି ହୋଇଗଲା। ଦୁଇ ସାଙ୍ଗ ତାଙ୍କ ଦାଣ୍ଡ ଘର ଖଟ ଉପରେ

ବସିଲେ । ଘରେ ନର୍ମଦା କିୟା ସୁରିଆ ନାହାଁନ୍ତି ଜାଣି ସତୀ ମନରେ ଆନନ୍ଦ କହିଲେ ନସରେ । ତା' ମନର କଥା ଜଣାଇ ସେ ବିଷୟରେ ମନଖୋଲା ଆଲୋଚନା କରିବା ପାଇଁ ଉପଯୁକ୍ତ ବାତାବଣ ଶୁନି ଘରେ ଥିବାରୁ ସତୀ ମନରେ ଉସ୍ଵାହ ଭରିଗଲା । କଇଁ-ଚନ୍ଦ୍ରକୁ ଦେଖିଲେ, ପଦ୍ମ-ସୂର୍ଯ୍ୟଙ୍କ ଦର୍ଶନ ପାଇଲେ, ଚକୋର-ପ୍ରଭାତର ପ୍ରଥମ ଆଲୋକ ସ୍ପର୍ଷରେ ଚାତକ ପହିଲି ବାରି ପାତର ଆରମ୍ଭରେ ଯେପରି ଆନନ୍ଦ ଲାଭ କରି ଥାଆନ୍ତି । ସତୀର ଖୁସି ଆଜି ସେହିପରି କୂଳ ଲଂଘି ଯାଉଥାଏ ।

ଶୁନି ଏକୁଟିଆ ଘରେ ରହି ବିରକ୍ତି ଅନୁଭବ କରୁଥିଲା । ଘରେ କେହି ନଥିଲା ବେଳେ ତା' ଉପରେ ଘର ଜଗିବାର ଭାର ନ୍ୟସ୍ତ ଥିଲା । ଯାହା ଫଳରେ ସେ ଘର ଛାଡ଼ି ବାହାରକୁ କୁଆଡ଼େ ଯାଇପାରୁ ନଥିଲା । ଶଷ୍ଟାଲିଆ ଲୁଗାଟିକୁ ଦେଖି ମନଦୁଃଖ ସାଙ୍ଗକୁ ଏକାଏକା ବସି ଚିଡ଼ି ଉଠୁଥିଲାବେଳେ ସତୀ ପହଞ୍ଚି ଯିବାରୁ ସେ ତାକୁ ଧନ୍ୟବାଦ ଦେଇଥିଲା । ଏଇଥି ପାଇଁ ଯେ ଏତେ ବଡ଼ ଖଣ୍ଡାରେ ତାକୁ ଏକୁଟିଆ ଖାଁ ଖାଁ ଲାଗୁଥିଲା ବେଳେ ସତୀ ସହିତ କଥାବର୍ତ୍ତା ହୋଇ ସେ ଏହି ଏକୁଟିଆ ସମୟକୁ ବିରକ୍ତି ଭାବ ବଦଳରେ ହସ ଖୁସିରେ ବିତାଇ ଦେଇ ପାରିବା ଆଶାରେ ।

ଶୁନିଘର ଦାଣ୍ଡମେଲାରେ ପଡ଼ିଥିବା ଖଟ ଉପରେ ଯାଇ ସତୀ ବସିଲା । ସେ ଶୁନିଘର ଭିତରକୁ ଏତିକି ବାଟ ପର୍ଯ୍ୟନ୍ତ ଯାଇପାରେ । ତା'ର ଆଉ ଅଧିକ ଭିତରକୁ ଯିବାକୁ ନର୍ମଦା ପସନ୍ଦ କରି ନଥାଆନ୍ତି । ଯେତେ ଅନ୍ତରଙ୍ଗ ସାଙ୍ଗ, ପ୍ରାଣର ମିତଣୀ କିୟା ହୃଦୟର ବାନ୍ଧବୀ ଏପରିକି ଘନିଷ୍ଟ ଭାବେ ନିବଡ଼ତମ ଏକାତ୍ମା ହେଲେ ସୁଦ୍ଧା ସତୀ ଛୋଟ ଜାତି ଜଳ ଅସ୍ପର୍ଷ କେଉଟ ଘରଝିଅ । ସେ ବ୍ରାହ୍ମଣ ଘରେ କେତେ ଭିତର ପର୍ଯ୍ୟନ୍ତ ଆଉ ଯାଇ ପାରିବ ? ସତୀକୁ ଦେଖି ଶୁନି ପ୍ରଥମେ ପଚାରିଲା, "ସତୀ ଖୁଡ଼ି ଚୁନା କୁଟିବାକୁ ଯାଇଛନ୍ତି କି ?"?

ସତୀ କହିଲା "ନା, ଆମର ଆସନ୍ତାକାଲି ସକାଳୁ ଚୁନା କୁଟା ହେବ । ମୁଁ ଘରୁ ଆସିଲାବେଳେ ବୋଉ ଚାଉଳ ଓ ବିରି ଭେଦାଉଥିଲା ।"

ଉତ୍ଫୁଲ୍ଲିତ । ସତୀର ଆନନ୍ଦ ଭାବ ଦେଖି ଶୁନି ପଚାରିଲା, "ତୁ ବୋଧେ ମୋତେ କିଛି କଥା କହିବାକୁ ଆସିଛୁ ?"

"ତୁ କେମିତି ଜାଣିଲୁ ?"

"ସେଇମିତି ।"

"କେମିତି ଜାଣିଲୁ ? ମୋତେ ଟିକେ କହ ।"

ଶୁନି କହିଲା । "ସତୀ ଆମେ ଏତେ ଦିନ ହେଲା ସାଙ୍ଗ ହେଲେଣି । ଯଦି ମୁଁ ତୋ ମନକଥା ଆଉ ତୁ ମୋ ଅନ୍ତରର ବ୍ୟଥା ଆମେ ମାନେ ଜାଣି ନ ପାରିବା ? ପରସ୍ପର ପରସ୍ପର ମୁଖକୁ ଦେଖି ଯେବେ ହୃଦୟର ଗୋପନ ଭାବନାକୁ ବୁଝି ନପାରିବା ? କଥାବର୍ତ୍ତାରୁ ଆମ୍ଭର ଅକୁହା ଭାଷାକୁ ଶୁଣିନପାରିବା । ହାବ ଭାବରୁ ପ୍ରାଣର ନିବୃଢ କୋଣରେ ଲୁକ୍କାଇତ ଥିବା ବେଦନାକୁ ଠଉରାଇ ନପାରିବା ? ତେବେ ଆମେ ସାଙ୍ଗ ହେବାର ମୂଲ୍ୟ କଣ ?"

"ଯଦି କିଛି କହିବି ବୋଲି ଜାଣି ପାରୁଛୁ ? ତେବେ କହିଲୁ ମୁଁ କେଉଁ କଥା କହିବା ପାଇଁ ଆସିଛି ?"

"ଅଧର ବାବୁଙ୍କ କଥା ।"

ଶୁନି କଥା ଶୁଣି ସତୀ ଚକିତ ହୋଇ ପଚାରିଲା, "ଶୁନି ତୁ କଣ ଜ୍ୟୋତିଷ ବିଦ୍ୟା ଜାଣିଲୁଣି ? ମୁଁ କହିବା ପୂର୍ବରୁ ମୋ ମନ କଥା କେମିତି ଜାଣି ପାରିଲୁ ?"

"ସତୀ ଯଦି ସାଙ୍ଗ ହୋଇ ସାଙ୍ଗର ମନକଥା ଜାଣିନପାରିବି ? ସାଙ୍ଗର ମନଭାବ ବୁଝି ନପାରିବି ? ସାଙ୍ଗର ଦୁଃଖ ଅନୁଭବ କରିନପାରିବି । ସାଙ୍ଗର ମନସ୍ତତ୍ତ୍ୱ ପଢ଼ି ନପାରିବି ? ସାଙ୍ଗର ଅବଶୋଷକୁ ଅନୁମାନ କରି ଧରି ନପାରିବି ?

ସାଙ୍ଗର ହତାଶ ଭାବକୁ ଆକଳନ କରି ନ ପାରିବି ? ସାଙ୍ଗର ବେଦନାକୁ ଅଟକଳ କରି ନେବାର ସାମର୍ଥ୍ୟ ହାସଲ କରିନପାରିବି ? ସାଙ୍ଗର ବ୍ୟାକୁଳତା ଧରି ନପାରିବି ? ଆଉ ସାଙ୍ଗ ଅନ୍ତରରୁ ସଂଶୟ ଦୂର କରି ନପାରିବି ? ତେବେ ସେପରି ସାଙ୍ଗ ହେବାରେ ଲାଭ କଣ ଅଛି କହିଲୁ ?”

“ତେବେ ତୁ କେମିତି ଜାଣିଲୁ ମୋତେ ଟିକେ କହ ?”

ସତୀର ମୁହଁକୁ ଅନାଇ ରହି ସୁନି ଜବାବ ଦେଲା, “ସତୀ ତୋ ମୁହଁର ଭାବ କହି ଦେଉଛି ତୁ ଆଜି ଭାରି ଖୁସି ଅଛୁ। ଯେପରି ଗରିବ ଲୋକଟିଏ କୌଣସି ଅମୂଲ୍ୟ ରନ୍ ପାଇଲେ ଖୁସି ହୁଏ। କାଙ୍ଗାଲଟିଏ ଲଟେରୀ ଜିତିଲେ। ଦିନ ମଜୁରିଆଟିର ପୁଅଟିକୁ କୌଣସି ସରକାରୀ ସଂସ୍ଥାରେ ସ୍ଥାୟୀ ନିଯୁକ୍ତି ମିଳିଥିବା ଖବର ଶୁଣିଲେ। ଶ୍ରେଣୀ ଗୃହର ସବାପଛ ସିଟ୍‍ରେ ବସୁଥିବା ପିଲାଟି ପ୍ରଥମ ଶ୍ରେଣୀରେ ପାଶ୍ କରିଥିବା ସମ୍ବାଦ ପାଇଲେ। ଝିଅଟିଏ ସେ ଭଲ ପାଉଥିବା ପୁଅଟି ସହିତ ତା’ର ବାହାଘର ସ୍ଥିର ହୋଇଥିବା ଖବର ମିଳିଲେ ଯେପରି ଖୁସି ହୁଅନ୍ତି। ତୁ ଆଜି ଠିକ୍ ସେହିପରି ଖୁସି ଅଛୁ। ଆଉ ଅଧରଙ୍କ ସହିତ ସାକ୍ଷାତ ବିନା ତୋତେ ଅନ୍ୟ କୌଣସି ଘଟଣା ଏତେ ଆନନ୍ଦ ଦେଇ ପାରିବ ନାହିଁ। ଏକଥା ମୁଁ ବେଶ ଭଲ ଭାବରେ ଜାଣିଛି। କହିଲୁ ମୋ ଅନୁମାନ ଠିକ୍ କି ନୁହେଁ। ସତୀ ଗୋଟେ ପ୍ରବାଦ ଅଛି। “ଓକର ମକର ପାଣି, ତୁମି ଯହି ପାଇଁ ଲସର ପସର, ଆମି ସେହି କଥା ଜାଣି।”

ସତୀ ହସି ହସି ଉତ୍ତର ଦେଲା, “ହଁ ତୋ ଅନୁମାନ ପୂରାପୂରି ଠିକ୍।”

ସତୀର ହସ ସହିତ ସୁନି ଯୋଗ ଦେଇ ହସିହସି ପଚାରିଲା, “କେଉଁଠି ଦେଖିଲୁ ? ସିଏ କ’ଣ ଆଜି ମନ୍ଦିରକୁ ଆସିଥିଲେ ?”

“ନା, ସିଏ ଯଦି ମନ୍ଦିରକୁ ଆସି ଥାଆନ୍ତେ, ତେବେ ମୁଁ ତାଙ୍କୁ କେମିତି ଦେଖି ପାରିଥାଆନ୍ତି।”

ସୁନି କାଳବିଳମ୍ବ ନକରି ତତ୍ କ୍ଷଣାତ୍ ଉତ୍ତର ଦେଲା, କାହିଁକି ତୁ ମନ୍ଦିରକୁ ଯାଇଥିବୁ, ସିଏ ଆସିଥିଲେ ଦେଖା ପାଇବାରେ ଅସୁବିଧା ରହିଲା କେଉଁଠି ?”

ସୁନି କଥାରେ ସତୀ ଅଭିମାନ ଭରା କଣ୍ଠରେ କହିଲା, “ମୁଁ କ’ଣ କେବେ ତୋତେ ସାଙ୍ଗରେ ନନେଇ ଏକୁଟିଆ ମନ୍ଦିରକୁ ଯାଇଛି ଯେ, ଆଜି ତୋତେ ନ ଡାକି ଏକା ଏକା ମନ୍ଦିରକୁ ଚାଲି ଗଲି ?”

ସତୀ କଥା ଶୁଣି ସୁନି ଛୋପ ଢୋକି, ଆଖ୍ ଡ଼ୋଲା ଉପରକୁ ଟେକି କହିଲା, “ହଁ ତା ତ ଠିକ୍, ତେବେ କେଉଁଠି ଦେଖିଲୁ ?”

ସତୀ ଓଠରେ ସ୍ମିତ ହସ ଖେଳାଇ କହିଲା, “ପ୍ରଥମାଷ୍ଟମୀ ପାଇଁ ଆଜି ଲୁଗା କିଣିବାକୁ ତାଙ୍କ ଗାଁ ପାଖ ଛକ ବଜାରକୁ ଯାଇଥିଲି।”

ସତୀ କଥା ଶୁଣି ସୁନି ଖୁବ୍ ଖୁସି ହୋଇ ଯାଇ ପଚାରିଲା, “ସତରେ ?”

“ହଁ”

“ଆଉ କିଏ ସବୁ ସାଥିରେ ଯାଇଥିଲେ ?”

“ବୋଉ ମୁଁ, ଆଉ ସେବ ଓ ସର।”

“କ’ଣ ବଆଁଶ ସାରା ଉଠି ଯାଇଥିଲ ?”

ସୁନି କଥାରେ ସତୀ କିଛି ନକହି କେବଳ ହସିଦେଲା। ସତୀ ନିରୁତ୍ତର ରହିବାରୁ ସୁନି ପଚାରିଲା, “ସିଏ କ’ଣ ଛକ ବଜାର ଲୁଗା ଦୋକାନକୁ ଆସିଥିଲେ ?”

“ନା;”

“ତେବେ ତୁମେ ସେଠାକୁ ଗଲାବେଳେ ସିଏ କ’ଣ ସେ ଛକ ବଜାରରେ ଥିଲେ ?” ତାଙ୍କ ଘର ପାଖରେ ଯେତେବେଳେ ବଜାର ବୁଲିଆସିଥିବେ ?”

“ନା ।”

“ସବୁ ତ ନା, ତେବେ କେଉଁଠ ଦେଖିଲୁ ?”

“ଆମେ ଦୋକାନରେ ବସି ଲୁଗା ବାଛିଲା ବେଳେ ସିଏ ବାରଟା ଗାଡ଼ିରୁ ଓହ୍ଲାଇଲେ ।”

ସତୀ କଥା ଶୁଣି ସୁନି ଟିକେ ରହିଯାଇ କହିଲା, “ତେବେ ସିଏ ଘରେ ନଥିଲେ । ସେଥିପାଇଁ ମନ୍ଦିରକୁ ଆସୁନଥିଲେ । ଆଜି ଯେତେବେଳେ ଘରକୁ ଫେରିଛନ୍ତି । ତାହା ହେଲେ ପହରିଦିନ ନିଶ୍ଚୟ ମନ୍ଦିରକୁ ଆସିବେ ।”

କ’ଣ କିଛି ଭାବିଲା ପରି ସତୀ କହିଲା, “ଆସିପାରନ୍ତି”

ସତୀର ଏପରି କହିବା ଢ଼ଙ୍ଗରୁ ସୁନି ପଚାରିଲା, “ଏମିତି କ’ଣ ଆପ୍ସା ମାରି କଥା କହୁଛୁ ?”

ସହଜ ଭାବରେ ସତୀ ଉତ୍ତର ଦେଲା । “ଆପ୍ସା ମାରିବି କାହିଁକି ?”

“ତେବେ ଏମିତି କାହିଁକି କହୁଛୁ ?”

“ତୁ କହୁଛୁ ସିଏ ପହରଦିନ ଆସିବେ । ତୋ କଥା ଅନୁସାରେ, ତାଙ୍କ ଆସିବାରେ କ’ଣ କିଛି (ଗ୍ୟାରେଣ୍ଟି) ଠିକ୍ ଅଛି ?”

ସତୀକୁ ବୁଝାଇବା ପାଇଁ ସୁନି କହିଲା, “ସିଏ ଘରେ ନଥିଲେ । ସେଥିପାଇଁ ସଂକ୍ରାନ୍ତି ଓ ସୋମବାର ଦିନ ଆସି ପାରିଲେ ନାହିଁ । ଆଜି ଯେତେବେଳେ ଘରକୁ ଫେରିଛନ୍ତି, ନିଶ୍ଚିତ ପହରି ଦିନ ଧବଲେଶ୍ୱରଙ୍କ ଦର୍ଶନ ଲାଗି ଆସିବେ ।”

ତା’ପରେ ଦୁଇ ସାଙ୍ଗ କିଛି ସମୟ ନିରବରେ ବସି ରହିଲେ । କାହାରି ମୁହଁରେ ଭାଷା ନାହିଁ । ଦୁହେଁ ଯେପରି ନିର୍ଦ୍ଦିଷ୍ଟ ଭାବେ କୌଣସି ପ୍ରକାର ଗଭୀର ଚିନ୍ତାରେ ନିମଗ୍ନ ।

ସୁନି ପ୍ରଥମେ ନିରବତା ଭଙ୍ଗ କରି କହିଲା, “ସତୀ ପହରି ଦିନ ତ ପ୍ରଥମାଷ୍ଟମୀରେ ଆମେ ମନ୍ଦିରକୁ ଯିବା । ପଉଆ ହୋଇ ନୂଆ ଶାଢ଼ି ପିନ୍ଧିଥିବା । କପାଳରେ ଲଗାଇ ଥିବା ଚନ୍ଦନ ପାଟି । ତା’ ସହିତ ଆଉ ଗୋଟ କାମ କଲେ କେମିତି ହୁଅନ୍ତା ?”

“କି କାମ ?” ଆଶ୍ଚର୍ଯ୍ୟ ହୋଇ ସତୀ ପଚାରିଲା ।

ସତୀ ପାଖକୁ ଆଉଟିକେ ଘୁଞ୍ଚି ଆସି ସୁନି କହିଲା, “ଅଧରବାବୁ ମନ୍ଦିରକୁ ଆସିଲେ ତୁ ତାଙ୍କୁ ପାଦୁକ ଦେବୁ । ବିଭୂତି ଟିପା ଲଗାଇ ଦେବୁ । ତା’ ସହିତ ଆଉ ଗୋଟେ ଜିନିଷ ମଧ ଦେବୁ ।”

“କି ଜିନିଷ ?” ସୁନି କଥାରେ ସତୀ ଆତ୍ମୟିତ ହୋଇ ପଚାରିଲା ଓ ଜିଜ୍ଞାସୁ ଆଖିରେ ତା’ ଆଡ଼କୁ ଅନାଇ ରହିଲା ।

ଆଗକୁ ପଛକୁ ଅନାଇ, ଘର ଭିତରୁ ଥରେ ଆଖି ବୁଲାଇ ଆସି, ଟେପ ଢୋକି ସୁନି ଉତ୍ତର ଦେଲା, “ଚିଠ;”

ଚିଠ କଥା ଶୁଣି ସତୀ ଚମକି ପଡ଼ିଲା ପରି କହିଲା, “ଚିଠି । ସୁନି ତୁ କେମିତି ଭାବି ପାରୁଛୁ ଯେ ମୁଁ ତାଙ୍କୁ ଚିଠି ଦେବି ? ଆଉ ସିଏ ମୋ ଚିଠିକୁ ଗ୍ରହଣ କରିବେ ?”

ସତୀ କଥା ଶୁଣି ସୁନି ବିଲମ୍ବ ନକରି ସଙ୍ଗେ ସଙ୍ଗେ ଉତ୍ତର ଦେଲା । କାହିଁକି ତୋ ହାତରୁ ପାଦୁକ ପାଉଛନ୍ତି । ବିଭୂତି ଟିପା ପିନ୍ଧୁଛନ୍ତି । ଠାକୁରଙ୍କ ଥାଲିରେ ଦେବା ପାଇଁ ତୋ ହାତକୁ ପାଇସା ବଢ଼ାଇ ଦେଉଛନ୍ତି । ତୋ ହାତବୁଣା ରୁମାଲ ନେଇଛନ୍ତି । ପ୍ରତି ବଦଲରେ ତାଙ୍କ ନାମ ଲେଖା ମୁଦି ତୋ ଆଙ୍ଗୁଳିରେ ପିନ୍ଧାଇ ଦେଇଛନ୍ତି । ତୁମ ଦୁହିଁଙ୍କ ମଧରେ ଏତେ ଦେବା ନେବା ଚାଲିଛି । ଏପରି ସମ୍ପର୍କ ଭିତରେ ତୁ ଦେଉଥିବା ଚିଠିଟିକୁ ନେବେ ନାହିଁ ବୋଲି ତୁ ଭାବୁଛୁ କାହିଁକି ?

"ଦଦାତି ପ୍ରତିଗୃହ୍ଣାତି ଗୁହ୍ୟମାଖ୍ୟାତି ପୃଚ୍ଛତି, ଭୁଙ୍କ୍ତେ ଭୋଜୟତେ ଚୈବ ଷଡ୍‌ବିଧଂ ପ୍ରୀତି ଲକ୍ଷଣମ୍‌।" ଦେବା ଓ ଗ୍ରହଣ କରିବା, ଗୋପନ କଥା କହିବା ଓ ପଚାରି ବୁଝିବା, ଖାଇବା ଓ ଖୁଆଇବା– ଏହି ଛଅଟି ଶ୍ରଦ୍ଧା (ପ୍ରୀତି)ର ଲକ୍ଷଣ ଅଟେ। ଏହି ଛଅଟି ଯାକ ସମସ୍ତ ପ୍ରକାର କାରବାର ତ ତୁମମାନଙ୍କ ମଧ୍ୟରେ ଚାଲିଛି। ସେପରି ସ୍ଥଳେ ସିଏ ତୋ ହାତରୁ ଚିଠି ନନେବାର ପ୍ରଶ୍ନ ଉଠୁଛି କେଉଁଠି ?"

ସୁନି କଥା ଶୁଣି ସତୀ ପଚାରିଲା, "ମୁଁ କେଉଁ ସାହାସରେ ତାଙ୍କୁ ଚିଠି ଦେବି କହିଲୁ ?"

"ଯେଉଁ ସାହାସରେ ସିଏ ରୁମାଲ ଆଣି ନଥିବାରୁ ତୁ ତୋ ନିଜ ରୁମାଲରେ ତାଙ୍କ ମୁହଁ ପୋଛି ଦେଲୁ। ତାଙ୍କ ଜାମାର ଉପର ବୋତାମ ଖୋଲା ଥିବାରୁ ସେ ବୋତାମ ମାରି ଦେଲୁ। ସେହି ପରି ଚିଠି ଦେଇଦେବୁ। ଏଥିରେ ଆଉ ଭାବିବାର କ'ଣ ଅଛି ?"

ସୁନି ମୁହଁକୁ ସତୀ ଭୟାଳୁ ଆଖିରେ ଅନାଇ କହିଲା।"ସୁନି; ମୋତେ ଭାରି ଡର ଲାଗୁଛି।"

"ଡର ଲାଗୁଛି ? ଯେତେବେଳେ ତୋ' ମନକୁ ତାଙ୍କୁ ଦେଇଦେଲୁ ? ତାଙ୍କୁ ତୋ' ମନର ମଣିଷ ଭାବରେ ଗ୍ରହଣ କରିନେଲୁ ? ବରଣ କରି ନେଲୁ ପ୍ରିୟ ପୁରୁଷ କରି ? ତାଙ୍କୁ ଭଲପାଇ ବସିଲୁ ? ତାଙ୍କୁ ତୋ' ପ୍ରାଣର ପ୍ରିୟତମ କରିନେଲୁ ? ଆପଣା ଅନ୍ତର ଭିତରେ ସାଇତି ରଖିଲୁ ? ଆମ୍ଭର ଅନ୍ତରଙ୍ଗ ଭାବରେ ମାନି ନେଇଥିଲୁ ? ତାଙ୍କ ପାଇଁ ପ୍ରୀତିର ନୈବେଦ୍ୟ ବାଢ଼ି ଦେଲୁ ? ନିଜେ ପୂଜାରିଣୀ ସାଜି ତୋ ହୃଦୟ ସିଂହାସନରେ ତାଙ୍କୁ ବସାଇ ପୂଜାକଲୁ ? ତାଙ୍କ ସହିତ ଆମ୍ନିୟତା ସ୍ଥାପନ କଲୁ ? ତାଙ୍କୁ ଜୀବନ ସର୍ବସ୍ୱ ଭାବରେ ସ୍ୱୀକାର କରିନେଲୁ। ସେତେବେଳେ ତ ଡରୁନଥିଲୁ ? ଏଇନେ ଏମିତି ଭୟ କଲେ ଚଲିବ କେମିତି ? ସତୀ ତୁ ଯଦି ମନରେ ଭୟ ରଖିବୁ ? ତାହେଲେ ତୁ ତାଙ୍କୁ କିଛି କହି ପାରିବୁ ନାହିଁ। ତୋ' ମନର କଥା ତୋ' ଭିତରେ ଗୁମୁରୁଥିବ। ତାଙ୍କୁ ତୋ' ପ୍ରାଣର ବେଦନା ଜଣାଇ ପାରୁ ନଥିବୁ କିୟା ତାଙ୍କୁ ଭୁଲି ପାରୁନଥିବୁ। ସତୀ ପ୍ରେମ, ଭଲ ପାଇବା ଆଉ ଡରଭୟ ପରସ୍ପର ବିରୋଧୀ। ଭୟରଖି କେହି କାହାରିକୁ ଭଲ ପାଏ ନାହିଁ। ଭୟରୁ ଭଲ ପାଇବା କେବେ ସମ୍ଭବ ହୁଏନା। ନିର୍ଭିକ ହେଲେ, ଡର ଛାଡ଼ିଲେ, ଭୟକୁ ଦୂରେଇ ଦେଲେ। ଉଭୟେ ସମାନ ସ୍ତରକୁ ଆସିଲେ। ସେଠି ମନ ସହିତ ମନର ମିଳନ ସମ୍ଭବ ହେବ। ଅନ୍ତର ସହିତ ଅନ୍ତର ମିଶିଯିବ। ଆଉ ଆମ୍ନା ସହିତ ଆମ୍ନା। ପରସ୍ପର ମଧ୍ୟରେ ଆମ୍ନିୟତା ସ୍ଥାପନ ନହେଲେ ଭଲ ପାଇବା କେବେ ସମ୍ଭବ ହୁଏନା। ଏକମନ, ଏକପ୍ରାଣ ଆଉ ଆମ୍ନିୟତା ବିନା କେହି କାହାରିକୁ କେବେ ହେଲେ ଭଲ ପାଇ ପାରେନା। ଆଉ ଡରୁଥିବା ଲୋକଟି, ଭୟ ରଖୁଥିବା ବ୍ୟକ୍ତିଜଣକ, ଶଙ୍କାଗ୍ରସ୍ତମାନେ କେବେ ପ୍ରେମ କରିପାରନ୍ତିନି। ଡର, ଭୟ, ଘୃଣା, ଆସୂହ୍ୟା, ଅଧୈର୍ଯ୍ୟା ଭାବ ପ୍ରେମର ବିରୋଧୀ। ପ୍ରେମ ଅମୃତ, ପ୍ରେମ ସ୍ୱର୍ଗୀୟ, ପ୍ରେମ ଚିରନ୍ତନ, ପ୍ରେମ ବାସ୍ତବତାରୁ ଜନ୍ମ ନିଏ। କଳ୍ପନାରୁ ନୁହେଁ। ପ୍ରେମ ଭାବନାରୁ ସୃଷ୍ଟି ହୁଏନା କିୟା ଯୋଜନାରୁ ରୂପ ପାଏନା। ଯୋଜନା କରି ଭାବିଚିନ୍ତି କେହି କାହାରିକୁ ଭଲ ପାଇ ପାରେନା। ପ୍ରେମ ଆପଣା ଛାୟେଁ ହୋଇଥାଏ। ମନକୁ ମନ, ପ୍ରାଣର ବନ୍ଦନ। ହୃଦୟର ନିବେଦନ। ଆମ୍ନ ସର୍ବର୍ପଣ। ଦେହର ଆକର୍ଷଣ, ରୂପର ସମ୍ମୋହନରୁ ପ୍ରେମର ସୃଷ୍ଟି। ନୀତି, ନିୟମ, ଆଦର୍ଶ, ପରମ୍ପରା, ସଂସ୍କୃତି, ବୟୋଜ୍ୟେଷ୍ଠଙ୍କ ହିତୋପଦେଶ, ମୁରବିଙ୍କ ଆକଟ, ସଂସାରର ଶୃଙ୍ଖଳା, ସାମାଜିକ ପଦ୍ଧତି, ଯାକୁ ସବୁ ମାନି ଚଲୁଥିବା ଲୋକଟି ପକ୍ଷରେ ପ୍ରେମ କରିବା ସମ୍ଭବ ହୁଏନା। ଲାଭ-କ୍ଷତିର ହିସାବ, ପାପ-ପୁଣ୍ୟର ବିଚାର, ମୋକ୍ଷ-ଅମୋକ୍ଷର ଆଶଙ୍କା, ସ୍ୱର୍ଗ-ନର୍କର ପ୍ରଭେଦ, ମୁକ୍ତି-ଯାତନାର ତଫାତ, ବେଦ-ଉପନିଷଦ ଓ ପୁରାଣ-ଶାସ୍ତ ଏବଂ ପୂଜା-ପଦ୍ଧତିକୁ ଆଚରଣରେ ଅନୁସରଣ କରୁଥିବା ବ୍ୟକ୍ତିଟି ଦ୍ୱାରା କେବେ ପ୍ରେମ ହୋଇ ପାରେନା। ପ୍ରେମ ମଣିଷକୁ ସାହାସି କରାଏ। ମନରୁ ଭୟ ଦୂର କରିଥାଏ। ଅନ୍ତର ମଧ୍ୟରୁ ଆଶଙ୍କାକୁ ହଟାଇ ଦେଇ ଦୁର୍ବଳକୁ ସବଳ କରାଏ। ଭୟାଳୁକୁ କରେ ଦୃଢ଼ମନା। ପ୍ରେମ ପାଇଁ ପ୍ରେମୀ ଯୁଗଳ ସମାଜର ଅଲଂଘ୍ୟ ପ୍ରାଚୀରକୁ ଅତିକ୍ରମ କରିଯିବାକୁ ପଛାନ୍ତି ନାହିଁ।" ଭଲ ପାଇ

ସାଂସାରିକ ନିୟମକୁ, ସାମାଜିକ ଆକଟକୁ ସେମାନେ ଆବଶ୍ୟକ ପଡ଼ିଲେ ଫାଙ୍କ ଦିଅନ୍ତି । ପ୍ରେମ ପାଇଁ ଦୁନିଆକୁ ସେମାନେ ପର କରି ଦେଇଥାଆନ୍ତି । ପ୍ରେମ ଲାଗି ସମ୍ପର୍କ, ସମ୍ବନ୍ଧ, ବାତ୍ସଲ୍ୟ ମମତା, ପରିବାରର ବନ୍ଧନ, ଆମ୍ବୀୟକଙ୍କ ସ୍ନେହ, ଶ୍ରଦ୍ଧା, ମମତା, ଶୁଭେଚ୍ଛା ଓ ଆମ୍ବୀୟତା ସବୁ ତୁଚ୍ଛ ହୋଇଥାଏ । ପ୍ରେମ ପାଇଁ ପ୍ରେମୀ ଯୁଗଳ ପ୍ରାଣପାତ ଲାଗି ଆଗେଇ ଯାଇଥାଆନ୍ତି । ପ୍ରେମ ପାଇଁ ସଂସାରର କଠୋର ନିୟମ, ସାମାଜିକ ଅକାତ୍ୟ ଶୃଙ୍ଖଳା, ଦୁନିଆର ଅନୁଶାସନକୁ ସେମାନେ ଡେଇଁ ଯାଆନ୍ତି ନିର୍ଭିକ ଭାବରେ ମନରେ କୌଣସି ଅନୁଶୋଚନା ନଆଣି । ସେପରି ସ୍ଥଳେ ତୁ ଏମିତି ହେଲେ ଚଳିବ ? କବିବର ରାଧାନାଥଙ୍କ ଭାଷାରେ "ଧନ୍ୟସେ ପ୍ରୀତିକି, ମରଣ ଭିତିକି ପ୍ରୀତି ଯେ ପାରଇ ଜିଣି, ଶିରୀଶ ମୃଦୁଳା ଲବଣୀ ପିତୁଲା ପ୍ରୀତି କଳା ସାହସିନୀ (ନନ୍ଦିକେଶରୀ) ।"

ଆଉ ତୁ ତୋ' ମନ କଥା ତାଙ୍କୁ ନଜଣାଇ ଲୁଚାଇ ଲୁଚାଇ ତାଙ୍କୁ ଭଲପାଇ ଝୁରିଝୁରି ଦେହ କ୍ଷୀଣ କଲେ ଲାଭ କ'ଣ ପାଇବୁ ? ତାଙ୍କ ପ୍ରତୀକ୍ଷାରେ ମନ୍ଦିରରେ ଦୀର୍ଘ ସମୟ ଧରି ବସି ରହିବାରେ ଫାଇଦା କ'ଣ ଅଛି କହିଲୁ ? ତାଙ୍କୁ ଭେଟିବା ଲାଗି ମୁଖଶାଲାରେ ଅଧିଆ ପଡ଼ିବାରେ କି ମୂଲ୍ୟ ପାଇଛୁ ? ତାଙ୍କୁ ଟିକେ ଦେଖା କରିବାକୁ ତୁ ଏମିତି ଦିନରାତି ଅପେକ୍ଷାକଲେ କ'ଣ ବା ମିଳିବ ସେଥିରୁ ? ତାଙ୍କ ସାକ୍ଷାତ ଯଦି ନମିଳିଲା ? ସିଏ ଯଦି ତୋ' ମନ କଥା ବୁଝି ନପାରିଲେ ? ତୋ' ହୃଦୟର ବେଦନା ତାଙ୍କ ପାଖରେ ସବୁଦିନ ପାଇଁ ଅକୁହା ରହିଯାଏ ? ତୋ' ପ୍ରେମର ଗୋପନ କାହାଣୀ ଯେବେ ସିଏ ଜାଣି ନ ପାରିଲେ ? ତୋ' ଅନ୍ତରର ଅବ୍ୟକ୍ତ ବାରତା ଯଦି ତାଙ୍କ ପାଖରେ ପହଞ୍ଚି ନପାରିଲା ? ତେବେ ସେଥିରେ କି ପ୍ରକାର ସ୍ୱାର୍ଥ ନିହିତ ଅଛି ଯେ ତୁ ତାଙ୍କୁ ତୋ' ମନ କଥା ନଜଣାଇ ତାଙ୍କ ଲାଗି ଏମିତି ଝୁରିଝୁରି ତାଙ୍କ ଅପେକ୍ଷାରେ ତାଙ୍କ ଆସିବା ବାଟକୁ ଅନାଇ ରହି ତାଙ୍କ ଉଦ୍ଦେଶ୍ୟରେ ସାରା ଜୀବନ ବିତାଇ ଦେଲେ । ତୋତେ କ'ଣ ମିଳିପାରିବ କହିଲୁ ?

ସୁନି କଥାର ଉତ୍ତରରେ ସତୀ କହିଲା, "ସିଏ ଯଦି ମୋ ଚିଠି ନ ନିଅନ୍ତି ?"

"ନିଶ୍ଚୟ ନେବେ । ଗୋଟିଏ ପରିଚିତା ଯୁବତୀ ଜଣେ ଚିହ୍ନା ଜଣା ଯୁବକକୁ ଚିଠି ଦେବ । ସେ ଯୁବକ ସେହି ଚିଠିଟିକୁ ନ ନେଇ, ନେବାକୁ ମନା କରିବ ? କାହିଁ ଏମିତି କଥା ତ ପ୍ରେମ ପାଠରେ ନାହିଁ । ପ୍ରେମ ବ୍ୟାପାରରେ ଏପରି କଥା ଚଳେନା । ଭଲ ପାଇବାରେ ଏଭଳି ଉଦାହରଣର ଉପଲକ୍ଷ୍ୟ ଦେଖିବାକୁ ମିଳେନା । କୌଣସି ପ୍ରଣୟ ସ୍ୱତ୍ରରେ ଏମିତି କଥା ମଧ୍ୟ ଲେଖା ହୋଇନି କିମ୍ବା କୌଣସି ପ୍ରଣୟ ଗ୍ରନ୍ଥରୁ ମଧ୍ୟ ମୁଁ ଏଭଳି କଥା ପଢ଼ିନାହିଁ । ପ୍ରଣୟର ସଂଖ୍ୟା ସୁଦ୍ଧା ଏକଥା କହୁନି ।"

"ପ୍ରଣୟ ସ୍ୱତ୍ରରେ ସିନା ଏକଥା ଲେଖା ଯାଇନି କି ତୁ ପ୍ରଣୟ ଗ୍ରନ୍ଥରୁ ଏପରି ଘଟଣା ବିଷୟରେ ପଢ଼ିନାହୁଁ । ଏମିତି ଉଦାହରଣର ଉପଲକ୍ଷ୍ୟ ତୁ କେଉଁଠି ଦେଖିନୁ କିମ୍ବା ପ୍ରେମ ବ୍ୟାପାରରେ ଏଭଳି କଥା ଚଳେନା । ମାତ୍ର ମୋତେ ଯେ ଚିଠି ଲେଖି ଆସେନା । ସିଏ କେତେ ବଡ଼ ଘରର ପୁଅ । କେତେ ପାଠ ପଢ଼ିଛନ୍ତି । କେତେ ବଡ଼ ଚାକିରି କରିଛନ୍ତି । ମୁଁ ହେଲି ଅଧା ପାଠୋଇ ନିପଟ ମଫସଲରେ ରହୁଥିବା ଗାଉଁଲି ଝିଅଟିଏ । ରାଜଧାନୀରେ ରହୁଥିବା ଜଣେ ଉଚ୍ଚଶିକ୍ଷିତ ଓ ଏତେ ଉଚ୍ଚପଦସ୍ଥ ସରକାରୀ ଅଧିକାରୀଙ୍କ ପାଖକୁ ଚିଠି ଲେଖିବା ମୋ ଦ୍ୱାରା କ'ଣ ସମ୍ଭବ ହେବ ? ତୁ କେମିତି ସେ କଥା ଆଦୌ ଚିନ୍ତା କରୁନୁ ।"

"ସତୀ ଫ୍ରାନ୍ସର ସମ୍ରାଟ ନେପୋଲିୟନ ଦ୍ୱିତୀୟ ଇତାଲୀ ଅଭିଯାନ ସମୟରେ ସେଣ୍ଟବର୍ଣ୍ଣାଡ଼ ନାମକ ଅତି ଦୁର୍ଗମ ଓ ସଂକୀର୍ଣ୍ଣ ଗିରୀ ସଂକଟ ଦେଇ ଆଲପସ୍ ପର୍ବତମାଳାକୁ ଅତିକ୍ରମ କରିବାର ପ୍ରସ୍ତାବ ଦେଲେ ।" ଯେତେବେଳେ ତାଙ୍କ ସେନାପତି ଓ ପରାମର୍ଶ ଦାତାମାନେ ଏହା ଏକ ଅସମ୍ଭବ ପରିକଳ୍ପନା ବୋଲି ମତ ଦେଲେ । ସେମାନଙ୍କ କଥା ଶୁଣି ନେପୋଲିୟନ ଉତ୍ତର ଦେଇଥିଲେ । "ଅସମ୍ଭବ ଶବ୍ଦଟି କେବଳ ବୋକାମାନଙ୍କ ଶବ୍ଦ କୋଷରେ ଥାଏ । ସେଥିପାଇଁ

ଉଦ୍ୟୋଗୀ ମଣିଷ ପକ୍ଷରେ ଅସମ୍ଭବ ବୋଲି କିଛି ନାହିଁ । ନେପୋଲିୟନ ଯଦି ମଣିଷଟିଏ ହୋଇ ଅସିମ ସାହାସ ଓ ଅଦ୍ୟମ ଇଚ୍ଛାଶକ୍ତିବଳରେ ଅଲଂଘ୍ୟ ଆଲ୍ପସ୍ ପର୍ବତମାଳାକୁ ଅତିକ୍ରମ କରିବାକୁ ସମର୍ଥ ହୋଇଥିଲେ । ତେବେ ତୁ ସାମାନ୍ୟ ଚିଠିଟିଏ ଲେଖି ପାରିବୁ ନାହିଁ ବୋଲି ଭାବୁଛୁ କାହିଁକି ?

"ଶୁନ୍; ମୁଁ କଣ ପାଠ ପଢ଼ିଛି ଯେ ଚିଠି ଲେଖି ପାରିବି ? ଚିଠିଟିଏ ଲେଖିବକୁ ପାଠର ନିହାତି ପ୍ରୟୋଜନ ହୋଇଥାଏ । ତା'ପରେ ଇୟେ ପୁଣି ହେଉଛି ପ୍ରେମ ଚିଠି ।"

ଚିଠି ତ ଚିଠି, ସିଏ ପ୍ରେମ ଚିଠି ହେଉ କି ଆଉ କେଉଁ ଚିଠି ହେଉ । ଚିଠିମାନେ ନିଜ ମନର ଅକୁହା କଥା । ହୃଦୟର ଅବ୍ୟକ୍ତ ବ୍ୟଥା । ଅନ୍ତରର ଗୋପନ ଆବେଗର ବାରତା । ପ୍ରାଣର ଅତି ନିଭୃତ କୋଣର ଛଟପଟ ହେଉଥିବା ଯନ୍ତ୍ରଣାମ୍ଲକ ଗାଥା । ଆମ୍ଭର ଅପ୍ରକାଶ୍ୟ ଭାବନାକୁ କୌଣସି ଏକାନ୍ତ ଆପଣାର ଲୋକଙ୍କୁ ଜଣାଇବା ପାଇଁ ଯାହାକୁ ମାଧ୍ୟମ ଭାବରେ ବ୍ୟବହାର କରାଯାଏ । ସେ ହେଉଛି ଚିଠି । ମନର ମଣିଷ ପାଖକୁ ଲେଖ ବା ଘରର କୌଣସି ଘନିଷ୍ଠ ସଂପର୍କୀୟଙ୍କ ନିକଟକୁ ଲେଖ । ପରିବାରର ନିବିଡ଼ତମ ବନ୍ଧୁ ପାଖକୁ ଲେଖ କିୟା କେହି ପ୍ରିୟଜନ, ସାଙ୍ଗ ସାଥୀ ଯାହା ପାଖକୁ ହେଉନା କାହିଁକି । ଅନ୍ତରର କଥା ଜଣାଇବା ଓ ନିଜର ଭଲ ମନ୍ଦ, ସୁଖ, ଦୁଃଖ କହିବା ଲାଗି ଚିଠିର ଆବଶ୍ୟକ ପଡ଼ିଥାଏ । ବ୍ୟକ୍ତିଗତ ଭାବେ ଆଦାନ ପ୍ରଦାନର ଏହି ସର୍ବ ପୁରାତନ ମାଧ୍ୟମ କେବେ ଆରମ୍ଭ ହେଲା କେଉଁଠି ଆରମ୍ଭ ହୋଇଥିଲା । ଏହି ପ୍ରୀତିର ମହକ ଚିଠି ଲେଖା କିଏ କେମିତି ତାକୁ ସଜେଇ ଆମ ପାଖରେ ପହଞ୍ଚାଇଲା ? ତା'ର କୌଣସି ଐତିହାସିକ ପ୍ରମାଣ ନାହିଁ ।

ଚିଠି, ଖାଲି ଚିଠି ନୁହେଁ । ପ୍ରେମ ଚିଠି, ଛାତିତଳେ ଶିହରଣ, ମନ ଭିତରେ ଉକ୍ରଣ୍ଠା, ପୁଣି କେହି ଦେଖି ପକାଇବାର ଭୟ । ବେକ ଯାଏ କଳାପଡ଼ି ମିଞ୍ଜି ମିଞ୍ଜି ଜଳୁଥିବା ଲଣ୍ଠନ ଆଲୁଅରେ କେହି କେହି ପାଠ ପଢ଼ୁଆ ପାହାନ୍ତି ବେଳା ଲୁଚି ଲୁଚି, ପାହାନ୍ତାରେ ଉଠି ପାଠ ପଢ଼ିବା ବାହାନାରେ ଚିଠି ଲେଖା ଯାଇଥାଏ । ପାହାନ୍ତା ପହରରେ ଘରେ ଅନ୍ୟମାନେ ସମସ୍ତେ ପ୍ରାୟତଃ ଶୋଇ ପଡ଼ିଥାଆନ୍ତି ଓ ପାହାନ୍ତି ବେଳା ପାଠ ପଢ଼ା ମନରେ ଭଲ (ଅଧିକ) ରହେ ବୋଲି ମଧ୍ୟ କଥା ଅଛି । ସେହି ନିରୋଳା ବେଳରେ ବହି ପଢ଼ିବା ଆଲରେ ପଢ଼ାବହି ଭିତରେ ପୁରାଇ (ପ୍ରେମିକାଠାରୁ) ପାଇଥିବା ଚିଠି ପଢ଼ାଯାଏ ଏବଂ କ୍ଲାସରେ ଦିଆଯାଇ ଥିବା ପ୍ରଶ୍ନର ଉତ୍ତର ଲେଖିବା ବାହାନାରେ ପ୍ରଶ୍ନୋତ୍ତର ଖାତାରେ ରଖି ପ୍ରିୟ ବା ପ୍ରିୟା ପାଖକୁ ଚିଠି ଲେଖିବାର ଓ ପଢ଼ିବାର ଆନନ୍ଦ ଖାଲି ନିଆରା ନୁହେଁ । ବେଶ୍ କୌତୁଲ୍ୟପ୍ରଦ ମଧ୍ୟ ଆଉ ତା'ର ମଜା କେଲବ ପ୍ରେମିକ ଓ ପ୍ରେମିକା ମାନେ ପାଇଥାଆନ୍ତି । ଯୌବନ ଆବେଗର ପ୍ରଭାବରେ ପଡ଼ି ପ୍ରେମର ମୋହିନୀ ମାୟାର ଶକ୍ତି ଦ୍ୱାରା ବିମୋହିତ ହୋଇ ଓ ଭଲ ପାଇବାର ଆକର୍ଷଣରେ ସେମାନେ ଏପରି ପନ୍ଥା ଗ୍ରହଣ କରିବାକୁ ବାଧ୍ୟ ହୋଇ ଥାଆନ୍ତି । ସେଥିଲାଗି ପ୍ରେମ ବ୍ୟାପାରରେ ବେଶୀ ଚିଠି ଲେଖା ହୋଇଥାଏ । ଭୟ, ଉକ୍ରଣ୍ଠା ଏବଂ ଶିହରଣ ମଧ୍ୟରେ ବି ସେଇ ଚିଠିରେ ଉତୁରି ପଡ଼ିଥାଏ କବିତାର କମନୀୟ ଧାଡ଼ି । ସତେ ଯେମିତି ହୃଦୟର ଆବେଗ ମନ ତଳର ଦୀର୍ଘଶ୍ୱାସ, ପ୍ରିୟ ବା ପ୍ରିୟା ସହିତ ମିଳିତ ହୋଇ ନପାରିବାର ବେଦନା, ଇନ୍ଦ୍ରଧନୁର ରଙ୍ଗନେଇ ଛିଟିକି ପଡ଼ିଥାଏ ଚିଠିର କାନଭାସରେ । ପ୍ରେମପ୍ରଣୟୀକୁ କରେ ସ୍ୱପ୍ନ ପ୍ରବଣ, ସ୍ୱପ୍ନରେ ଗଢ଼େ ତାଜ, କୋଣାର୍କ ଆଉ ମୀନାର (କୁତମୀନାର) । ଜହ୍ନକୁ କୁଙ୍କୁମ କରି ପିନ୍ଧେଇ ଦିଏ ପ୍ରିୟାର କପାଳରେ । କଳା ଘୁମୁର ମେଘ ଲାଗେ ପ୍ରିୟତମାର ଚୂର୍ଣ୍ଣ କୁନ୍ତଳଭଲି । କେତେବେଳେ ତା' ଅଜାଣତରେ ବି ମେଘକୁ କରିଦେଇଥାଏ ପ୍ରେମିକା । ଦିନସବୁ ମାସ, ବର୍ଷ ଯୁଗର ଆୟୁଷକୁ ନେଇ ଉଭା ହୁଅନ୍ତି ତା ସାନ୍ନାରେ । ମେଘକୁ ପଚାରେ । ତାରାକୁ ଲାଞ୍ଛାଯତେ । ଜହ୍ନକୁ ସାଖୀ ରଖେ । ଆଉ ଚାହିଁ ରହିଥାଏ ପୋଷ୍ଟମ୍ୟାନକୁ । କେବେ ଆସିବ ତା' ପ୍ରିୟାର ଚିଠି । ପ୍ରେମ ଚିଠିର ମାହୋଲ ସବୁବେଳେ ଏଇମିତି । ୧୯୨୬ରେ ମରଣୋଉର ଭାବେ କବିତା ପାଇଁ ପୁଲିଜର ପୁରସ୍କାର ପାଇଥିବା ଆମେରିକାନ କବି ସୁଶ୍ରୀ ଆମୀ ଲୋୟେକ (୯-୨-

୧୮୨୪ରୁ ୧୭-୫-୧୯୨୫)ଚିଠିର ଆତ୍ମା ବ୍ୟାଖ୍ୟାଇଛନ୍ତି । I am tired, Beloved , of Charting my heart against the want of you, of queezing it into little inkdrops, and posting it (the letter) ତମଠୁ ଦୂରରେ ରହିବା ଯାତନା କହିକହି ମୁଁ ଥକି ଗଲିଣି । ପ୍ରିୟତମା, ମନ ଚିପୁଡ଼ି ତା'ର ସବୁ ଶଢକୁ ଜାଗା ଧରେଇଚି ଛୋଟିଆ ସ୍ୟାହି ବୁନ୍ଦାରେ । ତାକୁ ଅର୍ପୁଛି ଓ ତାହା ହିଁ ତମ ପାଇଁ ମୋର ଚିଠି ।

ଚିଠି ଯାହା ଶୈଳ ଶିଖରରୁ ପରମ ଯୋଗୀ ଶିବଶଙ୍କରଙ୍କୁ ଟାଣି ପ୍ରେମ ଜନ୍ତାରେ ପୂରାଇ ହରକତ କରିପାରେ । ତା' ଶକ୍ତି କଳନା କରିବାକୁ କେହି କେବେ ସାହସ କରିନାହାଁନ୍ତି । ଚିଠିରେ ଉନ୍ମାଦ, ଚିଠିରେ ପ୍ରତାରଣା ଓ ପ୍ରତୀକ୍ଷାର ମାପ, ମଣିଷ ଜୀବନରେ ଚିଠି ଏକ ବିଭବ ତାକୁ ଧରି ହଜେଇବା ଆଶା କରି କେତେ କଥା ଘଟୁଥାଏ ।

ତେବେ ସଠିକ୍ କରି କହି ହେବନି– ସୃଷ୍ଟିର ପ୍ରଥମ ପ୍ରେମ ଚିଠି କିଏ କାହା ପାଖକୁ ପ୍ରଥମେ ଲେଖିଥିଲା । ଦ୍ୱାପର ଯୁଗରେ କୁଣ୍ଡି ନଗରୀର ରାଜକନ୍ୟା ରୁକ୍ମିଣୀ ଅତି ଗୋପନରେ ଏକ ପ୍ରେମ ପତ୍ର(ଚିଠି) ଲେଖି ବ୍ରାହ୍ମଣ ରଙ୍ଗନିଧ୍ୱ ପଣ୍ଡାଙ୍କ ହାତରେ ଦ୍ୱାରୀକାର ଶ୍ରୀକୃଷ୍ଣଙ୍କ ନିକଟକୁ ପଠାଇଥିଲେ । ଯାହାକୁ ସୃଷ୍ଟିର ପ୍ରଥମ ପ୍ରେମ ଚିଠି ବୋଲି ଆମର ବିଦ୍ୱଦ୍ୱାମାନେ ବିବେଚନା କରନ୍ତି । ତେବେ ଆମ ସମୟରେ କିଏ କେବେ କାହା ପାଖକୁ ପ୍ରଥମ ପ୍ରେମ ଚିଠି ଲେଖିଥିଲେ ତାହାର କୌଣସି ଠୋସ୍ ପ୍ରମାଣ ମିଲେ ନାହିଁ କିମ୍ୱା ତାହାର କିଛି ଐତିହାସିକ ତଥ୍ୟ ଅଥବା ପ୍ରମାଣ ନାହିଁ ।

ଇତିହାସ କହେ ପ୍ରଥମେ ସମ୍ରାଟ ପ୍ରଥମ ଚାଲର୍ସ ସ୍ଟେଟ ପୋଷ୍ଟାଲ ସର୍ଭିସ ୧୬୩୫ ମସିହା ଜୁଲାଇ ୩୧ ତାରିଖରେ ଆରମ୍ଭ କରି ଇଂଲଣ୍ଡ ଏବଂ ସ୍କଟ୍‌ଲାଣ୍ଡ ମଧ୍ୟରେ ବେସରକାରୀ ଚିଠିପତ୍ର ଆଦାନ ପ୍ରଦାନର ବ୍ୟବସ୍ଥା କରିଥିଲେ । ଏହାକୁ ସୁଚାରୁ ରୂପେ ପରିଚାଳନା ପାଇଁ ଥୋମାସ ଏବଂ ଏସ୍କ୍ୟାର ନାମରେ ଦୁଇ ଜଣଙ୍କୁ ସେ ନିଯୁକ୍ତି ଦେଇଥିଲେ । ପରେ ସେହି ୧୬୩୫ ମସିହାରେ ଫ୍ରାନସର ଏମିଡି ଭଲାୟର ଡାକ ବ୍ୟବସ୍ଥାକୁ ଗୁରୁତ୍ୱ ଦେଇଥିଲେ । କାଗଜ ଲଫାଫା ପୂର୍ବରୁ ଲୋକେ ମାଟି, କାଠ ଓ ଚମଡ଼ାରେ ଲଫାଫା କରି ଚିଠି ଲେଖି ପଠାଉ ଥିଲେ । ବେବିଲୋନ୍‌ରେ ପ୍ରାୟ ଚାରି ଜହାର ବର୍ଷ ତଲେ ମାଟିରେ ତିଆରି ବଡ଼ ଲଫାଫା ବ୍ୟବହୃତ ହେଉଥିବା କଥା ଇତିହାସରୁ ପ୍ରମାଣ ମିଲେ । ୧୮୦୯ ମସିହା ଅକ୍ଟୋବର ପହିଲା (୧୬ରେ)ରେ ଅଷ୍ଟ୍ରିଆ ସରକାର ପ୍ରଥମେ ପୋଷ୍ଟକାର୍ଡ ପ୍ରଚଳନ କରିଥିଲେ । ଏହା ପଛରେ ଏକ କାରଣ ଅଛି । ୧୮୨୮ ମସିହା ଜାନୁଆରୀ ୨୬ ତାରିଖରେ ଅଷ୍ଟେଲିଆର ଅର୍ଥନୈତିକ ଲେହରମାନ ଏକ ଦୈନିକ ଖବର କାଗଜ ଭିନୋରେ ଲେଖିଥିଲେ ଯେ ଜଣେ ଅଛ କେତୋଟି କଥା ଚିଠିରେ ଲେଖିବା ପାଇଁ ଏତେ ପଇସା ଖର୍ଚ କରି କାହିଁକି ଲଫାଫା କିଣିବ ?

ପ୍ରଥମେ ୧୮୩୫ ମସିହାରେ ଇଂଲଣ୍ଡର 'ରୋଲାଣ୍ଡ ହିଲ' ନାମକ ଜଣେ ଆର୍ଥିକ ତଥା ସାମାଜିକ ସଂସ୍କାରକ ଡାକ ମହାସୁଲ ସମ୍ପର୍କରେ ଅନୁଧ୍ୟାନ ଆରମ୍ଭ କରିଥିଲେ । ତାଙ୍କ ଯୋଜନା ସମ୍ପର୍କରେ ଇଂଲଣ୍ଡ ସରକାରଙ୍କୁ ଅବଗତ କରାଇବା ପରେ ୧୮୪୦ମସିହା ଜାନୁଆରୀ ୧୦ ତାରିଖରେ ଗ୍ରେଟ ବ୍ରିଟେନର ଚିଠି ଯିବାର ଦୂରତ୍ୱକୁ ବିଚାର ନକରି ନିର୍ଦ୍ଦିଷ୍ଟ ମହାସୁଲ ରଖିବା ନିୟମ ପ୍ରଚଳନ କରାଗଲା । ମୋସାର୍ସ ପର୍କିନ୍ସ ଓ ବେକନ ଏଣ୍ଡ କଂପାନୀ ଡାକ ଟିକେଟ ବାହାର କଲେ । ପୃଥିବୀର ସର୍ବପ୍ରଥମ ଡାକ ଟିକେଟ 'ପେନି ବ୍ଲାକ', ୧୮୪୦ ଖ୍ରୀଷ୍ଟାବ୍ଦ ମେ ୬ ତାରିଖରେ ପ୍ରଚଳନ ହୋଇ ବ୍ୟବହାର ହେଲା । ଚିଠି ପଠାଇବା ସମୟରେ ଡାକ ମହାସୁଲ ଆଦାୟ ଫଳରେ ଚିଠି ପାଇବା ଲୋକକୁ ଆଉ ଅର୍ଥ ଦେବାକୁ ପଡ଼ିଲା ନାହିଁ । ଡାକ ଟିକେଟ ପ୍ରଚଳନ କରିବାରେ ଇଂଲଣ୍ଡ ପରେ ବ୍ରାଜିଲ ହେଉଛି ପୃଥିବୀର ଦ୍ୱିତୀୟ ଦେଶ । ୧୮୪୩ରେ ବ୍ରାଜିଲ ଡାକ ଟିକେଟ ପ୍ରଚଳନ କରିଥିଲା । ଇଂଲଣ୍ଡରେ ଡାକ ଟିକଟ ପ୍ରଚଳନର ୧୩ ବର୍ଷପରେ ୧୮୫୨ରେ ବଡ଼ଲାଟ ଲଡ଼ ଡ୍ୟାଲ ହାଉସୀ ଭାରତରେ ଡାକଟିକଟ ପ୍ରଚଳନ କରିଥିଲେ ।

ତା' ପରେ ପ୍ରଚଳିତ ହେଲା ସ୍ୱଚ୍ଛ ମୂଲ୍ୟର ପୋଷ୍ଟକାର୍ଡ । ତେବେ ୧୮୭୨ ମସିହାରେ ଗ୍ରେଟ ବ୍ରିଟେନର

ପ୍ରଚଳିତ ହେଲା ପୋଷ୍ଟକାର୍ଡ଼ । ଆମ ଭାରତରେ ପୋଷ୍ଟକାର୍ଡ଼ ପ୍ରଚଳିତ ହୋଇଥିଲା ୧୮୭୯ ମସିହା ନଭେମ୍ବର ୮ ତାରିଖରେ । ଏହାର ଦାମ୍ ଥିଲା ୩ ପଇସା ୧୯୩୯ ମସିହା ସେପ୍ଟେମ୍ବର ୭ ତାରିଖରେ ସର୍ବ ଭାରତୀୟ ସ୍ତରରେ ବ୍ୟବହାର ନିମନ୍ତେ ପୋଷ୍ଟକାର୍ଡ଼ ପ୍ରଚଳନ ହେଲା । ଏହାର ଦାମ ଥିଲା ୯ ପଇସା । ୧୯୪୩ ମସିହା ମଇ ୧୫ ତାରିଖରେ ଏହାର ଦାମ ବଢ଼ି ୧୦ ପଇସା ହେଲା । ୧୯୪୭ ମସିହା ଜୁନ୍ ୧ ତାରିଖରୁ ଏହାର ଦାମ ବଢ଼ି ୧୫ ପଇସା ହେଲା । ଆଉ ମେଘଦୂତ ପୋଷ୍ଟ କାର୍ଡ ୨୫ ପଇସା । ଆଉ ସାଧାରଣ ୫୦ ପଇସା । ବ୍ରିଟେନର ସ୍ୱର୍ଗତ ରାଜକୁମାରୀ ଡାଏନାଙ୍କ ଗୋଟିଏ ଚିଠି ୧୨ ହଜାର ୪୩୧ ପାଉଣ୍ଡ ଅର୍ଥାତ୍ ଭାରତୀୟ ମୁଦ୍ରାରେ ୧୦ ଲକ୍ଷ ଟଙ୍କାରେ ନିଲାମ ହୋଇଛି । ଓ୍ୱଲ୍ସର କୁମାରୀ ଡାଏନା ୧୭ ବର୍ଷ ବୟସରେ ୧୯୭୮ ମସିହାରେ ନିଜର ଆୟାଙ୍କୁ ଏହି ଚିଠି ଲେଖିଥିଲେ । ୧୯୮୧ ବ୍ରିଟେନ ରାଜକୁମାର ପ୍ରିନ୍ସ ଚାର୍ଲସଙ୍କ ସହିତ ଡାଏନାଙ୍କ ବିବାହ ହୋଇଥିଲା ଏବଂ ୧୯୯୭ ମସିହାରେ ଏକ କାର ଦୁର୍ଘଟଣାରେ ତାଙ୍କର ମୃତ୍ୟୁ ଘଟିଥିଲା ।

ଏକ ତଥ୍ୟ ମୁତାବକ ଭାରତରେ ମୋଟ ୧,୫୫,୬୧୮ ଟି ଡାକଘର ରହିଛି । ଏଥିରୁ ଗ୍ରାମାଞ୍ଚଳରେ ୧,୩୯,୦୮୧ ଓ ସହରାଞ୍ଚଳରେ ୧୬,୫୩୭ଟି ଡାକଘର ଅଛି । ତେବେ ବେସରକାରୀ କୋରିଅର ସେବା ଏବେ ପ୍ରାୟ ପ୍ରତ୍ୟେକ ସହରରେ ଉପଲବ୍ଧ ହେଉଥିବା ବେଳେ ଗ୍ରାମାଞ୍ଚଳରେ ସରକାରୀ ଡାକସେବା ଏବେ ବି ଯୋଗାଯୋଗର ମୁଖ୍ୟ ମାଧ୍ୟମ ହୋଇ ରହିଛି । ସେହିପରି ଡାକସେବା କ୍ଷେତ୍ରରେ ଓଡ଼ିଶାରେ ପ୍ରତି ୨୦ବର୍ଗ କିମି ପିଛା ହାରାହାରି ପ୍ରାୟ ଗୋଟିଏ ଡାକଘର ଥିବାବେଳେ ପ୍ରତି ୧୦ଲକ୍ଷ ଲୋକଙ୍କ ପାଇଁ ୨୦ଟି ଡାକଘର ରହିଛି । ଓଡ଼ିଶାରେ ୮ ହଜାର ୧୬୦ ପର୍ଯ୍ୟନ୍ତ ଡାକଘର ଥିବାବେଳେ ଏଥିରେ ୭,୮୦୦ଟି କେବଳ ଗ୍ରାମାଞ୍ଚଳରେ ରହିଛି । ଏହା ବ୍ୟତୀତ ଆମ ରାଜ୍ୟରେ ବିଭିନ୍ନ ଘରୋଇ ସଂସ୍ଥା ପକ୍ଷରୁ କୋରିଅର ସେବା ଯୋଗାଇ ଦିଆଯାଉଛି ।

ଡାକ ଟିକେଟ ଲଗା ଖାମ୍ ଲଫାଫା, ଇନ୍‌ଲ୍ୟାଣ୍ଡ ଲେଟର ପୋଷ୍ଟକାର୍ଡ– ଏମାନେ ବହନ କରନ୍ତି ହୃଦୟର ଭାଷା । ହେଲେ ଦୁଃଖ ହେଲା, ଏତେ ସବୁ କଷ୍ଟ ପରେ ବି ଆମେ ଯେଉଁ ଚିଠିରେ ଆନ୍ତରିକତାର ମହକ ପାଉଥିଲୁ ତାହା ଆଜି ସାରା ହରାଇବାକୁ ବସିଲାଣି । ଲୋକମାନେ ଆଉ ତା’ର ଆଦର କରୁନାହାଁନ୍ତି । ଚିଠିରେ ମହକି ଆସୁଥିବା ମିଠା ବାସ୍ନା ବି ଆଜି ସ୍ୱପ୍ନ ହେବାକୁ ବସିଲାଣି ।

ଚିଠି, ଇଏ ନିଜେ ଏକ ଘୋଡ଼ା । କେବେବି ଜୀବନଠାରୁ ଜିତି ପାରିବନି କିୟା ତା ଅଭିଳାଷ ବି ସେମିତି ନୁହେଁ । ବିଶ୍ୱ– ସାହିତ୍ୟର ବହୁ ସାମ୍ରାଜ୍ୟ ଅଧିକାର କରିଛି । ଲର୍ଡ଼ ବାଇରନଙ୍କର ଗୋଟିଏ ଉକ୍ତି– Letter writing is the only device for combining solitude with gwo company (ନିର୍ଜନ ସଂସାରରେ ଲାଳିତ୍ୟ ଭରିଦିଏ) ଲେଖିବା ଗୋଟିଏ ବଦ୍ ଅଭ୍ୟାସ । ଯିମିତି ସିଗାରେଟ ଟାଣିବା, ମଦ ପିଇବା, ସ୍ତ୍ରୀ ଲୋକମାନଙ୍କ ସାଙ୍ଗରେ ମିଶିବା ଛାଡ଼ି ହୁଏନାହିଁ । ସେହିଭଳି ଏହାକୁ ଛାଡ଼ି ହୁଏନି ।

ହାତ ଲେଖା ଚିଠି କାହିଁକି ବନ୍ଦ ହୋଇଯାଉଛି । ଏହା ବିରୋଧରେ ସ୍ୱର ଉତ୍ତୋଳନ କରାଯାଉ । ଲେଖିବା ବଦ୍ (ମନ୍ଦ) ଅଭ୍ୟାସ କି ସତ୍ ଅଭ୍ୟାସ ତାହା ହୁଏତ ନିର୍ଭୁଲ ଭାବରେ କହି ହେବ ନାହିଁ । କିନ୍ତୁ ଚିଠି ନ ଲେଖିବା ଏକ ବଦଭ୍ୟାସ ବୋଲି ବିଚାର କରାଯାଇଥାଏ । ହାତଲେଖା ଚିଠିର ମୃତ୍ୟୁ ବେଶ୍ ସ୍ୱାଭାବିକ ଢଙ୍ଗରେ ଚାଲିଛି । ୯୦ ଦଶକରେ ଦିନେ ଆମ ପୋଷ୍ଟମ୍ୟାନ ବାବୁ ଆତ୍ମିତ ହେଲାପରି କହିଲେ ଚିଠି ଗଦା ଗଦା ଆସୁଛି । ମୋ ଏରିଆରେ ଆଉ କୌଠିକି ହାତଲେଖା ଚିଠି ତ ଆସୁନି । ଆମ ପୋଷ୍ଟମ୍ୟାନ ବାବୁଙ୍କର ଗୋଟେ ଗୋତ୍ରଛ୍ଡ଼ା ଦୋଷ ଥିଲା । ସେ ଯୁବକ ଓ ଯୁବତୀମାନଙ୍କ ଠିକଣାରେ ଆସୁଥିବା ଚିଠିକୁ ନିରୋଳା ସମୟରେ ଖୋଲି ପଢ଼ନ୍ତି ଓ ପଢ଼ିସାରି ଅଠାମାରି ବନ୍ଦ କରି ଦେଇଥାଆନ୍ତି । ଯେପରି ଖୋଲା ହୋଇଛି ବୋଲି ଜଣା ନପଡ଼ିବ । ହାତଲେଖା ଆଉ ନଆସିବା ଦ୍ୱାରା ବାବୁଙ୍କର ଅସୁବିଧା ହେଉଥିବ ନିଶ୍ଚୟ ।

ବିଦେଶରୁ ଆସେ ଚିଠି । ପ୍ରବାସରେ ଥିବା ପତ୍ନୀ ବିରହ ବିଧୁରା ବିରହୀ ପୁରୁଷଟି ଚିଠି ଲେଖାଥାଏ ଗାଁରେ ଘରେଥିବା ତା' ପତି ବିରହିଣୀ ପତ୍ନୀ ପାଖକୁ । ବାପା, ମା'ର ଦେହ ପା କଥା, ପିଲାମାନଙ୍କ ଭଲ ମନ୍ଦ ଓ ନିଜର ସ୍ୱାସ୍ଥ୍ୟ ଅବସ୍ଥାର ବାର୍ତ୍ତା ବହନ କରିଥାଏ ସେ ଚିଠି । ନିଜେ ପାଠ ପଢ଼ି ନଥିବା ସେହି ପଲ୍ଲୀ ବଧୂଟି ନଣନ୍ଦ କିମ୍ବା ଜାଆ ଲେଖାରେ କାହାରିଠାରୁ ଚିଠି ପଢ଼ା ଶୁଣି ତାର ଉତ୍ତର ସେହିମାନଙ୍କ ଦ୍ୱାରା ଲେଖି ପଠାଏ ପ୍ରାଣ ପ୍ରିୟତମଙ୍କ ପାଖକୁ । ପାଇଥିବା ଚିଠିଟିକୁ ତକିଆ ତଳେ ସାଇତି ରଖେ ନବବଧୂଟି । ଗଭୀର ରାତିରେ ଘରେ ସମସ୍ତେ ଶୋଇଗଲା ପରେ ସେ ଚିଠିଟିକୁ ତକିଆ ତଳୁ କାଢ଼ି ଛାତିରେ ଚାପିଧରି ବିଦେଶାଗତ ସ୍ୱାମୀର ପରଶ ଅନୁଭବ କରେ ପାଇଥିବା ଚିଠିରୁ । ଏବେ ଏସ୍.ଏମ୍.ଏସ୍, ଇମେଲ କି ଫୋନ କିମ୍ବା ଫେସବୁକ୍ ବାର୍ତ୍ତା ବହନ କରୁଛି ଓ ପ୍ରଦାନ କରୁଛି ସତ । ମାତ୍ର ତାହା ଚିଠି ପରି ବିରହୀ କିମ୍ବା ବିରହିଣୀମାନଙ୍କ ହୃଦୟରେ ଶିହରଣ ଭରି ଦେଇ ପାରୁନାହିଁ । ମେଘ, ପାରା, ଡାକବାଲା ସମସ୍ତେ ଆଜି ଇତିହାସର ଶଢ ପାଲଟି ଯାଇଛନ୍ତି । ଏକଥା ଘଟି ନଥାଆନ୍ତା ଯଦି କୁବେରଙ୍କ ଦ୍ୱାରା ଶପଗ୍ରସ୍ତ ଯକ୍ଷ ତା'ର ପ୍ରିୟା ପାଖକୁ ଇମେଲରେ ବାର୍ତ୍ତା ପଠାଇ ଦେଇଥାଆନ୍ତା, ମେଘଦୂତମ, ଆବଶ୍ୟକ ପଡ଼ିନଥାଆନ୍ତା । ଯେତେ ଆଧୁନିକ କିମ୍ବା ଅତ୍ୟାଧୁନିକ ହେଲେ ସୁଦ୍ଧା ଚିଠିର ଆନ୍ତରିକତା, ପ୍ରିୟା ବା ପ୍ରେମିକାଙ୍କର ଚିଠିର ମିଠା ବାସ୍ନା କାହୁଁ ବା ଦେଇ ପାରିବ ଏସ୍,ଏମ୍,ଏସ୍ ଇମେଲ ଫୋନ କିମ୍ବା ଫେସବୁକ ।

ସେମିତି ତୁ ତୋ ମନର କଥା, ହୃଦୟର ଭାବନା, ଅନ୍ତରର ବ୍ୟଥା, ପ୍ରାଣର ଗୋପନବାରତା ଓ ଆମ୍ଭର ଯନ୍ତ୍ରଣା ଜଣାଇବା ପାଇଁ ତୋ ପ୍ରିୟ ପୁରୁଷଙ୍କ ପାଖକୁ ଚିଠିଟିଏ ଲେଖିବୁ । ବାସ୍ ସରିଲା । ଏଥିପାଇଁ ଏତେ କଥା ଉଠୁଛି କାହିଁକି ?

"ସୁନି ତୁ ବୁଝୁନୁ କାହିଁକି ? ବନ୍ଧୁ ବାନ୍ଧବଙ୍କ ପାଖକୁ, ସାଙ୍ଗ, ସାଥୀମାନଙ୍କ ନିକଟକୁ ଚିଠି ଲେଖିବା ଆଉ ମନର ମଣିଷଙ୍କୁ ଚିଠି ଲେଖିବାରେ ଅନେକ ପ୍ରଭେଦ ଅଛି । ମୋର ତ ମୂଳରୁ ଚିଠି ଲେଖିବାର ଅଭିଜ୍ଞତା ନାହିଁ । ସେଥିରେ ପୁଣି ତାଙ୍କ ପାଖକୁ ଲେଖିବି । ଇଲୋ ମା ଭାବିଲା ବେଳକୁ ମୋ ମୁଣ୍ଡ ଘୁରାଇ ଦେଉଛି ।"

"ସତୀ ତୁ ଲେଖି ଶିଖିଛୁତ; ସେତିକି ଯଥେଷ୍ଟ ।"

"ସୁନି; ଜଣେ ଖାଲି ଲେଖି ଶିଖି ଥିଲେ, ଚିଠି ଲେଖ ପାରିବ ବୋଲି ଭାବିବା ଠିକ୍ ନୁହେଁ । ସେଥିପାଇଁ ସ୍ୱତନ୍ତ୍ର ଜ୍ଞାନର ପରିପକ୍ୱତା ଓ ଅଭିଜ୍ଞତାର ଅନୁଭୂତି ଆବଶ୍ୟକ ହୋଇଥାଏ ।"

"ତେବେ ଆମେ କ'ଣ କରିବା ପାଇଁ ତୁ ଭାବୁଛୁ ।"

"ସିଏ ଘରକୁ ଫେରିଛନ୍ତି । ପହରିଦିନ ହୁଏତ ମନ୍ଦିରକୁ ଆସି ପାରନ୍ତି । ଆମେ ତ ନିଶ୍ଚିନ୍ତ ପହରିଦିନ ମନ୍ଦିରକୁ ଯିବା । ସେଠି ତାଙ୍କ ଲାଗି ଅପେକ୍ଷା କରିବା । ସିଏ ଆସିଲେ ଯେପରି ଆଗରୁ ପାଦୁକ ଦେଉଥିଲେ । ସେମିତି ପାଦୁକ ଦେବା ଆଉ ତାଙ୍କ କପାଳରେ ବିଭୂତି ଟିପା ଲଗାଇ ଦେବା ।"

"ଏତିକିରେ ସବୁ ହୋଇଯିବ ବୋଲି ତୁ ଭାବୁଛୁ ?"

"ଆଉ ଏହା ଛଡ଼ା ଆମେ ଅଧିକ କଣ କରିପାରିବା କହିଲୁ ?"

"କାହିଁକି ଆମ ମନର କଥା ତାଙ୍କୁ ଜଣାଇବା ନାହିଁ ?"

"ଜଣାଇଲେ ଲାଭ କଣ ହେବ ?"

ସୁନି ବୁଝାଇ ବସିଲା ସତୀକୁ, "ସତୀ ଭଲ ପାଇବାରେ ଲାଭ-କ୍ଷତିର ହିସାବ ଦେଖାଯାଏ ନାହିଁ । ଠିକ ଓ ଭୁଲ ର ବିଚାର କରାଯାଏ ନାହିଁ । ହାନିରେ ପଡ଼ିବା ଓ ଫାଇଦାରେ ରହିବାର ବ୍ୟବସ୍ଥା ସେଥିରେ ନଥାଏ । ତୁ ତାଙ୍କୁ ଭଲ ପାଉଛୁ । ଏକଥା ସିଏ ଜାଣିଲେଣି ? ତାଙ୍କୁ ସେ ବିଷୟରେ କିଛି ନଜଣାଇ, ତାଙ୍କୁ ଅବଗତ ନକରାଇ ତୁ ଏମିତି ତାଙ୍କୁ ମନେ ମନେ ଭଲ ପାଇ ତାଙ୍କ ଝୁରିଝୁରି ଯଦି ମରିଯାଉ, ନିଃଶେଷ ହୋଇ ଯାଉ ସେଥିରୁ ତୋତେ କ'ଣ ମିଳିବ । କିମ୍ବା ସେଥିରୁ ତୁ କଣ ପାଇବୁ କହିଲୁ ?"

"ଶୁନି ମୋ ମତରେ-ଭଲ ପାଇବା, ଅର୍ଥାତ୍ ନିଜ ମନରେ ଜଣକୁ ସ୍ଥାନ ଦେବା, ହୃଦୟର ସିଂହାସନରେ ବସାଇବା। ଅନ୍ତର ଭିତରେ ସାଇତି ରଖିବା। ପ୍ରାଣର ରଜ୍ଜୁରେ ବାନ୍ଧି ନେବା। ଆପଣା ଆମ୍ଭମାନେ ଅଧ୍ୟୁଷିତ କରାଇବା। ତାପରେ ତାଙ୍କୁ ଝୁରି ହେବାରେ ଅନନ୍ଦ ଥାଏ। ତାଙ୍କ ପାଇଁ ପ୍ରାଣ ପାତରେ ଗୌରବ ଅଛି। ତାଙ୍କୁ ମନେ ପକାଇବା ସୁଖ ଦିଏ। ତାଙ୍କ ବିଷୟରେ ଭାବିବାକୁ ଖୁସି ଲାଗେ। ସେଥି ସକାଶେ ଯେତେ ଦୁଃଖ, ଯନ୍ତ୍ରଣା, ବ୍ୟଥା, ନିର୍ଯ୍ୟାତନା ଭୋଗିଲେ ମଧ ସେ ସବୁ ଖୁସି କରାଇଥାଏ ସଂପୃକ୍ତ ଲୋକଟିକୁ। ତାଙ୍କ ବିରହ ଉକ୍ତ ବ୍ୟକ୍ତିକ ପ୍ରାଣରେ ଉଲ୍ଲାସ ଭରି ଦେଇଥାଏ। ସେ ବେଦନା ସୁଖ ପ୍ରଦାନ କରେ ଶୁନି। ତାଙ୍କ କଥା ମନରେ ପକାଇବାକୁ ଆମ୍ଭା ଅହରହ ବ୍ୟାକୁଳ ହେଉଥାଏ। ତାଙ୍କୁ ଭାବିବାକୁ ଭଲ ଲାଗେ। ତାଙ୍କ ସ୍ମୃତି ସ୍ମରଣକୁ ଆଣିଲେ ଅନ୍ତରରେ ସରସତା ଭରିଯାଏ। ହୃଦୟରେ ଶିହରଣ ଜଗାଏ।"

"ସତୀ ତୁ ଯେଉଁ କଥା କହୁଛୁ। ମୁଁ ତାକୁ ସବୁ ଖୁବ୍ ଭଲ ଭାବରେ ବୁଝି ପାରୁଛି। ଯେତେ ହେଲେ ବି ତାଙ୍କୁ ତୋ ବିଷୟରେ ଜଣାଇବାକୁ ହେବ। ତାଙ୍କୁ ତୋ ମନର କଥା ଅବଗତ ନକରାଇ ତାଙ୍କୁ ଝୁରି ମରିବାରେ ଫାଇଦା କଣ ଅଛି ?"

"ତାଙ୍କୁ ଝୁରି ମରିବାରେ ପୌରୁଷ ଅଛି ଶୁନି; ତାଙ୍କ ପାଇଁ ପ୍ରାଣ ପାତରେ ଗୌରବ ରହିଛି। ପ୍ରେମିକ କଥା ଭାବି ଭାବି ଜୀବନ ଚାଲିଯାଉ। ଏହା ସବୁ ପ୍ରେମିକା ମାନଙ୍କର ଆନ୍ତରିକ ଇଚ୍ଛା।"

"ସତୀ ତାଙ୍କୁ ଝୁରି ମରିବାକୁ ମୁଁ ତୋତେ ମନା କରୁନାହିଁ। ତାଙ୍କ ଲାଗି ପ୍ରାଣପାତରେ ପୌରୁଷ ଥାଇପାରେ। ତାଙ୍କ ପାଇଁ ଆମ୍ଭା ବିସର୍ଜନ କରିବାରେ ନିଜର ଗୌରବ ବୃଦ୍ଧି ହେଲେ ସୁଦ୍ଧା, ହେଲେ ତାଙ୍କୁ ସେ ବିଷୟରେ ଆଦୌ କିଛି ନଜଣାଇ ତାଙ୍କୁ ସେ ସମ୍ପର୍କରେ ଜମା ଅବଗତ ନକରାଇ। ତାଙ୍କୁ ସେ ସମୟରେ ମୋତେ ସୂଚନା ନଦେଇ ତାଙ୍କ ଲାଗି ଜୀବନ ଉତ୍ସର୍ଗ କରିବାରେ ଲାଭ କଣ ଅଛି ?"

"ତେବେ କ'ଣ ତାଙ୍କୁ ସେ ବିଷୟରେ ଜଣାଇବା ନିହାତି ଦରକାର ?"

"ନିଶ୍ଚୟ।"

"ଯଦି ଜଣାଇବା ଦରକାର, ତେବେ ଚିଠିର ପ୍ରୟୋଜନ କ'ଣ ?"

"ସତୀ ଯାହା ପାଟି ଖୋଲି କହିହୁଏ ନାହିଁ। ଅଥଚ ସେ କଥାଟି ମରମରେ ଅହରହ ଗୁମୁରି ଥାଏ। ନିଜକୁ ବ୍ୟତିବ୍ୟସ୍ତ କରୁଥାଏ। ନିଶ୍ଚିନ୍ତରେ ରଖାଇ ଦିଏନା। ନିଶ୍ଚଳରେ ରହିବାକୁ ବାଧା ସୃଷ୍ଟିକରେ। ନିରବରେ ଶୋଇବାକୁ ଦିଏ ନାହିଁ। ସେ କଥାକୁ ଲେଖି ଜଣାଇବାକୁ ପଡ଼େ। ଏମିତି ଅନେକ କଥା ଅଛି। ଯାହା କହି ହୁଏନା। ଯାହାକୁ ପ୍ରକାଶ କରିବାକୁ ତୁଣ୍ଡ ଅକ୍ଷମ। ଯେଉଁ କଥାକୁ ଉଚ୍ଚାରଣ କରିବା ପାଇଁ ଜିହ୍ବାର ସାମର୍ଥ୍ୟ ପଣ ନଥାଏ। ଯେଉଁ କଥା କହିବାକୁ ଭାଷା ଖୋଜିଲେ ମିଳେନା। ଶବ୍ଦ ଅନ୍ୱେଷଣ କଲେ ହତାଶ ହେବାକୁ ପଡ଼େ। ବାକ୍ୟ ଅଞ୍ଜଳିରେ ଦୃଷ୍ଟିଗୋଚର ହୋଇନଥାଏ। ଯାହାକୁ ମୁହଁ ଖୋଲି ପ୍ରକାଶ କରାଯାଇ ପାରେନା। ଆଉ ଯେଉଁ ବିଷୟକୁ ଖୋଲି କହିବାକୁ ଲଜ୍ୟା, ସଙ୍କୋଚ ଏବଂ ସରମ ଏପରିକି ବିବେକ ବାଧା ଦିଅନ୍ତି। ସେହି କଥାକୁ ସମ୍ପୃକ୍ତ ବ୍ୟକ୍ତିର ଅବଗତ ନିମନ୍ତେ ଚିଠିର ଆବଶ୍ୟକ ପଡ଼ିଥାଏ। ମନର ଅକୁହା କଥାକୁ ମନର ମଣିଷକୁ ଜଣାଇବା ପାଇଁ ଚିଠି ହେଉଛି ସର୍ବଶ୍ରେଷ୍ଠ ଓ ସର୍ବୋତ୍କୃଷ୍ଟ ମାଧମ। ଏହି ଚିଠି ଦ୍ୱାରା ଜଣଙ୍କର ପାଟି ଖୋଲି କହି ହେଉନଥିବା କଥାଟି ଅନ୍ୟ ଜଣଙ୍କ ପାଖରେ ପହଞ୍ଚି ଯାଇଥାଏ ଓ ତା'ର ଅବଗତି ନିମନ୍ତେ ତ ଚିଠି ଲେଖାର ପ୍ରଚଳନ ହୋଇଛି।"

ଏମିତି କୁହାଯାଇ ପାରେ, କଥାଟିଏ ସମସ୍ତେ କହି ପାରନ୍ତି ହେଲେ ସବୁ କଥା ସମସ୍ତଙ୍କ ପାଖରେ କୁହାଯାଇ ପାରେନା। ଅବଶ୍ୟ ନିରବତାର ବର୍ଣ୍ଣମାଳା ଖଣ୍ଡି କିଛିକିଛି କୁହାଯାଇପାରେ। ତଥାପି ମନେ ହୁଏ ଅପୂର୍ଣ୍ଣ, ଅସମ୍ପୂର୍ଣ୍ଣ। ବାସ ଏଇଠୁ ଆରମ୍ଭ ହୁଏ ଚିଠିର ପର୍ବ। ନିରବତା ଠୁ ବି ଅଧିକ ତୀକ୍ଷ୍ଣ ଚିଠିର ଆବେଗ। ଯାହା ସିଧାସଳଖ ଛୁଇଁଯାଏ ହୃଦୟର

ନିଭୃତ ନିଗଡ଼କୁ । ସେଇଥିପାଇଁ ତ ବ୍ରିଟେନର ପ୍ରଖ୍ୟାତ Metaphy sical poet Jahn Donne କହନ୍ତି More than kisses, latters mingle souls, for thus friends absent speak ତିକ୍ତ ହେଉ ଅଥବା ମଧୁର– କେବଳ ଚିଠିର ଦେହରେ ହିଁ ଖୋଲିଦେଇ ହୁଏ ନିଜକୁ ।"

"ସୁନି ଚିଠି ଦେବା କଥା ଶୁଣିଲା ବେଳରୁ ମୋତେ ଭାରି ଭୟ ଲାଗୁଛି । ତାଙ୍କୁ ମୁଁ କେମିତି ଚିଠି ଦେବି ? ନିର୍ଲ୍ଲଜ୍ଜିଙ୍କ ପରି । ଅଲାଜୁକି ହୋଇ । ବେହିଆଣିଙ୍କ ଭଳି, ଲାଜ, ସରମକୁ ଭୁଲି, ସଙ୍କୋଚ, ସଂଭ୍ରମକୁ ପାଶୋରି ଦେଇ ।"

"ସେମିତି କାହିଁକି ଭାବୁଛୁ ? ପ୍ରେମ କଲେ ଲାଜ, ସଙ୍କୋଚ ଛାଡ଼ିବାକୁ ପଡ଼େ । ବିବେକର ବାରଣ ଏଡ଼ାଇବାକୁ ହୋଇଥାଏ । ତୁ ବିଭୁତି ଟିପା ଲଗାଇ ଦେଲା ବେଳେ ଚିଠିଟିକୁ ଦେବୁ ।"

"ସତୀ ଡରି ଡରି ଭୟାଲୁ ଆଖିରେ ସୁନିକୁ ଚାହିଁ କହିଲା– "ତାଙ୍କ ହାତରେ ଦେବି ? ସିଏ ଯଦି ନନେବେ ?""

"ସତୀ; ତାଙ୍କ ହାତରେ ଦେବାକୁ ଯଦି ତୋ'ର ସାହସ ହେଉନାହିଁ ତେବେ ତାଙ୍କ ପକେଟରେ ଗଲାଇ ଦେବୁ । ସିଏ କେବେ ପକେଟରୁ ତୋ' ଚିଠିଟିକୁ କାଢ଼ି ଫେରାଇ ପାରିବେ ନାହିଁ । ନିଶ୍ଚୟ ଗ୍ରହଣ କରିବେ ।"

"ସୁନି ମୋତେ ଭାରି ଭୟ ହେଉଛି, ଡର ମାଡୁଛି ।"

"ସତୀ ଦୁରାରୋଗ୍ୟ ବ୍ୟାଧି ପାଇଁ ଔଷଧ ଅଛି । ଦୁଃସାଧ୍ୟ କାର୍ଯ୍ୟ ଲାଗି ଉପାୟ ଖୋଜି ବାହାର କରାଯାଇ ପାରୁଛି । ଏଠି ଇୟେ ଏମିତି କି କଷ୍ଟକର କଠିନ କାମ ଟେ ଯେ ସେଥିପାଇଁ ବାଟ ମିଳିବନି ବୋଲି ତୁ ଏମିତି ବ୍ୟସ୍ତ ବିବ୍ରତ ହୋଇ ପଡୁଛୁ । ଡର, ଭୟ, ସଙ୍କୋଚ ଛାଡ଼ ସତୀ । ମନକୁ ଟାଣ କର । ଛାତିକୁ ଦମ୍ଭ କରି ରଖ । ଦୃଢ଼ତା ଆସେ ଇଚ୍ଛା ଶକ୍ତିରେ । ତୋ' କଥାରେ ସ୍ଥିର ରହ । ନିଜ ନିଷ୍ପତିରେ ଅଟଳ ରହ । ଆପଣା ଜିଦ୍‌ରେ ଦୃଢ଼ତା ରଖ । ଦେଖିବୁ ସବୁ ଆପଣା ଛାଁଏଁ ଆପେ ଆପେ ଠିକ୍‌ ହୋଇଯିବ ।"

"ସୁନି ଦେବା କଥା ସିନା ଠିକ୍‌ ହୋଇଗଲା । ସେଥିପାଇଁ ଉପାୟ ବାହାରି ପଡ଼ିଲା । ମାତ୍ର ମୋତେ ଯେ ଆଦୌ ଚିଠି ଲେଖା ଆସେନା । କେମିତି ଲେଖିବି ? ତା'ପରେ ପୁଣି ତାଙ୍କ ପାଖକୁ ଚିଠି ?"

"ସତୀ; ସିଏ ବାଘ, ଭାଲୁ, ସିଂହ, ହାତୀ କିମ୍ବା କୌଣସି ଭୟଙ୍କର ହିଂସ୍ରଜନ୍ତୁ ଅଥବା ମାରାତ୍ମକ ସରିସୃପ ନୁହନ୍ତି ତୁ ତାଙ୍କୁ ଏମିତି ଭୟ କରୁଛୁ କାହିଁକି ? ତୁ ଯଦି ତାଙ୍କୁ ଏମିତି ଡରୁ ? ତୁ ତାଙ୍କୁ ଯେତେବେଳେ ଭଲ ପାଉଛୁ, ଯଦି ତୋ' ଭାଗ୍ୟରେ ଥାଏ ତେବେ ତାଙ୍କୁ ନେଇ ସାରା ଜୀବନ ଚଳିବୁ କେମିତି ? ତାଙ୍କ ସହିତ ତୁ କିଭଳି ସଂସାର ବାନ୍ଧବୁ ? ତାଙ୍କ ସାଙ୍ଗରେ ଘର କରିବୁ କେମିତି ? ଗୋଟିଏ ଛାତ ତଳେ ତୁମେ ଦୁହେଁ କିପରି ଏକତ୍ର ରହି ପାରିବ ଗୋଟିଏ କୋଠରିରେ ।"

ସୁନି କଥାର କୌଣସି ଉତ୍ତର ନଦେଇ, ସତୀ ଡରିଲା ଆଖିରେ ସୁନି ମୁହଁକୁ ଅନାଇ ରହିଲା । ସତୀକୁ ସାହସ ଦେବାକୁ ଯାଇ ସୁନି ତାକୁ ଆଶ୍ୱାସନା ଦେଲା । "ତୁ ଭୟ କରନା ସତୀ; ମୁଁ ତୋ' ପାଇଁ ଚିଠି ଲେଖିଦେବି । ତୁ କେବଳ ଚିଠିଟିକୁ ନେଇତାଙ୍କୁ ଦେଇ ଦେବୁ ।"

ଆଲୋଚନା ପରେ ଦୁଇ ସାଙ୍ଗ ଚିଠି ଲେଖ ବସିଲେ । ସୁନି ଘରେ ସେ ଦୁହିଁଙ୍କ ବ୍ୟତୀତ ଆଉ କେହି ନଥିଲେ । ନିରୋଲା ପାଇ ଦୁହେଁ ଚିଠି ଲେଖିବା ଆରମ୍ଭ କରିବାକୁ ପ୍ରସ୍ତୁତ ହେଲେ । ମନୁଷ୍ୟ ଶ୍ରଦ୍ଧା ପୂର୍ବକ କୌଣସି ଶୁଭ କାର୍ଯ୍ୟ ଆରମ୍ଭ କରିବାକୁ ଯିବା ବେଳେ ତାହାକୁ ଭଗବତ ସ୍ମରଣ ତଥା ଭଗବାନଙ୍କୁ ଉଚ୍ଚାରଣ ପୂର୍ବକ ଆରମ୍ଭ କରିବା ବାଞ୍ଛନୀୟ "ସର୍ବ କାର୍ଯ୍ୟେଷୁ ମାଧବମ୍" । ସେଥିପାଇ ସୁନି ଚିଠିଟିରୁ ଲେଖିବା ଆରମ୍ଭ କରିବା ଆଗରୁ ଭଗବାନଙ୍କ ଉଦେଶ୍ୟରେ ପ୍ରଣାମ ଜଣାଇଥିଲା । ମାତ୍ର ଲେଖା ଆରମ୍ଭରୁ ହିଁ ସମସ୍ୟା ଟିଏ ଦେଖା ଦେଲା । ଚିଠିର ଆରମ୍ଭରେ ସମ୍ବୋଧନ ରହିବା କଥା । ଚିଠି ଲେଖାରେ ସେ ବିଧୁ ପ୍ରଚଳିତ ଅଛି । ସେହି ନୀତି ନିୟମକୁ ମାନି ଚିଠି ଲେଖିବାକୁ ହୋଇଥାଏ । ଅଧରଙ୍କୁ ସତୀ କ'ଣ ସମ୍ବୋଧନ କରିବ ? ଅସୁବିଧାଟି ସେଇଠି ରହିଲା । ଏକଥା ପୁରା ମାତ୍ରାରେ ଠିକ୍‌ ଯେ ଅଧରଙ୍କୁ ସତୀ

ଭଲପାଏ । ଏକଥା ବିଲକୁଲ ସତ୍ୟ ଯେ ଅଧର ହେଉଛନ୍ତି ସତୀ ମନର ମଣିଷ । ଏହା ନିର୍ଣ୍ଣିତ ଭାବେ ଶତ ପ୍ରତିଶତ (ସହେକୁ ସହେ) ନିର୍ଭୁଲ ଯେ ସିଏ ସତୀର ପ୍ରିୟ ପୁରୁଷ । ସେଥିପାଇଁ ସେ ତାଙ୍କୁ ପ୍ରିୟତମ ସମ୍ବୋଧନ କରିବା କଥା । କିନ୍ତୁ ସତୀକୁ ଅଧର ନିଜର ପ୍ରେମିକା ଭାବରେ ଗ୍ରହଣ କରି ନେବେ କି ନାହିଁ ? ତା'ର ଭଲ ପାଇବାକୁ ସିଏ ସ୍ୱୀକାର କରିଛନ୍ତି କି ? ଏସବୁର ଉତ୍ତର ସେମାନଙ୍କ ପାଖରେ ନଥିଲା । ଜଣକର ମନୋଭାବ ନଜାଣି ତାଙ୍କୁ ସମ୍ବୋଧନରେ ପ୍ରିୟତମ ଲେଖିବା କେତେ ଦୂର ଯୁକ୍ତି (ଯୁକ୍ତ) ସଙ୍ଗତ ଓ ସିଦ୍ଧାନ୍ତ ସିଦ୍ଧ ହେବ ସେ କଥା ଏମାନେ ଜାଣି ନଥିଲେ । ସେ ସକାଶେ ତାଙ୍କୁ ସମ୍ବୋଧନରେ ପ୍ରିୟତମ ଲେଖିବାକୁ ସେମାନେ ସାହସ କରି ପାରିଲେ ନାହିଁ ।

ଯଦି ତାଙ୍କୁ ପ୍ରିୟତମ ସମ୍ବୋଧନ ନକରିବେ ତେବେ ସମ୍ବୋଧନ ସ୍ଥାନରେ କ'ଣ ଲେଖିବେ ? ସେ ସିଦ୍ଧାନ୍ତରେ ସେମାନେ କୌଣସିମତେ ପହଞ୍ଚି ପାରୁନଥିଲେ । ସେଥିପାଇଁ ଚିଠି ଲେଖିବାରେ ବିଳମ୍ବ ହେଉଥିଲା ।

ଚିଠିର ସ୍ୱତନ୍ତ୍ର ଭାଷା ଅଛିକି ? କେହିକେହି ତ କହନ୍ତି ଏହା ଭାଷାଠୁ ଉର୍ଦ୍ଧ୍ୱରେ । ସମ୍ବୋଧନ ଠାରୁ ଉଚ୍ଚରେ । ବିନା ଉପକ୍ରମଣିକାରେ ବି ଚିଠି ଲେଖାଯାଇପାରେ । ତଥାପି ଚିଠି ଲେଖିବା ଅନେକଙ୍କୁ ଦ୍ୱନ୍ଦ୍ୱରେ ପକାଏ । ଏଇ ଯେମିତି – ଶ୍ରାବଣ ରାତି, ମୂଷଳ ବର୍ଷା, ଚଇତି ବାୟା, ଫଗୁଣର ଫୁଲବନ, ତୋଫା ଜହ୍ନ ରାତି, ରାକା ରଜନୀ, ଜହ୍ନର ଜୋଛ୍ନା । ଜୀବନ ସାଥୀ ବିଦେଶରେ, ନବ ବିବାହିତାର ଛାତି ତଳେ ବେଦନାର ଗୁଣ୍ଫନ । ଦୂରତ୍ୱର ସୀମାରେଖା କମେଇବାକୁ ଯାଇ ସେ ଚିଠି ଲେଖିବସେ । ହେଲେ କ'ଣ ହେବ ଚିଠିର ଭାଷା ? ଏହି ଭାବନାରେ ଲାଜେଇ ଯାଏ ସ୍ୱଚ୍ଛ ପାଟୋଇ ଅଳ୍ପ ବୟସୀ ତରୁଣୀଟି, କ'ଣ ଲେଖିବ ମାନ୍ୟ ? କ'ଣ ବୋଲି ତାଙ୍କୁ ସମ୍ବୋଧନ କରିବ ? ଚିଠି ଲେଖିବାର ଅଭିଜ୍ଞତା ଆଗରୁ ତା'ର ଆଦୌ ନାହିଁ । ତା' ଜୀବନର ଏଇତ ପ୍ରଥମ ଚିଠି ତା' ଜୀବନ ସର୍ବସ୍ୱଙ୍କ ପାଖକୁ । ପ୍ରାଣର ପ୍ରିୟତମଙ୍କ ନିକଟକୁ । ଅନ୍ତରର ଅନ୍ତରଙ୍ଗଙ୍କ ପାଖକୁ । ଆତ୍ମା-ଆତ୍ମୀୟତା ବାନ୍ଧିଥିବା ପ୍ରିୟ ପୁରୁଷଙ୍କ ନିକଟକୁ । ହୃଦୟର ଶ୍ରେଷ୍ଠ ବନ୍ଧୁଙ୍କ ପାଖକୁ । ଚିଠି ପୁଣି ଇହକାଳ ପରକାଳର ଦେବତାଙ୍କ ନିକଟକୁ । ନବବିବାହିତା ଗ୍ରାମ୍ୟବଧୂ ମନର ଏହି ଦ୍ୱନ୍ଦ୍ୱ ଚିଠି ଲେଖିବାରେ ଅନ୍ତରାୟ ସୃଷ୍ଟି କରି ପାରେନା । ଚିଠି ଲେଖାଯାଏ । ଶବ୍ଦରେ ଶବ୍ଦରେ ବନ୍ଧା ଯାଇଥାଏ ବେପଥୁ । ପ୍ରାଣ ବନ୍ଧୁର, ଜୀବନ ସାଥୀର ପ୍ରିୟତମଙ୍କ ବଟୁରା ଦୀର୍ଘଶ୍ୱାସର କଥା କହିଥାଏ ଚିଠି ।

ପ୍ରତ୍ୟେକ ଚିଠିର ଆରମ୍ଭରେ ସମ୍ବୋଧନ ଓ ଶେଷରେ ଇତି ରହିଥାଏ । ମଝିରେ ଚିଠିର ବିଷୟ ବସ୍ତୁ ସ୍ଥାନପାଏ । ସେ ବିଷୟ ବସ୍ତୁରେ କେତେ ଉପଦେଶ, ଉପଯୋଗୀ ପରାମର୍ଶ, ଅଭିମାନ, ଅଭିଯୋଗ, ଅନୁନୟ, ବିନୟ, ଅଭିବ୍ୟକ୍ତି, ପରିସ୍ଥିତିର ସନ୍ଦେଶ ପରିବେଶର ସାରାଂଶ, ଘରର ଭଲମନ୍ଦ କଥା । ହାନିଲାଭ ଖବର, ଦେହ ପା' ବିଷୟ । ମନ ଗହନର ଅକୁହା କଥା । ଆବେଗଭରା ହୃଦୟର ଗୋପନ ବାରତା, ଅନ୍ତରର ନିଭୃତ କୋଠରିରେ ସାଇତା ହୋଇ ରହିଥିବା ଅପାଶୋରା ଅନୁଭୂତି । ପିପାସିତ ପ୍ରାଣର ଅବ୍ୟକ୍ତ ଅଭିବ୍ୟକ୍ତି । ହତାଶା ଆତ୍ମାର ଅସଫଳତା କାହାଣୀରେ ପରିପୃଷ୍ଟ (ପୂର୍ଣ୍ଣ) ହୋଇଥାଏ ଚିଠିର କଲେବର ।

ଏତିକି ମୂଳରୁ ଚିଠି ଲେଖା ଆରମ୍ଭ ହୋଇ ପାରୁନି । ଭିତର କଥା ଲେଖା ହେବ କେମିତି ? ଅନେକ ସମୟ ଧରି ଚିନ୍ତା କରିବା ପରେ ସେମାନଙ୍କ ମଧ୍ୟରେ ଆଲୋଚନା ପର୍ଯ୍ୟାଲୋଚନା ଶେଷରେ ସେମାନେ ତାଙ୍କୁ କୌଣସି ସମ୍ବୋଧନ ନକରି ଚିଠି ଲେଖିବା ପାଇଁ ନିଷ୍ପତ୍ତି ନେଲେ । ସୁନି ଲେଖୁଥାଏ । ସତୀ ପାଖରେ ବସି ଚିଠିରେ ଲେଖା ହେଉଥିବା ଅକ୍ଷର ଗୁଡ଼ିକୁ ମନେମନେ ପଢ଼ି ନେଉଥାଏ ।

ମୁଁ ଆପଣଙ୍କୁ ପ୍ରିୟତମ ସମ୍ବୋଧନ କରି ଲେଖି ପାରିବି ନାହିଁ । ତା'ର କାରଣ ଆପଣ ସେ ଅଧିକାର ଏପର୍ଯ୍ୟନ୍ତ ମୋତେ ଦେଇ ନାହାଁନ୍ତି । ମୋ ଜାଣିବାରେ ପ୍ରିୟତମ ଶବ୍ଦ କେବଳ ସେଇଟି ପ୍ରଯୁଜ୍ୟ ହୋଇଥାଏ ଯେଉଁଟି ଦୁଇଟି ମନ ନିକଟତର ହୋଇଥାଏ । ଦୁହେଁ ଦୁହିଁଙ୍କୁ ନିଜର କରିନେବାକୁ ଚାହୁଁ ଥାଆନ୍ତି । ଉଭୟେ ଉଭୟଙ୍କୁ ଭଲ ପାଆନ୍ତି । ଦୁଇଟି

ହୃଦୟ ମଧ୍ୟରେ ମିଳନ ହୋଇଥାଏ । ପରସ୍ପର, ପରସ୍ପର ପାଇଁ ଆମ୍ଭୋସର୍ଗ କରିବାକୁ ଅଗଭର ହୁଅନ୍ତି । ସେମାନଙ୍କ ମିଳନ ଲାଗି ସୃଷ୍ଟି ହୋଇଥିବା ସାମାଜିକ ପ୍ରତିବନ୍ଧକୁ ମିଳିତ ଭାବେ ଅତିକ୍ରମ କରିବା ଲାଗି ଆଗ୍ରହୀ ହୋଇପଡ଼ନ୍ତି । ଜଣେ ଅନ୍ୟ ଜଣକ ଲାଗି ପ୍ରାଣବଳି ଦେବାକୁ ପ୍ରସ୍ତୁତ ଥାଏ । ସେ ଦୃଷ୍ଟିରୁ ମୋ ପ୍ରତି ଆପଣଙ୍କ ମନୋଭାବ ନଜାଣି ମୁଁ ଆପଣଙ୍କୁ ପ୍ରିୟତମ କହି ପାରିବି ନାହିଁ । କେଉଁ ନୈତିକ ଅଧିକାର ବଳରେ ମୁଁ ପ୍ରିୟତମ କହିବି ? ଆପଣଙ୍କୁ ପ୍ରିୟତମ କହିବା ପୂର୍ବରୁ ମୋତେ ଆପଣଙ୍କର ପ୍ରିୟତମା ହେବାକୁ ପଡ଼ିବ । ମୁଁ ଆପଣଙ୍କୁ ଭଲ ପାଉଛି ମାତ୍ର ଆପଣ ମୋତେ ଭଲ ପାଉଛନ୍ତି କି ନାହିଁ ମୁଁ ଜାଣେନା । ଆପଣ ମୋତେ ପ୍ରେମିକା ଭାବରେ ଗ୍ରହଣ କରିବେ କି ନାହିଁ ମୁଁ ବୁଝି ପାରୁନାହିଁ । ମୁଁ ଆପଣଙ୍କର ପସନ୍ଦ କି ନୁହେଁ ତାହା ବିଚାର କରିବା ଶକ୍ତି ମୋର ନାହିଁ । ଆପଣଙ୍କର ପ୍ରିୟତମା ହେବାର ଯୋଗ୍ୟତା ମୋର ଅଛି କି ନାହିଁ ମୁଁ ତାହା କହି ପାରିବିନି । ଆପଣଙ୍କ ଲାଗି ମୁଁ ଉପଯୁକ୍ତା କିମ୍ଵା ନୁହେଁ ସେ ଧାରଣା ମଧ୍ୟ ମୋର ନାହିଁ । ଆପଣ ମୋ ହାତରେ ପିନ୍ଧାଇ ଦେଇଥିବା ମୁଦିଟି ମୋ ରୁମାଲର ପ୍ରତିବଦଲରେ କିମ୍ଵା ଆପଣଙ୍କ ଭଲ ପାଇବାର ସ୍ଵୀକୃତି ତାହା ପରିଷ୍କାର ଭାବେ ବୁଝି ହେଉନାହିଁ । ଏକଥା ମଧ୍ୟ ସ୍ପଷ୍ଟ ନୁହେଁ ମୁଁ ଗରିବ ଘର ଝିଅ ଭାବରେ ଆପଣଙ୍କୁ ଦେଇଥିବା ରୁମାଲର ପ୍ରତିବଦଲରେ ଆପଣ ଧନୀକ ଘର ଓ ସମ୍ଭ୍ରାନ୍ତ ପରିବାରର ସନ୍ତାନ ହୋଇଥିବାରୁ ମୋତେ ସୁନା ମୁଦିଟି ଉପହାର ସ୍ଵରୂପ ଦେଇ ପାରିଥାଆନ୍ତି । କିନ୍ତୁ ସେଇଟି ଯେ ପ୍ରେମର ସ୍ମାରକୀ କିମ୍ଵା ଆପଣଙ୍କ ଭଲ ପାଇବାର ସଙ୍କେତ ଏକଥା ମୁଁ କିପରି ଦୃଢ଼ତାର ସହିତ କହି ପାରିବି । ଯେପର୍ଯ୍ୟନ୍ତ ଆପଣଙ୍କଠାରୁ ମୋତେ ଭଲ ପାଇବାର କୌଣସି ସୂଚନା ମୁଁ ନପାଇଛି । ମୁଦିଟି ବଦଲରେ ଆପଣଙ୍କ ବାହୁର ବନ୍ଧନ, ଛାତିର ନିବିଡ଼ ଆଲିଙ୍ଗନ, ଓଠର ପରଶ ପାଇଥିଲେ ନତୁବା ହୃଦୟର ସ୍ପନ୍ଦନ, ଆପଣଙ୍କ ଛାତିରେ ମଥା ରଖି ଶୁଣିଥିଲେ ବରଂ ତାହା ଆପଣଙ୍କର ମୋ ଭଲ ପାଇବାକୁ ସ୍ଵୀକୃତି ଭାବରେ ମୁଁ ଧରି ନେଇଥାଆନ୍ତି । ସେ ସ୍ଵୀକୃତି କ୍ଷଣସ୍ଥାୟୀ ହେଲେ ମଧ୍ୟ ଆପଣଙ୍କର ଏ ଦୀର୍ଘସ୍ଥାୟୀ ସ୍ଵୀକୃତି ଅପେକ୍ଷା (ଠାରୁ) ଅଧିକ ନିର୍ଣ୍ଣାୟକ ହୋଇ ପାରିଥାଆନ୍ତା । କାରଣ ସେପରି ଅଭିବ୍ୟକ୍ତିରେ ସ୍ପଷ୍ଟବାଦିତା ଭରପୂର ଥିଲାବେଲେ ଏ ସ୍ଵୀକାରୋକ୍ତିର ପ୍ରକାଶ ଅସ୍ପଷ୍ଟ ଏବଂ ନିଜର ମନୋଭାବକୁ ପ୍ରକାଶ କରିବା ପାଇଁ ସମ୍ପୂର୍ଣ୍ଣ ରୂପେ ଅସମର୍ଥ । ସବୁ ପ୍ରକାର ସୁବିଧା ଥାଉଁ ଥାଉଁ ଅନେକ ସୁବର୍ଣ୍ଣ ସୁଯୋଗ ପାଇ ସୁଦ୍ଧା ଆପଣ ସେପରି (ସୁଯୋଗରୁ) ସୌଭାଗ୍ୟରୁ ଜାଣିଜାଣି ମୋତେ ବଞ୍ଚିତା କଲେ । ସେମିତି ହୋଇଥିଲେ ମୁଁ ବିନା ଆପତ୍ତିରେ ଆପଣଙ୍କୁ ଧରା ଦେଇ ଥାଆନ୍ତି । କୌଣସି ପ୍ରତିବାଦ ନକରି । ଆପଣଙ୍କ ନିକଟରେ ସମ୍ପୂର୍ଣ୍ଣ ଆତ୍ମ ସମର୍ପଣ କରି ଦେଇଥାଆନ୍ତି । ଆଉ ଆପଣ ମୋତେ ଆପଣଙ୍କ ଛାତି ଉପରକୁ ଭିଡ଼ି ନେଇଥିଲେ ମୁଁ ଅକାତରରେ ଆପଣା ଛାଏଁ କୁସୁମିତା, ପୁଷ୍ପିତା ଦୁର୍ବଳା ଲତାଟି ପରି ଢଳି ପଡ଼ିଥାଆନ୍ତି ଏବଂ ତଲ୍ଲୀନ ହୋଇ ଯାଇଥାଆନ୍ତି ଆପଣଙ୍କ ପ୍ରଶସ୍ତ ବକ୍ଷ ଉପରେ ନିବିଡ଼ ଆଶ୍ଲେଷ ମଧ୍ୟରେ । ଆପଣ ନିଜର ଭଦ୍ରାମୀକୁ ଜଗି, ଶିଷ୍ଟାଚାର ଜ୍ଞାନର ପରିଚୟ ଦେବାକୁ ଯାଇ, ସମ୍ଭ୍ରମକୁ ରକ୍ଷା କରିବା ପାଇଁ, ବ୍ୟବହାରରେ ଶାଳୀନତା ରକ୍ଷା ଲାଗି ସେ ଭଲି ଅପୂର୍ବ ସୁଯୋଗକୁ ହାତ ଛଡ଼ା କଲେ କାହିଁକି ତାହା ଆପଣଙ୍କୁ ହିଁ ଜଣା ।

ତଥାପି ଆପଣ ମୋ ମନର ମଣିଷ । ମୋ ସ୍ଵପ୍ନର ରାଜକୁମାର । ମୋ ପ୍ରାଣର ଠାକୁର । ମୋ ହୃଦୟର ଦେବତା । ମୋ ଦେହ ମନ୍ଦିରର ବିଗ୍ରହ । ମୋ ଆମ୍ଭାର ଅତ୍ୟନ୍ତ ଅନ୍ତରଙ୍ଗ । ମୋ ନିଜଠୁ ବଲି ଆପଣାର । ମୁଁ ଆପଣଙ୍କୁ ଭଲ ପାଏ । ଭଲ ପାଉଛି । ବଞ୍ଚିଥିବା ଯାଏ । ଭଲ ପାଉଥିବି । ଆପଣ ମୋତେ ଭଲ ପାଇ ନପାରନ୍ତି । ତାହା ଆପଣଙ୍କର ଇଚ୍ଛା ଅନିଚ୍ଛାର କଥା । ମୁଁ ଆପଣଙ୍କ ମାନସୀ ନହୋଇ ପାରେ । ଯାହା ଆପଣଙ୍କ ଉପରେ ସମ୍ପୂର୍ଣ୍ଣ ଭାବରେ ନିର୍ଭର କରେ । ତେବେ ଆପଣଙ୍କ ପ୍ରେମର ପୂଜାରିଣୀ ସାଜି ଆପଣଙ୍କ ପ୍ରତୀକ୍ଷାରେ ଜୀବନ ବିତାଇ ଦେବା ଜିଦରୁ ମୋତେ କ୍ଷାନ୍ତ କରିପାରିବେ ନାହିଁ । ମୁଁ ଆମ୍ଭୋସର୍ଗରେ ବିଶ୍ଵାସ କରେ । ଦାନ ଦେଇ ଆନନ୍ଦ ଲାଭ କରେ । କେବଳ ଦେବାକୁ ଭଲ ପାଏ ଓ ସେପରି କରିବାକୁ ପସନ୍ଦ କରିଥାଏ ମଧ୍ୟ । ସେଥିପାଇଁ ଦାତା ସାଜିବାକୁ ଆଗ୍ରହୀ ହୋଇଥାଏ । ମୁଁ

କେବେବି ପ୍ରତ୍ୟାଶା ରଖେନା । କୌଣସି ପରିସ୍ଥିତିରେ ପ୍ରତିଦାନ ଚାହେଁନା । ପାଇବାର କାମନା ମୋର ନାହିଁ । କାହାଠାରୁ ଆଶିବାର ଆଶା ମୁଁ ମନରେ ପୋଷଣ କରେନା । ନେବାର ସ୍ୱପ୍ନ କେବେ ମୁଁ ଦେଖିନଥାଏ । ସେଥିଲାଗି ଆପଣଙ୍କୁ ଅତି ନିକଟରୁ ପାଇବାର ଅଭିଲାଷ ମୋରନାହିଁ । ଆପଣଙ୍କୁ ମୋ ପଣତରେ ବାନ୍ଧି ରଖିବାର ଦୁଃସାହସ ମୁଁ କରି ପାରେନା । ଆପଣଙ୍କୁ ମୋ ଓଢ଼ଣା ତଳେ ଢାଙ୍କି ଦେଇ ଅନ୍ୟମାନଙ୍କ ଲୋଲୁପ ଦୃଷ୍ଟିରୁ ଲୁଚାଇ ରଖିବାର କଳ୍ପନା ମୁଁ କେବେ କରି ପାରେନା । ପ୍ରେମିକ ଭାବେର ଆପଣଙ୍କ ମଥାକୁ ମୋ କୋଳରେ ଧରିବାର ଦୁର୍ଭାବନା ମୁଁ ରଖିନାହିଁ । ପ୍ରେମିକାର ଅଧିକାର ନେଇ ଆପଣଙ୍କ ଛାତିରେ ମୁହଁ ଗୁଞ୍ଜି ଅଳି କରିବାର ଦିବା ସ୍ୱପ୍ନ ମୁଁ କେବେ ଦେଖିବାର ଯୋଜନା କରେନା । ଆପଣଙ୍କ ମନର ମାନସୀ ହୋଇ ଆପଣଙ୍କ ଘରେ ବଧୂ ହେବାର ଦୁରାଶାକୁ ଆଦୌ ମୋ ଅନ୍ତରରେ ସ୍ଥାନ ଦେଇ ନାହିଁ । ମାତ୍ର ତାହା ବୋଲି ଆପଣ ମୋ ଠାରୁ ମୋ ଭଲ ପାଇବାକୁ ଛଡ଼ାଇ ନେଇ ପାରିବେ ନାହିଁ ? ଆପଣ ମୋତେ ନିଜର କରି ନପାରନ୍ତି ଯାହା ଆପଣଙ୍କ ଉପରେ ସମ୍ପୂର୍ଣ୍ଣ ଭାବରେ ନିର୍ଭର କରେ । ହେଲେ ଆପଣଙ୍କୁ ନିଜର କରିନେବାର ମୋ ମନୋଭାବକୁ ବଦଲାଇ ଦେଇ ପାରିବେ ନାହିଁ । ଆପଣ ମୋତେ ଆପଣଙ୍କର ପ୍ରିୟତମା ହେବାର ଅଧିକାର ନଦେଇ ପାରନ୍ତି । ତାହା ଆପଣଙ୍କର ଏକାନ୍ତ ଭାବରେ ନିଜସ୍ୱ ବ୍ୟାପାର । କିନ୍ତୁ ଆପଣଙ୍କ ପ୍ରତି ମୋର ଉତ୍ସର୍ଗୀକୃତ ପ୍ରଣୟରୁ ମୋତେ ଦୂରେଇ ଦେଇ ପାରିବେ ନାହିଁ ଓ ଆପଣଙ୍କୁ ପ୍ରିୟତମ କରିନେବାର ମୋ ଆନ୍ତରିକ ନିଷ୍ଠାରୁ ମୋତେ ବଞ୍ଚିତା କରିପାରିବେନି । ଆପଣ ମୋତେ ଆପଣଙ୍କର ପ୍ରେମିକାର ମର୍ଯ୍ୟାଦା ଦେଇ ନପାରନ୍ତି । ମାତ୍ର ଆପଣଙ୍କୁ ପ୍ରେମିକ ଆସନରେ ବସାଇ ଆପଣଙ୍କ ପ୍ରତି ମୋର ପ୍ରେମ ନିବେଦନ ଓ ପ୍ରଣୟ ଅର୍ପଣ ପୂର୍ବକ ଆପଣଙ୍କ ପ୍ରେମିକା ବା ପ୍ରଣୟିନୀ ହେବାର ଜିଦରୁ ମୋତେ ଦୂରେଇ ଦେଇ ପାରିବେ ନାହିଁ ।

ଆପଣତ ଦୂର ଆକାଶର ଜହ୍ନ । ସରଗର ଚାନ୍ଦ । ସୁକୁମାର ପୁରୁଷ । ଅନୁପମ ଦେବତା । ଉଜ୍ଜ୍ୱଳତମ ଚନ୍ଦ୍ର । ପକ୍ଷାନ୍ତରେ ମୁଁ ଆମ ଗାଁମୁଣ୍ଡ ପଙ୍କ ଗାଡ଼ିଆର କଇଁ । ମୁଁ ଆପଣଙ୍କୁ ଶତଚେଷ୍ଟା ସତ୍ତ୍ୱେ କେବେବି ଛୁଇଁ ପାରେନା । ଛୁଇଁବା ପାଇ ଯେତେ ହାତ ବଢ଼ାଇଲେ ମୋ ହାତ ଆଦୌ ପାଏନା । ସେଥିପାଇଁ ଆପଣଙ୍କୁ ଧରିବା ଲାଗି ମୁଁ ହାତ ବଢ଼ାଇବି କାହିଁକି ? କଇଁ କ'ଣ କେବେ ଜହ୍ନକୁ ଛୁଇଁପାରେ । କିମ୍ବା ତାଙ୍କୁ ପାଇବା (ଧରିବା) ତା' ପକ୍ଷରେ କେବେ ସମ୍ଭବ ହୋଇ ପାରିବ ? ମୁଁ ପଙ୍କ ଗଡ଼ିଆର କଇଁଟିଏ ହୋଇ ଆପଣଙ୍କ ପରି ଦୂର ଆକାଶର ସୁକୁମାର ସୁକୋମଳ ତେଜିଆନ ଉଜ୍ଜ୍ୱଳ ଜହ୍ନକୁ ଧରିବାର ଆଶା କେମିତି ମନରେ ପୋଷଣ କରିପାରିବି ? ସେଥିପାଇଁ କୌଣସି ଅସମ୍ଭବ କଳ୍ପନାକୁ କେବେ ମୋ ମନରେ ପ୍ରଶ୍ରୟ ଦିଏନା । କଇଁ ଯେପରି ରାତିରେ ଚନ୍ଦ୍ରଙ୍କ କିରଣ ପାଇ ନିଜକୁ ଧନ୍ୟା ମନେ କରେ । ସେ ଫୁଟିଥିବା ପାଣିରେ ଚନ୍ଦ୍ରଙ୍କ ପ୍ରତିବିମ୍ବକୁ ଦେଖି ଓ ତାଙ୍କ ଜୋଛନା ପରଶରେ ତା' ମନସ୍କାମନା ପୂରଣ କରିବାକୁ ସୁଯୋଗ ପାଏ । ଜହ୍ନ ଯେମିତି ପଙ୍କ ପାଣିରେ ଫୁଟିଥିବା କଇଁ ପାଖକୁ ନ ଆସି ପାରିଲେ ମଧ ତାଙ୍କ ପ୍ରାଣପ୍ରିୟା ଲାଗି ଜୋଛନାର ରଜତ କିରଣ ଅକୁଣ୍ଠିତ ଚିତ୍ତରେ ଢାଲି ଦିଅନ୍ତି । ସେହିପରି ଆପଣ ମୋତେ ସ୍ୱୀକାର ନକଲେ ମଧ ମୋ ସତ୍ତାକୁ ସଂପୂର୍ଣ୍ଣ ଏଡ଼ାଇ ନଦେଇ ମୋ ପ୍ରତି ଟିକେ ସଦୟ ହୋଇ ସାମାନ୍ୟ ନିହାତି ଅନୁକମ୍ପାର ସହାନୁଭୂତି ପ୍ରଦାନ କରିବା ଲାଗି ମୁଁ ସବିନୟ ଅନୁରୋଧ ଆପଣଙ୍କୁ କରୁଛି । ମୁଁ ତ ଅନେକଥର ଆପଣଙ୍କ କପାଳରେ ଧବଳେଶ୍ୱରଙ୍କ ବିଭୂତି ନାଇଦେଇଛି । ସେହିପରି ଆପଣ ମାତ୍ର ଥରଟେ ମୋ ସିନ୍ଥିରେ ସିନ୍ଦୁର ଟିପାଟିଏ ଲଗାଇ ଦିଅନ୍ତୁ । ମୁଁ ବହୁବାର ଆପଣଙ୍କ ହାତ ଚକିରେ ଠାକୁରଙ୍କ ପାଦୁକ ଦେଇଛି । ତା'ର ପ୍ରତି ବଦଲରେ ଆପଣ କେବଳ ଦୁଇପଟ ନାଲିଶଙ୍ଖା ମୋର ଦୁଇଟି ହାତରେ ପିନ୍ଧାଇ ଦେବେ । ଯେବେ ଏତିକ ପାଇଁ ଆପଣ ଡରୁଛନ୍ତି, ସାମାଜିକ ନିନ୍ଦା ଆପଣଙ୍କୁ ଭିତି ପ୍ରଦାନ କରୁଛି ଓ ସଂସାରର ଅପବାଦକୁ ଭୟ କରୁଛନ୍ତି । ଦୁନିଆର ପରିହାସକୁ ଓ ଆକଟକୁ ସହିବାର ଧୌର୍ଯ୍ୟଶକ୍ତି ଏବଂ ତାକୁ ସାମ୍ନା କରିବାର ସତ୍ସାହାସ ଆପଣଙ୍କର ନାହିଁ । ତେବେ ଦିବସର ପ୍ରକାଶ୍ୟ ସୂର୍ଯ୍ୟାଲୋକରେ ଆପଣ ମୋ ପାଖକୁ ନଆସନ୍ତୁ । ପ୍ରଦୋଷର ଗାଢ଼ ଅନ୍ଧକାର ପରଦା

ଉହାଡ଼ରେ ଆପଣ ମୋ ନିକଟତର ହୋଇ ପାରିବାରେ ସେମିତି କୌଣସି ଅସୁବିଧା ରହିବନି । ଦିନର ଉଜ୍ଜ୍ୱଳ ଆଲୋକରେ ସିନା ମୋ ପାଖକୁ ଆସିପାରିବେ ନାହିଁ । ରାତିର କଳା ଅନ୍ଧାର ପଣତ ତଳେ ମୋ ସହିତ ସାକ୍ଷାତ କରିବାରେ ଅସୁବିଧା କ'ଣ କିୟ । କିଛି ପ୍ରତିବନ୍ଧକ ରହିଥିଲା ପରିତ (ଜଣା) ମନେ ହେଉନି । ଜାଗ୍ରତରେ ଯାହା ଅସମ୍ଭବ, ନିଦ୍ରାବସ୍ଥାରେ ତା' ଅତି ସହଜରେ ସମ୍ଭବ ହୋଇ ପାରିବ । ଆପଣ ମୋ ସପନର ରାଜକୁମାର । ସେଥିପାଇଁ ଆପଣଙ୍କୁ ମୋର ବିନମ୍ର ନିବେଦନ । ସପନରେ ଆସି ମୋତେ ଛୁଇଁ ଦେଇ ଯାଆନ୍ତୁ । ମୁଁ ସିନା ସାମାଜିକ ଦୃଷ୍ଟିରୁ (ଜଳ) ଅସ୍ପୃଶ୍ୟା ମାତ୍ର ସପନ ଛୁଆଁ (ସ୍ପର୍ଶ) ପାଇବା ଲାଗିତ ଅଯୋଗ୍ୟା ନୁହେଁ । ସେତକ ମୋ ଲାଗି ଯଥେଷ୍ଟ ।

ଦିବସର ପ୍ରକାଶ୍ୟ ସୂର୍ଯ୍ୟ ଲୋକରେ ଜାଗ୍ରତ ଅବସ୍ଥାରେ ନଆସି ରାତିର ଗାଢ଼ ଅନ୍ଧାର ପରଦା ତଳେ ସପନରେ ଆସି ମୋର ଦୁଇ ହାତରେ ଦୁଇପଟ ନାଲି ଶଙ୍ଖା ଓ ସିନ୍ଥିରେ ଟୋପାଏ ସିନ୍ଦୂର ପିନ୍ଧାଇ ଦେଇ ଯିବାକୁ ମୋର ଆପଣଙ୍କୁ ଏକାନ୍ତ ବିନମ୍ର ଅନୁରୋଧ ରହିଲା । ଏଥିରେ ତ କିଛି ଅସୁବିଧା ନାହିଁ କିୟ । ସେମିତି କିଛି ଅଡ଼ୁଆ ସୃଷ୍ଟି ହେବାର ସମ୍ଭାବନା ଆଦୌ ରହିଥିଲା ପରି ମନେ ହେଉନାହିଁ ।

ଆପଣଙ୍କ ଠାରୁ ମୁଁ ଆଉ ବେଶୀ କିଛି ଚାହୁଁ ନାହିଁ । ଇୟ ଅପେକ୍ଷା ଅଧିକ ଆଶା ରଖିବା ନିଶ୍ଚିତ ଭାବେ ବୃଥା ପ୍ରୟାସ ହେବ ଓ ସେପରି ଅବାସ୍ତବ ପରିକଳ୍ପନା କରିବା ମୋର ଅନ୍ୟାୟ ଦାବି ଉପସ୍ଥାପନା ସଦୃଶ ହେବ । ଆପଣଙ୍କୁ ମୋର ଏକାନ୍ତ ବିନମ୍ର ଅନୁରୋଧ । ମୋତେ ଆସି ସପନ ଛୁଆଁ ଦେଇ ଯାଆନ୍ତୁ । ଆପଣଙ୍କ ସହିତ ବାସ୍ତବରେ ଜାଗ୍ରତ ଥିବା ବେଳର ଆଲାପ କିୟ ଆଲୋଚନା ଲାଗି ମୁଁ ଆଦୌ ଆବେଦନ କରୁନାହିଁ । ସେଥିଲାଗି ମନର ଆଶା, ପ୍ରାଣର ଆଗ୍ରହ, ଅନ୍ତରର ଆବେଗ, ହୃଦୟର ଉଲ୍ଲାସ ଓ ଆମ୍ରର ଉତ୍କଣ୍ଠାକୁ ଛାତି ତଳେ ଚାପି ରଖି ସବୁ କଷ୍ଟ ଦହନ ଓ ଯନ୍ତ୍ରଣାଦାୟକ ଏବଂ ଦୁଃଖ ପ୍ରଦାନକାରୀ ସମୟର ସମ୍ମୁଖୀନ ହେବା ଲାଗି ମୁଁ ନିଜକୁ ପ୍ରସ୍ତୁତ କରିସାରିଛି । କେବଳ ସପନ ରାଜ୍ୟରେ ନିଜକୁ ହଜାଇ ଦେଇ ଆପଣଙ୍କ ପରଶ ଟିକକ ପାଇବା ଆଶାରେ ବିଭୋର ହୋଇ ମୁଁ ମୋର ଅବଶିଷ୍ଟ ଜୀବନ ଯେତେ ଦୁଃଖପୂର୍ଣ୍ଣ, କଷ୍ଟପ୍ରଦ, ଯନ୍ତ୍ରଣାସିକ୍ତ, ବେଦନା ଦାୟକ ହେଲେ ସୁଦ୍ଧା ଅସୀମ ଧୌର୍ଯ୍ୟର ସହିତ ତାକୁ ଅତିବାହିତ କରିଦେବାକୁ ଚେଷ୍ଟା କରିବି ଓ ଉଦ୍ୟମ ଜାରି ରଖିବି । ସେତିକିରେ ମୋର ତୃପ୍ତି । ପରମ ତୃପ୍ତି । ରହୁଛି ଆପଣଙ୍କ ଚିର ହତ ଭାଗିନୀ ସତୀ ।

ଲେଖିସାରି ସୁନି ପଚାରିଲା ସତୀକୁ, "ପଢ଼ିଲୁ ତୋ ମନକୁ ପାଇଲା ତ ?"

"ମନକୁ କ'ଣ ପାଇବ ?" ସତୀ ଉତ୍ତର ଦେଲା ।

"ତୁ ପଢ଼ିଲୁ, ଭଲ ହୋଇଛି କି ନାହିଁ, କହିବୁ ନି ?"

"ମୁଁ ଚିଠି ଲେଖି ପାରିବି ନାହିଁ, ତୁ ମୋ ପାଇଁ ଲେଖିଦେଲୁ, ସେତିକ ମୋ ଲାଗି ଯଥେଷ୍ଟ । ତା'ପରେ ପୁଣି ଭଲ ମନ୍ଦର ବିଚାର କ'ଣ ଦରକାର ?"

"କାହିଁକି ଚିଠିଟି ଭଲ ହୋଇଛି କି ନାହିଁ ? ତୋ' ମନକୁ ପାଇଲା କି ନାହିଁ ? କହିବୁ ନି ?"

"ସୁନି ଯାହାର ଚିଠି ଲେଖିବାର ଧାରଣା ନାହିଁ । ଯିଏ ଆଦୌ ଚିଠି ଲେଖି ଶିଖିନି, କିୟ ସେ ବିଷୟରେ ସେ ବିନ୍ଦୁ ବିସର୍ଗ ବି ଜାଣିନି । ତା'ର ପୁଣି ଭଲ ଖରାପ ବିଚାର କରିବାର ଅଭିଜ୍ଞତା କିୟ ଯୋଗ୍ୟତା ଆସିବ କେଉଁଠୁ ? ଚିଠିଟିଏ ଲେଖା ହୋଇଗଲା ସେତକ ମୋ ପାଇଁ ଯଥେଷ୍ଟ । ଗଛ ଚଢ଼ି ଶିଖିନଥିବା ଲୋକଟି ଗଛତଳେ ଠିଆ ହୋଇ କୁଆ ଅଙ୍ଗୋ ଆମ୍ର (ଫଳ) ଖାଇବାରେ ବାଛ ବିଚାର କରିନଥାଏ । କୁଆ ପାଇଁ ସିଏ ଆମ୍ରଟିଏ ଖାଇ ପାରିଲା । କୁଆ ଦ୍ୱାରା ଖଣ୍ଡିଆ ହୋଇଥାଉ ପଛେ । ସେତକ ତା' ଲାଗି ବହୁତ କିଛି । ତା' ଠାରୁ ଭଲ ବା ଅଧିକ ଖୋଜିବା ତା' ପକ୍ଷରେ ବୋକାମି ବ୍ୟୟୀତ ଆଉ ଅନ୍ୟ କିଛି ହୋଇନପାରେ । ସେ କାହିଁକି ଅକାରଣେ ଆମ୍ର ଖଣ୍ଡିଆ କି ନିଖୁଣ ବାଛି ବସିବ ? ଆଉ ଯଦି

ବାଜ୍ଛେ ତେବେ ସେପରି କ୍ରିୟାକଳାପ ତା' ସକାଶେ ବୃଥା ପ୍ରୟାସ ସାବ୍ୟସ୍ତ ହେବ ବୋଲି ଧରିନେବାକୁ ପଡ଼ିବ। ସେହିପରି ମୁଁ ଚିଠି ଲେଖି ଜାଣିନାହିଁ। ତୁ ଦୟାକରି ମୋ ଲାଗି କଷ୍ଟ ସ୍ୱୀକାର କରି ଚିଠିଟିଏ ଲେଖିଦେଲୁ। ମୋ ପାଇଁ ଏତେ ପରିଶ୍ରମ କଲୁ, ଚିଠି ଲେଖିବା ଲାଗି। ମୁଁ ସେତିକିରେ ସନ୍ତୁଷ୍ଟ ନହୋଇ ଆହୁରି ଅଧିକ ଆଶା କରିବା ବୃଥା ପ୍ରୟାସ ହେବନି କି ? ମୋ ମନର ଅତି ଗୋପନ ଭାବକୁ ତାଙ୍କୁ ଜଣାଇବା ଲାଗି ମୁଁ ଗୋଟିଏ ବାଟ ଖୋଜୁଥିଲି। ତୁ ସେ ଉପାୟ ବତାଇ ଦେଲୁ। ଚିଠି ହେଉଛି ମନର ଅକୁହା ଭାବକୁ ପ୍ରକାଶ କରିବାର ସର୍ବଶ୍ରେଷ୍ଠ ମାଧ୍ୟମ। ଯାହା ମୋ ଦ୍ୱାରା କେବେବି ଆଦୌ ସମ୍ଭବ ହୋଇ ପାରିନଥାଆନ୍ତା। ତୁ ଦୟା କରି ମୋତେ ସାହାର୍ଯ୍ୟ କରିବାକୁ ଆଗେଇ ଆସିଲୁ। ସେ କାର୍ଯ୍ୟରେ ମୋତେ ସହାୟତା ପ୍ରଦାନ କଲୁ। ମୋ ମନ ଭାବକୁ ସେ ଚିଠିରେ ଉଠାରି ଦେଲୁ। ମୁଁ ଚିଠିଟିକୁ ଦେଇ ମୋ ମନ କଥା ତାଙ୍କୁ ଅତି ସହଜରେ ଜଣାଇ ପାରିବି। ସେତକ ମୋ ଲାଗି ବହୁତ ହୋଇଗଲା। ଆଉ ଅଧିକ କିଛି ଆବଶ୍ୟକ ନାହିଁ। ଆହୁରି ମଧ ଏହାଠାରୁ ଅଧିକ ଖୋଜିବା କିୟା ଆଶା କରିବା ଅପରିଣାମ ଦର୍ଶିତା ପରି ହେବ।"

ସୁନି ହାତରୁ ଚିଠିଟିକୁ ଧରି ସତୀ ଘରକୁ ଫେରିଲା। ପହରିଦିନ ମନ୍ଦିରରେ ଅଧରଙ୍କ ମଥାରେ ବିଭୂତି ଲଗାଇ ଦେଲାବେଳେ ସୁନିର କଥା ମୁତାବକ ତାଙ୍କ ପକେଟରେ ଚିଠିଟିକୁ ଗଲାଇ ଦେବା କଥା ସିଦ୍ଧାନ୍ତ ହେଲା।

ଘରେ ପହଞ୍ଚି ସତୀ ପ୍ରଥମେ ଚିଠିଟିକୁ ଲୁଚାଇ ରଖିଦେଲା। ଅନ୍ୟମାନଙ୍କ ନଜରରୁ ଏଡ଼ାଇବା ପାଇଁ ଅଧର ପିନ୍ଧାଇ ଦେଇଥିବା ମୁଦିଟିକୁ ଯେପରି ଲୁଚାଇ ରଖିଥିଲା। ସେହିପରି ଚିଠି ଟିକୁ ଲୁଚାଇ ଦେଲା। ଘରେ ଅନ୍ୟମାନେ କାମରେ ବ୍ୟସ୍ତ ଥିଲେ। ସତୀ ତାଙ୍କ ପିଣ୍ଡାରେ କାନ୍ଥକୁ ଆଉଜି ବସିଲା। ଅଧରଙ୍କୁ ଦେବା ଲାଗି ଲେଖାହୋଇଥିବା ଚିଠି ବିଷୟରେ ଭାବୁଥିଲା। ଏହି ଚିଠି– ଧଳା କାଗଜ ଉପରେ କାଳି ଅକ୍ଷରମାନଙ୍କର ସମାବେଶ। କେତୋଟି ଅକ୍ଷରକୁ ନେଇ ସୃଷ୍ଟି ହୋଇଥାଏ ଶବ୍ଦ। କ୍ରମାନ୍ୱୟରେ ସଜା ହୋଇଥିବା କେତୋଟି ଶବ୍ଦର ସମଷ୍ଟି ଯାହା ଏକ ପୂର୍ଣ୍ଣ ଅର୍ଥ ପ୍ରକାଶ କରିବାକୁ ସମର୍ଥ ହୁଏ ତାହାକୁ ବାକ୍ୟ କୁହାଯାଏ। ସେହିପରି ଅନେକ ବାକ୍ୟର ସମାବେଶରେ ଚିଠିଟିର କଳେବର ପରିପୁଷ୍ଟ। ଜଣଙ୍କର ମନୋବଳକୁ ଅନ୍ୟ ଜଣକ ପାଖରେ ପହଞ୍ଚାଇବା ଏବଂ ପ୍ରକାଶ କରିବାର ପ୍ରୟାସ। ନିଜର ଇଚ୍ଛାକୁ ଆଉ ଜଣକୁ ଜଣାଇବା ପାଇଁ ପ୍ରଚେଷ୍ଟା। ଅନ୍ତରର ନିଭୃତ କୋଣରେ ସାଇତା ହୋଇ ରହିଥିବା ଅନେକ ଅକୁହା କଥା ଯାହା ହୃଦୟରେ ଅହରହ ଗୁଞ୍ଜରଣ ସୃଷ୍ଟି କରୁଥାଏ ତାଙ୍କୁ ନିଜର ବୋଲି ଭାବୁଥିବା ଅନ୍ୟ ଜଣଙ୍କୁ କହିଦେବା ପାଇଁ ଉଦ୍ୟମରୁ ହିଁ ଚିଠିର ସୃଷ୍ଟି। ମନଗହନର ଅତି ଗୋପନ କାହାଣୀ ଯିଏ ତା' ପ୍ରାଣରେ ଗୁମୁରୁଥାଏ ରହି ରହି ତାକୁ ଏକାନ୍ତ ଆପଣାର ବୋଲି ମନେ କରୁଥିବା ଲୋକଟିକୁ ଅବଗତ କରାଇବାର ଇଚ୍ଛା ଓ ଆଗ୍ରହରୁ ଚିଠି ଲେଖା ଆରମ୍ଭ ହୋଇଥିବା ଅନୁମେୟ। ଯିଏ ପର ହୋଇ ସୁଦ୍ଧା ଆପଣାର ପରି ଲାଗନ୍ତି। ଯିଏ ଦୂରରେ ଥାଏ ମାତ୍ର ମନରେ ପଡ଼େ ବାରମ୍ବାର। ଯିଏ ପ୍ରବାସୀ ହୋଇ ମଧ ଏକତ୍ର ବାସ କଲା ଭଲି ଅନୁଭବକୁ ଆସୁଥାଆନ୍ତି। ତାଙ୍କୁ ଅତି ନିକଟରୁ ପାଇବାକୁ, ଦେଖିବାକୁ। ତାଙ୍କ କଥା ଶୁଣିବାକୁ। ତାଙ୍କ ସହିତ ଆଲୋଚନା କରିବାକୁ, ଆଲାପ ଜମାଇବାକୁ ତାଙ୍କ ସଂଗ୍ଲାପ ସହିତ। ସେପରି ଉଦ୍ୟମରୁ ହିଁ ଚିଠି ଲେଖିବାକୁ ବ୍ୟକ୍ତି ଚେଷ୍ଟିତ ହୋଇଥିବା ସମ୍ଭବ।

ପଢ଼ିବା ଲୋକ ସାମ୍ନାରେ ଦେଖିବା ପରି ଅନୁଭବ କରୁଥିବ ଲେଖକକୁ। ପାଖରେ ତାହା ଥାଏ ପ୍ରୀତି-ସ୍ମୃତି ଅଥବା ଦଲିଲ ଦସ୍ତାବିଜ ପରି। କଅଁଳ ବୟସରେ ଯଦି ଭାଗ୍ୟ ସିଦ୍ଧିଯୋଗୁ ମିଳିଥାଏ– ହଜିଯାଉ ତ ପ୍ରେମପତ୍ର ଖଣ୍ଡକ ! କେତେ ଚରିତ୍ର ଏକଦମ ପ୍ରଲୟର କଟିରେ ପହଞ୍ଚି ଯାଉଥିଲେ। ଏବେ ଭାବତ ଦୂରର କଥା। ଜୀବନ ବି 'ଡିଲି ଟେମ୍‌'।

ଅସଂଖ୍ୟ ଆଶାର ଇସ୍ତାହାରକୁ ଅତି ଗୋପନରେ ସାଇତି ରଖି ନିମିଷକ ଭିତରେ ଯିଏ ପ୍ରତ୍ୟାଶୀର ପ୍ରାଣକୁ ଅନନ୍ୟ ପ୍ରେମାନୁଭୂତିରେ ପୁଲକିତ କରିଦିଏ। ସେହି ନାତିଦୀର୍ଘ ବସ୍ତୁଟିର ନା ଚିଠି, ସଂଗୋପିତ ସ୍ୱୟେଦନାର ମୁଦ୍ରେଦେଇ ଏହି ଚିଠି ହିଁ କେବଳ ଅୟୁତ ବେଦନାର ଦସ୍ତାବିଜ ସାଇତି ପାରେ। ପୁଣି ମନଗହନର ଗୋପନ ଗାଥାକୁ

ବେଦମ ବିଶ୍ଵ ଦେଇପାରେ ଅକୁଣ୍ଠିତ ଚିଉରେ । ଆଷାଢ଼ର ବର୍ଷାବିନ୍ଦୁଭଳି । ଅପେକ୍ଷା କିନ୍ତୁ ବଢ଼ୁଥାଏ । ଉକ୍ଣ୍ଠା ଅତିକ୍ରମି ଯାଉଥାଏ ଧୌର୍ଯ୍ୟର ଶିଖର । ଥରକୁ ଥର ଆସି ଚାହିଁ ଦେବା ଲାଗି ଇଚ୍ଛା ଦେଉଥାଏ ଡାକବାଲା ବାଟକୁ । ଖାକି ପୋଷାକ ପରିହିତ ଡାକବାଲାକୁ । କେଉଁ ଚିଠି ଆଶାୟୀ, ଅପେକ୍ଷା ନକରେ ପୋଷ୍ଟମ୍ୟାନ ସାଇକେଲ ଘଣ୍ଟିକୁ କେଉଁ ବିରହିଣୀ ବା ବିରହୀ କାନ ନଦ୍ଵେରେ । ପୋଷ୍ଟମ୍ୟାନ ପଥକୁ ନିର୍ମିମେଷ ନୟନରେ ଅନାଇ ରହି ଚିଡ଼ାବି ମାଡ଼ୁଥାଏ ଘଣ୍ଟା ଘଣ୍ଟାର ଆଲସ୍ୟ ପଣ ଉପରେ । ଶେଷରେ ଚିଠି ପହଞ୍ଚେ । ନୀଳ ଲଫାପା ଭିତରେ ଥିବା ଗୋଲାପି କାଗଜ ଉପରେ ସୁନେଲି କାଲିରେ ଲେଖା ହୋଇଥିବା ଅକ୍ଷର କେତୋଟିକୁ ପଢ଼ିବା ପାଇଁ କେଉଁ ପ୍ରେମିକ କିମ୍ବା ପ୍ରେମିକା ଅପେକ୍ଷା କରି ରହେନାହିଁ । କେବେ କୃଷ୍ଣ ଚୂଡ଼ାର ହସ ଝୋରାଇତ କେବେ ପୌଷ ଅପରାହ୍ନର ଗୁମ୍ସୁମ୍ ଗୀତଗାଇ, ଚୁନାବୁନା ହସର ମୁରୁଜ ବୁଣି । ଅପେକ୍ଷାର ଅବସାନ ଘଟାଇ ଉକ୍ଣ୍ଠାର ପଥରୋଧ କରି, ଚିଠି ସବୁବେଳେ ବିହ୍ଵଳିତ କରେ । ଭାଷାରେ, ଭାବରେ, ଅକୃପଣ ନିବିଡ଼ ପଣରେ । ସଂକ୍ଷିପ୍ତ ହେଉ କି ବିକ୍ଷିପ୍ତ । ଆବେଗର ବ୍ୟଞ୍ଜନ କିନ୍ତୁ ତିଲେବି କମ ନଥାଏ । ଥରେ ନୁହେଁ । ଦୁଇଥର ନୁହେଁ । ଧର୍ମକୁ ସାକ୍ଷୀ ରଖି ତିନିଥର ବି ନୁହେଁ । ଏକାଧିକ ଥର । ଅନେକ ବାର । ବାରମ୍ବାର ପଢ଼ି ସାରିବା ପରେ ମଧ ପୁରୁଣା ଲାଗେ ନାହିଁ, ପାଞ୍ଚ କି ସାତ ଧାଡ଼ିର ପତ୍ରଟିଏ । ତଥାପି ଲାଗୁଥାଏ ନୂଆ । ଏକ ନାଁ ଅଜଣା ଅନୁଭବରେ ଅନୁସଞ୍ଚାର ଘଟୁଥାଏ ହୃଦୟରେ ହୃଦୟରେ ।

ଚିଠି ଲେଖାରୁ ହିଁ ଆରମ୍ଭ ହୁଏ ଶୃଙ୍ଖଳିତ ରଚନାର ଅଭିସାର । ସେଥିପାଇଁ ତ ଚିଠିଟିକୁ ସୃଜନ ଶୀଳତାର ପହିଲି ସୋପାନ ବୋଲି କୁହାଯାଇଥାଏ । ଆଉ ଅବସର ସମୟ କାଟିବାର ଏକ ମହତ ମାଧ୍ୟମ ହେଉଛି ଚିଠି । ଅବସର ସମୟରେ ଖୋଲାଯାଇ ପାରେ ପୁରୁଣା ଚିଠିର ଦଲିଲ । ଅଥବା ସମୟର ଦୂର ଦିଗନ୍ତରେ କ୍ରମଶଃ ଧୂସ୍ରା ହୋଇ ଯାଉଥିବା କୌଣସି ବନ୍ଧୁଙ୍କ ପାଖକୁ ଲେଖାଯାଇପାରେ ଏକଲା ମନର କେଇପଦ କଥା । ଅବସରକୁ ଫଳଦାୟୀ କରିପାରେ ଚିଠି । ଏହି ପରିପ୍ରେକ୍ଷିରେ ଉଦ୍ଧାର କରାଯାଇ ପାରେ । ଠାକୁର ବାବା କହିଥିବା ଚିଠିକୁ ନେଇ ମାର୍କିନ ଲେଖକ ଅର୍ଣ୍ଣେଷ୍ଟ ହେମିଂଓଙ୍କର ଏକ ମନ୍ତବ୍ୟ "Or don't you like to write letter, I do because it's sucna swell way to keep and feel something doing ।"

ଯେଉଁଠି କହିବା ଲୋକଟି ଅପାରଗ । ମନକଥା କହିବାକୁ ଚାହୁଁଥିଲେ ସୁଦ୍ଧା । ତାହା ପ୍ରକାଶ କରିବାକୁ ଅକ୍ଷମ । ତା'ର ଇପ୍ସିତ ବ୍ୟକ୍ତିଟିର ନିକଟକୁ ସନ୍ଦେଶ ପଠାଇବା ପାଇଁ ସିଏ ଉଦ୍ୟମରତ । ଶତଚେଷ୍ଟା ସତ୍ତ୍ଵେ ମନର ମଣିଷକୁ ମନର କଥା କହିବାକୁ କୌଣସି ଉପାୟ ପାଉ ନାହିଁ । ସେହି ଗୋପନ ବାରତା ପ୍ରେରଣ ପାଇଁ ସିଏ ଯେତେ ବ୍ୟାକୁଳ ଓ ତାହା ପଠାଇ ନପାରିବା ଯୋଗୁ ତତୋଧିକ ବ୍ୟଥିତ । ଇଚ୍ଛା ଥିଲେ ବି ଚିଠିଟିଏ ଲେଖିବାର ସାମାର୍ଥ୍ୟ ତା'ର ନାହିଁ । ଅଥଚ ହୃଦୟରେ ସାଇତି ରଖିଥିବା ଅକୁହା କଥାକୁ ଅନ୍ୟମାନଙ୍କ ଦୃଷ୍ଟି ଉହାଡ଼ରେ ରହି ଲୁଚେଇ ଲୁଚେଇ ନିଜ ଘର ଲୋକଙ୍କ ଅଜ୍ଞାତରେ ପ୍ରିୟ ପୁରୁଷକୁ ଜଣାଇବ । ସେଥିପାଇଁ ଜଣେ ଲେଖାଲିର ଆବଶ୍ୟକ ପଡ଼େ । ଦରକାର ହୁଏ ନିଜ ମନର ଅତି ଗୋପନ କଥାକୁ ଚିଠିରେ ଉତାରି ପାରୁଥିବା ଗୋଟିଏ ଅତି ଅନ୍ତରଙ୍ଗ ସାଙ୍ଗର । ନିପଟ ମଫସଲର ଅଶିକ୍ଷିତ ତରୁଣ, ତରୁଣୀ ଯେଉଁମାନେ ଶିକ୍ଷା ଲାଭରୁ ବଞ୍ଚିତ । ଭାଗ୍ୟ ଦୋଷରୁ ହେଉ କିମ୍ବା ଘରର ଆର୍ଥିକ ଦୂରାବସ୍ଥା ଯୋଗୁ ହେଉ ପାଠ ପଢ଼ିବା ଲାଗି ସୁଯୋଗ ପାଇ ପାରିନାହାଁନ୍ତି । ଯୌବନରେ କୌଣସି ଯୁବତୀ ପ୍ରତି ଆକୃଷ୍ଟ ହେଲେ ସେମାନଙ୍କୁ ମନ କଥା ଜଣାଇବାର ମାଧ୍ୟମ କେବଳ ଚିଠି । ଯାହାକୁ ଲେଖିବା ପାଇଁ ସେହି ନିରକ୍ଷରମାନେ ସଂପୂର୍ଣ୍ଣ ଅକ୍ଷମ । ସେଥିପାଇଁ ଶିକ୍ଷା ଓ ସଭ୍ୟତାର ଚିର ଅପହଞ୍ଚ ସେହି ଗାଁରେ ଆଙ୍ଗୁଲି ଗଣତି ଯେଉଁ କେତୋଟି ଯୁବକ ଲେଖା ପଢ଼ା ଶିଖିଛନ୍ତି । ସେମାନେ ତାଙ୍କ ସମ ବୟସର ଯୁବକଙ୍କ ପାଇଁ ଓ ସେଇ ଗାଁର ଅଳ୍ପ ଶିକ୍ଷିତା ଅଭିଆଡ଼ି କେତେଜଣ ଯୁବତୀ, ଯେଉଁମାନେ ଲେଖି ଜାଣିଛନ୍ତି ସେମାନେ ତାଙ୍କ ସାଙ୍ଗ ଯୁବତୀଙ୍କ ଲାଗି ଚିଠି ଲେଖିଦେଇ ଥାଆନ୍ତି । ଜଣଙ୍କର ମନଭାବକୁ ଅନ୍ୟଜଣେ ଚିଠିରେ ରୂପ

ଦେବାକୁ (ଉତାରିବାକୁ) ଚେଷ୍ଟା କରେ। ପ୍ରେମ କରୁଥିବା ପୁଅଟି ତା' ପ୍ରେମିକାକୁ ତା' ମନର କଥା ଜଣାଇବା ପାଇଁ ତା' ଅନ୍ତରଙ୍ଗ ସାଙ୍ଗର ସାହାଯ୍ୟ ଲୋଡ଼େ। ପ୍ରେମିକାଟି ତା' ପ୍ରେମିକ ଲାଗି ଲେଖି ଶିଖୁଥିବା ତା' ଘନିଷ୍ଠ ସାଥୀ ଝିଅଠାରୁ ଚିଠି ଲେଖାଇ ଆଣେ। ଚିଠି ଲେଖିବା ଲୋକ ଯିଏ କେହି ହେଲେ ଚଳିବ। ମାତ୍ର ଚିଠି ଦେଲା ବେଳକୁ ସମ୍ପୃକ୍ତ ପୁଅଟି ତା' ପ୍ରେମିକାକୁ ଓ ଭଲ ପାଉଥିବା ଯୁବତୀଟି ତା' ମନର ମଣିଷକୁ ଚିଠି ଦେଇଥାଏ। ଅଳ୍ପ ଶିକ୍ଷିତ ଲୋକଥିବା ଗାଁର ଦୁଇ ଚାରିଜଣ ଯୁବକ, ଭଲ ପାଉଥିବା ପୁଅମାନଙ୍କ ପାଇଁ ଓ ସେହିପରି ଦୁଇତିନିଜଣ ଯୁବତୀ ପ୍ରେମ କରୁଥିବା ଝିଅମାନଙ୍କ ଲାଗି ଚିଠି ଲେଖିଦେଇ ଥାଆନ୍ତି। ଯେମିତି ସତୀ ପାଇଁ ସୁନି ଲେଖୁ ଦେଲା।

ଭଲ ପାଉଥିବା ଯୁବକ, ଯୁବତୀମାନଙ୍କ ମଧ୍ୟରେ ଚିଠି ଆଦାନ ପ୍ରଦାନ ଚାଲେ। ମାତ୍ର ଚିଠିରେ କ'ଣ ଲେଖା ହୋଇଛି ତାହା ନିରକ୍ଷର ପ୍ରେମିକ ଓ ଅପାଠୋଇ ପ୍ରେମିକାମାନେ ଜାଣି ନଥାଆନ୍ତି। କୌଣସି ନାଟକ ମଞ୍ଚସ୍ଥ ହେବା ପୂର୍ବରୁ ପ୍ରସ୍ତୁତି ପର୍ବରେ ରିହାଲସ୍ୟାଲ ବେଳେ କୌଣସି ନିର୍ଦ୍ଦିଷ୍ଟ ଚରିତ୍ର ପାଇଁ ଅଭିନୟ କରୁଥିବା ଅଭିନେତାର ଅନୁପସ୍ଥିତିରେ ଅନ୍ୟ ଜଣେ ନାଟକରେ ଅଭିନୟ ଲାଗି ମନୋନୀତ ହୋଇ ନଥିବା ବ୍ୟକ୍ତିଏ (ପ୍ରକ୍ସି) କାମଚଲା ପକାଇଲା ପରି ଓ କ୍ରିକେଟ ଖେଳରେ ଜଣେ ଆଘାତ ପ୍ରାପ୍ତ ବ୍ୟାଟ୍ସ ମ୍ୟାନ୍ ଦୌଡ଼ି ନପାରିବା ଯୋଗୁ ଜଣେ ବଦଳ (ଖେଳାଲି) ଦୌଡ଼ାଲି ରଖିଲା ଭଳି ଏହି ଘଟଣା (କଥା) ଘଟିଚାଲେ। ଯେପରି କାମ ଚଲା ଅଭିନେତା (ପ୍ରକ୍ସି ପକାଉଥିବା ଲୋକଟି) ଜଣକ ଅଭିନୟର କଳା କୌଶଳ (ଚାତୁରି ଓ ବଦଳ ଦୌଡ଼ାଲି) ବ୍ୟାଟିଙ୍ଗର (ଟେକ୍ନିକ) ଆଜବ କାଇଦା ବିଷୟରେ ସେତେ ଅଭିଜ୍ଞ (ପାରଙ୍ଗମ)ନଥାଆନ୍ତି। କେବଳ କାମଚଲା ଅଭିନେତା ପରି ଏବଂ ରନ୍ ସଂଗ୍ରହକାରୀ ଖେଳାଲି ଭଳି ସେମାନେ ଖାଲି କାର୍ଯ୍ୟ ସମ୍ପାଦନ କରିଥାଆନ୍ତି। ପ୍ରେମ କରୁଥିବା ନିରକ୍ଷର ପୁଅ ଓ ଅପାଠୋଇ ଝିଅଙ୍କ ମଧ୍ୟରେ ଚିଠି ଦେବା ନେବା ହୁଏ ସତ। ହେଲେ ସେ ଚିଠିରେ ଲେଖା ହୋଇଥିବା ବିଷୟ ବସ୍ତୁ ସମନ୍ଧରେ ସେମାନଙ୍କର କିଛି ଧାରଣା ଆଦୌ ନଥାଏ।

ଏମିତ ଦେଖା ସାକ୍ଷାତ, କଥା ବର୍ତ୍ତା, ହସାହସି, ଗେଲ ଟାଉଲି, ଟାହି ଟାପରା, ଖୁସିବାସି, ଠରାଠରି, ଇଙ୍ଗିତରେ ଇସାରା ଦେବା, ଟଙ୍କା ପଇସା ଧାଆର ଉଧାର ଆଣିବା କିମ୍ବ ଦେବା ଅଥବା ଅନ୍ୟ କିଛି ଜିନିଷ ଦେବା ନେବା, ମିଳାମିଶା ମଧ୍ୟରେ ଜଣେ ଜଣକୁ ମନ ଦେଇ ଦିଏ। ସେଥିପାଇଁ ଯୁବକକୁ ନିଆଁ ଓ ଯୁବତୀକୁ ଘିଅ ସହ ତୁଲନା କରାଯାଇ ଦୁହେଁଙ୍କ ଏକତ୍ର ମିଳାମିଶାକୁ କଠୋର ଭାବରେ ବାରଣ କରାଯାଇଛି। ନିଆଁ ପାଖେ ଘିଅ ତରଳବାକୁ ରୋକିବ କିଏ ବା କେମିତି। ଆହୁରି ମଧ୍ୟ ଏକ ଆସନ ନିଭୃତ କକ୍ଷରେ ନିରୋଲାରେ କୌଣସି ସ୍ତ୍ରୀ ସହ ବସା ଉଠାକୁ ତୀବ୍ରଭାବେ ନିଷିଦ୍ଧ କରାଯାଇଥିଲା। କୁହାଯାଉଥିଲା "ମାତା ସ୍ୱ ସ୍ତା ଦୁହିତ୍ରା ଚ ନାବିବିକ୍ତସନୋ ଭବେତ୍। ବଳ ବାନିନ୍ଦ୍ରିୟ ଗ୍ରାମୋ ବିଦ୍ୱାଂସର୍ମପିକର୍ଷତି।" ଅର୍ଥାତ୍ ମା', ଭଉଣୀ ଓ ଝିଅ ସହ ଏକ ଆସନରେ ନିରୋଲାରେ ବସିବ ନାହିଁ। କାରଣ ଏ ଇନ୍ଦ୍ରିୟମାନେ ଭେର ବଳବାନ ଓ କେତେବେଳେ କ'ଣ କରି ବସିବେ ଠିକଣା ନାହିଁ। ଯେ ଥିଲା ଏ ଦେଶର ସଂସ୍କାର, ସଂସ୍କୃତି, ନୀତି ଓ ନୈତିକତା। ସ୍ତ୍ରୀକୁ ମିଇଲା ହେବାକୁ ଦିଆଯାଉନଥିଲା। ସେଇ କଥାତ କାନ୍ଦିକାନ୍ଦି ଅର୍ଜୁନ ଭଗବାନ କୃଷ୍ଣଙ୍କୁ ମହାଭାରତ ଯୁଦ୍ଧ ବେଳେ କହିଥିଲେ। "ସ୍ତ୍ରୀ ସୁ ଦୁଷ୍ଟାସୁ ବାର୍ଷେୟ ଜାୟତେ ବର୍ଣ୍ଣ ସଙ୍କର।" ଥରେ ମନ ଦେଇ ସାରିଲା ପରେ ସେ ତା' ମନର ମଣିଷ ଲାଗି ଅହରହ ଝୁରି ହୁଏ। ତାକୁ ମନେ ପକାଇଥାଏ ବାରମ୍ବାର। ସେଥି ସକାଶେ ତାଙ୍କୁ ତା' ମନର କଥା ଜଣାଇବା ପାଇଁ ବ୍ୟାକୁଳ ହେଉଥାଏ। ସେ ବ୍ୟାକୁଳତାର ବ୍ୟଗ୍ରତା ବଢ଼ିଯାଇ ଉଦ୍‌ବିଗ୍ନରେ ପରିଣତ ହୁଏ। ତା' ସହିତ ଗୋପନରେ ସାକ୍ଷାତ କରିବା ପାଇଁ ଇଚ୍ଛା ପୋଷଣ କରେ। ଆଗ୍ରହୀ ହୋଇପଡ଼େ। ଭେଟିବାର ସୁଯୋଗ ନଥିଲେ, ସୁବିଧା ନପାଇଲେ ତାଙ୍କୁ ମନରେ ପକାଇ ଝୁରିବା କେବଳ ସାରହୁଏ। ତା' ଅନୁପସ୍ଥିତିରେ ତା' ବିରହରେ ବ୍ୟଥିତ ହୋଇ ତାକୁ ଝୁରିବା ବ୍ୟତୀତ ତା' ନିକଟରେ ଆଉ ଅନ୍ୟକିଛି ବିକଳ୍ପ ଉପାୟ ନଥାଏ। ଯଦି ତା'ର କେହି ଅନ୍ତରଙ୍ଗ ସାଙ୍ଗ ବା ଘନିଷ୍ଠ ବନ୍ଧୁ ଥାଆନ୍ତି। ତେବେ ସିଏ ସେମାନଙ୍କ ମଧ୍ୟରେ ଯୋଗସୂତ୍ର ରକ୍ଷା କରିବା ପାଇଁ ମଧ୍ୟସ୍ଥ ଭାବରେ କାର୍ଯ୍ୟ କରିଥାଆନ୍ତି।

ଯାହାକୁ ଦୂତ କିୟା ଦୂତିକା କୁହାଯାଏ । ଦୂତିକାର କାମ ହେଲା ଜଣଙ୍କର ଖବର ଅନ୍ୟ ଜଣଙ୍କ ପାଖରେ ପହଞ୍ଚାଇ ଦେବା । ଜଣକର ମନରକଥାକୁ ଅନ୍ୟଜଣଙ୍କ ନିକଟରେ ପ୍ରକାଶ କରିବା । ଜଣକ ହୃଦୟର ବ୍ୟଥାକୁ ଅନ୍ୟ ଜଣକ ପାଖରେ ଖୋଲିଦେବା । ଜଣକ ଅନ୍ତରର ଗୋପନ ବାରତାକୁ ଅନ୍ୟଜଣକ କାନରେ ଶୁଣାଇ ପାରୁଥିବା ଲୋକଟି ହୋଇଥାଏ ଦୂତୀ ବା ଦୂତିକା । ଯେମିତି ରାଧା ଓ କୃଷ୍ଣଙ୍କ ମଧ୍ୟରେ ବାର୍ତ୍ତା ନେବା ଆଣିବା କରୁଥିବା ଦୂତୀ ହେଲେ ଲଳିତା । ସେମିତି ଗାଁ ଗହଳିରେ ଅନେକ ଦୂତୀ ଛଦ୍ମ ବେଶରେ ଏପରି କର୍ମରେ ଲିପ୍ତ ରହୁଥିଲେ । ସେ କାମ ପାଇଁ ସେମାନେ କିଛି ପାରିଶ୍ରମିକ ପାଇ ଥାଆନ୍ତି । ଉଭୟେ ପୁଅ ଠାରୁ ଓ ଝିଅଙ୍କ ପାଖରୁ ।

ଯେତେବେଳେ କାଗଜ, କାଲି କଲମ ଏବଂ ଲିପିର ଉଦ୍ଭାବନା ହୋଇ ନଥିଲା । ସେତେବେଳେ ପ୍ରେମିକ, ପ୍ରେମିକାଙ୍କ ମଧ୍ୟରେ ଯୋଗସୂତ୍ର ରକ୍ଷା କରିବା ପାଇଁ ଦୂତୀର ଆବଶ୍ୟକ ପଡୁଥିଲା । ସମୟ କ୍ରମେ ବଦଲି ଗଲା । ମାନବ ଜାତି ସଭ୍ୟତାର ଉନ୍ନତି ପଥରେ ଆଗେଇ ଚାଲିଲା । ଲିପିର ଉଦ୍ଭାବନ ହେଲା । ପ୍ରଥମେ ଲେଖନୀ ସାହାର୍ଯ୍ୟରେ ତାଳପତ୍ରରେ ଓ ପରେ ପରକଲମ ଦ୍ୱାରା କାଗଜକୁ ଲେଖିବା ଲାଗି ବ୍ୟବହାର କରାଗଲା । ଲୋକମାନେ ଲେଖାପଢ଼ା ଶିଖିଲେ । ମଣିଷ ସମାଜରେ ଶିକ୍ଷା ପ୍ରସାର ହେଲା ଓ ବିସ୍ତାର ଲାଭ କଲା । ପରକଲମରୁ ହେଣ୍ଡଲ କଲମ ଓ ପରେ ଫାଉଣ୍ଟେନ୍ ପେନ୍‌ର ପ୍ରଚଲନ ହେଲା । ଆଗରୁ ଗ୍ରାମାଞ୍ଚଳରେ ଖୁବ୍ କମ୍ ଲୋକ ପାଠ ପଢ଼ିଥିଲେ । ସେମାନଙ୍କ ମଧ୍ୟରୁ କେହି କେହି ନିଜର ଅତ୍ୟନ୍ତ ଅନ୍ତରଙ୍ଗ ସାଙ୍ଗ କିୟା ଖୁବ୍ ଘନିଷ୍ଠ ବାନ୍ଧବବାନ୍ଧବୀଙ୍କ ସକାଶେ ଚିଠି ଲେଖି ଦେଉଥିଲେ । ପ୍ରେମ କରୁଥିବା ଲୋକଥିଲେ ଅନେକ । ଭଲ ପାଇଥିବା ଲୋକମାନଙ୍କ ସଂଖ୍ୟା କିଛି କମ୍ ନଥିଲା । ମାତ୍ର ଗୋଟିଏ ଗୋଟିଏ ଗାଁରେ ଚିଠି ଲେଖିବା ଲାଗି ଲୋକ ଥିଲେ ଦି, ଚାରି ଜଣ ।

କ୍ରମେ ଶିକ୍ଷାର ପ୍ରସାର ଘଟିବା ଦ୍ୱାରା ପୋଥି ଲେଖାର ଯୁଗ ସରିଗଲା । ମୁଦ୍ରଣ ଯନ୍ତ୍ରର ଉଦ୍ଭାବନ ଯୋଗୁ ବହି ପ୍ରକାଶ ପାଇଲା । ଗପ ଉପନ୍ୟାସ ପଢ଼ି ଗ୍ରାମାଞ୍ଚଳର ଅଳ୍ପ ଶିକ୍ଷିତ ତରୁଣ ତରୁଣୀମାନେ ସେଥିରୁ ପ୍ରେମିକାର-ପ୍ରେମିକ ପାଖକୁ ଓ ପୁଅଙ୍କର ଝିଅମାନଙ୍କ ନିକଟକୁ ଚିଠି ଲେଖାଥିବା ବିଷୟ ପଢ଼ି ପ୍ରେମ ଚିଠି ଲେଖାର କଲା କୌଶଲ ଓ ଶୈଲି ଶିଖିଗଲେ । ଚିଠି ଲେଖା ଚାଲିଲା ।

ଅନେକ ପୁଅଙ୍କ ପାଇଁ ଚିଠି ଲେଖିବାକୁ ଥିଲେ ଦୁଇ ଚାରିଜଣ ଅର୍ଦ୍ଧ ଶିକ୍ଷିତ ଯୁବକ । ବହୁତ ଝିଅଙ୍କ ଲାଗି ସେମିତି ଅଳ୍ପ ପାଠ ପଢ଼ିଥିବା ଯୁବତୀ ରହି ଥିଲେ ଜଣେ ଦୁଇ ଜଣ । ସେହି ଯୁବକ ଓ ଯୁବତୀମାନେ ସେମାନଙ୍କ ସାଙ୍ଗ ପାଇଁ ଏବଂ ସମୟେ ସମୟେ ସାଙ୍ଗର ସାଙ୍ଗଲାଗି ମଧ୍ୟ ଚିଠି ଲେଖ ଦେଇ ଥାଆନ୍ତି । ଆସିଥିବା ଚିଠିକୁ ପଢ଼ି ସମ୍ପୃକ୍ତ ବ୍ୟକ୍ତିଙ୍କୁ ଶୁଣାଇ ଥାଆନ୍ତି । ଆଉ ପାଇଥିବା ଚିଠିର ପ୍ରତ୍ୟୁଖର ଲେଖ ଦିଅନ୍ତି ମଧ୍ୟ । ଏମିତି ଚିଠି ଲେଖା ହୁଏ ଓ ଚିଠି ଦେବା ନେବା ଚାଲେ । ପ୍ରେମ ବଞ୍ଚିରହେ । ଭଲ ପାଇବା କାର୍ଯ୍ୟକାରି ହୋଇଥାଏ । (ଆଗକୁ ବଢ଼େ)

ଶୁନି କହୁଥିଲା, ପୃଥିବୀରେ ସର୍ବାଧିକ ଚିଠି ଲେଖିଥିବା ବ୍ୟକ୍ତିମାନଙ୍କ ମଧ୍ୟରେ ବିଚକ୍ଷଣ ସେନାଧକ୍ଷ ନେପୋଲିଅନଙ୍କୁ ଗଣାଯାଏ । ଯାହାଙ୍କୁ ସାରା ବିଶ୍ୱ ଜଣେ ଦୁର୍ଦ୍ଧଷ ସେନାନାୟକ ଓ ପ୍ରବିଣ ଯୋଦ୍ଧା ଭାବରେ ଜାଣେ । ହେଲେ ଏକଥା ଖୁବ୍ କମ ଲୋକ ଜାଣନ୍ତି ଯେ ତାଙ୍କ ଭିତରେ ରହିଥିଲା ଏକ ଫୁଲ- କୋମଲ ମନ ଆଉ ଆବେଗ ବତୁରା ହୃଦୟ । ଏହି ପ୍ରଖ୍ୟାତ ବିଚକ୍ଷଣ ସେନାପତି ଜଣକ ଥିଲେ ଚିଠି ଲେଖାର ଜଣେ ଧୁରୀଣ ବିନ୍ଧାଣୀ । ଏପର୍ଯ୍ୟନ୍ତ ମିଲିଥିବା ତଥ୍ୟ ଅନୁଯାୟୀ ସେ ୭୫ ହଜାରରୁ ବହୁ ଅଧିକ ଚିଠି ଲେଖିଥିବା ଜଣାଯାଏ । ଅଧିକାଂଶ ଚିଠିର ପ୍ରାପିକା (To) ଥିଲେ ତାଙ୍କର ପ୍ରାଣପ୍ରିୟା ପ୍ରଥମ ପତ୍ନୀ ଜୋସେଫାଇନ । ବିବାହ ପୂର୍ବରୁ ଅର୍ଥାତ ୧୭୯୫ ମହସିହାରେ ପ୍ୟାରିସରେ ଥିବାବେଳେ ସେ ଜୋସେଫାଇନଙ୍କ ନିକଟକୁ ଦେଇଥିବା ପତ୍ରଟି ତାଙ୍କ ନିଚ୍ଚକ ପ୍ରେମିକ ପ୍ରାଣର ସୂଚନା ଦିଏ । ସେଥିରେ ସେ ଲେଖିଥିଲେ "ମୋ ଭିତରେ କେବଲ ତୁମେ ହିଁ ତୁମେ । ଗତକାଲି ସନ୍ଧ୍ୟା ଯାହାକୁ ଆମେ ସାଥୀ ହୋଇ ବିତାଇ ଥିଲେ, ତାହା ମୋ

ଭିତରେ ଅକ୍ଷୁର୍ଣ୍ଣ ହୋଇ ରହିଛି । ହେ ଅତୁଳନୀୟା ଜୋସେଫାଇନ ମୋ ହୃଦୟରେ ତୁମେ କିଭଳି ଅଦ୍ଭୁତ ତରଙ୍ଗ ଓ ଶିହରଣ ଖେଳାଇ ଦେଇଛ ଯେ ଯାହା ମୋର ଇନ୍ଦ୍ରିୟ ସବୁକୁ ସତେଜ କରିରଖିଛି । ତୁମ ବିନା ମୋ ଆତ୍ମା ଦୁଃଖରେ ଦ୍ରବୀଭୂତ ହେଉଛି । ଭାରୁଥିଲି ତୁମେ ଦେଇଥିବା ତୁମର ପ୍ରତିଛବିକୁ ଦେଖି ଦିନ କାଟି ଦେଇ ପାରିବି । କିନ୍ତୁ ହେ ମୋର ବାସ୍ତବ ସିଣ୍ଟେରିଲା କାଲି ରାତିରେ ମୋର ହୃଦ୍‌ବୋଧ ହେଲା ତୁମର ଛବି ବି ତୁମ ତୁଳନାରେ କେତେ ତୁଚ୍ଛ– କେତେ ମଳିନ” । ତା’ପରେ ବିବାହର ଅଳ୍ପଦିନ ମଧ୍ୟରେ ତାଙ୍କୁ ସାମରିକ ଅଭିଯାନରେ ବାରମ୍ବାର ଯିବାକୁ ପଡ଼ୁଥିଲା । ପରବର୍ତ୍ତୀ ସମୟରେ ଫ୍ରାନ୍ସର ଶାସକ ଭାବରେ ସେ ଅଧିକାଂଶ ସମୟରେ ତାଙ୍କ ପ୍ରିୟତମା ପତ୍ନୀଙ୍କଠାରୁ ବିଚ୍ଛିନ୍ନ ହୋଇ ଯାଉଥିଲେ । ବହୁ ଦୂରରେ ଥାଇ ସାମରିକ କାର୍ଯ୍ୟରେ ବ୍ୟସ୍ତ ରହି ଯୁଦ୍ଧ କ୍ଷେତ୍ରରେ ସୈନ୍ୟ ପରିଚାଳନାର ଗୁରୁତ୍ୱପୂର୍ଣ୍ଣ ଦାଇତ୍ୱ ବହନ କରି ସୁଦ୍ଧା ସେ ଚିଠି ମାଧ୍ୟମରେ ଯୋସେଫାଇନ‌କୁ ତାଙ୍କ ମନର ଗୋପନ ଭାବନାକୁ ଜଣାଉଥିଲେ ।

ସେହିପରି ଆଉ ଜଣେ ସର୍ବାଧିକ (ପ୍ରେମ) ଚିଠି ଲେଖାଳୀ ହେଲେ ସ୍ୱାଧୀନ ଭାରତର ପ୍ରଥମ ପ୍ରଧାନମନ୍ତ୍ରୀ ଜବାହର ଲାଲ ନେହେରୁ । ସେ ତାଙ୍କ ପ୍ରେମିକା ବ୍ରିଟିଶ ଭାରତର ଶେଷ ଭାଇସ ରାୟ ମାଉଣ୍ଟ ବ୍ୟାଟେନ‌ଙ୍କ ପତ୍ନୀ ଏଡ଼ୁଇନା ମାଉଣ୍ଟ ବ୍ୟାଟେନ‌ଙ୍କ ପାଖକୁ ଲେଖିଥିବା ଚିଠି ଗୁଡ଼ିକର ଓଜନ ଥିଲା ଚାରି କିଲୋଗ୍ରାମ ।

ସତୀ ତା’ର ପଡ଼ିଶା ଲେଖାରେ (ହିସାବରେ) ହେବ ଜଣେ ମାଉସୀଙ୍କ ଠାରୁ ଶୁଣିଥିଲା । ତା’ ବୋଉ ସବିତା ବିବାହ ପୂର୍ବରୁ ତା’ ବାପାଙ୍କ ପାଖକୁ ଯେଉଁ ଚିଠି ସବୁ ଦେଉଥିଲା । ତାହାକୁ ସିଏ ସେହି ମାଉସୀଙ୍କ ଠାରୁ ଲେଖାଇ ଆଣୁଥିଲେ । ଯେପରି ଆଜି ତା’ ପାଇଁ ସୁନି ଲେଖ ଦେଇଛି । ସବିତା ପାଠ ପଢ଼ିନଥିଲେ । ସେଥିପାଇଁ ସିଏ ଚିଠି ଲେଖ ପାରନ୍ତିନାହିଁ । କିମ୍ବା ତା’ ବାପାଙ୍କଠାରୁ ପାଇଥିବା ଚିଠିକୁ ପଢ଼ି ପାରନ୍ତି ନାହିଁ । ଛୋଟ ଜାତିର ଝିଅମାନେ ପ୍ରାୟତଃ ପାଠ ପଢ଼ିବାକୁ ସ୍କୁଲକୁ ଯାଇନଥାଆନ୍ତି । ନିମ୍ନ ଶ୍ରେଣୀର ମହିଳାମାନେ ବିଲ ବାଡ଼ିରେ ଦେବୁଷଣ ସମୟରେ କାମ କରି ଥାଆନ୍ତି । ସେତେବେଳେ ତାଙ୍କ ଛୋଟ ପିଲା ବିଶେଷତଃ ଝିଅମାନେ ଘର ଜଗିବା କାମରେ ନିୟୁକ୍ତ ରହନ୍ତି । ସେ ସକାଶେ ସେମାନେ ପିଲା ବେଳରୁ ଘର କାମରେ ସଂପୃକ୍ତ ରହି ସ୍କୁଲ ଯିବାକୁ ସମୟ ଓ ସୁଯୋଗ ପାଇ ନଥାଆନ୍ତି । ସାଇରେ ଛୋଟ ପିଲାମାନଙ୍କୁ ପାଠ ପଢ଼ାଉ ଥିବା ଅବଧାନମାନଙ୍କ ପାଖରୁ ଫଳା, ସଂଖ୍ୟା ଓ ପଣିକିଆ ଶିଖିସାରିଲେ ଘରେ ରହି ମା’ମାନଙ୍କୁ ଘର କାମରେ ସାହାଯ୍ୟ କରିଥାଆନ୍ତି । କେହି କେହି ସୁବିଧା ପାଇଲେ ମଧୁ ବର୍ଷବୋଧର ଭାଲୁ କିମ୍ବା ମୁଦି ପର୍ଯ୍ୟନ୍ତ ପଢ଼ିଥାଆନ୍ତି । ପୂରା ବର୍ଷବୋଧ ଶେଷ କରିବା ଅଳ୍ପ କେତେଜଣଙ୍କ ଭାଗ୍ୟରେ ଜୁଟେ ।

ଛୋଟ ଜାତିର ଲୋକମାନେ ପ୍ରାୟତଃ ଅଭାବ ଗ୍ରସ୍ତ । ସେମାନଙ୍କର ନିଜର ସେମିତି ସଂପତ୍ତି ବାଡ଼ି ନଥାଏ । ଗାଁର ଧନୀ ଲୋକଙ୍କ ଜମିକୁ ଭାଗକୁ ଆଣି ଚାଷ କରି ସେମାନେ ଚଳନ୍ତି । ସେ ଜମିକୁ ଠିକ୍ ସମୟରେ ବେବୁଷଣ ନକଲେ ଭଲଷେତ ଉତାରି ହୁଏନାହିଁ । ଗରିବ ଲୋକମାନଙ୍କର ମଜୁରୀ ପକାଇ କାମ କରାଇବାକୁ ସମ୍ବଳ ନଥାଏ । ଭଲ ଭାବରେ ଚାଷ କରି ନପାରିଲେ ଜମିର ମାଲିକ ଚାଷୀ ବଦଲାଇ ଦେବାର ଆଶଙ୍କା ରହିଛି । ଭାଗ ଜମି ଛଡ଼ାଇ ନେବାର ସମ୍ଭାବନା ମଧ୍ୟ ଥାଏ । ଭାଗ ଜମି ହାତରୁ ଚାଲିଗଲେ ସେମାନଙ୍କ ପକ୍ଷରେ ଚଳିବା କଷ୍ଟକର ହେବ । ଚାଷ ନକଲେ ଚାଉଳ କିଣି ଖାଇବା ତାଙ୍କ ଲାଗି ଦୁର୍ବିସହ ହୋଇ ପଡ଼ିବ । ସେଥିପାଇଁ ସେମାନଙ୍କର ସ୍ତ୍ରୀ ଓ ପିଲାଛୁଆମାନେ ସେମାନଙ୍କୁ ଚାଷ କାମରେ ସାହାଯ୍ୟ କରିଥାଆନ୍ତି । ମା’ମାନେ ଚାଷ ସମୟରେ ବାପାଙ୍କୁ ସହଯୋଗ କରିବା ପାଇଁ ବିଲକୁ ଗଲେ ଝିଅଟି ଘରେ ରହି ଘର ଜଗିବା ସହିତ ଘରର ଟୁକୁରା କାମମାନ କରିଥାଏ । ସେହି କାରଣରୁ ସିଏ ପାଠ ପଢ଼ିବାକୁ ସୁଯୋଗ ପାଇନଥାଏ । ସେମାନଙ୍କ ପୁଅମାନେ ପିଲାବେଳୁ ଅଭାବ ପାଇଁ ପର ଘରେ ବୋଲହାକ କରିବାକୁ ନିୟୁକ୍ତ ହୁଅନ୍ତି । କ୍ରମେ ବୟସ ହେଲେ ଗାଈ ଚରାଇବା ଓ ପରେ ଚାଷକାମ ଶିଖି ବିଲକୁ ଯାଇ ମଜୁରୀ ଖଟନ୍ତି । ପାଠ ପଢ଼ିବାକୁ ସେମାନଙ୍କ ପାଖରେ ସମୟ କିମ୍ବା ସମ୍ବଳ ନଥାଏ । ପାଠ ପଢ଼ିବା ଲାଗି ସେମାନଙ୍କ ବାପା ମା’ମାନଙ୍କର

ଆନ୍ତରିକ ଇଚ୍ଛା ଅଥବା ଆଗ୍ରହ ମଧ୍ୟ ନଥାଏ । କ୍ରମେ ବୟସ ବଢ଼ିଲେ ଯୌବନର ପରଶ ପାଇ ସେମାନେ କୌଣସି ଯୁବତୀ ବୟସର ଝିଅଙ୍କ ପ୍ରତି ଓ ଯୁବା ବୟସର ପୁରୁଷ ପ୍ରତି ଆକୃଷ୍ଟ ହୋଇ ତାଙ୍କୁ ଭଲପାଇ ବସନ୍ତି । ପ୍ରେମ କରିବା ପାଇଁ ସେମାନେ ଅନ୍ୟମାନଙ୍କ ହାତରେ ଚିଠି ଲେଖାଇ ଆପଣା ମନର ଭାବନାକୁ ସେ ପ୍ରେମିକା ଝିଅଟିକୁ ଆଉ ପ୍ରେମିକ ଯୁବକକୁ ଜଣାଇ ଥାଆନ୍ତି । ଚିଠି ଦେବା ନେବା ଚାଲେ । ପ୍ରେମ ହୁଏ ।

ପ୍ରେମିକାମାନଙ୍କ ନରମ ହାତର ମରମ ଛୁଆଁ ସରମ ବୋଲା ମମତା ଭରା ଆନ୍ତରିକତାରେ ପରିପୂର୍ଣ୍ଣ ସ୍ନେହ ସନ୍ଦିଗ୍ଧାର ଛାପଥିବା ଲେଖାର ଅତରଭିଜା ଚିଠି ଯିଏ ପାଇଛି ସିଏ କେବଳ ତା'ର ମୂଲ୍ୟ ବୁଝିଛି । ତା'ର ଗୁରୁତ୍ୱ ଉପଲବ୍ଧି କରିଛି । ତା'ର ମାହାତ୍ମ୍ୟ ଜାଣିପାରିଛି । ପ୍ରେମିକାର ହାତ ଲେଖା ଚିଠି ଖଣ୍ଡେ ପାଇବା ପାଇଁ ପ୍ରେମିକ ଯେ କେତେ ଉତ୍କଣ୍ଠାର ସହିତ ଚାତକ ବରଷା ଟୋପାକୁ ଅପେକ୍ଷା କରି ଆକାଶକୁ ଚାହିଁ ରହିଲା ପରି ପ୍ରେମିକ ତା' ପ୍ରେମିକାର ଚିଠିକୁ ନିର୍ମିମେଷ ନୟନରେ ଅନାଇ ରହି କେତେ ଦିଅଁ ଦେବତାଙ୍କ ପାଖରେ ସେଥିପାଇଁ ଭୋଗ ମନାସି ଥାଏ ସେ କଥା କେବଳ ପ୍ରେମ କରିଥିବା ବ୍ୟକ୍ତିମାନେ ହିଁ ହୃଦୟଙ୍ଗମ କରିବା ଲାଗି ସମର୍ଥ ହେବେ । ଅନ୍ୟମାନଙ୍କ ସକାଶେ ତାହା ଏକ ସାଧାରଣ ମାମୁଲି କଥା ତଥା ହାସ୍ୟାସ୍ପଦର ବିଷୟବସ୍ତୁ ହୋଇ ପାରେ । ମାତ୍ର ପ୍ରେମିକ ପାଇଁ ନୁହେଁ । କେବେବି ନୁହେଁ । କସ୍ମିନ କାଲେ ନୁହେଁ ।

ବୟସର ପାହାଚ ପାହାଚ ଡେଇଁ କେତେ ଯେ ଭୁଲା ଅଭୁଲା କଥା କାହାଣୀ ଜୀବନର ପରିଧି ଭିତରକୁ ପ୍ରବେଶ ଅନୁପ୍ରବେଶ କରିଯାଏ, ତା'ର ହିସାବ ବୟସର ଯାଦୁକାରୀ ଅନୁଭୂତି ବା ଜୀବନର ଖେଳ । ଅନେକ କିଛି ଭୁଲିତ ହୋଇଯାଏ ବାକି କିଛି ରହିଯାଏ ଛାତିରେ ଶିଳା ଲେଖା ଭଳି ଅଲିଭା, ଅଭୁଲା । ତା'ଭିତରୁ ଆଧ୍ୟଭୌତିକ, ଅଲୌକିକ, ଅବିଶ୍ୱାସନୀୟ ସତ ବିଶ୍ୱସ୍ତ କଥାଟିଏ ଏମିତି । ସଂଯୋଗ ଯେ ବେଳେବେଳେ ହଠାତ୍ ଆସେ କୁହୁକୁହୁ ତୋଲେ କୋଇଲି ଭଳି । ଜଣକୁ ଅଧୀର, ଆତ୍ମବିଭୋର କରି ଓ ଆଜୀବନ ଆତ୍ମୀୟ ଭଳି ଅଭୁଲା ଅପାଶୋରା କଥାଟିଏ ହୋଇ ରହିଯାଏ । ତା'ର ପ୍ରଜ୍ୱଳିତ ନିଷ୍କଳ ପ୍ରମାଣ ଟିଏ ହେଲା ଦେଇଥିବା ଓ ପାଇଥିବା ଚିଠି ।

ଏତେ ନାଟ ଲଗାଇ, ମୋହ ଲଗାଇ, ହଠାତ୍ ଦିନେ ମଥୁରା ଗଲେ ଯେ, ଆଉ ଦିନେ କି ଥରେ ବି ଫେରିନଥିବା କୃଷ୍ଣଙ୍କ ପାଖକୁ ଗୋପୀମାନେ ଲେଖିଥିବା ଚିଠି କେତେ ପ୍ରାଣ ଛୁଆଁ ସତରେ । କେତେ ଲୁହର କାଲିରେ ଯେ ଲେଖାଯାଇଛି କେଜାଣି–"କଥଂ ସଙ୍ଗୋପ୍ୟାଭି ସହସ ମୁଚିତ ସଂପ୍ରତି ହରେ । ବୟଂ ଗ୍ରାମ୍ୟାନାର୍ଯ୍ୟାଃ ସ୍ୱମିତ୍ରିଂ ନୃପକନ୍ୟାଚିତ ପଦାଂଗତଃ ଗତଃ କାଲୋ ଯସ୍ମିନ ପଶୁ ରମଣୀ ସଙ୍ଗମକୃତେଃଭବାନ ବ୍ୟଗ୍ରସ୍ସୈୟ ତମସି ଗୃହ ବାଟ ବିଟପୀନି ।" ଅନୁବାଦରେ କବି ଲେଖିଲେ– କେମିତି ସଜ୍ଜିତ ହୋଇବ ଉଚିତ ଏବେ ତୁମ ସହିତରେ । ନୃପକନ୍ୟାଗଣ ଯାପାଦ ସେବକୀ ଗ୍ରାମ୍ୟନାରୀ ସରି ହେବକିତାରେ, ଯାଇଛି ହଜି ସେଦିନ ଯେବେ ତୁମେ ପ୍ରାଣର ଆବେଗେ ହଜି ଯମୁନା ବାଟରେ ବିଟପୀ ଗହଳେ ପ୍ରତୀକ୍ଷାରେ ଥିଲ ମଜି । ଏ ଗୋପାଳୁଣୀଙ୍କ ସଙ୍ଗଲାଭ ପାଇଁ ତୁମର ପ୍ରତୀକ୍ଷା ଆଜି । କେମିତି ସମ୍ଭବ ହେବ ଆହେ ପ୍ରାଣପ୍ରିୟ ହୋଇଛି, ଯା ଏବେ ସ୍ମୃତି ରାଜି ।

ସାଧାରଣତଃ ଗ୍ରାମାଞ୍ଚଳରେ ଝିଅମାନଙ୍କଠାରୁ ପୁଅମାନେ ଅଧିକ ସଂଖ୍ୟାରେ ଶିକ୍ଷିତ । ସେଠି ଯଦି କୌଣସି ଶିକ୍ଷିତ ପୁଅଟିଏ ଗୋଟିଏ ଅପାଠୋଇ ଝିଅଟିକୁ ଭଲ ପାଇ ବସିଲା ତେବେ ସେଇଟି ସମସ୍ୟା ଦେଖାଦିଏ । ସେ ସମସ୍ୟାର ସମାଧାନ ବି ହୋଇଥାଏ, କାମଚଲା ପଦ୍ଧତି ମାଧ୍ୟମରେ । ଯେମିତି ଅପାଠୁଆ ପୁଅ ପାଇଁ ଶିକ୍ଷିତ ପୁଅ ଓ ଅଶିକ୍ଷିତା ଝିଅ ଲାଗି ପାଠୋଇ ଝିଅ ଚିଠି ଲେଖାଥାଆନ୍ତି । ସେମିତି ସେ ଶିକ୍ଷିତ ଯୁବକଟିର ଚିଠିର ଉତ୍ତର ତାକୁ ଭଲ ପାଇଥିବା ଅପାଠୋଇ ଝିଅଟିଏ ଲେଖ ପାରେନା । ତା' ପାଇଁ ତା' ସାଙ୍ଗମାନଙ୍କ ମଧ୍ୟରୁ ପାଠ ପଢ଼ିଥିବା ଝିଅଟି ଚିଠି ଲେଖ ଦେଇଥାଏ । ଅବଶ୍ୟ ପ୍ରେମିକାରୁ ପାଇଥିବା ଚିଠିରେ କ'ଣ ଲେଖା ହୋଇଛି ସେକଥା ଅପାଠୋଇ ଝିଅଟି

ପଢ଼ିପାରେନା । ସେ ତା' ପ୍ରେମିକୁ ଦେଇଥିବା ଚିଠିରେ ତା' ସାଙ୍ଗ କ'ଣ ସବୁ ଲେଖ୍ଦେଇଛି ତାହା ମଧ ଅଶିକ୍ଷିତା ପ୍ରେମିକା ଝିଅଟି ଜାଣି ପାରେ ନାହିଁ । ସେମାନେ କେବଳ ଏତିକି ବୁଝି ଥାଆନ୍ତି ଯେ କାଗଜରେ ଲେଖ୍ ଦେଇ ଦେଲେ ତା' ମନର କଥା ତାଙ୍କ (ସେ ଭଲ ପାଉଥିବା ପୁଅ କିମ୍ବା ଝିଅଙ୍କ) ନିକଟରେ ପ୍ରକାଶ ପାଇଯାଏ । ପ୍ରାଣର ଗୋପନ ବାରତା ଖୋଲିଯାଏ ଆକାଂକ୍ଷିତଙ୍କ ପାଖରେ । ବାସ ସେତିକିରେ ସେମାନେ ସନ୍ତୁଷ୍ଟ ହୋଇପାରନ୍ତି । ତୃପ୍ତିଲାଭ କରି ଥାଆନ୍ତି । ଆହୁରି ମଧ ସେମାନେ ନିଶ୍ଚିତ ହୋଇଯାଆନ୍ତି ଯେ ସେମାନଙ୍କ ମରମର କଥା ତାଙ୍କ ଇଷ୍ଟତମାନେ ଜାଣି ପାରୁଛନ୍ତି । ଏମିତି ସବୁ ବାଧା ବନ୍ଦନକୁ ଅତିକ୍ରମ କରି ଚିଠିର ଆଦାନ ପ୍ରଦାନ ଚାଲେ । ଦୁହେଁ ଦୁହିଁଙ୍କ ମନର ଭାବ ଚିଠି ମାଧମରେ ଜଣାଇ ଥାଆନ୍ତି । ନିଜେ ଲେଖ୍ ନପାରିଲେ ଅନ୍ୟମାନଙ୍କ ହାତରେ ଲେଖାଇ ନେଇ ଥାଆନ୍ତି । ପ୍ରେମ ହୁଏ । ଭଲ ପାଇବା ବଞ୍ଚି ରହିବା ସହିତ ଆଗକୁ ମଧ ବଢ଼େ ।

ଚିଠିର ନା ଅଛି ସୀମା କିମ୍ବା ନା ଅଛି ସରହଦ, ନା କୌଣସି ବର୍ଗ ଭିତରେ ବାନ୍ଧି ହୋଇ ଚିଠି ରହିପାରେ । ଗାଁ ଠୁ ସହର ପୁଣି ମଫସଲଠୁ ମେଟ୍ରୋଫଳ ସବୁଟି ଚିଠିର ଅବାରିତ ଗତି ରହିଛି । ଆଖ୍ରୁ ହୃଦୟ ପୁଣି ଓଠରୁ ଉପକୂଲ କୌଣସି ସ୍ଥାନ ଚିଠି ପାଇଁ ଅଗମ୍ୟ ନୁହେଁ । ଘର ଦ୍ୱାର ଛାଡ଼ି ବାହାରେ ରହୁଥିବା ପୁଅ ପାଖକୁ ଚିଠି ଲେଖେ ବାପା । ବାହା ହୋଇ ପର ଘରକୁ ଯାଇଥିବା ଝିଅ ମାଆ ନିକଟକୁ ଚିଠି ଲେଖ୍ ତା' ଶାଶୁଘରର କାହାଣୀ ଜଣାଉଥିଲା । ନୀଲ କାଗଜରେ ଅତର ପକେଇ ପ୍ରେମିକା ପାଖକୁ ଚିଠି ଲେଖ୍ଥାଏ ପ୍ରେମିକ । ପୁଣି ନୂଆ ନୂଆ ସ୍ୱପ୍ନ ଦେଖୁଥିବା କିଶୋରୀମାନେ ପଢ଼ା ବହି ଭିତରେ ପ୍ରେମଚିଠି ରଖ୍ ଲୁଚେଇ ଲୁଚେଇ ବିଭୋର ମନରେ ପଢ଼ୁଥିଲା ଓ ପ୍ରଶ୍ନୋଉର ଲେଖିବା ବାହାନାରେ ଖାତା ଭିତରେ ପୂରାଇ ଚିଠି ଲେଖୁଥିଲା । ସତରେ ଏମିତି ସମୟ ଥିଲା ଯେତେବେଳେ ଚିଠି ହିଁ ଥିଲା ଅପସୃୟମାନ ସଂପର୍କର ଏକ ସାହାରା ବିହୀନ ସେତୁ ।

ବର୍ତ୍ତମାନ ଆଉ ଚିଠି ଲେଖିବାକୁ ବେଳନାହିଁ । ଏଇନେଟ ଫୋନ ଆସୁଛି । ନଲେଖି ଫୋନ କରି ଜଣାଇବା ହୁଏତ କୌଣସି ବ୍ୟସ୍ତ ମଣିଷର କାମ ହୋଇପାରେ । କିନ୍ତୁ ପ୍ରକୃତରେ ଚିଠି ଲେଖିବାକୁ ଓ ପ୍ରତ୍ୟୁଉର ପାଇବା ପାଇଁ ଦିନ ଦିନ ଅପେକ୍ଷା କରି ଡାକବାଲାର ସାଇକେଲ ଘଣ୍ଟି ଶଦକୁ କାନଡେରି ରହିବାର ମାନସୀକତା ଆମମାନଙ୍କର ଆଉ ଆଗଭଳି ନାହିଁ । ଆହୁରୀ ମଧ ଏହା ମଧ୍ୟରେ ଆମର ବ୍ୟସ୍ତ ବ୍ୟାକୁଳ ମନ ଓ ଚିଠି ଲେଖିବାର କିମ୍ବା ଚିଠି ପାଇବାର ଅନାଗ୍ରହ ରହିଛି । ଆଧୁନିକ ଜୀବନ ଯାପନ ଶୈଲୀ ଆମକୁ କେମିତି ସଙ୍କୁଚିତ କରି ଦେଇଛି । ଏହା ହେଉଛି ତା'ର ନିଶ୍ଚୁକ ଜ୍ୱଳନ୍ତ ପ୍ରମାଣ । ଆଜିର ମଣିଷ ନିକଟରେ ଚିଠି ଲେଖିବାକୁ ନା' ଅଛି ବେଳ ନା' ଅଛି ତା'ମନରେ ଇଚ୍ଛା କିମ୍ବା ଆଗ୍ରହ । ଦୁଇଟଙ୍କାର ଫୋନ ଅଥବା ପଚିଶ ପଇସାର ଏସ୍.ଏମ୍.ଏସ୍–ବାସ । ଆବେଗ ବାଣ୍ଟିବାର ଅଭିନବ ବିକଳ ପ୍ରୟାସ । ଚାରିଧାଡ଼ିର ଚୋରା ଚିଠି ପଢ଼ି ଆଖ୍ରୁ ଲୁହ ନିଗାଡ଼ିବାର ଅବକାଶ ନାହିଁ କାହା ପାଖରେ । କେତେକଟ ଏହାକୁ ତୁଚ୍ଛା ଭାବ ପ୍ରବଣତା ବୋଲି କହିବା ଆରମ୍ଭ କେଲଣି । ଯଦି ଏପରି ଧାରା ଜାରି ରହେ ତାହେଲେ ଆଉ କିଛି ଦିନ ପରେ ଚିଠି ସଂଗ୍ରାହଳୟର ସାମାଗ୍ରୀ ପାଲଟି ଯିବ । ଚିଠି ଧରି ଟିକି ଚଢ଼େଇ ତା'ର ମୁଲାୟମ ଡେଣା ହଲାଇ ଫୁରକିନା ଉଡ଼ିଯିବାର ଅବକାଶ ଆଉ ତାକୁ ମିଲିବ ନାହିଁ । କିମ୍ବା (ବ୍ୟକ୍ତି ବ୍ୟକ୍ତି ମଧ୍ୟରେ) ମଣିଷ ମଣିଷ ଭିତରେ ଚିଠି ସଂପ୍ରୀତିର ସେତୁ ହୋଇ ଆଉ ବେଶୀ ଦିନ ତିଷ୍ଟି ରହି ପାରିବ ନାହିଁ ।

ଆକାଶରେ ଦେଖିବାକୁ ମିଲୁନାହାଁନ୍ତି ଶଙ୍ଖଚିଲ । ଘର ଚାଳରେ କିଚିରି ମିଚିରି ହେଉ ନାହାଁନ୍ତି ଘର ଚଟିଆ ଚଢ଼େଇ । ମଶାଣିରେ ଶାଗୁଣା ନାହାଁନ୍ତି କି ବାୟା ଜଢ଼େଇର ବସା ତାଳ ବାହୁଙ୍ଗୀମାନଙ୍କରେ ଝୁଲୁ ନାହିଁ । ଡାକବାଲା ଚିଠି ଆଣୁନି । ସମ୍ୟାଦ ପତ୍ରରୁ ହଜି ଯାଇଛି 'ପତ୍ରବନ୍ଧୁ' ସ୍ତମ୍ଭ । ଭଲ ମନ୍ଦ ଯାହା ହେଉ ପଛେ ପ୍ରତି ଚିଠିର ଥିଲା ଗୋଟିଏ ପ୍ରକାର ପ୍ରକୃ କ୍ୟାରେକ୍ଟର (ପ୍ରତିବିମ୍ବ ଚରିତ୍ର) ମୋବାଇଲ ଇଣ୍ଟରନେଟ ଯୁଗରେ ଚିଠି ପ୍ରାୟ ନିଜ ଅସ୍ତିତ୍

ହରାଇଛି । ତା' ଆବେଗର ରୂପ ପ୍ରାୟ ଆଉ ଆଜି ନାହିଁ । ଚିଠି କଥା କହିଲେ ଏବେ ତାହା ଲଙ୍କାରେ ହରିଶଚ ପରି ଶୁଭୁଛି । ତେଣୁ ବିଚରା ପୋଷ୍ଟ ଅଫିସ ରାମଦେବ ବାବାଙ୍କ ଔଷଧ ବିକି କମିଶନ ରୋଜଗାର କରୁଛି । ଚିଠି ଖଣ୍ଡକୁ ଅପେକ୍ଷା କରିବା ପରି ପ୍ଲଟ ନେଇ କେହି ଗପଟିଏ ଲେଖି ପାରିବନି । ବରଂ ଲେଖି ହବ କେମିତି କାଲିର ପ୍ରାଡିଲଗ୍ନ ଓ ଆଜିର ବେଇମାନ କେମିତି ମୋବାଇଲକୁ 'ନଟ ରିଚେବଲ' କରାଇ ପାରୁଛି । ମୋବାଇଲ ପ୍ରଗତିର ବହୁ ଦୂରକୁ ନେଇ ଆସିଛି ବଦଲରେ ଅପେକ୍ଷା କରିବାର ଧୌର୍ଯ୍ୟ ଛଡ଼ାଇ ନେଇଛି ।

ଚିଠି କେବଳ ପ୍ରେମିକା-ପ୍ରେମିକ ପାଖକୁ କିମ୍ବା ଯୁବକମାନେ ଯୁବତୀଙ୍କ ନିକଟକୁ ଲେଖି ନଥାଆନ୍ତି । ତା'ପରେ ମଧ୍ୟ ସବୁ ଚିଠିର ବିଷୟବସ୍ତୁ ବା ସାରାଂଶ ସମାନ ନୁହେଁ । ବୃଦ୍ଧ ବାପ, ବୃଦ୍ଧା ମା, ବିଦେଶରେ ଥିବା ତାଙ୍କ ପୁଅ ପାଖକୁ ଲେଖିଥିବା ଚିଠିଟି ଯେଉଁ ପ୍ରକାର ବାର୍ତ୍ତା ବହନ କରିଥାଏ । ବନ୍ଧୁ କିମ୍ବା ଦୂର ସ୍ଥାନରେ ଥିବା ସାଙ୍ଗ ନିକଟକୁ ଲେଖା ହୋଇଥିବା ଚିଠିଟି ସେହିପରି କଥା କହିନଥାଏ । ଦୂର ବିଦେଶରେ ଥିବା ଯୁବକ ପୁଅଟି ତା'ବାପା, ମା'ପାଖକୁ ଲେଖିଥିବା ଚିଠିରେ ଯେମିତି ଆଶ୍ବସନା ଦେଇଥାଏ । ଶାଶୁଘରେ ଯୌତୁକ ଜାତନାରେ ନିର୍ଯ୍ୟାତିତା ହେଉଥିବା ଝିଅଟି ବାପା, ମା'ପାଖକୁ ଲେଖିଥିବା ଚିଠିର ସାରମର୍ମ ସେହିଭଳି ହୋଇନଥାଏ । ହଷ୍ଟେଲରେ କିମ୍ବା ମେସରେ ରହି ପାଠ ପଢୁଥିବା ପିଲାପାଖକୁ ବାପାମାନେ ଯେପରି ଚିଠି ଲେଖିଥାଆନ୍ତି । ବିପଦରେ ପଡ଼ି ଭାଇପାଖକୁ ଅଭିମାନରେ ଚିଠି ଲେଖିଥିବା ଭଉଣୀର ସଦେଶରେ ସେମିତି ଉପାଦାନ ନଥାଏ । ଯେଉଁ ଭାଇମାନେ କର୍ମକ୍ଷେତ୍ରରେ ବ୍ୟସ୍ତ ରହି ସମୟ ଅଭାବରୁ ଭଉଣୀର ଶାଶୁ ଘରକୁ ଯାଇପାରି ନଥାଆନ୍ତି । ସେହି ଭାଇମାନଙ୍କ ପାଖକୁ ଭଉଣୀ ନିକଟରୁ ଆସିଥିବା ଚିଠିର ସାରାଂଶ ଅନ୍ୟପ୍ରକାର ହୋଇଥାଏ ।

ପୁଅକୁ ସମ୍ରାଟ କରାଇବାକୁ ନିଜ ତୃତୀୟ ସ୍ୱାମୀଙ୍କୁ ହତ୍ୟା କରିଥିବା ସମ୍ରାଟ ନିରୋଙ୍କ ମା' ଆଗ୍ରିପିନା ପୁଅଦ୍ୱାରା ଷଡ଼ଯନ୍ତ୍ର ଅଭିଯୋଗରେ ମୁଣ୍ଡକାଟ ହେବା ପୂର୍ବରୁ ଯେଉଁ କରୁଣ ପତ୍ର (ଚିଠି) ଲେଖି ଆଖ୍ଲୁହ ନୁହେଁ ଆପଣା ରକ୍ତରେ ତାକୁ ନାଲି ଜୁଡ଼ୁବୁଡ଼ୁ କରି ଦେଇଥିଲେ ସେ କ୍ରନ୍ଦନର, କାନ୍ଦଣା ୫୪ ଖ୍ରୀଷ୍ଟାବ୍ଦରୁ ଆଜିୟାଏ ବି ପ୍ରାଣକୁ ଥରାଇ ଦେଉଛି । ଆକୁଲରେ ପୁଅ ପାଖକୁ ଲେଖିଥିଲେ– "Do you forget nine full months I carried you in my womb and nourished you with my blood" (ଡୁ ୟୁ ଫରଗେଟ ନାଇନ ଫୁଲ ମନ୍ଥ୍ସ ଆଇ କ୍ୟାରେଡ଼ ୟୁ ଇନ ମାଇଁ ଉମ୍ବ ଆଣ୍ଡ ନରିସଡ଼ ୟୁ ଉଇଥ ମାଇଁ ବ୍ଲଡ଼) ତୁ ଭୁଲିଯାଉଛୁ ଯେ ପୂରା ନ'ମାସ ମୁଁ ତୋତେ ମୋ ଗର୍ଭରେ ଧରିଥିଲି ଏବଂ ମୋ ରକ୍ତରେ ତୋତେ ବଢ଼ାଇଥିଲି । ଆଖି ଲୁହରେ ଜୀବନ ଭିକ୍ଷା ପତ୍ରକୁ ଓଦା କରି ପେଟ ଚିରି ଜନ୍ମ କରିଥିବା ପୁଅକୁ ଲେଖିବ । ମୂଳରୁ ପୁଅ ଏବଂ ଦଶ ମାସ ଯେଉଁ ମାଁ ଗର୍ଭରେ ଥିଲା, ଡେଣା କଅଁଳିବା ଯାଏଁ ଯେଉଁ ମା'ର ରକ୍ତରୁ ତିଆରି ଦୁଧ ପିଇ ଉଡ଼ିଥିଲା, ତାକୁ ପୁଣି ଭୁଲିଯିବ । ସେ ମା'ର ମୁଣ୍ଡକାଟ କରିବ ? ଯେ କ'ଣ ଗପ ? ନା ଇତିହାସ । ହତଭାଗୀ ଥିଲା ଅଗ୍ରିପିନା ସମ୍ରାଟ ନୀରୋଙ୍କ ମା' । ଆହା କି ଦାରୁଣ କରୁଣ ଏକଥା ।

ଲେଖି ଶିଖିଥିବା ବା ପଢ଼ିପାରୁଥିବା ଲୋକଙ୍କ ପକ୍ଷରେ ପଠାଇବାକୁ ଥିବା ଚିଠି ଲେଖିବାରେ ଓ ପାଇଥିବା ଚିଠିକୁ ପଢ଼ିବା ପାଇଁ ସେପରି କୌଣସି ଅସୁବିଧା ହୋଇନଥାଏ । ଲେଖି ଜାଣିନଥିବା ବାପ, ମା'ମାନେ ପାଖ ପଢ଼ିଶାଙ୍କ ସାହାର୍ଯ୍ୟରେ ପ୍ରବାସରେ ଥିବା ସେମାନଙ୍କର ପିଲାମାନଙ୍କ ପାଖକୁ ଚିଠି ଦେଲା ବେଳେ ସେମାନେ ଯାହା ଚାହୁଁ ଥାଆନ୍ତି ତା' ଲେଖାଇ ନିଅନ୍ତି । ନିରକ୍ଷରା ପ୍ରେମିକାଟି କିମ୍ବା ଅପାଠୁଆ ପ୍ରେମିକମାନେ ସେମାନଙ୍କ ଅନ୍ତରଙ୍ଗ ସାଙ୍ଗ ବା ପ୍ରାଣର ଘନିଷ୍ଠ ବାନ୍ଧବୀଙ୍କ ଦ୍ୱାରା ଚିଠି ଲେଖାଉ ଥିବାରୁ ନିଜ ମନର କଥା ଯାହାକି ତାଙ୍କ ନିକଟରେ ପ୍ରକାଶ କରି ଦେବା ସମ୍ଭବ ତାହା ସେମାନଙ୍କ ପାଖରେ ଖୋଲି କହିବାରେ ସେମିତି କିଛି ବିଶେଷ ଅସୁବିଧାର ସମ୍ମୁଖୀନ ହୋଇ ନଥାଆନ୍ତି । ତାହା ଅତି ଗୋପନରେ ଲେଖା ହେଉଥିଲେ ସୁଧା । ସେଥିରେ ତାଙ୍କ ହୃଦୟର ନିଚ୍ଛକ ଭାବନା ସ୍ଥାନ ପାଇ ପାରିଥାଏ । କିନ୍ତୁ ଯେଉଁ ନିରକ୍ଷରା

ନବବଧୂଟି ଲେଖି ଶିଖିନଥାଏ, ସେ ତା'ର ପ୍ରବାସରେ ରହୁଥିବା ସ୍ୱାମୀ ପାଖକୁ ଚିଠି ଲେଖାଇଲା ସମୟରେ ତା' ମନର ଅକୁହା ଅତି ଗୋପନ କଥାକୁ ଚିଠି ଲେଖାଲି ନିକଟରେ ପ୍ରକାଶ କରିବାକୁ ସଙ୍କୋଚବୋଧ କରିଥାଏ । ଆଉ ବିଦେଶାଗତ ସ୍ୱାମୀଟି ତା' ନବ ବିବାହିତା ପତି ବିରହିଣୀ ସ୍ୱାମୀ ସୋହାର ରଙ୍କୁଣୀ ଅପାଟୋଇ ପତ୍ନୀ ପାଖକୁ ଲେଖୁଥିବା ଚିଠିରେ ମଧ ତା'ହୃଦୟର ନିଭୃତ କୋଣରେ ସାଇତା ହୋଇ ରହିଥିବା ଅପ୍ରକାଶ୍ୟ ଭାବନାକୁ ପୂରାମାତ୍ରାରେ ଖୋଲି ଲେଖି ପାରେନାହିଁ । କାରଣ ତା'ର ନିରକ୍ଷତା ପନ୍ତ୍ରୀଟି ସେ ପଠାଉଥିବା ଚିଠିକୁ ନିଜେ ପଢ଼ି ନପାରି ଅନ୍ୟଲୋକମାନଙ୍କୁ ପଢ଼ାଉ ଥିବାରୁ ତା' ଅନ୍ତର ଭିତରର ଗୋପନ କାମନା ଅନ୍ୟମାନଙ୍କ ପାଖରେ ଧରା ପଡ଼ିଯିବାର ଆଶଙ୍କାରେ । ଲେଖି ଶିଖିନଥିବା ନବ ବଧୂଟି ତା'ର ସଂପର୍କୀୟ ନଣନ୍ଦ, ଜାଆ କିମ୍ବା ଢିଆରି ଅଥବା ଭାଣିଜୀଙ୍କ ଦ୍ୱାରା ଚିଠିଟିକୁ ଲେଖାଇଲା ବେଲେ ପ୍ରବାସରେ ଥିବା ସ୍ୱାମୀଙ୍କ ଲାଗି ତା' ମନରେ ସାଇତି ରଖିଥିବା ସବୁ (କଥାକୁ) ଭାବନାକୁ ସଂପୂର୍ଣ୍ଣ ପ୍ରକାଶ କରି ପାରିନଥାଏ । ତା' ମନରେ ଆଶଙ୍କା ଜନ୍ମେ ଯଦି ସିଏ ତା' ଅନ୍ତରରେ ଭାବୁଥିବା ସମସ୍ତ କଥାକୁ ସେମାନଙ୍କ ସାମ୍ନାରେ କହିଦିଏ, ତେବେ ସେମାନେ ତାକୁ ଅତି ଉଗ୍ର କାମାଶକ୍ତା ଯୁବତୀ ଓ ଅତ୍ୟନ୍ତ ସ୍ୱାମୀ ସୋହାଗ ରଙ୍କୁଣୀ ତରୁଣୀ ଏବଂ କାମାତୁରା ବୋଲି ମନେ କରିବେ । ସ୍ୱାମୀଟି ମଧ ତା' ନିରକ୍ଷରା ପନ୍ତ୍ରୀଟି ପାଖକୁ ନିଜ ମନ ଖୋଲି କିଛି ଲେଖି ପାରେନା । ତା' ପତ୍ନୀ ନିଜେ ପଢ଼ି ନପାରିବା ଯୋଗୁ ଅନ୍ୟମାନଙ୍କ ଦ୍ୱାରା ପଢ଼ାଇଲା ବେଲେ ଚିଠିଟିକୁ ପଢ଼ୁଥିବା ବ୍ୟକ୍ତି ଜଣକ ଚିଠିକୁ ପଢ଼ି ତାକୁ କାମାନ୍ଧ ଓ ଯୌନ ଲାଳସା ଯୁକ୍ତ ପୁରୁଷ ବୋଲି ମନେ କରିବ । ଯେଉଁ ପଡ଼ୋଶୀମାନେ ତା' ସହିତ ପିଲାଟି ସମୟରୁ ଅତି ଘନିଷ୍ଠ ଭାବରେ ମିଳାମିଶା କରିବାର ସୁଯୋଗ ପାଇଛନ୍ତି ଓ ସେ ଅତି ଭଦ୍ର ଏବଂ ଚରିତ୍ରବାନ ବୋଲି ଜାଣିଛନ୍ତି । ସେ ପଠାଇଥିବା ଚିଠିକୁ ପଢ଼ି ସାରିବା ପରେ ସେମାନଙ୍କର ତା' ପ୍ରତି ରହିଥିବା ସେପରି ଧାରଣା ନିଶ୍ଚିତ ବଦଲି ଯିବ । ତା' ଭିତରେ ଯେ ନାରୀ ସଂଯୋଗ କାମନା ବାସନା ଏତେ ଉଗ୍ର ଭାବେର ଲୁକ୍କାଇତ ଅବସ୍ଥାରେ ରହିଥିଲା ତାହା ସେମାନଙ୍କ ପାଖରେ ଧରା ପଡ଼ିଯିବ ନିଶ୍ଚିତ । ତା' ପରଠାରୁ ସେମାନେ ତାକୁ ଅତ୍ୟନ୍ତ ନାରୀ କାମାଶକ୍ତ ପୁରୁଷ ଭାବରେ ଗଣ୍ୟ କରିବେ । ଏହି ଭୟରେ ଆତଙ୍କିତ ହୋଇ ସିଏ ତା' ମନର ଭାବନାକୁ ଚିଠି ଲେଖିଲା ବେଲେ ଓ ତା' ଅଶିକ୍ଷିତା ପନ୍ତ୍ରୀଟି ଅନ୍ୟମାନଙ୍କ ଦ୍ୱାରା ଲେଖାଇଲା ସମୟରେ ଗୋପନ ରଖିବାକୁ ଏକ ପ୍ରକାର ବାଧ ହୋଇଥାଆନ୍ତି । ଆଦୌ ଲେଖି ପଢ଼ି ଶିଖିନଥିବା ଦମ୍ପତିଙ୍କ କ୍ଷେତ୍ରରେ ସେମାନଙ୍କ ଦ୍ୱାରା ପ୍ରେରିତ କୌଣସି ଚିଠିରେ ସେମାନଙ୍କ ମନର ପ୍ରକୃତ କଥା, ହୃଦୟର ସଟିକ ବ୍ୟଥା, ଅନ୍ତରର ବାସ୍ତବ ଗୋପନ ବାରତା, ଆମ୍ମାର ନିଚ୍ଛକ ଭାବନା ଓ ପ୍ରାଣର ଇପ୍ସିତ କାମନା କେବେବି ନିର୍ଭୁଲ ଭାବରେ ରୂପାୟୀତ ହୋଇପାରେ ନାହିଁ ।

ଯଦିବା ସେମାନଙ୍କ ପାଇଁ ଚିଠି ଲେଖା ହୋଇଥାଏ କେବଳ ଔପଚାରିକ ଭିତ୍ତିରେ, ଗତାନୁଗତିକ ପଦ୍ଧତିରେ, ନିୟମ ସିଦ୍ଧଭାବରେ । ଘରର ହାନି ଲାଭ କଥା । ପରିବାରର ରୋଗ ବଇରାଗ । ବେମାରି ଆରାମି ବିଷୟ ଚିଠିରେ ସ୍ଥାନିତ ହୋଇଥାଏ । ହୃଦୟର ପ୍ରକୃତ ନିଚ୍ଛକ କଥା ସେଠିରେ ସ୍ଥାନ ପାଇ ପାରେ ନାହିଁ । ସେ ଚିଠି ମନର ଅନେକ କକ୍ଷିତ ଭାବନାକୁ ରୂପ ଦେବାରେ ସମର୍ଥ ହୁଏ ନାହିଁ । ଯାହା ସ୍ତ୍ରୀଟି ତା' ସ୍ୱାମୀକୁ କହିଥାଏ ଓ ପତି-ପତ୍ନୀ ମଧରେ ହୋଇଥିବା ବାର୍ତ୍ତାଳାପକୁ ବହନ କରିବା ପାଇଁ ସେ ଚିଠିର ସାମର୍ଥ୍ୟ ନଥାଏ କିମ୍ବା ଲେଖାଲିର ପାରଦର୍ଶିତା ନାହିଁ ନୁହେଁ ବରଂ ସେମାନେ ନିଜେ ଚିଠି ଲେଖାଲି ନିକଟରେ ସେ କଥାକୁ ଗୋପନ ରଖିବାକୁ ଏକ ପ୍ରକାର ବାଧ ହୋଇଥାଆନ୍ତି ସୌଜନ୍ୟତା ଦୃଷ୍ଟିରୁ । ନିଜର ସଂଭ୍ରମକୁ ଜଗି, ସଙ୍କୋଚ ବଶତଃ, ଭଦ୍ରତା ରକ୍ଷା କରିବାକୁ ଯାଇ, ଶିଷ୍ଟାଚାର ପ୍ରତି ନଜର ରଖି ସେମାନେ ସେମାନଙ୍କର ହୃଦୟ ଖୋଲା କଥା ଲେଖାଲି ପାଖରେ ଖୋଲି କହି ନପାରିବା ଦ୍ୱାରା ଇଚ୍ଛା କରୁଥିବା ଲୋକ ପାଖକୁ ଚିଠି ଲେଖାଇ ଓ ପ୍ରିୟ ମଣିଷର ଚିଠି ପାଇ ମଧ ପ୍ରକୃତ ପ୍ରାଣଭରା ଆମ୍ ସନ୍ତୋଷ ଲାଭ କରି ପାରନ୍ତି ନାହିଁ । ମନର କଥା ଅକୁହା ରହିବା ଓ ହୃଦୟର ବ୍ୟଥାକୁ ଲୁଚାଇବା ଯୋଗୁ

ଗୋପନରେ ମନର ମଣିଷ ଲାଗି ଝୁରି ହେଉ ଥାଆନ୍ତି । ସେମାନଙ୍କ ଆମ୍ଭାର ଅକୁହା କଥା ମନର ଓ ପ୍ରାଣର ଅବ୍ୟକ୍ତ ବ୍ୟଥା ଅନ୍ତରର ନିଭୃତ କୋଠରି ମଧ୍ୟରେ ନିରବରେ ସମାଧ୍ନିଏ । ପ୍ରିୟ ମଣିଷକୁ ହୃଦୟର ପ୍ରକୃତ ସଟିକ୍ ବାରତା କହି ନପାରିବା ଓ ମରମର ନିଶ୍ଚଳ ବ୍ୟଥା ଗୋପନ ରଖିବାର ବେଦନା ବଡ଼ ଯନ୍ତ୍ରଣା ଦାୟକ । ଯାହାକୁ କେବଳ ଅନୁଭବି ନିଜ ଅନ୍ତରରେ ଅନୁଭବ କରିଥାଏ । ଅନ୍ୟମାନଙ୍କ ପକ୍ଷରେ ତାହା ବୁଝିବା କିମ୍ବ ହୃଦୟଙ୍ଗମ କରିବା କେବେବି ସମ୍ଭବ ହୁଏନା । ନିରକ୍ଷର ଶାଶୁ, ଶ୍ୱଶୁର ପଡ଼ୋଶୀମାନଙ୍କ ହାତରେ, ଅପାଠୋଇ ବହୁଟି, ତା ସ୍ୱାମୀ ପାଖକୁ ପଠାଇବାକୁ ଥିବା ଚିଠିଟିକୁ ଲେଖାଇ ଦେଇ ଓ ବିଦେଶୀ ଗତ ପୁଅ ନିକଟରୁ ଆସିଥିବା ଚିଠିକୁ ପାଇ ପଢ଼ିଶାମାନଙ୍କ ଦ୍ୱାରା ପଢ଼ାଇ- ଆମ ବୋହୂ – ପୁଅ ପାଖକୁ ଚିଠି ଦେଲା ଓ ପୁଅର ଚିଠି ପାଇଲୁ କହି ଆମ୍ ସନ୍ତୋଷ ଲାଭ କରୁଥିଲା ବେଳେ ନିରକ୍ଷରା ନବବଧୂଟି ତା’ ହୃଦୟର ବ୍ୟଥାକୁ ଚିଠି ଲେଖାଲି ନିକଟରେ ସଙ୍କୋଚ ବଶତଃ କହି ନପାରି ଓ ଅନ୍ୟ ଦ୍ୱାରା ପଢ଼ାଉ ଥିବାରୁ ପୁଅ ଘରକୁ ତା’ ସ୍ତ୍ରୀ ନିକଟକୁ ଲେଖିଥିବା ଚିଠିରେ ତା’ ନିଜ ଅନ୍ତରର ବେଦନାକୁ ଖୋଲି ଲେଖି ନପାରିବା ଯୋଗୁ ଉଭୟେ ମରମେ ମରମେ ଘାରି ହେଉ ଥାଆନ୍ତି । ସେଥିପାଇଁ କଥାରେ ଅଛି- “ବନ ପୋଡ଼ିଗଲେ ଜାଣନ୍ତି ସଭିଏଁ ନିରବରେ ପୋଡ଼େ ମନ ।”

କିନ୍ତୁ ସାରା ପୃଥ୍ବୀରେ ଯେତେ ଚିଠି ଲେଖା ହୁଏ । ସେଥିମଧ୍ୟରୁ ଅଧିକାଂଶ ଚିଠି ଯୁବକମାନେ ଯୁବତୀଙ୍କ ପାଖକୁ ଓ ପୁଅ ସବୁ ଝିଅମାନଙ୍କ ନିକଟକୁ ଲେଖି ଥାଆନ୍ତି । ଅବିବାହିତ ଅବସ୍ଥାରେ ଯୁବକ-ଯୁବତୀପାଖକୁ ଓ କିଶୋରଟି କିଶୋରୀଙ୍କ ନିକଟକୁ ଅନ୍ୟମାନଙ୍କୁ ଲୁଚାଇ ବିଶେଷ କରି ନିଜ ଘର ଲୋକମାନଙ୍କ ଅଗୋଚରରେ ଚିଠିଲେଖି ଥାଆନ୍ତି ଓ ପାଇଥିବା ଚିଠି ପଢ଼ନ୍ତି । ଛୋଟ ଜାତିର ଲୋକମାନେ ଅଭାବରେ ପଡ଼ି ପାଠପଢ଼ି ନପାରି ନିଜର ଗୁଜୁରାଣ ମେଣ୍ଟାଇବା ନିମିଉ ମୂଲ ମଜୁରୀ ଲାଗନ୍ତି । ମନୋରଞ୍ଜନର ମାଧ୍ୟମ ଭାବରେ ନିପଟ ମଫସଲର ଗ୍ରାମାଞ୍ଚଲରେ ଅନ୍ୟ କୌଣସି ସୁବିଧାର ମାଧ୍ୟମ ଉପଲବ୍ଧ ହେଉ ନଥିବାରୁ ସେମାନେ ପ୍ରେମ ଓ ଭଲ ପାଇବାକୁ ବିନା ବିଚାରରେ ଆଦରି ନେଇଥାଆନ୍ତି । ଆବଶ୍ୟକ ପଡ଼ିଲେ ସେମାନେ ଭଲ ପାଉଥିବା ବ୍ୟକ୍ତିକୁ ନିଜର ମନୋଭାବ ଜଣାଇବା ପାଇଁ ଅନ୍ୟମାନଙ୍କ ହାତରେ ଚିଠି ଲେଖାଇ ଆଣନ୍ତି । କିନ୍ତୁ ଶିକ୍ଷିତ ଯୁବକ-ଯୁବତୀଙ୍କ କ୍ଷେତ୍ରରେ ଏ ବ୍ୟାପାରରେ ସମ୍ପୂନ୍ୟ ଗୋପନୀୟତା ରକ୍ଷା କରାଯାଏ । ସେମାନେ ସେମାନଙ୍କ ଚିଠି ନିଜେ ଲୁଚାଇ ଲେଖନ୍ତି ଓ ଲୁଚାଇ ପଢ଼ି ଥାଆନ୍ତି । ଏମିତିକି ବହିରେ ପୁରାଇ ପଢ଼ିବା ଓ ଖାତାରେ ରଖି ଲେଖିବା ସହିତ ବହି କିମ୍ବ ଖାତାରେ ପୁରାଇ ଅନ୍ୟମାନଙ୍କ ଅଲକ୍ଷ୍ୟରେ ଦେବା ନେବା କରିଥାଆନ୍ତି । ସେମାନଙ୍କ କଥା ଏତେ ସହଜରେ ବାହାରକୁ ପ୍ରଗଟ ହୋଇ ପାରେନାହିଁ ।

ଆହୁରି ମଧ ଯୌବନ ଆସିଲେ ମନ ଜୀବନ ସାଥାଟିଏ ଖୋଜେ । ସେ ସାଥୀର ଖୋଜାରେ ଶିକ୍ଷା ଯୋଗ୍ୟତାର ମାପପାଟି ହୁଏନା । ହୋଇଥାଏ ସୁନ୍ଦର ରୂପ । ଆକର୍ଷଣୀୟ ଚେହେରା ଆଉ ମନର ଆବେଗ ଓ ସମର୍ପଣ ଭାବର ନିବେଦନ ପଣରେ ଭରି ରହିଥାଏ ଉସ୍ଵାହ । ଦେହର କମନୀୟ କାନ୍ତି ପୁରୁଷକୁ-ଯୁବତୀ ପ୍ରତି ଆକୃଷ୍ଟ କରିଥାଏ । “ଯୌବନେ ମର୍କଟି ରମ୍ୟାଃ” ନୀତିରେ ଅସୁନ୍ଦରୀ କୁସ୍ଵିତା ରୂପ ଧାରିଣୀ ଝିଅଟି ଯୌବନ ପ୍ରାପ୍ତିରେ ସୁନ୍ଦର ଦିଶିଥାଏ ଓ ଯୁବକର ମନକୁ ତା’ ଆଡ଼କୁ ଟାଣିନେଇ ଥାଏ । ଆକୃଷ୍ଟ ହୋଇଥିବା ମନଟି ଆକର୍ଷଣ କରିଥିବା ମନ ସହିତ ମିଶି ଯାଏ । ସେ ସେତେବେଳେ ଶିକ୍ଷା କିମ୍ବ ସମ୍ଭ୍ରାନ୍ତ ପଣିଆର ଉକର୍ଷତା ଦେଖେନା । ଧନ, ସମ୍ପତ୍ତିର ମୋହ ତାକୁ ବାନ୍ଧି ରଖିବାକୁ ସକ୍ଷମ ହୋଇ ପାରେନା । ୱୈଶ୍ୱର୍ୟ ନିକଟରେ ସେ ନିଜକୁ ବିକି ଦେଇ ପାରିନଥାଏ । ସିଏ ସୁନ୍ଦର ରୂପ ପ୍ରତି ଓ ମନଲୋଭା ଚେହେରା (ଦ୍ୱାରା) ଆଡ଼କୁ ଆକୃଷ୍ଟ ହୋଇଥାଏ । ଉଚ୍ଚଶିକ୍ଷିତ, ଧନୀ, ପ୍ରଭାବଶାଲୀ, ଖାତି ସମ୍ପନ୍ନ, ବଡ଼ ପଦବୀ ଧାରୀର କୁସ୍ଵିତ କଦାକାର ରୂପ ପ୍ରତି ନୁହେଁ । ବରଂ ଏକ୍ଷେତ୍ରରେ ମଧୁର ବଚନ, ମିଠା ମିଠା ଭାଷା, ମନ ମୁଗ୍ଧକର ବ୍ୟବହାର ଓ ମାର୍ଜିତ ଆଚରଣ କିଛି ମାତ୍ରାରେ ସାହାଯ୍ୟ କରିଥାଏ (ଫଳପ୍ରଦ ହୋଇଥାଏ) ।

ପ୍ରେମରେ ଥାଏ ଗୋଟିଏ ବିଶେଷ ଆକର୍ଷଣ । ଗୋଟେ ଅଜଣା ଆସ୍ୱାଦନର ଆଶ୍ୱାସରେ (ଆକର୍ଷଣରେ) ଆବେଗ ସିକ୍ତ ହୁଏ ମଣିଷ । ଫୁଲଭରା ବଗିଚାରେ ବାସ୍ନାୟିତ ପୁଷ୍ପରେ ମତୁଆଲା ହୁଅନ୍ତି ମହୁମାଛି । ଉଡ଼ି ବୁଲନ୍ତି ଭ୍ରମର, ପ୍ରଜାପତିମାନେ ଖେଳି ବୁଲନ୍ତି, ଫୁଲ ବଗିଚାରେ, କିଏ ଖବର ଦିଏ ତାଙ୍କୁ ? ଜଣାଇଥାଏ ଏ ସମ୍ବାଦ ? କିଏ ସେମାନଙ୍କୁ ଆମନ୍ତ୍ରଣ କରିଥାଏ ? କାହିଁକି ଅସ୍ଥିରା ଫୁଲରେ ବସି ଭ୍ରଥିର ଉଡ଼ି ଆସି ବସେ ମାଇ ଫୁଲରେ ? କାହିଁକି ଫୁଲଟେ ଗର୍ଭ ଧାରଣ କରେ ? କାହିଁକି କଇଁ ଚାହେଁ କୋହଲା ପାଣି ଭିତରେ ରହି ନିସ୍ତବ୍ଧ ରାତ୍ରିର ଭଗ୍ନୀର ବିଜନ ପ୍ରହରରେ ଦୂର ଆକାଶ ଚାନ୍ଦକୁ ? ଏସମସ୍ତ ପ୍ରଶ୍ନର ସରଳ ସମାଧାନ ବା ଉତ୍ତର ହେଲା ପ୍ରେମ ପାଇଁ । ପ୍ରେମ-ପୂଜା, ପ୍ରେମ-ମନ୍ତ୍ର, ପ୍ରେମ-ତନ୍ତ୍ର, ପ୍ରେମ ହିଁ ଶାସ୍ତ୍ର– ଶାସ୍ତ୍ର ଅର୍ଥାତ୍ ଜୀବନରେ ପ୍ରେମର ମହତ୍ତ୍ୱ, ଗୁରୁତ୍ୱପୂର୍ଣ୍ଣ । ଆଉ ପ୍ରେମ କାମନାର ବାସ୍ନା ନୂଆ ନୁହେଁ ବା କିଛି ଅଜବ ଚିଜ ବି ନୁହେଁ । ଏହା ସୃଷ୍ଟିର ନିୟମ । ଜୀବନରେ ଯୁବାବସ୍ଥାର ରଙ୍ଗ ଭାରି ଗାଢ଼ । ଫଗୁଣ ଆସିଲେ ଯେମିତି ନାନା କିସମର ରଙ୍ଗକୁ ନେଇ ହୋଲି ଆସେ । ସେମିତି ଶୈଶବ ପରେ କୈଶର ଆସିଲେ ଅନେକ ପ୍ରକାର ସ୍ୱପ୍ନ ମନରେ ଉଙ୍କିମାରେ । ଆଉ ପୌଗଣ୍ଡରେ ଜୀବନକୁ ନାନା ପ୍ରକାରର ରଙ୍ଗରେ ରଙ୍ଗେଇବାକୁ ପ୍ରାଣରେ ଉତ୍ସାହ ଭରିଦିଏ । ଯୁବାବସ୍ଥାର ଜୀବନ ପୂର୍ଣ୍ଣ ଭାବପ୍ରବଣତାର ସମୟ । ଈଏ ସ୍ୱପ୍ନ ବଞ୍ଚିବାର ସମୟ । ହୃଦୟ ସହିତ ଅନ୍ତରକୁ ଯୋଡ଼ିବାର ମୁହୂର୍ତ୍ତ । ଏ ସମୟରେ ପାଠ ସହିତ ଖେଳ, କୌତୁକ, ପ୍ରେମ ସବୁ କିଛି ଜାଣିବାକୁ ଓ ଶିଖିବାକୁ ବଡ଼ ଉସ୍ତୁକତା ହୋଇ ଉଠେ ମନ । ଏସବୁକୁ ଜାଣିବା ପାଇଁ ଶିଖିବା ଲାଗି ସେ ଭାବନା ରାଜ୍ୟରେ ଘୁରିବୁଲେ । ଆଉ କୌଣସି ପ୍ରକାରର ଲଗାମ ତା'ର ବାଟ ଓଗାଲି ପାରେନା । କୌଣସି ରକମର ଆକଟକୁ ମାନି ନେବାକୁ ସେ ପ୍ରସ୍ତୁତ ନଥାଏ । କାହାରି ଉପଦେଶକୁ ମଧ୍ୟ ସେ ଭ୍ରୁକ୍ଷେପ କରେନା । କାହାରି ବାରଣ ଶୁଣିବାକୁ ଇଚ୍ଛା କିମ୍ବା ଆଗ୍ରହ ପ୍ରକାଶ କରେନା । କାହାର ଫତୁଆ ଜାରି ପ୍ରତି ତାର ଖାତିର ନଥାଏ । ତେବେ ଯୁବାବସ୍ଥାରେ ଜୀବନ ରଙ୍ଗକୁ ଅତୁଟ ରଖିବାକୁ କେତେକ ଦିଗପ୍ରତି ଧାନ ଦେବା ଉଚିତ୍ । ଖୁସି ମିଞ୍ଜାସ– ଜୀବନର ଯୁବାବସ୍ଥା ଆଶିର୍ବାଦ ପରି । ଏ ସମୟରେ ଅନେକ କିଛି କରିବାକୁ ସୁଯୋଗ ଆସିଥାଏ । ଖୁସି ମିଞ୍ଜାସ ଆଉ ସକାରାତ୍ମକ ଢଙ୍ଗରେ କାର୍ଯ୍ୟ କଲେ ଅନେକ ସଫଳତା ଧାର୍ଯ୍ୟ ସମୟ ପୂର୍ବରୁ ମଧ୍ୟ ଆସି ଯାଇପାରେ । ଯାହାକି ଜୀବନର ପରମୁହୂର୍ତ୍ତରେ ବି ସୁଖ ବିଛିଦିଏ । ତେଣୁ ଏହି ସମୟରେ ମନରେ ଅବଶୋଷ ନ ଆଣି ଅବସାଦ ନରଖି ପ୍ରତ୍ୟେକଟି ମୁହୂର୍ତ୍ତ ଖୁସିରେ ବିତାଇ ଦେଇ ଜୀବନକୁ ଉପଭୋଗ କରି ଶିଖିଲେ ଜୀବନ ପରିଧିଭିତରକୁ ଆସୁଥିବା ଅନେକ ଅସୁବିଧା ଓ ସମସ୍ୟା ଅଚିରେ ବାଟଭାଙ୍ଗି ଚାଲିଯିବ । କିନ୍ତୁ ସବୁ ଜିନିଷ ଓ ପ୍ରତ୍ୟେକ କଥା ଗୋଟେ ଶୃଙ୍ଖଲା ଭିତରେ ବନ୍ଧା । ସେହି ଶୃଙ୍ଖଲାକୁ ଡେଇଁ ଗଲେ ଏବଂ ଅନୁଶାସନକୁ ଅତିକ୍ରମ କରିଗଲେ ବ୍ୟକ୍ତି ବିପଦକୁ, ଦୁର୍ଯୋଗକୁ ଓ ଦୁର୍ଦ୍ଦଶାକୁ ଡାକି ଆଣିବ ଏହା ନିଃସନ୍ଦେହ ।

ସତୀର ମନ ଲୋଭା ରୂପ ଥିଲା । ଆଉ ଅଧରଙ୍କର ରହିଥିଲା ଆକର୍ଷଣୀୟ ଚେହେରା । ଧବଲେଶ୍ୱରଙ୍କ ମନ୍ଦିରରେ ବାରମ୍ବାର ଭେଟ ହେବା ଫଳରେ ଦୁହେଁ ଦୁହିଁଙ୍କ ପ୍ରତି ଆକର୍ଷିତ ହୋଇ ପଡ଼ିଥିଲେ । ଅଧରଙ୍କ ପ୍ରତି ଆକୃଷ୍ଟ ହେବା ବେଳେ ସତୀ ଭାବିନଥିଲା ନିଜର ବଂଶ, ବୁନିଆଦି, ପରମ୍ପରା, ଜାତି, ଗୋତ୍ର, ସମ୍ପ୍ରଦାୟ, ଶିକ୍ଷାଗତ ଯୋଗ୍ୟତା । ତା' ନିଜର ପରିସ୍ଥିତି ସେ ରହିଥିବା ସମାଜରେ ତାଙ୍କର ସ୍ଥିତି ଏବଂ ନିଜ ପରିବାରର ଆର୍ଥିକ ଅବସ୍ଥା ବିଷୟ ସମୟରେ ।

ଭଲପାଇବା ହାଟ ବଜାରର ସୋଉଦା ନୁହେଁ ଯେ ତାକୁ ଟଙ୍କା ଦେଇ କିଣି ହେବ । ଭଲ ପାଇବା କୌଣସି ଲୋଭନୀୟ ବସ୍ତୁ ନୁହେଁ । ତାକୁ ନିଜର ସାମର୍ଥ୍ୟ ଦ୍ୱାରା ହାସଲ କରିହେବ । ଭଲ ପାଇବା କୌଣସି ଦାମିକା ପଦାର୍ଥ ନୁହେଁ । ତାକୁ ଅର୍ଥବଳରେ ଆଣିହେବ ? ଭଲପାଇବା କିଛି ମୂଲ୍ୟବାନ ଲୋଭନୀୟ ଅଳଙ୍କାର ନୁହେଁ ତାକୁ କିଣିଆଣି ଦେହରେ ପିନ୍ଧି ହେବ । ଭଲ ପାଇବା ଭୂସମ୍ପତ୍ତି ନୁହେଁ ତାକୁ ଦଲିଲ କିମ୍ବା ଦସ୍ତାବିଜ ଦ୍ୱାରା ଦଖଲ କରିହେବ । ଭଲ

ପାଇବାକୁ କେହି ନିଜ ନାମରେ ପଟ୍ଟା କରିନେଇ ପାରି ନଥାଏ । ଭଲ ପାଇବା କ୍ଷେତ୍ରରେ ବଳ ପ୍ରୟୋଗ ଚଳେନାହିଁ କିମ୍ବା ଶକ୍ତି ଖଟାଇ କେହି ନେଇ ପାରେନାହିଁ । ଲାଞ୍ଚ ଦେଇ କେହି ପ୍ରେମକୁ ଅକ୍ତିଆର କରିପାରେନା । କୌଣସି ରେକର୍ଡ ଦ୍ୱାରା ପ୍ରେମ ଉପରେ ମାଲିକାନା ଜାହିର କରି ହୁଏନା । ତାକୁ କେହି କୌଶଳରେ କରାୟତ କରି ପାରେନା । ଭଲ ପାଇବାକୁ କେହି ମନଇଚ୍ଛା ବ୍ୟବହାର କରିପାରେନା । ଆପଣା ଇଚ୍ଛାନୁଯାଇ କେହି କେବେ କାହାରିକୁ ଭଲ ପାଇ ପାରେନା । ସତମିଛ କହି କେହି ସଚ୍ଚା ପ୍ରେମିକ ହୋଇ ପାରେନି । ଭଲ ପାଇବା ସ୍ୱର୍ଗୀୟ, ଈଶ୍ୱରଦତ୍ତ । ଭାଗ୍ୟାନୁଯାଇ, କର୍ମଫଳ ମୁତାବକ ତାହା ଲଲାଟ ଲିଖନ । କେତେବେଳେ କାହା ସାଥୀରେ କେଉଁଠି ଭେଟ ହେବ କେଉଁ ସମୟରେ ମନ କେଉଁ ଆଡ଼କୁ ଢଳିଯିବ ସେ କଥା କେବେ କେହି ଆଗରୁ ଜାଣିନଥାଏ ।

ଯେତେବେଳେ ଜଣେ ଯୁବକ ଗୋଟିଏ ଯୁବତୀ ପ୍ରତି ଆକୃଷ୍ଟ ହୁଏ । ସେତେବେଳେ ସିଏ ସେ ଝିଅର ଜାତି ଗୋତ୍ର, ଶିକ୍ଷା, ଦୀକ୍ଷା, ଧନ, ଦୌଲତ, ଦାରିଦ୍ର, ସମ୍ଭ୍ରାନ୍ତ ପଣିଆ, ନୀତି, ନିୟମ, ସମାଜ, ସଂସ୍କୃତି, ସଂସାର, ପରମ୍ପରା କିମ୍ବା ଦୁନିଆରେ ପ୍ରଚଳିତ ପ୍ରଥା ପ୍ରତି ଦୃଷ୍ଟି ଦେଇନଥାଏ । ମନ ସହିତ ମନର ମିଳନ ହେଲା ସିଏ ତାକୁ ଭଲ ପାଇ ବସିଲା । ସେଠି ଶିକ୍ଷାଗତ ଯୋଗ୍ୟତାର ପ୍ରମାଣ ପତ୍ର ଆବଶ୍ୟକ ହୁଏନା । ହୃଦୟ ସହିତ ହୃଦୟର ମିଳନ ହେଲା । ସେଠି ଜାତିଗତ ବୈଷମ୍ୟ ପାର୍ଥକ୍ୟର ରେଖା ଟାଣି ପାରେନା । ତରୁଣୀଟିଏ କୌଣସି ଯୁବକକୁ ମନ ଦେଲାବେଳେ ସେମାନେ ମଧରେ ଥିବା ସାମାଜିକ ପ୍ରଭେଦକୁ ବିଚାର କରିନଥାଏ । ଭଲ ପାଇବା ଅନ୍ତର ଭିତରେ ଆସ୍ଥାନ ଜମାଇ ବସେ । ପ୍ରାଣକୁ ଆଚ୍ଛାଦନ କରିନିଏ । ସେତେବେଳେ ଦୂରତା ଜନିତ ବ୍ୟବଧାନ ସେମାନଙ୍କ ଭିତରେ ପ୍ରତିବନ୍ଧକ ସୃଷ୍ଟିକରିବାକୁ ସମର୍ଥ ହୋଇ ପାରେନାହିଁ । ଭଲ ପାଇବା ଆପଣା ଛାଏଁ ହୋଇଥାଏ । ଇଚ୍ଛା କରି ଜୋର ଜବରଦସ୍ତ କେହି କାହାରିକୁ ଭଲ ପାଇ ପାରେନା । ଜଣକର ଅନିଚ୍ଛାରେ (ଅମଙ୍ଗରେ) ଆର ଜଣକ ତାକୁ ନିଜର କରିବାକୁ ସକ୍ଷମ ହୋଇନଥାଏ ।

ସେହିପରି ସେ ଭଲ ପାଇ ବସିଛି ଅଧରକୁ । ସେ ଇଚ୍ଛା କରି ତାଙ୍କୁ ଭଲ ପାଇନାହିଁ । ଜାଣିଜାଣି ପ୍ରେମ କରିନି । ଭଲ ପାଇବା ତ ଆପଣା ଛାଏଁ ହୋଇଥାଏ । ଯେପରି ତା' ନିଜ ଅଜାଣତରେ ସେ ତାଙ୍କୁ ଭଲ ପାଇ ବସିଲା । ଏଥିରେ ତା'ର ଦୋଷ ରହିଲା କେଉଁଠି ?

ଯଦି ତାରୁଣ୍ୟ ପ୍ରେମର ରତୁ ହୁଏ । ତା'ହେଲେ ଚିଠି ତାରୁଣ୍ୟର ସର୍ବୋର୍ତ୍ତମ ବିଶ୍ୱସ୍ତ ବାର୍ତ୍ତାବହ ହେବ । ତାରୁଣ୍ୟରେ ହିଁ ମନ ଭିତରେ ଚିଠି ଲେଖିବାର ପ୍ରେରଣା ଜାଗେ । ସେ ଚିଠି ମା' ବାପାଙ୍କୁ, ବନ୍ଧୁ ପରିଜନଙ୍କୁ ଅଥବା ପ୍ରିୟତମ- ପ୍ରିୟତମା ଯାହା ପାଖକୁ ହେଉନା କାହିଁକି । ବୟସର ଦେଣା ଝାଡ଼ି ତାରୁଣ୍ୟ ଉଡୁଥାଏ । ଆଉ ଇନ୍ଦ୍ରଧନୁର ରଙ୍ଗନେସି ଚିଠାଉ ଲେଖୁଥାଏ । ସବୁଠୁ ବେଶୀ କୌତୁହଲ ଡାକବାଲାକୁ ପ୍ରତୀକ୍ଷା । ଦିନ ଯେତେ ବଢୁଥାଏ ପ୍ରତୀକ୍ଷାର ଯନ୍ତ୍ରଣା ସେତେ ଅଧିକ ହୋଉଥାଏ । ଆଉ ଡାକବାଲା ସାଇକେଲର ଟିଂଟିଂ ଘଣ୍ଟା ଶବ୍ଦ କାନରେ ପଡ଼ିବା ମାତ୍ରେ ନିଜର ସବୁ କାମ ଛାଡ଼ି ତରୁଣଟିଏ ଧାଇଁ ଯାଇଥାଏ ଫାଟକ ପାଖକୁ । ଏମିତି ଏକ ଦୃଶ୍ୟ ସତରେ କ'ଣ ମନୋମୁଗ୍ଧକର ନୁହେଁ ? ନା' ତାରୁଣ୍ୟର ଚଉହଦୀକୁ ଅତିକ୍ରମୀ ଯିବା ପରେ ଆଉ ପ୍ରତୀକ୍ଷା କରିହୁଏ, ଏଇ ଅନୁଭୂତିକୁ ।

ସତୀ ତା' ସାଙ୍ଗ ସୁନି ପାଖକୁ ଚିଠି ଲେଖାଇ ଆଣିଛି । ଅବଶ୍ୟ ଏହା ଅଧରଙ୍କ ଚିଠିର ଉତ୍ତର ନୁହେଁ । ଏହା ଅଧରଙ୍କ ନିକଟକୁ ସତୀର ପ୍ରଥମ ଚିଠି । ସତୀ ଚିଠି ପଢ଼ି ପାରିବ । ଚେଷ୍ଟା କଲେ ନିର୍ଭୁଲ ଭାବରେ ଲେଖି ମଧ ପାରିବ ଯାଇତାଇ ରକମ । ଚିଠିଟି ଉଚ୍ଚ କୋଟିର ଲେଖା ନହେଲେ ବି ଚଳିବ । ମାତ୍ର ତା' ଅଳ୍ପ ପାଠ ପଢ଼ାର ସୀମିତ ଜ୍ଞାନରେ ଲେଖାଯାଇଥିବା ଚିଠିଟି ଉଚ୍ଚଶିକ୍ଷିତ ଅଧରଙ୍କ ମନକୁ ପାଇଲା ପରି ହୋଇନପାରେ । ସେଥିଲାଗି ତାଙ୍କର (ଅଧରଙ୍କର)ପସନ୍ଦ ହେଲାଭଳି ଚିଠିଟିଏ ସିଏ ତା' ସାଙ୍ଗ ସୁନି ହାତରୁ ଲେଖାଇ ଆଣିଛି ।

ଅଠର ଶହ ଛଅଷ୍ଟରୀ (୧୮୭୬) ମସିହା ମାର୍ଚ ୭ ତାରିଖରେ ବୈଜ୍ଞାନିକ ଆଲେକଜାଣ୍ଡାର ଗ୍ରାହାମବେଲ ଟେଲିଫୋନ ଉଭାଭାବନ ପାଇଁ ସ୍ୱତ୍ୱଧିକାର ପାଇବା ପୂର୍ବରୁ ଚିଠି ଦ୍ୱାରା ଡାକ ସେବା ମାଧ୍ୟମରେ ଖବର ଆଦାନ ପ୍ରଦାନ ହେଉଥିଲା। ଯିଏ ପାଖରୁ ଗଲା ତ ସେ ଗଲା। କିଛି ଖୋଜ୍ ଖବର ମିଳୁନଥିଲା। ଯୋଗଯୋଗ ମୋଟେ ସମ୍ଭବ ନଥିଲା। ବାପ ମରିବା ଖବର ପାଉଥିଲେ ଦଶାହ କର୍ମପରେ ତ ଝିଅ ବାହା ଘରରେ ଦୂର ବନ୍ଧୁଙ୍କୁ ଖବର ଦେଇ ହେଉନଥିଲା। କିନ୍ତୁ ଫୋନ ଉଭାବନ ପରେ ପରିସ୍ଥିତି ବଦଳିଗଲା। ଏବେ ଆମ ଗାଁ ଆଉ ଆମେରିକା। ଆମ ପରିବାର ଆଉ ପୋଲାଣ୍ଡ। ଆମ ସଂସାର ଆଉ ସୁଇଜରଲ୍ୟାଣ୍ଡ। ଆମ ଘର ଆଉ ଘାନା। ଆମ ନଇଁକୂଳ ଆଉ ନେଦରଲ୍ୟାଣ୍ଡ। ଆମବାପା ଆଉ ବେଲୁଚିସ୍ତାନ। ଆମ ବୋଉ ଆଉ କାଶୀବୃନ୍ଦାବନ। ଆମ ଭାଇ ଆଉ ଭେନ୍‌କୁଏଲା। ମୁଁ ଆଉ ମୁମ୍ବାଇ। ସେ ଆଉ ସୁରତ। ବେଶୀଦୂର ନୁହେଁ। ହାତପାହାନ୍ତାରେ ସମସ୍ତେ ଏବଂ ଆଖ୍ ପିଚ୍ଚୁଳାକେ ସମ୍ଭବ ହେଉଛି ସବୁ। ଏବେ ସମଗ୍ର ବିଶ୍ୱ ଏକାକାର ଓ ଗୋଟିଏ ସୂତ୍ରରେ ବନ୍ଧା। ସାରା ପୃଥିବୀ ଏବେ ଗୋଟିଏ ପରିବାର ଭଳି। ସବୁ କେବଳ ଦୂରସଞ୍ଚାର ବା ଟେଲିକମ୍ୟୁନିକେସନ ଦ୍ୱାରା ସମ୍ଭବ ହୋଇଛି। ଦୂରସଞ୍ଚାରର ଜୟ ଯାତ୍ରାରେ ମିଳେ ବିକଶିତ ରାଷ୍ଟ୍ରର ମର୍ଯ୍ୟାଦା। ବିଶ୍ୱ ଅର୍ଥନୀତି କ୍ଷେତ୍ରରେ ବୈପ୍ଲବିକ ପରିବର୍ତନ ବାର୍ତା ବୁହାଏ। ଏହା ଦ୍ୱାରା ଧନୀ ଓ ଗରିବ ରାଷ୍ଟ୍ର ମଧ୍ୟରେ ଥିବା ଦୂରତା କମି କମି ଯାଏ।

ଭାରତକୁ ଅଠରଶହ ଏକାଅଶି (୧୮୮୧) ମସିହାରେ ଟେଲିଫୋନ ବ୍ୟବସ୍ଥା ଆସିଥିଲା। ଓରିଏଣ୍ଟାଲ ଟେଲିଫୋନ ଆଣ୍ଡ ଇଲେକ୍ଟ୍ରିସିଟି କମ୍ପାନୀ ଏହାର ଦାଇତ୍ୱ ନେଇଥିଲେ। ଯାହାର ମୁଖ୍ୟ କାର୍ଯ୍ୟାଳୟ ଥିଲା ଲଣ୍ଡନରେ। ପ୍ରଥମେ ହସ୍ତଚାଳିତ ମାଗାନ୍‌ତୋ ଟେଲିଫୋନ ଏକସଟେଞ୍ଜ ଓ ପରେ ସ୍ୱୟଂଚାଳିତ ଷ୍ଟାଉଜ ଏକସଟେଞ୍ଜ ମାଧ୍ୟମରେ ଆମ ଦେଶରେ ଏହା କାର୍ଯ୍ୟ କରୁଥିଲା। ଉଣେଇଶ ଶହ ସାଠିଏ (୧୯୬୦) ମସିହା ନଭେମ୍ବର ଛବିଶ (୨୬) ତାରିଖରେ ଭାରତରେ ଏସଟିଡି ସେବା ଆରମ୍ଭ ହେଲା। ଏହା କାନପୁର ଓ ଲକ୍ଷ୍ମୀ ମଧ୍ୟରେ ଶୁଭାରମ୍ଭ ହୋଇଥିଲା। ଭାରତର ପ୍ରଥମ କ୍ରସବାର ଟେଲିଫୋନ ଏକସଟେଞ୍ଜ ମାଦ୍ରାଜରେ (ଚେନ୍ନାଇ) ମାମବଲମ ଠାରେ ଉଣେଇଶ ଶହ ସତସତି (୧୯୭୧) ମସିହାରେ ପ୍ରତିଷ୍ଠା ହୋଇଥିଲା। ଓରିଏଣ୍ଟାଲ ଟେଲିଫୋନ ଓ ଇଲେକ୍ଟ୍ରିସିଟି କମ୍ପାନୀ ଅଧୀନରେ ବେଙ୍ଗଲ ଟେଲିଫୋନ କର୍ପୋରେସନ ସ୍ୱାଧୀନତା ପୂର୍ବରୁ ଓଡ଼ିଶା ବେଙ୍ଗଲ ଓ ବିହାରରେ ଟେଲିଫୋନ ବ୍ୟବସ୍ଥାର ପରିଚାଳନା କରୁଥିଲେ। ଭାରତ ସରକାରଙ୍କ ଅଧୀନରେ ୧୯୪୩ ମସିହାରେ ନବ ଗଠିତ ପୋଷ୍ଟଆଣ୍ଡ ଟେଲିଗ୍ରାମ ବିଭାଗ ଅଧୀନକୁ ଏହା ଯାଇଥିଲା। ୧୯୬୪ ମସିହାରେ ଓଡ଼ିଶାରେ ଟେଲିଫୋନ ଗ୍ରାହକ (ଲ୍ୟାଣ୍ଡଲାଇନ)୪୩୬ ଜଣ ଥିଲେ ଓ ମାତ୍ର ୭ଟି ଏକସଟେଞ୍ଜ ଥିଲା। ୧୯୬୭ ରେ କଟକରେ କ୍ରସବାର ଟେଲିଫୋନ ଏକସଟେଞ୍ଜ ସ୍ଥାପିତ ହେଲା। ଯେଉଁଥିରେ ୫୦୦୦ ଲାଇନର ବ୍ୟବସ୍ଥା ଥିଲା। ଏହା ଦ୍ୱାରା କଲିକତାକୁ (କୋଲକାତା) ଟ୍ରଙ୍କ ଡାଏଲିଂର ସୁବିଧା ମିଳିଲା। ସେତେବେଳେ ଓଡ଼ିଶାରେ ୧୫୨୮୯ଟି ଉପରେ ଟେଲିଫୋନ କନେକସନ୍ ଦିଆଯାଇଥିଲା। ଜେଣେ ନିର୍ଦେଶକ ଓ ତିନିଜଣ ଡିଇଟିଙ୍କୁ ନେଇ ୧୯୬୪ ସେପ୍ଟମ୍ବର ଏକ (୧) ତାରିଖରେ (ପହିଲାଦିନ) ଗଠିତ ହେଲା ଓଡ଼ିଶା ଟେଲିକମ୍ ସର୍କଲ। ତା' ପୂର୍ବରୁ ଖବର ଆଦାନ ପ୍ରଦାନ, ଭାବ ବିନିମୟ, ସନ୍ଦେଶ ପ୍ରେରଣ ଓ ମନ ଗହନର ଅତି ଗୋପନ କଥା ପ୍ରକାଶ କରି ଜଣାଇବାର ସର୍ବୋକୃଷ୍ଟ ମାଧ୍ୟମ ଥିଲା ଚିଠି।

ଏଇନେ ତ ମୋବାଇଲ ଫୋନର ରାଜ ଚାଲିଛି। ପ୍ରଥମେ ମୋବାଇଲର ସୃଷ୍ଟି ଆମେରିକାରେ ହୋଇଥିଲା। ୧୯୭୩ ମସିହା ଏପ୍ରିଲ ୩ ତାରିଖରେ ମୋଟୋରୋଲ କମ୍ପାନୀର ଇଞ୍ଜିନିଅର (ମୋଟୋରୋଲ ରିସର୍ଚର ଏକ୍‌ଜିକ୍ୟୁଟିଭ) ଡକ୍ତର ମାର୍ଟିନ କୁପର ଏହି କ୍ଷୁଦ୍ରତମ ଯୋଗାଯୋଗ ମେସିନଟିକୁ ପ୍ରଥମେ ଉଭାବନା କରିଥିଲେ। ଏଥିଲାଗି ମାର୍ଟିନକୁ ୧୦ ବର୍ଷ ଲାଗି ଯାଇଥିଲା। ସେ ତିଆରି କରିଥିବା ପ୍ରଥମ ମୋବାଇଲର ନାଁ ଥିଲା ମୋଟୋରୋଡ଼ଏନା-ଟାକ୍। ୯-୪-

୧-୭୫ ଇଞ୍ଚ ଏହି ମୋବାଇଲର ଓଜନଥିଲା ୨.୫ ପାଉଣ୍ଡ। ଏହାକୁ ପ୍ରଥମେ ନ୍ୟୁୟର୍କ ଏବଂ ୱାଶିଟନରେ ପ୍ରଦର୍ଶନ କରାଯାଇଥିଲା। ଏଥିରେ ସେ ଏଟି ଆଣ୍ଡ ଟି ବେଲ ଲ୍ୟାବର ମୁଖ୍ୟ ଗବେଷକ କୋଏଲ ଏଙ୍ଗାଲଙ୍କୁ ପ୍ରଥମେ ଫୋନ କରିଥିଲେ ଏବଂ ୧୯୮୦ ମସିହାରେ ଆମେରିକାର ସେନା ବାହିନୀଙ୍କ ଯୋଗଯୋଗ ପାଇଁ ଏହାକୁ ଉନ୍ନତମାନର କରାଯାଇ ପ୍ରସ୍ତୁତ କରାଗଲା। ରେଡ଼ିଓ ବା ବେତାର ଯନ୍ତ୍ର ପରି ଏହି ଉନ୍ନତମାନର ମୋବାଇଲକୁ ହାତରେ ଧରିବାକୁ ସହଜ ହେବା ପାଇଁ ଏକ ବଡ଼ ହ୍ୟାଣ୍ଡେଲ ରହିଥିଲା। ଧୀରେ ଧୀରେ ଏଥିରେ ପରିବର୍ଦ୍ଧନ ଅଣାଯାଇ ଏବେ ପହଞ୍ଚି ପାରିଛି ଉତ୍କୃଷ୍ଟ ମାନର ଭିନ୍ନ ଭିନ୍ନ ଡିଜାଇନରେ। ଯେଉଁଥିରେ ଆମେ କଥା ବାର୍ତ୍ତା ହେବା ସହ ସଂଗୀତ, ଗେମ, ଇଣ୍ଟରନେଟ, ଫଟୋ ଉଠାଇବା, ରେକର୍ଡିଂ କରିବା, ମେସେଜ କରିବା ଏବଂ ସମଗ୍ର ବିଶ୍ୱର ଘଟଣା ବଳି ବିଷୟରେ ଅବଗତ ହେବାର ବିଭିନ୍ନ ସୁବିଧା ଉପଲବ୍ଧ। ବର୍ତ୍ତମାନ ଠିଏଟିଏ ନିରୋଲା ପାଇଲେ ପୁଅ ପାଖକୁ ପୁଅକୁ ସୁବିଧା ମିଳିଲେ ସେ ଝିଅ ନିକଟକୁ ଫୋନ କରୁଛି। ଖବର ପହଞ୍ଚୁଛି ସଙ୍ଗେ ସଙ୍ଗେ। ତର ସହିବାକୁ ବେଳ ନାହିଁ। ସମୟର ଅଭାବ ପୂରଣ କରୁଛି ମୋବାଇଲ। କୁହାଯାଏ ଯେ ସେଲଫୋନ ବା ମୋବାଇଲ ଫୋନର ଉଦ୍ଭାବନ ମାର୍ଟିନ କୁପର (ମୋଟୋରୋଲା କମ୍ପାନୀର ମାଲିକ) ନିଜେ ମୋବାଇଲ ବ୍ୟବହାର କରି ଜାଣନ୍ତିନି।

ଆଜିକାଲି ମୋବାଇଲ ଆମ ଜୀବନର ଏକ ନିତ୍ୟ ଅପରିହାର୍ଯ୍ୟ ବସ୍ତୁ ପାଲଟି ଯାଇଛି। ଛୋଟରୁ ଆରମ୍ଭ କରି ବଡ଼ ପର୍ଯ୍ୟନ୍ତ ସମସ୍ତଙ୍କ ପାଖରେ ମୋବାଇଲ ଅଛି। ମୋବାଇଲ ବିନା ଜୀବନ ଏଇନେ ଅସମ୍ପୂର୍ଣ୍ଣ ଲାଗୁଛି। ତେବେ ବିଭିନ୍ନ ଗବେଷଣାରୁ ଜଣାପଡ଼ିଛି ଏହା ଶରୀର ପ୍ରତି କ୍ଷତିକାରକ। ତେବେ ଗୋଟେ ଖୁସି ଖବର ହେଲା ନିକଟରେ ହୋଇଥିବା ଏକ ଗବେଷଣାରୁ ଜଣାପଡ଼ିଛି ମୋବାଇଲ ଫୋନ ବ୍ୟବହାର ସ୍ମୃତିଶକ୍ତି ବଢ଼ାଇବାରେ ସହାୟକ ହୋଇଥାଏ। ଆମେରିକା, ଜାପାନ ଏବଂ ଚୀନ ବିଶ୍ୱବିଦ୍ୟାଳୟର କିଛି ସ୍ନାୟୁ ତତ୍ତ୍ୱବିତ୍ ଇଲେକ୍ଟ୍ରିକାଲ ଇଞ୍ଜିନିୟରମାନଙ୍କ ଦ୍ୱାରା ଦକ୍ଷିଣ ଫ୍ଲୋରିଡ଼ାର ଆଲଜମେର ଡିଜିକି-ରିସର୍ଚ ସେଣ୍ଟରରେ ଅନୁସନ୍ଧାନ କରାଯାଇଥିଲା। ଗବେଷକଙ୍କ ମତରେ ମସ୍ତିଷ୍କରେ ବେଟାଆମଲୋଏଡ ନାମକ ଏକ ପ୍ରକାର କ୍ଷତି କାରକ ପ୍ରୋଟିନ ଥାଏ। ଯାହାକି ବ୍ୟସ ବୃଦ୍ଧି ହେଲେ ସ୍ମୃତି ଶକ୍ତି ହ୍ରାସ କରାଇବାରେ ସାହାର୍ଯ୍ୟ କରିଥାଏ। ତେବେ ମୋବାଇଲ ରେଡ଼ିଏସନ ଏହି କ୍ଷତିକାରକ ପ୍ରୋଟିନକୁ ନଷ୍ଟ କରିଦିଏ ଓ ମସ୍ତିଷ୍କକୁ ସକ୍ରିୟ କରି ରକ୍ତ ସଂଚାଳନ ଏବଂ ଦହନ ପ୍ରକ୍ରିୟାରେ ବୃଦ୍ଧି ଘଟାଇଥାଏ। ଫଳରେ ସ୍ମୃତିଶକ୍ତି ବୃଦ୍ଧିହୁଏ। ଏହି ଗବେଷଣା ଆହୁରି ମଧ୍ୟ କୁହେ ମୋବାଇଲର ବହୁଳ ବ୍ୟବହାର ବ୍ରେନ କ୍ୟାନସର ମଧ୍ୟ କରାଇ ପାରେ।

ଚିଠି ଲେଖା ସରିଛି। ଚିଠିଟିକୁ ଆଣି ସତୀ ଲୁଚାଇ ରଖିଛି। ଚିଠି ଲେଖା ସରିଥିବା ଯୋଗୁ ତା'ମନରେ ଯେତେ ଆନନ୍ଦ ଜାତ ହୋଉଥିଲା। ସେ ଚିଠିକୁ ତାଙ୍କୁ ଦେବା କଥା ଚିନ୍ତା କଲା ମାତ୍ରେ ମନର ଖୁସି ଆଶଙ୍କାରେ ପରିଣତ ହୋଇ ଯାଉଥିଲା। ଆନନ୍ଦ ରୂପାନ୍ତରିତ ହେଉଥିଲା ଉଦ୍‌ବେଗକୁ। ତାଙ୍କୁ ଚିଠି ଦେବାରେ ବିଭୋର ମନର ଆବେଗ ନିରୁତ୍ସାହର ହତାଶାରେ ମ୍ରିୟମାଣ ହୋଇ ପଡ଼ୁଥିଲା। ପ୍ରାଣରେ ଉଦାସଭାବ ଜାଗ୍ରତ ହେଉଥିଲା। ଦେହ ଝିମ୍ ଝିମ୍ ଲାଗୁଥିଲା। ଶରୀରରେ ଜାଗୁଥିଲା ଉତ୍ତେଜନା। ବିନା ପରିଶ୍ରମରେ ସେ କ୍ଲାନ୍ତି ଅନୁଭବ କରୁଥିଲା। ଗୋଡ଼ହାତ ଅବଶ ହୋଇ ପଡ଼ୁଥିଲା। ସେ ବସି ରହୁଥିଲା ଥକିଗଲାପରି।

ସୁନି କଥାକୁ ମନରେ ପକାଇ ସେ ସାହାସ ବାନ୍ଧୁଥିଲା। ଛାତି ଦୃଢ଼ କରି ନିଜକୁ ପ୍ରସ୍ତୁତ ରଖିବାକୁ ଚେଷ୍ଟା କରୁଥିଲା। ସିଦ୍ଧାନ୍ତ ନେଉଥିଲା ହୃଦୟକୁ ଟାଣ କରି। ପାଦୁକ ପାଇ ସାରି ଅଗଁାଠୀ ହାତ ଧୋଇବାକୁ ସିଏ ନଳକୂପ ପାଖକୁ ଗଲେ ସେତିକି ବେଳେ ସେ ଲୁଚାଇ ରଖିଥିବା ଚିଠିଟିକୁ ବାହାର କରି ବାମ ହାତରେ ମୁଠାଇ ଧରିବ। ବିଭୂତି ଟିପା ଲଗାଇ ଦେବା ସମୟରେ ତାଙ୍କ ଜାମାର ଛାତି ପକେଟରେ ଚିଠିଟିକୁ କୌଶଲ କରି ଗଳାଇ ଦେବ। କଳ୍ପନାରେ ଭାବିବାକୁ କାମଟି ଯେତେ ସହଜ ମନେ ହୁଏ ବାସ୍ତବରେ କାମଟିକୁ କାର୍ଯ୍ୟକାରୀ କରିବାକୁ ଚିନ୍ତା କଲେ ମନରେ ଭୟ

ଜାତ ହୁଏ। ଦେହ ଅବଶ ଲାଗେ। ଆଶଙ୍କାରେ ଆତଙ୍କିତ ହୋଇ ଉଠେ ଅନ୍ତରାମ୍ମା। ମନରେ ଜୁଟାଇ ଥିବା ସାହସ, ଅନ୍ତରେ ବାନ୍ଧିଥିବା ଦମ୍ଭପଣ, ହୃଦୟରେ ଟାଣ ରଖିଥିବା ପାରିଲାର ସାମର୍ଥ୍ୟଭାବ ତୁଟି ଯାଏ ଆପଣା ଛାଁଏଁ। ନିସ୍ତେଜ ହୋଇ ସେ ବସିଥିବା ସ୍ଥାନରୁ ଉଠିବାକୁ ଉଦ୍ୟମ କରି ବିଫଳ ହୁଏ।

ଟିକେ ନିରୋଲା ପାଇଲେ ସେହି ଭାବନା ତାକୁ ଆବୋରି ବସେ। ସେ ବିଭୂତି ଟିପା ଲଗାଇ ଦେଲା ବେଳେ ଚିଠିଟିକୁ ତାଙ୍କ ପକେଟରେ ଗଲାଇଦେବ। ମନରେ ଆହୁରି ମଧ ଆଶଙ୍କା ଆସୁଥିଲା ଯଦି ସିଏ ଚିଠିଟିକୁ ଗ୍ରହଣ ନକରି ଫେରାଇ ଦିଅନ୍ତି। ତେବେ ତା'ର ଅବସ୍ଥା କ'ଣ ହେବ ? ଫଳ ଏଇଆ ହେବ ଯେ ତାଙ୍କ ନିକଟରେ ପ୍ରଥମତଃ ସେ ଛୋଟ ହୋଇଯିବ। ତା'ପରେ ନିଜେ ଅଲାଜୁକୀଙ୍କ ପରି ଉପରେ ପଡ଼ି ଧରା ଦେବାକୁ ଚେଷ୍ଟା କରି ବିଫଳ ହେବ। ତାଙ୍କୁ ଚିଠି ଦେବା ଅର୍ଥ ତାଙ୍କୁ ଅପାଣା ଇଚ୍ଛାରେ ଧରା ଦେବା। ତାଙ୍କ ନିକଟରେ ପ୍ରେମ ନିବେଦନ କରିବା। ତାଙ୍କ ପାଖରେ ନିଜକୁ ସମର୍ପି ଦେବା। ନିଜେ ପ୍ରେମିକା ହୋଇ ତାଙ୍କୁ ନିଜର ପ୍ରେମିକ ଭାବରେ ସ୍ୱୀକାର କରିନେବା। ତାଙ୍କୁ ବରଣ କରି ବସିବା ଆପଣା ମନର ମଣିଷ ବୋଲି। ତା'ପରଠାରୁ ତାଙ୍କ ମନର ଭାବ ତା' ପ୍ରତି କିପରି ରହିବ ? ପ୍ରେମ ବ୍ୟାପାରରେ ଝୁଅଟି ପ୍ରଥମେ ଝିଅ ପାଖକୁ ଚିଠି ଦେଇଥାଏ। ଚିଠିଟିକୁ ନେବା ଲାଗି ଯେତେ ଇଚ୍ଛାଥିଲେ ସୁଦ୍ଧା। ଝିଅମାନେ ସଙ୍କୋଚ ବଶତଃ ପଥମେ ଚିଠି ନେବାକୁ ମନା କରିଥାଆନ୍ତି। କାରଣ ଲଜ୍ଜା ନାରୀର ଭୂଷଣ। ଲଜ୍ଜାଣାଂ ନାରିଣଂ ଭୂଷଣମ୍। ଲଜ୍ଜା ନାରୀର କେବଳ ଭୂଷଣ ନୁହେଁ ? ତା'ର ସର୍ବଶ୍ରେଷ୍ଠ ଭୂଷଣ ଅଟେ। ସଙ୍କୋଚ ଯୁବତୀମାନଙ୍କର ଅଳଙ୍କାର ସଦୃଶ। ଲାଜ, ସରମ, ସଙ୍କୋଚ, ସଂଭ୍ରମ ପ୍ରଭୃତି ନଥିବା ଯୁବତୀଟି ନାରୀ ପଦବାଚ୍ୟ ହୋଇ ପାରେନି। ଯୁବତୀଟିଏ ଯେତେ ମନ ପ୍ରାଣ, ଦେଇ ଆନ୍ତରିକତାର ସହିତ ଭଲ ପାଉଥିଲେ ସୁଦ୍ଧା ତାହା ଏତେ ସହଜରେ ବାହାରେ କେବେ ପ୍ରକାଶ କରି ପାରେନା। ସମସ୍ତେ ନିଜର ଦୋଷ ବ୍ୟର୍ଦ୍ଦଳତାକୁ ଲୁଚାଇ ରଖିବାକୁ ଚେଷ୍ଟା କରି ଥାଆନ୍ତି। ଅତି ଯତ୍ନର ସହିତ ଉଦ୍ୟମ କରନ୍ତି। ତାହା କିପରି ପଦାକୁ ଆଦୌ ଜଣାନପଡ଼ୁ। ପ୍ରେମିକାଟି ସେଥିରୁ ବାଦ ଯିବ କିପରି ? ସେଥିପାଇଁ ଯେତେ ଇଚ୍ଛାଥିଲେ ମଧ ସିଏ ପ୍ରଥମେ ପ୍ରଥମେ ଝୁଅଟି ଠାରୁ ଚିଠିଟିକୁ ନେବାକୁ ସଙ୍କୋଚ ବଶତଃ ମନା କରିଥାଏ। ଥରେ ଚିଠିଟିଏ କୌଣସି ମତେ ଗ୍ରହଣ କରି ସାରିଲାପରେ ତେଣିକି ବିନା ଆପଉିରେ ପ୍ରେମିକ ଠାରୁ ଚିଠି ନେଇଥାଏ କେବଳ। ଚିଠିର ଉଉର ଏତେ ସହଜରେ ଓ ଏତେ ଶିଘ୍ର ଦେଇନଥାଏ। ଝୁଅଟିଠାରୁ ଅନେକ ଚିଠି ପାଇଲା ପରେ ଓ ପ୍ରେମିକା ବାରମ୍ବାର ଅନୁରୋଧ ସତ୍ତ୍ୱେ ସେ ଚିଠି ଦେବାକୁ ନିଜର ଅନିଚ୍ଛା ପ୍ରକାଶ କରିଥାଏ କେବଳ ସରମ ବଶତଃ। କିଞ୍ଚିଦିନ ନିୟମିତ ବହୁତ ଚିଠି ନେବା ପରେ ଝୁଅଟି ଠାରୁ କେତେ ରକମର ଓ ଅନେକ ପ୍ରକାରର ରାଣ ନିୟମ ଶୁଣି ସାରି ତା' ପାଖକୁ କେବଳ ସେ ପ୍ରେମିକ ଠାରୁ ପାଇଥିବା ଚିଠିର ଉଉର ଦେଇଥାଏ। ଏମିତି ଚିଠି ଆଦାନ ପ୍ରଦାନ ପରେ ସେ ଆଉ ଲଜ୍ଜାବୋଧ ନକରି ଝୁଅ ପାଖକୁ ଚିଠି ଦିଏ। ତେଣିକି ବିନା ସଙ୍କୋଚରେ ଚିଠି ଦେବା ନେବା ଚାଲେ। ତା'ପରେ ସେଥିରେ ଆଉ ଅସୁବିଧା ଉପୁଜି ନଥାଏ।

ପ୍ରେମିକର ଅନେକ ଚିଠି ପାଇସାରିବା ପରେ ପ୍ରେମିକା କେବଳ ପ୍ରେମିକଠାରୁ ପାଇଥିବା ଚିଠିର ଉଉର ପହିଲୁ ପହିଲୁ ଦେଇଥାଏ। କିନ୍ତୁ ପ୍ରେମିକଠାରୁ ଚିଠି ନପାଇ ପ୍ରଥମେ ତାଙ୍କ ପାଖକୁ ଚିଠି ଲେଖିବାର କଳ୍ପନା ପ୍ରେମିକାମାନେ କେବେବି କରି ପାରିନଥାଆନ୍ତି। ଏଠି କିନ୍ତୁ ସିଏ (ଅଧର) ଚିଠି ଦେବା ଆଗରୁ ସତୀ ତାଙ୍କୁ ଚିଠି ଦେବାକୁଯାଉଛି। ତା' ଚିଠିକୁ ସିଏ ନନେଇ ଫେରାଇ ଦେଲେ ତ ନିର୍ଣ୍ଣିତ ବହୁତ ଅସୁବିଧା ସୃଷ୍ଟି ହେବ। ତା' ଅପେକ୍ଷା ଆହୁରି ଅନେକ ଅସୁବିଧା ହେବ ଯଦି ସିଏ ଚିଠିଟିକୁ ଗ୍ରହଣ କରନ୍ତି । ଆଗତୁରା ଉପରେ ପଡ଼ି ଚିଠି ଦେଇଥିବାରୁ ତା' ନିଜର ଦୁର୍ବଳତା ତାଙ୍କ ପାଖରେ ଧରାପଡ଼ିଯିବ। ଆଉ ସିଏ ତାଙ୍କ ପାଖରେ ଆପଣା ଛାଁଏଁ ଧରାଦେବାକୁ ଉଦ୍ବିଗ୍ନା ବୋଲି ତାଙ୍କୁ ପରୋକ୍ଷ ଭାବରେ ଜଣାଇ ଦେବ। ତାଙ୍କର ପ୍ରେମ ନିବେଦନ ବିନା ସେ ତାଙ୍କ ନିକଟରେ ନିଜକୁ ଅତି ସହଜରେ ସମର୍ପି ଦେଲା

ପରେ (ଆଗତୁରା ଚିଠି ଦେବା ଯୋଗୁ) ସେଥର ରୁମାଲ ବଦଲରେ ସିଏ ତାଙ୍କ ନାମଲେଖା ମୁଦିଟି ତା' ଡାହାଣ ହାତ ମଝି ଆଙ୍ଗୁଳିରେ ପିନ୍ଧାଇ ଦେଲା ପରି ଏଥର ଚିଠି ବଦଲରେ ସିଏ ତାକୁ କ'ଣ ଦେବେ ? ଯଦି ସୁନି କଥା ଅନୁଯାଇ ଚିଠିଟି ପାଇଲା ପରେ ତା' ମନୋଭାବ ଜାଣିପାରି ସିଏ ତାକୁ ତାଙ୍କ ଛାତି ଉପରକୁ ଟାଣିନେଇ ତା' ନାଲି ଟୁକୁଟୁକୁ ଓଠରେ ତାଙ୍କ ଓଠର ପରଶ ଦିଅନ୍ତି। ତା' ଚିଠିଟିକୁ ପାଇ ସାରିଲା ପରେ ସିଏ ତାକୁ ତାଙ୍କ ବକ୍ଷରେ ଭିଡ଼ି ଧରିଲେ ପୁରୁଷ ପୁଅ ପାଖରେ ସେ ଯୁବତୀ ଝିଅଟିଏ କେତେ ବା ବଳ ଦେଖାଇବ। ସାଧାରଣତଃ ଅବଳାମାନେ ହିଁ ଶାରୀରିକ ଭାବେ ଦୁର୍ବଳ। ମରଦପୁଅର ଶକ୍ତି ନିକଟରେ ହାରମାନି ତାଙ୍କ ଛାତି ଉପରକୁ ବିନା ପ୍ରତିବାଦରେ ଆଉଜି ଯାଇ ତାଙ୍କୁ ଧରାଦେବାକୁ ସେ ଏକ ପ୍ରକାର ବାଧ୍ୟହେବ। ତାଙ୍କ ପୁରୁଷତ୍ୱ ପାଖରେ କୌଣସି ଆପତ୍ତି ନବାଢ଼ି ଆତ୍ମସମର୍ପଣ କରିବାକୁ ଶ୍ରେୟସ୍କର ବୋଲି ଧରିନେବ। ତାଙ୍କ ବଳିଷ୍ଠ ବାହୁର କାରାରେ ନିଜକୁ ଅର୍ପଣ କରି ନିରବ ରହିବ। ତା'ପରେ ତାଙ୍କ ତୃଷିତ ଓଠ ବାରମ୍ବାର ତା' ମୁହଁ ଉପରକୁ ନଇଁ ଆସୁଥିବ। ସେ ନିରୁପାୟ ହୋଇ ତାଙ୍କ ଛାତିରେ ନିଜକୁ ହଜାଇ ଦେଇଥିବ। ଏକେତ ମରଦ ପୁଅମାନେ ଶାରୀରିକ ଦୃଷ୍ଟିରୁ ବଳିଷ୍ଠ ତା'ପରେ ଭାରି ଦୁଷ୍ଟ ମଧ୍ୟ। ସିଏ ତା' ସହିତ ଦୁଷ୍ଟାମୀ କରିବେ ତ ନିଶ୍ଚୟ। ସହଜେତ ମନ୍ଦିର ନିର୍ଜନ ପରିବେଶ ତାଙ୍କୁ ସେଥିପାଇଁ ସୁଯୋଗ ଯୋଗାଉ ଥିବ। ତା'ର ବାରଣକୁ ସିଏ ଜମା ମାନୁନଥିବେ। ତା' ଅନୁରୋଧକୁ ଖାତିର କରିବେନି ଆଦୌ। ତା'ର କାକୁତି ମିନତିକୁ ଏଡ଼ି ଦେଉଥିବେ ବେପରବାଇ ଭାବେ। ତା'ର ଛୋଟିଆ ଆପତ୍ତିକୁ କେବେବି ଶୁଣୁନଥିବେ। ତାର ନିରୀହ ପ୍ରତିବାଦକୁ ସିଏ ମୋଟେ ଭୂକ୍ଷେପ ନକରି ତା' ସହିତ ଦୁଷ୍ଟାମୀ କରି ଚାଲିଥିବେ। ତା'ର ଅନୁନୟ ବିନୟ ସବୁ ସେଠି ନିଷ୍ଫଳ ହେବ। ଫାଜିଲ ଟୋକାଙ୍କ ପରି ତା' ସହିତ ସିଏ ଚଗଲାମୀରେ ମାତି ଯିବେ। ତା'ପରେ ଆଉ ଭାବି ହୁଏନା।

ଅଧର ଯେତେ ଭଦ୍ର, ନମ୍ର, ନିରୀହ, ଶାନ୍ତ, ସରଳ ହେଲେ ସୁଧା। ତାକୁ ତା' ଦୁର୍ବଳ ମୁହୂର୍ତ୍ତରେ ପାଇଲେ ତାଙ୍କର ଆପଣା ଛାଏଁ ଚଗଲାମି ବାହାରିବ। ଫାଜିଲ ଟୋକାଙ୍କ ପରି ସିଏ ତା' ସହିତ ଦୁଷ୍ଟାମୀ କରିବେ ନିଶ୍ଚିତ। ତାଙ୍କ ସରାଗ ବୋଲା ପରଶରେ ସେ ଯେତେବେଳେ ବ୍ୟସ୍ତ ହୋଇ ପଡ଼ୁଥିବ, ବିବ୍ରତ ହୋଇ ଉଠୁଥିବ। ସେତେବେଳେ ସୁନି ମନ୍ଦିର ଭିତରେ ରହି ସେ ହତାହତା ହେଉଥିବାର ଦୃଶ୍ୟ ଦେଖିବାର ମଜା ନେଉଥିବ। ଅଧର ତାଙ୍କ ଘରକୁ ଫେରିଗଲା ପରେ ସେହି କଥା କହି ତାକୁ ଚିଡ଼ାଇବା ପାଇଁ ସୁନିକୁ ଗୋଟେ ସୁଯୋଗର (ଖୋରାକ) ମିଳିଯିବ। ତା' ପରଠାରୁ ସୁନି ଆଗରେ ସେ ଆଉ ମୁହଁ ଦେଖାଇ ପାରିବ ?

ଏହିପରି ଭାବନାରେ ବୁଡ଼ି ରହି ସତୀ ପ୍ରଥମାଷ୍ଟମୀ ପୂର୍ବଦିନ ଭାରି ବିବ୍ରତ ଭାବରେ ରହିଥିଲା। ତା' ବୋଉ ଓ ଦୁଇ ମଝିଆଁ ଭଉଣୀ ଅଷ୍ଟମୀ ଏଣ୍ଡୁରି ପିଠା ଲାଗି ଚୁନା କୁଟିବାକୁ ଯାଇଥିଲେ। ସେ ଘରେ ରହି ତା' ସାନ ଭାଇ ଓ ସାନ ଭଉଣୀ ଦହିଁକୁ ଜଗିବା ସହିତ ଘର ପ୍ରତି ନଜର ଦେବା ଦାଇତ୍ୱରେ ମଧ ତାକୁ ଖୁବ୍ ଅସ୍ଥିରତା ମଧରେ ଅତିବାହିତ କରିଥିଲା। ସେଦିନ ସେ ଭଲ କରି ପେଟ ପୁରା ଖାଇ ପାରିଲା ନାହିଁ। ରାତିରେ ଶୋଇବା ବିଛଣାରେ ପଡ଼ିରହି ଯେତେ ଚେଷ୍ଟା କଲେ ସୁଧା ତାକୁ ଭଲ ନିଦ ହେଲା ନାହିଁ। ଆଖିପତା ଟିକେ ଲାଗିଗଲେ ସେ ସେଇକଥାର ଦୃଶ୍ୟ ସ୍ୱପ୍ନରେ ଦେଖୁଥିଲା। ସ୍ୱପ୍ନ ଦେଖିଲା ମାତ୍ରେ ତା'ର କଞ୍ଜାନିଦ ବାରମ୍ବାର ଭାଙ୍ଗି ଯାଉଥିଲା। ନିଦ ଭାଙ୍ଗିଗଲେ ସେ ଭାବୁଥିଲା ପୁଅମାନେ ପ୍ରଥମେ ଚିଠି ଦେବା କଥା। ଏଠି ଯେତେବେଳେ ସେ ଆଗ ଚିଠି ଦେବ କଥାଟା ନିହାତି ଓଲଟା ହେଉଛି। ଯୁବତୀ ମାତ୍ରେ ହିଁ ଲଜ୍ଜାଶୀଳା। ଲାଜ ନାରୀର ସର୍ବଶ୍ରେଷ୍ଠ ଭୂଷଣ ଓ ଦୁର୍ମୂଲ ଅଳଙ୍କାର। ପୁରୁଷଙ୍କ ଅପେକ୍ଷା ମହିଳାମାନେ ଅଧିକ ଲାଜ କରିଥାଆନ୍ତି। ସେଥିପାଇଁ କୌଣସି ଯୁବକ ପ୍ରଥମେ ଚିଠି ଦେଲେ ଚିଠି ନେବାକୁ ଯେତେ ମନ ଥିଲେ ମଧ, ଯେତେ ଇଚ୍ଛା ହେଉଥିଲେ ସୁଧା। ଯୁବତୀଟି ଯୁବକଜଣକ ହାତରୁ ଚିଠିଟିକୁ ନେବାକୁ ଆଗ୍ରହ ପ୍ରକାଶ ନକରି ଲଜ୍ଜା ବଶତଃ ମନା କରିଥାଏ। କିନ୍ତୁ ପୁଅଙ୍କ କ୍ଷେତ୍ରରେ ତାହାର (ଓଲଟା) ବିପରିତ ହୋଇଥାଏ। ଚାତକ ବର୍ଷା ଟୋପାକୁ ଅପେକ୍ଷା କରି

ଅନାଇ ରହିଲା ପରି ପୁଅମାନେ ଝିଅଙ୍କ ଚିଠିର ପ୍ରତୀକ୍ଷାରେ ରହିଥାଆନ୍ତି । ଝିଅଟି ଚିଠି ଯାଚିବା ଆଗରୁ ଚିଲ-ମାଛକୁ ଝାଙ୍ଗି ନେଲାପରି ଝିଅଙ୍କ ହାତରେ ଚିଠି ଦେଖିଲା ମାତ୍ରେ ଛଡ଼ାଇ ନେଇ ଥାଆନ୍ତି ।

ପ୍ରେମ ବ୍ୟାପାରରେ ପୁଅମାନେ ଆଗେ ଚିଠି ଦେଉଥିଲେ ସୁଦ୍ଧା ପ୍ରଣୟ କ୍ଷେତ୍ରରେ ପ୍ରେମିକ ପ୍ରଥମେ ଚିଠି ପ୍ରେମିକା ପାଖକୁ ଲେଖୁଥିଲେ ମଧ୍ୟ ସୁନି କହୁଥିଲା—ଦ୍ୱାପର ଯୁଗରେ କୁଣ୍ଡି ନଗରୀର ରାଜକନ୍ୟା । ରାଜା ଭୀଷ୍ମଙ୍କ ନନ୍ଦିନୀ ରୁକ୍ମିଣୀ ପ୍ରଥମେ ଦ୍ୱାରୀକାର କୃଷ୍ଣଙ୍କ ନିକଟକୁ ଚିଠାଉ ଲେଖି ରକ୍ମିନିଧୂ ପଣ୍ଡା ନାମକ ବ୍ରାହ୍ମଣ ହାତରେ ପଠାଇ ଥିଲେ । ଆଉ କୃଷ୍ଣ ଆଦୌ ଦେଖିନଥିବା, ଜମା ଚିହ୍ନି ନଥିବା, ମୋଟେ ଜାଣି ନଥିବା ଚିର ଅପରିଚିତା ରୁକ୍ମିଣୀଙ୍କ ଚିଠିକୁ ଅତି ସାଦରସହ ଖୁବ୍ ଆଦରରେ ଗ୍ରହଣ କରିଥିଲେ । କାରଣ ହିନ୍ଦୁ ପୁରାଣରେ କୃଷ୍ଣଙ୍କଠାରୁ ଆଉ ବଡ଼ ପ୍ରେମିକ କେଉଁ ଧର୍ମରେ ମିଳିବେନି । ମାତ୍ର ପ୍ରେମ ଧର୍ମର ଏକ ସ୍ୱଚ୍ଛନ୍ଦ ଅନୁମତି ପ୍ରାପ୍ତ ସନଦ ନୁହେଁ ବା ପ୍ରେମକୁ ଆକଟ କରିବା ପାଇଁ ଧର୍ମର ଶକ୍ତି ଅବା ସାମର୍ଥ୍ୟ ନାହିଁ । ପ୍ରେମ ଈଶ୍ୱରଙ୍କର ଏକ ନୈସର୍ଗିକ, ଚିରଶାଶ୍ୱତ ଦାନ(କରୁଣା) । ପ୍ରେମାସ୍ପଦଙ୍କ ପାଖରେ ପ୍ରେମିକା ତା'ର ନିଜ ସର୍ବସ୍ୱକୁ ଅଞ୍ଜଳି ଦେଇଦିଏ । ପ୍ରେମର କୌଣସି ପ୍ରତିଦାନ ନାହିଁ । ଏହା ନିସର୍ଥ । କୃଷ୍ଣଙ୍କ ନିକଟକୁ ରୁକ୍ମିଣୀ ପଠାଇଥିବା ଚିଠିକୁ ପୃଥିବୀର (ସୃଷ୍ଟିର) ସର୍ବ ପ୍ରଥମ ପ୍ରେମ ଚିଠି ବୋଲି କୁହାଯାଏ । ଅବଶ୍ୟ ଏହା ପୁରାଣ ଯୁଗର କଥା । ଯଦି ରୁକ୍ମିଣୀ ଆଦୌ ଦେଖିନଥିବା, ଚିହ୍ନିନଥିବା, ଜାଣିନଥିବା ଜମା ପରିଚୟନଥିବା କେବଳ ତାଙ୍କ ନାମକୁ ଲୋକମାନଙ୍କଠାରୁ ଶୁଣିଥିବା କୃଷ୍ଣଙ୍କ ପାଖକୁ ପ୍ରଥମେ ଚିଠି ଦେଇ ପାରିଲେ । ତେବେ ସେ ଭଲ ଭାବରେ ଚିହ୍ନା ଜଣାଥିବା ଓ ଅନେକଥର ମନ୍ଦିରରେ ଭେଟ ପାଇଥିବା ଏବଂ ତାଙ୍କୁ ସାକ୍ଷାତ କରିଥିବା ଅତି ପରିଚିତ ଅଧରଙ୍କ ନିକଟକୁ ଚିଠି ଦେବାରେ ଭୁଲ ରହିବ କେଉଁଠି ? ରୁକ୍ମିଣୀ ଜଣେ ଅଚିହ୍ନା, ଅଦେଖା, ଅଜଣା ପୁରୁଷଙ୍କୁ ତାଙ୍କ ଠାରୁ କୌଣସି ରକମର ସୂଚନା କିମ୍ୱା କିଛି ବାର୍ତ୍ତା ନପାଇ ସୁଦ୍ଧା ଚିଠି ଦେଇ ପାରିଥିବା ବେଳେ ସେ ଜଣେ ଅତି ପରିଚିତ ଓ ବାରମ୍ୱାର ଦେଖା ପାଇଥିବା ଏବଂ ଅନେକଥର ତାଙ୍କୁ ସାକ୍ଷାତ କରିଥିବା ବ୍ୟକ୍ତିଙ୍କ ପାଖକୁ ଚିଠି ଦେବାରେ ତ ସେପରି କିଛି ଗୁରୁତର ଅସୁବିଧା ନାହିଁ । କୃଷ୍ଣ ତ ପୁଣି ସଂପୂର୍ଣ୍ଣ ଅପରିଚିତା, ଅଜଣା ଓ କେବେ ଦେଖିନଥିବା ରୁକ୍ମିଣୀଙ୍କ ଚିଠି ପାଇ ତାଙ୍କୁ ବିବାହ ଲାଗି ସମ୍ମତ ହୋଇଥିଲେ ଏବଂ ବିଭା ହୋଇଥିଲେ ମଧ୍ୟ । ସେମିତି ସେ ତା'ର ଅତି ପରିଚିତ ଓ ବେଶ ଚିହ୍ନା ଜଣା ଅଧରଙ୍କୁ ପ୍ରଥମେ ଚିଠି ଦେବାରେ ସେମିତି କିଛି ମାରାତ୍ମକ ଅକ୍ଷମଣୀୟ ତ୍ରୁଟି ବିଚ୍ୟୁତ ରହିଥିଲା ପରି ତ ଜଣା ଯାଉନାହିଁ ।

ବିଛଣାରେ ପଡ଼ିରହି ସତୀ ତା' ଅଥୟ ମନକୁ ଆଶ୍ୱାସନା ଦେଉଥାଏ । ଅଧର ରୁମାଲ ଆଣି ନଥିବ ଦିନ ସେ ଯେତେବେଳେ ତାଙ୍କ ଓଦା ମୁହଁକୁ ତା' ରୁମାଲରେ ପୋଛିଦେଲା । ସେତେବେଳେ ସିଏ ତା' ସହିତ କୌଣସି ଦୁଷ୍କର୍ମୀ ନକରି, ଚଗଲାମୀ ନକାଢ଼ି, ଫାଜିଲାମୀ ନଦେଖାଇ ଅତି ଶାନ୍ତ, ଖୁବ୍ ଶିଷ୍ଟ ଓ ଭାରି ସୁଧାର ପିଲାଟି ପରି ନିରବରେ ମୁହଁ ଦେଖାଇ ଠିଆ ହୋଇ ରହିଥିଲେ । ରୁମାଲ ଫେରାଇ ଦେବାକୁ କହୁଥିଲା ବେଳେ ସିଏ ରୁମାଲ ଆଣି ନଥିବାରୁ ରୁମାଲଟିକୁ ସାଙ୍ଗରେ ନେଇଯିବାକୁ ସେ ବହୁତ ଅନୁରୋଧ କରିଥିଲେ ସୁଦ୍ଧା ଅନ୍ୟର ରୁମାଲ ନେବାକୁ ପ୍ରଥମେ ଅମଙ୍ଗ ହେଉଥିଲେ । ଶେଷରେ ସେ ତା'ର ଓ ତା ସାଙ୍ଗ ସୁନିର କଥା କାଟି ନପାରି ସିଏ ରୁମାଲଟିକୁ ନେଇଥିଲେ ଏବଂ ରୁମାଲ ବଦଲରେ ତାଙ୍କ ନାମଲେଖା ମୁଦିଟିକୁ ତା' ଆଙ୍ଗୁଳିରେ ପିନ୍ଧାଇ ଦେଇଥିଲେ । ସେହିପରି ଚିଠିଟିକୁ ସେ ଯେତେବେଳେ ଅଧରଙ୍କୁ ଦେବ ପ୍ରଥମେ ତା' ରୁମାଲ ନେବାକୁ ଅମଙ୍ଗ ହେଲାପରି । ତା ଚିଠିଟିକୁ ନେବା ଲାଗି ଅନିଚ୍ଛା ପ୍ରକାଶ କରିବେକି । ଯଦିବା ତା' ମନର ସରାଗକୁ ଭାଙ୍ଗି ନଦେବା ସକାଶେ ସିଏ ତା' ଚିଠିଟିକୁ ନିଅନ୍ତି ତେବେ ରୁମାଲ ବଦଲରେ ତାଙ୍କ ହାତ ପିନ୍ଧାମୁଦି ଦେଲା ପରି ତା' ଚିଠିର ପ୍ରତିବଦଲରେ କ'ଣ ଦେବେ ? ଏହିଭଳି ଦ୍ୱନ୍ଦ୍ୱାତ୍ମକ ଭାବନାରେ ବୁଡ଼ି ରହି ସତୀ ନିଜକୁ ସ୍ଥିର କରି ରଖି ପାରୁନଥିଲା । ତାକୁ ରାତିସାରା ଛକଛକିଆ ଲାଗୁ ଥିଲା । ବିଛଣାରେ ପଡ଼ିରହି ସେ ରାତି ପାହିବାକୁ ଅପେକ୍ଷା କଲା । ନିଦ ହେଉ ନଥିବାରୁ ରାତିଟି ତାକୁ ଦୀର୍ଘତର ପରି ବୋଧ ହେଉଥିଲା । ଯେମିତି ସତୀଅନସୂୟା ଆଗ୍ନିକ

ଋଷିଙ୍କ ଅଭିଶାପକୁ କାର୍ଯ୍ୟକାରୀ କରାଇ ନଦେବାକୁ ଯାଇ ସାତଟି ରାତିକୁ ଗୋଟିଏ ରାତିରେ ପରିଣତ କରି ଦେଇଥିଲେ। ସତୀଙ୍କୁ ସେ ରାତିଟି ସେହିପରି ଦୀର୍ଘତର ଲାଗୁଥିଲା। ସେ ବିଛଣାରେ ପଡ଼ିରହି ଛଟପଟ ହେଉଥିଲା। କେତେବେଳେ ରାତି ପାହିବ ଓ ସକାଳ ସମୟ ଗଡ଼ିଯାଇ ଦିନ ଦଶଟା ବାଜିବ। ସେ ନୂଆ ଶାଢ଼ି ପିନ୍ଧି ସୁନି ସହିତ ମନ୍ଦିରକୁ ଯାଇ ତାଙ୍କ ପାଇଁ ଅପେକ୍ଷା କରି ମନ୍ଦିର ମୁଖଶାଳାରେ ବସି ରହିବ। ସେଥିପାଇଁ ଉଦ୍‌ବିଗ୍ନ ହୋଇ ଉଠୁଥିଲା। ରାତିର ଦୀର୍ଘ ବିଶ୍ରାମ ତା' ମନରେ ଶାନ୍ତି ଆଣୁନଥିଲା। ବିଛଣାର ନରମ ମୁଲାୟମ ଶେଜ ତାକୁ ଆରାମ ନ ଦେଇ ବରଂ ତାକୁ ଯନ୍ତ୍ରଣା ଦେଉଥିଲା। ରାତିର ଦୀର୍ଘତର ସମୟ ତା' ବ୍ୟଥାକୁ ବଢ଼ାଇ ଦେବାରେ ସାହାୟକ ହେଉଥିଲା।

ବିଛଣାରେ ପଡ଼ି ରହି ତାକୁ ବିରକ୍ତ ଲାଗିଲାଣି। ଶୋଇବାକୁ ଯେତେ ଚେଷ୍ଟା କଲେ ସୁଦ୍ଧା ତାକୁ ଆଦୌ ନିଦ ଆସୁନଥିଲା। ସାରା ରାତିଟା ସେ ଏକ ପ୍ରକାର (ଚେଇଁ) ଅନିଦ୍ରା ରହିଥିଲା। ବାରମ୍ବାର କଡ଼ ଲେଉଟାଉ ଶୋଇବାକୁ ଉଦ୍ୟମ କରି ସେ ବିଫଳ ହେଉଥିଲା। ରାତି କିନ୍ତୁ ପାହୁନଥିଲା। କିଛି ସମୟ ପରେ ପାହାନ୍ତି ପହରର ଶିଆଳ ଭୁକି ଉଠିଲେ। ଅର୍ଥାତ୍ ରାତି ଚତୁର୍ଥ ପ୍ରହରରେ ଆସି ଉପନୀତ ହେଲା। ପୂର୍ବକାଳରେ ଘଣ୍ଟା ଉଦ୍ଭାବନ ଆଗରୁ ବିଲୁଆମାନଙ୍କ ବୋବାଳିରୁ ଗାଁ ଗଣ୍ଡାର ଲୋକମାନେ ରାତିର ଆୟୁଷ କଳନା କରୁଥିଲେ। ଦିନରେ ସୂର୍ଯ୍ୟଙ୍କ ଅବସ୍ଥିତିରୁ ସେମାନେ ସମୟ ଜାଣି ପାରୁଥିଲେ। ମାତ୍ର ରାତିରେ ଚନ୍ଦ୍ର ପ୍ରତି ରଜନୀରେ ନିୟମିତ ଠିକ୍ ସମୟରେ ଉଦୟ ଅସ୍ତ ହୋଉନଥିବାରୁ ତାରାମାନଙ୍କ ଉପସ୍ଥିତିକୁ ଲକ୍ଷ୍ୟ କରି ରାତିର ବୟସ ଜାଣୁଥିଲେ। ତାରାଙ୍କ ଅବସ୍ଥିତି ସଂପର୍କରେ ସାଧାରଣ ଲୋକମାନଙ୍କର ଧାରଣାନଥାଏ। ତା'ପରେ ମେଘୁଆ ଆକାଶରେ ତାରାମାନେ ଦୃଶ୍ୟ ହୋଉନଥାଆନ୍ତି। ସେଥିଲାଗି ମେଘ ଢାଙ୍କିଥିବା ରାତିରେ ସାଧାରଣ ଲୋକମାନେ ଶିଆଳମାନଙ୍କ ଭୁକିବା ଶବ୍ଦକୁ ଶୁଣି ରାତିକୁ କଳନା କରୁଥିଲେ। ରାତିକୁ ଚାରିଭାଗ କରି ଚାରି ପ୍ରହରରେ ବିଭକ୍ତ କରାଯାଇଛି। ପ୍ରତି ପ୍ରହରକୁ ଚାରି ଘଡ଼ିରେ ଭାଗ କରାଯାଇଛି। ଚନ୍ଦ୍ରଙ୍କ ଉଦୟ ଅସ୍ତରେ ପ୍ରତିଦିନ ଘଡ଼ିଏ ଲେଖା ତଫାତ ରହେ। ଘଡ଼ିକ ଅଡ଼ଚାଳିଶ ମିନିଟ୍ ଓ ପ୍ରହରକ ତିନି ଘଣ୍ଟାରୁ ସାମାନ୍ୟ ଅଧିକ। ପ୍ରଥମ ସଞ୍ଜ ପ୍ରହର। ସଞ୍ଜୁଆ ବିଲୁଆଙ୍କ ବୋବାଳିରୁ ଜଣାଯାଏ। ତା'ପରେ ଦ୍ୱିତୀୟ ପ୍ରହରକୁ ଭାତଖିଆ ପ୍ରହର କୁହାଯାଏ। ଏହି ସମୟରେ ଗାଁ ଗଣ୍ଡାର ଲୋକମାନେ ରାତ୍ରୀ ଭୋଜନ କରିଥାଆନ୍ତି। ତା'ପରେ ପ୍ରହରକୁ ଅର୍ଦ୍ଧରାତ୍ରୀ ଭାବେ ଧରାଯାଇଥାଏ। ଚତୁର୍ଥ ପ୍ରହରକୁ ପାହାନ୍ତା ପ୍ରହର ଭାବରେ ଗଣାଯାଏ।

ଭାବନାର ଅଛିଣ୍ଡା ଖିଅସବୁ ବୁଡ଼ିଆଣି ଜାଲପରି ସତୀକୁ ଚାରିପଟରୁ ଘେରି ରହିଥିଲେ। ସତୀ ତା' ଭଉଣୀମାନଙ୍କ ସହିତ ତାଙ୍କ ଉତ୍ତର ପଟ ଘରେ ଶୋଇଥିଲା। ତା'ର ଦୁଇ ମଝିଆଁ ଭଉଣୀ ସେବ ଓ ସର ଖୁବ୍ ଆରାମରେ ନିଘୋଡ଼ ନିଦରେ ଶୋଇ ପଡ଼ିଥିଲେ। ସତୀ ଆଗରୁ ଯେପରି ଶୋଇ ପଡ଼ୁଥିଲା, ତା'ର ଅଧରଙ୍କ ସହିତ ପରିଚୟ ହେବା ପୂର୍ବରୁ। ଆର ଘରୁ ବାପା ସପନି ଓ ଭାଇ ସୁବଳର ଘୁଡ଼ୁଡ଼ି ଶବ୍ଦ ଶୁଣାଯାଉଥିଲା। ବେଳେବେଳେ ତା' ସବାସାନ ଭାଇର ପ୍ରଶ୍ୱାସ ନେବା ଓ ନିଃଶ୍ୱାସ ଛାଡ଼ିବା ଶବ୍ଦ ତା' କାନରେ ପଡ଼ୁଥିଲା। ସେ ଶୋଇରହି ଭାବୁଥିଲା ତା' ଅତୀତ ଦିନର କଥା। କେତେ ଭଲରେ ଥିଲା ସେଦିନ ଗୁଡ଼ିକ ତା' ଲାଗି। ସେତେବେଳେ ତା' ମନରେ କୌଣସି ଦକ ନଥିଲା। ନଥିଲା ଆଶଙ୍କା। କିଛି ପାଇବାର ଆଗ୍ରହ କିୟା ହରାଇ ବସିବାର ବ୍ୟାକୁଳତା ଭାବ। ସେ ତାଙ୍କ ଗାଁର ଭାରି ସାଧାସିଧା ସୁଧାର ଝିଅଟିଏ ଥିଲା। ସମସ୍ତଙ୍କ ମୁହଁରେ ତା'ର ପ୍ରଶଂସା। ତା'ର ସୁନ୍ଦର ଚେହେରା ପାଇଁ ସମସ୍ତଙ୍କର ନଜର ତା' ଉପରେ ପଡ଼ୁଥିଲା। ତା'ର ନମ୍ର, ଭଦ୍ର, ସରଳ ବ୍ୟବହାର ଲାଗି ସମସ୍ତେ ତାକୁ ଭଲ ପାଉଥିଲେ, ସ୍ନେହ ଦେଉଥିଲେ, ଆଦର କରୁଥିଲେ। ସେ ଅନ୍ୟମାନଙ୍କର ଶ୍ରଦ୍ଧା ପାଉଥିଲା। ସମସ୍ତଙ୍କର ପ୍ରିୟପାତ୍ରୀ ଥିଲା। ତା'ର କାହାରି ସହିତ କେବେବି କଳି ଝଗଡ଼ା ହେଉନଥିଲା। ରାଗତମରେ ଯଦି କ୍ରୋଧ ବଶତଃ କେହି ତାକୁ କୌଣସି କଥାରେ କିଛି କହେ ତେବେ ସେ କେବେବି ତା'ର ଉତ୍ତର ଦିଏ ନାହିଁ। ନିରବରେ ସବୁ ସହିଯାଏ। କାହାରି ଖରାପ କଥାର ଜବାବ ଦେଉନଥିବାରୁ ସମସ୍ତେ ତାର ମିତ୍ର ଥିଲେ। ଗାଁ

ଗୋଟାକ ସାରା (ଗାଁରେ) ତା'ର ଶତ୍ରୁବୋଲି କେହି ନଥିଲେ । ସେତେବେଳେ ତା'ର କୌଣସି ବିଷୟରେ ଗୁରୁତର ଚିନ୍ତା ନଥିଲା । ମନରେ ସେ କେବେ କୌଣସି ଅବଶୋଷ ଅନୁଭବ କରୁନଥିଲା । ଚିନ୍ତା ଶୂନ୍ୟ ଓ ଦୁର୍ଭାବନା ରହିତ ଜୀବନ ବିତାଇ ଦେବା ସହିତ ତା'ର ଦିନ ଗୁଡ଼ିକ ଅତ୍ୟନ୍ତ ଆରାମରେ କଟୁଥିଲା । ସେ ଖୁବ୍ ଭଲରେ ଥିଲା ।

ଯେବେଠାରୁ ଅଧରଙ୍କ ସହିତ ତାର ସାକ୍ଷାତ ହେଲା । ସେବେଠୁ ସବୁ ଅନର୍ଥର ସୃଷ୍ଟି । ସେ ଆଗରୁ ମନ୍ଦିରକୁ ଯାଉଥିଲା । ତା' ପିଲା ବେଳରୁ ଜେଜେମା ସହିତ । ବଡ଼ ହେଲାପରେ ସୁନି ସାଙ୍ଗରେ ବିଳମ୍ୱରେ ଯାଇଥାଏ । ପାଠପଢ଼ା ଛାଡ଼ିବା ପରେ ସୁନି ସହିତ ଆଉ ତା'ର ପ୍ରତିଦିନ ଭେଟ ହେଉନଥିଲା । ସେ ସକାଳେ ସୁନି ସହିତ ନିରୋଲାରେ ବସି ଟିକେ ମନଖୋଲା କଥା ହେବାକୁ ସେ ଠାକୁରଙ୍କ ବାରିରେ ମନ୍ଦିରର ମୁଖଶାଳାକୁ ବାଛିଥିଲା । ସେମାନେ ଧବଳେଶ୍ୱରଙ୍କ ଦର୍ଶନ ସାରି ପାଦୁକ ପାଇ ଦୁହେଁ ମୁଖଶାଳାରେ ବସି ଖୁସି ମନରେ ଗପସପରେ ସମୟ ବିତାଇ ଦେଉଥିଲେ । ଡେରିରେ ଘରକୁ ଫେରି ଖାଇ ପିଇ ଆରାମରେ ରହିଥିଲେ । ତା' ବୋଉ ଓ ଭଉଣୀମାନଙ୍କ ମେଳରେ ତା'ର ସମୟ ଖୁବ୍ ଭଲରେ କଟି ଯାଉଥିଲା । ସେତେବେଳେ ସେ ତା'ର ତଳ ଦୁଇ ଭଉଣୀ ସେବ ଓ ସର ପରି ନିଶ୍ଚିନ୍ତରେ ନିଘୋଡ଼ ଗାଢ଼ ନିଦରେ ଶୋଇ ପଡ଼ୁଥିଲା । ରାତିପାଏ ହେଲେ ତାକୁ ସମୟ ଜମା ଜଣାପଡ଼େନା । ସେ ଚିନ୍ତା ଶୂନ୍ୟ ଜୀବନ ବିତାଇ ଦେଉଥିଲା । ରାତି ଲାଗୁଥିଲା ଆରାମ ଦାଇନି । ବିଛଣାର ଶେଜ ତା' ଲାଗି ଥିଲା ସୁଖ ପ୍ରଦାୟକ । ସମୟ କଟୁଥିଲା ଭଲରେ । ଝାମେଲା ନଥିଲା କିମ୍ୱା ନଥିଲା କିଛି ଦୁଶ୍ଚିନ୍ତା । ଆଶଙ୍କା ଅବା ବ୍ୟାକୁଳତା । ସେହିଦିନ ତା' ଜୀବନରୁ ସୁଖ ସମୟର ଅବସାନ ଘଟିଲା । ଯେଉଁଦିନ ମନ୍ଦିରରେ ଅଧରଙ୍କ ସହିତ ତା'ର ଦେଖା ହେଲା । ସିଏ ଅନ୍ୟମାନଙ୍କ ପରି ଆସି ଠାକୁରଙ୍କୁ ଦର୍ଶନକରି ସାରି ଫେରି ଯାଇନଥିଲେ । ଅନ୍ୟ ଭକ୍ତଙ୍କଠାରୁ ସିଏ ଥିଲେ ଟିକେ ଭିନ୍ନ । ସେମାନଙ୍କଠୁ ନିଆରା । ଅନ୍ୟମାନଙ୍କ ଠାରୁ ତାଙ୍କ ସ୍ୱଭାବ ଥିଲା ସଂପୂର୍ଣ୍ଣ ଅଲଗା, ପୃଥକ । ଠାକୁରଙ୍କ ଦର୍ଶନପରେ ପାଦୁକ ପାଇବା ପାଇଁ ସିଏ ପୂଜକଙ୍କୁ ଖୋଜିଥିଲେ । ସେହି ସମୟରେ ମନ୍ଦିରରେ ସେ ଓ ସୁନି ବ୍ୟତୀତ ଆଉ ଅନ୍ୟ କେହି ନଥିଲେ । ବସିବା ଜାଗାରୁ ସୁନି ଓ ସେ ଉଠିଯାଇଥିଲେ । ସୁନି ପାଦୁକ ଦେବା ପାଇଁ ଉଠିଯାଇଥିଲା । ତା' ପଛେ ପଛେ ସେ ଯନ୍ତ ଚାଳିତ ପରି ଉଠିଗଲା ବିନା ଡାକରାରେ । ବ୍ରାହ୍ମଣ ଘର ଝିଅ ହୋଇଥିବାରୁ ସୁନି ମନ୍ଦିର ଭିତରେ ପଶି ପାଦୁକ ଗ୍ଲାସ ଆଣିଥିଲା । କୌବର୍ତ୍ତ ଘର ଝିଅ ଭାବରେ ସେ ମନ୍ଦିର ଭିତରେ ନପଶି ମନ୍ଦିର ଦୁଆରେ ଠିଆ ହୋଇ ମନ୍ଦିର ଭିତରେ ରହିଥିବା ସୁନି ହାତରୁ ପାଦୁକ ଗ୍ଲାସ ଆଣି ହାତରେ ଧରିଥିଲା । ତା' ହାତରେ ପାଦୁକ ଗ୍ଲାସ ଦେଖି ଅଧର ତା' ପାଖରେ ହାତ ପାତିଥିଲେ । ସେ ତାଙ୍କ ହାତ ଚକିରେ ପାଦୁକ (ଢାଲି) ଦେଇଥିଲା ।

ପାଦୁକ ପାଇସାରି ଅଧର ହାତ ଧୋଇ ଓଦା ହାତକୁ ତାଙ୍କ ରୁମାଲରେ ପୋଛି ଥିଲେ । ତାଙ୍କୁ ବିଭୂତି ଟିପା ପିନ୍ଧାଇ ଦେବାକୁ ସିଏ ତାଙ୍କୁ କହିନଥିଲେ । ସୁନି ବିଭୂତି ଥାଲିଆକୁ ତା' ହାତକୁ ବଢ଼ାଇ ଦେବାରୁ ସେ ଥାଲିଆରୁ ବିଭୂତି ନେଇ ତାଙ୍କ କପାଳରେ ଲଗାଇ ଦେଇଥିଲା । ଟିପା ଠିକ୍ ଦୁଇ ଭୁଲତା ମଝିରେ ନଲାଗି କାଳେ ବଙ୍କାରେ ଲାଗିଯିବ ସେଥିପାଇଁ ସେ ତାଙ୍କ ମୁହଁକୁ ଅନାଇଥିଲା । ସେତେବେଳେ ଅଧର ତା' ଆଡ଼କୁ ଚାହିଁ ରହିଥିଲେ । ଦୁଇଜଣଙ୍କ ଦୃଷ୍ଟି ଏକ ହୋଇ ଯାଇଥିଲା । ମିଶି ଯାଇଥିଲା ତାଙ୍କ ଆଖି ସହିତ ତା' ନିଜ ଆଖି । ଚାରୋଟି ଆଖି ମିଶିଯାଇଥିଲା ।

ଅବଶ୍ୟ ତାଙ୍କ ଆଖି ସହିତ ତା' ନିଜ ଆଖି ମିଶିଯିବାରୁ ଲାଜରେ ସେ ଦୃଷ୍ଟି ତଳକୁ କରିଥିଲା । କିନ୍ତୁ ଅଧର ତା' ମୁହଁକୁ ସେହିପରି ଚାହିଁ ରହିଥିଲେ । ଟିପା ଲାଗାଇ ଦେଇସାରି ସେ ଯେତେବେଳେ ତାଙ୍କ ଆଡ଼କୁ ଚାହିଁଲା । ଦେଖିଲା ଅଧର ସେହି ପରି ଅପଲକ ନେତ୍ରରେ ତାକୁ ଅନାଇ ରହିଛନ୍ତି । ସେହି ଆଖି ସହିତ ଆଖି ମିଶିଯିବା ପରଠାରୁ ଏ ଅପୂର୍ବ ପର୍ବ ଆରମ୍ଭ ହେଲା । ପୁନର୍ବାର ସାକ୍ଷାତ କରିବା ପାଇଁ ଇଚ୍ଛା ଓ ଆଗ୍ରହ ଜାଗ୍ରତ ହେଲା । ତାଙ୍କୁ ଆଉ ଥରେ ଦେଖିବାକୁ ପ୍ରାଣହେଲା ବ୍ୟାକୁଳ । ବ୍ୟାରମ୍ୱାର ତାଙ୍କୁ ଭେଟିବାକୁ ସେ ବ୍ୟଗ୍ର ହୋଇ ଉଠିଲା । ଇଚ୍ଛାରୁ ଆଗ୍ରହ ଜନ୍ମ ନେଲା । ଆଗ୍ରହରୁ

ମୋହ ଓ ମୋହରୁ ଆକାଂକ୍ଷାର ସୃଷ୍ଟି। ଆକାଂକ୍ଷା ଅନୁରାଗକୁ ରୂପାନ୍ତର ହୋଇ ହୃଦୟରେ ଭଲ ପାଇବାର ବୀଜ ରୋପଣ କଲା। ନିଜ ଅଜାଣତରେ ତାଙ୍କ ଆଡ଼କୁ ଢଳିଗଲା ତା' ମନ। ସେ ତାଙ୍କୁ କେବେ ତା' ମନ ଦେଇଦେଲା ଓ ସିଏ ତା' ମନର ମଣିଷ ପାଲଟି ଗଲେ ସତୀ ସେତକ ସଠିକ୍ ଭାବରେ ମନରେ ପକେଇ ପାରିଲା ନାହିଁ।

ଏବେ ତାଙ୍କ ପାଇଁ ସେ ଦିନ ରାତି ଝୁରି ମରୁଛି। ସବୁବେଳେ ତାଙ୍କ କଥା ତା' ମନେପଡ଼ୁଛି। ତାଙ୍କୁ ଭୁଲିଯିବା ପାଇଁ ଚେଷ୍ଟାକଲେ ସିଏ ବେଶୀ ବେଶୀ ମନରେ ପଡ଼ନ୍ତି। ସିଏ ତା' ହୃଦୟକୁ ଅଧିକାର କରି ନେଇଛନ୍ତି। ତାଙ୍କୁ ପାଶୋରି ଦେବା ଲାଗି ଉଦ୍ୟମ କଲେ ସିଏ ତା' ଅନ୍ତରକୁ ଅଧିକତର ଭାବରେ ଆକ୍ରାନ୍ତ କରି ଆଭ୍ୟନ୍ତର ପ୍ରଦେଶକୁ ବ୍ୟାପି ଯାଉଛନ୍ତି। ପ୍ରାଣକୁ ଆବୋରି ବସିଛନ୍ତି। ସେ ନିଜେ ତାଙ୍କର ଅଲୋଡ଼ା, ଅଖୋଜା ଅଦରକାରୀ ନାୟିକା ପାଲଟି ଯାଇଛି।

ଅପର ପକ୍ଷରେ ଅଧର ତାକୁ ଭଲ ପାଉଛନ୍ତି କି ନାହିଁ, ସେ ସେ କଥା ଜାଣେନା। ସିଏ ତାକୁ ପସନ୍ଦ କରିବେ କି ନାହିଁ ସେ ବିଷୟ ସେ ଆଦୌ ବୁଝିନାହିଁ। ସିଏ ତାକୁ ପ୍ରେମିକା ଭାବେ ଗ୍ରହଣ କରିବେ କି ନାହିଁ ସେ ସଂପର୍କରେ ସେ ଜମା କିଛି କହି ପାରିବନି। ତାଙ୍କର ପ୍ରଣୟିନୀ ହେବାର ଯୋଗ୍ୟତା ତା' ନିଜର ଅଛିକି ନାହିଁ ସେ ସମ୍ବନ୍ଧରେ ତା'ର ମୋଟେ ଧାରଣା ନାହିଁ। ସିଏ ତାକୁ ଭଲ ପାଇବାର ସେମିତି କୌଣସି ସୂଚନା ତାଙ୍କଠାରୁ ନପାଇ ମଧ ସେ ତାଙ୍କର ପ୍ରେମିକା ପାଲଟି ଯାଇଛି। ତାଙ୍କଠୁ ସ୍ୱୀକୃତି ନଖାଣି ତାଙ୍କୁ ମନେ ମନେ ଭଲ ପାଇ ବସିଛି ଏକତରଫା ଭାବେ। ତାଙ୍କ ବିନା ଅନୁମତିରେ ତାଙ୍କୁ ତା' ନିଜ ହୃଦୟ ସିଂହାସନରେ ବସାଇ ପ୍ରୀତିର ନୈବେଦ୍ୟ ବାଢ଼ି ଆରାଧନା ଜଣାଇଛି। ସିଏ ଏବେ ତା' ମନର ମଣିଷ ପାଲଟି ଯାଇଛନ୍ତି। ଯାହାଙ୍କୁ ସେ ଆନ୍ତରିକତାର ସହ ଭଲ ପାଏ ଏବଂ ହୃଦୟ ଦେଇ ନିଜର କରିନେବାକୁ ଉଦ୍ୟମରତ। ଯାହାଙ୍କ ପାଇଁ ଆମ୍ବଳି ଦେବାକୁ ସେ ସ୍ଥିର କରି ସାରିଛି। ଯାହାଙ୍କ ଲାଗି ପ୍ରାଣପାତ କରିବାକୁ ସେ ମାନସିକ ସ୍ତରରେ ସର୍ବଦା ପ୍ରସ୍ତୁତ ହୋଇ ରହିଛି। ଆବଶ୍ୟକ ହେଲେ ବିନା ଆପଭିରେ ଦୁନିଆର ସମସ୍ତ ଅପବାଦକୁ ଆପଣା ମୁଣ୍ଡକୁ ନେବାକୁ ସେ କେବେ ପଛାପ୍ରଦ ହେବନି ଯାହାଙ୍କ ଲାଗି। ଯାହାଙ୍କ ପାଇଁ ସଂସାରର ନିନ୍ଦା ସବୁ ସହିବାକୁ ସେ ସବୁବେଳେ ତୟାର ହୋଇ ରହିଛି। ଯେଉଁ ସକାଶେ ସେ କଳଙ୍କିନୀ ହୋଇ ସାମାଜିକ ବାଛନ୍ଦର ସାମ୍ନା କରିବାକୁ ଡରି ଯାଇ ଆମ୍ଗୋପନ କରି ଲୁଚି ରହିବାର କଳ୍ପନା ତା'ର ଆଦୌ ନାହିଁ। ସେହି ଅଧର ତା' ପାଇଁ ଏଇନେ ବିଷାଦର କାରଣ ହୋଇ ପଡ଼ିଛନ୍ତି। ସେହି ହିଁ ତା' ସୁଖ ବିପର୍ଯ୍ୟୟର ହେତୁ। ତା'ମାନସିକ ଶାନ୍ତ ଭଙ୍ଗକାରୀ ମନର ମଣିଷ। ତା' ଆନ୍ତରିକ ଆନନ୍ଦର ଧ୍ୱଂସକାରୀ ପ୍ରିୟ ପୁରୁଷ। ତା' ହୃଦୟର ପ୍ରଫୁଲ୍ଲତା ନଷ୍ଟକାରୀ ପ୍ରେମିକ ପ୍ରବର। ତା' ପ୍ରାଣର ଉସ୍ନାହ କ୍ଷତି କରିଥିବା ପ୍ରଣୟୀ ଜଣକ। ତା' ଆମ୍ଯାର ଆବେଗକୁ ତା' ଠାରୁ ଦୂରେଇ ଦେଇଥିବା ବ୍ୟକ୍ତିଏ। ସିଏ ତାକୁ ଭଲ ପାଉଛନ୍ତି କି ନାହିଁ ସେ କଥା ନବୁଝି ତାଙ୍କୁ ତା' ହୃଦୟର ଦେବତା କରି ନେଇଛି। ତାଙ୍କ ଠାରୁ ଭଲ ପାଇବାର ସ୍ୱୀକୃତି ସ୍ୱରୂପ କୌଣସି ସଙ୍କେତ ନପାଇ ତାଙ୍କୁ ପ୍ରାଣର ଠାକୁର ଭାବରେ ବରଣ କରି ସାରିଛି। ତାକୁ ଭଲ ପାଇବାର କୌଣସି ଆଭାସ ସିଏ ଏପର୍ଯ୍ୟନ୍ତ ତାକୁ ଦେଇ ନାହାଁନ୍ତି। ତା' ହାତରେ ପିନ୍ଧାଇ ଦେଇଥିବା ମୁଦିଟି ତାଙ୍କ ଭଲ ପାଇବାର ସ୍ୱୀକୃତି ସ୍ୱରୂପ କିମ୍ୟ। ସେ ଦେଇଥିବା ରୁମାଲର ପ୍ରତିବଦଲ ତାହା ବୁଝିବା ତା' ପକ୍ଷରେ କଷ୍ଟକର ବ୍ୟାପାର। ସେ ଉପହାରର ଅର୍ଥ ତା' ପାଇଁ ଅସ୍ପଷ୍ଟ ହୋଇ ରହିବା ସହିତ ସେ ଉପଢୌକନର ଉଦ୍ଦେଶ୍ୟ ଯେମିତି ତାକୁ ପ୍ରତି ମୁହୂର୍ତ୍ତରେ ଉପହାସ କରୁଥିଲା ଭଳି ସେ ଅନୁଭବ କରୁଛି।

ଏବେ ସେ ବୁଝି ପାରୁଛି ତା' ଭଲ ପାଇବା ଏକ ପାଖିଆ। ଏମିତି ଏକପାଖିଆ ଜିଦଧରିଥିଲେ ମହାଭାରତର କାଶି ଜ୍ୟେଷ୍ଠା ରାଜକନ୍ୟା ଅମ୍ବା। ଦେବବ୍ରତଙ୍କୁ ବିବାହ କରିବାପାଇଁ। ଯିଏକି ନିଜ ପିତାଙ୍କର ସୁଖ, ସନ୍ତୋଷ ଲାଗି ନିଜର ଦାମ୍ପତ୍ୟ ଜୀବନ ସହିତ ରାଜ୍ୟ ଓ ରାଜ ସିଂହାସନ ପରିତ୍ୟାଗ କରିବା ଉଦ୍ଦେଶ୍ୟରେ ଭୀଷଣ ପ୍ରତିଜ୍ଞା। ବଦ୍ଧ ହୋଇ ତରୁଣ ଦେବବ୍ରତରୁ କଠୋର ଭୀଷ୍ମକୁ ରୂପାନ୍ତରିତ ହୋଇଥିଲେ। ସେହି ଏକ ପାଖିଆ ଜିଦ ର ପରିଣତି କିପରି କରୁଣ ଓ ଦାରୁଣ

ତଥା ବିୟୋଗାନ୍ତ ପରିସ୍ଥିତି ସୃଷ୍ଟି କରିଥିଲା ତାହା ସାରା ଜଗତ ଜାଣେ । ଦେବବ୍ରତ ତାଙ୍କ ପ୍ରତିଜ୍ଞାରେ ଅଟଳ ରହିଲେ । ଅମ୍ବା ନିରାଶ ହୋଇ ଶେଷରେ ନିଜକୁ ଅଗ୍ନିରେ ଆହୁତି ଦେଇଥିଲେ । ମୃତ୍ୟୁ ପୂର୍ବରୁ ତାଙ୍କ ଜ୍ୱିର(ଅଙ୍ଗାର) ପାଉଁଶକୁ ଦେବବ୍ରତଙ୍କ ନିକଟରେ ପହଞ୍ଚାଇ ଦେବାର ବ୍ୟବସ୍ଥା କରିଯାଇଥିଲେ । ଅମ୍ବାଙ୍କ ଜ୍ୱିର ଅଙ୍ଗାରକୁ ପାଇ ଦେବବ୍ରତ କାଶୀ ରାଜ ଜେମାଙ୍କ ପାଇଁ କ'ଣ ଅବା କରି ପାରିଥିଲେ ? କେବଳ ମନସ୍ତାପ, ଅନୁଶୋଚନା ଓ ଆପଣା ବିବେକର ଧିକ୍କାର ସହିବା ବ୍ୟତୀତ । ତେବେ ତାର କଣ ସେହିପରି ଅଧରଙ୍କୁ ଏକ ପାଖୁଆ ଭଲ ପାଇବାର କରୁଣ ପରିଣତିର ଦାରୁଣ ଅବସ୍ଥା ହେବ କି ? ତା ମନରେ ଏପରି ଅଶୁଭ କ୍ଷତି କାରକ ଆଶଙ୍କା. ଜନ୍ତୁ ଥିଲା ।

ଏହା ମଧ୍ୟରେ ବୋଧେ ପାହାନ୍ତା ପ୍ରହର ହୋଇ ଗଲାଣି । ରାତି ଆସି ଅନ୍ତିମ ପର୍ଯ୍ୟାୟରେ ପଞ୍ଚିତି ସାରିଲାଣି । କୁକୁଟୁଆ ମାନେ ଗାଁ ମୁଣ୍ଡ ବାଉଁଶ ବୁଦାରୁ ରାବି ଉଠିଲେଣି । ଶୀତୁଆ ଶୀତୁଆ ଲାଗୁଛି । ଯଦିବା ଶୀତ ପଡ଼ିନାହିଁ । ତଥାପି ପହିଲି ମାର୍ଗଶିର ପାହାନ୍ତି ପ୍ରହରରେ ଥଣ୍ଡା ଅନୁଭୂତ ହୁଏ । ଭଞ୍ଜଙ୍କ ପାହାନ୍ତା ପ୍ରହର ବର୍ଣ୍ଣନାନୁଯାୟୀ ଏଠି ନାୟିକା ପାନ ଖାଏ ନାହିଁ ଯେ, ତା' ପାଟିର କଳରେ ଜାକିଥିବା ପାନ (ଖିଲ) ପିତାଲାଗିବ । ନାୟିକା ତ ଗରିବ କେଉଟ ଘରର ଝିଅଟିଏ । ସେ କୁଆଡୁ ମୁକ୍ତା ହାର ପାଇବ ଯେ ପିନ୍ଧିବ । ସେ ତ ମୁକ୍ତାହାର ପିନ୍ଧିନି । ପାହାନ୍ତାରେ ମୁକ୍ତାହାର ଥଣ୍ଡା ଲାଗି ରାତି ପାହିବାର ସୂଚନା ପ୍ରଦାନ କରିଥିବା କଥା ସେ କିପରି ଜାଣି ପାରିବ ?

ଗାଁରୁ ପ୍ରଥମ ହୁଳିହୁଳି ଶୁଭିଲା । କାହା ଘରର ଜ୍ୟେଷ୍ଠ ସନ୍ତାନଟି ପ୍ରଥମ ପଡୁଆ ହେଉଛି । ପହିଲୁ ପଡୁଆ ଅଣଓଦିଆ ଅର୍ଥାତ୍ ରାତି ପାହି ଫର୍ଚ୍ଚା ହେବା ପୂର୍ବରୁ ହୋଇଥାଏ । ସେହି ପିଲାଟିକୁ ରାତି ଥାଉଣୁ ପାହାନ୍ତା ପହରରେ ଉଷ୍ମ ପାଣିରେ ଗାଧୋଇ ଦେଇ ନୂଆ ପୋଷାକ ପିନ୍ଧାଇ ଶଂଖ ବଜାଇ ହୁଲହୁଲି ପକାଇ ବନ୍ଦାପନା କରାଯାଏ । ସତୀ ତା' ଜେଜେମାଆରୁ ଶୁଣିଥିଲା ତା'ର ପ୍ରଥମ ପଡୁଆ ବି ଏହିପରି ହୋଇଥିଲା । ସେହି ଶଙ୍ଖ ହୁଲହୁଲି ଶବ୍ଦ ଶୁଣି ସତୀ କରଲେଉଟାଇଲା । ବିଛଣା ଛାଡ଼ିବାକୁ ଯଦିବା ଡେରି ଅଛି ତଥାପି ରାତି ପାହିବାର ଉପକ୍ରମ ଆରମ୍ଭ ହୋଇଗଲାଣି । ତା'ର ଏଇନେ କେବଳ ଗୋଟିଏ ଭାବନା । କିପରି ସେ ଚିଠିଟିକୁ ଅଧରଙ୍କୁ ଦେବ ? ଏହି ଚିନ୍ତାରେ ନିମଗ୍ନ ଥିବା ସମୟରେ ଆରଘରୁ ତା' ବୋଉ ଉଠିବାର ଆଭାଷ ଶୁଣି ପାରିଲା । ତା' ବୋଉ ଆଜି ସହଲ ବିଛଣା ଛାଡ଼ିବ । ସକାଳର ବାସି ପାଇଟି ସାରି ପ୍ରଥମାଷ୍ଟମୀ ପାଇଁ ପିଠା କରିବ । ପ୍ରଥମାଷ୍ଟମୀରେ ଏଣ୍ଡୁରି ପିଠା ହୋଇଥାଏ । ହଳଦୀ ପତ୍ର ଆବରଣ ଭିତରେ (ବେଢ଼ ଦିଆଯାଇ) ତିଆରି ହୋଇଥିବା ଏଣ୍ଡୁରିର ବାସ୍ନା ସ୍ୱତନ୍ତ୍ର । ଅରୁଆ ବାଙ୍ଗ ଦିଆ ଚାଉଳର ଚୁନାରେ ତିଆରି ସେ ପିଠାର ସ୍ୱାଦ ନିଆରା ।

ସତୀ ତା' ପାଖରେ ଶୋଇଥିବା ମଝିଆଁ ଭଉଣୀ ଦୁହିଁଙ୍କ ମୁହଁକୁ ନିରେଖି ଚାହିଁଲା । ନିଘୋଢ଼ ନିଦରେ ସେ ଦୁହେଁ ଶୋଇଛନ୍ତି । ଯେମିତି ସେ ଆଗରୁ ଶୋଉଥିଲା । ସେମାନଙ୍କ ନିଦ ଭାଙ୍ଗିବାକୁ ଡେରି ଅଛି । ବଡ଼ି ଭୋଉଥର ଫିକା ଆଲୋକରେ ସତୀ ସେମାନଙ୍କୁ ନିରେଖି ଅନାଇ ଦେଖିଲା । ସେମାନଙ୍କ ମୁହଁକୁ ଦେଖି ସତୀ ଭାବୁଥିଲା । ସେମାନେ କେତେ ଆରାମରେ ଶୋଇ ଯାଇଛନ୍ତି । ମନରେ ଚିନ୍ତା ନାହିଁ । ହୃଦୟରେ ଦକ ନାହିଁ । ଅନ୍ତରରେ ଦୁଃଖ ନାହିଁ । ଆତ୍ମାରେ ନାହିଁ କିଛି ଅନୁଶୋଚନା କିୟ ପ୍ରାଣରେ ଗ୍ଲାନି । କେତେ ନିରୀହ ଦିଶୁଛନ୍ତି ସେ ଦୁହେଁ । ସାଧାରଣ ଛୋଟ ପିଲାଙ୍କ ମୁହଁପରି ନିଷ୍ପାପ, ନିରୀହ ଓ ନିର୍ବିକାର । ପାଇବାର ଆଶା କି ଆକାଂକ୍ଷା ସେମାନଙ୍କର ଆଦୌନାହିଁ । ହରାଇ ବସିବାର ବ୍ୟଥା ଅବା ଗ୍ଲାନିର ବ୍ୟାକୁଳତାରେ ସେମାନେ ମୋଟେ ବ୍ୟଥିତ ନୁହଁନ୍ତି । ଅଳ୍ପକେ ସନ୍ତୁଷ୍ଟ ହୁଅନ୍ତି ସେ ଦୁହେଁ । ଯାହା ମିଲିଲା ଓ ଯେମିତି ପାଇଲେ ସେତିକିରେ ନିଜ ମନକୁ ବୁଝାଇ ଦିଅନ୍ତି । ତା'ଠାରୁ ଆଉ ଅଧିକ ପାଇବା ଲାଗି ଅଳି, ଅର୍ଦ୍ଦଳି, ଅଚଟ ଆପଉଡ଼ି ସେମାନେ କେବେ କରିନାହାଁନ୍ତି । କୌଣସି କଥାରେ ସେମାନଙ୍କ ପ୍ରତି ଅନ୍ୟାୟ ହୋଇଥିଲେ ସୁଦ୍ଧା ସେମାନେ କେବେ ପ୍ରତିବାଦ ବାଢ଼ନ୍ତି ନାହିଁ କିୟ କୌଣସି କାମରେ ଯଦି ସେମାନଙ୍କ ସ୍ୱାର୍ଥହାନି ହେଉଥିଲେ ମଧ ତାକୁ ପ୍ରତିରୋଧ

କରିନଥାଆନ୍ତି। ଯେକୌଣସି କଥାରେ ଜିଦ୍ ଧରି ଅଡ଼ି ବସନ୍ତି ନାହିଁ କିମ୍ବା ଅକଡ଼ାଇ ନଥାଆନ୍ତି। ଅଥବା ଜିଗର କରି ନଥାଆନ୍ତି କୌଣସି ନିର୍ଦ୍ଧିଷ୍ଟ ଜିନିଷ ପାଇବା ପାଇଁ। କିନ୍ତୁ ସେପରି ସ୍କୁଲେ ସିଏ ନିଜେ ସମସ୍ତ ପ୍ରକାର ସୁଯୋଗ ପାଇ ସାରିଲା ପରେ ବି ସେ ମାନସିକ ଶାନ୍ତି ପାଇ ପାରୁନାହିଁ। ଏତେ ସୁବିଧା ହାସଲ କରି ସୁଦ୍ଧା ସେ ଆନ୍ତରିକ ଆନନ୍ଦ ଅନୁଭବ କରୁନି। ଏତେ ଆବଶ୍ୟକତା ପୂରଣ ପରେ ବି ସେ ଖୁସି ହୋଇପାରୁନି। ଏହାର ମୁଖ୍ୟ କାରଣ ସୁଖ, ଶାନ୍ତି ଓ ସନ୍ତୋଷ ମନରେଥାଏ। ତାହା କେବେ ହେଲେ ଧନରେ ନଥାଏ। ଦାନରେ ଥାଏ। ନଥାଏ ପାଇବାରେ। ଦେବାରେ ଥାଏ। ଆଣିବାରେ ନଥାଏ। ତ୍ୟାଗରେ ରହିଥାଏ। ନଥାଏ ଆଦାୟ କରିବାରେ। ପରୋପକାରରେ ରହିଛି। ନିଜ ସ୍ୱାର୍ଥ ହାସଲ କରି ନେବାରେ ତାହା ନାହିଁ। ସତୀ ଯାହା ଯେତେବେଳେ ଖୋଜିଛି ତାହା ପାଇପାରୁନି। ସେ ଯେତେବେଳେ ଯାହା ଇଚ୍ଛା କରୁଛି ତାହା ତାକୁ ମିଳୁନି। ତାକୁ ଯାହା ମିଳୁଛି ସେ ତାହା ପାଇବାକୁ ଚାହୁଁନାହିଁ। ସେ ସବୁ ପଦାର୍ଥ ପ୍ରାପ୍ତିରେ ସେ ନିଜେ ସନ୍ତୁଷ୍ଟ ନୁହେଁ। ତା'ର ଆନ୍ତରିକ ଇଚ୍ଛାନାହିଁ ସେସବୁ ଜିନିଷ ତାକୁ ମିଳୁ ବୋଲି। ସେ ଚାହୁଁନଥିବା, ଆଶା କରୁନଥିବା, ତା'ର ଇଚ୍ଛା ନଥିବା, ଆଗ୍ରହ ନଥିବା, ଶ୍ରଦ୍ଧା କରୁନଥିବା ଭଲ ପାଉନଥିବା, ଆବଶ୍ୟକ ତା'ର ହେଉନଥିବ। ଖୋଜୁ ନଥିବା ଓ ମନକରୁ ନଥିବା ବସ୍ତୁକୁ ପାଇ ସେ କେମିତି ସୁଖୀ ହୋଇ ପାରିବ ?

ପ୍ରଥମାଷ୍ଟମୀରେ ସେମାନଙ୍କ ଲାଗି ନୂଆ ପୋଷାକ ହୋଇନାହିଁ। ସେଥିପାଇଁ ସେମାନଙ୍କର ଶୋଚନା ନାହିଁ। ନୂଆ ପୋଷାକ ପାଇଁ ସେମାନେ ବୋଉ ପାଖରେ ଅଳି କରିନାହାଁନ୍ତି। ସେମାନଙ୍କ ଲାଗି ନୂଆ ପୋଷାକ ହୋଇନଥିବାରୁ ସେମାନେ ମଧ ମନ ଉଣା କରିନାହାଁନ୍ତି କିମ୍ବା ସେଥିପାଇଁ ରୁଷି ନାହାଁନ୍ତି। ସେମାନଙ୍କ ମନରେ ଅଭିମାନ ନାହିଁ ସେ ସକାଶେ। କୌଣସି ଅଭିଯୋଗ ବାଢ଼ି ନାହାଁନ୍ତି ସେମାନେ ତା' ବିରୋଧରେ। କାହିଁକି ଦେଇର ନୂଆ ଶାଢ଼ି ହେବ, ଆଉ ଆମ ଲାଗି ନୂଆ ପୋଷାକ ଆସିବନି। ରଜରେ ଘରେ ସମସ୍ତଙ୍କ ପାଇଁ ନୂଆ ପୋଷାକ ହୋଇଥିଲା। କୁଆଁର ପୂର୍ଣ୍ଣମୀରେ ଓ ପ୍ରଥମାଷ୍ଟମୀକୁ କେବଳ ତା' ପାଇଁ ହେଲା। ସେମାନଙ୍କ ଲାଗି ହୋଇନାହିଁ। ସେଥିପାଇଁ ସେମାନେ ପୁରୁଣା ପୋଷାକକୁ ସଫା କରି ତାକୁ ପିନ୍ଧି କୁଆଁର ପୂର୍ଣ୍ଣମୀ ଓଷା କରିଥିଲେ। ଏବେ ସେହିପରି ପୁରୁଣା ପୋଷାକକୁ ସଫା କରି ଶୁଖାଇ ରଖିଛନ୍ତି ଆସନ୍ତାକାଲି ପ୍ରଥମାଷ୍ଟମୀରେ ପିନ୍ଧିବେ ବୋଲି। ସେମାନଙ୍କ ପାଇଁ ହୋଇନଥିବାରୁ ନରୁଷି ଜିଦ୍ ନଧରି ଜିଗର ନକରି ନ ଅକଡ଼ାଇ ଅଡ଼ି ନବସି ମନରେ ଦୁଃଖ ନଆଣି ଓଲଟା ତା ଲାଗି ନୂଆ ଶାଢ଼ି ବାଛିବା ପାଇଁ ସେ ଦୁହେଁ ତା' ସହିତ ଛକ ବଜାରକୁ ଯାଇ ଦୋକାନରେ ଲୁଗା ବାଛିବାରେ ତାକୁ ସାହାଯ୍ୟ କରିଥିଲେ। ସେମାନଙ୍କ ଲାଗି ହୋଇନଥିଲେ ମଧ ସେମାନେ ସେଥିପାଇଁ ମନଦୁଃଖ ନକରି ବରଂ ତାଙ୍କ ଦେଇ ଲାଗି ନୂଆ ଲୁଗା କିଣା ହୋଇଥିବାରୁ ସେ ଦୁହେଁ ଭାରି ଖୁସି ଥିଲେ। ତା' ପାଇଁ ହୋଇଥିବାରୁ ସେମାନଙ୍କର କେତେ ଆନନ୍ଦ। ଯେତେହେଲେ ସେ ତାଙ୍କ ବଡ଼ ଭଉଣୀ। ସେ ପ୍ରଥମାଷ୍ଟମୀରେ ନୂଆ ଶାଢ଼ି ପିନ୍ଧି ପଟୁଆ ହୋଇ ମୁଖ ମଣ୍ଡଳକୁ ଟିପିଟିପି ଚନ୍ଦନରେ ସଜାଇ ସାହିର ବୟୋଜ୍ୟେଷ୍ଟ ଲୋକମାନଙ୍କୁ ଜୁହାର ହୋଇ ସେମାନଙ୍କଠୁ ଆର୍ଶିବାଦ ନେବ। ସେ ଦୁହେଁ ତା' ସହିତ ପୁରୁଣା ପୋଷାକ ପିନ୍ଧି ମଧ ତା' ସାଙ୍ଗରେ ଯିବେ ଓ ବଡ଼ମାନଙ୍କୁ ପ୍ରଣାମ କରିବେ। ନୂଆ ଶାଢ଼ିରେ ଟିପିଟିପି ଚନ୍ଦନ ପାଟିରେ (ଟିପାରେ) ସେ ନିଜେ ସୁନ୍ଦର ଦିଶୁଥିବ। ସେଥିରେ ସେ ଦୁହିଁଙ୍କର ଆନନ୍ଦ କହିଲେ ନସରେ। ନିଜ କଥା ଚିନ୍ତା ନକରି, ନିଜ ବିଷୟରେ ନଭାବି, ନିଜକୁ ନଅଣାଇ, ନିଜ ପୋଷାକ ପରିଚ୍ଛଦକୁ ନଜର ନଦେଇ, ନିଜକୁ ନସଜାଇ, ଆପଣା ସ୍ୱାର୍ଥ ପ୍ରତି ଲକ୍ଷ୍ୟ ନରଖି, ନିଜ ସୁବିଧାକୁ ଦୃଷ୍ଟି ନଦେଇ ତା' ଖୁସିରେ ସେମାନେ ବିଭୋର। ତା' ଆନନ୍ଦରେ ସେମାନେ ମଜଗୁଲ। ତା' ଉଲ୍ଲାସରେ ସେମାନେ ଆନନ୍ଦିତ। ସେଥିପାଇଁ ସେମାନଙ୍କ ମୁହଁରେ ବିଷାଦର ଚିହ୍ନ ନାହିଁ। କୌଣସି ଦୁଶ୍ଚିନ୍ତାର ରେଖା ସେମାନଙ୍କ ମୁଖ ମଣ୍ଡଳରେ ଦିଶୁନି। କିଛି ହତାଶ ଭାବ ମଧ ସେମାନଙ୍କୁ ଛୁଇଁ ପାରିନି। ନିଶ୍ଚିନ୍ତରେ ସେମାନେ ନିଘୋଡ଼ ଓ ଗଭୀର ନିଦ୍ରାରେ ଶୋଇ ପଡ଼ିଛନ୍ତି। ନିଜ ସ୍ୱାର୍ଥ ପ୍ରତି ଲକ୍ଷ୍ୟ ନରଖି, ନିଜ ସୁବିଧାକୁ ଦୃଷ୍ଟି ନଦେଇ, ନିଜର ଫାଇଦା ଆଡ଼କୁ ନଜର

ନପକାଇ ତା' ଖୁସିରେ ସେମାନେ ବିଭୋର । ତା' ଆନନ୍ଦରେ ସେମାନେ ଉଲ୍ଲସିତ । ତା' ସୁଖରେ ସେମାନେ ମଜଗୁଲ । ସେଥିପାଇଁ ସେମାନଙ୍କ ମୁହଁରେ ବିଷାଦର ଚିହ୍ନନାହିଁ । କୌଣସି ଦୁଶ୍ଚିନ୍ତାର ରେଖା ସେମାନଙ୍କ ମୁଖମଣ୍ଡଳରେ ଦିଶୁନି । କୌଣସି ଦୁର୍ଭାବନାରେ ସେମାନେ ଆକ୍ରାନ୍ତ ନୁହଁନ୍ତି । ନିଶ୍ଚିନ୍ତରେ ସେମାନେ ନିଘୋଡ଼ ଓ ଗଭୀର ନିଦରେ ଶୋଇପଡ଼ିଛନ୍ତି । ନିଜସ୍ୱାର୍ଥକୁ ନଜରି, ନିଜର ସୁବିଧା ପାଇଁ ବ୍ୟସ୍ତ ନହୋଇ, ନିଜର ହିତ ପ୍ରତି ଦୃଷ୍ଟିନଦେଇ ଯିଏ, ନିଃସ୍ୱାର୍ଥପର ଭାବରେ ଅନ୍ୟ ସୁଖ ଦେଖି ଖୁସି ହୁଏ, ପାଇବାଠାରୁ ଦେବାକୁ ଓ ଆଶିବା ଅପେକ୍ଷା ଦାନ କରିବାକୁ ଏବଂ ନିଜେ ହାସଲ ନକରି ଅନ୍ୟକୁ ସୁବିଧା ଆଉ ସୁଯୋଗ ପ୍ରଦାନ କରିବାକୁ ଯିଏ ଅଧିକ ପସନ୍ଦ କରେ ସିଏ ତ ମାନସିକ ଶାନ୍ତି ଏବଂ ଆନ୍ତରିକଭରା ଆନନ୍ଦ ଲାଭ କରିବ ନିଶ୍ଚିନ୍ତ ଭାବରେ । ସେଇତ କେବଳ ହୃଦୟ ଖୋଲା ହସ ହସି ପାରିବ ଜୀବନ ସାରା । ଯେମିତି ହସୁଥିଲେ ବୈଦିକ ଯୁଗର ମୁନି, ଋଷି, ସାଧୁ, ସନ୍ତ, ମହର୍ଷି ଓ ବ୍ରାହ୍ମର୍ଷିମାନେ । ଅରଣ୍ୟର ପତ୍ର କୁଡ଼ିଆରେ ରହି, ଜଙ୍ଗଲର ଫୁଲମୂଳ ଖାଇ, ଗଛର ବଲକଲ ପରିଧାନ କରି, ଭବିଷ୍ୟତ ପାଇଁ କିଛି ସାଇତି ନରଖି ସେମାନେ ଯେପରି ନିରାଡ଼ମ୍ବର ଜୀବନ ବିତାଉ ଥିଲେ । ସେମିତି ହେଲେ ଯାଇ ମଣିଷ ସ୍ଥାୟୀ ସୁଖ ପାଇ ପାରିବ । କାରଣ ପାଇବାର ଆଶାଥିଲେ, ନେଇ ପଳାଇ ଆସିବାର ମତଲବରେ । ଅକ୍ତିଆର କରିନେବାର ମନବୃତ୍ତି ନେଇ, ହାସଲ କରିବାର ମାନସିକତା, ନିଜ ଅଧିକାର ଭୁକ୍ତ କରିବାର ଆଶକ୍ତି ହେଉଛି ପ୍ରକୃତରେ ଦୁଃଖର ମୂଳ ଓ ପ୍ରଥମ ତଥା ପ୍ରଧାନ ଏବଂ ମୁଖ୍ୟ କାରଣ ।

ସେମାନେ ତା'ଠାରୁ ସାନ ହୋଇ ମଧ୍ୟ ତା' ପ୍ରତି କେତେ ସ୍ନେହଶୀଳହୋଇ ପାରିଛନ୍ତି । କେତେ ଶ୍ରଦ୍ଧା ଜ୍ଞାପନ କରୁଛନ୍ତି । କେତେ ଅସରନ୍ତି ମମତା ସେମାନଙ୍କ ହୃଦୟରେ ତା' ଲାଗି ଭରି ରହିଛି । କେତେ ଅମାପ ଉତ୍ସର୍ଗିକୃତ ମନଭାବ ସେମାନେ ପ୍ରଦର୍ଶନ କରୁଛନ୍ତି । ନିଜର ସ୍ୱାର୍ଥ ନଦେଖି ତା'ସୁଖରେ ସୋମନେ ଆନନ୍ଦିତ ହେଉଛନ୍ତି । ଉତ୍ସାହିତ ହେଉଛନ୍ତି ତା'ଲାଗି । ଖୁସିରେ ବିଭୋର ହୋଇ ପଡ଼ୁଛନ୍ତି ତା'ପାଇଁ । ତାଙ୍କ ଦେଇ ନୂଆ ଶାଢ଼ି ପିନ୍ଧି ସୁନ୍ଦର ଦିଶିବ । ତାହା ସେମାନଙ୍କୁ ଭଲ ଲାଗିବ ବୋଲି, ସେହି ଭାବନାରେ ସେମାନେ ବିଭୋର । ଅଥଚ ନିଜେ ବଡ଼ ଭଉଣୀଟିଏ ହୋଇ ତାଙ୍କ ପ୍ରତି ତା' ନିଜର କିଛି କର୍ତ୍ତବ୍ୟ ସେ କରି ପାରୁନି । ସାନ ଭଉଣୀ ମାନଙ୍କର ତା' ପ୍ରତି ତ୍ୟାଗର ଉତ୍ତରରେ ତା' ପ୍ରତି ବଦଲରେ ସେମାନଙ୍କ ପାଇଁ କିଛି କରିବାର ସୁଯୋଗ ତା'ର ନାହିଁ । ସେଥିପାଇଁ ତା' ମନେରେ ଅବଶୋଷ ରହିଛି । ସେତକ ଦୂର କରିବାକୁ ସେ ସକ୍ଷମ ହୋଇ ପାରୁନି ବୋଲି ।

ଶଂଖ ହୁଲହୁଲୀ ଧ୍ୱନୀରେ ପ୍ରଥମାଷ୍ଟମୀର ପୂର୍ବରାତି ପାହିପାହି ଆସୁଛି । ପ୍ରଭାତ ବିହଙ୍ଗର ନିତିଦିନିଆ ଆବାହନୀ ସଂଗୀତ ସାଙ୍ଗକୁ ଶଂଖ ହୁଲହୁଲିର ସମୂହ ଧ୍ୱନୀ ଯେପରି ପ୍ରଥମାଷ୍ଟମୀର ସକାଳକୁ ସ୍ୱାଗତ ଜଣାଇବା ଲାଗି ଉଦ୍ଦିଷ୍ଟ ଥିଲା । ସବିତା ବାସି କାମରେ ଲାଗିଗଲେ । ପ୍ରତ୍ୟେକ ଘରର ଗୃହିଣୀମାନେ ପର୍ବ ପର୍ବାଣି ଦିନମାନଙ୍କରେ ସହଳ ଶଯ୍ୟା ତ୍ୟାଗ କରି ବାସି ପାଇଟିରେ ଲାଗି ପଡ଼ନ୍ତି । ଆଜି ବାସି କାମ ପରେ ପ୍ରଥମାଷ୍ଟମୀ ପାଇଁ ଏଣ୍ଡୁରି ପିଠା ତିଆରି ହେବ । ପ୍ରଥମାଷ୍ଟମୀର ମୁଖ୍ୟ ଆକର୍ଷଣ ହେଉଛି ନୂତନ ପୋଷାକ (ବସ୍ତ୍ର) ପରିଧାନ ଓ ଏଣ୍ଡୁରି ପିଠା ଭୋଜନ ।

ଆମ ସମାଜରେ ବିଶେଷ କରି ଉପକୂଳ ଓଡ଼ିଶାରେ ବିଭିନ୍ନ ପର୍ବ ପର୍ବାଣି ପାଇଁ ଭିନ୍ନ ଭିନ୍ନ ପିଠାର ବ୍ୟବସ୍ଥା ରହିଛି । ରଜପାଇଁ ପୋଡ଼ପିଠା, ଦଶହରା, ବାଟ ଓଷା ଓ ଡେରା ଲାଗି ମଣ୍ଡା । ପ୍ରଥମାଷ୍ଟମୀକୁ ଏଣ୍ଡୁରି, ବଉଳ ଅମାବାସ୍ୟାରେ ଗଇଁଠା, ଚିତାଉରେ ଚକୁଳି ଏବଂ ଶ୍ୟାମ ଦଶମୀରେ ସମସ୍ତ ପ୍ରକାର ପିଠାର ସମାବେଶ ହୋଇଥାଏ । ପର୍ବଦିନମାନଙ୍କରେ ସକାଳୁ ସ୍ତ୍ରୀ ଲୋକମାନେ ବେଣ୍ଡୁସୁ ଉଠି ବାସି ପାଇଟି ସାରି ସେହି ପର୍ବ ପାଇଁ ଉଦ୍ଦିଷ୍ଟ ପିଠା ତିଆରିରେ ଲାଗିପଡ଼ନ୍ତି । ଘରର ପ୍ରଥମ ଜନ୍ମିତ ପିଲା ସିଏ ପୁଅ ହେଉ କି ଝିଅ ହେଉ ତା' ଲାଗି କିବା ଧନୀ କିବା ଗରିବ ସମସ୍ତଙ୍କଘରେ ନୂତନ ବସ୍ତ୍ର ହୋଇଥାଏ । ସେ ଗାଧୋଇ ନୂତନ ବସ୍ତ୍ର ପରିଧାନ କରି ଘରେ ଓ ସାଇର ବୟୋଜ୍ୟେଷ୍ଠମାନଙ୍କୁ ପ୍ରଣାମ କରି ସେମାନଙ୍କଠାରୁ ଆର୍ଶିବାଦ ଭିକ୍ଷା କରିଥାଏ । ତା'ପରେ ପ୍ରଥମାଷ୍ଟମୀର ପ୍ରଥମ ଭାରିର ପିଠା ଖାଇ ସାହିର ପିଲାମାନଙ୍କ ସହିତ ଗାଁ ବୁଲିବାକୁ ଯାଇଥାଏ ।

ପୂର୍ବ ଦିନର ଯୋଜନା ମୁତାବକ ସୁନି ଓ ସତୀ ବିଲମ୍ବରେ ମନ୍ଦିରକୁ ଯାଇ ସେଠାରେ ଅଧରଙ୍କ ଅପେକ୍ଷାରେ ଦୀର୍ଘ ସମୟ ଅପେକ୍ଷା କରିବା ପାଇଁ ସ୍ଥିର କରିଥିଲେ । ସେଥିପାଇଁ ସବୁ କାମ ଗଡ଼େଇ ଗଡ଼େଇ କରିବାକୁ ହେବ । ସେ ଦୃଷ୍ଟିରୁ ଘରେ ସମସ୍ତେ ଉଠି ସାରିଲା ପରେ ସୁଦ୍ଧା ସତୀ ବିଛଣାରେ ପଡ଼ିରହି ନିଦରେ ଶୋଇବାର ବାହାନା କରୁଥିଲା ।

ସବିତା ବାସି କାମ ସାରି ପିଠା ତିଆରି କରିବାରେ ଲାଗିଗଲେ । ମଝିଆଁ ଝିଅ ଦୁହେଁ ସବିତାଙ୍କୁ ଘର କାମରେ ସାହାଯ୍ୟ କରୁଥିଲେ । ପ୍ରଥମାଷ୍ଟମୀରେ ବିଲକୁ ଯିବାକୁ ନଥିବାରୁ ସପନି ଗାଁ ଆଡ଼େ ଯାଇଥିଲା । ସୁବଳ ଦାନ୍ତ ଘସିସାରି ପିଣ୍ଡାରେ ବସିଥାଏ । ପ୍ରଥମାଷ୍ଟମୀ ଦିନ ସ୍କୁଲ ଛୁଟି ଥିବାରୁ ସାନ ପିଲା ଦୁଇଟି ଖେଳରେ ମାତି ଯାଇଥାଆନ୍ତି ।

ସମୟ ଆଗେଇ ଚାଲିଥାଏ । ପିଠା ଦୁଇଭାରି ତିଆରି କରି ସାରି ସବିତା, ସତୀକୁ ଖୋଜିଲେ । ସାନ ପିଲା ଦୁଇଜଣଙ୍କ ଠାରୁ ସତୀ ଶୋଇଥିବା କଥା ଶୁଣି ସବିତା ଚୁଲି ପାଖରୁ ଉଠି ଯାଇ ସତୀକୁ ଏତେ ଡେରିଯାଏ ଉଠିନଥିବାର କାରଣ ପଚାରିଲେ । ତାଙ୍କ ମନରେ ଆଶଙ୍କା ଜନ୍ମିଲା । ଗତ ପହର ଦିନ ଲୁଗା ଆଣିବାକୁ ଯିବା ବାଟରେ ସତୀ ଝୁଣ୍ଟି ପଡ଼ି ତା' ବାମ ପାଦ ବୁଢ଼ା ଆଙ୍ଗୁଳିର ବଉଲି ଉଠି ଯାଇଥିବାରୁ ସେ ଗୋଡ଼ର କୋପରୁ ତାକୁ ଜ୍ୱର ହେଲା କି ? ଗତକାଲି ଦିନ ସାରା ଅନ୍ୟମାନେ କାମରେ ବ୍ୟସ୍ତ ଥିବା ସମୟରେ ସତୀ ଏକୁଟିଆ ନିରବରେ ଝାଉଁଲି ଗୋଟିଏ ଜାଗାରେ ବସି ରହିଥିଲା । କିନ୍ତୁ ଚେଁ ଶୋଇଥିବା ସତୀ ତା' ବୋଉର ଡାକରେ ବିଛଣାରେ ଶୋଇରହି ଅଳସ ଭାଙ୍ଗିବା ବାହାନାରେ ଭିଡ଼ିମୋଡ଼ି ହୋଇ ପଚାରିଲା, "ରାତି ପାହି ଗଲାଣି କି ?"

ସବିତା ଝିଅର କଥା ଶୁଣି ସତୀ ଦେହରେ ହାତରଖି ତାକୁ ଜ୍ୱର ହୋଇଛି କି ପରଖିଲେ । ତା'ର ଉଠିବାକୁ ବିଲମ୍ବ ହେବାର କାରଣ ପଚାରିଲେ । ସତୀ ଠାରୁ ବୁଝିଲେ ତା' ଦେହ ତାକୁ ଭଲ ଲାଗୁଛି କି ନାହିଁ । ବୋଉ କଥାର ଉତ୍ତରରେ ଦେହ ଭଲ ଥିବା କଥା ସତୀ କହିଲା । ତାକୁ କିଛି ଖରାପ ଲାଗୁ ନାହିଁ ବୋଲି ସତୀ ଉତ୍ତର ଦେଲା । ତା'ର କିଛି ଅସୁବିଧା ହୋଇନାହିଁ ବୋଲି ସତୀଠାରୁ ବୁଝିସାରି ସବିତା ଚୁଲି ପାଖକୁ ଫେରିଯିବା ସମୟରେ କହି କହି ଗଲେ । "ଯାହା ପାଇଁ ଏତେ ପରବ ସିଏ ତ ଏପର୍ଯ୍ୟନ୍ତ ବିଛଣାରୁ ଉଠିନାହିଁ । ଆଉ ଏ ନୁଖୁରା କାମରେ ମୂଲ୍ୟ କ'ଣ ଅଛି ?"

ସବିତା ଯେତେ ତରତର ହୋଇ କାମ ସାରିବାକୁ ଚାହୁଁ ଥିଲେ ସୁଦ୍ଧା. ସତୀକୁ ଶୀଘ୍ର ଉଠିବାକୁ କହିଲେ ନାହିଁ । ସେ ସତୀକୁ କେବେ କିଛି କାମ ବରାଦ କରି ନଥାଆନ୍ତି । ଯଦି ସତୀ ତା' ଦାୟିତ୍ବରେ ଥିବା କୌଣସି କାମ କରିନଥାଏ, ଯାହା ସେ କରିବା କଥା । ତା'ର ସେ କାମ କରିବାରେ ଅବହେଳା ପାଇଁ ସୁଦ୍ଧା ସେ ତା' ଉପରେ ଆଦୌ ବିରକ୍ତ ହୁଅନ୍ତି ନାହିଁ । କାରଣ ତାଙ୍କ ତୃତୀୟ ଝିଅ ସର କହିବା ଅନୁଯାୟୀ ସେ ସବିତାଙ୍କର ଅତି ଗେହ୍ଲା ଝିଅ । ତେବେ ସତୀ ଶୋଇରହି ଭାବୁଥିଲା-ମନ୍ଦିରକୁ ବିଲମ୍ବରେ ଯିବା ପାଇଁ ବେଶୀ ଡେରି ପର୍ଯ୍ୟନ୍ତ ଶୋଇ ରହିଲେ ସେଥିଲାଗି ତାକୁ କିଛି କୈଫିୟତ ଦେବାକୁ ପଡ଼ିବ । ଲୁଚାଇ କରୁଥିବା କାମ ଲାଗି ଅନେକ ସମୟରେ ନାନାଦି ଅସୁବିଧାର ସମ୍ମୁଖୀନ ହେବାକୁ ପଡ଼ିଥାଏ । ଗୁପ୍ତ କାମ ପାଇଁ ଯେଉଁ ବାହାନା କାଢ଼ିବ ସେ ବାହାନାକୁ ଯୁକ୍ତିସିଦ୍ଧ କରିବା ଲାଗି ଆହୁରି ଅନେକ ମିଛ ବାହାନାର ଉପଲକ୍ଷ୍ୟ ଦେଖାଇବାକୁ ପଡ଼େ । ଯେପରି ଗୋଟିଏ ମିଛ କଥାକୁ ଘୋଡ଼ାଇବା ପାଇଁ ଅନେକ ଗୁଡ଼ିଏ ମିଛ କଥାର ଆଶ୍ରୟ ନେବାକୁ ହୋଇଥାଏ । ବହୁତ ମିଛ କଥାର ଅବତାରଣା କରି ସୁଦ୍ଧା ଓ ଅନେକ ମିଥ୍ୟା ଆଲର ଆଶ୍ରୟ ନେଇ ସାରି ମଧ ଶେଷରେ ସତ କଥା ହିଁ ଧରା ପଡ଼ିଥାଏ । ଗୋଟିଏ ବଡ଼ ଚିରାକୁ (ଫଟା) ଲୁଚାଇବା ପାଇଁ ଝୁଣ୍ଟିରେ ଅନେକ ଛୋଟ କଣା କଲା ପରେ ଯାଇ ସେ ଫଟାଟି ସିଲାଇ (ବନ୍ଦ) ହୋଇଥାଏ । ସେମିତି ଗୋଟେ ଗୁପ୍ତ ମନୋବୃତ୍ତିକୁ ସାକାର କରିବାକୁ ହେଲେ ବହୁତ ବାହାନାର ଅବତାରଣା କରିବାକୁ ପଡ଼େ ଓ ବିଭିନ୍ନ ରକମର ଆଲର ଆଶ୍ରୟ ଆବଶ୍ୟକ ହୋଇ ଥାଏ । ଯେପରି ସେ ମନ୍ଦିରକୁ ବିଲମ୍ବରେ ଯିବା ପାଇଁ ଉଠିବା ଡେରି କରିବାରୁ ତା' ବୋଉର ସମସ୍ତ ପ୍ରଶ୍ନର ଉତ୍ତରରେ ତାକୁ ଅନେକ ମିଛ କହିବାକୁ ପଡ଼ିଲା । ବେଶୀ ଡେରି ପର୍ଯ୍ୟନ୍ତ ଶୋଇ ରହିଲେ ତାକୁ ଆହୁରି ଅନେକ ପ୍ରକାର ଅସ୍ଵାଭାବିକ ପ୍ରଶ୍ନର

ସମ୍ମୁଖୀନ ହେବାକୁ ପଡ଼ିପାରେ । ସେଥିପାଇଁ ମଧ ମିଛ ବାହାନାର ଆଶ୍ରୟ ନେଲେ ଘରେ ଅନ୍ୟମାନେ ତା' ଲାଗି ବ୍ୟସ୍ତ ହୋଇ ପଡ଼ିବେ । ଯାହା ଫଳରେ ପ୍ରଥମାଷ୍ଟମୀ ଭଲି ଆନନ୍ଦ ଦାୟକ ପର୍ବଟିର ମଉଜ ଉପଭୋଗ କରିବାର ସୁଯୋଗରୁ ଘରର ଅନ୍ୟମାନେ ବଞ୍ଚିତ ହେବେ । ସେଥିଲାଗି ସତୀକୁ ହିଁ ନୈତିକ ଭାବେ ଦାୟୀ ରହିବାକୁ ପଡ଼ିବ । କାରଣ ନିଜର ସୁବିଧା ଲାଗି ସୁଯୋଗ ସୃଷ୍ଟି କରିବାକୁ ଯାଇ ଅନ୍ୟମାନଙ୍କ ଆନନ୍ଦ ଉଲ୍ଲାସରେ ବାଧା ଦେବାକୁ ସେ କିଏ ? ଘରେ ଜାଣି ଜାଣି କୌଣସି ବିଶୃଙ୍ଖଳା ସୃଷ୍ଟି ନ କରିବା ପାଇଁ ତା' ବୋଉ ଡାକିବା ପରେ ପରେ, ଗତକାଲି ଲୁଗା ପାଇଁ ଛକ ବଜାରକୁ ଗଲାବେଳେ ଝୁଣ୍ଟି ପଡ଼ି କ୍ଷତ ହୋଇଥିବା ପାଦ ଆଙ୍ଗୁଲିର ଯନ୍ତ୍ରଣା ଭିଷଣ ବ୍ୟଥା ଦାୟକ କଥା ଉଠାଇ ଯେଉଁ ମିଛ ବାହାନାର ଅବତାରଣା ବିଷୟ ସେ ଉଠାପନ କରିବା ଲାଗି ସିଦ୍ଧାନ୍ତ ନେଇଥିଲା । ତା' ଦ୍ୱାରା ଘରେ ଅନ୍ୟମାନେ ବ୍ୟସ୍ତ ହୋଇ ଥାଆନ୍ତେ ଓ ସେମାନଙ୍କ ମନର ସରାଗ ନଷ୍ଟ ହୋଇଯାଇଥାଆନ୍ତା । ସେଥିପ୍ରତି ଦୃଷ୍ଟି ରଖି ସେ ନିଷ୍ଠିରୁ ଓହରି ଯାଇ ସତୀ ବିଛଣା ଛାଡ଼ି ଅଳସ ଭାଙ୍ଗି ଶୋଇବା ଘର ଭିତରୁ ବାହାରକୁ ଆସିଲା । ମାର୍ଗଶୀର ମାସ ସକାଳୁ ସାମାନ୍ୟ ଶୀତଶୀତ ଲାଗୁଥାଏ । ସତୀ ମୁହଁ ଧୋଇ ସାରି ଚୁଲି ପାଖରେ ବସି ନିଆଁ ଧାସରେ ସେକି ହେଲା । ମନ୍ଦିରକୁ ବିଳମ୍ବରେ ଯିବା ଉଦ୍ଦେଶ୍ୟ ରଖ଼ ଯଦିଓ ବୋଉ ଡାକିବା ଯୋଗୁ ଅଧିକ ସମୟ ଶୋଇ ରହିବାକୁ ସୁଯୋଗ ପାଇଲା ନାହିଁ । କିନ୍ତୁ ଜାଣିଜାଣି ଅନ୍ୟ ରକମର ଡେରି କରୁଥିଲା ।

ସବିତା ପିଠା ଦୁଇ ଭାରି କାଢ଼ି ସାରି ତୃତୀୟ ଭାରି ପିଠା ହାଣ୍ଡିରେ ଦେଉଥିଲେ । ହଳଦୀ ପତ୍ର ବେଢ଼ ଦିଆଯାଇ ତିଆରି ହୋଇଥିବା ଏଣ୍ଡୁରି ପିଠାର ବାସ୍ନାରେ ସାନ ପିଲା ଦୁଇଟିଙ୍କ ପାଟିରୁ ଲାଳ ଗଡ଼ିଲାଣି । ମାତ୍ର ପିଠାର ଲୋଭନୀୟ ବାସ୍ନାଠାରୁ ମନ୍ଦିରରେ ତାଙ୍କ ପାଇଁ ଅପେକ୍ଷା କରିବାର ଆକର୍ଷଣ ସତୀ ଲାଗି ଅଧିକ ତାପର୍ଯ୍ୟ ରଖ଼ଥିବାରୁ ସେ ଚଞ୍ଚଳ ଗାଧୋଇ ପିଠା ଖାଇବା ପରିବର୍ତ୍ତେ ସବୁ କାମ ଗଡ଼େଇ ଗଡ଼େଇ କରୁଥିଲା । ସପନି ଗାଁରୁ ଫେରି ଆସିଲାରୁ ସବିତା ତିଆରି ହୋଇଥିବା ପିଠାରୁ ପ୍ରଥମ ଭାରି ପିଠା ସତୀ ପାଇଁ ରଖି ଦେଇ ପଞ୍ଚଭାରି (ଦ୍ୱିତୀୟ ଭାରିର) ପିଠା ଆଣି ସପନିକୁ ଖାଇବାକୁ ଦେଲେ । ସପନି ସହିତ ସାନପିଲା ଦୁଇଟି ଖାଇ ବସିଲେ । ପ୍ରତ୍ୟେକ ଘରେ ସାନ ପିଲାମାନେ ଅନ୍ୟଦିନମାନଙ୍କ ଠାରୁ ପର୍ବପର୍ବାଣିମାନଙ୍କରେ ପ୍ରାୟତଃ ସମସ୍ତ ବୟସ୍କଙ୍କ ସାଙ୍ଗରେ ଖାଇ ଥାଆନ୍ତି । ସପନି ଖାଇ ସାରି ବାହାରକୁ ଗଲାପରେ ରାତିରୁ ବଟା ହୋଇ ରହିଥିବା ହଳଦୀକୁ ଆଣି ସତୀକୁ ଲଗାଇ ଦେବାକୁ ସବିତା–ସେବ ଓ ସରକୁ ବରାଦ କଲେ । ସେବ ଓ ସର ହଳଦୀ କାଉଆ ଧରି ସତୀକୁ ହଳଦୀ ଲଗାଇ ଦେବାକୁ ଆସିବାରୁ ସତୀର ଇଚ୍ଛା ନଥିଲେ ମଧ ସେ ବାଧ ହୋଇ ପୁରୁଣା ଅଦରକାରୀ ଚିରା ଲୁଗାଟେ ପାଲଟି ପକାଇଲା । ସେ ପିନ୍ଧିଥିବା ପୋଷାକରେ ହଳଦୀ ଲଗାଇଲା ସମୟରେ ହଳଦୀ ଲାଗିଲେ ପରେ ଆଉ ତାକୁ ପିନ୍ଧି ହେବ ନାହିଁ ବୋଲି ।

ମଝିଆଁ ଭଉଣୀ ଦୁଇ ଜଣ ତାକୁ ହଳଦୀ ଲଗାଇ ଦେଉଥିଲେ । ହଳଦୀ ଲଗାଇଲା ବେଳେ ସତୀ ଭାବୁଥିଲା ଯେପରି ବିବାହ ଲାଗି କନିଆକୁ ବଟା ହଳଦୀ ଲଗାଇ ଦିଆଯାଇ ମଙ୍ଗୁଳାଇଲା ପରି ତାକୁ ହଳଦୀ ଲଗାଇ ଦେଇ ମଙ୍ଗୁଳା ଯାଉଛି । ତଫାତ କେବଳ ଏତିକି ଯେ କନିଆକୁ ସାତଜଣ ସଧବା ମହିଳା ମଙ୍ଗୁଳାଇ ଥିଲା ବେଳେ ତାକୁ କେବଳ ତା' ଭଉଣୀ ଦୁଇଜଣ ହଳଦୀ ଲଗାଇ ଦେଉଛନ୍ତି । ସେ ଆଜି ହଳଦୀ ଲାଗି ମଙ୍ଗୁଳା କନିଆ ହୋଇ ମନ୍ଦିରକୁ ଯିବ । ନୂଆ ଶାଢ଼ି ପିନ୍ଧି ଅଭିସାରିକା ବେଶରେ ମନ୍ଦିର ମୁଖଶାଲାରେ ବସି ରହି ତା' ପ୍ରିୟ ପୁରୁଷ ମନର ମଣିଷର ପ୍ରତୀକ୍ଷାରେ ବସି ରହିବ ଯେ ପର୍ଯ୍ୟନ୍ତ ସିଏ ମନ୍ଦିରକୁ ନ ଆସିବେ ସେତେବେଳେ ଯାଏ ତାକୁ ତାଙ୍କ ପାଇଁ ଅପେକ୍ଷା କରିବାକୁ ପଡ଼ିବ ।

ହଳଦୀ ଲଗାଇ ସତୀ ଗୋଟାପୁଣି ହଳଦିଆ ଦିଶୁଥାଏ । ବଡ଼ଭାଇ ବଳଭଦ୍ର ଓ ସାନଭାଇ ଜଗନ୍ନାଥଙ୍କ ମଝିରେ ବସିରହିଥିବା ହଳଦୀ ବର୍ଣ୍ଣା ମା' ସୁଭଦ୍ରାଙ୍କ ପରି । ଏଠି ବଡ଼ଭାଇ ବଳଭଦ୍ରଙ୍କ ପରି ଶାନ୍ତ ସରଳ ସ୍ୱଭାବ ଗୁଣର ହେଲା ତା' ଦ୍ୱିତୀୟ ଭଉଣୀ ସେବ ଓ ସାନଭାଇ ଜଗନ୍ନାଥଙ୍କ ପ୍ରତିରୂପ ହେଉଛି ସର ଭାରିଧୃତ ଓ ବୁଦ୍ଧିମାନ । ସୁଭଦ୍ରା ତାଙ୍କ ଦୁଇ

ଭାଇଙ୍କ ମଝିରେ ରତ୍ନ ସିଂହାସନରେ ବସିଥିଲା ବେଳେ ଏଠି ସତୀ ତା' ଦୁଇ ଭଉଣୀଙ୍କ ମଝିରେ ବସିଥିଲା। ସୁଭଦ୍ରା ଗାଧୋଇସାରି ଠାକୁରଙ୍କ ଦର୍ଶନ ପାଇଁ ମନ୍ଦିରକୁ ଯିବା ବାଟରୁ ପଣ୍ଡୁ ରାଜାଙ୍କ ମଉଆ ପୁତ୍ର ଅର୍ଜୁନ ତାଙ୍କୁ ଅପହରଣ କରି ନେଲା ପରି ସେ ଆଜି ଧବଳେଶ୍ୱରଙ୍କ ଦର୍ଶନ ଲାଗି ଯାଇଥିଲା ବେଳେ ତାଙ୍କ ମୌଜାର ପୂର୍ବତନ ଜମିଦାର ଘର ସାନପୁଅ ଅଧରଙ୍କୁ ଚିଠି ଦେଲେ ସିଏ ତା' ଭଲ ପାଇବାର ପ୍ରମାଣ ତାଙ୍କୁ ଚିଠି ଦେବା ଦ୍ୱାରା (ଜାଣିପାରି) ପାଇଯିବା ପରେ ତାଙ୍କ ସାଙ୍ଗରେ ତାଙ୍କ ଘରକୁ ନେଇ ଯିବେ କି ? ସୁଭଦ୍ରାଙ୍କ ନାମର ପ୍ରଥମ ଅକ୍ଷର 'ଦନ୍ତେସ' ହୋଇଥିଲାବେଲେ ତା ନିଜ ନାଁର ପହିଲୁ ଅକ୍ଷର ସତୀ 'ଦନ୍ତେସ' ଆଉ ପଣ୍ଡୁରାଜାଙ୍କ ମଧ୍ୟମ ପୁତ୍ର ଅର୍ଜୁନଙ୍କ ନାମର ପ୍ରଥମ ଅକ୍ଷର 'ଅ' ହୋଇଥିଲା ସମୟରେ ତାଙ୍କ ମୌଜାର ଜମିଦାରଙ୍କ ସାନପୁଅ ଅଧରଙ୍କ ନାମର ପ୍ରଥମ ଅକ୍ଷର ମଧ୍ୟ 'ଅ'। ଅବଶ୍ୟ ସୁଭଦ୍ରାଙ୍କୁ ଅର୍ଜୁନ ତାଙ୍କ ସହମତିରେ ତାଙ୍କ ସାନଭାଇ କୃଷ୍ଣଙ୍କ ସମର୍ଥନରେ ଅପହରଣ କରିନେଇଥିଲେ। ସେହିପରି ଏଠି ତାଙ୍କୁ ତା' ସାଙ୍ଗ ସୁନିର ସହଯୋଗରେ ଅଧର ନେଇ ପାରିବେ। ସେମାନଙ୍କ ମଧ୍ୟରେ ଏତେ ସାମଞ୍ଜସ୍ୟ ଥିବାବେଲେ ସେପରି ଘଟଣା ଘଟନ୍ତାକି ଆଜି ତାଙ୍କ ଗାଁ ଧବଳେଶ୍ୱରଙ୍କ ମନ୍ଦିରରେ। ଯେପରି ବିଭା ହେବାକୁ ଯାଉଥିବା ଝିଅଟିକୁ ସାଇର ସାତ ଜଣ ସଧବା ମହିଲା ହଳଦୀ ଲଗାଇ ଦେଇ ମଙ୍ଗୁଲାଇ ଥାଆନ୍ତି। ତାକୁ ସେହିପରି ତା'ର ଦୁଇ ଭଉଣୀ ହଳଦୀ ଲଗାଇ ଦେଇ ମଙ୍ଗୁଲାଉ ଥିଲେ। ନଳକୂପ ପାଖକୁ ଯାଇ ଗଧୋଇବା ପାଇଁ ସତୀ ବସିଲା। ସେବ ପାଣି ହାବିସ କରି ଦେଉଥିଲା। ସର ତା' ଉପରେ ପାଣି ଢାଲୁଥାଏ। ସବିତା ପୁରୁଣା କପଡାଟିରେ ଘଷି ଦେଇ ତା' ଦେହରୁ ହଳଦୀ ଛଡାଇ ଦେଉଥିଲେ। ସତୀକୁ ଗାଧେଇ ଦେବାକୁ ତା' ବୋଉ ଓ ମଉଆଁ ଭଉଣୀ ଦି ଜଣ ଲାଗି ପଡ଼ି ଥାଆନ୍ତି। ସାନପିଲା ଦୁଇଟି ପାଖରେ ଠିଆ ହୋଇ ତାକୁ କୌତୂହଲ ପୂର୍ଣ୍ଣ ଦୃଷ୍ଟିରେ ଅନାଇ ରହି ଥାଆନ୍ତି। ସୁବଳ ବସିଥାଏ ଦାଣ୍ଡ ପିଣ୍ଡାରେ। ସତେ ଯେପରି ସତୀ ବାହା ହେବା ପାଇଁ ମଙ୍ଗୁଲା ହେଉଥାଏ।

ଦେହରୁ ହଳଦୀ ଛଡାଇ ସାରି ସବିତା ସାବୁନ ମାରି ସତୀକୁ ଗାଧୋଇ ଦେଲେ। ସତୀ ଗାଧୋଇ ସାରି ଲୁଗାପାଲଟି ଉଠି ଆସିବାରୁ ତା' ମଉଆଁ ଭଉଣୀ ଦୁହେଁ ବଳିଥିବା ବଟା ହଳଦୀ ଲଗାଇ ଓ ସାବୁନ ମାରିହୋଇ ସେହି ଜାଗାରେ ଗାଧୋଇ ପଡ଼ିଲେ।

ଗାଧୋଇ ସାରି ସତୀ ଶୁଖିଲା ଲୁଗାରେ ପୋଛି ପାଛି ହୋଇ ବସିଲା। ସେବ ଚନ୍ଦନ ପେଡ଼ି ଆଣି ଚନ୍ଦନ ଘୋରିଲା। ସର ବାଛିବାଛି ସତୀ ମୁହଁକୁ ଭଲ ମାନିଲା ଭଲି ସୁନେଲି ଟିକିଲି ବାହାର କଲା। ସବିତା ସତୀର ମୁଣ୍ଡ କୁଣ୍ଡାଇ ଦେଇ ନୂଆ ଶାଢ଼ି ଆଣି ପିନ୍ଧିବାକୁ ଦେଲେ। ସତୀ ନୂଆ ଶାଢ଼ିଟିକୁ ପିନ୍ଧିସାରି ଆସନ ଉପରେ ବସିଲା। ସେବ ତା' କପାଲର ଠିକ ଦୁଇ ଭୁଲତା ମଝିରେ ଲମ୍ବାଲିଆ କମକରା ସୁନେଲି ଟିକିଲିଟିକୁ ପିନ୍ଧାଇ ଦେଲା ଓ ମୁଖମଣ୍ଡଲରେ ଘୋରା ଚନ୍ଦନ ଟିପା ଲଗାଇ ଦେଲା। ସର ତା' ପାଦରେ ଅଲତା ଲଗାଇ ଦେଉଥାଏ। ବାମ ଗୋଡ଼ର ବୁଢ଼ା ଆଙ୍ଗୁଲିରେ ଅଲତା ଲାଗିବାରୁ ପୋଡ଼ି ଉଠିଲା। ହଳଦୀ ଲଗାଇ ଦେଲା ସମୟରେ ସେହି କ୍ଷତ ସ୍ଥାନରେ ହଳଦୀ ବାଜିବାରୁ ସାମାନ୍ୟ ପୋଡ଼ି ଉଠିଥିଲା। କିନ୍ତୁ ଅଲତା ଲାଗିବାରୁ ହଳଦୀ ଲାଗିବା ଅପେକ୍ଷା ଯନ୍ତ୍ରଣା ଟିକେ ଅଧିକ ହେଲା। ତାପରେ ତା' ଦୁଇ ଭଉଣୀ ସତୀକୁ ସାଙ୍ଗରେ ନେଇ ତାଙ୍କ ସାଇର ବୟୋଜ୍ୟେଷ୍ଠମାନଙ୍କ ପାଖକୁ ଗଲେ। ସତୀ ବୟସ୍କ ମାନଙ୍କୁ ପ୍ରଣାମ କଲା। ତା' ସହିତ ତା' ସାନ ଭଉଣୀ ଦୁଇଜଣ ମଧ୍ୟ ସେମାନଙ୍କୁ ଜୁହାର ହେଲେ।

ସାଇରେ ବୟସ୍କମାନଙ୍କୁ ଜୁହାର ହୋଇ ସାରି ଘରକୁ ଫେରିଆସି ତିନି ଭଉଣୀ ଗୋଟିଏ ଜାଗାରେ ଖାଇ ବସିଲେ। ସବିତା ସେମାନଙ୍କୁ ପରଶୁ ଥାଆନ୍ତି। ପିଠା ଖାଇ ସାରି ସତୀକୁ ତା ମଉଆଁ ଭଉଣୀ ଦୁଇଜଣ ସଜକରି ବସିଲେ। ସତୀର ହାତ ଆଙ୍ଗୁଲି ନଖରେ ନେଚୁରାଲ ମାରିଦେଲେ। ହାତ ପାପୁଲିରେ ଲଗାଇଦେଲେ ମେହେନ୍ଦି। ଆଖିରେ କଜ୍ଜଲ ଓଠରେ ଲିପ୍ ଷ୍ଟିକ୍। ଗୋଡ଼ରେ ଅଲତା ପଟି ପିନ୍ଧାଇ ଦେଲେ। ହାତରେ ଇନ୍ଦ୍ରଧନୁ ଚୁଡ଼ି। ନାକରେ ନାଲି ପଥର ବସା

ନାକଫୁଲ ଟିଏ ସେ ପିନ୍ଧିଥିଲା । ଗରିବ ଘର । ଅର୍ଥ ଅଭାବରୁ ସତୀର ବେକ ଓ କାନକୁ ଗହଣା ହୋଇ ପାରିନାହିଁ । ବେକ ଓ କାନ ଫୁଙ୍ଗୁଲା ଥାଇ ସୁଦ୍ଧା ସତୀ ସେ କଫିରଙ୍ଗର ଶାଢ଼ିରେ ଖୁବ ସୁନ୍ଦର ଦିଶୁଥିଲା । ଶାରୀରିକ ସୌନ୍ଦର୍ଯ୍ୟ ନଥାଇ ଦାମୀ ଶାଢ଼ି ପିନ୍ଧିଲେ କେହି ସୁନ୍ଦର ହୋଇ ଯାଏନା । ଅଙ୍ଗ ସୌଷ୍ଠବ ବ୍ୟତିରେକେ ଦାମୀ ଶାଢ଼ି ଓ ବହୁତ ଗୁଡ଼ିଏ ଅଳଙ୍କାରରେ ସଜେଇ ହୋଇ କେହି କେବେ ରୂପସୀ ହୋଇନଥାଏ ।

ସତୀକୁ ତା' ଭଉଣୀମାନେ ସଜେଇ ଦେଉଥିବା ବେଳେ ସେମାନଙ୍କ ଆଗ୍ରହ ତା' ପ୍ରତି ଆନ୍ତରିକତା ଦେଖି ଓ ସେମାନଙ୍କ ଲାଗି ନୂଆ ପୋଷାକ ହୋଇନଥିବାରୁ ସତୀମନରେ ଦୁଃଖ ଅନୁଭବ କରୁଥିଲା । ସେବ କେତେ ସରାଗରେ ଘୋରା ଚନ୍ଦନରେ ତା' ମୁଖ ମଣ୍ଡଳରେ ଟିପିଟିପି ଚନ୍ଦନ ଲଗାଇ ଦେଉଛି । ପାଦରେ ଅଲତା, ଆଖିରେ କଜ୍ଜଳ ରେଖା ଟାଣି ଦେଇ ଓଠରେ ଲିପ୍‌ଷ୍ଟିକ ଲଗାଇ ଦେଇ ଓଠ ଦୁଇଟିକୁ ନାଲି ମନ୍ଦାର ଫୁଲ ପରି କରି ଦେଇଛି । ନଖରେ ନେଚୁରାଲ ପାପୁଲିରେ ମେହନ୍ଦି ଲଗାଇ କମ କରି ଦେଇଛି ସର । ତାଙ୍କ ନିଜ ପାଇଁ ସେମାନେ ଯେତେ ବ୍ୟସ୍ତ ନୁହଁନ୍ତି । ତା' ଲାଗି ସେମାନେ ବେଶି ବ୍ୟଥିତ । ଏଇ ସେବ ଓ ସର ତା'ର ସାନ ଭଉଣୀ ହୋଇ ତାକୁ ତାଙ୍କ ସାଧମତେ ସଜାଇ ଦେଲେ । ତାଙ୍କ ଦେଇ କିପରି ଅଧିକ ସୁନ୍ଦର ଦିଶିବ । ସେଥିପାଇଁ ତାଙ୍କ ପାରୁପର୍ଯ୍ୟନ୍ତ ଲାଗିପଡ଼ି ତାକୁ ସେମାନେ ବେଶ କରୁଥାଆନ୍ତି । ତାଙ୍କ ଦେଇ ତାଙ୍କ ଗାଁର ସବୁଠାରୁ ରୂପବତୀ ଝିଅ । ସେଥି ସକାଶେ ସେମାନେ ମନରେ ଗର୍ବ ଅନୁଭବ କରନ୍ତି । ସେହି ରୂପସୀକୁ ଆହୁରି ଅଧିକ ଲୋଭନୀୟା କରି ସଜେଇ ଦେଇଥିବାରୁ ସେମାନେ ଖୁବ ଆନନ୍ଦିତା । ସେମାନେ ଖୁବ୍ ଭଲ ଭାବରେ ଜାଣିଛନ୍ତି ନୂଆ ଶାଢ଼ି ପିନ୍ଧି ସଜ ହୋଇ (ନିଜକୁ ସଜେଇ) ଗାଁର ପଡ଼ୁଆ ଝିଅମାନେ ଧବଳେଶ୍ୱରଙ୍କ ମନ୍ଦିରକୁ ଯିବେ । ସେଠାରେ ସମସ୍ତଙ୍କ ଭିତରେ ଯେତେବେଳେ ତାଙ୍କ ଦେଇ ଅଧିକ ସୁନ୍ଦର ଦିଶିବ ସେତେବେଳେ ସେମାନେ ନିର୍ଦ୍ଦିଷ୍ଟ ଖୁସି ହେବେ । ଯେତେହେଲେ ତାଙ୍କ ଦେଇ ତାଙ୍କ ଗାଁର ସବୁଠିଙ୍କ ଠାରୁ ବେଶି ସୁନ୍ଦର ଓ ଆଖପାଖ ଗାଁର ଝିଅମାନଙ୍କ ଅପେକ୍ଷା ଅଧିକ ରୂପବତୀ ।

ତାଙ୍କର ସେହି ରୂପସୀ ଦେଇ, ତାର ଲୋଭନୀୟା ଚେହେରା ପାଇଁ ଜଣଙ୍କର ଲୋଭର ପାତ୍ରୀ ହୋଇ ସାରିଛି । ଯେତେବେଳେ ସେମାନେ ଶୁଣିବେ ତା'ପରେ ସେମାନଙ୍କ ମନଭାବ ତା' ପ୍ରତି କିପରି ରହିବ ? ସେଇ କଥା ସେ ମନେମନେ ଚିନ୍ତା କରୁଥିଲା । ତାଙ୍କ ଦେଇ ଧବଳେଶ୍ୱରଙ୍କ ମନ୍ଦିରକୁ ଠାକୁରଙ୍କ ଦର୍ଶନ ବାହାନାରେ ଯାଇ ଜଣେ ଯୁବକକୁ ଯାହାକୁ ସେମାନେ ଚିହ୍ନ ନାହାଁନ୍ତି । ତା'ର ଆକର୍ଷଣୀୟା ରୂପ ଦ୍ୱାରା ଆକୃଷ୍ଟ କରୁଛି । ଯେତେବେଳେ ସେମାନେ ଜାଣି ପାରିବେ ତା' ପରେ ସେମାନେ ତାକୁ ଏଇନେ ଯେପରି ଭାବରେ ଆଦର କରୁଛନ୍ତି । ତାକୁ ସଜାଇ ଦେବାକୁ ଆଗ୍ରହ ପ୍ରକାଶ କରୁଛନ୍ତି । ସେହିପରି ଆନ୍ତରିକ ଭରା ଆଦର, ପ୍ରାଣ ଭରା ଭକ୍ତି, ହୃଦୟଭରା ଶ୍ରଦ୍ଧା କରିବେ ତ ? ପୂର୍ବପରି ଆମ୍ବିୟତା ଭରା ସମ୍ମାନ ଦେବେ ତ ?

ସେମାନେ ଯେବେ ଜାଣିବେ ତାଙ୍କ ଦେଇର ହୃଦୟ ସିଂହାସନକୁ ଜଣେ ପର ଦେଶୀ ଯୁବକ ଅଧିକାର କରି ସାରିଛି । ତାଙ୍କ ଦେଇର ଅନ୍ତରରେ ସେମାନଙ୍କର ସଂପୂର୍ଣ୍ୟ ଅପରିଚିତ ଜଣେ ବିଦେଶୀ ଯୁବକ ଆସ୍ଥାନ ଜମାଇ ବସିଛି । ତାଙ୍କ ଦେଇ ତା' ନିଜକୁ ତାଙ୍କ ପାଦତଳେ ସମର୍ପ ଦେଇ ତା' ଆପଣାମାନକୁ ତାଙ୍କୁ ବିନା ମୂଲ୍ୟରେ ବିକି ଦେଇଛି । ସେହି ଯୁବକଙ୍କୁ ମନର ମଣିଷ ଭାବରେ ବରଣ କରି ନେଇ ତାକୁ ଭଲପାଇ ବସିଛି । ତାଙ୍କୁ ତା' ପ୍ରାଣର ଠାକୁର ଭାବରେ ସ୍ୱୀକୃତି ଦେଇ ସାରିଛି । ସେତେବେଳେ ସିଏ ସେମାନଙ୍କୁ ମୁହଁ ଦେଖାଇ ପାରିବତ ? ସେମାନଙ୍କ ଆଗରେ ମଥାଟେକି କଥା କହି ପାରିବ ତ ? ସେମାନଙ୍କ ପାଖରେ ବଡ଼ ଭଉଣୀର ଦାବି ନେଇ ଠିଆ ହୋଇ ପାରିବତ ? ନିନ୍ଦା ଅପବାଦରେ ଜୁଡୁବୁଡୁ ହୋଇ ସିଏ ସେମାନଙ୍କୁ ବଡ଼ ଭଉଣୀର ପରିଚୟ ଦେବାକୁ ସାହାସ ବାନ୍ଧି ପାରିବ ତ ? ଦୁର୍ନାମରେ କଳଙ୍କିନୀ ହୋଇ ସେ ତାପରେ ଛାତି ଦମ୍ଭ କରି କହିପାରିବ କି ସେ ଯେଉଁ କର୍ମ କରିଛି ତା ଦ୍ୱାରା ତାଙ୍କ ପରିବାରର ଓ ସାନ

ଭଉଣୀମାନଙ୍କ ଭବିଷ୍ୟତ ଉପରେ, ତାଙ୍କ ବଂଶ ଓ ବୁନିଆଦିର ସମ୍ମାନ ତଥା ଇଜ୍ଜତ (ଉପରେ) ପ୍ରତି ଆଞ୍ଚ ଆସିଲା ପରି କିଛି ଗୁରୁତର କାର୍ଯ୍ୟ କରିନାହିଁ ବୋଲି ?

ସେମାନଙ୍କ ବିଶ୍ୱାସରେ ବିଷ ଦେଇ ସେ କେବେ ବି ଶାନ୍ତିରେ ରହି ପାରିବ ନାହିଁ। ସେମାନଙ୍କର ସରଳତାର ସୁଯୋଗ ନେଇ ସେ ଯେଉଁ କର୍ମ କରିଛି ତା' ଦ୍ୱାରା ତା' ନିଜ ଚରିତ୍ର ଉପରେ କଳା ଦାଗଟିଏ ଲାଗି ଯିବନି କି ? ତା' ବୋଉ ତାକୁ ଆବଶ୍ୟକ ଠାରୁ ଅତ୍ୟଧିକ ଶ୍ରଦ୍ଧା କରିବାର ପରିଣାମକୁ ସେ କ'ଣ ଏହିପରି କର୍ମ ଦ୍ୱାରା ପରିଶୋଧ କରିବାକୁ ଯୋଜନା କରିଛି ? ତା' ବାପାଙ୍କର ତା' ପ୍ରତି ନିରବ ସମର୍ଥନର ପ୍ରତିଦାନରେ ସେ ଯେଉଁ ବଦନାମ କରିବ ସେଥିଯୋଗୁ ତାଙ୍କ ମୁହଁ ତଳକୁ ହୋଇ ଯିବନି ତ ? ତାଙ୍କ ସାଇ ଲୋକଙ୍କର ତା' ଉପରେ ଯେଉଁ ଭରସା ରହିଥିଲା ତା'ର ପ୍ରତିବଦଳରେ ସେ ଯେଉଁ କଳଙ୍କ କିଣିବ। ସେଥିରେ ସେମାନେ ଆଉ ଆଗ ପରି ତାକୁ ସୁଖ ପାଇବେ ତ ?

ତା' ଭଉଣୀମାନେ ତାକୁ ସଜେଇ ଦେଉଥିଲା ବେଳେ ଏପରି ଭାବନା ମନକୁ ଆଣି ସତୀ ପ୍ରଥମାଷ୍ଟମୀର ପ୍ରକୃତ ଅନନ୍ଦ ଉପଭୋଗ କରି ପାରୁନଥିଲା। କୌଣସି କାମ ଅନ୍ୟମାନଙ୍କୁ ଲୁଚାଇ କଲେ ସେଥିରେ ଗୋପନୀୟତା ରକ୍ଷା କରିବା ନିହାତି ଜରୁରୀ ଆବଶ୍ୟକ ହୋଇଥାଏ। ଗୋପନରେ ହେଉଥିବା କାମଟି ଲୋକ ଲୋଚନ ଆଢୁଆଳରେ କରିବାକୁ ପଡ଼େ। ସେପରି କର୍ମ କରୁଥିବା ବ୍ୟକ୍ତିଟି ସର୍ବଦା ଧରା ପଡ଼ିଯିବା ଭୟ ଜନୀତ ଆଶଙ୍କାରେ ଆତଙ୍କିତ ହୋଇ ପଡ଼ୁଥାଏ। ଆଶଙ୍କା ମନରେ ଶଙ୍କା ସୃଷ୍ଟିକରେ। ଶଙ୍କାଗ୍ରସ୍ତ ମନ ଭୟ ବିହ୍ୱଳିତ ହୋଇ କୌଣସି କାର୍ଯ୍ୟ (ଲକ୍ଷ୍ୟ) ହାସଲର ପ୍ରକୃତ ସୁଖ କିମ୍ୱା ସଫଳତା ପ୍ରାପ୍ତିର ମଧୁର ସ୍ୱାଦ ଆସ୍ୱାଦନ କରିବାକୁ କିମ୍ୱା ତାହା ନିରୂପଣ କରି ତାର ସୁଫଳକୁ ଗ୍ରହଣ କରିବାକୁ ଆଦୌ ସମର୍ଥ ହୁଏନା। ଆଶଙ୍କା ଜନୀତ ଶଙ୍କାରେ ଆତଙ୍କିତ ଭୟ ବିହ୍ୱଳିତ ମନ କେବେ ବି କୌଣସି ପର୍ବ କିମ୍ୱା ଉସ୍ୱରୁ ବାସ୍ତବ ଖୁସି ଓ ଆନନ୍ଦ ଅନୁଭବ କରିବାକୁ ଅଥବା ଉପଭୋଗ କରିବା ପାଇଁ ସମର୍ଥ ହୋଇନଥାଏ। କାରଣ ମନର ସ୍ଥିରତା ଓ ଦମ୍ୟପଣ ସେ ହରାଇ ବସିଥାଏ। ସତୀ ଆଜି ସେପରି ଅନୁଭବ କରୁଥିଲା। ମନରେ ସ୍ୱଚ୍ଛତା ଥିଲେ। ସେ ମନ ଦର୍ପଣରେ କାହାରି ପ୍ରତିଛବି ପ୍ରତିଫଳିତ ହୋଇ ସବୁଦିନ ଲାଗି ଅଲିଭା ହୋଇ ରହି ପାରିବ ନାହିଁ। କିନ୍ତୁ ମନ ଦର୍ପଣରେ ଯଦି କୌଣସି କାରଣ ବଶତଃ କାହାରି ପ୍ରତିବିମ୍ୱ ପଡ଼ି ରହିଲା। ତେବେ ସେ ମନ ଆଇନାରେ ଆଉ ଅନ୍ୟ କାହାର ପ୍ରତିଛବି ପ୍ରତିଫଳିତ ହୋଇ ପାରିବ ନାହିଁ। କେବଳ ପୂର୍ବୋକ୍ତ ଛବିର ଦାଗଟି ନିଦିଷ୍ଟ ଭାବେ ଆସ୍ଥାନ ଜମାଇ ରହିଯିବ।

ପରିବାରର ଅନ୍ୟମାନଙ୍କ ଅଜାଣତରେ ତା' ମନରେ କଳଙ୍କର କାଳିମା ଲାଗି ଯାଇଛି। ତା ମନ ଦର୍ପଣରେ କେବଳ ନିଦିଷ୍ଟ ଜଣକର ପ୍ରତିଛବି ପ୍ରତିବିମ୍ୱିତ ହେଉଛି। ଜଣେ ତା' ହୃଦୟ ସିଂହାସନକୁ ଅଧିକାର କରି ନେଇଛି। ତା' ଅନ୍ତର ଭିତରେ ସିଏ ଆସ୍ଥାନ ଦୃଢ କରି ବସି ରହିଛି। ନିଜ ମନକୁ ସେ ଅନ୍ୟମାନଙ୍କ ଅଲକ୍ଷ୍ୟରେ ତାଙ୍କୁ ବିକି ଦେଇ ସାରିଛି। ସେହି ତା' ମନ ମଣିଷର ପାଦତଳେ ନିଜକୁ ସମର୍ପି ଦେବାର ସ୍ୱୀକୃତି ପାଇବା ପାଇଁ ଆପଣା ସମ୍ୱଭିର ସନ୍ତକ ସ୍ୱରୂପ ଚିଠିଟିକୁ ତାଙ୍କୁ ପ୍ରଦାନ କରି ତାଙ୍କ ସ୍ୱୀକୃତିକୁ (ସମର୍ଥନକୁ) ଅପେକ୍ଷା କରି ରହିବ।

ସେ ଆପଣ ମନକୁ ବିକି ଦେଇଛି ତା' ପ୍ରତିବଦଳରେ ବଦନାମକୁ କିଣିବା ଲାଗି। ନିଜର ସୁନାମକୁ ବିନା ମୂଲ୍ୟରେ ନିଲାମ କରି ଦେଇଛି। ସାମାଜିକ ଅପନିନ୍ଦାରେ ନିଜକୁ ବୁଡ଼ାଇ ଦେଇ କଳଙ୍କିନୀ ହେବା ପାଇଁ। ନିଜ ଭଉଣୀମାନଙ୍କର ତା' ପ୍ରତି ଥିବା ଶ୍ରଦ୍ଧା, ଭକ୍ତି, ସମ୍ମାନବୋଧ ଓ ଆଦରକୁ ଲକ୍ଷ୍ୟ କରି ସେମାନଙ୍କ ନିକଟରେ ନିଜକୁ ଛୋଟ କରି ଦେବାକୁ। ଆନ୍ତରିକ ଭାବେ ସେ ଚାହିଁ ନଥିଲେ ମଧ ଅଧରଙ୍କୁ ସାକ୍ଷାତ କରିବାର ମୋହରୁ ନିଜକୁ ମୁକୁଳାଇ ପାରୁନଥିଲା। ନିଜ ମନସ୍ତାମନା ପୂରଣ ନିମିତ୍ତ ପରିବାରରେ ଦୁର୍ନାମର ଦୁର୍ଗନ୍ଧ ଭରି ଦେବାକୁ ତା'ର ଇଚ୍ଛା ନଥିଲେ ସୁଦ୍ଧା ସେ ଅଧରଙ୍କୁ ଭଲପାଇବାର ଆକର୍ଷଣକୁ ହୃଦୟ ଭିତରୁ ବାହାର କରି ଦେଇ ପାରୁନଥିଲା। ନିଜର ବ୍ୟକ୍ତିଗତ ସାମୟିକ

ସ୍ୱାର୍ଥହାସିଲ ପାଇଁ ନିଜର ଦୁଇ ଭଉଣୀ ମାନଙ୍କର ଭବିଷ୍ୟତକୁ ସାମାଜିକ ବାନ୍ଧଦର ଅନ୍ଧକାର ଗହ୍ୱର ଭିତରକୁ ଠେଲି ଦେବାକୁ ତାର ଅନ୍ତରାମ୍ମା ସେଥିପାଇଁ ତାକୁ ବାଧା ଦେଉଥିଲେ ମଧ ସେ ଅଧରଙ୍କୁ ଭୁଲି ଯିବାର କଳ୍ପନା କରିପାରୁନଥିଲା ।

ଏହିପରି ଦୁଶ୍ଚିନ୍ତା ଓ ଦୁର୍ଭାବନା ମଧରେ ସନ୍ତୁଳି ହୋଇ ସେ ଧୂପକାଠି ଓ ଦିଆସିଲ ଧରି ମନ୍ଦିର ଉଦ୍ଦେଶ୍ୟରେ ଘରୁ ବାହାରି ଗଲା । ଗଲା ବେଳେ ଅଧରଙ୍କୁ ଘରଲୋକମାନଙ୍କ ଆଗୋଚରରେ ଭଲ ପାଇ ସେ ଯେଉଁ ଅକ୍ଷମଣୀୟ ଭୁଲ କରି ବସିଥିଲା । ସେହି କର୍ମ ପାଇଁ ଅନୁତାପ କରିବା ବ୍ୟତୀତ ତା' ପାଖରେ ଆଉ ବିକଳ୍ପ ଉପାୟ କିଛି ନଥିଲା । କାରଣ ପ୍ରେମ ହେଉଛି ଗୋଟିଏ ଚକ୍ରବ୍ୟୁହ । ପ୍ରେମୀ ଯୁଗଳମାନେ କେବଳ ଅଭିଶପ୍ତ ଅଭିମନ୍ୟୁଙ୍କ ପରି ସେ ପ୍ରେମ ଚକ୍ରବ୍ୟୁହକୁ ଭେଦ କରିବା ଶିଖିଛନ୍ତି । ସେ ପ୍ରେମ ଚକ୍ରବ୍ୟୁହ ମଧକୁ ପ୍ରବେଶ କରିବାର ପଥ ସେମାନଙ୍କୁ ବେଶ୍ ଭଲ ଭାବରେ ଜଣାଥିଲେ ସୁଦ୍ଧା । ସେଠାରୁ ଫେରି ଆସିବାର ବାଟ ସେମାନଙ୍କୁ ସଂପୂର୍ଣ୍ଣ ଅଗୋଚର । ଥରେ ଜଣକୁ ଭଲ ପାଇ ସାରିଲା ପରେ ଜୀବନ ସାରା ଯେତେ ଉଦ୍ୟମ କଲେ ମଧ ତାଙ୍କୁ କେବେବି ଭୁଲି ହୁଏ ନାହିଁ । ଥରେ ଜଣକୁ ମନ ଦେଇ ଦେଲେ ପରେ ଶତଚେଷ୍ଟା ସତ୍ତ୍ୱେ ସେଠାରୁ (ତାଙ୍କଠାରୁ) ଆଉ ମନକୁ ଫେରାଇ ଆଣି ହୁଏନା । ଥରେ କାହାକୁ ହୃଦୟରେ ସ୍ଥାନ ଦେଇ ସାରିଲା ପରେ ଅନେକ ଶ୍ରମଦ୍ୱାରା ମଧ ତାଙ୍କୁ ହୃଦୟ ମଧରୁ ଆଦୌ ତଡ଼ି ହୁଏନାହିଁ । ଜଣକୁ ଥରେ ଅନ୍ତରର ନିଭୃତ କୋଠରିରେ ସାଇତି ରଖି ସାରିଲା ପରେ ଯେତେ ଇଚ୍ଛା କଲେ ସୁଦ୍ଧା ତାଙ୍କୁ ସେଠାରୁ ଜମା ବାହାର କରି ହୁଏନା । ଥରେ କାହା ଆମ୍ଭ ସହିତ ଆମ୍ନିୟତା ସ୍ଥାପନ କରି ସାରିଲା ପରେ ତାଙ୍କ ଠାରୁ ସମ୍ପର୍କଚ୍ଛିନ୍ନ କରି ହୁଏନାହିଁ । ଥରେ ଜଣଙ୍କର ପ୍ରାଣ ସାଙ୍ଗରେ ପ୍ରଣୟସୂତ୍ରରେ ବାନ୍ଧି ହୋଇ ସାରି ଆଉ ତାଙ୍କ ପ୍ରେମ ଫାଶରୁ ଖସି ଆସିବା ସମ୍ଭବ ହୁଏନି ମୋତେ । ବ୍ୟଥା, ବିରହ, ବେଦନା, ଯନ୍ତ୍ରଣା, ନିନ୍ଦା, ଅପବାଦ ଓ କଳଙ୍କ ପ୍ରଭୃତି ସପ୍ତ ମହାରଥୀଙ୍କ ଦ୍ୱାରା ଯେତେ କ୍ଷତାକ୍ତ ହେଲେ ସୁଦ୍ଧା ସେଥିରୁ ମୁକୁଲିବା କେବେବି ସମ୍ଭବ ହୋଇନଥାଏ । ଲୋକ ଲଜ୍ୟା, ସଂସାରର ଠଙ୍ଗା, ପଡ଼ୋଶୀଙ୍କ ଟାପରା, ଦୁନିଆର ଗଞ୍ଜଣା ଓ ସାମାଜିକ ବାନ୍ଧଦର ଅସ୍ତ୍ର ଦ୍ୱାରା ସେ ଚକ୍ରବ୍ୟୁହର ଆଭ୍ୟନ୍ତର ସଜ୍ଜିତ ହୋଇଥାଏ । ମମତା, ଆକର୍ଷଣ, ମୋହ, ସନ୍ଦିଗ୍ଧା, ଶ୍ରଦ୍ଧା, ଆନୁଗତ୍ୟ ଏବଂ ଉତ୍ସର୍ଗୀକୃତ ମନୋଭାବ ଦ୍ୱାରା ସେ ଚକ୍ରବ୍ୟୁହର ଦ୍ୱାର ରୁଦ୍ଧ ହୁଏ । ବିଚରା ଅଭିମନ୍ୟୁଙ୍କ ପରି ପ୍ରେମୀ ଯୁବଳ ସେ ଭଲ ପାଇବା ରୂପକ ଚକ୍ରବ୍ୟୁହ ମଧରେ ପଡ଼ି ସାଇ, ପଡ଼ିଶାଙ୍କ ଠଟ୍ଟାଳିଆ କଥା ବିହ୍ୱଳଭରା ବ୍ୟଙ୍ଗ ଶୁଣିବା ଦ୍ୱାରା ଅକଥନୀୟ, ଅସହ୍ୟ ଯନ୍ତ୍ରଣାରେ ଯେତେ ଜର୍ଜରିତ ହେଲେ, ନିନ୍ଦା, ଅପବାଦ, ଲୋକନିନ୍ଦା ଅସ୍ତ୍ର ଆଘାତରେ ଯେତେ ବ୍ୟଥିତ ହେଲେ ଓ ସାମାଜିକ ବାନ୍ଧଦ ଯୋଗୁ ଯେତେ କଷ୍ଟ ଭୋଗିଲେ, ସଂସାରର ଆକଟ ଦ୍ୱାରା ଯେତେ ଦୁଃଖ ପାଇଲେ, ଦୁନିଆର ପରିହାସ ଶୁଣି ଯେତେ ବ୍ୟଥାରେ ଜର୍ଜରିତ ହେଉଥିଲେ ସୁଦ୍ଧା ସେମାନେ ସେ ପ୍ରେମ ଚକ୍ରବ୍ୟୁହରୁ ବାହାରିବାକୁ ସକ୍ଷମ ହୋଇ ପାରନ୍ତି ନାହିଁ । ଆହୁରି ମଧ ସେଥିରୁ ମୁକୁଲି ଆସିବାକୁ ସେମାନଙ୍କର ଆନ୍ତରିକ ଇଚ୍ଛା ବା ଆଗ୍ରହ ମୋତେ ନଥାଏ । ମହାଭାରତର କାଶୀ ରାଜକନ୍ୟା ଅମ୍ବାଙ୍କ ପରି ଅନୁତାପାନଳରେ ଜଳିଜଳି ଅଙ୍ଗାର ହେବା କେବଳ ସାର ହୋଇଥାଏ । ପ୍ରଣୟୀମାନେ ପ୍ରେମ ଚକ୍ରବ୍ୟୁହରୁ କେବେ ବି ନିଜକୁ ମୁକ୍ତ କରି ପାରନ୍ତି ନି କିମ୍ବା ସେଥିପାଇଁ ମଧ ସେମାନେ ପ୍ରସ୍ତୁତ ନଥାଆନ୍ତି । ସତୀ ଭାବୁଥିଲା ସେହିପରି ସେ ପ୍ରେମ ଚକ୍ରବ୍ୟୁହରୁ କେମିତି ନିଜକୁ ମୁକୁଲାଇ ପାରିବ ? ସେହି ବିଚ୍ୟୁତି ଜନୀତ ତୁଟି ପାଇଁ ସେ ସାରା ଜୀବନ କେବଳ ସଞ୍ଜ୍ୟସଲିତା ପରି ଜଳି ଚାଲିଥିବ । ଦୀପାଳୀର ସଲିତା ଭଳି ଜଳିଜଳି ଶେଷ ହୋଇଯିବ ପଛକେ ସେଥିରୁ କେବେବି ପରିତ୍ରାଣ ପାଇ ପାରିବ ନାହିଁ । କାରଣ ପ୍ରେମୀ ଯୁଗଳମାନେ ଅଭିଶପ୍ତ ଅଭିମନ୍ୟୁ ପରି ପ୍ରେମ ଚକ୍ରବ୍ୟୁହ ମଧକୁ ପ୍ରବେଶ କରିବାର ବିଦ୍ୟା ହାସିଲ କରି ଥାଆନ୍ତି ନିପୁଣ ଭାବେର । ମାତ୍ର ସେଠାରୁ ଫେରିବାର କଳା କୌଶଳ ସେମାନଙ୍କ ଆଦୌ ଜଣାନଥାଏ । ସେଥିରୁ ଲେଉଟି ଆସିବାର ରାସ୍ତା ଏମାନଙ୍କ ଜ୍ଞାତ ସାର ବାହାରର ବିଷୟ ହୋଇ ରହି ଯାଇଥାଏ ।

ଅଭିଶପ୍ତ ଅଭିମନ୍ୟୁ ପରି ପ୍ରେମ ଚକ୍ର ବ୍ୟୂହରେ ପ୍ରେମିକ ଓ ପ୍ରେମିକାମାନେ ଧସେଇ ପଶନ୍ତି। ମାତ୍ର ସେଥିରୁ ବାହାରି ପାରନ୍ତି ନାହିଁ। ସେଥିରୁ ବାହାରି ଆସିବାର ବାଟ ସେମାନଙ୍କୁ ଜଣାନଥାଏ। କେବଳ ତା' ମଧ୍ୟକୁ ପ୍ରବିଷ୍ଟ ଜ୍ଞାନରେ ପ୍ରବିଣ ନିଜକୁ ସେହି ବିଦ୍ୟାରେ ରଥୀ, ମହାରଥୀ ବୋଲାଉ ଥିବା ପ୍ରେମି ଯୁଗଳମାନଙ୍କ ଅବସ୍ଥା ଅଧିକ ମୂର୍ଖତା ଓ ଅକ୍ଷତାର ଏବଂ ଦୟନୀୟତାର ପରିଚୟ ପ୍ରଦାନ କରିଥାଏ କେବଳ। ଯେମିତି ପରମ ପ୍ରେମିକମାନେ ସଂସାରକୁ ନୀତିଶିକ୍ଷା ଦେବାକୁ ଯାଇ ଅନ୍ୟମାନଙ୍କୁ ପ୍ରବଚନ ପ୍ରଦାନକାରୀ ପଣ୍ଡିତମାନଙ୍କ ପରି ହଜାର ହଜାର ଲୋକଙ୍କୁ ବାଟୁଲି ବାଜୁ ନଥିବା ପାଟିରେ ଜ୍ଞାନ ବଧ୍ୟାନ କରି ମୁଗ୍ଧ ଓ ସ୍ତବ୍ଧ କରି ଦେଉଥିବା ଅବା ଏହି ବଚନ ସର୍ବସ୍ୱ ଯେଉଁମାନେ କି କର୍ମ ସର୍ବସ୍ୱ ବୋଲାଉ ଥିଲେ ବି ନିଜଠାଁ ସେ ଜ୍ଞାନ ଯେ ଟିକିଏ ହେଲେ ନାହିଁ ଓ ସେ କଥା ତାଙ୍କ ନିଜ ଦେହରେ ମୋଟେ ଭେଦିନି ତାହା କେମିତି ସେ ନିପୁଣ ପ୍ରେମିକ ଓ ପ୍ରେମିକାମାନେ ବୁଝିବେ। "କହି ଦେଉଥାଉ ପରକୁ। ବୁଦ୍ଧି ନଦିଶଇ ଘରକୁ।" କଥା ପରି ଯେ କହି ଦେଉଥିବା ବଚନ ସର୍ବସ୍ୱ ଯେଉଁମାନେ କି କଥା କୁହା ଜ୍ଞାନୀ ସେମାନେ କେବେବି କର୍ମ ସର୍ବସ୍ୱ ଅର୍ଥାତ୍ ପ୍ରକୃତ ଜ୍ଞାନୀ ନୁହଁନ୍ତି। କେବଳ ଜ୍ଞାନ କୁହାଲିଆ ମାତ୍ର।

ସତୀ ଚାଲିଥାଏ ମନ୍ଦିର ଉଦ୍ଦେଶ୍ୟରେ। ତାଙ୍କ ସାଇ ପାର ହୋଇ ସେ ଦୁଇ ସାଇ ମଝିରେ ଥିବା ନାଳ ଅତିକ୍ରମ କରିଗଲ। ସୁନି ତାକୁ ଅପେକ୍ଷା କରି ଘର ଦୁଆର ମୁହଁରେ ଠିଆ ହୋଇ ରହିଥିଲା। ସତୀକୁ ଦେଖି ସେ ରାସ୍ତା ଉପରକୁ ଚାଲି ଆସିଲା। ଦୁଇସାଙ୍ଗ ମନ୍ଦିର ଆଡ଼େ ଚାଲିଲେ। ଯେ କୌଣସି ବଡ଼ ଧରଣର ଲକ୍ଷ୍ୟ ହାସଲ କରିବାକୁ ହେଲେ, ଅନେକ ଛୋଟ ଘଟଣା ପ୍ରତି ଆଖି ବୁଜି ଦେବାକୁ ହୋଇଥାଏ। ଅଧରଙ୍କୁ ଚିଠି ଦେବାକୁ ଥିବାରୁ ସୁନି ତା' ଲାଗି ପ୍ରଥମାଷ୍ଟମୀକୁ ତା' ବାପା ଆଣିଥିବା ଶାଢ଼ିଟି ତା'ର ମନୋନୀତ ନହୋଇଥିଲେ ମଧ ସୁନି ବିନା ଆପଉିରେ ସେଦିନ ସେ ଶାଢ଼ିଟିକୁ ପିନ୍ଧି ସତୀକୁ ଅପେକ୍ଷା କରି ରହିଥିଲା। ଛୋଟ କଥାରେ ମୁଣ୍ଡ ପୂରାଇ ବିଭ୍ରାଟ ସୃଷ୍ଟିକଲେ ବଡ଼ କାମଟିକୁ କରିବା କେବେ ସମ୍ଭବ ହୋଇନଥାଏ। ସେଥିପାଇଁ ଲୁଗାକୁ ନେଇ ଘରେ ପ୍ରଥମାଷ୍ଟମୀ ପରି ପର୍ବ ଦିନଟିରେ ଅଶାନ୍ତି ବାହାର ନକରି ଭଲରେ ଭଲରେ ଲୁଗା ପିନ୍ଧି ସୁନି ନିଜକୁ ପ୍ରସ୍ତୁତ କରି ନେଇଥିଲା। ଲୁଗା ଲାଗି ଘରେ ବିଶୃଙ୍ଖଳା କାଢ଼ି ଚିଠିଟିକୁ ଅଧରଙ୍କୁ ଦେବା ପାଁ ଥିବା ସୁଯୋଗକୁ ସେ ହାତଛଡ଼ା କରିବାକୁ ଚାହୁଁନଥିଲା। ଗାଁ ମୁଣ୍ଡ ମୋଡ଼ ପାରିହେଲା ପରେ ରାସ୍ତା ନିର୍ଜନ ଦେଖି ସୁନି ପଚାରିଲା "ଚିଠି ଆଣିଛୁ ?" ଚାରିଆଡ଼କୁ ଥରେ ଅନାଇ ଦେଇ ସତୀ ଅତି ସହଜ ଭାବରେ ଉତ୍ତର ଦେଲା। "ହଁ ଆଣିଛି।" ସତୀ ପାଖକୁ ଲାଗିଯାଇ ସୁନୀ କହିଲା "ବିଭୂତି ଟିପା ଲଗାଇ ଦେଲା ବେଳେ ମନରେ କରି ତାଙ୍କ ଜମା ପକେଟରେ ଗଲାଇ ଦେବୁ" ସୁନି କଥାର କୌଣସି ଉତ୍ତର ନଦେଇ ସତୀ ନିରବରେ ଆଗକୁ ଚାଲିଲା। ବାଟରେ ଆଉ କେହି କାହାରିକୁ କିଛି କହିଲେ ନାହିଁ।

ମନ୍ଦିରରେ ପହଞ୍ଚି ଧୂପ ଲଗାଇ ଠାକୁରଙ୍କ ଉଦ୍ଦେଶ୍ୟରେ ବୁଲାଇ ସାରି ମହାଦେବଙ୍କୁ ଦୁହେଁ ଜୁହାର ହେଲେ। ଜୁହାର ହେଲା ବେଳେ ସତୀ ଜଣାଇଥିଲା, ଯେପରି ଲୁଗା ପାଇଁ ଛକ ବଜାରକୁ ଯାଇ ତାଙ୍କ ଦେଖା ପାଇଥିଲା। ଆଜି ସେମିତି ତାଙ୍କ ସାକ୍ଷାତ ମିଲୁ। ଗତ ପହରି ଦିନ ଛକ ବଜାରକୁ ଗଲା ବେଳେ ସତୀ ଧବଲେଶ୍ୱରଙ୍କୁ ଜୁହାର ହେବା ସମୟରେ କହିଥିଲା। "ଯେପରି ସେଠାରେ ତାଙ୍କ ଦେଖା ମିଲୁ।" ତା'ର ସେ କାମନା ତା' ଭାଗ୍ୟ ବଲରୁ ହେଉ ବା ଧବଲେଶ୍ୱରଙ୍କ ଆର୍ଶିବାଦରୁ ହେଉ ଯେତେ ବେଳେ ପୂରଣ ହୋଇଥିଲା। ଆଜି ତାର ପୁଣି ସେହି କାମନା ମନରେ ଜାଗ୍ରତ ହେଲା ଏବଂ ସେ ଧୂପକାଠି ବୁଲାଇଲା ବେଳେ ଓ ଜୁହାର ହେବା ସମୟରେ ଠାକୁରଙ୍କୁ ସେହି କଥା ପୁନର୍ବାର ଜଣାଇଲା।

ପାଦୁକ ପାଇ ହାତ ଧୋଇସାରି, ସୁନି କପାଳରେ ସତୀ ଓ ସତୀ କପାଳରେ ସୁନି ବିଭୂତି ଟିପା ଲଗାଇ ଦେଇଥିଲେ। ଟିପା ଲଗାଇ ଦେଲା ବେଳେ ସୁନି କହିଲା, "ସତୀ ତୁ ଆଜି ଭାରି ସୁନ୍ଦର ଦିଶୁଛୁ;"

ସୁନି କଥା ଶୁଣି ସୁଦ୍ଧା ସତୀ ନିରବ ରହିଲା। ତା' କଥାର କୌଣସି ଉତ୍ତର ଦେଲା ନାହିଁ। ସତୀକୁ ନିରୁତ୍ତର ରହିବା ଦେଖି ସୁନି ପଚାରିଲା, "କ'ଣ କିଛି କହୁନାହୁଁ? ଘରୁ ଆସିଲାବେଳେ ନିୟମ କରି ଆସିଛୁ କି କେବଳ ତୋ' ଲୋକଙ୍କୁ କଥା କହିବୁ। ଆଉ କାହା ସହିତ କଥା ହେବୁନି? ଏଠି ଠାକୁରଙ୍କୁ ଜୁହାର ହେଲା ସମୟରେ ଶପଥ ନେଲୁକି ଖାଲି ତାଙ୍କ ସହିତ ତୋ'ର ବାର୍ତ୍ତାଳାପ ହେବ, ତାଙ୍କ ଛଡ଼ା ଆଉ କାହାରି କଥାରେ ତୁ ଉତ୍ତର ସୁଦ୍ଧା ଦେବୁନି?"

"ମୋ ଲୋକ କିଏ?" ସତୀ ପଚାରିଲା, "ତୁ ତାଙ୍କୁ କାହାକୁ କହୁଛୁ?"

"ଯିଏ ତୋ'ର ହୋଇଥିବେ। ସେଇୟାଙ୍କୁ ତୋ'ଲୋକ ବୋଲି ଧରି ନେବାକୁ ହେବ। ସାଧାରଣତଃ ନାରୀମାନେ ସେମାନଙ୍କ ସ୍ୱାମୀଙ୍କ ନାଁ ଧରନ୍ତି ନାହିଁ। ସେଥିପାଇଁ ତୋ'ର ସେଇଆଙ୍କୁ ମୁଁ 'ତାଙ୍କୁ' ବୋଲି ସମ୍ବୋଧନ କଲି।"

"ତୁ ଯାହାଙ୍କ କଥା କହୁଛୁ, ସିଏ ପୁଣି କିଏ?"

"ମୁଁ କେମିତି ଜାଣିବି ତୋ'ର- 'ତାଙ୍କୁ'?"

"କାହିଁକି ତୁ କ'ଣ ମୋର ନୁହଁ?"

"ସିଏ ହେଲେ ତୋ'ର ଏକାନ୍ତ ନିଜର, ମୁଁ କେମିତି ତୋ'ର ହେବି?"

"କାହିଁକି? ତୁ ମୋ'ର ନୁହଁ। ଏକଥା ମୁଁ ତୋତେ କେବେ କହିଛି?"

"ନା ତୁ ସେ କଥା କହିନୁ, ମୁଁ ମାନୁଛି। ମୁଁ ତୋ'ର। କିନ୍ତୁ ତୋ' ମନର ଅର୍ଥାତ୍ ଖୁବ୍ ଆପଣାରମାନେ ଅତି ଘନିଷ୍ଠତମ ଏକାନ୍ତ ନିବିଡ଼ତର ନୁହେଁ।"

"ମୋର, ପୁଣି ମୋ ନିଜର ନୁହଁ। ଇୟେ କେମିତିକା କଥା?"

"ମାନେ ମୁଁ ତୋ' ସାଙ୍ଗ, କିନ୍ତୁ ତୋ' ନିଜ ମନର ମଣିଷ ନୁହେଁ।"

"ତୋତେ କ'ଣ ମୋ ମନର ମଣିଷ ହେବାକୁ ମୁଁ କେବେ ତୋତେ ମନା କରିଛି?"

"ନା, ତୁ ମନା କରିନୁ; ମାତ୍ର ମୁଁ ହୋଇ ପାରିବି ନାହିଁ।"

"କାହିଁକି?"

"ତୁ ହେଲୁ ଝିଅଟିଏ, ମୁ ବି ହେଉଛି ଯୁବତୀଟିଏ। ଗୋଟିଏ ଯୁବତୀ ଆଉ ଜଣେ ଯୁବତୀର ଅନ୍ତରଙ୍ଗ ସାଙ୍ଗ ହୋଇ ପାରିବ। ଘନିଷ୍ଠ ବାନ୍ଧବୀ ମଧ୍ୟ ନିବିଡ଼ତମ ସାଥୀ ସୁଦ୍ଧା। ହେଲେ ତା' ମନର ମଣିଷ ହୋଇ ପାରିବିନି। ପ୍ରାଣର ସଙ୍ଗିନୀ ହେବ କିନ୍ତୁ ପ୍ରିୟ ପୁରୁଷ ହୋଇ ପାରିବିନି। ହୃଦୟର ବାନ୍ଧବୀ ହେବ ଅଥଚ ପରାଣ ମିତ ନୁହେଁ। ଆଉ ସେମାନଙ୍କ ମଧ୍ୟରେ ଆମ୍ମିୟତା ଯେତେ ସୁଦୃଢ଼ ହେଲେ ମଧ୍ୟ ସେ ତା' ଜୀବନର ଦେବତା ହୋଇ ପାରିବ ନାହିଁ। କେବଳ ଯୁବକଟିଏ ଯୁବତୀର ଇହକାଳ ପରକାଳର ଦେବତା, ପ୍ରାଣର ଠାକୁର, ଅନ୍ତରର ଆରାଧ୍ୟ ହୋଇଥାଏ ଏବଂ ଯୁବତୀଟିଏ ଯୁବକର ମନର ମାନସୀ, ପ୍ରାଣର ପ୍ରେୟସୀ ଓ ପ୍ରୀତିର ପ୍ରତିମା ହୋଇ ପାରିବ।"

"ସେ ମନର ମଣିଷ, ମନର ମାନସୀ, ହୃଦୟର ଦେବତା, ଆମ୍ୱାର ପ୍ରିୟତମ, ପ୍ରାଣର ଠାକୁର ଆଉ ଅନ୍ତରର ଅନ୍ତରଙ୍ଗ କଥା ଛାଡ଼ି ତୋ-ମୋ କଥା କହ।"

"ହେଉ ହେଲା। ଏବେ ତୋ' କଥା ରହିଲା। ତୋ' କଥା କହୁଛି। ତୁ ମନ ଦେଇ ଶୁଣ।"

ସତରେ ସତୀ ତୁ ଆଜି ଯେମିତି ଦିଶୁଛୁନା, ମୁଁ ଯଦି ସତରେ ପୁଅଟିଏ ହୋଇ ଥାଆନ୍ତି। ତା' ହେଲେ ସେ ଜାତି ପାତି, କୁଳଗୋତ୍ର କିଛି ନ ମାନି ମୁଁ ଆଜି ତୋତେ ଏହି ଧବଳେଶ୍ୱରଙ୍କ ପାଖରେ ବାହା ହୋଇ ଆମ ଘରକୁ ବୋହୂ କରି ନେଇ ଯାଆନ୍ତି।

ସୁନି କଥା ଶୁଣି ସତୀ କହିଲା, "ମୋତେ ବାହା ହେବାକୁ ତୋତେ କିଏ ମନା କରୁଛି କି ?"

"କିଏ କାହିଁକି ମନା କରିବ ।"

"କେହି ତ ମନା କରୁ ନାହାଁନ୍ତି । ତେବେ ମୁଁ ତୋତେ ବିଭା ହେବାକୁ ଅରାଜି ହେଉଛି କି ? ନା' ତୁମ ଘରକୁ ବୋହୂ ହୋଇ ଯିବାକୁ ଅମଙ୍ଗ ହେଲି ? ଗାଁ ଦାଣ୍ଡରେ ତୁ ତ ଅନେକ ଥର ମୋ ପାଇଁ ବର ହୋଇଛୁ । କେତେ ଥର ମୋତେ ବାହା ହୋଇଛୁ । ତୋ' ସହିତ ବହୁତ ଥର ମୋର ହାତଗଣ୍ଠି ପଡ଼ିଛି । ଆମେ ଦୁହେଁ ଅନେକ ବାର ବର-କନିଆଁ ହୋଇ ଗାଁ ଦାଣ୍ଡ ବେଦୀରେ ବସିଛନ୍ତି । ସେହିପରି ଆଜି ଏଇ ଧବଳେଶ୍ୱରଙ୍କ ମନ୍ଦିରରେ ମୋତେ ବାହା ହୋଇପଡ଼ । ଗାଁ ଦାଣ୍ଡରେ ଅନେକ ବାର ବାହା ହୋଇଥିବା ଲୋକଟି ଏଇନେ ଧବଳେଶ୍ୱରଙ୍କ ମନ୍ଦିରରେ ମାତ୍ର ଥରୁଟେ ବାହା ହୋଇ ନ ପାରିବ କାହିଁକି ?"

"ସତୀ ତୁ ବୁଝୁନୁ କାହିଁକି । ସେ ସବୁ ପିଲା ଦିନର ଧୂଳି ଖେଳ ବେଳର ମିଛି ମିଛିକା ବାହାଘର ।"

"ଏଇନେ ନହେଲେ ସତ ସତିକା ବାହାଘର । ଏଇଆଟ, ବାହାଘର ତ ବାହାଘର । ସେଠିରେ ପିଲା ଦିନର ଧୂଳି ଖେଳ ସମୟର ମିଛି ମିଛିକା ଆଉ ବଡ଼ ବେଳର ସତସତିକା କ'ଣ ? ସବୁ ବାହାଘର ସମାନ ସୁନି । ମିଛି ମିଛିକା କ'ଣ ସତ ସତିକା ହୋଇ ଯାଉନାହିଁ ? ତୁ ମୋତେ ଏଇଠି ଏଇକ୍ଷଣି ବାହା ହ । ମୁଁ ପୁରା ପୂରି ପ୍ରସ୍ତୁତ ହୋଇ ଆସିଛି ।"

"ସତୀ ଗୋଟେ ଯୁବତୀ ଆଉ ଜଣେ ଯୁବତୀକୁ କେମିତି ବାହା ହେବ ?"

"ଆଗ୍ରହ ଥିଲେ । ଆବେଗ ଥିଲେ । ଉସ୍ସାହ ଥିଲେ । ମନ ଥିଲେ । ଇଚ୍ଛା ଥିଲେ । ସାହାସ ଥିଲେ । ହିମତ ଥିଲେ । ଓକାତ ଥିଲେ । ଆମ୍ବିଶ୍ୱାସ ଥିଲେ । ଦୃଢ଼ତା ଥିଲେ । ଅଟୁଟ ନିଷ୍ଠା ସହିତ ନିର୍ଦ୍ଦିଷ୍ଟ ଲକ୍ଷ୍ୟ ରହିଥିଲେ ହୋଇପାରିବ ସୁନି ସବୁକିଛି ହୋଇପାରିବ । ଏଣିକି ଯୁବତୀ-ଯୁବତୀଙ୍କୁ ବାହା ହେଲେଣି । ଏବେକୁ ସମଲିଙ୍ଗଙ୍କ ମଧ୍ୟରେ ବିବାହକୁ ଆମ ଦେଶର ସର୍ବୋଚ୍ଚ ନ୍ୟାୟାଳୟ ସ୍ୱୀକୃତି ଦେଲାଣି ।"

"ସତୀ ତୁ ରାଜି ଥିଲେ କ'ଣ ହେବ । ମାତ୍ର ସେ ଯୋଗ୍ୟତା ମୋର ନାହିଁ" ।

"ମୁଁ ତ ଯୋଗ୍ୟତା ଖୋଜୁନାହିଁ ।"

"ତୁ ନଖୋଜିଲେ କ'ଣ ହେବ । ମୁଁ ସେଥିପାଇଁ ସଂପୂର୍ଣ୍ଣ ଅସମର୍ଥ । ଅପାରଗ, ଅକ୍ଷମ, ଅଯୋଗ୍ୟ ।"

"ତୋ'ର ସେ ଯୋଗ୍ୟତା ନାହିଁ । ତୁ ଅପାରଗ, ଅସମର୍ଥ, ଅକ୍ଷମ । ତୋ' ଦେଇ ଶାଗ ସିଝିବନାହିଁ । ଏଇ ସାମାନ୍ୟ କଥାଟିକୁ ତୁ ପାରୁନାହିଁ । ଏଇ ଛୋଟିଆ କାମଟି ତୋ' ଯୋଗେ ହୋଇ ପାରିବନି । ଏଭଳି ମାମୁଲି କାର୍ଯ୍ୟଟିକୁ କରିବା ଲାଗି ତୁ ଅସମର୍ଥ । ଆଉ ଭାରି ତ ମୁହଁ ଭୁରୁଡ଼ି ମାରୁଛୁ ? ଶୁଖୁଲାଟାରେ ଫୁଟାଣି ଝାଡ଼ୁଛୁ ? ନୁଖୁରାଟାରେ ମୁହଁ ତୋଡ଼ ଦେଖାଉଛୁ ? ତୁଚ୍ଛାଟାରେ ଷୋଳପଣ କରାମତି କାଢ଼ୁଛୁ ?"

"ସତୀ ତୁ କାହାକୁ ସାମାନ୍ୟ କଥା କହୁଛୁ । ନିଜ ବର୍ଣ୍ଣରେ ବାହା ହେବା । ନିମ୍ନ ବର୍ଗ ସହିତ ବନ୍ଧୁ ବାନ୍ଧିବା କିମ୍ବା ଅଜାତିରୁ ଗୋଟିଏ ଝିଅକୁ ନିଜ ଘରକୁ ବୋହୂ କରି ନେବା କେବେବି ଛୋଟିଆ କଥା ନୁହେଁ । କୌଣସି କାମକୁ ଆଦୌ ସାମାନ୍ୟ ଭାବିବ ନାହିଁ । କଦାପି ହେୟଜ୍ଞାନ କରିବ ନାହିଁ । କୌଣସି ଘଟଣାକୁ ଜମା ଛୋଟ ଭାବିବ ନାହିଁ । କାହାକୁ ହୀନ ଦୃଷ୍ଟିରେ ଦେଖିବା ନିହାତି ବୋକାମୀ । ସମୟେ ସମୟେ ନିହାତି ଛୋଟ କାମଟିର ଏମିତି ଗୁରୁତ୍ୱ ଥାଏ ଯେ ତାହା ସମଗ୍ର ସମାଜକୁ ଖୁବ୍ ଗଭୀର ଭାବରେ ପ୍ରଭାବିତ କରିପାରେ । ସେଠି ବ୍ୟକ୍ତି ବିଶେଷ କଥା ପଚାରେ କିଏ ? ସାମାନ୍ୟ ଛୋଟିଆ ଘଟଣାଟିଏ ବେଳେ ବେଳେ ଯେ କୌଣସି ବଡ଼ ଘଟଣା ଠାରୁ ଅଧିକ ପ୍ରଭାବଶାଳୀ ଓ ମହତ୍ତ୍ୱପୂର୍ଣ୍ଣ ସାବ୍ୟସ୍ତ ହୋଇଥାଏ । ଯେପରି ଦ୍ୱିତୀୟ ବିଶ୍ୱଯୁଦ୍ଧ ବେଳେ ଆମେରିକା ଦ୍ୱାରା ଯେଉଁ ପରମାଣୁ ବୋମା ଦୁଇଟି ଜାପାନ ଉପରେ ପକାଯାଇଥିଲା । ସେହି ପରମାଣୁ ବୋମା ଫ୍ୟାଟ୍ ମ୍ୟାନଠାରୁ ଲିଟିଲ ବୟର ମାରାମ୍ଲକ ଗୁଣ କିଛି କମ ନଥିଲା । ସତୀ ତୁ ସବୁବେଳେ

ମନେ ରଖିଥିବୁ ବଡ଼ଠାରୁ ଛୋଟର କ୍ଷମତା ସବୁ କ୍ଷେତ୍ରରେ ଅଧିକ । କଥାରେ ଅଛି, "ଛୋଟ ସାପର ବିଷ ବେଶୀ ।" ସେମିତି ଆମ ପୁରାଣକୁ ଦେଖ । ଫ୍ୟାଟ୍ ମ୍ୟାନ କଂସ ଆଗରୁ (ବହୁ ପୂର୍ବରୁ) ଥିଲେ । ସେ ମଥୁରାରେ ରାଜା ହୋଇ ପ୍ରଜାମାନଙ୍କୁ ଆତଙ୍କିତ କରି ରଖିଥିଲେ । ଲିଟିଲ ବୟ କୃଷ୍ଣ ପଛରେ ଜନ୍ମ ଥିଲେ ମଧ ସେ ଫ୍ୟାଟ୍ ମ୍ୟାନ କଂସଙ୍କଠାରୁ ଅଧିକ ଶକ୍ତିଶାଳୀ ସାବ୍ୟସ୍ତ ହେଲେ । ଲିଟିଲ ବୟ କୃଷ୍ଣ ବେଶୀ ବଳବାନ ହୋଇଥିବାରୁ ସେ ଫ୍ୟାଟ୍ ମ୍ୟାନ କଂସକୁ ବଧ କରିବାକୁ ସକ୍ଷମ ହୋଇଥିଲେ । ଆଉ ମନ୍ଦିର ଗିରି ପରି ପର୍ବତଟିଏ ବିଶାଳ ସପ୍ତସାଗରକୁ ମନ୍ଥି ପାରିଲା । ହନୁ ପରି ଗୋଟିଏ ମାତ୍ର ବାନର ସାରା ଲଙ୍କାଗଡ଼କୁ ଜାଳିଦେଲା । ଇନ୍ଦ୍ର ବିବାଦ ବେଳେ କୁନି ପିଲା କୃଷ୍ଣ ଗୋବର୍ଦ୍ଧନ ଗିରି ଧାରଣ କରି ଦ୍ୱାଦଶ ଯୋଜନ ଗୋପ ବୃନ୍ଦାବନକୁ ଇନ୍ଦ୍ରଙ୍କ କୋପରୁ ରକ୍ଷା କରିଥିଲେ । ଆଉ ଛୋଟିଆ ମଣିଷ ବାବନଙ୍କ କୁନି ପାଦ ଦୁଇଟି ସାରା ବ୍ରହ୍ମାଣ୍ଡକୁ ବ୍ୟାପିବା ସହିତ ଆକାଶ ମଣ୍ଡଳକୁ ମଧ ଗ୍ରାସ କରିଥିଲା । ପରାଗ ସମୟରେ ଛୋଟିଆ ଉପଗ୍ରହ ଚନ୍ଦ୍ର ବିଶାଳକାୟ ସୂର୍ଯ୍ୟକୁ ବିଶ୍ୱବାସୀଙ୍କ ଦୃଷ୍ଟି ଉହାଡ଼ରେ ରଖି ଦେଇ (ଦେଖାଇନଦେଇ) ଥାଏ । କୋଦଣ୍ଡଧାରୀ ରାମଚନ୍ଦ୍ର ବାଳକ ଲବଠାରୁ ପରାଜିତ ହୋଇଥିଲେ ଓ କୁରୁକ୍ଷେତ୍ର ବିଜୟୀବୀର ସବ୍ୟସାଚୀ ବାଳକ ବଭ୍ରୁବାହନଠାରୁ ହାରି ଯାଇଥିଲେ । ସେମିତି ଯେ କୌଣସି ବଡ଼କାମ ଠାରୁ ନିହାତି ଛୋଟ କାମର ଚାହିଦା ଅଧିକ ଓ ବଡ଼ ଘଟଣା ଅପେକ୍ଷା ଛୋଟ କଥାର ଗୁରୁତ୍ୱ ବେଶୀଥାଏ ଏବଂ ମହତ୍ୱ ତଥା ତାତ୍ପର୍ଯ୍ୟ ପୂର୍ଣ୍ଣ ମଧ ।"

ଯେକୌଣସି ବଡ଼ ଧରଣର ବିପଦ ଆମକୁ ଭୟଭୀତ କରିଥାଏ । ସେଥିପାଇଁ ଆମେ ବଡ଼ ବିପଦ ପ୍ରତି ଅଧିକ ସଚେତନ ଥାଉଁ । ସାମାନ୍ୟ ଛୋଟ କାମଟିକୁ ଆମେ ସବୁ ହେୟଜ୍ଞାନ କରି ତାକୁ ସେତେ ଗୁରୁତ୍ୱ ନ ଦେଇ ତାକୁ ଅଣଦେଖା କରନ୍ତି । ତା' ପ୍ରତି ଅବହେଳା କରି ବସନ୍ତି । ବଡ଼ ଘଟଣାଟି ପ୍ରତି ସତର୍କ ରହିଥିବାରୁ ସେ ବିପଦ ଆମର ବେଶୀ କ୍ଷତି କରିବାକୁ ସମର୍ଥ ହୋଇନଥାଏ । ପକ୍ଷାନ୍ତରେ ଛୋଟ ବିପଦଟି ପ୍ରତି ଆମେ ସଜାଗ ନହେବାରୁ ଓ ତାକୁ ଖାମଖିଆଲି ଭାବରେ ଗ୍ରହଣ କରୁଥିବାରୁ ସେ ଆମର ପ୍ରଭୂତ କ୍ଷତି ଘଟାଇବାକୁ ସକ୍ଷମ ହୋଇ ପାରିଥାଏ ।

ସେମିତି ଗୋଟେ ସାମାନ୍ୟ ଛୋଟ ଘଟଣା ଥିଲା ସଂଯୁକ୍ତାଙ୍କ ସ୍ୱୟମ୍ବର । ସେ ସମୟରେ ରାଜକନ୍ୟାମାନଙ୍କର ସ୍ୱୟମ୍ବର ହେଉଥିଲା । ସଂଯୁକ୍ତା ଥିଲେ କନୋଜର ରାଜଝିଅ । ତାଙ୍କର ସ୍ୱୟମ୍ବର ହେବା ସେମିତି କିଛି ବଡ଼ ଘଟଣା ନୁହେଁ । ସେ ତାଙ୍କ ମନୋତୀତ ବର ପୃଥୀରାଜଙ୍କୁ ସ୍ୱୟମ୍ବର ସଭା ମଧରେ ନପାଇ, ତାଙ୍କୁ ଅପମାନୀତ କରିବା ଅଭିପ୍ରାୟରେ ଦ୍ୱାରପାଳ ଭାବରେ ଅବସ୍ଥାପିତ କରାଯାଇଥିବା ଆଜମିରର ରାଜାଙ୍କ ପ୍ରତିମୂର୍ତ୍ତି ଗଳାରେ ବରଣ ମାଲା ଦେଲେ । ପୂର୍ବରୁ ଖବର ପାଇ ଛଦ୍ମ ବେଶରେ ସେଠାରେ ଛପି ରହିଥିବା ପୃଥ୍ୱିରାଜ ସଂଯୁକ୍ତାଙ୍କୁ ଘୋଡ଼ାରେ ବସାଇ ନିଜ ରାଜ୍ୟକୁ ନେଇ ଯାଇଥିଲେ । ଚାନ୍ଦ କବିଙ୍କ ଲେଖାରୁ ଜଣାଯାଏ ତା'ପରେ ସେହି ସ୍ୱୟମ୍ବର ସଭାଟି ମନ୍ତ୍ରଣା କକ୍ଷରେ ପରିଣତ ହୋଇଯାଇଥିଲା । ଫଳ ସ୍ୱରୂପ ଭାରତ ସାଢ଼େ ସାତଶହ ବର୍ଷ ପରାଧୀନ ହୋଇ ରହିଲା । ସେଥିପାଇଁ ଭାରତୀୟମାନେ ବିଦେଶୀମାନଙ୍କ ଶାସନାଧୀନରେ ରହି ଅନେକ ନିର୍ଯ୍ୟାତନା ଭୋଗିଲେ । ବହୁତ ଅତ୍ୟାଚାର ହେଲା ସେମାନଙ୍କ ଉପରେ । ଦେଶକୁ ପରାଧୀନତାରୁ ମୁକୁଳାଇବାକୁ ଯାଇ, ସେ ବିଦେଶୀମାନଙ୍କୁ ଦେଶରୁ ହଟାଇବା ପାଇଁ କେତେ ଗୁଲିରେ ମଲେ । କେତେ ଝୁଲିଲେ ଫାଶି ଖୁଣ୍ଟରେ । ଦେଶାନ୍ତର ହୋଇ କଳାପାଣି ଭୋଗିଲେ କେତେ ମାତୃଭୂମିର ମୁକ୍ତି ଲାଗି । କେତେ ଗୁଲି ଚୋଟ ଖାଇ ପଙ୍ଗୁ ପାଲଟିଗଲେ । କେତେ ସଧବାର ମଥାରୁ ସିନ୍ଦୁର ଲିଭିଗଲା । କେତେ ମା' ହେଲେ କୋଳ ଶୂନ୍ୟ । ଭଉଣୀ ହରାଇଲେ ଭାଇକୁ । ବାପ ତା'ର ପୋଷଣାହାରା ଭେଣ୍ଡିଆ ପୁଅକୁ ହରାଇ ଆଖି ଲୁହକୁ ଓଠରେ ପିଇ ପଡ଼ିରହିଲା । କେତେ ଶିଶୁ ଅନାଥ ହେଲେ । ଦେଶ ସ୍ୱାଧୀନ ହେଲା କେତେ ସହିଦଙ୍କ ଆତ୍ମୋସର୍ଗ ପରେ । ସେହି ପରି ୧୯୪୫ ମସିହା ଅଗଷ୍ଟ ୬ ତାରିଖରେ ତିନୋଟି ବୋମାବର୍ଷୀ ବିମାନ ତିନିଆନ୍ ଏୟାରବେସରୁ ଉଠିଥିଲା । କର୍ଣେଲ ପଲଟିବେଟଙ୍କ ଅଧୀନରେ ଥିବା 'ଇନୋଲାଗେ' ନାମକ ବିମାନରେ 'ଦ ଲିଟିଲ ବୟ' ନାମକ ପରମାଣୁ ବେମାଟିଏ ଥିଲା । ଜାପାନୀମାନେ

ରାଡ଼ାଗରେ ଯୁଦ୍ଧ ବିମାନ ଗୁଡ଼ିକର ଉପସ୍ଥିତିକୁ ଜାଣି ପାରିଥିଲେ ହେଁ ପରମାଣୁ ବୋମା ବିଷୟରେ ଅଜ୍ଞ ଥିବାରୁ ତାକୁ ସେତେଟା ଗୁରୁତ୍ୱ ଦେଇନଥିଲେ। ଯାହା ଫଳରେ ହିରୋସିମା ସହରଟିକୁ ଜାପାନ ହରାଇଥିଲା। ସାମାନ୍ୟ କଥାରୁ, ସାଧାରଣ ଘଟଣାରୁ ତ ଦେଖ୍‍ଲୁ କେତେ ବଡ଼ ଅନର୍ଥ ଘଟିଗଲା। କେତେ ବିପର୍ଯ୍ୟ ସୃଷ୍ଟି ହେଲା। ଛୋଟିଆ କଥାଟିକୁ ଗୁରୁତ୍ୱ ନଦେବା ଦ୍ୱାରା କେତେ କ୍ଷତି ହେଲା ବୁଝିଲୁତ। ସେଥିପାଇଁ କୌଣସି କଥାକୁ ସମାନ୍ୟମନେ କରି ଖାମ୍ ଖିଆଲି ଭାବିବ ନାହିଁ। କିମ୍ୱା କୌଣସି କାମକୁ ଛୋଟ କହି ହେୟଜ୍ଞାନ କରିବନି। ଘଟଣାଟି ଯେତେ ଛୋଟ ହେଲେ ସୁଦ୍ଧା ତାକୁ ବେଖାତିର କରି ଏଡ଼ାଇ ଦେବନି କି ଅଣଦେଖା ଭାବରେ ଅବହେଲା କରି ରହିଯିବ ନାହିଁ। ନିଷ୍ଠା ପର ଭାବରେ ଖୁବ୍ ଆନ୍ତରିକତାର ସହିତ କାର୍ଯ୍ୟ ଟିକୁ ସମ୍ପାଦନ କରିବ।

ସୁନି କଥା ଶୁଣି ସତୀ କହିଲା, "ଆଉ ତୋ ଭାଷଣ ସେତିକିରେ ବନ୍ଦ କର। ବହୁତ ଗୁଦ୍‍ଧେ କହିଲୁଣି। ଏମିତି ଭାବରେ କହିଲେ ତୁ ନେତ୍ରୀ ପାଲଟି ଯିବୁ। ମନ୍ତ୍ରୀ କି ରାଷ୍ଟ୍ର ମୁଖ୍ୟ ହୋଇ ରାଜଧାନୀରେ ଯାଇ ରହିବୁ। ମୋତେ ଆଉ ସାଙ୍ଗ ମିଳିବେନି। ଏଥର ତୋ' କଥା କହ। ସେ ଦେଶ କିମ୍ୱା ବିଦେଶ କଥାରୁ ଆମକୁ କ'ଣ ମିଳିବ କହିଲୁ?"

ସୁନି କହିଲା, "ପ୍ରକୃତରେ ସତୀ ଆଜି ତୋତେ ଦେଖି ଭାରି ଲୋଭ ହେଉଛି, ସେଥିପାଇଁ କହିଲି।"

"ତୋର ସର୍ବଦିନେ ସେଇ ଗୋଟିଏ କଥା, ଖାଲି ମୋର ପ୍ରଶଂସା।"

"ସତ କହୁଛି ସତୀ; ଠାକୁରଙ୍କ ରାଣ ଖାଉଛି। ତୁ ତ ଖୁବ୍ ଭଲ ଭାବରେ ଜାଣୁ ମୁଁ ମୋ ବାପାଙ୍କୁ କେତେ ମାନିଥାଏ। ତେକେ ଭକ୍ତି କରେ। ତାଙ୍କ ନିୟମ ଦେଇ କହୁଛି। ତୁ ଆଜି ନା ଭାରି ସୁନ୍ଦର ଦିଶୁଛୁ। ସଦ୍ୟ ହଳଦୀ ଲଗାଇ ଗାଧେଇଛୁ। ମୁଖ ମଣ୍ଡଳରେ ଟିପିଟିପି ଚନ୍ଦନ ପାଟି, ଇନ୍ଦ୍ରଧନୁ ପରି ଦୁଇ ଭୁଲତା ତଳେ କଥାକୁହା ଆଖି ଯୋଡ଼ିକ। ସେ ଆଖିରେ କଜ୍ଜଳ ଗାର। ଆଉ ସେଥିରେ ପୁଣି କଳା ଲାଞ୍ଜି ଟାଣି ଦେଇଛୁ କାନ ମୂଳ ପର୍ଯ୍ୟନ୍ତ। ତା ଉପରକୁ ସୁନେଲି ରଙ୍ଗର ଲମ୍ୱାଲିଆ ଟିକିଲି ଓ ଓଠରେ ଲିପ୍‍ଷ୍ଟିକ୍, ପାଦରେ ଅଳତା। ହାତରେ ଇନ୍ଦ୍ରଧନୁ ରଙ୍ଗର ଚୁଡ଼ି। ପାପୁଲିରେ ମେହେନ୍ଦି। ନଖରେ ନେଚୁରାଲ। ଚମ୍ପା ପୁଲିଆ ଗୋରା ଦେହକୁ କଫି ରଙ୍ଗର ଶାଢ଼ି। କୁଞ୍ଚକୁଞ୍ଚିଆ କେଶକୁ ଥାକ ଥାକ କରି ତୁ ଯେଉଁ ତିନିସରିଆ ଲମ୍ୱା ବେଣୀ ଛାଡ଼ିଛୁ ତାହା ଆଜି କହି ଦେଉଛି ତୁ ଆଜି କନିଆ ବେଶ ହୋଇ ମନ୍ଦିରକୁ ଆସିଛୁ। କେବଳ ବରପିଲା ଆଉ ବୈଦିକ ମନ୍ତ୍ର ଉଚ୍ଚାରଣ କରିବା ଲାଗି ବ୍ରାହ୍ମଣଟିଏ ଲୋଡ଼ା।"

ସତୀ ହସି ହସି ସୁନି କଥାର ଉତ୍ତର ଦେଲା, "କାହିଁକି ତୁ କ'ଣ ବ୍ରାହ୍ମଣ କାମ ଚଲାଇ ନେଇ ପାରିବୁ ନାହିଁ? ବ୍ରାହ୍ମଣ ଘରର ଝିଅ ଯେତେବେଳେ ନପାରିବୁ କାହିଁକି?"

"ହଁ ତୋ'ରି କଥା ହେଉ। ମୁଁ ବ୍ରାହ୍ମଣ ହୋଇ ହସ୍ତଗଣ୍ଠି ପକାଇ ଦେବି। କେବଳ ବର ପିଲା ପାଇଁ ଅପେକ୍ଷା।" ଟିକେ ରହି ଚାରିଆଡ଼ୁ ଥରେ ଆଖି ବୁଲାଇ ଆସି ସୁନି ପୁଣି କହିଲା, "କୁଆଡ଼େ ଗଲେ ସେ ଅଧର ବାବୁ; ଏଇନେ ଆସି ପହଞ୍ଚ‍ନ୍ତେକି। ମୁଁ ତାଙ୍କୁ ସିଧା ସିଧା କୁହନ୍ତି ଠାକୁରଙ୍କୁ ପଛରେ ଜୁହାର ହେବ। ପରେ ପାଦୁକ ପାଇବ। ବିଭୂତି ପିନ୍ଧିବ। ସେଥିରେ ବିଲମ୍ୱ ହେଲେ ଚଳିବ। ଆଗ ମୋ ସତୀକୁ ବାହା ହୋଇ ସାର। ସହଜେତ ମାର୍ଗଶୀର ମାସ। ବାହା ତିଥି ଅଛି ଆସ ମୁଁ ତୁମ ଦୁହିଁଙ୍କର ବାହାଘର କରି ଦେଉଛି। ତା' ପରେ ତୁମେ ଏକା ନୁହଁ, ଦୁହେଁ ସାଙ୍ଗ ହୋଇ ଠାକୁରଙ୍କୁ ଜୁହାର ହେବ ପାଦୁକ ପାଇବ ଓ ବିଭୂତି ଟିପା ନାଇବ।"

"ତା' ପରେ କ'ଣ ହେବ ସୁନିକୁ ସତୀ ପଚାରିଲା।"

ତା' ପରେ କିହିବି– "ଦେଖୁନା ମୋ' ସାଙ୍ଗ କିପରି ହଳଦୀ ଲଗାଇ ମଙ୍ଗଳା ହୋଇ କନିଆ ବେଶରେ ଆସିଛି। ସେ ଆଉ ତୁମକୁ ଛାଡ଼ି ଏକୁଟିଆ ରହିପାରିବ ନାହିଁ। ତୁମେ ଏଠି ଏହି ମନ୍ଦିରରେ ଠାକୁରଙ୍କ ପାଖରେ ତାକୁ ବାହା ହୋଇ ସାଙ୍ଗରେ ତୁମ ଘରକୁ ବୋହୂ କରି ନେଇଯାଅ।"

"ମୁଁ କ'ଣ ସବୁ ବର୍ଷ ପ୍ରଥମାଷ୍ଟମୀକୁ ହଳଦୀ ଲଗାଇ ଗାଧୋଇ ଚନ୍ଦନ ପାଟି ହୋଇ ନୂଆ ଶାଢ଼ି ପିନ୍ଧି ମନ୍ଦିରକୁ ଆସେ ନାହିଁ କି ? ଆଜି କ'ଣ ନୂଆ ଆସିଛି ପ୍ରଥମ ଥର ପାଇଁ ?"

"ଆସୁଯେ, କିନ୍ତୁ ପ୍ରତିଥର ଅପେକ୍ଷା ଆଜି ତୁ ସଂପୂର୍ଣ୍ୟ ଅଲଗା ଦିଶୁଛୁ। ନିଆରା ଜଣାଯାଉଛୁ। ନୂଆ ନୂଆ ଲାଗୁଛୁ। ଅପରିଚିତାଙ୍କ ପରି ଜଣା ଯାଉଛୁ। ଠିକ୍ କିନ‍ଆ ବେଶ ହୋଇ ବାହା ବେଦୀକୁ ଗଲାପରି ପ୍ରତ୍ୟୟ ହେଉଛୁ।"

"ହଉ; ତାପରେ ?"

"ତା' ପରେ ଆଉ କ'ଣ ? ତୁ ଆଜି ଯେମିତି ଦିଶୁଛୁନା। ଏକା ଅଧର ବାବୁ କାହିଁକି ଯେ କୌଣସି ଯୁବକ ତୋତେ ବାହା ହେବା ପାଇଁ ମନା କରି ପାରିବ ନାହିଁ।"

"ହଉ ତୁ ବହୁତ କହିଲୁଣି। ତୋ' ପାଉଣା କଥା ଚିନ୍ତା କରିଛୁ। ପୁରୋହିତ କର୍ମର ପ୍ରାପ୍ୟ କେମିତି ପାଇବୁ? କିଏ ତୋତେ ଦେବ ?"

"ସେ କଥା ସିଏ ବୁଝିବେ।" ଟିକେ ରହି କ'ଣ ଚିନ୍ତା କରି ପୁଣି କହିଲା, "ତା'ପରେ ସାଙ୍ଗ ବାହାଘର କର୍ମ କରି ମୋର ପାଉଣା ଦରକାର ନାହିଁ। ମୁଁ ଖାଲି ଏତିକି କହିବି "ମୋର ଏ କର୍ମ ଲାଗି ପାଉଣା ବାବଦକୁ ମୋର ଗୋଟିଏ ଛୋଟିଆ ଅନୁରୋଧ କେବଳ ତୁମକୁ ରକ୍ଷିବାକୁ ପଡ଼ିବ।"

"ତୋ'ର ପୁଣି କି ଅନୁରୋଧ ?"

ସତୀ ହାତକୁ ଧରି ସ୍ନି କହିଲା, "ତାଙ୍କ ହାତରେ ତୋ ହାତକୁ ଧରାଇ ଦେଇ କହିବି। ମୋ ସାଙ୍ଗକୁ ତୁମ ହାତରେ ଟେକି ଦେଲି। ଜୀବନ ସାରା ପାଖରେ ନିଜର କରି ରଖିବ। କେବେବି ଦୂରେଇ ଦେବନି। କୌଣସି ଅବସ୍ଥାରେ କିମ୍ବା କୌଣସି ପରିସ୍ଥିତିରେ ତାକୁ ଆଦୌ ପରକରି ଦେବନି।

"ତା' ପରେ ?" ସତୀ ପଚାରୁ ଥାଏ।

"ତା' ପରେ ସିଏ ତୋତେ ତାଙ୍କ ଘରକୁ ନେଇ ଯାଆନ୍ତେ। ଆଉ ତୁ ତାଙ୍କ ପରି ସ୍ୱାମୀ ପାଇ, ଜମିଦାର ଘର ବୋହୁ ହୋଇ ସୁଖରେ ରହନ୍ତୁ।"

"ସେଥିରେ ତୋର କ'ଣ ଲାଭ ହେବ ?"

"ମୋର ଲାଭ ଦରକାର ନାହିଁ। ତୋ'ର ସୁଖ ଦେଖିଲେ ମୁଁ ଖୁସି ହେବି। ତୋ ମୁହଁରେ ହସ ଦେଖିଲେ ମୁଁ ଆନନ୍ଦ ଅନୁଭବ କରିବି। ତାଙ୍କ ସହିତ ତୋ'ର ଦିନ ଗୁଡ଼ିକ ଆରାମରେ କଟୁଛି ଶୁଣିଲେ ମୁଁ ସରସତାରେ ଉତ୍‌ଫୁଲ୍ଲିତା ହେଉଥିବି। ତୋର ଦାମ୍ପତ୍ୟ ଜୀବନ ଅୟସରେ ବିତୁଥିବା ଜାଣିବାକୁ ପାଇଲେ ମୁଁ ଉସ୍ଥାହରେ ବିଭୋର ହେଉଥିବି। ତାଙ୍କ ସହିତ ତୋ'ର ଯୋଡ଼ି ଭାରି ମାନିବ। ତୁ ତାଙ୍କ ସାଙ୍ଗକୁ ଭଲ ମ୍ୟାଚ୍ ହେବୁ।"

ସତୀ ଆହୁରି ଜୋରରେ ହସି ଉଠି କହିଲା, "ହଁ ଓଡ଼ିଆ କହୁଥିଲୁ, ଇଂରାଜୀରେ କହିଲୁଣି, ତା'ପରେ ହିନ୍ଦିରେ କହିବୁ, ବଙ୍ଗଲାରେ କହିବୁ।"

"ହିନ୍ଦି ବଙ୍ଗଲା କ'ଣ ଲୋ, କହୁ କହୁ କହିଦେଲି।"

"ସୁନି; ଆକାଶ କଇଁଆ- ଚିଲିକା ମାଛ ସହିତ ମିଶି ରଜ୍ଝା ହେବା ଯାହା। ବାମନ ହୋଇ ଚନ୍ଦ୍ରଙ୍କୁ ଧରିବାକୁ ହାତ ବଢ଼ାଇବା ଯାହା। ଖରାବେଳେ (ଦିନ ଦ୍ୱିପହରରେ) ଶୋଇ ଶୋଇ ସ୍ୱପ୍ନ ଦେଖିବା ଯାହା। ଭଙ୍ଗା କୁଡ଼ିଆରେ ବସି ନିଜକୁ ନବାବ ଭାବିବା ଯାହା। ପେଟ ଚାଖଣ୍ଡକ ଲାଗି ପର ଘରେ ମୂଲ ଲାଗୁଥିବା ଲୋକଟି ଦିଲ୍ଲୀର ବାଦଶାହା ହେବାକୁ ଇଚ୍ଛା ପୋଷଣ କରିବା ଯାହା। ନିଦାନ ମୂର୍ଖ ହୋଇ ପଣ୍ଡିତ ମାନ୍ୟତା ପ୍ରାପ୍ତ ବ୍ୟକ୍ତିଙ୍କ ସହିତ ତର୍କ ଯୁଦ୍ଧରେ ବ୍ୟାପୃତ ହେବା ଯାହା। ଜଣେ ନିରକ୍ଷର ଭାରତୀୟ, ବ୍ରିଟିଶ ଭାରତର ଭାଇସ ରାୟ ହେବାକୁ ମନ ବଳାଇବା ଯାହା। ସ୍କୁଲ ବାରଣ୍ଡା ମାଡ଼ିନଥିବା

ଦିନ ମଜୁରୀଆଟି କୋଟି ପତି ଘର ଉଚ୍ଚଶିକ୍ଷିତା ଝିଅକୁ ବିଭା ହେବାକୁ ଚାହିଁବା ଯାହା ତୋ'ର କଥା ସବୁ ସେଇଆ । ଅଦ୍ଭୁତ କଳ୍ପନା । ଅପରିଣାମ ଦର୍ଶିତାର ଭାବନା । ଅବାସ୍ତବ ଯୋଜନା । ଅବାନ୍ତର ଖିଆଲ କେବଳ ଅଳସୁଆମାନଙ୍କ ମସ୍ତିଷ୍କରେ ଭୃତମାନେ କାରଖାନା ପ୍ରତିଷ୍ଠା କରିବାର ପ୍ରସ୍ତାବ ପରି ।"

"ମୋର କଳ୍ପନା ଅବାସ୍ତବ । ତୁ କେମିତି ଏପରି କଥା କହି ପାରୁଛୁ ସତୀ ?"

"ସେଇଆ ନୁହେଁ ତ ଆଉ କ'ଣ ? କାହିଁ ଅଧର ବାବୁ ଆଉ ମୁଁ ଆସି କେଉଁଠି ? ତୁ କେମିତି ତାଙ୍କ ସହିତ ମୋତେ ସମାନକରି ଭାବି ପାରୁଛୁ ?"

"କାହିଁକି ? ମୋ ଭାବବାରେ ଅସୁବିଧା ରହିଲା କେଉଁଠି ?"

"ଅସୁବିଧା ନୁହଁତ ଆଉ କ'ଣ ସୁବିଧା ? ସିଏ କ'ଣ ତୋ' କଥାରେ ରାଜି ହୋଇଯିବେ ?"

"ରାଜିତ ହୋଇ ସାରିଛନ୍ତି । ହେବେ ବୋଲି କ'ଣ କହୁଛୁ ?"

ସୁନି କଥା ଶୁଣି ସତୀ ଆଶ୍ଚର୍ଯ୍ୟ ହୋଇ ପଚାରିଲା । "ସିଏ ରାଜି ହୋଇ ସାରିଛନ୍ତି ? ତୁ କେମିତି ଜାଣିଲୁ ?"

"ସେଇମିତି", ସୁନି ସ୍ଥିର ଓ ଅବିଚଳିତ ରହି ସତୀ କଥାର ଉତ୍ତର ଦେଲା ।

"କେମିତି ମୋତେ ଟିକେ କହ, ମୁଁ ଆଦୌ ସେ କଥା ଜାଣି ପାରୁନାହିଁ ?"

"ଯେଉଁ ପୁଅ ଝିଅ ଦେଖ ପସନ୍ଦ କରେ । ସିଏ ପସନ୍ଦର ସ୍ୱୀକୃତି ସ୍ୱରୂପ ସେ ଝିଅଟି ହାତରେ କିଛି ଉପହାର ଦେଇଯାଏ । ସିଏ ତ ତୋତେ ତାହା ଦେଇ ସାରିଛନ୍ତି ।"

ସତୀ ପଚାରିଲା, "ସୁନି; ସିଏ କ'ଣ ମୋତେ ଦେଖିବାକୁ ଆସିଥିଲେ ? ମୋତେ ଦେଖି ପସନ୍ଦ କଲେ । ଆଉ ତୁ ଯେଉଁ କଥା କହୁଛୁ । ବରପିଲା କନିଆକୁ ପସନ୍ଦ କଲେ ସ୍ୱୀକୃତି ସ୍ୱରୂପ କିଛି ଦେଇଯାଏ । ସିଏ ତାଙ୍କ ସମ୍ମତିର ସ୍ୱୀକୃତି ସ୍ୱରୂପ ମୋତେ କ'ଣ ଦେଇ ଗଲେ ତୁ କହନୁ ?"

"ମୁଁ ମାନୁଛି ସିଏ ଠାକୁରଙ୍କ ଦର୍ଶନ ପାଇଁ ଆସିଥିଲେ । ମନ୍ଦିରରେ ତୋତେ ଦେଖି ତାଙ୍କର ପସନ୍ଦ ହେବାରୁ ତାଙ୍କ ସମ୍ମତି ଜଣାଇବାକୁ ଯାଇ ତୋ ହାତରେ ତାଙ୍କ ନାମ ଲେଖା ମୁଦିଟି ପିନ୍ଧାଇ ଦେଲେ ।"

"ସୁନି ତୁ ବୁଝିବାକୁ ଚେଷ୍ଟା କରୁନୁ କାହିଁକି, ସିଏ ମନ୍ଦିରକୁ ଠାକୁରଙ୍କ ଦର୍ଶନ ଲାଗି ଆସିଥିଲେ । ରୁମାଲ ଆଣି ନଥିବାରୁ ମୋ ରୁମାଲରେ ତାଙ୍କ ମୁହଁ ପୋଛିଲେ । ଘରକୁ ଫେରିବା ପୂର୍ବରୁ ରୁମାଲ ଫେରାଇ ଦେଲା ବେଳେ ତାଙ୍କୁ ରୁମାଲଟିକୁ ସାଙ୍ଗରେ ନେଇ ଯିବାକୁ ଅନୁରୋଧ କରିବାରୁ ସିଏ କଥା କାଟି ନପାରି ମୋ ରୁମାଲଟିକୁ ନେଲେ ଓ ତା' ବଦଲରେ ମୋତେ ତାଙ୍କ ମୁଦିଟି ଦେଇଗଲେ । ତୁ ସେ କଥାକୁ ସେପରି ଦୃଷ୍ଟିରେ କାହିଁକି ଦେଖିବାକୁ ଚେଷ୍ଟା କରୁଛୁ ଓ ଅନ୍ୟ ରକମରେ ବିଚାର କରି ବସୁଛୁ ?"

ସତୀ ଇଚ୍ଛା ନଥିଲେ କେହି କାହାରିକୁ କିଛି ଦିଏ ନାହିଁ । ଏଇ ଯେମିତି ତୋ'ର ତାଙ୍କ ପ୍ରତି ଦୁର୍ବଳତା ଥିଲା ବୋଲି ସିଏ ରୁମାଲ ଆଣିନଥିବାରୁ ତୁ ତାଙ୍କୁ ତୋ' ରୁମାଲଟିକୁ ଦେଲୁ । ସିଏ ତୋତେ ପସନ୍ଦ କଲେ । ସେଥିପାଇଁ ପସନ୍ଦର ସ୍ୱୀକୃତି ସ୍ୱରୂପ ସିଏ ତାଙ୍କ ନାମଲେଖା ମୁଦିଟିକୁ ତୋ' ହାତକୁ ନଦେଇ ତୋ' ଆଙ୍ଗୁଳିରେ ପିନ୍ଧାଇ ଦେଲେ । ରୁମାଲ ବଦଲରେ ଦେଇଥିଲେ । ତୋ' ହାତକୁ ମୁଦି ଟି ବଢ଼ାଇ ଦେଇ ଥାଆନ୍ତେ, ତୋ' ଆଙ୍ଗୁଳିରେ ପିନ୍ଧାଇ ଦେଇ ନଥାଆନ୍ତେ । ସତୀ; ଇୟେ ସବୁ ହେଲା ଭଲ ପାଇବାର ଲକ୍ଷଣ । ପ୍ରେମର ସାମାନ୍ୟ କଥନ । ପ୍ରଣୟର ସଂଜ୍ଞା, ତୋ ପ୍ରତି ତାଙ୍କର ଶ୍ରଦ୍ଧା ବା ପ୍ରୀତି ଭାବ ଅଛି ବୋଲି ତ ସିଏ ତୋତେ ତାଙ୍କ ହାତ ପିନ୍ଧା ମୁଦି ଦେଇଗଲେ ଓ ତୋ' ଠାରୁ ତୋ' ହାତ ବୁଣା ରୁମାଲଟି ଗ୍ରହଣ କଲେ । ଯେମିତି ତୋ' ଗୋପନ ପ୍ରେମ କଥା ତୁ ମୋତେ କହୁଛୁ ଏବଂ ମୁଁ ତୋତେ ପଚାରି ସେ କଥା ତୋ' ଠାରୁ ବୁଝୁଛି । ଆମମାନଙ୍କ ମଧ୍ୟରେ ବନ୍ଧୁତ୍ୱ(ସାଙ୍ଗ) ଭାବ ଯୋଗୁ ସିନା ଏମିତି ଚାଲିଛି ।

ସତୀ ଏଥର ଟିକେ ଚିଡ଼ି ଉଠି କହିଲା, "ସୁନି ତୁ ସବୁବେଳେ କଥାଟାକୁ ସିଆଡ଼କୁ କାହିଁକି ଟାଣୁଛୁ ?"

"ହଉ ତୋ'ର କଥା ହେଲା, ସିଆଡ଼କୁ ଟାଣିବା ନ ଟାଣିବା କଥା ଛାଡ଼, ତୋତେ ଗୋଟେ କଥା ପଚାରୁଛି କହିଲୁ ?"

"ତୋତେ ଆଉ କ'ଣ ଅଜଣା ଅଛି ଯେ, ମୋତେ ପୁଣି ପଚାରୁଛୁ ?" ସତୀ ଅଭିମାନ ଭରା କଣ୍ଠରେ କହିଲା ।

"ନା ସତୀ; ଏଇ କଥାଟିର ଉତ୍ତର ତୋ' ମୁହଁରୁ ଶୁଣିବାକୁ ମୋର ଭାରି ଇଚ୍ଛା । ମୋ ରାଣ ପକାଇ, ଠାକୁରଙ୍କ ଦ୍ୱାହି ଦେଇ କହୁଛି । ସତ କହିବୁ, କିଛି ଲୁଚାଇବୁ ନାହିଁ । ବୁଲେଇ ବଙ୍କେଇ ନ କହି ମୋ ପ୍ରଶ୍ନର ଉତ୍ତର ସିଧା କଥାରେ ସରଳ ଭାଷାରେ ଦେବୁ ।"

"ସୁନି ମୁଁ କ'ଣ ମିଛ କହେ ? ଆଜି ସତ କହିବା ପାଇଁ ମୋତେ ତାଗିଦ କରୁଛୁ । ହଲପ କରାଉଛୁ । ନିୟମ ପକାଇ ଶପଥ ଦେଇ କହୁଛୁ । ମୁଁ ତୋ' ପାଖରେ କୌଣସି କଥା ଲୁଚାଇ ପାରେ ନା ତୋ' ସହିତ କଥା ହେଲା ବେଳେ ବୁଲେଇ ବଙ୍କେଇ କହିଥାଏ ।"

"ନାହିଁ ସେ କଥା ନୁହେଁ, ଏଇଟା ଗୋଟେ ଅତି ଗୁରୁତ୍ୱପୂର୍ଣ୍ଣ କଥା ହୋଇ ଥିବାରୁ ତୋତେ ସତ କହିବା ପାଇଁ ବାଧ୍ୟ କରୁଛି ।"

"ତା' ହେଲେ ଧରି ନେବାକୁ ହେବ ଯେ ମୁଁ ତୋତେ ଆଗରୁ ଅର୍ଥାତ୍ ଏହା ପୂର୍ବରୁ ଯେତେ କଥା କହିଛି ସେ ସବୁ ମିଛ । ସେ କଥାକୁ ତୋ'ର ଆଦୌ ବିଶ୍ୱାସ ନାହିଁ । ମୋ ଉପରେ ତୁ ଭରସା ରଖି ପାରୁନୁ ?"

"ସତୀ ତୁ ଯେଉଁ ବିଶ୍ୱାସ କଥା କହୁଛୁ । ବିଶ୍ୱାସ ନଥିଲେ ଦୁନିଆ ଭିତରେ ସଂସାର କରି ରହି ହେବ ନାହିଁ । ବିଶ୍ୱାସ ହେଉଛି ସବୁଥର ମୂଳ । ସ୍ତ୍ରୀ ଯଦି ତା ସ୍ୱାମୀ କୁ ବିଶ୍ୱାସ ନ କରିବ ତେବେ ସେ ତା ସ୍ୱାମୀର ପିଲାକୁ ନିଜ ଗର୍ଭରେ ଧାରଣ କରିବ ନାହିଁ । ବାପ ଯଦି ପୁଅକୁ ବିଶ୍ୱାସକୁ ନ ନେବ ତେବେ ସେ ତାକୁ ପାଲି ପୋଷି ବଡ଼ କରିବ ନାହିଁ । ଶାଶୁ ଯଦି ବୋହୂକୁ ବିଶ୍ୱାସ ନ କରିବ ତେବେ ବୋହୂ ପରଷିଥିବା ଖାଦ୍ୟକୁ ଶାଶୁ ଖାଇ ପାରିବ ନାହିଁ । ସବୁ ବିଶ୍ୱାସରେ ଚାଲେ । ଅବିଶ୍ୱାସ କିୟ। ସନ୍ଦେହରେ ନୁହେଁ । ଜଣେ ଅନ୍ୟ ଜଣକୁ ଠକି ଦିଏ କିପରି ? ତାହା ବିଶ୍ୱାସରେ ବିଷ ଦେଇତ ? ତା' ସରଳତାର ସୁଯୋଗ ନେଇ ତ ? ଠକିଥିବା ଲୋକଟି ଠକେଇଥିବା ଲୋକଟିକୁ ବିଶ୍ୱାସ କରିବାରୁ ସେ ତା' ବିଶ୍ୱାସରେ ବିଷ ଦେଇ ତାକୁ ପ୍ରତାରଣା କରି ଠକି ଦେଇ ପାରିଲା । କାହାକୁ ଠକି ଦେବା କେବେ ବି ନିଜ ଚତୁରତାର ପରିଚୟ ନହେଁ । ଅଥବା ଆପଣା ଚାଲାକିର ଫଳ ହୋଇ ପାରେନା । ଏହା କେବଳ ବିଶ୍ୱାସରେ ବିଷ ଦେବା ଗୁଣ (କର୍ମ) । ଅନ୍ୟର ସରଳତାର ସୁଯୋଗ ନେଇ ତାକୁ ପ୍ରତାରିତ କରିବାର ଫଳ ।" ସଦ୍ଭାବ ପ୍ରତି ପନ୍ନାନ° ବଞ୍ଚନେ କା ବିଦଗ୍ଧତା । ଅଙ୍କ ମାରୁଦ୍ୟ ସୁପ୍ତାନାଂ ହନ୍ତଃ କିଂ ନାମ ପୌରୁଷମ୍" । କାହାରି ସହିତ ସଦ୍ଭାବ ଥିଲେ ତାହାକୁ ପ୍ରତାରଣା କରିବାରେ କୌଣସି ପାଣ୍ଡିତ୍ୟ ପ୍ରକାଶ ପାଏ ନାହିଁ । କିୟ। କୋଳରେ ଶୋଇଥିବା କୌଣସି ଲୋକକୁ ହତ୍ୟା କରିବାରେ ପୌରୁଷ ନଥାଏ ।

ବିଶ୍ୱାସରେ ପ୍ରତାରଣା କିଛି ନୂଆ କଥା ନୁହେଁ । ବ୍ୟାସଦେବ ଭାଗବତରେ ଯୋଡ଼ିଲେ ଭ୍ରମର ଗୀତ । ଗୋପୀଙ୍କ ପ୍ରେମକୁ ଭକ୍ତି ଯୋଗ ବୋଲି ଆଖ୍ୟା ଦେଲେ ବି କୃଷ୍ଣ କେବଳ ତାଙ୍କ ହୃଦୟ ବ୍ୟତୀତ ନୟନରେ ମିଳିବାର ଆଶା ଆଉ ନଥିଲା । ରାମ ତ ପ୍ରତାରଣା କରିଥିଲେ ଜଣକୁ (ସୀତାଙ୍କୁ) କୃଷ୍ଣ କିନ୍ତୁ ଠକି ଦେଲେ ଷୋଲ ସହସ୍ର ଗୋପୀଙ୍କ ସହିତ ସାରା ବ୍ରଜ ପୁରକୁ । ତାଙ୍କର ଲୀଳା ମଥୁରାରୁ –ଦ୍ୱାରୀକା , କରୁକ୍ଷେତ୍ର, ପ୍ରଭାସ ତୀର୍ଥ ଓ ସେଠାରୁ ଏରକାର ବନ ଦେଇ ଶିଆଳି ଲତା ପର୍ଯ୍ୟନ୍ତ । ଶାସ୍ତ୍ର କହିବ ପ୍ରେମକୁ ହୃଦୟରେ ଦେଖ । ଶରୀରରେ ନୁହେଁ । ନୟନ ଦର୍ଶନ ଠାରୁ ମାନସ ଦର୍ଶନ ଶ୍ରେଷ୍ଠ । ଶୁଣିବା କଥା ଠାରୁ ବାସ୍ତବ ଜୀବନର ଦୂରତା ଢେର ବେଶୀ । ଗୋପୀମାନେ ଅବଶ୍ୟ ମାନସ ଦର୍ଶନ କରୁଥିଲେ ।

ତଥାପି ସଂସାରିକ ଦୃଷ୍ଟିରେ କୃଷ୍ଣଙ୍କ କର୍ମକୁ ପ୍ରତାରଣା ହିଁ କୁହାଯିବ କି ନାହିଁ ତାହା ଅବଶ୍ୟ ବିଚାରର ବିଷୟ। ପ୍ରେମରେ ଓ ବିଶ୍ୱାସରେ ପ୍ରତାରଣା କୋଉ ଯୁଗରେ ନାହିଁ। ସେମିତି ଅଧର ଯଦି ଆଉ କେବେବି ଧବଳେଶ୍ୱରଙ୍କ ମନ୍ଦିରକୁ ନ ଆସନ୍ତି ତେବେ ସତୀ ଏଣିକି ଅଧରଙ୍କୁ କେବଳ ମାନସ ଚକ୍ଷୁରେ ଦେଖି ପାରିବ, ବାସ୍ତବ ଅକ୍ଷରେ (ନୟନରେ) କେବେବି ନୁହେଁ। ଆଉ ଗୁରୁ ଆଚାର୍ଯ୍ୟ ଦ୍ରୋଣଙ୍କ ଅଟଳ ବିଶ୍ୱାସକୁ ଆଘାତ କରି ପ୍ରିୟ ଶିଷ୍ୟ ଧର୍ମରାଜ ଯୁଧିଷ୍ଠିର 'ନରେ ବା ଗୁଞ୍ଜରେ ଅଶ୍ୱଥାମା ହତ' ବୋଲି ଯେଉଁ ବାକ୍ୟଟି କହିଥିଲେ ତାହା ଆଜି ବି ଚତୁରତା'ର ଏକ ଢାଡ଼ି ବୋଲି କୁହାଯାଉଛି।

ଖ୍ରୀଷ୍ଟପୂର୍ବ ୪୪ମାର୍ଚ ୧୫ ତାରିଖରେ ସିନେଟ ଗୃହରେ ଈର୍ଷାନ୍ୱିତ ଷଡ଼ଯନ୍ତ୍ରକାରୀ ପ୍ରିୟଜନ କ୍ୟାସିଅର ଓ ତାଙ୍କର ପରମବନ୍ଧୁ ବ୍ରୁଟସଙ୍କ ସମେତ ୬୦ଜଣ ଷଡ଼ଯନ୍ତ୍ରକାରୀ ରୋମସମ୍ରାଟ ଜୁଲିଅସ ସିଜରଙ୍କୁ ୨୩ଥର ଛୁରିଭୁସି ଓ ଖଣ୍ଡାରେ ହାଣି ହତ୍ୟା କରିଥିଲେ। ସିଜରଙ୍କୁ ପ୍ରଥମେ ପଛରୁ କ୍ୟାସିଅର ଛୁରିଭୁସି ଆଘାତ କରିଥିଲେ। ପିଟି ପଟୁ ଆକ୍ରମଣର ମୁକାବିଲା ଲାଗି ପରାକ୍ରମୀ ସିଜର ନିଜର ସମସ୍ତ ଶକ୍ତି ଠୁଲ କରି ଆପଣା ତରବାରୀ ଦ୍ୱାରା ଆକ୍ରମଣ କାରୀଙ୍କ ସହ ଲଢ଼ୁଥିଲା ବେଳେ ସିଧାସଳଖ ଆଗପଟୁ ତାଙ୍କ ଛାତିରେ ପ୍ରହାର କରିଥିଲେ ସବୁଠାରୁ ଘନିଷ୍ଠ ସହଯୋଗୀ ପରମବନ୍ଧୁ ବ୍ରୁଟିସ। ଦୃଢ଼ବିଶ୍ୱସ୍ତ, ଘନିଷ୍ଠ ସହଯୋଗୀ ଅତି ଅନ୍ତରଙ୍ଗ ବନ୍ଧୁ ବ୍ରୁଟସଙ୍କ ଶତ୍ରୁତା ଆଚରଣରେ ଜୁଲିଅସ ସିଜର ଏମିତି ସ୍ତବ୍ଧ ଓ ବିସ୍ମିତ ହୋଇ ପଡ଼ିଥିଲେ ଯେ ଆକ୍ରମଣର ମୁକାବିଲା କରିବା ଲାଗି ତରବାରୀ ଉତ୍ତୋଳନ କରିଥିବା ସମ୍ରାଟ ଜୁଲିଅସ ସିଜର ଆକ୍ରମଣର ପ୍ରତିହତ ନକରି ନିଜ ତରବାରୀ ପିଙ୍ଗିଦେଇ ଦୁଇ ହାତ ଉପରକୁ ଟେକି ରକ୍ଷ (ଦେଇ) ଆକ୍ରମଣକାରୀଙ୍କ ସମବେତ ଖଣ୍ଡାଚୋଟମାନ ବିନା ପ୍ରତିବାଦରେ ଗ୍ରହଣ କରି ପମ୍ପେଙ୍କ ପ୍ରତିମୂର୍ତ୍ତି ନିକଟରେ ଟଳି ପଡ଼ିଥିଲେ। ବକ୍ଷରେ ଛୁରିବିଦ୍ଧ ସିଜରଙ୍କ ମୁହଁରେ ବନ୍ଧୁ ବ୍ରୁଟସଙ୍କ ଉଦ୍ଦେଶ୍ୟରେ ଯନ୍ତ୍ରଣା ସିକ୍ତ ବିଷାଦ ଭରା ଶେଷ କାବ୍ୟଟି ଥିଲା "ୟୁ, ଠୁ, ବ୍ରୁଟସ (ତୁମେ ମଧ୍ୟ ବ୍ରୁଟସ) ବ୍ରୁଟସ ଶେଷରେ ତୁମେ ବି ଏୟା କଲା। ସ୍ୱପ୍ନରେ ସୁଦ୍ଧା ସିଜର ଅତିପ୍ରିୟତମ ପ୍ରାଣର ବନ୍ଧୁ, ବ୍ରୁଟସଙ୍କ ଠାରୁ ଏପ୍ରକାର ବିଶ୍ୱାସ ଘାତକତା ଆଶା କରିନଥିଲେ। ସିଜରଙ୍କ ଶେଷ ବାକ୍ୟ, ୟୁ, ଠୁ, ବ୍ରୁଟସ ବୋଲି ଯେଉଁ ତିନୋଟି ଶବ୍ଦ ଉଚ୍ଚାରଣ କରିଥିଲେ। ତାହା ଆଜି ମଧ୍ୟ ସମଗ୍ର ବିଶ୍ୱରେ ବିଶ୍ୱାସ ଘାତକତାର ଏକ ସାହିତ୍ୟିକ ସଙ୍କେତ ବହନ କରୁଛି।" "ପଦେ ସ୍ଥିତସ୍ୟ ଯୋମିତ୍ରଂ ସତସ୍ୟ ରିପୁଣାଂ ଗତଃ। ଭାନୋଃ ପଦ୍ୱେ ଜଲେ ପ୍ରାତିଃ ସ୍ଥଲୋଦ୍ଭରଣ ଶୋଷପଃ"। ଉପଯୁକ୍ତ ପଦରେ ଆସୀନ ବ୍ୟକ୍ତିର ଯିଏ ମିତ୍ର ଥାଏ, ସେହି ତା'ର ଶତ୍ରୁ ହୁଏ। ଜଳରେ ଥିବା ପଦ୍ମର ସୂର୍ଯ୍ୟ ମିତ୍ର ରୂପେ ଦେଖାଦିଏ। କିନ୍ତୁ ଜଳରୁ ଉତ୍ପାଦିତ ହୋଇ ସ୍ଥଳଭାଗରେ ଥିବା ସେହି ପଦକୁ ସୂର୍ଯ୍ୟ ଶୋଷଣ କରେ।

ତିରିଶଟି ରୋପ୍ୟ ମୁଦ୍ରା ପାଇ ଅତି ବିଶ୍ୱସ୍ତ ଶିଷ୍ୟ ଜୁଦାସ-ଯୀଶୁଙ୍କୁ ଧରାଇ ଦେଇଥିଲେ ଓ ତା' ପରେ ଯୀଶୁଙ୍କୁ କ୍ରୁଶବିଦ୍ଧ ଦ୍ୱାରା ହତ୍ୟା କରାଯାଇଥିଲା। ଜୁଦାସ ପରେ ଅନୁତାପଗ୍ରସ୍ତ ହୋଇ ଗଛ ଡାଲରେ ଦଉଡ଼ି ଦେଇ ଆତ୍ମହତ୍ୟା କରିଥିଲେ। ଆଜି ଯୀଶୁ ଓ ଜୁଲିୟସ ଆଉ ଥରେ ଯଦି ପୃଥିବୀକୁ ଫେରି ଆସନ୍ତି ଏବଂ ଯୀଶୁଙ୍କୁ ଜୁଦାସ ସହ ଓ ସିଜରଙ୍କୁ ମାର୍କସ ବ୍ରୁଟସଙ୍କ ସହିତ ରାତ୍ରିଯାପନ ପାଇଁ କୁହାଯାଏ। ତେବେ ଏକତ୍ର ରହିବା କଥା ବାବଦରେ ସେମାନେ ଶହେ ଥର ଭାବିବେ। ପରିସ୍ଥିତି ଚାପରେ ପଡ଼ି ରାଜି ହେବାକୁ ବାଧ ହେଲେ ବି ରାତିରେ ନିଶ୍ଚିନ୍ତରେ କେବେବି ନିଦରେ ଶୋଇ ପାରିବେ ନାହିଁ। ଥରେ ବିଶ୍ୱାସ ତୁଟି ଗଲେ ପାନ ଆଉ ଚୂନକୁ ଏକାଠି କରିବା ଭାରି କଷ୍ଟକର ବ୍ୟାପାରରେ ପରିଣତ ହୋଇଯାଏ।

ବିଶ୍ୱାସଘାତକତା କରି ବନ୍ଧୁତ୍ୱର ହାତବଢ଼ାଇ କୌଶଳରେ ଆଉରଙ୍ଗଜେବ ଶିବାଜୀଙ୍କୁ ବନ୍ଦୀ କରି ନେଲେ। ଅବଶ୍ୟ ଶିବାଜୀ ନିଜର ଦୁଃସମୟ ପାଇଁ ମିଠା ବିତରଣ କରିବା ବାହାନାରେ ମିଠେଇ ହାଣ୍ଡି ଭିତରେ ପଶି ଆଉରଙ୍ଗଜେବଙ୍କୁ ଭୁଆଁ ବୁଲାଇ ବନ୍ଦୀଶାଳାରୁ ଖସି ଆସିଲେ। ସେମିତି ଆଫଜଲ ଖାଁଙ୍କ ସହ ବନ୍ଧୁତ୍ୱ ସ୍ଥାପନ ପ୍ରସ୍ତାବକୁ ଗ୍ରହଣ କରି ଶିବାଜୀ ଏକାକି ଯାଇଥିଲେ ସାକ୍ଷାତ କରିବାକୁ। ମାତ୍ର ବନ୍ଧୁତ୍ୱ ଏକ ବାହାନାଥିଲା। ଶିବାଜୀଙ୍କୁ ଏକାକୀ ପାଇ ହଠାତ ସେ ଆକ୍ରମଣ

କଲେ । ମୋଗଲର ବିଶ୍ୱାସଘାତକତା ଜଣାପଡ଼ି ଯାଇଥିଲା । ଶିବାଜୀ ଲୁଚାଇ ରଖିଥିବା ବାଘ ନଖ ଅସ୍ତ୍ର ସାହାର୍ଯ୍ୟରେ ବିଶ୍ୱାସ ଘାତକର ଖେଳ ସେଇଠି ଖତମ୍ ହୋଇଯାଇଥିଲା । ଯେତ ଇତିହାସର କଥା । ବନ୍ଧୁତା ବିଶ୍ୱାସରେ ଏକାକୀ ବାଟେଇ ଦେବାକୁ ଯାଇ ଶେଷ ହିନ୍ଦୁ ରାଜା ପୃଥ୍ୱୀରାଜ ଚୌହାନ ମୁସଲମାନ ରାଜାହାତରେ ହଣାଖାଇବା ଘଟଣା ବି ଇତିହାସର କଥା । ସରଳତା ଓ ବିଶ୍ୱାସ ବୋଧ ଅନେକ ସମୟରେ ବିର୍ବୋଧତାର କାରଣ ହୋଇଥାଏ । ଦୁର୍ଜନଗୁଡ଼ା ମୁହଁରେ ମିଠା କଥା କହନ୍ତି ମାତ୍ର ଭିତରଟା ହଲାହଲ ବିଷ । ସେଥିପାଇଁ ଚାଣକ୍ୟ ଲେଖିଲେ "ମଧୁତିଷ୍ଠତି ଜ୍ୱାହ୍ୱାଗ୍ରେ ହୃଦୟେତୁ ହଲାହଲମ୍" ଆଉ "ସର୍ପକ୍ରୂରଃ ଖଲଃକ୍ରୂରଃ ସର୍ପାତ କ୍ରୂରତରଃ ଖଲଃ, ମନ୍ତ୍ରୌଷଧୁ ବଶଃ ସର୍ପଃ ଖଲଃକେନ ନିବର୍ଯ୍ୟତେ", ସାପକୁ ମନ୍ତ୍ରରେ ବଶ କରି ହେଉଛି, ମାତ୍ର ଖଲ କେମିତି ବଶ ହୋଇ ପାରିବ ।

ଅନ୍ୟକୁ ପ୍ରତାରିତ କରି ନିଜ ପାଇଁ ସୁବିଧା ହାସଲ କରି ନେବା ମଧ ସେହି ପର୍ଯ୍ୟାୟ ଭୁକ୍ତ । ବିଶ୍ୱାସ ଘାତକତା ନକଲେ କେହି କେବେ ଅନ୍ୟକୁ ବିପଦ ଭିତରକୁ ଠେଲି ଦେଇ ନିଜ ଲାଗି ସୁବିଧା ହାସଲ କରି ପାରିବନି । ନିଜ ପାଇଁ ସୁବିଧା ହାସଲ କରି ନେବା କେବେବି ବୁଦ୍ଧିମାନର କାମ ନୁହେଁ କିମ୍ୱା ଆପଣା ଚତୁରାମୀର ଫଳ ହୋଇ ନପାରେ । ବରଂ ଏହା ବୁଦ୍ଧି ହୀନତା ବା ବିଶ୍ୱାସ ଘାତକତାର କର୍ମ ଭାବରେ ଗଣ୍ୟ । ଆଉ ଭରସା, ଭରସା ତ କେବଳ ବିଶ୍ୱସ୍ତ ଲୋକଙ୍କୁ କରାଯାଇଥାଏ । ବିଶ୍ୱାସରେ ବିଷ ଦେଉଥିବା ଲୋକକୁ କିମ୍ୱା ବିଶ୍ୱାସଘାତକକୁ ଅଥବା ପ୍ରତାରଣାକାରୀମାନଙ୍କୁ ନୁହେଁ । ପୃଥିବୀ ଇତିହାସରେ କେବଳ ଦୁଇଜଣ ବ୍ୟକ୍ତି ଏକଛତ୍ରବାଦୀ ନାଜି ହିଟଲର ମଣିଷର ଏହି ଦୁର୍ଗୁଣ ପ୍ରତି ଅତ୍ୟନ୍ତ ସାବଧାନ ରହୁଥିଲେ । ରାତିରେ ତାଙ୍କ ଶୟନ କକ୍ଷ ଭିତରକୁ ଏପରିକି ତାଙ୍କ ପ୍ରେମିକା ଏବଂ ପରେ ପତ୍ନୀ ହୋଇଥିବା ଉଭାବ୍ରାଉନଙ୍କୁ ସୁଦ୍ଧା ପ୍ରବେଶ କରିବାର ଅଧିକାର ଦିଆଯାଉନଥିଲା । ଆଖିବନ୍ଦ କରି ନିସ୍ତେଜ ହୋଇଯିବା ପରେ ସେ ଆଉ କୌଣସି ମନୁଷ୍ୟର ଉପସ୍ଥିତିକୁ ତାଙ୍କ ଶୟନ କକ୍ଷ ଭିତରେ ବିଶ୍ୱାସ କରି ପାରୁନଥିଲେ । ଆଉ ମୋଗଲ ସମ୍ରାଟ ଆଉରଙ୍ଗ ଜେବ ମଧ କାହାରିକୁ ବିଶ୍ୱାସ କରୁନଥିଲେ ।

ସନ୍ ୭୧୨ ଖ୍ରୀଷ୍ଟାବ୍ଦରେ ମହମ୍ମଦ ବିନ କାଶୀମଙ୍କ ଠାରୁ ସିନ୍ଧୁ ପ୍ରବେଶର ରାଜା ଦାହିର ପରାଜିତ ହୋଇଥିଲେ । ନିଜ ଦେଶର ଜଣେ ବିଶ୍ୱାସ ଘାତକଙ୍କ ଦ୍ୱାରା । ମନ୍ଦିରର ପତାକା ଖସାଇ ଦେବା ପାଇଁ ଦେଶଦ୍ରୋହୀ ବିଶ୍ୱାସଘାତକ ମହମ୍ମଦ ବିନ କାଶୀମଙ୍କୁ ପରାମର୍ଶ ଦେଇଥିଲା । ସେ ମଧ କାଶୀମଙ୍କ ଦ୍ୱାରା ନିହତ ହେଲେ । କାଶୀମଙ୍କ ନିଷ୍ପତ୍ତି ଥିଲା ଅନେକ ବର୍ଷର ଆନୁଗତ୍ୟ ଥାଇ ଯେ ନିଜ ରାଜାଙ୍କ ପ୍ରତି ବିଶ୍ୱାସ ଘାତକତା କଲା ତାହାକୁ ବିଶ୍ୱାସ କରାଯିବ କିପରି ? ଆଉ ଯେଉଁ ଜ୍ୟୋତିଷୀ ଶୁଭ ମୁହୂର୍ଣ୍ଣ ପାଇଁ ଅପେକ୍ଷା କରିବା ଲାଗି ରାଜା ଦାହିରଙ୍କୁ ପରାମର୍ଶ ଦେଇଥିଲା । ସେ ଆହୁରି ପାରିତୋଷିକ ପାଇବା ପାଇଁ କାଶୀମଙ୍କ ପାଖକୁ ଗଲା । କାଶୀମ ତାଙ୍କୁ ପ୍ରଶ୍ନ କଲେ । ଭବିଷ୍ୟତ ଗଣନା ଅନୁସାରେ ତୁମର ଆୟୁ କେତେ ? ଜ୍ୟୋତିଷୀ କିଛି ଉତ୍ତର ଦେବା ସଙ୍ଗେସଙ୍ଗେ କାଶୀମ ତାଙ୍କୁ ହତ୍ୟା କରିବା ପାଇଁ ତାଙ୍କ ସେନାପତିଙ୍କୁ ଆଦେଶ ଦେଇଥିଲେ । ଏହି ସବୁ ହେଲା ବିଶ୍ୱାସ ଘାତକତାର କୁପରିଣତି ।

ଆଉ ସାହାଜାହାନଙ୍କ ବଡ଼ପୁଅ ଦାରାଶିକୋହ ଗୋଟିଏ ପରେ ଗୋଟିଏ ସଂଘର୍ଷରେ ପରାଜିତ ହୋଇ ସେ ବାଦାରଠାରେ ଥିବା ଆଫ୍ଗାନଶାସକ ଜାଓ୍ଆନ୍ ଖାଁର ପ୍ରାସାଦରେ ଆଶ୍ରୟ ନେଲେ । କିନ୍ତୁ ଜାଓ୍ଆନ୍ ଖାଁ ତାଙ୍କ ବିଶ୍ୱାସରେ ବିଷ ମିଶାଇ ଆଉରଙ୍ଗଜେବଙ୍କ ହାତରେ ଦାରା ଶିକୋହ କୁ ସମର୍ପି ଦେଲେ । ଆଉ ବଙ୍ଗର ନବାବ ସିରାଜ ଉଦ୍ଦାଲଙ୍କ ସହିତ ତାଙ୍କ ସେନାପତି ମୀରଜାଫର ବିଶ୍ୱାସ ଘାତକତା କରିଥିଲେ ।

ତଥାପି ଆମକୁ ସଂସାରରେ ରହିବାକୁ ହେଲେ ଅନ୍ୟମାନଙ୍କୁ ବିଶେଷ କରି ନିଜର ଲୋକମାନଙ୍କୁ ବିଶ୍ୱାସ କରିବାକୁ ପଡ଼ିବ । ବାପ-ପୁଅ, ସ୍ୱାମୀ-ସ୍ତ୍ରୀ, ପ୍ରେମିକ-ପ୍ରେମିକା, ଗୁରୁ-ଶିଷ୍ୟ ଏମାନଙ୍କ ମଧ୍ୟରେ ସମ୍ପର୍କର ମୂଳଦୁଆ ହେଉଛି ବିଶ୍ୱାସ । ତେଣୁ ଏ ଦୁନିଆ ଅବିଶ୍ୱାସର ସଂସାର ହେଲେ ସୁଦ୍ଧା ସମାଜରେ ରହିବାକୁ ହେଲେ ବିଶ୍ୱାସ ଉପରେ ଭରସା ରଖିବାକୁ

ପଡ଼ିବ। ଆମମାନଙ୍କ ଭିତରେ ପରସ୍ପର ଉପରେ ଆସ୍ଥା ନରହିଲେ ପରସ୍ପର ପରସ୍ପରର ବିଶ୍ୱାସ ଭାଜନ ନହେଲେ ଚଳିବ ନାହିଁ। ଆମମାନଙ୍କ ମଧ୍ୟରେ ପରସ୍ପର ପ୍ରତି ଥିବା ବିଶ୍ୱାସ ଟୁଟି ଗଲେ ଆମମାନଙ୍କ ସମ୍ପର୍କର ପତନ ସୁନିଶ୍ଚିତ, ଜଣେ ଅନ୍ୟଜଣକୁ ଭରସା କରି ପାରିବ ବିଶ୍ୱାସ ଓ ବିଶ୍ୱାସନୀୟତାର ତତ୍ତ୍ୱ ଉପରେ। ଆଉ ତୁ ଭଲ ଭାବରେ ମନେ ରଖ ଜଣେ ନିଜର ସର୍ବସ୍ୱ ଜଣକୁ ଅର୍ପଣ କରିଦେଲା ପରେ ଆଉ ଅବିଶ୍ୱାସର ପ୍ରଶ୍ନ ସେଠି ଉଠିନପାରେ। କାରଣ ବିଶ୍ୱାସକୁ କୌଣସି ପରିସ୍ଥିତିରେ କ୍ରୟ କରାଯାଇପାରେ ନାହିଁ। ଏଇ ସଂସାରରେ ବିଶ୍ୱାସ ଏଭଳି ଏକ ତତ୍ତ୍ୱ ଯାହା ସ୍ୱୀୟ ଦୃଷ୍ଟିଭଙ୍ଗୀ ଓ ଆଚରଣରେ ହାସଲ କରାଯାଇଥାଏ। ଅନ୍ୟଠାରୁ ଏହା ବଳପୂର୍ବକ ହାସଲ (ଆଦାୟ) କରାଯାଇନପାରେ। ଯଦିବା କାହାକୁ ଭୟଭୀତ କରାଇ ଅଥବା ପ୍ରଲୋଭିତ କରି ଏହା ହାସଲ କରାଯାଏ। ତେବେ ତାହା ସୀମିତ ସମୟ ପାଇଁ। (କାହାରି) ବିଶ୍ୱାସଭାଜନ ହେବା ନିମନ୍ତେ ଆମ୍ଭର ଶୁଦ୍ଧତା ନିହାତି ଆବଶ୍ୟକ। ମନରେ ଶୁଦ୍ଧତା, ପବିତ୍ରତା, ସ୍ୱଚ୍ଛତା ନରହିଲେ ସେଠାରେ ବିଶ୍ୱାସ ସ୍ଥାୟୀ ହେବ ନାହିଁ କିମ୍ବା ବିଶ୍ୱାସ ଜନ୍ମିବ ନାହିଁ।

ଯଦି ପୁଅ-ବାପା, ମା'ଙ୍କୁ ବିଶ୍ୱାସ ନକରିବ, ତେବେ ସେମାନଙ୍କ ସହିତ ରହି ପାରିବନି। ଆଉ ବାପା, ମା, ପୁଅ ଉପରେ ଭରସା ନରଖିଲେ ସେମାନେ ପିଲାଟିକୁ ଜନ୍ମ ଦେଇ ଲାଳନ ପାଳନ କରି ବଡ଼ କରନ୍ତେ ନାହିଁ। ସ୍ୱାମୀ ଯଦି ସ୍ତ୍ରୀକୁ ବିଶ୍ୱାସ ନକରିବ ତେବେ ସେ ରାନ୍ଧିଥିବା ଖାଦ୍ୟ ଖାଇବ ନାହିଁ। କାଲେ ତାକୁ ଜୀବନରୁ ମାରିଦେବା ପାଇଁ ସେ (ସ୍ତ୍ରୀ) ତା (ସ୍ୱାମୀ) ଖାଦ୍ୟରେ ବିଷ ଦେଇଥିବ କି ବୋଲି ଯଦି ତା' ମନରେ ସନ୍ଦେହ ଆସେ। ସ୍ତ୍ରୀ ଯଦି ସ୍ୱାମୀ ଉପରେ ଭରସା ନ ରଖିବ ତେବେ ସେମାନେ ସଂସାର ବାନ୍ଧିବେ କିପରି ? ଯଦି ସ୍ତ୍ରୀ ଭାବେ ସ୍ୱାମୀ ତାକୁ ମାରି ଦେବାକୁ ଇଚ୍ଛା କରୁଛି ? ପ୍ରେମିକ ଯଦି ପ୍ରେମିକାକୁ ବିଶ୍ୱାସ ନକରିବ ଓ ପ୍ରେମିକା ଯଦି ପ୍ରେମିକ ଉପରେ ଭରସା ନରଖିବ ତେବେ ସେମାନଙ୍କ ମଧ୍ୟରେ ଭଲ ପାଇବା କେବେବି ସମ୍ଭବ ହେବ ନାହିଁ। ଜ୍ୱାଇଁ ଓ ଶାଶୁଘର ଲୋକମାନଙ୍କ ଉପରେ ବିଶ୍ୱାସ ନ ଆସିଲେ ଝିଅ ଘର ଲୋକମାନେ କେବେ ତାଙ୍କ ଝିଅଟିକୁ ତା' ଶାଶୁଘରକୁ ପଠାଇବେ ନାହିଁ ଏବଂ ଶାଶୁଘର ଲୋକମାନଙ୍କର ଝିଅଟି ଉପରେ ଭରସା ନରହିଲେ ସେମାନେ ସେ ଝିଅଟିକୁ ତାଙ୍କ ଘରକୁ କେମିତି ବୋହୂ କରି ଆଣିବେ ? ସେମିତି ମୁଁ ତୋତେ ବିଶ୍ୱାସ ନ କଲେ କିମ୍ବା ତୁ ମୋ ଉପରେ ଭରସା ନରଖିଲେ ଆମ ମଧରେ ବନ୍ଧୁତ୍ୱ କେମିତି ରହିପାରିବ ? ଆମ ଭିତରେ ସମ୍ପର୍କ କିପରି ଦୃଢ଼ ହେବ ? ନିବିଡ଼ ହୋଇ ପାରିବ ଆମର ସମ୍ବନ୍ଧ ? ମୁଁ ଖୁବ୍ ଭଲ ଭାବରେ ଜାଣିଛି ତୁ ମୋ' ସହିତ କେବେବି ବିଶ୍ୱାସ ଘାତକତା ଅବା ବେଇମାନି କରିପାରିବୁନି କିମ୍ବା ମୋ' ବିଶ୍ୱାସରେ ବିଷ ଦେବା ତୋ' ଦ୍ୱାରା ଆଦୌ ସମ୍ଭବ ହେବନି। ସେଥିପାଇଁ ମୁଁ ତୋ' ଉପରୁ ବିଶ୍ୱାସ ହରାଇ ପାରିବିନି କିମ୍ବା ତୁ ମୋ ଉପରୁ ଜମା ଭରସା ଟୁଟାଇ ପାରିବୁନି। ଆମେ କେହି କାହାରିକୁ ପ୍ରତାରଣା କରି ପାରିବାନି ମଧ୍ୟ। ତୁ ସେମିତି କାହିଁକି ଭାବୁଛୁ ? ସେପରି ଧାରଣା ମନକୁ ଆଣି ପାରୁଛୁ ? ମୁଁ ତୋତେ ଅବିଶ୍ୱାସ କରିବି ? ତୋ' ଉପରେ ଭରସା ରଖିପାରିବିନି ? ଅସମ୍ଭବ ସତୀ। ଏହା ସଂପୂର୍ଣ୍ଣ ଭାବରେ ଅସମ୍ଭବ।

ସତୀ ଏଇ ବିଶ୍ୱାସ ଟିକକ ପାଇଁ ତ ମଣିଷ ବଞ୍ଚିଛି। ଏହି ବିଶାଳ ସଂସାରରେ ସୂର୍ଯ୍ୟ, ଚନ୍ଦ୍ର ଆଥଯାତ ହେବା, ରାତି ଆକାଶରେ ଅନେକ ନକ୍ଷତ୍ର ଆଉ ଗ୍ରହ, ତାରାଙ୍କ ଉଦୟ ଅସ୍ତ ଏସବୁକୁ ଆମେ କ'ଣ ଆମ ବିଶ୍ୱାସ ଭିତରକୁ ନେବାନାହିଁ। ସକାଳ ହେଲେ ବାଲ ଅରୁଣର କନକ କିରଣ ବିଛ୍ଫ ହୋଇ ପଡ଼େ ଧାରା ଉପରେ। ନାନା ଜାତିର ରଙ୍ଗ ବେରଙ୍ଗ ଫୁଲରେ ଭରିଯାଏ ବନଉପବନ। ଆନମନା ଝରଣା କୁଳୁକୁଳୁ ତାନରେ ବହିଯାଏ। ଏଇସବୁ ନୈସର୍ଗିକ ଶୋଭା ରାଶିକୁ ଦେଖିଦେଲେ ମନ ପ୍ରଫୁଲିତ ହୋଇଯାଏନା ? ସ୍ୱୟଂ ସ୍ରଷ୍ଟା ସୃଷ୍ଟି ଭିତରେ ବିରାଜମାନ କରି ନାହାଁନ୍ତି ବୋଲି କ'ଣ ଅବିଶ୍ୱାସ କରିବା ? ବିଶ୍ୱାସ ହିଁ ଆମକୁ ସତ୍ୟତା ଆଡ଼କୁ ବାଟ କଢ଼ାଇନିଏ। ବିଶ୍ୱାସ ହିଁ ଆମକୁ ସତ୍ୟକୁ ଜାବୁଡ଼ି ଧରିବାକୁ ପ୍ରୋଚୋଦିତ କରେ। ବିଶ୍ୱାସ ହିଁ ଗୋଟିଏ ସିଦ୍ଧାନ୍ତକୁ ସୁଦୃଢ଼ କରାଏ। ତେଣୁ ମଣିଷ ଅଟଲ ବିଶ୍ୱାସରେ ଓ

ଅଟୁଟ ଭରସାରେ ସବୁ କିଛି କରିବାକୁ ସମର୍ଥ ହୋଇଥାଏ । ଏହି ସଂସାରରେ ବିଶ୍ୱାସଟା ହିଁ ବଡ଼ ଜିନିଷ । ବିଶ୍ୱାସକୁ ନେଇ ମଣିଷର ଜୀବନ ଯାତ୍ରା, ସମ୍ପର୍କ, ସମସ୍ତ ସବୁକିଛି । ବିଶ୍ୱାସଟା ପୁଣି କେଉଁ ବାସ୍ତବ ନିଷ୍ଠୁର ସତ୍ୟ ଉପରେ ଆଧାରିତ ତାହା ମଧ୍ୟ ସଠିକ୍ କରି କହିହେବ ନାହିଁ– ସବୁ ଜିନିଷ ସୁରୁଖୁରୁରେ ସମାଜରେ, ସଂସାରରେ, ଦୁନିଆରେ, ଜୀବନରେ, ନିର୍ବିଘ୍ନରେ ଚାଲିଛି ତ କାହାରି କିଛି ଭାବିବାର ନାହିଁ । କିନ୍ତୁ ବିଶ୍ୱାସରେ ବିନ୍ଦୁଏ ବିଷ ମିଶିଗଲା ତ ତା ଜୀବନକୁ, ସଂସାରକୁ, ସମାଜକୁ, ଆମ ଦୁନିଆକୁ ଅଚିରେ ଧୂଳିସାତ୍ କରିଦେବ । ବନ୍ଧୁ-ବନ୍ଧୁଙ୍କ ଭିତରେ, ପରିବାର ଭିତରେ, ବାପା-ପୁଅ ଭିତରେ ଏପରିକି ସ୍ୱାମୀ-ସ୍ତ୍ରୀଙ୍କ ଭିତରେ ଝଡ଼ ସୃଷ୍ଟି ହେବ ଓ ଯବନିକା ପଡ଼ିଯିବ ମଧୁର ସମ୍ପର୍କରେ । ବିଶ୍ୱାସ ହିଁ ଆମର ଧର୍ମୀୟ ପରମ୍ପରାକୁ ବେଶ ମଜବୁତ କରୁଛି । ପରମ୍ପରା ଉପରେ ହିଁ ଆମର ଅଗାଧ ଓ ଅଟଳ ବିଶ୍ୱାସ । ତେଣୁ ଯେଉଁ ବିଶ୍ୱାସ ଟିକକ ଆମର ରହିଛି ତାକୁ କ'ଣ ଚାଲି ହେବ ? ତା' ପରେ ସଚରାଚର ପୃଥିବୀ ଯାହାକୁ କାଳ କାଳ ଧରି ଦୃଢ଼ ଭାବରେ ବିଶ୍ୱାସ କରି ଆସୁଅଛନ୍ତି ଆମେ ସବୁ ତାକୁ କେମିତି ଅବିଶ୍ୱାସ କରିବା ? ନିଜେ ନିଜକୁ ବିଶ୍ୱାସ କରିବାକୁ ହେବ । ପରକୁ ବିଶ୍ୱାସ କରିବା ପୂର୍ବରୁ ପୁଣି ବିଶ୍ୱାସକୁ ନେଇ କେତେକେତେ ଉକ୍ତି ପ୍ରତ୍ୟୁକ୍ତି । କେତେ ତର୍କ କେତେ ବିତର୍କ, କେତେ କେତେ ଅସମାହିତ ପ୍ରଶ୍ନ । ଏନେଇ ଅନେକ ଦ୍ୱନ୍ଦ୍ୱ । ବହୁତ ବିବାଦ, ବିଶ୍ୱାସ ଆମର ଧର୍ମୀୟ ତଥା ଅଧ୍ୟାମ୍ନିକ ଚେତନା ଭିତରେ ଏକ ବିନ୍ଦୁ ସଦୃଶ । ଯଥାର୍ଥରେ ତର୍କରୁ ଦୂରେଇ ଯାଇ, ବିବାଦର ଉପରକୁ ଉଠି ବିଶ୍ୱାସ ଭିତରେ ସବୁକୁ ଆପଣେଇବାକୁ ସୂତ୍ର ବାହାର କଲେ ଯାଇ ଜଗତ ଓ ଜୀବନ ଭିତରେ ଉତ୍ତମ ସମ୍ପର୍କ ସ୍ଥାପିତ ହୋଇ ପାରିବ ।

ଆଉ ତୁ ସେମିତି କାହିଁକି ଭାବୁଛୁ ? ତୁ ମିଛ କହୁ ବୋଲି ମୁଁ କେତେବେଳେ କହିଲି । ଏଇଟା ଯେତେବେଳେ ଗୋଟେ ଅତି ଗୁରୁତ୍ୱପୂର୍ଣ୍ଣ (କଥା) ପ୍ରସଙ୍ଗ । ସେଥିପାଇଁ ସତ କହିବାକୁ ଓ ସିଧା ଭାବରେ ଏବଂ ସରଳ ଭାଷାରେ ଉତ୍ତର ଦେବାକୁ କହୁଛି ।

ଏଥର ସତୀ ସ୍ୱାଭାବିକ ଭଙ୍ଗିରେ କହିଲା, "ହଉ ଏତେ ଗୌରା ଚନ୍ଦ୍ରିକା ନଦେଇ, ଏତେ କଥାର ଉଦାହରଣ ନଥୋଇ, ଏତେ ଗୁଢ଼ାଏ ଉପମାର ଉପଲକ୍ଷ୍ୟ ପ୍ରୟୋଗ ନକରି ଅସଲ କଥା କ'ଣ କହ ?"

"ହଉ ମୁଁ ଏଥର କହୁଛି, ସାବଧାନତା ସହକାରେ ଧ୍ୟାନର ସହିତ ମନଯୋଗ ଦେଇ ଶୁଣ, ତା'ପରେ ତରତର ନହୋଇ ଧୀରେ ସୁସ୍ଥେ ଭଲ ଭାବରେ ଭାବିଚିନ୍ତି, ଉତ୍ତମ ରୂପେ ବିଚାର, ବିମର୍ଶ ଓ ବିବେଚନା କରି ମୋ ପ୍ରଶ୍ନର ଉତ୍ତର ଦେବୁ ।"

"ହଉ ତେବେ କହ"

"ତେବେ ଶୁଣ, ଅଧର ବାବୁଙ୍କ ସହିତ ତୋ'ର ବାହାଘର ହୋଇଗଲେ, ତୁ ତାଙ୍କ ଘରକୁ ବୋହୂ ହୋଇ ଚାଲିଗଲା ପରେ, ମୋ କଥା ତୋ'ର ମନରେ ପଡ଼ିବ ନା ?"

ସୁନି କଥା ଶୁଣି ସତୀ କ୍ଷଣେ ମାତ୍ର ଅପେକ୍ଷା ନକରି ତତ୍‍କ୍ଷଣାତ୍ ଉତ୍ତର ଦେଲା । "ନା, ଆଦୌ ନୁହେଁ, ମୋତେ ନୁହେଁ, ଜମା ନୁହେଁ, କେବେବି ନୁହେଁ, କେତେ ବେଳେ ସୁଦ୍ଧା ନୁହେଁ, କ'ସ୍ମିନ୍ କାଳେ ମଧ ନୁହେଁ, ବିଲକୁଲ୍ ନୁହେଁ ।"

ସତୀ କଥାରେ ସୁନି ଆଶ୍ଚର୍ଯ୍ୟ ଚକିତ ହୋଇ ଆତ୍ମିତ ପ୍ରକଟ କରି ପଚାରିଲା, "ସତୀ ତୁ ମୋତେ ଭୁଲି ଯିବୁ ? ମୋ କଥା ଜମାରୁ ତୋ'ର ମନରେ ପଡ଼ିବ ନାହିଁ ? ଅଧର ବାବୁଙ୍କୁ ପାଇଲା ପରେ ତୁ ମୋତେ ପର କରି ଦେବୁ ?"

ସତୀ ଅତି ସହଜ ଭାବରେ , ଖୁବ୍ ସ୍ୱାଭାବିକ ଢଙ୍ଗରେ, ଭାରି ସାବଲୀଲ ଭାଷାରେ କହିଲା, "ହଁ, ମୁଁ ତୋତେ ପର କରିଦେବି । ତୋ କଥା ପୁରାପୁରି ପାଶୋରି ପକାଇବି । ତୋ' ବିଷୟରେ କେବେ ଆଦୌ ଭାବିବି ନାହିଁ । ଭୁଲିଯିବି ସମ୍ପୂର୍ଣ୍ଣ ଭାବରେ ।"

ଏଥର ସୁନି ଆହୁରି ଆଶ୍ଚର୍ଯ୍ୟ ହୋଇ ସତୀକୁ ଅନାଇଲା। ହତବାକ୍ ହୋଇ ପଚାରିଲା, "ସତୀ ତୁ ଏପରି କଥା କେମିତି ଭାବି ପାରୁଛୁ? ଚିନ୍ତା କରି ପାରୁଛୁ କିଭଳି? ଏମିତି କଥା କଳ୍ପନା କରୁଛୁ କେମିତି? ତୁ କିପରି ଏଭଳି ହୋଇଯିବୁ? ଏପରି ହୋଇ ପାରିବୁ ଯିଏ କି ମୋତେ ଭୁଲିଯାଇ ପାରିବ? ତୋ' କଥା ଶୁଣି ମୋତେ ଆଶ୍ଚର୍ଯ୍ୟ ଲାଗୁଛି।"

ସତୀ ହସି ହସି ଏଥର ସୁନି କଥାରେ ଉତ୍ତର ଦେଲା, "ଏଥିରେ ଆଶ୍ଚର୍ଯ୍ୟ ହେବାରେ କ'ଣ ଅଛି?"

ଛେପ ଢୋକି ଉଠିଲା ଆଖିରେ ସତୀକୁ ଚାହିଁ ସୁନି ରହି ରହି କହିଲା, "ସତୀ ତୁ କ'ଣ କହୁଛୁ ତାହା ତୁ ନିଜେ ବୁଝି ପାରୁଛୁ ତ?" ତୁ କହୁଥିବା କଥା ଶୁଣି ମୋତେ ତ ଆଶ୍ଚର୍ଯ୍ୟ ଲାଗୁଛି। ପିଲାଟି ଦିନୁ ଆମର ବନ୍ଧୁତା। ସାଙ୍ଗ ହୋଇ ଗୋଟିଏ ସ୍କୁଲରେ ଏକା ଶ୍ରେଣୀରେ ପାଠ ପଢୁଥିଲେ। ପୁଣି ତା' ପରେ ଗୋଟିଏ ଗାଁର ଝିଅ ଆମେ। ସାଥୀ ହୋଇ ପ୍ରତି ବାରିରେ ଠାକୁରଙ୍କ ପାଖକୁ ଆସୁଛନ୍ତି। ମନ୍ଦିରର ମୁଖ ଶାଳାରେ ବସି ଆମେ କେତେ (ବିଷୟରେ) ଆଲୋଚନା କରୁଛନ୍ତି। ଅଧରବାବୁଙ୍କ ସହିତ ତୋ'ର ଅବା କେତେ ଦିନର ପରିଚୟ? ସମ୍ପର୍କ ଅବା ଚିହ୍ନା ଜଣା। ସେଥିରେ ତୁ ତାଙ୍କୁ ପାଇଗଲା ପରେ ମୋତେ ଭୁଲି ଯିବାକୁ ନିଶ୍ଚିତ ନେଇ ସାରିଲୁଣି। ସେପରି ସିଦ୍ଧାର୍ଥ ନନେବୁ କାହିଁକି? ଯେତେବେଲେ ତୁ ଜମିଦାର ଘର ବୋହୂ ହୋଇ ଯିବୁ, ମୁଁ ତୋ ପାଖରେ କିବା ମଣିଷଟେ, କେତେ ନଗଣ୍ୟ, ହୀନମାନ, ଦୀନହୀନ, ଛାର ଆଉ ତୁଚ୍ଛ।

ସୁନିକୁ ବୁଝାଇଲା ପରି ସତୀ କହିଲା, "ସୁନି ତୁ ଏମିତି ସିରିୟସ ହୋଇ ନପଡ଼ି ମୋ କଥାକୁ ମନଯୋଗ ସହକାରେ ଶୁଣ। ତୋତେ ଭୁଲିଯିବାରେ ମୋର ଆଦୌ କିଛି ଦୋଷ ମୋତେ ନାହିଁ। ତୋତେ ଭୁଲିଯିବା ପାଇଁ ତୁ ମୋତେ ଏକ ପ୍ରକାର ବାଧ୍ୟ କରୁଛୁ। ତୋର ତ ଏଇନେ ଆଉ କିଛି ଅନ୍ୟ କାମ ନାହିଁ। କୌଣସି ଦାଇତ୍ୱ ମଧ ତୋ' ଉପରେ ନାହିଁ। ଅନ୍ୟ କିଛି ଚିନ୍ତା ତୁ ଆଦୌ କରୁନୁ। ତୋ'ର ଆଉ କିଛି ଭାବନା କିୟ ଯୋଜନା ମଧ ନାହିଁ। ସବୁବେଲେ ଖାଲି କହି ହେଉଛୁ, ମୁଁ ତାଙ୍କୁ ବାହା ହୋଇ ତାଙ୍କ ଘରକୁ ଚାଲିଯାଏ। ତୁ ଯେତେବେବେଲ ମୋତେ ତୋ' ପାଖରୁ ଦୂରେଇ ଦେବା ପାଇଁ ଚାହୁଁଛୁ। ତୋ' ନିକଟରୁ ଚାଲିଯିବା ଲାଗି କହୁଛୁ। ମୋତେ ପର କରି ଦେବାକୁ ଇଚ୍ଛା ପୋଷଣ କରୁଛୁ। ମୋତେ ଏଠୁ ତଡ଼ି ଦେବାକୁ ଯୋଜାନା କରି ବସୁଛୁ। ମୋ ସହିତ ସମ୍ପର୍କ ତୁଟାଇ ଦେବାକୁ ଭାବୁଛୁ। ଯେପରି ମୋର ଉପସ୍ଥିତି ତୋତେ ଅସହ୍ୟ ହେଉଛି। ମୋର ସହଚର୍ଯ୍ୟ ତୁ ଆଉ ଅନ୍ତରିକ ଭାବେ ଚାହୁନୁ। ମୋର ବନ୍ଧୁତ୍ୱ ତୋତେ ଅଡୁଆରେ ପକାଉଛି ଯେପରି? ମୋର ସଙ୍ଗଲାଭ ତୋ' ଲାଗି ବୋଧେ ଅନର୍ଥ ସୃଷ୍ଟ କରୁଛି ଯେପରି ତୁ ଏଇନେ ମୋ ସହିତ ସେଇଭଲି ଭାବରେ କଥା ବାର୍ତ୍ତା କରୁଛୁ। ସେପରି ସ୍ଥଲେ ମୁଁ ତୋତେ ଭୁଲି ନଯାଇ ଆଉ କ'ଣ କରି ପାରିବି? ମୋର ଏକାନ୍ତ ଅନିଚ୍ଛା ସତ୍ତ୍ୱେ ତୋତେ ପାଶୋରି ଦେବା ବ୍ୟତୀତ ମୋର ଆଉ କ'ଣ ଚାରା ଅଛି କହିଲୁ? ତେଣିକି ତୋତେ ଭୁଲିଯିବା ପାଇଁ ମୋତେ ଯେତେ ଦୁଃଖ, କଷ୍ଟ, ଯନ୍ତ୍ରଣା ଓ ଅସହ୍ୟ ହେଉ ପଛେ।"

ଏଥର ସୁନି ପ୍ରକୃସ୍ଥିତ ହେଲା। ସ୍ୱାଭାବିକ ଅବସ୍ଥାକୁ ଫେରି ଆସି କହିଲା, "ସତୀ ମୁଁ କ'ଣ ତୋତେ ପ୍ରକୃତରେ ମୋ' ଠାରୁ ଦୂରେଇ ଦେବାକୁ ଚାହୁଁଛି। ନା' ତୋତେ ପାଖରୁ ଛାଡ଼ି ଦେବାକୁ ମୋର ଇଚ୍ଛା ଅଛି କିୟ ସେପରି ଭାବନା କେବେ ମନରେ ଆଣିପାରିବି ଅଥବା ସେମିତିକା କଳ୍ପନା ମୋ ଅନ୍ତରରେ ସ୍ଥାନ ପାଇ ପାରିବ? କିନ୍ତୁ ବିଧ୍ୱର ବିଧାନକୁ କିଏ ଏଡ଼ିଦେଇ ପାରିବ? ନିୟତିର ନିୟମକୁ କିଏ ଫାଙ୍କି ଦେବାକୁ ସମର୍ଥ ହେବ? ଦୁନିଆର ନୀତି ବିରୋଧରେ ଚାଲି ପାରିବ କିଏ? ସଂସାର ନିର୍ଦ୍ଧାରଣ କରିଥିବା କଥାକୁ (କାଟି) ଫାଙ୍କି ଦେବାକୁ କାହାର ଶକ୍ତି ଅଛି? ସମାଜରେ ପ୍ରଚଲିତ ପ୍ରଥାକୁ ହେଟି ଦେବାକୁ କିଏ ସକ୍ଷମ ହେବ? ଝିଅ ଜନମ ପର ଘରକୁ, କଥା ରହିଛି କାଲ କାଲକୁ। "ସତୀମପି କ୍ଷାତିକୁଲେକ ସଂଶୟାଂ ଜନୋଽନ୍ୟଥା ଭର୍ତ୍ତ୍ତଣଂ ବିଶଙ୍କତେ ଅତଃ ସମୀପେ ପରିଣେତୁରିଷ୍ୟତେ, ପ୍ରୟାଃପିୟା ବା ପ୍ରମତା ସ୍ୱବନ୍ଧୁଭିଃ"। ଜଣେ ବିବାହିତା ଯୁବତୀ ସ୍ୱାମୀ ପାଖରେ ନରହି କ୍ଷାତି-କୁଟୁମ୍ବଙ୍କ ପାଖରେ ରହିଲେ, ସେ ସତୀ ହୋଇଥିଲେ ମଧ ଅନ୍ୟ ଲୋକମାନେ ତା'ର ସତୀତ୍ୱରେ ସଂଶୟ ପ୍ରକାଶ କରନ୍ତି। ତେଣୁ ପ୍ରିୟ

ହେଉ ବା ଅପ୍ରିୟ ହେଉ ତା'ର ସ୍ୱାମୀ ପାଖରେ ରହିବାକୁ ତା'ର ସମ୍ପର୍କୀୟମାନେ ଇଚ୍ଛା କରିଥାଆନ୍ତି। ଦିନେ ନା ଦିନେ ତୁ ବାହା ହୋଇ (ସ୍ୱାମୀ ପାଖକୁ) ଯିବୁ। ମୁଁ ମଧ ମୋ ଶାଶୁ ଘରକୁ ଯିବା ଲାଗି ବାଧ୍ୟ ହେବି। କହିଲୁ ଦେଖ୍ ତୁ ସେତେବେଳେ ମୋତେ ଦୂରେଇ ଦେବୁ ନା ମୁଁ ତୋତେ ଅନ୍ତର କରିଦେବାକୁ ଚାହୁଁଥିବି ? ନିଜର ଅମଙ୍ଗ ସତ୍ତ୍ୱେ, ଆମର ଅନିଚ୍ଛା ପରେ, ଆପଣାର ମନ ନଥାଇବି ଆମ ଭାଗ୍ୟ ଆମକୁ ପରସ୍ପର ଠାରୁ ପୃଥକ କରିଦେବ। ବାପ ଘରର ନିବିଡ଼ ସ୍ନେହ, ଅତୁଟ ଆଦର, ଅଭୁଲା ଶ୍ରଦ୍ଧା, ନିଜ ଜନମ ମାଟିର ଘନିଷ୍ଠ ମୋହ ମାୟା, ପିଲା ଦିନର ଏକାନ୍ତ ସାଙ୍ଗ, ସାଥୀ, ସାଇ ପଡ଼ିଶାଙ୍କ ଅଭୁଲା ମମତା। ଆପଣା ଜ୍ଞାତି କୁଟୁମ୍ବଙ୍କ ଅଟଳ ଅନାବିଲ ଆକର୍ଷଣକୁ ଛିଣ୍ଡାଇ ପର ଘରକୁ ଯିବା ଲାଗି ନିଜ ଅନିଚ୍ଛା ସତ୍ତ୍ୱେ ଆମେ ବାଧ୍ୟ ହେବା। ଯାହା ପ୍ରତ୍ୟେକ ଝିଅମାନଙ୍କ କପାଳରେ ଲେଖାହୋଇଛି। ସେତେବେଳେ ସେହି ଅଜଣା, ଅଶୁଣା ଗାଁରେ ଥାଇ ଅନାଇଲେ ତୁ ମୋତେ ଦିଶିବୁ ନା ମୁଁ ତୋତେ ଦେଖ୍ୟାପାରିବି ? ସେହି ଅଚିନ୍ନା ସ୍ଥାନରେ ରହି ଆମେ ପରସ୍ପରର ନାଁ ଧରି ଯେତେ ଜୋରରେ ଚିକ୍କାର କରି, କଣ୍ଠ ଫଟାଇ, ରାହାଧରି, କୁହାଟ ଛାଡ଼ି ଡାକିଲେ କେହି କାହା ଡାକ ଶୁଣି ପାରିବାନି। ସେଇଥି ପାଇଁ ତ ଝିଅ ବାହା ହୋଇ ଶାଶୁଘରକୁ ଗଲାବେଳେ କାନ୍ଦିଥାଏ। ଅବଶ୍ୟ ଏବେ ଆଉ ତାହା ନାହିଁ। "ଉଠିଲା ସବାରି ବସିବ ନାହିଁ; ଆଉ ଗୋପପୁର ଦିଶିବ ନାହିଁ। ଏ ଗାଁଆ ଡେଇଁଲେ ବୋଉ ନାଁଆ ଟି ମୋ ଲୁଚିବ, ଏରୁଣ୍ଡିବନ୍ଧ ଡେଇଁଲେ ମୋ ମୁହଁକି ତୋତେ ଦିଶିବ।"

ଟିକେ ରହି ସତୀ କ'ଣ ଭାବି କହିଲା, "ଶୁନି; ଆମେ ଯଦି ଝିଅ ନହୋଇ ପୁଅ ହୋଇ ଥାଆନ୍ତେ, ତେବେ କେତେ ଭଲ ହୋଇନଥାଆନ୍ତା ?"

"ସତୀ ଆମେ ଦୁହେଁ ଯାକ ପୁଅ ହୋଇଥିଲେ ତ ବହୁତ ଭଲ ହୋଇଥାଆନ୍ତା। ପରିବାରର ବଡ଼ ପିଲା ଭାବରେ ରୋଜଗାରକ୍ଷମ ହୋଇ ପାରିଥାଆନ୍ତେ। ଘରର ଆର୍ଥିକ ଦୁରାବସ୍ଥାରେ ପରିବର୍ତ୍ତନ ଆଣି ପାରିଥାଆନ୍ତେ। ଦୁହେଁ ଯାକ ପୁଅ ନହୋଇ ଯଦି ଆମ ଭିତରୁ କେହି ଜଣେ ପୁଅ ହୋଇ ଥାଆନ୍ତେ ତେବେ ଅନେକ ସୁବିଧା ହୋଇ ଥାଆନ୍ତା। ମୁଁ ପୁଅଟିଏ ହୋଇଥିଲେ ସତ କହୁଛି ସତୀ ତୋତେ ନିଶ୍ଚୟ ବାହା ହୋଇ ଥାଆନ୍ତି। ତୁ ଆମ ଘରକୁ ବୋହୂ ହୋଇ ଯାଇଥାଆନ୍ତୁ। ନହେଲେ ମୁଁ ଝିଅ ତୁ ପୁଅ ହୋଇଥିଲେ ବି କଥା କିଛି ଫରକ ପଡ଼ି ନଥାଆନ୍ତା। କଥା ସେଇଆ ହୋଇଥାଆନ୍ତା। ତୁ ମୋତେ ତୁମ ଘରକୁ ବୋହୂ କରି ନେଇଥାଆନ୍ତୁ। ଯେପରି ତୋ' ବାପାର ମାଉସୀ ପୁଅ ଭାଇ ବାଟୁଆ ମୋ ପଡ଼ିଶା ଲେଖାରେ ପିଉସୀ ସୁମାନାନିକୁ ନେଇ ଯାଇଛି।"

"ଶୁନି ତୁ ଭାବପ୍ରବଣତାର ବଶବର୍ତ୍ତୀ ହୋଇ କେବଳ ତୋ' ମନର ଅକୁହା କଥାକୁ କହୁଛୁ, ପ୍ରାଣର ଗୋପନ ଭାବନାକୁ ପ୍ରକାଶ କରୁଛୁ। ହୃଦୟର ଅକୁହା କଥାକୁ ବଖାଣୁଛୁ। ଅନ୍ତରର ଅବ୍ୟକ୍ତ ବେଦନାକୁ ଖୋଲି ଦେବାକୁ ଚାହୁଁଛୁ। ତୋ' ଆମ୍ଭାରେ ଗୁମୁରୁଥିବା ଅଭିଯୋଗକୁ ଉପସ୍ଥାପନ କରୁଛୁ। ତୋ'ର ଇଚ୍ଛାକୁ ଅନ୍ୟମାନଙ୍କ ଉପରେ ଲଦି ଦେବାକୁ ଯୋଜନା କରି ବସିଛୁ। ତୋ' ଅନ୍ତରର ଅଭିବ୍ୟକ୍ତିକୁ ଦୁନିଆ ଆଗରେ ଥୋଇ ଦେଉଛୁ। ତୋ' ଆମ୍ଭାର ଆଭିମୁଖ୍ୟକୁ ସଂସାରକୁ ଜଣାଇ ଦେବାକୁ ଆଗ୍ରହୀ ହୋଇ ପଡୁଛୁ। ମାତ୍ର ସାମାଜିକ ପ୍ରଥାପ୍ରତି ଦୃଷ୍ଟି ଦେଉନୁ। ସଂସାରର ଆକଟକୁ ତୋ'ର ନଜର ନାହିଁ। ଦୁନିଆର ରୀତିନୀତି କଥା ତୁ ବୁଝିବାକୁ ଆଦୌ ଚେଷ୍ଟା କରୁନୁ। ଜଗତର ଅନୁଶାସନ ଆଡ଼କୁ ମୋତେ ଲକ୍ଷ୍ୟ ରଖୁନୁ? ତୁ ହେଉଛୁ କୁଳୀନ ବ୍ରାହ୍ମଣ ଘରର ପିଲା ଓ ମୋର କୈବର୍ତ୍ତ ଘରେ ଜନ୍ମ। ଆମ ଭିତରେ କିପରି ବିବାହ ସମ୍ଭବ ହୋଇପାରିଥାଆନ୍ତା ? ସମାଜ କ'ଣ ସେ ବିବାହକୁ କେବେ ସ୍ୱୀକୃତି ଦେଇ ଥାଆନ୍ତା ? ତୋ' ବାପା ମା' ଜ୍ଞାତି କୁଟୁମ୍ବ ମୋତେ ଜମା ଗ୍ରହଣ କରି ନଥାଆନ୍ତେ। ସର୍ବୋପରି ତୁମ ବ୍ରାହ୍ମଣ ଶାସନ ଏଥ୍ ନିମିଉ ଆଦୌ ଅନୁମତି ପ୍ରଦାନ କରିନଥାଆନ୍ତା।"

"ସତୀ ତୁ ଯାହା କହୁଛୁ, ସେ ସବୁ ହେଲା ଅତି ପୁରୁଣା କାଳିଆ କଥା। ମରହଟି ଯୁଗର ଚଳଣି ? ମାନଧାତା

ଅମଲର ପ୍ରଥା । ସାମନ୍ତବାଦୀ ମନୋବୃତ୍ତି । ସେ ସବୁ ଏବେକୁ ଆଉ ଚଳୁନାହିଁ । ଆମ ଦେଶର ପ୍ରଥମ ପ୍ରଧାନମନ୍ତ୍ରୀ ଯିଏକି ଜଣେ ନୈଷ୍ଠିକ କାଶ୍ମୀର ବ୍ରାହ୍ମଣ ଥିଲେ । ତାଙ୍କ ଝିଅ ଯଦି ଜଣେ ବିଧର୍ମୀ ମୁସଲମାନକୁ ବାହା ହୋଇପାରିଲା ଏବଂ ପରେ ଦେଶବାସୀଙ୍କ ଦ୍ୱାରା ଗ୍ରହଣୀୟ ହୋଇ ସେମାନଙ୍କ ଅକୁଣ୍ଠିତ ସମର୍ଥନ ବଳରେ ଦେଶର ପ୍ରଧାନମନ୍ତ୍ରୀଙ୍କ ଆସନରେ ଅଧିଷ୍ଠିତ ହେବାକୁ ସକ୍ଷମ ହେଲା । ତେବେ ଆମେ ଗୋଟିଏ ଧର୍ମରେ ଥାଇ ଏକ ସଂପ୍ରଦାୟର ହୋଇ ଏହି ସାମାନ୍ୟ ଜାତି ପ୍ରଥାକୁ କାହିଁକି ଡରି ଥାଆନ୍ତେ ? ଆବଶ୍ୟକ ହୋଇଥିଲେ ମୁଁ ଆମ ସମାଜରେ ପ୍ରଚଳିତ ଚଳଣିକୁ ବଦଳାଇ ଦେଇ ଥାଆନ୍ତି । ଏହି ମନ୍ଦିରରେ ବାହାହୋଇ ତୋତେ ଆମ ଘରକୁ ନେଇ ଯାଇ ଥାଆନ୍ତି । ଯଦି ମୋ ବାପା ମା' ମୋ ନିଷ୍ପତ୍ତିକୁ ମାନି ନେବାକୁ ଆରାଜି ହୋଇ ଥାଆନ୍ତେ, ତୋତେ ବୋହୂ ଭାବରେ ଗ୍ରହଣ କରି ନେବାକୁ କୁଣ୍ଠାବୋଧ କରିଥାଆନ୍ତେ, ତୋତେ ଘରେ ପୂରାଇ ଦେବାକୁ ବାରଣ କରି ଥାଆନ୍ତେ, ତୋତେ ନେଇ ରହିବାକୁ ଅନିଚ୍ଛା ପ୍ରକାଶ କରିଥାନ୍ତେ । ତେବେ ମୁଁ ତୋତେ ସାଙ୍ଗରେ ଧରି ବିଦେଶ ଚାଲି ଯାଇଥାଆନ୍ତି । ଏତେ ବଡ଼ ଦୁନିଆରେ ଆମ ପାଇଁ କ'ଣ କେଉଁଠି ଟିକେ ଆଶ୍ରୟସ୍ଥଳ ମିଳିନଥାଆନ୍ତା । ମୁଣ୍ଡ ଗୁଞ୍ଜିବାକୁ ଛପର ଖଣ୍ଡେ ଯୋଗାଡ଼ ହୋଇ ପାରି ନଥାଆନ୍ତା । ରହିବାକୁ ଟିକେ ଜାଗା ଯୁଟି ନଥାଆନ୍ତା ? ଟିକେ ସ୍ଥାନ ମିଳି ନଥାଆନ୍ତା ? ନହେଲେ ଖୋଲା ଆକାଶ ତଳେ ରହି ପାରି ଥାଆନ୍ତେ ? ଯେପରି ବଡ଼ ବଡ଼ ସହରମାନଙ୍କରେ କେତେ ଭିକାରି, ଅନାଥ ଓ ନିରାଶ୍ରୟମାନେ ରହୁଛନ୍ତି । ସେମିତି ଆମେ ଏକାଠି ରହିପାରି ଥାଆନ୍ତେ । ସେଠାରେ ଆମକୁ ବିରୋଧ କରିବାକୁ କେହି ନଥାଆନ୍ତେ । ସମାଜ, ସଂସାର, ଜ୍ଞାତି, କୁଟୁମ୍ବ, ଭାଇସାଇ, ପଡ଼ୋଶୀ କିମ୍ବା ଆମ ପରିବାରର ଲୋକମାନେ ।"

ସୁନି ଏକା ନିଶ୍ୱାସକେ ଏତେ ଗୁଡ଼ାଏ କଥା କହି ଥକି ଗଲା ପରି ଦମ୍ ନେଲା । ସୁନିର କଥା ଶେଷ ହେବାରୁ ସତୀ ତାକୁ ବୁଝାଇବାକୁ ଚେଷ୍ଟା କଲା, "ସୁନି ତୁ ଆମ ପ୍ରଧାନମନ୍ତ୍ରୀଙ୍କ ଝିଅ କଥା କହୁଛୁ, ସେ ସବୁ ହେଲା ବଡ଼ବଡ଼ିଆଙ୍କ କଥା । ତାଙ୍କ ସହିତ କାହିଁକି ଆମକୁ ତୁଳନା କରୁଛୁ ? କଥାରେ ଅଛି- ବ୍ରାହ୍ମା ବିଲି ବିଲେଇଲେ (ବାଉଳୁଚି ହେଲେ) ବେଦ ହୁଏ । ପଣ୍ଡିତଙ୍କ ପୁଅ ମଣିଷ ମାରିଲେ ସୁଦ୍ଧା ଦୋଷ ନାହିଁ । ବଡ଼ଲୋକମାନଙ୍କ କଥାର ଉତ୍ତର ଦେଇ ହୁଏନା କିମ୍ବା ସ୍ୱର୍ଗକୁ ଚଢ଼ିବା ଲାଗି ସିଡ଼ି ନଥାଏ । ତୁ ସେ କଥା ସବୁ ଛାଡ଼ି ଆମ କଥା କହ । ଆମ ସମାଜ କଥା । ଆମ ଚଳଣି କଥା । ଆମ ପରିବାର କଥା । ଆମ ଗାଁ ଗଣ୍ଡା କଥା । ଆମ ସାଇଭାଇଙ୍କ କଥା । ଆମ ପାଖ ପଡ଼ିଶାଙ୍କ କଥା । ଆମ ଘରର କଥା । ଆମ ମଫସଲରେ ପ୍ରଚଳିତ କଥା । ଆମେମାନେ ମାନୁଥିବା ନୀତି ନିୟମ କଥା । ଆମ ଜାତିଆଣରେ ଚଲୁଥିବା ପ୍ରଥା କଥା । ଆମ ଆଚାର ଓ ଆଚରଣର କଥା । ଆମମାନଙ୍କ ବିଚାର ଏବଂ ବ୍ୟବହାର କଥା । କେବଳ ଆମରି କଥା ।"

ସତୀ କଥା ଶୁଣି ସୁନି କହିଲା, "ହଉ ସତୀ ମୁଁ ଏଇନେ ତୋଠରି କଥା ମାନିନେଲି କେବଳ ଆମରି କଥା କହୁଛି । ତୁ ଆଜି ଅଧରବାବୁଙ୍କୁ ଚିଠି ଦେ । ମୁଁ ତାଙ୍କ ସହିତ ତୋ' ବିଷୟରେ କଥା ହେବି । ଯଦି ସିଏ ରାଜି ହେବେ ତେବେ ଆମେ ଆଉ ପଛକୁ ଫେରି ଚାହିଁବା ନାହିଁ । କୌଣସି ବ୍ରାହ୍ମଣ, ଜାତିପ୍ରଥା ନେଇ ସାମାଜିକ ବାଛନ୍ଦକୁ ଡରି, ସଂସାରର ଆକଟକୁ ଭୟ ରଖି, ଦୁନିଆର ନୀତି ଓ ପ୍ରଚଳିତ ନିୟମକୁ ମାନି ତୁମ ଦୁହିଁଙ୍କର ବାହାଘର କରିବାକୁ ରାଜି ନହେଲେ, ମୁଁ ଆମ ଘରକୁ ଯାଇ ବାପାଙ୍କ ବିବାହ କର୍ମକାଣ୍ଡ ପୋଥି, "ବିବାହ କୌମଦି" ବହି ଆଣି ସେଠୁ ବିବାହ ମନ୍ତ୍ର ପଢ଼ି ଏହି ମନ୍ଦିରରେ ତୁମ ଦୁହିଁଙ୍କର ବାହାଘର କରିଦେବି ।"

"ସୁନି ତୋ କଥା ଅନୁସାରେ ଅଧରବାବୁ ଏକା ରାଜି ହୋଇଗଲେ ଚଳିବ ନାହିଁ । ତାଙ୍କର ପରିବାର, ପରମ୍ପରା, ସମାଜ, ସଂସାର ସବୁ କିଛି ଅଛି । ସେମାନେ ସବୁ କ'ଣ ତାଙ୍କ କଥାକୁ ବିନା ଆପତ୍ତିରେ ମାନିନେବେ ? ତାଙ୍କ ନିଷ୍ପତ୍ତିର କୌଣସି ପ୍ରତିବାଦନକରି ଗ୍ରହଣ କରିନେବେ ? ତାଙ୍କ ସିଦ୍ଧାନ୍ତ ବିରୋଧରେ ଅଭିଯୋଗ ନଆଣି ସ୍ୱୀକାର କରିନେଇ ପାରିବେ ? ମୋତେ ତାଙ୍କ ଘରେ ବଧୂ ଭାବରେ ଗ୍ରହଣ କରିନେବେ ? ଆମ ବିବାହକୁ କ'ଣ

ସମାଜ ସ୍ୱୀକୃତି ଦେଇ ପାରିବ ? ଜାତିପ୍ରଥା ବିରୋଧରେ ସିଏ ସ୍ୱର ଉଠାଇ ପାରିବେ ? ସାମାଜିକ ପ୍ରତିବନ୍ଧକକୁ ଅତିକ୍ରମ କରିବାକୁ ତାଙ୍କର ସତ୍ ସାହସ ଅଛି ତ ? ସଂସାରର ବାଛନ୍ଦକୁ ଫାଙ୍କି ଦେବାକୁ ସିଏ ସକ୍ଷମ ହୋଇ ପାରିବେ କି ? ମୋ ହାତଧରି ଦୁନିଆ ଆଗରେ ଗାଁ ଦାଣ୍ଡରେ ଚାଲିବାର ଧୌର୍ଯ୍ୟ, ଶକ୍ତି ତାଙ୍କର ଥିଲେ ସିନା । ସବୁ ନିନ୍ଦା ଅପବାଦକୁ ଭୃକ୍ଷେପ ନକରି, ଖୁଣ୍ଟା ଅଲଗୁଣାକୁ ସହ୍ୟ କରି ମୋ ସହିତ ମଥାଟେକି ଏବଂ ପାଦରେ ପାଦ ମିଳାଇ ଆଗେଇ ଯିବାକୁ ସିଏ ରାଜରାସ୍ତା ଉପରକୁ ଓହ୍ଲାଇ ଆସି ପାରିବେ କି ?"

ଆହୁରି ମଧ ସୁନି ତୁ ବୁଝୁନୁ କାହିଁକି ଠାକୁରବାବା କହନ୍ତି– ଭାରତୀୟ ସଂସ୍କୃତିରେ ବିବାହକୁ ଏକ ପବିତ୍ର ଅନୁଷ୍ଠାନ ରୂପେ ଗ୍ରହଣ କରାଯାଏ । ସେଥିପାଇଁ ବୈଦିକ ସମାଜରେ ଗୃହସ୍ଥାଶ୍ରମର ଏକ ଗୁରୁତ୍ୱପୂର୍ଣ୍ଣ ସ୍ଥାନ ଥିଲା । ହିନ୍ଦୁ ଧର୍ମର ଷୋଡ଼ଶ ସଂସ୍କାର ମଧରୁ ବିବାହ ଏକ ଗୁରୁତ୍ୱପୂର୍ଣ୍ଣ ସଂସ୍କାର । ପାରସ୍ପରିକ ଶ୍ରଦ୍ଧା, ଭକ୍ତି, ପ୍ରେମ ଓ ସହଭାଗିତା ଉପରେ ପର୍ଯ୍ୟବେସିତ ଗୃହସ୍ଥାଶ୍ରମ ସ୍ୱାମୀ ଓ ସ୍ତ୍ରୀ ଉଭୟଙ୍କ ମଧରେ ପରସ୍ପର ପ୍ରତି ଗଭୀର ଦାୟିତ୍ୱ ବୋଧ, କର୍ତ୍ତବ୍ୟ ପରାୟଣତା, ବିଶ୍ୱାସ ଓ ଅନ୍ତରଙ୍ଗତାର ବିଶ୍ୱାସ ରଖେ । ବିବାହ ବେଦୀରେ ଆରମ୍ଭ ହୋଇଥିବା, ସପ୍ତପଦୀ ସାତ ଜନ୍ମଯାଏ ବନ୍ଧୁତ୍ୱ ଓ ସହଯାତ୍ରାର ବର୍ତ୍ତା ବହନ କରେ । ଅଗ୍ନି ତଥା ଦଶଦିଗପାଳଙ୍କୁ ସାକ୍ଷୀ ରଖି ବିବାହ ସମୟରେ ଉଭୟେ ସଂକଳ୍ପ କରନ୍ତି ଯେ ଜୀବନ ଥିବା ଯାଏଁ କେହି କାହାଠାରୁ କାୟମନୋବାକ୍ୟରେ ଅଲଗା ହେବେ ନାହିଁ । ପରସ୍ପର ପ୍ରତି ଶ୍ରଦ୍ଧା, ଭକ୍ତି, ବିଶ୍ୱାସ ଓ ସମ୍ମାନ ଦେଇ ଏକାଠି ରହିବେ । ଖ୍ରୀଷ୍ଟ ଧର୍ମରେ ମଧ ବିବାହ ସମୟରେ ପରସ୍ପର ପ୍ରତି ଅକୁଣ୍ଠ ସ୍ନେହ, ଗଭୀର ଶ୍ରଦ୍ଧା, ନିବିଡ଼ତମ ଯତ୍ନ, ପରମ ବିଶ୍ୱାସ ଓ ଆଶା, ସୁରକ୍ଷା, ସହନଶୀଳତା, ସୁଖ, ସମ୍ଭୋଗ, ସହଚର୍ଯ୍ୟ, ସମର୍ଥନ ଦେବାର ପ୍ରତିଜ୍ଞା କରନ୍ତି । ସବୁ ଧର୍ମରେ ତେଣୁ ବିବାହକୁ ଏକ ଗଭୀର ମାର୍ମିକ ସହଭାଗିତାର ମାନ୍ୟତା ଦିଆଯାଇଛି । ଖାଲି କ'ଣ ମୁହଁରେ କହିଦେଲେ ଚଲିବ ? କାର୍ଯ୍ୟ କ୍ଷେତ୍ରରେ ସେ ସବୁକୁ ନିଷ୍ଠାର ସହିତ ପାଲନ କରିବାକୁ ପଡ଼ିବ ନିଶ୍ଚୟ ।

ବିବାହ ହୁଏ, କାରଣ ଉଭୟ ପୁଅ ଓ ଝିଅ ବିବାହ ପୂର୍ବରୁ ଏକ ସୁନ୍ଦର ସ୍ୱପ୍ନ ରାଜ୍ୟରେ ଘୁରୁଥାଆନ୍ତି ଏବଂ ବିବାହିତ ଦମ୍ପତିଙ୍କ ହସ, ଖୁସି ଦେଖି, ବିବାହ ହିଁ ଆନନ୍ଦ ଆଣି ଦେବ ବୋଲି ନିଶ୍ଚିନ୍ତ ଥାଆନ୍ତି । ବିବାହ ହୁଏ, କାରଣ ପୂର୍ବରୁ ବାପ, ମା ଓ ଭାଇଙ୍କ ସୁରକ୍ଷା ବଲୟରୁ ବାହାରି ସ୍ୱାମୀ, ଶ୍ୱଶୁର ଓ ଶାଶୁଙ୍କ ନିୟନ୍ତ୍ରଣକୁ ଠିକ୍ ବୟସରେ ଝିଅଟି ଯିବା ଉଚିତ୍ ବୋଲି ଝିଅର ବାପା ମା ଭାବନ୍ତି । ସେମାନଙ୍କର ଏଭଳି ଭାବନାକୁ ଶାସ୍ତ୍ର ଆଇନାନୁମୋଦିତ ବୋଲି କହିଥିବାର ସମସ୍ତ ଶିକ୍ଷିତ ଓ ଅଶିକ୍ଷିତ ଜାଣନ୍ତି । ବିବାହର ଅନ୍ୟ ଏକ କାରଣ ଏହି ଯେ ପ୍ରାପ୍ତ ବୟସରେ ବିବାହ ନହେଲେ ଉଭୟ ପୁଅ ଓ ଝିଅ ଯୌବନର ଉଦ୍ଦାମତାରେ ଅବାଟକୁ ଯାଇ ପାରନ୍ତି । ଅନୈତିକ କାର୍ଯ୍ୟ କରିପାରନ୍ତି । ବିବାହ ହୁଏ, କାରଣ ଏହା ଦ୍ୱାରା ଏକ ନୂଆ ପରିବାର ସୃଷ୍ଟି ହୁଏ । ବଂଶ ରକ୍ଷା ହୁଏ ଓ ଉଭୟ ମିଶି ନିଜର ବୋଲି ଏକ ସଂସ୍ଥା ଗଢ଼ି, ଆମ ଘର, ଆମ ପିଲାପିଲି ଓ ଆମ ସଂସାର ନାମରେ କିଛି ଦାୟିତ୍ୱ ବହନ କରିବା ଶିଖନ୍ତି ।

ଆହୁରି ମଧ ଶାସ୍ତ୍ର କହେ– ନାରୀ ଓ ପୁରୁଷ ପୃଥକ ଭାବେ ଅସଂପୂର୍ଣ୍ଣ ମାତ୍ର ସଂଯୁକ୍ତ ଭାବେ ସଂପୂର୍ଣ୍ଣ । ତେଣୁ ଜୀବନର ପୂର୍ଣ୍ଣତା ପ୍ରାପ୍ତି ପାଇଁ ଉଭୟଙ୍କ ମଧରେ ବନ୍ଧନ ଲୋଡ଼ା । ସେହି ପବିତ୍ର ବନ୍ଧନ ପାଇଁ ଅନୁସ୍ତ ବିଧାନକୁ କୁହାଯାଏ ବିବାହ । ଯାହା ବ୍ୟତିରେକ ପରିବାର ଗଠନ ଅସମ୍ଭବ । ମାତ୍ର ଏହାର ଅର୍ଥ ନୁହେଁ ବିବାହ କେବଳ ଶାରୀରିକ ମିଳନ ଲାଗି ଏକ ଆଇନ ସଙ୍ଗତ ଶାସ୍ତ୍ର ସାବ୍ୟସ୍ତ ଅନୁମୋଦିନ ବରଂ ଏହା ହେଉଛି ସ୍ୱର୍ଗୀୟ ଅନୁବନ୍ଧନର ଏକ ଆତ୍ମିକ ସନଦ । ବିବାହ ପରେ ମିଳେ ପରସ୍ପର ପ୍ରତି ସମର୍ପଣର ଏକ ଆନନ୍ଦମୟ ଉପଲବ୍ଧି ।

ଶୃଖଳିତ ଜୀବନରେ ବିବାହ ଠାରୁ ମଧୁର ଆରାମ ଦାୟକ ଅନୁଭୂତି ଆଉ କିଛି ନାହିଁ । ଏହାକୁ ଏକ ପରମ ପବିତ୍ର ଅନୁଷ୍ଠାନ ବୋଲି ବିଚାରି ସର୍ବଦା ସମାଜ ତା' ଉପରେ କଡ଼ା କର୍ତ୍ତୃତ୍ୱ ରଖିଥାଏ । ଧାର୍ମିକ ପୁଟସହ ତହିଁର

ମୁଖ୍ୟରୂପ ହେଲା 'ସାମାଜିକ'। ତେଣୁ ଆଇନର ସର୍ବମାନିଲେ ଅସାମାଜିକ ବିବାହ ହୋଇ ପାରେନି। ପୃଥିବୀର କୌଣସି ଜନ ସମଷ୍ଟି ବିବାହ ଅଧିକାର ସରକାର ହାତକୁ ଟେକିଦେବା ନିରାପଦ ବୋଲି ଭାବନ୍ତିନି। ଏହାର କାରଣ ବି ଅଛି। ସମାଜ ମଣିଷର ଦାଇତ୍ୱ ନିଏ ଓ ଆଇନ କେବଳ ତାକୁ ଦଣ୍ଡ ପାରେ। ବିବାହ ଅନୁଷ୍ଠାନର ବିବର୍ଦ୍ଧନ ମଣିଷ ପରି ଚଳମାନ। ନିଜ ଧର୍ମ-ନୀତି ଯୋଗୁ। ଭାରତରେ ବିବାହକୁ କଟକଣା ତଥା ଶାସ୍ତ୍ର ସମ୍ମତ ବା ନିୟନ୍ତ୍ରଣରେ ଆବଦ୍ଧ ରଖିବା ବା ତା'ର ମେରିଟି (ଗୁଣାବଉଣା) ନିର୍ଣ୍ଣୟ କରିବା କି ଆଇନ ବେଆଇନ ଘୋଷଣା କରିବା ପରି-ଅଭିଲାଷ ଇଂରେଜ ସରକାରର ନଥିଲା। ଯେଉଁମାନଙ୍କୁ ଯଥା ବା ଅଯଥାରେ ହିନ୍ଦୁ ବୋଲି କୁହାଯାଇଛି। ଆଜି ବି ସେମାନଙ୍କ ବିବାହ ପରିଚାଳିତ ହୁଏ ଧାର୍ମିକ-ସାମାଜିକ ରୀତି ଅନୁସରଣକରି।

ସ୍ୱାଧୀନତା ପରେ ଏହି 'ନନ୍ ଇଣ୍ଟର ପିଅରେନ୍ଟ-(ବିବାହରେ ହସ୍ତ କ୍ଷେପ ନକରିବା) ଯୁଗର ଶେଷ ହେଲା। ନୂଆ ସରକାର କହିଲେ - ଆମେ ହିନ୍ଦୁ ଚିହ୍ନିଲୁ। କଂଗ୍ରେସର ଏପରି ହିନ୍ଦୁ- ଚିହ୍ନା ଅଭିଯାନ ୧ ୯୪୧ରୁ ଆରମ୍ଭ ହୋଇଥିଲା ଅଲଗା କାରଣରୁ। ବାହାଘର ସଜଡ଼ା ବିଗଡ଼ାର କିଛି ଆଭିମୁଖ୍ୟ ନଥିଲା ଏଥିରେ। ଭୋଟ୍ ଲାଗି କନଷ୍ଟିଚୁଏନ୍ଟ (ବିଧାନମଣ୍ଡଳୀ) ନିର୍ଦ୍ଧାରଣ ନକଲେ ୧ ୯୩୫, ଗଭର୍ଣ୍ଣମେଣ୍ଟ ଅଫ ଇଣ୍ଡିଆ ଆକ୍ଟ (ସ୍ୱାୟତ ଶାସନ) ଚାଲିପାରି ନଥାଆନ୍ତା। ସ୍ୱାଧୀନତା ପରେ ଦେଶର ପ୍ରଥମ ପ୍ରଧାନମନ୍ତ୍ରୀ ନେହେରୁ କହିଲେ- ବାହାଘର ବ୍ୟବସ୍ଥା ସଜଡ଼ା ନହେଲେ ହିନ୍ଦୁ ସମାଜ ବିଗିଡ଼ି ଯିବ। ସେମାନେ ଜନସଂଖ୍ୟାର ୮୨%। ଭାରତ ଗଢ଼ା ହେବ କେମିତି ? ଦେଶର ହିତ ପାଇଁ ସରକାର ସମସ୍ତଙ୍କ ଲାଗି। କମନ ସିଭିଲ କୋଡ଼। କରିବେ ଏବଂ ମାଇନରଟି ରେଲିଜିଅସ ରାଇଟ୍। ସଂପୂର୍ଣ୍ଣ ସୁରକ୍ଷିତ ରହିବ। ମାତ୍ର ତାଙ୍କର ଏକ ମାତ୍ର କନ୍ୟା ନୈଷ୍ଠିକ ବ୍ରାହ୍ମଣ (ଘରଢିଅ) ଜଣେ ବିଧର୍ମୀ ମୁସଲମାନକୁ ପ୍ରେମ ବିବାହ କରି ବିବାହ ପରି ଏକ ପବିତ୍ର ଅନୁଷ୍ଠାନରେ ବିଭ୍ରାଟ ସୃଷ୍ଟି କରି ସାରିଥିଲା।

"ସତୀ; ଅଧର ବାବୁ ହେଲେ ଜମିଦାର ଘର ପୁଅ। ଉଚ୍ଚଶିକ୍ଷିତ, ସରକାରୀସ୍ତରରେ ବଡ଼ ପଦବୀର ଅଧିକାରୀ। ପ୍ରଭାବଶାଳୀ ପରିବାରର ସନ୍ତାନ। କ୍ଷମତା ସମ୍ପନ୍ନ ବଂଶର ଦାୟଦ। ତାଙ୍କୁ ବିରୋଧ କରିବାକୁ କେହି ସାହସ କରିପାରିବେ ନାହିଁ। ତୁ କ'ଣ ଜାଣିନାହୁଁ ରଜା, ଜମିଦାର ଓ ସମାଜର ପ୍ରଭାବଶାଳୀ ଲୋକମାନେ ଯେଉଁ କଥା କହନ୍ତି। ସାଧାରଣ ଲୋକଙ୍କ ପାଇଁ ତାହା ହୁଏ ଆଇନ। ସେମାନେ ସବୁ ଯେଉଁ କାମ କରନ୍ତି ସେଇଟା ସଂସାର ଲାଗି ନିୟମ ପାଲଟି ଯାଏ। ତାଙ୍କ ପାଇଁ ସାମାଜିକ ରୀତି, ନୀତି, ଆଚାର, ବ୍ୟବହାର, ପରମ୍ପରା ଆଦିର କିଛି ମୂଲ୍ୟ ନଥାଏ। ସେମାନେ ହେଲେ କ୍ଷମତାସୀନ ପରିବାରର ଲୋକ। ପ୍ରତିପିଢ଼ିଶାଳୀ, ବୁନିଆଦି ବଂଶଜ, ପୁରୁଣା ଖାନଦାନି, ସମ୍ଭ୍ରାନ୍ତ ଘରର ପ୍ରଭାବଶାଳୀ ବ୍ୟକ୍ତି। ସେମାନଙ୍କ କଥା ସମସ୍ତେ ବିନା ଆପତ୍ତିରେ ମାନିନେବେ। ସେମାନଙ୍କ ନିଷ୍ପତ୍ତିକୁ ବିନା ପ୍ରତିବାଦରେ ସମର୍ଥନ କରିଯିବେ। ସେମାନଙ୍କ କାମକୁ କେହି ବିରୋଧ ନକରି ଗ୍ରହଣ କରିନେବେ। ସେମାନେ ଅତୀତରେ ଯାହା କହିଛନ୍ତି ସମାଜ ତାହା ମାନିନେଇଛି। ସେମାନେ ଅର୍ଥାତ୍ କେବଳ ଆମ ମୌଜାର ପୂର୍ବତନ ଜମିଦାର ସାମନ୍ତରାୟ ଘର ନୁହେଁ, ସମାଜର ଏହି ପ୍ରଭାବଶାଳୀ ବ୍ୟକ୍ତିମାନେ ଯେଉଁ ନିୟମମାନ ପ୍ରବର୍ତ୍ତନ କରିଛନ୍ତି ସଂସାର ପ୍ରଥମେ ପ୍ରଥମେ ସେପରି କାମକୁ ମୁହଁ ମୋଡ଼ିଛି। ଅଣଦେଖା କରିଛି। ତା'ପ୍ରତି ଆଖିବୁଜି ଦେଇଛି। ମାତ୍ର ସେଆଡ଼ୁ ମୁହଁ ବୁଲେଇ ନେଇନି। ହେଟି ଦେଇ ପାରିନି। ପ୍ରତିବାଦ କରିନି। ଅମାନ୍ୟ କରିନି। ସେମାନଙ୍କ ନିଷ୍ପତ୍ତି ବିପକ୍ଷରେ ଆପତ୍ତି ଉଠାଇନି। ଅଭିଯୋଗ ଆଣିବାକୁ ସାହସ କରିପାରିନି। ବିରୋଧ କରିବା ତ ଯାଇ କେଉଁଠି ? ପ୍ରଥମେ ପ୍ରଥମେ କୁଁ-କାଁ, ତୁଁ-ତାଁ ହୋଇ ପାରେ ତାକୁ ମାନି ନେଇଛି ବିନା ଆପତ୍ତିରେ। ନିଃସଙ୍କୋଚରେ କୌଣସି ପ୍ରତିରୋଧ ନକରି। ଏମିତି ତାଙ୍କ ପୂର୍ବ ପୁରୁଷଙ୍କ ଅମଲକୁ ଚଲି ଆସୁଛି। ବିନୋଦବିହାରୀ, ଭୈରବାନନ୍ଦ, ମାଧବାନନ୍ଦ ସମସ୍ତଙ୍କ ଅମଲରେ। ସେମାନେ ଅନ୍ୟାୟ କରିଛନ୍ତି। ଅପକର୍ମ ଆପଣେଇଛନ୍ତି। ଅନୀତି ବି ବାଦ ଯାଇନି। ସମାଜକୁ ଫାଙ୍କିଛନ୍ତି। ସଂସାରକୁ ନାଲି ଆଖି ଦେଖାଇ ଅପସଂସ୍କୃତି

ଆଚରଣ କରିଛନ୍ତି। ଦୁନିଆକୁ ଡରାଇ ହରାଇ ଅଣ ପରମ୍ପରା ଆପଣାଇଛନ୍ତି। ଏମିତି କେତେ କ'ଣ। କଥାରେ ନାହିଁ, ସ୍ୱର୍ଗକୁ ସିଡ଼ି ନାହିଁ କି ବଡ଼ ଲୋକଙ୍କୁ ଉତ୍ତର ନଥାଏ। ସେହିପରି ଜମିଦାରୀ ଉଠି ଯାଇଥିଲେ ସୁଦ୍ଧା। ସେମାନଙ୍କର ପ୍ରଭାବ ପୂର୍ବପରି ଅତୁଟ ରହିଛି। ସେମିତି ଏପରି କଥା ସିଏ କଲେ ତାକୁ କେହି ବିରୋଧ କରିବାକୁ ସାହସ କରି ପାରିବେ ନାହିଁ। ପ୍ରତିବାଦ ଲାଗି ହିମତ ଜୁଟାଇ ପାରିବେ ନାହିଁ। ଆପଉ କରି ପାରିବେ ନାହିଁ। ଏମିତିକି ସେମାନଙ୍କର ସେପରି କର୍ମ ପାଇଁ ସେମାନଙ୍କୁ କିଛି କହିବା ତ ଦୂରର କଥା ସେମାନଙ୍କ ଆଡ଼କୁ କେହି ମୁହଁଟେକି ଆଖି ଉଠାଇ ଅନାଇ ପାରିବେ ନାହିଁ। କୌଣସି କାମ ସେମାନଙ୍କୁ ବଲେଇ ଯିବନି। ତେଣିକି ତାହା ଯେତେ ଅପକାରି, ଅଦରକାରି, କ୍ଷତିକାରକ, ବିଶୃଙ୍ଖଳା ସୃଷ୍ଟିକାରୀ, ବିଭ୍ରାଟ କାରୀ, ଅନର୍ଥ, ବିପନ୍ନ ଆଡ଼କୁ ଟାଣି ନେଉଥିବା କର୍ମମାନ ହେଲେ ସୁଦ୍ଧା। ସେମାନଙ୍କ ନିକଟରେ କିଛିବି ଅସମ୍ଭବ ନୁହେଁ। ସେମାନଙ୍କ ପ୍ରତ୍ୟେକ କାର୍ଯ୍ୟକୁ ସମାଜ ମାନିନେଇଛି। ସଂସାର ଗ୍ରହଣ କରିଛି ଓ କରିନେବ ଆପଣାଛାଏଁ। ମହତେ ଯାହା ଆଚରିବେ, ଇତିରେ ତାହାକୁ ପାଳିବେ। ଆଗରୁ ଗାଁ ଜମିଦାର ଘର ବୋହୂର କାନଫୁଲ, ଶାଢ଼ିପିନ୍ଧା, ଖୋସାବନ୍ଧା ସବୁ ଗରିବ ମହିଳାଙ୍କ ପାଇଁ ଆଦର୍ଶ ହେଉଥିଲା। ପୂର୍ବରୁ ସବୁ ଓଡ଼ିଆ ଉପନ୍ୟାସର ଚରିତ୍ରମାନେ ଧନୀକ ଶ୍ରେଣୀର ଜୀବନ ଶୈଳୀର ଅନୁକରଣ କରୁଥିଲା। ଅଧରବାବୁଙ୍କ ଘର ହେଲେ ଧନୀକ ଶ୍ରେଣୀର। ସମାଜର ପ୍ରଭାବଶାଳୀ ପରିବାର। ସେମାନଙ୍କର କୌଣସି କାମକୁ କେହି ବିରୋଧ କରିବେନି। ସେ କାମ ଲାଗି ପ୍ରତିବାଦ ଉଠିବନି କିମ୍ବା କେହି ଆପଉ ବାଢ଼ିବେ ନାହିଁ। ଅଧରବାବୁ ତୋତେ ବାହା ହୋଇ ସାରିଲା ପରେ ତୁ ତାଙ୍କ ଘରକୁ ବୋହୂ ହୋଇ ଗଲେ ସବୁ ଅସୁବିଧା ଆପଣା ଛାଏଁ ଦୂର ହୋଇ ଯିବ। ପ୍ରତ୍ୟେକ ସମସ୍ୟାର ସମାଧାନ ହୋଇଯିବ ମନକୁ ମନ। ଯଦିବା କିଛି ସାମାଜିକ ପ୍ରତିବନ୍ଧକ ସୃଷ୍ଟି ହୁଏ। ତେବେ ତ ସିଏ ସରକାରୀରେ ବଡ଼ ଚାକିରି କରିଛନ୍ତି। ସିଏ ତୋତେ ନେଇ ତାଙ୍କ ଚାକିରି ଜାଗାକୁ ଚାଲିଯିବେ। ଆମ ସମାଜର ପୁରୁଣା କାଳିଆ ଚଳଣି, କଳୁଷିତ ପରିବେଶ, ମରହଟ୍ଟିଯୁଗର ପରମ୍ପରା, ମାନଧାତା ଅମଲର ଲୋକାଚାର, ସାମନ୍ତବାଦୀ ସଂସ୍କୃତି ତାଙ୍କର କିଛି କ୍ଷତି କରି ପାରିବ ନାହିଁ।

"ଅଯୁକ୍ତ ସ୍ୱାମିନୋ ଯୁକ୍ତଂ ଯୁକ୍ତଂ ନୀଚସ୍ୟ ହର୍ଷଣମ, ଅମୃତ ରାହବେ ମୃତ୍ୟୁର୍ବିଷଂ ଶଙ୍କର ଭୂଷଣମ।" ସମର୍ଥମାନଙ୍କ ପାଇଁ ଅହିତ ହିତ ହୋଇଥାଏ। ହିତ ମଧ ନୀଚ ଲୋକ ପାଇଁ ଦୋଷକାରକ ହୋଇଯାଏ। ଯେପରିକି ଅମୃତ ରାହୁ ପାଇଁ ମୃତ୍ୟୁ ଓ ବିଷ ଶଙ୍କରଙ୍କ ପାଇଁ ଭୂଷଣ ହୋଇଯାଇଥିଲା। ତୋ' ଲାଗି ସେପରି ହେବ ନିଶ୍ଚୟ ଏଥରେ କୌଣସି ସନ୍ଦେହର ଅବକାଶ ନାହିଁ।

"ସୁନି ସିଏ ଯଦି ଆମ ପ୍ରସ୍ତାବରେ ରାଜି ନହୁଅନ୍ତି ?"

"ସେଟିକ ଲାଗି ତ ଅପେକ୍ଷା, ତୁ ଆଜି ତାଙ୍କୁ ଚିଠି ଦେ। ସିଏ କ'ଣ ଉତ୍ତର ଦେଉଛନ୍ତି ଦେଖିବା। ତା' ପରେ ବୁଝି ବିଚାରି ଯାହା କରିବା କଥା କରିବା। ତାଙ୍କ ଆସିବାକୁ ଅପେକ୍ଷା କରି ବସି ରହିବା ବ୍ୟତୀତ ବର୍ତ୍ତମାନ ଆମ ପାଖରେ ଆଉ ଅନ୍ୟ ଉପାୟ କିଛି ନାହିଁ।"

ଦୁହେଁ ସାଙ୍ଗ ହୋଇ ସୁଖଶାଲାରେ ବସିଲେ। ସେଦିନ ଠାକୁରଙ୍କ ବାରି ହୋଇ ନଥିବାରୁ ମନ୍ଦିରକୁ ବେଶୀ ଲୋକ ଆସୁନଥିଲେ। କେବଳ ତାଙ୍କ ଗାଁର ପ୍ରତ୍ୟେକ ଘରର ପ୍ରଥମ ଜନ୍ମିତ ପିଲାମନେ, ଯେଉଁମାନେ ପଡ଼ୁଆ ହୋଇ ନୂଆ ପୋଷାକ ପିନ୍ଧିଥିଲେ। ସେହିମାନେ ମନ୍ଦିରକୁ ଆସି ଠାକୁରଙ୍କ ଦର୍ଶନ କରି ଯାଉଥିଲେ। ସେଥିପାଇଁ ଦିନ ନଅଟା ପୂର୍ବରୁ ଠାକୁରଙ୍କ ଦର୍ଶନ ଲାଗି ମନ୍ଦିରକୁ ଭକ୍ତମାନଙ୍କର ଆସିବା ପ୍ରାୟତଃ ଶେଷ ହୋଇ ଯାଇଥିଲା। ଦୁଇ ସାଙ୍ଗ ମୁଖଶାଲାର ନିରୋଲା ପରିବେଶରେ ବସି ଅଧରଙ୍କ ଆଗମନକୁ ଚାତକ ପରି ଚାହିଁ ରହିଲେ।

ଦିନ ବଢ଼ିବା ସହିତ ମନର ଉଦ୍‌ବେଗ ମଧ କ୍ଷିପ୍ର ଗତିରେ ବଢ଼ିବଢ଼ି ଯାଉଥାଏ। ସେମାନେ ମୁଖଶାଲାରେ ବସି ମନ୍ଦିର ସାମ୍ନା ଦେଇ ତାଙ୍କ ଗାଁକୁ ଯାଇଥିବା ରାସ୍ତା ଉପରେ ନଜର ରଖିଥିଲେ। ଆଖିର ଦୃଷ୍ଟି ଯେ ପର୍ଯ୍ୟନ୍ତ ଯାଇ ପାରୁଥିଲା

(ଅର୍ଥାତ୍ ଆଖି ପାଇଲା ପର୍ଯ୍ୟନ୍ତ) ସେତେ ବାଟଯାଏ ରାସ୍ତାକୁ ନିରେଖି ଚାହୁଁଥିଲେ। ଦୂରର ସମସ୍ତ ବ୍ୟକ୍ତି ଦୃଷ୍ଟି ପରସିରକୁ ଆସିବା ମାତ୍ରେ ଯାହା ଲାଗି ଅପେକ୍ଷା ସିଏ ଠିକ୍ ସେହି ଲୋକଟି ପରି ଦେଖା ଯାଇଥାଆନ୍ତି। ପ୍ରତିଷ୍ଠିତ ଲୋକଟିର ଯାହାଙ୍କୁ ଅପେକ୍ଷା ସେ ଲୋକଟି ସହିତ ସେ ବ୍ୟକ୍ତିଙ୍କ ଚେହେରାର କୌଣସି ସାଦୃଶ୍ୟ ନଥିଲେ ସୁଦ୍ଧା। ସେ ଦୂରରୁ ପ୍ରତ୍ୟେକ ପ୍ରତୀକ୍ଷାରତ ଆଖିକୁ ଠିକ୍ ତାଙ୍କରି ପରି ପ୍ରତୀୟମାନ ହୋଇଥାଏ। ଆଗନ୍ତୁକ ଜଣକ ନିକଟରେ ପହଞ୍ଚିଲା ପରେ ପଥିକଟିକୁ ଚିହ୍ନି ପାରି ପ୍ରତୀକ୍ଷାରତ ବ୍ୟକ୍ତି ଟି ହତାଶ ହୋଇଥାଏ।

ସୁନି ଓ ସତୀର ଅବସ୍ଥା ଆଜି ଠିକ୍ ସେହିପରି ହୋଇଛି। ସେମାନେ ଆଖିର ଦୃଷ୍ଟି ପାଉଥିବା ପର୍ଯ୍ୟନ୍ତ (ଯାଏଁ) ରାସ୍ତାକୁ ନିରେଖି ଅନାଇ ଆସୁଥିବା ପଥିକଟିକୁ ଅଧର ଭାବି ତାଙ୍କ ପ୍ରତୀକ୍ଷାରେ ରହୁଥିଲେ। ସେ ଆଗନ୍ତୁକ ଜଣଙ୍କ ନିକଟତର ହେଲେ ତାଙ୍କୁ ଚିହ୍ନିପାରି ନିରାଶ ହେଉଥିଲେ। କେହି ଜଣେ ସାଇକେଲରେ ଆସିଲେ ସୁନି ସେ ଆଡ଼କୁ ଚାହିଁ ସତୀକୁ କହେ "ସତୀ ହେଇ ଦେଖ ଅଧରବାବୁ ଆସୁଛନ୍ତି। ମୁଁ ତୋତେ ଗତକାଲି କହୁନଥିଲି ସିଏ ଘରେ ନଥିବାରୁ ମାର୍ଗଶିର ମାସ ସଂକ୍ରାନ୍ତି ଦିନ ଆସି ପାରିନଥିଲେ। ସିଏ ଯେତେବେଳେ କାଲି ଘରକୁ ଫେରିଛନ୍ତି ଆଜି ନିଶ୍ଚିତ ଠାକୁରଙ୍କ ପାଖକୁ ଆସିବେ। ହେଇ ଦେଖୁନୁ ତାଙ୍କରି ପରି ଫିକା ନେଲିଆ (ଆକାଶୀ) ରଙ୍ଗର ସାର୍ଟ ଆଉ ଖଇରିଆ ପ୍ୟାଣ୍ଟ ପିନ୍ଧିଛନ୍ତି। ସିଏ ନିଶ୍ଚୟ ଅଧରବାବୁ। ତା' ପରେ ସେ ଦୁହେଁ ଉସ୍ତୁକ ଆଖିରେ ସେ ଆଗନ୍ତୁକଙ୍କୁ ଲକ୍ଷ୍ୟ ରଖି କଳ୍ପିତ ଯୋଜନାକୁ ରୂପାୟନ କରିବାର ପ୍ରସ୍ତୁତି ପର୍ବ ମନେ ମନେ ଆରମ୍ଭ କରି ଦିଅନ୍ତି। ମନ ମଧରେ, ଭାବନାରେ, ଚିନ୍ତାରେ, ଚେତନାରେ। ସତୀ ଭାବି ବସେ ସିଏ ଆସିବେ। ମୁହଁ ହାତ ଧୋଇ ରୁମାଲରେ ପୋଛି ହେବେ। ସେତେବେଳକୁ ସୁନି ଓ ସତୀ ବସିବା ଜାଗାରୁ ଉଠିଯାଇ ସୁନି ମନ୍ଦିର ଭିତରରୁ ପାଦୁକ ଗ୍ଲାସଟିକୁ ମନ୍ଦିର ଦୁଆରରେ ଠିଆ ହୋଇଥିବା ସତୀ ହାତକୁ ବଢ଼ାଇ ଦେଇ ସାରିଥିବ। ସତୀ ହାତରେ ପାଦୁକ ଗ୍ଲାସ ଦେଖି ସିଏ ଆସି ତା' ପାଖରେ ହାତ ପାତିବେ। ସେ ଦେବ ତାଙ୍କ ଚକିରେ ପାଦୁକ। ତା' ପରେ ସିଏ ଅଇଁଠା ହାତ ଧୋଇବାକୁ ନଳକୂପ ପାଖକୁ ଯିବେ। ସିଏ ସେଠାରୁ ଫେରିଲା ବେଳକୁ ସତୀ ଲୁଚାଇ ରଖିଥିବା ଚିଠିଟିକୁ ବାହାର କରି ବାମ ହାତ ମୁଠାରେ ମୁଠାଇ ଧରିଥିବ। ଡାହାଣ ହାତ ମଝି ଆଙ୍ଗୁଳିରେ ତାଙ୍କ କପାଳରେ ବିଭୂତି ଟିପା ଲଗାଇ ଦେଲା ବେଳେ ତାଙ୍କ ଜାମାର ଛାତି ପକେଟରେ ବାମହାତରେ ମୁଠାଇ ଧରିଥିବା ଚିଠିଟିକୁ ଗଲାଇ ଦେବ। ସିଏ ତା' ଚିଠି ପାଇ ଖୁବ୍ ଖୁସି ହେବେ। ଅତି ଆନନ୍ଦରେ ଆତ୍ମହରା ହୋଇ ପଡ଼ୁଥିବେ। ତା' ଠାରୁ ଚିଠି ପାଇଲା ପରେ ତା' ମୁହଁକୁ ଟିକେ ଅନାଇ ଦେଇ ହସି ଦେବେ। ଭଉଁରି ଖେଳିଯିବ ତାଙ୍କ ଦୁଇଗାଲ ମଝିରେ। ତା'ପରେ ସିଏ ଲାଗି ଆସିବେ ତା' ପାଖକୁ। ତାକୁ ତାଙ୍କ ଛାତି ଉପରକୁ ଆଉଜାଇ ନେଇ ତା' ମୁଣ୍ଡ ଆଉଁସି ଦେବେ। ସେତେବେଳେ ତାକୁ ଯେତେ ଲାଜ ଲାଗୁଥିଲେ ସୁଦ୍ଧା ସେ ପ୍ରତିବାଦ କରି ପାରୁନଥିବ। ତା' ପରେ ତାଙ୍କ ମୁହଁ ନଇଁ ଆସିବ ତା' ମୁହଁ ଉପରକୁ। ସରମରେ ତା' ଆଖି ବୁଜି ହୋଇଯିବ ଆପେ ଆପେ। ତା' ନିଜ ଗାଲରେ ତାଙ୍କ ଓଠର ପରଶ ସେ ଅନୁଭବ କରୁଥିବ। ଆପଣା ଛାଏଁ ସେ ଧରା ଦେବ ତାଙ୍କ ନିକଟରେ। ତା'ପର ସମ୍ଭାବ୍ୟ ଦୃଶ୍ୟକୁ ଆଉ ଭାବି ହୁଏନା। ଏହା ମଧରେ ସାଇକେଲ ଆରୋହି ଜଣକ ସେମାନଙ୍କ ନିକଟବର୍ତୀ ହୋଇ ଯାଇ ଥାଆନ୍ତି। ଏଥର ପରିସ୍କାର ଚିହ୍ନି ହୁଏ। ସିଏ ଅଧର ନୁହନ୍ତି। ଆଉ ଅନ୍ୟ କେହି ଜଣେ। ସଂପୂର୍ଣ୍ୟ ଅପରିଚିତ କିମ୍ବ ଚିହ୍ନା ଜଣାଙ୍କ ମଧରୁ କେହି।"

ବିତିଯାଏ କିଛି ସମୟ। ନିରବତା ରାଜୁତି କରେ ମନ୍ଦିର ମୁଖଶାଲାରେ। ପୁଣିଦୃଷ୍ଟି ପଥାରୁଢ ହୁଅନ୍ତି ଆଉ ଜଣେ ସାଇକେଲ ଆରୋହୀ। ଅଧରଙ୍କ ପରି ସେହି ରଙ୍ଗର ପୋଷାକ ନ ପିନ୍ଧି କେହି ଅନ୍ୟ ରଙ୍ଗର ପୋଷାକ ପିନ୍ଧିଥିଲେ ସୁଦ୍ଧା ସେମାନେ ତାଙ୍କୁ ଅଧର ମନେ କରିଥାଆନ୍ତି। ପ୍ରଥମାଷ୍ଟମୀ ପାଇଁ ସେମାନେ ଅଧରଙ୍କୁ ନୂଆ ପୋଷାକରେ (ଅନ୍ୟ ରଙ୍ଗର ପୋଷାକରେ) କଳ୍ପନା କରି ବସନ୍ତି। ଏଥର ସତୀକୁ ଚେତାଇ ଦିଏ ସୁନି, "ସତୀ ହେଇ ଅନା ଅଧରବାବୁ ଆସିଗଲେ।

ପ୍ରଥମାଷ୍ଟମୀରେ ନୂଆ ଧଲା ଜାମା ପିନ୍ଧିଛନ୍ତି କଳା ରଙ୍ଗ ପ୍ୟାଣ୍ଟସହିତ ଭାରି ବଢ଼ିଆ ଦିଶୁଛନ୍ତି । ଖୁବ୍ ଭଲ ମାନୁଛି ଧଲାରଙ୍ଗ ତାଙ୍କ ଗୋରା ଦେହକୁ । ଏଥର ସୁନି ଯୋଜନା କରି ବସେ । ସିଏ ଆସି ପହଞ୍ଚିଲେ । ସାଇକେଲ ରଖିଲେ ଗଛ ମୂଲ ଛାଇରେ । ମୁହଁ ହାତ ଧୋଇଲେ । ପାଦୁକ ପାଇଲେ ସତୀ ହାତରୁ । ବିଭୂତି ଟିପା ପିନ୍ଧିଲେ । ତା' କହିବା ମୁତାବକ ସତୀ ଚିଠିଟିକୁ ତାଙ୍କ ଜାମାର ଛାତି ପକେଟରେ ଗଲାଇ ଦେଲା । ସିଏ ସତୀକୁ ଅନାଇଦେଇ ଟିକେ ହସିଦେଲେ । ତା'ପରେ ଭିଡ଼ିନେଲେ ତାଙ୍କ ଛାତି ଉପରକୁ । ସତୀ କୌଣସି ପ୍ରତିବାଦ ନକରି, ଆପଉ ନ ଉଠାଇ, ଅଭିଯୋଗ ନବାଢ଼ି, ଅସମ୍ମତି ନଜଣାଇ, କୁଣ୍ଠିତ ନହୋଇ ଆପଣା ଛାୟଁ ଲାଜକୁଲି ଲତାଟି ପରି ଲୋଟି ପଡ଼ିଲା ତାଙ୍କ ପ୍ରଶସ୍ତ ଛାତି ଉପରେ । କଫି ରଙ୍ଗର ଶାଢ଼ିରେ ସତୀ ଖୁବ୍ ସୁନ୍ଦର ଦିଶୁଛି । ଭାରି ମନଲୋଭା ଲାଗୁଛି । ଲୋଭନୀୟା ହୋଇଛି । ସତୀର କଫି ରଙ୍ଗର ଶାଢ଼ୀ ଓ ସେହି ରଙ୍ଗର ବ୍ଲାଉଜ ସାଙ୍ଗକୁ ଅଧରଙ୍କ କଳା କପଡ଼ାର ପ୍ୟାଣ୍ଟ ଯେପରି ଗାଢ଼ କଳା ହାଣ୍ଡିଆ ମେଘ ଆକାଶରେ ଅଧରଙ୍କ ଧଲା ଜାମା ବଗପଙ୍କ୍ତିର ଭ୍ରମ ସୃଷ୍ଟି କରୁଥିବ । ତା' ସହିତ ସତୀ ଦେହର ତୋଫା ଗୌରବର୍ଣ୍ଣ ମେଘ କୋଳରେ ବିଜୁଳିର ଛଟାପରି ବୋଧ ହେଉଥିବା । ଜଣେ ଯୁବକକୁ ଆଉ ଜଣେ ଯୁବତୀ । ଉଭୟେ ଯୌବନଦୀପ୍ତ । ସତୀ, ଅଧରଙ୍କ ଆଲିଙ୍ଗନ ବନ୍ଦ । ଅଧରଙ୍କ ବାହୁରକାରାରେ ସତୀ ବନ୍ଦିନୀ । ସତୀ ନିଜକୁ ହଜାଇ ଦେଇଛି ଅଧରଙ୍କ ବୁକୁରେ । ସେ ଆଜି ମିଶିଯିବା ପାଇଁ ବ୍ୟାକୁଳ । ଏକାକାର ହେବା ଲାଗି ଆଗ୍ରହୀ । ହଜିଯିବାକୁ ଉଦ୍‌ବିଗ୍ନା ଅଧରଙ୍କ ସହିତ ଏକ ମନ, ଏକାମ୍ନା, ଏକପ୍ରାଣ ହୋଇଯିବାକୁ ଦୃଢ଼ ମନା । ନିର୍ଜନ ଏ ମନ୍ଦିର ପରିସର, ନିରବ ତା'ର ଚତୁଃପାର୍ଶ୍ୱର ବାତାବରଣ । ନିରୋଲା ତାର ପରିବେଶ । ବାଧା ଦେବାକୁ କେହି ନାହିଁ । ଆପଉ ଉଠାଇବେ ନାହିଁ କେହି କାହାରି ବିପକ୍ଷରେ । କେହି କାହାରି ବିରୋଧରେ ପ୍ରତିବାଦ ବାଢ଼ିବାର ସମ୍ଭାବନା ଆଦୌ ନାହିଁ । କେହି ବି ଅଭିଯୋଗ ଆଣିବେନି କାହାରି ଲାଗି । ଉଭୟେ ଉଭୟକୁ ଚାହୁଁଥିବେ, ଲୋଡୁଥିବେ । ଆବଶ୍ୟକ ମନେ କରୁଥିବେ । ଯୌବନର ମାଦକତାରେ ଦୁହେଁ ବିଭୋର ।"

ସୁନି ଭାବି ଚାଲିଛି । ଠିକ୍ ଏତିକି ବେଳେ ସେ ବାହାରି ଆସିବ ମନ୍ଦିର ଭିତରୁ । ଅନ୍ଧାରୁଆ ଗର୍ଭ ଗୃହରୁ ଗଲା ଖଙ୍କାର ମାରି ନିଜର ଉପସ୍ଥିତି ଜଣାଇ ଦେବ । ହଠାତ୍ ତୃତୀୟ ବ୍ୟକ୍ତିର (ପକ୍ଷର) ଆବିର୍ଭାବ ଜାଣିପାରି ସତୀକୁ ଆଲିଙ୍ଗନ ମୁକ୍ତ କରିବା ପୂର୍ବରୁ ସେ ଅଧରଙ୍କୁ କହିବ । "ଖାଲି ଏତିକିରେ ଚଲିବ ନାହିଁ । କେବଳ ଏଭଳି ହେଲେ ହେବ ନାହିଁ । ଏମିତି ଲୁଚାଛପା ମିଳାମିଶା । ଏପରି ଗୋପନ ଦେଖା ସାକ୍ଷାତ, ଭେଟା ଭେଟି ହେଲେ କ'ଣ ବା ମିଳିବ ସେଥିରୁ ଆମକୁ । ତୁମେ କଥା ଦେଇ ଯାଅ । ମୋ ବାନ୍ଧବୀକୁ ତୁମ ପ୍ରାଣସଙ୍ଗିନୀ କରିନେବ ସବୁ ଦିନ ପାଇଁ, ସାରା ଜୀବନ ଲାଗି ।"

ଆଗନ୍ତୁକ ଜଣକ ଏହା ମଧରେ ନିକଟତର ହୋଇଯାଇ ଥାଆନ୍ତି । ତାଙ୍କୁ ଚିହ୍ନିପାରି ସୁନିର ଭାବନା ମିଳାଇ ଯାଏ । ଯୋଜନା ସବୁ ଉଭେଇ ଯାଏ । ସ୍ଥିର ହୋଇଯାଏ, କଳ୍ପନା ସମୂହ । ମନ ମାରି ଦୁଇ ସାଙ୍ଗ ବସି ରହନ୍ତି ମୁଖଶାଲାରେ ପରବର୍ତ୍ତ ସାଇକେଲ ଆରୋହୀଙ୍କ ଅପେକ୍ଷାରେ ପ୍ରତୀକ୍ଷାର ଶେଷ ହୁଏ ନାହିଁ । ସରେ ନାହିଁ ନିରୀକ୍ଷଣ କରି ଦୂରକୁ ଦୃଷ୍ଟି ନିକ୍ଷେପ କରିବା । ତଥାପି ଅଧର ଆସନ୍ତି ନାହିଁ । ତାଙ୍କର ଖୋଜ ଖବର ମିଳେନା । ତାଙ୍କ ସନ୍ଧାନ ଏମାନେ ପାଇ ପାରନ୍ତି ନାହିଁ । ତାଙ୍କ ଗନ୍ଧ ବା ବାସନା ଅବା ଆସିବ କେଉଁଠୁ? ସୁନି ଭାବୁଥିଲା ବର୍ତ୍ତମାନ ମନ୍ଦିର ଫାଙ୍କା ଅଛି । ଏହି ସମୟରେ ଅଧର ଆସୁ ନାହାଁନ୍ତି । ପରେ ସେ ଆସିବା ବେଳେ ଯଦି କେହି ଜଣେ ଭକ୍ତ ମନ୍ଦିରକୁ ଠାକୁରଙ୍କ ଦର୍ଶନ ପାଇଁ ଆସିଯାଏ । ତେବେ ତ ସେମାନଙ୍କର ସବୁ ଯୋଜନା ଫସର ଫାଟି ଯିବ । ସେମାନଙ୍କର ଦୀର୍ଘ ସମୟ ଧରି ଅପେକ୍ଷା କରିବା ବୃଥା ହେବ ?

ଏ ଦୁହେଁ ସିନା ଅଧରଙ୍କ ଅପେକ୍ଷାରେ ବସି ରହିଥିଲେ । ହେଲେ ସମୟ କାହାରିକୁ ଅପେକ୍ଷା ନକରି ଆଗେଇ ଚାଲିଥାଏ । ମଧ୍ୟାହ୍ନ ପରେ ସେମାନେ ଧୌର୍ଯ୍ୟ ହରାଇବା ପରିସ୍ଥିତିକୁ ଆସି ଯାଇଥିଲେ । ଆଉ ଅଧିକ ସମୟ ଅପେକ୍ଷା କରିବାକୁ ସେମାନେ ଚାହୁଁନଥିଲେ ମଧ ମନ୍ଦିର ଛାଡ଼ି ଘରକୁ ଫେରିପାରୁନଥିଲେ । ସେମାନେ ଘରକୁ ଫେରିଗଲାପରେ

ଅଧରଙ୍କ ବିଲମ୍ବରେ ମନ୍ଦିରକୁ ଆସିବା ଆଶଙ୍କାରେ ସେ ଦୁହେଁ ମନ୍ଦିର ଛାଡ଼ି ପାରୁନଥିଲେ । ଆଉ ଅଧିକ ସମୟ ଅପେକ୍ଷା କରିବା ପାଇଁ ସେମାନଙ୍କର ଧୈର୍ଯ୍ୟ ନଥିଲା । ତଥାପି ସେମାନେ ଅଧରଙ୍କୁ ସାକ୍ଷାତ କରିବାର ଆଶା ପରିତ୍ୟାଗ କରି ପାରୁନଥିଲେ । ସମୟ ଗଡ଼ିଯିବା ସହିତ ଅଧରଙ୍କର ମନ୍ଦିରକୁ ଆସିବାର ଆଶା କ୍ଷୀଣରୁ କ୍ଷୀଣତର ହୋଇ ଯାଉଥିଲା । ତଥାପି ସେମାନେ ତାଙ୍କୁ ସାକ୍ଷାତ କରିବାର ଆଶା ଛାଡ଼ି ପାରୁନଥିଲେ ଏବଂ ତାଙ୍କ ନଆସିବାର ଆଶଙ୍କାରେ ମ୍ରିୟମାଣ ହୋଇ ପଡ଼ୁଥିଲେ । ଆଶା ଓ ଆଶଙ୍କା ମଧ୍ୟରେ ରହି ସେମାନେ କିଂକର୍ତ୍ତବ୍ୟବିମୂଢ଼ ହୋଇ ବସି ରହିଥିଲେ ।

ସମୟ ବଢ଼ି ବଢ଼ି ଚାଲିଥାଏ । ସୂର୍ଯ୍ୟ ପଶ୍ଚିମ ଆକାଶକୁ ଢଳିଲେଣି । ଅପରାହ୍ଣ ହେବାକୁ ଆଉ ଅଳ୍ପ ସମୟ ବାକି ଅଛି । ଅଧରଙ୍କ ଆସିବା ବିଲମ୍ବ ଦେଖି ଧୈର୍ଯ୍ୟହରା ହୋଇ ସୁନି କହିଲା, "ସତୀ; ସିଏ ଆଜି ଆସିବେ ନାହିଁ କି ?"

ସୁନି ପ୍ରଶ୍ନର ଉତ୍ତର ସତୀ ଦେଲା, "ମୁଁ କେମିତି କହି ପାରିବି ?"

ସତୀ ମୁହଁକୁ ତୀର୍ଯ୍ୟକ ଦୃଷ୍ଟିରେ ଅନାଇ ସୁନି ପଚାରିଲା, "ତୁ ତାଙ୍କୁ କାଲି ଦେଖିଥିଲୁ ତ ?"

ସୁନି ଦୃଷ୍ଟି ସହିତ ଆଖି ମିଶାଇ ସତୀ ଉତ୍ତରରେ କହିଲା, "ହଁ ଆମେ ଲୁଗା ଦୋକାନରେ ବସି ଶାଢ଼ି ବାଛିଲା ବେଳେ ସିଏ ଗାଡ଼ିରୁ ଓହ୍ଲାଇ ଗାଁ ଭିତରକୁ ପଡ଼ିଥିବା ରାସ୍ତାରେ ଯାଉଥିଲେ ।"

ସୁନି ତା' ନିଜ କଥା ଉପରେ ଜୋର ଦେଇ ପଚାରିଲା, "ତୁ ତାଙ୍କୁ ଠିକ୍ ଭାବରେ ଚିହ୍ନ ପାରିଲୁ ତ ?"

ସତୀ କହିଲା, "ସୁନି; ତୁ କ'ଣ କହିବାକୁ ଚାହୁଁଛୁ ? ମୁଁ ପୁଣି ତାଙ୍କୁ ଚିହ୍ନ ପାରିବି ନାହିଁ ?"

"ମୁଁ ମାନୁଛି ସତୀ; ତୁ ତାଙ୍କୁ ନିର୍ଭୁଲ ଭାବରେ ଚିହ୍ନ ପାରିଥିବୁ । କାରଣ ମନର ମଣିଷକୁ ଚିହ୍ନିବାରେ କେବେ ବି କାହାରି କୌଣସି କ୍ଷେତ୍ରରେ ଭୁଲ ହୋଇନଥାଏ ।"

ସୁନି କଥା ଶୁଣି ସତୀ ଦୃଢ଼ତାର ସହିତ କହିଲା, "ସୁନି ମୁଁ ହୁଏତ ତାଙ୍କୁ ସାମ୍ନା ପଟରୁ ଚିହ୍ନନପାରେ । କାହିଁକି ନା ସାମ୍ନାରୁ ଚାହିଁଲେ ତାଙ୍କ ଆଖି ସହିତ ମୋ ଆଖି ମିଶିଗଲେ ଲାଜରେ ମୁଁ ତଳକୁ ମୁହଁ ପୋତି ଠିଆ ହୁଏ । ସେଥିପାଇଁ ତାଙ୍କୁ ଆଗପଟରୁ ଦୀର୍ଘ ସମୟ ଧରି ଦେଖିପାରି ନଥିବାରୁ ତାଙ୍କୁ ସାମ୍ନା ପଟରୁ ଦେଖି ଚିହ୍ନିବା ମୋର ନିର୍ଭୁଲ ବୋଲି ମୁଁ ଜୋର ଦେଇ ହୁଏତ କହି ନପାରେ । ମାତ୍ର ସିଏ ଫେରିଗଲା ବେଳେ ତାଙ୍କୁ ପଛ (ପଟ)ରୁ ଅନାଇ ବାରେ କିଛି ବାଧା ନଥାଏ । ଲାଜ କିମ୍ବା ସଙ୍କୋଚ ସେଥିରେ ଅସୁବିଧା ସୃଷ୍ଟି କରି ପାରନ୍ତି ନାହିଁ । ଯେତେ ଦୂରରୁ ହେଉ ପଛେ ଆଖି ପାଇଲା ମୁତାବକ ହେଲେ ମୁଁ ତାଙ୍କୁ ପଛପଟରୁ ନିର୍ଦ୍ଦିଷ୍ଟ ନିର୍ଭୁଲ ଭାବରେ ଚିହ୍ନ ପାରିବି ।"

ଏଥର ସୁନି ସ୍ୱାଭାବିକ ଭାବରେ ଆଲୋଚନା କଲା ଭଳି କହିଲା, "ହଁ ତାଙ୍କୁ ତୁ ଭଲ ଭାବରେ ଚିହ୍ନ ପାରିଛୁ । ସିଏ ଘରେ ନଥିବାରୁ ଠାକୁରଙ୍କ ପାଖକୁ ଆସୁନଥିଲେ । ପହିଲି ଦିନ ଯେତେବେଳେ ଘରକୁ ଫେରିଛନ୍ତି । ଆଜିତ ଦର୍ଶନ ପାଇଁ ମନ୍ଦିରକୁ ଆସିବା କଥା ।" ଟିକେ ରହି ରାସ୍ତାଆଡ଼କୁ ଅନାଇ କହିଲା– "ଆସୁନାହାଁନ୍ତ କାହିଁକି ? ସମୟ ଆସି ଏତେ ଡେରି ହେଲାଣି । ଆଜି ସିଏ ଆସିବେ ନାହିଁକି ?"

ଉତ୍ତରରେ ସତୀ କେବଳ ଏତିକି କହିଲା, "ଆସିନପାରନ୍ତି ।"

ସୁନି ପଚାରିଲା, "କାହିଁକି ଆସିବେ ନାହିଁ ? ନ ଆସିବାର କାରଣ କ'ଣ ହୋଇପାରେ ?"

ସତୀ ଏଥର ଅତି ସହଜ ଭାବରେ ଉତ୍ତରରେ କହିଲା, "ଆଜି ଠାକୁରଙ୍କ ବାରି ନୁହେଁ ।"

ହଠାତ୍ ସଚେତନ ହେଲା ପରି ସୁନି କହିଲା, "ହଁ ତ ସତକଥା । ଆଜି ଠାକୁରଙ୍କ ବାରି ନୁହେଁ । ହେଲେ ଆମେ ତ ପୁଣି ଆସିଛନ୍ତି ?"

ସତୀ ବୁଝାଇ ଦେଲା, "ସୁନି ଆମେ ହେଲେ ଘରର ପ୍ରଥମ ଜନ୍ମିତ ପିଲା । ପରିବାରର ଜ୍ୟେଷ୍ଠ ସନ୍ତାନ ଭାବରେ ପଢ଼ୁଆ ହୋଇ ନୂଆ ପୋଷାକ ପିନ୍ଧି ଠାକୁରଙ୍କୁ ଦର୍ଶନ କରିବା ଲାଗି ଆସିଲେ । ମାତ୍ର ବିଦ୍ୟମନା ଏଇଆଯେ ସିଏ ତାଙ୍କ

ଘରର ବଡ଼ପୁଅ ନୁହଁନ୍ତି। ସବା ସାନ ପିଲା। ସିଏ ହୁଏତ ଧନୀ ଘରର ପୁଅ ହିସାବରେ ପ୍ରଥମାଷ୍ଟମୀକୁ ନୂଆ ପୋଷାକ ପିନ୍ଧିଥାଇ ପାରିଥାନ୍ତି। କିନ୍ତୁ ସିଏ ତ ପଢ଼ୁଆ ହେବେ ନାହିଁ। ଅକାରଣରେ ଅବାରରେ ମନ୍ଦିରକୁ କାହିଁକି ବୃଥାଟାରେ ଆସିବେ ? ଆହୁରି ମଧ୍ୟ ଠାକୁରଙ୍କ ଦର୍ଶନ ପାଇଁ ତ ତାଙ୍କ ଗାଁରେ ମହାଦେବ ଓ ଗ୍ରାମଦେବୀ ଅଛନ୍ତି। ସିଏ ସେଇଠି ଠାକୁରଙ୍କୁ ଦର୍ଶନ କରି ପାଦୁକ ନପାଇବେ କାହିଁକି ?”

ବାସ୍ତବତା ଭିତରକୁ ଫେରି ଆସିଲେ ଯେପରି ବ୍ୟକ୍ତି ବିଶେଷମାନେ ଚେତି ଥାଆନ୍ତି। ସେମିତି ସୁନି ମନେ ପକାଇଲା ପରି କହିଲା, “ହଁ ସତେ ତ, ସତୀ ଆମେ ଏତିକି କଥା ସେତେବେଳୁ ବୁଝିପାରୁନାହଁନ୍ତି। ଏଇ ଅତି ସାମାନ୍ୟ ଓ ଖୁବ୍ ସାଧାରଣ କଥାଟା ଆମ ମନେ ପଡ଼ୁ ନାହିଁ। ନିଜେ ନ ବୁଝି ନ ସୁଝି ସୁଖଲାଟାରେ ତାଙ୍କ ଉପରେ ବିରକ୍ତ ହେଉଛନ୍ତି। ଅକାରଣଟାରେ ତାଙ୍କୁ ଦୋଷ ଦେଉଛନ୍ତି। ଆଜି ଠାକୁରଙ୍କ ବାରି ନୁହେଁ। ଆଉ ସିଏ ତାଙ୍କ ଘରର ପଢ଼ୁଆ ପିଲା ନୁହଁନ୍ତି। ସେ କଥା ତୁ ମୋତେ ସେତେବେଳରୁ କହୁ ନାହିଁ। ଆକରଣେ ଆସି ଏଠି ବସି ସମୟ ନଷ୍ଟ କରୁଛନ୍ତି ? ସୁନି ଏକଥା ସତୀକୁ ପଚାରିଲା।”

ସତୀ କହିଲା, “କାଲେ ସିଏ ଆସି ପାରନ୍ତି, ଗତ ପହରି ଦିନ ତାଙ୍କୁ ଘରକୁ ଫେରିଥିବାର ଦେଖିଲି। ସେଥିପାଇଁ ଅନୁମାନ କରୁଥିଲି ବୋଧେ ଆଜି ଆସି ପାରନ୍ତି ? ଆଉ ତାଙ୍କୁ ସାକ୍ଷାତ କରିବାର ଲୋଭ ସମ୍ବରଣ କରି ପାରିଲି ନାହିଁ। ସେଥିପାଇଁ ତାଙ୍କ ଲାଗି ଏଠି ବସି ରହି ଅପେକ୍ଷା କରୁଥିଲି। ଏଥରକ ଛେପ ଢୋକି ରାସ୍ତା ଉପରୁ ଆଖି ଫେରାଇ ଆସି ମନ୍ଦିର ଭିତରକୁ ଅନାଇ ସୁନି ପୁଣି କହିଲା, ସତୀ ଆଜି ଏକା ବଢ଼ିଆ ସୁଯୋଗ ଥିଲା। ମନ୍ଦିରରେ ଆମ ଦୁହିଁଙ୍କ ଛଡ଼ା ଆଉ ଅନ୍ୟ କେହି ନାହଁନ୍ତି। ଆଜି ଠାକୁରଙ୍କବାରି ହୋଇ ନଥିବାରୁ କେହି ମନ୍ଦିରକୁ ଆସିବାର ସମ୍ଭାବନା ମଧ୍ୟ ନାହିଁ। ଏହି ନିରୋଳା ବେଳରେ ସିଏ ଆସିଥିଲେ ବହୁତ ଭଲ ହୋଇଥାଆନ୍ତା। ତୋତେ ଚିଟି ଦେବାକୁ କୌଣସି ଅସୁବିଧା ହୋଇ ନଥାଆନ୍ତା। ଏହି ନିର୍ଜନ ପରିବେଶରେ ମୁଁ ତାଙ୍କ ସହିତ ତୋ’ ବିଷୟରେ ବିଷଦ ଭାବେ ଆଲୋଚନା କରିବାକୁ ଅପୂର୍ବ (ବଢ଼ିଆ) ସୁଯୋଗ ପାଇ ଥାଆନ୍ତି।”

“ସୁନି ତୁ କ’ଣ ହୋସରେ ନାହୁଁ କି ? ମୋ ବିଷୟରେ ତାଙ୍କ ସହିତ କଥା ହେବୁ। ତୋ ମୁଣ୍ଡ ଖରାପ ହୋଇ ଗଲାଣି ନା କ’ଣ ?”

ସତୀ କଥା ଶୁଣି ତତକ୍ଷଣାତ୍ ସୁନି ପଚାରିଲା, “କାହିଁକି ? ମୋ ମୁଣ୍ଡ କାହିଁକି ଖରାପ ହେବ ?”

ସତୀ ବୁଝାଇ କହିଲା, “ସୁନି ତୋ’ ମୁଣ୍ଡ ଯଦି ଠିକ୍ ଅଛି, ତେବେ ମୋତେ କହିଲୁ ? ତୁ ତାଙ୍କୁ କ’ଣ କହିବୁ ?”

ତେବେ ସତୀ ଶୁଣ; ମୁଁ ତାଙ୍କୁ ସିଧା ସଳଖ ପଚାରିବି, ଏହି ଲୁଚକାଲି ଖେଳ ଆଉ କେତେ ଦିନ ଚାଲିବ ?

ସୁନି କଥା ଶୁଣି ସତୀ ଟିକେ ହସି ଦେଇ କହିଲା, “ସିଏ କ’ଣ ଆମ ସହିତ ଲୁଚକାଲି ଖେଳୁଛନ୍ତି ଯେ, ତୁ ତାଙ୍କୁ ସେ କଥା କେମିତି ପଚାରିବୁ ? ଲୁଚକାଲି ଖେଳ କ’ଣ ଦିନରେ, ଠାକୁରଙ୍କ ପାଖରେ ମନ୍ଦିର ଭିତରେ ଖେଲାଯାଏ ?”

ସୁନି ଏଥର ଦୃଢ଼ କଣ୍ଠରେ ଜବାବ ଦେଲା, “ଦିନ-ରାତି ମୁଁ କିଛି ବୁଝେନା, ଠାକୁରଙ୍କ ପୀଠ, ଦେବତାଙ୍କ ମନ୍ଦିର ଭିତର କିମ୍ବା ମନ୍ଦିର ବାହାର କେଉଁଠିରେ ମୋର କିଛି ଯାଏ ଆସେ ନାହିଁ। ମୁଁ ତାଙ୍କୁ ସଫା ସଫା ପଚାରିବି, ଭଲ ପାଉଛ ତ କଥା ଛିଣ୍ଡାଇ ଦେଇ ଯାଅ। ଏମିତି ଚୋରଙ୍କ ପରି ଚାଲି ଯାଉଛୁ କ’ଣ ?”

“ସିଏ ଭଲ ପାଉଛନ୍ତି ? ତୁ ସେ କଥା କେମିତି ଜାଣିଲୁ ? ଆଉ ତାଙ୍କୁ ଚୋର ବୋଲି କହିବୁ। ସିଏ ତୋ’ର କ’ଣ ଚୋରି କଲେ କି ?”

“ଆଲୋ ହୁଣ୍ଡି, ଭେଲିକି, ସିଏ ମୋର କିଛି ଚୋରି କରି ନାହାଁନ୍ତି। ଚୋରି କରିଛନ୍ତି ତୋର। ତୋ’ ମନକୁ ଚୋରି କରି ନେଇ ଯାଇଛନ୍ତି। ତା’ ବଦଳରେ ତୋତେ ଗତଥର ପୂର୍ଣ୍ଣମୀ ଦିନ ମୁଦି ପିନ୍ଧାଇ ଦେଇ ଯାଇଥିଲେ। ଯଦି ସିଏ ତୋତେ ଭଲ ପାଉ ନାହାଁନ୍ତି ତେବେ କାହିଁକି ମୁଦି ପିନ୍ଧାଇ ଦେଇଗଲେ।”

“ସୁନି ତୋ’ କଥାର ଜବାବରେ ସିଏ ଯଦି କହନ୍ତି, ତୁମେ ରୁମାଲ ଦେଲ, ତା’ ବଦଲରେ ମୁଁ ତୁମକୁ ମୁଦି ଦେଇଛି ।”

“ଯଦି ରୁମାଲ ବଦଲରେ ମୁଦି ଦେଲ, ତେବେ ଠାକୁରଙ୍କ ଥାଲିରେ ଦେବା ପାଇଁ ପାଇସା ଦେବା ପରି ହାତରେ ମୁଦି ଦେଇ ପାରି ଥାଆନ୍ତ । ତାହା ନକରି ତା’ ଆଙ୍ଗୁଳିରେ ପିନ୍ଧାଇ ଦେଇଥିଲ କେଉଁ ଅଧିକାର ବଳରେ । ପୁଣି ଜଣେ ଷୋଡ଼ଶୀ ଯୁବତୀର ହାତ ପାପୁଲିକୁ ତୁମ ହାତରେ ଧରି ।”

“ସିଏ ଯଦି ଉତ୍ତର ଦେଇ ଥାଆନ୍ତେ– ମୋ ହାତକୁ ରୁମାଲ ବଢ଼ାଇ ନଦେଇ ତୁମେ ମୋ ମୁହଁକୁ ପୋଛି ଦେଉଥିଲ ଯେଉଁ ଅଧିକାର ବଳରେ, ମୁଁ ସେମିତି....”

ସୁନି କହିଲା “ହେଲା ତୋରି କଥା, ଏଥର ମୁଁ ମନ୍ଦିର ଭିତରେ ଥିବି ତୁ ବିଭୂତି ଟିପା ଲଗାଇ ଦେଲା ବେଳେ ଚିଠିଟିକୁ ଦେବୁ । ସିଏ ତୋ ଚିଠି ନେଇ ଫେରିଗଲା ବେଳେ ମୁଁ ମନ୍ଦିର ଭିତରୁ ବାହାରି ଆସି ତାଙ୍କୁ ପଚାରିବି ।”

ସୁନି ମୁହଁକୁ ଅନାଇ ସତୀ କହିଲା, “ତୁ କ’ଣ ପଚାରିବୁ ?”

“ସତୀ; ମୁଁ ତାଙ୍କୁ ପଚାରିବି, ଚିଠି ନେଇ ମନ ଖୁସିରେ ଚାଲି ଯାଉଛ କ’ଣ ? ଚିଠି ଦେଇଥିବା ଲୋକଟିର କଥା ଟିକେ ବୁଝ ।”

“ସିଏ ଯଦି ତୋତେ ପଚାରିବେ । କେଉଁ କଥା ବୁଝିବି ?”

“ମୁଁ କହିବି; ମୋ ସତୀ କଥା । ତାକୁ ବାହା ହେବାକୁ ପ୍ରତିଶ୍ରୁତି ଦେଇଯାଅ । ତାକୁ ଆଉ ବେଶି ଦିନ ଏମିତି ଜଳାଇ ପୋଡ଼ାଇ ମାର ନାହିଁ । ତୁମ ବିରହରେ ତୁମକୁ ଝୁରିଝୁରି ମୋ ସାଙ୍ଗ କେମିତି କଙ୍କା ହୋଇ ଗଲାଣି ତୁମେ କ’ଣ ଦେଖ୍ ପାରୁନ ? ତୁମେ କ’ଣ କେବେଜାଣି ପାରୁନ ତୁମକୁ ମନ ଦେଇ ତୁମକୁ ଭଲ ପାଇ ସେ କେମିତି ହତସନ୍ତରେ ଦିନ କାଟୁଛି ?”

“ତା ପରେ,” ସତୀ ପଚାରିଲା ।

ସୁନି ଉତ୍ତର ଦେଲା, “ତୋତେ ବାହା ହେବାକୁ ତାଙ୍କ ଠାରୁ ପ୍ରତିଶ୍ରୁତି ଆଦାୟ କରି ସାରି ଯାଇ ମୁଁ ତାଙ୍କୁ ଛାଡ଼ି ଥାଆନ୍ତି ।”

“ସିଏ ଯଦି କୌଣସି ପ୍ରତିଶ୍ରୁତି ଦେବାକୁ ମନା କରି ଥାଆନ୍ତେ । ତେବେ ତୁ କଅଣ କରି ଥାଆନ୍ତୁ ।”

“ସତୀ; ସିଏ ମନା କରିଥିଲେ, ତାଙ୍କ ହାତଧରି ତାଙ୍କୁ ଟାଣିଟାଣି ମନ୍ଦିର ଭିତରକୁ ନେଇ ସେଠି ତୋ ହାତ ସହିତ ତାଙ୍କ ହାତକୁ ମୋ ରୁମାଲରେ ବାନ୍ଧି ଦେଇ ବାହା କରି ଦେଇଥାଆନ୍ତି । ତୋ ରୁମାଲକୁ ସିଏ ସେ ଦିନ ନେଇ ଯାଇଛନ୍ତି । ଆଜି ନହେଲେ ମୋ ରୁମାଲ ନେଇ ଥାଆନ୍ତେ । ମୁଁ ଲୁଚାଇ ସିନ୍ଦୁର ଆଣିଛି । ତାଙ୍କ ହାତକୁ ସିନ୍ଦୁର ଫରୁଆ ବଢ଼ାଇ ଦେଇ କହି ଥାଆନ୍ତି ଧବଳେଶ୍ୱରଙ୍କୁ ସାକ୍ଷୀ ରଖ୍ ତୁମେ ମୋ ସତୀ ମଥାରେ ସିନ୍ଦୁର ପିନ୍ଧାଇଦେଇ ତାକୁ ତୁମର ସ୍ତ୍ରୀ ଭାବରେ ଗ୍ରହଣ କର ।”

“ସିଏ କ’ଣ ତୋ କଥାରେ ରାଜି ହୋଇ ଥାଆନ୍ତେ ?”

“ରାଜି ହେବେ ନାହିଁ, ମୁଁ ଆଜି ତାଙ୍କୁ କେବେ ଏତେ ସହଜରେ ଛାଡ଼ି ଦେଇ ନଥାଆନ୍ତି । ତାଙ୍କୁ ପଚାରି ଥାଆନ୍ତି ମନ୍ଦିରକୁ ଠାକୁରଙ୍କ ଦର୍ଶନ ବାହାନାରେ ଆସି ମୋ ସାଙ୍ଗର ମନକୁ ଚୋରି କରିସାରି ଭାରି ତ ସାଧୁ ବୋଲାଉଛ ? ଧବଳେଶ୍ୱରଙ୍କ ପାଖକୁ ଆସି ମୋ ସତୀର ହୃଦୟ ସିଂହାସନରେ ଜୋର ଜବରଦସ୍ତ ଆସ୍ଥାନ ଜମାଇ ବସି ସାରି ଠିକଣା ବେଳକୁ ଖସିଯିବା ପାଇଁ ବାଟ ଖୋଜୁଛ ? ମୁଁ କ’ଣ ଛାଡ଼ିବା ଲୋକ ଯେ ତାଙ୍କୁ ସେମିତି କେବେ ଏତେ ସହଜରେ ଛାଡ଼ି ଦେଇ ଥାଆନ୍ତି ?”

ସୁନି କଥା ଶୁଣି ସତୀ ଏଥର ହସ ସମ୍ଭାଳି ନପାରି ହସି ହସି ପଚାରିଲା “ତା’ ପରେ ?”

ସତୀକୁ ହସିବା ଦେଖି ଏଥର ସୁନି କୁତ୍ରିମ କ୍ରୋଧ ପ୍ରକାଶ କରି ଉତ୍ତର ଦେଲା। "ତା' ପରେ ଛେନା, ଗୁଡ଼, ପାଟିଲା କଦଳୀ ତୁ ଚକଟି ଖାଇବୁ। ବୁଝିଲୁ ଓଲି। ତୋ ଲାଗି ମୁଁ କେତେ ସିରିୟସ ହୋଇ ସାରିଲଣି। ତୁ କେମିତି ସେପରି ସ୍କୁଲେ ନିଶ୍ଚିନ୍ତ ମନରେ ପ୍ରାଣ ଖୋଲା ହସ ହସି ପାରୁଛୁ? ସତରେ ସତୀ; ମୁଁ ତୋ କଥା ଜମା କିଛି ବୁଝି ପାରୁନି?"

ସୁନିର ରାଗ ତମତମ କଥା ଶୁଣି, ସତୀ ତା ପାଖକୁ ଲାଗି ଆସିଲା। ତା' କାନ୍ଧ ଉପରେ ହାତରଖି କହିଲା, "ସୁନି ତୁ ଭାରି ଭାବପ୍ରବଣ ହୋଇ ଯାଉଛୁ? ପ୍ରକୃତ କଥା ବୁଝିବାକୁ ଆଦୌ ଚେଷ୍ଟା କରୁନାହୁଁ। ସିଏ ହେଲେ କେତେ ପୁରୁଣା ଖାନଦାନୀ। ସମ୍ଭ୍ରାନ୍ତ ବଂଶର ଉଚ୍ଚ ଶିକ୍ଷିତ ଯୁବକ। ଆଉ ମୁଁ ହେଉଛି ଛୋଟ ଜାତିର ଗରିବ ଘରର ମୂର୍ଖ ଝିଅଟିଏ। ତୁ ମୋତେ କିପରି ତାଙ୍କ ସହିତ ସମାନ କରୁଛୁ?"

ସତୀ; ସିଏ ଯଦି ବୁନିଆଦି ଘରର ପିଲା। ଧନୀ ପରିବାରରେ ସମ୍ଭ୍ରାନ୍ତ ବଂଶରେ ତାଙ୍କର ଜନ୍ମ। ପ୍ରଭାବଶାଳୀ ଖ୍ୟାତି ସଂପନ୍ନ ବ୍ୟକ୍ତିଙ୍କ ପୁଅ। ପ୍ରତିପ୍ରଭିଶାଳୀ ବଡ଼ ଜାତିର ସନ୍ତାନ। ଉଚ୍ଚ ଶିକ୍ଷିତ ଓ ସରକାରୀ ସ୍ତରରେ ବଡ଼ ପଦବୀର ଅଧିକାରୀ। ସୌମ୍ୟକାନ୍ତ ଯୁବକ। ତେବେ ସିଏ ତୋ ପରି ଗୋଟିଏ ଛୋଟ ଜାତିର ନିମ୍ନ ବର୍ଗର, ଗରିବ ଘରର, ଦରିଦ୍ର ପରିବାରର, ଅଭାବଗ୍ରସ୍ତ ଲୋକର, ଅପାଠୋଇ ଝିଅକୁ ଭଲ ପାଉଥିଲେ କାହିଁକି? ତୋ' ମନରେ ପ୍ରେମର ଆଶା ସଞ୍ଚାର କରାଇ ତୋତେ ସୁନେଲି ସପନରେ ବିଭୋର କରାଇଲେ କ'ଣ ପାଇଁ? କେଉଁଥି ଲାଗି ତୋ ପ୍ରାଣରେ ପ୍ରଣୟର ଅଙ୍କୁର ରୋପଣ କରାଇ ତାକୁ ଯତ୍ନର ସହକାରେ ବଢ଼ାଇ ମହାଦ୍ରୁମରେ ପରିଣତ କରିଦେଲେ। ତୋ' ଆମ୍ମାରେ ପ୍ରେମର ଫଲଗୁଧାରା ବୁହାଇ ଦେଲେ କି ସକାଶେ? କି କାରଣେ ତୋ' ମନ ମନ୍ଦିର ଭିତରକୁ ପ୍ରବେଶ କରି ତୋ'ର ହୃଦୟ ସିଂହାସନକୁ ଅଧିକାର କରି ନେଇ ତୋ ଅନ୍ତର ସହିତ ଆମ୍ନିୟତା ସ୍ଥାପନ କଲେ?

"ସବୁ ବଡ଼ ଘରର ପୁଅ ମାନେ ଏହି ପରି କରିଥାଆନ୍ତି। ପ୍ରତିଷ୍ଠିତ ପରିବାରର ଯୁବକମାନଙ୍କୁ ଏଥିଲାଗି କିଛି କହିବାକୁ କାହାରି ସତ୍ ସାହସ ନଥାଏ। ଗରିବ ଘରର ଝିଅଟି ତା' ମନ ଦେଇ ସାରିଲା ପରେ କେବଳ ତାଙ୍କ ଆସିବା ବାଟକୁ ଚାହିଁ ରହେ। ତାଙ୍କ ସାକ୍ଷାତ ପାଇବାକୁ ବ୍ୟାକୁଲ ହୁଏ। ତାଙ୍କୁ ଦେଖା କରିବାକୁ ଆଗ୍ରହୀ ହୋଇପଡ଼େ। ତାଙ୍କୁ ଭେଟିବାକୁ ଅସ୍ଥିର ହୋଇଥାଏ। ତାଙ୍କ କଥା ମନେ ପକାଇ ଝୁରିମରେ। ତାଙ୍କ ସ୍ମୃତିକୁ ସମ୍ବଲ କରି ବଞ୍ଚି ରହିବାକୁ ଚେଷ୍ଟା କରିଥାଏ। ତାଙ୍କ ସହିତ ଘଟି ଯାଇଥିବା ଘଟଣାକୁ ପାଥେଇ କରି ଜୀବନ ପଥରେ ଆଗେଇବା ପାଇଁ ଉଦ୍ୟମ ଅବ୍ୟାହତ ରଖିଥାଏ। ତାଙ୍କୁ ଭେଟିଥିବା ଦିନଗୁଡ଼ିକର ଆନନ୍ଦ ଦାୟକ ଏବଂ ସୁଖ ପ୍ରଦାନକାରି ଆଉ ଖୁସି ଦେଇ (ବାନ୍ଧି) ଥିବା ମୁହୂର୍ତ୍ତକୁ ପୁଞ୍ଜି କରି ସେ ତା'ର ନିଃସଙ୍ଗ ସମୟକୁ କଟାଇ ଦେବାକୁ ଯତ୍ନ କରେ, ହେଲେ କିଛି ଲାଭ ହୁଏନା। ପଦ୍ମ– ସୂର୍ଯ୍ୟଙ୍କୁ ଭଲପାଇ। କଇଁ– ଚନ୍ଦ୍ରଙ୍କ ପ୍ରେମରେ ବିଭୋର ହେବାକୁ ଆଗ୍ରହ ପ୍ରକାଶ କରିଥାଆନ୍ତି। ରାଧା ମନ ଦେଇଥିଲେ କୃଷ୍ଣଙ୍କୁ। ମୀରା– ଶଠ– ନାଗରଙ୍କ ପ୍ରତି ପୂଜାରିଣୀ ସାଜି ଜୀବନ ବିତାଇ ଦେଲେ। ହେଲେ ସେମାନେ ସବୁ ପାଇଲେ କ'ଣ? ପଦ୍ମ ପାଣିରେ ଥାଇ ସୂର୍ଯ୍ୟଙ୍କୁ ଅନାଇ ରହି ଦିନି ବିତାଇ ଦିଏ। ସୂର୍ଯ୍ୟ କ'ଣ କେବେ ତା' ପାଖକୁ ଆସନ୍ତି? ଜଳାଶୟର ପଙ୍କରେ ରହି କଇଁ–ଚନ୍ଦ୍ରଙ୍କ ଅପେକ୍ଷାରେ ପୁହାଇ ଦିଏ ରାତି ପରେ ରାତି। ଚନ୍ଦ୍ର ତାଙ୍କୁ କେବେ ଧରା ଦିଅନ୍ତିନି? ରାଧାରାଣୀ ଜୀବନ ବିତାଇ ଦେଲେ କୃଷ୍ଣଙ୍କ ଫେରିଲା ବାଟକୁ ଚାହିଁରହି। କୃଷ୍ଣ କେବେ ଥରୁଟେ ପାଇଁ ଗୋପପୁରକୁ ଫେରି ଆସିଥିଲେ? ଆଉ ମୀରାବାଇଙ୍କ କଥା ତୁ ଜାଣୁ। ତାଙ୍କ ବିଷୟରେ ମୁଁ ତୋତେ ଆଉ ଅଧିକ କ'ଣ କହିବି? ସେମାନେ ସବୁ ହେଲେ ପ୍ରଭାବଶାଳୀ ମର୍ଯ୍ୟାଦବନ୍ତ ପୁରୁଷ। ସୂର୍ଯ୍ୟ, ଚନ୍ଦ୍ର ଦେବତାଙ୍କ ମଧରେ ଗଣା ହୁଅନ୍ତି। ସେମାନେ ପୁଣି ବିଗପାଲ ଭାବେ ସ୍ୱୀକୃତ। ଆଉ କୃଷ୍ଣ ହେଲେ ପ୍ରବଲ ପ୍ରତାପିରାଜା କଂସଙ୍କର ଭଣଜା, ନନ୍ଦ ରାଜାଙ୍କ ପାଲକ ପୁଅ ଏବଂ ଅବତାର ପୁରୁଷ ମଧ। ପଦ୍ମର ପ୍ରତୀକ୍ଷା, କଇଁର ଅପେକ୍ଷା, ରାଧାରାଣୀଙ୍କ ଆଖିର ଲୋତକ, ମୀରାବାଇଙ୍କ ଜୀବନୋନାର୍ଗ ଆଦୌ ସେମାନଙ୍କ ପ୍ରିୟ ପୁରୁଷକୁ ତାଙ୍କ ନିକଟକୁ ଆକର୍ଷଣ କରି ଆସି ପାରିଲା ନାହିଁ। ସେମାନେ ସବୁ

ହେଲେ ଖ୍ୟାତିନାମା ପୁରୁଷ ପୁଙ୍ଗବ । ନାରୀମାନଙ୍କ ଇଜ୍ଜତ ଲୁଟିବା ହେଲା ସେମାନଙ୍କର ଅଭ୍ୟାସଗତ କର୍ମ ବା ଧର୍ମ । ନାରୀର ଯୌବନ ସହିତ ଖେଳିବା ସେମାନଙ୍କ ପାଇଁ ମାମୁଲି ଘଟଣାଟିଏ ବ୍ୟତୀତ ଆଉ ଅନ୍ୟ କିଛି ନୁହେଁ । ଯୁବତୀର ମାନ ବୁଝିଲାଭଳି ହୃଦୟ ସେମାନଙ୍କର ନାହିଁ । ଦରଦ କ'ଣ ସେମାନେ ଆଦୌ ଜାଣି ନାହାଁନ୍ତି । ସହାନୁଭୂତି କିପରି ପ୍ରଦର୍ଶନ କରାଯାଏ ତାହା ସେମାନଙ୍କ ଜ୍ଞାତ ସାର ବହିର୍ଭୂତ ବିଷୟ । ସେମାନଙ୍କ ବିବେକ ସେମାନଙ୍କୁ କେବେ ବି ଏପରି ଗର୍ହିତକର କର୍ମ କରିବାକୁ ବାଧା ଦିଏନା । ଭୟ ଶୂନ୍ୟ ହୋଇ, ନିର୍ବିକାର ଚିତ୍ତରେ ନିଃସଙ୍କୋଚରେ ସେମାନେ ସମସ୍ତ ପ୍ରକାର କୁକର୍ମମାନ କରିପାରନ୍ତି । କୌଣସି ରକମ ଅପକର୍ମ ସଂପାଦନ ସେମାନଙ୍କ ପକ୍ଷରେ କିଛି ବିଚିତ୍ର ନୁହେଁ । ସୂର୍ଯ୍ୟ- ରଷ୍ମି ଗୌତମଙ୍କ ପତ୍ନୀ ଅହଲ୍ୟାଙ୍କୁ, ପାଣ୍ଡବଙ୍କ ମାତା କୁନ୍ତୀଙ୍କୁ , ଚନ୍ଦ୍ର- ଦେବ ଗୁରୁ ବୃହସ୍ପତିଙ୍କ ସ୍ତ୍ରୀ ତାରାଙ୍କୁ, ଶଠନାଗର କୃଷ୍ଣଙ୍କ ନାଁରେ ତ କେତେ ଅପବାଦ ରହିଛି । ଷୋଳସହସ୍ର ଗୋପାଙ୍ଗନା । ମାଆଁ ରାଧାରାଣୀ, କୁବ୍ଜା ଧୋବଣୀ ପରି ଆହୁରିକେତେ ? କହି ବସିଲେ ପୁରାଣଟିଏ ହେବ ପଛେ ସେ କଥା ସରିବନି । ଉପଭୋଗ ପରେ ପ୍ରେୟସୀଙ୍କ କଥା ମନେ ପକାଇ ସେମାନେ ସମବେଦନା ଜଣାଇଥିଲେ କି ?"

ପ୍ରେମର ଏପ୍ରକାର ପକ୍ଷପାତ ମୂଳକ ହିଂସ୍ର (ଆକ୍ରମଣରୁ) ଆଚରଣରୁ କେହିବି ବର୍ତ୍ତି ପାରିନାହାଁନ୍ତି । ଏପରିକି ରାଧା, ଶକୁନ୍ତଳା, ଦେବଯାନୀ ଏବଂ ସୀତା ମଧ୍ୟ । ଏଠି ସମସ୍ତେ ପ୍ରତାରିତା ଓ ନିର୍ଯ୍ୟାତିତା । ରାଧାଙ୍କୁ ଛାଡ଼ି କୃଷ୍ଣ- ରୁକ୍ମିଣୀ, ସତ୍ୟଭାମା, ଜାମ୍ବବତୀ, କାଳିନ୍ଦୀ ଆଦି ଅଷ୍ଟପାଟବଂଶୀଙ୍କୁ ନେଇ ସୁଖରେ ସଂସାର କରନ୍ତି । ଯେଉଁ ଶକୁନ୍ତଳାଙ୍କ ପାଇଁ ଦୁଷ୍ମନ୍ତ ରାଜପାଟ ଛାଡ଼ି ଥିଲେ ସମୟାନ୍ତରେ ତାଙ୍କୁ ଚିହ୍ନିବାକୁ ବି ଅସ୍ୱୀକାର କରନ୍ତି । ଅନ୍ତରର ଅଭୀଷ୍ଟ ପୂରଣ ହେବା ପରେ ଦେବଯାନୀଙ୍କୁ ଛାଡ଼ି ଚାଲିଯାଇଛନ୍ତି କଚ ଏବଂ ସୀତାଙ୍କ ପରି ମହାସତୀଙ୍କୁ ମଧ୍ୟ ବାରମ୍ବାର ଦେବାକୁ ହୁଏ ସତୀତ୍ୱର ପ୍ରମାଣ । ଆଶ୍ରମରେ ମାଲ ବଦଲ କରି ଗାନ୍ଧର୍ବ ମତରେ ବିବାହ କରି ରାଜବାଟୀକୁ ଫେରିଗଲା ପରେ ଦୁଷ୍ମନ୍ତମାନେ ଶକୁନ୍ତଳାକୁ ଭୁଲି ଯାଇଛନ୍ତି । କାର୍ଯ୍ୟ ହାସଲ ପରେ (ଅଭିଷ୍ଟ ପୂରଣ ଭୟାରୁ) ମୃତ୍ୟୁ ସଞ୍ଜୀବନୀ ମନ୍ତ୍ର ଶିକ୍ଷା କାଲା ଭୟାରୁ କଚମାନେ ଦେବଯାନୀଙ୍କୁ ଭୁଲି ଯାଇଛନ୍ତି । ଲଙ୍କା ବିଜୟ ପରେ ଅଗ୍ନି ପରୀକ୍ଷାରେ ଉତ୍ତୀର୍ଣ୍ଣ ସୀତାଙ୍କୁ ରାଣୀ ଭାବରେ ଗ୍ରହଣ କରି ସାରିଲା ପରେ ଗୁପ୍ତଚର ମୁହଁରୁ ଉଡ଼ା ଖବର ଶୁଣି ରାମମାନେ ସୀତାଙ୍କୁ ପାଶୋରି ଦିଅନ୍ତି । ସ୍ୱୟଂମ୍ବର ସଭାରୁ ହାତଧରି ଜୋର ଜବରଦସ୍ତ ବଳ ପ୍ରୟୋଗ କରି ଭୀଷ୍ମ ଟାଣିନେଇ ଗଲାପରେ ଶାଲ୍ବ ରାଜାମାନେ ତାଙ୍କ ବାକ୍ବତ୍ତା ଅମ୍ବାଙ୍କୁ ଭୁଲି ଯାଇଥାଆନ୍ତି । ଫେରି ଆସିବାକୁ କଥା ଦେଇ ମଥୁରା ଚାଲିଗଲା ପରେ କୃଷ୍ଣମାନେ ରାଧାଙ୍କୁ ଭୁଲି ଯାଆନ୍ତି । ରାଜ ଅନ୍ତଃପୁର ଛାଡ଼ି ବୈଦ୍ଧିଦ୍ରୁମ ତଳେ ବୁଦ୍ଧତ୍ୱ ପ୍ରାପ୍ତିପରେ ଗୌତମମାନେ ଗୋପା (ଯଶୋଧାରା)ଙ୍କୁ ଭୁଲି ଯାଆନ୍ତି । ନିଜର ଲକ୍ଷ୍ୟ ହାସଲ ପରେ ଓ ଆପଣାର ଉଦ୍ଦେଶ୍ୟ ସାଧନ ଭୟାରୁ ଏମାନେ ସବୁ କିଛି ପାଶୋରି ଦେବାକୁ ଶ୍ରେୟସ୍କର ମଣନ୍ତି । ତା'ସତ୍ତ୍ୱେ ବି ଭାରତୀୟ କଲା, ସାହିତ୍ୟ, ପରମ୍ପରା ଓ ସ୍ଥାପତ୍ୟର ଛତ୍ରେ ଛତ୍ରେ ପ୍ରେମର ଅହେତୁକ ମହିମା କୀର୍ତ୍ତନ, ଜୟଜୟକାରର ଘୋଷଣା, ପୁରାଣ ଶାସ୍ତ୍ର ପରି ଆମ ସାହିତ୍ୟରେ ମଧ୍ୟ ପ୍ରେମର ବିପୁଲ ଜୟଗାନ କରାଯାଇଛି । କବିମାନେ ପ୍ରେମର ତଥାକଥିତ ପବିତ୍ରତାକୁ ଅପୂର୍ବ ଭାଷା ବିନ୍ୟାସ ଦେଇ ରଚି ଯାଇଛନ୍ତି ଅସଂଖ୍ୟ କାବ୍ୟ । ତାଲ, ଲୟ ସହିତ ତା'ର ମହାନୀୟତା ଗାଇଛନ୍ତି ଉଦ୍ଧାମ କଣ୍ଠରେ । ଶିଳ୍ପୀମାନେ ପାଷାଣର ଛାତି ଫଟାଇ ଆଙ୍କିଛନ୍ତି ତା'ର ଜୀବନ୍ତ (କାଳ୍ପନିକ)ରୂପ । କିନ୍ତୁ ଆଜିର ଯୁଗରେ ସେସବୁ ଅର୍ଥହୀନ । ଉଦ୍ଦେଶ୍ୟ ରହିତ । ତୁଚ୍ଛା କଳ୍ପନା ପରି ମନେ ହୁଏ । ଲାଗେ ସେସବୁ କବି, ଶିଳ୍ପୀମାନଙ୍କର ବିକୃତ ବିଲାସ କିମ୍ବା ଅବାସ୍ତବ ସ୍ୱପ୍ନର ମିଥ୍ୟା ପ୍ରଚାର ।

ପ୍ରେମ ଏକ ଯନ୍ତ୍ରଣା (ଅଭିଶାପ) । ମୁଖ୍ୟତଃ ନାରୀମାନଙ୍କ ପାଇଁ । ଏଥିପାଇଁ ଦାୟୀ ଆମ ସମାଜରେ ପ୍ରେମକୁ ନେଇ ଯୁଗ ଯୁଗରୁ ରହିଥିବା ଅତିମାନବୀୟ ଧାରଣା । ଆମ ସାହିତ୍ୟରେ ରୀତି ଯୁଗୀୟ ସୃଜନ ଶୀଳତାର ପ୍ରମୁଖ ଅଭିବ୍ୟକ୍ତି ଥିଲା ଭକ୍ତି ପ୍ରେମ ।

ଗଦ୍ୟ ସାହିତ୍ୟର ଉନ୍ମେଷ ଯେତେବେଳେ ହେଲା ସେତେବେଳେ ପ୍ରାୟ ସବୁ ଗଳ୍ପ, ଉପନ୍ୟାସର ମୁଖ୍ୟ ବକ୍ତବ୍ୟ

ହେଲା ପ୍ରେମ। ଇତି ମଧ୍ୟରେ ଆମ ସାହିତ୍ୟ ଗଦ୍ୟ ଓ କବିତା ବହୁ ବାଙ୍କ ଓ ମୋଡ଼ ଦେଇ ନାନା ରୂପ ଧାରଣ କରି ସାରିଲାଣି। ମଣିଷର ସୃଷ୍ଟତମ ଅନୁଭବ। ତା'ର ଜୀବନ ଯନ୍ତ୍ରଣା, ସଂଘର୍ଷର ସମସ୍ତ ତମସାଚ୍ଛନ୍ନ ଦିଗକୁ ଆଲୋକିତ କରିବାର ପ୍ରୟାସ କଲାଣି। ତା' ସତ୍ତ୍ୱେ ପ୍ରେମ ଫାଶରୁ ଯେ ସଂପୂର୍ଣ୍ଣ ମୁକ୍ତ ହୋଇଛି, ତାହା ଆମେ କହି ପାରିବା ନାହିଁ।

ସତୀ କଥାର ଉତ୍ତରରେ ସୁନି କହିଲା, "ତୁ ଯେଉଁ କଥା ସବୁ କହୁଛୁ, ତୁ ସେଭଳି ମନକୁ କାହିଁକ ଖୋଜିବୁ? ତୁ କ'ଣ ଜମା ଜାଣିନୁ ନା' କହା ପାଖରୁ କେବେ କେଉଁଠୁ ଶୁଣିନୁ, ଗୋଟେ ଡ଼ଗ ଅଛି। "ବିଟପୀ ନାରୀକୁ ଶେଯ ସୁପାତି– ସତୀ ନାରୀ ହୁଏ ଦାସୀ, ଗୋରସ ବିକନ୍ତି, ସାଇସାଇ ବୁଲି– ମଦ ବିକାଯାଏ ବସି"। ଡ଼ଗର ବୋଧଗମ୍ୟତା ସର୍ବ କାଲୀନ ଓ ଜୀବନ୍ତ ମଧ୍ୟ। ନାସିଆ କସ୍ତାପିନ୍ଧା, ଅବଗୁଣ୍ଠିତା, କୁଳବଧୂର ପାଦ–ଧୂଳିକୁ। କାଶ୍ମିର ପାଟ ପରିହିତା ଫୁଲ ମଲିଆ (ମଲ୍ଲା ଫୁଲିଆ ଗୋରୀ) ବାରାଙ୍ଗନା କେତେବେଳେ କୋଉ ସରି ହେଉଥିଲା ? ନା ଏ ଯୁଗରେ ହୋଇ ପାରିବ ? ଏକଥା ଉଠୁଛି କିପରି, ଛି ଲୋ ମା। ପରନାରୀ ପୀରତି ସୁଆଦର ମଜା ନିଜ ମାଇପ ଠୁ କାହୁ ମିଳିବ ? "ସ୍ୱଦେଶେ ଜାତସ୍ୟ ନରସ୍ୟ ନ୍ୟୂନଂ ଗୁଣାଧିକ ସ୍ୟାପି ଭବଦ୍ବଙ୍କା, ନିଜାଙ୍ଗନାୟଦ୍ୟପି ରୂପରାଶିସ୍ଥାପି ଲୋକଃ ପରଦାରାସକ୍ତ"। ନିଜ ସ୍ତ୍ରୀ ଯେତେ ସୁନ୍ଦରୀ ହେଲେ ମଧ୍ୟ ଲୋକେ ତାଙ୍କୁ ଅନାଦର କରି ପର ସ୍ତ୍ରୀ ପ୍ରତି ଆକୃଷ୍ଟ ହୁଏ। ସେହିଭଳି ସ୍ଥାନୀୟ ଲୋକ ଯେତେ ଗୁଣବାନ ହେଲେ ମଧ୍ୟ ତାକୁ କେହି ଆଦର କରନ୍ତି ନାହିଁ। କିନ୍ତୁ ବାହାର ଲୋକ ଅଳ୍ପ ଗୁଣର ଅଧିକାରୀ ହୋଇଥିଲେ ମଧ୍ୟ ତାକୁ ସମ୍ମାନ କରନ୍ତି। ସେଥିପାଇଁ ସ୍ୱୟଂ ବିଷ୍ଣୁଙ୍କ ଅବତାର ଯୁଗ ପୁରୁଷ କୃଷ୍ଣ ଦ୍ୱାରୀକା ରାଜ ପ୍ରାସାଦରେ ଅଷ୍ଟପାଟ ବଂଶୀଙ୍କ ଗହଣରେ ଥାଇ ସୁଧା ଗୋପ ଗୋଉଡ଼ଉଣୀ ରାଧାଙ୍କୁ ଝୁରି ହେଉଥିଲେ। ଆଉ ଏ ଯୁଗର ମହାପୁରୁଷ ଚାରୋଟି ପୁତ୍ର ସନ୍ତାନର ଜନକ ୫୦ବର୍ଷର ପୌଢ଼ ମହାମ୍ନା ଗାନ୍ଧି ଆପଣା ପତ୍ନୀ କସ୍ତୁରୀବାଙ୍କ ସାନ୍ନିଧ ତଲେ ରହି ସୁଧା ବିଶ୍ୱ କବି ରବୀନ୍ଦ୍ରନାଥଙ୍କ ନିଜ ଭଉଣୀ ସ୍ୱର୍ଣ୍ଣ କୁମାରୀଙ୍କ କନ୍ୟା ସରଲା ଚୌଧୁରୀଙ୍କୁ ଦ୍ୱିତୀୟ ବିବାହ ପାଇଁ ବ୍ୟାକୁଳତା ପ୍ରକାଶ କରିଥିଲେ।

ଆପଣାର ସ୍ତ୍ରୀ ମନ ରଖିବାକୁ କେଉଁ ଦିନ ସୁଆଗରେ, ଶରଧାରେ, ସେନେହରେ ଘରକୁ କେବେ ଭଲ ଜିନିଷଟିଏ ଆଣି ନଥିବା ପର ଘର ପଶା ସ୍ୱାମୀମାନେ ପରକୀୟା ପ୍ରୀତି ପାଇଁ କ'ଣ ବା ନକରିପାରନ୍ତି ? ବିଲ୍ମଙ୍ଗଳତ ଝଡ଼ ବତାସ, ଅନ୍ଧାର, ବନ୍ୟା, ଆପଦ, ବିପଦ କିଛି ନ ମାନି ସୁନ୍ଦରୀ ସ୍ତ୍ରୀକୁ ଆଢ଼ ଆଖିରେ ନ ଅନାଇ ଶବ ଉପରେ ଭରା ଦେଇ ନଈ ପାର ହୋଇ, ସାପକୁ ବର ଓହଲ ଭାବି ତାକୁ ଆଶ୍ରା କରି ଯାଇ ଚିନ୍ତାମଣି ବେଶ୍ୟା ପାଖରେ ପହଞ୍ଚି ଥିଲେ। ରାଜା ଲକ୍ଷ ହୀରାର ମନ ରଖିବା ଲାଗି ନିଜେ ଘୋଡ଼ା ହୋଇ ପ୍ରେମମୟୀକୁ ଶଇସ କରିଥିଲେ। ଆଉ ମହାକବି କାଳିଦାସ ଲଣ୍ଡା ହେବାକୁ ଲଜ୍ଜା ବୋଧ କରି ନଥିଲେ। ଭଗବାନ ବିଷ୍ଣୁ ସ୍ତ୍ରୀ ଲକ୍ଷ୍ମୀଙ୍କ ପ୍ରେମକୁ ଭୁଲି ରାକ୍ଷସ ଜଲନ୍ଧରର ପତ୍ନୀ ବୃନ୍ଦାବତୀଙ୍କ ସହିତ। ଇନ୍ଦ୍ର–ସଜୀଙ୍କୁ ଛାଡ଼ି ଗୌତମ ଋଷିଙ୍କ ପତ୍ନୀ ଅହଲ୍ୟାଙ୍କ ସହିତ। ରାବଣ–ମନ୍ଦୋଦରୀଙ୍କ ଜୀବିତାବସ୍ଥାରେ ରମ୍ଭା, ଅପସରା ସହିତ। ବିଶ୍ୱାମିତ୍ର ଜପତପ ତ୍ୟାଗ କରି ମେନକାଙ୍କ ସହିତ। ଅଷ୍ଟାଦଶ ପୁରାଣର ରଚୟିତା ବେଦବ୍ୟାସ ଭାତୃବଧୂ ଅମ୍ବିକା ଓ ଅମ୍ବାଲିକାଙ୍କ ସହିତ। ସୂର୍ଯ୍ୟ, ଧର୍ମ, ଇନ୍ଦ୍ର ଓ ଅଶ୍ୱିନି କୁମାର ପଣ୍ଡୁଙ୍କ ପତ୍ନୀ କୁନ୍ତୀ ଓ ମାଦ୍ରୀଙ୍କ ସହିତ। ଚନ୍ଦ୍ର ନିଜ ସ୍ତ୍ରୀ ରୋହିଣୀକୁ ଛାଡ଼ି ଗୁରୁପତ୍ନୀ ତାରାଙ୍କ ସହିତ ରତି କ୍ରୀଡ଼ାରେ ମାତିଥିଲେ। ଆପଣା ସ୍ତ୍ରୀ ଦୁଷିଲାଙ୍କ ପ୍ରେମକୁ ପ୍ରତ୍ୟାଖ୍ୟାନ କରି ଜୟଦ୍ରଥ ପାଣ୍ଡବଙ୍କ ପତ୍ନୀ ଦ୍ରୌପଦୀଙ୍କ ଲାଗି କେତେ ଲାଞ୍ଛନା ନଭୋଗିଛନ୍ତି। ଆଲ୍ଲାଉଦ୍ଦିନ ରାଣା ରତନ ସିଂହ ପତ୍ନୀ ରାଣୀ ପଦ୍ମିନୀଙ୍କ ପାଇଁ ଚିତୋର ଦୁର୍ଗକୁ ଶ୍ମଶାନ କରିଦେଲେ। ସେହି ପଦ୍ମିନୀଙ୍କ ସୌନ୍ଦର୍ଯ୍ୟର ଚର୍ଚ୍ଚାରେ ମୋହିତ ହୋଇ ତାଙ୍କୁ ପାଇବା (ହାସଲ କରିବା) ଲାଗି ସ୍ୱପ୍ନ ଦେଖୁଥିବା ଆଉ ଜଣେ ବ୍ୟକ୍ତି କୁମ୍ଭଲନ୍ନରର ରାଜା ଦେବପାଲ ଚକ୍ରାନ୍ତ କରି ରତନ ସିଂହଙ୍କୁ ହତ୍ୟା କଲେ।

କିନ୍ତୁ ନିଜର ବିବାହିତା ସ୍ତ୍ରୀ ପାଇଁ ଏମିତି କୁର୍ବାନ କେତେ ଜଣ କରୁଛନ୍ତି ? ସେମିତି କୃଷ୍ଣ କେତେ ଅପମାନ,

ଲାଞ୍ଛନା, ଅପବାଦ, ନିନ୍ଦା, ଲୋକଲଜ୍ଜାକୁ ମାନିଥିଲେ କି ? ସମସ୍ତ ପ୍ରକାର ଆକଟ ଓ ପ୍ରତିବନ୍ଧକକୁ ଅତିକ୍ରମ କରି ଯମୁନା କୂଳକୁ ଯାଉନଥିଲେ ନା କଦମ୍ବ ମୂଳକୁ ଭୁଲି ପାରିଥିଲେ ? ଏମାନଙ୍କ ପାଇଁ କ'ଣ ବାଡ଼, ଆକଟ, ନାନା ବାରଣ, ପ୍ରତିବନ୍ଧକ କିଛି ନଥିଲା ? ବଡ଼ ସାନର ହିସାବ ଭାବାନୁଗତ ମଧ୍ୟ । ନିଜେ ବଡ଼ ବୋଲି ଜଣେ ସମ୍ମାନ ଦାବି କରିବା ହାସ୍ୟାସ୍ପଦ ଓ ଦୟନୀୟ ମଧ୍ୟ । ସ୍ନେହ, ଶ୍ରଦ୍ଧା, ପ୍ରେମ ଓ ସମ୍ମାନ ହୁକୁମରେ କେଉଁମିଲେ ? ସେଥିପାଇଁ ତ କୁହାଯାଇଛି "ବେଶ୍ୟାନାଂ ଚ କୁତଃ ସ୍ନେହଃ ?"

ବଡ଼ ବଡ଼ ପଣିଆର ବେଗ ଓ ଆବେଗ । ବଡ଼ ସାନ କେବଳ ମନର ଭାବ, ଇଂରାଜୀରେ ବଡ଼ର ଅହଂକାରରେ ଫାଟି ପଡ଼ୁଥିବା ବାଲାଙ୍କୁ Superiority complex ଓ ସାନ ଭାବରେ ଆଣ୍ଠୁ ଭାଙ୍ଗି ଦେଉଥିବା ବିଚରା ଲୋକଗୁଡ଼ାକୁ Inferiority complex ଆକ୍ରାନ୍ତ ରୋଗି ବୋଲି କୁହାଯାଇଥାଏ । 'ଉଇ ମ୍ୟାନ ଅଫ ରୋମ' ଉପନ୍ୟାସରେ ଲେଖକ ମୋରାଭିଆ ବାରାଙ୍ଗନା ଆଡ୍ରିଆନା ସହିତ ଦୁର୍ଦ୍ଧର୍ଷ ଅପରାଧୀ ସଞ୍ଜୋଗ୍ରୋର ଏକ ରାତିର ମିଳନ କଥା ବର୍ଣ୍ଣନା କରିଛନ୍ତି । ବିଚାରୀ ପ୍ରଖ୍ୟାତା ବାରାଙ୍ଗନା ଜାଣି ପାରିନଥିଲା ଯେ ଆମ୍ ଗୋପନ କରିଥିବା ଦୁର୍ଦ୍ଧର୍ଷ ଅପରାଧୀ ତା' ଶଯ୍ୟାସଙ୍ଗୀ ସେଦିନ ହୋଇଛି ବୋଲି । ଡରିଗଲା ସେ । ଏକଥା ଅପରାଧୀ ସଞ୍ଜୋଗ୍ରୋ ଅନୁଭବ କରିବା ପରେ ଭୟଙ୍କର ଭାବେ ଉତ୍ତେଜିତ ହୋଇଗଲା । ରକ୍ତ ପାଣିଫଟା ଆଖ୍ୟ ଓ ସ୍ୱରରେ ସେ ଗର୍ଜ ଉଠିଲା "ମୋତେ ଯଦି ଭଲଭାବେ ପ୍ରେମ ନକରୁ, ଆଲିଙ୍ଗନ ନକରୁ ଜାଣିଛୁ ଏଇ ମୁହୂର୍ତ୍ତରେ ତତେ ଶେଷ ପରିଦେବି ?" ଏଥିରେ ବିଚାରୀର ଅବସ୍ଥା କ'ଣ ହୋଇଥିବ ଅନୁମେୟ । ଔପନ୍ୟାସିକ ଲେଖୁଛନ୍ତି ବିଚରା ଦୁର୍ଦ୍ଧର୍ଷ ଅତିଥି ଜାଣିନଥିଲା । "Love and respect can not be demanded it is commanded" ମାତ୍ର ଧନଦେଇ ହେଉ ବା ଅନ୍ୟ ଯେଉଁ ଉପାୟରେ ହେଉ ବେଶ୍ୟାଳୟର ଅତିଥି ହୋଇଥିବା ବ୍ୟକ୍ତି ବାରାଙ୍ଗନାଠାରୁ ପ୍ରଣୟ ଆଶା କରିବା ସ୍ୱାଭାବିକ । ତେଣିକି ବାରନାରୀର ତାକୁ ପ୍ରେମ ଦାନ ଲାଗି ଇଚ୍ଛା, ଆଗ୍ରହ, ଉଦ୍ଦେଶ୍ୟ ବା ଆବେଗ ଥାଉ ବା ନଥାଉ କିନ୍ତୁ ଏକଥାକୁ ଅସ୍ୱୀକାର କଲେ କିମ୍ୱ ଏଢ଼ିଇ ଦେଲେ ଚଲିବ ନାହିଁ ଅଥବା ଏଥିରେ ଦ୍ୱିମତ ହେବା ଅନାବଶ୍ୟକ ।

ଆଉ ସତୀନାରୀ ହେଉଛି ସାମର୍ଥ୍ୟ ବୋଧକ ସତିଆ ପୁରୁଷ । ଏମାନେ ସବୁ ହେଲେ ପଞ୍ଜୁରି ଭିତର ଚଢ଼େଇ । ଚଣା ଛଡ଼ା ଅନ୍ୟ କିଛି ଖାଦ୍ୟ ଜାଣନ୍ତିନି କି ସେ ବିଷୟରେ ଏମାନଙ୍କର ସାମାନ୍ୟତମ ଧାରଣା କିମ୍ୱ ଜ୍ଞାନ ନଥାଏ । ନିଜ ଆହାର ଗଣ୍ଠାକ ନିଜ ମନଇଚ୍ଛା ମୁତାବକ ସଂଗ୍ରହ କରିବାକୁ ସେମାନଙ୍କୁ ମନା ।(ସେମାନଙ୍କର ସୁଯୋଗ ନଥାଏ) ବାରଣ କରାଯାଇଛି । ଆକଟ ଲଗାଯାଇଛି । ବାଦ୍ ଦିଆଯାଇଛି । ସେଥି ସକାଶେ ସେମାନଙ୍କୁ ସ୍ୱାଧୀନତା ଦିଆଯାଇନି । ସେମାନଙ୍କ ଡେଣାରେ କାଳେ ମାମୁଲି ବଳ । ଉଡ଼ି ଶିଖୁନି ଭଲ ଭାବରେ । ଶକ୍ତି ପାଇବନି ବେଶୀ ଦୂର ଉଡ଼ି ଯିବାକୁ । ଗାହନ ଜଙ୍ଗଲ ଦେଖୁନି କି ସବୁ କିସମର ଫୁଲ ଓ ଫଳ ଚିହ୍ନିନି । କାଳେ ବିଷ ଫଳରେ ଥଣ୍ଡ ମାରିଦେବ । ଏ ଡରରେ ସଂସାର ତାଙ୍କୁ ଭୟ ଦେଖାଇ ଉପଦେଶ ଦିଏ– ଜାଣିନୁ ଦେହରେ ଆଲେର୍ଜି ହେବା ଯାହା ମନରେ ଆଲେର୍ଜି ହେବା ସେଇଆ । ଚିନ୍ତା କଥରନା । ଦେହ ବେମାରି ଔଷଧରେ ଭଲ ହେବ । ମନ– ଆଲେର୍ଜି–ଆପେ– ସଜାଡ଼ି ହୁଏ । ମନକୁ ମନାଇ ପାରିଲେ । ବୁଝେଇ ପାରିଲେ । ନିଜ ଆୟଉକୁ ଆଣି ପାରିଲେ । ଆକଟରେ ରଖ୍ୟ ପାରିଲେ । ଠିକ୍ ବାଟକୁ ନେଇ ଆସିଲେ । ସଟିକ୍ ରାସ୍ତା ଧରେଇ ଦେଲେ । ଉପଯୁକ୍ତ ପଥ ଦେଖେଇ ଦେଇ ପାରିଲେ । ନିର୍ଭୁଲ ମାର୍ଗ ଜାଣିପାଇଲେ ଯାଇ ହେବ । ଦରକାର ଠାରୁ ବେଶୀ ହେଲେ । ଆବଶ୍ୟକରୁ ଅଧିକ ହେଲେ । ପ୍ରୟୋଜନ ଠୁ ଉଦ୍ବୁଦ୍ଧ ହୋଇଗଲେ ସେଇଟା ଚରିତ୍ର ଭିତରେ ପଶିଯାଏ । ତା'ପରେ ନାରୀ ହୁଏ ବେଶ୍ୟା, ବିଟ୍ପୀ, ବାରାଙ୍ଗନା, ଦୁଷ୍ଚରିତ୍ରା, ଚରିତ୍ରହୀନା, ଦୋଚାରୁଣୀ, ଖାନିକି, କଲଙ୍କିନୀ । ପୁରୁଷକୁ କୁହାଯାଏ ପର ଘର ପଶା, ଦୁଷ୍ଚରିତ୍ର ବେଶ୍ୟାସକ୍ତ, ଗାଣ୍ଠୁଆ । ସେଥିପାଇଁ ଆମେ କହୁ ଚଢ଼େଇରେ ଅଜଣା ପରିବା ମୋତେ ଖାଇବୁନି । ଯୁଆଡ଼େ ବୁଲୁଛ ବୁଲ । ସଞ୍ଜ ଆଗରୁ ଆସି ପଞ୍ଜୁରୀରେ ପଶିଯିବୁ । ଯେପରି କେଲୁଣୀ

(କେଲାର ପତ୍ନୀ) ଦିନ ତମାମ ବାହାରେ ବୁଲିଲେ ମନା ନାହିଁ ମାତ୍ର ସନ୍ଧ୍ୟା ଆଗରୁ ଘରେ ପହଞ୍ଚିବାକୁ ବାଧ୍ୟ ହେଲାପରି । ବିଟପୀ ନାରୀ (ପତ୍ନୀ)କୁ ଅଶପୁରୁଷୀ ସ୍ୱାମୀ କହିଲା ପରି– ବୁଲି ବାଲିକି ଖାଉଥା । ମୋଅର ହୋଇ ରହିଥା । ଏଇ ତୋର (ଫ୍ରିଡମ) ସ୍ୱାଧୀନତା । ଏହା ତୋ ଲାଗି (ସିକ୍ୟୁରିଟି) ନିରାପଦା ।

ଆଉ, ଗୋରସ ବିକନ୍ତି ସାଇସାଇ ବୁଲି । ମଦ ବିକାଯାଏ ବସି । କ୍ୱାଲିଟି ପାଇଁ କ୍ଷୀରବାଲା ପ୍ରାୟତଃ ଗାଳି ଶୁଣେ । ମାତ୍ର ମଦ କାଉଣ୍ଟରରେ ଆଗେ ପଇସା ଦାଖଲ କଲେ ତା'ପରେ ଭିତରୁ ଆସିବ ବୋତଲ । ସେଥିରେ ମଦ ଥିବା କେହି ଜାଣି ନପାରିବା ପାଇଁ, ପ୍ରଚଳିତ ଆଇନରେ ଏପରି ଆବଶ୍ୟକତା ପାଳନ କରିବାକୁ ଯାଇ ବୋତଲକୁ କାଗଜରେ ଲୁଚାଇ ଡେଲିଭରି ଦିଆଯାଏ । ଲୁଚେଇବା ବେଳେ ବେଳେ ଦେଖାଇବା ଠାରୁ ଅଧିକ ଦୌରାମ୍ୟ କରିଥାଏ । ସବୁ ବୋତଲ ମୁକୁଲା ମିଲେ । ଯଦି ବୋତଲରେ କାଗଜ ଗୁଡ଼ା ହୋଇଛି ତେବେ ସେଇଟା ନିର୍ଘାତ ମଦ ବୋତଲ ହୋଇଥିବ । ଏଥିରେ ସନ୍ଦେହ କରିବାର କ'ଣ ଅଛି ? ଏଥିରେ କୋଉ କଥା ଲୁଚିଲା ନା କାମଟି ଗୁପ୍ତ ରହି ପାରିଲା ? ଅବା ଧନ୍ଦାଟା ଗୋପନରେ ସମ୍ପାଦିତ ହେଲା ? ମଦ, ମଦ ବେପାରି କିମ୍ବା ମଦୁଆ, ସେମାନଙ୍କ ଭିତରୁ କେହି ଆମ୍ଭ ଗୋପନ କରିବା ପାଇଁ ସୁଯୋଗ ପାଇ ପାରିଲେ ? ସେ ଯାହା ହେଉ ମନରେ–ମନର ବାରଣକୁ ଅନେଇ ବାର ଲୋଭ ସବୁବେଳ ଜାଗ୍ରତ ଥାଏ । ପୋଷକର ଚିରାଟା ଆଗେ ଆଖିରେ ପଡ଼େ । ସେମିତି ବିଷଫଳ ଚାଖିବା ଆଶା ବି ମନକୁ କବଳିତ କରି ରଖେ । ଫଳରେ ମଦୁଆ ମଦ ପିଏ । ପୁରୁଷ ପରନାରୀ ପ୍ରତି ଲୋଭାସକ୍ତ ହୁଏ । ବିଟପୀ ଲୁଚାଇପାରେ ପ୍ରେମ କରେ । ଯେମିତି ବିଲ୍ୱମଙ୍ଗଳ ହୁଅନ୍ତି ବା ରାଜା କିମ୍ବା କବି କାଳିଦାସ ସେମିତି କୃଷ୍ଣ ଓ ରାଧା । ସେଥିପାଇଁ ଲୁଚିବା ଦରକାର ପଡ଼େ । ରାତି ଅନ୍ଧାରର ସାହାରା ନେବାକୁ ହୋଇଥାଏ । ଆଉ ବାହାନାର ଆଶ୍ରୟ ଆବଶ୍ୟକ ହୁଏ ।

ସତୀ କଥାରେ ସୁନି ଏକମତ ହୋଇପାରିଲା ନାହିଁ । ସେ ଯୁକ୍ତି ବାଢ଼ି କହିଲା, "ସତୀ ଏମିତି କହିଲେ ଚଳିବ ନାହିଁ । ପ୍ରେମର ପଥ ବଡ଼ ବିଷମ, ଦୁର୍ଗମ, କଣ୍ଟକୀଟ, ବିପଦ ସଙ୍କୁଲ ମଧ । ସେ ବାଟରେ ଚାଲିବା ପାଇଁ ଧୌର୍ଯ୍ୟ ଲୋଡ଼ା । ଅସୀମ ଧୌର୍ଯ୍ୟ, ସାହାସ ଦରକାର । ସତ୍ ସାହାସ, ଦୃଢ଼ତା ଆବଶ୍ୟକ । ଅବଦମିତ ଦୃଢ଼ତା । ସର୍ବୋପରି ମନବଲ ମଧ ପ୍ରୟୋଜନ । ଟାଣ ମନ ବଲ । ଦୀର୍ଘଦିନ ଧରି ପ୍ରତୀକ୍ଷା କରିବାକୁ ପଡ଼ିବ । ଅନେକ ଦିନ ଅପେକ୍ଷାରେ ରହିବାକୁ ହେବ । ବହୁତ ଦିନ ଲକ୍ଷ୍ୟ ସ୍ଥିର ରଖି ରହିବାକୁ ହୁଏ । ଧୌର୍ଯ୍ୟ ହରାଇ ବସିଲେ ଚଳିବନି ସତୀ । ଯେତେ ସାମାର୍ଥ୍ୟ ଥିଲେ ମଧ ଧୌର୍ଯ୍ୟ ବିନା କୌଣସି ସଫଳତା ମିଲେନା । ସେଥିପାଇଁ ଶାସ୍ତ୍ରରେ କୁହାଯାଇଛି– ଧୌର୍ଯ୍ୟ ହୀନ ମଣିଷ ତୈଳ ଶୂନ୍ୟ ଦୀପସହ ସମାନ । ଅପେକ୍ଷା ନକଲେ ହେବ ନାହିଁ । କଷ୍ଟ ନ ସହିଲେ ଚଳିବ କେମିତି ? ସେ ପଥର ଯାତ୍ରୀ ପାଇଁ ଅସୀମ ସାହାସ ଆବଶ୍ୟକ । ମନେରଖ ସତୀ ପ୍ରେମର ପଥ ସବୁବେଳେ କଣ୍ଟକୀଟ । ତାହା କେବେ ବି ଗୋଲାପର ସୁକୋମଳ ଶେଜ ନୁହେଁ । ଯଦିବା ପ୍ରେମୀଯୁଗଲ ପରସ୍ପରକୁ ଗୋଲାପ ତୋଡ଼ା ଉପହାର ଦେଇ ଥାଆନ୍ତି । ଫୁଲରାଣୀ ଗୋଲାପ । ଯେଉଁ ଗୋଲାପ ତୁ ତାଙ୍କୁ ଦେଇଥିବା ରୁମାଲରେ ବୁଣିଛୁ । ସେ ଗୋଲାପକୁ ତୋଲିବାକୁ ହେଲେ କଣ୍ଟାର ଆଘାତ ସହିବାକୁ ପଡ଼େ । ସେହି କଣ୍ଟାର ଆଘାତରେ ଲହୁ ଲୁହାଣ ହୋଇଥିଲେ ମଧ ତୋଲାଲି, ତୋଲିପାରିଥିବା ଆବେଗରେ ଆନନ୍ଦିତ ହୋଇଥାଏ । ସେହି ଖୁସିରେ ସେ ବିଭୋର ହୋଇ ଉତ୍‌ଫୁଲ୍ଲିତ ପ୍ରାଣରେ, ପ୍ରଫୁଲ୍ଲିତ ଚିଉରେ ମଜଗୁଲ ରହେ । ସେହି ପରି ଅଧର ବାବୁ ହେଲେ, ଫୁଲ ରାଇଜର ଗୋଲାପ ପରି ମଣିଷ ସମାଜରେ ଜଣେ ଲକ୍ଷ୍ୟାଧିକ ମନ ଆକର୍ଷଣ କାରି ଯୁବକ । ତାଙ୍କୁ ନିଜର କରିବାକୁ ଯାଇ ଗୋଲାପ ଫୁଲ ତୋଲାଲି ପରି ଦୁଃଖ, କଷ୍ଟ, ଯନ୍ତ୍ରଣା, ଆଘାତ ଓ ବାଧା ସହିବାକୁ ପଡ଼ିବ । ସେ ଯନ୍ତ୍ରଣା, ସେ ଆଘାତ, ସେ କ୍ଲେଶ– ଦୁଃଖ ନଦେଇ ଆନନ୍ଦ ପ୍ରଦାନ କରିବ । ଖୁସି ଲାଗିବ । ସୁଖୀ କରାଇବ । ତାହା ଗୋଲାପ ଫୁଲ ତୋଲାଲିକୁ ବିଭୋର କରିଲା ପରି । ପ୍ରେମର ଶେଜ ତୀକ୍ଷ୍ଣ ଶରର ବିଛଣା । ସେ ପଥ ପୁନି ଭାରି ପିଚ୍ଛିଲ । ଯିଏ ସେ ପଥର ପଥିକ ହୋଇଛି ତା' ଭାଗ୍ୟରେ ଖାଲି କେବଲ ଦୁଃଖ ଆଉ

ଯନ୍ତ୍ରଣା । ବ୍ୟଥା ଆଉ ବେଦନା । ପ୍ରତିଘାତ ଆଉ ପ୍ରତିରୋଧ । କଷ୍ଟ ଆଉ ଆଘାତ ଥାଏ । ଆଖି ଲୁହକୁ ଓଠରେ ପିଇବାକୁ ତା' କପାଳରେ ଲେଖା ହୋଇଥାଏ ।"

କେହି ଜଣେ ଦାର୍ଶନିକ ପ୍ରେମର ସଂଜ୍ଞା ନିରୂପଣ କରିବାକୁ ଯାଇ କହିଛନ୍ତି, ପ୍ରେମକୁ ଇଂରାଜୀରେ Love (ଲଭ) କୁହାଯାଏ । Love ର ପ୍ରତ୍ୟେକ ଅକ୍ଷର ପାଇଁ ଗୋଟିଏ ଗୋଟିଏ ବାକ୍ୟ ଅଛି । 'L'ରେ Land of sarrow 'o'ରେ ocean of tear, 'v'ରେ valley of death, 'E'ରେ end of life । ପ୍ରେମିକ କିମ୍ୱା ପ୍ରେମିକାକୁ ଦୁଃଖ ରାଜ୍ୟରେ ରହିବାକୁ ହୁଏ । ଲୁହର ସମୁଦ୍ରରେ ଭାସିବାକୁ ପଡ଼େ । ମୃତ୍ୟୁର ଉପତ୍ୟାକାକୁ ସବୁବେଳେ ଦେଖିଥାଏ । ଜୀବନର ଶେଷ ପର୍ଯ୍ୟନ୍ତ ଏପରି ପରିସ୍ଥିତିରେ ପଡ଼ିଥିବା ବ୍ୟକ୍ତିକୁ ହିଁ କେବଳ ସଚ୍ଚା ପ୍ରେମିକ କିମ୍ୱା ପ୍ରେମିକା କୁହାଯାଏ ।

ଥରେ ମନ ଦେଇ ସାରିଲାପରେ ମନ ମଣିଷକୁ ମନରେ ପକାଇ ତା' ପ୍ରତୀକ୍ଷାରେ ରହି ସମୟ ବିତାଇବାକୁ ପଡ଼େ । ଭଲ ପାଇଥିବା ପୁରୁଷର ସ୍ମୃତିକୁ ହୃଦୟ ଭିତରେ ସାଇତି ରଖି, ପ୍ରେମର କଣ୍ଟକିତ ବାଟରେ ସାବଧାନତା ସହକାରେ ଚାଲିବାକୁ ହୋଇଥାଏ । ସେଥିପାଇଁ ଧୈର୍ଯ୍ୟଥିବା ଏକାନ୍ତ ଆବଶ୍ୟକ । ଅଧୈର୍ଯ୍ୟ ହେଲେ ଚଳିବ ନାହିଁ । ତରବରରେ କାର୍ଯ୍ୟ ନଷ୍ଟ ହୋଇଥାଏ । ଲକ୍ଷ୍ୟ ସ୍ଥଳରେ ସହଜରେ ପହଞ୍ଚ ହୁଏନାହିଁ । ସଫଳତା ହାସଲ କରିବା ବ୍ୟର୍ଥ ହୁଏ । ତା'ପରେ ଅପେକ୍ଷା ନକରି ତୁ କାହ ଉପରେ ଅଭିମାନ କରିବୁ । ଆପଣାମନର ମଣିଷ ଉପରେ ତ ? ସିଏ ତୋ' ପାଖରେ ଥିଲେ ସିନା ତୁ ଅଭିମାନ କଲେ ତୋ'ମାନ ଭଞ୍ଜନ କରିବେ ? ସିଏ ତ ଯାଇ କେତେ ଦୂରରେ । ତୁ ଅଭିମାନ କରିଛୁ ବୋଲି ସିଏ ସେ କଥା ଜାଣିବେ କେମିତି ? ତୁ ତୁଚ୍ଛାଟାରେ ଏଠି ଅଭିମାନ କରି ମାନ ମାରିଲେ, ମନ ଉଣା କଲେ, ରୁଷି ଶୋଇଲେ, ତୋତେ ଉଠାଇ ବସାଇବ କିଏ ? ତୋ' ଅଭିମାନର କାରଣ ତୋତେ କିଏ ପଚାରିବ ? ତୁ ମାନ ମାରିଥିବା ବିଷୟ ସମ୍ପର୍କରେ କିଏ ବୁଝିବ ? କିଏ ଅନୁସନ୍ଧାନ କରିବ ସେକଥା ସମ୍ପର୍କରେ ? ତେଣିକି ସେ କାରଣ ଯଥାର୍ଥ ହେଉ ବା ଅଜଥା ? ସେ କଥା ବୁଝିବାକୁ ତୋ' ନିକଟରେ କିଏ ଅଛି ? ଅଭିମାନ କରିଥିଲେ ସୀତା । ସ୍ୱାମୀ ରାମରଚନ୍ଦ୍ରଙ୍କ ବିଚାରଧାରା ଉପରେ । ରାମରାଜ୍ୟ ସୁଶାସନର ପଦ୍ଧତି ପ୍ରତି । ରାଜ ପ୍ରାସାଦରୁ ନିର୍ବାସିତା ହୋଇ ବାଲ୍ମିକୀଙ୍କ ଆଶ୍ରମରେ ତପସ୍ୱିନୀର ଜୀବନ ବିତାଇ ହେଲେ । ଶେଷର ଅଶ୍ୱମେଧ ଯଜ୍ଞରେ ପୂର୍ଣ୍ଣାହୂତି ଦେବା ଲାଗି ଯେତେବେଳେ ଅଯୋଧ୍ୟା ରାଜପ୍ରାସାଦକୁ ଫେରାଇ ଅଣାଗଲା । ସେତେବେଳ ରାମଚନ୍ଦ୍ର ପୁଣିଥରେ ତାଙ୍କ ସତୀତ୍ୱ ଉପରେ ପ୍ରଶ୍ନ ଉଠାଇ ତାଙ୍କୁ ଆଉ ଥରେ ସତୀତ୍ୱର ପରୀକ୍ଷାଦେବା ଲାଗି କହିଥିଲେ । ଆମ ପୁରାଣରେ ଆମ ଇତିହାସରେ କାପୁରୁଷମାନଙ୍କର ବହୁ କଳଙ୍କିତ କାହାଣୀ ଲିପିବଦ୍ଧ ହୋଇଛି । ସେ ସବୁକୁ ଅନୁଧାନ କଲେ ଲଜ୍ଜିତ ହେବାକୁ ପଡ଼େ । ରାମାୟଣରେ ସୀତାଙ୍କୁ ଥରେ ଅଗ୍ନି ପରୀକ୍ଷା ଦେବାକୁ ହୋଇଛି ଲଙ୍କା ଗଡ଼ରେ । ଅଯୋଧ୍ୟା ରାଜସଭାରେ ରାମଚନ୍ଦ୍ର ପୁଣିଥରେ ତାଙ୍କ ସତୀତ୍ୱ ଉପରେ ପ୍ରଶ୍ନ ଉଠାଇ ଦ୍ୱିତୀୟ ଥର ତାଙ୍କୁ ସତୀତ୍ୱର ପରୀକ୍ଷା ଦେବାକୁ କହିବାରୁ ସେ ଆମ୍ଭିମାନରେ ମା' ବସୁମତୀ କୋଳରେ ଆଶ୍ରୟ ନେଇଛନ୍ତି । ଆଉ କେବେ ଥରୁଟେ ପାଇଁ ବି ସ୍ୱାମୀ ରାମଚନ୍ଦ୍ରଙ୍କୁ ଫେରି ଚାହିଁ ନଥିଲେ । ରାମଚନ୍ଦ୍ର ତାଙ୍କ ପଣତ ଭିଡ଼ି ଧରିବାରୁ ସେ କହିଥିଲେ । "ଅଂଚଳ ଛାଡ଼ ମହାବାହୁ, ଏଜନ୍ମେ ଭେଟ ନାହିଁ ଆଉଁ" କେତେ ଘୃଣା ଲାଗେ ଲଜ୍ଜାବି ଲାଗେ । ଗୋଟିଏ ପଟେ ନାରୀକୁ ଜାୟା, ଜନନୀ, ଭଗିନୀ, ଇତ୍ୟାଦି କହିବା ଭିତରେ ଦେବୀଙ୍କ ସହ ତୁଳନା କରାଯାଉଥିବ ଅଥଚ ସେହି ଦେବୀଙ୍କୁ ପ୍ରତି ମୁହୂର୍ତ୍ତରେ କେତେ ପରୀକ୍ଷା ଦେବାକୁ ହୁଏ ? କେତେ ଅପମାନ, ଲାଞ୍ଛନା ନିର୍ଯ୍ୟାତନା ସହିବାକୁପଡ଼େ । ତା'ର ସାକ୍ଷୀ ଆମ ପୁରାଣ, ଆମ ଇତିହାସ ।

ଆଉ ଅଭିମାନ କରିଥିଲେ ରାଧା, ଶଠନାଗର କୃଷ୍ଣଙ୍କ ଉପରେ । ଫେରି ଆସିବାକୁ କଥା ଦେଇ ମଥୁରାରୁ-ଗୋପ ବୃନ୍ଦାବନକୁ ନଫେରି ଦ୍ୱାରିକାକୁ ପଲାୟନ କରିଥିବା କୃଷ୍ଣଙ୍କ ଶଠପଣିଆ, ଦଗାଦିଆ ଭାବମୂର୍ତ୍ତି, ଠକାମୀ ମନୋଭାବ ଉପରେ ଅଭିମାନ କରି ଶ୍ରୀରାଧା ପଣ କରିଥିଲେ କୃଷ୍ଣଙ୍କ ରୂପପରି ଘନ ଶ୍ୟାମଳ (କଳା) ବର୍ଣ୍ଣକୁ ଆଉ ଚାହିଁଲେ ନାହିଁ ।

ସେଥିପାଇଁ ସିଏ ଯମୁନାର ଗାଢ଼ ନୀଳ ଜଳରାଶିରେ ସ୍ନାନ କଲେ ନାହିଁ। ଗୋପ ବୃନ୍ଦାବନର ଘନ ସବୁଜିମାକୁ ଅନାଇଲେ ନାହିଁ। ସଜାଇଲେ ନାହିଁ କଳା କେଶକୁ। ଆଖିରେ ନାଇଲେନି କଜ୍ଜଳ। କଳା କୋଇଲିର କୁହୁସ୍ୱନ ନଶୁଣିବା ଲାଗି କାନରେ ହାତ ଦେଲେ। କଳା ବର୍ଷ୍ଣର ଗାଈ ଦେଖି ଆଖି ବୁଜି ଦେଲେ। ତାଙ୍କ ଆଉଟା ସୁନାପରି ଦେହକୁ କଳାମେଘ ପାଟଶାଢ଼ି ଯେତେ ଭଲ ମାନିଲେ ସୁଦ୍ଧା ସେ ଆଉ ସେ ରଙ୍ଗର ଶାଢ଼ି ଆଦୌ କେବେ ବି ପିନ୍ଧିଲେ ନାହିଁ। ଏତେ ମନମାରି ଅଭିମାନ କଲେ ସୁଦ୍ଧା ଫଳ କ'ଣ ହେଲା ? କୃଷ୍ଣ କ'ଣ କେବେ ଥରକ ପାଇଁ ହେଲେ ଗୋପ ବୃନ୍ଦାବନକୁ ଫେରିଥିଲେ ? ସୀତା ପାତାଳକୁ ଗମନ କରନ୍ତୁ କିମ୍ୱା ରାଧା ବିରହରେ ଦଗ୍ଧା ହୋଇ ଜୀବନ ବିତାଇ ଦିଅନ୍ତୁ। ସୀତାଙ୍କ ପାଇଁ ରାମ ପାତାଳକୁ ପ୍ରବେଶ ନ କରନ୍ତୁ। ଅଥବା କୃଷ୍ଣ ଗୋପପୁରକୁ ଫେରି ନ ଆସନ୍ତୁ କିନ୍ତୁ ସେମାନଙ୍କ ପ୍ରେମ ଓ ପତିବ୍ରତା ପଣ ଯୁଗଯୁଗ ପାଇଁ ଅମର ହୋଇ ରହିଛି। ପୁରାଣ ପୋଥିରେ ରାଧାଙ୍କ ପ୍ରେମର ଆଖ୍ୟାନ ଓ ସୀତାଙ୍କ ପତିବ୍ରତା ପଣ ସ୍ୱର୍ଣ୍ଣାକ୍ଷରରେ ଲିପିବଦ୍ଧ ହୋଇ ରହିଲା। ଲୋକମାନେ ତାଙ୍କୁ ପଢ଼ି କିମ୍ୱା ଶୁଣି ସେମାନଙ୍କୁ ମନରେ ପକାଉଛନ୍ତି। ସେମାନଙ୍କ ମହନୀୟତାକୁ ସ୍ମରଣକୁ ଆଣୁଛନ୍ତି। ଏହା କେବଳ ସମ୍ଭବ ହୋଇଛି ସେମାନଙ୍କର ଅସୀମ ଧୈର୍ଯ୍ୟ ଓ ସହନ ଶକ୍ତି ପାଇଁ। ସେମାନେ ଧୈର୍ଯ୍ୟ ନହରାଇ ପ୍ରିୟତମଙ୍କର ଫେରିଲା ବାଟକୁ ଧୈର୍ଯ୍ୟ ଓ ଅତ୍ୟନ୍ତ ନିଷ୍ଠାର ସହିତ ଅନାଇ ରହିଥିଲେ। ସୀତା- ରାମଚନ୍ଦ୍ରଙ୍କର ବିଚାର ଧାରାର ଓ ରାଧା-କୃଷ୍ଣଙ୍କ ପଳାୟନ ପନ୍ଥୀ ମନୋବୃତ୍ତିର ଶିକାର ହୋଇ ସୁଦ୍ଧା ଆପଣା ଲକ୍ଷ୍ୟ ପଥରୁ କେବେବି ଆଦୌ ବିଚ୍ୟୁତ ହୋଇ ନଥିଲେ।

ସାତଶହ ପଚାଶ ରମଣୀ ଭୋକ୍ତା (ଅବଶ୍ୟ ମୁଖ୍ୟ ପାଟରାଣୀ ତିନିଜଣ) ରାଜା ଦଶରଥଙ୍କ ଜ୍ୟେଷ୍ଠପୁତ୍ର ରାମଚନ୍ଦ୍ର କାଳେ ପିତାଙ୍କ ପଦାଙ୍କ ଅନୁସରଣ କରିବେ କି (କାରଣ ଜ୍ୟେଷ୍ଠ ପୁତ୍ର ମାନେ ହିଁ କେବଳ ବାପର ପ୍ରକୃତି, ସ୍ୱଭାବ, ଚରିତ୍ର, ରୀତି, ନୀତି, ଚଳଣି, ଆଦବ କାଇଦା ଓ ମନଭାବ ତଥା ଚିନ୍ତାଧାରର ପ୍ରକୃତ ଅଧିକାରୀ ହୋଇ ଥାଆନ୍ତି)। ଏହି ଆଶଙ୍କାରେ ରାମଚନ୍ଦ୍ରଙ୍କ ସହିତ ମିଳନର ପ୍ରଥମ ରାତିରେ ସୀତା ତାଙ୍କୁ ଏକପତ୍ନୀ ବ୍ରତ ପାଇଁ ଶପଥ କରାଇ ନେଲେ। ନିଜେ ମଧ୍ୟ ଏକପତି ପ୍ରତି ଅନୁରକ୍ତା ରହି ପତିବ୍ରତା ଧର୍ମ ପାଳନର ପ୍ରତିଜ୍ଞା କରି ସାରାଜୀବନ ସେହି ନିୟମ ଅନୁସାରେ ବିତାଇ ଦେଲେ। ଯଜ୍ଞର ପୂର୍ଣ୍ଣାହୁତି ପାଇଁ ରାମଚନ୍ଦ୍ର ସୁନାର ସୀତାଙ୍କ ପ୍ରତିମୂର୍ତ୍ତି ଗଢ଼ାଇଲେ ପଛକେ ଦ୍ୱିତୀୟ ସ୍ତ୍ରୀ ଗ୍ରହଣ କଲେ ନାହିଁ। ସେମିତି ସୀତା କେବଳ ରାମଙ୍କ ଲାଗି ସ୍ୱର୍ଣ୍ଣଦ୍ୱୀପର ରାଜା ଦଶମହାବିଦ୍ୟାର ଅଧିକାରୀ ବ୍ରହ୍ମଜ୍ଞାନୀ ମହାନ ସାଧକ ପ୍ରବୀଣ ରାଷ୍ଟ୍ରନୀତିଜ୍ଞ ପ୍ରବଳ ପ୍ରତାପି ରାବଣଙ୍କୁ ପ୍ରତ୍ୟାଖ୍ୟାନ କରିଦେଲେ। ରାଜ୍ୟରୁ ନିର୍ବାସିତା ହୋଇ ବାଲ୍ମିକୀଙ୍କ ଆଶ୍ରମରେ ରହି ତପସ୍ୱିନୀର (ସନ୍ୟାସୀନୀର) ଜୀବନ ବିତାଇ ଦେଲେ ପଛକେ କେବେବି ଆଉ କାହା ପ୍ରତି ମନ ବଳାଇ ନଥିଲେ। ଆଉ ରାଧା ଗୋପପୁରରେ ରହି କୃଷ୍ଣଙ୍କୁ ଝୁରି ମରୁଥିବା ବେଳେ ସେପଟେ କୃଷ୍ଣ ଦ୍ୱାରୀକା ରାଜ ପ୍ରାସାଦରେ ଅଷ୍ଟପାଟବଂଶୀଙ୍କ ଗହଣରେ ଭୋଗ ବିଳାସରେ ମାତିଥିଲେ। ତଥାପି ରାଧା, ସେ ଯଦି ଭୋଗ ବିଳାସରେ ମାତିଲେ ତେବେ ମୁଁ କାହିଁକି ଆକାରଣରେ ଏତେ ନିଷ୍ଠାରେ ରହିବି– ଭାବନା ତାଙ୍କ ମନରେ ନ ଆସି କୃଷ୍ଣଙ୍କ ସହିତ ତାଙ୍କର ଅତୀତ ଦିନର ପ୍ରେମକୁ ପାଥେୟ କରି ରାଧା ତାଙ୍କର ଅବଶିଷ୍ଟ ଜୀବନ ବିତାଇ ଦେଲେ ପଛକେ କୃଷ୍ଣଙ୍କ ପରି (କୃଷ୍ଣ ଯେଭଳି ଅନ୍ୟ ନାରୀ ଗ୍ରହଣ କରିଥିଲେ) ସେମିତି ଅନ୍ୟ କୌଣସି ପୁରୁଷକୁ ତାଙ୍କ ମନରେ ସ୍ଥାନ ଦେଇ ନାହାନ୍ତି। ଯେଉଁଥିପାଇଁ ଆଜି ସେମାନଙ୍କ ପ୍ରେମ ଚିର ଅମର ହୋଇ ରହିଛି। ଭଲ ମାନେ କେବେବି ଭେଳ ହୋଇ ନପାରନ୍ତି। ଯେଉଁଥି ପାଇଁ ଉଜ୍ଜ୍ୱଳ ଭୂରାଷ୍ଟ ତାଙ୍କ "ଷ୍ଟୋରି ଅଫ୍ ଫିଲୋସଫି" ବହିରେ ଲେଖିଲେ "ହିପୋକ୍ରାସି ଇଜ ଦି ହୋମେଜ, ପେଡ଼ ବାଇ ଭାଇସ୍ ଟୁ ଭର୍ଚ୍ୟୁ।" ସାରା ଦୁନିଆର ଚାହିଁ ଚାପରା, ନିନ୍ଦା, ଅପବାଦ, କଳଙ୍କ ଓ ଉଲୁଗୁଣା ତାଙ୍କୁ ସ୍ପର୍ଷ କରି ପାରି ନାହିଁ କିମ୍ୱା ତାଙ୍କ ମନ ବଳକୁ କେବେ ବି ଦୁର୍ବଳ କରି ଦେବାକୁ ସକ୍ଷମ ହୋଇନି। ସେପରି ସ୍ଥଳେ ତୁ ଏମିତି ଅଧୈର୍ଯ୍ୟ ହେଲେ ଚଳିବ ? ମନକୁ ଚଞ୍ଚଳ କଲେ ହେବ ? ଅସ୍ଥିର ହେଲେ ଲକ୍ଷ୍ୟ ପଥରେ କେମିତି ଅଗ୍ରସର ହେବାକୁ

ସକ୍ଷମ ହୋଇ ପାରୁବୁ ? ଧୈର୍ଯ୍ୟ ଧରି ଅପେକ୍ଷା କର । ନିର୍ଦ୍ଦିଷ୍ଟ ଲକ୍ଷ୍ୟ ସ୍ଥଳରେ ପହଞ୍ଚି ପାରିବୁ ?

ସୁନିର ଯୁକ୍ତି ଶୁଣି ସତୀ ତାକୁ ବୁଝାଇଲା, "ସୁନି ରାମ ହୋଉଛନ୍ତି ସୀତାଙ୍କ ସ୍ୱାମୀ । କୃଷ୍ଣ ଥିଲେ ରାଧାରାଣୀଙ୍କ ପ୍ରେମିକ । ସେଥିପାଇଁ ଏମାନେ (ସୀତା ଓ ରାଧା) ସେମାନଙ୍କ (ରାମ ଓ କୃଷ୍ଣ) ଉପରେ ଅଭିମାନ କରିଥିଲେ । ସେ ଦୁହେଁ (ସୀତା ଓ ରାଧା) ତାଙ୍କ ପ୍ରିୟ ପୁରୁଷଙ୍କ (ରାମ ଆଉ କୃଷ୍ଣ) ସ୍ନେହ, ଶ୍ରଦ୍ଧା, ସୋହାଗ ଓ ପ୍ରଣୟ ପାଇଥିଲେ । ପାଇଥିବା ସେହି ପ୍ରେମକୁ ପାଥେୟ କରି ଜୀବନର ଅବଶିଷ୍ଟ ସମୟ ବିତାଇ ଦେଲେ । କିନ୍ତୁ ମୋ କ୍ଷେତ୍ରରେ ସେ ସବୁର ପ୍ରଶ୍ନ କାହିଁକି ଉଠୁଛି ସୁନି ? ମୁଁ ତାଙ୍କ ଠାରୁ ପ୍ରେମିକାର ସ୍ୱୀକୃତି ପାଇଛି ନା' ତାଙ୍କ ପତ୍ନୀ ହେବା ଅଧିକାର ଅଥବା ତାଙ୍କ ସ୍ନେହ, ଶ୍ରଦ୍ଧା ଲାଭ କରିଛି ? ଯାହାକୁ ପୁଞ୍ଜି କରି ଜୀବନର ଅବଶିଷ୍ଟ ଦିନ ଗୁଡ଼ିକ କଟାଇ (ବିତାଇ) ଦେଇ ପାରିବି ତାଙ୍କ ଉପରେ ଅଭିମାନ ଆଣିବି କେଉଁ ଅଧିକାର ବଳରେ । ରୁଷ୍ଟ ବସିବି କେଉଁ ଦାବିର ଦ୍ୱାହୀ ଦେଇ ? ତାଙ୍କର କେଉଁ ଅଭୁଲା ସ୍ମୃତିକୁ ସମ୍ବଳ କରି ବଞ୍ଚି ରହି ପାରିବି ? ତାଙ୍କ ଠାରୁ ମୁଁ କ'ଣ ପାଇଛି କିମ୍ବା କିଛି ପାଇବାର ଆଶା ଅବା ଭରସା ରଖି ପାରୁଛି ?"

"ସତୀ; ତୁ ଯେଉଁ ସୀତାଙ୍କ ସ୍ୱାମୀ ରାମଚନ୍ଦ୍ର ଆଉ ରାଧାଙ୍କ ପ୍ରେମିକ କୃଷ୍ଣଙ୍କ କଥା କହୁଛୁ ସେ ଦୁହେଁ କେବେବି ଜଣେ ହେଲେ ଉତ୍ତମ ବ୍ୟକ୍ତିତ୍ୱର ଅଧିକାରୀ ନଥିଲେ । ରାମ ଥିଲେ ଜଣେ ବୁଦ୍ଧିହୀନ ଯୋଦ୍ଧା, ନିର୍ବୋଧ ପୁରୁଷ ଆଉ ଅର୍ବାଚିନ ବ୍ୟକ୍ତି । ଯିଏ ତାଙ୍କ ପିତାଙ୍କ ମୁଖରୁ କିଛି ନ ଶୁଣି ମଧ୍ୟ ବିମାତାଙ୍କ ଚକ୍ରାନ୍ତର ଶିକାର ହୋଇଥିଲେ । ରୂପସୀ ଯୁବତୀ ପତ୍ନୀଙ୍କୁ ସାଙ୍ଗରେ ନେଇ ଅରଣ୍ୟରେ ବୁଲୁଥିଲେ । ସୁନା ଏକ ଧାତୁ (ସେଥିରେ) କୌଣସି ଧାତୁରୁ ସଜୀବଟିଏ ସୃଷ୍ଟି ହେବା ଅସମ୍ଭବ ଜାଣି ସୁଦ୍ଧା, ସ୍ତ୍ରୀ ବୁଦ୍ଧିରେ ପରିଚାଳିତ ହୋଇ ପତ୍ନୀ ଆଜ୍ଞା ଶିରୋଧାର୍ଯ୍ୟ ନୀତିରେ ସୁନା ହରିଣୀ ପଛରେ ଗୋଡ଼ାଇଲେ । ବାଲି-ସୁଗ୍ରିବ ଦୁଇ ଭାଇଙ୍କ କଳି ଭାଙ୍ଗି ନଦେଇ ସେମାନଙ୍କ ମଧ୍ୟରେ ମେଣ୍ଟାମିଶା କରି ନଦେଇ, ସୁଗ୍ରିବଙ୍କପଟ ସମର୍ଥନ କରି, କ୍ଷତ୍ରିୟ ଧର୍ମକୁ ବିସର୍ଜନ ପୂର୍ବକ ରଣନୀତିକୁ ଜଳାଞ୍ଜଳି ଦେଇ ସମସ୍ତ ପ୍ରକାର ନୀତି ନୈତିକତା, ବିଧିବିଧାନ ଓ ନିୟମକୁ ଉଲଂଘନ କରି ନିମ ଗଛ ଉହାଡ଼ରେ ଲୁଚିରହି, ଭାଇ ସୁଗ୍ରିବ ସହିତ ଯୁଦ୍ଧରତ ବାଲିକୁ ଶରାଘାତ କଲେ । ପତ୍ନୀ ସୀତାଙ୍କ ଉଦ୍ଧାର ଲାଗି ରାବଣ ବଧ ନିମିତ୍ତ ଲଙ୍କାଗଡ଼କୁ ଯିବା ପାଇଁ ନିର୍ମିତ ସେତୁର ପ୍ରତିଷ୍ଠା ଲାଗି ଲଙ୍କା ଯୁଦ୍ଧର ସୃଷ୍ଟିକାରୀ ତାଙ୍କର ପରମ ଶତ୍ରୁ ଦଶାନନଙ୍କୁ ପୁରୋଧା ଭାବରେ ବରଣ କଲେ । ବନବାସ ସମୟରେ ଆହାର ନିମିତ୍ତ ଲକ୍ଷ୍ମଣ ଜଙ୍ଗଲରୁ ସଂଗ୍ରହ କରି ଆଣିଥିବା ଫଳକୁ ତିନିଭାଗ କରି ଦିଅନ୍ତି ମାତ୍ର ଲକ୍ଷ୍ମଣକୁ କେବେ ଭୋଜନ କରିବାକୁ କହି ନାହାଁନ୍ତି । ଯାହା ଫଳରେ ଲକ୍ଷ୍ମଣଙ୍କୁ ବନବାସ ଚଉଦ ବର୍ଷ ଉପବାସ ରହିବାକୁ ପଡ଼ିଥିଲା । ରାତ୍ରିରେ ରାମ–ସୀତା କୁଡ଼ିଆ ମଧ୍ୟରେ ଆରାମରେ ନିଶ୍ଚିନ୍ତରେ ଶୟନ କରିଥିବା ବେଳେ ଲକ୍ଷ୍ମଣ ଧନୁଶର ଧରି କୁଟିର ଦ୍ୱାରକୁ ଅନିଦ୍ରା ରହି ଜଗି ରହୁଥିଲେ । ଦିନେ ହେଲେ ରାମ ତାଙ୍କୁ ନିଦ୍ରାଯିବା ଲାଗି କହିନଥିଲେ । ଅବଶ୍ୟ ଏହା ହୋଇନଥିଲେ ଇନ୍ଦ୍ରଜିତ ବଧ ସମ୍ଭବ ହୋଇ ପାରିନଥାଆନ୍ତା । ମାତ୍ର ଏହା ରାମଚନ୍ଦ୍ରଙ୍କର ଅବିବେକୀତାକୁ କେବଳ ସୂଚାଉଛି, ସହୃଦୟବତ୍ତାକୁ ଆଦୌ ନୁହେଁ । ଅଯୋଧା ସିଂହାସନରେ ଅଭିଷିକ୍ତ ହେଲା ପରେ ମିଥ୍ୟା ଅପବାଦକୁ ଡରି ସୀତାଙ୍କ ପରି ସତୀ ଠାକୁରରାଣୀଙ୍କୁ ନିର୍ବାସନ ଦଣ୍ଡ ଦେଇଥିଲେ । ପର ପ୍ରରୋଚନାରେ ପଡ଼ି ଲକ୍ଷ୍ମଣଙ୍କ ପରି ଆଜ୍ଞାଧୀନ ଏକାନ୍ତ ଅନୁଗତ ଭାତୃଭକ୍ତଙ୍କୁ ବର୍ଜନ କଲେ । ଯିଏ କି ସ୍ୱେଚ୍ଛାକୃତ ଭାବେ ରାଜସୁଖ ପରିତ୍ୟାଗ କରି ତାଙ୍କ ସହିତ ବନକୁ ଗମନ କରିଥିଲେ । କୈକେୟୀ ତାଙ୍କ ସ୍ୱାମୀ ରାଜା ଦଶରଥଙ୍କୁ ବର ମାଗିଥିଲେ । ରାମ ଚଉଦ ବର୍ଷ ବନକୁ ଗମନ କରିବ ଲକ୍ଷ୍ମଣ ନୁହେଁ । ସିଏ ରାମଚନ୍ଦ୍ର ଜଣେ ସୁନିପୁଣ ସୁଦକ୍ଷ ଅପରାଜେୟ ଯୋଦ୍ଧା ହୋଇ ପାରନ୍ତି । ପ୍ରଜାନୁରଞ୍ଜକ ଧର୍ମ ପରାୟଣ ସୁଶାସକ ମଧ୍ୟ କିନ୍ତୁ ତାଙ୍କ କାର୍ଯ୍ୟ କଳାପକୁ ସମୀକ୍ଷା କଲେ ତାଙ୍କୁ ବୁଦ୍ଧୁ, ବୁଦ୍ଧିହୀନ, ଅବିବେକୀ, ଅପରିଣାମଦର୍ଶୀ, କୃତଘ୍ନ ନ କହି ଆଉ କ'ଣ କୁହାଯାଇ ପାରିବ ?"

ଆଉ କୃଷ୍ଣ, ସିଏ ତ ଜନ୍ମରୁ ଦଗାଦିଆ । ଶଠ ଶିରୋମଣି । ପିଲାବେଳେ କ୍ଷୀରପାନ ଛଳରେ ପୁତନାର ଜୀବନ

ଶୋଷିନେଲେ । ଗୋପପୁରରେ ଶିକାଛିଣ୍ଡାଇ କ୍ଷୀରସର, ଲବଣୀ, ଛେନା ଲୁଟେଇ ଖାଇଲେ । ଟେକା ମାରି ଗୋପାଙ୍କ ମାଠିଆ ଭାଙ୍ଗିଲେ । ସ୍ନାନରତା ବ୍ରଜ ଲଳନାଙ୍କ ପାଲଟା ବସନ ଚୋରି କଲେ । ଫେରି ଆସିବାକୁ କଥା ଦେଇ ମଥୁରାକୁ ଗଲେ ଯେ ଷୋଳ ସହସ୍ର ଗୋପଯୁବତୀଙ୍କ ନିକଟକୁ ଲେଉଟିଲେ ନାହିଁ । ମଥୁରାରୁ ଦ୍ୱାରୀକା ସେ ଚାଲିଗଲେ ପଛେ ଆଉ ଥରକ ପାଇଁ ବି ଗୋପବୃନ୍ଦାବନକୁ ଫେରିନଥିଲେ । ଗୋପର ନାୟିକା ରାଧାରାଣୀଙ୍କ ମନଚୋର ହେଉଛନ୍ତି ସିଏ ନିଜେ । ମାମୁଁ କଂସକୁ ତ ମାରିଲେ । ଅର୍ଜୁନ ହାତରେ କୁରୁବଂଶ ନିପାତ କଲେ । ଶେଷରେ ନିଜ ବଂଶ (ଯଦୁବଂଶ) ଧ୍ୱଂସର କାରଣ ହେଲେ ସିଏ ନିଜେ । ତାଙ୍କୁ ଦଗାଦିଆ ନ କହି ଆଉ କ'ଣ କୁହାଯିବ ? ସେ ଦୁହେଁ ଅବତାର ପୁରୁଷ ହୋଇ ପାରନ୍ତି । ସେ ଯୁଗର ଶ୍ରେଷ୍ଠ ବ୍ୟକ୍ତିତ୍ୱର ସ୍ୱୀକୃତି (ପ୍ରତିଷ୍ଠା) ମଧ ପାଇ ପାରିଛନ୍ତି । ହେଲେ ସେ ଦୁହିଁଁକୁ ଉତ୍ତମ ଗୁଣ ସଂପନ୍ନ (ବିଶିଷ୍ଟ) ପୁରୁଷ କହିବାର କିଛି ଯଥାର୍ଥତା ନାହିଁ । ତୁ ଯେଉଁ ସୀତା ଓ ରାଧାଙ୍କ କଥା କହୁଛୁ ରାମଙ୍କ ସ୍ତ୍ରୀ ଭାବରେ ସୀତା ଏବଂ କୃଷ୍ଣଙ୍କ ପ୍ରେମିକ ରୂପେ ରାଧା, ସେମାନଙ୍କ ସ୍ନେହ ସୋହାଗ, ପ୍ରଣୟ ଓ ସାନ୍ନିଧ କେତେ ଦିନ ପାଇଁ ଅବା ପାଇ ପାରିଥିଲେ ? ତୁ ସେହିପରି ଅଳ୍ପଦିନ ଲାଗି ଅଧର ବାବୁଙ୍କ ସ୍ନେହ, ଶ୍ରଦ୍ଧା ନପାଇଲେ ମଧ ସେମାନଙ୍କ ପରି ନହୋଇ ମୀରାବାଇଙ୍କ ପରି ତ ପ୍ରିୟ ପୁରୁଷର ସ୍ନେହ, ଶ୍ରଦ୍ଧା, ସୋହାର, ପ୍ରଣୟ ଓ ସାନ୍ନିଧ ନପାଇ ସୁଦ୍ଧା ତାଙ୍କରି ଉଦ୍ଦେଶ୍ୟରେ ଜୀବନ ଉତ୍ସର୍ଗ କରି ଦେଇ ପାରିବୁ ?

ସତୀ; ତୁ ସିନା ସୀତା କିୟା ରାଧାଙ୍କ ପରି ହୋଇ ପାରିବୁ ନାହିଁ । ପ୍ରିୟ ପୁରୁଷର ସୋହାଗ, ସ୍ନେହ ପାଇବାକୁ ତୋ କପାଳରେ ଲେଖା ହୋଇନି । ତେବେ ତ ତୁ ମୀରାବାଇଙ୍କ ଭଳି ତ ହୋଇପାରିବୁ । ସିଏ କ'ଣ ପାଇଥିଲେ ? ତାଙ୍କର ଜୀବନ କୃଷ୍ଣଙ୍କ ଆରାଧନାରେ ବିତିଥିଲା । ସଂସାରର ନିନ୍ଦା, ଦୁନିଆର ଅପବାଦ, ପଡ଼ୋଶୀଙ୍କ ଅଳଗୁଣା, ସାଇଭାଇଙ୍କ କଳଙ୍କର କଳାକୁ ସମାଜ ତାଙ୍କ ଦେହରେ ବୋଳି ଦେଇଥିଲେ ସୁଦ୍ଧା ସିଏ ସୁଦ୍ଧ ସୁବର୍ଣ ପରି ଝଟକୁ ଥିଲେ । ସିଏ ତ କୃଷ୍ଣଙ୍କ ସାନ୍ନିଧ୍ୟ ଲାଭ କରି ନଥିଲେ । ତାଙ୍କର ପ୍ରଣୟିନୀ ହୋଇ ପାରିଲେ ନାହିଁ କିୟା ତାଙ୍କ ପ୍ରେମିକା ହେବାର ସ୍ୱୀକୃତି ହାସଲ କରି ପାରିଲେନି । ତଥାପି ସିଏ ତାଙ୍କ ଉଦ୍ଦେଶ୍ୟରେ ଜୀବନ ଉତ୍ସର୍ଗ କରିଦେଲେ । ସେମିତି ତୁ ଅଧରବାବୁଙ୍କ ସାନ୍ନିଧ ନପାଇ, ତାଙ୍କ ପ୍ରେମିକା ହେବାର ଗୌରବରୁ ବଞ୍ଚିତା ହୋଇ ମଧ ତାଙ୍କ ପ୍ରତୀକ୍ଷାରେ ରହି ପାରିବୁ ନାହିଁ ? ଯେମିତି ସାରା ଦୁନିଆ ମୀରାଙ୍କୁ କୃଷ୍ଣଙ୍କ ଆରାଧିକା ଭାବରେ ଗ୍ରହଣ କରିବାକୁ ବାଧ ହେଲା । କେବଳ ତାଙ୍କ ଉତ୍ସର୍ଗୀକୃତ (ପ୍ରଣୟ) ଭକ୍ତି ଓ ଅସୀମ ଧୈର୍ଯ୍ୟର ସହିତ ପ୍ରତୀକ୍ଷା ପାଇଁ । ତୁ ସେମିତି ଅଧର ବାବୁଙ୍କ ଅପେକ୍ଷାରେ ରହି ପାରିଲେ ଦିନେ ନା ଦିନେ ଏ ସଂସାର ତୋତେ ତାଙ୍କ ପ୍ରେମିକା ଭାବେ ସ୍ୱୀକାର କରିବ । ଏ ସମାଜ ତୋତେ ତାଙ୍କ ମନର ମାନସୀ ରୂପରେ ଗ୍ରହଣ କରିବାକୁ ବାଧ ହେବ । ଏଦୁନିଆ ତାଙ୍କୁ ତୋ' ମନର ମଣିଷ ବୋଲି ମାନି ନେବାକୁ ଦ୍ୱିଧା ବୋଧ କରିବ ନାହିଁ ।

"ସୁନି; ମୀରା ହେଲେ ରାଠୋରର ରାଜା ରାଣା ରନ୍‌ସିଂହଙ୍କ କନ୍ୟା ଓ ମେବାରର ଯୁବରାଜ ଭୋଜରାଜଙ୍କ ପତ୍ନୀ । ଅଗାଧ ଜ୍ଞାନର ଅଧିକାରିଣୀ । ଅନେକ ଭଜନର ରଚୟିତା । ମୀରା ଭଜନର ସ୍ରଷ୍ଟା । ଆଉ ମୁଁ ହେଲି ଗୋଟେ ଗରିବ କେଉଟ ଘରର ଅଶିକ୍ଷିତ ଗାଉଁଲି ମଫସଲ ଅଞ୍ଚଳର ଝିଅ । ମେତେ ନେଇ ତାଙ୍କ ସହିତ କାହିଁକି ତୁଳନା କରୁଛୁ ? ମୋତେ କିପରି ତାଙ୍କ ସହିତ ସମାନ ଆସନରେ ବସାଉଛୁ ? ସେ କେବଳ ତାଙ୍କ ପ୍ରିୟ ପୁରୁଷ ଆରାଧ ଦେବତା କୃଷ୍ଣଙ୍କ ସାନ୍ନିଧ ପାଇନଥିଲେ । ନହେଲେ ତାଙ୍କର ଅନ୍ୟ କୌଣସିଥିରେ ଅଭାବ ନଥିଲା । ଧନ, ଦୌଲତ, ସମ୍ପତ୍ତି, ଖ୍ୟାତି, ଜ୍ଞାନ, ଗାରିମା, ଦାସ, ଦାସୀ, ପୋଇଲି, ପରିବାରୀ ପରିବେଷ୍ଟିତା ମୀରା ଯାଇ କେଉଁଠି ଆଉ ଆମ ଧବଳେଶ୍ୱର ସାଇର ସପନି ଦାସ ଝିଅ ସତୀ ଆସି କେଉଁଠି ? ତୁ ଟିକେ ତାଙ୍କୁ ବିଚାର କରିଦେଖ ।"

"ଶୁଣ ସତୀ; ମୀରା ରାଜବଂଶର ଜନ୍ମ ହୋଇଥିଲେ । ସେଥିପାଇଁ ସେ ମେବାରର ଯୁବରାଣୀ ହୋଇ ପାରିଲେ ।

ତାଙ୍କର ଅଗାଧ ପାଣ୍ଡିତ୍ୟ ଥିଲା । ସିଏ ସେହି ଜ୍ଞାନ ବଳରେ ମୀରା ଭଜନ ସୃଷ୍ଟି କରିବାକୁ ସକ୍ଷମ ହେଲେ । ତା' ବାଦ ସିଏ ଜଣେ ନାରୀ । ସେହି ଦୃଷ୍ଟିରୁ ତୁ ତାଙ୍କ ସହିତ ସମାନ ହେବୁ । ତୁ ସିନା ରାଜକନ୍ୟା ହୋଇ ପାରିବୁନି । ରାଜବଂଶର ବଧୂ ହୋଇ ପାରିବୁ ନାହିଁ । ବେଶୀ ପାଠ ପଢ଼ିନୁ ସେଥିପାଇଁ ତୋତେ ଭଜନ, ଜ୍ଞାନ ଲେଖ ଆସିବନି । ହେଲେ ମୀରାବାଈ ଯେପରି କୃଷ୍ଣଙ୍କ ଅବର୍ତ୍ତମାନରେ ତାଙ୍କ ଆରାଧନାରେ ଜୀବନ ବିତାଇ ଦେଇଥିଲେ ତୁ ସେମିତି ଅଧରବାବୁଙ୍କ ଅନୁପସ୍ଥିତିରେ ତାଙ୍କ ପ୍ରତୀକ୍ଷାରେ ରହି ଜୀବନ ଉତ୍ସର୍ଗ କରି ଦେଇ ପାରିବୁ ତ ?"

"ଶୁଣି କଥାରେ କହିଦେବା ଆଉ ତାକୁ କାମରେ ପରିଣତ କରି ଦେଖାଇ ଦେବା ମଧ୍ୟରେ ଅନେକ ପ୍ରଭେଦ ଥାଏ । ପାଟିରେ କହିଦେବା ଯେତେ ସହଜ ହୋଇଥାଏ । ତାକୁ କାର୍ଯ୍ୟରେ ପରିଣତ କରିବା ସେତେଟା ସହଜ ସାଧ୍ୟ କାମ ନୁହେଁ ।"

ଶୁଣ ସତୀ; ଦୁନିଆରେ କିଛିବି ଅସମ୍ଭବ ନୁହେଁ । ଅସମ୍ଭବ ଶବ୍ଦଟି କେବଳ ବୋକା ମାନଙ୍କର ପରିଭାଷା ହୋଇଥାଏ । ଅକର୍ମା ନିଜ ଦୋଷ ଦୁର୍ବଳତାକୁ ଲୁଚାଇବା ପାଇଁ ଅନ୍ୟର ଦୋଷ ଦେଇଥାଏ । କିନ୍ତୁ ଚତୁର ଓ କର୍ମଠଙ୍କ ଲାଗି ଦୁନିଆରେ କିଛି ବି ଅସମ୍ଭବ ନୁହେଁ । ଅସମ୍ଭବ ହୋଇ ପାରେନା କିମ୍ବା ଅସମ୍ଭବ ହୋଇ ରହେନା । ତୁ ମୋ ସାନକୁହା ମାନି ଧୈର୍ଯ୍ୟର ସହିତ ଅପେକ୍ଷା କର । ନିର୍ଦ୍ଦିଷ୍ଟ ଲକ୍ଷ୍ୟସ୍ଥଳରେ ପହଞ୍ଚିବାକୁ ସକ୍ଷମ ହେବୁ । ଏ ସଂସାରରେ କିଛି ଅପ୍ରାପ୍ୟ ନୁହେଁ କିମ୍ବା କୌଣସି କ୍ଷେତ୍ର ଅପହଞ୍ଚ ହୋଇ ରହି ପାରେନା । ପୃଥିବୀର ସର୍ବୋଚ୍ଚ ସ୍ଥାନ ହିମାଳୟର ଏଭରେଷ୍ଟ ଶୃଙ୍ଗରେ ତ ପୁଣି ମଣିଷର ପାଦ ପଡ଼ିପାରିଲା । ଚନ୍ଦ୍ର ପୃଷ୍ଠରେ ମଣିଷ ପାଦ ଥୋଇ ପାରିଛି । ତୁ ଭଲ ଭାବରେ ମନେ ରଖ । ବିନା ଉଦ୍ୟମରେ କିଛି ମିଳେ ନାହିଁ । ଚେଷ୍ଟା ବ୍ୟତିରେକେ ସଫଳତା ଅସମ୍ଭବ । ଉଦ୍ୟୋଗ ନଥାଇ ପାଇବାକୁ ଆଶା କରିବା ବୃଥା ପ୍ରାୟସ କେବଳ । ଯଦିବା କେହି ବିନା ପରିଶ୍ରମରେ ଭାଗ୍ୟବଳରୁ କିଛି ପାଇଥାଏ । ତେବେ ସେହି ପ୍ରାପ୍ତିରେ ଆନ୍ତରିକ ସନ୍ତୋଷ ମିଳେନାହିଁ କଦାପି । ପାଇବାର ଆନନ୍ଦ ଓ ଜିତିଯିବାର ଗୌରବ ଏବଂ ସଫଳତା ପ୍ରାପ୍ତିର ଉତ୍ସାହ ଏକା କଥା ନୁହେଁ, ହୋଇପାରେନା ମଧ୍ୟ । କିଛି ପଦାର୍ଥ ବିନା ଉଦ୍ୟମରେ ଆପଣା ଛାଏଁ କୌଣସି କାରଣରୁ ମିଳିଗଲେ ଆମ୍ଭା ତାକୁ ସାଦର ସହ ଗ୍ରହଣ କରି ପାରେନା । ହୃଦୟଭରା ଆନନ୍ଦ ଆନ୍ତରିକତା ପୂର୍ଣ୍ଣ ତୃପ୍ତି ସେପରି ପାଇବାରୁ ଆସିବ କୁଆଡୁ । ପ୍ରାଣ ଉଲ୍ଲାସ ଶାନ୍ତିନଥାଏ ସେଥିରେ । ସେମିତି ପ୍ରାପ୍ତିରୁ କେବେବି ଆତ୍ମଶାନ୍ତି ମିଳିନଥାଏ । ଧୈର୍ଯ୍ୟର ସହିତ ପ୍ରତୀକ୍ଷା ପରେ । ଆତ୍ମୋତ୍ସର୍ଗ ଦ୍ୱାରା ଓ ତ୍ୟାଗରେ ପ୍ରକୃତ ଆନନ୍ଦ ନିହିତଥାଏ । କୌଶଳରେ, ବୁଦ୍ଧିବଳରେ, କୂଟନୀତି ପ୍ରୟୋଗ କରି ଅନ୍ୟର ପ୍ରାପ୍ୟକୁ ନିଜେ ଅଧିଆର କରିନେଲେ । ଚାଲାଖରେ ପରର ପ୍ରତିଷ୍ଠାକୁ ନିଜ ନାମରେ ହାସଲ କରି ପ୍ରଚାର କରାଇଲେ । ସେଥିରୁ ପ୍ରକୃତ ଆନ୍ତରିକ ସୁଖ, ହୃଦୟଭରା ଆନନ୍ଦ, ପ୍ରାଣ ଉଲ୍ଲାସ ଶାନ୍ତି ମିଳିନଥାଏ । ତାହା କେବଳ ସଂସାରିକ ଦୃଷ୍ଟିରେ ପ୍ରଚାରଧର୍ମୀ ସଫଳତା ହୋଇ ପାରେ । କିନ୍ତୁ ବାସ୍ତବରେ ତାହା କେବଳ ନିଜକୁ ପ୍ରତାରିତ କରିବା ବ୍ୟତୀତ ଆଉ ଅନ୍ୟ କିଛି ନୁହେଁ । ସେତକ ପ୍ରାପ୍ତିରେ ମଣିଷ ସାମାଜିକ ଦୃଷ୍ଟିରେ ଯେତେ ସଫଳକାମୀ ବ୍ୟକ୍ତିଭାବରେ ପରିଚିତ ହେବାକୁ ଉଦ୍ୟମ କଲେ ସୁଦ୍ଧା ସେଥିରୁ ସିଏ କେବେବି ସତ୍, ଚିତ୍, ଆନନ୍ଦ ପାଇପାରେନା । ପରସ୍ୱ ଅପହରଣ ଗ୍ଲାନିରେ ସିଏ ସର୍ବଦା, ମ୍ରିୟମାଣ ହୋଇ ଆନ୍ତରିକ ସୁଖ ଲାଭରୁ ବଞ୍ଚିତ ହୋଇଥାଏ । ସତୀ ସର୍ବଦା ମନରେ ରଖଥିବୁ ସଚ୍ଚିଦାନନ୍ଦ ପ୍ରାପ୍ତି ଦଲାଲିରୁ ମିଳେନା । ସେଥିପାଇଁ ଅତ୍ୟନ୍ତ ନିଷ୍ଠାର ସହିତ ଉଦ୍ୟମ ଆବଶ୍ୟକ ପଡ଼େ । ସତରେ ସତୀ ତୁ ଯଦି ଧୈର୍ଯ୍ୟର ସହିତ ତାଙ୍କ ପ୍ରତୀକ୍ଷାରେ ଜୀବନ ବିତାଇ ଦେଇ ପାରିବୁ ତେବେ ସଫଳତା ନିର୍ଦ୍ଦିଷ୍ଟ ତୋ' ହାତ ପାହାନ୍ତାକୁ ଆସିବ । କୌଶଳରେ ନିଜର ବିଚକ୍ଷଣତା ଦ୍ୱାରା ତୁ ଅନ୍ୟର ପ୍ରାପ୍ୟକୁ କରାୟତ କରିନେଲେ । ଅନ୍ୟ କେହି (ତୋ ଠାରୁ ଅଧିକ ବୁଦ୍ଧିମାନ) ତୋ' ପ୍ରାପ୍ୟକୁ ତୋ'ଠାରୁ ଛଡ଼ାଇ ନେବ । ସେହି ଆଶଙ୍କାରେ ରହି ଅନ୍ୟର ପ୍ରାପ୍ୟକୁ ନିଜ ଅଧିଆରକୁଆଣି ମଧ୍ୟ ସମ୍ପୃକ୍ତ ବ୍ୟକ୍ତିଟି କେବେବି ନିର୍ଦ୍ଦିଷ୍ଟ ମନରେ, ଚିନ୍ତାଶୂନ୍ୟ ହୃଦୟରେ, ଆଶଙ୍କା ରହିତ ପ୍ରାଣରେ, ନିରାପଦ

ଅନ୍ତରରେ, ନିର୍ବିଘ୍ନ ଆତ୍ମା ନେଇ ସେ ସଫଳତାର ସ୍ୱାଦପାଇ ପାରେନା। ସେଥିପାଇଁ ଅନ୍ୟର ପ୍ରାପ୍ୟକୁ କେବେବି ତୁ ତୋ' ନିଜ ଦଖଲକୁ ନେବାକୁ ଉଦ୍ୟମ କରିବୁ ନାହିଁ।

ସତୀ; ଆହୁରି ଗୋଟେ କଥା ସବୁବେଳେ ମନେ ରଖିଥିବୁ ଯେତେ ବିପର୍ଜ୍ୟ ଆସୁ, ଯେତେ ଦୁର୍ଦ୍ଦିନ ପଡୁ, ଯେତେ ଦୁଃସମୟର ସମ୍ମୁଖୀନ ହୁଅ, ମନର ଧୈର୍ଯ୍ୟ କେବେ ହରାଇବୁ ନାହିଁ। "ଧୀରାଃ କଷ୍ଟ ମନୁ ପ୍ରାପ୍ୟନ ଭବନ୍ତି ବିଷାଦିନଃ ପ୍ରବିଶ୍ୟ ବଦନଂ ରାହୋଃ କିଂ ନୋଦେତି ପୁନଃ ଶଶୀ," ଚନ୍ଦ୍ରକୁ ରାହୁ ଗିଲିଦେଲେ ମଧ ଚନ୍ଦ୍ର ନିଜର ତେଜ ନହରାଇ ନିତ୍ୟ ନିୟମାନୁସାରେ ଉଦୟ ହୋଇଥାଆନ୍ତି। ସେହିପରି ଧୈର୍ଯ୍ୟଶୀଳ ସଜ୍ଜନ କଷ୍ଟ ଲାଭ କଲେ ମଧ ବିଚଳିତ ବା ଦୁଃଖିତ ହୁଅନ୍ତି ନାହିଁ। "ସଂପଦୌ ଚ ବିପଦୌ ଚ ମହତା ମେକ ରୂପତା। ଉଦୟେ ସବିତା ରକ୍ତୋ ରକ୍ତଶ୍ଚାସ୍ତ ମୟେ ତଥା" ଉଦୟ ତଥା ଅସ୍ତ ସମୟରେ ସୂର୍ଯ୍ୟ ଯେପରି ସମାନ ବର୍ଣ୍ଣ (ଲୋହିତ) ଧାରଣ କରିଥାଆନ୍ତି। ସେହିପରି ମହାପୁରୁଷମାନେ ସମ୍ପଦ ଓ ବିପଦ ସମୟରେ ସମଭାବରେ ରହି ଥାଆନ୍ତି। ତୁ ଏପରି ଅଧୈର୍ଯ୍ୟ ହେଲେ ଚଳିବ ନାହିଁ।

ପାଇବାର ଆଶା ସର୍ବଦା ମନରେ ପୋଷଣ କରୁଥିବୁ। ଆଶାର ସଳିତାକୁ ସେ ପର୍ଯ୍ୟନ୍ତ ଜଳାଇ ରଖିବୁ ଯେ ପର୍ଯ୍ୟନ୍ତ ସଫଳତା ତୋ ହାତ ମୁଠାକୁ ନ ଆସିଛି। ଧୈର୍ଯ୍ୟହରା ହେବୁ ନାହିଁ। ମନର ଆଗ୍ରହ ଓ ହୃଦୟର ଆବେଗକୁ ଅନ୍ତରରୁ ଦୂରେଇ ଦବୁ ନାହିଁ। ଆଶାର ସଳିତାକୁ ହୃଦୟରେ ପ୍ରଜ୍ୱଳିତ କରି ରଖିଥିଲେ ନିଶ୍ଚିତ ସଫଳତା ପ୍ରାପ୍ତ ହେବ ହିଁ ହେବ। ଜୀବନ ଥିଲେ ଯନ୍ତ୍ରଣା ଅଛି। ହେଲେ ଯନ୍ତ୍ରଣାକୁ ସହ୍ୟ କରି ଯେଉଁମାନେ ନିଜର ଚଲାପଥରେ ଯାତ୍ରା ଅବ୍ୟାହତ ରଖି ପାରନ୍ତି ସେହିମାନଙ୍କୁ ତ କୁହାଯାଏ ଅସଲି ଯୋଦ୍ଧା। ସତୀ; କଷ୍ଟ କଲେ ଯାଉ କୃଷ୍ଟ ପ୍ରାପ୍ତି ହୋଇଥାଏ। କଷ୍ଟ ସହିବାକୁ ହେଲେ ଧୈର୍ଯ୍ୟର ନିହତି ଆବଶ୍ୟକ ହୋଇଥାଏ। ସଫଳତା ଏତେ ସହଜରେ କିୟା ଅତିଶିଘ୍ର ମିଳିନଥାଏ। ସେଥିପାଇଁ ଧୈର୍ଯ୍ୟର ସହିତ ଅପେକ୍ଷା କରିବାକୁ ପଡେ। ଏମିତି ସେମିତି ଧୈର୍ଯ୍ୟ ନୁହେଁ। ଅସୀମ ଧୈର୍ଯ୍ୟ ଶକ୍ତି ଲୋଡ଼ା ହୋଇଥାଏ। ତୁ ପାଇବାର ଆଶା ତୁଟାଇ ନଦେଇ ଧୈର୍ଯ୍ୟର ସହିତ ଅପେକ୍ଷା କର। ଆଜି ନହେଉ ଯେଉଁ ଦିନ ହେଲେ ତାଙ୍କ ସହିତ ତୋର ଭେଟ ହେବ। ଏଠିନେ ନହେଲେ ଯେତେବେଳେ ତାଙ୍କ ସାକ୍ଷାତ ପାଇବୁ। ମନ୍ଦିରରେ ନହେଲେ ଯେଉଁଠି ହେଉ ତାଙ୍କ ସାଙ୍ଗରେ ତୋର ଦେଖା ହେଲେ ସେତେବେଳେ ତୁ ତାଙ୍କୁ ଚିଠିଟି ଦେବୁ। ସେତେ ଦିନ ପର୍ଯ୍ୟନ୍ତ ତୁ ଚିଠିଟିକୁ ସାଇତି ରଖିଥା। ତାଙ୍କ ସହିତ ସାକ୍ଷାତ ପାଇଁ ବାବା ଧବଳେଶ୍ୱରଙ୍କ ନିକଟରେ ଗୁହାରି କରୁଥା। ସେ ନିଶ୍ଚିତ ତୋ ମନସ୍କାମନା ପୂରଣ ହେବାରେ ସହାୟକ ହେବେ। ତୁ ଠାକୁରଙ୍କ ଉପରେ ଭରସା ରଖି ଅପେକ୍ଷା କର। ମନକୁ ଦୃଢ଼ ରଖ। ମନରେ ଦୃଢ଼ତା ନଥିଲେ ସଫଳତା ମିଳେନା। ମନର ଦୃଢ଼ତା ଲାଗି ନିଷ୍ଠାର ଆବଶ୍ୟକ ହୋଇଥାଏ। ନିଷ୍ଠା ବ୍ୟତିରେକେ କେହି କେବେ ସଫଳ ହୋଇପାରେ ନାହିଁ। ନିଷ୍ଠାର ସହିତ ଦୃଢ଼ ମନରେ ଓ ଅଟୁଟ ବିଶ୍ୱାସ ଦ୍ୱାରା ଦୀର୍ଘଦିନ ଧୈର୍ଯ୍ୟ ଧରି ପ୍ରତୀକ୍ଷା କଲେ ସଫଳ ହେବାରେ ଆଉ କୌଣସି ଅସୁବିଧା ରହିବ ନାହିଁ କିୟା ବ୍ୟତିକ୍ରମ ଘଟିବନି। ସେଇଥିପାଇଁତ କୁହାଯାଇଛି- "କାହା ପାଇଁ ଈର୍ଷା ନାହିଁ। ନାହିଁ କାହା ଲାଗି ଦ୍ୱନ୍ଦ, ନିଜ ଲକ୍ଷ୍ୟରେ ନିଜେ ପହଞ୍ଚିବା, ଏଇତ ଜୀବନ ଯୁଦ୍ଧ।" ଯେତେଦିନ ପର୍ଯ୍ୟନ୍ତ ତୁ ତୋ ଲକ୍ଷ୍ୟ ସ୍ଥଳରେ ନପହଞ୍ଚିଛୁ ସେତେଦିନ ପର୍ଯ୍ୟନ୍ତ ତୋ' ମନରୁ ପାଇବାର ଆଶା ହରାଇବୁ ନାହିଁ। ଆଶାର ସଳିତାକୁ ଜଳାଇ ରଖି ନିଷ୍ଠାର ସହିତ ଦୃଢ଼ ମନରେ ଧୈର୍ଯ୍ୟ ଧରି ଅପେକ୍ଷା କଲେ ନିଶ୍ଚିତ ସଫଳତା ପ୍ରାପ୍ତି ହେବ। କଥାରେ ଅଛି- ଧୈର୍ଯ୍ୟ ହିଁ ସଫଳତାର ଚାବିକାଠି। ଧୈର୍ଯ୍ୟ ଓ ସହନଶୀଳତା ବଳରେ ଜଣେ ସାରା ଜଗତକୁ ଜିଣି ପାରିବ। ଅଧୁନା ଏହାର ଘୋର ଅବକ୍ଷୟ ଘଟିଛି। କ୍ଷଣିକ ଉତ୍ତେଜନାର ବଶବର୍ତ୍ତୀ ହୋଇ ମଣିଷ ନିଜ ପାଇଁ ବିପଦକୁ ଡାକି ଆଣୁଛି। ଲୋଭ, ମୋହ, ପରଶ୍ରୀକାତରତା, ହିଂସା, ଦ୍ୱେଷ, ସ୍ୱାର୍ଥପରତା ଆଦି ଦୁର୍ଗୁଣ

ଗୁଡ଼ିକୁ ଅତି ସହଜରେ ଆଦରି ନେଇଛି । ଯଦ୍ୱାରା କି ଏହା ସମାଜରେ ଘଟି ଚାଲିଥିବା ଅନ୍ୟାୟ, ଅନୀତି, ଭ୍ରଷ୍ଟାଚାର ଏବଂ ବିଶୃଙ୍ଖଳାର ପ୍ରମୁଖ କାରଣ ପାଲଟୁଛି । ତଥାପି କିଛି ମୁଷ୍ଟିମେୟ ଭଲ ଲୋକଙ୍କର ଆବିର୍ଭାବ ହେଉଥିବାରୁ ସମାଜ ଟିଷ୍ଟ ରହିଛି । ଧୈର୍ଯ୍ୟ ଓ ସହନଶୀଳତା ଦ୍ୱାରା ସହଜରେ ଅନ୍ୟର ମନକୁ ଜିଣି ହେବ ଏବଂ ଏହାକୁ ଆମକୁ ସ୍ୱୀକାର କରିବାକୁ ପଡ଼ିବ । "ଉଦ୍ୟମଂ ସାହସଂ ଧୈର୍ଯ୍ୟଂ ବୁଦ୍ଧିଃ ଶକ୍ତିଃ ପରାକ୍ରମଃ, ଷଡ଼େତେ ଯତ୍ର ବର୍ତ୍ତନ୍ତେ ତତ୍ର ଦେବଃ ସହାୟକୃତ ।" ଉଦ୍ୟମ, ସାହସ, ଧୈର୍ଯ୍ୟ, ବୁଦ୍ଧି, ଶକ୍ତି ଓ ପରାକ୍ରମ– ଏହି ଛ ଟି ଗୁଣ ଯାହା ପାଖରେ ଥାଏ ତାକୁ ଦୈବ ସଦାୟ ହୁଏ । କଠୋର କର୍ତ୍ତବ୍ୟ ନିଷ୍ଠା, ଅଧ୍ୱସାୟ ଓ ସାହାସ ହିଁ ସଫଳତା ପ୍ରାପ୍ତିର ମାପକାଠି । ଇତିହାସର ପୃଷ୍ଠା ଓଲଟାଇଲେ ଏହାର ଭୁରି ଭୁରି ଉଦାହରଣ ଦେଖ୍ୱାକୁ ମିଳିଥାଏ । ଅନୁଧ୍ୟାନ କଲେ ଆମେ ଦେଖ୍ୱଥାଇ ଯେ ସୁସ୍ଥ ଶରୀର, ଦେହରେ ଅମାପ ବଳ ଥିବା ବ୍ୟକ୍ତିଟି ସାହସ ଅଭାବରୁ ନିଜକୁ ହୀନବଳ ଭାବରେ ପ୍ରତିପାଦିତ କରିଥାଏ । ଅନ୍ୟ ପକ୍ଷରେ କ୍ଷୀଣକାୟ ଯୁକ୍ତ– ଅଥଚ ଦୃଢ଼ ମନୋବଳ ଓ ସାହାସୀ ବ୍ୟକ୍ତିଟି ଅଜେୟ ଭାବରେ ପରିଗଣିତ ହୋଇଥାଏ । ସାହାସ ହିଁ ପ୍ରକୃତ ଶକ୍ତି । ତାହା ନଥିଲେ ଶକ୍ତିମୂଲ୍ୟ ହୀନ ହୋଇ ପଡ଼େ । ଏହିଭଳି ଏକ ଚରିତ୍ର ଥିଲେ ଭାରତରେ ଇଷ୍ଟ ଇଣ୍ଡିଆ କଂପାନୀର ମୂଳଭିତ୍ତି ସ୍ଥାପନ କରିଥିବା ଲର୍ଡ଼ କ୍ଲାଇବ । ଦାରିଦ୍ର କଷାଘାତ ଭିତରେ ଜୀବନ ଆରମ୍ଭ କରି ଅତ୍ୟୁଚ୍ଚ ଆସନରେ ଆସୀନ ହୋଇଥିବା ଇତିହାସର ଶାସକମାନଙ୍କ ମଧ୍ୟରେ ସେ ଥିଲେ ଅନ୍ୟତମ । ଭାରତରେ ବ୍ରିଟିଶ ସମ୍ରାଜ୍ୟର ମୂଳଦୁଆ ପକାଇଥିବା ଏହି ବ୍ୟକ୍ତିଙ୍କ ଜୀବନୀ ଅନ୍ୟମାନଙ୍କ ଲାଗି ଶିକ୍ଷଣୀୟ ଓ ପ୍ରେରଣା ପ୍ରଦ । ବାଲ୍ୟାବସ୍ଥାରେ ଦୌନ୍ୟତାର ଦୁର୍ବିସହ ଜ୍ୱାଲା ସହ୍ୟ କରିଥିବା କ୍ଲାଇବ ପଙ୍କର ପଦ୍ମ ହୋଇ ଦେଖାଇ ଦେଇଥିଲେ ଯେ ଜନ୍ମ ସୂତ୍ରରେ ନୁହେଁ । କର୍ମ ସୂତ୍ରରେ ହିଁ ମଣିଷ ବଡ଼ ହୋଇଥାଏ । ୧୭୫୭ ମସିହା ପଲାସୀ ଯୁଦ୍ଧରେ ତାଙ୍କ ନେତୃତ୍ୱରେ ବ୍ରିଟିଶ ବାହିନୀକୁ ବିଜୟୀ କରି ସେ ଭାରତରେ ଇଂରେଜ ଶାସନ ଇତିହାସରେ ନିଜ ନାମ ସୁର୍ଣ୍ଣାକ୍ଷରରେ ଲିପିବଦ୍ଧ କରିଗଲେ ।

ଲକ୍ଷ୍ୟ ହାସଲ ପାଇଁ ସ୍ୱପ୍ନ ଓ ତାହାର ସଫଳ ସାକାର ନିମନ୍ତେ ଦୃଢ଼ନିଷ୍ଠା, କଠିନ ପରିଶ୍ରମ ଓ ଅତ୍ୟଧିକ ଅଧ୍ୱସାୟ ଦରକାର । କୌଣସି ଯାଦୁ ବଳରେ ସ୍ୱପ୍ନ ପୂରଣ ହୁଏନା । ଏଥିଲାଗି ଦରକାର କଠିନ ପରିଶ୍ରମ । ସ୍ୱପ୍ନ ଲାଗି ଗୋଟେ ଅଭିଲାଷୀ ତଲ୍ଲୀନ ମନର ପ୍ରୟୋଜନ ହୋଇଥାଏ । କେବଳ ଭାବପ୍ରବଣତା ବା ଖାମ୍ଖିଆଲି ଭାବ ମନରେ ପୋଷଣ କଲେ ସରଗରଚାନ୍ଦ ହାତକୁ ଆସେନା । ଏହି ଜୀବନ ବ୍ୟାକରଣକୁ କଣ୍ଠସ୍ଥ କରି ତାହାକୁ ସଫଳତାର ମାଧ୍ୟମ କରିବା ଆବଶ୍ୟକ । ଶୁଣିବା ଏବଂ ଦେଖ୍ୱବା ଦ୍ୱାରା ବ୍ୟକ୍ତିତ୍ୱ ବଢ଼ିନଥାଏ । ପରିଶ୍ରମ ଏବଂ କାମ ଦ୍ୱାରା ବ୍ୟକ୍ତିତ୍ୱ ବଢ଼ିଥାଏ ବା ବିକଶିତ ହୋଇଥାଏ । ଭାଗବତ ତ କହିଲା "ଯସ୍ତୁ ମୂଢ଼ତମୋ ଲୋକେ ଯସ୍ତୁ ବୁଦ୍ଧେଃ ପରଂଗତଃ, ତା ବୁଢ଼ୋ ସୁଖ ମେଧେତେ କ୍ଲିଶ ତ୍ୟନ୍ତରି ତୋ ଜନଃ" । ଓଡ଼ିଆରେ ଗାଁ ଗହଲିରେ ଏ ଭାବ ହେଲା "ଦୃଢ଼େ ତରନ୍ତି, ମୂଢ଼େ ତରନ୍ତି, ମଝି ମଝିଆ ବୁଡ଼ି ମରନ୍ତି ।"

ସୁନି ଜଣେ ଦାର୍ଶନିକ ପରି ସତୀକୁ ବୁଝାଉଥାଏ । ସୁନିର କଥା ଶୁଣିସାରି ସତୀ କହିଲା, "ସୁନି ତୋ'ର ଏ ପ୍ରବଚନ ଶୁଣିବାକୁ ଭଲ ଲାଗିପାରେ । କିନ୍ତୁ ତାକୁ କାର୍ଯ୍ୟରେ ପରିଣତ କରିବା ଏତେ ସହଜ କଥା ନୁହେଁ । ସବୁ ଶ୍ରୁତିମଧୁର କଥା ଶୁଣିବା ପାଇଁ କାନକୁ ଭଲ ଲାଗେ । ହେଲେ ତାକୁ କାମରେ ଲଗାଇବା ପାଇଁ ଧୈର୍ଯ୍ୟର ଆବଶ୍ୟକ ହୋଇଥାଏ । ଧୈର୍ଯ୍ୟ, ସେ ଧୈର୍ଯ୍ୟ ସାଧାରଣ (ଏମିତି ସେମିତି) ଧୈର୍ଯ୍ୟ ନୁହେଁ । ସୁନି; ସେଥ୍ଲାଗି ଅସୀମ ଧୈର୍ଯ୍ୟ ଦରକାର । ମାତ୍ର ଏତେ ସପନ ଦେଖ୍ୱବାକୁ ମୋ ପାଖରେ ରାତି କାହିଁ ସୁନି; ମୁଁ ତ ଆଉ ଗୋଟେ ଛୋଟ ପିଲା ହୋଇ ରହିନାହିଁ ଯେ ବୋଉ କୋଳରେ ବସି କିୟା ଜେଜେମା ପାଖରୁ ଗପ ଶୁଣି ଶୋଇ ରହି ସେହି ଗପର ଚରିତ୍ରମାନଙ୍କୁ ସପନରେ ଦେଖ୍ୱବି ? ଦୁନିଆର ବାସ୍ତବତାକୁ ଲକ୍ଷ୍ୟ କର । ସଂସାରର ପ୍ରକୃତ ସ୍ୱରୂପକୁ ଅନା । ସମାଜର ନିଚ୍ଚକ ପ୍ରତିଚ୍ଛବିକୁ

(ନିରିକ୍ଷଣ) ନିରେଖ୍ ଦେଖ ଶୁନି; ତୋ'ର ସେ ଉପଦେଶ କେତେ କଷ୍ଟସାଧ୍ୟ ଦୁଃଖପ୍ରଦ ଆଉ କେତେ ସମୟ ସାପେକ୍ଷ ତାହା ତୁ ନିଶ୍ଚୟ ଜାଣି ପାରିବୁ।"

"ସତୀ ଦେଖୁଥିବା ସ୍ୱପ୍ନ ସର୍ବଦା ସାକାର ହୋଇନପାରେ। କିନ୍ତୁ ଉଚ୍ଚ ସ୍ୱପ୍ନ ନଦେଖିଲେ ଜୀବନକୁ କେବେ ମହତ୍ତର କରିହେବ ନାହିଁ। ତା'ପରେ କି ଖରା କି ବର୍ଷା ତୋଟାରୁ (ଜଣେ) ବର୍ଷାରେ ଭିଜି ଓ ଖରାରେ ସିଝି ଆମ୍ୟ ଗୋଟାଇଲା ଭଳି ଲୋକମାନେ ଏବେ ସ୍ୱପ୍ନ ଗୋଟାଇବାରେ ବ୍ୟସ୍ତ। ସତରେ ଏତେ ସ୍ୱପ୍ନ ଆସୁଛି କୁଆଡୁ? ଯାହାକୁ ଯେତେବେଳେ ପଚାର ସେମାନେ କହିବେ ଆମେ ସ୍ୱପ୍ନ ଗୋଟେଇ ଗୋଟେଇ ଥକି ଗଲୁଣି। ହେଲେ ଗୋଟିଏ ବି ସ୍ୱପ୍ନ ଏଯାଏଁ ଫଳବତୀ ହୋଇ ନାହିଁ। ତଥାପି ହତାଶ ହୋଇନୁ। ସ୍ୱପ୍ନ ସବୁକୁ ସାଉଁଟି ଅଣ୍ଟିରେ ପୂରାଉଛୁ। ଯଦିଓ ସ୍ୱପ୍ନ ଦେଖିବା ମଣିଷର ସହଜାତ ପ୍ରବୃତ୍ତି। ଆଉ ସ୍ୱପ୍ନ କିଏ ବା ନଦେଖେ? ଶିଶୁଙ୍କଠାରୁ ଅଶୀତିପର ବର୍ଷୀୟାନଙ୍କ ପର୍ଯ୍ୟନ୍ତ ସମସ୍ତେ ଦେଖନ୍ତି। କାରଣ ଆଖିରେ ସ୍ୱପ୍ନ ଆପେ ଆପେ ଆସି ଧରା ଦେଇଥାଏ। ଆଖିକୁ କେହି ସପନ ଦେଖିବା ଲାଗି ଶିଖାଇ ନଥାଏ। ଟିକେ ନିଦ ଆସିଗଲେ ଆଖି ପତାକୁ ସ୍ୱପ୍ନ ନିଜେ ଆସେ।"

ଏବେ କିନ୍ତୁ ଲୋକମାନଙ୍କର ସ୍ୱପ୍ନ ଦେଖିବାଟା ଏକବାରେ ନିଆରା। କଥାଟା ହେଲା ଅଧିକାଂଶ ବ୍ୟକ୍ତି ରାତିରେ ଶୋଇ ରହି ସ୍ୱପ୍ନ ଦେଖିଲା ବେଳେ ଥୋକେ ଅଛନ୍ତି କାମ ଧନ୍ଦା ନକରି ଆଖି ଖୋଲି ଦିନରେ ବସି ବସି ନିକମାଟାରେ ସ୍ୱପ୍ନ ଦେଖନ୍ତି। ସ୍ୱପ୍ନ ଦେଖିବାକୁ ଲୋକବି ମହକୁଟ ଅଛନ୍ତି। ଆଗ କାଲରେ ଯେମିତି ରାଜାଙ୍କୁ ସ୍ୱପ୍ନାଦେଶ ହେଉଥିଲା। ରାଜା ତା'ପର ଦିନ ସେଇ କାମଟିକୁ ତୁରନ୍ତ ସଂପାଦନ କରିବାରେ ଲାଗି ପଡୁଥିଲେ। ପୁରୀ ଶଂଖ କ୍ଷେତ୍ରରେ ପ୍ରଭୁ ଶ୍ରୀ ଜଗନ୍ନାଥଙ୍କ ପ୍ରତିଷ୍ଠା ମୂଲରେ ସେଇ ସ୍ୱପ୍ନାଦେଶ ଏପରି ଏ ଅଲୌକିକ କାହାଣୀମାନ ଶୁଣି ଆମମାନଙ୍କର ମନ ଯେତିକି ରୋମାଞ୍ଚିତ ହୁଏ ସେତିକି ମଧ ରହସ୍ୟମୟ ଲାଗେ। କୁହନ୍ତି– A dream is a vision, a goal, a desire - ଅର୍ଥାତ୍ ସ୍ୱପ୍ନ ହେଉଛି ଦୂରଦର୍ଶିତା। ଲକ୍ଷ୍ୟକୁ ହାସଲ କରିବାର ପ୍ରେରଣା ଓ ଇଚ୍ଛାଶକ୍ତିକୁ ଚରିତାର୍ଥ କରିବାରେ ବଳିଷ୍ଠ ମାଧ୍ୟମ। ଯାହାର ସ୍ୱପ୍ନ ନାହିଁ ସେ କି ମଣିଷ? ମଣିଷର ସ୍ୱପ୍ନ ଅଛି ତ ସେ ଆଗକୁ ଆଗକୁ ବଢ଼ିଚାଲେ। ଗୋଟିଏ ସୁନ୍ଦର ସଂସାର ତିଆରି କରେ– ସ୍ୱପ୍ନର ସଂସାର। କିନ୍ତୁ ଯେତେ ସ୍ୱପ୍ନ ଦେଖେ ସବୁ ସ୍ୱପ୍ନ କ'ଣ ତା'ର ସତ ହୁଏ। ଆଉ ତା' ପରେ ସ୍ୱପ୍ନ ଦେଖିବା କ'ଣ ମଣିଷର କେବଳ ଏକଚାଟିଆ ଅଧିକାର ଭୁକ୍ତ ବିଷୟ? ଏସବୁର ରମ୍ୟ ପ୍ରତିଭୂ ଦେଖ ଅନ୍ୟ କେହି କ'ଣ ସ୍ୱପ୍ନ ଦେଖନ୍ତି ନାହିଁ। ପକ୍ଷୀର କ'ଣ ସତରେ ସ୍ୱପ୍ନ ନାହିଁ। ଫୁଲର, ନଦୀର, ଝରଣାର କ'ଣ ସ୍ୱପ୍ନ ନାହିଁ? ବଣରେ ରହୁଥିବା ପଶୁ, ପକ୍ଷୀମାନଙ୍କର ସ୍ୱପ୍ନକୁ କେହି କ'ଣ ଜାଣି ପାରନ୍ତି? ଯଦି ସ୍ୱପ୍ନ ନଥାଆନ୍ତା ତେବେ ମଣିଷ ଜୀବନ ଗୋଟିଏ ଡେଣା ଭାଙ୍ଗି ଯାଇଥିବା ପକ୍ଷୀଟିର ଅବସ୍ଥା ହୋଇଥାଆନ୍ତା। ଯିଏ କି ଉଡ଼ି ବୁଲିବା ପାଇଁ ସଂପୂର୍ଣ୍ଣ ଅକ୍ଷମ। ସ୍ୱପ୍ନ ମନକୁ ଅଧିକ ଭାବରେ ଉତ୍ଫୁଲ୍ଲିତ କରେ। ସୁଖ, ଦୁଃଖକୁ କେମିତି ହାଲୁକା କରିଦିଏ। ଜୀବନକୁ ସହଜ, ସରଳ ଆଉ ଗତିଶୀଲ କରାଏ। ସ୍ୱପ୍ନ ଯିଏ ନ ଦେଖେ ସେ କ'ଣ ମଣିଷ?

ଆଉ ଗୋଟେ କଥା, ସ୍ୱପ୍ନ ନଥିଲେ ମଣିଷ ଆଗାମୀ ଦିନ ପାଇଁ ଆଶା ବାନ୍ଧିବ କେମିତି? ନା' ଆଗକୁ ବଢ଼ିବ ବା କେମିତି? ଯାହା ହେଉ ସ୍ୱପ୍ନ ଅଜସ୍ର ଦମ୍ୟ, ଶକ୍ତି ତଥା ମନୋବଳକୁ ସୁଦୃଢ଼ କରିବାରେ ସହାୟକ ହୋଇଥାଏ। ନିଜ ପିଲାଟିକୁ ନେଇ ବାପ, ମା କେତେ ଯେ ସୁନେଲି ସ୍ୱପ୍ନ ଦେଖ ଥାଆନ୍ତି। ହେଲେ ତାଙ୍କର ସେହି ସ୍ୱପ୍ନ କ'ଣ ସତରେ ସାକାର ହୁଏ। ଆଉ ପିଲାମାନେ ଯେଉଁ ସ୍ୱପ୍ନ ସବୁ ବାପ, ମାଙ୍କୁ ଦେଖାଇ ଥାଆନ୍ତି। ସେମାନେ କ'ଣ ସେ ସ୍ୱପ୍ନକୁ ବାସ୍ତବ ରୂପ ଦେଇପାରନ୍ତି। ସେମାନେ ପିଲାବେଳେ ଦେଖୁଥିବା ସ୍ୱପ୍ନ ସବୁ କ'ଣ ସାର୍ଥକ ହୁଏ। ଜୀବନର ପ୍ରାକ୍ କାଲରୁ ସ୍ୱପ୍ନ ଆରମ୍ଭ ହୁଏ। ଏକଥା ନିରାଟ ସତ ଯେ, ସବୁ ସ୍ୱପ୍ନ ଜଳିପୋଡ଼ି ପାଉଁଶ ହୋଇଯାଏ ଶେଷ ଜୀବନରେ ଅର୍ଥାତ୍ ମଶାଣିରେ। ସ୍ୱପ୍ନ ଭିତରେ ସମ୍ଭାବନା ଉଙ୍କିମାରେ। ଗୋଟିଏ କାର୍ଯ୍ୟକୁ ଚରିତାର୍ଥ କରିବାରେ ସ୍ୱପ୍ନ ଅନେକ ପ୍ରେରଣା ଦିଏ। ଅନନ୍ତ

ପ୍ରକୃତିର ଅଫୁରନ୍ତ ଶୋଭାଶ୍ରୀ ମଣିଷ ଆଖରେ ସ୍ୱପ୍ନ ବୁଶେ । ଯେମିତି ପ୍ରିୟ ଲୋକର ମିଠାମିଠା କଥା କେମିତି ଝୁଲି ପଡ଼େ ଆଖିର ପତାରେ । ନିଦ ବି ନେଇ ଆସେ ରଙ୍ଗ ବେରଙ୍ଗର ସ୍ୱପ୍ନଗୁଡ଼ିକୁ ।

ଆଧାମ୍ନିକ ଦୃଷ୍ଟି କୋଣରୁ ବିଚାର କଲେ ଭକ୍ତ ପାଖରେ ଇଶ୍ୱରଙ୍କୁ ପାଇବାର ସ୍ୱପ୍ନ ଅଧିକ ବଳବତ୍ତର ହୁଏ । ସାତ୍ୱିକ, ପୁଣି ସ୍ୱପ୍ନ ହୋଇଯାଏ ସତ୍ୟ, ଶିବ, ସୁନ୍ଦରରେ ରୂପାନ୍ତର । ସ୍ୱପ୍ନ ଅଲୀକ, କ୍ଷଣଭଙ୍ଗୁର ହେଲେ ହେଁ ମଣିଷ ପ୍ରାୟତଃ ସ୍ୱପ୍ନ ଦେଖିବାକୁ ଭାରି ଭଲପାଏ । ସ୍ୱପ୍ନ କେତେବେଳେ ସୃଜନ ପ୍ରକ୍ରିୟାକୁ ଉଜ୍ଜୀବିତ କରେ ତ କେତେବେଳେ ସ୍ୱପ୍ନବି ଧ୍ୱଂସ ଆଡ଼କୁ ଟାଣି ନିଏ । କହିବାକୁ ଗଲେ ପ୍ରେମିକ ଆଉ ପ୍ରେମିକାଙ୍କ ଆଖିରେ ତ ଅସୁମାରୀ ସ୍ୱପ୍ନ । କଳିଟିଏ ସ୍ୱପ୍ନ ଦେଖିଥାଏ ସୁଶୋଭିତ ଫୁଲଟିଏ ହୋଇ ସୁବାସ ବାଣ୍ଟି ଦବା ପାଇଁ । ଛୋଟ ଚାରା ଗଛଟିଏ ସ୍ୱପ୍ନ ଦେଖିଥାଏ । ବିରାଟ ଦ୍ରୁମରେ କେମିତି ପରିଣତ ହେବ । ଆତତାୟୀର ସ୍ୱପ୍ନଥାଏ ସମଗ୍ର ପୃଥିବୀକୁ ଧ୍ୱଂସ କରି ପାରିବ କେମିତି ? ବିଜ୍ଞାନର ସ୍ୱପ୍ନ ଥାଏ ଗୋଟିଏ ନୂତନ ସୃଷ୍ଟି ପାଇଁ । ଚିତ୍ରକର ଶିଳ୍ପିଟିର ସ୍ୱପ୍ନ ଥାଏ ସୁନ୍ଦର ଚିତ୍ରଟିଏ ଆଙ୍କି ଉପହାର ଦେବା ପାଇଁ । ଆଉ ଲେଖକର ସ୍ୱପ୍ନ ରହିଥାଏ ଲେଖାଟିଏ ପାଠକମାନଙ୍କ ହାତରେ ପହଞ୍ଚାଇ ଦେବାକୁ । ସ୍ୱପ୍ନ ଭିତରେ ରହିଥାଏ ସୃଜନାତ୍ମକ ଅଭିବ୍ୟକ୍ତି । ସ୍ୱପ୍ନ ହିଁ ପ୍ରେରଣା ଦେଇଥାଏ ସୃଷ୍ଟି ପ୍ରକ୍ରିୟାକୁ ଅବ୍ୟାହତ ରଖିବାକୁ । ସ୍ୱପ୍ନକୁ ବାସ୍ତବରେ ପରିଣତ କରିବାଟା ବଡ଼ କଷ୍ଟ । ସବୁ ସ୍ୱପ୍ନ କେବେ ସତ ହୁଏନି । ସ୍ୱପ୍ନକୁ ସାକାର କରିବା ହେଉଛି ଆମର ପ୍ରଥମ ଓ ପ୍ରଧାନ କର୍ତ୍ତବ୍ୟ । କିନ୍ତୁ ବେଳେ ବେଳେ ସ୍ୱପ୍ନ ଆମକୁ ବାଟବଣା କରେ । କିଛି ସ୍ୱପ୍ନ ବିଫଳତାରେ ଅଟକି ଯାଏ । ତେଣୁ ସୁନ୍ଦର ସ୍ୱପ୍ନଟିଏ ଦେଖିବାରେ ମନାନାହିଁ ତ ।

ଏଥର ସୁନି ଦୃଢ଼ କଣ୍ଠରେ ଅଥଚ ବୁଝାଇବା ଢଙ୍ଗରେ କହିଲା, "ସତୀ ମୋ କଥାକୁ କେବଳ ଏକାନରେ ଶୁଣି ଦେଇ ସାରି ସେ କାନବାଟେ ବାହାର କରି ନଦେଇ, ତାକୁ ହାଲୁକା ଭାବେ ଗ୍ରହଣ ନକରି ତୁ ଟିକେ ଗଭୀର ଭାବରେ ଚିନ୍ତା କର । ଆଉ ମୋ କଥାକୁ ଖାଲି କାନରେ ନଶୁଣି, କାନ ସହିତ ମନଯୋଗ ଦେଇ ଧ୍ୟାନର ସହିତ ଶୁଣ । ଇଂରାଜୀ ଶବ୍ଦ କୋଷରେ ଦୁଇଟି ଶବ୍ଦ ଅଛି । ଯାହା ଶୁଣିବାକୁ ବୁଝାଇ ଥାଏ । ଗୋଟେ ହେଉଛି, 'ହିଅରିଙ୍ଗ' । ଯାହାର ଅର୍ଥ ହେଉଛି ଖାଲି କାନରେ ଶୁଣିବା ଏବଂ ଅନ୍ୟ ଶବ୍ଦଟି ହେଉଛି, 'ଲିସନିଙ୍ଗ' ଯାହାର ଅର୍ଥ ହେଲା କାନ ସହିତ ମନ ଦେଇ ଅର୍ଥାତ୍ ଧ୍ୟାନର ସହ ଶୁଣିବା । ତୁ ମୋ କଥାକୁ, ଲିସନିଙ୍ଗ କମ୍ 'ହିୟରିଙ୍ଗ'ରେ ନଶୁଣି ଧ୍ୟାନ ସହକାରେ ଶୁଣ । ଅବଶ୍ୟ 'ଲିସନିଙ୍ଗ' ସହକାରେ ଶୁଣିବା ଲାଗି କଷ୍ଟ ସ୍ୱୀକାର କରି ଧୌର୍ଯ୍ୟ ଧରି ଶୁଣିବାକୁ ପଡ଼ିବ । ତୁ ଯେଉଁ ସମୟ ସୀମା କଥା ଉଠାଉଛୁ ସେଥିପାଇଁ ଅତି ଅଧିକ ସମୟର ଆବଶ୍ୟକ ପଡ଼ିବ ନାହିଁ । ଯେ ପର୍ଯ୍ୟନ୍ତ ଅଧରବାବୁଙ୍କର ଅନ୍ୟତ୍ର ବିବାହ ନହୋଇଛି । ଅନ୍ତତଃ ସେ ପର୍ଯ୍ୟନ୍ତ ତୁ ତାଙ୍କୁ ପାଇବାର ଆଶା ପରିତ୍ୟାଗ କରିବା ଠିକ୍ ହେବ ନାହିଁ । ତୁ ବାବା ଧବଳେଶ୍ୱରଙ୍କ ଠାରେ ଅଟଳ ଭକ୍ତି ରଖି ଅତ୍ୟନ୍ତ ନିଷ୍ଠାର ସହିତ ତାଙ୍କ ପ୍ରତୀକ୍ଷାରେ ତୋ' ମନକୁ ଖୁବ୍ ଦୃଢ଼କରି ତାଙ୍କୁ ପାଇବାର ଆଶାର ସଲିତାକୁ ଜଳାଇ ରଖିଥା । ଯଦି ତାଙ୍କର ଅନ୍ୟତ୍ର ବିବାହ ହୋଇଯାଏ ତେବେ ଯାଇ ଆମେ ବିକଳ୍ପ ପନ୍ଥା କଥା ଚିନ୍ତା କରିବା । ତା' ପୂର୍ବରୁ ନୁହେଁ । କେବେବି ନୁହେଁ । ଆଦୌ ନୁହେଁ । ଜମା ନୁହେଁ । କସ୍ମିନୀକାଲେ ନୁହେଁ । ଭୁଲରେ ବି ସୁଦ୍ଧା ନୁହେଁ ।"

ସେମାନଙ୍କ ମଧ୍ୟରେ କଥୋପକଥନ ଚାଲିଥିବା ଭିତରେ ସୂର୍ଯ୍ୟ ପଶ୍ଚିମାଭିମୁଖ ହୋଇ ସାରିଥିଲେ । ଅଧରଙ୍କ ସହିତ ସାକ୍ଷାତର ଆଶା ପରିତ୍ୟାଗ କରି ସେମାନେ ଘରକୁ ଫେରି ଯିବା ଲାଗି ଏକ ପ୍ରକାର ବାଧ୍ୟ ହେଲେ । ପ୍ରଥମାଷ୍ଟମୀରେ ସକାଳୁ ପିଠା ଦିଇଟା ଖାଇ ସନ୍ଧ୍ୟା ପର୍ଯ୍ୟନ୍ତ ମନ୍ଦିରରେ ରହିଥିଲେ ସେମାନଙ୍କ ମନ ବୁଝି ଥାଆନ୍ତା କିନ୍ତୁ ଘରେ ସେମାନଙ୍କ ଉପରେ ବିରକ୍ତ ହୋଇ ଥାଆନ୍ତେ । ଦିନମାନ ଭାତ ନଖାଇ ମନ୍ଦିରରେ ରହିବାକୁ ତାଙ୍କ ପରିବାର ଲୋକମାନେ କେବେ ସହଜ ଭାବରେ ଗ୍ରହଣ କରି ପାରି ନଥାଆନ୍ତେ । ରାତିରେ ପୁଣି ଆଜି ରୋଷାଇ ହବନି । ରାତ୍ରୀ

ଭୋଜନରେ ପିଠା ଖାଇବାକୁ ପଡ଼ିବ । ସେଥିପାଇଁ ନିଜର ଅନିଚ୍ଛା ସତ୍ତ୍ୱେ ଅଧରକ ସହିତ ସାକ୍ଷାତର ମୋହ ପରିତ୍ୟାଗ କରି ସେମାନେ ଘରକୁ ଫେରି ଯିବାକୁ ନିଷ୍ପତ୍ତି ନେଲେ ।

ଯେତେ ଅନୀତି, ଅପକର୍ମ, ଅପରାଧ କିମ୍ବା ଅବିବେକୀତାର କାମ କର । ନିଜକୁ ଦୋଷମୁକ୍ତ କରିବା ପାଇଁ ନିହାତି ଗୋଟେ ବାହାନାର ଆବଶ୍ୟକ ହୋଇଥାଏ । ଯେପରି ବୃକ୍ଷ ଉହାଡ଼ରେ ଲୁଚିରହି ରାମଚନ୍ଦ୍ର, ଭାଇ ସୁଗ୍ରୀବ ସହିତ ଯୁଦ୍ଧରତ ବଳିକୁ ଶରାଘାତ କରିଥିବା ଅପରାଧରୁ ନିଜକୁ ମୁକ୍ତ କରିବାକୁ ଯାଇ ସଫେଇ ଦେଇଥିଲେ । ଭାତୃବଧୂ, କନ୍ୟା, ଭଗ୍ନୀ ଓ ମାତୃ ସ୍ଥାନିଆ ରମଣୀଙ୍କ ସହିତ ରତିକ୍ରୀଡ଼ା କରିଥିବା ବ୍ୟକ୍ତିର ଏ ସଂସାରରେ ବଞ୍ଚି ରହିବାର କୌଣସି ଅଧିକାର ନାହିଁ । ଆଉ ଫେରି ଆସିବାକୁ ପ୍ରତିଶ୍ରୁତି ଦେଇ ମଥୁରାରୁ ଦ୍ୱାରିକା ପଳାୟନ କରିଥିବା କୃଷ୍ଣ ଗୋପପୁରକୁ ନଫେରିବାର କାରଣ ଦର୍ଶାଇବାକୁ ଯାଇ ଜରାସନ୍ଧ ଆକ୍ରମଣର ଭୟ ଥିଲା ଏକ ବାହାନାର ଆଶ୍ରୟ । ଲୋକଲୋଚନ ଆଢୁଆଲରେ ଲୁଚାଇ ଛପାଇ କରୁଥିବା ଯେକୌଣସି କାମ ପାଇଁ ଆଉ ଅନ୍ୟଗୋଟେ ସଠିକ୍ କାମ ଆଳର ଉପଲକ୍ଷ୍ୟ ଦେବାକୁ ହୋଇଥାଏ । ଯେପରି କୃଷ୍ଣଙ୍କୁ ସାକ୍ଷାତ କରିବା ପାଇଁ ରାଧାରାଣୀ କୁଞ୍ଜକୁ ଯାଉଥିଲେ । କିନ୍ତୁ ସେ ଯମୁନାରୁ ପାଣି ଆଣିବା ବାହାନାର ଆଶ୍ରୟ ନେଉଥିଲେ । ଆଉ ସୀତା ହରଣ ବେଳେ ସନ୍ୟାସୀ ବେଶରେ ଭିକ୍ଷା ବୃଭିର ବାହାନା କରିଥିଲେ ଲଙ୍କାର ରାଜା ଦଶାନନ ଏବଂ କୌଣସି ପ୍ରଦେଶରୁ ଆଦୌ ସମର୍ଥନ ପାଇନଥିବା ଜବାହାରଙ୍କୁ ପ୍ରଧାନମନ୍ତ୍ରୀ ପାଇଁ ମନୋନୀତ କରିଥିବା ଗାନ୍ଧି ନିଜ ଉପରୁ ଦୋଷ ଖସାଇ ଦେବା ପାଇଁ କହିଥିଲେ ଇଂଲଣ୍ଡର ହାରୋ ଓ କେମ୍ବ୍ରିଜରୁ ପାଠ ପଢ଼ି ପରେ ବାରିଷ୍ଟର ହୋଇଥିବାରୁ କ୍ଷମତା ହସ୍ତାନ୍ତର ସମୟରେ ନେହେରୁ ଇଂରେଜମାନଙ୍କ ସହିତ ଇଂଲିଶରେ ଭଲ କଥାବର୍ତ୍ତା କରିପାରିବେ । ସେମିତି ଏମାନେ ସେଦିନ ସଂକ୍ରାନ୍ତି ଥିବାରୁ ଉସୁନା ଖାଇବେ ନାହିଁ, ଜଳିଖିଆ ଖାଇ ଥାଆନ୍ତେ । ସେଥିପାଇଁ ସଞ୍ଜ ପାହ୍ଣଚାରେ ଘରକୁ ଫେରିଥିଲେ ସୁଦ୍ଧା ସେଦିନ କିଛି ଅସୁବିଧାର ସମ୍ମୁଖୀନ ହୋଇନଥିଲେ । ଆଜି କିନ୍ତୁ ସେପରି ସୁବିଧା ନାହିଁ । ଯେଉଁ ବାହାନା ଦେଖାଇ ସେମାନେ ଘର ଲୋକମାନଙ୍କ ଦୃଷ୍ଟିକୁ ତା' ଉପରୁ ହଟାଇ ଦେଇ ଅନ୍ୟ ଆଡ଼କୁ ବୁଲାଇ ନେଇଯାଇ ପାରିବେ ? ଅଯଥା ବିଳମ୍ବ ପାଇଁ କୌଣସି ବାହାନାର ଆଳ କାଢ଼ିବାର ଉପାୟ ନପାଇ ସେମାନେ ତାଙ୍କୁ ସାକ୍ଷାତ କରିବାର ଆଶା ତ୍ୟାଗକରି ନିଜର ପ୍ରବଳ ଅନିଚ୍ଛା ସତ୍ତ୍ୱେ ଘରକୁ ଫେରି ଯିବାକୁ ବାଧ୍ୟ ହୋଇଥିଲେ ।

ଫେରିଲା ବାଟରେ କେହି କାହାରିକୁ କିଛି କହିନଥିଲେ । ନିରବରେ ମୁହଁ ତଳକୁ ପୋତି ବାଟ ଚାଲୁଥିଲେ । ପରାଜିତ ସେନା ନାୟକ ହାରି ଯାଇଥିବା ଗ୍ଲାନିରେ ଯୁଦ୍ଧ କ୍ଷେତ୍ରରୁ ପ୍ରତ୍ୟାବର୍ତ୍ତନ କଲାବେଲେ ନତମସ୍ତକ ହୋଇ ବାଟ ଚାଲିଲା ପରି ସେମାନେ ଫେରୁଥିଲେ । କାର୍ଯ୍ୟରେ ବିଫଳ ହୋଇ ଭଗ୍ନ ମନୋରଥ ନେଇ ଫେରୁଥିବା ବ୍ୟକ୍ତି ପରି ସେ ଦୁହେଁ ବାଟ ଚାଲୁଥିଲେ । ପରୀକ୍ଷାରେ ଅକୃତକାର୍ଯ୍ୟ ହୋଇଥିବା ଛାତ୍ରଟି ପରୀକ୍ଷା ଫଳ ଶୁଣିଲା ପରେ ଯେପରି ଫେରିଥାଏ ସେମିତି ସେମାନେ ଫେରୁଥିଲେ । ଅଥୟ ମନର ଅଶାନ୍ତ ପ୍ରବାହକୁ ଅନ୍ତରେ ମାରି ଛାତି ଭିତରୁ ଉଠି ଆସୁଥିବା ଅସ୍ଫୁଟ ଛାତିଥରା କୋହକୁ ବୁକୁତଳେ ଚାପିରଖି ସେମାନେ ଫେରୁଥିଲେ । ରାସ୍ତାର ମୋଡ଼ ପରେ ବ୍ରାହ୍ମଣ ସାଇ ନିକଟରେ ସୁନି ଅକୁହା ଭାଷାର ଅବ୍ୟକ୍ତ ସଂଜ୍ଞାପର ନିରବ ସମ୍ଭାଷଣରେ ସତୀ ଠାରୁ ବିଦାୟ ନେଇଥିଲା । ସତୀ ପାଦର ପାହୁଣ୍ଡ ଗଣିଲା ପରି ଗତିରେ ଘର ମୁହଁ ଚାଲିଲା ।

ଘରେ ପହଞ୍ଚି ସତୀ ଖାଇ ବସିଲା । ତା'ର ମନ୍ଦିରରୁ ଫେରିବା ଡେରିଦେଖି ସବିତା ତା' ଲାଗି ଭାତ କଂସାରେ ରଖି ଚୁଲିରେ ବସାଇ ଦେଇଥିଲେ । ହାଣ୍ଡିରେ ଭାତ ଅଧିକ ସମୟ ରଖିଲେ ଶୁଖିଯାଏ । ଶୁଖିଲା ଭାତ ଖାଇଲେ ପେଟ ବିଗିଡ଼େ । ପାଠ ପଢ଼ିଲା ସମୟରେ ଯେପରି ଚାରିଟା ପରେ ଘରକୁ ଫେରିଲା ବେଳକୁ ସତୀ ଓ ସୁବଳ ପାଇଁ ସବିତା ଭାତକୁ କଂସାରେ ରଖି ପାଣି ଛିଞ୍ଚି ଚୁଲିରେ ବସାଇ ଦେଇ ଥାଆନ୍ତି । ଆଜି ବି ତା' ଲାଗି ସେହିପରି ରଖିଥିଲେ । ସତୀ

ଘରେ ପହଞ୍ଚିବା ମାତ୍ରେ ବିଳମ୍ବ ନକରି ସବିତା ତା' ଲାଗି ଖାଇବାକୁ ବାଢ଼ି ଦେଇଥିଲେ। ତା'ର ମନ୍ଦିରରେ ଏତେ ସମୟ ରହିବାର କାରଣ ବିଷୟରେ ତାକୁ କିଛି ପଚାରିଲେ ନାହିଁ।

ବିଫଳତାର ଗ୍ଲାନିରେ ପ୍ରିୟମାଣ ସତୀ ଖାଇ ପାରିଲା ନାହିଁ। ଭାତ ଛାଡ଼ି ମୁହଁ ଧୋଇବାକୁ ଉଠିଗଲା। ସତୀ ଭାତ ଛାଡ଼ି ଉଠିଯିବା ଦ୍ୱାରା ସବିତା ତାହା ଦେଖି ନିଜର ଗରିବ ପଣିଆକୁ ନିନ୍ଦିଲେ। ଦାରିଦ୍ରତାକୁ ଦାୟିକଲେ। ଆପଣାର କର୍ମଫଳ, ହୀନ କପାଳ, ଲଲାଟ ଲିଖନ, ନ'ପାରିଲା ପଣକୁ ଦାୟି କଲେ। କ'ଣ ଲଗାଇ ଖାଇବାକୁ ଅଛି ଯେ ଓ ଘରେ କ'ଣ ଅଛି ରାନ୍ଧିବାଢ଼ି ରଖିବେ? ଘରେ ସିନା ପନିପରିବା କିଛି ଥିଲେ ସେ ଛଅ ଭଜା ନଅ ତିଅଣ ନହଉ ନିହାତି ନିତି, ଚାରି ରକମ କରି ରଖ୍ଥାଆନ୍ତେ। ପାଖରେ କୋଉ ପଇସା ଅଛି ଯେ ପରିବା କିଣିବେ। ବେପାର ପରିବାରୁ ଘର ପାଇଁ ଖର୍ଚ୍ଚ କରି ବେପାର ବୁଡ଼ିଗଲା। ପରିବା କ'ଣ ବିକ୍ରୀ ହେଉନି ନା ପରିବା ବାଲା ଗାଁକୁ ଆସୁନାହିଁନ୍ତି। ସେ ତ ନିଜେ ପରିବା ବିକ୍ରି କରନ୍ତି। ସେ ମାଛ, ଶୁଖ୍ଆ ବେପାର ସହିତ ପରିବା ବେପାର ମଧ କରିଥାଆନ୍ତି। ବେପାର ବୁଡ଼ିଗଲା ଦିନଠାରୁ ହାତ ଗୋଡ଼ ବାନ୍ଧି ଘରେ ବସିଛନ୍ତି। ଅସଲ କଥା ହେଲା ପାଖରେ ପଇସା ଥିଲେହେଲା। ସେତକ ଅଞ୍ଜିରେ ନାହିଁ। ଶୁଖ୍ଲାଟାରେ ଖାଲି ହାତରେ କାହିଁକି ତୁଚ୍ଛାଟାରେ କୁଆଡ଼କୁ ମନ ବଳାଇବେ? ବାଡ଼ିଘରୁ ଯାହା ମିଳୁଛି ସେଟିକିରେ ପୂରା ପରିବାରଟି ଦୁଃଖେ କଷ୍ଟେ ଚଳୁଛି। ଜଣେ ନା ଅଧେ (ଦୁଇ ଜଣ) ହୋଇଛନ୍ତି।? ଛଅଟି ପିଲା। ସେ ନିଜେ ଦିପ୍ରାଣୀ। ଦିନକୁ ଅଧସିଡ଼େ (ପାଞ୍ଚିଏ) ପରିବା ଦରକାର। ଏତେ ଲୋକ ଥାଉଁ ଥାଉଁ ସେ କିପରି ସତୀକୁ ଏକୁଟିଆ ଭଲ ଦେଇ ଅନ୍ୟମାନଙ୍କ ପ୍ରତି ଆଖ୍ ବୁଜି ଦେଇ ପାରିବେ। ପକ୍ଷପାତ ନୀତି ଆଚରଣ କରି ସେମାନଙ୍କ ପ୍ରତି ଅନ୍ୟାୟ କରି ବସିବେ?

ଖାଇ ସାରି ନିଜ ଅଶାନ୍ତ ମନକୁ ନେଇ ସତୀ ତାଙ୍କ ଘରର ଦକ୍ଷିଣ ପଟ ପିଣ୍ଡାରେ ଯାଇ ବସିଲା। ତା' ଆଗରେ ମାର୍ଗଶୀର ମାସର ପାଚିଲା ଧାନକ୍ଷେତ। ତାଙ୍କ ଘରଟି ଗାଁର ଦକ୍ଷିଣପଟକୁ ହୋଇଥିବାରୁ ତାଙ୍କ ବାଡ଼ିପଟ ପିଣ୍ଡାରେ ବସିଲେ ଗାଁର ଦକ୍ଷିଣ ଦିଗରେ ଥିବା ବିସ୍ତୀର୍ଣ୍ଣ ଧାନକ୍ଷେତ ଦେଖାଯାଏ। ସୂର୍ଯ୍ୟପଶ୍ଚିମ ଆକାଶରେ ଅସ୍ତ ଯିବା ପାଇଁ ଆଗେଇ ଯାଉଛନ୍ତି। ସମୟ କାହାରିକୁ ଅପେକ୍ଷା କରେ ନାହିଁ। ଅବିରାମ ଭାବରେ ସିଏ ଗତି କରି ଚାଲିଥାଏ। ସମୟ କାହାର ବ୍ୟକ୍ତିଗତ ଆଜ୍ଞାଧୀନ ନୁହେଁ କିମ୍ବା କାହାରି ବୋଲକରା ମଧ ହୋଇପାରେନା। କାହାରି ନିମନ୍ତ୍ରଣରେ ସିଏ ନଥାଏ। କାହାରି ଆଦେଶ ମାନି ଚଲିବା କିମ୍ବା କାହାରି ନିର୍ଦ୍ଦେଶ ମାନିବା ତା'ର ଧର୍ମ ମଧ ହୋଇ ପାରେନା। ଅନ୍ୟ କାହାର ଇଚ୍ଛା ମୁତାବକ ଚାଲିବା ଅଥବା କାହାର ମନ ନେଇ, କଥା ରଖ୍ ଚାଲିବାକୁ ସେ ଆଦୌ ବାଧ୍ୟ ନୁହେଁ। ସତୀ ବସିଥାଏ ତାଙ୍କ ବାଡ଼ି ପଟ ପିଣ୍ଡାରେ, ସାମ୍ନାରେ ପାଚିଲା ଧାନଗଛ ମାର୍ଗଶୀର ମାସର ଦଲକା ଦଲକା ପବନରେ ଲହଡ଼ି ଭାଙ୍ଗୁଥାଏ। ଆସନ୍ତା କାଲିଠାରୁ ଧାନକଟା ଆରମ୍ଭ ହେବ। ମାର୍ଗଶୀର ମାସ ପାଞ୍ଚ ଦିନ ଗୁରୁବାରରେ ପ୍ରଥମାଷ୍ଟମୀ ପଡ଼ିଛି। ଆସନ୍ତା କାଲି ଶୁକ୍ରବାରଠାରୁ ଚାଷୀ ବିଲକାମରେ ଲାଗି ପଡ଼ିବେ। କିଛି ଦିନ ପରେ ଧାନକଟା ହୋଇ ବିଲରୁ ଖଳାକୁ ବୁହା ହୋଇ ଆସିବ। ତା' ପରେ ପାଚିଲା ଧାନରେ ଭରପୂର କ୍ଷେତର ଶିରି ତୁଟିଯିବା। ବିଲ ସବୁ ହଡ଼ଶିରି ଦିଶିବ। ସୂର୍ଯ୍ୟ ଅସ୍ତ ଗଲେ ରାତି ଆଗମନରେ ଧରା ପୃଷ୍ଠର କୋଲାହଲ ଥମିଯାଇ ଅନ୍ଧକାରର ଅଥଳ ଗର୍ଭରେ ପୃଥିବୀ ନିରବରେ ଯେମିତି ବୁଡ଼ିଯିବ। ସେମିତି ବିଲରୁ ଧାନ କଟା ହୋଇ ଉଠିଗଲେ କ୍ଷେତସବୁ ସେପରି ଶ୍ରୀହୀନ ହୋଇଯିବ। ସେହିପରି ତା' ମନ ଇଲାକାରୁ ଅଧରଙ୍କୁ ପାଇବାର ଆଶା ଅପସରି ଯାଇ ବ୍ୟର୍ଥତାର ହା ହା କାର ଭରିଯିବ। ଅସ୍ତଗାମୀ ସୂର୍ଯ୍ୟଙ୍କ କିରଣ କ୍ରମେ କ୍ରମେ ମ୍ଲାନ ହୋଇଗଲାପରି, ତାଆର ତାଙ୍କୁ ପାଇବାର ଭରସା ଆସ୍ତେ ଆସ୍ତେ ମଉଳି ଯାଉଛି। ମଉଳି ଆସୁଥିବା ଆଶାର ଆଲୋକ ବର୍ତ୍ତିକା କିଛି ଦିନ ପରେ କ୍ଷୀଣରୁ କ୍ଷୀଣତର ହୋଇ ଶେଷକୁ ନିର୍ବାପିତ ହୋଇଯିବ।

ତା'ର ମନେ ପଡ଼ିଯାଉଛି କାର୍ତ୍ତିକ ପୂର୍ଣ୍ଣିମୀ ଦିନର କଥା । ଯେଉଁ ଦିନ ଅଧର ରୁମାଲ ଆଣି ନଥିବାରୁ ସେ ତା' ନିଜ ରୁମାଲଟିକୁ ତାଙ୍କ ଆଡ଼କୁ ବଢ଼ାଇ ଦେଇଥିଲା ଓ ତା'ଙ୍କ ମୁହଁହାତ ପୋଛିବା ପାଇଁ । ସିଏ କିନ୍ତୁ ସଙ୍କୋଚବୋଧ କରିଥିଲେ ତା' ହାତରୁ ରୁମାଲ ନେବା ପାଇଁ । ତା' ପରେ ସେ ସବୁ ଲାଜ, ସରମ, ସଙ୍କୋଚ ଓ ସଂଭ୍ରମକୁ ଅତିକ୍ରମ କରି ଆପଣା ହାତରେ ତା' ନିଜ ରୁମାଲରେ ତାଙ୍କ ଓଦା ମୁହଁକୁ ପୋଛି ଦେଇଥିଲା । ଯେମିତି ଘରକୁ ଫେରିଥିବା କର୍ମକ୍ଲାନ୍ତ ସ୍ୱାମୀର ମୁହଁକୁ ତା'ର ପ୍ରତିପରାୟଣା ପତ୍ନୀଟି ଖୁବ୍ ସରାଗ ମନରେ ଅତି ଶ୍ରଦ୍ଧାରେ ତା' ନିଜ ପଣତ କାନିରେ (ଶାଢ଼ିର ପଣତରେ) ପୋଛି ଦେଇଥାଏ । ତାଙ୍କର ଅତି ନିକଟତର ହୋଇ ସେ ଯେତେବେଳେ ତାଙ୍କ ମୁହଁ ପୋଛି ଦେଉଥିଲା ସେତେବେଳେ ତାଙ୍କ ନିଃଶ୍ୱାସର ତାତିଲା ପବନ ତା ମୁହଁରେ ଆସି ବାଜୁଥିବାର ସେ ଅନୁଭବ କରି ପାରିଥିଲା । ସେ ଅନୁଭବ ସତେ କେତେ ମାଦକଭରା, ଶାନ୍ତି ଦାୟିନୀ, ସନ୍ତୋଷ ପ୍ରଦାୟକ, ଆନନ୍ଦ ପ୍ରଦାନକାରୀ, ସୁଖ ପୂର୍ଣ୍ଣ ଓ ଖୁସି ପ୍ରବାହକ ଥିଲା । ଇଚ୍ଛା ହେଉଥିଲା ସିଏ ଏମିତି ବାଧ ସୁଧାର ପିଲାଟି ପରି ମୁହଁ ଦେଖାଇ ଠିଆ ହୋଇ ରହି ଥାଆନ୍ତେ । ଆଉ ସେ ତାଙ୍କ ମୁହଁକୁ ଏମିତି ତା' ହାତବୁଣା ରୁମାଲରେ ପୋଛି ଦେଉ ଥାଆନ୍ତା । ଯେଉଁ ପୋଛିବାର ଶେଷ ନଥାଆନ୍ତା ବରଂ ସେ ସମୟସୀମା ଲମ୍ବି ଯାଆନ୍ତା ଅନନ୍ତ କାଳ ଯାଏ । ତାଙ୍କର ଅତି ନିକଟରେ ଠିଆ ହୋଇ ତାଙ୍କ ନିଶ୍ୱାସ ପବନର ଉଷ୍ଣତାର ପରଶ ପାଉଥାଆନ୍ତା ସାରା ଜୀବନ, ଜୀବନର ଅନ୍ତିମ କ୍ଷଣଯାଏ । ସେ ସବୁତ କଳ୍ପନା । ତାହା ଖାଲି ଭାବନାରେ ରହିଯାଏ । ବାସ୍ତବର ରୂପ ପାଇ ପାରେନା । ତଥାପିତ ମଣିଷ କଳ୍ପନା ବିଲାସୀ ହୋଇ ବଞ୍ଚି ରହେ କାଳେ ତା'ର ଭାବନା ବାସ୍ତବତାର ରୂପ ନେବ, ଏହି ଆଶାରେ ।

ସୂର୍ଯ୍ୟ ଅସ୍ତ ଯିବା ପୂର୍ବରୁ ଆଗାମୀ କାଲି ସୂର୍ଯ୍ୟୋଦୟ ପାଇଁ ନିରବ ଭାଷାରେ ପ୍ରତିଶ୍ରୁତି ଦେଲାପରି । ଚାଷି କ୍ଷେତରୁ ଫସଲ ଉଠାଇ ଆଣିଲା ବେଳେ ପୁଣି ଆସନ୍ତା ବର୍ଷ ଚାଷ କରି (ବିହନ ବୁଣି) କ୍ଷେତ ପରିପୂର୍ଣ୍ଣ କରିବାର ଆଶା ରଖିଲା ଭଳି । ଅଧରଙ୍କ ଅନ୍ୟତ୍ର ବିଭା ହେବାକୁ ରାଜି ନହେବା ତା' ମନରେ ଗୋଧୂଲିକାଳୀନ ମଲିନ ଆଲୋକ ପରି କ୍ଷୀଣ ଆଶାର ସଞ୍ଚାର କରୁଛି । ସେହି ଅକୁହା କଥର ପ୍ରବୋଧନା ବ୍ୟତୀତ ସିଏ ଆଉ କିଛି ଭରସା ଦେଖି ପାରୁନଥିଲା । ସୂର୍ଯ୍ୟାସ୍ତ ପରେ ନୀଡ଼ ଫେରା ପକ୍ଷୀମାନଙ୍କର ପରସ୍ପରକୁ ଭେଟିବାର ଆନନ୍ଦ ବିଭୋର କଳରବ ପରି ତା' ମନ ରାଇଜରେ ଅସୁମାରି ଆଶଙ୍କାର ସମାରୋହ । ସାମୁଦ୍ରିକ ଜୁଆରର ଆଘାତରେ ବିପର୍ଯ୍ୟସ୍ତ ବେଲାଭୂମି ପରି ତା' ହୃଦୟ ଆଜି ନିରାଶାର କ୍ଷୟାଘାତରେ କ୍ଷତ ବିକ୍ଷତ । ଦୁନିଆକୁ ସେ ତା' ମନର ନିକିତିରେ ତଉଲି ଦେଖୁଛି । ସମସ୍ତେ ନିଜ ନିଜର ସ୍ୱାର୍ଥ ନେଇ ବ୍ୟସ୍ତ । କେହି କାହାରି ମରମ ତଳର ବେଦନା ଜାଣିବାକୁ ପ୍ରସ୍ତୁତ ନୁହଁନ୍ତି । ଅନ୍ୟର ଦୁଃଖ ବୁଝିବାକୁ କାହାରି ଆନ୍ତରିକ ଇଚ୍ଛାନାହିଁ । କାହାରି ଅସୁବିଧା ଶୁଣି ତାକୁ ସୁଧାରିବାର ଆଗ୍ରହ କାହାରି ମତଲବ ନୁହେଁ । କେବଳ ଭାଷଣ ବାଜିରେ ଗୌରବ ପାଇବା ପାଇଁ ସଭିଏଁ ଆଗଭର ହେଉଛନ୍ତି । ଭାଷାର ଇନ୍ଦ୍ରଜାଲ ବୁଣି ବାହାବା ନେବାଲାଗି ସମସ୍ତେ କଥାରେ ସର ପକାଇ ଦିଅନ୍ତି । ନୁଖୁରା କଥା କହି, ଶୁଖିଲାଟାରେ ବାହାଦୁରୀ ଲାଭ କରିବାର ମତଲବ ପ୍ରାୟ ଅଧିକାଂଶଙ୍କର ରହିଛି । ପ୍ରକୃତ ପରିସ୍ଥିତିର ସମ୍ମୁଖୀନ ହୋଇ ପରିବର୍ତ୍ତନର ଧାରାକୁ ସାକାର କରିବା କାହାରି ଆସଲ ଉଦ୍ଦେଶ୍ୟ ନୁହେଁ । ପରନ୍ତୁ କହିଥିବା ନିଜ କଥାର ସତ୍ୟତା ରକ୍ଷା କରିବା ଲାଗି କାହାରି ଆନ୍ତରିକ ଇଚ୍ଛାନଥାଏ । ଆପଣା ପାଟିରେ ଉଚ୍ଚାରଣ କରିଥିବା ବାକ୍ୟ ସମୂହକୁ ପାଳନ କରିବାର ମାନସୀକତା କାହାର ଥିଲା ପରି ଜଣାଯାଉନାହିଁ । କେବଳ ମନବୋଧ୍ୱା କଥା ଦିପଦ କହି ନିଜେ ନିରାପଦରେ ଖସିଯିବା ଲାଗି ବାଟ ଖୋଜିବାରେ ସମସ୍ତେ ତତ୍ପର । ଅବାଟରୁ ଅପନ୍ତରା ହଟାଇ ତାକୁ ପାଦଚଲା ଚଲନ୍ତି ରାସ୍ତରେ ପରିଣତ କରିବା ପାଇଁ ଚେଷ୍ଟା କରୁଥିବା ବ୍ୟକ୍ତି ଦୁନିଆରେ ବିରଳ । ଏଇନେ ଅନ୍ୟକୁ ସୁବିଧା ଯୋଗାଇ ଦେବା ଲାଗି କେହି କେବେ ନିଷ୍ଣାପର ଭାବେ ଉଦ୍ୟମ କରୁଥିବା ପରି ଜଣାଯାଉନାହିଁ । ଏହିପରି ଅସମାହିତ ସମସ୍ୟାର ଅହେତୁକ ଭିଡ଼ ଲାଗି ରହିଥିଲା ତା' ମନରେ । ସେ ତା'ର ସମାଧାନର ପଥ ଖୋଜି ପାଉନଥିଲା ।

ସତୀ ତାଙ୍କ ବାଡ଼ିପଟ ପିଣ୍ଡାରେ ବସି ଭାବୁଥିଲା ଏଇତ ଜୀବନ। ଏଇତ ଦୁନିଆ। ଏଇତ ସଂସାର। ଏଇତ ସମାଜ। ଏ ସଂସାର ତ ନଶ୍ୱର। ଏ ଜୀବନ ତ କ୍ଷଣସ୍ଥାୟୀ। ଏଠି ଯିଏ କେହି ଜନ୍ମ ନେଲେ ଦିନେନା ଦିନେ ସେ କାଳ କବଳିତ ହେବ। ଏଠି କେହି କାହାରି ନୁହଁନ୍ତି। ସବୁଖାଲି ମୋହ ମାୟାର ବନ୍ଧନ। ସବୁ ମରିଚିକା, ମୃଗତୃଷ୍ଣା, ସଂସାରିକ ବନ୍ଧନ, କ୍ଷଣିକ ଲାଗି ମାତ୍ର। ଏହି କ୍ଷଣିକର ମୋହ, ଆସକ୍ତିର ଲାଲସା, ମାୟାର ବନ୍ଧନ ତ୍ୟାଗ କରିବା ସମସ୍ତଙ୍କର ଆବଶ୍ୟକ। ମଣିଷର ଜୀବନତ ଦୁଃଖ ଯନ୍ତ୍ରଣାମୟ। ଶୋକ ଓ ବିପର୍ଯ୍ୟୟରେ ଭରପୂର। କୌଣସି ପରିସ୍ଥିତିରେ ହାର ନମାନି ପରାଜୟ ସ୍ୱୀକାର ନ କରି ଏସବୁର ସମ୍ମୁଖୀନ ହେବା ଉଚିତ୍। ଭାଙ୍ଗି ପଡ଼ିଲେ ଝଡ଼ ବତାଶ ତୁମ ଉପରେ ବହିଯିବ।

ସେ ପାଠ ପଢ଼ିବା ପାଇଁ ସୁବିଧା ପାଇଲା ନାହିଁ। ଅଭାବ ଘର ତାଙ୍କର। ସବୁବେଳେ ନାହିଁ ନାହିଁର କୁହାଟ ଶୁଣାଯାଏ ତାଙ୍କ ପରିବାର ଭିତରେ। ଅନାଟନ ଲାଗି ରହିଥାଏ ସଦା ସର୍ବଦା ତାଙ୍କ ସଂସାରରେ। ପୁଣି ଭାବୁଥିଲା ମନେ ମନେ। ଭାଗ୍ୟ କିମ୍ବା ଭଗବାନଙ୍କ ଦୋଷ ଦେଇ ଲାଭ କ'ଣ? ଭାଗ୍ୟଫଳର ଦ୍ୱାହୀ ଦେଇ ଦୁଃଖ ପାଇବାର ମାନେ କିଛି ହୁଏନା। କପାଳ ଲିଖନ କହି ମନର ସରସତାକୁ ନଷ୍ଟ କରିବା ବି ଉଚିତ୍ ନୁହେଁ। ମୋର କର୍ମରେ ଏଇଆ ଅଛି କହି ସେ କାହା ଉପରେ ଅଭିମାନ କରିବ? ସିଏ ପାଠପଢ଼ି ନ ପାରିଲା ବୋଲି ତା' ବାପାଙ୍କର ଧନ ନଥିବାରୁ କିମ୍ବା ସିଏ ତା' ମନ ମୁତାବକ ପଦାର୍ଥ ଅଭାବ ବଶତଃ କିଣି ପାରୁନଥିବାରୁ ନିଜ ଉପରେ ଦୋଷଲଦି ଦେବା ମଧ ଠିକ୍ ହେବ ନାହିଁ। ପ୍ରେମିକର ସାକ୍ଷାତ ମିଳିଲେ କ'ଣ ଭଗବାନ ଠିକ୍ (ସତରେ) ଅଛନ୍ତି ଓ ତା' ଡାକ ଶୁଣି ତା' ଗୁହାରି ଘେନା କଲେ ବୋଲି ପ୍ରମାଣିତ ହେବ। ଭଗବାନଙ୍କର କ'ଣ ଆଉ ଅନ୍ୟ କିଛି ଧନ୍ଦାନାହିଁ। ତାଙ୍କର କିଛି ଦାୟିତ୍ୱ ନାହିଁ, କର୍ତ୍ତବ୍ୟ ନାହିଁ। ତାଙ୍କର କେବଳ କାମ ହେଲା ତା' ମନ ମଣିଷକୁ ଆଣି ଧବଳେଶ୍ୱରଙ୍କ ମନ୍ଦିରରେ ତା' ସହିତ ଭେଟ କରାଇବା? ଯଦି ଏପରି ଉଦ୍ଦେଶ୍ୟ ନେଇ, ଏଭଳି ମତଲବ ରଖି ସିଏ ଦେବତାଙ୍କ ମନ୍ଦିରକୁ ଯାଉଥାଏ ତେବେ ସେମିତି ମନୋଭାବରେ ଠାକୁରଙ୍କୁ ଦର୍ଶନ କରିବାର ଆବଶ୍ୟକ ଆଦୌ ନଥିଲା। ତା'ର ମଧ ଉଚିତ୍ କରୁନଥିଲା ନିଜ ପ୍ରେମିକୁ ଭେଟିବାର କାମନା ମନରେ ଧରି ମନ୍ଦିରକୁ ଯିବା। ପ୍ରିୟ ପୁରୁଷର ସାନ୍ନିଧ ଲାଭ ପାଇଁ ଦିଅଁକୁ ଦର୍ଶନ ଦ୍ୱାରା ତାଙ୍କ କୃପା ଲାଭକୁ ମାଧମ ଭାବେ ବ୍ୟବହାର କରିବ? ମନ ମଣିଷର ସାକ୍ଷାତ ପାଇବା ଲାଗି ଠାକୁରଙ୍କ ଆଶୀର୍ବାଦକୁ ବିନିଯୋଗ କରିବା ବିବେକ ସମ୍ପନ୍ନ ବ୍ୟକ୍ତିର କାମ କଦାପି ହୋଇନପାରେ। ଗ୍ରାମ ଦେବତାଙ୍କୁ ଆପଣାର ପ୍ରେମ ବ୍ୟାପାରରେ ଲଗାଇ ଲାଭ ଉଠାଇବା ଉଦ୍ଦେଶ୍ୟ ହୃଦୟରେ ପୋଷଣ କରିବା। ଅନ୍ତରରେ ଯେକୌଣସି କାମନା, ବାସନା, କିଛି ପାଇବାର ଲାଲସା ରଖି ସେଥିରୁ ଲାଭ ଉଠାଇବାର ମତଲବରେ ଫାଇଦା ମାରିନେବା ଉଦ୍ଦେଶ୍ୟରେ। ଆପଣାର ଅଧିକାର ଭୁକ୍ତକରି ନିଜେ କରାୟତ କରିନେବାର ମାନସିକତାରେ ଠାକୁରଙ୍କ ନିକଟକୁ ଯିବା ପ୍ରଥମତଃ ଏକ ବଡ଼ ଧରଣର ମାରାତ୍ମକ ଅକ୍ଷମଣୀୟ ଅପରାଧ। ଆପଣା ଭୁଲକୁ ନିଜେ ନସୁଧାରି ନିଜର ଅପାରଗତା ପ୍ରତି ଲକ୍ଷ୍ୟ ନରଖି, ଆପଣାର ନିପାରିଲା ପଣକୁ ଦୃଷ୍ଟି ନଦେଇ ନିଜ ଦୁର୍ବଳତାର ଦିଗକୁ ନଜର ନକରି ନିଜର ତ୍ରୁଟିବିଚ୍ୟୁତି ପ୍ରତି ଆଖ୍ବୁଜି ଦେବା ମଧ ପରମ ବୋକାମୀ।

ସୁନି କହିଥିବା କଥା ଟିଏ ତା'ର ମନରେ ପଡ଼ିଗଲା। "ୱାନ ହୁ ଟ୍ରାଇଜ ଟୁ ପ୍ଲିଜ ଏଭ୍ରି ବଡ଼ି ପ୍ଲିଜେସ୍ ନୋ ବଡ଼ି" ଯିଏ ସମସ୍ତଙ୍କୁ ସନ୍ତୁଷ୍ଟ କରିବାକୁ ଇଚ୍ଛା କରେ। ସେ କାହାରିକୁ ବି ସନ୍ତୁଷ୍ଟ କରିପାରେନା। ସେମିତି ଭଗବାନ କିପରି ସମସ୍ତଙ୍କୁ ସନ୍ତୁଷ୍ଟ କରିବେ। ସମସ୍ତଙ୍କ ମନସ୍କାମନା ପୂରଣ କରି ପାରିବେ?

ଅଧର ହେଲେ ଜମିଦାର ଘର କୋଲପୋଛା ଗେହ୍ଲା ପୁଅ। ତାଙ୍କର କ'ଣ ଅଛି? ଅନାଟନ କାହାକୁ କୁହାଯାଏ ତାହା ସିଏ ଜାଣନ୍ତି ନାହିଁ। ଅସୁବିଧା ତାଙ୍କ ପାଖ ମାଡ଼ିନଥିବ। ମହରଗ କେମିତି ଜିନିଷ ତାହା ତାଙ୍କ ଜ୍ଞାତସାର ବିଷୟ ଜମା ନୁହେଁ। ତାଙ୍କୁ ନେଇ ସେ ସଂସାର ଗଢ଼ିବାକୁ ଯୋଜନା କରିବା ପ୍ରକୃତରେ ଅବାସ୍ତବ କଳ୍ପନା ବ୍ୟତୀତ ଅନ୍ୟ କିଛି ନୁହେଁ। ସତୀର ମନରେ ଏମିତି ଭାବାନା ବି ଆସୁଥିଲା। ପଞ୍ଚଭୂତରେ ଗଢ଼ା ଏ ଶରୀର ଦିନେ ନା ଦିନେ ପଞ୍ଚଭୂତରେ

ଲୀନ ହେବ । ଖାଲି ପଡ଼ିରହିବ ନିର୍ଜୀବ ଦେହଟି । ଯାହାକୁ ଶବ କହି କେହି ଛୁଇଁବେ ନାହିଁ । ତାହା ବି ଦିନେ ମାଟିରେ ମିଶିବ । ତା'ପରେ କେବଳ ଲୋକଙ୍କ ମୁହଁରେ ଉଡ଼ା କଥାଟିଏ ଥିବ । ଅମୁକ ଦାସର ଧମୁକ ନାମରେ ଝିଅ ଟିଏ ଥିଲା । ଅମୁକ ଗାଁର ସମୁକ ପୁଅକୁ ସିଏ ଭଲ ପାଉଥିଲା । କିନ୍ତୁ ସେମାନଙ୍କର ମିଳନ ସମ୍ଭବ ହେଲାନି । ପ୍ରତିବନ୍ଧକ ହୋଇ ଠିଆ ହେଲା ସେମାନଙ୍କ ମଧ୍ୟରେ ଥିବା ଜାତି, ଗୋତ୍ର, ଖାନଦାନି, ବୁନିଆଦି, ପରମ୍ପରା, ସମାଜରେ ପ୍ରଚଳିତ ରୀତିନୀତି, ସଂସାରରେ ଆମେ ସବୁ ମାନୁଥିବା ନିୟମ କାନୁନ୍ । ସେଥିପାଇଁ ଚିର କୁମାରୀ ହୋଇ ରହିଗଲା ସିଏ । ଅଭିଆଡ଼ି ରହି ଜୀବନ ବିତାଇ ଦେଲା । ବାଭୁଅ ପାଣିରେ ଗାଧୋଇବା ତା' ଭାଗ୍ୟରେ ନଥିଲା । ତା' କପାଳରେ ବିଧାତା ସଂସାର ବାନ୍ଧିବା ରଖିନଥିଲେ । ସତିଦୁର୍ଶ ତା' କୋଷ୍ଠିରେ ସ୍ୱାମୀ ସୁଖ ଲେଖିନଥିଲେ । ସେ ଚିର କୁମାରୀ ରହି ସଂସାରରୁ ବିଦାୟ ନେଲା । ଆହାଃ ଭାରି ଭଲ ଝିଅଟିଏ । ଶାନ୍ତ, ଶିଷ୍ଟ, ବାଧ୍ୟ ସୁଧାର, ସରଳ, ନିରୀହ, ଧନ ନଥିଲା ତା' ବାପର । ପୁଣି ଜନମ ହୋଇଥିଲା ଛୋଟ ଜାତିରେ । ଅଥଚ ରୂପ ପାଇଥିଲା ରଜା ଝିଅପରି । ଆହାଃ ବିଚାରୀ । ତା'ପରେ ସେ କଥା ବି ପବନରେ ମିଶିଯିବ । ମାତ୍ର ସଂସାର ଚାଲିଥିବ । ଦୁନିଆ ରହିଥିବ । ସମାଜ ଆଗୋଉଥିବ ସଭ୍ୟତା ଆଡ଼କୁ ଉନ୍ନତି ପଥରେ । ପବନ ବହୁଥିବ । ଫୁଲ ଫୁଟୁଥିବେ ପୁଣି ଝରି ପଡ଼ୁଥିବେ । ସୂର୍ଯ୍ୟ ଉଦୟ ଅସ୍ତରେ ଦିନ ହଉଥିବ । ପୁଣି ନଈଁ ଆସୁଥିବ ରାତି । ଜହ୍ନ ଉଇଁ ଆସୁଥିବେ ପୁଣି ଅସ୍ତ ଯାଇଥିବେ, ପୂର୍ଣ୍ଣିମୀ ଆସୁଥିବ ପୁଣି ଆସୁଥିବ ଅମାବାସ୍ୟା । ତା' ପରେ ଜହ୍ନ ରାତି । ଶୁକ୍ଲ ପକ୍ଷ, ଅନ୍ଧାର ପକ୍ଷ ଆଗ ପଛ ହୋଇ ଯାଉଥିବେ ଆଉ ଆସୁଥିବେ । ମାସ ଗଡ଼ି ଚାଲିଥିବ । ବଦଳୁ ଥିବ ରତୁ । ବର୍ଷ ପରେ ବର୍ଷ । କେବଳ ନଥିବ ସିଏ, ତା'ପରି ଆଉ କେତେ ମଧ୍ୟ । ସେମାନଙ୍କ କଥା ଆଉ ସେମାନଙ୍କ ବିଷୟରେ ଆଲୋଚନା ।

ତା'ର ମନରେ ପଡ଼ିଲା । ଶୁନି କହୁଥିଲା ଆମ ଦେଶର ପୂର୍ବତନ ଶାସକ । ସୂର୍ଯ୍ୟାସ୍ତ ହେଉନଥିବା ସାମ୍ରାଜ୍ୟର ଅଧୀଶ୍ୱର ଅଷ୍ଟମ ଏଡ଼ୱାଡ ପ୍ରେମ ପାଇଁ ରାଜ ସିଂହାସନ ପରିତ୍ୟାଗ କରିବାକୁ କୁଣ୍ଠା (ବୋଧ) ପ୍ରକାଶ କରିନଥିଲେ । ତାଙ୍କପରି ପ୍ରେମିକ ବର୍ତ୍ତମାନ ସାରା ଦୁନିଆରେ ବିରଳ । ଏପରି କେଉଁ ସଚ୍ଚା ପ୍ରେମିକ ଜଣେ ଦୁଇଥର ଛାଡ଼ପାତ୍ର ପାଇ ସାରିଥିବା ଆମେରିକୀୟ ଓ୍ୱାଲିସ ସିମ୍ପସନକୁ ବିବାହ କରିବାକୁ ସ୍ୱାମୀ ପରିତ୍ୟକ୍ତା ମହିଳା (ଆମେରିକାନ ମହିଳା ସିମ୍ପସନ)ଙ୍କ ଲାଗି ଏତେବଡ଼ ବିଶାଳ ସାମ୍ରାଜ୍ୟର ମୋହ ତ୍ୟାଗ କରିପାରିବ ? କାରଣ ରାଜା ଅଷ୍ଟମ ଏଡ଼ୱାଡ ମନକୁ, ଆତ୍ମାକୁ, ହୃଦୟକୁ, ଅନ୍ତରକୁ ବୁଝିଥିଲେ ଖୁବ୍ ଭଲ ଭାବରେ । ସେ ଧନପ୍ରତି ରାଜ୍ୟଲାଗି, କ୍ଷମତା ଓ ସମ୍ମାନ ପାଇଁ ଲୋଭାସକ୍ତ ନଥିଲ । ସେ ଚିହ୍ନିଥିଲେ ଦିଲ୍ (ହୃଦୟ)କୁ, ଦୌଲତ ପ୍ରତି ଆକୃଷ୍ଟ ହୋଇ ନଥିଲେ । ସିଏ ପ୍ରେମ ପାଇଁ ଆଗେଇ ଆସି ପ୍ରେମିକାର ହାତଧରି ରାଜ ଐଶୋର୍ଯ୍ୟକୁ ପାଦରେ ଆଡ଼େଇ ଦେଇ ରାସ୍ତାକୁ ଓହ୍ଲାଇ ଯିବାକୁ କୁଣ୍ଠିତ ହେଲେ ନାହିଁ । କ୍ଷମତା ପ୍ରତି ତାଙ୍କର ମୋହ ନଥିଲା । ପ୍ରଣୟ ଲାଗି ସିଏ ପଦବୀ ପ୍ରତି ବିତସ୍ପୃହ ହେଲେ । ସାମ୍ରାଜ୍ୟ, ସିଂହାସନ, ରାଜସମ୍ମାନ, ରାଜକୀୟ ମର୍ଯ୍ୟାଦା ସବୁ କିଛି ତ୍ୟାଗ କରି ଆପଣା ମନ ଲାଖ୍ ମାନସୀଟିକୁ ସାଙ୍ଗରେ ଧରି ରାଜ ପ୍ରାସାଦର ଲୋଭଛାଡ଼ି ସାଧାରଣ ମଣିଷଙ୍କ ପରି ଜନ ସମୁଦ୍ର ଭିତରେ ନିଜକୁ ସବୁ ଦିନ ପାଇଁ ହଜାଇ ଦେଲେ । ରଜାଘରେ ରାଜପୁତ୍ର ହୋଇ ଜନ୍ମ ହେଇଥିଲେ । ଅସାଧାରଣରୁ ସାଧାରଣ ହୋଇ ଯିବାକୁ ସିଏ ଲଜ୍ୟା ବୋଧ କରିନଥିଲେ । ମେହନତି ଖଟିଖିଆ ଲୋକମାନଙ୍କ ସହିତ ମିଶିଥିବା ଲାଗି ତାଙ୍କର ସଙ୍କୋଚ ମଧ୍ୟ ନଥିଲା । ଅଧରଙ୍କ ପୂର୍ବ ପୁରୁଷ ସେହି ଇଂରେଜମାନଙ୍କଠାରୁ ଜମିଦାରୀ ଖର୍ଦ୍ଦିକରି ଜମିଦାର ଭାବରେ ସେମାନଙ୍କଠାରୁ ସ୍ୱୀକୃତି ପାଇ ସଂସାରରେ ସାମାଜିକ ପ୍ରତିଷ୍ଠା ପାଇ ପାରିଛନ୍ତି । ତେବେ ଅଧର ତ ତାଙ୍କ ଠାରୁ ଖାନଦାନି, ବଂଶ ପରମ୍ପରା, ବୁନିଆଦି, ସମ୍ଭ୍ରାନ୍ତ ପଣିଆ, ଶିକ୍ଷାଦୀକ୍ଷା, ପଦବୀ ଓ ଯୋଗ୍ୟତାରେ ବଡ଼ ନୁହଁନ୍ତି । ଆଉ ସିଏ ନିଜେ ଅଷ୍ଟମ ଏଡ଼ୱାଡଙ୍କ ପ୍ରେୟସୀ ଆମେରିକାନ ମହିଳା ସିମ୍ପସନଙ୍କ ଭଳି ସ୍ୱାମୀ ପରିତ୍ୟକ୍ତା ନୁହେଁ । ସେ ଗୋଟିଏ ଅବିବାହିତା ଯୁବତୀ, ଅଧର ତାଙ୍କ ସମ୍ଭ୍ରାନ୍ତ ପଣ ଓ ଖାନଦାନିର ମୋହ ପରିତ୍ୟାଗ

କରିତାକୁ ଜୀବନ ସଙ୍ଗିନୀ କରି ନେବାକୁ ରାଜରାସ୍ତା ଉପରକୁ ଓହ୍ଲାଇ ଆସି ପାରିବେ ତ ? ଯେଉଁମାନେ ତା'ର ସୁନ୍ଦର ରୂପ ପାଇଁ ତାକୁ ପସନ୍ଦ କରନ୍ତି। ଯିଏ ତା'ର ଶାନ୍ତ, ସରଳ, ନମ୍ର ସ୍ୱାଭାବ ଲାଗି ତା'ର ପ୍ରଶଂସା ଗାଇବୁଲନ୍ତି। ସେମାନେ କେହି ସେମାନଙ୍କ ଘରକୁ ତାକୁ ବୋହୂ କରି ନେବାକୁ ଆଗେଇ ଆସି ପାରିବେ କି ? ଭାଷଣବାଜି ମାରୁଥିବା ଏହି ବାକ୍ୟ ବୀରମାନେ କେବେବି କର୍ମବୀର ଭୂମିକାରେ ଅବତୀର୍ଣ୍ଣ ହୋଇ ପାରିବେ ନାହିଁ। କେବଳ ସ୍ଥାନ, କାଳ, ପାତ୍ର ଦେଖି ଦିପଦ ମିଠା କଥା କହି ଅନ୍ୟର ମନ ମୋହି ପରକୁ ଭୁଲାଇ ବାହାବାହା ପାଇବା ସେମାନଙ୍କର ଏକ ମାତ୍ର ମୁଖ୍ୟ ଲକ୍ଷ୍ୟ। ପୁରାଣରୁ ଆଖ୍ୟାନ ଓ ଇତିହାସରୁ ଉଦାହରଣ ମାନ ଦେଇ ବନେଇ ଟୁନେଇ କଥା କହିବାରେ ଏମାନେ ବେଶ ଧୁରନ୍ଧର। ପ୍ରବିଣ ଶାସ୍ତ୍ରକାର ପରି ଏମାନେ ନୀତିବାକ୍ୟ ପ୍ରୟୋଗ କରିବାରେ ଧୁରିଣ ଏହି ବ୍ୟକ୍ତିମାନେ ଭାଷଣ ଦେବାରେ ନିପୁଣତା ହାସଲ କରିଛନ୍ତି। ବାଗେଇ ସାଗେଇ କିଥା କହୁଥିବା ଓ ଭାଷଣ ବାଜି ମାରିବାରେ ଏହି ପ୍ରବିଣ ସେନାପତିମାନେ ଆପଣା ପରମ୍ପରାରୁ ବିଚ୍ୟୁତ ହୋଇ ଉପୁଜିଥିବା ପରିସ୍ଥିତିର ଉଚିତ୍ ମୁକାବିଲା କରିବା ସେମାନଙ୍କ ପ୍ରକୃତ ଉଦ୍ଦେଶ୍ୟ ନୁହେଁ। ଏମାନେ କେବଳ ଜଣେ ଜଣେ କଥା କୁହା ମହାରଥୀ। ନିଜେ ଉଚାରଣ କରିଥିବା କଥାକୁ କାର୍ଯ୍ୟରେ ପରିଣତ କରି ପାରୁଥିବା ସାମାନ୍ୟ ପଦାତିକ ସୈନିକ ସୁଦ୍ଧା ଏମାନେ ନୁହଁନ୍ତି। ନିଜେ କହିଥିବା (ଦେଇଥିବା) ଭାଷଣର ବାସ୍ତବ ରୂପାୟନ ଲାଗି ଏହି ସବୁ କଥା କୁହାଲିଆମାନେ ସଂପୂର୍ଣ୍ଣ ଅସମର୍ଥ। ସମାଜରେ ସଂସ୍କାର ଆଣିବାର କ୍ଷମତା କିମ୍ବା ସାମର୍ଥ୍ୟ, ଏମାନଙ୍କର ଆଦୌ ନାହିଁ। ସଂସାରରେ ପ୍ରଚଳିତ ପରମ୍ପରାକୁ ବଦଲାଇବା ଲାଗି କୌଣସି ପ୍ରକାର ଆଲୋଡନ ସୃଷ୍ଟି କରିବା ଏମାନଙ୍କର ଦକ୍ଷତା ବହିଃଭୁତ ବ୍ୟାପାର। ଦୁନିଆରେ ପ୍ରଚଳିତ କୁସଂସ୍କାର ବିରୋଧରେ ସଂଗ୍ରାମ କରିବା ତ ଦୂରର କଥା ତାହାର ବିଲୋପ ଲାଗି ସ୍ୱର ଉଊୋଲନ କରିବା ଏମାନଙ୍କ ଦ୍ୱାରା କେବେବି ସମ୍ଭବ ନୁହେଁ। ରାଜ ଦରବାରରେ ଥିବା ବିଦୁଷକଙ୍କ ପରି ଏମାନେ ଯଦିଓ ବାହାରକୁ ଜଣେ ଜଣେ ଶୁକ୍ଲାମ୍ବର ରୂପଧାରୀ ବିଷ୍ଣୁଙ୍କ ପରି ପ୍ରତିୟମାନ ହୁଅନ୍ତି। ମାତ୍ର ପ୍ରକୃତରେ ଏମାନେ ହେଲେ ନୀଳବର୍ଷ ଶୃଗାଲ ପରି ପଳାୟନ ପଟୁ ଯନ୍ତୁ। ବାହିକ ଦୃଷ୍ଟିରେ ବାଘଛାଲ ଢାଙ୍କି ହୋଇଥିବା ଆଭ୍ୟନ୍ତରରେ ଗୋଟିଏ ଗୋଟିଏ କୋକିଶିଆଲି। ଏମାନେ ଜଣେ ଜଣେ କର୍ମବୀର କେବେବି ନୁହଁନ୍ତି। କେବଳ ବାକ୍ୟବୀର। ଗାଉଁଲି ଭାଷାରେ ବିଲ ଗାଆଣ। ପରିସ୍ଥିତିର ପ୍ରକୃତ ସାମ୍ନା କରୁଥିବା ଦୁଃସାହସୀ ସେନାନାୟକ ନୁହଁନ୍ତି ଆଦୌ। ଭାଷଣ ବାଜିମାରୁଥିବା ଏବଂ ସଠିକ୍ ସମୟରେ ସନ୍ଦିକ୍ଷଣରେ ମୁକାବିଲା କ୍ଷେତ୍ରରେ ପରିସ୍ଥିତିର ସମ୍ମୁଖୀନ ହେବାକୁ ଭୟ କରି ଛତ୍ରଭଙ୍ଗ ଦେଉଥିବା ପଳାୟନ ପନ୍ଥୀ ଭୀରୁ ଛାଗପଲ।

ଧବଲେଶ୍ୱରଙ୍କ ପୂଜକ ଠାକୁର ବାବା, ଯିଏ କି ତା'ର ମୁଖ୍ୟ ପ୍ରଶଂସକ। ସିଏ ବାରମ୍ବାର କହିଥାଆନ୍ତି ସତୀ ତାଙ୍କ ବ୍ରାହ୍ମଣ ଘରେ ଜନ୍ମ ହେବା କଥା। ଭୁଲ ବଶତଃ କୈବର୍ତ୍ତ ପରିବାରରେ ଜନ୍ମ ହୋଇଛି। ସତୀ ତାଙ୍କ ପୁଅଠାରୁ ବୟସରେ ବଡ଼ ହୋଇ ନଥିଲେ ସିଏ ତାକୁ ତାଙ୍କ ଘରକୁ ବୋହୂ କରି ନିଅନ୍ତେ। ସିଏ ଜଣେ ସ୍ୱାଧୀନତା ସଂଗ୍ରାମୀ ହୋଇଥିବାରୁ ସ୍ୱାଧୀନଚେତା ବ୍ୟକ୍ତି। ଗାନ୍ଧିବାଦୀ ଚିନ୍ତାଧରର ମଣିଷ। କଲୁଷିତ ଜାତିପ୍ରଥାକୁ ସିଏ ମାନନ୍ତି ନାହିଁ। ସମାଜରୁ ଅସ୍ପୃଶ୍ୟତା ନିବାରଣ ଲାଗି ତାଙ୍କର ପ୍ରବଳ ଇଚ୍ଛା। ଏଭଳି ପ୍ରଥାର ଉଚ୍ଛେଦ ପାଇଁ ଓ ସଂସାରରୁ ସେପରି ନିୟମର ବିଲୋପ ଲାଗି ସେ ଉଦ୍ୟମରତ। ପ୍ରକୃତ ପକ୍ଷେ ସେ ତାଙ୍କ କଥାରେ କେବଳ ଦୃଢ଼ତା ଦେଖାଇ ଥାଆନ୍ତି। ମାତ୍ର କାର୍ଯ୍ୟକ୍ଷେତ୍ରରେ ନୁହେଁ। ସିଏ ସତୀକୁ ବୋହୂ କରିନେବାକୁ ଆଗଭର। ସାମାଜିକ ବାଇ୍ଛଦକୁ ତାଙ୍କର ଆଦୌ ଭୟନାହିଁ। ଦୁନିଆର ସମାଲୋଚନାକୁ ସିଏ ଜମା ଖାତିର କରନ୍ତି ନାହିଁ। କେବେବି ଡରନ୍ତି ନି କାହାରି ଠଙ୍ଗା, ଆକ୍ଷେପ, କଟୁକ୍ତି କିମ୍ବ ବିଦ୍ରୁପକୁ। ସଂସାରରେ ପ୍ରଚଳିତ କୁପ୍ରଥାର ପରିବର୍ତ୍ତନ ଆଣି ସଂସ୍କାର ପ୍ରତିଷ୍ଠା କରିବାକୁ ସେ ଅତ୍ୟନ୍ତ ଆଗ୍ରହୀ ଓ ଚେଷ୍ଟିତ ମଧ। ହେଲେ ତାଙ୍କ କଥାକୁ ସିଏ କାର୍ଯ୍ୟରେ ପରିଣତ କରି ପାରନ୍ତି ନାହିଁ। ବୟସ ତାରତାମ୍ୟର ଦ୍ୱାହିଦେଇ ସିଏ ସୁବିଧାରେ ଖସିଯିବାର ପଥ ପରିଷ୍କାର କରି ରଖିଛନ୍ତି। ଯଦି ସେ ପ୍ରକୃତରେ ଆନ୍ତରିକତାର ସହିତ ଜାତିପ୍ରଥାର ଉଚ୍ଛେଦ ଘଟାଇ

ଛୋଟ ଜାତିର ଝିଅଟିଏ ତାଙ୍କ ଘରକୁ ବୋହୂ କରି ଆଣିବାକୁ ଇଚ୍ଛୁକ ତେବେ ସେ ସତୀର ମଝିଆ ଭଉଣୀ ସେବ କିମ୍ବା ସରକୁ ଯେଉଁମାନେ କି ତାଙ୍କ ପୁଅ ବାବନ ଠାରୁ ବୟସରେ ସାନ, ତାଙ୍କ ପୁଅ ସହିତ ସେମାନଙ୍କ ମଧ୍ୟରୁ କାହାକୁ ବାହା କରାଇବେ କି ? କେବେ ନୁହେଁ । ତାଙ୍କର ବାସ୍ତବରେ ସେ ସତ୍‌ସାହାସ ନାହିଁ ।

ଠାକୁରବାବା ହେଉଛନ୍ତି ଗାନ୍ଧିବାଦୀ । ମହାତ୍ମା ଗାନ୍ଧିଙ୍କ ନେତୃତ୍ୱରେ ସେ ସ୍ୱାଧୀନତା ସଂଗ୍ରାମରେ ଯୋଗ ଦେଇଥିଲେ । ଗାନ୍ଧି ହେଉଛନ୍ତି ତାଙ୍କର ଆଦର୍ଶ । ଯେଉଁ ଗାନ୍ଧିଙ୍କୁ ସେ ଅନୁସରଣ ଓ ତାଙ୍କ କାର୍ଯ୍ୟାବଳିକୁ (କାର୍ଯ୍ୟଧାରାକୁ) ଅନୁକରଣ କରୁଥିଲେ । ସେହି ଗାନ୍ଧି ଥିଲେ ଜଣେ ବାକ୍ୟବୀର, କଥାକୁହାଲିଆ, ଆଦର୍ଶବାଦୀ ସଂଗ୍ରାମୀ । ସେ ପ୍ରକୃତରେ ଯଥାର୍ଥ କର୍ମଯୋଗୀ ନଥିଲେ । ଥିଲେ ଭୀରୁ ପ୍ରକୃତିର ମୃତ୍ୟୁଦଣ୍ଡ ଦୟାଳୁ କାପୁରୁଷ ଡରୁଆ ମଣିଷଟିଏ ମାତ୍ର । ଯିଏ କି ପ୍ରାଣହାନୀ ଆଶଙ୍କାରେ ଫାଶୀ ଦଣ୍ଡ ଭୟରେ ଜୀବନ ବିକଳରେ ସଶସ୍ତ୍ର ସଂଗ୍ରାମୀକୁ ଡରି ଅହିଂସା ଉପାୟରେ ଅସହଯୋଗ ମାର୍ଗରେ ସ୍ୱାଧୀନତା ସଂଗ୍ରାମ କରୁଥିଲେ । ସିଏ ପ୍ରବଳ ପରାକ୍ରମୀ ବ୍ରିଟିଶ ସହିତ ସଂଗ୍ରାମ କରୁଥିଲେ ନିରସ୍ତ୍ର ସନ୍ତୁ ଭାବରେ । ନେତାଜୀ ସଶସ୍ତ୍ର ସଂଗ୍ରାମ କରି ନଥିଲେ ଭାରତ ସ୍ୱାଧୀନତା ହାସଲ କରିବା ବୋଧ ହୁଏ ସୁଦୂର ପରାହତ ହୋଇ ରହିଯାଇ ଥାଆନ୍ତା । ସେ ଜାତିପ୍ରଥା ଲୋପ କରିବା କଥା କହିଥିଲେ କିନ୍ତୁ କୌଣସି ଛୋଟ ଜାତିର ଝିଅଟିକୁ ତାଙ୍କ ଘରକୁ ବୋହୂକରି ନେଇନଥିଲେ । ବରଂ ବ୍ରାହ୍ମଣ ଚକ୍ରବର୍ତ୍ତୀ ରାଜଗୋପାଲଚାରୀଙ୍କ ଝିଅ ସହିତ ତାଙ୍କ ପୁଅର ବିବାହ କରାଇଥିଲେ । ତାଙ୍କର ତ ଝିଅ ନଥିଲେ । ଝିଅ ଥିଲେ ସେ ତାକୁ ଛୋଟ ଜାତିରେ ବିବାହ ଦେଇ ଥାଆନ୍ତେ କି ? ତାଙ୍କ ଚାରି ପୁଅଙ୍କ ମଧ୍ୟରୁ କାହାକୁ ଛୋଟ ଜାତିରେ ବାହା କରାଇ ନଥିବା ଗାନ୍ଧିଙ୍କଠାରୁ ସେପରି ଆଶା କରିବା ବୃଥା ପ୍ରୟାସ ହୋଇ ଥାଆନ୍ତା । ଆହୁରି ମଧ୍ୟ ଏପରି କିଛି ମାନସୀକତାର ପ୍ରମାଣ ଗାନ୍ଧି ତାଙ୍କ ଜୀବଦଶାରେ ଦେଇପାରି ନଥିଲେ । ସେ ନେହରୁଙ୍କ ଝିଅର ବି ଜାତିରେ ବିବାହକୁ ସମର୍ଥନ କରିଥିଲେ । ମାତ୍ର ନିଜ ପିଲାମାନଙ୍କୁ ଅଜାତିରେ ବିଭା କରାଇ ନଥିଲେ । ସେହି କଥା କୁହାଲିଆ ଗାନ୍ଧିଙ୍କ ଏକାନ୍ତ ଅନୁଗତ ଓ ତାଙ୍କ ଆଦର୍ଶ ଦ୍ୱାରା ଅନୁପ୍ରାଣିତ ଠାକୁରବାବାଙ୍କଠାରୁ ଆଉ ଅଧିକ କ'ଣ ଆଶା କରାଯାଇ ପାରିବ ?

ଲୁଗା ବାଛିବା ବେଳେ ଛକ ବଜାରରେ ଗ୍ରାହକମାନେ ଯେଉଁ ଆଲୋଚନା କରୁଥିଲେ ସତୀର ସେ କଥା ମନରେ ପଡ଼ିଲା । ଲୁଗା ଦୋକାନର ମାଲିକ ସିଏ ତା' ରୂପର ପ୍ରଧାନ ପ୍ରଶଂସକ । ସିଏ ତାଙ୍କ ସାନ ଭାଇ ପାଇଁ ତା' ପରି ଝିଅଟିଏ ଖୋଜୁଥିଲେ । କିନ୍ତୁ ଜାତି ପ୍ରଥା ଲାଗି ସିଏ ତାକୁ ବୋହୂ କରି ନେବାକୁ ନିଜର ଅକ୍ଷମତା ପ୍ରକାଶ କଲେ । ତାଙ୍କୁ ଯେଉଁ ଗ୍ରାହକ ଜଣକ ବୁଝାଉଥିଲେ, ପୁରାଣରୁ ଦୁଷ୍ଟାନ୍ତ ଦେଇ ଇତିହାସରୁ ଉଦାହରଣ ମାନ ପ୍ରୟୋଗ କରି କଥା କହୁଥିଲେ । ତାଙ୍କ କଥା ଶୁଣିସାରି ସୁଦ୍ଧା ଦୋକାନ ମାଲିକ ତାଙ୍କ ନିଜ ମନକୁ ବୁଝାଇ ପାରିଲେ ନାହିଁ । ଆପଣା ବିବେକ ତାଡ଼ନାର ବଶବର୍ତ୍ତୀ ହୋଇ ସାମାଜିକ ବାଛନ୍ଦକୁ ଭୟକରି ସଂସାରରେ ପ୍ରଚଳିତ ପ୍ରଥା ଓ ନିୟମ ଦ୍ୱାରା ବଶୀଭୂତ (ପ୍ରଭାବିତ) ହୋଇ ଆପଣା ଜାତିଭାଇଙ୍କ ଆକଟକୁ ଡରି ସତୀ ତାଙ୍କ ଜାତିର ହୋଇନଥିବାରୁ ସେ ନାଚାର ବୋଲି କହିଲେ । ସିଏ ଜାତିଆଣ ଆଳ ଦେଖାଇ ଖସିଯିବା ଲାଗି ରାସ୍ତା ସଫା କରି ରଖିଲେ ।

ଆଉ ସେହି ଗ୍ରାହକ ଜଣକ ଯିଏ ପୁରାଣରୁ ଦୁଷ୍ଟାନ୍ତ ଦେଇ ଇତିହାସରୁ ଆଖ୍ୟାନ ମାନ ଶୁଣାଉ ଥିଲେ । ସିଏ ନିଜେ ସତୀକୁ ତାଙ୍କ ଘରକୁ ବୋହୂ କରି ନେବାକୁ ରାଜି ହୋଇ ଥାଆନ୍ତେ କି ? ଅବଶ୍ୟ ସିଏ କେଉଁ ଜାତିର ଏବଂ ତାଙ୍କର ପୁଅ ଅଛି କି ନାହିଁ ସେ କଥା ସତୀ ଜାଣିନାହିଁ । ଯଦି ସିଏ ତାଙ୍କ ଜାତିର ହୋଇ ଥାଆନ୍ତେ ଏବଂ ତାଙ୍କର ସତୀକୁ ବାହା ହେବାକୁ ଯୋଗ୍ୟ ବୟସର ପୁଅଟିଏ ଥିଲେ ସୁଦ୍ଧା ସିଏ କେବେବି ତାକୁ ତାଙ୍କ ପୁଅ ସହିତ ବାହା କରାଇବାକୁ ଆଗେଇ ଆସିନଥାଆନ୍ତେ । ଆବଶ୍ୟକ ପଡ଼ିଥିଲେ ତାଙ୍କ ପୁଅଟି ସତୀ ଠାରୁ ବୟସରେ ବଡ଼ ହୋଇଥିଲେ ସୁଦ୍ଧା ମିଛର ଆଶ୍ରୟ ନେଇ କନିଷ୍ଠ ବର ସହିତ ଜ୍ୟେଷ୍ଠ କନ୍ୟାର ବିବାହ ଶାସ୍ତ୍ର ସମ୍ମତ ନୁହେଁ କହି କଥାଟାକୁ ଅନ୍ୟ ପ୍ରକାର ରୂପ ଦେଇ

ଆଲୋଚନାର ମୋଡ଼ ବଦଲାଇ ଦେଇ ଥାଆନ୍ତେ । କିୟା ତାକୁ ବିବାହ କରିବା ବୟସର ପୁଅଟିଏ ଥିଲେ, ବର୍ତ୍ତମାନ ପୁଅ ବାହା ଘରର ଯୋଜନା ନାହିଁ । ପୁଅ ପ୍ରଥମେ ତା' କ୍ୟାରିୟର ଗଢ଼ିବ ଓ ପରେ ବିବାହ କରିବା କଥାରେ ସିଏ ଖସି ଯିବାର ଉପାୟ ବାହାର କରି ନେବାକୁ ନିଶ୍ଚୟ ସକ୍ଷମ ହୋଇଥାଆନ୍ତେ । ଏଥିରେ ସନ୍ଦେହ ନାହିଁ । ସେ କେବେବି ସତୀ ପରି ଗରିବ ଘର ଝିଅଟିକୁ ବିନା ଯୌତୁକରେ ତାଙ୍କ ପୁଅକୁ ବାହା କରାଇ ନଥାଆନ୍ତେ ।

ଦେଶର ପ୍ରଥମ ମହିଳା ପ୍ରଧାନମନ୍ତ୍ରୀ ଇନ୍ଦିରା ଗାନ୍ଧିଙ୍କ ବିଜାତି ବିବାହକୁ ତାଙ୍କ ପିତା ତଥା ସ୍ଵାଧୀନ ଭାରତର ପ୍ରଥମ ପ୍ରଧାନମନ୍ତ୍ରୀ ଏବଂ ଗାନ୍ଧିଜୀଙ୍କ ପଟ୍ଟଶିଷ୍ୟ ଜବାହର ଆଦୌ ସମର୍ଥନ କରିନଥିଲେ । ତାହା କେବଳ ଇନ୍ଦିରାଙ୍କ ଏକାନ୍ତ ଜିଦ୍ ଯୋଗୁ ସମ୍ଭବ ହୋଇଥିଲା ।

ସତୀର ସାଙ୍ଗ ସୁନି, ଯିଏ କି ସତୀକୁ ଏକାଧିକବାର କହିଛି ସିଏ ପୁଅଟିଏ ହୋଇଥିଲେ ନିଶ୍ଚିତ ସତୀକୁ ବିବାହ କରି ଥାଆନ୍ତା । ଅନ୍ୟମାନେ ତା'ର ରୂପ ଦେଖ଼ି ତାକୁ ପସନ୍ଦ କରିଥିଲା ବେଳେ ସୁନି କେବଳ ଏକାମାତ୍ର ଲୋକ ଯିଏ ସତୀର ରୂପ ପାଇଁ ତାକୁ ବାହା ହେବାକୁ ପ୍ରସ୍ତାବ ଦେଇନଥିଲା । ସିଏ ଅନ୍ୟମାନଙ୍କ ପରି ସତୀ ରୂପର ତୁଚ୍ଛା ପ୍ରଶଂସକ ନଥିଲା । ସିଏ ତା' ସହିତ ସର୍ବୋଧିକ ମିଶିଥିଲା । ତାକୁ ପିଲାଟି ବେଳରୁ ଜାଣିଥିଲା, ତାକୁ ଚିହ୍ନିଥିଲା । ତାକୁ ଭଲ ଭାବରେ ବୁଝିଥିଲା । ତା'ର ଅତି ନିକଟରେ ରହି ତାକୁ ଭଲଭାବରେ ପରଖିବାକୁ ଅନ୍ୟମାନଙ୍କଠାରୁ ସିଏ ଅଧିକ ସୁଯୋଗ ପାଇଥିଲା । ତା'ର ଶାନ୍ତ ଶିଷ୍ଟ ସ୍ଵଭାବ, ନିରବ ରହିବା ପ୍ରକୃତି, ସରଳ ଓ ସହନଶୀଳତା ବ୍ୟକ୍ତିତ୍ୱ, ଭଦ୍ର ନମ୍ର ବ୍ୟବହାର ପାଇଁ ସିଏ ତାକୁ ଜୀବନ ସଙ୍ଗିନୀ କରି ନେବାକୁ ମନେ ମନେ ଯୋଜନା ପ୍ରସ୍ତୁତ କରି ନେଇଥିଲା । ସିଏ ଝିଅଟିଏ ନହୋଇ ପୁଅଟିଏ ହୋଇଥିଲେ ପରିଣତି କ'ଣ ହୋଇଥାଆନ୍ତା ତାହା ଅବଶ୍ୟ ଭବିଷ୍ୟତ କହି ପାରି ଥାଆନ୍ତା । ସେ କଥା ଆଗତୁରା କହିବାକୁ ମଣିଷର ଶକ୍ତି କାହିଁ ନା ସାମର୍ଥ୍ୟ କାହିଁ । ସିଏ ଯେଉଁ ଯୁକ୍ତିସବୁ ବାଢ଼ିଥିଲା । ତାହା ଥିଲା ଅତ୍ୟନ୍ତ ଅକାଟ୍ୟ । ଯେଉଁ ଯୁକ୍ତିର ପ୍ରକୃତ ପ୍ରତ୍ୟୁତ୍ତର କିଛି ନାହିଁ । ସୁନି ଜାତି ପ୍ରଥାକୁ ମାନିବା ସପକ୍ଷରେ ନଥିଲା । ସିଏ ସାମାଜିକ ବାଛନ୍ଦକୁ ଭୟ କରି ନଥାଆନ୍ତା । ପ୍ରଚଲିତ ପରମ୍ପରା ପ୍ରତି ତା'ର ଡର ନଥିଲା । ସେ ମଧ ସେ ଭଳି ପ୍ରଥାକୁ ସମର୍ଥନ କରିନଥାଆନ୍ତା । ସିଏ ତା' ବାପା'ମାଙ୍କ ବିରୋଧକୁ ସୁଦ୍ଧା ଖାତିର କରିନଥାଆନ୍ତା । ଜ୍ଞାତି କୁଟୁମ୍ବଙ୍କ ଆକଟକୁ ଭ୍ରୁକ୍ଷେପ ନକରି ନିଜ ନିଷ୍ଠିରେ ଅଟଳ ରହିଥାଆନ୍ତା । ଆପଣା ଜିଦରେ ଦୃଢ଼ ରହିପାରିବାର ମନବଳ ତା'ର ଥିଲା । ମାତ୍ର ଏଥିରେ ପ୍ରତିବନ୍ଧକ ହେଲା କେବଳ ଲିଙ୍ଗ ଭେଦ । ଦୁଇଜଣ ଯାକ ଗୋଟିଏ ଲିଙ୍ଗର ମଣିଷ । ସିଏ ନିଜେ ଝିଅଟିଏ ହୋଇ କିପରି ତା' ଭଳି ଆଉ ଗୋଟିଏ ଝିଅକୁ ବିବାହ କରିପାରିବ ? ସିଏ ସତୀକୁ ବିବାହ କରି ସଗର ରାଜବଂଶର ରାଣୀଙ୍କ ପରି ଖାଲି ମେଦଯୁକ୍ତ (ଅସ୍ଥିଶୂନ୍ୟ) ଭଗିରଥକୁ ଜନ୍ମ ଦେଇ ଅଷ୍ଟବକ୍ରଙ୍କର ଅଭିଶାପକୁ ଅପେକ୍ଷା କରି ଦିବ୍ୟ ସୁନ୍ଦର ପୁତ୍ରଟିଏ ଏ କଳିକାଳ ଯୁଗରେ ପାଇ ପାରି ନଥାଆନ୍ତା ।

ଆଉ ଶେଷକୁ ରହିଲେ ଅଧରବାବୁ । ଯେତେ ଚେଷ୍ଟା କଲେ ସୁଦ୍ଧା ଯାହାଙ୍କ ପ୍ରକୃତ ସ୍ଵରୂପକୁ ପରିଷ୍କାର ଭାବରେ ଜାଣି ହୁଏନା । ଯାହାଙ୍କୁ ଚିହ୍ନିବା ତା' ପକ୍ଷରେ ଆଦୌ ସମ୍ଭବ ନୁହେଁ । ଯାହାଙ୍କ ମନର ଭାବକୁ ଆକଳନ କରିବାକୁ ଓ ତାଙ୍କ ଅବ୍ୟକ୍ତ ଭାଷାକୁ କେବେବି ପଢ଼ିବାର ସୁଯୋଗ ମିଳେନା ତାକୁ । ଯାହାଙ୍କ ହାବ ଭାବରୁ ତାଙ୍କୁ ବୁଝିବା ଲାଗି ସେ ସଂପୂର୍ଣ୍ଣ ଅସମର୍ଥ । ଯାହାଙ୍କ ଅନ୍ତରର କଥାକୁ ଅନୁଶୀଳନ କରିବା ଅତ୍ୟନ୍ତ କଷ୍ଟକର ବ୍ୟାପାର । ଯାହାଙ୍କ ହୃଦୟର ପ୍ରତିଛବି କଳ୍ପନା କରିବା ତା ସାଧ୍ୟର ବାହାରେ । ଯାହାଙ୍କ ମରମ ତଳର ଗୋପନ ଅକୁହା କାହାଣୀକୁ ଜାଣିବାର ଯୋଗ୍ୟତା ତା'ର ଆଦୌ ନାହିଁ । ସେହି ଅଧର ଯାହାଙ୍କୁ ସେ ଭଲ ପାଉଛି । ଯାହାଙ୍କୁ ବିନା ମୂଲ୍ୟରେ ତା' ମନକୁ ସେ ବିକି ଦେଇଛି । ଯାହାଙ୍କୁ ନିର୍ବିକାର ଭାବେ ନିଜ ଅନ୍ତରର ଗଭୀରତମ ପ୍ରଦେଶରେ ସାଇତି ରଖିଛି । ସିଏ ନିର୍ଦ୍ଦୟରେ ତା' ମନର ମଣିଷ ପାଲଟି ଯାଇଛନ୍ତି । ତା' ପ୍ରାଣର ଦେବତା ହୋଇ ସାରିଛନ୍ତି । ତା' ଆମ୍ବର ଠାକୁର

ସାଜିଛନ୍ତି । ଯାହାଙ୍କୁ ସିଏ ଆନ୍ତରିକ ଭକ୍ତି ସହକାରେ ଆରାଧନା ଜଣାଇ ଆବାହନ କରେ । ଯିଏ ତା' ପ୍ରାଣର ପ୍ରିୟତମ । ତା' ଆମ୍ବାର ଅନ୍ତରଙ୍ଗ । ଯିଏ ତା' ଲାଗି ଦେବତା ପାଲଟି ଯାଇଛନ୍ତି । ସେହି ଅଧର କ'ଣ ତାକୁ ସ୍ତ୍ରୀର ମର୍ଯ୍ୟାଦା ଦେଇ ପାରିବେ ? ତାକୁ ତାଙ୍କ ଜୀବନ ସାଥୀ ଭାବରେ ଗ୍ରହଣ କରିନେବେ ? ପତ୍ନୀ ଭାବେ ସ୍ୱୀକାର କରିବେ ? ଅର୍ଦ୍ଧାଙ୍ଗିନୀର ଅଧିକାର ଦେଇ ପାରିବେ ? ସୁମାନାନୀ ପରି ତାକୁ ତାଙ୍କ ଘରକୁ ବୋହୂ କରିନେବେ ? ବାଟୁଆ ଦାଦି ଛୋଟ ଜାତିର ହୋଇ ଥିବାରୁ ଉଚ୍ଚ ଜାତିର କନ୍ୟା ସୁମା ନାନୀ ପାଇଁ ତା' ଘରେ ସେମିତି କିଛି ପ୍ରତିବନ୍ଧକ ନଥିଲା ଯାହା ତା' ଲାଗି ସୃଷ୍ଟି ହେବାର ଆଶଙ୍କା ଅଛି । ବଡ଼ଜାତିର ଝିଅଙ୍କୁ ଛୋଟ ଜାତିର ପୁଅ ଘର ବିନା ଆପତ୍ତିରେ କୌଣସି ପ୍ରତିବାଦ ନକରି କିଛି ଅଭିଯୋଗ ନବାଢ଼ି ଗ୍ରହଣ କରିନେଲେ । ଉପରୁ ତଳକୁ ଖସିବା ଅତି ସହଜ ସାଧ କାମ । ମାତ୍ର ତଳୁ ଉପରକୁ ଉଠିବା ବଡ଼ କଷ୍ଟକର ବ୍ୟାପାର । ସେମିତି ତା' ପରି ଗୋଟେ ଛୋଟ ଜାତିର ଝିଅଙ୍କୁ ବଡ଼ଜାତି ଅଧରଙ୍କ ଘର କେବେବି ଏତେ ସହଜରେ ବୋହୂ ଭାବେ ଗ୍ରହଣ କରି ନେବେ ନାହିଁ ।

ନିଜ ବର୍ଣ୍ଣର ପରିବାର ଉଚ୍ଚ ଜାତିର ଝିଅ ସୁମାନାନୀକୁ ଖୁବ୍ ଖୁସି ମନରେ ବୋହୂ ଭାବେ ଗ୍ରହଣ କରିନେଲେ । କାରଣ ଏହା ସେମାନଙ୍କ ଲାଗି ଏକାନ୍ତ ଗୌରବର ବିଷୟ ଥିଲା । କିନ୍ତୁ ତା'ର ଅଧରଙ୍କ ଘରକୁ ଯିବା ଦ୍ୱାରା ସତୀ ଘର ପରିବାର ପକ୍ଷରେ ଅତ୍ୟନ୍ତ ପ୍ରଶଂସନୀୟ କଥା ହେବ । ହେଲେ ଅଧରଙ୍କ ପରିବାର ପାଇଁ କଳଙ୍କିତ ଅଧ୍ୟାୟଟିଏ ସୃଷ୍ଟି କରିବ । ଯାହାକୁ ଅଧରଙ୍କ ପରିବାର ଆଦୌ ମାନି ନେବାକୁ ଏତେ ସହଜରେ ସମ୍ମତ ହେବେ ନାହିଁ । ଅଧର ତାଙ୍କ ପରିବାର ଚାପରେ ପଡ଼ି ଅନ୍ୟତ୍ର ବିବାହ ପାଇଁ ରାଜି ହୋଇଗଲେ ସିଏ କ'ଣ ଅନ୍ୟ ଜଣଙ୍କ ସିନ୍ଦୂରକୁ ନିଜ ସୀମନ୍ତରେ ପିନ୍ଧି ପାରିବ ? ଆଉ ଜଣଙ୍କର ହାତଧରି ତାଙ୍କ ଘରକୁ ବୋହୂ ହୋଇ ଯାଇପାରିବ ? ଅନ୍ୟ ଜଣଙ୍କୁ ତା' ନିଜ ମନରେ ସ୍ଥାନ ଦେଇ ପାରିବ ? ଅନ୍ୟ ଜଣଙ୍କର ଅଧାଙ୍ଗିନୀ ହୋଇ ଜୀବନ ବିତାଇ ଦେଇ ପାରିବ ? ଆଉ ଜଣଙ୍କର ସାନ୍ନିଧ୍ୟ ତଳେ ନିଜକୁ ହଜାଇ ଦେଇ ପାରିବ ? ଅନ୍ୟ ଜଣଙ୍କୁ ତା' ମନ ମନ୍ଦିର ଭିତରେ ତା' ହୃଦୟ ସିଂହାସନରେ ଦେବତାର ଆସନରେ ବସାଇ ପ୍ରୀତିର ନୈବେଦ୍ୟ ବାଢ଼ି ଆରାଧନା ଜଣାଇ ପାରିବ ? ତା' ପ୍ରାଣର ପ୍ରିୟତମ ଭାବେ ସ୍ୱୀକାର କରି ନେଇ ପାରିବ ? ତା' ଆମ୍ବାର ଠାକୁର ବୋଲି ଧରିନେବ ? ଅଧରଙ୍କୁ ତା' ଜୀବନ କାଳ ଭିତରେ (ଜୀବଦଶରେ) କେବେ ତା' ଅନ୍ତରୁ ଅନ୍ତକରି ଦେଇ ପାରିବ ? ପର କରି ଭୁଲି ଯିବ ?

ସିଏ ଏମିତି ଗୋଟିଏ ପୁରୁଷଙ୍କୁ ଭଲ ପାଇ ବସିଲା । ଯାହାଙ୍କୁ ନିଜର କରିବା ତା' ପକ୍ଷରେ ଏତେ ସହଜରେ ସମ୍ଭବ ନୁହେଁ । ସିଏ ଏଭଳି ଜଣକୁ ମନ ଦେଇ ଦେଲା ଯାହାଙ୍କର ମନର ମାନସୀ ହେବାକୁ ତା' ପାଇଁ ବହୁତ ମହଙ୍ଗା ପଡ଼ିବ । ସେ ଏପରି ଜଣକୁ ଭଲ ପାଉଛି ଯାହାଙ୍କୁ ଏକାନ୍ତ ଭାବେ ପାଇବା ତା' ଲାଗି ଦୁରୂହ ବ୍ୟାପାର । ସିଏ ଯାହାକୁ ମନର ମଣିଷ ଭାବରେ ଗ୍ରହଣ କରିଛି ତାକୁ ନିଜର କରିବା ତା ପାଇଁ ନିର୍ଘିତ କଷ୍ଟକର କାମଟିଏ ? ଏଇତ ଭଲପାଇବା ? ତା'ର ପ୍ରେମ କରିବା ? ତା'ର ମନ ଦେବା ? ତା'ର ପ୍ରଣୟିନୀ ହେବା ? ସିଏ ତ କେବେ ପୁରୁଷ ସାଥୀଟିଏ ଖୋଜି ନଥିଲା । ଚାହିଁ ନଥିଲା ପ୍ରେମିକଟିଏ । ଯୁବକ ବନ୍ଧୁଟିଏ ଲୋଡ଼ି ନଥିଲା । ସୁନିକୁ ସାଙ୍ଗ ଭାବରେ ପାଇ ସେ ସନ୍ତୁଷ୍ଟ ଥିଲା । ତା'ର ସହଚାର୍ଯ୍ୟ ତାକୁ ବେଶ୍ ଆମ୍ ସନ୍ତୋଷ ଦେଉଥିଲା । ଅଫୁରନ୍ତ ଆନ୍ତରିକ ଭରା ଆନନ୍ଦ ପ୍ରଦାନ କରିବାକୁ ତା' ସହିତ ବନ୍ଧୁତା ବେଶ ସକ୍ଷମ ଥିଲା । ସୁନି ସହିତ ମିତ୍ରତାରୁ ତାକୁ ବହୁତ ଉତ୍ସାହ ମିଳୁଥିଲା । ସିଏ ମନ୍ଦିରକୁ ଯାଉଥିଲା ଠାକୁରଙ୍କ ବାରିରେ ଦିଅଁଙ୍କ ଦର୍ଶନ ପାଇଁ । ଆଉ ତା' ପ୍ରାଣର ବାନ୍ଧବୀ ସୁନି ସହିତ ବସି ମନଖୋଲା କଥାବାର୍ତ୍ତା ହେବା ଲାଗି । ଏମିତିତ ଚାଲିଥିଲା ସେ ଦୁହିଙ୍କ ମଧରେ ଅନେକ ଦିନ ଧରି । ପାଠ ପଢ଼ା ଛାଡ଼ିବା ପରଠାରୁ । ହଠାତ୍ ଅଦିନିଆ ଝଡ଼ ପରି ସିଏ ଆସି ପହଞ୍ଚିଗଲେ । ସେମାନେ ମନ୍ଦିରର ମୁଖଶାଳାରେ ବସି ଗପସପ ହେଉଥିବା ବେଳେ । ପୂଜକଙ୍କୁ ଖୋଜିଥିଲେ ପାଦୁକ ପାଇବା ପାଇଁ । ସେତେବେଳେ ମନ୍ଦିର ପରିସରରେ ସେ ଦୁହେଁ ଥିବାରୁ ସେହି ଅପରିଚିତଙ୍କୁ ପାଦୁକ ଦେଇଥିଲେ ।

ବିଭୂତି ଟିପା ପିନ୍ଧାଇ ଦେଇଥିଲେ ତାଙ୍କ କପାଳରେ । ଏତିକି ତା’ ପରେ ସିଏ ଆସି ଥିଲେ ପ୍ରତିବାରିରେ । ତାଙ୍କୁ ଦେଖ୍ ସିଏ ଓ ସୁନି ମୁଖଶାଳାରୁ ଉଠି ଯାଉଥିଲେ ମନ୍ଦିରକୁ । ସିଏ ଆସି ହାତ ପାତୁଥିଲେ । ତା’ ପାଖରେ ତା’ ହାତରେ ପାଦୁକ ଗ୍ଲାସ ଦେଖି । ସେ ପାଦୁକ ଢାଲି ଦେଇଥିଲା ତାଙ୍କ ହାତ ଚକିରେ । ବିଭୂତି ଟିପା ଲଗାଇ ଦେଇଥିଲା କପାଳରେ । ବିଭୂତି ଟିପା ଦେଲା ବେଳେ ଟିପା ଠିକ୍ ଦୁଇ ଭ୍ରୁଲତା ମଝିରେ ଯେପରି ଲାଗି ପାରିବ ସେଥିପାଇଁ ସେ ତାଙ୍କ ମୁହଁକୁ ଅନାଇ ଥିଲାବେଳେ ସିଏ ଚାହିଁ ରହିଥିଲେ ତା’ ମୁହଁକୁ । ନଜର ମିଶି ଯାଇଥିଲା । ଟିପାଦେଲା ବେଳେ ଡାହାଣ ହାତର ମଝି ଆଙ୍ଗୁଲି ଟିପ ପାଇଥିଲା ତାଙ୍କ ଦେହ ଛୁଆଁର ପରଶ । ତାପରେ ଏମିତି ଆଖ୍ ମିଶୁମିଶୁ ତା ମନ ମିଶିଯାଇଥିଲା ତାଙ୍କ ମନ ସହିତ । ସେ ତାଙ୍କୁ ପାଦୁକ ଦେବା ସହିତ ତା ନିଜ ମନ ଦେଇ ଦେଇଥିଲେ । ବିଭୂତି ଟିପା ଲଗାଇ ଦେଲାବେଳେ ତାଙ୍କ ଆଖ୍ ସହିତ ତା ନିଜ ଆଖ୍ ମିଶିଯିବା ଦ୍ୱାରା ସେ ତାଙ୍କୁ ତା ନିଜ ମନରେ ସ୍ଥାନ ଦେଇଥିଲା । ତାଙ୍କ ଦେହ ଛୁଆଁ ପାଇବା ସହିତ ତାଙ୍କୁ ନିଜ ହୃଦୟର ସିଂହାସନରେ ଅଧ୍ୟଷ୍ଟିତ କରାଇ ପ୍ରୀତିର ନୈବେଦ୍ୟ ବାଢ଼ି ଆରାଧନା ଜଣାଇଥିଲା । ସେ ତାଙ୍କୁ ତା’ ମନରେ ସ୍ଥାନ ଦେଇଥିଲା । ନିଜ ଇଚ୍ଛାରେ ନୁହେଁ ଆପଣା ଛାଏଁ ତାହା ହୋଇ ଯାଇଥିଲା । ସେ ତାଙ୍କୁ ଇଚ୍ଛା କରି ଭଲ ପାଇନାହିଁ । ଖୋଜି ନାହିଁ ତା ଲାଗି ପ୍ରେମିକ ପୁରୁଷଟିଏ । ଯୁବକ ବନ୍ଧୁଟିଏ ଲୋଡ଼ି ନାହିଁ କେବେ ହେଲେ । ତାଙ୍କୁ ଆଣି ଧବଳେଶ୍ୱର ଜୁଟାଇଛନ୍ତି । ସେଥିପାଇଁ ସତୀ ତାଙ୍କୁ ତା ନିଜ ପ୍ରତି ଠାକୁରଙ୍କ ଦାନ ବୋଲି ଧରି ନେଇଛି ଦୃଢ଼ ଭାବରେ । ଠାକୁରଙ୍କ ଇଚ୍ଛା ବିରୋଧରେ ସେ ବା କ’ଣ କରି ପାରିବ ? ଠାକୁରଙ୍କ ନିର୍ଦ୍ଦେଶକୁ କିଏ ଫାଙ୍କି ହେବ ? ଅଗ୍ରାହ୍ୟ କରି ପାରିବ ? ହେଟି ଦେବ ଅବା ଅମାନ୍ୟ କରି ପାରିବ ? କାହାର ସେ ଶକ୍ତି ସାମର୍ଥ୍ୟ ଅଛି ନା ସେଥିପାଇଁ କାହାର ବଳ ପାଇବ ? ସେ ସକାଶେ ବିନା ବିଚାରରେ ତାଙ୍କୁ ନିଜର ପ୍ରିୟ ପୁରୁଷ ରୂପେ ଗ୍ରହଣ କରି ନେଇଛି । ବରଣ କରି ସାରିଛି ଆପଣା ଜୀବନ ବନ୍ଧୁ ଭାବରେ । ଠାକୁରଙ୍କ ଆର୍ଶିବାଦ ଭାବି ମାନି ନେଇଛି ଆପଣା ମନର ମଣିଷ ବୋଲି ।

ଯାହା ହେଉ ଯେମିତି ହେଉ, ଯେତେହେଲେ ଅଧର ତା ଜୀବନର ପ୍ରଥମ ପୁରୁଷ । ତା’ କୁଆଁରି ମନର ଅଲେଖା କାଗଜରେ ନିଜ ନାମକୁ ସ୍ୱାକ୍ଷାର କରିଥିବା ପ୍ରଥମ ବ୍ୟକ୍ତି । ତା’ ଅଳସୀ ଆଖ୍ର ଲାଜୁକୀ ଚାହାଁଣି ସହିତ ଦୃଷ୍ଟି ମିଶାଇ ଥିବା ପ୍ରଥମ ମଣିଷ । ତା’ ପ୍ରେମ ଦୁନିଆର ପ୍ରଥମ ପ୍ରେମିକ । ତା’ ପିରତି ହାତର ପ୍ରଥମ ଗ୍ରାହକ । ତା’ ରୂପ ବିପଣୀର ପ୍ରଥମ ବଣିକ । ସେ ତାଙ୍କୁ ଭଲପାଏ । ମନପ୍ରାଣ ଦେଇ ଭଲ ପାଏ । ତା’ ହୃଦୟ ମନ୍ଦିରରେ ଅନ୍ତରର ସିଂହାସନରେ ଦେବତାର ଆସନରେ ବସାଇ ପ୍ରୀତିର ବୈବେଦ୍ୟ ବାଢ଼ି ଆରାଧନା କରେ । ସେହି ଅଧର ତାଙ୍କୁ ଗ୍ରହଣ କରିବା ପାଇଁ, ସ୍ୱାମୀ ପରିତ୍ୟକ୍ତା ଆମେରିକାନ ମହିଳା ସିଂମ୍ପିସନଙ୍କ ଲାଗି ଇଂଲଣ୍ଡ ରାଜା ଅଷ୍ଟମ ଏକ୍ଓ୍ୱାର୍ଡ ରାଜ ସିଂହାସନକୁ ପରିତ୍ୟାଗ କଲା ପରି ସିଏ ତାଙ୍କ ନିଜର ଖାନିଦାନି ବୁନିଆଦିକୁ ଛାଡ଼ି ପାରିବେ ତ ? ବ୍ରହ୍ମର୍ଷ ବଶିଷ୍ଟ ଚଣ୍ଡାଳର କନ୍ୟା ଅରୁନ୍ଧତୀଙ୍କୁ ସ୍ତ୍ରୀ ଭାବରେ ଗ୍ରହଣ କଲାଭଲି ସିଏ ତାଙ୍କ ବଂଶର ସମ୍ଭ୍ରାନ୍ତ ପଣିଆର ମର୍ଯ୍ୟାଦାକୁ ଭୁଲୁଣ୍ଠିତ ହେବାକୁ ଦେବେତ ? ହସ୍ତିନାର ରାଜା ଶାନ୍ତନୁ ଚନ୍ଦ୍ରବଂଶୀୟ କ୍ଷେତ୍ରିୟ ହୋଇ କୈବର୍ତ୍ତ କନ୍ୟା ସତ୍ୟବତୀକୁ ରାଜରାଣୀର ମର୍ଯ୍ୟାଦା ଦେଲା ପରି ତାକୁ ସିଏ ସ୍ତ୍ରୀର ଅଧିକାର ଦେବେ ତ ? କଳିଙ୍ଗ ସମ୍ରାଟ କ୍ଷତ୍ରିୟ ହୋଇ କେଉଟ ଘର ଝିଅ କାରୁବାକୀକୁ ସାମ୍ରାଜ୍ଞୀ ଭାବେ ସ୍ୱୀକାର କଲାପରି ସିଏ ତାକୁ ପତ୍ନୀର ସ୍ୱୀକୃତି ଦେଇ ପାରିବେତ ? ଜାତିଗୋତ୍ର ହୀନ ଆଶ୍ରମ ପାଲିତା କନ୍ୟା ଶକୁନ୍ତଳାଙ୍କୁ ରାଜା ଦୁଷ୍ମତ ବିଭା ହେବା ଭଲି ସିଏ ତାକୁ ବିଭାହୋଇ ପାରିବେତ ? ତା’ ହାତ ଧରି ରାଜରାସ୍ତାରେ ନିର୍ବିକାର ଭାବରେ ମଥାଟେକି ଚାଲି ପାରିବେତ ? ଏହିପରି ଅନେକ ବଞ୍ଚିତ ଭାବନାରେ ସେ ନିମର୍ଜିତ ହୋଇ ନିଜର ସଭା ହରାଇ ବସିଲା ପରି ବୋଧ କରୁଥିଲା ।

ପରକ୍ଷଣରେ ସେ ପୁଣି ସଚେତନ ହୋଇ ଯାଉଥିଲା । ଯେଉଁ ଯୋଜନା କଳ୍ପନରେ ହୋଇଥାଏ । ତାକୁ ବାସ୍ତବ ରୂପ ଦେବା ସେତେ ସହଜ ନୁହେଁ । ପୁସ୍ତକର ପାଠ, ଇତିହାସର କଥା, ପୁରାଣରେ ଆଖ୍ୟାନ, ଉପନିଷଦର ବିଷୟ

ବସ୍ତୁକୁ ପଢ଼ି ମନରେ ରଖିହୁଏ । କୌଣସି କ୍ଷେତ୍ରରେ ଆବଶ୍ୟକ ହେଲେ ତାକୁ ଉଦାହରଣ ଭାବରେ ପ୍ରୟୋଗ କରାଯାଏ । ମାତ୍ର ତାକୁ କାର୍ଯ୍ୟରେ ପରିଣତ କରିବା କେବେ ସମ୍ଭବ ହୋଇନଥାଏ । ମଣିଷ ଏହି ସଂସାରରେ ଏଭଳି ଏକ ଜୀବ ଯିଏ ସବୁବେଳେ ନିଜର ସୁବିଧା ଖୋଜି ବୁଲୁଥାଏ । ଆପଣାର ବ୍ୟକ୍ତିଗତ ସ୍ୱାର୍ଥ ହାସଲ ପାଇଁ ପ୍ରାଣ ପଣେ ଚେଷ୍ଟା କରେ । ନିଜ ସପକ୍ଷରେ ସମର୍ଥନ ଜୁଟାଇବା ଲାଗି ଅବିରାମ ଉଦ୍ୟମ କରିଥାଏ । ନିଜର କଳ୍ପନାକୁ ବାସ୍ତବ ରୂପ ଦେବାକୁ ଅହରହ ଯନ୍ କରେ । ଯାହା ତାକୁ ତା ଭାବନାକୁ, ତା ଯୋଜନାକୁ, ତା କଳ୍ପନାକୁ ତା ସ୍ୱପ୍ନକୁ ସିଦ୍ଧ କରିବାରେ ସହାୟକ ହେବ । ଏହା ହେଉଛି ମଣିଷ ଜାତିର ସହଜାତ ପ୍ରବୃତ୍ତି । ଏହି ସଂସାରର ନିୟମ । ଆମମାନଙ୍କ ସାମାଜିକ ପ୍ରଥା । ଆମେ ମାନେ ରହିଥିବା ଦୁନିଆର ନୀତି । ବ୍ୟକ୍ତିର (ଆପଣାର) ସ୍ୱାର୍ଥ ହାସଲ ପାଇଁ ଚଲି ଆସୁଥିବା ମାନବ କୃତ ସଂହିତା ।

ଅଧିକାଂଶ ମଣିଷ ପଳାୟନ ପନ୍ଥୀ । କଥା କୁହାଳିଆ ମାନେ କିଛି ବାହାନାର ଦ୍ୱାହି ଦେଇ ଖସିଯିବା ପାଇଁ ସଦା ସର୍ବଦା ତତ୍ପର ଥାଆନ୍ତି । ପ୍ରକୃତ କଥାକୁ ବୁଝି ସାମାଜିକ କୁସଂସ୍କାର ବିରୋଧରେ ବାସ୍ତବ ପଦକ୍ଷେପ ନେବା ପାଇଁ ସାହସୀକତାର ସହିତ ସଂସାରରେ ପ୍ରଚଳିତ ନୀତି ନିୟମକୁ (ଅନୀତି ଓ ବେନିୟମ) ଲଂଘିଯିବାର ସତ୍ ସାହାସ ଏମାନଙ୍କର ସବୁ ନଥାଏ । ଦୁନିଆର ଅନ୍ୟାୟ ବିପକ୍ଷରେ ସ୍ୱର ଉତ୍ତୋଲନ କରି ଲଢ଼ିବାର ସାମର୍ଥ୍ୟ ପଣ ଥିବା ବ୍ୟକ୍ତି ପ୍ରାୟତଃ ବିରଳ । କହିଥିବା କଥା, ଉପସ୍ଥାପନ କରିଥିବା ଯୁକ୍ତି, ପ୍ରୟୋଗ କରିଥିବା ଉଦାହରଣ, ଉପଲକ୍ଷ୍ୟ ଦେଇଥିବା ଉପାଖ୍ୟାନ, ନଜିର ଥୋଇଥିବା ଶ୍ରୁତି ରୋଚକ ଭାଷା, ଉଚ୍ଚାରଣ କରିଥିବା ବାକ୍ୟ ସମୂହ କବଳରୁ ଖସିଯିବା ପାଇଁ ସେମାନଙ୍କ ମଧରୁ କିଏ ଜାତି ପ୍ରଥା, କିଏ ବୟସ ସୀମା, କିଏ ସମଲିଙ୍ଗର ଆଳ ଦେଖାଇଛନ୍ତି । ସାହସର ସହିତ ମୁକାବିଲା ଲାଗି ତା'ପରିସ୍ଥିତିର ସମ୍ମୁଖୀନ ହୋଇ ସଂଗ୍ରାମ ଜାରି ରଖିବାକୁ କାହାରି ଆନ୍ତରିକ ଆଗ୍ରହ ଆଦୌ ନାହିଁ ।

ସିଏ ପୁଣି ନିଜକୁ ପ୍ରଶ୍ନ କରୁଥିଲା । ସିଏ ସିନା ଅଧରଙ୍କୁ ତା' ନିଜ ମନ ଦେଇ ଦେଇଛି । ହେଲେ ତାଙ୍କ ମନକୁ ତାଙ୍କ ଠାରୁ ଆଣି ପାରିଛି କି ? ସେ ତାଙ୍କୁ ଭଲପାଇ ବସିଛି । ସିଏ ତା'ର ଭଲ ପାଇବାକୁ ଗ୍ରହଣ କରିଛନ୍ତି କି ? ସେ ତାଙ୍କୁ ଆପଣା ମନର ମଣିଷ ବୋଲି ଧରି ନେଇଛି । ସିଏ ତାକୁ ତାଙ୍କ ମନର ମାନସୀ ଭାବରେ ସ୍ୱୀକୃତି ଦେଇଛନ୍ତି କି ? ସେ ତା' ନିଜକୁ ତାଙ୍କ ପ୍ରୀତିର ପ୍ରତୀମା ବୋଲି ଭାବୁଛି । ତାଙ୍କ ପ୍ରେମ ହାସଲ କରିବାର ଯୋଗ୍ୟତା ତା' ନିଜର ଅଛି କି ? ତାଙ୍କୁ ତା' ମନେ ମନେ ପ୍ରଣୟ ଭାବରେ ବରଣ କରି ନେଇଛି । ସିଏ ତାକୁ ପ୍ରଣୟିନୀର ମର୍ଯ୍ୟାଦା ପ୍ରଦାନ କରିବେତ ? ତାଙ୍କୁ ଆପଣା ମନ ମନ୍ଦିରରେ ହୃଦୟ ସିଂହାସନରେ ଦେବତାର ଆସନରେ ବସାଇ ପ୍ରୀତିର ନୈବେଦ୍ୟ ବାଢ଼ି ଆରାଧନା କରିଛି । ସିଏ ତାକୁ ତାଙ୍କ ଅନ୍ତରରେ ଟିକେ ସ୍ଥାନ ଦେଇ ସବୁଦିନ ଲାଗି ସାଇତି ରଖିବେ କି ? ତାଙ୍କୁ ଆପଣାର ଇହକାଳ, ପରକାଳର ଦେବତା ଭାବେ ମାନିନେଇଛି । ସିଏ ତାକୁ ଅର୍ଦ୍ଧାଙ୍ଗିନୀର ଅଧିକାର ଦେଇ ସାତ ଜନମର ସାଥୀ କରିନେବେ ତ ?

ଏହିପରି ତା'ର କଳ୍ପିତ କଳ୍ପନା ଓ ସେ ଭାବୁଥିବା ନିଜର ଭାବନା ସବୁ ବାସ୍ତବ ରୂପ ନେବାକୁ ଅସମର୍ଥ ହେଲେ ସେ ସୀତାଙ୍କ ପରି ସ୍ତ୍ରୀର ମର୍ଯ୍ୟାଦା ପାଇ ପାରିବ ନାହିଁ । ରାଧାଙ୍କ ଭଳି ପ୍ରେମିକା ହେବାର ଗୌରବରୁ ବଞ୍ଚିତା ହେବାକୁ ବାଧ ହେବ । କିନ୍ତୁ ମୀରାଙ୍କ ପରି ତାଙ୍କ ପ୍ରତି ଜୀବନ ଉତ୍ସର୍ଗ କରିବାକୁ, ତାଙ୍କ ପ୍ରଣୟ ପାଇବା ଲାଗି ପ୍ରତୀକ୍ଷା କରିବାରୁ ତାକୁ କେହି ବଞ୍ଚିତା କରି ପାରିବେ ନାହିଁ । ଏ ପୁରୁଷ ପ୍ରଧାନ ସମାଜ ତା' ପ୍ରେମକୁ ସ୍ୱୀକାର ନକରୁ । ଏ ସ୍ୱାର୍ଥପର ସଂସାର ତା' ଭଲ ପାଇବାକୁ ଗ୍ରହଣ ନକରୁ । ଅଭିସନ୍ଧିସ୍ତ ସୂତ୍ରରେ ବନ୍ଧା ଏହି ଦୁନିଆ ତା' ତ୍ୟାଗର ମହତ୍ୱକୁ ନବୁଝୁ । ଏ ପର ମୁଖାପେକ୍ଷ ଜଗତ ତା' ଜୀବନୋସ୍ତର୍ଗକୁ ନମାନୁ । ଏ ହିଂସୁକ ପରିବେଶ ତା' ନିସ୍ୱାର ପାରାକାଷ୍ଠା ପ୍ରତି ଆଖି ବୁଜି ଦେଉ । ତଥାପି ସେ ତା' ନିଜ ନିଷ୍ଠିରେ ଅଟଲ ରହିବ ।

ପ୍ରକୃତରେ ମଣିଷ ଯାହା ଚାହେଁ ତାହା ସେ ଆଦୌ ପାଇ ପାରେନା । ଆଉ ତାକୁ ଯାହା ମିଳିଥାଏ ତାହା ପାଇବା ପାଇଁ ସେ କେବେ ଇଚ୍ଛା କରିନଥାଏ । ଏଇ ଯେପରି ସେ ଧବଳେଶ୍ୱରଙ୍କ ମନ୍ଦିରକୁ ଠାକୁରଙ୍କୁ ଦାର୍ଶନ କରିବା ପାଇଁ

ଯାଉଥିଲା । ବିଲୟରେ ନିର୍ଜନତା ମିଳିବ ବୋଲି ସେମାନେ ଡେରିରେ ଯାଇ ସେଠି ମନ୍ଦିରର ମୁଖଶାଲାର ସାଙ୍ଗହୋଇ ବସି ଗପସପ ହେଉଥିଲେ । ସେମାନେ କେବେବି ଆଶା କରିନଥିଲେ ଏତିକି ବେଳେ ଜଣେ ଅପରିଚିତ ଯୁବକ ଆସି ସେଠାରେ ପହଞ୍ଚି ତାଙ୍କୁ ପାଦୁକ ଦେବା ପାଇଁ କହିବ । ପାଦୁକ ପାଇସାରି ତା' ଆଙ୍ଗୁଳି ଟିପରୁ ବିଭୂତି ଟିପା ପିନ୍ଧୁ ବୋଲି ? ଭବିତବ୍ୟ କାହା ଇଚ୍ଛା ଅନିଚ୍ଛା ଉପରେ ନିର୍ଭର କରେ ନାହିଁ । ସେହି ଅପରିଚିତ ଯୁବକଙ୍କ ସହିତ ବାରମ୍ବାର ସାକ୍ଷାତ ହେବା ଫଳରେ ତା'ମନରେ ତାଙ୍କୁ ଭଲପାଇବା ଲାଗି ସୃଷ୍ଟି ହୋଇଥିବା ଆଶା ପୂରଣ ହେବା ସମ୍ଭବ ହେଲାପରି ବିଶ୍ୱାସ ହେଉନାହିଁ । ପ୍ରକୃତରେ ତା' ମନ ଚାହିଁଥିଲା ମୁଖଶାଲାରେ ନିରୋଳା ପରିବେଶରେ କେବଳ ତା' ଅନ୍ତରଙ୍ଗ ବାନ୍ଧବୀ ସୁନି ସହିତ ଏକତ୍ର ବସି କଥାବାର୍ତ୍ତା ହେବାକୁ । କିନ୍ତୁ ଅଟାନକ ଜଣେ ଅଚିହ୍ନା ଯୁବକର ଆବିର୍ଭାବ ଘଟିଲା । ଯିଏ ତା' ହୃଦୟ ସିଂହାସନକୁ ବିନା ବାଧାରେ ଅଧିକାର କରି ନେଇ ଅତି ସହଜରେ ତା' ମନର ମଣିଷ ପାଲଟିଗଲେ । ବର୍ତ୍ତମାନ ସେ ତାଙ୍କ ଲାଗି କେବଳ ନିରବରେ ଝୁରି ମରିବା ସାର ହେଉଛି । ଏହା ହିଁ ହେଉଛି ତା'ଭାଗ୍ୟର ଦୁର୍ଯୋଗ । ଭଗବାନଙ୍କର ତା' ପ୍ରତି ଅନ୍ୟାୟ ବିଧାନ । ସର୍ବୋପରି ତା' ନିଜ କପାଳର ବିଡ଼ମ୍ବନା ।

ସେ ଠାକୁରଙ୍କ ପ୍ରତିବାରିରେ ମନ୍ଦିରକୁ ଯାଏ । ଧବଳେଶ୍ୱରଙ୍କୁ ଦର୍ଶନ କରି ଜୁହାର ହୁଏ । ଜୁହାର ହେଲା ବେଳେ ଠାକୁରଙ୍କ ଆଶୀର୍ବାଦ ଭିକ୍ଷା କରେ । ଯେଉଁ ଆଶୀର୍ବାଦ ତା' ଜୀବନ ଯାତ୍ରାକୁ ସୁଗମ କରିବ । ତା' ଚଲା ପଥକୁ କଣ୍ଟକିତ ନକରି ପୁଷ୍ପକୋମଳ କରିଦେବ । ତା' ମନରୁ ଦୁର୍ଭାବନା ହରିନେଇ ନିର୍ମଳ ଆନନ୍ଦ ଭରିଦେବ । ଆନ୍ତରିକ ଭରା ଖୁସିରେ ବିଭୋର କରାଇବ ତା' ଆତ୍ମାକୁ । ତା' ଉପରକୁ ଆସିବାକୁ ଥିବା ଆପଦ ବିପଦକୁ ଦୂରେଇ ଦେଇ ସୁଖରେ ଜୀବନ ଯାପନ ଲାଗି ସହାୟକ ହେବ । କିନ୍ତୁ ଠାକୁରଙ୍କର ତା' ପ୍ରତି ଏ କି ଅବିଚାର । ତାକୁ ଶାନ୍ତି ନଦେଇ ଦୁର୍ଭାବନା ତା' ହୃଦୟରେ ଭରିଦେଲେ । ସୁଖ ହେବା ପରିବର୍ତ୍ତେ ତାକୁ ଯନ୍ତ୍ରଣାରେ ଛଟପଟ କରାଉଛନ୍ତି । ଆନନ୍ଦ ବଦଳରେ ଅନୁତାପାନଳରେ ତା' ପ୍ରାଣକୁ ଦହନ କରାଇଲେ । ଏହା କ'ଣ ତା'ର ଠାକୁରଙ୍କୁ ତାଙ୍କ ପ୍ରତ୍ୟେକ ବାରରେ ଦର୍ଶନ କରିବାର ଫଳ ? ଠାକୁରଙ୍କୁ ଜୁହାର ହେବାର ପରିଣାମ । ଠାକୁରଙ୍କ ପ୍ରତିବାରମାନଙ୍କରେ ମନ୍ଦିରକୁ ଆସିବାର ପରିଣତି ? ଏପରି କୁଫଳ ଦୁଶ୍ଚିନ୍ତା, ଦୁର୍ଭାବନା ଓ ଯନ୍ତ୍ରଣା ଦାୟକ ପରିସ୍ଥିତି ସେ ପାଇଛି ପୁଣି ପୂଣ୍ୟ କାର୍ତ୍ତିକ ମାସର ପ୍ରତି ଠାକୁରଙ୍କ ବାରମାନଙ୍କରେ, ଏହି ମନ୍ଦିରରେ ଠାକୁରଙ୍କ ସାମ୍ନାରେ ଦେବତାଙ୍କ ବିଜେ ସ୍ଥଳିରେ ଠାକୁରଙ୍କ ପାଦୁକ ଦେଇ । ତାଙ୍କରି ବିଭୂତି ଲଗାଇ ଦେବା ଦ୍ୱାରା । ତାଙ୍କ ଥାଲି ଲାଗି ପଇସା ରଖିବା ଯୋଗୁ ।

ଗୋଧୂଲି ମଉଳି ଯାଇ ଅନ୍ଧାର ଘୋଟି ଆସିଗଲା ପରି ତା' ଭାଗ୍ୟ ଆକାଶରେ ନିରାଶାର ଅନ୍ଧକାର ମାଡ଼ି ଆସୁଛି । ଆଜି ଏତେ ସମୟ ପ୍ରତୀକ୍ଷା ପରେ ଯେତେବେଳେ ଅଧରଙ୍କ ସହିତ ତା'ର ସାକ୍ଷାତ ହୋଇ ପାରିଲା ନାହିଁ । ସେ ତାକୁ ଦେବା ପାଇଁ ନେଇଥିବା ଚିଠିଟିକୁ ଫେରାଇ ଆଣିବାକୁ ବାଧ୍ୟ ହେଲା । ସେ ସକାଶେ ସେ ଜାଣିପାରୁନି ଅଧର ତାକୁ ପ୍ରକୃତରେ ଭଲ ପାଉଛନ୍ତି କି ନାହିଁ ? ତା' ପ୍ରେମ ନିବେଦନକୁ ଗ୍ରହଣ କରିବେ କି ନାହିଁ । ଅମାବାସ୍ୟା ରାତିରେ ଅନ୍ଧାର ଘୋଟି ଆସିଲା ପରି ତା ହୃଦୟରେ ହତାଶର ଅନ୍ଧକାର ଆସ୍ଥାନ ଜମାଇ ବସିଲାଣି । ରାତିର ଅନ୍ଧାରରେ ଦୁନିଆର କର୍ମଚଞ୍ଚଳ ସ୍ଥିର ହୋଇଗଲା ପରି ଏହି ନିରନ୍ଧ୍ର ଅନ୍ଧାରରେ ତା' ଆଗାମୀ ଭବିଷ୍ୟତ ସବୁଦିନ ପାଇଁ ହଜିଯିବ । ତା' ଭଲ ପାଇବାର କ୍ଷୀଣ ଆଲୋକ ରେଖାଟି ପଶ୍ଚିମ ଆକାଶର ସନ୍ଧ୍ୟା ତାରା ପରି ଯାହା ତା' ଅନ୍ତରରେ, ତା' ହୃଦୟରେ, ତା' ମନର କେଉଁ ନିଭୃତ କୋଣରେ ସାମାନ୍ୟ ଆଲୋକ ବର୍ତ୍ତିକାଏ ଭଳି ମିଞ୍ଜି ମିଞ୍ଜି ହୋଇ ଜଳୁଥିଲା । ତାହା ଏହି ନିରାଶାର ନିରାଟ ଅନ୍ଧାର ମଧ୍ୟରେ ବିଲିନ ହୋଇଗଲାପରି ତାକୁ ବୋଧ ହେଉଥିଲା ।

ପାହାନ୍ତା ପ୍ରହର କୁଆଁ ତାରାର ଆଲୋକ ରେଖା ପରି ତଥାପି ସବୁ ନିରାଶା ଭିତରେ କେବଳ ଗୋଟିଏ କ୍ଷୀଣ ଆଲୋକ ରଶ୍ମି ତାକୁ ଆଶ୍ୱାସନାର ସାହାରା ଦେଇ ପାରିବ । ତାହା ହେଲା ଅଧର ବାହା ହେବାକୁ ରାଜି ନହେବା । ତା'

ଭଲି ଯଦି ସିଏ ତାକୁ ପ୍ରକୃତରେ ଭଲ ପାଇଥିବେ। ଆଉ ସେ ଭଲ ପାଇବାକୁ ପ୍ରକାଶ କରିବା ଲାଗି ସୁବିଧା ପାଉନଥିବେ। ତାଙ୍କ ଅନ୍ତରର କଥାକୁ ତାଙ୍କ ପ୍ରାଣର ଭାଷାକୁ, ତାଙ୍କ ମନର ବ୍ୟଥାକୁ। ତାଙ୍କ ଆମ୍ଯାର ଭାବନାକୁ। ତାଙ୍କ ହୃଦୟର ଗୋପନ ବାରତାକୁ ବାହାରେ କାହାକୁ କହିବା ପାଇଁ ତାଙ୍କୁ ସୁଯୋଗ ମିଳୁନଥିବ ? ସେଥିପାଇଁ ସିଏ ଅନ୍ୟତ୍ର ବାହା ହେବାକୁ ରାଜି ହେଉ ନାହାଁନ୍ତି କି ?

ଯଦିବା ଅଧର ତାକୁ ଭଲ ପାଉଛନ୍ତି। ସିଏ କିନ୍ତୁ ସେଭଳି କିଛି ସୂଚନା କେବେ ତାକୁ ଦେଇ ନାହାନ୍ତି। ତାଙ୍କ ପ୍ରଦତ୍ତ ମୁଦିଟି ଦୁଇ ପ୍ରକାର ଅର୍ଥ ପ୍ରକାଶ କରୁଛି। ତାକୁ ଭଲ ପାଇବାର ସ୍ୱୀକୃତି କିମ୍ୱା ତା' ରୁମାଲର ପ୍ରତିବଦଳ। ଯାହାର ପ୍ରକୃତ ଅର୍ଥ ଜାଣିବାକୁ ଓ ବୁଝିବା ପାଇଁ ତା' ପକ୍ଷରେ କେବେବି ସମ୍ଭବ ହେଉନାହିଁ। ସୁନିର କହିବା ମୁତାବକ ସିଏ ମୁଦିଟିକୁ ତା'ହାତ ଆଙ୍ଗୁଳିରେ ପିନ୍ଧେଇ ନଦେଇ ତାକୁ ତାଙ୍କ ଛାତି ଉପରକୁ ଭିଡ଼ିନେଇ ତା' ଗାଲରେ ତାଙ୍କ ଓଠ ଛୁଆଁର ପରଶ ଦେଇଥିଲେ ବରଂ ତାହା ଦ୍ୱାରା ତାଙ୍କ ମନୋଭାବ ପରିଷ୍କାର ଜଣାପଡ଼ି ଯାଇଥାଆନ୍ତା। ତାଙ୍କ ଓଠ ଛୁଆଁ ପରଶର ସ୍ଥାୟିତ୍ୱ କ୍ଷୀଣ ସ୍ଥାୟୀ ହୋଇଥିଲେ ସୁଦ୍ଧା ମୁଦିର ଦୀର୍ଘତର ସ୍ୱୀକୃତିଠାରୁ ତାହା ନିର୍ଣ୍ଣାୟକ ସିଦ୍ଧାନ୍ତର ସୂଚନା ପ୍ରଦାନ କରିବାକୁ ସକ୍ଷମ ହୋଇ ପାରିଥାଆନ୍ତା। ଉଭୟ ସ୍ମାରକୀର ପ୍ରଦାନ ଲୁଚା ଛପାରେ ହେଲେ ମଧ ତା (ସତୀ) ପାଖରେ ତା'ର ପ୍ରଭାବ ଭିନ୍ନ ପ୍ରକାର ହୋଇଥାଆନ୍ତା। ଏମିତି ସିଏତ ମୁଦିଟିକୁ ନେଇ ହାତରୁ ଓହ୍ଲାଇ ପକାଇ ଲୁଚାଇ ରଖିଛି। ଲୋକ ଲଜ୍ୟା ଭୟରେ ତାକୁ ନିଜ ଆଙ୍ଗୁଳିରେ ପିନ୍ଧି ପାରୁନାହିଁ। ସେମିତି ନହେଲେ ସେ ଓଠଛୁଆଁ ବି ଲୁଚାଛପାରେ ହୋଇ ଥାଆନ୍ତା ଯାହାକୁ ସିଏ ଅତି ଗୋପନରେ ତାକୁ ଦେଇ ଥାଆନ୍ତେ। କେବଳ ତଫାତ୍ ଏତିକି ଯେ ଓଠ ଛୁଆଁର ସ୍ଥିତି କ୍ଷିଣସ୍ଥାୟୀ ହୋଇଥିଲା ବେଳେ ମୁଦିଟି ଦୀର୍ଘସ୍ଥାୟୀ ସ୍ମାରକୀ। କିନ୍ତୁ ଉଭୟର ଆଦାନ ପ୍ରଦାନ ଲୁଚାଇ ଅତି ଗୋପନରେ, ଲୋକ ଲୋଚନ ଆଢୁଆଲରେ, ଅନ୍ୟମାନଙ୍କ ଦୃଷ୍ଟି ଅନ୍ତରାଲରେ, କାହାକୁ ନଦେଖାଇ, ନଜଣାଇ, ନକହି। ଏହି ଲୁଚା ଛପାର ଘଟିଥିବା ଘଟଣାକୁ ମାନଦଣ୍ଡ ଭାବରେ ଗ୍ରହଣ କରି ସେ କିପରି ତାଙ୍କ ଉପରେ ଭରସା ରଖ୍ ପାରିବ ? କେମିତି ବିଶ୍ୱାସ କରିପାରିବ ତାଙ୍କ ଭଲପାଇବାକୁ ବିନା ପ୍ରତିଶ୍ରୁତି ତାଙ୍କ ଠାରୁ ଆଦାୟରେ। ତଥାପି ସିଏ ଯେତେବେଳେ (ଅନ୍ୟତ୍ର) ବିବାହ ପାଇଁ ରାଜି ନହେଉଛନ୍ତି। ତେବେ ଏକଥା ବୁଝିବାକୁ ହେବ ଯେ ସିଏ ତା (ସତୀ) ବ୍ୟତୀତ ଅନ୍ୟ କାହାକୁ ବିଭା ହେବାକୁ ରାଜି ନୁହଁନ୍ତି। ଅଧର ତାକୁ ଭଲ ପାଇବା କଥା, ପ୍ରକାଶ କରିନାହାଁନ୍ତି। ତାକୁ ସେ ବିଷୟରେ କୌଣସି ସୂଚନା ମଧ ଦେଇ ନାହାଁନ୍ତି କିମ୍ୱା ସେ ସମୟରେ କୌଣସି ଇଙ୍ଗିତ ସୁଦ୍ଧା ପ୍ରଦାନ କରିନାହାଁନ୍ତି କେବଳ ମୁଦିଟି ପିନ୍ଧାଇ ଦେବା ବ୍ୟତୀତ। ତାଙ୍କର ଅନ୍ୟତ୍ର ବିବାହ ଲାଗି ଅରାଜିରୁ କେବଳ ଏତିକି ସ୍ପଷ୍ଟ ହେଉଛି ଯେ ସିଏ କୌଣସି ଯୁବତୀକୁ ଭଲପାଇ ତାକୁ ବାହା ହେବାକୁ ଇଚ୍ଛା ପୋଷଣ କରିଛନ୍ତି ଏବଂ ସେଠିରେ କିଛି ବିଶେଷ ବଡ଼ ଧରଣର ଅସୁବିଧା ଥିବାରୁ ସେ ସାହାସ କରି ସଙ୍କୋଚ ବଶତଃବାହାରକୁ ପ୍ରକାଶ୍ୟରେ କହିପାରୁନାହାଁନ୍ତି। ତାଙ୍କ ମନରେ ସ୍ଥାନ ପାଇଥିବା ସେ ଯୁବତୀଟି କିଏ ? ସେ କଥା ସତୀ ପରିଷ୍କାର ଭାବରେ ଜାଣି ପାରିନଥିଲେ ସୁଦ୍ଧା ମନ୍ଦିରରେ ଅଧର ତାଙ୍କ ନାମଲେଖା ମୁଦିଟିକୁ ତା' ହାତରେ ପିନ୍ଧାଇ ଦେଇ ଥିବାରୁ ସେ ନିଜକୁ ସେହି ସ୍ଥାନରେ (ଆସନରେ)ବସାଇ ତାଙ୍କ ମନର ମାନସୀ ହୋଇପାରିବା ପାଇଁ ଆଶା ରଖିଛି ଏବଂ ସେଇଆକୁ ପାଥେୟ କରି ନିଜ ଜୀବନ ପଥରେ ଅଗେଇ ଯିବାକୁ ଆଶା ବାନ୍ଧିବସିଛି।

ସେଦିନ ମୁଦି ପିନ୍ଧାଇ ଦେଇ ସିଏ ଫେରି ଯାଉଥିଲା ବେଳେ ସେ ପଚାରିଥିଲେ ଭଲ ହୋଇଥାଆନ୍ତା। "ଆପଣ ଆଉ କେବେ ଆସିବେ ?" ଅବଶ୍ୟ ଏପରି କଥା ତାଙ୍କୁ ପଚାରିବା ଅସ୍ୱାଭାବିକ ହୋଇଥାଆନ୍ତା। ଆହୁରି ମଧ ଏଭଳି କଥା ତାଙ୍କୁ ପଚାରିବା ଦ୍ୱାରା ସିଏ ତାଙ୍କ ମନରେ ଭାବି ଥାଆନ୍ତେ ନିର୍ଷ୍ଣିତ– ସତରେ ଝିଅଟି କେତେ ଅଲାଜୁକୀ, ନିର୍ଲଜୀ, ସଙ୍କୋଚହୀନା, ଅବିବେକୀ, ଛୋପରି, ବେହିଆଣୀ, ସଂସ୍କାର କ'ଣ ଜଣାନାହିଁ, ଭଦ୍ରାମୀ ଶିକ୍ଷ ନାହିଁ, ଇୟାର ଶିକ୍ଷାଚାର ଜ୍ଞାନ ଆଦୌ ନାହିଁ, ଉତ୍ତମ ବ୍ୟବହାର କ'ଣ ଯାକୁ ଜମା ଜଣା ନାହିଁ। ଶାଳୀନତା ଯାର ମୋଟ୍ରୁ ନଥିଲା ପରି ଜଣା

ଯାଇଛି । ମୁହଁ ଉପରେ ମୋ' ଆସିବା କଥା ପାଟି ଖୋଲି ପଚାରି ପାରୁଛି । ଭଦ୍ରତା ଦୃଷ୍ଟିରୁ ଆପଣା ଗୁମର ରକ୍ଷା କରି ନିଜର ଗାରିମା ନହରାଇବା ଲାଗି ସତୀ ସେଦିନ ତାଙ୍କୁ ମନ୍ଦିରକୁ ପରବର୍ତ୍ତୀ ଆସିବା କଥା ନପଚାରି ଯେଉଁ ମାରାମ୍ଲକ ଭୁଲ୍ କରିଥିଲା ତା'ର କୁପରିଣାମ ତାକୁ ଏଇନେ ଭୋଗିବାକୁ ପଡୁଛି । ପରେ ପୁଣି ତା' ମନରେ ଭାବାନ୍ତର ସୃଷ୍ଟି ହେଉଛି– ସେତେବେଳେ ତାଙ୍କୁ ସେ କଥା ପଚାରିଥିଲେ କଥାଟା ନିହାତି ବେହିଆମି ହୋଇଥାଆନ୍ତା । ସେ କଥା ଶୁଣି ସିଏ ଭାବି ଥାଆନ୍ତେ– ଝିଅଟି କେଡ଼େ ଥୋବରି, ମୁହଁ ଖୋରା । ମୁଖଲଜ୍ୟା ନାହିଁ ମୋତେ ୟାର । ମୁହଁ ଖୋଲି କଥା ହେଉଛି ମୋ ସହିତ । ମନ କହେ "ପୋଡ଼ିଯାଉ ସେ ଶାସ୍ତ୍ର କଥା, ଯାହା ନବୁଝେ ମର୍ମବ୍ୟଥା" ଏବଂ ଏହା ମଧ୍ୟ ଶାସ୍ତ୍ର ବିରୋଧୀ । ସେତେବେଳେ ସତୀ ତାଙ୍କ ହାତର ଦୀର୍ଘ ପରଶ ପାଇ ତାଙ୍କ ନାମ ଲେଖା ମୁଦିଟିକୁ ପିନ୍ଧି ଲାଜରେ ଏମିତି ବୁଡ଼ିଯାଇଥିଲା ଯେ ସଙ୍କୋଚରେ ତା' ପାଟି ଜମା ଖୋଲି ନଥିଲା । ସରମ ଝାଲରେ ସେ ଗୋଟାପୁଣି ଭିଜି ଯାଇଥିଲା । କିପରି ସେ ଲାଜ ସରମ ଛାଡ଼ି ତାଙ୍କୁ ସେ କଥା ପଚାରି ପାରିଥାଆନ୍ତା । ଲଜ୍ୟାତ ନାରୀର ଭୂଷଣ । ଲଜ୍ୟା, ସଙ୍କୋଚହୀନା ଯୁବତୀଟି ନାରୀ ପଦବାଚ୍ୟ ନୁହେଁ କିମ୍ୱା ହେବାକୁ ଯୋଗ୍ୟା ମଧ୍ୟ ନୁହେଁ । ଅବଶ୍ୟ ଚାଣକ୍ୟ ସେବେ କହିଥିଲେ "ଲଜ୍ୟା ନାରୀଣାଂ ଭୂଷଣମ୍" ମାତ୍ର ଏବେ ଏଇଟା "ଦୁଷଣମ୍" ହୋଇଯାଇଛି । ଆହୁରି ମଧ୍ୟ ଚଣ୍ଡୀ ସପ୍ତଶତୀରେ "ଯା ଦେବୀ ସର୍ବ ଭୂତେଷୁ ଶକ୍ତି, ମାତୃ, ଚଣ୍ଡୀ ଶାନ୍ତି ଧୌର୍ଯ୍ୟ" ଆଦି ରୂପ ଭାବରେ ସଂସ୍ଥିତା କୁହାଯାଇ ତାଙ୍କର ପୂଜା ଓ ଧ୍ୟାନ କରାଯାଏ । ଲଜ୍ୟା ନାରୀଣାଂ ଭୂଷଣଂ । ନମନୀୟା, ସମ୍ଭ୍ରମତା ସମ୍ପନ୍ନ ନାରୀଟିଏ, ଯୁବତୀଟିଏ ବୁଝିଛି । ଲଜ୍ୟା କ'ଣ ସେ ଭାବୁଥିଲା ସେତେବେଳେ ସେ ଯାହା କରିଛି ଓ ଯେତିକି କରିଛି ଏବଂ ଯେମିତି କରିଛି ତାହା ସବୁ ଠିକ୍ କରିଛି । ତା' ଠାରୁ ଆଉ ଅଧିକ କିଛି ଠିକ୍ କିମ୍ୱା ଅଧିକ ବେଶୀ ଭଲ ହୋଇ ପାରିନଥାଆନ୍ତା । ସେ ତ ଅନେକ ବାଟ ଆଗେଇ ଯାଇ ତାଙ୍କ ଓଦା ମୁହଁକୁ ତା' ନିଜ ରୁମାଲରେ ପୋଛି ଦେଇଥିଲା । ତାଙ୍କ ଜାମାର ଉପର ବୋତାମ ମାରି ଦେଇଥିଲା । ସେତେବେଳେ ତାଙ୍କର ଏତେ ପାଖରେ ସେ ଠିଆ ହୋଇଥିଲା ଯେ ତାଙ୍କ ନିଃଶ୍ୱାସର ତାତିଲା (ଉଷ୍ଣ) ପବନ ତା' କପାଲରେ ଆସି ବାଜୁଥିଲା । ସେ ଏକବାର ତାଙ୍କର ଅତି ନିକଟତର ହୋଇ ଯାଇଥିଲା । ସୁନି ଭାଷାରେ ତାଙ୍କର ନିକଟତମା ହେବାକୁ ଆଉ କେତେ ବା ବାକିଥିଲା । ଯାହାବା ବାକି ରହିଥିଲା ତାକୁ ଅଧର ପୂରଣ କରିବା କଥା । ତା' ଦ୍ୱାରା ଆଉ ଅଧିକ କିଛି ହୋଇପାରି ନଥାଆନ୍ତା । ଆଉ ଯଦିବା ହୋଇ ଥାଆନ୍ତା ତେବେ ତାହା ମାରାମ୍ଲକ ଭୁଲ୍ ସାବ୍ୟସ୍ତ ହୋଇଥାଆନ୍ତା ସେପରି କାର୍ଯ୍ୟ ଅକ୍ଷମଣୀୟ ଅପରାଧ କର୍ମ ଭାବରେ ଗଣ୍ୟ ହୋଇଥାଆନ୍ତା । ଆଉ ସେପରି କରିଥିଲେ ତାକୁ ବର୍ତ୍ତମାନ ଅନୁତାପ କରିବାକୁ ପଡ଼ି ଥାଆନ୍ତା ।"

ତାଙ୍କ ମନର ମାନସୀ ହେବାର ଆଶା ଅନ୍ତରରେ ପୋଷଣ କରିବା ତା' ପକ୍ଷରେ ଅଯୁକ୍ତିକର ନୁହେଁ । ସେ ଯେପରି ତାଙ୍କୁ ଭଲ ପାଇ ବସିଛି । ସିଏ ସେହିପରି ତାକୁ କାହିଁକି ଭଲ ପାଉ ନଥିବେ ? ସତୀ ମନେ ମନେ ନିଜ ସହିତ ନିଜେ ଯୁକ୍ତି କରୁଥିଲା । ପ୍ରତ୍ୟେକ କ୍ଷେତ୍ରରେ ଦାନର ପ୍ରତିଦାନ ଥାଏ । କିଛି ପାଇବାକୁ ହେଲେ କିଛି ନା କିଛି ହରାଇବାର ଆଶଙ୍କା ରହେ । ଆଣିବା ପାଇଁ ଇଚ୍ଛା କଲେ କିଛି ଦେବାକୁ ପଡ଼େ । ଅନ୍ୟମାନେ ସବୁ ତା' ରୂପର ପ୍ରଶଂସା କରି ତାକୁ ପସନ୍ଦ କଲାପରେ ଠିକଣା ବେଳକୁ କୌଣସି ନା କୌଣସି ଆଲ ଦେଖାଇ ଖସିଯିବା ପାଇଁ ବ୍ୟସ୍ତ ଥିଲାବେଳେ ଅଧର ସେଥରେ ବ୍ୟତିକ୍ରମ ପରି ଜଣା ପଡ଼ନ୍ତି । ସିଏ କେବେବି ତା' ରୂପର ପ୍ରଶଂସା କରି ନାହାଁନ୍ତି । ସିଏ ତା' ବିଷୟରେ କେଉଁଠି କିଛି କହି ନାହାଁନ୍ତି । ତା' ସମ୍ପର୍କରେ କାହା ସହିତ କେବେ ଆଲୋଚନା କରିଥିବା କଥା ସତୀ କାହାରି ଠାରୁ ଶୁଣିନି । ତାକୁ ମୁଦିଟି ପିନ୍ଧାଇ ଦେଇ ଚୁପ୍‌ଚାପ୍‌ ଚାଲିଯାଇଥିଲେ । ଅନ୍ୟତ୍ର ବିବାହ ପାଇଁ ରାଜି ନହୋଇ ନିରବ ରହିଛନ୍ତି । ହେଲେ କେବେବି ମୁହଁ ଖୋଲି ତା' ଗୁଣ ଗାଇ ବୁଲି ନାହାଁନ୍ତି । ଘରର ମୁରବିମାନଙ୍କ ସାମ୍ନାରେ ପାଟି ଖୋଲି ନିଜ ମନର କଥା କହିପାରୁ ନାହାଁନ୍ତି । ସେମାନଙ୍କ ମୁହଁ ଉପରେ କିଛି କହିବାକୁ ଉଚିତ୍

ମନେକରୁ ନାହାଁନ୍ତି । "ଅଭ୍ୟୁନ୍ନତଂ ପଦଂ ପ୍ରାପ୍ତଃ ପୂଜ୍ୟାନ୍ ନୈବାବମାନଯେତ । ଇନ୍ଦ୍ରଣଂ ନହୁବଂ ପ୍ରାପ୍ତ ଶ୍ଯୁତୋଽଗସ୍ତ୍ୟାବ ମାନନାତ୍ ।" ଯେତେ ଉଚ୍ଚ ପଦରେ ଆସୀନ ହେଲେ ସୁଦ୍ଧା । ପୂଜ୍ୟ ବ୍ୟକ୍ତିଙ୍କର ଅବମାନନା କରିବ ନାହିଁ । କାରଣ ନହୁଷ ଅଗସ୍ତିଙ୍କୁ ଅବମାନନା କରିବାରୁ ଇନ୍ଦ୍ରପଦ ହରାଇ ଥିଲେ ।

ଏହିପରି ଭାବନା ସମୟେ ସମୟେ ତା' ମନକୁ ଆନ୍ଦୋଳିକ କରୁଥିଲା । ଆଉ କ'ଣ ତାଙ୍କ ସହିତ କେବେବି ଭେଟ ହେବନି ? ତାଙ୍କ ଲାଗି ଅପେକ୍ଷା କରି ସେ ଏମିତି ଧବଳେଶ୍ୱର ମନ୍ଦିରର ମୁଖାଶାଲାରେ ବସି ରହୁଥିବ ? ତାଙ୍କ ପାଦ ଆଉ ଧବଳେଶ୍ୱରଙ୍କ ମନ୍ଦିର ପ୍ରାଙ୍ଗଣରେ ପଡ଼ିବନି ? ତାଙ୍କ ସହିତ ଆଉ ଦେଖା ହେବନି ? ସାକ୍ଷାତ ମିଳିବନି ତାଙ୍କର ? ତାଙ୍କ ଦେହ ଛୁଆଁର ପରଶ ପାଇବା ତା' ଲାଗି ସାତ ସପନ ହୋଇଯିବ ? ତାଙ୍କର ଏକାନ୍ତ ସାନ୍ନିଧ୍ୟ ତା' ପାଇଁ କ'ଣ କେବଳ କଳ୍ପନାରେ ରହିଯିବ ? ତାଙ୍କର ଘନିଷ୍ଠ ପରଶ ତା' ଲାଗି କେବଳ ଭାବନାର ବିଷୟ ବସ୍ତୁ ପାଲଟି ଯିବ ? ତାଙ୍କର ଅନ୍ତରଙ୍ଗ ସାନିଧ ତା' ପାଇଁ ସୁଦୂର ପରାହତ ହୋଇ ରହିବ ? ତାଙ୍କ ନିବିଡ଼ ଅଙ୍କ୍ଲେଷ ସେ ତା' ଜୀବନରେ କେବେ ପାଇ ପାରିବନି ? କ'ଣ କେବେବି ସମ୍ଭବ ହେବ ନାହିଁ ସେ ସୁଯୋଗର ଯେତେବେଳେ କି ସେ ତାଙ୍କ ନିବିଡ଼ ବାହୁ ବନ୍ଦନରେ ରହି ନିଜକୁ ହଜାଇ ଦେବା ଲାଗି ସୁଯୋଗ ପାଇପାରିବ ? ପ୍ରେମ ମହାନ୍ । ପ୍ରେମ ବିଧୁ ନିର୍ଦ୍ଦିଷ୍ଟ, ପ୍ରେମ କୁଆଡ଼େ ସ୍ୱାର୍ଥ ହୀନ ତଥା ପ୍ରତ୍ୟାଶା ରହିତ ଦୁଇଟି ହୃଦୟର ପବିତ୍ର ମିଳନ । ଏଥିରେ ଶାରୀରିକ ଆକର୍ଷଣର ଉଦ୍‌ବେଳନ ନଥାଏ କି ନଥାଏ ଦେହଜ କ୍ଷୁଧା । ଏହା କୁଆଡ଼େ ହୁଏ ନାହିଁ । ହୋଇଯାଏ ।

ତାଙ୍କ ମନର ମାନସୀ ଯିଏ ହୋଇ ଥାଉନା କାହିଁକି ସେଥିରୁ ତା'ର କିଛି ଯାଏ ଆସେ ନାହିଁ । ସେ ନିଜେ ତାଙ୍କ ମନର ମାନସୀ ନହୋଇ ଥିଲେ ମଧ୍ୟ ସେଥିପାଇଁ କିଛି ଶୋଚନା କରିବାର ଆବଶ୍ୟକ ନାହିଁ । ସେ ତାଙ୍କ ମନରେ ସ୍ଥାନ ପାଇ ନଥିଲେ ସୁଦ୍ଧା । ନୂରଜାହାନ ଯେପରି ଜାହାଙ୍ଗୀରଙ୍କ ମନର ମାନସୀ ହୋଇଥିଲେ । ସେହିପରି ସେ ହୋଇ ପାରିବ ନାହିଁ । ସୀତାଙ୍କ ଭଳି ରାମଚନ୍ଦ୍ରଙ୍କର ସ୍ତ୍ରୀ ହେବାର ଗୌରବ ତାକୁ ମିଳିବନି । ରାଧାରାଣୀଙ୍କ ପରି କୃଷ୍ଣଙ୍କ ପ୍ରେମିକା ହେବାର ଯୋଗ୍ୟତା ତା'ର ନଥାଇ ପାରେ । ହେଲେ ସେ ତ' ମୀରାବାଇଙ୍କ ଭଳି କୃଷ୍ଣାନୁରାଗିଣୀ ହୋଇ ପାରିବ । ମୀରା ଯେପରି କୃଷ୍ଣଙ୍କ ଅବର୍ତ୍ତମାନରେ କୃଷ୍ଣଙ୍କ ଆରାଧନାରେ ନିଜର ଜୀବନ ବିତାଇ ଦେଲେ । ତାଙ୍କଠୁ ନପାଇଥିବା ସୋହାର୍ଦ୍ଦକୁ ପାଥେୟ କରି ଆପଣା ପ୍ରାଣ ଉତ୍ସର୍ଗ କରି ଦେଇଥିଲେ । ସିଏତ ସେହିପରି ଅଧରଙ୍କ ଅନୁପସ୍ଥିତିରେ ତାଙ୍କୁ ନିଜର ଦେହ, ମନ, ଜୀବନ, ଯୌବନ ସମର୍ପଣ କରି ପାରିବ । ତାଙ୍କ ସହିତ ସାକ୍ଷାତ ହୋଇଥିବା ସମୟର ସ୍ମୃତିକୁ ସମ୍ବଳ କରି ତା'ର ଅବଶିଷ୍ଟ ଜୀବନ ବିତାଇ ଦେଇ ପାରିବ ? ତାଙ୍କ ଫେରିବା ବାଟକୁ ଆଶାୟୀ ଆଖିରେ ଅନାଇ ରହି ପାରିବ । ଯେପରି ରାଧାରାଣୀ କୃଷ୍ଣଙ୍କ ଲେଉଟିବା ପଥକୁ ନିର୍ମିମେଷ ନୟନରେ ଅନାଇ ରହି ପାରିଥିଲେ । କୃଷ୍ଣଙ୍କ ଅନୁପସ୍ଥିତିରେ ରାଧା ଯେମିତି ତାଙ୍କ ପ୍ରତୀକ୍ଷାରେ ସାରା ଜୀବନ ବିତାଇ ଦେଇଥିଲେ । ସେମିତି ସେ ତାଙ୍କ ଛବିକୁ ମନରେ ପକାଇ ତାଙ୍କ ସହିତ ଭେଟ ହୋଇଥିବା ବେଳେ ଘଟିଥିବା ଘଟଣାର ସ୍ମୃତିକୁ ପୁଞ୍ଜି କରି, ତାଙ୍କ ସହିତ ସାକ୍ଷାତ ସମୟରେ ତାଙ୍କ ସହିତ ହୋଇଥିବା ତା'ର କେଇ ପଦ କଥୋପକଥନକୁ (ତାହା ଯେତେ ସଂକ୍ଷିପ୍ତ ହୋଇଥିଲେ ସୁଦ୍ଧା) ମନେ ପକାଇ ସାରା ଜୀବନ ବିତାଇ ଦେବାକୁ ଚେଷ୍ଟା କରି ପାରିବ । ଯେ ପର୍ଯ୍ୟନ୍ତ ଅନ୍ତତଃ ସିଏ ଅନ୍ୟତ୍ର ବିବାହ ନ କରିଛନ୍ତି । ସେ ପର୍ଯ୍ୟନ୍ତ ତାଙ୍କ ଲାଗି ଅପେକ୍ଷା କରି ଆପଣା କୁମାରୀତ୍ୱକୁ ଅକ୍ଷୁଣ୍ନ ରଖି ପାରିବା ଲାଗି ନିଜ ଉଦ୍ୟମ ଅବ୍ୟାହତ ରଖି ପାରିବ ? ସିଏ ବିଭା ନହେବା ଯାଏ ସେ ନିଜେ କୌଣସି ଯୁବକକୁ ବିବାହ ନକରି କୁମାରୀଟିଏ ହୋଇ ରହିବାକୁ ଯନ୍‌ କରିବ । ବ୍ରହ୍ମଚାରିଣୀର ଜୀବନ କଟାଇ ଦେବାକୁ ଚେଷ୍ଟା କରିବ । ତପସ୍ୱିନୀଙ୍କ ଭଳି ବଞ୍ଚି ରହିବାର ଉଦ୍ୟମ ଜାରି ରଖିବ । ଅବିବାହିତା ଜୀବନରେ ଯେତେ ଝଡ଼, ଝଞ୍ଜା, ବାଧା, ବିଘ୍ନ, ଦୁର୍ବିପାକ, ବିପର୍ଯ୍ୟୟ ଆସୁ ପଛକେ ସବୁ ଦୁଃଖଦ ପରିସ୍ଥିତିକୁ ତାଙ୍କ ପାଇଁ ହସି ହସି ସହିଯିବାକୁ ସଂକଳ୍ପ ନେବ । ତାଙ୍କୁ ଜୀବନ ସାଥୀ ରୂପେ ପାଇବାର ଆଶା ମନରେ ପୋଷଣ କରି ସନ୍ୟାସିନୀଙ୍କ ଭଳି,

ବ୍ରହ୍ମଚାରୀଣୀଙ୍କ ପରି, ନିଃସଙ୍ଗ ଜୀବନ ବିତାଇ ଦେବ । ତାଙ୍କ ଉଦ୍ଦେଶ୍ୟରେ ଚିର କୁମାରୀ ରହି ଜୀବନ ଅତିବାହିତ କରିବା ଲାଗି ନିଷ୍ପତି ନେବାର ଅଧିକାର ତ ତା' ନିଜର ଅଛି ।

ଆସନ୍ନ ସନ୍ତାନ ସମ୍ଭବା ସୀତାଙ୍କୁ ବିନା ଦୋଷରେ ନିର୍ବାସନ ଦଣ୍ଡ ଦେଇଥିବା ସ୍ୱାମୀ ରାମଙ୍କଠି ସେ (ସୀତା) କୌଣସି ଦୋଷ ଦେଇ ନଥିଲେ । ବରଂ ନିଜକୁ ହତଭାଗିନୀ ମନେ କରି ଜୀବନର ଶେଷ ଇଚ୍ଛାରେ ଲେଖିଥିଲେ– ଜୀବନେ ନପାଇଲେ ଅବା ମରଣେ, ସେବିକା କରି ନେବ ପ୍ରଭୁ ତବ ଚରଣେ । ମୋ ତନୁ ଦଗ୍ଧ ହେଲେ ହେବଟି ଖାର । କରାଇନେବ ତାକୁ ପାଦରେ ସାର । ସେ କାଷ୍ଠ ନେଇଦେବ ବର୍ଦ୍ଧକୀ ହସ୍ତେ, କରାଇ ନେବ ପ୍ରଭୁ ପାଦୁକା ମୋତେ । ସ୍ୱାମୀ ଅନୁରକ୍ତା, ସତୀତ୍ୱର ଯାଉ ବଳି ଉଦାହରଣ ଏ ବିଶ୍ୱରେ ଅନ୍ୟତ୍ର କାହିଁ ନାହିଁ । ସେମିତି ଅଧରଙ୍କ ଧର୍ମପତ୍ନୀ ନହେଲେ ସୁଦ୍ଧା ସେ ତାଙ୍କ ପ୍ରତୀକ୍ଷାରେ, ତାଙ୍କ ଠାରୁ ପାଇଥିବା ଦେହ ଛୁଆଁର ପରଶକୁ ପାଥେୟ କରି ଜୀବନ ବିତାଇ ଦେବ ପଛେ ଅନ୍ୟର ହେବାକୁ କେବେ ମନ ବଳାଇବ ନାହିଁ । ଆହୁରି ମଧ୍ୟ କୁଳସ୍ତ୍ରୀ ଆତ୍ମହତ୍ୟା ସିନା କରେ ହେଲେ କେବେ ବି ଅନ୍ୟର ହେବାକୁ ଇଚ୍ଛା ପୋଷଣ କରେ ନାହିଁ ।

ସତୀ ମନରେ ଏମିତି ଭାବନା ବି ଆଲୋଡନ ସୃଷ୍ଟି କରୁଥିଲା । ଧନ ଥିଲେ ନିଜ ଇଚ୍ଛା ମୁତାବକ ଜିନିଷ କିଣି ପାରୁଥିଲେ । ବେଶୀ ପାଠ ପଢ଼ିବାକୁ ସୁବିଧା ପାଇଥିଲେ ସେ ସୁଖୀ ହୋଇ ପାରିଥାଆନ୍ତା । ସିଏ ଉଚ୍ଚ ଜାତି ଓ ସମ୍ଭ୍ରାନ୍ତ ଘରେ ଜନ୍ମ ହୋଇଥିଲେ ଅଧରଙ୍କୁ ଖୁବ୍ ସୁବିଧାରେ ବିବାହ କରି ପାରିଥିଲେ ସେ ଖୁସିରେ ଏବଂ ଆନନ୍ଦରେ ରହି ପାରିଥାଆନ୍ତା । ଏପରି କିଛି ନିର୍ଦ୍ଧିଷ୍ଟତା ନାହିଁ । ତା' ସାଙ୍ଗ ସୁନିର ତ ଅଭାବ ବୋଲି କିଛି ନାହିଁ । ସେ ପଢ଼ିବାକୁ ସୁଯୋଗ ପାଇ ମଧ୍ୟ ପରୀକ୍ଷାରେ କୃତକାର୍ଯ୍ୟ ହୋଇ ପାରିଲା ନାହିଁ । ଇଚ୍ଛା ମୁତାବକ ପଦାର୍ଥ କିଣି ପାରିଲେ ଯେ କ'ଣ ଜଣେ ପ୍ରକୃତରେ ସୁଖୀ ହୋଇ ପାରିବ । ଇୟେ କେବଳ ହୃଦୟର ଭାବନା ଓ ଅନ୍ତର କଳ୍ପନା ଏବଂ (ପାଟିରେ) କହିବା କଥା । ଦାମୀ ପୋଷାକ ପିନ୍ଧିଲେ, ବଡ଼ କୋଠାଘରେ ରହିଲେ, ଦାମିଗାଡ଼ି କିଣିଲେ, ଦୁର୍ମୂଲ୍ୟ ଅଳଙ୍କାର ନାଇଲେ, ସୁଷମ ଖାଦ୍ୟ ଖାଇଲେ, ମୂଲ୍ୟବାନ ଆସବାବ ପତ୍ର ବ୍ୟବହାର କଲେ ମଣିଷ କ'ଣ ପ୍ରକୃତରେ ସୁଖୀ ହୋଇ ପାରୁଛି । କେବେ ନୁହେଁ । ଯଦି ସତରେ ଏସବୁ ଦ୍ୱାରା ମଣିଷ ସୁଖୀ ହୋଇ ପାରୁଥାଆନ୍ତା । ତେବେ ରାଜପୁତ୍ର ଗୌତମ କାହିଁକି ରାଜ ପ୍ରାସାଦ, ରାଜସିଂହାସନ, ରୂପବତୀ ପତ୍ନୀ, ସୁକୁମାର ପୁତ୍ର ଏସବୁକୁ ପରିତ୍ୟାଗ କରି ସନ୍ନ୍ୟାସୀ ହୋଇଥିଲେ । ତାଙ୍କର ତ କୌଣସିଥିରେ କିଛି ରକମର ଅଭାବ ନଥିଲା । ଦୁଃଖ ଥିଲେ ସୁଖର ଅନୁଭୂତି ମିଳେ । ଅଭାବ ରହିଲେ ଧନ ଥିଲାବେଲେ ମନ ଉଲ୍ଲାସରେ ଭରିଯାଏ । ଅନ୍ଧାର ଥିବାରୁ ଆଲୋକର ମହତ ବାରିହୁଏ । ଉପବାସିଆ ପାଟିକୁ ଏଣୁ ତେଣୁ ସାଧାରଣ ଖାଦ୍ୟ ସୁଆଦିଆ ଲାଗେ । ଅନାଟନରେ ପଡ଼ି ସବୁ ଦିନ ଅନାବାନା ଶାଗ ଖରଡ଼ା, ଖଟା, ଲୁଣଲଙ୍କା ଲଗାଇ ଖାଇ ଭଲ ତରକାରୀ ରନ୍ଧା ହେବା ଦିନ ମନ ଆନ୍ଦରେ ଭରିଯାଏ । ଦୁଃଖ, କଷ୍ଟ, ଯନ୍ତ୍ରଣା ଥିବାରୁ ଖୁସି, ଆନନ୍ଦ, ଉଲ୍ଲାସକୁ ଅନୁଭବ କରି ହୁଏ । ସେମିତି ଏ ମନ ଯାହା ପାଇଛି ସେତକ ତା ପାଇଁ ଯଥେଷ୍ଟ । ତା' ଲାଗି ବହୁତ କିଛି ଏବଂ ଅନେକ, ପ୍ରୟ୍ୟାପ୍ତ ଓ ପ୍ରଚୁରମଧ୍ୟ । ଏହାଠାରୁ ଆଉ ଅଧିକ ଆବଶ୍ୟକ ଆଦୌ ନାହିଁ । ଅଧିକ ମିଳିଲେ ମନ କେବେ ଶାନ୍ତି, ଖୁସି, ସନ୍ତୋଷ କିମ୍ବା ଆନନ୍ଦ ପାଇ ପାରିବ ନାହିଁ । ଦୈବାତ୍ କିଛି ମିଳିଗଲେ ଆହୁରି ଅଧିକ ପାଇବା ଆଶାରେ ମନ ଆଶାୟୀ ହୋଇ ଉଠିବ । ପାଇବାର ମୋହରୁ କେବେବି ନିସ୍ତାର ପାଇବ ନାହିଁ ।

ଏପରି ଅନେକ ଅଛନ୍ତି ଯେଉଁମାନେ ଅବିବାହିତ ବେଲେ ଜଣକୁ ଭଲପାଇ ପରେ ଅନ୍ୟ ଜଣଙ୍କର ହାତଧରି ବାଟ ଚାଲି ଥାଆନ୍ତି । ଜଣକୁ ମନଦେଇ ସାରି, ପରେ ଅନ୍ୟ ଜଣଙ୍କ ମନର ମାନସୀ ହୋଇପାରନ୍ତି । କୁମାରୀ ବେଲେ ଜଣକୁ ନିଜ ହୃଦୟରେ ସ୍ଥାନ ଦେଇ ପରେ ବାହା ବେଦୀରେ ବସି ଆଉ ଜଣଙ୍କର ସିନ୍ଦୂରକୁ ନିଜ ସୀମନ୍ତରେ ପିନ୍ଧନ୍ତି । ଜଣକୁ ଆପଣା ଅନ୍ତରରେ ସାଇତି ରଖ ମଧ୍ୟ ଅନ୍ୟ ଜଣଙ୍କ ସହିତ ଅନ୍ତରଙ୍ଗତା ବଢ଼ାଇ ଥାଆନ୍ତି । ଜଣକୁ ନିଜ ଆତ୍ମାରେ

ଅଧ୍ୟୁଷିତ କରାଇ ଅନ୍ୟ ସହିତ ଆମ୍ନିୟତା ସ୍ଥାପନ କରିବା ଲାଗି ଆଗେଇ ଯାଆନ୍ତି । ଜଣଙ୍କ ଶ୍ରଦ୍ଧାରେ ଆହ୍ଲାଦିନୀ ହୋଇ ପରେ ଅଗ୍ନିକୁ ସାକ୍ଷୀରଖି ଅନ୍ୟକୁ ବାହା ହୋଇ ତା' ବାହୁର କାରକୁ ବରଣ କରିପାରନ୍ତି ସାହାସ୍ୟ ବଦନରେ । ଜଣକ ସହିତ ପ୍ରାଣ ବିନିମୟର ଶପଥ ନେଇ ଅନ୍ୟ ଲାଗି ପ୍ରଣୟିନୀ ସାଜି ହାତରେ ଶଙ୍ଖା ପିନ୍ଧି ବଧୂ ସାଜି ପାରନ୍ତି । ଜଣକୁ ଅଭିସାର ପାଇଁ କଥା ଦେଇ ଅନ୍ୟ ଜଣଙ୍କ ଲାଗି ଅଭିସାରିକା ସାଜିବ କେମିତି ? କେଉଁ ନ୍ୟାୟରେ, କେଉଁ ମୁହଁରେ ? କେଉଁ ଉଦାହରଣ ବଳରେ ? କେଉଁ ଉପଲକ୍ଷ୍ୟ ନେଇ ? କେଉଁ ତର୍କର ଦ୍ୱାହି ଦେଇ ? କେଉଁ ଯୁକ୍ତି ବଳରେ ? ଯେଉଁମାନେ ଜଣଙ୍କର ପ୍ରେମିକା ହୋଇ ପରେ ଅନ୍ୟର ପତ୍ନୀ ହେବାକୁ କୁଣ୍ଠା ପ୍ରକାଶ କରନ୍ତି ନାହିଁ । ଜଣକର ସ୍ନେହ ପାଇ ସାରିଲା ପରେ ଅନ୍ୟ ଜଣକର ସୋହାଗ ପାଇ ନିଜକୁ ଧନ୍ୟା ମନେକରନ୍ତି । ଜଣକ ଛାତିରେ ମୁହଁ ଗୁଞ୍ଜି ସାରିଲା ପରେ ଅନ୍ୟ ଜଣକ କୋଳରେ ନିଜକୁ ହଜାଇଦିଅନ୍ତି ବିନା ସଙ୍କୋଚରେ । ଜଣକ ସାନ୍ନିଧ୍ୟ ପାଇ ସାରିଲା ପରେ ଅନ୍ୟର ବାହୁ ବଦନରେ ଧରା ଦିଅନ୍ତି ସ୍ୱ ଇଚ୍ଛାରେ । ସେଥିପାଇଁ ସେମାନଙ୍କ ମନରେ କୌଣସି ପ୍ରକାର ବିକାର ନଥାଏ । ସଙ୍କୋଚ କିୟା ଘୃଣା ଭାବ ସେମାନଙ୍କ ମନରେ ସୃଷ୍ଟି ହୁଏନା । ଅବା ଅନୁତାପ, ଅନୁଶୋଚନା ଅବା ଘୃଣା କିୟା ଭାବାନ୍ତର । ସେ କିନ୍ତୁ ସେମିତି ହୋଇ ପାରିବ ନାହିଁ । କାରଣ ତାର ତ୍ୟାଗରେ ମନ ବୁଝେ । ଭୋଗର (ଉପଭୋଗ) ମିଞ୍ଜାସ ତାର ଆଦୌ ନାହିଁ, ତେଣୁ ।

ଆହୁରି ମଧ କଥାରେ ଅଛି କୋଇଲି ଅସୁନ୍ଦର ହେଲେ ବି ସୁମଧୁର ସ୍ୱର ତା'ର ସୌନ୍ଦର୍ଯ୍ୟ ବୃଦ୍ଧି କରିଥାଏ । ସେହିପରି ପତିବ୍ରତା ଧର୍ମ ନାରୀର । ବିଦ୍ୟା ଅସୁନ୍ଦର ବ୍ୟକ୍ତିର ଏବଂ କ୍ଷମାଗୁଣ ତପସ୍ୱୀମାନଙ୍କର ସୌନ୍ଦର୍ଯ୍ୟ ବୃଦ୍ଧି କରିଥାଏ ।

ଯୋଗୀଶ୍ରେଷ୍ଠ ଅମରନାଥ ତିୱାରୀ କହିଛନ୍ତି– ପତିବ୍ରତା ନାରୀର ସାତଗୋଟି ଗୁଣ ଥାଏ । ପ୍ରଥମ– ପତି ଯେତେ କୁରୂପ, ଦୁର୍ବଳ, ଗରିବ ଓ ବିକଳାଙ୍ଗ ହୋଇ ଥାଆନ୍ତୁନା କାହିଁକି ପତ୍ନୀ ସର୍ବଦା ତାଙ୍କ ପ୍ରତି ସମର୍ପିତ ରହିବେ । ଅର୍ଥାତ୍ ପତିଙ୍କ ସେବାହିଁ ତାଙ୍କର ପରମ ଧର୍ମ ହେବ । ଦ୍ୱିତୀୟ– ପତ୍ନୀ, ପତିଙ୍କ ମନକୁ ବୁଝିବା ଉଚିତ୍ ଏବଂ କିଛି ନକହି ତାଙ୍କ ଇଚ୍ଛାକୁ ପୂର୍ଣ୍ଣ କରିବା ବିଧେୟ । ଏହା ହିଁ ହେଉଛି ସ୍ତ୍ରୀ ଜୀବନର ସାର୍ଥକତା । ତୃତୀୟ– ସ୍ୱପ୍ନରେ ବି ପର ପୁରୁଷ ସହିତ ସଂପର୍କର କଥା ପତିବ୍ରତା ନାରୀ ଭାବିବ ନାହିଁ । ଚତୁର୍ଥ– ପତିଙ୍କ ଛୋଟିଆ ଖୁସୀ ପାଇଁ ବଡ଼ରୁ ବଡ଼ ତ୍ୟାଗ କରିବେ । ପଞ୍ଚମ– ପତିକୁ କେବେ କଟୁ ଶବ୍ଦ କହିବ ନାହିଁ । ଷଷ୍ଠ– ପତ୍ନୀଙ୍କ ପାଇଁ ସୁଖର ଆଧାର ହେଉଛନ୍ତି ପତି । ଯେଉଁ ସୁଖ ପତି ଦେଇ ପାରିବ, ତାହା ଭଗବାନ ବି ଦେଇ ପାରିବେ ନାହିଁ । ପତିଙ୍କ ସେବା ଭଗବାନଙ୍କ ସେବା ଭାବି ପତ୍ନୀ କରିବା ଉଚିତ୍ । ସପ୍ତମ– ଯଦି ପତି କ୍ରୋଧୀ, ମଦ୍ୟପ ଏବଂ କୁପଥଗାମୀ ହୋଇ ଥାଆନ୍ତି ତେବେ ବି ତାଙ୍କର ସେବା କରିବେ ଏବଂ ତାଙ୍କୁ ଧର୍ମପଥକୁ ଆଣିବାକୁ ପ୍ରୟାସ ଜାରି ରଖିବେ । ଯେମିତି ମନ୍ଦୋଦରୀ ସ୍ୱାମୀ ରାବଣଙ୍କ ସେବାରେ କୌଣସି ହେଲା କରିନଥିଲେ । ତାଙ୍କୁ ସବୁବେଳେ ଧର୍ମ ପଥରେ ରହିବା ପାଇଁ ପରାମର୍ଶ ଦେଉଥିଲେ । ସେଥିପାଇଁ ଆଜିବି ପ୍ରାତଃ ସ୍ମରଣୀୟା ପଞ୍ଚକନ୍ୟାଙ୍କ ମଧ୍ୟରେ ମନ୍ଦୋଦରୀଙ୍କ ସ୍ଥାନ ରହିଛି । ଏ ସମସ୍ତ ଗୁଣ ସଂପନ୍ନା ହେଲେ ପତିବ୍ରତା ସ୍ତ୍ରୀ ସର୍ବଶକ୍ତିମୟୀ ଦୁର୍ଗାଙ୍କ ଭଳି ମହନୀୟା ହୋଇ ଅସମ୍ଭବକୁ ସମ୍ଭବ କରି ପାରନ୍ତି । ଏ ସଂପର୍କରେ ସତୀ ଅନୁସୂୟାଙ୍କ କଥା ଉଲ୍ଲେଖ କରାଯାଇପାରେ ।

ମାତ୍ର ପଞ୍ଚମହାସତୀଙ୍କ ମଧ୍ୟରେ ସ୍ଥାନ ପାଇଥିବା କିଷ୍କିନ୍ଧାର ରାଣୀ ତାରା ଓ ଲଙ୍କାର ପାଟରାଣୀ ମନ୍ଦୋଦରୀ ସେମାନଙ୍କ ସ୍ୱାମୀ ବାଲି ଓ ରାବଣଙ୍କ ନିଧନ ପରେ ସେମାନଙ୍କ ଦେବର ସୁଗ୍ରୀବ ଏବଂ ବିଭୀଷଣଙ୍କୁ ବରଣ କରି ସେମାନଙ୍କ ଶଙ୍ଖା, ସିନ୍ଦୂରକୁ ନବୀକରଣ (Renue) କରି ପାରିଥିଲେ । ସେ କିନ୍ତୁ ଅଧରଙ୍କୁ ବିବାହ ନକରି ମଧ ତାଙ୍କ ପ୍ରତି ଅନୁରକ୍ତା ରହିବ ପଛେ ଅନ୍ୟ କାହାରି କଳ୍ପନା ସୁଦ୍ଧା କରି ପାରିବ ନାହିଁ । ସେ ଠାକୁରବାବାଙ୍କ ଠାରୁ ଶୁଣିଛି ମହାଭାରତର ଶାନ୍ତି ପର୍ବରେ କେଉଁ ମାନେ ନିନ୍ଦନୀୟ ସେ ସଂପର୍କରେ ସବିଶେଷ ବିବରଣୀ ଉଲ୍ଲେଖ ଅଛି । ସେଥିରେ

କୁହାଯାଇଛି –ଯେଉଁ ରାଜା ଭୀରୁ, ଯେଉଁ ବ୍ରାହ୍ମଣ ସତ୍ୟଭ୍ରଷ୍ଟ ଓ ସର୍ବଭକ୍ଷୀ, ଯେଉଁ ଶୂଦ୍ର ଆଳସ୍ୟର ବଶ, ଯେଉଁ ବିଦ୍ୱାନ ସଦ୍‌ଗୁଣ ବିହୀନ, ଯେଉଁ କୁଳୀନ ସଦାଚାର ଶୂନ୍ୟ, ଯେଉଁନାରୀ ଦୁଷ୍ଟଚିତ୍ତା, ଯେଉଁ ଯୋଗୀ ବିଷୟାନୁରାଗୀ, ଯେଉଁ ଶାସକ ଶାସିତଙ୍କ ପ୍ରତି ସ୍ନେହଶୀଳ ନୁହେଁ, ଯେଉଁ ବକ୍ତା ମୂର୍ଖ ହୋଇ ଭାଷଣ ଦିଏ। ସେମିତି ସେ କେବେ ନିଜକୁ ହେବାକୁ ଦେବନି। ତାରା କିମ୍ବା ମେନୋଦରୀମାନଙ୍କ ପରି ସତୀ ହେବାକୁ ସେ ଇଚ୍ଛା ପୋଷଣ କରିବନି। ଖାଲି କାହାକୁ ଦେହଦାନ କଲେ, କାହା ସହିତ ଦେହର ମିଳନ ହେଲେ ଅଥବା କାହା ଦ୍ୱାରା (ଜବରଦସ୍ତ) ଧର୍ଷିତା ହେଲେ ଯେ ଅସତୀ କୁହାଯିବ ତାହା ନୁହେଁ। ଥରେ ଜଣକୁ ମନ ଦେଇ ସାରିବା ପରେ ଅନ୍ୟ କାହାକୁ ଆପଣା ମନରେ ସ୍ଥାନ ଦେଲେ ମଧ ଅସତୀ କୁହାଯିବ। ଜଣକୁ ବାହା ହୋଇ ପରେ ଅନ୍ୟଜଣଙ୍କର ସ୍ତ୍ରୀ ହେଲେ ଯେମିତି ଅସତୀ କୁହାଯାଏ ସେମିତି ମଧ ଜଣକୁ ଭଲପାଇ ଜଣକୁ ମନରେ ବରଣ କରିସାରି ପରେ ଅନ୍ୟ କାହାକୁ ମନରେ ସ୍ଥାନ ଦେଲେ ବି ଅସତୀ, ଦୁଷ୍ଟଚିତ୍ତା, ବିଟପୀ, ବାରାଙ୍ଗନା, ବେଶ୍ୟା, ବାରନାରୀ ଓ ଚରିତ୍ରହୀନା କୁହାଯାଇ ପାରିବ। ତଫାତ କେବଳ ଏତିକି ପ୍ରଥମଟି ଲୋକ ଚକ୍ଷୁରେ ଧରାପଡ଼ିଲା ସ୍ଥଳେ ଦ୍ୱିତୀୟ ଟି ଲୋକ ଲୋଚନ ଆଢୁଆଲରେ ସଂଘଟିତ ହୋଇଥାଏ। କାରଣ ପତିବ୍ରତା ପଣ ଦେହରେ ନଥାଇ ରହିଥାଏ ମନରେ।

ଆହୁରି ମଧ କାହାକୁ ଦେହ ଦାନ କଲେ, କାହା ସହିତ ସହବାସ କଲେ କିମ୍ବା କାହା ସହିତ ଗୋଟିଏ ବିଛଣାରେ ରାତ୍ରୀଯାପନ କଲେ କାହାର ଶଯ୍ୟାସଙ୍ଗିନୀ ହେଲେ ତା' ସହିତ ରତିକ୍ରୀଡ଼ା ହୋଇଛି ବୋଲି ଧରାଯିବ ନହେଲେ ରତି ହୋଇନି ବୋଲି କୁହାଯିବ। ସେମିତି କିଛି ନାହିଁ। ସେ ଠାକୁର ବାବାଙ୍କ ଠାରୁ ଶୁଣିଛି– କାମ ତ କାମନା ମାତ୍ର ହୋଇଥାଏ। ତେବେ ସାଧାରଣ ଅର୍ଥରେ ସେଇଟା ମାଇପି ଜାତିଙ୍କ ପ୍ରତି ପ୍ରଯୁଜ୍ୟ। କାର୍ଯ୍ୟରେ କିଛି ନକଲେ, ନ ଅନେଇଲେ କି କଥା ନକହିଲେ କ'ଣ କାମ ହୋଇ ନାହିଁ ବୋଲି କହିଦେବ ? ମନ ଭିତରେ ଆସକ୍ତି ଆସିଗଲେ ହିଁ କାମ ଆସିଗଲା। ମୈଥୁନ ଆଠ ପ୍ରକାର, କୌଉ ପୁରୁଷ ସଙ୍ଗେ ସହବାସ କରିବା ତ ମୈଥୁନ ମାତ୍ର ସେତିକି ନୁହେଁ। ପୁରୁଷକୁ ମନେ ପକାଇବା, ତାଙ୍କ ବିଷୟରେ କଥା ଭାଷା ହେବା, ତାଙ୍କୁ ଛୁଇଁବା, ତାଙ୍କୁ ଅନେଇବା, ଏକୁଟିଆ ହୋଇ (ବେଳେ) ତାଙ୍କ ସାଙ୍ଗରେ କଥା ଭାଷା ହେବା। ତାଙ୍କ ସଙ୍ଗେ ସମ୍ପର୍କ ରଖିବାକୁ ମନରେ ଇଚ୍ଛା ରଖିବା। ସେଥି ପାଇଁ ଚେଷ୍ଟା କରିବା, ଯେ ସାତ ପ୍ରକାର ଯାକ ବି ମୈଥୁନ, ତାକୁ ପ୍ରଥମରୁ (ମୂଳରୁ) ହୁସିଆର ହେବା। ତା' ପ୍ରତିସତର୍କ ରହିବା। ତା' ପ୍ରତି ସଜାଗ ହେବା ନିହାତି ଆବଶ୍ୟକ।

ଯେ ସବୁତ ସେ କରିଛି। ସେ ତାଙ୍କୁ ସବୁବେଳେ ପ୍ରାୟତଃ ମନେ ପକାଇଥାଏ। ସୁନି ସହିତ ତାଙ୍କ ବିଷୟରେ ସେ ତ ଅନେକ ଥର କଥାଭାଷା ହୋଇଛି। ତାଙ୍କ ମଥାର ବିଭୂତି ଟିପା ପିନ୍ଧାଇ ଦେଲାବେଳେ ସେ ତ ତାଙ୍କୁ ତା' ଡାହାଣ ହାତର ମଝି ଆଙ୍ଗୁଳି ଟିପରେ ଛୁଇଁଛି। ବିଭୂତି ଟିପା ପିନ୍ଧାଇ ଦେଲାବେଳେ କାଲେ ଟିପା ସିଧାରେ ନଲାଗି ବଙ୍କାରେ ଲାଗିଯିବ ସେଥିପାଇଁ ସେ ତାଙ୍କ ମୁହଁକୁ ଅନାଇଥାଏ ଓ ସେ ମନ୍ଦିରରୁ ଫେରିଗଲା ସମୟରେ ପ୍ରତିଥର ତାଙ୍କ ପଛପଟରୁ ତାଙ୍କୁ ଅନାଇ ରହେ। ସେ ମନ୍ଦିର ପଛପଟରେ ଥିବା ବାଉଁଶ ବୁଦା ଉହାଡ଼ରେ ଅଦୃଶ୍ୟ ହେବା ପର୍ଯ୍ୟନ୍ତ। ଦିବାଲି ଅମାବାସ୍ୟା ଦିନ ସେ ତ ଏକୁଟିଆ ହୋଇ ତାଙ୍କ ସାଙ୍ଗରେ କଥା ଭାଷା ହୋଇଥିଲା ଯେତେବେଳେ କି ସୁନି ମନ୍ଦିର ଭିତରେ ରହିଥିଲା ସେ ତ ତାଙ୍କ ସହିତ ସମ୍ପର୍କ ରଖିବାକୁ ତା' ମନରେ ଇଚ୍ଛା ପୋଷଣ କରିଛି ଆଉ ସେଥିପାଇଁ ତା' ପାରୁ ପର୍ଯ୍ୟନ୍ତ ଚେଷ୍ଟା ମଧ କରିଛି। ତାଙ୍କ ସହିତ ସହବାସ ବ୍ୟତୀତ ଆଉ ସାତ ପ୍ରକାର ଯାକ ମୈଥୁନ ତ ସେ କରିଛି। ଏଗୁଡ଼ିକ ଯଦି ମୈଥୁନ ପର୍ଯ୍ୟାୟଭୁକ୍ତ। ତେବେ ସେ ଅଧରଙ୍କ ସହିତ ଏହି ପ୍ରକାର (ଉପାୟରେ) ମୈଥୁନ କରି ସାରିବା ପରେ ତାଙ୍କୁ ଛାଡ଼ି ଅନ୍ୟ ଜଣକୁ (କାହାକୁ) ଯଦି ବିବାହ କରେ ତେବେ ବିବାହ ପରେ ପତି-ପତ୍ନୀ ଭାବରେ ତା' ସ୍ୱାମୀ ସହିତ ସହବାସ ଲାଗି ବାଧ ହେଲେ ସେ ଅସତୀ,

ବିଟଶୀ, ଦୋଚାରୁଣୀ, ବ୍ୟଭଚାରିଣୀ, ବାରନାରୀ, ବାରଙ୍ଗନା, ବେଶ୍ୟା ଆଉ ଭ୍ରଷ୍ଟା ହେଲା ନାହିଁ କି ?

ଏମିତି ବି ହୋଇପାରେ ହୁଏତ ତା' ଭାଗ୍ୟରେ ଅଛି ଭୋଗିବାକୁ ଦୁଃଖ, କଷ୍ଟ, ଦୁର୍ବିପାକ, ଦୁର୍ଦ୍ଦଶା, କଷଣ, ବ୍ୟଥା, ବେଦନା ଏମିତି କେତେ କ'ଣ। ପୁଣ୍ୟ ଶ୍ଲୋକ ମହାତ୍ୟାଗୀ, ମହାମନା ଗୋପବନ୍ଧୁ ବଡ଼ ନିରାଶାରେ ଲେଖିଥିଲେ। "ଜୀବନ କି ଖାଲି ନିରାଶାର ବାଲି ମରୁ ମରିଚିକା ସେନେହ ପ୍ରୀତି, ତେବେ କି ଆଶାରେ କହ ଏ ସଂସାରେ ପରଲାଗି ନର ମରୁଛି ନିତି।" ସେ ଯାହା ଚାହୁଁଛି ହୁଏତ ତାକୁ ତାହା ମିଳିନପାରେ, ତାଙ୍କ ସହିତ ସାକ୍ଷାତ ମିଳିବ। ତାଙ୍କ ସାନିଧ ପାଇବା, ତାଙ୍କ ବିଷୟରେ କିଛି ଆଲୋଚନା ଶୁଣିବା ତା' ବଦଳରେ ତାକୁ ଯାହା ଅରୁଚିକର ଲାଗେ, ଯନ୍ତ୍ରଣା ଦାୟକ ହୋଇଥାଏ। ବ୍ୟଥା ପ୍ରଦାନକାରୀ ହେବ ତାହା ସବୁ ତାକୁ ମିଳୁଥିବ। ସେ କେବଳ ତାଙ୍କ ସ୍ମୃତିକୁ ମନେ ପକାଉ ଥିବ। ତାଙ୍କ ସହିତ ବିତି ଯାଇଥିବା ସମୟର ଘଟଣା ସବୁକୁ ଭାବି ହେଉଥିବ। ତାଙ୍କ ସହିତ ତାର କଥାବାର୍ତ୍ତା ଯେତେ ସଂକ୍ଷିପ୍ତ ହୋଇ ଥାଉ ପଛେ ତାକୁ କେବଳ ମନେ ମନେ ଗୁଣି ହେଉଥିବ। ବାର୍ଷିକ ପରୀକ୍ଷା ପାଇଁ ପରୀକ୍ଷାର୍ଥୀ ଟିଏ ବହିପାଠ ଘୋଷିଲା ପରି। ଏଇଆ ତାର ଭାଗ୍ୟ। ଏହା ହେଲା ତା କପାଳ ଲିଖନ, ତାର କର୍ମ ଫଳ। ତା ଲଲାଟରେ ଲେଖା ହୋଇଥିବା ଭବିଷ୍ୟତ ଫଳାଫଳ।

ତଥାପି ସେ ଦୃଢ଼ ରହେ। ମନକୁ ସ୍ଥିର କରେ। ଅବିଚଳିତ ରହେ ନିଜ ନିଷ୍ଠିରେ। ଆପଣା ଲକ୍ଷ୍ୟ ହାସଲ ଦିଗରେ ଧୌର୍ଯ୍ୟଧରି ଅଗ୍ରସର ହେବା ଲାଗି ନିଷ୍ଠାର ସହିତ ଚେଷ୍ଟା କରିଥାଏ। ଯେତେ ଦୁଃଖ ଆସୁ ସେ ସହିଯିବ। ଯେତେ ଦୁର୍ବିପାକ ପଡ଼ୁ ତାକୁ ବରଦାସ୍ତ କରିନେବ। ଆପଣା ବେକ ସଲଖ୍ୟ, ମଥାଟେକି ମୁହଁ ଉପରକୁ କରି ବାଟ ଚାଲିବ। ତାଙ୍କ ସ୍ମୃତିକୁ ପାଥେୟ କରି ଜୀବନ ବିତାଇ ଦେବ ପଛେ ଆଉ ଅନ୍ୟ କାହାର ହେବାର କଳ୍ପନା ସେ କେବେବି ଆଦୌ କରି ପାରିବନି। ଆଉ କାହାର ହେବାର ଭାବନା ତା' ମନକୁ ମୋଟେ ଆଣିବନି। କାହା ପାଖରେ ଧରା ଦେବାର ଯୋଜାନା ତାର ଜମା ନାହିଁ। ସେଠିରେ ପାପ ହେବ ଏବଂ ମନ ହେବ କଲୁଷିତ।

କାରଣ ଜଣେ ନାରୀର ସବୁଠାରୁ ମୂଲ୍ୟବାନ ଅଳଙ୍କାର ହେଉଛି ତାର ଇଜ୍ଜତ ଏବଂ ଚରିତ୍ର। ସେ ଯେମିତି ବୃତ୍ତି ଏବଂ ଯେ ଭଳି ଯେ କୌଣସି ଜୀବିକା ଗ୍ରହଣ (ନିର୍ବାହ) କରି ଥାଉନା କାହିଁକି ସେଠିରେ କିଛି ଯାଏ ଆସେ ନାହିଁ। ତା'ର ଶରୀର(ଦେହ) ଉପରେ କେବଳ ଜଣେ ପୁରୁଷର ଅଧିକାର ଥାଏ। ଯାହା ସମାଜ ସ୍ୱୀକୃତ ଓ ସଂସାର ସମର୍ଥିତ।

ସମ୍ମାନ, ପ୍ରତିଷ୍ଠା, ମର୍ଯ୍ୟାଦା, ପଦପଦବୀ ଓ ମୋଟା ଅଙ୍କର ଅର୍ଥ ପାଇବା ଲାଗି ଲାଲାୟିତ ହେବା ଖରାପ ଗୁଣ ନୁହେଁ। ସେଥିପାଇଁ କଠୋର ପରିଶ୍ରମ ଆବଶ୍ୟକ ଓ ନିଷ୍ଠାପର ଉଦ୍ୟମ ଲୋଡ଼ା ହୋଇଥାଏ ଏବଂ ନିରବଚ୍ଛିନ୍ନ ଅଧବସାୟ ଦରକାର। ତାହା ପାଇବା ଲାଗି ନିଜକୁ ପ୍ରଥମେ ଯୋଗ୍ୟ ବିବେଚିତ କରାଇବା ଉଚିତ୍। ଭାରତୀୟ ନାରୀ ଯଦି ନିଜର ଯୋଗ୍ୟତା ନଥାଇ କଲେ ବଳେ କୌଶଳେ ସେପରି ସୁଯୋଗ ଲାଗିଅନ୍ୟ ଉପାୟ ଅବଲମ୍ବନ କରେ ତେବେ ତାହା ନିନ୍ଦନୀୟ କର୍ମ(ପନ୍ଥା) ହେବ ନିଶ୍ଚୟ। କାରଣ ଭାରତୀୟ ସଂସ୍କୃତିରେ ସ୍ୱାମୀକୁ ବାଦ୍ ଦେଇ ପର ପୁରୁଷଙ୍କ ସହ ରାତି ବିତାଇ ବାକୁ ପାପ ବୋଲି ବିବେଚନା କରାଯାଏ।

ସରଳ ହେବା ଅତି ଭଲଗୁଣ। କିନ୍ତୁ କାହା ନିକଟରେ ଶସ୍ତା ହେବା ଲାଗି ଚେଷ୍ଟା କରିବା ଅନୁଚିତ। ଭାରତୀୟ ପରମ୍ପରା ନାରୀକୁ ଦେବୀ ଭଳି ପୂଜା କରେ। ଶାସ୍ତ୍ରରେ ଉଲ୍ଲେଖ ରହିଛି। ଯେଉଁଠାରେ ନାରୀ ମାନଙ୍କୁ ପୂଜା କରାଯାଏ ସେଠାରେ ଦେବତା ମାନେ ବିଚରଣ କରନ୍ତି। ତେଣୁ ଭାରତୀୟ ନାରୀମାନେ ନିଜ ଜୀବନକୁ ସେହିଭଳି (ପୂଜାପାଇଲା ପରି) ଗଢ଼ନ୍ତୁ।

ଖରାପ ରାସ୍ତାରେ ଯିବା ଲାଗି ବହୁତ ସହଜ ଲାଗେ। କିନ୍ତୁ ତାର ଭବିଷ୍ୟତ ସବୁବେଲେ ଅନ୍ଧାର। ଅସତ ପଥକୁ ଆପଣାଇ କେହି କେବେ ଚିରସ୍ମରଣୀୟ ହୋଇ ପାରିନାହିଁ।

ଯୌବନ ଏବଂ ସୌନ୍ଦର୍ଯ୍ୟ ପଦ୍ମପତ୍ରରେ ଟଳମଳ ଜଳବିନ୍ଦୁ ପରି । ମୋଟାମୋଟି ୧୪ରୁ ୪୦ ବର୍ଷ ବୟସ ପରେ ଏହା ମୂଲ୍ୟହୀନ ପାଲଟି ଯାଏ । ଯେଉଁମାନେ ଆପଣଙ୍କ ଯୌବନ ଏବଂ ସୌନ୍ଦର୍ଯ୍ୟ ଦେଖି ଆକୃଷ୍ଟ ହେଉଥିଲେ, ସେହିମାନେ ଆପଣଙ୍କୁ ଦେଖି ମୁହଁ ଆଡ଼େଇ (ମୋଡ଼ି) ଚାଲିଯିବେ । ତେଣୁ ଏହାକୁ ନେଇ ଗର୍ବ ଅନୁଭବ କରନ୍ତୁ ନାହିଁ ବରଂ ଜୀବନ ସାରା ସତ୍ ପଥରେ ରହି ସଂଘର୍ଷ କରିଥିଲେ ସମସ୍ତେ ଆପଣଙ୍କୁ ସ୍ନେହ, ଶ୍ରଦ୍ଧା ଓ ସମ୍ମାନ ତଥା ଆଦର ଏବଂ ଅନୁରକ୍ତି ପ୍ରଦର୍ଶନ କରିବେ । ଏପରିକି ଆପଣ ମୃତ୍ୟୁ ପରେ ମଧ୍ୟ ଚିରସ୍ମରଣୀୟ ହୋଇ ରହିବେ । ଅନ୍ୟମାନଙ୍କ ନିକଟରେ ଆଦର୍ଶ ମହିଳା ଭାବରେ ଉଦାହରଣ ପାଲଟି ଯିବେ ।

କଠୋର ପରିଶ୍ରମ କଲେ ଯେ କୌଣସି ବୟସରେ ସଫଳତା ଓ ପ୍ରତିଷ୍ଠା ମିଳି ପାରିବ । କିନ୍ତୁ ଥରେ ଇଜ୍ଜତ ଚାଲିଗଲେ ତାହା ଆଉ ମିଳେନା ।

ପଛକୁ ଫେରି ଚାହିଁବାକୁ ତାକୁ ଅବକାଶ ମିଳିବ ନାହିଁ । ପଛକୁ ଫେରିବାକୁ ତା' ପାଇଁ ବାଟ ନାହିଁ କିମ୍ବା ସେ କରିଥିବା କାମ ଲାଗି ତାକୁ ଦୁଃଖ ପ୍ରକାଶ କରିବା ଆବଶ୍ୟକ କରୁନି । ପଛକୁ ଚାହିଁଲେ ଅତୀତର ଅନେକ ସ୍ମୃତି ତା' ଅନ୍ତରରେ ଜଗି ଉଠିବ । ଅନେକ ଭୁଲି ଯାଇଥିବା କଥା ତା' ମନରେ ପଡ଼ିବ । ପଛରେ ଛାଡ଼ି ଆସିଥିବା ଓ ବିତାଇ ଦେଇଥିବା ଖୁସିର ଦିନ ଓ ସୁଖର ଅନୁଭୂତି ସବୁ ଜୀବନ୍ତ ହୋଇ ଉଠିବ ତା' ହୃଦୟ ତନ୍ତ୍ରୀରେ । ଲିଭି ଯାଇଥିବା କେତେ ଅଭୁଲା ଘଟଣା ଜିଅ ଉଠିବ ପ୍ରାଣରେ । ପାଶୋରି ଦେଇଥିବା ଅସୁମାରି ସ୍ମୃତିର ଖିଅ ସବୁ ସ୍ମରଣକୁ ଆସି ତା' ଆମ୍ଭାକୁ ଭାରାକ୍ରାନ୍ତ କରି ବସିବ । ପଛ କଥାକୁ ଧରି ବସିବା ବୁଦ୍ଧିମାନର କାମ ନୁହେଁ । ବିଗତ ଦିନର ସୁଖକୁ ଝୁରିହେବା ବିବେକୀ ମଣିଷ ପକ୍ଷରେ ଉଚିତ ହୋଇନଥାଏ । ଭୋଗି ସାରିଥିବା ଦୁଃଖକୁ ମନେ ପକାଇ ଶୋକାଭିଭୂତ ହେବା ଚତୁର ବ୍ୟକ୍ତିର କର୍ତ୍ତବ୍ୟ ଆଦୌ ହୋଇ ପାରେନା । ଘଟିଯାଇଥିବା ଦୁର୍ଦ୍ଦିନର ସ୍ମୃତିକୁ ସ୍ମରଣକୁ ଆଣିବା ବୋକାମୀର ପରିଚୟ କେବଳ ହୋଇଥାଏ । ଅତୀତ ଘଟଣାର ଅନୁଭୂତିରୁ ଅଭିଜ୍ଞତା ହାସଲ କି ସେ ଅଭିଜ୍ଞତାକୁ ମୂଳ ପୁଞ୍ଜି କରି ଆଗକୁ ମାଡ଼ ଚାଲିବା ଉଦ୍ୟୋଗୀ, କର୍ମଠ, ଧୀଶକ୍ତିଧାରୀ ଓ ପ୍ରାଜ୍ଞାବାନ ତଥା ସ୍ଥିତପକ୍ଷ ମାନଙ୍କ କର୍ତ୍ତବ୍ୟ । ସେ ପରି ଆଗାମୀ ପରିସ୍ଥିତିର ମୁକାବିଲା ଲାଗି ନିଜକୁ ପ୍ରସ୍ତୁତ କରି ରଖିବା ଓ ଭବିଷ୍ୟତକୁ ତାକୁ ସମ୍ମୁଖୀନ ହେବାକୁ ଚେଷ୍ଟା କରିବ ତା' ପାରୁ ପର୍ଯ୍ୟନ୍ତ ଯେତିକି ସେ ପାରିବ ତା' ଦ୍ୱାର ଯେମିତି ସମ୍ଭବ ହେବ ।

ବିବାହ ଏକ ସାମାଜିକ ବନ୍ଧନ । ଯାହାର ମୁଖ୍ୟ ଉଦ୍ଦେଶ୍ୟ ହେଉଛି ମଣିଷ ବଂଶର ସୁରକ୍ଷା । ମାତ୍ର ସମୟ ବଦଲିବା ସହିତ ଅନେକ ଯୁବତୀ ଅବିବାହିତ ରହିବା ଲାଗି ସଂପ୍ରତି ପସନ୍ଦ କରୁଥିବାର ଦେଖା ଯାଇଛି । ସମାଜରେ ଏଭଳି କିଛି ଯୁବତୀ ଅଛନ୍ତି ଯେଉଁମାନେ ବାହାଘର ନାଁ ଶୁଣିଲେ କିଛି ନା କିଛି ବାହାନା ବାହାର କରି (କାଢ଼ି) ବାହାଘର ଠାରୁ ଦୂରେଇ ରହିବା ଲାଗି ଚେଷ୍ଟା କରିଥାଆନ୍ତି । ସେମାନେ ମୁଖ୍ୟତଃ ଆପଣା ଇଚ୍ଛାରେ ବା ନିଜେ ସ୍ୱାଧୀନ ଭାବରେ ବଞ୍ଚିବା ଲାଗି ପସନ୍ଦ କରିଥାଆନ୍ତି । ସେମାନେ ଆନ୍ତରିକତାର ସହିତ ଚାହାଁ ନଥାଆନ୍ତି । ଅନ୍ୟ କେହି ପୁରୁଷ ତାଙ୍କ ଜୀବନ ଜୀଇଁବା ଶୈଳି ଉପରେ ହସ୍ତକ୍ଷେପ କରୁ । ସ୍ୱାଧୀନ ଭାବେ ବଞ୍ଚି ରହିବାକୁ ଇଚ୍ଛା ପୋଷଣ କରୁଥିବା କିଛି ଯୁବତୀ ବିବାହ ବନ୍ଧନରେ ବାନ୍ଧି ହେବା ଲାଗି ବିଲକୁଲ ପସନ୍ଦ କରନ୍ତି ନାହିଁ । ସେମାନଙ୍କ ମଧ୍ୟରୁ କେତେକ ଅବିବାହିତ ରହିବା ଲାଗି ଚେଷ୍ଟା କରି ସେମାନଙ୍କ ଉଦ୍ୟମରେ ସଫଳ ହେଉ ଥିବାବେଳେ ଆଉ କେତେକ ପାରିବାରିକ ଚାପରେ ପଡ଼ି ଓ ପରିବେଶକୁ ଦୃଷ୍ଟିରେ ରଖି ବିବାହ ଲାଗି ବାଧ୍ୟ ହୋଇଥାଆନ୍ତି ।

ସାଧାରଣତଃ ସ୍ନେହ, ପ୍ରେମ, ସଂସାରିକ ମାୟା, ସାମାଜିକ ନୀତି ନିୟମ ଏବଂ ଶାରୀରିକ କ୍ଷୁଧାକୁ ଦୃଷ୍ଟିରେ ରଖି ଯୁବତୀମାନେ ବିବାହ ପ୍ରତି ଆଗଭର ହେଉ ଥିବାର ଦେଖାଯାଏ । ଅତୀତରେ ଖୁବ୍ କମ୍ ଯୁବତୀ ଅବିବାହିତ

ରହୁଥିଲେ। ତାହାର ମୁଖ୍ୟ କାରଣ ଆର୍ଥିକ ସମସ୍ୟା ଥିଲା। ପ୍ରାୟ ସବୁ ପରିବାରରେ ବାପା, ମାଆ, ଚାହିଁ ଥାଆନ୍ତି ବଢ଼ିଲା ଝିଅକୁ ହାତକୁ ଦୁଇହାତ କରିଦେଲେ ତାଙ୍କ ଉପରୁ ଜଞ୍ଜାଲ ଯିବ। କନ୍ୟାଦାନ ଏକ ମହତ ଦାନ ବୋଲି ପ୍ରଚଳିତ ସମାଜରେ ବିଶ୍ୱାସ ରହିଛି। ସଂପ୍ରତି ଏକ ଆକଳନରୁ ଦେଖାଯାଇଛି ଯେ ଅନେକ ଯୁବତୀ ବିବାହ କରିବା ଲାଗି ପସନ୍ଦ କରିନଥାଆନ୍ତି। ପ୍ରଥମତଃ ତା ବାପାଙ୍କର ତାକୁ ବାହା ଦେବାକୁ ପଇସା ନାହିଁ। ତାପରେ ତାର ମଧ ତା ନିଜ ଦେହର ଯୌନକ୍ଷୁଧା ମେଣ୍ଟାଇବାର ବାସନା ନାହିଁ। ଆଉ ତା ବାପା, ମାଆଙ୍କର କନ୍ୟାଦାନ କରି ପୁନ୍ୟଅର୍ଜନ ଲାଗି ତାର ଆଉ ତିନୋଟି ଭଉଣୀ ମଧ ଅଛନ୍ତି।

ଅଧର ଅନ୍ୟ କେଉଁଠି ବିବାହ କରିବାକୁ ବାଧ ହେଲେ ଏବଂ ସିଏ ବିଭା ହେଲା ପରେ ସୁଦ୍ଧା ସେ (ସତୀ) ସେହି ଅଭିମାନରେ ଅଧରଙ୍କ ଉପରେ କ୍ରୋଧର ବଂଶବର୍ଦ୍ଧ ହୋଇ ଆଉ (ଅନ୍ୟ) କାହାକୁ ବିବାହ କରିବ ନାହିଁ। ଅଧରଙ୍କ ଉପରେ ରାଗ ସୁଝାଇବାକୁ ଯାଇ ଆଉ କାହାର ହାତ ଧରିବାକୁ କେବେବି ମନ ବଳାଇବ ନାହିଁ। ଇଚ୍ଛା ପୋଷଣ କରିବନି ଅନ୍ୟ କାହାର ପତ୍ନୀ ହେବାକୁ। କୃଷ୍ଟ ଦ୍ୱାରୀକା ରାଜପ୍ରାସାଦରେ ଅଷ୍ଟପାଟବଂଶୀଙ୍କ ଗହଣରେ ରହି ସୁଖରେ, ସ୍ୱଚ୍ଛନ୍ଦରେ, ଆରାମରେ, ଅୟସରେ ବିଲାସ ପୂର୍ଣ୍ଣ ଜୀବନ ବିତାଉ ଥିଲାବେଳେ ସେ (କୃଷ୍ଟ) ଯଦି ଅନ୍ୟ ପତ୍ନୀମାନଙ୍କୁ ଗ୍ରହଣ କରି ସେମାନଙ୍କ ଗହଣରେ ରହି ସେମାନଙ୍କ ପ୍ରେମରେ ମଜଗୁଲ ଥିବା ସମୟରେ ରାଧାରାଣୀତ ପୁନି ଏକାକିନୀ ଗୋପବୃନ୍ଦାବନରେ ଥାଇ କୃଷ୍ଟଙ୍କ ବିନା ବିରହିଣୀର ଜୀବନ ବିତାଇ ଦେଇଥିଲେ। ହେଲେ କୃଷ୍ଟଙ୍କ (ଦୀର୍ଘ) ଅନୁପସ୍ଥିତିରେ ଅନ୍ୟ କୌଣସି ପୁରୁଷ ପ୍ରତି ଆକୃଷ୍ଟ ହୋଇନଥିଲେ। କୃଷ୍ଟଙ୍କ ବ୍ୟତୀରେକେ ଆଉ କାହାକୁ ମନରେ ସ୍ଥାନଦେଇ ନଥିଲେ। କାରଣ ରାଧାରାଣୀ କୃଷ୍ଟଙ୍କୁ କାୟମନୋବାକ୍ୟରେ ଅତ୍ୟନ୍ତ ନିଷ୍ଠାର ସହିତ ନିଜ ମନ, ପ୍ରାଣ, ଜୀବନ, ଯୌବନ, ଆତ୍ମା ଓ ତନୁ ଅର୍ପଣ କରିଥିଲେ। ସେମିତି ସେ ଅଧରଙ୍କ ବ୍ୟତୀତ ଆଉ କାହାର କଳ୍ପନା ସୁଦ୍ଧା କରିବା ଅବସ୍ଥାରେ ରହିନାହିଁ। ସେ ଯଦି ଅଧରଙ୍କ ବ୍ୟତୀତ ଆଉକାହାକୁ ବିବାହ କରେ ତେବେ ହାତରେ ଶଙ୍ଖାନାଇ, ସୀମନ୍ତରେ ସିନ୍ଦୂର ପିନ୍ଧି, ମଥାରେ ଓଢ଼ଣା ଦେଇ ନବବଧୂ ବେଶରେ କେବଳ ତା' ଦେହଟି ତାଙ୍କ (ସେ ବିବାହ କରିଥିବା ବ୍ୟକ୍ତିର) ଘରକୁ ଯାଇ ପାରିବ। କିନ୍ତୁ ସେ ନିଜେ କେବେବି ଏକାନ୍ତ ଭାବେ ନିବିଡ଼ତରରୂପେ ଘନିଷ୍ଟତାର ସହିତ ତାଙ୍କୁ ସ୍ୱାମୀ ଭାବରେ ଗ୍ରହଣ କରିବାକୁ ସକ୍ଷମ ହୋଇ ପାରିବ ନାହିଁ। କାୟମନୋବାକ୍ୟରେ ତାଙ୍କର ଆଦୀ ହୋଇ ପାରିବନି। ତାଙ୍କୁ କେବଳ ସଂସାରିକ ମତରେ ବାଧ ହୋଇ ଦେହଟି ଅର୍ପଣ କରି ତାଙ୍କ ପିଲା ଛୁଆର ମା' ହୋଇ ତାଙ୍କ ସହିତ ଘର କରିବ ଏବଂ ସଂସାର ବାନ୍ଧି ପାରିବ। ମାତ୍ର ମନପ୍ରାଣ ଦେଇ ତାଙ୍କୁ କେବେବି ଭଲ ପାଇ ପାରିବନି। କାରଣ ତା'ର ତ କେବଳ ଗୋଟିଏ ମନ। ଯେଉଁ ମନକୁ ସେ ଅଧରଙ୍କୁ ଦେଇ ସାରିଛି। ତା'ର ଗୋଟିଏ ହୃଦୟ, ଯେଉଁ ହୃଦୟରେ ସେ ଅଧରଙ୍କୁ ସାଇତି ରଖିଛି। ତା'ର ତ ଗୋଟିଏ ମାତ୍ର ଅନ୍ତର। ଯେଉଁଠି ଅଧର ଆସ୍ଥାନ ଜମାଇ ବସି ସାରିଛନ୍ତି। ତା'ର ଗୋଟିଏ ଆତ୍ମା ଜମା। ଯାହା ସହିତ ଅଧର ଆମ୍ନିୟତା ସୂତ୍ରରେ ବନ୍ଧା। ତା'ର ମୋଟେ ଗୋଟିଏ ପ୍ରାଣ। ଯାହା ବଳରେ ସେ ଅଧରଙ୍କ ପ୍ରଣୟ ପାଇବାକୁ ଚେଷ୍ଟା କରି ଆସିଛି। ତା'ର ତ ଗୋଟିଏ ଶରୀର। ଯେଉଁ ଦେହଟି ଅଧରଙ୍କ ସାନ୍ନିଧ ପାଇବାକୁ ସମର୍ଥ ହୋଇ ପାରିଛି। ତା'ର ଦ୍ୱିତୀୟ ମନ କୁଆଡୁ ଆସିବ ଯେ, ତାକୁ ଆଉ କାହାକୁ ଦେଇ ପାରିବ। ମନକୁ ତ ଥରେ ମାତ୍ର ଦିଆଯାଏ ଜଣକୁ। ଦ୍ୱିତୀୟ ବାର ନୁହେଁ। ତା'ର ଦ୍ୱିତୀୟ ହୃଦୟ ନାହିଁ। ଯେଉଁଠି ଅନ୍ୟ କାହାକୁ ସେ ସ୍ଥାନ ଦେବ। ହୃଦୟ ଉପରେ ମାତ୍ର ଜଣଙ୍କର ଅଧିକାର ଥାଏ। ଥରେ କେହି ଜଣେ ଯେ କୌଣସି କାରଣରୁ ସେ ହୃଦୟର ଅଧିକାରୀ ହୋଇଗଲେ ଶତଚେଷ୍ଟା ଦ୍ୱାରା ସେ ଅଧିକାରୀଙ୍କୁ କେବେ ହେଲେ ହୃଦୟରୁ ବାହାର କରି ହୁଏନା। ଜଣଙ୍କରତ ଗୋଟିଏ ଅନ୍ତର ଥାଏ। ସେଠି କେବଳ ଜଣକୁ ସାଇତି ରଖ ହୁଏ। ଦ୍ୱିତୀୟ ଜଣଙ୍କ ଲାଗି ସେଠି

ଜାଗା ନଥାଏ । ଆତ୍ମା ତ ବ୍ୟକ୍ତିର ଗୋଟିଏ । ତା’ଦ୍ୱାରା କେବଳ ଜଣଙ୍କ ସହିତ ଆତ୍ମିୟତା ସୂତ୍ରରେ ବନ୍ଧନ ସମ୍ଭବ । ଦ୍ୱିତୀୟ ସହିତର ପ୍ରଶ୍ନ ଉଠିନପାରେ । ପ୍ରାଣ ମଧ୍ୟ ଥାଏ ଗୋଟିଏ । ପ୍ରାଣର ସଙ୍ଗାତ ତ ହେବ କେବଳ ଜଣେ । ଦ୍ୱିତୀୟ ପ୍ରାଣବନ୍ଧୁ ଆସିବେ କୁଆଡୁ? ଶରୀର ଜଣଙ୍କର ଗୋଟିଏ । ସେ ଦେହ ଜଣଙ୍କର ସାନ୍ନିଧ୍ୟ ତଳେ ରହିବା ଉଚିତ୍ । ଅନେକଙ୍କ ସାନ୍ନିଧ୍ୟ ତା’ ଲାଗି ଅପବାଦ, ଅପନିନ୍ଦା, କୁତ୍ସା ଆଣିଥାଏ କେବଳ । ଆଉ ତାହା ମଧ୍ୟ ଅଦରକାରୀ ।

ତା’ ମନକୁ ନେଇ ଅଧର ତା’ ମନର ମଣିଷ ହୋଇ ସାରିଛନ୍ତି । ଅଧର ତା’ ହୃଦୟରେ ପ୍ରବେଶ କରି ତା’ ହୃଦୟେଶ୍ୱର ହୋଇ ଯାଇଛନ୍ତି । ତା’ ଅନ୍ତରରେ ତାଙ୍କ ପ୍ରତିଛବିକୁ ସାଇତି ରଖି ଅଧରଙ୍କୁ ତା’ ଅନ୍ତରର ଦେବତା ଭାବେ ମାନି ନେଇ ସାରିଛି । ତା’ ପ୍ରାଣର ପ୍ରିୟତମ ହୋଇ ଯାଇଛନ୍ତି ଅଧର । ତା’ ଆତ୍ମାକୁ ଅଧିକାର କରିଲା ପରେ ଅଧରଙ୍କ ସହିତ ତା’ର ଆତ୍ମିୟତା ଗଢ଼ି ଉଠିଛି । କେବଳ ଅଧରଙ୍କ ସହିତ ତା’ର ବନ୍ଧୁତ୍ୱ ସମ୍ପର୍କ ସ୍ଥାପନ ହୋଇଛି । ଥରେ ମନ ପ୍ରାଣ ଦେଇ ଜଣକୁ ଭଲ ପାଇ ସାରିଲା ପରେ, କୁଆଁରି ମନର ଅଲେଖା କାଗଜରେ ଜଣଙ୍କର ନାମ ଥରେ ଲେଖା ହୋଇଗଲେ । ମନ ଅଇନାରେ ଥରେ ଗୋଟିଏ ନିର୍ଦ୍ଦିଷ୍ଟ ଛବି ପ୍ରତିବିମ୍ବିତ ହେଲାପରେ ସେ ମନ ସେହି ଜଣକୁ କେବେ ଭୁଲି ପାରେନା । ମନ କାଗଜରୁ ଶତଚେଷ୍ଟା ସତ୍ୱେ ସେ ନାମଟିକୁ ଲିଭାଇ ହୁଏନା । ମନ ଦର୍ପଣରୁ ଅନେକ ଉଦ୍ୟମ ଦ୍ୱାରା କେବେବି ସେ ଉଭେଇ ଯିବା ସମ୍ଭବ ହୁଏନା । ଥରେ ହୃଦୟ ସିଂହାସନକୁ ଜଣେ ଅଧିକାର କରିନେଲେ ଯେତେ ଲାଗିଲେବି ତାକୁ ସେଠାରୁ ତଡ଼ି ଦେଇ ହୁଏ ନାହିଁ । ଜଣେ ଅନ୍ତର ମଧ୍ୟରେ ପ୍ରବେଶ କରି ସାରିବା ପରେ ଆଉ କେବେ ଅନ୍ତରରୁ ସେ ବାହାରି ଯାଇ ନଥାଆନ୍ତି । ଆତ୍ମା ସହିତ ଆତ୍ମିୟତା ସ୍ଥାପନ କରିଥିବା ବ୍ୟକ୍ତି ସେ ଆତ୍ମାକୁ ଛାଡ଼ି ଯାଇନଥାଏ । ପ୍ରାଣବନ୍ତ ପିଣ୍ଡରେ (ଦେହରେ) ପ୍ରାଣ ଥିବାଯାଏ ସ୍ଥାୟୀ ହୋଇ ରହିଥିବେ । ଅତଏବ ଅଧର ତା’ର ନହୋଇ ପାରନ୍ତି କିନ୍ତୁ ସେ ଯେ ନିଜେ ଅଧରଙ୍କର ହୋଇ ସାରିଛି । ତାଙ୍କ ବ୍ୟତୀତ ସେ ଆଉ କାହାକୁ ନିଜର କରି ପାରିବ ନାହିଁ କିମ୍ବା ସେ ନିଜେ ଆଉ କାହାର ହୋଇ ପାରିବନି । ଅନ୍ତତଃ ଏ ଜନ୍ମରେ ସେ କେବଳ ଅଧରଙ୍କର ହୋଇସାରିଛି ଓ ସାରା ଜୀବନ ପାଇଁ ତାଙ୍କର ହୋଇ ରହିବ । ସେଥିପାଇଁ ସେ ତାଙ୍କୁ ଅହରହ ବ୍ୟାକୁଳ ହୋଇ ଖୋଜୁଛି । ତାଙ୍କ ଲାଗି ଥୁରିଥୁରି ମରୁଛି । ଏଣେ ସିଏ କିଛି ବୁଝୁ ନାହାଁନ୍ତି । ବୁଝିବାକୁ ଚେଷ୍ଟା ବି କରୁନାହାଁନ୍ତି । କେବଳ ଖାଲି କୌଣସି ଝିଅକୁ ବାହା ହେବାକୁ ରାଜି ହେଉ ନାହାଁନ୍ତି । କୌଣସି ଜାଗାକୁ ଝିଅ ଦେଖିବାକୁ ଯାଉ ନାହାଁନ୍ତି । ମଙ୍ଗୁ ନାହାଁନ୍ତି ବିବାହ ବନ୍ଧନରେ ଆବଦ୍ଧ ହେବା ପାଇଁ । ଇଚ୍ଛା କରୁନାହାଁନ୍ତି ସଂସାର ଝାମେଲାରେ ପଶିବାକୁ । ଲକ୍ଷ୍ୟ ରଖୁନାହାଁନ୍ତି କାହାରି ପୀରତି ଫାଶରେ ଧରା ଦେବାକୁ । କାହାରି ବାହୁର କାରାରେ ବନ୍ଦୀ ହେବାକୁ ଆଗ୍ରହ ପ୍ରକାଶ କରୁନାହାଁନ୍ତି । କୌଣସି ମତେ ଆପଣା ମନକୁ ନିଜେ ବୁଝାଇ ପାରୁନାହାଁନ୍ତି । ଏପଟରେ ସତୀର ନିଜ ମନ ଆଉ ଗୋଟିଏ ନିର୍ଦ୍ଦିଷ୍ଟ ମନକୁ (ଅଧରଙ୍କ ମନକୁ) ଖୋଜୁଛି । ସେ ପାଖେ ଅଧରଙ୍କ ଅବୁଝା ମନ ଆଉ ଅନ୍ୟ କାହାକୁ (କାହା ମନକୁ) ବୁଝିବାକୁ ଆଦୋ ପ୍ରସ୍ତୁତ ନୁହେଁ । ଦୁଇଟି ଅବୁଝା ମନ, ଅଶାନ୍ତ ପ୍ରାଣ, ଅସହିଷ୍ଣୁ ହୃଦୟ, ଅସହଣୀ ଅନ୍ତର, ଅଥଯ ଆତ୍ମା ପରସ୍ପର ପ୍ରତି ଏତେ ଗଭୀର ଭାବରେ ଅନୁରକ୍ତ ଯେ, ସେମାନେ ଅନ୍ୟ କୌଣସିଠିରେ ବୁଝିବାକୁ ରାଜି ନୁହନ୍ତି । କେବଳ ଦୁହେଁ ଦୁହିଁକୁ ଚାହାନ୍ତି । ଦୁହେଁ ଦୁହିଁକୁ ଖୋଜନ୍ତି । ଦୁହିଁଙ୍କ ଲାଗି ଦୁହେଁ ବ୍ୟାକୁଳ ଭୀଷଣ ଭାବରେ । ଦୁହେଁ ଦୁହିଁଙ୍କ ଲାଗି ପୂର୍ଣ୍ଣ ପ୍ରାଣରେ ଉତ୍ସର୍ଗୀକୃତ ଜୀବନ ନେଇ ରହିଛନ୍ତି । ପରସ୍ପରଠାରୁ ଦୂରରେ ମାତ୍ର ଦୁହିଁଙ୍କ ମନର ବନ୍ଧନ, ଅନ୍ତରର ଆକର୍ଷଣ, ହୃଦୟର ଆବେଗ, ପ୍ରାଣର ଉଲ୍ଲାସ, ଆତ୍ମାର ଉଦ୍ଦୀପନା ଏକାନ୍ତ ଭାବେ ନିବିଡ଼, ଘନିଷ୍ଠ ଓ ଏକାନ୍ତ ଭାବରେ ଅନୁବନ୍ଧିତ ।

ନିଜ ସହିତ ସେ ଯୁଦ୍ଧ କରୁଥିଲା । ଯୁକ୍ତିର ଯୁଦ୍ଧ, ତର୍କର ଯୁଦ୍ଧ, ବାକ୍ୟର (ପ୍ରୟୋଗର) ଯୁଦ୍ଧ, କଥାର (କହିବାର) ଯୁଦ୍ଧ, ସଂଜ୍ଞାର (ପରିବେଷଣ କରିବାର) ଯୁଦ୍ଧ, ଶବ୍ଦର (ଉଚ୍ଚାରଣ କରିବାର) ଯୁଦ୍ଧ । କ୍ଷତବିକ୍ଷତ ହେଉଥିଲା ନିଜେ କରୁଥିବା ଆଘାତ ଦ୍ୱାରା । ଆଘାତ ପ୍ରାପ୍ତଯୋଗୁ ଆହତ ହୋଇ ତଳେ ମୁର୍ଚ୍ଛିତ ହୋଇ ପଡୁଥିଲା । ସଜ୍ଞା ଫେରି ପାଇଲେ

ହୋସ ଆସିଗଲେ। ଟିକେ ଦମ୍‌ମାରି ପୁଣି ଲାଗି ପଡ଼ୁଥିଲା ଯୁଦ୍ଧରେ। ନିଜେ ନିଜକୁ ଆକ୍ରମଣ କରୁଥିଲା। ଆଘାତ ହାଣୁଥିଲା। କ୍ଷତାକ୍ତ ହୋଇ ଆହତ ଶରୀରରେ ରକ୍ତାକ୍ତ ଅବସ୍ଥାରେ ସଞ୍ଜା ନହରାଇବା ପର୍ଯ୍ୟନ୍ତ।

ଯୁଦ୍ଧ କ୍ଷେତ୍ରକୁ ଡେଇଁ ପଡ଼ି ସେ ବାକ୍ ବିତଣ୍ଡା ଲଗାଉଥିଲା ନିଜ ସହିତ। କେବେ ହାରି ଯାଉଥିଲା। ପୁଣି ଜିତୁଥିଲା କେତେବେଳେ। ହାରିଯିବା ଯୋଗ୍ୟ ସେ ଓହରି ଯାଉନଥିଲା ଯୁଦ୍ଧ କ୍ଷେତ୍ରରୁ। ସଂଗ୍ରାମ ଭୂଇଁରୁ ଅପସରି ଯାଉ ନଥିଲା କିମ୍ବା ଅବସର ନେଉନଥିଲା ମହାସଂଗ୍ରାମରୁ। ଯେପରି ସ୍ବଦେଶ ପ୍ରେମରେ ଉଦ୍‌ବୁଦ୍ଧ ସୈନିକଟିଏ ଆହତ ଦେହକୁ ନେଇ ଆଘାତ ପ୍ରାପ୍ତ ଶୀରରେ ସୀମାନ୍ତରେ ଜଗି ରହେ। ନିଜ ଘାଟିକୁ ଶତ୍ରୁ କବଳରୁ ରକ୍ଷା କରିବ ଲକ୍ଷ୍ୟରେ। ସେମିତି ସେ ଆହତ ମନ, ଅବସର୍ଷ ଦେହ, କ୍ଲାନ୍ତ ଶରୀର, ଆଘାତପ୍ରାପ୍ତ ଅନ୍ତର, ଭଗ୍ନ ହୃଦୟ, ରକ୍ତାକ୍ତ ଆତ୍ମା ଓ କ୍ଷତାକ୍ତ ପ୍ରାଣକୁ ନେଇ ଯୁଦ୍ଧ କରୁଥିଲା ନିଜ ସହିତ। ନିଜର ବିବେକ ସହିତ। ନିଜ ମାନବିକତା ସହିତ। ନିଜ ମଣିଷ ପଣିଆର ମହନୀୟତା ସହିତ। ଏମିତି ସେ ଲଢ଼େଇ କରୁଥିବ ନିଜ ମନ ସହିତ, ନିଜ ଆଦର୍ଶ ସହିତ, ନିଜର ସ୍ଥିତି ସହିତ ଓ ନିଜର ପରିସ୍ଥିତି ତଥା ପ୍ରତିକୂଳ ପରିବେଶ ସହିତ। ହାରୁ ବା ଜିତୁ ସେଥିପାଇଁ ଚିନ୍ତା ନାହିଁ, ଅବଶୋଷ ବି ନାହିଁ, ଦକ ନାହିଁ, ଶୋଚନା ନାହିଁ, ଦୁଃଖ ନାହିଁ, ଅନୁତାପ ବି ନାହିଁ। ପ୍ରାୟଶ୍ଚିତର ଆଶଙ୍କା। ମଧ୍ୟ ବିଜୟ ଓ ପରାଜୟ ଲାଗି। ସଫଳତା ଓ ବିଫଳତାକୁ ନେଇ ସେ ପରୁଆ ରଖେନା, ଖାତିର କରେନା ସୌଭାଗ୍ୟ ଓ ବିପର୍ଜ୍ୟ ପ୍ରତି। କାରଣ ସେହି ଭାବନାରୁ ତ ତାକୁ ଆନନ୍ଦ ମିଳୁଛି। ତାଙ୍କୁ ଝୁରି ହେବାରୁ ସେ ଉସ୍ତାହ ପାଇଛି। ତାଙ୍କ କଥା ମନେ ପକାଇ ସେ ଶାନ୍ତି ଅନୁଭବ କରୁଛି। ତାଙ୍କ ସ୍ମୃତି ତା' ଦେହରେ ପୁଲକ ଭରିଦେଉଛି। ଆତ୍ମାରେ ପ୍ରେରଣା ଜଗାଇଛି। ଶିହରଣ ଖେଳାଇ ଦେଇଛି ହୃଦୟ ତନ୍ତ୍ରୀରେ। ପ୍ରାଣ ଲାଭ କରୁଛି ଆଶା ଓ ଭରସାର ମିଶ୍ରଣ ପ୍ରଲେପ। ଯାହାକୁ ପାଇବାକୁ ସେ ବ୍ୟାକୁଳ। ସେହି ପ୍ରତ୍ୟାଶାବି।

ସେଥିପାଇଁ ଅଧରଙ୍କୁ ପାଇବା ଲାଗି ଆଶା ରଖିବା ତା' ପାଇଁ ନିରର୍ଥକ ନୁହେଁ। ଅଧର ତା' ପ୍ରତି ଉଚିତ ନ୍ୟାୟ ପ୍ରଦାନ ନ କରନ୍ତୁ। ତଥାପି ଜୀବନ ସାଥୀ ଭାବେ ପାଇବା ଲାଗି ସେ ତାଙ୍କର ଅନ୍ୟତ୍ର ବିବାହ ପର୍ଯ୍ୟନ୍ତ ତାଙ୍କ ପାଇଁ ଅପେକ୍ଷା କରିବା କେବେ ବି ଅସଙ୍ଗତ ହେବନି। ସିଏ ତା' ପ୍ରତି ସଦୟ ନହୋଇ ତାକୁ ସ୍ତାର ମର୍ଯ୍ୟାଦା ପ୍ରଦାନ ନକରନ୍ତୁ। ଅଧରଙ୍କୁ ପ୍ରେମିକର ଆସନରେ ବସାଇ ତାଙ୍କୁ ତା' ମନ ମନ୍ଦିରରେ ହୃଦୟ ସିଂହାସନରେ ଅଧିଷ୍ଠିତ କରାଇ ପ୍ରୀତିର ନୈବେଦ୍ୟ ବାଢ଼ି ଆରାଧନା ଜଣାଇବା କେବେବି ଅବାସ୍ତବ ପ୍ରସଙ୍ଗ ନୁହେଁ। ଅଧର ତାକୁ ପତ୍ନୀ ରୂପେ ଗ୍ରହଣ ନକରିବା ସତ୍ତ୍ୱେ ମଧ ସେ ତାଙ୍କୁ ତା' ଅନ୍ତରର ନିଭୃତ କୋଣରେ ସାଇତି ରଖିବା ତା' ପକ୍ଷରେ କେବେବି ଅବାନ୍ତର କଥା ହେବନି। ଅଧର ତାକୁ ପ୍ରେମିକା ଭାବେ ସ୍ୱୀକୃତି ନଦେଇ ତା' ପ୍ରତି ପକ୍ଷପାତ ବିଚାର କଲେ ସୁଦ୍ଧା ତଥାପି ସେ ତାଙ୍କ ପାଇଁ ଅପେକ୍ଷା କରିବ। ତାଙ୍କ ଫେରିଲା ବାଟକୁ ଚାହିଁ ରହିବ ଗୋପପୁରର ରାଧାରାଣୀଙ୍କ ପରି। ତାଙ୍କୁ ତା' ମନରେ ସାଇତି ରଖିବ। ପ୍ରୀତିର ନୈବେଦ୍ୟ (ଢାଲି) ବାଢ଼ି ଆରାଧନା ଜଣାଇବ। ଆତ୍ମାର ଗଭୀରତମ ପ୍ରଦେଶରେ ତାଙ୍କ ସ୍ମୃତିକୁ ଲୁଚାଇ ରଖିବ। ଆବଶ୍ୟକ ହେଲେ ତାଙ୍କ ଲାଗି ପ୍ରାଣପାତ ପାଇଁ ସର୍ବଦା ପ୍ରସ୍ତୁତ କରି ରଖିବ ନିଜକୁ। ତାଙ୍କୁ ପାଇବାର ଆଶା କେବେ ପରିତ୍ୟାଗ କରିବନି। ତାଙ୍କୁ ପାଇବା ପାଇଁ ଆଶାର ସଲିତାକୁ ସେପର୍ଯ୍ୟନ୍ତ ଜ୍ବଲାଇ ରଖିବ ଯେପର୍ଯ୍ୟନ୍ତ ସିଏ ଅନ୍ୟର ହୋଇ ନଯାଇଛନ୍ତି। ସେ ନିଜେ ଅନ୍ୟ କାହାର ନହୋଇ ତାଙ୍କ ପାଇଁ ମନର ଦରଜା, ହୃଦୟର ସିଂହାସନ, ଅନ୍ତରର ନିଭୃତ କୋଠରି, ପ୍ରାଣର ପ୍ରାଙ୍ଗଣ, ଆତ୍ମାର ଅନ୍ତରତମ ଆସନ ଓ ଜୀବନର ଝରକା ସବୁ ତାଙ୍କ ଲାଗି ଉନ୍ମୁକ୍ତ କରି ରଖିଥିବ।

ଯଦିବା ପରିସ୍ଥିତି ଚାପରେ ପଡ଼ି ଅଧର ବାଟଭାଙ୍ଗି ଅନ୍ୟ ପଥର ଯାତ୍ରୀ ହୋଇ ଯାଆନ୍ତି। ତାଙ୍କ ଘର ଲୋକଙ୍କ କଥା କାଟି ନପାରି ପରିବାରର ସମର୍ଥନରେ ଅନ୍ୟତ୍ର ବିବାହ କରନ୍ତି। ତଥାପି ସୁଦ୍ଧା ସେ ତା' ନିଜ ମନର ପବିତ୍ରତାକୁ

କଳୁଷିତ ହେବାକୁ ଦେବନି କିମ୍ବା ଅନ୍ୟ କାହାକୁ ତା' ମନ ମଧକୁ ପ୍ରବେଶ କରିବାର ସୁଯୋଗ ଦେବନି । ସିଏ (ଅଧର) ଅନ୍ୟ କାହାର ହୋଇଗଲା ପରେ ମଧ ସେ ତଥାପି ତାଙ୍କ ପାଇଁ ଆବଶ୍ୟକ ହେଲେ ନିଜ ଜୀବନ ଉତ୍ସର୍ଗ କରି ଦେବାକୁ କେବେବି କୁଣ୍ଠିତ ହେବ ନାହିଁ । କାରଣ ଭଲ ପାଇବାରେ ଘୃଣା କିମ୍ବା ପ୍ରତାରଣାର ସ୍ଥାନ ନାହିଁ । ତ୍ୟାଗ, କ୍ଷମା ଓ ଉତ୍ସର୍ଗୀକୃତ ମନୋଭାବ ଦ୍ୱାରା ପ୍ରେମର ମହନୀୟତା ପରିସ୍ଫୁଟ ହୋଇଥାଏ । ଅଧର ଅନ୍ୟତ୍ର ବିବାହ କଲେ ସେ ସେଥିପାଇଁ ତାଙ୍କୁ କ୍ଷମା କରିଦବ । ଯେପରି କୃଷ୍ଣଙ୍କର ଅଷ୍ଟପାଟବଂଶୀଙ୍କୁ ବିବାହ ପରେ ରାଧାରାଣୀ ତାଙ୍କୁ କ୍ଷମା କରିଦେଇଥିଲେ । ନିଜର ସ୍ୱାଭିମାନକୁ ଜଳାଞ୍ଜଳି ନଦେଇ ଜୀବନ ଥିବା ଯାକେ ସତୀତ୍ୱର ପାରାକାଷ୍ଠାକୁ ପ୍ରତିପାଳନ କରିବାକୁ ସେ ତା' ପାରୁ ପର୍ଯ୍ୟନ୍ତ ଚେଷ୍ଟା କରିବ । ଅଧରଙ୍କ ଖୁସିରେ ସେ ସୁଖୀ ହେବାକୁ ଉଦ୍ୟମ ଜାରି ରଖିବ । ପ୍ରିୟ ପୁରୁଷର ଶୁଭ ମନାସି ଦିଅଁଙ୍କ ପାଖରେ ଗୁହାରି କରିବ । ତାଙ୍କ ପାଇଁ ମନ୍ଦିରରେ ଦୀପ ଜାଳିବ । ଯେପରି ତା' ପ୍ରିୟତମ ମନମଣିଷର ମଙ୍ଗଳ ବିଧାନ ହେବ । ଅଧର ଅନ୍ୟ କାହାର ହୋଇଗଲେ ସୁଦ୍ଧା ସେ କେବେବି ତାଙ୍କ ଦୋଷର ଦ୍ୱାହି ଦେଇ ନିଜର ସୁବିଧା ହାସଲ ଲାଗି ବ୍ୟସ୍ତ କିମ୍ବା ବ୍ୟାକୁଳ ହେବନି । ସେ ଠାକୁରବାବାଙ୍କଠାରୁ ଶୁଣିଛି– ଅନ୍ୟଦ୍ୱାରା ପ୍ରତ୍ୟାଖ୍ୟାତ ହୋଇ ହତାଶ ହେବା ଆତ୍ମପ୍ରତ୍ୟୟଧାରୀ ବ୍ୟକ୍ତିର ଲକ୍ଷଣ ନୁହେଁ । କାରଣ ତ୍ୟାଗରେ, କ୍ଷମା ଦେବାରେ, ପରୋପକାରରେ, ଅନ୍ୟଲାଗି ଉତ୍ସର୍ଗୀକୃତ ମନୋଭାବରେ ପ୍ରକୃତ ସୁଖ ଓ ସ୍ଥାୟୀ ଶାନ୍ତି ତଥା ଆନ୍ତରିକ ଭରା ଆନନ୍ଦ ମିଳିଥାଏ । ପ୍ରେମ ଦୁଇଟି ହୃଦୟର ମିଳନ । ଅନନ୍ୟ ଭଲ ପାଇବା, ବିଶ୍ୱାସ କରିବା ଓ ଭରସା ଦେବା, ପରସ୍ପର ପ୍ରତି ଶୁଭାକାଂକ୍ଷୀ ହେବା । ସୁଖ ଦୁଃଖରେ ସହଭାଗୀ ହୋଇ, ହସରେ ହସ ମିଶାଇ ଲୁହକୁ ପୋଛିବା । ଯାତନାରୁ ମୁକ୍ତ କରିବା । ଏକାଠି ହାତ ଧରାଧରି ହୋଇ ଚାଲିବା । ପ୍ରେମର ସରୋବରରେ ଜୀବନ ପଦ୍ମକୁ ପ୍ରସ୍ଫୁଟିତ କରିବା ଆଦି । ବିଶିଷ୍ଟ ସାହିତ୍ୟିକ ଏବଂ ଗବେଷକ ଡଃ ଲିଙ୍ଗରାଜ ରଥ ତାଙ୍କ କବିତା ଗ୍ରନ୍ଥରେ 'ଏ ଯେ ମୋ ମରମ' ଗାଥାରେ ଲେଖିଛନ୍ତି । ପୀରତିର ଦେଇଜାଣେ । କିଛି ନେଇ ଜାଣେ ନାହିଁ । ଭଲ ପାଇବା ତ କେବେ ପ୍ରତିଦାନ ଚାହଁନାହିଁ । ପ୍ରେମରେ ତ୍ୟାଗ ଏବଂ ଦେବାର ସ୍ଥାନ ସର୍ବୋ‌କୃଷ୍ଟ । ପ୍ରତିହିଂସା ପରାୟଣର ସ୍ଥାନ ପ୍ରେମରେ ନାହିଁ । ନିଜର ସାମୟିକ ସୁଖ ପାଇଁ ସେ ନିଜକୁ ଦୁନିଆ ଆଖିରେ ଛୋଟ କରିଦେଇ ପାରିବ ନାହିଁ । ପାଇବାରେ, ଭୋଗରେ, ଆଣିବାରେ, ଲାଭରେ, ହାସଲରେ, ଅକ୍ତିଆର କରି ନେବାରେ, କୌଶଳ କରି ମାରି ନେବା ଦ୍ୱାରା, କଳରେ ପକାଇ ଛଡେଇ ନେଇ ପଳାଇବାରେ ଆନ୍ତରିକ ସୁଖ, ମାନସିକ ଶାନ୍ତି କେବେବି ନଥାଏ । ପ୍ରକୃତ ହୃଦୟଭରା ଆନନ୍ଦ କେବଳ ମିଳିଥାଏ ତ୍ୟାଗରେ ନିର୍ଲୋଭ ପଣିଆରେ, ଦାନରେ, ଦେବାରେ, ପରୋପକାରରେ, କ୍ଷମା ପ୍ରଦାନ କରିବାରେ, ଦୟାଭାବ ପ୍ରଦର୍ଶନରେ, ନିଜକୁ ନିଃଶେଷ କରି ଦେବାରେ, ଅସହାୟ ଆଡକୁ ସହାୟତାର ହାତ ବଢ଼ାଇବାରେ, ଦୁର୍ଗତକୁ ସାହାଯ୍ୟ କରିବାରେ, ବିପଦ ଗ୍ରସ୍ତ ପାଖରେ ଠିଆ ହେବାରେ ନିର୍ଜାତିକୁ ଆଶ୍ୱାସନା ବାଣୀ ଶୁଣାଇବାରେ, ଅନ୍ୟଲାଗି ପ୍ରାଣ ପାତରେ ।

ପ୍ରେମକୁ ପ୍ରେମରେ ରଙ୍ଗିନ କର । ପ୍ରତିହିଂସାରେ ନୁହେଁ । ହୃଦୟରେ ସ୍ଥାନ ଦିଅ । ପ୍ରେମ ଜୀବନ ଜିଇବାର କଳା ହେଉ । ପ୍ରେମ ସ୍ୱାର୍ଥ ବିରହିତ ଓ କପଟ ମୁକ୍ତ ହେଉ । ପ୍ରତାରଣାଠୁ ଅନେକ ଦୂରରେ ଥାଉ । ପ୍ରତିହିଂସାର ଛାୟା ସୁଦ୍ଧା ନପଡୁ । ତା' ଦ୍ୱାରା ମଙ୍ଗଳ ହେବ ନିଜର ଓ ସମାଜର ।

ତାହା ନକରି ଗୋଟେ ଭଙ୍ଗା ହୃଦୟ, ଉଜୁଡ଼ା ଯୌବନ, ଆହତ ଆତ୍ମା, ଆଘାତ ପ୍ରାପ୍ତ ପ୍ରାଣ, ଅସୁସ୍ଥ ଅନ୍ତର, କ୍ଷତ ବିକ୍ଷତ ମନକୁ ନେଇ ଅନ୍ୟ ଜଣକର ହାତଧରି ସେ ଶାଶୁ ଘରକୁ ଯାଇ କ'ଣ ପ୍ରକୃତରେ ସୁଖୀ ହୋଇ ପାରିବ ? କେବେ ନୁହେଁ । କାରଣ ପ୍ରେମର ପ୍ରକୃତି ହେଉଛି– ଏହା ପ୍ରଥମତଃ ନିସର୍ଗ । କେହି କେବେ କୌଣସି ସର୍ତ ରଖି ଭଲ ପାଇ ନଥାଏ । କୌଣସି ଚୁକ୍ତି କିମ୍ବା ନିୟମ, ଧରାବନ୍ଧା ଆଇନ, ସାମାଜିକ ଶୃଙ୍ଖଳା, ସଂସାରର ଆକଟ, ଦୁନିଆର ବାରଣ, ଗୁରୁଜନମାନଙ୍କ ନାଲି ଆଖି, ମୁରବିଙ୍କ ଫତୁଆ ଜାରି, ସମାଜର ବଡ଼ପଣ୍ଡାମାନଙ୍କ ହୁକୁମାତି ପ୍ରେମ ଆଗରେ ବାଟ ଓଗାଳି

ଠିଆ ହୋଇଛି ନା ହୋଇ ପାରିବାକୁ କେବେ ସମର୍ଥ ହୋଇଛି ? ସେଥିପାଇଁ ତ ପ୍ରେମକୁ ଅନେକ ବାର ବହୁମୂଲ୍ୟ ଦେବାକୁ ପଡ଼ିଛି । ମାତ୍ର ଏତେ ବିପର୍ଯ୍ୟ ସତ୍ତ୍ୱେ ପ୍ରେମ ବଞ୍ଚି ରହିଛି ପ୍ରେମୀମାନଙ୍କ ହୃଦୟରେ । ପ୍ରେମ ସମ୍ମୁଖରେ କୌଣସି ପ୍ରତିବନ୍ଧକ ବଡ଼ ନୁହେଁ । ନା' ଜାତି କିମ୍ବା ଜାତିୟତା । ଜାତକ ନା' ଧର୍ମ, ମୋହ ନା ସ୍ୱାର୍ଥ, ସାମ୍ରାଜ୍ୟ ନା ସିଂହାସନ । ଧନ ନା ଐଶ୍ୱର୍ୟ । ପ୍ରେମ ଲାଗି ଅନେକ ସମୟରେ ମନ୍ଦିର, ମସ୍‌ଜିଦ୍‌, ଗୀର୍ଜା ଓ ଗୁରୁଦ୍ୱାରର ଫାଟକର ଦ୍ୱାର ରୁଦ୍ଧ ହୋଇଛି । ପ୍ରେମ ବହୁବାର ନୀତି, ନ୍ୟାୟ, ନିୟମ ମଞ୍ଚରେ ଛିଡ଼ା ହୋଇ ମଧ୍ୟ ହାର ମାନିନି କିମ୍ବା ମରିଯାଇ ନାହିଁ । ପ୍ରେମିକା, ପ୍ରେମିକମାନଙ୍କ ହୃଦୟରୁ, ମନରୁ, ଅନ୍ତରରୁ, ଆମ୍ଭାରୁ, ପ୍ରାଣରୁ ପ୍ରଣୟ ଉର୍ଜ୍ଜିବିତ ହୋଇ ରହିଛି ଯୁଗ ଯୁଗକୁ ।

ଯଦି ତାଙ୍କ ଘରେ ତା' ବାପା କିମ୍ବା ତା' ବୋଉ ତା' ବାହାଘର କଥା ଉଠନ୍ତି ତେବେ ସେ ସଫାସଫା ତାଙ୍କୁ କହିଦେବ–ସେଥର ପ୍ରଥମାଷ୍ଟମୀ ପୂର୍ବଦିନ ତାଙ୍କ ମୌଜାର ଛକ ବଜାରରେ ଥିବା ଲୁଗା ଦୋକାନରେ ତା' ବିଷୟରେ ଆଲୋଚନା ହେଉଥିବାବେଳେ ସେହି ଗ୍ରାହକ ଜଣକ କହିଥିବା କଥା । ସେ କେବଳ ଅଧର ବାବୁଙ୍କର । ଯିବ ତ ତାଙ୍କ ହାତଧରି ଯିବ ତାଙ୍କର ଧର୍ମପତ୍ନୀ ହୋଇ ତାଙ୍କ ଘରକୁ ବୋହୂ ହୋଇ ଯିବ । ଜମିଦାର ଘର ସାନ ପୁଅଙ୍କୁ ବିଭା ହୋଇ, ଜିମିଦାର ଘର ବୋହୂ ହୋଇ ଯିବ ଜମିଦାରଙ୍କ ଘରକୁ । ତା' ବ୍ୟତୀତ ଅନ୍ୟ କେଉଁଠିକୁ ନୁହେଁ କିମ୍ବା ଅନ୍ୟ କାହାକୁ ବିଭା ହୋଇ ପାରିବନି । କେବେବି ତାଙ୍କ ଛଡ଼ା ଅନ୍ୟ କାହାକୁ ବା ଅନ୍ୟ କେଉଁଠିକୁ ନୁହେଁ ।

ସେହି କଥା ସେ ବସି ଭାବୁଥିଲା । କାରଣ ତା' ସ୍ମୃତିର ସନ୍ତକ ସ୍ୱରୂପ ତାଙ୍କ ପାଖରେ ତା' ହାତ ବୁଣା ରୁମାଲଟି ରହିଛି । ଯେଉଁଥିରେ ଗୋଟିଏ କୋଣକୁ ତା' ନାମ ଲେଖା ହୋଇଛି । ଆଉ ତା' ନିକଟରେ ତାଙ୍କ ନାମ ଲେଖା ମୁଦିଟି । ଠାକୁରବାବା କହିଥିଲେ ଦୁଷ୍ମନ୍ତ ତାଙ୍କ ନାମଲେଖା ମୁଦି ପାଇଁ ଭରତଙ୍କ ମାତା ଶକୁନ୍ତଲାଙ୍କୁ ତାଙ୍କ ରାଣୀ ଭାବରେ ଗ୍ରହଣ କରିବାକୁ ବାଧ୍ୟ ହୋଇଥିଲେ । ସେମିତି ଅଧରଙ୍କ ନାମଲେଖା ମୁଦିଟି ତା' ପାଖରେ ଥିବା ପର୍ଯ୍ୟନ୍ତ ସିଏ ଯେ ତାକୁ (ସତୀକୁ) ତାଙ୍କ (ଅଧରଙ୍କ) ପ୍ରେମିକା ଓ ମନର ମାନସୀ ଭାବରେ ସ୍ୱୀକାର କରିଛନ୍ତି (ବୋଲି) ଏହା ପ୍ରମାଣିତ ହୋଇ ପାରିବ ।

ତା' ରୁମାଲଟି ତାଙ୍କ ପାଖରେ ଥିବା ପର୍ଯ୍ୟନ୍ତ ତା' ସ୍ମୃତି ତାଙ୍କ ମାନସ ପଟରେ ଜୀବିତ ହୋଇ ରହିଥିବ । ଆଉ ତାଙ୍କ ମୁଦିଟି ତା' ନିକଟରେ ରହିଥିବା ଯାଏ ତାଙ୍କ କଥା ତାକୁ ସ୍ମରଣ କରାଇ ଦେଉଥିବ । ସେହି ରୁମାଲଟିକୁ ଦେଖିଲେ ଧବଳେଶ୍ୱର ମନ୍ଦିର କଥା ତାଙ୍କ ମନରେ ପଡ଼ୁଥିବ । ଯେଉଁ ମନ୍ଦିରର ମୁଖଶାଳାରେ ଦୁଇଟି ଯୁବତୀ ତାଙ୍କ ପାଇଁ ଅପେକ୍ଷା କରି ବସି ରହିଥାଆନ୍ତି । ସିଏ ପହଞ୍ଚିଲା ମାତ୍ରେ ସେମାନଙ୍କ ମଧ୍ୟରୁ ଜଣେ ତାଙ୍କୁ ପାଦୁକ ଦେଉଥିଲା । ତାଙ୍କ କପାଳରେ ବିଭୂତି ଟିପା ଲଗାଇ ଦେଉଥିଲା । ସେଠାରୁ ଫେରିବା ପୂର୍ବରୁ ଠାକୁରଙ୍କ ଥାଳିରେ ଦେବା ଲାଗି ଯାହା ହାତକୁ ସିଏ ପଇସା ବଢ଼ାଇ ଦେଉଥିଲେ । ଯେଉଁ ଯୁବତୀଟି ସିଏ ରୁମାଲ ନେଇ ନଥିବ ଦିନ ତାଙ୍କ ଓଦା ମୁହଁକୁ ତା' ନିଜ ରୁମାଲରେ ପୋଛି ଦେଇ ତାଙ୍କୁ ସେଇଟିକୁ ଉପହାର ସ୍ୱରୂପ ଦେଇଥିଲା । ସେ ରୁମାଲଟି ତାଙ୍କ ପାଖରେ ଥିବା ପର୍ଯ୍ୟନ୍ତ ତା'ର ସ୍ମୃତି ତାଙ୍କ ମାନସ ପଟରେ କ୍ଷୀଣ ଆଲୋକ ରେଖାଟିଏ ହୋଇ ଦୃଶ୍ୟମାନ ହୋଉଥିବ । ତାଙ୍କ ହୃଦୟରେ ତା' ଉପସ୍ଥିତିକୁ ଜାହିର କରିବାକୁ ସକ୍ଷମ ହୋଇପାରିବ । ଆଉ ତାଙ୍କ ମୁଦିଟି ତା' ନିକଟରେ ତାଙ୍କ ସ୍ମୃତିକୁ ବାରମ୍ବାର ମନେ ପକାଇଦେଉଥିବ । ତାଙ୍କ ସ୍ନେହର ଉପହାର ଯାହାକୁ ସେ ଲୋକଲଜ୍ୟା ଭୟରେ ହାତରେ ପିନ୍ଧି ନପାରି ଲୁଚାଇ ରଖିବାକୁ ବାଧ୍ୟ ହୋଇଛି ।

ସେହି ମୁଦିଟି ତା' ପାଖରେ ଥିବା ଯାଏଁ ଅଧରଙ୍କ ଉପସ୍ଥିତିକୁ ସେ ଅନୁଭବକୁ ଆଣିବାକୁ ସମର୍ଥ ହେଉଥିବ । ମୁଦିଟି ତାଙ୍କ ଭଲ ପାଇବାର ସ୍ୱୀକୃତି ନହୋଇ ପାରେ କିନ୍ତୁ ତାଙ୍କ ଶ୍ରଦ୍ଧାର ଉପହାରତ ହୋଇ ପାରିବ । ତାଙ୍କୁ ଭେଟିଥିବାର ନିଦର୍ଶନ ଓ ତାଙ୍କ ସାକ୍ଷାତ ପାଇବାର ସ୍ମାରକୀ ବି ହେବ ।

ବାହା ବେଦୀରେ ବସି ସେ ତାଙ୍କ ହାତ ନଧରିପାରେ । ତାଙ୍କ ସହିତ ତା'ର ହାତ ଗଣ୍ଠି ନପଡ଼ୁ । ସିଏ ଯେ ଅନେକ ଆଗରୁ ହାତ ଧରିସାରିଛନ୍ତି । କେତେ ଆଗ୍ରହରେ, ଆଦରରେ, ଆହ୍ଲାଦରେ, ସରାଗରେ, ସରଧାରେ, ସୋହାଗରେ ମୁଦି ପିନ୍ଧାଇ ଦେଲାବେଳେ ତାଙ୍କ ବାମ ହାତରେ ତା' ଡାହାଣ ହାତର ପାପୁଲିକୁ ଧରି ମଝି ଆଙ୍ଗୁଳିରେ ତାଙ୍କ ନାମାଙ୍କିତ ମୁଦିଟିକୁ ପିନ୍ଧାଇ ଦେଇଥିଲେ । ଯେଉଁ ଆଙ୍ଗୁଳିଟି ତାଙ୍କ କପାଳରେ ବିଭୂତି ଟିପା ଲଗାଇ ଦେଲା ସମୟରେ ଅନେକବାର ତାଙ୍କ ଦେହ ଛୁଆଁର ପରଶ ପାଇଛି । ମୁଦି ପିନ୍ଧାଇ ଦେଲା ବେଳେ ତାଙ୍କ ହାତ ଛୁଆଁର ପରଶ ପାଇ ତା' ତନୁମନ ଉଲ୍ଲସି ଉଠିଥିଲା । ତା' ଲାଗି ସେ ଅନୁଭବ ଥିଲା ତା' ଜୀବନର ସର୍ବୋକୃଷ୍ଟ ସମୟର ଅବଦାନ । ସିଏ ତାକୁ ମୁଦିଟି ପିନ୍ଧାଇ ଦେଇ ଜଣାଇଦେଲେ ଯେ- ସତୀର ସେ ହାତଟି ତାଙ୍କର । କେବଳ ତାଙ୍କର । ଏକାନ୍ତ ଭାବେ ତାଙ୍କର । ସେ ହାତକୁ ଧରିବାର ଅଧିକାର କେବଳ ତାଙ୍କର ଅଛି ଏବଂ ରହିଥିବ । ପ୍ରତ୍ୟେକ ଜିନିଷର (ଦ୍ରବ୍ୟର) ମଝି ଅଂଶଟି ସାଧାର ବା ମୁଖ୍ୟ (ଶ୍ରେଷ୍ଠ) ଅଂଶ ଭାବେ ପରିଚିତ (ବିବେଚିତ) ହୋଇଥାଏ । ସେହି ମଝି ଆଙ୍ଗୁଳିରେ ତାଙ୍କ ନାମଲେଖା ମୁଦିଟି ପିନ୍ଧେଇ ଦେଇ ସିଏ ଯେପରି ଘୋଷଣା କରିଦେଲେ ସେ ଆଙ୍ଗୁଳି, ସେ ଆଙ୍ଗୁଳିରେ ଲାଗିଥିବା ପାପୁଲି ଓ ସେହି ପାପୁଲିରେ ଲାଗିଥିବା ହାତ ମଧ ତାଙ୍କର । କେବଳ ତାଙ୍କର । ଏକାନ୍ତ ଘନିଷ୍ଠ ଭାବେ ତାଙ୍କ ନିଜସ୍ୱ ଅଧିକାର ଅନ୍ତର୍ଭୁକ୍ତ । ତାଙ୍କ ଛଡ଼ା ସେ ହାତ ଆଉ ଅନ୍ୟ କାହାର ନୁହେଁ । ହୋଇ ପାରିବନି ମଧ । ମୁଦିଟିକୁ ପିନ୍ଧାଇ ଦେଇ ସିଏ ତା'ର ମନ, ପ୍ରାଣ ଓ ଆତ୍ମାରେ ବିରାଜମାନ କରିଛନ୍ତି । ଏପରିକି ତା' ଅନ୍ତର ମଧକୁ ପ୍ରବେଶ କରି ତା' ହୃଦୟ ସିଂହାସନକୁ ଅଧିକାର କରି ନେଇଛନ୍ତି । ତା' ହାତ ମୁଦିରେ ତାଙ୍କ ନାମ ଲେଖା ହୋଇଛି । ସେ ନାମ ପ୍ରତିଫଳିତ ହେଇଛି ତା' ମନ ଆଇନାରେ । ହୃଦୟ ଇଲାକାରେ । ଅନ୍ତରର ଆଭ୍ୟନ୍ତର ପ୍ରବେଶରେ । ସେ ତା' ପ୍ରାଣକୁ ଆବୋରି ବସିଛି ଏବଂ ତା' ଆତ୍ମାକୁ ଅଧିକାର କରିନେଇଛି । ସେ ଆପଣା ଛାଏ ତାଙ୍କର ହୋଇ ଯାଇଛି ଓ ତାଙ୍କର ହୋଇ ରହିଥିବ ଜୀବନର ଶେଷ ମୁହୂର୍ତ୍ତ ପର୍ଯ୍ୟନ୍ତ ।

ପାଣ୍ଡବ ପାଞ୍ଚ ଭାଇଙ୍କ ସହିତ ଦ୍ରୌପଦୀ ଗୋଟିଏ ବେଦୀରେ ବସି ବିବାହ କଲାବେଳେ ଦ୍ରୌପଦୀଙ୍କ ଡାହଣ ହାତର ପାଞ୍ଚ ଆଙ୍ଗୁଳି ସହିତ ପାଣ୍ଡବ ପାଞ୍ଚ ଭାଇଙ୍କର ହସ୍ତଗଣ୍ଠି ପଡ଼ିଥିଲା । ତାଙ୍କ ବୃଦ୍ଧାଙ୍ଗୁଠି ସହିତ ଯୁଧିଷ୍ଠିରଙ୍କ ହାତ, ବିଶି ଆଙ୍ଗୁଳି ସହିତ ଭୀମଙ୍କ ହାତ । ମଝି ଆଙ୍ଗୁଳି ସହିତ ଅର୍ଜୁନଙ୍କ ହାତ, ଅନାମିକା ବା କୁଶ ଆଙ୍ଗୁଳି ସହିତ ନକୁଳଙ୍କ ହାତ ଓ କନିଷ୍ଠ ବା କାଣି ଆଙ୍ଗୁଳି ସହିତ ସହଦେବଙ୍କ ହାତର ହସ୍ତ ଗଣ୍ଠି ପଡ଼ିଥିଲା । ତାଙ୍କ ମଝି ଆଙ୍ଗୁଳି ସହିତ ଅର୍ଜୁନଙ୍କ ହାତକୁ ସଂଯୋଗ କରାଯାଇଥିଲା । କାରଣ ଅର୍ଜୁନ ହେଲେ ପ୍ରକୃତରେ ଦ୍ରୌପଦୀଙ୍କ ସ୍ୱାମୀ । ସିଏ ହିଁ ଲାଖ, (ରାଧାଚକ୍ର) ବିନ୍ଧି ଦ୍ରୌପଦୀଙ୍କୁ ଲାଭ କରିଥିଲେ (ପ୍ରାପ୍ତ ହୋଇଥିଲେ) ନ୍ୟାୟତଃ, ଧର୍ମତଃ, ସର୍ବସମ୍ମତ ଭାବେ ଅର୍ଜୁନ ଯେପରି ଦ୍ରୌପଦୀଙ୍କ ପ୍ରକୃତ ସ୍ୱାମୀ ହୋଇଥିବାରୁ ଦ୍ରୌପଦୀଙ୍କ ମଝି ଆଙ୍ଗୁଳି ସହିତ ତାଙ୍କର ହସ୍ତଗଣ୍ଠି ପଡ଼ିଥିଲା । ସେମିତି ଅଧରଙ୍କ ସହିତ ତା'ର ଡାହାଣ ହାତ ମଝି ଆଙ୍ଗୁଳିର ସମ୍ପର୍କ । ସେମିତି ମୁଁ ତ ସେତେବେଳେ ମୋ ମଝି ଆଙ୍ଗୁଳି ଟିପରେ ତାଙ୍କ ଦେହ ଛୁଆଁର ପରଶ ପାଇଛି । ଅର୍ଜୁନଙ୍କର ଦ୍ରୌପଦୀଙ୍କ ମଝି ଆଙ୍ଗୁଳି ସହିତ ହସ୍ତଗଣ୍ଠି ପଡ଼ିଲା ପରି ତା' ହାତର ମଝି ଆଙ୍ଗୁଳି ତାଙ୍କ ପରଶ ପାଇଛି । ମୋର (ସତୀ)ର ଆଉ ଅଧିକ କଣ ଦରକାର ? ଦ୍ରୌପଦୀଙ୍କ ମଝି ଆଙ୍ଗୁଳି ସହିତ ଅର୍ଜୁନଙ୍କ ହାତ ସଂଯୋଗ (ହସ୍ତଗଣ୍ଠି ପଡ଼ି) ହୋଇ ଦ୍ରୌପଦୀ ଯେପରି ଅର୍ଜୁନଙ୍କ ବାସ୍ତବ ଧର୍ମପତ୍ନୀ ହୋଇ ପାରିଥିଲେ । ସେମିତ ତ ମୁଁ (ସତୀ) ତାଙ୍କୁ ମୋ ମଝି ଆଙ୍ଗୁଳିରେ ଛୁଇଁ ଓ ତାଙ୍କ ଦେହ ଛୁଆଁର ପରଶ ବହନ

କରିଥିବା ତାଙ୍କ ନାମ ଲେଖା ହାତ ମୁଦିଟି ମୋ ଡାହାଣ ହାତର ମଝି ଆଙ୍ଗୁଳିରେ ପିନ୍ଧି ତାଙ୍କର ସ୍ତ୍ରୀ ହୋଇସାରିଛି । ମୋ'ର ଏହାଠାରୁ ଆଉ ଅଧିକ କିଛି ଆବଶ୍ୟକ ନାହିଁ ।

ଜୀବନରେ ତ ସ୍ତ୍ରୀ ଥରେ ହାତଗଣ୍ଠି ପଡ଼େ ସ୍ୱାମୀର ହାତ ସହିତ । ଦ୍ୱିତୀୟ ବାର ନୁହେଁ । ଥରେ ମାତ୍ର ବର ଧରେ କନିଆଁ ହାତକୁ ବାହା ବେଦୀରେ ବସି । ସେ ଘଟଣା ତ ତା' ଜୀବନରେ ଘଟି ସାରିଛି । ବାହା ବେଦୀରେ ନହେଉ । ମହାଦେବଙ୍କ ମନ୍ଦିରରେ । ଦେବତାଙ୍କ ବିଜେ ସ୍ଥଳିରେ । ତାଙ୍କ ଆସ୍ଥାନ ପାଖରେ । ଠାକୁରଙ୍କ ସାମ୍ନାରେ ଅଧର ତା' ହାତ ଧରି ସାରିଛନ୍ତି ମୁଦି ପିନ୍ଧାଇ ଦେଲା ସମୟରେ । ସ୍ଥଳ ବିଶେଷରେ ମନ୍ଦିରରେ କ'ଣ ବାହାଘର ଅନୁଷ୍ଠିତ ହୁଏ ନାହିଁ କି ? ବିବାହ ବେଳେ ଆଙ୍ଗୁଳିରେ କୁଶବଟୁ ପିନ୍ଧାଇଥାଏ ପୁରୋହିତ (ବ୍ରାହ୍ମଣ) । ଏଠି ନହେଲା ତାକୁ ମୁଦି ପିନ୍ଧାଇ ଦେଲେ ତା' ମନର ମଣିଷ । ଏହା ଦ୍ୱାରା ଉକ୍ତ ବରକନ୍ୟା ପରସ୍ପରର ବାକ୍‌ବଢ଼ା ହୋଇ ରହନ୍ତି । ସେହି ବର ଉକ୍ତ କନ୍ୟାକୁ ଓ ସେହି କନ୍ୟା ଉକ୍ତ ବରକୁ ହିଁ ବିବାହ ପାଇ ସ୍ଥିରିକୃତ ହୋଇଥାଏ ବା ସେମାନେ ସେମାନଙ୍କ ବ୍ୟତୀତ ଅନ୍ୟ କାହାରିକୁ ବିବାହ କରି ପାରିବେ ନାହିଁ । ସେ କାର୍ଯ୍ୟ ଦେବତାଙ୍କ ମନ୍ଦିରରେ ବା ନିର୍ବନ୍ଧ କାର୍ଯ୍ୟ ଦେବାଳୟରେ ଠାକୁରଙ୍କ ବିଜେ ସ୍ଥଳରେ ଅନୁଷ୍ଠିତ ହୋଇଥାଏ । ତା'ପରେ ସେମାନେ ପରସ୍ପରର ଭାବି ସ୍ତ୍ରୀ ଓ ଭାବି ସ୍ୱାମୀ ହୋଇ ରହନ୍ତି । ନିର୍ବନ୍ଧ କାର୍ଯ୍ୟରେ ବର-କନ୍ୟା ଆଙ୍ଗୁଳିରେ ଓ କନ୍ୟା-ବର ଆଙ୍ଗୁଳିରେ ନିର୍ବନ୍ଧ ମୁଦି ପିନ୍ଧାଇଥାନ୍ତି । ଏଠି ବର ଅଧର- କନ୍ୟା ସତୀ ହାତରେ ନିର୍ବନ୍ଧ ମୁଦି ପିନ୍ଧାଇଥିଲା ବେଳେ କନ୍ୟା ସତୀ- ବର ଅଧରଙ୍କ ହାତରେ ମୁଦି ନପିନ୍ଧାଇ ତା ହାତବୁଣା ରୁମାଲଟିକୁ ଦେଇଥିଲା । ବ୍ୟତିକ୍ରମ ଥିଲା ମାତ୍ର ଏତିକି । ସେମିତି ତା'ର ଭାବି ସ୍ୱାମୀ ଅଧର ତାଙ୍କ ଭାବି ପତ୍ନୀ ସତୀ ହାତରେ ମନ୍ଦିରରେ ମୁଦି ପିନ୍ଧାଇ ଦେଇ ତାକୁ ବାକ୍‌ଦତ୍ତା କରି ଦେଇ ଗଲେ । ଏହାପରେ ସେ ଆଉ କିପରି ଅନ୍ୟ କାହାରି କଳ୍ପନା କରି ପାରିବ ? ଅନ୍ୟ ଜଣେ ପୁରୁଷର ଭାବନା ମନକୁ ଆଣିବ ? ଅନ୍ୟ ଜଣେ ମଣିଷକୁ ଇଚ୍ଛା କରିବ ? ଆଗ୍ରହୀ ହେବ କିମିତି ଅନ୍ୟ ଜଣକୁ, ତା ଭାବି ସ୍ୱାମୀ ବା ବାକ୍‌ଦତ୍ତା ବର ଥାଉଥାଉ ।

ତା'ର ଆଉ କ'ଣ ଦରକାର ? ଅଧିକ କ'ଣ ଆବଶ୍ୟକ ? ବେଶିର କ'ଣ ପ୍ରୟୋଜନ ଅଛି ? ଜୀବନରେ ଥରେ ପୁରୁଷ-ସ୍ତ୍ରୀର ହାତ ଧରେ ବାହା ବେଦୀରେ । ଆଉ ତା' ପରେ ଯେତେଥର ହାତ ଧରିଥାଏ ସରାଗରେ-ସୋହାଗ ପାଇଁ । ପ୍ରେମ ଲାଗି, ପ୍ରଣୟ ଆଶା କରି, ସହବାସ ନିମିତ୍ତ, ମୈଥୁନ ଉଦ୍ଦେଶ୍ୟରେ, ସେ ତ ତାହା ପାଇ ସାରିଛି । ସ୍ନେହ, ପ୍ରଣୟ, ପ୍ରୀତି ସୋହାଗ, ପ୍ରେମ, ଶ୍ରଦ୍ଧା ନମିଳୁ ତାକୁ । ତାହା ବି ମିଳିଥାଏ କେତେ ଜଣଙ୍କ ଭାଗ୍ୟରେ, କେତେ ଜଣକ କପାଳରେ ତାହା ସବୁ ଜୁଟେ । ସମସ୍ତଙ୍କ ଲଲାଟରେ ତାହା କ'ଣ ଲେଖା ହୋଇଥାଏ ? ସମସ୍ତଙ୍କ କର୍ମଫଳ କ'ଣ ତାହା ପ୍ରାପ୍ତ କରାଇଥାଏ ? ସେ ତ ପ୍ରଥମାଷ୍ଟମୀର ନୂଆ ଶାଢ଼ୀ ପିନ୍ଧିଛି । କପାଳରେ ଚନ୍ଦନ ପାଟି ହୋଇଛି (ଲଗାଇଛି) । ଗାଧୋଇଛି ହଳଦୀ ଲଗାଇ । ସାତ ଅହିଅ (ସଧବା) ନାରୀମାନେ ତାକୁ ବଟା ହଳଦୀ ଲଗାଇ ଦେଇ ମଙ୍ଗୁଳାଇ ଥାଆନ୍ତେ । ନହେଲା ଏବେ ତା' ଦୁଇ ଭଉଣୀ ତାକୁ ହଳଦୀ ଲଗାଇ ଦେଲେ । ଏମିତି କ'ଣ ଅଡୁଆ ପରିସ୍ଥିତିରେ ଅସୁବିଧାବେଳେ ବାଦ ବିବାଦ ସମୟରେ (ପଡ଼ି) ହୁଏ ନାହିଁକି ? ଅନ୍ଧାରରେ ଲୁଚେଇ ପିନ୍ଧିଛି ତାଙ୍କ ନାମ ଲେଖା ମୁଦିଟିକୁ ତା' ହାତ ଆଙ୍ଗୁଳିରେ ।

ଦାମ୍ପତ୍ୟ ଜୀବନ ଆରମ୍ଭ କରିବା ପୂର୍ବରୁ ବର, କନ୍ୟା, ଲଜ୍ଜା ପରିତ୍ୟାଗ କରିବା ପାଇଁ ବିବାହ କର୍ମର ଶେଷ ପର୍ଯ୍ୟାୟରେ ଅନୁଷ୍ଠିତ ହୋଇଥିବା ହୋମଘର । ହୋମ ନିଆଁରେ ଲାଜାଞ୍ଜଳି ଅର୍ପଣ କରିଥାଆନ୍ତି । ଲାଜାଞ୍ଜଳି ସହିତ ସେମାନେ ସେମାନଙ୍କର ଲାଜ ସଙ୍କୋଚକୁ ସେହି ହୋମ ନିଆଁରେ ପିଙ୍ଗି ଦିଅନ୍ତି । ଏଠି ତା' କ୍ଷେତ୍ରରେ ବିବାହବେଦୀ ନହେଲେ ସୁଦ୍ଧା ଠାକୁରଙ୍କ ସାମ୍ନାରେ ଧବଳେଶ୍ୱର ମନ୍ଦିର ମୁଖଶାଲାରେ କାର୍ତ୍ତିକ ପୂର୍ଣ୍ଣମୀ ଦିନ ସେ ଲାଜ, ସଙ୍କୋଚ, ସରମକୁ ଜଲାଞ୍ଜଲ ଦେଇ ଲାଜ ଜରଜର ହୋଇ ତା' ମନର ମଣିଷ ଅଧରଙ୍କ ସାମ୍ନାରେ ଦୀର୍ଘ

ସମୟ ଧରି ଠିଆ ହୋଇ ରହିଥିଲା। ତାହା କ'ଣ ଲାଜାଞ୍ଜଳି ସହିତ ସମକକ୍ଷ ହେବନି କି ? ଏହିପରି ଅନ୍ଧାରରେ ସେ ବସି ଥାଆନ୍ତା ବାସର ଶେଯରେ ଲମ୍ବା ଓଢ଼ଣାଟାଣି। ଦୀପଟିଏ କେବଳ ଜଳୁ ଥାଆନ୍ତା ସେ ବାସର ଘରେ। ସିଏ ପାଦ ଟିପିଟିପି ଆସି ଥାଆନ୍ତେ। ବସି ଥାଆନ୍ତେ ପାଖରେ। ତା'ର ଅତି ନିକଟରେ ବସି ଖୋଲି ଦେଇ ଥାଆନ୍ତେ ତା' ମଥାର ଓଢ଼ଣା ତା ମୁହଁକୁ ଦେଖିବା ଲାଗି। ସେତକ ନହେଲ ନହେଉ। ଆଉ ସବୁତ ହୋଇଛି। ସେ ତା' ହାତରେ ତାଙ୍କ ଦେହ ଛୁଆଁର ପରଶ ପାଇଛି ଯେତେ ଥର ଛୁଇଁଛି ତାଙ୍କ କପାଳକୁ ବିଭୂତି ଟିପା ଲଗାଇ ଦେଲାବେଳେ। ନପାଇଲା ନାହିଁ ତାଙ୍କ ଓଠର ପରଶ ତା' ଗୋଲାପୀ ଗଣ୍ଡରେ। ତାଙ୍କର ନିବିଡ଼ ଆଲିଙ୍ଗନ ଏକାନ୍ତ ଅନୁରାଗ ଭରା ସମ୍ବୋଧନ। ଘନିଷ୍ଠ ସାନ୍ନିଧ୍ୟ ତଳେ ରହିବାର ସୁଯୋଗ। ଗଭୀର ଆଶ୍ଳେଷ ମଧ୍ୟରେ ନିଜକୁ ହଜାଇ ଦେବାର ପୂର୍ଣ ସୁଯୋଗ। ତାଙ୍କ କୋଳରେ ରାତ୍ରୀ ଯାପନ କରି ରାତି ପୁହାଇ ଦେବାର ଭାଗ୍ୟ। ତାଙ୍କ ବାହୁର କାରାରେ ବନ୍ଦିନୀ ହୋଇ ତାଙ୍କ ଦୁଷ୍କାମୀ ଦ୍ୱାରା ଅତିଷ୍ଠ ହୋଇ ଯିବାର ମୁହୂର୍ତ। ସେଥିରୁ ରକ୍ଷା ପାଇବା ଲାଗି ତାଙ୍କ ଛାତିରେ ମୁହଁଗୁଞ୍ଜି ଆତ୍ମରକ୍ଷା ପାଇଁ ଆତ୍ମଗୋପନ କରିନେବାର ଉପାୟ ଅବିଷ୍କାର କରିବାର ସମୟ। ତାଙ୍କ ନିବିଡ଼ ଆଲିଙ୍ଗନ ଭିତରେ ରହି ଯୌବନକୁ ସାର୍ଥକ କରିବା ଉଦ୍ଦେଶ୍ୟରେ ତାକୁ ପୂର୍ଣ ପ୍ରାଣରେ ଉପଭୋଗ କରି ନେବାର ସୁବିଧା। ଜୀବନରେ ତ ଅନେକ ପ୍ରକାର ଫଳ ଖାଇଛି। ନହେଲେ ଏବେ ଏହି ଫଳର ସ୍ୱାଦ ନଚାଖିଲା, ଖାଇ ନପାରିଲା। ତା'ର ସୁଆଦ ବାରି ନପାରିଲା। ତାକୁ ଖାଇବାର ମଜା ପାଇ ନପାରିଲା। ସେ ଫଳକୁ ଭୁଞ୍ଜିବାର ଆନନ୍ଦ ଅନୁଭବ ନକଲା। ସେ ଅନୁଭୂତିର ଖୁସି ନମିଳିଲା। ସେଥିପାଇଁ ଦୁଃଖ କରିବାରେ ଲାଭ କ'ଣ ଅଛି ? ଚିନ୍ତା କରିବ ଆକାରଣେ କାହିଁକି ସେଥିଲାଗି ? ଫାଇଦା କ'ଣ ମିଳିବ ସେପରି ଭାବନା ମନରେ ଆସି ? ଚିନ୍ତିତ ରହିବ ସେହି ଅପୂର୍ବ ଫଳକୁ ପାଇବା ସକାଶେ ? ଅବଶୋଷ ରଖିବ ତା' ମନରେ ନପାଇ ପାରିଲା ବୋଲି ସେ ଫଳର ସ୍ୱାଦ। ଦୁନିଆରେ କ'ଣ ସମସ୍ତେ ସେ ଫଳ ଖାଇବାର ସୁବିଧା ପାଉଛନ୍ତି ? ସମସ୍ତଙ୍କ ଭାଗ୍ୟରେ କ'ଣ ସେ ଫଳକୁ ଚାଖିବାର ସୁଯୋଗ ଯୁଟୁଛି ?

ତଥାପି ସେ ସୁଖୀ ହୋଇ ପାରିବ। ଖୁସି ହେବ। ସନ୍ତୁଷ୍ଟ ରହିବ। ସନ୍ତୋଷ ପାଇ ପାରିବ ସେ ପାଇଥିବା ତାଙ୍କ ଦେହ ଛୁଆଁର ପରଶକୁ ପୁଞ୍ଜିକରି। ସେ ଲାଭ କରିଥିବା ତାଙ୍କ ସାନ୍ନିଧ୍ୟକୁ ସମ୍ବଳ କରି ରହିପାରିବ। ସେଇ ସ୍ୱଚ୍ଛ କାଳୀନ ଦେହ ଛୁଆଁକୁ ପାଥେୟ କରି ରହିପାରିବ ଓ ଆପଣା ଜୀବନର କଣ୍ଟକିତ ଦୁର୍ଗମ ପଥରେ ଚାଲିପାରିବ ନିର୍ବିଘ୍ନରେ, ନିଦ୍ୱନ୍ଦ୍ୱରେ, ନିର୍ବିକାର ଭାବରେ, ନିରାପଦରେ, ଆଉ ଅଧିକ କ'ଣ ତା'ର ଦରକାର ? ଯଥେଷ୍ଟ, ବେଶୀର ଆବଶ୍ୟକ କ'ଣ ଅଛି ? ଅଧିକ ସମୟ ଧରି ତାଙ୍କ ସାନ୍ନିଧ୍ୟ ପାଇବା, ତାଙ୍କ ପରଶ ଲାଭ କରିବା, ତାଙ୍କ ଦେହ ଛୁଆଁ ହାସଲ କରିବା ଯାହା ଅଳ୍ପ ସମୟର ସାନିଧ, ପରଶ ଓ ଦେହ ଛୁଆଁ କ'ଣ ତା'ର ପରିପୂରକ ହୋଇ ପାରିବନି ? ପୂରଣ କରିବାକୁ ସମର୍ଥ ହେବନି ଦୀର୍ଘ ସମୟର ଅନୁଭବକୁ ସ୍ୱଚ୍ଛ ବେଳର ଅନୁଭୂତି ? ଆବଶ୍ୟକ ନାହିଁ। ତାଙ୍କ କୋଳରେ ରାତି ବିତାଇବା। ତାଙ୍କ ବାହୁବନ୍ଦନରେ ନିଜକୁ ହଜାଇ ଦେବା। ବିଭୋର ହୋଇଯିବା ତାଙ୍କ ଓଠର ପରଶ ପାଇ। ଉଲ୍ଲସିତ ଅନ୍ତରରେ ତାଙ୍କ ସାନ୍ନିଧ୍ୟ ତଳେ ରାତି ପୁହାଇ ଦେବା। ତଲ୍ଲୀନ ହୋଇଯିବା ତାଙ୍କ ବାହୁ କାରାରେ ବନ୍ଦିନୀ ହୋଇ ତାଙ୍କ ଗଭୀର ତମ ଆଶ୍ଳେଷରେ ବିଭୋର ରହି। ନିବିଡ଼ତର ଭାବେ ଭାବ ପ୍ରବଣ ହୋଇ ଶିହରି ଉଠିବା ତାଙ୍କ ଛାତିରେ ମୁହଁଗୁଞ୍ଜି। ଏକାନ୍ତ ଜିଦ୍ଖୋର ମନୋବୃତ୍ତି ନେଇ ଅଳି କରିବାକୁ ଇଷ୍ଟିତ ପୁରୁଷଙ୍କ ନିକଟରେ ଇଚ୍ଛା କରିଥିବା ପଦାର୍ଥଟି ପାଇବା ଲାଗି।

ତା'ର କେଉଁ ଆଶା ପୂରଣ ହୋଇଛି ଯେ ଏହି ଆଶାଟି ପୂରଣ ନହେଲା ବୋଲି ସେ ମନ ଦୁଃଖ କରିବ ? ତା'ର କେଉଁ ଲକ୍ଷ୍ୟ ହାସଲ ହୋଇଛି ଯେ ଏହି ଲକ୍ଷ୍ୟଟି ହାସଲ ନହେଲେ ସେ ଅନୁତାପ କରିବ ? ତା'ର କେଉଁ ଉଦ୍ଦେଶ୍ୟ

ସାର୍ଥକ ହୋଇଛି ? ଏହି ଉଦ୍ଦେଶ୍ୟଟି ସାର୍ଥକ ନହୋଇ ପାରିଲା ବୋଲି ସେ ସେଥିଲାଗି ବ୍ୟଥିତ ହେବ ? ତା'ର କେଉଁ ଅଭିପ୍ରାୟ ଚରିତାର୍ଥ ହୋଇଛି ଯେ ଏଇଟି ହୋଇ ନପାରିବା ଯୋଗୁ ସେ ନିରାଶ ବ୍ୟକ୍ତ କରିବ ? ତା'ର କେଉଁ ଇଚ୍ଛା ହାସଲ ହୋଇଛି ଯେ ଏହି ଇଚ୍ଛା ଲାଗି ସେ ଅନୁଶୋଚନା ମନରେ ଆଣିବ ?

ଶରଧା, ସୋହାଗ ପାଇ, ସ୍ନେହ, ଆଦର ଲାଭ କରି ସୋହାଗିନୀ ହେବା ତା' ଭାଗ୍ୟରେ ନାହିଁ। ତା' କପାଳରେ ଲେଖା ହୋଇନି କାହାରି ସିମନ୍ତିନୀ ହେବାକୁ। କାହା ହାତ ଧରିବାକୁ କିମ୍ବା କାହାର ପ୍ରିୟା କି ପ୍ରେୟସୀ ହେବାକୁ ଷଠିଦୃଷ୍ଟି ତା କୋଷ୍ଠୀରେ ଲିପିବଦ୍ଧ କରି ନାହାଁନ୍ତି। କାହାଘର କୁଳବଧୂ ହେବା ବୋଧେ ତା' କର୍ମ ଫଳରେ ଅନ୍ତର୍ଭୁକ୍ତ ହୋଇନି।

ଯେମିତି ହୋଇଥିଲା। ମହାଭାରତର କାଶୀ ରାଜକନ୍ୟା ଅମ୍ବାଙ୍କ କ୍ଷେତ୍ରରେ। କାଶୀ ରାଜ୍ୟ ଜ୍ୟେଷ୍ଠା ରାଜକନ୍ୟା ଅମ୍ବା ଥିଲେ ଶାଲ୍ବ ନରେଶଙ୍କ ପ୍ରେମିକା ତଥା ବାକ୍‌ଦତ୍ତା। କାଶୀ ରାଜକନ୍ୟାମାନଙ୍କ ସ୍ୱୟମ୍ବର ଦିନ ଯେତେବେଳେ କି ଅମ୍ବା ସ୍ୱୟମ୍ବର ସଭାରେ ଶାଲ୍ବ ରାଜାଙ୍କ ଗଳାରେ ବରଣ ମାଲା ଦେବାକୁ ଯାଉଥିଲେ ଠିକ୍‌ ସେତିକି ବେଳେ ଭୀଷ୍ମ ସେଠାରେ ପ୍ରବେଶ କରି କାଶୀ ରାଜକନ୍ୟାମାନଙ୍କୁ ଅମ୍ବା, ଅମ୍ବିକା ଓ ଅମ୍ବାଲିକାଙ୍କୁ ବଳ ପ୍ରୟୋଗ କରି ଅପହରଣ କରି ଆଣିଲେ। ହସ୍ତିନାରେ ପହଞ୍ଚି ଅମ୍ବା କହିଲେ ଯେ, ସେ ଶାଲ୍ବ ରାଜାଙ୍କୁ ବିବାହ କରିବାକୁ ଚାହାନ୍ତି। ଭୀଷ୍ମ ତାଙ୍କୁ ସସମ୍ମାନେ ଶାଲ୍ବ ରାଜାଙ୍କ ପାଖକୁ ପଠାଇଦେଲେ। ମାତ୍ର ସ୍ୱୟମ୍ବର ସଭାରୁ ଭୀଷ୍ମ ତାଙ୍କ ହାତ ଧରି ଟାଣିନେଇ ଥିବାରୁ (ତାଙ୍କୁ ସ୍ପର୍ଷ କରିଥିବାରୁ) ତାଙ୍କୁ ଆଉ ପତ୍ନୀ ରୂପେ ଗ୍ରହଣ କରିବା ତାଙ୍କ ପକ୍ଷରେ ସମ୍ଭବ ନୁହେଁ ବୋଲି ଶାଲ୍ବ ରାଜା ରୋକ୍‌ଟୋକ୍‌ ଜଣାଇ ଦେଲେ। ତେଣୁ ସେଠାରୁ ବିଫଲ ହୋଇ ଫେରିଆସି ଅମ୍ବା-ଭୀଷ୍ମ ତାଙ୍କ ହାତଧରି ତାଙ୍କୁ ସ୍ପର୍ଷ କରିଥିବାରୁ ତାଙ୍କୁ (ବିବାହ) ବିଭା ହେବା ପାଇଁ ଜିଦ୍‌ ଧରିଥିଲେ। କିନ୍ତୁ ପିତା ଶାନ୍ତନୁଙ୍କ ଦ୍ୱିତୀୟ ବିବାହ ପାଇଁ ସାବତ ମାତା ସତ୍ୟବତୀଙ୍କ ପିତା କୈବର୍ତ୍ତ ରାଜା ବସୁଙ୍କ ନିକଟରେ ନେଇଥିବା ଶପଥର ଦୁହାଇ ଦେଇ ସେ ଜୀବନରେ କେବେବି ବିବାହ କରିବେ ନାହିଁ ବୋଲି ନାସ୍ତିବାଣୀ ଶୁଣାଇ ଦେଲେ। ଅମ୍ବାଙ୍କ ଦୁଇ ସାନ ଭଉଣୀ ଭୀଷ୍ମଙ୍କ ସାନ ଭାଇ ଚିତ୍ରାଙ୍ଗଦ ଓ ବିଚିତ୍ରବୀର୍ଯ୍ୟଙ୍କୁ ବିବାହ କରିଥିଲା ବେଳେ ଅମ୍ବା ଅଗ୍ନିରେ ଝାସ ଦେଇ ଆତ୍ମାହୁତି ଦେଇଥିଲେ ଓ ନିଜର ଚିତାଭସ୍ମକୁ ଭୀଷ୍ମଙ୍କ ନିକଟକୁ ପଠାଇଦେବାର ବନ୍ଦୋବସ୍ତ କରିଯାଇଥିଲେ।

ଏଇତ ଜୀବନ। କେତେ ସମୟର ରହଣି ବା ଏଠି ? କେତେଟା ଦିନର ଖେଳ ? ବାଲ୍ୟକାଲ ଯାଇଛି, ଆସିଛି ଯୌବନ। ପ୍ରୈଢତ୍ୱ ଆସିବ। ତା'ପରେ ଗ୍ରାସ କରିବ ଜରା। ମନର ଆବେଗ ଶିଥିଲ ହେବ। ଅନ୍ତରର ଉସ୍ଫାହ ପଙ୍ଗୁ ହୋଇ ଯିବ। ହୃଦୟର କନ୍ଦନରେ ସ୍ଥିରତା ଆସିବ। ଆମ୍ଭର ଯୋଜନା ସବୁ ସ୍ଲାନ୍ତୁ ପାଲଟି ଯିବ। ପ୍ରାଣର ଆଗ୍ରହ ଜଡତା ଲଭିବ। ଜୀବନର ଖେଲ ଥମିଯାଇ ସରିସରି ଆସିବ। ଭୋଗର କ'ଣ ଶେଷ ଅଛି ? ନା ସେଥିରେ ତୃପ୍ତିଅଛି ? କାମନାର ଅଭିଲାଷତ ଅଗ୍ନିରେ ବାରମ୍ବାର ଘୃତ ସଂଯୋଗ ପରି ଅନ୍ତରରେ ପ୍ରଜ୍ୱଲିତ ହୋଇଥାଏ। ଯୌବନ ଦୀପ୍ତ ତନୁବଲ୍ଲରୀ ଅଚିରେ ଜରାଗ୍ରସ୍ତ ହୋଇଯିବ। ତା'ପରେ ସେପାରିର ଚିନ୍ତା, କ'ଣ ବା ଫାଇଦା ମିଳିବ ଜୀବନ ବ୍ୟାପି କର୍ମ ସାଧନର ହିସାବ ନିକାସରୁ ? ହାରିବା-ଜିତିବା-ପାଇବା ହରାଇ ବସିବା, ଦେବା-ନେବା, ଲାଭ-କ୍ଷତି ତୁଟି ବିରୁଦ୍ଧ ସବୁଥିରତ ପରିସମାପ୍ତି ଜୀବନ ଦୀପ ସଲିତାର ଶିଖା ଲିଭି ଗଲା ପରେ। ମୃତ୍ୟୁ କବଲିତ ହେବ ପ୍ରଣୀ। କାର୍ଯ୍ୟକାରୀ କରିପାରିନଥିବା ବିଗତ ଦିନର ଯୋଜାନା ଆଗାମୀ କାଲିର (ଦିନର) କନ୍ଦନା। ମୃଗ-ତୃଷା ସବୁ ଖାଲି ମରୁଭୂମି ମରୁବାଲିର ମରିଚିକା ପରି।

ସେ ଠାକୁର ବାବାଙ୍କଠାରୁ ଶୁଣିଛି। 'ବୈରାଗ୍ୟ ଶତକମ୍'ରେ ଭର୍ତ୍ତୁହରି କହିଛନ୍ତି- କେହି ନିଜର ନୁହେଁ। ଗାଣିତିକ ହୀସାବରେ ପ୍ରତିପାଦିତ (ଜଷ୍ଟିଫାଏବି) କରିଛନ୍ତି- 'ଆୟୁର୍ଭାଗ ସଜତ ମୃଣଂ' ଧରି ନିଆଯାଉ। ମଣିଷର ଆୟୁ ୧୦୦

ବର୍ଷ । ଏତେ ଦୀର୍ଘ ଜୀବନବି ସମସ୍ତଙ୍କ ଭାଗ୍ୟରେ ଜୁଟେନା । ସେଥିରୁ ଅଧେ ସମୟ ଦିନ ଅର୍ଥାତ– ଦରକାରୀ (ଉପଯୋଗୀ) ଆଉ ଅଧିକ ରାତି । ରାତି ମାନେ ଅଦରକାରୀ (ଅନୁପଯୋଗୀ) । ଉପଯୋଗୀ ଏକ ବିଭକ୍ତ ଚାରି । ପ୍ରଥମ ଏକ ଭାଗ ବାଲ୍ୟକାଳ, ଶେଷ ଭାଗଟି ବାର୍ଦ୍ଧକ୍ୟ ଜନୀତ । ଦୁଇଟି ଯାକ ଏକାପରି ଅନୁପଯୋଗୀ । ବାକି ବା କେତେଟା ବର୍ଷ । ସେଥିରେ ପୁଣି ରହିଛି ବ୍ୟାଧୂ, ବିଯୋଗ, ଦୁଃଖ, କଷ୍ଟ, ଯନ୍ତ୍ରଣା, ବେଦନା, ସେଥିରେ ସେବା, ଅଧିକାର, କର୍ତ୍ତବ୍ୟ ଓ ଦାୟିତ୍ୱ ସବୁ ରହିବ । ସୁଖ ଆଉ ସଂସାର କେତେ ଅବା ସମୟ ମିଳିବ ଜୀବନକୁ ଉପଭୋଗ କରିବା ପାଇଁ । ସୁଖ ମେଣ୍ଟାଇବା ଲାଗି, ହସ ଖୁସିରେ ସମୟ ଓ ଜୀବନ ଅତିବାହିତ କରିବାକୁ ଭର୍ତ୍ତୃହରି କହନ୍ତି, ନିଶ୍ଚୟ ଉପଭୋଗ କର । ମାତ୍ର କଣ୍ଢନାକୁ ଦୀର୍ଘସୂତ୍ରୀ କରନାହିଁ । ନ ଦାରା (ଅବାସ୍ୱାମୀ) ନା ବନ୍ଧୁ ନା ମିତ୍ର ଅବା ପୁତ୍ର । ମାୟା ବିମୋହିତ ଜଗତ ବିଚିତ୍ର । ୨ ୫% ହିସାବ ହୁଏତ ଆଜିର ନାଇଟ– ସିଫ୍ଟ ଯୁଗରେ ଅଳ୍ପ କିଛି ବଢ଼ି ଯାଇପାରେ, ମାତ୍ର ତାହା ଏତେ ନୁହେଁ, ଯାହା ମଣିଷକୁ ଇତର ନକରି ଦେବତାରେ ପରିଣତ କରି ପାରିବ । ଆମ ପରମ ଶାସ୍ତ୍ର ଭାଗବତରେ ଲେଖା ଅଛି– ଅନେକ ଜନ୍ମ ତପ ଫଳେ, ମନୁଷ୍ୟ ଜନ୍ମ ମହୀତଳେ । ଜୀବ ମଧରେ ଶ୍ରେଷ୍ଠ ବୁଦ୍ଧିମତାରେ ଉଚ୍ଚତମ ସଫଳତାରେ ଶୂନ୍ୟ ଜୟୀ, ଭଦ୍ର, ଶିକ୍ଷିତ ଓ ସଚେତନ, ସଜ୍ଜନମାନଙ୍କ ଯୁଗାଶ୍ରୟୀ ଆଲୁଦୋଷ ଖାଲି ଆଖିରେ ଧରାପଡ଼େ ଅତି ସହଜରେ ଓ ସୁବିଧାରେ ।

ଏହି ଭାବନାକୁ (ମୂଳ) ପୁଞ୍ଜି କରି । ଏହି ସ୍ମୃତିକୁ ପାଥେୟ ବନାଇ । ବିଗତ ଦିନରେ ଘଟି ଯାଇଥିବା ଘଟଣାକୁ ସମ୍ବଳ କରି ସେ ରହିପାରିବ ଏକାଏକା । ତାଙ୍କରି କଥାକୁ ମନରେ ଗୁଣିଗୁଣି । ଇଚ୍ଛା, ଚେଷ୍ଟା, ଆଗ୍ରହ, ଉଦ୍ୟମ ଦ୍ୱାରା ସବୁ ସମ୍ଭବ । ଏ ସଂସାରରେ, ଏ ଦୁନିଆରେ, ଏ ଜଗତରେ ସବୁ କିଛି ସମ୍ଭବ । ତାଙ୍କୁ ପାଇବା ଆଶାର ସଲିତାକୁ ସେ ସାରା ଜୀବନ ଜଳାଇ ରଖିବ ପଛକେ ଶିଖାକୁ କେବେବି ନିର୍ବାପିତ ହେବାକୁ ଦେବ ନାହିଁ । ଅନ୍ତତଃ ତା' ଦେହ ପଞ୍ଜୁରୀରେ ପ୍ରାଣ ପକ୍ଷୀ ଥିବା ପର୍ଯ୍ୟନ୍ତ ।

କୃଷ୍ଣ ପକ୍ଷ ଅଷ୍ଟମୀ ତିଥିର ଗାଢ଼ ଅନ୍ଧାରରେ ସତୀ ଭାବୁଥିଲା । ଏଇ କଥାକୁ ସବୁ, ତାଙ୍କ ଘରର ଦକ୍ଷିଣ ପଟ ପିଣ୍ଡାରେ ବସିବସି ଏକୁଟିଆ ।

କିଛି ସ୍ୱପ୍ନ ଶୋଇଥିଲା ବେଳେ ଦେଖାଯାଏ, କିଛି ସ୍ୱପ୍ନ ଶୁଆଇ ଦିଏନି, କିଛି ସ୍ୱପ୍ନ ଆଖି ବନ୍ଦକରି ଦେଖାଯାଏ ତ କିଛି ସ୍ୱପ୍ନ ଆଖି ଖୋଲିଦିଏ। କିଛି ସ୍ୱପ୍ନ ହଜିଯାଏ ତ କିଛି ସ୍ୱପ୍ନ ନିଜେ ବାସ୍ତବତାର ରୂପ ନେବାକୁ ନିଜକୁ ହଜାଇଦିଏ ନିଜ ଲୋକଙ୍କ ଭିତରେ। ପ୍ରକାଶକଙ୍କ ମନକଥାରେ ଏ ସ୍ୱପ୍ନ ଉପାଖ୍ୟାନ ଲେଖିବାର ନିସର୍ଗ ସର୍ଭଟି ହେଉଛି ଉପନ୍ୟାସ ପଢ଼ର ସତ। ସ୍ୱପ୍ନ ଦେଖିଥିବା ମଣିଷ ଜଣକ ହେଉଛନ୍ତି ଅକ୍ଷୟ ସମାଲ। ଆଉ ତାଙ୍କ ସ୍ୱପ୍ନକୁ ପୂରଣ କରିବାରେ କିଛି ମାତ୍ରାରେ ସହାୟକ ହେବା ହିଁ ମୋ ଆତ୍ମସନ୍ତୋଷ। ଆପଣମାନଙ୍କ ଭଳି ସାହିତ୍ୟକୁ ଭଲ ପାଉଥିବା ନିଜ ଲୋକଙ୍କୁ ମୋ ହୃଦୟର ମଲାଟରେ ଆବଦ୍ଧ କରି ନିଷ୍ଠାର ସହିତ ସାରସ୍ୱତ ପୃଷ୍ଠାରେ ମୁଁ ସାଇତିଥିବା ସ୍ୱୟଙ୍କ ସମ୍ପର୍କ ପୋଥି "କାଶତଣ୍ଡୀ"। ଏ ଖାଲି ଉପନ୍ୟାସ ନୁହେଁ ବରଂ ସାହିତ୍ୟର ଶୋଷ, ଶଙ୍ଖଧ୍ୱନୀ, ମୋବାଇଲ ଟିପା ଦୁନିଆରେ କାଗଜ କଲମର ନିବିଡ଼ତାର ଟୀସ୍ଣୀ।

ବୈଶାଖର ଝାଞ୍ଜିରେ ଝାଉଁଲି ପଡ଼ିଥିବା ବିଲରେ ପାଣି ଛିଞ୍ଚି ଚାଷୀଟିଏ ଗଛପତ୍ରକୁ ପଲ୍ଲବିତ କଲାଭଳି ଔପନ୍ୟାସିକ ଓଡ଼ିଆ ଭାଷା ସାହିତ୍ୟକୁ ଅଧୋଗତିର ଟାଣଖରାରୁ ବଞ୍ଚାଇବା ପାଇଁ ଯେଉଁଭଳି ଭାବରେ କାଗଜ କ୍ଷେତରେ ଶଢ଼ର ଫସଲ ସୃଷ୍ଟି କରି ଆମ ଭାଷାକୁ ସମୃଦ୍ଧ କରିଛନ୍ତି ତାହା ପ୍ରଶଂସାଯୋଗ୍ୟ। ଜୀବନ ଓ ସମାଜକୁ ଦେଖିବାର ଗଭୀର ଅଙ୍ଗୀକାର ତାଙ୍କ ପାଖରେ ଅଛି। ଚିରତ୍ରମୁଖୀ ଭାଷା ପ୍ରୟୋଗ ସାଙ୍କୁ ଚିତ୍ରକଣ୍ଠର ପ୍ରାଞ୍ଜଳତା, ଗାଁ ଗହଲୀର ପ୍ରଚଲିତ ଶବ୍ଦ, କଥନରୀତି ସବୁର ସମାହାର ଏ ଉପନ୍ୟାସ। ସବୁଠୁ ବଡ଼କଥା ହେଉଛି ସେ ତାଙ୍କର ଅନୁଭୂତିକୁ ଅପ୍ରାଞ୍ଜଳ ରଖିନାହାଁନ୍ତି। ମାନବୀୟ ସମ୍ୱେଦନଶୀଲତା ଓ ବେଦନାବୋଧର ଯେଉ ଗହନତାକୁ ସେ ସତୀ ଓ ସୁନି ଦୁଇ ଚରିତ୍ରରେ ଉଭାରିଛନ୍ତି ତାହା ଏକ ଭିନ୍ନ କଳାର ପରିଚୟ।

ନୀରବଚ୍ଛିନ୍ନ ଭାବେ କାର୍ଯ୍ୟରତ ସାରସ୍ୱତ ସାଧକଙ୍କ ସଂଖ୍ୟା ହିଁ ଆମ ସଫଳତାର ପରିସଂଖ୍ୟାନ। ଏ ଉପନ୍ୟାସ ଗାଁ ଓ ସହରର ସାହି ସାହିରେ ପହଞ୍ଚାଇ, ସାହିତ୍ୟ ପାଇଁ ସ୍ୟାହି ସଂଗ୍ରହ ହି ମୋ ପାଇଁ ସବୁଠୁ ଆନନ୍ଦଦାୟକ। ଏ ଉପନ୍ୟାସ ପ୍ରତିଶ୍ରୁତି ନୁହେଁ ବରଂ ପ୍ରତିବଦ୍ଧତା। ଯାହା ଆଜି ସମ୍ଭବ ହେଇଛି ଅସମ୍ଭବ ଇଚ୍ଛାଶକ୍ତି ଯୋଗୁ।

ଯୁଗେଯୁଗେ ସମୃଦ୍ଧ ସାହିତ୍ୟ ହିଁ ଧରା ପୃଷ୍ଠରୁ ଜଡ଼ତାର ଘନ ତମିସ୍ରା ଦୂର କରିଛି। ସଭ୍ୟତା, ସଂସ୍କୃତି ଓ ପ୍ରତିଭାର ଅରୁଣିମା ଛିଟାରେ ସାହିତ୍ୟ ହିଁ ମାନବ ଜାତିକୁ ଦୀପ୍ତିମୟ ଓ ମହିମାମଣ୍ଡିତ କରିଛି। କିନ୍ତୁ ଯଦି ପ୍ରଗତି ସଂସ୍କୃତି ବିବର୍ଜିତ ହେଇଛି ତେବେ ତାହା ଉତ୍ତର ପୁରୁଷଙ୍କ ପ୍ରକୃତ ପ୍ରଗତିରେ ପଥରୁଦ୍ଧ କରିଛି। ମାନବିକତାର ଅବଲମ୍ୱନରେ ଗଢ଼ି ଉଠିଥିବା ସଂସ୍କୃତିକୁ ଆଧାର କରି ସୁସ୍ଥ ଚିନ୍ତା ସହିତ ସାବଲୀଳ ଭାଷାର ସଂଯୋଗ ହିଁ ଚିରନ୍ତନ ସାହିତ୍ୟ। ଏ ଉପନ୍ୟାସ ଚିରନ୍ତନ ସାହିତ୍ୟର ପଦମର୍ଯ୍ୟାଦା ଦାବିକରେ। ଅଭ୍ରାନ୍ତ ପଥ ପଦର୍ଶକ ଭାବେ ପାଠକ ହିଁ ୟାକୁ ଆପଣେଇ ନେବେ ବୋଲି ଆମେ ଆଶାବାଦୀ।

– ପ୍ରକାଶକ

BLACK EAGLE BOOKS

www.blackeaglebooks.org
info@blackeaglebooks.org

Black Eagle Books, an independent publisher, was founded as a nonprofit organization in April, 2019. It is our mission to connect and engage the Indian diaspora and the world at large with the best of works of world literature published on a collaborative platform, with special emphasis on foregrounding Contemporary Classics and New Writing.